坡仙集

（宋）蘇軾 著
（明）李贄 選評
主編 王利民
方正 陳瑞生 點校

鳳凰出版社

圖書在版編目（CIP）數據

坡仙集 / (宋) 蘇軾著 ; (明) 李贄選評 ; 方正, 陳瑞生點校. -- 南京 : 鳳凰出版社, 2019.11
(鄂東文獻叢書 / 王利民主編)
ISBN 978-7-5506-3054-3

Ⅰ. ①坡… Ⅱ. ①蘇… ②李… ③方… ④陳… Ⅲ. ①古典散文－散文集－中國－宋代 Ⅳ. ①I264.4

中國版本圖書館CIP數據核字(2019)第246862號

書　　名	坡仙集
著　　者	(宋)蘇軾 著　(明)李贄 選評　方正　陳瑞生 點校
主　　編	王利民
責任編輯	王　劍
出版發行	鳳凰出版社(原江蘇古籍出版社)
	發行部電話025-83223462
出版社地址	南京市中央路165號,郵編:210009
出版社網址	http://www.fhcbs.com
照　　排	南京凱建圖文有限公司
印　　刷	金壇古籍印刷廠有限公司
	江蘇省金壇市晨風路186號,郵編:213200
開　　本	890×1240毫米　1/32
印　　張	169.375
字　　數	3136千字
版　　次	2019年11月第1版　2019年11月第1次印刷
標準書號	ISBN 978-7-5506-3054-3
定　　價	1980.00圓(全九册)

(本書凡印裝錯誤可向承印廠調換,電話:0519-82338389)

序

王利民　方　正

一

本《叢書》是黄岡師範學院文學院從事鄂東文化研究的成果之一,是一套爲鄂東傳統文化研究提供基本材料的專題叢書。“鄂东文獻”,顧名思義,其範圍涵蓋了湖北東部地區的歷史文獻,其中多數是明清兩代文人的詩文集。

“鄂東”一詞在清代以前的典籍中並不常見。羅泌《路史》卷二十六《國名記三》説:“鄂東,熊渠中子紅封之。《世本》。今興國軍永興有故鄂城。《寰宇記》:“州西北百八十鄂王城,鄂人事鄂王神。”漢鄂縣本隸武昌,故《九州記》云:‘鄂國,今之武昌,東鄂也。’”“東鄂”一詞在古籍中倒是更爲常見。宋薛季宣《樊口見鄭崇陽不遇》有云:“島嶼西陵開罨畫,湖山東鄂洗新装。”《樊山春望》有云:“東鄂城東安樂宫,李花練絢玉玲瓏。”《二同舍賦鄂城篇見和,文高格古,端不可及,而仙尉王文措辭侈甚,可以參諸臺符羽檄間,復次元韻戲酬》有云:“吴楚争桑如有頃,東鄂幾人全首領。”宋代的東鄂指的是武昌(今鄂州),與南陽的西鄂相對應。歐陽忞《輿地廣記》卷二十七説:“武昌縣,故楚之東鄂也。”《湖廣通志》卷三説:“南陽有西鄂。稱西,所以别於東鄂也。東鄂,武昌也。”

清同光之際,鄂東地區成爲捻軍活動的區域,因而“鄂東”一詞常見於文獻之中。如《曾文正公年譜》卷十一説:“東路任賴一股盤旋於安陸之境,劉銘傳等追剿,賊竄向鄂東一帶。”《李文忠公奏稿》卷十一《行抵歸德通籌調度摺》説:“曾國荃二十九日函稱,鄂軍追賊,悉已西

至棗陽，頃調回東路黄麻堵勦，未知能否趕及，是鄂東空虚實甚。”繼而，“鄂東”也出現於晚清文人的詩作中。如王柏心《百柱堂全集》卷二十七《九日寄漁叟》詩云：“去歲重陽節，黄花滿鄂東。”清末民初，“鄂東”概念爲地理類書籍所採用。劉錦藻《清續文獻通考》卷三百十七《輿地考》十三説：“廣濟縣南七十里之武穴鎮，外江内湖，介鄂贛二省，實鄂東咽喉。”

今天“鄂東”作爲一個地理概念，源自民國時期的行政區劃。民國初年，湖北分爲鄂東、鄂北、鄂西三道。鄂東道轄武昌、壽昌、嘉魚、蒲圻、咸寧、崇陽、通山、通城、大冶、興國、漢陽、夏口、漢川、黄陂、孝感、沔陽、黄岡、黄安、黄梅、蘄春、蘄水、麻城、羅田、廣濟、安陸、隨縣、雲夢、應山、應城等二十九縣。民國二十七年(1938)，湖北省第二行政督察專區轄黄岡、蘄水、蘄春、廣濟、黄梅、英山、羅田、麻城、黄安、黄陂、禮山等十一縣。民國二十八年，二區專署改稱鄂東行署。1941年，黄岡縣抗日民主政府及豫鄂邊區行政公署鄂東辦事處成立，次年改爲鄂東行政專員公署。

現在的“鄂東”指的是湖北省東部地區。狹義而言，主要指黄岡地區。如湖北省政協文史和學習委員會等編撰的《黄岡文化簡史》基於行文方便和約定俗成，把“黄岡地域”與“鄂東”視爲基本相同的概念。廣義來説，以行政區劃爲基礎來劃分的鄂東地域包括武漢、黄岡、鄂州、黄石、咸寧等行政區。本叢書取廣義之説，在文獻的選擇上則以黄岡地域文人的著述爲重心。

二

湖北歷史上的三大人文重鎮是春秋戰國時期的荆州，東漢三國時期的襄陽，明代鄂東的黄州府。隋唐以前，湖北的文化重心位於荆州、襄陽地區，而鄂東屬於邊緣地帶。清人顧祖禹在《湖廣方輿紀要序》中説：“湖廣之形勝在武昌乎？在襄陽乎？抑在荆州乎？曰：以天下言之則重在襄陽，以東南言之則重在武昌，以湖廣言之則重在荆州。”從地緣政治的角度來看，從西周到北宋，中國的中央政府主要建在北方，都城主要在西安—洛陽—開封一綫，荆州和襄陽得此地緣之

利,成爲湖北的區域中心。宋代以後鄂州(今武昌)地位上升,成爲湖北的重心,但其行政中心的地位並未確立。到了元代,鄂州成爲湖廣行省的治所,才全面確立大區域中心城市的地位。1281 年,原來遷移至湖南潭州的湖廣行省治所又遷回鄂州,於是鄂州正式成爲湖北的行政中心,這使得湖廣形成以鄂東爲重心的基本格局。

宋元之世,蘄、黄二州分治,宋代蘄州、黄州屬淮南西路,其治所在壽州,今安徽鳳台;元代蘄州路、黄州路屬河南江北行省,其治所在汴梁,今河南開封。宋元二代,蘄、黄均處於所在省的偏遠地帶,遠離其行政中心,故王葆心先生説:"宋、元之交,吾蘄黄以邊儌,文化榛蕪。"在元代,黄州府逐漸發展爲上等州府,其人口數、進士數、書院數、《湖北通志·藝文志》及《補遺》中的著作者人數均占湖北省首席。

朱明代興,湖廣進入了"以東南言之,則重在武昌"的時代,武昌成爲區域内的政治經濟文化中心,鄂東毗鄰武昌,一變其兩千年來的不利地位,獲得區位優勢。明代是鄂東傳統文化最爲繁榮的時期,但明代初期和中期文化繁榮程度遠不如明代後期,這與漢口的地位有關。漢口是明清時期湖北最大的市鎮,居天下"四大名鎮"之首,在明中葉由漢水改道而興起。漢口處長江漢水交匯處,順江而東,可達安徽、江西、江蘇、浙江;循大江而南,過洞庭,入沅湘,可通兩廣、雲南、貴州;溯江而上可通巴蜀;溯漢水而上,可入宛洛,此所謂"九省通衢"。鄂東五水,倒水、舉水、巴水、浠水、蘄水,均發源於大别山,流經東北部山地、中部丘陵、西南部平原,垂直注入長江,與漢口相聯,在鄂東形成了類似現在的"高速交通網絡"。在以人力與畜力爲主要動力的時代,水上交通最爲重要。鄂東五水與漢口相連,北達黄陂、黄安、麻城、羅田,中達黄岡、蘄水,南達蘄州、黄梅、廣濟。"貨到漢口活",鄂東的農産品可以暢銷天下。明代中期漢口的興盛推動了鄂東外銷型農業的發展,從而帶動了科舉的極大成功與文化的大發展。

三

鄂東文化肇始於原始社會,形成於戰國到秦漢,發展於隋、唐、宋、元,鼎盛於明清,轉化於晚清民國,代有奇峰。唐宋時期是鄂東文化開始彰顯的時期。唐時，慧能居黄梅東山寺，師從弘忍，禪宗大興於天下。杜牧爲黄州刺史，創作30多篇詩文，赤壁戰場，折戟沉沙，詩留千古；岐亭古鎮，杏花村酒，香飄四野。從宋代開始，鄂東地區儒學與文學開始勃興。理學大師程顥、程頤兄弟即出生於黄陂。北宋前期，有不少朝廷的逐臣被"安置"於鄂東。王禹偁謫黄州，詠懷月波樓，新建小竹樓，氣節文章，照臨此邦。蘇軾居黄州，二賦一詞，江山多嬌，黄州成爲世界名城。蘇轍攬勝快哉亭，與東坡聯袂西山，流風遺韻，稱快世俗。秦觀來黄州謁見東坡，贊龍丘子，題雙松，清風皓月，相與忘形。黄庭堅居武昌，遊樊山，追懷東坡道人，應和萬壑松風。張耒三居黄州，與黄州的江西詩派詩人潘大臨、何覬曳杖漫步，詩酒唱和。蘄州人林敏功、林敏修兄弟和夏倪也列名江西詩派。洪芻、韓駒曾來黄州任職，饒節曾至蘄春白岩寺問道。詩人彙聚，遂使黄州成爲詩壇重鎮。元代黄州則出了當時第一流的散曲大家滕賓，其人有《玉霄集》，《太和正音譜》稱"滕玉霄之詞，如碧漢閑雲"。

明清時期，鄂東人文飆升泉湧，王士性《廣志繹》卷四説："毋論士大夫，即女郎多有能詩文者，如周元孚、董夫人輩。"當明弘治、正德年間，黄州王廷陳著有《夢澤集》，其人與李夢陽、何景明並稱"海内三才"。武昌興國人吴國倫與李攀龍、王世貞、謝榛、宗臣、梁有譽、徐中行並稱"後七子"，著有《甔甀洞稿》《甔甀續稿》《藏甲岩稿》《吴川樓集》《續吴川樓集》等。嘉靖時，黄州許潮所作《太和元氣記》由二十四種雜劇組成，裁制新異，詞調爾雅。明萬曆年間，李贄僑寓麻城、黄安，撰有《焚書》《續焚書》《藏書》《解老》《莊子解》等驚世之作，在文學上提出"童心説"，評點《水滸傳》《西廂記》《幽閨記》《浣紗記》等小説、戲劇作品，所輯評的《坡仙集》獨得蘇東坡一生神髓。麻城女詩人毛鈺所作詩歌被同邑名士丘坦編爲《文貞集》，其詩如金珠翡翠，珊瑚瑪瑙，黄童白叟，入目即知其寶。明末，麻城劉侗撰有《帝京景物略》，文字幽雅雋潔，體現了竟陵派的文風。

清代鄂東文學承繼明代遺緒，文風鼎盛。黄州遺民詩人杜濬，詩文自辟町畦，睥睨一世，尤精於五律，有《變雅堂遺集》。蘄州顧景星詩文雄贍，《四庫全書總目提要》稱其爲"一時之霸才"。黄州劉子壯是順治六年的狀元，也是清朝開國文豪之一，著有《屺思堂文集》《屺

思堂詩集》等，他與同科榜眼熊伯龍並稱“熊劉”，又與康熙朝的韓菼、李光地並稱“順康四大家”。康熙年間，黄陂王澤宏著有《鶴嶺山人詩集》，所作和平安雅，不失臺閣氣象，當時名流王士禛、姜宸英、洪昇等都曾點定其詩。廣濟金德嘉是康熙二十一年的會元，著有《居業齋文集》等，《四庫全書總目提要》説：“德嘉晚年鍵户著書，時同郡顧景星、張仁熙、劉醇驥往往追摹秦漢，宗尚王李，訾歸有光爲秀善婉媚。德嘉獨不爲高論，力摹韓歐，雖其閎肆博贍遜於國初前輩，而先民榘矱仿佛猶存。”張仁熙著有《藕灣全集》等，其詩多悲苦之音，大旨宗尚李夢陽、王世貞、李攀龍。劉醇驥著有《芝在堂集》等，《古今圖書集成·理學彙編·文學典》稱其“文章高雅典重，一時文士無不知有劉千里者，得其傳記、碑銘，莫不以爲美。”蘄水陳沆是嘉慶二十四年的狀元，名列清代律賦四大家、試帖詩七大家，著有《簡學齋詩存》《簡學齋詩删》《詩比興箋》《館課試律存》等。

明清時期，鄂东詩人文士多如繁星。據我們統計，《湖北通志·藝文志》别集部分共載明清鄂東地區作者 1400 餘位，占别集部分所載明清湖北作者數的 77%；共載明清鄂東地區文人别集 1600 餘部，占别集部分所載明清湖北文人别集數的 80%。我們統計時所定義的鄂東地區包括安陸府、德安府的東部，以及漢陽府、黄州府及武昌府的全部。根據各府作家數量排序，鄂東地區所涉及的五個府分别位列第一（黄州府）、第二（漢陽府）、第三（武昌府）、第五（德安府）和第六（安陸府）。從文人數量及其作品數量上看，明清時期鄂東地區表現突出，是當時湖北文人的中心聚集區。

四

除唐宋元明時期以外，湖北人才的出現還有兩個高峰，一個是楚國八百年，一個是清末和民國時期。晚清到民國，鄂東出現了一個“人才井噴”現象，産生了一系列大師級人物，如地質學家李四光、哲學家熊十力、政治史兼經濟學家王亞南、語言文字學家黄侃、文藝理論家胡風、詩人聞一多、新儒家的代表人物徐復觀、哲學家湯用彤、方志學家王葆心等，他們都堪稱在某一文化門類領一代風騷的鉅子。

得留學風氣之先是近代鄂東文化繁榮的重要原因。張之洞在《勸學篇》中説:“出洋一年,勝於讀西書五年,此趙營平百聞不如一見之説也。入外國學堂一年,勝於中國學堂三年,此孟子置之莊嶽之説也。”李四光先後留學日本和英國,黄侃、王亞南留學日本,聞一多、湯用彤留學美國,他們是鄂東留學生中的代表,鄂東這一時期的留學生日後大多成爲中國社會各個領域的佼佼者。根據白戰存先生編著《鄂東百年留學生名録》統計,清末湖北留學生共 807 人,而鄂東占 196 人(其中,黄岡縣 38 人、黄安縣 14 人、麻城縣 24 人、羅田縣 23 人、英山縣 15 人、蘄水縣 19 人、蘄春縣 33 人、廣濟縣 24 人、黄梅縣 6 人),數量遥遥領先其他各州府。據《湖北教育史志資料》1985 年第 1 期記載,清末留學生以江蘇、浙江、湖北、湖南、廣東、四川等省爲最多。湖北乃一中部省份,有如此多的留學生到西方發達國家留學,湖廣總督張之洞功不可没,鄂東也是深得其利。

張之洞説:“世運之明晦,人才之盛衰,其表在政,其裏在學。”欲興一地之學,必先整理鄉邦文獻,從而“考文獻而愛舊邦”,達到從小區域中探究大歷史,從鄉邦文獻中發現普遍性的歷史問題,進而“從鄂東看中國,從中國看鄂東”,更好地推動區域社會的發展。

爲了弘揚鄂東地區的優秀傳統文化,黄岡師範學院文學院實施了“鄂東傳統文化研究”項目,《鄂東文獻叢書》是這一項目的重要組成部分。《鄂东文獻叢書》收録範圍:一、古代鄂東人士的著述。所謂鄂東人士指出生在鄂東,或籍貫是鄂東(三世祖以下出生或定居現行政區域屬鄂東境内)者。二、雖非鄂東籍,但久居鄂東,且其主要著述在鄂東完成者的著述。

本《叢書》採用平裝形式,每種著述分裝一册。每種著述的編纂以原有的集子爲基礎,並搜輯同一作者内容相關的作品補充完善,也可以按新的體例編次。編者增輯的内容在前言或文末注明出處,必要時説明理由。本叢書的校勘標點以中華書局總編室 1991 年 10 月擬訂的《古籍校點釋例》(初稿)爲基本依據。每種文獻之前,冠以前言(或整理説明)。前言内容包括:一、本書作者的生平簡歷,主要學術成就;二、本書的基本内容、特點、價值的介紹和評論;三、本書的寫作和成書情況;四、本書的版本源流;五、整理方式:底本的選擇,

校勘所用的本書其他版本,引用參考的主要典籍。前言之後,爲全書篇名目録。與本書相關的重要參考文獻作爲書後附録。附録内容主要包括:一、本書作者傳記、碑傳、行狀;二、有關目録書籍對本書的提要;三、本書的各家序跋、題記。

我們整理出版《鄂東文獻叢書》,既是期望爲文史工作者提供研究古代文化的基本文獻,也希望廣大的文史愛好者通過本《叢書》感受到鄂東優秀傳統文化的魅力。隨著本《叢書》的問世,我們希望鄂東文化傳統的研究和弘揚進入一個更爲繁榮的時期。

前　言

《坡仙集》十六卷(内含《年譜》一卷),蘇軾撰,李贄選評,明刻本。

蘇氏父子詩文在北宋已很流行,各類選本、節鈔,每見於録。在宋有郎曄《經進三蘇文集事略》,在明則以李贄寓居鄂東時輯評《坡仙集》爲最。李贄當明萬曆時,寓居鄂東黄安,麻城達十七八年,係有明一代著名異端思想家、文學家,著有《藏書》《續藏書》等。

斯集爲焦竑序刻,其後陳繼儒又有訂補。書前有焦竑《刻坡仙集抄引》、卓吾先生《復焦秣陵書》《校閲姓氏》《重刻坡仙集凡例》,於是編選録旨趣頗有交待。李贄《復焦秣陵書》:"弟於全刻抄出作四册,俱世人所未嘗取者。世人所取者,世人所知耳,亦長公俯就世人而作者也。至其真洪鍾大吕,大扣大鳴,小扣小應,俱繫彼精神髓骨所在,今盡數録出。"

焦氏《引》:"先生(東坡)之文,學者未盡讀。即讀而弗知其味,猶弗讀也。卓吾先生乃詮擇什一,并爲點定,見者忻然傳誦,争先得之爲幸。"此書爲重刻本,《重刻凡例》有云:"選長公集者多矣,或得其皮,或得其肉,或得其骨,皆足以發其光焰。惟是選則獨得其一生神髓所在,使世人不待讀長公之全集而能得長公之全人。"其書共十三卷,前十卷皆坡自撰文,卷十一至十五别集,卷十六爲王宗稷年譜,後附本傳。卷一爲詩、賦、頌、墓誌銘、偈、贊,卷二傳、碑、記、叙,卷三祭文、祝文、志林、雜作,卷四經説、論、表狀、樂語,卷五啓、書柬,卷六亦書柬,卷七爲策問并對策略等(目録闕卷七分卷,正文不闕),卷八、卷九奏議,卷十前亦奏議,後爲内制、外制,卷十一至十五爲别集凡四百七十二條。所取特重坡文,詩人選者僅二首而已。卓吾於其人選之文,間有批語,或一言,或數語,不求一律,皆畫龍點睛。又於字裏行間,或圈或點,不僅反映出東坡文章精妙之處,而且表達卓吾自己文學觀與審美觀。尤其最後五卷《别集》,乃《東坡别集》之僅存者。

自陳振孫《直齋書録解題》卷十七著録《東坡别集》四十六卷後,明清兩代書目多有著録,但其書至清初失傳,内容無考。余嘉錫《四庫提要辨證》卷二十二以爲"是取前、後集及内制、外制、奏議、和陶諸集中詩文編次爲一","不收六集以外之詩文及《志林》《雜説》之類",似乎《别集》乃東坡六集之選編。今從《坡仙集》所存《别集》近五百條内容觀之,第一條乃孝宗《文集贊》,次條即乾道九年孝宗選德殿書賜蘇嶠之誥詞,皆非原來六集所有。以下都是東坡嘉言懿行,取自宋人筆記,如第三條"先生臨錢塘郡日"、第四條"公在黄州都下盛傳公病歿",皆取自何薳《春渚紀聞》;第五條"東坡既就逮御史府"取自方勺《泊宅編》;第六條"仁宗朝登進士"取自陳巖肖《庚溪詩話》等等,皆屬六集以外文字。所謂《别集》者,猶"别紀"云耳。斯集行世既久,翻刻既多殘缺,原本亦有淆訛。今以明萬曆年間李贄選評的《坡仙集》爲底本,參照文淵閣四庫全書本《東坡全集》、曾棗莊等《三蘇全書》、張志烈等《蘇軾全集校注》進行校正,采用現代標點,點校整理。

刻坡仙集抄引

古今之文，至東坡先生無餘能矣。引物連類，千轉萬變而不可方物，即不可摹之狀與甚難顯之情，無不隨形立肖，躍然現前者，此千古一快也。獨其簡帙浩繁，部分叢雜，學者未睹其全，而妄以先入之言少之。故先生之文，學者未盡讀。即讀而弗知其味，猶弗讀也。卓吾先生乃詮擇什一，并爲點定，見者欣然傳誦，争先得之爲幸。大若李光弼一入汾陽之軍，而旌旗壁壘無不改色，此又一快也！向余於中秘見蘇集不減十餘種，欲手自排纘爲一編，未成，而以罪廢。頃，王太史宇泰取見行全集與外集，類次之以傳，而以書屬余曰："子其以卓翁本先付之梓人。"噫，學者讀此而有得，而益因以讀先生之全書，斯無負於兩先生耳。

時萬曆庚子夏瑯琊焦竑書。

卓吾先生復焦秣陵書

蘇長公何如人？故其文章自然驚天動地。世人不知，衹以文章稱之，不知文章直彼餘事耳！世未有其人不能卓立而能文章垂不朽者。弟于全刻抄出作四册，俱世人所未嘗取者。世人所取者，世人所知耳，亦長公俯就世人而作者也。至其真洪鍾大吕，大扣大鳴，小扣小應，俱繫彼精神髓骨所在。弟今盡數録出，閒時一披閱，平生心事宛然如見，如對長公披襟面語，朝夕共遊也。憾不得再寫一部呈去請教耳。倘印出，令學生子置在案頭，初場二場三場畢具矣。

校閱姓氏

李流芳	長蘅
王宇春	季和
嚴調御	印持
鄒之嶧	孟陽
陳義適	林道
張遂辰	卿子
聞啓祥	子將
嚴武順	忍公
嚴　勑	無勑
徐　騰	以息
丁奇遇	夢住
沈澹思	子羽
馮　悰	儼公
鍾人傑	瑞先
聞啓禎	子有
沈夢珠	洛生
楊人駒	讖西
鄒質士	孝直
楊人騏	次弁

重刻坡仙集凡例

一　選長公集者多矣，或得其皮，或得其肉，或得其骨，皆足以發其光焰。惟是選則獨得其一生神髓所在，使世人不待讀長公之全集而能得長公之全人，如卓老與焦書所云，真非虚語也。間有節略處，政其落盡皮膚，顯一真實在。卓老自信其快心，即長公必以爲知己，應爲定本，廣作流通。

批點係卓老畫龍點睛處，行間言外，能使長公復生。其一圈一點，皆自灑心血，開人眼孔。即見卓老人品，亦即是卓老文章，如頰上三毛，缺一不可。原板初印者既絶少，而翻刻者，又皆須眉墮落，颜面不開，殊失卓老真相。今此刻得底本於焦氏，細爲補正。已數傳失本而頓還舊觀，雖依樣葫蘆，而味回橄欖，觀者當自知之。

是集翻刻既多殘缺，原本亦有淆訛，如跋文《與可論書》係一條，而分爲二段；《舉王鞏札子》脱“何名諂事”一句，《夢齋銘》失“依塵”二字，《灩澦堆賦》“搗”作“拂”，《王定國硯銘》“敵”作“敬”，似此者不一而足，至其點畫之差，更不可枚舉。兹悉從諸善本中一一搜正。人經數手，時經數月，校或有誤而再誤，板不惜刓而復刓，務使字安於句，義安於文，盡露當日精神，不失本來面目，批根掃葉，可謂無遺矣，爲二老而苦心，供四海之同好。

坡仙集總目

卷之一

詩 …………………… 017
息壤詩 …………………… 017
顏樂亭詩 …………………… 017
賦 …………………… 018
灩滪堆賦 …………………… 018
屈原廟賦 …………………… 018
後杞菊賦 …………………… 019
黠鼠賦 …………………… 020
秋陽賦 …………………… 020
赤壁賦 …………………… 021
後赤壁賦 …………………… 022
頌 …………………… 023
桂酒頌 …………………… 023
東坡羹頌 …………………… 023
豬肉頌 …………………… 024
禪戲頌 …………………… 024
醉僧圖頌 …………………… 024
石恪畫維摩頌 …………………… 024
阿彌陀佛頌 …………………… 025
魚枕冠頌 …………………… 025
十八大阿羅漢頌引 …………………… 025
墓誌銘 …………………… 026
朱亥墓誌銘 …………………… 026
朝雲墓誌銘 …………………… 026
王子立墓誌銘 …………………… 026
陸道士墓誌銘 …………………… 027
惠州官葬暴骨銘 …………………… 027
亡妻王氏墓誌銘 …………………… 027
乳母任氏墓誌銘 …………………… 028
保母楊氏墓誌銘 …………………… 028
銘 …………………… 029
裙韡銘 …………………… 029
周文炳瓢硯銘 …………………… 029
王定國硯銘二首 …………………… 029
文勛篆銘 …………………… 029
丹石硯銘 …………………… 029
王仲儀硯銘 …………………… 030
端石硯銘二首 …………………… 030
龍尾石月硯銘 …………………… 030
邁硯銘 …………………… 030
卵硯銘 …………………… 030
王頤自然端硯銘 …………………… 031
天石硯銘 …………………… 031
鱐硯銘 …………………… 031
文與可琴銘 …………………… 031
遠遊庵銘 …………………… 032

徐州蓮華漏銘 ………… 032
六一泉銘 ……………… 033
大覺鼎銘 ……………… 033
四達齋銘 ……………… 033
漢鼎銘 ………………… 034
九成臺銘 ……………… 034
菩薩泉銘 ……………… 035
卓錫泉銘 ……………… 035
參寥泉銘 ……………… 036
大别方丈銘 …………… 036
淡軒銘 ………………… 037
廣州東莞縣資福寺舍利塔銘 ………………… 037
夢齋銘 ………………… 037
蘇程庵銘 ……………… 038
偈 ……………………… 038
送壽聖聰長老偈 ……… 038
朱壽昌梁武懺贊偈 …… 039
地獄變相偈 …………… 039
贊 ……………………… 040
磨衲贊 ………………… 040
小篆般若心經贊 ……… 040
金山寶覺師真贊 ……… 040
資福白長老真贊 ……… 041
浄因浄照臻老真贊 …… 041
静安縣君許氏繡觀音贊 ………………… 041
繡佛贊 ………………… 041
興國寺浴室院六祖畫贊 ………………… 041
師子屏風贊 …………… 042
馬祖龎公真贊 ………… 042
辯才大師真贊 ………… 042
應夢觀音贊 …………… 043
海月辯公真贊 ………… 043
二疏圖贊 ……………… 043
孔北海贊 ……………… 044
王定國真贊 …………… 044
秦少游真贊 …………… 044
參寥子真贊 …………… 045
文與可畫墨竹屏風贊 ………………… 045
戒壇院文與可畫墨竹贊 ………………… 045
石室先生畫竹贊 ……… 045
文與可飛白贊 ………… 045
郭忠恕畫贊 …………… 046
石菖蒲贊 ……………… 046
偃松屏贊 ……………… 047
夢作司馬相如求畫贊 ………………… 047

卷之二

傳 ……………………… 048
方山子傳 ……………… 048
率子廉傳 ……………… 049
僧圓澤傳 ……………… 049
萬石君羅文傳 ………… 050
碑 ……………………… 052
表忠觀碑 ……………… 052
宸奎閣碑 ……………… 053

昭靈侯廟碑 …………… 054
伏波將軍廟碑 ………… 055
廣州資福寺羅漢閣碑
………………………… 056
記 ……………………… 057
虔州崇慶院新經藏記
………………………… 057
南華長老題名記 ……… 058
清風閣記 ……………… 058
喜雨亭記 ……………… 059
淩虛臺記 ……………… 060
四菩薩閣記 …………… 060
墨君堂記 ……………… 061
墨妙亭記 ……………… 062
墨寶堂記 ……………… 063
仁宗皇帝御飛白記 …… 063
大悲閣記 ……………… 064
雩泉記 ………………… 065
鳳鳴驛記 ……………… 066
蓋公堂記 ……………… 067
李氏山房藏書記 ……… 068
寶繪堂記 ……………… 068
放鶴亭記 ……………… 069
思堂記 ………………… 070
游桓山記 ……………… 070
文與可畫篔簹谷偃竹記
………………………… 071
石氏畫苑記 …………… 072
石鐘山記 ……………… 072
李太白碑陰記 ………… 073
薦誠禪院五百羅漢記
………………………… 074
衆妙堂記 ……………… 074
密州通判廳題名記 …… 075
傳神記 ………………… 075
淮陰侯廟記 …………… 076
序 ……………………… 076
牡丹記序 ……………… 076
邵茂誠詩集序 ………… 077
錢塘勤上人詩集序 …… 077
鼂君成詩集引 ………… 078
徐州鹿鳴燕賦詩序 …… 079
樂全先生文集序 ……… 079
范文正公文集序 ……… 080

卷之三

祭文 …………………… 082
祭魏國韓令公文 ……… 082
祭柳子玉文 …………… 082
祭歐陽仲純父文 ……… 083
祭文與可文 …………… 083
祭刁景純墓文 ………… 084
祭陳君式文 …………… 084
祭石幼安文 …………… 084
祝文 …………………… 085
禱雨蟠溪文 …………… 085
鳳翔太白山祈雨文 …… 085
祈雨吴山 ……………… 086
祈晴風伯 ……………… 086
祈晴吴山 ……………… 086
徐州祭枯骨文 ………… 086

謝雪文 …………………… 086
祭風伯雨師文 ……………… 087
祭英烈王文 ………………… 087
謝晴文 ……………………… 087
開湖祭禱吴山水仙五龍
三廟文 ……………… 087
謝吴山水仙王五龍三廟文
………………………… 088
立春祭土牛文 ……………… 088
定州辭諸廟文 ……………… 088
志林 ………………………… 088
論孔子 ……………………… 088
論養士 ……………………… 089
論魯隱公里克李斯鄭小同
王允之 ……………… 090
論管仲 ……………………… 091
雜作 ………………………… 093
問養生 ……………………… 093
日喻 ………………………… 093
書劉庭式事 ………………… 094
書狄武襄事 ………………… 094
書孟德傳後 ………………… 095
書六一居士傳後 …………… 095
書歐陽公黄牛廟詩後
………………………… 096
書韓魏公黄州詩後 ………… 096
書鮮于子駿楚詞後 ………… 097
書吴道子畫後 ……………… 097
書朱象先畫後 ……………… 097
書蒲永昇畫後 ……………… 098
書李伯時山莊圖後 ………… 098
書唐氏六家書後 …………… 099
書東皋子傳後 ……………… 099
書黄子思詩集後 …………… 100
藥誦 ………………………… 100
書柳子厚牛賦後 …………… 101
太息送秦少章……………… 101
送錢塘僧思聰歸孤山叙
………………………… 102
怪石供 ……………………… 103
後怪石供 …………………… 103
補龍山文二首 ……………… 103
剛説 ………………………… 104
書楞伽經後 ………………… 105
書黄魯直李氏傳後 ………… 105
捨銅龜子文 ………………… 106
書若達所書經後 …………… 106
書柳子厚大鑒禪師碑後
………………………… 106
南華長老重辯師逸事
………………………… 107

卷之四

經説 ………………………… 108
問:供養三德爲善………… 108
問:小雅周之衰…………… 108
問:君子能補過…………… 109
問:魯猶三望……………… 110
問:魯作丘甲……………… 110
問:雩月何以爲正………… 111
問:初税畝………………… 111

易解 …………………… 111
論 …………………… 112
禮以養人爲本論 …………………… 112
既醉備五福論 …………………… 113
大臣論上 …………………… 114
大臣論下 …………………… 115
秦始皇帝論 …………………… 116
續養生論 …………………… 117
道德論 …………………… 118
表狀札子 …………………… 119
密州謝上表 …………………… 119
徐州謝上表 …………………… 120
徐州謝獎諭表 …………………… 120
徐州賀河平表 …………………… 121
湖州謝上表 …………………… 121
到黄州謝表 …………………… 122
謝失覺察妖賊放罪表 …………………… 122
謝量移汝州表 …………………… 123
乞常州居住表 …………………… 123
到常州謝表二首 …………………… 124
登州謝上表 …………………… 125
辭免起居舍人第二狀 …………………… 125
辭免中書舍人狀 …………………… 126
謝中書舍人表二首 …………………… 126
辭免翰林學士第二狀 …………………… 127
謝宣召入院狀二首 …………………… 127
謝對衣金帶馬表二首 …………………… 128
謝賜御書詩表 …………………… 128
謝三伏早出院表 …………………… 128
謝除龍圖閣學士表二首 …………………… 129
謝賜對衣金帶馬表 …………………… 129
杭州謝上表 …………………… 130
杭州謝放罪表二首 …………………… 130
賀興龍節表 …………………… 131
賀坤成節表 …………………… 131
辭免翰林學士承旨第一狀 …………………… 131
乞候坤成節上壽訖復遂前請狀 …………………… 131
謝宣召再入學士院狀二首 …………………… 132
謝賜對衣金帶馬狀 …………………… 133
謝兼侍讀表 …………………… 133
謝除龍圖閣學士知潁州表二首 …………………… 133
謝賜對衣金帶馬狀 …………………… 134
潁州謝到任表二首 …………………… 134
上清儲祥宫成賀德音表二首 …………………… 135
賀興龍節表 …………………… 135
賀駕幸太學表二首 …………………… 136
謝賜曆日表 …………………… 136
謝揚州到任表二首 …………………… 136
謝賜卹刑詔書表二首 …………………… 137
謝除兵部尚書賜對衣金帶馬狀 …………………… 137

謝兼侍讀表二首 …… 138
任兵部尚書乞外郡札子 …… 138
辭兩職并乞郡札子 …… 139
第二札子 …… 139
謝除兩職守禮部尚書表二首 …… 139
謝賜對衣金帶馬狀二首 …… 140
定州謝到任表 …… 141
謝賜曆日表 …… 141
謝賜衣襖表 …… 141
到惠州謝表 …… 142
到昌化軍謝表 …… 142
提舉玉局觀謝表 …… 142
謝御膳表 …… 143
上皇帝賀冬表 …… 143
上太皇太后賀正表 …… 143
樂語 …… 144
教坊致語 …… 144
趙倅成伯母生日致語 …… 144
王氏生子致語 …… 144
寒食宴提刑致語 …… 145

卷之五

啓 …… 146
謝制科啓 …… 146
賀楊龍圖啓 …… 147
鳳翔到任謝執政啓 …… 147
賀吳副樞啓 …… 148
答許狀元啓 …… 148
謝館職啓 …… 148
賀韓丞相啓 …… 149
賀歐陽少師致仕啓 …… 150
賀韓丞相再入啓 …… 150
密州到任謝執政啓 …… 151
答楊屯田啓 …… 151
謝監司薦舉啓 …… 151
徐州謝兩府啓 …… 151
賀呂副樞啓 …… 152
賀趙大資致仕啓 …… 152
登州謝兩府啓 …… 153
謝中書舍人啓 …… 153
答試館職人啓 …… 154
答李寶文啓 …… 154
答王欽臣啓 …… 154
謝賈朝奉啓 …… 154
賀范端明啓 …… 155
答范端明啓 …… 155
杭州謝執政啓 …… 156
答杭州交代啓 …… 156
謝生日詩啓 …… 156
答杭州交代啓 …… 156
潁州到任謝執政啓 …… 157
與京西運使劉昱啓 …… 157
揚州到任謝執政啓 …… 157
賀彭發運啓 …… 157
定州到任謝執政啓 …… 157
謝諸郡啓 …… 158
賀鄰帥及監司冬至啓

……………………… 158
謝鄰帥及監司正旦啓 ……………………… 158
答丁連州啓 …………… 158
答陳提刑啓 …………… 159
答彭賀州啓 …………… 159
答王幼安宣德啓 ……… 159
求婚啓 ………………… 159
謝求婚啓 ……………… 160
謝孫舍人啓 …………… 160
答新蘇州黄龍圖啓 …… 160
答曾舍人啓 …………… 160
賀蔣發運啓 …………… 161
賀時宰啓 ……………… 161
下財啓 ………………… 162
答求親啓 ……………… 162
黄州還回太守畢仲遠啓 ……………………… 162
書柬 …………………… 162
上皇帝書 ……………… 162
上王兵部書 …………… 163
與劉宜翁書 …………… 164
上王刑部書 …………… 165
上荆公書 ……………… 165
上韓樞密書 …………… 166
上梅直講書 …………… 166
上韓太尉書 …………… 167
上富丞相書 …………… 168
上曾丞相書 …………… 170
應制舉上兩制書 ……… 171
上劉侍讀書 …………… 173
上蔡省主論放欠書 …… 174
上韓魏公乞葬董傳書 ……………………… 175
上韓丞相論災傷手實書 ……………………… 176
上文侍中論强盜賞錢書 ……………………… 177
上文侍中論榷鹽書 ……………………… 177
答黄魯直書 …………… 179
黄州上文潞公書 ……… 179
謝張太保撰先人墓碣書 ……………………… 180

卷之六

書柬 …………………… 182
與章子厚書 …………… 182
答李端叔書 …………… 183
答秦太虚書 …………… 184
答陳師仲書 …………… 185
答畢仲舉書 …………… 185
與朱鄂州書 …………… 186
答李廌書 ……………… 187
答張文潛書 …………… 188
答謝民師書 …………… 189
答劉沔都曹書 ………… 189
與章子厚書 …………… 190
與孫運句書 …………… 191
與李方叔書 …………… 191
與葉進叔書 …………… 192

答舒堯文書 …………… 193
答孫志康書 …………… 193
與李方叔 …………… 194
與彦正判官 …………… 194
與温公 …………… 195
與魯直二首 …………… 195
與陳傳道 …………… 196
與王敏仲 …………… 196
與鄭靖老 …………… 196
與滕達道 …………… 197
與李之儀 …………… 197
與康公曹都官 …………… 197
與周開祖 …………… 198
與鮮于子駿 …………… 198
答范蜀公 …………… 198
與王慶源 …………… 199
與李公擇 …………… 199
與蔡景繁黄州 …………… 199
與王元直 …………… 199
答趙昶晦之 …………… 200
答賈耘老二首 …………… 200
答李方叔 …………… 201
與楊元素 …………… 201
與趙德麟 …………… 201
與吴子野 …………… 201
答王定國 …………… 202
與佛印禪老 …………… 202
答參寥 …………… 202
與大覺禪師璉公 …………… 202
答水陸通長老密州 …………… 203
答金山寶覺禪師 …………… 203
與參寥 …………… 203
答言上人 …………… 204
答通禪師 …………… 204
答圓神秀禪師 …………… 204
答寶月大師 …………… 204
與開元明師 …………… 205
與辯才禪師二首 …………… 205
答聞復上人 …………… 205
與大覺禪師璉公二首 …………… 206
答龜山長老 …………… 206
答參寥 …………… 206
與參寥 …………… 206

卷之七

策問并對策及策略等 …………… 208
私試策問三首 …………… 208
永興軍秋試舉人策問 …………… 210
國學秋試策問二首 …………… 210
試館職策題二首 …………… 211
省試策問三首 …………… 212
御試制科策一道 …………… 214
擬進士對御試策一道 …………… 216
策問 …………… 216
擬對士 …………… 217
策略 …………… 221
策別 …………… 227
策斷 …………… 240

策 …………………………… 242
禹之所以通水之法 …… 242
關隴遊民私鑄錢與江淮漕卒爲盜之由 ……… 243

卷之八

奏議 …………………………… 244
議學校貢舉狀 ………… 244
熙寧四年奏書 ………… 246
又奏書 ………………… 255
熙寧七年十一月論河北京東盜賊狀 ………… 256
元豐元季十月奏書 ………………………… 257
乞罷登萊榷鹽狀 ……… 260
元豐八年十二月論給田募役狀 …………… 261
繳楚建中户部侍郎詞頭狀 ………………………… 263
乞不給散青苗錢斛狀 ………………………… 263
論每事降詔約束狀 ………………………… 264
辯試館職策問札子又一首… ………………………… 265
乞録用鄭俠王斿狀 ………………………… 268

卷之九

奏議 …………………………… 269
論擒獲鬼章稱賀太速札子 ………………………… 269
因擒鬼章論西羌夏人事宜札子 ………………… 269
乞詔邊吏無進取及論鬼章事宜札子 ……… 271
乞約鬼章討里骨札子 ………………………… 272
乞郡札子 ……………… 273
可憐 …………………………… 275
辯舉王鞏札子 ………… 275
論周穜擅議配享自劾札子 …………………… 276
論邊將隱匿敗亡憲司體量不實札子 ……… 277
論行遣蔡確札子 ……… 278
乞將臺諫官章疏降付有司根治札子 ……… 278
論高麗進奉狀 ………… 279
乞賑濟浙西七州狀 …… 281
乞開杭州西湖狀 ……… 281
乞擢用劉季孫狀 ……… 283
杭州召還乞郡狀 ……… 283
辭免撰趙瞻神道碑狀 ………………………… 285
再乞郡札子 …………… 286
辯題詩札子 …………… 286
乞賜光梵寺額狀 ……… 287
薦宗室令時狀 ………… 287
論積欠六事并乞檢會應詔四事一處行下狀 …… 288

論綱梢欠折利害狀 …… 290
乞賻贈劉季孫狀 …… 291

卷之十

奏議 …… 292
論高麗買書利害札子 …… 292
上圜丘合祭六議札子 …… 294
乞改居喪婚娶條狀 …… 298
乞校正陸贄奏議上進札子 …… 298
辯黃慶基彈劾札子 …… 299
謝宣諭札子 …… 300
朝辭赴定州論事狀 …… 300
代李琮論京東盜賊狀元豐 …… 303
乞允文彦博等辭避免拜札子 …… 305
内制 …… 305
賜太師文彦博乞致仕不允批答二首 …… 305
賜宰相吕公著乞退不允批答 …… 306
賜太師平章軍國重事文彦博宰相吕公著自今後入朝凡有禮拜宜并特與免拜詔 …… 306
賜太師文彦博辭免不拜恩命允批答 …… 306
賜宰相吕公著乞罷相位不許斷來章批答二首 …… 306
生擒西蕃鬼章奏告永裕陵祝文 …… 307
賜太師文彦博上第一表乞致仕不允批答 …… 307
賜太師文彦博上第二表乞致仕不允批答 …… 307
賜太師文彦博乞致仕不許斷來章批答二首 …… 308
賜太師文彦博乞致仕不許詔三首 …… 308
賜宰相吕公著上第一表乞致仕不允批答 …… 308
賜宰相吕公著上第二表乞致仕不允批答 …… 309
除吕大防特授太中大夫守尚書左僕射兼門下侍郎加上柱國食邑實封餘如故制 …… 309
除范純仁特授大中大夫守尚書右僕射兼中書侍郎進封高平郡開國侯加食邑實封餘如故制 …… 309
賜新除守尚書右僕射兼中書侍郎范純仁上第一表辭免恩命不允批答 …… 310
賜范純仁上第二表辭免恩

命不允批答 ………… 310
賜新除守尚書左僕射兼門下侍郎吕大防上第二表辭免恩命不許斷來章批答 …………………… 310
除苗授特授武泰軍節度使殿前副都指揮使勳封食實如故制 …………… 311
中太一宫真室殿爲太皇太后消災集福罷散天皇九曜道場朱表 ……… 311
賜太師平章軍國重事文彦博上第一表乞致仕不許批答 ……………… 311
賜太師文彦博上第二表乞致仕不允批答 ……… 311
賜龍圖閣學士河東路經略司兼知太原府曾布乞除一閑慢州郡不允詔 ………………………… 312
除皇伯祖宗晟特起復制…… ………………………… 312
賜皇伯祖宗晟辭免起復恩命不允詔 …………… 312
賜光禄大夫守吏部尚書兼侍讀蘇頌上表乞致仕不許詔 ……………… 313
賜光禄大夫守吏部尚書兼侍讀蘇頌上第二表陳乞致仕不允詔 ……… 313
外制 ……………………… 313
劉霆知陳留縣 ……… 313
太常少卿趙瞻可户部侍郎 ………………………… 313
范子淵知峽州 ……… 314
宣德郎劉錫永父元年一百四歲可承事郎 ……… 314
李周太僕少卿 ……… 314
王安石贈太傅 ……… 314
李琮知吉州 ………… 315
王彭知婺州孫昌齡知蘇州岑象求知果州 ……… 315
吕惠卿責授建寧軍節度副使本州安置不得簽書公事 ………………… 315
趙卨摩勘轉朝議大夫 … 316
李之純户部侍郎 …… 316
蘇頌刑部尚書 ……… 316
范百禄刑部侍郎 …… 316
朱光庭左司諫土觀右司諫 ………………………… 317
鮮于侁左諫議大夫梁燾右諫議大夫 ………… 317

卷之十一

別集八十條 …………… 318

卷之十二

別集一百八條 ……… 334

卷之十三

别集一百十六條 ········ 351

卷之十四

别集九十六條 ··········· 368

卷之十五

别集七十三條 ··········· 385

卷之十六

年譜 ························· 401
年譜後語 ··················· 414
本傳 ························· 415

坡仙集總目 終

坡仙集卷之一

詩

息壤詩并序

《淮南子》曰：鯀堙洪水，盜帝之息壤，帝使祝融殺之於羽淵。今荆州南門外，有狀若屋宇，陷入地中而猶見其脊者，旁有石記，云不可犯。畚鍤所及，輒復如故。又頗以致雷雨，歲大旱，屢發有應。予感之，乃爲作詩，其詞曰：

帝息此壤，以藩幽臺。有神司之，隨取而培。帝敕下民，無敢或開。惟帝不言，以雷以雨。惟民知之，幸帝之恕[①]。帝茫不知，誰敢以告。帝怒不常，下土是震。使民前知，是役於民，無是墳者，誰取誰干。惟其的之，是以射之。

顔樂亭并序

顔子之故居，所謂陋巷者，有井存焉，而不在顔氏久矣。膠西太守孔君宗翰始得其地，浚治其井，作亭於其上，命之曰顔樂。昔夫子以"簞食瓢飲"賢顔子，而韓子乃以爲哲人之細事，何哉？蘇子曰：古之觀人也，必於其小焉觀之，其大者容有僞焉。人能碎千金之璧，不能無失聲於破釜；能搏猛虎，不能無變色於蜂蠆。孰知簞食瓢飲之爲哲人之大事乎？乃作《顔樂亭》詩以遺孔君。

① 恕，應是"怒"之誤。

天生蒸民，爲之鼻口。美者可嚼，芬者可嗅。美必有惡，芬必有臭。我無天遊，六鑿交鬥。鶩而不返，跬步商受。偉哉先師，安此微陋。孟賁股慄，虎豹却走。眇然其身，中亦何有。我求至樂，千載無偶。執瓢從之，忽焉在後。

賦

灩澦堆賦并序

世以瞿塘峽口灩澦堆爲天下之至險，凡覆舟者，皆歸咎於此石。以余觀之，蓋有功於斯人者。夫蜀江會百水而至於夔，瀰漫浩汗，横放於大野，而峽之小大，曾不及其十一。苟先無以齟齬於其間，則江之遠來，奔騰迅快，盡鋭於瞿塘之口，則其嶮悍可畏，當不啻於今耳。因爲之賦，以待好事者試觀而思之。

天下之至信者，惟水而已。江河之大與海之深，而可以意揣。惟其不自爲形，而因物以賦形，是故千變萬化而有必然之理。掀騰勃怒，萬夫不敢前兮，宛然聽命，惟圣人之所使。余泊舟乎瞿塘之口，而觀乎灩澦之崔嵬，然後知其所以開峽而不去者，固有以也。蜀江遠來兮，浩漫漫之平沙。行千里而未嘗齟齬兮，其意驕逞而不可摧。忽峽口之逼窄兮，納萬頃於一杯。方其未知有峽也，而戰乎灩澦之下，喧豗震掉，盡力以與石鬥，勃乎若萬騎之西來。忽孤城之當道，鉤援臨衝，畢至於其下兮，城堅而不可取。矢盡劍折兮，迤邐循城而東去。於是滔滔汩汩，相與入峽，安行而不敢怒。嗟夫！物固有以安而生變兮，亦有以用危而求安。得吾説而推之兮，亦足以知物理之固然。

屈原廟賦

浮扁舟以適楚兮，過屈原之遺宫。覽江上之重山兮，曰惟子之故鄉。

伊昔放逐兮，渡江濤而南遷。去家千里兮，生無所歸而死無以爲墳。悲夫！人固有一死兮，處死之爲難。徘徊江上欲去而未決兮，俯千仞之驚湍。賦《懷沙》以自傷兮，嗟子獨何以爲心。忽終章之慘烈兮，逝將去此而沉吟。吾豈不能高舉而遠遊兮，又豈不能退默而深居？獨嗷嗷其怨慕兮，恐君臣之愈疏。生既不能力争而强諫兮，死猶冀其感發而改行。苟宗國之顛覆兮，吾亦獨何愛於久生！託江神以告冤兮，馮夷教之以上訴。歷九關而見帝兮，帝亦悲傷而不能救。懷瑾佩蘭而無所歸兮，獨惸惸乎中浦。

峽山高兮崔嵬，故居廢兮行人哀。子孫散兮安在，況復見兮高臺。自子之逝今千載兮，世愈狹而難存。賢者畏譏而改度兮，隨俗變化斲方以爲圓。黽勉於亂世而不能去兮，又或爲之臣佐。變丹青於玉瑩兮，彼乃謂子爲非智。惟高節之不可以企及兮，宜夫人之不吾與。違國去俗死而不顧兮，豈不足以免於後世？嗚呼！君子之道，豈必全兮。全身遠害，亦或然兮。嗟子區區，獨爲其難兮。雖不適中，要以爲賢兮。夫我何悲，子所安兮。

後杞菊賦并序

天隨生自言常食杞菊。及夏五月，枝葉老硬，氣味苦澀，猶食不已。因作賦以自廣。始余嘗疑之，以爲士不遇，窮約可也，至於饑餓嚼嚙草木，則過矣。而余仕宦十有九年，家日益貧，衣食之奉，殆不如昔者。及移守膠西，意且一飽，而齋廚索然[①]，日者與通守劉君廷式，循古城廢圃，求杞菊食之，捫腹而笑。然後知天隨生[②]之言，可信不謬。作《後杞菊賦》以自嘲，且解之云。

吁嗟先生，誰使汝坐堂上稱太守？前賓客之造請，後掾屬之趨走。朝衙達午，夕坐過酉。曾杯酒之不設，攬草木以誑口。對案顰蹙，舉箸噎嘔。昔陰將軍設麥飯與葱葉，井丹推去而不嗅。怪先生之眷眷，豈故山之無有？

先生欣然而笑曰："人生一世，如屈伸肘。何者爲貧？何者爲富？何者爲美？何者爲陋？或糠核而瓠肥，或粱肉而墨瘦。何侯方丈，庾郎三九。較豐約於夢寐，卒同歸於一朽。吾方以杞爲糧，以菊爲糗。

---

① 據《蘇東坡全集》，此處應有"不堪其憂"一句。

② 《蘇東坡全集》，增加"生"字。

春食苗，夏食葉，秋食花實而冬食根，庶幾乎西河、南陽之壽。”

黠鼠賦

蘇子夜坐，有鼠方囓。拊牀而止之，既止復作。使童子燭之，有橐中空。嘐嘐聱聱，聲在橐中。曰：“嘻，此鼠之見閉而不得去者也。”發而視之，寂無所有。舉燭而索，中有死鼠。童子驚曰：“是方囓也，而遽死耶？向爲何聲，豈其鬼耶？”覆而出之，墮地乃走。雖有敏者，莫措其手。

蘇子歎曰：“異哉，是鼠之黠也。閉於橐中，橐堅而不可穴也。故不囓而囓，以聲致人；不死而死，以形求脱也。吾聞有生，莫智於人。擾龍伐蛟，登龜狩麟，役萬物而君之，卒見使於一鼠。墮此蟲之計中，驚脱兔於處女。烏在其爲智也？”

坐而假寐，私念其故。若有告余者曰：“汝惟多學而識之，望道而未見也。不一于汝而二于物，故一鼠之囓而爲之變也。人能碎千金之璧，不能無失聲於破釜；能搏猛虎，不能無變色於蜂蠆。此不一之患也。言出於汝而忘之耶？”余俯而笑，仰而覺。使童子執筆，記余之作①。

秋陽賦

越王之孫，有賢公子，宅於不土之里，而詠無言之詩。以告東坡居士曰：“吾心皎然，如秋陽之明；吾氣肅然，如秋陽之清；吾好善而欲成之，如秋陽之堅百穀；吾惡惡而欲刑之，如秋陽之隕群木。夫是以樂而賦之。子以爲何如？”

居士笑曰：“公子何自知秋陽哉？生於華屋之下，而長遊於朝廷之上，出擁大蓋，入侍帷幄；暑至於温，寒至於涼而已矣，何自知秋陽哉？若予者，乃真知之。方夏潦之淫也，雲蒸雨泄，雷電發越，江湖爲一，后土冒没，舟行城郭，魚龍入室。菌衣生於用器，蛙蚓行於几席。夜違濕而五遷，晝燎衣而三易。是猶未足病也。耕於三吴，有田一

① 作，當從《蘇東坡全集》，改爲“作”。

廛。禾已實而生耳，稻方秀而泥蟠。溝塍交通，牆壁頽穿，面垢落塈之塗，目泣濕薪之煙。釜甑其空，四鄰悄然。鸛鶴鳴於户庭，婦宵興而永歎。計無[①]食其幾何，矧有[②]衣於窮年。忽釜星之雜出，又燈花之雙懸。清風西來，鼓鐘其鏜。奴婢喜而告余，此雨止之祥也。蚤作而占之，則長庚澹澹其不芒矣。浴於暘谷，升於扶桑。曾未轉盼，而倒景飛於屋梁矣。方是時也，如醉而醒，如瘖而鳴，如痿而起行，如還故鄉初見父兄。公子亦有此樂乎？"公子曰："善哉！吾雖不身履，而可以意知也。"

居士曰："日行於天，南北異宜。赫然而炎非其虐，穆然而温非其慈。且今之温者昔之炎者也。云何以夏爲盾而以冬爲衰乎？吾儕小人，輕愠易喜。彼冬夏之畏愛，乃群狙之三四。自今知之，可以無惑。居不墐户，出不仰笠，暑不言病，以無忘秋陽之德。"公子拊掌，一笑而作。

赤壁賦

壬戌之秋，七月既望，蘇子與客泛舟遊於赤壁之下。清風徐來，水波不興。舉酒屬客，誦明月之詩，歌窈窕之章。少焉，月出於東山之上，徘徊於斗、牛之間。白露横江，水光接天，縱一葦之所如，凌萬頃之茫然。浩浩乎如馮虚御風，而不知其所止；飄飄乎如遺世獨立，羽化而登仙。

於是飲酒樂甚，扣舷而歌之。歌曰："桂棹兮蘭槳，擊空明兮泝流光。渺渺兮予懷，望美人兮天一方。"客有吹洞簫者，倚歌而和之，其聲嗚嗚然，如怨如慕，如泣如訴。餘音嫋嫋，不絶如縷。舞幽壑之潛蛟，泣孤舟之嫠婦。

蘇子愀然，正襟危坐，而問客曰："何爲其然也？"客曰："'月明星稀，烏鵲南飛。'此非曹孟德之詩乎？西望夏口，東望武昌；山川相繆，鬱乎蒼蒼。此非孟德之困於周郎者乎？方其破荆州，下江陵，順流而東也，舳艫千里，旌旗蔽空，釃酒臨江，横槊賦詩，固一世之雄也，而今

---

① "無"，似"有"之誤。

② "有"，似"無"之誤。

安在哉？况吾與子漁樵于江渚之上，侶魚蝦而友麋鹿。駕一葉之扁舟，舉匏尊以相屬。寄蜉蝣于天地，渺滄海之一粟。哀吾生之須臾，羨長江之無窮。挾飛仙以遨遊，抱明月而長終。知不可乎驟得，託遺響於悲風。”

蘇子曰：“客亦知夫水與月乎？逝者如斯，而未嘗往也。盈虛者如彼，而卒莫消長也。蓋將自其變者而觀之，則天地曾不能以一瞬。自其不變者而觀之，則物與我皆無盡也，而又何羨乎？且夫天地之間，物各有主。苟非吾之所有，雖一毫而莫取。惟江上之清風，與山間之明月，耳得之而爲聲，目遇之而成色。取之無禁，用之不竭。是造物者之無盡藏也，而吾與子之所共適。”客喜而笑，洗盞更酌。肴核既盡，杯盤狼籍。相與枕籍乎舟中，不知東方之既白。

後赤壁賦

是歲十月之望，步自雪堂，將歸于臨皋。二客從予，過黄泥之坂。霜露既降，木葉盡脱。人影在地，仰見明月。顧而樂之，行歌相答。已而歎曰：“有客無酒，有酒無肴，月白風清，如此良夜何？”客曰：“今者薄暮，舉網得魚，巨口細鱗，狀似松江之鱸。顧安所得酒乎？”歸而謀諸婦。婦曰：“我有斗酒，藏之久矣，以待子不時之須。”

於是携酒與魚，復遊於赤壁之下。江流有聲，斷岸千尺。山高月小，水落石出。曾日月之幾何，而江山不可復識矣。予乃攝衣而上，履巉巖，披蒙茸，踞虎豹，登虬龍。攀栖鶻之危巢，俯馮夷之幽宫。蓋二客不能從焉。劃然長嘯，草木震動。山鳴谷應，風起水涌。予亦悄然而悲，肅然而恐，凛乎其不可久留也。反而登舟，放乎中流，聽其所止而休焉。時夜將半，四顧寂寥，適有孤鶴横江東來，翅如車輪，玄裳縞衣。戛然長鳴，掠予舟而西也。

須臾客去，予亦就睡，夢一道士，羽衣翩躚，過臨皋之下，揖予而言曰：“赤壁之遊樂乎？”問其姓名，俯而不答。嗚呼噫嘻，我知之矣。“疇昔之夜，飛鳴而過我者，非子也耶？”道士顧笑，予亦驚悟。開户視之，不見其處。

頌

桂酒頌并序

《禮》曰:“喪有疾,飲酒食肉,必有草木之滋焉,薑桂之謂也。”古者非喪,食不徹薑桂。《楚辭》曰:“莫桂酒兮椒漿。”是桂可以爲酒也。《本草》:桂有小毒,而菌桂、牡桂皆無毒,大略皆主温中,利肝肺氣,殺三蟲,輕身堅骨,養神發色,使常如童子,療心腹冷疾,爲百藥先,無所畏。陶隱居云:《仙經》,服三桂,以蔥涕合雲母,烝爲水。而孫思邈亦云:久服,可行水上。此輕身之效也。吾謫居海上,法當數飲酒以禦瘴,而嶺南無酒禁。有隱者以桂酒方授吾,釀成而玉色,香味超然,非人間物也。東坡先生曰:“酒,天禄也。其成壞美惡,世以兆主人之吉凶,吾得此,豈非天哉?”故爲之頌,以遺後之有道而居夷者。其法蓋刻石置之羅浮鐵橋之下,非忘世求道者莫至焉。其詞曰:

中原百國東南傾,流膏輸液歸南溟。祝融司方發其英,沐日浴月百寶生。水娠黄金山空青,丹砂晝暾珠夜明。百卉甘辛角芳馨,旃檀沈水乃公卿。大夫芝蘭士蕙蘅,桂君獨立冬鮮榮。無所慴畏時靡争,釀爲我醪淳而清。甘終不壞醉不醒,輔安五神伐三彭。肌膚渥丹身毛輕,泠然風飛罔水行。誰其傳者疑方平,教我常作醉中醒。

東坡羹頌并引

東坡羹,蓋東坡居士所煮菜羹也。不用魚肉五味,有自然之甘。其法以菘若蔓菁、若蘆菔、若薺,皆揉洗數過,去辛苦汁。先以生油少許塗釜,緣及一瓷碗,下菜湯中。入生米爲糝,及少生薑,以油碗覆之,不得觸,觸則生油氣,至熟不除。其上置甑,炊飯如常法,碗不可遽覆,須生菜氣出盡,乃覆之。羹每沸涌。遇油輒下,又爲碗所壓,故終不得上。不爾,羹上薄飯,則氣不得達而飯不熟矣。飯熟羹亦爛可食。若無菜,用瓜、茄,皆切破,不揉洗，入罨，熟赤豆與粳米半爲糁。餘如煮菜法。應純道人將適廬山，求其法以遺山中好事者。以頌問之：

甘苦常從極處回，咸酸未必是鹽梅。問師此箇天真味，根上來麽塵上來？

豬肉頌

浄洗鐺，少著水，柴頭罨煙焰不起。待他自熟莫催他，火候足時他自美。黄州好豬肉，價賤如泥土。貴者不肯吃，貧者不解煮，早晨起來打兩碗，飽得自家君莫管。

禪戲頌

已熟之肉，無復活理。投在東坡無礙羹釜中，有何不可？問天下禪和子，且道是肉是素，吃得是吃不得是？大奇大奇，一碗羹，勘破天下禪和子。

醉僧圖頌

人生得坐且穩坐，劫劫地走覓什么。今年且痾東禪屎，明年去拽西林磨。

石恪畫維摩頌　**趣甚。**

我觀衆工工一師，人持一藥療一病。風勞欲寒氣欲暖，肺肝胃腎更相克。挾方儲藥如丘山，卒無一藥堪施用。有大醫王拊掌笑，謝遣衆工病隨愈。問大醫王以何藥，還是衆工所用者。我觀三十二菩薩，各以意談不二門。而維摩詰默無語，三十二義一時墮。我觀此義亦不墮，維摩初不離是説。譬如油蠟作燈燭，不以火點終不明。忽見默然無語處，三十二説皆光焰。佛子若讀維摩經，當作是念爲正念。我觀維摩方丈室，能受九百萬菩薩。三萬三千師子坐，皆悉容受不迫迮。又能分布一缽飯，饜飽十方無量衆。斷取妙喜佛世界，如持針鋒一棗葉。云是菩薩不思議，住大解脱神通力。我觀石子一處士，麻鞋破帽露兩肘。能使筆端出維摩，神力又過維摩詰[①]。

阿彌陀佛頌并叙

錢塘圓照律師，普勸道俗皈命西方極樂世界阿彌陀佛。眉山蘇軾敬捨亡母蜀郡太君程氏遺留簪珥，命工胡錫采畫佛像，以薦父母冥福。謹再拜稽首而獻頌曰：

佛以大圓覺，充滿河沙界。我以顛倒想，出没生死中。云何以一念，得往生净土。我造無始業，本從一念生。既從一念生，還從一念滅。滅滅盡處，則我與佛同。如投水海中，如風中鼓槖。雖有大圣智，亦不能分别[②]。

魚枕冠頌　趣甚。

瑩净魚枕冠，細觀初何物。形氣偶相值，忽然而爲魚。不幸遭網罟，剖魚而得枕。方其得枕時，是枕非復魚。湯火就模範，巉然冠五岳。方其爲冠時，是冠非復枕。成壞無窮已，究竟亦非冠。假使未變壞，送與無髮人。簪導無所施，是名爲何物。我觀此幻身，已作露電觀。而況身外物，露電亦無有。佛子慈閔故，願受我此冠。若見冠非冠，既知我非我[③]。

十八大阿羅漢頌引　事奇。

蜀金水張氏，畫十八大阿羅漢。軾謫居儋耳，得之民間。海南荒陋，不類人世。此畫何自至哉？久逃空谷，如見師友，乃命過躬易其裝標，設燈塗香果以禮之。張氏以畫羅漢有名，唐末蓋世擅其藝，今成都僧敏行，其玄孫也。梵相奇古，學術淵博，蜀人皆曰："此羅漢化生其家也。"軾外祖父程公，少時游京師，還，遇蜀亂，絶糧，不能歸，困卧旅舍。有僧十八人往見之，曰："我，公之邑人也。"各以錢二百貸

① 有的版本在此文后面還有"若云此畫無實相，毗耶城中亦非實。佛子若作維摩像，應作此觀爲正觀"。

② 李贄删掉下面六句。

③ 李贄删去下面"五濁煩惱中，清净常歡喜"。

之,公以是得歸,竟不知僧所在。公曰:“此阿羅漢也。”歲設大供四。公年九十,凡設二百餘供。今軾雖不親覩至人,而困厄九死之餘,鳥言卉服之間,乃獲此奇勝,豈非希闊之遇也哉? 乃各即其體像,而窮其思致,以爲之頌。

墓誌銘

朱亥墓誌銘[①]　好甚。

崔嵬高丘,其下爲誰? 惟魏烈士,朱亥是依。時惟布衣,不震不驚。晋鄙在師,孔嚴不孤。進承其頤,視如豚豭。昔其在屠,誰養其威? 鼓刀市人,誰者畏之? 世之勇夫,殺人如蒿。及其所難,或失其刀。惟是貧賤,無以自豪,是謂真勇。士之布衣,其亦在養。有或不養,臨事而恐。惟是屠者,其養可取。

朝雲墓誌銘

東坡先生侍妾曰朝雲,字子霞,姓王氏,錢塘人。敏而好義,事先生二十有三年,忠敬若一。紹聖三年七月壬辰,卒于惠州,年三十四。八月庚申,葬之豐湖之上栖禪山寺之東南。生子遁,未期而夭。蓋常從比丘尼義沖學佛法,亦粗識大意。且死,誦金剛經四句偈以絶。銘曰:

浮屠是瞻,伽藍是依。如汝宿心,惟佛之歸。

王子立墓誌銘

子立諱適,趙郡臨城人也。始予爲徐州,子立爲州學生,知其賢而有文,喜怒不見,得喪若一,曰:“是有類子由者。”故以其子妻之。與其弟遹子敏,皆從予於吴興。學道日進,東南之士稱之。予得罪於吴興,親戚故人皆驚散,獨兩王子不去,送予出郊,曰:“死生禍福,天也,公其如天何?”返取余家,致之南都。而子立又從子由謫於高安、

① 銘,據原目録補。

績溪，同其有無，賦詩絃歌，講道著書於席門茅屋之下者五年，未嘗有愠色。予與子由有六男子，皆以童子從子立遊，學文有師法，人人自重，不敢嬉宕，子立實使然。元祐四年冬，自京師將適濟南，未至，卒于奉高之傳舍，蓋十月二十五日也。享年三十五。銘曰：

知性以爲存，不壽非其怨也。知義以爲榮，不貴非其羨也。而未能忘於文，則猶有意於傳也。嗚呼！百世之後，其姓名與我皆隱顯也。　**好甚。**

陸道士墓誌銘

道士陸惟忠，字子厚，眉山人。家世爲黄冠師。子厚獨狷潔精苦，不容於其徒，去之遠遊。始見予黄州，出所作詩，論内外丹指略，蓋自以爲決不死者。然予嘗告之曰："子神清而骨寒，其清可以仙，其寒亦足以死。"其後十五年，復來見予惠州，則得瘦疾，骨見衣表，然詩益工，論内外丹益精。曰："吾真坐寒而死矣。每從事於養生，輒有以敗之，類物有害吾生者。"予曰："然。子若死，必復爲道士，以究此志。"予時適得美石如黑玉曰："當以是志子墓。"子厚笑曰："幸甚。"久之，子厚去予之河源開元觀，客於縣令馮祖仁，而予亦謫海南。是歲五月十九日，竟以疾卒，年五十。祖仁葬之觀後，蓋紹圣四年也。銘曰：

嗚呼！多藝此黄冠，詩棋醫卜内外丹。無求於世宜堅完，龜饑鶴瘦終難安。哀哉六巧坐一寒，祝子復來少宏寬，毋復清詩助痟酸。龍虎九成無或奸，往駕赤螭驂青鸞。

惠州官葬暴骨銘

有宋紹聖二年，官葬暴骨於是。是豈無主？仁人君子，斯其主矣。東坡居士銘其藏曰：

人耶、天耶？隨念而徂。有未能然，宅此枯顱。後有君子，無廢此心。陸谷變壞，復棺衾之。

亡妻王氏墓誌銘

治平二年五月丁亥，趙郡蘇軾之妻王氏卒于京師。六月甲午，殯于京城之西。其明年六月壬午，葬于眉之東北彭山縣安鎮鄉可龍里先君先夫人墓之西北八步。軾銘其墓曰：

君諱弗，眉之青神人，鄉貢進士方之女。生十有六年而歸于軾。有子邁。君之未嫁，事父母。既嫁，事吾先君、先夫人，皆以謹肅聞。其始，未嘗自言其知書也。見軾讀書，則終日不去，亦不知其能通也。其後軾有所忘，君輒能記之。問其他書，則皆略知之。由是始知其敏而静也。從軾官于鳳翔，軾有所爲於外，君未嘗不問知其詳。曰："子去親遠，不可以不慎。"日以先君之所以戒軾者相語也。軾與客言於外，君立屏間聽之，退必反覆其言曰："某人也，言輒持兩端，惟子意之所向，子何用與是人言。"有來求與軾親厚甚者，君曰："恐不能久。其與人鋭，其去人必速。"已而果然。將死之歲，其言多可聽，類有識者。其死也，蓋年二十有七而已。始死，先君命軾曰："婦從汝于艱難，不可忘也。他日汝必葬諸其姑之側。"未期年而先君没，軾謹以遺令葬之。銘曰：

君得從先夫人于九原，余不能。嗚呼哀哉！余永無所依怙。君雖没，其有與爲婦何傷乎。嗚呼哀哉！　妙。

乳母任氏墓誌銘

趙郡蘇軾子瞻之乳母任氏，名采蓮，眉之眉山人。父遂，母李氏。事先夫人三十有五年，工巧勤儉，至老不衰。乳亡姊八娘與軾，養視軾之子邁、迨、過，皆有恩勞。從軾官于杭、密、徐、湖，謫于黄。元豐三年八月壬寅，卒于黄之臨臯亭，享年七十有二。十月壬午葬于黄之東阜黄岡縣之北。銘曰：

生有以養之，不必其子也。死有以葬之，不必其里也。我祭其從與享之，其魂氣無不之也。

保母楊氏墓誌銘

先夫人之妾楊氏，名金蟬，眉山人。年三十，始隸蘇氏，頹然順善也。爲弟轍子由保母。年六十八，熙寧十年六月己丑，卒于徐州。屬纊不亂。子由官于宋，載其柩殯於開元寺。後八年，軾自黄遷汝，過宋，葬之于宋東南三里廣壽院之西，實元豐八年二月壬午也。銘曰：

百年之後，陵谷易位，知其爲蘇子之保母，尚勿毁也。

銘

裙靴銘并序

予在黄州時，夢神考召入小殿賜宴，乃令作《宫人裙銘》又令作《御靴銘》：

百疊漪漪風皺，六銖縱縱雲輕。獨立含風廣殿，微聞環珮來聲。

寒女之絲，銖積寸累。天步所臨，雲蒸雷起。

周文炳瓢硯銘

以汝爲硯，罌肖而瓢質；以汝爲瓢，硯剖而腹實。飲西江之水，吾以汝礪齒。懸河之辯，其以爾借面。不即不離，孰曰非道人之應器！

好。

王定國硯銘二首

石出西山之西，北山之北。戎以發劍，予以試墨。劍止一夫敵，墨以爲萬世則。吾以是知天下之才，皆可以納諸聖賢之域。

月之從星，時則風雨，汪洋翰墨，將此是似。黑雲浮空，漫不見天。風起雲移，星月凛然。

文勛篆銘

世人篆字，隸體不除。如浙人語，終老帶吴。安國用筆，意在隸前。汲冢魯壁，周鼓秦山。

丹石硯銘并引

唐林夫遺予丹石硯，粲然如芙蕖之出水，殺墨而宜筆，盡硯之美。唐氏譜天下硯，而獨不知兹石之所出，予蓋知之。銘曰：

彤池紫淵，出日所浴。烝爲赤霓，以貫暘谷。是生斯珍，非石非玉。因材制用，璧水環復。耕予中洲，蓺我玄粟。投種則穫，不炊而熟。

王仲儀硯銘

汲鄭蚤聞，頗牧晚用。諫草風生，羽檄雷動。人亡器存，質小任重。施易何常，明哲所共。

端石硯銘二首并引

蘇堅伯固之子庠，字養直，少而好直。贈以端硯，且銘之曰：

我友三益，取溪之石。寒松爲煤，孤竹爲筆。蓬麻效紙，仰泉致滴。斬幾信鉤，以全吾直。

與墨爲人，玉靈之食。與水爲出，陰鑑之液。懿矣兹石，君子之側。匪以玩物，維以觀德。

龍尾石月硯銘

萋萋兮霧縠石，宛宛兮黑白月。其受水者哉生明，而運墨者旁死魄。忽玄雲之霮霸，觀玉兔之沐浴。集幽光於毫端，散妙迹於簡册。照千古其如在，耿此月之不没。

邁硯銘

邁往德興，贐以一硯以此銘之。

以此進道常若渴，以此求進常若驚，以此治財常思予，以此書獄常思生。

卵硯銘

東坡硯，龍尾石。開鵠卵，見蒼璧。與居士，同出入。更嶮夷，無燥濕。今何者，獨先逸？從參寥，老空寂。

自然端硯銘

故人王頤，有自然端硯。硯之成於片石上稍稍加磨治而已。銘曰：

其色馬肝，其聲磬，其文水中月，真寶石也。而其德則正，其形天合，其於人也略，是故可使而不可役也。

天石硯銘并序

某年十二時，於所居紗縠行宅隙地中，與群兒鑿地爲戲。得異石，如魚，膚温瑩，作淺碧色。表裏皆細銀星，扣之鏗然。試以爲硯，甚發墨，無貯水處。先君曰："是天硯也。有硯之德，而不足於形耳。"因以賜某，曰："是文字之祥也。"某寶而用之，且爲銘曰：

一受其成，而不可更。或主於德，或全於形。均是二者，顧予安取？仰脣俯足，世固多有。

元豐二年秋七月，予得罪下獄，家屬流離，書籍散亂。明年至黄州，求硯不復得，以爲失之矣。七年七月，舟行至當塗，發書笥，忽復見之。甚喜以付迨、過。其匣雖不工，先君手刻其受硯處，而使工人就成之者，不可易也。

黼硯銘并引

龍尾黼硯，章聖皇帝所嘗御也。乾興升遐，以賜外戚劉氏，而永年以遺其舅王齊愈，臣軾得之，以遺臣宗孟，且銘之曰：

黟歙之珍，匪斯石也。黼形而縠理，金聲而玉色也。雲烝露湛，祥符之澤也。二臣更寶之，見者必作也。

文與可琴銘

攫之幽然，如水赴谷。醳之蕭然，如葉脱木。按之噫然，應指而長言者似君。置之枵然，遺形而不言者似僕。

遠遊庵銘并序

吴復古子野，吾不知其何人也。徒見其出入人間，若有求者，而不見其所求。不喜不憂，不剛不柔，不惰不脩，吾不知其何人也。昔司馬相如有言："列仙之儒，居山澤間，形容甚癯。"乃取屈原《遠遊》作《大人賦》，其言宏妙，不遣而放。今子野行於四方十餘年矣，而歸於南海之上，必將俯仰百世，奄忽萬里，有得於屈原之《遠遊》者，故以名其庵，而銘之曰：

悲哉世俗之迫隘也，願從子而遠遊。子歸不來，而吾不往，使罔象乎相求。問道於屈原，借車於相如，忽焉不自知歷九疑而過崇丘。宛兮相逢乎南海之上，踞龜殼而食蛤蜊者必子也。庶幾爲我一笑而少留乎？

徐州蓮華漏銘并序

故龍圖閣直學士禮部侍郎燕公肅，以創物之智聞於天下，作蓮華漏，世服其精。凡公所臨，必爲之。今州郡往往而在，雖有巧者，莫敢損益。而徐州獨用瞽人衛樸所造，廢法而任意，有壺而無箭。自以無目而廢天下之視，使守者伺其滿則決之而更注，人莫不笑之。國子博士傅君裼公之外曾孫，得其法爲詳。其通守是邦也，實始改作，而請銘於軾。銘曰：

人之所信者，手足耳目也。目識多寡，手知重輕。然人未有以手量而目計者，必付之於度量與權衡，豈不自信而信物？蓋以爲無意無我，然後得萬物之情。故天地之寒暑，日月之晦明。昆侖旁薄於三十八萬七千里之外，而不能逃於三尺之箭、五斗之瓶。雖疾雷霾風雨雪晝晦而遲速有度，不加虧羸，使凡爲吏者，如瓶之受水，不過其量，如水之浮箭，不失其平。如箭之升降也，視時之上下，降不爲辱，升不爲榮，則民將靡然心服，而寄我以死生矣。

六一泉銘并序

歐陽文忠公將老，自謂六一居士。予昔通守錢塘，見公於汝陰而南。公曰："西湖僧惠勤，甚文而長於詩。吾昔爲《山中樂》三章以贈之。子閒於民事，求人於湖山間而不可得，則[①]往從勤乎？"予到官三日，訪勤於孤山之下，抵掌而論人物。曰："公，天人也。人見其暫寓人間，而不知其乘雲馭風、歷五嶽而跨滄海也。此邦之人，以公不一來爲恨。公麾斥八極，何所不至？雖江山之勝，莫適爲主，而奇麗秀絶之氣，常爲能文者用，故吾以謂西湖蓋公几案間一物耳。"勤語雖幻怪，而理有實然者。明年，公薨，予哭於勤舍。又十八年，予爲錢塘守，則勤亦化去久矣。訪其舊居，則弟子二仲在焉。畫公與勤之像，事之如生。舍下舊無泉。予未至數月，泉出講堂之後，孤山之趾，汪然溢流，甚白而甘。即其地，鑿巖架石爲室。二仲謂予："師聞公來，出泉以相勞苦？公可無言乎？"乃取勤舊語，推本其意，名之曰六一泉，且銘之曰：

泉之出也，去公數千里。後公之没，十有八年，而名之曰六一，不幾於誕乎？曰：君子之澤，豈獨五世而已？蓋得其人，則可至於百傳。嘗試與子登孤山而望吴越，歌《山中》之樂而飲此水，則公之遺風餘烈，亦或見於斯泉也。　**妙。**

大覺鼎銘

欒全先生遺我鼎甗，我復以餉大覺老禪。在昔宋、魯，取之以兵。書曰郜鼎，以器從名。欒全、東坡，予之以義。書曰"大覺之鼎"，以名從器。挹山之泉，烹以其薪，爲苦爲甘，咨爾學人。

四達齋銘并引

高郵使君趙晦之，作斋東園，户牖四達，因以名之。眉山蘇

---

① 此處脱"盍"。

軾過而爲之銘，曰：

有藏于中，必諜于外。惟慢與謹，皆盜之誨。孰如此間，空洞無物。户牖闓開，廓焉四達。擊去盜易，使無盜難。我無可攘，以守則完。趙侯無心，得法赤豁。四出其斋，以達民迷。

漢鼎銘并引

禹鑄九鼎，用器也，初不以爲寶，象物以飾之，亦非所以使民遠不若也。武王遷之洛邑，蓋已見笑於伯夷、叔齊矣。方周之盛也，鼎爲宗廟之觀美而已。及其衰也，爲周之患，有不可勝言者。匹夫無罪，懷璧其罪。周之衰也，與匹夫何異？嗟夫，孰知九鼎之爲周之角齒也哉①？自春秋時，楚莊王以問其輕重大小。而戰國之際，秦與齊楚皆欲之，周人惴惴焉，視三虎之垂涎而睨已也。絶周之祀不足以致寇，裂周之地不足以肥國，然三國之君，未嘗一日而忘周者，以寶在焉故也。三國爭之，周人莫知所適與。得鼎者未必能存周，而不得者必碎之，此九鼎之所以亡也。周顯王之四十二年，宋太丘社亡，而鼎淪没於泗水，此周人毁鼎以緩禍，而假之神妖以爲之説也。秦始皇、漢武帝乃始萬方以出鼎，此與兒童之見無異。善夫吾丘壽王之説也，曰："汾陰之鼎，漢鼎也，非周鼎。"夫周有鼎，漢亦有鼎，此《易》所謂正位凝命者，豈三趾兩耳之謂哉！予故作《漢鼎銘》以遺後世君子。其詞曰：

惟五帝三代及秦漢以來受命之君，靡不有兹鼎。鼎存而昌，鼎亡而亡。蓋鼎必先壞而國隨之，豈有易姓而猶傳者乎？不寶此鼎，而拳拳於彼鼎，孺子之智，婦人之仁。烏乎！悲矣。

九成臺銘

韶陽太守狄咸新作九成臺，玉局散吏蘇軾爲之銘。曰：

自秦并天下，滅禮樂，《韶》之不作，蓋千三百一十有三年。其器存，其人亡，則《韶》既已隱矣，而況於人器兩亡而不傳。雖然，《韶》則亡矣，

---

① 此處有批語："好。"

而有不亡者存，蓋常與日月寒暑晦明風雨并行於天地之間。世無南郭子綦，則耳未嘗聞地籟也，而況得聞其天。使耳聞天籟，則凡有形有聲者，皆吾羽旄干戚管磬匏弦。嘗試與予登夫韶石之上，舜峰之下，望蒼梧之眇莽，九疑之聯綿。覽觀江山之吐吞、草木之俯仰，鳥獸之鳴號，衆竅之呼吸，往來唱和，非有度數而均節自成者，非《韶》之大全乎！上方立極以安天下，人和而氣應，氣應而樂作，則夫所謂簫韶九成，來鳳鳥而舞百獸者，既已粲然畢陳於前矣。建中靖國元年正月一日。

菩薩泉銘并叙　事奇。

陶侃爲廣州刺史，有漁人每夕見神光海上，以白侃。侃使迹之，得金像。視其款識，阿育王所鑄，文殊師利像也。初送武昌寒溪寺。及侃遷荆州，欲以像行，人力不能動。益以牛車三十乘，乃能至船。船復没，遂以還寺。其後惠遠法師迎像歸廬山，了無艱礙。山中世以二僧守之。會昌中，詔毁天下寺，二僧藏像歸秀谷。比釋教復興，求像不可得，而谷中至今有光景，往往發見，如峨眉五臺所見。蓋遠師文集載處士張文逸之文，及山中父老所傳如此。今寒溪少西數百步，别爲西山寺，有泉出於嵌竇間，色白而甘，號菩薩泉，人莫知其本末。建昌李常謂余，岂昔像之所在乎？且屬余爲銘。銘曰：

像在廬阜，宵光屬天。旦朝視之，寥寥空山。誰謂寒溪，尚有斯泉。盍往鑒之，文殊了然。

卓錫泉銘并叙

六祖初住曹溪，卓錫泉涌，清涼滑甘，贍足大衆，逮今數百年矣。或時小竭，則衆汲于山下。今長老辯公住山四歲，泉日涌溢，聞知嗟異。爲作銘曰：

祖師無心，心外無學。有來和者，雲涌泉落。問何從來？初無所從。若有從處，來則有窮。初住南华，集衆須[1]水。水性融會，岂有無

---

① “須”，當從《蘇東坡全集》作“湞”。

理。引錫指名①，寒泉自冽。衆渴得飲，如我説法。云何至今，有溢有枯。泉無溢枯，蓋其人乎？辯來四年，泉水洋洋。烹煮濯溉，飲及牛羊。手不病汲，肩不病負。匏勺瓦盂，莫知其故。我不求水，水則許我。訊於祖師，其亦可哉。

參寥泉銘并叙　事奇。

予謫居黄，參寥子不遠數千里從予於東城，留期年。嘗與同遊武昌之西山，夢相與賦詩，有“寒食清明都過了，石泉槐火一時新”之句，語甚美，而不知其所謂。其後七年，予出守錢塘，參寥子在焉。明年，卜智果精舍居之。又明年，新居成，而予以寒食去郡，實來告行。舍下舊有泉出石間，是月又鑿石得泉，加冽。參寥子擷新茶，鑽火煮泉而瀹之，笑曰：“是見于夢九年，衛公之爲靈也久矣。”坐人皆悵然太息，有知命無求之意，乃名之參寥泉，爲之銘曰：

在天雨露，在地江湖。皆我四大，滋相所濡。偉哉參寥，彈指八極。退守斯泉，一謙四益。予晚聞道，夢幻是身。真即是夢，夢即是真。石泉槐火，九季而信。夫求何伸，實弊汝神。

大别方丈銘　好。

閉目而視，目之所見，冥冥蒙蒙。掩耳而聽，耳之所聞，隱隱隆隆。耳目雖廢，見聞不斷，以摇其中。孰能開目，而未嘗視，如鑑寫容。孰能傾耳，而未嘗聽，如穴受風。不視而見，不聽而聞，根在塵空。湛然虚明，遍照十方，地獄天宫。蹈冒水火，出入金石，無往不通。我觀大别，三門之外，大江方東。東西萬里，千溪百谷，爲江所同。我觀大别，方丈之内，一燈常紅。門閉不開，光出于隙，曄如長虹。問何爲然，笑而不答，寄之盲聾。但見龐然，秀眉月面，純漆點瞳。我作銘詩，相其木魚，與其鼓鐘。

---

① “名”，當從《蘇東坡全集》作“石”。

淡軒銘

以船撑船船不行，以鼓打鼓鼓不鳴。子欲察味而辨色，何不坐於淡軒之上？出淡語以問淡叟，則味自味，而色自形。吾然後知淡叟之不淡，蓋將盡口眼之變，而起無窮之争。其自謂叢林之一害，豈虚名也哉？

廣州東莞縣資福寺舍利塔銘并叙　事奇。

自有生人以來，人之所爲見於世者，何可勝道？其鼓舞天下，經緯萬世，有偉於造物者矣。考其所從生，實出於一念。巍乎大哉，是念也，物復有烈於此者乎？是以古之真人，以心爲法，自一身至一世界，自一世界至百千萬億世界，於屈信臂頃，作百千萬億變，如佛所言，皆真實語，無可疑者。至于持身厲行，練精養志，或乘風而仙，或解形而去，使枯槁之餘，化爲金玉，時出光景，以作佛事者，則多有矣。其見伏去來，皆有時會，非偶然者。予在惠州，或示予以古舍利，狀若覆盂，圓徑五寸，高三寸，重一斤一兩，外審而中疏，其理如芭蕉，舍利生其中無數，五色具，意必真人大士之遺體。蓋腦之在顱中，顱亡而腦存者。予曰："是當以施僧，與衆共之，藏私家非是。"其人難之。適有東莞資福長老祖堂來惠州，見而請之，曰："吾方建五百羅漢閣，壯麗甲於南海，舍利當栖我閣上。"則以犀帶易之。有自京師至者，得古玉璧，試取以薦舍利，若合符契。堂喜，遂并璧持去，曰："吾當以金銀琉璃爲窣堵波，置閣上。"銘曰：

真人大士何所修，心精妙明含九洲。此身性海一浮漚，委蜕如遺不自收。戒光定力相烝休，結爲寶珠散若旒。流行四方獨此留，帶犀微矣何足酬。璧來萬里端相投，我非予堂堂非求。共作佛事知誰由，瑞光一起三千秋，永照南海通羅浮。

夢齋銘并叙

至人無夢。或曰："高宗、武王、孔子皆夢，佛亦夢。夢不異覺,覺不異夢,夢即是覺,覺即是夢,此其所以爲無夢也歟?”衛玠問夢於樂廣,廣對以“想”,曰:“形神不接而夢,此豈想哉?”對曰:“因也。”或問“因”之説,東坡居士曰:“世人之心,依塵而有,未嘗獨立也。塵之生滅,無一念住。夢覺之間,塵塵相授。數傳之後,失其本矣。則以爲形神不接,豈非因乎?人有牧羊而寢者,因羊而念馬,因馬而念車,因車而念蓋,遂夢曲蓋鼓吹,身爲王公。夫牧羊之與王公亦遠矣。想之所因豈足怪乎?居士始與芝相識於夢中,旦以所夢求而得之。今二十四年矣,而五見之。每見輒相視而笑,不知是處之爲何方,今日之爲何日,我爾之爲何人也。”題其所寓室曰“夢齋”,而子由爲之銘曰:

法身充滿,處處皆一。幻身虚妄,所至非實。我觀世人,生非實中。以寤爲正,以寐爲夢。忽寐所遇,執寤所遭。積執成堅,如丘山高。若見法身,寤寐皆非。知其皆非,寤寐無虧。遨遊四方,齋則不遷。南北東西,法身本然。

蘇程庵銘并引　趣甚。

程公庵,南華長老辯公爲吾表弟程德孺作也。吾南遷過之,更其名曰“蘇程”,且銘之曰:

辯作庵,寶林南。程取之,不爲貪。蘇後到,住者三。蘇既住,程則去。一彈指,三世具。如我説,無是處。百千燈,同一光。一塵中,兩道場。齊説法,不相妨。本無通,安有礙。程不去,蘇亦在。各遍滿,無雜壞。

偈

送壽聖聰長老偈并叙　趣。

佛説作、止、任、滅,是謂四病。如我所説,亦是諸佛四妙法門。我今亦作、亦止,亦任、亦滅。滅則無作,作則無止,止則無任,任則無滅。是四法門,更相掃除。火出木盡,灰飛煙滅。如佛所説，不作不止，不任不滅。是則滅病，否即任病。如我所説，亦作亦止，亦任亦滅。是則作病，否即止病。我與佛説，既同是法，亦同是病。昔維摩詰，默然無語，以對文殊。而舍利弗，亦復默然，以對天女。此二人者，有何差别？我以是知，苟非其人，道不虛行。時長老聰師，自筠來黄，復歸於筠。東坡居士爲説偈言：

珍重壽聖師，聽我送行偈。願閔諸有情，不斷一切法。人言眼睛上，一物不可住。我謂如虛空，何物住不得？我亦非然我，而不然彼義。然則兩皆然，否則無然者。

朱壽昌梁武懺贊偈并敘

我觀世間，諸得道者，多因苦惱。苦惱之極，無所告訴，則呼父母。父母不聞，仰而呼天。天不能救，則當歸命於佛世尊。佛以大悲，方便開示。令知諸苦，以愛爲本。得愛則喜，犯愛則怒。失愛則悲，傷愛則懼。而此愛根，何所從生？展轉觀察，愛盡苦滅，得安樂處。諸佛亦言，愛别離苦。父母離别，其苦無量。於離别中，生離最苦。有大長者，曰朱壽昌。生及七歲，而母捨去。長大懷思，涕泣追求。刺血寫經，禮佛懺悔。四十餘年，乃見其母。念報佛恩，欲度衆苦。觀諸教門，切近周至。莫如梁武，所説懺悔。文既繁重，旨亦淵秘。一切衆生，有不能了。乃以韻語，諧諸音律。使一切人，歌詠贊歎，獲福無量。時有居士，蜀人蘇軾。見聞隨喜，而説偈曰：

長者失母，常自念言：母本生我，我生母去。有我無母，不如無我。誓以此身，出生入死。母若不見，我亦隨盡。在衆人中，猶如狂人。終日皇皇，四十餘年，乃見其母。我初不記，母之長短，大小肥瘠，云何一見，便知是母。母子天性，自然冥契，如磁石鍼，不謀而合。我未見母，不求何獲。既見母已，即無所求。諸佛子等，歌詠懺文。既懺罪已，當求佛道。如我所説，作求母觀。

地獄變相偈

我聞吴道子，初作酆都變。都人惧罪業，兩月罷屠宰。此画無實相,筆墨假合成。譬如説食飽,何從生怖汗。乃知法界性,一切惟心造。若人了此言,地獄自破碎。

贊

磨衲贊并叙

長老佛印大師了元遊京師,天子聞其名,以高麗所貢磨衲賜之。客有見而歎曰:“嗚呼善哉!未曾有也。嘗試與子攝其齋袛,循其鉤絡,舉而振之,則東盡嵎夷,西及昧谷,南放交趾,北屬幽都,紛然在吾鍼孔綫蹊之中矣。”於是蜀人蘇軾聞而贊之曰:

匣而藏之,見衲而不見師。衣而不匣,見師而不見衲。惟師與衲,是一是兩。眇而視之,蟣虱龍象。

小篆般若心經贊

草隸用世今千載,少而習之手所安。如若於言無揀擇,終日應對惟所問。忽然使作大小篆,如正行走值牆壁。縱復學之能粗通,操筆欲下仰尋索。譬如鸚鵡學人語,所習則能否則默。心存形聲與點畫,何暇復求字外意?世人初不離世間,而欲學出世間法。舉足動念皆塵垢,而以俄頃作禪律。禪律若可以作得,所不作處安得禪。善哉李子小篆字,其間無篆亦無隸。心忘其手手忘筆,筆自落紙非我使。正使忽忽不少暇,倏忽千百初無難。稽首《般若多心經》,請觀何處非般若。

金山長老寶覺師真贊

望之儼然,即之也温。是惟寶覺,大士之像。因是識師,是則非師。因師識道,道亦如是。

資福白長老真贊

是是是。是資福，白老子。身如空，我如爾。無一事，長歡喜。東坡有，老居士。見此真，欲擬議。未開口，落第二。有一語，略相似。門如市，心如水。

净因净照臻老真贊

净故能照，爲照故净。亦如是身，孰知其正。四大是假，此反爲真。從古聖賢，所莫能分。視彼如此，凡賊皆子。喜甲怒乙，雖子猶賊。人方自我，物固相物。是故東坡，即此爲實。

静安縣君許氏繡觀音贊

太岳之裔，邑于静安。學道求心，妙湛自觀。觀觀世音，凛不違顔。三年之後，心法自圓。聞思脩王，如日現前。心識其容，口莫能言。發于六用，以所能傳。自手達針，自針達綫。爲針幾何？巧歷莫算。針若是佛，佛當千萬。若其非佛，此相曷緣？孰融此二，爲不二門？拜手敬贊，東坡老人。

繡佛贊　趣。

凡作佛事，各以所有。富者以財，壯者以力。巧者以技，辯者以言。若無所有，各以其心。見聞隨喜，禮拜贊歎。曾未及彼，一針之勞，而其獲報，等無有二。若復緣此，得度成佛。則此繡者，乃是導師。

興國寺浴室院六祖畫贊并叙　趣。

予嘉祐初舉進士，館於興國浴室老僧德香之院。浴室之南，有古屋，東西壁畫六祖像。其東刻木爲樓閣堂宇以障之，不見其全。而西壁三師，皆神宇靖深，中空外夷，意非知是道者不能爲此。書其上曰："蜀僧令宗筆。"予初不聞宗名，而家有僞蜀待詔丘文播筆，畫相似，殆不可辨。曰："宗豈師播者耶?"已而問諸蜀父老。曰："文播，漢州人。弟曰文曉，而令宗其異父弟，或曰其表弟也。"皆善畫山水人物竹石，其品在黄筌、句龍爽之間。而文播之子仁慶，尤長於花實羽毛，蜀人趙昌所師者。予去三十一年，而中書舍人彭君器資亦館於是。予往見之，則院中人無復識予者。獨主僧惠汶，蓋當時堂上侍者，然亦老矣。導予觀令宗畫，則三祖依然尚在蔭翳間。予與器資相顧太息。汶曰："嘻，去是也何有?"乃徙置所謂樓閣堂宇者，北向而出之，六師相親，如言如笑，如以法相授。都人聞之，觀者日衆，汶乃作欄楯以護之。而器資請予爲贊之。曰：

少林傃壁，不以爲礙。彌天同輩，不以爲泰。稽首六師，昔晦今明。不去不來，何損何增。俯仰屈信，三十一年。我雖日化，其孰能遷之。

師子屏風贊并叙　趣。

潤州甘露寺，有唐李衛公所留陸探微畫師子板。余自錢塘，移守膠西，過而觀焉。使工人摹之置蓋公堂中，且贊之曰：

圓其目，仰其鼻，奮髯吐舌，威見齒。舞其足，前其耳，左顧右躑喜見尾，雖猛而和蓋其戲。嚴嚴高堂護燕几，啼呼顛沛走百鬼，嗟乎妙哉古陸子。

馬祖龐公真贊　妙趣。

南岳坐下，一馬四蹄，踏殺天下。馬後復一老龐，一口吸盡西江，天下是老師脚，西江即渠儂口。不知誰踏誰殺，何緣自吸自受?

辯才大師真贊

予頃年嘗聞妙法於辯才老師，今見其畫像，乃以所聞者贊之：

即之浮雲無窮，去之明月皆同。欲知明月所在，在汝唾霧之中。

應夢觀音贊

稽首觀音，宴坐寶石。忽忽夢中，應我空寂。觀音不來，我亦不往。水在盆中，月在天上。

海月辯公真贊并引

錢塘佛者之盛，蓋甲天下。道德才智之士，與妄庸巧僞之人，雜處其間，號爲難齊。故於僧職正副之外，別補都僧正一員。簿帳案牒奔走將迎之勞，專責正副以下，而都師領略其要，實以行解表衆而已。然亦通號爲僧官，故高舉遠引山栖絶俗之士，不屑爲之。惟清通端雅，外涉世而中遺物者，乃任其事。予通守錢塘時，海月大師惠辯者，實在此位。神宇澄穆，不見愠喜，而緇素悦服，予固喜從之游。時東南多事，吏治少暇，而予方年壯氣盛，不安厥官。每往見師，清坐相對，時聞一言，則百憂冰解，形神俱泰。固悟莊周所言東郭順子之爲人，人貌而天虚，緣而葆真，清而容物，物無道正，容以悟之，使人之意也消，蓋師之謂也歟？一日，師卧疾，使人請予入山。適有所未暇，旬餘乃往，則師之化四日矣。遺言，須予至乃闔棺，趺坐如生，頂尚温也。予在黄州，夢至西湖，上有大殿，榜曰“彌勒下生”，而故人辯才，海月之流，皆行道其間。師没後二十一年予謫居惠州，天竺浄惠師屬參寥子以書遺予曰：“檀越許與海月作真贊，久不償此願，何也？”予矍然而起，爲説贊曰：

人皆趋世，出世者誰？人皆遺世，世誰爲之？爰有大士，處此兩間。非濁非清，非律非禪。惟是海月，都師之式。庶復見之，衆縛自脱。我夢西湖，天宫化城。見兩天竺，宛如平生。雲披月滿，遺像在此。誰其贊之，惟東坡子。

二疏圖贊　趣。

惟天爲健，而不予時。沉潛剛克，以燮和之。於赫漢高，以智力王。凛然君臣，師友道喪。孝宣中興，以法馭人。殺蓋韓楊，蓋三良臣。先生憐之，振袂脱屣。使知區區，不足驕士。此意莫陳，千載于今。我觀畫圖，涕下沾襟。

孔北海贊并叙 可感。

文舉以英偉冠世之資，師表海内，意所予奪，天下從之，此人中龍也。而曹操陰賊險狠，特鬼蜮之雄者耳。其勢決不兩立，非公誅操，則操害公，此理之常。而前史乃謂公負其高氣，志在靖難，而才疏意廣，訖無成功，此蓋當時奴婢小人論公之語。公之無成，天也。使天未欲亡漢，公誅操如殺狐兔，何足道哉！世之稱人豪者，才氣各有高卑，然皆以臨難不懼，談笑就死爲雄。操以病亡，子孫滿前，而咿嚶涕泣，留連妾婦，分香賣履，區處衣物，平生姦僞，死見真性。世以成敗論人物，故操得在英雄之列。而公見謂才疏意廣，豈不悲哉！操平生畏劉備，而備以公知天下有己爲喜，天若祚漢，公使備，備誅操無難也。予讀公所作《楊四公贊》，歎曰：方操害公，復有魯國一男子慨然争之，公庶幾不死。乃作《孔北海贊》曰：

晋有羯奴，盜賊之靡。欺孤如操，又羯所耻。我書《春秋》，與齊豹齒。文舉在天，雖亡不死。我宗若人，尚友千祀。視公如龍，視操如鬼。

王定國真贊 好。

温然而澤者，道人之腴也。凛然而清者，詩人之癯也。雍容委蛇者，貴介之公子。而短小精悍者，游俠之徒也。人何足以知之？此皆其肤也。若人者，泰不驕，困不撓，而老不枯也。

秦少游真贊 好。

以君爲將仕也，其服野，其行方。以君爲將隱也，其詞文，其神昌。置而不求君不即，即而求之君不藏。以爲將仕將隱者，皆不知君者也。蓋將挈所有而乘所遇，以遊於世，而卒反於其鄉者乎？

參寥子真贊　甚趣。

東坡居士曰：維參寥子，身寒而道富。辯於文而訥於口。外尫柔而中健武。與人無競，而好刺譏朋友之過。枯形灰心，而喜爲感時玩物不能忘情之語。此予所謂參寥子有不可曉者五也。

文與可畫墨竹屏風贊　可感。

與可之文，其德之糟粕。與可之詩，其文之毫末。詩不能盡，溢而爲書，變而爲畫，皆詩之餘。其詩與文，好者益寡。有好其德如好其畫者乎？悲夫！

戒壇院文與可畫墨竹贊　趣。

風梢雨籜，上傲冰雹。霜根雪節，下貫金鐵。誰爲此君，與可姓文。惟其有之，是以好之。

石室先生畫竹贊并叙　趣甚。

與可，文翁之後也。蜀人猶以石室名其家，而與可自謂笑笑先生。蓋可謂與道皆逝，不留於物者也。顧嘗好畫竹，客有贊之者曰：

先生閒居，獨笑不已。問安所笑，笑我非爾。物之相物，我爾一也。先生又笑，笑所笑者。笑笑之餘，以竹發妙。竹亦得風，天然而笑。

文與可飛白贊

嗚呼哀哉。與可，豈其多好，好奇也歟？抑其不試故藝也。始予見其詩與文，又得見其行草篆隸也，以爲止此矣。既没一年而復見其飛白。美哉多乎，其盡萬物之態也！霏霏乎其若輕雲之蔽月，翻翻乎其若長風之卷旆也。猗猗乎其若遊絲之縈柳絮，褭褭乎其若流水之舞荇帶也。離離乎其遠而相屬，縮縮乎其近而不隘也。其工至於如此，而余乃今知之。則余之知與可者固無幾，而其所不知者蓋不可勝計也。嗚呼哀哉！

郭忠恕畫贊并叙　趣。

右張夢得所藏郭忠恕畫山水屋木一幅。忠恕，字恕先，以字行，洛陽人。少善屬文，及史書小學，通九經。七歲舉童子。漢湘陰公辟從事，與記室董裔争事，謝去。周祖召爲《周易》博士。國初，與監察御史符昭文争忿朝堂，貶乾州司户。秩滿，遂不仕。放曠岐、雍、陜、洛間，逢人無貴賤，口稱貓。遇佳山水，輒留旬日。或絶粒不食。盛暑暴日中無汗。大寒鑿冰而浴。尤善畫，妙於山水屋木。有求者，必怒而去。意欲畫，即自爲之。郭從義鎮岐下，延止山亭，設絹素粉墨於坐。經數月，忽乘醉就圖之一角，作遠山數峰而已，郭氏亦寶之。岐有富人子喜畫，日給淳酒，待之甚厚。久乃以情言，且致匹素，恕先爲畫小童持綫車放風鳶，引綫數丈滿之。富家子大怒，遂絶。時與役夫小民入市肆飲食，曰："吾所與游，皆子類也。"太宗聞其名，召赴闕，館于内侍省押班竇神興舍。恕先長髯而美，忽盡去之。神興驚問其故。曰："聊以效顰。"神興大怒。除國子監主簿，出，館于太學，益縱酒，肆言時政，頗有謗讟。語聞，決杖配流登州。至齊州臨清，謂部送吏曰："我逝矣。"因掊地爲穴，度可容面，俯窺焉而卒，藁葬道左。後數月，故人欲改葬，但衣衾存焉，蓋尸解也。贊曰：

長松攙天，蒼壁插水。憑欄飛觀，縹緲誰子。空蒙寂歷，煙雨滅没。恕先在焉，呼之或出。　**趣。**

石菖蒲贊并叙　好。

《本草》："菖蒲，味辛温無毒，開心，補五臟，通九竅，明耳目。久服，輕身不忘，延年，益心智，高志不老。"注云："生石磧上概節者，良；生下濕地大根者，乃是昌陽，不可服。"韓退之《進學解》云："訾醫師以昌陽引年，欲進其稀苓。"不知退之即以昌陽爲菖蒲耶？抑謂其似是而非不可以引年也？凡草木之生石上者，必須微土以附其根，如石韋、石斛之類。雖不待土，然去其本處輒槁死。惟石菖蒲并石取之，濯去泥土，漬以清水，置盆中，可數十年不枯。雖不甚茂，而節葉堅瘦，根須連絡，蒼然於几案間，久而益可喜也。其輕身延年之功，既非昌陽之所能及。至於忍寒苦，安澹泊，與清泉白石爲伍，不待泥土而生者，亦豈昌陽之所能彷彿哉？余游慈湖山中，得數本，以石盆養之，置舟中。間以文石、石英，璀璨芬郁，意甚愛焉。顧恐陸行不能致也，乃以遺九江道士胡洞微，使善視之。余復過此，將問其安否。贊曰：

清且泚，惟石與水。託於一器，養非其地。瘠而不死，夫孰知其理？不如此，何以補五藏而堅髮齒。

偃松屏贊并引

予爲中山守，始食北嶽松膏，爲天下冠。其木理堅密，瘠而不瘁，信植物之英烈也。謫居羅浮山下，地暖多松，而不識霜雪，如高才勝人生綺紈家，與孤臣孽子有間矣。士踐憂患，安知非福。幼子過從我南來，畫寒松偃蓋爲護首小屏。爲之贊曰：

燕南趙北，大茂之麓。天僵雪峰，地裂冰谷。凛然孤清，不能無生。生此偉奇，北方之精。蒼皮玉骨，磽磽齾齾。方春不知，沍寒秀發。孺子介剛，從我炎荒。霜中之英，以洗我瘴。

夢作司馬相如求畫贊并序

夜夢嚴君平、司馬相如、楊子雲合席而坐。子雲曰："長卿久欲求公作畫贊。"予辭以罪戾之餘，久廢筆硯。子雲懇祈，不獲已。爲之既成，子雲戲予曰："三賦果足以重趙乎?"予曰："三賦足以重趙，則子之《太玄》果足以重趙乎?"爲之一笑而散。

長卿有意，慕藺之勇。言還故鄉，閭里是聳。景星鳳凰，以見爲寵。煌煌三賦，可使趙重。　**趣。**

坡仙集卷之一終

坡仙集卷之二

傳

方山子傳

方山子，光、黄間隱人也。少時慕朱家、郭解爲人，閭里之俠皆宗之。稍壯，折節讀書，欲以此馳騁當世。然終不遇，晚乃遁於光、黄間曰岐亭。庵居蔬食，不與世相聞。棄車馬，毁冠服，徒步往來山中，人莫識也。見其所著帽，方聳而高，曰："此豈古方山冠之遺像乎？"因謂之方山子。

余謫居于黄，過岐亭，適見焉。曰："嗚呼，此吾故人陳慥季常也，何爲而在此？"方山子亦矍然問余所以至此者。余告之故，俯而不答，仰而笑，呼余宿其家。環堵蕭然，而妻子奴婢皆有自得之意。余既聳然異之。獨念方山子少時使酒好劍，用財如糞土。前十有九年，余在岐山，見方山子從兩騎，挾二矢，游西山。鵲起于前，使騎逐而射之，不獲。方山子怒馬獨出，一發得之。因與余馬上論用兵及古今成敗，自謂一時豪士。今幾日耳，精悍之色猶見於眉間，而豈山中之人哉！

然方山子世有勳閥，當得官，使從事於其間，今已顯聞。而其家在洛陽，園宅壯麗與公侯等。河北有田，歲得帛千疋，亦足以富樂。皆弃不取，獨來窮山中，此豈無得而然哉。

余聞光、黄間多異人，往往陽狂垢污，不可得而見，方山子儻見之與？

率子廉傳　事奇。

率子廉，衡山農夫也。愚樸不遜，衆謂之率牛。晚隷南嶽觀爲道士。觀西南七里，有紫虚閣，故魏夫人壇也。道士以荒寂，莫肯居者，惟子廉樂之，端默而已。人莫見其所爲。然頗嗜酒，往往醉卧山林間，雖大風雨至不知，虎狼過其前，亦莫害也。

故禮部侍郎王公祐出守長沙，奉詔禱南嶽，訪魏夫人壇。子廉方醉不能起，直視公曰："村道士愛酒，不能常得，得輒徑醉，官人恕之。"公察其異，載與俱歸。居月餘，落漠無所言，復送還山。曰："尊師韜光内映，老夫所不測也，當以詩奉贈。"既而忘之，一日書寢，夢子廉來索詩，乃作二絶句，書板置閣上。衆道士驚曰："率牛何以得此？"太平興國五年六月十七日，忽使謂觀中人曰："吾將有所適，閣不可無人，當速遣繼我者。"衆道士自得王公詩，稍異之矣。及是，驚曰："天暑如此，率牛安往？"狼狽往視，則死矣。衆始大異之，曰："率牛乃知死日耶？"葬之嶽下。

未幾，有南臺寺僧守澄，自京師還，見子廉南薰門外，神氣清逸。守澄問何故出山，笑曰："閑遊耳。"寄書與山中人。澄歸，乃知其死。驗其書，則死日也。發其冢，杖屨而已。

東坡居士曰：士中有所挾，雖小技，不輕出也，況至人乎！至人固不可得，識至人者，豈易得哉！王公非得道，不能知率牛之異也。居士嘗作《三槐堂記》，意謂公非獨慶流其子孫，庶幾身得道者。及見率子廉事，益信其然。公詩不見全篇，書以遺其曾孫鞏，使求之家集而補之，或刻石置紫虚閣上。

僧圓澤傳　事奇。

洛師惠林寺，故光禄卿李憕居第。禄山陷東都，憕以居守死之。子源，少時以貴游子豪侈善歌，聞於時。及憕死，悲憤自誓，不仕、不娶、不食肉，居寺中五十餘年。

寺有僧圓澤，富而知音，源與之游甚密，促膝交語竟日，人莫能測。一日，相約游蜀青城峨眉山。源欲自荆州泝峽，澤欲取長安斜谷路。源不可，曰："吾已絶世事，豈可復道京師哉！"澤默然久之，曰："行止固不由人。"

遂自荆州路，舟次南浦，見婦人錦襠負罌而汲者，澤望而泣曰："吾不欲由此者，爲是也。"源驚問之。澤曰："婦人姓王氏，吾當爲之子。孕三歲矣，吾不來，故不得乳。今既見，無可逃者。公當以符呪助我速生。三日浴兒時，願公臨我，以笑爲信。後十三年中秋月夜，杭州天竺寺外，當與公相見。"源悲悔而爲具沐浴易服，至暮，澤亡而婦乳。三日，往視之，儿見源果笑。具以語王氏，出家財葬澤山下。源遂不果行，反寺中，問其徒，則既有治命矣。

後十二年，自洛適吴，赴其約。至約所，聞葛洪川畔有牧童扣牛角而歌之，曰："三生石上舊精魂，賞月吟風不要論。慚愧情人遠相訪，此身雖異性長存。"呼問："澤公健否？"答曰："李公真信士。然俗緣未盡，慎勿相近。惟勤修不墮，乃復相見。"又歌曰："身前身後事茫茫，欲話因緣恐斷腸。吴越山川尋已遍，却回煙棹上瞿塘。"遂去，不知所之。

後二年李德裕奏源忠臣子，篤孝，拜諫議大夫，不就，竟死寺中，年八十。

萬石君羅文傳

羅文，歙人也。其上世常隱龍尾山，未嘗出爲世用。自秦棄詩書，不用儒學，漢興，蕭何輩又以刀筆吏取將相，天下靡然效之，争以刀筆進，雖有奇産，不暇推擇也。以故羅氏未有顯人。

及文，資質温潤，縝密可喜，隱居自晦，有終焉之意。里人石工獵龍尾山，因窟入，見文塊然居其間，熟視之，笑曰："此所謂邦之彦也。豈得自棄於巖穴耶？"乃相從定交，磨礱成就之，使從諸生學，因得與士大夫游，見者咸愛重焉。

武帝方向學，喜文翰，得毛穎之後毛純爲中書舍人。純一日奏曰："臣幸得收録以備任使。然以臣之愚，不能獨大用。今臣同事，皆小器頑滑，不足以置左右。願得召臣友人羅文以相助。"詔使隨計吏入貢。蒙召見文德殿。上望見，異焉。因玩弄之曰："卿久居荒土，得被漏泉之澤，湎濡浸漬久矣，不自枯槁也。"上復叩擊之，其音鏗鏗可聽。上喜曰："古所謂玉質而金聲者，子真是也。"使待詔中書。久之拜舍人。

是時墨卿、楮先生皆以能文得幸，而四人同心，相得歡甚。時人以爲文苑四貴。每有詔命典策，皆四人謀之。其大約雖出於上意，必使文潤色之，然後琢磨以墨卿，謀畫以毛純，成以受楮先生，使行之四方遠夷，無不達焉。上嘗歎曰："是四人者，皆國寶也。"然重厚堅貞，行無瑕玷，自二十石至百石吏，皆無如文者。命尚方以金作室，以蜀文錦爲薦褥賜之。其後于闐進美玉，上使以玉作小屏風賜之，并賜高麗所獻銅瓶爲飲器，親愛日厚，如純輩不敢望也。

上得群才用之，遂内更制度，修律曆，講郊祀，治刑獄，外征伐四夷，詔書符檄禮文之事，皆文等預焉。上思其功，制詔丞相御史曰："蓋聞議法者常失於太深，論功者常失於太薄，有功而賞不及，雖唐虞不能以相勸。中書舍人羅文，久典書籍，助成文治，厥功茂焉。其以歙之祁門三百户封文，號萬石君，世世勿絶。"

文爲人有廉隅，不可犯。然搏擊非其任，喜與老成知書者游。常曰："吾與兒輩處，每慮有玷缺之患。"其自愛如此。以是小人多輕疾之，或讒於上曰："文性貪墨，無潔白稱。"上曰："吾用文掌書翰，取其便事耳。雖貪墨，吾固知，不如是亦何以見其才。"自是左右不敢復言。

文體有寒疾，每冬月侍書，輒面冰不可運筆，上時賜之酒，然後能書。

元狩中，詔舉賢良方正。淮南王安舉端紫，以對策高第，待詔翰林，超拜尚書僕射，與文並用事。紫雖乏文采，而令色尤可喜，以故常在左右，文浸不用。上幸甘泉，祠河東，巡朔方，紫常扈從，而文留守長安禁中。上還，見文塵垢面目，頗憐之。文因進曰："陛下用人，誠如汲黯之言，後來者居上耳。"上曰："吾非不念爾，以爾年老，不能無少圓缺故也。"左右聞之，以爲上意不悦，因不復顧省。

文乞骸骨伏地，上詔使駙馬都尉金日磾翼起之。日磾，胡人，初不知書，素惡文所爲，因是擠之殿下，顛仆而卒。上憫之，令宦者瘞於南山下。

子堅嗣。堅資性温潤，文采縝密，不減文，而器局差小。起家爲文林郎，侍書東宫。昭帝立，以舊恩見寵。帝春秋益壯，喜寬大博厚者，顧堅器小，斥不用。堅亦以落落難合於世，自視與瓦礫同。昭帝崩，大將軍霍光，以帝平生玩好器用後宫美人置之平陵。堅自以有舊恩，乞守陵，拜陵寢郎。後死葬平陵。

自文生時，宗族分散四方，高才奇特者，王公貴人以金帛聘取爲從事舍人，其下亦與巫醫書算之人游，皆有益於其業，或因以致富焉。贊曰：

羅氏之先無所見，豈左氏所稱羅國哉？考其國邑，在江漢之間，爲楚所滅，子孫疑有散居黟歙間者。嗚呼，國既破亡，而後世猶以知書見用，至今不絶，人豈可以無學術哉！

碑

表忠觀碑

熙寧十年十月戊子，資政殿大學士、右諫議大夫、知杭州軍州事臣抃言："故吴越國王錢氏墳廟及其父祖妃夫人子孫之墳，在錢塘者二十有六，在臨安者十有一，皆蕪廢不治。父老過者皆流涕。謹按：故武肅王鏐始以鄉兵破走黄巢，名聞江淮。復以八都兵討劉漢宏，并趙州以奉董昌，而自居於杭。及昌以越叛，則誅昌而并越，盡有浙東西之地。傳其子文穆王元瓘。至其孫忠顯王仁佐，遂破李景兵，取福州。而仁佐之弟忠懿王俶，又大出兵攻景，以迎周世宗之師。其後卒以國入觀三世四王，與五代相終始。天下大亂，豪傑蜂起。方是時，以數州之地盗名字者，不可勝數。既覆其族，延及於無辜之民，罔有孑遺。而吴越地方千里，帶甲十萬，鑄山煮海，象犀珠玉之富，甲於天下，然終不失臣節，貢獻相望於道。是以其民至於老死不識兵革，四時嬉遊歌鼓之聲相聞，至于今不廢，其有德於斯民甚厚。皇宋受命，四方僭亂，以次削平。而蜀、江南負其險遠，兵至城下，力屈勢窮，然後束手。而河東劉氏，百戰守死，以抗王師，積骸爲城，釃血爲池，竭天下之力，僅乃克之。獨吴越不待告命，封府庫，籍郡縣，請吏于朝。視去其國，如去傳舍，其有功於朝廷甚大。昔竇融以河西歸漢，光武詔右扶風修理其父祖墳塋，祠以太牢。今錢氏功德，殆過於融，而未及百年，墳廟不治，行道傷嗟，甚非所以勸奬忠臣慰荅民心之義也。臣願以龍山廢佛寺曰妙因院者爲觀，使錢氏之孫爲道士曰自然者居之。凡墳廟之在錢塘者以付自然，其在臨安者以付其縣之净土寺僧曰道微，歲各度其徒一人，使世掌之。籍其地之所入，以時修其祠宇，封殖其草木。有不治者，縣令丞察之。甚者易其人，庶幾永終不墜，以稱朝廷待錢氏之意。臣抃昧死以聞。"制曰："可。其妙因院改賜名曰表忠觀。"銘曰：

天目之山，苕水出焉。龍飛鳳舞，萃于臨安。篤生異人，絶類離群。奮挺大呼，從者如雲。仰天誓江，日月晦蒙。强弩射潮，江海爲東。殺宏誅昌，奄有吴越。金券玉册，虎符龍節。大城其居，包落山川。左江右湖，控引島蠻。歲時歸休，以燕父老。曄如神人，玉帶球馬。四十一年，寅畏小心。厥篚相望，大貝南金。王朝昏亂，罔堪託國。三王相承，以待有德。既獲所歸，弗謀弗咨。先王之志，我維行之。天胙忠孝，世有爵邑。允文允武，子孫千億。帝謂守臣，治其祠墳。毋俾樵牧，愧其後昆。龍山之陽，巋焉新宫。匪私于錢，唯以勸忠。非忠無君，非孝無親。凡百有位，視此刻文。

宸奎閣碑

皇祐中，有詔廬山僧懷璉住京師十方净因禪院，召對化成殿，問佛法大意。奏對稱旨，賜號大覺禪師。是時北方之爲佛者，皆留於名相，囿於因果，以故士之聰明超軼者皆鄙其言，詆爲蠻夷下俚之説。璉獨指其妙與孔、老合者，其言文而真，其行峻而通，故一時士大夫喜從之游。遇休沐日，璉未盥漱，而户外之屨滿矣。仁宗皇帝以天縱之能，不由師傳自然得道，與璉問答，親書頌詩以賜之，凡十有七篇。至和中，上書乞歸老山中。上曰："山即如如體也，將安歸乎？"不許。治平中，再乞，堅甚。英宗皇帝留之，不可，賜詔許自便。璉既渡江，少留于金山、西湖，遂歸老于四明之阿育王山廣利寺。四明之人，相與出力建大閣，藏所賜頌詩，榜之曰宸奎。時京師始建寶文閣，詔取其副本藏焉。且命歲度僧一人。璉歸山二十有三年，年八十有三。臣留守杭州，其徒使來告曰："宸奎閣未有銘，君逮事昭陵，而與吾師游最舊，其可以辭？"

臣謹按。古之人君號知佛者，必曰漢明、梁武，其徒蓋常以藉口，而繪其像于壁者，漢明以察爲明，而梁武以弱爲仁。皆緣名失實，去佛遠甚。恭惟仁宗皇帝在位四十二年未嘗廣度僧尼，崇侈寺廟。干戈斧質未嘗有所私貸。而升遐之日，天下歸仁焉。此所謂得佛心法者，古今一人而已。璉雖以出世法度人，而持律嚴甚。上嘗賜以龍腦鉢盂，璉對使者焚之，曰："吾法以壞色衣，以瓦鐵食，此鉢非法。"使者歸奏，上嘉歎久之。銘曰：

巍巍仁皇，體合自然。神耀得道，非有師傳。維道人璉，逍遥自在，禪律並行，不相留礙。於穆頌詩，我既其文。惟佛與佛，乃識其真。咨爾東南，山君海王。時節來朝，以謹其藏。

昭靈侯廟碑　事奇。

昭靈侯南陽張公諱路斯。隋之初，家潁上縣百社村。年十六，中明經第。唐景龍中，爲宣城令，以才能稱。夫人石氏生九子。自宣城罷歸，常釣于焦氏臺之陰。一日顧見釣處有宫室樓殿，遂入居之。自是夜出旦歸，輒體寒而濕。夫人驚問之。公曰："我，龍也。蓼人鄭祥遠者，亦龍也。與我争此居，明日當戰，使九子助我。領有絳綃者，我也。青綃者，鄭也。"明日，九子以弓矢射青綃者中之，怒而去，公亦逐之，所過爲谿谷，以達于淮。而青綃者，投于合肥之西山以死，爲龍穴山。九子皆化爲龍，而石氏葬關洲。公之兄爲馬步使者，子孫散居潁上，其墓皆存焉。事見于唐布衣趙耕之文，而傳于淮潁間父老之口，載于歐陽文忠公之《集古録》云。

自景龍以來，潁人世祠之于焦氏臺。乾寧中，刺史王敬蕘始大其廟。有宋乾德中，蔡州大旱，其刺史司超聞公之靈，築祠于蔡。既雨，翰林學士承旨陶穀爲記其事。蓋淮南至于蔡、許、陳、汝，皆奔走奉祠。景德中，諫議大夫張秉奉詔益新潁上祠宇。而熙寧中司封郎中張徽奏乞爵號，詔封公昭靈侯，石氏柔應夫人。廟有穴五，往往見變異，出雲雨。或投器穴中，則見于池，而近歲有得蜕骨于池者，金聲玉質，輕重不常，今藏廟中。

元祐六年秋，旱甚，郡守龍圖閣學士左朝奉郎蘇軾，迎致其骨于西湖之行祠，與吏民禱焉，其應如響。乃益治其廟，作碑而銘之。銘曰：

維古至人，泠然乘風。變化往來，不私其躬。道本於仁，仁故能勇。有殺有生，以仁爲終。相彼幻身，何適不通？地行爲人，天飛爲龍。惠于有生，我則從之。淮潁之間，篤生張公。跨歷隋、唐，顯于有宋。上帝寵之，先帝封之。昭于一方，萬靈宗之。哀我潁民，處瘠而窮。地傾東南，潦水所鍾。忽焉歸壑，千里一空。公居其間，拯溺弔凶。救藥疾癘，驅攘螟蟲。開闔抑揚，孰知其功。坎坎擊鼓，巫師老農。斗酒隻雞，四簋其饛。度公之居，貝闕珠宫，揆公之食，瓊醴玉饔。何以稱之，我愧于中。公之所饗，惟誠與恭。誠在愛民，無傷農工。恭不在外，洗濯厥胸。以此事神，神聽則聰。敢有不然，上帝恫之。

伏波將軍廟碑

漢有兩伏波，皆有功德於嶺南之民。前伏波，邳離路侯也。後伏波，新息馬侯也。南越自三代不能有，秦雖稍通置吏，旋復爲夷。邳離始伐滅其國，開九郡。然至東漢，二女子側、貳反嶺南，震動六十餘城。世祖初平天下，民勞厭兵，方閉玉關，謝西域，況南荒何足以辱王師？非新息苦戰，則九郡左袵至今矣。由此論之，兩伏波廟食于嶺南者，均也。古今之傳，莫能定于一。自徐聞渡海，適朱崖，南望連山，若有若無，杳杳一髮耳。艤舟將濟，眩栗喪魄。海上有伏波祠，元豐中詔封忠顯王，凡濟海者必卜焉。曰："某日可濟乎？"必吉而後敢濟。使人信之如度量衡石，必不吾欺者。嗚呼，非盛德其孰能然！自漢以來，朱崖、儋耳，或置或否。楊雄有言："朱崖之棄，捐之之力也。否則，介鱗易我衣裳。"此言施於當時可也。自漢末，至五代，中原避亂之人，多家於此。今衣冠禮樂，蓋斑斑然矣，其可復言棄乎！四州之人，以徐聞爲咽喉。南北之濟者，以伏波爲指南，事神其敢不恭。軾以罪謫儋耳三年，今乃獲還海北，往返皆順風，念無以答神貺者，乃碑而銘之。銘曰：

至險莫測海與風，至幽不仁此魚龍。至信可恃漢兩公，寄命一葉萬仞中。自此而南洗汝胸，撫循民夷必清通。自此而北端汝躬，屈信窮達常正忠。生爲人英没愈雄，神雖無言意我同。

廣州資福寺羅漢閣碑

衆生以愛，故入生死。由於愛境，有逆有順。而生喜怒，造種種業。展轉六趣，至千萬劫。本所從來，唯有一愛。更無餘病，佛大醫王。對病爲藥，唯有一捨。更無餘藥，常以此藥。而治此病，如水救火，應手當滅。云何衆生，不滅此病，是導師過，非衆生咎。何以故？衆生所愛，無過身體。父母有疾，割肉刺血，初無難色。若復鄰人，從其求乞，一爪一髮，終不可得。有二導師，其一清净。不入諸相，能知衆生生死之本，能使衆生了然見知，不生不死，出輪回處。是處安樂，堪永依怙，無異父母。支體可捨，而況財物？其一導師，以有爲心，行有爲法。縱不求利，即自求名。譬如鄰人，求乞爪髮，終不可得，而況肌肉？以此觀之，愛吝不捨，是導師過。設如有人，無故取米，投坑阱中，見者皆恨。若以此米，施諸鳥雀，見者皆喜。鳥雀無知，受我此施，何異坑阱？而人自然，有喜有愠。如使導師，有心有爲，則此施者，與棄何異？以此觀之，愛吝不捨，非衆生咎。四方之民，皆以勤苦，而得衣食。所得毫末，其苦無量。獨此南粤，嶺海之民，貿遷重寶，坐獲富樂。得之也易，享之也愧。是故其人，以愧故捨。海道幽險，死生之間，曾不容髮，而況飄墮？羅刹鬼國，呼號神天。佛菩薩僧，以脱須臾。當此之時，身非己有，而況財物？實同糞土。是故其人，以懼故捨，愧懼二法，助發善心。是故粤人，輕施樂捨，甲於四方。東莞古邑資福禪寺，有老比丘，祖堂其名，未嘗戒也。而律自嚴；未嘗求也，而人自施。人之施堂，如物在衡，損益銖黍，了然覺知。堂之受施，如水涵影。雖千萬過，無一留者。堂以是故，創作五百大阿羅漢。嚴净寶閣，涌地千柱。浮空三成，壯麗之極，實冠南粤。東坡居士，見聞隨喜，而説偈言：

五百大士栖此城，南珠大貝皆東傾。衆心回春柏再榮，鐵林東來閣乃成。寶骨未到先通靈，赤蛇白璧珠夜明。三十襲吉誰敢争，層檐飛空俯日星。海波不摇颶無聲，天風徐來韻流鈴。一洗瘴霧冰雪清，人無南北壽且寧。

記

虔州崇慶禪院新經藏記

如來得阿耨多羅三藐三菩提，曰："以無所得故而得。"舍利弗得阿羅漢道，亦曰："以無所得故而得。"如來與舍利弗若是同乎？曰："何獨舍利弗，至于百工賤技，承蜩意鉤，屨豨晝墁，未有不同者。論道之大小，雖至于大菩薩，其視如來，猶若天淵然。及其以無所得故而得，則承蜩意鉤，履豨晝墁，未有不與如來同者也。以吾之所知，推至其所不知，嬰兒生而導之言，稍長而教之書，口必至于忘聲而後能言，手必至于忘筆而後能書，此吾之所知也。口不能忘聲，則語言難於屬文；手不能忘筆，則字畫難於刻雕。及其相忘之至也，則形容心術，酬酢萬物之變，忽然而不自知也。自不能者而觀之，其神智妙達，不既超然與如來同乎！故《金剛經》曰：一切賢聖，皆以無爲法，而有差别。以是爲技，則技疑神；以是爲道，則道疑聖。古之人與人皆學，而獨至於是，其必有道矣。

吾非學佛者，不知其所自入，獨聞之孔子曰："詩三百，一言以蔽之，曰：思無邪。"夫有思皆邪也，善惡同而無思，則土木也，云何能使有思而無邪，無思而非土木乎！烏乎，吾老矣，安得數年之暇，託於佛僧之宇，盡發其書，以無所思心會如來意，庶幾於無所得故而得者。謫居惠州，終歲無事，宜若得行其志。而州之僧舍無所謂經藏者，獨榜其所居室曰"思無邪斋"，而銘之致其志焉。

始吾南遷，過虔州，與通守奉議郎俞君括游。一日，訪廉泉，入崇慶院，觀寶輪藏。君曰："是於江南壯麗爲第一，其費二千餘萬，前長老曇秀始作之，幾於成而寂。今長老惟湜嗣成之。奔走二老之間，勸導經營，銖積寸累十有六年而成者，僧知錫也。子能愍此三士之勞，爲一言記之乎？"吾蓋心許之。俞君博學能文，敏於從政，而恬於進取。數與吾書，欲棄官相從學道。自虔罷歸，道病，卒於廬陵。虔之士民，有巷哭者，吾亦爲出涕。故作此文以遺湜、錫，并論孔子思無邪之意，與吾有志無書之歎，使刻于石，且與俞君結未來之因乎？

南華長老題名記

學者以成佛爲難乎？累土畫沙，童子戲也，皆足以成佛。以爲易乎？受記得道，如菩薩大弟子，皆不任問疾。是義安在？方其迷亂顛倒，流浪苦海之中，一念正真，萬法皆具。及其勤苦功用，爲山九仞之後，毫厘差失，千劫不復。嗚呼，道固如是也，豈獨佛乎！

子思子曰："夫婦之不肖，可以能行焉。及其至也，雖聖人亦有所不能焉。"孟子則以爲聖人之道，始於不爲穿窬。而穿窬之惡，成於言不言。人未有欲爲穿窬者，雖穿窬亦不欲也。自其不欲爲之心而求之，則穿窬足以爲聖人。可以言而不言，不可以言而言，雖賢人君子有不能免也。因其不能免之過而遂之，則賢人君子有時而爲盜。是二法者，相反而相爲用。儒與釋皆然。

南華長老明公，其始蓋學於子思、孟子者，其後棄家爲浮屠氏。不知者以爲逃儒歸佛，不知其猶儒也。南華自六祖大鑒示滅，其傳法得眼者，散而之四方。故南華爲律寺，至吾宋天禧三年，始有詔以智度禪師普遂住持，至今明公蓋十一世矣。

明公告東坡居士曰："宰官行世間法，沙門行出世間法，世間即出世間，等無有二。今宰官傳授，皆有題名壁記，而沙門獨無有。矧吾道場，實補佛祖處，其可不嚴其傳？子爲我記之。"居士曰："諾。"乃爲論儒釋不謀而同者以爲記。

清風閣記

文慧大師應符，居成都玉谿上，爲閣曰清風，以書來求文爲記。五返而益勤，余不能已，戲爲浮屠語以問之。曰："符，而所謂身者，汝之所寄也。而所謂閣者,汝之所以寄所寄也。身與閣,汝不得有,而名烏乎施?名將無所施,而安用記乎?雖然,吾爲汝放心遺形而强言之,汝亦放心遺形而强聽之。木生於山,水流於淵,山與淵且不得有,而人以爲己有,不亦惑歟?天地之相磨,虚空與有物之相推,而風於是焉生。執之而不可得也,逐之而不可及也,汝爲居室而以名之,吾又爲汝記之,不亦大惑歟?雖然,世之所謂己有而不惑者,其與是奚辨?若是而可以爲有邪?則雖汝之有是風可也。雖爲居室而以名之,吾又爲汝記之,可也,非惑也。風起於蒼茫之間,彷徨乎山澤,激越乎城郭道路,虚徐演漾,以汎汝之軒窗闌楯幔帷而不去也。汝隱几而觀之,其亦有得乎?力生於所激,而不自爲力,故不勞。形生於所遇,而不自爲形,故不窮。嘗試以是觀之。"

喜雨亭記　亦通。

亭以雨名,志喜也。古者有喜,則以名物,示不忘也。周公得禾,以名其書;漢武得鼎,以名其年;叔孫勝狄,以名其子。其喜之大小不齊,其示不忘一也。

余至扶風之明年,始治官舍,爲亭於堂之北,而鑿池其南,引流種樹,以爲休息之所。是歲之春,雨麥於岐山之陽,其占爲有年。既而彌月不雨,民方以爲憂。越三月乙卯,乃雨,甲子又雨,民以爲未足。丁卯,大雨,三日乃止。官吏相與慶於庭,商賈相與歌於市,農夫相與抃於野,憂者以樂,病者以愈,而吾亭適成。

於是舉酒於亭上以屬客,而告之曰:"五日不雨,可乎?"曰:"五日不雨,則無麥。""十日不雨,可乎?"曰:"十日不雨,則無禾。""無麥無禾,歲且薦饑,獄訟繁興,而盜賊滋熾,則吾與二三子,雖欲優游以樂於此亭,其可得耶?今天不遺斯民,始旱而賜之以雨,使吾與二三子得相與優游而樂於此亭者,皆雨之賜也。其又可忘耶!"

既以名亭,又從而歌之,曰:使天而雨珠,寒者不得以爲襦。使天而雨玉,饑者不得以爲粟。一雨三日,緊誰之力?民曰太守,太守不有。歸之天子,天子曰不然。歸之造物,造物不自以爲功。歸之太空,太空冥冥。不可得而名,吾以名吾亭。

凌虚臺記　**太難爲太守矣。一篇爲太守文字耳！亦好。**

國於南山之下，宜若起居飲食與山接也。四方之山，莫高於終南；而都邑之麗山者，莫近於扶風。以至近求最高，其勢必得。而太守之居，未嘗知有山焉。雖非事之所以損益，而物理有不當然者，此凌虚之所爲築也。

方其未築也，太守陳公杖屨逍遥於其下，見山之出於林木之上者，纍纍如人之旅行於牆外而見其髻也，曰："是必有異。"使工鑿其前爲方池，以其土築臺，高出於屋之檐而止。然後人之至於其上者，怳然不知臺之高，而以爲山之踊躍奮迅而出也。公曰："是宜名凌虚。"以告其從事蘇軾，而求文以爲記。

軾復於公曰："物之廢興成毁，不可得而知也。昔者荒草野田，霜露之所蒙翳，狐虺之所竄伏，方是時，豈知有凌虚臺耶？廢興成毁相尋於無窮，則臺之復爲荒草野田，皆不可知也。嘗試與公登臺而望，其東則秦穆之祈年橐泉也，其南則漢武之長楊、五柞，而其北則隋之仁壽、唐之九成也。計其一時之盛，宏傑詭麗，堅固而不可動者，豈特百倍於臺而已哉？然而數世之後，欲求其仿佛，而破瓦頽垣，無復存者，既已化爲禾黍荆棘丘墟隴畝矣，而況於此臺歟？夫臺猶不足恃以長久，而況於人事之得喪，忽往而忽來者歟？而或者欲以夸世而自足，則過矣。蓋世有足恃者，而不在乎臺之存亡也。"既已言於公，退而爲之記。　**亦可感。**

四菩薩閣記　**趣。**

始吾先君於物無所好，燕居如齋，言笑有時。顧嘗嗜畫，弟子門人無以悦之，則争致其所嗜，庶幾一解其顔。故雖爲布衣，而致畫與公卿等。

長安有故藏經龕，唐明皇帝所建，其門四達，八版皆吴道子畫，陽爲菩薩，陰爲天王，凡十有六軀。廣明之亂，爲賊所焚。有僧忘其名，於兵火中拔其四版以逃。既重不可負，又迫於賊，恐不能俱全，遂竅其兩版以受荷，西奔於岐，而寄死於烏牙之僧舍，版留於是百八十年矣。客有以錢十萬得之，以示軾者。軾歸其直，而取之以獻諸先君。先君之所嗜，百有餘品，一旦以是四版爲甲。

治平四年，先君没于京師。軾自汴入淮，泝于江，載是四版以歸。既免喪，所嘗與往來浮屠人惟簡，誦其師之言，教軾爲先君捨施，必所甚愛與所不忍捨者。軾用其説，思先君之所甚愛軾之所不忍捨者，莫若是版，故遂以與之。且告之曰："此明皇帝之所不能守，而焚於賊者也，而況於余乎！余視天下之蓄此者多矣。有能及三世者乎？其始求之若不及。既得，唯恐失之。而其子孫不以易衣食者，鮮矣。余惟自度不能長守此也，是以與子。子將何以守之？"簡曰："吾以身守之。吾眼可霍，吾足可斫，吾畫不可奪。若是，足以守之歟？"軾曰："未也。足以終子之世而已。"簡曰："吾又盟於佛，而以鬼守之。凡取是者與凡以是予人者，其罪如律。若是，足以守之歟？"軾曰："未也。世有無佛而蔑鬼者。""然則，何以守之？"曰："軾之以是予子者，凡以爲先君捨也。天下豈有無父之人歟？其誰忍取之？若其聞是而不悛，不惟一觀而已，將必取之然後爲快，則其人之賢愚，與廣明之焚此者，一也。全其子孫多[①]矣，而況能久有此乎！且夫不可取者存乎子，取不取者存乎人。子勉之矣。爲子之不可取者而已，又何知焉。"

既以予簡，簡以錢百萬度爲大閣以藏之，且畫先君像其上。軾助錢二十之一，期以明年冬閣成。

墨君堂記

凡人相與號呼者，貴之則曰公，賢之則曰君，自其下則爾汝之。雖公卿之貴，天下貌畏而心不服，則進而君公，退而爾汝者多矣。獨王子猷謂竹君，天下從而君之無異亂。今與可又能以墨象君之形容，作堂以居君，而屬余爲文，以頌君德，則與可之於君，信厚矣。

與可之爲人也，端静而文，明哲而忠，士之脩潔博習，朝夕磨治洗濯，以求交於與可者，非一人也。而獨厚君如此。君又疏簡抗勁，無聲色臭味，可以娱悦人之耳目鼻口，則與可之厚君也，其必有以賢君

① "多"，當從《蘇東坡全集》作"難"。

矣。世之能寒燠人者，其氣焰亦未至若雪霜風雨之切於肌膚也，而士鮮不以爲欣戚喪其所守。自植物而言之，四時之變亦大矣，而君獨不顧。雖微與可，天下其孰不賢之？然與可獨能得君之深，而知君之所以賢。雍容談笑，揮洒奮迅而盡君之德。稚壯枯老之容，披折偃仰之勢，風雪凌厲以觀其操，崖石犖確以致其節。得志，遂茂而不驕；不得志，瘁瘠而不辱。群居不倚，獨立不懼。與可之於君，可謂得其情而盡其性矣。余雖不足以知君，願從與可求君之昆弟子孫族屬朋友之象，而藏於吾室，以爲君之别館云。

墨妙亭記

熙寧四年十一月，高郵孫莘老自廣德移守吴興。其明年二月，作墨妙亭於府第之北、逍遥堂之東，取凡境内自漢以來古文遺刻以實之。

吴興自東晋爲善地，號爲山水清遠。其民足於魚稻蒲蓮之利，寡求而不争。賓客非特有事於其地者不至焉。故凡守都[①]者，率以風流嘯詠投壺飲酒爲事。自莘老之至，而歲適大水，上田皆不登，湖人大饑，將相率亡去。莘老大振廩勸分，躬自撫循，勞來出於至誠。富有餘者，皆争出穀以佐官，所活至不可勝計。當是時，朝廷方更化立法，使者旁午，以爲莘老當日夜治文書，赴期會，不能復雍容自得如故事。而莘老益喜賓客，賦詩飲酒爲樂。又以其餘暇，網羅遺逸，得前人賦詠數百篇，爲《吴興新集》，其刻畫尚存，而僵仆斷缺於荒陂野草之間者，又皆集於此亭。是歲十二月，余以事至湖，周覽歎息，而莘老求文爲記。

或以謂余，凡有物必歸於盡，而恃形以爲固者，尤不可長。雖金石之堅，俄而變壞。至於功名文章，其傳世垂後，猶爲差久，今乃以此託於彼，是久存者反求助於速壞。此既昔人之惑，而莘老又將深檐大屋以錮留之。推是意也，其無乃幾於不知命也夫。余以爲知命者必盡人事，然後理足而無憾。物之有成必有壞，譬如人之有生必有死，

---

① “都”，當從《蘇東坡全集》作“郡”。

而國之有興必有亡也。雖知其然，而君子之養身也，凡可以久生而緩死者無不用其治國也，凡可以存存而救亡者無不爲，至於不可奈何而後已。此之謂知命。是亭之作否，無足争者，而其理則不可以不辨。故具載其説，而列其名物於左云。

墨寶堂記 前半截甚爲蒙莊所苦。

世人之所共嗜者，美飲食，華衣服，好聲色而已。有人焉，自以爲高而笑之，彈琴奕棋，蓄古法書圖畫，客至，出而夸觀之，自以爲至矣。則又有笑之者曰：古之人所以自表見於後世者，以有言語文章也，是惡足好？而豪傑之士又相與笑之，以爲士當以功名聞於世，若乃施之空言，而不見於行事，此不得已者之所爲也。而其所謂功名者，自知效一官，等而上之，至於伊、吕、稷、契之所營，劉、項、湯、武之所争，極矣。而或者猶未免乎笑，曰：是區區者曾何足言？而許由亂之以爲難，孔丘知之以爲博。由此言之，世之相笑，豈有既乎？

士方志於其所欲得，雖小物，有棄軀忘親而馳之者。故有好書而不得其法，則椎心嘔血幾死而僅存，至剖冢斫棺而求之。是豈有聲色臭味足以移人哉？方其樂之也，雖其口不能自言，而況他人乎！人特以己之不好笑人之好，則過矣。

毗陵人張君希元，家世好書，所蓄古今遺墨至多，盡刻諸石，筑室而藏之，屬余爲記。余，蜀人也。蜀之諺曰："學書者紙費，學醫者人費。"此言雖小可以喻大。世有好功名者，以其未試之學，而驟出之于政，其費人豈特醫者之比乎？今張君以兼人之能，而位不稱其才，優游終歲，無所役其心智，則以書自娱。然以吾觀之，君豈久閒者？必將大發于政。君知政之費人也甚于醫，則愿以余之所言者爲鑒。

仁宗皇帝御飛白記

問世之亂治，必觀其人。問人之賢不肖，必以世考之。《孟子》曰："誦其詩，讀其書，不知其人，可乎？是以論其世也。"合抱之木，不生于步仞之丘。千金之子，不出于三家之市。

臣嘗逮事仁宗皇帝，其愚不足以測知聖德之所至，獨私竊覽觀四十余年之間，左右前後之人，其大者固已光明俊偉，深厚雄傑，不可窺較。而其小者，猶能敦樸愷悌，靖恭持重，號稱長者。當是之時，天人和同，上下驩心。才智不用而道德有餘，功業難名而福禄無窮。升遐以來十有二年，若臣若子，罔有内外，下至深山窮谷老婦稚子，外薄四海裔夷君長，見當時之人，聞當時之事，未有不流涕稽首者也。此豈獨上之澤歟？凡在廷者，與有力焉。

太子少傅安簡王公，諱舉正，臣不及見其人矣，而識其爲人。其流風遺俗可得而稱者，以世考之也。熙寧六年冬，以事至姑蘇，其子誨出慶曆中所賜公"端敏"字二飛白筆一以示臣，且謂臣記之，將刻石而傳諸世。

臣官在太常，職在太史，於法得書。而以爲抱烏號之弓，不若藏此筆，寶曲阜之屨，不若傳此書；考追蠡以論音聲，不若推點畫以究觀其所用之意；存昌歜以追嗜好，不若因褒貶以想見其所與之人。或藏於名山，或流於四方，凡見此者，皆當聳然而作，如望旄頭之塵，而聽屬車之音，相與勉爲忠厚而耻爲浮薄，或由此也夫。

大悲閣記

羊豕以爲羞，五味以爲和，秫稻以爲酒，曲蘖以作之，天下之所同也。其材同，其水火之齊均，其寒暖燥濕之候一也，而二人爲之，則美惡不齊。豈其所以美者，不可以數取歟？然古之爲方者，未嘗遺數也。能者即數以得妙，不能者循數以得其略。其出一也，有能有不能，而精粗見焉。人見其二也，則求精於數外，而棄迹以逐妙，曰：我知酒食之所以美也。而略其分齊，捨其度數，以爲不在是也，而一以意造，則其不爲人之所嘔棄者寡矣。

今吾學者之病亦然。天文、地理、音樂、律曆、宫廟、服器、冠昏、喪紀[①]之法，《春秋》之所去取，禮之所可，刑之所禁，歷代之所以廢興，與其人之賢不肖，此學者之所宜盡力也。曰：是皆不足學，學其不可傳於書而載於口者。子夏曰："日知其所亡，月無忘其所能，可謂好學

---

① "紀"，當從《蘇東坡全集》作"祭"。

也已。”古之學者，其所亡與其所能，皆可以一二數而日月見也。如今世之學，其所亡者果何物，而所能者果何事歟？孔子曰：“吾嘗終日不食、終夜不寢以思，無益，不如學也。”由是觀之，廢學而徒思者，孔子之所禁，而今世之所上也。

豈惟吾學者，至於爲佛者亦然。齋戒持律，講誦其書，而崇飾塔廟，此佛之所以日夜教人者也。而其徒或者以爲齋戒持律不如無心，講誦其書不如無言，崇飾塔廟不如無爲。其中無心，其口無言，其身無爲，則飽食而嬉而已，是爲大以欺佛者也。

杭州鹽官安國寺僧居則，自九歲出家，十年而得惡疾且死，自誓於佛，願持律終身，且造千手眼觀世音像，而誦其名千萬遍。病已，而力不給，則縮衣節口三十餘年，銖積寸累，以迄于成。其高九仞，爲大屋四重以居之。而求文以爲記。

余嘗以斯言告東南之士矣，蓋仅有從者。獨喜則之勤苦從事於有爲，篤志守節，老而不衰，異夫爲大以欺佛者，故爲記之，且以風吾黨之士云。

雩泉記　好。

常山在東武郡治之南二十里，不甚高大，而下臨城中，如在山下，雉堞樓觀仿佛可數。自城中望之，如在城上，起居寢食，無往而不見山者。其神食於斯民，固宜也。東武濱海多風，而溝瀆不留，故率常苦旱。禱於兹山，未嘗不應。民以其可信而恃，蓋有常德者，故謂之常山。熙寧八年，春夏旱，軾再禱焉，皆應如響，乃新其廟。廟門之西南十五步，有泉汪洋，折旋如車輪，清涼滑甘，冬夏若一，餘流溢去，達於山下。兹山之所以能常其德，出雲爲雨，以信於斯民者，意其在此。而號稱不立，除治不嚴，農民易之。乃琢石爲井，其深七尺，廣三之二。作亭於其上，而名之曰雩泉。

古者誦吁嗟而求雨曰“雩”。今民吁嗟其所不獲，而呻吟其所疾痛，亦多矣。吏有能聞而哀之，答其所求，如常山雩泉之可信而恃者乎！軾以是愧於神，乃作《吁嗟》之詩，以遺東武之民，使歌以祀神而勉吏云。

吁嗟常山，東武之望。匪石岩岩，惟德之常。吁嗟雩泉，維山之漱。維水作聰，我民所噫。我歌雲漢，于泉之側。誰其尸之？涌溢赴節。堂堂在位，有號不聞。我愧于中，何以類神。神尸其昧，我職其著。各率爾職，神不汝棄。酌山之泉，言采其蔬。跪以薦神，神其吐之。

鳳鳴驛記

始余丙申歲舉進士，過扶風，求舍于館人。既入，不可居而出，次于道旅。其後六年，爲府從事。至數日，謁客於館，視客之所居，與其凡所資用，如官府，如廟觀，如數世富人之宅，四方之至者，如歸其家，皆樂而忘去。將去，既駕，雖馬亦顧其皂而嘶。余召館吏而問焉。吏曰："今太守宋公之所新也。自辛丑八月而公始至，既至逾月而興功，五十有五日而成。用夫三萬六千，木以根計，竹以竿計，瓦、甓、坏[1]釘各以枚計，稻以石計者二十一萬四千七百二十有八，而民未始有知者。"余聞而心善之。

其明年，縣令胡允文具石請書其事。余以爲有足書者，乃書曰：古之君子不擇居而安，安則樂，樂則喜從事。使人而皆喜從事，則天下何足治歟？後之君子，常有所不屑。苟有所不屑，則躁，否則惰。躁則妄，惰則廢。既妄且廢，則天下之所以不治者，常出於此，而不足怪。今夫宋公計其所歷而累其勤，使無齟齬於世，則今且何爲矣，而猶爲此官哉。然而未嘗有不屑之心。其治扶風也，視其卼臲者而安植之，求其蒙茸者而疏理之。非特傳舍而已，事復有小於傳舍者，公未嘗不盡心也。嘗食芻豢者難於食菜，嘗衣錦者難於衣布，嘗爲其大者不屑爲其小，此天下之通患也。《詩》曰："豈弟君子，民之父母。"所貴乎豈弟者，豈非以其不擇居而安，安而樂，樂而喜從事歟？夫修傳舍，誠無足書者。以傳舍之修，而見公之不擇居而安，安而樂，樂而喜從事者，則是真足書也。

---

① 從《蘇東坡全集》，改"坏"爲"坯"。

蓋公堂記

始吾居鄉，有病寒而欬者，問諸醫，醫以爲蠱，不治且殺人。取其百金而治之，飲以蠱藥，攻伐其腎腸，燒灼其體膚，禁切其飲食之美者。期月而百疾作，内熱惡寒，而欬不已，纍然真蠱者也。又求於醫，醫以爲熱，授之以寒藥，旦朝吐之，暮夜下之，於是始不能食。懼而反之，則鍾乳、烏喙雜然並進，而瘭疽癰疥眩瞀之狀，無所不至。三易醫而疾愈甚。里老父教之曰："是醫之罪，藥之過也。子何疾之有！人之生也，以氣爲主，食爲輔。今子終日藥不釋口，臭味亂於外，而百毒戰於内，勞其主，隔其輔，是以病也。子退而休之，謝醫却藥而進所嗜，氣完而食美矣，則夫藥之良者，可以一飲而效。"從之期月，而病良已。

昔之爲國者亦然。吾觀夫秦自孝公以來，至于始皇，立法更制，以鐫磨鍛鍊其民，可謂極矣。蕭何、曹參親見其斲喪之禍，而收其民於百戰之餘，知其厭苦憔悴無聊，而不可與有爲也，是以一切與之休息，而天下安。始參爲齊相，召長老諸先生問所以安集百姓，而齊故諸儒以百數，言人人殊，參未知所定。聞膠西有蓋公，善治黄老言，使人請之。蓋公爲言治道貴清静而民自定，推此類具言之。參於是避正堂以舍蓋公，用其言而齊大治。其後以其所以治齊者治天下，天下至今稱賢焉。

吾爲膠西守，知公之爲邦人也，求其墳墓、子孫而不可得，慨然懷之。師其言，想見其爲人，庶幾復見如公者。治新寢於黄堂之北，易其弊陋，達其蔽塞，重門洞開，盡城之南北，相望如引繩，名之曰蓋公堂。時從賓客僚吏遊息其間，而不敢居，以待如公者焉。

夫曹參爲漢宗臣，而蓋公爲之師，可謂盛矣。而史不記其所終，豈非古之至人得道而不死者歟？膠西東並海，南放于九仙，北屬之牢山，其中多隱君子，可聞而不可見，可見而不可致，安知蓋公不往來其間乎？吾何足以見之！　**趣。**

李氏山房藏書記

象犀珠玉怪珍之物，有悦於人之耳目，而不適於用。金石草木絲麻五穀六材，有適於用，而用之則弊，取之則竭。悦於人之耳目而適於用，用之而不弊，取之而不竭，賢不肖之所得，各因其才，仁智之所見，各隨其分。才分不同，而求無不獲者，惟書乎！

自孔子聖人，其學必始於觀書。當是時，惟周之柱下史聃爲多書。韓宣子適魯，然後見《易象》与魯《春秋》，季札聘於上國，然後得聞《詩》之風、雅、頌。而楚獨有左史倚相，能讀《三墳》《五典》《八索》《九丘》。士之生於是時，得見《六經》者蓋無幾，其學可謂難矣。而皆習於禮樂，深於道德，非後世君子所及。自秦、漢以來，作者益衆，紙與字畫日趋於簡便，而書益多，世莫不有，然學者益以苟簡，何哉？余猶及見老儒先生，自言其少時，欲求《史記》《漢書》而不可得，幸而得之，皆手自書，日夜誦讀，惟恐不及。近歲市人轉相摹刻諸子百家之書，日傳萬紙。學者之於書，多且易致如此，其文詞學術，當倍蓰於昔人。而後生科舉之士，皆束書不觀，遊談無根，此又何也？

余友李公擇，少時讀書於廬山五老峰下白石庵之僧舍。公擇既去，而山中之人思之，指其所居爲李氏山房。藏書凡九千餘卷。公擇既已涉其流，探其源，採剥其華實，而咀嚼其膏味，以爲己有，發於文詞，見於行事，以聞名於當世矣。而書固自如也，未嘗少損。將以遺來者，供其無窮之求，而各足其才分之所當得。是以不藏於家，而藏於其故所居之僧舍，此仁者之心也。

余既衰且病，無所用於世，惟得數年之間，盡讀其所未見之書，而廬山固所願遊而不得者，蓋將老焉。盡發公擇之藏，拾其餘棄以自補，庶有益乎？而公擇求余文以爲記。乃爲一言，使來者知昔之君子見書之難，而今之學者有書而不讀爲可惜也。

寶繪堂記

君子可以寓意於物，而不可以留意於物。寓意於物，雖微物足以爲樂，雖尤物不足以爲病。留意於物，雖微物足以爲病，雖尤物不足以爲樂。老子曰："五色令人目盲，五音令人耳聾，五味令人口爽，馳騁田獵令人心發狂。"然聖人未嘗廢此四者，亦聊以寓意焉耳。劉備之雄才也，而好結髦。嵇康之達也，而好鍛鍊。阮孚之放也，而好蠟屐。此豈有聲色臭味也哉？而樂之終身不厭。

凡物之可喜，足以悦人，而不足以移人者，莫若書與畫。然至其留意而不釋，則其禍有不可勝言者。鍾繇至以此嘔血發冢，宋孝武、王僧虔至以此相忌，桓玄之走舸，王涯之複壁，皆以兒戲害其國，凶其身，此留意之禍也。

始吾少時嘗好此二者。家之所有惟恐其失之；人之所有，惟恐其不吾予也。既而自笑，曰：吾薄富貴而厚於書，輕死生而重畫，豈不顛倒錯繆失其本心也哉？自是不復好。見可喜者，雖時復蓄之，然爲人取去，亦不復惜也。譬之煙雲之過眼，百鳥之感耳，豈不欣然接之？去而不復念也。於是乎二物者常爲吾樂而不能爲吾病。

駙馬都尉王君晋卿雖在戚里，而其被服禮義、學問詩書，常與寒士角。平居攘去膏粱，屏遠聲色，而從事於書畫，作寶繪堂於私第之東，以蓄其所有，而求文以爲記。恐其不幸而類吾少時之所好，故以是告之，庶幾全其樂而遠其病也。

放鶴亭記

熙寧十年秋，彭城大水，雲龍山人張君之草堂，水及其半扉。明年春，水落，遷於故居之東，東山之麓。升高而望，得異境焉，作亭於其上。彭城之山，岡領四合，隱然如大環，獨缺其西十二，而山人之亭適當其缺。春夏之交，草木際天。秋冬雪月，千里一色。風雨晦明之間，俯仰百變。山人有二鶴，甚馴而善飛。旦則望西山之缺而放焉，縱其所如，或立於陂田，或翔於雲表。暮則傃東山而歸。故名之曰放鶴亭。

郡守蘇軾，時從賓客僚吏往見山人，飲酒於斯亭而樂之，揖山人而告之曰："子知隱居之樂乎？雖南面之君，未可與易也。《易》曰：'鳴鶴在陰，其子和之。'《詩》曰：'鶴鳴于九皋，聲聞于天。'蓋其爲物，清遠閒放，超然于塵垢之外，故《易》《詩》人以比賢人君子隱德之士。

狎而玩之，宜若有益而無損者，然衛懿公好鶴則亡其國。周公作《酒誥》，衛武公作《抑戒》，以爲荒惑敗亂無若酒者，而劉伶、阮籍之徒以此全其真而名後世。嗟夫！南面之君，雖清遠閒放如鶴者猶不得好，好之則亡其國。而山林遁世之士，雖荒惑敗亂如酒者猶不能爲害，而況于鶴乎！由此觀之。其爲樂未可以同日而語也。"山人欣然而笑曰："有是哉。"①

思堂記

建安章質夫，築室於公堂之西，名之曰思。曰："吾將朝夕於是，凡吾之所爲，必思而後行，子爲我記之。"嗟夫！余，天下之無思慮者也。遇事則發，不暇思也。未發而思之，則未至。已發而思之，則無及。以此終身，不知所思。言發於心而冲於口，吐之則逆人，茹之則逆余。以爲寧逆人也，故卒吐之。君子之於善也，如好好色；其於不善也，如惡惡臭。豈復臨事而後思，計議其美惡，而避就之哉！是故臨義而思利，則義必不果；臨戰而思生，則戰必不力。若夫窮達得喪，死生禍福，則吾有命矣。少時遇隱者曰："孺子近道，少思寡欲。"曰："思與欲，若是均乎？"曰："甚於欲。"庭有二盎以畜水，隱者指之曰："是有蟻漏，是日取一升而棄之，孰先竭？"曰："必蟻漏者。"思慮之賊人也，微而無間。隱者之言，有會於余心，余行之。且夫不思之樂，不可名也。虛而明，一而通，安而不懈，不處而静，不飲酒而醉，不閉目而睡。將以是記思堂，不亦繆乎②！

游桓山記　好。

元豐二年正月己亥晦，春服既成，從二三子游於泗之上。登桓山，入石室，使道士戴日祥鼓雷氏之琴，操《履霜》之遺音，曰："噫嘻悲夫，此宋司馬桓魋之墓也。"或曰："鼓琴於墓，禮歟？"曰："禮也。季武子之喪，曾點倚其門而歌。仲尼，日月也，而魋以爲可得而害也。且

① 此處李贄有刪節。
② 李贄刪去原文後面六句。

死爲石椁，三年不成，古之愚人也。余將弔其藏，而其骨毛爪齒既已化爲飛塵，蕩爲泠風矣，而況於椁乎？況於從死之臣妾、飯含之貝玉乎？使魋而無知也，余雖鼓琴而歌可也。使魋而有知也，聞余鼓琴而歌，知哀樂之不可常，物化之無日也，其愚豈不少瘳乎？”二三子喟然而歎，乃歌曰：“桓山之上，維石嵯峨兮。司馬之惡，與石不磨兮。桓山之下，維水瀰瀰兮。司馬之藏，與水皆逝兮。”歌闋而去。從游者八人：畢仲孫、舒煥、寇昌朝、王適、王遹、王肆、軾之子邁、煥之子彦舉。

文與可畫篔簹谷偃竹記　甚趣。

竹之始生，一寸之萌耳，而節葉具焉。自蜩腹蛇蚹以至于劍拔十尋者，生而有之也。今畫者乃節節而爲之，葉葉而累之，豈復有竹乎！故畫竹必先得成竹於胸中，執筆熟視，乃見其所欲畫者，急起從之，振筆直遂，以追其所見，如兔起鶻落，少縱則逝矣。與可之教予如此。予不能然也，而心識其所以然。夫既心識其所以然，而不能然者，内外不一，心手不相應，不學之過也。故凡有見於中而操之不熟者，平居自視了然，而臨事忽焉喪之，豈獨竹乎！子由爲《墨竹賦》以遺與可曰：“庖丁，解牛者也，而養生者取之。輪扁，斲輪者也，而讀書者與之。今夫夫子之託於斯竹也，而予以爲有道者，則非耶？”子由未嘗畫也，故得其意而已。若予者，豈獨得其意，并得其法。

與可畫竹，初不自貴重，四方之人持縑素而請者，足相躡於其門。與可厭之，投諸地而罵曰：“吾將以爲韈。”士大夫傳之，以爲口實。及與可自洋州還，而余爲徐州。與可以書遺余曰：“近語士大夫，吾墨竹一派，近在彭城，可往求之。韈材當萃於子矣。”書尾復寫一詩，其略曰：“擬將一段鵝谿絹，掃取寒梢萬尺長。”予謂與可：“竹長萬尺，當用絹二百五十疋。知公倦於筆硯，願得此絹而已。”與可無以答，則曰：“吾言妄矣，世豈有萬尺竹哉。”余因而實之，答其詩曰：“世間亦有千尋竹，月落庭空影許長。”與可笑曰：“蘇子辯則辯矣。然二百五十疋，吾將買田而歸老焉。”因以所畫篔簹谷偃竹遺予，曰：“此竹數尺耳，而有萬尺之勢。”篔簹谷在洋州，與可嘗令予作《洋州三十詠》，篔簹谷其一也。予詩云：“漢川脩竹賤如蓬，斤斧何曾赦籜龍。料得清貧饞太守，渭濱千畝在胸中。”與可是日與其妻游谷中，燒筍晚食，發函得詩，失笑噴飯滿案。

元豐二年正月二十日，與可没于陳州。是歲七月七日，予在湖州曝書畫，見此竹，廢卷而哭失聲。昔曹孟德《祭橋公文》，有“車過”、“腹痛”之語，而予亦載與可疇昔戲笑之言者，以見與可于予親厚無間如此也。

石氏畫苑記

石康伯，字幼安，眉之眉山人，故紫薇舍人昌言之幼子也。舉進士不第，即棄去。當以蔭得官，亦不就，讀書作詩以自娱而已，不求人知。獨好法書、名畫、古器、異物，遇有所見，脱衣輟食求之，不問有無。居京師四十年，出入閭巷，未嘗騎馬。在稠人中，耳目謏謏然，專求其所好。長七尺，髯而黑，如世所畫道人劍客。而徒步塵埃中，若有所營，不知者以爲異人也。又善滑稽，巧發微中，旁人抵掌絶倒，而幼安淡然不變色。與人遊，知其急難，甚於爲已。有客於京師而病者，輒舁置其家，親飲食之，死則棺斂之，無難色。凡識幼安者，皆知其如此。而余獨深知之。幼安識慮甚遠，獨口不言耳。今年六十二，狀貌如四十許人，須三尺，郁然無一莖白者，此豈徒然者哉。爲亳州職官與富鄭公俱得罪者，其子夷庚也。

其家書畫數百軸，取其毫末雜碎者，以册編之，謂之石氏畫苑。幼安與文與可遊，如兄弟，故得其畫爲多。而余亦善畫古木叢竹，因以遺之，使置之苑中。子由嘗言：“所貴於畫者，爲其似也。似猶可貴，況其真者。吾行都邑田野所見人物，皆吾畫笥也，所不見者，獨鬼神耳，當賴畫而識，然人亦何用見鬼。”此言真有理。今幼安好畫，乃其一病，無足録者。獨著其爲人之大略云爾。

石鐘山記

《水經》云：彭蠡之口，有石鐘山焉。酈元以爲下臨深潭，微風鼓浪，水石相搏，聲如洪鐘。是説也，人常疑之。今以鐘磬置水中，雖大風浪，不能鳴也，而況石乎！至唐李渤始訪其遺蹤，得雙石於潭上，扣而聆之，南聲函胡，北音清越，枹止響騰，餘韻徐歇，自以爲得之矣。然是説也，余尤疑之。石之鏗然有聲者，所在皆是也，而此獨以鐘名，何哉？

元豐七年六月丁丑，余自齊安舟行適臨汝，而長子邁將赴饒之德興尉，送之至湖口，因得觀所謂石鐘者。寺僧使小童持斧於亂石間擇其一二扣之，硿硿焉，余固笑而不信也。至其夜月明，獨與邁乘小舟至絶壁下，大石側立千尺，如猛獸奇鬼森然欲搏人。而山上栖鶻聞人聲亦驚起，磔磔雲霄間。又有若老人欬且笑於山谷中者，或曰："此鸛鶴也。"余方心動欲還，而大聲發於水上，噌吰如鐘鼓不絶，舟人大恐。徐而察之，則山下皆石穴罅，不知其淺深。微波入焉，涵澹澎湃而爲此也。舟回至兩山間，將入港口，有大石當中流，可坐百人，空中而多竅與風水相吞吐，有窾坎鏜鞳之聲，與向之噌吰者相應，如樂作焉。

因笑謂邁曰："汝識之乎？噌吰者，周景王之無射也。窾坎鏜鞳者，魏戲子之歌鐘也。古之人不余欺也。事不目見耳聞，而臆斷其有無，可乎？"酈元之所見聞，殆與余同，而言之不詳。士大夫終不肯以小舟夜泊絶壁之下，故莫能知。而漁工水師，雖知而不能言。此世所以不傳也。而陋者乃以斧斤考擊而求之，自以爲得其實。余是以記之，蓋歎酈元之簡，而笑李渤之陋也。

李太白碑陰記

李太白，狂士也。又嘗失節於永王璘，此豈濟世之人哉？而畢文簡公以王佐期之，不亦過乎！曰：士固有大言而無實，虚名不適於用者，然不可以此料天下士。士以氣爲主。方高力士用事，公卿大夫争事之，而太白使脱靴殿上，固已氣蓋天下矣。使之得志，必不肯附權倖以取容，其肯從君於昏乎！夏侯湛贊東方生云："開濟明豁，包含宏大。陵轢卿相，嘲哂豪傑。籠罩靡前，跆藉貴勢。出不休顯，賤不憂戚。戲萬乘若僚友，視儔列如草芥。雄節邁倫，高氣蓋世，可謂拔乎其萃，游方之外者也。"吾於太白亦云。太白之從永王璘，當由迫脅。不然，璘之狂肆寢陋，雖庸人知其必敗也。太白識郭子儀之爲人傑，而不能知璘之無成，此理之必不然者也。吾不可以不辨。

薦誠禪院五百羅漢記

熙寧十年，余方守徐州，聞河決澶淵，入巨野，首灌東平。吏民恟懼，不知所爲。有僧應言建策，鑿清泠口道，積水北入于古廢河，又北東入于海。吏方持其議，言彊力辯口，慨然論可決狀甚明。吏不能奪，卒以其言決之，水所入如其言，東平以安，言有力焉。衆欲爲請賞，言笑謝去。余固異其人。後二年，移守湖州，而言自鄆來見余於宋，曰："吾鄆人也，少爲僧，以講爲事。始錢公子飛使吾創精舍於鄆之東阿北新橋鎮，且造鐵浮屠十有三級，高百二十尺。既成，而趙公叔平請諸朝，名吾院曰薦誠。歲度僧以守之。今將造五百羅漢像於錢塘，而載以歸，度用錢五百萬，自丞相潞公以降，皆吾檀越也。"余於是益知言真有過人者。又六年，余自黄州遷于汝，過宋而言適在焉。曰："像已成，請爲我記之。"嗚呼！士以功名爲貴，然論事易，作事難；作事易，成事難。使天下士皆如言，論必作，作必成者，其功名豈少哉！其可不爲一言。

衆妙堂記

眉山道士張易簡教小學，常百人，予幼時亦與焉。居天慶觀北極院，予蓋從之三年。

謫居海南，一日夢至其處，見張道士如平昔，汛治庭宇，若有所待者，曰："老先生且至。"其徒有誦《老子》者曰："玄之又玄，衆妙之門。"予曰："妙一而已，容有衆乎？"道士笑曰："一已陋矣，何妙之有？若審妙也，雖衆可也。"因指灑水、薙草者，曰："是各一妙也。"予復視之，則二人者手若風雨，而步中規矩，蓋焕然霧除，霍然雲消。予驚歎曰："妙蓋至此乎！庖丁之理解，郢人之鼻斫，信矣。二人者釋用而上曰："子未睹真妙，庖、郢非其人也。是技與道相半，習與空相會，非無挾而徑造者也。子亦見夫蜩與雞乎？夫蜩登木而號，不知止也。夫雞俯首而啄，不知仰也。其固也如此。然至蜕與伏也，則無視無聽，無饑無渴，默化於荒忽之中，候伺於毫髮之間，雖聖知不及也。是豈技與習之助乎？"二人者出，道士曰："子少安，須老先生至而問焉。"二人者顧曰："老先生未必知也。子往見蜩與雞而問之，可以養生，可以長年。"廣州道士崇道大師何德順作堂，榜曰"衆妙。"以書來海南，求文以記之。予不暇作也，獨書夢中語以示之。

密州通判廳題名記　可感。

始，尚書郎趙君成伯爲眉之丹稜令，邑人至今稱之。予其鄰邑人也，故知之爲詳。君既罷丹稜，而予適還眉，於是始識君。其後予出官於杭，而君亦通守臨淮，同日上謁辭，相見于殿門外，握手相與語。已而見君於臨淮，劇飲大醉于先春亭上而别。及移守膠西，未一年，而君來倅是邦。

予性不慎語言，與人無親疏，輒輸寫腑臟。有所不盡，如茹物不下，必吐出乃已。而人或記疏以爲怨咎，以此尤不可與深中而多數者處。君既故人，而簡易疏達，表裏洞然，予固甚樂之。而君又勤於吏職，視官事如家事，予得少休焉。

君曰："吾廳事未有壁記。"乃集前人之姓名以屬於予。予未暇作也。及爲彭城，君每書來，輒以爲言，且曰："吾將託子以不朽。"昔羊叔子登峴山，謂從事鄒湛曰："自有宇宙而有此山，登此遠望，如我與卿者多矣，皆堙滅無聞，使人悲傷。"湛曰："公之名，當與此山俱傳，若湛輩，乃當如公言耳。"夫使天下至今有鄒湛者，羊叔子之賢也。今予頑鄙自放，而且老矣，然無以自表見於後世，自計且不足，而況能以及子乎！雖然，不可以不一言，使數百年之後，得此文於頹垣廢井之間者，茫然長思而一歎也。

傳神記　好。

傳神之難在目。顧虎頭云："傳形寫影，都在阿堵中。"其次在顴頰。吾嘗於燈下顧自見頰影，使人就壁模之，不作眉目，見者皆失笑，知其爲吾也。目與顴頰似，餘無不似者。眉與鼻口，可以增減取似也。傳神與相一道，欲得其人之天，法當於衆中陰察之。今乃使人具衣冠坐，注視一物。彼方斂容自持，豈復見其天乎！凡人意思各有所在，或在眉目，或在鼻口。虎頭云："頰上加三毛，覺精采殊勝。"則此人意思蓋在須頰間也。優孟學孫叔敖抵掌談笑，至使人謂死者復生，此豈舉體皆似？亦得其意思所在而已。使畫者悟此理，則人人可以爲顧陸。

吾嘗見僧惟真畫曾魯公，初不甚似。一日往見公，歸而喜甚。曰："吾得之矣。"乃於眉後加三紋，隱約可見，作俯首仰視、眉揚而頞蹙者，遂大似。南都程懷立，衆稱其能。於傳吾神，大得其全。懷立舉止如諸生，蕭然有意於筆墨之外者也。故以吾所聞助發云。

淮陰侯廟記　好。

應龍之所以爲神者，以其善變化而能屈伸也。夏則天飛，效其靈也。冬則泥蟠，避其害也。當嬴氏刑慘網密，毒流海内，銷鋒鏑，誅豪俊，將軍乃辱身污節，避世用晦。志在鵲起豹變，食全楚之租，故受饋於漂母。抱王霸之略，蓄英雄之壯圖，志輕六合，氣蓋萬夫，故忍耻跨下。洎乎山鬼反璧，天亡秦族。遇知己之英主，陳不世之奇策。崛起蜀漢，席捲關輔。戰必勝，攻必克，掃强楚，滅暴秦。平齊七十城，破趙二十萬。乞食受辱，惡足累大丈夫之功名哉！然使水行未殞，火流猶潛，將軍則與草木同朽，麋鹿俱死，安能持太阿之柄，雲飛龍驤，起徒步而取侯王？噫，自古英雄之士，不遇機會，委身草澤，名堙滅而無稱者，可勝道哉！乃碑而銘之曰：

書軌新邦，英雄舊里。海霧朝翻，山煙暮起。宅臨舊楚，廟枕清淮。枯松折柏，廢井荒臺。我停單車，思人望古。淮陰少年，有目無睹。不知將軍，用之如虎。

序

牡丹記序

熙寧五年三月二十三日，余從太守沈公，觀花於吉祥寺僧守璘之圃。圃中花千本，其品以百數。酒酣樂作，州人大集，金盤綵籃以獻于坐者，五十有三人。飲酒樂甚，素不飲者皆醉。自輿臺皂隸皆插花以從，觀者數萬人。明日，公出所集《牡丹記》十卷以示客，凡牡丹之見於傳記與栽植接養剥治之方，古今詠歌詩賦，下至怪奇小説皆在。余既觀花之極盛，與州人共遊之樂，又得觀此書之精究博備，以爲三者皆可紀，而公又求余文以冠于篇。

蓋此花見重於世三百餘年，窮妖極麗，以擅天下之觀美，而近歲猶復變態百出，務爲新奇以追逐時好者，不可勝紀。此草木之智巧便佞者也。今公自耆老重德，而余又方蠢迂闊，舉世莫與爲比，則其於此書無乃皆非其人乎。然鹿門子常怪宋廣平之爲人，意其鐵心石腸，而爲《梅花賦》，則清便豔發，得南朝徐庾體。今以余觀之，凡託於椎陋以眩世者，又豈足信哉！余雖非其人，强爲公紀之。公家書二萬卷，博覽强記，遇事成書，非獨牡丹也。

邵茂誠詩集序

貴、賤、壽、夭，天也。賢者必貴，仁者必壽，人之所欲也。人之所欲，適與天相值實難，譬如匠慶之山而得成虡，豈可常也哉！因其適相值，而責之以常然，此人之所以多怨而不通也。至於文人，其窮也固宜。勞心以耗神，盛氣以忤物，未老而衰病，無惡而得罪，鮮不以文者。天人之相值既難，而人又自賊如此，雖欲不困，得乎？茂誠諱迎，姓邵氏，與余同年登進士第。十有五年而見之於吴興孫莘老之座上，出其詩數百篇，余讀之彌月不厭。其文清和妙麗如晋、宋間人。而詩尤可愛，咀嚼有味，雜以江左唐人之風。其爲人篤學强記，恭儉孝友，而貫穿法律，敏於吏事。其狀若不勝衣，語言氣息僅屬。余固哀其任衆難以瘁其身，且疑其將病也。踰年而茂誠卒。又明年余過高郵，則其喪在焉。入哭之，敗幃瓦燈，塵埃蕭然，爲之出涕太息。夫原憲之貧，顔回之短命，楊雄之無子，馮衍之不遇，皇甫士安之篤疾，彼遇其一，而人哀之至今。而茂誠兼之，豈非命也哉？余是以録其文，哀而不怨，亦茂誠之意也。

錢塘勤上人詩集序

昔翟公罷廷尉，賓客無一人至者。其後復用，賓客欲往。翟公大書其門曰:“一死一生,乃見交情。一貧一富,乃知交態。一貴一賤,交情乃見。”世以爲口實。然余嘗薄其爲人,以爲客則陋矣,而公之所以待客者獨不爲小哉。故太子少師歐陽公好士,爲天下第一。士有一言中於道,不遠千里而求之,甚於士之求公。以故盡致天下豪俊,自庸衆人以顯於世者固多矣。然士之負公者,亦時有。蓋嘗慨然太息,以人之難知,爲好士者之戒。意公之於士,自是少倦。而其退老於潁水之上,余往見之,則猶論士之賢者,唯恐其不聞於世也。至於負己者,則曰是罪在我,非其過。翟公之客負之於死生貴賤之間,而公之士叛公於瞬息俄頃之際。翟公罪客,而公罪己,與士益厚,賢於古人遠矣。公不喜佛老,其徒有治詩書學仁義之説者,必引而進之。佛者惠勤,從公游三十餘年,公嘗稱之爲聰明才智有學問者,尤長於詩。公薨於汝陰,余哭之於其室。其後見之,語及於公,未嘗不涕泣也。勤固無求於世,而公又非有德於勤者,其所以涕泣不忘,豈爲利也哉!余然後益知勤之賢。使其得列於士大夫之間,而從事於功名,其不負公也審矣。熙寧七年,余自錢塘將赴高密,勤出其詩若干篇,求余文以傳於世。余以爲詩非待文而傳者也,若其爲人之大略,則非斯文莫之傳也。

晁君成詩集引

達賢者有後,張湯是也。張湯宜無後者也。無其實而竊其名者無後,楊雄是也。楊雄宜有後者也。達賢者有後,吾是以知蔽賢者之無後也。無其實而竊其名者無後,吾是以知有其實而辭其名者之有後也。賢者,民之所以生也,而蔽之,是絶民也。名者,古今之達尊也,重於富貴而竊之,是欺天也。絶民欺天,其無後不亦宜乎!故曰:達賢者與有其實而辭其名者皆有後。吾常誦之云爾。

乃者官於杭,杭之新城令晁君君成,諱端友者,君子人也。吾與之游三年,知其爲君子,而不知其能文與詩,而君亦未嘗有一語及此者。其後君既歿於京師,其子補之出君之詩三百六十篇。讀之而驚曰:“嗟夫!詩之指雖微,然其美惡高下,猶有可以言傳而指見者。至於人之賢不肖,其深遠茫昧難知,蓋甚於詩。今吾尚不能知君之能詩,則其所謂知君之爲君子者,果能盡知之乎?君以進士得官,所至民安樂之,惟恐其去。然未嘗以一言求於人。凡從仕二十有三年,而後改官以没。由此觀之,非獨吾不知,舉世莫之知也。

君之詩清厚静深,如其爲人,而每篇輒出新意奇語,宜爲人所共愛,其勢非君深自覆匿,人必知之。而其子補之,於文無所不能,博辯俊偉,絶人遠甚,將必顯於世。吾是以益知有其實而辭其名者之必有後也。昔李郃爲漢中候吏,和帝遣二使者微服入蜀,館於郃,郃以星知之。後三年,使者爲漢中守,而郃猶爲候吏,人莫知之者。其博學隱德之報,在其子固。《詩》曰:"豈弟君子,神所勞矣。"

徐州鹿鳴燕賦詩序

余聞之,德行興賢,太高而不可考;射御选士,已卑而不足行。永惟三代以來,莫如吾宋之盛。始於鄉舉,率用韋、平之一經;終於廷策,庶幾晁、董之三道。眷此房心之野,實惟孝秀之淵。元豐元年,三郡之士皆舉於徐。九月辛丑晦,會于黄樓,修舊事也。庭實旅百,貢先前列之龜;工歌拜三,義取食野之鹿。是日也,天高氣清,水落石出,仰觀四山之晻曖,俯聽二洪之怒號,眷焉顧之,有足樂者。於是講廢禮,放鄭聲,部刺史勸駕,鄉先生在位,群賢畢集,逸民來會。以謂古者於旅也語,而君子會友以文。爰賦筆札,以侑樽俎。載色載笑,有同於泮水;一觴一詠,無愧於山陰。真禮義之遺風,而太平之盛節也。大夫庶士,不鄙謂余,屬爲斯文,以舉是禮。余於嘉祐之末,以進士入官,偶儷之文,疇昔所事,楊雄雖悔於少作,鍾儀敢廢於南音,貽諸故人,必不我誚也。

樂全先生文集序

孔北海志大而論高,功烈不見于世,然英偉豪傑之氣,自爲一時所宗。其論盛孝章、郗鴻豫書,慨然有烈丈夫之風。諸葛孔明不以文章自名,而開物成務之姿,綜練名實之意,自見於言語。至《出師表》簡而盡,直而不肆,大哉言乎!與《伊訓》《説命》相表裏,非秦、漢以來以事君爲悦者所能至也。常恨二人之文,不見其全,今吾樂全先生張公安道，其庶幾乎！

嗚呼！士不以天下之重自任，久矣。言語非不工也，政事文學非不敏且博也，然至於臨大事，鮮不忘其故。失其守者，其器小也。公爲布衣，則頎然已有公輔之望。自少出仕，至老而歸，未嘗以言徇物，以色假人。雖對人主，必同而後言。毁譽不動，得喪若一，真孔子所謂大臣以道事君者。世遠道散，雖志士仁人，或少貶以求用，公獨以邁往之氣，行正大言，曰："用之則行，舍之則藏。"上不求合於人主，故雖貴而不用，用而不盡。下不求合於士大夫，故悦公者寡，不悦者衆。然至言天下偉人，則必以公爲首。公盡性知命，體乎自然，而行乎不得已，非蘄以文字名世者也。然自慶曆以來，訖元豐四十餘年，所與人主論天下事，見于章疏者多矣，或用或不用，而皆本於禮義，合於人情。是非有考於前，而成敗有驗於後。及其他詩文，皆清遠雄麗，讀者可以想見其爲人。信乎其有似於孔北海、諸葛孔明也。

軾年二十，以諸生見公成都，公一見待以國士。今三十餘年，所以開發成就之者至矣，而軾終無所效尺寸於公者，獨求其文集，手校而家藏之，且論其大略，以待後世之君子。昔曾魯公嘗爲軾言。公在人主前論大事，他人終日反覆不能盡者，公必數言而決，粲然成文，皆可書而誦也。言雖不盡用，然慶曆以來名臣爲人主所敬莫如公者。公今年八十一，杜門却掃，終日危坐，將與造物者游於無何有之鄉，言且不可得聞，而況其文乎！凡爲文若干卷，詩若干首。

范文正公文集序

慶曆三年，軾始總角入鄉校，士有自京師來者，以魯人石守道所作《慶曆聖德詩》示鄉先生。軾從旁竊觀，則能誦習其詞。問先生以所頌十一人者，何人也？先生曰："童子何用知之？"軾曰："此天人也耶，則不敢知，若亦人耳，何爲其不可！"先生奇軾言，盡以告之，且曰："韓、范、富、歐陽，此四人者，人傑也。"時雖未盡了，則已私識之矣。嘉祐二年，始舉進士至京師，則范公殁。既葬，而墓碑出，讀之至流涕，曰："吾得其爲人。"蓋十有五年而不一見其面，豈非命也歟！

是歲登第，始見知于歐陽公，因公以識韓、富。皆以國士待軾，曰："恨子不識范文正公。"其後三年，過許，始識公之仲子今丞相堯夫。又六年，始見其叔彝叟京師。又十一年，遂與其季德孺同僚于徐。皆一見如舊。且以公遺稿見屬爲叙。又十三年，乃克爲之。

嗚呼！公之功德蓋不待文而顯，其文亦不待叙而傳。然不敢辭者，自以八歲知敬愛公，今四十七年矣。彼三傑者，皆得從之遊，而公獨不識，以爲平生之恨。若獲挂名其文字中，以自托於門下士之末，豈非疇昔之願也哉？

古之君子，如伊尹、太公、管仲、樂毅之流，其王霸之略，皆定於畎畝中，非仕而後學者也。淮陰侯見高帝於漢中，論劉項短長，畫取三秦，如指諸掌。及佐帝定天下，漢中之言，無一不酬者。諸葛孔明卧草廬中，與先主策曹操、孫權，規取劉璋，因蜀之資以争天下，終身不易其言。此豈口傳耳受嘗試爲之而僥倖其或成者哉？

公在天聖中，居太夫人憂，則已有憂天下致太平之意，故爲萬言書以遺宰相，天下傳誦。至用爲將，擢爲執政，考其平生所爲，無出此書者。今其集二十卷，爲詩賦二百六十八，爲文一百六十五。其於仁義禮樂，忠信孝弟，蓋如饑渴之於飲食，欲須臾忘而不可得。如火之熱，如水之濕，蓋其天性有不得不然者。雖弄翰戲語，率然而作，必歸於此。故天下信其誠，争師尊之。孔子曰："有德者必有言。"非有言也，德之發於口者也。又曰："我戰則克，祭則受福。"非能戰也，德之見於怒者也。元祐四年四月十一日。

坡仙集卷之二終

坡仙集卷之三

祭文

祭魏國韓令公文

天生元聖,必作之配。有神司之,不約而會。既生堯舜,禹稷自至。仁宗龍飛,公舉進士。妙齡秀發,秉筆入侍。公於是時,仲舒、賈誼。方將登庸,盜起西夏。四方騷然,帝用不赦。授公鈇鉞,往督西旅。公於是時,方叔、召虎。入贊兵政,出殿大邦。恩威並行,春雨秋霜。兵練民安,四夷屈降。公於是時,臨淮、汾陽。帝在明堂,欲行王政。群后奏功,罔底于成。召自北方,付之樞衡。公於是時,蕭、曹、魏、邴。二帝山陵,天下悸恟。呼吸之間,有雷有風。有存有亡,有兵有戎。公於是時,伊尹、周公。功成而退,三鎮偃息。天下嗷然,曷日而復。畢公在外,心在王室。房公且死,征遼是卹。嗚呼哀哉!六月甲寅。人之無禄,喪我宗臣。我有黎民,誰與教之?我有子孫,誰與保之?巍巍堂堂,寧復有之!公之云亡,我無日矣。慟哭涕流,何嗟及矣。昔我先子,没于東京。公爲二詩,以祖其行。文追典誥,論極皇王。公言一出,孰敢改評。施及不肖,待以國士。非我自知,公實見許。父子昆弟,並出公門。公不責報,我豈懷恩。惟此涕泣,實哀斯人。有肉在俎,有酒在樽,公歸在天,寧聞我言。

祭柳子玉文

猗歟子玉,南國之秀。甚敏而文,聲發自幼。從横武庫,炳蔚文囿。獨以詩鳴，天錫雄咮。元輕白俗，郊寒島瘦。嘹然一吟，衆作卑陋。凡今卿相，伊昔朋舊。平視青雲，可到寧驟。孰云坎軻，白髮垂脰。才高絶俗，性疏來詬。謫居窮山，遂侶猩狖。夜衾不絮，朝甑絶餾。慨然懷歸，投棄纓綬。潛山之麓，往事神后。道味自飴，世芬莫嗅。凡世所欲，有避無就。謂當乘除，併畀之壽。云何不淑，命也誰咎。頃在錢塘，惠然我覯。相從半歲，日飲醇酎。朝遊南屏，暮宿靈鷲。雪窗饑坐，清闋閒奏。沙河夜歸，霜月如晝。綸巾鶴氅，驚笑吴婦。會合之難，如次組繡。翻然失去，覆水何救。維子耆老，名德俱茂。嗟我後來，匪友惟媾。子有令子，將大子後。頎然二孫，則謂我舅。念子永歸，涕如懸溜。歌此奠詩，一樽往侑。

祭歐陽仲純父文　好。

嗚呼哀哉！文忠公之盛德，子孫千億，與宋無極，人惟曰不足。仲純父之賢，壽考百年，一歲九遷，人惟曰當然。奈何官止於一命，壽不登四十。誰其尸之，百不償一。嗚呼哀哉！此不足云也。仲純父之生也，不以進退得喪有望於人，豈其死也，乃以死生壽夭有責於神？人徒知其文章之世其家，操行之稱其門，而不知其志氣之豪健，議論之剛果，使之臨大事，立大節，不難於殺身以成仁。則夫造物者之掞其死生之權也，豈能病君也哉！雖然，往者見君於潁水之上。去歲君來見我於國門之東。携被夜語，達旦不窮。凡所以謀道憂世而教我以保身遠禍者，凜乎其有似於文忠。今也奄兮忽焉而不復見也，能不長號而屢慟乎？道之難行，蓋難其人。豈無其人，利害易之。如仲純父不畏不慕，獨立不懼，則死及之。嗚呼哀哉！

祭文與可文

年月日，從表弟蘇軾，謹以清酌庶羞之奠，致祭于故湖州文府君與可學士兄之靈，曰：

嗚呼哀哉，與可能復飲此酒也夫？能復賦詩以自樂，鼓琴以自侑也夫？嗚呼哀哉！余尚忍言之。氣噎悒而填胸，淚疾下而淋衣。忽收淚以自問，非夫人之爲慟而誰爲乎！道之不行，哀我無徒。豈無友朋，逝莫告余。惟余與可，匪亟匪徐，招之不來，麾之不去，不可得而親，其可得而疏之耶？嗚呼哀哉！孰能惇德秉義如與可之和而正乎？孰能養民厚俗如與可之寬而明乎？孰能爲詩與楚詞如與可之婉而清乎？孰能齊寵辱、忘得喪如與可之安而輕乎？嗚呼哀哉！余聞訃之三日，夜不眠而坐喟。夢相從而驚覺，滿茵席之濡淚。念有生之歸盡，雖百年其必至。惟有文爲不朽，與有子爲不死。雖富貴壽考之人，未必皆有此二者也。然余嘗聞與可之言，是身如浮雲，無去無來，無亡無存。則夫所謂不朽與不死者，亦何足云乎？

祭刁景純墓文

嗟我少君，四十二歲。君不我少，謂我昆弟。今我已老，鬢鬚蒼然。君之永歸，不爲無年。我獨何憾，過期而哭。人之云亡，哀此風俗。涉江而東，宛其山川。顧瞻萬松，蔚乎蒼芊。尚想松下，幅巾杖屨。迎我于門，抵掌笑語。豈其忽焉，斂兹一墳。俯仰空山，草木再春。平生故人，幾半天下。紛然日中，掉臂莫夜。我非至人，心有往來。斗酒隻雞，聊寫我哀。

祭陳君式文

猗歟大夫，匪直也人。矯然不隨，以屈莫信。大夫安之，有命在天。十年躬耕，以娱其親。親亡泣血，幾以喪明。免喪復仕，哀哉爲貧。從政于黄，急吏緩民。食黄之薇，飲其水泉。我以重罪，竄于江濱。親舊擯疏，我亦自憎。君獨願交，日造我門。我不自愛，恐子垢紛。君笑絶纓，陋哉斯言。憂患之至，期與子均。示我數詩，蕭然絶塵。去黄而歸，即安丘園。澹然無求，抱潔没身。猗歟大夫，有死有生。如影之隨，如環之循。富貴貧賤，忽如浮雲。孰皆有子，如二子賢。千里一觴，侑以斯文。

祭石幼安文

嗟我去蜀，十有八年。夢還故鄉，親愛滿前。覺而無有，淚下迸泉。竄流江湖，隻影自憐。聞人蜀音，回首粲然。矧如夫子，又戚且賢。憂樂同之,義不我捐。我行過宿,子病已纏。顧我而笑,自云少痊。念子仁人,壽骨隱顴。携手同歸,相視華顛。孰云此來,拊膺號天。同驅並馳,俯仰而遷。行即此路,皇分後先。哀哉若人,令德世傳。才子文孫,森然比肩。天不吾欺,後將蟬聯。永歸無憾,舉我一簋。

祝　文

禱雨蟠溪文

歲秋矣,物之幾成者,待雨而已。穗者已秀,待雨而實。三日不雨,則穗者不實矣。莢者已孕,待雨而秀。五日不雨,則莢者不秀矣。野有餘土,室有閑民,待雨而耕且種。七日不雨,則餘土不耕,閑民不種矣。穗者不實,莢者不秀,餘土不耕,而閑民不種,則守土之臣,將有不任職之誅,而山川鬼神,將乏其祀。玆用不敢寧居,齋戒擇日,并走群望,而精誠不歆。神不顧答,吏民無所請命。聞之曰:“虢有周文、武之師太公,其可以病告。”乃用太祲之禮,禱而不祠。穀梁子曰:“古之神人,有應上公者,通乎陰陽。君親師諸大夫道之而以請焉。”夫生而爲上公,没而爲神人,非公其誰當之。《詩》曰:“維師尚父,時維鷹揚,涼彼武王,肆伐大商,會朝清明。”公之仁且勇,計其神靈無所不能爲也。吏民既以雨望公,公亦當任其責。敢布腹心,公實圖之。尚飨。

鳳翔太白山祈雨文

維西方挺特英偉之氣,結而爲此山。惟山之陰威潤澤之氣,又聚而爲湫潭。瓶罌罐勺,可以雨天下,而況於一方乎?乃者自冬徂春,雨雪不至,西民之所恃以爲生者,麥禾而已。今旬不雨,即爲凶歲,民食不繼,盜賊且起。豈惟守土之臣所任以爲憂,亦非神之所當安坐而熟視也。聖天子在上,凡所以懷柔之禮,莫不備至。下至於愚夫小民,奔走畏事者,亦豈有他哉!凡皆以爲今日也,神其盍亦鑒之。上以無負聖天子之意,下以無失愚夫小民之望。尚飨。

祈雨吴山

杭之爲邦,山澤相半。十日之雨則病水,一月不雨則病旱。故水旱之請,黷神爲甚。今者止雨之禱,未能踰月,又以旱告矣。吏以不德爲愧,神以不倦爲德。願終其賜,俾克有秋。尚饗。

祈晴風伯

維神開闔陰陽,鼓舞萬類。行吴之權,直箕之次。陰淫爲霖,神能散之。下土墊潫,神能暵之。發軫西北,弭節東南。風反雨霽,神亦不慚。尚飨。

祈晴吴山

歲既大熟,惟神之賜。害於垂成,匪神之意。築場爲塗,卧穗生耳。農泣于野,其忍安視。生爲楚英,没爲吴豪。烈氣不泯,視此海濤。反雨爲賜,何足告勞。有潔斯醴,匪神孰號。尚饗。

徐州祭枯骨文

嗟爾亡者,昔惟何人。兵耶氓耶?誰其子孫。雖不可知,孰非吾民。暴骨纍纍,見之酸辛。爲卜廣宅,陶穴寬温。相從歸安,各反其真。尚饗。

謝雪文

天不吝澤,神不忘職。胡爲水旱,吏則不德。失政召災,莫知自刻。雨則號晴,旱則謁雪。神既不譴,又滿其欲。四山暮霰,萬瓦晨白。驅攘疫癘,甲拆麰麥。牲酒匪報,維以告潔。神食無愧,吏則慙慄。尚饗。

祭風伯雨師文

自秋不雨，以至于今。夏田將空，秋種不入。天子命我，禱于群望。雲物既合，風輒散之。吏民皇皇，不知所獲罪。敢以薄奠，訴于有神。風若不作，雨則隨至。當以牲幣，報神之賜。若格絶天澤，棄民乏祀。上帝臨視，神其不然。尚饗。

祭英烈王文

欽誦舊史，仰瞻高風。報楚爲孝，徇吴爲忠。忠孝之至，實與天通。開塞陰陽，斡旋濤江。保障斯民，以食此邦。嗟我蠢愚，所向奇窮。豈以其誠，有請輒從。庚子之禱，海若伏降。完我岸閘，千夫奏功。牲酒薄陋，報微施豐。敬陳頌詩，侑此一鍾。

謝晴文

敢以清酌庶羞之奠，昭告于某神。賞罰在朝，吏申明之。及其有愆，吏得正之。雨暘在天，神奉行之。及其不時，神得請之。惟吏與神，各率其職。有求必獲，則無虚食。淫雨既止，惟神之功。肴酒匪報，惟以告衷。尚饗。

聞湖祭禱吴山水仙五龍三廟文

杭之西湖，如人之有目。湖生茭葑，如目之有翳。翳久不治，目亦將廢。河渠有膠舟之苦，鱗介失解網之惠。六池化爲眢井，而千頃無復豐歲矣。是用因賑恤之餘資，興開鑿之利勢。百日奏功，所患者淫雨；千夫在野，所憂者疾癘。庶神明之陰相，與人謀而協濟。魚龍前導以破堅，菰葦解拆而迎鋭。復有唐之舊觀，盡四山而爲際。澤斯民於無窮，宜事神之益勵。我將大合樂以爲報，豈徒用樽酒之薄祭也。尚饗。

謝吴山水仙王五龍三廟文

西湖堙塞，積歲之患。坐閲百吏，熟視而歎。惟愚無知，妄謂非難。禱于有神，陰假其便。不愆于素，咸出幽贊。大堤雲横，老葑席卷。歷時未幾，功已過半。嗣事告終，來哲所繕。神卒相之，罔咈民願。肴酒之報，我愧不腆。尚饗。

立春祭土牛文

三陽既應，庶草將興。爰出土牛，以戒農事。丹青設象，蓋惟風俗之常。耕穫待時，必有陰陽之助。仰惟靈德，佑我穡人。尚饗。

定州辭諸廟文

軾得罪于朝，將適嶺表。雖以謫去，敢不告行。區區之心，神所鑒聽。尚饗。　**傷哉！**

志　林

論孔子

魯定公十三年，孔子言於公曰："臣無藏甲，大夫無百雉之城。"使仲由爲季氏宰，將墮三都。於是叔孫氏先墮郈。季氏將墮費，公山不狃、叔孫輒率費人襲公，公與三子入于季氏之宫。孔子命申句須、樂頎下伐之。費人北，二子奔齊。遂墮費。將墮成，公斂處父以成叛。公圍成，弗克。或曰：殆哉，孔子之爲政也，亦危而難成矣。孔融曰："古者王畿千里，寰内不封建諸侯。"曹操疑其論建漸廣，遂殺融。融特言之耳，安能爲哉？操以爲天子有千里之畿，將不利己，故殺之不旋踵。季氏親逐昭公，公死于外，從公者皆不敢入，雖子家羈亦亡，季氏之忌克忮害如此。雖地勢不及曹氏，然君臣相猜，蓋不減曹也。孔子安能以是時墮其名都，而出其藏甲也哉！考於《春秋》，方是時，三桓雖若不悦，然莫能違孔子也。以爲孔子用事於魯，得政與民，而三桓畏之歟？則季桓子之受女樂也，孔子能却之矣。彼婦之口，可以出走，是孔子畏季氏，季氏不畏孔子也。孔子盍姑修其政刑，以俟三桓之隙也哉？

蘇子曰：此孔子之所以聖也。蓋田氏、六卿不服，則齊、晋無不亡之道。三桓不臣，則魯無可治之理。孔子之用於世，其政無急於此者矣。彼晏嬰者亦知之，曰："田氏之僭，惟禮可以已之。在禮，家施不及國，大夫不收公利。"齊景公曰："善哉，吾今而後知禮之可以爲國也。"孔子以羈旅之臣，得政期月，而能舉治世之禮，以律亡國之臣，墮名都，出藏甲，而三桓不疑其害己，此必有不言而信，不怒而威者矣。孔子之聖，見於行事，至此爲無疑也。孔子以哀公十六年卒。十四年，陳恒弑其君，孔子沐浴而朝，告於哀公，請討之。吾是以知孔子之欲治列國之君臣，使如《春秋》之法者，至於老且死而不忘也。

或曰："孔子知哀公與三子之必不從，而以禮告也歟？"曰："否。孔子實欲伐齊。"孔子既告公。公曰："魯爲齊弱久矣，子之伐之，將若之何？"對曰："陳恒弑其君，民之不予者半。以魯之衆，加齊之半，可克也。"此豈禮告而已哉！哀公患三桓之逼，常欲以越伐魯而去之。夫以蠻夷伐國，民不予也，皋如、出公之事，斷可見矣。豈若從孔子而伐齊乎？若從孔子而伐齊，則凡所以勝齊之道，孔子任之有餘矣。既克田氏，則魯之公室自張，三桓不治而自服也。此孔子之志也。 **三桓必不殺，哀公必不肯。**

論養士

春秋之末，至于戰國，諸侯卿相皆争養士。自謀夫説客，談天雕龍。堅白同異之流，下至击劍、扛鼎、雞鳴、狗盜之徒，莫不賓禮。靡衣玉食以館於土[①]者，何可勝數！越王勾踐有君子六千人。魏無忌、齊田文、趙勝、黄歇、吕不韋，皆有客三千人。而田文招致任俠奸人六萬家於薛。齊稷下談者亦千人。魏文侯、燕昭王、太子丹，皆致客無數。下至秦、漢之間，張耳、陳餘號多士，賓客厮養，皆天下豪俊。而

---

① "土"，當從《蘇東坡全集》作"與"。

田横亦有士五百人。其略見於傳記者如此。度其餘當倍官吏而半農夫也。

蘇子曰：此先王之所不能免也。國之有奸也，猶鳥獸之有鷙猛，昆蟲之有毒螫也。區處條理，使各安其處，則有之矣，鋤而盡去之，則無是道也。吾考之世變，知六國之所以久存，而秦之所以速亡者，蓋出於此。夫智、勇、辯、力，此四者，皆天民之秀傑者也。類不能惡衣食以養人，皆役人以自養者也。故先王分天下之富貴，與此四者共之。此四者不失職，則民靖矣。四者雖異，先王因俗設法，使出于一。三代以上，出于學。戰國至秦出於客。漢以後，出于郡縣吏。魏、晋以來，出于九品中正。隋、唐至今，出于科舉。雖不盡然，取其多者論之。六國之君，虐用其民不減始皇、二世，然當是時，百姓無一人叛者，以凡民之秀傑者，多以客養之，不失職也。其力耕以奉上，皆椎魯無能爲者，雖欲怨叛而莫爲之先，此其所以少安而不即亡也。

始皇初欲逐客，用李斯之言而止。既并天下。則以客爲無用，於是任法而不任人，謂民可以恃法而治，謂吏不必才取，能守吾法而已。故墮名城，殺豪傑，民之秀異者散而歸田亩，向之食於四公子、吕不韋之徒者，皆安歸哉！不知其能槁項黄馘以老死于布褐乎？抑將輟耕太息以俟時也？秦之亂，雖成于二世，然使始皇知畏此四人者，有以處之，使不失職，秦之亡，不至若是速也。縱百萬虎狼於山林而饑渴之，不知其將噬人，世以始皇爲智，吾不信也。

楚、漢之禍，生民盡矣，豪傑宜無幾，而代相陳豨，從車千乘，蕭、曹爲政莫之禁也。至文、景、武之世，法令至密，然吴濞、淮南、梁王、魏其、武安之流，皆爭致賓客，世主不問也。豈懲秦之禍，以爲爵禄不能盡縻天下士，故少寬之，使得或出於此也耶？

論魯隱公里克李斯鄭小同王允之

公子翬請殺桓公以求太宰。隱公曰："爲其少故也，吾將授之矣。使營菟裘，吾將老焉。"翬懼，反譖公於桓公而弑之。

蘇子曰：盜以兵拟人，人必殺之。夫豈獨其所拟，途之人皆捕擊之矣。途之人與盜非仇也，以爲不擊，則盜且并殺己也。隱公之智，曾不若是途人也。哀哉！隱公，惠公繼室之子也。其爲非嫡，與桓均耳，而長於桓。隱公追先君之志，而授國焉，可不謂仁人乎？使隱先誅翬而讓桓，雖夷、齊何以尚兹。

驪姬欲殺申生而難里克，則施優來之。二世欲殺扶蘇而難李斯，則趙高來之。此二人之智，若出一人，而其受禍亦不少異。里克不免於惠公之誅，李斯不免於二世之虐，皆無足哀者。李斯聽趙高之謀，非其本意，獨畏蒙氏之奪其位，故勉而聽高。使斯聞高之言，即召百官、陳六師而斬之，其德於扶蘇，豈有既乎？何蒙氏之足憂，釋此不爲，而具五刑於市。

嗚呼！亂臣賊子，猶蝮蛇也。其所螫草木，猶足以殺人，況其所噬齧者歟。鄭小同爲高貴鄉公侍中，嘗詣司馬師，師有密疏未屏也，如厠还，問小同："見吾疏乎？"曰："不見。"師曰："寧我負卿，無卿負我。"遂酖之。王允之從王敦夜飲，辭醉先寢，敦與錢鳳謀逆，允之已醒，悉聞其言，慮敦疑己，遂大吐，衣面皆污。敦果照視之，見允之卧吐中，乃已。哀哉小同，殆哉岌岌乎允之也。孔子曰："危邦不入，亂邦不居。"有以也夫。

論管仲

鄭太子華言於齊桓公，請去三族而以鄭爲内臣。公將許之。管仲不可。公曰："諸侯有討於鄭未捷，苟有釁，從之，不亦可乎？"管仲曰："君若綏之以德，加之以訓辭，而率諸侯以討鄭，鄭將覆亡之不暇，豈敢不懼？若總其罪人以臨之，鄭有辭矣。"公辭子華，鄭伯乃受盟。

蘇子曰："大哉，管仲之相桓公也。辭子華之請，而不違曹沫之盟，齊可以王矣。曰仲尼之徒，無道桓文之事者，孟子蓋過矣。吾讀《春秋》以下史，而得七人焉，皆可以爲萬世法。又得八人焉，皆反是，可以爲萬世戒。故具論之。

太公之治齊也，舉賢而上功。周公曰："後世必有篡弒之臣。"天下誦之，齊其知之矣。田敬仲之始生也，周史筮之；其奔齊也，齊懿氏卜之，皆知其當有齊國也。簒弒之疑，蓋萃於敬仲矣。然桓公、管仲不以是廢之，乃欲以爲卿，非盛德能如此乎？楚成王知晋之必霸，而不殺重耳。漢高祖知東南之必亂，而不殺吴王濞。晋武帝聞齊王攸之言，而不殺劉元海。苻堅信王猛，而不殺慕容垂。唐明皇用張九齡，而不殺安禄山。皆盛德之事也。

而世之論者，則以爲此七人者，皆失於不殺以啓亂。吾以謂不然。七人者，皆自有以致敗亡，非不殺之過也。齊景公不繁刑重賦，雖有田氏，齊不可取。楚成王不用子玉，雖有晋文公，兵不敗。漢景帝不害吴太子，不殺[1]鼂錯，雖有吴王濞，無自發。晋武帝不立孝惠，雖有劉元海，不能亂。苻堅不貪江左，雖有慕容垂，不能叛。明皇不用李林甫、楊國忠，雖有安禄山，亦何能爲？秦之由余，漢之金日磾、唐之李光弼、渾瑊之流、皆番種也，何負於中國哉！而獨殺元海、禄山乎？且自今言之，則元海、禄山，死有餘辜；自當時言之，則不免爲殺無罪矣。豈有天子殺無罪，而不得罪於天下者歟？上失其道，途之人皆敵國也。天下豪傑，其可勝既乎！

漢景帝以鞅鞅而殺周亞夫，曹操以名重而殺孔融，晋文帝以卧龍而殺稽康，晋景帝亦以名重而殺夏侯玄，宋明帝以族大而殺王彧，齊後主以謡言而殺斛律光，唐太宗以讖而殺李君羨，武后以謡言而殺裴炎，世皆以爲非也。此八人者，當時之慮，豈非憂國備亂，與憂元海、禄山者同乎？久矣，世之以成敗爲是非也。

故夫嗜殺人者，必以鄧侯不殺楚子爲口實。以鄧之微，無故殺大國之君，使楚人舉國而仇之，其亡不愈速乎！吾以謂爲天下如養生，憂國備亂如服藥。養生者，不過慎起居飲食、節聲色而已。節慎在未病之前，而服藥在已病之後。今吾憂寒病而先服烏喙，憂熱疾而先服甘遂，則病未作而藥殺人矣。彼八人者，皆未病而服藥者也。　**亦是説話。**

---

① 《蘇東坡全集》"殺"作"用"。

雜　作

問養生　未見透髓，尚在道理之間。其養生之至也。

余問養生於吴子，得二言焉。曰和，曰安。何謂和？曰：子不見天地之爲寒暑乎？寒暑之極，至於折膠流金，而物不以爲病，其變者微也。寒暑之充，晝與日俱逝，夜與月并馳，俯仰之間，屢變而人不知者，微之至，和之極也。使此二極者，相尋而狎至，則人之死久矣。何謂安？曰：吾嘗自牢山浮海，達于淮，遇大風焉。舟中之人，如附於桔槔而與之上下，如蹈車輪而行，反逆眩亂不可止。而吾飲食起居如他日。吾非有異術也，惟莫與之争，而聽其所爲。故凡病我者，舉非物也。食中有蛆，人之見者必嘔也。其不見而食者，未嘗嘔也。請察其所從生。論八珍者必嗾，言糞穢者必唾。二者未嘗與我接也，嗾與唾何從生哉。果生於物乎？果生於我乎？知其生於我也，則雖與之接而不變，安之至也。安則物之感我者輕，和則我之應物者順。外輕内順，而生理備矣。吴子，古之静者也。其觀於物也，審矣。是以私識其言，而時省觀焉。

日　喻　通得。

生而眇者不識日，問之有目者，或告之曰："日之狀如銅盘。"扣盘而得其聲。他日聞鐘，以爲日也。或告之曰："日之光如燭。"捫燭而得其形。他日揣籥，以爲日也。日之與鐘、籥亦远矣，而眇者不知其异，以其未嘗見而求之人也。道之難見也甚於日，而人之未達也，無以異於眇。達者告之，雖有巧譬善導，亦無以過於盘與燭也。自盘而之鍾，自燭而之籥，轉而相之，豈有既乎！故世之言道者，或即其所見而名之，或莫之見而意之，皆求道之過也。然則道卒不可求歟？蘇子曰："道可致而不可求。"何謂致？孫武曰："善戰者致人，不致於人。"孔子[①]曰："百工

---

① 《論語·子張篇》，"孔子"作"子夏"。

居肆以成其事，君子學以致其道。”莫之求而自至，斯以爲致也歟？南方多没人，日與水居也，七歲而能涉，十歲而能浮，十五而能没矣。夫没者，豈苟然哉，必將有得於水之道者。日與水居，則十五而得其道。生不識水，則雖壯，見舟而畏之。故北方之勇者，問於没人，而求其所以没，以其言試之河，未有不溺者也。故凡不學而務求道，皆北方之學没者也。昔者以聲律取士，士雜學而不志於道。今者以經術取士，士求道而不務學。渤海吴君彦律，有志於學者也，方求舉於禮部，作《日喻》以告之。

書劉庭式事

予昔爲密州，殿中丞劉庭式爲通判。庭式，齊人也。而子由爲齊州掌書記，得其鄉閭之言以告予，曰：“庭式通禮學究。未及第時，議娶其鄉人之女，既約而未納幣也。庭式及第，其女以疾，兩目皆盲。女家躬耕，貧甚，不敢復言。或勸納其幼女。庭式笑曰：吾心已許之矣。雖盲，豈負吾初心哉！”卒娶盲女，與之偕老。盲女死於密，庭式喪之，逾年而哀不衰，不肯復娶。予偶問之：“哀生於愛，愛生於色。子娶盲女，與之偕老，義也。愛從何生，哀從何出乎？”庭式曰：“吾知喪吾妻而已，有目亦吾妻也，無目亦吾妻也。吾若緣色而生愛，緣愛而生哀，色衰愛弛，吾哀亦忘。則凡揚袂倚市，目挑而心招者，皆可以爲妻也耶？”予深感其言，曰：“子功名富貴人也。”或笑予言之過，予曰：“不然，昔羊叔子娶夏侯霸女，霸叛入蜀，親友皆告絶，而叔子獨安其室，恩禮有加焉。君子是以知叔子之貴也，其後卒爲晋元臣。今庭式亦庶幾焉，若不貴，必且得道。”時坐客皆憮然不信也。昨日有人自廬山來，云：“庭式今在山中，監太平觀，面目奕奕有紫光，步上下峻坂往復六十里如飛，絶粒不食，已數年矣。此豈無得而然哉！”聞之喜甚，自以吾言之不妄也，乃書以寄密人趙果卿。果卿與庭式善，且皆嘗聞余言者。庭式，字得之，今爲朝請郎。

書狄武襄事　狄公非常人也。

狄武襄公者，本農家子。年十六時，其兄素，與里人失其姓名號铁羅漢者，鬥於水濱，至溺救[1]之。保伍方縛素，公適餉田，見之，曰："殺羅漢者，我也。"人皆釋素而縛公。公曰："我不逃死。然待我救羅漢，庶幾復活。若決死者，縛我未晚也。"衆從之。公默祝曰："我若貴，羅漢當蘇。"乃舉其尸，出水數斗而活。其後人無知者。公薨，其子諮、詠護喪歸葬西河，父老爲言此。元祐元年十二月五日，與詠同館北客，夜話及之。眉山蘇軾記。

書孟德傳後

子由書孟德事見寄。余既聞而異之，以爲虎畏不懼己者，其理似可信。然世木[2]有見虎而不懼者，則斯言之有無，終無所試。然曩余聞忠萬雲安多虎。有婦人晝日置二小兒沙上，而浣衣於水。虎自山上馳來，婦人倉皇沉水避之。二小兒戲沙上自若。虎熟視久之，至以首抵觸，庶幾其一懼，而兒癡，竟不知怪，虎亦卒去。意虎之食人，先被之以威，而不懼之人，威無所從施歟？世言虎不食醉人，必坐守之，以俟其醒。非俟其醒，俟其懼也。有人夜自外归，见有物蹲其门，以爲豬、狗類也，以杖擊之，即逸去。至山下月明處，則虎也。是人非有以勝虎，而氣已蓋之矣。使人之不懼，皆如嬰兒、醉人與其未及知之時，則虎畏之，無足怪者。故書其末，以信子由之説。

書六一居士傳後

蘇子曰：居士可謂有道者也。或曰：居士非有道者也。有道者，無所挾而安。居士之於五物，捐世俗之所爭，而拾其所棄者也，烏得爲有道乎？蘇子曰：不然。挾五物而後安者，惑也。釋五物而後安者，又惑也。且物未始能累人也，軒裳圭組，且不能爲累，而況此五物乎？物之所以能累人者，以吾有之也。吾與物俱不得已而受形於天地之間，其孰能有之？而或者以爲己有，得之則喜，喪之則悲。今居士自謂六一，是其身均與五物爲一也。不知其有物耶，物有之也？居

---

① 《蘇東坡全集》"救"作"殺"。

② 應從《蘇東坡全集》改"木"爲"未"。

士與物均爲不能有，其孰能置得喪於其間？故曰：居士可謂有道者也。雖然，自一觀五，居士猶可見也。與五爲六，居士不可見也。居士殆將隱矣。 **善爲居士出脱。**

書歐陽公黄牛廟詩後

右，歐陽文忠公爲峽州夷陵令日所作《黄牛廟》詩也。軾嘗聞之於公："予昔以西京留守推官，爲館閣較勘。時同年丁寶臣元珍適來京師，夢與予同舟泝江，入一廟中，拜謁堂下。予班元珍下，元珍固辭，予不可。方拜時，神像爲起，鞠躬堂下，且使人邀予上，耳語久之。元珍私念，神亦如世俗待館閣，乃爾異禮耶？既出門，見一馬隻耳，覺而語予，固莫識也。不數日，元珍除峽州判官。已而，余亦貶夷陵令。日與元珍處，不復記前夢矣。一日，與元珍泝峽謁黄牛廟，入門惘然，皆夢中所見。予爲縣令，固班元珍下，而門外鎸石爲馬，缺一耳。相視大驚，乃留詩廟中，有'石馬繫祠門'之句，蓋私識其事也。"元豐五年，軾謫居黄州，宜都令朱君嗣先見過，因語峽中山水，偶及之。朱君請書其事與詩："當刻石於廟，使人知進退出處，皆非人力。如石馬一耳，何與公事，而亦皆前定，況其大者。公既爲神所禮，而猶謂之淫祀，以見其直氣不阿如此。"感其言有味，故爲録之。

書韓魏公黄州詩後

黄州山水清遠，土風厚善，其民寡求而不争，其士静而文，樸而不陋。雖閭巷小民，知尊愛賢者，曰："吾州雖遠小，然王元之、韓魏公，嘗辱居焉。"以夸於四方之人。元之自黄適蘄州，没于蘄，然世之稱元之者，必曰黄州，而黄人亦曰，吾元之也。"魏公去黄四十餘年，而思之不忘，至以爲詩。夫賢人君子，天之所以遺斯民，天下之所共有，而黄人獨私以爲寵，豈其尊德樂道，獨異於他邦也歟？抑二公與此州之人，有宿昔之契，不可知也？元之爲郡守，有德於民，民懷之不忘也固宜。魏公以家艱，從其見居耳，民何自知之？《詩》云："有斐君子，如金如錫，如圭如璧。"金錫圭璧之所在，瓦石草木被其光澤矣，何必施於用？奉議郎孫賁公素，黄人也，而客於公。公知之深，蓋所謂教授書記者也。而軾亦公之門人，謫居於黄五年，治東坡，築雪堂，蓋將老焉，則亦黄人也。於是相與摹公之詩而刻之石，以爲黄人無窮之思。而吾二人者，亦庶幾託此以不忘乎？

書鮮于子駿楚詞後

鮮于子駿，作楚詞《九誦》以示軾。軾讀之，茫然而思，喟然而歎，曰："嗟乎，此聲之不作也久矣。雖欲作之，而聽者誰乎？譬之於樂，變亂之極而至於今，凡世俗之所用，皆夷聲夷器也，求所謂鄭、衛者且不可得，而況於雅音乎？學者方欲陳六代之物，弦匏二[①]百五篇，犂然如戛釜竈，撞瓮盎，未有不坐睡竊笑者也。好之而欲學者，無其師。知之而欲傳者，無其徒。可不悲哉？"今子駿獨行吟坐思，寤寐於千載之上，追古屈原、宋玉及其人於冥寞，續微學之將墜，可謂至矣。而覽者不知其貴，蓋亦無足怪者。彼必嘗從事於此，而後知其難且工，其不學者以爲苟然而已。

書吴道子畫後

知者創物，能者述焉，非一人而成也。君子之於學，百工之於技，自三代歷漢至唐而備矣。故詩至於杜子美，文至於韓退之，書至於顔魯公，畫至於吴道子，而古今之變，天下之能事畢矣。道子畫人物，如以燈取影，逆來順往，旁見側出，横斜平直，各相乘除，得自然之數，不差毫末，出新意於法度之中，寄妙理於豪放之外，所謂遊刃餘也，運斤成風，蓋古今一人而已。余於他畫，或不能必其主名，至於道子，望而知其真僞也。然世罕有真者，如史全叔所藏，平生蓋一二見而已。

書朱象先畫後　好。

松陵人朱君象先，能文而不求舉，善畫而不求售。曰："文以達吾心，畫以適吾意而已。"昔閻立本始以文學進身，卒蒙畫師之耻。或者以是爲君病，余以謂不然。謝安石欲使王子敬書太極殿榜，以韋仲將

---

① 《蘇東坡全集》"二"作"三"。

事諷之。子敬曰："仲將，魏之大臣，理必不爾。若然者，有以知魏德之不長也。"使立本如子敬之高，其誰敢以畫師使之。阮千里善彈琴，無貴賤長幼皆爲彈，神氣沖和，不知向人所在。内兄潘岳使彈，終日達夜無忤色，識者知其不可榮辱也。使立本如千里之達，其誰能以畫師辱之。今朱君無求於世，雖王公貴人，其何道使之，遇其解衣盤礴，雖余亦得攫攘其旁也。

書蒲永昇畫後　可以通於道也。

古今畫水，多作平遠細皺。其善者，不過能爲波頭起伏，使人至以手捫之，謂有窪隆，以爲至妙矣。然其品格，特與印板水紙爭工拙於毫釐間耳。唐廣明中處士孫位始出新意，畫奔湍巨浪，與山石曲折，隨物賦形，盡水之變，號稱神逸。其後，蜀人黄筌孫知微皆得其筆法。始知微欲於大慈寺壽寧院壁，作湖灘水石四堵，營度經歲，終不肯下筆。一日，倉皇入寺，索筆墨甚急，奮袂如風，須臾而成。作輸瀉跳蹙之勢，洶洶欲崩屋也。知微既死，筆法中絶五十餘季。近歲，成都人蒲永昇嗜酒放浪，性與畫會，始作活水，得二孫本意。自黄居寀兄弟、李懷衮之流，皆不及也。王公富人，或以勢力使之，永昇輒嘻笑捨去。遇其欲畫，不擇貴賤，頃刻而成。嘗與余臨壽寧院水，作二十四幅。每夏日，掛之高堂素壁，即陰風襲人，毛髮爲立。永昇今老矣，畫亦難得，而世之識真者亦少。如往時董羽、近日常州戚氏畫水，世或傳寶之。如董、戚之流，可謂死水，未可與永昇同年而語也。

書李伯時山莊圖後

或曰："龍眠居士作《山莊圖》使後來入山者信足而行，自得道路，如見所夢，如悟前世，見山中泉石草木，不問而知其名，遇山中漁樵隱逸，不名而識其人，此豈强記不忘者乎？"曰："非也。畫日者常疑餅，非忘日也。醉中不以鼻飲，夢中不以趾捉，天機之所合，不强而自記也。居士之在山也，不留於一物，故其神與萬物交，其智與百工通。雖然，有道有藝，有道而不藝，則物雖形於心，不形於手。吾嘗見居士作《華嚴相》，皆以意造，而與佛合。佛菩薩言之，居士畫之，若出一人,況自畫其所見者乎?”

書唐氏六家書後　好。

永禪師書,骨氣深穩,體兼衆妙。精能之至,反造疏淡。如觀陶彭澤詩,初若散緩不收,反覆不已,乃識其奇趣。今法帖中有云“不具釋智永白”者,誤收在逸少部中,然亦非禪師書也。云“謹此代申”,此乃唐末五代流俗之語耳,而書亦不工。歐陽率更書,妍緊拔群,尤工於小楷。高麗遣使購其書,高祖歎曰:“彼觀其書,以爲魁梧奇偉人也。”此非知書者。凡書象其爲人。率更貌寒寢,敏悟絶人,今觀其書,勁嶮刻厲,正稱其貌耳。褚河南書,清遠蕭散,微雜隸體。古之論書者,兼論其平生,苟非其人,雖工不貴也。河南固忠臣,但有譖殺劉洎一事,使人怏怏。然余嘗考其實,恐劉洎末年福忿,實有伊、霍之語,非譖也。若不然,馬周明其無此語,太宗獨誅洎而不問周,何哉?此殆天后朝許、李所誣,而史官不能辨也。張長史草書,頹然天放,略有點畫處,而意態自足,號稱神逸。今世稱善草書者或不能真、行,此大妄也。真生行,行生草,真如立,行如行,草如走,未有未能行立而能走者也。今長安猶有長史真書《郎官石柱記》,作字簡遠,如晋、宋間人。顔魯公書雄秀獨出,一變古法,如杜子美詩,格力天縱,奄有漢、魏、晋、宋以來風流,後之作者,殆難復措手。柳少師書,本出於顔,而能自出新意,一字百金,非虚語也。其言心正則筆正者,非獨諷諫,理固然也。世之小人,書字雖工,而其神情終有睢盱側媚之態,不知人情隨想而見,如韓子所謂竊斧者乎,抑真爾也?然至使人見其書而猶憎之,則其人可知矣。余謫居黄州,唐林夫自湖口以書遺余,云:“吾家有此六人書,子爲我略評之而書其後。”林夫之書,過我遠矣,而反求于予,何哉?此又未可曉也。

書東皋子傳後　妙妙。

予飲酒終日,不過五合,天下之不能飲,無在予下者。然喜人飲酒,見客舉杯徐引,則予胸中爲之浩浩焉,落落焉,酣適之味,乃過於客。閒居未嘗一日無客。客至,未嘗不置酒。天下之好飲,亦無在予上者。常以謂人之至樂，莫若身無病而心無憂。我則無是二者矣。然人之有是者，接於予前，則予安得全其樂乎？故所至，當蓄善藥，有求者則與之，而猶善釀酒以飲客。或曰："子無病而多蓄藥，不飲而多釀酒，勞己以爲人，何也？"予笑曰："病者得藥，吾爲之體輕，飲者困於酒，吾爲之酣適，蓋專以自爲也。"東皋子待詔門下省，日給酒三升。其弟静問曰："待詔樂乎？"曰："待詔何所樂？但美醖三升，殊可戀耳。"今嶺南，法不禁酒。予既得自醖，月用米一斛，得酒六斗。而南雄、廣、惠、梅五太守，間復以酒遺予。略講其所獲，殆過于東皋子矣。然東皋子自謂五斗先生，則日給三升，救口不暇，安能及客乎？若予者，乃日有二升五合，入野人、道士腹中矣。東皋子與仲長子光遊，好養性服食，預刻死日，自爲墓志。予蓋友其人于千載，或庶幾焉。

書黄子思詩集後

予嘗論書，以謂鍾、王之迹，蕭散簡遠，妙在筆畫之外。至唐顔、柳，始集古今筆法而盡發之，極書之變，天下翕然以爲宗師，而鍾、王之法益微。至于詩亦然。蘇、李之天成，曹、劉之自得，陶、謝之超然，蓋亦至矣。而李太白、杜子美以英瑋絶世之姿，凌跨百代，古今詩人盡廢，然魏、晋以來高風絶塵，亦少衰矣。李、杜之後，詩人繼作，雖間有遠韻，而才不逮意，獨韋應物、柳宗元發纖穠于簡古，寄至味于澹泊，非餘子所及也。唐末司空圖，崎嶇兵亂之間，而詩文高雅，猶有承平之風。其論詩曰："梅止于酸，盐止于咸。"飲食不可無盐、梅，而其美常在咸酸之外。蓋自列其詩之有得於文字之表者二十四韻，恨當時不識其妙。予三復其言而悲之。閩人黄子思，慶曆、皇祐間號能文者。予嘗聞前輩誦其詩，每得佳句妙語，反復數四，乃識其所謂，信乎表聖之言，美在咸酸之外，可以一唱而三歎也。予既與其子幾道，其孫師是游，得窺其家集，而子思篤行高志，爲吏有異材，見於墓誌詳矣，予不復論，獨評其詩如此。

藥誦　有趣。

嵇中散作《幽憤》詩，知不免矣，而卒章乃曰"采薇山阿，散髮岩岫，永嘯長吟，頤性養壽”者，悼此志之不遂也。司馬景王既殺中散而悔，使悔於未殺之前，中散得免於死者，吾知其掃迹滅景於人間，如脱兔之投林也，采薇散髮，豈其所難哉！孫真人著《大風惡疾論》曰：《神仙傳》有數十人，皆因惡疾而得仙道。何者？割棄塵累，懷潁陽之風，所以因禍而取福也。吾始得罪遷嶺表，不自意全，既逾年，無後命，知不死矣。然舊苦痔，至是大作，呻呼幾百日。地無醫藥，有亦不效。道士教吾去滋味，絶薰血，以清净勝之。痔有蟲館於吾後，滋味薰血，既以自養，亦以養蟲。自今日以往，旦夕食淡面四兩，猶復念食，則以胡麻、茯苓麨足之。飲食之外，不啖一物。主人枯槁，則客自棄去。尚恐習性易流，故取中散真人之言，對病爲藥，使人誦之日三。曰：東坡居士，汝忘逾年之憂，百日之苦乎？使汝不幸而有中散之禍，伯牛之疾，雖欲采薇散髮，豈可得哉！今食麻、麥、茯苓多矣。居士則歌以答之曰：事無事之事，百事治兮。味無味之味，五味備兮。茯苓、麻麥，有時而匱兮。有則食，無則已者，與我無既兮。嗚呼噫嘻，館客不終，以是爲愧兮。

書柳子厚牛賦後　趣。

嶺外俗皆恬殺牛，而海南爲甚。客自高化載牛渡海，百尾一舟，遇風不順，渴饑相倚以死者無數。牛登舟皆哀鳴出涕。既至海南，耕者與屠者常相半。病不飲藥，但殺牛以禱，富者至殺十數牛。死者不復云，幸而不死，即歸德于巫。以巫爲醫，以牛爲藥。間有飲藥者，巫輒云：“神怒，病不可復治。”親戚皆爲却藥禁醫不得入門，人、牛皆死而後已。地産沈水香，香必以牛易之黎。黎人得牛，皆以祭鬼，無脱者。中國人以沈水香供佛，燎帝求福；此皆燒牛肉也，何福之能得，哀哉！予莫能救，故書柳子厚《牛賦》以遺瓊州僧道贇，使以曉喻其鄉人之有知者，庶幾其少衰乎？

太息送秦少章

孔北海與曹公論盛孝章云：“孝章，實丈夫之雄者也。游談之士，依以成聲。今之少年喜謗前輩，或譏評孝章，孝章要爲有天下重名，九牧之人，所共称歎。”吾讀至此，未嘗不廢書太息也。曰：嗟乎！英偉奇逸之士不容於世俗也久矣。雖然，自今觀之，孔北海、盛孝章猶在世，而向之譏評者與草木同腐久矣。昔吾舉進士，試於禮部，歐陽文忠公見吾文，曰：“此我輩人也，吾當避之。”方是時，士以剽裂爲文，聚而見訕，且訕公者所在成市。曾未數年，忽焉若潦水之歸壑，無復見一人者，此豈復待後世哉？今吾衰老廢學，自視缺然，而天下士不吾棄，以爲可以與於斯文者，猶以文忠公之故也。張文潛、秦少游此兩人者，士之超逸絶塵者也，非獨吾云爾，二三子亦自以爲莫及也。士駭於所未聞，不能無異同，故紛紛之言，常及吾與二子，吾策之審矣。士如良金美玉，市有定價，豈可以愛憎口舌貴賤之歟？少游之弟少章，復從吾游，不及期年，而論議日新，若將施于用者。欲歸省其親，且不忍去。烏乎！子行矣，歸而求諸兄，吾何加焉。作《太息》一篇，以餞其行，使藏于家，三年然後出之。

送錢唐僧思聰歸孤山叙　好。

天以一生水，地以六成之，一六合而水可見。雖有神禹，不能知其孰爲一，孰爲六也？子思子曰：“自誠明謂之性。自明誠謂之教。誠則明矣，明則誠矣。”誠明合而道可見。雖有黄帝、孔丘，不能知其孰爲誠、孰爲明也？佛者曰：“戒生定，定生慧。”慧獨不生定乎？伶玄有言：“慧則通，通則流。”是焉知真慧哉！醉而狂，醒而止，慧之生定，通之不流也審矣。故夫有目而自行，則褰裳疾走，常得大通。無目而隨人，則車輪曳踵，常仆坑穽。慧之生定，速於定之生慧也。錢唐僧思聰，七歲善彈琴，十二捨琴而學書。書既工，十五捨書而學詩，詩有奇語。遂讀《華嚴經》，入法界海慧。今年二十有九，老師宿儒，皆敬愛之。秦少游取《楞嚴經》觀世音語，字之曰聞復。使聰日進而不已，自聞思修以至于道，則《華嚴》法界海慧，盡爲蘧廬，而況書、詩與琴乎。雖然，古之學道，無自虚空入者。輪扁斫輪，痀僂承蜩，苟有以發其巧智，物無陋者。聰若得道，琴與書皆與有力，詩其尤也。聰能如水鏡以一會萬，則書與詩當益奇。吾將觀焉，以爲聰得道淺深之候。

怪石供

《禹貢》:"青州有鉛松怪石。"解者曰:怪石,石似玉者。今齊安江上,往往得美石,與玉無辨,多紅黄白色。其文如人指上螺,精明可愛,雖巧者以意繪畫有不能及。豈古所謂怪石者耶? 凡物之醜好,生于相形,吾未知其果安在也。使世間石皆若此,則今之凡石復爲怪矣。海外有形語之國,口不能言,而相喻以形。其以形語也,捷於口,使吾爲之,不已難乎? 故夫天機之動,忽焉而成,而人真以爲巧也。雖然,自禹以來怪之矣。齊安小兒浴於江,時有得之者。戲以餅餌易之。既久,得二百九十有八枚。大者徑寸,小者如棗、栗、菱、芡,其一如虎豹,首有口、鼻、眼處,以爲群石之長。又得古銅盆一枚,以盛石,挹水注之粲然。而廬山歸宗佛印禪師適有使至,遂以爲供。禪師嘗以道眼觀一切,世間混淪空洞,了無一物,雖夜光尺璧,與瓦礫等,而況此石? 雖然,願受此供。灌以墨池水,强爲一笑。使自今以往,山僧野人,欲供禪師,而力不能辦衣服飲食卧具者,皆得以净水注石爲供,蓋自蘇子瞻始。

後怪石供

蘇子既以怪石供佛印,佛印以其言刻諸石。蘇子聞而笑曰:"是安所從來哉? 予以餅易諸小兒者也。以可食易無用,予既足笑矣,彼又從而刻之。今以餅供佛印,佛印必不刻也,石與餅何異?"參寥子曰:"然[1]。"乃亦以供之,凡二百五十,并二石槃。

補龍山文二首并引

丙子重九,客有言桓温龍山之會,風吹,孟嘉帽落。温遣孫盛嘲之,嘉作解嘲,文辭超卓,四坐歎服。恨今世不見此文。予乃戲爲補之曰:

征西天府,重九令節。駕言龍山,燕凱群哲。壺歌雅奏,緩帶輕

① 此處李贄有删節。

峆。胡爲中觴，一笑粲發。梗楠競秀，榆柳獨脱。驥騄交騖，駑蹇先蹶。楚狂醉亂，隕帽莫覺。戎服囚首，枯顱茁髮。維明將軍，度量閎達。容此下士，顛倒冠韤。宰夫揚觶，兕觥舉罰。請歌相鼠，以侑此爵。右嘲

吾聞君子，蹈常履素。晦明風雨，不改其度。平生丘壑，散髮箕踞。墜車天全，顛沛何懼。腰適忘帶，足適忘屨。不知有我，帽復奚數。流水莫繫，浮雲暫寓。飄然隨風，非去非取。我冠明月，被服寶璐。不纓而結，不簪而附。歌詩寧擇，請歌相鼠。罰此陋人，俾出童羖。右解嘲

剛説　最妙。

孔子曰："剛毅木訥，近仁。"又曰："巧言令色，鮮矣仁。"所好夫剛者，非好其剛也，好其仁也。所惡夫佞者，非惡其佞也，惡其不仁也。吾平生多難，常以身試之，凡免我于厄者，皆平日可畏人也；擠我於嶮者，皆異時可喜人也。吾是以知剛者之必仁，佞者之必不仁也。

建中靖國之初，吾歸自海南，見故人，問存没，追論平生所見剛者，或不幸死矣。若孫君介夫諱立節者，真可謂剛者也。

始吾弟子由爲條例司屬官，以議不合引去。王荆公謂君曰："吾條例司當得開敏如子者。"君笑曰："公過矣，當求勝我者。若我輩人，則亦不肯爲條例司矣。"公不答，徑起入户，君亦趨出。君爲鎮江軍書記，吾時通守錢塘，往來常、潤間，見君京口。方新法之初，監司皆新進少年，馭吏如束濕，不復以禮遇士大夫，而獨敬憚君，曰："是抗丞相不肯爲條例司者。"

謝麟經制溪洞事宜，州守王奇與蠻戰死，君爲桂州節度判官，被旨鞫吏士有罪者。麟因收大小使臣十二人付君并按，且盡斬之。君持不可。麟以語侵君。君曰："獄當論情，吏當守法。逗撓不進，諸將罪也，既伏其辜矣，餘人可盡戮乎！若必欲以非法斬人，則經制司自爲之，我何與焉。"麟奏君抗拒，君亦奏麟侵獄事。刑部定如君言，十二人皆不死，或以遷官。吾是以益知剛者之必仁也。不仁而能以一言活十二人於必死乎！

方孔子時，可謂多君子，而曰“未見剛者”，以明其難得如此。而世乃曰“太剛則折”。士患不剛耳，長養成就，猶恐不足，當憂其太剛而懼之以折耶！折不折，天也，非剛之罪。爲此論者，鄙夫患失者也。君平生可紀者甚多，獨書此二事遺其子緦、勴，明剛者之必仁以信孔子之説。

書楞伽經後

《楞伽阿跋多羅寶經》，先佛所説，微妙第一，真實了義，故謂之佛語。心品祖師達磨以付二祖曰：吾觀震旦所有經教，惟《楞伽》四卷可以印心。祖祖相受，以爲心法。如醫之有《難經》，句句皆理，字字皆法，後世達者神而明之，如盘走珠，如珠走盘，無不可者。若出新意而棄舊學，以爲無用，非愚無知，則狂而已。近歲學者各宗其師，務從簡便，得一句一偈，自謂了證，至使婦人孺子，抵掌嬉笑，争談禪悦，高者爲名，下者爲利，餘波末流，無所不至，而佛法微矣。譬如俚俗醫師，不由經論，直授方藥，以之療病，非不或中，至於遇病輒應，懸斷死生，則與知經學古者不可同日語矣。世人徒見其有一至之功，或捷於古人，因謂《難經》不學而可，豈不誤哉！《楞伽》義趣幽眇，文字簡古，讀者或不能句，而況遺文以得義，忘義以了心者乎？此其所以寂寥於是，幾廢而僅存也。太子太保樂全先生張公安道，以廣大心，得清浄覺。慶曆中，嘗爲滁州，至一僧舍，偶見此經，入手恍然，如獲舊物，開卷未終，夙障水解，細視筆畫，手迹宛然，悲喜太息，從是悟入。常以經首四偈，發明心要。軾游於公之門三十年矣，今年二月，過南都見公於私第。公時年七十九，幻滅都盡，慧光渾圓；而軾亦老於憂患，百念灰冷。公以爲可教者，乃授此經，且以錢三十萬使印施於江淮間。而金山長老佛印大師了元曰：“印施有盡，若書而刻之則無盡。”軾乃爲書之，而元使其侍者曉機走錢塘求善工刻之板，遂以爲金山常住。

書黄魯直李氏傳後

無所厭離，何從出世？無所欣慕，何從入道？欣慕之至，亡子見父。厭離之極，焬雞出湯。不極不至，心地不浄。如飯中沙，與飯皆熟。若不含糊，與飯俱咽。即須吐出，與沙俱棄。善哉佛子，作清净飯。淘米去沙，終不能盡。不如即用，本所自種。元無沙米，此米無沙。亦不受沙，非不受也，無受處故。

捨銅龜子文　趣。

蘇州報恩寺重造古塔，諸公皆捨所藏舍利。予無舍利可捨，獨捨盛舍利者。敬爲四恩三有捨之。故人王頤爲武功宰，長安有修古塔者，發舊葬得之，以遺余。余以藏私印成壞者，有形之所不免。而以藏舍利，則可以久存。藏私印，或以速壞。貴舍利而賤私印，樂久存而悲速壞。物豈有是哉！余其并是捨之。

書若達所書經後　亦趣。

懷楚比丘示我若達所書二經。經爲幾品，品爲幾偈，偈爲幾句，句爲幾字，字爲幾畫，其數無量。而此字畫，平等若一，無有高下輕重大小。云何能一？以忘我故。若不忘我，一畫之中，已現二相，而況多畫。如海上沙，是誰磋磨，自然均平，無有粗細。如空中雨，是誰揮洒，自然蕭散，無有疏密。咨爾楚達，若能一念，了是法門。於刹那頃，轉八十藏。無有忘失，一句一偈。東坡居士，説是法已，復還其經。

書柳子厚大鑒禪師碑後

釋迦以文教，其譯于中國，必託於儒之能言者，然後傳遠。故《大乘》諸經至《楞嚴》，則委曲精盡勝妙獨出者，以房融筆授故也。柳子厚南遷，始究佛法，作曹谿、南嶽諸碑，妙絶古今，而南華今無刻石者。長老重辯師，儒釋兼通，道學純備，以謂自唐至今，頌述祖師者多矣，未有通亮簡正如子厚者。蓋推本其言，與孟軻氏合，其可不使學者晝見而夜誦之。故具石請予書其文。[①]

---

① 下文李贄删去。

南華長老重辯師逸事

契嵩禪師常瞋，人未嘗見其笑。海月慧辯師常喜，人未嘗見其怒。予在錢塘，親見二人皆趺坐而化。嵩既茶毗，火不能壞，益薪熾火，有終不壞者五。海月比葬，面如生，且微笑。乃知二人以瞋喜作佛事也。世人視身如金玉，不旋踵爲糞土，至人反是。予以是知一切法，以愛故壞，以捨故常在，豈不然哉？予遷嶺南，始識南華重辯長老，語終日，知其有道也。予自海南還，則辯已寂久矣。過南華，弔其衆，問塔墓所在。衆曰："我師昔作壽塔南華之東數里，有不悦師者，葬之别墓。既七百餘日矣。今長老明公，獨奮不顧，發而歸之壽塔。改棺易衣，舉體如生，衣皆鮮芳，衆乃大服。"東坡居士曰："辯視身爲何物，弃之尸陀林以飼鳥。鳥何有，安以壽塔爲！明公知辯者，特欲以化服同異而已。"乃以茗果奠其塔，而書其事，以遺其上足南華塔主可興師。

坡仙集卷之三終

坡仙集卷之四

經　説

南省説書十道

問:供養三德爲善

對:《易》者,聖人所以盡人情之變,而非所以求神于卜筮也。自孔子没,學者惑乎異端之説,而左丘明之論尤爲可怪。使夫伏羲、文王、孔子之所盡心焉者,流而入于卜筮之事,甚可憫也。若夫季友、豎牛之事,若親見而指言之,固君子之所不取矣。雖然,南蒯之説,頗爲近正。其卦遇《坤》之《比》,而其繇曰:"黄裳元吉。""黄者,中之色也;裳者,下之飾也;元者,善之長也。"夫以中庸之道,守之以謙抑之心,而行之以體仁之德,以爲文王之兆,無以過此矣。雖然,君子視其人,觀其德,而吉凶生焉。故南蒯之筮也,遇《坤》之《比》,而不祥莫大焉。且夫負販之夫,朝而作,暮而息,其望不過一金之儲。使之無故而得千金,則狂惑而喪志。夫以南蒯而得文王之兆,安得不狂惑而喪志哉?故曰:"供養三德爲善。"又曰:"參成可筮。"而南蒯無以勝之,所以使後世知夫卜筮之不可恃也。穆姜筮于東宫,遇《艮》之《八》。史曰:"是謂《艮》之《隨》。"其繇曰:"元亨利貞。"而穆姜亦知其無以當之。故左氏之論《易》,唯南蒯、穆姜之事爲近正。而其餘者,君子之所不取也。杜預之論得之矣,以爲《洪範》稽疑之説,通龜筮以同卿士之數。學者觀夫左氏之書,而正之以杜氏之説,庶乎其可也。謹對。

問:小雅周之衰

對:《詩》之中,唯周最備。而周之興廢,於《詩》爲詳。蓋其道始於閨門父子之間，而施及乎君臣之際，以被冒乎天下者，存乎《二南》。后稷、公劉、文、武創業之艱難，而幽、厲失道之漸，存乎《二雅》。成王纂承文、武之烈，而禮樂文章之備，存乎《頌》。其愈削而至夷于諸侯者，在乎《王·黍離》。蓋周道之盛衰，可以備見於此矣。《小雅》者，言王政之小，而兼陳乎其盛衰之際者也。夫周雖衰，文、武之業未墜，而宣王又從而中興之故，雖怨刺並興，而未列於《國風》者，以爲猶有王政存焉。故曰："《小雅》者，兼乎周之盛衰者也。"昔之言者，皆得其偏，而未備也。季札觀周樂，歌《小雅》曰："思而不貳，怨而不言，其周之衰乎？"文中子曰："《小雅》烏乎衰？其周之盛乎！"札之所謂衰者，蓋其當時親見周之衰，而不覩乎文、武、成、康之盛也。文中子之所謂盛者，言文、武之餘烈，歷數百年而未忘，雖其子孫之微，而天下猶或宗周也。故曰：二子者，皆得其偏而未備也。太史公曰："《國風》好色而不淫，《小雅》怨誹而不亂。"當周之衰，雖君子不能無怨，要在不至于亂而已。文中子以爲周之全盛，不已過乎？故通乎二子之説，而《小雅》之道備矣。謹對。

問：君子能補過

對：甚哉，聖人待天下之通且恕也。朝而爲盜跖，暮而爲伯夷，聖人不棄也。孟僖子之過也，其悔亦晚矣。雖然，聖人不棄也，曰：猶愈乎卒而不知悔者也。孟僖子之過，可悲也已。仲尼之少也賤，天下莫知其爲聖人。魯人曰："此吾東家丘也。"又曰："此鄹人之子也。"楚之子西，齊之晏嬰，皆當時之所謂賢人君子也，其言曰："孔丘之道，迂闊而不可用。"况夫三桓之間，而喪知夫有孔子之賢哉！僖子之病也，告其子曰："孔丘，聖人之後也。其先正考甫三命益恭。而弗父何以有宋而授厲公。華父督之亂無罪而絶於宋。其後必有聖人，今孔丘博學而好禮，殆其是歟？爾必往師之以學禮。"嗚呼，孔子用於魯三月，而齊人畏其霸。以僖子之賢，而知夫子之爲聖人也。使之未亡而授之以政，則魯作東周矣，故曰孟僖子之過，可悲也已。雖然，夫子道充乎天下者，自僖子始。懿子學乎仲尼，請於魯君而與之車，使適周而觀禮焉，而聖人之業然後大備。僖子之功，雖不能用之于未亡之前，而猶能救之于已没之後。左丘明懼後世不知夫僖子之功也，故丁寧而稱之，以爲补過之君子。昔仲虺言湯之德曰："改過不吝。"夫以聖人而不稱其無過之爲能，而稱其改之爲善，然則補過者，聖人之徒歟？孟僖子者，聖人之徒也。謹對。

問：魯猶三望

對：先儒論書"猶"之義者，可以已也。愚以爲不然。《春秋》之所以書"猶"者二，曰如此而猶如此者，甚之之辭也。"公子遂如齊，至黄乃復。辛巳，有事於太廟，仲遂卒于垂。壬午，猶繹。萬人去籥"是也。曰不如此而猶如此者，幸之之辭也。"閏月不告月，猶朝于廟""不郊，猶三望"是也。故"閏月不告月猶朝于廟"者，憫其不告月而幸其猶朝于廟也。"不郊猶三望"者，傷其不郊而幸其猶三望也[①]。或曰：魯郊，僭也。而夫子何存焉！曰：魯郊，僭也。而夫子不譏。夫子之所譏者，當其罪也。賜魯以天子之禮樂者，成王也。受天子之禮樂者，伯禽也。《春秋》而譏魯郊也，上則譏成王，次則譏伯禽。成王、伯禽不見于經，而夫子何譏焉。范甯以三望爲海、岱、淮。《公羊》以爲泰山、河、海。而杜預之説最備，曰：分野之星，及國中山川，皆因郊而望祭之。此説宜可用。謹對。

問：魯作丘甲

對：先王之爲天下也，不求民以其所不爲，不强民以其所不能，故其民優游而樂易[②]。夫民之爲農，而责之以工也，是猶居山者而責之以舟楫也。魯成公作丘甲，而《春秋》譏焉。《穀梁傳》曰："古者農工各有職。甲非人人之所能爲也。丘作甲，非正也。"而杜預以爲古者四丘爲甸，甸出長轂一乘，戎馬四匹，牛十二頭，甲士三人，步卒七十二人，而魯使丘出之也。夫四丘而後爲甸，魯雖重斂，安至于四倍而取之哉！哀公用田賦，曰二吾猶不足。而夫子譏其殘民之甚，未有四倍而取者也。且夫變古易常者，《春秋》之所譏也。故書作三軍，舍中軍、初稅畝、作丘甲、用田賦者，皆所以譏政令之所由變也[③]。其失而歸之正哉！故愚曰《穀梁》之説是。謹對。

---

①② 此處，李贄有删節。

③ 依上下文意，應該從《蘇東坡全集》，加"而《穀梁》、杜氏之説如此之相戾，安得不辯。"

問：雩月何以爲正

對：雩者，先王所以存夫愛民之心而已也①。當歲之旱也，聖人不忍安坐而視民之無告，故爲之雩②。爲傳者不達乎此，而爲是非紛紛之論，亦可笑矣。《穀梁傳》曰："月雩，正也。秋大雩，非正也。冬大雩，非正也。月雩之爲正，何也？其時窮，人力盡，是月不雨，則無及矣。雩之必待其時窮，人力盡，何也？雩者，爲旱請也。古人之重請，以爲非讓也。"嗚呼，爲民之父母，安視其急，而曰毛澤未盡，人力未竭，以行其區區之讓哉！愚以爲凡書雩者，記旱也。一月之旱，故雩書月。一時之旱，故雩書時。書雩之例，時月而不日。唯昭公之末年，八月，上辛，大雩。季辛，又雩。而昭公之雩，非旱雩也。《公羊》以爲又雩者，聚衆以逐季氏。然則旱雩之例，亦可見矣。《傳例》曰："凡災異，歷日者月，歷月者時，歷時者加日。"又："雩，記旱也。旱，記災也。"故愚以此爲例。謹對。

問：初税亩

對：古者公田曰籍。籍，借也。言其借民力以治此也。《詩》曰："雨我公田，遂及我私。"言民之必先公田也。《傳》曰："私田稼不善，則非吏；公田稼不善，則非民。"言上之必恤私田也。民先其公，而上恤其私，故民不勞而上足用也。宣王無恩信於民，民不肯盡力于公田，故按行擇其善畝而税之。《公羊傳》曰："税亩者何？履亩而税也。"夫民不盡力于公田者，上之過也。宣公不責己悔過，擇其善亩而税之，宜其民之謗讟而災異之作也③。

易解

四營爲一變，三變而一爻，六爻爲十八變也。三變之餘四數之，得九爲老陽，得六爲老陰，得七爲少陽，得八爲少陰，故乾之策二百一十有六，坤之策百四十有四，取老而言也。凡九六爲老，七八爲少，其説未之聞也。或曰：陽極於九，其次則七也。極者爲老，其次爲少，則當老於十而少於八也。曰：陰不可加於陽，故十不用，十不用，猶當老於八，而少於六也。則又曰：陽順而上，其成數極于九，陰逆而下，其

---

①② 此處李贄有删節。

③ 李贄删去下文。

成數極于六。自下而上，陰陽均也。稚于子午，而壯于已亥，始于復姤，而終于乾坤者，陰猶陽也，曷嘗有進陽而退陰與逆順之別乎？且夫自然而然者，天地且不能知，而聖人豈得與于其間而制其予奪哉！惟唐一行之學則不然，以爲《易》固言之矣，十有八變而成卦，八卦而小成，則十八變之間有八卦焉，人莫之思也。變之初，有多少。其一變也，不五則九，其二與三也，不四則八。八與九爲多，五與四爲少。多少者，奇耦之象也。三變皆少，則乾之象也。乾所以爲老陽，而四數其餘得九，故以九名之。三變皆多，則坤之象也，坤所以爲老陰，而四數其餘得六，故以六名之。三變而少者一，則震坎艮之象也，震坎艮所以爲少陽，而四數其餘得七，故以七名之。三變而多者一，則巽離兑之象也，巽離兑所以爲少陰，而四數其餘得八，故以八名之。故七八九六者，因餘數以名陰陽，而陰陽之所以爲老少者，不在是而在乎三變之間，八卦之象也。此唐一行之學也。

論

禮以養人爲本論　至論。

論曰：三代之衰，至于今且數千歲，豪傑有意之主，博學多識之臣，不可以勝數矣，然而禮廢樂墜，則相與咨嗟發憤而卒於無成者，何也？是非其才之不逮，學之不至，過於論之太詳，畏之太甚也。夫禮之初，始諸人情，因其所安者，而爲之節文。凡人情之所安而有節者，舉皆禮也。則是禮未始有定論也。然而不可以出於人情之所不安，則亦未始無定論也。執其無定以爲定論，則塗之人皆可以爲禮。

今儒者之論則不然，以爲禮者，聖人之所獨尊，而天下之事最難成者也。牽於繁文，而拘於小說，有毫毛之差，則終身以爲不可。論明堂者，惑於《考工》《吕令》之説；議郊廟者，泥於鄭氏、王肅之學。紛紛交錯者，累歲而不決。或因而遂罷，未嘗有一人果斷而決行之。此皆論之太詳而畏之太甚之過也。

夫禮之大意，存乎明天下之分，嚴君臣、篤父子、形孝弟而顯仁義也。今不幸去聖人遠，有如毫毛不合於三代之法，固未害其爲明天下之分也，所以嚴君臣、篤父子、形孝弟而顯仁義者猶在也。今使禮廢而不修，則君臣不嚴，父子不篤，孝弟不形，仁義不顯，反不足重乎？

昔者西漢之書，始於仲舒，而至于劉向，悼禮樂之不興，故其言曰："禮以養人爲本。如有過差，是過而養人也。刑罰之過，或至殺傷。今吏議法，筆則筆，削則削，而至禮樂則不敢。是敢於殺人，而不敢於養人也。"而范曄以爲"樂非夔、襄而新音代作，律謝臯、蘇而法令亟易。"而至於禮，獨何難歟？

夫法者，末也。又加以慘毒繁難，而天下常以爲急。禮者，本也。又加以和平簡易，而天下常以爲緩。如此而不治，則又從而尤之曰，是法未至也，則因而急之。甚矣，人之惑也。平居治氣養生，宣故而納新，其行之甚易，其過也無大患，然皆難之而不爲。悍藥毒石，以搏去其疾，則皆爲之。此天下之公患也。嗚呼，王者得斯說而通之，禮樂之興，庶乎有日矣。謹論。

既醉備五福論　好。

論曰：君子之所以大過人者，非以其智能知之，强能行之也。以其功興而民勞，與之同勞，功成而民樂，與之同樂，如是而已矣。富貴安逸者，天下之所同好也，然而君子獨享焉。享之而安，天下以爲當然者，何也？天下知其所以富貴安逸者，凡以庇覆我也。貧賤勞苦者，天下之所同惡也，而小人獨居焉。居之而安，天下以爲當然者，何也？天下知其所以貧賤勞苦者，凡以生全我也。夫然，故獨享天下之大利而不憂，使天下爲己勞苦而不怍，耳聽天下之備聲，目視天下之備色，而民猶以爲未也，相與禱祠而祈祝曰："使吾君長有吾國也。"又相與詠歌而稱頌之，被於金石，溢於竹帛，使其萬世而不忘也。

嗚呼，彼君子者，獨何修而得此於民哉[1]？《既醉》者，成王之詩也。其序曰："《既醉》，太平也。醉酒飽德，人有士君子之行焉。"而説者以爲是詩也，實具五福。其詩曰"君子萬年"，壽也；"介爾景福"，富

① 此處有删節。

也；“室家之壼”，康寧也；“高明有融”者，攸好德也；“高朗令終”者，考終命也。凡言此者，非美其有是五福也，美其全享是福，兼有是樂，而天下安之，以爲當然也。

夫詩者，不可以言語求而得，必將深觀其意焉。故其譏刺是人也，不言其所爲之惡，而言其爵位之尊，車服之美而民疾之，以見其不堪也。“君子偕老，副笄六珈”“赫赫師尹，民具爾瞻”是也。其頌美是人也，不言其所爲之善，而言其冠佩之華、容貌之盛而民安之，以見其無媿也。“緇衣之宜兮，敝，予又改爲兮”“服其命服，朱芾斯皇”是也。故《既醉》者，非徒享是五福而已，必將有以致之。不然，民將盼盼[①]焉，疾視而不能平，又安能獨樂乎？是以孟子言王道不言其他，而獨言民之聞其作樂見其田獵而欣欣者，此可謂知本矣。

大臣論上

以義正君，而無害於國，可謂大臣矣。

天下不幸而無明君，使小人執其權，當此之時，天下之忠臣義士莫不欲奮臂而擊之。夫小人者，必先得於其君而自固於天下，是故法不可擊。擊之而不勝身死，其禍止於一身。擊之而勝，君臣不相安，天下必亡。是以《春秋》之法，不待君命而誅其側之惡人，謂之叛。晉趙鞅入于晉陽以叛是也。

世之君子，將有志於天下，欲扶其衰而救其危者，必先計其後而爲可居之功，其濟不濟則命也，是故功成而天下安之。夫小人，君不誅而吾誅之，則是侵君之權，而不可居之功也。夫既以侵君之權，而能北面就人臣之位，使君不吾疑者，天下未嘗有也。國之有小人，猶人之有癭。人之癭，必生於頸而附於咽，是以不可去。有賤丈夫者，不勝其忿而決去之，夫是以去疾而得死。漢之亡，唐之滅，由此之故也。自桓、靈之後，至于獻帝，天下之權，歸於内豎，賢人君子，進不容于朝，退不容于野，天下之怒，可謂極矣。當此之時，議者以爲天下之患獨在宦官，宦官去則天下無事，然竇武、何進之徒擊之不勝，止於身

---

① 《蘇東坡全集》“盼盼”作“盻”。

死，袁紹擊之而勝，漢遂以亡。唐之衰也，其迹亦大類此。自輔國、元振之後，天子之廢立，聽於宦官。當此之時，士大夫之論，亦惟宦官之爲去。然而李訓、鄭注、元載之徒，擊之不勝，止於身死。至於崔昌遐擊之而勝，唐亦以亡。

方其未去也，是纍然者瘻而已矣。及其既去，則潰裂四出，而繼之以死。何者？此侵君之權，而不可居之功也。且爲人臣而不顧其君，捐其身於一決，以快天下之望，亦已危矣。故其成則爲袁、爲崔，敗則爲何、竇，爲訓、注。然則忠臣義士，亦奚取於此哉？夫竇武、何進之亡，天下悲之，以爲不幸。然亦幸而不成，使其成也，二子者將何以居之①？

大臣論下

天下之權，在於小人，君子之欲擊之也，不亡其身，則亡其君。然則是小人者，終不可去乎？聞之曰：迫人者，其智淺；迫於人者，其智深。非才有不同，所居之勢然也。古之爲兵者，圍師勿遏，窮寇勿追，誠恐其知死而致力，則雖有衆，無所用之。故曰："同舟而遇風，則吴越可使相救如左右手。"小人之心，自知其負天下之怨，而君子之莫吾赦也，則將日夜爲計，以備一旦卒然不可測之患，今君子又從而疾惡之，是以其謀不得不深，其交不得不合，交合而謀深，則其致毒也忿戾而不可解。

故凡天下之患，起於小人，而成於君子之速之也。小人在内，君子在外。君子爲客，小人爲主。主未發而客先焉，則小人之詞直，而君子之勢近於不順。直則可以欺衆，而不順則難以令其下。故昔之舉事者，常以中道而衆散，以至於敗，則其理豈不甚明哉？

若夫智者則不然。内以自固其君子之交，而厚集其勢外以陽浮而不逆於小人之意，以待其間。寬之使不吾疾，狃之使不吾慮，啖之以利，以昏其智，順適其意，以殺其怒。然後待其發而乘其隙，推其墜而挽其絶。故其用力也約，而無後患②。

---

①② 此處，李贄有删節。

今夫小人急之則合，寬之則散，是從古以然也。見利不能不爭，見患不能不避，無信不能不相詐，無禮不能不相瀆，是故其交易間，其黨易破也。而君子不務寬之以待其變，而急之以合其交，亦已過矣①。昔漢高之亡，以天下屬平、勃。及高后臨朝，擅王諸吕，廢黜劉氏。平日縱酒無一言，及用陸賈計，以千金交歡絳侯，卒以此誅諸吕，定劉氏。使此二人者而不相能，則是將相相攻之不暇，而何暇及於劉、吕之存亡哉！

故其説曰：將相和調，則士豫附。士豫附，則天下雖有變而權不分。嗚呼，知此，其足以爲大臣矣夫！

秦始皇帝論 亦通。

昔者生民之初，不知所以養生之具，擊搏挽裂與禽獸爭一旦之命，惴惴焉朝不謀夕，憂死之不給，是故巧詐不生，而民無知。然聖人惡其無别，而憂其無以生也，是以作爲器用，耒耜、弓矢、舟車、網罟之類，莫不備至，使民樂生便利，役御萬物而適其情，而民始有以極其口腹耳目之欲。器利用便而巧詐生，求得欲從而心志廣，聖人又憂其桀猾變詐而難治也，是故制禮以反其初。禮者，所以返本復始也。

聖人非不知箕踞而坐、不揖而食便於人情而適於四體之安也，將必使之習爲迂闊難行之節，寬衣博帶，佩玉履舄，所以回翔容與而不可以馳驟。上自朝廷，而下至於民，其所以視聽其耳目者，莫不近於迂闊。其衣以黼黻文章，其食以籩豆簠簋，其耕以井田，其進退選舉以學校，其治民以諸侯，嫁娶死喪，莫不有法，嚴之以鬼神，而重之以四時，所以使民自尊而不輕爲姦。故曰：禮之近於人情者，非其至也。周公、孔子所以區區於升降揖讓之間，丁寧反覆而不敢失墜者，世俗之所謂迂闊，而不知夫聖人之權固在於此也。

自五帝三代相承而不敢破，至秦有天下，始皇帝以詐力而并諸侯，自以爲智術之有餘，而禹、湯、文、武之不知出此也。於是廢諸侯，破井田，凡所以治天下者一切出於便利，而不恥於無禮，決壞聖人之

① 此處，李贄有删節。

藩牆,而以利器明示天下。故自秦以來,天下惟知所以求生避死之具,以禮者爲無用贅疣之物。何者?其意以爲生之無事乎禮也。苟生之無事乎禮,則凡可以得生者無所不爲矣。嗚呼!此秦之禍,所以至今而未息歟!

昔者始有書契,以科斗爲文,而其後始有規矩摹畫之迹,蓋今所謂大小篆者。至秦而更以隸,其後日以變革,貴於速成,而從其易。又創爲紙以易簡策。是以天下簿書符檄,繁多委壓,而吏不能究,姦人有以措其手足。如使今世而尚用古之篆書簡策,則雖欲繁多,其勢無由。由此觀之,則凡所以便利天下者,是開詐僞之端也。嗟夫!秦既不可及矣。苟後之君子欲治天下,而惟便之求,則是引民而日趋於詐也,悲夫!

續養生論

鄭子産曰:“火烈,人望而畏之;水弱,人狎而玩之。”翼奉論六情十二律。其論水火也,曰:“北方之情好也,好行貪狼。南方之情惡也,惡行廉貞。廉貞故爲君子,貪狼故爲小人。”予參二人之學,而爲之説曰:火烈而水弱,烈生正,弱生邪,火爲心,水爲腎。故五藏之性,心正而腎邪。腎無不邪者,雖上智之腎亦邪。然上智常不淫者,心之官正而腎聽命也。心無不正者,雖下愚之心亦正。然下愚常淫者,心不官而腎爲政也。知此,則知鉛汞龍虎之説矣。

何謂鉛?凡氣之謂鉛,或趋或蹶,或呼或吸,或執或擊。凡動者皆鉛也。肺實出納之。肺爲金,爲白虎,故曰鉛,又曰虎。何謂汞?凡水之謂汞,唾涕膿血,精汗便利。凡濕者,皆汞也。肝實宿藏之。肝爲木,爲青龍,故曰汞,又曰龍。古之真人論内丹者曰:“五行顛倒術,龍從火裏出。五行不順行,虎向水中生。”世未有知其説者也。方五行之順行也,則龍出於水,虎出於火,皆死之道也。心不官而腎爲政,聲色外誘,邪淫内發,壬癸之英,下流爲人,或爲腐壞。是汞龍之出於水者也,喜怒哀樂皆出於心者也。喜則攫拏隨之,怒則毆擊隨之,哀則擗踴隨之,樂則抃舞隨之。心動於内,而氣應於外,是鉛虎之出於火者也。汞龍之出於水,鉛虎之出於火,有能出而復返者乎?故曰皆死之道也。

真人教之以逆行，曰："龍當使從火出，虎當使從水生也。"其説若何？孔子曰："思無邪。"凡有思皆邪也，而無思則土木也。孰能使有思而非邪，無思而非土木乎？蓋必有無思之思焉。夫無思之思，端正莊栗，如臨君師，未嘗一念放逸。然卒無所思。如龜毛兔角，非作故無，本性無故，是之謂戒。戒生定，定則出入息自住，出入息住，則心火不復炎上。火在《易》爲離。離，麗也。必有所麗，未嘗獨立。而水其妃也，既不炎上，則從其妃矣。水火合則壬癸之英，上流于腦，而溢于玄膺，若鼻液而不鹹，非腎出故也，此汞龍之自火出者也。長生之藥，内丹之萌，無過此者矣。陰陽之始交，天一爲水。凡人之始造形，皆水也，故五行一曰水。得暖氣而後生，故二曰火。生而後有骨，故三曰木。骨生而日堅，凡物之堅壯者，皆金氣也，故四曰金。骨堅而後肉生焉。土爲肉，故五曰土。人之在母也，母呼亦呼，母吸亦吸，口鼻皆閉，而以臍達。故臍者，生之根也。汞龍之出于火，流于腦，溢于玄膺，必歸于根心，火不炎上，必從其妃，是火常在根也。故壬癸之英，得火而日堅，達于四支，浹于肌膚而日壯，其究極，則金剛之體也。此鉛虎之自水生者也。龍虎生而内丹成矣。故曰順行則爲人，逆行則爲道，道則未也，亦可謂長生不死之術矣。

道德論　當時有感之論。

人君以至誠爲道，以至仁爲德，守此二言，終身不易，堯舜之主也。至誠之外，更行他道，皆爲非道；至仁之外，更作他德，皆爲非德。何謂至誠？上自大臣，下至小民，内自親戚，外至四夷，皆推赤心以待之，不可以絲毫僞也。絲毫之僞，一萌於心，如人有病，先見于脉；如人飲酒，先見於色。聲色動於幾微之間，而猜阻行於千里之外。强者爲敵，弱者爲怨，四海之内，如盜賊之憎主人，鳥獸之畏弋獵，則人主孤立而危亡至矣。何謂至仁？視臣如手足，視民如赤子，戢兵省刑，時使薄斂，行此六事而已矣。禍莫逆於好用兵，怨莫大于好起獄，災莫深于興上功，毒莫深于奪民利。此四者，陷民之坑穽，而伐國之斧鉞也。去此四者，行彼六者，而仁不可勝用矣。去聖益遠，邪説滋熾，厭常道而求異術，文奸言以濟暴行，欲窮兵黷武，則曰“吾以威四夷而安中國”；欲煩刑多殺，則曰“吾以禁奸慝而全善人”；欲虐使厚斂，則曰“吾以强兵革而誅釁亂”，雖若不仁而卒歸于仁。此皆亡國之言也。秦二世、王莽嘗用之矣，皆以經術附會其説。《書》曰：“惟辟作福，惟辟作威。”此言威福不可移于臣下也。欲威福不移于臣下，則莫若捨己而從衆。衆之所是，我則與之，衆之所非，我則去之。夫衆未有不公，而人君者，天下公議之主也。如此，則威福將安歸乎？今之説者則不然，曰：人主不可以不作威福，於是違衆而用己。己之耳目，終不能遍天下，要必資之於人。愛憎喜怒，各行其私，而浸潤膚受之説行矣。然後從而賞罰之，雖名爲人主之威福，而其實左右之私意也。奸人竊吾威福，而賣之於外，則權與人主侔矣。《書》曰：“威克厥愛允濟，愛克厥威允罔功。”威者，畏威之謂也；愛者，懷私之謂也。管仲曰：“畏威如疾，民之上也；從懷如流，民之下也。畏威之心，勝于懷私，則事無不成。今之説者則不然，曰：“人君當使威刑，勝于惠愛。”如是，則予不如奪，生不如殺，堯不如桀，而幽、厲、桓、靈之君長有天下。此不可不辨也。

表狀札子

密州謝上表

臣軾言。昨奉敕差知密州軍州事，已於今月三日到任上訖。草芥賤微，敢干洪造；乾坤廣大，曲遂私誠。受命撫躬，已自知其不稱；入境問俗，又復過於所期。臣軾中謝。伏念臣家世至寒，性資甚下。學雖篤志，本先朝進士篆刻之文；論不適時，皆老生常談陳腐之説。分於聖世，處以散材。一自離去闕庭，屢更歲籥。塵埃筆硯，漸忘舊學之淵源；奔走簿書，粗識小人之情僞。欲自試於民社，庶有助於涓埃。以爲公朝，不廢私願。携孥上國，預憂桂玉之不充；請郡東方，實欲弟昆之相近。自惟何幸，動獲所求。雖父兄所以處臣，其僥倖不過如此。誰云疏外，有此遭逢。此蓋伏遇皇帝陛下躬上聖之資，建太平之業,以爲人無賢愚,皆有可用。故雖如臣等輩,猶未盡捐。臣敢不仰佩至恩,益堅素守。推廣中和之政,撫綏疲瘵之民。要使民之安臣,則爲臣之報國①。

徐州謝上表

臣軾言。分符高密,已竊名邦;改命東徐,復塵督府。荷恩深厚,撫已兢慚。臣軾中謝。伏念臣奮身農亩,託迹書林。信道直前,曾無坎井之避;立朝寡助,誰爲先後之容?向者屢獻瞽言,仰塵聖鑒。豈有意於爲異?蓋篤信其所聞。顧慚迂闊之言,雖多而無益;惟有樸忠之素,既久而猶堅。遠不忘君,未忍改其常度;言之無罪,實深恃於至仁。知臣者謂臣愛君,不知臣者謂臣多事。空懷此意,誰復見明。伏惟皇帝陛下,日月照臨,乾坤覆燾。察孤危之易毀,諒拙直之無他。安全陋軀,畀付善地。民淳訟簡,殊無施設之方;食足身閑,仰愧生成之賜。顧力報之無所,懷孤忠而自憐。

徐州謝獎論表

臣軾言。伏奉今月四日勅,以臣去歲脩城捍水,粗免疏虞,特賜獎論者。奔走服勤,人臣之常事;褒稱勞勉,學者之至榮。自惟何人,乃辱斯語②。伏念臣學無師法,才與世疏。經術既已不深,吏事又其所短。累忝優寄,卒無異稱。寬如定遠之言,平平無取;拙比道州之政,下下宜然。乃者河決澶淵,毒流淮泗。百堵皆作,蓋僚吏之劬勞;三板不沉,本朝廷之威德。而臣下掠衆美,上貪天功。獨竊璽書之榮,以爲私室之寶。此蓋伏遇皇帝陛下,天覆四海,子養萬民。哀無辜之遭罹,特遣使以存問。既蠲免其賦調,又飲食其饑寒。所以録臣之微勞,蓋將責臣之來效。臣敢不躬親舂築,益修今歲之防;安集流亡,盡復平時之業。庶殫朽鈍,少補絲毫。

---

① 以下有删節。

② 此處有删節。

徐州賀河平表

臣軾言。竊聞黄河決口已遂閉塞者。聖謨獨運，天眷莫違。庶邦子來，民罔告病。萬杵雷動，役不逾時。遂消東北莫大之憂，然後麥禾可得而食。人無後患，喜若再生。臣軾中謝①。伏以大河爲災，歷世所病。禹治兖州之野，十有三載乃同；漢築宣防之宫，二十餘年而定。未有收狂瀾於既潰，復故道於將堙。俯仰而成，神速若此。恭惟皇帝陛下，至仁博施，神智無方。達四聰以來衆言，廣大孝以安宗廟。水當潤下，河不溢流。屬歲久之無虞，故患生於所忽。方其決也，本吏失其防，而非天意；及其復也，蓋天助有德，而非人功。振古所無，溥天同慶。維豐、沛之大澤，實汴、泗之所鍾。伊昔横流，凛孤城之若块；迨兹平定，蔚秋稼以如雲。害既廣則利多，憂獨深而喜倍。雖官守有限，不獲趋外庭以稱觴；而民意所同，亦能抒下情而作頌。

湖州謝上表

臣軾言。蒙恩就移前件差遣，已於今月二十日到任上訖者。風俗阜安，在東南號爲無事；山水清遠，本朝廷所以優賢。顧惟何人，亦與兹選。臣軾中謝。伏念臣性資頑鄙，名迹堙微。議論闊疏，文學淺陋。凡人必有一得，而臣獨無寸長。荷先帝之誤恩，擢寘三館；蒙陛下之過聽，付以兩州。非不欲痛自激昂，少酬恩造。而才分所局，有過無功；法令具存，雖勤何補！罪固多矣，臣猶知之。夫何越次之名邦，更許借資而顯受。顧惟無狀，岂不知恩？此蓋伏遇皇帝陛下，天覆群生，海涵萬族。用人不求其備，嘉善而矜不能。知其愚不適時，難以追陪新進；察其老不生事，或能牧養小民。而臣頃在錢塘，樂其風土。魚鳥之性，既自得於江湖；吴越之人，亦安臣之教令。敢不奉法勤職，息訟平刑。上以廣朝廷之仁，下以慰父老之望。

---

① 《蘇東坡全集》“謝”作“賀”。

到黄州謝表

臣軾言。去歲十二月二十九日，准敕責授臣檢校尚書水部員外郎，充黄州團練副使，本州安置，不得簽書公事。臣已於今月一日到本所[1]訖者。狂愚冒犯，固有常刑。仁聖矜憐，特從輕典。赦其必死，許以自新。祇服訓辭，惟知感涕。中謝。伏念臣早緣科第，誤忝縉紳。親逢睿哲之興，遂有功名之意。亦嘗召對便殿，考其所學之言；試守三州，觀其所行之實。而臣用意過當，日趋於迷。賦命衰窮，天奪其魄；叛違義理，辜負恩私。茫如醉夢之中，不知言語之出。雖至仁屢赦，而衆議不容。案罪責情，固宜伏斧鑕於兩觀；推恩屈法，猶當禦魑魅於三危。岂謂尚玷散員，更叨善地。投畀麏鼯之野，保全樗櫟之生。臣雖至愚，岂不知幸。此蓋伏遇皇帝陛下，德刑并用，善惡兼容。欲使法行而知恩，是用小懲而大戒。天地能覆載之，而不能容之於度外；父母能生育之，而不能出之於死中。伏惟此恩，何以爲報？惟當蔬食没齒，杜門思愆。深悟積年之非，永爲多士之戒。貪戀聖世，不敢殺身；庶幾餘生，未爲棄物。若獲盡力鞭箠之下，必將捐軀矢石之間。指天誓心，有死無易。

謝失覺察妖賊放罪表

臣軾言。去年十二月十五日，准淮南轉運司牒，奉聖旨，差官取勘臣前任知徐州日，不覺察百姓李鐸、郭進等謀反事。臣尋具析在任日，曾選差沂州百姓程棐，令緝捕凶逆賊人，致棐告獲前件妖賊因依，乞勘會施行。至今年七月二日，復准轉運司牒，坐准尚書刑部牒，奉聖旨，蘇軾送尚書刑部更不取勘。盜發所臨，守臣固當重責；罪疑則赦，聖主所以廣恩。自驚廢逐之餘，猶在愍憐之數[2]。伏念臣早蒙殊遇，擢領大邦。上不能以道化民，達忠孝於所部；下不能以刑齊物，消奸宄於未萌。致使妄庸，敢圖僭逆。原其不職，夫岂勝誅。況兹溝瀆

---

① 所，《蘇東坡全集》作“州”。

② 此處有删節。

之中，重遇雷霆之譴。無官可削，撫已知危。至於捕斬群盜之功，乃是鄰近一夫之力。靖言其始，偶出於臣。雖爲國督奸，常懷此志；而因人成事，岂足言勞。勉自列於涓埃，庶少寬於斧鉞，岂謂蕩然之澤，許以勿推。收驚魄於散亡，假餘生之晷刻。退思所自，爲幸何多。此蓋伏遇皇帝陛下，舞虞舜之干，示人不殺；祝成湯之網，與物求生。其間用刑，本不得已；稍有可赦，無不從寬。務在考實而原情，何嘗記過而忘善。益悟向時之所坐，皆是微臣之自貽。感愧終身，論報無地。布衣蔬食，或未死於饑寒；石心木腸，誓不忘於忠義。

謝量移汝州表

臣軾言。伏奉正月二十五日誥命，特授臣汝州團練副使本州安置不得簽書公事者。稍從内遷，示不終棄。罪已甘於萬死，恩實出於再生。祗服訓詞，惟知感涕①。伏念臣向者名過其實，食浮於人。兄弟並竊於賢科，衣冠或以爲盛事。旋從册府，出領郡符。既無片善可紀於絲毫，而以重罪當膏於斧鉞。雖蒙恩貸，有愧平生。隻影自憐，命寄江湖之上；驚魂未定，夢游縲紲之中。憔悴非人，章狂失志。妻孥之所竊笑，親友至於絶交。疾病連年，人皆相傳爲已死；饑寒併日，臣亦自厭其餘生。岂謂草芥之賤微，尚煩朝廷之紀録。開其悯悔，許以甄收。此蓋伏遇皇帝陛下，湯德日新，堯仁天覆。建原廟以安祖考，正六宫而修典刑。百廢具興，多士爰集。彈冠結綬，共欣千載之逢；掩而向隅，不忍一夫之泣。故推涓滴，以及焦枯。顧惟效死之無門，殺身何益；更欲呼天而自列，尚口乃窮。徒有此心，期於異日。

乞常州居住表

臣軾言。臣聞聖人之行法也，如雷霆之震草木，威怒雖甚，而歸於欲其生；人主之罪人也，如父母之譴子孫，鞭撻雖嚴，而不忍致之死。臣漂流棄物，枯槁餘生。泣血書詞，呼天請命。願回日月之照，

① 此處有删節。

一明葵藿之心。此言朝聞,夕死無憾[①]。臣昔者嘗對便殿,親聞德音。似蒙聖知,不在人後。而狂狷妄發,上負恩私。既有司皆以爲可誅,雖明主不得而獨赦。一從吏議,坐廢伍年。積憂薰心,驚齒髮之先變;抱恨刻骨,傷皮肉之僅存。近者蒙恩,量移汝州,伏讀訓詞,有"人才實難,弗忍終棄"之語。豈獨知免於縲絏,亦將有望於桑榆。但未死亡,終見天日。豈敢復以遲暮爲歎,更生僥覬之心。但以禄廩久空,衣食不繼。累重道遠,不免舟行。自離黄州,風濤驚恐,舉家重病,一子喪亡。今雖已至泗州,而貲用罄竭,去汝尚遠,難於陸行。無屋可居,無田可食,二十餘口,不知所歸。饑寒之憂,近在朝夕。與其强顔忍耻,干求於衆人,不若歸命投誠,控告於君父。臣有薄田在常州宜興縣,粗給饘粥。欲望聖慈許於常州居住。又恐罪戾至重,未可聽從便安,輒叙微勞,庶蒙恩貸。臣先任徐州日,以河水浸城,幾至淪陷。臣日夜守捍,偶獲安全,曾蒙朝廷降勑獎諭。又嘗選用沂州百姓程棐,令購捕凶黨,致獲謀反妖賊李鐸、郭進等一十七人,亦蒙聖恩保明放罪。皆臣子之常分,無涓埃之可言。冒昧自陳,出於窮迫。庶幾因緣僥倖,功過相除。稍出羈囚,得從所便。重念臣受性剛褊,賦命奇窮。既獲罪於天,又無助於下。怨仇交積,罪惡横生。群言或起於愛憎,孤忠遂陷於疑似。中雖無愧,不敢自明。向非人主獨賜保全,則臣之微生豈有今日。伏惟皇帝陛下,聖神天縱,文武生知。得天下之英才,已全三樂;躋斯民於仁壽,不棄一夫。勃然中興,可謂盡善。而臣抱百年之永歎,悼一飽之無時。貧病交攻,死生莫保。雖鳧雁飛集,何足計於朝廷;而犬馬蓋帷,猶有求於陛下。敢祈仁聖,少賜矜憐。臣見一面前去,至南京以來,聽候朝旨。干冒天威。

到常州謝表二首

臣軾言。先蒙恩授汝州團練副使本州安置,尋上表乞於常州居住。奉聖旨,依所乞。臣已於今月二十二日到常州訖者。積衅難磨,未經洗滌;至仁易感,許即便安。祇荷寵靈,惟知感涕。中謝。伏念

---

① 此處有删節。

臣所犯罪戾，本合誅夷。向非先帝之至明，豈有餘生於今日？銜恩未報，有志不從。已分没身，寄殘骸於魑魅；敢期擇地，畋暮景於桑榆。此蓋伏遇皇帝陛下，仁孝生知，聰明天縱。寅奉上帝之眷命，述修累聖之成謀。念此菅蒯之微，庶幾簪履之舊。俾安田亩，稍出縲囚。飽食無思，但日呴於新化；杜門自省，當益念於往愆。

罪大人微，自甘永弃；食貧口衆，未免求安。忽奉俞音，出於獨斷；仰銜恩施，不覺涕零。中謝。伏念臣猥以凡才，早塵仕籍。生逢有作之聖，獨抱不移之愚。廢弃六年，已忘形於田野；泝沿萬里，偶脱命於江潭。豈謂此生，得從所便？此蓋伏遇太皇太后陛下，厚德載物，至仁代天。春生秋成，本無心於草木；風行雷動，自有信於蟲魚。致此幽頑，亦叨恩宥。耕田鑿井，得漸齒於平民；碎首刳肝，尚未知其死所。

登州謝上表

登雖小郡，地號極邊。自驚縲絏之餘，忽有民社之寄。拜恩不次，隕涕何言。中謝。臣聞臣不密則失身，而臣無周身之智；人不可以無學，而臣有不學之愚。積此兩愆，本當萬死。坐受六年之謫，甘如五鼎之珍。擊鼓登聞，止求自便；買田陽羨，誓畢此生。豈期枯朽之中，有此遭逢之異。牧召魂魄，復爲平人；洗濯瑕玼，盡還舊物。此蓋伏遇皇帝陛下，内行曾、閔之孝，外發禹、湯之仁。日將旦而四海明，天方春而萬物作。於其黨而觀過，謂臣或出於愛君；就所短而求長，知臣稍習於治郡。致兹異寵，驟及非才。恭惟先帝全臣於衆怒必死之中，陛下起臣於散官永棄之地。没身難報，碎首爲期。

辭免起居舍人第二狀

右臣近奉乞辭免起居舍人恩命，准尚書省札子，奉聖旨，不許辭免者。天威在顔，不違咫尺。父命於子，惟所東西。況兹久廢之餘，敢有不回之意。伏念臣受性褊狷，賦命奇窮。既早窮於賢科，復濫登於册府。多取天下之公器，又處衆人之所争。若此而全，從古未有。今者出於九死之地，始有再生之心。危迹粗安，驚魂未返。若驟膺非分之寵，恐别生意外之憂。縱無人災，必有鬼責。伏望聖慈，廓天地包函之量，推父母愛憐之心。知其實出於至誠，止欲自處於無過。追還新命，更選異材。使知[①]識分以安身，孰與包羞而冒寵？再伸微懇，伏俟重誅。所有告身，臣不敢祇受。

辭免中書舍人狀

右臣准閤門告報，已降誥命，除臣試中書舍人者。伏念臣頃自貶所，起知登州，到州五日，而召以省郎；到省半月，而擢爲右史。欲自勉强，少酬恩私。而才無他長，職有常守。出入禁闥，三月有餘；考論事功，一毫無取。今又冒榮直授，躐衆驟遷。非次之陞，既難以處；不試而用，尤非所安。願回異恩，免速官謗。所有告身，臣不敢祇受。

謝中書舍人表二首

臣軾言。伏奉制命，授臣試中書舍人，仍改賜章服者。右史記言，已塵高選；西垣視草，復玷近班。皆儒者之至榮，豈平生之所望。臣軾誠感誠懼，頓首頓首。竊以詞命之職，古今所難。非獨取之於文，蓋將試之以事。至於機務，亦或與聞。雖四户擅權，非當時之公議；而五花判事，亦前代之美談。及夫三字之除，乃是一切之政。但謂内朝之法從，安知宰相之屬官；既任止於訓詞，故權移於胥吏。恬不知怪，習爲故常。先皇帝道冠百王，法垂萬世。建六宫而修故事，闢三省以待異人。典章一新，名實皆正。遂申明於四禁，俾分領於六曹。遠則追直閣之司，近則通檢正之任。雖未聞政而聞事，蓋須有德而有言。如臣之愚，無一而可。草創潤色，既非鄭國之材；除書德音，又乏唐人之譽。忽當此选，莫測其由。此蓋伏遇皇帝陛下，將聖與仁，能哲而惠。雖在三年不言之際，已有十日並照之光。而臣日侍邇英，親聞訪道。仰天威之甚近，知聖鑒之難逃。謂臣嘗受先朝之知，實無左右之助。棄瑕往昔，責效將來。臣敢不益勵素心，無忘舊學。上體周公煩悉之誥，助成漢家深厚之文。苟無曠官，其敢言報。

---

① 知，《蘇東坡全集》作“之”。

辭免翰林學士第二狀

右臣近者奏乞辭免翰林學士知制誥恩命，伏蒙降詔不允者。天地之恩，義無所謝；父母之訓，理不可違。而臣至愚，尚守所見。再傾微懇，不避重誅。非獨以學問荒唐，文詞鄙淺，已試無效，如前所陳。實以勞舊尚多，必有積薪之誚；兄弟並進，豈無連茹之嫌。誠不自安，非敢矯飾。伏望聖慈亮其悃愊，特許追還。庶免人言，俾得自効。所有告命，臣不敢祇受。

謝宣召入院狀二首

右臣今月日西頭供奉官充待詔董士隆至臣所居，奉宣聖旨，召臣入院充學士者。詔語春温，再命而僂，使華天降，一節以趨。在故事以嘗聞，豈平生之敢望。省循非稱，愧汗交深。竊以視草之官，自唐爲盛。雖職親事秘，號爲北門學士之榮；而禄薄地寒，至有京兆掾曹之請。豈如聖代，一振儒風。非徒好爵之縻，兼享大烹之養。玉堂賜篆，仰淳化之彌文；寶帶重金，佩元豐之新渥。既厚其禮，愈難其人。而臣以空疏冗散之材，衰病流離之後，生還萬里，坐閲三遷。不緣左右之容，躐處賢豪之上。此蓋伏遇皇帝陛下，生資文武，天祚聖神。雖亮陰不言，尚隱高宗之德；而訪落求助，已啓成王之心。首擇輔臣，次求法從。知人材之難得，采虚名而用臣。敢不益勵初心，力圖後効。才不逮古，雖慙内相之名；志常在民，庶免私人之誚。

里巷傳呼，親臨詔使；私庭望拜，恭被德音。人言稽古之榮，臣有素餐之愧。懇詞雖至，成命莫回。伏以朝論所高，禁林爲重。非徒翰墨之選，乃是將相之儲。禮絶同僚，歎裴、李於座上；功成異域，得頗牧於禁中。宜有異人，來膺此選。而臣顓愚自信，狂直不回。先帝憐其孤忠，欲召而未果；陛下出於獨斷，決用而無疑。曾未周歲，而閲三官，試以百爲，而無一可。保全已幸，擢用何名？此蓋伏遇太皇太后陛下，德協天人，心存社稷。受聖子之託天下，抱神孫而朝諸侯。巍巍其有成功，不見治迹，斷斷而無他技，專用老成。推其類以及臣，顧何能而在此。忠義之報，死生不移。

謝對衣金帶馬表二首

臣軾言。伏蒙聖慈，以臣入院，特賜衣一對，金腰帶一條，金鍍銀鞍轡馬一匹。被三品之服章，君子所以昭令德；分六閑之駟駿，朝廷所以旌有功。顧惟何人，亦與兹寵。拜恩俯僂，流汗交并。臣軾中謝。伏念臣人微地寒，性迂才短。襲布韋而自薦，偶忝搢紳；駕欵段以言歸，終安畎畝。豈謂便蕃之錫，萃於衰病之軀。此蓋伏遇皇帝陛下，總覽衆工，財成大化。至誠樂與，有緇衣之好賢；俊民用章，無白駒於空谷。不違寒陋，亦被光華。攬佩以思，遂識斷金之義；舉鞭自誓，敢忘希驥之心。

命服出笥，榮動搢紳。左驂在廷，光生徒馭。德不稱物，愧無所容。臣軾中謝。伏念臣衰朽無功，蠢愚不學。已分鵜梁之刺，敢逃負乘之譏。再惟此恩，何自而至。此蓋伏遇太皇太后陛下，至神廣運，盛德兼容。躬周公之勤勞，而逸於委任；寶老氏之慈儉，而侈於禮賢。致此光榮，下及微陋。慨然攬轡，敢有意於澄清；束以立朝，尚可言於賓客。

謝賜御書詩表

臣軾言。今月十五日，賜宴東宫，伏蒙聖恩，差中使就賜臣御書詩一首者。玉斝金尊，霈若雲天之澤；寶章宸翰，焕乎奎壁之文。喜溢心顔，光生懷袖。伏念臣猥緣末技，獲玷清流。早歲數奇，已老江湖之上；餘生何幸，得依日月之光。入侍燕閒，與聞講學。卒桓榮之業，因人而成。登劉洎之牀，則臣豈敢。夫何珍賜，亦及微軀。此蓋伏遇皇帝陛下，道本生知，才惟天縱。文不數於游夏，書已逼於鍾王。心慕手追，陋文皇之由學；筆縱字大，笑宋武之未工。知臣遭遇之難，欲以顯榮其老。鏤之金石，庶傳玩於人人；付與子孫，俾輸忠於世。

謝三伏早出院表

臣軾言。君逸臣勞，固上下之分；金伏火見，亦消長之常。乃緣異恩，而許夙退。中謝。伏念臣等誤緣末技，待罪禁林。戴星而朝，雖粗輸其勤拙;窮日之力,卒無補於絲毫。遽蒙假借之私,得遂委蛇之樂。此蓋伏遇太皇太后陛下,嚴於恭己,恕以馭臣。事既省於清心,日自長於化國。朝而不夕,前追静治之風;伏當早歸,下遂疏愚之性。

謝除龍圖閣學士表二首

臣軾言。伏蒙聖恩,以臣累章請郡,特除臣龍圖閣學士知杭州者。中禁寶儲,上應奎壁之象;先朝謨訓,遠同河洛之符。隸職其間,省躬非據。臣軾誠惶誠恐頓首頓首。伏念臣學非有得,愚至不移。雖叨過實之名,卒無適用之器。少時妄意,蓋嘗有志於事功;晚歲積憂,但欲歸安於田畝。屬聖神之履運,荷識拔之非常。猶冀桑榆之收,遽迫犬馬之疾。力求閒散,庶免顛擠。豈謂皇帝陛下,聖度包荒,天慈委照,察其才有所短,不欲强置之禁嚴;知其進不由人,故特保全其終始。遂加此職,以賁其行。臣敢不仰緣末光,益勵素守。往何之而不可,中無愧之爲安。但未死亡,必期報塞。

北扉清密,久愧素餐;内閣深嚴,復膺殊寵。以榮爲懼,有靦在顔。伏念臣賦命數奇,與人多忤。遭遇仁祖,忝竊賢科。繼蒙英廟之深知,尤荷裕陵之見器。而流離若此,窮薄可知。晚親日月之光,常恐缾罍之溢。故求閒散以避災迍。豈謂太皇太后陛下,天高聽卑,坤厚載物。致兹衰病,不失清華。然臣辭寵而益榮,求閒而得劇。雖云稍遠於争地,尚恐終非其久安。敢不磨鈍自修,履冰知戒。庶全孤節,少答殊私。

謝賜對衣金帶馬表

臣軾言。伏蒙聖慈,特賜衣一對,金腰帶一條,金鍍銀鞍轡一副,馬一匹者。"命服斯皇",《詩》詠周宣之德;"康侯用錫",《易》稱王母之仁。惠澤所加,臣工知勸。伏念臣資材朽鈍,學術空疏。矧兹衰病之餘,豈復光華之羡。荷寵章之蕃庶,人以爲榮;顧形影之支離,臣惟自愧。此蓋伏遇太皇太后陛下,知人堯哲,徧物舜仁。時遣拾遺補過之臣,出爲承流宣化之任。子衣安吉,不待請而得之;我馬虺隤,蓋知勞而賜者。敢不勉思忠蓋，務報恩勤。永惟廐庫之珍，莫非民力；無忘獄市之寄，以副上心。

杭州謝上表

臣軾言。伏奉制書，除臣龍圖閣學士知杭州。臣已於今月三日到任上訖者。入奉榮嚴，出膺方面，皆人臣之殊選，在儒者以尤榮。伏念臣受寵逾涯，積憂成疾。既思退就於安養，又欲少逃於滿盈。仰荷至仁，曲從微願。江山故國，所至如歸，父老遺民，與臣相問。知朝廷輟近侍爲太守，蓋聖主視天下如一家。鞭扑未施，争訟幾絶。臣之厚幸，豈易名言。此蓋伏遇太皇太后陛下天地之仁，賢愚兼取；日月之照，邪正自分。每包函其蠢迂，欲保全其終始。兄弟孤立，嘗親奉於德音；死生不移，更誓堅於晚節。

杭州謝放罪表二首

臣軾言。臣近以法外刺配本州百姓顔章、顔益二人，上章待罪，奉聖旨特放罪者。職在承宣，當遵三尺之約束；事關利害，輒從一切之便宜。曲荷天慈，不從吏議。伏念臣早緣剛拙，屢致憂虞。用之朝廷，則逆耳之奏形於言；施之郡縣，則疾惡之心見於政。雖知難每以爲戒，而臨事不能自回。苟非日月之明，肝膽必照，則臣豈惟獲罪於今日，久已見傾於衆言。恭惟皇帝陛下，睿哲生知，清明旁達。委任群下，退託於不能；愛養成材，惟恐其有過。知臣欲去一方之積蠹，須除二猾以示民。特屈憲章，以全器使。臣敢不省循過咎，祗服簡書。眷此善良，自不犯於漢法；時有貸捨，用益廣於堯仁。

亂群之誅，不請而決。蓋恩威之無素，致奸猾之敢行。方俟譴訶，豈期寬宥。伏以法吏網密，蓋出於近年；守臣權輕，無甚於今日。觀祖宗信任之意，以州郡責成於人。豈有不擇師帥之良，但知繩墨之馭。若平居僅能守法，則緩急何以使民。顧臣不才，難以議此。恭惟太皇太后陛下，寬仁從衆，信順得天。推一身之至公，納萬方於無罪。而臣始終被遇，中外蒙恩。謂事有專而合宜，情無他而可恕。故加貸捨，以示寵綏。朝廷之明，粗以臣爲可信；吏民自服，當不令而率從。

賀興龍節表

臣軾言。天佑民而作君，惟德是輔；帝生商而立子，有開必先。納富壽於方來，實兆基於兹日。臣軾中賀。恭惟皇帝陛下，文思天縱，聖敬日躋。以若稽古之心，上遵王路；行不忍人之政，下酌民言。神聽靖共，天壽平格。臣久塵法從，出領郡符。奉萬年之觴，雖阻陪於下列；接千歲之統，猶及見於昇平。草木之情，日月所照。

賀坤成節表

臣軾言。仁惟天助，壽不假於禱祈；澤在民心，言自成於雅頌。恭臨誕月，仰祝聖期。雖凡庶之何知，亦臣子之常分。中謝。恭惟太皇太后陛下，儲神天地，託國祖宗。元勳本自於無心，神智實生於至静。同守大器，於兹六年。放億萬之羽毛，未若消兵以全赤子；飯無數之緇褐，豈如散廩以活饑民。臣躬領郡符，目覩兹事。載瞻象闕，阻奉瑶觴。嘉與海隅之人，同慶華封之祝。

辭免翰林學士承旨第一狀

伏念臣頃以兩目昏暗，左臂不仁，堅辭禁林，得請便郡，庶緣静退，少養衰殘。二年於兹，一事無補。才有限而難强，病不減而益增。但以東南連被災傷，不敢陳乞别求安便；敢謂仁聖尚賜恩憐，召還故官，復加新寵。不惟朝廷公議未允，實亦衰病勉强不前。兼竊覩邸報，臣弟轍已除尚書右丞。兄居禁林，弟爲執政。在公朝既合回避，於私門實懼滿盈。計此誤恩，必難安處。伏望聖慈除臣一郡，以息多言。臣見起發前去，至宿泗間聽候指揮。謹録奏聞，伏候勅旨。

乞候坤成節上壽訖復遂前請狀

右臣近奏，乞依王洙故事罷翰林學士承旨，仍乞一郡。奉聖旨依累降指揮不允者。銜戴恩慈，怵迫威命，已經三却，其敢固違！已於今月二十九日赴閤門祗受告命訖。然臣衰病日加，心力難强，親嫌之避，愚守不移。伏見坤成節在近，欲候上壽訖，復遂前請。勉强供職，庶表見臣子恭順之心；逡巡力辭，蓋終存典刑分義之守。謹録奏聞謹奏。

謝宣召再入學士院狀二首

右臣今月十一日，翰林待詔梁迪至臣所居，奉宣聖旨，召臣入院充學士承旨。使星下燭，生蓬蓽之光華；天澤旁流，失桑榆之枯槁。國有用儒之盛，士知稽古之榮。伏以翰墨之林，號稱内相；文章之外，不取他才。至於用人，可以觀政。文武並用，或成頗牧之功；邪正雜居，至有伾文之患。惟貴且近，故難其人。而況金鑾玉堂，親被絲綸之密；北廳厅東閤，獨稱年德之高。必有異人，以齊衆口。而臣本緣衰病，出守江湖。以一方凋弊之餘，當二年水潦之厄。戴星而治，僅免流離；及誦而還，恍如夢寐。交親迎勞，都邑聚觀。驚華髮之半空，笑丹心之未折。宜投閒散，以養衰殘。豈期過採於虚名，復使榮加於舊物。此蓋伏遇皇帝陛下，德如乾健，明配日中。既祖述於堯仁，復躬行於舜孝。才難之歎，人誦斯言。緣先帝之德音，收孤臣於散地。言雖直而無罪，身愈遠而益親。委曲保全，始終録用。臣敢不更磨朽鈍，少補涓埃。難得者時，未有捐軀之會；勿欺而犯，誓無患失之心。謹録奏謝以聞。

衰遲無用，寵既溢於當年；眷待有加，恩復隆於晚節。使華臨賁，天語丁寧。聳里巷之驚觀，歎朝廷之用舊。伏以禁林分直，法本六人；帝語親承，舊惟一老。不緣名次之先後，斷自上心之簡求。冠内朝供奉之班，極儒者遭逢之盛。凡膺此選，宜得異材。而臣本以愚忠，累塵器使。初無已試之效，但有過實之名。千里闕庭，二年江海。憂深投杼，豈無三至之言；詔復賜環，不待一人之譽。此蓋伏遇太皇太后陛下，道無私載，公生至明。以七年之照臨，觀群臣之邪正。知臣剛褊自用，雖有寬饒之狂；察臣招麾不移，庶幾長孺之守。故還舊物，益茂新恩。臣敢不早夜以思，死生不易。雖桑榆之景，已迫殘年；而犬馬之心，猶思後效。

謝賜對衣金帶馬狀

漢官三服，已分密麗之珍；唐監八坊，復下權奇之駿。拜嘉甚寵，省已何功。伏念臣受材迂疏，賦命寒蹇。幼師季路，止服緼袍；長慕少游，欲乘下澤。目眩重金之耀，神驚《四牡》之良。俛仰自惟，周章失次。此蓋伏遇皇帝陛下，憂勤黎庶，寤寐儁賢。故損廄庫之儲，以廣英雄之彀。致兹孱陋，亦被寵光。臣敢不求稱於衷，益鞭其後。薄德盛服，當戒《維鵜》之篇；强力安邦，庶幾《有駜》之頌。

謝兼侍讀表

用非其分，寵至若驚。滿溢之憂，逡巡莫避。伏念臣與弟轍同登進士，並擢賢科。内外分掌於制書，先後迭居於翰苑。今臣以經史入侍，司言行於中；轍以丞轄立朝，督綱條於外。恭承明詔，不許固辭。以爲兄弟之同升，自是朝廷之盛事。承明三入，僅比古人；大雅一門，無慙舊史。人非木石，恩重丘山。恭惟太皇太后陛下，明極照臨，憂深付託。誓堅必死之節，少報不貲之恩。

謝除龍圖閣學士知潁州表二首

臣軾言。伏蒙聖恩，以臣累章乞郡除臣龍圖閣學士知潁州者。引嫌求避，顧舊典之甚明；易職寵行，荷新恩之至厚。踈愚自省，慙悚交并。中謝。伏念臣學陋無聞，性迂難合。受四朝之知遇，竊五郡之蕃宣。吴會二年，但坐糜於廩禄；禁林數月，曾未補於絲毫。敢冀殊私，復還舊物。恭惟太皇太后陛下，仁涵動植，明燭幽微。知臣獨受於聖知，欲使曲全於晚節。憐其無用，許以少安。凡力請八章而後從，使不爲一乞而遽去。在臣進退，可謂光榮。雖老病懷歸，已功名之無望；而衷誠思報，尚生死之不移。

備員經席，幸依日月之光；引避親嫌，實有簡書之畏。恩還舊職，寵寄近蕃。衰朽增華，省循知愧。中謝。伏念臣生無他技，天與愚忠。雖所向之奇窮，獨受知於仁聖。力求便郡，蓋常懷老退之心；伏讀訓詞，有不爲朕留之語。殊私難報，危涕自零。恭惟皇帝陛下，緝熙光明，剛健篤實。方收文王之四友，以集孔子之大成。而臣苟念餘生之安，莫伸一割之用。桑榆暮齒，恐遂齎志而莫償；犬馬微心，猶懼蓋棺而後定。

謝賜對衣金帶馬狀

錫之上駟，敢忘致遠之勞；佩以良金，無復忘腰之適。執鞭請事，顧影知慚。恭惟皇帝陛下，禹儉中脩，堯文外焕。長轡以御，率皆四牡之良；所寶惟賢，豈徒三品之貴。出捐車服，收輯事功。而臣衰不待年，寵常過分。枯羸之質，匪伊垂之，而帶有餘；斂退之心，非敢後也，而馬不進。徒堅晚節，難報深恩。

潁州謝到任表二首

臣軾言。伏蒙聖恩，除臣龍圖閣學士知潁州，臣已於今月二十二日到任訖者。避嫌引疾，慚無國士之風；揣分知難，粗守人臣之節。曲蒙温詔，遂假名邦；已見吏民，惟知感怍。臣某中謝。伏念臣早緣多難，無意軒裳；晚以虚名，偶塵侍從。雖云時可，每與願違。既未决於歸田，故力求於治郡。慈母愛子，但憐其無能；明君知臣，終護其所短。自欣投老，漸獲安身。此蓋伏遇太皇太后陛下，慈儉臨民，剛柔布政。參天地而有信，喜怒不陳；體水鏡之無心，忠邪自辨。致兹愚直，亦克保全。雖任職居官，無過人者；而見危授命，蓋有志焉。

支郡責輕，未即滿盈於小器；豐年事簡，非徒飽煖於一家。覽几席之溪湖，雜簿書於魚鳥。平生所樂，臨老獲從。伏以汝潁爲州，邦畿稱首。土風備於南北，人物推於古今。賓主俱賢，蓋宗資范孟博之舊治；文獻相續，有晏殊歐陽修之遺風。顧臣何人，亦與兹選。此蓋伏遇皇帝陛下，丕承六聖，總攬群英，生知仁孝之全，學識文武之大。謂臣簪履之舊物，嘗忝帷幄之近臣。奉事七年，崎嶇一節。意其忠義許國，故暫召還；察其老病畏人，復許補外。置之安地，養此散材。更少勉於桑榆，誓不忘於畎畝。

上清儲祥宫成賀德音表二首

臣軾言。伏覩九月二十七日德音，以上清儲祥宫成，減決四京及諸道見禁罪人者。靈光下燭，慶新宫之落成；霈澤旁流，洗庶獄之多罪。散爲和氣，坐致豐年。臣聞舜禹之心，以奉先爲孝本；釋老之道，以損己爲福田。永惟坤作之成，每辭天下之養。卑宫何陋，大練爲安。故能捐萬金之資，以成二聖之意。爲國迎祥，而國無所費；與民祈福，而民不知勞。鑾輅親臨，神靈昭格。覩士女之和會，既同其休；念囹圄之幽囚，或非其罪。用孚大號，以達惠心。恭惟太皇太后陛下，恭儉以仁，明哲作則。愛惜帑廩，不供浮費之私；重慎典刑，每存數赦之戒。一寬湯網，衆識堯心。臣以從官，出臨近甸。率吏民而拜慶，助父老之歡謡。永望闕庭，實同咫尺。

琳館告成，神人交慶；綸音下霈，過故盡除。臣聞漢武築通天之臺，魏明作凌雲之觀，皆厲民而私己，或秘祝以蘄年。然猶形於詠歌，被之金石。而況文孫繼志，神母考祥。追六聖之心，本枝百世；均萬方之慶，囹圄一空。豈惟洗濯於丹書，固已光華於青史。恭惟皇帝陛下，知人堯哲，克己禹勤。積德之宫，以文章爲藻飾；庇民之厦，以仁義爲基扃。眷樸斲之成能，亦聖神之餘事。臣久參法從，夙侍經幃。樂石銘詩，雖幸執太史之筆；大圭薦裸，不獲踐屬車之塵。徒與吏民，共兹慶澤。

賀興龍節表

臣軾言。天佑我邦，祥開是日。山川貢瑞，日月增華。臣某誠歡誠忭，頓首頓首。伏以上聖所儲，有慈儉不争之寶；輿情共獻，蓋憂勤無逸之瓩。不待禱祠而來，自然天人之應。恭惟皇帝陛下，堯仁舜孝，禹勤湯寬。德莫大於好生，故以不殺爲神武；道莫尊於問學，故以所聞爲高明。錫厥庶民，嚮用五福。臣備員内閣，出守近畿。雖違咫尺天威，乃身在外；而上千萬歲壽，此意則同。

賀駕幸太學表二首

臣軾言。恭聞十月十五日駕幸太學者。輦回原廟,既崇廣孝之風;幄次儒宫,復示右文之化。禮行一日,風動四方。臣聞五學之臨,三代所共。蓋天子不敢自聖,而盛德必有達尊。在漢永平,始舉是禮。雖臨雍拜老,有先王之規;而正坐自講,非人主之事。豈如允哲,退託不能。奠爵伏興,意默通於先聖;横經問難,言各盡於諸儒。恭惟皇帝陛下,文武憲邦,聰明齊聖。大度同符於藝祖,至仁追配於昭陵。故舉舊章,以興盛節。臣早塵法從,久侍經幃。永矣馳誠,想聞合語於東序;斐然作頌,行觀獻馘於西戎。

濟濟多士,靈承上帝之休;雍雍在宫,服膺文母之教。風傳海宇,慶溢臣工。臣聞學校太平之文,而以得士爲實;經術致治之具,而以愛民爲心。心既立而具乃行,實先充而文斯應。永惟坤載之厚,輔成天縱之能。惟使文子文孫莫不仁,故於先聖先師無所愧。恭惟太皇太后陛下,憂深祖構,德燕孫謀。黄裳之文,斧藻萬物;青衿之政,長育群材。豈惟鼓舞於士夫,實亦光華於史册。臣冒榮滋久,被遇最深。外告成功,行喜鴞音之革;中修潛德,孰知麟趾之風。

謝賜曆日表

迎日推筴,雖曰百王之常;後天奉時,惟我二后之德。伏讀詔旨,灼知聖心。中謝。伏以嗣歲將興,舊章畢舉。三朝受海内之圖籍,《七月》陳王業之艱難。冬有祁寒,知民言之可畏;陽居大夏,識天道之至仁。故於頒朔之初,更下布新之詔。恭惟太皇太后陛下,視民如子,以國爲家。振廪勸分,人自忘於艱歲;消兵去殺,天必報之豐年。臣敢不省事清心,貴農時之不奪;思患預備,期歲計之有餘。庶竭微誠,少裨洪造。

謝揚州到任表

臣軾言。伏蒙聖恩,除臣知揚州,臣已於今月二十六日到任訖者。支郡養痾,裁能免咎;通都移牧,自愧何功。屢玷恩榮,實深慚汗。臣某中謝。伏念臣早緣竊禄，稍習治民。在先帝日，已歷三朝；近八年間，復忝四郡。平生所願，滿足無餘。志大才踈，信天命而自遂；人微地重，恃聖眷以少安。恭惟太皇太后陛下，子惠萬民，器使多士。以謂朝廷之德澤，付於郡縣與監司。乃眷江淮之間，久罹水旱之苦。隣封二浙，饑疫相薰；積欠十年，豐凶皆病。臣敢不上推仁聖之意，下盡疲駑之心。庶復流亡，少寬憂軫。

一麾出守，方愧媮安；十國爲連，復膺寵寄。恩榮既溢，慙汗靡寧。臣某中謝。伏念臣本以鯫生，冒居禁從。頃緣多病，力求潁尾之行；曾未半年，復有廣陵之請。蓋以魚鳥之質，老於江湖之間。習與性成，樂居其舊。天從民欲，許擇所安。恭惟皇帝陛下，欽明文思，剛健純粹。天功默運，灼知萬化之情；人材並收，各取一長之用。如臣衰朽，尚未遐遺。命至蹇而禄已盈，每懷憂懼，志雖大而才不副，莫報恩私。

謝賜卹刑詔書表二首

臣軾言。伏蒙聖恩，賜臣欽卹刑獄詔書一道者。時令舉行，雖云故事；天心惻怛，本出至誠。德既洽於好生，民雖死而無憾。伏以刻木畫地，志士不居；鑠石流金，平人猶病。宜軫聖神之念，實爲哀敬之先。訓誥丁寧，吏民感動。恭惟皇帝陛下，禹湯罪己，堯舜性仁。以不忍人之心，行若稽古之政。豈止緩獄，實期無刑。臣敢不推廣上恩，厚風俗於無犯；申嚴法意，消盜賊於未萌。少假歲時，庶空囹圄。

暑雨其咨，既軫小民之病；麥秋已至，復虞輕繫之淹。祗服訓詞，灼知天意。臣某中謝。伏以仁聖之德，哀矜爲先。常内恕以及人，故深居而念遠。齋戒處掩，則知暴露之勤；袗絺袢延，不忘纍紲之苦。吏既罔懈，民知無寃。恭惟太皇太后陛下，事法祖宗，德参天地。凱風養物，散爲扇暍之涼；靈雨應時，同沾執熱之濯。臣敢不盡其哀敬，濟以寬明。奉漢律之嚴，毋令瘐死；推慈母之意，務在平反。庶竭愚忠，少行德意。

謝除兵部尚書賜對衣金帶馬狀

蒙恩賜臣衣一對，金帶一條，并魚袋金鍍銀鞍轡馬一匹者。盛服在躬，無復曳婁之歎；名駒出廄，遂忘奔走之勞。施重丘山，身輕毫末。伏念臣少賤而鄙，性椎少文。衣敝緼袍，未嘗有耻；乘欵段馬，自以爲安。豈意晚年，屢膺此寵。此蓋伏遇皇帝陛下，紹隆景命，總攬群英。無競維人，勢已加於九鼎；惟德其物，恩有重於千金。臣敢不上體眷懷，勉思報稱。贈繞朝之策，愧不能謀；振屈原之衣，期於自潔。

謝兼侍讀表二首

伏奉制書，除臣守兵部尚書兼侍讀者。重地隆名，不擇所付；清資厚禄，以養不才。中謝。伏念臣以草木之微，當天地之澤。七典名郡，再入翰林；兩除尚書，三忝侍讀。雖當世之豪傑，猶未易居；矧如臣之孤危，其何能副。恭惟皇帝陛下，聖神格物，文武憲邦。重離繼明，何煩爝火之助；大厦既構，尚求一木之支。而臣白首復来，丹心已折。望西清之帷幄，久立徬徨；聞長樂之鼓鐘，怳如夢寐。莫報丘山之施，猶貪頃刻之榮。

流汗恩榮，再辭莫獲；强顔衰朽，一節以趨。臣軾中謝。恭惟先帝復六卿之名，本欲後人識三代之舊。古今殊制，閒劇異宜。武選槃於天官，兵政總於樞輔。故司馬之職，獨省文書；而師氏之官，職在論説。命臣兼領，聖意可知。恭惟太皇太后陛下，約已裕民，忘家憂國。知先王之兵，必本於道德，故以儒臣爲七兵；知人主之學，必通於民情，故目郡守爲五學。而臣迂踈，不可强合。早緣衰病，難以久居。終當自効於所長之間，或可報恩於未死之日。

任兵部尚書乞外郡札子

臣向在揚州，蒙恩除臣今任。臣於本州及沿路附遞入文字辭免，准聖旨札子指揮，爲已差充鹵簿使，大禮日迫，不許遷延。臣以此不敢堅辭，尋於南京附遞奏，乞候過南郊，依前除臣一郡。今來已過郊禮。伏乞檢會累次奏狀，除臣知越州一次。取進止。

辭兩職并乞郡札子

臣近奏乞越州。伏蒙聖恩,降詔不允。續准閤門告報,已除臣端明殿學士兼翰林侍讀學士守禮部尚書。聞命悸恐,不知所措。臣本以寵禄過分,衰病有加,故求外補,實欲自便。而榮名驟進,兩職薦加,不獨於臣有非據之羞,亦恐朝廷無以待有勞之士,豈徒内愧,必致人言,伏望聖慈特賜追寢,仍乞檢會前奏,除臣一郡。若越州無闕,乞自朝廷除授。取進止。

第二札子

臣近奏乞辭免端明殿學士兼翰林侍讀學士守禮部尚書恩命,仍乞檢會前奏,除臣一郡。蒙降詔不允。聖恩隆厚,天旨丁寧,顧臣何人,敢守微意。但本緣請外,更蒙陞擢,兼帶兩職,近歲所無,有何勞能,被此光寵。欲乞追寢新命,令臣且依舊供職,則臣更不敢請郡。若朝廷必欲臣受此職名,即乞除臣一重難邊郡,令臣盡力報稱,猶可少安。臣非敢自謂知兵,若朝廷有開邊伐國之謀,求深入敢戰之帥,則非臣所能辦。若欲保境安民,宣布威信,使吏士用命,無所失亡,則承乏之際,猶可備數。伏望朝廷於此二者擇一以處臣。非獨在臣分義當然,亦朝廷名器不爲虚授。取進止。

謝除兩職守禮部尚書表

衰年自引,久抱此心,異數併加,實爲非意。辭不獲命,愧何以堪。臣軾中謝。竊惟以殿命官,本緣麟趾之舊;因時脩廢,近正金華之名。歷代所榮,於今爲甚。自元豐之末,官制以来,若非身兼數器之人,未有名冠兩職之重。而況秩宗之任,邦禮是司。豈臣迂愚,所當兼領?此蓋伏遇太皇太后陛下,憂深社稷,慮極安危。求忠臣於愚直之中,論治道於文字之外。知臣難進而易退,或非患失之鄙夫。故授以禮樂清閒之司,使專於論説琢磨之事。此恩難報,願輪歲月之勤;度己所宜,終遂江湖之請。

備員西學已愧空疏,易職東班,尤驚忝冒。遂領宗卿之事,併爲儒者之榮。臣軾中謝。始臣之學也，以適用爲本，而耻空言；故其仕也，以及民爲心，而慙尸禄。乃者屢請治郡，兼乞守邊。欲及殘年，少施實効。而有志莫遂，負愧何言。今乃以文字爲官常，語言爲職業，下無所見其能否，上無所考其幽明。循省初心，有靦面目。故於拜恩之日，少陳有益之言。孔子曰："一言可以興邦。"而孟子亦曰："一正君而天下定。"昔漢文帝悦張釋之長者之言，則以德化民，輔成刑措之功；而孝景帝入晁錯數術之語，則以智馭物，馴致七國之禍。乃知爲國安危之本，祇在聽言得失之間。恭惟皇帝陛下即位以来，學如不及。問道八年，寒暑不廢。講讀之官，談王而不談霸，言義而不言利。八年之間，指陳文理，何啻千萬？雖所論不同，然其要不出六事：一曰慈，二曰儉，三曰勤，四曰慎，五曰誠，六曰明。慈者，謂好生惡殺，不喜兵刑。儉者，謂約己省費，不傷民財。勤者，謂躬親庶政，不邇聲色。慎者，謂畏天法祖，不輕人言。誠者，謂推心待下，不用智數。明者，謂專信君子，不雜小人。此六者皆先王之陳迹，老生之常談。言無新奇，人所忽易。譬之飲膳，則爲穀米羊豕，雖非異味，而有益於人；譬之藥石，則爲耆术參苓，雖無近効，而有益於命。若陛下信受此言，如御飲膳，如服藥石，則天人自應福禄難量，而臣等所學先王之道亦，不爲無補於世。若陛下聽而不受，受而不信，信而不行，如聞春禽之聲，秋蟲之鳴，過耳而已，則臣等雖三尺之喙，日誦五車之書，反不如醫卜執技之流，簿書奔走之吏。其爲尸素，死有餘誅。伏望陛下一覽臣言，少留聖意，天下幸甚。

謝賜對衣金帶馬狀二首

蒙恩賜衣一對，金帶一條，并魚袋金鍍銀鞍轡馬一匹。服官奠篚，響動佩章；圉士効牽，光生轥策。伏以三賜之重，莫隆於車馬；五采之貴，兼施於衣裳。汝必有功，服之無斁。而臣衰年弱幹，固難强於馳驅；枯木朽株，本不願於文繡。寵加意外，愧溢顔間。此蓋伏遇皇帝陛下，因能任官，稱物平施。操名器以勵士，上有誠心；正銜勒以馭人，下無遺力。臣敢不思稱其服，益勵厥躬。雖愧立朝，乏能言之近用；猶希辨道，輸老智於暮年。

服章在笥，賁及衰殘；銜勒過庭，喜先徒御。伏以物生有待，天施無窮。草木何知，冒慶雲之渥采；魚鰕至陋，借滄海之榮光。雖若可觀，終非其有。妻孥相顧，驚屨致於匪頒；道路竊窺，或反增於指目。此蓋伏遇太皇太后陛下，聰明齊聖，陳錫載周。含垢匿瑕，而察於求賢；卑宮菲食，而侈於養士。士豈輕於千里，念非其人；言有重於兼金，當思所報。

定州謝到任表

兵民重寄，本禦侮以折衝；疆埸久安，但坐嘯而畫諾。才微禄厚，恩重命輕。臣軾中謝。伏念臣一去闕庭，三換符竹。坐席未暖，召節已行。筋力疲於往来，日月逝於道路。未經周歲，復典兩曹。朝廷非不用臣，愚蠢自不安位。所宜竄逐，更冒寵榮。此蓋伏遇皇帝陛下，離明正中，乾健獨運。追述東朝之遺意，收此散材；眷言西學之舊臣，付之善地。致此衰朽，尚未棄捐。臣敢不勤恤民勞，密修邊備。苟無大過，以及朞年。漸還魚鳥之鄉，以畢桑榆之景。

謝賜曆日表

夙頒温詔，寵拜新書。吏得承宣，民知早晚。臣軾中謝。臣聞言天道者有數，故閏以正時；訓農事者在人，則王無罪歲。豈獨典常之舊，必存忠利之心。恭惟皇帝陛下，輔相財成，聰明時憲。居德刑於冬夏，意與天同；暨聲教於朔南，責在臣等。敢不時使薄斂，思患預防。勤卹鰥孤，幸流亡之盡復；兼明威惠，庶戎夏以皆安。

謝賜衣襖表

十一月九日，翰林醫官王宗古至，伏蒙聖慈傳宣存問，賜臣等勅及初冬衣襖者。齊官三服，已寬卒歲之憂；漢札十行，更佩先春之煖。恩均吏士，聲動華夷。臣軾中謝。伏以《禮》著始裘，《詩》歌無褐。邊陲更戍，本爲臣子之常；朔易早寒，特軫聖神之念。惟德其物，豈曰無衣。恭惟皇帝陛下，廣運聰明，力行恭儉。威風旁振，方戰栗於天驕；温詔下融，遂流澌於河凍。既無功而坐食，實有愧於解衣。敢不推廣朝廷之仁,益收凍餒;申嚴祖宗之法,少肅惰媮。庶收汗馬之勞,以解濡鵜之誚。

到惠州謝表

先奉告命,落兩職,追一官,以承義郎知英州軍州事。續奉告命,責授臣寧遠軍節度副使惠州安置,已於今月二日到惠州公參訖者。仁聖曲全,本欲畀之民社;群言交擊,必將致之死亡。尚荷寬恩,止投荒服。臣軾中謝。伏念臣性資褊淺,學術荒唐。但信不移之愚,遂成難赦之咎。迹其狂妄,久合誅夷。方尚口乃窮之時,蓋擢髮莫數其罪。豈謂天幸,得存此生。此蓋伏遇皇帝陛下,以大有爲之資,行不忍人之政。湯網開其三面,舜干舞于兩階。念臣奉事有年,少加憐愍。知臣老死無日,不足誅鋤。明降德音,許全餘息。故使㞦櫨之馬,猶獲蓋帷;觳觫之牛,得違刀几。臣敢不服膺嚴訓,託命至仁;洗心自新,没齒無怨。但以瘴癘之地,魑魅爲隣,衰疾交攻,無復首丘之望。精誠未泯,空餘結草之忠。

到昌化軍謝表

並鬼門而東鶩,浮瘴海以南遷。生無還期,死有餘責。臣軾中謝。伏念臣頃緣際會,偶竊寵榮。曾無毫髮之能,而有丘山之罪。宜三黜而未已,跨萬里以獨来。恩重命輕,咎深責淺。此蓋伏遇皇帝陛下,堯文炳焕,湯德寬仁。赫日月之照臨,廓天地之覆育。譬之蠕動,稍賜矜憐;俾就窮途,以安餘命。而臣孤老無託,瘴癘交攻。子孫慟哭於江邊,已爲死别;魑魅逢迎於海上,寧許生還。念報德之何時,悼此心之永已。俯伏流涕,不知所云。

提舉玉局觀謝表

臣先自昌化軍貶所奉勅移廉州安置,又自廉州奉勅授臣舒州團練副使永州居住。今行至英州,又奉勅授臣朝奉郎提舉成都府玉局觀在外州軍任便居住者。七年遠謫,不自意全;萬里生還,適有天幸。驟從縲紲,復齒縉紳。臣軾中謝。伏念臣才不逮人,性多忤物。剛褊自用，可謂小忠；猖狂妄行，乃蹈大難。皆臣自取，不敢怨尤。會真人之勃興，與萬物而更始。而臣獨在幽遠，最爲冥頑。迨兹起廢之初，倍費生成之力。終蒙記録，不遂棄捐。此蓋伏遇皇帝陛下，正位龍飛，對時虎變。神武不殺，豈非受命之符；清净無爲，坐獲消兵之福。聰明不作，邪正自分。使臣得同草木之微，共霑雷雨之澤。臣敢不益堅素守，深念往愆。没齒何求，不厭飯蔬之陋；蓋棺未已，猶懷結草之忠。

謝御膳表

臣伏蒙聖恩，特賜寬假將理。今月七日，又再蒙中使臨賜御膳，問其治療之增損，督以朝参之日辰。臣下履淵冰，上負芒刺。蹄涔雖小，能延兩耀之光；寸草何知，莫報三春之澤。正使豚魚幽陋，木石堅頑。亦將激勵忘軀，奔走赴職。而臣尚有無厭之請，敢守不移之愚。在法當誅，原情可憫。實以負薪之疾，積有歲時，勿藥之祥，恐非旦夕。終願江淮之一郡，以安犬馬之餘生。尚冀此身，未填溝壑。期於異日，别効涓涘。

上皇帝賀冬表

《易》稱来復，蓋知天地之心；《禮》戒無爲，以待陰陽之定。恭惟皇帝陛下，堯仁冠古，舜孝通神。種德兆民，躬行文景之儉；游心六藝，灼知周孔之情。人既和而歲自豐，天不違而壽無極。臣久緣衰病，待罪江湖。莫瞻北極之光，但罄南山之祝。

上太皇太后賀正表

堯曆授時，夏正建統。氣迎交泰之會，祥應重明之朝。恭惟太皇太后陛下，道無能名，德博而化。天人所助，本羲《易》之《益》《謙》；慈儉不居，得老氏之三寶。時逢吉旦，福集清宫。臣職守江湖，心馳象魏。天威咫尺，想聞清蹕之音；眉壽萬年，遠奉稱觴之慶。

樂　語

教坊致語　中和化育萬壽排場。

臣聞人和則氣和，故王道得而四時正。今樂猶古樂，故民心悦而八音平。幸此聖朝，陶然化國。飭三農於保介，維暮之春；興五福於太平，既醉以酒。恭惟皇帝陛下，乘乾有作，出震無私。憲章六聖之典謨，斟酌百王之禮樂。天方祚於舜孝，人已誦於堯言。故得彙倫叙而水土平，北流軌道；壬人退而蠻夷服，西旅在庭。稍寬中昊之憂，一均湛露之澤。方將麴蘖群賢而惡旨酒，鼓吹六藝而放鄭聲。雖《白雪》《陽春》，莫致天顔之一笑；而獻芹負日，各盡野人之寸心。臣猥以賤工，叨塵法部。幸獲望雲之喜，敢陳《擊壤》之音。不揆蕪才，上進口號。

趙倅成伯母生日致語

昔年占夢，適當重九之佳辰；今日獻香，願祝大千之遐算。慶婦姑之同日，雜茱菊以稱觴。殺雞已效於龐公，剪髮敢資於陶母。但某叨居樂部，忝預年家。不度蕪材上塵口號。

王氏生子致語

人中五日，知織女之暫來；海上三年，喜花枝之未老。事協紫銜之夢，歡傾白髮之兒。好人相逢，一杯徑醉。伏以某人女郎，蒼梧仙裔，南海貢餘。憐謝瑞之早孤，潛炊相助；歎張鎬之没興，遇酒輒歡。采楊梅而朝飛，擘青蓮而暮返。長新玉女之年貌，未厭金膏而掃除。萬里乘桴，已慕仲尼而航海；五絲繡鳳，將從老子以俱仙。東坡居士，尊俎千峰，笙簧萬籟。聊設三山之湯餅，共傾九醖之仙醪。尋香而來，苒天風之引步；此興不淺，炯江月之升樓。

寒食宴提刑致語

良辰易失,四者難并。故人相逢,五斗徑醉。況中年離合之感,正寒食清明之間。時乎不可再來,賢者而後樂此。恭惟提刑學士,才本天授,學爲人師。事業存乎斯民,文章蓋其餘事。望之已試於馮翊,翁子暫還於會稽。知府學士,接好鄰邦,締交册府。莫逆之契,義等於天倫,不腆之辭意勤於地主。力講兩君之好,可無七子之詩?欲使異時,争傳盛事。

坡仙集卷之四終

坡仙集卷之五

啓

謝制科啓

右軾啓。今月某日，蒙恩授前件官者。臨軒策士，方搜絶異之材；隨問獻言，誤占久虚之等。忽從佐縣，擢與評刑。内自顧於無堪，凛不知其所措。恭惟制治之要，惟有取人之難。用法者畏有司之不公，故舍其平生，而論其一日；通變者恐人才之未盡，故詳於採聽而略於臨時。兹二者之相形，顧兩全而未有。一之於考試，而掩之於倉卒，所以爲無私也，然而才行之迹，無由而深知；委之於察舉，而要之於久長，所以爲無失也，然而請屬之風，或因而滋長。此隋唐進士之所以爲有弊，魏晋中正之所以爲多姦。惟是賢良茂異之科，兼用考試察舉之法。每中年輒下明詔，使兩制各舉所聞。在家者能孝而恭，在官者能廉而慎。臨之以患難而能不變，邀之以寵利而能不回。既已得其行己之大方，然後責其當世之要用。學博者又須守約而後取，文麗者或以用寡而見尤。特於萬人之中，求其百全之美。凡與中書之召命，已爲天下之選人。而又有不可測知之論，以觀其默識之能；無所不問之策，以效其博通之實。至於此而不去，則其人之可知。然猶使御史得以求其疵，諫官得以考其素。一陷清議，輒爲廢人。是以始由察舉，而無請謁公行之私；終用考試，而無倉卒不審之患。蓋其取人也如此之密，則夫不肖者安得而容？軾才不迨人，少而自信。治經獨傳於家學，爲文不顧於世知。特以饑寒之憂，出求斗升之禄。不謂諸公之過聽,使與群豪而並遊。始不自量,欲行其志。遂竊俊良之舉,不知氣力之微。論事迂闊,而不能動人;讀書疏略,而無以應敵。取之甚愧,得而益慙。此蓋伏遇某官,德爲世之望人,位爲時之顯處。聲稱所被,四方莫不奔趨;議論一加,多士以爲進退。致兹庸末,亦與甄收。然而志卑處高,德薄寵厚。歷觀前輩,由此爲致君之資;敢以微軀,自今爲許國之始。過此以往,未知所裁。

賀楊龍圖啓　好甚。

右軾啓。伏審新改直職,擢司諫垣。傳聞邇遐,竦動觀聽。咸謂國家之鉅福,乃用諫諍之真才。必能深言,以補大化。方今朝廷之上,號爲無諱,而太平之美,終不能全;臺諫之列,歲不乏人,而衆弊之原,猶或未去。豈聽之者徒能容而不能用,言之者但爲名而不爲功?歷觀古人之效忠,皆因當世而用。智不務過直,期於必行。右尹子革因墳典而道《祈招》之詩,左師觸龍語饘粥而及長安之質。徒盡拳拳之意,不求赫赫之名。此仁人及物之休功,忠臣愛君之至分。伏自頃歲,所更幾人。席未暖而輒遷,踵相躡而繼去。一身之譏,固足以免矣;而積歲之病,當使誰去之。恐習慣以爲常,遂因循而不振。雖在僻陋,顧常隱憂。以爲必得樸忠憂國之人,而又加以辯智得君之術。言苟獲用,國其庶幾。伏惟諫院龍圖,才雄於世,而常若不勝;節過於人,而未嘗自異。素練邊事,深知兵驕;頃持銓衡,實識官冗。必將舉大體而不論小事,務實效而不爲虚名。軾最蒙深知,愧無少補。方傾耳以聽,願續書《諫苑》之篇;若有待而言,或能著《争臣》之論。阻以在外,無由至門。踊躍之懷,實倍倫等。

鳳翔到任謝執政啓

軾本凡材,繆承選取。忽從州縣,便與賓佐。捫躬自省,豈不媿幸。伏惟昭文相公,素所獎庇,曲加搜揚。既蒙最深之知,遂有自重之意。所任簽署一局,兼掌五曹文書。内有衙司,最爲要事。編木栰竹,東下河渭;飛芻輓粟,西赴邊陲。大河有每歲之防,販務有不蠲之課。破蕩民業,忽如春冰。于今雖有優輕酬奬之名,其實不及所費百分之一。救之無術，坐以自愳。惟有署置之必均，姑使服勞而無怨。過此以往，未知所裁。

賀吴副樞啓

頃聞休命，擢領上都。曾安坐之未皇，已歡聲之布出。即欲裁問，少通勤拳。以爲不久當有非常之聞，是以未敢輕爲率爾之賀。逮兹未幾，果已如言。釋府事之喧繁，總兵權於禁密。傳聞四遠，歡喜一詞。伏惟某官，機略足以應無方，而有樸忠沉厚之量；文華足以表當世，而有簡素質直之風。置之於都會，則其爲效也速；而所及者廉，委之於樞機，則其成功也遲，而所被者廣。深惟賢者之處世，皆以得時爲至難。幸而得之，或已老矣。今以明公之至盛，正如大川之方增。天下方將以未獲之事，盡付於明公，明公宜愛此不貲之軀，以畢其能事。區區之意，言不能勝。

答許狀元啓

右軾啓。伏以賢俊之士，固將有以挾持；富貴之來，豈能爲之損益？昔者在貧賤之辱，所有無以異於今；一朝居豪傑之先，而人然後知其貴。伏惟狀元僉判廷評，以粹美之質，負傑異之才。自遠方而遊上都，以一日而蓋天下士。既望風而知不敵，人皆斂衽而謂當然。苟非素與交遊之流，安敢輕爲賀問之禮。不期謙抑，過録庸虚，忽承牋牘之臨，皆自聽聞之誤。禮非所稱，媿靡自任。先皇帝未明求衣，久已格於至治；洮盥凴几，尚不忘於選賢。庸登哲民，以遺後聖。雖喜車旌之召，旋興弓劒之悲。臣子之心，遠邇若一。即日承已拜命，計將就塗。念展謁之何時，徒向風而永望。

謝館職啓

試言無取，錫命過優。進貽朋友之譏，退有簡書之畏。靦顔就列，撫已若驚。國家取士之門至多，而制舉號爲首冠。育才之地非一，而册府處其最高。觀其所以待之，蓋亦可謂至矣。知寶玉璠璵難得而易毁，故篋櫝以養其全；知楩楠豫章積歲而後成，故封殖以待其長。施等天地,恩均父師。恭惟先帝臨御以來,四十一載,所擢賢良方正之士十有五人。其志莫不欲舉明主於三代之隆,其言莫不欲措天下於泰山之固。大則欲興禮樂以範來世,小則欲操數術以馭四夷。然而進有後先,名有隱顯;命有窮達,時有重輕。或已踐廟堂之崇,或已登侍從之列。或反流落於遠郡,或尚滯留於小官。或死生之乖暌,已爲陳迹;或擯斥於罪戾,僅齒平民。雖曰功名富貴所由之塗,亦爲毁譽得喪必争之地。名重則於實難副,論高則與世常疏。故雖絶異之資,猶有不任之懼。軾之内顧,豈不自知?性任己以直前學,師心而無法。自始操筆,知不適時。會宗伯之選掄,疾時文之靡弊。擢居異等,以風四方。不知滿溢之憂,復玷良能之舉。負賢者所難之任,争四海欲得之求。其爲蠢愚,可爲危慄。是以一參賓幕,輒蹈危機。已嘗名挂於深文,不自意全於今日。而況大明繼照,百度惟新。理財訓兵,有鞭笞戎狄之志;信賞必罰,有追述祖宗之風。凡用人歷試其能,苟敗事必誅無赦。此太平可待之日,豈不肖兼容之時?而乃度越賢豪,曲收微賤。縱不能力辭而就下,亦當知非分以自慚。此蓋伏遇某官,志在斯民,仁爲己任。欲辦大事,務兼寸尺之長;將求多聞,故引涓埃之助。致此忝冒,有踰等倫。欲報無緣,將何望於頑鄙;遇寵知懼,庶不至於惰媮。

賀韓丞相啓

右軾啓。伏審誕膺策命,首冠輔臣。四方聳觀,萬口同慶。自古在昔,治少亂多。夫天將欲措世於大安,必有異人之間出,洪惟上聖之后,眷求一德之臣。謂莫如公,遂授以政。付八音於師曠,孰敢争能;捐六轡於王良,坐將致遠。引領以望,惟日爲年。恭以昭文相公,全德難名,巨才不器。亹亹申伯之望,堂堂漢相之風。出入三朝,險夷一節。曩爾種羌之叛命,慨然當宁以請行。威聲所加,膻穢自屏。淮蔡既定而裴度相,徐方不回而召虎歸。縱復遺種龍荒,遊魂沙海,譬之癬疥,豈足爬搔?必將訓兵擇帥,而授之規摹;積穀堅城,而磨以歲月。破斧之惡四國,實願周公之亟還;折箠以鞭赤眉,無煩鄧禹之久外。天下是望,豈惟一人?即日邊徼苦寒,台候何似。伏冀爲國善調寢興。

賀歐陽少師致仕啓

伏審抗章得謝，釋位言還。天眷雖隆，莫奪已行之志；士流太息，共高難繼之風。凡在庇庥，共增慶慰。伏以懷安天下之公患，去就君子之所難。世靡不知，人更相笑。而道不勝欲，私於爲身。君臣之恩，係縻之於前；妻子之計，推荷之於後。至於山林之士，猶有降志於垂老；而況廟堂之舊，欲使辭禄於當年。有其言而無其心，有其心而無其決。愚智共蔽，古今一塗。是以用捨行藏，仲尼獨許於顔子；存亡進退，《周易》不及於賢人。自非智足以周知，仁足以自愛，道足以忘物之得喪，志足以一氣之盛衰，則孰能見幾禍福之先，脱屣塵垢之外？常恐兹世，不見其人。伏惟致政觀文少師。全德難名，巨材不器。事業三朝之望，文章百世之師。功存社稷而人不知。躬履艱難而節乃見。縱使耄期篤老，猶當就見質疑。而乃力辭於未及之年，退託以不能而止。大勇若怯，大智如愚。至貴無軒冕而榮，至仁不道引而壽。較其所得，孰與昔多？軾受知最深，聞道有自。雖外爲天下惜老成之去，而私喜明哲得保身之全。伏暑向闌，台候何似，伏冀爲時自重，少慰輿情。

賀韓丞相再入啓

伏覩詔書，登庸舊德。傳聞四海，歡喜一辭。竊以君臣之間，古今異道。任法而不任人，則責輕而憂淺，庸人之所安；任人而不任法，則責重而憂深，賢者之所樂。凡吾君所以推心忘己，一切不問而聽其所爲，蓋其後必將責報收功，三年有成，而底於至治。自非量足以容物，智足以知人，强足以濟艱難，勇足以斷取舍，則何以首膺民望，力報主知？恭惟史館相公，忠誠在天，德望冠世。如乾之中正，挺然而純粹精；如坤之六二，隤然而直方大。更練三朝之用舍，出入四方之險夷。疲民系心，有識引領。必將發其藴蓄，以次施行。始緩獄以裕民，終措刑而隆禮。軾登門最舊，荷顧亦深。喜忭之懷，實倍倫等。

密州到任謝執政啓

帶山負海，號爲持節之邦；多病無功，久在散材之目。授非所稱，愧靡自任。矧兹願治之辰，方以求賢爲急。宜得敏鋭兼人之器，以副厲精更化之懷。如軾者，天與愚忠，家傳樸學。議論止於汙俗，交遊謂之陳人。出佐郡條，薦更歲籥。雖僅脱網羅之患，然卒無毫髪之稱。豈伊寵榮，偶及衰鈍。此蓋伏遇某官，股肱元聖，師表萬邦。欲隆太平極治之風，故開兼收並採之路。重使一夫之不獲，特捐支郡以見收。荷恩至深，論報何所。謹當鎸磨朽鈍，箠策疲駑。雖無望於功名，庶少逃於罪戾。

答楊屯田啓

伏承枉顧，寵示長書。禮數過隆，既匪妄庸之稱；文詞深厚，足爲衰拙之光。反復究觀，愧汗交集。伏惟通判屯田，學深經術，名重薦紳。頃者劒外屈臨百里之間，已是部中受賜一人之數。豈伊幸會，復此逢迎。聽其言，信仁人之溥哉；居是邦，蓋大夫之賢者。欲報瓊瑶之貺，適苦簿書之煩。言之不文，永以爲好。

謝監司薦舉啓

猥以庸虚，過蒙知遇。既免尤譴，復加薦論。自省孤危，加之衰病。動觸時忌，言爲身災。擠而去之，則爲有功；引而進之，亦或招悔。自非不以利禄爲意，而以仁厚爲心。顧兹鈍頑，誰肯收録？伏惟某官，時望至重，主知已深。方將長育於群材，專務掩覆於小過。憐其謀身之甚拙，進絶望而退無歸；知其爲政之雖迂，歲有餘而日不足。特矯世俗，借之齒牙。軾敢不祗畏簡書，益自修飭。豈云報德，苟不辱知。過此以還，未知所措。

徐州謝兩府啓

移守河中，已愧超陞之異；改臨泗上，仍叨藩鎮之雄。既見吏民，周覽風俗。地形襟要，當東南水陸之衝；民食艱難，正春夏旱蝗之際。宜得一時之循吏，以安千里之疲民。如軾者才不逮人，學非適用。冒塵策府，自知拙直之難安；屢乞守符，意謂苟全之善計。然自往來三郡，首尾七年。足蹈危機，僅説風波之險；心存吏役，都忘學術之源。既未决於歸耕，敢復求於善地。伏遇某官權衡萬物，高下一心。頑礦悍堅，實費陶鎔之力；散材疎惡，徒施封殖之恩。謹當箠策疲駑，鐫磨朽鈍。上酬天造，次答已知。

賀吕副樞啓

伏審近膺告命，入總樞機。中外聳觀，朝廷增重。伏惟慶慰。竊以古之爲國，權在用人。德厚者，輔其才而名益隆；望重者，無所爲而人自服。是以淮南叛國，先止謀於長孺；汾陽元老，尚改觀於公權。樽俎可以折衝，藜藿爲之不採。哀此風流之莫繼，久矣寂寥而無聞。天亦厭於凡才，上復思於舊德。恭惟樞密侍郎，性資仁義，世濟忠嘉。豈惟清節以鎮浮，固已直言而中病。出領數郡，若將終身。小人謂之失時，君子意其復用。迨兹顯拜，夫豈偶然。然而荷三朝兩世之恩，當春秋賢者之責。推之不去，凛乎其難。進伯玉而退子瑕，人皆望於門下；烹桑羊而斬樊噲，公無愧於古人。莫若盡行疇昔之言，庶幾大慰天下之望。軾登門最舊，稱慶無緣。踊躍之懷，實倍倫等。

賀趙大資致仕啓

伏審抗章得謝，奉册言還。搢紳聳觀，閭里相慶。竊謂富貴不爲至樂，功名非有甚難。樂莫樂於還故鄉，難莫難於全大節。歷數當今之卿相或寓他邦；究觀自古之忠賢，少有完傳。錦衣而夜行者多矣，狐裘而羔袖者有之。至若百行渾圓，五福純備，當世所羡，非公而誰？恭惟致政大資少保，道心精微，德望宏遠。無施不可，尤高臺諫之風；所臨有聲，最宜吴蜀之政。才不究於大用，命乃係於生民。與時偕行，不可則止。見故人而一笑，綽有餘歡；念平生之百爲，一無可恨。方將深入不二，獨遊無方。默追粲可之風，坐致喬松之壽。軾荷知有素，貪禄忘歸。慕鸞鵠之高翔，眷樊籠而永歎。傾頌之素，敷寫莫窮。

登州謝兩府啓

右軾啓。蒙恩授前件官已於今月十五日到任上訖者。迂愚之守,没齒不移。廢逐之餘,歸田已幸。豈謂承宣之寄,忽爲枯朽之榮。眷此東州,下臨北徼。俗近齊魯之厚,迹皆秦漢之陳。賓出日於麗譙,山川炳焕;傳夕烽於海嶠,鼓角清閒。顧静樂之難名,笑妄庸之竊據。此蓋伏遇某官,股肱元聖,師保萬民。才全而德不彰,任重而道愈遠。謂使功不如使過,而觀過足以知仁。特借齒牙,曲成羽翼。軾敢不服勤簿領,祇畏簡書。策蹇磨鈆,少答非常之遇;息黥補劓,漸收無用之身。過此以還,未知所措。

謝中書舍人啓

右軾啓。蒙恩授前件官者。起於貶所,未及朞年,擢置周行,遽參法從。省躬無有,被寵若驚。竊惟人材進退之間,實爲風俗隆替之漸。必欲致治,在於積賢。雖一薛居州,齊言不能移楚。而用范武子,晋盗可使奔秦。崔琰進而廉儉成風,楊綰用而淫侈改度。誠國是之先定,雖民散而可收。拔茅茹者以彙而征,附馬棧者必先其直。用舍既見,好惡自明。人知所趨,勢有必至。今朝廷方講當世之務,力追前代之隆。雖改定法令,足以便事,而未足以安民;寬弛賦役,足以安民,而未足以成俗。是以登進耆老,搜求俊良。將使士知向方,民亦有耻。如軾者山林下士,軒冕棄材。少而學文,本聲律雕蟲之技,出而從仕,有狂狷嬰鱗之愚。溝中不願於青黄,爨下無心於宫徵。誤蒙收拾,已出優恩。薦履禁嚴,殊非素望。此蓋伏遇某官,德配前哲,望隆本朝。名重圭璋,上助廟堂之用;言爲蓍蔡,下同卿士之謀。餘論所加,虚名增重。知丹心之尚在,憐白首之無歸。特借寵光,以寬衰病。任隆才下,恩重報輕。直道而行,恐非所以安愚不肖之分;充位而已,又不足以解卿大夫之憂。蚤夜以思,進退惟谷。恐懼戰越,不知所裁。

答試館職人啓

伏承射策玉堂，方觀筆陣；校文天禄，遂秀儒林。黨友增華，縉紳共慶。國家求賢之道，必於閒暇無事之時；賢者報國之功，乃在緩急有爲之際。養之無素，則一旦欲用而何由；待以非常，則臨事欲辭而不可。故納之於英俊相從之地，觀之以世俗不見之書。非獨使之業廣而材成，抑將待其資深而望重。某官學優而仕，行浮於名。詞令從容，議論慷慨。追還正始，文章爲之一新；傳寫都城，紙墨幾於驟貴。得士之喜，非我敢私。軾衰病侵尋，文思荒落。職在翰苑，當發策而莫辭；識非通儒，懼品藻之不稱。過煩臨貺，寵以書詞。永爲巾笥之珍，愧乏瓊瑶之報。

答李寶文啓

伏審祗奉異恩，遠臨全蜀。奎文寶訓，方入直於禁嚴；井絡提封，旋出分於憂顧。風猷所暨，謡頌率同。恭惟知府寶文，望重搢紳，材宜廊廟。譬之金石，蓋闇然而日彰；浩若江河，固窮之而益遠。西南之俗，信服已深。民物子來，氣復岷峨之舊；舟車雲集，惠通秦楚之商。曾未下車，已聞報政。軾倦游滋久，寤寐懷歸。空詠甘棠之思，莫展維桑之敬。悵焉永望，言不寫心。

答王欽臣啓

伏審祗奉明綸，特膺異選。以高才望册府，以令德正僕臣。側聞除書，大慰輿論。伏惟太僕學士，文鳴早歲，學配前人。豫章雖老於中林，瑚璉終升於清廟。萬事不理，問伯始而可知；三篋雖亡，得安世而何患？清塗方踐，遠業難量。愧修慶之未皇，辱移書之見及。感佩之至，但切下懷。

謝賈朝奉啓

右軾啓。自蜀徂京，幾四千里；携孥去國，蓋二十年。側聞松楸，已中梁柱。過而下馬，空瞻董相之陵；酹以隻鷄，誰副橋公之約。宦游歲晚，坐念涕流。未報不貲之恩，敢懷盍歸之意。常恐樵牧不禁，行有雍門之悲；雨露既濡，空引太行之望。豈謂通判某官，政先慈孝，義篤友朋。首隆學校之師儒，次訪里閭之耆舊。自嗟來暮，不聞拔薤之規；尚意神交，特致生芻之奠。父老感歎，桑梓光華。深衣練冠，莫克垂涕於墓道；昔襦今袴，尚能鼓舞於民謡。仰佩之深，力占難盡。

賀范端明啓

右軾啓。恭承明詔，追録舊勳。名陞秘殿之嚴，實遂安車之養。仍惟餘澤，以及後昆。聞命以還，有識相慶。竊謂死生之事，聖賢有不能了；父子之際，古今以爲難言。方其犯雷霆於一時，豈意收功名於今日？惟天知我，絶口不言。偉事發之相重，非人謀之所及。恭惟致政端明學士，至誠格物，隱德在人。弼亮四世如畢公，壽考百年如衛武。獨立不懼，舍之則藏。惟有青蒲之言，尚在金縢之匱。白日一照，浮雲自開。坐使遺民，復觀盛事。子孫歸沐，下萬石之里門；君相乞言，授三老之几杖。更延眉壽，永作元龜。軾無任歡喜頌詠激切之至。

答范端明啓

伏審參稽古樂，追述新書。琢石鑄金，成之有數。立均出度，施及無窮。搢紳雲集於奉常，端冕天臨於便座。偉兹壯觀，自我元臣。竊以樂之盛衰，寄於人之存否。秦漢以下，鄭衛肆行。雖喜三雍之成，旋遘五胡之亂。平陳之後，粗獲雅音，天寶之中，遂雜胡部。道喪久矣，孰能起之？獨求三代之遺聲，允屬四朝之舊德。恭惟致政端明大人，耄期稱道，直亮多聞。進不謀安，昔既以身而徇義；退猶憂國，今推所學以及人。豈惟盡力於考音，至復傾家而制器，蓋事關於治忽，必幽贊於神明。得《商頌》十二篇於周太師，雖賢者之事也；獲古磬十六枚於犍爲郡，豈偶然而已哉。軾本非知音之人，空荷移書之辱。究觀累日，喜愧兼懷。徒誦詠於再三，豈發明於萬一。

杭州謝執政啓

右軾啓。小器易盈，宜處不争之地，大恩難報終，爲有愧之人。到郡浹旬，汗顔數四。湖山如舊，魚鳥亦怪其衰殘；争訟稍稀，吏民習知其遲鈍。雖尚嬰於寵劇，庶漸即於安閒。顧此蠢愚，亦蒙徼倖。此蓋伏遇某官，輔世以德，事君以仁。嘉善而矜不能，與人不求其備。故令狂直，得保始終。措步武於夷途，收桑榆之暮景。軾敢不欽承令德，推本上心。政拙催科，自占陽城之考；奸容獄市，敢師齊相之言，庶寡悔尤，少償知遇。

答杭州交代啓

右軾啓。罷直禁中，本緣衰病；分符浙右，更竊寵榮。既尋少壯之舊遊，復繼老成之前躅。養痾卧治之所，蒙成坐嘯之餘。顧此鈍頑，實爲忝昧。伏惟知府待制，宏才緯俗，雅望鎮浮。神馳方切於望塵，心照已先於傾蓋。借之餘潤，成此虚名。滕大夫之才，豈堪治劇；楚令尹之政，或許告新。望見有期，瞻信愈切。

謝生日詩啓

蓬矢之祥，雖世俗之所尚；蓼莪之感，迨衰老而不忘。豈謂某官，意重瓊瑶，文成黼黻。推仁心而錫類，出妙語以嘘枯。攝提正於孟陬，已光初度；月宿直於南斗，更借虚名。永惟難報之珍，但結無窮之好。

答杭州交代啓

伏審知府鈐轄待制。新易節旄，光臨督府。舊政已孚於千里，先聲坐振於七州。軾偶以庸虚，適相前後。愧無毫髮之善，可紀斯民；惟有凋瘵之餘，以遺君子。即諧瞻奉，尤切詠思。

潁州到任謝執政啓

入參兩禁，每玷北扉之榮；出典二邦，輒爲西湖之長。皆緣天幸，豈復人謀？惟汝水之名邦，乃裕陵之故國。人淳事簡，地壤泉甘。豈惟暫養於不才，抑亦此生之可老。恭惟某官，嘉猷經世，茂德範時。元老廟堂，自有權衡之信；餘生江海，得同品物之安。感佩之私，筆舌難既。

與京西運使劉昱啓

衰病倦游，久懷歸意。聖神寬假，特乞守符。條教闊疏，溪湖清遠。但坐縻於廩禄，顧難繼於賢豪。所幸仁明，曲垂存撫。特先蒙於顧盼，使增重於吏民。伏惟運使郎中，才簡上心，名高省户。暫屈外臺之寄，一蘇右輔之民。日望車塵，按臨封部。少奉誨言之末，足爲衰朽之光。感佩之私，筆舌難既。

揚州到任謝執政啓

擇地而安，本非臣子之達節；有求必獲，足見廟堂之兼容。澤汝潁之清閑，當江淮之衝要。舊游所樂，習俗相諳。已見吏民，具述朝廷之意；不爲條教，自然獄市之清。此蓋伏遇某官，師保斯民，著龜當代。折衝禦侮，已獲萬人之英，補隙輔疏，更收一木之用。軾敢不益求民瘼，勉盡鄙才。但未歸田之須臾，猶思報國之萬一。

賀彭發運啓

伏審拜詔十行，觀風六路。允符公論，克振先聲。恭承曩契之隆，得与屬城之末。瞻依有素，感慰居多。伏惟發運吏部年兄，士聲英風，時推舊德。用久淹而未盡，才歷試而愈高。船滿潭中，行奏韋堅之課；錢流地上，佇觀劉晏之能。喜抃之深，力占難盡。

定州到任謝執政啓

燕南趙北，昔稱謀帥之難；尺短寸長，今以乏人而授。幸此四夷之守，忘其一障之乘。坐食何功，捫心知愧。伏念軾愚忠自信，樸學無華。孔融意廣才疏，訖無成效；嵇康性褊傷物，頻致怨憎。叨逢聖世之休明，未分昔人之憂患。故求散地，以養衰年。終成命之莫回，悼此心之未亮。伏惟某官，躬行周孔，力致唐虞。燮和天人，方遂萬物之性；虚受海宇，固容一介之微。眷此餘生，實無他望。老如安國，既倦北平之遷；蠢比方回，終有會稽之請。歸依之至，筆舌難周。

謝諸郡啓

燕南趙北，昔爲百戰之場；地利人和，今乃四夷之守。顧史民之易治，幸衰拙之少安。此蓋伏遇某官，碩德庇民，宏才緯世。餘膏所燭，常分無盡之光；蒙霧而行，坐獲不知之潤。眷言朽鈍，未遂顛擠。勉加榮勵之勤，少答吹揚之賜。

賀鄰帥及臨司冬至啓

月臨天統，首冠於三正；氣兆黄宫，復來於七日。候微陽之協應，知君子之彙征。伏惟某官，碩德庇民，傑才經世。踐揚中外之寄，益推望實之隆。《既醉》太平，實具周詩之福；《大有》上吉，允符羲易之占。軾限以守邊，未皇稱慶。徒云善頌，莫罄鄙懷。

賀隣帥及監司正旦啓

新曆既頒，蓋履端歸餘之歲；群情交泰，正贊陽出滯之辰。恭惟某官，厚德鎮浮，高名華國。非獨疇咨之用，已簡上心；更膺難老之祥，以符民望。官守所限，展慶無由。欣頌之深，敷陳罔既。

答丁連州啓

七年遠謫，不知骨肉之存亡；萬里生還，自笑音容之改易。久恬颶霧，稍習蛙蛇。自疑本儋崖之人，難復見魯衛之士。而況清時雅望，令德高標。固已聞名而自惭，蓋欲通書而未敢。岂謂知郡朝奉，仁無擇物，義有逢時。每憐遷客之無歸，獨振孤風而愈厲。固無心於集苑，而有力於嘘枯。遠移一紙之書，何啻百朋之錫。過情之譽，雖知無其實而愧于中；起廢之文，猶欲借此言此華其老。窮途易感，永好難忘。

答陳提刑啓

久竄島夷，偶未書於鬼録；逃歸空谷，固喜聞於足音。況清廟瑚璉之姿，爲明堂杞梓之用。欲聞名而未敢，豈流問之輒先。恭惟提刑刑部，才高一時，望重多士。魯諸儒之德業，緣飭政刑；漢循吏之風流，本源經術。暫屈雲霄之步，來蘇嶺嶠之民。憐遷客之無歸，墜尺書而起廢。助其羽翼，借以齒牙。但憂枯朽之餘，難副吹嘘之力。既感且怍，不知所云。

答彭賀州啓

竄流海國，脱身羈鬼之林；灑掃真祠，拜賜散人之號。喜歸田之有漸，悼報國之無期。方自愧於心顔，敢聞名於左右。豈謂某官，曲敦雅好，深軫窮途。賜以尺書，借之餘論。温詞曲盡，賢於十部之見臨；陋質增華，果已五槳之先餽。但慚衰朽，虚辱品題。敬佩至言，永以爲好。

答王幼安宣德啓　妙。

俯仰十年，忽焉如昨；間關百罹，何所不有？頃者海外，澹乎蓋將終焉；偶然生還，置之勿復道也。方將求田問舍，爲三百指之養；杜門面壁，觀六十年之非。豈獨江湖之相忘，蓋已寂寥而喪我。不謂某官，講修舊好，收録陳人。粲然雲漢之章，被此枯朽之質。欲其洗濯宿負，激昂晚節。粗行平生之志，少慰朋友之望。此意厚矣，我心悠哉。如焦穀牙，如伏櫪馬。非吹虚之所及，縱鞭策以何加？藏之不忘，永以爲好。

求婚啓

結縭早歲，已聯昆弟之姻親；垂白南荒，尚念子孫之嫁娶。敢憑良妁，往款高閎。軾長子某之第二子符，天質下中，生有蓬麻之陋；祖風綿邈，庶幾弓冶之餘。伏承故令弟子立先輩之愛女第十四小娘子，禀粹德門，教成家廟。中郎墳典之付，豈在他人；太真姑舅之婚，復見今日。仰緣夙契，祗聽俞音。

謝求婚啓

敢議婚姻，蓋恃鄉閭之末；遂忘門閥，亦緣聲氣之同。龜筮既從，祖考咸喜。伏承令子第二小娘子，慶闈擢秀，豈獨衛公之五長；而某第二子某，駑質少文，庶幾南容之三復。恭馳不腆之幣，永結無窮之歡。悚怍于懷，敷述罔既。

謝孫舍人啓

拜命中宸，代言西掖。聳聞中外，交慶士夫。竊惟二聖之心，蓋以多士爲急。滅烽仆鼓，而以將帥爲藩垣；抵璧捐金，而以公卿爲帑廩。蓋樽俎有折衝之恃，則藜藿無見採之憂。某官瑚璉之才，杞梓其用。學不專於爲己，才已效於臨民。穆如清風，草木皆靡；炳然白日，霰雪自消。兹爲收拾之儲，豈特絲綸之任。不遺衰朽，過辱緘封。永敦爲好之懷，深負難酬之作。

答新蘇州黄龍

伏審光膺詔函，移牧吴會。先聲所被，惠政已孚。自顧妄庸，敢論疇昔。既聯法從之末，又竊鄰光之餘。金華玉堂，帝左右之高選；武林茂苑，江東南之要藩。雖才分闊絶於賢愚，而步武差池於先後。其爲喜幸，宜倍等流。伏惟某官，文秀士林，才任國器。學已試而可用，望久養而益隆。偃息均勞，叔度莫窺於萬頃；治行稱首，次公行踐於三槐。潤澤所加，迂愚有託。辱移書之周厚，實借寵於暮遲。

答曾舍人啓

伏審顯膺制命，榮進掖垣。風聲所加，中外同慶。伏以取才之道，自昔爲難。惟君子之所爲,固衆人之莫識。奢儉異俗,不害徐公之有常;用舍皆天,孰知令尹之無喜。某官異材秀出,博學名家。世以文鳴,遠繼父兄之業;早緣德進,簡在裕陵之心。今乃援而進之,論者惜其晚矣。訓詞一出,皆丹青潤色之文;老拙自降,有糠袛在前之歎。過蒙寵顧,辱示華箋。恨無酬德之言,徒有得賢之慶。感忭之素,寫述難周。

賀蔣發運啓

伏審上計入覲,拜恩言還。擁節東南,上寄一方之休戚;考圖廣内,示將大用之權輿。凡在庇庥,舉增忭躍。恭維某官,受材秀傑,秉德純忠。蔚然西漢之文,深厚爾雅;展矣東京之吏,悃愊無華。雖已得正法眼藏於大祖師,猶有一大事因緣於當來世。固將入踐卿相,坐致功名。以斯道而結主知,隨所寓而作佛事。某竄流已久,衰病相仍。方稱慶之未皇,忽移書之見及。欣感之幸,筆舌難宣。

賀時宰啓

伏審光膺考慎,峻陟宰司。孚號揚庭,士識上心之所尚;置郵傳命,人知聖澤之將流。靡不欣愉,至於鼓舞。恭以某官,直方以大,廣博而良。進以正而正邦,畀乎求以求政。貫六經百子之學,焕三代兩漢之詞。昂稟自殊,偉蕭侯之八尺;斗南莫兢,凛梁公之一人。加以絶識見微,曠度舉遠。清心省事,則法可使復結繩之約;强本節用,則貨可使若流泉之長。材無不可範而成也,譬泥之在鈞;俗無不可易而善也,猶風之靡草。是皆還至而有效,安見爲事而無功。蓋神考貽謀,已完具而可按;故成王纘要,宜纖悉以勿加。此大雅兼持而不移,矧清衷圖任之愈篤。豈緊疏逖,所獨詠歌? 惟民罔知,合語則聖。凡有詔令,率先惠慈。固已遐邇争傳,室家胥慶。顧此民逢此日之何幸,謂吾相勸吾君以愛人。歡聲格於九天,乘氣消於萬彙。在昔小國,如彼景公。損已一言,退星三舍。又況以禹、湯大信之誥,有夔、契同寅之言。蠢爾憑生,猶知助順;赫然在上,豈不降康? 某愚有赤心,老無佞舌。輒忘犯分,願欲輸誠;然有難言,是在精智。蓋無交而莫與,苟好謀則必成。不惡而嚴,匪怒伊教。終成大賴,豈曰自私。伏念某遭時休明，賦命衰薄。蚤粗蒙於遴選，比久幸於退藏。天雨何私？笑流行之木偶；滄溟不改，歎自蕩之波臣。重以傾歲周旋，竊嘗撰屨；末途流落，無復掃門。豈賴補息劓黥，彫污糞朽；出蔀見日，去盆望天。悵未[1]力之將殫，愧明恩之莫報。乃利用安身之何有，儻奉法循理之可爲。民社非輕，猶承宣而惴惴；天淵靡外，亦戾躍以欣欣。[2]

下財啓

夙緣契好，獲講婚姻。顧門閥之雖微，恃臭味之不遠。敬陳納幣之禮，以行奠雁之儀。庶徼福於前人，永交歡於二姓。

答求親啓

藐爾諸孤，雖本軒裳之後；閔然衰緒，莫閑纂組之功。伏承某人儒術飭修，鄉評茂著。許敦兄弟之好，永結琴瑟之歡。瞻望高門，獲接登龍之峻；恪勤中饋，庶幾數馬之恭。

黄州還回太守畢仲遠啓

五年嚴譴，已甘魚鳥之鄉；一舸生還，復與縉紳之末。屢將通問，輒復自疑。方兹入境之初，遽已誨音之辱。披緘驚眩，撫己汗惶。恭維某官，師帥斯民，表儀多士。道德龔、黄之右，牢圄坐空；風流王、謝之間，嘯歌自得。豈特居人之安堵，固將遷客之忘歸。路轉湖陰，益聽風謡之美；神馳鈴下，如聞謦咳之音。瞻詠實勞，敷宣罔既。

書

上皇帝書

臣軾謹昧死再拜皇帝陛下。臣伏以今月初五日南至，文武百僚

---

① 《蘇東坡全集》"未"作"末"。

② 以下有删節。

入賀，所以賀一陽來復也。謹按《易·復卦》："雷在地中復，先王以至日閉關，商旅不行，後不省方。"説《易》者曰："乾，六陽之氣也，爲十一月、爲十二月、爲正月、爲二月、爲三月、爲四月。而乾之陽復矣。陽極則陰生，陰生則夏至矣。坤，六陰之氣也。爲五月、爲六月、爲七月、爲八月、爲九月、爲十月。而坤之陰極矣，陰極則陽生，陽生則冬至矣。自太極分爲二儀，二儀分爲四象，四象分爲十二月，十二月分爲三百六十五日。五日爲一候，分爲七十二候，三候爲一氣，分爲二十四氣。上爲日月星辰，下爲山川草木鳥獸蟲魚，不出此陰陽之氣升降而已。惟人也，全天地十干之氣，十月而成形，故能天能地能人，一消一息，一呼一吸，晝夜與天地相通，差舛毫忽，則邪沴之氣干之矣。故於冬至一陽之生也，五陰在上，五陽在伏，而一陽初生於伏之下，其氣至微，其兆絪緼，可以静而不動，可以畜養而不可以發宣。故《乾》之初九爻曰：'潛龍勿用。'孔子曰：'陽在下也。'言陽氣方潛於下，未可以用也。先王於是日閉關，商旅不行，后不省方。關者，門户所由以关闢也。商旅者，動以利心也。后者，凡居人上者謂之群后，所以治事者也。方者，事也。門户不開，則微陽閉而不出也。利心不動，則外物感而不應也。方事不省，則視聽收而不發也。先王奉若天道，如此之密，用之於國，則安静而不勞；用之於身，則沖和而不竭。昔者伏羲、神農、黄帝、堯、舜皆得此道，臣敢因至日以獻。"①

上王兵部書　好。

荆州南北之交，而士大夫往來之衝也。執事以高才盛名，作牧於此。蓋亦嘗有以相馬之説告於左右者乎？聞之曰：騏驥之馬，一日行千里而不殆，其脊如不動，其足如無所著，升高而不輊，走下而不軒。其技冀卓絶而效見明著至於如此，而天下莫有識者，何也？不知其相而責其技也。夫馬者，有昂日而豐臆，方蹄而密睫，捷乎若深山之虎，曠乎若秋後之兔，遠望目若視日而志不存乎芻粟，若是者飄忽騰踔，去而不知所止。是故古之善相者立于五逵之衢，一目而盼之，聞其一

① 以下有删節。

鳴，顧而循其色，馬之技盡矣。何者？其相溢於外而不可蔽也。士之賢不肖，見於面顔而發泄於辭氣，卓然其有以存乎耳目之間，而必曰久居而後察，則亦名相士者之過矣。

夫軾，西州之鄙人，而荆之過客也。其足跡偶然而至於執事之門，其平生之所治以求聞於後世者，又無所挾持以至於左右，蓋亦易疏而難合也。然自蜀至於楚，舟行六十日，過郡十一，縣三十有六，取所見郡縣之吏數十百人，莫不孜孜論執事之賢，而教之以求通於下吏。且執事何修而得此稱也？軾非敢以求知而望其所以先後於仕進之門者，亦徒以爲執事立於五達之衢，而庶幾乎一目之盼，或有以信其平生爾。

夫今之世，豈惟王公擇士？士亦有所擇。軾將自楚遊魏，自魏無所不遊，恐他日以不見執事爲恨也，是以不敢不進。

與劉宜翁書　好好，切切。

軾頓首宜翁使君先生閣下。秋暑，竊惟尊體起居萬福。軾久别因循，不通問左右，死罪！死罪！愚暗剛褊，仕不知止，白首投荒，深愧友朋。然定命要不可逃，置之勿復道也。惟有一事，欲謁之先生，出於迫切，深可憫笑。古之學者，不憚斷臂刳眼以求道，今若但畏一笑而止，則過矣。軾齠齓好道，本不欲婚宦，爲父兄所强，一落世綱，不能自逭。然未嘗一念忘此心也。今遠竄荒服，負罪至重，無復歸望。杜門屏居，寢飯之外，更無一事，胸中廓然，實無荆棘。竊謂可以受先生之道，故託里人任德公親至死[①]懇。古之至人，本不吝惜道術，但以人無受道之質，故不敢輕付之。某雖不肖，竊自謂有受道之質三，謹令德公口陳其詳。伏料先生知之有素，今尤哀之，想見聞此，欣然拊掌，盡發其秘也。幸不惜辭費，詳作一書付德公，以授程德孺表弟，令專遣人至惠州。路遠，難於往返咨問，幸與軾盡載首尾，勿留後段以俟憤悱也。或有外丹已成，可助成梨棗者，亦望不惜分惠。迫切之誠，真可憫笑矣。夫心之精微，口不能盡，而況書乎？然先生筆端

① 《蘇東坡全集》"死"作"此"。

有口，足以形容難言之妙，而軾亦眼中無障，必能洞視不傳之意也。但恨身在謫籍，不能千里踵門，北面摳衣耳。昔葛稚川以丹砂之故求句嶁令，先生倘有意乎？嶠南山水奇絶，多異人神藥，先生不畏嵐瘴，可復談笑一遊，則小人當奉杖屨以從矣。昨夜夢人爲作易卦，得《大有》上九，及覺而占之，乃郭景純爲許邁筮，有"元吉自天祐之"之語，遽作此書，庶幾似之。

上王刑部書

伏審執事移使湖北。竊以江陵之地，實楚之故國，巴蜀、甌越、三吴之出入者，皆取道於是，爲一都會。其山川之勝，蓋歷代所嘗用武焉。其間吴、蜀、魏氏尤悉力争之。宋有天下，王師平高繼冲，至於降孟昶，下周保權，又皆出此。其人才之秀，風物之美，有屈、宋、伍、禰之賦詠存焉。建節旄而使者，專有是土。其見倚之重，爲吏之樂，豈細也哉！然執事處之，則未足賀。誠以執事之材力地望，宜進任於時，不宜任此。或者以謂蠻反，南方用兵，湖北鄰也，宜擇人撫之，故以屬執事。使誠有是議，當出於廟堂，非愚所得知，所不敢臆定。所敢伏思者，人患材不足施，或不得施，豈以位之彼此大小爲擇哉？於執事之心，當亦若是，肆吾力充吾職而已，豈以位之彼此大小動吾意哉？固執事之所務也。

上荆公書

某頓首再拜特進大觀文相公執事。近者經由，屢獲請見，存撫教誨，恩意甚厚。别來切計台候萬福。某始欲買田金陵，庶幾得陪杖屨，老於鍾山之下。既已不遂，今來儀真，又二十餘日，日以求田爲事，然成否未可知也。若幸而成，扁舟往來，見公不難也。向屢言高郵進士秦觀太虚，公亦粗知其人。今得其詩文數十首，拜呈。詞格高下，固已無逃於左右，獨其行義飭修，才敏過人，有志於忠義者，某請以身任之。此外，博綜史傳，通曉佛書，講集醫藥，明練法律，若此類，未易一一數也。才難之歎，古今共之，如觀等輩，實不易得。願公少借齒牙，使增重於世，其他無所望也。　**何等心事。**

上韓樞密書

某頓首上樞密侍郎閣下。某受知門下，似稍異於尋常人。蓋嘗深言不諱矣，明公不以爲過。其在錢塘時，亦蒙以書見及，語意親甚。自爾不復通問者，七年於兹矣。頃聞明公入西府，門前書生爲作賀啓數百言。軾輒裂去，曰："明公豈少此哉！要當有輔於左右者。"昔侯霸爲司徒，其故人嚴子陵以書遺之曰："君房足下，位至台鼎，甚善。懷仁輔義天下悦，阿諛順旨要領絶。"世以子陵爲狂，以軾觀之，非狂也。方是時，光武以布衣取天下，功成志滿，有輕人臣之心，躬親吏事，所以待三公者甚薄。霸爲司徒，奉法循職而已。故子陵有以感發之。今陛下之聖，不止光武，而明公之賢，亦遠過侯霸。某雖不用，然有位於朝，未若子陵之獨善也。其得盡言於左右，良不爲過。

今者貪功僥倖之臣，勸上用兵於西北。使斯言無有，則天下之幸，孰大於此？不幸有之，大臣所宜必争也。古今兵不可用，明者計之詳矣。明公亦必然之。軾不敢復言。　何等心神。①

上梅直講書

某每讀《詩》至《鴟鴞》，讀《書》至《君奭》，常竊悲周公之不遇。及觀史，見孔子厄於陳、蔡之間，而絃歌之聲不絶，顔淵、仲由之徒，相與問答。夫子曰："匪兕匪虎，率彼曠野。吾道非邪，吾何爲於此？"顔淵曰："夫子之道至大，故天下莫能容。雖然，不容何病？不容，然後見君子。"夫子油然而笑曰："回，使爾多財，吾爲爾宰。"夫天下雖不能容，而其徒自足以相樂如此。乃今知周公之富貴，有不如夫子之貧賤。夫以召公之賢，以管、蔡之親，而不知其心，則周公誰與樂其富貴？而夫子之所與共貧賤者，皆天下之賢才，則亦足與樂乎此矣。

軾七八歲時，始知讀書，聞今天下有歐陽公者，其爲人如古孟軻、韓愈之徒。而又有梅公者從之遊，而與之上下其議論。其後益壯，始能讀其文詞，想見其爲人，意其飄然脱去世俗之樂而自樂其樂也。方

---

① 以下有删節。

學爲對偶聲律之文，求斗升之禄，自度無以進見於諸公之間。來京師逾年，未嘗窺其門。今年春，天下之士群至於禮部，執事與歐陽公寔親試之。誠不自意，獲在第二。既而聞之人，執事愛其文，以爲有孟軻之風。而歐陽公亦以其能不爲世俗之文也而取焉。是以在此，非左右爲之先容，非親舊爲之請屬，而嚮之十餘年間聞其名而不得見者，一朝爲知己。退而思之，人不可以苟富貴，亦不可以徒貧賤。有大賢焉而爲其徒，則亦足恃矣。苟其僥一時之幸，從車騎數十人，使閭巷小民聚觀而贊歎之，亦何以易此樂也？《傳》曰："不怨天，不尤人。"蓋優哉游哉，可以卒歲。執事名滿天下，而位不過五品。其容色温然而不怒，其文章寬厚敦樸而無怨言，此必有所樂乎斯道也。軾願與聞焉。

上韓太尉書　**此書不切韓太尉，而論西漢極是。東諸君子論得未當也。**

軾生二十有二年矣。自七八歲知讀書，及壯大，不能曉習時事，獨好觀前世盛衰之迹，與其一時風俗之變。自三代以來，頗能論著。

以爲西漢之衰，其大臣守尋常，不務大略。東漢之末，士大夫多奇節，而不循正道。元、成之間，天下無事，公卿將相安其禄位，顧其子孫，各欲樹私恩，買田宅，爲不可動之計，低回畏避，以苟歲月，而皆依放儒術六經之言，而取其近似者，以爲口實。孔子曰："惡居下流而訕上，惡訐以爲直。"劉歆、谷永之徒，又相與彌縫其闕而緣飾之。故其衰也，靡然如蛟龍釋其風雲之勢，而安於豢畜之樂，終以不悟，使其肩披股裂登於匹夫之俎，豈不悲哉！其後桓、靈之君，懲往昔之弊，而欲樹人主之威權，故頗用嚴刑，以督責臣下。忠臣義士，不容於朝廷，故群起於草野，相與力爲險怪驚世之行，使天下豪俊奔走於其門，得爲之執鞭，而其自喜，不啻若卿相之榮。於是天下之士，囂然皆有無用之虚名，而不適於實效。故其亡也，如人之病狂，不知堂宇宫室之爲安，而號呼奔走，以自顛仆。昔者太公治齊，舉賢而尚功。周公曰："後世必有篡弒之臣。"周公治魯，親親而尊尊。太公曰："後世浸微矣。"漢之事迹誠大類此。豈其當時公卿士大夫之行，與其風俗之剛柔，各有以致之邪？古之君子，剛毅正直，而守之以寬；忠恕仁厚，而發之以義。故其在朝廷，則士大夫皆自洗濯磨淬，戮力於王事，而不敢爲非常可怪之行，此三代王政之所由興也。曾子曰："上失其道，民散久矣。"天下之人，幸而有不爲阿附苟容之事者，則務爲倜儻矯異，求如東漢之君子，惟恐不及，可悲也已。

軾自幼時，聞富公與太尉皆號爲寬厚長者，然終不可犯以非義。及來京師，而二分同時在兩府。愚不能知其心，竊於道途望其容貌，寬然如有容，見惡不怒，見善不喜，豈古所謂大臣者歟？夫循循者固不能有所爲，而翹翹者又非聖人之中道，是以願見太尉，得聞一言，足矣。太尉與大人最厚，而又嘗辱問其姓名，此尤不可以不見。

上富丞相書　**起頗散漫。**

軾聞之。進説於人者，必其人之有間而可入，則其説易行。戰國之人貪，天下之士因其貪而説之；危國之人懼，天下之士因其懼而説之，是故其説易行。古之人一説而合，至有立談之間而取公相者，未嘗不始於戰國、危國。何則？有間而可入也。

居今之世，而欲進説于明公之前，不得其間而求人①焉，則亦可謂天下之至愚無知者矣。地方萬里，而制於一姓，極天下之尊，而盡天下之富，不可以有加矣。而明公爲之宰，四夷不作，兵革不試，是明公無貪於得，而無懼於失也。方西戎之熾也，狄人乘間以跨吾北，中國之大不畏，而畏明公之一詞。是明公之勇，冠於天下也。明公居於山東，而傾河朔之流人，父棄其子，夫棄其妻，而自歸於明公者百餘萬。明公人人而食之，旦旦而撫之。此百萬人者，出於溝壑之中，而免於烏鳶豺狼之患。生得以養其父母而祭其祖考，死得以使其子孫葬埋祭祀，不失其故常。是明公之仁及於百世也。勇冠於天下，而仁及於百世，士之生於世，如此亦足矣。今也處於至足之勢，則是明公無復有所羨慕於天下之功名也。五帝三代之事，百家之書，莫不盡讀。禮樂刑政之大小，兵農財賦之盛衰，四海之内，地里之遠近，山川之險易，物土之所宜，莫不盡知。當世之賢人君子，與夫奸僞險詐之徒，莫

① 《蘇東坡全集》"人"作"入"。

不盡究。至於曲學小數，茫昧慌惚而不可知者，皆獵其華而咀其英，泛其流而涉其源。雖自謂當世之辯，不能傲之以其所不知，則是明公無復有所畏憚於天下之博學也。

名爲天下之賢人，而貴爲天子之宰，無貪於得，而無懼於失，無羨於功名，而無畏於博學，是其果無間而可入也？天下之士，果不可以進説也？軾也聞之楚左史倚相曰："昔衛武公年九十有五，猶日箴儆於國曰：'自卿以下，至於官師，苟在朝者，無謂我老耄而舍我，朝夕以交戒我。'猶以爲未也，而作詩以自戒。其詩曰：'抑抑威儀，惟德之隅。'"夫衛武公惟居于至足，而日以爲不足，故其没也，謚之曰睿聖武公。嗟夫，明公豈以其至足而無間以拒天下之士，則士之進説者亦何必其間之入哉？不然，軾將誦其所聞，而明公試觀之。

夫天下之小人，所爲奔走輻湊於大人之門而爲之用者，何也？大人得其全，小人得其偏。大人得其全，故能兼受而獨制；小人得其偏，是以聚而求合於大人之門。古之聖人，唯其聚天下之偏而各收其用；以爲非偏，則莫肯聚也，是故不以其全而責其偏。夫惟全者之不可以多有也，故天下之偏者，惟全之求。今以其全而責其偏，夫彼若能全，將亦爲我而已矣，又何求焉？昔者夫子廉潔而不爲異衆之行，勇敢而不爲過物之操，孝而不徇其親，忠而不犯其君。凡此者，是夫子之全也。原憲廉而至於貧，公良孺勇而至於鬬，曾子孝而徇其親，子路忠而犯其君。凡此者，是數子之偏也。夫子居其全，而收天下之偏，是以若此巍巍也。若夫明公，其亦可謂天下之全矣。廉而天下不以爲介，直而天下不以爲訐，剛健而不爲强，敦厚而不爲弱。此明公之所得之於天，而天下之所不可望於明公者也。明公居其全，天下效其偏，其誰曰不可？

異時士大夫皆喜爲卓越之行，而世亦貴狡悍之才。自明公執政，而進行之間習爲中道，而務循於規矩。士之矯飾力行爲異者，衆必共笑之。夫卓越之行，非至行也，而有取於世；狡悍之才，非真才也，而有用於天下。此古之全人所以坐而收其功也。今天下卓越之行，狡悍之才，舉不敢至於明公之門，懼以其不純而獲罪於門下。軾之不肖，竊以爲天下之未大治，兵之未振，財之未豐，天下之有望於明公而未獲者，其或由此也歟？昔范公收天下之士，不考其素。苟可用才，莫不咸在。雖其狂猥無行之徒，亦自效於下風，而范公亦躬爲詭特之操以振之。夫范公之取人者，是也。其自爲者，非也。伏惟明公以天下之全而自居，去其短而襲其長，以收功於無窮。

軾也，西南之匹夫，求斗升之禄，而至於京師。翰林歐陽公不知其不肖，使與於制舉之末，而發其倡狂之論，是以輒進説於左右，以爲明公必能容之。所進策論五十篇，貧不能盡寫，而致其半，觀其大略，幸甚。

上曾丞相書　翻案妙妙。

軾聞之。將有求於人，而其説不誠，則難以望其有合矣。

世之奇特之士，其處也，莫不爲異衆之行。而其出也，莫不爲怪詭之詞。比物引類，以摇撼當世。理不可化，則欲以勢劫之，將以術售其身。古之君子有韓子者，其爲説曰："王公大人，不可以無貧賤之士居其下風而推其後，大其聲名，而久其傳。雖其貴賤之闊絶，而其相須之急，不啻若左右手。"嗚呼！果其用是説也，則夫世之君子所爲老死而不通者，無足怪矣。今夫扣之者急，則應之者疑。其詞夸，則其實必有所不副。今吾以爲王公大人不可以一日而無吾也，彼將迟而考其實，則亦無乃未至於此耶？昔者漢高未嘗喜儒，而不失爲明君，衛、霍未嘗薦士，而不失爲賢公卿。吾將以吾之説，而彼將以彼之説。彼是相拒，而不得其歡心，故貴賤之間，終不可以合，而道終不可以行。何者？其扣之急而其詞誇也。鬻千金之璧者，不之於肆，而願觀者塞其門。觀之歎息，而主人無言焉。非不能言，知言之無加也。今也不幸而坐於五達之衢，又呶呶焉自以爲希世之珍，過者不顧，執其裾而强觀之，則其所鬻者可知矣。主公大人，其無意於天下後世者，亦安以求爲也！苟其不然，則士之過於其前而有動於其目者，彼將褰裳疾行而摟取之。故凡皇皇汲汲者，舉非吾事也。昔者嘗聞明公之風矣。以大臣之子孫，而取天下之高第。才足以過人，而自視缺然，常若不足。安於小官，而樂於恬淡。方其在太學之中，衣繒飯糗，若將終身。至於德發而不可掩，名高而不可抑。貴爲天子之少宰，而其自視不加於其舊之錙銖。其度量宏達，至於如此，此其尤不可以夸詞而急扣者也。

軾不佞，自爲學至今，十有五年。以爲凡學之難者，難於無私。無私之難者，難於通萬物之理。故不通乎萬物之理，雖欲無私，不可得也。己好則好之，己惡則惡之，以是自信則惑也。是故幽居默處而觀萬物之變，盡其自然之理而斷之於中，其所不然者，雖古之所謂賢人之説，亦有所不取。雖以此自信，而亦以此自知其不悦於世也。故其言語文章，未嘗輒至於公相之門。今也天子舉直諫之士，而兩制過聽，謬以其名聞。竊以爲與於此者，皆有求於吾君吾相者也。故亦有獻。其文凡十篇，而書爲之先。

應制舉上兩制書

軾聞古者有貴賤之際，有聖賢之分。二者相勝而不可以相參，其勢然也。治其貴賤之際，則不知聖賢之爲高。行其聖賢之分，則不知貴賤之爲差。昔者子思、孟軻之徒，不見諸侯而耕於野，比閭小吏一呼於其門，則攝衣而從之。至於齊、魯千乘之君，操幣執贄，因門人以願交於下風，則閉門而不納。此非苟以爲異而已，將以明乎聖賢之分，而不紊於貴賤之際。故其攝衣而從之也，君子不以爲畏，而其閉門而拒之也，君子不以爲傲，何則？其分定也。士之賢不肖，固有之矣。子思、孟軻，不可以人人而求之，然而貴賤之際，聖賢之分，二者要以不可不知也。世衰道喪，不能深明於斯二者而錯行之，施之不得其處，故其道兩亡。

今夫軾，朝生於草茅塵土之中，而夕與於州縣之小吏，其官爵勢力不足較於世，亦明矣。而諸公之貴，至與人主揖讓周旋而無間，大車駟馬至於門者，逡巡而不敢入。軾也，非有公事而輒至於庭，求以賓客之禮，見於下執事，固已獲罪於貴賤之際矣。雖然，當世之君子，不以其愚陋而使與於制舉之末，朝廷之上，不以其疏賤而使奏其倡狂之論。軾亦自忘其不肖，而以爲是兩漢之主所孜孜而求之，親降色辭而問之政者也。其才雖不足以庶幾於聖賢之間，而學其道，治其言，則所守其分也。是故踽踽然而來，仰不知明公之尊，而俯不知其身之賤。不由紹介，不待辭讓，而直言當世之故，無所委曲者，以爲貴賤之際，非所以施於此也。

軾聞治事不若治人，治人不若治法，治法不若治時。時者，國之所以存亡，天下之所最重也。周之衰也，時人莫不苟偷而不立，周雖欲其立，而不可得也，故周亡。秦之衰也，時人莫不貪利而不仁，秦雖欲其仁，而不可得也，故秦亡。西漢之衰也，時人莫不柔懦而謹畏，故君臣相蒙，而至於危。東漢之衰也，時人莫不矯激而奮厲，故賢不肖不相容，以至於亂。夫時者，豈其所自爲邪？王公大人實爲之。軾將論其時之病，而以爲其權在諸公。諸公之所好，天下莫不好。諸公之所惡，天下莫不惡。故軾敢以今之所患二者，告於下執事。其一曰：用法太密而不求情；其二曰：好名太高而不適實。此二者，時之大患也。

何謂用法太密而不求情？昔者天下未平而法不立，則人行其私意。仁者遂其仁，勇者致其勇，君子小人莫不以其意從事，而不困於繩墨之間，故易以有功，而亦易以亂。及其治也，天下莫不趨於法，不敢用其私意，而惟法之知。故雖賢者所爲，要以如法而止，不敢於法律之外有所措意。夫人勝法，則法爲虛器。法勝人，則人爲備位。人與法並行而不相勝，則下天安。今自一命以上至於宰相，皆以奉法循令爲稱其職，拱手而任法，曰：吾豈得自由哉？法既大行，故人爲備位。其成也，其敗也，其治也，其亂也，天下皆曰非我也，法也。法之弊豈不亦甚矣哉！昔者漢高之時，留侯爲太子少傅，位於叔孫之後，而周昌亦自御史大夫爲諸侯相，天下有緩急，則功臣左遷而不怨。此亦知其君臣之体，不以法而相持也。今天下所以任法者，何也？任法生於自疑，自疑生於多私。惟天下之無私，則能以法律之外有以效其智。何則？其自信明也。夫唐永泰之間，奸臣執政，政以賄成。德宗發憤而用常衮，衮一切用法，四方奏請，莫有獲者。然天下否塞，賢愚不分，君子不以爲能也。崔祐甫爲相，不至期年，而除吏八百多，多其親舊。或者以爲譏，祐甫曰："不然，非親與舊，則安得而知之？顧其所用如何爾。"君子以爲善用法。今天下泛泛焉莫有深思遠慮者，皆任法之過也。

何謂好名太高而不適實？昔者聖人之爲天下，使人各致其能以相濟也。不一則不專，不專則不能。自堯舜之時，而伯夷、後夔、稷、契之倫，皆不過名一藝辨一職以盡其能，至於子孫世守其業而不遷。夔不敢自與於知禮，而契不敢自任於播種。至於三代之際，亦各輸其才而安其習，以不相犯躐。凡書傳所載者，自非聖人，皆止於名一藝辨一職，故其藝未嘗不精，而其職未嘗不舉，後世之所希望而不可及者，由此故也。下而至於漢，其君子各務其所長，以相左右，故史之所記，武宣之際，自公孫、魏、邴以下，皆不過以一能稱於當世。夫人各有才，才各有小大。大者安其大，而無忽於小。小者樂其小，而無慕於大，是以各適其用，而不喪其所長。及至後世，上失其道，而天下之士，皆有侈心，耻以一藝自名，而欲盡天下之能事。是故喪其所長，而至於無用。今之士大夫，其實病此也。仁者莫不談王道，述禮樂，皆欲復三代，追堯舜，終於不可行，而世務因以不舉。學者莫不論天人，推性命，終於不可究，而世教因以不明。自許太高，而措意太廣。太高則無用，太廣則無功。是故賢人君子布於天下，而事不立。聽其言，則侈大而可樂。責其效，則汗漫而無當。此皆好名之過。

深惟古之聖賢，建功立業，興利捍患，至於百工小民之事，皆有可觀，不若今世之因循鹵莽。其故出於此二者歟？

惟明公才略之宏偉，度量之寬厚，學術之廣博，聲名之煒煒，冠於一時，而振於百世。百世之所望而正者，意有所向，則天下奔走而趨之，則其慜時憂世之心，或有取於斯言也。軾將有深於此者，而未敢言焉。

上劉侍讀書

軾聞天下之所少者，非才也。才滿於天下，而事不立。天下之所少者，非才也，氣也。何謂氣？曰：是不可名者也。若有鬼神焉而陰相之。今夫事之利害，計之得失，天下之能者，舉知之而不能辨。能辨其小，而不能辨其大，則氣有所不足也。夫氣之所加，則己大而物小。於是乎受其至大而不爲之驚，納其至繁而不爲之亂，任其至難而不爲之憂，享其至樂而不爲之蕩。是氣也，受之於天，得之於不可知之間，傑然有以蓋天下之人，而出萬物之上，非有君長之位，殺奪施與之權，而天下環嚮而歸之，此必有所得者矣。多才而敗者，世之所謂不幸者也。若無能焉而每以成者,世之所謂天幸者也。夫幸與不幸,君子之論,不施於成敗之間,而施於窮達之際。故凡所以成者,其氣也。其所以敗者,其才也。氣不能守其才,則焉往而不敗?世之所以多敗者,皆知求其才,而不知論其氣也。若夫明公,其亦有所得矣。軾非敢以虚辭而曲説,誠有所見焉耳。

夫天下有分。得其分,則安;非其分,而以一毫取於人,則群起而争之。天下有無窮之利,自一命以上,至於公相,其利可愛,其途甚夷,設爲科條,而待天下之擇取。然天下之人,翹足跂首而群望之,逡巡而不敢進者,何也?其分有所止也。天下有無功而遷一級者,則衆指之矣。遷者不容於下,遷之者不容於上,而況其甚者乎!明公起於徒步之中,執五寸之翰,書方尺之簡,而列於士大夫之上,横翔捷出,冠壓百吏,而爲之表。猶以爲未也,而加之師友之職,付之全秦之地,地方千里,則古之方伯連帥所不能有也。東障崤澠,北跨河渭,南倚巴蜀,西控戎夏,則古之秦昭王、商君、白起之徒,所以殫身残民百戰而有之者也。奮臂而取兩制,不十餘年,而天下不以爲速。非有汗馬之勞,米鹽之能,以擅實貴之美,而天下不以爲無功。抗顔高議,自以無前,而天下不以爲無讓。此其氣固有以大服於天下矣。天下無大事也,天下而有大事,非其氣之過人者,則誰實辦之。

軾,遠方之鄙人。遊於京師,聞明公之風,幸其未至於公相,而猶可以誦其才氣之盛美,而庶幾於知言。惜其將遂西去而不得從也,故請問於門下,以願望見其風采。

上蔡省主論放欠书　可觀可感。

軾於門下,蹤迹絶疏。然私自揆度,亦似見知於明公者。尋常無因緣,固不敢造次致書,今既有所欲言,而又默默拘於流俗人之議,以爲迹疏不當干説,則是謂明公亦如凡人拘於疏密之分者。竊以爲不然,故輒有所言不顧,惟少留聽。

軾於府中,實掌理欠。自今歲麥熟以來,日與小民結爲嫌恨,鞭笞鎖縶,與縣官日得千百錢,固不敢憚也。彼實侵盗欺官,而不以時償,雖日撻無愧。然其間有甚足悲者。或管押竹木,風水之所漂;或主持糧斛，歲久之所壞；或布帛惡弱，估剥以爲虧官；或糟滓潰爛，紐計以爲實欠；或未輸之贓，責盡當時主典之吏；或敗折之課，均於保任干繫之家。官吏上下，舉知其非辜，而哀其不幸，迫於條憲，勢不得釋，朝廷亦深知其無告也，是以每赦必及焉。凡今之所追呼鞭撻日夜不得休息者，皆更數赦，遠者六七赦矣。問其所以不得釋之狀，則皆曰：吾無錢以與三司之曹吏。以爲不信而考諸舊籍，則有事同而先釋者矣，曰：此有錢者也。嗟夫，天下之人以爲言出而莫敢逆者，莫若天子之詔書也。今詔書且已許之，而三司之曹吏獨不許，是猶可忍邪？

伏惟明公在上，必不容此輩，故敢以告。凡四十六條，二百二十五人，錢七萬四百五十九千，粟米三千八百三十斛。其餘炭鐵器用材木冗雜之物甚衆。皆經監司选吏詳定灼然可放者，軾已具列聞於本府。府當以奏，奏且下三司。議者皆曰："必不報。雖報，必無决然了絶之命。"軾以爲不然。往年韓中丞詳定放欠，以爲赦書所放，必待其家業蕩盡，以至於干繫保人亦無孑遺可償者，又當計赦後月日以爲放數。如此則所及甚少，不稱天子一切寬貸之意。自今苟無所隱欺者，一切除免，不問其他。以此知今之所奏者，皆可放無疑也。伏惟明公獨斷而力行之，使此二百二十五家皆得歸安其藜糗，養其老幼，日晏而起，吏不至門，以歌詠明公之德，亦使赦書不爲空言而無信者。

上韓魏公乞葬董傳書 可觀可感。

軾再拜。近得秦中故人書，報進士董傳三月中病死。軾往歲官岐下，始識傳，至今七八年，知之熟矣。其爲人，不通曉世事，然酷嗜讀書。其文字蕭然有出塵之姿，至詩與楚詞，則求之於世可與傳比者，不過數人。此固不待軾言，公自知之。然傳嘗望公不爲力致一官，軾私心以爲公非有所愛也，知傳所稟付[1]至薄，不任官耳。今年正月，軾過岐下，而傳居喪二曲，使人問訊其家，而傳徑至長安，見軾於傳舍，道其饑寒窮苦之狀，以爲幾死者數矣，賴公而存。"又且薦我於朝。吾平生無妻，近有彭駕部者，聞公薦我，許嫁我其妹。若免喪得

① 《蘇東坡全集》"付"作"賦"。

一官，又且有妻，不虛作一世人，皆公之賜。”軾既爲傳喜，且私憂之。此二事，生人之常理，而在傳則爲非常之福，恐不能就。今傳果死，悲夫！書生之窮薄，至於如此其極耶！夫傳之才器，固不通於世用，然譬之象犀珠玉，雖無補於饑寒，要不可使在塗泥中，此公所以終薦傳也。今父子暴骨僧寺中，孀母弱弟，自謀口腹不暇，决不能葬。軾與之故舊在京師者數人相與出錢賻其家，而氣力微薄，不能有所濟，甚可憫校[①]。公若猶憐之，不敢望其他，度可以葬傳者足矣。陳繹學士，當往涇州，而宋迪度支在岐下，公若有以賜之，軾且斂衆人之賻，並以予陳而致之宋，使葬之。有餘，以予其家。傳平生所爲文，當使人就其家取之。若獲，當獻諸公。

上韓丞相論災傷手實書

史館相公執事。軾到郡二十餘日矣。民物椎魯，過客稀少，真愚拙所宜久處也。然災傷之餘，民既病矣。自入境，見民以蒿蔓裹蝗虫而瘞之道左，纍纍相望者，二百餘里。捕殺之數，聞於官者幾三萬斛。然吏皆言蝗不爲災，甚者或言爲民除草。使蝗果爲民除草，民將祝而來之，豈忍殺乎？軾近在錢塘，見飛蝗自西北來，聲亂浙江之濤，上翳日月，下掩草木，遇其所落，彌望蕭然。此京東餘波及淮浙者耳，而京東獨言蝗不爲災，將以誰欺乎？郡已上章詳論之矣。願公少信其言，特與量蠲秋税，或與倚閣青苗錢。疏遠小臣腰領不足以薦鈇鉞，豈敢以非災之蝗上罔朝廷乎？若必不信，方且重復檢按，則饑羸之民索之於溝壑間矣。且民非獨病旱蝗也。方田均税之患，行道之人舉知之。税之不均也久矣，然而民安其舊，無所歸怨。今乃用一切之法，成於期月之間，奪甲與乙，其不均又甚於昔者，而民之怨始有所歸矣。

今又行手實之法，雖其條目委曲不一，然大抵特告訐耳。昔之爲天下者，惡告訐之亂俗也，故有不干己之法，非盜及强姦不得捕告。其後稍稍失前人之意，漸開告訐之門。而今之法，揭賞以求人過者，十常八九。夫告訐之人，未有非凶姦無良者。異時州縣所共疾惡，多

---

① 《蘇東坡全集》“笑”作“也”。

方去之，然後良民乃得而安。今乃以厚賞招而用之，豈吾君敦化，相公行道之本意歟[①]？

上文侍中論强盜賞錢書　可觀。

軾再拜。軾備員偏州，民事甚簡。但風俗武悍，特好强劫，加以比歲薦饑，椎剽之姦，殆無虚日。自軾至此，明立購賞，隨獲隨給，人用競勸，盜亦斂迹。

準法，獲强盜一人至死者，給五十千，流以下半之。近有旨，災傷之歲，皆降一等，既降一等，則當復減半，自流以下，得十二千五百而已。凡獲一賊，告與捕者，率常不下四五人，不勝則爲盜所害。幸而勝，則凡爲盜者舉讎之。其難如此，而使四五人者分十二千五百以損其軀命，可乎？朝廷所以深惡强盜者，爲其志不善，張而不已，可以馴致勝、廣之資也。由此言之，五十千豈足道哉[②]！

上文侍中論榷鹽書　可觀可感。

留守侍中執事。當今天下勳德俱高，爲主上所倚信，望實兼隆，爲士民所責望，受恩三世，宜與社稷同憂，皆無如明公者。今雖在外，事有關於安危，而非職之所憂者，猶當盡力争之，而況其事关本職而憂及生民者乎？竊意明公必已言之而人不知。若猶未也，則願效其愚。

頃者三司使章惇建言："乞榷河北、京東鹽。"朝廷遣使按視，召周革入覲，已有成議矣。惇之言曰："河北與陝西皆爲邊防，而河北獨不榷鹽，此祖宗一時之誤恩也。"軾以爲陝西之鹽，與京東、河北不同。解池廣袤不過數十里，既不可捐以予民，而官亦易以籠取。青鹽至自虜中，有可禁止之道，然猶法存而實不行。城門之外，公食青鹽，今東北循海皆鹽也，其欲籠而取之，正與淮南、兩浙無異。軾在餘杭時，見兩浙之民以犯鹽得罪者，一歲至萬七千人而莫能止。姦民以兵仗護送，吏士不敢近者，常以數百人爲輩，特不爲他盜，故上下通知，而不

---

①② 以下有删節。

以聞耳。東北之人，悍於淮、浙遠甚，平居椎剽之姦，常甲於他路，一旦榷鹽，則其禍未易以一二數也。由此觀之，祖宗以來，獨不榷河北鹽者，正事之適宜耳。何名爲誤哉[①]?!

今議者曰："吾之法與淮、浙不同。淮、浙之民所以不免於私販，而竈户所以不免於私賣者，以官之買價賤而賣價貴耳。今吾賤買而賤賣，借如每斤官以三錢得之，則以四錢出之，鹽商私買於竈户，利其賤耳，賤不能減三錢，竈户均爲得三錢也，寧以予官乎？將以予私商而犯法乎？此必不犯之道也。"此無異於兒童之見。東海皆鹽也。苟民力之所及，未有捨而不煎，煎而不賣者也。而近歲官錢常若窘迫。遇其急時，百用横生，以有限之錢，買無窮之鹽，竈户有朝夕薪米之憂，而官錢在期月之後，則其利必歸於私販無疑也。食之於鹽，非若饑之於五穀也。五穀之乏，至於節口並日，而況鹽乎？故私販法重而官鹽貴，則民之貧而懦者或不食鹽。往在浙中，見山谷之人，有數月食無鹽者，今將榷之，東北之俗，必不如往日之嗜鹹也，而望官課之不虧，疏矣。且淮浙官鹽，本輕而利重，雖有積滯，官未病也。今以三錢爲本，一錢爲利，自禄吏購賞修築廒庾之外，所獲無幾矣。一有積滯不行，官之所喪，可勝計哉！失民而得財，明者不爲，況民財兩失者乎？

且禍莫大於作始作俑之漸，至於用人。今兩路未有鹽禁也，故變之難。遣使會議，經年而未果。自古作事欲速而不收衆議，未有如今日者也。然猶遲久如此，以明作始之難也。今既已榷之矣，則他日國用不足，添價貴賣，有司以爲熟事，行半紙文書而決矣。且明公能必其不添乎？非獨明公不能也，今之執政能自必乎？苟不可必，則兩路之禍，自今日始。

夫東北之蠶，衣被天下。蠶不可無鹽，而議者輕欲奪之，是病天下也。明公可不深哀而速救之歟？或者以爲朝廷既有成議矣，雖爭之必不從。竊以爲不然。乃者手實造簿，方赫然行法之際，軾嘗論其不可，以告今太原韓公。公時在政府，莫之行也，而手實卒罷，民賴以少安。凡今執政所欲必行者，青苗、助役、市易、保里而已，其他猶可

---

① 此处有删節。

以庶幾萬一。或者又以爲明公將老矣，若猶有所争，則其請老也難。此又軾之所不識也。使明公之言幸而聽，屈己少留，以全兩路之民，何所不可？不幸而不聽，是議不中意，其於退也尤易矣。願少留意。軾一郡守也，猶以爲職之所當憂，而冒聞於左右，明公其得已乎？

答黄魯直書

軾頓首再拜魯直教授長官足下。軾始見足下詩文於孫莘老之坐上，聳然異之，以爲非今世之人也。莘老言："此人，人知之者尚少，子可爲稱揚其名。"軾笑曰："此人如精金美玉，不即人而人即之，將逃名而不可得，何以我稱揚爲？"然觀其文以求其爲人，必輕外物而自重者，今之君子莫能用也。其後過李公擇於濟南，則見足下之詩文愈多，而得其爲人益詳，意其超逸絶塵，獨立萬物之表，馭風騎氣，以與造物者遊，非獨今世之君子所不能用，雖如軾之放浪自棄，與世闊疏者亦莫得而友也。今者辱書詞累幅，執禮恭甚，如見所畏者，何哉？軾方以此求交於足下，而懼其不可得，豈意得此於足下乎？喜愧之懷，殆不可勝。然自入夏以來，家人輩更卧病，忽忽至今，裁答甚緩，想未深訝也。古風二首，託物引類，真得古詩人之風，而軾非其人也。聊復次韻，以爲一笑。

黄州上文潞公書　可觀可念。

軾再拜。孟夏漸熱，恭維留守太尉執事台候萬福。承以元功，正位兵府，備物典册，首冠三公。雖曾孫之遇，絶口不言；而金縢之書，因事自顯。真古今之異事，聖朝之光華也。有自京師來，轉示所賜書教一通，行草爛然，使破甑敝帚，復增九鼎之重。

軾始得罪，倉皇出獄，死生未分，六親不相保。然私心所念，不暇及他。但顧平生所存，名義至重，不知今日所犯，爲已見絶於聖賢，不得復爲君子乎？抑雖有罪不可赦，而猶可改也？伏念五六日，至於旬時，終莫能决。輒復强顔忍耻，飾鄙陋之詞，道疇昔之眷，以卜於左右。遽辱還答，恩禮有加。豈非察其無他，而恕其不及，亦如聖天子所以貸而不殺之意乎？伏讀灑然，知其不肖之軀，未死之間，猶可以洗濯磨治，復入於道德之場，追申徒而謝子産也。

軾始就逮赴獄，有一子稍長，徒步相隨。其餘守舍，皆婦女幼稚。至宿州，御史符下，就家取文書。州郡望風，遣吏發卒，圍船搜取，老幼幾怖死。既去，婦女恚駡曰："是好著書，書成何所得，而怖我如此！"悉取燒之。比事定，重復尋理，十亡其七八矣。到黄州，無所用心，輒復覃思於《易》《論語》，端居深念，若有所得，遂因先子之學，作《易傳》九卷。又自以意作《論語説》五卷。窮苦多難，壽命不可期。恐此書一旦復淪没不傳，意欲寫數本留人間。念新以文字得罪，人必以爲凶衰不祥之書，莫肯敢藏。又自非一代偉人不足託以必傳者，莫若獻之明公。而《易傳》文多，未有力裝寫，獨致《論語説》五卷。公退閒暇，一爲讀之，就使無取，亦足見其窮不忘道，老而能學也。

軾在徐州時，見諸郡盜賊爲患，而察其人多凶俠不遲，因之以饑饉，恐其憂不止於竊攘剽殺也，輒草具其事上之。會有旨移湖州而止。家所藏書，既多亡帙，而此書本以爲故紙糊籠篋，獨得不燒，籠破見之，不覺惘然如夢中事，輒録其本以獻。軾廢逐至此，豈敢復言天下事？但惜此事粗有益於世，既不復施行，猶欲公知之，此則宿昔之心掃除未盡者也。公一讀訖，即燒之而已。

黄州食物賤，風土稍可安。既未得去，去亦無所歸，必老於此。拜見無期，臨紙於邑。

謝張太保撰先人墓碣書

伏蒙再示先人《墓表》，特載《辨姦》一篇，恭覽涕泗，不知所云。竊惟先人早歲汩没，晚乃有聞。雖當時學者知師尊之，然於其言語文章，猶不能盡，而況其中之不可形者乎？所謂知之盡而信其然者，舉世惟公一人①。《辨姦》之始作也，自軾與舍弟皆有"嘻其甚矣"之諫，不論他人。獨明公一見，以爲與我意合。公固已論之先朝，載之史册，今雖容有不知，後世决不可没。而先人之言，非公表而出之，則人未必信。信不信，何足深計？然使斯人用區區小數以欺天下，天下莫

① 此處有删節。

覺莫知，恐後世必有秦無人之歎。此《墓表》之所以作，而軾之所以流涕再拜而謝也。黄叔度澹然無作，郭林宗一言，至今以爲顔子。林宗於人林，小大畢取，所賢非一人，而叔度之賢，無一見於外者，而後世猶信，徒以林宗之重也。今公之重，不減林宗，所賢惟先人，而其心迹粗若可見，其信於後世必矣。

坡仙集卷之五終

坡仙集卷之六

書柬

與章子厚書 可觀可感。

子厚參政諫議執事。春初辱書，尋遞中裁謝，不審得達否？比日機務之暇，起居萬福。軾蒙恩如昨，顧以罪廢之餘，人所鄙惡，雖公不見棄，亦不欲頻通姓名。今兹復陳區區，誠義有不可已者。

軾在徐州日，聞沂州丞縣界有賊何九郎者，謀欲劫利國監，又有闞温、秦平者，皆猾賊，往來沂、兖間。欲使人緝捕，無可使者。聞沂州葛墟村有程棐者，家富，有心膽。其弟岳，坐與李逢往還，配桂州牢城。棐雖小人，而篤於兄弟，常欲爲岳洗雪而無由。竊意其人可使。因令本州支使孟易呼至郡，喻使自效，以刷門户垢汙，苟有成績，當爲奏乞放免其弟。棐願盡力，因出帖付與。不逾月，軾移湖州，棐相送出境，云："公更留兩月，棐必有以自效，今已去，奈何？"軾語棐："但盡力，不可以軾去而廢也。苟有所獲，當速以相報，不以遠近所在，仍爲奏乞如前件也。"是歲七月二十七日，棐使人至湖州見報，云："已告捕獲妖賊郭先生等。"及得徐州孔目官以下狀申告捕妖賊事，如棐言不謬。軾方欲具始末奏陳，棐所以盡力者，爲其弟也，乞勘會其弟岳所犯，如只是與李逢往還，本不與其謀者，乞賜放免，以勸有功。草具未上，而軾就逮赴詔獄，遂不果發。

今者，棐又遣人至黄州見報，云："郭先生等皆已鞫治得實，行法久矣，蒙恩授殿直。"且録其告捕始末以相示。原棐之意所以孜孜於軾者，凡爲其弟以曩言見望也，軾固不可以復有言矣。然獨念愚夫小人，以一言感發，猶能奮身不顧，以遂其言。而軾乃以罪廢之故，不爲一言以負其初心，獨不愧乎？且其弟岳，亦豪健絶人者也。徐、沂間人，驚勇如棐、岳類甚衆。若不收拾驅使令捕賊，即作賊耳。謂宜因事勸奬，使皆歆艷捕告之利，懲創爲盜之禍，庶幾少變其俗。今棐必在京師參班，公可自以意召問其始末，特爲一言放免其弟岳，或與一名目牙校、鎮將之類，付京東監司驅使緝捕，其才用當復過於棐也。此事至微末，公執政大臣，豈復治此？但棐於軾，本非所部吏民，而能自效者，以軾爲不食言也。今既不可言於朝廷，又不一言於公，是終不言矣。以此愧於心不能自已。可否在公，獨願秘其事，毋使軾重得罪也。

徐州南北襟要，自昔用武之地，而利國監去州七十里，土豪百餘家，金帛出積，三十六冶器械所産，而兵衛微寡。不幸有猾賊十許人，一呼其間，吏兵皆棄而走耳，散其金帛以嘯召無賴烏合之衆，可一日得也。軾在郡時，常令三十六冶，每户點集冶夫數十人，持劫刀槍，每月兩衙於知監之庭，以示有備而已。此地蓋常爲京東豪猾之所拟，公所宜知。因程棐事，輒復及之。

答李端叔書　可觀。

軾頓首再拜。聞足下名久矣，又於相識處，往往見所作詩文，雖不多，亦足以仿佛其爲人矣。尋常不通書問，怠慢之罪，猶可闊略，及足下斬然在疚，亦不能以一字奉慰。舍弟子由至，先蒙惠書，又復懶不即答，頑鈍廢禮，一至於此。而足下終不棄絶，遞中再辱手書，待遇益隆，覽之而熱汗下也。足下才高識明，不應輕許與人，得非用黄魯直、秦太虚輩語，真以爲然耶？不肖爲人所憎，而二子獨喜見譽，如人嗜昌歜、羊棗，未易詰其所以然者。以二子爲妄則不可，遂欲以移之衆口，又大不可也。軾少年時，讀書作文專爲應舉而已。既及進士第，貪得不已，又舉制策，其實何所有？而其科號爲直言極諫，故每紛然誦説古今，考論是非，以應其名耳。人苦不自知，既以此得，因以爲實能之，故譊譊至今，坐此得罪幾死，所謂齊虜以口舌得官，真可笑也。然世人遂以軾爲欲立異同，則過矣。妄論利害，攙説得失，此正制科人習氣。譬之候蟲時鳥，自鳴自已，何足爲損益？軾每怪時人待軾過重，而足下又復稱説如此，愈非其實。得罪以來，深自閉塞，扁舟草屨，放浪山水間，與樵漁雜處，往往爲醉人所推罵，輒自喜漸不爲人識。平生親友無一字見及，有書與之亦不答，自幸庶幾免矣。足下又復創相推與，甚非所望。木有癭，石有暈，犀有通，以取妍於人，皆物之病也。謫居無事，默自觀省，回視三十年以來所爲，多其病者。足下所見，皆故我，非今我也。無乃聞其聲不考其情，取其華而遺其實乎？抑將又有取於此也①。

答秦太虚書 可觀，可喜，妙妙。

軾寓居粗遣，但舍弟初到筠州，即喪一女子，而軾亦喪一老乳母。悼念未衰，又得鄉信，堂兄中舍九月中逝去。異鄉衰病，觸目悽感，念人命脆弱如此。又承見喻，中間得疾不輕，且喜復健。

吾儕漸衰，不可復作少年調度，當速用道書方士之言，厚自養鍊。謫居無事，頗窺其一二。已借得本州天慶觀道堂三間，冬至後，當入此室，四十九日乃出。自非廢放，安得就此？太虚他日一爲仕宦所縻，欲求四十九日閑，豈可復得耶②？

公擇近過此，相聚數日，説太虚不離口。莘老未嘗得書，知未暇通問。程公闢須其子履中哀詞，軾本自求作，今豈可食言？但得罪以來，不復作文字，自持頗嚴。若復一作，則決壞藩牆，今後仍復衮衮多言矣。

初到黄，廩入既絶，人口不少，私甚憂之。但痛自節儉，日用不得過百五十，每月朔便取四千五百錢，斷爲三十塊，挂屋梁上。平旦用畫叉挑取一塊。即藏去叉，仍以大竹筒别貯。用不盡者，以待賓客，此賈耘老法也。度囊中尚可支一歲有餘。至時，别作經畫，水到渠成，不須預慮。以此，胸中都無一事。

所居對岸武昌，山水佳絶。有蜀人王生在邑中，往往爲風濤所

---

① 以下有删節。
② 此處有删節。

隔,不能即歸,則王生能爲殺雞炊黍,至數日不厭。又有潘生者,作酒店樊口。棹小舟徑至店下,村酒亦自醇釅。柑橘椑柿極多,大芋長尺餘,不減蜀中。外縣米斗二十,有水路可致。羊肉如北方,豬牛麞鹿如土,魚蟹不論錢。岐亭監酒胡定之,載書萬卷隨行,喜借人看。黄州曹官數人,皆家善庖饌,喜作會。太虚視此數事,吾事豈不既濟矣乎?欲與太虚言者無窮,但紙盡耳。展讀至此,想見掀髯一笑也①。

答陳師仲書 可觀可喜,妙妙。

自得罪後,雖平生厚善,有不敢通問者。足下獨犯衆人之所忌,何哉?及讀所惠詩文,不數篇,輒拊掌太息,此自世間奇男子,豈可以世俗趣舍量其心乎!詩文皆奇麗,所寄不齊,而皆歸合於大道,軾又何言者!其間十常有四五見及,或及舍弟,何相愛之深也。處世齟齬,每深自嫌惡,不論他人。及見足下輩猶如此,輒亦少自赦。詩能窮人,所從來尚矣,而於軾特甚。今足下獨不信,建言詩不能窮人,爲之益力。其詩日已工,其窮殆未可量,然亦在所用而已。不龜手之藥,或以封,安知足下不以此達乎?人生如朝露,意所樂則爲之,何暇計議窮達?云能窮人者固謬,云不能窮人者,亦未免有意於畏窮也。江淮間人,好食河豚。每與人争,河豚本不殺人,嘗戲之,性命自子有,美則食之,何與我事?今復以此戲足下,想復千里爲我一笑也②。軾於錢塘人有何恩意,而其人至今見念,軾亦一歲率常四五夢至西湖上,此殆世俗所謂前緣者。在杭州嘗遊壽星院,入門便悟曾到,能言其院後堂殿山石處,故詩中嘗有"前生已到"之語。足下主簿,於法得出入,當復從遊如軾在彼時也。山水窮絶處,往往有軾題字,想復題其後③。

答畢仲舉書

軾啓。奉别忽十餘年。愚瞽頓仆,不復自比於朋友。不謂故人

① 以下有删節。

②③ 此處有删節。

尚爾記録，遠枉手教，存問甚厚。且審比來起居佳勝，感慰不可言。羅山素號善地，不應有瘴癘，豈歲時適爾？既無所失亡，而有得於齊寵辱、忘得喪者，是天相子也。僕既以任意直前不用長者所教，以觸罪苦，然禍福要不可推避，初不論巧拙也。黄州濱江帶山，既適耳目之好，而生事百須，亦不難致。早寢晚起，又不知所謂禍福果安在哉？偶讀《戰國策》，見處士顔蠋之語“晚食以當肉”，欣然而笑。若蠋者，可謂巧於居貧者也。菜羹菽黍，差饑而食，其味與八珍等；而既飽之餘，芻豢滿前，惟恐其不持去也。美惡在我，何與於物？所云讀佛書及合藥救人二事，以爲閑居之賜甚厚。佛書舊亦嘗看，但闇塞不能通其妙，獨時取其麤淺假説以自洗濯，若農夫之去草，旋去旋生，雖若無益，然終愈於不去也。若世之君子，所謂超然玄悟者，僕不識也。往時陳述古好論禪，自以爲至矣，而鄙僕所言爲淺陋。僕嘗語述古：“公之所談，譬之飲食龍肉也。而僕之所學，豬肉也。豬之與龍，則有間矣。然公終日説龍肉，不如僕之食豬肉實美而真飽也。”不知君所得於佛書者果何耶？爲出生死，超三乘，遂作佛乎？抑尚與僕輩俯仰也？學佛老者，本期於静而達。静似懶，達似放。學者或未至其所期，而先得其所似，不爲無害。僕常以此自疑，故亦以爲獻。來書云，處世得安穩無病，粗衣飽飯，不造冤業，乃爲至足。三復斯言，感歎無窮。世人所作，舉足動念，無非是業，不必刑殺無罪，取非其有，然後爲冤業也。無緣面論，以當一笑而已。

與朱鄂州書　可觀。

軾啓。昨日武昌寄居王殿直天麟見過，偶説一事，聞之酸辛，爲食不下。念非吾康叔之賢，莫足告語。俗人區區，了眼前事，救過不暇，豈有餘力及此度外事乎？天麟言岳鄂間，田野小人，例只養二男一女，過此輒殺之，尤諱養女。以故民間少女，多鰥夫。初生，輒以冷水浸殺。其父母亦不忍，率常閉目背面，以手按之水盆中，咿嚶良久乃死。有神仙鄉百姓石揆者，連殺兩子。去歲夏中，其妻一産四子，楚毒不可堪忍，母子皆斃。報應如此，而愚人不知創艾。天麟每聞其側近有此，輒馳救之，量與衣食之類，全活者非一。既旬日，有無子息人欲乞其子者，輒亦不肯。以此知其父子之愛，天性故在，特牽於習俗耳。聞鄂人有秦光亨者，今已及第，爲安州司法。方其在母也，其舅陳遵夢一小兒挽其衣，若有所訴。比兩夕，輒見之。其狀甚急。遵獨念其姊有娠將産，而意不樂多子，豈其應是乎？馳往省之，則兒已在水盆中矣，救之得免。鄂人户知之。

準律，故殺子孫，徒二年。此長吏所得按舉。願公明以告諸邑令佐，使召諸保正，告以法律，論以禍福，約以必行，使歸轉以相語，仍録條粉壁曉示。且立賞召人告官，賞錢以犯人及鄰保家財充，若客户，則及其地主。婦人懷孕，經涉歲月，鄰保地主無不知者。若後殺之，其勢足相舉，覺容而不告，使出賞固宜。若依律行遣數人，此風便革。公更使令佐，各以至意，誘諭地主豪户。若實貧甚，不能舉子者，薄有以賙之。人非木石，亦必樂從。但得初生數日不殺，後雖勸之使殺，亦不肯矣。自今以往，緣公而得活者，豈可勝計哉？

佛言殺生之罪，以殺胎卵爲最重。六畜猶爾，而況於人？俗謂小兒病爲無辜，此真可謂無辜矣。悼耄殺人猶不死，況無罪而殺之乎？公能生之於萬死中，其陰德十倍於雪活壯夫也。昔王濬爲巴郡太守，巴人生子皆不舉。濬嚴其科條，寬其徭役，所活數千人。及後伐吴，所活者皆堪爲兵。其父母戒之曰："王府君生汝，汝必死之。"古之循吏，如此類者非一。居今之世而有古循吏之風者，非公而誰？此事特未知耳。

軾向在密州，遇饑年，民多棄子，因盤量勸誘米，得出剩數百石，别儲之，專以收養棄兒，月給六斗。比期年，養者與兒，皆有父母之愛，遂不失所，所活亦數十人。此等事，在公如反手耳！

答李廌書

軾頓首先輩李君足下。别後遞中得二書，皆未果答。專人來，又辱長箋，且審比日孝履無恙，感慰深矣。惠示古賦近詩，詞氣卓越，意趣不凡，甚可喜也。但微傷冗，後當稍收斂之。今未可也，足下之文，正如川之方增，當極其所至，霜降水落，自見涯涘，然不可不知也。録示孫之翰《唐論》。僕不識之翰，今見此書，凜然得其爲人。至論褚遂良不譖劉洎，太子瑛之廢緣張説，張巡之敗緣房琯，李光弼不當圖史思明，宣宗有小善而無人君大略，皆舊史所不及。議論英發，暗與人意合者甚多。又讀歐陽文忠公志文，司馬君實跋尾，益復慨然。然足下欲僕别書此文入石，以爲之翰不朽之託，何也？之翰所立於世者，雖無歐陽公之文可也，而況欲託字畫之工以求信於後世，不以陋乎？足下相待甚厚，而見譽過當，非所以爲厚也。近日士大夫皆有僭侈無涯之心，動輒欲人以周、孔譽己，自孟軻以下者，皆憮然不滿也。此風殆不可長。又僕細思所以得患禍者，皆由名過其實。造物者所不能堪，與無功而受千鍾者，其罪均也。深不願人造作言語，務相粉飾，以益其疾。足下所與游者元聿，讀其詩，知其爲超然奇逸人也。緣足下以得元君，爲賜大矣。《唐論》文字不少，過煩諸君寫録，又以見足下所與遊者，皆好學喜事，甚善！甚善！獨所謂未得名世之士爲志文則未葬者，恐於禮未安。司徒文子問於子思："喪服既除然後葬，其服何服？"子思曰："三年之喪，未葬，服不變，除何有焉。"昔晋温嶠以未葬不得調。古之君子，有故不得已而未葬，則服不變，官不調。今足下未葬，豈有不得已之事乎？他日有名世者，既葬而表其墓，何患焉？

答張文潛書

頓首文潛縣丞張君足下①。惠示文編，三復感歎。甚矣！君之似子由也。子由之文實勝僕，而世俗不知，乃以爲不如。其爲人深不願人知之，其文如其爲人，故汪洋澹泊，有一唱三歎之聲，而其秀傑之氣，終不可没。作《黄樓賦》，乃稍自振厲，若欲以警發憒者。而或者便謂僕代作，此尤可笑。是殆見吾善者機也。文字之衰，未有如今日者也。其源實出於王氏。王氏之文，未必不善也，而患在於好使人同己。自孔子不能使人同，顔淵之仁，子路之勇，不能以相移。而王氏欲以其學同天下！地之美者，同於生物，不同於所生。惟荒瘠斥鹵之地，彌望皆黄茅白葦，此則王氏之同也。近見章子厚言，先帝晚年甚患文字之陋，欲稍變取士法，特未暇耳。議者欲稍復詩賦，立《春秋》

---

① 此處有删節。

學官，甚美。僕老矣，使後生猶得見古人之大全者，正賴黄魯直、秦少游、晁無咎、陳履常與君等數人耳。如聞君作太學博士，願益勉之。“德輶如毛，民鮮克舉之。我儀圖之，愛莫助之。”①

答謝民師書　可觀。

軾啓。軾受性剛簡，學迂材下，坐廢累年，不敢復齒縉紳。自還海北，見平生親舊，惘然如隔世人，況與左右無一日之雅，而敢求交乎？數賜見臨，傾蓋如故，幸甚過望，不可言也。所示書教及詩賦雜文，觀之熟矣。大略如行雲流水，初無定質，但常行於所當行，常止於不可不止。文理自然，姿能横生。孔子曰：“言之不文，行之不遠。”又曰：“詞達而已矣。”夫言止於達意，則疑若不文，是大不然。求物之妙，如繫風捕影，能使是物了然於心者，蓋千萬人而不一遇也。而況能使了然於口與手者乎？是之謂辭達。辭至於能達，則文不可勝用矣。揚雄好爲艱深之詞，以文淺易之説。若正言之，則人人知之矣。此正所謂雕蟲篆刻者，其《太玄》《法言》皆是類也。而獨悔於賦，何哉？終身雕蟲而獨變其音節，便謂之經，可乎？屈原作《離騷經》，蓋風雅之再變者，雖與日月争光可也。可以其似賦而謂之雕蟲乎？賈誼見孔子，升堂有餘矣，而乃以賦鄙之②，雄之陋如此，比者甚衆。可與知者道，難與俗人言也。因論文偶及之耳③。

答劉沔都曹書

軾頓首都曹劉君足下。蒙賜書教，及編録拙詩文二十卷。軾平生以言語文字見知於世，亦以此取疾於人，得失相補，不如不作之安也。以此常欲焚棄筆硯，爲瘖默人，而習氣宿業，未能盡去，亦謂隨手雲散鳥没矣。不知足下默隨其後，掇拾編綴，略無遺者，覽之慚汗，可爲多言之戒。然世之蓄軾詩文者多矣，率真僞相半，又多爲俗子所改竄，讀之使人不平。然亦不足怪。識真者少，蓋從古所病。梁蕭統集

---

① 下文删掉了。

② 此处删去“至与司马相如同科”。

③ 以下有删節。

《文選》,世以爲工。以軾觀之,拙於文而陋於識者,莫統若也。宋玉賦《高唐》《神女》,其初略陳所夢之因,如子虛、亡是公相與問答,皆賦矣。而統謂之叙,此與兒童之見何異?李陵、蘇武贈别長安,而詩有“江漢”之語。及陵與武書,詞句儇淺,正齊梁間小兒所擬作,决非西漢文,而統不悟,劉子玄獨知之。范曄作《蔡琰傳》,載其二詩,亦非是。董卓已死,琰乃流落。方卓之亂,伯喈尚無恙也,而其詩乃云以卓亂故,流入於胡。此豈真琰語哉!其筆勢乃效建安七子者,非東漢詩也。李太白、韓退之、白樂天詩文,皆爲庸俗所亂,可爲太息。今足下所示二十卷,無一篇僞者,又少謬誤。及所示書詞,清婉雅奥,有作者風氣,知足下致力於斯文久矣。軾窮困,本坐文字,蓋願刳形去皮而不可得者。然幼子過文益奇,在海外孤寂無聊,過時出一篇見娱,則爲數日喜,寢食有味。以此知文章如金玉珠貝,未易棄也。見足下詞學如此,又喜吾同年兄龍圖公之有後也。故勉作報書,匆匆不宣。

與章子厚書

某自得罪以來,不敢復與人事,雖骨肉至親,未肯有一字往來。忽蒙賜書,存問甚厚,憂愛深切,感歎不可言也。恭聞拜命與議大政,士無賢不肖,所其慶快。然某始見公長安,則與相識,云:“子厚奇偉絶世,自是一代異人。至於功名將相,乃其餘事。”方是時,應某者皆憮然。今日不獨爲足下喜朝之得人,亦自喜其言之不妄也。

某所以得罪,其過惡未易以一二數也。平時惟子厚與子由極口見戒,反覆甚苦,而某强很自用,不以爲然。及在囹圄中,追悔無路,謂必死矣。不意聖主寬大,復遣視息人間,若不改者,某真非人也。來書所云:“若痛自追悔往咎,清時終不以一眚見廢。”此乃有才之人,朝廷所惜。如某正復洗濯瑕垢,刻磨朽鈍,亦當安所施用?但深自感悔,一日百省,庶幾天地之仁,不念舊惡,使保首領,以從先大夫於九原足矣。某昔年粗亦受知于聖主,使少循理安分,豈有今日?追思所犯,真無義理,與病狂之人蹈河入海者無異。方其病作,不自覺知,亦窮命所近,似有物使。及至狂定之日,但有慚耳。而公乃疑其再犯,豈有此理哉?然異時相識,但過稱譽,以成吾過,一旦有患難,無復有相哀者。惟子厚平居遺我以藥石，及困急又有以收恤之，真與世俗異矣。

黄州僻陋多雨，氣象昏昏也。魚稻薪炭頗賤，甚與窮者相宜。然某平生未嘗作活計，子厚所知之。俸入所得，隨手輒盡。而子由有七女，債負山積，賤累皆在渠處，未知何日到此。見寓僧舍，布衣蔬食，隨僧一餐，差爲簡便，以此畏其到也。窮達得喪，粗了其理，但禄廩相絶，恐年載間遂有饑寒之憂，不能不少念。然俗所謂水到渠成，至時亦必自有處置，安能預爲之愁煎乎？

初到，一見太守，自餘杜門不出。閑居未免看書，惟佛經以遣日，不復近筆硯矣。

與孫運句書

某啓。脾能母養餘臟，故養生家謂之黄婆。司馬子微著《天隱子》，獨教人存黄氣入泥丸，能致長生。太倉公言安穀過期，不安穀不及期。以此知脾胃完固，百疾不生。近見江南老人，年七十二，狀貌氣力如四五十人。問其所得，初無異術，但云平生習不飲湯水耳。常人日飲數升，吾日減一合，今但沾唇而已。脾胃惡濕，飲少，胃强氣盛，液行自然不濕。雖冒暑遠行，亦不念水，此可謂至言不繁。聞晃叔比得腫疾，皆以利水藥去之。中年以後，一利一衰，豈可數乎？當及今無病時，力養胃氣。若上能制水，病何由生？陳彦升云，少時得此病，服商陸、防已之類，皆不效，金液丹，灸臍下，乃愈。此亦固胃助陽之意也。但火力外物，不如江南老人之術耳。姜橘辣藥，例能張肺，多爲腫媒，不可服，有書以告之爲佳也。

與李方叔書　可觀可歎。

某頓首方叔先輩足下[①]。累書見責以不相薦引，讀之甚愧。然其説不可不盡。君子之知人，務相勉於道，不務相引於利也。足下之文，過人處不少，如《季氏墓表》及《子駿行狀》之類，筆勢翩翩，有可以

---

① 此處有删節。

追古作者之道。至若前所示《兵鑒》，則讀之終篇，莫知所謂。意者足下未甚有得於中而張其外者，不然，則老病昏惑，不識其趣也。以此，私意猶冀足下積學不倦，落其華而成其實。深願足下爲禮義君子，不願足下豐於才而廉於德也。若進退之際，不甚慎静，則於定命不能有毫髮增益，而於道德有丘山之損矣。古之君子，貴賤相因，先後相援，固多矣。某非敢廢此道，平生相知，心所謂賢者則于稠人中譽之，或因其言以考其實，實至則名隨之，名不可掩，其自爲世用，理勢固然，非力致也。陳履常居都下逾年，未嘗一至貴人之門，章子厚欲一見，終不可得。中丞傅欽之。侍郎孫莘老薦之，某亦掛名其間。會朝廷多知履常者，故得一官。某孤立言輕，未嘗獨薦人也。爵録砥世，人主所專，宰相猶不敢必，而欲責於某，可乎①？近秦少游有書來，亦論足下近文益奇。明主求人如不及，豈有終汩没之理！足下但信道自守，當不求自至。若不深自重，恐喪失所有。言切而盡，臨紙悚息②。

此等人，如何與説此言。

與葉進叔書

進叔足下。僕狷介寡合之人也。足下望其貌而壯其氣，聆其語而知其心，握手見情素，交論古今，歡然若將與之忘年焉，僕不自知何为而得此於足下也。前日南歸，草草不能道一辭。到家，秋氣已高，窗户蕭條，思與足下談笑之樂，恍乎若相從於夢中，既覺而不知卧於虚榻也。行日，嘗辱贈言，意勤辭直，讀之使人惻惻動心。足下之所以知僕心者至矣，所以責善於朋友者亦至矣。而又凡所以爲至之中有所不至者，僕得以盡之焉。僕聞有自知之明者，乃所以知人；有自達之聰者，乃所以達物。自知矣，可以無疑矣，而徇人則疑於人。自達矣可以無蔽矣，而徇物則蔽於物。今足下自知自達而無可疑可蔽矣，豈僕所以得人與物之説耶？至以謂僕之交，不能把臂服膺以示無間，凡此者，非疑非蔽也，乃僕所以爲狷介寡合者③。夫投規於矩，雖

---

① 此處有删節。

② 以下有删節。

③ 李贄在此處删去“足下顧不亮乎”。

公輸不能使之合。何則？方圓者殊也。雜宫以羽，雖師曠不能使之一。何則？緩急者異也。對辯以訥，遇剛以柔，雖君子不能以無争。何則？所性所操之不同也。足下聰明過人，無世事不通，獨不知物理之有參差者乎？昔張籍貽韓愈之書，責愈以商論文字不能下氣。夫以退之而未免，矧其下者乎？雖然，亦思而改之耳。恐足下未審此，聊復以書。**可憐。**

答舒堯文書　有趣。

午睡昏昏，使者及門，授教及詩，振衣起觀，頓爾醒快，若清風之來得當之也。大抵詞律莊重，叙事精致，要非囂浮之作。昔先零侵漢西疆，而趙充國請行；吐谷渾不貢於唐，而文皇臨朝歎息，思起李靖爲將，乃知老將自不同也。晋師一勝城濮，則屹然而霸，雖齊、陳大國、莫不服焉。今日魯直之於詩是已。公自於彼乞盟可也，奈何欲爲兩屬之國，則犧牲玉黽焉得而給諸？不敢當！即承來命，少資嘔噱。

答孫志康書

自春末聞訃，悲愕不已。自惟不肖，得交於父子間有年矣。即日奉疏，少通哀誠，不獨海上無便，又聞志康從西路迎護，莫知往還的耗。故因循至今。遂辱專使，手書累幅，愧荷深矣。竊承已畢大事，營辦勤苦，何以堪任。即日孝履支持，預慰所望。誌文實録，讀之感噎。自聞變故，即欲撰哀詞，以表契義萬一，不知爵里之詳。今復覩此文，旦夕當下筆，然不願傳出，雖志康亦不以相示。藏之家笥，須不肖啓手足日乃出之也。自惟無狀，百無所益於故舊，惟文字庶幾不與草木同腐，故决意爲之，然决不敢相示也。志康必識此意，千萬勿來索看也。師是此入甚奇，斯人亦可人也哉。

某謫居已逾年，諸況粗遣。禍福苦樂，念念遷逝，無足留胸中者。又自省罪戾久積，理應如此，實甘受之。今者北歸無日，因遂自謂惠人，漸作久居計。正使終焉，亦何所不可？志康聞此言，可以不深念哉！玳瑁藥合見遺，乃吾介夫遺意。謹炷香拜受。志康所惠布蜜藥果等，一一捧領。[①] 海上窮陋，又謫居貧病，乃無少物報謝，慙負無量。見戒勿與人詩文，謹佩至言。如見報出都日所聞，虚實不可不知，勿以告人也。舍弟筠州甚安，時得書。儿侄輩或在陳，或在許下，兩兒子在宜興，某與幼子過在兹。明年長子邁，當挈他一房來此指射差遣，因般過房下來。見愛之深，恐要知其詳。示諭開歲來此相聚，雖爲厚幸，然竄逐中，唯欲親故謝絶爲孤寂可憐者，則孤老猶可以粗安。若志康，人所指目者，而乃不遠千里相求，此重增某罪戾也。千萬寢之，切告！切告！

李太伯雖前輩不相交往，然敬其人，欲作集引，亦終不傳出也。承諭世膺，可爲聚其訃後文集，異日示及，當與志康商議，少加删定，乃傳世也。斯人既無後，吾輩當與留意。李文叔書已領。諸兒子爲學頗进，長迨自宜興寄詩文來，甚可觀。此等辱雅遊最舊，故輒以奉聞，然不敢令拜狀，無益，徒煩報答也。

與李方叔

承示諭長安君偶患臂痛不能舉。某於錢塘武朝議處，傳得一方云：其初本施渥寺丞者，因寓居京師甜水巷，見乞兒，兩足拳，捺屐子行。渥嘗以飲食錢物遺之，凡期季不衰。尋赴任，數季而還。復僦曩居，則乞兒已不見矣。一日見於相國寺前，行走如飛。渥就問之，則曰："遇人傳兩藥方，服一料，已能走耳。"服之立効。其後已傳數人，皆神妙。但手足上疾，皆可服，不拘男子婦人。秘之秘之。其方元只是《王氏博濟方》中方，但人不知耳。《博濟》誤以虎脛爲虎腦。便請長安君合服必驗。朝雲者死於惠州久矣。别後學書，頗有楷法，亦學佛法，臨去誦六如偈以絶。葬之惠州棲禪寺，僧作亭覆之，榜曰六如亭。最荷夫人垂顧，故詳及之。

與彦正判官　趣。

古琴當與響泉韻磬，並爲當世之寶，而鏗金瑟瑟，遂蒙輟惠，報賜

---

① 此處删去"咸作無量"。

之間，報汗不已。又不敢遠逆來意，謹當傳示子孫，永以爲好也。然某素不解彈，適紀老枉道見過，令其侍者快作數曲，指歷鏗然，正如若人之語也。試以一偈問之："若言琴上有琴聲，放在匣中何不鳴？若言聲在指頭上，何不於君指上聽？"録以奉呈，以發千里一笑也。

與温公

某啓。超然之作，不惟不肖附託以爲寵，遂使東方陋州，爲不朽之盛事，然所以奬與則過矣。久不見公新文，忽領《獨樂園記》，誦味不已，輒不自揆，作一詩，聊發一笑耳。彭城嘉山水，饒魚蟹，争訟寂然，盗賊衰少，聊可藏拙。但朋遊闊遠，舍弟非久赴任，益岑寂矣。

謫居窮僻，如在井底。杳不知京洛之耗，不審邇日寢食何如？某以愚暗獲罪，咎自己招，無足言者。但波及左右，爲恨殊深，雖高風偉度，非此細故所能尘垢。然某思之，不啻芒背爾。寓居去江無十步，風濤煙雨，曉夕百變，江南諸山在几席，此幸未始有也。雖有窘乏之憂，亦布褐藜藿而已。

與魯直

晁君寄騷，細看甚奇，信其家多畢材耶？然有少意，欲魯直以己意微箴之。凡人文字，務使平和，至足餘，溢爲奇怪，蓋出於不得已爾。晁文奇怪似差早，然不可直云耳。非謂其諱也，恐傷其邁往之氣，当爲朋友講磨之語乃宜。不知公謂然否？

又　趣。

有侄壻王郎，名庠，榮州人。文行皆超然，筆力有餘，出語不凡，可收爲吾黨也。自蜀遣人來惠，云："魯直在黔，決當往見，求書爲先容。"嘉其有奇操，故爲作書。然舊聞太夫人多病，未易遠去，謾爲一言。眉山有程遵晦者，亦奇士，文益老，王郎蓋師之。此兩人者有致窮之具，而與不肖爲親，又欲往求魯直，其窮殆未易瘳也。

與陳傳道 **可想。**

某方病市人逐利[1]，好刊某拙文，欲毁其板，矧欲更令人刊耶？當俟稍暇，盡取舊詩文，存其不甚惡者，爲一集，以公過取其言，當令録一本奉寄。今所示者，不惟有脱誤，其間亦有他人文也[2]。

知日課一詩，甚善，此技雖高才，並甚習不能工也。聖俞昔嘗如此。某近絶不作詩，蓋有以，非而莫究。獨神道碑、墓誌數篇爾。碑蓋被旨作，而誌文以景仁丈世契不得辭，欲寫呈文，多無暇，聞都下已刊板，想即見之也。某頃伴虜使，頗能誦某文，以此知虜中皆有中原文字，故爲此碑。**謂富公碑也。**欲使虜知通好用兵利害之所在也。**忠哉。**

與王敏仲 **有趣。**

某垂老投荒，無復生還之望，昨與長子邁訣，已處置後事矣。今到海南，首當作棺，次便作墓，仍留手疏與諸子，死即葬於海外，庶幾延陵季子嬴博之義，父既可施之子，子獨不可施之父乎？生不挈棺。死不扶柩，此亦東坡之家風也。此外燕坐寂照而已。所云途中邂逅，意謂不如其已，所欲言者，豈有過此者乎？故視縷此紙，以代面别。

與鄭靖老 **趣。**

某見張君俞，乃始知公中間亦爲小人所掊摭。令史以下，固不知退之《諱辯》也，而卿貳等亦爾耶！進退有命，豈此輩所制？知公奇偉，必不經懷也。某鬚髮盡白，然體力元不減舊，或不即死，聖恩汪洋，更一赦，或許歸農，則帶月之鋤，可以對秉也。本意專欲歸蜀，不知能遂此計否？蜀若不歸，即以杭州爲佳。朱邑有言："子孫奉祠我，不如桐鄉之民。"不肖亦云。然外物不可必。當更臨事隨宜，但不即死，歸田可必也。公欲相從於溪山間，想是真誠之願，水到渠成，亦不必預慮也。此生真同露電，豈通把玩耶！

---

① 此句上面文爲李贄删去。

② 以上是一封信，以下是另一封信。

與滕達道 趣。

示諭宜甫夢遇於傳無有①，某聞見不廣，何足以質？然冷煖自知，殆未可以前人之有無爲證也。自聞此事，而士大夫多異論，意謂中途必一見，得相參扣，竟不果。此意衆生流浪火宅，纏繞愛賊，故爲饑火所燒。然其間自有燒不著處。一念清浄，便不服食，亦理之常，無足怪者。方其不食，不可强使食，猶其方食，不可强使之不食也。此間何必生異論乎！願公以食不食爲旦暮，以仕不仕爲寒暑，此外默而識之。若以不食爲勝解，則與異論者相去無幾矣。不罪②。

某好携具野飲，欲問公求紅朱累子，兩卓二十四隔者，極爲左右費，然遂成藉草之樂，爲不淺也。有便望頒示，悚息！悚息③！

某感時氣，卧疾逾月，今已全安。但幼累更卧，尚紛紛也。楊道人名世昌，緜竹人，多藝然可閑老驗，亦足以遣瀌也。留此幾一年，與之稍熟，恐要知之。

與李之儀

某以囊裝罄盡，而子由亦久困無餘，故欲就食淮浙。已而深念，老境知有幾日，不可復作兩處。又得子由書，及見教語尤切，已決歸許下矣。但須少留儀真，令兒子往宜興，刮制變轉，往還須月餘，約至許下，已七月矣。去歲在廉州，託孫叔静寄書及小詩，達否？叔静云端叔一生坎坷，晚節益牢落，正賴魚軒賢德，能委曲相順，適以忘百憂。此豈細事？不爾，人生豈復有佳味乎？叔静相友，想得其詳，故輒以奉慶，忝契不罪。

與康公曹都官④

某稔間才業之美，尚淹擢用，向承非罪被移，衆論可怪，賢者處

---

① 《蘇東坡全集》，"無有"作"有無"。

② 以上是蘇軾在徐州所寫之信。

③ 以上乃蘇軾在登州所寫的信。

④ 曹，原作"操"，從目録改。

之，想恬適也。希聲久不得書，承示諭，方知得蜀州，應甚慰意。二浙處處佳山水，守官殊可樂。乡人之至此者絶少，舉日無親故，而杭又多事，時投餘隙，輒出訪覽，亦自可卒歲也。東陽自昔勝處，見劉夢得有“三伏生秋”之句，此境猶在否？未知會晤之日，但有企咏。

與周開祖　趣。

某忝命皆出獎借，尋自杭至吴興見公擇，而元素、子野、孝叔、令舉皆在湖，燕集甚盛，深以開祖不在坐爲恨。别後每到佳山水處，未嘗不懷想談笑。出京北去，風俗既椎魯，而游從詩酒如開祖者，岂可復得。乃知向者之樂，不可得而繼也。令舉特來錢塘相别，遂見送至湖。久在吴中，别去，真作數日惡。然詩人不在，大家省得三五十首唱酬，亦非細事。

與鮮于子駿　趣。

忝厚眷，不敢用啓狀，必不深訝。所惠詩文，皆蕭然有遠古風味。然此風之亡也久矣。欲以求合世俗之耳目，則疏矣。但時獨於閑處開看，未嘗以示人，蓋知愛之者絶少也。所索拙詩，岂敢措手，然不可不作，特未暇耳。近卻頗作小詞，是無柳七郎風味，亦自是一家。呵呵！數日前獵於郊外，所獲頗多。作得一闋，令東州壯士抵掌頓足而歌之，吹笛擊鼓以爲節，頗壯觀也。寫呈取笑。

答范蜀公　有趣。

承别紙示諭：“麴蘖有毒，平地生出醉鄉；土偶作祟，眼前妄見佛國。”公欲哀而救之，問所以救者。小子何人，顧不敢不對。公方立仁義以爲城池，操詩書以爲干櫓，則舟中之人盡爲敵國。雖公盛德，小子亦未知勝負所在。願公宴坐静室，常作是念，觀彼能惑之性安所從生，又觀公欲救之心作何形段。此猶不立，彼復何依？雖黄面瞿曇亦當斂衽，而況學之者耶！聊復信筆，以發公千里一笑而已。

與王慶源　趣。

竄逐以來，日欲作書爲問。舊既懶惰，加以閑廢，百事不舉，但慚怍而已。即日體中何如，眷愛各佳？某幼累並安。但初到此，喪一老乳母，七十二矣，悼念久之，近亦不復置懷。寓居官亭，俯道大江，几席之下，雲濤接天，扁舟草屨，放浪山水間。客至，多辭以不在。往來書疏如山，不復答也。此味甚佳，生來未嘗有此適。知之，免憂。

與李公擇　可觀可感。

示及新詩，皆有遠别惘然之意，雖兄之愛我厚，然僕本以鐵石心腸待公，何乃爾耶？吾儕雖老且窮，而道理貫心肝，忠義填骨體，直須談笑死生之際，若見僕困窮便相憐，則與不學道者大不相遠矣。兄造道深，中必不爾，出于相好之篤而已。然朋友之義，專務規諫，輒以狂言廣兄之意爾。兄雖懷坎壈於時，遇事有可尊主澤民者，便忘軀爲之，禍福得喪，付與造物。非兄，僕豈發此！看訖，便火之，不知者以爲詬病也。

與蔡景繁　黄州。妻子無幾見而雲藍小袖輒生子。

凡百如常。至後杜門壁觀，雖妻子無幾見，况他人也？然雲藍小袖者，近輒生一子，想聞之，一拊掌。惠及人參，感感。海上奇觀，恨不與公同遊。東海縣一帆可到，聞益奇瑋。曩恨不一往也。①

前日親見許少張暴卒，數日間，又聞董義夫化去。人命脆促，真在呼吸間耶？益令人厭薄世故矣。少張徒步奔喪，死之日，囊橐罄然，殆無以斂。其弟麻城令尤貧，云無寸壠可歸，想公聞之悽惻也。料朝廷亦憐之。如公言重，可爲一言否？輒此僭言，不深譴否？

與王元直　趣。

黄州真在井底，杳不聞鄉國信息，不審比日起居何如，郎娘各安

---

①　此處有删節。以下是另一封信。

否？此中凡百粗遣，江上弄水挑菜，便過一日，每見一邸報，須數下獄得罪。方朝廷綜核名實，雖才者猶不堪其任，況僕頑鈍如此，其廢棄固宜。但有少望，或聖恩許歸田里，得欵段一僕，與子衆丈楊宗文之流，往來瑞草橋，夜還何村，與君對坐莊門喫瓜子炒豆，不知當復有此日否？存道奄忽，使我至今酸辛，其家亦安在？人還，詳示數字。

答趙昶晦之　趣。

性喜寫字，而怕作書。親知書問，動盈篋笥，而終歲不答，對之太息而已。乃知剖符南徼，賢者處之，固不擇遠近劇易，矧風土舊諳習。而兵興多事，適足以發明利器①。

示諭，處患難不戚戚，只是愚人無心肝耳，與鹿豕木石何異！所謂道者，何曾夢見。舊收得蜀人蒲永昇山水四軸，亦近歲名筆，其人已亡矣，聊致齋閣，不罪浼瀆。藤既美風土，又少訴訟，優游卒歲，又復何求。某亦甚樂此，安土忘懷，如一黄人，元不出仕而已。

答賈耘老　趣甚。

久放江湖，不見偉人。昨在金山，滕元發以扁舟破巨浪來相見。出船，巍然使人神聳。好箇没興底張鎬相公。見時，且爲致意。别後洒狂，甚長進也。老杜云“張公一生江海客，身長九尺鬚眉蒼”，謂張鎬也。蕭嵩薦之云：“用之則爲帝王師，不用則窮谷一病叟耳。”

又　趣甚。

今日舟中無他事，十指如懸槌。適有人致嘉酒，遂獨飲一杯，醺然徑醉。念賈處士貧甚，無以慰其意，乃爲作怪石古木一紙，每遇饑時，輒以開看，還能飽人否？若吴興有好事者，能爲君月致米三石，酒三斗，終君之世者，便以贈之。不爾者，可令雙荷葉收掌，須添丁長，以付之也。

---

① 以上是一封信，以下是另一封信。

答李方叔

承示新文，如子駿行狀，丰容雋狀，甚可貴也。有文如此，何憂不達？相知之久，當與朋友共之。至於寶貴，則有命矣，非綿力所能必致。姑務安貧守道，使志業益充，自當有獲。鄙言拙直，久乃信爾。照察幸甚。

與楊元素　趣。

某近數章請郡，未允。數日來，杜門待命，期於必得耳。公必聞其略，蓋爲臺諫所不容也。昔之君子，惟荆是師。今之君子，惟温是隨。所隨不同，其爲隨一也。老弟與温相知至深，始終無間，然多不隨耳。致此煩言，蓋始於此。然進退得喪，齊之久矣，皆不足道。老兄相知之深，恐願聞之，不須爲人言也。

與趙德麟

明守望一書，託爲致之。育王大覺禪師，仁廟舊所禮遇。嘗見御筆賜偈頌，其略云"伏睹大覺禪師"，其敬之如此。今聞其困於小人之言，幾不安其居，可歎！可歎！太守聰明老成，必能安全之。願公因語款曲一言，正使凡僧，猶當以仁廟之故加禮，而況其人道德文采雅重一時乎？此老今年八十二，若不安全，當使何往？恐朝廷聞之，亦未必喜也。某方與撰《宸奎閣記》，旦夕附去，公若見此老，且爲致意。

與吴子野

《文公廟碑》，近已寄去。潮州自文公未到，則已有文行之士如趙德者，蓋風俗之美，久矣。先伯父與陳文惠公相知，公在政府，未嘗一日忘潮也。云潮人雖小民，亦知禮義，信如子野言也，碑中已具論矣。然謂瓦屋始於文公者，則恐不然。嘗見文惠公與伯父書云：嶺外瓦屋始於宋廣平，自爾延及支郡，而潮尤盛。魚鱗鳥翼，信如張燕公之言也。以文惠書考之，則文公前已有瓦屋矣。傳莫若實，故碑中不欲書此也。察之。

答王定國穎州

辱書感慰。謗焰已熄，端居委命，甚善。然所云百念灰滅，萬事懶作，則亦過矣。丈夫功名在晚節者甚多，定國豈愧古人哉！某未嘗求事，但事來，即不以大小爲之。在杭所施，亦何足道，但無愧怍而已。過蒙示諭，慚汗。若使定國居此，所爲當更驚人，亦豈特止此而已。本州職官董華，密人。能具道政事，歎服不已。但恨公命未通爾。静以待之，勿今中途齟齬，自然獲濟。如國手棋，不須大段用意，終局便須贏也。

與佛印禪老

收得美石數百枚，戲作《怪石供》一篇，以發一笑。開却此例，山中齋粥，今復何憂，想復大笑也。更有野人，於墓中得銅盆一枚，買得以盛怪石，並送上結緣。

答參寥

去歲倉卒離湖，亦以不一别太虚、參寥爲恨。留語於僧官，不識能道否？到黄已半年，朋游常少，思念公不去心。懶且無便，故不奉書。遠承差人致問，殷勤累幅，所以開諭奨勉者至矣。僕罪大責輕，謫居以來，杜門念舊而已。雖平生親識，亦斷往還，理固宜爾。而釋、老數公，反復千里致問，情義之厚，有加於平日，以此知道德高風，果在世外也。見寄數詩及近編，得一詳味，洒然如接清顔聽軟語也。比已焚筆硯，斷作詩，故無緣屬和，然時復一開以慰孤寂，幸甚！筆力愈老健清熟，過於向之所見，此於至道，殊不相妨，何爲廢之邪？更當磨揉以追配彭澤。

與大覺禪師璉公杭倅

人至，辱書，伏承法候安裕，傾向，傾向！昨奉聞欲捨禪月羅漢，非有他也。先君愛此畫，私心以爲捨施，莫如捨所甚愛；而先君所與厚善者莫如公。又此畫頗似靈異，累有所覺於夢寐，不欲盡談，嫌涉怪爾。以此，益不欲於俗家收藏。意只如此。而來書乃見疑，欲換金水羅漢，開書不覺失笑。近世士風薄惡，動有可疑，不謂世外之人猶復爾也。請勿復談此。某此乏人，可令齎去，兵卒之類，又不足分付，告吾師差一謹幹小師齎籠仗來迎取，并古佛一軸，亦同捨也。錢塘景物，樂之忘歸。舍弟今自陳州，得替，當授東南幕官，冬初恐到此，亦未甚的。詩筆計益老健，或借得數首一觀，良幸。到此，亦有拙惡百十首，閑暇當録奇也。

答水陸通長老密州

近過蘇臺，不得一見而别，深爲耿耿。專人來辱書，且喜法履清勝。某到此旬日，郡僻事少，足養衰拙。然城中無山水，寺宇樸陋，僧粗野，復求蘇、杭湖山之遊，無復仿佛矣。何日會集，慰此牢落。

答金山寶覺禪師

去歲赴官，迫於程限，不能枉舟。一别中流，縱望雲山，杳然有不可及之歎。既渡江，遂蒙輕舟見餞，復得笑語一餉之樂。暫荷之懷，殆不可勝言。别來因循，未及奉書。專人至，辱教累幅，慰喻反復，讀之爽然，如對妙論[①]。《至游堂記》，即當下筆，遞中寄去。近有《後杞菊賦》一首寫寄，以當一笑。

與參寥

别來思企不可言，每至逍遥堂，未嘗不悵然也。爲書勤勤不忘如此。仍審比來法體康佳，感服兼至。三詩皆清妙，讀之不釋手，且和一篇爲答。所要真贊，尚未作，來人又不敢久留。知且伴太虚爲湯泉之遊，甚善！甚善！某開春乞江浙一郡，候見去處，當以書奉約也。要墨，納兩笏，皆佳品。

---

① 以處有刪節。

答言上人

去歲吴興倉卒爲别，至今耿耿。謫居窮陋，往還斷盡。遠辱不遺，尺書见及，感怍殊深。比日法體佳勝。札翰愈精健，詩必稱是，不蒙見示，何也？雪齋清境，發於夢想，此間但有荒山大江，脩竹古木，每飲村酒，醉後曳杖放脚，不知遠近，亦曠然天真，與武林舊游，未易議優劣也。

答通禪師

謫居窮僻，懶且無便，書問曠絶。故人不遺，兩辱手教，具審比來法體甚輕安，感慰深至。僕晚聞道，照物不明，陷於吏議，愧我道友。所幸聖恩寬大，不即誅殛。想亦大善知識法力冥助也。録廪既絶，因而布衣蔬食，於窮苦寂澹之中，却粗有所得，未必不是晚節微福。兩書開諭周至，常置座右也。

答圓通秀禪師

聞名之久，而得之詳，莫如魯直，亦如所諭也。自惟潦倒遲暮五十，終不聞道，區區持其所有，欲以求合於世，且不可得，而況世外之人，想望而不之見耶？不謂遠枉音問，推予過當，豈非醫門多病，息黥補劓，恃有良藥乎？未脱罪籍，身非我有，無緣頂謁山門，異日聖恩許歸田，當畢此意也。

答寶月大師

近遞中兩奉書，必達。新歲，想法體康勝。無緣集會，悵望可量。屢要經藏碑，本以近日斷作文字，意不欲作。既遠書丁寧，又悟清日夜煎督，遂與作得寄去。如不嫌罪廢，即請入石。碑額見令悟清持書往安州干滕元發大字，不知得否？其碑不用花草欄界，只鎸書字一味，已有大字額，向下小字，但直寫文詞，更不須寫大藏經碑一行及撰人寫人姓名，即古雅不俗，切囑！切囑！又有小字行書一本，若有工夫,更入一小横石,亦佳。黄州無一物可充信。建茶一角子,勿訝塵涴[①]。

有吴道子絹上畫釋迦佛一軸,雖頗損爛,然妙迹如生,意欲送院中供養。如欲得之,請示一書,即爲作記,并求的便附去。可裝在板子上,作一龕子。此畫與前來菩薩天王無異,但人物小而多耳。

與開元明師

近過南郡,見致政太保張公。公以所藏禪月羅漢十六軸見授,云:"衰老無復玩好,而私家蓄畫像,乏香燈供養,可擇名藍高僧施之。"今吾師遠來相别,豈此羅漢契緣在彼乎？敬以奉贈,亦太保公之本意也。

與辯才禪師

某尚與兒子竺僧名迨於觀音前剃落,權寄緇褐,去歲明堂恩,已奏授承務郎,謹與買得度牒一道,以贖此子。今附趙君齎納,取老師意,度一人,仍告於觀音前,略祝願過,悚息！悚息！

又

某有少微願,須至仰煩,切料慈照必不見罪。某與舍弟某捨絹一百疋,奉爲先君霸州文安縣主簿累贈中大夫、先妣武昌郡太君程氏,造地藏菩薩一尊,並座及侍者二人。菩薩身之大小,如中形人,所費盡以此絹而已。若錢少,即省鏤刻之工可也。乞爲指揮選匠便造,造成示及,專求便船迎取,欲京師寺中供養也。煩勞神用,媿悚不已。

答聞復上人

辱書並詩,誦味不釋手,感慰之極。比日起居何如？示諭欲以高文發明儒釋,固所望於左右也。某數日病在告,今日頗快,來旦欲出

① 以上是一封信,以下是另一封信。

視事，然尚少力。粗和得來詩，未能盡意。花瓷不難得，但去人已負重，後信當致也。

與大覺禪師璉公

奉别二十五年，幾一世矣，會見無時，此懷可知。到此日，欲奉書，因循至今。辱書，具審起居安穩。南方耆舊凋落，惟明有老師，杭有辨才，道俗所共依仰，蓋一時盛事。此來，時得從辨才游，老病昏塞，頗有所警發，恨不得一見老師，更與鈷磨也。

又

要作《宸奎閣碑》，謹以撰成。衰朽廢學，不知堪上石否？見參寥説，禪師出京日，英廟賜手詔，其略云"任性住持"者，不知果有否？如有，切請録示全文，欲添入此一節，切望仔細録到，即便添入。仍大字寫一本付侍者齎歸上石也。惟速爲妙。碑上别作一碑首，如唐以前制度。刻字額十五字，仍刻二龍夾之。碑身上更不寫題，自古制如此。最後方寫年月撰人銜位姓名，更不用著立石人及在任人名銜。此乃近世俗氣，極不典也。下爲龜趺承之，請令知事僧依此。

答龜山長老

張君予都尉，聞是舊檀越。爲奏海照之號，今託林承議附納勅牒，請作一書致君予，貴知到也。本欲爲書海照堂大字，作牌納去，屢寫皆不佳，不可用。待非久告文安國爲作篆字也。

答參寥

兩得手書，具審法體佳勝。辨才遂化去，雖來去本無，而情鍾我輩，不免悽愴也。今有奠文一首，并銀二兩，託爲致茶果一奠之。

與參寥

吴子野至，出穎沙彌行草書，瀟然有塵外意，决知不日脱穎而出，不可復没矣。可喜！可喜！近遞中附吕丞相所奏妙总師號牒去，必已披受訖。即日起居何如？某來日出城赴定州，南北復隔，然請會稽之意，終未已也。當更俟年歲間耳。

坡仙集卷之六終

坡仙集卷之七

策問并對策及策略等

私試策問三首　好。

汉之变故有。問：人主莫不欲安存而惡危亡。然而其國常至於不可救者，何也？所憂者，非其所以亂與亡，而其所以亂與亡者，常出於其所不憂也。請借漢以言之。昔者高帝之世，天下既平矣，當時之所憂者，韓、彭、英、盧而已。此四王者，皆不能終高帝之世，相繼仆滅，而不復續。及至吕氏之禍，則猶異姓也。吕氏既已滅矣，而吴、楚之憂，幾至於亡國。方韓、彭、吕氏之禍，惟恐同姓之不蕃昌也。然至其爲變，則又過於異姓遠矣。文、景之世，以爲諸侯分裂破弱，則漢可以無憂。至於武帝，諸侯之艱少衰，而匈奴之患方熾。則又以爲天下之憂，止於此矣。及昭、宣、元、成之世，諸侯王既已無足憂，而匈奴又破滅臣事於漢。然其所以卒至於中絶而不救，則其所不慮之王氏也。世祖既立，上懲韓、彭之難，中鑒七國之變，而下悼王氏之禍，於是盡侯諸將，而不任以事，裁減同姓之封，而黜三公之權，以爲前世之弊盡去矣。及其衰也，宦官之權盛，而黨錮之難起。士大夫相與扼腕而遊談者，以爲天子一日誅宦官而解黨錮，則天下猶可以無事。於是欲召諸將，而内脅其君。宦官既誅無遺類，而董卓、曹操之徒，亦因以亡漢。漢之所憂者凡六變，而其亂與亡，輒出於其所不憂，而終不可備。由此觀之，治亂存亡之勢，其皆有以取之歟？抑將不可推，如江河之徙移，其勢自有以相激，而不自知歟？其亦可以理推力救而莫之爲也？今將使事至而應之，患至而爲之謀，則天下之患，不可以勝防，而政化不可以勝變矣。則亦將朝文而莫質，忽寬而驟猛歟？意者亦有可以長守而不變，雖有小患而不足恤者歟？願因論漢，而極言其所以然。

職官令録郡守而用棄材。問：昔三代之際，公卿有生而爲之者，士有至老而不遷者。官有常人，而人有常心。故爲周之公卿者，非周、召、毛、原，則王之子弟也。發於畎畝，起於匹夫，而至於公相，則蓋亦有幾人而已。士之勤苦終身於學，講肄道藝，而修其廉隅，以邀鄉里之名者，不過以望乡大夫賢能之書。其選舉而上，不過以爲一命之士。其傑異者至於大夫，極矣。夫周之世，諸侯爲政之卿，皆其世臣之子孫，則夫布衣之士，其進蓋亦有所止也。當是之時，士皆安其習而樂其分，不倦於小官而潔爲之，故其民事修而世務舉。及其後世不然，使天下旅進而更爲之，雖布衣之賢，得以驟進於朝廷，而士始有無厭之心矣。官事之不修，民事之不緝，非其不能，不屑爲之也。先王之用人，欲其人人自喜，終老而不倦，是以能盡其才。今以凡人之才，而又加之以既倦之意，其爲弊可勝言乎？今夫州縣之吏，有故而不得改官者，盤桓於州縣而不能去，久者不過以爲職官令録。仕而達者，自縣宰爲郡之通守，自郡之通守以至郡守，爲郡守而無他才能，則盤桓於太守，而不得去。由此觀之，是職官令録與郡守四者，爲國家棄材之委，而仕不達者之所盤桓而無聊也。夫以太守之重，職官令録之近於民，而用棄材焉，使不達者盤桓於其職，此豈先王所以使人不倦之意歟？居今之勢，何以使天下之士各安其分，而無輕於小官？何以使此四者流徙不倦，而無不自聊賴之意？其悉書於篇。

关中戰守古今不同與夫用民兵儲傑馬之術。問：古者師出受成於學，兵固學者之所宜知也。今關中之事，又諸君之所親履而目見者。昔者六國之世，秦盡有今關中之地，地不加廣也，而東備齊，南備楚，近則備韓、魏，遠則備燕、趙，有敵國之憂，而無中原之助。然而當是時也，攘卻西戎至千餘里。今也天下爲一，獨以關中之地西備羌戎，三方無敵國之憂，而又内引百郡以爲助，惴惴焉自固之不暇。以百倍之勢，而無昔人分毫之功。此不可不論也。

古之爲兵者，戍其地則用其地之民，戰其野則食其野之粟，守其國則乘其國之馬，是以外被兵而内不知，此所以百戰而不殆也。今則不然，戍邊用東北之人，糴糧用内郡之錢，騎戰用西羌之馬，是以一郡用兵而百郡騷然，此又不可不論也。

昔者衛爲狄所滅，齊桓公以車三十乘封文公於楚丘，及其末年，至三百乘。故其詩曰："匪直也人，秉心塞淵，騋牝三千。"以爲資之四夷，則衛之所近者莫若狄。當是時也，狄與衛爲仇離，其勢必不以馬與衛，然則衛獨以何術而能致馬如此之多邪？今欲使被兵之郡自用其民，自食其粟，自乘其馬，而不得其術，故願聞其詳。 **妙！妙！萬古通知。**

永興軍秋試舉人策問

漢唐不變秦隋之法，近世乃欲以新易舊。問：昔漢受天下於秦，因秦之制，而不害爲漢。唐受天下於隋，因隋之制，而不害爲唐。漢之與秦，唐之與隋，其治亂安危至相遠也。然而卒無所改易，又況於積安久治，其道固不事變也。世之君子，以爲善人爲邦百年，可以勝残去殺。病其説之不效，急於有功，而歸咎於法制。是以頻年遣使冠蓋相望於道，以求民之所患苦，罷去茶禁，歸之於民，不以刑獄委任武吏；至於考功取士，皆有所損益。行之數年，卒未見其成，而紛紜之議，争以爲不便。嗟乎，此特其小者耳。事之可變，將復有大於此者。今欲盡易天下之驕卒以爲府兵，盡驅天下之異教以爲齊民，盡核天下之惰吏以爲考課，盡率天下之游士以爲農桑，其爲拂世厲俗，非特如今之所行也。行其小者，且不能辦。則其大者，又安敢議？然則是終不可變歟？將變之不得其術歟？將已得其術，而紛紜之議不足恤歟？無乃其道可變而不在其迹歟？所謂勝残去殺者，其卒無效歟？願條其説。

國學秋度策問二首　**妙妙。**

勤而或治或亂，斷而或興或衰，信而或安或危。問：所貴乎學士大夫者，以其通古今而考成敗也。昔之人嘗有以是成者，我必襲之；嘗有以是敗者，我必反之。如是其可乎？昔之爲人君者，患不能勤。

然而或勤以治，亦或以亂。文王之日昃，漢宣之厲精，始皇之程書，隋文之傳餐，其爲勤一也。昔之爲人君者，患不能斷。然而或斷以興，亦或以衰。晋武之平吴，憲宗之征蔡，苻堅之南伐，宋文之北侵，其爲斷一也。昔之爲人君者，患不信其臣。然而或信以安，亦或以危。秦穆之於孟明，漢昭之於霍光，燕噲之於子之，德宗之於盧杞，其爲信一也。此三者，皆人君之所難，有志之士所常咨嗟慕望曠世而不獲者也。然考此數君者，治亂興衰安危之效，相反如此，豈可不求其故歟？夫貪慕其成功而爲之，與懲其敗而不爲，此二者皆過也。學者將何取焉！按其已然之跡，而詆之也易；推其未然之理，而辨之也難。是以未及見其成功，則文王之勤，無以異於始皇。而方其未敗也，苻堅之斷，與晋武何辨？請舉此數君者得失之源所以相反之故，將詳覽焉。

隋文帝户口之蕃倉廪府庫之盛。問：古以民之多寡，爲國之貧富。故管仲以陰謀傾魯梁之民，而商鞅亦招三晋之人以併諸侯。當周之盛時，其民物之數登於王府者，蓋拜而受之。自漢以來，丁口之蕃息，與倉廪府庫之盛，莫如隋。其貢賦輸籍之法，必有可觀者。然學者以其得天下不以道，又不過再世而亡，是以鄙之而無傳焉。孔子曰："不以人廢言。"而況可以廢一代之良法乎？文帝之初，有户三百六十餘萬，平陳所得又五十萬，至大業之始，不及二十年，而增至八百九十餘萬者，何也？方是時，布帛之積，至於無所容，資儲之在天下者，至不可勝數。及其敗亡涂地，而洛口諸倉，猶足以致百萬之衆。其法豈可少哉！國家承平百年，户口之衆，有過於隋。然以今之法觀之，特便於徭役而已，國之貧富何與焉！非徒無益於富，又且以多爲患。生之者寡，食之者衆，是以公私枵然，而百弊並生。夫立法創制，將以遠跡三代，而會隋氏之不及，此豈可不論其故哉？

試館職策題二首

師仁祖之忠厚法神考之勵精。問：《传》曰："秦失之强，周失之弱。"昔周公治魯，親親而尊尊，至其後也，有寖微之憂。太公治齊，舉賢而上功，而其末流，亦有争奪之禍。夫親親而尊尊，舉賢而上功，三代之所共也。而齊魯行之，皆不免於衰亂。其故何哉？國家承平百年，六聖相授，爲治不同，同歸於仁。今朝廷欲師仁祖之忠厚，而患百官有司不舉其職，或至於媮。欲法神考之勵精，而恐監司守令不識其意，流入於刻。夫使忠厚而不媮，勵精而不刻，亦必有道矣。昔漢文寬仁長者，至於朝廷之間，耻言人過，而不聞其有怠廢不舉之病。宣帝綜核名實，至於文理之士，咸精其能，而不聞其有督責過甚之失。何修何營可以及此？願深明所以然之故，而條具所當行之事，悉著於篇，以備採擇。

兩漢之政治。問：古之君子，見禮而知俗，聞樂而知政。於以論興亡之先後，考古以證今，蓋學士大夫之職，而人主與群臣之所欲聞也。請借漢而論之。西漢十二世，而有道之君六。雖成、哀失德，禍不及民，宜其立國之勢，彊固不拔。而王莽以斗筲穿窬之才，談笑而取之。東漢自安、順以降，日趨於衰亂，而桓靈之虐，甚於三季，其勢宜易動。而董、吕、二袁皆以絶人之姿，欲取而不敢。曹操功蓋天下，其才百倍王莽，盡其智力，終身莫能得。夫治亂相絶，而安危之效，相反如此。願考其政，察其俗，悉陳其所以然者。

省試策問三首

漢文帝之行事有可疑者。問：孟子曰："君仁莫不仁，君義莫不義，君正莫不正，一正君而國定。"君子之至於斯也，亦可謂用力省而成功博矣。陛下嗣位四年於兹，未言而民信之，無爲而天助之，雖群臣有司，不足以識知盛德之所在。然竊意其萬一，殆專以仁孝禮義好生納諫治天下也。子大夫生於此時，而又以德行道藝賓興於廷，將必有意於孟子之言正君而國定，願聞所謂一言而興邦，修身而天下服者，夫堯舜尚矣，學者無所復議。自漢以來，道德純備，未有如文帝者也。今考其行事，而可疑者三。上林令、吏之不才，而虎圈嗇夫，才之過人者也，才者見而不録，不才者置而不問，則事之不廢壞者有幾？然則兵偃刑措，何從而致之？南越不臣，寵以使者；吴王不朝，賜以几杖，此與唐之陵夷，藩鎮自立以邀旄鉞者何異，不幾於姑息苟簡之政歟？《傳》曰：三王臣主俱賢。五霸不及其臣。文帝不見賈生，自以爲過之，既見，不如也。文帝豈霸者歟？帝自以爲不如，而魏文帝乃以爲過之,此又何也?抑過之爲賢歟?將自謂不如爲賢歟?漢文之所以爲文,殆以是三者,而可疑如此。故願與子大夫論之,以待上問而發焉。

宰相不當以選舉爲姘。問:《易》曰:"神而明之,存乎其人。"《詩》曰:"無競惟人,四方其訓之。"文武之功,未有不以得人而成者也。仲尼,旅人也,而門人可使南面。重耳,亡公子也,而從者足以相國。漢之得人,盛於武宣,皆拔之芻牧之中,而表之公卿之上。世主不以爲疑,士大夫不以爲嫌者,風俗厚而論議正也。宋蔡廓爲吏部尚書,黄散以下,皆得自用,而廓以爲薄已。今自宰相不得專選舉,一命以上,皆付之定法,此何道也?昔常衮當國,雖盡公守法,而賢愚同滯,天下譏之。及崔貽孫相,不及一年,除吏入百,多其親舊,號稱得人。故建中之政,幾同貞觀。夫使宰相守法如常衮,則不免於賢愚同滯之譏,用人如貽孫,則必有威福下移之謗。欲望得人於微陋之中,而成功於繩墨之外,岂不難哉!子大夫學優而求用者也,當何施於今,而免於斯二者?願極言之。

省冗官裁奉給。問:歷觀前世,天下初定,民始休息,下既厭亂而思静,上亦虚心而無作,是以公私富溢,刑罰清省。及其久安無變,則夸者喜名,智者貪功,生事以爲樂,無病而自灸,則天下騷然,財屈力殫,而民始病矣。自漢以來,鮮不由此。漢初,置郡不過六十,而文、景之化,幾致刑措。及唐中葉,列三百州,爲千四百縣,而政益荒。是時宿兵八十餘萬,民去爲商賈,度爲佛老,雜入科役,率常十五。天下常以勞苦之人三,奉坐待衣食之人七,流弊之極。至元和中,乃命段平仲、韋貫之、許孟容、李絳一切蠲減,凡省冗官八百員,吏千四百員。民以少紓,而上下相安,無刻核之怨。今朝廷無事,百有餘年,雖六聖相授,求治如不及,而吏惰民勞,蓋不勝弊。今者驕兵冗官之費,宗室貴戚之奉,邊鄙將吏之給,蓋十倍於往日矣。安視而不恤歟?則有民窮無告之憂。以義而裁之歟?則有拂逆人情之患。夫元和之世,彼四子者,何獨能之?子大夫雖未仕,其詳有所不知,而救此之道,當講其要,願悉著於篇。

御試制科策一道 痛快。

臣謹對曰：臣聞天下無事，則公卿之言輕於鴻毛；天下有事，則匹夫之言重於泰山。非智有所不能，而明有所不察，緩急之勢異也。方其無事也，雖齊桓之深信其臣，管仲之深得其君，以握手丁寧之間，將死深悲之言，而不能去其區區之三豎。及其有事且急也，雖唐代宗之庸，程元振之用事，柳伉之賤且疏，而一言以入之，不終朝而去其腹心之疾。夫言之于無事之世者，足以有所改爲，而常患於不信。言之於有事之世者，易以見信，而常患于不及改爲。此忠臣志士之所以深悲，天下之所以亂亡相尋，而世主之所以不悟也。今陛下處積安之時，乘不拔之勢，拱手垂裳，而天下向風，動容變色，而海内震恐。雖有一事之失常，一物之不獲，固未足以憂陛下也。所爲親策賢良之士者，以應故事而已。岂以臣言爲真足以有感於陛下耶？雖然，君以名求之，臣以实应之。陛下爲是名也，臣敢不爲是實也。

伏惟制策有念祖宗先帝大業之重，而自處於寡昧，以爲“志勤道遠，治不加進”。臣竊以爲陛下即位以來，歲歷三紀，更於事變，審於情僞，不爲不熟矣。而“治不加進”，雖臣亦疑之。然以爲“志勤道遠”，則雖臣至愚亦未敢以明詔爲然也。

夫志有不勤而道無遠。陛下苟知勤矣，則天下之事，粲然無不畢舉，又安以訪臣爲哉？今也猶以道遠爲歎，則是陛下未知勤也。臣請言勤之説。夫天以日運，故健；日月以日行，故明；水以日流，故不竭；人之四肢以日動，故無疾；器以日用，故不蠹。天下者，大物也。久置而不用，則委靡廢放，日趨於弊而已矣。陛下深居法宫之中，其憂勤而不息邪？臣不得而知也。其晏安而無爲邪？臣不得而知也。然所以知道遠之歎由陛下之不勤者，誠見陛下以天下之大，欲輕賦税則財不足，欲威四夷則兵不强，欲興利除害則無其人，欲敦世厲俗則無其具，大臣不過遵用故事，小臣不過謹守簿書，上下相安，以苟歲月。此臣所以妄論陛下之不勤也。

伏惟制策有“夙興夜寐，于今三紀，德有所未至，教有所未孚，闕政尚多，和氣或盭。舊野雖辟，民多无聊。邊境雖安，兵不得撤。利人已浚,浮費彌廣。軍冗而未練,官冗而未澄。庠序比興,禮樂未具。户罕可封之俗,士忽胥讓之節,此所以訟未息於虞、芮,刑未措於成、康。意在位者不以教化爲心,治民者多以文法爲拘。禁防繁多,民不知避。叙法寬濫,吏不知懼。纍繫者衆,愁歎者多。”

凡此陛下之所憂數十條者,臣皆能爲陛下歷數而備言之,然而未敢爲陛下道也。何者?陛下誠得御臣之術而固執之,則向之所憂數十條者,皆可以捐之大臣,而己不與。今陛下區區以向之數十條爲己憂者,則是陛下未得御臣之術也。

天下所謂賢者,陛下既得而用之矣。方其未用也,常若有餘;而其既用也,則不足。是豈其才之有變乎!古之用人者,日夜提策之。武王用太公,其相與問答百餘萬言,今之《六韜》是也。桓公用管仲,其相與問答亦百餘萬言,今之《管子》是也。古之人君,其所以反覆窮究其臣者若此。今陛下默默而聽其所爲,則夫向之所憂數十條者無時而舉矣。古之忠臣其受任也,必先自度曰:吾能辦是矣乎?度能辦是也,則又曰:吾君能忘己而任我乎?能無以小人間我乎?度其能忘己而任我也,能無以小人間我也,然後受之。既已受之矣,則以身任天下之責而不辭,享天下之利而不愧。今也内不度己,外不度君,而輕受之。受之,而衆不與也,則引身而求去。陛下又爲美辭而遣之,加之重録而慰之。夫引身而求退者,非果廉節而有讓也。是邀君以自固也,是自明其非我之欲留以逃謗也,是不能辦其事而以其患遺後人也。陛下奈何聽之?臣故曰:陛下未得御臣之術也①。

邊境已安,而兵不得撤者,有安之名,而無安之實也。臣欲小言之,則自以爲愧;大言之,則世俗以爲笑。臣請略言之。古之制北狄者,未始不通西域。今之所以不能通者,是夏人爲之障也。朝廷置靈武於度外,幾百年矣。議者以爲絶域異方,曾不敢近,而況於取之乎!然臣以爲事勢有不可不取者。不取靈武,則無以通西域。西域不通,則契丹之强,未有艾也。然靈武之所以不可取者,非以數郡之能抗吾中國,吾中國自困而不能舉也。其所以自困而不能舉者,以不生不息之財,養不耕不戰之兵,塊然如巨人之病膇,非不枵然大矣,而手足不

---

① 此處有删節。

能以自舉。欲去是疾也，則莫若捐秦以委之，使秦人斷然如戰國之世，不待中國之援，而中國亦若未始有秦者。有戰國之全利，而無戰國之患，則夏人舉矣。其便莫如稍徙緣邊之民不能戰守者於空閑之地，而以其地益募民爲屯田。屯田之兵稍益，則向之戍卒可以稍減，使數歲之後，緣邊之民，盡爲耕戰之夫，然後數出兵以苦之，要以使之厭戰而不能支，則折而歸吾矣。如此，而北狄始有可制之漸，中國始有息肩之所。不然，將濟師之不暇，而又何撤乎[①]？

擬進士對御試策一道并引狀

右臣准宣命差赴集英殿編排舉人試卷。竊見陛下始革舊制，以策試多士，厭聞詩賦無益之語，將求山林樸直之論，聖聽廣大，中外歡悦。而所試舉人不能推原上意，皆以得失爲慮，不敢指陳闕政，而阿諛順旨者又率擄上第。陛下之所以求於人至深切矣。而卜之報上者如此，臣竊悲之。夫科場之文，風俗所繫，所收者天下莫不以爲法，所棄者天下莫不以爲戒。昔祖宗之朝，崇尚辭律，則詩賦之工，曲盡其巧。自嘉祐以來，以古文爲貴，則策論盛行於世，而詩賦幾至于熄。何者？利之所在，人無不化。今始以策取士，而士之在甲科者，多以諂諛得之。天下觀望，誰敢不然？臣恐自今已往，相師成風，雖直言之科，亦無敢以直言進者。風俗一變，不可復返，正人衰微，則國隨之，非復詩賦策論迭興迭廢之比也。是以不勝憤懣，退而拟進士對御試策一道。學術淺陋，不能盡知當世之切務，直載所聞，上將以推廣聖言，庶有補於萬一；下將以開示四方，使知陛下本不諱惡切直之言，風俗雖壞，猶可以少救。其所撰策，謹繕寫投進，干冒天威，臣無任戰恐待罪之至。

策　問

朕德不類，託於士民之上，所與待天下之治者，惟萬方黎獻之求，詳延於廷，諏以世務，豈特考子大夫之所學，且以博朕之所聞。蓋聖

① 以下有删節。

王之御天下也，百官得其職，萬事得其序。有所不爲，爲之而無不成。有所不革，革之而無不服。田疇辟，溝洫治，草木暢茂，鳥獸魚鱉無不得其性，其富足以備禮，其和足以廣樂，其治足以致刑。子大夫以謂何施而可以臻此？方今之弊，可謂衆矣。救之之道，必有本末，所施之宜，必有先後。子大夫之所宜知也。生民以來，所謂至治，必曰唐虞成周之時，《詩》《書》所稱，其迹可見。以至後世賢明之君，忠智之臣，相與憂勤以營一代之業，雖未盡善，要其所以成就，亦必有可言者。其詳著之，朕將親覽焉。

擬對士　至妙，至妙。

對。臣伏見陛下發德音，下明詔，以天下安危之至計，謀及於布衣之士，其求之不可謂不切，其好之不可謂不篤矣。然臣私有所憂者，不知陛下有以受之歟？《禮》曰："甘受和，白受采。"故臣願陛下先治其心，使虚一而静，然後忠言至計可得而入也。今臣竊恐陛下先入之言已實其中，邪正之黨已貳其聽，功利之説已動其欲，則雖有皋陶、益稷爲之謀，亦無自入矣，而況於疏遠愚陋者乎！此臣之所以大懼也[①]。聖策曰："聖王之御天下也，百官得其職，萬事得其序。"[②]夫百官之所以得其職者，豈聖王人人而督責之歟？萬事之所以得其序者，豈聖王事事而整齊之歟？亦因能以任職，因職以任事而已。官有常守謂之職，施有先後謂之序。今陛下使兩府大臣侵三司財利之權，常平使者亂職司守令之治；刑獄舊法，不以付有司，而取决于執政之意；邊鄙人慮，不以責帥臣，而聽計于小吏之口，百官可謂失其職矣。王者之所宜先者，德也；所宜後者，刑也；所宜先者，義也；所宜後者，利也。而陛下易之，萬事可謂失其序矣[③]。聖策曰："有所不爲，爲之而無不成。有所不革，革之而無不服。"陛下之言及此，是天下之福也。今日之患，正在於未成而爲之，未服而革之耳。夫成事在理不在勢，服人以誠不以言。理之所在，以爲則成，以禁則止，以賞則勸，以言則信。今爲政不務循理，而欲以人主之勢，賞罰之威，劫而成之！夫以

---

①②③　此處有删節。

斧析薪，可謂必克矣，然不循其理，則斧可缺，薪不可破。是以不論尊卑，不計强弱，理之所在則成，理所不在則不成可必也。今陛下使農民舉息，與商賈争利，豈理也哉？而怪其不成乎！《禮》曰："微之顯，誠之不可掩也如此夫。"陛下苟誠心乎爲民，則雖或謗之而人不信。苟誠心乎爲利，則雖自解釋而人不服。

且事有决不可欺者，吏受賄枉法，人必謂之贓；非其有而取之，人必謂之盜。苟有其實，不敢辭其名。今青苗有二分之息，而不謂之放債取利，可乎？凡人爲善，不自譽而人譽之；爲惡，不自毁而人毁之。如使爲善者必須自言而後信，則堯、舜、周、孔亦勞矣。今天下以爲利，陛下以爲義；天下以爲貪，陛下以爲廉。不勝其紛紜也，則使二三臣者極其巧辯，以解答千萬人之口，附會經典，造爲文書，以曉告四方。四方之人，豈如嬰兒鳥獸，而可以美言小數眩惑之哉！

且夫未成而爲之，則其弊必至于不敢爲。未服而革之，則其弊必至于不敢革。蓋世有好走馬者，一爲墜傷，則終身徒行。何者？慎重則必成，輕發則多敗，此理之必然也。陛下若出于慎重，則屢作屢成，不惟人信之，陛下亦自信而日以勇矣。若出於輕發，則每舉每敗，不惟人不信，陛下亦不自信而日以怯矣。文宗始用訓注，其志豈淺也哉，而一經大變，則憂沮喪氣，不能復振。文宗亦非有失德，徒以好作而寡謀也。慎重者始若怯，終必勇。輕發者始若勇，終必怯。

乃者横山之人，未嘗一日而忘漢，雖五尺之童子知其可取，然自慶曆以來，莫之敢發者，誠未有以善其後也。近者邊臣不計其後，而遽發之，一發不中，則内帑之費以數百萬計，而关輔之民困於飛挽者，三年而未已。雖天下之勇者，敢復爲之歟？爲之固不可，敢復言之歟？由此觀之，則横山之功，是邊臣欲速而壞之也。近者青苗之政，助役之法，均輸之策，併軍蒐卒之令，卒然輕發，又甚於前日矣。雖陛下不恤人言，持之益堅，而勢窮事礙，終亦必變。他日雖有良法美政，陛下能復自信乎？人君之患，在於樂因循而重改作。今陛下春秋鼎盛，天錫勇智，此萬世一時也。而群臣不能濟之以慎重，養之以敦樸，譬如乘輕車，馭駿馬，冒險夜行，而僕夫又從後鞭之，豈不殆哉！臣願陛下解轡秣馬,以須東方之明,而徐行於九軔之道,甚未晚也①。

聖策曰:“其富足以備禮,其和足以廣樂,其治足以致刑,何施而可以臻此?”孔子曰:“百姓足,君孰與不足。”兔首瓠葉,可以行禮。掃地而祭,可以事天。禮之不備,非貧之罪也。管子曰:“倉廩實而知禮節。”臣不知陛下所謂富者,富民歟?抑富國歟?陸賈曰:“將相和調則士豫附。”劉向曰:“衆賢和於朝,則萬物和於野。”今朝廷可謂不和矣,其咎安在?陛下不返求其本,而欲以力勝之。力之不能勝衆也久矣。古者刀鋸在前,鼎鑊在後,而士猶犯之。今陛下躬蹈堯、舜,未嘗誅一無罪。欲弭衆言,不過斥逐異議之臣而更用人耳。必未忍行亡秦偶語之禁,起東漢黨錮之獄,多士何畏而不言哉?臣恐逐者不已,而争者益多,煩言交攻,愈甚於今日矣。欲望致和而廣樂,豈不疏哉?古之求治者,將以措刑也。今陛下求治則欲致刑,此又群臣誤陛下也。臣知其説矣,是出於荀卿。荀卿以人性爲惡,則其言治世刑重亦宜矣。説者又以爲《書》稱唐虞之隆,刑故無小,而周之盛時,群飲者殺。臣請有以詰之。夏禹之時,大辟二百,周公之時,大辟五百,豈可謂周治而禹亂耶?秦爲法及三族,漢除肉刑,豈可謂秦治而漢亂耶?致之言極也。天下幸而未治,使一日治安,陛下將變今之刑而用其極歟?天下幾何其不叛也②?宥過無大,刑故無小,此用刑之常理也,至於今守之,豈獨唐虞之隆而周之盛時哉!所以誅群飲者,意其非獨群飲而已。如今之法所謂夜聚曉散者,使後世不知其詳,而徒聞其語,則凡夜相過者,皆執而殺之,可乎?夫人相與飲酒而輒殺之,雖桀紂之暴,不至於此,而謂周公行之歟?

聖策曰:“方今之弊,可謂衆矣。救之之道,必有本末。所施之宜,必有先後。”臣請論其本與其所宜先者,而陛下擇焉。方今救弊之道,必先立事。立事之本,在於知人。則所施之宜,當先觀大臣之知人與否耳。古之欲立非常之功者,必有知人之明。苟無知人之明,則循規矩,蹈繩墨,以求寡過。二者皆審於自知,而安於才分者也。道可以講習而知,德可以勉强而能,惟知人之明不可學,必出於天資。如蕭何之識韓信,此豈有法而可傳者哉!以諸葛孔明之賢,而知人之

---

①② 此處有删節。

明,則其所短,是以失之於馬謖,而孔明亦審於自知,是以終身不敢用魏延。我仁祖之在位也,事無大小,一付之於法,人無賢不肖,一付之於公議。事已效而後行,人已試而後用,終不求非常之功者,誠以當時大臣不足以與於知人之明也。古之爲醫者,聆音察色,洞視五臟,則其治疾也,有剖胸决脾,洗濯胃腎之變。苟無其術,不敢行其事。今無知人之明,而欲立非常之功,解縱繩墨以慕古人,則是未能察脉而欲試華陀之方,其異於操刀而殺人者幾希矣。房琯之稱劉秩,關播之用李元平是也。至今以爲笑矣。陛下觀今之大臣,爲知人歟,爲不知人歟?乃者擢用衆才,皆其造室握手之人,要結審固而後敢用,蓋以爲其人可與戮力同心,共致太平。曾未安席,而交口攻之者,如蝟毛而起。陛下以此驗之,其不知人也亦審矣。幸今天下無事,異同之論,不過渎亂聖聽而已。若邊隅有警,盜賊竊發,俯仰成敗,呼吸變動,而所用之人,皆如今日,乍合乍散,臨事解體,不可復知,則無乃誤社稷歟?華陀不世出,天下未嘗廢醫。蕭何不世出,天下未嘗廢治。陛下必欲立非常之功,請待知人之佐。若猶未也,則亦詔左右之臣安分守法而已。

聖策曰:"生民以來,稱至治者必曰唐虞成周之世,《詩》《書》所稱,其迹可見。以至後世賢明之君,忠智之臣,相與憂勤,以營一代之業,雖未盡善,然要其所成就,亦必有可言者。其詳著之。"臣以爲此不可勝言也。其施設之方,各隨其時而不可知。其所可知者,必畏天,必從衆,必法祖宗。故其言曰:"戒之戒之。天惟顯思。命不易哉。"又曰:"稽於衆,舍己從人。"又曰:"丕顯哉,文王謨。丕承哉,武王烈。"《詩》《書》所稱,大略如此,未嘗言"天命不足畏,衆言不足從,祖宗之法不足用"也。苻堅用王猛,而樊世、仇滕、席寶不悦。魏鄭公勸太宗以仁義,而封倫不信。凡今之人欲陛下違衆而自用者,必以此藉口。而陛下所謂賢明忠智者,豈非意在於此等歟?臣願考二人之所行,而求之於今,王猛豈嘗設官而牟利,魏鄭公豈嘗貸錢而取息歟?且其不悦者,不過數人,固不言天下之不信且服也。今天下有心者怨,有口者謗,古之君臣相與憂勤以營一代之業者,似不如此。古語曰:"百人之聚,未有不公。"而説況天下乎!今天下非之,而陛下不回,臣不知所税駕矣。《詩》曰:"譬彼舟流,不知所届。心之憂矣,不遑假寐。"區區之忠,惟陛下察之。　**末段尚當推廣理財未善之故。若如此所云,則神宗不服,安石亦不服,但懇切迫直,最可誦可喜也。**

策略一

臣聞有意而言,意盡而言止者,天下之至言也。蓋有以一言而興邦者,有三日言而不輟者。一言而興邦,不以爲少而加之毫毛。三日言而不輟,不以爲多而損之一辭①。三代之衰,學校廢缺,聖人之道不明,而其所以猶賢於後世者,士未知有科舉之利。故戰國之際,其言語文章,雖不能盡通於聖人,而皆卓然近於可用,出於其意之所謂然者。自漢以來,世之儒者忘己以徇人,務爲射策决科之學,其言雖不叛於聖人,而皆泛濫於辭章,不適於用②。今陛下承百王之弊,立於極文之世,而以空言取天下之士,繩之以法度,考之於有司,臣愚不肖,誠恐天下之士,不獲自盡。故嘗深思極慮,率其意之所欲言者爲二十五篇,曰略、曰别、曰斷,雖無足取者,而臣之區區,以爲自始而行之,以次至於終篇,既明其略而治其别,然後斷之於終,庶幾有益於當世。

臣聞天下治亂,皆有常勢。是以天下雖亂,而聖人以爲無難者,其應之有術也。水旱盜賊,人民流離,是安之而已也。亂臣割據,四分五裂,是伐之而已也。權臣專制,擅作威福,是誅之而已也。四夷交侵,邊鄙不寧,是攘之而已也。凡此數者,其於害民蠹國爲不淺矣,然其所以爲害者有狀,是故其所以救之者有方也。

天下之患,莫大於不知其然而然。不知其然而然者,是拱手而待亂也。國家無大兵革,幾百年矣。天下有治平之名,而無治平之實,有可憂之勢,而無可憂之形,此其有未測者也。方今天下,非有水旱盜賊人民流離之禍,而咨嗟怨憤,常若不安其生。非有亂臣割據四分五裂之憂,而休養生息,常若不足於用。非有權臣專制擅作威福之弊,而上下不交,君臣不親。非有四夷交侵邊鄙不寧之災,而中國皇皇,常有外憂。此臣之所以大惑也。

今夫醫之治病,切脉觀色,聽其聲音,而知病之所由起,曰"此寒

---

①②　此處有删節。

也，此熱也”，或曰“此寒熱之相搏也”，及其他，無不可爲者。今且有人恍然而不樂，問其所苦，且不能自言，則其受病有深而不可測者矣。其言語飲食，起居動作，固無以異於常人，此庸醫之所以爲無足憂，而扁鵲、倉公之所望而驚也。其病之所由起者深，則其所以治之者，固非鹵莽因循苟且之所能去也。而天下之士，方且掇拾三代之遺文，補葺漢、唐之故事，以爲區區之論，可以濟世，不已疏乎①！

策略二

天下無事久矣，以天子之仁聖，其欲有所立以爲子孫萬世之計至切也。特以爲發而不中節，則天下或受其病。當宁而太息者，幾年於此矣。蓋自近歲始柄用二三大臣，而天下皆洗心滌慮，以聽朝廷之所爲，然而數年之間，卒未有以大慰天下之望，此其故何也？二虜之大憂未去，而天下之治，終不可爲也。

聞之師曰：“應敵不暇，不可以自完。自完不暇，不可以有所立。”②今天下一家，二虜且未動也，而吾君吾相終日皇皇焉應接之不暇，亦竊爲執事者不取也。昔者大臣之議，不爲長久之計，而用最下之策，是以歲出金繒數十百萬，以資强虜，此其既往之咎，不可追之悔也。而議者方將深罪當時之失，而不求後日之計，亦無益矣。臣雖不肖，竊論當今之弊。

蓋古之爲國者，不患有所費，而患費之無名；不患費之無名，而患費之不立。今一歲而費千萬，是千萬而已。事之不立，四海且不可保，而奚千萬之足云哉③！千金之家，久而不治，使販夫豎子皆得執券以誅其所負，苟一朝發憤，傾囷倒廩以償之，然後更爲之計，則一日之資，亦足以富，何遽至於皇皇哉！臣嘗讀《吴越世家》，觀勾踐困於會稽之上，而行成於吴，凡金玉女子所以爲賂者，不可勝計。既反國，而吴之百役無不從者，使大夫女女於大夫，士女女於士，春秋貢獻，不絶於吴府。嘗竊怪其以蠻夷之國，承敗亡之後，救死扶傷之餘，而賂遺費耗又不可勝計如此，然卒以滅吴，則爲國之患，果不在費也。彼

① 下文爲李贄所删。

②③ 此處有删節。

其内外不相擾，是以能有所立。使范蠡、大夫種二人分國而制之。范蠡曰："四封之外，種不如蠡，使蠡主之。凡四封之外，所以待吴者，種不知也。四封之内，蠡不如種，使種主之。凡四封之内所以强國富民者，蠡不知也。"二人者，各專其能，各致其力，是以不勞而滅吴。其所以賂遺於吴者，甚厚而有節也，是以財不匱。其所以聽役于吴者，甚勞而有時也，是以本不摇。然後勾踐得以安意肆志焉，而吴國固在其指掌中矣。

今以天下之大，而中書常有蠻夷之憂，宜其内治有不辦者，故臣以爲治天下不若清中書之務。中書之務清，則天下之事不足辦也。今夫天下之財，舉歸之司農，天下之獄，舉歸之廷尉，天下之兵，舉歸之樞密，而宰相特持其大綱，聽其治要而責成焉耳。夫此三者，豈少於蠻夷哉？誠以爲不足以累中書也[①]。

策略三

天下有二患[②]，有立法之弊，有任人之失。二者疑似而難明，此天下之所以亂也。當立法之弊也，其君必曰："吾用某也而天下不治，是某不可用也。"又從而易之。不知法之弊，而移咎於其人。及其用之人失也，又從而尤其法。法之變未有已也。如此，則雖至於覆敗、死亡相繼而不悟，豈足怪哉！

昔者漢興，因秦以爲治，刑法峻急，禮義消亡，天下蕩然，恐後世無所執守，故賈誼、董仲舒咨嗟歎息，以立法更制爲事。後世見二子之論，以爲聖人治天下，凡皆如此，是以腐儒小生，皆欲妄有所變改，以惑亂世主。

臣竊以爲當今之患，法令雖有未安，而天下之所以不大治者，失在於任人，而非法制之罪也。國家法令凡幾變矣，天下之不大治，其咎果安在哉？曩者大臣之議，患天下之士，其進不以道，而取之不精也，故爲之法，曰中年而舉，取舊數之半，而復明經之科。患天下之吏無功而遷，取高位而不讓也，故爲之法，曰當遷者有司以聞，而自陳者

---

① 下文爲李贄删去。

② 此句以上文字爲李贄删去。

爲有罪。此二者，其名甚美，而其實非大有益也。而議者欲以此等致天下於大治，臣竊以爲過矣。

夫法之於人，猶五聲六律之於樂也。法之不能無姦，猶五聲六律之不能無淫樂也。先王知其然，故存其大略，而付之於人，苟不至於害民，而不可不去者，皆不變也。故曰：失在任人而已。

夫有人而不用，與用而不行其言，行其言而不盡其心，其失一也。古之興王，一人而已。湯以伊尹，武王以太公，皆捐天下以與之，而後伊、吕得捐其一身以經營天下。君不疑其臣，功成而無後患，是以知無不言，言無不行。其所欲用，雖其親愛可也；其所欲誅，雖其讎隙可也。使其心無所顧忌，故能盡其才而責其成功。及至後世之君，始用區區之小數以繩天下之豪俊，故雖有國士，而莫爲之用。

夫賢人君子之欲有所樹立，以昭著不朽於後世者，甚於人君，顧恐功未及成而有所奪，只以速天下之亂耳。鼂錯之事，斷可見矣。夫奮不顧一時之禍，决然徒欲以身試人主之威者，是亦其所挾者不甚大也，斯固未足與有爲。而沉毅果敢之士，又必有待而後發，苟人主不先自去其不可測，而示其可信，則彼孰從而發哉！慶曆中，天子急於求治，擢用賢者，天下日夜望其成功。方其深思遠慮而未有所發也，雖天子亦遲之。至其一旦發憤，條天下之利害，百未及一二，而舉朝諠嘩，以至於遂去，曾不旋踵。此天下之士所以相戒而不敢深言也。

居今之世，而欲納天下於至治，非大有所矯拂於世俗，不可以有成也。何者？天下獨患柔弱而不振，怠惰而不肅，苟且偷安而不知長久之計。臣以爲宜如諸葛亮之治蜀、王猛之治秦，使天下悚然，人人不敢飾非，務盡其誠。凡此者，皆庸人之所大惡，而讒言之所由興也。是故先主拒關張之問，而後孔明得以盡其才；苻堅斬樊世，逐仇騰，黜席寶，而後王猛得以畢其功。夫天下未嘗無二子之才也，而人主思治又如此之勤，相須甚急，而相合甚難者，獨患君不信其臣，臣不測其君而已矣①。

① 下文爲李贄删去。

策略四

當今之所宜先者，莫如破庸人之論，以開功名之門，而後天下可爲也。治天下譬如治水。方其奔衝潰決，騰湧漂蕩，而不可禁止也，雖欲盡人力之所至，以求殺其尺寸之勢而不可得，及其既衰且退也，駸駸乎若不足以終日。故善治水者，導之有方，决之有漸，疏其故而納其新，使不至於壅閼腐敗而無用。嗟夫！人知江河之有水患也，而以爲沼沚之可以無憂，是烏知舟楫灌溉之利哉？

夫天下之未平，英雄豪傑之士，務以其所長，角奔而争利，惟恐天下一日無事也，是以人人各盡其材。雖不肖者，亦自淬厲而不至於怠廢。故其勇者相劫，智者相賊，使天下不安其生。爲天下者，知夫大亂之本，起於智勇之士争利而無厭，是故天下既平，則削去其具，抑遠天下剛健好名之士，而獎用柔懦謹畏之人，不過數十年，天下靡然無復往時之喜事也，於是能者不自激發，而無以見其能，不能者益以弛廢而用。當是之時，人君欲有所爲，而左右前後皆無足使者，是以紀綱日壞而不自知[①]。且夫人君之所恃以爲天下者，天下皆爲，而己不爲。夫使天下皆爲而己不爲者，開其利害之端，而辨其榮辱之等，使之踴躍奔走，皆爲我役而不自知，夫是以坐而收其功也。如使天下皆欲不爲而得，則天子誰與共天下哉？今者治平之日久矣，天下之患，正在於此。臣故曰：破庸人之論，開功名之門，而後天下可爲也。

今夫庸人之論有二，其上之人務爲寬深不測之量，而下之士好言中庸之道。此二者，皆庸人相與議論，舉先賢之言，而獵取其近似者，以自解説其無能而已矣。

夫寬深不測之量，古人所以臨大事而不亂，有以鎮世俗之躁，蓋非以隔絶上下之情，養尊而自安也。譽之則勸，非之則沮，聞善則喜，見惡則怒，此三代聖人之所共也。而後之君子，必曰譽之不勸，非之不沮，聞善不喜，見惡不怒，斯以爲不測之量，不已過乎！夫有勸有沮，有喜有怒，然後有間而可入；有間而可入，然後智者得爲之謀，才

---

① 此處有删節。

者得爲之用。後之君子，務爲無間，夫天下誰能入之？

古之所謂中庸者，盡萬物之理而不過，故亦曰皇極。夫極，盡也。後之所謂中庸者，循循焉爲衆人之所能爲，斯以爲中庸矣，此孔子、孟子之所謂鄉原也。一鄉皆稱原人焉，無所往而不爲原人，同乎流俗，合乎污世，曰：古之人何爲踽踽凉凉，生斯世也，为斯世也，善斯可矣。谓其近于中庸而非，故曰"德之賊也"。孔子、孟軻惡鄉原之賊夫德也，欲得狂者而見之。狂者又不可見，欲得狷者而見之，曰："狂者進取，狷者有所不爲也。"今日之患，惟不取於狂者、狷者，而皆取於鄉原，是以若此靡靡不立也。孔子、子思之所從受中庸者也，孟子、子思所授以中庸者也，然皆欲得狂者、狷者而與之。然則淬勵天下而作其怠惰，莫如狂者、狷者之賢也。

策略五

臣聞天子者，以其一身寄之乎巍巍之上，以其一心運之乎茫茫之中，安而爲太山，危而爲累卵，其間不容毫厘。是故古之聖王，不恃其有可畏之資，而恃其有可愛之實，不恃其有不可拔之勢，而恃其有不忍叛之心。何則？其所居者，天下之至危也。天子恃公卿以有其天下。公、卿、大夫、士以至於民，轉相屬也，以有其富貴。苟不得其心，而欲羈之以區區之名，控之以不足恃之勢者，其平居無事，猶有以相制，一旦有急，是皆行道之人，掉臂而去，尚安得而用之哉？

古之失天下者，皆非一日之故，其君臣之權，去已久矣，適會其變，是以一散而不可復收。方其未也，天子甚尊，大夫、士甚賤，奔走萬里，無敢後先，儼然南面以臨其臣，曰：天何言哉！百官俯首就位，斂足而退，兢兢惟恐有罪。群臣相率爲苟安之計，賢者既無所施其才，而愚者亦所容其不肖。及乎事出於非常，變起於不測，視天下莫與同其患，雖欲分國以與人，而且不及矣。

天下者，器也。天子者，有此器者也。器久不用，而置諸篋笥，則器與人不相習，是以扞格而難操。良工者，使手習知其器，而器亦習知其手，手與器相信而不相疑，夫是故所爲而成也。天下之患，非經營禍亂之足憂，而养安無事之可畏。何者？懼其一旦至於扞格而難操也。昔之有天下者,日夜淬厲其百官,撫摩其人民,爲之朝聘會同燕享,以交諸侯之歡。歲時月朔,致民讀法,飲酒蜡獵,以遂萬民之情。有大事,自庶人以上,皆得至于外朝以盡其詞。然猶以爲未也,而五載一巡狩,朝諸侯於方岳之下,親見其耆老、賢士大夫,以周知其天下風俗。凡此者,非爲苟勞而已,將以馴致服習天下之心,使不至於扞格而難操也。

及至後世,安於逸樂,而惡聞其過。是以養尊而自高,務爲深嚴,使天下拱手以貌相承,而心不服。其老生腐儒又出而爲之説曰:天子不可以妄有言也[①],使其君臣相視而不相知,如此,則偶人而已矣。天下之心既去,而倀倀然抱其空器,不知英雄豪傑已議其後。

臣竊觀西漢之初,高祖創業之際,事變之興,亦已繁矣,而高祖以項氏創残之餘,而又與布、信之徒角馳於中原。此六七公者,皆以絶人之姿,據有土地甲兵之衆,其勢足以亂,然天下終以不摇,卒定於漢。傳十數世矣,而至于元、成、哀、平,四夷嚮風,兵革不試,而王莽一豎子乃舉而移之,不用寸兵尺鐵,而天下屏息,莫敢或争,此其故何也?創業之君,出於布衣,其大臣將相,皆有握手之權,凡在朝廷者,皆其嘗試嚌啜,以知其才之短長,彼其視天下如一身,苟有疾痛,其手足不期而自救。當此之時,雖有近憂,而無遠慮。及其子孫,生於深宮之中,而徂於富貴之勢,尊卑闊絶,而上下之情疏;禮節繁多,而君臣之義薄。是故不爲近憂,而常爲遠患。及其一旦,固已不可救矣[②]。

策别六 痛切不可當。

臣聞爲治有先後,有本末。向之所論者,當今之所宜先,而爲治之大凡也。若夫事之利害,計之得失,臣請得列而言之。蓋其總四,其别十七。一曰課百官,二曰安萬民,三曰厚貨財,四曰訓兵旅。課百官者,其别有六。

一曰厲法禁。昔者聖人制爲刑賞,知天下之樂乎賞而畏乎刑也,是故施其所樂者,自下而上。民有一介之善,不終朝而賞隨之,是以

①② 以下有删節。

天下之爲善者，足以知其無有不賞也。施其所畏者，自上而下。公卿大臣有毫髮之罪，不終朝而罰隨之，是以上之爲不善者，亦足以知其無有不罰也。《詩》曰："剛亦不吐，柔亦不茹。"夫天下之所謂權豪貴顯而難令者，此乃聖人之所借以徇天下也。舜誅四凶而天下服，何也？此四族者，天下之大族也。夫惟聖人爲能擊天下之大族，以服小民之心，故其刑罰至于措而不用。

周之衰也，商鞅、韓非峻刑酷法，以督責天下。然其所以爲得者，用法始於貴戚大臣，而後及於疏賤，故能以其國霸。由此觀之，商鞅、韓非之刑，非舜之刑，而所以用刑者，舜之術也。後之庸人，不深原其本末，而猥以舜之用刑之術，與商鞅、韓非同類而棄之。法禁之不行，姦宄之不止，由此其故也。

今州縣之吏，受賕而鬻獄，其罪至於除名，而其官不足以贖，則至於嬰木索，受笞箠，此亦天下之至辱也。而士大夫或冒行之，何者？其心有所不服也。今夫大吏之爲不善，非特簿書米鹽出入之間也，其位愈尊，則其所害愈大；其權愈重，則其下愈不敢言。幸而有不畏彊禦之士，出力而排之，又幸而不爲上下之所抑，以遂成其罪，則其官之所減者，至於罰金，蓋無幾矣。夫過惡暴著于天下，而罰不傷其毫毛；鹵莽於公卿之間，而纖悉於州縣之小吏。用法如此，宜其天下之不心服也。用法而不服其心，雖刀鋸斧鉞，猶將有所不避，而況於木索、笞箠哉！

方今法令至繁，觀其所以防奸之具，一舉足且人其中，而大吏犯之，不至於可畏，其故何也？天下之議者曰：古者之制"刑不上大夫"，大臣不可以法加也。嗟夫！"刑不上大夫"者，豈曰大夫以上有罪而不刑歟？古之人君，責其公卿大臣至重，而待其士庶人至輕也。責之至重，故其所以約束之者愈寬；待之至輕，故其所以隄防之者甚密。夫所貴乎大臣者，惟不待約束，而後免於罪戾也。是故約束愈寬，而大臣益以畏法。何者？其心以爲人君之不我疑而不忍欺也。苟幸不疑而輕犯法，則固已不容於誅矣。故夫大夫以上有罪，不從於訊鞫論報，如士庶人之法。斯以爲"刑不上大夫"而已矣。天下之吏，自一命以上，其蒞官臨民苟有罪，皆書於其所謂歷者，而至於館閣之臣出爲郡縣者，則遂罷去。此真聖人之意，欲有以重責之也。奈何其與士庶人較罪之輕重，而又以其爵減耶？夫律，有罪而得以首免者，所以開盜賊小人自新之塗。而今之卿大夫有罪亦得以首免，是以盜賊小人待之歟？天下惟其無罪也，是以罰不可得而加。如知其有罪而特免其罰，則何以令天下？今夫大臣有不法，或者既以舉之，而詔曰勿推，此何爲者也？聖人爲天下，豈容有此曖昧而不決？故曰：厲法禁自大臣始，則小臣不犯矣。

策别七

其二曰抑僥倖。夫所貴乎人君者，予奪自我，而不牽於衆人之論也。天下之學者，莫不欲仕，仕者莫不欲貴。如從其欲，則舉天下皆貴而後可。惟其不可從也，是故仕不可以輕得，而貴不可以易致①。《記》曰："司馬辨論官材，論進士之賢者，以告于王，而定其論。論定然後官之，任官然後爵之，位定然後録之。"然則是取之者未必用也②。昔唐有天下，舉進士者，群至於有司之門。唐之制，惟有司之信也。是故有司得以搜羅天下之賢俊，而習知其爲人③。唐之得人，於斯爲盛④。如必曰任法而不任人，天下之人，必不可信。則夫一定之制，臣亦未知其果不可以爲奸也。

策别八

其三曰決壅蔽。所貴乎朝廷清明而天下治平者，何也？天下不訴而無冤，不謁而得其所欲，此堯舜之盛也。其次不能無訴，訴而必見察；不能無謁，謁而必見省。使遠方之賤吏，不知朝廷之高；而一介之小民，不識官府之難。而後天下治。

今夫一人之身，有一心兩手而已。疾痛痾癢，動於百體之中，雖其甚微不足以爲患，而手隨至。夫手之至，豈其一一而聽之心哉，心之所以素愛其身者深，而手之所以素聽於心者熟，是故不待使令而率然以自至。聖人之治天下，亦如此而已⑤。

今也不然。天下有不幸而訴其冤，如訴之於天。有不得已而謁

①②③④⑤　此處有删節。

其所欲，如謁之於鬼神。公卿大臣不能究其詳悉，而付之於胥吏，故凡賄賂先至者，朝請而夕得，徒手而來者，終年而不獲。至於故常之事，人之所當得而無疑者，莫不務爲留滯，以待請屬。舉天下一毫之事，非金錢無以行之。

昔者漢、唐之弊，患法不明，而用之不密，使吏得以空虛無據之法而繩天下，故小人得以無法爲姦。今也法令明具，而用之至密，舉天下惟法之知。所欲排者，有小不如法，而可指以爲瑕。所欲與者，雖有所乖戾，而可借法以爲解。故小人以法爲姦①。

策别十

其五曰無責難②。夫天下之吏不可以人人而知也，故使長吏舉之。又恐其舉之以私而不得其人也，故使長吏任之。他日有敗事，則以連坐。其過惡重者其罰均。且夫人之難知，自堯舜病之矣。今日爲善，而明日爲惡，猶不可保，況於十數年之後，其幼者已壯，其壯者已老，而猶執其一時之言，使同被其罪，不已過乎！天下之人，仕而未得志也，莫不勉强爲善以求舉。惟其既已改官而無憂，是故蕩然無所不至。方其在州縣之中，長吏親見其廉謹勤幹之節，則其勢不可以不舉，彼又安知其終身之所爲哉？故曰今之法責人以其所不能者，謂此也。

一縣之長，察一縣之屬。一郡之長，察一郡之屬。職司者，察其屬郡者也。此三者，其屬無幾耳。其貪其廉，其寬猛，其能與不能，不可謂不知也。今且有人牧牛羊者，而不知其肥瘠，是可復以爲牧人歟？夫爲長而屬之不知，則此固可以罷免而無足惜者。今其屬官有罪，而其長不即以聞，他日有以告者，則長不過爲失察。而去官者，又以不坐。夫失察，天下之微罪也。職司察其屬郡，郡縣各察其屬，此非人之所不能，而罰之甚輕，亦可怪也③。

---

① 下文，李贄删去。

② 此處有删節。

③ 下文已删。

策别十一

其六曰無沮善。昔者先王之爲天下，必使天下欣欣然[①]而無自棄之意。夫惟自棄之人，則其爲惡也，甚毒而不可解。是以聖人畏之，設爲高位重禄以待能者。使天下皆能踴躍自奮，扳援而來。惟其才之不逮，力之不足，是以終不能至於其間，而非聖人塞其門、絶其途也。夫然，故一介之賤吏，閭閻之匹夫，莫不奔走於善[②]，此聖人[③]驅之也。

天下苟有甚惡而不可忍也[④]，既已絶之，則屏之遠方，終身不齒。此非獨不仁也。以爲既已絶之，彼將肆其毒以殘害吾民。是故絶之則不用，用之則不絶。既已絶之，又復用之。則是驅之於不善，而又假之以其具也。無所望而爲善，無所愛惜而不爲惡者，天下一人而已矣。以無所望之人，而責其爲善，以無所愛惜之人，而求其不爲惡，又付之以人民，則天下知其不可也。世之賢者，何常之有？或出於賈豎賤人，甚者至於盗賊，往往而是。而儒生貴族，世之所望爲君子者，或至於放肆不軌，小民之不若。聖人知其然，是故不逆定於其始進之時，而徐觀其所試之效，使天下無必得之心[⑤]，亦無必不可得之道。天下知其不可以必得也，然後勉强於功名而不敢僥倖。知其不至於必不可得[⑥]也，然後有以自慰其心，久而不懈。嗟夫！聖人之所以鼓舞天下[⑦]，之人日化而不自知者，此其[⑧]術歟？

後之爲政者則不然。用[⑨]人以必得，而絶人以必不可得。此其意以爲進賢而退不肖。然天下之弊，莫甚於此。今夫制策之及等，進士

---

① 此處有删節。
② 此處删了"至於老死而不休息"一句。
③ 《蘇東坡全集》在此有"以術"二字。
④ 《蘇東坡全集》有"聖人"二字。
⑤ 《蘇東坡全集》是"由"而不是"心"。
⑥ 《蘇東坡全集》在此處有"而可勉"三字。
⑦ 《蘇東坡全集》在此處還有"天下"二字。
⑧ 《蘇東坡全集》在此處有一"爲"字。
⑨ 《蘇東坡全集》是"與"字，而不是"用"字。

之高第，皆以一日之間，而决取終身之寶貴。此雖一時之文，而未知其臨事之能否，則其用之不已太遽乎！

天下有用人而絶之者三。州縣之吏，苟非有大過而不可復用，則其他犯法，皆可使竭力爲善以自贖。而今世之法，一陷於罪戾，則終身不遷，使之不自聊賴而疾視其民，肆意妄行而無所顧惜。此其初未必小人也，不幸而陷於其中，途窮而無所入，則遂以自棄。府史賤吏，爲國者知其不可闕也，是故歲久則補以外官。以其所從來之卑也，而限其所至，則其中雖有出群之才，終亦不得齒於士大夫之列。夫人出身而仕者，將以求貴也，貴不可得而至矣，則將惟富之求，此其勢然也。如是，則雖至於鞭笞戮辱，而不足以禁其貪。故夫此二者，苟不可以遂棄，則宜有以少假之也。入貲而仕者，皆得補郡縣之吏，彼知其終不得遷，亦將逞其一時之欲，無所不至矣①。臣故曰：絶之則不用，用之則不絶。此三者之謂也。

策别十二 **"敦教化"三字似俗儒口語，可厭！而發出切實之論，及令人抵掌。乃知真道學雖説假道學話、亦自不假也。**

安萬民者，其别有六。

一曰敦教化②。昔武王既克商，散財發粟，使天下知其不貪；禮下賢俊，使天下知其不驕；封先聖之後，使天下知其仁；誅飛廉、惡來，使天下知其義。如此，則其教化天下之實，固已立矣。天下聳然皆有忠信廉耻之心，然後文之以禮樂，教之以學校，觀之以射飨，而謹之以冠婚喪祭，民是以目擊而心諭，安行而自得也。及至後世，專用法吏以督責其民③，而民日以貪冒嗜利而無耻。儒者乃始以三代之禮所謂名者而繩之！彼見其登降揖讓盤辟俯僂之容，則掩口而竊笑；聞鍾鼓管磬希夷嘽緩之音，則驚顧而不樂。如此，而欲望其遷善遠罪，不已難乎④？

臣愚以爲宜先其實而後其名，擇其近於人情者而先之。今夫民

---

①②③④ 此處有删節。

不知信，則不可與久居於安；民不知義，則不可與同處於危。平居則欺其吏，而有急則叛其君。此教化之實不至也。欲民之知信，則莫若務實其言，欲民之知義，則莫若務去其貪。往者河西用兵，而家人子弟皆藉以爲軍。其始也，官告以權時之宜，非久役者，事已當復爾業。少焉皆刺其額，無一人得免。自寶元以來，諸道以兵興爲辭而增賦者，至今皆不爲除去。夫如是，將何以禁小民之詐欺哉！

夫所貴乎縣官之尊者，爲其恃於四海之富，而不争於錐刀之末也。其與民也優，其取利也緩[①]。今雞鳴而起，百工雜作。匹夫入市，操挾尺寸，吏且隨而税之，扼吭拊背，以收丝毫之利。古之設官者，求以裕民；今之設官者，求以勝民。賦斂有常限，而以先期爲賢；出納有常數，而以羨息爲能。天地之間，苟可以取者，莫不有禁。求利太廣，而用法太密[②]，臣愚以爲[③]可取之利，當有所不取，以教民信而示之義。若曰"國用不足而未可以行"，則臣恐其失之多於得也。

策别十五

其四曰較賦役。自兩税之興，因地之廣狹瘠腴而制賦，因賦之多少而制役[④]，户無常賦，視地以爲賦。人無常役，視賦以爲役。是故貧者鬻田則賦輕，而富者加地則役重。此所以度民力之所勝，亦足以破兼并之門，而塞僥倖之源也。

及其後世，歲月既久，則小民稍稍爲奸，度官吏耳目之所不及，則雖有法禁，公行而不忌。今夫一户之賦，官知其爲賦之多少，而不知其爲地之幾何也。如此，則增損出入，惟其意之所爲。官吏雖明，法禁雖嚴，而其勢無由以止絶。且其爲奸，常起于貿易之際。夫鬻田者，必窮迫之人，而所從鬻者，必富厚有餘之家。富者恃其有餘而邀之，貧者迫於饑寒，而欲其速售。是故多取其地，而少入其賦。有田者，方其貧困之中，苟可以緩一時之急，則不暇計其他日之利害。故富者地日以益，而賦不加多，貧者地日以削，而賦不加少。又其奸民欲以計免於賦役者，割數畝之地，加之以數倍之賦，而收其少半之直，

---

①③④　此處有删節。

②　李執擬於此删去"放民日趨於貪"。

或者亦貪其直之微而取焉。是以數十年來，天下之賦，大抵淆亂。有兼並之族而賦甚輕，有貧弱之家而不免於重役，以至於破敗流移而不知其所往，其賦存而其人亡者，天下皆是也。

夫天下不可以有僥倖也，天下有一人焉僥倖而免，則亦必有一人焉不幸而受其弊。今天下僥倖者如此之衆，則其不幸而受其弊者從可知矣①。雖然，天下皆知其爲患而不能去。何者？勢不可也。今欲按行其地之廣狹瘠腴，而更制其賦之多寡，則奸吏因緣爲賄賂之門，其廣狹瘠腴，亦將一切出於其意之喜怒，則患益深，是故士大夫畏之而不敢議②。

策别十六　北狩之事，公已看見。時不用公，可奈之何？

其五曰教戰守。夫當今生民之患，果安在哉？在於知安而不知危，能逸而不能勞③。昔者先王知兵之不可去也，是故天下雖平，不敢忘戰④。及至後世，用迂儒之議，以去兵爲王者之盛節。天下既定，則卷甲而藏之。數十年之後，甲兵頓弊，而人民日安于佚樂。卒有盜賊之警，則相與恐懼訛言，不戰而走。開元、天寶之際，天下豈不大治？惟其民於太平之樂，酣豢于游戲酒食之間，其剛心勇氣消耗鈍眊，痿蹶而不復振，是以區區之録山遂出而乘之，四方之民獸奔鳥竄，乞爲囚虜之不暇，天下分裂，而唐室因以微矣。

蓋嘗試論之。天下之勢，譬如一身，王公貴人所以養其身者，豈不至哉？而其平居常苦於多疾。至於農夫小民，終歲勞苦，而未嘗告疾，此其故何也？夫風雨霜露寒暑之變，此疾之所由生也。農夫小民，盛夏力作，而窮冬暴露，其筋骸之所冲犯，肌膚之所浸漬，輕霜露而狎風雨，是故寒暑不能爲之毒。今王公貴人處於重屋之下，出則乘輿，風則襲裘，雨則御蓋，凡所以慮患之具，莫不備至。畏之太甚，而養之太過，小不如意，則寒暑入之矣。是故善養身者，使之能逸而能勞，步趨動作，使其四體狃於寒暑之變，然後可以剛健强力，涉險而不傷。夫民亦然。

---

①③④　此處有删節。

②　下文，李贄删去。

今者治平之日久，天下之人，驕惰脆弱，如婦人孺子不出於閨門。論戰國之事，則縮頸而股慄；聞盜賊之名，則掩耳而不願聽。而士大夫亦未嘗言兵，以爲生事擾民，漸不可長。此不亦畏之太甚而養之太過歟？且夫天下固有意外之患也。愚者見四方之無事，則以爲變故無自而有，此亦不然矣。今國家所以奉西北之虜者，歲以百萬計。奉之者有限，而求之者無厭，此其勢必至於戰①，不先於我，則先於彼，不出於西，則出於北。所不可知者，有遲速遠近，而要以不能免也。苟不免於用兵，而使民於安樂無事之中，一旦出身而蹈死地，則其爲患必有所不測。故曰：天下之民知安而不知危，能逸而不能勞。此臣所謂大患也②。議者以爲無故而動民則民將不安，而臣以爲此所以安民也③。今天下屯聚之兵，驕豪而多怨，陵压百姓而邀其上者，何故？此其心以爲天下之知戰者，惟我而已。如使平民皆習於兵，彼知有所敵，則固已破其奸謀，而折其驕氣。利害之際，豈不亦甚明歟？

策别十八

厚貨財者，其別有二。一曰省費用④。臣請得以小民之家推之。夫民方其窮困時，所望不過十金之資，計其衣食之費，妻子之奉，出入於十金之中，寬然而有餘。及其一旦稍稍畜聚，衣食既足，則心意之欲，日以漸廣，所人⑤益衆，而所欲益以不給。不知罪其用之不節，而以爲求之未至也。是以欲富而愈貪⑥。盍亦反其始而思之？夫向者豈能寒而不衣，饑而不食乎？今天下汲汲乎以財之不足爲病，何以異此？

今天下之利，莫不盡取。山陵林麓，莫不有禁。關有征，市有租，鹽鐵有榷，酒有課，茶有算，凡衰世苟且之法，莫不盡用矣⑦。然天下之人，方且窮思竭慮，以廣求利之門⑧，以爲費用不可復省。臣有以知其不然也。天下有轉運使足矣。今江淮之間，又有發運，禄賜之厚，徒兵之衆，其爲費豈可勝計哉！蓋嘗聞之，里有畜馬者，患牧人欺之而盜其芻菽也，又使一人焉爲之廄長，廄長立而馬益癯⑨。自是而

---

①②③④⑥⑦⑧⑨ 此處有删節。

⑤ 人，當爲“入”之誤。

推之，天下無益之費不爲不多矣。臣以爲凡若此者[①]，自毫厘以往，莫不有益。惟無輕其毫厘而積之，則天下庶乎息也。

策别十九

其二曰定軍制[②]。三代之制，不可復追矣。至於漢、唐，猶有可得而言者。

夫兵，無事而食，則不可使聚，聚則不可使無事而食[③]。今夫有百頃之閑田，則足以牧馬千駟，而不知其費。聚千駟之馬，而輸百頃之芻，則其費自倍，此易曉也。昔漢之制，有踐更之卒，而無營田之兵，雖皆出於農夫，而方其爲兵也，不知農夫之事，是故郡縣無常屯之兵，而京師亦不過有南北軍、期門、羽林而已。邊境有事，諸侯有變，皆以虎符調發郡國之兵。至于事已而兵休，則涣然各復其故。是以其兵雖不知農，而天下不至于弊者，未嘗聚也。唐有天下，置十六衛府兵，天下之府八百餘所，而屯於關中者，至有五百，然皆無事則力耕而積穀，不惟以自贍養，而又有以廣縣官之儲。是以兵雖聚于京師，而天下亦不至於弊者，未嘗無事而食也。

今天下之兵，不耕而聚於京畿三輔者，以數十萬計，皆仰給於縣官。有漢、唐之患而無漢、唐之利[④]，天下之財，近自淮甸，而遠至於吴、蜀，凡舟車所至，人力所及，莫不盡取以歸于京師。晏然無事，而賦斂之厚，至於不可復加，而三司之用，猶苦其不給。其弊皆起于不耕之兵聚於内，而食四方之貢賦。

非特如此而已，又有循環往來屯戍于郡縣者。昔建國之初，所在分裂，擁兵而不服，太祖、太宗躬擐甲胄，力戰而取之。既降其君，而籍其疆土矣，然其故基餘孽猶有存者。上之人見天下之難合而恐其復發也，於是出禁兵以戍之，大自藩府，而小至於縣鎮，往往皆有京師之兵。由此觀之，則是天下之地，一尺一寸，皆天子自爲守也。而可以長久而不變乎？

費莫大於養兵，養兵之費，莫大於征行。今出禁兵而戍郡縣，遠

---

①②③④　此處有删節。

者或數千里，其月廪歲給之外，又日供其芻糧。三歲而一遷，往者紛紛，來者纍纍，雖不過數百爲輩，而要其歸，無以異於數十萬之兵三歲而一出征也。農夫之力，安得不竭？餽運之卒，安得不疲？

且今天下未嘗有戰圖之事。武夫悍卒，非有勞伐可以邀其上之人，然皆不得爲休息閑居無用之兵者，其意以爲天子出戍也。是故美衣豐食，開府庫，輦金帛，若有所負，一逆其意，則欲群起而噪呼，此何爲者也？天下一家，且數十百年矣。民之戴君，至於海隅，無以異於畿甸，亦不必舉疑四方之兵而專信禁兵也。曩者蜀之有妖賊，與近歲貝州之亂，未必非禁兵致之。

臣愚以爲郡縣之土兵，可以漸訓而陰奪其權，則禁兵可以漸省而無用。天下武健，豈有常所哉？山川之所習，風氣之所咻，四方之民一也。昔者戰國嘗用之矣。蜀人之怯懦，吴人之短小，皆嘗以抗衡于上國，夫安得禁兵而用之！今之土兵，所以鈍弊劣弱而不振者，彼見郡縣有禁兵而待之異等，是以自棄於賤隸役夫之間，而將吏亦莫之訓也。苟禁兵漸省，而以其資糧益優郡縣之土兵，則彼固以歡欣踴躍出于意外，戴上之恩而願效其力，又何遽不如禁兵耶？夫土兵日以多，禁兵日以少，天子扈從捍城之外無所復用。如此，則内無屯聚仰給之費，而外無遷徙供億之勞，費之省者，又已過半矣。

策别二十

訓兵旅者，其别有三。一曰蓄材用[①]。夫國之有材，譬如山澤之有猛獸，江河之有蛟龍，伏乎其中而威見乎其外，悚然有所不可狎者。至于鰍蚖之所蟠，牂豚之所牧，雖千仞之山，百尋之溪，而人易之。何則？其見于外者不可欺也。天下之大，不可謂無人。朝廷之尊，百官之富，不可謂無才。然以區區之二虜，舉數州之衆，以臨中國，抗天子之威，犯天下之怒，而其氣未嘗少衰，其詞未嘗少挫，則是其心無所畏也。主憂則臣辱，主辱則臣死。今朝廷之上，不能無憂，而大臣恬然未嘗有拒絶之義，非不欲絶也，而未有以待之，則是朝廷無所恃也。

---

① 此處有删節。

緣邊之民，西顧而戰慄。牧馬之士，不敢彎弓而北嚮。吏士未戰而先期於敗，則是民輕其上也。外之蠻夷無所畏，内之朝廷無所恃，而民又自輕其上，此猶爲有人乎！

天下未嘗無才，患所以求才之道不至。古之聖人，以無益之名，而至天下之實；以可見之實，而較天下之名。二者相爲用而不廢[①]。不先其名，而唯實之求，則來者寡。來者寡，則不可以有所擇。今夫孫、吴之書，其讀之者，未必能戰也。多言之士，喜論兵者，未必能用也。進之以武舉，而試之以騎射，天下之奇才，未必至也。然將以求天下之實，則非此三者不可以致。往者西師之興，其先也，惟不以虚名多致天下之才而擇之以待用。故其兵興之際，四顧惶惑而不知所措。於是設武舉，購方略，收勇悍之士，而開倡狂之言，不愛高爵重賞以求之。當此之時，天下囂然，莫不自以爲知兵。來者日多，而其言益以無據。至於臨事，終不可用。執事之臣，亦遂厭之，故兵休之日，舉從而廢。今之論者，以爲武舉、方略之類，適足以開僥倖之門，而天下之實才，終不可以求得。夫既已用天下之虚各而不較之以實，至其弊也，又舉而廢其名，使天下之士不復以其術進，亦已過矣。

天下之實才，不可以求之於言語，又不可以較之於武力，獨見之於戰耳。戰不可得而試也，是故見之於治兵。子玉治兵於蔿，終日而畢，鞭七人，貫三人耳。蔿賈觀之，以爲剛而無禮，知其必敗。孫武始見，試以婦人，而猶足以取信於闔閭，使知其可用。故凡欲觀將帥之才否，莫如治兵。今夫新募之兵，驕而難令，勇悍而不知戰。此真足以觀天下之才也。武舉、方略之類以來之，新兵以試之。觀其顔色和易，則足以見其氣；約束堅明，則足以見其威；坐作進退，各得其所，則足以見其能。凡此者皆不可强也。故曰：先之以無益之虚名，而較之以可見之實，庶乎可得而用也。

策别二十二

其三曰倡勇敢。臣聞戰以勇爲主，以氣爲決。天子無皆勇之將，

---

① 此處有删節。

而將軍無皆勇之士，是故致勇有術。致勇莫先乎倡，倡莫善乎私。此二者，兵之微權，英雄豪傑之士，所以陰用而不言[①]。

人固有暴猛獸而不操兵，出入於白刃而色不變者，有見虺蝪而却走，聞鍾鼓之聲而戰慄者。是勇怯之不齊至於此。然閭閻之小民，爭鬥戲笑，卒然之間而或至於殺人。當其發也，其心翻然，其色勃然，若不可以已。雖天下之勇夫，無以過之。及退而思其身，顧其妻子，未始不惻然悔也。此非必勇者也。氣之所乘，則奪其性而忘其故。故古之善用兵者，用其翻然勃然於未悔之間。而其不善者，沮其翻然勃然之心，而開其自悔之意。則是不戰而先自敗也。故曰致勇有術。

致勇莫先乎倡。均是人也，皆食其食，皆任其事，天下有急，有一人焉奮而爭先而致其死，則翻然者衆矣。弓矢相及，劍楯相交，勝負之勢未有所決，而三軍之士屬目於一夫之先登，則勃然者相繼矣。天下之大，可以名劫也。三軍之衆，可以氣使也。諺曰："一人善射，百夫決拾。"苟有以發之，及其翻然勃然之間而用其鋒，是之謂倡。

倡莫善乎私。天下之人，怯者居其百，勇者居其一，是勇者難得也。捐其妻子，棄其身以蹈白刃，是勇者難能也。以難得之人，行難能之事，此必有難報之恩者矣。天子必有所私之將，將軍必有所私之士，視其勇者而陰厚之。人之有異材者，雖未有功，而其心莫不自異。自異而上不異之，則緩急不可以望其爲倡。故凡緩急而肯爲倡者，必其上之所異也[②]。

私者，天下之所惡也。然而爲己而私之，則私不可用。爲其賢於人而私之，則非私無以濟。蓋有無功而可賞，有罪而可赦者，凡所以愧其心而責其爲倡也。天下之禍，莫大於上作而下不應[③]。方西戎之叛也，天子非不欲赫然誅之，而將帥之臣，謹守封略，外視内顧，莫有一人先奮而致命，而士卒亦循循焉莫肯盡力。不得已而出，爭先而歸。故西戎得以肆其倡狂，而吾無以應，則其勢不得不重賂而求和。其患起於天子無同憂患之臣，而將軍無心腹之士。西師之休，十有餘年矣，用法益密，而進人益艱，賢者不見異，勇者不見私，天下務爲奉法循令，要以如式而止，臣不知其緩急將誰爲之倡哉？

---

①②③　此處有删節。

策斷二十三　古今大道尤切宋事。

古之亡天下者四[①]，而天子无道不与焉。蓋有以诸侯强遍而至於亡者，周、唐是也。有以匹夫横行而至于亡者，秦是也。有以大臣執權而至於亡者，漢、魏是也。有以蠻夷内侵而至於亡者，二晋是也[②]。昔者敵國之患，起於多求而不供。供者有倦，而求者無厭，以有倦待無厭，而能久安於無事，天下未嘗有也[③]。蓋嘗聞之，用兵有權，權之所在，其國乃勝。是故國無小大，兵無强弱，有小國弱兵而見畏於天下者，權在焉耳。千鈞之牛，制於三尺之童，弭耳而下之，曾不如狙猿之奮擲於山林。此其故何也？權在人也。我欲則戰，不欲則守。戰則天下莫能支，守則天下莫能窺。昔者秦嘗用此矣。開關出兵以攻諸侯，則諸侯莫不願割地而求和。諸侯割地而求和於秦，秦人未嘗急於割地之利，若不得已而後應。故諸侯嘗欲和而嘗欲戰。如此，則權固在秦矣。且秦非能强於天下之諸侯，秦惟能自必，而諸侯不能。是以天下百變，而卒歸於秦。諸侯之利，固在從也。朝聞陳軫之説而合爲從，暮聞張儀之計而散爲横。秦則不然。横人之欲爲横，從人之欲爲從，皆使其自擇而審處之。諸侯相顧，而終莫能自必，則權之在秦，不亦宜乎？

向者寶元、慶曆之間，河西之役，可以見矣。其始也，不得已而後戰。其終也，逆探其意而與之和，又從而厚饋之。惟恐其一日復戰也。如此，則賊常欲戰而我常欲和。賊非能常戰也，特持其欲戰之形，以乘吾欲和之勢，屢用而屢得志，是以中國之大，而權不在焉。欲天下之安，則莫若使權在中國。欲權之在中國，則莫若先發而後罷。示之以不憚，形之以好戰，而後天下之權，有所歸矣。

今夫庸人之論，則曰勿爲禍始。古之英雄之君，豈其樂禍而好殺？唐太宗既平天下，而又歲歲出師，以從事於夷狄，蓋晚而不倦，暴露於千里之外，親擊高麗者再焉。凡此者，皆所以争先而處强也。當時群臣不能深明其意，以爲敵國無衅而我則發之。夫爲國者，使人備

---

①②③　此處有删節。

己，則權在我，而使己備人，則權在人。當太宗之時，四夷狼顧以備中國，故中國之權重。苟不先之，則彼或以執其權矣，而我又䰇䰇焉惡戰而樂罷，使敵國知吾之所忌，而以是取必於吾。如此，則雖有天下，吾安得而爲之？唐之衰也，惟其厭兵而畏戰，一有敗衄，則兢兢焉縮首而去之，是故奸臣執其權以要天子。及至憲宗，奮而不顧，雖小挫而不爲之沮。當此之時，天下之權，在於朝廷。伐之則足以爲威，舍之則足以爲恩。臣故曰：先發而後罷，則權在我矣。

策斷二十四

臣聞用兵，有可以逆爲數十年之計者，有朝不可以謀夕者。攻守之方，戰鬬之術，一日百變，猶以爲拙，若此者，朝不可以謀夕者也。古之欲謀人之國者，必有一定之計。勾踐之取吴，秦之取諸侯，高祖之取項籍，皆得其至計而固執之。是故有利有不利，有進有退，百變而不同，而其一定之計未始易也。勾踐之取吴，是驕之而已；秦之取諸侯，是散其從而已；高祖之取項籍，是間疏其君臣而已。此其至計不可易者，雖百年可知也。今天下晏然未有用兵之形，而臣以爲必至於戰，用其攻守之方，戰鬬之術，固未可以豫論而臆斷也。然至於用兵之大計，所以固執而不變者，臣請得以豫言之。

夫西戎、北胡，皆爲中國之患。而西戎之患小，北胡之患大。此天下之所明知也。管仲曰："攻堅則瑕者堅，攻瑕則堅者瑕。"故二者，皆所以爲憂。而臣以爲兵之所加，宜先於西。故先論所以制御西戎之大略。

今夫鄒與魯戰，則天下莫不以爲魯勝，大小之勢異也。然而勢有所激，則大者失其所以爲大，而小者忘其所以爲小，故有以鄒勝魯者矣。夫大有所短，小有所長，地廣而備多，備多而力分，小國聚而大國分，則强弱之勢，將有所反。大國之人，譬如千金之子，自重而多疑。小國之人，計窮而無所恃，則致死而不顧。是以小國常勇，而大國常怯。恃大而不戒，則輕戰而屢敗。知小而自畏，則深謀而必克。此又其理然也。夫民之所以守戰至死而不去者，以其君臣上下懽欣相得之際也。國大則君尊，而上下不交，將軍貴而吏士不親，法令繁而民無所措其手足。若夫小国之民。截然其若一家也,有憂则相恤,有急則相赴。凡此數者,是小國之所長,而大國之所短也。大國而不用其所長,使小國常出於其所短,雖百戰而百屈,岂足怪哉!

且夫大國,則固有所長矣,長於戰而不長於守。夫守者,出於不足而已。譬之於物,大而不用,則易以腐敗,故凡擊搏進取,所以用大也。孫武之法,十則圍之,五則攻之,倍則分之,敵則能戰之,少則能逃之,不若則能避之。自敵以上者,未嘗有不戰也。自敵以上而不戰,則是以有餘而用不足之計,固已失其所長矣。凡大國之所恃,吾能分兵,而彼不能分,吾能數出,而彼不能應。譬如千金之家,日出其財,以罔市利,而販夫小民終莫能與之競者,非智不若,其財少也。是故販夫小民,雖有桀黠之才,過人之智,而其勢不得不折而入於千金之家。何則?其所長者不可以與較也。

西戎之於中國,可謂小國矣。嚮者惟不用其所長,是以聚兵連年而終莫能服。今欲用吾之所長,則莫若數出,數出莫若分兵。臣之所謂分兵者,非分屯之謂也,分其居者與行者而已。今河西之戍卒,惟患其多,而莫之適用,故其便莫若分兵。使其十一而行,則一歲可以十出;十二而行,則一歲可以五出。十一而十出,十二而五出,則是一人而歲一出也。吾一歲而一出,彼一歲而十被兵焉,則衆寡之不侔,勞逸之不敵,亦已明矣。夫用兵必出于敵人之所不能。我大而敵小,是故我能分而彼不能。此吴之所以肄楚,而隋之所以狃陳歟?夫御戎之術,不可以逆知其詳,而其大略,臣未見有過此者也。

策

禹之所以通水之法

自禹而下至於秦,千有餘年,濱河之民,班白而不識濡足之患。自漢而下,至於今數千年,河之爲患,綿綿而不絶。豈聖人之功烈,至漢而熄哉?方戰國之用兵,國於河之壖者,三晋爲多。而魏文侯時,白圭治水,最爲有功,而孟子譏其以鄰國爲壑。自是之後,或決以攻,或溝以守，新防交興，而故道旋失。然聖人之跡，尚可以訪之於耆老。秦不亟治而遺患於漢，漢之法又不足守。陸人不能舟，而没人未嘗見舟而便操之，親被其患，知之宜詳耳。當今莫若訪之海濱之老民，而興天下之水學。古者將有決塞之事，必使通知經術之臣，計其利害。又使水工行視地勢，不得其工，不可以濟也。故夫三十餘年之間，而無一人能興水利者，其學亡也。《禹貢》之説，非其詳矣。然而高下之勢，先後之次，水之大小，與其蓄洩之宜，亦可以概見[①]。孟子曰："禹之治水也，水由地中行。"此禹之所以通其法也。愚竊以爲治河之要，宜推其理，而酌之以人情。河水湍悍，雖亦其性，然非堤防激而作之，其勢不至如此。古者，河之側無居民，棄其地以爲水委。今也堤之而廬民其上，所謂愛尺寸而忘千里也。故曰堤防省而水患衰，其理然也。

關隴遊民私鑄錢與江淮漕卒爲盜之由

治其本[②]，朝令而夕從；救其末，百世不改也。私鑄之弊，始於錢輕，使錢之直若金之直，雖賞之不爲也。今秦蜀之中，又裂紙以爲幣，符信一加，化土[③]芥以爲金玉，奈何其使民不奔而效之也？夫樂生而惡死者，天下之至情也。我且以死拘之，然猶相繼而赴於市者，饑寒驅其中而無以自生也。曰："等以死耳，而或免焉。"漕卒之愆，生於窮乏而無告，家乎舟楫之上，長子孫乎江淮之間，布褐不完，藜藿不給，大冬積雪，水之至涸，而龜手爛足者，累歲不得代，不爲盜賊，無所逞志。若稍優其給而代其勞，宜亦衰息耳。夫見利而不動者，伯夷、叔齊之事也。窮困而不爲不義者，顔淵之事也。以伯夷、叔齊、顔淵之事而求之無知之民，亦已過矣[④]。

坡仙集卷之七終

---

① 此處有刪節。

② 前面的文字，李贄删去了。

③ 原作"上"，從《蘇東坡全集》改爲"土"。

④ 下文爲李贄删去。

坡仙集卷之八

奏議

議學校貢舉狀

熙寧四年正月日，殿中丞直史館判官告院蘇軾狀奏：准敕講求學校貢舉利害，令臣等各具議狀聞奏者。

右臣伏以得人之道，在於知人。知人之法，在於責實。使君相有知人之才，朝廷有責實之政，則胥史皂隸，未嘗無人，而況於學校貢舉乎？雖因今之法，臣以爲有餘。使君相無知人之才、朝廷無責實之政，則公卿侍從，常患無人，況學校貢舉乎？雖復古之制，臣以爲不足矣。

夫時有可否，物有廢興。方其所安，雖暴君不能廢。及其既厭，雖聖人不能復。故風俗之變，法制隨之。譬如江河之徙移，順其所欲行而治之，則易爲功；强其所不欲而復之，則難爲力。使三代聖人復生於今，其選舉養才，亦必有道矣，何必由學？且天下固嘗立學矣。慶曆之間，以爲太平可待，至於今日，惟有空名僅存。今陛下必欲求德行道藝之士，責九年大成之業，則將變今之禮，易今之俗，又當發民力以治宮室，斂民財以食游士，百里之内，置官立師，獄訟聽於是，軍旅謀於是，又當以時簡不率教者，屏之遠方，終身不齒，則無乃徒爲紛亂，以患苦天下耶？若乃無大變改，而望有益于時，則與慶曆之際何異？故臣以謂今之學校，特可因循舊制，使先王之舊物，不廢於吾世，足矣。

至於貢舉之法，行之百年，治亂盛衰，初不由此。陛下視祖宗之世、貢舉之法，與今爲孰精？言語文章，與今爲孰優？所得文武長才，與今爲孰多？天下之事，與今爲孰辦？較此四者，而長短之議决矣。今議者所欲變改，不過數端。或曰鄉舉德行而略文章；或曰專取策論而罷詩賦；或欲舉唐室故事，兼採譽望而罷封彌；或欲罷經生樸學，不用貼墨，而考大義。此數者皆知其一，不知其二者也。

臣請歷言之。夫欲興德行，在於君人者修身以格物，審好惡以表俗，孟子所謂"君仁莫不仁，君義莫不義"。君之所向，天下趋焉。若欲設科立名以取之，則是教天下相率而爲伪也。上以孝取人，則勇者割股，怯者廬墓。上以廉取人，則弊車羸馬，惡衣菲食。凡可以中上意，無所不至矣。德行之弊，一至於此乎？自文章而言之，則策論爲有用，詩賦爲無益；自政事言之，則詩賦、策論均爲無用矣。雖知其無用，然自祖宗以來，莫之廢者，以爲設法取士，不過如此也。豈獨吾祖宗，自古堯、舜亦然。《書》曰："敷奏以言，明試以功。"自古堯、舜以來，進人何嘗不以言，試人何嘗不以功乎？議者必欲以策論定賢愚能否，臣請有以質之。近世士大夫文章華靡者，莫如楊億。使楊億尚在，則忠清鯁亮之士也，岂得以華靡少之？通經學古者，莫如孫復、石介。使孫復、石介尚在，則迂闊矯誕之士也，又何施之於政事之間乎？自唐至今，以詩賦爲名臣者，不可勝數，何負於天下而必欲廢之！近世士人，纂類經史，綴緝時務，謂之策括。待問條目，搜抉略盡，臨時剿竊，竄易首尾，以眩有司，有司莫能辨也。且其爲文也，無規矩準繩，故學之易成；無聲病對偶，故考之難精。以易學之士，付難考之吏，其弊有甚於詩賦者矣①。至於人才，則有定分，施之有政，能否自彰。今進士日夜治經傳子史，貫穿馳騖，可謂博矣。至於臨政，曷嘗用其一二？顧視舊學，已爲虚器，而欲使此等分别注疏，麄識大義，而望其才能增長，亦已疏矣。特願陛下留意其遠者大者。必欲登俊良，黜庸回，總覽衆才，經略世務，則在陛下與二三大臣，下至諸路職司與良二千石耳，區區之法何預焉？然臣竊有私憂過計者。昔王衍好老莊，天下皆師之，風俗凌夷，以至南渡。王缙好佛，捨人事而修異教，

---

① 此處有删節。

大曆之政，至今爲笑。故孔子罕言命，則爲知者少也。子貢曰："夫子之文章，可得而聞也，夫子之言性與天道，不可得而聞也。"夫性命之説，自子貢不得聞，而今之學者，恥不言性命，此可信也哉！今士大夫至以佛老爲聖人，鬻書於市者，非莊老之書不售也①。使天下之士，能如莊周齊死生，一毀譽，輕富貴，安貧賤，則人主之名器爵禄，所以礪世摩鈍者，廢矣。陛下亦安用之？而況其實不能，而竊取其言以欺世者哉！臣願陛下明敕有司，試之以法言，取之以實學。博通經術者，雖樸不廢；稍涉浮誕者，雖工必黜。則風俗稍厚，學術近正，庶幾得忠實之士，不至蹈衰季之風，則天下幸甚。

熙寧四年奏書

某月日，殿中丞直史館判官告院權開封府推官蘇軾，謹昧萬死，再拜上書皇帝陛下。臣近者，不度愚賤，輒上封章言買燈事。自知瀆犯天威，罪在不赦，席藁私室，以待斧鉞之誅，而側聽逾旬，威命不至。問之府司，則買燈之事，尋已停罷。乃知陛下不惟赦之，又能聽之，驚喜過望，以至感泣。何者？改過不吝，從善如流，此堯、舜、禹、湯之所勉强而力行，秦、漢以來之所絶無而僅有。顧此買燈毫髮之失，豈能上累日月之明？而陛下翻然改命，曾不移刻，則所謂智出天下，而聽於至愚；威加四海，而屈於匹夫。臣今知陛下可與爲堯、舜，可與爲湯、武，可與富民而措刑，可與强兵而伏戎虜矣。有君如此，其忍負之！惟當披露腹心，捐棄肝腦，盡力所至，不知其他。乃者，臣知天下之事，有大於買燈者矣，而獨區區以此爲先者，蓋未信而諫，聖人不與；交淺言深，君子所戒。是以試論其小者，而其大者固將有待而後言。今陛下果赦而不誅，則是既已許之矣。許而不言，臣則有罪，是以願終言之。

臣之所欲言者三，願陛下結人心，厚風俗，存紀綱而已。

人莫不有所恃。人臣恃陛下之命，故能役使小民；恃陛下之法，故能勝服强暴。至於人主所恃者誰？《書》曰："予臨兆民，凛乎若朽

---

① 此處有删節。

索之馭六馬。”言天下莫危於人主也。聚則爲君民，散則爲仇讎，聚散之間，不容毫厘。故天下歸往謂之王，人各有心謂之獨夫。由此觀之，人主之所恃者，人心而已。人心之於人主也，如木之有根，如燈之有膏，如魚之有水，如農夫之有田，如商賈之有財。木無根則槁，燈無膏則滅，魚無水則死，農無田則饑，商賈無財則貧，人主失人心則亡。此理之必然，不可逭之災也。其爲可畏，從古以然。苟非樂禍好亡，狂易喪志，則孰敢肆其胸臆，輕犯人心？昔子產焚《載書》以弭衆言，賂伯石以安巨，以爲衆怒難犯，專欲難成。而孔子[①]亦曰："信，而後勞其民；未信，則以爲厲己也。"惟商鞅變法，不顧人言[②]，至於其身，亦卒不免，負罪出走而諸侯不納，車裂以徇，而秦人莫哀。君臣之問，豈願如此？宋襄公雖行仁義，失衆而亡。田常雖不義，得衆而强。是以君子未論行事之是非，先觀衆心之向背。謝安之用諸桓未必[③]非，而勢有不可，則反爲危辱。自古及今，未有和易同衆而不安，剛果自用而不危者也。

今陛下亦知人心之不悦矣。中外之人，無賢不肖，皆言祖宗以來，治財用者不過三司使副判官，經今百年，未嘗闕事。今者無故又創一司，號曰制置三司條例司[④]，六七少年，日夜講求於内，使者四十餘輩，分行營干於外，造端宏大，民實驚疑，創法新奇，吏皆惶惑。賢者則求其説而不可得，未免於憂；小人則以其意度朝廷，遂以爲謗。謂陛下以萬乘之主而言利，謂執政以天子之宰而治財。商賈不行，物價勝踴。近自淮甸，遠及川蜀，喧傳萬口，論説百端。或言京師正店，議置監官，夔路深山，當行酒禁，拘收僧尼常住，減刻兵吏廩禄，如此等類，不要勝言。而甚者至以爲欲復肉刑。斯言一出，民且狼顧。陛下與二三大臣，亦聞其語矣。然而莫之顧者，徒曰我無其事，又無其意，何恤於人言？夫人言雖未必皆然，而疑似則有以致謗。人必貪財也，而後人疑其盗。人必好色也，而後人疑其淫。何者？未置此司，則無其謗，豈去歲之人皆忠厚，而今歲之人皆虚浮？孔子曰："工欲善

---

① 從《論語・子張篇》，"孔子"乃"子夏"之誤。

② 此處有删節。

③ 《蘇東坡全集》在此處有"是，而衆之所樂，則國以乂安。庾亮之召蘇峻未必"。

④ 《蘇東坡全集》在此處有一"使"字。

其事，必先利其器。”又曰：“必也正名乎。”今陛下操其器而諱其事，有其名而辭其意，雖家置一喙以自解，市列千金以購人，人必不信，謗亦不止。夫制置三司條例司，求利之名也。六七少年與使者四十餘輩，求利之器也。驅鷹犬而赴林藪，語人曰我非獵也，不如放鷹犬而獸自馴，人自信。故臣以爲消讒慝以召和氣，復人心而安國本，則莫若罷制置三司條例司。

夫陛下之所以創此司者，不過以興利除害也。使罷之而利不興，害不除，則勿罷。罷之而天下悦、人心安、興利除害，無所不可，則何苦而不罷？陛下欲去積弊而立法，必使宰相熟議而後行。事若不由中書，則是亂世之法，聖君賢相，夫豈其然？必若立法不免由中書，熟議不免使宰相，此司之設，無乃冗長而無名。智者所圖，貴於無迹。漢之文、景，《紀》無可書之事；唐之房、杜，《傳》無可載之功，而天下之言治者與文、景，言賢者與房、杜，蓋事已立而迹不見，功已成而人不知。故曰：善用兵者，無赫赫之功。豈惟用兵，事莫不然。今所圖者，萬分未獲其一也，而迹之布於天下，已若泥中之斗獸，亦可謂拙謀矣[①]。且遣使縱横，本非令曲。漢武遣綉衣直指，桓帝遣八使，皆以守宰狠籍，盜賊公行，出於無術，行此下策。宋文帝元嘉之政，比於文、景，當時責成郡縣，未嘗遣使。至孝武，以爲郡縣遲緩，始命臺使督之。以至蕭齊，此弊不革。故景陵王子良上疏，極言其事，以爲此等朝辭禁門，情態即異，暮宿村縣，威福便行，驅迫郵傳，折辱守宰，公私勞擾，民不聊生。唐開元中，宇文融奏置勸農判官使裴寬等二十九人，並攝御史，分行天下，招携户口，檢責漏田。時張説、楊瑒、皇甫璟、楊相如皆以爲不便，而相繼罷黜。雖得户八十餘萬，皆州縣希旨，以主爲客，以少爲多。及使百官集議都省，而公卿以下懼融威勢，不敢異辭。陛下讀之，觀其所行，爲是爲否？近者均税寬恤，冠蓋相望，朝廷亦旋覺其非，而天下至今以爲謗。曾未數歲，是非較然。臣恐後之視今，亦猶今之視昔。且其所遣，尤不適宜。事少而员多，人輕而權重。夫人輕而權重，則人多不服，或致侮慢以興争。事少而員多，則無以爲功，必須生事以塞责。陛下雖嚴賜約束，不許邀功，然人臣

---

① 此處有删節。

事君之常情，不從其令而從其意。今朝廷之意，好動而惡静，好同而惡異，指趣所在，誰敢不從？臣恐陛下赤子，自此無寧歲矣。

至於所行之事，行路皆知其雖。何者？汴水濁流，自生民以來，不以種稻。秦人之歌曰："涇水一石，其泥數斗。且溉且糞，長我禾黍。"何嘗言長我粳稻耶？今欲陂而清之，萬頃之稻，必用千頃之陂，一歲而淤，三歲而滿矣。陛下遂信其説，即使相視地形，萬一官吏苟且順從，直謂陛下有意興作，上糜帑廩，下奪農時，隄防一開，水失故道，雖食議者之肉，何補於民[①]？且古陂廢堰，多爲側近冒耕，歲月既深，已同永業，苟欲興復，必盡追收，人心或摇，甚非善政。又有好訟之黨，多怨之人，妄言某處可作陂渠，規壞所怨田産，或指人舊業，所爲官陂，冒用之訟，必倍今日。臣不知朝廷本無一事，何苦而行此哉！

自古役人，必用鄉户，猶食之必用五穀，衣之必用絲麻，濟用之必用舟楫，行地之必用牛馬，雖其間或有以他物充代，然終非天下所可常行。今者徒聞江浙之間，數郡雇役，而欲措之天下，是猶見燕晋之棗栗，岷蜀之蹲鴟，而欲以廢五穀，豈不難哉！又欲官賣所在坊場，以充衙前雇直，雖有長役，更無酬勞。長役所得既微，自此必漸衰散，則州郡事體憔悴可知。士大夫捐親戚，棄墳墓，以從官於四方者，用力之餘，亦欲取樂，此人之至情也。若雕弊太甚，厨傳蕭然，則似危邦之陋風，恐非太平之盛觀。陛下誠慮及此，必不肯爲。且今法令莫嚴於御軍，軍法莫嚴於逃竄，禁軍三犯，廂軍五犯，大率處死。然逃軍常半天下，不知雇人爲役，與廂軍何異？若有逃者，何以罪之？其勢必輕於逃軍，則其逃必甚於今日。爲其官長，不亦難乎？近者雖使鄉户，頗得雇人，然至於所雇逃亡，鄉户猶任其責。今遂欲於兩税之外，别立一科，謂之庸錢，以備官雇。則雇人之責，官所自任矣[②]。又欲使坊郭等第之民，與鄉户均役，品官形勢之家，與齊民並事。其説曰："《周禮》田不耕者出屋粟，宅不毛者有里布。而漢世宰相之子，不免戍邊。"此其所以藉口也。古者官養民，今者民養官。給之以田而不耕，勸之以農而不力，於是有里布屋粟夫家之征。今，民無所爲生[③]，

---

①② 此處有删節。

③ 《蘇東坡全集》作"而"。

去爲商賈，事勢當耳。何名役之？且一歲之戍，不過三日，三日之雇，其直三百。今世三大户之役，自公卿以降，毋得免者，其費豈特三百而已。大抵事若可行，不必皆有故事。若民所不悦，俗所不安，縱有經典明文，無補於怨。若行此二者，必怨無疑。女户單丁蓋天民之窮者也。古之王者，首務恤此。而今陛下首欲役之，此等苟非户將絶而未亡，則是家有丁而尚幼。若假之數歲，則必成丁而就役，老死而没官。富有四海，忍不加恤？

孟子曰："始作俑者，其無後乎？"《春秋》書"作丘甲""用田賦"，皆重其始爲民患也。青苗放錢，自昔有禁。今陛下始立成法，每歲常行，雖云不許抑配，而數世之後，暴君污吏，陛下能保之歟？異日天下恨之，國史記之曰：青苗錢自陛下始。豈不惜哉！東南買絹本用見錢，陜西糧草，不許折兑。朝廷既有著令，職司又每舉行。然而買絹未嘗不折鹽，糧草未嘗不折鈔，乃知青苗不許抑配之説，亦是空文。只如治平之初，揀刺義勇，當時詔書慰諭，明言永不戍邊，著在簡書，有如盟約。於今幾日，議論已摇，或以代還東軍，或欲抵换弓手，約束難恃，豈不明哉？縱使此令決行，果不抑配，計其間願請之户，必皆孤貧不濟之人，家若自有贏餘，何至與官交易？此等鞭撻已急，則繼之逃亡，逃亡之餘，則均之邻保。勢有必至，理有固然。且夫常平之爲法也，可謂至矣。所守者約，而所及者廣。借使萬家之邑，已有千斛，而穀貴之際，千斛在市，物價自平。一市之價既平，一邦之民自足，無專斟乞丐[①]之弊，無里正催驅之勞。今若變爲青苗，家貸一斛，則千户之外，孰救其饑？且常平官錢，常患其少，若盡數收糴，則無借貸，若留充借貸，則所糴幾何？乃知常平青苗，其勢不能两立，壞彼成此，所喪愈多，虧官害民，雖悔何逮？臣竊計陛下欲考其實，必然問人，人知陛下方欲力行，必謂此法有利無害。以臣愚見，恐未可憑。何以明之？臣在陜西，見刺义勇，提舉諸縣，臣常親行，愁怨之民，哭聲振野。當時奉使還者，皆言民盡樂爲。希合取容，自古如此。不然，則山東之盜，二世何緣不覺？南詔之敗，明皇何緣不知？今雖未至於此，亦

① "專斟乞丐"，《蘇東坡全集》作"操瓢乞丐"。

望陛下審聽而已[①]。

夫商賈之事，曲折難行，其買也先期而與錢，其賣也後期而取直，多方相濟，委曲相通，倍稱之息，由此而得。今官買是物，必先設官置吏，簿書廩禄，爲費已厚。非良不售，非賄不行，是以官買之價，比民必貴。及其賣也，弊復如前，商賈之利，何緣而得？朝廷不知慮此，乃捐五百萬緡以予之。此錢一出，恐不可復。縱使其間薄有所獲，而征商之額，所損必多。今有人爲其主牧牛羊，不告其主，而以一牛易五羊。一牛之失，則隱而不言，五羊之獲，則指爲勞績。陛下以爲壞常平而言青苗之功，虧商税而取均輸之利，何以異此？

陛下天機洞照，聖略如神，此事至明，豈有不曉？必謂已行之事，不欲中變，恐天下以爲執德不一，用人不終，是以遲留歲月，庶幾萬一，臣竊以爲過矣。古之英主，無出漢高。酈生謀撓楚權，欲復六國，高祖曰善，趣刻印。又聞留侯之言，吐哺而駡曰："趣銷印。"稱善未幾，繼之以駡，刻印、銷印，有同兒戏，何嘗累高祖之知人？適足明聖人之無我。陛下以爲可而行之，知其不可而罷之，至聖至明，無以加此。議者必謂民可與樂成，難與慮始，故陛下堅執不顧，期於必行。此乃戰國貪功之人，行險僥倖之説。陛下若信而用之，則是徇高論而逆至情，持空名而邀實禍，未及樂成，而怨已起矣。臣之所願結人心者，此之謂也。

士之進言者，爲不少矣，亦嘗有以國家之所以存亡，曆數之所以長短，告陛下者乎[②]？夫國之長短，如人之壽夭。人之壽夭在元氣，國之長短在風俗。世有尪羸而壽考，亦有盛壯而暴亡。若元氣猶存，而尪羸而無害。及其已耗，則盛壯而愈危。是以善養生者，慎起居，節飲食，導引關節，吐故納新。不得已而用藥，則擇其品之上，性之良，可以久服而無害，則五臟各平，而壽命長。不善養生者，薄節慎之功，遲吐納之效，厭上藥而用下品，伐真氣而助强陽，根本以空，僵仆無日。天下之勢，與此無殊，故臣願陛下愛惜風俗，如護元氣。

古之聖人，非不知深刻之法可以齊衆，勇悍之夫可以集事，忠厚近於迂闊，老成初若遲鈍。然終不肯以彼易此者，知其所得小而所喪

---

①② 此處有删節。

大也。曹参，賢相也，曰："慎無擾獄市。"黄霸，循吏也，曰："治道去泰甚。"或譏謝安以清談廢事，安笑曰："秦用法吏，二世而亡。"①崔祐甫爲相，以道德寬大，推廣上意，故建中之政，其聲蕩然②。天下想望，庶幾正觀③。我仁祖之馭天下也，持法至寬，用人有叙，專務掩覆過失，未嘗輕改舊章④。然考其用兵，則十出而九敗，以言乎府庫，則僅足而無餘。徒以德澤在人，風俗知義。是以升遐之日，天下如喪考妣，社稷長遠，終必賴之，則仁祖可謂知本矣。今議者不察，徒見其末年吏多因循，事不振舉，乃欲稿之以苛察，齊之以智能，招來新進勇鋭之人，以圖一切速成之效，且天時不齊，人誰無過？國君含垢，至察無徒。若陛下多方包容，則人材取次可用。必欲廣置耳目，務求瑕疵，則人不自安，各圖苟免，恐非朝廷之福也⑤。自古用人，必須歷試。諸難卓異之器⑥，必有已試之功，一則使其更變而知難，事不輕作，一則待其功高而望重，人自無辭。昔先主以黄忠爲後將軍，而諸葛亮憂其不可，以爲忠之名望，素非關、張之倫，若班爵遽同，則必不悦，其後關羽果以爲言。以黄忠豪勇之資，以先主君臣之契，尚須慮此，況其他乎？世嘗謂漢文不用賈生⑦，臣竊谓不然。贾生固天下之奇才，所言亦一時之奇策。然請爲屬國以係單於，則是處士之大言，少年之鋭氣。昔高祖以三十萬衆困於平城，當時將相群臣，豈無賈生之比？三表五餌，人知其疏，而欲以困中行説，尤不可信矣。兵，凶器也，而易言之，正如趙括之輕秦，李信之易楚⑧。使賈生常歷艱難，亦必自悔其説⑨，不幸喪亡，非意所及。不然，文帝豈棄材之主？絳、灌豈蔽賢之士？至於晁錯，尤號刻薄，文帝之世，止於太子家令，景帝既立，以爲御史大夫，申屠⑩賢相發憤而死⑪，及至七國發難，而錯之術亦窮矣。文、景優劣，於斯可見。大抵名器爵禄，人所奔趨，必使積勞而後遷，以明持久而難得，則人各安其分，不敢躁求。今若多開驟進之門，使有意外之得，公卿待從，跬步可圖，其得者既不肯以僥倖自名，則其

①③④⑤⑧⑨⑪ 此處有删節。

② 《蘇東坡全集》"蕩"爲"翕"。"正"作"貞"。

⑥ "諸難"，《蘇東坡全集》作"雖有"，似是。

⑦ 《蘇東坡全集》在此處有"以爲深恨"一名，似是。

⑩ 《蘇東坡全集》在此有一"嘉"字。

不得者必皆以沉淪爲歎。使天下常調，舉生妄心，耻不若人，何所不至？欲望風俗之厚，豈可得哉！選人之改京官，常須十年以上，薦更險阻，計析毫厘。其間一事聱牙，常至終身淪棄。今乃以一人之薦，舉而與之，猶恐未稱，章服隨至。使積勞久次而得者，何以厭服哉？夫常調之人，非守則令，員多缺少，久已患之，不可復開多門以待巧者。若巧者侵奪已甚，則拙者迫隘無聊，利害相形，不得不察。故近歲樸拙之人愈少，巧進之士益多。惟陛下重之，惜之，衷之，救之。如近日三司獻言，使天下郡選一人，催驅三司文字，許之先次指射以酬其勞，則數年之後，審官吏部，又有三百餘人。得先占闕，常調待次，不其愈難？此外勾當發運均輸，按行農田水利，已振監司之體，各懷進用之心，轉對者望以稱旨而驟遷，奏課者求爲優等而速化，相勝以力，相商以言，而名實亂矣[①]。臣之所願厚風俗者，此之謂也。

古者建國，使内外相制，輕重相權。如周如唐，則外重而内輕。如秦如魏，則外輕而内重。内重之末，必有奸臣指鹿之患，外重之弊，必有大國問鼎之憂。聖人方盛而慮衰，常先立法以救弊。我國家租賦籍於計省，重兵聚於京師，以古揆今，則似内重。恭惟祖宗所以深計而預慮，固非小臣所能臆度而周知。然觀其委任臺諫之一端，則是聖人過防之至計。歷觀秦、漢以及五代，諫諍而死，蓋數百人。而自建隆以來，未嘗罪一言者，縱有薄責，旋即超陞。許以風聞，而無官長。風采所繫，不問尊卑。言及乘輿，則天子改容；事關廊廟，則宰相待罪。故仁宗之世，議者譏宰相但奉行臺諫風旨而已。聖人深意，流俗豈知？臺諫固未必皆賢，所言亦未必皆是，然須養其鋭氣而借之重權者，豈徒然哉？將以折奸臣之萌，而救内重之弊也。夫奸臣之始，以臺諫折之而有餘。及其既成，以干戈取之而不足。今法令嚴密，朝廷清明，所謂奸臣，萬無此理。然而養貓以去鼠，不可以無鼠而養不捕之貓。畜狗以防奸，不可以無奸而畜不吠之狗。陛下得不上念祖宗設此官之意，下爲子孫立萬一之防，朝廷紀綱，孰大於此？

臣自幼小所記，及聞長老之談，皆謂臺諫所言，常隨天下以議。公議所與，臺諫亦與之；公議所擊，臺諫亦擊之。及至英廟之初，始建

---

① 此處有删節。

稱親之議，本非人主大過，亦無禮典明文，徒以衆心未安，公議不允，當時臺諫，以死争之。今者物論沸騰，怨器交至，公議所在，亦可知矣。而相顧不發，中外失望。夫彈劾積威之後，雖庸人亦可奮揚；風采消委之餘，雖豪傑有所不能振起。臣恐自兹以往，習慣成風，盡爲執政私人，以致人主孤立。紀綱一廢，何事不生？孔子曰："鄙夫可與事君也歟？其未得之也，患不得之；既得之，患失之。苟患失之，無所不至矣。"臣始讀此書，疑其太過，以爲鄙夫之患失，不過備位而苟容。及觀李斯憂蒙恬之奪其權，則立二世以亡秦；盧杞憂懷光之數其惡，則誤德宗以再亂。其心本生於患失，而其禍乃至於喪邦。孔子之言，良不爲過。是以知爲國者，平居必有亡軀犯顔之士，則臨難庶幾有徇義守死之臣。若平居尚不能一言，則臨難何以責其死節？人臣苟皆如此，天下亦曰殆哉！君子和而不同，小人同而不和。和如和羹，同如濟水。孫寶有言："周公大聖，召公大賢，猶不相悦，著於經典。"晋之王導，可謂元臣，每與客言，舉坐稱善，而王述不悦，以爲人非堯舜，安得每事盡善，導亦斂袵谢之。若使言無不同，意無不合，更唱迭和，何者非賢？萬一有小人居其間，則人主何緣得知覺？臣之所願存紀綱者，此之謂也。

臣非敢歷詆新政，苟爲異論。如近日裁減皇族恩例，刊定任子條式，脩完器械，閱習鼓旗，皆陛下神算之至明，乾剛之必斷，物議既允，臣[1]敢有詞。至於所獻之三言，則非臣之私見，中外所病，其誰不知？昔禹戒舜曰："無若丹朱傲，惟慢遊是好。"舜豈有是哉！周公戒成王曰："毋若商王，受之迷亂，酗於酒德。"成王豈有是哉！周昌以漢高爲桀、紂，劉毅以晋武爲桓、靈，當時人君，曾莫之罪，書之史圖，以爲美談。使臣所獻三言，皆朝廷未嘗有此，則天下之幸，臣與有焉。若有萬一似之，則陛下安可不察？然而臣之爲計，可謂愚矣。以螻蟻之命，試雷霆之威，積其狂愚，豈可數赦？大則身首異處，破壞家門，小則削籍投荒，流離道路。雖然，陛下必不爲此。何哉？臣天賦至愚，篤於自信。向者與議學校貢舉，首違大臣本意，已期竄逐，敢意自全。而陛下獨然其言，曲賜召對，從容久之，至謂臣曰："方今政令得失安

① 《蘇東坡全集》在此有一"安"字。

在？雖朕過失，指陳可也。”臣即對曰：“陛下生知之性，天縱文武，不患不明，不患不勤，不患不斷。但患求治太速，進人太鋭，聽言太廣。”又俾具述所以然之狀。陛下領之曰：“卿所獻三言，朕當熟思之。”臣之狂愚，非獨今日，陛下容之久矣。豈其容之於始而不赦之於終？恃此而言，所以不懼。臣之所懼者，譏刺既衆，怨僥實多，必將詆臣以深文，中臣以危法，使陛下雖欲赦臣而不得，豈不殆哉！死亡不辭，但恐天下以臣爲戒，無復言者，是以思之經月，夜以繼晝，表成復毁，至於再三。感陛下聽其一言，懷不能已，卒進其説。惟陛下憐其愚忠而卒赦之，不勝俯伏待罪憂恐之至。

又奏書

臣聞之《書》曰[①]：“與治同道，罔不興，與亂同事，罔不亡。”陛下自去歲以來，所行新政，皆不與治同道。立條例司，遣青苗使，斂助役錢，行均輸法，四海騷動，行路怨咨。自宰相以下，皆知其非而不敢争。臣愚蠢不識忌諱，乃者上疏論之詳矣，而學術淺陋，不足以感動聖明[②]。近者中外讙言，陛下已有悔悟意，道路相慶，如蒙大賚，實望陛下於旬日之間，涣發德音，洗蕩乖僻，追還使者，而罷條例司。今者側聽所爲，益不過使監司體量抑配而已，比之未悟，所較幾何？此孟子所謂知兄臂之不可紾，而姑勸以徐，知鄰雞之不可攘，而月取其一[③]。

夫自古存亡之所寄者，四人而已，一曰民，二曰軍，三曰吏，四曰士，此四人者一失其心，足以生變。今陛下一舉而兼犯之。青苗、助役之法成，則農不安；均輸之令出，則商賈不行，而民始憂矣。併省諸軍，迫逐老病，至使戍兵之妻與士卒雜處其間，貶殺軍分，有同降配，遷徒淮旬，僅若流放，年近五十，人人懷憂，而軍始怨矣。内則不取謀於元臣侍從，而專用新進小生，外則不責成於守令監司，而專用青苗使者，多置閑局，以擯老成，而吏始解體矣[④]。今進士半天下，自二十以上，便不能誦記注義爲明經之學，若法令一行，則各懷廢棄之憂，而

---

① 此句以上文字爲李贄所删。

②③④ 此處有删節。

士始失望矣。昔秦禁挾書而諸生皆抱其業以歸勝、廣，相與出力而亡秦者，豈有他哉？亦以失業而亡所歸也。民憂而軍怨，吏解體而士失望，禍亂之源，有大於此者乎？今未見也，一旦有急，則致命之士必寡矣[①]。夫諂諛之人，苟務令意，不憚欺罔。故凡言百姓樂請青苗錢，樂出助役錢者，皆不可信。陛下以爲青苗抑配果可禁乎？不惟不可禁，迺不當禁也。何以言之？若此錢放而不收，則州縣官吏不免責罰。若此錢果不抑配，則願請之户後必難收索。前有抑配之禁，後有失陷之罰，爲陛下官吏，不亦難乎？故臣以爲既行青苗錢，則不當禁抑配，其勢然也。人皆謂陛下聖明神武，必能徙義脩慝，以致太平，而近日之事，乃有文過遂非之風，此臣所以憤懣太息而不能已也。

昔賈充用事，天下憂恐，而庾純、任愷戮力排之。及充出鎮秦涼，忠臣義士，莫不相慶[②]。而馮紞之徒，更相告語曰："賈公遠放，吾等失勢矣。"於是相與獻謀而充復留，則晋氏之亂，成於此矣。自古惟小人爲難去。何則？去一人而其黨破壞。是以爲之計謀遊説者衆也。今天下賢者，亦將以此觀陛下爲進退之決。或再失望，則知幾之士，相率而逝矣。豈皆如臣等輩，偷安懷禄而不忍去哉？倡狂不遜，忤陛下多矣，不敢復望寬恩，俯伏引領，以待誅殛。

熙寧七年十一月論河北京東盜賊狀

太常博士直史館權知密州軍州事蘇軾狀奏：臣伏見河北、京東比年以來，蝗旱相仍，盜賊漸熾。今又不雨、自秋至冬，方數千里，麥不入土，竊料明年春夏之際，寇攘爲患，甚於今日。是以輒隙狂瞽，庶補萬一。謹按山東自上世以來，爲腹心根本之地，其與中原離合，常係社稷安危。昔秦並天下，首收三晋，則其餘強敵，相繼滅亡。漢高祖殺陳餘，走田横，則項氏不支。光武亦自漁陽、上谷發突騎，席卷以並天下。魏武帝破殺袁氏父子，收冀州，然後四方莫敢敵。宋武帝以英雄絶人之資，用武歷年，而不能並中原者，以不得河北也。隋文帝以庸夫穿窬之智，竊位數年而一海内者，以得河北也。故杜牧之論以爲

---

①② 此處有删節。

山東之地，王者得之以爲王，霸者得之以爲霸，滑賊得之以爲亂天下。自唐天寶以後，奸臣僭峙於山東，更十一世，竭天下之力，終不能取，以至於亡。近世賀得伦挈魏博降後唐，而梁亡。周高祖自鄴都入京師，而漢亡。由此觀之，天下存亡之權，在河北無疑也。陛下即位以來，北方之民，流移相屬，天災譴告，亦甚於四方①。至於京東，雖號無事，亦當常使其民安逸富强，緩急足以灌輸河北。瓶竭則罍耻，脣亡則齒寒。而近年以來，公私匱乏，民不堪命。

今流離饑饉，議者不過欲散賣常平之粟，勸誘蓄積之家；盜賊縱横，議者不過欲增開告賞之門，申嚴緝捕之法，皆未見其益也。常平之粟，累經振發，所存無幾矣，而饑寒之民，所在皆是。人得升合，官費丘山。蓄積之家，例皆困乏，貧者未蒙其利，富者先被其災。昔季康子患盜，問於孔子。對曰："苟子之不欲，雖賞之不竊。"乃知上不盡利，則民有以爲生，苟有以爲生，亦何苦而爲盜？其間凶殘之黨，樂禍不悛，則須敕法以峻刑，誅一以警百。今中民以下，舉皆缺食，冒法而爲盜則死，畏法而不盜，則饑，饑寒之與棄市，均是死亡，而賒死之與忍饑，禍有遲速。相率爲盜，正理之常。雖日殺百人，勢必不止。苟非陛下至明至聖，至仁至慈，較得喪之孰多，權禍福之孰重。特於財利少有所捐，衣食之門一開，骨髓之恩皆遍，然後信賞必罰，以威克恩，不以僥倖廢刑，不以災傷撓法，如此而人民不革，盜賊不衰者，未之有也。謹條其事，畫一如左②。

元豐元年十月奏書

尚書祠部員外郎直史館權知徐州軍州事臣蘇軾，謹昧萬死再拜上書皇帝陛下。臣以庸材，備員册府，出守兩郡，皆東方要地。私竊以爲守法令，治文書，赴期會，不足以報塞萬一。輒伏思念東方之要務，陛下之所宜知者，得其一二，草具以聞，而陛下擇焉。

臣前任密州，建言自古河北與中原離合，常係社稷存亡，而京東之地，所以灌輸河北，瓶竭則罍耻，脣亡則齒寒，而其民喜爲盜賊，爲

---

① 此處有删節。
② 下文爲李贄删去。

患最甚，因爲陛下畫所以待盜賊之策。及移守徐州，覽觀山川之形勢，察其風俗之所上，而考之於載籍，然後又知徐州爲南北之襟要，而京東諸郡安危所寄也。昔項羽入關，既燒咸陽，而東歸則都彭城。夫以羽之雄略，捨咸陽而取彭城，則彭城之險固形便，足以得志於諸侯者可知矣。臣觀其地，三面被山，獨其西平川數百里，西走梁、宋，使楚人開關而延敵，材官騶發，突騎雲縱，真若屋上建瓴水也。地宜宿麥，一熟而飽數歲。其城三面阻水，樓堞之下，以汴、泗爲池，獨其南可通車馬，而戲馬臺在焉。其高十仞，廣袤百步，若用武之世，屯千人其上，聚檑木砲石，凡戰守之具，以與城相表裏，而積三年糧於城中，雖用十萬人，不易取也。其民皆長大，膽力絶人，喜爲剽掠，小不適意，則有飛揚跋扈之心，非止爲盜而已。漢高祖，沛人也；項羽，宿遷人也；劉裕，彭城人也；朱全忠，碭山人也：皆在今徐州數百里間耳。其人以此自負，凶桀之氣，積以成俗。魏太武以三十萬人攻彭城，不能下。而王智興以卒伍庸材，恣睢於徐，朝廷亦不能討。豈非以其地形便利，人卒勇悍故耶？

州之東北七十餘里，即利國監，自古爲鐵官、商賈所聚，其民富樂，凡三十六冶，冶户皆大家，藏鏹巨萬，常爲盜賊所窺，而兵先衛寡弱①。臣中夜以思②，使劇賊致死者十餘人，白晝入市，則守者皆棄而走耳。地既產精鐵，而民皆善鍛，散冶户之財，以嘯召無賴，則烏合之衆，數千人之仗，可以一夕具也。順流南下，辰發巳至，而徐有不守之憂矣。不幸而賊有過人之才，如吕布、劉備之徒，得徐而逞其志，則京東之安危，未可知也。近者河北轉運司奏乞禁止利國監鐵不許入河北，朝廷從之。昔楚人亡弓，不能忘楚，孔子猶小之。況天下一家，東北二冶，皆爲國興利，而奪彼與此，不已隘乎？自鐵不北行，冶户皆有失業之憂，詣臣而訴者數矣。臣欲因此以征冶户，爲利國監之捍屏。今三十六冶，冶各百餘人，採鑛伐炭，多饑寒亡命，强力鷙忍之民也。臣欲使冶户每冶各擇有材力而忠謹者，保任十人，籍其名於官，授以刧刃刀槊，教之擊刺，每月兩衙，集於知監之庭而閲試之，藏其刃於

---

①② 此處有刪節。

官，以待大盜，不和役使，犯者以違制論。冶户爲盜所擬[①]久矣，民皆知之，使冶出十人以自衛，民所樂也，而官又爲除近日之禁，使鐵得北行，則冶户皆悦而聽命，奸猾破膽而不敢謀矣。徐城雖嶮固，而樓櫓敝惡，又城大而兵少，緩急不可守。今戰兵幹人耳，臣欲乞移南京新招騎射兩指揮於徐。此固徐人也，嘗屯於徐。營壘材石既具矣，而遷於南京，異時轉運使分東西路，畏饋餉之勞，而移之西耳。今兩路爲一，其去來無所損益，而足以爲徐之重。城下數里，精石無窮，而奉化廂軍見缺數百人，臣願募石工以足之。聽不差出，使此數百人者常採石以甃城，数年之後，舉爲金湯之固，要使利國監不可窺，則徐無事。徐無事，則京東無虞矣。

沂州山谷重阻，爲逋逃淵藪，盜賊每入徐州界中。陛下若采臣言，不以臣爲不肖，願復三年守徐，且得兼領沂州兵甲巡檢公事，必有以自效。京東惡盜，多出逃軍。逃軍爲盜，民則望風畏之。何也？技精而法重也。技精則難敵，法重則致死，其勢然也。自陛下置將官，修軍政，士皆精鋭而不免於逃者，臣嘗考其所由。益自近歲以來，部送罪人配軍者，皆不使役人，而使禁軍。軍士當部送者，受牒即行，往返常不下十日，道路之費非取息錢不能辦，百姓畏法不敢貸，貸亦不可復得，惟所部將校乃敢出息錢與之，歸而刻其糧賜，以故上下相持，軍政不修，博弈飲酒，無所不至，窮苦無聊，則逃去爲盜。臣自至徐，即取不係省錢百餘千别儲之。當部送者，量遠近裁取，以三月刻納，不取其息。將吏有敢貸息錢者，痛以法治之。然後嚴軍政，禁酒博，比期年，士皆飽煖，練熟技藝，等第爲諸郡之冠。陛下遣敕使按閲，所具見也。臣願下其法諸郡，推此行之，則軍政修而逃者衰，亦去盜之一端也[②]。

然此皆其小者。其大者非臣之所當言。然默而不發，則又私自念遭值陛下英聖特達如此，若有所不盡，非忠臣之義，故昧死復言之。昔者以詩賦取士，今陛下以經術用人，名雖不同，然皆以文詞進耳。考其所得，多吴、楚、閩、蜀之人。至於京東，西、河北、河東、陝西五

---

① 擬，《蘇東坡全集》作“睨”。

② 此處有删節。

路，益自古豪傑之場，其人沈鷙勇悍，可任以事，然欲使治聲律，讀經義，以與吴、楚、閩、蜀之人争得失於毫厘之間，則彼有不仕而已，故其得人常少。夫惟忠孝禮義之士，雖不得志，不失爲君子。若德不足而才有餘者，困於無門，則無所不至矣。故臣願陛下特爲五路之士，别開仕進之門。

漢法：郡縣秀民，推擇爲吏，考行察廉，以次遷補，或至二千石，入爲公卿。古者不專以文詞取人，故得士爲多。黄霸起於卒吏，薛宣奮於書佐，朱邑選於嗇夫，邴吉出於獄吏，其餘名臣循吏，由此而進者，不可勝數。唐自中葉以後，方鎮皆選列校以掌牙兵，是時四方豪傑，不能以科舉自達者，皆争爲之，往往積功以取旄鉞。雖老奸巨盗，或出其中。而名卿賢將如高仙芝、封常清、李光弼、來瑱、李抱玉、段秀實之流，所得亦已多矣。王者之用人如江河，江河所趨，百川赴焉，蛟龍生之。及其去而之他，則魚鼈無所還其體，而鯢鰍爲之制。今世胥史牙校皆奴僕庸人者，無他，以陛下不用也。今欲用胥史牙校，而胥史行文書，治刑獄錢穀，其勢不可廢鞭撻。鞭撻一行，則豪傑不出於其間。故凡士之刑者不可用，用者不可刑。故臣願陛下採唐之舊，使五路監司郡守，共選士人以補牙職，皆取人材，心力有足過人，而不能從事於科舉者，禄之以今之庸錢，而課之鎮税場務督捕盗賊之類①，朝廷察其尤異者，擢用數人，則豪傑英偉之士，漸出於此途，而奸猾之黨，可得而籠取也。其條目委曲，臣未敢盡言，惟陛下留神省察。

昔晋武平吴之後，詔天下罷軍役，州郡悉去武備，惟山濤論其不可②。及永寧之後，盗賊蜂起，郡國皆以無備不能制③。今臣於無事之時，屢以盗賊爲言，其私憂過計，亦已甚矣。陛下縱能容之，必爲議者所笑，使天下無事而臣獲笑可也。不然，事至而圖之，則已晚矣。

乞罷登萊榷鹽狀

朝奉郎前知登州軍州事蘇軾狀奏。右臣竊聞議者謂近歲京東榷鹽，既獲厚利，而無甚害，以謂可行。以臣觀之，益比之河北、淮、浙，

---

①②③　此處有删節。

用刑稀少，因以爲便，不知舊日京東販鹽小客無以爲生，在半去爲盜賊，然非臣職事所當言者，故不敢以聞。

獨臣所領登州，計入海中三百里，地瘠民貧，商賈不至，所在鹽貨，只是居民吃用。今來既榷入官，官買價賤，比之竈户賣與百姓，三不及一，竈户失業，漸以逃亡，其害一也。居民咫尺大海，而令頓食貴鹽，深山窮谷，遂至食淡，其害二也。商賈不來，鹽積不散，有入無出，所在官舍皆滿，至於露積。若行配賣，即與福建、江西之患無異；若不配賣，即一二年間，舉爲糞土，坐棄官本，官吏被責，專副破家，其害三也。官無一毫之利，而民受三害，决可廢罷。

竊聞萊州亦是元無客旅興販，事體與此同。欲乞朝廷相度不用，行臣所言。只乞出自聖意，先罷登、萊兩州榷鹽，依舊令竈户賣與百姓，官收鹽税。其餘州軍，更委有司講利害施行，謹録奏聞，伏候敕旨。

元豐八年十二月論給田募役狀

朝奉郎禮部郎中蘇軾狀奏。臣竊見先帝初行役法，取寬剩錢不得過二分，以備災傷，而有司奉行過當，通計天下乃十四五。然行之幾十六七年，常積而不用，至三千餘萬貫石。先帝聖意固自有在，而愚民無知，因謂朝廷以名爲名，實欲重斂，斯言流聞，不可以示天下後世。臣謂此錢本出民力，理當還爲民用。不幸先帝升遐，所欲行者①，民不知也。徒見其積，未見其散。此乃今日太皇太后陛下、皇帝陛下所當追探其意，還於役法中散之，以塞愚民無知之詞，以興長世無窮之利。

臣伏見熙寧中嘗行給田募役法，其法亦係官田，如退攤户絶没納之類。及用寬剩錢買民田，以募役人，大略如邊郡弓箭手。臣知密州，親行其法，先募弓手，民甚便之。會未半年，此法復罷。臣聞之道路，本出先帝聖意，而左右大臣意在速成，且利寬剩錢以爲它用，故更相駁難，遂不果行。臣謂此法行之，益有五利。朝廷若依舊行免役

---

① 《蘇東坡全集》在此句前有“聖意”二字。

法，則每募一名，省得一名雇錢，因積所省，益買益募，要之數年，雇錢無幾，則役錢可以大減。若行差役法，則每募一名，省得一名色役，色役既減，農民自寬，其利一也。應募之民，正與弓箭手無異，舉家衣食，出於官田，平時重犯法，緩急不逃亡，其利二也。今者穀賤傷農，農民賣田，常苦不售。若官與買，則田穀皆重，農可小紓，其利三也。錢積於官，常苦幣重，若散以買田，則貨幣稍均，其利四也。此法既行，民享其利，追悟先帝所以取寬剩錢者，凡以爲我用耳，疑謗消釋，恩德顯白，其利五也。獨有二弊，貪吏狡胥，與民爲奸，以瘠薄田中官，雇一浮浪人暫出應役，一年半歲，即棄而走，此一弊也。愚民寡慮，見利忘患，聞官中買田募役，即争以田中官，以身充役，業不離主，既初無所失，而驟得官錢，必争爲之，充役之後，永無休歇，患及子孫，此二弊也。但當設法以防二弊，而先帝之法，决不可廢。

今日既欲盡罷寬剩錢，將來無繼，而繫官田地，數目不多，見在寬剩錢中雖有三千萬貫石，而興兵以來，借支幾半。臣今擘畫，欲於内帑錢帛中，支還兵興以來所借錢斛，復完三千萬貫石，止於河北、河東、陜西被邊三路，行給田募役法，使五七年間役減大半，農民充富，以備緩争，此無窮之利也。今弓箭手有甲馬者，給田二頃，半以軀命賞官，且猶可募，則其餘色役，如募不難。臣謂良田二頃，可募一弓手，一頃可募一散從官，則三千萬貫石，可以足用。謹具合行事件，畫一如左[①]。

右所陳五利二弊，及合行事件一十二條，伏乞朝廷詳議施行。然議者必有二説，一謂召募不行，二謂欲留寬剩錢斛以備它用。臣請有以應之。富民之家以三十二畝田中分其利，役屬佃户，有同僕隸。今官以兩頃良田，有税無租，而人不應募，豈有此理？又弓箭手已有成法，無可疑者。寬剩役錢，本非經賦常入，亦非國用所待而後足者。今付有司逐旋支費，終不能卓然立一大事，建無窮之利，如火鑠薪，日滅日亡。若用買田募役，譬如私家變金銀爲田産，乃是長久萬全之策。深願朝廷及此錢未散，立此一事，數年之後，錢盡而事不立，深可痛惜。臣聞孝子者，善繼人之志，善述人之事，武王、周公所以見稱於

---

①　此處有删節。

萬世者，徒以能行文王之志也。昔蘇綽爲魏立征税之法，號爲煩重，已而歎曰："此猶張弓也，後之君子，誰能解之？"其子威侍側，聞之，慨然以爲己任。及威侍隋文帝，爲民部尚書，奏減賦役，如綽之言，天下便之。威爲人臣，尚能成父之志，今給田募役，真先帝本意，陛下當優爲武王、周公之事，而況蘇威區區人臣之孝，何足道哉！臣荷先帝之遇，保全之恩，又蒙陛下非次拔擢，思慕感泣，不知所報，冒昧進計。伏惟衷憐裁幸。謹録奏聞，伏候敕旨。

繳楚建中户部侍郎詞頭狀

元祐元年七月二十九日，朝奉郎試中書舍人蘇軾狀奏。今月二十八日，准中書吏房送到詞頭一道，正議大夫充天章閣待制致仕楚建中可户部侍郎者。右臣竊惟七十致政，古今通議，非獨人臣有始終進退之分，亦在朝廷爲禮義廉耻之風。若起之於既謝之年，待之以不次之任，即須國家有非常之政，而其人有絶俗之資，才望既隆，中外自服。近者起文彦博，天下屬目，四夷革心。豈有凡才之流，亦塵盛德之舉，如建中輩，决非其人。竊料除目一傳，必至群言交上，幸其未布，可以追回。所有前件告詞，臣未敢撰。謹録奏聞，伏候敕旨。

乞不給散青苗錢斛狀

元祐元年八月四日，蘇軾狀奏。准中書録黄，先朝初散青苗，本爲利民，發時指揮，並取人户情願，不得抑配。自後因提舉官速要見功，務求多散，諷脅州縣，廢格詔書，名爲情願，其實抑配。或舉縣勾集，或排門抄扎；亦有無賴子弟，謾昧尊長，錢不入家；亦有他人冒名詐請，莫知爲誰，及至追催，皆歸本户。朝廷深知其弊，故悉罷提舉官，不復立額，考校訪聞，人情安便。昨於四月二十六日，有敕令給常平錢斛，限二月或正月，只爲人户欲借請者及時得用。又令半留倉庫，半出給者，只爲所給不得輒過此數。至於取人户情願，亦不得抑配，一遵先朝本意[①]。臣伏見熙寧以來，行青苗、免役二法，至今二十

① 此處有删節。

餘年，法日益弊，民日益貪，刑日益煩，盜日益熾，田日益賤，穀帛日益輕，細數其害，有不可勝言者。今廊廟大臣，皆異時痛心疾首，流涕太息，欲已其法而不可得者。況二聖恭己，惟善是从，免役之法，已盡革去，而青苗一事，乃獨因舊稍加損益，欲行紾臂徐徐、月攘一雞之道。如人服藥，病日益增，體日益羸，飲食日益減，而終不言此藥不可服，但損其分劑，變其湯使而服之，可乎？熙寧之法，本不許抑配，而其害至此。今雖復禁其抑配，其害故在也。農民之家，量入爲出，縮衣節口，雖貧亦足。若令分外得錢，則費用自廣，何所不至？況子弟欺謾父兄，人户冒名詐請，如詔書所云，似此之類，本非抑勒所致。[①] 又官吏無狀，于給散之際，必令酒務設鼓樂倡優，或關撲賣酒牌子，農民至有徒手而歸者。但每散青苗，即酒課暴增，此臣所親見而爲流涕者也。二十年間，因欠青苗至賣田宅雇妻女投水自縊者，不可勝數，朝廷復行之歟？[②] 所有上件録黄，臣未敢書名行下。謹録奏聞，伏候勑旨。

論每事降詔約束狀

元祐元年九月日，翰林學士朝奉郎知制誥蘇軾狀奏。右臣聞之，孔子曰："天何言哉？四時行焉，百物生焉，天何言哉？"天子法天恭己，正南面，守法度，信賞罰，而天下治，三代令王，莫不由此。若天下大事，安危所係，心之精微，法令有不能盡，則天子乃言，在三代爲訓誥誓命，自漢以下爲制詔，皆所以鼓舞天下，不輕用也。若每行事立法之外，必以王言隨而丁寧之，則是朝廷自輕其法，以爲不丁寧則未必行也。言既屢出，雖復丁寧，人亦不信。今者十科之舉，乃朝廷政令之一耳，況已立法。或不如所舉，舉主從貢舉非其人律，犯正入己贓，舉主減三等坐之。若受賄徇私，罪名重者自從重，雖見爲執政，亦降官示罰。臣謂立法不爲不重，若以爲未足，又從而降詔，則是詔不勝降矣。臣請略舉今年朝廷所行薦舉之法，凡有七事：舉轉運、提刑，一也；舉館職，二也；舉通判，三也；舉學官，四也；舉重法縣令，五也；

---

①② 此處有删節。

舉經明行脩,六也;與十科爲七。七事輕重略等,若十科當降詔,則六事不可不降。今後一事一詔,則褻慢王言,莫甚於此。若但取諫官之意,或降或否,則其義安在?臣願戒敕執政,但守法度,信賞罰,重惜王言,以待大事而發,則天下聳然,敢不敬應。所有前件降詔,臣不敢撰。

辯試館職策問札子又一首

元祐二年正月十七日蘇軾札子奏。臣近以《試館職策問》爲臺諫所言,臣初不敢深辯,益以自辯而求去,是不欲去也。今者竊聞明詔已察其實,而臣四上章,四不允,臣子之義,身非己有,詞窮理盡,不敢求去,是以區區復一自言。

臣所撰《策問》首引周公、太公之治齊、魯,後世皆不免衰亂者,以明子孫不能奉行,則雖大聖大賢之法,不免於有弊也。後引文帝、宣帝仁厚而事不廢,核實而政不苛者,以明臣子若奉行得其理,無觀望希合之心,則雖文帝、宣帝足以無弊也。中間又言六聖相受,爲治不同,同歸於仁;其所謂"媮"与"刻者",專謂今之百官有司及監司守令,不識朝廷所以師法先帝之本意,或至於此也。文理甚明,粲若黑白,何嘗有毫髮疑似議及先朝?非獨朝廷知臣無罪可放,臣亦自知無罪可謝也。然臣聞之古人曰:人之至信者,心目也。相親者,母子也。不惑者,聖賢也。然至於竊斧而知心目之可亂,於投杼而知母子之可疑,於拾煤而知聖賢之可惑。今臣言者不止三人,交章累上,不啻數十,而聖斷確然深明其無罪,則是過於心目之相信,母子之相親,聖賢之相知遠矣。德音一出,天下頌之,史册書之,自耳目所聞見,明智特達,洞照情僞,未有如陛下者。非獨微臣區區,欲以一死上報,凡天下之爲臣子者聞之,莫不欲碎首糜軀,效忠義於陛下也。不然者,亦非獨臣受曖昧之謗,凡天下之爲臣子者聞之,莫不以臣爲戒,崇尚忌諱,畏避形迹,觀望雷同以求苟免,豈朝廷之福哉!

臣自聞命以來,一食三歎,一夕九興,身口相謀,未知死所。然臣所撰《策問》,實亦有罪,若不盡言,是欺陛下也。臣聞聖人之治天下也,寬猛相資,君臣之間,可否相濟。若上之所可,不問其是非,下亦可之；上之所否，不問其曲直，下亦否之，則是晏子所謂“以水濟水，誰能食之”，孔子所謂“惟予言而莫予違，足以喪邦”者也。臣昔于仁宗朝舉制科，所進策論及所答聖問，大抵皆勸仁宗勵精庶政，督察百官，果斷而力行也。及事神宗，蒙召對訪問，退而上書數萬言，大抵皆勸神宗忠恕仁厚，含垢納污，屈已以裕人也。臣之區區，不自量度，常欲希慕古賢，可否相濟，益如此也。伏觀二聖臨御以來，聖政日新，一出忠厚，大率多行仁宗故事，天下翕然，銜戴恩德，固無可議者。然臣私憂過計，常恐百官有司矯枉過直，或至於媮，而神宗厲精核實之政，漸致惰壞，深慮數年之後，馭吏之法漸寬，理財之政漸疏，備邊之計漸弛，則意外之憂，有不可勝言者。雖陛下廣開言路，無所諱忌，而臺諫所擊不過先朝之人，所非不過先朝之法，正是“以水濟水”，臣竊憂之。故輒用此意，撰上件《策問》，實以議諷今之朝廷及宰相臺諫之流，欲陛下覽之，有以感動聖意，庶幾兼行二帝忠厚勵精之政也。臺諫若以此言臣，朝廷若以此罪臣，則斧鉞之誅，其甘如薺。今乃以爲譏諷先朝，則亦疏而不近矣。

且非獨此《策問》而已。今者不避煩瀆，盡陳本末。臣前歲自登州召還，始見故相司馬光，光即與臣論當今要務，條其所欲行者。臣即答言：“公所欲行諸事，皆上順天心，下合人望，無可疑者。惟役法一事，未可輕議。何則？差役、免役，各有利害。免役之害，掊斂民財，十室九空，錢聚於上，而下有錢荒之患；差役之害，民常在官，不得專力於農，而貪吏猾胥，得緣爲奸。此二害輕重，益略相等，今以彼易此，民未必樂。”光聞之愕然，曰：“若如君言，計將安出？”臣即答言：“法相因則事易成，事有漸則民不驚。昔三代之法，兵農爲一，至秦始分爲二。及唐中葉，盡變府兵爲長征之卒，自爾以來，民不知兵，兵不知農，農出穀帛以養兵，兵出性命以衛農，天下便之，雖聖人復起，不能易也。今免役之法，實大類此。公欲驟罷免役而行差役，正如罷長征而復民兵，益未易也。先帝本意，使民户率出錢，專力於農，雖有貪吏猾胥，無所施其虐。坊場、河渡，官自出賣，而以其錢雇募衙前，民不知有倉庫綱運破家之禍，此萬世之利也，决不可變。獨有二弊：多以供他用實封；取寬剩役錢，争買坊場河渡，以長不實之價。此乃王安石、吕惠卿之陰謀，非先帝本意也。公若盡去二弊，而不變其法，則民悦而事易成。今寬剩役錢,名爲十分取二,通計天下,乃及十五,而其實一錢無用。公若盡去此五分,又使民得從其便,以布帛穀米折纳役錢,而官亦以爲雇直,則錢荒之弊,亦可盡去。如此,而天下便之,則公又何求?若其未也,徐更議之,亦未晚也。”光聞臣言,大以爲不然。臣又與光言:“熙寧中嘗行給田募役法,其法以係官田及以寬剩役錢買民田以募役人,大略如邊郡弓箭手。臣時知密州,推行其法,先募弓手,民甚便之。此本先帝聖意所建,推行未幾,爲左右異議而罷。今略計天下寬剩錢斛約三千萬貫石,兵興支用,僅耗其半,此本民力,當復爲民用。今内帑山積,公若力言於上,索還此錢,復完三千萬貫石,而推行先帝買田募役法於河北、河東、陕西三路,數年之後,三路役人,可減大半,優裕民力,以待邊鄙緩急之用,此萬世之利,社稷之福也。”光尤以爲不可。

及去年二月六日敕下,始行光言,復差役法。時臣弟轍爲諫官,上疏具論,乞將見在寬剩役錢雇募役人,以一年爲期,令中外詳議,然後立法。又言衙前一役,可即用舊人,仍一依舊數,以坊場河渡錢總計,諸路通融支給。皆不蒙施行。及蒙差臣詳定役法,臣因得伸弟轍前議,先與本局官吏孫永、傅堯俞之流論難反復,次於西府及政事堂中與執政商議,皆不見從,遂上疏極言衙前可雇不可差,先帝此法可守不可變之意,因乞罷詳定役法。當此之時,臺諫相視,皆無一言決其是非。今者差役利害,未易一一遽言,而弓手不許雇人,天下之所同患也,朝廷知之,變法許雇,天下皆以爲便,而臺諫猶累疏力争。由此觀之,是其意專欲變熙寧之法,不復較量利害,參用所長也。臣爲中書舍人,刑部大理寺列上熙寧以來不該赦降去官法凡數十餘,盡欲删去。臣與執政屢争之,以謂先帝於此蓋有深意,不可盡改,因此得存留者甚多。臣每行監司守令告詞,皆以奉守先帝約束毋敢弛廢爲戒,文案具在,皆可復按。由此觀之,臣豈謗議先朝者哉?所以一一屢陳者,非獨以自明,誠見士大夫好同惡異,泯然成俗,深恐陛下深居法宫之中,不得盡聞天下利害之實也。願因臣此言,警策在位,救其所偏,損所有餘,補所不足,天下幸甚。若以其狂妄不識忌諱,雖賜誅戮,死且不朽。

乞録用鄭俠王斿狀

元祐二年三月日，蘇軾狀奏。臣聞國之興衰，繫於習俗，若風節不兢，則朝廷自卑。故古之賢君，必厲士氣，當務求難合自重之士，以養成禮義廉耻之風。臣等伏見英州别駕鄭俠，向以小官觸犯權要，冒死不顧以獻直言。而秘阁校理王安國，以布衣爲先皇帝所知，擢至館閣，召對便殿。而兄安石爲相，若少加附會，可立至富貴，而安國挺然不屈，不獨納忠於先帝，亦嘗以苦言至計規成其兄，竟坐與俠遊從，同時被罪。吕惠卿首興大獄，鄧綰、舒亶之徒，搆成其罪，必欲置此人於死，賴先帝仁聖，止加竄逐。會未數年，逐惠聊而起安國。今來朝廷赦俠之罪，復其舊官，經今踰年，而俠終不赴吏部參選。考其始終出處之大節，合於古之君子殺身成仁，難進易退之義。朝廷若不少加優異，則臣等恐俠浩然江湖，往而不返。若溘先朝露，則有識必爲朝廷興失士之歎。至於安國，不幸短命，尤爲忠臣義士之所哀惜。臣等嘗識其少子斿，敏而篤學，直而好義，頗有安國之風，養成其才，必有可用。欲望聖慈召俠赴闕，及考察斿行實，與俠並賜録用，不獨旌直臣於九泉之下，亦所以作士氣於當代也。

坡仙集卷之八終

坡仙集卷之九

奏議

論擒獲鬼章稱賀太速札子 大是。

元祐二年八月二十七日，翰林學士朝奉郎知制誥兼侍讀蘇軾札子奏。臣竊聞熙河經略司奏，生擒西藩首領鬼章，宰相欲以明日稱賀。臣愚以謂偏師獨克，固亦可慶，然行於明日，臣謂太速。如聞本路出兵非一，見有一將方指青塘，此乃阿里骨巢穴，若更待三五日間，必續有奏報，賀亦未晚。今者俘獲醜虜，功誠不細，賞功勸後，固不應輕。然朝廷方欲緝治邊防，整肅驕慢，若捷奏朝至，舉朝夕賀，則邊臣聞之，自謂不世奇功。或恩禮太過，則將驕卒惰，後無以使。臣願朝廷鎮之以静，示之以不可測。昔謝安破苻堅書至，安與客圍棋不輟，曰："小兒輩已遂破賊。"安亦非矯情，蓋萬目觀望，事體應爾。所有明日稱賀，乞更詳酌指揮。

因擒鬼章論西羌夏人事宜札子 大是。

臣竊見近者熙河路奏生擒鬼章，百官稱賀，中外同慶。臣愚無知，竊謂安危之機，正在今日。若應之有道，處之有術，則安邊息民，必自是始。不然，將驕卒惰，以勝爲災，亦不足怪。故臣區區欲乞陳前後致寇之由，次論當今待敵之要。雖狂愚無取，亦臣子之常分。

昔先帝用兵累年，雖中國靡弊，然夏人困折，亦幾於亡。横山之地，沿邊七八百里，不敢耕者至二百餘里。歲賜既罷，和市亦絶，虜中匹帛至五十餘千。其餘老弱轉徙，牛羊墮壞，所失益不可勝數。饑羸之餘，乃始款塞。當時執政大臣謀之不深，因中國厭兵，遂納其使。每一使，賜予、貿易無慮得絹五萬餘匹。歸鬻之，其民[①]匹五六千，民大悦。一使所獲，率不下二十萬緡。使五六至，而累年所罷歲賜，可以坐復。既使虜因吾資以德其民，且飽而思奮，又使其窺我厭兵欲和之意，以爲欲戰欲和，權皆在我，以故輕犯邊陲，利則進，否則復求積，無不可者[②]。夫阿里骨，董毡之賊臣也，挾契丹公主以弑其君之二妻。董毡死，匿喪不發，逾年衆定，乃詐稱嗣子，僞書鬼章温溪心等名，以請於朝。當時執政，若且令邊臣審問鬼章等以阿里骨當立不當立，若此等無詞，則是諸羌心服，既立之後，必能統一都部，吾又何求？若不服，則釁端自彼，爵命未下，曲不在吾。當時執政不深慮此，專以省事爲安，因其妄請，便授節鉞。阿里骨自知不當立，而憂鬼章之討也，故欲借力於西夏以自重，於是始有解仇結好之謀。而鬼章亦不平朝廷之以賊臣君我也，故怒而盜邊。夏人知諸羌之叛也，故起而和之。此臣所謂前後致寇之由，明主不可以不知者也。雖既往不咎，然可以爲方來之鑒。

今者切聞朝廷降詔諸路，敕勵戰守，深明逆順曲直之理，此固當今之急務。乃詔書之中，亦許夏人之自新。臣切以謂開之太急，納之太速，會未一戰，而厭兵欲和之意已見乎外，此復蹈前日之失矣。臣甚惜之。今聞鬼章之捷，或漸有款塞之謀，必將爲恭狠相半之詞，而繼之以無厭之請。若朝廷復納其使，則是欲戰欲和，權皆在虜，有求必獲，不獲必叛。故臣願明主斷之於中，深詔大臣，密敕諸將，若夏人款塞，當受其詞而卻其使，然後明勅邊臣，以夏人受恩不貲，無故犯順，今雖款塞，反復難保。若實改心向化，當且與邊臣商議，茍詞意未甚屈服，約束未甚堅明，則且卻之，以示吾雖不逆其善意，亦不汲汲求和也。彼若心服而來，吾雖未納其使，必不於往返商議之間，遽復盜邊。若非心服，則吾雖蕩然開懷，待之如舊，能必其不叛乎？今歲涇原之人，豈吾待之不至邪？但使吾兵練士飽，斥候精明，虜無大獲，不

---

① 《蘇東坡全集》“民”作“直”。

② 此處有删節。

過數年,必自折困。今雖小勞,後必堅定,此臣所謂當今待敵之要,亦明主不可以不知者也。

今朝廷意在息民,不憚屈己。而臣獻言,乃欲艱難其請,不急於和,似與聖意異者。然古之聖賢欲行其意,必有以曲成之,未嘗直情而徑行也。將欲翕之,必固張之;將欲取之,必固予之。夫直情而徑行,未有獲其意者也。若權其利害,究其所至,則臣之愚計於安邊息民,必久而固,與聖意初無小異。然臣竊度朝廷之間,似欲以畏事爲無事者。夫爲國不可以生事,亦不可以畏事。畏事之弊,與生事均。譬如無病而服藥,與有病而不服藥,皆可以殺人。乃者阿里骨之請,人人知其不當予,而朝廷予之,以求無事,然事之起,乃在於此,不幾於有病而不服药乎?今又欲遽納夏人之使,則是病未除而藥先止,其與幾何?臣於侍從之中,受恩至深,其於委曲保全與衆獨異,故敢出位先事而言,不勝恐悚待罪之至。

乞詔邊吏無進取及論鬼章事宜札子　大是。

臣聞善用兵者,先服其心,次屈其力,則兵易解而功易成。若不服其心,惟力是恃,則戰勝而寇愈深,況不勝乎?功成而兵不解,況不成乎?頃者四方用兵累年,先帝之意,令在弔伐,而貪功生事之臣,惟務殺人争地,得尺寸之土,不問利害,先築城堡,置州縣,使四夷争畏中國,以謂朝廷專是地,非盡滅我族類不止,是以并力致死,莫有服者。今日新獲鬼章,威震戎狄,邊臣賈勇,争欲立功,以爲河南之地,指顧可得。正使得之,不免筑城堡屯兵置吏積粟而守之,則中國何時息肩乎?乃者王韶熙河,全師獨克,使韶有遠慮,誅其叛者,乃以忠順,即用其豪酋而已,則今復何事?其所以兵連禍結,罷弊中國者,以郡縣其地故也。往者既不可悔,而來者又不以爲戒,今又欲取講武城,曰:“此要害地,不可不敢。”方唐盛時,安西都護去長安萬里,若論要害,自此以西無不可取者。使諸羌知中國有進取不已之意,則寇愈深而兵不解,其禍豈可量哉!

臣又竊聞朝論謂鬼章犯順,罪當該死。然譬之鳥獸,不足深責,其子孫部族,猶足以陸梁於邊。全其首領,以累其心,以爲重質,庶獲其用，此實當今之良策。然臣竊料鬼章凶豪素貴，老病垂死，必不能甘於困辱，爲久生之計。鬼章若死，則其臣子專意復讎，必與阿里骨合，而北交於夏人，此正胡越同舟遇順風之勢，其交必堅。而温溪心介於阿里骨、夏人之間，地狹力弱，其勢必危。若見並而吾不能救，使二寇合三面以窺熙河，則其患未可以一二數也。如臣愚計，可詔邊臣與鬼章約，若能使其部族討阿里骨而納趙純忠者，當放汝生還，鬼章若從，則稍富貴之，使[1]其信臣而喻至意焉。鬼章既有生還之望，不爲求死之計，其衆必從。以鬼章之衆與温溪心合而討阿里骨，其勢必克。既克而納純忠，雖放還鬼章，可以無患，此必然之勢也。西羌本與夏人世仇，而鬼章本與阿里骨不協。若許以生還，其衆必相攻。縱未能誅阿里骨，亦足以使二盜相疑而不合也。自古西羌之患，惟恐解仇結盟。若所在爲讎敵，正中國之利。臣出位言事，不勝恐悚待罪之至。取進止。

乞約鬼章討阿里骨札子[2]

臣近者竊見劉舜卿賀表，具言阿里骨罪狀，又竊聞舜卿乞削阿里骨官爵，又竊聞阿里骨上章請命，議者或欲許其自新。以臣愚慮，二者之説，皆未爲得。何者？阿里骨凶狡反覆，必無革面洗心之理。今聞其女已嫁梁乞逋之子，度其久遠，必須協力致死，共爲邊患。今來上章請命，蓋是部族新破，衆叛親離，恐吾乘勝致討，力未能支，故匿情忍詬，以就大事。若得休息數年，蓄力養鋭，假吾爵命，以威脇諸羌，誅不附己者。羽翼既成，西北相應，必爲中原之憂，非獨一方之病也。且夏賊逆天犯順，本因輕料朝廷，以爲必不能討己。今若便從阿里骨之請，則其所料，良不爲過。今聞温溪心等諸族已爲所質，勢未能動，而心佯斂毡在其肘腋，迹同而心異。若用臣前計，使邊臣與鬼章約，若能使其部族與温溪心、斂毡等合而討阿里骨，納趙純忠，即許以生還，此正所謂以夷狄攻夷狄，計無出此者。若朝廷便許阿里骨通和，即須推示赤心，待之如舊，不可復用計謀以圖此賊，數年之後，必

---

① 《蘇東坡全集》"使"下有"招"字。

② "阿"，據原書目録補。

自飛揚,此所謂養虎遺患者也。故臣願朝廷既不納其通和之請,又不削奪其官爵,存而勿論,置之度外,陰使邊臣以計圖之,似爲得策。臣屢瀆天聽,罪當誅死。取進止。

乞郡札子　**認真之人,大抵多費老婆舌,傷哉!**

元祐三年十月十七日,蘇軾札子奏。臣近以左臂不仁,兩目昏暗,有失儀曠職之憂,堅乞一郡。伏蒙聖慈降詔不允,遣使存問,賜告養疾。恩禮之重,萬死莫酬。以臣子大義言之,病未及死,皆當勉强,雖有失儀曠職之罰,亦不當辭。然臣終未敢起就職事者,實亦有故。言之則觸忤權要,得罪不輕;不言則欺罔君父,誅罰尤大。故卒言之。

臣聞之《易》曰:“君子安其身而後動。”又曰:“君不密,則失臣;臣不密,則失身。”以此知事君之義,雖以報國爲先,而報國之道,當以安身爲本。若上下相忌,身自不安,則危亡是憂,國何由報?恭惟陛下踐祚之始,收臣於九死之餘。半年之間,擢臣爲兩制之首。方將致命,豈敢告勞?特以臣拙於謀身,鋭於報國,致使臺諫,列爲怨仇。臣與故相司馬光,雖賢愚不同,而交契最厚。光既大用,臣亦驟遷,在於人情,豈肯異論?但以光所建差役一事,臣實以爲未便,不免力争。而臺諫諸人皆希合光意,以求進用。及光既殁,則又妄意陛下以爲主光之言,結黨横身,以排異議,有言不便,約共攻之。曾不知光至誠爲民,本不求人希合,而陛下虚心無我,亦豈有所主哉!其後又因刑部侍郎范百禄與門下侍郎韓維争議刑名,欲守祖宗故事,不敢以疑法殺人,而諫官吕陶又論維專權用事。臣本蜀人,與此兩人實是知舊。因此,韓氏之黨一例疾臣,指爲川黨。御史趙挺之,在元豐末通判德州,而著作黄庭堅方監本州德安鎮,挺之希合提舉官楊景棻,意欲於本鎮行市易法,而庭堅以謂鎮小民貧,不堪誅求,若行市易,必致星散。公文往来,士人傳笑。其後挺之以大臣薦,召試館職,臣實對衆言,挺之聚斂小人,學行無取,豈堪此選?又挺之妻父郭概爲西蜀提刑時,本路提舉官韓玠違法虐民,朝旨委概體量,而概附會隱庇,臣弟轍爲諫官司,劾奏其事,玠、概並行黜責。以此挺之疾臣,尤出死力。臣二年之中,四遭口語,發策草麻,皆謂之誹謗。未出省榜,先言其失士。以至臣所薦士，例加誣衊，所言利害，不許相見[①]。近日王覿言胡宗愈指臣爲黨，孫覺言丁隲云是臣親家。臣與此兩人有何於涉？而於意外巧構曲成，以積臣罪，欲使臣撓椎於十夫之手，而使陛下投杼於三至之言。中外之人，具曉此意，謂臣若不早去，必致傾危。臣非不知聖主天縱聰明，察臣無罪。但以臺諫氣焰，震動朝廷，上自執政大臣，次及侍從百官，外至監司守令，皆畏避其鋒，奉行其意，意所欲去，勢無復全。天下知之，獨陛下深居法宫之中，無由知耳。

臣竊觀三代以下，號稱明主，莫如漢宣帝、唐太宗。然宣帝殺蓋寬饒，太宗殺劉洎，皆信用讒言，死非其罪，至今哀之。宣帝初知蓋寬饒忠直，不畏强禦，自候司馬擢爲太中大夫、司隸校尉，不可謂不知之深矣。而蓋寬饒上書有云："五帝官天下，三王家天下。"而當時讒人乃謂寬饒欲求禪位。宣帝不察，致使寬饒自剄北闕下。太宗信用劉洎，言無不從，嘗比之魏文正[②]公，亦不可謂不知之深矣！而太宗征遼患痛，洎泣曰："聖體不康，甚可憂懼。"而當時讒人乃謂洎欲行伊、霍之事。太宗不察，賜洎自盡。二主非不明也，二臣之受知非不深也，恃明主之深知，不避讒人積毁，以至身首異處，爲天下笑。今臣度受知於陛下，不過如蓋寬饒之於漢宣帝，劉洎之於唐太宗也。而讒臣者，乃十倍於當時，雖陛下明哲寬仁，度越二主，然臣亦豈敢恃此不去，以卒蹈二臣之覆轍哉！且二臣之死，天下後世皆言二主信讒邪而害忠良，以爲聖德之累。使此二臣者，識幾畏漸，先事求去，豈不身名俱泰，臣主兩全哉！臣縱不自愛，獨不念一旦得罪之後，使天下後世有以議吾君乎？昔先帝召臣上殿，訪問古今，敕臣今後遇事即言。其後臣屢論事，未蒙施行，乃復作爲詩文，寓物托諷，庶幾流傳上達，感悟聖意。而李定、舒亶、何正臣三人，因此言臣誹謗，遂得罪。然猶有近似者，以諷諫爲誹謗也。今臣草麻詞，有云"民亦勞止"，而趙挺之以爲誹謗先帝，則是以白爲黑，以西爲東，殊無近似者。臣以此知挺之險毒甚於李定、舒亶、何正臣，而臣之被讒甚於蓋寬饒、劉洎也。古人有言曰："爲君難，爲臣不易。"臣欲依違苟且，雷同衆人，則内愧本

① 見，《蘇東坡全集》作"度"。

② 正，《蘇東坡全集》作"貞"。

心，上負明主。若不改其操，知無不言，則怨仇交攻，不死即廢。伏望聖慈念爲臣之不易，哀臣處此之至難，始終保全，措之不争之地，特賜指麾，檢會前奏，早賜施行。

可　憐①

辯舉王鞏札子　妙。

元祐三年十一月十五日，蘇軾札子奏。臣近舉宗正寺丞王鞏節操方正，可備獻納科。竊聞臺諫官司言鞏奸邪，及離間宗室，因諂事臣，以獲薦舉。奉聖旨，除鞏西京通判。謹按鞏好學有文，强力敢言，不畏强御，此其所長也。年壯氣盛，鋭於進取，好論人物，多致怨憎，此其所短也。頃者竄逐萬里，偶獲生還，而容貌如故，志氣益厲，此亦有過人者。故相司馬光深知之，待以國士，與之往返，論議不一。臣以爲所短不足以廢所長，故爲國收才，以備選用。去歲以來，吏民上書蓋數千人，朝廷委司馬光看詳，擇其可用者得十五人，又於十五人中獨稱獎二人，孔宗翰與鞏是也。鞏緣此得減二年磨勘，仍擢爲宗正寺丞。則臣之稱薦，與光之擢用，其事正同。若果是奸邪，臺諫當此時何不論奏？鞏上疏論宗室之疏遠者，不當稱皇叔、皇伯，雖未必中理，然不過欲尊君抑臣，務合古禮而已，何名爲離間哉！况鞏此議，執政多以爲非，獨司馬光深然之，故下禮部詳議。又兵部侍郎趙彦若，亦曾建言。若果是離間，光亦離間也，彦若亦離間也。方行下有司時，臺諫初無一言，及光没之後，乃有奸邪離間之説，則是鞏之邪正，係光之存亡，非公論也。鞏與臣世舊，幼小相知，從臣爲學，何名"諂事"？三者之論，了無一實。上賴聖明不以此罪鞏，亦不以此責臣，止除外官，以厭塞言者之意。臣復何所辯論！但痛司馬光死未數月，而所賢之士變爲奸邪，又傷言者本欲中臣而累及鞏，誣罔之漸，懼者甚衆。是以冒昧一言，伏深戰越。

---

① 可憐，疑爲衍文。

論周穜擅議配享自劾札子 自是多了一番。

元祐三年十二月二十一日，蘇軾札子奏。臣先任中書舍人日敕舉學官，曾舉江寧府右司理參軍周穜，蒙朝廷差充鄆州州學教授。近者竊聞穜上疏，言朝廷當以故相王安石配享神宗皇帝。謹按漢律，擅議宗廟者棄市。自高后至文、景、孝、宣，皆行此法，以尊宗庙，重朝廷，防微杜漸，蓋有深意。本朝自祖宗以來，惟擇元勳重望始終全德之人，以配食列聖。蓋自天子所不敢專，必命都省集議，其人非天下公議所屬，不在此選。既上，詔云恭依册告宗廟，然後敢行。其嚴如此，岂有既行之後，復請疏遠小臣，各出私意，以議所配？若置而不問，則宗廟不嚴而朝廷輕矣。今先帝配享已定用富弼，天下翕然以爲至當。穜復何人，敢建此議？意欲以此嘗試朝廷，漸進邪説，陰唱群小，此孔子所謂"行險僥倖，居之不疑"者也。而臣忝備侍從，謬於知人，至引此人以污學校。若又隱而不言，則罔上黨奸，其罪愈大。謹自劾以待罪，伏望聖慈特敕有司，議臣妄舉之罪，重賜責降，以儆在位。取進止。

又

臣近上言，以所舉學官周穜擅議先帝配享，欲以嘗試朝廷，漸進邪説，陰唱群小，乞下有司議臣妄舉之罪，重行責降，以警在位，至今累日，未奉旨揮。

切以爲國之本，在於明賞罰，辨邪正，二者不立，亂亡隨之。臣觀二聖嗣位以來，斥逐小人，如吕惠卿、李定、蔡確、張誠一、吴居厚、崔臺符、楊汲、王孝先、何正臣、盧秉、蹇周輔、王子京、陸師閔、趙濟，中官李憲、宋用臣之流，或首開邊隙，使兵連禍結；或漁利権財，爲國斂怨；或倡起大獄，以傾陷善良，而王安石實爲之首。夫君子之難致如麟鳳，色斯舉矣，翔而後集，小人之易進如蛆蠅，腥膻所聚，瞬息千萬，況可招而來之乎？朝廷近日稍寬此等，如李憲乞於近地居住，王安禮抗拒恩詔，蔡確乞放還其弟，皆即聽許。崔臺符、王孝先之流，不旋踵進用。楊汲亦漸牽復。吕惠卿窺見此意，故敢乞居蘇州。此等皆民之大賊，國之巨蠹，得全首領，以爲至幸，岂可與尋常一眚之臣，計日累月，洗雪復用哉！今既稍寬，之後必漸用之。如此不已，則惠卿、蔡確之流必有時而用，青苗、市易等法必有時而復。周穜草芥之微，而敢建此議，蓋有以啓之矣。昔淮南王謀反，所憚獨汲黯，以謂説公孫丞相，若發蒙耳。今穜蟣蝨小臣，而敢爲大奸，愚弄朝廷，若無人然，不幸而有淮南王，當復誰憚乎？臣不敢遠引古人，但使執政之中，有如富弼、韓琦，臺諫之中，有如包拯、吕誨，或司馬光尚在，此鼠輩敢爾哉！臣數日以來，竊聞執政之議，多欲薄臣之責，而寬穜之罪，若果如此，則是使今後近臣輕引小人，而惠卿之流有以卜朝廷之輕重。事關消長、憂及治亂，伏望特出宸斷深詔有司議臣與穜之罪，不可輕恕。縱使朝廷察臣本無邪心，止是暗繆，亦乞借臣以立法，則臣上荷知遇，雖云得罪，實同被賞。若蒙寬貸，則是私臣之身，而廢天下之法。臣之愧耻，若撻於車。不勝憤懣。憂國之心，意切言蠢，伏俟誅譴。

論邊將隱匿敗亡憲司體量不實札子

元祐三年閏十二月四日，蘇軾札子奏。臣近以目昏臂痛，堅乞一郡，蓋亦自知受性剛褊，黑白太明，難以處衆。伏蒙聖慈，降詔不許，兩遣使者存問慰安。天恩深厚，淪入骨髓。臣謂此恩當以死報，不當更計身之安危，故復起就職。而職事清閑，未知死所，每因進讀之間，事有切於今日者，輒復盡言，庶補萬一。

昨日所讀《寶訓》有云："淳化二年，上謂侍臣，諸州牧監馬多瘦死，蓋養飼失時，枉致病斃。近令取十數槽置殿庭下，視其芻秣，教之養療，庶革此弊。"臣因進言馬所以病，蓋將吏不職，致圉人盜減芻粟，且不恤其饑飽勞逸故也。馬不能言，無由申訴，故太宗至仁，深哀憐之，置之殿庭，親加督視。民之於馬，輕重不同。若官吏不得其人，人雖能言，上下隔絶，不能自訴，無異於馬。馬之饑瘦勞苦，則有斃踣奔逸之憂；民之困窮無聊，則有溝壑盜賊之患。然而四海之衆，非如養馬，可以寘之殿庭，惟當廣任忠賢，以爲耳目。若忠賢疏遠，諂佞在傍，則民之疾苦，无由上達。①

① 此處有删節。

臣聞去歲夏賊犯鎮戎,所殺掠不可勝數,或云至萬餘人。而邊將乃奏云"野無所掠"。其後朝廷訪聞,委提刑司體量,而提刑孫路止奏十餘人,乞朝廷先賜放罪,然後體量實數。至今遷延二年,終未結絶聞奏。凡死事之家,官所當恤,若隱而不奏,則生死銜冤,何以使人?此豈小事?而路爲耳目之司,既不隨事奏聞朝廷,既行蒙蔽,又乞放罪,遷延侮玩,一至於此。臣謂此風漸不可長,馴致其患,何所不有?此臣之所深憂也。臣非不知陛下必已厭臣之多言,左右必已厭臣之多事,然受恩深重,不敢自同衆人,若以此獲罪,亦無所憾。

論行遣蔡確札子

元祐四年四月十一日,龍圖閣學士朝奉郎新知杭州蘇軾札子奏。臣近蒙聖恩,哀臣疾病,特許補外。臣竊自惟受恩深重,不敢以出入之故,便同衆人,有所聞見而不盡言。竊聞臣寮有繳進蔡確詩言涉謗讟者。臣與確元非知舊,實自惡其爲人。今來非敢爲確開説,但以所係國體至重。天下觀望二聖所爲,若行遣失當,所損不小。臣爲侍從,合具奏論。若朝廷薄確之罪,則天下必謂皇帝陛下見人毁謗聖母,不加忿疾,其於孝治,所害不淺。若深罪之,則議者亦或以謂太皇太后陛下聖量寬大,與天地等,而不能容受一小人謗怨之言,亦於仁政不爲無累。臣欲望皇帝陛下降敕,令有司置獄,追確根勘,然後太皇太后内出手詔云:"吾之不德,常欲聞謗以自儆。今若罪確,何以來天下異同之言?矧確嘗爲輔臣,當知臣子大義,今所繳進,未必真是確詩。其一切勿問,仍榜朝堂。"如此處置,則二聖仁孝之道,實爲兩得。天下有訓,自然心服。臣不勝愛君憂國之心,出位僭言,謹伏誅殛。取進止。

乞將臺諫官章疏降付有司根治札子

元祐四年四月十七日,蘇軾札子奏。臣近以臂疾,堅乞一郡,已蒙聖恩差知杭州。臣初不知其他,但謂朝廷哀憐衰疾,許從私便。及出朝參,乃聞班列中紛然,皆言近日臺官論奏臣罪狀甚多,而陛下曲庇小臣,不肯降出,故許臣外補。臣本畏滿盈,力求閑退,既獲所欲,豈更區區自辯？但竊不平。數年以來，親見陛下以至公無私治天下，今乃以臣之故，使人上議聖明，以謂抑塞臺官，私庇近侍，其於君父，所損不小。此臣之所以不得不辯也。臣平生愚拙，罪戾固多，至於非義之事，自保必無。只固任中書舍人日，行吕惠卿等告詞，極數其凶慝，而弟轍爲諫官，深論蔡確等奸回。確與惠卿之黨，布列中外，共讎疾臣。近日復因臣言鄆州教授周穜，以小臣而爲大奸，故黨人共出死力，搆造言語，無所不至。使臣誠有之，則朝廷何惜竄逐，以示至公？若其無之，臣亦安能以皎然之身，而受此曖昧之謗也？人主之職，在於察毁譽，辨邪正。夫毁譽既難察，邪正亦不易辨，惟有坦然虚心而聽其言，顯然公行而考其實，則真妄自見，讒搆不行。若隱受其言，不考其實，獻言者既不蒙聽用，而被謗者亦不爲辨明，則小人習知其然，利在陰中，浸潤膚受，日進日深，則公卿百官誰敢自保？懼者甚衆，豈惟小臣，此又臣非獨爲一身而言也。伏望聖慈，盡將臺諫官章疏降付有司，令盡理根治，依法施行。所貴天下曉然知臣有罪無罪，自有正法，不是陛下屈法庇臣，則臣雖死無所恨矣。夫君子之所重者，名節也。故有“捨生取義”“殺生成仁”“可殺不可辱”之語。而爵位利禄，蓋古者有志之士所謂鴻毛弊屣也。人臣知此，然後可與事君父，言忠孝矣。今陛下不肯降出臺官章疏，不過爲愛惜臣子，恐其萬一實有此事，不免降黜。而不念臣元無一事，空受誣蔑，聖明在上，瘖嗚無告，重壞臣爵位，而輕壞臣名節，臣切痛之。意切言盡，伏候誅殛。

論高麗進奉狀

元祐四年十一月三日，蘇軾狀奏。臣伏見熙寧以來，高麗人屢入朝貢，至元豐之末，十六七年間，館待賜予之費不可勝數。兩浙、淮南、京東三路築城造船，建立亭館，調發農工，侵漁商賈，所在騷然，公私告病。朝廷無絲毫之益，而夷虜獲不貲之利。使者所至，圖畫山川，購買書籍。議者以爲所得賜予，大半歸之契丹。雖虚實不可明，而契丹之强，足以禍福高麗，若不陰相計構，則高麗豈敢公然入朝中國？有識之士，以爲深憂。

自二聖嗣位，高麗數年不至，淮、浙、京東吏民有息肩之喜。唯福建一路，多以海商爲業，其間凶險之人，猶敢交通引惹，以希厚利。臣稍聞其事，方欲舉察行遣。今月三日，准秀州差人押到泉州百姓徐戩，擅於海舶内載到高麗僧統義天手下侍者僧壽介、繼常、穎流，院子金保、裴善等五人，及賫到本國禮賓省牒云："奉本國王旨，令壽介等賫義天祭文來祭奠杭州僧源闍梨。"臣已指揮本州送承天寺安下，選差職員二人，兵級十人，常切照管，不許出入接客，及選有行止經論僧伴話，量行供給，不令失所外，已具事宜畫一，奏禀朝旨去讫。

又據高麗僧壽介，有狀稱："臨發日，奉國母指揮，令賫金塔二所，視延皇帝、太皇太后聖壽。"臣竊觀其意，蓋爲二聖嗣位數年，不敢輕來入貢，頓失厚利。欲復遣使，又未測聖意。故以祭奠源闍梨爲名，因獻金塔，欲以嘗試朝廷，測知所以待之之意輕重厚薄。不然者，豈有欲獻金塔爲壽，而不遣使奉表，止因祭奠亡僧，遂致國母之意？蓋疑中國不受，故爲此苟簡之禮以詒朝廷。若朝廷待之稍重，則貪心復啓，朝貢紛然，必爲無窮之患。待其已至，然後拒之，則又傷恩。恭惟聖明灼見情狀，廟堂之議，固有以處之。臣忝備侍從，出使一路，懷有所見，不敢不盡，以備採擇。謹具畫一如左。

一福建狡商，專擅交通高麗，引惹牟利，如徐戩者甚衆。訪聞徐戩，先受高麗錢物，於杭州雕造夾注《華嚴經》，費用浩汗。印板既成，公然于海舶載去交納，卻受本國厚賞，官私無一人知覺者。臣謂此風豈可滋長？若馴致其弊，敵國奸細，何所不至？兼今來引致高麗僧人，必是徐戩本謀。臣已枷送左司理院根勘，即當具案聞奏，乞法外重行，以戒一路奸民猾商。

一高麗僧壽介，有狀稱："臨發日，國母令賫金塔祝壽。"臣以謂高麗因祭奠亡僧，遂致國母之意，苟簡無禮，莫斯爲甚。若朝廷受而不報，或報之輕，則夷虜得以爲詞。若受而厚報之，則是以重幣答其苟簡無禮之魄也。臣已一面令管勾職員退還其狀，云朝廷清嚴，守臣不敢專擅奏聞。臣料此僧勢不肯已，必云本國遣其來獻壽，今若不奏，歸國得罪不輕。臣欲於此僧狀後判云："州司不奉朝旨，本國又無來文，難議投進。執狀歸國照會。"如此處置，只是臣一面指揮，非朝廷拒絶其獻，頗似穩便。如以爲可。乞賜指揮施行。

乞賑濟浙西七州狀

元祐四年十一月初四日，兩浙西路兵馬鈐轄龍圖閣學士朝奉郎蘇軾狀奏。勘會浙西七州軍，冬春積水，不種早稻。及五六月水退，方插晚秧，又遭乾旱，早晚俱損，高下並傷，民之艱食，無甚今歲。見今米斗九十足錢，小民方冬已有饑者。兩浙水鄉，種麥絶少，來歲之熟，指秋爲期。而熟不熟又未可知，深恐來年春夏之交，必有饑饉盜賊之憂。本司除已與提、轉商量多方擘畫准備外，有合申奏事件，謹具畫一如左。

乞開杭州西湖狀 妙，甚有才，有識，真仁，真忠。

元祐五年四月二十九日，蘇軾狀奏。右臣聞天下所在陂湖河渠之利，廢興成毀，皆若有數。惟聖人在上，則興利除害，易成而難廢。昔西漢之末，翟方進爲丞相，始決壞汝南鴻隙陂，父老怨之，歌曰："壞陂誰？翟子威，飯我豆羹芋魁。反乎覆，陂當復。誰言者？兩黄鵠。"蓋民心之所欲，而託之天，以爲有神下告我也。孫皓時，吴郡上言，臨平湖自漢末草穢壅塞，今忽開通，長老相傳，"此湖開，天下平"，皓以爲己瑞。已而晋武帝平吴。由此觀之，陂湖河渠之類，久廢復開，事關興運。雖天道難知，而民心所欲，天必從之。

杭州之有西湖，如人之有眉目，益不可廢也。唐長慶中，白居易爲刺史。方是時，湖溉田千餘頃。及錢氏有國，置撩湖兵士千人，日夜開浚。自國初以來，稍廢不治，水涸草生，漸成葑田。熙寧中，臣通判本州，則湖之葑合，益十二三耳。至今纔十六七年之間，遂堙塞其半。父老皆言十年以來，水淺葑横，如雲翳空，倏忽便滿，更二十年，無西湖矣。使杭州而無西湖，如人去其眉目，豈復爲人乎？

臣愚無知，竊謂西湖有不可廢者五。天禧中，故相王欽若始奏以西湖爲放生池，禁捕魚鳥，爲人主祈福。自是以來，每歲四月八日，郡人數萬會於湖上，所活羽毛鱗介以百萬數，皆西北向稽首，仰祝千萬歲壽。若一旦堙塞，使蛟龍魚鼈同爲涸轍之鮒，臣子坐觀，亦何心哉！此西湖之不可廢者，一也。杭之爲州，本江海故地，水泉咸苦，居民零落。自唐李泌始引湖水作六井，然後民足於水，井邑日富，百萬生聚待此而後食。今湖狹水淺，六井漸壞，若二十年之後盡爲葑田，則舉城之人復飲咸苦，其勢必自耗散。此西湖之不可廢者，二也。白居易作《西湖石函記》云："放水溉田，每減一寸，可溉十五頃；每一伏時，可溉五十頃。若蓄泄及時，則瀕河千頃，可無凶歲。"今雖不及千頃，而下湖數十里間，茭菱穀米，所獲不貲。此西湖之不可廢者，三也。西湖深潤，則運河可以取足於湖水。若湖水不足，則必取足於江湖。潮之所過，泥沙渾濁，一石五斗。不出三歲，輒調兵夫十餘萬功開浚，而河行市井中益十餘里，吏卒騷扰，泥水狼籍，爲居民莫大之患。此西湖之不可廢者，四也。天下酒税之盛，未有如杭者也，歲課二十餘萬緡。而水泉之用，仰給於湖。若湖漸淺狹，水不應沟，則當勞人遠取山泉，歲不下二十萬功。此西湖之不可廢者，五也。

臣以侍從，出膺寵寄，日睹西湖有必廢之漸，有五不可廢之憂，豈得苟安歲月，不任其責？輒已差官打量湖上葑田，計二十五萬餘丈，度用夫二十餘萬功。近者伏蒙皇帝陛下、太皇太后陛下，以本路饑僅，特寬轉運司上供額斛五十餘萬石，出糶常平米亦數十萬石，約敕諸路，不取五穀，力勝税錢，東南之民，所活不可勝計。今又特賜本路度牒三百，而杭獨得百道。臣謹以聖意增價召入中米，减價出賣以濟饑民，而增减耗折之餘，尚得錢米約共一萬餘貫石。臣輒以此錢米，募民開湖，度可得十萬功。自今月二十八日興功，農民父老，縱觀太息，以謂二聖既捐利與民，活此一方，而又以其餘棄，興久廢無窮之利，使數千人得食其力以度此凶歲，蓋有泣下者。臣伏見民情如此，而錢米有限，所募未廣，葑合之地，尚存大半。若來者不嗣，則前功復棄，深可痛惜。若更得度牒百道，則一舉募民除去浄盡，不復遺患矣。

伏望皇帝陛下、太皇太后陛下，少賜詳覽，察臣所論西湖五不可廢之狀，利害較然，特出聖斷，别賜臣度牒五十道，仍敕轉運、提刑司，於前來所賜諸州度牒二百道内，契勘賑濟支用不盡者，更撥五十道價錢與臣，通成一百道。使臣得盡力畢志，半年之間，日見西湖復唐之舊，環三十里，際山爲岸，則農民父老，與羽毛鱗介，同詠聖澤，無有窮已。

乞擢用劉季孫狀 誰肯。

元祐五年十一月日，蘇軾狀奏。右臣自少聞趙元昊寇，延州危急，環慶將官劉平以孤軍來援，奸臣不救，平遂戰没，竟駡賊不食而死。平有數子，皆才用絶人，不幸早世。今臣所與同僚路分都監左藏副使劉季孫，則平之少子，篤志力學，博通史傳，工詩能文，輕利重義，雖文臣中，亦未易得，而其練達武經，講習邊政，乃其家學。至於奮不顧身，臨難守節，以臣度之，必不减平。今平諸子，獨有季孫在，而年已五十有八，雖備位將領，未盡其用。伏望朝廷特賜採察，權置邊庭要害之地，觀其設施，别加陞進，不獨爲忠義之勸，亦以廣文武之用。如蒙朝廷擢用，後犯入己贓，及不如所舉，臣甘伏朝典。

杭州召還乞郡狀 可憐可痛。

元祐六年五月十九日，龍圖閣學士左朝奉郎前知杭州蘇軾狀奏。右臣近奉詔書及聖旨札子，不允臣辭免翰林學士承旨恩命及乞郡事。臣已第三次奏乞除臣揚、越、陳、蔡一郡去訖。竊慮區區之誠，未能遽回天意，須至盡露本心，重干聖聽，皇恐死罪！皇恐死罪！

臣昔於治平中，自鳳翔職官得替入朝，首被英宗皇帝知遇，欲驟用臣。當時宰相韓琦以臣年少資淺，未經試用，故且與館職。亦會臣丁父憂去官。及服闋入覲，便蒙神宗皇帝召對，面賜獎激，許臣職外言事。自惟羈旅之臣，未應得此，豈以英宗皇帝知臣有素故耶？是時王安石新得政，變易法度，臣若少加附會，進用可必。自惟遠人，蒙二帝非常之知，不忍欺天負心，欲具論安石所爲不可施行狀，以裨萬一。然未測聖意待臣深淺，因上元有旨買燈四千碗，有司無狀，虧减市價，臣即上書論奏，先帝大喜，即時施行。臣以此卜知先帝聖明，能受盡言，上疏六千餘言，極論新法不便。後復因考試進士，擬對御試策進上，並言安石不知人，不可大用。先帝雖未聽從，然亦嘉臣愚直，初不譴問。而安石大怒，其黨無不切齒，争欲傾臣。御史知雜謝景温首出死力，彈奏臣丁憂歸鄉日，舟中曾販私鹽。遂下諸路體量追捕當時梢工篙手等，考掠取證，但以實無其事，故鍛煉不成而止。臣緣此懼禍乞出，連三任外補。而先帝眷臣不衰，時因賀謝表章，即對左右稱道。黨人疑臣復用，而李定、何正臣、舒亶三人，構造飛語，醞釀百端，必欲致臣于死。先帝初亦不聽，而此三人執奏不已，故臣得罪下獄。定等選差悍吏皇遵，將帶吏卒，就湖州追攝，如捕寇賊。臣即與妻子訣别，留書與弟轍，處置後事，自期必死。過揚子江，便欲自投江中，而吏卒監守不果。到獄，即欲不食求死。而先帝遣使就獄，有所約敕，故獄吏不敢别加非横。臣亦覺知先帝無意殺臣，故復留残喘，得至今日。及竄責黄州，每有表疏，先帝復對左右稱道，哀憐獎激，意欲復用，而左右固争，以爲不可。臣雖在遠，亦其聞之。古人有言，聚蚊成雷，積羽沈舟，言寡不勝衆也。以先帝知臣特達如此，而臣終不免於患難者，以左右疾臣者衆也。

及陛下即位，起臣於貶所，不及一年，備位禁林，遭遇之異，古今無此。臣每自惟昆蟲草木之微，無以仰報天地生成之德，惟有獨立不倚，知無不言，可以少報萬一。始論衙前差顧利害，與孫永、傳堯俞、韓維争議，因亦與司馬光異論。光初不以此怒臣，而臺諫諸人，逆探光意，遂與臣爲仇。臣又素疾程頤之奸，未嘗假以色詞，故頤之黨人，無不側目。自朝廷廢黜大奸數人，而其餘黨猶在要近陰爲之地，特未發爾。小臣周穜，乃敢上疏乞用王安石配享，以嘗試朝廷。料穜草芥之微，敢建此議，必有陰主其事者，是以上書逆折其奸鋒，乞重賜行遣，以破小人之謀。因此，黨人尤加忿疾。其後，又於經筵極論黄河不可回奪利害，且上疏争之，遂大失執政意。積此數事，恐别致患禍。又緣臂痛目昏，所以累章力求補外。

竊伏思念，自忝禁近，三年之間，臺諫言臣者數四，只因發策草麻，羅織語言，以爲謗訕，本無疑似，白加誣執。其間曖昧僭訴，陛下察其無實而不降出者，又不知其幾何矣。若非二聖仁明，洞照肝膈，則臣爲黨人所傾，首領不保，岂敢望如先帝之赦臣乎？自出知杭州二年，粗免人言，中間法外刺配顔章、顔益二人，蓋攻積弊，事不獲已。陛下亦已赦臣，而言者不赦，論奏不已。其意岂爲顔章等哉？以此知黨人之意，未嘗一日不在傾臣，洗垢求瑕，止得此事。

今者忽蒙聖恩召還擢用，又除臣弟轍爲執政，此二事，皆非大臣本意。竊計黨人必大猜忌，磨厲以須，勢必如此。聞命悸恐，以福爲災，即日上章，辭免乞郡。行至中路，果聞弟轍爲臺諫所攻，般出廨宇待罪。又蒙陛下委曲，照見情狀，方獲保全。臣之剛褊，衆所共知，黨人嫌忌，甚於弟轍。豈敢以衰病之餘，復犯其鋒？雖自知無罪可言，而今之言者，豈问是非曲直？竊謂人主之待臣子，不過公道以相知，黨人之報怨嫌，必爲巧發而陰中。臣豈敢恃二聖公道之知，而傲黨人陰中之禍？所以不避煩瀆，自陳入仕以來進退本末，欲陛下知臣危言危行，獨立不回，以犯衆怒者，所從來遠矣，又欲陛下知臣平生冒涉患難危險如此。今餘年無幾。不免有遠禍全身之意，再三辭遜，實非矯飾。柳下惠有言："直道而事人，焉往而不三黜？"臣若貪得患失，隨世俯仰，改其常度，則陛下亦安所用？臣若守其初心，始終不變，則群小側目，必無安理。雖蒙二聖深知，亦恐終不勝衆。所以反覆计慮，莫若求去，非不怀戀天地父母之恩，而衰老之餘，耻復與群小計較短長曲直，爲世間高人長者所笑。

伏望聖慈，察臣至誠，特賜指揮執政檢會累奏，只作親嫌回避，早除一郡。所有今來奏狀，乞留中不出，以保全臣子，臣不勝大願。若朝廷不以臣不才，猶欲驅使，或除一重難邊郡，臣不敢辭避，報國之心，死而後已。惟不願在禁近，使黨人猜疑，别加陰中也。幹犯天威，謹俟斧鑕。臣不任祈天請命戰恐殞越之至。謹録奏聞，伏候敕旨。

貼黄。臣受聖知最深，故敢披露肝肺，盡言無隱。以致當途怨怒，愈爲身災。君臣不密，《周易》所戒，故親書奏狀。眼昏字大，又涉不恭，進退維谷，伏望聖慈寬赦，臣不勝戰恐之至。

辭免撰趙瞻神道碑狀

元祐六年七月日，翰林學士承旨左朝奉郎知制誥兼侍讀蘇軾狀奏。准敕差撰故中散大夫同知樞密院趙瞻神道碑並書者。右臣平生不爲人撰行狀、埋銘、墓碑，士大夫所其知。近日撰《司馬光行狀》，蓋爲光曾爲亡母程氏撰埋銘。又爲范鎮撰墓誌，蓋爲鎮與先臣洵平生交契至深，不可不撰。及奉詔撰司馬光、富弼等墓碑，不敢固辭，然終非本意。況臣危病廢學，文辭鄙陋，不稱人子所以欲顯揚其親之意。伏望聖慈别擇能者，特許辭免。

再乞郡札子

元祐六年七月六日，蘇軾札子奏。臣聞朝廷以安静爲福，人臣以和睦爲忠。若喜怒愛憎，互相攻擊，則其初爲朋黨之患，而其末乃治亂之機，甚可懼也。臣自被命入觀，屢以血懇，頻幹一郡，非獨顧衰命爲保全之計，實深爲朝廷求安静之理。而事有難盡言者。臣與賈易本無嫌怨，只因臣素疾程頤之奸，形於言色，此臣剛褊之罪也。而賈易，頤之死黨，專欲與頤報怨。因頤教誘孔文仲，令以其私意論事，爲文仲所奏。頤既得罪，易亦坐去。而易乃於謝表中，誣臣弟轍漏泄密命，緣此再貶知廣德軍，故怨臣兄弟最深。臣多難早衰，無心進取，岂復有意記憶小怨？而易志在必報，未嘗一日忘臣。其後召爲臺官，又論臣不合刺配杭州凶人顔章等，以此見易於臣不報不已。今既擢貳風宪，付以事權，升沉進退，在其口吻，臣之綿劣，岂勞排擊？觀其意趣，不久必須言臣并及弟轍。轍既備位執政，進退之間，事關國體。則易必須扇結黨與，再三論奏，煩瀆聖聽，朝廷無由安静。皆臣愚蠢，不早回避所致。若不早賜施行，使臣終不免被人言而去，則臣雖自顧無罪，而於二聖眷待奬譽之意，則似不終。竊惟天地父母之愛，亦必悔之。伏乞檢會前奏，速除一郡，此疏即乞留中，庶以保全臣子。取進止。

辯題詩札子

元祐六年八月初八日，蘇軾札子奏。臣今月七日，見臣弟轍，與臣言趙君錫、賈易言臣於元豐八年五月一日題詩揚州僧寺，有欣幸先帝上仙之意。臣今省憶此詩，自有因依，合具陳述。臣於是歲三月六日，在南京聞先帝遣詔，舉哀掛服了當，迤邐往常州。是時新經大變，臣子之心，孰不憂懼？至五月初間，因往揚州竹西寺，見百姓父老十數人，相與道旁語笑。其間一人以兩手加額，云："見説好个少帝官家。"其言雖鄙俗不典，然臣實喜聞百姓謳歌吾君之子，出于至誠。又是時，臣初得請歸耕常州，益將老焉，而淮浙間所在豐熟，因作詩云："此生已覺都無事，今歲仍逢大有年。山寺歸來聞好語，野花啼鳥亦欣然。”蓋喜聞此語，故竊記之於詩，書之當途僧舍壁上。臣若稍有不善之意，豈政復書壁上以示人乎？又其時去先帝上仙，已及兩月，決非“山寺歸來”始聞之語，事理明白，無人不知。而君錫等輒敢挾情，公然誣罔。伏乞付外施行，稍正國法。所貴今後臣子，不爲仇人無故加以惡逆之罪。取進止。**大好作詩。**

乞賜光梵寺額狀

元祐七年二月日，龍圖閣學士左朝奉郎知潁州蘇軾狀奏。臣伏見本州潁上縣白馬村，有梵僧佛陀波利真身塔院舍，約四五十間，元無敕額。父老相傳，佛陀波利本西域僧，唐儀鳳中遊五臺，禮文殊師利，見老人，令復還西域，取佛頂尊勝陀羅尼經。佛陀波利用其言，往返數萬里，以永淳中取經而還，至今流布。而佛陀波利於潁上亡没，里俗相與漆塑其身，造塔供養，時有光景，頗著靈驗，不敢具述。臣於諸處見唐人所立《尊勝石幢刊記》本末，與所聞父老之言頗合。今年正月，大雪過度，農民凍餒無所，祈禱境内廟未應，聞父老以佛陀波利爲言，臣即遣人賫香禱請，登時開霽，人情翕然歸向，詣臣陳狀，願得敷奏，乞一敕額，庶幾永遠不致廢壞。須至奏乞者。

右謹具如前，欲望聖慈曲從民欲，特賜本院一敕額，如蒙開允，以光梵爲額，謹録奏聞，伏候敕旨。

薦宗室令時狀

元祐七年五月初五日，蘇軾狀奏。右臣聞之《詩》曰：“懷德維寧，宗子維城。”宗室之有人，邦家之光，社稷之衛也。周之盛時，其卿士皆周、召、毛、原，非王之伯叔父，則其子弟也。逮至兩漢，間、平之德，歆、向之文，天下以爲口實。而唐之宗室，武略如道宗、孝恭，文章如白與賀者，不可以一二數；而以功名至宰相者，有九人焉。自建隆以來，累聖執謙，不私其親，幹國治民，不及宗子，雖有文武異才，終身不度。神宗皇帝實始慨然，欲出其英髦，與天下共之，故增立教養選舉之法。行之二十年，出入中外，漸就器使，而未見有卓然顯聞稱先帝意者。豈無其人？蓋朝廷未有以大聳勸之耳。臣伏見承議郎簽書潁州節度判官廳公事令畤，事親篤孝，内行純備，博學經史，手不釋卷，吏事通敏，文采俊麗，志節端亮，議論英發，體兼衆器，無適不宜。臣嘗見其所著述，筆力雅健，博貫子史，益清廟之瑚璉，明堂之杞梓也。使其生於幽遠，猶當擢用，而况近託肺腑，已蒙試用者乎？伏望聖慈特賜考察，召致館閣，養其高才，而遂其遠業，以風動宗室，勸示海内，成先帝之意，不以臣人微言輕，而廢其請也。若後不如所舉，臣甘伏朝典。

論積欠六事並乞檢會應詔四事一處行下狀　真仁人。

元祐七年五月十六日，龍圖閣學士左朝奉郎知揚州蘇軾狀奏。臣聞之，孔子曰："善人教民七年，亦可以即戎矣。"夫民既富而教，然後可以即戎。古之所謂善人者，其不及聖人遠甚。今二聖臨御，八年於兹，仁孝慈儉，可謂至矣。而帑廩日益困，農民日益貧，商賈不行，水旱相繼，以上聖之資，而無善人之效，臣竊痛之。

所至訪問耆老有識之士，陰求其所以，皆曰：方今民荷寬政，無它疾苦，但爲積欠所壓，如負千鈞而行，免於僵僕則幸矣，何暇舉首奮臂，以營求于一飽之外哉！今大姓富家，昔日號爲無比户者，皆爲市易所破，十無一二矣。其餘自小民以上，大率皆有積欠。監司督守令，守令督吏卒，文符日至其門，鞭笞日加其身，雖有白圭猗頓，亦化爲華門圭竇矣。自祖宗已來，每有赦令，必曰：凡欠官物，無侵欺盜用，及雖有侵盜，而本家及伍保人無家業者，並與除放。祖宗非不知官物失陷，奸民幸免之弊，特以民既乏竭，無以爲生，雖加鞭撻，終無所得，緩之則爲奸吏之所蠶食，急之則爲盜賊之所憑藉，故舉而放之，則天下悦服，雖有水旱盜賊，民不思亂，此爲捐虚名而收實利也。

自二聖臨御以來，每以施捨已責爲先務，登極赦令，每次郊赦，或隨事指揮，皆從寬厚。凡今所催欠負，十有六七皆聖恩所貸。而官吏刻薄，與聖意異，舞文巧詆，使不該放。監司以催欠爲職業，守令上爲監司之所迫，下爲胥吏之所使，大率縣有監催千百家，則縣中胥徒舉欣欣然，日有所得。若一旦除放，則此等皆寂寥無獲矣。自非有力之家，納賂請賕，誰肯舉行恩貸？而積欠之人，皆鄰于寒餓，何賂之有？

其間貧困掃地，無可豔食者，則縣胥教令通指平人，或云衷私擅買，抵當物業；或雖非衷私，而云買不當價。似此之類，蔓延追扰，自甲及乙，自乙及丙，無有窮已。每限皆空身到官，或三五限得一二百錢，謂之破限。官之所得至微，而胥徒所取，蓋無虚日。俗謂此等爲縣胥食邑户。嗟乎，聖人在上，使民不得爲陛下赤子，而皆爲奸吏食邑户，此何道也！

商賈販賣，例無現錢。若用現錢，則無利息，須今年索去年所賣，明年索今年所賒，然後計算得行，彼此通濟。今富户先已殘破，中民又有積欠，誰敢賒賣物貨？則商賈自然不行，此酒税課利所以日虧，城市房廊所以日空也。諸路連年水旱，上下共知，而轉運司窘于財用，例不肯放税，縱放亦不盡實。雖無明文指揮，而以喜怒風曉官吏，孰敢違者？所以逐縣例皆拖欠兩税，較其所欠，與信實檢放無異，于官了無所益，而民有追擾鞭笞之苦。近日詔旨，凡積欠皆分爲十料催納，通計五年而足。聖恩隆厚，何以加此！而有司以謂有旨，倚閣者方得依十料指揮，餘皆併催。縱使盡信十料，吏卒乞覓，必不肯分料少取。人户既未納足，則追擾常在，縱分百料，與一料同。

臣頃知杭州，又知潁州，今知揚州，觀見兩浙、京西、淮南三路之民，皆爲積欠所壓，日就穷蹙，死亡過半。而欠籍不除，以至虧欠两税，走陷課利，農末皆病，公私並困。以此推之，大卜大率皆然矣。臣自潁移揚州，過濠、壽、楚、泗等州，所至麻麥如雲，臣每屏去吏卒，親入村落，訪問父老，皆有憂色。云：“豐年不如凶年。天災流行，民雖乏食，縮衣節口，猶可以生。若豐年舉催積欠，胥徒在門，枷棒在身，則人户求死不得。”言訖，淚下。臣亦不覺流涕。又所至城邑，多有流民。官吏皆去：“以夏麥既熟，舉催積欠，故流民不敢歸鄉。”臣聞之孔子曰：“苛政猛於虎。”昔常不信其言，以今觀之，殆有甚者。水旱殺人，百倍於虎，而人畏催欠，乃甚于水旱。

臣竊度之，每州催欠吏卒不下五百人，以天下言之，是常有二十餘萬虎狼散在民間，百姓何由安生，朝廷仁政何由得成乎？臣自到任以來，日以檢察本州積欠爲事。内已有條貫除放，而官吏不肯舉行者，臣即指揮本州一面降低放去訖。其於理合放而於條未有明文者，即且令本州權住，催理聽候指揮。其於理合放而於條有礙者，臣亦未敢住催。各具利害，奏取聖旨。**痛切可誦。**

論綱梢欠折利害狀 **大識見。**

元祐七年七月二十七日，蘇軾狀奏。臣聞唐代宗時，劉晏爲江淮轉運使，始於揚州造轉運船，每船載一千石，十船爲一綱，揚州差軍將押赴河陰。每造一船，破錢一千貫，而實費不及五百貫，或譏其枉費。晏曰："大國不可以小道理。凡所創置，須謀經久。船場既興，執事者非一，須有餘剩衣食，養活衆人，利用不窘，則官物牢固。"乃於揚子縣置十船場，差專知官十人。不數年間，皆致富贍。凡五十餘年，船場既無破敗，餽運亦不闕絶。

至咸通末，有杜侍御者，始以一千石船，分造五百石船二隻，船始敗壞。而吴堯卿者，爲揚子院官，始勘會每船合用物料，實數估給，其錢無復寬剩，專知官十家即時凍餒，而船場遂破，餽運不繼，不久遂有黄巢之亂。

劉晏以千貫造船，破五百貫爲干繫人欺隱之資，以今之君子寡見淺聞者論之，可謂疏繆之極矣。然晏運四十萬石，當用船四百隻，五年而一更造，是歲造八十隻也。每隻剩五百貫，是歲失四萬貫也。而吴堯卿不過爲朝廷歲寬四萬貫耳，得失至微，而餽運不斷，以貽天下之大禍。臣以此知天下之大計，未嘗不成於大度之士，而敗於寒陋之小人也。

臣竊見嘉祐中，張方平爲三司使，上論京師軍儲云："今之京師，古所謂陳留，四通八達之地，非如雍、洛有山河之險足恃也，特恃重兵以立國耳。兵恃食，食恃漕運，漕運一虧，朝廷無所措手足。"因畫十四策，内一項云："糧綱到京，每歲少欠不下六七萬石，皆以折會償填，發運司不復抱認，非祖宗之舊也。"臣以此知嘉祐以前，歲運六百萬石，而以欠折六七萬石爲多。訪聞去歲，止運四百五十餘萬石，而欠折之多，約至三十餘萬石。運法之壞，一至於此。

又臣到任未幾，而所斷糧綱欠折干繫人，徒流不可勝數，衣糧罄于折會，船車盡於折賣，質妻鬻子，饑瘦伶俜，聚爲乞丐，散爲盜賊。竊計京師及緣河諸郡，例皆如此，朝廷之大計，生民之大病，如臣等輩，豈可坐觀而不救耶？

乞賻贈劉季孫狀　義士。

元祐七年十月日，龍圖閣學士左朝奉郎守兵部尚書蘇軾狀奏。臣等竊聞仁宗朝趙元昊寇，延州危急，環慶將官劉平以孤軍來援，衆寡不敵，奸臣不救，平遂戰殆，竟駡賊不食而死。詔贈侍中，賜大第，官其諸子慶孫、貽孫、宜孫、昌孫、孝孫、保孫、季孫等七人。諸子頗有異材，而皆不壽，卒無顯者。家事狼狽，賜第易主。獨季孫仕至文思副使，年至六十，篤志好學，博通史傳，工詩能文，輕利重義，練達軍政。至於忠義勇烈，識者以爲有平之風。性好異書古今石刻，仕宦四十餘年，所得禄賜，盡於藏書之費。近蒙朝廷擢知隰州，今年五月卒於官所，家無甔石，妻子寒餓，行路傷嗟。今者寄食晋州，旅櫬無歸。臣等實與季孫相知，既哀其才氣如此，死未半年，而妻子流落。又哀其父平以忠義死事，聲迹相接，四十年間，而子孫淪替，不蒙收録，豈朝廷之意哉？今執政侍從多知季孫者，如加訪問，必得其實。欲望朝廷特詔有司，優與賻贈，以振其妻子朝夕饑寒之憂，亦使人知忠義死事之子孫，雖跨歷歲月，朝廷猶賜存恤，於奬勸之道，不惟小補。季孫之子三班借職璨，見在京師，乞早賜指揮。

坡仙集卷之九終

坡仙集卷之十

奏　議

論高麗買書利害札子

元祐八年二月初一日，端明殿學士兼翰林侍讀學士左朝奉郎禮部尚書蘇軾札子奏。臣近准都省批送下國子監狀：准館伴高麗人使所牒稱，人使要買國子監文字，請詳批印造，供赴當所交割本監。

臣伏見高麗人使，每一次入貢，朝廷及淮浙兩路賜予餽送燕勞之費，約十餘萬貫。而修飾亭館，騷動行市，調發人船之費不在焉。除官吏得少餽遺外，了無絲毫之利，而有五害，所得貢獻，皆是玩好無用之物，而所費皆是帑廩之實，民之膏血，此一害也。所至差借人馬什物，攪撓行市，修飾亭館，民費自倍，此二害也。高麗所得賜予，若不分遺契丹，則契丹安肯聽其來貢？顯是借寇兵而資盜糧，此三害也。高麗名爲慕義來貢，其實爲利，度其本心，終必爲北虜用。何也？虜足以制其死命，而我不能故也。今使者所至，圖畫山川形勝，窺測虛實，豈復有善意哉？此四害也。慶曆中，契丹欲渝盟，先以增置塘泊爲中國之曲，今乃招來其與國，使頻歲入貢，其曲甚於塘泊。幸今契丹恭順，不敢生事，萬一異日有桀黠之虜，以此藉口，不知朝廷何以答之？此五害也。

臣心知此五害，所以熙寧中通判杭州日，因其餽送書中不稱本朝正朔，卻退其物。待其改書稱用年號，然後受之，仍催促進發，不令住滯。及近歲出知杭州，卻其所進金塔，不爲奏聞。及畫一處置沿途接待事件，不令過當。仍奏乞編配狡商猾僧，並乞依祖宗《編敕》，杭、明州並不許發船往高麗，違者徒二年，没入財貨充賞。並乞删除元豐八年九月内創立"許舶客專擅附帶外夷入貢及商販"一條。已上事，并蒙朝廷一一施行。皆是臣素意欲稍稍裁節其事，庶幾漸次不來，爲朝廷消久遠之害。

今既備員禮曹，乃是職事。近者因見館伴中書舍人陳軒等申乞盡数差勒相國寺行鋪入館鋪設，以待人使買賣，不惟移市動衆，奉小國之陪臣，有損國體，兼亦抑勒在京行鋪，以資吏人廣行乞取，弊害不小。所以具申都省，乞不施行。其乖方作弊官吏，并不蒙都省略行[①]取問。今來只因陳軒等不待申請，直牒國子監收買諸般文字，内有《策府元龜》、歷代史及敕式。國子監知其不便，申禀都省送下禮部看詳。臣謹按《漢書》，東平王宇來朝，上疏求諸子及《太史公書》。當時大臣以謂："諸侯朝聘，考文章，正法度，非理不言。今東平王幸得來朝，不思制節謹度，以防遺失，而求諸書，非朝聘之義也。諸子書或反經術，非聖人，或明鬼神，信物怪；《太史公書》有戰國縱横權譎之謀。漢興之初，謀臣奇策，天官災異，地形阨塞，皆不宜在諸侯王家，不可予。"詔從之，臣竊以謂東平王骨肉至親，特以備位藩臣，猶不得賜，而况海外之裔夷，契丹之與國乎？

臣聞河北権場，禁出文書，其法甚嚴，徒以契丹故也。今高麗與契丹何異？若高麗可與，即権場之法亦可廢。兼竊聞昔年高麗使乞賜《太平御覽》，先帝詔令館伴以東平王故事爲詞，卻之。近日復乞，詔又以先帝遺旨不與。今歷代史、《策府元龜》[②]及比史，竊以謂前次本不當與。若便以爲例，即上乖先帝遺旨，下與今來不賜《御覽》聖旨異同，深爲不便。故申都省止是乞賜詳酌指揮，未過當，便蒙行遣吏人上簿書罪！臣竊謂無罪可書，雖上簿薄責，至爲末事，於臣又無私毫之損，臣非爲此奏論，所惜者，無厭之虜，事事曲從，官吏苟循其意，雖動衆害物，不以爲罪，稍有裁節之意，便行詰責，今後無人敢逆其請。使意得志滿，其來愈數，其患愈深，所以須至極論，仍具今來合處

① 此處從《蘇東坡全集》加一"行"字。

② 此處有删節。

置數事如後。

貼黄。臣前在杭州，不受高麗所進金塔，雖曾密奏聞，元只作臣私意拒絶。兼自來館伴虜使，若有所求請，不可應付。或其事體大，即候拒訖密奏。今陳軒等事事曲從，便爲申請，若不施行，即顯是朝廷不許，使虜使悦己而怨朝廷，甚非館伴之體。

貼黄。臣謹按，《春秋》：晋，盟主也；鄭，小國也。而晋之執政韓起欲買玉環於鄭商人，子産終不與，曰："大國之求，若無禮以節之，是鄙我也。"又：晋平公使其臣范昭觀政於齊，昭請齊景公之觴爲壽，晏子不與。又欲奏成周之樂，太師不許。昭歸謂晋侯曰："齊未可伐也。臣欲亂其禮，而晏子知之；欲亂其樂，而太師知之。"今高麗使，契丹之黨，而我之陪臣也。乃敢於朝廷求買違禁物，傳寫鄭衛曲子譜，褻慢甚矣。安知非黠虜欲設此事以嘗探朝廷深淺難易乎？而陳軒等事事爲請，恐失其意，臣竊惑之。又據軒等語録云：高麗使言海商擅往契丹，本國王捉送上国，乞更賜約束，恐不穩便。而軒乃答云："風訊不順飄過。"乃是與閩中狡商巧説詞理，許令過界。切緣私往北界，條禁至重，海外陪臣，猶知遵稟，而軒乃爲歸咎於風，以薄其罪，豈不乖戾倒置之甚乎？臣忝備侍從，事關利害，不得不奏。

上圓丘合祭六議札子

元祐八年三月日，端明殿學士兼翰林侍讀學士左朝奉郎守禮部尚書蘇軾札子奏。臣竊惟議者欲變祖宗之舊，圓丘祀天而不祀地，不過以謂冬至祀天於南郊，陽時陽位也，夏至祀地於北郊，陰時陰位也，以類求神，則陽時陽位，不可以求陰也。是大不然。冬至南郊，既祀上帝，則天地百神莫不從也。古者秋分夕月於西郊，亦可謂陰位矣。至於從祀上帝，則以冬至而祀月於南郊，議者不以爲疑。今皇地祇亦從上帝而合祭於圓丘，獨以爲不可，則過矣。《書》曰："肆類於上帝，禋於六宗，望於山川，遍於群神。"舜之受禪也，自上帝、六宗、山川、群神，莫不畢告，而獨不告地祇，豈有此理哉？武王克商，庚戌，柴望。柴，祭上帝也。望，祭山川也。一日之間，自上帝而及山川，必無南北郊之别也。而獨略地祇，豈有此理哉？臣以知古者祀上帝則並祀地祇矣。何以明之?《詩》之序曰:“昊天有成命,郊祀天地也。”此乃合祭天地,經之明文。而説者乃以比之豐年秋冬報也,曰:“秋冬各報,而皆歌《豐年》,則天地各祀,而皆歌《昊天有成命》也。”是大不然。《豐年》之詩曰:“豐年多黍多稌,亦有高廩,萬億及秭。爲酒爲醴,烝畀祖妣,以洽百禮,降福孔皆。”歌於秋可也,歌於冬亦可也。《昊天有成命》之詩曰:“昊天有成命,二后受之,成王不敢康,夙夜基命宥密。於緝熙,單厥心,肆其靜之。”終篇言天而不及地。頌,所以告神明也,未有歌其所不祭,祭其所不歌也。今祭地於北郊,歌天而不歌地,豈有此理也?臣以此知周之世,祀上帝則地祇在焉。歌天而不歌地,所以尊上帝。故其序曰:“郊祀天地也。”《春秋》書:“不郊猶,三望。”《左氏傳》曰:“望,郊之細也。”説者曰:“三望,泰山、河、海。”或曰:“淮、海[①]也。”又或曰:“分野之星及山川也。魯,諸侯也,故郊之細,及其分野山川而已。”周有天下,則郊之細,獨不及五岳四瀆乎?岳、瀆猶得從祀,而地祇獨不得合祭乎?

議者乃謂合祭天地,始於王莽。臣竊謂禮當論其是非,不當以人廢。光武皇帝,親誅莽者也,尚采用元始合祭故事。謹按《後漢書·郊祀志》:“建武二年,初制郊兆於洛陽。爲圓壇八陛,中又爲重壇,天地位其上,皆南鄉,西上。”此則漢世合祭天地之明驗也。又按《水經注》:“伊水東北至洛陽縣圓丘東,大魏郊天之所,準漢故事爲圓坛八陛,中又爲重坛,天地位其上。”此則魏世合祭天地之明驗也。唐睿宗將有事於南郊,賈曾議曰:“有虞氏禘黄帝而郊嚳,夏後氏禘黄帝而郊鯀,郊之與廟,皆有禘。禘於廟,則祖宗合食於太祖,禘於郊,則地祇群望皆合[②]於圓丘。以始祖配享,蓋有事祭,非常祀也。《三輔故事》:“祭於圓丘,上帝后土位皆南面。”則漢嘗合祭矣。時褚無量、郭山惲等皆以會言爲然。明皇天寶元年二月敕曰:“凡所祠享,必在躬親。朕不親祭,禮將有闕。其皇地祇宜如南郊合祭。”是月二十日,合祭天地於南郊,自後有事於圓丘,皆合祭。此則唐世合祭天地之明驗也。

今議者欲冬至祀天,夏至祀地,益以爲用周禮也。臣請言周禮與

---

① 《蘇東坡全集》有“四岱”。

② 當從《蘇東坡全集》加“祭”。

今禮之别。古者一歲祀天者三,明堂飨帝者一,四時迎氣者五,祭地者二,飨宗廟者四,凡此十五者,皆天子親祭也。而又朝日夕月四望山川社稷五祀及群小祀之類,亦皆親祭,此周禮也。太祖皇帝受天眷命,肇造宋室,建隆初郊,先飨宗廟,并祀天地。自真宗以來,三歲一郊,必先有事景靈,遍飨太廟,乃祀天地。此國朝之禮也。夫周之禮,祭如彼其多,而歲行之不以爲難。今之禮,親祭如此其少,而三歲一行,不以爲易,其故何也?古者天子出入,儀物不繁,兵衛甚簡,用財有節,而宗廟在大門之内,朝諸侯,出爵賞,必於太廟,不止時祭而已。天子所治,不過王畿千里,唯以齊[①]祭禮樂爲政事,能守此,則天下服矣,是故歲歲行之,率以爲常。至於後世,海内爲一,四方萬里,皆聽命於上,機務之繁,億萬倍於古,日力有不能給。自秦漢以來,天子儀物日以滋多,有加無損,以至於今,非復如古之簡易也。今所行皆非周禮。三年一郊,非周禮也。先郊二日而告原廟,一日而祭太廟,非周禮也。郊而肆赦,非周禮也。優賞諸軍,非周禮也。自后妃以下至文武官,皆得廕補親屬,非周禮也。自宰相宗室以下至百官,皆有賜賚,非周禮也。此皆不改,而獨於地祇,則曰周禮不當祭於圜丘,此何義也?

議者必曰:"今之寒暑與古無異,而宣王薄伐玁狁,六月出師,則夏至之日,何爲不可祭乎?"臣將應之曰:"舜一歲而巡四岳,五月方暑,而南至衡山。十一月方寒,而北至常山,亦今之寒暑也。後世人主能行之乎?周所以十二歲一巡者,唯不能如舜也。夫周已不能行舜之禮,而謂今可以行周之禮乎?天之寒暑雖同,而禮之繁簡則異。是以有虞氏之禮,夏商有所不能行,夏商之禮,周有所不能用。時不同故也。宣王以六月出師,驅逐玁狁,益非得已。且吉父爲將,王不親行也。今欲定一代之禮,爲三歲常行之法,豈可以六月出師爲比乎?"

議者必又曰:"夏至不能行禮,則遣官攝祭祀,亦有故事。"此非臣之所知也。《周禮·大宗伯》:"若王不與則攝位。"鄭氏注曰:"王有故,則代行其祭事。"賈公彦疏曰:"有故,謂王有疾及哀慘皆是也。"然

① 《蘇東坡全集》,"齊"作"齋"。

則攝事非安吉之禮也。後世人主不能歲歲親祭，故命有司行事，其所從來久矣。若親郊之歲遣官攝事，是無故而用有故之禮也。

議者必又曰："省去繁文末節，則一歲可以再郊。"臣將應之曰："古者以親郊爲常理，故無繁文。今世以親郊爲大禮，則繁文有不能省也。若帷城幔屋，盛夏則有風雨之虞。陛下自宫入廟出郊，冠通天，乘大輅，日中而舍，百官衛兵，暴露於道，鎧甲具裝，人馬喘汗，皆非夏至所能堪也。王者父事天，母事地，不可偏也。事天則備，事地則簡，是於父母有隆殺也。豈得以爲繁文末節而一切欲省去乎？國家養兵，異於前世，自唐之時，未有軍賞，猶不能歲歲親祠。天子出郊，兵衛不可簡省，大輅一動，必有賞給。今三年一郊，傾竭帑藏，猶恐不足，郊賚之外豈可復加？若一年再賞，國力將何以給；分而與之，人情豈不失望！"

議者必又曰："三年一祀天，又三年一祭地。"此又非臣之所知也。三年一郊，已爲疏闊，若獨祭地而不祭天，是因事地而愈疏於事天。自古未有六年一祀天者，如此則典禮愈壞，欲復古而背古益遠，神祇必不顧飨，非所以爲禮也。

議者必又曰："當郊之歲，以十月神州之祭，易夏至方澤之祀，則可以免方暑舉事之患。"此又非臣之所知也。夫所以議此者，爲欲舉從周禮也。今以十月易夏至，以神州代方澤，不知此周禮之經耶，抑變禮之權耶？若變禮從權而可，則合祭圜丘，何獨不可？十月親祭地，十一月親祭天，先地後天，古無是禮。而一歲再郊，軍國勞費之患，尚未免也。

議者必又曰："當郊之歲，以夏至祀地祇於方澤，上不親郊而通爟火，天子於禁中望祀。"此又非臣之所知也。《書》之望秩，《周禮》之四望，《春秋》之三望，皆謂山川在境内在四郊者，故遠望而祭也。今所在之處，俯則見地，而云望祭，是爲京師不見地乎？

此六議者，合祭可不之决也。漢之郊禮，尤與古戾，唐亦不能如古。本朝祖宗欽崇祭祀，儒臣禮官，讲求損益，非不知圜丘方澤皆親祭之爲是也。益以時不可行，是故參酌古今，上合典禮，下合時宜，較其所得，已多於漢、唐矣。天地宗廟之祭，皆當歲遍。今不能歲遍，是故遍於三年當郊之歲。又不能於一歲之中再舉大禮，是故遍於三日，此皆因時制宜，雖聖人復起，不能易也。今并祀不失親祭，而北郊則必不能親往，二者孰爲重乎？若一年再郊，而遣官攝事，是長不親事地也。三年間郊，當行郊天之歲，而暑雨不可親行，遣官攝事，則是天地皆不親祭也。伏望陛下詳覽臣章，則知合祭天地，乃是古今正禮，本非權宜。不獨初郊之歲所當施行，實爲無穷不刊之典。願陛下謹守太祖建隆、神宗熙寧之禮，無更改易郊禮廟飨，以敉寧上下神祇。仍乞下臣此章，付有司集議，如有異論，即須畫一，解破臣所陳六議，使皆屈伏，上合周禮，下不爲當今軍國之患。

乞改居喪婚娶條狀

元祐八年三月日，蘇軾狀奏。臣伏見元祐五年秋頒條貫，諸民庶之家，祖父母、父母老疾，無人供侍。子孫居喪者，聽尊長自陳，驗實婚娶。右臣伏以人子居父母喪，不得嫁娶，人倫之正，王道之本也。近世始立女居父喪及夫喪而貧乏不能自存，并聽百日外嫁娶之法。既已害禮傷教矣，然猶或可以從權而冒行者，以女弱不能自立，恐有流落不虞之患也。今又使男子爲之，此何義也哉！男年至於可娶，雖無兼侍，亦足以養父母矣。今使之釋喪而婚會，是直使民以色廢禮耳，豈不過甚矣哉！《春秋》《禮經》，祀禮之變，必曰自某人始。使秉直筆者，書曰男子居父母喪得娶妻，自元祐始，豈不爲當世之病乎？

乞校正陸贄奏議上進札子

元祐八年五月七日，蘇軾同吕希哲、吴安詩、豐稷、趙彦若、范祖禹、顧臨札子奏。臣等猥以空疏，備員講讀，聖明天縱，學問日新，臣等才有限而道無穷，必欲言而口不逮，以此自愧，莫知所爲。竊謂人臣之納忠，譬如醫者之用藥，藥雖進於醫手，方多傳於古人。若已經效于世間，不必皆從於己出。伏見唐宰相陸贄，才本王佐，學爲帝師。論深切於事情，言不離於道德。智如子房，而文則過；辯如賈誼，而術不疏。上以格君心之非，下以能天下之志。但其不幸，仕不遇時。德宗以苛刻爲能，而贄諫之以忠厚。德宗以猜疑爲術，而贄勸之以推誠。德宗好用兵，而贄以消兵爲先。德宗好聚財，而贄以財散爲急。

至於用人聽言之法，治邊馭將之方，罪己以收人心，改過以應天道，去小人以除民患，惜名器以待有功，如此之流，未易悉數，可謂進苦口之藥石，針害身之膏肓。使德宗盡用其言，則貞觀可得而復。臣等每退自西閣，即私相告言，以陛下聖明，必喜贄議論，但使聖賢之相契，即如臣主之同時。昔馮唐論頗、牧之賢，則漢文爲之太息。魏相條鼂、董之對，則孝宣以致中興。若陛下能自得師，莫若近諸贄。夫六經三史、諸子百家，非無可觀，皆足爲治。但聖言幽遠，末學支離，譬如山海之崇深，難以一二而推擇。如贄之論，開卷了然。聚古今之精英，實治亂之龜鑒。臣等欲取其奏議，稍加校正，繕寫進呈。願陛下置之座隅，如見贄面，反覆熟讀，如與贄言，必能發聖性之高明，成治功於歲月。臣等不勝區區之意，取進止。

辯黄慶基彈劾札子

元祐八年五月十九日，蘇軾札子奏。臣自少年從仕以來，以剛褊疾惡，盡言孤立，爲累朝人主所知，然亦以此見疾於群小，其來久矣。自熙寧、元豐間，爲李定、舒亶輩所讒。及元祐以來，朱光庭、趙挺之、賈易之流，皆以誹謗之罪誣臣。前後相傳，專用此術，朝廷上下所共明知，然小人非此無以深入臣罪，故其計須至出此。今者又聞臺官黄慶基復祖述李定、朱光庭、賈易等舊說，亦以此誣臣，並言臣有妄用潁州官錢、失入尹真死罪，及强買姓曹人田等。雖知朝廷已察其奸，罷黜其人矣，然其間有關臣子之大節者，於義不可不辨。謹具畫一如左。

一、臣先任中書舍人日，適值朝廷竄逐大奸數人，所行告詞，皆是元降詞頭，所述罪狀，非臣私意所敢增損。内吕惠卿自前執政責授散官安置，誅罰至重。當時蒙朝旨節録臺諫所言惠卿罪惡降下，既是詞頭所有，則臣安敢減落？然臣子之意，以爲事涉先朝，不無所忌，故特於告詞内分别解説，令天下曉然，知是惠卿之奸，而非先朝盛德之累。至於竄逐之意，則已見於先朝。其略曰："先皇帝求賢若不及，從善如轉圜。始以帝堯之心，姑試伯鯀；終然孔子之聖，不信宰予。發其宿奸，謫之輔郡，尚疑改過，稍畀重權。復陳罔上之言，繼有碭山之貶。反覆教戒，惡心不悛；躁輕矯誣，德音猶在。”臣之愚意，以謂古今如鯀爲堯之大臣，而不害堯之仁；宰予爲孔子高弟，而不害孔子之聖。又況再加貶黜，深惡其人，皆先朝本意，則臣區區之忠，蓋自謂無負矣。今慶基乃反指以爲誹謗指斥，不亦矯誣之甚乎？其餘所言李之純、蘇頌、劉誼、唐義問等告詞，皆是慶基文致附會，以成臣罪。只如其間有“功來安集”四字，便云是厲王之亂。若一一似此羅織人言，則天下之人，更不敢開口動筆矣。孔子作《孝經》曰：“如臨深淵，如履薄冰。”此幽王之詩也。不知孔子誹謗指斥何人乎？此風萌於朱光庭，盛於趙挺之，而極於賈易。今慶基復宗師之，臣恐陰中之害，漸不可長，非獨爲臣而言也。

謝宣諭札子

元祐八年五月二十四日，蘇軾札子奏。臣伏准今月二十二日第門下侍郎轍奉宣聖旨，緣近來衆人正相捃拾，令臣且須省事者。天慈深厚，如訓子孫。委曲保全，如愛支體。感恩之涕，不覺自零。伏念臣才短數奇，性疏少慮，半生犯患，垂老困讒，非二聖之深知，雖百死而何贖？伏見東漢孔融，才疏意廣，負氣不屈，是以遭路粹之冤。西晉嵇康，才多識寡，好善暗人，是以過鍾會之禍。當時爲之扼腕，千古爲之流涕。臣本無二子之長，而兼有昔人之短。若非陛下至公而行之以恕，至仁而照之以明，察消長之往來，辯利害於疑似，則臣已下從二子遊久矣，豈復有今日哉？謹當奉以周旋，不敢失墜，便須刻骨，豈獨書紳。庶全螻蟻之軀，以報丘山之德。臣無任感天荷聖激切屏營之至。謹奏。

朝辭赴定州論事狀

元祐八年九月二十六日，端明殿學士兼翰林侍讀學士左朝奉郎新知定州蘇軾狀奏。右臣聞天下治亂，出於下情之通塞，至治之極，至於小民，皆能自通。大亂之極，至於近臣，不能自達。《易》曰：“天地交，泰。”其詞曰：“上下交而其志同。”又曰：“天地不交，否。”其詞曰：“上下不交，而天下無邦。”夫無邦者，亡國之謂也。上下不交，則雖有朝廷君臣，而亡國之形已具矣，可不畏哉！臣不敢復引衰世昏主之事，只如唐明皇，中興刑措之君也，而天寶之末，小人在位，下情不通，則鮮于仲通以二十萬人全軍陷没於瀘南，明皇不知。馴致其事，至安禄山反，兵已過河，而明皇猶以爲忠臣。此無他，下情不通，耳目壅蔽，則其漸至於此也。

臣在經筵，數論此事。陛下爲政九年，除執政臺諫外，未嘗與群臣接，然天下不以爲非者，以謂垂簾之際不得不爾也。今者祥除之後，聽政之初，當以通下情、除壅蔽爲急務。臣雖不肖，蒙陛下擢爲河北西路安撫使，沿邊重地，此爲首冠。臣當悉心論奏，陛下亦當垂意聽納。祖宗之法，邊帥當上殿面辭，而陛下獨以本任闕官迎接人衆爲詞，降旨拒臣不令上殿，此何義也？臣若伺候上殿，不過更宿十日，本任闕官，自有轉運使權攝，無所闕事。迎接人衆，不過更支十日糧，有何不可！而使聽政之初，將帥不得一面天顔而去，有識之士，皆謂陛下厭聞人言，意輕邊事，其兆見於此矣。

臣備位講讀，日侍帷幄，前後五年，可謂親近。方當戍邊，不得一見而行。況疏遠小臣，欲求自通，亦難矣。《易》曰："天行健，君子以自强不息。"又曰："帝出乎震，相見乎離。"夫聖人作而萬物睹。今陛下聽政之初，不行乘乾出震見離之道，廢祖宗臨遣將帥故事，而襲行垂簾不得已之政，此朝廷有識所以驚疑而憂慮也。臣不得上殿，於臣之私，别無利害，而於聽政之始，天下屬目之際，所損聖德不小。臣已於今月二十七日出門，非敢求登對，然臣始者本俟上殿，欲少效愚忠，今來不敢以不得對之故便廢此言，惟陛下察臣誠心，少加采納。

古之聖人將有爲也，必先處晦而觀明，處静而觀動，明萬物之情，畢陳於前。不過數年，自然知利害之真，識邪正之實，然後應物而作，故作無不成。臣敢以小事譬之。夫操舟者常患不見水道之曲折，而水濱之立觀者常見之。何則？操舟者身寄於動，而立觀者常静故也。奕棋者勝負之形，雖國工有所不盡，而袖手旁觀者常盡之。何則？奕者有意於争，而旁觀者無心故也。若人主静而無心，天下其孰能欺之？漢景帝即位之初，首用師鼂錯，更易法令，黜削諸侯，遂成七國之變。景帝往來兩宫間，寒心者數月，終身不敢復言兵。武帝即位未幾，遂欲用兵鞭撻四夷，兵連禍結，三十餘年，然後下哀痛詔，封宰相爲富民侯。臣以此知古者英睿之君，勇於立事，未有不悔者也。景帝之悔速，故變而復安。武帝之悔遲，故幾至於亂。雖遲速安危小異，然比之常静無心，終始不悔如孝文帝者，不可同年而語矣。今陛下聖智絶人，春秋鼎盛。臣願虚心循理，一切未有所爲，默觀庶事之利害與群臣之邪正，以三年爲期。俟得利害之真，邪正之實，然後應物而作。使既作之後，天下無恨，陛下亦無悔，上下同享太平之利，則雖盡南山之竹，不足以紀聖功，兼三宗之壽，不足以報聖德。由此觀之，陛下之有爲，惟憂太早。言彭祖觀井，自繫大木之上，以車輪覆井，而後敢觀。此言雖鄙而切於事。陛下愛民憂國，非特如彭祖之愛身。而兵者凶器，動有存亡，其陷人可畏，有甚於井。故臣願陛下之用兵，如彭祖之觀井，然後爲得也。

臣竊觀自古用兵者，莫如曹操。其破滅袁氏，最有巧思。請試爲陛下論之。袁紹以十倍之衆，大敗於官渡，僅以身免。而操斂兵不追者，何也？所以緩紹而亂其國也。紹歸國益驕，忠賢就戮，嫡庶并争，不及八年，而袁氏無遺種矣。向使操急之，紹既未可以一舉蕩滅，若懼而修政，用田豐而立袁譚，則成敗未可知也。其後比征烏丸，討袁尚、袁熙，尚熙走遼東，或勸操遂平之，操曰："彼素畏尚等。吾今急之則合，緩之則自相圖。其勢然也。"遂引兵還，曰："吾方使公孫康斬送其首。"已而果然。若操者，可謂巧於滅國矣。滅國，大事也，不可以速。譬如小兒之毁齒，以漸摇撼之，則齒脱而小兒不知。若不以漸，一拔而得齒，則毁齒可以殺兒。故臣願陛下之取西夏，如曹操之取袁氏也。

方元昊强時，謀臣猛將，盡其智力，十年而不敢近。今者主弱臣强，其國内亂。陛下使偏師一出，斬名王，虜僞公主，築蘭、會等州，此真千載一時，天以賊授陛下之秋也。兵法有之，同舟而遇風，則胡越相救，如左右手。今秉常雖爲母族所篡，以意度之，其世家大族，亦未肯俯首連臂爲此族用也。今乃合而爲一，堅壁清野以抗王師，如左右手。此同舟遇風之勢也，法當緩之。

今天威已震，臣願陛下選用大臣宿將素爲賊所畏服者，使兼帥五路。聚重兵境上，號稱百萬，蒐乘補卒，牛酒日至。金鼓之聲，聞於數百里間，外爲必討之勢，而實不出境。多出金幣，遣間使辯士，離壞其黨與。且下令曰:“尺土吾不愛,一民吾不有也。其有能以地與衆降者,即以封之。有敢攘其地,掠其人者,皆斬。”不出一年,必有權均力敵内自相疑者。人情不遠,各欲求全,及王師之未出,争爲先降,以邀重賞。陛下因而分裂之,即用其酋豪,命以爵秩,棊布錯峙,務使相仇,如漢封呼韓邪通西域故事。不過於要害處築一城,屯數千人,置一將以護諸部,可使數百年面内保境,不煩城守餽運,豈非萬全之至計哉?臣願陛下斷之於中,深慮而遠計之。

夫爲人臣計與爲人主計不同。人臣非攘地效首虜,無以爲功。爲陛下計,惟天下安、社稷固耳。陛下神聖冠古,動容舉意,皆是功德。但能措泰山之安,與天地等壽,則竹帛不可勝紀,而堯、舜、禹、湯不足過也。議者不知出此,争欲急於功名,履危犯難,以勞聖慮,臣竊不取。古人有言:“省功不如省事,省事不如清心。”劉洎諫唐太宗曰:“皇天以不言爲貴,聖人以不言爲德。老子稱大辯若訥,莊子言至道無文。且多記則損心,多語則損氣,心氣内損,形神外勞,初雖不覺,後必爲累。須爲社稷自愛。”人臣愛君,未有如洎之深切者也。臣竊慕之。雖謫守在外,不當妄言,然自念舊臣,譬之老馬,雖筋力已衰,不堪致遠,而經涉险阻,粗識道路,惟陛下哀愍其愚而憐其意。不勝幸甚。

代李琮論京東盗賊狀元豐

右臣伏見自來河北、京東常苦盜賊,而京東尤甚。不獨穿窬胠篋椎埋發冢之奸,至有飛揚跋扈割據僭擬之志。近者李逢徒黨,青徐妖賊,皆在京東。凶愚之民,殆已成俗。自昔大盜之發,必有衅端。今朝廷清明,四方無虞,而此等常有不軌之意者,殆土地風氣習俗使然,不可不察也。漢高帝,沛人;項羽,宿遷人;劉裕,彭城人;黄巢,宛朐人;朱全忠,碭山人。其餘歷代豪傑出於京東者,不可勝數。故凶愚之人,常以此藉口,而其才力心膽,實亦過人。加以近年改更貢舉條制,掃除腐爛,專取學術,其秀民善士,既以改業,而其樸魯强捍難化之流,抱其無用之書,各懷不逞之意。朝廷雖敕有司别立字號,以收三路舉人,而此等自以世傳樸學,無由復踐場屋,老死田里,不入轂中，私出怨言，幸災伺隙。臣每慮及此，即爲寒心。

揚雄有言："御得其道，則天下狙詐咸作使，御失其道，則天下狙詐咸作敵。"而班固亦論劇孟、郭解之流，皆有絶異之姿，而惜其"不入於道德，苟放縱於末流"。故許子將謂曹操曰："子，治朝之能臣，亂世之奸雄。"使韓、彭不遇漢高，亦與盜賊何異？臣竊嘗爲朝廷計，以謂窮其黨而去之，不如因其材而用之。何者？其黨不可勝去，而其材自有可用。昔漢武嘗遣繡衣直指督捕盜賊，所至以軍典從事，斬二千石以下，可謂急矣。而盜賊不爲少衰者，其黨固不可盡也。若朝廷因其材而用之，則盜賊自消，而豪傑之士可得而使。請以唐事明之。自天寶以後，河北諸鎮相繼僭亂，雖憲宗英武，亦不能平。觀其主帥，皆卒伍庸材，而能於六七十年間與朝廷相抗者，徒以好亂樂禍之人，背公死黨之士，相與出力而輔之也。至穆宗之初，劉總入朝，而河北始平。總知河北之亂，權在此輩，於是盡籍軍中宿將名豪如朱克融之流，薦於朝，冀厚與爵位，使北方之人，羡慕向進，革其亂心。而宰相崔植、杜元穎，皆庸人無遠慮，以爲河北既平，天下無事。克融輩久留京師，終不録用，饑寒無告，怨忿思亂。會張洪靖赴鎮，遂遣還幽州，而克融等作亂，復失河朔。

今陛下鑒唐室既往之咎，當收京東、河北豪傑之心。臣伏見近日沂州百姓程棐告獲妖賊郭進等。竊聞棐之弟嶽，乃是李逢之黨，配在桂州，豪俠武健，又過於棐。京東州郡如棐、嶽者，不可勝數。此等棄而不用，即作賊；收而用之，即捉賊，其理甚明。臣願陛下精選青鄆兩帥，京東京西職司，及徐、沂、兖、單、濰、密、淄、齊、曹、濮知州，諭以此意，使陰求部内豪猾之士，或有武力，或多權謀，或通知術數而曉兵，或家富於財而好施，如此之類，皆召而勸獎，使以告捕自效。籍其姓名以聞於朝，所獲盜賊，量輕重酬賞。若獲真盜大奸，隨即録用。若只是尋常劫賊，即累其人數，酬以一官。使此輩歆豔其利，以爲進身之資。但能拔擢數人，則一路自然競勸。貢舉之外，别設此科。則向之遺材，皆爲我用。縱有奸雄嘯聚，亦自無徒。但每州向之遺材，皆爲我用。但每州搜羅得一二十人，即耳目遍地，盜賊無容足之處矣。歷觀自古奇偉之士，如周處、戴淵之流，皆出於群盜，改惡修善，不害爲賢。而況以捉賊出身，有何不可？若朝廷隨材試用，異日攘夷狄，立功名，未必不由此涂出也。

乞允文彦博等辭避免拜札子

臣近奉聖旨，撰賜文彦博、吕公著今後入朝免拜詔書，今又准内降旨麾撰不允彦博辭避免拜批答。臣謹按《禮經》："八十拜君命，一座再至。"所謂"拜君命"者，傳命而拜，非朝見也，然且不免。周天子賜齊桓公胙曰："伯父耋老，無下拜。"公曰："天威不違顔咫尺。"下拜登受。所謂"無下拜"者，拜於堂上，非不拜也，然且不敢。鍾繇以足疾乘車就坐，疑若不拜，然亦無明文。君前乘車，豈足爲法？而馬燧延英不拜，益是臨時優禮，無今後遂不復拜之文。祖宗舊例，如吕端之流以老病進對，亦止於臨時傳宣不拜。今來彦博、公著今後免拜指麾，自是朝廷優賢貴老，度越古今，無可議者。但臣是有司，合守典禮，兼恐彦博、公著終不敢當。以臣愚見，不若允其所請。若聖恩優憫老臣，眷眷不已，遇其朝見，間或傳宣不拜，足以爲非常之恩。臣忝備侍從，懷有所見，不敢不盡。所有不允批答，臣未敢撰。

内　制

賜太師文彦博乞致仕不允批答

朕修身以承六聖，虚己以聽四輔。而法度未定，陰陽未和。民未樂生，吏未稱職。中夜以思，方食而歎。雖不敢以事諉元老，實望其以身率百官。卿猶未即於安，孰敢不盡其力！此聖母冲人之本意，而天下有識之所望也。昔唐太宗以干戈之事，尚能起李靖於既老；而穆宗文宗以燕安之際，不能用裴度於未病。治亂之效，於斯可見。朕意如此，卿其少安。

又

卿出入四世，師表萬民。無羡於功名，而有厭於富貴。其所以忘身狥國，捨逸就勞者，豈有求而然哉？凡以先帝之恩，生民之故也。

卿之在朝,如玉在山,如珠在淵。光景不陳,而艸未自遂。去就之際,損益非輕。昔西伯善養老,而太公自至;魯穆公無人子思之側,而長者去之。卿自爲謀則善矣,獨不爲朝廷惜乎?藥餌有間,時遊廟堂。家居之樂,何以異此?

賜宰相吕公著乞退不允批答

用賢之功,必要之久遠。日計不足,歲計有餘。朕之用卿,期於百姓之既富;卿之自信,亦豈一日而成功?常暘之災,天以警朕。夙夜祇懼,與卿同之。朕若歸過於股肱,何以答天戒;卿若釋政而安逸,何以塞民言?各思其憂,少安厭位。

賜太師平章軍國重事文彦博宰相吕公著自今後入朝凡有禮拜宜并特與免拜詔

敕彦博:朕聞几杖以優賢,著之典禮;耋老無下拜,書於《春秋》。魏太傅鍾繇以足疾乘車就坐,自爾三公有疾,以爲故事。而唐司徒馬燧,亦以老病自力,對於延英,詔使毋拜。今吾耆老大臣,四朝之舊。德隆而望重,任大而憂深者,惟卿與公著而已。方資其蓍龜之告。豈責以筋力之禮。今後入朝,凡有拜禮,宜并特免。卿其專有爲之報,略無益之儀。毋或固辭,以稱朕意。

賜太師文彦博辭免不拜恩命允批答

朕優禮師傅,達德齿之尊。以亟拜爲可略,古之道也。卿謹嚴朝廷,明君臣之分,以不拜爲未安,禮之節也。道并行而不悖,義有重而難移。勉徇所陳,不忘嘉歎。

賜宰相吕公著乞罷相位不許斷來章批答

孔子曰:"苟有用我者,期月而已可也,三年有成。"夫以聖人,猶待三年而後成功,況其下者?今卿助我爲治,自以爲既成矣乎?其未也。譬如玉人雕琢玉,中道而易之,豈復成器哉!

又

古者君臣之間，率常千載一遇。今聖母在位，正身虚己，仰成輔弼。雖疏遠小臣，猶欲畢命自效，而卿乃以小疾求去，縱無意於功名，獨不惜此時乎？勉卒乃事，使百姓富足，四夷乂安。然後謝事歸老，豈不臣主俱榮哉！

生擒西蕃鬼章奏告永裕陵祝文

太獮獲禽，必有指蹤之自；豐年高廩，孰知耘耔之勞？憬彼西戎，古稱右臂。自嘉祐末，木征擾邊。至熙寧中，董氊方命。於赫聖考，恭行天誅。非貪尺寸之疆，蓋爲民除蝨賊。遂建長久之策，不以賊遺子孫。而西蕃大首領鬼章，首犯南川，北連拓拔。申命諸將，擇利而行；旋聞偏師，無往不克。吏士有命，争酬未報之恩；聖靈在天，難逃不漏之綱。已於八月戊戌，生獲鬼章。頡利成擒，初無渭水之耻；郅支授首，聊報谷吉之冤。謹當推本聖心，益修戎略。務在服近而來遠，期於偃革以息民。仰冀威神，曲垂昭鑒。

賜太師文彦博上第一表乞致仕不允批答

省表具之：卿之求去蓋數矣，言不爲不切，而朕終莫之從；朕之留卿亦至矣，禮不爲不盡，而卿終莫之亮。君臣之際，情不相喻，朕甚疑之。夫樂丘園而厭軒冕，亦古人之一節，而非聖賢之高致；尊耆老以重朝廷，蓋天下之大計，而非冲人之私欲。與其使朕屈公議以從卿，曷若卿少貶其私意以徇天下乎？

賜太師文彦博上第二表乞致仕不允批答

覽表具之：卿之所以欲去者二：疲於朝會，勞於應物，一也；功成身退，欲享其樂，二也。而吾之所以必留者三：卿以傑人之資，開物成務，世不可闕，一也，弼亮四朝，更涉變故，謀無遺策，二也；名冠天下，進退之間，爲國休戚，三也。吾方盡養老之道，殺禮以優賢，廟堂之上,猶有足樂。則夫卿之欲去者可回,而吾之必留者,蓋不可易也。

賜太師文彦博乞致仕不許斷來章批答

覽表具之:爲君難,爲臣不易。非吾推誠無疑,不能起卿於安佚;非卿忘身狥國,不能從我於艱難。召用之初,中外相慶。搢紳莫不競勸,父老至於涕流。中道而歸,其義安在?宜思一身之樂,輕於社稷;毋使庶人之議,及於朝廷。省表具之:君子安身崇德,如山岳之鎮,開物成務,如江河之流。若山嶽之鎮,動揺不安,江河之流,行止自便,則物將交病,人亦何觀?朕之望卿,無以異此。宜守不移之志,以成可大之功。

賜太師文彦博乞致仕不許詔

敕彦博:論道則忘年,卿不可以年既高而爲請;稱德則鄙力,卿不可以力不足而爲詞。斷之於中,義有不易,豈以屢請之故,而廢將成之功?體君至懷,以慰公勑彦博:卿自去歲以來,數苦小疾,尚能勉留,以輔不逮。近者神明所相,體力自康,視聽不衰,步趨加健,乃欲求去邪?今御戎之策,未有定議,京東西、河朔薦饑,公私枵然。方與二三臣圖之,卿未可以即安也。

又

敕彦博:卿歷相三宗,名聞四夷。位極一品,書考四十。自載籍以來,未之聞也。固當以國爲家,以天下爲身,以安社稷爲悦,而不當以居丘園爲樂也。朕方待卿而爲政,請老之言,所未欲聞。

賜宰相吕公著上第一表乞致仕不允批答

省表具之:古者世臣,譬之喬木。粤自拱把,至於棟梁。傑然群材之中,夫豈一日之力?卿擢自仁祖,迨兹四朝;光輔朕躬,允有一德。不獨卿無心而事自定,抑亦民既信而功易成。方今布在朝廷,豈無豪傑之士?猶當養以歲月,待其德望之隆。卿雖欲歸,勢未可去。

宜安厥位，以副朕心。

賜宰相吕公著上第二表乞致仕不許批答

覽表具之：卿三世將相，一時蓍龜。不求備以取人，則房喬之比；其經遠而無兢，有謝安之風。用能寧輯我家，靖共爾位。政在元老，人無異詞。胡爲厭事而求歸，不復爲國之長慮？方今官冗財匱，歲艱民貧。天步難安，國是未定。若方勤于樸斫而遽易於工師。人其謂何，勢必不可。告老之請，吾未欲聞。

除吕大防特授太中大夫守尚書左僕射兼門下侍郎加上柱國食邑實封餘如故制

門下。朕聞天子有道，其德不可得而名；輔相有德，其才不可得而見。故漢之文、景，《紀》無可書之事，唐之房、杜，《傳》無可載之勳。當時安榮，後世稱頌。予欲清心而省事，不求智名與勇功。天維顯思，將啓承平之運；民亦勞止，願聞休息之期。眷予元臣，咸有一德；咨爾百辟，明聽朕言。中大夫守中書侍郎柱國汲郡開國公食邑二千二百户食實封三百户賜紫金魚袋吕大防，造道淳深，受才宏毅。果藝以達，有孔門三子之風；直大而方，得坤爻六二之動。久踐右闥，蔚爲名臣。宜升左輔之崇，兼綜東臺之務。加賦進秩，寵數益隆。得位興時，憂責彌重。於戲！若古有訓，無競維人！崔公建中之風，以除吏八百而致；裴垍元和之政，以薦士三十而能。惟公乃心，何遠之有？可特授大中大夫守尚書左僕射兼門下侍郎加上柱國食邑七百户食實封三百户。

除范純仁特授太中大夫守尚書右僕射兼中書侍郎進封高平郡開國侯加食邑實封餘如故制

門下。朕惟朝廷之盛衰，常以輔相爲輕重。若根本强固，則精神折冲。故薦吕臣奉己而不在民，則晋文無復憂色；汲長孺直諫而守死節，則淮南爲之寢謀。朕思得其人，付之以政。使天下聞風而心服，則人主無爲而日尊。咨爾在廷，咸聽朕命。中大夫同知樞密院事上柱國高平縣開國伯食邑九百户食實封二百户賜紫金魚袋范純仁,器遠任重,才周識明。進如孟子之敬王,退若蕭生之憂國。朕覽觀仁祖之遺迹,永懷慶曆之元臣。强諫不忘,喜臧孫之有後;戎公是似,命召虎以來宣。雖兵政之與聞,疑遠猷之未究。坐論西省,進貳文昌;增秩益封,兼隆異數。於戲!時難得而易失,民難安而易危。予欲守在四夷,以汝爲偃兵之姚宋;予欲藏於百姓,以汝爲思民之蕭曹。勉思古人,以稱朕意。可特授太中大夫守尚書右僕射兼中書侍郎進封高平郡開國公加食邑七百户實封三百户,勳如故。

賜新除守尚書右僕射兼中書侍郎范純仁上第一表辭免恩命不允批答

覽表具之:夫有烏獲之力,然後可以付千鈞;有和扁之功,然後可以寄死生。故宰相之任,非所以寵人臣也。無其德而當之爲不智,有其材而辭之爲不仁。若卿之才德,亦可謂稱矣。往思其憂,以稱天下之望。

賜范純仁上第二表辭免恩命不許批答

覽表具之:吾聞之乃烈考曰:"君子先天下之憂而憂,後天下之樂而樂。"雖聖人復起,不易斯言。卿將書之紳,銘之盤盂,以爲一言而可以終身行之者歟?則今兹爰立之命,乃所以委重投艱而已,又何辭乎?

賜新除守尚書左僕射兼門下侍郎吕大防上第二表辭免恩命不許斷來章批答

省表具之:卿有夷狄盜賊之虞,倉廩禮樂之歎,陰陽風雨之憂。此三者,誠當今之大計,朕之所以中夜不寐,輟食太息者,正爲此也。孟子曰:"責難於君謂之恭。"夫既以責其君,而不以身任之者,非仁人也。願卿慨然當古人之重,略世俗之謙。務踐斯言,憂此三者。

除苗授特授武泰軍節度使殿前副都指揮使勳封食實如故制

门下。出總元戎,作先聲於士氣;入爲環尹,寓軍政於國容。將伸閫外之威,以迪師中之吉。咨於爾衆,朕得其人。侍衛親軍步軍副都指揮使威武軍節度觀察留後持節福州諸軍事福州刺史上柱國濟南郡開國公食邑二千八百户食實封三百户苗授,早以異材,見稱武略。被服忠義,有烈丈夫之風;砥礪廉隅,得士君子概。薦揚邊圉,益著勞能。拔自衆人,既蒙先帝之遇;遂拜大將,無復一軍之驚。祇扈殿巖,肅將齊鉞。予欲少長有禮,而兵可用;汝其夙夜在公,而令必行。於戲!愛克厥威罔功,兹爲深戒;師衆以順爲武,古有成言。惟懋乃衷,毋忘朕訓。

中太一宫真室殿爲太皇太后消災集福罷散天皇九曜道場朱表

臣言仁者必壽,信惟天地之心;孝無不通,宜從臣子之欲。虔遵道範,仰扣真廷。庶同海宇之誠,上集慈闈之福。天威咫尺,求聰明於我民;聖壽萬年,定子孫於下地。更推博施,普及函生。

賜太師平章軍國重事文彦博上第一表乞致仕不許批答

寬表具之:昔師尚父九十,秉旄杖鉞,猶未告老。此諸葛元遜所以屈張昭也。而衛武公百年,猶箴儆於國曰:“無以我老耄而捨我。”此左史倚相所以誨申公也。今卿壽考康寧,而退托衰病,自引求去,獨不念天下之士有如彼二子者議其後乎?姑安厥官,以答公論。

賜太師文彦博上第二表乞致仕不允批答

覽表具之。朕聞之,成王之政,周公在前,召公在後;畢公在左,史佚在右。四子挾而維之,目見正色,耳聞正言。一日即位,天下曠然。未聞四子者以老而求退，亦未聞成王以老而聽其去也。朕雖不德，猶庶幾成王之治；卿雖老矣，獨不能以四子之心爲心乎？勉卒辅朕，無愧前人。

賜龍圖閣學士河東路經略使兼知太原府會布乞除一閑慢州郡不允詔

敕會布：將不久任，難以責成；謀不素定，難以應猝。卿屢試而用，所臨有聲。而況二年於兹，諸將所服。事既即叙，人誰易卿？夫擣虚攻瑕，兵家常勢；知難避整，夷狄亦然。卿若有以待之，彼將望而去矣。勉卒乃事，毋忘朕言。

除皇伯祖宗晟特起復制

門下。曾、閔之哀，喪不貳事；漢、唐之舊，禮有奪情。矧予藩屏之親，實兼臣子之重。雖閨門以恩掩義，而公侯以國爲家。伯臣司宗，職不可曠；要經服事，古有成言。非予爾私，其聽朕命。皇伯祖彰化軍節度涇州管内觀察處置等使檢校司空開府儀同三司持節涇州諸軍事涇州刺史判大宗正事上柱國高密郡王食邑七千八百户食實封二千四百户宗晟，天資純茂，德履方嚴。襲餘慶於祖宗，蹈格言於師保。典司屬籍，克有令名。郢客卒業於浮丘，辟强受知於先帝。允釐厥位，無愧昔人。屬此閔凶，纍然毁瘠。嗟日月之逾邁，重職業之久虚。宜復寵名，式從權制。於戲！出居官次，非王事不談；退適倚廬，讀喪祭之禮。則忠孝兩得，人無間言；功名益隆，親有顯譽。勉服朕訓，光昭前聞。

賜皇伯祖宗晟辭免起復恩命不允詔

敕宗晟：卿以强起就位，爲未便安。而朕以徇私忘公，爲未盡美。《書》云：“孝乎惟孝，友於兄弟。苑於有政，是亦爲政。”夫聖人以孝弟爲從政，而卿以從政爲非孝，非所聞也。勉從朕命，勿復固辭。

賜光禄大夫守吏部尚書兼侍讀蘇頌上表乞致仕不許詔

敕蘇頌：吾聞有志之士，以身御道而遺名；有道之君，使人樂用而忘老。今卿不安其位，豈吾有愧於古哉？夫難進之士，年僅及而輒退；則已試之才，吾莫得而盡用矣。激揚多士，方資崔毛之德；講誦舊聞，未卒褚馬之業。事非小補，卿其少安。

賜光禄大夫守吏部尚書兼侍讀蘇頌上第二表陳乞致仕不允詔

敕蘇頌：夫天以多士寧王國，而祖宗以成德遺後人。方使壽考康强，以究其用。而朕乃以引年而聽其去，可乎？矧卿銓綜之精，談笑而辦，勉思職事，以稱朕心。

外　制

劉霆知陳留縣

敕具官劉霆。縣劇而難治，故有司难于用人；地近而易知，故才者樂於自用。臨政以简，决獄以明，御吏以嚴，去盗以武。能此四者，孰不汝知？可。

太常少卿趙瞻可户部侍郎

勑。理財正辭，禁民爲非曰義。先生[①]之論理財也，必繼之以正辭。名正而言順，則財可得而理，民可得而正。自倾功利之臣，言政而不及化，言利而不及義。中外紛然，朕益厭之。具官趙瞻，明於吏事，輔以儒術。忠義之節，白首不衰。爰自秩宗，擢貳邦計。將使四

① 《蘇東坡全集》，"生"作"王"。

方之人，知予以耆老舊德居此官者，蓋有盍彻之意焉。可。

范子淵知峽州

敕具官范子淵。汝以有限之財，興必不可成之役，驅無辜之民，置之必死之地。横費之財，猶可以力補，而既死之民，不可以復生。此議者所以不汝置，而朕亦不得以赦原也。夷陵雖小，尚有民社。朕有愧於民，而於汝則厚矣。可。

宣德郎劉錫永父元年一百四歲可承事郎

敕劉元年。尚齒教民，三代之義。咨爾百年之故老，乃吾六世之遺民。自非吉人，莫享上壽。張蒼事秦柱下，而至漢教景；思邈生隋開皇，而及唐永淳。古有其人，乃今親見。何愛一命，慰其子孫。可。

李周太僕少卿

敕具官李周。"僕臣正，厥後克正"，見於《周書》。"思無邪，思馬斯臧"，形於《魯頌》。朕命此職，亦難其人。以爾秉心不回，臨事有守，通練世故，灼知民情，所以望爾者，豈特車工馬政而已哉！可。

王安石贈太傅

敕。朕式觀古初，灼見天命。將有非常之大事，必生希世之異人。使其名高一時，學貫千載。智足以達其道，辯足以行其言。瑰瑋之文，足以藻飾萬物；卓絶之行，足以風動四方。用能於期歲之間，靡然變天下之俗。具官王安石，少學孔孟，晚師瞿[1]聃。網羅六藝之遺文，斷以己意；糠粃百家之陳迹，作新斯人。屬熙寧之有爲，冠群賢而首用。信任之篤，古今所無。方需功業之成，遽起山林之興。浮雲何有，脱屣如遺。屢争席於漁樵，不亂群於麋鹿。進退之美，雍容可觀。朕方臨御之初，哀疚罔極。乃眷三朝之老，邈在大江之南。究觀規

---

① 《蘇東坡全集》，"瞿"作"翟"。

模,想見風采。岂謂告終之問,在予諒闇之中。胡不百年?爲之一涕。於戲!死生用舍之際,孰能違天;贈賻哀榮之文,豈不在我?寵以師臣之位,蔚爲儒者之光。庶風有知,服我休命。可。

李琮知吉州

敕李琮。汝以久遠無根之賦,使畏威懷賞之吏,均之於無辜之民,民以病告,聞之惕然。使吏覆視,皆如所聞。既正其事矣,而汝猶自言,若無罪然。朕惟更赦,不汝深咎。遷於一州,往深念之。廬陵之富,甲於江外。使民安汝,朕則汝安。可。

王彭知婺州孫昌齡知蘇州岑象求知果州

敕具官某。爲吏莫不欲威而明。威不可立也,惟公則威。明不可作也,惟虚則明。郡無大小,民無剛柔,事無繁簡,政無難易,惟公而虚,無適而不治。以爾用法之久,不失仁恕,折獄之多,滋識情僞。其悉乃心,施於有致。不侮鰥寡,毋扰獄市,稱朕意焉。可。

吕惠卿責授建寧軍節度副使本州安置不得簽書公事

敕。凶人在位,民不奠居;司寇失州,士有異論。稍正滔天之罪,永爲垂世之規。具官吕惠卿,以头筲之才,挾穿窬之智,諂事宰輔,同升廟堂。樂禍而貪功,好兵而喜殺。以聚斂爲仁義,以法律爲詩書。首建青苗,次行助役。均輸之政,自同商賈。手實之禍,下及雞豚。苟可蠹國以害民,率皆攘臂而稱首。先皇帝求賢若不及,從善如轉圜。始以帝堯之心,姑試伯鯀;終然孔子之聖,不信宰予。發其宿奸,謫之輔郡;尚疑改過,稍裨重權。復陳罔上之言,繼有碭山之貶。反覆教戒,惡心不悛;躁輕矯誣,德音猶在。始與知己,共爲欺君。喜則摩足以相欢,怒則反目以相噬。連起大獄,發其私書。黨與交攻,幾半天下。姦贓狼藉,横被江東。至其復用之年,始倡西戎之隙。妄出新意,變亂舊章。力引狂生之謀,馴致永樂之禍。興言及此,流涕何追!迨予踐祚之初,首發安邊之詔。假我號令,成汝詐謀。不圖涣汗之文,止爲款賊之具。迷國不道,從古罕聞。尚寬兩觀之誅,薄示三危之竄。國有常典,朕不敢私。可。

趙卨摩勘轉朝議大夫

敕。趙充國、馮奉世,名臣也,而老於爲將;婁師德、郭元振,儒者也,而樂於守邊。益疆埸未寧,則以外爲重;而忠義所激,不擇地而安。具官趙卨,少以異才,輔之博學,虛心大对,方觀晁董之文;推轂西陲,遂膺羊陸之寄。恩威并著,戎夏久安。論歲月以稍遷,姑從舊典;收功名於不世,勉及前人。可。

李之純户部侍郎

敕。保國猶保身,藥石不如養氣;御民猶御馬,鞭箠不如輕车。故興利以富民,不如省事而民自富;廣求而豐國,不如節用而國自豐。朕嘉與庶工,共行此志。以爾具官李之純,屢試以事,號稱循良。雖爲有司,不吝出納。宜膺躐等之用,庶無虛受之譏。服我訓詞,以厭公議。可。

蘇頌刑部尚書

朕聞帝堯之世,伯夷以《三禮》折民;西漢之隆,仲舒以《春秋》决獄。是知有道之士,必以無訟爲功。乃者法病於煩,官失其守。盜賊多有,獄市紛然。敷求迪哲之人,以清流弊之末。具官蘇頌,温文而毅,直亮不回。仲由冉求,果藝有從政之美;子産叔向,愛直兼古人之遺。遭罹閔凶,亦既祥禫。特詔虛位,以待老成。與其遂曾、閔之私哀,顧懷墳墓;曷若蹈威、綽之前軌,顯揚君親?佇聞嘉猷,以对休命。可。

范百禄刑部侍郎

敕。朕哀敬五刑,期協中道。酷者志於殺,惟殺之務,則深而失情;恕者志於生,惟生之知,則玩而廢法。朕欲情法兩得,生殺必中。非俗吏之所能,思古人而永歎。爰試以事,乃得其人。具官范百禄,少以異才,輔之篤學。昔奉大对,有守禮憂國之言;旋爲争臣,有責難愛君之意。必能参用經術,折中人情。民自以爲不冤,汝當務致此者;吾必也使無訟,朕亦將庶幾焉。可。

朱光庭左司諫王覿右司諫

敕。具官某等。惟善人能受盡言,故昔之諫者,常有不容之憂。然有志之士,猶且不顧。忠義所激,憂患可忘。今朕恭己無爲,虚心以聽。汝等所論,蓋無虚日。朕亦有拒而不聽,聽而不用者乎?各服新命,盡所欲言。言而不從,朕則有愧。知而不言,汝亦負朕。可不勉哉!可。

鮮于侁左諫議大夫梁燾右諫議大夫

敕。仲虺言湯之德曰:“改過不吝。”孔子論一言而喪邦曰:“惟予言而莫余违。”嗚呼:天下之治亂安危,有不出於此者乎?朕夙興夜寐,思聞其過。厥愆曰朕之愆,不啻不敢含怒,而況於左右辅弼之臣歟?具官鮮于侁,邦之老成,久試於外。金石之節,皓首不衰。具官梁燾,出入館殿,益二十年。守道篤志,無所阿附,皆吾争臣之選也。朕之於事,無必無我。可則行之,否則更之。使天下曉然,知朕樂聞其過。書之史册,足爲美談。若乃進則詭詞,退則焚草。衰世之事,朕無取焉。可。

坡仙集卷之十終

坡仙集卷之十一

别集八十條

《孝宗文集贊序》曰：成一代之文章，必能立天下之大節，非其氣足以高天下者未之能也。存之於身謂之氣，見之於事謂之節，以是成文，故能參天地之化，关盛衰之運，不然，則雕蟲篆刻，童子之事耳，烏足與論一代之文章哉？故贈太師謚文忠蘇軾，忠言讜論，立朝大節，一時廷臣，無出其右；放浪嶺海，文不少衰，力斡造化，元氣淋漓，窮理盡性，貫通天人，山川風雨草木華實，千彙萬狀，可喜可愕。有感於中，一寓於文，朕萬幾餘暇，紬繹詩書。他人之文，或得或失，至軾所著，讀之終日，娓娓忘倦，常置左右，以爲矜式。乃作贊曰："維古文章，言必己出。綴詞緝名，文之蟊賊。手抉雲漢，斡造化機。氣高天下，乃克爲之。猗嗟若人，冠冕百代。忠言讜論，不顧身害。凛凛大節，見於立朝。放浪嶺海，侣於漁樵。歲晚歸來，其文益偉。波瀾老成，無所附麗。昭晰無疑，優游有餘。跨唐越漢，自我師模。賈馬豪奇，韓柳雄健。前哲典刑，未足多羡。敬想高風，恨不同時。掩卷三歎，播以聲詩。"

乾道九年閏正月望，選德殿書賜蘇嶠誥詞：朕承絶學於百世之後，探微言於六籍之中，將興起於斯文。爰緬懷於故老，雖儀刑之莫覿。尚簡策之可求，揭爲儒者之宗。用錫帝師之寵，故禮部尚書端明殿學士贈資政殿學士謚文忠蘇軾，養其氣以剛大，尊所聞而高明。博觀載籍之傳，幾海涵而地負。遠追正始之作，殆玉振而金聲。知言自況於孟軻，論事肯卑於陸贄。方嘉祐全盛，嘗膺特起之招。至熙寧紛更，乃陳長治之策。歎異人之間出，驚讒口之中傷。放浪嶺海，而如在朝廷。斟酌古今，而若斡造化。不可奪者嶢然之節，莫之致者自然之名。經綸不究於生前，議論常公於身後。人傳元祐之學，家有眉山之書。朕三復遺編，久欽高躅。王佐之才可大用，恨不同時；君子之道闇而章，是以論世。儻九原之可作，庶千載以同風。惟而英爽之靈，服我袞衣之命。可特贈太師，餘如故。

先生臨錢塘郡日，先君以武學博士出爲徐州學官，待次如蘇。公遣舟邀取至郡，留款數日，約同劉景文泛舟西湖。酒酣，顧視湖山，意頗欢適，且語及先君被遇裕陵之初，而歎今日之除似是左遷。久之，復謂景文曰："如某今日餘生，亦皆裕陵之賜也。"景文請其説。云："某初逮繫御史獄，獄具奏上。是夕昏鼓既畢，某方就寢。忽見二人排闥而入，投篋於地，仰枕卧之。至四鼓，某睡中覺有撼體而連語云：'學士賀喜者。'某徐轉仄問之。即曰：'安心熟寢。'乃挈篋而出。蓋初奏上，舒亶之徒，力抵上前，必欲置之死地。而裕陵初無深罪之意，密遣小黄門至獄中視其起居狀。適某晝寢，鼻息如雷。即馳以聞，裕陵顧謂左右曰：'朕知蘇軾胸中無事者。'於是即有黄州之命。則裕陵眷念臣子之心何以補報萬一？"後，先君嘗以前事語張嘉父。嘉父云："公自黄移汝州，謝表既上，裕陵覽之，顧謂侍臣曰：'蘇軾真奇才。'時有憾公者，復前奏曰：'觀軾表中，猶有怨望之語。'裕陵徐謂之曰：'朕已灼知蘇軾衷心，實無他腸。'於是語塞。"

公在黄州，都下忽盛傳公病殁。裕陵以問蒲宗孟，宗孟奏曰："日來外間似有此語，然亦未知的實。"裕陵將進食，因歎息再三，曰："才難。"遂輟飯而起。

東坡既就逮御史府。一日，慈聖曹太后語上曰："官家何事數日不懌？"对曰："更張數事未就緒，有蘇軾者輒加謗訕，至形於文字。"太后曰："得非軾、轍乎？"上驚曰："娘娘何以聞之？"曰："吾嘗記仁宗皇帝策試制舉人，罷歸喜而言曰：'朕今日得二文士，謂軾、轍也。然吾老矣，慮不能用，將以遺後人。'"因泣問："二人安在？"上对以軾方繫獄，則又泣下，上亦感動，始有貸軾意。

仁宗朝，登進士科，復應制科，擢居異等。英宗朝，鳳翔簽判履任，欲以唐故事，召入翰林，宰相限以近例。且召試秘閣。上曰："未知其能否？故試之，如軾豈不能耶？"宰相猶難之，及試，又入優等，遂直史館。神宗朝,以議變更科舉法,上得其議,善之,遂欲進用,以與王安石論新法不合補外。王黨李定之徒,媒孽不止,遂坐譏諷,赴獄欲置之死,賴上獨庇之。得出,止責置齊安。因與近臣論人材,曰:"軾方古人孰比?"对曰:"唐李白。"上曰:"不然。白,有軾之才,無軾之學。"上累有意復用,而言者力阻之。一日,特出手札,曰:"蘇軾黜居思咎,閲歲滋深,人材實難,不忍終棄。"遂量移臨汝。哲宗朝,起知登州,召爲南州舍人,不數月,遷西掖,登翰苑。紹聖以後,熙豐諸臣,因元祐諸臣例遷謫。崇觀間,蔡京、蔡卞等用事,以黨籍禁其文辭,並墨跡而毁之。政和間,忽弛其禁,求軾墨跡,世人莫知其由。或傳徽宗親臨寶籙宫醮筵。一日啓醮,道士至醮壇,拜章伏地,久之方起。上詰其故,答曰:"適至上帝所,值奎宿奏事,良久方畢,始能上其章。"上歎讶問曰:"奎宿何神? 所奏何事?"对曰:"所奏不可知,然此宿乃本朝蘇軾。"上大驚,不惟弛其禁,且欲玩其文詞墨跡。一時士大夫從風而靡。光堯太上皇帝朝,盡復軾官職,擢其孫符自小官至尚書。今上皇帝尤愛其才,乾道末,遂爲軾製文集叙贊,命有司與集同刊,因贈太師,謚文忠,又賜其曾孫嶠出身,擢爲臺諫侍從。嗚呼,揚雄之文,時人忽之,且欲覆醬瓿。揚雄亦自謂後世復有楊子雲當知我。今東坡詩文,乃蒙當代累朝神聖之知至此。

宋時,杭州府治虚白堂前,有紫薇花兩株,相傳白樂天所植。蘇子瞻守郡時,神宗嘗書樂天《紫薇花》詩以賜之。

元豐間,逮赴詔獄,長子邁偕行。公與之期,送食惟菜與肉。有不測,則撤二物而送魚。邁謹守踰月,忽糧盡,出謀於陳留,委一親戚代送,而忘語其約。親戚偶送鮓,子瞻大駭,因書云:"余以事繫御史獄,獄吏稍見侵,自度不能堪,死獄中,不得一見吾子由。"乃作二詩授獄卒梁成以遺子由,獄吏不敢隱,遂以聞。神宗初無殺意,見詩益動心,自是遂從寬釋。二詩:"柏臺霜氣夜凄凄,風動琅璫月向低。夢繞雲山心似鹿,魂飛湯火命如雞。額中犀角真吾子,身後牛衣媿老妻。他日神遊定何所,桐鄉應在浙江西。""聖主如天萬物春,小臣愚暗自亡身。百年未了須還債,十口無歸更累人。是處青山可藏骨,他時夜雨獨傷神。與君今世爲兄弟,更結來生未了因。"卓吾曰:"蘇公見知列聖如此,而不能一日容。可知奥之不如竈,甚矣。"

公初赴制舉之召，是時同召試者甚多。相國韓公偶與客言曰："二蘇在此，而諸人亦敢與之較試，何也？"於是，不試而去者十八九。

國朝試科，在八月中。黄門忽感寒疾，自料不能及矣。韓魏公知而奏曰："今歲制科之士，惟蘇軾、蘇轍最有聲望。聞其弟轍偶病，如此人不得就試，甚非衆望，須展限以待之。"上許之。黄門病，魏公又數使問病。既痊安，方引試。凡此常例展二十日。自後試科并在九月。相國吕微仲不知其故，因問制科何以至秋末。東坡乃爲吕言之。吕曰："韓忠獻之賢如此哉！"

范蜀公鎮蜀，每对客，尊嚴静重，客亦不敢慢易。惟蘇子瞻掀髯鼓掌，旁若無人，然蜀公甚敬之。

王荆公居鍾山，一日得東坡《寶相藏記》，展誦於風檐之下，喜見鬚眉曰："子瞻人中龍也，然有一字未稳。日勝日貧，不若日勝日負。"東坡聞之，拊掌大笑以爲知言。

老泉初携東坡、潁濱謁張文定。時方習制科，業將應詔。文定與語，奇之。館於齋舍。翌日，文定忽出六題，令人持與東坡、潁濱云："請學士拟試。"文定密於壁間窺之。潁濱於一題有疑，指示東坡，坡不言，但舉筆倒敲几上，云："管子註。"潁濱疑而未决，又指其次，東坡以筆勾去，謂無出處。文定次日見老泉云："二令嗣皆天才，長者明敏尤可愛，然少者謹重，恐成就或過之。"所以二公皆受知文定，而潁賓感之尤深。

黄實自言平生有二事：元豐甲子，爲淮東提舉，除夜泊汴口，見蘇子瞻植杖立對岸，若有所俟。歸舟中，以揚州大厨釀二尊、雍酥一匳遺之。後十五年爲發運使，大暑，泊清淮樓，見米元章衣犢鼻，自滌研於淮口。索篋中一無所有，獨得小龍團二餅，亟遣人送入。我平生稍慰者，有此二事也。

山谷與子瞻書云："頃於鄭掾處得賜教，不以汙下，難於獎拔，接引開納，勤勤懇懇，俯傴而忘其臂之勞，强駑馬於千里，不知其不勝任也。和詩詞氣高妙，無以爲喻。往聞執事豈弟之聲，今食其實，獨恨未有親近之幸耳。"

東坡初未識秦少遊。少遊知其將復過維揚，作坡筆語，題壁於一山寺中，東坡大驚。及見孫莘老，出少遊詩詞數百篇，讀之，乃歎曰：

“向書壁者，豈此郎也！”

先生在海外，至贛上，寓居水南，過郡城，携一藥囊，遇有疾者，必爲發藥，並疏方示之。每至寺觀，好事者及僧道之流，有欲得公墨妙者，必預探公行遊之所，多設佳紙，尾書姓名氏，堆積案間，拱立以俟。公見，即笑視，略無所問，縱筆揮染，隨紙付人。至日暮筆倦，或案紙尚多，即笑語之曰：“日暮矣，恐小書不能竟紙。或欲齋名及佛偈，幸見語也。”及歸，人人厭滿，忻躍而散。

與孫叔静貼云：“眉山人有巢谷者，曾應進士、武舉，皆無成。篤於風義，已七十餘矣。聞軾謫海南，徒步萬里，來相勞慰。至新興病亡，官爲藁殯，録其遺物於官庫。谷有子在里中，軾已使人呼其子來迎喪，助其路費，但未到。旅殯無人照視，或毀壞暴露，願公愍其不幸，因巡檢至其所，特爲一言於彼守令，得稍修治其殯，常戒主者保護之，以須其子之至，則恩及存亡矣。”

先生像贊曰：子瞻堂堂，出於峨眉。司馬班揚，金馬石渠。閲士如牆，上前論事，釋之馮唐。言路以爲階，而投諸雲夢之黄。東坡之酒，赤壁之蓬，嬉笑怒駡，皆成文章。解羈而歸，紫微玉堂。子瞻之德，未變於初。而名之曰，元祐之黨，放之珠厓儋耳。方其金馬石渠也，不自知其東坡赤壁也；及其東坡赤壁也，不自意其紫微玉堂也；及其紫微玉堂也，不自知其珠厓儋耳也。九州四海，知有東坡。東坡歸矣，民笑且歌。一丘一壑，則無如此道人何。山谷

又像贊云：我遊鈞天，帝之所都。是老先生，玉色敷腴。顧我而歎，悯世垢濁。笑謂侍仙，界以靈藥。稽首竟歸，萬里天風。碧山巉然，月墮江空。

坡之殁，士大夫及門人，祭文甚多，惟李廌方叔文尤傳。如：道大不容，升高爲累。皇天后土，鑒平生忠義之心；名由大川，還千古英靈之氣。識與不識，誰不盡傷！聞所未聞，吾將安放。

冰華居士錢濟明嘗跋施純叟藏先生帖後云：建中靖國元年，先生以玉局，還自嶺海。四月，自當塗寄十一詩，且約同程德孺至金山相候，既往迓之，遂決議爲毘陵之居。六月，自儀真避疾渡江，再見於奔牛埭。先生獨卧榻上，徐起謂某曰：“萬里生還，乃以後事相託。惟吾子由，自再貶及歸，不復一見而决，此痛難堪。”餘無言者，久之。復

曰:“某前在海外,了得《易》、《書》、《論語》三書,今盡以付子,願勿以示人,三十年後,會有知者。”因取藏篋欲開,而失鑰匙。某曰:“某獲侍,言方自此始,何遽及是也。”即遷寓孫氏舘,日往造見,見必移時。慨然追論往事,間出嶺海詩文相示,時發一笑,覺眉宇間秀爽之氣,照映坐人。七月十三日,疾少間,曰:“今日有意喜近筆硯,試爲濟明戲書數紙。”遂書惠州江月五詩。明日,又得《跋桂酒頌》。自爾疾稍增,至十五日而終。

公答王敏仲云:“某垂老投荒,無復生還之望。昨与長子邁决,已處置後事矣。今到海南,首當作棺,次當作墓。仍留手疏與諸子,死即葬於海外,庶幾延陵季子之義,生不挈棺,死不扶柩。此東坡家風也。”卓吾曰:“東坡家風猶是字,卓吾家風真如此。”

答程天侔云:此間食無肉,病無藥,居無室,出無友,冬無炭,夏無寒泉,大率皆無耳。惟有一幸,無甚瘴也。尚有此身,付與造物者聽其運轉,流行坎止無不可。又云:病倦無与往還者,闔門面壁而已。新居在軍城南,極湫隘,粗有竹樹,煙雨濛晦,真蛋塢獠洞也。惠酒絶佳,舊惠州以海醞爲冠,此又遠過之。牢落中,得一醉之適,非小補也。

與侄孫元老云:旅況牢落,不言可知。又海南連歲不熟,百物艱難。又泉廣海舶絶不至,藥物醬酢等皆無,厄窮至此,委命而已。老人與過子相对,如苦行僧。

東坡歸陽羨時,流離顛躓之餘,絶禄已數年,受梁吉老十絹百絲之賻,可見非有餘者。李憲仲之子廌以四喪未舉見公,公盡舉以贈之,且贈以詩云:“推衣助孝子,一溉滋湯旱。誰能脱左驂,大事不可緩。”章季默三喪未葬,亦來見公,公亦助之,有“不辭毛粟施,行自丘山積”之句云。

吾謫海南,盡賣酒器,以供衣食。獨有一荷葉杯,工製美妙,留以自娱。然又好書,苦遠不可致,得鄭會老欲於海舶載書千餘卷見借。因讀淵明《贈羊長史》詩云:“愚生二季後,慨然念黄虞。得知千載事,上賴古人書。”故和之以見志。

建中靖國中,坡公自儋耳歸,卜居陽羨。陽羨士大夫猶畏而不敢與遊,獨士人邵民瞻來從學,坡公亦喜其人,時時相與策杖過長橋。

邵爲坡買一宅，爲緡五百，坡傾囊僅能償之。卜吉入居，既得日矣。夜與邵步月，至村落，聞婦人哭極哀。坡徙倚聽之，曰："異哉！豈有大難割之愛，觸於心歟？"遂與邵推扉而入。坡問嫗何爲？嫗曰："吾有居屋，相傳百年。子不肖，舉以售人。吾今日遷，百年舊居，一旦訣别，所以泣也。"坡爲之愴然，問其故居所在，即五百緡所得者。因再三慰撫之，曰："嫗之故居，乃居所售。不必深悲，當以還嫗。"即命取屋券對嫗焚之。呼其子迎母而還，不索其直。坡自是遂還毘陵，不復買宅，借顧塘橋孫氏居暫住焉。是歲七月，坡竟殁於借居。卓吾子曰：誰肯誰能，到此難説大話矣。

今天下以四姓目文章大家，獨蘇公之作最爲便爽。而其所撰論策之类，於時爲最近。故操觚之士，鮮不習蘇公文者。蘇公才甚高，蓄甚博，出之甚達，而又甚易。凡三氏之奇盡於集，而蘇公之奇不盡於集，韻而詞，則温韋讓壯，舌而諧謔，則侯白遜雅；筆而簡牘題署，則黄豫章遜雋；遊戲而爲法書，則顔平原、李北海之難弟；爲古木竹石，則文洋州之畏友；逃而之佛，則裴相國、楊學士之禪那。以是律三君子，有一乎？否也。當蘇公之生存，雖荒州下邑，兒童婦女，莫不欲一識其面。而其言之傳，蓋北幽朔而東三韓，西達羌戎，南過雞林馬人之界。而其禁絶之者，乃在於廣厦細旃之上。角而與之左者，談説經術道理之士，亟竄而亟欲殺之者，亦一時材諝貴臣。噫，可怪也。及公殁且久，而廣厦細旃之上，其惡漸移而爲好。學士大夫至於今慕説之不衰。雖然，問其所以能盡公者，則自論策之外無幾也。以故取公年譜，及傳志略存之，而復蕞公之小言，與諸家之評騭，紀述瑣屑，亦一一附録，約爲十卷，名之曰《蘇長公外紀》而置之山房之几，暇日抽一卷，佐一觴，其不賢於山膄海錯者幾希。弇州

在惠州有梅詞《西江月》，末云："高情已逐曉雲空，不與梨花同夢。"蓋悼朝雲作。苕溪漁隱曰：王直方詩話載：鼂以道云：説之初見東坡此詞，便道："此老須過海，爲古人不曾道到此。"今坡公道人所不能到之妙，奪天地之巧，故宜謫罰也。高齋詩話載：王昌齡梅詩云："落落莫莫路不分，夢中唤作梨花雲。"坡益用此事。夢雲又有榴花一事。柳子厚《海石榴》詩曰："月寒空堦曙，幽夢綵雲生。"

东坡在掖垣，作吕吉甫謫辭，繼而吕復用，遂納告毁抹在翰苑作

《上清儲祥碑》，繼而蔡元長復作，遂遭磨毁，非特此也。蘇叔黨云："昔公爲《藏經記》傳於世，或以爲非。在惠州，作《梅花詩》，至有以爲笑。此皆士大夫以文鳴者，信知識古戰場文者鮮矣。"子山嘗《跋東坡遺稿》云："展卷得遺草，流涕濕冠纓。斯文久衰弊，濁涇自爲清。科斗藏壁間，見者空歎驚。廢興自有時，詩書付西京。"

李廌，陽翟人，少以文字見子瞻，子瞻喜之。元祐初，知貢舉，廌以冠多士，及考章援程文，大喜，以爲廌無疑，遂以爲魁。既拆號，悵然出院，以詩送廌歸曰："平時謾識古戰場，過眼終迷日五色。"廌自是學亦不進，家貧不甚自愛，嘗以書責子瞻不薦己，竟不第而死。

先生自惠移儋耳，秦七丈少遊亦自郡陽移海康，渡海相遇。二公共語，恐下右者，更啓後命。少遊因出自作挽詞呈公，公撫其背曰："某常憂逝，未盡此理，今復何言？某亦嘗自爲誌墓文，封付從者，不使過予知也。"遂相與嘯詠而别，初少遊謁公彭門，和詩有"更約後期游汗漫"，蓋讖於此云。

元豐七年，自黄量移汝海。五月，訪張文定公於瑞。七八月間，留連金陵，過陽羨。九月，抵宜興通真觀側郭知訓提舉宅，間嘗與單秀才步田至黄土村。主人以酒餉，曰："此紅友也。"坡言此人知有紅友，不知有黄封，真快活人也。田主有曹姓者，已鬻而造訟，有司察而斥之。坡公移牒以田歸焉。宜興長橋元豐元年火，四年邑宰褚理復立，榜曰"欣濟"。東坡過之，爲書"晋周孝侯斬蛟之橋"，而刻石於道傍。崇寧禁錮，沈石水中，不知所在。卓吾曰："必在龍宫深处矣。"

子瞻得罪時，有朝士賣一詩策，内有使墨君事者，遂下獄。李定、何正臣劾其事，以指斥論，謂蘇曰："學士素有名節，何不與他招了？"蘇曰："軾爲人臣，不敢萌此心，却未知何人造此意。"一日禁中，遣馮宗道按獄，止貶黄州團練副使。

丁丑二月十四日，白鶴峰新居成，自嘉祐寺遷入，詠淵明時運詩曰："斯晨斯夕，言息其廬。"似爲予發也。長子邁與予别三年，携諸孫萬里遠至。老朽憂患之餘，不能無忻然，乃次其韻："我卜我居，居非一朝。龜不吾欺，食此江郊。廢井已塞，喬木於霄。昔我伊何，誰其裔苗。下有澄潭，可澈可濯。江山千里，供我遐矚。木固無脛，瓦豈有足？陶匠自至，笑歌相樂。我視此邦，如洙如沂。邦人勸矣，老我安歸。自我幽獨，倚門或麾。豈無親友，雲散莫追。旦暮丁丁，誰款我廬。子孫遠至，笑語紛如。翦鬃垂結，覆此瓠壺。三年一夢，乃復見予。”予在都下，每謁范純夫，子孫環遶，投紙筆求作字。每調之曰：“訴早乎？訴滂乎？今皆在萬里外。欲復見此，豈可得哉？”有來請純夫書，因録此數紙寄之。丁丑閏三月五日，多難畏人，此詩甚勿示人也。

余游儋耳，見黎氏，爲余言東坡嘗從乞園蔬，出其臨别歸海北詩云：“我本儋耳民，寄生西蜀州。忽然跨海去，譬如事遠遊。平生生死夢，三者無劣優。知君不再見，欲去且少留。”其末云：“新釀甚佳，求一具也，謾寫此詩以折菜錢。”又登望海亭，柱間有大字，曰：“貪看白鳥横秋浦，不覺青林没暮潮。”及謁姜唐佐，唐佐不在，見其母，母迎笑，食余檳榔。余問母：“識蘇公乎？”母曰：“識之。然無奈好吟詩。公嘗杖問秀才何往，我言入村落未還。有包燈心紙，公以手拭開，書滿紙。囑曰：‘秀才歸示之。’今尚在。”余索讀之，醉墨欹傾，曰：“張睢陽生猶駡賊，嚼齒穿齦；顔平原死不忘君，握拳透爪。”

元祐間，有旨修上清儲祥宫成，命翰林學士蘇軾作碑紀其事。紹聖元符間，黨禁興，遂毁其碑，命翰林學士蔡京别爲之。正如唐時仆韓退之《平淮西碑》。命段文昌改作。後人有詩曰：“淮西功業冠吾唐，吏部文章日月光。千載斷碑人膾炙，不知世有段文昌。”余於《儲祥官碑》亦云。

子瞻在黄州，病赤眼，踰月不出，或疑有他疾，過客遂傳以爲死矣。語范景仁於許昌者，景仁即舉袂大慟，召子弟具金帛，遣人賙其家。子弟言此傳聞未審，當先以書問之。乃走僕以往，子瞻發書大笑。故後量移汝州謝表有云：“疾病連年，人皆相傳爲已死。”未幾，復與數客飲江上。夜歸，江面際天，風露浩然，乃作歌辭，所謂“夜闌風静縠紋平，小舟從此逝，江海寄餘生”者，與客大歌數過而散。翌日，喧傳子瞻夜作此辭，掛冠服江邊，拏舟長嘯去矣。郡守徐君猷聞之，驚且懼，以为州失罪人，急命駕往謁，則子瞻鼻鼾如雷，猶未興也。然此語卒傳至京師，雖裕陵亦聞而疑之。

東坡初入荆溪，有樂死之語，繼而抱疾稍革。徑山老惟琳來候，坡曰：“萬里嶺海不死，而歸宿田里，有不起之憂，非命也耶？”後二日將屬纊，聞根先離，琳叩耳大聲曰："端明勿忘西方。"坡言："西方不無？但個裏著力不得。"語畢而終。卓吾子曰："西方不無，此便是疑信之間，决不是西方會上人矣。若真實信有西方，正好着力。如何説着力不得也？"

子瞻渡江，和介甫遊蔣山詩。介甫指"峰多巧障日，江遠欲浮天"，撫几歎曰："老夫一生作詩，無此兩句。"又誦子瞻《荔枝》一聯云："海中仙人絳羅襦，紅綃中單白玉膚。"絶歎，以爲名言。

蘇文忠訃至京師，張耒時知潁州，聞文忠卒，爲舉哀行服，出俸錢於薦福寺修供，乃遭論列，謫房州别駕。李卓吾曰："張耒至今生氣勃勃，真謫得好也。"

歐公論坡詩文，落筆輒爲人傳誦。每篇出，歐公終日喜。一日，與子棐論文，因及坡公，乃歎曰："汝記吾言，三十年後，世人更不道著我也。"崇寧間，海内外稱坡公詩文，不復有言歐公者。

元仁宗極敬趙孟頫，以孟頫比唐之太白，宋之子瞻，非但推趙，而於太白、子瞻亦尊重矣。

張安道與歐文忠素不相知。時安道守成都，蘇明允携子瞻、子由自眉州走成都見安道。安道曰："我何足爲公重？"乃作書辦裝，遣人送至京師謁文忠。文忠時在翰林，得明允、子瞻、子由著作，喜安道所薦得人，因謝安道曰："後來文章，當必此人矣。"即極力推挽，故天下高此兩公。

修水深山間，有小溪，里人題其渡曰"來蘇"。蓋子由貶高安監酒，而子瞻來訪，曾經其渡云。當時小人媒孽摧挫死地，至於所經過，而溪翁野叟反藉之以光榮。嗟乎！人心之公，不可泯如此，豈所謂"石壓筍斜出"者耶！

唐人以白太傅爲廣大教化主，蘇端明自言上可以陪玉皇大帝，下可以陪卑田院乞兒。然蘇稍露鋒鍔，不若太傅忘我忘物，胸中都無罣礙。卓吾子曰：嗚呼，此其所以爲矮人也歟？是此批判也。坡公是緩急人，太傅是濟不得緩急人；坡公是憂人之憂，太傅是樂已之樂。

先生道義文章，名滿天下，所謂青天白日，奴隸亦知其清明者也。心悦而誠服者豈但中分魯國哉？士之不游蘇氏之門與嘗升其堂而畔之者可知也。當先生之棄海濱，其平生交游多諱之矣，而王周彦萬里

致醫藥,以文字乞品目,此豈流俗人炙手求熱,救溺取名者耶?山谷

東坡詩不可指摘輕議,辭源如長河大江,飄沙卷沫,枯槎束薪,蘭舟繡鷁,皆隨流矣。珍泉幽澗,澄澤靈沼,可愛可喜,無一點塵滓,只是體不似江河。

英州小市,水貫其中,舊架木作橋,每不過數年,輒爲湍潦所壞。郡守建安何智甫始迭石爲之,方成而東坡還自海外。何求文以紀,坡作四言詩一首,凡五十六句,所謂"天壤之間,水居其多。人之往來,如鵜在河。"是年,予侍親居英,與僧希賜游南山,步過橋上,讀詩碑。希賜云:"真本藏於何氏,此有石刻經黨禁亦不存。今以板刻之,乃希賜所書也。"賜因言何公初請記,坡曰:"軾未到橋所,難以想像落筆。"何即命其酒食,拉坡偕往。故詩中云:"我來與公,同載而出。讙呼填道,抱其馬足。"坡公作詩時,建中靖國元年辛巳;予聞希賜語時,紹興十七年丁卯,相去四十六年。今追憶前事,乃紹熙五年甲寅,又四十七年矣。卓吾曰:"此一段是真痛哭。"

韓公《人物畫記》,其叙馬處云:"馬大者九匹,於馬之中,又有上者、下者焉,行者、牽者、奔涉者、陸者、翹者、顧者、鳴者、寢者,吼者、立者、齕者、飲者、溲者,陟者、降者、癢磨樹者、嘘者、嗅者、喜而相戲者、怒相踶齧者、秣者、騎者、驟者、走者、載服物者、載狐兔者,凡馬之事,二十有七焉。馬大小八十有三,而莫有同者焉。秦少游謂其叙事該而不煩,故傚之而作《羅漢記》。坡公《賦韓幹十四馬》詩云:"二馬並驅攢八蹄,二馬宛頸騣尾齊。一馬任前雙舉後,一馬却避長鳴嘶。老髯奚官騎且顧,前身作馬通馬語。後有八匹飲且行,微流赴吻若有聲。前者既濟出林鶴,後者欲涉鶴俛啄。最後一匹馬中龍,不嘶不动尾摇風。韓生畫馬真是馬,蘇子作詩如見畫。世無伯樂亦無韓,此詩此畫誰當看。"誦坡公此詩,蓋不待見画也。杜老有《畫馬贊》云:"韓幹畫馬,毫端有神。驊騮老大,騣骨清新。"及"四蹄雷雹,一日天池。瞻彼駿骨'實惟龍媒'之句。"坡公《九馬贊》,言薛紹彭家藏曹將軍《九馬圖》,杜子美所爲作詩者也。其詞云:"牧者萬歲,繪者惟霸。甫爲作誦,偉哉九馬。"讀此詩文數篇,真能使人方寸超然,意氣横田。

《坡集》有全篇用事者,如《賀人生子》,自"鬱葱佳氣夜充閭,喜見徐卿第二雛",至"我亦從來識英物,試看啼出定何如"?《戲張子野買

妾》,自“錦里先生自笑狂,身長九尺鬢眉蒼”。至“平生謬作安昌客,略遣彭宣到後堂”,句句用事。

陳傳道嘗於彭門壁間,見書一聯云:“一鳩鳴午寂,雙燕話春悉。”後以語東坡:“世謂公作,然否?”坡笑曰:“此唐人得意句,僕安能道此?”

《曲洧舊聞》云:章質夫《水龍吟·詠楊花》,其命意用事,清灑可喜,東坡和之,若豪放不入律呂,徐而視之,聲韻諧婉,便覺質夫詞有織繡工夫。其詞云:“似花還似非花,也無人惜,從教拋墮。街傍路,思量却似無情有思。縈損柔腸,困酣嬌眼,欲開還閉。夢隨風萬里,尋郎去處,又還被鶯呼起。不恨此花飛盡,恨西園、落紅難綴。曉來雨過,遺踪何在,一池萍碎。春色三分,二分塵土,一分流水。細看來,不是楊花點點,是離人淚。”

昔之詠《三良》者,有王仲宣、曹子建、陶淵明、柳子厚。或曰“心亦有所施”,或曰“殺身誠獨難”,或曰“君命安可違”,或曰“死没寧分張”。唯東坡和陶云:“殺身故有道,大節要不虧。君爲社稷死,我則同其歸。顧命有治亂,臣子得從違。魏顆真孝子,三良安足希。”《召溪漁隱》云:“余觀東坡《秦穆公墓》詩意全與《和三良》詩意相反。”詩云:“昔公生不誅孟明,豈有死之日而忍用其良?乃知三子徇公,意亦如齊之二子從田横。”卓吾曰:“妙絶議論。”

山谷曰:“東坡所作《卜筭子》詞意高妙,非吃煙火食人語。余嘗見臨江人王説夢得,謂此坡在惠州白鶴觀作。惠有温都監女,年十六,不肯嫁人,聞坡至,甚喜,每夜聞坡諷詠,則徘徊窗外。”坡從而物色之,曰:“吾當呼王郎與子爲姻。”未幾,而坡過海,女遂卒,葬於沙灘側。故坡回惠,爲賦此詞,借鴻以爲喻也,“揀盡寒枝不肯棲”,謂少擇偶不嫁;“寂寞沙州冷”,蓋指葬所。説之言如此,其説得之廣人蒲仲通。漁隱謂:“鴻雁未嘗棲宿樹枝,惟在田葦間。”然觀隋李元操《鳴雁行》曰:“久宿寒枝上,朝飛空井旁。”坡語豈無自耶?卓吾曰:“焦弱侯欲去此條,余獨悲其能具隻眼,知坡公之爲神仙,知坡公之爲異人,知坡公之外舉世再無與兩,是以不得親近,寧死不願居人世也。”

東坡《滿江紅》[①]詞，碑刻遍傳海内，使競進之徒讀之，可以解體；恬淡之士歌之，可以娱生。其云："蝸角虚名，蠅头微利，算來著甚干忙。事皆前定，誰弱又誰强。且趁閑身未老，儘教我、些子疏狂。百年裹，渾教是醉，三萬六千場。思量能幾許，憂愁、風雨，一半相妨，又何須，抵死校短論長。幸对清風朗月，苔茵滿，去幂高張。江南好，千鍾美酒，一曲《滿庭芳》。"

丁晋公海外詩云："草解忘憂憂底事，花名含笑笑何人?"坡詩曰："花非識面常含笑，鳥不知名時自呼。"尤覺才力勝。

《書黄泥坂詞後》：余在黄州，大醉作此詞。小兒輩藏去稿，醒後不復見也。前夜與王直方、張文潛、晁無答夜坐，三客翻倒几案，搜索篋笥，偶得之，字半不可讀，以意尋究，乃得其全。文潛喜甚，手録一本以遺余，持先本去。明日得王晋卿書云："吾日夕購子書不厭，近又以三縑博兩紙。子有近書，當稍以遺我，毋多費我絹也。"乃用澄心堂紙、李承晏墨，書此遺之。

元符三年十二月十九日，東坡生日，置酒赤壁磯下，倨高峰，俯鶻巢，酒酣，笛聲起於江上。客有郭、尤二生頗知音，謂坡曰："笛聲有新意，非俗工也。"使人問之，則進士李委，聞坡生日，作一曲曰《鶴南飛》以獻。呼之使前，則青巾、紫裘、腰笛而已。既奏新笛，又快作數弄，嘹然有空雲裂石之聲。坐客皆引滿醉倒。委袖出佳紙一幅，曰："吾無求於公，得一絶句足矣。"坡笑而從之曰："山頭孤鶴向南飛，載我南遊到九疑。下界何人也吹笛，可憐時復犯龜兹。"

東坡在惠州，盡和淵明詩。魯直在黔南聞之，作偈曰："子瞻謫海南，時宰欲殺之。飽喫惠州飯，細和淵明詩。彭澤千載人，東坡百世士。出處雖不同，氣味乃相似。"

子瞻一日在學士院，忽命左右取紙筆，寫"平疇交遠風，良苗亦懷新"兩句，大書、小楷、行草，凡寫七八紙，擲筆太息曰："好，好。"散具紙於左右給事者。

韋蘇州云："落葉滿空山，何處尋行蹟。"坡用其韻，此絶唱不當和也。羅漢贊云："空山無人，水流花開"此八字，還許人再道否？又：

① 滿江紅，疑"滿庭芳"之誤。

“明月易低人易散，歸來呼酒更重看。”又：“當其下筆風雨快，筆所未到氣已吞。”又：“醉中不覺度千山，夜聞梅香失醉眠。”

徐信言東坡北歸時，過其書齋書一貼云：“嘗見王平甫，自負其《甘露寺》詩，平地風煙飛白鳥，半山雲水卷蒼藤。”余應之曰：“精神全在‘卷’字上，但恨‘飛’字不稱耳。”平甫請余易，余遂易以“横”字。

東坡云：“春宵一刻值千金，花有清香月有陰。歌管樓臺聲寂寂，鞦韆院落夜沉沉。”介甫云：“金爐香燼漏聲残，翦翦輕風陣陣寒。春色惱人眠不得，月移花影上闌干。”二詩流麗相似。

“天街小雨潤如酥，草色遥看近却無。最是一年春好處，絶勝煙柳滿皇都。”此退之早春詩也。“荷盡已無擎雨蓋，菊殘猶有傲霜枝。一年好處君須記，正是橙黄橘緑時。”此子瞻初冬詩也。

坡祭柳子玉文：“郊寒、島瘦，元輕、白俗。”此語具眼。

子瞻作詩，長於譬喻，如《和子由》詩云：“人生到處知何似，應似飛鴻踏雪泥。泥土偶然留指爪，鴻飛那復計東西？”

東坡暾字韻三首，並妙絶，第二首尤奇。詩云：“羅浮山下梅花村，玉雪爲骨冰爲魂。紛紛初疑月挂樹，耿耿獨與參横昏。先生索居江海上，悄如病鶴棲荒園。天香國豔肯相顧，知我酒熟詩清温。蓬萊宫中花鳥使，緑衣倒掛扶桑暾。抱叢窺我方醉卧，故遣啄木先敲門。麻姑過君急灑掃，鳥能歌舞花能言。酒醒人散山寂寂，惟有落蕊粘空尊。”注云：“嶺南珍禽有倒掛子、緑毛、紅喙，如鸚鵡而小，自東海來，非塵埃間物也。”

游芙蓉城詩。元豐元年三月，余始識子高，問之信然，乃作此詩。詩云：“芙蓉城中花冥冥，誰其主者石與丁。珠簾玉案翡翠屏，雲舒霞卷千娉婷。中有一人長眉青，炯如微雲淡疏星。往來三世空鍊形，竟坐誤讀黄庭經。天門夜開飛爽靈，無復白日乘雲軿。俗緣於劫磨不盡，翠被冷落淒餘馨。因過緱山朝帝廷，夜開笙簫弭節聽。飄然而來誰使令，皎如明月入窗欞。忽然而去不可尋，寒衾虚幌風泠泠。仙宫洞房本不扃，夢中同躡鳳皇翎。徑渡萬里如奔霆，玉樓浮空聳亭亭。天書雲篆誰所銘，遶樓飛步高竛竮。仙風鏘然韻流鈴，蘧蘧形開如酒醒。芳卿寄謝空丁寧，一朝覆水不及瓶。羅巾别泪空熒熒，春風花開秋葉零。世間羅綺紛羶腥，此生流浪隨滄溟。偶然相值兩浮萍，願君收視觀三庭。勿与嘉穀生蝗螟，從渠一念三千齡，下作人間尹与邢。”東坡此詩最爲流麗，故秦太虛與東坡節云：“素紙一軸，敢冀醉後揮掃近文並芙蓉城詩。時得把玩，以慰馳情。”

李白《潯陽紫極宫感秋》云：“何處問秋聲，脩脩北窗竹。回薄萬古心，攬之不盈掬。”坡和云：“寄卧虚寂堂，月明浸疏竹。泠然洗我心，欲飲不可掬。”大率坡每題詠景物，只篇首四句便寫盡，如《廬山開先漱玉亭》首句云：“高巖下赤日，深谷來悲風。擘開青玉峽，飛出兩白龍。”《谷林堂》首句云：“深谷下窈窕，高林合扶疏。美哉新堂成，及此秋風初。”《行瓊儋間》首句云：“四州環一島，百洞蟠其中。我行西北隅，如渡月半弓。”《藤州江下起對月》首句云：“江月照我心，江水洗我肝。端如徑寸珠，墮此白玉盤。”又《棲賢三峽橋》有“清寒入山骨，草木盡堅瘦”之句。

杭州有西湖，潁上亦有西湖，皆爲游賞之勝，而東坡連守二郡。其初得潁，有潁人在坐云：“内翰只消游湖中，便可以了郡事。”秦太虛因作一絶云：“十里荷花菡萏初，我公身至有西湖。欲行公事湖中了，見説官閒事亦無。”後東坡到潁，有《謝執政啓》，亦云：“入参兩禁，每玷北扉之榮；出典二邦，迭爲西湖之長。”

潘子真詩話，記禹玉元豐間，以錢二萬，酒二壺，餉吕夢得。夢得作啓謝之，有“白水真人，青州從事”之語。禹玉歎賞，爲其切題。後東坡得章質夫書，遺酒六瓶，書至而酒亡，因作詩寄之曰：“豈意青州六從事，化爲烏有一先生。”此二句更覺工。

不易其心而造其語，謂之换骨法。規摹其意而形容之，謂之奪胎法。白樂天云：“臨風杪秋樹，对酒長年身。醉貌如霜葉，雖紅不是春。”東坡云：“兒童悞喜朱顔在，一笑那知是酒紅。”此奪胎法也。

太白有“岸夾桃花錦浪生”，退之有“種桃到處惟開花，川原遠近蒸紅霞”。子瞻有“戲將桃核裹紅泥，石間散擲如風雨。坐令空山作錦繡，倚天照海光無數”。皆狀桃花之盛。

歐陽公《醉翁亭記》，東坡公《酒經》，皆以“也”字爲絶句。歐陽二十一“也”字，坡用十六“也”字。歐記，人人能讀，至於《酒經》，知之者蓋無幾。坡《酒經》，每一“也”字上，必押韻。其詞云：南方之氓，以糯與粳，雜以卉藥而爲餅。嗅之香，嚼之辣，揣之枵然而輕，此餅之良者也。吾始取麪而起肥之，和之以美液，蒸之使十裂，繩穿而風戾之，愈久而益悍，此麴之精者也。米五斗以爲率，而五分之，爲三斗者一，爲五升者四。三斗者以釀，五升者以投，三投而止，尚有五升之羸也。始醞以四兩之餅，而每投之以二兩之麴，皆澤以少水，足以散解而勻停也。釀者必甕按而井泓之，三日而井溢，此吾酒之萌也。酒之始萌也，甚烈而微苦，蓋三投而後平也。凡餅烈而麴和，投者必屢嘗而增損之，以舌爲權衡也。既溢之，三日乃投，九日三投，通十有五日而後定也。既定，乃注以斗水。凡水必熟而冷者，凡釀與投，必寒之而後下，此炎州之令也。既水五日乃篘得二斗有半，此吾酒之正也，先篘，半日，取所爲羸者爲粥，米一而水三之揉以餅麴，凡四兩，二物並也。投之糟中，熟撋而再釀之，五日壓得斗有半，此吾酒之少勁者也。勁正合爲四斗。又五日而飲，則和而力，嚴而不猛也。篘絶不旋踵而粥投之，少留，則糟枯，中風而酒病也。釀酒久者，酒醇而豐，速者反是，故吾酒三十日而成也。此文，如太牢八珍，不嫌於致力，則真味愈雋永，然未易爲俊快者言也。

□□與李端叔云：老夫嬾作文，但傳得東坡嶺外文時，一微吟，清風瘋然，顧同味者難得耳。

坡仙集卷之十一終

坡仙集卷之十二

别集一百八條

東坡在儋耳時，余三從兄諱延之自江陰担簦萬里絶海往見，留一月。坡嘗誨以作文之法，曰：儋州雖數百家之聚，州人之所須，取之市而足。然不可徒得也，必有一物以攝之，然後爲己用。所謂一物者，錢是也。作文亦然。天下之事，散在經傳子史中，不可徒得，必得一物以攝之，然後爲己用。所謂一物者，意是也。不得錢，不可以取物；不得意，不可以用事，此作文之要也。吾兄拜領其言而書諸紳，嘗以親製龜冠爲獻，坡受之，贈以詩云："南海神龜三千歲，兆葉朋從生慶喜。智能周物不周身，未免人鑽七十二。誰能用爾作小冠，岣嶁耳孫創其製。君今此去寧復來，欲慰相思時整視。"今集中無此詩，余嘗見其親筆。後歸宜興，道由無錫，嘗至孫仲益家。時仲益年在髫齔。坡曰："孺子習何藝？"孫曰："學屬對。"坡曰："衡門稚子璠璵器。"孫應聲曰："翰苑仙人錦繡腸。"公撫其背曰："真璠璵器也。"二事皆吾鄉人士所知，輒記於此。

東坡曰："意盡而言止者，天下之至言也。然而言止而意不盡，尤爲極致。"

先生嘗謂劉景文與先子曰：某平生無快意事，惟作文章，意之所到，則筆力曲折，無不盡意。自謂世間樂事，無踰此者。

先生一日與魯直、文潛諸人會飯，既食滑䭔兒血羹。客有須薄茶者，因就取所碾龍團，遍啜坐人。或曰："使龍團能言，當須稱屈。"先生撫掌久之，曰："是亦可爲一題。"因援筆戲作律賦一首，以俾薦血羹龍團稱屈爲韻，山谷擊節稱詠不能已。已無藏本，聞關子開能誦。今亡矣。惜哉！

張子曰："造化之妙，則糟粕煨烬，無非教也"。猶莊子云："瓦礫粃糠，無非道也"，例是而言，東坡深於文者也，故嬉笑怒駡，皆成文章也；張旭深於書者也，故歌舞戲鬭，皆草書也。

洪文敏邁在禁林當鎖院。一夕草六制畢，捫腹步庭中。一老吏竊語云："當時大蘇學士亦不過如此。"文敏喜而問之："汝及侍蘇學士乎？"曰："某大父嘗爲吏，童時從入，是故見之。"文敏問："蘇學士何如我？"對曰："蘇公速實不過公，但不撿書耳。"文敏大慚。

東坡與王郎書云："少年爲學，每一書，作數次讀。當如入海，百貨皆有，人不能兼收盡取，但得其所欲求者爾。故願學者，每次作一意求之。如欲求古今興亡治亂，聖賢作用，且只作此意求之，勿生餘念。事迹文物之類，又别一次求。他皆放此。若學成，八面受敵，與涉獵者，不可同日語。"朱子嘗取以示學者曰："讀書當如是。"

欒城遺言："讀書百遍，經義自見。"東坡送安惇詩云："故書不厭百回讀，熟讀深思子自知。"荀子："誦數以貫之，思索以通之。"朱子曰："誦數，即今人讀書遍數也。古人讀書，精勤如此。"又云："看書如服藥，藥多力自行。"

今人梅花詩詞，多用"參横"字。蓋出柳子厚《龍城録》所載趙師雄事，然此實妄書。或以爲劉無言所作。其語云："東方已白，月落參横。"且以冬半視之，黄昏時，參已見，至丁夜，則西没矣。安得將旦而横乎？秦少游詩"月落參横畫角哀，暗香消盡令人老"，承此誤也。唯東坡云："紛紛初疑月掛樹，耿耿獨與參横昏。"乃爲精當。老杜有"城擁朝來客，天横醉後參"之句，以全篇考之，蓋初秋所作。

坡有"欲吐狂言喙三尺，怕君嗔我却須吞"。及觀杜集亦有"臨風欲慟哭，聲出已復吞"。韋蘇州"高歌長安酒，中憤不可吞"。李卓吾曰："浩歌長安酒，聲出不可吞。"

坡少年有詩云："清吟雜夢寐，得句旋已忘。"晚謫惠州復有一聯云："春江有佳句，我醉墮渺莽。"

坡送李公擇云："有如長庚星，到曉爛不收"；贈道潛云："故人各在天一角，相望落落如晨星"；任師中挽詞云："相看夜半晨星没，可憐太白與殘月。"

東坡《題李秀才醉眠亭》詩云:“君且歸休我欲眠,人言此語出天然。醉中對客眠何害,須信陶潛未若賢。”山谷《題晁無咎卧陶軒》亦云:“欲眠不遣客,佳處更難忘。”卓吾曰:“君且休矣我欲眠,未見此語非天然。醉中無與其眠者,客去同眠到曉天。”

韓退之詩云:“水作青羅帶,山爲碧玉簪。”柳子厚詩云:“海上群山似劍鋩,秋來處處割愁腸。”陸道士云:“二公當時不相會,好作成一屬對。”坡爲之對曰:“繫悶豈無羅帶木,割愁還有劍鋩出。”

予素不解棋,因獨遊廬山白鶴觀,觀中人皆已闔户晝寢,獨聞棋聲於古松流泉之間,意欣然喜之。自爾欲學,然終不解也。兒子過乃粗能者,儋守張中從之戲,予亦偶坐,竟日不厭。詩曰:“五老峰前,白鶴遺址。長松蔭庭,風日清美。我時獨遊,不逢一士。誰爲棋者,户外屨二。不聞人聲,時聞落子。[1] 小兒近道,剥琢信指。勝固欣然,敗亦可喜。”[2]

坡作雪詩云:“凍合玉樓寒起粟,先摇銀海眩生花。”後見王荆公云:“道家以兩肩爲玉樓,目爲銀海,是便此事否?”坡退曰:“惟荆公知此出處。”

《跋李端叔詩卷》云:“暫借好詩消詠夜,每逢佳處輒參禪。”

南人以飲酒爲軟飽,北人以晝寢爲黑甜。故東坡云:“三杯軟飽後,一枕黑甜餘。”

“蓮子劈開須見薏,楸枰著盡更無棋。破衫卻有重縫處,一飯何曾忘却匙。”趙彦村詩注云:“此吴歌格,借字寓意也。古詩有云:‘圍棋燒敗襖,著子更依然。’劉禹錫《竹枝歌》云:‘東邊日出西边雨,道是無晴還有晴’,亦是此意,蓋用‘晴’字隱‘情’字也。”

蘇公《百步洪》詩云:“長虹斗落生跳波,輕舟南下如投梭。水師絶叫鳧雁起,亂石一綫争蹉磨。有如兔走鷹隼落,駿馬下注千丈坡。斷弦離柱箭脱手,飛電過隙珠翻荷。”

東坡和劉貢父詩曰:“青派連淮上,黄樓冠海隅。此詩尤偉麗,夫子計魁梧。”按:後漢臧洪體貌魁梧。注,音吾。故杜子美詩曰:“魁梧

① 《蘇東坡全集》於此處還有“紋枰坐對,誰究其味。空鈎意釣,它在魴鯉”。

② 《蘇東坡全集》下有“優哉游哉,聊復爾耳”。

秉哲尊。”又《史記·張良世家》曰：“余以爲其人計魁梧。”後曾文清詩亦曰：“乃翁容貌計魁梧。”又考之漢史之贊張良曰：“張良之智勇，以爲魁梧奇偉，反若婦人女子。”此意正祖趙人述孟嘗君之意，趙人聞孟嘗君之賢，出而觀之，皆曰：“始以薛公爲魁梧，然今觀之，眇小丈夫耳。”然則“魁梧”二字其來已遠。

錢塘强幼安爲余言，頃歲調官都下，始識博士唐庚，因論坡詩之妙，如嶺外詩叙虎飲水潭上，有蛟尾而食之，以十字説盡，云：“潜鱗有饑蛟，掉尾取渴虎。”只著“渴”字，便見飲水意，且屬對親切。

東坡嘗語少子過曰：“秦少游、張文潛才識學問，爲當世第一，無能優劣二人者，少游下筆精悍，心所默識，而口不傳者，能以筆傳之；然而氣韻雄拔，疏通秀朗，當推文潛。二人皆辱與予游，同升而並黜，有自雷州來者，遞至少游所惠書詩累幅，近居蠻夷得此，如在齊聞韶也。”

《與米元章》云：“兩日來，疾有增無減。兒子於何處得《寶月觀賦》，琅然誦之。老僕卧聽未半，蹶然而起，恨二十年相從，知元章不盡。若此賦，當過古人，不論今世也。天下豈盡如我輩聵聵耶？公不久當自有大名，不勞我輩説也。”

高致虚云：東坡言過温泉壁下，見詩云“直待衆生總無垢，我方清冷混常流”。問人，云：“何遵作。”因題一絶云：“石龍有口口無根，自在流泉誰吐吞。若信衆生本無垢，此泉何處覓寒温。”何遵緣此知名，後來京師，每有賓客，必出數篇，讀者無不絶倒。

蘇子瞻守杭時，毛澤民者爲法曹，公以衆人遇之。澤民與妓瓊芳者善，及秩滿辞去，作《分飛詞》以贈妓云：“淚濕闌干花著露，愁到眉峰碧聚。此恨平分取，更無言語。空相覷。細雨残雲無意緒，寂寞朝朝暮暮。今夜山深處，斷魂分付潮回去。”子瞻一日宴客，妓歌此詞。問誰所作，妓以澤民對。公語坐客：“郡僚有詞人而不及知，軾之罪也。”翌日，折簡追回，留連數日，每預文酒之會，澤民因此得名。《韻語陽秋》云：東坡喜奬與後進，有一言之善，則極口褒賞，使其有聞於世而後已。故受其奬拂者，亦踴躍自勉，樂於進修，而終爲令器。

劉季，孫平之子，家藏書數千卷。其《送孔宗翰知揚州》詩云：“詩書魯國真男子，歌吹揚州作貴人。”多稱其精當，爲杭州鈐轄。子瞻作守，深知之。後嘗以詩寄子瞻云："四海共知霜鬢滿，重陽曾插菊花無。"子瞻大喜，在潁州和詩，所謂"一篇向人寫肝肺，四海知我霜鬢斑"，蓋記此也。

先生於人，有尺寸之長，雖非其徒，驟加奬借。如曇秀"吹將草木作天香"，妙總"知有人家住翠微"，仲殊之曲，惠聰之琴，皆咨嗟歎美，如恐不及。夫馬一駿驥坂，則價十倍；士一登龍門，則聲烜赫。嗚呼，惜公逝矣，而吾不及見也。

坡喜韋蘇州"寧知風雨夜，復此對牀眠"之句，故《在鄭州寄子由》云："寒燈相對話疇昔，夜雨何時聽蕭瑟。"又初秋，子由與坡相從彭城，賦詩云："逍遥堂後千章水，長送中宵風雨聲。悮喜對牀尋舊約，不知飄泊在彭城。"

今日局中早出，陰晦欲雪，而子由在户部晚出。忽記十年前在彭城時，王定國來相過，留十餘日還南都。時子由爲宋幕，定國臨去，求家書，僕醉不能作，獨以一絶與之曰："王郎西去路漫漫，野店無人霜月寒。淚濕粉窗書不得，憑君送與卯君看。"卯君，子由小名也。今日情味，雖差勝彭城，然不若"同歸林下，夜雨對牀"乃爲樂耳。

坡公《次魯直韻題李伯時畫王摩詰》詩云："前身陶彭澤，後身韋蘇州。欲覓王右丞，還向五字求。詩人與畫手，蘭菊芳春秋。又恐兩皆是，分身來入流。"

"湘中老人讀黄老，手援紫藟坐碧草。春至不知湖水深，日暮忘卻巴陵道。"唐末有人見作是詩者，辭氣殆似李謫仙。余都下見人携一紙文書，其兩首句云："朝披夢澤雲，笠釣青茫茫。"此語非太白亦不能道。或問："昔人謂東坡不喜《史記》，信然乎？"愚曰："東坡何嘗不喜《史記》也？觀其《記李氏山房》曰：'余猶見老儒先生，自言少時，欲求《史記》不可得，幸而得之，親手自抄，日夜誦讀，惟恐不及。'又觀其《海上與友人書》曰：'到此抄得《漢書》一部，若再抄得《唐書》，便是貧兒暴富也。'夫《漢書》《唐書》猶抄録慶幸如此，況於《史記》耶？荊公嘗稱坡公《表忠觀碑》似《史記》。"

余讀淵明《閑情賦》，所謂《國風》好色而不淫，正使不及《周南》，與屈、宋所陳何異？蕭統不知而譏之。此乃小兒强作解事者耶。李生曰："即《周南》也，无不及处。"

東坡帥杭，一日，與徐璹坐雙檜堂，指二檜吟曰："二疏辞漢去"，以兄弟皆補外也。璹應聲曰："大老入周來。"對偶親切，又善迎合。公大喜。

嘗聞東坡作《韓文公廟碑》，不能得一起頭，起行百十遭。忽得兩句云："匹夫而爲百世師，一言而爲天下法"，遂掃將去。

熙寧六年正月，作詩云："馬融既依梁，班固亦仕竇。效颦豈不欲，頑質謝鎸鏤。"又詩《送劉述》云："君王有意誅驕虜，搥碎銅山鑄銅虎。聯翩三十七將軍，走馬歸來各開府。"

參寥嘗與客評詩，客曰："世間故實小説，有可以入詩者，有不可以入詩者。唯東坡不揀擇，入手便用。如街談巷説，一經此老手，點瓦礫爲黄金，自有妙處。"參寥曰："老坡牙頰間，别有一副鑪鞴。他人豈可學耶？"卓吾曰："嘴頭禪亦自快人。"

坡詩如武庫初開，矛戟森然。一一求之，不無利鈍。然天才宏放，直與日月争光。凡古人所不到處，發明殆盡。萬斛泉源，未爲過也。然頗恨方朔極諫，時雜滑稽，故罕醖藉。卓吾子曰："時雜滑稽，正是其醖藉處。"

東坡如屈注天潢，倒連滄海，變眩百怪，終歸雄渾。

誥敕盛於六朝，其原肇自舜命九宫，羲仲和仲之詞，後君奭君牙蔡仲之命，其遺制也。此即口代天言，唐惟常楊元白，宋陶穀遂有依樣畫胡盧之誚。厥後王介甫最爲得體，而蘇子瞻尤號獨步，多訓飭戒勵之言，有訓誥之風，非如今之誥勅所謂一個八寸三頭巾，人人可載者也。

春夜行蘄水中，過酒家飲。酒醉，乘月至一溪橋上，解鞍少休，反覺已曉，亂山葱蘢，不謂人世也。書此詞於橋上，云："照野瀰瀰淺浪，横空曖曖微霄。障泥未解玉驄驕，我欲醉眠芳草。可惜一溪明月，莫教踏碎瓊瑶。解鞍欹枕緑楊橋，杜宇數聲春曉。"

歐文忠守維揚日，於城西建平山堂，頗暢游觀之勝。劉原甫出守揚州，文忠嘗餞之，作《西江月》詞。后東坡亦守是邦，登平山堂，感而和之云："三過平山堂下，半生彈指聲中。十年不見老仙翁，壁上龍蛇飛動。欲弔文章太守，仍歌楊柳春風。休言萬事轉頭空，未轉頭時皆夢。"

許彦周《詩話》曰：季父仲山在揚州時，事東坡先生，聞其教人作詩曰："熟讀《毛詩·國風》與《離騷》，曲折盡在是矣。"

子瞻嘗用孔稚圭鳴蛙事，如"水底笙簧蛙兩部，山中奴婢橘千頭"。以笙簧易鼓吹也。又曰："已遣亂蛙成兩部，更邀明月作三人。"

"冰肌玉骨清無汗，水殿風來暗香滿。繡簾一點月窺人，欹枕斜横雲鬓亂。起來庭户悄無聲，時見疏星渡河漢。屈指西風幾時來，不道流年暗中换。"世傳此詩爲花蘂夫人作，東坡嘗用此作《洞仙歌曲》，或謂東坡託花蘂以自解耳。

"餘杭自是水仙窟，似聞吴興更清絶。湖中橘林新著霜，溪上苕花正浮雪。顧渚茶芽白於齒，梅溪木瓜紅勝頰。吴兒鱠縷薄欲飛，未去先説饞涎垂。亦知謝公到郡久，應怪杜牧寻春迟。"余謂苕水出浮玉山，又云霅水，大率一水二名，總之，苕溪四水之一名耳。四水合爲一溪：曰苕、曰前、曰餘、曰霅，合而有聲，因曰霅云。

歲行盡矣，風雨淒然。紙窗竹屋，燈火青熒。時於此間，得少佳趣。

王定國嶺外歸，出歌者勸酒。坡作《定風波序》云：王定國歌兒曰柔奴，姓宇文氏，眉目娟麗，善應對，家世住京師。定國南遷歸，余問柔："廣南風土應不好？"柔對曰："此心安處，便是吾鄉。"因爲綴詞云："常羨人間琢玉郎，天教分付點酥娘。自作清歌傳皓齒，風起雪飛炎海變清涼。萬里歸來年愈少，微笑時時猶帶嶺梅香。試問嶺南應不好，却道此心安處是吾鄉。"

山谷見東坡《和淵明飲酒》詩，讀至"前山正可數，後騎且勿驅"，云："此老未死。"

子由作《棲賢堂記》，讀之，便如在堂中見木石陰森，草木膠葛。僕當爲書之刻石堂上，且欲與廬山結緣，他日入山不爲生客也。

東坡在雪堂，一日，讀杜牧之《阿房宫賦》，凡數遍。每讀徹一遍，即再三咨嗟歎息。至夜分，猶不寐。有二老兵，皆陝人，給事左右，坐久，甚苦之。一人長歎，操西音曰："知他有甚好處，夜久寒甚，不肯睡，連作寃苦聲。"其一曰："也有兩句好。"西人皆作吼音。其人大怒曰："你又理會得甚底。"對曰："我愛他道天下人不敢言而敢怒。"叔黨卧而聞之，明日以告。東坡大笑曰："這漢子也有鑒識。"

“杏花飛簾散餘春，明月入户寻幽人。寒衣步月踏花影，炯如流水涵青蘋。花間置酒清香發，争挽長條落香雪。山城酒薄不堪飲，勸君且吸杯中月。洞簫聲斷月明中，惟憂月落酒杯空。明朝卷地春風惡，但見緑葉棲残紅。”東坡《詩話》云：“僕在徐州，王子立、子敏皆館於官舍，蜀人張思厚來過。二王方年少，吹洞簫，飲酒杏花下，予作此詩。明年，余謫黄州，對月獨飲，嘗有詩云：‘去年花落在徐州，對月酣歌美清夜。今年黄州見花發，小院閉門風露下。’蓋憶與二王飲時也。張思厚久已死，今年子立復爲古人。哀哉。”

“昵昵兒女語，恩怨相爾汝。劃然變軒昂，勇士赴敵場。”此退之《聽穎師琴》詩。歐陽文忠嘗問僕琴詩何者最佳，余以此答之。公言此詩最奇麗，然自是聽琵琶詩，非聽琴詩。余退而作《聽杭僧惟賢琴》詩云：“大弦春温和且平，小弦廉折亮以清。平生不識宫與角，但聽牛鳴盎中雉登木。門前剥啄誰扣門，山僧未閑君勿嗔。歸家且覓千斛水，净洗從前箏笛耳。”詩成，欲寄公而公薨，至今以爲恨。

東坡曰：“平疇交遠風，良苗亦懷新。”非耦耕植杖，不能道此語，非老農不能識此語。

海南有五色雀，常以兩絳者爲長，進止必隨，俗謂之鳳凰。云：久旱而見，輒雨；潦則反是。吾卜居儋耳城南，嘗一至庭下，今又見之黎子雲及其弟威家。雀既去，吾舉酒祝之曰：“若爲吾來者，當冉集。”已而果然。乃爲賦詩。

嶺南氣候不常，吾嘗云：“菊花開時乃重陽，涼天佳月即中秋。”不須以日月爲斷。今歲殘暑方退，既望之後，月出逾遲。余嘗夜起登合江樓，或與客遊豐湖西禪寺，扣羅浮道院，登逍遥堂，逮曉乃歸。杜子美云：“四更山吐月，残夜水明樓。”此古今絶唱。因其句作五首，仍以殘夜水明樓爲韻，云：“一更山吐月，上塔掛微瀾。正是西湖上，湧金門外看。冰輪横海闊，香霧入樓寒。停鞭且莫上，照我酒杯残。”“二更山吐月，幽人方獨夜。可憐人與月，夜夜江樓下。風枝久未停，露草不可藉。歸來掩關卧，唧唧幽夜話。”“三更山吐月，棲鳥夜驚起。起尋夢中遊，清絶正如此。驅馳掃泉溜，俯仰迷空水。幸可飲我牛，不須遺洗耳。”“四更山吐月，皎皎爲誰明。幽人赴我約，坐待玉繩横。野橋兩斷板，山寺可微行。今夕定何夕，夢中遊化城。”“五更山吐月，窗白室幽幽。玉鉤還掛户，江練卻明樓。星河淡欲曉，鼓角冷知秋。不眠翻五詠，清切變蠻謳。”

僕初入廬山作一絶，後又作兩絶，云：“青山若無素，偃蹇不相親。要識青山面，他年是故人。”又云：“自昔懷清賞，神遊杳靄間。如今不是夢，真箇是廬山。”是日，有以陳令舉《廬山記》見寄者，且行且讀。見其中云徐凝、李白之詩，不覺失笑。旋入開元寺，僧求詩，因作一絶云：“帝遣銀河一派垂，古來惟有謫仙詩。飛流濺沫知多少，不爲徐凝洗惡詩。”往來南北山十餘日，以爲絶勝，不可勝談，擇其尤莫如漱玉亭、三峽橋，故作此二詩。最後與總老遊西林，作一絶云：“横看成嶺側成峰，到處看山了不同。不識廬山真面目，只緣身在此山中。”余廬山詩，盡於此矣。

余與郭生游寒溪。郭生善作挽歌，酒酣，發聲，座爲悽然。郭生言恨無佳詞，因爲略改樂天《寒食》詩歌之，坐客有泣者。其詞曰：“烏啼鵶噪昏喬木，清明寒食誰家哭。風吹曠野紙錢飛，古墓纍纍春草緑。棠梨花映白楊樹，盡是死生離别處。冥漠重泉哭不聞，蕭蕭暮雨人歸去。”每雜以散聲。

有明上人者，作詩甚難，求捷法於東坡。東坡作兩頌以與之。其一云：“字字覓奇險，節節累枝葉。咬嚼三十年，轉更無交涉。”其一云：“衝口出常言，法度法前軌。人言非妙處，妙處在於是。”

東坡作李白畫像詩云：“天人幾何同一漚，謫仙非謫乃其游。揮斥八極隘九州，化爲二鳥鳴相酬。一鳴一息三千秋，縻之不得矧肯求。”又云：“大兒汾陽中令君，小兒天台坐忘身。”其事乃用白交汾陽於行伍中，竟脱白於禍。天台司馬紫微，謂白有仙風道骨，可與神遊八極之表也。

東坡酷愛西湖，作詩云：“若把西湖比西子，淡粧濃抹總相宜。”又有詩曰：“雲山已作歌眉淺，山下碧流清似眼。”余謂此詩，又是爲西子寫生也，要識西子，但看西湖，要識西湖，但看此詩。

慶曆中，歐陽公謫守滁州，瑯琊幽谷，山川奇麗，鳴泉飛瀑，聲若環珮。公臨聽忘歸。僧智山作亭其上，公刻石爲記以遺州人。既去十年，太常博士沈遵聞而往游，以琴寫其聲，爲《醉翁吟》，蓋宫聲三迭。後會公河朔，遵援琴作之，公歌以遺遵，並爲醉翁，引以叙其事。

然調不注聲，爲知琴者所惜。後三十餘年公薨，遵亦歿。有廬山道人崔閑，遵客也，妙於琴理，常恨此曲無詞，乃譜其聲，請於東坡居士以補其缺，然後聲詞皆備，遂爲琴中絶妙。好事者争傳其詞，曰："琅然清圓，誰彈向空山無言，惟有醉翁知其天。月明風露娟娟，人未眠，荷蕢過山前。曰有心哉此賢。第三迭泛聲同此。醉翁嘯咏，聲和流泉。醉翁去後，空有朝吟夜怨。山有時而童顛，水有時而回淵。思翁無歲年，翁今爲飛仙，此意在人間。試聽徽外兩三絃。"方補詞，閑爲絃其聲，居士倚爲詞，頃刻而就，無所點竄。遵之子爲比丘，號本覺真禪師，居士書以與之云："二水同去，有不相入。二琴同手，有不相應。沈君信手彈琴，而與泉合；居士縱筆作詞，而與琴會。此必有真同者矣。"

子瞻中秋日，分天竺桂花與楊元素，詩云："月缺霜濃細蘂乾，此花元屬桂堂仙。鷲峰子落驚前夜，蟾窟枝空記昔年。破裓山僧憐耿介，練裙溪女鬥清妍。願公採擷紉幽佩，莫遣孤芳老澗邊。"

子瞻有《和楊公濟梅花三絶》，亦皆西湖景。云："春入西湖到處花，裙腰芳草抱山斜。盈盈解佩臨湘浦，脉脉當壚傍酒家。"又："湖面初驚片片飛，尊前吹折最繁枝。何人會得春風意，怕見黄梅細雨時。"又："北客南來豈是家，醉看參月半横斜。龜年欲識吴姬面，秉燭三更對此花。"更有紅梅、臘梅兩種，紅梅詩云："怕愁貪睡獨開遲，自恐冰容不入時。故作小紅桃杏色，尚餘孤瘦雪霜姿。寒心未肯隨春態，酒暈無端上玉肌。詩老不知梅格在，更看緑葉與青枝。"其種來自閩湘中，故有福州紅、潭州紅、邵武紅等號。臘，又名緑萼梅，色黄白，酷似密脾，檀心爲上，磬口次之。花小香淡，以子種出，不經接者，又次之。子瞻詩云："萬松嶺上黄千葉，玉蘂檀心兩奇絶。"高子勉云："少鎔燭淚裝應似，多爇龍涎臭不如。只恐春風有機事，夜來開破幾丸書。"

瑞香，有黄紫二種，有紫瓣而緣金者。子瞻有《次曹子方龍山真覺院瑞香》詩云："幽花結淺紫，來自孤雲岑。骨香不自知，色淺意殊深。移栽青蓮宇，遂冠薝蔔林。紉爲楚臣佩，散落天女襟。"云云。今馬塍種最多，大者名錦熏籠。

杜鵑花，諸山皆有之，而宋時菩提寺南漪堂獨盛。子瞻詩云："南漪杜鵑天下無，披香殿上紅氍毹。鶴林兵火真一夢，不歸閬苑歸西湖。"

牡丹,唐時杭州無此種。長慶開元寺僧惠澄自都下乍得一木,謂之洛花。白樂天携酒賞之,張處士祐題詩云:"濃豔初開小藥闌,人人惆悵出長安。風流卻是錢塘守,不踏紅塵看牡丹。"至宋時漸多,而獨盛於吉祥寺。蘇子瞻通判杭州時,有《牡丹記叙》一篇。

枇杷,白者爲上,黄者次之,無核者名椒。子瞻同劉景文《真覺院賞枇杷》詩云:"緑暗初迎夏,紅残不及春。魏花非老伴,盧橘是鄉人。"其序云:"院有洛花,花時不暇往,故有'魏花非伴'之句。"

宋時,梵天寺有月廊數百間。庭前多楊梅、盧橘。子瞻詩云:"夢遶吴山卻月廊,楊梅盧橘覺猶香。"客有言"閩廣荔枝"何物可對者,或對以"西涼葡萄",予以爲未若"吴越楊梅"。正平詩云:"五月楊梅已滿林,初疑一顆價千金。味方河朔葡萄重,色比瀘南荔子深。"則古人亦有舉而方之者矣。

東坡海棠詩曰:"只恐夜深花睡去,故燒高燭照紅粧。"事見《太真外傳》,曰:上皇登沈香亭,召太真妃,於時卯醉未醒,命力士使侍兒扶掖而至。妃子醉歆殘粧,鬢亂釵横,不能再拜。上皇笑曰:"豈妃子醉,是海棠睡未足耳。"

王介甫梅詩云:"少陵爲爾牽詩興,可是無心賦海棠。"東坡柯丘海棠長篇云:"東風嫋嫋泛崇光,香霧霏霏月轉廊。只恐夜深花睡去,更燒高燭照紅粧。"先生嘗作大字如掌書此詩。

東坡梅詩:"鮫綃翦碎玉簪輕,檀暈粧成雪月明。肯伴老人春一醉,懸知欲落更多情。"王十朋集諸家註,皆不解"檀暈"之義,今爲著之。宇文氏《粧臺記》,紀婦女畫眉,有倒暈粧。《古樂府》有"暈眉攏鬢"之説。元微之《與白樂天書》:"近昵婦人,暈澹眉目,綰約頭鬢。"《畫譜》有:"正暈牡丹,倒暈牡丹。"《太平廣記》:"許老翁有銀泥裙、五暈羅。"畫工七十二色,有檀色,與張萱所畫婦女暈眉,所謂"紫沙幂酷似",可以互證也。坡詩又云:"剩看新翻眉倒暈。"又云:"倒暈連眉秀嶺浮。"

禪宗頌古唐僧古梅詩云:"雪虐風饕水浸根,石边尚有古苔痕。天公未肯隨寒主,又孽清香與返魂。"東坡梅花詩:"蕙死蘭枯菊已摧,返魂香入隴頭梅。"正用此事。

密雲龍茶，極爲甘馨。宋廖正一，字明略，晚登蘇門。子瞻大奇之。時黄、秦、晁、張，號蘇門四學士。子瞻待之厚。每來，必令侍妾朝雲取密雲龍。一日，又命取密雲龍。家人謂是四學士，窺之，乃明略也。山谷有裔雲龍，亦茶名。

杭州寶雲山産者，名寶雲茶；下天竺香林洞者，名香林茶，上天竺白雲峰者，名白雲茶。坡詩云："白雲山下兩旗新。"又寶嚴院垂雲亭，亦産茶。有僧怡然，以垂雲新茶見餉，坡報以大龍團。戲作云："妙供來香積，珍烹具大官。揀牙分雀舌，賜茗出龍團。"云云。又嘗游山寺，飲釅茶七碗，戲書云："示病維摩元不病，在家靈運已忘家。何須魏帝一丸藥，且盡盧仝七碗茶。"

《答錢覬茶》詩云："我官於南今幾時，嘗盡溪茶與山茗。胸中似記古人面，口不能言心自省。雪花兩脚何足道，啜過始知真味永。縱復苦硬終可録，汲黯少戇寛饒猛。草茶無賴空有名，高香妖邪次顛獷。體輕雖復强浮沈，性滯偏工呕酸冷。其間絶品豈不佳，張禹縱賢非骨鯁。葵花玉跨不易致，道路幽險隔雲嶺。誰知使者來自西，開緘磊落收百餅。嗅香嚼味本非别，透紙自覺光炯炯。粃糠團鳳及小龍，奴隸日注臣雙井。收藏愛惜待佳客，不敢包裹鑽權倖。此詩有味君勿傳，空使其人怒生癭。"

安定郡王以黄柑釀酒，謂之洞庭春色。色、香、味三絶，以餉其猶子德麟，以飲予爲詩。醉後信筆，頗有沓拖風氣，云："去年洞庭秋，香霧嘗噀手。於今洞庭春，玉色凝非酒。賢王文字飲，醉筆蛟龍走。既醉念君醒，遠餉爲我壽。瓶開香浮生，盞凸光照牖。方傾安仁醽，莫遣遠公嗅。要當名字奇，未可論升斗。應呼釣詩鈎，亦號掃愁箒。君知葡萄惡，正是嫫母醜。須君灧海盃，澆我談天口。"

東坡云："'陶潛詩，但恐多謬誤。'君當恕醉人，此未醉時説也。若已醉，何暇憂誤哉！然世人言醉時是醒時語，此最名言。張安道飲酒，初不言盞數，與劉潛、石曼卿但言當飲幾日而已。歐公盛年時，能飲百盞，然常爲安道所困。聖俞亦能百許盞，然醉輒高叉手，而語彌温謹，此亦知其所不足而勉之，非善飲者。善飲者淡然與平時無少異，若僕者又何其甚，飲一盞而醉，醉味與數君何異？亦無所羡矣。"

孔文舉云："坐上客常滿，樽中酒不空。吾無事矣。"此語甚得酒中趣。及見淵明云:"偶有佳酒,無夕不傾。顧影獨盡,悠然復醉。"便覺文舉多事矣。

子瞻在黄州,作蜜酒;在惠州,作桂酒。余嘗問其二子邁、過云:"亦一試之而止,大抵氣味似屠酥酒。"二子語及,亦自撫掌大笑。好事者借以爲詩,故世喜其名要之酒,非麴糵,何可以他物爲之?若不類酒,孰若以蜜漬木瓜櫨橙等爲之自可口,不必似酒也。凡酒用藥,未有不奪其味,況桂之烈乎?楚人所謂桂酒椒漿者,安知其爲美?但世俗所尚耳。

東坡云:梅二聖俞,長身秀眉,大耳紅頰,飲酒過百盞,輒正坐高拱,此其醉時已。

宋時,西湖多詩僧。熙寧間有清順,字怡然;可久,字逸老。所居皆湖山勝處,而清順尤約介,不妄交人。無大故,不入城市。士夫有以米粟饋者,受不過數斗,盎貯几上。日取二三合啖之。蔬筍之供,恒缺乏也。東坡一日游西湖僧舍,壁間見小詩云:"竹暗不通日,泉聲落如雨。春風自有期,桃李亂深塢。"問誰所作,或以清順對。即日求得之,聲名頓起。

思聰爲行童日,東坡倅杭州,令和參寥子"昏"字詩。聰立成,有"千點亂山横紫翠,一鈎新月掛黄昏"之句。東坡大稱賞。大觀政和間,聰挾琴游梁,日登中貴人之門。久之,遂還俗爲御前使臣,方其將冠巾也。蘇叔黨因浙僧入都,送之詩云:"試誦北山移,爲我招琴聰。"詩至,已無及矣。

東坡初赴惠州,過峽山寺,不值主人。其詩云:"山僧本幽獨,乞食況未還。雲碓水自舂,松門風爲關。"既至惠州,殘臘獨出,至栖禪寺,亦不逢一僧。其詩云:"江邊獨山行,詰曲背城市。平湖春草合,步至栖禪寺。堂空不見人,施子浄掃地。"

子瞻佐郡日,與僧惠勤、惠思、清順、可久、惟肅、義詮爲方外之交,嘗同泛西湖。詩云:"三吴雨連月,湖水日夜添。尋僧去無路,潎潎雨拍檐。駕言徂北山,得與幽人兼。清風洗昏翳,晚景分濃纖。縹緲朱樓人,斜陽半疏簾。"云云。

惠勤、惠思者,皆居孤山。蘇子瞻倅郡,以臘日訪之,作詩云:"天欲雪,雲滿湖,樓臺明滅山有無。水清石出魚可數,林深無人鳥相呼。

臘日不歸對妻孥,名尋道人實自娛。道人之居在何許,寶雲山前路盤紆。孤山孤絶誰肯廬,道人有道山不孤。紙窗竹屋深自暖,擁褐坐睡依團蒲。天寒路遠愁僕夫,整駕催歸及未晡。出山回望雲木合,但見野鶴盤浮屠。玆遊淡泊歡有餘,到家怳如夢蘧蘧。作詩火急追亡逋,清景一失後難摹。"

送參寥子《八聲甘州詞》云:"有情風,萬里捲潮來,無情送潮歸。問錢塘江上,西河浦口,幾度斜暉。不用思量今古,俯仰昔人非。誰似東坡老,白首忘機,記取西湖西畔正暮山,好處空翠煙霏。算時人相得,如我與君稀,約他年東歸海道,願謝公雅志莫相違。西湖路,不應回首爲我沾衣。"

風篁嶺多蒼筤篠蕩,風韻淒清。至此,林壑深沉,迴出塵表,流淙活活,自龍井而下,四時不絶。嶺故叢薄荒密。元豐中,僧辨才淬治潔楚,名曰風篁。蘇子瞻訪辨才龍井送至嶺上,左右驚曰:"遠公過虎溪矣。"辨才笑曰:"杜子有云:'與子成二老,來往亦風流。'"遂作亭嶺上,名曰過溪,亦曰二老。子瞻紀之。詩云:"日月轉雙轂,古今同一丘。惟此鶴骨老,凛然不知秋。去住兩無礙,人士争挽留。去如龍出水,雷雨捲潭湫。來如珠還浦,魚鼈争駢頭。此生暫寄寓,常恐名實浮。我比陶令愧,師爲遠公優。送我過虎溪,溪水當逆流。聊使此山人,永記二老游。"

仲殊嗜蜜,思聰嗜琴。東坡詩所謂"招得琴聰與蜜殊"者是也。仲殊善詞,而小調尤勝,如訴衷情,詠西湖,詠夏景,風流藴藉,不減少年。

坡《和僧守詮詩》云:"但聞煙外鐘,不見煙中寺。幽人行未已,草露濕芒屨。唯應山頭月,夜夜照來去。"未嘗不喜其清絶。及讀詮詩云:"落日寒蟬鳴,獨歸林下寺。松扉竟未掩,片月隨行屨。時聞犬吠聲,更入青蘿去。"其幽深清遠,亦自有林下風味也。

三蘇自蜀來,張安道、歐陽永叔爲延譽於朝。一日,安道問明允云:"令嗣近日看甚文字?"明允答以方再看《前漢書》。安道曰:"文字尚看兩遍乎?"明允歸語子瞻曰:"此老未知耳。世間人尚有看三遍者。"安道嘗借人十七史,經日即還,云已盡閲。其天資强記,數行俱下。前輩宿儒,少能及之。

公嘗言觀書，夜常以三鼓爲率。雖大醉歸，亦必披展，至倦乃寢。自出詔獄之後，不復觀一字矣。某於錢塘從公學，一年未嘗見公特觀一書也。然每有賦詠及著誤所用故實，雖日前爛熟事，必令秦與叔黨諸人檢視而後出。秦少章。

文章至東漢始陵夷，晋宋間句爲一段，字作一處，其源出於崔蔡。史載文姬兩詩，特爲俊偉，非獨爲婦人之奇，乃伯喈所不逮也。又俚俗語有可取者："處貧賤易，耐富貴難；安勞苦易，安閑散難；忍痛易，忍癢難。"人能安閑散、耐富貴、忍癢，真有道之士也。二段所書，皆東坡醉墨。遠家寶之甚久，後入御府，世無傳者。

唐子西云：先生赴定武時，過京師，館於城外一園中。余時年十八，謁之。問近觀甚書，予對以方讀《晋書》。猝問其中有甚亭子名，予茫然失對。

坡因子過讀《南史》，卧而聽之，語過曰："王僧虔居建康禁中里馬糞巷，子孫質實謙和，時人稱馬糞。諸王爲長者。東漢贊論李固云：視胡廣趙戒如糞土。糞之穢也，一經僧虔，便爲佳號。而以比趙胡，則糞有時而不幸，汝可不知乎？"

坡在嶺海間，最喜讀陶淵明、柳子厚集，謂之南遷二友。

坡云：春秋之學，自有妙用。若求繩約中，乃近法家者流，苛細絞繞，竟亦何用。惟丘明識其妙，然不盡談，欲使學者自求之。

坡在海外，盛稱柳柳州詩。後有人得罪過海，見黎子雲云："海外絶無書，吾家止有柳文，東坡遂借以研看，謂柳州詩在彭澤之下，韋蘇州之上。"

先生翰墨之妙，既經崇寧大觀焚毁之餘，人間所藏，蓋一二數也。至宣和間，内府復加搜訪，一紙定直萬錢，而梁師成以三百千取吾族人《英州石橋銘》，譚稹以五萬錢輟沈元弼月林堂榜名三字。至於幽人釋子所藏寸紙，皆爲利誘，盡歸諸貴近，及大卷軸輸積天上。丙午年，金人犯闕，輸運而往，疑南州無一字之餘也。而紹興之初，余於中貴任源家，其所藏幾三百軸。最佳者有徑寸字書《宸奎閣記》，行書《南遷乞乘舟表》與《酒子賦》。又於先生諸孫處見海外五賦，字皆如《醉翁亭記》而加老放。畢少董處見自虜中還，得責吕惠卿詞於王信仲家人鍼篋中。續仲永處見海外《祭妹德化縣君文》與余世寶《東坡先生無一錢》詩。醉草十紙，龍蛇飛動，皆非前後石刻所見者，則德麟趙丈嘗跋公書後，有“翰墨稽天，發乎妙定”之語，爲不虚也。

晁丈無咎言蘇公少時，手抄經史皆一通。每一書成，輒變一體，卒之學成而已。乃知筆下變化，皆自端楷中來。

東坡云：“遇天色明暖，筆硯和暢，便宜作草書數紙，非獨以適吾意，亦使百年之後，與我同病者有發之也。”張長史、懷素得草書三昧，聖宋文物之盛，未有嗣之。惟君謨頗有法度，然而未放心，與東坡相上下耳。

文與可云：“余學草書凡十年，終未得古人用筆相傳之法，後因見道上鬥蛇，遂得其妙，乃知顛素之各有所悟，然後至於此耳。”東坡跋云：“留意於物，往往成趣。昔人好草書者，夜夢，則見蛟蛇糾結。數年，或晝日見之，草書則工矣。而所見亦可患，與可之所見，豈真蛇耶，抑草書之精也？予平生好與與可劇談大噱，此語恨不令與可聞之，令其捧腹絶倒也。”

將至曲江，船上灘欹側，撑篙者百指，篙聲石聲犖然。四顧皆濤瀨，士無人色，而吾作字不少衰。何也？吾更變亦多矣，置筆而起，終不能作一事，何如且作字乎。

予在資善堂，與吴傳正爲世外之游。及將赴中山，傳正贈予易水供堂墨一丸而别。紹聖元年閏四月十五日，予赴英州，過韋城，而傳正之甥歐陽思仲在焉，相與談傳正高風，歎息久之。始予嘗作《洞庭春色賦》，傳正獨愛重之，求予親書其本。近又作《中山松醪賦》，不減前作，獨恨傳正未見。乃取李氏澄心堂紙，杭州程奕鼠鬚毛，傳正所贈易水供堂墨，録本以授思仲，使而授傳正，且祝深藏之。

元祐二年正月十二日，蘇子瞻、李伯時爲柳仲遠作松石圖。仲遠取杜子美詩：“松根胡僧憩寂寞，龐眉皓首無住著。偏袒右肩露雙脚，葉裹松子僧前落。”復求伯時畫此數句，爲憩寂圖。子由題云：“東坡自作蒼蒼石，留取長松待伯時。只有兩人嫌未足，兼收前世杜陵詩。”因次其韻云：“東坡雖是湖州派，竹石風流各一時。前世畫師今姓李，不妨題作輞川詩。”文與可嘗云：“老夫墨竹一派，近在徐州。吾竹雖不及，石似過之。此一卷公案，不可不令魯直下一句。”魯直跋云：“或言子瞻不當曰伯時爲前身畫師，流俗人不領，便是詩病。伯時一丘一壑，不減古人。誰當作此癡計，子瞻此語，是真相知。”

東坡居士極不惜書，然不可乞。有乞書者正色詰責之，或終不與一字。元祐中，鎖試禮部，每來見過，案上紙不擇精粗，書遍乃已。性好酒，然不能四五龠，已爛醉，不辭謝而就卧，鼻鼾如雷。少焉，蘇醒，落筆如風雨，雖謔弄皆有義味，真神仙中人也。

坡仙集卷之十二終

坡仙集卷之十三

别集一百十六條

東坡此書，圓勁成就，所謂怒猊抉石，渴驥奔泉，恐不在會稽之筆，而在東坡之手矣。此數十行，又兼《董孝子碣》《禹廟詩》之妙處。士大夫多譏東坡用筆不合古法，彼蓋不知古法從何出爾。杜周云："三尺安在哉？前王所是以爲律，後王所是以爲令。"予嘗以此論書，而東坡絶倒也。往時柳子厚、劉禹錫譏評韓退之《平淮西碑》，當時道聽塗説者，亦多以爲然。今日觀之，果何如耶？或云："東坡作'戈'，多成病筆。又腕著而筆卧，故左秀而右枯。"此又見其管中窺豹，不識大體。殊不知西施捧心而顰，雖其病處，乃自成妍。今人未解愛敬此書，遠付百年，公論自出。但恨封德彝輩，無如許壽及見之耳。山谷。

蘇翰林用宣城諸葛齊鋒筆，作字疏疏密密，隨意緩急而字間妍媚百出。古來以文章名重天下，例不工書，所以子瞻翰墨，尤爲世人所重。今日市人持之以得善價，百餘年後，想見其風流餘韻，當萬金購藏耳。廬州李伯時近作子瞻按藤杖，坐盤石，極似其醉時意態，此紙妙天下。可乞伯時作一子瞻像，吾輩會聚時，閒置席上，如見其人，亦一佳事也。山斧。

東坡書，隨大、小、真、行，皆有嫵媚可喜處。今俗子喜譏評東坡，彼蓋用翰林侍書之繩墨尺度，是豈知書法之意哉？余謂東坡書、學問、文章之氣，鬱鬱芊芊，發於筆墨之間，此所以它人終莫能及爾。山谷。

東坡先生書，浙東西士大夫無不規摹，頗有用意精到，得其仿佛，至於老重下筆沈著痛快似顔魯公、李北海處，遂無一筆可尋。丹陽高述、齊安潘岐，其人皆文藝，故其風聲氣俗見於筆墨間，坐作語言，想像其人，時作東坡簡筆，或能亂真，遇至鑒，則亦敗矣。東坡書彭城以前猶可僞，至黄州後，掣筆極有力，可望而知真贋也。山谷。

余嘗論右軍父子以來，筆法超逸絶塵，唯顔魯公、楊少師二人。立論者，十餘年間瞠若不識，子瞻獨謂爲然。士夫乃云："蘇子瞻與黄魯直愛而不知其惡。"豈其然乎？比來作字，頗仿佛魯公筆勢，然終不似魯公，暗合孫吴耳。山谷。

張友正，鄧公之季子，少喜學書，不出仕，有别業，價三百萬，盡鬻以買紙，筆蹟高簡，有晋宋人風味，尤工於草書。故廬在甜水巷，一日，棄去，從水櫃街僦小屋，與染工爲鄰。或問其故，答曰："吾欲假其縑素學書耳。"於是與約，凡有欲染皁者，先假之一端，酬二百錢，如是日書數端。米元章書，自得於天資，然自少至老，筆未嘗停，有以紙餉之者，不問多寡，入手即書，至盡乃已，元祐末，知雍丘縣，蘇子瞻自揚州召還，乃具飯邀之。既至，則對設長案，各以精筆佳墨、紙三百列其上，而置饌其傍。子瞻見之大笑，就坐，每酒一行，即伸紙共作字。以二小史磨墨，幾不能供。薄暮，酒行既終，紙亦盡，乃更相易携去，俱自以爲平日書莫及也。友正既未嘗仕，其性介，不多與人通，故其書知之者少，但不逮元章。

東坡少日學蘭亭，故其書姿媚似徐季海。至酒酣放浪、意忘工拙，字特瘦勁，乃似柳誠懸。中歲喜學顔魯公、楊風子書，其合處，不減李北海。至於筆圓而韻勝，挾以文章妙天下，忠義貫日月之氣，本朝善書，自當推爲第一。數百年後，必有知此論者。

余嘗論二王以來，書藝超軼絶塵，惟魯公、楊少師，相望數百年，若親望見逸少，又知得手應心，乃輪扁不傳之妙。晚識子瞻，評子瞻行書當在楊、顔間。子瞻極辞謝不敢。卓吾曰："此其所以能楊、顔間也。"

潭州石刻法貼十卷，蓋錢希白所鎸，最爲善本。吾鄉程欽之待詔，以元符三年帥桂林。東坡自儋耳移合浦，得觀其藏貼。每貼，各題其末。第二卷云：唐太宗作詩至多，亦有徐庾風氣，而世不傳。獨於《初學記》時時見之。第四卷云：吴道子始見張僧繇畫，曰浪得名耳。已而坐卧其下，三日不能去。庾征西初不服逸少，有"家雞野鶩"之論，後乃謂伯英再生。第八卷云：希白作字，自有江左風味，故長沙法帖比淳化待詔所摹爲勝,世俗不察,争訪閣本,誤矣。此逸少一卷尤妙。按:庾亮及弟翼,俱爲征西將軍。坡所引者,翼也。坡又詩曰:"暮年卻得庾安西,自厭家雞題六紙。"此帖今藏予家。

王右軍本學衛夫人,其後遂妙天下,所謂風斯在下也。東坡字,本出顔魯公,其後遂自名家,所謂青出於藍也。

東坡與子由論書云:"吾雖不善书,曉書莫如我。苟能通其意,常謂不學可。"故其子叔黨跋公書云:"吾先君子,岂以書自名哉?特以其至大至剛之氣,發於胸中,而應之以手,故不見其有刻畫嫵媚之態,而端冕章甫,若有不可犯之色。少年喜二王書,晚乃喜顔平原,故時有二家風氣。俗子不知,妄謂學徐浩,陋矣。"

徐會稽之濁,在跛偃;李北海之濁,在欹斜。跛偃之弊,流而誤吾坡公;欹斜之弊,流而爲元章父子。

海岳以書學博士召對,上問本朝以書名世者數人。海岳各以其人對,曰:"蔡京不得筆,蔡卞得筆而乏逸韻,蔡襄勒字,黄庭堅描字,蘇軾畫字。"上曰:"卿書何如?"曰:"臣書刷子。"

蘇文忠五帖其獻蠔帖,極言蠔之美。至令叔黨勿宣傳北方君子,恐求謫海南以分其味。

味摩詰之詩,詩中有畫,觀摩詰之畫,畫中有詩。詩曰:"藍溪白石出,玉川紅葉稀。山路元無雨,空翠濕人衣。"

黄筌畫飛鳥,頸足皆展。或曰:"飛鳥縮頸則展足,縮足則展頸,無兩展者。"驗之,信然,乃知觀物不審,雖畫師且不能,況其大者乎?

蜀中杜處士好書畫,所寶以百數,有戴嵩牛一軸,尤所愛,錦囊玉軸,常以自隨。一日,曝書畫,有牧童見之,撫掌笑曰:"此畫鬥牛也。牛鬥力在角,尾搐入兩股間。今乃掉尾而鬥,謬矣。"處士笑而然之。古語云:"耕當問奴,織當問婢。"不可改也。

跋畫苑云:君厚畫苑,處不充篋笥,出不汗牛馬。明窗净几,有坐卧之安;高堂素壁,無舒卷之勞。而人物禽魚之變態,山川草木之奇姿,粲然陳前,亦好事者之一適也。

魯直跋右軍《所膾圖》云:"徐彦和送此本來,云是王右軍《所膾圖》。予觀此榻上偃蹇者,定不解書《蘭亭序》也。右軍在會稽時,桓温求側理紙,庫中有五十萬盡付之,計此風神,必有岩壑之姿耳。"東坡跋云:“謝安石人物,爲江左第一。然其爲政,殊未可逸少意,作書譏誚,殆欲痛哭。以紙五十萬與桓温,何足道? 此乃史官之陋,而魯直亦云爾,何哉? 書生見五十萬紙,足了一世,舉以與人,真異事耳。”

書鄭君乘絹紙云:僕謫居黄州,鄭元輿君乘亦官於黄。一日,以此紙一軸求僕書,云:“有故人孟陽,酷好君書,屬予多爲求之。”仍出孟君書數紙。其人亦善用筆,落筆洒然,雖僕何以加之。鄭君言其意勤甚,殆不可不許。後數日,適會中秋,僕與客飲江亭,醉甚,乃作此數紙。時元豐四年也。明日視之,乃絹。然古者本謂絹紙,近世失之。

王直方詩話云:歐公《盤車圖》詩云:“古畫畫意不畫形,梅詩詠物無隱情。忘形得意知者寡,不若見詩如見畫。”東坡作《韓幹畫馬》詩云:“韓生畫馬真是馬,蘇子作詩如見畫。世無伯樂亦無韓,此詩此畫誰當看。”又云:“論畫求形似,見與兒童鄰。賦詩必此詩,定非知詩人。”又云:“少陵翰墨無形畫,韓幹丹青不語詩。此畫此詩今已矣,人間駑驥謾争馳。”余以爲若論詩畫,於此盡矣。

元祐間,黄、秦諸君子在館,暇日觀畫。山谷出李龍眠所作《賢己圖》,博奕樗蒲之儔咸列焉。博者六七人,方据一局,投迸盆中,五皆六,而一猶旋轉不已。一人俯盆疾呼,妄觀皆變色起立,纖濃態度,曲盡其妙。相與歎賞,以爲卓絶。適東坡從外來,睨之曰:“李龍眠天下士,顧效閩人語邪。”衆賢怪請其故。東坡曰:“四海語音,言六皆合口,惟閩音則張口。今盆中皆六,一猶未定,法當呼六,而疾呼者乃張口,何也?”龍眠聞之,亦笑而服。

坡有題所画雁诗云:“野雁見人時,未起意先改。君從何處看,得此無人態。”

鄢陵王主簿長於花鳥。東坡有《書所畫折枝》詩云:“瘦竹如幽人,幽花如處女。低昂枝上雀,摇蕩花閒雨。雙翎决時起,衆葉紛自舉。可憐採花蜂,清蜜寄兩股。若人富天巧,春色入毫楮。懸知君能詩,寄聲求妙語。”

李世南,字唐臣,嘗與晁無咎同試諸生。無咎有求横幅長篇,又有題扇詩,蓋長于山水也。東坡亦嘗題其《秋景平遠》云:“人間斤斧日創夷,果見龍蛇百尺姿。不是溪山曾獨往,何人解作掛猿枝。野水參差落漲痕，疏林欹倒出霜根。浩歌一棹歸何處，家在江南黄葉村。”

子瞻所作枯木，枝幹虬屈無端倪，石皺亦奇怪，如其胸中蟠鬱也。作墨竹，從地一直起至頂。或問：“何不逐節分？”曰：“竹生時何嘗逐節生邪？”又作寒林，嘗以書告王定國曰：“予近畫得寒林，已入神品。”雖然，先生平日胸臆宏放如此，而蘭陵胡世將家收所畫蟹瑣屑毛介，曲屈芒縷，無不備具。先生又《自題郭祥正壁》云：“枯腸得酒牙角出，肺肝槎牙生竹石。森然欲作不可回，寫向君家雪色壁”，則知先生非乘酣發真興，亦不爲也。

李頎，字粹老，不知何許人，少舉進士，當得官，棄去，烏巾布裘，爲道人，遍歷湖湘間；晚樂吴中山水，遂隱於臨安大滌洞天；往來苕溪之上，遇名人勝士，必與周旋；素善丹青，而間作小詩。東坡倅錢塘日，粹老以幅絹作春山横軸，而書一詩其後，付樵者，令俟坡之出投之。坡展視詩畫，蓋已奇之矣。及問樵者，曰：“我負薪出市，始經公門，有一道人，與我百錢，令我至此。”坡益驚異，即散問西湖名僧輩，云是粹老。久之，會於湖山僧居，坡因和其詩云，“詩句對君難出手，雲泉勸我早抽身”是也。粹老畫出筆力之妙，盡物之變，而秀潤簡遠，非若近世士人，略得形似，便復輕訾前人。自有超神之妙，出於法度之外者，然不能爲特作，世所有者絶少，得其小屏幅紙，以爲寶玩也。

子瞻歸自道場山，遇大風雨，因憩耘老溪亭，命官奴秉燭捧硯，寫《風雨竹一枝》。題云：“更將掀舞勢，把燭畫風篠。美人爲破顔，恰似腰枝溺。”

文與可畫竹，是竹之左氏也，子瞻却類莊子。又有息齋李衎者，亦以竹名。所謂“東坡之筆，妙而不真；息齋之竹，真而不妙”者是也。梅道人始究極其變，流傳既久，真贋雜錯。

楊用修引東坡跋，希白作字，自有江左風味。故長沙法帖，比淳化爲勝，世俗不察，争訪閣本，誤矣。乃知潭帖勝淳化多矣。希白，錢易也。按：希白乃潭州僧耳。書家謂其有筆意而多率直，無縈回縹緲之勢。楊以幼安爲管寧，以希白爲錢易，其孟浪殊可對也。

先生戲筆所作枯株竹石，雖出一時取適，而絶去古今畫格。蘧家所藏枯木，並拳石叢篠二紙，連手帖一幅，乃是在黄州與張質夫莊敏公者。帖云：“某近者百事廢懶，惟作墨木頗精，奉寄一紙，思我當一展觀也。”後又書云：“本只作墨木，餘興未已，更作竹石一紙同往，前者未有此體，吾欲使後人知之耳。”

蘧於揚州，得先生手畫一樂工，復作樂語云：“桃園未必無杏，銀鑛終須有鉛。荇帶豈能攔浪，藕花却解留連。”其後又作漢隸，書子瞻禹功同觀。真三絶也。

岷山之下，凶年以蹲鴟爲糧，不復疫癘，知此物之宜人也。《本草》謂芋爲土芝，云益氣充饑。惠州富此物，然人食之者不免瘴。吴遠游曰：“此非芋之罪也。芋當去皮，濕紙包煨之，火過熱，乃熟，噉之，則鬆而膩，乃能益氣充饑。今惠州人，皆和皮水煮，冷啖，堅頑少味，其發瘴固宜。”丙子除夜前兩日，夜饑甚，遠遊煨芋兩枚見啖，甚美，乃爲書此帖。

世南近於三山郡齋，獲觀龍眠所作《奉節圖》，後題云：“景文老兄，持節守大名，從迓吏以訪別念非仁者，不能以言爲贈，贈之以佛衣綾而不受，贈之以文縠而不受，戲作《奉節圖》，以見分手之拳拳。”元祐坤成節日，龍眠山中人李公麟書：“景文，即劉季孫也。東坡嘗薦之，後知隰州而歿。死之日，家無一錢，但有书三萬軸，画數百幅。其家藏王子敬《黄柑三百顆帖》。坡嘗有詩與之云：‘君家子敬十六字，氣壓鄴侯三萬籤。’一日語景文曰：‘一則仲父，二則仲父，以何爲對？’刘云：‘可對千不如人，萬不如人。’坡爲絶倒。”

曹公敗歸華容，路多泥濘，使老弱先行，踐之而過，曰：“劉備智過人，而見事遲。華容夾道皆葭葦，使縱火，則吾無遺類矣。”今赤壁少西，對岸即華容鎮，然岳州復有華容縣，竟不知孰是？今日李委秀才來相別，因以小舟載酒飲赤壁下，李善吹笛，酒酣，作數弄，風起水湧，大魚皆出，上有栖鶻。坐念孟德、公瑾如昨日耳。適會范子豐兄弟來，遂書以與之。

蘇公云：老杜自秦川，越成都，所歷輒作一詩。數千里山川，在人目中，古今詩人，殆無其比。明皇遣吴道子畫蜀道山川，歸對大同殿，索其畫，無有。曰：“在臣腹中，請疋素寫之。”半日都畢。後明皇幸蜀，經其地，無不與畫吻合，固知道子之神奇也。

坡公雜帖云：柳十九仲矩，自共城來，持大官米，作飯食我。且言百泉之奇勝，勸我卜鄰。此心飄然，已在太行之麓矣。

蔣希魯家，有楊文公與王魏公一帖，用半幅紙，有折痕。其略云："昨夜進士蔣堂携所作文來，極可喜，不敢不布聞。"子瞻曰："夜得一士，旦以告人。察其情若喜而不寐者，世言文公爲魏公客，公經國大謀，人所不知者，獨文公得與。觀此帖，不特見文公好賢下士之急，且得一士，必亟告之，其補於公者亦多矣。"卓吾曰："坡公此語，如其人，如其人。"

坡公謫惠州，道經南安，於寺壁作叢竹怪石。後韓平原當國，札下本軍取之，守臣要監臨以紙糊壁全堵，脱而龕之以獻。平原大喜，置之閱古堂中。後平原敗，籍其家，壁入秘書省之著作庭。辛卯之火，焚右殿道山堂，而此庭無恙。

坡公北歸，經韶州月華寺，值建法堂。僧乞題梁，公欣然援筆云："天子萬年，來作神主。斂時五福，敷錫庶民。地獄天宫，同爲净土。有性無性，齊成佛道。"右梁題歲月字。一夕，爲人盜去左梁，墨色如新。余嘗見之。

坡公於常州報恩寺，僧堂新成，題其壁殆遍。後黨禍作，遺蹟所在搜毁。寺僧以厚紙糊壁，塗之以漆，字賴以全。至紹興中，詔求墨跡，時僧死久矣。一老頭陀知之，以告郡守。除去漆紙，字畫宛然，高宗大喜。老頭陀遂蒙恩度僧牒。

余得蔡忠惠安樂扶護二帖、蘇文忠久上人一帖、黄文節眉州畢大事二帖於柘湖何氏；又得米海岳古詩於長洲張鳳翼氏；最後得蘇文忠送梅花帖及趙文敏騎從弭節二帖於嘉禾項氏。後先用善價購之，不敢作米顛据船狡儈也。千狐粹腋，知爲裘者苦心，子孫其善藏之，勿落俗子手。弇州。

蘇長公書《烟江疊嶂歌》極醇古，妙在藏鋒，而秀氣又自不可遏。乃至大今辞尚書永興廟堂法，亦時時見之，豈定國晋卿皆公所深愛，而晋卿畫又足以發之耶？時宣城道中展此卷，覺九派九子諸江山，各出所有來争勝也。弇州。

石室先生以書法畫竹，山谷道人以畫竹法作書，東坡居士則兼二法，而爲風枝雨葉，則偃蹇欹斜；疏稜勁節，則亭亭直上。

蘇書《歸去來詞》頗似李北海，流便縱逸，而小乏遒氣，當是三錢雞毛筆所書耳。

張敉秀才於天池亂石中，搜得東坡和陶詩石刻，搨以見貽。余觀此書，不拘拘就繩墨，而古雅之氣，流動行押間。可重也。

元微之《連昌宫詞》，人以爲勝《長恨曲》，非虚調也。坡公作行草書此，極有姿態，蓋自真本。

坡老言：詩至杜工部，書至顔魯公，畫至吴道子，天下之能事畢矣。能事畢而衰生焉，故吾於詩而得曹、劉也，書而得鍾、索也，畫而得顧、陸也，謂其能事未盡畢也。噫，此未易道也。

坡臨帖，如雙雕並搏，各有摩天之勢，比之自運，尤覺不凡。

銅將軍，鐵綽板，唱東坡大江東，固也。然其詞跌宕感慨，有王處仲撾鼓意氣，傍若無人者。黄魯直書莽莽，亦自愛其足相發磊塊時閲之，以當阮公數斗酒。

《缺月桂疏桐》一帖，山谷書蒼老鬱怒，大是奇筆。坡公此詞亦佳，詞尾"寂寞沙洲冷"與篇指相應，不必妄换崔信餘詩句。

余有此幀《乃石室先生竹》，而東坡先生題語，真足三絶。清晝焚香展閲，覺眉睫間，有潯陽紫極宫色，九咽皆作清冷氣，誓當與此君偕老。以上俱弇州。

寫生之句，取其形似，故詞多迂弱。趙昌畫黄葵，坡題詩云："檀心紫成暈，翠葉森有芒。"蓋佳語矣。

余蓄墨數百挺，暇日輒出品試之，終無佳者，其間不過一二可人意。以此知世間佳物，自是難得。茶欲其白，墨欲其黑。方求黑時嫌漆白，方求白時嫌雪黑。自是人不會事也。

吾蓄墨多矣，其間數丸，云是庭珪造，雖形色異衆，然歲久亂真者多。有人蓄此墨再世。一日遇重病，醫者龎安時愈之，不取一錢，獨求此墨。已而轉遺余，求書數幅。安時，蘄水人。

東坡云：未知一生當著幾兩屐。吾有嘉墨七十枚，而猶求取不已，不近愚邪？石昌言蓄李廷珪墨，不許人磨。或戲之云："子不磨墨，墨將磨子。"今昌言墓木拱矣，而墨故無恙。李公擇見墨輒奪，卿相問，抄取殆遍。近有人從渠許來，云懸墨滿堂。此亦通人之一蔽也。余嘗有詩戲之云："非人磨墨墨磨人。"此語殆可淒然云。

凡煙皆黑，何獨油煙爲墨則白？蓋松煙取遠，油煙取近，故爲焰所灼而白耳。予近取油煙，才積便掃，以爲墨皆黑，殆過於松煤。但調不得法，不爲佳墨。然非煙之罪也。

世人論墨，多貴其黑，而不取其光。光而不黑，固爲棄物；黑而不光，索然無神采，亦復無用。要使其光，沾而不浮，湛湛如小兒目睛，乃爲佳也。懷民遺僕二枚，其陽云："清煙煤法墨。"其陰云："道卿，既墨而光。"殆如前所云者，書以報之。

茶欲其白，常患其黑，墨則反是。然墨磨隔宿則色暗，茶碾過日則香減，頗相似也。茶以新爲貴，墨以古爲佳，又相反也。茶可於口，墨可於目。蔡君謨老病不能飲，則烹而玩之。吕行甫好藏墨而不能書，則時磨而小啜之。此又可以發來者一笑也。

司馬温公與蘇子瞻論茶、墨俱香云："茶與墨二者正相反，茶欲白，墨欲黑；茶欲重，墨欲輕；茶欲新，墨欲陳。"蘇曰："上茶、妙墨俱香，是其德同也；皆堅，是其操同也。譬如賢人君子，黔皙美惡之不同，其德、操一也。"公歎以爲然。

書嶺南紙付過云：硯細而不退墨，紙滑而字易燥，皆尤物也。吾平生無嗜好，獨好佳筆、墨。既得罪，謫嶺南，凡養生具十無八九，佳紙、筆，行且盡。至用此等，將何以自娱？爲之慨然。書付子過。

大室常和，其墨精緻，極善用膠。余嘗就和得數餅。銘曰：紫霄峰造者，歲久磨處，真可截紙，子遇不爲五百年後名，而減膠售俗，如江南徐熙作落墨花，而子崇嗣取悦俗眼，作没骨花，敗其家法也。

余嘗於章序臣家見一墨，背列李承晏、李惟益、張谷、潘谷四人名氏。序臣云："是王量提學所製，患無佳墨，取四家斷碎者，再和膠成之，自謂勝絶。此其見遺者。"因謂序臣曰："此亦好奇之過也。余聞之，製墨之妙，正在和膠。今之造佳墨者，非不擇精烟，而不能佳絶者，胶法謬也。如不善爲文，而取五經之語以己意合而成章，望其高古，終不能佳也。

宣和初，有潘衡者，賣墨江西。自言嘗爲子瞻造墨海上，得其秘法，故人争趋之。余在許昌，問其季子過。過大笑曰："先人在儋耳無聊，衡適來見，因使之别室爲煤，中夜遺火，幾焚廬。翌日，煨燼中，得煤數兩，而無膠法。取牛皮膠以意自和之，不能爲挺。磊塊僅如指者數十。公亦絶倒。衡因謝去。"蓋别後自得法，借子瞻以行也。天下事，名實相蒙類如此。子瞻乃以善墨聞邪。衡今在錢塘，竟以子瞻故售墨，價數倍於前。然衡墨自佳，可與九華、朱覲上下也。

紫蟾蜍，端溪石也。無眼，正紫色，腹有古篆“玉溪生山房”五字，藏於吴興陶定安世家，云是李義山遺硯。其腹疵垢，真數百年物也。其蓋有東坡小楷書銘云：“蟾蜍爬沙到月窟，隱避光明入岩骨。琢磨黝頩出尤物，雕龍淵懿澒澥渤。”安世屢欲易余東坡醉草，未許，而以拱璧易向叔堅矣。即以進御，世人不復見也。

書孫叔静諸葛筆云：久在海外，舊所賫皆腐敗，至用雞毛筆，拒手獰劣，如魏元忠所謂“騎窮相驢脚摇鐙”者。今日忽於孫叔静處，用諸葛筆，驚歎曰：“此筆乃爾藴藉耶。”

今日於叔静家飲官法酒，烹團茶，燒牙香，用諸葛筆，皆北歸善事。

定國吴硯作風字樣，收水處微損，以漆固之。子瞻作《清虚居士真贊》，取以爲潤筆。子瞻今去國萬里，然與硯俱乎？紹聖乙亥春，予至廣陵，吴説以筆工，得子瞻書《吴硯銘》，覽之悵然。平生交遊，十年升沉，惟子瞻爲耐久，何日復相從以硯墨紙筆爲適也。王鞏定國書。

去國八年，歸見中原士大夫，皆用散毫，作無骨字。買筆於市，皆散軟一律。惟廣陵吴説獨守舊法，王定國謂往還中無耐久者。吴説筆工而獨耐久，吾甚嘉之。建中靖國元年五月二十日，東坡居士書。卓吾曰：“筆工亦能耐久乎？耐久朋歸筆工矣。”

硯之發墨者，必費筆，不費筆，則退墨。二德難兼，非獨硯也。大字難結密，小字常局促，真書患不放，草書苦無法，茶苦患不美，酒惡患不辣，萬事無不然，可一大笑也。

《書許敬宗硯》云：都官郎中杜叔元君懿有古風字硯，工與石皆出妙美，相傳是許敬宗硯。初不甚信，其後杭人有綱得一銅匣子於浙江中者，有鑄成許敬宗字，與硯適相宜，有容兩足處，無毫髮差，乃知真敬宗物也。君懿嘗語余：“吾家無一物，死當以此硯作潤筆，求君誌吾墓也。”君懿死，其子沂歸硯請誌，而余不作墓誌久矣，辭之。沂乃以硯求之於余友人孫莘老。莘老笑曰：“敬宗在，正堪礫以飼狗耳，何以其硯爲？”余哀此硯之不幸，一爲敬宗所辱四百年矣。而垢穢不磨。方敬宗爲姦時，硯豈知之也哉？以爲非其罪，故乞之於孫莘老爲一洗之。匣今在唐氏，唐氏甚惜之，求之不可得。硯之美，既不在匣，而上有敬宗姓名，蓋不必蓄也。卓吾曰："以敬宗之故及其硯，又以惡硯之故，並及硯匣，世人之作惡一至此哉！即此作惡一念，其惡尤浮於敬宗而自不知，可不哀與？他人何足道，以坡公聰明，亦隨俗作惡，可惜也。"

《書唐林夫惠硯》云：行至泗州，見蔡景繁附唐林夫書信，與余端硯一枚，張遇墨半螺。硯極佳，但小而凸，磨墨不甚便。作硯者意待數百年後，硯平乃便墨耳。一硯猶須作數百年計，而作事乃不爲明日計，可不謂大惑邪？

秦少章云：郭功甫嘗過杭州，出詩一軸以示東坡，而自吟誦不輟，因謂坡曰："祥正此詩幾分？"坡曰："十分。七分來是讀，三分來是詩。"

南岳李岩老好睡，衆人食罷下棋，岩老輒就枕。閲數局，乃一展轉云："我始一局，公幾局矣？"東坡曰："岩老常用四脚棋盤，只着一色黑子。昔與邊韶敵手，今被陳摶饒先。"

章子厚與蘇子瞻少爲莫逆交。子厚坦腹卧，適子瞻自外來，子厚摩其腹以問曰："公道此中何所有？"子瞻曰："都是謀反底家事。"子厚大笑。

劉貢父問子瞻："'老身倦馬河堤永，踏盡黄榆緑槐影'，是閣下詩乎？"子瞻曰："然。"貢父曰："是日影，是月影？"子瞻曰："竹影金鎖碎，又何嘗説日、月也？"二公大笑。

坡公在維揚，一日設客，米元章在坐。酒半，元章忽起自贊曰："世人皆以芾爲顛，願質之子瞻。"公笑曰："吾從衆。"

《談録》云：韓康公絳謝事後，自潁入京，以上元至十六日，私第會從官九人，皆門生故吏一時名德，如傅欽之、胡寬夫、錢穆父、蘇東坡、劉貢文、顧子敦皆在坐。出家妓十餘人中譃有新寵魯生者，舞罷，爲游蜂所螫，公意不喜。久之呼出。以白團扇從東坡乞詩，坡書一絶："窗摇細浪魚吹日，手弄黄花凉透衣。不覺春風吹酒醒，空過明月伴人歸。"上句記其姓，下句記其事。康公大喜。坡曰："但恐他姬厮賴故云耳。"

東坡嘗約劉器之同參玉版，器之每倦山行，聞玉版，欣然從之。至廉泉寺，燒笋而食。器之覺笋味勝，問此何名。東坡曰："玉版。此老僧善説法，令人得禪悦之味。”器之方悟其戲。

胡苕溪云：東坡在御史獄，獄吏問云：“檜詩，根到九泉無曲處，世間惟有蟄龍知，有無譏諷？”東坡答云：“天下蒼生望霖雨，不知龍向此中蟠。此龍是也。”獄吏爲之一笑。

石塔長老，遣使者投牒解院，東坡問長老欲何往。對曰：“歸西湖舊廬。”東坡即將僚佐同至石塔，擊鼓聚衆，袖中出疏，使晁無咎讀之。其詞曰：“大士未曾出世，誰作金毛之聲。衆生各自開堂，何關石塔之事。去作無相，住亦隨緣。戒公長老，開不二門，施無盡藏。念西湖之久别，亦是偶然，爲東坡而少留，無不可者。一時稽首，重聽白槌。渡口船回，依舊雲山之色；秋來雨過，一新鍾鼓之聲。”以文爲戲，一時咸慕其風。

陳慥季常，公弼之子，自稱龍丘先生，又稱方山子，好賓客，喜畜聲妓。然其妻柳氏絶凶妒。故東坡詩云：“龍丘居士亦可憐，談空説有夜不眠。忽聞河東獅子吼，拄杖落手心茫然。”

靈隱寺僧了然戀妓秀奴者日久，衣鉢蕩盡，秀奴絶之。一夕，了然乘醉復往，秀奴弗納，怒而擊之，隨手而斃。子瞻治郡，送獄院推勘。見僧臂上有刺字云：“但願生同極樂國，免教今世苦相思。”子瞻見招結，舉筆判《踏莎行詞》云：“這個禿奴，修行忒煞。雲山頂上空持戒，只因迷戀玉樓人。鶉衣百結渾無奈，毒手傷人。花容粉碎，色空空色今何在？臂間刺道苦相思，這回還了相思債。”判訖，押赴市曹處斬。

一日，退朝，食罷，捫腹徐行，顧謂侍兒曰：“汝輩且道是中何物？”一婢遽曰：“都是文章。”又一曰：“滿腹機械。”至朝雲，乃曰：“學士一肚皮不合時宜。”坡始捧腹大笑。

坡在惠州，天下傳其已死，後七年北歸，時章丞相方貶雷州，東坡見南昌太守葉祖洽。葉問曰：“世傳端明已歸道山，今尚爾游戲人間耶？”坡笑曰：“途中遇章子厚，乃回反耳。”

東坡以吕微仲豐碩，每戲之曰：“公真有大臣體，此坤六二，所謂直方大也。”及拜相，東坡當制，遂爲詞曰：“果藝以達，有孔門三子之風；直大而方，得坤爻六二之動。”一日，謁微仲。微仲方寢，久不出，已而見於便坐，有菖蒲盆畜緑毛龜。東坡即云：“此龜易得，若六眼龜則難得。”微仲因問六眼龜。東坡曰：“昔唐莊宗同光中，林邑國進六眼龜，時伶人敬新磨在殿下進口號曰：‘不要鬧，不要鬧，聽取這龜兒口號，六雙眼兒，分明睡一覺，抵別人三覺。’”

韓子華、玉汝兄弟，相繼命相；未幾，持國又拜門下侍郎，甚有爰立之望。其家構堂，欲榜曰“三相”。俄，持國罷政，遂請老。東坡聞之曰：“既不成三相堂，可即名二相公廟。”

坡自元祐初，起知登州，未幾，以禮部員外郎召，到塗中，遇當時獄官。獄官甚是慚惶。東坡戲之曰：“有蛇螫殺人，爲冥府所追，議法當死。蛇前訴曰：‘誠有罪，然亦有功。’冥曰：‘何功？’蛇曰：‘某有黄，可治病，所活已數人矣。’獄吏推驗不誣，遂得免。良久，牽一牛至，獄吏曰：‘此牛觸殺人，亦當死。’牛曰：‘我亦有黄，可治病，亦活數人矣。’良久，亦得免。久之，獄吏牽一人至，曰：‘此人嘗殺人，今當還命。’其人倉皇亦言：‘有黄。’冥官大怒曰：‘蛇黄、牛黄，皆入藥。汝爲人黄，何說？’其人窘甚，曰：‘某別無黄，但有些慚惶耳。’”

知湖州日，嘗與客遊道場山，屏退從者而入。有僧憑門熟睡，坡戲云：“髡闐上困。”有客即答曰：“何不用‘釘頂上釘’。”

坡在黄，即坡之下種稻，爲田五十畝，自牧一牛。一日，牛病，呼牛醫療之，云不識證狀。王夫人曰：“此牛發豆斑，療法當以青蒿作粥啖之。”如言而效。後舉似章子厚云：“我自謫居後，便作老農，更無樂事，豈知老妻猶能接黑牡丹也。”子厚曰：“我更欲留君與語，恐人又謂從牛醫兒來，始且去。”遂大笑而別。

錢穆父一日折簡召坡食皛飯。坡至，乃設飯一盂，蘿蔔一楪，白湯一盞。蓋以三白爲皛也。後數日，坡復召穆父食毳飯，穆父意坡必有毛物相苦。比至日晏，並不設食，穆父餒甚。坡笑曰：“湯也毛，飯也毛，蘿蔔也毛，非飯毳而何？”穆父捧腹曰：“固知君必報東門之役，然慮不及此。”坡始命進食，抵暮別去。

子瞻與姜至之同坐，姜先舉令云：“坐中各要一物藥名。”因指子瞻曰：“君藥名也。”問其故，曰：“子蘇子。”子瞻應聲曰：“君亦藥名也，若非半夏，定是厚樸。”姜詰其故，子瞻曰：“非半夏厚樸，何以曰姜制之？”

一日，與温公論事，坡偶不合，曰：“相公此論，故爲鼈廝踢。”温公不解，曰："鼈安能厮踢？"坡曰："是之謂鼈厮踢。"

荆公《字説》成，坡戲曰："以竹鞭馬爲篤，不知以竹鞭犬有何可笑？"荆公曰："鳩字從九從鳥，亦有證據乎？"坡云："詩曰：'鳲鳩在桑，其子七兮'，和爺和娘，恰似九個。"公知其謔而不較也。

子瞻任鳳翔府節度判官，章子厚爲商令，同試永興軍進士劉厚父爲帥，皆以國士遇之，二人相得歡甚。一日，同遊南山諸寺。寺有山魈爲祟，客不敢宿，子厚獨宿，山魈不敢出。仙游潭下臨絶壁，岸甚狹，横木如橋，子厚平步過之，用索繫樹，躡之上下，神色不動，以漆墨濡筆，大書石壁曰："章惇、蘇軾來游。"子瞻拊其背曰："子厚必能殺人。"子厚曰："何也？"子瞻曰："能自拚命者，能殺人也。"子厚大笑。

魯直謂東坡曰："昔王右軍字，爲换鵝書。韓宗儒每得公一帖，即於殿帥姚麟許，换羊肉十數斤。可名公書爲换羊書矣。"一日，坡在翰苑，以聖節撰著紛冗，宗儒日作數簡以圖報書，使人立庭下，督索甚急，公笑語之曰："傳語本官，今日斷屠。"

余飲少輒醉，卧則鼻鼾如雷，傍舍爲厭而不知也。一日，醉卧，有魚頭鬼身者，自海中來，告余曰："廣利王請端明。"余被褐履草黄冠而去，亦不知身步入水中。但聞風雷聲，暴如觸石。有頃，豁然明白，乃其所詣水精宫殿相照耀也。其上，則麗日夜光，文犀尺璧，南金火齊，眩目不可仰視。琥珀珊瑚，不知多少。少間，廣利王出，余對以海上逐客，重煩邀命。廣利且歡且喜，頃，南溟夫人亦造。王令出素絞綃丈餘，與予題詩。予乃賦曰："天地雖虚廓，淮海爲最大。聖主皆祀事，位尊河伯拜。祝融爲異號，恍惚聚百怪。三氣變流光，萬里風雲快。靈旗摇紅梅，赤虬噴滂湃。家近玉皇樓，彤光照無界。若得明月珠，可以償我債。"寫竟，進廣利，諸仙咸稱妙，獨廣利傍一簪冠水族，謂之鼈相公，進言蘇軾不避忌諱，祝融字，犯王諱。王乃大怒。余退而歎曰："到處被鼈相公厮壞。"

劉貢父觴客，子瞻有事先起。劉調曰："幸早裏、且從容。"子瞻曰："奈這事，須當歸。"各以三果一藥爲對。

真皇既封，訪天下隱者，得杞人楊樸。上問："臨行有人作詩送卿否？"樸言："微臣之妻有一首，云：'更休落魄躭杯酒，再莫倡狂愛詠詩。今日捉將官裏去，這回斷送老頭皮。'"上大笑，即放還。余在湖州,坐作詩,追赴詔獄。妻子見余出門皆哭。余無以語之,但顧曰:“子獨不能如楊樸處士妻作一詩送我乎?”老妻不覺失笑。余乃去。

山谷嘗和東坡《春菜》詩云:“公如端爲苦筍歸,明日春衫誠可脱。”坡得詩,戲語坐客曰:“吾固不愛做官,魯直遂欲以苦筍硬差致仕。”聞者絶倒。

元豐六年十一月二十七日,天欲明,夢數吏人持紙一幅,其上題云:“請祭春牛文。”余取筆疾書其上云:“三陽既至,庶草將興。爰出土牛,以戒農事。衣被丹青之好,本出泥塗;成毁須臾之間,誰爲喜愠。”吏微笑曰:“此兩句,當有怒者。”傍一吏云:“不妨,不妨,此是唤醒他。”

自海還,過惠州。州牧故人出郊迎,問海南風土人情。余謂風土極善,人情不惡。其初離昌化時,有十數父老,皆携酒饌,直至水次,送某登舟,執手泣涕而别曰:“此回與内翰相别後,不知甚時相見。”

坡嘗飲一豪家,侍姬十餘,皆有姿技。獨豪所鍾愛者,名媚兒,容質雖麗,而軀幹甚偉,豪命乞詩於公。公戲云:“舞袖蹁躚,影摇千尺龍蛇動;歌喉宛轉,聲撼半天風雨寒。”妓赧然不悦而去。“影摇千尺龍蛇動,聲撼半天風雨寒”,石曼卿松詩也。

東坡自錢塘被召,林子中作郡守。有會坐中管妓出牒,鄭容求落籍,高瑩求從良。子中呈東坡,東坡索筆爲《減字木蘭花》書牒後云:“鄭莊好客,容我樓前先墮幘。落筆生風,籍籍聲名不負公。高山白早,瑩骨冰肌那解老。從此南徐,良夜清風月滿湖。”時用“鄭容落籍,高瑩從良”八字於句端也。

東坡嘗舉“坡”字問荆公何義,公曰:“坡者,土之皮。”曰:“然則滑者水之骨乎?”荆公曰:“然也。”

東坡喜食燒猪,佛印住金山時,每燒猪以待其至。一日爲人竊食。坡戲作云:“遠公沽酒飲陶潜,佛印燒猪待子瞻。採得百花成蜜後,不知辛苦爲誰甜?”在黄岡時,嘗戲作:“黄州好猪肉,價錢如糞土。富者不肯吃,貧者不解煮。慢着火,少着水,火候足時他自美。每日起來打一碗,飽得自家君莫管。”《雲山散録》載:“黄昇日食鹿肉二斤,自晨煮至日影下西門,曰火候足矣。”同此。

在黄州日,嘗赴何秀才會,食油果甚酥。因問此爲何名,主人對以無名。坡又問爲甚酥，坐客曰："是可以爲名矣。"潘長官，以坡不能飲，特爲設醴。坡笑曰："此必錯煮水也。"他日，忽思油果，作詩求之，云："野飲花前百事無，腰間唯繫一葫蘆。已傾潘郎錯煮水，更覓君家爲甚酥。"李端叔嘗爲余言東坡云："街談市語，皆可入詩。"

先生在黄，每有燕集，醉墨淋漓。有李琪者，小慧，頗知書札，未嘗獲賜。公移汝，將祖行，酒酣，奉觴再拜，乞書。公顧視久之，令琪磨硯，墨濃，取筆大書："東坡七歲黄州住，何事無言及李琪。"即擲筆，袖手，與客笑談。坐客相謂："語似凡易，又不終篇，何也？"至將徹具，琪復拜請，坡大笑曰："幾忘出場。"繼書云："恰似西川杜工部，海棠雖好不留詩。"一座擊節，盡歡而散。

徐黄州之子叔廣，嘗出先生醉墨一軸，字畫欹傾，龍蛇飛動，乃是張無盡過黄州，而黄州有四侍人，適張夫人携其一，往壻家爲浴兒之會。無盡因戲語云："厥有美妾，良由令妻。"公即續之爲小賦云："道得徵章鄭趙，往稱孫姜閻齊。浴兒於玉潤之家，一夔足矣。侍坐於冰清之寓，三英粲兮。"既暮而還，乃閻姬也，最爲徐所寵。公復書絶句云："玉筍纖纖揭繡簾，一心偷看緑羅尖。使君三尺氈頭帽，須信從來只有檐。"

先生在東坡，每有勝集，酒後，戲書以娱客。獨畢少董所藏一帖，醉墨瀾翻，而語特有味。云："今日與數客飲酒，而純臣適至，秋熱未已，而酒白色。此何等酒也，入腹無臧，任見大王。既與純臣飲，無以侑酒。西鄰耕牛，適病足，乃以爲炙。"飲既醉，遂從東坡之東，直出至春草亭而歸，時已三鼓矣。所謂春草亭，乃在郡城之外，是與客飲私酒，宰耕牛，醉酒踰城，犯夜而歸。又不知純臣者是何人也。

劉貢父舍人，滑稽辨捷。晚年雖得大風惡疾，鼻孔子揭了，而乘機决發，亦不能忍。一日，擁爐於慧林僧寮，謂坡曰："吾之隣人有一子，使之代掌小廨，不逾歲，誤質盜物，資本耗盡，其子負愧，引罪而請曰：'某拙於運財，今請從師讀書，勉赴科舉，庶幾可成以復前業。'其父大喜，擇日具酒肴遣之，既别而囑曰：'吾老矣，子今去我游学，儻或僥幸，改换門户，吾之幸也。然切有一事，不可不記，或有交友與汝唱和，須子細看，莫更和卻賊詩。"。蓋譏先生前逮詔獄，如王晋卿、周開祖之徒，皆以和詩爲累耳。貢父語始絶口，先生即謂之曰："某聞昔夫子自衛反魯，會有召夫子食者。既出，群弟子相與語曰：‘魯，吾父母之邦也。我曹久從夫子，今幸俱還，能乘夫子他出，相從尋訪親舊因之閱市否。’衆忻然許之。始過闤闠，未及縱觀，而稠人中望見夫子巍然來矣。於是由、夏之徒，奔踔越逸，無一留者。獨顔子拘謹，不能遽爲闊步，顧市中石塔，可以隱蔽，即屏伏其旁，以俟夫子之過。已而，群弟子因共目之爲避孔子塔云。”蓋譏貢父風疾之劇，終不免鼻孔子搨也。

東坡元祐時登禁林，以高才狎侮諸公卿，率有標目，獨於司馬温公不敢有所重輕。一日，相與共論免役差役利害，偶不合。及歸舍，方卸巾弛帶，乃連呼曰：“司馬牛，司馬牛！”

出守錢塘，來别潞公。公曰：“願君至杭少作詩，恐爲不相喜者誣謗。”再三言之，臨别上馬，笑曰：“若還興也，便有箋云。”時有吴處厚者，取蔡安州詩作注，蔡安州遂遇禍，故有“箋云”之戲。

某謫監黄州市征，有一舉子惠簡，求免税。書札稍如法，乃言：“舟中無貨可税，但奉大人指揮，令往荆南府取先考靈柩耳。”同官皆絶倒。

大通禪師，操律高潔，人非齋沐，不敢登堂。東坡挾妓謁之，大通愠形於色。乃作南柯子一首，令妓齊歌之，大通亦爲解頤。公曰：“今日參破老禪矣。”其詞云：“師唱誰家曲，宗風嗣阿誰。借君拍板與門搥，我也逢場作戲。莫相疑，溪女方偷眼，山僧莫睫眉。卻愁彌勒下生遲，不見老婆三五少年時。”

子瞻通判杭州，權領郡事。新太守將至，有營妓投牒，乞從良。子瞻判曰：“五日京兆，判狀不難。九尾野狐，從良任便。”又有周妓，色藝超絶，爲一郡之魁，聞判亦來投牒，欲援例脱籍，子瞻惜其去，不許。判云：“慕周南之化，此意可嘉；空冀北之群，所請不允。”其善謔如此。

坡仙集卷之十三終

坡仙集卷之十四

别集九十六條

東坡在儋耳,因試筆自書云:吾始至南海,環視天水無際,悽然傷之曰:"何時得出此島耶?"已而思之,天地在積水中,九州在大瀛海中,中國在少海中。有生孰不在島者?覆盆水於地,芥浮於水,蟻附於芥,茫然不知所濟。少焉水涸,蟻即徑去,見其類出涕曰:"幾不復與子相見,豈知俯仰之間,有方軌八達之路乎?"念此可以一笑。戊寅九月十二,與客飲,薄酒小醉,信筆書此紙。

東坡與客論食次,取紙一幅,書以示客云:爛蒸同州羊羔,灌以杏酪,食之以匕不以箸。南都麥心麵,作槐芽温淘糁,襄邑抹猪,炊共城香粳,薦以烝子鵞。吴興庖人,斫松江鱠。既飽,以廬山康王谷廉泉烹曾坑鬥品。少焉,解衣仰卧,使人誦東坡先生赤壁前後賦。亦足以一笑也。

東坡性不忍事。嘗云:"如食中有蠅,吐出乃已。"晁美叔每以爲言。坡云:"某被昭陵,擢在賢科,一時魁舊,往往爲知己。上賜對便殿,有所開陳,悉蒙嘉納。已而章疏屢上,雖甚剴切,亦終不怒。使某不言,誰當言者?爾之所慮,不過恐朝廷殺我耳。"因浩歎者久之,曰:"朝廷若果見殺,我微命亦何足惜?只是有一事,殺了我後好了你。"遂相與大笑而起。

章子厚初生時,父母欲不舉,已納水盆中,爲人救止。故子瞻與子厚詩,有"方丈仙人出淼茫,高情猶愛水雲鄉"之語。

曇秀來惠州見東坡,將去,坡曰:"山中人見公還,必求土物,何以應之?"秀曰:"鵞城清風,鶴嶺明月,人人送與。"坡曰:"不如將幾紙字去，每人與一紙，但向道，此是言法華書，裹頭有災福。”

王君善書符，行天心正一法，爲里人療疾驅邪。僕嘗傳咒法，當以授王君。其辞曰：“汝是已死我，我是未死汝。汝若不吾祟，吾亦不汝苦。”

元祐六年八月十五日，與柳展如飲酒一杯，作字數紙，書李太白詩云：“遺我鳥跡書，飄然落岩間。”其字乃上古讀之“了不閑”。李白尚氣，乃自招不識字。可一大笑。不如韓愈倔强云：“我寧屈曲自世間，安能隨汝巢神仙”也？

參寥子言老杜詩云：“楚江巫峽半雲雨，清簟疏簾看奕棋。”此句可畫，但恐畫不就耳。僕言：“公禪人，亦復能此語耶？”寥云：“譬如不事口腹人，見江瑶柱，豈免一朵頤？”

王荆公作《字説》行之天下。東坡在舘，因見而及之曰：“丞相賾微窅，窮制作，某不敢知。獨恐每每牽附，學者承風，有不勝其鑿者，如‘犇、麤’二字言之，牛之體壯於鹿，鹿之行速於牛，今積三爲字，而其義皆反之，何也？”荆公無以答。

承平時，國家與遼歡盟，文禁甚寬，輅客者往來率以談謔詩文相娱樂。元祐間，東坡實膺是選，遼使素聞其名，思以奇困之。其國有一對曰：“三光日、月、星。”凡以數言者，必犯其上一字，於是遍國中無能屬者。有以請於坡，坡唯唯，謂其介曰：“我能而君不能，亦非所以全大國之體。四詩風、雅、頌，天生對也，盍先以此復之？”介如言，方共歎愕。坡徐曰：“某亦有一對曰：‘四德元、亨、利。’”使睢盱欲起辯。坡曰：“而謂我忘其一耶？謹闕而言。‘兩朝兄弟邦’，卿爲外臣，此固仁祖之廟諱。”使臣出，意大駭服。既又有所談，輒爲坡逆夺。使自愧弗如，及白溝往反，咋舌不敢復言他。

東坡示參寥云：桃符仰視艾人而駡曰：“汝何等草芥，輒居我上！”艾人俯而應曰：“汝已半截入土，猶争高下？”桃符怒，往復紛紛不已。門神解之曰：“吾輩不肖，傍人門户，何暇争閑氣？請妙總大士，看此一轉語。”

有村校書年已七十，方買妾饌客。東坡杖藜相過，村校書大喜。其妾時年三十，起爲壽而乞詩。公乃戲爲之曰：“侍者方當而立歲，先生已是古稀年。”滑稽類此。

公常令門人輩作人物不易賦。或作一聯云“伏其几而升其堂，曾非孔子；襲其書而戴其帽，未是蘇公。”蓋元祐初，士大夫皆效東坡頂高桶帽，謂之子瞻樣。故云。

《洗兒戲作》云：“人皆養子望聰明，我被聰明悮一生。唯願孩兒愚且魯，無災無難到公卿。”

《簾曝偶談》：東坡一帖云：“王十六秀才，遺拍板一串，意余有歌人，不知其無也，然亦有用，陪傅大士唱《金剛經》耳。”字畫奇逸，如欲飛動。魯直以小楷書其下：“此拍板以遺朝雲，使歌公《滿庭芳》，亦不惡也。”然朝雲今爲惠州土矣。《惠州志》有朝雲墓，守墓者百餘家。至今，清明奠饋，如祀先祖。

杜幾先以紙求書云：大小不得過此，其意不問工拙，但恐太費紙耳。嚴子陵若見，當復有賣菜之語，無以酬其失言，當乾没此紙也。

宗人鎔貧甚，吾無以濟之。昔年嘗見李駙馬瑋以五百千購王夷甫貼。吾書不下夷甫，書此遺生，不得五百千，勿以予人。然事在五百年外，價如是，不亦鈍乎？吾一坐六十小劫，五百年，何足道哉？

《跋山谷草書》云：曇秀來海上見東坡，出黔安居士草書一軸，問此書如何。坡云：“張融有言，不恨臣無二王法，恨二王無臣法。吾於黔安亦云。它日，黔安當捧腹軒渠也。”

《跋南唐剔耳圖》云：王晉卿嘗暴得耳聾，意不能堪，求方於僕。僕答之云：“君是將種，斷頭穴胸，當無所惜。兩耳堪作底用，割捨不得？限三日疾去。不去，割取我耳。”晉卿洒然而悟。三日，病良已。以頌示僕云：“老婆心急頻相勸，性難只得三日限。我耳已校君不割，且喜兩家總平善。”今見定國所藏挑耳圖，云得之晉卿。聊識此。

坡有妹敏慧多辯，其額廣而如凸，坡嘗戲曰：“蓮步未離香閣下，梅妝先露畫屏前。”妹即應云：“欲扣齒牙無覓處，忽聞毛裏有聲傳。”公多須髯，遂戲答之。時年十歲也。

先生元祐間，出帥錢塘，視事之初，都商税務押到匿税人南劍州鄉貢進士吴味道，以二巨卷，作公名銜，封至京師蘇侍郎宅。公即呼味道前訊，問其卷中果何物。味道恐，蹙而前曰：“味道今秋忝目鄉薦，鄉人集錢爲赴省之贐，以百千就置建陽小紗，得二百端，因計道路所經場務，盡行抽税，則至都下不存其半。心竊計之，當今負天下重名而愛獎士類,唯内翰與侍郎耳。縱有敗露,必能情貸。味道遂假先生台銜緘封而來,不探知先生已臨鎮此邦,罪實難逃,幸先生恕之。"公熟視笑,呼掌箋奏書吏,令去舊封,换題細銜,附至東京竹竿巷蘇侍郎宅,並手書子由書一紙付示,謂味道曰:"先輩這回將上天去也,無妨。來年高中,過,當却惠顧也。"味道悚謝再三。次年果登第,還具箋啓謝殷勤。公甚喜,爲延欵數日而去。

先生臨錢塘日,有陳訴負綾絹錢二萬不償者。公呼至,詢之,云:"某家以製扇爲業,適父死,而又自今春已來,連雨天寒,所製不售,非故負之也。"公熟視久之,曰:"姑取汝所製扇來,吾當爲汝發市也。"須臾,扇至。公取白團夾絹二十扇,就判筆,作書草聖及枯木竹石,頃刻而盡,即以付之,曰:"出外速償所負也。"其人抱扇泣謝而出,始踰府門,而好事者争以千錢取一扇,所持立盡,後至而不得者,懊恨不勝去。遂盡償所逋,一郡稱嗟。

黄州東南三十里爲沙湖,亦曰螺螄店。余將買田其間,因往相田,得疾。聞麻橋人龐安時善醫而聾。安時雖聾,而穎悟過人,以指畫字,不盡數字,輒了人深意。余戲之曰:"余以手爲口,君以眼爲耳,皆一時異人也。"疾愈,與之同游清泉寺,在蘄水郭門外二里許,有王逸少洗筆泉。水極甘,下臨蘭溪,水西流,余作歌云:"山下蘭芽短浸溪,松間沙路净無泥。簫蕭暮雨子規啼。誰道人生難再少,君看流水尚能西,休將白髮唱黄雞。"是日極飲而歸。

東坡倅杭州,不勝杯酌。部使者知公有才望,朝夕聚首,疲於應接,乃號杭倅爲酒食地獄。其後袁轂倅杭,適郡將不協,諸司緣此相疏。袁語所親曰:"酒食地獄",正值獄空,傳以爲笑。

程頤在經筵,以禮法自持。每進講,色甚莊,繼以諷諫。蘇軾謂其不近人情,深嫉之。值國忌行香,頤令供素饌。軾詰之,曰:"正叔不好佛,胡爲食素?"頤曰:"禮居喪,不飲酒食肉。忌日,喪之餘也。"軾令具肉食,曰:"爲劉氏左袒。"於是,范純夫輩食素;秦、黄輩食肉。一日,明堂降赦,臣寮稱賀訖,兩省官欲往奠司馬光。頤言曰:"子於是日哭,則不歌。"軾曰:"即不言歌,則不哭。今賀赦了,卻往吊喪,於禮無害。"軾遂以鄙語戲頤,衆皆大笑。軾每誚頤曰:"不知何時打破這箇'敬'字?"至形諸奏狀云:"臣素疾程頤之奸,未嘗假以辭色。"於是，頤門人右司諫賈易、左正言朱光庭等，積不能平，劾軾學士院試館職策題，乞正其罪，詔特放罪。御史中丞傅堯俞、王岩叟各上疏論軾："吕陶言、蘇軾所撰策題，蓋設此問以觀其答，非謂仁宗不如漢文，神考不如漢宣也。今士大夫皆曰：'程頤與朱光庭友而親，蘇軾常戲薄程頤，光庭爲程頤報怨也。'臺諫當徇至公，不要假借事權以報私隙。"右司諫王覿言："軾命辭失輕重，其事小，不足考。若悉考同異，深究嫌疑，則兩岐遂分，使士大夫有朋黨之名，大患也。"太后然之，范純仁亦言軾無罪，遂置不問。

宋柳耆卿、蘇長公各以填詞名，而二家不同。東坡一日問一優人曰："我詞何如柳學士？"優曰："學士那比得相公？"坡驚曰："如何？"優曰："公詞須用丈二將軍，銅琵琶，鐵綽板，唱相公的'大江東去'；柳學士，却着十七、十八女郎，唱'楊柳外，曉風殘月'。"坡爲之撫掌，大笑。優人之言，便具褒彈。

今人好和《歸去來詞》，予最敬晁以道所言。其《答李持國書》云："足下愛淵明所賦《歸去來辭》，遂同東坡先生和之。"僕所未喻也。建中靖國間，東坡和《歸去來》，初至京師，其門下賓客從而和者數人，皆自謂得意。陶淵明紛然一日滿人目前矣。參寥忽以所和篇示余，率同賦。予謝之曰："童子無居位，先生無並行。與吾師共推東坡一人於淵明間可也。"參寥即索其文袖之，出吴音曰："罪過。"

蘇子瞻自黄徙汝，過金陵。荆公野服乘驢，謁於舟次。子瞻迎揖曰："軾今日敢以野服見大丞相。"公因招游蔣山，坐方丈飲茶，指案上大研曰："可集古詩聯句賦此？"子瞻應聲曰："巧匠斫山骨。"公沉思良久而起曰："且趁晴色，窮攬蔣山之勝。"田承君與一二客從後言曰："荆公尋常好以此困人，今日反爲蘇公所困矣。"

蘇長公奉祠西太乙，見王介甫舊題六言詩曰："楊柳鳴蜩緑暗，荷花落日紅酣。三十六陂春水，白頭想見江南。"注目久之，曰："此老野狐精也。"

吕惠卿之謫，詞頭始下，劉貢父當草制。東坡呼曰："貢父平生作劊子，今日纔殺人也。"貢父引疾謁告。東坡一揮而就，傳寫都下，爲之紙貴。

東坡一日會客，坐客舉令。欲以兩卦名，證一故事。一人云："孟嘗門下三千客，大有，同人。”一人云：“光武兵渡滹沱河，既濟，未濟。”一人云：“劉寬婢羹汙朝衣，家人，小過。”最後，東坡云：“牛僧孺父子犯罪，大畜，小畜。”蓋指荆公父子也。衆皆絶倒。

司馬公薨，程正叔以臆説斂之，正如封角狀。東坡嫉其怪妄，因怒詆曰：“此豈信物一角，附上閻羅大王者耶？”

子瞻云：“惠州市肆寥落，日殺一羊，不敢與在官者争買。時囑屠買其脊骨，骨間亦有微肉，熟煮，熱酒漉，隨意用酒，薄點鹽，炙微焦，食之，終日摘剔牙綮間，如蟹螯逸味，率三五日一餔。吾子由，三年堂庖所飽，芻豢滅齒而不得骨，豈復知此味乎？”

東坡既謫黄州，復以先知徐州日，不覺察妖賊事取勘，已而有旨放罪，乃上表謝，神宗讀至“無官可削，撫已知危”，笑語曰：“畏喫棒耶？”

與李公擇云：僕行年五十，始知作活，大要是“慳”耳，而文之以美名，謂之“儉素”。然吾儕爲之，自謂長策。不敢獨用，因獻之左右。往京師，尤宜用此策也。

在惠州，與參寥書：“自省事以來，亦粗爲知道者。但道心數起，數爲世樂所移奪，恐是諸佛知其難化，故以萬里之行相調伏耳。”卓吾子曰：“吁，孰知其正難調伏也哉！”

歐陽季默嘗問東坡：“魯直詩，何處是好？”東坡不答，但極口稱重。季默云：“如‘卧聽疏疏還密密，曉看整整復斜斜’，豈是佳邪？”坡云：“正是佳處。”

“客心如萌芽，忽與春風動。又隨落花飛，去作江南夢。我家無梧桐，安可久留鳳？鳳棲在桂林，烏哺不得共。無忘桂枝榮，舉酒一以送。”右宛陵先生梅聖俞詩。先君與聖俞游時，余與子由年甚少，聖俞極稱之。家有老人泉，聖俞作詩曰：“泉上有老人，隱見不可常。蘇子居其間，飲水樂未央。泉中若有魚，與子同徜徉。歲月不知老，家有雛鳳凰。百鳥戢羽翼，不敢呈文章。去爲仲尼歎，出爲盛時翔。方今天子聖，無滯彼泉傍。”聖俞没，今四十年矣。南遷過合浦，見其門人歐陽晦夫，出所爲送行詩。晦夫年六十六，予尚少一歲，鬚鬢皆皓然，固窮亦略相似。於是執手大笑曰：“聖俞之所爲鳳者例皆如是哉！天下皆言聖俞以詩窮，吾二人者，又窮於聖俞，可不大笑乎？”

宋初，置通判，分知州之權，謂之監州。錢昆者，性嗜蟹，常求外補。曰："但知有蟹無監州處則可。"此語風味似晋人，《歸田録》及《捫蝨新語》皆載其事。東坡云："欲問君王乞符竹，但憂無蟹有監州。"昆去東坡未遠，即用其事。

魏文帝言："中國珍果甚多，蒲桃當其末夏，涉秋尚有餘暑，醉酒宿醒，掩露而食，甘而不飴，脆而不酸，冷而不寒，味厚汁多，除煩解倦。釀以爲酒，甘於麴蘗。善醉而易醒，道之固以流涎咽溢，況親食之耶？南方有橘醋，正裂人牙，時有甜耳。他方之果，寧有匹者？"東坡橄欖詩："待得餘甘回齒頰，已輸崖蜜十分甜。"俗諺傳：南人說"橄欖，回味清甘"。北人云："待他回味時，我棗兒已甜半日矣。"坡詩蓋用此意。今觀魏文帝以蒲桃壓橘，亦相類，可入笑林也。

東坡嘗言退之詩云："長安衆富兒，盤饌羅羶葷。不解文字飲，惟解醉紅裙。"至云"豔姬踏筵舞，清眸射劍戟"，則知此老箇中興復不淺矣。文潛戲答曰："愛文字飲人，與俗子同科。"

子瞻在黄州，參寥子自錢唐訪之。酒中，子瞻令官妓馬娉娉乞詩於參寥。參寥口占云："多謝尊前窈窕娘，好將幽夢惱襄王。禪心不作粘泥絮，一任春風上下狂。"子瞻喜曰："予嘗見柳絮落泥中，謂可入詩料，不意此老收得。"

佛印禪師，法名了元，饒州人。公久與之遊，時住持潤州金山寺，公赴杭過潤，爲留數月。一日，值師挂牌，與弟子入室。公便服入方丈見之，師云："内翰何來？此間無坐處。"公戲云："暫借和尚四大，用作禪牀。"師曰："山僧有一轉語，内翰言下即答，當從所請。如稍涉擬議，所繫玉帶願留以鎮山門。"公許之，便解玉帶置几上。師云："山僧四大本無，五蘊非有，内翰欲於何處坐？"公擬議未即答，師急呼侍者云："收此玉帶，永鎮山門。"公笑而與之。師遂取衲裙相報。因有二絶，公次韻答之云："病骨難堪玉帶圍，鈍根仍落箭鋒機。欲教乞食歌姬院，故與雲山舊衲衣。"《北夢瑣言》云："裴休嘗披毳衲，於歌姬院持鉢乞食也。"又云："此帶閱人如傳舍，流傳到我亦悠哉。錦袍錯落真相稱，乞與佯狂老萬回。"《傳燈録》云："萬回法雲公者，虢州人也，姓張氏。唐貞觀六年五月五日生，八歲時，言其兄戍安西，歸持信朝往夕返萬餘里，故號萬回。"唐武后賜以錦袍玉帶。

專人遠來，辱手書并示近詩，如獲一笑之樂，數日喜慰忘味也。某到貶所半年，百凡粗遣，更不能細説。大略衹似靈隱天竺和尚退院後，卻住一箇小村院子，折足鐺中卷糙米飯喫，便過一生也得。其餘瘴癘病人，北方何嘗不病？是病皆死得人，何必瘴氣？但苦無醫藥，京師國醫手裏，死漢尤多。參寥聞此一笑，當不復憂我也。故人相知者，即以此語之，餘人不足與道也。

東坡有歌舞妓數人，每留賓客飲酒，必云："有數箇搽粉虞侯，欲出來祇應也。"

子瞻在黄州及嶺表，每旦起，不招客相與語，則必出而訪客。所與游亦不盡擇，各隨其人高下，談諧放蕩，不復爲畛畦。有不能談者，則强之使説鬼。或辭無有，則曰："姑妄言之。"於是聞者無不絶倒。

司馬温公在洛下，與諸故老時游集，相約酒行菓實食品，皆不得過五，謂之真率會。子瞻在黄州，與鄰里往還。子瞻既絶俸，而往還者亦多貧，復殺而爲三。自言："有三養：一曰安分以養福，二曰寬胃以養氣，三曰省费以養財。"

子瞻守杭日，春時每遇休暇，必約客湖上，早食於山水佳處。飯畢，每客一舟，令隊長一人，各領數妓，任其所適。晡後鳴鑼集之，復會望湖樓，或竹閣，極歡而罷。至一二鼓，夜市猶未散，列燭以歸，城中士女夾道雲集而觀之。故其詩云："游舫已妝吴榜穩，舞衫初試越羅新。"又云："映山黄帽螭頭舫，夾道青烟雀尾爐。"誠熙世樂事也。

有美堂在鳳山之頂，左江右湖，舉陳目下。子瞻九日泛湖，而魯少卿會客堂上，妓樂合作。子瞻從湖中望之，戲以詩云："指點雲間數點紅，笙歌正擁紫髯翁。誰知愛酒龍山客，卻在漁舟一葉中。"又云："西閣珠簾捲落暉，水沉烟斷珮聲微。遥知通德淒涼甚，擁髻無言怨未歸。"通德，乃趙飛燕女史，後爲伶玄妾。魯公使事已完不回朝，家有美妾，故子瞻譏之。一日，子瞻會客堂上，妓樂合作。周長官邠同數僧泛湖，戲以詩，子瞻因和二首："靄靄君詩似嶺雲，從來不許醉紅裙。不知野屐穿山翠，惟見輕橈破浪紋。頗憶呼盧袁彦道，難邀駡坐灌將軍。晚風落日元無主，不惜清涼與子分。"又云："載酒無人過子雲，掩關晝卧客書裙。歌喉不共聽珠貫，醉面何因作纈紋。僧侣且陪香火社，詩壇欲斂鸛鵞軍。憑君遍遶湖邊寺，漲渌晴來已十分。"

白樂天爲河南尹日，有《答舒員外》云："員外游香山寺，數日不歸，兼辱尺書，大誇勝事。時正值坐衙，慮囚之際，走筆題長句以贈曰：'黄菊繁時好客到，碧雲合上佳人來。酡顔一笑夭桃綻，清泠秋聲寒玉哀。軒騎逶迤棹容與，留連三日不能回。白頭老尹府中坐，早衙纔退暮衙催。'"謝希深、歐陽永叔官洛陽，同遊嵩山歸，暮抵龍門香山，雪作，留守錢文僖公，遣吏以厨傳歌妓至，且勞之曰："山行良勞，當少留龍門賞雪，無遽歸也。"王定國訪坡公於彭城，一日，棹小舟，與顔長道携盼、英、卿三子游泗水，南下百步洪。吹笛飲酒，乘月而來。坡時以事不得往，夜着羽衣，佇立黄樓上，相視而笑，以爲李太白死，世間無此樂，三百餘年矣。定國既去逾月，復與參寥師泛舟洪下，追憶曩游，作詩曰："輕舟弄水買一笑，醉中蕩槳肩相摩。歸來笛聲滿山谷，明月正照金叵羅。"味此三游之勝，今者寧復有之？

坡南遷，獨侍兒王朝雲請從。坡佳之，作詩，有序云："世謂白樂天有鬻駱馬，放楊枝詞，佳其至老病不忍去也。然夢得詩云：'春盡絮飛留不得，隨風好處落誰家。'樂天亦曰：'病與樂天相伴住，春隨樊素一時歸。'則樊素竟去也。余有數妾，四五年間，相繼别去。獨朝雲隨余南遷，因讀樂天詩，戲作此贈之。"云："不學楊枝别樂天，且同通得伴伶玄。阿奴絡秀方同老，天女維摩總解禪。經卷藥鑪新活計，舞衫歌扇舊姻緣。丹成逐我三山去，不作巫陽雲雨仙。"蓋紹聖元年十一月也。三年七月而朝雲卒，悲夫。

朝雲，錢塘名妓。子瞻宦錢塘，絶愛幸之，納爲常侍。朝雲初不識字，既事子瞻，遂學書，粗有楷法。後從泗上比丘尼義冲學佛。子瞻貶惠州，家妓多散去，獨朝雲依依嶺外，後病且死，誦《金剛經》四句偈而絶。子瞻乃作《詠梅·西江月》以寓意："玉骨那愁瘴霧，冰肌自有仙風。海仙時過探芳叢，倒掛緑毛么鳳。素面翻嫌粉涴，洗粧不褪唇紅。高情已逐曉雲空，不與梨花同夢。"

卓吾曰："嘻笑怒駡，既是文章，則風流戲謔，總成嘉話矣。然則，吹篪舞劍，皆我畫笥；雀噪蛙鳴，全部鼓吹。坡公得之，是以大妙。奇正相生，如環無端；顛倒豪傑，莫知端倪，不亦宜歟？然無坡公之心而效其顰，無坡公之人而學其步，而自謂曰：'我能嘻笑怒駡也，我能風流戲謔也。'又奚可？古今風流，宋有子瞻，唐有太白，晋有東山，本無幾也。必如三子,始可稱人龍,始可稱國士,始可稱萬夫之雄。用之則爲虎,措國家於磐石;不用則爲祥麟,爲威鳳,天下後世但有悲傷感歎,悔不與之同時者耳,孰謂風流容易耶?”

歌者袁綯,乃天寶之李龜年也。宣政間,供奉九重,嘗爲吾言東坡公。昔與客游金山,適中秋夕,天宇四垂,一碧無際,加江流澒湧,月色如晝,遂共登金山山頂之妙高臺。命綯歌其《水調歌頭》曰:“明月幾時有,把酒問青天。”歌罷,公爲起舞。**千載如見。**

漁隱云:元祐文章,世稱蘇、黄。然二公争名,互相譏誚。東坡謂“魯直詩文如蝤蛑江瑤柱,格韻高絶,盤餐盡廢,然不可多食,多食則發風動氣。”山谷亦曰:“蓋有文章妙一世,而詩句不逮古人者。”此指東坡而言也。殊不知蘇、黄二公,同時實相引重,黄推蘇尤謹,而蘇亦獎成之甚力。黄云:“東坡文章妙一世。”蘇云:“讀魯直詩,如見魯仲連、李太白,不敢復論鄙事。”且互相推許如此,且詩文比之蝤蛑江瑤柱,豈不謂佳乎?

陽孝本,字行先,居虔州城西,一圃甚幽邃,學博行高。東坡謫惠州,過而愛之,爲留月餘,號曰“玉岩居士”,仍作真贊:“居士平生不娶,坡每來謁,直造其室,嘗戲以元德秀呼之。”居士曰:“某乃陽城之裔。”故坡詩曰:“衆謂元德秀,自稱陽道州。”皆謂無妻也。

世南仕閩中,於忠定李丞相家,見東坡公一帖云:“某頓首。秋暑不審起居佳否?某與兒子八月二十九日離廉,九月六日到鬱林,七日遂行,初約留書歐陽晦夫處。忽聞秦少游凶問,留書不可不言。欲言,又恐不的,故不忍下筆。今行至白州,見容守之猶子陸齋郎云:‘少游過容,留多日,飲酒賦詩如平常。容守遣般家,二卒送歸衡州。至藤,傷暑困卧。至八月十二日,啓手足於江亭上。徐守甚照管其喪,仍遣人報范承務。范自梧州赴其喪。此二卒申知陸守者。’止於如此,其他莫知其詳也。然其死則的矣。哀哉!痛哉!何復可言。當今文人,第一流豈可復得?此人在,必大用於世;不用,必有所論著以曉後人。前此所著,已足不朽,然未盡也。哀哉!哀哉!其子甚奇俊,有父風。惟此一事,差慰吾輩意。某不過旬日到藤,可以知其詳,續奉報次。”觀此,足以見坡公矣。

東坡帥定武,諸館職餞於惠濟。坡舉白浮歐陽叔弼、陳伯修二校理、常希古少尹，曰：“三君但飲此酒，酒釂，當言所罰。”三君飲竟，東坡曰：“三君爲主司，而失李方叔，兹可罰也。”三君無以爲言，慚謝而已。張文潛舍人在坐，輒舉白浮東坡，曰：“先生亦當飲此。”東坡曰：“何也？”文潛曰：“先生昔知舉而遺之，與三君之罰均也。”舉坐大笑。

眉山人巢谷，學古兵法，遊西邊，與河州將韓存寶善。存寶坐罪犯，谷逃江淮間，會赦乃出。蘇軾、蘇轍謫嶺海，谷往訪轍，又欲往海南訪軾，至新州病死。轍聞哭之失聲曰：“谷於朋友之義，無愧高恭。惜不遇襄子，而前遇存寶，後遇予兄弟也。”

子瞻嘗得西南夷人蠻布弓衣，其文織梅聖俞《春雪》詩。在集中非絶唱，以其名重天下，即一篇一詠，傳布夷狄。異域之人，貴重如此。子瞻以余深知聖俞，因以見遺。余舊蓄一琴，乃寶曆三年，雷會所作，距今二百五十年矣。其聲清越，如金石之韻，遂以此布更爲琴囊，因記其事。六一居士。

李廌少時，有好名急進之弊，獻書公車者三，多觸聞罷，然其志不已，復多游巨公之門。東坡嘗誨之曰：“如子之才，自當不没。要當循分，不可躁求。王公之門，何必時曳裾也？”

歐陽公初薦蘇明允，便欲朝廷不次用之。時富公、韓公當國，韓公以爲當然，獨富公持之不可，曰：“姑少待之。”故止得試銜。初等官，明允不甚滿意，再除，方得編修，因革禮書。元祐間，富紹庭欲從子瞻求爲富公神道碑，久而不敢發，其後，不得已言之。一請便諾，人亦以此多子瞻也。

偶讀《國史》，見杜羔一事，頗與朱康叔相類。杜羔有至性。其父河北一尉而卒，母非嫡，經亂不知所之。會堂兄兼爲澤潞判官，嘗鞠獄於堂下，有老婦辨對，見羔形貌，竊語人曰：“此年少狀類吾夫。”訊之，乃羔母也。自此迎侍而歸。又往覓先人之墓。邑中故老，已盡不知所在。館於佛寺，日夜悲泣。忽視柱煤煙之下，見數行字，拂而視之，乃父遺迹。云：“我子孫若求吾墓，當於某村家問之。”羔哭而往，果有父老年八十餘，指其丘隴，因得歸葬。羔以幼稚失父，依其兄，後官至工部尚書致仕。此出唐李肇《國史補》，因書以遺康叔。

蘇公謫居黄州，始自稱東坡居士。詳考其意，蓋專慕白樂天而然。白公有《東坡種花》二詩云："持錢買花樹，城東城[1]上裁[2]。"又云："東坡春向暮，樹木今何如？"又有《步東坡》詩云："朝上東坡步，夕上東坡步。東坡何所愛，愛此新成樹。"又有《别東坡花樹》詩云："何處殷勤重回首，東坡桃李種新成。"皆爲忠州刺史時所作也。蘇公在黄，正與白公忠州相似，因憶蘇詩，如《贈寫真李道士》云："他時要指集賢人，知是香山老居士。"《贈善相程傑》云："我似樂天君記取，華顛賞遍洛陽春。"《送程懿叔》云："我甚似樂天，但無素與蠻。"《人侍邇英》云："定似香山老居士，世緣終淺道根深。"而《跋白樂天自江州司馬除忠州刺史》："旋以主客郎中知制誥，遂拜中書舍人。某雖不敢自比，然謫居黄，起知文登，召爲儀曹，遂忝侍從，出處老少，大略相似。庶幾復享晚節閒適之樂。"《去杭》云："出處依稀似樂天，敢將衰朽較前賢。"序曰："平生自覺出處老少，粗似樂天。"則公之所以景仰者，不止一再言之。又云："淵明形神似我，樂天心相似我。"

王荆公平生不喜坐，非睡即行。居鍾山，每飯已，必跨驢一至山中，或西庵，或定林，或中道捨驢，遍過野人家，亦或未至山復還，然要必須出，未嘗輟也。作《字説》時，用意良苦，常置石蓮百許枚案上，咀嚼以運其思。遇盡未及益，即嚼其指，至流血不覺。蘇子瞻性亦然。初謫黄州，布衣芒屩，出入阡陌，多挾彈擊江水與客爲娱。每數日必一泛舟江上，聽其所往。乘興或入旁郡界，經旬不返，爲守者極病之。晚貶嶺外，無一日不游山。

關中自元昊叛命，人貧役重。岐下，歲以南山木筏自渭入河，經砥柱之險，衙前以破産者相繼也。公遍問老校，曰："木筏之害，本不至此。若河、渭未漲，操筏者以時進止，可無重費也。患其乘河、渭之暴，多方害之耳。"公即修衙規，使衙前得自擇水工，筏行無虞，乃言於府，使得係籍，自是衙前之害減半。

高麗入貢使者淩蔑州郡，押伴使臣皆本路筦庫，乘勢驕横，至與鈐轄亢禮。公使謂之曰："遠夷慕化而來，理必恭順。今乃爾暴恣，非汝導之耶？不悛，當奏聞。"押伴爲之小戢。使者發幣於官吏，書稱甲

---

① 後"城"乃"坡"之誤，應從《白居易詩選》改"城"爲"坡"。

② "裁"乃"栽"之誤，應從《白居易詩選》改"裁"爲"栽"。

子。公却之曰:“高麗於本朝稱臣,而不稟正朔,吾安敢受?”使者亟易書稱熙寧,時以爲得體。吏民畏愛。及罷去,猶謂之學士而不言姓。

自杭徙知密州,時方行手實法,使民自疏財産,以定户等。又使人得告其不實,司農寺又下諸路,不時施行者以違制論。公謂提舉常平官曰:“違制之坐,若自朝廷,誰敢不從?今出司農,是擅造律也。若何?”使者驚曰:“公姑徐之。”未幾,朝廷亦知手實之害,罷之。密人私以爲幸。

公以二學士知定州。定久不治,軍政尤弛,武衛卒驕惰不教,軍校蠶食廩賜,不敢呵問。公取其貪汙甚者,配逮遠惡,然後繕修營房,禁止飲博。軍中衣食稍足。乃部勒以戰法,衆畏伏。然諸校多不自安者,有卒史復以贓訴其長。公曰:“此事吾自治則可,汝若得告,軍中亂矣。”亦决配之,衆乃定。會春大閱,公命舉舊典,元帥常服坐帳中,將吏戎服奔走執事。副總管王光祖自謂老將,耻之,稱疾不出。公召書吏作奏。將上,光祖震恐而出,訖事,無敢慢者。定人言:“自韓魏公去,不見此禮至今矣。”北戎久和,邊兵不試,臨事有不可用之憂。惟治邊弓箭社兵與寇爲鄰,以戰射自衛。故相龐公因其故俗立隊伍,將校出入賞罰,緩急可使,歲久法弛,復爲保甲所撓。公奏爲免保甲及兩税折變科配。長吏以時訓劵,不報。

公嘗與某宣德書云:蒙遣人致金五兩,銀一百五十兩爲賻。軾自黄遷汝,亦蒙公厚餉。當時隣於寒殍,尚且辭避。今忝近臣,尚有餘瀝,未即枯竭,豈可冒受?又恐數逆盛意,非朋友之義。輒已移杭州,作公意捨之病坊。此蓋某在杭日所置,今已成倫次。歲收租米千斛,所活不资,故用助買田以養夫民之窮者。此公家法,故推而行之,以資公之福壽,某亦與有榮焉,想必不訝。至於感佩之意,與收之囊中,了無異也。

嘗讀蘇子美《六和塔》詩,有“沿橋待金鯽,竟日欲遲留”之語。及倅錢塘,從塔後觀金魚以爲奇物,投餌出之,不食而没,始悟“竟日遲留”之意。今去子美四十年,魚潜泳如故,可謂壽矣。弇州曰:“魚之壽,非以不食致然。”數月不食,則腴腹盡消,頭恢尾削,塊然死矣。金魚有鯽、有鯉。鯽食淤淀,鯉食螺蜆,若餅餌之類,則咸食之。然鯽稍耐久,以土性可伏故也。近者西湖金魚,惟玉泉最盛,大者長數尺,投餌則競集。

東坡《游金山》詩云："江山如此不歸山，江神見怪驚我頑。我謝江神豈得已，有田不歸如江水。"蓋與江神指水爲盟耳。《送程六表弟》云："浮江泝蜀有成言，江水在此吾不食。"即此意。

文同，字與可，與子瞻爲中表兄弟。子瞻數上書論事，退而與賓客言，亦多以時事爲譏誚。與可極以爲不然，每苦口力戒之，子瞻不能聽也。出判餘杭，與可送行詩，有"北客若來休問事，西湖雖好莫吟詩"。及黄州之謫，正坐杭州詩語。

坡嘗言："人言盧杞是奸邪，我見鄭公但嫵媚"，好作一對，請諸人將去作一篇詩。

昔先友史經臣彦輔謂余："阮籍登廣武而歎曰：'時無英雄。'豈謂沛公豎子乎？"余曰："非也，傷時無劉、項也。豎子者，指魏晋間人耳。"今日讀李白《廣武古戰場》詩云："沉湎呼豎子，狂言非至公。"乃知李白亦誤認嗣宗語也。嗣宗雖放蕩，本有意於世，以魏、晋間多故，一放於酒耳。何至以沛公爲豎子乎？

"嫣然一笑竹籬間，桃李漫山總粗俗。自然富貴出天姿，不待金盤薦華屋。朱唇得酒暈生臉，翠袖卷紗紅映肉。林深霧暗曉光遲，日煖風輕春睡足。雨中有淚亦悽愴，月下無人更清淑。始知造物有深意，故遣佳人在空谷。"元豐間，坡謫黄州，寓居定惠院，院之東小山上有海棠一株，每歲盛開，必爲携客置酒，已五醉其下矣，故作此長篇。

元祐中，太母下詔云："苟有利於社稷，予何愛於髮膚。"純夫云："此太母聖語也。"子瞻直書之。

子瞻問歐公曰："《五代史》，可傳後乎？"公曰："修於此，竊有善善惡惡之志焉。"曰："韓通無傳，豈得爲善善惡惡？"公默然。通，周臣也。陳橋兵變，歸載永昌，擐甲誓師，出抗而死。

坡謂范蠡去越不復有爲，張孟談爲趙襄子滅智伯而去之，耕於負親之丘，可與蠡五湖同風。

孔子不取微生高，孟子不取於陵仲子，惡其不情也。淵明欲仕則仕，不以求之爲嫌；欲隱則隱，不以去之爲高。饑則扣門而乞食，飽則雞黍以迎客。古今賢之，貴其真也。

太史公言宰我與田常作亂，夷其族，使吾先師之門乃有叛臣。天下通祀者容叛臣其間，以爲千載不飌之惑。而引李斯諫二世書，有“田常布惠施德，陰取齊國，殺宰予於庭”之言以明其不叛，然不如司馬貞所辯爲長。索隱曰：“左氏無宰我與田常作亂之文，而有闞止以争寵爲陳恒所殺。止，字子我，與宰予字相涉，因誤云。”

坡言人不怕虎者，虎不禁得其人何。蓋人先見虎，即不怕虎，虎先爲人所見，即怕人。如小兒不怕虎者，由不識虎，心不動也。朱子言有一鄉人賣文字，中途遇虎，更無避處。曾聞人言虎識字，遂以文字與虎看，而虎自去。《青瑣高議》：鄆州有追虎碑，父老云昔張侍郎守鄆，境内有虎害物。張令直吏執符追虎，不往且斬。吏别其家，痛飲而行，果見巨虎，致符於地，虎熟視，銜符隨吏至府。

余始赴中山，連日風埃，未嘗了了見太行也，頗以爲恨。今將適嶺表，過臨城道中，天氣肅然，西山草木皆可數。忽悟笑曰：“余南遷，其必返乎？此退之衡山之祥也。”作詩志之：“逐客何人著眼看，太行千里送征鞍。未應愚谷能留柳，可獨衡山解釋韓。”

秋色佳哉，想有以爲樂。人生唯寒食、重九，慎不可虚擲，四時之變，無如此節者。

坡有《送戴蒙赴成都玉局觀》云：“莫欺老病未歸身，玉局他年第幾人。”又有《過嶺》一篇云：“劍南西望七十里，乘興真爲玉局游。”後卒於提舉玉局觀。

前後惠詩皆未知，非敢懶也，子由近有書深戒作詩，其言切至，不忍違其憂愛之意，所以遂不作一字。吾兄近詩益工。孟德有言：“老而能學，惟余與袁伯業。”此事不獨今人不能，古人亦自少也。

坡公在館閣，因言語文章規切時政，仲公憂其及禍，貽書戒之曰：“天下論君之文，如孫臏之用兵，扁鵲之醫疾，固所指名者矣。雖無是非之言，猶有是非之疑，又況其有耶？”公得書聳然，竟如其慮。

純夫元祐末，與東坡數上疏論事，嘗約各草一疏。及東坡訪純夫，觀所作疏，遂書名於其末，云：“某不復自爲疏矣。”純夫再三求觀，竟不肯出，云“無以易公者”。東坡别《和純夫月研》詩：“上書掛名豈待我，獨立自可當雷霆。”蓋紀實也。

王淩謂賈充曰：“汝非賈梁道之子耶？乃欲以國與人？”由此觀之，梁道之忠於魏也久矣。司馬景王既執淩而歸，過梁道廟，淩大呼曰:“我大魏之忠臣也。”及司馬景王病,見凌與梁道守而殺之。二人者可謂忠義貫於幽明矣。然梁道之靈,獨不能已子元之姦,至使首發成濟之事。余戲爲小詩云:“嵇紹似康爲有子,郗超判鑒似無孫。如今更恨賈梁道,不殺公閭殺子元。”

衛端木叔籍其先貲,放意所好。及病,無藥石之儲,死無瘞埋之地。禽滑厘笑其狂,而段干生以爲德過其祖賜。漢楊王孫家故富饒,厚自奉養。及病且死,令其子裸葬以反吾真。祁侯諫弗聽,而班史以爲賢於秦始皇。淵明詩云:“客養千金軀,臨化消其寶。”其二人之類與?東坡曰:“寶不過軀,軀化則寶亡矣。人言淵明不知道,吾不信也。”

楚公子微服過宋,門者難之。其僕操箠而駡曰:“隸也不力。”門者出之。坡謂天下事,有倒行而逆施者,以僕爲不愛公子則不可以爲事,公子之法亦不可也。

蘇黄門既南遷,還居許下,杜門不通賓客,深居宅南叢竹中。竹間搆小亭。有蜀人遠來,彌旬不得通,閽人使候之竹下。旬日一出,蜀人趨謁,黄門驚迓,慰勞甚歡。曰:“姑待我於此。”飄然而入,竟不復出。東坡聞之,曰:“子由直欲踰垣閉門矣。”

東坡海南歸,人有問者。答曰:“此乃余骨相所招。少時入京師,有相者云:‘一雙學士眼,半個配軍頭。異日文章,雖當知名,然有遷徙不測之禍。’今日悉符其語矣。”

某年十三歲時,見東坡過先君,具言世有豪俠之士,隱而不見於世者。吾鄉有隱君子,失其姓名,世居眉山之中。坡即葬時,會期已迫,而墓磚未足。謀之人,人皆曰:“當往見此君,則力可辦也。”但多游獵不在,又所居山林敻絶,亦未易到,試往圖之。坡凡兩日始得至,又俟日暮,伏於道左,乃見其從數騎歸,蓋華整少年郎也。既下馬,始通謁。少年易服出外,執禮無違,坐詢所以。坡具以告。少年曰:“易事爾。已具飯,且宿於此,當令如期辦所須。”少頃,數青衣童,跪進盤餐,皆是日所擊鮮也。進酒數大白,飲啖若無人,食兼數人。飲畢,從容就榻。翌日,遣僕馬送坡下山。三日無耗,明日且下手破土。是夕至晚,磚猶無一口。坡甚歎悔。至明日曉,視其墓地之側,則五萬口斬斬然羅列矣。衆皆驚歎。事畢,再往謁謝,卒不得見,送所直,亦不得入。嗚呼,豪哉!

大科始進,文字有合,則召試秘書省。出六論題於九經諸子百家十七史及其傳釋中爲目。而六論者,以五通爲過。以是學士大夫,自非性天明洽,筆陣豪異,則不能爲也。六論猶足完,獨以不記出處爲苦。昔坡公同其季子由入就御試,共白厥父明允,慮一有黜落。明允曰:"我能使汝皆得,一和題,一駡題,可也。"繇是二人皆中。

吾昔少年時,所居書室前有竹柏雜花,叢生滿庭,衆鳥巢其上。武陽君惡殺生,兒童婢僕皆不得捕取鳥雀。數年間,皆巢於低枝,其鷇可俯而窺也。又有桐花鳳四五百翔集其閒。此鳥難見,而能馴,擾殊不畏人。閭里聞之以爲異事。此無他,不忮之誠,信於異類也。有野老言:"鳥雀去人太遠,則子有蛇鼠狐狸鴟鳶之憂。"人既不殺,則自近人者,欲免此害也。由是觀之,異時鳥雀巢不敢近人者,以人爲甚於蛇鼠也。

登州蓬萊閣上,望海如鏡面,與天相際。忽有如黑豆數點者,郡人云:"海舶至矣。"不一炊久,已至閣下。

坡仙集卷之十四終

坡仙集卷之十五

别集七十二條

予聞海市舊矣。父老云:“常出於春、夏。”今歲晚,不復見矣。予到官五日而去,以不見爲恨。禱於海神廣德王之祠,明日見焉,乃作此詩:“東方雲海空復空,群仙出没空明中。蕩摇浮世生萬象,豈有貝鼎藏珠宫。心知所見皆幻影,敢以耳目煩神工。歲寒水冷天地閉,爲我起蟄鞭魚龍。重樓翠阜出霜曉,異事驚倒百歲翁。人間所得容力取,世外無物誰爲雄。率然有請不我拒,信我人厄非天窮。潮陽太守南遷歸,喜見石廩堆祝融。自言正直動山鬼,豈知造物哀龍鍾。信眉一笑豈易得,神之報汝亦已豐。斜陽萬里孤鳥没,但見碧海摩青銅。新詩綺語亦安用,相與變滅隨東風。”

僕以元豐三年二月一日至黄州。時家在南都,獨與兒子邁來。郡中無一舊識,時時策杖至江上,望雲濤渺然,亦不知有文甫兄弟在江南也。居十餘日,有長髯者惠然見過,乃文甫之弟子辨。留語半日,云迫寒食,且歸東湖。僕送之江上,微風細雨,葉舟横江而去。僕登夏燠尾高丘以望之,彷彿見之,及武昌步乃還。自後,遂相往來,及今四周歲,相過殆百數,遂欲買田而老焉,然竟不遂。近忽量移臨汝,念將復去,而後期未可必,感物愴然,有不勝懷者。

畫

余謫居黄州,辨才、參寥遣人致問,且以太虚題名相示。時去中秋不十日,秋潦方漲,水面千里,月出房心間,風露浩然。所居去江無十步,獨與兒子邁棹小舟至赤壁,西望武昌山谷,喬木蒼然,雲濤際

天。因録以寄参寥，使以示辨才，有便至高郵，亦可録以寄太虚也。晝

白樂天有《西省北院新作小軒東通騎省與李常侍飲》。時東坡爲中書舍人，歎本省不得來往，謂執政曰："諸公應使簡要清通，何必樹籬插棘。"蓋謂此也。

林文節作啓謝諸公，於蘇子由有一聯云："父子以文章冠世，邁淵雲、司馬之才；兄弟以方正决科，冠晁董、公孫之對。"言淵雲、司馬皆蜀人。及紹聖中，行子由謫詞云："父子兄弟，挾機權變詐，驚愚惑衆。"子由捧之，泣曰："某兄弟固無足言，先人何罪耶？"然而命辭似西漢，詔令有王言體。於蘇子瞻一詞，尤不草草。蘇見之曰："林大亦能作文章耶？"其詞有云："若譏朕過失，亦何所不容？乃代予言，詆誣聖考，乖父子之恩，害君臣之義。在於行路，猶不戴天。顧視士民，復何面目。"又曰："雖汝軾文足以惑衆，辯足以飾非，然而自絶君親，又將誰懟？"

東坡在儋耳，謂子過曰："吾嘗告汝，我决不爲海外人。"近日頗覺有還中州氣象，乃滌硯，索紙筆，焚香，曰："果如吾言，寫吾平生所作八賦，當不脱誤一字。"既寫畢，讀之，大喜，曰："吾歸無疑矣。"後數日，而廉州之命至，八賦墨跡始在師成家，或云入禁中矣。

《元城先生語録》云：子弟固欲其佳，然不佳者亦未必無用處。元豐二年，東坡下御史獄，天下之士痛之，環視而不敢救。時張安道在南京，憤然上疏，欲附南京遞，府官不敢受。乃遣其子恕持至登聞鼓院投進。恕素愚懦，徘徊不敢投。後東坡出獄，見其副本，因吐舌色動。久之，問其故，東坡不答。後子由亦見之，云："宜吾兄之吐舌也。此事正得張恕力。"或問其故，子由曰："獨不見鄭崇之救，蓋寬饒乎？其疏有云，'上無許史之屬，下無金張之托'，此語正是激宣帝怒耳。且寬饒正以犯許史輩有此禍。今乃再訐之，是益其怒也。"

子瞻在黄州，蜀人巢谷出聖散子方。自言得之於異人，凡傷寒，不問證候如何，一以是治之。子瞻奇之，爲作序比之孫思邈三建散。疾之毫厘不可差，無甚於傷寒，用藥一失，則立死。安得不問證候？宣和後，此藥盛行，太學諸生信之尤篤，殺人無數。今始廢不用。巢谷本任俠好奇，從陝西將韓存寶出入兵間，不得志，客黄州。子瞻以

故與之游。子瞻以谷奇俠而取其方，天下以子瞻文章而信其言。事本不相因，而趨名者至於忘性而試其藥，人之惑蓋至是也。

載酒堂，即蘇長公寓儋耳游宴之地也。今有堂三楹，祀公像於中。元廉訪使伯琦周公隸書碑文一道，列堂東隅，書法甚精。周遭有墻，相去百步有塘，寬百畝餘，水土深淺異處，蒲薐蘆葦之屬最茂密。每春秋二祀，例率郡僚師儒會飲堂中，即漁此塘以爲樂，名濯勞會。故傳乳泉井、桄榔菴、茉莉軒，今日湮廢，遺趾尚存。

宋時，西湖三賢堂，兩處皆有東坡。其一在孤山竹閣，三賢者，白樂天、林君復、蘇子瞻也；其一在龍井壽聖院，三賢者，趙閱道、僧辨才、蘇子瞻也。寶慶間，袁樵尹京，移竹閣三賢祠於蘇堤，建亭館，以沽官酒。或題詩云："和靖、東坡、白樂天，三人秋菊薦寒泉。而今滿面生塵土，卻與袁樵趁酒錢。"

六一泉，在孤山之南，子瞻銘序備矣，復於泉後作東坡庵以自寓，云泉屋。自南宋久廢。至國朝洪武初，教授徐一夔为作疏云：六一泉者，東坡先生會勤上人哭歐陽公處也。泉在孤山之址，勤上人之居在焉。先生爲著《泉銘》，其徒既作石屋覆泉，且刻《泉銘》於泉上。宋南渡後，廢勤舍爲延祥觀。元初，又廢觀爲帝師祠。泉没於二氏之居幾三百年。元季兵燹，泉始呈露，但石屋已摧，而泉銘亦爲他僧舍舁去。有僧曰行昇者，鋤荒滌垢，圖復舊觀，仍樹石屋，且求泉銘還於舊處，欲建祠堂一區，如當時祠公與上人故事，而力有未逮，將持短疏求之好施之家，與凡儒宗之美，釋門之老，助財成之，庶幾歐、蘇二公與上人之流風雅韻，同不泯云。伏以眷兹勝地，實在名邦。勤上人於此幽棲，蘇長公因之數至，迹分緇素，同登歐子之門；誼重死生，曾哭孤山之下。惟精誠有感通之理，故山嶽出迎勞之泉。名聿表於懷賢，忱式昭於薦菊。故淵源不永，幸與文派俱流。雖名號僅存，幾逐劫灰共化。欲存故迹，必建新祠。此舉非爲福田，實欲共成勝事。儒冠僧衲，請恢雅量以相成；山色湖光，行與高風而共遠。願言樂助，毋誚濫干[①]。

東坡子過、范敦夫子温，皆出入梁師成之門，以父事之。然以其

---

① 干，當作"竽"。

父名在籍中，亦不得官職。師成自謂東坡遺子，待叔黨如親兄弟。諭宅庫云，蘇學士使一萬貫以下不須覆，叔黨緣是多散金，卒喪其身。又有某人亦以父事師成。師成妻死，温與過當以母禮喪之。方疑忌某人，不得已衰絰而往，則某人先衰絰在帷下矣。

東坡嘗謂劉壯輿曰："《三國志注》中，好事甚多，原道欲修之而不果，君不可辭也。"壯輿曰："端明曷不爲之？"坡曰："軾雖工於語言，也不是當行家。"

壯輿嘗摘歐公《五代史》之譌謬以示東坡。坡曰："往歐公著此書初成，荆公謂余曰：'歐公修《五代史》而不修《三國志》，非也。子盍爲之？'余固辭不敢當。夫爲史者，網羅數十百年之事以成一書，其間豈能無小得失？余所以不敢當荆公之託者，正畏如公之徒，掇拾其後於今日耳。"

坡公曰：洛陽古帝都，山川風氣，清明盛麗，居之可樂。平川廣衍，東西數百里。嵩山少室，天壇王屋，岡巒靡迤，四顧可挹。伊洛瀍澗，流出平地，故其山川之勝，泉流之潔，雖其閭閻之人，與公侯共之。一畝之宫，上矚青山，下聽流水，奇花修竹，布列左右，而其貴家巨室，園囿亭榭之盛，實甲天下。

蘇子瞻謫儋州，人以"儋"與"瞻"字相近也。子由謫雷州，人以"雷"字，下有"田"字也。黄魯直謫宜州，人以"宜"字類"直"字也。此章子厚騃謔之意。當時有術士曰："'儋'字從立人，子瞻其尚能北歸乎？'雷'字雨在田上，承天之澤也，子由其未艾乎？'宜'似'直'字，有蓋棺之意，魯直其不返乎？"後子瞻北歸，至毗陵而卒。子由退老於潁，十餘年而終。魯直竟卒於宜。

東坡贊文與可梅竹石云：梅寒而秀，竹瘦而壽，石文而醜，是爲三益之友。

東坡於世家中得王定國，於宗室中得趙德麟，獎許不容口。定國坐坡累謫賓州，瘴煙窟裏，五年面如紅玉，尤爲坡所敬服。

"春秋以來，用舍進退，未有如范蠡者。"又曰："子胥，大夫種，范蠡，皆人傑。而揚雄曲士也，欲以區區之學，疵瑕此三人，蓋兒童之見。又以爲范之賢，豈聚斂積實？何至耕於海上，父子力作以營千金，屢散而屢積，此何爲者哉？余謂范蠡既建奇功遂棄去，自處以天下至鄙至賤事，正是其神奇處。故三致千金，分散與貧交疏戚，後聽子孫修業而息之，遂至鉅萬。政以鄙賤之事，運之神奇，即鬼神不得窺其故，所以玩弄造化者，豈無爲也哉？”卓吾子曰：“即子瞻‘此何爲者哉’五字，已是窺見老范心中故矣。然貨殖，原非鄙賤事。太公百餘歲，猶欲興周富齊也。天下亦無鄙賤事。子貢貨殖，乃爲聖門高弟，但看其人何如耳？子貢之所不足者，非貨殖也，不能會得夫子之一貫也。使其得一，當與曾子並列矣。敢以其貨殖而少之哉！然天下固有匹夫立致千金者，其人決非庸人，明矣。非庸人，即是真奇人，真神人矣，而又何疑於老范乎？”

得蜀公書，知佳健。家兄書云：“每去輒留食，食倍於吾輩，此大慶也。”頻得潞公手筆，皆詳悉精好。富公必時見之，聞其似四十許人，信否？君實固甚清安。得此數公無恙，差慰人意。

子瞻讀孟浩然詩，謂其韻高而才短，如造内法酒手，却是上尊之規模，而無材料，有遺恨耳。

顏安國曰：大丈夫暴骨邊庭，不猶愈於病死牖下。此伏波之志也。伏波乃欲裹尸還葬，則是東坡所謂劉伶忘死未忘骸耳。諒爲烈士，骨暴不收可矣。

舊聞靖長官、賀水部，皆唐末五代人，得道不死。章聖皇帝敕封，謁於道左。其謁云：“晋水部員外郎賀亢再拜”而去。上不知也。已而，閱謁，見之大驚，物色求之，不可得矣。天聖初，又使其弟子喻澄者，詣闕進佛道像，直數千萬。張安道與澄游，具得其事。又有喬仝者，少得大風疾，幾死，賀使學道，今年八十，益壯盛。人無復見賀者，而仝數見之。元祐二年十二月，仝來京師十許日，予留之，不可。曰：“賀以上元期我於蒙山。”又曰：“吾師嘗游密州，識君於常山道上，意若喜君者。”因作是詩以送之，且作五絶句以寄賀。詩云：君年二十美且都，初得惡疾墮眉須。紅顏白髮驚妻孥，覽鏡自嫌欲棄軀。結茅窮山啖松腴，路逢逃秦博士盧。方瞳照野清而臞，再拜未起煩一呼。覺知此身了非吾，炯然蓮花出泥塗。隨師東游渡濰却，濰却，密州二水名。山頭見我兩輪朱。豈知仙人混屠沽，爾來八十胸垂胡。上山如飛嗔人扶，東歸有約不敢渝。新年當參老仙儒，秋風西來下雙凫，得棗如瓜分我無。

《安期生詩引》曰：安期生，世知其爲仙者也。然太史公曰：蒯通善齊人安期生，生嘗以策干項羽，羽不能用。羽欲封此兩人，兩人終不肯受，亡去。嗟乎！仙者，非斯人而誰爲之？故意戰國之士，如魯連、虞卿，皆得道者與？

予頃在京師，有鑿井得芝如小兒手以獻者，臂指皆具，膚理若生。予聞之隱者曰：此肉芝也。與子由烹而食之。

昔謝自然欲過海求師蓬萊，至海中。或謂自然，蓬萊隔弱水三十萬里，不可到。天台有司馬子微，身居赤城，名在絳闕，可往從之。自然乃還，受道於子微，白日仙去。子微著《坐忘論》七篇，《靈樞》一篇，年百餘，將終，謂弟子曰："吾居玉霄峰，東望蓬萊，嘗有真靈降焉。今爲東海青童君所召。"乃蟬蜕而去。其後李太白作《大鵬賦》云："嘗見子微於江陵，謂余有仙風道骨，可與神游八極之表。"元豐七年冬，余過臨淮，而湛然先生梁公在焉，童顔清澈，如二三十許人。然人亦有自少見之者，善吹鐵笛，遼然有穿雲裂石之聲。乃作《水龍吟》一首，記子微、太白之事，倚其聲而歌之，曰："古來雲海茫茫，道山絳闕知何處？人間自有赤城居士，龍蟠鳳舉，清净無爲，坐忘遺照，八篇奇語。向玉霄東望，蓬萊晻靄，有雲駕參風馭，行盡九州四海。笑紛紛落花飛絮，臨江一見謫仙風彩，八表神遊，浩然相對，酒酣箕踞，待垂天賦就，騎鯨路穩，約同歸去。"

與方士論内外丹，喜曰：白樂天作廬山草堂，蓋燒丹也。丹欲成而爐鼎敗，明日忠州除書到，乃知世間出世間事，不兩立也。僕有此志久矣，而終無成，亦以世間事未敗故也。今日真敗矣。《書》曰："民之所欲，天必從之。"信而有徵，君輩爲我誌之。

昨日太守楊家采、通守張君規，邀余出游安國寺，坐中論服氣養生之事。余云："皆不足道，難在去慾。"張云："蘇子卿齧雪吞氊，蹈背出血，無一語少屈，可謂了生死之際矣。然不免與胡婦生子窮海之上，而況洞房綺疏之下乎？乃知此事不易消除。"衆客皆大笑，余愛其語有理，故爲書之。

子瞻在黄州，術士多從之游。有僧相見數日，不交一言，將去，懷中取藥兩貼，如蓮蕊而黑色。曰："此燒煉藥也，有緩急服之。"後謫海島無恙，疑得此藥之力。

有道人過沈東老飲酒，用石榴皮寫絶句壁上，稱回山人。東老送出門，渡橋不知所往。或曰："此吕洞賓也。僕見東老子偕道其事，爲和此詩。後復與偕遇錢塘，更爲書之。回山人詩云："西隣已富憂不足，東老雖貧樂有餘。白酒釀來緣好客，黄金散盡爲收書。"東坡和云："世俗那知貧是病，神仙可學道之餘。但知白酒留佳客，不問黄公覓素書。"又云："凄凉雨露三年後，仿佛塵埃數字餘。至用榴皮緣底事，中書君豈不中書。"

元豐四年正月，余自齊安往岐亭，泛舟而還，過古黄州，獲一鏡，周尺有二寸。其背銘云："漢有善銅出白陽，取爲鏡，清如明月。左龍右虎輔之。"其字如菽大，雜篆隸甚精妙。白陽，疑南陽白水之陽也。其銅黑色如漆，其背如刻玉，其明照人微小。舊聞古鏡皆然。此道家聚形之法也。

予兄子瞻，嘗從事扶風。開元寺多古畫，子瞻往往匹馬入寺看畫。有二老僧出揖曰："小院在近，可一相訪。"子瞻欣然從之。僧曰："貧道好藥術，有一方能以朱砂化淡金爲精金，當傳人，而患無可傳者。知公可傳，故欲一見。"子瞻曰："吾不好此術，雖得之，不能爲。"僧曰："此方知而不可爲，公若不爲，正當傳矣。"是時，陳希亮少卿守扶風，溺於黄白，嘗於此僧求方，不與。子瞻曰："陳卿求而不與，何也？"僧曰："貧道畏其得方，不能不爲耳。貧道嘗以方授人矣，有爲之即死者，有遭喪者，有失官者，故不輕以授人。"即出一卷書，曰："此中皆名方，其一則化金方也，如陳卿慎勿與。"子瞻許諾，歸視其方，每淡金一兩，視其分數，不足一分，以丹砂一錢益之，雜諸藥，入甘鍋中煅之，鎔即傾出，金砂俱不耗，但其色深淺，斑斑相雜。當再烹之，色匀乃止。後偶見陳卿語及此，陳卿驚曰："君何由得之？"子瞻具道僧不欲傳人之意。陳固請，試之良驗。子瞻始悔，曰："某不惜此方，惜負此僧耳。公慎爲之。"未幾，坐受隣郡公使酒以贜敗去。子瞻疑其以金故，深恨。謫居黄州，陳公子慥在黄，子瞻問曰："少卿昔竟爲此法否？"慥曰："吾父既失官，至洛陽，無以買宅，遂大作此，然竟病指癰而没。"乃知僧言誠不妄也。後十餘年，余謫居筠州，有蜀僧儀介者，師事克文禪師。文所至輒修造，所費不貲，而莫知所從來。文秘其術不以告人。介與省聰禪師善，密爲聰道其方，大類扶風開元僧所傳。然介未嘗以一錢私自利，故能保其術而無患。

《神翁外傳》云：内相蘇子贍，初起，知登州來求字。翁書"來王守"三字。又問學道之要，翁云"閑好"。公見許道士求解字，許曰："《經》云：'赤書玉字勑'，乃王命。來，則王命將下矣"。果召爲内翰。復出守揚州。公疑"閑好"之言，再遣人求字，翁不書。後謫惠州，再遣子過求字，翁不見。子由謂吾兄信其言而不能用也。

公著《龍虎鉛汞論》寄子由，云："已令造一禪榻，兩大案，明窗之下，日專欲治此，并已作乾蒸餅百枚，自二月一日爲首盡絶人事。饑則食此餅，不飲湯水，不啖他物，細嚼以致津液，或飲少酒而已。午後略睡，一更卧，三更乃起，坐以達旦，有日採日，有月採月，餘時非數息煉陰，則行吟所論龍虎訣爾。如此百日，或有所成。不讀書，不著文，且一時束起以待異日。不遊山水，除見道人外，不接客，不會飲，深恐易流之性，不能踐此言，故先作書以報，庶幾他日有慚於弟而不敢變也。此事大難，不知其果能不慚否？既以自堅，又欲以及弟。"

《上張安道養生訣》云：近來頗留意養生。讀書延納方士多矣，其法數百，擇其簡而易行者，間或爲之，輒驗，乃知神仙長生不死，非虚語也。其效初亦不甚覺，但積累百餘日，功用不可量。比之服藥，其力百倍。久欲獻之左右，其妙處非言語文字所能形容。若信而行之，必有大益。

《海上道人傳心神守氣訣》：但向起時作，還於作處收。蛟龍莫放睡，雷雨直須休。要會無窮火，嘗觀未盡油。夜深人散後，惟有一燈留。

《修丹贊》云："飲食之精，草木之華，集我丹田，我丹所家。我丹伊何，鉛汞丹砂。客主相守，如巢養鴉。培以戊己，耕以赤蛇。化以丙丁，滋以河車。乃根乃株，乃實乃華。晝煉於日，赫然丹霞。夜浴於月，皓然素葩。金丹自成。曰思無邪。"此贊信筆直書，不加點定，殆是天成。

《春渚録》云：東坡與山谷同見清老，清語坡前身爲五祖戒和尚，故《嶺外詩》云："父老争看烏角巾，應緣曾現宰官身。溪邊古路三叉口，獨立斜陽數過人。"豈真戒禪師後身耶？而謂山谷前身一女子，我不能詳語。後日至涪陵，當有告者。山谷既坐黨人遷涪，夢一女子曰:“某前身誦法華經,志願後身作男子,得大智慧爲時名人。今學士,吾後身也。學士年來所患腋氣,緣某墓棺朽,蟻穴兩腋,故有此苦。此山後即吾墓,學士能啓而除其蟻,則腋氣平矣。”既覺而訪,如言修掩。既畢,而腋氣遂除。

坡在惠州,其家以地遠無人致書爲憂。有道人卓契順者,慨然歎曰:“惠州不在天上,行即到矣。請書以行。”佛印因致書云:常讀退之《送李愿歸盤谷序》,“愿不過於主上者,猶能坐茂樹以終日”。子瞻中大科,登金門,上玉堂,遠放寂寞之濱。權臣忌子瞻爲宰相耳。人生一世間,如白駒之過隙。三二十年功名富貴,轉盼成空。何不一筆勾斷,尋取自家本來面目？縱未得到如來地,亦可以驂駕鸞鶴,翱翔三島爲不死人。子瞻胸中有萬卷書,下筆無一點塵,到這地位,不知性命所在。一生聰明,要做甚麽？三世諸佛,則是一箇有血性的漢子。子瞻若能脚下承當,把三二十年富貴功名,賤如泥土,努力向前,珍重珍重也!

哲宗問左右:“蘇軾襯朝章者何服?”對曰:“道衣。南行時帶一軸彌陀。”曰:“此軾生西方公案也。”

元豐末年,得請歸耕陽羡,舟次瓜步,以書抵金山了元師曰:“不必出山,當學趙州三等接人。”元得書徑來。東坡迎笑問之,以偈爲獻曰:“趙州當日少謙光,不出山門見趙王。爭似金山無量相,大千都會一禪牀。”東坡拊掌稱善。

范蜀公不信佛説,大蘇嘗與論佛,詰其所以不信之説。范公云:“鎮平生,事非自所見者未嘗信。”蘇曰:“公亦安能然哉？設公有疾,令醫切脉,曰寒,則服熱藥,曰熱,則餌寒藥。公何嘗見脉而信之?”

蘇子瞻守杭日,有妓名琴操,頗通佛書,解言辭。子瞻喜之。一日,游西湖,戲語琴操曰:“我作長老,汝試參禪。”琴操敬諾。子瞻問曰:“何謂湖中景?”對曰:“落霞與孤鶩齊飛,秋水共長天一色。”“何謂景中人?”對曰:“裙拖六幅湘江水,髻挽巫山一段雲。”“何謂人中意?”對曰:“隨他楊學士,鱉殺鮑參軍。如此究竟何如?”子瞻曰:“門前冷落車馬稀,老大嫁作商人婦。”琴操言下大悟,遂削髮爲尼。

子瞻嘗謂余曰:“釋氏之徒,諸佛教法所繫,不可以庶俗待之。或有事至庭下,則吾徒當以付囑流通爲念,與之闊略可也。”張商英皎然禪師贈吴馮處士詩云："世人不知心是道，只言道在他方妙。還如瞽者望長安，長安在東望西笑。"東坡代答曰："寒時便懼熱時風，饑漢那知食藥功。莫怪禪師向西笑，禪師身在長安東。"

"人間有漏仙，兀兀三杯醉。世上無眼禪，昏昏一覺睡。雖然無交涉，其奈略相似。相似尚如此，何況真箇是。"余奉使關西，見邸店壁上書此數句，愛而誦之。故海上作《濁醪有妙理》賦，曰："嘗因既醉之適，方識此心之正。"

予過濟南龍山鎮監税，宋寶國出王氏《華嚴經解》相示。予問寶國："《華嚴》有八十卷，今獨解其一，何也？"寶國曰："王氏謂我此佛語深妙，其餘皆菩薩語爾。"予曰："予取佛語數句，置菩薩語中，復取菩薩語置佛語中，子能識其是非乎？"曰："不能也。""非獨子不能，王氏亦不能。予昔在坡下，聞沂陽猪肉至美，遣人買之。使者醉，猪夜逸，買他猪以償。吾不知也，而與客食，皆大詫以爲非他産所及。已而事敗，客皆大慚。今王氏之猪未敗爾。"

東坡云：日者王實、王寧見訪。實，韓持國少傅之壻。因問持國安否，實、寧言持國謂人："吾以癃老，且將聲樂酒色娱年。不爾，無以度日。"東坡曰："惟其殘年，正不當耳。君兄弟至親舊，願爲某傳一語於持國可乎？""頃有一老人，未嘗參禪，而雅合禪理。死生之際，極爲了然。一日，置酒大會親友，酒闌，語衆曰：'老人即今且去。'因攝衣正坐，將奄奄焉。諸子惶遽呼號，曰：'大人今日，乃爲世訣乎？願留一言爲教。'老人曰：'本欲無言，今爲汝懇。第一，五更起。'諸子未喻，曰：'惟五更可以勾當自家事，日出之後，欲勾當則不可矣。'諸子曰：'家中幸豐，何用蚤起？舉家諸事，皆是自家的事，豈有分别？'老人曰：'不然，所謂自家事者，是死時將得去者。吾平生治生，今日就化，可將何者去？'諸子頗悟。今持國果自以謂殘年，請二君言與持國，但言某請持國勾當自家事，與其勞心聲酒，不若爲可以死時將去者計也。"

東坡自謂竄逐海上，去死地近，願學壽禪師放生以證善果。敬將亡母蜀郡太君程氏遺留簪珥，盡買放生以薦父母冥福。其子邁在側，見所買放生，盈軒蔽地，或掉尾乞命，或悚翅哀鳴，亟請放之。旁有侍妾朝雲見邁衣衾有蠕動，視之乃蝨，遽以指爪隕其命。東坡曰："聖人言,近取諸身,遠取諸物。汝今近取諸身以殺之可乎?”妾曰:“奈罶我何?”東坡曰:“是汝氣體感召而生,不可罪也。今人殺害禽魚,豈禽魚罶人耶?”妾悟,自後罕茹腥物,多食蔬菜。東坡舅氏論之曰:“心即是佛,不在斷肉。”坡曰:“不可作如是言。小人女子,難感易流,幸其作如是相,有何不可?”

東坡《舍利塔記》略曰:大雄氏真身舍利,乃戒定慧熏修所成。其滅後百年,周厲王時,東天竺國有阿育王,造寶塔八萬四千,貯釋迦文佛真身舍利。請邪舍尊者,放光遣神,光所止處,布於天下。禹貢荒服之内,凡十九所,而四明鄮山當其一。自晋迨今,歷千九十七年爲阿育王寺。太康中,獵人劉薩訶病死,見梵僧,指往會稽舍利塔處懺悔,乃甦,因與僧慧連至會稽,竭誠遍禱。一夕,聞鍾聲隱隱響地中,又二宿聲漸近,遲明,寶塔湧出地上。於是諸天花雨,萬姓歡欣。其塔高尺有四寸,廣七寸,體質殊異,莫辯其何物。中懸小金磬,覆如蓋,徑可寸許。舍利綴於磬之中,圜轉不定。初見似水晶珠,其大如芡實,已如彈丸,已加大如瓜、如車輪,五色變幻,光彩射目,不可迫而視之。或見大如桐子,白色,或見如椒豆大,青色;或無所見。由晋、梁、唐、宋,皆有銘刻,其事甚奇。姑摭其略云。

坡参玉泉皓禪師。師問:“尊官高姓?”坡曰:“姓秤,秤天下長老輕重。”師喝曰:“且道這一喝重多少?”坡無對,於是尊禮之。後過金山,坡題自己照容,偈曰:“心似已灰之木,身如不繫之舟。問汝平生功業,黄州、惠州、瓊州。”

余謫黄州,與陳慥季常往來。每過之,輒作汁字韻詩一篇。季常不禁殺,故以此諷之。季常既不復殺,而里中皆化之,至有不食肉者。皆云“未死神已泣”。此語使人凄然也。

轍有白髪,近二十年,然止百餘莖,不增不減。虔州道人王正彦教令拔去,以真水火養之。從其言已,數月而白髪不出,更歲久不見。豈真不生耶?子瞻示我月中梳頭詩,言拔白之驗。

或爲予言,草木之長,常在昧明間。早起伺之,乃見其拔起數寸。竹笋尤甚。夏秋之交,稻方含秀,黄昏月出,露珠起於其根,纍纍然忽自騰上,若推之者,或綴於莖心,或綴於葉端。稻乃秀實,驗之信然。此二事,與子由養生之説契。

元豐三年二月朔，予始來黄州。進士潘丙謂予曰："異哉，公始受命，吾黄人未知也。先有神降於州郭氏第曰："二月朔，蘇公將至，恨吾不及見也。"已而，公果以是日至。明年正月，丙又謂余曰："神復降於郭氏矣。"予往觀之，則衣草木爲婦人，而手把筯，使二童子扶之。以筯畫字曰："妾，壽陽人也。姓何，媚名。麗卿，字也。自幼讀書屬文，爲伶人婦。唐垂拱中，壽陽刺史害吾夫，納吾爲侍妾。而其妻妒悍，殺妾於厠。妾雖死，不敢訴也。而天使見之，爲直其冤，且使我有所職於人間，世所謂紫姑神者，其類甚衆，然未有如妾之卓然者也。公少留，爲賦詩，且舞以娱公。"頃刻數十篇，妙思敏捷，雜以嘲笑。問神仙鬼佛變化之理，應答如響，出人意外。坐客撫掌。又作《道調梁州》，起舞中節。曲終再拜以請曰："公文名天下，何惜尺寸紙，不使世人知有妾乎？"予觀何氏，生見掠於酷吏，死怨於悍妒，則終不指刺史姓名，似有禮者。客至，逆知其平生，而終不顯言陰私，可謂智矣。又雅好詞賦，而耻無聞於世，皆可賢者。粗爲録其事，答其意焉。卓吾曰："鬼猶好名，而謂人不好名，可乎？人不好名，不如鬼矣。"

建中靖國元年，陳無己以正字入館，未幾，得疾。樓異世可時爲登封令，夜夢無己見别，行李遽甚。樓問："是行何之?"曰："暫住杏園，東坡、少游諸人在彼已久。"樓起視事，而得參寥報云："無己逝矣。"

蘧謁冰華丈於所居煙雨堂，偶誦人祭先生文，至"降鄒陽於十三世，天豈偶然；繼孟軻於五百年，吾無問也"之句，冰華笑曰："此老夫所爲。"因請"降鄒陽"事。冰華云："元祐初，劉貢甫夢至一官府，案間文軸甚多。偶取一軸展視，云在宋爲蘇軾，逆數而上十三世，云在西漢爲鄒陽，蓋如黄帝時爲火師，周朝爲柱下史，只一老聃也。"

霅川莫蒙養正，崇寧間過余，言：夜夢行西湖上，見一人野服髽髻，頎然而長，參從數人，軒軒然常在人前。路人或指而言曰："此蘇翰林也。"養正少識之，亟趨前拜，且致恭曰："蒙自爲兒時，誦先生之文，願執巾侍不可得也。不知先生厭世仙去，今何所領而參從如是。"先生顧視久之，曰："是太學生莫蒙否?"養正對曰："然。"先生頷之，曰："某今爲紫府押衙。"語訖，而覺。後偶得先生嶺外手書一紙，云："夜登合江樓，夢韓魏公騎鶴相過，云受命與公同北歸中原，當不久也。"

已而果然。小説載魏公爲紫府真人，則養正之夢不誣矣。

海南域東有兩井，相去咫尺而異味，號雙井。井源出山石罅中。東坡酌水異之，曰："吾尋白龍不見，今家此水中乎？"同遊怪問其故。曰："白龍當爲東坡出。"俄見其脊尾如鰻，銀色蛇伏。忽水渾，有氣浮水面，舉手如插玉箸，乃泳而去。太守張子修爲造庵井上，號思遠亭，泉號洞酌，崖有怪樹。

房琯嘗宰盧氏，與道士邢和璞出游，過夏口村，入廢佛寺，坐古松下。和璞使人鑿地，得甕中所藏婁師德與永禪師書，笑謂琯曰："頗憶此耶？"琯因悵然悟前生之爲永師也。故人柳子玉寶此畫，云是唐本宋復古所臨者。元祐六年三月十九日，予自杭州還朝，宿吴松江，夢長老仲殊挾琴過予，彈之有異聲。就視，琴有破損，而有十三弦。予方歎惜不已。殊曰："雖損，尚可修。"曰："奈十三弦何？"殊不答。誦詩云："度數形名本偶然，破琴今有十三弦。此生若遇邢和璞，方信秦箏是響泉。"予夢中了然，識其所謂，既覺而忘之。明日晝寢，復夢殊來理前語，再誦其詩。方驚覺而殊適至，意其非夢也。問之，殊蓋不知。是歲六月，見子玉之子子文京師求得其畫，乃作詩並書所夢其上。子玉，名瑾，善作詩，及行草書。復古，名迪，畫山水草木，蓋妙絶一時。仲殊本書生，棄家學佛，通脱無所著，皆奇士也。"破琴雖未修，中有琴意足。誰云十三弦，音節如佩玉。新琴空高張，絲聲不附木。宛然七弦箏，動與世好逐。陋矣房次律，因循墮流俗。懸知董庭蘭，不識無弦曲。"

考淵明所記桃源事，止言先世避秦亂來此，則漁人所見似是其子孫，非秦人不死者也。舊説南陽有菊水，水甘而芳。居民三十餘家，飲其水皆壽。蜀青城山老人村，有見五世孫者。道極險遠，生不識鹽醯。而溪中多枸杞，根如龍蛇。飲其水，故壽。近歲，道稍通，漸能致五味，而壽衰矣。予在潁州，夢至一官府，人物與俗間無異，而山川清遠，有足樂者。顧視堂上，榜曰仇池。覺而念音容宛在。仇池，武都氐故地，楊難當所保，予何爲居之？明日以問客。客有趙令時德麟者曰："公何問此？此乃福地，小有洞天之附庸也。"杜子美云："萬古仇池穴，潛通小有天。神漁人不見，福地語真傳。近接西南境，長懷十九泉。何時一茅屋，送老白雲邊。"他日，工部侍郎王欽臣仲至，謂予曰:"吾嘗奉使過仇池,有九十九泉,萬山環之,可以避世如桃源也。"

昔吾先君先夫人,僦宅於眉山之紗縠行。一日,二婢子熨帛,足蹈於地,視之深數尺,見大瓮,覆以烏水板。先夫人急命以土塞之。瓮中有物,如人咳聲。凡一年乃已。人以爲此有宿藏物欲出也。夫人之侄程之問者,聞之,欲發其地。會吾家遷居之問,遂僦此宅,掘地丈餘,終不見瓮所在。其後,某官於岐下,所居大柳下,雪方尺不積。雪晴,墳起數寸。某疑有古人藏丹藥處,欲發之。亡妻崇德君曰:"使吾先夫人,必不發也。"某愧而止。

東坡居闾阖門外白家巷中。一夕,次子迨之婦歐陽,文忠公孫棐之女。産後因病,爲祟所憑。曰:"吾姓王氏,名静奴,滯魄在此居久矣。"公爲言佛氏破妄解脱之理以喻之。曰:"汝善去,明日昏時,當用佛氏功德之法與汝。"婦輒合爪曰:"感尚書,去也。"婦良愈。明日昏時,爲自書功德疏一通,仍爲置酒肉香火,遣送之。頃,迨之幼乳媪,忽云有賊,貌瘦而黑,衣以青,使人索之無有也。乳媪俄而發狂,聲色俱怒,如卒伍輩,唱喏甚大。公往視之,輒厲聲曰:"某即瘦黑而衣青者也。非賊也,鬼也。欲此媪出爲我作巫。"公曰:"寧使其死,出不可得。"曰:"學士不令渠出,奈何?只求少功德,可乎?"公曰:"不可。"又曰:"求少酒食,可乎?"公曰:"不可。"又曰:"求少紙,可乎?"公曰:"不可。"又曰:"只求一杯水,可乎?"公曰:"與之。"媪飲畢,仆地而蘇。然媪之乳,因此遂枯。公曰:"頃在鳳翔,罷官來京師,道由華岳,忽隨行一兵,遇祟甚狂,自褫其衣巾不已。"公使人束縛之,而衣巾自墜。人皆曰:"此岳神之怒也。"公因謁祠曰:"某之去無祈,今之回無禱。特以道出祠下,不敢不謁而已。隨行一兵,狂發遇祟。而居人曰:'神之怒也。'未知其果然否?此一小人,如蟣虱耳。何足以煩神之威靈?縱此人有隱惡,則不可知,不然,以其懈怠失禮,或盗服御飲食等小罪,何足責也?竊謂岳鎮之重,所隸甚廣,其間强有力富貴者,蓋有公爲奸慝,神不敢於彼示其威靈,而乃加怒於一卒,可乎?某小官一人病則一事闕,願恕之。非某愚直,諒神亦不聞此語也。"出廟,馬前一旋風突而出,震鼓天地,沙石驚飛。公曰:"神愈怒乎?吾弗畏也。"冒風即行,風愈大,人馬辟易不可移足。或勸公曰:"禱謝之。"公曰:"禍福,天也。神怒即怒,吾行不止。"已而風止,竟無別事。卓吾曰:"所謂烈風弗迷者耶，神之試之，蓋可知也。”

坡作《虔州八境》詩云：山中木客解吟詩。《十道四蕃志》，記虔州上洛山，有木客鬼，與人交甚信，未嘗言能詩也。後得《續法貼》，記木客詩云：“酒盡君莫沽，壺傾我當發。城市多囂塵，還山弄明月。”方知得句之因。徐鉉謂鄱陽山中有木客，自言秦時，造阿房宫採木者。

先生稱劉景文博學能詩，凛凛有英氣，如三國陳元龍之流。元祐五年，守錢塘，景文爲東南將領佐。公開治西湖日，由萬松嶺以至新堤，故坡在潁川和景文詩有“萬松嶺上黄千葉，載酒年年踏松雪。劉郎去後誰復來，花下有人愁斷絶”，謂此。後坡薦景文得隰州以殁也。景文晚歲，常夢與晋文公神交，夢中酬唱甚多，家有編録。既至隰州，三日謁神祠，出東城，所歷之地，及拜瞻神像，曉然夢中往還所在。一日夢文公云：“已受帝旨，得景文爲代。”月餘，景文得疾，郡人有宿郊外者，見郡守嚴衛而入文公祠中。淩晨趨府，公已屬纊[①]矣。

僕嘗夢見一人云是杜子美，謂世多誤會予詩，《八陣圖》云“江流石不轉，遺恨失吞吴”，我意本謂吴、蜀脣齒之國，不當相圖。晋之所以能取蜀者，以蜀有吞吴之意耳。子美死近四百年，猶不忘詩，區區自明，何也？

昔在九江，與蘇伯固唱和，其略曰：“我夢扁舟浮震澤，雪浪横江千頃白。覺來滿目是廬山，倚天無數開青碧。”蓋實夢也。昨又夢伯固手持乳香嬰兒示余。余覺而思之，蓋南華賜物也。豈復與伯固相見於此耶？今得來書，已知在南華待數日矣，感歎不已。

錢塘西湖壽星寺老僧則廉，言先生作郡倅日，始與參寥子同登方丈，即顧謂參寥曰：“某生平未嘗至此，而眼界所視，皆若素所經歷者。自此上至忏堂，當有九十二級。”遣人數之，果如其言。即謂參寥子曰：“某前身，山中僧也。今日寺僧，皆吾法屬耳。”後每至寺，即解衣盤礴，久而始去。則廉時爲僧雛侍側。每暑月，袒露竹陰間，細視公背，有黑子若星十[②]狀，世人不得見也，即北山君謂顔魯公曰“誌金骨，記名仙籍”是也。

---

① 纊，疑當作“壙”。

② 十，疑是“斗”字。

子由謫高安日，雲安夢同子由及聰迓五祖戒。既覺，語子由而聰亦至。子由曰："方與洞山説夢，子今亦來同説夢乎?"聰曰："夜來夢吾三人迎戒和尚。"子由曰："世間果有同夢者。"久之，坡書至，曰："已至奉新，旦夕相見。"三人喜，出城迎坡。坡曰："先妣方孕時，嘗夢一僧來託宿。"及謫英州，雲安遣書至，坡引紙大書曰："戒和尚又錯脱也。"後監玉局觀，作偈答南華老曰："惡業相纏四十年，常行八棒十三禪。却著衲衣歸玉局，自疑身是五通仙。"

余道上見雲氣自山中來，如群馬奔突，以手掇開籠，收其雲盈籠中。歸家，開而放之，變化掣去。

東坡知揚州。一夕，夢在山林間，忽見一虎來噬。公方驚怖，有一紫袍黄冠人，以袖障公，叱虎使去。及旦，有道士投謁，曰："昨夜不驚畏否?"公叱曰："鼠子敢爾? 本欲杖汝脊。吾豈不知子夜來術也?"道士慚懼而退。

老泉詩序云：至酆都縣，將遊山都觀，見知縣李長官云："固知君之將至也。此山有鹿甚老，而猛獸獵人，終莫能害。將有客來遊，鹿輒夜鳴，故嘗以此候之而未嘗失。"余聞而異之，賦詩紀事。

東坡謂文與可既死，崔公度於建康城中忽見與可，曰："吾聞人不妄語者，舌可過鼻。"即吐其舌，三疊如餅，引至眉間。公度大驚。然則與可已得不妄語菩薩道，出廣長舌，普覆十方世界，如《金光明經》所云矣。

坡仙集卷之十五終

坡仙集卷之十六

五羊王宗稷編

年　譜

仁宗皇帝景祐三年丙子十二月十九日乙卯時，先生生。實仁宗即位之十一年也。按先生《送沈逵》詩云："嗟我與君皆丙子。"又按《玉局文》云："十二月十九日，東坡生日，置酒赤，壁磯上。"又按《志林》云："退之以磨蝎爲身宫，而僕以磨蝎爲命宫。"若以磨蝎爲命推之，則爲卯時生。議者以先生十二月爲辛丑月，十九日爲癸亥日。丙子癸亥，水向東流，故才氣汗漫而澄清。子卯相刑，晚年多難。《東坡志林》云："韓退之詩，我生之辰'月宿南斗'。乃知退之以磨蝎爲身宫，僕以磨蝎爲命宫。平生多得謗譽，殆同病也。"

慶曆二年壬午，先生七歲，知讀書。按先生長短句集《洞仙歌自序》云："僕七歲時，見眉州老尼，姓朱，年九十餘，能知孟昶宫中事。"又考《冷齋夜話》，載先生云："某七八歲時，嘗夢游陝右。"

三年癸未，先生八歲，入小學。按先生作《范文正公文集序》云："慶曆三年，某始入鄉校。士有自京師來，以魯人石守道《慶曆聖德詩》示鄉先生。某從旁竊觀，問先生：'十一人，何人也？'先生曰：'童子何用知之？'某曰：'此天人也耶，則不敢知；若亦人耳，何爲其不可？'"

五年乙酉，先生年十歲。按子由作先生墓誌云："公生十年，而先君宦學四方，太夫人親授以書，問古今成敗，輒能語其要。太夫人讀《東漢史》，至《范滂傳》，慨然太息。公侍側曰：'某若爲滂，夫人亦許之否乎？'夫人曰：'汝能爲滂，吾顧不能爲滂母耶？'"又按《大全集》載東坡少時語云:“秦少章言東坡十來歲,老蘇曾令作《夏侯太初論》,有‘人能碎千金之璧,不能無失聲於破釜;能搏猛虎,不能無變色於蜂蠆’之語。”又按趙德麟所編《侯鯖録》云:“東坡年十歲,見老蘇誦歐公《謝宣召赴學士院仍謝賜對衣金帶及馬表》。老蘇令坡拟之,其間有‘匪伊垂之帶有餘,非敢後也馬不進’。老蘇喜曰:‘此子他日嘗自用之。’”

七年丁亥,先生年十二。按先生所作《天石硯銘》曰:“某年十二時,於所居紗縠行宅隙地中,與群兒鑿池爲戲,得異石,鏗然扣之有聲。”

皇祐四年壬辰,先生年十七。按長短句《滿庭芳序》云:“余年十七,始與劉仲達往來眉山。”

至和元年甲午,先生年十九,始娶眉山青神王方女。按先生作王氏墓誌云:生有十九歲而歸於某,至治平二年而王氏卒。

二年乙未,先生年二十,游成都,謁張安道。按先生作《樂全先生文集序》云:“某年二十,以諸生見公成都。一見,待以國士。”有晁美叔是年求交先生。按《送美叔》詩云:“我生二十無朋儔,當時四海一子由,君來扣門若有求。”卓吾子曰:“今人五六十歲,尚不知要朋友。先生甫二十,才畢姻,便苦無朋儔,何太性急乎?”

嘉祐元年丙申,先生年二十一,舉進士。按《鳳鳴驛記》云:“始余丙申歲,舉進士,過扶風,求舍於館人不可,而出次於逆旅。”

二年丁酉,先生二十二,赴試禮部。按先生作《興國六祖畫贊》云:“余嘉祐初舉進士,館於興國浴室院。”時歐陽文忠公考試得先生《刑賞忠厚之至論》,以爲異人,欲冠多士,疑曾子固所爲。子固,文忠門下士也,乃置第二,復以《春秋對義》居第一。及殿試,章衡榜,中進士乙科。又按,先生作《太息》一篇送秦少章歸京云:“昔吾舉進士,試名於禮部,歐陽文忠公見吾文,且曰:‘此,吾輩人也,吾當避之。’是年四月丁太夫人武陽君程氏憂。按司馬温公作《程夫人墓誌》云:‘夫人以嘉祐二年四月癸丑終於鄉里。’”

四年己亥,先生年二十四,服除。十二月,侍老蘇舟行適楚。按先生《南行前集序》云:“己亥之歲,侍行適楚。舟中無事,雜然有觸於中,而發於詠歎。蓋家君之作與弟轍之文皆在焉,因謂之《南行集》。”

五年庚子，先生年二十五，授河南府福昌縣主簿，有《新渠》詩，其序云："庚子正月，予過唐州，太守趙侯始復之陂，疏召余爲《新渠》詩五章，以告於道路致侯之意。"

六年辛丑，先生年二十六，應中制科入第三等，有《應制科上兩制書》及《上富丞相書》，又有《謝應中制科啓》，授大理評事，鳳翔府僉判。按先生有《感舊詩序》云："嘉祐中，予與子由奉制策，寓居懷遠驛，時年二十六，子由年二十三。是年十二月，赴鳳翔任，與子由别。"

七年壬寅，先生年二十七，宦於鳳翔。二月，有詔郡吏分往屬外決囚，作詩五百言寄子由。

八年癸卯，先生年二十八，官於鳳翔，作《思治論》。

英宗皇帝治平元年甲辰，先生年二十九，官於鳳翔。

二年乙巳，先生年三十，自鳳翔罷任。按子由作先生墓誌銘云："治平二年，罷還，判登聞鼓院。英宗皇帝在藩邸，聞先生名，欲以唐故事，召入翰林。宰相限以近例召試秘閣，皆入三等，得直史館。是年通義郡君王氏卒於京師。"

三年丙午，先生年三十一，在京師，直史館，丁老蘇憂，扶護歸蜀。按歐陽文忠公作老蘇墓誌云："明允太常因革禮書一百卷，書成方奏，未報而卒。英宗皇帝聞而傷之，命有司具舟載其喪，歸葬於蜀。"

四年丁未，先生年三十二，居服制，以八月壬辰葬老蘇於眉州。

神宗皇帝熙寧元年戊申，先生年三十三，免喪。按《四菩薩閣記》云："載四菩薩版以歸，既免喪，嘗與往來浮屠人，勸某爲先君捨施爲大閣以藏之，作記，乃熙寧元年十月。"

二年己酉，先生年三十四，還朝監官告院。按《烏臺詩話》云："熙寧二年，某在京授差遣，與王詵寫詩賦及《蓮華經》。"

三年庚戌，先生年三十五，監官告院，有《送章子平》詩，其序云："熙寧三年，子平自右司諫直集賢院，出牧鄭州，賦詩餞之。"《烏臺詩話》云："舊例館閣補外，同舍餞送，必分韻。是年，范景仁嘗舉先生充諫官。"

四年辛亥，先生年三十六，任諫官告院，兼判尚書祠部。王荆公欲變科舉，上使兩制三館議之。先生獻三言，荆公之黨不悦，命攝開封府推官。有《奏罷買燈疏》，御史知雜事誣奏先生過失，先生不辯，乞外任避之，除通判抗州。有《赴任過揚州》，與劉貢甫、孫臣源、劉莘老相聚數月，用逐入字作詩。十一月到任，有《初到杭州寄子由》兩絶。

五年壬子，先生年三十七，在杭州。是歲有《牡丹記》，其序云："熙寧五年三月二十三日，余從太守沈公觀花於吉祥寺。"是年科場，先生監試。八月十七日登望湖樓，是日榜出，有《送杭州進士詩序》云："熙寧五年，錢塘之士貢於禮部者九人，十月乙酉，宴於中和堂，作是詩以勉之。"十二日，運司差先生往湖州，相度堤圩利害，與湖州太守孫莘老相見，有贈莘老十絶。臘月游孤山，訪惠勤、惠恩二僧。

六年癸丑，先生年三十八，在杭州。有《八月十五觀湖》詩，寫於安濟亭上、及作《仁宗皇帝飛白記》。其略云："熙寧六年冬，以事至姑蘇，安簡王公子誨，出所賜公'端敏'二字。"又有《作錢塘六井記》，其略云："熙寧五年，太守陳公述古至，問民之利病。明年春，六井畢修，故詳其語以告後人。"運司又差先生往潤州，道出秀州，錢安道送茶和詩。

七年甲寅，先生年三十九，在杭州。正月，遊風水洞，推官李泌先行三日，留風水洞相待，有詩題壁。是年納侍妾朝雲。《墓誌》云："朝雲，姓王氏，錢塘人，事先生二十有三年。來事先生方十二歲。"先生以子由在濟南，求爲東州守。按：子由《超然臺賦序》云："子瞻通守餘杭，三年不得代，以轍之在濟南也。求爲東州守，既得請高密。五月，乃有移知密州之命，則通判杭已四載矣。"按：先生辛未，《別天竺觀音詩序》云："余昔通守錢塘，移涖膠西，以九月二十日，來別南北山道友。"又按：先生《記游松江説》云："吾昔自杭移高密，與楊元素同舟，而陳令舉、張子野皆從。余過李公擇於湖，遂與劉孝叔俱至松江。夜半月出，置酒垂虹亭上。子野年八十五，以歌詞聞於天下。"作《定風波令》。及道過常州，爲錢公輔作哀辭，及有《與段屯田》詩云："龍鍾三十九，勞生已强半。歲暮日斜時，還爲昔人歎。"是年，又有《師子屏風贊》云："潤州甘露寺，有唐李衛公所留陸探微畫師子版，余自錢塘移守膠西，過而觀焉。"是年，先生在潤州，道上過除夜，有《潤州道上過除夜》兩絶。

八年乙卯，先生年四十，到密州任，有《上韓丞相論災傷書》。到任二十餘日,又《論密州鹽税》,又作《後杞菊賦》,其序云:"予仕宦十有九年,家日益貧,移守膠西,齋厨索然。"

九年丙辰,先生年四十一,在密州,作《刻秦篆記》云:"熙寧九年丙辰,蜀人蘇某來守高密。"是年中秋,歡飲達旦,作《水調歌頭·懷子由》,及作《薄薄酒二章》。

十年丁巳,先生年四十二,在密州,就差知河中府,已而改知徐州。四月,赴徐州任。按:子由作先生墓誌云:自密徙徐,與子由相會於澶濮之間,相約赴彭城,留百餘日,宿於逍遥堂。子由有兩絶,先生和之。徐州水患大作,七月十七日,河决澶州曹村。八月二十一日,及徐州城下。先生治水有功。至十月五日,水漸退,城以全。朝廷降詔奬諭,作《河復》詩。

元豐元年戊午,先生年四十三,在徐州任,適值春旱。徐州城東二十里有石潭,置虎頭其中,可致雷雨。作《起伏龍行》。是年三月,始識王迥子高,間與仙人周瑤英遊,作《芙蓉城》詩。二月,有旨賜錢二千四百一十萬,起夫四千二十三人,及發常平錢米,改築徐州外小城,創木岸四,以奬諭敕記併刻諸石,爲《熙寧防河録》云:"乃即徐州城之東門爲大樓,堊以黄土,名之曰黄樓,以土實勝水故也。"子由作《黄樓賦》,先生跋云:"元豐元年八月癸丑樓成,九月庚辰,大合樂以落之。"又有《中秋月三首》云:"六年逢此月,五年照離别。"先生注云:"中秋有月,凡六年矣。惟去歲與子由會於此。"

二年己未,先生年四十四,在徐州。正月己亥,同畢仲孫、舒焕八人游泗之上,登石室,使道士戴日祥鼓雷氏琴,先生有《記按玉局》文,云:"僕在徐州,王子立、子敏皆館於官舍,而蜀人張師厚來過,二王方年少,吹洞簫,飲酒杏花下。"三月,自徐州移知湖州。按:先生作《張氏園亭記》云:"余自彭城移守吴興,由宋登舟,三宿而至。是年四月二十九日到湖州任,王子立、子敏皆從。"先生作子立墓誌云:"子立、子敏皆從余學於吴興。學道日進,東南之士稱之。"是歲,言事者以先生湖州到任謝表以爲謗。七月二十八日,中使皇甫遵道湖州追攝。按:子立墓誌云:"予得罪於吴興,親戚故人皆驚散,獨兩王子不去,送予出郊。曰:'死生禍福,天也。公其如天何?'返取予家致之南都。"又按:先生《上文潞公書》云:"某始就逮赴獄,有一子稍長,徒步相隨,其餘守舍皆婦女幼稚。至宿州，御史符下，就家取書，州郡望風，遣吏發卒圍船搜取，長幼幾怖死。既去，婦女恚罵曰：'是好著書，書成，何所得而怖我如此？'悉取焚之。十二月二十日，聞太皇太后升遐，吏以某罪人，不許成服，欲哭則不可，欲泣則不敢，作《挽詩》二首，已而獄具。"十二月二十九日，謫授黄州團練副使，本州安置。是年，子由聞先生下獄，上書乞以見任官職贖先生罪，謫筠州酒官。出獄，再次寄子由二詩，韻有"百日歸期恰及春"之句。先生自八月坐獄，至是踰百日矣。

三年庚申，先生年四十五，在黄州。自京師道出陳州，子由自南郡來陳相見，三日而别，乃正月十四日也。至十八日，蔡州道上遇雪，有《次子由韻》古詩二首。過新息縣，有《示鄉人任師中》一首。任級，字師中，眉州人，嘗倅黄州，卜居新息，故先生以詩示之。至岐亭，訪故人陳慥季常，爲留五日，賦詩一首而去。乃以二月一日至黄州，寓居定惠院。按：先生《别王文甫子辯》云："僕以元豐三年二月一日到黄州，家在南都，獨與兒子邁來。"是年五月，子由來齊安，先生有《曉至巴河迎子由》詩，乃與子由同游武昌西山寒溪寺。定惠有海棠一株，土人不知貴，先生作詩，有"也知造物有深意，故遣佳人在幽谷"之句。按：近日《黄州東坡圖》云："先生寓居定惠未久，以是春遷臨皋亭。先生復就臨皋亭立南堂。至八月，先生乳母任氏卒於臨皋亭，葬於黄岡。"按：先生《上文潞公書》云："到黄州，無所用心，覃思《易》、《論語》，若有所得。"由是言之，先生到黄，定居之後，即作《易傳》九卷，《論語》五卷矣。

四年辛酉，先生年四十六，在黄州，居臨皋亭。正月往岐亭訪陳季常，路獲一鑑。有《鑑銘》云："元豐四年正月，余自齊安往岐亭，泛舟而還，過古黄州獲一鑑，周尺有二寸。"《東坡八首序》云："予至黄二年，日以困匱，故人馬正卿哀予乏食，於郡請故營地，使躬耕其中。"今以東坡圖考之，辛酉方營東坡，次年壬戌始築雪堂。故《贈孔毅甫》詩云："去年東坡拾瓦礫，今年刈草蓋雪堂。"是也。

五年壬戌，先生年四十七，在黄州，寓居臨皋亭，就東坡，築雪堂，號東坡居士。自黄州城南至雪堂四百三十步。《雪堂問》[1]云：“蘇子得廢圃於東坡之脇，號其正曰‘雪堂’。以大雪中爲之，因繪雪於四壁之間，間無容隙，其名起於此。”先生又自書“東坡雪堂”四字扁之。堂前有細柳，有浚井；西有微泉。堂之下，有大冶長老桃花茶、巢元修菜、何氏叢橘。種秔稌，蒔枣栗。有松期爲可斲，種麥以爲奇事。作陂塘，植黄桑，皆足以供先生之歲用，爲雪堂之勝景。又以長短句擬斜川觀之：“元豐壬戌之春，予躬耕東坡，築雪堂以居，南挹四望亭之後，西控北山之微泉，慨然而歎，此亦斜川之游也。”是年三月，先生以事至蕲水，有“春夜行蕲水，過酒家飲酒，乘月至一橋上，曲肱少休，作《西江月》詞”；又游蕲水清泉寺，作《浣溪沙》詞；又作《寒食詩二首》云：“自我來黄州，已見三寒食。”太守徐君猷分新火，先生有詩謝之云：“臨皐亭中一危坐，三見清明改新火。”七月遊赤壁，有《赤壁賦》；十月又游，有《後赤壁賦》，云：“十月既望，蘇子步自雪堂，將歸於臨皋。”則壬戌之冬未遷，而先生以甲子六月過汝，則居雪堂止年餘耳。

六年癸亥，先生年四十八，在黄州，爲通判孟亨之跋子由《君子泉銘》；又有《記承天[2]夜游》云：“元豐六年十月十二夜，解衣欲睡，月色入户，欣然起行。念無與樂者，遂步至承天寺，尋張懷民。懷民亦未睡，相與步於中庭。庭中如積水空明，水中藻荇交横，蓋竹柏影也。何夜無月，何處無竹柏，但少閒人如吾兩人耳。”又《夢中作祭春牛文》云：“元丰六年十二月二十七日，天欲明，夢數吏人，持紙請祭春牛文。予取筆疾書其上。”

七年甲子，先生年四十九，在黄州，二月與徐得之、參寥子步自雪堂，至乾明寺。有《師中庵題名》文，有《記定惠寺海棠説》。四月，乃有量移汝州之命，則先生居黄五載矣。按：先生長短句《滿庭芳序》云：“四月一日，余將自黄移汝，留别雪堂鄰里二三君子。李仲覽來，書以遺之。”詞中有“坐見黄州再閏”之句。按：《東坡图》云：“郡人潘邠老及弟大觀，俱以詩知名，從先生遊。先生去，以雪堂付之。邠老因居焉。”黄州送先生者皆至慈湖，陳季常獨至九江。既至江州，因遊

① “問”應是“記”之誤。
② 此處應有“寺”。

廬山，有《記遊廬山説》云："僕初入廬山，山谷奇秀，平生所欲見，應接不暇，不欲作詩。已而山中僧俗皆曰：'蘇子瞻來矣'，不覺作一絶。"入開先寺，主僧求詩，作《瀑布》一絶。往來十餘日，作《漱玉亭三峽橋》詩，與總老同游西林，有《贈總老》及《題西林壁》，皆絶句也。又有寫《寶蓋頌》與仙長老，其序云："圓通禪院，先君舊游也。四月二十四日晚至宿焉。明日，先君忌日，寫《寶蓋頌》以贈長老僊公。"蓋先生端午已在筠州，計程必作宫師忌日之後，即爲高安之行。按：《跋李志中文》云："元豐七年，某舟行赴汝，乃自富州陸走高安，别家弟子由。"以《冷齋夜話》考之，子由在筠州，雲庵居洞山，聰禪師亦蜀人，居壽聖寺。一夕三人，同夢迎五祖戒和尚，拊手大笑曰："世間果有同夢者，異哉！"久之，東坡書至，曰已至奉新，旦夕相見。三人同出二十里建山寺，而東坡至。各追繹所夢。坡曰："某年七八歲時，嘗夢某身是僧，往來陝右。"雲庵驚曰："戒禪師，陝右人也。暮年棄五祖，來游高安，終於大愚，逆數蓋五十年。"而坡時正年四十九。在筠州，爲留十日。七月過金陵，有與葉致遠唱和詩，途中，又有《送沈逵赴廣南詩》云："嗟我與君皆丙子，四十九年窮不死。"又云："我方北渡脱重江，君復南行輕萬里。"逼歲，到泗州。十二月十八日，浴雍熙塔下，作《如夢令》兩闋，又作《滿庭芳與劉元達序》云："余年十七，與仲達往來於眉山，四十九相逢於泗上，晦日同游南山，話舊感歎。"又有《謝黄師是除夜送酥酒》詩。先生上表乞於常州居住，其略云："今雖已至泗州，而貲用罄竭，見一面，前去南京，聽候朝旨。"又考《騾馱驛試筆》云："正月四日離泗州"，則是除夜，在泗州明矣。

八年乙丑，先生年五十。按：《大全集雜説·騾馱驛試筆》云："今日離泗州，然吾方上書求居常州，及到南京，有放歸陽羨之命，遂居常。五月内，復朝奉郎知登州，再過密州。到郡五日，以禮部郎召，到省半月，除起居舍人。"在登州，有《海市詩》，又有《别登州舉人》詩，有"休嫌五日匆匆守"之句。

哲宗皇帝元祐元年丙寅，先生年五十一，以七品服，入侍延和，改賜銀緋，尋除中書舍人。按：《志林》云："元祐元年，余爲中書舍人，復遷翰林學士知制誥。"任中書舍人日，舉江寧府司理周穜充學官，及除内翰，又有舉魯直自代狀。

二年丁卯，先生年五十二，爲翰林學士，復除侍讀，有作《興國寺六祖畫贊》。

三年戊辰，先生年五十三，任翰林學士，有《和子由元日省宿致齋》"白髮蒼顔五十三"之句。是年省試，先生知貢舉。開院日，有《與李方叔詩序》云："僕與李廌方叔相知久矣。僕領貢舉事，李不得第，愧甚，作詩謝之。"又充館伴北使。按：先生與陳傳道書云："某頃伴虜使，頗能誦某文。"

四年己巳，先生年五十四，任翰林學士。三月内，累章請郡，除龍圖閣學士知杭州。按：子由作先生墓誌云："宣仁心善先生，辯蔡待正之謗。出郊，遣内侍賜龍茶銀合，用前執政恩例。"先生以七月三日到杭州任，謝表云："江山故國，所至如歸。父老遺民，與臣相問。"到任，有《謁文宣王廟祝文》云："昔自太史，通守是邦。今由禁林，出使浙右。"又有《謁諸廟祝文》。先生之帥杭也，替林子中，故先生和子中詩，有"江邊遺愛啼斑白"之句。是歲，子由使契丹。先生有詩送之，有"單于若問君家世，莫道中朝第一人"。及先生出牧餘杭，子由代爲學士。

五年庚午，先生年五十五，在杭州任，有《論西湖狀》及《論高麗公案》。

六年辛未，先生年五十六，在杭州被召，則在杭不過二載也。先生之被召也，林子中復來替先生，是以先生與子中啓有適相先後之説。既到京師，除翰林承旨，復侍邇英。按：子由所作《潁濱遺老傳》云："先生召還，本除吏部尚書，復以臣故，改翰林承旨。臣之私意元不遑安，乞寢臣新命，與兄同備從官。"不報。《侯鯖録》云："先生元祐中，再召入院作承旨。"乃益舊拟作《衣帶馬表》云："枯羸之質，匪伊垂之帶有餘；斂退之心，非敢後也馬不進。數月，以弟嫌請郡，復以舊職知潁州。"按先生《懷舊别子由詩[①]》云："元祐六年，予自杭州召還，寓居子由東府，數月，復出領汝陰，時予年五十六矣。有到潁未幾，公帑已竭，齋厨索然，戲作數句。"《侯鯖録》云：元祐六年冬，汝陰久雪，人饑。一日，天未明，先生簡召議事，曰："某一夕不寐，念潁人之饑，欲

① 此處應有一"序"字。

出百餘千造炊餅救之。老妻謂某曰:‘子昨過陳,見傅欽之,言僉判在陳,賑濟有功,不問其賑濟之法。’”某遂相招令時面議,曰:“已備矣。今細民之困,不過食與火耳。義倉之積穀數千石,便可支散,以救下民。作院有炭數萬秤,酒務有柴數十萬秤,依元價賣之,可濟中民。”先生曰:“吾事濟矣。”遂草《放積欠賑濟奏》。又奏乞罷黄河夫萬人開本州溝瀆,從之。

七年壬申,先生年五十七,在潁州。按:《侯鯖録》云:元祐七年正月,東坡在汝陰,州堂前梅花大開,月色鮮霽。王夫人曰:“春月色勝如秋月色。秋月令人慘悽,春月令人和悦。何如召趙德麟輩來飲此花下。”先生大喜,曰:“吾不知子亦能詩,此真詩家語耳。”遂召與飲,先生用是語作《減字木蘭花》,有“不似秋光,只與離人照斷腸”之句。已而改知揚州,先生之在潁州也,與趙德麟同治西湖。未幾,有維揚之命。三月十六日湖成,德麟有詩見懷,先生次韻又再和之。《冷齋夜話》云:東坡鎮維揚,幕下皆奇豪。一日,石塔長老求解院歸西湖。坡將僚佐袖中出疏,使晁無咎讀之。其詞有“爲東坡而少留”之句。已而以兵部尚書召,復兼侍讀。是年南郊,先生爲鹵簿使,尋遷禮部尚書,遷端明侍讀學士,有《讀朱暉傳》《題文濳語後》,及作《醉翁操》。任兵部尚書日,有《薦趙德麟狀》。

八年癸酉,先生年五十八,任端明、侍讀二學士。是年先生繼室同安郡君王氏卒於京師。按:先生作《西方阿彌陀贊序》云:“蘇某之妻王氏,元祐八年八月一日卒於京師。”謹按:先生初娶通義郡君王氏,乃同安之堂姊也。先生《祭王君錫丈人》云:“某始婚姻公之犹子,允有令德,夭閼莫遂。惟公幼女,嗣執罍篚。”由是推之,通義爲同安之堂姊明矣。又有八月二十七日,《建隆章凈館成一絶》有“坐待宫人晝詔回”之句。復以二學士,出知定州。九月十四日,《東府雨中作示子由》云:“去年秋雨時,我在廣陵歸。今年中山去,白首歸無期。”蓋定州之除在九月内。到定州任,則有《祭韓魏公文》。

紹聖元年甲戌,先生年五十九,知定州,就任落兩職,追一官,知英州,有《辭宣聖文》。行至南康軍,再貶寧遠軍節度副使惠州安置。過虔州,有《記真君簽説》云:“八月二十一日過虔州,與王巖翁同謁祥符宫。”又有《初入贛州作》,又有《題天竺樂天石刻》云:“余年幼時,先君自虔州歸,言天竺有樂天詩,今四十七年矣。”是年十月三日,到惠州,寓居嘉祐寺。十二日,與幼子過同遊白水佛迹,浴於湯池。又按:長短句《浣溪沙序》云:“紹聖元年十月十三日,與程鄉令侯晋叔、歸善簿譚汲遊大雲寺。野飲松下,設松黄湯,作此闋。余家近釀酒,名萬家春。”時有虔州鶴田處士王原子直,不遠千里來訪,留七十日乃去。至十一月,有《戲贈朝雲》詩,又有《與吴秀才書》。吴,乃子野之子。其書云:“過廣州,買得沈檀數斤。定居之後,杜門燒香,深念五十九歲之非矣。”

二年乙亥,先生年六十,在惠州,有《惠州上元夜》詩云:“去年中山府,老病亦宵興。今年江海上,雲房寄山僧。”以歲月考之,去年甲戌上元,先生知定州,今歲乙亥,寓嘉祐僧舍,故有“雲房寄山僧”之句。是年遷居於合江亭。以先生别王子直語觀之,紹聖三年十月三日,始至惠州,寓於嘉祐寺,明年遷於合江之行館,得江樓豁徹之觀,忘幽谷窈窕之趣。三月四日,同太守詹範器之等同遊白水山,又有《與陳季常書》云:“到惠州將半年矣。”

三年丙子,先生年六十一,在惠州,有《和陶淵明移居詩序》云:“余去歲三月,自水東嘉祐寺,遷去合江樓,迨今一年,得歸善後隙地數畝。父老云:‘古白鶴觀基也。’意欣然居之。”營白鶴新居,始於是矣。當年,惠州修東西新橋,先生助以犀帶,而子由亦以史夫人頃入内所賜金錢數千爲助。及橋成日,先生有詩落之。又有曇秀道人來訪先生,而先生題其詩卷云:“予在廣陵,曇秀作詩,予和之。後五年,曇秀來惠州見予。”時吴遠遊、陸道士亦客於先生,歲暮,以無酒爲歎。七月,朝雲卒,先生有《悼朝雲》詩及墓誌。又於惠州栖禪寺大聖塔葬處,作六如亭覆之。

四年丁丑,先生年六十二,在惠州。按:先生《與張天和長官書》云:“賤累閏月初可到。”又云:“承問,賤累正月末已到贛上矣,閏月上旬可到此也。”又按:先生丙子年,《與毛澤民書》云:“長子授韶州仁化令,中冬當挈家至此。某買得數畝地在白鶴峰上,已令斫木陶瓦作屋二十間。”以此考之,先生長子自冬挈家,至閏二月方到惠州。五月,先生謫授瓊州别駕,昌化軍安置,則五十九歲惠州客,至是六十二歲又過海也。按《志林》云:“余在惠州,忽被命謫儋耳。太守方子容自携告身來，吊余曰：'此故前定，吾妻沈事僧伽甚誠，一夕夢和尚來辭云，當與蘇子瞻同行。'後七十二日有命。今適七十二日矣。豈非前定乎？遂寄家惠州，獨與幼子過渡海。"按：先生《和淵明移居詩序》云："丁丑歲，余謫海南，子由亦謫雷州，五月十一日相遇於藤，同行至雷。六月十一日，相别渡海。時余病痔呻吟，子由亦終夕不寐。因誦淵明詩，勸余止酒，乃和元韻，因以贈别，庶幾真止矣。"又《與楊濟父》云："獨與幼子過南來，餘皆留惠州。生事狼狽，勞苦萬狀，然胸中亦自有翛然處也。今日到海岸，地名遞角場。明日順風，即過瓊矣。"卓吾子曰："此數語，坡公自畫過海圖也，傷哉！痛哉！"到儋州，有《儋州謝表》。按：子由作先生墓誌云："紹聖四年，先生安置昌化。初僦官屋以庇風雨，有司猶謂不可，則買地築室。昌化士人畚土運甓以助之，爲屋三間。"又按：先生《與程文父推官書》云："初至僦官屋數椽，近復遭迫逐，不免買地結茅。"又按：先生《與程儒書》云："近與兒子結茅數椽居之，勞費不貲矣。賴十數學者助作，躬泥水之役。"又云："新居在軍城南，極湫隘。"然則先生居在軍城南，隣於天慶觀。先生《天慶觀乳泉賦》云："吾索居儋耳，卜築城南，隣於司命之宫。"是也。又有《桄榔庵銘》云："東坡居士，謫居儋耳。無地可居，偃息桄榔林中，摘葉書銘，以記其處。"

元符元年戊寅，先生年六十三，在儋州。九月四日，遊天慶觀，有《信道法智説》。是年，吴子野來訪先生。先生以詩贈之，其序云："去歲與子野遊逍遥堂，因往山西，叩羅浮道院，宿於西堂。今歲索居儋耳，子野復來相見。"又有《記筮卦》云："戊寅十月五日，久不得子由書，憂不去心，以《周易》筮之，得涣六三。"又有《記藷説》云："海南以藷爲糧，幾米之十六。今歲薯菜不熟，以客舶方至，市有米也。"

二年己卯，先生年六十四，在儋州。時久旱無雨，陰翳未快。至上元夜，老書生數人相過，曰："良月佳夜，先生能一出乎？"先生欣然從之。步城西，入僧舍，歷小巷，民夷雜揉，屠沽紛然，歸舍已三鼓矣。歸録其事，爲《己卯夜書》。是歲閏九月，有瓊州進士姜君弼、唐佐來儋耳從先生學。有《與姜、唐簡》云："已取天慶觀乳泉，潑建茶之精者，念非君莫與共之。"

三年庚辰，先生年六十五，在儋州。上元日，《和戊寅違字韻》詩題後云:"戊寅上元,余在儋耳,過子夜出守舍,作違字韻詩。今庚辰上元,已再期矣,家在惠州白鶴峰下,過子并婦從余來此。"五月大赦,量移廉州安置。先生在儋,食芋飲水,作書傳以推明上古之絶學。嘗與軍使張中同訪黎子雲,欲醵錢作屋,名曰載酒堂。又嘗上巳日,尋諸生皆出,獨與老符秀才飲。又嘗用過韻,與諸生冬至飲酒,有"愁顔解符老,壽耳鬥吴公"之句。注云:"符、吴皆坐客,必老符秀才與吴子野也。"又嘗以詩紀春夢婆。《侯鯖[①]》云:"東坡老人在昌化,嘗負大瓢,行歌田畝間。所歌者皆哨遍也。饁婦年七十,云'内翰昔日富貴,一場春夢矣。'里人因呼此媪爲春夢婆。"一日,被酒獨行,適至子雲諸黎之舍,作詩云:"符老風流可奈何,朱顔減盡鬢絲多。投梭每困東隣女,换扇惟逢春夢婆。"凡此數者,皆先生海外逸事。六月,過瓊州,作《惠通泉記》,遂渡海,有《烏喙詩序》云:"余來儋耳,得犬曰烏喙。予還合浦,過澄邁,泅而濟,戲作是詩。"渡海到廉州,有《謝表》,又有《與鄭靖老書》,云:"到廉,廉守云:'公已行矣,《志林》未成草,得書傳十三卷。'某留此過中秋,或至月末乃行,作木栰下水,歷容藤至梧,與邁約般家至梧相會。"是歲,又有移永州之命。按先生《謝提舉成都府玉局觀表》云:"先自昌化貶所移廉州,又自廉州移舒州節度副使永州居住。行至英州,復朝奉郎,提舉成都府玉局觀任便居住。"經由廣州,有《將至廣州用過字韻寄迨、邁二子》詩。時朱行中舍人知廣州。又吴子野、何崇道、穎堂通三長老,黄明達、李公弼、林子中,自番禺追餞至清遠峽,同遊廣陵寺,乃元符三年十一月十五日。自此舟行清遠,見顧秀才談惠州之美。過英州,拜玉局之除。過韶州,有《次韻狄守李倅》詩。是年過嶺,作詩二首寄子由,有"七年來往我何堪"之語。蓋先生甲戌謫惠州,已而過海,至是爲七年矣。次年正月五日,過南安軍,計先生渡嶺,必是歲除。

建中靖國元年辛巳,先生年六十六,度嶺北歸,作《南華長老題名記》。按:"題中載石鍾山記"云:"建中靖國元年正月五日,自南陵還,過南安軍。舊法掾吴君示舊所作《石鍾山銘》,爲題其末。"乃知先生首正過南安也。正月到虔州,有《與錢濟明書》,云:"某已到虔州,二

① 此處應有一"録"字。

月十間方離此。”及發虔州，過吉州，永和鎮清都觀有謝道士自言丙子生，求詩，爲賦一首，及爲作贊，並寫“清都臺”三字。中途，又爲南安軍作《學記》，寫海外所作《天慶觀乳泉賦》。四月舟行至豫章彭蠡之間，遇成國程夫人忌日，乃寫《圓通偈》，云行當施廬山有道者。又有《與胡仁修書》，云：“旦夕到儀真，暫令邁一至常。”五月行至真州，瘴毒大作，病暴下，中止於常州。按：先生寄朱行中詩，有“至今不貪寶，凜然照塵寰”之句。先生注云：“前一日，夢中作此詩，寄行中，覺而記之，自不曉。”按：近日曾端伯《百家詩選》志朱行中事跡云：“東坡夢中寄朱行中一篇，南遷絶筆也。”嗟乎，先生之文，如萬斛泉源，而乃止於夢中寄行中之作，惜哉！六月上表請老，以本官致仕。七月丁亥，卒於常州，實七月二十八日也。是爲徽宗登極之元年辛巳云。按：子由作先生墓誌云：“先生七月被病，卒於毘陵。吴越之民相與哭於市，其君子相與弔於家，訃聞於四方，無賢愚皆咨嗟出涕，太學之士數百人，相率飯僧惠林佛舍。”嗚呼，先生文章，爲百世之師，而忠義尤爲天下大閑，加之好賢樂善，常若不及。是宜訃聞之日，士民惜哲人之萎，朝野嗟一鑑之逝，皆出於自然，不可强而致也。以次年閏六月葬於汝州郟城縣釣臺鄉上瑞里。

年譜後語

東坡守膠西時，熙寧乙卯也。仕宦十九年，家日益貧。元豐己未，於吴興被逮赴獄，黄州安置，寓居定惠寺，遷臨皋亭，就亭立南堂。辛酉在黄二年，以困匱，故人馬正卿爲請故營地，使躬耕其中，所謂東坡者也。明年，始就東坡，築雪堂以居。紹聖甲戌，寧遠軍之謫，惠州安置，寓居嘉祐寺，就寺立思無邪齋。明年，遷於合江之行館，又明年，得歸善後隙地數畝，營白鶴新居。丁丑，新居成，未幾，謫瓊州，於昌化軍安置。初僦官屋，爲有司迫逐，乃買地城南，結茅數椽，鄰天慶觀，極湫隘，嘗偃息桄榔林中，摘葉書銘以記其處。在儋四年，食芋飲水，其窮甚矣。元符庚辰，得赦北歸。明年，爲建中靖國辛巳七月丁亥，卒於毘陵。坡公涉世多難如此，徐、杭、汝、潁牧守之樂，中書翰林侍從之榮，定州方面之貴，所得幾何？而四十五年間，南北奔走，風波瘴癘之鄉,饑餓勞苦,曾不得一廛環堵爲終老地。是故,余讀王宗稷所爲《先生年譜》深感於心,因述方氏所記,並春渚紀聞,以補年譜之遺云。燕石齋

本 傳

安石用事,上欲用軾修中書條例。安石曰:"軾與臣所學皆異,別試以事可也。"上又欲用軾起居注,安石曰:"軾非是可獎之人。"乃置軾官告院。四年,安石欲變更科舉,使兩制三館議之。上得蘇軾議,乃止。即日召見問政。軾曰:"臣竊意陛下求治太急,聽言太廣,進人太鋭。願陛下安静以待物之來,然後應之。"上竦然。初策進士,舉子希合争言祖宗法制非是。軾爲考官,退拟答以進,安石愈恨軾。乃乞外,通判杭州。自杭州徙密,密有盜未獲,安撫司遣使臣,領悍卒,入境捕盜。卒凶暴,反以禁物誣民,强入人家,争鬥至殺,民訴於軾。軾投其書不視,曰:"必不至此。"悍卒聞之,頗用自安,不知軾已使人招出戮之矣。自密徙徐時,河決曹村,匯于城下,富民争出避水。軾曰:"吾在是,水決不至壞城。"驅使復入,而自杖策入武衛營,呼其卒長,告之曰:"事急矣,雖禁卒且爲我盡力。"卒長應曰:"太守不避塗潦,吾儕小人敢不效命?"乃率其徒,短衣徒跣,持畚插以出,築東南長隄,首起戲馬臺,尾屬於城,民乃安。徙知湖州,以表謝上。言事者擿其語以爲謗,逮赴御史獄。初,軾既補外,見事不便者,頗託事以諷。御史舒亶言:"蘇軾作爲歌詩,譏切時事。陛下發錢以業貧民,則曰'赢得兒童語音好,一年强半在城中';陛下明法以課試群吏,則曰'讀書萬卷不讀律,致君堯舜終無術';陛下興水利,則曰'東海若知明主意,應教斥鹵變桑田';陛下謹鹽禁,則曰'豈是聞韶解忘味,爾來三月食無鹽'。"宰臣王珪亦言:"蘇軾不臣。"因舉軾《詠檜》詩曰:"'根到九泉無曲處,世間唯有蟄龍知',陛下飛龍在天,而軾求之地下之蟄龍。其不臣如此。"上曰:"彼自詠檜,何預朕事?"張方平、范鎮上書救之,直舍人院王安禮乘間進曰:"自古大度之君,不以語言謫人。願陛下無竟其獄。"上曰:"朕固不深譴,特欲申言者路耳。"遂以黄州團練副使安置。軾幅巾芒屩,與田父野老,時時相從,築室東坡,自號東坡居士。

五年，神宗語宰相王珪、蔡確曰："國史至重，可命蘇軾成之。"珪有難色。神宗曰："軾不可，姑用曾鞏。"鞏進《太祖總論》，神宗竟不允，遂手札移軾汝州。軾未至汝，上書自言有田在常，願得移居。奏入，報可。過金陵，見王安石，曰："大兵大獄，乃漢唐滅亡之兆。公獨無一言，可乎？"曰："二事皆惠卿啓之，安石身在外，又安敢言？"軾曰："在朝則言，在外則不言，此事君之常禮耳。上之待公，本非常禮，公所以事上，豈可以常禮自處耶？"安石乃厲聲曰："某須説。"又曰："人須知行一不義，殺一不辜，得天下弗爲，乃可。"軾戲答曰："今之君子，争減半年磨勘，雖殺人亦爲之矣。"至常，以哲宗即位，復朝奉郎，知登州，召爲禮部郎中。軾舊善門下侍郎司馬光及知樞密院章惇。惇每以謔侮困光，光苦之。軾見惇曰："司馬君實，時望甚重。昔許靖以虚名見鄙於蜀先主，法正曰：'靖之浮譽，播流四海，若不加禮，必以賤賢爲累。'先主納之。夫許靖且不可慢，況君實乎？"元祐二年，遷中書舍人。時光方議改免役爲差役。差役行於祖宗之世，法久多獘，編户充役，不習官府，吏虐使之，多以破産，而狹鄉之民，或有不得休息者。先帝知其然，故爲免役，使民以户高下出錢，而無執役之苦。行法者，不循上意，於顧役實費之外，取錢過多，民遂以病。光知免役之害，而不知其利，欲一切以差役代之。方差官置局，軾與其選，獨以實告。嘗見光政事堂，條陳不可狀，光忿然不樂。軾曰："昔韓魏公刺陝西義勇，公爲諫官，争之甚力，魏公不樂，公亦不顧。軾昔聞公道其詳，豈今日作相，不許軾盡言耶？"尋除翰林學士。二年，復除侍讀，嘗召入對便殿。宣仁后問曰："卿前爲何官？"曰："臣爲常州團練副使。""今爲何官？"曰："臣今待罪翰林學士。"后曰："何以至此？"曰："遭遇太皇太后、皇帝陛下。"曰："非也。""豈大臣論薦乎？"曰："亦非。"軾驚曰："臣雖無狀，不敢由他途以進。"后曰："此先帝意也。先帝每誦卿文章，必歎曰：'奇才，奇才。'但未及進用卿耳。"軾不覺失聲，宣仁后與哲宗亦泣，左右皆感涕。已而命坐賜茶，徹御前金蓮燭，送歸院。三年，權知禮部貢舉。嘗侍上讀祖宗寶訓，因及時事，當軸者恨之。四年，復出知杭州。杭本近海，水泉鹹苦。唐刺史李泌始引西湖水作六井，民足於水，故井邑日富。及白居易復浚西湖，放水入運河，自河入田，所溉至千頃。自唐及錢氏，歲輒開治，故湖水足用。至宋廢而不理，湖中葑積爲田一十五萬餘丈，而水無幾矣。運河失湖水之利，則取給於江潮。湖渾濁多淤，河行闤闠中，三年一淘，爲市井大患，而六井亦幾廢。軾始至，浚茅山、鹽橋二河。以茅山一河，專受江潮；鹽橋一河，專受湖水。復造堰閘，以爲湖水蓄泄之限，然後潮不入市，且以餘力復完六井，民稍獲其利矣。又間至湖上，周視良久，曰："今欲去葑田，將安所置之？"湖南北三十里，環湖往來，終日不達。若取葑田，積爲長堤，以通南北，則葑田去而行者便矣。又吴人種菱，春輒芟除，不遺寸草。葑田若去，募人種菱，收其利以備修湖可也。乃取救荒之餘，得錢數萬貫，糧數萬石，復請於朝，得百僧度牒以募役者。堤成，植芙蓉其上，望之如雲錦。杭人名之曰蘇公堤焉。軾二十年，再涖此州，有德於其人，以故家有畫像，飲食必祝。六年，召入爲翰林承旨，復侍邇英。時三黨之論起矣。御史復攻軾，軾懼，乃復請外，出守潁州，七年，徙揚州，未閲歲，以兵部尚書召還，尋遷禮部，復兼二學士。至是，又復乞一郡自效，八年，知定州。紹聖元年，軾坐爲中書舍人日，草吕惠卿降官制云："均輸之政，自同於商賈，手實之禍，下及於雞豚。先皇帝始以帝堯之仁，姑試伯鯀。終焉孔子之聖，不信宰予。"言者誣以謗訕，復謫知英州，安置惠州。軾以少子過自隨，居三年，復以瓊州别駕安置昌化。軾初至，僦官屋以居，有司猶謂不可，乃買地築室，昌化士人畚土運甓以助軾。元符三年，大赦北還，將居許，病暑暴下，乃止於常。建中靖國元年六月，軾病遂不起，葬於汝州郟城縣。軾初好賈誼、陸贄書，既而讀莊子，喟然歎息曰："吾昔有見於中，口未能言。今見莊子，得吾心矣。"嘗自謂"作文如行雲流水，初無定質，但常行於所當行，止於所不可不止"，故雖嬉笑怒駡之辭，皆可書而誦也。洵晚歲讀《易》，作《易傳》，未究，疾革，命軾述其志，卒以成書。復作《論語説》；最後居海南，作《書傳》，既成三書，撫之歎曰："今世要未能信，後有君子，當知我矣。"高宗即位，贈資政殿學士，以其孫符爲禮部尚書。又以其文置左右。初，畢仲游舉進士，召試學士院，蘇軾異其文，擢爲第一。仲游因貽書與軾，曰："言語之累，不特口出者爲是，其形於詩歌賦頌，託於碑銘，著於序記者，皆是也。今知畏於口，而未畏於文，是其所是，則見是者喜；非其所非，則蒙非者怨。喜者未能濟君之謀，而怨者或已敗君之事矣。官非諫官，職非御史，而非是人所非是,殆猶抱石而救溺也。”仲游,士安之孫。仁宗初讀軾、轍制策,退而喜曰:“朕今日爲子孫得兩宰相矣。”或謂:“軾稍自韜戢,雖不獲柄用,亦當免禍。”嗟夫!假令軾以是而易其所爲,尚得爲軾哉!

坡仙集卷之十六終

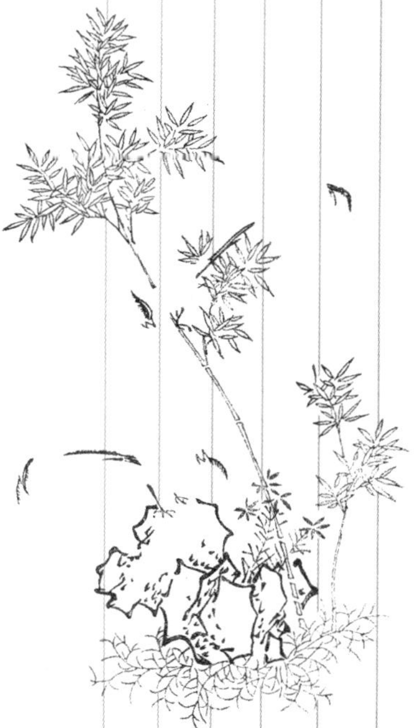

白茅堂詩集

(清)顧景星 著

主編 王利民 · 劉開田 點校

鳳凰出版社

圖書在版編目（CIP）數據

白茅堂詩集 / (清) 顧景星著 ; 劉開田點校. -- 南京 : 鳳凰出版社, 2019.11
(鄂東文獻叢書 / 王利民主編)
ISBN 978-7-5506-3054-3

Ⅰ. ①白… Ⅱ. ①顧… ②劉… Ⅲ. ①古典詩歌－詩集－中國－清代 Ⅳ. ①I222.749

中國版本圖書館CIP數據核字(2019)第246864號

書名	白茅堂詩集
著者	(清)顧景星 著 劉開田 點校
主編	王利民
責任編輯	王 劍
出版發行	鳳凰出版社(原江蘇古籍出版社) 發行部電話025-83223462
出版社地址	南京市中央路165號,郵編:210009
出版社網址	http://www.fhcbs.com
照排	南京凱建圖文有限公司
印刷	金壇古籍印刷廠有限公司 江蘇省金壇市晨風路186號,郵編:213200
開本	890×1240毫米 1/32
印張	169.375
字數	3136千字
版次	2019年11月第1版 2019年11月第1次印刷
標準書號	ISBN 978-7-5506-3054-3
定價	1980.00圓(全九册)

(本書凡印裝錯誤可向承印廠調換,電話:0519-82338389)

序

王利民　方　正

一

本《叢書》是黄岡師範學院文學院從事鄂東文化研究的成果之一，是一套爲鄂東傳統文化研究提供基本材料的專題叢書。"鄂东文獻"，顧名思義，其範圍涵蓋了湖北東部地區的歷史文獻，其中多數是明清兩代文人的詩文集。

"鄂東"一詞在清代以前的典籍中並不常見。羅泌《路史》卷二十六《國名記三》説："鄂東，熊渠中子紅封之。《世本》。今興國軍永興有故鄂城。《寰宇記》："州西北百八十鄂王城，鄂人事鄂王神。"漢鄂縣本隸武昌，故《九州記》云，'鄂國，今之武昌，東鄂也。'""東鄂"一詞在古籍中倒是更爲常見。宋薛季宣《樊口見鄭崇陽不遇》有云："島嶼西陵開罨畫，湖山東鄂洗新裝。"《樊山春望》有云："東鄂城東安樂宫，李花練絢玉玲瓏。"《二同舍賦鄂城篇見和，文高格古，端不可及，而仙尉王文措辭侈甚，可以參諸臺符羽檄間，復次元韻戲酬》有云："吴楚争桑如有頃，東鄂幾人全首領。"宋代的東鄂指的是武昌（今鄂州），與南陽的西鄂相對應。歐陽忞《輿地廣記》卷二十七説："武昌縣，故楚之東鄂也。"《湖廣通志》卷三説："南陽有西鄂。稱西，所以别於東鄂也。東鄂，武昌也。"

清同光之際，鄂東地區成爲捻軍活動的區域，因而"鄂東"一詞常見於文獻之中。如《曾文正公年譜》卷十一説："東路任賴一股盤旋於安陸之境，劉銘傳等追剿，賊竄向鄂東一帶。"《李文忠公奏稿》卷十一《行抵歸德通籌調度摺》説："曾國荃二十九日函稱，鄂軍追賊，悉已西

至棗陽，頃調回東路黄麻堵勦，未知能否趕及，是鄂東空虚實甚。”繼而，“鄂東”也出現於晚清文人的詩作中。如王柏心《百柱堂全集》卷二十七《九日寄漁叟》詩云：“去歲重陽節，黄花滿鄂東。”清末民初，“鄂東”概念爲地理類書籍所採用。劉錦藻《清續文獻通考》卷三百十七《輿地考》十三説：“廣濟縣南七十里之武穴鎮，外江内湖，介鄂贛二省，實鄂東咽喉。”

今天“鄂東”作爲一個地理概念，源自民國時期的行政區劃。民國初年，湖北分爲鄂東、鄂北、鄂西三道。鄂東道轄武昌、壽昌、嘉魚、蒲圻、咸寧、崇陽、通山、通城、大冶、興國、漢陽、夏口、漢川、黄陂、孝感、沔陽、黄岡、黄安、黄梅、蘄春、蘄水、麻城、羅田、廣濟、安陸、隨縣、雲夢、應山、應城等二十九縣。民國二十七年（1938），湖北省第二行政督察專區轄黄岡、蘄水、蘄春、廣濟、黄梅、英山、羅田、麻城、黄安、黄陂、禮山等十一縣。民國二十八年，二區專署改稱鄂東行署。1941年，黄岡縣抗日民主政府及豫鄂邊區行政公署鄂東辦事處成立，次年改爲鄂東行政專員公署。

現在的“鄂東”指的是湖北省東部地區。狹義而言，主要指黄岡地區。如湖北省政協文史和學習委員會等編撰的《黄岡文化簡史》基於行文方便和約定俗成，把“黄岡地域”與“鄂東”視爲基本相同的概念。廣義來説，以行政區劃爲基礎來劃分的鄂東地域包括武漢、黄岡、鄂州、黄石、咸寧等行政區。本叢書取廣義之説，在文獻的選擇上則以黄岡地域文人的著述爲重心。

二

湖北歷史上的三大人文重鎮是春秋戰國時期的荆州，東漢三國時期的襄陽，明代鄂東的黄州府。隋唐以前，湖北的文化重心位於荆州、襄陽地區，而鄂東屬於邊緣地帶。清人顧祖禹在《湖廣方輿紀要序》中説：“湖廣之形勝在武昌乎？在襄陽乎？抑在荆州乎？曰：以天下言之則重在襄陽，以東南言之則重在武昌，以湖廣言之則重在荆州。”從地緣政治的角度來看，從西周到北宋，中國的中央政府主要建在北方，都城主要在西安—洛陽—開封一綫，荆州和襄陽得此地緣之

利，成爲湖北的區域中心。宋代以後鄂州（今武昌）地位上升，成爲湖北的重心，但其行政中心的地位並未確立。到了元代，鄂州成爲湖廣行省的治所，才全面確立大區域中心城市的地位。1281 年，原來遷移至湖南潭州的湖廣行省治所又遷回鄂州，於是鄂州正式成爲湖北的行政中心，這使得湖廣形成以鄂東爲重心的基本格局。

宋元之世，蘄、黄二州分治，宋代蘄州、黄州屬淮南西路，其治所在壽州，今安徽鳳台；元代蘄州路、黄州路屬河南江北行省，其治所在汴梁，今河南開封。宋元二代，蘄、黄均處於所在省的偏遠地帶，遠離其行政中心，故王葆心先生説："宋、元之交，吾蘄黄以邊徼，文化榛蕪。"在元代，黄州府逐漸發展爲上等州府，其人口數、進士數、書院數、《湖北通志·藝文志》及《補遺》中的著作者人數均占湖北省首席。

朱明代興，湖廣進入了"以東南言之，則重在武昌"的時代，武昌成爲區域内的政治經濟文化中心，鄂東毗鄰武昌，一變其兩千年來的不利地位，獲得區位優勢。明代是鄂東傳統文化最爲繁榮的時期，但明代初期和中期文化繁榮程度遠不如明代後期，這與漢口的地位有關。漢口是明清時期湖北最大的市鎮，居天下"四大名鎮"之首，在明中葉由漢水改道而興起。漢口處長江漢水交匯處，順江而東，可達安徽、江西、江蘇、浙江；循大江而南，過洞庭，入沅湘，可通兩廣、雲南、貴州；溯江而上可通巴蜀；溯漢水而上，可入宛洛，此所謂"九省通衢"。鄂東五水，倒水、舉水、巴水、浠水、蘄水，均發源於大别山，流經東北部山地、中部丘陵、西南部平原，垂直注入長江，與漢口相聯，在鄂東形成了類似現在的"高速交通網絡"。在以人力與畜力爲主要動力的時代，水上交通最爲重要。鄂東五水與漢口相連，北達黄陂、黄安、麻城、羅田，中達黄岡、蘄水，南達蘄州、黄梅、廣濟。"貨到漢口活"，鄂東的農産品可以暢銷天下。明代中期漢口的興盛推動了鄂東外銷型農業的發展，從而帶動了科舉的極大成功與文化的大發展。

三

鄂東文化肇始於原始社會，形成於戰國到秦漢，發展於隋、唐、宋、元，鼎盛於明清，轉化於晚清民國，代有奇峰。唐宋時期是鄂東文

化開始彰顯的時期。唐時，慧能居黄梅東山寺，師從弘忍，禪宗大興於天下。杜牧爲黄州刺史，創作 30 多篇詩文，赤壁戰場，折戟沉沙，詩留千古；岐亭古鎮，杏花村酒，香飄四野。從宋代開始，鄂東地區儒學與文學開始勃興。理學大師程顥、程頤兄弟即出生於黄陂。北宋前期，有不少朝廷的逐臣被"安置"於鄂東。王禹偁謫黄州，詠懷月波樓，新建小竹樓，氣節文章，照臨此邦。蘇軾居黄州，二賦一詞，江山多嬌，黄州成爲世界名城。蘇轍攬勝快哉亭，與東坡聯袂西山，流風遺韻，稱快世俗。秦觀來黄州謁見東坡，贊龍丘子，題雙松，清風皓月，相與忘形。黄庭堅居武昌，遊樊山，追懷東坡道人，應和萬壑松風。張耒三居黄州，與黄州的江西詩派詩人潘大臨、何覬曳杖漫步，詩酒唱和。蘄州人林敏功、林敏修兄弟和夏倪也列名江西詩派。洪芻、韓駒曾來黄州任職，饒節曾至蘄春白岩寺問道。詩人彙聚，遂使黄州成爲詩壇重鎮。元代黄州則出了當時第一流的散曲大家滕賓，其人有《玉霄集》，《太和正音譜》稱"滕玉霄之詞，如碧漢閑雲"。

明清時期，鄂東人文飆升泉湧，王士性《廣志繹》卷四説："毋論士大夫，即女郎多有能詩文者，如周元孚、董夫人輩。"當明弘治、正德年間，黄州王廷陳著有《夢澤集》，其人與李夢陽、何景明並稱"海内三才"。武昌興國人吴國倫與李攀龍、王世貞、謝榛、宗臣、梁有譽、徐中行並稱"後七子"，著有《甔甀洞稿》《甔甀續稿》《藏甲岩稿》《吴川樓集》《續吴川樓集》等。嘉靖時，黄州許潮所作《太和元氣記》由二十四種雜劇組成，裁制新異，詞調爾雅。明萬曆年間，李贄僑寓麻城、黄安，撰有《焚書》《續焚書》《藏書》《解老》《莊子解》等驚世之作，在文學上提出"童心説"，評點《水滸傳》《西廂記》《幽閨記》《浣紗記》等小説、戲劇作品，所輯評的《坡仙集》獨得蘇東坡一生神髓。麻城女詩人毛鈺所作詩歌被同邑名士丘坦編爲《文貞集》，其詩如金珠翡翠，珊瑚瑪瑙，黄童白叟，入目即知其實。明末，麻城劉侗撰有《帝京景物略》，文字幽雅雋潔，體現了竟陵派的文風。

清代鄂東文學承繼明代遺緒，文風鼎盛。黄州遺民詩人杜濬，詩文自辟町畦，睥睨一世，尤精於五律，有《變雅堂遺集》。蘄州顧景星詩文雄贍，《四庫全書總目提要》稱其爲"一時之霸才"。黄州劉子壯是順治六年的狀元，也是清朝開國文豪之一，著有《屺思堂文集》《屺

思堂詩集》等，他與同科榜眼熊伯龍並稱“熊劉”，又與康熙朝的韓菼、李光地並稱“順康四大家”。康熙年間，黄陂王澤宏著有《鶴嶺山人詩集》，所作和平安雅，不失臺閣氣象，當時名流王士禛、姜宸英、洪昇等都曾點定其詩。廣濟金德嘉是康熙二十一年的會元，著有《居業齋文集》等，《四庫全書總目提要》説：“德嘉晚年鍵户著書，時同郡顧景星、張仁熙、劉醇驥往往追摹秦漢，宗尚王李，砦歸有光爲秀善婉媚。德嘉獨不爲高論，力摹韓歐，雖其閎肆博贍遜於國初前輩，而先民榘矱彷佛猶存。”張仁熙著有《藕灣全集》等，其詩多悲苦之音，大旨宗尚李夢陽、王世貞、李攀龍。劉醇驥著有《芝在堂集》等，《古今圖書集成·理學彙編·文學典》稱其“文章高雅典重，一時文士無不知有劉千里者，得其傳記、碑銘，莫不以爲美。”蘄水陳沆是嘉慶二十四年的狀元，名列清代律賦四大家、試帖詩七大家，著有《簡學齋詩存》《簡學齋詩删》《詩比興箋》《館課試律存》等。

明清時期，鄂东詩人文士多如繁星。據我們統計，《湖北通志·藝文志》别集部分共載明清鄂東地區作者1400餘位，占别集部分所載明清湖北作者數的77%；共載明清鄂東地區文人别集1600餘部，占别集部分所載明清湖北文人别集數的80%。我們統計時所定義的鄂東地區包括安陸府、德安府的東部，以及漢陽府、黄州府及武昌府的全部。根據各府作家數量排序，鄂東地區所涉及的五個府分别位列第一（黄州府）、第二（漢陽府）、第三（武昌府）、第五（德安府）和第六（安陸府）。從文人數量及其作品數量上看，明清時期鄂東地區表現突出，是當時湖北文人的中心聚集區。

四

除唐宋元明時期以外，湖北人才的出現還有兩個高峰，一個是楚國八百年，一個是清末和民國時期。晚清到民國，鄂東出現了一個“人才井噴”現象，産生了一系列大師級人物，如地質學家李四光、哲學家熊十力、政治史兼經濟學家王亞南、語言文字學家黄侃、文藝理論家胡風、詩人聞一多、新儒家的代表人物徐復觀、哲學家湯用彤、方志學家王葆心等，他們都堪稱在某一文化門類領一代風騷的鉅子。

得留學風氣之先是近代鄂東文化繁榮的重要原因。張之洞在《勸學篇》中説:“出洋一年,勝於讀西書五年,此趙營平百聞不如一見之説也。入外國學堂一年,勝於中國學堂三年,此孟子置之莊嶽之説也。”李四光先後留學日本和英國,黄侃、王亞南留學日本,聞一多、湯用彤留學美國,他們是鄂東留學生中的代表,鄂東這一時期的留學生日後大多成爲中國社會各個領域的佼佼者。根據白戰存先生編著《鄂東百年留學生名録》統計,清末湖北留學生共807人,而鄂東占196人(其中,黄岡縣38人、黄安縣14人、麻城縣24人、羅田縣23人、英山縣15人、蘄水縣19人、蘄春縣33人、廣濟縣24人、黄梅縣6人),數量遥遥領先其他各州府。據《湖北教育史志資料》1985年第1期記載,清末留學生以江蘇、浙江、湖北、湖南、廣東、四川等省爲最多。湖北乃一中部省份,有如此多的留學生到西方發達國家留學,湖廣總督張之洞功不可没,鄂東也是深得其利。

張之洞説:“世運之明晦,人才之盛衰,其表在政,其裏在學。”欲興一地之學,必先整理鄉邦文獻,從而“考文獻而愛舊邦”,達到從小區域中探究大歷史,從鄉邦文獻中發現普遍性的歷史問題,進而“從鄂東看中國,從中國看鄂東”,更好地推動區域社會的發展。

爲了弘揚鄂東地區的優秀傳統文化,黄岡師範學院文學院實施了“鄂東傳統文化研究”項目,《鄂東文獻叢書》是這一項目的重要組成部分。《鄂东文獻叢書》收録範圍:一、古代鄂東人士的著述。所謂鄂東人士指出生在鄂東,或籍貫是鄂東(三世祖以下出生或定居現行政區域屬鄂東境内)者。二、雖非鄂東籍,但久居鄂東,且其主要著述在鄂東完成者的著述。

本《叢書》採用平裝形式,每種著述分裝一册。每種著述的編纂以原有的集子爲基礎,並搜輯同一作者内容相關的作品補充完善,也可以按新的體例編次。編者增輯的内容在前言或文末注明出處,必要時説明理由。本叢書的校勘標點以中華書局總編室1991年10月擬訂的《古籍校點釋例》(初稿)爲基本依據。每種文獻之前,冠以前言(或整理説明)。前言内容包括:一、本書作者的生平簡歷,主要學術成就;二、本書的基本内容、特點、價值的介紹和評論;三、本書的寫作和成書情況;四、本書的版本源流;五、整理方式:底本的選擇,校勘所用的本書其他版本，引用參考的主要典籍。前言之後，爲全書篇名目録。與本書相關的重要參考文獻作爲書後附録。附録内容主要包括：一、本書作者傳記、碑傳、行狀；二、有關目録書籍對本書的提要；三、本書的各家序跋、題記。

我們整理出版《鄂東文獻叢書》，既是期望爲文史工作者提供研究古代文化的基本文獻，也希望廣大的文史愛好者通過本《叢書》感受到鄂東優秀傳統文化的魅力。隨著本《叢書》的問世，我們希望鄂東文化傳統的研究和弘揚進入一個更爲繁榮的時期。

前言

顧景星(1621—1687),字赤方,一字黄公,自稱"後玉山金粟居士",蘄州(今湖北黄岡市蘄春縣蘄州鎮)人,清代文學家。南明貢生,授福州府推官,入清後屢徵不仕。著述頗富,有《讀史集論》《黽池録》《白茅堂集》《南渡集》《來耕集》《黄公説字》《李賀詩註》等。

顧景星出生於蘄州一個没落的世代書香之家。曾祖顧闕,字子良,號桂嚴,嘉靖二十九年(1550)成進士,嘉靖三十二年殿試中二甲,除刑部主事。後回鄉主持蘄州崇正書院,有門生數百人。祖父顧大訓,字德蒙,號少桂,愛好書法和收藏圖書。父親顧天賜,字重光,曾講學於天津及河間、保定等地,人稱"顧夫子"。顧景星係其獨子。

顧景星的出生離奇怪異。明天啓元年八月初七日子時,其母明氏懷十三月而生景星。當晚,巨蛇盤亘屋上,光色熒異。其父顧天賜夢星降於庭院,形如半月,占曰是謂景星,故起名景星。景星聰穎早慧,然三歲時尚不能説話,某一日忽然開口講起滿月和前世之事,非常詳盡。六歲能賦詩,八九歲遍讀經史,目數行下,時稱聖童。十五歲時,參加黄州府試,拔冠黄郡,九屬第一。龔鼎孳稱贊顧景星:"江夏黄童,天下無雙。"並舉薦給黄州知府許我西。許我西試其才學,顧景星揮毫立草數十藝,歎曰:"此王佐才!"

明末時期,社會動蕩劇烈,顧景星主要在家鄉一帶遊學讀書。崇禎十六年(1643),張獻忠攻佔蘄州,顧景星一家輾轉流離到昆山。崇禎十七年九月,顧景星從蘇州赴南京參加南北直隸七省流寓生貢的考試。御史陳公良録九十九人,舉顧景星爲第一。十月武英殿廷試,特授福州府推官。隨後上《敬陳四事疏》給弘光帝,詞指愷切,通政官却膽怯而不敢呈上。馬士英曾使人密招顧景星歸附自己,被嚴詞拒絶。

康熙五年(1666)冬,鄰居失火,殃及顧家草堂,將貞譽公遺書和顧景星所著凡三百餘卷燒毁殆盡。只有《南渡》《來耕》二集因其母抱救,得以保存。癸丑以後,顧景星究心六書之學。

康熙十七年,詔求鴻儒。六科公薦景星,稱其專心誦讀,雅擅詩文,品行端方,兼精字學。然顧景星力以病辭,巡撫疏請,不允。後因檄文敦迫,乃扶病就道。次年三月朔,入覲保和殿,賜坐、賜茶、賜饌,顧景星再次以病辭歸。

放還後,杜門息影,翛然遺世,顔其堂曰"白茅",取《易》"無咎"之義。康熙二十二年,顧景星之子顧昌搜集景星各種體裁的詩歌,合爲編年若干卷。顧景星自己訂其文若干卷,詩若干卷,曰《白茅堂集》。

清康熙二十六年十月初七日子時,顧景星因痁作,正枕九叩齒而逝,享年六十七歲,鄉人私謚曰"文靖先生"。

《白茅堂集》凡四十六卷,卷之一爲賦、楚辭,卷之二至卷之四爲樂府,卷之五至卷之二十六爲詩編年。本書點校的就是卷之一至卷之二十六,即《白茅堂集》中的詩歌部分,編爲《白茅堂詩集》。顧景星的詩歌内容非常豐富,給人印象最深刻的是反映現實的詩歌。他繼承杜甫的"詩史"傳統,真實地記録了明末清初那段苦難的歷史。特别在其樂府詩中,既有深沉的故國之思、黍離之痛,又有對統治階級的批判和對普通百姓的同情。談長益曰:"黄公樂府是千餘年來第一手。"其次是他的山水田園詩。顧景星的大半生,漂泊輾轉於大江南北。他寫了不少詩歌來歌詠故鄉風光的秀麗,歌詠大自然山川的壯美。顧景星的詩歌風格氣象萬千,他把李白的瀟灑放曠和杜甫的沉鬱頓挫統一於筆端,形成了自己豪放蘊藉、質樸自然、蒼涼悲壯的詩歌特色。何令遠云:"太白之放,少陵之嚴,長吉之精,渾乎出之,是真一代風騷之主!吾師乎黄公是哉!"

《白茅堂集》四十六卷最早的版本是清康熙四十三年刻本,由曹寅捐資刊刻行世。其他的版本有康熙四十三年定遠淩兆熊刻乾隆二十年(1755)增刻本、清光緒十三年(1887)刻本、清光緒二十八年補刻本、清光緒三十年刻本、《白茅堂全集》本衙藏版。值得一提的是,國家圖書館近年出版的《清代詩文集珍本叢刊》六百册中,收有影印《白茅堂詩選》九卷,爲清代宋氏漫堂鈔本,屬海内善本。此《白茅堂詩選》由商丘宋犖選抄於康熙四十一年間，比四十六卷《白茅堂集》問世還早兩年。

通過以上版本的比較，發現康熙刻本雖然早於光緒三十年刻本二百年，以致多有缺損，但其最符合顧景星的創作原貌。而後續刻本因爲時代的原因，多有删改。如乾隆二十年增刻本中，有關與艾千子、屈大均、錢謙益、方孝標、魏禧等人的唱酬詩作、序言、文論等都作删題，或抹去相關文字等處理。因此，本次整理，以清康熙刻本（福建省圖書館）爲底本，而以下列各本參校：

一、《清代詩文集彙編》本，上海古籍出版社 2010 年出版。據原燕京大學圖書館藏本影印，清康熙四十三年刻乾隆二十年續刻光緒二十八年補刻本。

二、蘄州顧黄公先生著《白茅堂全集》，本衙藏版。

三、《白茅堂詩選》，清代宋氏漫堂鈔本。

本書的點校採用死校方式，版本中各種錯訛的地方，一一保持原貌不變。點校或有不當之處，尚希讀者批評指正。

白茅堂文集序

予既於題先生小照中論先生之文，在以博得名者矣。令子復以其專集將授梓行世，屬予亦專序之。所以觸乎予心，於題小照者一境，於今序專集者又一境。

夫人固有爲文而自得於己者矣，卷舒乎天地萬物之間。或傳也，聽之，或不傳也，亦聽之，而無所繫於其心。若此者，予不得而方物之矣！而其必欲傳者，天下文人之通情也。而傳不傳又視乎幸與不幸：其不幸也，深山大澤中，彈琴歌詠數十年，而不能召賞音者之一聽；其幸也，弦誦於家，聲聞於里，達之國門，不脛而走，海内莫不奉以通人之號。雖然，其間幸不幸亦有有本、無本之辨。如先生者，幸矣！而有本以致之者也。

藉甚公卿，薦之天子，試之以官。辭歸，孜孜然惟恐仕宦損其讀書懷古之志，朝研而夕慮焉。故其集中散行之文與聲律之文，率衷雅正。又於其事當剖晰是非異同者，無論官曲繁重纖細，靡弗出其精識以斷之。推其心，又兢兢然，又惟恐其人以無本之學譏之也。其令子所稱授梓爲鉅公曹荔軒，是能文者，是能知先生學之有本者，而先生傳矣！先生蓋以必傳繫其心者也。若視夫摭拾之家，質不足以受采，徒炫丹黄，白晝耀人，不又大相徑庭哉？此予之所以弗執一境，以概論天下古今之爲文者，有如是夫？

金州喻成龍撰

顧赤方徵君詩文集序

蘄州顧孝廉文饒，奉其尊人赤方先生像並詩文若干卷，走金陵，歷吴會，叩中丞宋公，爲之論定。而今直指使者巡鹺曹公爲先生宅相，謀以其集付之劂氏。文饒迺返楚，丐制府喻公爲之序，而並問序於余，因得盡窺先生《白茅堂全集》。

其學殖之所醖釀，精氣之所結轖，恍惚如見其爲人。於以歎先生之才之大而遇之奇也，今夫人動言有才而不遇。於戲！人特患無才耳，才安有不遇者？特才有大小，遇亦有遲速。大凡才之小者，遇恒速；而才之大者，遇恒遲。蓋藴深則發必遠，蓄厚其流自光，理勢然也。歷觀古才人文士，淪落不偶，放棄於荒江寂寞之濱，歎歸燕之無棲，惜雲英之未嫁，鏤心鉥腎，以成其一家之言，即當時之人亦未必共以爲好。迨日久論定，奕世之下，奉爲鼻祖，傳其瓣香者，比比而是。所以古之人悲憂窮蹇以至於死，而卒不得以不遇目之者，此也。

今赤方先生幼有盛名，馳譽江漢，中更世故，坎壈流離。我朝定鼎，求山林隱逸之士，當事强之不起。今天子講求文學，詔徵天下鴻儒，赤方應對明廷，復以病放歸，不竟其用，人咸以有才不遇惜之。然其詩文具在，諸名公鉅卿爲表而出之。

昔太史公序《伯夷列傳》，以爲得孔子而名益彰。今曹公將梓其集，以行於世，安知其不聲施後世，與唐之李杜、宋之歐蘇並傳不朽哉！然則先生之不遇於生前者，正所以必遇於身後也。先生於身後而始獲以其詩文遇知於世，雖其蓄積之深厚，而亦若故遲之，以俟夫後之賞音，此其遇有奇焉者。

《舊唐書》傳盧綸，艷其諸子之貴盛，謂大曆詩人有子無如綸者，蓋詩能窮人而不能窮其後。今文饒爲名孝廉，盧氏之業方熾未艾。向使先生非有文饒爲之子，亦何得以其詩若文遍謁於著作之林而使之大顯於世？此又交相待而成者。文饒名昌，癸酉所雋賢書者也，余參藩楚省，例得備員闈中，辱有一日之長，故不辭而爲之序。

三韓張士伋頓首拜撰

白茅堂集叙

黄公《自叙》曰:《三經蒙解》若干卷、《戒史》七十卷,紀五行災異;《舉史》三十卷,紀選舉;《燕京物紀》十卷、《黙兄集》二卷、《茅軒集》三十八卷、《津門三書》四卷,先君子壬午以前作也。《童子集》三卷、《願學集》八卷、《書目》十卷,景星壬午前作也。癸未正月癸亥,並先世遺集毀於寇。《石櫃集》六卷、《五經論孟説》七卷、《讀史平論》二十卷、《歷代改元考》八卷、《蘄州志》六十卷、《素問靈樞直解》六卷、《鍼灸至道》三卷、《焦氏筮法》二卷、《玉京括録紀道家言》一百卷,先君子癸未以後作也。《顧氏歷代列傳》五十卷、《阮嗣宗詠懷詩注》二卷、《李長吉詩注》四卷、《讀史集論》九卷、《贉池録》百十八卷、《南渡》《來耕》二集七十三卷,蓋歲有增者,景星癸未以後作也,丙午十二月壬子毀於火。《南渡集》有選鈔,在宣城施氏、梅氏,錢塘宋氏,山東郭氏,武進楊氏、邵氏,寶應陶氏,桐城何氏,萊州姜氏,丹徒江氏,商丘練氏,黄山沙門楚雲,去取不同,歷年增損復異,《阮詩注》有本,今在侯官許氏。《李詩注》,鎮江談氏録數十條,刻《十家注》於濟南。當火作,室人取《南渡》《來耕》十之三,幼兒自塾奔歸,取十之一。人間鈔寫,兒輩隨收,即兹集也,故無歲月先後。

嗚呼! 自先大父明道經國之書,兵燹不傳。先君子晚年奮志著述,冀有以傳先大父之不傳,確乎可傳矣,而又不傳。景星詩文十猶三四在,夫必可傳而不傳,則不必傳而傳焉,未可知也。白香山自恐不傳,雜之東都、蘇州、廬山藏典中,不識今本果出諸此邪? 抑人間原自流傳不廢者? 僕未暇慮,請以兹更始。康熙丁未七月望。

《後叙》曰:歲癸亥,兒昌讀書山寺,取老夫詩,收拾遺軼,編年成集,見而善之。蓋編年可以考歲月時地,徵問學之就,將應時之骫曲,故古人以編年爲善本。自今以往,未知所得幾何,以編年録之可也。

騷賦樂府别爲一集，先後雜録，未依時代次叙。康熙甲子孟春。

《樂府鈔自叙》曰：僕髫髦即學爲詩，舞象時有作一囊。稍長，知漢人樂府爲三百篇苗裔，河梁十九首爲唐初近體之前茅，因酷嗜之。嘗以謂六朝更不擬古而自有其樂府，唐如沈宋王楊盧駱得六朝之遺，温李張王各操綺靡，漢魏之音不復作矣。至少陵諸篇，直五七言古詩耳。故郭茂倩集諸家樂府，謂之樂府詩，然而格致辭恉，微婉啾躃，自然樂府非詩也。元楊維楨、張憲輩，更爲詭變，高楊張徐以暢爽爲宗，崆同、信陽、成都、迪功分鑣華瞻，未有如濟南之椝櫄尺寸、土禺衣冠者也。《擁離》《上邪》，《孤兒》《病婦》，何須揣儗，而故强回筆端，作態倣肖，目瞚偃師，足畫村留，亦足羞矣！

論者又謂鞞舞鼓吹，不復李堅之音；《楊叛》《驍壺》，久失陳隋之調。樂府不依聲即可不作，洵斯言也，則又高叟之固談，崔豹、吴兢之罪人也。夫古樂府聲譜雖亡，神理固在，故必知樂府而後可言詩。譬如學黯篆籀，則隸楷成亥豕；法昧隸楷，則章草爲蛇神。惜哉！學士以爲難工也。

僕之爲樂府，未敢問世，然鈔在海内者已十數本，兹則秣陵陳子虚懷堅叩，遂令兒輩彙次成卷，間綴評語。其注有云談者，京口長益允謙也；曰陶者，廣陵季深澂也；曰普者，予冢子也。昌者，予第三子也。曰《詩話》《睥池録》者，普與昌引予舊時雜著也。中亦自注二三。時康熙乙丑八月望後二日。

白茅堂集諸家叙

顧赤方文集叙金壇張明弼

有氓黎之天下焉，有文字之天下焉。氓黎者，生於盤固氏之身之蟲，因風而化，而延首而上，决踵而行者也；文字者，生於伏羲氏之心之蟲，因風而化，而秘膺而藏，抽咽而出者，則是也。

琴張子曰：若知夫氓黎之天下誰治之，而文字之天下誰治之乎？治氓黎者，有王有霸。自鴻荒以迄舜禹，統爲一道曰王。王者尸道德。舜禹，道德之終也，皆王也。自湯以迄近代，亦統爲一道曰霸。霸者尸功力。湯武，功力之祖也，雖王實霸也。治文字者，亦有王有霸。自鴻荒以至孔子，均爲一道曰王。王文尸義理。孔子，義理之宗也。自衰周以迄近代，統爲一道曰霸。霸文尸事辭。六經以外皆事辭之文也，皆霸也。

琴張子曰：嗟乎！舜禹没，氓黎不復見王矣；素王没，文字不復見王矣。是何王運短、霸運若此之長乎？吾聞昆吾、豕韋、小白、重耳獨雄三代，其他圖霸不成爲天下笑，又相踵也。蓋又有不能執玉盤牛耳而稽首於衣裳之會者，故有降而爲槐棘之臣，又降而爲粟散之臣，至於枝官蝨吏不可數之臣。文至於枝官蝨吏，雖一時欲名家，而其名氏隨滅没於埃壒矣。吾且樊而陳之，顔曾思左孟之流，爲素王之臣，皆與日月同其明者也。周德衰而七雄起，麟書絶而諸子競，莊列申韓管晏，彼豈不欲自王哉？而不知王氣在魯，已自墮於昆豕白耳之蹟矣。至於尸子、鬻子，有何瑰義，亦各名家，則當春秋時，固有爲霸者之槐棘、粟散者矣。霸西漢者，司馬遷、楊雄，而賈誼、相如、仲舒、劉向之徒亦皆能自霸，但馬遷事類宏闊，揚雄玄理幽深，似不能不俯首而爲之臣。班固不及揚馬，而亦霸東漢，桓譚、左思、張衡諸人爲一時之大小臣。至魏晋霸氣浸衰，曹植可霸六朝，而應劉潘陸顔謝江鮑徐庾沈任，是皆一時大小臣也。歷唐而宋，而氓黎之霸氣不復振，故文字之霸氣亦不振。唐以韓愈、李杜霸，宋以蘇軾霸，明則弇州、崆峒爲霸，然亦不能決藩而出，其他可知。何也？文家産一人，即造一天地。先輩肝腎，皆敷散於大地之内，徒意撮而口吹之，增一人不爲多，減一人不爲少，何足霸也？以予觀於明，空同、弇州不足霸，霸明者則近日之黄石齋乎？吾畏其窮造化之淵，究禮樂之奥，然其文早困於六朝而晚躓於道學，其氣體猶未大，是何霸世之長而霸者之少若此也哉？

琴張子曰：文之道有三戹焉。天地不合，元氣不全，而人受其蹇嗇，是天地戹之。草昧樸率，華藹不具，迨其久，或浮或沈，人皆側踝而游，誰能自舉於風氣之外？是風俗戹之。人之才性有格峻而乏采者，翮雖戾天，覿睞不足，或采勝而格不峻，若一群嬌鳥啼於花下，不能爲十仞之翔。其博聞寡識者，迍邅襞積，而不見牕牖之豁。至有識遠而才餒，又捉襟露肘，無以表其意想於天壤，宜其圖霸不能，以至於槐棘粟散枝官蝨吏，而終滅没於埃壒也已。以予所遇，蓋多枝官蝨吏，公然饗登堂之價，予每口奉之，隨亦自忘其口。晚年乃見吾赤方，赤方年甫弱冠，而其才其學不可測其巔堞。予見其賓伎雜集，壺傾觴罷，輒援紙作數千字，人以爲其殘唾散沫耳，乃皆出入天心，挾持風雨，今之自稱文士，閉户三日所不能就者。昔虞世南號行秘書，李守素號人物誌，赤方之博未讓焉。沈光口銜巨繩，上百尺之竿而繫之，其下也，放手足透空而下。汪節者擲千斤石獅於百步外，若擲瓦礫。赤方之力殆有過者。之人也，其漢歟？其魏晉歟？其殆奪石齋之席而爲明之霸歟？弼自石齋卒，私幸可自爲霸，而不幸遇赤方。嗟乎！止矣，不得不俛首而爲之臣矣，是天爲文家産一人矣。海内治文之士，其退舍斂手謹避之，毋輒犯其鋒可矣。時丁亥中和節日。

南渡集序 淮南陶澂

《南渡集》者，蘄州顧子黄公之所作也。顧子幼有聖童名。三歲能言，述彌月及前身事。五歲，值葬大父，哭踴如成人。時歲饑，荆王命有司元夕張燈，家人著以彩襦，慫往觀，蹙然不怡，曰："歲饑，何不以此賑民，吾不願往。"自是至弱冠，奉姑劉貞節教惟謹。凡燈市水嬉，未嘗一寓目。六歲能詩文，爲《玉虎賦》。讀書一過成誦。束髮始就郡試，合肥芝麓龔公宰蘄水，曰："此所謂江夏黄童，天下無雙者耶。"薦之郡守錢塘我西許公，許公稱王佐才，拔冠九屬第一，督學崑山王公亦置第一。己卯鄉試，爲江右萬元吉所得士，覆閲經義，犯萬公名，乙之。辛巳，丁嫡母李孺人憂。癸未，寇陷蘄，歸籍崑山。甲申弘光改元，試七省貢士，舉第一。上疏言事，授推官。歲乙酉，有《登樓集》《避地溷泖集》，多散軼。大約賦祖屈宋，樂府絶去蹈襲，詩自漢魏下至唐宋明，無所不有，不沾沾一家。爲文光明俊偉，賅博老成，議論敘事有西漢風流。寓飢寒，砥礪不倦，力窮天人經濟之學。忠孝至性，隱然行墨，包括古今，陶鑄風雅，爲海内推尊壇坫。

吾子少澂六歲，而澂師事之，誠知吾子之人之才必爲千禩所尸祝，而恨不與之同時者。澂哀集若干卷，手鈔次，間箋釋。吾子年始壯，澂安能管窺而蠡測之哉！

黄公者，顧子别字。其兒時作，人間傳録，間亦有焉。順治辛卯仲春日書於吴門。

顧子詩鈔序黄岡杜紹凱

有明以來，楚之才子惟顧赤方一人，曾讀其騷賦、樂府、五言古體五卷。赤方來白門，亟索全稿，僅畀排律、絶句、詩餘數卷，其鈔若干首，系之曰：楚在春秋無詩，夫子删《詩》，雖列《汝墳》《江漢》，不以其國名。逮屈宋以騷繼經，稱與日月争光，楚之振於古以此。今代詩才，長沙李東陽、武昌吴國倫、黄岡王廷陳最著，皆不能獨振，其後數子益名不稱實。得赤方與左史倚相、子革、屈宋輩，稱數才子矣。赤方挐一舟還楚，予執其手，以"深山雨雪"句爲贈，各相規勉，有古人遺意焉。丁酉十月。

顧黄公詩集叙新建陳弘緒

東方朔誦四十四萬言，自比孟賁、慶忌，旁若無人。禰衡楊桴摻撾，鼠視孟德。章陵太守大會賓客，酌酒請賦，攬筆成文，寓言危諷。李白脱屣軒冕，玄宗召見，賦《清平調》，直指幸嬖，無所疑避。是三人者，氣蓋天下，故其嬉笑唾駡，無往不可。予友顧黄公以神童馳聲江漢，六歲作賦，十六作《寶劍篇》，作《龍池柳色聽鶯歌》。二十上疏江南切諫，移書讓相國，責大帥之不法者，較朔輩殆欲過之。不幸世亂，坎壈流離、侘傺愴怳之致，一寄於詩，其忠君愛國，憂天憫人，一篇之中三致意焉。嗟乎！黄公以彼其才，使得優遊盛漢之代，出入承明之廬，從幸甘泉，祀雍畤，禪梁父，與鄒枚輩作，爲《卷阿》《常武》之什，庶幾哉足以鋪張神明，鼓吹風雅。惜其侘傺無聊，愴怳懭悢，年且四十，而不知天何以位置之也，然而其書則已傳矣。嗟乎！是非所謂氣蓋天下者耶？而其無聊有如此。

跋顧黄公集華亭沈麟

當元代，玉峰有奇男子，曰顧阿瑛，名某，字仲瑛。其祖父萬户侯，於仲瑛應襲，而耻不受。孫襲祖職，即仲瑛子也，以功益封户，爵錢塘縣男，貤封三世。仲瑛弗屑也，傾家結納，風流豪邁，傾動東南。若楊鐵厓、倪雲林、黄叔明、張伯雨，皆其唱和友也。

又三百年，其十二世孫曰顧赤方者，名景星，號黄公，又奇男子也。童年作賦，弱冠成名，風流豪邁，一似仲瑛。而遭時不偶，避亂間關于吴楚之鄉，亦如仲瑛。所與唱和之友，皆海内賢豪長者。如麟布衣，得定車笠，序兄弟有年矣。雖不能追蹤昔賢，名垂天壤，而磊落自命，不肯居伯雨下也。黄公再從楚來吴，得盡讀其集，奇變相生，才法不礙，自名其家，孤行千古。余考其家世，仲瑛之高風於今不墜。謹識之。

（此像出自光緒二十八年補刻本，康熙刻本無）

皇清徵君前授參軍顧公黄翁府君行略昌别撰有《耳提録》一卷

嗚呼！不孝普等其何能狀吾府君？雖然，葬有銘矣，敢不謹述生卒歲月出處先後，丐海内知府君者之傳吾府君也。

府君諱景星，字赤方，一字黄公。先世吴醴陵侯丞相雍之裔。元末崑山諱瑛，字仲瑛，公十二世孫也。仲瑛公文采風流，照耀江左。遭世變，祝髮儒衣，號“金粟道人”，以故府君嘗自稱“後玉山金粟居士”云。自仲瑛公第七子元進士季徵公，功授蘄州路總管。國變後，隱於蘄，遂家焉。子孫世篤孝行，至曾祖通政桂巖公與兄侍御日巖公，以理學名家，海内比之二程。父貞譽公尚氣節，勵志不仕，俱詳郡乘及家傳。

府君生母明太君，懷十三月而生府君。生之夕，巨蛇亘屋上，光色熒異。貞譽公夢星降於庭，形如半月，占曰是謂景星，因以名焉。姑劉貞節稱爲奇兒，提携笑語，必教以方。年三歲，尚不語。一日語，忽述彌月及前生事甚悉。五歲，值葬大父，哭踴如成人。歲饑，荆王命有司元夕張燈，家人衣以彩襦，慫往觀，府君蹙然曰："何不以此賑饑，吾不願往。"六歲能賦詩，八九歲遍讀經史，目數行下，時稱聖童，有詩文一囊。束髮就郡試，合肥芝麓龔公令蘄水，過郡舍，一見即曰："江夏黄童，天下無雙。"薦之太守錢塘我西許公。公試風簷下，立艸十數藝，日尚未昃也。公驚異，與論古今事，歎曰："此王佐才!"拔冠黄郡九屬第一。督學崑山澄川王公亦試，置第一。己卯鄉試，爲江右萬公元吉所得士，同考官覆閱經義，以犯萬公字，遂乙之。

歲辛巳，丁嫡母李太君憂。時饑疫相仍，寇氛四熾，賊張獻忠等蟠結旁邑，日伺蘄城郭。府君屢勸貞譽公載先世書籍還吴，不果。先是總督熊文燦挈獻忠等十餘營降賊過蘄，荆王止賊首飲，令走馬後宫，與寵姬觀之爲戲。府君年十六，聞之，急謁州守唐公曰："熊公不得死所矣。獻忠於諸賊最黠，不早除之，必貽後患。奈何既不爲備，反令此輩得窺王宫虚實耶?"唐公色變，勒技勇入衛，周旋竟日而罷。明年，獻忠果焚穀城叛。癸未正月，屠蘄，戮王棺，虜其寵姬。府君暨貞譽公被執於賊前，争代貞節姑死，搶首觸石，血流巉面。賊校喈喈稱善，遂縱出，闔門得免。展轉避亂，之昆，依族氏居焉。

崇禎十七年九月，南畿覃恩試七省流寓生貢，御史陳公良弼舉府君第一。十月，武英殿廷試，特授推官，隨上《敬陳四事疏》，詞指愷切，通政抑不敢上。又代太學生上閣部書，議大行廟號。馬士英使人密招附己，府君力却。去游黄山，自嶽歸，過錢塘，謁縣令族祖漢石公，與言時事，痛哭失聲，因浮家澱湖爲長隱計。

大清兵既下崑山，多羅貝勒土賴固山額真强致軍中，命以原職隨征浙閩，府君力辭。養親還里，嘗著幅巾錦裌襦，酒藥自酖。是時府君年既壯，學復豐，肆筆爲文，才與情赴，東南名宿如張公公亮、周公簡臣、錢公牧齋皆敬憚之。曾遇艾公千子於金陵，艾公數携具就語，謂貞譽公曰："吾數就郎君語，爲後來斯文託耳。"歲庚寅，明太君卒。明年，府君奉柩歸楚，侍貞譽公，結茅舊第，著述自娱。歲大歉，藿羹不具，捧腹囂囂，意益自得。

順治十六年，詔徵天下山林隱佚之士，撫藩强之，不起。癸卯冬，貞譽公卒。明年，奉遺命迎姑劉貞節柩於崑山，合葬蘄州。丙午冬，鄰居火延及艸堂，焚貞譽公遺書暨府君所著《躔池録》《顧氏歷代列傳》《諸家詩注》《讀史集論》《詩話》，凡三百餘卷，皆燼。獨《南渡》《來耕》二集以先妣抱救，得不盡失。癸丑以後，究心六書之學。

康熙戊午，詔求鴻儒。六科公薦府君，稱其專心誦讀，雅擅詩文，品行端方，兼精字學，論者以府君爲無愧云。府君力以病辭，巡撫疏請，不允。再奉温旨，有"著督撫作速咨送來京，以副朕求賢至意"等語。檄文敦迫，乃扶病就道。明年，給撿討俸米。三月朔，入覲保和殿，賜坐賜茶賜饌，再以病懇。既放還，杜門息影，翛然遺世，顔其堂曰"白茅"，取《易》"无咎"之義也。南北往來，録輿中所得詩爲《三草》：曰《徵車》，曰《長安》，曰《還山》。

歲癸亥，不孝昌讀書山寺，益裒府君諸體詩，合爲編年若干卷。府君自訂其文若干卷，以次詩文續入若干卷，曰《白茅堂集》。

歲庚申，詔求天下書籍。禮部列名，文移到家，就取所撰《節烈列傳》，備史館采輯。又撰《黄公説字》，以正《正字通》之誤，摘發義例，批謬引繩，凡二百餘卷。詁釋磅礴，雖一家言，實綜百氏之奥。府君既性不好名，又深自韜晦，每不欲令其著述及身行世，故海内推爲名宿，而究莫窮其底藴。

歲甲子後，嘗往來鄂渚，與即山徐公相唱和。丙寅冬，公具舟迓府君，因留度歲。四月自東山辭歸，六月痁作，七月致書交好，遍爲訣别。雖病篤，不廢撰著。今集中《寧都尹宋公家傳》《鄉先達殉節李新傳》《蕭將軍家傳》，皆喘汗之餘，蹶然把槧，扚舊量今，筆無溢譽。讀《定山堂甲申存藁痛哭詩》《追憶閻古古遺詩》，愴觸老懷，傷而欲絶，愛惜分陰，刻無暇豫。嗚呼，痛哉！易簀之頃，不知病苦，忽呼盥漱！聞老友曹尚白、盧澹巖訃疊至，載四歎，備問其後事，徐語不孝等曰："吾亦逝矣！"正枕，九叩齒而逝，康熙丁卯十月初七日子時也。嗚呼，痛哉！

府君天性肫摯，與物無競，雖横逆，終無怒詈。暮年語及君父，蓋未嘗不嗚咽沾巾。好讀書，無問寢食，手嘗一編。書法宗宋人，運以晉意，不擇紙筆，酒酣揮袂，輒數十大幅，雖請益，亦不厭。風神儁爽，聲若金石，未嘗鑷白，而髭鬢如漆。今相國佺盧余公在諫垣時，睇而笑曰："先生服食耶？導引耶？"府君曰："不然。吾有三事：善飲酒，性静，生平計恩不計怨耳。"余公歎服。卒之前一夕，指《秋山圖》云："老人家在青溪住，繞屋青溪萬章樹。有時曳杖看青山，寫入秋風輞川句。”笑語不孝曰：“痁何害人盛德事？”嗚呼，痛哉！

府君生於明天啓辛酉八月初七日子時，享年六十有七。元配蕭淑人，先十三年卒，驃騎將軍副總兵官諱世忠公女，鄉謚安正君。府君述有狀誄，邑人張君諱仁熙爲之傳。

男八。長普，郡庠生，娶李氏，丙子舉人、吏部司務、萬安縣知縣諱炳然女。

次暢，娶方氏諱伯女。

次不孝昌，康熙癸酉科舉人，娶程氏，都督同知副總兵諱禎公孫女，懷遠將軍諱士然公女。滇閩之亂，元聘阻隔，府君爲不孝豫聘副室胡氏，鄉耆諱淑明女，前重慶府同知諱元良公曾孫女。

次晨，郡庠生，娶龔氏，歲貢生諱柏公女。

次歷，娶程氏，邑廩生諱俊女。

次樞。邑庠生，幼養於廣濟王氏。

次時，娶周氏，邑庠生諱道芳女，己酉舉人、江陵訓導諱懷吉公侄女。

次昱，娶李氏，太學諱國棟女，廣州知府劉諱茂溶甥女。

女二。長適庠生劉尚，次適廩生李永觀。

孫男十五，孫女八，俱幼。

不孝等奉遺命，渴葬，祔於城東符乾關外，時思圃節坊墓之東北，貞譽公墓之南，艮山坤向，與安正君合墓焉。先鄉達李公炳然等私謚“文靖先生”，張君仁熙爲之誌。所望大人君子，知府君者之不靳如椽，惠然賜傳，俾不朽焉。爰是哀鳴，謹述如右。

皇清康熙歲次癸酉十月朔日，不孝孤昌，抆淚再述。賜進士出身翰林院檢討浙江典試年家弟張希良頓首拜填諱。

附銘 梅川張仁熙撰

天精降，以光昌。色黄黄，助月明。挾宇宙，與翱翔。山巚㠑，水潢漾。胡慘不樂以幽傷，有美一人宛清揚。高風靖節誰與方？吁嗟千載留文章。

諸家評語

商丘練石林詩曰:“顧侯才似海,樂府妙無雙。”

周屺公曰:“黄公樂府,上下八千年,縱横一萬里。”又曰:“讀顧先生樂府,知其胸中原本正大。”又曰:“有人辨得詠《高句麗》之故者,許他具一只眼。”又曰:“僅作《燕歌行》,讀此詩亦尋常耳。今不尋常,何也?參!”又曰:“凡詠古人及擬古人,未有不寓己意者。徒然摹擬,無自家見解,不作可也。惟黄公諸作最得之。”又曰:“總不爲古人所縛,自能搏挽古人。”又曰:“藴藉。前人所無。”

湯次曾曰:“予和西涯樂府多矣,不敢自謂過前人,亦庶幾近之。及見顧先生樂府,不覺失其步履。”

談長益曰:“黄公樂府是千餘年來第一手。”又曰:“氣象萬千。”

田綸霞語陳子山曰:“昨見顧先生樂府,雖驟不能解,然望而知其光燄萬丈。”

施愚山曰:“顧先生懷抱不可蠡測,其詩文亦復如此。”

陳其年曰:“黄公諸詩,力厚而氣完,筆健而法密,五百年無此作矣。”

宋蓼天寄秦補念曰:“昨覩顧先生,不獨其詩文雄邁千古,窺其胸臆,應是管、葛一流人物。”

沈友聖書七律後曰:“近人學杜者,空同雄而雜,大復英而纖,俱得其偏。若滄溟則又守而不變,步摩詰、李頎後塵則近之,欲入少陵之室,則未夢見。黄公此調有獨行之妙。”

董蒼水曰:“黄公才高力大,其氣若祖龍之吞六雄,宜其傲睨百代,自成一家也。”

陳士業評古詩云:“無意效古人,却無此今人。”

徐伯調云:“大概似杜,以不似處得似。”

何令遠云:“太白之放,少陵之嚴,長吉之精,渾乎出之,是真一代風騷之主! 吾師乎黄公是哉!”

程非二曰:“今人排擊袁、鍾,各指其習氣是矣。楚後勁如黄公,一種杰潔之氣,安得不覇。”又曰:“其才足以振八大家,是讀書養氣者,至經術諸篇,尤數十百年有數文字。”

鄧秦釪曰:“吾鄉琴張以文章自命,予不然之。見吾黄公,安得不服。”

張公亮曰:“顧子一代宗盟,其年方少,人未之知耳,事久論定,海内必不以吾言爲諛。”先君見琴張時,年才弱冠,故云然。

先君詩文,生平罕欲自衒,海内見者絶少,然覩其一二,未嘗不競相推許。歲月既久,評跋亦繁。兹未獲悉載,謹録十數條,以識一時賞鑒有如此爾。

男昌謹識

顧赤方詩序①

施愚山

詩之工者，作者或不自知。有非學所能至，而非空疏不學者所能倖也。夫詩之爲道大矣，惟雄才大力博物閎覽之人，然後能振奮自拔於儕俗中。韓愈氏稱氣猶水也，言浮物也。水之積者厚，則爲江爲河，蛟龍鱗介之屬出没其中，莫窺其涯涘；氣之積者厚，則大言小言瓌異變化，激爲雷霆風雨之狀，駭聽惑視不可方物。故苟其未至，雖賁育之勇無所施力；及其已至，則安坐拱手舉泰山如鴻毛，覆滄海如杯水，其所積者然也。

余始聞顧赤方而未識其人。一日，自楚蘄抱其詩，直詣門曰："非公誰序者？"余特異之，與之見，伉爽駘蕩。其書累寸未易，卒業簿書。稍閒，則又時取讀之。蓋信乎，其可以豪矣！夫詩之有出，於人必其不盡於詩者也，其人之不盡於詩者，其詩又無乎不盡者也。顧子樂府五七言古體排律，恢博雄悍，上之原本李杜，下之長吉、樂天、義山，以及子瞻、放翁，旁見側出，無所不有。往往於時人近事、一言一笑，刻畫如生。嘗飲酣四顧，振衣昂首，自謂不讓古人，客或詫以爲狂，及其遣興授簡，馳騁筆墨，食頃累數百言，頓挫激昂，不假琢磨，雖號稱工詩者，見其便給，又喑啞叱咤，未嘗不驚其言若河漢也。

赤方機警性成，今總憲龔公嘗識之總角中。既長，益博覽强記，諸子百家、仙釋諸書無不流覽勤蒐，以贍其才力，故其詩如此。有駭其太肆而未純者，赤方則掉頭不顧，曰："君知言哉？予姑爲楚歌，放言洸洋以適吾志焉！"

① 該篇《白茅堂集》未録，録自施愚山集中。

目　録

白茅堂集卷之一

蘄州顧景星著
男普校録
暢收緝
昌編次音釋
晨、歷、昭、時、昱同校

賦 ………………………… 073
夏葧賦有序 ………… 073
竹下聽風賦 ………… 073
猨臂骨笛賦 ………… 074
聞蟋蟀賦 ……………… 074
茉莉賦 ………………… 074
桂賦有序 ……………… 075
愁賦有序 ……………… 076
高組賦 ………………… 077
獲神龜賦有序 ……… 077
開陽春賦有序 ……… 078
愍國殤賦有序 ……… 079
悲凛秋賦有序 ……… 080
楚詞 …………………… 080
釋懷九章有序 ……… 080
一匡機 ……………… 080
二通路 ……………… 081
三危俊 ……………… 081
四昭世 ……………… 081
五尊嘉 ……………… 082
六畜英 ……………… 082
七思忠 ……………… 082
八陶壁 ……………… 082
九株昭 ……………… 083
亂 …………………………… 083
山中人四章 ……………… 083
送春辭有序 ……………… 083

白茅堂集卷之二

樂府雜體一新舊題。得無先後，姑雜録 ………… 085
效杜甫樂府有序 …… 085
當石壕吏 ………… 085
當留花門 ………… 086
當新安吏 ………… 087
當潼關吏 ………… 087
當無家别 ………… 088
當垂老别 ………… 088
當塞蘆子失 ……… 088
當新婚别 ………… 088
雜擬古操 ……………… 089
箕子操 ………………… 089
思士操 ………………… 089
厄操 …………………… 089
崔子渡河操 …………… 090

雜擬古歌謠詞 …… 090
答《偕隱歌》 ………… 090
越群臣祝 ……………… 090
哀伍員 ………………… 090
薛將軍歌 ……………… 090
顔有道歌 ……………… 091
亭長歌 ………………… 091
吴人歌 ………………… 091
豫州歌 ………………… 091
晝一歌 ………………… 092
瓠子歌 ………………… 092
五侯歌 ………………… 092
西還長安歌 …………… 092
長城令歌 ……………… 093
況太守歌 ……………… 093
楚妃嘆 ………………… 093
平陵東 ………………… 093
阮元瑜琴歌有序 …… 094
短歌行 ………………… 094
行路難 ………………… 094
善哉行 ………………… 095
對酒歌太平 …………… 095
來日苦短二首 ……… 095
滿歌行 ………………… 096
前緩聲歌 ……………… 096
將進酒 ………………… 096
戰城南 ………………… 097
艾而張 ………………… 097
君馬黄三首 ………… 097
箜篌引 ………………… 098
孤兒行 ………………… 098
豔歌何嘗行 …………… 099
度關山 ………………… 099
東海有勇婦 …………… 100
白楊行 ………………… 100
煌煌京雒行 …………… 101
門有車馬客行 ……… 101
高句麗 ………………… 102
燕歌行 ………………… 102
淮南王篇 ……………… 102
三俞 …………………… 103
蜀道難 ………………… 103
日出入行 ……………… 103
君子有所思行 ……… 104
尺布斗粟謡 …………… 104
東武吟 ………………… 104
順東西門行 …………… 104
獨漉 …………………… 105
秦女休行 ……………… 105
折楊柳一作大曲古辭 ………………… 105
泛舟横大江有序 …… 105
飲馬長城窟 …………… 106
結客少年場 …………… 106
從軍行 ………………… 106
入塞 …………………… 107
征婦寄衣 ……………… 107
妾薄命行 ……………… 107
白頭吟 ………………… 107
鰕䱇篇 ………………… 108
猛虎行 ………………… 108
梁甫吟 ………………… 108
飛蓬篇 ………………… 108
朗月行 ………………… 109

結轖子 …… 109
西園游上才 …… 109
三臺 …… 109
遊俠篇 …… 109
羽林郎 …… 110
玉波冷雙蓮 …… 110
倚瑟行 …… 110
北邙行 …… 110
又前韻 …… 110
改元稹《將進酒》歌有序 …… 111
仙真人有序 …… 111
祖龍行 …… 111
湘靈鼓瑟篇 …… 112
壯士吟 …… 112
紀南歌 …… 112
無愁果有愁曲 …… 112
輪臺歌 …… 113
高陽樂人歌 …… 113
棗下何纂纂 …… 113

白茅堂集卷之三

樂府雜體二新舊題 …… 114
王明妃有序 …… 114
雙燕離有序 …… 114
苦寒行 …… 115
雜謠 …… 115
邊居行吴均題 …… 115
度關山一作征士吟 …… 115
閒居見陸士衡《百年歌》，悲焉。生人之情，略盡於此。援筆别賦一章，仍云《百年歌》壬午年作 …… 115
蛺蝶行 …… 116
愛妾换馬 …… 117
采桑曲二首 …… 117
神弦嬌女 …… 117
當罏曲 …… 117
當對酒 …… 118
三閣 …… 118
春閨曲 …… 118
簫史曲 …… 118
寄衣曲 …… 118
閨人四時歌四首 …… 118
月節歌四月 …… 119
踏歌詞 …… 119
蘇小小歌 …… 119
江上曲 …… 119
小垂手 …… 119
三婦豔有序 …… 119
小折楊柳 …… 120
節婦吟一作青鏡怨 …… 120
古意 …… 120
西洲曲 …… 120
雒陽女兒歌 …… 120
襄陽女二首 …… 120
游俠 …… 121
長相思四首 …… 121
秋夜長 …… 121
婕妤怨 …… 121
春情曲 …… 121
歸來曲 …… 122
秋風曲 …… 122
起夜來 …… 122

夜夜曲 …………………… 122
夜來樂 …………………… 122
雒陽陌 …………………… 122
道傍見 …………………… 122
長門喜有序 ……………… 123
奈何妾薄命有序二首 ……
……………………………… 123
李夫人有序 ……………… 124
團扇郎二首 ……………… 124
蕩子婦 …………………… 124
少年子 …………………… 124
江南意三首 ……………… 124
離別行 …………………… 125
白紵舞辭四首 …………… 125
烏栖曲 …………………… 125
楊白花 …………………… 125
湘中弦 …………………… 126
龍舟鳳帽 ………………… 126
兩頭纖纖二首 …………… 126
崔侍郎曲 ………………… 126
江南弄八曲 ……………… 126
鳳笙 …………………… 126
龍笛 …………………… 126
趙瑟 …………………… 127
秦箏 …………………… 127
游女 …………………… 127
采蓮 …………………… 127
陽春 …………………… 127
朝雲 …………………… 127
車遥遥 …………………… 127
烏夜啼二首 ……………… 127
估客辭二首 ……………… 128
子夜歌二十首 …………… 128
懊憹歌有序六首 ………… 129
桃葉歌 …………………… 129
歡聞變歌五首 …………… 129
江陵女歌 ………………… 130
采蓮 ……………………… 130
雜怨 ……………………… 130
黄督 ……………………… 130
自君之出矣 ……………… 130
豔歌 ……………………… 130
慕容五首 ………………… 130
紫騮馬歌辭 ……………… 130
蒿里歌 …………………… 131
反薤露歌 ………………… 131
襄陽曲二首 ……………… 131
持檝篇 …………………… 131
娬媚娘羽調 ……………… 131
采桑渡二首 ……………… 131
古謡今歌三首 …………… 132
來夢兒 …………………… 132
花成子 …………………… 132
月成弦 …………………… 132
餅師婦 …………………… 132
調笑詞 …………………… 132
潛别離三首 ……………… 132
男兒可憐蟲四首 ………… 132
明君詞二首 ……………… 133
幽州歌二首 ……………… 133
浮游花 …………………… 133
怨詩 ……………………… 133
古離别 …………………… 133
離别詞 …………………… 133

解語花 …………………… 134
歡將樂共來 …………… 134
那呵灘 …………………… 134
雙行纏 …………………… 134
入關 ……………………… 134
五更轉 …………………… 134
白茅堂集卷之四
古今樂府雜體 …………… 135
空城雀 …………………… 135
烏夜啼 …………………… 135
東飛伯勞歌 …………… 135
惜餘春 …………………… 135
野田黄雀行 …………… 136
盧女曲 …………………… 136
雞鳴曲 …………………… 136
後庭怨 …………………… 136
織婦詞 …………………… 137
漁夫詞 …………………… 137
農夫詞 …………………… 137
樵夫詞 …………………… 137
牧童詞 …………………… 137
啄木詞 …………………… 138
登高山而望遠海擬李白 …………………… 138
擬義山燕臺體 ………… 138
苦寒曲 …………………… 139
擬長吉天上謡 ………… 139
擬龍池柳色聽流鶯歌 …………………… 139
寶劍篇 …………………… 139
秦吉了有序 …………… 140
共命鳥新題有序 ……… 140
月中兔新題有序 ……… 140
首陽鸚新題有序 ……… 141
興寧鳩新題有序 ……… 141
崇明鳥新題有序 ……… 141
吊鳥山新題有序 ……… 142
薦福鶻新題有序 ……… 142
暹邏犺新題有序 ……… 143
叫天子新題有序 ……… 143
貂帑兒新題有序 ……… 143
六禽言有序六首 ……… 144
割麥插禾 ……… 144
唤姑 ………… 144
歸去來 ……… 144
苦 ……………… 144
咄咄怪 ……… 144
麥枯 ………… 144
古禽言五首 ……… 145
奈何帝 ……… 145
獨足上高臺 …… 145
甘人 ………… 145
羅平 ………… 145
休也 ………… 145
唧唧詞新題 ……… 145
巴東三峽歌三章 …… 146
破陣樂 ………………… 146
孤兒行 ………………… 146
月漉漉篇 ……………… 146
杜鵑緯林啼 ………… 147
静女春曙曲 ………… 147
望夫石 ………………… 147
采蓮曲 ………………… 147
七夕曲 ………………… 147

羅雀謡 …………………… 148
春歌 ……………………… 148
西冷橋女郎新題 …… 148
黟山謡 …………………… 148
春鶯囀 …………………… 148
寡婦謡 …………………… 149
擬唐七言律樂府一首 …………………… 149
出塞 …………………… 149
擬唐五言律樂府十五首 …………………… 149
關山月 ………… 149
隴頭水 ………… 149
折楊柳 ………… 149
梅花落 ………… 149
紫騮馬 ………… 150
出塞 …………… 150
入塞 …………… 150
從軍 …………… 150
雨雪 …………… 150
雒陽道 ………… 150
劉生 …………… 150
巫山高 ………… 151
有所思 ………… 151
芳樹 …………… 151
銅雀伎 ………… 151
擬唐體昔昔鹽二十首 …………………… 151
垂柳覆金堤 …… 151
蘼蕪葉復齊 …… 151
水溢芙蓉沼 …… 151
花飛桃李蹊 …… 151
采桑秦氏女 …… 152
織錦竇家妻 …… 152
關山別蕩子 …… 152
風月守空閨 …… 152
恒斂千金笑 …… 152
長垂雙玉啼 …… 152
蟠龍隨鏡隱 …… 152
彩鳳逐幃低 …… 153
驚魂同夜鵲 …… 153
倦寢聽鳴雞 …… 153
暗牖懸蛛網 …… 153
空梁落燕泥 …… 153
前年過代北 …… 153
今歲往遼西 …… 153
一去無還意 …… 153
那能惜馬蹄 …… 154
擬唐七言絶句樂府二十二首 …………… 154
塞上四時曲四首 …………… 154
塞上賜衣曲五首 …………… 154
少年行四首 …… 154
怨詞 …………… 155
宫怨四時歌 …… 155
四時行樂歌四首 …………… 155
雜言十首 ……………… 156
小言 …………… 156
大言 …………… 156
難言 …………… 156
易言 …………… 156

危語 …………… 156
安語 …………… 156
遲語 …………… 156
疾語 …………… 157
了語 …………… 157
不了語 ………… 157

白茅堂集卷之五

天啓七年丁卯至崇禎十七年甲申 …………… 158
雨過 …………… 158
鰲山燈 …………… 158
詠鏡中燈 …………… 158
雪中蕭東曙云見訪,既不過,戲柬 ………… 158
夢咏太華 …………… 158
宿雨 …………… 158
午睡起擬東野體 …… 159
静女春曙曲見樂府…… 159
州試擬《龍池柳色聽新鶯歌》見樂府 …… 159
楊白花見樂府……… 159
烏栖曲見樂府……… 159
雙燕離見樂府……… 159
從軍行見樂府……… 159
王明妃見樂府……… 159
寶劍篇見樂府……… 159
月 …………… 159
賦得盈盈樓上女 …… 159
賦得宫人出爲羽林婦通韻 …………… 160
咏王婉容 …………… 160
宫怨 …………… 160
瞥見 …………… 160
閨怨 …………… 160
正德宫詞六首 ……… 161
嘉靖宫詞二首 ……… 161
萬曆宫詞 …………… 161
天啓宫詞 …………… 161
無題 …………… 162
百舌吟 …………… 162
酬蕭霽 …………… 162
寒夜集蕭霽宅,步可任上人韻,即效其體 …………… 162
春曉侍大人游回山 … 162
鴛央篇 …………… 162
月夜懷王子雲先生 … 163
贈盱眙鄧山人 ……… 163
孝陵蝦蟆石老樹災 … 163
秋 …………… 163
得子雲書次來韻 …… 163
蘄水别龔公 ………… 163
留别官李諸子 ……… 164
苦漲 …………… 164
江岸崩陷百餘家 …… 164
贈張將軍 …………… 164
問道恒病 …………… 164
月夜奉懷龔公内召過合肥二首 ……… 165
喜雨 …………… 165
後喜雨 …………… 166
秋夜聽客談祭邊將往事 …………… 166
百年歌見樂府……… 166

正月十七夜大雪,登城望平賊將軍亂兵焚掠。 …………………… 166
蘄陷後寓潯陽,欲之崑山,江路斷絶。 …………………… 166
王居士歌有序 ……… 166
報恩寺塔燈二首 …… 167
登塔二首 …………… 167
天河 ………………… 167
哀蕭露二首 ………… 167
春仲同家侍郎公寶光道人東山坐雨 …… 168
聞潼關戰敗,柬曹嘉定胤昌 ……………… 168
鵩 …………………… 168
題歸文休風雨竹 …… 168
五人墓和大人 ……… 168
三月三日 …………… 169
嘉靖皇帝御書歌有序 …………………… 169
昌亭 ………………… 170
尋真娘墓 …………… 170
真娘墓 ……………… 170
送卜生歸楚 ………… 170
三七言柬慧山僧辯洞口泉 ……………… 170
傾天 ………………… 170
江漢行 ……………… 171
秣陵謡 ……………… 171
殿陛 ………………… 171
花鳥使擬元稹體上家禮部尚書張受先員外 …………………… 172
漢《西域傳》楚主侍者馮嫽,善書習事,嫁烏孫國右大將軍。宣帝遣錦車持節,説烏就屠,楊用修謂可畫可歌。客舍無事,命工圖之,因題一律 ………… 172
無題 ………………… 172
聞雁 ………………… 173
雁 …………………… 173
秋江騁望 …………… 173
江寧蚤發 …………… 173
哭公蓋有序 ………… 173
除夕四首 …………… 174
書曆 ………………… 174
乙酉順治二年即弘光元年 …………………… 174
擬嘉靖西苑觀成應制得巡字元日試筆 …… 174
擬初唐行幸應制 …… 175
擬唐賀春臺望御制 … 175
元夜 ………………… 175
步陳卧子朝元韻 …… 176
步元夕韻 …………… 176
平望橋看落月 ……… 176
吴淞春夜月望海 …… 176
客從故鄉來,述吾忘年故人。王一翥爲潯陽酒傭,劉起元浮屠服賣渡漢口。高賢忍辱,

時命可知。詩以志感 …… 176
既賦王劉，念亡友蕭霽。癸未城陷，賊臠割之。異才夭折，千古同悲，况奇慘乎 …… 177
山塘 …… 177
又 …… 177
馬 …… 178
題道開法師真時講經虎丘 …… 178
酒後讀李十八遜卿燕京醉雪歌步韻 …… 178
蘄竹四首 …… 178
柬曹石霞 …… 179
越女 …… 179
錢塘江 …… 179
嚴州道中八咏 …… 179
虎視巖 …… 179
頑石堵 …… 179
雲吐潭 …… 179
青山灘一名錦溪，綿亘二十里 …… 179
七里瀧 …… 179
梭船子 …… 179
鞝頭梁 …… 180
響山潭淳安西三十里 …… 180
釣臺謁子陵祠 …… 180
桐廬道中 …… 180
抵休寧 …… 180
寧國道中 …… 180
宿山焦 …… 181
雄路酒家三首 …… 181
紀聞 …… 181
聞亂還阻昱嶺 …… 181
余坑聞變 …… 181
陸阻訪水道經分水縣有序 …… 181
避地澱湖，聞澄湖兵起，知故人佟國器提軍嘉興。喪亡餘生，且慰栖託，且以柬佟三首 …… 182
過張吉如湖居 …… 182
贈澱湖主人 …… 182
戰後 …… 183
嘉興觀孟鎮軍水獵有序 …… 183
觀佟使君提調水師 …… 183
丹徒夜泊 …… 183
經敗壘 …… 183
懷家宫保公 …… 184

白茅堂集卷之六

丙戌順治三年 …… 185
金陵元夕 …… 185
志感六首 …… 185
第宅二首 …… 186
擬古三首 …… 186
江干 …… 186
胥江遇雨 …… 186
感事 …… 187
雙橋 …… 187
北皋灌園 …… 187

聞水車聲誤是杜鵑 …… 187
震澤 …… 187
無題 …… 187
總戎蕭公舟讌 …… 188
舟行望樓上月二首 …… 188
西湖 …… 188
南園 …… 188
錢塘讌集 …… 188
戲李將軍 …… 188
岳王墳 …… 188
西冷橋訪蘇小墓 …… 189
岳墳遇雨書壁 …… 189
雨後曉起望南屏山 …… 189
觀魚六首 …… 189
題畫 …… 190
吴易擒二首 …… 190
望太湖 …… 190
華燭引 …… 191
八月七日，維吾以降，今歲越歸，老母以望後讌月，舉酒竟醉，賦五十二句志感 …… 191
金處士仲宣讀拙詩，見貽佳篇，奉詶二首 …… 191
客有述家宫保殉難狀者 …… 192
贈王錢塘 …… 192
答王錢塘見贈次韻 …… 192
虎丘寺次縉雲韻，有歸楚之約 …… 193
擊冰行 …… 193
贈陳餘慶 …… 194
劍 …… 194
鐵如意 …… 194
妾 …… 194
虞園夜雪 …… 194
贈鄧秦釪 …… 194
送穉白往篁川 …… 195
浩歌 …… 195
今夕次虞君哉韻 …… 195
《陸放翁筆記》長安民券有云：“某處至花萼樓，某處至含元殿。”感書一絶 …… 195
書《司馬遷傳》後 …… 195
虞園除夕來初燈讌 …… 196
丁亥順治四年 …… 196
張公亮先生明弼雨中寄長歌至，效體和之，筆不加點，穉白在傍知狀。丁亥人日 …… 196
無題 …… 197
春郊繫馬圖戲爲唐郎 …… 197
春日閶門四首 …… 197
鄰姬 …… 197
隔花 …… 198
送婦翁蕭公整旅入閩 …… 198
望虞山 …… 198
送陶季深問藥茅山 …… 198
陌上 …… 198
偕門人游西陂 …… 199

答賀尚書世壽步原韻 …………………… 199
集賀尚書浄香池咏古拈得三物 …………… 199
武擔山蜀王妃墓門石鏡 ………… 199
法寶寺張麗華胭脂井闌 ………… 199
瓦棺閣則天后繡羅裙旛 ………… 199
蚤發奔牛賀公過舟中 …………………… 200
送王生游廣陵 ……… 200
句容道中同季深作二首 …………………… 200
小雞山 ……………… 200
光福山居絶句十首 … 200
勸陳餘慶飲 ………… 201
采蓮女二首 ………… 201
山中 ………………… 202
雜咏 ………………… 202
松下 ……………… 202
澗邊 ……………… 202
岡頭 ……………… 202
澱上 ……………… 202
湖中 ……………… 202
秋褉 ………………… 202
慧山九月聞鶯 ……… 203
存没感恩詩有序五首 …………………… 203
今太常少卿合肥龔公鼎孳 ……… 203
明故巡撫鄖陽副都御史崑山王公永祚 ………… 203
明故贈太僕卿江防副使仁和許公文岐 ………… 203
明故太僕寺卿兼直隸督學御史澄海陳公良弼 … 203
明故旌表劉貞節先姑 …………… 204
明日龔公以詩來,依韻和呈四首 ………… 204
附丹陽舟中值顧赤方,是夜復别去,紀贈。 ……… 204
姜如須招同合肥公、曹秋岳、周穎侯半塘舟中,限韻二首 ……… 205
再游虎丘,疊前韻二首 ……………… 205
溧水酬閔宰 ………… 205
伍員廟 ……………… 206
閶門寒夜季深見過限韻 ……………… 206
至夜雪十一月廿一日同季深限韻 ………… 206
美人視腕圖 ………… 206
夜雨 ………………… 206
戊子順治五年 ……………… 207
贈姬 ………………… 207
楊花 ………………… 207

偶見三首 …………… 207
采桑婦二首 ………… 207
述徐卿閨人 ………… 207
送人春別 …………… 207
荼蘼帶露 …………… 207
飛花 ………………… 208
舟中聞鳥聲，榜人云“巧女兒”，感而作歌 … 208
揚州鈔關二首 ……… 208
贈江都郭大尹 ……… 208
廣陵郊遊柬胡山公 … 209
月夜書酒家樓 ……… 209
笙歌 ………………… 209
聞龔公將返廣陵 …… 209
鞦韆美人册子，郭石公索題 …………… 209
覷見 ………………… 210
看人花燭 …………… 210
月夜擬義山 ………… 210
深院二首 …………… 210
姬晝眠 ……………… 211
道士教予飲酒法，可日一石醇。寄同志蔣大四首 …………… 211
題出塞圖屏風 ……… 211
宋繡三首 …………… 212
杏花胡燕 ……… 212
虞美人剪秋羅 … 212
荷花白鷺 ……… 212
采蓮 ………………… 212
夜采蓮 ……………… 212
鷺絲 ………………… 212
畫舫次石公韻 ……… 212
小鬟三首 …………… 212
蔣大不應試 ………… 213
瓜步 ………………… 213
大觀樓 ……………… 213
金山醉月 …………… 213
北固二首 …………… 213
吊陳東 ……………… 214
夜聽鄰舟 …………… 214
無錫舟中大風雨聽張燕築歌三首 ………… 214
顧雲臣臨趙松雪彈琵琶真二首 …………… 214
美人放風鳶圖 ……… 214
送季深寶應掃墓 …… 215
虎丘題酒家壁 ……… 215
月夜望鄧尉山 ……… 215
游飛來峰，歸輿中得二十四句正韻 ……… 215
海鹽舟中奉懷龔公，偶步杜少陵《呈湖南親友三十六韻》……… 216
立春夜留姜行人垓、萬崑山、王錢塘虎丘小飲 ……………… 216
樓頭把鏡，有池中梅影 ………………… 216
答姬人問顧郎何如人 ………………… 217

白茅堂集卷之七

己丑順治六年 ……………… 218
橘燈 ………………… 218

與内子商畫蘭，戲效伯敬體 …… 218
猛雨聞張大吉如苦水，戲柬二首 …… 218
枕上見牕際月 …… 219
次夜月 …… 219
新鶯 …… 219
閨曉 …… 219
新制四首 …… 219
即事五首 …… 220
金閶門外 …… 220
虎丘和季深齊梁體 …… 220
暮下虎丘後山同季深作 …… 220
虎丘寺鑄鐘歌 …… 220
示舞姬 …… 221
夜雨憶内 …… 221
七姬冢上七姊妹花 …… 221
雨後觀池 …… 221
寄宋又韓畸 …… 221
王府基六首 …… 222
寄懷鄧秦釪列二首 …… 222
烈皇帝御書"松風"二大字，顧苓得之，某司香遂揭于齋中四首 …… 222
游西湖金沙灘還，坐四賢祠，聽老中官語曆昌啓禎弘光以來事三首 …… 223
金沙灘歸湯上子出芭蕉圖索題 …… 223
西泠月 …… 223
浴鵠灣訪張存庵同宋又韓賦 …… 223
羅刹江雨後觀潮，次壁上韻同又韓季深，八月十八日 …… 223
紅妝映緑水，同又韓季深賦 …… 224
又韓夜雨翦韭，向余述恨，席上步韻 …… 224
又步又韓韻 …… 224
携具過又韓便招杲上四首 …… 225
又韓設雞黍疊前韻四首 …… 225
送友人之官江寧 …… 225
宿九里松禪院大風同季深 …… 226
蕭山聞鷓鴣 …… 226
會稽吊徐渭 …… 226
禹廟 …… 226
曹娥祠 …… 226
寧波天寧寺阻雨 …… 226
醉歌二首 …… 227
鄞令席上贈營妓二首 …… 227
台州過王連州東湖别業限韻 …… 227
樵夫祠 …… 227
贈曹尚白 …… 227
答湯上子 …… 228
曾徵君、韋茂才過旅舍，

飲中作長歌慰之 … 228
醉游鑑湖，聞君天迺曰："昔王定國游泗水，飲酒吹笛，乘月而歸。子瞻羽衣，黄樓待客曰'李太白死，世無此樂三百年。'子瞻後無此樂五百年矣，夫子豈二公後身邪？"予賞其言，移舟飲賀公祠下，即坐操翰，明日聞君亦有詩 ………… 228
東家嫠婦行 ………… 229
歲杪寄婦翁蕭公二首 ………………… 229
庚寅順治七年 …………… 229
金剛庵賦得明月照積雪 ………………… 229
曹秋岳舟中口占 …… 229
春色 ………………… 229
許亦蒼兄弟携酒饌見過 ………………… 229
王生棄博士任游戎 … 230
春仲武林郊遊，偶檃括宋唐人二十字起，遂成篇五十韻………… 230
春日武林茶肆叉韓韻 ………………… 231
與宋畸讀史，偶咏轅生有序 ……………… 231
居廬苦雨，食口實衆，援筆紀憂 ………… 231
冬日雨花庵贊佛 …… 232
除夕雨花庵守先慈殯宫示院主觀禪師 … 232
辛卯順治八年 …………… 232
感春 ………………… 232
午夢 ………………… 232
三月六日得以遁兄訃 ………………… 232
哭萊州姜如須 ……… 233
山陰訪徐伯調緘 …… 233
清風嶺 ……………… 233
繇小白河至天童 …… 233
宿太白峰下答桑公 … 233
同季深入天台，始經桐巖嶺。夙霧未霽，彌漫高下，輿行五里聯四十句 …………… 233
天臺山 ……………… 234
訪青霞君 …………… 234
惆悵溪 ……………… 234
錢武肅王鐵券歌有序 ………………… 234
蚤發黄巖游雁宕 …… 235
逢楊静山廷鑑 ……… 235
五日台州守饋彩勝，却還求方竹杖 ……… 235
關公廟有武侯像題壁 ………………… 236
歸楚别諸親故 ……… 236
過小孤 ……………… 236
贈魯公 ……………… 236
麞 ………………… 236

落日 …………………… 236
廢苑 …………………… 236
十一月七日權厝先母于全勝坊第故址，累石爲廬，四無居鄰，蓬篠而已 …………………… 237
聞客談永州事 ……… 237
題某山人壁 ………… 237

白茅堂集卷之八

壬辰順治九年 …………… 238
人日酬弟慊 ………… 238
立春前一日雪 ……… 238
答王純伯次來韻 …… 238
答王公垂問家大人韻 …………………… 238
又答王來韻二首 …… 238
清明前一夜大雪，答前韻 …………………… 239
又 …………………… 239
豁口 ………………… 239
鈷鉧潭二首 ………… 239
展墓 ………………… 240
積善寺 ……………… 240
夜雨留西川李生 …… 240
久雨初霽有序 ……… 240
沈生行 ……………… 240
楊將軍歌 …………… 241
聞鵑 ………………… 241
步大人聞鵑韻二首 … 241
坡上 ………………… 242
王子雲隱居廬山，忽過訪，清談半日即別去 …………………… 242
和陶飲酒 …………… 242
答劉克猷子莊 ……… 243
飛仙石 ……………… 243
贈周諒有序 ………… 243
江邊老翁歌 ………… 244
宫人爲尼 …………… 245
題竺道士畫鷹 ……… 245
子雲别後，復傳凶聞。既知在杯湖，將仍來蘄，喜賦 …………… 245
真俠行有序 ………… 245
戴將軍角鷹歌 ……… 246
夏旱，新開數畝仍焦土，虎伐屋斷道 ……… 246
旱甚，雲雷夜作，竟不雨 …………………… 246
三月不雨至七月，答朱調陽原韻 ………… 246
秋日曹二大濩過訪 … 247
寄答幼凝千里二劉子 …………………… 247
季深自吴門載慧泉酒訪予草廬，出遊萊州詩屬予序，信宿辭之襄陽。喜其聲名將立，賦送四章 ………… 247
黄葉 ………………… 248
送梅川張進士先基之任棗强 ………………… 248
山行書所見 ………… 248
義馬塚有序 ………… 248

送盧生游易州 ········· 248
冬日病中,劉千里過訪,
賦《對酒歌》 ········· 249
冬晚湖居二首 ········· 249
雪夜吟 ··················· 249
敬跋大人雪屋丈夫歌
······················· 249
癸巳順治十年 ·············· 250
元日柬王純伯憲四首
······················· 250
禹碑歌有序 ············ 250
春日寄王子雲先生 ··· 251
頹垣百舌篇 ············ 252
滇南三首 ················ 253
陳介人茅屋爲春風所破
······················· 253
寄廬山孟處士 ········· 253
春暮與竺鍊師飲道傍
······················· 254
寄宋又韓二首 ········· 254
雜感二十首··············· 254
寄沈古乘 ················ 254
貞慧寺主退院 ········· 256
喜得陶季深書並篆草
堂額 ···················· 256
曉月荷花五首 ········· 257
夏月山中蚤起見一鷺
高飛 ···················· 257
咏篁寄周元亮 ········· 257
山夜雨 ··················· 258
山中四首 ················ 258
寄丹陽丁五尹兼哭稺白,
時丁五悼亡 ········· 258
雨湖二首 ················ 258
秋分夜大雷雨示馬生
······················· 259
射雁 ······················ 259
貰酒未得 ················ 259
九月二十四夜哭公亮
張明弼先生三首 ··· 259
雪中得邸報,合肥龔公
除刑部侍郎 ········· 259
雨木冰 ··················· 260
大雪,大人戲作新體命
步韻 ···················· 260
臘月五日薄暮,雪珠半
寸,前韻··············· 261
夜雪粒如豆,命前體限
十韻 ···················· 261
十三日融雪,前韻······ 261
答調陽苦雪,步沙字韻
······················· 262
除夕效元微之體 ······ 262
拾遺一首 ················ 262
軍中九月輒巡營吹
角,其聲曰"備寒
衣"··············· 262

白茅堂集卷之九

甲午順治十一年 ············ 263
驚蟄梅始放 ············ 263
長壽圖顏明府席上題
······················· 263
江行感懷二首 ········· 263
新篁解籜聲次調陽韻

……………………　263
避暑湖外三首　………　264
龍母廟效義山有序　…　264
反招隱　………………　264
送孟道士游洞庭有序
……………………　265
金沙湖夜汎抵家三十里
……………………　266
蟬蜕　…………………　266
題畫　…………………　266
黯澹灘　………………　266
贈錢建陽　……………　266
過崇安將登武夷，聞寇
而止，遣悶二首……　266
郎道士　………………　267
燕子巖　………………　267
福州故宫　……………　267
白兔歌有序　…………　267
贈代興禪師　…………　268
代公惠古文鎸甆琖支
提茶　………………　268
山蜂兒，閩人以供饌，
坐中爲樂天體　……　268
許箬藺侍史鄭佩蘭三首
……………………　269
贈佟滙白兼憶令兄君持
……………………　269
延平山寺月　…………　269
明故觀察遼陽佟公卜年，
熹宗初坐事死西市，
歿三十年。景星過閩，
適公子國器以僉都
御史巡撫，捧公遺文
見示，灑涕書群公
詩後用正韻　………　269
乙未順治十二年…………　270
南臺　…………………　270
留别徐存永延壽　……　270
别許有介友　…………　270
候官舟次　……………　270
延津風雨夜二首　……　270
招陳王孫　……………　271
邵武道中　……………　271
邵武吊吴明卿先生　…　271
出㮮關王審知故關　……　271
謝十三彈十八拍三首
……………………　271
賀總戎送櫻桃歸蘄五
載始見之　…………　272
淫雨彌月灑灑然寒　…　272
病瘧小霽，炙艾，雷雨
又大至，限韻………　272
方邵村亨咸恤刑來楚
……………………　272
五日苦雨憶幼凝千里
……………………　273
萬金吾　………………　273
白鷺　…………………　273
陳介人守備江右　……　273
寄調陽紙筆　…………　273
得武夷許甌香侍者黄
瓊書　………………　274
八月十五夜月　………　274
夜聽雨　………………　274

寒蜂 …………………… 274
除藤 …………………… 274
价人守備江右，喜其太夫人得養，近乃不得价人書 …………… 274
寄懷婦翁蕭公 ……… 275
寄林若撫 …………… 275
山居寒夜觴歐陽柔直二首 ……………… 275
聞段雨巖説客死長安 ………………… 276
茅齋望雪答調陽次韻 ………………… 276
丙申順治十三年 ………… 276
雲 ……………………… 276
雷 ……………………… 276
寄題茂侯仙掌閣 …… 276
黃鵠磯 ………………… 277
楚宫老妓行 ………… 277
武昌舟中 …………… 277
送呂全五歸梁溪有序 ………………… 277
寄答徐存永 ………… 278
寄周櫟園 …………… 278
寄方嘉善 …………… 278
對雨呈大人 ………… 279
十松 …………………… 279
拳石峰 ………………… 279
方塘 …………………… 279
懷全五 ………………… 280
全五寄橘珠 ………… 280
嘲舊教坊周氏婢桃根 ………………… 280
代桃根答 …………… 280
梅川飲吳隱士匏叟竹樓 ………………… 280
雨湖櫂歌 …………… 280
聞雁 …………………… 281
草堂成 ………………… 281
草堂呈大人因示兒 … 281
遊仙七首 …………… 282
白頭太守行 ………… 282
冬江春鳥 …………… 283
聞徐存永携家游楚 … 283

白茅堂集卷之十

丁酉順治十四年 ………… 284
山閣雨 ………………… 284
聞龔公奉使東粵 …… 284
清明思先恩姑貞節玉峰厝 ………………… 284
答歸宗幢公 ………… 284
草堂漫興兼懷龔公 … 285
憶遠 …………………… 285
古意 …………………… 285
寄胡蒼恒延年 ……… 285
螐磯 …………………… 285
蕪關贈郭二礎 ……… 286
金陵感李白 ………… 286
下馬 …………………… 286
龔公招登孝侯臺，次杜于皇口占韻 ……… 286
酬林茂之古度 ……… 287
麻姑山堂歌合肥公，坐上徐次履索賦 …… 287

東土山吊李白 ……… 287
游廢園 ……………… 287
武定橋步月 ……… 288
月同梅磊賦 ……… 288
贈張修我次于皇韻 … 288
中山 ……………… 288
與龔孝緒談往事 …… 288
白鸚鵡龔公席上 …… 288
碧雞扶桑花龔公席上題 ……………… 289
白鸚武有序 ……… 289
登姜九綺季秦淮寓樓，看寫紅葉圖，戲姜九 ……………… 290
許方城樓上作 ……… 290
爲孫秋我題畫 ……… 290
楊連真伽發宋理宗墓，取其頭作飲器。高皇帝平元求得之，葬金陵聚寶山 ………… 291
贈姚天放 ………… 291
石頭城送合肥公還朝，孝緒之越伯通歸廬，予亦返楚 ………… 291
别合肥公後舟中作 … 291
思庵兄自吴歸楚示新詩 ……………… 292
贈馬 ……………… 292
思庵赴春官試 ……… 292
寄襄陽太守 ……… 292
拾遺一首 ………… 292
合肥公邀同錢牧翁看丁繼之演水滸《赤髮鬼》，丁年已八十，即席次牧翁壽丁六十詩韻 ……………… 292
戊戌順治十五年 ……… 293
元日觀迎春值雪 …… 293
入春 ……………… 293
上元前一日雪 ……… 293
元夕月 …………… 293
同竺鍊師過周生桐伯圃中白蘭一跗雙秀…… ……………… 294
新燕 ……………… 294
弟慊海棠花下作 …… 294
戲題兒便面上畫官人 ……………… 294
樊王孫孝山玉陽道人夜飲楝花下 ……… 294
和友人燕京春半梅花 ……………… 295
初夏竹塢看内子烹陽羨茶，步子瞻《煎茶歌》韻 ……………… 295
竹下奉大人煎茶，前韻 ……………… 295
薝蔔月 …………… 295
盆池 ……………… 295
山中 ……………… 296
王恂度讀書靈谷 …… 296
建除詠古名將 ……… 296
十二屬雜述 ……… 296

八音志感 …………… 296
六府無題 …………… 296
南唐百馬卷子 ……… 297
鄖西 ………………… 297
仰月 ………………… 297
中秋對月 …………… 297
雪漁圖 ……………… 298
九月風雨三首 ……… 298
吴翁贈桃源圖 ……… 298
和友人燕京清明詞四首 ………………… 299
和燕京十月詞八首 … 299
送李生還臨川 ……… 300
咏宣和畫院松鶴惱舒大 ………………… 300
貽舒康伯銅辟邪香爐 ………………… 300
至日夜飲 …………… 300
讀贈光禄大夫楊公詩文集，有懷斯人賦十六韻 …………… 300
虬松 ………………… 301
吊趙友沂兼慰其尊公侍郎 …………… 301
排冰筯雪中作燈 …… 301
鏡中燈 ……………… 301
己亥順治十六年 ………… 301
元日 ………………… 301
人日 ………………… 301
立春日敬次大人韻二首 ………………… 302
立春日雪小飲 ……… 302
二月七日邸報：去冬臘月九日，王師過鐵鎖橋。陜軍奪七星關，粤軍抵安龍所 …… 302
春望 ………………… 302
春夜程守府晏六韻 … 303
與張槖强先基 ……… 303
雨後看田家 ………… 303
雨湖口號 …………… 303
漁 …………………… 304
望雷雨 ……………… 304
七月七日 …………… 304
哭許友有序 ………… 304
漫答汪兵憲悔岸 …… 305
中秋病起，侍大人率諸孫拜月，是時江海戒嚴，兼答汪大蘅 …… 305
秋閨 ………………… 305
讀嚴光傳 …………… 305
飛鴻 ………………… 305
送李嵩岑巡鬱林二十韻 ………………… 306
寄懷醴陵張大尹八韻 ………………… 306
素琴二首 …………… 306
秋日獨酌 …………… 307
重九後十日奉和大人登高悵望吴下戲用穉孫昌所書韻 …………… 307
冬暮大雪汪悔岸過飲草堂 ………………… 307
雁陣 ………………… 307

立春日與客草堂小飲得生字 …………………… 307

白茅堂集卷之十一

庚子順治十七年 ………… 308

赤松歌贈柯生 ……… 308

夜酌 …………………… 308

仇英單于射雁圖 …… 308

草堂雙燕巢于楣,可俯而窺也。雛成長者先飛,哺其弟,有相恤之義,感賦…………… 309

列女偶詠八首 ……… 309

鉤弋夫人 ……… 309

文君 …………… 309

馮婕伃 ………… 309

明妃 …………… 309

張孔貴嬪 ……… 309

太真 …………… 309

冼夫人 ………… 310

花蕊夫人 ……… 310

二女將三首 ………… 310

奢香 …………… 310

秦良玉 ………… 310

麻城曹石霞胤昌來蘄,病中擁被肩輿至草堂曰"才子不重逢,故人難再遇。"爰賦新詩,情詞凄絶。值予亦病,倚榻相對,效體步韻 ………………… 310

夜雨,前韻柬曹石霞、孟天友易吉。孟偕曹再過草堂,仍效曹體,兼柬楊西印 ……… 311

袁期門 ……………… 312

約友花下 …………… 312

草間田父噉蛇觸感十首 ……………………… 312

書募簰埠橋册子 …… 312

唐明皇御勤政樓 …… 313

菩提寺贈天竺禪師 … 313

苦暑晚得小凉 ……… 313

西塞山 ……………… 313

黄鶴樓夜眺 ………… 314

江鵝兒 ……………… 314

黄鶴樓弔古 ………… 314

秋盡獨登黄鶴樓望見經略相公回京 ……… 314

黄鶴樓寄懷岳州王户曹判官 ……………… 314

寄王判官省災襄沔二首 ……………………… 315

秋日游定慧院 ……… 315

登大士閣 …………… 315

黄岡諸故人過集墨池限韻 ………………… 315

重九後一日,王賓臣招同洪半石周禄、袁倩修宗璜、何叔鑑履仕登赤壁,即席得玄字 ……………………… 315

夢中贈神女 ………… 316

拳勺庵看曹尚白書天馬賦龍眠方還青作

歌倚和 …………… 316
大士閣置酒遠眺還飲寳臣齋看月 ……… 316
徐黄岡籀招觀蘭姬雜劇即席 …………… 316
寳臣贈文石 ……… 317
玩月聞笙 …………… 317
述山左客 …………… 317
贈李都閫,次寳臣韻 ………………… 317
送梅道士訪弟子沈雨霖 ………………… 317
臨皋同素扶鱗長踏月,時二子將之襄陽,六韻 ………………… 318
贈徐亦史,步鄧孝威韻 ………………… 318
王言如絲筵上贈 …… 318
遇維揚宗無齊孝廉 … 318
秋悲 ………………… 318
贈周小侯 …………… 319
送梅子福 …………… 319
贈索山人蒼筤 ……… 319
樊海逋參軍話舊 …… 319
雪霽過韋氏看梅 …… 319
詠梅贈何叔鑑 ……… 319
倩修偕劉尹之山東 … 320
酬黄州諸舊 ……… 320
讀永和宫祠二首 …… 320
憶吕全五 …………… 320
答海逋見贈原韻 …… 320
辛丑順治十八年 ………… 321
元日六兒瑞徵昌云弟昭湯餅呈大人 ……… 321
多雨 ………………… 321
雷雨二首 …………… 321
寄答何道岑應珏 …… 321
城西李氏垂楊甚茂,取數枝植竹邊二首 … 321
寄方商州于光 ……… 322
茅齋雜咏三首 ……… 322
端書 ……………… 322
洗硯 ……………… 322
焚香 ……………… 322
歌贈張生無逸 ……… 322
雷雨中飲,談長益讀其詩,走筆贈之……… 322
夏日草堂酬贈楊西印三韻 ……………… 323
同談舒諸子集湖上招提得林字 …………… 324
答談長益有序二首 … 324
約長益游漪玗洞既聞先往 ……………… 324
潘江如陸出示時賢詩 ………………… 324
江如録藏予詩至五百餘首戲答 ………… 325
訊長益游東衝 ……… 325
長益游漪玗洞歸,夜雨小凉,招話草閣…… 325
送友游汴梁時河決 ………………… 325
凍雨登八極樓招西印

…………………… 325
秋夜發舟樊湖，來止臨臯。永城練子石林出其鄉人侯方域遺文於桐城。方還青少府寓舍，出酒環酌，坐而聽其誦三五篇。誦者悲激，聽者噤斷。坐中爲王子雲、丘過之兩丈人，子雲之子曰："封洽，擁燭踞觚，形神不屬，有飯忘箸箄之意。"詩吊侯生 …………… 326
讀桐城姚彦昭紀游詩 …………………… 326
題谿南草堂爲夏邑陳簡庵稷 …………… 326
燭下留鎮江鍾惠中 … 327
飲葉敬之署齋 ……… 327
宋牧仲舉一日射四虎三首 ………………… 327
偕還青石林集補石草堂限韻 ……………… 328
送練三往浠川 ……… 328
同還青醉洪研瞿齋，戲作嘲笑 …………… 328
見月懷錬三浠川 …… 328
楊黄岡嶽生升任嘉定州，載酒出安國寺叙别…… …………………… 329
嶽生餽雙燈 ………… 329
潘將軍筵上作 ……… 329
重九風雨，還青石林補石倩修研瞿携妓見過，限八韻 …………… 329
十一月朔冬至，補石弱生携饌夜過，值兩姬人送酒 ……………… 330
至日還青石林竇臣研瞿過集 ……………… 330
寒夜坐還青客館作有序 …………………… 330
佟三滙伯携二子入楚省墓二十四韻 …… 330
竇臣别墅有淡紅梅，屢邀看不果。王遂入山，花緐且落矣。戲簡五首 ………………… 331
石林自浠返黄，將歸永城集補石别墅，予以病阻，賦詩道意，兼憶練先公四首 …… 331
送簡庵還大梁 ……… 331
贈長益 ……………… 332
贈江如 ……………… 332
歲寒葺草廬 ………… 332
送鍾惠中還鎮江 …… 333
送長益還京口二首 … 333
哭洪研瞿有守，步竇臣二十六韻 ………… 333
大軍出征山海 ……… 334
立春日答何龍牧 …… 334
又答何令遠 ………… 334

白茅堂集卷之十二

壬寅康熙元年 …… 335
春蚕 …… 335
夜大雨 …… 335
夢醒 …… 335
夜漁 …… 335
述徐大令恤災,因懷王子雲 …… 335
虎媒篇題贈張子 …… 336
題曹石霞扇面春雨句,因寄石霞二首 …… 336
笋蕈留客二首 …… 336
送程五弟朗公花燭後,偕婦歸寧襄陽 …… 337
程燕又蜀中書來,兼寄良藥 …… 337
又寄燕又 …… 337
果下馬 …… 337
仁義柳有序 …… 338
送別西印移任賓州 … 338
秋雨遲客 …… 338
潯陽訪席司理不遇 … 338
酬德化汪明府三首 … 338
宫亭湖望大孤 …… 339
左里月夜聞笛有懷 … 339
張巡廟 …… 339
登藤王閣柬陳徵君士業弘緒 …… 339
鐵樹宫 …… 339
酬梅耦長庚臨江芙蓉屋見柬之作 …… 340
就亭席上歌贈施尚白 …… 340
咏龍鬚席,戲柬高臨江 …… 340
歌答徐伯調緘 …… 340
雨中飲陸司理署,歸招提,醉答高阮懷 …… 341
銅鑼江父老行美張清江 …… 341
中秋尚白招游慧力寺,晚登雲根亭,夜歸愚樓玩月三首 …… 342
觀錢家伎 …… 342
把酒勸梅真 …… 342
河上庵訪宋子 …… 342
玉笥山下逢舊於潛令陳元公 …… 343
愚山貽佛手柑,時藥地在署中,戲簡 …… 343
戲咏佛手柑惱愚山四首 …… 343
鶴徑爲愚山題 …… 344
柑林三首 …… 344
集尚白愚樓席上,贈陳士業先生 …… 344
三五二八篇有序 …… 344
送阮懷歸宣城 …… 345
再游柑林有序四首 … 345
柬藥地 …… 346
九日愚山邀同藥地登雲根亭,余病阻,乃更招之 …… 346
藥地、愚山過問疾,次藥

地韻 …………………… 346
送藥地住青原 ……… 346
大人書來，知崑山王大弟岳禎過蘄見訪，愴然書懷 ………… 346
聞陶季深遠訪不值 … 347
思雨湖 ……………… 347
愚山爲予制障幔，因寄林茂之 ……………… 347
大雪走索愚山飲醉即成詩 ……………… 347
贈新安畢君 ………… 348
聞方學士坦庵與其長公樓岡學士次公邵村侍御輿參敦四兩孝廉關外赦歸 …………… 348
至夜飲龔天階客館 … 348
留別尚白 …………… 348
別陸司理濬 ………… 349
泊市汊懷愚山二首 … 349
彭蠡夜雪 …………… 349
聽客説成都漢昭烈故廟 ……………… 350
癸卯康熙二年 ……………… 350
積雪侍大人入山，時征鄖西餉急，山田數晦，輸賦有加 ………… 350
蜀鵑 ………………… 350
夜坐 ………………… 350
愚山寄酒錢 ………… 350
聞劉千里學佛問之八韻 ……………… 350
壽佛幢華禪師 ……… 351
酬張長人見懷，原韻，兼憶劉千里。外附張詩 ……………… 351
阮子某張長人弟子于張坐中識之 ………… 352
懷龔伯通 …………… 352
百舌 ………………… 352
建陽舊錢令 ………… 352
戲寄程大閬中三首 … 352
獨念 ………………… 352
麇菁敬步大人韻 …… 353
張記室還漢東 ……… 353
秋蟲 ………………… 353
中秋侍大人小飲，因憶施愚山三首 ……… 353
暴水 ………………… 354
紀異 ………………… 354
九月水大至，汪悔岸寓漢口，以書來慰，賦答 ……………… 354
阻水 ………………… 354
訢水二首 …………… 355
大水四首 …………… 355
甲辰康熙三年 ……………… 356
武林過西湖 ………… 356
七夕西湖舟中 ……… 356
喜晤宋崎三首 ……… 356
方樓岡邵村兄弟過訪，悲喜交集，即坐二章 ……………… 356
示學仙者 …………… 357

沈友聖隨西巘北上登舟頃索贈走筆兼柬西巘並上龔公 …………… 357
姜滙思圖南招游孤山 …………………… 357
望寶叔塔紅葉 ……… 357
昭慶寺夜坐答王昊廬二首 …………… 357
送滙思之蘇州 ……… 358
不孝東下奉先府君遺云云 …………… 358
酬弟鰲 ……………… 358
歸懸弓莊頭陀像,用懸弓韻 …………… 358
答侄誠久 …………… 359
贈盧學博二首 ……… 359

白茅堂集卷十三

乙巳康熙四年 ……………… 360
夢醒 …………………… 360
和龔公憶方密之詩有序二首 ………………… 360
正月十四日海虞旅次懷合肥公一百韻 …… 361
元夕客虞山二首 …… 363
送盧幼昭赴選,呈合肥公二首 …………… 363
懷宋又韓游山東 …… 363
周櫟園改徙塞外,聞赦,前後有作二首 …… 363
憶永嘉令韓叔夜則愈 …………………… 364
七星檜 ……………… 364
新城山中柬吴太安先生 …………………… 364
大風雨柬太安 ……… 364
吐納泉 ……………… 365
百丈山柬太安 ……… 365
太安荷池設伎作《漁陽摻撾》,明日酬劉九幼凝 ………………… 365
懷弟鰲北游,值淮陽水災 …………………… 366
八月十一夜對月 …… 366
九月二十二日邌明,奉先姑貞節柩,舟發河干 …………………… 366
諸弟侄追送滸墅 …… 366
金山 …………………… 366
六合望黄靖國祠 …… 367
十六日蕪湖雪 ……… 367
十七日魯港遇風 …… 367
采石 …………………… 367
蟂磯 …………………… 367
荻港弔古 …………… 368
雨後望九子山瀑布 … 368
皖城警角 …………… 368
懷寧阻風 …………… 368
小孤山水仙廟 ……… 368
廬山 …………………… 368
德化道中二首 ……… 368
二十七日抵家示内 … 369
盜入大陽山云云 …… 369
題雪中四景 ………… 369
孤村雪屋 ……… 369

風雪歸人 ……… 370
雪溪垂釣 ……… 370
關山雪運 ……… 370
罔極 ………………… 370
夢後 ………………… 370
丙午康熙五年 …………… 370
程老總戎過飲荒園云云 ………………… 370
壽蘄州刺史王維則宗堯 ………………… 370
醉作雨鵜鶘,題一絶句 ………………… 371
金鳳洲戲柬愚山 …… 371
王端侯筵上作 ……… 371
雲根亭芝草歌爲愚山 ………………… 371
潘澄嚴寒集霰圖有序 ………………… 371
惡溪漁父行 ………… 372
孫廣文北牕竹 ……… 372
梅太君六十歌 ……… 372
愚山江干送别云云 … 373
贈周文長 …………… 373
火後借居大雪三首 … 373
示客 ………………… 374
丁未康熙六年 …………… 374
夢季深道服見訪二首 ………………… 374
舟經黄陂潭頭河云云 ………………… 374
牽舟避暑望魯臺下云云 ………………… 374
招提秋夜讀蔣穎揆詩次韻 ………………… 374
荷花 ………………… 375
遣伻歸 ……………… 375
簡蕣惠茉莉 ………… 375
酬邵子湘 …………… 376
藏經閣雨後簡蔣邵二子 ………………… 376
七夕 ………………… 376
夜聞野醮行哭者二首 ………………… 376
步邵子湘留别韻,邵歸吴,予之宛雒。有附邵詩 ……………… 377
石陽女二首 ………… 377
壽穎揆六十兼送歸毘陵 ………………… 377
聞杜于皇幾以文字得罪 ………………… 378
鐵潭夜雨,明日穎揆行,予亦將之陳州 …… 378
送竺鍊師還南嶽有序 ………………… 378
子路問津處 ………… 378
棗莊與檀將軍説馬 … 378
瓦關吊韓信 ………… 379
羅山二首 …………… 379
道傍有奇樹 ………… 379
上蔡道中 …………… 379
渡潁水東方陳州三首 ………………… 379
道上見 ……………… 380

謁太昊陵 …………… 380
柳湖 ………………… 380
妖鳥歎有序 ………… 380
弦歌臺 ……………… 381
嬀滿鐵墓 …………… 381
陳思王墓 …………… 381
大梁道中 …………… 381
蔡河見蚤梅 ………… 382
汝陽道中白鷹二首 … 382
信陽 ………………… 382
羅山二首 …………… 382
輿馬還過武湖登生洲寺 ………………… 383
吊振海張公 ………… 383
山行 ………………… 383

白茅堂集卷之十四

戊申康熙七年 …………… 384
春日雜言 …………… 384
單父王赤城左遷，倅蘄，忽忽不自得。值予卧病，賦《將進酒》見貽，援筆答意，且訂禪院之游。適感鄰事，語無倫次，赤城其一軒然 ………………… 384
馬總戎持絹索書 …… 385
驚蟄前一夜，北斗粲然，忽有雲氣雷雨驟至 ………………… 385
和王子雲《當雁門太守行》，贈蘄刺史王公 ………………… 385
病中鄰老餉櫻桃馳送赤城，代雙柑之約…… 386
夏夜納凉 …………… 386
由蕪湖以小舟，便道入宣城 ……………… 386
施尚白游閩 ………… 386
大雨，梅淵公遣輿來迓，醉訓淵公 ………… 386
夜凉行宣城山中 …… 387
望敬亭山 …………… 387
栖真山詠竇氏二女 … 387
宛陵諸君約游敬亭，畏暑不果。至采石阻風，對月戲寄諸君 …… 387
香心廟 ……………… 387
孟秋偕佟匯白飲周櫟園署，揚扢風雅，相與極論。僕與櫟園論交二十年，櫟園督糧江南，頃始聚晤 ………… 388
八月初九日，秦淮對月柬櫟園 …………… 388
集櫟園讀畫樓，晤故人子馮青門 ………… 388
匯白避園席上，步宋荔裳韻八首 ………… 388
九月婁江舟次，答盧澹巖原韻 …………… 389
與盧澹巖夜汎步韻 ………………… 389
和澹巖哭王子雲韻 … 389
璇玉爲予寫十二中星圖

…………………… 390
登虞山二首 ………… 390
宣聖衣冠陵有序 …… 390
華亭同周釜山茂源、盧文子元昌、董閬石含、蒼水俞飲沈友聖麟洞涇草堂作 ………… 390
張蓼匪安茂邀看菊，予題曰《菊秋醉作歌》貽好事者，爲花政口實也 ………………… 391
贈周鷹垂 …………… 391
徐武静餽泉酒糟艫，頽然獨醉，出采花涇尋菊 …………………… 391
柬吴六益二首 ……… 392
宿來、文子、友聖、閬石、蒼水暨予數相聚，諸君賦六子飲酒詩，聊叙長律呈五子，兼致勗焉 ……………… 392
飲張洮侯草堂作 …… 392
步文子集洮侯齋十六韻 …………………… 392
張梅崗園亭看雁來紅，文子韻 …………… 393
寒夜集董榕庵光復堂得扶字 ……………… 393
既賦長律，復次閬石韻 …………………… 393
贈沈雪峰浩然 ……… 393
朱韶九山水障子歌 … 393
光復堂分韻，時周釜山與軍宴，明日以詩來賦答 ……………… 394
寄歸道士元躬 ……… 394
周宿來移居南村 …… 394
周是則爲予作私印 … 395
題張嘉樹豔贈百韻詩有序三首 ………… 395
偕沈友聖、山陰邵其人再飲文子草堂，作放歌，仍限韻………… 395
五子再集光復堂賦 … 396
答蔣雪堂原韻 ……… 396
平西王寶牀 ………… 396
留別五子六首 ……… 397
盧文子元昌 …… 397
周宿來茂源 …… 397
沈友聖麟 ……… 397
董閬石含 ……… 397
董蒼水俞 ……… 397
自述 …………… 398
附八子詩 …………… 398
巴城湖大雪，舟中醉歌 …………………… 403
小雪夜北風雨雪 …… 403
夜雪霰二首 ………… 403
玉峰山亭獨坐，閱朔雄弟詩卷 ………… 404
友人索花燭詞，戲效齊梁體 …………… 404
百裥裙子 …………… 404
咏羅裙四首 ………… 404

與澹巖論樂府，附澹巖次韻 …………… 404
小除夜 …………… 405
紀異有序 …………… 405
白茅堂集卷之十五
己酉康熙八年 …………… 406
元旦崑山試筆兼柬盧澹巖八韻 …………… 406
春游二首 …………… 406
展桂堂坐雨 …………… 406
酬王有功績元日見示原韻 …………… 407
海虞元夕，澹崖惠燈舟中燭下作 …………… 407
元夕後二日，魏大尹登玉峰，置酒看雪。值予游虞山，未與雅事 …………… 407
贈馮豹 …………… 407
贈夢 …………… 408
小雨 …………… 408
予既有八男一女，昨家書至，復舉第二女子 …………… 408
遣悶 …………… 408
春夜苦雨，同侄徵遠飲酒達旦，戲聯五平五仄四十四句 …………… 408
葉白泉先生約看梅，因雨更期，戲柬十韻 …………… 409
鄧尉觀梅不及，還訪玉峰城東三里桃花 …………… 409
和徵遠春游咏 …………… 409
古意 …………… 409
無題 …………… 410
曉起 …………… 410
惜春 …………… 410
剪花三首 …………… 410
鹿城寒食同仙佩徵遠得聲字 …………… 410
尋劉改之墓有序 …………… 411
城南高叟家看牡丹，醉後出宣德紙，索擘窠書 …………… 411
紫藤有序 …………… 411
旅夜示侄徵遠一首 …………… 411
送慈上人還楚 …………… 411
榷關嘆 …………… 412
燕子磯，步前賢張羽韻 …………… 412
三江口望舊京，偶步前賢韻 …………… 412
李溪偶見 …………… 412
荻港口號四首 …………… 412
三溪 …………… 413
霧度新嶺 …………… 413
瀑布 …………… 413
峽水 …………… 413
登萬山 …………… 413
問政茶 …………… 414
紫陽河放舟，將取道江左 …………… 414
經白岳寄程非二 …………… 414

乘筏黟川，雨止水至，
　繫石壁最勝處 …… 414
豀祁門下浮梁 ……… 414
泊都昌望康郎山 …… 414
爲陰守府題繡簾上句
　四首 ……………… 414
讀陳天衢之京遺集 … 415
梅公調五十歌 ……… 415
聞客述洪經略相公往事
　三首 ……………… 415
維舟巴河，哭王子雲先
　生三首 …………… 416
思庵兄自吴歸楚，示新
　詩 ………………… 416
付願雲禪師寄吴梅村
　………………… 416
哭曹石霞 …………… 416
頹垣柬張大有序 …… 417
病中占一律 ………… 417
庚戌康熙九年 ………… 417
春日於軒前壘怪石丈許，
　坎中容水五石，取少
　陵“風雨不動安如山”
　句，榜軒曰“如山”
　………………… 417
閏月苦雨 …………… 417
芒種喜雨 …………… 418
夏夜 ………………… 418
董蒼水停舟訪草堂，將之桂
　林，賦送 …………… 419
初夏竹園二首 ……… 419
答石平上人 ………… 419
題文待詔瀟湘八景 … 419
　平沙落雁 ……… 419
　遠浦歸帆 ……… 419
　小市晴嵐 ……… 419
　洞庭秋月 ……… 419
　瀟湘夜雨 ……… 420
　漁村落照 ……… 420
　煙寺晚鐘 ……… 420
題宋復古八景 ……… 420
　洞庭晚靄 ……… 420
　廬阜秋雲 ……… 420
　平田落雁 ……… 420
　闊浦歸帆 ……… 420
　雨暗江村 ……… 420
　雪藏山麓 ……… 420
　泉嵓古柏 ……… 420
　石岸孤松 ……… 421
《蘄州志》有八景，其龜
　鶴梅花、東池夜月今
　亡矣。盧氏補其二，
　余增損如左凡十
　………………… 421
　麟苑江山 ……… 421
　龍磯夕照 ……… 421
　雨湖漁艇 ……… 421
　金沙月泛 ……… 421
　三角雲封 ……… 421
　石篩積雪 ……… 421
　温泉春浴 ……… 421
　城南柳嶼 ……… 422
　浮玉新磯 ……… 422
素馨辭 ……………… 422

薝蔔辭 …………………… 422
仇十洲華清賜浴圖二首
…………………… 422
唐六如霓裳新部圖二首
…………………… 422
楊妃吹笛圖四首 …… 423
後哭曹石霞有序 …… 423
秋山風雨圖 ………… 423
聽笠上人彈琴咏詩二首
…………………… 424
八月十四夜月四首 … 424
曉月入山二首 ……… 424
客言洞庭蜃樓見 …… 424
紅葉偶步徐文長韻 … 425
孝子行 ……………… 425
汪悔岸寄綿帛 ……… 426
冬至日,公卜致雙鯽索
書天馬賦,即邀飲梅
下 ………………… 426
閱梅村《王郎曲》,雜書十六
絶句志感 ………… 426
咏史 ………………… 428
憶戊子夏,客廣陵,遇田
九,自云故貴妃異母
季弟也。潛述往事,
恨流傳失實,追賦此
篇 ………………… 428
舒康伯有白蘭之瑞,既生
孿子,以米易酒,肉代
湯餅,醉。予許紀以
詩。庚戌冬月,作蘇
體寄之 …………… 428
題西泠閨詠有序二首
…………………… 429
贈門人雪子 ………… 429
哭吴大安先生 ……… 429

白茅堂集卷之十六

辛亥康熙十年 …………… 431
鄰翁遺鯽 …………… 431
逕僻 ………………… 431
雨止 ………………… 431
銜泥燕 ……………… 431
哭談長益 …………… 431
龍孽 ………………… 432
棲來店有序 ………… 432
游雨湖有序 ………… 433
大旱二首 …………… 433
窺園 ………………… 434
述憂二首 …………… 434
多虎子星抬登大泉山
觀獵 ……………… 435
行園 ………………… 436
夜得電光小雨 ……… 436
小雨行園 …………… 436
送蔣虎臣超訪道入峨嵋
…………………… 436
雨後柬子星二首 …… 436
麻城旅夜讀吴初明炯
楚游詩兼寄杜二濬
…………………… 436
讀高季迪詩集 ……… 437
十二月雪二十餘日 … 437
壬子康熙十一年 ………… 437
正月十八日乙丑夜雷電

雨霰，黎明平地深二尺。徐公單騎入山，施糜粥三首 ········ 437
雪霽 ······················ 438
賦得携子卧蒼苔 ······ 438
聞澹巖對簿未釋 ······ 438
商丘賈靈夕發秀予友静子開宗子也齎其尊人遺集，過訪不值 ······ 438
題畫 ······················ 438
更漏 ······················ 439
唐伯虎采蓮圖有序二首 ······················ 439
四酒人三首有序 ········ 439
四哀四首有序 ··········· 440
三懷有序 ················ 440
懷氏 ················ 441
閬風 ················ 441
非想非非想天 ··· 441
刈莽見江南諸山 ······ 441
黄鶴樓寄紀伯紫 ······ 441
六月晦夜泊漢陽，雷雨忽至 ·················· 442
紀子湘作小樓曰“卧遊”，前江後湖，如在几席。題次李漁韻 ········ 442
月湖答李漁五首 ······ 442
書《顧與治遺集》 ······ 442
哭周櫟園 ················ 443
新雁 ······················ 443
落雁 ······················ 443
醉寅石有序 ············ 443
祭周文長 ················ 443
送楊職方兆傑副李侍讀安南使事還朝 ··· 444
冬日山居寄徐東來覓文竹杖 ················ 444
朱韶九畫册八首 ······ 444
畫院梨花白燕 ········ 445
和友人宫怨 ············ 445
偶和元人宫詞七首 ··· 445
宫人圖 ·················· 445
癸丑康熙十二年 ··········· 446
上元留張長人飲 ······ 446
竹中聽雷亭 ············ 446
向書友古過飲草亭 ··· 446
夜雨 ······················ 446
對月浩歌 ················ 446
六月三日得沈友聖書三首 ··················· 447
何鳴九小像讀書松桂下 ······················ 447
書《康對山集》 ········ 447
答都下友人書 ········ 447
湖村待月 ················ 448
哀王阡有序 ············ 448
族叔祖明曾自昆來蘄，留連旬月，山亭茗蔬而已。坐間奉贈三律，聯志今昔之感 ······················ 448
梁汾貞觀過訪二首 ······ 449
哭合肥公十首 ········ 449
送梅子真北游 ········ 450

黄州舟中聞湖南兵變消息，疑似沿江戍卒盡逃，流冗滿目，時盡括官民，舟江中無片檝行 …… 450
舟中夜雨思沐黔公往事 …… 450
聞平西叛簡守憲徐公四首 …… 451
河居子六首 …… 452

白茅堂集卷之十七

甲寅康熙十三年 …… 453
正月五日雷電雨水，明日雪深二尺。 …… 453
雨中讀騷 …… 453
羽書 …… 453
苦雨聞大兵過四首 …… 453
恒雨水至 …… 454
夏夜載酒，約季岑並舟 …… 454
拜新月篇九月 …… 454
得胡蒼恒書並緝園詩二首 …… 454
寄余澹心並懷杜于皇紀伯紫 …… 455
與內子泛月二首 …… 455
江陵石刻歌有序 …… 455
秋夜獨汎訪鹿野二首 …… 455
乙卯康熙十四年 …… 455
畫柳自題聊以遣哀 …… 455
行園 …… 456
安正君釵篦子旦夕陳之 …… 456
春日 …… 456
乍晴 …… 456
春愁 …… 456
西牕 …… 457
痛飲 …… 457
燕 …… 457
五月川水大至 …… 457
七夕前夜對月 …… 457
七夕雷雨 …… 457
秋庭 …… 458
淒飈 …… 458
九月十五日病中得劉千里訃 …… 458
雪中雙鶴 …… 458
冬月晦，總戎蕭公暨仇恭人訃至，予正除正君服，重以斯漏 …… 458
荊岳二首 …… 458
金沙湖觀魚，大雪 …… 459
夜雪 …… 459
鴻雁 …… 459
雪晴 …… 459
丙辰康熙十五年 …… 459
元夕前一日雪 …… 459
初四夜述夢 …… 460
瓊花白頭翁畫二首 …… 460
過廣教寺訪天章大師 …… 460
春日對酒感舊二十八韻 …… 460

春色二首 …………… 461
枯江行 ……………… 461
雷雨 ………………… 461
聞王師收地和李東皋
　四首 ……………… 461
寄答高台州培二首
　………………………… 462
懷施愚山解在家居二首
　………………………… 462
洞庭龍女歌 ………… 462
寄徐東來奇 ………… 462
贈于太守四十韻 …… 463
竹下偶步《李賓之題丁
　御史墨竹》韻，走筆成
　………………………… 463
浴蓮庵，龔端毅公令蘄
　水時建 …………… 464
贈等觀有跋 ………… 464
戲贈胡翁迪公 ……… 464
釣車 ………………… 465
獨不見 ……………… 465
咏通靈台 …………… 465
月下見彩蝶 ………… 465
蘄近郭四景，舊無咏及，
　各題絶句 ………… 465
　　鏡湖口二首 …… 465
　　桃花村 ………… 466
　　桂花亭 ………… 466
　　烈女墩 ………… 466
過雪上座棗輪閣，見其
　同社與兒曹皆有詩，
　倚牀六律，次第得之
　………………………… 466
撰張人文叙附一詩 … 467
秋夜書懷 …………… 467
禹廟 ………………… 467
燈下聞雁 …………… 467
王寶臣舉明經，來書云
　且結諸生局耳。 … 467
紀鷂 ………………… 468
支錬師 ……………… 468
戰場 ………………… 468
村外曉行 …………… 468
再宿棗輪閣四首 …… 468
秋山二首 …………… 469
聞徐子星來藩于楚兼懷
　令弟子宗，去年公子
　燕斯賦玉樓，末語有
　傷懷抱 …………… 469
子星將至 …………… 469
夢雷 ………………… 469
豫章四首 …………… 469
冬至日十一月十七日見
　綠萼梅，飲中步楊用
　修九言 …………… 470
冬箏一百韻自注 …… 470
冰雪 ………………… 473
夜雨梅放 …………… 473
除夕雨木冰兼憶兄思
　庵大名署中八首 … 473

白茅堂集卷之十八

丁巳康熙十六年 ………… 475
　元日四首 ………… 475
　羽旗 ……………… 475

王華亭解組歸，鬢鬢白盡矣 …………… 475
對酒當歌行 ………… 476
荆湖四首 ………… 476
春色 ………………… 476
送趙使君赴軍前 …… 477
鄭尉分餉荆州 ……… 477
賦得羌兵助鎧鋋 …… 477
當罏 ………………… 477
張長人書來云喪長孫遣哀不去 ………… 477
野日 ………………… 477
蘡薁 ………………… 477
流民 ………………… 478
夜聞糧艘噓噢二首 … 478
葺園二首 ………… 478
小園散病，聞蚤鶻聲 ………………… 478
西塞山 ……………… 479
武昌行吊楊兵部兆傑 ………………… 479
孔總戎過訪 ………… 479
春游 ………………… 479
宿希水 ……………… 480
朱店逢君華君薔二弟北來，兼得兄大名令書 ………………… 480
馬鞍山迷道，就飯田家 ………………… 480
大柳樹被伐 ………… 480
沙河 ………………… 480
郟城蚤發 …………… 481
望花山 ……………… 481
落月 ………………… 481
虎步山二首 ………… 481
曉行二首 ………… 481
光山 ………………… 482
長潭童子持酒問詩 … 482
雷打石 ……………… 482
醉題 ………………… 482
望光州懷胡蒼恒 …… 482
書懷 ………………… 482
官渡板橋 …………… 483
息縣路二首 ………… 483
王岡大風 …………… 483
范張祠 ……………… 483
真陽道中 …………… 483
上蔡道中 …………… 484
道傍子 ……………… 484
經上蔡，童僕病蹔止，舍大尹高陵李子正誼携酒過存留别 ……… 484
洪河大風 …………… 484
西華風雨 …………… 485
清明鄢陵道中 ……… 485
三月四日鄢陵道中，念兒輩當遵制除母服 ………………… 485
雨後過鄢城二首 …… 485
尉氏吊阮籍 ………… 485
朱仙鎮岳忠武廟二首 ………………… 486
汴城 ………………… 486
述雒陽女兒 ………… 486

渡黄河 …………………… 486
胙城 ……………………… 486
封丘縣大道傍有碑曰“漢高帝遇翟母進飯處”…………………… 487
咏韓信 …………………… 487
大伾山下見葚者 …… 487
入大名境 ……………… 487
思庵兄大名署 ……… 488
月夜弦歌 ……………… 488
濬縣 ……………………… 488
自肉黄至封丘 ……… 488
見帷車外賣花者 …… 488
渡河值八旗呷剌昂邦章京送馬上沙 ……… 488
大梁吟 …………………… 488
汴京楊柳枝四首 …… 489
河上詞四首 ………… 489
郾河四首 ……………… 489
上蔡復徂雨 ………… 489
東南第一峰 ………… 490
汝寧道中南望雷雨晚借山寺納涼二首 …… 490
厄臺 ……………………… 490
滍渡 ……………………… 490
楊莊市集聞楚地旱二首 …………………… 490
息縣早行 ……………… 491
麻城山行 ……………… 491
西陵憶先子詩句,即景續成 ………………… 491
初三夜月 ……………… 491
嶺上坐 …………………… 491
垂橐 ……………………… 491
穆陵關 …………………… 492
靈沙河渴 ……………… 492
喜雨 ……………………… 492
宣城梅淵公寄《空山無人圖》…………………… 492
白臯山 …………………… 492
仲夏三日 ……………… 492
五日竹瓦店主人出赤靈符丹砂酒 ………… 492
後一日 …………………… 493
贈韓子新鼎業 ……… 493
留别徐公 ……………… 493
還家卧病,涼雨連日,寄徐公 ……………… 493
步過棗輪閣 ………… 493
重九後二日寄答徐公 …………………… 494
秋思擬李賀 ………… 494
不聞雁 …………………… 494
子星書至,垂問近狀,兼寄詩叙 ………… 494
蛟潭 ……………………… 494
復雨 ……………………… 494
秋雨 ……………………… 495
夢哭婦翁蕭公 ……… 495
子星寄酒價 ………… 495
白茅堂集卷之十九
戊午康熙十七年 ………… 496
柬澮崖 …………………… 496
夜雷雨 …………………… 496

次日微雪 …………… 496
蚤起行園招澹翁 …… 496
春日結廬 …………… 497
來鹿歌有序 ………… 497
瓜廬成 …………… 497
花信二首 ………… 497
野蔬 ……………… 497
示長人康伯漸鴻恂度諸子,末篇憶都門相知五首 ……… 498
寄張大中丞朝珍一百八句 ……… 498
初晴 ……………… 499
湖外誌喜東州守 …… 499
寄沔陽廣文張登三 … 499
寓樓望黄鶴山 ……… 500
夏蟲咏十八首……… 500
蝙蝠 ……… 500
蜘蛛 ……… 500
蜥蜴 ……… 500
莎雞 ……… 500
燈蛾 ……… 500
蜻蜓 ……… 501
蟈 ……… 501
蚊 ……… 501
蠅 ……… 501
蠅虎 ……… 501
螢 ……… 501
蜉蝣 ……… 501
螻蛄 ……… 502
蚤蜩 ……… 502
蟻蠓 ……… 502
彩蝶 ……… 502
蠶蛾 ……… 502
豆娘子 ……… 502
千江一月圖 ……… 502
王黄湄招同清風道人魏名閥、毘陵毛子霞登翼際山晴川樓,病不果往,書示黄湄…… 503
春柳放舟圖爲張南村僧持 ……… 503
答黄湄鶴樓夜坐見柬韻 ……… 503
五日是日皇太子千秋 … 503
同即山晴川閣望黄鶴樓 ……… 504
過于北溟夜飲 ……… 504
還山諸公雄楚樓讌別 ……… 504
贈黄撝宰 ……… 504
贈王雪洲 ……… 504
雨中望西塞 ……… 504
得鹿城希真四弟升秀詩步韻寄答 ……… 505
侄徽遠辭歸昆留之 ……… 505
山園雨夜示徽遠 …… 505
徽遠別後夜雨 …… 505
龔莊奇樹把酒作歌 … 505
再奉召十二月二日過黄梅雙峰寺二首 …… 506
牛湖渡 ……… 506
欲雪 ……… 506

雙廟岡二首 …………506
始雪 …………507
急雪 …………507
南陽述懷 …………507
晚晴望積雪 …………507
山店 …………507
應山道中 …………507
望胎簪 …………508
溻河 …………508
武陽關 …………508
王程 …………508
聞河涷 …………508
雪止 …………509
明港驛月夜 …………509
流民 …………509
感事 …………509
確山遂平道中 …………509
龍駒行 …………510
郭店題四皓圖 …………510
河南嫗 …………510
鷺鷥 …………510
西平道中冰文作花 …510
臨潁作有序 …………511
臨穎道中 …………511
高樓 …………511
落月 …………511
鴞 …………512
開封道中 …………512
開封 …………512
祥符道中 …………512
黄河 …………512
渡河已,與兩兒燒肉野
飲,烈風作…………513
津吏 …………513
輿中卧病入濬縣,望紫
金山不見 …………513
寒夜懷山中諸子 ……513
過滑縣 …………514
竪儒二 …………514
十一月二十二日午,内
黄道中眩墮車,右肩
骨斷。大尹李以理子
爕騎馳三十里過慰,
榻上口占 …………514
養病大名署中,立春日
口占和思蓊韻 ……514

白茅堂集卷之二十

己未康熙十八年 …………515
發自大名縣,是日大風
沙。…………515
成安道中群兒 ………515
邯鄲 …………515
邯鄲旅夜 …………515
沙河烈風 …………516
自沙河至邢臺四首 …516
郭巨廟 …………516
河朔 …………516
沙岡行寄李東皋 ……516
豫讓祠 …………517
趙州老人 …………517
麥科 …………517
滹沱 …………517
南信二首 …………517
定州 …………518

栢鄉光武廟 ………… 518
夢邗溝 ……………… 518
觀燈 ………………… 518
見歌舞 ……………… 518
保定 ………………… 519
安肅蚤發 …………… 519
高碑店故老述舊 …… 519
元夜月 ……………… 519
涿州雪二首 ………… 519
喜遇梅耦長于施愚山坐上，明日耦長以愚山詩卷索和，是日始能力腕，次原韻……… 520
送葉道子之任濟寧 … 520
春分前累日大雪，岳州捷報至。又聞蠲江右逋賦姚給事締虞請也，書示山長，康伯同賦 …………………… 520
附春雪呈大人兼答舒康伯先生顧昌………… 520
撥悶柬王山長 ……… 521
喜遇邵子湘，知故人蔣潁揆老病兼傷，簡蓀楊公 ……………… 521
雪夜懷友 …………… 521
簡孫豹人兼示許先生。先生崇禎六年舉人，康熙九年進士，山居又十稔，今同孫布衣召至 ……………… 521
曹正子園亭偶集 …… 522
感舊柬董蒼水 ……… 522
萬歲山 ……………… 522
遼后梳妝臺 ………… 522
社日耿篪伯招嘗醯酒酥豚 ……………… 522
書康伯卷子有序 …… 523
清明 ………………… 523
寄諸兒 ……………… 523
赤鷹 ………………… 523
黑兔 ………………… 523
曹子清饋藥 ………… 524
柬佺廬給諫 ………… 524
聽友説邊城 ………… 524
報國寺松 …………… 524
耿篪伯贈墨原韻 …… 524
三月朔覲保和殿 …… 524
出體仁閣二首 ……… 525
清宵 ………………… 525
醉爲友題畫册四首 … 525
向愚山乞緑雪茶 …… 525
從愚山得貽上見寄詩帙 …………………… 526
曹選人送蛤蜊丁香 … 526
送耦長游西山，兼致施尚白 ……………… 526
送董舜民游五臺，同青門子賦 …………… 526
四月三日恩旨宣放 … 527
諸子旗亭讌別 ……… 527
留贈送蓼天 ………… 527
答愚山寫别二首 …… 527
附送黄公還山施闰章

…………………… 528
出東便門至渾河，寄答
耦長二首 ………… 528
次張家灣 ……………… 528
猛雨聞雷 ……………… 528
泊天津 ………………… 528
夜雨志喜柬秦補念 … 528
流河二首 ……………… 529
青縣道中見夏雲 …… 529
舟中懷同行南下諸子
…………………… 529
重懷施愚山高阮懷 … 529
夜過滄州 ……………… 529
舟月 …………………… 530
東光道中 ……………… 530
旋風 …………………… 530
故城道中望雲雨不至
…………………… 530
運河渴，仍過大名消夏，
由衛河過館陶作 … 530
大名署中呈思莽 …… 530
大西波爾都加利亞國貢
獅子寳刀歌有序 … 530
庭槐 …………………… 531
懷蔭 …………………… 531
寄懷徐子星聞自荊州回
鄂三首 ……………… 531
雨過 …………………… 532
攻魃有序 ……………… 532
夜熱四首 ……………… 532
旅次憶揚陶雲兼懷令弟
芝田三首 ………… 532
七夕熱 ………………… 533
夜起納涼 ……………… 533
飲何文水署齋 ……… 533
風欲雨 ………………… 533
立秋日雨 ……………… 533
還過内黄，值李以理于
道 …………………… 534
老翁吟 ………………… 534
開州蚤行 ……………… 534
黄河二首 ……………… 534
臨潁旅夜，與兒昌説史，
寄葉四掌院十六首
…………………… 534
野女嘆 ………………… 536
信陽山家 ……………… 536
天中書院二首 ……… 536
汝南道中雜述七首 … 536
汝陽 …………………… 537
郭林宗訪黄叔度處二首
…………………… 537
郾城道中始聞黄鳥數聲，
折荷花一枝車中作玩。
…………………… 538
寄李撿討因篤 ……… 538
黄城山 ………………… 538
羅山道中 ……………… 538
羅山 …………………… 538
纖月 …………………… 539
孝感道中 ……………… 539
楊郙喜雨 ……………… 539
餘霏 …………………… 539
至牛湖，聞黄郡大旱。

有司議抑米價,轉益騰貴,繫憂家口,念徐公相見在即,車中寫懷 …………………539
蚤渡牛湖 ……………540
至鮑店張玉參拜車下 ……………………540
羊蹏山芝有序 ………540
宋高宗御書《孝經》… 540
送輪莽歸長洲,次原韻 ……………………541
聞地震 ………………541
到山園口占示兒三首 ……………………541
壽劉菊水 ……………542
詩句草蟲畫四首 ……542
蜜蜂胡蝶生情性 ……………542
偷眼蜻蜓避百勞 ……………542
一股蟲屍忙萬蟻 ……………542
百須花綮亂千蜂 ……………543
下雉雪柬曹尚白五首 ……………………543
戲題李義山遺事 ……543
曉發富川 ……………543
十一月二十二日夜大雪,兒輩勸飲 …………543
沔陽游雲子贈《天子呼來不上船圖》……… 544
冬晴,讀《賴古堂詩》 ………………… 544
歲暮述病答即山三首 ………………… 544
梅下偶展《梅村集》,《女道士卞玉京彈琴歌》敘中山王女事,又有《過玉京墓》詩亦言及之。當時通州白在湄琵琶曲彈崇禎十七年喪亂狀,梅村亦有詩。己未除夕前一日書 ………………… 544

白茅堂集卷之二十一

庚申康熙十九年 ………… 546
李益三梧桐樹下家僮度曲圖 ………… 546
鉏園暇撿得魏冰叔僖前歲所寄書 ……… 546
兵去,送李因兄之武昌。二首 ………………546
銜泥燕 ………………546
過雨 …………………547
答龔仲震四首 ………547
雨雪俶甚,柬方樓岡 ………………… 547
楊秋屏餽米,徐子星米船亦至,柬謝二公十二韻 ………………547
聞大軍由漢中進復成都,疊前韻………… 547
鴉拔麥,簡即山秋屏

…………………… 548
龔仲震携酒過存，時仲震將之漢陽 ……… 548
壽饒木倩 ………… 548
題芭蕉下團扇美人 … 548
池上夜坐 ………… 548
先生何所爲，答蘇次公郡丞 ………… 549
病中喜昆陵蔣俟齋至，訂病起之約，兼柬秋屏 ………… 549
秋屏、樓岡、任臣、潁揆、賡臣過飲竹亭 …… 549
風雨 ………… 549
故人龍眠子 ………… 550
六十初度秋屏、樓岡、任臣、俟齋、賡臣集窺園分韻 ………… 550
潁揆東下，與三之郢，仲震滯漢陽 ………… 550
又懷蔣卿二首 ……… 550
秋，楚有譁兵，徐方伯攝巡撫，相幾敉戢，亂庶遄已。步韻寄朱大四首 ………… 551
友人俶裝北上，徐公坐之冬日軒中，即席四詩留之，步韻再寄四首 ………… 551
携雨湖雙鯽致友人 … 552
友人携予所餽鯽入高觀堂，徐公即席作歌，戲答原韻 ………… 552
高處厚、張石虹携酒問疾，步處原韻二首 ………… 552
步石虹韻二首 ……… 552
俞將兄弟 ………… 553
黑隱文作《張顛看舞劍器圖》見贈，徐逸莽題長歌，倚醉和之…… 553
毛客山會建移具見過，酒半拈韻走筆和 … 553
答廬陵趙國子原韻二首 ………… 553
子星送名酒雉兔羹料等物，次來韻………… 554
李鏡月自西陵返武昌，述三游洞之勝，次韻 ………… 554
立春夜柬子星 ……… 554
聞子星緩步行春是夜皎月 ………… 554
友人送炭 ………… 555
雪夜書贈游雲子、黑隱文二處士，二子各作夜雪共醉圖 ……… 555
舟中再疊前韻寄子星 ………… 555
小除夕風雪繫船漢口 ………… 555
辛酉康熙二十年 ………… 555
撿書得王黄湄去夏關中所寄詩次韻 …… 555

附夜坐長歌奉懷　郃陽王又旦…… 556
懷子星二首 …… 556
答許荆山 …… 557
菊以不落爲德，俗傳介甫詩句謂“黄州菊瓣落，石城作長歌”，不知其實無之。予適在黄，賦《君不見》一章 …… 557
巴河柬友 …… 557
過袁三山茅齋，哭王寶臣 …… 557
五日客臨皋，猛雨。三山年過八十，不笠而至，携酒賦詩，率次原韻 …… 558
金會公寄長歌惠紈帶等物奉答 …… 558
送陳帝侯鄉試 …… 558
送李君之滇緬四首 …… 558
點定張長人新詩畢 …… 559
歸舟 …… 559
還家對月 …… 559
藥園柬何雲子可化二首 …… 559
紀虎 …… 559
李東皋游越，得舊制舉文四首，索長歌…… 560
江雪 …… 560

白茅堂集卷之二十二

壬戌康熙二十一年 …… 561
大軍滇南凱旋復征海 …… 561
見龔端毅公《送陶季深歸汴梁詩》“至今楚宫人，結束自言好。”公自注：懷赤方也…… 561
附和黄公　徐惺…… 561
二月十四夜月把酒懷子星 …… 561
對雨 …… 561
月 …… 562
趙子昂水墨卷子明皇詣五陵望金粟岡圖 …… 562
寄汪悔岸 …… 562
淫雨少霽 …… 562
曉晴 …… 562
立秋 …… 562
夜熱 …… 563
贈蔣慎齋 …… 563
秋江 …… 563
致雪上座向蘇别駕乞鶴 …… 563
飼鶴 …… 563
李邁庵偕雪嵩問疾，邁庵示所撰《花間詩餘》。 …… 564
野燒 …… 564
送燕 …… 564
寄劉愚帆孝廉 …… 564

棗輪閣招蘇别駕 …… 565
銷甲 …………………… 565
懷蔣慎齋永修 ……… 565
晞髮 …………………… 565
答康伯問字説 ……… 565
健兒 …………………… 565
撿篋見梅淵公清前寄短札并天延閣詩集 … 566
讀淵公北渡詩再賦 … 566
寄施愚山 …………… 566
懷麻城梅九 ………… 567
忽憶陶元酌 ………… 567
王氏侄棅書來説阿翁日坐竹中,覔閒人談野史耳。喜寄倜庵表弟并招之 …………… 567
寄龔千谷 …………… 567
懷曹子清 …………… 568
江行 …………………… 568
子星餽冬服貂煖耳 … 568
集即山樓步子星韻二首 …………………… 569
書樸園遺墨有序 …… 569
酒間答石虹 ………… 569
和潘太丘《婕妤怨》… 570
聽行僧槌椎 ………… 570
李因兄四友圖步即山韻四首 …………… 570
張翰五石圖爲卓侖題 …………………… 570
程頌年殘荷孳尾雁圖 …………………… 570
重九後一日,李因兄、徐卓侖踏月過飲寓樓。明夕漏下一鼓,各以詩至。把酒口占,令兒昌書之。原韻二首 …………………… 571
步石虹聞雁韻三首 … 571
聞汪舟次楫出使琉球 …………………… 572
漢陽太守行 ………… 572
哀葉訒庵寄九來道子淵發蕃九 …………… 573
答葉蕃九兼寄江南于制府 …………………… 573
附賦呈黄翁先生 崑山葉澤森………………… 573
見賣雁 ……………… 574
見烹雁 ……………… 574
野鴨 …………………… 574
醉歌答友人 ………… 574
留别徐公 …………… 575
江夜 …………………… 575
讀屈太均烈皇帝御琴歌 …………………… 575
懷陶季深 …………… 575
舟蚤 …………………… 576
寒晚懷即山 ………… 576
把酒放歌 …………… 576
借周屺公評選宋元詩夜讀 …………………… 576
聽屺公論予詩并説游華岳狀 ………………… 576

屺公别後，暮雪得袁三山書并詩 …………… 576
壽王恂度 ………………… 577
寒山風雨夜 ……………… 577
大雪 ……………………… 577
收雪 ……………………… 577
銘湘妃竹杖 ……………… 577
除夕 ……………………… 577

白茅堂集卷之二十三

癸亥康熙二十二年 ………… 578
人日大雪，見小兒書韓退之詩，有“崩騰排拶波濤飄揚譁譁陰機”等語，不覺失笑，戲步六一翁潁州韻一首 ………………… 578
又步子瞻聚星堂韻 … 578
兒昌讀書太平寺 …… 579
寄金會公德嘉 ……… 579
題歸高士畫竹 ……… 579
烈婦行有序 ………… 580
懷李欲仙 …………… 580
玻璃方鏡曹子清贈 …… 580
春夜 ………………… 581
大風雨無酒 ………… 581
憶兒昌山寺且招之 … 581
寄卜簡莽陳彝 ……… 581
二月十六夜示兒 …… 581
和友人花影五首 …… 582
放魚 ………………… 582
寄題子星東田五首 … 582
紅心白芍藥俗名西施吐舌 ………………… 583
懷楊秋屏黔中 ……… 583
春分 ………………… 583
不糝羹 ……………… 583
恒雨 ………………… 584
聞友人在廣陵 ……… 584
多鼠 ………………… 584
戲和梁溪蔣路然見鬼行書黃恭臣鍾馗按劍圖 ………………… 585
贈詩僧方澹 ………… 586
廬山陸道士 ………… 586
新夏 ………………… 586
爲友挽歌 …………… 587
賦得常懷千歲憂 …… 587
四賢詠有序 ………… 587
范蠡 ………………… 587
張良 ………………… 587
李泌 ………………… 588
陳遇 ………………… 588
偶咏五高 …………… 588
司馬相如 …………… 588
班彪 ………………… 588
徐幹 ………………… 588
左思 ………………… 588
索紞 ………………… 589
寄兒昌 ……………… 589
簡州刺史張六庵 …… 589
病甚寄石城 ………… 589
龔柏子獨過湖問疾，託寄詩石城 ………… 589
六悔有序六首 ………… 589

述目 ………………… 590
閏月十一夜喜子星至自武昌 ……………… 590
子星破曉問疾，口占 ………………… 591
附即席原韻六首 徐惺 ………………… 591
答子星 ………………… 591
又簡 ………………… 591
十三夜坐月將曉奉簡二首 ……………… 591
十四夜月二首 ……… 592
十五夜月是日立秋二首 ………………… 592
附奉和二首 徐惺 …… 592
十六夜月滇黔凱君過江上 ……………… 592
送子星還武昌 ……… 592
立秋後二日夜半，烈風猛雨震電約二時許，擁衾十六韻 ……… 593
病中聞愚山病 ……… 593
病起，簡雪上座訂湖游 ………………… 593
湖晚二首 …………… 593
遣兒歷之黄梅婦家 … 593
寄張石虹有懷王茂衍孫蔚 ………………… 594
寄蘇元眉郡伯 ……… 594
送人之衡陽 ………… 594
懷劉菊水任常德 …… 594
殘荷 ………………… 594
七夕 ………………… 594
秋日 ………………… 594
陰兵篇中元前夜作有序 ………………… 595
聽蟲 ………………… 595
贈不昧 ……………… 595
兼山過草堂出贈山水册子 ………………… 595
題兼山《雲中廬嶽圖》 ………………… 595
從秋屏楊公得蔣侯齋訃 ………………… 596
理舊詩見晦山願雲大師評語 ……………… 596
夢董蒼水 …………… 596
答葉九來 …………… 596
荆南四首 …………… 596
觀石藩生倣予書因訂菊醉 ………………… 597
郃陽王烈女墓表歌有序 ………………… 597
錢舜舉宫人教鸚鵡圖 ………………… 598
懷等觀 ……………… 598
寄吴萊陽瑾 ………… 598
書趙昭儀傳 ………… 598
書班倢伃傳 ………… 599
未央瓦硯歌 ………… 599
老人 ………………… 599
久不晤澹巖先生 …… 599
見紅葉思訪康伯東衡山 ………………… 599

慰王恂度 …………… 600
聞鶴 ………………… 600
上冬二十七日喜故人陶季深至 …………… 600
附戊午秋喜顧赤方書至陶澂………………… 600
虎卜圖 ……………… 601
哭施愚山 …………… 601
雪花二首 …………… 601
始雪三首 …………… 601
木冰二首 …………… 602
懷雪嵩方澹兩禪士二首 ………………… 602
苦寒 ………………… 602
待酒 ………………… 602
苦冰 ………………… 602
喜張長人過 ………… 603

白茅堂集卷之二十四

甲子康熙二十三年 ……… 604
梅卧 ………………… 604
酹亡僕有志 ………… 604
元宵口號五首 ……… 604
杏花 ………………… 605
驚蟄雨 ……………… 605
山茶梨花 …………… 605
海棠林禽 …………… 605
桃花 ………………… 605
李花 ………………… 605
琇毬花 ……………… 606
梨花 ………………… 606
晚梅 ………………… 606
紅花郎 ……………… 606
松花 ………………… 606
蒲芽 ………………… 606
花落 ………………… 606
賞落花 ……………… 607
元妙觀玩月 ………… 607
酒渴不寐,曉起見東皋詩。 …………… 607
菴鵝偶次杜少陵《雞栅》韻 ……………… 607
漁竿 ………………… 607
僧篘 ………………… 608
燈花 ………………… 608
巧舌 ………………… 608
同雪上人聽鵑 ……… 608
鄉儺 ………………… 608
子弟二首 …………… 608
上弦月 ……………… 609
母子鵝 ……………… 609
偶作 ………………… 609
哭思庵兄 …………… 609
書陶季深詩集十韻 … 609
讀季深福州食荔支詩 ………………… 610
文征仲書楊鐵崖與先玉山花游曲册子,戊子歲見之吴門,想見至正太平時。今讀季深詩,嘆賞其工,補和之……… 610
架格行 ……………… 611
雨後 ………………… 611
豔詩爲友人 ………… 611

即事贈蘇元眉二首 …… 611
三月二十六日《説字》起草成，夜大雷雨，紀夢 …… 611
五峰磬石歌 …… 612
木假山歌 …… 612
關帝廟 …… 612
五月十三日暮雨 …… 612
折蓮 …… 612
暑 …… 613
望回山 …… 613
拆湖 …… 613
挽江南于督府成龍 …… 613
葡萄 …… 613
泊長圻塝風雨 …… 613
巴河舟中 …… 613
過西塞 …… 614
鷺 …… 614
鷗 …… 614
浮漚 …… 614
釣 …… 614
書酒媪蒲葵扇 …… 614
蚤雁 …… 615
鄭肯厓先慶過訪 …… 615
八月十四日哭殤孫得熊昌之子 …… 615
聞幼鐵將至 …… 615
送友人游南嶽 …… 615
兒昌歸二首 …… 615
舟中調猢猻 …… 616
月下芙蓉 …… 616
季秋一月無風雨 …… 616
答李因兄過蘄風雨阻訪原韻 …… 616
題藥地畫松 …… 616
再得季深書 …… 617
曝竹蕈半寄子星，題十二韻 …… 617
風波港望道士洑 …… 617
七磯雨通夜 …… 617
礬湖口 …… 618
贈子星山猿 …… 618
壽道公 …… 618
即山牡丹、芍藥二會在春季，僕十月始至，遍讀名篇，續十韻 …… 618
坐晚霞閣，步子星韻三首 …… 618
壽奴鹿 …… 619
即山樓逢秣陵孫郎粤中至二首 …… 619
夜話龔端毅公詩句，用韻志感，同子星賦四首 …… 619
爲龔端毅請祀浠川，次子星韻四首 …… 619
答子星讀予詩 …… 620
附讀黄公《茅堂詩集》徐惺 …… 620
次瀹菜韻 …… 620
步一韻補之 …… 621
陳山人畫一老張口過橋 …… 621

閨雪圖 …………………… 621
立鷹圖 …………………… 621
倚柳圖 …………………… 621
倚梅圖 …………………… 621
寒夜子星携酒 ……… 622
題黑隱文倣石田山水，即爲隱文壽 ……… 622
東魯峰 …………………… 622
雲綬寫予小像 ……… 622
風雨子星詩酒至，同兒昌侄維禎次韻 …… 622
山樓看月次韻二首 … 623
桂實堂言别二首 …… 623
同維禎昌醉潘氏五芝堂 …………………… 623
泊夏口懷子星韻 …… 623
同等公夜飲秋影樓，讀其近作詩餘 ……… 623
贈金亮言 ……………… 623
山僧説靈虬茶 ……… 624
雙雁 ……………………… 624
獨酌 ……………………… 624
晚雪 ……………………… 624
與雪澹二上人讀即山詩 …………………… 624
示幼鐵因致申梅江 … 625
照水梅九首 有跋 …… 625
二十八日大雪二首 … 626
松陵吴漢槎兆騫，江南才子。予未識其人，愛其文，近聞自關外贖還，志喜………… 626

白茅堂集卷之二十五

乙丑康熙二十四年 ……… 627
大雪懷雪嵩雪岸二上人 …………………… 627
雪甚 ……………………… 627
惜雪二首 …………… 627
鴨 ………………………… 627
晴郊 ……………………… 627
述感 ……………………… 628
臂痛二首 …………… 628
山城 ……………………… 628
暮雨懷季深幼鐵有約不至 ………………… 628
琵琶歌 ………………… 628
菜薹 ……………………… 629
客言夜行見神鞫虎，遂記其事二首 ……… 629
趙子昂八駿圖 ……… 629
湘靈鼓瑟 …………… 630
詠荆軻 ………………… 630
懷即山 ………………… 630
白雲山訪龔百子四首 …………………… 630
龔莊夜雨 …………… 630
江夜行 ………………… 631
溯流入蘭溪，偶携畫册展對，念此趣可與嵓耕共，題一律贈之 …………………… 631
等公壁倪鴻寶山水大幅無舟帆，人物甚高致 …………………… 631

苦雪戲柬欲仙 ……… 631
尋第三泉 …………… 631
尋緑楊橋 …………… 631
步月 ………………… 632
雷霆 ………………… 632
答丁燕公 …………… 632
同等公塘上步 ……… 632
夢醒 ………………… 632
蘭溪 ………………… 632
穀雨 ………………… 633
草堂 ………………… 633
入夏 ………………… 633
孟夏 ………………… 633
廣濟道中 …………… 633
題王恂度柳舟二十二韻 ………………… 633
漸鴻載酒見過 ……… 634
登靈山，一名靈谷，風雨忽至，簡恂度……… 634
鳳凰山下岳喆故宅 … 634
五里橋文家 ………… 635
藕灣別張長人後寄二十二韻。 …………… 635
寄鄭肯堂 …………… 635
湖夜 ………………… 635
湖月二首 …………… 635
夜大雨震電 ………… 636
五日篇二首 ………… 636
酒間戲作謎體十二首 ………………… 636
李嵩觀潮圖，追和玉笥生 ………………… 637
不得徐公信四首 …… 638
大雨 ………………… 638
藕花 ………………… 638
蝦 …………………… 639
宣德皇帝水仙緑萼畫 ………………… 639
貪鵲行，紀異也……… 639
憎蚊 ………………… 640
聽蛙 ………………… 640
三洞 ………………… 640
陽邏大士閣 ………… 641
雨後望江山，次即山韻 ………………… 641
醉竹影亭次韻 ……… 641
鄭谷口篁 …………… 641
夜大風雨同道公 …… 641
即山夜過次韻 ……… 641
携酒豆花下聽秋蟲，雪上人采花爲供 …… 641
翠微堂納涼次韻 …… 642
請邁種叔損詩 ……… 642
滋陽橋汎月二首 …… 642
七夕苦暑，與子星此山堂限韻 …………… 642
江門落月 …………… 642
贈陳子山叔堅兄弟，兼致令尊省齋 ……… 643
閣上見雲峰甚奇 …… 643
閱李屺瞻詩 ………… 643
題畫二首 …………… 643
果老倒騎驢圖 ……… 643
趙嵩雪馬管夫人蘭竹

爲一卷 …………… 643
黄鶴樓望風色 ……… 643
聞一道人有序 ……… 644
喜北山至，聽誦新詩 ………………… 644
谿東田晚歸東山 …… 644
絶句 ………………… 644
中秋卧病，石城以詩見慰，如體步韻……… 645
子星綸霞過空香閣，次子星韻 …………… 645
次唐六如天香月姊圖韻 ………………… 645
徐果亭集黄鶴樓 …… 645
寄題王咸中堯峰石塢五勝 ………………… 645
妙高峰 ………… 645
響山 …………… 646
百丈松 ………… 646
竹逕 …………… 646
藤門 …………… 646
次高謖苑九日醉歌韻 ………………… 646
贈唐鑄萬 …………… 646
果亭再集吸江閣，步子星韻四首 ………… 647
即山招同謖苑、咸中、玉符、果亭、鑄萬、北山集桂實堂，客散再奏樂聽雨 …………… 647
答謖苑留別 ………… 647
題畫 ………………… 648
次石城扇面贈別韻 … 648
關西房貞靖表忠碑前雙白松圖 ………… 648
即山置酒話別 ……… 648
歸舟 ………………… 648
紀盛二首 …………… 649
十月七日晴暖，百菊正放，與兒輩拈得十四寒，偶擬天池體得百二十四句 ………… 649
連夜夢 ……………… 650
送果亭歸崑山 ……… 650
得金會公張石虹書寄答 ………………… 650
白雞 ………………… 651
夢見 ………………… 651
劉倩廣成自武陵省父歸 ………………… 651
病中長至喜季深自荆州歸實應，停舟見訪 …… ………………… 651
酒間託季深寄王幼華 ………………… 652
別季深後 …………… 652
贈姚陟山 …………… 652
月食詞寄徐公三首 … 653
不得因兒書 ………… 653
讀東皋八十自壽詩，步八韻增四 ………… 653
送方澹還靖明山二首 ………………… 653
歲除 ………………… 654

白茅堂集卷之二十六

丙寅康熙二十五年 ……… 655
元旦試筆 ……… 655
江泊大雪 ……… 655
元夕 ……… 655
元夕後一日至東山小隱 ……… 655
夜大雪霰四首 ……… 655
與即山談鬼 ……… 656
送幼鐵粤游 ……… 656
久雪初晴,同毛會侯飲徐電發寓齋,出豔情本事詩,讀竟夜 ……… 656
電發楓江垂釣圖四首 ……… 656
次電發東園漫興韻六首 ……… 657
晚梅下同會侯次即山韻 ……… 657
爲毛會侯題雲林卷子 ……… 657
湧月臺 ……… 657
望長春寺前後桃花次韻 ……… 658
高觀山再看桃花次韻 ……… 658
春分前一夜風雨始雷電,枕上讀即山《約來日候桃花詩》……… 658
風雨甚念雪臺上桃花 ……… 658
月下聞笛見雁行 ……… 658
爲軒前牡丹奏樂催妝 ……… 658
清明日和即山韻 ……… 659
招邁種叔損看細雨牡丹 ……… 659
雨中餞海棠 ……… 659
雨中玉蘭 ……… 659
步月竊聽因兄琴 ……… 659
李廷珪墨歌 ……… 659
蘭 ……… 660
題叔損述悼詩 ……… 660
臨春結綺圖 ……… 660
望月湖 ……… 660
贈友人 ……… 660
梁谿五田弟嵘游襄陽 ……… 661
觀妓 ……… 661
題《坡仙杖笠著屐圖》 ……… 661
桃花源圖 ……… 661
江漲 ……… 661
夜涼 ……… 662
雨至 ……… 662
秋水 ……… 662
寄汪苕文琬 ……… 662
書顧宸《杜律注解》… 662
觀洞庭戰圖 ……… 662
書武進陳撿討維崧遺集四首 ……… 663
山齋漫興 ……… 663
散步 ……… 663
蟹雁 ……… 663

九日雨 …………………… 664
香煙 ……………………… 664
蟋蟀二首 ………………… 664
咏三隱二首有序 ………… 664
吴瑛 …………………… 664
林敏功敏修 …………… 665
咏孔嵇二首 ……………… 665
贈陳兑侯 ………………… 665
湖村 ……………………… 665
魯肅灣 …………………… 666
十月戊寅二十七日夜大雪震電 ……………… 666
己卯日大雨震電 ………… 666
赤東湖罾船歌 …………… 666
答田餘庵慶年 …………… 666
答謝田宣慰 ……………… 667
四季薔薇 ………………… 667
太息 ……………………… 667
臘月十七日乘風二百四十里舟中作 ………… 667
是夜月 …………………… 667
書丁勖庵《垂釣圖》 … 667
歲仲謙、龔千谷二節使載酒過東山，招同錢飲光方與三觀陳多演劇，次飲光韻 ……………………… 668
除夕共子星 ……………… 668
丁卯康熙二十六年 ……… 668
約游東田阻風雪，是夜觀伎 ……………………… 668
積雪喜晴東即山 ………… 668
上元前四日壽龔千谷十二韻 …………………… 669
上元日同因兄燕丘兒子昌訪洪山巖公，山在城東南五里，寺名寶通，大司馬三韓張公方伯石城徐公修于康熙丁巳戊午歲，金碧洪麗，武昌諸刹第一十韻 ………………… 669
送輪庵同公 ……………… 669
千谷招同諸公盛集開遠堂分咏 ………………… 670
讀丁澹汝《問山集》，喜贈 ……………………… 670
送丁勖庵游衡嶽 ……… 670
再題勖庵《垂釣圖》，即送其游南岳。 …… 670
鵠山望桃柳二首 ……… 671
贈李相如恕 …………… 671
和輪庵山陰寒溪十咏原韻 ……………………… 671
瀑香橋 ………………… 671
寒溪 …………………… 671
蓮池 …………………… 671
風篁逕 ………………… 671
龍潭 …………………… 672
挂月堂 ………………… 672
分雲館 ………………… 672
堆藍室 ………………… 672
聽虎軒 ………………… 672
響閣 …………………… 672

輪公游大理後歸寒溪，
用梁玉立韻送之 …… 672
題程子猷畫二首 …… 672
書王黄湄遺集 …… 673
春分後一夜雷電通曉竟
不雨 …… 673
春夜雨六咏和因兄 …… 673
疏星雨 …… 673
夢破雨 …… 673
鵑月雨 …… 673
簷花雨 …… 673
佛燈雨 …… 673
山木雨 …… 673
贈王琴伯梓 …… 674
雷雨 …… 674
書贈徐公子 …… 674
送王擔人還朝 …… 674
題子猷畫 …… 674
寄題常熟嚴墅五咏 …… 674
天語樓 …… 674
平野堂 …… 675
耕古居 …… 675
貪佛閣 …… 675
覆花軒 …… 675
雷雨曉起 …… 675
夜飲問即山 …… 675
送蔣京少歸陽羨 …… 675
江棹 …… 675
初暑 …… 676
林檎 …… 676
五日廢苑龍舟 …… 676
雨後得月 …… 676
讀安陸郡司馬張夏鐘母
陳太安人行狀時，司
馬詿誤赦後，猶以交
代羈留，詩以慰之
…… 676
懷即山 …… 677
讀定山堂甲申存藁，痛
哭之餘，起書二律二首
…… 677
過梵宫見閻古古遺詩
四首 …… 677
挽王山長岱 …… 678
題友人湖居 …… 678
望江外雷雨 …… 678
雨散 …… 679
采蓮女 …… 679
煙墩 …… 679
大赦 …… 679
六月苦旱寄徐公 …… 679
七夕前三日 …… 680
病中見月 …… 680
瘧七十日詭能閃屍垂死
矣，李因兄自高觀賫
即山先生書藥至，枕上
執手，涕泗横流。次日
寒熱又大至，少退，口
占呈因兄，權慰即翁
…… 680
口占題青溪老人《秋山圖》，
未成句 …… 680

白茅堂集卷之一

蘄州顧景星黄公著，男昌校輯

賦

夏萼賦有序

崇禎丁丑，予年十六，見楊用修《雁來紅賦》，未盡體物之妙，別擬此作。甲申，居吴門，春晚多閒，偶憶其略，録之。

朱炎始升，青陽方謝。繁英既披，賸花未卸。感榮藹之芳時，續蓓蕾於始夏。表春餘以孤花，留不盡於造化。則有藴露韜霞，繼蒂函葩。鈴旛緩撤，罳網新遮。數枝杜曲，幾樹韋家。遠望迫視，旖旎柔嘉。何芳心之内固，雖過時而轉佳。深藏斜蘸，掩映交加。隱亶妓於緑箔，隔融姬於絳紗。思展轉之未得，愧彷像而愈遐。有若三五名娉，二八姹女，荳蔻初含，丁香未吐。寶襪束兮香羅，密態陳兮芡乳。下鋸鉞於紋牕，警葳蕤於繡户。苞孤芳其弗明，襲瓊姿而獨處。破朱脣以微歎，頩薄怒而不語。又如名園流覿，秘院驚逢。封情忍思，去聲。抱媚懷忡。側若歛兮，班孃自屏於團扇；婧欲留兮，河陽故露於障風。或仰而企江媵，待年於氾水之上；抑俯而就秦娥，卷衣於嬴帝之宫。爾乃朱紫異色，珍琲分光。卓兮獨立，避若迷藏。其柎之未萼也，鉤弋雙拳之握；其房之乍決也，徐妃半面之妝。

竹下聽風賦

吾廬有竹萬竿，嬋娟團圞。葉則英山之籥箭，筠則雷州之黿斑。春發篬萌，夏乃成竹。鸞尾般沙，龍牙疏率。於時秋也，曳杖獨往，于岡于陵。梧桐盡落，蜩螗不鳴。斥回群吹，別奏清音。簳敲若欬，梢仰如伸。背風夭屈而如笑，逸韻悲涼其若吟。僁僁屑屑，切切楚楚。

露滴苔承，飈過籜走。疑草根之行潦，流砂礫之微聲。動茅屋之夫妻，商米鹽於夜雨。是宜幽人之耳，往聽陰磵之間。疾徐本乎天籟，亢隊遜其自然。又豈羡夫弘景之匏笙、中郎之柯椽也哉。

猨臂骨笛賦

牝猨善嘯，嘯極三聲。情多惜别，愛重同生。音起群聚，啼斷悲凝。宫商含吐，亢隊分明。長股善走，通臂能攖。連飲黝澗，高攀白雲。千歲變化，蒼黄色更。麻姑髮緑，秦女毛青。留環何日，舞劍遂停。堪憐細骨，重帶餘清。制爲尺八，豈數柯亭。非同鐵玉，不比簫笙。當夫夜静江鳴，瀑響山深。雲生龍起，月上烏驚。試使征南按弄，汝陽賞音。噭然一奏，乍醉若醒。遂有木客吊影，山鬼招魂。三峽流雲，如聞離緒。洞庭方響，躍出波心。

我所思兮在湘沅，黄羆赤豹兮游其間，煙朋露侶兮維靈猨。繇基矯矢兮莫害其天年，何緣遺蜕兮發清齺於自狀。既聲停而韻寂兮，若攡條長嘯，攀援虖吾前。

聞蟋蟀賦

小院秋深，疏雲夜永。風不驚枝，月來弄影。凄凄兮愁人，切切兮何聲。吟草根而不穩，近床下而相親。銅虹皴青，錦衾色黯。笑妾眉頻，羇人夢轉。誰家明鏡悄更衣，何處流螢入綺幃。金籠催送師臣第，繡毬争圍葛嶺姬。亦有蕩子循牆，狡童窺隙。似丈人之承蜩，若李謩之聽笛。羽振振兮乍歇，股趯趯兮旋失。匊地得空，一跳兩尺。始如脱兔，瞥爾滅跡。敗意幾多，收功萬一。養之得宜，鬬乃克敵。

流蘇花勝耀門楣，雕盤鏤栅辨雄雌。大署紅羅秋興字，巧裁織錦斷腸詩。騷人别覺意難忘，涼風窸窣步空廊。遮莫青蛙當鼓吹，遮莫黄鳥勝笙簧。階前草滿生意足，屋梁月落幽思長。試看寶石一作保叔。巖邊樹，荒榛無復半閒堂。

茉莉賦

素馨茉莉，類同種異。或復或單，木一藤二。擢冰之華，削玉之腴。蕙跂虢股，瓣剥葯膚。清露晨流，疏桐夕蔭。潔沁芳心，温親霧鬟。欄杆月轉，池館風來。梢明霰集，水影星猜。濯素波兮娿姬，援弱腕兮徘徊。於時銀鏡斜安，金縷對串。燭滅履交，釵留纓斷。蕾乳纍纍，翹英颭颭。青蟲暗而簪横，丹烏過而珠爛。裾華山之敝膝，抛長門之團扇。合德之生香有餘，環子之助嬌何限。任萬蕊與千葩，必此花兮爲冠。

噫吁戲！草木便佞善爲妖，雒陽牡丹誰並嬌。長寿街東郭令宅，只今惟見草蕭蕭。

桂賦有序

先贈光禄大夫柱國少保兼太子太傅禮部尚書桂軒公佝耄年樂道，放情山水。植山桂數株，槃沙茷骫。久矣，孫監察御史公潛增植之，名其堂曰“展桂”。幾二百年，墓木已抱，高臺遂傾。兄存貞天性孝友，悲不自勝，恐憂能傷人，不復永年矣。因即桂爲賦，以廣其意。歲旃蒙作噩月之陽。

有賁嵎之嘉樹，植君子之玉堂。偕申椒兮比性，頡皇橘而同芳。既磐峙以僻處，又豐融兮鄉陽。姿葳蕤而懷風，質耿介而傲霜。爾其增叢合浦，移根南國。素節凝脂，滲膏鬃柰。緑枝芬夷，白華嫣馥。當夫句芒持令，衆草發顔。熙榮蓷扈，茜蕊殷鮮。樹無陳葉，水瀅清泉。遊人陌上，采女桑間。或臨水滋，或處山顛。幹惟守素，萼不競妍。

若乃炎精流燿，融金鑠石。蘋藻乾枯，蘧荷卷翕。箬篔改膚，樅檜無色。冷風忽來，條條習習。箕踞長懷，俯仰何極。白露既降，百草靡委。鳴蟬墮枝，寒雁在水。繚欙連蜷，緤葉繙纚。攀條長嘯，山阿誰子。霜威漸厲，天气嚴凝。千林脱影，萬木無聲。左扶君遷，右顧女貞。凍鳥藏瘦，蟄蟲託根。時既違兮不暴爍，時既至兮不乍榮。

爾乃合生剛陽，分靈月窟。虚谷叢黝，斜嶺孤壁。幽厓迷景，陰蘿掛霸。瞥見羽人，時來木客。若夫皋涂招摇之山，交趾羅孚之野，甘泉靈波之殿，栢梁辛橑之宇，恢怪瑋麗，不可勝數。爾其垂柯櫚霤，列蔭亭側。上滃灪而雲幄，下翢翾而幃襞。竹户蕭瑟，井甃滴瀝。横古今于階庭，披瞿聃于黽夕。鬖髿磡下苔，蒙籠坐旁石。忽焉人遠，傷哉代隔。

於時金風奏涼，璧月瀏皎。望霧露而如膏，映菁蔥而更晶。於惟桑梓之義，不墜栽培之好。傷燹火之遽摧，幸喬木之是保。桓司馬之二柳堪悲，杜拾遺之四松猶小。于是周廊開址，達於磵澨。老榦布濩，密蔭榱橑。葉三脊而圭起，華四月以萩莎。朝浥璚露，夕麗金波。懷王孫於巖畔，恤放客於岑阿。賡反招隱之倡和，當置酒之歌。

歌曰："貧賤既不易，富貴良獨難。君觀市朝客，促促當何懽。蒲柳望秋落，蕣華及莫殘。山中有芳樹，日夕聊盤桓。"

又歌曰："尚長號遁世，禽慶偕遺榮。窮達有真命，治亂無常形。亶飲宜城酒，莫操雝門琴。壯年知自愛，努力希令名。"

僕歌既畢，兄乃起舞。捐憂釋顔，汗涣恙瘉。帣韝抙席，鞠䐡上壽。請事斯言，願託不朽。

愁賦有序

顧子遭時不令，行吟焦悴。狀貌羸痼，形神茹恖。慈母既逝，内失所天。生人之情，汩焉欲盡。讀屈原《遠游》之作，誦曹植《釋愁》之文，則又委命大數，放志遐廓，抑亦存性捐慮，彊生愛死之一端也。然而愁之爲狀，斯已酷矣。因爲賦曰：

唉嘘嘻！愁之爲狀也，糾軋錯碎，與物藼蒯。引之一端，萬縷紛絓。去來無方，不可迎解。盤中勃谿，似食斯餲。高不上臆，卑不下帶。影形或違，是物恒在。兀坐至莫，五孔最會。魚臨雞視，搖髀注喙。顧影窺罅，若有捕逮。三方流瞋，獨缺左背。仰椽書空，時竊唾誶。舉步溓食，屏處墊隘。搏膺摽擗，引指刻畫。掀脣乙舌，鉤爪摭齘。頷嗛若削，胸俯若噦。額文九折，魚尾雙絓。申吭爨欷，舒息欠欬。會厭嚨嘲，不病而憊。朱顔黧黯，白日黪黩。精爽閉結，日見痼瘵。雕鎪包絡，衝犯華蓋。肴觴盈迮，衾枕留壖。台光失靈，皓華是厲。煩瞀攻中，託狀瘮寐。閒碁閃屍，中有大怪。辭窮樂廣，辨噤衛玠。未暇旁征，直舉厥態。

誶曰：愁爲腐兮予爲胆，攢咂愁竃兮不复知。愁爲實兮予爲螬，噣蝕愁核兮不自療。葉，平聲。薶愁地下兮愁地厚，寄愁天上兮愁天高。大道既隱兮義命則爾，誓將去汝兮終逍遥。

高絚賦有序。梁伎舞有高絚，音"亘"，平聲，又音"登"。今走索戲也。

孟大將軍美人請賦

後都盧尋橦之炫憒兮，迺忽設此殊觀。植尋仞之文棨兮，絿彩靭雜紞絚其間。夫何佳俠之容裔兮，振龍鸞之素紈。始凝睇以危立兮，若三軍鼓作而戒嚴。攬珠袚其摇曳兮，擬跕躧猶未安。奮鞮芬之狄香兮，躡輕蹻何姑姍。旅平眂甫疑慄兮，忽衆變而引顧。初跬跋以登進兮，猝接武而不前。儵趨騖而却走兮，步寧失夫邯鄲。斂紉佩之禄褳兮，回長袖之襜襹。俛盱瞑以頞頨兮，隐微笑而不言。落花遊絲相附而上下兮，抑輪巧長綟之繫虗風鳶。既若雅舂而乍擿擲本字，《六書統》。兮，粉褦裒衺而下縣。豈金谷之隕恨兮，俾觀者損心憪憚而汗顔。纚長帶以鶣鷅兮，儗明虹之飲于霽川。蒼熊玄猨倒經于危柯兮，蜚生黠鼯驚度乎枝端。羚羊角掛而無跡兮，復周周屈尾以自銜。展窮袴之柔靡兮，恣踁膝之鉤騫。習升降以横噉兮，恍天姥之教乎皇軒。瞥植跂以暫顧兮，奮雙翼以孤騫。側濃鬟之倭墮兮，流香影於風煙。象趙后之揚袂兮，漢帝臨風而繫仙。歇簫笳之嘈雜兮，偃羽旆之翩翾。清哇欻其嬌唳兮，哀鸞獨鶴呦嘖乎九天。俯繞欐之秦娥兮，陋遏雲之薛譚。極艕躭之窮技兮，終奏儛于七槃。遽折腰垂手之嫿拙兮，奚柘枝蹋摇渾脱之足觀。下逶羸若無能兮，遠不可乎犯干。竊嘽啃以歎惜兮，焉知美之所瞻。

誶曰：撫案下兮衽交竿，敬無妨兮靚安閒。肆越席兮宜朱顔，性和適兮侍君問。高不危兮神以閒，君愉穆兮永盤桓。

獲神龜賦有序

元默執徐，陽朔己亥，僕夫餘汲覯異龜於金沙之滀，厥大若錢。延頸四顧，有聲若蟬。脊平不圜，腹凹不平。腰甲曲折，且能屈申。黝瑩比璧，首足鍮金。獲登橐中，經夕啓眎而橐空矣。今夕丙午，水宿於辰，大人寢焉。蓋千歲之物，託之應感，以示變化者也。恭惟上壽，得其禎祥。搯簡呈賦，文不加點，筆不暇注。

夫何一神龜兮，秉玉衡之微芒。腹圓穹以象天兮，體正色于北方。恣輕趕以容與兮，迺般辟虖都梁。覆白雲之輪菌兮，衛紫跗之蓍莖。極五銖之匼匝兮，實千歲之靈長。運轉運而殺四時兮，目左右而媲陰陽。背平隆以瑩熒兮，甲屈折而翕張。涵北斗與南辰兮，羅五星及八風。維王人之上瑞兮，胡見惪于痗鄉。僕夫行而獲此兮，猥辱處夫括囊。緊靈物之炫幻兮，羌倏存而欻亡。遐吉人之宵兆兮，感至誠于神明。覯玄裳之萃止兮，駉恢台以旁唐。招偓佺與洪厓兮，棄鮮雯而上翔。拂蜺嬰以螇蜿兮，曾不可虖相羊。届崇竃而示異兮，神與我虖何祥。爰啓匱而筮之兮，布筳篿而從横。繇告我以好辭兮，曰君子之餘慶。肇斯文之權輿兮，象刻畫于倉光。垂詩書之烑煜兮，奏周道于繇庚。苟菁華之既竭兮，蹇八伯而褰裳。與綺繡而鉆鑽兮，寧曳尾于塗中。彼宋君之入夢兮，曾不免乎刳傷。元緒困于諸葛兮，曁罹厄乎妖桑。蠵千齡而受縶兮，終見蛻于陳王。曷若兹之神異兮，遁諸無何有之鄉。重曰：神式至穀，降兹祥兮。離精垂曜，文道昌兮。負乾抱坤，理中黄兮。高山下澤，瀍歸藏兮。明晦變化，終永臧兮。葆合太和，壽無疆兮。

開陽春賦有序

屈原《思美人》章曰："開春發歲兮，白日出之悠悠。"顧子擴而賦之。

開陽春之曠晰兮，昭麗景于榑桑。波條風之羕羕兮，照雨露之瀼瀼。何佳人之憯悽兮，糾愁思以獨處。仰高旻徒蕩蕩兮，胖春气之不吾與。吾既習至道之壙埌兮，羌何悏乎中素。放神馬于天津兮，遊心輪于廣莫。美盧敖與若士兮，恝弗改乎故度。維天時之可悲兮，終煩冤以慄擾。將嗷咷而莫聞兮，抑覶縷以無告。是故春非我春兮，膻中气之渾渾。登高墳而曠眂兮，楸楊茂而荆棘蕃。吾固異乎陳人兮，白日隔乎羨門。維至人之達德兮，回衆慮而固存。守谷神以不死兮，獨寤語而寤言。曰四孟代以舒肅兮，治與亂其相循。司斡運以變易兮，維黔嬴之所能。彼蕩蕩者之無觩兮，寒暑嬗其必信。吾何疑虖兹世兮，指三辰而爲證。放余艓于江潭兮，息余徒于山側。風與日其同蘺兮，草與水兮一色。雲浧浧以欲合兮，谷淒淒其欲雨。燕涎涎而下上兮，鳩轂轂而拂羽。竭輟忱以儴徉兮，感穉節兮容與。折芳華以贈辭兮，託回風以寄語。晞施施其欲逝兮，恐青春之易莫。躪㯳葹之蘳蒳兮，曾不有夫芳杜。開陽春之曮晰兮，悲吾獨虖隱踖。衆莫知予之所衷兮，姑儆傒以回軫。

重曰：爰有人兮逝焉適，春風吹心兮去何極。我思君兮悢忘食，私慮君兮不我惻。零蘤英兮亂廣陌，鶗鴂昜鳴兮芳草積。安得纘鄧林于榑桑兮，永無邁兮連石。

愍國殤賦有序

《愍國殤》，哀大中丞王公永祚而作也。中丞，崑山人。崇禎十五年，開府鄖陽。李自成陷鄖，公被重創敗績，有旨逮問。甲申讁戍吴淞。乙酉力戰死。於是哀之，其辭曰：

歲紀星壽兮，夫子南征。淩洞庭之瀰波兮，陟衡陽之嶙峋。撫湘纍之舊都兮，過懷蘭之故城。吊平員之忠直兮，慕夫人之感概。哀賢哲之遭亂兮，年失時而左邁。欸前世而已然兮，心何時得暫忘。蓋聖人終身補過兮，曰是道何足臧。懼日月其不我與兮，冀收桑榆之末光。世重軀以慮難兮，謂殺身之無功。苟膚髮之羌存兮，雖哀棄亦何傷。憐私心之不可懲兮，嗟苦節之不可貞。遘罹孽之扼蹙兮，竟怫鬱而莫信。違靈氛之吉占兮，式先民之所程。知時訖不可兮，又奚顝此營營。曰吾憾昔者之不逮兮，乙之黿吾以行。阽危死其弗悔兮，奄風風而上征。前泰厲使先驅兮，後國殤紛御綏。朝三危莫九疑兮，盖魂氣無弗之。涉洋海之零丁兮，歷陵隝之委蛇。弔古帝之幽蹤兮，召含靁而問之。曰司命不汝察兮，焉乃逝以徘徊。路彌曼以順橢兮，貣不知其所抵。帝元冥使箄予兮，魂欲往而中止。王鮪浮不貳向兮，越羽隕不北飛。淩陽侯使竟渡兮，吾終轉乎南娭。背工祝令先行兮，臨睨恒榦吾將歸。颸風縦其入門兮，弸繯翍拂羌其若來。

亂曰：大禹贏朓兮仲雝文身，箕子被髮兮接輿暮髡。大時不齊兮道有常經，凡百君子兮宜諷斯文。

悲凛秋賦有序

宋玉云："皇天平分四時兮，竊獨悲此凛秋。"作《悲凛秋賦》。

悲凛秋之憭慄兮，唯氣候之感乎夙衷。白日澮其短光兮，草木蘦乎變風。長夏之衆翐兮，螯厲于聚處。蓐收清野冷虐善兮，蘅荃復無所朕。欲判其薰蕕兮，使夫嘉茻爲之胤。芳萎落不善兮，梧桐翳夫烋陽。何紛糅而共瘁兮，竟失時而無當。抑刊蓁而成實兮，贈鳳鳥之所粻。維桂樹之層剪兮，表幽谷之孤馨。松筠貫四時兮，樠樾愈自貞。騖余馬于高遼兮，天寥寥而景清。黔霖之愁人兮，浮雲瀇瀇西南。征鎧稍蹏嗷兮，逕乎何聲。中夜朡耳兮，不知悲之所生。孤臣枘子兮，泣下沾襟。申中野以嚴霜兮，蕉萃曁虐邊方。蜚廉翛翃萬里兮，夫燠失勢而摧藏。窮余睇以騁望兮，曾何草之不黄。頫白露之鼂晞兮，躡明河之夜光。愴精萼之既竭兮，悲織女之無梁。江湯湯以東逝兮，雁嗺嗺而南翔。蜩背冷而聲瘖兮，蟋蟀鳴此東牆。彼蟋蟀之微蟲兮，秋氣至而鼓翼。怒各守此窟垞兮，象將軍而居壁。心九死以畢鬬兮，顧安得此壯士。槩高秋而築壘兮，雲飛揚而風起。下鷹隼于黄茅兮，戮毚兔與狐紫。灑毛血于大荒兮，輒副心之所喜。

重曰：登隴首兮木葉飛，皎明月兮入中閨。彼美人兮坐太息，年易邁兮時易失。拾桂華兮將遺君，擥長帶兮心慇懃。亮余悲兮思孔殷，我思君兮思孔稠。幸及盛顔兮通綢繆，千烋萬歲樂忘憂。

楚詞

釋懷九章有序

漢諫議大夫王褒作《九懷》，吊屈原也。王逸爲之章句。逸釋辭有可采覽者，補綴文義，韻爲九章，用宣二子之恉，遂曰《釋懷》，亦曰《九讔》。歲在昭陽單閼陽月朔。

一匡機

衜窮迿極命不集，長悲永歎思正則。盛年緯繣心剥偪，敷陳忠謨道閟塞。呼嗚孤臣志莫申，想託神明游帝庭。下顧豐鎬慕兩京，文終武繼求俊英。旦奭畢散偕忠貞，動作應禮行薌馨。節度彌高德業成，戡定戩亂烝功名。志氣堅固策謨明，潔白之化動百姓。音生。鬻芈南服政教行，芈，羊鳴也，楚子姓。《唐韻》：綿婢切。彼何苗裔傎隕淪。嘉言蘊藉不列聽，高懷怫鬱徒殷勤。追企彼美結中情，環思永歔竊傷心。

二通路

金闈玉閨君所居，居，音基。疇當涉履英賢頡。權奸雜沓來併茲，懷誠抱信曾弗知。智士不處遁世去，諂慝嬖御相親附。隱鱗載羽閉寒沍，枯魚雪泣豺狼怒。思奮雷雨驂龍鸞，英招翞翼虖天關。上下四方路岨難，虬車鷖蓋空竚延。經過黔羸撫列星，周繞北斗遠天廷。緩帶徐步五玉鳴，佩聳長劍立延頸。思蒔帝囿疏天津，執斡瑶光正玉衡。啓匣考察司禄君，帝不筵與巫陽魂。卜篿紉莛長決行，忍寘中懷甘遠征。東西儵忽浮雲黔，百神導媵虚冥冥。極目騁望薆不明，雷公盛怒聲闐磤。侌雺孛鬱感我情，倀然隕志悲時命。命，平聲。

三危俊

嗚咽嘒嘒暑將退，秋風愁人思遠逝。嘉及吉時驅桀騎，桀、騎，並去聲。束草陳信遂奔邁。遠離君所涉四裔，魂游大荒九天際。道達夸父聊引憩，宓妃難迎鳩不媚。六龍蟬蜒轉餘轡，星辰下地光未繼。太歲磨轉聲礚磑，重泉氣動驚雊雉。坤元扶輿德廣大，我胡跼蹐惴若墜。修途幽隘不可居，揚舲弱水旋天衢。戴勝操杖問所需，爰求重華及西嵎。二妃小水今何如？幽囚野死史不書，側身長望涕沾襦。

四昭世

槐橫季兮涸沈冥，左徒去兮誓違君。神魚前導湘之瀕，行戲敖游遂至天。扶摇悠揚八景輿，桀雲歌謡聊自娭。纖阿入御動容儀，把袂洪喬媒宓妃。顧見下土滃霏微，陰精降隕如雨霏。中心欲返情憯淒，夜飛精爽弭靈旗。群仙交手謳嘤咿，素女鼓瑟百蟲悲。持我玉珮相交結，高歌永歎自憐惜。前驅夫㷇回軌轍，開明九首闢門發。六龍上日排閶闔，思馳我車入寥廓。如絲楚道連岷峨，軫丘隕崎洞庭波。悲思念故涕滂沱，菁蕚既竭君奈何。

五尊嘉

莫春温曣天清明，群卉發新條吐榮。哀彼蘼蕪夏隕藷，枝葉摧折傷根莖。佳人不采空中林，追思往世賢哲情。仁義遇罰困厥身，沈吟俛念心煩冤。湘雲冥冥雨沛沛，意欲隨波永流邁。榜歌微發湍聲會，螭虬水禽紛下瀨。艕以文鰩旒九帶，翠蕤作蓋芙蓉旃。衝風起涌摇旌竿，傳芭代舞招水仙。水君翳望忺來前，介臣鱗妾紛驂驔。還盼故丘哀郢鄢，悲從中來不敢宣，心如浮萍無東西。西，音先。

六畜英

涼風蕭蕭天宇肅，動摇百草使芳孰。白露凝霜警叢薄，飛蟬無聲坐拳曲。海燕辭歸將化蛤，悲鳴啁啾三反覆。谿谷噫气浮雲昏，鷙禽應令哀猨聞，嵎峽煦嫗忽不存。彼何秋士偏煩冤，憺望神州曠無極。古木蕭條雲霍隔，戰霆垂雨良足惜。楮孎掛壁蛇虺黑，欃兀離奇收不得。褫我衣裳易羽翰，載气欲上中自難。棄離下土非所歡，人間可哀彊自寬。時候欲逝愁芳蓀，搴條把玩涕闌干。

七思忠

想登九天放心神，雲驂風輶臻帝廷。三嬪九辨聲激清，回眺下方塵艮冥。動踴我心悲莫禁，遥瞻舜丘惡木層。三辰沴盭陰陽争，我欲帝座排五星。華蓋十五張元精，羅衛龍轙白虎參。�龜水蛇糾下暾，招摇在上搗欃槍。羲和煬薪叒木熒，坐烹天狼酌斗鎗。匏瓜作觶招忠魂，譀息帝苑邀長庚。蓐收持斧導我行，祛袚群奸歸正貞。閶門詄蕩高莫淩，憚情極想傷肝心。

八陶壄

真仙唱道振世羅，蹇余怊悵將安過。傷時閔亂當奈何，何當奮翮升雲阿。噑噏元精浩劫家，策余駕分引余旗。遂見天皇受秘要，存神閉息塞兑竅。心神窙明内自覺，覺，音教。大道不難下士笑。軒轅鍊鼎窮南荒，帝藥八齋宜壽昌。銅庭沍涸無天漿，遥視瀣水黮青蒼。群峰萬首雲中藏，鱷鯇如山道阻長，飄飖翳望悲忽荒。

九株昭

長歌歔歔短聲續，悲從中來不可讀。物錮盛陰不滋育，嚚頑耀職忠良逐。官蘭靳袖禍所伏，女嬃嬋媛胡不服。執履清白君焉欲，税駕神明終上征。浮游塵外蜕貌形，上帝掌寢司文明。爰詔《離騷》續六經，岳瀆作樂進五音。宫商並會竽瑟琴，丘陵踴躍歡喜聽。紫微高闓景運新，文螭黿馬貢厥靈。河雒圖書經緯文，我誠樂此發中心。天下歡樂莫如今，袪衣束帶聊自矜，澌愁釋患毋屏營。

亂

一陰兮一陽，晝短兮夜長。天道適如此，何爲苦悲傷。

山中人四章

與子别兮幾秋，貫靈槎兮既周。塵揚海兮陸爲洲，隔絳紗兮阻丹丘。薢茩兮山之幽，酌浮匏兮玩游儵。日昳兮增憂，嗒然喪我兮不知其繇。山中人兮歸徠，倘從我兮夷猶。

夷猶兮盤桓，山紆巍兮水瀰瀾。獮鹿虎豹兮般般，欃薄深樾兮礐櫰。上攢鼉氣兮菌結，夕鳥兮以還。山中人兮歸來，倘從我兮扳援。

扳援兮峍嵺，草木春秋兮猿鶴夜鼉。簪簪兮岹岹，魂亭亭兮雨蕭蕭。安翔兮以遨何所，無娍媿兮斁懛不自聊。山中人兮歸徠，倘從我兮逍遥。

逍遥兮延竚，蒸所偕兮不可旅。佛佛娭以殺人兮，九尾羅沙以女飽，鷙不勢兮麈不侣。山之深兮川以阻，杳冥冥兮神靈雨。山中人兮歸來，倘從我兮容與。

送春詞有序

維日乙丑，辰次辛巳。盛德在火，青陽雲謝。古有迎春送春之詞，歌以送之。

吾將送春兮東方，開萌啓蟄兮本青皇。如王人之大號兮，豈汗涣兮而復藏。耀靈晨舍于婺女兮，摇光夕指乎大荒。緊斡運之必然兮，安見禺中退處乎扶桑。吾知東皇之弗受兮，春洩洩乎胡臧。

吾將送春兮西方，蓐收虎爪兮翦伐是尚。音常。使鸐鴂之僾鳴兮，萬卉因而失芳。吾知金天之弗禪兮，春睢睢而無當。

吾將送兮於南，祝融吐爁兮列缺䶮䶵。十踆代出兮炎炎燂燂，云我無所兮春焉覃。

吾將送兮於北，陰山千里兮墮指滅跡，昆蟲俯首兮祇渴無澤。㫚颷怒號兮甲槊挺擊，施承閉塞兮春奚宅。

吾將送兮於上，景風至兮雲物乖狀，仰蒼昊兮徒懭悢。帝有無兮疾威降，厥命僻兮春焉放。

吾將送兮於下，土伯鬌鬌兮幽都甜閜，冥沈懵瞖兮春焉假。去聲。

吾將送兮四隅，色不正兮風孤虚。土寄王兮不與居，仄奥窔兮春焉如。上下方隅兮，維春盍歸。吾聞上世兮昫昫熙熙，寒暑正兮風雨時化。日融怡兮舒以邪，讀爲徐。皇后治之兮氐華胥。

重曰：天何言兮四時遒，愉則春兮悲則秋。造物在我兮榮枯，曷尤春乎歸來。歸來兮於兹，庶可以久留。

白茅堂集卷之二

樂府雜體一新舊題,得無先後,姑雜録之。

效杜甫樂府有序,甲申作。

唐擬古樂府,即莫善太白、長吉、文昌、仲初輩。題不必今,辭不必古。元白輩始創新題諷諭,體裁盡變。若劉猛、李餘,古題新意,流傳則少。至明李西涯詠古,無切于時。于鱗則睍睍然稱如胡寬營新豐,爲善擬其用,至剿古爲己有,元美變襲各半。其後撰《樂府變》,謂少陵即事命題,千古卓識。甫本古體詩,謂之樂府也,可以其風刺善也。僕自知識見聞,可風可刺多矣。將細聲竊吟,近於衰朝,非所宜有。於是掇拾其大,因事爲辭,當少陵諸篇,庶不謬作者之意,可感動當代云爾。凡八章,甲申冬月記。昌云:《塞蘆子》一章失。

當石壕吏

皇帝十六載,天下大旱蝗。江淮産石面,采斸充餱糧。飢民喜相賀,且復支羸尫。豈知天行毒,此物爲妖祥。鴟鷹啄死骨,零落沿山岡。恐此骨所化,吮之斷人腸。明王監天戒,放躅初慨慷。本無常平積,又失黎陽倉。司農算國用,司馬仍交章。軍民孰甲乙,公私呼癸庚。行營要供饍,郡邑愁輸將。誅求轉蔓衍,親黨連鋃鐺。華屋作囹圄,通衢成北邙。可憐鬼籍客,謀口猶皇皇。秋高塞馬入,繯翟遥相望。河北絶行旅,山東開戰場。群盜起相軋,形勢益猖狂。眥深關塞黑,日落塵沙黄。交訌有中外,死徒遭瘟荒。長吏即無策,催科當閔皇。艱難痛國步,何以敉天殃。一聞黄紙謠,令人涕泗滂。

當留花門

大行初御宇，郡國未空虛。黠賊一反覆，異事足蹉吁。揭竿起隴右，十載中原驅。髑髏等山積，肝脯裝輜車。官軍但轉戰，群盜佯趦趄。轅門乍投欵，尚書大歡娱。部帖即日下，金紫被其軀。名在總戎列，官非至尊除。裴渥撫仙芝，殷鑒良匪迂。羈縻建功烈，經濟古所無。蕭條谷城野，餧肉豺虎居。禍變杯酒間，飈去寧須臾。錦衣千餘騎，雲擁相公車。云是天子命，來合尚書符。昔爲帳中尊，今爲帳下俘。尚書手中劍，還斷尚書顱。襄陽一失守，宗室全剞屠。黄巾虣朱邸，殷血流中衢。前軍大星落，白旐行踟蹰。沙蟲不知數，風鶴紛何如。一人爲厲階，百夫難究圖。寄語後來者，任人宜慎初。昌按：《詩話紀事》：崇禎丁丑十二月，總兵左良玉同監軍張大經抵蘄州。總理熊文燦本楊嗣昌所薦，至是遣。被擄生員盧鼎、蘄州冷水道人姚宗中入賊張獻忠、劉國能營遊説，繇是乞降於文燦。方議安置，而獻忠忽遁，嗾其部下攻穀城。獻忠隨追殺之以爲功，據穀城以請。穀城舉人王秉貞、生員徐一顯利賊賄，具呈以百口保獻忠，文燦信之。嗣昌秉樞部，初未敢決。巡撫戴東旻、巡按林鳴球會同奏準。獻忠造降丁姓名册，歸農一萬八千一百三十三口，皆所掠難民。留精兵一萬一千餘名于穀城十五里外之白沙洲，造房屋千間，時戊寅三四月也。兵科姚思孝言招撫非局，嗣昌奏曰："賊既從撫，不可不示以誠信。寧朝廷信而反側不信，勿反側信而朝廷不信。若驚眠虎使之覺，嗾馴犬使之嘷，則大有可憂者。"嗣昌初畫各省巡撫堵御，亦頗井井，而無能奉行者。八月，文燦同湖廣巡撫爲獻忠請給劄付、關防，南京兵部范景文以爲不便，嗣昌奏曰："兵家之事，畏人多言，請自後有條陳密抄到臣部。"十一月，南京太監孫象賢言："聞獻忠造船謀南下，非甘心撫局者。"上以問嗣昌，嗣昌奏曰："撫皆出於皇上面命，而臣再四斟酌行之。既撫之，寇不無懼心。旁觀喜事，終日誦言，不激使復反不已。且慈父不能保愛子，無論鷹鳩之化未純者矣。"于是羈縻一載。己卯五月八日，獻忠反，焚屠穀城，走入房縣諸山中，勾引曹操、一丈青、一條龍、小秦王攻破房縣。庚辰正月，其黨託塔王自拔來歸，獻忠追及其孥，分配營中，而自納其第四妾。託塔王姓常名國安，誓隨大兵報仇。獻忠前營漸次入蜀。閏月左帥有瑪瑙山之捷，獲金印、金鞭等物，并獲上賜文燦敕書，斬首一千三百餘級。馬嬴稱是獻忠僅身免，棄其妻高氏、敖氏、妾五人。嗣昌既以輔臣督師，不殺俘而繫于襄陽獄。時奸細密佈，偵得太守嬲瞎狀。辛巳正月，嗣昌自彝陵泝江至夔州，寇已深入，薄成都，所過勢逾破竹。十月突至開縣，大軍敗績。石砫女將秦良玉亦敗，發筯帚起兵。筯帚者，彼號令丁口掃地盡來也。既而小勝。賊間道還楚，流轉疾如鬼神，嘗以一書夜行三百里。二月二日至當陽，三日至荆門州，四日抵襄陽。是夜，以奪得符信，遣十八騎叩城，門啓，賊伏蜂入，破獄取其孥殺之。執襄王，坐之殿陛，酌卮酒曰："盡此一杯。老子欲斷嗣昌頭，奈彼在蜀，今用汝博嗣昌頭耳。"縛至城上焚之，並焚世子常添樞，貴陽王常法亦被弑。福清王常澄與弟常淦突圍出，知府王承曾先遁矣。大殺城中，一日忽發王庫藏銀十五萬兩，散之鄉民，名賑饑。嗣昌聞變，憂懼病作。鄒漪《明季紀聞》云："嗣昌在荆州自縊。"夏允彝《幸存録》云："或言伏毒。"吴偉業《綏寇紀略》："前云伏毒，後云自縊。"彭孫貽《流寇志》云："病革。"又云："慚憤絶食以卒。"李清《筆記》云："死後見夢於上，曰臣盡瘁以死，諸臣連章詆臣。"談遷《國榷》云："二月晦日，嗣昌生辰，翊日自經。監軍楊卓然以疾聞。"今據《孤兒籲天禄》，其生辰二月二十七日，非晦日也。三月朔丙子，薨于位。越六日，柩至沙市，止徐家園。降賊夜焚房厩，拔營叛。猛如虎追至石灰橋，斬數十人，餘多星散云。嗣昌之死，塘報、野史傳聞不一。今其故人子弟力辯爲病歿，上與祭一壇云。嗚呼！文燦正典刑矣，嗣昌一死以謝明主，何足辯哉。嗣昌大言擔任，扛鼎不勝，骨折筋絶。嗚呼！悲夫！癸未二月，獻忠屠蘄水，以兵衛文燦家屬。十二月，掘嗣昌父祖上四世，皆焚其屍。

當新安吏

壯馬馱繡衫，低迷向前路。借問誰家娘，十步五回顧。本是良家子，今爲獰兒婦。弱體繫高鞍，纖腰著窮袴。生男不令舉，生女棄不乳。一身事他人，那能不悲愫。同行惟故鄰，愛逾骨肉親。中道復捐棄，吞恨不復論。

當潼關吏**談云：黄公《家傳》："嘉靖中，邠州雨石于山中，小大皆如人頭，作聲。"史不載。**

昔我先大夫，謫守邠州城。邠州災怪事，雨石如人形。又能作人語，切切令人聽。其聲似哀訴，關西大舉兵。此怪垂百年，烽屍照縱横。潼關要害地，長戟如雲屯。萬人爲一隊，十里爲一營。借問主將誰，孫武遠代孫。賊來若飄忽，執若飛鳥輕。空壘出迎戰，已失趙壁旌。天陰厲鬼聚，積雨山川昏。哀哉十萬衆，兜甲埋其身。敗同桃林戰，事與哥舒均。陝州既不守，輔右安能存。遂令鼠子輩，長驅衝北平。至今天柱折，豈曰方隅傾。

當無家别

昔在高帝末，海宇方晏然。是時天下户，千萬仍羸千。陶云：洪武末，天下户一千一百萬有奇，此舉成數也。降至神廟中，生聚二百年。三河結年少，七萃誇輕儇。天子坐温室，公卿惟備員。金鋪閉朝旭，玉殿沈春煙。將軍營梓澤，相國築平泉。雒陽記園亭，宮莊連市廛。熹宗寵客魏，尺紙天下傳。邊陲建祠廟，奪及民間田。先皇赫震怒，風霆來九天。刀碪活膺密，奸黨分劉虔。皇衷過湔刷，海内仍熬煎。如人痼疾久，瞑眩亦不痊。生男未十六，軍書除戍邊。邊墩未及築，調戰咸陽關。旌旗過故里，骨肉成荒阡。草生遍城郭，嚄唶聞烏鳶。初憂從軍苦，反賴從軍全。赤風一蕩没，萬里空蕭然。

當垂老别

維明十六世，所用誠不良。狗冠而虎翼，狾嚽相鬬争。烈皇御宇宙，月朔坐明堂。憤其所積弊，一一爲變更。宰相非其人，卿尹多病狂。股肱既隋盡，安得不滅亡。蛾賊起關中，倉皇逼神京。黄巢本竪子，東都號黄王。老夫落籍久，六十爲除丁。聞變目眥裂，摽膺心内創。錯我箙中箭，礪我壁邊槍。誓將死王難，不復計所生。病妻牽我衣，稺兒啼我旁。顧此豈不念，大義安能忘。汪踦死社稷，魯人欲勿殤。何況垂白老，性命寄北邙。風聞新皇立，江左大征兵。迄今六七月，只羽無西行。老夫何所附，行行且彷徨。奈已辭家人，誓不返故鄉。寧將客死骨，裹送填沙場。

當塞蘆子失

當新婚别

榮木憐枯株，兔絲悲寄生。新人自榮盛，故妾良苦辛。兔絲本無根，纏綿附榮木。寄生失所依，萎黄委空谷。東鄰有豔女，自比秦羅敷。高樓夾廣陌，綺户臨通衢。頭耀金雀釵，耳璩大秦珠。上壽黄金千，恩賞百萬餘。借問彼媒嫗，羅敷近何如？今爲使君婦，前者侍中夫。西村有愁妾，惜影矜衾裯。朱顔日顦顇，五馬空踟蹰。桁上無懸裳，盎中無斗儲。六親但訕笑，翁姆相揶揄。人生在世間，薤露曾何殊。持此道妾意，終當畢區區。談云：真風人也。

雜擬古操

箕子操

《古今樂録》曰："紂時，箕子佯狂，痛宗廟之爲墟，乃作此歌。後傳以爲操。"《琴集》曰："箕子自作也。"其辭曰："嗟嗟，紂爲無道殺比干。嗟重復嗟獨奈何。漆身爲厲，被髮以佯狂，今奈宗廟何。天乎天哉，欲負石自投河。嗟復嗟，奈社稷何。"按：紂，商王受謚也，殘義害善曰紂。《商書·西伯戡黎篇》：亶稱王。《微子篇》："我用沈酗酗，音句，本作酌。于酒，我其發出狂。"我謂受也。箕子則曰：殷邦方興，用沈酗于酒。斯其爲臣子之稱。《周書·泰誓》《牧誓》《武成》則稱商王受矣，無稱紂者。此操後人所擬，辭調礸苦，衆弦不聲，可謂善矣，然而非箕子自作也。箕子若曰：嗟，齊禾切。

嗟嗟殷邦，沈酗殺比干。嗟重復嗟，獨奈何。不顧行遯，顧，古用公虎切，亦轉平聲。被髮以佯狂，今奈宗廟何。天乎天哉，涉大水，無津涯。涯，由禾切。若之何，嗟復嗟，奈社稷何。

思士操

文王操也。文王既得尚父，益思天下之士，爰爲此操。

上天降祜兮右我姬，非龍非彪兮獵乃得之。我思天下兮遺賢在兹，父昔未髦兮安在哉。音資。天命難諶兮居高聽卑，毋曰民颼颼莫庸兮罪乃在台。音移。

厄　操

孔子作也

匪兕匪虎兮宿曠野，不耕不狩兮胡爲者。大道在我兮又何怨，樂行憂違兮以無悶。蓋天俾我厚兮將以是遁，欸乎曾不吊兮彼蒼之方難。

崔子渡河操潘云：崔一作霍。

閔子騫所作也。崔子蚤失母，後母以其死母名呼之。崔子乃以渡河爲辭，繫石自沈死。

我生不辰兮昊天泰憮，君親見背兮臣子何辜，毛裏雖異兮均我母。生者不可違兮死者不可侮，名不忍聞兮矧可呼。呼名不可兮何況其他，彼河之水兮畢吾軀。嗟嗟此曲不可終兮，嗚虖嗚虖。

雜擬古歌謡詞

答《偕隱歌》

《偕隱歌》，祝牧作也。其辭曰："天下有道，我黻子佩。天下無道，我負子戴。"其妻答之：

天下有道，我饁子耕。天下無道，我佩子纓。禄位蓋以全生，世亂負戴將安行。

越群臣祝

越王句踐囚石室，群臣悲焉。奉酒再上壽，爲祝曰：

三光入地闇而章，短辭精言盟上蒼。威人者滅辱者昌，蒲脯醨酒行二觴。

哀伍員

伍員與太子建奔宋，宋亂，俱奔鄭。鄭人殺建，員奉建之子勝奔吴，偕耕於野。後員伐楚入郢，恨不及立勝。夫差信讒，賜員死。後人哀之，爲歌曰：

楚王無道信讒言，既殄太子及其孫。賴臣之力出昭關，中道乞食命苟存。五戰入郢軫出奔，孤兒何在傷客魂。胥江揚濤哀主冤，屬鏤之劍何足論。陳云：黄公有《伍員論》，此即其意。

薛將軍歌

唐高宗時，薛仁貴領兵擊突厥九族于天山，發三矢，射殺三人,自餘一時請降。軍中歌曰:"將軍三箭定天山,壯士長歌入漢關。"仁貴恐降者爲後患,并坑殺之。

薛將軍,領兵擊九姓,殺三人亦足以反命。殺人不在衆,用兵不在多。奈何輕人命,籍籍還佗佗。將軍發三矢,壯士起長歌。但恨長平下,死人如亂麻。音摩。

顔有道

武德初,顔游秦爲廉州刺史。時劉黑闥初平,俗多彊暴。游秦撫卹境内,敬讓大行。州人歌曰:"廉州顔有道,性行同莊老。愛人如赤子,不殺非時草。"

廉州刺史顔有道,黑闥初平俗多暴。愛人不殺崇禮教,敬讓大行國無盜。三年奏最璽書詔,廉州爲政得體要。

亭長歌

後漢仇覽爲蒲亭長。亭人陳元母詣覽,告元不孝。覽諭以大義,元卒成孝子。鄉邑歌之:

我有父母在我庭,我有父母在我亭。化我鴟梟哺所生,生我父母成我君。君乎君乎不我臨,桑椹纍爍無好音。

吴人歌

鄧攸爲吴郡守,及去郡,百姓怨思。歌曰:"鄧侯挽不來,謝令推不去。"

鄧侯挽不來,謝令推不去。天下方一家,推之向何去。挽來我固喜,推去彼須惡。黜陟在大君,用人慎毋誤。

豫州歌

祖逖爲豫州刺史,躬自儉約,督課農桑,收葬枯骨,百姓感悦。嘗置酒大會,耆老中坐流涕曰:"吾等老矣,更得父母,死將何恨。"作歌曰:"幸哉遺黎免俘鹵,三辰既朗遇慈父。"

五兵不用白骨收，三辰復朗歲事修。社餔祭餟春復秋，誰其尸之祖豫州。坐中父老雙涕流，吁嗟吾曹今老矣，得見慈父死即休。

畫一歌

惠帝時，曹參爲相國。初，高帝與蕭何定天下，約法明具，及參守職無所變更。百姓歌曰："蕭何爲法，斠若畫一。曹參代之，守而勿失。載其清静，民以寧壹。"及其末年，變亂舊章。民更歌曰：

蕭何曹參，一黄一老。壹以守静，萬邦是保。苟非其人，不㰅而擾。迺用諸少，迺從群小。格言舊章，視之藐藐。苟且從政，甞不可曉。亂既兆矣，憂心有悄。帝之輔揆，貴其論道。

瓠子歌

元封元年，帝至瓠子，臨決河，悼河功不成，作《瓠子之歌》。命從臣將軍以下，皆負薪，于是卒塞河。後世河決，因以塞爲功。

河身曲兮地所爲，水潤下兮禹順之。洪範陳兮周不違，瓠子塞兮土功黷。隤林竹兮揵不屬，壅激亟兮決斯續。財用屈兮馬璧湛，野蕭條兮愁我人。治決波兮如用兵，噫乎！行所無事兮惟智爲能。

五侯歌

河平二年，封舅氏五侯，越禮僭侈。百姓歌曰："五侯初起，曲陽最怒。壞決高都，連竟外杜，土山漸臺西白虎。"

五侯初起，曲陽最怒。貪奢用事權挾主，土山漸臺擬白虎。扶天何功卒不悟，雖終滅亡國體破。破，蒲悟切。

西還長安歌

高十二年，既誅燕王荼、韓王信、淮南王布等。還過沛，作《大風之歌》，曰："安得猛士守四方。"因忼慨傷懷，泣數行下。冬還長安，剖符分封，與蕭何等啑血盟，作山河帶礪之誓。後人因爲《西還長安歌》。

狡兔既死走狗烹，蒲汪切。荼狶信布相繼亡。翻思猛士守四方，忼慨傷懷泣數行。分符更誓金匱藏，反覆者安漢道昌。

長城令歌

南齊長城令何敬叔，有廉名。夏節，忽榜門受餽，數日得粟二千餘斛，悉以代貧家輸租。後人歌曰：

何敬叔，廉寡欲。夏至榜門求餽粟，得粟二千三百斛。明日開倉納官穀，用代貧家輸不足。今之人，亦何酷。一户逋租十家哭，安得逢何敬叔。

況太守歌

宣德時，況鍾以吏員薦爲蘇州太守。得奸胥，命有膂力者四人，捉一胥，空中擲殺之。凡六胥，尸諸衢。蘇人歌曰：

況太守，如明神，剔蠹宿蠹安良民。空中擲奸胥，河内投三老，不污桁楊投有昊。能生能殺道兼有，西門豹後況太守。

楚妃歎

熊旅楚賢王，擴地一萬里。自詫謀臣多，不復更經紀。宫中有美人，竊笑虞丘子。叔孫乃得進，霸業從此始。豔色反德媒，巧言令賢喜。身寵名亦歸，樊姬有芳軌。夷吾聽小妻，齊國方大理。誰誣平仲謀，二桃殺三士。

平陵東

走馬高堂下，松柏平陵東。借問彼何人，朱轓畫兩熊。丞相木司直，峨峨稱阿翁。受恩劉氏久，誓不讐貞忠。義旗未及指，白刃已揕胸。乾坤一震動，日月爲氛雺。班馬鳴踟躕，徒侶顧日中。不見薤露歌，毅哉東海風。寧學張敖客，髡鉗徒爾容。

阮元瑜琴歌有序

曹操聞阮瑀名，辟之，不應，逃入山中，焚林得之。大延賓客，怒不與語。使就伎列，瑀撫琴作歌，操乃大喜。又嘗怒禰衡，使爲鼓吏。衡作《漁陽摻撾》，操益怒。余感二子，遂爲賡之。

阮瑀撫妙曲，禰衡揚哀音。恢弘王者度，喜怒何相尋。曹公營八極，惟是有褊心。周聖昔吐握，天下歸其仁。

短歌行

人生斯世，亦何坎軻。幼老空食粟，壯歲還蹉跎。君但置酒，炙牛高會，勿復言他。不見滎啓期，幸得爲男子生中華，九十帶索行歌。樂哉私自慰，悲來當奈何。死當騎日月，生當以宇宙爲家。

行路難八首

富貴不長保，神仙竟安之。天皇一萬八千歲，今同殤子不可知。我壽自盤固，幾見斯世亂復治。千秋毁譽掛在口，隻字欲挾風霜飛。第憾百年就窀穸，還爲鄉里兒童嗤。

朱顔雖好不久紅，莫厭白髮稱老翁。上尊法酒靈壽杖，當筵跽拜皆王公。汾陽豈是少年子，至尊側耳聆歌鐘。西征一脱鐵面具，回紇下馬來趨風。此翁四十尚貧賤，屈指歲月非英雄。

李邕碑版照四裔，筐篚珊瑚麒麟罽。南陽落魄宗定伯，賣鬼得錢千五百。春風有酒且自持，爲夷爲惠吾不知。臍中汁流李核出，自言是死牽兒啼。東家阿戎不解事，曷來共此金屈卮。

陽春桃李光滿天，持觴自壽春風前。伯倫嗣宗死幾年，醉中大呼爾來前。當時戎馬暗天宇，竹林豈足常周旋。草間彳亍二豎起，顔色忸怩不能言。大人先生感懷詠，嚨嘲對鼓壺觴邊。居然不如小兒女，啞嘔拍手從天然。昌云："兩前"字重押異義。

千金百琲二八時，盼睞靨輔生光姿。笑間誤觸玉如意，君前宛轉胡嬌悲。一朝紅顔化素骼，玄宫螻蟻來相持。北邙黄壤無異土，南山黑柏撑枯枝。繁華好醜東逝水，夢如亂絲不可理。

血雲四結江水渾，浮屍如筏船斷行。黑旛一點鉦鼓動，赤日黔黮無光晶。毛人夜泣投鄂水，云是古時城郭精。無頭魚鼈被波下，林間鳥雀皆自經。一屠再戮生類盡，賊梭軍篦不可名。百年生聚苦難復，何況税斂還用兵。

東家少娃髮滿額，日日倚門盼行客。西舍寡婦哭向天，遺簪抱慟長可憐。念我東家西舍情不一，何況千里萬里東與西。叶先。束髮受書至今日，不成一事成華顛。千秋許與竟誰是？一物失所心茫然。

青城高蓋還幾重，弱水尚在蓬萊東。滄波幾年一清淺，白蜺嬰拂終難逢。神君不降漢皇帳，野燹竟燼驪山宫。戈揮繩繫有何術，耐汝頭上蒼老翁。緣木求魚不自悔，徐福五利空愚懵。自注：青城山第五洞天在灌縣，高蓋山第七洞天在永福縣，蓬萊山傳聞在大海中。

善哉行

神藥雖寶，不如少年。珠玉雖貴，不若金錢。贏縮之期，數本在天。養恬之福，烏可永年。顔淵三十，仲尼稱賢。大聖之壽，因乎自然。世事翻覆，幻劇流煙。多聞博見，何必彭籛。思蹈東海，悪彼仲連。興亡之辨，嗟哉一言。

對酒歌太平魏武所作。後人有《對酒行》《對酒當歌行》，皆出此。

對酒歌太平，天子寬大，吏悉廉仁。宰相燮理，百官持憲平。國有九年之蓄，歲復百穀用成。修文以培本，講武非尚兵。士貴廉耻，百姓懷刑，法天象地製作明。孩兒皆得老耄，德及草木昆蟲。赤松緑髮騎白鹿，教我丹設延千春。我今對酒胡不樂？且引玉匕開金尊。神遊羲皇氏，陛下位壽億萬年。

來日苦短

來日苦短，去日苦長。泰山崔崔，河水湯湯。一解。逝不可追，來不可逮。千聖同悲，百家瑣細。二解。斗衡既設，何用不争。陶刑高伐，憂我仁人。三解。蝍蛆多足，行以一氣。蝸贏雖醜，自視嫵媚。四解。寒暑推移，治亂何常。是非靡定，立賢無方。五解。平仲善交，久而愈敬。周公吐握，讜言定聽。六解。災不及井，泉不溢竈。瑣瑣百憂，不干年少。七解。蛇出轎下，恙在草中。考祥視履，屏誕淑躬。八解。學者好奇，不可爲訓。書不三證，不可爲信。九解。叢壤變化，哀此蜉蝣。真人澹蕩，抑又何求。十解。

其　二

人生不滿百，去日何茫茫。縱令滿百年，來日苦不長。聖賢盡寂莫，萬古遥相望。奸雄與惡少，何用誇身彊。魏武多憂思，對酒歌慨慷。前和卒洗濯，黄流落清漳。劉表死荆州，機葬於襄陽。火沙砮矢盡，還竄兒童羊。高歡鑿鼓山，潛納其黄腸。一匠有遺孽，盗金而出亡。李子草茅士，夢陽。精悍兼文章。椎理錯用意，煙露令心傷。卸我千金裘，酌我白玉觴。堂前上笑妾，幕裏開竽簧。不然長生瓢，往挹玉女漿。天門詄盪蕩，愁思遐未央。魏武、劉表皆明末事。按《水經注》："劉表墓，晋太康中爲人所發。表夫妻屍如生，香氣聞三四里，經月不絶。"崇禎末，盗發表墓，有機弩煙火，疑晋時所發非表墓。酈又云："今墳冢及祠堂猶高顯整頓。"正亦疑之，恐即所謂征南將軍劉儼墓也。

滿歌行

少老相追逐，歲月忽已馳。失時不樂，多憂何爲。人生聚首，若搏冰雪。貪財好積，難與久期。天道轂轉，富貴何常。昨日簞瓢，今日侯王。撞鐘會高宴，鵩鳥鳴當階。賓客正滿座，回視顔色如死灰。黄鵠映天過，萬里雲黔開。孤鳶嚇腐鼠，地上時徘徊。有生即死路，多福爲禍胎。得失遞相羨，愚夫良可哀。

前緩聲歌

十仞之水，必有潛魚。深山大澤，龍蛇攸居。雖有网罟將焉，如砮尺有只。山之南，山之北，風雲騰化殊不測。登雲衢，與天無極，亶願我人民千萬歲。

將進酒

將進酒，心中思。多聞累性，何不棄書與詩？子貢不聞天道，項託爲仲尼師。餔糟歠粕,雖多奚爲?法服遭罵,曼纓見奇。古不可通今,迂儒徒見嗤。大禹昔羸體,功成賜玄圭。墨翟見楚王,吹笙被錦衣。劉伶號閉關,伯陽稱守規。全生古所重,濡首君莫譏。今我作歌,揚聲絶天清且悲。將進酒,杯來遲。吾不知朝僑之得失,又安知臧穀之是非。

戰城南

朝過荒城埜,駐馬城南陲。城南戰陣地,白骨何纍纍。聞昔争雄日,兩軍相決時。白晝暗沙塵,悲風乾鼓鼙。箭貫睛及髗,矛裂胸與髀。小則飼烏鳶,大則封鯨鯢。敗固可吊,勝亦足悲。彼何白馬來,翩翩飛旐旗。三軍皆呼萬歲,使者前致辭。椎牛以百角,官酒列千瓻。死者名祭殤,坐者名犒師。殊恩本難遇,不得醉飽爲。將軍受上賞,士卒糜肝脾。生平好身手,今爲骼與胔。有目睹曦光,今生茅與茨。有齦曾含乳哺,今填塗與泥。初時利剽俠,事定難爲非。功成他人享,禍敗己所罹。亦有南山北郭田,采荼斷壺亦可餐。雞豚伏臘樂歲年,北邙簫鼓聲闐闐,養生送死長曾玄。四海盡如此,銷鋒鑄耜永無患。

艾而張

艾而張羅中有囮,奮脰鼓翼鳴相吪。其心則苦聲則和,群鳥不顧悲且歌。唾汝囮,何意汝身在縶。何故爲人,使賊同類,籢中水粟亦何惠。艾而張羅羅尚可,囮聲啾啾誤殺我。

君馬黄三首

君馬黄,臣馬蒼,二馬同逐臣馬良。盜君馬,食岐下,君不愛馬臣愛馬。君馬騖,臣馬抶,三百健兒馳晋壁。鼓隆隆,還軍中,君自食德非臣功。

君馬黄,臣馬蒼,二馬同逐臣馬良。君呼獒,臣呼臣。臣之獒,祁彌明。宫中甲,鼓而起。臣有臣,臣不死,桑下餓夫靈輒是。昌云:殺獒者祁彌明,擊伏者靈輒,或云一人,誤。

君馬乘黄我盧白，乘黄祛灾盧白厄。撫鞍謂白爾何辜，哀嘶踢地若有吁。躍波涉險去如鳧，青山電轉風裂裾。平原在眼草見蒲，四蹄將止作步趨。批耳不動汗流珠，追兵已達活我軀。回顧乘黄爾何愚，路窮槍急不肯驅。代間駿物有如此，世人皮相當何如。

箜篌引

誰謂彼狂夫，被髮亂流死。屈原從巫咸，埋憂正如此。滔天之水何湯湯，螐螭出没神龍藏。彭籛繫輪矙智井，蔡公腰瓠行杠梁。全軀自保不長在，箜篌一曲胡凄傷。

孤兒行

談云：傷吉安侯陸仲亨、韓國公李善長而作也。洪武十三年，胡惟庸謀逆賜死，事連善長、仲亨，有司請並誅之。上曰：“吾始識善長於兵間，命掌簿書，贊計畫，爲功臣，爵以上公，女女其子祺。仲亨年十七，父母兄弟俱亡，以一升麥藏草間。朕見而手呼之，曰：‘來。’遂從朕長育，以功封侯，此吾微時股肱腹心，其勿問。”會星變，善長定遠故里第中石起立，祖冢火光燭天。御史大夬劾善長曾受惟庸黄金三百兩、西域古劍、白玉壺、玉刻交龍蟠桃杯。上流涕，許之，善長遂自裁。弟存義、存義子佑伸同仲亨棄市，祺以臨安公主推恩得不死。先是上以臨濠爲豐沛，地久空墟，徙江南十四萬口實之，命善長經理。至是，赦仲亨子，臨濠安置。善長之死未免疑案，篇中“誰信豎子初無心”“愛此細物夫何爲”，皆微言也。

一升麥，藏草間，孤兒何在上留田。謂汝孤，從我游，大者王，小者侯。天下既定，慎勿戚，戚懷憂，但當日飲醇酒椎肥牛。定遠里第石笋立，冢光燭天鬼夜泣。滹沱麥飯君報臣，汝今敺刀銜汝身。富貴能殺人，卑約可全生。曷不自愛爲良臣？馬援苦憶少游語，王章不念牛衣貧。位高多危古所戒，何況妄亂干天經。將軍不反説客反，誰信豎子初無心。山陽西去釣魚瀨，至今人痛韓淮陰。西域古劍光陸離，玉刻蟠桃交兩螭。當年轅門撞玉斗，愛此細物夫何爲。至尊流涕司隸怒，貴主曼聲丁督護。推恩幸赦臨安親，傷心草塞金車路。一升麥，藏草間，孤兒還歸上留田。臨濠一十四萬口，邇來板蕩生秋煙。

豔歌何嘗行傷定遠王沐晟也。晟嗣侯爵，討平麓川，爲三府二州五長官司。又平安南，郡縣其地，封黔國公。其後麓川復反，晟敗績，退師金齒，内懷慚懼，至楚雄仰藥死，仍追封定遠王。晟功高驕僭，土酋事之無異人主。片紙下具，鹵簿迎之，曰："令旨也。"歲時奉獻不絶。晟又興販江湖，置莊田圃墅三百六十所，曰："吾日食其一，歲可一周。"珍寶充牣敵天府，後宫美人百，閹奴亦數百人。通遺執政，善事中貴，卒以驕敗，可不鑒哉！

何嘗快，獨無憂。父爲王，子爲侯。五月渡瀘水不流，炎蒸箐瘴猿猱愁。手闢三府開兩州，日南底定歸黄圖。賜傾天府意未足，錦標錢庫持牙籌。水莊三百餘六十，日食其一歲可周。昆池周遭五百里，敕賜離宫連洱水。西南君長獻奇琛，豹尾龍亭迎令旨。後宫眉黛可千人，翠鳳織衣黄錦茵。閹奴鵁扇從雕輪，貂蟬右插金鐺横。駝雞犛尾猩猩脣，晶柈朱甕赤玉罌。羅番銅鼓懸兩楹，妖姬起和春鶯聲。辟邪假獸獅子纓，蠻兒鞮舞不得停。行省中丞咋舌語，十萬强師如禁旅。販商徵匠滿江湖，執政不許長秋許。麓川烽火接騰衝，偏師偶蹶捐前功。紅旗陣陣催金齒，白旄翩翩出楚雄。獨無憂，何嘗快，鐵瓦金書復誰在？苴蘭古道杜鵑啼，時有行人下馬拜。

度關山談云：吊河套也。成化四年，武定侯趙輔總制各路軍馬搜河。未幾，以疾召還。嘉靖二十五年，曾銑出塞，被譖伏罪。咸寧者，仇鸞也。

度關山，關山在何許？七十墩臺十三堡，黄河千里揚沖波。昔聞武定初度河，年年議開赫連北。河水照人雙鬢皤，紅鹽池南馬族族。馬腹澌澌錯箭鏃，北風黄沙射白肉。近前十步安狼牙，簳脱創深拔不出。朔雲一色寒雕嘶，隔隴暗聞磧上蹄。偏師欲出咸寧壘，關頭磨動髦牛旗。君王忽下輪臺詔，此日情形豈得知。

東海有勇婦談云：烈皇帝殉難，有宫女費娥爲賊掠，伺賊醉，殺賊，大呼曰："恨不能盡殲。"遂自殺。甲申秋，南京遣左慰第北使至，則館于太醫院。密疏南來云：臣遣遊擊楊三春密往昌平，回報先帝葬處名翠華山，有原葬田貴妃。墳夫江大領夫五十名，正開隧道。三春稱，行商百姓望隧門叩頭數十，帶有隨身紙錢焚燒。拉江大道側細問，云四月初一日，賊用夫三十六名舉先帝梓宫至，停紅棚内，用夫十六名舉先皇后梓宫至鋪行，百姓斂錢三十千開隧道。四月初一日入葬，先帝居中，周皇后居左，移田貴妃于右。今攝政王恐未深葬，命内官黄高等開看，監工造陵，隧道寬二丈五尺云云。昌按：阜城，京城西門名。

出自阜城門，黄塵隔宫闕。羽林十萬軍，瀌瀌若霜雪。朝聞破潼關，夕犯金河灣。烏啼五更曙，銜土翠華山。舞馬淚雙流，馴猴衣盡裂。異類比妾心，人心不如妾。妾本叢臺女，時無廝養兒。剪刀當匕首，鉆鉧勝金椎。右手提賊頭，左手刎素頸。毅魄劇奔星，風雷赴俄頃。東海有勇婦，聞昔蘇來卿。精誠貫終古，豈獨媲芳聲。

白楊行談云：王僧虔《技録》有《白楊行》與《牆上難爲趨》，皆傅玄作，相和歌中瑟調曲也。崇禎十五年，李自成、羅汝才攻開封不下，九月河決，男女溺死百萬。周王棲城阜五日夜，督師侯恂、總兵卜從善以舟師迎王走。賊舍開封，西逆王師。孫傳庭、左良玉皆敗績，中原自此其魚矣。又按：傅玄作有詞有聲，大約歎士不遇時。今此諸篇，事實興會不一，故體格屢變。

嚴風九十月，白楊何蕭蕭。驅車來苑北，雲氣正蕭條。村落無居人，良田但蓬蒿。野鹿成群，饑鳶啁嘐。咄我四馬，垂耳銜兩韁。圜駝慷慨，與我争行。魚鼈游宫闕，河水蕩蕩。何者爲大梁？昔日王與侯，今日白骨無人收。仰天太息，青雲徘徊。舍我高游，咄哉心悲。手招青雲，日欲西晻。當用生爲悲，當奈何邪青雲飛。

煌煌京雒行談云：傷明兩京也。四都者，順天北都、應天南都、鳳陽中都、承天興都也。

煌煌四都際四極，斷鼇作柱媧皇立。地維天紀分兩京，宛丘直南蒲坂北。燕雲以後十六州，繁華遂與江東儔。春風寶帳三千所，杲日金梯十二樓。甲第平連鳷鵲觀，玉河遥擬鳳凰洲。九邊馳道通三輔，七萃雄師領列侯。六朝佳麗依天塹，海漕江輸到畿甸。越羅楚練堆作山，方物奇琛古希見。名王賜宴葡萄宫，閼支畫像甘泉殿。十二陵邊樹若雲，縱橫陌上花如霰。箭及昭陽野燹紅，一龍浮渡大江空。朱衣鑿斷秦淮水，王氣摧殘日月峰。鳳陽陵寢山兩峰名。琵巴遺響彈黄鵠，篳栗迎霜落塞鴻。何人更擬《三都賦》，鉛槧須慙左太冲。

門有車馬客行

門有車馬客，駕言來故鄉。長跽就問客，沈痛咽中腸。客乃長跽言，故鄉不可詳。兩年斷耕種，千里無人行。孑遺能幾何，今又續流亡。主將既首鼠，驕語臨江東。叶登涼切。内嚮而恫喝，外視反徬徨。尾大果不掉，兵驕果不祥。部曲乍糜散，金劍遺東廂。一言淚綆縻，再言涕交頤。君來城郭圮，今復城郭非。白骨築爲坂，高陵變深池。古木伐爲薪，丘隴半荒夷。道逢二三人，結蒯爲裳衣。舊時歌舞地，萋草與人齊。草草作人形，各各刀兵持。嬌魂化紫紫，白晝行綏綏。腥風起殘殲，地上烏鳶啼。髑髏逐溺走，顛蹶三魂飛。長跽再問客，客今來故鄉。故鄉信爾爾，車馬何輝煌。他鄉半若此，客復之何方。客言拜新恩，北上燕京城。辰羊切。長吏爲勸駕，四牡夾兩箱。亦復有親故，上路陳篚筐。丈夫歷九土，何必懷故邦。慷慨惟生平，俯仰獨悲傷。溺，奴吊切。

高句麗《雜曲舞辭》有王褒六言。褒字子深，宇文周時人。按：高句麗，其先出于夫餘。朱蒙善射，遂有箕子朝鮮之地，至紇升骨，城居焉。俗守箕子禮教，倣于中華。漢初，燕人衛滿椎結入須水，攻朝鮮王隼自立。唐乾封三年，李勣破高麗，得其樂以獻。唐改爲《夷賓引》，一名百濟樂樂人，紫衣大袖裙襦，章甫冠。李白樂府：“金花折風帽，白馬小遲回。翩翩舞廣袖，似鳥海東來。”《周頌》：“有客有客，亦白其馬。”白馬意出此。《一統志》云：“國人戴折風中大袖衫，即所謂折風帽廣袖也，至今不改焉。”

句麗奮袖婆娑，高冠長劍峨峨。慷慨容儀自多，至尊含笑顔酡。賜以醽醁槖佗，縶維白馬胥餘。遺教漁佃詩書，朱蒙弓矢睢盱。紇升骨城以居，奄有濊貊沃沮。其容不改趨蹡，出言斐斐有章。臣俗自周逮唐，敕賚龜紐金章。禮儀進退焜熿，衛滿椎結無何。華風遠播遐阿，彝賓引舞僛傞。金花風帽形譌，爲君當筵雅歌。

燕歌行

朔風怒號天雨霜，沙雞塞雁紛南翔。念君結軫之他邦，故鄉非故斷人腸。君渡黄河冰作梁，賤妾懷思波阻長。盛年亭亭處空房，志如委衣神不揚。攬衣起步明星光，七星蓬蓬参畢旁。哀笳四起夜未央，悲來思君不蹔忘。短歌變徵彈清商，誰能聽此不沾裳。

淮南王篇《解題》：小山之徒作。此一篇實言安仙去，或云不知所終。按古詞“我欲渡河”以下，皆隱辭王實自殺也。《解題》與《列伯傳》不足信。談云：此亦祖其隱也。甲帳，漢武帝造以觀書。離枝，荔枝也。水晶、長春二宫，五代時王審知建。淯水、春陵，在今南陽府。越王，閩山名。

淮南王，好神仙，坐憐夸父思上天。後宫甲帳金作牀，鐘鼓窈窕樂未央，離枝玉盌酌蔗漿。酌蔗漿，飲少年，少年謑髁安能賢。水晶宫館長春殿，淯水春陵悲不見。我欲渡江江無梁，願化雙黄鵠歸故鄉。歸故鄉，不可得，八公老髦無氣力。霰花剪剪旗旆旆，越王燧火横天外。

三俞談云：巴渝也。《魏俞兒舞歌》，即漢巴俞舞，王粲作，有《矛俞》《弩俞》《安臺》並《亂》四篇。傅玄有《矛俞》《劍俞》《弩俞》《安臺》四篇。陸龜蒙有《矛俞》《劍俞》《弩俞》三篇。此合爲一篇。崇禎時屢以閹宦監師，多募力士，故譏軍容角技之無用。又川蜀兵最號技擊，後敗于江東云。

劍脊射月矛落星，連牛拔弩聲流霆。賁育蹶起冠鬅鬙，驚蛇赴穴電繞庭。一隊血勇生殑殑，堂上垓下一呼去聲。膺，如澠之酒十斛罌。天狗吠吠月墜地，一炬平安光未熸。敵聲四合將軍逃，八千子弟浮泡消。

蜀道難《解題》："古《蜀道難》，言銅梁王壘之阻。"一説李白云"蜀道之難，難於上青天"，以罪嚴武。後陸暢請韋皋于蜀，感韋之遇，反其詞曰："蜀道易，易于履平地。"士贇箋曰："李白悲明皇幸蜀而作。"其説是也。此詩祖白意。奢香，貴州土官婦，爲高皇帝開道通貢者。昌按：潁國，傅友德；黔寧，沐英也。

蜀道難，難于上青天。蜀道易，易于履平地。銅梁玉壘高難攀，鼈靈魚鳧殊茫然。金牛糞盡五丁死，石犀填水三千年。七盤九折行不得，上與井鬼通光躔。玄宗蹭蹬萬里橋，玉環不到巫陽山。蜀道難，難于上青天。子陽躍馬称白帝，高午腰間賨刀利。五丈原頭大星隕，陰平道上潛師濟。前成後孟可奈何，劍閣鼉崖本難恃。花鬃來朝列貴嬪，孤兒面縛封歸義。蜀道易，易于履平地。青天平地何茫茫，猿聲三峽斷人腸。潁國功名總銷鑠，黔寧宮殿盡荒凉。錦官樓上烏啼夜，望帝祠邊夏雨霜。指點龍坑通貢處，猶餘壯士哭奢香。

日出入行太白此詞："日出東方隈，似從地底來。"又云："魯陽何德，駐景揮戈。逆天違道，矯誣實多。吾將囊括大塊，浩然與溟涬同科。"蓋謂日不入地，元氣運行無息耳。其説始王充，元丘處機、明利瑪竇説同。此詩祖白意。

日出入東西，日不出入東西。中國以見者爲言，謂西蒙谷東禺夷。日生朝，月生夕。交如環，合如璧，但有遠近無出入。遠則冬，近則夏，近則長晝遠長夜。鬻胛未熟天待明，亦有三夏爲晝三冬夜。西泰説卧阑的亞大洲甚冷。冬三月太陽不出地，夏三月不入地。文王假象爲明夷，其實太陽不處太陰下。新垣占候景再中，虞公劍指返下春。精誠格天理如此，誰謂矯語誣天公。不必追夸父、嚼燭龍、呼長繩、繫長空，但挹北斗酌鴻蒙。坐携嫦娥不死藥，往會太姥幔亭峰。周回五億萬七千三百九里，與天左旋右轉長無窮。

君子有所思行陶云：言“富貴不足从，滿盈宜所忌”也。

長安九衢裏，甲第羅金張。聯翩鶴蓋接，龍馬如雲翔。承思絶馳道，謁帝宴明光。賜與竭天府，歌鐘連未央。威名掩伊霍，曬罷結椒房。回天片言少，捧日萬年長。三公出私室，五侯財雁行。盛滿理必敗，禍淫天道常。錢收鄧氏鑄，園還沁水莊。前時魏其宅，今復武安坊。載觀博陸墳，蕭蕭惟白楊。覽古歎流水，撫今增内傷。

尺布斗粟謡

尺布亦可縫，斗粟亦可舂。兄弟二人忍不容，周家三讓由太公。叔帶作亂遂爲戎，我思仁賢悲且沖，鄭伯養貪成段凶。

東武吟

出東門，遵長途。遠望見，何紛挐。青衫紫騮依路隅，高韡白帢窮錙銖，鐵襠銅靫金僕姑。逾垣截砦争封侯，東家上計西家囚。頭上白日無根株，人生少壯雙轆轤，謂君亦何愚。君不見魏有吴起，吴有要離。室中彼姝，不得爲妻。遵長途，摻子袪。

順東西門行

日出東，月出西，天道輻轉無停轙。當作“规”。少則壯，老則衰，血氣盛滿曾不思。生何益，死何虧，少年黽勉當及時。年既富，世復治，平聲。得者若登失若馳。匏管清，襬服奇，騰觚極讌君莫辭。醉復醒，情不怡，身中齒髮如寄栖。獸斯跂，烏則飛，我胡行歎復坐悲。偭往悊，詔來茲，千秋逝矣恒若斯。

獨漉一作《獨禄篇》。楊廉夫云：爲父報仇之作也，太白轉爲雪國耻之詞。此詞作于甲申秋。

獨漉復獨漉，水鑒無清濁。濁水映彩雲，光華亦何縟。濁水本在地，彩雲本在天。如人貴賤雖異，此心是非炯然。大恩未報耻未雪，刀環印鼻徒周旋。人心有所溺，各自賢其賢。伍員申胥，志願但兩全。我歌《獨漉篇》，悲思淚下如涌泉。

秦女休行

昔有燕王婦，自名秦女休。羅衣奮白日，仇頸斷吴鉤。縣令解綬去，丞卿持憲愁。天子下詔赦，不忍忠孝囚。芳名播樂府，軼事傳千秋。請停秦女曲，聽我衍新謳。豫讓苦節士，斫衣殷血流。賢哉趙襄子，人君度孔修。位高苟不德，敵國起同舟。秦皇亦何鄙，博浪求其讐。亡國痛亦大，棄讐恩亦周。漢皇封雝齒，四海皆歸劉。世祖下雒陽，爰拜扶溝侯。豈惟安反側，實以章王猷。匹夫貴意氣，王道尚懷柔。明明天與日，覆照何優悠。

折楊柳一作《大曲古辭》

天道必有終，人生昧厥初。君子道其常，不爲時俗偷。夷齊餓首陽，誰云紂獨夫。五就疑阿衡，三反病繇餘。逋臣信辛苦，厥有狐夜姑。趙盾夏日日，片語驚酆舒。夫差將伐魯，公山退踟躕。奔亡不忘故，費叛非其辜。申胥哭嬴庭，一夕三敗吴。封荆不肯受，顧瞻園與廬。樂毅事燕昭，失意走趙都。趙王欲北伐，涕泣何漣如。王猛入三秦，名立功亦膚。慕容即先擊，晋室未可圖。君難臣不易，大聖所嗟吁。嫠婦一衷怨，莒社成丘墟。一本分八解。

泛舟横大江有序

魏文帝《飲馬長城窟行》云："泛舟横大江。"梁簡文帝因以爲題也,其詞云:"游子出王畿,當念蚤旋歸。"張正見亦云:"王孫客若遠,詎待送將歸。"雖有風景萋萋之感,而語意鄙恭。文帝本云:"泛舟横大江,討彼犯荆鹵。武將齊貫甲,征人伐金鼓。長戟十萬隊,幽冀百石弩。發機若雷電,一發連四五。"蓋言江表易破,幽冀兵彊也。

黄河落天塹,白日何蒼蒼。南行渡江漢,萬里岷嶓長。秦皇志飛越,駕以黿鼉梁。射蛟之罘下,驅石滄海傍。飲馬雁鶩池,東巡上錢唐。并宇盡甌粤,刻碣窮南荒。漢末有孫吴,偏阻不自量。瑜蒙詡得計,終死菰蘆鄉。六代小君臣,勃起而倏亡。重德不在險,何有多隄防。降旗不暇豎,鐵鎖非金湯。至今緣江戍,蒿莽連雲望。我欲竟此曲,此曲誠悲凉。王孫去不返,空悲春草芳。巡,秦嶧山碑"巡"字。

飲馬長城窟

黄沙盡大漠,紫埂名長城。燕趙實版築,秦皇蒙惡聲。千年雨雪在,墩堡多摧傾。戎騎爲跳踉,狐貚相窟營。飲馬城窟中,馬狃時時驚。落日似孤燧,煙雲縱復横。漢家争戰地,萬古無人行。鴻雁解其羽,皓然疑雪明。《山海經》:大澤方百里,群鳥所生及所解在雁門北。埋骨何足悲,所悲功不成。郅都復何益,李廣終無名。節鉞受天子,彈薦從公卿。徒憐邊鎮重,寧悟闕廷輕。狃,《説文》:多畏也。重文作"怯"。

結客少年場

少年戍燕趙,拂箭輕樓蘭。馬蹄鉛鐵嶺,蛾眉馱玉鞍。收功在鉅鹿,失意還邯鄲。不取王導節,詎忍鐘儀冠。走馬過大堤,青樓結雲端。樓中有好女,含笑顔如丹。千金一握手,錦帳流蘇盤。苦辭發中席,願畢新恩歡。女子當一身,丈夫良獨難。忽念安陵釣,淚下長汍瀾。

從軍行十七歲作

荷戈急王難,結髮游遠方。長途轉征邁,舊侣亦已忘。幾人亂海内,傾國事戎行。側聞官軍變,中道互搶攘。長恐遠仳别,不獨如参商。夜闌輟遠夢，輕屧響危廊。蟣蠓聚月明，蜘蛛落閒房。徒傷伉儷好，不捄君邊疆。

入　塞

玉門關塞遠，岧嶢連馬邑。曾聞蘇武歸，亦見班超入。咄哉右校王，冷洒河梁泣。一國不足居，百年私自惜。霜毛茁鬢出，墜節難俯拾。寧知班馬鳴，功名生絶域。風吹角韻南，烈士袍襟濕。寂莫五陵春，落花一黿澀。

征婦寄衣

有客發渭城，言之交河涘。霜閨各有寄，裁縫裂端綺。香停鈷鉧火，熨暖薔薇水。切切兒女仁，慇懃亶如此。今夕金錯刀，宛轉向孅指。晨裝就長道，與君共萬里。有家嘗寄衣，無家復何似。持謝衛將軍，功成勿爲喜。

妾薄命行

東家有翁嫗，擇壻得兒郎。兩心易明白，百歲無乖張。嫁與膏粱子，幼小便猖狂。麤疏尚可忍，謔浪不可當。盛年處房室，容華坐自傷。白日午時餲，不異桑榆光。食蘗獨苦心，食鳩將毒腸。含悲嬾窺牖，涙點嘗在牀。

白頭吟

十五髮覆眉，低頭圭門裏。十六初綰髻，與君作鄉里。出亦復嘻嘻，入亦復嘻嘻。君情定妾會，妾意定君知。金多中道變，他鄉更歡戀。織錦不堪愁，羅衣忍障面。入亦復凄凄，出亦復凄凄。眉同鏡影斂，涙帶夢魂嘑。知君好遊俠，傾心事交結。欲盡結交心，須憐舊時妾。

鰕䱇篇曹植有《鰕䱇篇》。"䱇"音"鱃",小魚也。一作《鰕鱸篇》,《字書》闕"䱇鱸"。

鱛鯊食鰕䱇,鱏鱯食鱛鯊。小大各相啖,造物其如何。鱕鰭產大海,左右插三牙。胎生五六子,腹内開池洼。出入從口中,朝暮恒呀呀。漁師布巨网,斤斧相交加。錯皮餙刀劍,析骨爲鞭撾。波濤永相失,斫肉徒盈車。蛑魚更殘猛,上岸尾牛豭。巴蛇行過之,吸取如鼃蛙。不見蠃與蛤,濡吮惟泥沙。口腹亦自保,貪夫良可嗟。

猛虎行

嚴風轉槲葉,亂灑黄茅岡。猛虎跨出林,十步見睛光。强項不及顧,壯士前相當。一叱使人立,駚犇來受斨。昌按:"駚犇",音"鞅奮",見《山海經》,獸跳躍自撲也。爪牙自掌拄,鈹刃交胸膛。虎死性不踣,倒擲令顛僵。狐兔汝不食,深山汝不藏。中逵豈汝踐,犯理取滅亡。猛虎雖兇惡,念之亦天生。去去巖谷中,亦可以久長。自注:膛,俗字,胸前也,本借堂。《字彙》:膛訓肥。非。

梁甫吟談云:《梁甫吟》起于漢,葬歌也。諸葛亮好爲此吟,寓悲于《田彊古冶子》《董逃行》,古有之。靈帝時,京師歌,每句末曰:"董逃。"蓋送聲也。董卓作亂,卒以逃亡。

我觀世上人,多于山中草。白骨何處消?來者復不少。皇王與臣佐,今古如翻瀾。田彊古冶子,區區何足歎。大地一丘墳,生人盡黄土。椎墳起臺榭,摶土作歌舞。朝聞《董逃行》,暮聞《梁甫吟》。漢賊兩寂莫,千秋傷我心。

飛蓬篇

飛蓬逐長風,展轉千里游。自非落坑塹,輮輮無時休。丸丸南山松,正直淩千秋。菟絲翳其陽,靈芝産其幽。葈葹全谿谷,芣莒蹀道周。蘭蕙雖美草,當門亦被鋤。

朗月篇

月采麗高甍,露華韡羅幙。上有佳俠人,流思向宛雒。粉頰珠光耀,膏梳蟬翅薄。密態君詎知,無心詎能學。嘗恐鶗鴂至,涼風入阿閣。豈無璇閨賞,闔景自娱樂。容華若鬼神,何繇會冥莫。陶云:"泌水十畝意。"

結韈子

漢廷公卿會,王生後至止。顧謂廷尉前,爲我結韈子。心知不在貌,面交良可已。豈無英雄人,感恩爲君死。

西園游上才談云:《梁曲》本沈約《詠月詩》爲題,此則譏荒淫忘亂而作。

置酒臨高臺,西園游上才。香煙夜生餤,蠟淚曉成堆。熢火雲邊落,笳聲隴外催。坐令觴上羽,插向戰書來。

三臺談云:高洋築三臺,"宫人拍手呼,上臺催送酒"。其後童謡"可憐青雀子"云云,魏禪代之應"百尺高竿"云云,洋澄繼殞之應也。

高臺臨漳河,華月散楊柳。宫人拍手呼,上臺催送酒。漳水東流月西落,臺前送酒銅龍渴。百尺高竿燈不明,鄴城喈喈飛青雀。

遊俠篇談云:傷獎亂棄功也。

渾金裝轡頭,錦纜繫輕舟。殺人留姓字,爲客報恩仇。司隸噤莫問,金吾誰敢收。一朝風埃起,十載萑苻酋。狐鳴會大澤,鴟張墮名州。乘時邀詔赦,拜命著兜鍪。通籍龍虎衛,出入鳳皇樓。堪悲李都尉,白鬢不封侯。

羽林郎

六郡良家子，三河年少群。彫弧畫雲氣，寶劍熀星文。垂旄孔翠飾，褣襠雞舌熏。指揮鮑司隸，調笑卓文君。金錢寄大道，寶玉出幽墳。五侯上壽罷，戎曹持籍聞。身多殺人罪，家有死綏勳。年深擽槊執，還用虎符分。

玉波冷雙蓮

高季迪《姑蘇雜咏》："唐處士李籛游震澤，逢女郎，自稱龍女。歌此曲，云哀吴宫二隊長。"其曲世不傳，季迪補之。因高説別制此。

雙蓮復雙蓮，紅愁玉波冷。鴛央夢銀塘，啼烏下金井。遊魂血涴邀西施，貝宫漆炬燃靈犀。鑌刀雙斷蝤蠐領，博得臺高王宴寢。五湖沈魄化不歸，水面猶鋪鳳花錦。

倚瑟行

渭南遠指邯鄲道，高臺坐看如花老。新豐雞犬非昔時，咸陽陵墓消秋草。皇帝王霸安在哉，神仙富貴皆塵埃。泥尊瓦鼎霸陵出，樂盡哀深無可哀。

北邙行

山倀夜出牽猛虎，脚踏石羊西面語。水銀瀉盡鳧雁飛，秦帝樓臺漢家土。濕螢澀澀移鬼燈，春風吹掛枯楸藤。天長地久豈終極，塵埃紅鏡朝朝升。

又前韻

巫彭迎袄騎黸虎，事鬼年深知鬼語。應龍穿石如虚空，人不見風鬼無土。山根腐葉飛神燈，老梟銜入千年藤。茫茫厚地窩無底，度索跳下踆烏升。

改元稹《將進酒歌》有序

元稹《將進酒》云云，"願主回思"以下託言不純，非風人忠厚之旨，因改之。稹辭云："將進酒，酒中有毒酖主父，言之主父傷主母。母爲妾地父妾天，仰天俯地不忍言。佯爲僵踣主父前，主父不知加妾鞭。旁人知妾爲主説，主將淚洗鞭頭血。推椎主母牽下堂，扶妾遣升堂上牀。將進酒，酒中無毒令主壽。願主回思歸主母，遣妾如此由主父。妾爲此事人偶知，自慙不密方自悲。至今顛倒安置妾，貪天僭地誰不爲。"

將進酒，酒中有毒酖主父，言之主父傷主母。母爲妾地父妾天，仰天俯地不忍言。佯爲僵踣主父前，主父不知加妾鞭。旁人知妾爲主説，主將淚洗鞭頭血。推椎主母牽下堂，扶妾遣升堂上牀。將進酒，酒中無毒令主壽。主母下堂緣妾故，妾即何心居主處。鞭笞效德牀笫疏，願主自愛千金軀。

仙真人有序

秦始皇三十六年，有墜星下東郡，至地爲石，或刻其石以譴之。始皇盡誅石旁居人，燔銷其石。久之不樂，使博士爲《仙真人詩》。及行所游天下，傳令樂人弦歌之。時新阬諸生四百六十餘人于咸陽，疑博士所爲謿辭也。樂府失之。

仙真人，淩虚游，驂駕天駟牽天牛。雷公擊鼓彗曳旃，飇風輪景覽八周。金臺五所三神洲，朱粮九光十二樓。觀望廣麗如雲浮，迭代玉女更綢繆。窮情靡欲無訾訧，帝可法之天同休。天同休，樂無射，媿媧再鑄月與日，西方明星化爲石。始皇七年、九年彗皆見，十三年明星出西方。

祖龍行昌按：本唐韋楚老題，郭茂倩編入《新樂府》。

咸陽十二銅優伶，磬筦竽瑟弦鞠笙。《西京雜記》：秦咸陽宫有銅人十二，高四五尺。列在筵上，琴筑竽笙，各有所執。組綬華紛，儼若生人。筵下有銅管，口高數尺。管内有繩大如指，一人引繩，琴筑竽笙，與真無辨。君王行夢沙丘去，著伴宫門翁仲住。輼輬上食鬼作人，鮑殠腐肉貪羶鮏。僞書已促扶蘇死,天意偏教胡亥生。長平寃蟲人面似,芒碭雲氣蛟龍起。遊魂尚在望夷宫,奸腰已肆咸陽市。荆卿倚柱不足咍,衛鞅車裂良可哀。過江吉玉報英主,素車白馬華山來。咍,本音“怡”,笑也。一作呼來切。

湘靈鼓瑟篇

湘江秋風九疑雨,湘君夫人隔雲語。青峰不動飛白波,霜弦五十彈雲和。排風寄語秦博士,赭盡君山神不死。九歌九辨人豈聞,三嬪上天無此聲。鷓鴣銜葉蓋霜背,雌雄啼苦潛相對。西川杜宇不知事,血化薔薇點平地。天崁地坼駕鵝飛,白龍一雙天上歸。普云:有本事。

壯士吟

骯臟老馬踼皂櫪,蕭颯饑鷹感鳴鏑。男兒有恩報不得,寶刀磨斷青虹霓。普按:霓,入聲。

紀南歌

《十道志》曰:“楚昭王十年,吴通漳水,灌紀南城。”《水經注》:“楚先僻處荆山,後遷紀郢,即紀南城也。”《左傳》杜注:“今江陵縣北紀南城。”劉禹錫有《紀南歌》,其詞曰:“風煙紀南城,塵土荆門路。天寒多獵騎,走上樊姬墓。”

可憐荆門路,馬蹄蹋成窟。蒸土城復摧,水深行入没。鼓聲何不揚,大將親秉鉞。聞昔杞梁妻,淄水葬貞骨。梁妻投涵水死。普按:此作于丙辰、丁巳,亦感事也。

無愁果有愁曲

北齊後主緯作《無愁曲》,自彈琵琶,馬上唱之。曲終,莫不隕涕。初,陳攻齊,後主頗以爲憂。穆提婆曰:“假使失黄河以南,猶可作龜兹國。人生行樂,何用愁爲?”後主乃大喜。後穆提婆降,敵兵遂入鄴。李商隱有《無愁果有愁曲》。

龍子抱雲卧不起,六宫淚渧銅虬水。梧楸走馬清晝同,鵾弦遞上彈秋風。月槽斜摟紅襟飁,桿撥粉香懷内熱。初謂無愁愁轉多,鼙婆聲送穆提婆。畫河難作龜兹國,君即不愁當奈何。

輪臺歌岑參《送李副使赴磧西》有:"知君慣度祁連城,豈堪愁見輪臺月。"又有《輪臺歌送封大夫》。

嚴霜十月百草零,蒼鷹趧地草有聲。昌按:《周禮》:"矢人爲矢,羽殺則趧。"趧者,旁逴也。將軍轅門晝擊鼓,風帆紅旗獵平莽。帆,去聲。輪臺莫雲日未午,酒澠肉坻士如虎。將軍按劍不肯醉,美人帽脱花門舞。君不見,沙場骨白盡成塵,曾是昔年歌舞人。矛頭箭鏑一爲樂,誰念沙場征戍情。

高陽樂人歌昌按:梁《横吹曲》有高陽樂人歌二曲四解,本魏高陽王樂人作,但云"可憐白鼻騧,相將入酒家"而已。此則詠高陽酈生説齊田廣事,言有國者不當縱飲忘守備也。

陳留大道酒十千,春禽咬咬花滿煙。錦襠繫馬鑪頭住,插示當楣雙白羽。梨花膝上宛轉嬌,長日春風浩無主。陸離長劍冠切雲,當時楚漢何紛紛。高陽酒酢鼎肉冷,歷城已入淮陰軍。

棗下何纂纂

桃葉何長長,棗花何纂纂。旉榮結實各異時,有酒勸君竟須滿。君不見長壽街道南宅,一朝歌鼓聲不揚。田灌高門换賓客,張儀抱辱西入秦。陳平豈長貧賤人?功成名遂亦塵土。不如漉我顱上巾,雷鳴瓦缶寢絲筦。高歌入雲雲欲斷,花香塞路酒如泉,謝尚前頭舞方嬾。興來脱卻文君裘,仰看鴻鵠瞠兩眸。撞鐘列鼎亦偶爾,得錢但可營糟丘。

白茅堂集卷之三

樂府雜體二新舊題

王明妃有序，十六歲作。

序曰：王明妃當元帝初，待詔掖庭，久不得幸。妃内頗不平。值單于求漢女，盛飾越席請行，光彩動左右，帝驚悔不及。單于謂漢賜厚，獻白璧騵馬珍寶之物，請爲天子守燉煌，休中國士卒。妃痛非本意，作詩曰："志念沈抑，不得頡頏。翩翩之燕，遠集西羌。"顧子曰："妃不得志于中國，而遠嫁單于，卒使漢受其福，有孤臣義士之隱情焉。于是壯之，作十一韻。"

李陵不背漢，王嬙悲集羌。君恩不肯再，斷絶彼中腸。丈夫各異志，女子亦有行。但恐蘭蕙晚，不辭關路長。行行去故里，慽慽來此邦。鍪綬燿金璽，云是單于王。氊帷出宛轉，椎伎争扶將。白璧雙報漢，爲歡殊未央。晨瞻欃槍落，夜失旄頭芒。久戍獲歸國，病馬亦解韁。長安百萬户，共道蛾眉彊。

雙燕離有序

恩姑劉貞節門楣有孤燕，景星學語時，巢十餘年矣。崇禎二年，巡按御史以貞節聞，上命建坊旌表。此詞予十五歲作。今予且壯，恩姑逝已六年。是篇傳在長者，撿篋得鄉大夫邵公於行。甲申春，過姑蘇所書，灑涕録之。時己丑三月六日。

雙燕離，雙燕離，離燕孤飛還只栖。白頭阿母簾下坐，年年爲咏灞城詩。灞城王整姊事。見汝孤栖，我抱爲兒。呢喃梁上語，呪嘔階下嬉。阿母指此燕，廿年巢我楣。不見燕女墳，能感異類知。臝賓鸞，蒼舒雞，鳴儔慕侶何足奇。古来惟有忠義士，貫日沈泉心不移。阿母壽千百，燕兮應化石。

苦寒行

陰山嶜堅雪，大澤凝鯉波。囓路凍殺馬，牛羊死崸阿。彎弓動千百，繳矢連鶤鵝。狐狸拱深穴，荆棘紛迾羅。天傾白日速，道嶮豺虎多。安得六龍駕，光曜回南訛。元冥大司命，冬職固所加。酷此苦寒節，過時當奈何。

雜　謡

枯魚過河泣，大魚道上行。天道何不等，降罰我人民。鵜鶘在漁梁，鳥雀鳴空倉。北風何蕭條，歲暮天雨霜。鷂子撲群雀，群雀飛雰雰。彎弓射鷂子，群雀全其群。

邊居行吴均題

富貴何足歎，憂患宜可悲。一朝嚴譴下，萬里戍邊埤。草車雪中去，木馬冰上馳。自携白骨出，遠葬黄沙陲。杞柳皆高林，鵶鳩但卑栖。河聲轉西向，杲日無光輝。所遇非生平，長與親故辭。青史不相貸，後來知汝誰。

度關山一作《征士吟》

衝風隖壁暗，明月交河飛。望路隨鴻影，長征數馬蹄。連聲驅日逐，轉戰邁金微。夢裏鄉關在，河邊鬢髮非。高樓越石嘯，笳管劉疇吹。異類同天性，那能不淚垂。

閒居見陸士衡《百年歌》，悲焉。生人之情，略盡于此。援筆别賦一章，仍云《百年歌》壬午年作

人生一墮地，百憂之所城。苦相身爲女，在男義尤殰。啼笑褓褓

間,苦樂難自申。疾痛仰煦嫗,體氣正跉嫲。濺滌未得潔,扶抱方就行。荏苒一十時,口齒財齠齡。出學就外傅,拱手對六經。離彼乳哺意,正深顧復恩。二十甫弱冠,體貌初成人。漸遠嬉戲事,遂憐儔匹情。譚辭擇都雅,被服慕光榮。感時動慨咤,考古多悲辛。三十名譽立,對策扬天庭。筮仕跨州郡,出入儤承明。貤封及嚴君,冠蓋羅親賓。燕歌和趙舞,逸麗充房楹。吉凶遞倚伏,得失恒怦營。絓足礙天網,吐言戒垣聽。嗟此七尺軀,遂爲禍福攖。生年邁半百,無須論浮沉。譬彼將槁木,强半成枯根。妻孥盡榮盛,獨自多兢驚。感詫日夕至,舊境全紛更。朞功謝散送,棣萼漸凋零。蓼莪既廢閣,風木徒悲吟。居廬能幾何,三載如流星。仕宦還入朝,故鄉但丘墳。志士誇不朽,達人笑長生。及此盛壯日,僶勉無留能。漸衰六七十,後進還公卿。懸車就故里,俯仰吊郊坰。生男既抱子,嫁女復長甥。充鄽論姻婭,献醍夸坻溷。車馬千金劍,傳食皆兒孫。耄期日耽瘁,臨鏡不欲親。萬事隨轉燭,端居念平生。嬰年時入夢,沾涕涴華裀。火藥近簾牖,撟尉無暫停。奄辭在一日,長逝别三辰。歷爵建丹旐,高堂流素塵。黄腸一已閉,寧聞歌吹聲。幽明本懸絶,知復有鬼神。春秋劇掣電,宰木拱荒塋。功名總銷鑠,銘諞非其真。力盡疆埸間,後來仍鬭争。典文悉變易,悵恨那復云。平生所著書,刊取繇他人。湮鬱重泉下,苦心寧具陳。亦復有貧賤,老死于丘甾。束縛山岡去,何人詢姓名。犇鹿來觸樹,飛鳥爲哀鳴。生存既傫偖,魂魄還倰僜。田疇數易主,鏄趙來相侵。但苦樵竪榾,敢憎狐兔鄰。侯王盛熏爍,鬼伯益殑殑。仙丸不可遇,史筆終書薨。玉衣匣裹敝,石鏡雨中瑩。金蠶及銀雁,零落同灰釘。東家笑啞啞,西舍哭喤喤。只此一骸骨,後先相送迎。前車既奔敗,後轍仍相循。悠悠閱生死,擾擾同胆蚉。感彼百年歌,援筆撰此文。人生率爾爾,大梦何時醒?

蛺蜨行

春風吹曉晴,蛺蝶何輕盈。逍遥適芳樹,自謂薄太清。大鵬垂兩翼,志已無南溟。小大勿相笑,天然皆物情。

愛妾换馬有序

《樂府解題》,淮南王作。《宋人詩話》指是鮑生以妾四弦换韋生紫叱撥,按淮南王事不經見。鮑生是唐開成時人,二説并謬。魏任城王曹彰,見駿馬,以愛姬换之。馬名白鶻,後獻于文帝,是其事也。梁簡文云:"真成恨不已,願得路傍兒。"用《風俗通》古諺云:"殺君馬者,路傍兒也。"後之作者,多爲棄妾怨詞。

美人黄金屋,壯士白玉羈。結束兩情好,投寄貴心知。風塵苦未滅,婉嫵忽生離。喑噁指萬里,慷慨别中閨。錦鞯雙紲入,玉貌兩行啼。苜蓿須新惠,蘼蕪起故悲。功名會有盡,恩愛實無期。不見西陵妾,銅臺歌舞時。

採桑曲

三月正春陽,羅敷行采桑。青雲頭上髻,明月耳邊璫。攀條嫌手弱,曳地覺裙長。使君莫借問,羞學野鴛央。

其　二

陌頭秦氏女,采桑家令妻。獨行逢駟馬,坐怨出中閨。青驪他結伴,黄鳥自雙飛。多謝持金子,踟蹰空爾爲。歸來屋梁月,皎皎照容輝。

神弦嬌女

三三騎白麐,兩兩垂紺髮。佩解漢陰珠,波淩雒濱韈。雲妝無處所,旆轉仍超忽。寄語幄中人,茂陵冷香骨。

當罏曲

上客騎白馬,鞶纓紫金钀。豔妾獨當罏,留歡共明月。歡心若流水,明月易西没。不見茂陵秋,已白文君髮。

當對酒

掩袖褰羅幌，含嬌出錦屏。小鬟堪向客，綿睇自留賓。桃花紅靧面，竹葉緑當脣。相持一杯酒，并作蘭房春。

三閣昌按：臨春結綺望仙也。劉禹錫詞：“貴人三閣上，日晏未梳頭。”又云：“三人出眢井，一身登檻中。”吊陳後主也。

三閣鬱相望，春臺大道長。馬嘶迷碧草，鶯倦度垂楊。花從雲際落，人在日邊藏。空留一回首，殿瓦拆鴛央。

春閨曲

日照綺牕初，拂衣對明鏡。鳥影階前過，蜂聲鬢邊近。夫君偶不在，枕簟陳逾静。璚户寂無人，風琴響清聽。

簫史曲

簫郎顔勝玉，鳳女貌傾城。多情本仙種，一意得長生。時人不得見，風外聽簫聲。

寄衣曲

美人理紈扇，深坐怨年芳。明月草蟲出，秋風花鳥藏。探箱取刀尺，拂拭斷流黄。裁成欲寄遠，熨就且留傍。嘗疑歡氣息，猶言金鉔香。

閨人四時歌四首

春曉室如煙，春人花笑妍。垂顔向青鏡，削掠雙雲鬟。新妝正未已，郎君未可前。

爔輪抱天流，热雲濕紅絮。别時南浦風，不到閨深處。團扇正承恩，寧論篋中故。

露下百草變，涼風日颼颼。心虚易感夢，骨弱不禁秋。門外莎雞泣,良人天際頭。

夜静碪杵愁,帶綬縑袜緊。霜畦弄餘花,鴛央怯波冷。起看河鼓斜,下帷愁漏永。

月節歌四月

江天四月時,草香燕入閨。繭洞蠶成蛹,花宫蜂誨兒。鏡臺羅扇影,琴幌輭風吹。纖腰衣更減,柔情那自知。

踏歌詞

花月灩春宵,氍毹展畫橋。同聲齊入拍,一氣度雙簫。下蔡應迷笑,上宫誰敢要。何人拾玉燕,遺掛在長條。

蘇小小歌

草緑西泠路,千秋蘇小家。緣山破㟃荏,結帶剪煙花。青驄誰氏馬,油壁後來車。流年不記度,空使怨容華。

江上曲

江皋紫燕飛,楚女試春衣。社日停針綫,妝臺罷錦機。落花回巧步,顧影惜斜暉。年少徒相憶,高歌緩緩歸。

小垂手

愛極翻生妒,嬌多轉作顰。對君小垂手,流目盼旁人。

三婦豔有序

三婦豔,古詞。先述三子,次及三婦,是對舅姑之稱。丈人者,尊章也。大曲有豔有趨有亂,豔在曲前,以小調引之,非容豔也,六朝文士誤以爲群耦。

大婦總田廬,中婦制衣襦。小婦新入門,羹臛試中厨。尊章且安坐,良辰未遣徂。

小折楊柳

長亭離别路,楊柳無低枝。風條不就手,飛絮更縈思。丈夫志萬里,賤妾守空閨。君行采桑野,何地乏蛾眉。

節婦吟一作《青鏡怨》

青鏡留古香,盟辭繡帶裝。朣朧一輪滿,皎潔九秋光。妾貌丹青誤,君恩白髪長。秪應秉明燭,夜夜表蘭房。

古　意

斜坐雕象床,愛玩玉鏡臺。手披白紈扇,笑破桃花顋。昨日一花開,今日一花落。男兒疆埸志,留戀翻成惡。疆埸易别心自悲,如何不比初嫁時。

素手金剪刀,裁縫綺牕前。燈繠鏡邊落,流星粲青天。青天長照妾,流星易明滅。願持光耀照妾心,明月不嫌井水深。

西洲曲昌云:"時多應募從軍而作也。"

西洲西去足風波,欲采蘐香鴻雁多。鴻飛避網羅,君今行負戈。思君淚眼若秋水,蒲茸颺處鴛央死。

雒陽女兒歌

眠蛾養粉嬌盈盈,畫工苦心描不成。漢宫阿嬌住金屋,雒陽一人名玉清。青樓綺閣慣含笑,陌草汀花春總照。拾來金彈潛自藏,墮去玉釵恒不要。紫騮嘶去白馬來,羅袠拂處飛胜埃。夢中指却邯鄲道,望斷梁王百尺臺。陶曰:"要字順俗諺。"

襄陽女

言語不同有重譯,江湖不通用舟楫。郎心反復雨絶天,落花墮淚春風前。

麻絇帶斷續以繩，青楊脱絮水作萍。大堤女兒襄陽客，誰能相思便決絶。

遊　俠

但識報恩重，不知行路難。相逢五陵下，笑指寶刀看。

長相思

臨妝拭斷淚，淚落斷不絶。分明鏡光裏，花露滴明月。遊絲網春路，候鳥調嬰舌。此際君不歸，何情豔陽節。

白髮君定生，邊風太草草。仿佛夢見君，容顔去時好。關山鬱濛濛，雲雨白杲杲。君有萬里行，妾有萬里道。

迎君萬里夢，整妾今夕妝。金蟲細落盡，魚目耿相望。還須妾夢往，展轉就容光。冥冥倩女魂，欲下珊瑚床。

紅顔看欲换，白髮總難期。一滴兩滴淚，千里萬里思。妾淚有時盡，妾心無盡時。

秋夜長

秋夜長，歌未央。美人更衣上高閣，妝鏡臺前七星落。

婕妤怨

初入增成舍，後來長信宫。黄金何用賜？紈扇已秋風。新蛾看成故，前魚泣未終。詎是君情薄，自有鍾情儂。

春情曲

吴閶二三月，草緑花正榮。蛾眉隔人看，岐路逐香行。妖童拾寶珥，侍女整羅巾。乍見知難避，遥來疑若迎。江南歌調苦，塞北羽書横。持謝繁華子，嬋娟空復情。

歸來曲

對鏡整羅巾，停燈待遠人。暫時還獨笑，不厭影隨身。明心傅素粉，表志點朱脣。相逢仍默默，寧知妾苦辛。

秋風曲

虚梧驚秋風，一葉階下落。離閣結心腸，俠士苦然諾。刀凝鷿膏冷，燈死蟬鬢薄。踬步即相思，如何久離索。普云："虚梧多未解，蓋梧理多虚也。"

起夜來

名園花樹光，逢春争幾芳。聽歌感微歎，密誓待幽房。綪結鴛央佩，暝上珊瑚床。玉趾金薄履，素腰鞶帶纕。身餘漢帝藥，舌授賈娘香。蓮華添水注，賺妾漏聲長。添，一作"減"。

夜夜曲

瓊筵寶炬銷，吴女騁春嬌。酒豔凝紅纈，弦聲撥緑幺。沈吟看雜佩，急舞墜金翹。高樓有愁妾，月落拭紅綃。

夜來樂

姮娥一片鏡，分彩入羅帷。枕繡雙文鳥，釵琱連理枝。仙膠名卹慎，媚藥帶金龜。明珠不用照，賤妾有光輝。

雒陽陌

鈿車飾七香，繡幰拂長楊。楚國東鄰宋，瑯琊大道王。浮游憐渭水，遺夢繞高唐。歲歲春陽色，悲風起北邙。

道傍見

學梳同心髻，餘髮垂兩肩。絲繩纏去聲。跳脱，宛轉殊自妍。紅羅裏纖筍,玉踵躡氈錢。花邊一回顧,嫋娜郎馬前。儂挂白玉釵,郎隆黄金鞭。各自立斯須,誰能不見憐。

長門喜有序

漢武幼爲膠東王,愛大長公主女,聘爲后,驕寵十餘年。聞衛子夫得幸,幾死者數。廢居長門宫,悲思愁悶,後人于楚調曲中作《長門怨》。一説后聞司馬相如工文章,奉黄金百斤請爲賦。帝讀而傷之,復得親幸。因翻前調爲《長門喜》。

君王恩自盛,賤妾寵難居。肯保膠東愛,包容不肖軀。春風吹内殿,草露粲庭除。多謝臨邛客,長門擁玉車。

奈何妾薄命有序

雜曲《妾薄命》,未著緣起,《解題》曰:曹植云:"日月既逝西藏,蓋恨宴私之不久。"梁簡文帝云:"名都多麗質,傷良人不返。"王嬙遠聘、盧姬遲嫁也。按《前漢外戚傳》:孝成許皇后自爲妃至即位,常寵于上,後宫希得進見。王太后及諸舅憂上無繼嗣,又數有災異。劉向、谷永等陳奏咎在後宫,上然其言,詔大長秋減消椒房掖庭用度。后上書自理云:"奈何妾薄命。"此樂府所繇來也。後人擬作者,皆不及本事,而李百藥云"團扇秋風起",以爲班倢伃。杜審言"草緑長門閉",李白"漢帝重阿嬌",以爲武帝陳皇后,皆誤也。據《漢書》,后失寵,繇王鳳不佑許氏。是時趙飛燕爲倢伃,數譖后及班倢伃,而向、永等所陳災變,如流星貫紫宫、白氣出營室、北宫井溢、女童入殿、鼠巢樹上、野雀變羽,實趙氏之咎。帝溺愛趙疏后,藉逾越制度爲辭。及廢處昭臺,還徙長定,卒以遺賂姊嬺賜藥死。悲夫!觀后所上書,恃寵驕嬌,童心而已矣,惡有佗哉!厥後趙昭儀居昭陽舍,彤庭朱殿、金塗玉階、明珠翠羽以爲飾,逾越制度爲何如?而后竟不得如班倢伃,老奉長信,其流怨樂府,宜哉!擬《奈何妾薄命》二章,補樂府之軼。

金塗昭陽舍,草滿長定宫。君心一以易,妾貌若爲容。恃恩嬌自理,新愛寵難同。興災不自外,禍水本從中。奈何妾薄命,流怨復何窮!

飛燕入宮時，貴主臨車送。當年衛子夫，富貴平陽共。薄命有長門，昭臺同永巷。春歌逐新歡，秋衾理前夢。相見難索言，文陳復何用。許后疏云："不可勝以文陳，俟自見索言之。"誰謂掌中輕，寵被南山重。

李夫人有序

武帝葬李夫人，以后禮。霍光追尊皇后，禮之失也。

李夫人，出北方，知音善舞爲樂方。衛娘鬒鬢亦已薄，神君帳閉風蕭索。甘泉圖畫宛如生，樂府弦歌爲誰作。補天扶日霍將軍，椒房上謚聞不聞。金莖露濕茂陵樹，秋雁空飛汾水雲。

團扇郎二首

團扇復團扇，晃晃明月光。動搖微風發，體作蘭蕙香。

團扇含秋風，冷落在篋底。如此有情人，安能寂寞死。

蕩子婦

東舍王昌宅，西鄰宋玉家。短牆通舞蝶，高柳共棲鴉。忙裏窺青瑣，妝成出絳紗。誤彈紅粉淚，正中緑楊花。

少年子

珠箔誰家子，語笑銜春風。高扉晝長掩，未許外人逢。投壺今郭舍，妬豔古秦宫。近得君王寵，金鞭控玉驄。

江南意三首

桂櫂三山下，煙波一面寬。妝成大垂手，唱徹小長干。荷葉學裁扇，菱花倣作冠。多情空懊儂，柳外側金鞍。學，音爻。

羅綺照風光，春游總斷腸。江南何處憶，一曲謝秋娘。

莫信開皇史，流傳誤大家。君王聞戰鼓，不唱後庭花。

離别行

桃李笑春風，枝枝照綺櫳。可憐牕下妾，摩熱手中銅。愁邊望關塞，覺後寬羅帶。嘗凂魂夢歸，見子幽閨態。少小戍龍沙，揮鞭策玉騧。中年出三輔，十夜九還家。

白紵舞辭四首

良辰二八穆將愉，冶容奇服臨玉除。楊枹緩節調笙竽，倒景若月留桑榆。褫裳絶纓巾拂舒，停歌促坐心相於，滂情綽態樂獨姝。

白日晼晼奄西藏，華鐙錯置續舒光。修眉約態絙洞房，雕屏鈴匝隱象床。陳裯待君圖枕張，清簫欲逝斷人腸，轉盼留精安忍忘。

栢梁罷舞白苧歌，齊舉兩手揚素羅。含情一笑白玉瑳，錦筵上客朱顔酡。黄姑織倦投錦梭，東方明星奈若何。

闌膏列炬雞舌香，鏤金舞羅龍鳳皇。低回欲進步秋蹌，翳袖色授目流光。歡娱易失時不償，恩深愛結中感傷。冬日何短夜何長，南山錮盡奉君王。

烏栖曲

銀河没水光照底，嚴城夜半栖烏起。門前疑有車馬來，起視月出空徘徊。

關城月上行人絶，城頭犬吠城頭月。城頭月照千萬山，征夫此去何當還。

玉壺漏點聲相續，獨下雲屏掩燈燭。羅帷輕颺非春風，倉琅銀蒜聲隨儂。

青溪小姑會稽女，夜唱烏栖作吴語。霜繁月落不相憐，金簪玉盌空竚延。

楊白花

梁王城頭鼓聲住，魏女蹋歌天未曙。春情不逐舞腰回，遊魂化作浮萍去。

湘中弦

湘雲迷迷湘水怒，蕭蕭苦竹森森雨。千年啼魄化不歸，杜宇愁紅滿江樹。

龍舟鳳艒曲

龍舟鳳艒出河堤，黄頭殿脚歌正齊。瓊花春晚悲玉樹，楊柳日暮上金梯。枝邊欲攀不忍折，曲裏翻調復情悲。揚州煙花不言好，那更下詔幸遼西。

兩頭纖纖

兩頭纖纖哉生月，半白半黑旁死魄。腷腷膊膊束裝客，磊磊落落出門别。

兩頭纖纖俠少簪，半白半黑户外碪。腷腷膊膊怨女琴，磊磊落落男兒心。

崔侍郎曲樂府題無，出《太平廣記》

粉頸孅細是瑱垂，腰肢嬝娜是春衣。朱脣的皪是胭脂，嬌音宛轉是羅帷。

一長一短刀下錦，一紾一緩琴頭軫。一寒一暖庭前井，一雙一單壁上影。談云：“體出王建《古謡》。”

《江南弄》八曲

鳳　笙

鑾榼狨席春雪霏，天寒炭重灰不飛，試聲流咽金鶯歸。金鶯歸，火鳳起。綃仙裙，持后履。

龍　笛

昆溪嶰谷聲正稀，摩訶兒勒羌兒吹，翻作關山漢女悲。漢女悲，羌兒喜。望行人，隴頭水。

趙　瑟

新音嬴灑出邯鄲，含情拂素讚復難，何能却此年少翰。年少翰，春陽調。百琲嬌，千金笑。

秦　筝

泗濱文梓嶧陽桐，玉翗新邀來帳中，寄聲流歎散輕宮。散輕宮，暱纖幕。鹿爪除，鳩頭脱。

游　女

花紅水緑風光和，蘭閨雖少桑陌多，長洲茂苑慢經過。慢經過，緩相送。塞北情，江南弄。

采　蓮

帶河扇月白霓裳，霧鬟星靨鬬仙妝，揚袿卷袖長風香。長風香，曲水渡。采蓮歌，入雲去。

陽　春

雕軒洞户白日明，摇璫汎瑟總春聲，出入逢迎醉復醒。醉復醒，斷還屬。歡若何，憾難續。

朝　雲

玉容仿佛庭景微，妖歌隱約梁塵飛，殫嬌絶豔當何依。當何依，留歡住。華山畿，巫陽路。

車遥遥

車遥遥，馬駸駸，秋聲殷地誰車音。車音起，黄塵蔽，車輪象君車音霹靂琴。車輪不在遠，向妾腸中尋。

烏夜啼二首

庭前挾子烏，日暮就巢宿。夜半風吹樹，飛鳴上屋角。

高樓多怨婦，窮巷多啼烏。人家事蠶作，月落起相呼。

估客辭二首

願郎到頭還，祝郎篙櫓折。日暮倚門望，袖手金環熱。
篙櫓已端正，明晨渡黃河。已食薑蘋子，寧復畏風波。

子夜歌二十首

玉樓初上月，金管雜箜篌。聞郎妙意曲，持底送新謳。
與郎刻歡期，郎言期尚早。鵾旦三更啼，來晴詎能曉。
郎是敁敠郎，無故相然我。孤花發空林，如今果遲墮。
兩蠶作一繭，一蛹一是蜆。鑊中挑雙絲，纏綿從此起。陶云："蛹是雌，蜆是雄，名同功繭。《爾雅》音潰。《顔氏家訓》云字譜本古虺字，今用吴音讀賄，胡委切。"
與子期何所，含笑兩不言。沙洲采芳薺，莫道儂無園。
彩綫結同心，重重與定情。今宵屏幌後，羅帳有雙聲。
褫裳不解袒，宛轉坐郎懷。兩頰色如火，非是祼觴來。
清明三月頭，蠶蚛亂如蝨。萬縷復千絲，是儂懷中出。
打槳石城西，送帆桃葉渡。楸枰掛床頭，歡子留不住。
歡就他儂嬉，儂來倚橫門。不信橫門上，看儂爪掐痕。
憐歡太多情，料歡遽如許。十月桑葉黄，誰能更采汝。
儂命郎所司，遣儂獨轗軻。涉河無杠梁，郎心作底過。
手持金錯刀，裲襠爲郎造。却月當胸前，同心要郎抱。
帶鉤七寶萃，繡沓雙兩當。要郎緊裝束，出入作輝光。
朱舄雙行纏，加交玉郎臂。歡情作底急，不爲儂情計。
相催具脂粉，邀過妒女津。三尋作方相，笑汝大傎人。
儂情比歡情，兩情休懊惱。小雨濕蓬花，天晴轉顛倒。
郎是丈夫行，定知書中意。儂是女兒輩，不解門外事。
感郎贈儂詩，儂自未曾學。荷郎千金意，繫在裙帶著。
歌謡數百種，莫歌子夜吟。一歌壞人耳，再歌壞人心。

懊憹歌有序，六首

清商《懊憹》歌，舊云绿珠作，“絲布澀難縫”一曲耳。少帝制三十六曲，齊高帝改爲中朝曲，無名氏更制二十四曲，梁武帝改爲相思曲，皆云起隆安中民謡，按此説非是。《懊儂》《懊憹》本二曲，《懊儂》始绿珠，元康時有之。《懊憹》始隆安民謡，曰：“春草可攬結，女兒可攬擷。”後桓玄逆黨，子女悉入軍賞，頗及無辜，是其事也。而無名氏二十四曲，宋少帝三十六曲，及後人所擬，皆緣绿珠。吴人謂“我”爲“儂”，奴冬切。謂“惱”爲“憹”。奴倒切。原起既非，音義亦異。因擬《懊憹歌》六解，以别《懊儂曲》。

懊憹復懊憹，結伴東郊道。玉釵裊芳猚，羅裳亂青草。
懊憹爾何爲，掩抑聲斷續。逋髪垂兩肩，黄昏更妝束。
高樓百餘尺，儂住作梳妝。本自不相識，誰教儂見郎。
東西門前路，蹋踶曾相識。草今馬腹齊，不見蹋踶跡。
河中雙鴛鳥，飛鳴自相將。安得乘波去，儂隨還故鄉。
淮南女兒子，十五上頭嬌。青草何時歇，紅顔爲淚消。

桃葉歌

隔渡迷花月，横江滿舳艫。廣陵笳鼓動，已到任蠻奴。昌按：陳時，江南盛歌王獻之《楊葉詞》，云：“桃葉復桃葉，渡江不用檝。但渡無所苦，我自迎接汝。”後隋晋王廣伐陳，置將桃葉山下。及韓擒虎渡江，大將任蠻奴至新亭以導北軍，是其事也。此詞蓋亦有所感。

歡聞變歌五首

可憐合歡蓮，同根復同蒂。憐渠亦何好，分明兩心在。
伯鷯既東去，燕子復西飛。鵷鳩語鵓鴿，同地不同栖。
渠河七八月，潦水流湯湯。雨從天上落，下地更頹唐。
歲月感人情，紅顔難獨守。晴蛚堂上吟，道歡汝聞否。
欺歡不負情，作歡園中婦。金針鋭兩頭，何處著儂手。

江陵女歌

男兒好行旅，骨肉不在旁。婦人重恩情，無論在他鄉。

采　蓮

郎采泥中藕，妾采波上花。虛花易零落，得藕不如他。

雜　怨

妾有傷心恨，揚蛾轉語君。真能結連理，不在織回文。

黄　督

窈窕狹斜路，婀娜桃李津。春風雙淚落，知是異鄉人。

自君之出矣

自君之出矣，獨坐掩羅巾。思君若秋藕，不肯浪輕春。
斂眉就明鏡，含笑著羅衣。爲得行人信，今朝白馬歸。

豔歌正曲前聲爲豔

曉起緑牕髻，百昌吐香風。鏡中楊柳色，復照青樽中。

慕容談云："《北魏樂府》，鮮卑五言音辭，可解者六曲，此其一也。"

身是慕容女，不解漢家裝。生憎漢地女，白奪慕容郎。
人言慕容苦，慕容洵自樂。漢兒繅新絲，宛轉當胸著。
鋄金勒馬首，玉柈盛醠漿。漢兒無虎落，何不取牛羊。
牛羊持祭天，吹筐擊鐃鼓。願得金繒多，不逢漢家女。
吹筐擊鐃鼓，牛前持祭天。不逢漢家女，願得漢兒憐。

紫騮馬歌

馬鬣帶凍洛，狐兔挂幾箇。歸來就版屋，東方明星墮。

雞鳴與狗吠，事事兄嫂知。鬻胛未及熟，持底來問誰。
男兒縱遊獵，壯女縫裳衣。心腸兩歷落，日月宜光輝。

蒿里歌

白日非鬼燈，不照重泉下。但照世間人，纍纍即長夜。

反薤露歌

萬物迭有化，老死何悲傷。託體同丘山，永與日月光。雲椵作幃蓋，高深爲户堂。蟲鳥奏竽笙，雨露酌醴漿。魑魃充我御，仙靈爲我賓。飢渴不復慮，寒暑不見侵。秦漢知何時，理亂亦弗聞。虛無本元化，逍遥俵太清。盤固無葬處，誰復營丘陵。嬴皇老屍鬼，火入驪山墳。聖賢會不免，天地終渾沌。蹙蹙世上人，哀哉徒苦辛。河間府青縣南七里有盤古墓，俗傳也。

襄陽曲

昔聞襄陽樂，今見襄陽苦。高檣鐵鹿子，襄陽在何許。
莫唱襄陽曲，休歌估客行。銅鞮無限曲，俱作斷腸聲。

持檝篇

玉腕持金檝，新妝倚絳仙。鳳舸他自御，錦纜妾偏牽。紅顏雖絶代，薄命復誰憐。

娀媚娘羽調

臺前金鏡如水，裙邊綉帶從風。嬌鸞對舞朱户，涎燕雙飛紫宫。不道新妝帳下，秖謂初來景中。鸚䳇合歡晝合，芍藥同心夜同。九醖莫辭傾倒，兩丸頃刻西東。

采桑渡

小姑捋桑葉，大嫂攀桑枝。郎無金錢使，那得女娘絲。

郎來騎白馬,徘徊桑樹下。知郎販新絲,顛倒問儂價。

古謠今歌

鵓鳩樹上啼,意在麻子地。女兒當門立,故作不解事。
阿媪利阿女,玉帛不曾安。江楊風土薄,更自笑邯鄲。
騎牛買掃帚,苦自不言醜。阿女無心腸,未嫁只生口。

來夢兒煬帝宫人

車子朝來出,車行妾態摇。夜來私彷彿,助得許多嬌。

花成子與《月成弦》,皆陸龜蒙題

一夜催花雨,春風盡放驕。曉來看豆莢,結子在纖腰。

月成弦

攬鏡回身抱,長眉背面羞。莫將團扇比,暗處最綢繆。

餅師婦事見《列女傳》

君恩豈不重,妾意轉增悲。淚滴無人處,傷心爲餅師。

調笑辭陶云:"《菩薩蠻》之類,此變調也。"

爲養呼名鴨,辛勤肯飼狸。朝朝來處望,芳草漸成谿。

潛别離

妾是初嫁娘,兩心無定準。背地泣盧郎,回頭罵花影。
贈君紫玉玦,還君白玉釵。空留連理帶,莫夢合歡鞵。
樹頭花楚楚,薄命怨春風。紛紛逐溝水,幾片到簾櫳。

男兒可憐蟲即《企喻歌》

男兒可憐蟲,何用懷死憂。槖佗載醽醁,美女居上頭。

狒狒愛脂粉，貂奴喜刀子。男兒可憐蟲，亦復貪愛死。陶云：狒狒，雌者愛脂粉，商賈以投樹下，則免蛇虎之患。貂奴似人形而小，喜弄刀子。投刀子穴口，則夜出貂皮。

男兒可憐蟲，戰死無人收。頭毛盡脱落，吹揚百草頭。

頭毛脱落盡，吹揚百草頭。深山嶰谷口，知他誰髑髏。

明君詞有序

予幼有王明妃樂府，壯其有忠義之情。讀李白《昭君拂玉鞍》、白居易《漢使却回憑寄語》二詞，又未嘗不盡傷也。體事緣情，復有斯作。

君恩聯望斷，冷落漢宫春。自爲胡地妾，翻得號和親。

紅顔天上落，呼韓笑解兵。雖爲胡地妾，不負漢宫人。

幽州歌

旃牆五色帳，四角懸金爐。留犂夜行酪，大雪滿幽州。

飲馬到邊城，單于夜犒兵。搶臺擁美女，四面漢歌聲。

浮游花揚州俗多遠嫁

逐郎千里道，置妾九重樓。春山隔歸夢，那得到楊州。

怨　詩

擁髻籠牕坐，寒燈結夜愁。撩眉向明鏡，頻喚不回頭。普云：《清商曲》："三伏熱如火，與郎籠總坐。"即櫳也。

古離别

灞陵西去路，楊柳正依依。離情最無賴，春色道傍枝。

離别詞

怨須閒處有，情到别時真。持此生平淚，雙雙落畫輪。

解語花

月出逋髮來，邃明掉舟去。相遇無一言，戲與小姑語。
兩船相近時，橈聲漸低緩。合是南風來，吹船欲回轉。

歡將樂共來即《三洲歌》

長相思，歡將樂。帆從斷江口，隨風轉吹却。願得三山作平地，直至歡儂不相憶。

那呵灘

那呵在何許？那呵在江陵。擔篙送遠客，持用餉長林。髹毾銅鏡子，油壁九枝燈。

雙行纏

朱絲腕繩衆所見，雙纏獨我私可憐。長裙拂地掩精妙，寧知足跗如春妍。《古辭》："他人不言好，獨我知可憐。"陶云：古辭注脚。

入　關

身經大小戰，頭白返臨洮。無人共患難，獨有孟勞刀。

五更轉

《樂府》不詳緣起，一説本《楚雞鳴曲》。按《史記》項王軍垓下，漢及諸侯兵圍之數重。夜，漢軍四面皆楚歌。應劭曰："楚歌者，雞鳴歌也。"漢已掠得其地，故楚歌者，多雞鳴時歌也。因擬補之，與相和，歌中雞鳴異。

一更雞誤鳴，誰舉九江兵。漢王已掠地，四面楚歌聲。
二更雞又鳴，垓下已連營。驚心睢水上，回首固陵城。
三更雞倦鳴，萬騎静無聲。悲歌聞愁帳，戍卒盡含情。
四更雞正鳴，楚壘罷分争。英雄血相視，壯士詎能平。
五更雞亂鳴，旭日又東生。何當征戰息，解甲事春耕。

白茅堂集卷之四

古今樂府雜體

空城雀

翁翁雀飛啅官糈，官吏樸竿雙褏舉。今年蝗蝻少禾黍，長吏窮征到機杼。城中少年争掘鼠，黄雀未可久延佇，城中鼠盡将及汝。

烏夜啼

祅風怪雨天未明，雄烏驚雌屋上争。寡婦抱兒起夜立，床頭落巢縱復横。延秋門高啼不絶，魏博作城口流血。烏乎！何不往駕天河梁，忍使天孫夜夜相悲望。《酉陽雜俎》：貞元中，田弘緒境内，群烏銜木爲城，高二三尺，方十餘里。焚之，信宿如舊，烏口皆流血。

東飛伯勞歌

東飛伯勞西飛燕，油壁青驄兩相見。誰家女兒三五餘，輕軀細步蹩雁裾。柳愁花瘦羞難似，燕睇鶯啼妒不如。一心雨豔憾莫值，可憐相值不相識。

惜餘春温庭筠有《惜春詞》，李白有《惜餘春賦》

陽春鎮百日，花飛無半旬。感此春物暮，況對青春人。春風從東來，匆匆拂芳草。開花復落花，飄揚亦何早。西家小女花不如，蹋花吹絮頭嬾梳。看汝會識春風苦，明年花開將嫁汝。

野田黄雀行

野田嘈嘈咖水流，中有黄雀鳴啁啾。麥芒未脱尾減肉，三春不暇哺爾雛。趁逐耕牛拾蟲蟻，農夫踏犁驅不起。翾翾嘖嘖似相邀，飛過前村菜花裏。農父結網蒙羃間，群兒挾彈復黏竿。千頭撲撲草間斃，一柈百箇充朝餐。命微物小不自惜，紛紛飲啄無儔匹。君不見畫櫳繡檻雙鴛鴦，芳草春塘不教出。

盧女曲漢陰叔之妹，一云將軍陰升姊。七歲入漢宮，善彈《雉朝飛》，後入魏武宮。明帝末出爲尹更生妻，做得此聲。崔灝有《盧女曲》，又有《盧姬篇》。

魏王宫人盧家女，能彈七弦善歌舞。自經天上歡怨多，不堪去作作民間姥。手中七弦同一桐，一弦一弦聲不同。高張促柱因調起，百歲誰保紅顔紅。

雞鳴曲

鼓聲紞紞燭爛爛，江邊樹頭烏鳴唤。征人苦憶别離時，征婦心腸摧夜半。星翻漢回天欲明，雄雞呴呴音彀。遠近聲。玉虬泣漏催銀箭，淚盡漁陽夢不成。

後庭怨

少小處深閨，倚顔自驕貴。一朝來後庭，何圖作宫婢。宫中美女多如林，三千粉黛三千心。雙蛾錯恃如花貌，列屋非無買畫金。古來得喪隨轉燭，豈獨班姬泣金屋。郿塢勢敗鄴城雄，武安榮時魏其辱。酣春三月天氣晴，門長巷永無人行。羊車遠引鳳簫逐，翠輦過去黄鸝鳴。年年望幸不得幸，水碧紗窗拭明鏡。漢廷更有老馮郎，白首隨人奉朝請。

織婦詞

樹頭促織聲，樹下機杼鳴。誰家少婦弄機杼，鳴聲夜夜達五更。促織復促織，織愁兼織力。自從嫁夫壻，織作不曾息。一夕復一朝，人生幾朝夕。嫁夫不嫁機，挑絲向機泣。君不見身上衣，固即機上絲，前時皎潔今忽緇。織絲織色莫織素，織素玄黄易改故。

漁父詞

家住太湖口，門對太湖水。待得西風起，捕魚東湖裏。游莫趨上流，流多水源竭。食莫趨下風，下風水昏涩。凡魚貪餌更無猜，掉尾揵鬐結陣來。中有鯉魚最神怪，騰波撇浪起風雷。

農父詞

江雲迷迷雨漫漫，田父披簑如立鸛。妻兒隔壠下饁遲，田中老病已苦饑。努力輸與公家費，甘心却被豺狼噬。君不見秦家二帝失鹿時，可憐陳勝真小兒。陶云："此詩作于甲申。江北上流，官軍多叛，結砦主，刼倉厫，議者復增賦。末語可謂危言矣。"

樵父詞

種瓜東門郭，種秫南山田。閒時更結束，負斧陟層顛。猿群固已狎，虎窟仍經穿。左顧嘯儔侶，貧家及早旋。斗酒茅簷下，懽謔情依然。暮雲若平楚，新月如腰鐮。風林自拂拂，煙草日芊芊。蕭艾慎取舍，勿謂吾無權。

牧童詞

山深草長溪水清，牽牛出牧隴坂平。東郊戎馬自成群，馬蹄蹋處牛不行。牛頭無税身無名，牛頭税見《金史》。眼前不見吏與兵。情知山中有猛虎，吾牛多力不畏汝。

啄木詞

啄木啄木，雨暘失時木多蠹。爾能啄蠹全我木，秋果入籠報爾粟。蠹逃節目定汝知，慎勿養蠹思自肥。啄木啄木慎勿癡，主人一怒竿有黐。練石林云："譏巡按御史而作也。"

登高山而望遠海擬李白

登高山而望遠海，海水直去萬里長。三山九疑竟安在？帝子逝兮白雲間，鯨鯢奮兮濤連山。怳惚兮凝睇，天澮澮兮團團。之罘之魚不可以爲駕，琴高之侶烏能攀。童男五百如草菅，鴻波蕩颺兮去無旋。翔陽倒溺扶桑顛，明月攲挂金樞殘。玄冥鼓躍，冰夷怒睊。精衛鍛羽，蛟龍鬱蟠。公無渡河兮河尚不可渡，況漫漫兮汗汗，下無地兮高無天。秦皇漢武久不作，丁令蘇耽徒往還。望遠海，登高山，悲欲來兮何時殫。

擬義山燕臺體四首

輭風悠揚吹廣陌，縈粉染黄上蜂額。蜜房細碎奉君王，後庭只尺千山隔。婀娜朱旛星月旍，金鈴不動風箏愁。留取嫣紅九十日，爲君日日歌吴謳。鈿妝抛粟珊瑚冷，破睡濃香帶斜領。千里沿江白日飛，砂堂玳瑁空烘影。

右春

井口湛光寒不起，流蘇撩過青鸞尾。璇璣夜轉銀漢回，屋角團冰火龍死。芳塘水滿嬌芙蓉，男錢雛鳳揺琤琮。碧文方空鎖香霧，十二畫屏春夢中。雲魂雨魄歸未得，潛遣娃鬟探顔色。

右夏

蒨紅狼籍鴛央渚，雕梁燕老無言語。江南玉樹歌不聞，娙娥化作離宫土。官街鼜鼓聲攢嘈，揺光曳地青天高。秣陵餙豆夢中拾，零落幾雙金翠翹。朱繩雪腕玫瑰柱，我作楚歌君楚舞。

右秋

邐迤桿檖鶡雞弦，茱萸帶暖沈香煙。毾㲪起舞體翩躚，銀沙碎碎墜江天。麗娘串斷真珠顆，幾行的皪筵前墮。銅龍炙暖錦綃圍，輕寒不入誰能那。雲樓午夜敲頗黎，天孫玉馬空中嘶，金鵝火鳳参差吹。

右冬

苦寒曲

沈香無煙博山热，珊瑚啼寒鼠深檖。錦窠人繭不成眠，冰入銅壺漏聲絶。山中桂樹無蠹香，地老天荒苦寒節。梅花欲白不忍白，一夜濃霜白如雪。

擬長吉天上謡

白雀白雀汝胡利，啄飛玄穹塞閶闔。彼何一老翁，倒騎雙玉龍。劉翁悲，張翁喜，白雀上天玉龍死。金翅擘海取龍子，海水横飛六千里。老龍銜哀仰訴雲，願挽天河添海水。

擬龍池柳色聽流鶯歌十四歲州試作

龍池柳梢窣地長，連城緑綀飛香雪。宫中美女鬬繁華，不道春風日將歇。憶昔日吉臨高堂，御巾裛粉侍君傍。君王勤政披香殿，三春長閉宜春苑。生憎輕燕可千回，更值流鶯堪百囀。百囀千回上苑東，丹粉末匀啼楚紅。春來秋去聲如一，萬户千門聽不同。聽聲不同那可道，玉階羃䍦生春草。君王本自輕蛾眉，更許何人憐窈窕。陶云："李白侍從宜春苑題，玄宗用讒棄白，故言輕蛾眉也。"

寶劍篇十五歲府試作

寶劍千金裝，胡爲墮此遊俠場。雙鐶錯鏤明月光，龜文鰻理媲陰陽。群雄競識王者祥，礌具掛腰謁紫皇。南定疆蠻西耆羌，神物變化誠無方。唐室勒功高杜房，漢家貴介連金張。樗蒲公子年少郎，貂褕繡領邯鄲倡，紫髮叱撥窈窕娘。解鞍换妾鞠蹵坊，絲綆銀罌汲蘭漿。擊鮮刲腴鉛刀藏，開鞘拂穎屠牛羊。美人孅手行玉盤，將軍大帶閲髀寬。蒼兕小刀斜插軒，朱干輕戟排門闌。一朝萬馬入隳突，吴鉛越冶齊摧殘。君不見湛盧没吴入楚城，又不見莫邪脱佩歸延津。精神不爲鄙人用,終當飛去凌青冥。我有一物金鐵英,十年獲與君子并。長跽欲獻天王靈,指揮四海瘡痍平。

秦吉了有序。昌按:題出白居易。

長寧軍人養此鳥,蠻人欲買之。其主告鳥貧苦,將賣爾。秦吉了言:"我漢禽,不願入蠻地。"驚叫而死。見《邵伯温聞見録》。

秦吉了,能言不能離飛鳥。巴山梯閣高連天,四月連窠青樹杪。巴人愛汝言語奇,長繩百尺掩致之。修翎翦出青禄褪,肉冠養得黄葳蕤。萬錢索價不肯賣,口中需糧身上衣。吉了聞言向人語,我雖微禽生漢土。主饑我餓死不辭,不忍違鄉事他主。杜鵑啼不南,鷓鴣飛不北。惟有鴻雁逐炎凉,春去秋來留不得。留不得,可奈何,隴西鸚武休饒舌,萬里隨人在網羅。

共命鳥新題有序

雪山有鳥,一身二頭。一頭名迦婁茶,一頭名憂波迦樓茶。其憂波迦樓茶一時瞑寐,風落摩頭迦樹花,寤頭默食。寐頭隨寤,欬出香味。怨彼獨食,候寤頭寐,潛吞毒花,要令彼死,不悟共命。迦婁茶寤,嘔噦毒氣,問言具答。于是,迦婁茶呻吟説偈,與憂波迦樓茶一時俱斃。

共命鳥,一身兩心不自保。兩心雖異命則同,毒彼自毒命亦終。君不見古來結交張與陳,賤時刎頸貴即嗔。可憐肝膽尚秦越,何況與子非一身。又不見伍員宰嚭同出奔,國亡與亡存與存。嫉賢貪賄死不寤,越兵已入吴東門。

月中兔新題有序

彌勒爲仙人,大水七日不得食。兔王舍身,彌勒不食。取挂月中,一云帝釋。

天帝未得道,修行常苦饑。兔王行過之,擽朔斂四蹄。舉言謂天帝,大仙汝良苦。我雖墮毛蟲,捐軀足供汝。捐軀足供汝,自擲熺爐中。天帝不肯食,挂在明月宫。挂在明月宫,年年飼天狗。我思兔王德,於帝亦云厚。天荒地老終無情,月中臘兔千萬春。君不見伍胥抉目裹鴟革,子綏刿股焚其身。

首陽鸚新題有序

萬曆中,汴梁酒家有鸚母,能隨事爲歌詩。一大吏購以娛子,鸚母不語不食數日。忽歌曰:“我本店家鳥,不知衙内尊。最是傷心懷舊主,難將巧語博新恩。”大吏異之,籠歸酒家,引吭一鳴而絶,人稱首陽鸚鵡。予友汝陽余嵩少言之。後見《列朝詩集閏編》,亦載其事。

大梁酒家養鸚母,架繫金繩學言語。學成言語解歌詩,却被官衙一朝取。熏香紈袴好兒郎,倒持玉麈拊象床。再三調弄不發口,只言舊主恩難忘。莫怪禽言能韻語,鸚母能詩遽如許。合是神靈變化之所爲,豈不聞禎明禽元嘉狗。叶,勾五切。陳禎明末,有一足鳥以觜畫地曰:“獨足上高臺,春草變成灰。”晋元嘉中,有兄弟争訟,其狗視兄弟摇頭而歌曰:“道我不能歌,聽我歌梅花。今年尚自可,明年當奈何。”世傳公冶長、管輅釋禽言,皆韻語。左慈入羊群,人立而言曰:“遽如許。”

興寧鳩新題有序

《廣東總志》:萬曆甲申,惠州府興寧縣,有雙鳩巢于孟郊墓側。雄爲虞人所獲,其雌宛頸獨宿。忽有他雄冲入其巢,雌牟翼高飛,直下撞地而死。

興寧鳩,啼穀穀,巢在詩人孟郊墓。荔枝榕葉長陰陰,晴不呼來雨不去。一朝虞羅雌失雄,宛頸獨宿悲凄風。類中亦有惡年少,騁奸恃力來相從。豈知微禽有貞淑,碎首捐生義難辱。君不見當年孫秀太豪横,石家美人墮金谷。

崇明鳥新題有序

乙酉秋,避地太湖。主人置酒,坐有崇明縣客,言辛巳春,有大鳥五色,止沙上。衆禽從之,燕雉黄雀尤多。凡一日,衆禽解散,大鳥飛去,不知所之。處士金遁作《非鳳歌》,予易之曰《崇明鳥》。

衆鳥從鳳凰，亦如君臣禮。禰褷何處來，望我海門止。初從亦何義，中叛亦何詭。或者鳥王出，禮亦若天子。諸侯雖送迎，不過五百里。不然先敕去，銜木填澥水。莫偕吴宫燕，莫逐原田雉。更莫近空倉，網羅從此起。

吊鳥山新題有序

漢武元封二年，司馬相如建節入西南夷。冉驪葉榆君長，并請内附。帝使唐蒙開葉榆國爲益州郡。有葉榆縣，葉榆河水出焉。西北吊鳥山，每歲七八月晦望，衆鳥千百，哀鳴啁啾，六七日乃已。土人夜然火捹取，有不食無嗉，似特哀者，則弗取矣。相傳鳳死於上，群鳥歲必一吊也。一説蒙氏细奴羅建國時，有鳳集此而死。衆鳥歲會，故名"鳥吊"，亦曰"吊鳳"，一曰"鳳羽"焉。

葉榆河，吊鳥山。年年秋風七八月，群鳥千百翔其間。哀鳴啁哳不忍聽，行人入耳凋朱顔。鳥王死久臣節在，似守典故不敢干。中有異鳥特顑頷，翁胡瘦細如草菅。葉榆河，在何處？漢武初開益州部。邇來鳥吊更有無，小禽感動非無故。紫燕泥投長隧陵，杜鵑血墮桃榔樹。葉榆河，吊鳥山。山頭寂寞衆鳥散，河聲萬古悲潺湲。昌按：漢丁太后陵既被伐，有燕數千銜土，投填其竁中。《水經注》亦謂之長隧陵。

薦福鶻新題有序

柳子厚曰："長安薦福寺浮圖有鶻，冬之夕，必取鳥之盈握者完而握之，以取其燠。明旦縱之，延頸而望。鳥苟東矣，是日不東逐。南北亦然。用其力而愛其死，又遠而違之，以有報也。孰謂爪吻毛翮之類不仁義哉？"

薦福鶻，家在浮圖高且矗。北風撼地苦夜寒，掌握微禽取其燠。清晨放去任所之，鳥苟東飛不東逐。不忍再攫之，且慮傷其族。奈何晋文公，伐曹爲觀浴。怨何細小報何酷，鞭弭楚子逢中原，盟語未終兵已蹙。又不見秦皇按劍未失鹿，獻圖割地苦不足，六國六禽几上肉。薦福鶻，身雖鷙鳥慈且廉。當時濡水亦有義鶻人争傳，排紛解難身翻然。嗟嗟如此二鶻者，仁義用舍何其賢。

暹羅犺新題有序。《方輿勝略》作"�人"，當是"犺之"譌。黄衷海語作犺，或云犺音銃。

犺，產暹羅之崛巃，猨猱類也。老樾叢密，率數十巢，木實是食。獠人畜之，蒙以敝絮，飲以醨酒，飼以䱇鮁。舉族受役之，死不避。令采犀角象牙，如期輸所主，他獠或奪不與也。舶人機取以獻夷王，錦裘衣之，嘉旨飲之，終不附。稍近煙火，淚目而死。犺音亢。䱇鮁，水蛇也。

暹羅國，崛巃窟，叢樾樼樼犺出没。羸居木食猿玃栖，黄睛視酒狌狌啼。獠人畜養當驅使，蒙以敝緼飼䱇鮁。群呼服役不忍去，犀角象齒輸如期。路逢强黠或誘奪，酬恩肯受他獠欺。舶人機取獻蠻主，錦衣嘉旨頻相貽。懷鄉戀故死不附，睢盱煙目長漣洏。玃獅馴象何足貴，願貢此物來丹墀。洪武初，暹羅上金葉表入貢。中朝臣僕作師表，畜産詬罵非所宜。犺雖異類有至性，人而不如胡不悲。昌按：《東觀記》：劉寬嘗坐客，使蒼頭市酒。久之，大醉而歸。客罵畜産，寬須臾遣人視之，曰："人也，罵畜産，辱孰甚焉，吾懼其死矣。"

叫天子新題有序

海濱有鳥，似鷃而小。每旦飛鳴，直上雲際。其聲甚哀，連綿不已。名叫天子，或曰即《爾雅》鶬也。又有鳥名信天翁，張口立，俟他鳥銜魚過，或墮則取食。一名青翰，鵜鶘屬也，江湖皆有之。

叫天子，叫天不開當奈何。日中三足秖默默，量汝微賤叫則那。天雞叫得白日出，不能不使日西没。不如江上信天翁，一生張口隨天公。

貂帑兒新題有序

貂帑似獮猴而小，與貂同穴，性愛刀子。欲得貂皮者，輒飾小刀子投穴外，便夜出貂皮。失貂飢寒，還爲人捕殺。

貂帑兒，與貂居，兩情不異鼷與鵨。幽州飛雪大如手，六花不到貂門口。羌兒豪靴腰僕姑,捕貂不得尋貂帑。貂帑得賄殺貂子,見利忘恩有如此。君不見布乎布乎最叵信,平聲。後時殺董前殺丁。操戈同室亦何好,貂帑無主還遭烹。普云:“詩大無信也。”叶上姻下命,命音名。

六禽言新題有序

楚鳥之鳴于春者,鳫類也,俗稱其名云云。山居戲作雜言。

割麥插禾

割麥插禾,山深雨多。群馬涉波,十馬一駝。爾麥爾禾,爾其奈何。

喚　姑

喚姑喚姑,姑出乞餌返哺孤。孤兒懷中饑喚姑,姑不來,啼嗚嗚。

歸去來

歸去來,歸去來,南山有豺田有萊。君今歸去當何依?音哀。歸去來,往復回。

苦

苦苦,東媪生髭,西翁出乳。長吏頭爲魚,使君化成虎,苦苦。

咄咄怪

咄咄怪,咄咄怪,卜商肥,伯牛癩。陳平宰肉,段干行儈。鵠面鶉衣,駟馬高蓋。咄咄怪,咄咄怪。

麥　枯

麥枯麥枯,麥未枯,待爾餔。去年食爾稃,今年食爾須。爾秸不可食,留充官馬芻。

古禽言有序

奈何帝陳後主時,蔣山有衆鳥鼓翼飛鳴,曰"奈何鳥"。

奈何帝,五十貂璫八珠翠,中有十貴臣,歌呼鳴得意。彼何人?入南内,鋒刃難交當,陛下自爲計。奈何帝。

獨足上高臺陳未亡時,有一足鳥集于殿廷,以觜畫地成文,曰:"獨足上高臺,春草變成灰。"叔寶敗,至長安,館于都水臺。上高臺之應也。

獨足上高臺,春艸變成灰。高臺在何許,都水長安隈。高臺會有盡,更見迷樓摧。

甘人唐大中十年,舒州有鳥,人面緑毛紺觜,其聲曰甘人,占有兵人相食。一云其聲曰甘,謂之"甘蟲"。

甘人甘人,肉爲脯兮骨作薪。車載脯,櫝載頭,刀碪觜骼如山丘,安能蜕骨之神洲。中山毛女生羽翼,凌飛碧漢三千秋。

羅平咸通中,吴越有大鳥,四目三足,鳴曰羅平。乾寧二年,董昌反,僭號大越羅平王。

羅平羅平,畢方汝弟鶌羊兄。何不率歸異域,渡海來我鳴。鳳皇客死精衛葬,中原白晝鳥鳶争。

休也宋建炎元年,有群鳥鳴于劉豫内庭,曰"休也"。豫僭號,尋滅亡。一云紹興七年。

休也休也,相公擁旄蹕,君王宿中野。昔臣今鄰不相下,不放舍,何爲者。

唧唧詞新題。楚人呼促織爲唧唧,按《木蘭詩》:"唧唧復唧唧",一作"促織何唧唧"。俚詞有之,衍爲樂府系。

長唧唧,短唧唧,莫遣孩兒赤膊睡。短唧唧,長唧唧,滴盡西牕女兒淚。唧唧長，唧唧短，唱歇征人五更轉。唧唧短，唧唧長，門外征人欲斷腸。

巴東三峽歌三章有序

悲徭役也，當猿鳴三聲。昌按：古辭："巴東三峽巫峽長，猿鳴三聲淚沾裳。"

巴東三峽高入雲，一峽猿聲兩峽聞。
廣溪西陵峽連岡，兩峽稍短巫峽長。
征夫巫峽去不歸，倚門涕淚無乾衣。

破陣樂

邊風四面來，飛蓬去却回。開疆不慮遠，戰士徒矜能。葉。漢家火旗陰山北，旗脚燄轉煙光黑。山頭大纛高插雲，貂幃夜宴飛將軍。銅角龍吟聞地底，單于敗軍渡遼水。繡額舞兒雙翟尾，假面蛾眉鬠孅指。君不見燕然山下百草秋，鳴髇騂馬聲啾啾。論功一勝何足道？至今難洗燕然羞。

孤兒行

千中三尺劍，抱下三尺孤。寄孤與鄉里，提劍出飛狐。白草有戰骨，黄沙無揭櫫。羽林不見録，恩卹復何須。將軍競笳鼓，關吏送裝車。論功漢廷上，別拜執金吾。

月漉漉篇

月輪井口團復團，清光下照難復難。銀瓶緩引孅手匊，一顆明珠掌上看。纖阿當空雲景裂，千尺驪龍眠不得。河邊織妾停龍梭，天田牛角汙白波。玉清歸路没瑶草，轆轤聲斷青蛾老。

杜鵑緯林啼陶云:"清商曲《月節折楊柳歌》有'泛舟臨曲池,仰頭看春花,杜鵑緯林啼。'此題所從出也。"黄公自注:歲甲申,廣陵鎮兵變,劫子女,富家或以金帛贖還,故有斯作。

杜鵑緯林啼,林間有巢巢有兒。護巢哺兒不自得,但言家在不如歸。帳中紅粉起嚴妝,青銅鏡裏淚沾衣。細蟲有如此,人生去住寧弗悲。獨不見棄婦心摧蘇屬國,又不見孤兒腸斷蔡文姬。

静女春曙曲李賀題。十四歲作。

華鐙吐輝通九枝,寶釵鬅鬙雙燕垂。蘭堂漏絶曉鐘動,緑蟬罥玉光參差。美人裛粉對明燭,天秋月白芙蓉浴。何處烏啼夢不甘,一道菱歌楚江曲。

望夫石昌云:"高季迪《吴中雜咏》有望夫石,樂府體。武昌江邊亦有此石。"

王嬙楚搗練,西施越浣紗。紅顔一去沼吴國,白頭再嫁没胡沙。两美遺跡在,行人爲歎嗟。君不見江頭一丈碧,獨立疑槎枒。云是古時貞女化,側身西望長欹斜。江水東流去不返,妾心似江不可轉。

采蓮曲

圓荷貼水時,波動葉亦動。擢影漸娉婷,摇風自憐弄。吴王水殿多媌娥,紅妝翠袖亂清波。一自西施載歸公,至今愁唱采蓮歌。

七夕曲

終歲雙星永夜望,天孫此夕攬羅裳。可憐靈鵲無比方,挽頸攄翼作河梁。秋風坐結藕絲屧,銜上君王前殿去。西樓笑妾停錦梭,殷勤語鵲莫蹉跎。昌按:《臨江府志》:宋武帝秃女皇后少孤,困于食。食藕取絲,結爲屧,靈鵲銜至武帝殿前。帝異之,召立爲后。"笑妾"見李賀詩:"鉛華笑妾顰青蛾。”言工笑也。

羅雀謡一作雀飛多，張籍題。

莫羅雀，羅雀傷雌雄，喈喈唧唧悲衝胸。喈喈高樹頭，唧唧在我雕籠中。嬌小江南年十五，河北健兒猛如虎。生不識汝歸何所，君不見道上淚多于土。

春　歌

子爲王，母爲鹵，朝春暮春敢言苦。前飛鳺鴘後鴇羽，安能離此届爾所。爾母不足傷，徒傷子爲王。

西冷橋女郎新題

女兒避月如避日，月色曬人顔色黑。女兒愛月不避月，素羅衣裳白如雪。十五女兒太嬌嬈，西冷橋畔可憐宵。

黟山謡黟山在徽州府

黟山女子力如虎，負鹽汲井不足數。城中府主擊大鼓，火速持錢了差簿。郡斂女役錢。

黟山女子但力作，犢鼻不縫倩人做。同行少年口生過，一路飽飯只言餓。作音佐，做音坐。

黟山女子癭垂頸，手縛生柴下祟嶺。山頭落日十丈影，不見其餘見髻頂。

朱樓三層石作門，誰家大賈花滿園。牆頭莫勒使君馬，巫山亦有明妃村。

雄雞失旦守菢雌，鵓鴣過雨呼斑隹。兒家夫壻遠行賈，使妾日暮坐中閨。

春鶯囀張佑題。始唐高宗命白明達寫鶯聲爲曲。

緑楊三月金鶯鳴，啞軋學作車輪聲。緑窗思婦淚承睫，夢中千里間關情。度枝忽變兒女語，泥泥深閨相爾汝。隔花跳脱振冰弦，重整男錢出芳户。小院年年高樹陰，嬌啼不改舊時音。鏡前乍暈芙蓉頰，敲斷于闐九鳳簪。

寡婦謡

荒區寡婦哭向天，餘生養豕爲命田。一豕不食二豕死，里正坐需無酒錢。門前縣吏打門急，今歲𠛅征四之一。鬻身鬻子計莫施，懷中只有乳下兒。𠛅，古華切。預征來歲曰𠛅征。有糧無田曰荒區，命田亦方言。

擬唐七言律樂府一首

出　塞

無定河邊萬甲群，漢家十道出將軍。春風尚凍弓弰雪，明月惟看隴上雲。白草幾經燒處黯，黄河時向馬頭聞。蘭閨空有刀環約，麟閣何人早勒勳。

擴唐五言律樂府十五首

關山月

龍沙接漢城，雁嶺與雲平。明月此時出，鄉心無限生。望壓知邏騎，覘鳥辨疑兵。何日甘泉宴，鐃歌四海清。

隴頭水

隴頭嗚咽水，一半向東流。馬帶金韉飲，人持漢節愁。恩書嘗候雁，落葉始知秋。冠冕群公會，論兵正未休。

折楊柳

楊柳驕春態，非花自覺妍。御溝晴藉色，禁苑曉通煙。欲繡尋金縷，當樓指玉鞭。行人莫攀折，留蔽綺牕前。

梅花落

春苑起春望，梅花躐衆芳。寫聲傳博望，横吹給名王。暖玉圍貂錦,重簾隔麝香。即令飄落去,猶作壽陽妝。

紫騮馬

鳳臆來天廐,龍鞍照地行。光輝誰得并?意氣爾全生。旗畫雕鷹狀,風吹鴻雁聲。回思立仗日,俶儻若爲情。

出　塞

天文動駟房,驃騎出漁陽。漢月長城紫,邊風大漠黄。千蹄旗作聚,萬里劍爲裝。回首南飛雁,何時到故鄉。

入　塞

朔雪壓邊垣,陰風吹黑旛。閼支紅淚斷,漢將白頭尊。雌伏難知己,雄飛爲主恩。玉關不待入,猶想到崑崙。

從　軍

月暈昨宵大,駝鳴朝向西。連山毳帳落,捲地磧沙飛。詔使乘天廐,將軍拜武威。曾聞騎奴子,亦得秉戎機。昌按:衛青,平陽侯家騎奴。

雨　雪

雪凌白嵯峨,關山直北多。春前不成瀑,臘盡漸添河。遠影明驍騎,依林暗駱駝。宵深傳羽箭,後勍渡滹沱。

雒陽道

盛世東京道,珂鳴九陌多。紅塵朝玉馬,青草遠銅駝。年少尋芳劇,時平奈樂何。笙歌逐環佩,歸騎北邙過。

劉　生

俠客重横行,劉生最有名。平時收死士,急難解危城。挂劍千金值,酬恩一命輕。相逢貧賤日,誰肯信專征。

巫山高

巫山分蜀徼,神爽駐靈妃。古木猨猱轉,空祠雲雨飛。綺筵傷豔曲,窮劫想銖衣。一自高唐賦,千春更不歸。

有所思

紫寒風霜勁,紅顏歲敘更。君心留魏闕,妾夢繞邊城。烽火淩華蓋,樓臺直玉繩。不應秦地月,亦照骨都營。

芳　樹

當春芳樹鮮,發此綺牕前。蟬鬢垂斜領,蛾眉望遠天。繡多裙似重,妝巧鏡如妍。願得停征戍,承平樂歲年。

銅雀伎

玉樓當日妾,繐帳幾人同。不復前時妬,偏留别後容。墓田麑鹿出,寢殿鳳鸞空。惟有漳河雁,年年吊北風。

擬唐體昔昔鹽二十首

垂柳覆金堤

金塘水初滿,楊柳弄晴絲。不道春光好,是妾贈愁時。風摇波影亂,日度綺牕遲。瓊户無人見,憑闌想畫眉。

蘼蕪葉復齊

曲罷搗流黄,琴彈陌上桑。低頭感芳草。拾翠向春光。采時憐對葉,攬處不盈筐。棄妾能無念,新人亦斷腸。

水溢芙蓉沼

岸草連波色,芙蓉待水香。緑深藏翡翠,紅密亂鴛鴦。罷鏡還窺影,羞花更懶妝。才將一匊淚,泊泊滿銀塘。

花飛桃李蹊

三月花齊發,林園樹樹繇。東風欺得慣,桃李只無言。高下加鈴索，千支繡彩旛。春花復何去，底事掩重門。

采桑秦氏女

美女出青春，羅敷別姓秦。枝疏通紛面，帶瑗稱腰身。衆中花比貌，獨處玉無璘。何須使君問，多少斷腸人。

織錦竇家妻

良人夢裏歸，賤妾下鳴機。絲與春蠶盡，魂隨蜀鳥飛。回文工織錦，寄遠嬾縫衣。莫倚羅敷豔，人今蘇蕙非。

關山別蕩子

絶寒征夫曲，高樓笛裏聞。春風吹到妾，蕩子遠從軍。隴首流離水，秦關斷續雲。短書難寄雁，經歲渡河汾。

風月守空閨

無言對明月，有意訴春風。妾處方開鏡，君邊欲彀弓。人間羅幕動，花落後庭空。羽檄年年至，交河少信通。

恒斂千金笑

射雉人千里，雙蛾妾自描。嘗思失意夢，空度可憐宵。未許陽城惑，誰言宋玉挑。非緣奉心病，只是恨迢迢。

長垂雙玉啼

翠葉消眉嫵，黄星脱靨妝。夢中霑兩頰，鏡里落千行。拭粉痕猶在，論珠斛可量。若將巾拂寄，一作"巾拂如堪寄"。氤氳別有香。

蟠龍隨鏡隱

妾有青銅鏡，乘君白玉臺。空房憑鎮膽，對影轉生猜。挏酒濃無敵，胡姬醉幾回。何時化明月，飛去照龍堆。

彩鳳逐幃低

丹山彩鳳翬,繡在越羅幃。玉鉤常對下,不忍韬雙飛。流蘇金縷斷,熏籠香氣微。還羞向鴛被,背燭解羅衣。

驚魂同夜鵲

孤眠常苦寤,獨處自多驚。何事雙栖鵲,還同警鶴鳴。關山明月上,林樾曉風生。閨中不識路,飛夢繞邊城。

倦寢聽鳴雞

從軍五更轉,此曲最情悲。定見征夫泣,還如妾淚垂。那堪風雨夕,長憶别離時。雞栖近牕户,人今向月支。

暗牖懸蛛網

遠塞嗟長别,東山咏昔詩。孤居憐蟢子,族處感蛜威。珠露穿疏綱,金風補斷絲。梁塵積不下,那得管弦吹。

空梁落燕泥

畫粉畫梁堆,閒階長緑苔。舊巢雙燕子,更自不歸來。雀乳銜蕭落,蟲飛觸網回。東鄰歌管沸,對對拂池臺。

前年過代北

天上軍書下,雲中路幾千。深愁緣轉戰,一别再經年。塞草枯還緑,賓鴻去復旋。難持花比貌,歲歲鬪芳妍。

今歲往遼西

漢使無消息,人傳戍柳城。馬韓争報下,虎旅另移營。聖主雖開地,輪臺肯罷兵。不知更此去,更,平聲。尚復幾年行。

一去無還意

眉月鬬彎環,愁中改玉顔。音書同雨絶,魂夢向雲攀。去鑿凶門去,還應吉日還。自緣軍令重,不信忘鄉關。

那能惜馬蹄

男兒薄恩愛,立志騁英豪。换得千金駿,摩挲五尺刀。欲知儂意切,莫惜馬蹄勞。只在黄塵裏,愁心妾繫牢。

擬唐七言絶句樂府二十二首

塞上四時曲四首

苜蓿春深野馬肥,沙場行樂少人知。中原一片弦歌地,不數盧龍關塞兒。

邊荒六月斷人行,山海關頭大閱兵。帳下兜鍪如火熱,垓心塵起似風生。

防秋漢將點軍回,晝角平明馬上催。騎到城門更回首,幾多燈火出樓臺。

朔雪銜枚充賀蘭,馬群聲動陣雲寬。鐵衣不是防寒物,爲護沙場刀箭瘢。

塞上賜衣曲五首

天子深恩賜錦袍,金瘡裂後瘉痕高。繇來七尺輕生死,著向風前看寶刀。

賜出鍉鍉一片紅,上陽宫女剪裁工。含情未著先思報,誓取燕支奉漢宫。

軍前繡帽大旗摇,改服擒生卸錦貂。要使番王識名姓,故抽號箭射金雕。

射雕西出隴雲荒,一騎横穿白草長。不掛鋡鍜試挑戰,驀過氈帳逐黄羊。鋡鍜,音"鵶霞"。

金鐃宴坐斗牛裘,教舞雙椎撥坎篌。躍馬便馳明月塞,重氈襯上鐵鞮鍪。

少年行四首

蟠花韃韔寶雕弓,作使吴姬酒肆中。城内高樓連苑起,城邊沃壠慶年豐。

帳裏蛾眉宛轉隨，樽前雁柱起參差。長安車馬如流水，不屬當關報不知。

愛弟諸郎各少年，五侯七貴正蟬聯。問君通籍那能此？家本南山舊種田。

嫣孺青春入建章，馮顔白首尚爲郎。豈知更有王門客，七十窮經返故鄉。

怨　詩

金屋佳人怨落暉，廬江小婦卷羅衣。陶云："秦王捲衣本言倖臣也，李白變爲《秦女捲衣》。此首當是言被棄而歸，即《仲卿妻詩》'妾有紅羅襦'意。"請君更向青陵望，可有鴛央依舊飛。

宫怨四時歌

夾城花發暖雲昏，複道全消玉輦痕。三十六宫春草色，最憐葱蒨是長門。

別院歌聲隱鳳笳，風前却扇獨看花。入宫蚤織蛾眉苦，不受君王繫臂紗。

金鋪深鎖月黄昏，望斷宫車掩淚痕。惟有年年寒帛例，昭陽恩似讓長門。七月，賜宫人寒衣。

珠絡欄邊碎玉鳴，辟寒簾外晚風生。鳳花錦冷君恩斷，自撥香爐坐二更。

四時行樂歌

輦草香生晝漏長，靈和前殿種垂楊。柔情也欲君王惜，簾外飛花到御床。

千門萬户作離宫，淩渚荷橋宛轉通。水殿齊開十六院，笙歌都在月明中。

天孫計日渡河梁，乞巧樓成乞御香。蟢子暗藏金鈿合，争先含笑進君王。

外家進獻有雕冰，金鎖獅兒鏤玉繩。帳底烘笙九微火，六宫隔歲備燒燈。

雜言十首

小　言

日輪當空鍼孔窺，修羅戰敗逃藕絲。芥子一粒藏須彌，心如丸卵無弗知。

大　言

部居蠛蠓營褌襠，地獄業身滿鐵床。野干竪拂登道場，擁書萬卷南面王。

難　言

挑沙行漕仰嶺車，百年利病謀興除。長者作吏當奸胥，窮士掃門求上書。漕，去聲。

易　言

硭硝引火日爍霜，疾風高岡飏粃糠。輦金説合邯鄲娼，變賤作貴行賫裝。

危　語

追兵欲及斷橋梁，四面受敵城無糧。位崇權重恃君王，世亂名高金滿倉。

安　語

盤石作坫承山尊，蒲輪緩御登平原。仕宦清白遺子孫，國多善政無覆反。遺，去聲。反，平聲。

遲　語

濕薪石鼎炊黄粱，途長馬駑無鞭韁。三都賦就十年强，慈泉老髦逢姬昌。

疾　語

瀑布千尋下絶壁，日中飛鳥影過隙。生兒不肖搆大宅，廉耻道喪任捨克。

了　語

繅車繭盡陳空筐，高臺跋燼無餘光。尸鄉義士殉齊王，厓山舟覆君臣亡。

不了語

西荒漏天雨瀧瀧，左迴右轉日月逐。尾閭入海無斷續，易名改謚修史録。

白茅堂集卷之五

蘄州顧景星黄公著，男昌校輯

天啓七年丁卯至崇禎十七年甲申詩

雨過六歲

雷來雨亦來，雨過雷不止。將琴養性情，清清一川水。

鰲山燈七歲

一戴河山六萬春，應何來做上元燈。看他頂上光明發，照見扶桑海日升。

詠鏡中燈十歲

漾漾菱花濕，摇摇菡萏風。碧波澄不動，一點月當中。

雪中蕭東曙云見訪，既不過，戲柬

一夜剡溪雪，皚皚遍水湄。王猷不敢見，應是興殘時。

夢詠太華十一歲以下

太華古西嶽，岧嶢山天表。本自地軸通，翻與人寰邈。金宿吐修靈，剛氣墜飛鳥。直上幾千仞，雲霄自昏曉。

宿　雨

宿雨濕雲根，新寒入書幌。落葉墜不飛，不解空山響。

午睡起擬東野體

午睡雙眼澀，起視天雲黄。老松緑寒雨，敗菊紅嚴霜。童婢盥進酒，撲氣尤生香。始知近冬候，猫坐銅火牀。

静女春曙曲見樂府

州試擬《龍池柳色聽新鶯歌》見樂府

楊白花見樂府

烏栖曲見樂府

雙燕離見樂府

從軍行見樂府

王明妃見樂府

寶劍篇見樂府

月

盈盈三五月，皎皎照房櫳。露濕蛛絲白，花沈地影紅。羈客起更盡，閨人知夜中。與君隔千里，明月幾時同。時，一作能。

賦得盈盈樓上女

思客高樓望，波濤何處尋？夕陽黄鳥背，落岫楚江心。急雨因雲去，林塘欲暮陰。此時君負妾，凭立一霑襟。

賦得宫人出爲羽林婦通韻

外舍憐初入，宜春蚕幸逢。承恩宣直殿，被詔乍辭宫。畫屧連珠靸，征衫帶鎖縫。鬟心安翡翠，裙衩隱芙蓉。嚳室新天象，叢臺舊日容。玉釵妬飛燕，金鑷賜盤龍。周盤龍也。度曲翻烏鵲，徵歌轉懊儂。誰能持漢節，年少悔從戎。

咏王婉容

毳帳軍裝改，閼支結束同。奸臣誰指鹿，賤妾獨當熊。峰影疑雙闕，行間憶六宫。龍輿金塞盡，鸞鏡玉臺空。骨斷征鞍雪，啼生畫角風。不辭青塚月，盼殺北歸鴻。殺，去聲。昌按：《詩話》：予幼賦王昭儀有"毳帳閼支"語，後考昭儀在北乞爲黄冠，始悔其誤。然昭儀《滿江紅》詞有"容隨圓缺"之句，文信國所謂夫人誤矣，則亦何莫須有邪？

宫　怨

離宫夜静蕉心展，井梧作花更漏短。罘罳小妾學迷藏，十二珠簾任開卷。鏡臺閒却千蛾眉，碧玉芳年知未知。銀環恩寵親宣賜，不道君王聽畫師。

瞥　見

藕絲衫子五銖輕，抱耳雙鬟轉面迎。斜過藥欄看不定，隔簾遥聽點茶聲。

閨　怨

春愁如醉少人知，略攏香鬟不黛眉。爲看銜泥雙燕子，海棠花下立多時。

春來處處鬬芳菲，鏡裏春山分外奇。薄命那如山色好，臨妝不忍上愁眉。

正德宫詞

離宫甲夜虎鋪開,争道君王較閲回。金繡團花紅韎韐,射生隊裏各擠排。

火樹星毬處處緐,近從玄武輦千門。侍臣奉敕齊呵筆,預撰新詞賞上元。

鳳館龍樓第幾層,太平天子坐垂繩。九華宫裏長燃燭,十日街頭不捲燈。

寳馬揚鞭過狹斜,月明那惜醉琵琶。六宫誰最承恩密?不必羊車賺大家。

釵翹鬟重盡宫妝,翠袖新裁特許長。試向花前小垂手,氤氲都帶内家香。

教坊争識寳奴嬌,六院遥看玉步摇。一自黄冠卸巾幗,幾年鐘磬傍長橋。

嘉靖宫詞

祠官晝静鎖樓臺,紺殿珠林幾地開。朝罷玉清歸内苑,六時鈴鼓自修齋。

霞裳星帔禮真人,玉鼎金匙給外臣。拜進王喬一凡藥,齊呼天子萬年春。

萬曆宫詞

花影輕移化日長,延英前殿别焚香。銀環莫賀君王寵,得侍昭容立御牀。

天啓宫詞

六街花月好青春,甲騎傳呼不動塵。燈火千官珂佩響,夜來外府坐夫人。

無　題

聞道東征騎，今朝振旅回。鬖鬖纖手按，匳匣笑顏開。書謝三秋雁，功憑七尺駃。私憐蘇屬國，頭白始歸來。

百舌吟

春園百舌聲，百舌百般鳴。道盡閨中意，良人總不聽。

酬蕭霽

之子志我同，端居媚幽獨。樂從大賢游，久謝時人目。微雨山中來，竹梢低入屋。鳴蛩寂不聞，閉向東齋讀。濁酒時復斟，高筒頻拆牘。一日凡幾回，跫音滿空谷。

寒夜集蕭霽宅，步任可上人韻，即效其體

閒居動相念，邂逅逢此髡。主人信高情，爲我開南軒。日入理勺酌，燈明愛尊蹲。三人傚靖節，十日思平原。試披大乘義，永絶精靈言。室静鐺耳沸，竹雨根叢喧。提壺更沽酒，燁火炊殘飱。關門曉雞唱，客醉留還轅。

春曉侍大人游回山以下己卯詩

扶藜曉上仙人山，山頭溪水流灣環。谺吭倒明石壁下，杜鵑哀叫藤蘿間。黄茅岡頭白石墓，云是仙人采藥路。芒鞵竹杖不復還，樵子罛師自來去。松林幾處猿猱悲，空山日暖行人稀。驂駕鸞鶴事烏有，仰首白雲朝暮飛。

鴛央篇

文鴛戲彩衣，曉日正芳菲。雌雄相對惜，婉嫕定長依。照影必成四，分波肯暫違。肖形栖碧瓦，寫態上鳴機。裁同合歡被，繡入鳳皇幃。釵畔收香羞比并，鏡中對舞孫光輝。深閨思婦難獨自，古冢韓朋

今是非。嶺南更有相思鳥，不是成雙不忍飛。

月夜懷王子雲先生

野水明北郭，長林收晚曛。尋常來舊雨，咫尺賦停雲。酒氣月中白，叩舷山裏聞。無繇共欣慰，愁思遠紛紜。

贈盱眙鄧山人

綈袍何處客？雨雪款荆扉。常醉山公酒，能吟阮籍詩。緑蕉春染翰，白髪夜彈棋。四海方多事，閒閒此杖藜。

孝陵蝦蟆石老樹災

神烈山前萬松栢，寢廟熊羆守層碧。攀龍尚有鼎湖弓，帶劍誰磨茂林石。槎枒妖火燃古丘，白首中官雙淚流。風霆剥蠲知多少，只此曾經三百秋。

秋

四時遞成逝，日月疾如箭。蟬聲無停號，螢火光已暗。賓鴻先以風，畫棟商去燕。感此節物移，令人坐悲惋。

得子雲書，次來韻

扁舟訪秋浦，獨上吴章岑。千里望黛色，半牀生苦吟。帶蘿山鬼怨，落葉楚猿音。詩到不堪讀，西風吹汝心。

蘄水别龔公以下庚辰詩

前山夜來雨，遠景忽澹泊。臨流掉歸舸，客意不云樂。西望沉日峰，戰雲凝廣澤。寥寥秋原上，中有萬古魄。薄言理阡陌，所愧力不作。數畝埋寒煙，東菑廢耕獲。遠荷夫子賢，慨然賴芒屩。他食非其常，日歸事耘鑿。夏至江楓青，春老鶯聲弱。遥憐片帆影，坐向天外落。回首煙雲中，青山疑城郭。

留別官李諸子

碧樹望如煙，春江眼中淥。留與山中人，高聲讀茅屋。

苦　漲

山雨夜來漲，湍聲出石高。舊扉隨斷梗，新逕入蓬蒿。魚鼈愁顛倒，鷗鳧轉寂寥。江湖信空闊，輕舟許吾曹。

世亂誅求窄，民生何太勞。家人把釵釧，國計急錐刀。歲疫山佃貴，軍殘斥候驕。幕中誰節制，河上益逍遥。

江岸崩陷百餘家庚辰五月，先此岸下流出水銀數十斤。

湖傾山欲徙，江蹴岸還摧。白屋隨流去，青天卷雪來。不聞巢姥走，遂有歷陽災。過眼悲陵谷，人間信可哀。

贈張將軍以下辛巳

將軍年少蚤專征，萬竈新移江上營。接境似聞秦鶴唳，追戎時聽楚烏聲。投壺賓客還歌雅，命酒偏裨坐論兵。聖主拊髀思頗牧，可能努力靖欃槍。

問道恒病昌按：《詩話》：道恒名真常，黄陂鄔氏子。八歲爲僧，憨山暮年入門弟子，居廬山東林，戒律嚴密。有《獨庵詩》十卷，兵火失。七律如《秋游雨湖》："寺從落葉林中出，水去枯江石上鳴。煮酒爐支楓樹下，尋詩人立蓼溪邊。""百艇皆漁横檻小，衆山是樹潑樓青。"五律《秋日》："屋大不勝笠，天昏爲變秋。"七古《和王修微拈蓮子打鴛央》："剖破蓮房取蓮子，枚枚打過鴛央頸。鴛央頸是睡時交，一枚留待鴛央醒。"《謝人送蘭》："昨宵花到白如蝶，貼雨黏風總不飛。"師到處不携杖拂，惟以詩詞作佛事。曩予録所記憶，爲一卷，丙午復罹于火。師于崇禎辛巳春病脹，自東林來，以書投先子，云欲得湖山片地，三生石上猶得相見，斯已矣。即日送至松園，予問師病，有句云"病起林光换"，師彈指曰："五字是予密咒也。"逾月卒，先子以棺斂之，葬沿市湖之山麓。

老去詩愈王，癯來島不如。已沉千日磬，仍滿一牀書。病起林光換,門開霽色虚。虎溪應不遠,無用賦歸與。

聞　雁

漢家邊城高不守,匼匝黄沙隱衰柳。陰風晝冥青海頭,白旄微明紫荆口。馲駝夜渡祁連北,飛雁越鄉心惻惻。細雨衡陽萬翮遥,亂雲征路千山黑。嗸嗸斷陣有悲音,燹火中原深復深。懸知北澤無蘇武,更不傳書到上林。

遣　憤

不雨已五月,疫癘還天行。死亡既略盡,曠野無人耕。河南到江北,所過皆空城。將軍但轉戰,群盜尤縱横。黄塵蔽天宇,三月至五月數黄霧雨土地。日月無光晶。金精帶劍怒,過午尤熒熒。其月太白經天。乾田出蝗子,幽磵聞沙鳴。奈何催租使,冠蓋争逢迎。流民化爲賊,遺黎仍苦兵。元夫令獨立,何以爲公卿。赤風蕩園寢,親藩遭鼎烹。封還上方劍,一死真無名。鄧禹昔仗策,終軍曾請纓。念此熱五内,百罹逢我生。

月夜奉懷龔公内召過合肥以下壬午詩

巢白接煙景,水郵經幾時。問山兵燹隔,傳箭賊群疑。雲舫流應穩,春光棹去遲。長安上書日,好誦道州詩。

今日星河皎,江雲騁望迷。未知天遠近,各在月東西。惜别襟猶濕,臨岐手重携。解鞍芳草地,惟有杜鵑啼。

喜　雨

閏歲節候遲,閏十一月。秋仲甫摇落。火流何逶迤,餘威正熏灼。鬱陶蛟龍憤,盤薄意屢作。天青聞晴雷,日下駐雨脚。去年值奇災,魃女秋尚虐。今雨幸及時,快意復何若。貧家望西成,黽勉饜藜藿。治亂理循還,天心敢輕度。

後喜雨

炎威毒長川,秋半始一洗。雨勢豁中宵,雷聲頗歡喜。蓊蓊隴上穟,叟叟筥下米。尺魚挂疏笭,新醽已成酮。師行得豐歲,脱巾差可枚。老農語丁男,今年免笞箠。

秋夜聽客談祭邊將往事

猶聞尊酒出容臺,奠向荒城白草堆。無定河邊招不得,深閨夢裏却曾來。

壇上君恩黄詔焚,壇前士慨白衣軍。可憐京邸君臣哭,多恐邊庭未得聞。

百年歌見樂府

正月十七夜大雪,登城望平賊將軍亂兵焚掠。癸未,時張獻忠陷黄梅、廣濟。

江山照春雪,帶劍上嚴城。爕火烘雲赤,旌帆破浪行。鬭鳶争白肉,亂犬雜兵聲。咫尺愁群賊,蜂屯更幾營。

蘄陷後寓潯陽,欲之崑山,江路斷絶

奔亡同泛梗,性命等毫毛。天塹今知險,巖關何處牢?妖氛衝日月,鬼物集坑壕。結陣將軍去,連城長吏逃。衣糧僅些小,潯陽人盡奪衣履。《隋謡》:"路糧無些小。"攘奪更前遭。殺戮原天意,兇殘復此曹。中原全墋黷,邊事敗陳陶。竊恐龍蛇戰,終成陸海滔。燒焚迷落照,征鼓亂驚濤。東望吴儂地,江頭少一舠。

王居士歌有序

居士四十不娶,若狂易,鄉人共笑罵。蘄陷,自危堞踴身下,無所損。結茅廬山清凉臺,巀嶭縣空,下臨百仞,嘗月餘不食。客至戰慄,不敢上,居士遥望大笑而已。無名字,自曰我仲尼之徒,因號“尼徒居士”。僕慕其人,爲之歌。

尼徒居士本無家,戴髮已自披袈裟。鄉人共笑死丘壑,獨脱禍亂栖煙霞。清凉臺上人蹤少,隨意晨昏坐來好。經時石罅生白雲,盡日林間絶飛鳥。

報恩寺塔燈

凌空一塔浮,月上晚煙收。灝氣通江海,春燈亂斗牛。諸天長不夜,萬井似漏秋。扶杖明朝約,還須到上頭。

九級起嶙峭,光輝壯帝京。晴霄青漢挂,風雨白虹生。高揖鍾山闕,低臨北斗城。何如渭水上,千尺望金莖。

登　塔

摳衣南寺塔,聳踴入雲身。縹緲天人接,招來物象新。傳經紺馬下,演法毒龍馴。魏闕金莖外,慈雲接梵輪。

能仁維佛力,功德想文皇。欲救刀兵劫,先占舍利光。基卑瓦棺閣,樓小落星岡。百里風煙色,迢迢見上方。

天　河

天河起東北,迢遞爲天經。言是黄河源,西流落崑崙。乘槎犯牛斗,恍忽升天津。支機亦有石,識者嚴君平。又言太白精,餘氣凌蒼青。七月伏不見,高秋更晶熒。西胡老文康,利瑪姓竇名。竇鏡矚九霄,乃是億萬星。三者雖競説,妄淺不足聽。如人有任帶,腹脉分縱横。立秋前後際,太陰當房心。秋秋龍火飛,掩映無光晶。安有烏鵲橋,浪傳牛女情。天人兩懸絶,萬古終冥冥。

哀蕭霽城陷時死于寇。

一抔無自寄空城,春草何曾而上生。白骨已隨寒雨盡,遺詩猶作斷腸聲。

同遭喪亂君爲鹵，存殁殊途淚轉滋。幾度傷心無可道，一年今有哭君詩。

春仲同家侍郎公寶光道人東山坐雨以下甲申

春雨暗琴尊，松杉溢户陰。草香遥達坐，雷氣欲通心。緑野裴中立，玄風支道林。若非憂國切，何事愛簪纓。

聞潼關戰敗，柬曹嘉定胤昌

避賊轉東下，上書心屢違。兵聲驚馬服，客淚點牛衣。生事從人託，鄉關寄鳥飛。窮愁問知己，何以慰調饑。

鴟

春陽鼓群動，有鳥飛披披。鳴聲亦何醜，云是轂轆鴟。吴語謂鴟也，象其聲。�起翅下爪，奮迅頭上觜。低回掠櫚屋，撇捩驚童兒。吾鄉有此鳥，晝伏惟蒿藜。或是狐兔逐，決起投桑梨。鷹鸇瞥眼下，鳩雀滿樛枝。黨嚴野遂凈，不待虞羅施。南來異風土，老者名貓雞。公然出白日，百羽馮凌欺。鷹鸇但回首，鳩雀惟嚘咿。黄鸝與紫燕，吞聲赴蓬茨。物情有美惡，愛憎理亦齊。胡寧忍此鳥，出入相追隨。聞昔有異鶻，事喧潏水湄。風遐氣亦邁，三歎爲此詩。

題歸文休風雨竹

慣寫何須个，能書不暇竿。春江風雨惡，幾度欲闌珊。

五人墓和大人

哲皇冲御宇，天憲出中宫。陳竇誅何易，曹王敗實難。昌云：曹節王甫。朝廷終倒柄，草野正傍觀。義奮吴門卒，凶持魏闕彈。挺身繇激烈，就鞫肯更端。十目屍猶視，同心蓋一棺。豐碑黄絹句，野史白頭翰。簡册千秋是，松楸六月寒。酹漿勤父老，丘墓益巑岏。士女春游，輒爲增土。每過山塘路，停軒涕泗瀾。

附：天啓丁卯，周公順昌中魏閹忌，奉旨逮問。三月之望，吴人撾緹騎死，而五人者實先之。魏閹矯旨株連，而五人者自出就戮，餘因得免。吴人贖其首，斂以一棺。明年除魏閹，祀地以葬。予友張溥記焉，碑曰《五人之墓》。五人者，顔佩韋、楊念如、馬傑、沈揚、周文元，皆市中賤少年。予游必憩墓所，徘徊欷歔，賦十韻，命景星和。甲申二月五日重翁書。　重翁

瑫横貂續狗，紳耆鳫愁狐。箝網朝飛冀，金吾夜撼蘇。衆情仍鼠首，五子竟梟顱。雄傑誇皆有，奸威遁一無。犨罹非冒及，犴圄自投趨。人孰無肝膽，誰能許割刳。英靈横蓋代，氣義出三吴。説者存疑案，傷截時大都。酕醄舒白眼，墨瀋灑黄壚。城上要離墓，松楸近可呼。

三月三日

三月三日坐齋閣，階前緑草方萋萋。掠簷紫燕抬頭過，遭扇狂蜂撲尾歸。吴儂蹋道嬲游劇，楚客杜門春夢稀。中原格鬭更何處？悵望青天雙淚垂。

嘉靖皇帝御書歌有序

世宗賜先臣鼎，臣取青詞御札，偶次蘇軾《謝神宗御書紫薇花》詩韻。

榮光屬天下燭地，五鳳回翔六龍戲。内臣手奉出齋宫，袍袖綾紋生粲翠。有明九聖嘉靖年，寶曆氣數當中天。侏離重譯典屬國，閼支圖象縣甘泉。璽書不惜窮荒賜，史館猶傳赤黑字。洪武十五年，詔翰林火不絜赤黑等，撰《類編譯語》。輔揆論道維雝容，接見邇英日三四。天門曉辟歡聲闐，垂芒八角光景鮮。丹砂夜寫黄庭篆，錦幛朝哦紫府篇。禁樹月高東閣静，鳳燭傳宣雞漏永。赤章撰上諷喻含，始信臣忠繇主聖。乘輿晚駕五柞宫，鼎湖髯墮蒼天空。非同漢武侈雝時，所喜薄海無兵戎。周穆瑶池讌王母，徐偃中原方黷武。世宗御極真升平，文思旁㫖先被普。

昌 亭

芳草緑含煙，昌亭三月天。遠村花燒屋，曲岸草藏船。水影娟娟凈，雲衣片片鮮。故鄉纓笋會，往日正留連。

尋真娘墓

真娘一丘土，千載認寒煙。多少傾城色，孤墳阿那邊。

真娘墓

吴門三月天氣晴，美人墓上飛黄塵。誰家女兒最年少，娉婷緩步來相吊。熏塗百和香氤氲，雙雙蛺蝶隨羅裙。城頭亦有壯士墓，土膏數尺埋煙霧。要離墓在閶門城上。當時殺郤屋中妻，婦女只今多諱惡。青史功名安在哉？虬髯薑髩盡成灰。不見年年寒食客，蚤晚姑蘇草一堆。

送卜生歸楚

緑陰三月暮，送客出吴城。念子一爲别，危途出遠征。山臺鳳皇號，花鳥杜鵑名。持此伴行路，悠悠春日晴。

三七言柬慧山僧辯洞口泉

霧露根，巒岫骨，中有甘泉如乳玉。雨不增，雲所覆，渟澮陰陽蕩星宿。不可甃，矧可屋，刻龍吐沫亦何俗。傪白猿，檻黄鵠，鑿半月巖削方竹。走卒爭，兒童鬻，僞固足嗤真亦辱。上流清，下流濁，洞口煩君揵一斛。泉出巖岫，有长溝暗道通入池，從石龍口吐出。溝水最辱僧俗婦女浣濯其中。蟹眼生，魚目熟，候火聽風春意足。玉女河，康王谷，竹符調水竟須續。

傾 天

襟袖淚痕滋，新衰與舊衰。癸未九月，先母李孺人服始闋，義服貞姑期衰。傾天來痛哭,搶地復何辭。外重皆藩鎮,勤王孰義師? 似聞五馬渡,消息候江湄。

江漢行

江漢滔滔南國紀,宿昔緐華等流水。眼看吴會正殷闐,古來禍福原相倚。海内貨力誰最彊,下推吴越上荆襄。煙波千里洞庭接,高帆大艑遥相望。大堤齊唱銅鞮曲,堤上遊人比花玉。鶴蓋争從習郁池,鹿門别訪龐公谷。一從兵火城郭非,豈但寂寥絲與竹。夫人城下少人行,狐貍立月學人哭。學讀爻。我家舊住江漢東,漢江西上三藩封。頹羊斷馬何王墓,玉雁金凫拾幾叢。京營初敗相公死,城南復決大堤水。青天孤樹存幾家,萬姓爲魚葬涯涘。去年黄河決開封,兇鋋百萬隨長風。潰膏流沫蛟鼉怒,殊膺斷頸波濤紅。延安賊馬更南下,白旗指點划船通。划音華,俗字。漢陽小船名。石亭灘水何足道,黎陽延澤將無同。張獻忠陷武昌,驅男女老幼百萬于江。吁嗟我生二十四,山河淪没十年事。揚塵何必東海田,群公莫灑新亭淚。

秣陵謡

倉皇國步竟何如,争道中興拓帝國。金榜高懸弘福字,一時父老盡歡呼。乾清宫有高皇帝御書"弘福齊天"四大字,時以爲讖。又,是元旦民間多書"接禎迎福"于門。

坤維西北已全傾,帶礪山河若可盟。昨日兵曹争上疏,急催鐵券賞興平。

摐金伐鼓向瓜洲,紅靨青蛾滿去輈。回首淮南佳麗地,煙花不是舊揚州。

武昌軍令幾人知? 摇櫓潛過采石磯。聞唱艅艎晝長鬣,滿江蘆荻月明時。

殿　陛

殿陛争還起,朝廷器不神。破車原快犢,覆國本能臣。宰相中優數,强藩外撫循。抨彈宜得體,焚草更何人。巡按黄澍不告于朝而還楚。

花鳥使擬元積體上家禮部尚書張受先員外昌

按:唐玄宗以奄侍密採訪良家子充掖庭,名“花鳥使”。元白入新題樂府。

天寶年中花鳥使,翻作新歌遣君子。隋家天子重妖淫,搆出高樓望城市。太宗英武不好内,異玩珍奇一無取。廊頭殿脚三千人,開門放出如流水。開元以後承平久,上皇自負中興主。前誅韋黨清宫庭,後進諸楊專政府。當時使者勢絶倫,墨詔滿懷求麗嬪。穿闥入屋匿不得,翁啼嫗號那敢嗔。歸來掩户只垂淚,兒上九天翁下地。花裙脱去著宫裝,膏沐雖新面顛頳。漁陽驍馬秋已肥,宣徽絲竿春猶醉。嘘嗟乎,君不見漢高帝、晋文公,一欲住齊國,一欲留關中。群臣争以死力諫,狐犯張良有大功。攀車折檻誠已矣,截袍共輦將誰雄。可憐昔時花鳥使,紅顔銷盡成悲風。

漢《西域傳》楚主侍者馮嫽,善書習事,嫁烏孫國右大將軍。宣帝遣錦車持節,説烏就屠,楊用修謂可畫可歌。客舍無事,命工圖之,因題一律

獨銜鳳詔出京華,窄袖長鬟尚内家。紫塞山回龍勢轉,黄河風壓雁行斜。虚傳漢將分符竹,豈有佳人坐錦車。高卷氈帷南北望,不教侍女進琵琶。

無題二首

梁家第院鬱崔嵬,玳瑁爲堂錦作堆。皂蓋曉隨金鳳出,青衣晨捧玉麟來。蓮花蓮子同時玩,桃葉桃根並蒂栽。别有牆東相望去,王昌應是可憐才。

寶鼎煙青蠟炬紅,夜深潛禱女郎宫。香凝檀暈人初寂,月冷菱花淚牛融。車爲指南心識路,雲因走北雨成空。漢皋未見神仙侣,歸掩蘭巾卧綺櫳。走,去聲。

聞 雁

西風邀塞雁,慘澹帶邊霜。來逼烽煙落,遥從磧嶺長。似驚秦鶴唳,欲共越禽翔。弓繳仍多恐,江湖永夜望。

雁

凡羽枋榆易網羅,隨陽萬里輒經過。懷人每看天邊字,象載徒聞漢代歌。礫馬殢林秋月滿,射蛟江畔亂雲多。呼群莫近鳴鶬地,蓬荻飛飛奈汝何。

秋雨憶故園梧林

故山舊種百梧桐,自我離鄉夢中見。未知伐作爨下薪,未知裁作冰中箭。往時落葉風蕭蕭,凭軒看舞空山遍。有時客到未叩扉,晴逕先聞履聲亂。故山楸栢不可問,此木何能免焦爛。一柳桓温尚不堪,四松子美應猶戀。情鍾一物固偶然,奈此晨昏與十年。鄉園景物真堪念,更復今朝秋雨天。

秋江騁望

白鷺洲前蘆荻長,雨樓煙樹入蒼茫。山從北固連姑孰,樹隱皇陵隔建章。秋水檣帆多不正,逆風鴻雁亂無行。石頭艫槊看如織,躍馬彎弓誰最良。

江寧蚤發

旭日照野田,露草如燦金。空江一片霧,卷向西山岑。濟涉有厲揭,寒雲無淺深。我實栖栖者,登車懷古今。

哭公蓋有序

僕自來吴,感兄公蓋義愛尤篤。今夏客金陵,十一月返昆,聞兄卧病,裝不及解,走問榻下。兄執手告決,不忍聞也。越三日，卒。又三日，悲咽成詩，書一通付侄，誠久。聊志予慟云爾。

淮陰昔未遇，一飯即成恩。況復兄于弟，怡然龢與壎。詩書能慰藉，行旅賴相存。豈意春秋隔，招君旦暮魂。舊游徒憯怛，新鬼獨煩冤。兒小那堪杖，家貧誰立門。追惟在日事，夢寐絶時言。痛哭吾能已，傷心鮮弟昆。

除　夕

隔歲離愁汎梗，五更清夢霑巾。身是天涯雁户，淚如海國鮫人。

比户符懸桃版，堆盤簹豔椒花。離亂羇栖未穩，團圞聚處成家。

一寸蘭榮下體，數株梅放高枝。花奴羯鼓撾後，楚客餔糟醉時。

甕腳餘沽去酒，牀頭多借來書。守歲鞍山老衲，明年笠澤新漁。

書　曆

窮愁迫冰雪，歲盡當奈何。濁酒不成醉，短詩聊自哦。皇天運更始，日月如投梭。永别崇禎曆，卷盡淚滂沱。

乙酉順治二年即弘光元年

擬嘉靖西苑觀成應制得巡字元日試筆

别殿龍樓外，西城鳳輦巡。每逢宸賞日，更似物華春。翠蹕晴朝出，鸞聲右掖臻。色占天苑耀，圖繪國風新。帝社均推後，皇情八表匀。睿謀知稼穡，王業在艱辛。遊豫元非遠，栽培本至仁。薦嘗先寢廟，宴賜及嘉賓。水接瓊華島，亭臨太液瀕。喬山名萬歲，淑景朗三辰。羅堰牽牛渚，漸臺織女津。漸，平聲。昆明嗤漢武，河渭陋咸秦。鴻鵠翲當下，凫鷖趣可親。茅茨忘禁御，沼沚足蘩蘋。側想丹禾獻，還聞白獸馴。升平田畯喜，典禮大農申。雨露形群品，風雷報百神。衢尊章舜德，耕鑿咏堯民。鑄鐻齊寰宇，恩醽偏海濱。賡歌颺聖澤，拜頌有微臣。

擬初唐行幸應制

法駕出回中，鳴笳度九嵕。日轅黄道啓，星閣紫微通。微，一作垣。迎和温湯館，避暑甘泉宮。仗凝去聲。雞翹雪，旗翻豹尾風。屬車班御酒，宿衛賜彤弓。因過新豐宴，還論羽獵功。即臣無猛獸，獻壽有呼嵩。諫草非難上，吾君達四聰。

擬唐和春臺望御制

灝景登春臺，陽和已昭布。高明灞滻波，俯閲新豐樹。神皋盡地理，皇圖鞏天步。北斗象城隅，南山臨大路。祥光凌旦開，王氣日昭回。翠華遊豫占黄道，紫閣嶕嶢接上臺。已見論兵過細柳，還聞獻壽入蓬萊。秦驕漢侈何足比，文酆武鎬差可儗。太華爲闕今不移，踐山作城河作池。昆明太液徒疏鑿，複道離宫幾蔽虧。聖主維時念天敕，土木經營鑑前失。群工拜手賡載歌，天子垂裳所無逸。克終克儉古來難，華清興慶未爲歡。露臺僅惜中人産，薄海如今仰縣官。

元　夜

燈火元宵萬國同，吴門佳麗甲江東。遊人影雜魚龍内，寶鴨香傳翠袖中。幾處氍毹臺榭月，一城花勝管弦風。雪蛾雲髻隨時插，近有新妝象五戎。

玉琯陽回景漸舒，江東天子改元初。六街簫鼓迎春節，萬里風雲賦出車。信璽未歸河北使，蠟丸時下武昌書。姑蘇臺畔梅花發，載酒還容問卜居。

撑天鰲足立中原，敕駕燈山作上元。金粉緐華推白下，火城依舊擁朱門。聖朝莫起同文獄，淮右新分大將藩。効力幸教烽燧靖，肘懸斗印報君恩。

山棚處處賽神祠，田火村村爇豆萁。千樹梅花明月下，萬峰山寺名。鐘鼓雪晴時。風煙江左猶清燕，士女中原正仳離。安得青州狄宣撫，奇兵功就大名垂。

步陳卧子朝元韻

長樂當年初立極,德陽此日更朝元。臚卿自引雲龍隊,近侍先開白獸尊。漢室威儀覲世祖,周家功德重元孫。即看萬國圖王會,蚤奏鐃歌報寢園。

步元夕韻

宣和往日鰲山戲,特放新恩集鳳池。幾地珂聲連五夜,九天燈燄繼重離。大橋羅襪争春步,别院瓊簫閟晚吹。十四樓高誰不羡,霓裳一曲奏應遲。

平望橋看落月

祇知橋似月,復訝月如橋。半壁雲吹濕,千江影動摇。低連震澤霧,高駕海門潮。明夕清光上,依然看碧霄。

吴淞春夜月望海

江駛潮仍上,雲奔月逆流。孤舟窮海徼,清吹出邊樓。島嶼聞雞犬,檣帆拂斗牛。乘槎不可得,空望瘴煙浮。逆,去聲。

客從故鄉來,述吾忘年故人王一翥爲潯陽酒傭,劉起元浮屠服賣渡漢口。高賢忍辱,時命可知,詩以志感

維楚十五郡,黄州號名區。故人王與劉,籍籍稱名儒。王子嵇阮輩,頹然七尺軀。對酒見疏放,愛錢成癖迂。但苦山水趣,日出費萬蚨。諸生笑靈運,出入須人扶。業繼青箱後,家多錦幞書。爲文有餘力,遠法晋魏初。摛陵盡輕薄,鏗遜皆趦趄。側想老成意,壇坫安敢趨。風塵一澒洞,貴賤同泥塗。舊時馬糞巷,子弟衣短襦。乞同柴桑里,事異成都壚。豈無濟時策,溷跡還菰蘆。道真山陽儁,氣壓千萬夫。茅齋寄陊曲,風波看若無。緇袍把短檝,赤脚穿斷絇。漢陽浪逾

屋，大别雲如豬。風雨失一葉，江天淼模糊。安知滄浪漁，不具慈悲桴。鳳翔丹巢去，龍蟠紫泥居。君看二子志，嚮晦將何如。心知隔流寓，悵望東飛鳧。向禽幸未死，嶽海終能徂。浩歌勿盡放，言出恐禍俱。楚叟得無歎，龔生非我徒。靈查没滄海，星渚窮歸墟。安能謝埃壒，霞駕淩太虛。

既賦王劉，念亡友蕭霽。癸未城陷，賊臠割之。異才夭折，千古同悲，況奇慘乎

靈蛟不同宫，健鶻亦異巢。連蜷割雨府，刷羽當赤霄。風雷鼓其翼，師伯迴雲旓。一奮苟不上，翮鎩尾亦焦。蘭陵有美子，秀絶雙鬌髫。夢中神靈遇，夙業催霜毫。渥洼來神駒，千里生風飇。顧視沙苑輩，筋力徒羸枵。予時賦方圓，楮墨信所操。通家喻姆媪，棗栗具見邀。青眉壓柔輔，朱唇含兩齠。坐分鐵如意，屏攤金步摇。長者顧之笑，阿母轉見要。歸來意不愜，滿幅仍相挑。束髮就州府，鄉譽乃日高。試畢俱第一，得免諸郎嘲。春庭發梧桐，秋雨爛藶苕。叩門每相訪，坐夕必達朝。明河傍城落，晝燭臨風燒。嗚呼太夫人，爲我烹羹膮。著書滿羸篚，頗費僮僕鈔。君期千載後，文苑稱顧蕭。死賊從西來，孤城恣虓虓。萬姓化爲血，公卿何所逃。王門一炬火，鐵鳳隨風熛。君時陷荆棘，百口同被剽。子雲竟餓死，襲美填阬壕。不知生汝意，慧業爲身妖。予家幸脱免，暮走屍林號。聞啼覔親聚，得肉烏鳶驕。戰慄不敢住，經過望山椒。惟見藏書處，紙灰如冢垚。嗣予竄吴越，故鄉隔迢遥。邇來人間事，非子昔所料。平去二音。

山　塘

水拍垂楊岸，東風弄酒旗。遠林花鬬發，比户燕偷飛。瓦馬吹簫賣，銀魚出網肥。輕舟聞笑語，仿佛遇江妃。

又

三月春才半，是歲閏六月。青芹蔟水涯。泥香低乳燕，霧細護梨花。公子千金馬，佳人七寶車。中原日流血，江左正繇華。

馬

天馬聞西極，星精果出群。四蹄起雷雹，杜司馬讚俗本作電。一意逐風雲。縱送誰相得，馳驅蚤策勳。渾身垂汗血，破敵報明君。

題道開法師真時講經虎丘

我以圖中見，君之方外身。陶云又别。忘形初到汝，想像即斯人。不盡捐熏習，因緣服應倫。旛香來鹿女，鉢器隱龍賓。師解音律，工畫能詩。長者親敷席，諸天見結巾。同生逃四面，異刹仰微塵。繪事推元靄，交遊定許詢。未知方丈室，旁魄幾由旬。

酒後讀李十八遜卿燕京醉雪歌步韻

長安四季風冥冥，雨車泥馬愁殺去聲。人。蚤寒八月雪一丈，往來衚衕無纖塵。李郎黄馬青貂裘，以雪洗馬膔如油。寶源新錢一當十，日暮提錢上酒樓。關西雙鬟善細歌，錦窠半襞朱顏駝。歌聲不及琵琶語，一套嘈嘈歛翠蛾。歛蛾怪君雙淚下，城頭雪明夜祭馬。脈脈刀環百種心，壯夫不是無情者。

蘄　竹

蘄竹能吹綵鳳鳴，籥篴纖篁勝桃笙。袛因兵火摧殘盡，尋遍空山無一莖。

斬伐頻傷嶰谷春，教坊攦捻一時新。只今蘆荻蕭蕭地，哭殺去聲。當年采竹人。

宋家花石數徽宗，蘄竹蘄芝歲歲供。聖主若知黎庶苦，上林樵牧好相容。

不是淇園百萬材，枉教斤斧伐千堆。左寧南取蘄竹，土人並他竹盡伐。曾聞高帝輕方物，篳笛休令進得來。

柬曹石霞胤昌時宰嘉定

浪跡他鄉客,能忘故國憂。海禽時叫雨,春草動關愁。久失姜肱被,空餘季子裘。登臨一回首,腸斷仲宣樓。

越　女

野田桃李樹,春暮盡飛花。絶色誰家婦?雙童似狹邪。低梳合歡髩,復閤阿侯家。昨日桑陰下,輕妝竊浣紗。

錢塘江

羅刹名何惡,鴟夷怒未平。晚來風雨過,一半海潮聲。

嚴州道中八咏

虎視巖

日出拽帆行,薄暮不得息。夜聞砂磧聲,朝見虎遺跡。

頑石堵

突石當横流,如牛復如馬。五月南風興,瞿塘此其下。

雲吐潭

壘溜下澄潭,沄回不能住。戢櫓傍岸行,茶煙入林去。

青山灌一名錦溪,綿亘二十里。

黄頭會計郎,素足東陽女。相望入中流,腳踢船窗語。

七里瀧

疊嶂如欲盡,連山知幾重。好峰望不見,强半入雲中。

梭船子

儂愛艒船平,郎愛梭船小。相逢曲折間,始識郎行巧。

鞘頭梁

白蔣脆漂香,蔣,平上二音。輕橈拂不妨。好風隨谷口,閒路起河梁。

響山潭淳安西三十里

山靄我能記,我呼山即應。恨無謝朓句,唱與響山聽。

釣臺謁子陵祠

巉巖高百尺,云是子陵臺。六月披裘釣,千秋遺像開。辭榮因遠害,遁世果雄才。吾念謝皋羽,臨風慟可哀。

桐廬道中

障巒回互水瀧淙,瀧,龍、郎、弄三音。淙,潨本字。四月黄梅雨乍通。對嶺茶畦斑勝錦,中流漁菴走如虹。閣闌似塔村村異,架木爲層樓,水至居其顛,水大至輒徙去。舴艋名梭岸岸同。矛船小于蹋船,梭船又小于矛船。行數十銜尾隊進出富陽江,則一人卧,而以足摇雙槳。錢氏霸圖澌已盡,嚴陵釣瀨碣猶崇。逢灘拽笭音聳。千枝斷,過峽揚帆八尺風。側帆而過,長年謂之八尺風。隱士山錢何處辦?人家水碓不勞春。亂啼杜宇波心緑,吹落巖花港面紅。生事千山萬山裏,扁舟羡殺釣魚翁。

抵休寧

我行三百六十灘,最愛嚴陵七里灣。今日相思在何處?桐廬江水富春山。

寧國道中

巉峰高如何,春霧密相灑。雷電挾我轫,風雲在其下。最高見群龍,貼雲如水馬。小龍無數伏雲背,望之如水馬蟲。跬步通太虚,騎鯪游九野。十里下山麓,百丈懸泉瀉。山行兹最奇,村醪且堪把。

宿山焦

驟雨松窠竹罶鳴，閒房老衲起經行。山童抱鶴睡不醒，一盞琉璃深夜明。

雄路酒家

春草隨地發，勿令生道邊。當門置芻豆，教郎馬不前。烏帽誰家郎，揚鞭向何處？到門不肯行，顧儂門前樹。見客入門來，當壚自酤酒。素手到甖邊，知郎得見否。

紀　聞

繡斧遠巡邊，軍書間道傳。山河仍觤甈，江漢復烽煙。亞相新開府，君王七寶鞭。只愁兵火路，遥與雒瀍連。

聞亂還阻昱嶺

雨中行七盤，雨後見林巒。虹從殘照出，風與亂雲還。初謂出門去，不知行路難。干戈與豺虎，一望一長歎。

佘坑聞變佘音蛇

山凹白骨縱且横，誰其殺者賊與兵。輿儓到此各惆悵，兩旬怪底無人行。近聞部伍大充斥，貴陽外宅尤剽輕。相公自擁太后走，陛下已狩蕪湖營。奔亡豈合建鹵簿，有司供億還遭榜。十家九家作流冗，係纍毛幼充官丁。津梁燒塞不能渡，薄暮且宿佘家坑。心懷忿怛不能寐，山店月明聞虎聲。

陸阻訪水道經分水縣有序

去分水縣二十里，曰石門。亂山蔥蘢，歙水出焉。其源自徽州，曲折縱送四百里，巖巒蔽虧，草木蒙霧，鳥巢低柯，魚泳清流，機械既絶，恐怖不生。山中亦有田播藝，後人亦罕至。乙酉五月十六日，避亂過此，綠波瀠彎，四顧寂然，此中幾不知漢魏，慷焉有卜隱之意。前年泊九江周茂叔祠下，去廬岳三十里。今年客休寧，去白嶽亦三十里，皆迫於時事，不得上。烽火奔走，豈非命邪？以杖畫沙，遂成八韻留之。荒磧斜陽，非風雨鳥跡不亂也。庶山靈過此，一見予志。

硤盡谿水大，幾家楓竹林。舟桴少經過，魚鳥不畏人。一影初破鏡，孤帆遥向津。路幽時出險，山静長餘春。仲夏稻香滿，初晴荷葉新。野人存質樸，高嶺隔風塵。誰閉花源路，私將霞景親。出山即不爾，前路多逡巡。

避地澱湖，聞澄湖兵起，知故人佟國器提軍嘉興。喪亡餘生，且慰栖託，因以柬佟

白日干戈哭，窮愁海國居。驚心杯數住，料事髮頻梳。清野無來使，澄湖急羽書。即今漂泊處，何地可吾廬？

艟艣前時遁，福建營戰船名。音童轎。金山壁壘新。真人非白水，師旅變黄巾。搶攘知何態，漂零問此身。鄰翁慣相勸，强飯有湖蓴。

皃寇休相逼，白布裹頭，劫掠索賄，時謂之“白頭賊”，亦曰“皃寇”。南師盡倒戈。膽從前日破，愁對暮雲多。貞士知天意，狂夫據地歌。忽傳軍府檄，灑涕問嘉禾。

過張吉如湖居

爲訪張融宅，經過甪里村。白雲無著處，碧樹有微痕。身世浮鷗外，城池萬馬屯。扁舟遠人境，仿佛武陵源。

贈澱湖主人

殘疆復不守，白骨覆縱横。自揣果何德，屢經逃此生。扁舟連野夕，焚旅去孤城。海國行經遍，江山事已更。時危出處重，世亂别離輕。斗酒悵今夕，臨岐空復情。

戰　後

隴樹依村合,河流抱日明。望中春有淚,戰後野無聲。天意終難問,群兇各借名。喪亡餘習在,市井亦談兵。

嘉興觀孟鎮軍水獵有序

孟鎮軍,青海名家,絳河老將。關陜奏掃除之勣,吴越建開闢之勳。爰以高秋,用申講武。望烽堠于澉浦,習水戰于當湖。鼓聲動而濤沫飛,榜喝流而簫笳沸。日未移晷,已獮七八。飲可一石,而醉二三。特用紀奇,筆不加點。

將軍水獵事稀聞,指點旌旗鵝鸛群。雁陣驚飛迷大濼,鷹聲遠掣入寒雲。灣環魚虎愁羅杙,散佈驊騮向水濆。部下健兒皆漢將,潼關曾説舊功勛。

觀佟使君提調水師

幕府朝開鼓角聞,書生新領鸛鵝軍。風雲蚤莫占牛斗,煙雨湖山屬使君。可許故人句曲隱,料難諷喻北山文。魚龍海外兼天湧,莫向江涇數寇氛。

丹徒夜泊

昏黑丹徒郭,蕭條夜景清。檣陰喧宿鳥,水氣薄寒城。湖海東南接,風煙吴楚并。愁心似波浪,未滅又還生。

經敗壘

灑灑無情雪,梜梜敗壘風。草萌春欲動,燐火夜尤紅。反側人情外,乾坤轉戰中。何山可安穩,白帽傣長終。

懷家宫保公出亡

閩海波濤不可尋，三山五嶺戰雲深。渡河兒女空篌泣，去國羇人越舄吟。已見中原成破甑，幾多清淚濕華簪。書生一劍愁孤掌，第了愚臣未死心。

白茅堂集卷之六

丙戌順治三年

金陵元夕

街東街西紛彩煙，流蘇寶勝各争妍。爲憐羅綺曾經慣，秖恐春風太放顛。

去年燈火沸長安，人是人非幾播遷。不見宣和全盛日，幾人重到太平年。

志感六首

龍飛新數中去聲。興年，虎拜瑶階拱御筵。隔代遽傷京雒舊，兩朝不遂澗瀍遷。戍垣鼓角悲中夜，城闕荊榛起暮煙。過眼繁華如夢寐，中原成敗本騷然。

鐵面虬髯黄太保，精誠勇略實無雙。定知寇狗能傾國，誰料茅羊蚤出降。夜半金輿開壁壘，通宵火鼓戰長江。力微運去終難挽，腸斷轅門建白幢。

關西死賊昔成擒，崇禎末，上惡稱流賊，命呼死賊。大將南來報好音。語激君臣俱下淚，事詳《乙巳六合望黄靖國祠注》。節奇中外盡寒心。千秋牛渚三更月，永夜龍城萬户砧。見説揚州丞相墓，相望荒草暮雲深。史公可法。

丞相奇謀何所作，去聲，音做。布衣蔬食對群賓。陳濤軍潰難酬國，趙括名高祗誤身。漲野煙埃焚甲仗，蕪城客吏散平津。邗江應有湘纍恨，怪雨腥風下鬼神。

江左棟梁聞阮馬，中朝心服倚劉刁。門旗信節當方面，墨敕金章總掛腰。灞上將軍真百戲，幕中女子更千妖。蒜山敗後兵聲死，誰射錢塘八月潮。

鍾山舊日英靈地，伐木抡薪劇可憐。鐵鳳銅駝春草外，金笳畫角亂雲邊。列朝寢廟無神主，前代王孫失墓田。臺諫孰陳三恪義，天書乞降守陵員。

第宅二首

驃馬連雲聚，東風曳大旗。蘭錡新第宅，開府舊京畿。白雀調弦急，黄羊入饌肥。隔年王謝燕，秖覺主人非。

蕭條風景外，回首望神州。草滿張融宅，煙飛王粲樓。釵鬟更結束，子弟袒氈裘。十里朱簾地，干戈一旦休。

擬古三首

人生若飛電，倏忽不可攀。當其飆景疾，勢若熏蒼顔。朝開金張闥，暮辟許史阡。西園賜秘器，北邙送衣冠。白髮蓄恩怨，黄泉無慽懽。千秋百世後，磨滅誰復論。

日出雒城外，人起雒城中。雒城多冠蓋，車馬如蜚螽。撞鐘震堂室，曳佩凄房櫳。清哇激哀響，甲第羅悲風。衆鳥飛夾日，投蜆向深宫。荒哉聲利子，慨忼難爲終。

置酒召我友，駕言騖高岡。擥襟四眺望，然後盡一觴。黄雲散芒碭，紫氣離咸陽。聖賢盡寂寞，何況狷與狂。涸若失水魚，亡如岐路羊。十觴不取醉，咄唶我心傷。

江　干

荒林風色黯，結纜晚江邊。石馬前朝墓，檣烏舊漕去聲。船。金仙終去漢，玉璽豈同甄。落日團團影，孤城麥秀邊。

胥江遇雨相傳投子胥處

胥江四千尺，蘇州胥門外，戰國時大江。萬曆中議開濬度工，寬四十餘丈耳。平望水瀰瀰。雨勢欲來合,雷聲初起遲。渚花迎短棹,遠樹澹幽姿。不見鴟夷子,滄浪日夜思。

感 事

送别贈春草,扁舟獨去時。東風花鬬豔,寒食鬼題詩。故國江山好,還鄉士女悲。偏逢子規鳥,啼血上棠梨。

雙 橋

雙橋春漲起,婁水入河流。白日孤城閉,青天野樹浮。溯洄從渚曲,窈窕辨林陬。輕棹群鷗外,衡門晚見投。

北皋灌園

賃宅兼賃圃,灌蔬春已殘。時鋤落花瓣,自給山中餐。雷雨始奮豫,洪波生平川。蚓吹已在穴,蛟龍寧久蟠。亂世功名易,賢豪出處難。徘徊隴畝側,日晏起長歎。

聞水車聲誤是杜鵑

水車啞軋鳴,仿佛聞杜鵑。吴田平若案,百里無山川。衆鳥既靡託,弋彈又紛然。所以歷三春,寂寞如秋殘。群飛宿曠野,結巢葭菼端。陸禽而水處,夫豈得已焉。自經喪亂來,物性失所便。風人感梁鵜,帝弟二音。志士悲叢鸇。相彼微物命,騫飛思自全。人生重土著,蹤跡徒攀牽。

震 澤

江瀫東南滙,名區震澤聞。幾城臨一水,萬頃渡孤雲。林屋非無地,山在湖中。樓船亦有軍。當年仙隱處,安穩在湖濆。

無 題

攬擷芳菲三月春,江南好景正愁人。千金買得芙蓉樹,蓮子隨他更不嗔。

總戎蕭公舟讌

艸色净芳暉，鴛央掠岸飛。銷魂兵甲窟，遣興管弦圍。天晶鷗窺鏡，簾喧蜂坐衣。沅湘有蘭杜，春盡不成歸。

舟行望樓上月

綺疏初滅燭，屈戍定關春。可憐後夜月，付與蕩舟人。

月落鼓聲動，紞如生客愁。船開雀竿影，直上最高樓。

西湖

盡撤青簾插絳旗，酒樓笳管健兒吹。孤山一道裙腰草，處處臨流襯馬蹄。

南園

南園蔚花草，春色能幾何。坐見芳菲歇，風吹緑樹多。

錢塘讌集

野田弸幄軍裝集，古戍樓空白日多。朱緑巾韝花葉舞，短長豔送柘枝歌。千年廢苑仍簫鼓，百隊金鐃盡綺羅。惟有春山渾不識，隔江數點蘸青螺。

戲李將軍

雙劍無心物，雄雌相憶鳴。如何壯士志，不有美人情。妝鏡親調粉，釵梁暗結纓。未須嫌滅燭，啼鳥下嚴城。

岳王墳

岳王墳，墳樹柯干皆南生。人言月高石馬動，往往見有冠裳行。

棲霞嶺下西湖路，歌舞靈衣幾新故。九原莫恨南渡微，南渡山河奈復非。

西冷橋訪蘇小墓[1]司馬才仲云墓在錢塘幕府廨後，俗因小小"西陵松栢"之句，誤以爲在西泠耳。魯應隆《括異志》云嘉興縣西南六十步通判廳前，《徐凝集》亦載之，羅隱詩"魂兮携李城"是也。弘治中，于景瞻記《西冷降乩》詩與才仲記，皆僞作也。

蘇小孤墳在秀州，西冷橋畔鬼曾游。只今錯認裙腰草，蹋遍東風紫陌頭。

岳墳遇雨書壁

大王橘樹已更栽，誰見冬青抔土來。隔代山河千載恨，時時風雨灑蒼苔。

雨後曉起望南屏山

南屏通夜雨，萬木曉蕭疏。雲氣猶黏壁，溪流欲上魚。登樓愁似減，短鬢不勝梳。漂泊乾坤内，詩成失所如。

觀　魚

四月西湖水接天，垂楊萬樹緑埋煙。春來真道狂風好，翻卻漁船總可憐。

湖心風息看漁船，水面橈痕更可憐。釵股從横劃明鏡，流星尾跡過青天。

首尾齊排學貫魚，鳴榔次第蹙還紓。雁行寫霧初相似，鸛井盤空後略如。

十里湖光入夜澄，連艖燒炬傍南陵。曾聞滄海明陰火。不數峨

① 冷，疑當作"泠"，下同。

嵋看聖燈。

湖裏樓船䍿䑳游，江頭萬帳列貔貅。軍中日索魚鯖急，特縱漁郎午夜舟。

網腳横挑箭鏃長，漁娃傳玩到漁郎。即今煙水茫茫地，何處曾非古戰場。

題　畫

上苑離宫景物移，風高獨許野人知。楊梅盧橘還如此，腸斷江南五月時。

吴易擒

不見降旗出，喧傳廣轁過。帳前縛已急，坐上客如何。野老看軍竈，幽人望薜蘿。渡河千騎入，四面起鐃歌。

斗大婁東印，兵聲滿太湖。量沙總兒戲，阻水是窮途。游卒初傳箭，樓船輒獻俘。道人金粟夢，穩在白雲無。先玉山自號金粟道人，别業在湖中白雲海，奉母齋居，樓名也。昌按：《詩話紀事》：吴易字日生，吴江進士，聚衆太湖。白布裹頭爲號，皆七郡貧民。分巡嘉湖副使誘擒之，獲監國魯王敕九道：一曰敕諭都察院右僉都御史吴易，二曰敕喻都察院右副都御史吴先生加兵部右侍郎賜上方劍，三曰特晋兵部尚書長興伯，四曰贈易父太學生吴邦緒總督浙直太保兵部尚書長興伯，五曰贈吴易母一品夫人，六曰晋封寶應伯，七曰封吴易妻一品夫人，八曰晋封婁東伯，九曰武康伯。獲銀印五顆：長興伯印、清河伯印、寶應伯印、婁東伯印、武康伯印。又將軍印九顆：奮揚將軍之印、平朔將軍之印、復宇將軍之印、度遼將軍之印、儀漢將軍之印、興原將軍之印、滅口將軍之印、破口將軍之印。關防六顆：長興蒲摽察核糧餉户部關防，長興藩摽理餉户部關防，長興藩摽贊募監紀關防，長興藩摽協理監紀關防，長興藩摽督領户部關防。一吴易耳，衆僅數千，而爵位部署如此，豈不誠兒戲哉。

望太湖

積水四萬頃，乃爲大海郵。百川所輸會，九秋方盛流。晃朗天宇大，泱茫雲日浮。縈回望林屋，沿越愁扁舟。舉酒屬飛鳥，散眸臨素秋。落霞一片綺，明月灣南頭。范蠡昔避世，解纓從此游。今爲干戈地,惆悵增緜憂。

華燭引 昌按:楊用修增損《梁人燭賦》爲《華燭引》。

孟秋下浣,霸月初朒。朱鳥斂威,陽烏縮足。銅荷吐燄,金芝發熤。烹羊宰牛,張琴擊筑。宫中美人字碧玉,揚輝倚豔熺華屋。白團作鑑秋蟾明,沈香爇炷春雞促。三五二八夜何其,昔何盛滿今何虧。停觚頓爵心不怡,廷燎霞爛雲錦暉。主稱於樂臣致詞,陛下光被誠難知。夜闌酒多更漏永,高懸數點銅梁泠。蕩漾金盤露水光,動摇玉塞星河影。日沈月没天宇空,初七下九氣如虹。二曜合璧日再中,萬姓歌樂皆言同。

八月七日,維吾以降,今歲越歸,老母以望後讌月,舉酒竟醉,賦五十二句志感

憶昔兒童日,嬉游自歲時。争誇眉目好,共訝語言奇。小襖山花繡,幽齋石竹蘺。寒温須顧復,出入頗矜持。案唄時時誦,牕書一一窺。涴池貪弄墨,界紙學題詩。玉虎憐初賦,十歲有《涉江》《玉虎》二賦。金環尚不迷。略憶前身事。大家教曲禮,小婢誦新詞。丱角稍稍平聲。讀出,奚囊得得隨。等身粗自撿,過目了無遺。同輩争望履,先生盡捋髭。八叉矜易就,七步詡何爲。玉立腰鞓滿,春風帽帶垂。醉揮銀鑿落,拓舞戟雙枝。不識黄金貴,焉知白日移。論交皆管鮑,立志許皋夔。海内胡多故,朝端竟莫支。萬城兵甲滿,一樹卵巢隋。許規切。大命何倉卒,中原盡仳傂。奉天城未築,靈武位仍危。倚託非王粲,潛名異運期。幾回蟾闕滿,數作蠮宫推。犬馬徒羸頓,牛羊且齕齝。惷愚仍我法,懷抱逐時衰。饡飯山田熟,楓香野爨宜。何時返江漢,差慰北堂思。惷愚,一作"浮沉"。

金處士仲宣讀拙詩,見貽佳篇,奉酬二首

慧性雖自天,文章貴有德。名實苟不符,鬼神掣其筆。伊予薄劣姿,未敢當去聲。繩墨。世亂失賢愚,斯文混黑白。用才行墨内,儔輩罕所惜。豈知君子心,即此鑒品格。高吟三五咏,提奬懼非實。咏罷

有餘情,令人動顔色。

句吴有高士,落落無其倫。三十乃不娶,五十度爲僧。屢空賈老囊,更帶桀期繩。白足有雙屨,烏皮無四棱。昌云:几也。坐下屈轂瓠,據一大瓠。手裏猢猻藤。喨喨松閣磬,煌煌竹間燈。下可礪薄俗,上可格鬼神。我論豈虚譽,君言豈妄陳。貧賤趣宜合,寂莫情彌申。君看古人意,時時思隱淪。

客有述家宫保殉難狀者被害温州江心寺

海畔孤臣事已終,北來消息未全通。江心寺裏南奔座,猶有前人淚點紅。張世傑至江心寺見高宗,南奔御座,相率哭座下。

贈王錢塘臣縉字大紳,一字縉雲,蘄州人。崇禎十三年進士,知錢塘縣,忤大吏罷官。甲申京師陷,欲起義擊賊,未果。順治初走海外,魯王授分巡副使,兵敗爲僧。上赦之,許其母弟還蘇州。

死别驚重合,寒灰肯再温。凄凉窮海淚,痛哭舊朝恩。徐庶初經放,陳宫竟不寃。物情麄悼惜,天意獨周存。喜出黄泉墜,來過黑浪翻。遥知嘉慶畢,苦話别離屯。隱忍誰能識,傷心只自捫。他時相見後,重疊拭啼痕。

答王錢塘見贈次韻

弱歲罹寇氛,家山遂淪没。飄摇江海間,苦被豺虎逼。非無子公志,愧乏林慮德。後漢任文公知當亂,令家人負重環走。亂作,文公家遁入子公山。晋庾衮隱林慮山,從者千餘家,賊不加害。四海一風塵,全家寄他食。乾坤倏反覆,神京載胥溺。狗坐玉陛頭,猵奔金闥側。李自成僭坐皇極殿,眩暈走下。先是禁中屢有狐妖,又黑物流轉。初聞潢池弄,轉見白日蝕。當春數月内,黄霧紛四塞。中原有翊戴,頗賴忠良力。驚定還重陳,喜極翻飲泣。儀曹奉哀詔,中使降内敕。大旨雖未宣,規模幸矗立。于時七州士,藹藹稱王吉。封事伏彤廷,攄憂固臣職。誰能叔孫諛,不念賈誼直。王政適多門,賊臣誤人國。董賢三公貴,侯景九命錫。

許與列外藩，臨難黐内閾。咄哉王錢塘，忠憤洵所激。恥絶餘耳交，義結儋横客。接輿首既髡，豫讓身可漆。傫囚到畿甸，悵望鍾山色。孤臣分自死，母弟猶異域。蒙詔許放歸，懷思益凄惻。扁舟溯春華，出没隨雁鶂。笠澤水拍天，吴山悄然碧。予昔初垂髫，蚤承君子益。别來忽十歲，相見悲偪仄。人生隱顯際，倚伏諒非一。學劍苟不成，讀書復何及。升平儻難遽，殺運方未畢。生女戒妝籢，教兒褫文筆。故里非厭歸，焉能死鄉壁。長歌聊共慰，惆悵難盡述。

虎丘寺次縉雲韻，有歸楚之約

層磴建香刹，石勢如削成。靈氣散白虎，空中聞塔鈴。前瞻麋鹿苑，回眺闔閭城。萬緑偃蒼郭，連山舒翠屏。生公雨花處，有法無人聽。汲井愛滄冷，捫蘿憐石硎。徘徊遽日夕，海瘴東南青。欲遂一帆便，秋風歸洞庭。

擊冰行金壇道中

河伯隧幽寂，鮫宫夜鍵扁。平上去三聲。篙師奮長杙，擊刺相怒争。初如出土雷，礚礚地中鳴。漸如萬馬入，飛礟同流星。又如灩澦石，訇訇驚砰訇。復疑海潮至，颯飄風雨聲。我聞川利涉，兹日胡艱慳。安得石頭炬，鐵鎖千丈沈。亭午光破碎，片片波上横。渠魁幸解散，餘黨猶峥嶸。逡巡瑶妃出，盤結黿鼉城。金支翠羽旍，輝彩空中停。元龜失探聽，擊殺不遺生。赤蛇中石走，雷公回轀轔。忽時攛捩過，舷側鏗好音。聞樂豈濮水，浮磬非泗濱。恍疑殿脚女，環佩來琮琤。湣泱一水相，變幻千萬形。山谷掛石鏡，巖際排瑶簪。瀑布斷千尺，逕危防頓登。仍愁蠟屐滑，莫訝車輪轟。人家小盆池，亦解弄空明。魚鬣困狼疐，鰕須如雉經。此時長安道，風雪連昏晨。行人髭與髮，凍洛垂緐纓。元冥太狡猾，作態戲生人。日入風稍緊，稍，去聲。凌合勢匪輕。牞沽一斛酒，牞音賚，杜詩："報之以微寒，共牞酒一壺。"聊謝長年勤。努力破前路，波間開五丁。

贈陳餘慶惺字穉伯，荆州人，授銅仁府推官，廷讓馬士英，科道交救得免，改餘慶知縣，未上。聞變，入茅山爲道士。薙髮令下，遂爲僧。佯狂縱酒，素以俠客自命，曾欲甘心阮馬云。

男兒不得志，流浪復如何。貧賤妄相許，結交空自多。未收吴劇孟，私愧魯朱家。惆悵生平事，休聽壯士歌。

劍

神物有顯晦，順時當發機。豐城氣未滅，吴庫火猶飛。歐冶不可遇，干鋣寧見奇。安得魯陽輩，提持回落暉。

鐵如意

金石本至剛，百錬性尤毅。屈首如有懷，强項真可畏。指揮塵謝能，周防劍非利。毛史墨卿間，呼君鐵常侍。

妾

買妾當買俠，買僕當買愚。緩急同一心，生死必與俱。君看西家施，不若東家嫫。榮華何足貴？所貴丹忱輸。

虞園夜雪答來初先生

二十五聲更漏低，炙簧未暖酒行遲。雪花繞燭春蟲舞，半解貂裘擁少姬。

贈鄧秦釪列

鄧子結茅天荒湖，因號天荒老。藏身不見惟白波，繞屋無人盡青草。問君幾載住荒湖，長男乳兒婦乳姑。長饑不問盎中粟，得錢且付黄公壚。有時索句對青山，不語不笑搘頤眠。君不見陸甫里、元次山，聱牙佶倨不肯服，酒徒漁伴終殘年。

送穉白往篁川賀尚書招之

我生識得三浮屠，雪庵和尚李卓吾。貴州老尹昨奇絶，五十不見頷下須。爲官遭際徒岨峿，爲僧豈合空延佇。何必杖屨訪高人，高人具眼自識汝。吁嗟陳生，汝胡不得墨綬縮汝身，緇衫白氎老風塵。十年奔走不得意，七尺支離長傍人。君今歸去篁川住，我坐金沙望煙樹。桃花春水漲前津，倘訪賀公來蔣墅。

浩　歌

大道蠱萬類，中間我爲人。十年尚乳臭，二十多苦辛。山河一淪喪，湖海迷風塵。獨乞瀨上食，三違郢水春。壯士心不怡，拔劍舞秋月。賤子亦何爲，浩歌徒激烈。濁水不照影，誰復知寸心。馬周困新豐，韓信饑淮陰。嘗擬報恩重，出爲四海欽。紅顔不須臾，白髮愁見侵。長歎意多傷，短歎意多苦。回腸碾車輪，欲訴不得語。築室有夷跖，飲水有盜廉。古人重此理，今人不復全。

今夕次虞君哉韻

寒梅發屋角，新月延冷光。嘉賓滿四座，且盡今夕觴。君子事高義，賤妾心悲傷。歡愛須及時，宛轉歌春陽。天寒多雨雪，晷短愁思長。含情舉環佩，爲君結衣裳。

《陸放翁筆記》長安民券有云："某處至花萼樓，某處至含元殿。"感書一絶

花萼樓前瓦作堤，含元殿廢草萋萋。當時民契分明寫，不似南京内府基。

書《司馬遷傳》後

事業雖難成敗論，捐生報國許誰真。斂兵畫邑三十里，共死尸鄉五百人。太史公非輕節義，小朝廷亦有君臣。當時苦救覨汗敗，爲冀

繇余尚入秦。汗音酣,山名,李陵戰敗處。

虞園除夕來初燈讌

燈火虞園天下無,玻瓈彩障照醿酥。食單不羨中山府,江左傳徐中山王食單。醸法還須調水符。虞自釀九峰泉酒。致語哄傳三耳句,罷筵撿點十眉圖。可憐盛世風流事,尚在良常海一隅。

丁亥順治四年

張公亮先生明弼雨中寄長歌至,效體和之,筆不加點,穉白在傍知狀。丁亥人日

張詩:"我生齒根發金碧,卻讓他儂坐石渠。十日仰天坦腹卧,窿然自負腹中書。橫行直蹋四天下,未逢牙角相撑者。今日何日乃見君,使我不覺目瞪而口啞。天與奇慧從岐嶷,手挾風雷無端倪。子淵子建謂已死,焉知作人今在玆。西方有人曰獏猲,舌出盤地一丈餘。較君之舌彼猶縮,君舌能拄雲中居。男兒才性無不至,天上有天地下地。五方四隅誰壁牆,九垠八柱皆腸胃。君家七澤七蠡杯,我處三江三羽罍。此間老公疑漢大,何異身游蟻穴,望見雲氣徒徘徊。顧赤方,我昔夢吞丹篆,見君拊掌在我旁。以玆相見識眉鼻,雙星直入一月光。醉來齊發天海咏,夢回猶記煙霞香。坎月乍虧東北角,繁星豈蔽文昌芒。顧赤方,我欲左挾太白右坡老,與君直上昆陵絶頂流精堂。"

天靈墜地不肯滅,化爲七尺之老公。精華欲掩日月霸,叱咤乃與風雲通。媧顱鰲脚何足數,一腕已足撑長空。有時戲入壺公瓠,有時縮作橘中翁。群兒握捉不知事,開口大笑如螟蠓。天公年老太愚髦,不生精民生狡蟲。吁嗟乎,崑崙是君堖,兩丸是君瞳,胡不翻身直入鈞天宫。上請上帝更陶甄,九州四海無凡庸。鳥作丹山鳳,獸作鍾山龍。狐頭狗頷盡捐變,蠅吹鼉欬成清風。汝當聳身入日問羿罪,胡爲射落九子,使不得並光萬古長西東。又當問彼婦,胡爲奔入月姨窟,縱蟾放兔食如弓。琴張子,汝有文明造化之奇功,龍賓鬼雨當相從,

雲車仙導來豐融。小音作八琅,雲璬九鸞管。大音作涂山,石鼓浮金鍾。琴張子,將令旃檀刻像不足供養汝,除煸咸陽十二巨人銅。琬琰鐫名值底貴,會須磨卻太華五千仞之巄嵸。緊余誤飲天厨五色酒,瘳墮塵寰稱阿蒙。自顧身如大海一寸木,狂飆惡浪日夕相攛舂。琴張子,我願爲雲,願汝爲龍。何物二鳥稱二公,飛上天門破天鑰。胡爲乎傴僂局蹐,甘與人世爭幪幢。

無　題

白日風花有所思,晨妝不理坐多時。顰蛾無語向青鏡,南浦愁紅影對垂。

遮渠心事待如何,微動雙眉出藺蛾。妝罷羅裙輕欲起,東風簾外落花多。

春郊繫馬圖戲爲唐郎

綠楊繫馬誰家子,乍可相逢作唐字。雄蝶雌蠭撲掠飛,輕鶯重燕酣春歸。沈香熏盡情難死,留得煙痕點畫衣。願郎壽命如金石,爲指南山黑頭白。金衣唱徹曉星殘,門外鴉啼三丈日。

春日閶門

日晶天青飛百花,吴儂年少太矜誇。哨聲鵓鴿金簧起,遥指層樓是妾家。

水淺篙輕蕩畫船,酒樓歌管自年年。風光不管興亡事,費盡春工亦可憐。

十五女兒白苧衣,妬他嬌燕近身飛。誰家寶馬金鞭墜,停著香車未肯歸。

一群驕馬曼胡纓,薄暮鳴骹闌入城。翠鈿紫陌乍零亂,明日落花啼曉鶯。

鄰　姬

春閨初日照,垂柳午風眠。晏坐調脂粉,濃妝試管弦。花開笑聲裹,雲墮舞衣前。公子方遊俠,何人惜少年。

隔　花

生長綺羅下,慣調絲竹聲。隔花時一弄,不肯遣郎聽。

送婦翁蕭公整旅入閩

英雄宜勇斷,智略貴經權。審處甘人後,艱危識事先。謙虚延副貳,灑落據中堅。獵獵旌搖一,沈沈鼓伐千。七閩初定矣,百越正紛然。潰垤何勞鏟,殘氓實可憐。袒呼争左臂,奮脅競前骿。聲動鯨波沓,槍嚴虎窟穿。虔刀須暗佩,增斗合明捐。民帶瘡痍問,才宜擁彗前。漫期凌閣畫,深歎繞朝鞭。擺脱辭兒女,襟期祖大賢。戰袍春草上,突騎野雲邊。屬栗傳宵帳,鞞婆醉錦筵。威聲徵漢將,事業問名賢。百歲何榮爾,千秋足畏焉。朱門留縫掖,繡幕倚神仙。逸少才真妙,虞卿見不還。感知酬白雪,愛士拂青氊。會待分争息,鐃歌佐凱旋。儒行逢掖,亦作縫掖,縫有平去二聲,大袂衣也。

望虞山

我從覆釜口,回望開心顔。白連海上潮,青見城中山。雨後掛飛瀑,素練拕煙鬟。長風從南來,歕散巖壑間。巫咸既已没,虞仲安能攀。誰移北山文,悲至不可删。

送陶季深問藥茅山

牢落風塵際,君情託友于。禮文誰在野,家世爾爲儒。喪亂淹吾子,羇栖屈壯圖。形骸愁倚薄,魍魎浪揶揄。阮瑀才難棄,任安義不渝。翩翩真記室,汩汩且窮途。獨往青山在,偕行白社俱。野陰流雁鶩,春漿没蒲菰。蒼术茅山近,丹砂句扁無。青童與消息,洞口弄三珠。

陌　上

日斜春更麗,陌上草尤薰。花借風爲魄,人烝氣作雲。簾邊羅綺出，鶯外管弦聞。舄履行相雜，巾車路不分。蘼蕪逢採折，鼉蝶遠紛紜。楚客偏憔悴，長吟下落曛。

偕門人游西陂

自爲玉峰客，未遑事幽討。蚤起思所之，訊知西陂好。輕舟捩泥溆，一路入溪杪。蒲葦過來無，驚呼得浩渼。蒲吹艇子動，日落風正嫋。荷香生長空，天水相與皛。未知苦炎溽，聊復盡傾倒。淋漓遶盤菱，屈注茄觴醥。阮車信所遭，陶輿更安造。子美昔在吴，何事詩獨少。

答賀尚書世壽步原韻

尚書劍履斗杓尊，坐擁琴書處士村。肯使高名留紫闥，定宜晚節傍青門。玉璜金匱何年事，丹井砂牀此日存。時輩不須相問訊，藥罏詩卷老中原。

憶昔旌麾出帝京，風流儒雅作干城。名山盡識羊開府，岐路先迴阮步兵。部散絳紗群弟子，坐收白氎老門生。陳惺。雲蘿整日長無事，不問悠悠世上情。

集賀尚書净香池咏古拈得三物

武擔山蜀王妃墓門石鏡

蜀王送死入空山，白石寒輝翠藹間。多少人間青鏡客，返魂香斷不知還。

法寶寺張麗華胭脂井闌

崇徽公主巖邊跡，湘水夫人竹上斑。離别無過亡國恨，莫嫌宫井淚斒斕。

瓦棺閣則天后繡羅裙旛

珮環零落上陽宫，和淚開箱見舊紅。留與江南新士女，鞶看香影懺春風。

蚤發奔牛賀公過舟中

雨盡翳埋散，朝暾明鏡中。山光數日改，鳥語一春同。多難屢行役，蒼茫西復東。謙謙喜相訪，獨有鑑湖翁。

送王生游廣陵

絳雪難成雙鬢新，黄金未就敢辭貧。幾年茂苑愁邊客，三月揚州夢裹身。二句集前賢語。魚子飯香停短棹，柳根塵起上車輪。莫將方術干時忌，户外人呼祁孔賓。

句容道中同季深作二首

首夏當暄和，出郊正清曙。憧憧道上客，鶩驟紛百慮。代移物象改，世亂生理遽。兩載重經過，撫事增慟噢。軒軒車篌嶺，攘攘馬牛渡。蛾垤術復成，蜂房壞仍聚。孤城尚無恙，十里鬱煙樹。花氣不辨名，鶯聲鳴何處？我友馬在前，十步一回顧。有何欲具陳？咯咯不得吐。

西北維崇山，京口跨若帶。龍虎相鬱蟠，氣勢營衛大。隔江望坡陀，遥與八公會。樓櫓掠山前，肩輿出山背。童童鍾山樹，無復舊叢薱。爽氣胡不如，山靈亦無賴。諸峰各回首，群皋皆破碎。誰云赤山頂，尚有前人砦。五代避兵處。

小雞山在太湖中

春來兵火靖湖灣，鴨柴輕舟任往還。吴江小船名。爲赴酒人花蕩約，月明摇過小雞山。

光福山居絶句十首

紫燕黄鸝何處來，紛紛撲柳復穿槐。生憎爛熳榴花色，故亞牆東低處開。

詁譎巢燕語新晴，愛汝翻飛真性情。即看命子雕櫳上，預貰香醪與落成。

山横岞崿山名。靄不見，雲近太湖時作雷。無風柳葉低還舉，欲雨鳴禽飛去來。

東鄰野老烏角巾，挈甕邀嘗上番去聲。春。花間得路先逢鳥，竹裏聞聲不見人。

此中兵火獨不到，屋側高下皆茶畦。青山幾曲籬落斷，緑樹萬章鶻鵃啼。

庭前新梧走百匝，非喜非憂何恁狂。昨宵夏至大雷雨，迸筍穿階人較長。

鳴蜩初引日初遲，黄鳥跳枝聽復窺。向使抱枝喑不語，金衣何處認長緌。

陸雲善笑唐衢哭，寂寞千秋誰是非。世事年來顛倒甚，食熊何瘦食蛙肥。

具區三萬六千頃，山中遠望如雲浮。海堧黑墳易播種，躬耕不用烏犍牛。

漁侶樵徒有老成，揣時憂世笑書生。不知明允緣何事？却著權書苦論兵。

勸陳餘慶飲

山中梨栗次第熟，數朵榴花紅欲燒。階前碧桐雨已落，池裏朱魚喜自跳。恍忽别離才幾日，可憐節叙不相饒。縱令爲樂非吾土，肯放香尊與濁醪。

采蓮女

荷深蒲帶長，驚起兩鴛央。飛飛背畫檝，溘溘響銀塘。葉裛翠羅濕，花匀紅粉香。回舟不覺晚，渡口已斜陽。

吴俗采蓮女，鱗鈿翡翠簪。紅心置懷袖，緑刺罥衣襟。葉密分私路，花深怯獨尋。婦姑敲剥夜，淒絶過秋砧。

山　中

山中初伏候，江上晚來涼。平楚飛殘雨，遥蜂戀夕陽。一身寄江海，何日不舟航。耐可風煙外，波濤益渺茫。

雜　咏

松　下

山光八月晴，松子落如雨。秖知林中陰，不識日當午。弄影復何人，枝間跳蒼鼠。

澗　邊

呼童汲清流，連臂學猿飲。白石粲兩邊，可漱亦可枕。不受魚鳥欺，何曾狎黿鼉。

岡　頭

滖高坐日夕，黛色望崚嶒。雲起一峰接，猨啼空谷應。眼前無俗物，歸鳥與山僧。

瀫　上

秋隨夜氣長，上聲。地與幽人閒。照水月中月，認雲山外山。偶來坐磐石，談笑不知還。

湖　中

龍女曰霓裳，湖心作風雨。山空多古木，夜夜自來去。歌舞散胥臺，吴王在何處？

秋　禊

晴郊揚麗矚，移席秉柔翰。秋水亦何徹，寒花落較難。杯中見雁影，仰首視雲端。因歌旄葛咏，誤觸下泉歎。

慧山九月聞鶯

慧山九月雙文鳥，飛上枯楊故故啼。東家桃花亦無賴，夤緣開出兩三枝。

存没感恩詩有序

舟次端陽，合肥龔公來從京口，停橈望見，涕泗横流。計别八年，何緣遇此。感恩知己，物故强半。是夕作詩五章。

今太常少卿合肥龔公鼎孳

淝陰夫子人倫鑑，江夏黄童賞遇奇。亂世嘗思郭有道，不才深愧魏無知。迎師抗疏論先帝，道聽牽名誤黨碑。醉後呼天應有以，可憐心力與時違。公初令蘄水，見予曰："此江夏黄童，天下無雙者也。"順治元年，代御史吴疏請崇禎大行皇帝葬謚。馬士英讐東林，以公入黨籍。

明故巡撫鄖陽副都御史崑山王公永祚

三年持節慙明主，萬死投荒荷聖慈。負戟未遑那有補，揮戈無計復何之。西州痛哭腸千結，南向招魂招酒　卮。多少絳紗名弟子，懷沙有賦不勝悲。李自成攻鄖，公戰，被重創。鄖陷，免死遣戍，明年殉節。公前督湖廣學政，張獻忠陷武昌，反縛諸生千餘投于江。

明故贈太僕卿江防副使仁和許公文岐

許遠崇褒身後事，千秋忠義出清門。一丸彈壓江城小，半壁孤撑楚寇緐。坐引終童書滿架，興高庾亮酒盈尊。傷心南八歸來日，空吊睢陽一郡魂。公駐蘄州，張獻忠掠野。予嘗上策，公以月夜引予登樓痛飲。援兵盡叛，城陷，公死之。

明故太僕寺卿兼直隸督學御史澄海陳公良弼

曾逐先生千里程，海陽山驛雨盆傾。後車黄鳥聲聲語，前隊青驄緩緩行。舊節石頭誰更取，信旛海角不成迎。兵戈阻絶山川迥，夢與南雲到粤城。乙酉予客休寧，聞變，追公至齊雲山。淫雨，公駐驛以待，後聞殉于國。

明故旌表劉貞節先姑

名香繡佛日周旋，膝下承歡二十年。韋母周官曾立詁，班姑漢志亦成編。誰家匹婦蒙天語，我祖流傳有地仙。鶴駕瑶池歸去否？孤墳四載痛荒阡。予穉從姑受經史，嘗述先祖云仙讖當有一地行女子顧姓者。姑臨終自言歸玉山，今尚厝崑山。

明日龔公以詩來，依韻和呈四首

楊舲風急正中流，意外逢公海畔游。拜起立看同墮淚，酒行坐穩更深愁。當年夢哭羊曇路，初聞公殉難。此夕真疑郭泰舟。詞賦天留離亂後，南皮賓客舊應劉。

蘇門群盜隔吴天，關隴麻鞋苦不前。國士未知投足地，鯫生應老著書年。望中飲恨王孫草，樹裏啼痕蜀帝鵑。慷慨索公須盡醉，雒陽後進許誰憐。

招魂無計酹楓楊，披髮何人下大荒。青眼阮生惟念魏，白頭江令自稱梁。地偏作伴宜鷗鷺，壁立還應典鷫鸘。藝苑論才都寂莫，酒徒江左傲諸郎。杜詩："遠愧梁江總，還家尚黑頭。"劉須溪云："總自梁入陳，自陳入隋，歸尚黑頭，故以梁字媿之。"按：總在隋爲上開府，歸老江南，有《南還尋草宅》詩："顔辭鞏雒，白首入轘轅。"于此可證子美作此詩在至德二載，年四十五，心懲喪亂，有去官之意，故詩云云。蓋謂總白首後還，吾則愧之，庶幾及此，黑頭而歸耳。總釋褐于梁，往往稱梁江總，不忘梁也。李義山亦云"前身應是梁江總"，不如須溪所云。

哀鳴鴻雁稻粱謀，短褐菰蘆已四秋。皂帽空聞遼海角，烏衣無復大杭頭。夢回花月悲吴苑，目斷關河問合州。廬州梁曰合州。誰識高平舊公子，煙波難覓仲宣樓。

附丹陽舟中值顧赤方，是夜復别去，紀贈龔鼎孳

吴船楚語隔中流，招手相看續舊游。多難感君期我死，赤方集中有《吊餘與善持君殉難》詩。著書空老益人愁。香薰袖草三更月，酒滴離

雲百里舟。落日金閶遲客屐,座中詞賦倚應劉。

遼海驚回亂後天,逢人重數别離前。兵戈憔悴空三户,音夢猜疑近十年。名士渡江推洗馬,窮途握手當啼鵑。滔滔楚澤芝蘭盡,屈朱於今倍可憐。憶楚中諸子也。

寒駝野棘蔓長楊,帝子樓臺暮雨荒。鴻爪雙飛迷故國,龍門一涕照河梁。當時我自憐鸜鵒,舉世今誰問鸕鶿。王粲離鄉名轉盛,多情猶説蔡中郎。

聚散緣奇不易謀,此宵燈火竟千秋。一牀海上慙龍腹,三絶人間識虎頭。對客調難操白雪,關心夢每到黄州。玄亭酒盡侯芭遠,多少江山冷竹樓。爲王子雲、奚中雪兩孝廉。

姜如須招同合肥公、曹秋岳、周穎侯半塘舟中,限韻

海湧峰孤亦易攀,虎丘,一名海湧峰。嚴城燈火啓重關。千錢高價來溪酒,萬樹名花鄧尉山。殘月遠從林屋出,寒潮夜打石湖還。亂餘風景無多異,坐上何人最愴顔。

宵深水月冷交光,市店疏燈掛幾行。打槳客今來直瀆,吹簫人住在横塘。寒泉虎氣多年散,别苑雞陂歷代荒。如此江山供一醉,屐聲歸蹋白堤霜。

如須、雲國、季深再游虎丘,飲道公房,疊前韻呈龔公

江東名士孰提攀,林下支公但掩關。七里半塘仍禁足,三門外望更無山。櫂來畫舫繩牀醉,斜掛雕鞍酒甕還。角里故鄉傳此地,未知何事去商顔。或問:"支道林、王修齡何如二謝?"支公曰:"固當攀安提萬。"《漢書》注:"商山之顔,猶山額也。"

未能避世學焦光,且與漁竿作隊行。聽法道生留講石,移家慧曉愛山塘。開殘花草吴宫淚,戰定煙波海國荒。激楚獨餘遊冶客,不堪青髩歷星霜。

溧水酬閔宰派魯

瀨上逢君擁蓋旌,江南歲事正嶒嶸。不緣知己邀歡切,誰遣衝泥

匹馬行。四海龍蛇當日恨，一尊風雨故人心。書生食禄猶黄綬，無限將軍甲第成。

伍員廟

楚國昔殺士，斯人遂流亡。吹篪到吴會，遇主何慨慷。一舉伯業成，盤螯盟蠻疆。西上拔郢都，窮兵逐昭王。仇讐即蕩滅，已亦終受殃。功成身不退，下慚張子房。漠漠水煙晚，寥寥鴻雁翔。千秋一俯仰，淚下沾衣裳。

閶門寒夜季深見過限韻

北風颼颼鳴庭柯，白田先生時見過。烏銀價重且須購，石鼎句險來相磨。安得更吹黍谷律，却令長憶薰風歌。肉屏貂箑者誰子，雕筵獸火圍嵯峨。

至夜雪十一月廿一日同季深限韻

玄冬午夜初陽生，地氣欲飛葭孔輕。黄昏雪霰暖猶集，侵晨凇霧寒愈明。松溪微開決溜水，竹户但有穿階聲。中朝冠蓋近何在？半醉駝酥回火城。

美人視腕圖

夢到昭陽殿，承恩入綺櫳。鏡前含笑立，偷看守宫紅。

夜　雨

高樓夜雨來，殘燈背書幌。但聞簷外聲，不辨階前響。

戊子順治五年

贈　姬

繡幕鉤風入，韶光照眼明。蘋花珍重手，勸酒淺深情。雛鳳新交翼，春鶯第一聲。曲房歌舞罷，彤管與題名。

楊　花

楊花如雪嬲，二月滿章臺。陣陣風摶合，疏疏雨擘開。寶環難就捧，雲髻易黏回。爲憶登樓咏，還憐道藴才。

偶　見

凭馬上紅橋，低頭避柳條。自憎香粉誤，雙蝶撲眉梢。春風動花枝，先上佳人髻。濃笑入闌干，山桃插不正。白楊青草地，烏鵶啼春酒。落日隱朱樓，遊人數回首。

采桑婦

春風厲亦和，春雲厚亦薄。蠶婦行采桑，但言春日樂。蛙鳴不離水，夜靜聲滿山。月明蠶婦出，月落蠶婦還。

述徐卿閨人

水禽一聲山月秋，江波微茫樓上愁。見説隔江梳掠好，畏渠消息到揚州。

送人春别

楊柳枝頭雨，風吹上客衣。春光去無限，賤妾欲何依。行旅他鄉慣，音書遠徹稀。候鴻多未北，尚作往來飛。

荼蘼帶露

解帶微聞沈水香，素娥齊卸百霓裳。錦薦日炙成何事，不及卿家露洗妝。

飛　花

楊花飛雜梨花飛，春去園林緑漸肥。幾面簾櫳消不盡，平分一半上征衣。

舟中聞鳥聲，榜人云“巧女兒”，感而作歌

石楠香藴林光青，山雨欲來巧女鳴。澗花巖葉垂不動，細唾嬌凝平聲。如有情。斑鳩號拙婦，白頭名老翁。妍媸逐人意，造化將無同。畫眉戴勝狀不一，鴝鵒覞睆嘲春風。就中巧女聲正凄，宛轉正令兒女悲。出從綺陌徘徊聽，歸近紗櫳自在啼。昌云：鳥啼也。絲坊嘈嘈雜機杼，有似流泉下極浦。此時巧女時一聲，織婦聞之淚如雨。東家少婦工織縑，近被官編作機户。巧女巧女汝莫啼，古來才巧多苦饑。

揚州鈔關相傳故相史公可法死難處，或云投城南九龍岡水，墓在廣儲門外。

金勒馬頭紅，青樓一路通。柳長齊掃地，花舞盡隨風。第宅新朝改，豪華舊俗同。不知煙浪外，新鬼哭江東。

鼙鼓山陽下，人傳相國亡。傷心五馬渡，畢命九龍岡。兒女還絲竹，春秋孰酒漿。他年徵軼事，野史更推詳。

贈江都郭大尹知遜

三月風雨開，江頭雲氣擴。揚舲渡京口，北指廣陵郭。亂定商旅歸，政平人民樂。是時春向深，鳥鳴桃花落。使君善爲政，文采照淹岳。知是代公孫，風流繼前作。尤多亡國恨，吊古神慘錯。江左痛長新，雷塘草如昨。明公長東魯，被服禮與樂。灑然兵鞴間，鳴琴化驕虐。士元百里内，才大有餘略。時危孕高賢，聞江右兵亂，陷數郡。天心豈常度。

廣陵郊遊柬胡山公江

世亂逢嘉節，邀歡且異鄉。天晴士女出，風静綺羅香。細折䌳華落，參飛乳燕忙。不知吟望裏，春色到滄浪。

月夜書酒家樓

春風狹斜路，明月少年游。閬苑三千客，揚州第一樓。年年苦摇落，楊柳不知愁。

笙　歌

高下樓臺相映紅，笙歌日夕起樓中。可憐牆外鞦韆影，閲盡遊人漸向東。

聞龔公將返廣陵

乍見苦難攀，分携一水間。春風到湖上，寒食過吴關。水榭櫻桃熟，山根筍籜斑。重傾廣陵酒，計日虎林還。

鞦韆美人册子，郭石公索題

桃花初紅柳初翠，雒陽三月鞦韆戲。彩條十丈雙槊垂，上有崔徽五星熾。緊環蹴鞠身已輕，旋放腰肢態尤媚。乘鸞豈羨秦王女，緑橦休稱漢宫伎。橦音童，亦讀牀，上聲。華鬘寶絡無縫衣，散花天女横空飛。玉釵掛纓陋楚妾，金蓮貼地羞潘妃。此時風影最妍麗，三春庭院生光輝。罷彈銀甲十三柱，收束羅裙尺六圍。更番賭捷金梯上，亦解牽人成倚傍。有時並起象分飛，乍可回身兩相向。銅镮啞軋乳鴉啼，絡索悠揚彩㦸放。定能絶調秦青歌，會舞妖童解紅唱。繡帶長揎九子鈴，揎音暄，子瞻詩"玉腕半揎雲碧袖"。清宵一道響風箏。釵頭任報盤龍墮，襪底還教小鳳呈。蕩子千金能惜産，佳人一顧本傾城。才看戲劇銷魂後，敢想横陳百媚生。誰家俠少藏金彈，瞥眼濃情通一綫。微笑休教姊妹知，含羞却被旁人見。翠袖風飜不下來，羯鼓雷催幾回變。撲面黏將拆露花,入懷銜著銜泥燕。將翔忽墜驟難分,留仙欲皺五銖裙。非同石氏危樓妾,似入田家明月軍。飄颻不畏春風妬,半展同心合歡綺。鴛央錦上往來梭,黄鳥枝間高下度。含羞含態總堪憐,贏得歸時困頓眠。朝朝暮暮陽臺下,夜夜心心漢水邊。胸前寶鏡明如月,一見相思那可掇。非關掌上舞能媚,只是春來輭無骨。畫師想像妙入神,園苑偷看要寫真。宋人王守正于園苑名勝處,據高隙偷窺士女態度,下筆綽約欲語。若非宋玉難成夢,不是王昌誰許鄰。一歌懊憹曼聲起,蘭閨無地嬌羅綺。何曾芍藥贈春心,但見桃花送流水。君不見華清宫殿玉真仙,界畫樓臺金碧傳。小李將軍有《華清鞦韆圖》。當時樂事渾難遇,腸痛承平天寶年。

覰　見

羅衣露冷可憐生,閒却春宵坐月明。回首花西思底事,玉簫閒放鳳無聲。

看人花燭

似玉一雙人,璇閨作好春。珠光啼粉在,花靨拭痕新。微睇憐仙壻,明妝儼雒神。今朝真看殺,無那隔河津。殺、那,並去聲。

月夜擬義山

二十四橋殘月明,竹西歌吹未停聲。誰家夾轂來雙問,何處香鬟濕二更。引鳳定憐簫史曲,啼烏舊識白門情。當年天上應難有,容易人間掌内擎。

深院二首

深院鎖娃嬌,晴天花事饒。蜂聲何處市,燕乳幾重巢?王濟金難埒,韓嫣彈莫抛。懸知拂衣處,細細動林梢。

蕙芳正嬌小,羞澀秘容華。踏草憐朝露,攀條揚落花。畫堂深入燕,青鎖夜啼鴉。莫上金梯望,春寒宋玉家。

姬晝眠

玉腕明香簟，羅幃奈若何。不知夢何事，微笑啓頳腮。

道士教予飲酒法，可日一石醇。寄同志蔣大四首

張華九醖舊馳名，玄石三年不解酲。何似道人醇一石，緘書速報蔣元卿。

阮生耽酒不辭貧，李白狂來豈顧身。醉裏天真雖可貴，醒時白眼更宜人。

瓜洲城北接維揚，城中女兒多豔妝。酡顏半倚壚槽下，笑起開尊喚客嘗。

青城乳酒道士造，久服還令身體輕。何處朱門褦襶客，城中携出五侯鯖。

題出塞圖屏風

先秋沙漠草，欲雨樓煩道。慘色逼京關，陰風捲征纛。將軍五道出，戰士三河少。驃騎日就群，漢兵夜增竈。節樓傳塊遠，軍中暗令。長城守墩要。月暈塵霧圍，雲奔梯火報。驚沙望若雪，高柳欑如藋。帳認閼支髦，旗識單于號。既復失貳師，有時没前哨。漢吏方舞文，朝廷肆彈譙。中原走龍蛇，邊氣成虎豹。飲馬入醴泉，飛鶬墮長樂。冥冥瀚海磧，矯矯碣石嶠。雁翼盡南翔，山頭皆北拗。穹廬緝氎毾，音兜達，楊慎讀，一作"兜毾"。長箭名榆髀。往往勒紫騮，行行著黃靿。崔巍雲中闕，淑氣猶覆冒。天子正垂裳，何人九閽叫。星依紫微遠，地向白登眺。中外固有防，興衰豈難料。史成僅囪影，《酉陽雜俎》人影第七重名竈囪。事往真夢覺。蠻觸蜾角僵，嫛婗鹿耳閙。鹿耳中，蟲如微塵。一作"蠳蜺"。披書感已激，展幅憂轉悼。天道何茫茫，臨風但長嘯。

宋纑三首

杏花胡燕

荔子單衫自翦裁，挓風拂雨任裴裒。昭陽第一能相妬，創落春紅幾度來。

虞美人剪秋羅

垓下遺聲遍九州，芳花芳草使人愁。不知誰舞春風後，零落羅裳不遣收。

荷花白鷺

若邪溪畔荷花新，一鷺藏身啄紫鱗。何似朝來明鏡裏，玉簪斜插李夫人。

采　蓮

紅粉誰家女，江頭來去頻。蓮舟吹欲近，風浪不由人。

夜采蓮

隔浦陰陰樹，雞鳴是妾家。東灣有殘月，留著照荷花。

鷺　絲

弱質天然白紵衣，晴明風雨總相宜。采蓮艇子同來往，家隔荷花不得知。

畫舫次石公韻

畫舫出江陽，笙歌半水鄉。市橋天不夜，沙岸月如霜。陳井西風落，隋宫蔓草荒。只今新舊恨，燒燭數興亡。

小　鬟

七月當七夕，織女渡河梁。六月日十三，小姑嫁彭郎。

七夕五更頭，十三日當午。楊柳曳輕風，梧桐墜疏雨。

烏鵲暗填河，長江鼓素波。羅衣嘗怯立，奈此箇儂何。

蔣大不應試

天下文章歸阿士，眼中年少更何如。一尊擬作千辰醉，三逕嘗封萬卷書。

賈生痛哭終何益，梅福埋名愧不如。玉洞好尋三秀草，金門莫上萬言書。

瓜　步

部曲仍多事，中原屢合圍。蒼生未蘇息，海水正群飛。江盡漁樵舍，昌云：如蕩盡之盡。村藏虎豹威。戰場歌舞地，行省帝王畿。落月聞邊籟，高旛出戍磯。山河本形勝，曠望一沾衣。

大觀樓

落日層樓望，空江返照多。雁行霞際出，帆影席邊過。北牖含淮甸，南榮動海波。何時初有此，閲世儼嵯峨。

金山醉月

靈峰插洶湧，崇臺表厜㕒。我來登此地，正值高秋時。青天白日没，海闊孤雲遲。空江上華月，光景摇金支。樹色隱珠宫，屹立望兩厓。我疑百丈下，定有無支祁。郭公墓前石，狀若白鷺鷥。又如蓬萊鶴，纚羽臨瑶池。坐中有酒人，呼酒當前墀。鷗凫起清夜，小艇横江飛。滅影鏡光外，回橈落月西。醉客一大叫，酒來盛兩甀。江南昨虎鬭，此地還僵屍。狂歌獨俯仰，撫事增歔欷。嵯峨金山寺，頹唐鐵甕碑。定知千載下，墮淚有餘悲。

北　固

短蓬透疏星，明月照孤樹。斷岸無人行，潮聲自來去。落月蒜山西，回看北斗低。空江無漏鼓，聽得海門雞。

吊陳東墓在丹陽

敗興金瓶酒，收兵鐵甕城。趙家南渡事，痛殺一書生。

夜聽鄰舟

微分銀燭影，静聞金釧聲。知在紗牕裏，纖手撮鳴箏。有時還一笑，私語定多情。誰識鄰舟上，高眠惱步兵。

無錫舟中大風雨聽張燕筑歌金陵人，年八十三

白髮黄冠老布衣，扁舟一曲淚如絲。坐中盡是江南客，莫唱秋娘舊日詞。《望江南》，唐李朱厓悼謝秋娘作。

琵琶破撥變新聲，痛哭當年雷海清。一曲遏雲天欲暮，無端風雨作河傾。

椒山封事論河套，樂府流傳萬曆初。昨日當場生意氣，停杯歎絶老尚書。昨看燕筑演椒山修本劇。尚書者，牧齋也。

顧雲臣臨趙松雪彈琵琶真

短簷毻帽裲襠斜，粉本傳來更不差。可是只孫初宴罷，黑河秋雨弄琵琶。一色衣侍宴。《國語》："只孫宴"一作"詐馬筵"。黑河、秋雨、文敏，琵琶名。

蘇祇婆調一時停，法曲新傳號白翎。殺尾一聲弦欲斷，丁零洋裏鬼齊聽。

美人放風鳶圖

翠曲輕揎寶釧寛，緑鬟髴望碧雲端。一痕微共天邊月，多少遊人陌上看。

送季深寶應掃墓

安宜城外雨淒淒，夏屋封卑水漫湖。入夢幾年惟宿草，新澆半盞只村酤。乾坤何處非芻狗，江漢思歸一腐儒。零涕莫悲鄒曼父，近多南鄉哭蒼梧。

虎丘題酒家壁

虎丘山上月如規，此夕吟成百抃詩。多少遊人遵往事，風流不及太常時。龔公游虎丘，曾限予百抃成七言律二首。

月夜望鄧尉山一名萬峰

夜色萬峰寺，氤氲隔太湖。月明鐘韻近，雲退塔痕孤。地搤三江勝，潮通泛海桴。亂平樓櫓散，漁唱舊吳歈。

往事憐吳易，因之笑許都。昌按：吳易事見前，聞之先君。曰：許都曾祈夢蘇州韋左司廟，衮冕人判曰"授命永昌"，因有異志。後敗斬首，懸錢塘未昌門，其應也。庚申歲，宜興叟蔣穎揆與昌談往事。昌言及之，慟曰："此吾兒時友，奈何竟不知其陷大戮。"天應造草昧，勢豈辨萑苻。漢鼎移群盜，秦坑果豎儒。遂令煙水地，流血滿村隅。崇禎癸未，義烏諸生許都作亂。

七郡煙塵净，湖山復晏如。釣船響秋草，梵宇矗清虚。説法生公至，開堂支遁居。聞鐘莫歸去，吾欲演三車。

漁村浮處處，棹轉暮雲多。水面流蒼雁，盤心旋緑螺。開天留澒洞，不地起嵯峨。兵火焚昌國，兹應勝普陀。普陀寺在寧波東南海中，古昌國州地。寺遭焚，有大士像漂至嘉興海邊，遂於鷹窠頂建寺奉之。七郡奔走布施，終不如萬峰之盛。

游飛來峰，歸輿中得二十四句正韻

冀北旃檀佛，錢塘鷲嶺峰。飛來疑幻説，湧出本神通。太古成盤結，何年破鴻濛。鴻，胡孔切。濛，亦讀母紅切。堂房森布置，户牖各玲瓏。白日松杉雨，深秋臺殿風。高臨天日秀，坐壓海濤雄。戍削陰巖濕，丁寧暗水淙。漴本字，《韻書》分淙、漴爲二，誤。逼肩横巇嶷，跬步響礲硔。窟磇模龍象，雕鐫損化工。刻佛菩薩金剛諸像，頗以爲恨。由旬誰小大，浩劫總虚空。代閲興亡速，天留岳鎮崇。前魯藩題鷲嶽。冷泉亭下路，頫仰痛何窮。

海鹽舟中奉懷龔公，偶步杜少陵《呈湖南親友三十六韻》

短歌續長調，弦斷援他琴。屢破阽危膽，猶餘未死心。仕途兼世變，旅病與年侵。憂患真難畢，流傳蚤誤參。浮沉稀會面，烽燧阻推襟。海月當人白，江雲入夢陰。諍垣追史汲，昌按：申屠綱爲諫官，慕史鰌、汲黯。文苑得高岑。魑魅胡睢映，皇天久滯淫。憾填滄海鳥，魂悸國門禽。優詔頻相繫，愁懷劇不禁。軍茅方駐蹕，殿柏正蕭森。畫省辭金佩，香匳冷玉簪。漢儀師應劭，周禮問劉歆。斢酌群知貴，權衡獨所欽。高名留北斗，雅質重南琛。仕路争推轂，冥心轉坐鍼。定知哀庾信，不比得陳琳。旅帶頻移孔，鄉音逐斷碪。叨陪郊祀曲，竟廢蓼莪吟。桑梓全頌撓，川原半陸沈。愁馮康樂屐，渾類巨源金。萏草歡同掇，瓊花客共尋。肆筵歌嫋嫋，停燭淚涔涔。賤子宜蓬伏。明公想竹林。衆聲仍吠影，四坐豈知音。長嘯時披髮，哀唫幾叩鐔。三江原浩渺，五嶽固崎崟。王粲方流楚，陶潛遠在潯。謀生勞搰搰，寄食走駸駸。歲晚句陳動，闗中江驤反，譌傳攝政王親征。秋高太白臨。羽書猶遠徼，蛾賊未全擒。勢與南陽異，愁懸北渚深。經營幼安榻，反覆子雲箴。揚雄有《酒箴》。責報寧傷晚，酬恩不在今。生平饒自許，倉卒恐難任。莫負蒼生望，雲雷蚤作霖。

立春夜留姜行人垓、萬崑山、王錢塘虎丘小飲

柑酒蒿盤意，留君話所思。室烘罏餤暖，山雪寺鐘遲。香繞孤燈入，春因夜氣知。壁衣瓶影外，生趣在南枝。

樓頭把鏡，有池中梅影

貝宫仙佩摇玲瓏，月娥一笑偷春風。崔徽手冷畫初脱，人間百本臨真容。碧空如霧行雲重，愁斷蕭娘夢中夢。不堪折寄隴頭人，高樓

玉笛調三弄。

答姬人問顧郎何如人

不惜千金駿，能彎八石弧。風流衛叔寶，妬極李君虞。

白茅堂集卷之七

己丑順治六年

橘　燈

擘露勞纖指，雕星入綺筵。金盤盛采掇，珍果獻嬋娟。角戲春多麗，藏燈夜轉鮮。仍將枝葉借，兼與色香妍。丹棗安期食，青藜太乙燃。光疑蘋實浴，卵出火雞圓。臺鏡宜高下，鉤簾盡綴懸。最能欺粉頰，偏欲惹綿瑅。有質都成幻，無心亦自煎。熺明愁觸手，餤息漸成朘。詎羨紅紗引，頻邀翠袖傳。少去聲。歌賡橘頌，聊作餪新年。俗于女嫁後三日送食，曰“餪房”。十月設火罏房中，長幼聚飲曰“餪罏”。

與内子商畫蘭，戲效伯敬體附苓

我聞文同畫竹法，胸中有成竹，筆下猛鷙發。我嘗以此默識之，得之歌行與摹拓。畫蘭之法吾不知，茁牙放葉皆天倪。退谷先生有妙語，意定當以膽行之。欲知膽與意相輔，請君觀我落筆時。我聞文同畫竹法，胸中有成竹，筆下猛鷙發。我亦以此默識之，得之歌行與摹拓。畫蘭之法吾略知，几案筆墨皆天倪。退谷先生語未盡，膽定當以意行之。欲知意與膽相輔，請卿觀我落筆時。

猛雨聞張大吉如苦水，戲柬

聞道張公子，琴書坐晚晴。半塘春水没，四壁野雲生。屢欲邀河朔，還疑阻石城。誰家好艇子，來往任將迎。

猛雨通中夜，危樓樺燭紅。玉簫吹引鳳，蒯劍挂成龍。曉霧迷開幔，平江面遠空。呼童忙整理，赤脚送詩筒。

枕上見牕際月

皓質穿紗見，清光傍枕寒。但知春意好，何必上樓看。刷影驚飛鵲，開奩妬舞鸞。隙駒真迅速，荼罷下欄杆。

次夜月

高閣玩清暉，茶煙雜露飛。欄前宮錦服，牀下白紈衣。笛奏龍吟遠，風飄雁影稀。江光流不盡，餘鑒入羅幃。

新　鶯

細雨澀春紗，濛濛带晚霞。數聲煙際落，一點夕陽斜。金彈拋難認，絲楊影易遮。吴兒十四五，語氣最夭邪。

閨　曉

子巂啼歇曉鶯鳴，掣鎖瓊閨鸚武驚。蕙帳暖香挨枕睡，緑牕殘夢賣花聲。衾斜彩鳳身慵起，髻解盤龍手自縈。换躡猩紅珠子履，侍兒扶下毾㲪行。

新　制

霓裳細裥稱腰圍，新制銀泥錦緣池。春晚却嫌鍼綫重，自拈水墨畫裙兒。

春來新制護花旗，自舉竿鈴打雀兒。一架蒲萄待含露，枚枚冰浸白玻瓈。芒茎作五色小鈴旗，縛柔條上，紅絲絆繫，犯一枝則衆旗皆偃，不勞掣索。

踏青拾翠近清明，新制連環百子棚。四面湘簾卷芳草，幾雙花勝惹流鶯。如營幔四面懸簾，壓鉤花勝，踏青張之。

明珠塔納總尋常，新制翹翎小鳳皇。省卻金釵一十二，八盤鬖色插中央。《雜事秘辛》："伸髻度髮黝髹，可鑑圍手八盤。""髹"當作"鬖"。

即　事

棋本是機心，郎今莫狡猾。勝敗隨手成，儂意在棋外。
琵琶非漢樂，嘈雜起邊音。彈作閨中聽，生君馬上心。
絲桐樂中尊，静夜爲君理。豯來白雪歌，不入塵中耳。
竹肉雖小技，要于心至誠。安脣未發調，先作兩三聲。
歌咏本非難，畫圖亦不易。貌取畫中詩，還用詩中意。

金閶門外

金閶門外莫愁家，映壁千條楊柳斜。樓下畫船才尺咫，榻邊金翦竟天涯。黄鶯啼歇窺青鎖，粉蝶飛來撲碧紗。正過清明好春氣，杏紅衫子襯梨花。

虎丘和季深齊梁體

虎阜接昌亭，春游何絡繹。夾道沸笙歌，平田列帷帟。朱樓拔地起，塔影卻天尺。仰見石上人，風裾像飛翮。吴姬與越豔，東城復南陌。啼鳥唤春心，長楊亞行跡。相歡騁年少，提携趁嘉月。流光不惜人，風花去如擲。

暮下虎丘後山同季深作

旅遇成佳游，斯境頻接跡。漸高發奇觀，山川吊今昔。春晴澥墅暗，水遠閶門白。時雨磵下升，暄光雲上隔。晚風忽開霽，雲氣自翕辟。湖光漾空林，夕陽轉西射。群動將息機，嘈嘈各求宅。野香沿岸下，放棹從此適。

虎丘寺鑄鐘歌

初時熠燿如明星，乍可若月升東楹。煙氣葐蒀入林末，爕影斜飛射叢薄。萬人齊和一人唱，仿佛如奏諸天樂。傾城百日功始成，蒲牢五尺千斤輕。欲垂異代永不朽，下有細識檀那名。供施四郡争紛繹，叩顙費盡頭陀力。金樞高擎龍女珠，石鉢滿貯貧婆粒。物之成敗各有數，我行見此長太息。即今内府諸筍虡，流落人間復誰識。君不見圜丘宫前太和鐘，紫苔丹草斑斑紅。景陽月落後亭寂，十二玉樓回首空。

示舞姬

陳後主清商舞曲"金釵兩臂垂"，一作"兩髯"，或云"兩股"，並非。蓋縷金花懸綴臂上，襜襹不絓，所謂舞釵。朱子价《臨春曲》"兩臂舞釵金阿那"，並去聲。恍然如見其妙。小梅善舞，思制舞服，書此示之。

七盤鳩拂少人知，解得陳家一曲稀。兩臂舞釵垂簏簌，要看雙袖拂肩飛。

夜雨憶内

静夜停金剪，含情坐玉缸。數聲風起處，花雨上紗牕。季深云："花上雨也。"五言律有"揚柳枝頭雨，風吹上客衣"。同此意。

七姬冢上七姊妹花

七姬冢畔啼春鴉，七姬冢上草生芽。芳魂似與東風至，化作人間姊妹花。

雨後觀池

泱泱水下溜，簁簁魚上湍。屐聲驚卻没，時復隔花看。

寄宋又韓畸

可怪金牛客，奚囊日自擕。相望三月暮，不寄數行詩。紫筍微風後，黄梅細雨時。邀歡來老宿，時道開法師見過。得句近童兒。紫筍二句。杜宇日垂血，靈鶯何苦饑。兵戈滿天地，難覓是茅茨。

王府基蘇州府城内張士誠故宫

野棠灼灼花，廢瓦蕭蕭雨。莫過王府基，黄昏聞鬼語。

百尺樓何在？嗚嗚狐兔多。當時吐紅燄，今日滿青莎。齊雲樓也，士誠妻劉氏闔宫自焚。

井底衝天氣，騰騰奈若何。年來光怪息，豈是恨消磨。基有廢井，癸未甲申兩歲間，嘗黎明白气屬天，或片片挂人簷霤。

六院一時焚，煩冤詎可吞。金簪蔣侯妹，芳草美人魂。

月落桼燈移，分明見履綦。人言七姬冢，往往魅男兒。士誠僞將潘元紹妾。

鏡裏春風面，揶揄鬼解嘲。何須急作髻，不必騁千嬌。指揮王某住府基側，婦美色，攬鏡作妝，見鏡中奇鬼向婦曰："脂粉涴面不香。"婦驚撲鏡，鬼從鏡躍出，騎婦肩登屋而逝。亦癸未春事。

寄懷鄧秦釪列

干戈滿地失樵漁，健卒應須勝腐儒。不見扁舟湖上客，令人却憶鄧秦釪。

王鐨耽癖任天真，鄧列題詩詫有神。酒徒已失斛斯六，葱菜誰邀井大春。王、鄧皆金壇人，王隘而鄧不恭，王以去年卒。

烈皇帝御書"松風"二大字，顧苓得之，某司香遂揭于齋中苓字雲臣。廬閶門外半塘繞屋，引水自隔。

櫩榜松風字，崇禎御筆留。龍賓猶拱護，燕雀解啁啾。内使開黄帊，遺民泣白頭。圖書滿天府，零落更誰收。

天藻奎章閣，芸香處士廬。不妨南渡諱，爲是大行書。昌按：韋昭説大行者不返之辭，音衡。湖海龍蛇地，荆蠻戰鬭餘。匹夫藏聖蹟，草莽慟何如。

玉露園陵滿，珠丘蔓草新。南陽無赤伏，北闕喪黄巾。弓劍橋山痛，衣冠漢廟神。千秋渾寂寞，遺墨寶幽人。

奇峰名淑景，御坐正當中。五粒皆銀鬣，雙珠倚玉童。分披九霄露，不是庶人風。獨有華陽洞，天書貯幾通。萬歲山淑景峰有石刻御坐，二白松覆焉。“松風”，本陶弘景事。

游西湖金沙灘還，坐四賢祠；聽老中官語曆昌啓禎弘光以來事

殘暑入林盡，好風生竹間。湖光藏白鳥，日氣隱青山。野老能留客，村醪更解顔。過橋巾屨舊，輕櫂蕩花灣。此中人尚著舊時巾屨。

灘溜玻璃色，沙游鍮銛文。微風魚口浪，落日鳳毛雲。山廢林逋宅，林荒少保墳。漁郎頻指點，曾此駐南軍。

白髮方袍老，當年蚤珥貂。剖心扶後主，剺面泣前朝。海水號群鳥，秋雲鼓皁雕。每聽風雨夜，哀動浙江潮。

金沙灘歸，湯上子出《芭蕉圖》索題

白波吹壁將秋候，赤日烘天欲午時。爛醉歸來展圖看，緑蕉陰下好題詩。

西冷月

湛湛霧露垂，冷冷蟾光發。停橈非待風，惜此波間月。彼美何處來？松逕濕羅襪。

浴鵠灣訪張存庵同宋又韓賦

把君一軸詩，静覺名理邃。濯濯春月明，矯矯秋隼逝。興來走相訪，扁舟過沙澨。一曲湖水深，千株桑柘翳。籬邊雞犬放，屋裏琴書積。二子勝徐卿，天倫豈容易。黄金薄伽梵，寶鏡香靉靆。頂禮七俱祇，音支。六時持一偈。交遊得宋玉，覓句喜張繼。腊蟹烝鶬鵝，甘鮮爲予致。登樓縱指顧，未忍稱既醉。修竹上夕陽，破影金鎖碎。道念良足師，逸趣須共寄。揮手煙中坻，肥遁人間世。

羅利江雨後觀潮，次壁上韻同又韓季深，八月十八日

海童拕霖天雨昏，神官夜走雲旗翻。臨江曉望勢莫測，一點潮頭

生海門。翯然初如萬鷺浴,拔地忽起千鵬鯤。砏磤恐撼巨鼇怒,漩渦欲並三山吞。高巖卻立自恍惚,脚下畏被蝹虯掀。雪獅萬首倏過去,餘濤澎㶁如追奔。高盤不下疑鸛鶴,哀冤有似聞鼉黿。須臾埶歇水聲息,犀緑萬點開清暄。巨靈復插龍角峙,天孫起卷鮫綃痕。盈虛造物自橐籥,維有聖者窺其根。壁上何人語頗怪,捉筆欲和胸還捫。桼園秋水合撟舌,小樓坐念搖心魂。

紅妝映緑水,同又韓季深賦

妝成來畫檻,芳影自相親。俯映枝上雀,潛窺沙底鱗。毰毸亞緑髩,呷唼就朱脣。夫壻還生妬,相牽起薄嗔。

又韓雨夜剪韭,向余述恨,席上步韻十四韻

未許駏隨蛩,誰知蜺憶虹。瞬波驚易逗,眉語默能通。鵲鏡非殘月,鸞書會密慂。玉交傳琥珀,珠串奪玲瓏。夜髩鴉翎黑,春鞋鴿紫紅。韓香揩膩紛,荆雨涴輕容。結束憐私小,周防太悸忡。汀沙眠夢鷺,藥店落飛龍。攬結迷春草,髿髧歎短蓬。掃眉思曲曲,作髻怨囪囪。馬角秦關斷,羊腸蜀道同。錦車非漢嬢,貝帶半吴儂。江令愁堪賦,韓平俠不逢。今宵雙涕淚,隴水各西東。

又步又韓韻三十二韻

嫋嫋復優優,妝成出綺幬。行雲到巫岫,浣水過神州。天上原無偶,人間定寡儔。裁詩與封鷺,張樂匿蓬球。始識神仙侶,初經閬苑游。青綾弸作帳,絳節偃隨輈。交甫寧貪佩,相如豈惜裘。錦囊通字小,銀燭下幃羞。眉細憐誰畫?腸回只自摎。病多渾類悸,嬌甚却成愁。牕釘文犀帖,簾烘毒蝐鉤。背燈時枕手,聽雨半蒙頭。髻解心慵綰,腰松帶懶抽。有時回寶鏡,無力倚箜篌。苔草屧麻暗,妖花甓盎幽。印香心字陷,鋪簟薤紋流。書劍春辭國,妝籢曉下樓。長衫難制馬,别路厭聞鳩。儂自應名鳳,郎今定姓牛。來時阻銀漢,歸去即丹丘。睡惡無佳夢,羈孤只隱憂。蜀雲迷暗峽,隴水悵分溝。舊曲迷金縷,新詩怨石尤。含悲春畹晚,作態月痕句。睽合真天命,嬌啼豈自

蹊。畫圖紗掩護，詞句玉雕鎪。麟角膠須煮，駒驪媚未收。曉筵虛襆褥，夜帳減熏篝。古昔華山路，于今越下謳。鴛央韓氏塚，鸚鵡漢江洲。崇禎己卯，鸚鵡洲崩出韋皋妾墓誌。嫠女精難覯，雲君窅莫求。分無生繾綣，判得死綢繆。法引空王喻，心從密地修。頻伽與共命，只劫儻相詶。

携具過又韓便招杲上

望衡接宇苦無多，窮巷秋風可奈何。丘嫂亟呼來設具，今朝元直欲相過。

阿光操作舊來聞，嫁後荆篸大布裙。只覺相如多四壁，蓬門深護卓文君。

王霸兒郎解種田，相呼黄犢下青芊。到門不識誰家客，裘馬輕肥值底憐。

鄭公携具浣花居，便可還邀高達夫。筍蔬只今相對好，不須錦帳注酡酥。

又韓設雞黍，疊前韻

西湖褦襶往來多，走覓南鄰竟若何。籬下半窺秋韭出，牆頭先遣濁醪過。

散步山谿木葉間，過橋溪水任湔裙。我來携得奚囊錦，半日秋光肯屬君。

繞屋茭田與葑田，霧消日出總蔥芊。屋頭一道茶煙起，睡熟元方絶可憐。

䅨石先生閉户居，長齋久自號潛夫。處宗牕下能言鳥，今日烹來薦土酥。

送友人之官江寧

盛日金陵地，衣冠百萬家。江山開錦繡，樓閣礙煙花。代謝成今古，登臨足歎嗟。待君新政蹟，德澤舊京華。

宿九里松禪院大風同季深

閣外長松磊落栽，矚檷攫棟故徘徊。最愁暮雨張燈後，疑有秋潮擁樹來。永夜大聲成遍吼，《華嚴經》。諸天清梵一時回。海門昏黑錢塘渡，白馬崩濤更可哀。

蕭山聞鷓鴣

茂林未改緑，黄鳥已藏音。感此節叙變，重傷遊子心。栖遲越禽恨，夢寐楚猿吟。欲就蕭然隱，溪山苦不深。本名蕭然山，許詢隱此。

會稽吊徐渭

落拓無公論，先朝賤布衣。遠游主父拙，上策去華非。將帥東南失，賓僚涕泗歸。自傷明主棄，竟用祝宗祈。死恨中郎釋，生知少保稀。青藤讀書處，荒壟送斜暉。

禹　廟

中天禹勣繼軒羲，大報明禋典禮垂。椒桂歲時成萬古，牲誉風俗雜淫祠。龍蛇畫壁春雲動，戣鉞當階日影移。貢道東南經此地，從來玉帛會華彝。

曹娥祠

曹娥祠廟枕江湄，碑版猶存漢代辭。日暖山頭榛子落，草深渡口鷓鴣啼。輕舟上埭傳呼急，短屨沾泥拜起遲。忠孝兩江皆萬古，伍胥忠江，曹娥孝江。不須回首怨鴟夷。

寧波天寧寺阻雨

寺古僧伽少，幽廊躪蘚苔。雨隨黄葉落，秋對暮山開。海近蛟龍關，天空鴻鳫來。十千輸一醉，匡坐自銜杯。

醉　歌

百萬一時盡，千鍾沃旅愁。坐中誰愛惜，不解鷫鸘裘。
莫唱枯魚泣，聽歌猛虎篇。牀頭有龍劍，恥受衆人憐。

鄞令席上贈營妓

謝卿白玉手，高奉黄金杯。低頭有底意，脈脈兩眉開。
駿馬攤花韉，雕弓向月開。今宵筵上客，曾向獵場來。

台州過王連州東湖别業限韻

東湖一頃煙蒼蒼，秋雲鋪鏡殘荷香。主人起酌玉液酒，戧葉滿盛瓊露漿。印頭卷作象鼻屈，接吻倒如蜼尾長。蠲愁罷悶有良會，迎風醉卧同徜徉。

龍山繆轇何蒼蒼，靈江東下千里長。臨湖展榻青嶂静，映日開尊紅蓼香。沃煩況有霧髓汁，時有餽橘者。消渴不數雲英漿。醉來詩格信佶倔，仰天高咏聊彷徉。

樵大祠不知何許人，聞建文變，自沉丁湖。像笠屩腰斧，撫薪而坐。

欲比東湖作汨羅，祠堂風雨晚經過。地偏涕淚無乾土，水淺蛟龍亦動波。遁世一身惟荷蓧，呼天何計可揮戈。遊人誤指樵仙像，不是樵仙舊斧柯。

贈曹尚白大濩次原韻十二韻

憐君不得意，載筆蚤從戎。雨雪綈袍外，江湖劍影中。亂離牛馬走，漂泊雁鳧同。袖筆援無倦，容刀佩在躬。兩行鶩鵠落，雙臂妙猿通。能左腕作顔米書。多藝才稱絶，高譚理發蒙。吴春期耀在，趙曲李奇工。壇好埋名築，杯緣引興空。越天霜練白，僧院火罏紅。片語憐知己，浮名本至公。莫愁員路逆，休泣阮途窮。君去如真隱，南山訪桂叢。

答湯上子

去年遇子明聖湖,酒酣撫劍歌嗚嗚。今年遇子四明道,每遍看君覺君好。我方欹枕夢牛津,君亦懷人賦洧溱。客中卜夜難消夜,夢裏遊春可當春。春秋電劇君休誤,皓齒青矑等閒度。花肉當罏憶醉時,笙歌撤幕銷魂處。男兒心力苦不前,眼前萬態流雲煙。揭來就我牀頭飲,取次論詩亦可憐。愛君清句如鳴鏑,風雨蕭條鬼神泣。几杖疑留金石聲,盤餐應勝齋房食。與君相遇每相親,玉盌金甌不記巡。莫嫌禮數疏狂甚,只爲情真傾倒人。

曾徵君、韋茂才過旅舍,飲中作長歌慰之

南豐徵士文章傑,同里韋郎亦奇絶。相逢各是東西人,失意翻愁黯然别。韋郎平少稱書簏,徵君經史貯滿腹。百篇賦就秪自嬉,四本投來當盡讀。剡溪枯柳拂漁舷,短櫂摇過沈釀川。傾將甕脚五斗酒,叉取梁頭一塊錢。謝公江左捉鼻音,諸葛隆中抱膝吟。客舍何緣來二妙,新詞出贈比雙金。夜闌燈明君莫起,門外嚴霜結池水。貰裘畫地予不辭,世上貪慳亦何事。韋郎之兄甬東守,往往佳名滿人口。兼金贈我我不有,付向酒盧慢沽取。與君幸得稱同鄉,戴笠逢迎自不妨。臨邛狗監能知馬,故里牛醫本姓黄。莫怪時多主父偃,新豐尚有馬賓王。

醉游鑑湖,聞君天廼曰:"昔王定國游泗水,飲酒吹笛,乘月而歸。子瞻羽衣,黄樓待客曰:'李太白死,世無此樂三百年。'子瞻後無此樂五百年矣,夫子豈二公後身邪?"予賞其言,移舟飲賀公祠下,即坐操翰,明日聞君亦有詩

醉著金螭服,行歌鑑水濱。君從狂客後,號我謫仙人。稊柳寒迎歲,嬌鶯囀似春。是日聞鶯。流年悲物態,殢酒見天真。海蛤名瑶柱,江鰕勝紫鱗。明朝載尊酒,一爲訪情親。

東家嫠婦行客有説者

東家嫠婦卸紅妝,春日鶯啼泣洞房。亦解投梭拒蕩子,也應擁檝唤江郎。西鄰老嫗年七十,自言十七但空牀。青瑣曾思賺韓壽,短牆幾誤嫁王昌。明珠作贈情雖重,故鏡恩多未敢忘。聽從令人倍憔悴,春來但有淚沾裳。

歲杪寄婦翁蕭公

避俗因逃忌,全身且愛名。風雲留豹采,雨雪嘯龍精。報國黄金盡,還家白帢輕。舊時麾下士,棨戟坐論兵。

得失理難定,世情何足嗟。南山閒射虎,東郭且鋤瓜。永日湖山興,平生江海家。毋須念兒女,膢臘各天涯。

庚寅順治七年

金剛庵賦得明月照積雪

吴山夜雪晴,鷲嶺積瑶京。一素偏爲色,諸天莫可名。畫惟飛白寫,詩向遠空生。衆籟俱沈寂,虚堂鍾梵聲。

曹秋岳舟中口占

閒操短櫂蘇堤外,盡日論詩煙雨中。水上春來青欲换,隔湖紅寺隱雙峰。

春　色

游子襟前淚,無人黯自傷。生涯徒倚藉,春色向他鄉。陰雨開桑柘,鳴鴻急稻粱。金戈愁未定,海氣正蒼蒼。

許亦蒼兄弟曰舟曰琮曰楫携酒饌見過

異姓聯花蕚,師門有布衣。椒蘭申臭味,幾席藉光輝。湖上青尊興，舷邊白鳥飛。扁舟仍汎汎，王粲欲何依。

王生棄博士任游戎

王郎豐頬聳兩顴，鐵襠馳逐重兩鞬。平明撃鼓喝津吏，翠羽晴插雙樓船。丈夫處世有奇變，焉能齷齪長拘攣。陳音腐魄礦斷弦，妖蛇上牀銜筆眠。揚雄非文亦非武，胡爲執戟草太玄。昨生見我不欲前，矮冠儒服鬔且鬖。顧我壁上蒯緱劍，疑我囊中黄石篇。我昨扁舟訪越幕，道子長才可收却。朱門乍啓血吻張，長衫入謁如摇鐸。材官健兒皆大噱，虯髯燕頷殊不惡。君不見食其昔日高陽生，憑軾下取七十城。叔孫短後取卿相，至今魯儒稱聖人。君家三荆田舍子，轑羹駡叔常情耳。無論此輩不足齒，雕蟲倚馬胡可擬。男兒青春若流水，三十不貴當何竢。王郎意氣爾何雄，桼竿大櫜四尺弓。底事低眉弄文墨，衹今大勝顧黄公。

春仲武林郊遊，偶櫽括宋唐人二十字起，遂成篇五十韻

春雨有五色，春風似剪刀。灑來花燦錦，裁出柳垂條。麗日人如織，遊絲風自繅。蓋蹏青草長，刷尾紫騮高。綺縠乘寒食，提携半冷淘。埃塵迷去轍，步幛逐來旄。梅榦抽成箭，蘭芽鋭似旓。波摇畫鷁首，岸指渴烏尻。蠶箔窺桑雀，秧田浴伯勞。白吹長堰浪，青點小山嶅。已過湔裙會，重邀汎浦艘。澄潭漾林末，清鏡入秋毫。射雉逢褰隴，驅肩笑揖猱。踢場方就好，躪處豈經薅。倭墮誰家髻，玲瓏故主搔。遇人羞夾轂，列貨衒分曹。憶昔京畿固，承平羽衛牢。闕廷摇菀柳，園寢薦櫻桃。阡陌恩酺滿，陽阿内讌叨。孌童争佩韘，君子美由敖。蜃閣人如月，虹橋石作鰲。鬭妝來夜市，題葉出春壕。載酒皆山簡，相逢輒漢臯。歌鍾連邸第，冠蓋接儒髦。北極躔垣正，西成版築操。開晨亭長裓，七肖切，楊慎讀。入暝太平鼛。京師小兒畨暮急撃鼓，名太平鼓。廟筭非無苦，王綱竟不撓。異方供苜蓿，別館宴葡萄。天馬徠龍種，仙燈爇鳳膏。大官頻賜食，外閫解投醪。語狩妖聞晋，乘龍鬼見濠。破關俄席捲，内殿走弓弢。雨落昭陽矢，星馳屬國旄。二京移栒簴，十郡血陳濤。泣別牽紅袖，長驅擁繡裪。無歌非懊憹，《集韻》

儂惱同，吴音，奴到切，舊音農與儂溷，非。有抱足煎熬。聚散煙雲改，興亡日月慆。花鬘多越婦，錦鏡盡吴艚。舊約憐蘇小，新謡問董逃。曼纓何處客，玉靶五陵豪。未審優遊地，都忘戰伐鏖。悲凉秦女縵，反復楚臣騷。遲去聲。好留芳甸，邀歡掇澗毛。感時心自棘，望遠目仍蒿。誰曳蒙莊尾，還持畢卓螯。吴儂看酩酊，羌管濫嘈嘈。海幓游龍氣，江翻白馬濤。中原全慘淡，在野尚游遨。愁側鶯花老，窮簷雨雪滛。潛吟哀越舄，古鵲字。廢興學吴猱。勝日能忘出，吾生信所遭。步兵真愛酒，漁父故餔糟。碧酤窺盈盎，清波漸受篙。春深思婦夢，正有上瀧舠。徽越兵入閩。

春日武林茶肆步宋又韓韻宋御溝故地

城外芳湖城内流，銅瓶絲絡到盧頭。陰陰雷雨來天目，細細芝蘭出畫樓。姹女數錢春市鬧，冷淘新溜麥田秋。三月食冷陶，磨新麥如細蠶，鬻於市，名麥仁。最憐一邑清渠色，曾照深宫粉黛愁。

與宋畸讀史，偶咏轅生有序

轅生説漢王出武關，復走滎陽，漢從其計破楚。生則鴻冥鳳翔莫知所往，而陸機作頌，列二十一人中。以予觀之，與世祖時野王二老皆隱德之至者歟？士衡蚩蚩，曾何足知。

漢走滎陽帝業成，君王終不識轅生。高風直欲留侯愧，肯向功臣一著名。

居廬苦水，食口實衆，援筆紀憂斗米七百錢

今年一夏雨不止，二麥無秋稻生耳。圩田車聲朝達暮，圩田低于河，以車行之。不減圩中一勺水。江南前此五六年，年年不雨愁天乾。低田曬作龜底坼，大舸官塘行不得。近年河漲無溝疇，潮頭欲上轉逆流。農夫向水哭不休，大兒昨作城中囚。城中信巫争獻土，白紙朱書若官府。訛言天帝税田土錢，紙錢百斤一綑，凡數百綑，皆插小黄旗，書“上用”二字，鼓吹導送。將焚郊外，值大雨，舁屯縣堂。閱月，縣令胡公之佑卒。吴越錢俶時，民間取土塊獻神祠，名“獻土”。豪家豈識凶年憂，但祝歡娛無疾

苦。揚舲拊鼓胡爲乎，靈旗翠旄中塗趨。但令官人緩征稅，不愁鬼伯結天吴。俗稱“縣令”曰“官人”。

冬日雨花庵贊佛

旁觀八部性，冥念諸天著。不假人道修，何繇悟無學。六塵本道器，三塗乃良藥。舍刀利不存，緣形神始託。有身奚必患，寂滅非求樂。厭棄四大牀，仍然受禪縛。音聞真教體，覺性假魂魄。慧骨換五峰，天眼開六鑿。撫摩紫金身，高舉白玉槨。哀矣慈父言，雄哉法王略。

除夕雨花禪院守先慈殯宫示院主觀禪師

七年生事託江南，摇落栖遲轉不堪。盤菜忍忘慈母在，香燈今共老僧譚。艱難冰蘖應千百，次第酴蘇已二三。是夕大人賜歲酒。欲搆團蕉歸隱去，松牕雲卧夢應甘。

辛卯順治八年

感　春

萬類天地間，各得春風恩。雷聲受令出，始識東皇尊。虚已勘元化，撫時知治元。三陽開泰域，二氣尚蒙昏。今歲且閏餘，閏二月。生理次第蕃。已覺白沙上，雨來翹緑蘩。

午　夢

白日苦多夢，青春知已深。鄉園如在眼，風物暗驚心。隔水流鶯度，當階灌木陰。憑欄一搔首，短髮不勝簪。

三月六日得以迺兄訃

玉峰南畔訃音來，聽罷驚心落酒杯。我正倚廬思往事，不知君已下泉臺。

哭萊州姜如須垓隱寓蘇州，依周大中丞，中丞亦卒。

憐君落魄更風流，每著緇衣上畫樓。七里山塘相望住，兩年春事共船游。予棲居虎丘，無三日不過予。欲依劉表身先死，未了文章地下修。千里蓬萊歸不得，子規啼血滿長洲。

山陰訪徐伯調緘

我向山陰道，如從鏡裏游。萬章山木出，幾曲剡溪流。未識徐元直，虛傳王子猷。相思不相遇，藤月照回舟。

清風嶺嵊縣，宋德祐二年，臨海民某妻王氏死節于此。石上有血書七言律一首，風雨隱隱可見。

台州南路清風嶺，半壁人傳烈婦詩。異代英靈長不滅，洗天風雨亦何悲。可憐窈窕啼山鬼，猶得從容寫怨詞。奇節古今多汩没，斜陽繫馬讀殘碑。

繇小白河至天童

楊柳菀依依，桃花高下飛。一生幾裲屐，千里盡春暉。雨氣看青嶂，鶯聲傍翠微。戍樓山半在，莫訝客游稀。

宿太白峰下答桑公天童山

三更月未出，北斗掛前峰。隱幾對河漢，殷牀聞鼓鐘。省心因減睡，問法不離空。欲識蒲伽意，薄伽梵，華言如來。一作蒲伽梵。從君半偈中。

同季深入天台，始經桐巖嶺，夙霧未霽，彌漫高下，輿行五里聯四十句

清晨陟層岡，宿霧正溟涬。仄巘逗初陽，長松濕微影。黃公。佝僂仗瘦竹，蹴躃仰危嶺。季深。峰矗露如鬘，雲開智成井。黃公。谽坳

篠自花,山田凸多蘱。季深。時聞雉㕦聲,轉覺林壑静。黄公。青岑識髣髴,遠色帶滄洞。季深。氣象草昧初,馳驅嶮巇並。黄公。冲蒙異擊汰,舁篌似移艇。季深。瞌睫時一驚,君詞更何警。黄公。頭風瞤恐墜,身頓臆彌騁。季深。佳句每後來,奇峰輒先領。黄公。迅誠倚馬雄,拙當鬬雞猛。季深。敏豈子建鞭,微慙退之筳。黄公。陰藤結虺腹,亂石擲蛙黽。谷鳥鳴欲瘖,季深。山姑見多癭。嶠平勝汔濟,句出如吐骾。萬里風緒來,黄公。一斗酒力醒。霽暉射曲磴,氣爽豁初眚。願從信解求,季深。來入神仙境。干鞴今未休,翺翔竊多幸。杖屨偕我行,相期鷺華頂。黄公。

天白山

清晨登赤巘,曠望俯黄輿。磴轉龍蛇字,雲蟠霹靂書。炎蒸陰洞濕,苔蘚石牀虚。便欲尋真去,何年白鹿居。

訪青霞君

五峰峰峰含落曛,五峰峰峰霧不分。石古細路太窅窕,藥苗香氣何氤氳。巖邊樹響全歸磵,月下茶煙盡化雲。詩成仰視天宇净,高歌或恐山靈聞。

惆悵溪劉阮别二女處

到此俱成悔,仙凡兩莫知。相逢不相識,惆悵亦奚爲。

錢武肅王鐵券歌有序,同季深作

吴越武肅王錢鏐,唐昭宗乾寧四年賜鐵券。錢氏記曰洪武二年,上將封勳勞之臣,下禮官問券制,或言鏐券,其十五世孫尚德實寶藏之。遣使者訪其家,尚德負券及五王遺像獻之。上命工倣制,還其券,厚遣東歸。又云宋末兵亂,券没官渭水中。五十六年,元至正二年,爲漁父所獲,復歸錢氏,然則券失當在景炎元年也。弘光元年台州亂,錢氏子孫抱券像及武肅忠懿二王遺墨埋山中，旋失所在。順治八年四月，僕再過台州，其二十世孫珍忽得于巖穴中，驚喜謁予，乞爲記。券以鐵爲質，狀偃如瓦。長尺七寸，廣尺八寸，厚一分五釐。文二十六行，行十四字，計三百三十三字。金書爛然，首行朔字二畫缺。珍曰：高皇帝引佩刀剔去，驗鋟法者。像軸有朱熹、米芾、宋濂、劉基、王褘諸公墨蹟。券像世守垂八百年，可謂難矣。尚德在元不仕，葬白石阡。珍今爲郡庠生，其嫡裔焉。

錢王鐵券開平前，子孫世寶垂千年。形模二尺大逾瓦，上有三百驪珠圓。聞昔景炎没官渭，虞余訶衛蛟龍纏。湛盧亡吴豈無謂，寶鼎兆漢非徒然。魏碁累世保簪笏，袁安五葉傳旒綖。方之卿家何足數，金石照耀丹青連。五王遺像尚不泯，鏐元瓘佐倧俶。雀弁赤芾還貂蟬。禹腰三寸差弗及，楚目重瞳非比肩。幅長四丈絹素裂，咏跋熹芾基褘濂。我聞秦璽久北去，玆物變化何繇全。乃知藏寶在裋褐，不若富貴危冰淵。箕裘倘厭布衣賤，西山白石何高阡。

蚤發黄巖游雁宕

日出衆山低，茅茨聞曙雞。孤城千樹外，落月亂峰西。地近神仙宅，松高鸛鶴栖。不辭煩暑去，陰洞想攀躋。

逢楊静山廷鑑

辛苦楊修撰，凄凉意若何。腐心惟雪恥，甲申之變，從賊中遁歸江南，誤入末等，公論昭雪。相見輒悲歌。卉服同塵壒，宫衣换薜蘿。憐君似裴説，避亂一身多。説天祐末狀頭，明年唐亡。“避亂”句，即説詩也。

五日台州守饋彩勝，卻還求方竹杖

五彩絲纏九節蒲，海甸風俗不曾殊。多慚上郡神明宰，函餽江鄉旅病夫。在疚敢邀長命縷，此生須佩辟兵符。黄巖竹杖勞君送，到處惟懸五嶽圖。方山在黄巖縣，山形正方，産方石，大小如骰子，黑色，或三五相負，稜角不舛。有竹亦方。

關公廟有武侯像題壁

丞相東征白旐回,天心未改勢先頹。漢家功德居然在,猶有呼韓奉孝懷。

歸楚别諸親故

分袂無多語,含凄别故知。入舟翻不樂,嘗憶少陵詩。

過小孤

小孤如窣堵,四面受風雨。獨立撑波濤,浩浩自太古。山僧苦喧沸,閉户自俛僂。鞺鞳無時休,風枹雜浪鼓。劈聞雙江流,勢絶衆山伍。安得如山僧,身作孤山主。

贈魯公以下歸蘄作

魯公吾故人,瓶鉢出風塵。半嶺黄茅屋,平生白氎巾。種茶無税及,采藥施去聲。人頻。屢被呼名問,時賢無此真。

麞

麓澨休輕出,林泉本密情。隄防須遠害,逐隊失全生。數肋愁施巧,聞弦亦善驚。罝罦誰爲設,豺虎自縱横。

落　日

空谷閉柴門,層冰墮垝垣。鴞嘷山答應,虎過月黄昏。野哭仍新鬼,中原有斷魂。漂零猶未足,生理任乾坤。

廢　苑

宿莽年年積,荒衢何處尋。乍逢非故舊,相識僅鄉音。郭廢江山出,城空狐貉深。當時梁苑月,無復照花陰。

十一月七日，權厝先母于全勝坊第故址，累石爲廬，四無居鄰，蓬篠而已

欑塗惟纍石，禮障且相依。斬伐無喬木，丘虚滿落暉。草深麑子卧，雲暗楚烏飛。五畝荒蕪盡，何山有蕨薇。

聞客談永州事丙戌夏，永州有虎數十，鬭于熊羆嶺，聲震十里。

虎鬭熊羆嶺，玄黄戰若何。湘沅斷消息，商旅少經過。南詔回犀象，東軍住橐駝。中原兵甲滿，何日可包戈。

題某山人壁

山人家住赤城霞，自注黄庭研紫砂。書罷猨偷石牀筆，牕開鳥啄膽瓶花。

白茅堂集卷之八

壬辰順治九年

人日酬弟慊

林端曉日照，城上春鴉鳴。十載天涯客，今年人日情。緑尊吾弟共，白帢故山行。慈母重泉下，南谿草又萌。

立春前一日雪

積雪照江城，江雲暮復平。别爲天地色，不屬雨晹情。萬物全消影，孤光相燭生。明朝春氣入，五出最先迎。雪花六出，立春則五。出，去聲。

答王純伯次來韻顯江防副使

白日空環堵，窮愁未著書。野田看射雁，春岸指叉魚。萍跡還爲客，荷衣亦號儒。雖歸故鄉陌，終與俗情疏。

答王公垂問家大人韻

江城寒望裏，煙水出孤村。野燒人耕火，空屯鳥避原。青山朝市易，白髪古今存。近得方回術，丸泥整閉門。

又答王來韻

憂時仍抱病，貧廢甕頭篘。竹户經春閉，蓍莖午夜抽。讀書愁馬服，畏世匿羊裘。四海風波地，吾生幾拍浮。

野老歡相報，新醅午待篘。攬衣行復住，架軸捲還抽。山雨生喬木，江風落敝裘。不知消息理，匡坐念沈浮。

清明前一夜大雪，答前韻

刻燭詩成後，官槽問法篘。星高晨鼓動，雪重夜旗抽。綫草舒香袖，釭花落錦裘，侍兒休玉立，門外凍雲浮。

又

亂雪閉孤城，深宵刀斗鳴。三軍惟卧護，群盜敢橫行。節叙偏多舛，郊原尚未耕。桃花先已謝，明日是清明。

豁　口

野岸泥難杙，江船纜繫斜。迎風放桃葉，宜雨是梨花。流水東西堰，新村八九家。兵餘得淳樸，漸欲見桑麻。

鈷鉧潭蘄治東八十里崇居鄉，源出太湖縣司空山，東南流爲樝梨河，今名洗馬潭。春漲每至，洶涌奔迅澄澈，時見大鯉長丈，相傳龍也。禱雨輒驗。

連雲趨萬壑，起伏更嶙峋。百里樝梨水，千山巖壑春。林陰著魍兩，潭定落星辰。瀑漲循河下，蛟龍亦有神。

長河自西北，曲注仍東馳。發源司空山，萬壑争奔澌。兩涯忽開展，水行得歸依。到此若無力，十里平風漪。深沉百尺潭，色勝青琉璃。巨魚不受網，窟穴安能知。甘霖應祈禱，雲氣初如絲。委蛇金龍子，色變十二時。土人爲余説，漢祖行軍奇。出征九江王，洗馬曾于斯。神龍遂來合，遺種留今兹。訛傳信鄙謬，此實藏蛟虒。洪流轉木石，澮浍無改移。深潛不害物，意若全幽姿。雲中望天柱，泚水光透隨。圖經莫能悉，靈境興追思。

展墓先詰封参議公

靈爽山魈伏,陰冥宰木留。居民曾避賊,燹火不焚丘。林薄叢密,先後免于難者無慮千人。賊縱火,雲氣必滅之。白日行慈虎,懸燈下母猴。上方煙靄重,鐘磬同林陬。積善曉禪師嘗爲慈虎説法。

積善寺在潭左山頂

岑回徑裊何崔巍,上有百尺横丹梯。雲烝白日望豈見,煙靄黄昏尋更迷。到時一磬金刹静,坐久數峰銀漢低。陰陰薜荔欲垂地,子規叫殘山月西。

夜雨留西川李生善星卜

炙轂雕龍稷下賢,李生年少亦談天。春風且醉蘄州酒,夜雨如聞蜀國弦。已學向平甘退隱,恥從唐舉問他年。聞君欲乞長安米,莫薄成都百個錢。

久雨初霽有序

雨淹雲困,日霽風香,山川昭融,草木咸喜,同孟徵君郊遊得清字。

白日自無恙,依然高太清。偉哉造化力,雷雨施經綸。山川一湔滌,天地無纖塵。歸雲卷遥岑,飛鳥亦何輕。伸我傴僂身,整吾墊角巾。

沈生行士望,蘄州諸生。崇禎末上書召見,授兵部参謀。輔臣厭之,移送江督袁繼咸幕。

先皇避殿居齋宫,晏食不聞司樂鍾。黄門晨放罪己詔,皁囊夜啓登聞封。是時韋布紛然至,沈生棄家走燕市。上書直動萬乘尊,宋代陳東母乃是。靺衣給諫名最高,陳啓新。呼吸帝座無汝曹。沈生上殿一指顧,往往廷論歸儒髦。潼關東西薊門北,沙蟲攤道邊塵塞。皇心但警紫荆闉，司馬誰防白波賊。鋭頭参軍最後來，相隨幕府臨江開。短衣出入通侯第，岸幘還登歇馬臺。倉皇印首驚傾覆，烏號無弓小臣哭。義旗壯士且鷹揚，溷跡王孫盡魚服。渡江忽報安東軍，生也收涕趨轅門。化龍有識雖曾應，餓馬騰謡忍遽聞。兇奸搆禍何倉卒，誰夢湖城繞營日。漢安爵命豈非恩，廷尉山頭況難必。丈夫死即鴻毛輕，石頭取節非純臣。帳中濺血黄將軍，頭下奏事有沈生。將軍敗後無堅壘，凝笳疊鼓軍容改。潛身幸託江海翁，青衫已卸麻鞋在。瓦盆半菽妻兒嗔，憔悴尋常行路人。誰知乞食陶彭澤，莫辨埋名梅子真。春風貰酒茅檐下，念是當時請纓者。卻憶先皇御極初，執手相看淚盈把。

楊將軍歌

楊將軍，力如虎，氣如雲，廿年邊城多建勳。論功不自有，諸將何紛紛。往時盧開府，象升。玉帳移河汾。軍前剌舉得趙達，幕下健兒有典君。東西百戰老追逐，箭瘢丁丁釘去聲。在肉。降賊猶能歌白山，明主何曾忘鉅鹿。勢移事改今幾秋，角巾還家尚黑頭。朝驅藍田獵，莫唱關西謳。醉訶不責霸陵尉，行樂豈數平通侯。莫言棄置無所爲，世間得失閒人知。莫言英雄無所用，子春田疇。到處猶堪重。君不聞趙都尉、馬伏波，丹心肯銷鑠，白首能柰何。男兒功名無少老，富貴何須致身蚤。龍蛇勝負君莫憂，濁酒相持且傾倒。春風昨夜回枯槎，郊原近遠桃李花。趙女秦聲莫惜醉，醉來曳杖看東畬。

聞　鵑

珂里衣冠事已空，杜鵑聲斷怨春風。含情飛過荒郊月，啼入蕪城草樹中。

步大人聞鵑韻

山北陰冥叫子規，山南明月揚清輝。雲深樹密山山似，不識思歸何處歸。

荒城兵火遍蒿萊，苦竹聲聲杜宇哀。我已歸來無可去，不勞親切喚歸來。

坡上

坡上人家江水西，柴扉未動鳥先啼。村翁亦有游山興，蹋雨來看穲麥齊。

王子雲隱居廬山，忽過訪，清談半日即别去

只愁歸不易，歸後轉飢寒。知己十年别，貧家一飯難。白頭仍避地，遠害肯投竿。孰是鄧文子，能令王憲寬。屢辭徵辟。離亂誰相識？漂摇一老夫。興歌感衰鳳，屢哭爲童烏。長子封帶被賊害。凶聞時時得，前譌傳先生卒。愁懷處處孤。名山誰寄託，應覓遠公俱。

棄擲人間事，耽幽久不還。此生甘皓首，一代擅紅顔。毛女窺丹竈，江妃冷珮環。塵中望縹緲，笙鶴可追攀。

和陶飲酒

青疇足靈雨，四顧天宇間。親知在比鄰，田父無遠懷。短衣鮮拜揖，談笑無時乖。日出偕飯牛，薄暮驅雞栖。貧居市廛隔，何用水與泥。遁俗嫌尚異，處世仍寡諧。巍峨尊酒間，了了情非迷。鴻鵠志千里，倦飛今已回。

林陰四野合，蟪蛄聲蚤喧。百昌盡奮出，造物無頗偏。微雨隔幽澗，殷雷在南山。提壺偶孤往，日仄方未還。幸遠禮法士，狂歌無間言。

交交三春鳸，和鳴不妄飛。杜宇何處來？哀鳴聲正悲。鳩鵲相貽巢，汝乳何所依？我時感此鳥，負杖田中歸。憫彼漂摇情，朱顔爲之衰。且復甕中取，細君無我違。

走獸亦有雄，衆草亦有英。英雄未足異，聊可同人情。酒人有真契，列坐還共傾。日入飛鳥息，雨來麀鹿鳴。陶然换視聽，濠上同莊生。

知命本不訾，達生貴有道。昨日方少年，今朝亦已老。不見先春化，迎秋輒枯槁。齒髪非膠桼，妻孥不長好。神仙總物化，劫盡消其

寶。令威去幾時，空傳返華表。

萬慮滑吾真，惟酒有真境。一醒得忘天，終身不願醒。賓筵豈聖言，期期吾不領。醒如龜在櫝，醉若錐脱穎。放神八極游，區區笑宗炳。

鹿門有遺老，莫莫存高風。汲汲彼年少，躬耕向隆中。區區竟何成，慽慽寡所通。周女自恤緯，楚人先得弓。

蓬茅滿春山，環堵餘我宅。拄杖莓苔上，麌麔有行跡。人命非不長，計年一至百。棄擲少壯時，忽忽頭蚤白。有酒不盡歡，此日良足惜。

古人尚酒德，所貴全吾真。昨醉今日醒，酒德不爲淳。榼中絶陳滴，斟酌必見新。帝力我何有，安知周與秦。當時軒冕貴，僵卧南山塵。百歲不自保，千秋徒爾勤。瓦罏與土銼，朝夕如周親。華胥豈遥及，醉鄉真要津。糟糠倘可漉，寧惜頭上巾。時復北牕下，笑此羲皇人。

答劉克猷子壯

七稔吴閶别，風塵望杳茫。飛騰何迅速，髣髴料行藏。曾約隱山。故友多林壑，高名獨廟廊。余書石作室，還蘄，僅書數十卷，皮石爲廚。君草玉爲堂。幾裲思還著，雙魚寄莫忘。尋仙終五嶽，志士各津梁。

飛仙石蘄州乾明磯，相傳真人羅致福飛升處，履跡猶存，南對鴻宿洲。

乾明磯上飛仙石，苔蘚蒼黄棘刺中。華表幾時堪下鶴，荒洲依舊只鳴鴻。憑高晴見遠山雨，得路香聞幽谷風。雲窟江聲重載酒，廿年回首欲成翁。

贈周諒有序

故荆定王樂工周諒，其先元樞密使名信初，洪武初編入教坊，孫某，正統初賜荆憲王。至定王時，諒以技冠教坊，嗣王尤愛之。國亡，爲道士。壬辰春謁予于全勝坊第故址，嗚咽述盛時，乞爲長歌，許之。酒邊先得三絶句，坐中有泣下者。

南山石爛海飛塵，玉貌周郎七十春。歷盡緐華成夢想，一壺市上且藏身。壺，當讀爲“瓠”，今讀爲“壺”，尊之“壺”，從俗也。

夢裏朱門對緑池，舊人説著自堪悲。于今不見岐王宅，芳草相融燕子泥。

忠孝坊前誰度曲，但逢佳節苦相思。往來剩有衰宫監，著著緇衣話舊時。忠孝賢良二坊，世宗爲荆端王建。著，上入聲，下去聲。

江邊老翁歌昌云：“周諒勇力善幻，以轡馬株連，繫刑部獄。崇禎己巳，應募爲兵，敗歸鄉里。麻城土寇白么兒據虎頭關，諒擊散，王遽召還。荃葛、桐人事詳别傳。”

菖蒲花開木槿紅，玉顔兒郎成老翁。菖蒲花萎木槿落，鶴髮一翁猶矍鑠。問翁年紀今幾何，甲子不記桑田波。定陵初祀仿佛憶，羈縻郡國無干戈。咸陽宫中温室秘，定鼎門邊别墅多。諸王邸第高昌部，太常館署新聲歌。老翁年初十六七，學書不成學劍擊。琵琶鐵桿恒自操，破陣霓裳稱第一。朱門蹴鞠出每遲，戚里歌鍾延日入。鬧裝韉馬許共騎，紫燕惡香驕齧膝。太平司隸何疏放，關門處處聞雞唱。輦側誰探赤墨凡，鈴下潛歸麥鐵杖。荃葛遺王總未真，桐人掘出還遭謗。詔令推問王失辭，血噀鋃鐺檻車上。兜零火照甘泉明，檄書夜達都官驚。除名戎牒即日下，豈知腐草華風生。水衡金帛恣犒給，誰其謀者封常清。募兵敗衊有前轍，彰義門南身首積。殿功懸賞不足論，脱走還尋舊鄉陌。教仍供奉領前頭，十葉黄羅親奉册。虎頭關砦白麽兒，時無來整誰相綏。軍符百合數催赴，令牌幾道還相追。功名錯迕良足惜，壯年輒背雄心馳。五朝聞見到今日，白頭俯仰重堪悲。往事流傳雖恍惚，老翁先代猶能説。至元樞密品最尊，洪武教坊名内列。當時炙手人不聞，三百年來恥難雪。老翁託身遊俠場，射獵蚤事任城王。家藏亡命軹裏客，酒酣作使邯鄲倡。黄金糞土不快意，更欲燒丹訪紫陽。回頭白日没滄海，倒景飆飛時代改。章華臺下高黄塵，疇昔心知幾人在。兒孫喪盡無六親，賣藥一身惟赤貧。飄蕭短發斜陽巷，颯飄荒江夜雨瀕。侏儒儇薄轉相笑，報恩刎頸愁無因。世間榮辱何足道，曷鑑老翁今日情。感翁此言良久立，却坐石欄斜點筆。只愁薄俗難重陳，一語書成幾歙邑。樊川腸斷杜秋詩，一曲長歌淚沾濕。

宫人爲尼

當時逐伴到天家，分得君王絳臂紗。生死深恩忘不得，夜闌施食玉鈎斜。

題竺道士畫鷹

草衣道士雲中來，籜冠頂上蓮花開。泥凡宫中誦真訣，丹元府内朝金臺。世間甲子已再度，道士百二十歲。回頭不記桃花路。群兒豈識是蘓仙，曾孫肯信沾天酺。瞥然顧我爲我留，酒酣墨汁歕作霧。海濤冥冥瘴風怒，一角蒼鷹立不住。雄姿欲掩日邊烏，猛腦思窺月中兔。我聞神仙以鶴爲騏驥，畫作蒼鷹復何意？豈爲人間狐狢多，金眸鐵爪堪回避。古來好手復數誰？宣和殿前傳畫師。神宵教主入能品，後來零落龍沙陲。一從前年内府破，此畫予猶一見之。願君勿複寫此鳥，令我觸目增心悲。僧繇老仙善鱗角，看君不減前賢姿。別潢一紙乞泚筆，會待風雷穿屋飛。

子雲别後，復傳凶聞，既知在杯湖，將仍來蘄，喜賦

兵火傳粗定，風塵認老夫。白頭耽令節，五月在杯湖。玉腕調疏柱，冰盤薦冷菇。聽歌時迸淚，對酒欲忘軀。凶聞雖頻誤，佳期慎勿辜。江邊到消息，囑婦理清酤。

真俠行有序

客疑黄公昔何俠、今何狷也，作《真俠行》。

紫顴碧眼何方客，駿馬駛駛臨廣陌。讋頭留抵酒家胡，肝膽向人輕一擲。儒生不知遊俠情，開口往往談侯嬴。敝書質酒樓下醉，抗顔自許高陽生。君不見季心刀間竪子耳，要離朱亥何足比。黄金白刃謬誇人，伏劍就鼎非佳士。小俠殺人都市間，大俠委棄稱佛仙。解紛

急難乃中俠，田文虞卿魯仲連。浮雲富貴不足道，亂世惜名尤可笑。梅福長辭九江濱，德公終老鹿門嶠。英雄咄咄鳴不平，掉臂始知俠者妙。劉毅一呼百萬錢，井丹推飯王侯前。豪華枯槁有真俠，不與齷齪爭媸妍。蝮蛇螫指患未大，壯士斷腕爲身害。駟馬高車鄉里兒，揚鞭笑指青山外。

戴將軍角鷹歌

戴公養鷹鷹戴角，六翮刀鋒兩拳骲。一聲嘲嗽出寒雲，"嘲嗽"，呼鷹聲，亦作"木嗽"。《夢溪筆談》云："養鷹者，其類相語，謂之木嗽。"《三館書》有木嗽三卷，皆養鷹鸇法。木，以麥切，一作許律切。又呼速，使犬聲也。十月沙塵滿幽朔。此鷹兀立不動塵，翮晝千里陰風生。左睛察天右察地，肯使狐兔藏荆榛。將軍出身本西鄙，相馬相鷹如相士。饑依飽揚非良才，向背占風無乃是。君不見白皁驪白楊，老柏巢枯枝。徐無漠北曾生長，嘗向中山章武飛。見《酉陽雜俎》。

夏旱，新開數畝，仍焦土，虎伐屋斷道

去冬立春黄霧塞，今年清明樓閣雲。清明前後，雲如樓閣，主旱。已識驕陽太凌虐，況聞豺虎日紛紜。問牛宰相近何事，抱甕丈人徒爾勤。安能雙災學毅豹，數畝東皋仍赤墳。

旱甚，雲雷夜作，竟不雨

夜熱煩如晝，長風嘯不來。星辰南入濁，雷電北臨魁。布濩仍虛勢，沈綿待爾開。三軍近何處，火井鬱崔嵬。

三月不雨至七月，答朱調陽原韻

百丈泉枯井，千江水沸湯。暍雲巒勝雪，風日草如霜。嗷咷雩何晚，咷，杜立切。昭回漢有章。倭迆摇地雁，六月己巳，流星出東北，拂招摇西南行，聲如飛羽，尾蹟，光青赤，數丈燭地。蓬茸出天狼。茸，戎、宂二音。野燒連曛黑，衝風堀堁黄。宋玉《風賦》"堀堁"；《説文》"堀"，突出也。物情懷慘怛，天意落冥茫。格鬬還枵腹，流離更裹創。龍蛇雲夢戰，象馬

日南裝。瀚海三還陸，中原一大荒。炎烝無水國，瘴癘見江鄉。木食尋堯韭，山空絶禹糧。錦衣足粱肉，誰念與扶傷。

秋日曹二大濩過訪

扈子歌刧窮，宣尼矢予否。苟非聖賢人，安能弗茹紫。初霜九月中，空林聊倚徙。旱草枯復緑，蒙茸蔽墟里。荒山繞殘郭，白日照古壘。薄暮荆車來，徘徊草中止。内顧無斗儲，何以速吾子。既復事高義，飢寒固其理。石上飯松屑，問詩聊啓齒。故鄉已非故，故人心尚爾。否，音鄙，泰否也。

寄答幼凝千里二劉子

户外黄茅接遠坰，不分籬落與階庭。前賢好句堪題壁，狼虎中間讀道經。

慈母南溪可柰何，一弓茅屋蓋平坡。《度地論》："二尺爲一肘，四肘爲一弓。"低開蘧牖青天下，坐望前山烏鵲窠。

上郤柴扉擁短襦，酕眠石榻任齁呼。偷兒夜半難將去，老瓦盆邊地火爐。

梅川二劉絶可憐，還鄉經望復經年。開書見問新秋句，只在疏籬苦竹邊。

季深自吴門載慧泉酒訪予草廬，出遊萊州詩屬予序，信宿辭之襄陽。喜其聲名將立，賦送四章

癖嗜勞相憶，輕裝自遠天。詩情萊子國，酒味晋陵泉。石屋秋風裏，柴門落照前。細論文字理，喜汝欲先鞭。

一語曾相許，東南譽日流。坐中輕樹敵，麾下已封侯。勇欲穿犀札，貧仍逐蒯緱。大堤無豔冶，到日自知愁。

汝去幾時還，衡山復峴山。清秋鹿裘客，匹馬鳳林關。天地風塵黯，蛇龍戰血殷。看君舌固在，莫遣鬢毛斑。

送汝柴門口，荒凉騁望中。養威霜外日，清野渡頭風。雁過衡峰峻，龍眠漢水空。誰將凄絶意，攀折桂之叢。

黄　葉

黄葉當黄花,柴門處士家。曉來山雨過,零落一溪霞。

送梅川張進士先基之任棗强

我今行年三十二,顛毛欲白色顦顇。朝持一卷空山中,暮揣腹中無一字。君年較我兩歲强,錦袍玉面横銀章。揚鞭紫陌詩騕褭,騕,要,上聲,亦音腰。獻賦金鑾奪鳳皇。代殊貌改不復記,郤思十六年前事。垂髫高揖太守堂,許公文岐。我名居昆爾居季。興亡轉盼劇電過,舊日結交今幾何。昨逢下馬一携手,使我淚雨流滂沱。眼前廬嶽高嵯峨,青鞋已脱烏皮靴。送君還望君行處,萬里黄雲烏尾吪。

山行書所見

山雲滃滃風蕭蕭,借騎瘦馬行空郊。荒田豺兔窠蓬蒿,府胥催科腰帶刀。路長伴稀恐相失,白日欲匿虎欲出。官司捕虎轉充斥,前月曾唅讀若含。府中卒。馬行不驚人不疑,安得更似神宗時。繩作囹圄木刻胥,木皂隸。頭白不知官與司。

義馬冢有序

先封參議公,有白馬名"雪無影"。雨中鈷鉧潭巖路崩,馬扳石竢公上,長鳴乃墜。就潭取死馬,兩蹢盡脱。緒山錢公爲《義馬記》,塚在桃樹山。治東七十里,今俗名洗馬潭。

先公馬癖天下知,自言前身支法師。蒲韉不掛牛角讀,錦囊嘗令奚奴隨。就中逸足雪無影,匹練追風目争瞬。崩厓一踣無前功,悲鳴非惜障泥錦。檀溪飛渡秋水深,上津板撤幾成擒。自憐不及兩奇駿,力盡猶存報主心。魯莊曾誄縣賁父,帷蓋居然一抔土。千金買骨壯士歸,長下英雄淚如雨。

送盧生游易州

易水東南望,燕臺説至今。如何延國士,不信只千金。垂老諸侯客，平生遊俠心。褐衣無所事，一劍報知音。

冬日病中，劉千里過訪，賦《對酒歌》

劉生匹馬山外來，覿面笑口同時開。葦庵石磴可磅礴，使我愁病消纖埃。藥囊書卷亂草榻，抵枕掣看無嫌猜。劉生顧我何草草，寒温不道先傾倒。我病惟許衛侯知，今日看君好懷抱。一人正自感虞翻，三非何妨留庾杲。瓦罏竹壁風颼飀，喜一與子相倡酬。騷壇海内竟苓落，氂纓盭劍紛相仇。尺筆欲下齊將壘，寸鐵妄扼秦王喉。幾年意氣雄吴下，同時未許風流亞。生來本是塵勞人，偏向天公乞休假。白傅堤邊楊柳新，真娘墓上棠梨謝。緗簾晝舫照青春，短笛長簫哀鬼神。詩成每被何戡唱，産破那憂李白貧。海山石爛麻姑老，牕外人呼祁孔賓。聱牙孤調終難和，生平知己能幾箇。劉生欲來直入來，户外下馬牀上坐。持論予堪二李親，劉詩云：“空同老健于鱗蒼。”定價君是朝康那。君今四十方蒼顔，我年三十髪未斑。大澤龍蛇且休問，小山叢桂幸同攀。

冬晚湖居

白屋漁家遠，黄精山雪稀。不緣慈母葬，未忍故鄉歸。疾俗非全褊，遭時豈息機。漸看憔豎喜，作意款荆扉。

消雪泥黏屐，頹垣水浸牀。裒衣村老看，晚食野蔬香。土色迎春緑，天寒落日黄。喧傳鄗野戰，昂首正蒼茫。

雪夜吟

生茅苫屋痹且平，聽雨不鳴聽雪鳴。空山怪鳥叫屢絶，一夜朔風三尺雪。牀頭壁隙縞帶光，寒雞誤白啼復歇。草間狐兔疑盡藏，待曉城南問獢猲。

敬跋大人雪屋丈夫歌

長詩夜讀二千字，字字能含北風颸。九天飛雪慘下來，不顧茅茨一顆頳。丈夫心事書難續，書來秖覺添蛇足。更恐高歌人厭聞，漢廷已負長沙哭。

癸巳順治十年

元日柬王純伯

黃雞赤鯉入筵頻，野外椒花照眼新。村老寒温無別語，相逢盡道隔年人。

春杯才飲先婪尾，故事今年罷送窮。宿處愧非郭有道，醉鄉且作王無功。

正月立春前五日，蠅醜冲人阜螽出。已聞城中桃作花，更見田間麥垂實。

明日畏風即不出，鄰翁許酒來相依。野外況無賓客禮，莫教旌節到柴扉。

禹碑歌有序

王象之《輿地紀勝》：衡岳禹碑在岣嶁峰。劉禹錫《寄吕衡州》詩云："傳聞祝融峰，上有神禹銘。"據崔融贊云："於鑠大禹，顯允天德，龍畫旁分，蝸書匾刻。"而禹錫、韓愈、歐陽修、朱熹、張栻、鄭樵、趙明誠皆未往見也。宋嘉定五年，蜀人何致，字子一，游祝融峰，有樵夫引經隱真屏，三度小磵，達碑所，摹之以獻轉運使曹彦約，刻夔門觀中及嶽麓書院。嘉靖初，僉憲張季文得拓本于長沙太守潘鑑，以示揚慎，慎拓刻于安寧州法華山之遠照峰。萬曆時，鄧以誥刻于祝融峰之觀日臺，金陵刻于栖霞寺，揚州刻于甘泉書院，人間流傳遂多。順治十六年癸巳正月，蘄州野叟黃氏出示予衡嶽真蹟七十七字，完好無泐，字畫與傳本少異。黃穸曰歲戊子，長子從軍，隨邏卒入嶽。大索至某峰，過一谿，仰見炎火，疑有伏，攀援深入，則覩崖壁赤石緑文龍鳥之書。大石兀覆，古木翳垂，根幹如巨蛇，歸語幕客。明日梯印十數幅，忽雷電激射，石崩，斃一人。客遂秘其事，是冬岳廟災，辛卯三月，雷電作于峰頂，擊碎飛來船石，人間謡傳飛去云。據張含跋《楊慎禹碑釋文》云，初不得者四字，夜夢黄衣魚首人告之曰“南瀆衍亨”也。厥後沈國學鑑、楊少宰時喬、郎氏瑛、王氏朝輔、杜異人壹，皆有釋文，含不及見。壹不知何許人，其文尤秘，世無傳者。乙酉，予在崑山，得于先宫諭升伯公藏書中，諸家或假夢寐，或託鬼神。王世貞云碑見盛弘之《荆州記》，流傳已久，銘辭雖古，未諧聖經，極類《汲冢周書》《穆天子傳》中語，豈三代之季託而爲之者邪？斯言亦未爲得也。又按宋張世南《遊宦紀聞》載何致事甚悉，云癸酉二字外莫識。郎瑛遂更慎文，而明發爾爲祁明癸酉，舉無根據。昔吴王得《包山禹書》，問仲尼，仲尼曰莫能識也。故知禹碑釋文，好事者爲之。然而一見于嘉定，再見于今日，於戲，此何祥也。慎見仍皆模本，景星得覩真蹟，奇矣！製圖于左，亦備傳聞焉。

六家釋文圖

楊慎釋文曰：承杜作惟。帝曰楊氏時喬作令。咨楊氏作襲，沈、王作嗟，杜作戲。翼輔楊作爲，王作靖，杜作將。佐楊作援，杜作朕。卿楊作弼，杜作胤。洲楊作欽，郎杜作水。渚楊作涂，沈作處，上聲。郎杜作洚。與郎作興，楊杜作陸。登楊作發，杜作谷。鳥楊杜作島。獸楊作瀉，杜作濤。之楊作耑，郎作交，杜作西，音化，蓋覆也。門楊作卿，郎、杜作行。参楊作邑，杜作禹。身楊作仔。洪楊作粗，沈作魚，郎作若，杜作度，入聲。流沈作池，杜作川。而楊作船，郎作祁，杜作畝。明楊作暗，杜作高。發楊作歇，郎作癸，杜作深。爾楊作遲，郎作酉，杜作與。興楊作眠，杜作奠，奠字。久楊作即，沈以杜作長。旅楊作夙，沈作此，杜作蛇。忘楊作迄，杜作封。家楊作冬，杜作家。宿楊作次，杜作空。岳麓庭楊作尸，音田，杜作巴。智楊作陌，杜作伯。營楊作裂，杜作益。形楊作[illegible]，杜作切，从干刀。折楊、杜作析。心楊作諯，杜作衞。网弗楊作墮，杜作舛。辰楊作躔，郎作長，杜作庶。往杜作丘。求杜作皋。安楊作出，沈作平，杜作既。定楊作竅，杜作宅。華岳楊、杜作恒。泰衡宗楊作嵩，杜作帝。疏楊作垂，杜作念。事杜作功。裒杜作舉。勞楊作獻，杜作虔。餘楊作桴，郎作錫，杜作柴。申楊作挺。禋楊作口。鬱沈作羸，杜作冠。塞楊作濬，杜作佩。昏楊作塾,杜作僉。徙杜作從。南瀆楊沈作暴,杜作瓿,蒸瞑也。衍楊作幅,沈作昌,楚作豊。亨楊作員,沈作言,杜作食。衣楊作節,杜作衆。制楊、杜作別。食楊作界,杜作昆。備楊作聯,杜作孽,盛也。萬楊作魑,杜作□古萬字。國楊作魅,杜作物。其楊作夔,郎作首,杜作命。寧楊作魈,杜作正。竄沈作鼠,杜作民。舞杜作,鱻古通鮮,少。永楊沈作蒸,杜作鼠,即癘。奔楊作□,杜作丧古喪字。

右圖計時喬異慎五十六字,鑑異十四字,瑛異十三字,朝輔異二字,壹異六十字。慎鑑句四字,第六句五字。瑛首六句四字,第七句一字,以下皆四字。壹首四句四字,第五句一字,以下皆四字。時喬首二句四字,次三句句三字,第十四句十五句皆三字,第十六句二字,以下皆四字。一説時喬自仔粗以下,亦皆四字。今觀壹文義近古,時喬幾同。令壺齟老柏塗之諧語,可一笑也。

禹碑傳在岣嶁顛,又云祝融雲密之孤巒。一説在雲密峰。精靈嚴閟自中古,神訶鬼御艱躋攀。此碑百代或一見,帝寶不欲宣人間。有無摻索終渾沌,形模擘畫疑先賢。野人緹襲開向我,七十七字螭虬盤。紙長八尺字逾掌,桐炱重拓浮囱黔。梯棧遠陟玄豹窟,拂拭尚帶蒼苔斑。夔門墨本值底貴,嶽麓橅拓徒矜慳。乍看體勢失倒正,頗覺龜印非雕鎸。青龍連蜷白虎怒,朱鶉奮翥靈蛇纏。韓愈薤倒語弗類,崔融蝸匾形差妍。岐陽石鼓且譌泐,紫霄洞勒難疏詮。龍威大文不可泄,玆碣義訓胡繇宣。何人詁釋太明晰,剖别文字殷周前。固疑好事者臆造,更恐强讀遭神訾。帝諮文命道莫測,金簡授籙崆峒篇。天成地平有今日,東漸西被思當年。剔符發秘豈易得,六丁雷電非徒然。章亥庚辰事恍忽,巫支網窞仍蹬潛。水鮏山巘作魃鬾,契焚鼎没迷神奸。終圖箕範儻載造,雒龜河馬宜開先。壁經航典行復出,盤盂孔甲仍當傳。願承籀篆溯倉誦,垂裳更辟鴻蒙天。

春日寄王子雲先生先生歸廬山

生平屈指幾相於,漂泊東西不寄書。鼙鼓北來三輔後,衣冠南渡十年餘。長歌短調留千首,斷簡殘編攤一廬。妻子既無良友在,匡山高處結茅居。

爐峰高與劍峰高，子夜平看北斗杓。山勢八分猶帶楚，晉戴洋謂武昌山形八字。江流九派欲歸潮。逸人疑在子午谷，遁士尚居丁卯橋。南雁不來音問少，今年花鳥倍魂消。

頹垣百舌篇本草伯勞

荒城林木盡，百舌鳴頹垣。草青見茅屋，三五如孤村。念昔繁華未凋槭，歌管東郊復南陌。城頭日照闉闠喧，桑下露濃畛涂窄。花枝高下春冥冥，流音近遠皆可聽。紋牕乍掣同心鎖，珠箔時驚九子鈴。紋牕珠箔情非一，乳燕鳴鳩感儔匹。桃李初芳寒食過，釵鬟競出清明日。繇來喪亂不勝愁，義髻黄裙逐水流。門上白烏啄大屋，宫中紅豔吐迷樓。大屋迷樓今不見，傾臺廢井纏蔓莚。山鬼悲吟繡嶺官，詞人追賦靈光殿。靈光繡嶺皆遺址，望斷春風千萬里。荒城百鳥何所依，群飛瓦礫荆棘裏。劍外誰招蜀帝魂，江頭更唱蘄州鬼。鳥名，王元之事，時蘄州龐公卒。頹垣百舌聲正悲，風雨漂摇愁羽尾。城東傖父足憂思，曾無斗酒對芳時。數聲偏徹愁人耳，禿頂茅堂獨賦詩。

滇　南

直北蹄塵接，滇南羽檄過。紫微高不動，黔水鬬如何。象馬當時貢，獠獹此日多。漢朝全盛日，曾譯白狼歌。

浩劫何多恨，雙凡只自奔。從來動兵火，一倍洗乾坤。湘浦靈均怨，蠶叢蜀帝魂。楚天風物異，山水盡煩冤。

春物饒春態，荒郊散曉暉。新鶯彈舌語，嬌燕折腰飛。僻境仍多壘，愁時但掩扉。風塵滿江海，難息漢陰機。

陳介人茅屋爲春風所破生善談兵，舉武解元。

春初曾詣卧龍居，雲气蕭條冷劍書。應是山中留不住，昨來風雨卷茅廬。

寄廬山孟處士

名嶽高人住，松風無四鄰。茅簷宿雲雨，蘿帶挂星辰。施藥山猨入，聽經野鹿馴。下方偏擾攘，羨爾出風塵。

春暮與竺錬師飲道傍

杜宇聲中鳴羣急，楊花飛處野棠開。一樽走共黄冠坐，閲盡行人往復來。

寄宋又韓

一别三年湖上居，慇懃託付浙江魚。當時灑涕緘書去，又過三年不見書。

春空有路蜂能識，流水多情鯉解來。自是相思無藉在，空談張敏夢中回。

雜　感

丈夫志明白，不受非義干。廣筵可脱帽，暗室必整冠。郗超黨桓温，至死心不安。孔融拒曹操，身殞名莫殫。誓將作砥柱，矻硉當瀨瀾。位微志不遂，塌然催我肝。

賈誼昔年少，辭家事遠游。長裾謁天子，弱冠師王侯。鳳皇不常儀，翩然去丹丘。見笑老先生，功名若雲浮。神龜苟先蜕，蟪蛄相嘲咻。俛仰天地間，愁然懷隱憂。

春空如積水，春野似含煙。如何豔陽節，佳人心獨煎。流風轉懸勝，椒圖結重關。雖有遺世姿，空留誰與憐。當時失魏尚，異代感李廉。丈夫且偃蹇，兒女焉足歎。

乾坤幾萬里，一夕三四周。形骸類土木，心想如猕猴。讀書未聞道，觸物恒隱憂。自撫七尺軀，鐘此萬古愁。出門視天地，天地何悠悠。彈琴桓魋墓，挂劍徐君丘。白骨無妍媸，青史或沈浮。哀哉世上客，何道能千秋。

蘇耽乃是禽，令威亦爲鳥。終當化異物，神仙復何好。紛衢走狐兔，嶢陵積青草。安有白玉棺，空傳黄石老。薄伽既不滅，諸天皆壽考。一路涅槃門，金容等枯槁。古之興盡人，往往如此道。談云："道説也，興盡則以佛仙自解耳。"

立身廣庭上，倒影横階墀。恭敬或蹈指，于身何所知。辛勤竇榮名，至道不在兹。善哉阮嗣宗，飲酒不復疑。寂寞千載後，如影無端倪。

莊周與陶潛，千古號達生。或乞監河食，或叩富兒門。鄙夫羞細節，智士安蒙屯。區區市井兒，詆諆何足論。

川野何蕭條，空城劇寥廓。所聞第悲風，所見惟鳥雀。獨坐饒憂患，浮蟻相娛樂。所思在遼遠，緘書倩孤鶴。

張耳與陳餘，貧交比膠漆。一朝得趙將，盛氣無平日。昔時相急難，今反急難厄。寄語後世人，貧交有何益。

李密坐牛韉，眼光牛背見。不考蕭曹功，乃觀項羽傳。智量一以殊，天人遂難變。朽骨不足論，悲來每三歎。

大道倏淪喪，斯人定焉如。中原築京觀，宫闕成丘墟。丙夜望北極，攬衣起踟躕。太白何光芒，幽陽臨丈餘。客從遠方來，遺我尺素書。露文既不敢，託之雙鯉魚。

百舌嘲春風，五月乃不語。鶗鴂常處嘿，忽然謝殘暑。鶗鴂，鵙也。春分鳴則衆草芳，秋分鳴則衆草歇。候蟲應節序，振羽或切股。鳴聲雖不同，愉暢各自取。而我本爲人，悲辛日填腑。著書千萬言，一一防禍侮。古稱大手筆，胸臆恣所吐。應蟲語響言，吾病不及汝。

丘螾與蛭蟷，銜泥墐其居。去聲。蜸蜚插雙翅，緑藤復上樹。蟲小有智愚，行止各異趣。如何萬物靈，老死不知路。

黄鵠摩青天，一舉志千里。狂飈振空至，七日不能止。流轉風雲際，哀鳴星漢裏。下視鴇與鶉，相將戲中沚。才大患亦隨，行高遇遠否。何當息羽翼，飲啄瀛海水。

山中有一士，不知姓字誰。緑髪綰秋蘀，朱顔灼春蕤。行歌但帶索，妻子無完衣。蘿月弄窈窕，琴尊聊自携。陶然石上酌，一醉已忘機。

荒丘何王墓，石馬雙駮騃。下有齏盛田，瓜分入豪家。子孫散略盡，歲月不曾多。狐迒縱横出，樵童躑躅過。神靈不我與，天道夫如何。帶劍上陵石，徒爲魂魄訶。喟彼雝門吟，酷此蒿里歌。禮爲舊君服，慟惻還山阿。

出郭四五里，岡陵鬱陂陀。云是前王墳，豐碑半嵯峨。垝垣昔猶在，隔歲重經過。松楸斬罄盡，隧道流成河。徘徊不能語，咄唶當柰何，淚下亦何多。鄰喪不舂相，里殯不巷歌。禮爲舊君服，慟惻還山阿。

太乙移倉門，二儀晝夜昏。清風灑宿霧，喜見朝光暾。煙梅已折蜚，游鰲稍出村。静思治亂理，亦若黔與暄。君子守貞固，乘義踵焦原。河清洵難竢，吾道終可敦。

緬昔聖賢人，操持畢如一。終古如鼂昏，精神不曾失。美人感歌舞，劍草療心疾。夭沃本無知，秉性亦弗易。龍叔抱其痾，文摯望而得。天質苟偏枯，人間無藥石。

古藥久不傳，庸工昧其理。吾憐馬子侯，摇頭妄欣喜。一鼓於忽操，壯夫淚如水。淒飈殷層陰，商歌夜中起。

寄沈古乘載，工書畫，家虎丘，予寓輒累月。

樓頭望塔風鈴語，古塚松花紅柰炬。沈君樓下夜不眠，惟聽咿唔雜機杼。沈君自寂予自鬧，醉發狂歌墨如掃。有時翻卻喻麋池，黑雨穿樓涴君帽。沈君仰首亦不嗔，伏牕仍寫天台春。摩詰不是無心學，幼輿甘稱丘壑人。往予乘興尋海國，石梁委羽恣所息。爟霞翠巘杳莫窮，水碧金膏畫不得。歸來只從壁上觀，六合信有神遊寬。醉吟李白天姥句，汗漫似結盧敖歡。以兹感悟慕幽獨，茅齋擬寄康王谷。石門峰下萬丈泉，沈君有意抹一幅。眼前榮辱輕鴻毛，掉頭棄擲還我曹。龐公自鼓於忽操，梁甫空悲齊二桃。世間治亂何足測，要令元化蟠胸臆。道成匡濟自有時，采秀行歌未爲失。

貞慧寺主退院

道人勇猛心絶倫，少年行脚窮甌閩。還鄉已舍彼岸筏，到處仍開乾闥城。南朝寺四百八十，永嘉之亂罹刀兵。世尊龍象盡顛倒，戈鋋劍戟空縱横。《華嚴經》:“戈鋋劍戟從空雨。”高僧寶誌識弗及,司馬衍之書最能。布金長者但束手,爇指闡士甘遺形。重鎸金榜子雲字,細繙貝葉房融經。盤拏倆佛結寶綱,秀支替利聽風鈴。上列雲龕師子座,旁開香逕象王行。身閒退院更何事,茅堂夜磬譚吟吟。蒲團麈拂挂在壁,單持環杖閒敲屏。尚疑曇彦有遺恨,不慮惠遠無山情。公期梁代許元度,我思晉室陶淵明。晚參切莫更饒舌,坐中且覓劉遺民。

喜得陶季深書並篆草堂額

故交離索近何如,忽接瑶華到敝廬。一日三秋周女賦,八行七字寶章書。地偏荒徑過人少,花盡鄰翁見而疏。何日妻兒米粗足,相思一駕吕安車。

鏡湖晴浪漾柴扉,喜劇開書對落暉。狂態嘗思鴝鵒舞,古文驚見鳳皇飛。梅聖俞《石鼓詩》:“三百六十飛鳳皇。”参差羽翮愁難並,流轉風光賞莫違。兩地起居何拓落,鼉珠煙雨各漁磯。

曉月荷花

風清月曉五更時,天澹波澄萬碧吹。誰唱雲光開曙曲,人間今有影娥池。

五銖衣重不勝情,風起微聞綷縩聲。今夕何人擁修袂,露華凉處月華生。

金泥裙纈爲留仙,玉鏡臺低待舞筵。肯學海南耽睡去,夜深長自對嬋娟。海南睡蓮,夜則低垂入水。

草閣周遭光碧漪,風颸開處起鳧鷖。儋州四季花如錦,恨不移家清水池。儋州清水池有四季荷花,冬月尤盛。

貪看花潭不舉頭,天孫月姊在中流。花開宛在銀河上,未擬乘槎問斗牛。

夏月山中蚤起見一鷺高飛

露下有餘凉,西林殘月光。千峰隔海日,一鳥閃初暘。地僻村農樸,年豐隴稻香。爲尋南郭老,信宿住山莊。

咏篔寄周元亮亮工

蘄州笛竹篔，自昔傳瑰奇。天光蘯雲氣，湘色含風漪。臘月伐龍子，冰霜槗簳枝。經春乃擗制，織作黄琉璃。篾縷細逾蓰，摩抄凝若脂。裝潢玉版貴，卷襞郫筒宜。茅齋五月熏風凉，北牕高卧咏羲皇。閩南元亮稱心隱，萬里清飈試寄將。

山夜雨

哀猿驚夜雨，窅篠聞空山。聽從草閣裏，知在翠微間。

山　中

夜嵐作秋氣，山庭生蚤凉。竹露月中滴，桂華風外香。静已觀物妙，安時知履常。卷簾入銀漢，洞室潛虚光。白雲冠山來，俯視猶下方。

天曉月欲滄，露净川無風。太白在漁竿，復照空罶中。明明遠山外，草木如虚空。不識丘中賞，誰知塵外蹤。誓理滄浪棹，長追江上翁。

露下禾黍收，不復趨隴畝。時時一登望，秋水生穲䅉。隴傍有花樹，百步回我首。負杖行歌歸，斜陽在杵臼。寄身治亂間，放意羲皇後。

嵩山有神人，膚理瑩冰雪。霧鬢夫容顋，吐音蕙蘭發。不知幾千歲，揮手送日月。神遊亦何妙，願與踏紫霓。道要其可傳，離塵以爲訣。

寄丹陽丁五尹兼哭穉白，時丁五悼亡

前年花辰與子别，殢酒酣歌樂終夕。坐中禿首誰最狂，江陵野叟陳穉白。方袍醉倒君不嫌，兄彈琵琶弟羌篁。繡簾時動香出庭，回身落花飛在席。今年山中空憶君，安仁新悼更離讀平聲。群。交遊況失饒如璧，欲賦招魂那忍聞。

雨湖

山風嫋嫋吹緑波，日永無事相經過。婦鳩啼雨怒生瘦，蚱蜢乘風晚更多。

赤日炕地午欲然，荷花照水秋相鮮。湖天鏡平風雨歇，零亂滿灣堪剌船。

秋分夜大雷雨示馬生

秋分晝夜各六時，白露既下天藏霓。破山摧樹劈歷走，此豈有意驚蛟螭。白蟻插翅飛爛熳，蝍蛆跂足行委蛇。土木濕熱蟄不得，陰陽烝動微蟲知。太乙移宫住倉果，月宿昴畢陵積屍。凄風苦雨兆已見，東方辰角將胡爲。政刑感應理不謬，低卬鐵炭争毫釐。南門土龍尚顛倒，鱗枯爪裂無神祇。驕陽三伏不知備，即有水潦何能支。馬生談天陋慎竈，短籬教讀聲嚶咿。群兒散後鳥鵲桀，下簾捉酒吟我詩。朱門凶歲飽粱肉，我獨愁汝豐年饑。嘘嗟薄俗語不易，言未出口防人嗤。言既出口何妨嗤，不見馬生名馬癡。

射雁

山中老饕如餓鴟，夜静忽聞秋雁飛。彎弓欲射不忍射，吾與汝曹俱苦饑。

貰酒未得

秋雨沈沈聽茅閣，略似孤舟打篷篛。晴時乞竹雨未栽，遂使秋聲無處著。東鄰篘酒貰不至，卧聞槽聲暗瀺灂。因思昔時仁里風，歲時乞假遠近同。即今聽色到箕帚，安有龐俗消兵鋒。尚平損益粗已悟，老氏盅虚誰見崇。未念凶機塞上馬，應知得失楚王弓。

九月二十四夜哭公亮張明弼先生

只怪來書少，誰知宿草青。卷中沾《説文》添本字。尚論，海内失文星。鴟鴞今休笑，龍蛇歲果丁。一哀無太苦，天意惜精靈。

已下訛傳淚，真成長夜眠。魂來疑李白，腹痛負橋玄。客路愁聞笛，高山欲斷弦。千秋仍不易，遺集爲君編。

死别何無夢，青燈已四更。再來須浩劫，永訣盡平生。茅屋霜華影，空江浪激聲。情親見君意，魂返趁雞鳴。

雪中得邸報，合肥龔公除刑部侍郎

北風十月江水涌，饑雁群翁若雷動。草廬帶雨濕未開，南山飛雪參差來。蚓吟蜎縮何悲哉，昌云："吟聲如蚓也，或疑雪無蚓吟誤。"百錢市酒苦難覓。倚竈放歌歌傴仄，石牀操紙信手題。嬌兒弄筆書不得，淝陰司寇官新除。開緘一笑同妻孥，敝貂不典胡爲乎。平生心期若公少，往年風雪吴門道。彩舟銀燭簫鼓催，客散雞鳴玉山曉。酒醒呼取密雲龍，鼻兀相看兩傾倒。公去淮陽望吴越，我渡錢唐向甌粤。離夢還沈冀北雲，愁心掛在江南月。隔歲鄉園歸去來，江頭茅屋隱蒿萊。柴桑孏種陶潛柳，隴首曾無陸凱梅。日暮衡門鳥飛絶，同雲望斷黄金臺。

雨木冰

昭陽大荒月建丑，日次已卯時昃西。聞雷集霰已告凶，震電雨冰亦孔醜。陰霿十日慘不開，壁道雪絲三尺厚。靖康元年，雪絲長數寸，今雪絲長寸餘。驕陰脅陽自古云，簡册相傳信非偶。燕京連月淫霖多，黍田千里吹洪波。塌牆塌屋道相望，驊騮不行行橐駝。天夭是椓民不卹，富媪助虐移黄河。恒寒之罰罰何事，水毁木饑將柰何。盲經腐史衆不識，父老惟傳泰昌事。中冬木介接中春，當時朝政粗能記。大長秋裏魏進忠，乾清宫中李選侍。天人感召誠不誣，三十年來無此異。只今主聖臣復賢，甘露卿雲理宜致。五行洪範恐未然，劉向京房總茫昧。封山錮石何猙獰，纏枝裹幹龍鬖髺。羲和夸父向何處，元冥滕六興妖精。千池忽訝玻瓈色，萬樹盡作琅玕聲。蜚禽猛獸殪山谷，耕牛戰馬皆殘殑。鐵踣縛草官路滑，平地曳掣冰牀行。碎雹乾屑回風舞，大漠沙城不足數。空煁火死井繘僵，剚刀不入犂頭土。繡旗貂帳歌聲苦，城東一傖仰天乳。昌云:《春秋緯》:酒者，乳也。王者法酒旗以布政，施天乳以哺人。《天文志》:“天乳一星黑在氐北，明則甘露降。”《石氏星經》曰:“漿水六清之屬，天乳星主之。”嚨嘲莫鼓高不聞，夢墮冰天淚如雨。

大雪，大人戲作新體命步韻

飛霙欺兔苑，如月妬龍沙。妙舞憐妖女，輕情比落花。素髽翹遠粤，濃墨點昏鴉。綠水裙腰繞，臘月十六日立春，乃于大寒節，水色盡綠，百草萌芽。紅橋屐齒斜。過湖迷若坂，塌草陷疑窊。斸蕨渾封路，挑菘已壅芽。黑貂愁久敝，白鼈豈堪誇。夜色遥通幌，春香汎入茶。煙青憐鴿陣，層暗指漁家。逕好嗔兒破，灘平許雁遮。驚雷重劈歷，野老倍咨嗟。何處軍聲起，嚴城鵝鶩嘩。諱省。

臘月五日薄暮，雪珠半寸，前韻

臘雪何多態，摶冰散作沙。雲端疑稷粒，《爾雅》謂之稷雪。風外失瓊花。《廣陵遺事》:“瓊花隨風而消。”灑屋填鴟吻，穿林打背鴉。亂濺荷點碎，輕擎竹枝斜。汏樹難留滑，汏讀如《左傳》伯棼射王汏輈。從水大聲，俗譌作汰。趨埤且聚窊。跳彈梅蓓蕾，巧釬草萌芽。釬音旱，俗誤用嵌。直與微陽戰，真堪硬雨誇。宋臨安大雨雹，屋瓦皆碎，申報朝廷，諱稱硬雨。魚晴初溮水，溮，破教切。蟹眼試煎茶。擲米嗤麻女，量珠陋石家。笑牽纖手拾，寒倩短帘遮。稍憶兒童句，予弱歲《雪珠詩》十首，有句“迸牕添渴硯，透瓦殺明燈。塵起珠丘亂，風摇琪樹輕。屑玉酬輸局，濺珠鬧錦帆。星飛甌劍冶，粟雨頡書成。牆邊窺餒雀，砌下訝春蚔。氿河珠淩大，蒲海玉砂粗。”殊深老大嗟。酒酣曾刻燭，觴政省喧嘩。庚辰春雪夜，與蕭霽觴政賦詩，一坐寂然。

夜雪粒如豆，荆妻戲限十韻

暖際凝寒雨，寒雨得暖際而成雪，説見佛經。凝，平聲。堅霙降太清。溥成草露態，散作瀑泉聲。蕭颯聞金井，瑩圓亂水晶。乍投明月滿，潛共曉風生。抛席流難定，篩空重欲傾。光輝誰比潔，宛轉最多情。百琲輸佳麗，雙珠辱令名。百琲，石崇事。《妝樓記》:“洛陽樂姓者，撒珠厚數寸,令姬以文螺酌之,得雙者與宴,名雙珠宴。"秖應天上有,未許掌中擎。舞急瓔霝串,啼多玉墜鎗。鳳袪盛不著,鴛瓦聽尢硜。鄙調慚巴曲,無才媿楚傖。更憐兒女意,選韻勒重賡。

十三日融雪,前韻

黔旭淩平聲。寒出,嚴郊變潦清。排檐鍾乳滴,比舍醡槽聲。隔夕雲龕撤,經宵月鏡晶。池冰澌自動,甽水涸還生。嵐帶横將斂,峰鬟㭁半傾。消容宜有恨,送别豈無情。剥剩留千狀,雕鎪欲萬名。地如銷鋈瀉,林似破幡擎。垈勢魚鱗燦,街長雁齒鎗。屐聲也。美瓊形易失,頑石守愈硜。終歲三都賦,窮巖一老傖。微寒知酒力,吟就試頻賡。

答調陽苦雪,步沙字韻

沃野全無地,枯江不見沙。噴池撑作柱,來詩注云:"鄉民李寅家池水作冰柱。"冰瓦鏤成花。瓦冰作芙蓉,萱草如繪縷。萬井同卷蟄,連巢墮暝鴉。晻蒙疑日死,慘澹聽風斜。踁涉無深淺,驢盲失穽窊。漫田非玉種,拂壁豈硝芽。世界瑠璆脆,樓臺蜃市誇。炫眸微被酒,熁盞急呼茶。熁盞,見《茶經》。三窟兔無計,千林鳥喪家。横去聲。將春令奪,盡與燒痕遮。偃仰幽人事,灾祥處士嗟。新辭聊作戲,天戒莫高嘩。天戒見《五行志》。

除夕效元微之體

粈盆榾柮霧氤氲,柏子桃梟次第焚。慈母新埋三尺雪,吴書遠寄一椷雲。鬢毛剃去長猶寸,詩卷拈來厚幾分。簡點今年無别進,掉頭不作送窮文。

拾遺一首

軍中九月輒巡營吹角,其聲曰備寒衣。

黄昏横笛嶺猿啼,向曉簫聲旅雁飛。不及軍中秋日角,聲聲吹道備寒衣。

白茅堂集卷之九

甲午順治十一年

驚蟄梅始放

殘臘雪連月，雨冰傷物華。小梅春意在，驚蟄見開花。

長壽圖顔明府席上題

汪生畫手真擅長，筆力遠簡神飛揚。方瞳聃耳儼若覿，高堂半幅生綃張。冥蘿倒垂洞户仄，格幹拘兀苓脂香。雪毛仙鹿放不跨，琅玕雙角摇青蒼。銅牌定帶寶鼎字，瑞額似插科藤長。疑瓠丹桃自度索，如瓜大棗來磅磄。咸平初年謁帝座。詔令傳寫頭如囊。是時西蜀張守素，能貌真影青城藏。精靈感變或自有，未必粉本皆荒唐。只今弧矢正蓬勃，安得老人應壽昌。顔郎獲圖携示我，索筆大叫如癲狂。横牽玉池拂斑鼊，倒披金薤鏘琳瑯。樊桐遠望渺萬里，天風忽下相低昂。速開九醖更一斗，爲君醉墨塗砂堂。

江行感懷敬謹親王陣薨，南安相公總督。

兵氣連南服，頻年慘不開。風煙迷鄂渚，雲雨暗陽臺。仙仗親王返，凶門使相來。蒼生日流血，一望一銜哀。

猿聲三峽暮，行客淚沾裳。此地饒征戍，長年作戰場。雜花生斷岸，春色送斜陽。想見巴江裏，扁舟憶故鄉。

新篁解籜聲，次調陽韻

籜龍林卧時，已有干霄志。孔翠濕青雲，晴牕風雨至。琤然戛蒼石，乾箰時一墜。移牀就新陰，散髮堪坐遲。空林落三五，回首驚數四。頗疑彈指聲，箹爾天籟異。箹，音薄，手指節鳴也。解籜聲似之，故字從竹。春庭羅嬋娟，離立添幾輩。想像湘夫人，鞙鞙佩長璲。姱修既多姿，苞符豈無意。卷舒固有時，氣機此焉視。我歌清商音，扣角蠃與類。

避暑湖外

四野雲峰峻，炎烝汗欲流。疾雷穿日腳，片雨曳山頭。枕簟朝耽臥，罏樽暮不收。林深得霑灑，三伏頓如秋。

咫尺偷安地，烽煙且未驚。湖山仍不惡，草木盡含情。流血悲襄鄧，輿屍滿蜀荊。殺傷相當處，回首淚縱橫。

枕石還披髮，楓根仰碧天。野人攲杖語，穉子倚肱眠。鵝鸛傳聲急，徵蜀軍蔽江上。鷗鳧得性便。何當靖寰宇，歸老白雲邊。

龍母廟效義山有序

唐末，黄梅費氏女及笄，浣河上，拾大卵懷之，遂娠生兒。恥之，逃陂澤乞食。兒數歲，苦群兒毆，輒没水經日。忽大雷雨，化爲龍，負其母去。鄉人立廟榮雩焉。

經年塵鎖渚宫幽，贔屭纏蛟擁上頭。大卵豈緣玄鳥遺，小郎嘗爲赤蛇憂。吹笙鳳頸聞三界，噀雨驪鬉遍九州。不向巫陽問消息，阿香應共彩雲遊。

反招隱

西施雖美人，魚鳥不願親。物情愛同類，異己即見嗔。鴛央被文繡，鷗鷺非其群。騂騮富芻豆，猨狖難爲鄰。朱門非不貴，志士矢讀若夫子矢之。本真。顧嘯泉石間，高風何絶塵。手拓千仞松，目送萬里雲。蒼生未康濟，强起非經綸。留侯託黄石，長源辭要津。泰交且歸去，何況逢否屯。圖形耀麒麟，流血殷車輪。旁觀一嗢噱，代有英雄人。盛名忌物敗，良遇還殞身。寫此危苦詞，庶幾作者聽。

送孟道士游洞庭有序

豫章廬嶽者，地分吴楚，山配參衡。降精朱鳥之躔，秉靈赤天之氣。作鎮畿甸，控帶江湖。名以匡傳，境因慧著。應真仙伯之所都，遷客高人之爰宅。詞碣纘布，卷帙莫殫。逦者炎運孛衰，金刑霿起。三辰示變，五酉興妖。地何土而弗焦，國何城而弗潰。戠焱刧刃，不犯神明之墟；虎節鳳干，長護真官之室。徵君孟氏，本出名儒。蜕跡塵寰，馺神物表。賦反小山之叢桂，文移北嶺之飛柯。揖五老于雲中，俯九子于煙外。圖書百袟，丹竈一觚。奔瀑紳懸，拕碧虹而直下；巉峰笏立，指白雲之去來。固獨善者所爲，柰聞聲者漸至。笈帬遥集，衡量後交。潛賡十賚之篇，聿追三隱之躅。胡蔴可飯，薜荔成衣。付理亂于不聞，偕惠莊而孤往。公毅陳子，宿負高抱，舊尚幽悰。去讌鷹揚，來窺鳥道。素書黄石，携同五嶽之圖；玄女朱兵，囊搭七簽之字。名固冠諸蕊榜，誌久在乎松風。以慶安之奇姿，推瑋寧之高勝。思廣道源，於勉日用，嘉肥遁于聖時。山麓鶴飛，遂卜栖真之地；清池蓮長，因開結社之堂。地近太白讀書之臺，堂效貞白華陽之館。納旁流于同貫，合二氏于一家。維是工未落成，貲已告匱。薄言觀者，喟然歎云，陳子用是親挽鹿車，虔隨鳬舄。出靈都之窈窕，涉洞庭之煙波。葛洪之就句漏，冀得丹砂；王烈之入大形，希逢石髓。務使勝緑雲集，仙境日成。陶元亮之逸事倘存，陸修静之遺風固在。道貴金賤，豈無同志之人；山高水長，應有思歸之侶。用疏引語，聊贅贈章。

稅駕卸塵網，結館占雲區。譬彼康莊道，竟無銜橜虞。朝咏洞玄篇，莫誦靈飛符。馬明欲得並，王喬與之俱。愍彼世間人，笑我爲清癯。黄白乃小術，上聖翻示愚。陽城與太室，五嶽及三岔。兵革所不及，神明之所居。和顔嗽温玉，熺鼎烹流珠。金巾翳華芝，閶闔在斯須。超哉太丘子，脱劍從雙鳬。共作無待游，長嘯命我徒。

金沙湖夜汎抵家三十里

杜渚雲生處,東峰月上遲。水螢星影亂,菱葉燭光移。行過三十里,鷗鳧不得知。

蟬　蜕

與物曾無競,孤清劇可憐。疏吟殘露下,亂響夕陽邊。委蜕塵埃裏,全生藥餌便。螬蠐爾何物,飽食亦年年。

題　畫

見山既愛山,見畫復愛畫。囊中一卷詩,空留作佳話。

笑君十載何苦辛,馳驅未遂住山身。五嶽尋仙不須遠,閒來身即畫中人。

黯澹灘

黯澹高灘消客愁,奔雷頃刻下扁舟。兩山一樹不摇落,重緑輕紅作晚秋。

荔枝榕樹緑參天,夾岸猨聲送客船。君到九龍應更識,西川不減下牢千。

贈錢建陽

君家兄弟武夷仙,笙鶴重來只姓錢。我亦當年顧思遠,相逢應在白雲邊。

過崇安將登武夷,聞寇而止,遣悶二首

太古襄陵水,波濤頂上移。淪流歸浚壑,淘汰出厜㕒。龍洞刳舟穩,虹橋絶壁垂。巖巒藏博厚,風日損高危。玉女開妝鏡,仙鸞下浴池。有無張幔樂,仿佛聽簫吹。丹井寧穿鑿,蒼屏自蔽虧。漩渦成臼竈,泐裂象枰碁。金簡時來詔,雲書半闕疑。人傳王子蜕,地屬少公

治。近日三斑聚，徒牽五嶽思。飛霜散真氣，駕景失靈旗。三十年方壯，東南勝未窺。此身漂泊在，終欲訪神芝。

洚水初懷山，百嶽且卑礙。居民本巢窟，刳舟亦前制。霝落洞壑間，槎枒幾千歲。骨大見防風，屍長留貳負。費同音。安有太姥亭，虛傳子騫蜕。物理安可誣，達哉朱仲晦。仙室、仙釜竈，上古水冲漩所成。仙凾、仙蜕是刳木之舟，沈溺死者。仙僑是古橋梁。或巢栖。峰高氣迴，日月長照，故久不朽。朱元晦《武夷圖序》論及之。

郎道士

先生謝塵寰，築石翠微次。静聽石巖下，春雨灑薜荔。石飯可長飽，草衣亦工緻。挈杖昨下來，悠然隔時代。

燕子巖延平縣灘石如萬燕群飛

灘形飛萬燕，貼水作浮沈。精衛填波恨，貞姬化石心。音書戎馬斷，烽火劍江深。卻憶零陵雨，天寒幕府陰。懷季深也。

福州故宫布政司署本王審知故宫，隆武所葺。

禹功初不到，亂水向西流。瘴日開如月，蠻岑遠似浮。風煙通海嶠，宫闕象神州。帝子歸何處，三山猿狖愁。

白兔歌有序

崇禎丙子，埶江進白兔，上惡逐之，自是處處有。始閩人居奇貨者，利其善乳，破産得之。他處乳多，一犬易一兔。破産夫婦不給，朝夕，烹兔自縊。徐存永詩紀其事。爾來尤多制裘，賤於羔羊，或曰石鼠也，種自西羌。嘉靖時，四方所獻即此，或曰兔也。如宋時，外域獻朱魚，示群臣，以爲妖。今畜遍天下，物態之變，有不足怪者哉。陶宗儀元氏《掖庭記》"宫中白兔胎作羹"，然則元代已多矣。

有兔爰爰，皎皎其色，古稱此種不易得。毳毛雪白雙睛丹，燭銀鏈絡黄金鐶。詫從月窟來人間，告之清廟付史官。永陵蕭蕭秋樹寒，橋山弓劍當誰攀。人言毛孽非禎瑞，金犯太陰芒吐彗。蓬萊仙仗不多時，關峪泥封幾凡在。年來目擊事更奇，一雙白兔百朱提。中原漸遍從川西，一歲再乳十六蹏。民間轉鬻價轉低，乘壺清酒一犬隨。初時破産不知愛，思向豪家利三倍。物情豈料太低印，烹來一飽霜毛碎。從來瑞物苦無多，斯百斯千可柰何。八對麒麟歸趙主，萬叢芝草産宣和。旅獒越雉聖所賤，異瑞奇祥君莫羡。月中顧兔不難籠，日裏踆烏有時見。

贈代興禪師

支提老僧年七十，髮如葱根目如桼。繞牀半是五代孫，説法誰爲三世佛。道場不肯居，老興復何如。櫪調支遁馬，梁貯右軍書。月面沙彌髮垂耳，留客入林掃榛子。禪龕相對是何人，忽憶遠公如不死。

代公惠古文鐫甆琖支提茶

浮梁藥甆不易得，叩之哀玉聲琅琅。光如菴鵞初破鷇，澤似乳豚新割肪。支提老僧特好事，學窮金石古文字。貝葉謄經積幾函，芭蕉縱筆稱三昧。購奇賞古愛此甆，重之不啻鼎與鼒。良工鐫識技尤絶，懸鍼垂露分毫釐。脆敵琉璃堅勝玉，昆穎蟾酥不得琢。一日一畫眡猶璞，眼光細與刀鋒角。大食鏤金不足珍，定州淚痕那可倫。籙壇樞府傳已濫，青花五彩人間遍。老僧雅意能創奇，一出此甆諸品賤。不數彭君寶，豈説周丹泉。鷓斑鱔血世多有，貴此蝌蚪同銘槃。嘉窑暗印雖可寶，棱郭邪輪恒不好。錦緹高價向市誇，款字巖知重薑棗。我時肺渴思雲芽，公持贈我兼贈茶。繇來真物有真賞，肯對尋常鬭試家。

山蜂兒，閩人以供饌，坐中爲樂天體

山蜂兒，避人結窠石屋間。釀將花露綴作格，薄如蟬翼乾如綿。房房生兒隔中蟄，隔中育兒兩頭蜜。食蜜育兒冬不出，待兒長大給餘汁。中有高臺象葵蕊，蜂王赤腰金帶尾。黄衣袚沓是其嬪，宫門更有司宫臣。儼然萬井自尊大，卻笑南柯小比上聲讀。鄰。蜑人不獨石蜜貴，垂涎更羡蠭兒味。前門執炬後門攻，火逼阿房無計避。掃來一屋幾斛餘，茶子榨油酥不如。白如白下盤中蛹，青似青城雪裏蛆。山蜂兒，汝何苦，汝不毒人人毒汝。季倫豪富天下無，慢藏誨盜還遭誅。陶夷折像散所積，長年鼓缶無憂虞。世間禍福有如此，異類雖微事堪比。蜜蜂智巧善依人，割卻膏腴身不死。

許箬薾侍史鄭佩蘭索詩

蘭子腰肢天下聞，故梳宫鬟著紅裙。三山粉黛休矜麗，一捻喬妝惱殺人。

黄金跳脱紫鸞條，委墮盤桓白鳳搔。一自許家聞阿佩，何人更道鄭櫻桃。

不負歡儂年少時，鏤心嚙臂結相知。鷄兒只在懷中死，鸚母何須隴外啼。佩有母。

贈佟滙白兼憶令兄君持

帝分閩海仗儒臣，虎節龍符領百城。帳外妖星天半落，島門鼓角地中鳴。韜鈐黄石傳三世，科第青袍起一經。歎爾風雲能遇主，十年今已賜雙旌。

憶昔先朝趨便殿，天恩許歷闕廷看。七州下上同沾澤，九十儒臣半拜官。桑海只今悲往事，風塵隔歲去長安。雁行節鉞如君少，珍重龍章與薦冠。

延平山寺月

榕月當眉近，羈人黯夜思。嘗因望鄉處，翻恨是圓時。風奏林泉雜，雲流嶺壑移。似聞笳鼓動，都向海門吹。

明故觀察遼陽佟公卜年，熹宗初坐事死西市，歿三十年。景星過閩，適公子國器以僉都御史巡撫，捧公遺文見示，灑涕書群公詩後用正韻

嘗從輿論仰英風，實録三朝苦未公。蘇北孤軍前化鶴，遼東王氣

已成龍。覆軍豈爲同房琯,託國何妨有茂弘。父老糈漿雙涕淚,廿年今得拜新宫。南皮新建廟。

公子南皮昨駐轅,馬頭故吏泣何言。螭碑未仆前朝物,龍誥猶藏舊主恩。公初知南皮,有惠政。及被難,以誥命遺文付故吏,至是獻公子。飲憾代間多意外,孤忠地下莫聲吞。數行遺墨分明在,青史他年仗討論。

乙未順治十二年

南　臺

無諸臺畔春蕭蕭,騎使飛書遠見招。關汊平安連夕火,海門初上午時潮。戰場雲樹猶行列,野寺花枝自動摇。誰道厓山風浪惡,十年金甲未曾銷。

留别徐存永延壽

離亂易爲别,煙烽歸路賒。逢君才地主,分手即天涯。警角迎關月,孤舟逆去聲。浪花。消魂一回首,横海戰雲遮。

别許有介友

倉卒就君别,北風吹鏷鎛。維舟一握手,中坐起踟躕。猛士歌誰和,新亭淚久枯。臨觴時嘿嘿,不爲唱驪駒。

候官舟次

瘴雲非雲煙非煙,晚來柳亂東風顛。春燈互照打篷雨,野店齊移上瀨船。鬻媚出罛隨入饌,蠣房離海尚能鮮。狂歌取醉聊自慰,紅粉當罏索酒錢。

延津風雨夜

連宵鳴雨何淙淙,襄陵作勢誰能降。瞿唐豈數如馬石,蒼梧肯讓烏蠻瀧。隱隱雷聲生劍室,時時雲氣入船牕。南樓漏鐘最洪遠,鏗鍧不聞今夕撞。

前日水乾船欲艭,今宵百谷勢胡雄。河非夏禹經營定,城尚無諸築險功。峰嶺亂圍潭影黑,煙雲交漲燭光紅。當年雙劍原神物,恐有蛟龍大壑中。

招陳王孫

神劍千秋去,惟餘一水明。中流雙塔影,疑是二龍横。杜宇春聲寂,王孫芳草生。登臨尤憶爾,細雨遣相迎。

邵武道中

山村雨緐灘灌灌,杏花梨花白莫辨。賊掺兵索雞犬稀,縱有漁樵何足羨。丁男生理行艓子,前月從軍往沙縣。賊來剽掠風雨如,婦女擾鋤與賊戰。太平之世君不知,樹作雞栖犢無圈。自謂桑麻百歲豐,寧知滄海十年變。蒿目徒勞志士憂,民胥及溺誰能援。咄我胡爲困奔走,兀坐篷牕淚如霰。

邵武吊吴明卿先生

盛時五馬本超群,莫惜樵川虎竹分。萬里專城非謫宦,百年多暇實能文。臺高雁瓦耕殘雨,山象雞籠覆暮雲。往蹟只今增悵少,偏多彩筆吊夫君。

出樧關王審知故關。

雨止度樧關,關長行路難。風雲鄰楚近,天地出閩寬。霸業空高視,蠻疆自鬱蟠。分争開闢有,回首更重看。

謝十三彈十八拍

短笳横吹變新清,錦隊明駝出漢城。本自邊人彈漢曲,漢兒翻認作邊聲。

漢兒學得吹胡笳，譜入三弦字不差。忍把祝家聲拍遍，坐中紅粉淚如麻。

文姬辭漢已千年，猶譜新聲入管弦。青冢至今多下淚，動人原不爲嬋娟。

賀總戎送櫻桃歸蘄五載始見之

君家香豔紅粉顋，試向櫻桃可並陪。一夜春風入闥閣，幾枝發色映樓臺。護花鈴子聲中熟，制錦刀頭剪得來。寫向茅堂驚物色，果園坊裏更誰栽。

淫雨彌月灑灑然寒

一雨無晨夜，風雷苦怒張。二儀混高下，七聖失蒼黄。屋逐江流急，船開草樹忙。元冥真桀驁，黑蜧恐翱翔。禾偃桑枝折，沙頽岸曲防。陸沈初冀兗，連歲直隸山東皆大水。昏墊載荆陽。旱潦新陳代，灾傷南北當。偏頗非造化，譽伏有陰陽。五月雷霆蟄，兩月無雷。千林蜩蟹藏。詎侵招拒令，不放祝融光。濕燕愁塵栱，跳魚上草堂。芸香教婢爇，纊繭囑兒裝。白鳥横飛去，蒼鷹塌翅望。鳴條與破塊，朝夕頗尋常。

病瘧小霽，灸艾，雷雨又大至，限韻

猛雨何驕蹇，三旬集巨洚。蛇龍得平陸，雲氣失滄江。封地龜無蹟，行天馬滴鬉。《拾遺記》禹治水穿鑿處，皆有泥封，使玄龜升其上，蓋封侯之始。唐小説“李靖乘天馬行雨”。牛津疑決堰，踆御定乘艭。列缺頻淫裔，豐隆只怒撞。幾梟天女矢，莫借介休幢。甲槊千群動，鉦鼙萬竈樅。若非金鐵鬭，胡墮斗鐺雙。介休、斗鐺并見《太平廣記》。對語須高呼，去聲。同聲厭雜哤。霆收鐘殷虡，飇入鬸懸牕。伏座兒知避，欹牀鬼任扛。高陽不肖子，真託水爲邦。

方邵村亨咸恤刑來楚

西子湖頭月，飛光九换秋。故人還日下，遠夢隔雲流。談笑開書得，歌呼取興優。草堂如肯到，筆墨尚堪酬。

五日苦雨憶幼凝千里

五日苦雨無嘉辰，街衢汩汩汩，從水從曰，于筆切，水流疾貌。與汩從日別。成通津。采蒲欲酤不易得，破屋多漏那可嗔。門前蒿藋長比竹，沙外鵁鶄坐似人。草堂安能移就汝，負書裹飯長相親。

萬金吾

華髮談兵興未孤，前朝身是執金吾。仗回雉翟昭容扇，閣掌麒麟將相圖。老向江鄉逢醉尉，亂餘蒯劍壯窮途。家貧客到惟茶茗，廢井當門轉轆轤。

白　鷺

白鷺白如雪，秋潭照羽衣。晚歸煙渚去，猶挾夕陽飛。

陳介人守備江右

當君遠行日，我病卧在牀。開書再四讀，淚落三五行。與子初結交，結交年少場。將軍敬揖客，幕府盛文章。散金五陵俠，彎弓七郡良。脱略戎馬際，雍容翰墨旁。荒年菽粟貴，畏路關河長。漂零鶩羽箭，寂寞虎頭囊。君家太夫人，蓍簪大布裳。髮白翦不得，好賢心未央。坐上指緑衣，厨中辦黄粱。黑貂未覺敝，紫燕猶堪驤。風塵暗宇縣，草木蹦豺狼。敢曰李供奉，蚤識汾陽王。今朝送君去，雪淚何浪浪。捧檄不足喜，佩韋真可傷。莫爲繞指柔，終保百煉鋼。

寄調陽紙筆

會稽紙庫近來饒，玉版銀光許共操。老眼青燈臨拓好，不須誇向雒陽高。

染紫鏤青秖自持，相隨千里有新詩。知君近日臨池興，爲寄羲之第二枝。

得武夷許甌香侍者黄瓊書

乾鵲梟修竹，門開日華生。回風揚鶴唳，果遺瑶華音。仙人許斧子，把袂黄初平。濯濯白玉童，霞飄紫鸞笙。白雲出丘陵，可望不可親。鄉歌人間曲，天帝太姥降幔亭峰，歌人間可哀之曲。我誦升天行。一十六洞天，瑶草金光明。武夷山爲第十六洞天。安得長羽翼，相携凌太清。

八月十五夜月

山居無四鄰，山月始清真。海遠暮雲浄，煙徵秋色勾。關河終不改，光景自長新。中夜頻搔首，西南戰伐塵。

夜聽雨

淅瀝通秋氣，悲凉挾夜颸。松濤初定後，茶火欲鳴時。摇落冬將近，霑濡物自私。草空猶未葺，烏鵲託何枝。

寒　蜂

籬菊開猶未，寒蜂蚤訪花。禦冬秋釀蜜，出曝晚成衙。竹栅移家穩，茅簷取路斜。但教兵火息，蠢動各生涯。

除　藤

病葉因秋急，鳴風向蓽門。除藤翻見忌，食子亦爲恩。絓網蟲知宅，求栖雀隱垣。成功輸得令，三歎昔人言。

价人守備江右，喜其太夫人得養，近乃不得价人書

捧檄毛生喜欲狂，斑衣榮戟到門牆。半肩羹肉怡親暮，一尺江魚晚飯香。近日緑衣誰下坐，當年白帢獨登堂。通家隔日期相慰，不記傳書出豫章。

寄懷婦翁蕭公

幕府筵開九月時,元戎第宅廠清曦。傒官繡裲供厮走,從事青衫鞚絡羈。謝氏門高鵷鷺篷,秦家聲妙鳳皇吹。乍親玉樹慚葭倚,得近龍韜敢豹窺。蠟晃蝦須花映肉,香分雞舌酒盈巵。譚鋒意氣須矛舞,射的當場定戟枝。醉染珣雲驚咄咄,醒看趙日總怡怡。唾壺擊鼓燈嘗對,方罣敲殘月每攲。三世登壇學道忌,一奇在腹寸心知。參商仕路真難合,兒女天涯竟仳離。馮衍昔曾憎武達,鮑宣今喜得桓姬。秋風竹塢新茅舍,流水桃花舊釣絲。射虎南山公未老,栽瓜東郭我應遲。杯中蛇影毋回惑,篋底龍精好護持。薄海秪今氛祲在,片言休使故情移。遠山和罷麋隃墨,題寄閶門香木湄。公家香水溪。

寄林若撫雲鳳

鄧尉老人林若撫,白頭被酒貌如姥。糟風數步逆去聲。人聞,藤杖在手不知拄。太常樓船初見君,袖攜小卷字如蚕。高聲對讀且快意,客來不暇通殷勤。是時春漲琉璃凈,穹窿山名。落日臙脂印。樓頭人望三五時,席上詩題一七令。宋人自一字至七字,名一七令。短須著酒香流腮,吳姬破笑紅玫瑰。虎丘道上女兒隊,一月醉吟凡幾回。醉回仍荷劉伶鍤,山風吹人倒烏帢。門外誰籠換字鵝,欄中自養呼名鴨。繞屋還栽萬玉鱗,孤山處士定前身。别來春信無從得,昨見梅花思殺人。殺,去聲。

山居寒夜觴歐陽柔直二首

荒逕少人行,蘆芽瞑更生。故人自天末,斜日款柴荆。昔别齒未壯,到今須已成。幾時白洑浦,夢裏金陵城。杯酒續新聚,松楸思舊京。結交仍作健,奔走爲浮名。月苦鳥聲異,山空夜霧晴。暫閒𨓏遘内,良友實難並。

與子别來久,荆吴相望多。亦知心事在,其柰别離何。郢水南通漢,烏林北近沱。地侵雲夢火,天壓洞庭波。白雪難孤調,青山爾乍過。風流盧女唱,激越楚臣歌。中酒悲今夕,留車絆蔦蘿。百年吾道固，交契在巖阿。

聞段雨巖説客死長安

上書下第竟蹉跎，白旐纏棺柰爾何。舊日結交燕市客，近年不作楚狂歌。一幃寒雨前朝寺，萬點秋燈泡子河。莫出廣渠門外望，文通高塚自嵯峨。

與君同出合肥門，師友交遊古道敦。生許戴崇堪入幕，死尋范式欲何言。訃前一夕，夢段不言而退。匣中鳴劍無從挂，地下孤魂底報恩。十載空山魚雁斷，可知心事滿丘樊。

茅齋望雪，答調陽次韻

南山一尺牕中矗，煙霧迢迢隱陵麓。莫嫌牕小見無多，鍼孔能窮千里目。荒城十日雪没廬，三逕無聲井膠轆。涓滴不療肺渴愁，鶺鴒且贖眉峰蹙。眼花望作糟丘臺，夢裏如聞麴風馥。新詩説酒淵明流，念君上駟敢追逐。世間治亂肉食憂，倘寄千瓢爲君覆。

丙申順治十三年

雲

萬里通舒卷，絪緼自往來。出山時作雨，在水善藏雷。春候陰陰合，微陽浛浛開。蛟龍借回護，膚寸亦崔嵬。

雷

奮地復盤空，春霄破幾重。驅雲出暗峽，布雨過前峰。是月初驚蟄，何山有卧龍。欲知威起處，斂伏耐三冬。

寄題茂侯仙掌閣

芙蓉峰前仙掌閣，四時不雨陰霏霏。日午攤書跫響絶，起來空翠撲人衣。

黄鵠磯俗傳有道士號于市,曰肚裏饑。後與孝子李機乘鶴去,以爲仙人吕嵒也。

僦舍宜江檻,移尊對石磯。埠船争客渡,沙燕間人飛。問句傳崔灝,逢仙説李機。不須騎鶴返,城郭已全非。

楚宫老妓行南京樂籍藍七娘善鞦韆、蹴鞠,入楚宫,亂後爲尼。

白頭緇衲誰家嫗,身似虚舟眼如霧。自言十五學新聲,名在宜春内人部。初隨阿母長千里,轉入金沙洲裏住。門前車馬隘𨵙闐,席上纏頭不知數。章華驕貴世應稀,徵歌度曲辨音徽。龍樓讌月香成陣,鳳篳障風肉作圍。曾逐行宫同象輅,不嫌花底奪鸞篦。鴛央瓦暗流螢度,翡翠簾深絡緯啼。年年恩典官餔後,善和門外饒花柳。東肆郭郎西肆歌,社北厨娘社南酒。半仙小女鬭腰支,齊雲兒郎好身手。王舍空門乍改移,平臺戚里今何有。乍來豈識婆羅門,夢中只記君王后。初時夏臘尚紅顔,幾度春秋成老醜。君不見古來褘翟椒房尊,幾多失勢爲桑門。柔福當年死沙漠,妖尼詐作平王孫。家亡國破有如此,嫗乎嫗乎何足論。莫到玉鈎斜下路,天陰新鬼哭黄昏。

武昌舟中

春浪拍天浮,春煙指戍樓。舟行移兩岸,人語下中流。兵革長經眼,風塵會白頭。楚江杜蘅緑,吾意在滄洲。

送吕全五歸梁溪有序

蓋聞功惟從重,帝王之秉鈞。瑕不掩瑜,儒者之本行。故豁達之主,不問曲逆之金;廉隅之士,無愧貪泉之水。觀察梁溪吕公陽,慎嚴一室,清畏四知。黠吏飲章,老鈴嫁禍。包孝肅之精察,亦墮奸胥;楊文節之真清,終申衆議。夫事有涉疑而志共著,實無可指而毁沓來。跡在疑前,雷功曹之潔守;狀聞去後,田校尉之高標。爾乃過輕鴻毛,罰重山嶽。人情豈遠,天聽宜卑。倘三代之直道猶存，則四賢之辨謗宜上。餞百錢而莫受，籲九閽其未聞。黯然銷魂，啜其隕涕。送臨賀于藍田，非無徐晦；理京兆于魏闕，疇擬公乘。嗟乎！朱紫不分，蒼黄多態。此負即墨之賞，彼崇王襲之碑。是所望于照臨，固難逃乎黜駡。微過白集，在公之遺憾何傷；恩滿黄州，此邦之去思胡已。率裁四韻，聊用慰公。

北闕書誰上，天高監若何。雖來薏苡謗，莫作豆萁歌。問侶窺鷗鷺，紉芳集芰荷。他時銀信召，緩起别山阿。

寄答徐存永延壽

蓬蓽荒江外，音書閩海邊。烽塵分宇縣，聲氣託山川。頗慮儒冠溺，仍聞卉服全。鄴才名自重，宫體句尤傳。大雅時頹喪，風流爾獨賢。性情歸博厚，元化謝雕鐫。異事炎荒雪，休徵大有年。來書云今年正月，福州大雪，平地三尺，秋大熟。恒寒疑獄眚，程石果書懸。訊周侍郎亮工閩人代辨者萬餘，許友陳濬亦非罪縲絏。忍負十千洒，尤多百一篇。莫將西路哭，頻入廣陵弦君哭曹能始百八十韻。麥秀誰當樓，山深何處煙。滄浪清可濯，雲夢火非畋。孤鶴時時唳，雙魚歲歲先。楚傖吴市卒，問訊必依然。時浪傳予入燕。

寄周櫟園

江左周郎才絶倫，還朝薏苡謗何頻。贊皇不作香山死，詞翰回心復幾人？

寄方嘉善

馬期勞戴星，宓子逸鳴琴。作吏隨真性，彈冠無俗心。一城湖海際，四野蕩田深。醉把于公酒，廉揮樂令金。吴歈紅袖舞，燕玉白頭吟。新寵燕姬。休沐仍多暇，風流想至今。草堂春欲漏，花縣懶相尋。碧樹鸎啼切，何時寄好音。

對雨呈大人

江滋鳧雛無數飛，江城四月雨淒淒。連峰南望移雲隊，官道回看没馬蹄。長日抱書擔酒病，有時扶杖散幽栖。楚天何事可腸斷，班竹叢深聞子規。

十　松

故山未翦伐，羽蓋雙虬松。先人園以二松得名。疑此千歲物，骨老形龍鍾。其高僅逾丈，盤結遮蒼穹。仰隔日月曜，旁來霜雪風。根强塞泉脈，倒吸肢節通。六月實不雨，珠垂露濃濃。青牛隱出没，霹靂回碚礲。白蝠黏流脂，槁作柯上蓯。豫樟一百尺，彭猴宅其中。空心陰火出，一夕焚妖宫。大樟自焚，在崇禎十二年五月。筮之此何祥，厥謡告我凶。泰山墮鳶彀，漢祚亦已終。二松且無恙，對立寒菁葱。驪山寇火滅，斤斧還相攻。赤心堅比石，勁節礰磨礱。雜糅以香屑，遂作市貨充。此木本正直，况復凌千冬。爇之達帝座，百邪走且邏。大寶喪婦豎，古今須共恫。區區植物類，豈挂壯士胸。我自句吴歸，蓬茅鬱葱葱。兹焉不能忘，即事傷餘衷。續莳十小松，庶幾追乃翁。痀瘻口灌溉，敢惜疲吕躬。不慕秦帝封，詎爲夢三公。風雲渺萬里，却立思崆峒。

拳石峰

峥嶸隔山坡，修篁隱回折。怪貌何硐礌，七尺立鏥鐵。遠從雲根索，壯費雷斧截。頗疑開闢初，正氣所融結。移當曾王考，事與鬱林埒。重此先代遺，况經承平閱。驚回初平鞭，墮向巨靈擘。鯨腹藏波濤，龍起猶撇捩。袍笏君莫誣，箕踞我非褻。快意風雨餘，長天飲垂蜺。

方　塘

隨事爲園廬，夙情在山水。半畝開方塘，蒲蓮事伊始。覆杯堂坳間，鑑影踄涔裹。寓意苦不多，遊心適如此。春郊沈遠陰，蓬蒿蔚然起。鬧雨川際來，龍吟不見已。雖無游絛樂，定見鼃黽喜。蹋屐聽潺湲，不待雨聲止。生平江海興，憔悴在泥滓。忽憶扁舟人，相思五湖沚。

懷全五

楚江春正韶，轜浪動蘭橈。身與舟無累，名非命所操。故鄉添長望，罷職果逍遥。何日連衡宇，鳴榔共柳橋。

全五寄橘珠吴中采花蒂始脱者，漬以生蜜。

三月洞庭橘，何殊鄧尉梅。清香一已過，露氣乍能來。緑細茱萸結，青勻蓓蕾胎。數緡能幾籠，上聲。一匊可千枚。風雨堪微落，煙霜且慢催。收藏宜石蜜，包裹寄山隈。金彈翻成賤，珠林信足推。王家三百顆，於此愧追陪。

嘲舊教坊周氏婢桃根

桃根帶沙礫，桃葉復横斜。最憐紅粉色，偏不字桃花。

代桃根答

桃花太無賴，處處嫁東風。不若桃根好，深蟠故土中。

梅川飲吴隱士匏叟竹樓吴工詩，以醫名。

向夕啓簾鉤，邀人上竹樓。城空遠山出，月照大河流。嗜酒逢張奉，逃名愛伯休。嵬峨坐中醉，白首對沙鷗。

雨湖櫂歌

麥笠槲舟自好，筆牀茶竈偕行。天水淫淫一色，荷花的的空明。

弱柳繫船不住，薄暮東風太顛。吹到荻蘆深處，緑天隱蔭高眠。

聞　雁

秋雁仍行列，來時亦似歸。萬重關塞遠，八月稻粱肥。過磧能無恙，銜蘆幸識幾。江湖少繒繳，處處可低飛。

草堂成

高秋風動地，茅屋喜先成。得免飄摇患，兼全水石情。斜陽看易見，疏雨聽無聲。竹瓦良非貴，瓜藤亦可棚。蛇牀從長大，雀鸜任縱横。桃檻何曾乞，圖書頗待營。索居誠拙態，暫出更憨生。昨日同杯酒，今朝失姓名。以兹藏面目，不敢僞將迎。草徑隨兒闢，勞心笑蔣卿。

草堂呈大人因示兒

我歸故鄉陌，茅屋欠一畝。石榻礙甂爐，不足運箕帚。五載無闗閂，虎落方及肘。客至但班荊，傴側依杵臼。嘗回席門轍，未遇桑户友。好學從吾翁，疑義時就剖。東吴且未去，江海日紛糾。寧馨竈下廝，懊憹房中婦。惟兹楊雲廬，歷世傳已久。貉兔跧荒榛，傷心祟禎後。誅茅似瀼溪，三歲始斷手。剥啄竟何捫，畦畻亦粗有。風飊屋角麻，雨緑籬脚韭。慈竹長兒孫，嘉瓜連子母。池開想菰蓮，堤偃宜桃柳。怪石坐當階，幽花種盈牖。尋常展卷軸，三五呈瓿甊。家蒔或未登，野簌傍可取。饋入少十漿，麥收多五斗。淘泉汲井華，滌甓宜春酒。三伏與二至，初七及下九。抱子弄白雲，上堂介黄耇。琴書免漏濕，衣帶弛綰紐。鉏園不刷鬢，未覺司馬醜。寢興百自由，俯仰私莫忸。倘此數十年，皇天裨吾厚。側身兵火間，慘怛竊回首。出師正三川，藏書無二酉。網羅本多潛，飛翔豈無偶。南陽龍卧人，抱膝今安否。康莊皢高門，金埒聯銅阜。朝逢瘈犬趨，暮見綏狐走。大杭吊朱雀，東門念黄狗。蕭條萬里路，白髮終廣鞹。山中乎歸來，世外焉臧否。經綸固有時，寂寞信非苟。阿翁聞我言，扶杖一開口。此詩示兒曹，此誡長當守。

遊 仙

薰蕕厭世濁，高駕歸山阿。誓去幽陵館，騖近濯耀羅。策神覲群后，龍鸞鬱紛拏。坐回闔陽運，手挽牽牛河。下睎蟪蛄民，露電悲如何。顱頞插齒髮，白日空蹉跎。

自有開闢來，二儀長如此。炎上火自然，流濕必爲水。至人抱剛大，志士重廉恥。顛倒貪戀情，第是血氣使。三辰照晝夜，五行服常軌。大義儻或虧，何言慕元始。

大刧終渾瀁，小刧有百六。海乾龍伯悲，日暮蜉蝣哭。仙人太元君，軫念撿群牘。忠孝皆長久，奸邪籍鬼籙。蠶膏裹鷄麪，膻腥圂屍肉。何當王子喬，靈凡墮嬰茀。

姬滿御八駿，西讌金母宮。衆心忽離叛，内難起相攻。君子蹈高遁，猨鶴冥其蹤。小人竟紛散，不啻如沙蟲。政徹務殺戮，延年竟無功。真仙不度厄，萬刧吹陰風。

維南有炎洲，東注爲沃焦。弱水在其西，力不勝毫毛。兩儀失高下，神山若浮泡。文成與五利，結想何其勞。刻印號將軍，羽衣立白茅。君臣若兒戲，窮島空蕭條。

長生本天道，司命維東皇。高臨群帝座，照耀來榑桑。青雲爲其衣，白霓爲其裳。菁華永不竭，四象爲根房。默朝歷一紀，五内生晶光。清虚信莫極，導帝之九坑。

維北有逴龍，𡾊㟥亦何高。相繇所歕尼，去聲。冰雪生朏螬。神人赤松子，出入徧逍遥。吐氣若雲烝，酷寒爲之消。入水既不滅，入火復不燒。逝將逐羽駕，解脱淩丹霄。

白頭太守行

白頭太守爾何人，治邦奏課難其倫。蓋公堂成吾不到，形骸歷落情彌親。憶昨太守車轔轔，隼旟熊軾朱兩輪。攀轅驅著不肯去，問之猶是平陽民。太守到來今兩春，舊菑成畬新壟畇。荒時多年土膈竭，渴鳥高横水聲絶。農夫汗滴土成血，太守到來禾作穪。菰白魚肥米如雪，往時白晝鵂鶹鳴。妖倀跳踉猛虎行，寡婦㰖釜孤兒驚。太守到來無哭聲，月明擊鼓人夜耕。耕者無多食仍寡，頹牆蒿扶屋無瓦。白紙催符日盈野，太守到來吏不下。雞肥酒清作二社，法之不行太守饔，法行而譽太守嗔。豈無喜怒示若神，不如太守心最真。錦衣使者行翩翩，莫徵太守起穎川。穎川父老泣且前，願留太守更幾年。

冬江春鳥

北風瑟瑟江冥冥，樹頭鳴鳥間關聲。令人憶著二三月，風光宛轉難爲情。

聞徐存永携家游楚

閩天風雪海西頭，曾上鰲峰偃曝樓。烽火燭空留客醉，鄉園失路見誰投。徙居無復三十乘，負郭何嘗二頃疇。零落出疆妻子共，獨餘蒯劍向南游。存永之考諱㷧，字興公，以布衣致書數萬卷，建偃曝樓十楹以貯之，多宋元故本，遺文秘籍，人間未見者。閩亂，樓書無恙。後聞藩王出鎮，徙其家，書多散失。

白茅堂集卷之十

丁酉順治十四年

山閣雨

飛瀑灑山閣,軒牕雲入來。峰頭伏遁電,兩腳疏輕雷。戰地草仍緑,幽林花自開。荒原少耕播,布穀只頻催。

聞龔公奉使東粤

中丞蘭署豸風清,奉詔星言萬里行。隔歲拜恩雙鳳闕,春深叱馭五羊城。路盤庾嶺雲端出,日近長安瘴外明。獨有江湖幽卧者,相思今已素髭生。

清明思先恩姑貞節玉峰厝

鄉園亂後惜年華,六度清明六在家。編竹護巢邀燕子,濾泉封罌待新茶。青天插羽來何急,白酒提壺去可賒。夢到鹿城圩上冢,更無一滴灑梨花。

答歸宗幢公

易泐者金石,不朽者竹帛。壽世者精神,長逝者魂魄。天地爲傳郵,日月爲過客。經書爲化城,諸史爲漏澤。談云:“似贊似銘,五言中創體。”

草堂漫興兼懷龔公

高林落日鳥飛還，花氣晴熏晝掩關。不補庭除因種竹，故留牆缺爲看山。荒郊雨後鸜哥绿，麥隴春深雉子斑。蠟屐十年塵土在，一尊聊寄此身閒。

曲堤宜柳復宜煙，更帶桃花紅可憐。送雨輕雷過檻外，逐風春水到門前。茅堂興劇繙詩帙，白日愁消覓酒錢。萬里懷人生想像，計隨草色渡湞川。

憶　遠

斛斛復屶屶，長河中不息。歲月感人情，相思亦何極。離别向十年，彼此生白髮。惟有夢中人，相逢舊顔色。髮色叶。

古　意

窮簷日蚤升，朱門日蚤沈。登高望遠道，車馬黄埃音。貴賤竟何成，霜鬢平見侵。商山有遺老，没齒無知音。

寄胡蒼恒延年

榕嶺連湟隴，諸番入貢還。清秋懸障塞，白日莽河關。受命書生往，分符使相班。一隅當鎖鑰，西面服羌蠻。珠凌去聲。乘冬下，軺車過峪艱。羱羊充士俎，韉馬進天閑。鷺鼓登筵奏，貙弓向月彎。百城酬壯志，雙舞破紅顔。刺史聲譽大，君前真定太守。將軍節制㛰。久要心血在，一别鬢毛斑。白石餘相望，青雲汝試攀。白石山在臨洮。青雲，隱者之氣也。元龍歸地下，陳穉白。癡虎在人間。談云：虎頭癡如此用。物理推須遠，浮名役未閒。不知軍國暇，肯上隱賢山。山在岷州衛。

螐磯黄靖國死處

螐磯老人爲余説，一言一咽聲斷絶。赭岸青山此日看，當年勝地全流血。至今歸罪阮尚書，尚書不明復何如。將軍尾大成叛賊，賊子亂媒逃顯誅。長江不及荻港險，兩渡賊來港頭返。賊來倉卒可奈何，南軍欲卻北軍多。山頭不見廷尉府，下馬戰死張須陀。

蕪關贈郭二礎

磊落文章伯，風流粉署郎。陰何詩間出，顧陸筆兼長。郭善畫。物象愁真宰，天倪動渾茫。經營仍慘澹，盤礴豈尋常。白練看裙衩，烏絲滿繡牀。娃嬌鸚母舌，蠟淚鳳皇裝。豔賞珠十琲，釵鳴玉幾行。多情憂奉倩，久別笑馮唐。君遂白髮。本領真無雜，神明静所鄉。興來仍不懶，句好更難忘。曾醉青溪月，邀過赤岸霜。十年重携手，爲爾一顛狂。

金陵感李白

金陵好明月，城西孫楚樓。倒著白接䍦，横披宫錦裘。酒徒三四人，櫂歌淮水頭。珠簾出婭姹，笑上黄金鉤。江左適清晏，維揚恣遨遊。散金三十萬，賓客羅王侯。桑榆障雲氣，落日令人愁。雛飛但空巢，四野聞啾啾。一上采石磯，悲摧淚雙流。緐華遂雨絶，宫闕成荒丘。

下　馬

下馬橋山道，蕭條萬木空。玉關人入塞，金粟烏呼風。秋雨無紅葉，長江冷落楓。勞勞亭上客，斷送幾歸鴻。

龔公招登孝侯臺，次杜于皇口占韻公使粤還。

石頭東畔鳳城隈，草色年年周處臺。欲下江山鄒湛淚，況緣尊酒謝公開。秋聲是處疑横笛，明月窺人數引杯。千載登臨只如此，古人不見又重來。

青絲雙挈楚州紅，走馬傳邀過竹東。摇落園林多受月，斷行鴻雁故排風。傷心故國高樓夜，對語寒花蔓草中。莫唱隔江商女曲，暮煙何處六朝宫。

酬林茂之古度

往歲十六七,交遊多老蒼。通家稱孔李,許與輒班楊。詩辨鍾譚體,風真曹鄶亡。蹉跎年遂壯,喪亂事非常。白下見林叟,衆中驚老狂。平生鏡中髮,幾度翦邊霜。漂泊緣糊口,艱難但裹糧。大兒工繪事,老子鬻文章。拊掌時抛杖,題詩動滿囊。飢寒還隱忍,莫賣乳山莊。

麻姑山堂歌,合肥公坐上徐次履索賦

麻姑留兩蹟,一在敬亭東。煙巒隱約卓青漢,有若緑水浮芙蓉。徐生草堂在其下,萬卷緹簽插高架。軼興嘗追馭鶴仙,愁心每盡啼猨夜。縮地幾千里,神交今幾秋。終須一費吕安駕,徒然夢作張敏游。我來金陵懷抱惡,十日不飲詩不作。但飛杜甫白帝書,翻辜謝眺青山樂①。徐生徐生爾咄奇,孝臺覿面稱相知。當年王蔡不得見,見君今日姑山詩。何異長爪搔我背,神鞭欲下還復持。石壇雲氣且靉靆,金盤麟脯長相携。

東土山吊李白白《東山吟》:"携妓東土山,悵然悲謝安。我妓今朝如花月,他妓古墳荒草寒。"

李白東山吊謝安,自憐花妓樂盤桓。如今李白騎鯨去,依舊青山荒草寒。

游廢園

一園分作兩三家,一逕横穿一逕斜。惟有西牆竹根下,蝦蟆請客客邀花。唐人有《蝦蟆請客》詩。

---

① 眺,當作"朓"。

武定橋步月

石上光如濕，宵深人斷行。樓臺分櫂影，燈火送歌聲。挾瑟愁倡婦，鳴笳滿鳳城。清暉曾不減，吟望舊西京。

月同梅磊賦

今夕冰輪滿，星河入望微。光中雲薄度，江外鳥猶飛。冷浸菰蒲白，明翻竹樹輝。秖應天上住，夜夜伴清輝。

皎魄起東瀛，迢迢歷太清。出雲如暫息，在水亦孤征。玉宇聯虹彩，銀河入雁聲。朱門盛鐙燭，不見露華明。

贈張修我次于皇韻

留得牀頭幾寸錢，春風賸買五湖船。水仙陶峴笙歌後，野況林逋杖屨前。鬬試慣教荷葉掌，踏青愁見莢榆穿。白門楊柳今搖落，數與離情已十年。

中山一作無題

中山孺子倚新妝，南國詞人總斷腸。香粔迎來西雒路，錦韉馱出善和坊。春風欲動先羅幕，夜月初明見海棠。記得當時行樂秘，多情猶說杜秋娘。

與龔孝緒談往事丁亥予從將軍所奪妓楊珠還龔。

楊家小女珠爲字，淝水才郎錦作詩。毳帳粧成生奪取，春缸醉去盡支持。尊前脆管金鶯語，扇後嬌歌火鳳詞。離別東西成隴水，稻香樓上幾相思。

白鸚鵡龔公席上

嶺南嬰武更奇翰，冰雪聰明水玉寒。物外如何堪想像，白衣大士著黄冠。

金籠深鎖碧梧陰，夢到天南玉樹林。坐上若無禰處士，誰能知爾故鄉心。

女牆月上夜如何，睥睨偏憎花影多。燈火隔櫳人未睡，一聲驚住雪兒歌。

間道炎洲貢至尊，樊籠水粟亦君恩。朝天不改山人服，別有光輝照玉軒。

碧雞扶桑花龔公席上題

萬里南來雙碧雞，開籠暫放草萋萋。只言禽鳥無鄉思，走向扶桑樹下啼。

白鸚武有序

合肥公使粤，携來白鸚䳇。素表緗裏，黄冠黑咮，慧舌媚舞，不條而放，至于飲啄不苟，去就有方。高人介士之所尚，可以觸類引申、宣己論物者矣。酒闌賦四絶句，不足以稱。是夕秦淮河房燒燭，得五十韻，避白鸚武故事及霜雪粉銀皎皓鷗鷺等字，準歐陽白戰例徐渭體。

端雉曾聞獻越裳，更知言鳥産南方。奇姿不受炎荒熱，扇翮能生五月涼。幾處名山尋勝蹟，粤山多以鸚武名。遥過弱海市番航。解銜羅蜜香林繞，嘗侍慈恩大士傍。殊種可來青鳥妬，休征寧羨赤烏祥。遠從水驛三千遞，肯共鴛央夾兩廂。絶代楊環容管遇，風流陸賈嶺南裝。睫罹底異山公著，氅服如陪孝伯當。盡淬鸊鵜晶劍匣，浪誇翡翠上衣牀。研光剡水爭鵝絹，鐵色并州剖瓠瓤。鵁鶄暫窺翻遠逝，鶬鳩誤下轉高翔。乍調麈尾都無異，淡掃蛾眉別作粧。鞸翅浴風朝弄態，穿花曝月夕呈芳。此鳥短尾似鳩鴿，畏雨浴風，避日曝月。毰毸氍毹絲千綹，睥睨空青水一眶。巧並螺杯奪雲母，坐騈鵶髻惱明當。擎來衫口雲俱化，映向宵闌露已瀼。伏翼千年偷共色，蟾蜍永夜嘔相望。真鹽教範模難認，贋礜思陶藥愧良。著色黄荃愁自審，辨音管輅詡何長。生憎吉了攙同類，敢取韓皋濫綴行。舉似芙蕖偏解語，試臨秋水欲消芒。照堪團扇持爲鏡，嬌擬玻璃碱作房。求侣燈前翻厭影，吒聲簾外晃生光。溶溶曉霧梨花暈,澹澹春風簷蔔香。舊識緑衣皆媵婢,假饒紅褋總嬪嬙。有紅者、五色者。但憐入幕啼如穉,不惜當筵巧作簧。偶轉罘罳聞隔院,忽驚婭姹在前廊。綺疏見客言尤澀,綦袒迎歡袖愈揚。染就烏膏脣半黑。天寶妝烏膏注脣。裁成緗帔額全黄。回眸處子徐登席,躧步妖姬緩上堂。盼盼孀居從事第,端端馱出善和坊。蔽虧庾嶺花妖兒,撩抑迷樓葉底藏。項領蝤蠐看益膩,肌膚姑射度能莊。以下言其舞。尊前點拍工垂手,曲裏尋思幾斷腸。五采衒奇嗤倒挂,一拳時蹔學商羊。趙妃在掌輕如許,越女緣組險不妨。靈翟苦寒摇凍洛,石雞避火竄陳倉。氍毹定免羊公誚,絶倒須增謝尚狂。王子化蜺逡卻馭,張翁騎雀急排閶。揣摩天上仍俱盡,説向人間豈暇詳。妙質難將鷂篷擬,憐才肯遣羽毛傷。生鍾間氣知無匹,遠致遐陬恐未遑。粤竹幾圍鄰孔雀,蠻天萬樹滿檳榔。行兼柴距愁珍重,馴就提携本激卬。楊柳秦淮清勝眼,臙脂宫井淚餘宧。過江忍聽黄鸝曲,隔代來窺朱雀杭。恥類饑鷹掣韝韝,羞分籠鵠宿春糧。出山李泌惟縑緼,四壁相如且鷫鸘。列坐辭章慚未洽,他時想像興能忘。戲拈七字青藤體,一試歐陽白戰場。

登姜九綺季秦淮寓樓,看寫紅葉圖,戲姜九

山陰築墅更何之,白下扁舟到幾時。紗帽隱囊江左韻,青鞵布韈杜陵詩。一城紅葉輪圖畫,半日秋心落酒巵。怪爾濡毫忽遲鈍,隔樓楊柳費尋思。

許方城樓上作許楚説孝陵有老司香。

摇落楓林歲叙遒,鶡冠野老不勝愁。重來桃葉當年渡,怯上長干明月樓。江海金戈防暇日,園陵玉露滿深秋。近聞寢殿荒榛在,頭白司香淚暗流。

爲孫秋我題畫四季花作一束時秋我悼妾蔣仲子。

臨春四季足煙霞,誰貌多情共命花。畫裏相看如解語,他生應長梵王家。

此生不盡是情荄，含笑忘憂次第栽。願遇返魂殷七七，不論春夏一時開。

野老來看口漫誇，芙蓉萱桂雜山茶。獨憐國色人難識，痛殺前頭荳蔻花。

累君幾幅斷腸詩，只爲江南豔冶時。青鏡不知人事改，移來依舊照花枝。

楊連真伽發宋理宗墓，取其頭作飲器。高皇帝平元求得之，葬金陵聚寶山

杜鵑啼下冬青樹，飛入江南聚寶山。佳氣竟隨鍾阜散，靈旗莫向穆陵還。歲時麥飯誰潛哭，寢殿松陰若可攀。暮雪有人孤策往，雨花臺畔涕潺湲。

贈姚天放

湖海爲家一丈人，白頭青眼五朝身。追隨謝傅游山屐，漂泊淵明漉酒巾。隱褥彈碁消日月，繩牀讀易悟蒙屯。亦知住處烏衣好，莫負松楸漢木濱。

石頭城送合肥公還朝，孝緒之越伯通歸廬，予亦返楚

陌頭楊柳色，半落似初生。遠帶斜陽好，偏傷遊子情。臨岐交送別，揮手各長征。他夕如成夢，相思並石城。

十載傷心地，重逢舊帝鄉。別離驚老大，山水耐興亡。鯨浪頹雲白，龍樓落瓦黄。煙波與臺榭，回首更蒼蒼。

別合肥公後舟中作

燕子磯頭淚，秋風滿舊京。路緣知己易，身歷亂離輕。細雨蒲帆澀，寒霞旅雁横。不堪愁絶意，既别轉含情。

思庵兄自吴歸楚示新詩

在眼吴關路,秋來夢益清。把詩全迸淚,觸感細吞聲。空郭雲能入,寒江雨易横。且須斗酒會,棠棣日相賡。

贈　馬

仗爾齊心膂,風塵肯憚勞。未須騰滅没,且欲見雄豪。淚滴關山苦,心隨鴻雁高。不逢歸馬日,歎息竟同遭。

思庵赴春官試

兄上公車書幾函,揣摹時事歲經三。燕臺金賤皆騏驥,楚國才多必梓楠。鞍馬關河愁雨雪,風塵天地望東南。布衣忠孝吾家事,筵上花枝且一簪。

昨夕同雲帶遠岑,今朝飛雨晝陰陰。别筵緑酒拈尤重,去路扁舟水尚深。雪後長安鴻雁侶,春來江上鶺鴒心。燈毬錦瑟休頻醉,看汝新篇賦上林。

寄襄陽太守

風流休數習家池,時事紛紛醉不知。近日山翁初罷酒,小兒莫唱白銅蹄。

拾遺一首

合肥公邀同錢牧翁看丁繼之演水滸《赤髮鬼》,丁年已八十,即席次牧翁壽丁六十詩韻

左右看君正少年,翠鬟紅袖並花前。按歌傳遍青樓曲,作使當場白打錢。酒態慣撩監史罰,舞腰猶博善才憐。貞元朝士今無幾,却有民間地上仙。

戊戌順治十五年

元日觀迎春值雪時大軍將入滇。

辛盤柏酒同今日，瑞雪條風卷暮衙。插髻銀旛尤弄色，簇筵粉荔更生花。受降有令傳戎旅，絶域朝正尚漢家。誰覡土膏占歲事，乘時先種邵平瓜。

入　春

蓬茅料事笑書生，定畫寧知屬老成。洪相公。督亢異收燕國使，邵陵真築受降城。挽輸雪後巴江水，消息春前楚塞鶯。但辨醇醪花下飲，野人沈醉度升平。亢，杭、抗、岡三音。

十萬黄頭護鐵衣，季冬霜雪出燕畿。似聞蜀益全輸款，復報辰沅更被圍。閭井蕭條紛驛使，柴門僻寂隱芳菲。春風花雨垂簷坐，目送天南鴻雁飛。

幾年伏臘閉門中，社鼓鄰簫歲不同。頗喜閭閻還舊俗，漸看村落出兒童。蒿芹入饌春歸眼，竹樹如山鳥嘯風。能有幾多荆益地，定勞王旅下巴東。

岷峨舊識漢旌旗，八陣今誰再治師。海上遊魂終自出，黔中降將莫應知。鳳皇臺畔春須到，鸚武洲邊醉不辭。更擬狂歌載尊酒，黄鸝碧樹武侯祠。

青谿煙樹出重重，翠竹疏簾帶晚峰。遊子鄉園仍似客，故人禄米未全供。羽書不覺朝廷遠，曠典還開蓽路封。時封來降者。治亂昔賢難坐策，直需内地蚤銷鋒。鄖賊正猖獗。

上元前一日雪

今年三五夜，飛雪作銀花。蜀道兵戈滿，荆州賦役加。烽明燈火暗，屋少毳廬遮。簫鼓當時地，朱樓十萬家。

元夕月

雪霽月仍皎，天寒光更新。紛紛照征戍，耿耿對幽人。城上更籌急,軍中鼓角頻。坐看河漢轉,歷落幾星辰。

同竺鍊師過周生桐伯圃中白蘭一跗雙秀

海燕初命子,命讀如名。猗蘭雙作花。同根並同穗,分蔕復分葩。簾櫳相映啓,華葉對交加。眴粉凝朝露,裁綃襯晚霞。連環百子帳,夾轂七香車。寶髻宜駢插,芳心欲共誇。應憐鄭姞夢,好在阿侯家。更擬尋三秀,偕君引白麚。

新　燕

渡海嘗疑氣力微,偏銜别恨出烏衣。倉琅不瑣時時入,桃李無言處處飛。乍集緑楊愁過雨,俄翻白脰弄斜暉。少年亦有遊仙夢,不見佳人錦字歸。

弟慊海棠花下作

海棠二月落更開,委脂拂朧池上臺。飛紅罩緑紛下來,攬衣撲帽霑瓊杯。春風此地摇香雪,中原豺虎正横絶。天寶曾傳桃李園,永和實羨蘭亭哲。在昔世宗全盛時,吾家二老連荆枝。曼容官畏六百石,洪景年惟四十期。先王大父兄弟皆蚤致仕。千秋道德無明晦,談云:道德長存天地間,無所明晦也。水遠山高同不廢。平泉花石今豈存,鑑湖一曲能長在。少游小季最風流,春槽壓酒邀我游。襌衣花下但同醉,世上浮名何足求。

戲題兒便面上畫官人

紗帽朱衣紫綬垂,當年親覩漢家儀。山中甲子無多日,説與兒童半不知。

樊王孫孝山玉陽道人夜飲楝花下

夜色看如水,喬林落楝花。草衣方士侶,茅屋野人家。翩響過歸鶴,燈懸墮暝鴉。春風盈盎酒,籬畔喜能賒。

和友人燕京春半梅花

九九消寒圖，瓣瓣紅已遍。瞥見梢頭花，飛飛兩三片。
今年春意偏，發梅不發柳。非關春意偏，歲寒難獨守。
月子彎彎生，下階拜篤篤。仰見團團花，低頭淚簌簌。
寶髻先偷插，休教娣姒知。今宵橋上月，疑殺鬧蛾兒。

初夏竹塢看内子烹陽羡茶，步子瞻《煎茶歌》韻

烏筍已成斑筍生，紫椹半落黄鸝鳴。雨前試手雀舌嫩，雲腳照鬢鴉雛輕。山杯石磴列一二，謝家風味林下意。陽羡焙手梁谿煎，建安黑盌蘭谿泉。中州素甆學西蜀，更誇定窯紅琢玉。漢文園令渴勝饑，遠山真對文君眉。柴扉不啓啄木叩，竹雞飛過提壺隨。酒能消渴茗亦醉，松風欲定雨生時。

竹下奉大人煎茶，前韻

蚤茶晚荈相催生，彭亨煮作車輪鳴。開鐺過鼻秋雨氣，傾盞到手春風輕。平生有瘕過斛二，流連不減酒中意。翁如桑苧好自煎，吴巾嫩布堪漉泉。手中茶杖兼出蜀，色如烝栗真黄玉。扶行竹下日忘饑，青光膩粉照龐眉。長鑱細笠且爲伴，繩牀隱褥長相隨。須知顧渚吾家物，絶勝齋房芝賜時。

薝蔔月

空際光皆月，花林耀始知。經天銀作漢，映地玉爲枝。魍魎藏深黑，關山惱别離。無情應亦老，相照到何時。

盆 池

無多盆盎水，三五發芙蕖。花外見星影，月明聞跳魚。有時枕簟寂，夢入毛公湖。

山　中

鶯啼緑樹深,留我山中久。策杖欲下來,殘陽更回首。

王恂度讀書靈谷

靈谷衆峰秀,窅然鐘磬生。因知静者意,於此憐幽情。不雨翠微濕,長雲佛日明。琤琮碉泉外,遥得咿唔聲。蕭條逆旅趣,澮漠山中行。薜月晃金燭,松風吹玉笙。明時選妙才,文藻羅群英。安知江漢側,飽食原蒿苹。白駒自維縶,黄鳥何嚶鳴。道德我方重,匪輕冠與纓。

建除詠古名將

建都風雨交,除難羈縻縣。滿戍不踐更,平城幾經戰。定爵關内侯,執戟明光殿。破陣兩甄張,危機一時變。成軍火中謡,收績天山箭。開門揖天子,閉壘下群彦。

十二屬雜述

鼠思在當世,牛牧隱蒿萊。虎步方容與,兔脱豈徘徊。龍潛戒勿用,蛇影不須猜。馬明浮海去,羊公化石來。猴知介象德,雞識處宗才。狗監何須爾,猪肝安累哉。

八音志感

金鐃雜短簫,横吹出荒郊。石馬前陵廢,銀鼉古隧消。絲牽盡髦士,飛蓋滿清朝。竹林自多逸,小山何見招。匏瓜繫籬棘,碩果剩桃梟。土築袁生室,風吹許子瓢。革非信已晚,知命亦云聊。木鐸將何狥,商聲起獨謡。

六府無題

水氍漢帝宫,火照靈藒路。再得佳人難,不惜傾城顧。金玉奉君心,木石感當悟。草色逐時青,朱顏一朝故。土乞去聲。公子饑,穀辟留侯瘦。肯羡鳳簫飛,南山枕塵霧。

南唐百馬卷子

開元廐馬四十萬,天寶縱龍最誰健。夜偃火鼓延秋門,晝争豆莝咸陽店。萬里橋頭百存一,分去東宫凡幾匹。元宗至馬嵬,百姓請太子東還,分後軍飛騎廐馬,從之。當時芻秣盡凡才,急難何曾見騰逸。此圖蕭梢僅百馬,毋乃教坊教成者。天寶教舞馬四百蹄。細看不似臨陣姿,可惜登牀汗流赭。黄衫傒官五六人,鏤花玉帶繡抹巾。羈前寶絡墜金鐸,覆以羅帕承錦茵。可憐賊破西京後,此馬全爲承嗣有。鼓聲應節詫爲妖,血碎桃花死猶吼。圖傳内府已千年,精微畫手南唐前。畫師有意惜奇駿,不遣驅除供舞筵。君看老驥還遭放,盡有驊騮氣凋喪。苜蓿難逢大宛種,上聲。葰蓉屢濕邊庭瘴。俶儻何須四百蹏,壯觀争多真畫師。轉思騕褭不世出,獨乘千里將焉之。

鄖　西

聞道鄖西孽,元凶隴右遺。亟須乘勢便,何事養癰爲。芳草王孫痛,山花杜宇悲。自慚蒙帝力,山水足生涯。

仰　月

松罅漏微月,熠燿如明星。出林仰青漢,玉塔正晶熒。已栖西歸翼,復動東飛翎。露葉疑白花,翻翻在前汀。深夜煙景滅,中天雲色新。幽情必孤領,高眺如輕身。團陣射劍戟,雕櫳熣錦茵。如聞短簫喝,定對長蛾顰。遠近理一鑒,晦明因至今。棼然人間慮,恥向區中尋。起舞深磵石,浩歌南山岑。桂樹恒不死,清光知我心。

中秋對月

朎朧今夜月,萬里共金波。舊傳中秋陰晴萬里同。蕭瑟愁相對,邊陲竟若何。箐陰穿笮馬,光滿望鳴駝。想照無人境,應明白水河。軍報抵關索嶺關河，俱屬永寧。餫輸全帶哭，鐃吹忍聞歌。兵遠民稍暇，年登俗賴和。盈盈限牛女，默默倚姮娥。只恐天人際，同時哀怨多。

雪漁圖

前年大雪江凍底，一月街頭少魚買。今觀畫圖無乃同，容易開罾得雙鯉。水榭獠奴招不住，吹火移舟向前去。春時綠樹亂青帘，咫尺不知沽酒處。一旗斜出颭西風，兒童笑指枯林東。意中快事誠如此，明日江頭問釣翁。

九月風雨三首

荒城林木總凋殘，小阜才登輒縱觀。東逝江河愁日下，南飛鴻雁耐人看。龍山參佐誰吹帽，益部中丞正據鞍。劍外順元順元，地名。消息斷，可聞檄羽到長安。

詔書連月百蠻開，飛檄傳聞到草萊。已説長官輸象貢，不知荒徼異龍堆。歲逢此節多風雨，坐望他山送酒杯。摇落楚天徒極目，艱難誰是濟時才。

老雨顛風秋作豪，昨來結屋憩山坳。龍腥豹濕孤峰穩，鳳戰鵵呼萬竹交。實有青尊堪下淚，不成避世且安巢。閉門杜甫非關僻，止酒陶潛秖自嘲。

吴翁贈桃源圖

吴翁貌古心亦古，萬曆遺民七十五。精神慘慽營八極，白晝揞頤夢天姥。汗漫追捕成丹青，山水障子翁最能。奔泉落石秋謖謖，雜花生樹春冥冥。南陽劉生癡絶倫，黠猾何如王右丞。王維有桃源詩，又有圖。吴翁癡黠體各半，眼中忽詫桃源見。前身畫師應阿誰，待詔曾登仁智殿。竭來手持挂我堂，忽疑洞牖開一方。蹈虚頗覺形骸礙，入坐如聞草木香。此翁少年拂黄綬，曾覓丹砂乞句漏。告身一卷埋土花，廿年不識新城路。愛君桃園圖，遂作桃園歌。當時冠服那能遇，仿佛丹青奈若何。

和友人燕京清明詞四首

三月清明墳土添，麻衣酹酒哭新年。可憐玉匣前朝地，不見遊人撒紙錢。

金遼戰地更堪哀，海子南頭遍草萊。化作沙蟲君不信，年年螻蟻聚成堆。

高梁橋畔柳千條，席地紅妝弄玉簫。最是燕姬腰勝柳，南來收束更纖腰。

毬馬還開挍獵場，五青六白產漁陽。飛放家以五青六白爲神品。鈴聲掣向天南去，多少離人望故鄉。

和燕京十月詞八首

十月一日風色淒，家家門巷送寒衣。珠襦零落元宮冷，空說長陵石馬嘶。

浪跡曾經到八閩，閩人爭作大清明。堆堆紅葉西風裏，也有中官哭幾聲。閩俗，十月爲大清明。

一幅丹青七字題，長城哭倒杞梁妻。太平邊圉多名將，父老猶談李隴西。九月焚褚衣粥此圖于市。

西直門西萬疊山，雁飛過盡雁門關。驝駝南望無楊柳，輪與江湖自往還。

捲地風沙蚤賜貂，新恩舊例法前朝。南風小草偏留得，看取春花出草橋。

燕京少婦紅粉香，鸞靴貝帶紵衫長。留歡自愛新妝好，趺坐鞾婆擁炕牀。

茶乳初烹玉井泉，金荷接吻吐香煙。腥紅細點西山雪，一尺多羅值萬錢。

都門風物異南州，趙穀丹青動我愁。畫裏春秋君識否，吴興莫只寫驊騮。穀，吴人，畫《燕京四時風物圖》。

送李生還臨川

三春滄浪天，十月宫亭路。杜宇勸將歸，離鴻啼不住。白髮堂上親，青蛾竈前婦。共指檠上花，今年好相聚。

咏宣和畫院松鶴惱舒大舒籠鶴驕余。

圖寫青田數薛公，宣和畫院更稱工。何年飛集雲中翮，怪底生成堂上松。側帽錯防零葉露，卷書時動落毛風。全勝水粒樊籠看，況覓魚蝦困阿翁。

貽舒康伯銅辟邪香爐

曾伴高樓倚月闌，輕霜繡幕笑相看。燒殘紅燭氍毹暝，縫罷春衣翦尺寒。草閣愧非天鹿對，名香須爇鷓鴣斑。貽君定置空齋裏，日暮將無翠袖單。

至日夜飲

至日山中糝豆羹，舊儀走賀次王正。賜貂想像群公會，躍馬悲思萬里征。後夜冰霜欺酒力，前村鵝鴨亂鴻聲。巡簷即看梅花笑，野穸春醪準共傾。春前有沈醉升平之句。

讀贈光禄大夫楊公詩文集，有懷斯人賦十六韻

康陵真自毅，英武動如神。策制垂三問，先生第一人。戎衣親定難，法駕出十旬。屢放青蒲哭，仍隨白簡伸。弓遺胡造次，廟略遂維新。定策推元老，傳家有世臣。濮園稱固歉，政府議非醇。得罪緣經術，遭時太苦辛。紅顔戍金齒，白首叫高旻。潦倒披緗帙，疏狂漉葛巾。僰蠻争欲覯，蒟酪送仍頻。騷雅看前輩，齊梁轉後塵。萬千施甸路，四十怒江春。垂老涎魑魅，臨終託薦幈。著書無少悶，得意竟忘身。摛藻還餘事，安仁邁等倫。

虬　松

蒼虬欲升騰，天蟜凌岌嵲。山空無人行，且復立風雪。

吊趙友沂兼慰其尊公侍郎趙舍人以母憂毁卒

舍人瑚璉器，喪亂逐漂蓬。曾舉永歷朝鄉試。巾帶長霑涕，機關動觸籠。生還哀庾信，死孝慟王戎。走問臨卬女，遺書尚幾通。

薊北扶親柩，維揚取道回。舟中留客滿，江上寄書來。彩筆辭青瑣，麻衣掩夜臺。延陵固賢達，嬴博莫深哀。

排冰筯雪中作燈

排冰聚雪在庭中，絳蠟光涵影不紅。丹鼎乍烘雲毋粉，明珠爛掛水晶宫。五枝作炬曾何羡，四照名花可略同。羌國頗黎他自貴，敢將燿燦敵天工。

鏡中燈

揚子江心鑄作工，波斯鉛水雅州銅。燒殘銀燭臨妝閣，正對金缸爛綺櫳。月滿平湖波不動，日烘陽燧影當中。摇摇朱燄微風起，似帶新煙出漢官。

己亥順治十六年

元　日

濃陰匝地白日微，霏雨況復來寒颸。未能免俗柴車出，聊可爲銘桃版知。血戰幾年屯黑爨，羽書前月借烏思。訛傳大兵從西番下交趾。金牛卬杖當年事，鐵鎖神川信莫支。

人　日

兩日晴明花樹光，今朝人日復陰霜。邊烽漸遠排春仗，後五日立春。坐客稍能語瘴鄉。雲貴多來降者。洮外諸番容易服，安南都護更誰强。欲知一統今朝盛，黑水南流舊禹疆。

立春日敬次大人韻二首

彩燕鏤雞次第陳，椒柈柏琖輒過旬。飛花帶雨香猶臘，輭土消冰色已春。久託一鑱偕隱去，側聞三道點行頻。蓬婆羅鬼知何狀，争報將軍早出秦。

立春日雪，小飲

坐觀春雪態，飄撇更多情。旋水齊親影，彈林静有聲。五花纔到地，半日即兼晴。大塊元同運，東郊豈待迎。雁高知氣暖，魚散驗陽生。人事宜來泰，天心合起貞。盈虚三户邑，勝負九真兵。憂世非吾事，良辰治酒鎗。

二月七日邸報：去冬臘月九日，王師過鐵鎖橋。陝軍奪七星關，粤軍抵安龍所

南詔奇兵三道入，中原父老一時傳。捷書萬里騰何疾，調戍連山凱欲旋。雨雪龍旂先啓路，瘴煙玀穴可妨邊。盤江鐵鎖平如掌，螻蟻空營十五年。

荒江春草未菁葱，楊柳先開二月風。寒食清明非郭外，踏青挑菜只城中。農桑實喜兵戈遠，羽檄頻夸戰伐功。羅甸土官驕出没，比聞帶甲滿遼東。

五丈原頭夜渡師，七星關上竪降旗。天威不復南人反，緫閣何勞大將爲。幾處青山通白帝，依然碧樹坐黄鸝。江門春到音書絶，幸有生涯借酒巵。交游多從軍。

春　望

燕語天光好，山堂立望時。風回雲忽轉，花静日初遲。湘野饒秦洞，巴山拔漢旗。戰場移幾處，春色未應知。

春夜程守府晏六韻

刁斗將軍第，門闌俗客稀。葛巾神自王，蔗杖把尤肥。騄駬傳官酒，麒麟繡地衣。回風時颭燭，春雪僅霑旗。賓從閒相得，琴書静可依。情知不犯禁，醉借馬馱歸。

與張槖强先基

齠齓稱相知，老大轉牢落。君趨赤墀步，我卧青山閣。弱冠放五湖，當君北上書。牽絲鉅鹿郡，揮手承明廬。緐華自古稱燕趙，走馬彈弦鬥輕蹻。談兵每上賣漿臺，狹邪屢指邯鄲道。戰國餘風殊未已，弓長草動煙塵起。軍興賦斂凡幾年，愛君只飲縣中水。折腰不得意，挂冠歸去來。已知龍洲橘自種，不識河陽花更開。同是山中人，還結山中友。緑鹽紅蓼磐石邊，白沙翠竹清江口。南山有豆落爲萁，北山有萊思采薇。家無秦聲與趙女，拊缶高歌誰是非。

雨後看田家

雨絲輕卷宿煙稀，虹帔斜披晲日微。渴雲晲日，見《丹鉛録》。人過麥隴翠雲動，天放源泉白練飛。田家新麰已足爨，杜陵老翁仍苦饑。鹿門偕隱夙願愜，龍丘莫奏知音稀。

雨湖口號

五月山城勝錦城，蓮花十里彩雲生。扁舟尚在江南住，醉聽吴歌子介聲。吴歌以"子介"送聲，猶楚聲"欸乃"。

菱灣荇渚漫經過，天净無雲水不波。湖上一輪明月出，真如金斗熨秋羅。

二更風生月皺波，玉鱗金縷影相摩。宫池鋪錦成何事，争及湖山麗矚多。

漁

白波深處白蘋花，白雨渾渾白鷺家。兩槳豪横鬬歸去，朝朝供客足魚蝦。

侯門彈鋏得魚遲，去向江湖作網師。兩岸鷗鳧渾是伴，不須一舸逐鴟夷。

望雷雨

青光抹林末，雷雨在他山。爽氣忽而至，餘飆凄以閒。暑威過未盡，秋意已相關。欲采芙蓉去，愁紅墮幾灣。

七月七日

七月七日漢水濱，微風吹浪白如銀。菱魚狹巷秋祠鬼，燈火荒江夜賽神。南俗每憐兒女拙，北村不厭阮家貧。閒庭竟夕無瓜果，獨坐裁詩憶所親。

哭許友有序

徐存永延壽、陳開仲濬、許有介友，閩中三才子也，爲周侍郎亮工所知。侍郎以飛誣被逮，辭及開仲、存永、有介。存永得免，開仲死僧舍，有介同侍郎下請室。侍郎得雪，有介亦釋。丁酉，晤予白:下，時侍郎左遷青州憲使，云往就也。前月，得存永訃，爲文哭之。今聞有介復溘然，追念舊歡，凄然欲絶，酒邊僅得二律，弦斷柱移，當援他琴以續之矣。

曾醉君家米友堂，伎兒十五勝名倡。半酣柘舞更新曲，待月梅花選夜粧。紅燭乍驚鸚鵡夢，翠裙微曳鷓鴣香。自言此樂終難朽，回首三山竟杳茫。

櫟下司空枉見收，君罹詔獄亦經秋。寒灰溺後猶存火，廣柳人還尚拜侯。且喜餘生逢白下，近無信使問青州。陳琳徐乾皆良友，痛絶同時已首丘。

漫答汪兵憲悔岸

雙鯉遥傳到短扉,開書破涕起仍揮。抱茅江舍秋風夜,賃作皋橋幾歲歸。何處荒雞疑野哭,有時驚鵲向星飛。仲元圭里無人識,但恨銀瓶酒伴稀。

中秋病起,侍大人率諸孫拜月。是時江海戒嚴,兼答汪大薾

烏衫鳩杖出庭前,驥子熊兒喜可憐。哀動關山笳吹遠,白穿林表月華鮮。一江鳧鷁軍聲起,連日風濤客夢懸。多病故人勞問訊,捷書原不斷朱鳶。

昨歲安莊未解園,經年騰越已全歸。鯨鯢乘漲還東至,昌云:鯨鯢,海中大舟名。鴻雁驚秋轉北飛。病把酥醽酬令節,行巡薜荔看清輝。此生此夜須長好,麋鹿相隨願不違。

露下空江夜色新,水花煙葉絶纖塵。犬聲曠野真如豹,月暗篔鋤似有人。恐照白衣紅袖泣,不堪錦字翠眉顰。難云萬里同今夕,人言中秋陰晴萬里如一。悵望金波一愴神。

秋　閨

烏蠻新樣撲雛鴉,竹檻凉生潑乳茶。漫道秋來芳事歇,十分春在海棠花。

讀嚴光傳高敬公名獲,與光武有素,大節似嚴光。牛牢,亦光武布衣交。召之,稱疾不至。皆新野人。見《寰宇記》與《丹鉛録》,引故蹟遺文嚴子陵碑。

南陽傳鄧馬,夫子獨清風。矯志誠孤往,逃名尚未工。披裘何皦皦,加足太囱囱。千古能埋照,牛牢高敬公。

飛　鴻

秋水漫蘆荻,飛鴻急急鳴。不應圖一飽,肯作倦長征。烽火雲通

白,關山月照明。差池聯斷陣,清切顧同聲。腐鼠何勞嚇,虚弓自不驚。回翔解機警,高舉性生成。飲喙還知慎,江湖苦用兵。紛紛鶖鴇輩,陂澤自縱横。

送李嵩岑巡鬱林二十韻

萬里蒼梧路,繩橋百粵懸。水通七澤勝,山與九疑聯。擴境新編户,論兵近備邊。檄書紛桂塈,旌旆繞漓川。風俗圖經異,城池壤勢偏。赤巖晴自瘴,蠻樹緑多煙。野果全如面,蚺蛇美似髫。獻歌廬管鬧,叱馭跌郎先。孔雀呼都護,靈麑識使軿。長齋鈴閣静,散帙錦題鮮。君長齋,奉道家,多藏書。薏苡休來謗,桄榔可駐年。火山明劍氣,冰井著廉泉。炎景憐分袂,危途慎著鞭。艱難吾道固,心力爾才賢。白日高歌送,青春取醉眠。風雲看勁翮,險阻信雄褰。多難仁人泰,盤根利器全。策勳寧用武,訪道況知玄。元結碑猶勒,丁郎祀不遷。丁郎山在梧州岑溪縣,孝子丁密故有祀,訛傳丁蘭。君行忠孝地,駐節儻流連。

寄懷醴陵張大尹八韻

卬友君先子,生平直諒多。老貪樓上醉,狂和郢中歌。雞黍虚成約,龍蛇柰若何。大賢須有後,小邑喜來過。吏事傳三異,風人詠五紽。土清泉勝醴,湖闊雨增波。勉矣行當詔,懷哉好豈阿。洞庭秋雁滿,旦暮慰煙羅。

素琴二首

我琴本不素,髹光久已滅。七弦絓具問,亦與無弦别。對之久不彈,幽意自怡悦。龍吟聲在角,龍聾而聽以角,吟聲亦在角中。琴理豈易説。世無鍾子期,吾寧坐緘嘿。

風從牖中入,琴在壁上鳴。七弦流一韻,莫辨宫商聲。至音屬天籟,仿佛通神明。高山與流水,淺矣人間情。

秋日獨酌聞海警,居民盡逃。

水驛烽傳舊帝畿,江城連月火煙稀。秋風閉户黄花綻,暮雨霞天白鷺飛。草莽豈知三事算,乾坤增報幾重圍。漸非年少清狂態,中酒猶堪淚濕衣。

重九後十日奉和大人,登高悵望吴下,戲用穉孫昌所書韻

大江南北今如故,聞海警解嚴。草莽高低試一臨。醉里乾坤醒後眼,花邊尊酒杖前身。吟堪碧盌全傾玉,笑贈黄花滿把全。尺素鯉魚那得上,坐看飛雁一行青。

冬暮大雪汪悔岸過飲草堂

入冬三戊初見白,過旬僵卧門無客。褰帷小隊東方來,夾道争看王孝伯。青州細襛泥額香,屏騶投轄忘清狂。門前縞帶翻隨合,臺上銀花剪更長。風回落霰穿牕空,飛上貂茸凝不動。韋家白盌殊不惡,江城土酥亦可供。仕路風波歸去來,感公高義無嫌猜。漢江緑冰真可釀,武陵桃花春正開。

雁　陣

雁陣雲中出,高樓思婦嗟。繡裙三五隻,錦瑟一行斜。夢裏關山月,秋來蘆荻花。不堪秦鶴唳,相並起天涯。

立春日與客草堂小飲得生字

干戈知未靖,消息莫深驚。天地存吾輩,江湖厚此生。土牛勞吏送,彩燕逐時成。草野無他事,期君作耦耕。

白茅堂集卷之十一

庚子顺治十七年

赤松歌贈柯生生字赤松，善制黄精。

崑崙丹成騎赤龍，冰玉弟子飛雲中。飄然乍逐風雨去，如花少女追來從。玄臺璚室杳何許？八駿蹄回二龍住。鞭山駕鼉四海怒，商秀源桃不知數。泰山鱗蜕老曾孫，貪名秦代非仙群。閒餐五粒噏沆瀣，醉擁三花眠彩雲。六雄兩帝我何有？夢醒樊桐一回肘。垓下丈夫猛如虎，圯上小兒貌如婦。金粟長陵幾抔土，黄石城東亦應朽。千年牧羊石羝鳴，人言卻是黄初平。石黄松赤老應變，液入根窟成黄精。柯生長鑱白木柄，一寸芽青巖雪盛。金鹽赍石暮歸來，饙餾磊砢滿山甑。黑首曾披紫綺裘，白頭思逐赤松游。相期辟穀尋黄獨，恐即柯郎黄石儔。

夜　酌

清夜卷琴書，沈沈動春酌。山桃笑向人，時共燈花落。

仇英《單于射雁圖》

海天冥冥帶雙雁，碧眼霜駝若流電。弓强箭盡且柰何，目送入雲看不見。十洲老手畫似真，百年粉墨開如新。期貎雕睆不嫌誤，莫誤漢家宫裏人。

草堂雙燕巢于楣,可俯而窺也。雛成長者先飛,哺其弟,有相恤之義,感賦

雙燕雙燕,巢我茅堂楣楸間。巢低舉手可探鷇,搖頭鼓翼軒奴軒。一巢乳子可四五,巢中出來衣桁語。青蟲觸落涴琴書,黄口呢喃試毛羽。先飛者兄後者弟,銜蟲代母更相飼。君不見卜式與姜肱,讓財推食真弟兄,尺布斗粟愁人心。普云:軒奴軒,見《古樂府》。

列女偶詠八首

鉤弋夫人

漢武懷疑殺貴嬪,當年床第定横陳。李夫人在如相訊,不道私恩解誤人。昌曰:此霍光所以殺田延年也。

文　君

文君未賦白頭吟,司馬居然一賞音。賺得臨卭諸寡婦,春來嘗抱聽琴心。

馮婕伃

旄頭豹尾乍支持,賤妾當熊祇一時。多少沙場御魑魅,願君莫忘羽林兒。

明　妃

陳平奇計詒閼支,故畫蛾眉急解圍。道是陰謀終報郤,真成薄命有明妃。陳平計。一説機關如偃師舞于城上,一説畫像貽單于閼支。

張孔貴嬪

玉壺金箭夜尤奢,寶帳臨春笑語譁。共説南朝無一事,六街九陌盡繇華。

太　真

可憐宋玉抽毫日,已是襄王夢覺時。不見馬嵬佛堂下,鳳翔從事

鄭畋詩。

洗夫人

誰將犀杖賜夫人，爲報隋皇已滅陳。綿蕝嶺南三日哭，千秋巾幗一忠臣。

花蕊夫人徐匡璋女，小字花蕊，孟昶納入宫爲夫人，拜貴妃，升號慧妃。後入宋宫，仍號夫人。陳無己謂姓費，誤。

馬蹄清夜夢難忘，一樣深宫玉漏長。曲几沈香熏小像，此身猶得傍君王。今傳唐巾服挾彈者，夫人所祀昶小豫也。

二女將三首

奢　香

蠻錦曾朝漢帝宫，承恩一諾五丁通。虚傳高祖留遺詔，誰守秦關百二雄。洪武初開道通貢。

秦良玉石柱土司女都督。

天兵夜破佛圖關，親奪螢弧女將官。近日渝川暗戎馬，有誰錦繖更登壇。天啓初破奢崇明，復重慶府。

賊火西侵白帝城，蜀門石柱更峥嶸。誰言斗大黄金印，不及秦家箸帚兵。崇禎末堵張獻忠敗績，乃發箸一雙、帚一把，盡起土兵。蓋彼號令，欲丁口掃地盡來也。

麻城曹石霞胤昌來蘄，病中擁被肩輿至草堂，曰“才子不重逢，故人難再遇”。爰賦新詩，情詞凄絶。值予亦病，倚榻相對，效體步韻二首

叫短桑雞太白天，黑輪驚自闇虚穿。昨月食。沈鵃不省三星留，破夢初回七曜鞭。我自委衣心尚孄，君能夙駕事尤賢。吹花弄雪風中聚，泛宅浮家岸上船。祇劫只争彈指過，此生偏作刹那憐。千梯出

地還仙國，一枕南柯也大年。飽雨蝸涎羞上壁，驚風鶴唳竟歸田。棄從南渡顛毛盡，築近西陵別墅連。璧月幾圖烏鵲怨，銅盤時淚鳳皇妍。姬嘔託鉢朝留飯，老要肩輿晝好眠。彩筆尚從江夢掣，明珠無耐賈胡煎。木知未死根猶腫，病悟浮生拇竟駢。心苦逐年腰帶減，淚痕今夕手巾添。鄭虔泉路交期在，莫詠參軍松柏篇。

彈丸圖畫八重天，黑白儀球綫幾穿。坐有西泰天球國。昌云：西泰言天九重，月天、水星天、金星天、日天、火星天、木星天、土星天、列宿天、宗動天。宗動爲第一重，去地最遠，六萬四千七百三十三萬八千六百九十里。日月五星，躔度所不及，無可圖故，但曰八重也。飲海未乾終棄杖，昌云：夸父追日，渴而飲于河，今云海猶河也。驅山何策竟亡鞭。千秋想像玄肉影，昌云：《道藏》人影有九重，第九曰竈肉，或作"囷"。《酉陽雜俎》第七曰竈囷，說不同，字亦譌。廿載逃名物外賢。鄴下尚飛公子蓋，坐中誰覓孝廉船。春燈夜雨冥心聽，團扇長門屈指憐。藥裹藍輿君肯出，地爐松徑我經年。牢甖短榻餐雲母，癡望仙緣守玉田。蟲臂鼠肝何造化，馬奔車敗總牽連。定知蹴躃窺非易，不信駘它態更妍。幾處鸞鵑噙血叫，多時白牯飽雲眠。三年乞艾良非計，永夜膏蘭泣自煎。久許磨兜今一放，笑同荼苜口能駢。予兩人相嘲語，荼苜音蔡茂。青苹半匣當誰啓，翠被中流好共添。醉倒繩床即花峴，興來仍續小山篇。

夜雨，前韻柬曹石霞、孟天友易吉。孟偕曹再過草堂，仍效曹體，兼柬楊西印兵憲

頭風劇處欲旋天，暗牖真看棘蝨穿。秖爲猩貪遭鬼扇，莫緣鳥爪犯神鞭。坐深酷怨劉邕癖，予病疥甚。客去翻思羊季賢。井器莫輻揚氏甍，牀書只似米家船。壁邊雙足多時倚，普云：唐時，海上有人二十年不下床，雙足寄倚東壁，客至以手招足就膝，乃下床。鏡裏通眉枉自憐。柳長左肱須忘我，草生荒跡動彌年。身居水泊蓮花國，夢甸山南豆稭田。但有一瓢風即妬，總無半笠雨憑連。白衣天上斯須變，紅頰人間幾日妍。多少詩墳迷鮑鬼，不堪屍塚對衡眠。琴歌半曲心成擣，樺燭三更影亂煎。良友偶來心愈雋，典型如在句難駢。藥囊計日看題減，胡粉爐中莫妄添。幸有同心忘爾汝，病瘳得力和陶篇。予與楊公方賦和陶。

袁期門

射聲挍尉繡蝥弧，寶箙横腰滿鏁鈷。山入苑東隨鹵簿，指揮前殿執金吾。新離禁籞連雲地，細看山川聚米圖。見説五營年正少，君王親賜虎頭符。

約友花下飲

白日無停輪，經天猶晦息。人生非少年，胡爲少年役。愍彼泉下人，黄土已安宅。讐愛在一朝，百年共爲客。雨飛陂塘清，月出梔子白。招我同心友，開顔對歡伯。

草間田父噉蛇觸感十首

舊聞即且甘帶，今見蝦蟇噉蛇。物性吞舟吞象，人事食熊食蛙。

挍尉醉時煆鐵，將軍老去據鞍。殷公咄咄四字，樂令茫茫百端。

獠婢郤要太黠，老奴便了無能。欲作人間臣妾，半癡半黠相應。郤要，見《太平廣記》。

老僧梵放如是，子野清歌柰何。莊嚴七寶非貴，證悟三生靡他。

一解不如一解，子雲後知子雲。敢信東牆大隱，且學西河離群。

幾處桑陰鬬紡，千聲柳底鳴榔。水外一灣茅屋，岡頭半樹斜陽。

七松處士時有，五柳先生不無。梁鴻賃舂非晦，高鳳爭田自汙。

徑情進退豈易，逶迤狎世良難。贊善劉因多病，左司種放無官。

直道遂能害道，浮名適足累名。徙屋好依北渚，焚書莫住東明。

謝客仍開三徑，爲農合老一丘。陸子塘邊語鴨，莊生濠上游儵。

書募簰埠橋册子

河邊女兒織七襄，夜驅烏舄成長梁。河中老龍向天笑，屾子懸蹄斷江徼。屾，音森，八駿之一，楊慎説。龜臺酒冷金膏淺，敕放黿鼉渡姬滿。秦家皇帝通天盟，能將威力制無情。神鞭鞭石石流血，誰能驅石補天闕。我願烏鵲不飛，黿鼉不没。黄姑羅帳夜夜同，王母蟠桃日日設。此橋千秋萬歲永不圻，直至王母黄姑白其髮，人間一橋何足説。

唐明皇同太真御勤政樓,設百伎教坊。王大娘戴百尺竿上施木山,狀瀛洲方丈。小兒持絳節出入其間而舞不輟。時先玉山和鐵崖天寶宫詞,爲奇妃作也。“絳節朝看王大娘”,《牧齋列朝詩集》、毛氏本《玉山草堂集》皆注王母。俗子竄注,可發一笑。因句演篇直敘馬嵬,追明作者本意遂得二首

絳節朝看王大娘,窄衫危髻戴竿橦。六鰲瀛海馮虚駕,三鳥瑶池逐景翔。爲雨爲雲憐絶色,聽風聽水寫霓裳。玉真自合神仙侣,無柰蓬山竟渺茫。

周穆當年喪盛姬,瑶臺靈藥亦無奇。雪膚花貌真誰是,珠箔銀屏豈舊時。得寶子歌從有憾,雨霖鈴曲亦何悲。君王玉體宜珍重,尚有南宫十二眉。

菩提寺贈天竺禪師

茂林牽我興,下馬讀殘碑。釋子無心住,孤雲任爾爲。花飛布席處,鳥下午鐘時。定力攝諸妄,群情歸一慈。湖開水月觀,山静火雲奇。空印試相對,清言聊與披。松陰學寶綱,茗理問軍持。忽憶磬山老,超通真汝師。笠公爲吾友箬禪師嗣法。

苦暑晚得小凉

井泥乾不食,百丈引涓涓。照水愛秋鷺,臨風企暮蟬。雷聲飛鳥處,雨色夕陽邊。散髮試前去,坐聽幽磵泉。

西塞山

大冶江頭西塞山,山前風浪與天連。百丈無功千斛小,未聞翻卻打魚船。

鬭艦樓船此地聞,旌旗去盡見孤雲。漁翁不問前朝事,還理漁竿

下夕曛。

黄鶴樓夜眺

瞑色動巍峨,江聲萬井多。煙生渾陸海,燈出倒星河。舊鬼猶聞哭,軍謡不似歌。鄖鄉西去路,在在有横戈。

江鵝兒

江鵝兒,月明争魚來去飛。榔聲砉砉綱汃汃,此鳥不畏恒相依。海翁狎隅豈異事,未必漁父皆忘機。城西夜半艑舠亂,苣火照樹烏驚啼。

黄鶴樓弔古

城上樓臺接渺漫,半空笑語俯闌干。煙光鼎足三分立,帆影波心一羽看。閲世豈須乘鶴老,生涯擬截釣魚竿。愁邊江水無情極,獨自朝宗急下灘。

秋盡獨登黄鶴樓望見經略相公回京

鶴山秋盡俯晴空,百里雲濤在眼中。檽檻長開三面水,壒鈴不斷四時風。扁舟何處閒漁父,汗馬南來擁相公。耳熱忽思王粲輩,無聊流滯賦江東。

黄鶴樓寄懷岳州王户曹判官前吴江教諭國子助教。

東吴洞庭名具區,岳陽洞庭天下無。羨君作吏濱兩湖,清聲在楚如在吴。橋門生徒良太迂,籯糧負笈群追呼。柈中舊饌青苜蓿,幕下新種紅芙蕖。先生有時乘版輿,城南萬艦量軍儲。歸來閉閤一事無,移床清論同誰與。洞庭水起君山没,千里餘舟易超忽。夢騎黄鶴携子安,一夜横飛洞庭月。明月照我還照君,晴川遥望岳陽雲。樓頭橘瀋無凴寄,笛裏梅花可得聞。

寄王判官省災襄沔二首

沔水年年漲，城頭滿白蘋。料君如鄭俠，好去繪流民。

其　二

羊公峴山頂，高碣久沈波。何必峰頭石，人心自不磨。

秋日游定慧院

秋來無處著相思，萬里吹來雁口絲。遊絲，雁口涎也。二十三年重一到，石頭不見舊題詩。

登大士閣

閣外荒丘狐兔鄰，樓臺井巷盡荊蓁。草衣老衲前相認，不記來游是舊人。

黄岡諸故人過集墨池限韻

濁酒寒燈此共持，十年深負友朋期。妄談世定尋黄石，不信時清茹紫芝。牆外竹稍支箇箇，樹頭星影出離離。神仙橘瀋英雄淚，付與坡公洗墨池。

重九後一日，王寶臣招同洪半石周禄、袁倩修宗璜、何叔鑑履仕登赤壁，即席得玄字

九日王郎絶可憐，呼僮擔酒破江煙。青山半倚荒城出，白髮都明返照前。短草幾人尋謝晦，芳洲交指説桓玄。如何鼎立當時業，自過元興少後賢。西北是謝鐵龍墓，南下是峥嶸洲，劉毅破桓玄處。毅破玄在晋安帝元興二年，坐客適談癸未乙酉江上事。晦，晋叛臣也。趙宋封顯應公，《大明會典》定祭以八月二十九日，皆禮之失也。《公安縣誌》晦墓在縣之黄山，或云岳州安鄉縣之黄山，一名謝山，未知孰是。

夢中贈神女

畫樓楊柳小河堤，客艑漁舟酒市旗。一曲後庭聽未了，帶雲挾雨過峰西。

拳勺庵看曹尚白書天馬賦龍眠方還青作歌倚和

唐家天廄圖渥洼，米家賦筆騰龍蛇。曹生摹手更奇絶，眼底疑見追風騢。中鋒植腕鐵屈曲，兀立取勢微欹斜。陂陀平地猝躪蹋，白日慘澹驚風沙。鏗折哥舒半段鐵，盪決丈八陳安鉈。頭如青峰手白雨，此法莫自漁陽撾。當時殿上動人主，宫娥竊笑回烏紗。精神復在水園後，不減賜硯來東華。曹生擇地亦爾爾，楓林晚照留茶瓜。煙雲一掃十二幅，鬐鱗尾臆森盤拏。龍眠老子叫欲絶，筆未落紙心先誇。還家拂壁寫長句，夜寒自剪銅盤花。畫工賦理兩神似，詩才書法無爭差。當年天馬自西極，近日果下來滇巴。風塵澒洞不可測，嗚呼，時無伯樂徒咨嗟。

大士閣置酒遠眺還飲寶臣齋看月

年少夢邊城，愁心天上横。今朝對荒嶺，一片暮雲平。雲平復何處，雉堞新無數。翻疑城外山，近是城内路。城外復如何，長江空逝波。風流赤壁盡，秋壟白楊多。徘徊不能住，言向招提去。半壑起松風，殘陽在高樹。凴高矚衆峰，顧盼爲誰雄。手揮三雅杯，目送雙飛鴻。可憐秋夜清，三五月華明。王生知我意，對月洗金觥。

徐黄岡籀招觀蘭姬雜劇即席

星低漢回秋夜晴，絲悲管哀燭復明。酒清香斷客絶纓，可憐蘭生歌渭城。初調陽關曲，繼唱伊州聲。偃皵驅煙入羅幕，邊風迢迢吹大漠。四領盤穿鐵鋞鍜，音鵶遐，亦音亞遐。一串琵琶金絡索。商聲變羽衆錯愕，濮陽下邳生魂魄。一金三鼓連九籥，赤壁山頭起烏鵲。公瑾即榮華，喬公已零落。車過腹痛知己恩，縱嫁曹瞞亦不惡。鳳蠟啼心光炭炭，普云："一作𩡧。𩡧，音旱。"蘭生一曲腸堪斷。斷腸一曲不爲君，江南不見孫將軍。

寶臣贈文石

王君贈我文石十，我今少之更求廿。開書載見文石歌，仰面高吟頭脱笠。君家兩石文更奇，春房小女織成絲。金花巧勝當眉印，古錦香囊向客垂。君能掇贈真愛惜，我意君心如此石。君知黄石我前身，穀城他日非生客。王詩："君號黄公石是君，穀城一片能相假。"

玩月聞笙

露華濯月如玉盤，清光吹雲散青天。遥空萬里本不隔，桂樹仙人侍我側。北斗東挹傾天漿，銀河婉婉褰錦裳。似聞笙鶴過緱嶺，下視人世真粃糠。

述山左客膠州兵變，楚亦困於滇黔。

寒鷄思天曙，喔喔中夜啼。遊子起結束，長歎意慘凄。舉言謂同伴，暫聚當别離。昨得家中書，兵戈動青齊。堂上有阿母，閨中有小妻。守將一失律，提携當恃誰。眼見君侯鄉，流民竄山谿。脂膏竭供億，骨肉沈塗泥。遠行當早歸，道路宜輕齎。四野多豺狼，磨牙草間栖。疾行知風緊，獨宿知天寒。矜寡誠足恤，休嗟行路難。

贈李都閫，次寶臣韻

愛君易識更難忘，戎馬風流翰墨場。帳裏琵琶定柴紹，尊前顧曲是周郎。客來説劍呈鵶九，人去傳書得鯉雙。欲試官廚紅虎珀，只愁投轄惱清狂。

送梅道士訪弟子沈雨霖

御風學霧總疑虚，痛飲狂歌且有餘。君遇東林沈持正，仙醪釀後囑收書。

臨皋同素扶鱗長踏月，時二子將之襄陽，六韻

自作黃州客，頻多明月詩。影添連袂處，光滿蹋歌時。稍稍飛烏鵲，泠泠憶别離。高城下木葉，清路放晴絲。去醉銅鞮妓，來參玉版師。輕舟春日路，還試訪茅茨。

贈徐亦史，步鄧孝威韻

扁舟秋杪向臨皋，蘆絮霜華點鬢毛。赤壁何辜招刼火，青山不動閱江濤。梳盤海島三花髻，懸著中梁五尺刀。何夕剪燈鄉國話，酒痕新上舊征袍。

王言如絲筵上贈

府君高堂撤簿書，開筵伐鼓羅笙竽。群疑到手了無事，歲晏刑清樂有餘。琅玡才子人皆識，名在江南家江北。短轅春日紫綸巾，長安年少黃金勒。崇禎癸酉鄉薦。新膺幕府出都門，毳衣豹袖邦司直。草生躲圃掃秋園，角靶鷩靴盡駿奔。當時庾家北林月，來照錦筵青玉尊。舉頭醉望狼弧近，太白一星上鴟吻。晋室風流絶代無，茂弘物望君何如。

遇維揚宗無齊孝廉

曾醉春風廿四橋，水明樓上美人簫。揚州酒樓名。興亡實覺十年夢，音信虚傳八月潮。兒女閭閻應已换，綺羅歌舞爲誰嬌。廣陵才子多愁思，莫更蕪城賦鮑昭。

秋　悲

殘蟬咽隴樹，四野秋風吹。自然堪下淚，何必長年悲。
纖月下遥岑，梧桐滿院陰。秋風無限恨，落葉亦驚心。

贈周小侯

漢朝三輔富才賢，六郡良家勇最先。鋑鐵券文中秘寫，黄金印字小侯鎸。分袍故事傳宫禁，選駿曾經出渭汧。赤壁載過人嘖嘖，風流公瑾正當年。

送梅子福

寒花猶未落，客子發前津。蓬雪書聲細，茶煙野色親。封衣香淚隱，拂袖酒痕新。愁至勞纖手，壚頭正角巾。

贈索山人蒼篔

一静悟名理，因知文字源。後來真破體，末學總難論。汲冢心偏苦，磨巖手自捫。寒山留片碣，信汝幼安孫。

樊海逋參軍話舊

君王黄屋去，参佐白頭歸。莫話江東事，還堪淚滿衣。風雲藏洞壑，雨雪老漁磯。歲晚江湖外，冥鴻處處飛。

雪霽過韋氏看梅

韋家花樹舊知名，載酒來看喜夜晴。幾縷風香領春信，一天雪色照江城。笛中似叶關山奏，月下疑聞環佩聲。小砌荒籬自開落，江湖歲晚正論兵。

詠梅贈何叔鑑履仕新自滇歸。

官閣題詩何冰部，不争年少卻愁春。樽前攀折分香雪，簾内齾看隱絳脣。繞樹巡簷成獨往，懷人去國雨傷神。天南幾歲雲邊白，容易江干老病身。

倩修偕劉尹之山東

東南嘗作客,垂老卧山邨。把袂逢知己,登車只片言。蜃雲生海市,雁陣起江門。寶劍明花雪,知君但報恩。

酬黄州諸舊

廿年委巷舊參軍,露頂高歌對落曛。愁至陶潛思止酒,狂來仲孺本無文。天寒涸澤魚鰕飯,歲晚空山麋鹿群。春水蒲帆三百里,桃花牽興再逢君。

讀永和宫祠二首

嬖御疾莊后,先朝何有哉。貴妃無亂德,天子本英才。公論千秋在,吞聲萬國哀。松楸方護惜,漢寢正崔嵬。

今皇多獨斷,大議豈朝端。懷廟碑尤痛,諸陵拜不難。人間鐃雨淚,地下慰宸翰。隔代褒崇體,分明付史官。皇帝御制募建明烈皇帝陵文,讀者泣下。陵成,又御制碑文。伏聞皇帝幸明諸陵,皆下拜。懷宗者,初議烈皇廟號也。偉業詩有"麥飯冬青問茂陵"之句。自跋。

憶吕全五

尚憶吴船别,蹉跎歲月賒。江邊折楊柳,隴首寄梅花。晚飯蒓羹滑,空林雁字斜。寓書疑未達,憔悴倚天涯。

答海逋見贈原韻

弱冠遘世紛,栖栖不遑住。漂泊二十年,自謂不失路。掃葉松下門,結廬巖邊樹。滚滚京雒塵,修涂多兩露。江湖熟菰蒓,秋雨濯白鷺。子儻從我游,牽船即玆去。

辛丑順治十八年

元日六兒瑞徵昌云弟昭湯餅呈大人

琴書坐對雞聲動，車馬頻來舊草堂。湯餅試兼元日會，椒盤高捧百年觴。雪消萱草青偷見，春入梅花白未央。略地似聞滇徼盡，可能買犢問農桑。

多　雨

野徑仍通竹，連朝不啓扉。寒多春鳫少，水滿麥苗稀。仄日淹黄道，行雲失翠微。不知巫峽雨，只傍楚天飛。

雷雨二首

春山滿風雨，孟月已雷霆。竹樹驕何横，蛟龍蟄必醒。晶輝藏不見，雲水浩然青。蚤起科頭望，長吟立草亭。

曉雨勢逾急，電雷殊未央。聲連驅馬動，影炊陣雲長。關塞悲雙劍，圖經問點蒼。數州征調苦，何計集艅艎。

寄答何道岑應珏

扁舟江岸落梅初，竹馬逢迎雙隼旗。破午茶煙生短榻，到門啼鳥報高車。歸帆漸上桃花水，釣瀨誰傳錦字魚。想見文章賢太守，雪堂清夜幾披書。

城西李氏垂楊甚茂，取數枝植竹邊，二首

摇煙綰霧幾千條，偃雨驕雲一萬梢。湘水今多二妃淚，永豐莫念小蠻腰。

隋堤萬樹幾株存，栗里長傳陶令門。欲唱竹枝與楊柳，新翻一曲恐銷魂。

寄方商州于光

西雍首雒州，刺史古諸侯。白虎分符重，朱轓典郡優。丹青秦殿廢，銅狄漢宫秋。不識商山裏，還聞園綺流。

書齋雜咏三首

端書

一室列牙籤，外不須長物。何以護持之，芸香及麈拂。

洗硯

雨氣溼雲根，寒蟾漾清冷。須臾煙霧開，摇動星河影。

焚香

焚香莫近香，試看風定後。一縷亭亭時，微機可相叩。

歌贈張生無逸

張生三十神骨擎，方瞳肉角非凡儔。過都歷塊見奇駿，白日蹴蹋生風飂。生平瞥見萬年少，眼底獨來孫仲謀。令弟含齠善酬對，一日白璧雙見投。伏龍已甘讓德操，怒虎莫真推賈彪。開尊卓午便達暮，落日半沈環翠樓。怡然敬我爲父執，向我捉勒黄金鞦。門前磐石可坐卧，下馬更擎青玉甌。愛君兄弟數回首，百里仿佛猶林丘。人生俗累固難釋，如我故人良不憂。尚平五嶽雖未去，鹿門退隱堪千秋。況君頭角已嶄出，承家豈用康成愁。五十有子得如此，何不深山休去休。

雷雨中飲，談長益讀其詩，走筆贈之

千百年來一彈指，凡事觀終勝觀始。少年意氣看老翁，白日留光到蒙汜。漢家炎精衰桓靈，布衣曾數汝南黄徵君。此翁没去二千載，近日乃有京口談先生。長益高致時，有黄叔度之目。先生行年向七十，短髮茁頂色慘慽。曾經宣和全盛時，曾見崖山覆舟日。徵君外史贗莫徵，《天禄閣外史》，嘉靖時，崑山王逢年僞作。先生詩史真可珍，凌雲健筆況縱横。幽燕老驥淚垂地，桓山哀禽啼折翅。茅堂三伏暑正驕，展卷哀吟雷雨至。一讀麟山歌，使我淚滂沱。梁王廢苑今如此，永安故宫當柰何。飲君酒，閉君口，今古興亡亦何有。談長益，黄叔度，長歌大叫君不悟，屋角雷聲穿日去。談允謙《麟山歌》：客來荷笠登北峰，宫殿仿佛生悲風。狼籍明月空城裏，埋没白雲山谷中。指顧山河存勝槩，風華雖改川巖在。山逆江行數百里，湘漢交流到城汜。隔岸諸峰張翠屏，鴻宿一洲横玉琴。勢最軒翥氣葱鬱，列岫皆成龍鳳形。桐圭分命册諸王，荆藩土茅臨楚江。臺殿平陵半山起，碧玉堂高剪秋水。紫晶簾軸鸜鵒喙，沉香火爇鴛鴦睡。夜讌未已鳴朝鐘，日午君王夢正濃。一承顧盼殊恩寵，蕭艾亦與椒蘭同。竹生禁地能高潔，疏疏爲節密爲葉。截成長笛聲裂雲，織作冰紋簟如雪。幾多花鳥册妃嬪，累朝老樹封將軍。簫鼓喧闐應鐘鎛，滿城日夕流天樂。中開七府列煙霄，出入賓從車馬高。吹竹彈碁吴越客，鬭雞走狗燕秦豪。一水荷花三十里，畫舫煙波動銜尾。曉夜笙歌何處來？王孫泛舟兩湖裏。食禄歲支萬與千，王家誰復惜金錢。閥閲相沿習華靡，蘄陽佳麗非他比。六院背倚熊嶺頭，美人妝閣上簾鉤。行客不知狹斜處，聞香才覺過青樓。追歡多是少年者，每日出門閒走馬。遊人歌舞不能歸，夜半城中鑰未下。朝朝長捧千年栝，誰知樂極有哀來。秦中鐵騎蹂荆楚，江上多年震鼙鼓。帝子崇封在此間，臣奉藩兮守疆土。龜亦不在澤，蛇亦不在山。不識真龍種，何年去此間。龍折角兮鳳墮翅，湯湯龍磯日東逝。元妃祝髮寶月庵，中使披緇鐵佛寺。

夏日草堂酬贈楊西印

海宇長驅定，經綸又一時。朝廷正謨度，岳牧與遴推。俊傑飛騰入，聲名大雅爲。躋攀赤墀路，聚會白雲司。八座中臺引，三曹亞府隨。方州分掌握，閣道僅差池。國禁宜寬大，賢良自秉彝。成例恒慘惻，閉閤每追惟。文武邦之憲，規橅衆所師。星槎河夕近，月暈海天遲。徙倚横雄劍，蒼茫獨賦詩。叱車忘蜀嶮，飛蓋即江涘。北叫驚鴻雁，南征整鵕鸃。竄奔還衽席，指點識旌旗。邊徼偵元師，中原望一麾。江山此樞紐，雲物頗逶迤。壁壘羊公静，蘭闍謝傅奇。賓筵閒授簡，軍令數彈碁。谿路成桃李，茅簷語鷓鴣。時和緣政得，春色上樓知。當代嚴公武，何年向子期。都忘等威異，肯作友干資。予進劉醇驥、張仁熙于公,公禮下之。永日山堂坐,平分處士饑。公每過予,清談永日。喜操酬字絹,嘗滿借書瓻。團扇消三夏,藜床失五噫。浣花真勝錦,種柳欲成絲。行把懷秋句,長縈擁絮思。《懷秋》《擁絮》皆公詩集。晚凉雷雨過,新月露華滋。脱帽頻高咏,開懷少媿辭。平津東閣望,蚤晚慰茅茨。

同談舒諸子集湖上招提得林字

勝地每招尋,清幽祇樹林。到湖廛市隔,衺路芰荷侵。日落漁梁影,山空樵斧音。何妨歸櫂晚,明月在松陰。

答談長益有序

蘄州城南雨湖,曲折二十里。峰嶺映帶園亭,墓田夾岸高下,亂後全見蕭索。京口談長益曰:"前此憾不著,是待吾黨名。"將以爲君刻曲,可乎?二詩見投,依韻奉答。

隔江山色南屏似,晴雨真同西子湖。亂後墓田無宰木,長年漁艇伴樵夫。君來淪茗泉稱慧,我自逃名谷已愚。地僻喜回車馬跡,藕花蘋葉隱鷖鳧。

其二

何年指水號郎官,從臾群公載酒看。但使春波宜白墮,不須刻曲屬黄冠。近城禾黍先秋熟,接岸風煙入夜寬。肯約結廬相伴住,預栽斑竹贈漁竿。

約長益游猗玗洞既聞先往

興至不暇嬾,信然逢此翁。扁舟載卭杖,一宿楚雲中。嶽色世間雨,登山遠見廬嶽。鐘聲天外風。裁詩費搔首,恐與帝臺通。

潘江如陸出示時賢詩

我昔東走崑山陽,十年卧病還江鄉。枕書茅屋聽江水,白日跣足歌滄浪。百函已付石頭瀨,四本誰擲稽康牆。夢中芝草煌煌紫,醒後空山尋鹿豖。劉生張生近頗賢,蹇驢不見動經年。攀殘楊柳長堤外,撼落梅花小墅邊。狂來招月呼爾汝,愁至垂頭向胸語。毘陵談生騷雅才,潘生錦囊隨爲開。談生心苦吻太快,潘生短章實好在。潘生好友兼好奇,篋中更致他人詩。解縧令我讀且説,恍惚掌上生蛟螭。高淳邢生昉。没已久,平生任昉良足悲。顧生夢遊。以外更何人?君過金陵訪杜生。濬。紀生映鍾。句老長安塵,慈谿錚錚得魏耕。

江如録藏予詩至五百餘首戲答

堂前三日新婦來,睍睆覗幕人疑猜。幾年眉嫵惜不得,鏡鏡相逢歎顔色。東鄰美女西家施,月落紅綃秪自知。誰將粉本須臾態,貌得無人轉盼時。

訊長益游東衡

東衡雪後添君杖,梅水粼粼影入波。百里相思已如此,他時千里更如何。

長益游漪玗洞歸,夜雨小凉,招話草閣

不知三伏盡,一雨晚生凉。燈火才親夜,圖書即滿牀。君來秋更好,老去興難忘。幾日漪圩路,離情話即長。

送友游汴梁時河決

不信中原更陸沉,看君此去定傷神。金梁橋外如霜月,曾照當年歌舞人。

凍雨登八極樓招西印昌云:樓在江夏黄鵠山,今廢。

白日照緑草,飛雨滃芳洲。凉風一披拂,可以登兹樓。孤高搤地勢,縹緲凌雲浮。乳雀直上下,行雲爲去留。朱甍出刼火,仙蹟還千秋。昔日章華臺,於今猶在不?錦袍弄明月,玉笛乘扁舟。曠觀冀來

哲，逸事景前修。願與庾公暇，放神八極游。籌邊有餘力，高駕時當投。

秋夜發舟樊湖，來止臨皋。永城練子石林出其鄉人侯方域遺文於桐城。方還青少府寓舍，出酒環酌，坐而聽其誦三五篇。誦者悲激，聽者噤斷。坐中爲王子雲、丘過之兩丈人，子雲之子曰："封洽，擁燭踞觚，形神不屬，有飯忘箸箄之意。"詩吊侯生

江山愧明月，相照無古今。客子愧江山，往來成苦吟。行行且長吟，吟苦聲轉吶。離别曾幾時，耳畔見白髮。分明鏡中歎，玉色不見珍。身後感何益，丹青飜誤人。侯生豫州才，所遺書十卷。緑酒環青燈，長歎卷不掩。雒陽昔年少，在日悲坎窞。江月終無情，波聲夢中轉。

讀桐城姚彦昭紀游詩

皖鄉與蘄春，風氣頗相逮。流水自通河，群山如逐隊。北望司空原，古蹟李白在。南連樝栟嶺，傳是杜甫愛。當時天寶末，高賢率淪晦。姚子竟後來，含情視前代。譚鋒接終晝，薢茩喜相對。落日丸丹砂，夕峰染青黛。詩奇不易讀，授卷似前鐓。君有三矢威，我無七札鎧。紀游何爛熳，跼蹐高厚内。君看李杜流，名起身轉退。

題谿南草堂爲夏邑陳簡庵稷

麥丘磊落有陳生，谿南草堂天下聞。百年桑梓且丘壑，賣藥牧豕徒紛云。前朝心膂君先君，西邊張掖張一軍。火落部落竟南服，乞慶不敢窺河汾。稷父陛，熹宗時兵備西寧，火落赤之子乞慶古罏兄弟搆難，來借兵，陛拒之。角巾還家無擔石，宅第何曾營只尺。一花一木殊有情，春草春波自通碧。羨君三世難匹儔，不減昔時陳太丘。廿年文采動江左，千秋風尚還山陬。晉朝名臣祖士雅，蹴琨起舞胡爲者。屯雎克譙往蹟存，君今草堂譙城下。宋家花石更有無，玉津曲水空畫圖。草堂

但説谿南好，金谷平泉總不如。

燭下留鎮江鍾惠中

與君同是東吴鄰，今逢楚地稱主賓。如予復向東吴去，豈得楚傖相目人。短檠河漢夜旳旳，昌云：《説文》白部無的，日部作旳，諧勺聲。長江波浪秋鱗鱗。今宵投轄亦何意，醉倒繩床即避秦。

飲葉敬之署齋

少尹何年積俸錢，客來不惜下十千。琴尊草屋留高韻，風雨官寮起暮煙。吏散荒庭惟鳥雀，人依雙舄是神仙。武昌樊口魚尤好，大有槎頭縮項鯿。

宋牧仲舉一日射四虎

蚤侍宣麻草玉堂，屢從扈從獵長楊。姚崇相業人爭惜，公考相國文康。謝傅家聲爾足當。雪帳護燈紅蠟紙，風林追虎緑沈槍。西來紫馬尋常態，會見徵書下建章。

其　二

曾記登州于子仁，後來文敏復如神。直令異類明心膽，何處渠魁要撫循。塞上虚名誇僕散，北平父老笑裴旻。熊轓蚤戴貔貅出，肯信君侯技絶倫。于子仁，武岡州人，洪武十八年進士，知登州。民傷於虎，命卒持牒，入山焚之，一虎弭耳，隨入城，至庭下伏不動，杖而遣之。正德末，廣東清遠縣多虎，霍文敏韜以主事入都，過之，移文山神，約至五日内殛盡，勒碑飛來寺。明日雷擊殺四虎，溪水驟漲，隨流而出。嘉靖中，韜卒，碑扑，虎復出。寺僧豎碑祭告，虎復匿。隆慶五年，復患虎。知縣鄧文學告碑下，群虎渡河去。元僕散秃哥前後射虎萬計，賜號“萬虎將軍”。

其　三

打鼓山城衙放時，使君懷古復探奇。牛羊舊牧春申墓，蛙黽新開洗墨池。官燭雙椽裁麗句，胡纓小隊出花枝。太平弧矢還休事，蘸筆須成封禪碑。黄歇墓,一云在吴,一云在常德府開元寺,父老相傳在今黄州府治東十里,失其處。王一翥诗:"青郊十里春申墓,至今未入詩人句。"蘇子瞻洗墨池在城内,有趙松雪書亭額,久廢。桐城方畿詩云:"泥深水淺穿花鴨,云是東坡洗墨池",至是牧仲並建雪堂竹樓于池上。自爲記。

偕還青石林集補石草堂,限韻

衣荷帶索蚤歸田,珍重山中聽杜鵑。蔓草再尋王粲井,剡溪曾負子猷船。碧梧黄落高秋月,紅燭青蟠午夜煙。枕角愁心千里夢,一時吹聚大江邊。

送練三往浠川

西風逐遠吹,旅雁號群悲。此際一握手,念君當别離。别離亦不遠,近在浠河糜。出門揚玉鞭,遂與浮雲齊。年少誤詩書,壯志銷蛾眉。風塵何足歎,苦被錢刀欺。弓劍行四方,還鄉孥黨嗤。何如結肝膽,白首終不訾。山鐘醒後夜,雨雪念良規。青釭何夕華,待子以佳期。

同還青醉洪研瞿齋,戲作嘲笑

洪生窮傲眼底無,無錢沽酒日更沽。平頭奴子擎素書,今者薄暮網得魚。唤婦出房飭中廚,有骨已剁柴蔥茱。梁州使君頗不迂,倒騎衛子欺生駒。速來相對飲一壺,一尺土銼火滿爐。寘之几上烹伏雛,牙籤苓落供伊唔。使君齒落噞白鬚,且讀且嚼勞輔車。羲輪爲我停躊躇,欲墮不墮山之隅。城上烏啼尾畢逋,何來褦襶耳囁嚅。空筐無糈待子餔,君起我肘君之裾。彼食我飲良不拘,貪觴惡客今何如?天下英雄使君孤。

見月懷鍊三浠川

今夜江村月,山城應照君。徘徊雙僕馬,寂寞憶離群。孤鳥逐煙暝,餘嵐戀夕曛。料君新句出,愁絶鮑參軍。

楊黄岡嶽生升任嘉定州,載酒出安國寺叙别

論文載酒唐朝寺,别緒還憐並轡歸。燈火孤城呼鑰啓,星霜冷戍見人稀。兩川筰馬今粗定,九坂驅車昔豈非。雨雪簡書須自愛,衰麻蠻洞尚重圍。

嶙峋劍閣接天浮,間道開關已數秋。巫峽亂雲連楚嶠,峨眉春雪照征裘。還山陶令非無悶,化蜀文翁獨隱憂。君去丙魚須蚤寄,岷源長向漢江流。

嶽生餽雙燈

黄州夜飲苦不足,嘗被風吹馬前燭。茅簷竹瓦高及肩,列炬不敢燃一束。良宵三五醉蹋歌,明月直射金盤陀。梵鐸風箏響連瑣,慘澹當年聽玉珂。昨朝雪花大如手,嘉州刺史邀我酒。關門不畏醉尉訶,路旁或恐揶揄走。憐君贈我雙絳紗,珊瑚羅帕生彩霞。騏驎銅鏡照霜草,殿前冷落金蓮花。

潘將軍筵上作

狒壺半齧青狼牙,鸊鵜拭胥鶻掃花。銅簽夜報蓮花泣,鷺鼓鵾弦聲轉急。燭奴騎鳳蟠紫霞,銀練斜光照不入。綺筵顧曲當世豪,尊前娛客呈彩毫。博山三尺迷香霧,夜寒簝妥花屏步。檀槽亂語曲不誤,爲君裁作相思句。健兒長跪雙蛸眉,銀花服匿金屈卮。牙門錦帳開送客,觱栗吹殘半環月。

重九風雨,還青石林補石倩修研瞿携妓見過,限八韻

上客集重陽,天涯似故鄉。假予爲地主,有菊即山莊。以此聊相慰,諸君各盡觴。中原漂泊恨,生事亂離妨。風雨留今夕,牢愁選妙倡。江聲入城郭,雲氣滿瀟湘。莫自悲鸚鵡,還堪典鷫鷞。羅衣一携手,青鏡幸毋忘。

十一月朔冬至,補石弱生攜饌夜過,值兩姬送酒

江干病客厭蹄輪,已醉燈前墊角巾。至日恰逢周正朔,晴雲先動漢家春。坐憐比舍雙珠樹,頓有偕來兩玉人。今夜麻姑真送酒,傾壺倒榼莫辭頻。

至日還青石林寶臣研瞿過集

黄州客舍逢冬至,兵火初停愛物華。寒破小樓浮竹葉,馬嘶一路見梅花。十年民力東南困,萬里軍書雨雪奢。象轉銅儀看斡斗,氣回緹室暖吹葭。孤城日出連黄霧,遠渚風多卷白沙。歲月易驚還澤畔,弟兄難聚是天涯。銜蘆大野迷鴻雁,落葉空山走鹿麚。短草蘭芽初晝永,江湖春水動浮槎。有後約。

寒夜坐還青客館作有序

偶然而來,同是西陽之客;有爲而作,各賦北門之詩。江黄之間,遂多異人。秋冬之際,難爲懷抱。寒爐火爇,明月茶香。率贈短篇,聊志永好。

耳熱醒清露,寒蟾明我心。偶然同作客,相感亦何深。茗色摇燈白,鍾聲入夜沈。阮家賢子弟,片語抵千金。還青二子在坐。

佟三滙伯攜二子入楚省墓二十四韻

代遘維新日,朝膺佐命才。一時分陝重,四岳辟門開。鎖鑰當南極,星辰準上臺。八閩還色象,百越静烽埃。再領藩司印,三遷御史臺。鯨鯢潛渤澥,雲氣指蓬萊。嶺堠雄無敵,江關勢總該。握奇占大乙,轉戰直河魁。玉斧頻操械,金甌望卜枚。二疏名畨泰,九坂轍初回。緑鬢通名忝,丹墀拜手陪。論文追屈宋,交誼許陳雷。信誓浮沈隔,煙霜歲月催。相逢俱贈茝,一别幾鑽根。書是君房寄,人從日下來。白頭須共賞,青簡竟誰裁。鶴表山猶在,龍洲橘未栽。山川自今昔,碑壠尚崔嵬。西市傷前哲,南皮泣舊僚。事見《甲午詩》注。永懷增

感觸，握手重徘徊。橋梓看無愧，楩楠豈更猜。衣新人則故，晋用楚之材。戚里嫌尤避，和門轂定推。謙恭屬元老，期汝作鹽梅。

寶臣别墅有淡紅梅，屢邀看不果。王遂入山，花緐且落矣。戲简五首

鶴羽斜飛映彩霞，霓裳初駕紫雲車。漫持絳雪仙家藥，来染孤山處士花。

管領春風到畫堂，絳紗籠下粉題香。若教認作臙脂頰，不重南妝重北妝。

主人入山客不來，幽牕幾樹繽紛開。鄰家少婦惜顔色，一日登樓看一回。

凍鳥銜殘金井闌，寒蜂翻落女牆邊。苔深月暗驚回首，疑是前宵隊寶鈿。

猛將佳人事較難，緐華何必到頭看。只將蓓蕾供君眼，始悟王郎蚤閉關。

石林自浠返黄，將歸永城集補石别墅，予以病阻，賦詩道意，兼憶練先公練國事，弘光時兵部尚書，乙酉春卒于南都。

風雨王郎館，十千試一賖。最憐開竹徑，臨别看梅花。旅病淹良會，昏牕亂暮鴉。何妨三尺雪，晴路即天涯。

天涯起馬足，望望復如何。迢遞春愁滿，蒼茫關塞多。軍聲動青海，歸客渡黄河。珍重臨岐路，山中護薜蘿。

蘿薜冬深好，婆娑欲放春。江邊存白屋，海内更何人。背俗難求友，傳家豈厭貧。看君厭奔走，巾屐且風塵。

憶爾先司馬，捐生爲國憂。新亭泣南渡，舊路痛西州。異域招魂去，遺書付客收。中原人物地，忠孝屬箕裘。

送簡庵還大梁

疏雨破飛絮，君行梁苑時。道傍胡粉妾，含笑轉蛾眉。念此瀟湘

客,長年雨雪悲。青春伴長路,莫不寄相思。

贈長益

談生人中英,千萬始一遇。跡其用舍間,頗識當世務。才名三十年,海宇走毫素。壘落翰墨場,繽紛綺羅聚。干戈斷歡醵,蒼踤白日暮。草野方北憂,朝廷已南渡。江淮反節鎮,使相苦回互。刁隗非無辭,失色動相顧。黄塵策代馬,紫蓋黯牛婁。跣上京峴山,旌旗滿瓜步。當時已破産,狂走不知處。招我同心人,還山咽煙霧。妻孥困耕織,作計筆墨布。少君博學,爲鄉女教授。伯鸞東出關,德曜應已娶。波濤吕梁船,雨雪燕趙路。風沙逆去聲。病馬,四蹄起寒呼。李邕碑版貴,節信屐履赴。不厭朱門求,何妨白頭趣。歸裝燕市書,鄉信海門颶。回望西山頭,痛哭長陵樹。妻孥徙烽火,一飯不得住。南謁洞庭君,非關濟勝具。凄凉黄陵廟,寂寞屈賈墓。生平五嶽心,題贊皆有故。他人惑治亂,羡子秉常度。作詩時滿囊,秋水愁未注。天道非難知,料事老豈誤。爲我穀城東,提撕圯橋孺。昌云:提撕,警戒也。

贈江如

明代當末年,國士少偏黨。裋褐雖不尊,文章足群賞。無隱松陵豪,君考。名在卿相上。弔客登琴床,哀辭貫黄壤。家君世家學,後先覺難兩。跼蹐頒白年,清聲落塵鞅。詩書未墜地,刻志淪草莽。仿佛江湖間,居然華風長。舊家海門北,時地值搶攘。妖鳥鳴羅平,何人鼓鐘饗。抱書走湘漢,問年已呼丈。讀子先世詩,愛君筆尤爽。牀頭堆一尺,燈老青晃晃。萬籟避幽吟,如聞鬼神奬。草堂數見過,一卷輒在掌。見君衣裳單,怯我四壁敞。呼兒理殘甕,風去竹上響。寒臘近春光,紅實懸椒欓。顯晦人所爲,貧賤天所養。七里獸窟山,當年孰孤往。

歲寒葺草廬

賜貂當冀北,汗馬正黔南。轉粟尤深入,懸軍更遠探。鎖橋危易斷,銅鼓聚何堪。已識開叢道,真愁折武擔。邊隅紛順逆,覆載本弘含。降叛全無殺,恩威用固覃。來歸皆將相,列爵即朝參。治亂原天意,存亡敢浪談。有儒吟澤畔,多病老江潭。雨雪年時急,呼兒且結庵。邵子湘云:只結句一語著題,詩格自老。昌云:看結句一且字,詩意自遠。

送鍾惠中還鎮江

金山當鐵城,海氣薄百里。天空吕蒙營,地險楊子水。鍾生家其間,風度雅莫比。讀書識大義,粗辨治亂理。金陵卜王氣,甎井求玉璽。宫闕三百年,雞鳴曙光啓。方物庭實前,直道布衣美。惠中,江左充貢,擬上書極愷切。殿下賈生書,殿上鄭公履。朱衣孰開鑿,白日龍虎死。童童壽春山,萬馬鞭末指。黧顔避蒿藋,蹤跡寄頗詭。縱意丹陽湖,漁樵聽舟止。狂歌餞日月,痛至還拊髀。楚澤寧浪遊,人生鮮知己。昂藏本不惡,拓落私自喜。乞米趨轅門,朝日射戟耳。寒深遠山白,春近蕨苗紫。努力貧賤時,還家讀三史。君欲修遼金元三史。

送長益還京口長益客燕二年,海警後歸,復來楚。○二首

城南鼓角長江擂,晋二年,京口有五歲兒登城西南樓打鼓,名長江擂。海島鯨鯢秋浦飛。京口一時書到少,杖頭五嶽客來歸。老便丘壑難安枕,興在雲山且拂衣。不爲故人艱禄米,浮家此地或同依。君詩:“幾時兵火靖,遂志得移家。”

白髮難教壯志降,近來詩力鼎能扛。百年日月過頭半,萬里乾坤老眼雙。結客漫辭燕市漸,還家聊學鹿門龐。草堂尊酒相持日,難别蘄江下鎮江。

哭洪研瞿有守,步寶臣二十六韻

哀至欲無言,天高更莫論。璧人埋糞土,珠淚落潺湲。蚤歲貪爲善,生平義頗惇。託孤成七尺,君義育,故人鄭氏子。讓産厚諸昆。客到皆投轄,家貧屢廢餐。交遊愛燕趙,寄食許王孫。下第辭京兆,秋風落塞垣。氈裘聊縱酒,粉黛竟銷魂。漢月臨邊苦,羌歌入調繁。相逢盡鞍馬,快意且櫜鞬。故里山田薄,佗鄉友道尊。同聲㿽趯趯,遭亂兔爰爰。應接精神滿,盱瞜語態温。洪二短視。高情山水障,妙墨

鳳鸞騫。氣類歸任昉，風流揖謝鯤。又無消渴疾，遽使百憂屯。白馬虚邀式，青蠅遂吊翻。無兒鄧伯道，賫志陸平原。髽結憐同閣，麻衣少在門。桐棺仙令賻，黄岡尹徐亦史爲治喪。訃告崽童奔。八口疇仍衈，孤魂若報恩。不成于我殯，豈忍拜君膰。馬鬣須留志，蟲箋擬盡繙。茂陵書幾卷，先壠祔何村。隔日言猶憶，千秋志已寃。登牀君聽否，吟罷轉聲吞。

大軍出征山海

卷甲將軍夜渡河，鳴髇班馬滿滹沱。黍田夾道趨風雨，組練横江下鸛鵝。海外從來王氣少，南荒真患島蠻多。丁零舟覆洮城潰，幾處窮山尚枕戈。

立春日答何龍牧

水部文章奕世傳，官梅東閣更嫣然。一城彩勝春風下，幾日青尊玉樹前。竹馬笙歌迎太守，雕盤綺食宴神仙。新詩定好何繇見，留取花枝媚楚天。

又答何令遠

筆床茶竈晚霞堂，蠟屐登臨興未央。薄海風塵餘嶽洞，天涯草色夢池塘。年年簫鼓迎春至，處處園林著雨芳。冰署梅花破香雪，幾回朱袖拂何郎。

白茅堂集卷之十二

壬寅康熙元年

春　蚤

夜雨起群緑，朝陽歡鳥聲。闘巢花乍落，呼饌筍還生。丘壑淹吾趣，乾坤老用兵。君聽村壠外，親切子規鳴。

夜大雨

霶霈起中夜，空山静轉驚。泉光翻樹杪，電影住鼉聲。楚國春多濕，長江水易生。汎舟前日役，襄蜀更征兵。征鄖西也。

夢　醒

夢裏惜年少，醒來淚暗流。亂離驅我老，江草换春愁。負米荒葵藿，酬沽典敝裘。生平作計拙，不獨畏千秋。换作唤者，非。

夜　漁

子規亂啼山木疏，西嶂已没殘蟾蜍。橈聲暗問識同伴，星影不知誰得魚。全生肯狎蛟鼉窟，遠害且非豺虎居。自笑爲農閒袖手，漁租歲歲當菑畲。

述徐大令恤災，因懷王子雲黄岡令徐籀散金千四百兩。

怪鵶銜火何處來，千家茅屋飛煙埃。哭聲群奔江水怒，烈燄更上吴王臺。燋頭不賞曲突客，噀酒莫救成都災。黄岡大尹真奇哉，千金立散無疑猜。清晨縣門集傖儈，腐儒後到争喧豗。曩年斗米錢三百，太守施糜果良策。小杓大盌覆且呼，郭外殍屍還枕籍。兩公嘖嘖人稱賢，道州别賦春陵篇。牧兒野火燒空山，誰當往問焦孝先。君不見巴河王生六十九，日暮口饑空打手。盲婦燎衣誤燃帚，兩間茅屋幾不有。公胡不下十千錢，往救蘆中一衰叟。

虎媒篇題贈張子

扆州司户張尚書，蕭條郡廨山林居。尚書幼女十五餘，就中娣妹色最殊。誰家君子羅敷夫，藍田裴尉玉不如。摽梅欲賦愁踟蹰，裴郎百兩憾路迂。尚書宴女張繡裯，荒園日暮噪老烏。瞥見花下黄氍毹，一虎躍出衆走呼。可憐阿女千金軀，裴郎錦纜已在途。路傍有女啼嗚嗚，雙環麗婢争相扶。爪牙不傷花雪膚，蘭膏列照黄金爐。今夕何夕六合符，虎媒異事真有無。至今黔峽紛女巫，當時安史屠東都。翟衣紅袖遭泥塗，乾元天子德政敷。三千怨女歸鄉閭，仳儷兵革代不殊。人事錯迕良緣徂，張郎感激胡爲乎。燈前夜雨長欷歔，新翻樂府調吴歈。彩筆欲與雲霞紆，東家倭傀歌將雛。衛娘鬒髮秋已疏，嗚呼張郎亦丈夫。高才蹭蹬無歡娱，吾聞王母虎齒金天隅，有三青鳥爲之奴。爲君錦字通麻姑，代間下色何足汙。

題曹石霞扇面春雨句，因寄石霞二首

愛汝新詞到處誇，風流應屬住出家。勒將春去許多雨，流出溪來都是花。

無多團扇十四字，想汝山居盤礴時。縱然詩律師承少，亦是填詞絶妙詞。

笋蕈留客二首

笋蕈貧家春最優，長鑱試斸可能留。數堆廢瓦穿苔出，幾尺西園帶雨抽。荒隴茅生啼撥彀，接江草長亂來牟。屯煙宿霧青蒼質，卻繞吾廬暗一丘。

萬梢修影拔崖阿，箇箇龍孫綰薜蘿。好鳥不飛煙色外，饞麞時避主人過。林深水塢城東少,葉爛雷菇雨後多。聞道南筠能結實,沾脣滑七更如何。

送程五弟朗公花燭後,偕婦歸寧襄陽

似續孝之大,繇來昏禮嚴。主親可不敬,迨吉亦何嫌。卜鳳叶蓍兆,鳴雞開鏡匳。叚脩明婦順,鞶帨表情廉。總角志弧矢,執經潛裹閤。歸寧且襄漢,道路幾郵簽。榜奏流聲喝,高堂遠夢添。紗牕鄰翡翠,水影愛雙鰜。年少須勤學,他鄉勿久淹。春風候歸櫂,重碧爲卿拈。

程燕又蜀中書來,兼寄良藥

暑氣不侵竹,清風來敝廬。故人五千里,心事數行書。藥裹關予病,炎蒸正憶渠。夔州血戰後,棧道埽除初。閬水腸堪斷,巴山錦不如。鐵衣疑未解,井絡祲嘗居。景物高堂望,雲鬟倚幌虛。思君憐驥子,摩頂一愁予。君幼子予杜養也。

又寄燕又

白帝江陵一日,黄牛峽口三朝。蜀道何難何易,長安非近非遥。弔古君過魚腹,愁心我寄龍標。欲問巴童藥裹,聞携越女花嬌。略地蚕從僰濮,將軍獨數嫖姚。蓬婆奪取雪外,桑郎莫負良宵。

果下馬

雨少沙河渴,曲折成回川。飲馬吻至地,石子流濺濺。石子傷馬蹄,馬嘶客心悲。前身未作馬,馬語焉能知。流血從大軍,六月滇南垂。關嶺七百丈,白骨森撑枝。將軍敗綿竹,緬甸失龍旗。鐃吹夾我行,以我降王歸。萬里任共億,千群逐鼓鼙。羸老放軍營,得充民馬爲。幸免馳驅辱,敢辭渴與饑。寧當巖壑死,不忍同羈縻。宋有羈縻馬,産西南蠻。

仁義柳有序

嗚呼，急難曰義，繼絶爲仁。雖在草木，有若然者。小堤垂柳，地本外圃。有他折枝，偶取接附。寄體託氣，枝遂茂生，命之曰仁義柳。壬寅六月二十九日感激作此詩。

方塘大逾畝，種柳三五株。柳肥易長大，瘻瘣如垂胡。憫彼折斷枝，寄縛於皵膚。脂膏偕浸潤，連體同榮萼。感我草茅淚，淫淫爇襟裾。桃李義代僵，蔦蘿亦相扶。兔絲固無根，託命於他軀。草木有寓公，於人義何殊。田文犯虎狼，保此窮迫徒。魏齊一已死，虞卿乃著書。寄國作天子，古來良獨無。一語喪炎興，哀哉譙大夫。

送別西印移任賓州

峰嶠隔天末，相思隨去幡。感知元自識，去聲。臨别復何言。風氣三湘接，詩書百粤敦。同爲名教地，到處孔顔尊。人説烏蠻洞，高過白帝門。似公清嘯足，不用羽林屯。冰雪開茅瘴，煙雲卷晝昏。故鄉兒女月，官況鬱金尊。萬里通聲氣，千秋費討論。野夫作計别，貧賤即桃源。

秋雨遲客

木落見村墅，君來墊角巾。草亭煙樹路，雨蓋板橋人。楚客悲芳草，秋風老白蘋。何山君可買，只合酒家鄰。

潯陽訪席司理不遇

地險東南控上流，漢皇曾作射蛟游。城頭雲岳蓮花頂，樹裏人家楊葉洲。司寇才名聊佐郡，參軍風概且登樓。軒車肯逐行春出，忍負王猷雪夜舟。

酬德化汪明府三首

陶謝風流盡，得君殊未央。升堂見廬嶽，出郭是柴桑。署冷行雲濕，邨秋晚稻香。最憐兵火後，雞犬舊潯陽。

昔年當此地，兵賊太縱横。一自神明宰，三秋奏最成。人家臨水市，津吏鼓橈迎。爲問清江路，郵籤更幾程。

地險東南要，時艱撫字須。城池控吴楚，魚稻滿江湖。征棹欣相見，新詩得更無。宫亭秋浪惡，欲借使君車。

宫亭湖望大孤

孤山何崎峗，有若百夫傑。離群見真性，特立挺天骨。其西匡廬峰，五老似稱謁。有如四顥賢，不敵應曜哲。廟貌夫何爲，流俗安足訐。蕙帳冷椒漿，蛾眉閉新月。陽侯匯江湖，兹山更奇絶。茫茫元氣中，墮此石一笏。應曜四顥同時，漢祖屢徵不至。

左里夜月聞笛有懷

廿載交游劇轉蓬，山陽老淚灑西風。一聲長笛圭峰月，誰使他年泣范公。

張巡廟

漢兵夜合戰，捩劍當轅門。戰鼓聲欲死，門旗風不翻。寇道扼三輔，翠華存六軍。當時一殉節，萬古留忠魂。

登藤王閣柬陳徵君士業弘緒

滕王閣下讀書樓，樓上高人日夕愁。畫棟幾經兵火燼，翠華空逐彩雲流。元壬寅歲，大明高帝過龍興，宴于閣中。地吞章貢江聲大，山擁匡廬雨氣秋。黄鶴岳陽諸匠作，傷心無復舊南州。崇禎末，閣與黄鶴、岳陽皆毁。年來二樓稍復舊觀，閣雖重建，甚小。

鐵樹宫

永嘉史筆竟遺編，軼事洪都别志傳。地穩鰲峰今幾刧，水腥龍井已千年。波翻伊闕愁方横，網脱鯨鯢力未搴。安得潭州封一劍，坐令昏墊返桑田。時中州積雨,江楚大雨。

酬梅耦長庚臨江芙蓉屋見柬之作

避地江東梅子福,千年更向瞿硎谷。采山自製薜荔衣,題詩偶到芙蓉屋。琴高秋水乘長風,麻姑閣皂天相通。上元夫人眉語笑,飄然玉節雲中逢。白龍黄鵠何縹緲,緑醑朱顔合傾倒。古人已逝今人悲,敬亭何如就亭好。花間擊斷珊瑚枝,唾壺口缺緣我爲。君才十丕世所畏,讀書半豹吾何奇。江城昨夜風雨大,雷暴階瀾幾移坐。對飲三騶醉不辭,長篇孤調愁難和。秋浦鳳凰何苦饑,宛陵竹實正離離。會神萬里非難至,起喚青鸞作倒騎。

就亭席上歌贈施尚白

建城官署章山東,使君一亭當其中。修�老樹滴蒼翠,長川豁達來長風。問亭就理何繇始,百年沙阜荒城裏。短垣屋角金字形,苦竹春深玉虬死。昨冬雪盡江之麋,使君懷古兼探奇。閣皂丹壇如獻出,袁江淦水來委蛇。愛君雅懷抱,聯贈古人句。提携頗在綱,疏鑿皆有趣。鸞刀犉耳無停操,西園飛蓋皆才豪。開尊揖我坐秋杪,柯亭仿佛吟風飉。是時月黑河漢横,蕭灘如月明江城。暗拂蘆花照沙白,倒吹櫧葉作江聲。君今已擅文章伯,更向江城摽勝格。待君功就就丹砂,還就就亭覓黄石。

咏龍鬚席戲柬高臨江培

八尺龍須席,且施白玉床。細承金釧色,宛轉越羅光。珠汗不沾濕,蘭膏時惹芳。卷衣要弄玉,持履付無方。拂拭衣縷轢,氤氲蔽膝香。横陳紅燭下,何處白雲鄉。花影蕭蕭動,波紋淰淰凉。肯容徵事客,手掣上車箱。

歌答徐伯調緘

山陰才子天麒麟,文長伯調先後名。後來文筆悍且精,青藤鬼哭聞秋墳。有堂自署曰歲星,或是曼倩來五城。切雲冠佩聳長劍,明月寶璐影奇纓。詩篇垂拱今再見,縟彩輕轔復蔥蒨。八月山牕讀汝詩,蘭亭殘帖花開遍。樂府曼聲最可憐,翠鬌金鳳骨爲蘭。斷魂文正西州路,淚盡才人斷養篇。君有倪文正蘭亭歌、邯鄲才人歌。浩歌贈我意幽咽,實恐初從亂離説。黄金誰買咸陽春,白雪空殘郢中闋。緐華流水盡堪悲,舉目蒼涼異昔時。地坼駉飛迷紫塞,天文牛宿暗黄旗。愁邊長笛山陽怨,夢裏胡琴景復詩。眼前幻化良不有,婦人醉酒夫何爲。舊山風月都如舊,芝草煌煌欲三秀。富貴神仙豈異人,蹉跎兩失君何謬。浪許皋夔杜少陵,隴西李白詑天生。文章身後還餘事,莫薄今人愛古人。

雨中飲陸司理署,歸招提,醉答高阮懷詠

璞玉莫頻泣,大文不可舒。須知造物有深意,標榜卞和山隱居。宛溪近方流,洞庭亦川潤。愛寶地豈然,輕售天固吝。邇來文字推宣城,高梅二子施先生。星也薜苫晚最真,高生長篇殊有神。義士千里不唾井,可憐女子能照影。往事勞君反覆題,行歌宛轉悲難盡。蘇州胥門十丈波,還家皂帽垂青蓑。水仙連舫尋簫鼓,山鬼三閭帶薜蘿。朅來楚澤迷阡陌,乍向江城遣簫瑟。香炬簾櫳番受秋,琉璃燈火偏親客。竹屋松寮漢水湄,醉牽羅袖解霜衣。羇栖欸叚走風雨,屋漏參軍深夜啼。夢回疑有鈞天奏,眼底驪珠墮懷袖。薔薇濯就一篇詩,蓮花滴盡三更漏。海内如君復幾人,少陵偏與達夫親。妍媸具眼終須辨,皮相如今豈足嗔。

銅鑼江父老行美張清江

銅鑼江水清爲名,清江父老牽兒行。語多説尹終在口,道此生聚繇神明。豫章前年賊火暗,王師六月江南征。吹鯇忽報令公至,騎竹初見兒童迎。狼煙眯眼且暫息,牛刀試手新出硎。甲第君家近輦轂,史册歷世緐簪纓。京兆摘奸君不數,都亭埋輪君最能。逍遥河上健者誰,中丞樓船前遇之。轅門堅卧段秀實,獾子膽矗無老羆。小臣露章叫閶闔,夔龍滿朝聖人納。誰言健兒勝腐儒,始信興朝寡噂嗒。只

今花灩洲上沙，射雁不敢來人家。老翁長箠逐牧馬，婦女銀釵收枲麻。司農使者車轔轔，有檄履畝兼料民。晉陽保障得尹鐸，河内循良推寇恂。君侯治理今蓋寡，六年不調胡爲者。繡衣按部答清問，冠蓋何勞滿郊野。問誰使君身姓張，鬑鬑有須晳且長。荃紉蕙佩夫容裳，荀侯坐處三日香。射策金馬登玉堂，揚羈飛鞚人稱郎。寄言父老且休詫，詔書蚤晚天門下。只恐攀轅不得留，老翁仍向朝廷借。

中秋尚白招游慧力寺，晚登雲根亭，夜歸愚樓玩月三首

慧力定千刼，巍然此梵宫。斷橋聞伏馬，怪石卧聾蟲。事見《臨江志》。灑埽諸天喜，栽培曲逕通。分題來謝客，登眺得羊公。沙浪晴摇日，松濤晚聽風。山頭有亭子，知在翠微中。

才思真開闢，山亭砠戴孤。不知他嶺峻，還似此山無。煙火環城郭，陂陀入畫圖。賞心非一事，絶倒數狂呼。落日催歸舫，清暉引半途。柳州好巖谷，何意只名愚。

年年當此夕，月路直銀河。寒色下空滿，花光隔箔多。上樓蟾魄近，卷幔雁行過。蔽樹明燈火，誰家殢綺羅。市簫風欻壯，譙鼓夜如何。狂態因君發，銀鞍醉蹋歌。

觀錢家伎

今年秋色太無賴，苦熱更在章江西。雲山窈窕雁遲到，橘柚菁蔥鶯亂啼。四海風塵勞羽扇，三更歌舞濕羅衣。坐中有客傳鄉信，報道鄖西未解圍。

把酒勸梅真

丈夫一按劍，鮫匣起龍吟。且酌新豐酒，休操越舄音。風雲千古事，霜雪歲寒心。君念深閨婦，長宵泣舊簪。

河上庵訪宋子

江上樓船肯重過，不投懷刺待如何。片帆白浪隨鴻鵞，老屋春燈

隱薜蘿。風雨關河同調少，弟兄尊酒客愁多。沙邊翠竹猶堪賞，閒引山僧一放歌。

玉笥山下逢舊於潛令陳元公

西湖大雪一夜冰，客舫漁艇膠不行。舍船上岸住精舍，鼓啞鍾喑動一旬。城中達官能念我，大甕抱酒筐挈果。傾筐注甕但飲之，爛醉看經無不可。蕭九壚頭冰鼉弦，我欲往聽無一錢。忽憶故人山城宰，尺書果寄三十千。憶此十二年前事，雲飛雨散都不記。使君白髮唱黄雞，阿九殷衫脱紅淚。虎頭鞶囊豹革裙，玉笥西畔一逢君。葉縣不知仙令尹，霸陵豈識舊將軍。蹉跎但盡杯中緑，促剌人間可哀曲。虚譚石髓王長休，妄冀封芝蘇玉局。騎龍弄鳳非所知，挂冠神武更何之。清江酒薄且須醉，卻憶西湖大雪時。

愚山貽佛手柑，時藥地在署中，戲簡

擘函雙袖乍氤氳，押式重封五朵雲。密印結從金粟掌，天香傳自北辰君。《道經》：北斗陀羅星使者手執曼陀羅花。拈花莫更來迦葉，彈指須教埽見聞。法相隨形真妙好，力叉示現太殷勤。力叉，梵語，樹也。中藏世界菴羅果，外纈蓮華卐字文。昌按《説字》：卐，佛胸吉祥相也，或作㸦乎。據經中上下漢本十七字同呼爲萬，而此卍字，大周天后所制，鑄于天樞，謂吉祥萬德四方會集也。今圖塑佛胸卍字，非是。舊謂卍，古萬字，俗省作方，或曰卍，鼇王名，皆非也。又佛髮右旋，其相曰[illegible]，王元美《宛委餘編》作[illegible]。又按[illegible]乎，皆此方字。㸦，回回國字，梵書無此體。詩中引卐象蓮花手指，依經所説，梵文二十八相，不可一端云。摩頂願捐思慮雜，多生宿業語言紛。同心臭味真難比，萬里珍奇亦見分。寄語藥王高坐客，肯施無畏卻魔軍。施讀如字。

戲咏佛手柑惱愚山時藥地説法署中，四首

淡黄衫子鬱金裁，鉤弋奇香手半開。枕底柔荑明屬汝，强將金色謗如來。

圓滿纖長恐未真，《般若經》：如來手足諸指，圓滿纖長。也應銅掌號

仙人。君王正向樓頭渴，雨露何繇在一身。

緗囊侍女夜焚香，照骨金彄玉筍長。奪卻燕支渾不用，六宮纖指染鴉黄。

鵝黄發色映新醅，勺向蓮花白玉杯。宋王永年妻以兩手酌酒，左右飲客曰白玉蓮花盞。近有效之，爲豪舉者。不比使君孤冷甚，逃禪日日向蓮臺。

鶴徑爲愚山題

選徑春留芳草，鑿池晚畜纖鱗。牕前梅發疑汝，月下松陰有人。高春修影徐步，細雨蒼苔絶塵。肯許題詩携去，孤山相伴閒身。

柑　林

鑑湖五月采蓮秋，虎林柔桑春陌頭。不及橙黄與橘緑，的應風景讓南州。

滇姬齒齲馬金囊，荔子眉顰十八娘。争似清江柑橘熟，銀鉤金剪出新妝。

清江兩岸是柑林，儂家高樓深復深。嚴霜熟實不落葉，緑遍朱簾何處尋。

集尚白愚樓席上，贈陳士業先生

百尺須扶掖，元龍上上頭。江山同作客，天地此登樓。老去知音急，情緣把臂留。中原重回首，霜露冷滄洲。

目力盡飛鳥，鄉心連斷霞。暮江遥向楚，霜葉遠如花。官酒開銀甕，新聲出絳紗。草玄仍寂寞，不是季長家。

缺月吐殘夜，正當閣皂東。分明花灩水，照見凌霄峰。花灩洲在清江，凌霄峰在閣皂。送客謜長笛，上車支短笻。延年樂千歲，回壽主人翁。

三五二八篇有序

梅耦長東歸應試，伯調徐子別以詩云："獨立傾城陰麗華，莫教文叔先期娶。送君明月正當頭，月明還照思君處。”因作三五二八篇送之。

明月三五何所似？盛年繁華嬋娟子。美人二八方自妍，譬如明月初上弦。光輝三五真瀲灩，年華二八尤堪羨。鳥啄櫻桃刺繡閒，花開荳蔻憑欄見。梅妃獨立本修姱，徐娘未老何嗟呀。生憎好事劉文叔，妒殺南陽陰麗華。長安第宅多驕貴，百兩千金殉意氣。不惜靈芸火照臺，寧辭琬琰鎸爲字。吐心吐意在當年，相親相近淦江邊。紅綃玉面誰當拂，東燕西鶼絶可憐。君今别我陵陽去，楓香槲葉消魂路。阿嫂牽衣語小姑，佳期二八卿休誤。

送阮懷歸宣城

梅郎昨夜扁舟去，宛水遥遥引煙樹。蓮幕高生旦夕留，彩毫試作銷魂句。平頭奴子尺一書，蘇蕙回文錦不如。高生起舞臨前除，彈鋏不復歌車魚。妻孥朋友皆分定，貪著一邊母乃病。淚痕雙照月明時，驪駒唱徹誰當聽。一代風流施使君，登樓一曲崩高雲。千秋此夕腸堪斷，施與予輩宴集句云“千秋難在今夕”，自稱斷腸語。岐路同堂袂忍分。斷腸分袂談何易，比翼雙飛寧不貴。擬挾青娥歸洞天，蛾眉那作千春翠。道傍荷葉尚田田，水底游魚信螽傳。細君正待東方朔，贈婦還憐顧彦先。

再游柑林有序

愚山招同諸子游清江之柑林，月丸露垂，霧髓星燦。彌望十里，連雲萬株。既撤幕以班荆，爰飛觴而分韻。俾後知柑林雅游，自吾黨始。

張蓋呼風亦不難，亂流雙槳渡蕭灘。使君不向龍陽種，只與山家特借看。

平沙落日影闌干，滿林迸墜黄金丸。得似服常三首客，遞眠遞起伺琅玕。《山海經》：服常樹，其上有三頭人，伺琅玕子。《列子》：有人三頭，遞卧遞起，以伺琅玕與玕琪子。

山頭月出照星星，蔽葉虧枝太炳熒。若使隋家天子見，不教清夜放流螢。

牡丹金帶未爲奇，夾道爐煙使者歸。説與風流千載後，清江此地是耶非。

柬藥地

棄置勿復道，壯懷成死灰。現身本南土，説法是西來。公自宜長往，人言具辨才。脱離須定力，善住且塵埃。杖笠慈雲老，山河慧日開。歸依佛世界，初地更何猜。禪師曰：一字道不著，如是如是。

九日愚山邀同藥地登雲根亭，余病阻，乃更招之

古寺孤亭相傍開，呼尊更上讀書臺。宋處士歐陽董。霜天綠草扁舟遠，落日青山小隊回。興劇還調支遁馬，疏狂嘗憶李膺桮。蓬萊病客支頤久，但可聯鑣破夜來。

藥地、愚山過問疾，次藥地韻

金門巖築本星精，河嶽英靈豈易生。萬古菁華從布濩，百年天地共持衡。煙霜坐閲中原色，出處徒傷異代情。病酒逃禪俱不惡，雨花風葉石牀平。雨如字。

送藥地住青原

瓢笠歲爲客，即今何所之。青原如可住，黄髮以爲期。劫火開佛日，傳燈作導師。請纓益流血，匡説解人頤。師問杜詩“天地日流血”對句，予曰：“朝廷誰請纓。”師曰：“請纓益流血矣。”

大人書來，知崑山王大弟岳禎過蘄見訪，愴然書懷

相見必痛哭，其如予遠行。可憐孤孽子，曾託老門生。氣節千秋重，岳禎先君殉節，予愍國殤，賦所繇作。江湖一命輕。西州有清淚，久自濕冠纓。

聞陶季深遠訪不值

來去如相避,須知家食稀。與君豈兒女,亦復怨分飛。歲月消行路,風塵悟息機。讀書苦不足,蚤作故山歸。

思雨湖

出門便覺家山好,回首園林幾度看。浩蕩宫亭一日過,攀援閣皂兩旬難。黄鸝帶雨猶調舌,紫蟹經秋未入柈。縮項四鰓誰較美,歸心何必只張翰。

愚山爲予制障幔,因寄林茂之

昔不見晋陶潛,伸足度履王弘前。昨不見林古度,八十躶卧當星露。一今一古皆賢豪,世人那得知其故。燒卻頭上巾,可使婦無袴。幕天席地縱所如,諸君請向褌襠住。又不見施使君,前年絳紗列弟子,今年油碧稱將軍。家無長物且快意,三千幸舍何紛紜。平生江海廿年客,因樹牽船無定宅。半壁時驚黎火青,一床已見觚稜白。不願石家步幛五十里,亦不願杜陵廣厦千萬間。窮情忘想兩不到,且放七尺山中眠。漢家宫闕雲中起,宛轉連環卷百子。唐百子帳制始漢,見《白樂天詩注》。節旄義士海西頭,小婦穹廬嬌欲死。使君讀書破萬卷,能使妍媸眼中見。米桶妻兒豈不佳,馬韉坐客何嘗厭。林生六月長苦蚊,幾作荷花蕭露筋。露筋廟碑,無姓名。徐渭云姓蕭名荷花,未知所據。使君制繪且題咏,仿佛羊欣白練裙。錦鯨齇席無不可,四角流蘇持向我。明年一枕北牕風,今歲三冬地爐火。

大雪走索愚山飲醉即成詩

北風半夜起,吹響庭樹柯。開門始知雪,一夜白峨峨。幾丈冬青林,上有百舌窠。平時競發口,百舌尚鳴。此日藏深蘿。忽憶施使君,簿書廢吟哦。長刺叫鈴閣,馬頭摇玉珂。便成斗酒會,再續登樓歌。日午正南望,向北陰凌多。舉觴一大笑,幸獲君來過。浮生聚知己,不醉君如何。

贈新安畢君

三十二芙蓉，爲天之所都。畢子得奇氣，欲與山靈俱。年少弄柔翰，辟易千萬夫。白衣見使相，長揖高陽徒。當時髯參軍，出入雕戈扶。身爲玉帳客，手握銀菟符。雒陽一昏墊，九坂回高車。倉皇遘鼎革，伏莽恣吞屠。故鄉有蝨賊，衣冠成虎貙。既諳子春策，試發聊城書。褐衣著短後，叔孫本名儒。雙幡忽傳教，物色還須臾。迢迢信安嶺，遠在天南隅。翱翔比半刺，簞路多危途。拂衣避萋斐，稚老前號呼。黃薑檳榔盤，紫貝薏苡珠。持用餞使君，使君非所需。歸來邗江上，鍊藥白玉壺。十五廣陵女，顏色誰最姝。妖哇揚繡髻，紅燭射清爐。朝餐帝臺露，暮受天姥圖。壯心本難耗，放浪仍江湖。願君寶此藥，浩蕩游八區。延年壽千載，歲歲同君娛。

聞方學士坦庵與其長公樓問學士次公邵村侍御輿參敦四兩孝廉關外赦歸

元歲敷恩命，春風度玉門。一家霑聖澤，萬死入中原。著述能無恙，池臺且自存。銀青君莫望，只合老丘園。

至夜飲龔天階客館

龔子通金閨，十年玉堂彥。身作江海人，名猶朝廷羨。羈栖杯酒真，通侻眉宇見。一昨銀魚焚，何曾金張援。風塵鶴蓋雜，子獨與我善。萬里同比鄰，肝鬲常對面。天涯醉長至，華年愴飛電。愧我犬馬齡，呼兄鳳雛忝。經營壯夫志，著鞭終當先。細看腰裹姿，豈忍棧豆戀。

留別愚山

生平使筆如使鷹，九霄萬里無留行。愚山論詩如論兵，五花八陣藏縱横。就中跋扈徐山陰，長稍怒擬劉與殷。或時髽袒繞塔走，膽大直與豐隆争。白雲畫省舊有作，蕪臺五子誇西京。暗中摸索已可得，一昨邂逅心雙傾。葛衫瘦馬並檠戟，愚樓百尺高出城。柑林游賞特奇絶，鼻端火出四坐驚。陳君酒令喜徵事，士業。商略分辨橘與橙。珊瑚七尺輒償我，珍簟五色須還卿。壺漿跪拜出野醜，明月正上縣金鉦。他年此地即故事，今夕何夕欣逢迎。呼兒盡倒古錦囊，還家自掺黄竹籝。敬禮終持子建論，鄴下不直季緒評。文章知己豈易得，意氣直欲山河盟。徐生操執色倜倡，秪恐門外驪駒鳴。南天冬月豫章緑，百舌黄鸝腸斷聲。

别陸司理濬席上作

朝發琵琶亭，暮抵滕王閣。余以七月十日朝發潯陽，暮抵章門。神飆馭子安，千秋事如昨。福地傳皂山，仙官集黄鶴。此間饒佳人，吏隱在城郭。士龍東吳彦，庭宇頗寂寞。爽氣拄笏留，高吟行雲遏。神交必至性，語接不方鑿。短燭待疏鍾，披忱恣歡謔。珍苞桂海至，方欖碧錯落。體物遂有詞，嶮韻淬霜鍔。詩成輒自寫，興劇肯算爵。愛君煙霞心，不受纓組縛。寒波吹宫亭，歸帆指廬嶽。仍藉江妃風，柰牽知己酌。

泊市汊懷愚山二首

四十狂未減，始知學道難。蓮花在寶匣，容易借人看。夫子固卓識，高山無獨彈。相思有妙理，注目倚江灘。

蕭水斜抱郭，愚樓高出城。别時猶在眼，去後總含情。樹暗近知雨，沙明疑遠晴。石尤風乍息，五兩亦何輕。

彭蠡夜雪

推篷候曉駭水生，洲洲渚渚波浪明。磯頭沙柴忽不見，水禽山獸盡無聲。披衣出看驚叫絶，乃是匡廬夜來雪。廿載江湖何事無，老蛟九約睢幽都。

聽客説成都漢昭烈故廟

永安崩後荆門失，猶得宗祊四十年。漢室君臣荒徼在，錦官祠廟歷朝傳。斷橋燒棧迷金馬，古木蒼藤泣杜鵑。一自江油降將後，成都破竹到南滇。

癸卯康熙二年

積雪侍大人入山，時征鄖西餉急，山田數畮，輸賦有加

輭輿扶渡蛟鼉窟，落日行穿虎豹群。林外鳥驚松墮雪，澗邊人過水翻雲。簿書遠急荆州餉，宿衛新班殿下軍。正喜立庭筋力健，乘春山隴助耕耘。

蜀　鵑

星月澹在水，蜀鵑聲更哀。都將亡國恨，啼向楚江來。林樹緑如洗，山花紅更開。寄巢猶未得，鷹隼莫相猜。

夜　坐

十觴不成醉，兀坐意難忘。花下春真短，燈前夜亦長。半生顑頷恨，都爲亂離忙。江外傳呼急，征夫又啓行。

愚山寄酒錢

春來準擬盛邀賓，五斗其如不解酲。屋漏每嗔王録事，家貧嬾報漢平津。遠分禄米時賢少，近枉詩篇語態新。洗腆正宜春甕熟，化前稺子正頭巾。

聞劉千里學佛問之

自審業因大，秖繇虚妄多。文章縁底事，思慮欲如何。色陰成情性，陰讀如藴。根塵認佛魔。徵心窮七處，從耳入三摩。聞子能回向，

歸依誓靡他。慧空無我物，身世只蹉跎。初地誠難悟，通儒未免訶。就君求一義，祇夜或迦佗。

壽佛幢華禪師

四齡予較長，師悟獨超先。欲示真如定，趺跏更幾年。宗無南北別，燈有古今傳。不見前賢意，峰頭種白蓮。

酬張長人見懷，原韻，兼憶劉千里

離索誠何恨，相要實大年。倦勤疑別後，懷抱展當前。瑜亮疇堪并，張劉近日賢。著書長邑邑，束帛肯戔戔。物理潛斯悟，機先晦獨全。老聃知貴寡，莊叟報言天。身世浮名外，茅茨俗慮捐。頓纓崖穴走，捎網水雲翩。江令頭誰黑，揚雄草自玄。庭階存寂寞，詞翰枉周旋。杞菊鄉堪贈，芙蓉集更妍。蓽門心繾綣，裋褐態便娟。夜雨前投轄，春山昨倒鞭。平章詩總好，陶鑄道惟甄。左佩何嘗褊，南金未比堅。錦囊姑釣餌，素劄與參連。潘岳歡縈手，洪厓笑拍肩。交期忘潦倒，逸興滿中邊。大澤龍蛇匯，深山虎豹跧。高明慎終始，肯信外人傳。

附張詩

寄懷顧赤方。張仁熙

顧子聲名久，馳驅不記年。草堂南渡後，妙筆北牕前。風力看前哲，源流啓後賢。精靈心耿耿，崛屼恨戔戔。倍覺才難盡，偏能興獨全。閉門懸日月，展卷出江天。家世青雲重，文章宿霧捐。書成添卓犖，吟就許聯翩。何日驚投契，多年信草玄。風期疇上下，逸興爾便旋。細雨秋雲厚，寒城碧樹妍。濁醪無草率，三徑最嬋娟。敢厭陳遵轄，難先祖逖鞭。淡懷真溟涬，古道荷陶甄。百里愁偏劇，千秋氣自堅。巴箋饒杜甫，水調識成連。羽翼通勞積，驊騮共仔肩。遣懷應雪棹，酣咏到壚邊。宇宙全飛動，門庭肯伏跧。此中深意苦，能得幾人傳。

阮子某張長人弟子于張坐中識之

吾道定源委，至文兼質華。先生得張禹，弟子有侯芭。一義疑皆晰，三餘用必賒。披衣達風雨，接宇即煙霞。綠樹交啼鳫，春山漸放茶。相思不可遏，欲駕呂安車。

懷龔伯通

客帆朝夕望江湄，每對汀洲憶別離。桐雨樓中深夜語，石頭城畔暮秋詩。狂歌烏几雙聲拍，豔曲金釵兩臂垂。携手河梁如昨日，丁酉冬，石頭城送行，以“携手上河梁”爲韻。燕雲吴水夢追隨。

百　舌

百舌初來意，將春欲遍誇。帶聲飛別樹，傳語過鄰家。拂草欺江燕，銜林亂暮鴉。寧同子規鳥，啼恨滿天涯。

建陽舊錢令

潭陽錢令長，今代范萊蕪。談笑無名士，開懷向老夫。辭家還買妾，解組更收書。蕭瑟誰能識，旁人歎菀枯。

戲寄程大閬中二首

秋雨發春草，魚書猶未還。眼看樓下水，來自閬中山。錦帳鸞靴隱，新納姬。空閨繡榻閒。封侯君有骨，何計駐紅顔。

閬中山水天下稀，少年白馬黄金韉。端坐胡床裁半袖，秋風不念寄征衣。

獨念三首

念爾遠征戍，況當挑戰初。關山難度隘，秋水易成渠。履嶮戒深入，懸軍聞搗虚。諸君莫輕敵，屯聚廿年餘。

地險是羅麇，蜂屯向雁坪。憲宗昔神武，哀痛撫流氓。代有寒心事，碑傳墮淚名。項忠事。普天遺恨在，未忍議休兵。鄖山，皆李張二賊遺孽。

帶甲幾千士，籯糧十萬夫。參天筰箐路，匝地虎狼徒。莫污仙源水，休翻魚腹圖。尚多遺父老，原傑有良謨。見《明史》。

麋箐敬步大人韻

昔人避兵處，今日轉稱兵。潯水原仙峽，平凉舊石城。尤聞麋箐嶮，久負緑林名。煮井鹽粗給，畬田火自耕。居民鄰虎豹，獷性比猱猩。前代恩仍沛，流官政漸成。亂離愁老弱，戰鬭怯書生。不復思金印，惟希餌玉英。洪流真溷濁，灑血況縱横。正直憐桃竹，扶持陸地行。

張記室還漢東

幾年幕府結羊何，地僻時時肯重過。秋水如天雙放槳，荒園無跡獨鳴珂。斷雲含雨人今別，釃酒臨江水正波。涓澮入春東下疾，蚤函書札報山阿。

秋　蟲

積葉覆苔久，秋蟲因雨生。似憐摇落苦，殊費短長鳴。履畝官司急，徵夫閭左驚。年登轉糾軋，容易閉柴荆。

中秋侍大人小飲因憶施愚山三首

愚樓去歲登，永夜月華明。知爾遥相憶，千秋共此情。升沈看物態，老大畏浮名。獨步江湖影，栖遲百感生。

積雨忽開霽，清光叢桂東。提携與兒子，歌笑慰衰翁。戰火鄖西逼，徵徭閭左空。可憐今夜月，亦照萬山中。

世亂誠多故，吾生欲二毛。年年看戰鬭，往往避旌旄。節物逢人意，皇天丐汝曹。更須籬菊放，奉酒獻霜螯。

暴水四首

秋水關兵氣，江湖忽并吞。終年看戎馬，無力靖乾坤。征鄖西正急。山鬼黄陵廟，酸風白帝門。幾時稍生息，今日更招魂。

樓船上沮漢，木葉下江波。昨見征人别，相看涙雨沱。萬山旌旆轉，數點雁行過。鳥道繩緣裹，居民盡荷戈。

如馬瞿塘峽，湍騰竟若何。夔州斷消息，間道頗逶佗。城小游魚鼈，泥深没駱駝。紛紛到流宂，煙火聚山阿。

百川皆自溢，陰盛職何繇。未必蠻羌漲，真添雨雪流。蛇龍須更放，鷹隼莫深愁。好報山家道，隄防蚤及秋。

紀　異

九月一日雪皚皚，海棠梅榴相並開。已驅軍聲動山谷，漸多剽客沿山隈。楚南流民食雁糞，遼西健卒騰龍媒。誰家高樓對芳樹，日暮羯鼓聲頻催。

九月水大至，汪悔岸寓漢口，以書來慰，賦答

孤城如島嶼，闤闠入江湖。漢口平安未，伊人宛在無。三湘悲帝子，九首出天吴。鴻鵠方高去，蛇龍莫更驅。朝宗休汎濫，赤縣已焦枯。避地將焉往，空山亦可虞。三旬隔樵采，並日飯雕胡。重見泥塗辱，知應念野夫。

阻　水

吾廬介郊原，草木頗蓬勃。居恒不入市，趺坐動盈月。三春漏茅屋，苔蘚蔭叢樾。門前結青蘿，牀下茁紫蕨。出無御雨具，雙足實鮮發。炎歊尤深藏，跣濯不强襪。秋江倏騰沸，遘此胥溺厄。自顧喜高�，環衢已汩没。居民但巢栖，入城必舟筏。裹創皆里胥，來往渡不歇。雷驚妖鳥出，雨洗鳴蛇窟。蒼蠅多于沙，道有委棄骨。窮年事經史，天意莫能核。轉戰當凶灾，盗賊恐倉卒。雞鳴圓月上，昌曰：荒雞

也。空腸尤峽兀。高咏匏葉詩，玆理不可忽。

訴水二首。諸郡大發，征卒催科甚急。

車騎滿四野，魚星處中河。群蝦從巨鰍，上岸若謳歌。浩浩江漢流，濫觴岷與嶓。消長東西風，常年無大過。漏天作蠻雨，洶洶衝庯羅。水旱半載内，怪變何其多。此地復用兵，蹶顛群槖駝。三秋遍萬里，平地吹洪波。魚頭長史坐，敲㬪堂上訶。上官勿見怒，天道夫如何。

閉户已三月，里正門外呼。荒田數十畝，轉運亦有夫。力完二税畢，舊穀已空虚。牽牛昬正中，卧穟半未枯。鄰里壯丁去，協作誰與俱。黄雀滿野田，鼢鼠成群趨。前丁既點行，後者仍疾驅。鰥寡再無人，惟有死與逋。念此軍國事，賤子敢踟躕。減口給里正，慎勿勞吏胥。側聞官司懼，昨夜下兵符。將軍五萬卒，失利郎陽嵎。鐵馬京師來，旦暮辦所需。剶槽及蒭豆，不得緩斯須。首種春不入，穭穀生路隅。蓼水忽汎濫，原野同江湖。菽棉秋之半，滰潰隨沙淤。饘粥且不給，何以成衣襦。荆襄實上流，彭蠡斯下豬。濱江數縣地，萬里先爲魚。圩堤一夕破，老幼攀枋榆。鵜鶘啄人衣，曳挂惡木株。古塚無前和，新墳無故墟。他鄉且去去，不卜還來居。水本是陰氣，哀怨今何如。已輸今年賦，詔免何年租。神宗昔御統，水患亦可虞。萬曆三十六年、四十一年皆大水。當時承平久，中夏無兵車。細民豈憂國，所禍在切膚。安能訴上帝，火急誅天吴。

大水四首

大魚行道上，三版浸孤城。不意秋來水，爲菑竟爾横。横，户孟切，楚音户昏切。軍中啼寡婦，江畔泣流氓。安得驅河伯，人間浄洗兵。

懷襄勢未已，墊溺日紛紛。卻轉巴江右，仍滰郢上軍。鼓鼙秋戰急，歌哭夜深聞。丘壑猶無恙，餐薇狎鹿群。

南詔前多故，陽侯亦放驕。六年今有此，三户轉蕭條。深撼移坤軸，高歕動斗杓。賦詩非暇豫，抱膝且長謡。

永夕愁無寐，愁來酒罷醺。秋深骨盡痛，山静夜多聞。洪水仍徵賦,當陽更點軍。鄰家有征婦,寂寂泣羅裙。

甲辰康熙三年

武林過西湖

我翁昔未衰,一醉裏湖裏。檀板踏歌行,松風爲之起。今我來西湖,歷年數一紀。西湖水依舊,淚滴西湖水。

七夕西湖舟中

風起紅蕖岸,香回青雀舟。雷聲秋近樹,雨色晚歸樓。令節添襟淚,餘生逐浪鷗。臨安舊風俗,瓜果作新秋。

喜晤宋崎三首

天地繇來尊北極,東南都會數錢唐。千年廟貌思毬馬,百越雄風壓海洋。孤島旌旗留戰鬭,窮簷兒女説興亡。把君詩曆吟堪老,門外雲濤接混茫。《詩曆》,畸集名。

與汝睽居十五年,欣逢逆旅倍凄然。千晨倘遇中山酒,二項終無洛下田。滿目雲山空窅窱,近人楊柳自風煙。書生絶肉還高格,不爲曾參七祖禪。

半榻殘書擁蓽門,撚鬚摇膝黯消魂。横江一唳楚天鶴,斷峽三聲蜀徼猿。海内有情如爾輩,途窮何處報人恩。汀蘭沙鳥追歡罷,肯信從來吾道尊。

方樓岡邵村兄弟過訪,悲喜交集,即坐二章方自關外赦歸。

相對如夢寐,乃在白晝時。憶昔君見過,鬑鬑頗有鬚。君今萬里歸,黑間生白髭。生還當歡娱,慘慽復何爲。再拜雙淚落,生還本無期。亦知生還樂,淚爲生還滋。

骨肉如雁行,三年逐南北。君來雁適至,矯矯雲中翼。豈無一尊酒,慰此久相憶。更僕難盡言,倉卒轉如失。盛滿道所忌,退藏理須密。嵬峨遵修涂，嶮岨從此畢。

示學仙者

不求絳雪駐朱顔，不願飛升駕彩鸞。但得兒時君父在，從頭一遍作團圞。

沈友望隨西巘北上登舟頃索贈走筆，兼柬西巘並上龔公

廿年不到西湖西，舊游豪俠雲雨飛。意中印友沈亞之，扁舟顧我來何遲，華陽巾子白苧衣。龍駒十五手自携，史學三世世所稀。君先子坤仙著《百歲編年》。君家隱侯良不奇，扶風弟子安昌師。出入邸第無所私，王侯璧帛揮如遺。抱膝自詠南郊詩，九重秘邃疇與齊。恩匭不投聖主知，褐衣還鄉歌采芝。道逢元伯於輭欵，苦寒扶走冰裂腓。室無甑石烹伏雌，看君肝膽懸須麋。渭橋簫鼓使者歸，携君要同鹽與齏。人倫藻鑑淝陰持，爲我蚤寄江梅枝。我行玉峰雨雪霏，計君正到長安時。

姜涯思圖南招游孤山

畫鷁橫開波渺漫，素衣相對坐風灘。姜亦讀禮。雙懸日月秋光静，漸遠林巒水氣寒。堤上雕鞍仍踸踔，海門烽火報平安。十年重踏孤山路，新種梅花好共看。

望寶叔塔一作寶石山。紅葉

寶石山頭落照斜，秋林疏處見人家。半山楓葉紅一色，道似紫微千樹花。

昭慶寺夜坐答王昊廬二首

學士朱樓近段橋，窈娘檀板雪兒敲。怪他野鶴歸來蚤，也向松梢聽玉簫。

蓮歌日日醉梅槎，曾愛西湖勝館娃。梅槎黄貢父造編木筏，疊石種梅

中爲亭檻，十數篙乃能動。今夜燈前垂淚坐，僧寮微月繞慈鴉。

送滙思之蘇州

侍御文章老亦雄，筆床茶竈雨湖中。披書木葉秋空下，喚酒菰蒲小徑通。客舍乍過黄雀雨，荒汀新起鯉魚風。明朝欲向昌亭去，麯院鷗群興不窮。

不孝東下奉先府君遺命，遷先貞姑玉峰之厝，歸葬蘄州。發舟之夕，夢以告姑。今蘇松糧儲大參盧澹崖，以俸勑吏爲辦，復夢告。甲辰臘月立春後一夜大雪

半年前入夢，魂魄果相依。宰木行行近，孤雲片片飛。立春澆柏酒，大雪理麻衣。多謝盧夫子，懷縑出杼機。普云：後漢王丹有友人喪，懷縑一匹賻之，曰："此出自機杼。"

酬弟鰲

宗伯文章英，普云：故禮部尚書錫疇公第四子。屹立挺奇節。侍從承平朝，揮毫代喉舌。平臺著讜議，豈獨司典册。政府退必諮，權奸進遭斥。從容詣香案，要論吐講席。卻轉銅鶴前，初爲東宫講官，復除侍講。還申逆鱗批。鳥駭中都火，馬亂喜峰雪。隱憂臨德間，重鎮須蚤設。前知憫國步，即事失良策。晚瞻碙州雲，已碧娥江血。家聲幸未墜，鰲也實孤孽。知識襁褓中，一乳輒三咽。書從畫荻認，淚向故縗結。强記遽等身，高才群公折。予昔别弟時，弱髮初覆額。今兹一握手，感激增内熱。怡怡見友愛，灑灑出肝鬲。贈我數百言，華星間秋月。汝今大賢裔，青紫安足説。丈夫志萬年，垂名要竹帛。

歸懸弓莊頭陀像，用懸弓韻

一綹霜毛綴顖門，相看對面已全髡。贊公白氎何妨共，吕敏黄冠不足論。敏，元人。豈有時清龍尚卧，可憐心苦蝨空捫。秋風皺斷芙

蓉水，愁絶江南日暮村。

答侄誠久

汝幼吾能記，清姿羨璧人。投懷曾問字，述故每霑巾。荏苒年如失，悲歡老更真。美材知榦蠱，軼步果超塵。大業譚何易，聽詩喜絶倫。卿家癡叔在，得句肯相詢。

贈盧學博二首

盧子才名擬鄭虔，一官學博向天南。看梅過嶺詩何壯，賣屋留松事亦憨。鮭菜供親淹歲月，芙蓉制服老江潭。北堂不倦延賓意，可有門生與種藍。

韓氏孤兒寄尉佗，君行訪古定如何。千年僻壤傳奇事，幾驛風塵足浩歌。幕府尊罍新禮數，今王茅土舊山河。布衣疏嬾歸來蚤，載酒長洲許重過。

白茅堂集卷之十三

乙巳康熙四年

夢醒

夢醒喚童僕，客愁童僕知。燈昏一夜雨，腸斷隔年悲。

和龔公憶方密之詩有序

當歲癸未，公建言忤政府，致下廷尉。烈皇帝降哀痛詔，始出公于縶，猶不免戍譴，朝夕冀見帝陳國是。倉皇難作，不可爲矣，江左流言絓公。又四年丁亥，遇公丹陽舟中，執手嗚咽，是夕恩恩別去。明年秋，拏舟送公梁谿，比舷結纜，浹旬不忍去。一日始旦，公衣短襜襦，過予舟。出袖中書，大如車軸，皆奏疏及所擬上書，述遭難壯甚悉。蓋公于三月十九日聞變，二十日即亡走。史官方以智爲賊得，劫令索公脅降，不可。掊金不得，五水交下，無完膚，然後舍公曰："是區區者，吾未嘗以示人也。而顧獨示予，毋亦謂斯言也。不可使不知吾者知，不可使知吾者不知邪?"又十五年壬寅，遇藥地禪師于清江，言與公合。藥師者，即以智也。自嶺嶠跳歸，得付曹洞法矣。又三年乙巳，從盧大參所見公憶以智詩並序。嗟乎？今如不言，後世何述？燈下。步原韻四章，兼懷藥師。

百年顡謝問居諸，㫜云：據《説字》，居諸皆問之之辭，如《檀弓》曰"何居"，《孟子》"盍去諸""毀諸"。《説文》：諸，辨也。《六書故》：㫜，問也。《詩》：日居月諸。淚盡天南痛楚胥。江左網羅持太急，長安城旦死應徐。臨危詔獄才原赦，間道生還有上書。肯信苦心終不達，敝籯存否問蟫餘。

輦下通家更卜鄰，倉皇宫闕起風塵。生平破柱求奸黨，一日同袍失故人。搒掠音邦亮。賊廷誰曲直，管弦凝碧太酸辛。須知天意灰炎祚，不是江東丞相嗔。

國難真逢妖讖年，譌傳蒼帝换黄天。失身自不疑龔勝，蹈海何人似魯連。五載薊門同雨雪，九秋霜嶠隔風煙。衲衣短櫂湘沅路，痛哭離騷第幾篇。

白髮緇袍事遠游，敢云吾道付滄洲。風波萍梗吹仍合，蓏石山川散莫收。奔鹿久消陽餤渴，跕鳶空飽瘴鄉憂。武陵花好還須住，忍聽四川杜宇愁。

正月十四日海虞旅次懷合肥公一百韻

寰海龍門望，雲霄一羽遥。文章援八代，出入冠三朝。三殿也。雅志師伊吕，憂時過賈晁。百年懷抱獨，廿載見知饒。以下述公令蘄水。繻棄終童蚤，花分潘令韶。鄉關雄近楚，鼓角聽連譙。優學年真妙，高才視不恌。清姿看叔寶，服善比君苗。賊火春陵避，兵聲赤縣摇。嘯聞劉越石，威抗霍嫖姚。帳滿諸生坐，纓從壯士影。孤城嬰獨守，異類盡同調。予親見犪伏格鬬諸賊。普云：犪從牛，譌作擾，非。茅屋還栖燕，桑陰竟革鴞。除書齊羽檄，珥筆謝金鐎。以下述公擢兵給。左掖參黄閣，中樞接瑣寮。封還時得意，焚罷若無聊。白簡寒操手，銀章澀挂腰。至尊方減膳，政府劇宣驕。首願青蒲碎，魂甘素帕招。龍鱗先入犯，虎脂敢輕料。長繫舌寧結，群奸黨愈驍。僇臣辜易逭，憂思苦相撩。小醜臨潼沸，王師泰華跳。陳濤全敗績，畿輔盡蕭條。罪已胡哀痛，飛章轉叫嚚。覆盆才一照，請劍更何遙。昌云：《説文》“遙”，徑也。《集韻》又音“遥”，相隨也。萬矢昭陽集，三更月窟燒。延秋車駕返，太室瓦原爊。昌云：“瓦原”舊本作“驛蒙”。忽報蒼天死，難偵白水㫧。午門行慟哭，甲第忍揚鑣。亡命仍城亘，餘生定泬寥。人來似靈武，志敢忘夫椒。廛邑虛傳虎，奴僮實珥貂。不聞師鄧馬，翻作倚劉刀。昌云：據《説字》六書無刁，本作刀，戰國貂勃之後。《貨殖傳》刀間，蜀漢刀逵，南燕義士刀整刀雙，其後避仇，加二刀借劭。關隴軍聲入，咸陽毒霧消。讐真借手得，恩合許身要。草昧從開闢，荒蕪載蓘穮。衣冠視綿蕝，禮樂重宗祧。以下公晋奉常刑侍總憲。郊墠撝韃靺，宫縣考鐲罄。審聲追九夏，入廟問三佋。鶉鳸秋尤肅，烏臺柏更喬。五庸申浩大，昌云：後漢《梁統傳》：天討有罪，五刑五庸哉。庸即用也。八法領科條。以下公左遷苑丞助教。直道來萋菲，班曹有莠萋。法冠藏獬廌，賦筆託鵩鶚。時放梧桐椅，真堪夔圃遨。橋門還閟禁，苑籞本嶕嶢。以下公使粤。喻蜀推園令，遷階尚穴僚。璽書遥降粤，使者遂乘軺。峒箐陰霾日，樓船夜候潮。箙韊前負弩，矛槊後重喬。問字知盧橘，堆柈辨粉蕉。藒雞華綬吐，鸚母囀音訞。棧閣犇椎髻，壺漿拜獏猺。題詩遍巖嶂，采俗到芻蕘。公有《過嶺集》。取道東南迴，經秋榆柳凋。溪名感惆悵，惆悵溪在天臺山中。有碑曰"劉阮别二女處"。香草佩蘼蘼。槎犯機支石，山乘檋代橇。倚雲窺破鏡，計日趲輕船。瀟灑登壇坫，淋漓費酒瓢。客堪江鮑敵，韻許孟韓挑。雜佩供中餽，持棬鬭古窑。平山高士屐，明月美人簫。小拍憐紅豆，繁弦語六幺。徵歌桃葉渡，送客木蘭橈。賤子追隨久，十年贈别迢。聯舟真郭泰，入室定崔儦。兩槳城頭路，郵亭直瀆橋。帆迴撾鼓動，襟濕旅魂消。丁酉，送公石頭城。以下述公復總憲晋大司寇。建白仍中憲，清明又會朝。普云：朝，蚤也。威儀新赤棒，凛冽舊孤標。禹淚乾坤滿，湯仁漸被遼。皇衷咨岳牧，僉議屬皋陶。以下自述。弱歲心先茶，蒙知髮甫髫。含毫狼尾腐，刻燭麝臍飄。何客能題鳳，高懷擬賦雕。恥隨駑馬步，遽許阿龍超。離亂同萍梗，容華等艾蕭。何曾場屋老，秖作爨桐焦。墨綬吾安敢，丹書手自幖。昌云：幖以紙記，《卷目》俗稱摽籤，《字林》作幖籤。賦成哀庾信，藝戲託朱瑶。在吴門自畫米汁僧供養。瑶，宋人善佛菩薩像者。欲出豺狼横，曰歸雨雪瀌。遠扶桐杖泣，畏逐偶桃漂。因樹聊成屋，牽船只類僑。垂綸想龍伯，一飽愧僬僥。囊裹良常术，煙分谷口樵。雲根揎短褐，冰窟洗長鍬。仙藥誠難餌，翁年竟苦痟。星知少微闇，地見武擔祅。風木悲遊子，松楸背窔簝。屋封三斬板，斗建兩回杓。埸室留兒築，汙萊念腹枵。病妻德耀醜，稚子衮師嬌。石闕銜蒼碣，銀河隔絳霄。寄書難一一，刷羽獨翛翛。氣意繇來重，恩知敢自佻。弦深秣馬仰，春至草蟲喓。山要青蚨買，書需緑蟻澆。情知叔夜懶，技謝子雲雕。蚤晚平津望，丹青上閣描。終須作霖雨，莫不灑蘭苕。

元夕客虞山二首

今春雨雪幸全消，燈火催春暖倍遥。漸覺清霜侵壯髮，已經痛哭兩元宵。人家明月臨桃葦，故壠東風换柳條。十五年前歌酒地，夜深猶過虎山橋。

去歲孤兒哭失聲，燒燈松節此宵晴。雪高南嶺初廬墓，月蝕西山正用兵。冬盡彗行學枉矢，春深日落見長庚。癸卯臘月二十七日，葬先府君，大雪。甲辰元夕，月食星十一度。既是時，鄖師攻西山賊。十一月，彗見軫，西北行，歷五十日至婁而没。乙巳正月四日雨水節，太白經壁。十三日入奎，自卑上行最明大，有動芒熒熒霞氣中。吴門簫鼓年年盛，有客長懷淚染纓。

送又昭赴選，呈合肥公二首

高牙卷旆馭長風，君去長安謁帝宫。鈴索采毫遴侍從，渭橋簫鼓待尊公。尊人南糧儲。一枝春信梅花寄，二月河流瓠子通。文酒春容司寇府，南雲次第望征鴻。

九年江左更滄桑，燕子磯頭夢渺茫。棄置自甘黄馘老，逡巡嘗企白雲鄉。尚書獨坐仍遷轉，左輔端揆屬衆望。君到鳳池須努力，草麻或恐及門當。

懷宋又韓游山東

濟水經年報絶流，更聞雨麥在張秋。江鄉有歲偏難飽，生計因人作遠游。盛暑沈牛勞使者，腐儒羸馬見諸侯。面交奔走非良策，蚤晚歸來問菟裘。

周櫟園改徙塞外，聞赦，前後有作二首

長安書到日，清淚剪燈潸。謀面予猶未，全生汝信艱。片言憐國士，萬里望家山。欲寄一書札，炎天春雁還。談云：炎天句初不解。三四讀，言道遠，盛夏雁乃抵北耳。

白日果舒照，皇恩今始知。江南芳草路，是爾還轅時。昨見燕地客，傳君請室詩。周侯有仙骨，須約采螢芝。

憶永嘉令韓叔夜則愈

披衣就藕花，回首見飛霞。忽漫思良友，風流在永嘉。洞天兵火隔，孤嶼海氛遮。仕路浮沈理，才高莫歎嗟。

七星檜常熟城中，相傳梁天監二年道士張裕植。一云昭明太子。

致道觀前七星檜，人言植自蕭梁代。舊存四，宋人補其三。春秋雷雨森開張，白晝陰冥鬼神會。下有禮斗之壇佝僂升，載拜仰瞻星與辰。人言七檜北斗精化身，玄元老子道觀地，面前列汝如賓僎。霜柯雪幹疑死生，魄硊叩作青鋼鳴。三株補自慶曆歲，枝葉偃蹇神峥嶸。我來撫樹三太息，幸汝生全託幽僻。攀折還憑胥吏訶，畫圖時入高人筆。觀有傍示禁護，石田老人常寫圖。君不見鍾山十萬蒼龍鱗，斧斤一旦摧爲薪。

新城山中柬吴太安先生

隱隱雷霆起，颼颼草樹摇。山深易作雨，溪淺不安橋。比舍開茶竈，沿流問藥苗。靈泉能吐納，仙境信逍遥。賢令自高卧，賓朋仍寂寥。當年昭諫隱，更不數中條。羅昭諫隱此，司空表聖居中條。

大風雨柬太安

新城風色惡，七日海雲翻。夏秋大風雨，土人謂之海翻。夏三日，秋七日。吹浪過山雨，驚雷隔坐奔。誰收介休麥，不避灌壇尊。聞道吾鄉稔，還家薦瓦盆。

吐納泉新城縣西六十里廣陵鄉，呼之應聲瀵湧，少焉復自涸，土人稱爲咽水靈官。縣尹吴公敏含改今名，亦應潮泉之類也。《寰宇記》：安豐軍有泉在净戒寺北，大叫則大涌，小叫則小涌，咄之涌愈甚。《一統志》：咄泉、真珠泉皆在壽州安豐縣内。王韶之《始興記》：連州有斟溪，一日十溢十竭。安寧州有潮泉，一日三溢三竭。貴州城外漏沟，一日百盈百竭，應漏刻焉。《續韻府》：梁山縣多喜山雌雄二泉，春夏左盈右竭，秋冬左竭右盈。婺州之浦江有月泉，生明則漸出，未望則漸長，既望則满，晦則涸。嘉魚之梅山泉，每辰午申三時涌出。《爾雅》：泉一見一否爲瀸井，一有水一無水爲瀱汋。今濱海往往有之。漢嘉城北有洞泉，聲良久，一滴琮琤如金石。黄山谷詩云："古人題作丁東水，自古丁東只到今。我爲更名方響洞，要知山水有清音。"

漢嘉城外丁東水，方響傳從山谷翁。今日靈泉名吐納，千秋應更説吴公。

百丈山柬太安

六月肩輿費往還，眼中幸見好孱顔。雲邊百丈住如許，不羨城頭姑射山。

太安荷池設伎作《漁陽摻撾》，明日酬劉九幼凝

當筵落筆傾玉壺，蹉跎終歲一字無。劉生羈旅喜相值，伸紙索句如追逋。憶昔與君巷南北，望衡接宇歌偪仄。漂零兵後問訊稀，及至還家隔鄉邑。前年詣君紫石頭，半畝茅茨拒牆棘。建安公幹盛才華，永嘉遺民饒隱德。小兒十歲天麒麟，肉騣闌筋骨態真。喜呼衛八作小友，不識龐公誰主賓。今年走訪鼉江長，律兀火雲蒸百丈。劉生顔色冰霰如，仿佛置我羅浮上。吴侯委蛇興有餘，飛書奉席臨芙蕖。華燭蟠煙白團破，金花帖鼓軍裝趨。坐中雪涕何者最，漁陽遺撾聲裂磕。白水空憐赤伏符，黄雲尚指樓桑蓋。君今亦是漢王孫，砛碭當塗誰復存。千年怨調山陰譜，一疊漁陽一斷魂。昌

云：碭有湯蕩二音。

懷弟鰲北游，值淮陽水災

災祥南國書頻上，蒿目中原淚染巾。正以别離傷小弟，不堪摇落滿前津。今秋水大無黄雀，何處風生不白蘋。聞道豔珠蛟蠻惡，征橈莫惜少逡巡。

八月十一夜對月

半玦分明出彩雲，魄中桂影尚氤氲。金波浸到仙人足，已把清光貫十分。

九月廿日邃明，奉先姑貞節柩，舟發河干

舲尾雞聲唱，旗樓捩柁開。一棺寒櫱炧，雙櫓緩撾催。馬鬣新封合，烏頭故里培。百年貞節苦，深仗鬼神哀。

諸弟侄追送滸墅

殷勤諸弟侄，載酒過金閶。語洽移前漵，舟虚擬洞房。魚跳纖月裂，鴻起暮雲長。莫賦河梁句，吴鄉近楚鄉。

金山楊兵部文驄築壘。

縱酒楊司馬，談兵自詡長。江山虚指點，部曲竟奔亡。高壘謀何拙，元年事已荒。無情揚子水，東下日湯湯。

六合望黄靖國祠土人云：祠在六合縣瀕江。公名得功，字虎山，開源之遼海衛人，以功累官太子太保，總兵官，蔭錦衣衛千户，爵靖南伯。甲申，定策江南，進封靖南侯、太師柱國，分藩滁和廬舒等處。明年五月敗叛兵于蕪湖，進封靖國公。大清王師奄至，公中流矢，仰天自剄，五月二十八日未時也。據後軍都督《宋紀墓誌》，順治丁亥八月二十六日，葬公固安之東，原配王氏劉氏皆封夫人合墓。公生于萬曆甲午十月二十二日，享年五十二。燕頷豐髯，面色黑，人以"鐵羅漢"稱之。當弘光改元，公入賀拜畢，趨上殿跪牽帝衣起，頓足哭曰："皇帝，汝今好也，苦矣先帝。"帝亦流涕。予重過金陵，詩曾及之。

異代還祠廟，忠魂竟若何。過江無王氣，繞冢只頹波。落日鳴陽鳥，悲風望駱駝。糈漿登弔少，寂寞故山河。

十六日蕪湖雪

曆頭知小雪，六出已霏霏。稍灑桅幡濕，斜沿繐帳飛。遥青如薺樹，戴白傍湖磯。故里思新壠，開尊淚滿衣。

十七日魯港遇風

夜雪曉無跡，北風天正寒。攲檣妨散上聲。帙，駭浪整危冠。天地全漂梗，生涯一釣竿。幾時成利涉，江海報平安。

采　石

健石排雲出，江流勢建瓴。紫厓留燒黑，白浪蹴天青。刀劍開平廟，壺觴供奉亭。年來少登弔，苔蘚但深扃。

蟂磯上有漢昭烈孫夫人廟，舊傳夫人殉節處。

龍德當年配，蟂磯此日神。威儀思漢室，香火及夫人。赭岸斜陽出，青山過雨新。何嘗風景異，真使淚霑巾。

荻港弔古

血戰經過後,蒼茫吊六朝。大藩何犯順,半壁忍宣驕。紫蓋移牛婺,黄塵暗斗杓。千秋形勝地,兵革幾蕭騷。

雨後望九子山瀑布

望裏蓮花頂,岧嶤未一攀。孤舟仰天際,流水在雲間。擾攘何年畢,煙嵐萬古間。似聞仙迹汙,近日産三斑。舊傳無。三斑:虎、豹、毒蛇也。

皖城警角

欻起入江雪,霜天動馬群。驚看殘月上,偏向客舟聞。野哭聲猶昨,凄風夜欲分。向來魂悸處,三駐武昌軍。

懷寧阻風

港口南風緊,檣陰白日移。無聊如中酒,遣興只吟詩。分帆去聲。祈彭蠡,神鴉祝富池。晚看東瘴豁,山色夕陽知。

小孤山水仙廟俗塑小姑像,山多鸕鷀糞,崖盡白。

孤山何傑特,不與衆峰群。水府原無匹,雲中自有君。髻鬟翹鏡影,羅綺散波紋。風俗隨巫覡,山川雜雨雲。往來人代速,去住旅情分。無數鸕鷀鳥,飛鳴趲落曛。

廬　山

十過廬山下,探幽擬至今。愧無匡俗一作裕。福,猶負尚平心。湓浦連雲動,香爐隱霧深。須知遠公後,寥落舊東林。

德化道中

落日下蘆荻,人家煙景迷。問酤漁市後,買菜草場西。世態惟開鼙，吾生合斷齏。空勞杜陵老，方法報山妻。

數里即黄梅，村村罾网開。魚蝦跳似雨，鴻鶩響成雷。流穴惟漁採，官屯故草萊。昨聞征調緩，白紙莫相催。

二十七日抵家示内

破涕出牕紗，飛蓬韠素髽。生兒過周歲，老子始還家。先子之喪徙月大祥。去年七月五日舉第八兒。普云：貞譽公癸卯十一月卧疾，十二月卒。繞膝争相問，高堂痛轉奢。几筵餘酒瀝，移火照梅花。

盜入大陽山發李獻吉墓，取其棺，骨離離荆棘間。盧龍韓子新鼎業哭葬之，爲祠以祀仍其故。碑曰"明詩人李空同先生之墓"，嘉靖中河南巡撫天水胡纘宗所題也。談子長益、周子宿來、方子邵村皆爲予言，予曰："去詩人可矣。"書百七十言示來世。昌云：按《崔銑墓誌》《安沜年譜》，葬公鈞州大陽山，以避違，改禹州。

李公英雄人，遭逢太平世。高視屈賈流，盱衡班揚輩。草玄仍衆笑，衣白頗群吠。斯文實大雅，滂溏滌蕪薉。獨步弘正間，長嘯宇宙内。仿佛杜甫詩，無慚李膺裔。貴其所用壯，浩然養吾氣。當世存斯人，安肯活草昧。弱冠去聲。冠進賢，筮仕曹都官。披忱事孝武，孝武二廟。泣血點朝班。唾罵壽陽侯，逆鱗犯龍顔。瀕死青蒲階，再賜白玉環。講學白鹿洞，歸老具茨山。言存萬古後，身棄草莽間。異物亦何患，達人元大觀。神明若日月，黄土豈盤桓。多謝韓子新，新墳何足歎。

題雪中四景

孤村雪屋

停爐榾柮紅，繞屋梨葉赤。中有素心人，研冰點周易。

風雪歸人

前途若鋪綿，後路已碎玉。暮林無歸鴉，獨樹噪群鵠。

雪溪垂釣

重淵有真陽，泥暖魚不起。有時鱍剌聲，獺趁冰開水。

關山雪運

蹄鈴風聲外，介玉雲中積。斗米已千錢，關頭增一百。

罔　極

罔極疇能報，春暉寸草心。半生君父慮，百歲鬢毛侵。編簡傳知未，乾坤莽自任。昔賢何豁達，樹立到如今。

夢　後

少年心事不知愁，把酒看花醉即休。不道年來苦憔悴，倍多惆悵五更頭。

丙午康熙五年

程老總戎過飲荒園，留連信宿。其至也，桃始蕾而柳初荑；其旋也，茜蕊糝枝，緑條蔽堰。感造化之易新，樂林壑之忘世。即席抽毫，爰有斯作

良辰遲嘉客，開讌遣芳時。政行爵無算，日入景隨移。既展姜肱被，還披袁粲帷。雕談亶激賞，碧酤仍争持。倚檻拆紅鄂，澄塘垂緑荑。仰觀造物妙，俯警華顔馳。賓稱既醉辭，主賦車舝詩。下用兒女仁，上展君子儀。屢舞影婆娑，長劍光陸離。痛飲何足道，松喬真我師。

壽蘄州刺史王維則宗堯

君侯二十專城居，腰下已佩黄金魚。不誇父老争獻祝，能使先生

閒著書。用公語。簾前香篆坐多暇,城上春山青有餘。肯枉草堂成一醉,莫嫌村野諒粗疏。

醉作雨鵜鶘,題一絕句

六月朔日大被酒,正見鵜鶘江上灘。襏襫老翁江上立,寫來煙外一般看。

金鳳洲戲柬愚山

丹橘黃甘金鳳洲,夢魂嘗憶此同游。主人莫厭客頻過,不見滄波日夜流。

王端侯筵上作

賢守邀歡切,炎天蚤放衙。盡情憐夜色,百炬照荷花。玉斗喧呼過,銀河宛轉斜。清歌猶未歇,城上已啼鴉。

雲根亭芝草歌爲愚山

雲根築亭今幾秋,梧長松大巖磵幽。客來哆口說異事,紫芝百本生亭陬。山頭細霧濛濛濕,藻井垂陰莓蘚澀。翠微高護野鹿銜,蘿帶半遮毛女拾。燕胎鳳腦君不聞,赤雲朱草那可分。其下寸榦銹鐵痕,上有詰屈雷霆文。盤匜卮盉形略似,上壽南山稱樂只。紫微夫人忽傳語,要授人間許長史。茫茫元氣摶沙塵,黃輿壹壼知有神。屈軼既爲聖代出,休徵合與仁賢親。君不見政和往事良可愕,萬本一綱輸艮嶽。日炙盧甘雲氣生,風摇珠樹鈞天作。何如今日雲根亭,亭亭百菌生林坰。不遣禎祥報天子,秖將豐穰答明廷。高山肆志何足云,九光嗽服通神明。待予高卧拂衣起,丹成同汝濟蒼生。

潘澄嚴寒集霞圖有序

畫雪法惟水墨句拓。崑山潘處士若水作枯林澹山平湖,一人擁衲坐舟中如寒鴟,一童子俯首打槳。此微霰初集時,蓋工神不工似者。老杜云:"燭斜初近見,舟重更無聞。""隨風時間葉,帶雨不成花。"較所謂"定隨曹植馬,偏點謝莊衣""斜侵潘岳鬢,横上季良眉",雅俗何如?客疑其秋山,因題一絶句。

山容澮澮水尼尼,合是同雲欲雪時。獨取丰神貌姑射,不將胡粉涴瑶姬。

惡溪漁父行

昔有漁父賢,鼓枻湘江邊。今有漁父賢,辭金惡水川。惡溪信自惡,白浪翻蒼天。行商泣相吊,櫓楫漂雲煙。釣竿罥籯篚,縢帶相鉤連。長跪白府主,府主仁且廉。封題竟如故,持付司庫員。明歲粤商來,奉籯涕漣漣。中有雞昧犀,翡翠鋪金鈿。名珠勝果核,一一珠絨穿。何以報府主,觟角雙屈卷。何以報漁父,絲繩貫青錢。府主謝不有,漁父辭亦堅。清風化饕餮,此事甌人傳。繡衣按部至,彰癉職所專。蘆中樹棹楔,菰影來旌旃。我歌漁父引,遠繼雁門篇。借問府主誰,松江周茂源。

孫廣文北牕竹

先生惟好静,日向北牕眠。種竹幾千箇,著書經十年。山雲貪草色,秋雨濕茶煙。秪合青光裏,吟君五友篇。

梅太君六十歌耦長母。

定陵御宇全盛日,弦誦成風兵革息。才華江左推宣城,朗三梅氏名第一。遥遥世胄從都官,詩法亦自前人出。瞿硎水石真清華,甲第連雲况難匹。高跟蠟屐長簷車,碁子方褥曲柄笠。斯文崔魏皆老蒼,結友雷陳頗膠漆。入内時評坐上賓,勸學不斷機中疋。京兆才情喜畫胡蓋切。眉,吴興書法曾畫胡麥切。膝。四十不得如此人,身後浮名略能必。孤兒餵乳淚兼咽,永夜繰絲腸共直。兒昔三年顖未滿,母今六十骨已立。父書不足等身讀,君羹未遺心自怵。鳳雛驥子骨格殊,况有排風好毛質。苦學繇來動鬼神,高才豈得長蕭瑟。筵開九月百草秋,傲霜作花苗結實。細看物理莫不成,老眼黄天百無失。

愚山江干送别，執予手淚下。重九阻風楊子洲，賦寄二首

自廢登高節，傷心二十年。先貞姑忌日。今朝别知己，孤館坐江天。秋熱無鴻雁，歸遲隔杜鵑。低回故人淚，猶自濕襟前。

斜日映川途，秋江似緑蕪。念君游橘浦，少我插茱萸。麾擁新賓客，船回舊酒徒。詩成誰寄與，好倩北飛鳧。

贈周文長

公瑾起居巢，江東號人傑。臨江大閱武，地今名武穴。廣濟縣相傳周瑜閱兵處，或云魯肅，志稱鄔家閲，非。山回捩波濤，六月怒歕雪。我過輒淹留，弔古情内熱。賢哉周侯裔，僻處避轇轕。砥勵當未流，掉鞅有風節。扁舟數汝就，茅茨望陰樾。談笑出葛巾，有時不綦韈。呼兒問阿婦，剪韭復粉蕨。斟酌求清醥，割鮮必肥腯。酒酣發高論，每嗔野史孅。上言先南郡，矢心翊漢室。立功建安中，曹軍遂煙滅。古來英雄心，坦然事交結。秘語飛雲船，妄億毁昭烈。昭烈在孫權飛雲船中密語讚瑜，見《江表人物傳》。次言醴陵侯，深沈有弘畫。江邊禁諸將，有襲必見掣。東西本脣齒，炎祚天未絶。群下竟争功，吕蒙敢潛賊。下言通家誼，千載猶巀嵲。長句貺我行，高歌響悽切。予歸卧苦塊，七日耳流血。舉言喉無聲，地冷疼到骨。君時偕樊侯，樊山王孫孝山也。繭足跋阡陌。吊生與傷死，於義兩惻悷。生匒識孺子，淚下不能遏。古道君所敦，焉爲衆人説。逡巡負高義，三歲仍契濶。比聞荒江濱，草滿高士宅。斯文多僞徒，如君近明達。三咏伐木詩，悲來轉嗚咽。

火後借居大雪三首

阮緒曾炊屋，焦光不愛廬。故人歸斷簡，山鬼妒殘書。道在妻孥惑，心傷手澤虚。先子著述盡焚。牛衣吾卧穩，大雪更何如。

寄廡誠非病，疏籬當去聲。閉關。連朝冰斷徑，通夜雪明山。藜火書胡授，風雷易竟删。加年吾可學，老子未癡頑。

地敞江山出，西南八九峰。日斜蘊虎窟，雪重見狐踪。煙井仍蕭瑟，生民信鞠凶。東皋好陰木，吾忍忘雲松。

示 客

陶潛舊所居，上京及南里。柴桑五柳宅，燒燔剩遺址。牽船住門前，八口坐秋水。萬化無所憂，斗酒聊自喜。我昨還鄉閭，都非故朝市。誅茅亦偶然，賃廡良爾爾。山色長自佳，修竹容徙倚。萬卷雖不存，經營從此始。

丁未康熙六年

夢季深道服見訪二首

寄書比相見，相見難于書。忍料數行札，不通十載餘。望雲時數雁，加飯想烹魚。昨夜梅花下，黄冠到鹿車。

君真真白後，蚤歲道情多。精悍欲無敵，瞳方竟若何。幾年依硯北，有酒輒高歌。别後如相憶，新詩莫浪哦。

舟經黄陂潭頭河，先姑夫劉公鉞從彭咸處也。紀以詩，縣尹楊簡菴廷蘊勒石

魯臺臺北水，曾此葬文星。名以貞蔆著，心傷地下靈。招魂聯釃酒，掩涕忍揚舲。千古陽峰月，龍潭照獨醒。

牽舟避暑望魯臺下，王寶臣遣小崑崙汙河送酒

繫舟魯臺下，水緑晚涼生。幾日牽離思，佳人隔暮城。呼奴泅送酒，對月躶銜觥。游檄休相問，狂歌正四更。

招提秋夜讀蔣穎揆賓坊詩次韻

聞道東明客，歸耕西堰田。風塵隔泥水，沙草足滦沿。栗裏還栽菊，潯陽舊種蓮。竹青三徑雨，雲白五湖天。禮失誰求野，聲名爾獨

賢。摧藏偏避俗，漂泊幾經年。出處愁難卜，滄桑事屢遷。降心惟蠖伏，望眼許蚿憐。兵火屠瓜步，江湖禍蔓延。樓船下楊僕，箕谷走程焉。焉，公孫述將也。亂定關梁啓，時平甲楯眠。幸能扶竹杖，莫只戀韋編。瘴霧閩山合，鶯花越嶠連。好招和靖鶴，一放子猷船。妖女胡麻飯，山都榕葉煙。惡灘名黯澹，風物已今然。今然，見莊子《華封篇》。藥裹巴童辨，詩篇蜑户傳。龍堂鄰渤澥，雁翅接幽燕。以上皆君所游歷。行李歸無恙，池臺汝幸全。清狂循白髮，雨雪耐青氈。共道交如醴，何妨直似弦。誓求千日酒，難覓買山錢。耳熱逢人冷，心膏莫自煎。斯文有根柢，吾道凛冰淵。盡此篝燈夕，吟君郢雪篇。濁醪澆繡佛，對汝敢逃禪。

荷　花

五月清池上，蓮花發淺紅。倚風聞綷縩，跳雨作空濛。花葉馨難辨，根芽暗易通。淩波妒龍女，弭蓋駐青童。密蔭藏嬌鳥，多情護小蟲。風流豆娘子，叫跳白頭翁。墜瓣憐堪拾，殘香暖欲融。佳人持拂面，增粉月明中。豆娘子，小蜻蜓也，長寸餘。豆言色也，有青黄紅三種。娘子言輕嬛，雄交以尾，雌交以背，好在水萍荷花上。其卵化如小蛭，漸如其父母焉。白頭翁，鳥名，青身白頭，雌雄翳水草中作聲。《妝奩續記》：白蓮花瓣惹粉拭面，去斑點，生口輔香，令人有容悦。

遣伻歸

高樹涼風進，登樓夜未央。明河垂地白，秋草遍山香。徙倚無來信，平安有使將。略同陶靖節，盡室寄舟航。靖節火後舟居。

簡蕣惠茉莉

抹麗來中土，人傳始陸郎。楊用修詩："好把風流惱陸郎。"自注賈也。近從花縣種，自屬令君香。醒酒宜頻嗅，題詩索寄將。晚涼虛半簟，新月隱回廊。螺子傖童髻，予髮僅如螺。冰肌姑射妝。相看愁不稱，歸夢惱匡床。

酬邵子湘長蘅，武進人。有《青門草堂集》。

北地辭章久不作，邵子英才蚤淪落。黄州别駕徵遺篇，宋牧仲。一見使我心錯愕。往時浪跡清江邊，山陰詞客來徐緘。二子才力頗相敵，驊騮赤驥争後先。徐當垂拱擬四傑，疑邵杜甫秦州前。布衣高視動千古，姓名往往輕凌煙。邵生長才體不一，樂府横吹詫無匹。問年頭白曹子桓，歌行再見李獻吉。五字長城劉長卿，絶倒滄溟七言律。武湖六月波摇天，武湖令君稱最賢。武湖遺跡吊黄祖，祖閲兵處。禰衡荒塚埋晴川。當時國士盡滿坐，回頭淚落霑綺筵。携尊更醉魯臺上，落日似見龜蒙顛。晋陵蔣生復好手，我誦新詩不離口。賞心獨許元卿知，脱帽便飲梁谿酒。邵生此時吟正豪，詩成寄我雙錦條。氣雄時擬桓宜武，入陣要聽田僧超。蔣生咄嗜真好奇，鐵末書成頃刻碑。普云：鐵末書頃刻碑，詳《本草綱目》。玉闌鸚鵡一聲叫，鶴林寺花開滿枝。吁嗟往事難重説，四十男兒空跼跧。生平自有仲連心，全身且剩常山舌。君去青門卧草堂，我歸雙柑理滄浪。異人倘問王嚴遇，王朗本名嚴。應説蘭陵邵子湘。

藏經閣雨後簡蔣邵二子

風俗烏藍會，盂蘭盆，梵語，本烏藍盆拏。招提火徹明。歲時爲客易，世態屢心驚。秋菓雷催熟，長江雨送清。不堪牛女夕，相約話離情。

七　夕

弦月行陽曆，光當心尾多。明河因不見，列宿復如何。烏雀栖難定，魚龍隱自波。故山還寂寞，流影送藤蘿。

夜聞野醮行哭者二首

白楊死樹栖烏驚，高岡爇火焚芻靈。内人行哭已腸斷，賓客臨喪三五聲。芻靈形盡炬光滅，呀呀舊路香車發。車聲漸遠哭不聞，中天夜静懸明月。

顒粉泫露真珠香，素娥憔悴鞾羽裳。緑章字小翠眉斷，星前押授飛符郎。蒺藜滿路風蕭瑟，鬼馬乘煙趫無跡。幽明隔絶吾詎知，東方曈曨出紅日。

步邵子湘留别韻，邵歸吴，予之宛雒

我夢扁舟西氿好，君胡雙屨滯江干。詩名濩落逢迎少，闗戍譏訶道路難。溢浦暮潮東下急，布帆八月石尤寒。相思我亦頻回首，秋色中原馬上看。

附留别黄公先生邵蘅。

屈指交遊吾自見，别離對爾涕闌干。百年天地知音幾，去日風塵會面難。江漲魚龍陿浪惡，秋深鷗鷺近舟寒。愛君詩句長懷袖，後夜相思珍重看。

石陽女石陽村在黄陂縣，木蘭山在縣北。俗傳有木蘭女祠墓。按《黄州府》，西有木蘭廢縣，本蕭梁之梁安縣，北齊置湘州，隋初别置廉城縣，後俱廢。又後改梁安曰木蘭，因地有木蘭山，如潯陽有木蘭洲也，縣至唐省入黄岡。此祠是當時祀其廢縣土穀之神者，謂有木蘭女墓，附會之説耳。木蘭樹如牡桂。

女兒十六七，生長在農家。風吹布笠子，壟上種胡麻。郎出儂隨出，郎歸儂不歸。誰言木蘭女，半世傍男兒。

壽潁揆六十兼送歸毘陵

君家滆湖西，我家滶湖北。同是漁樵人，往來具區側。昨日汎輕艫，東風過武湖。湖光何瀲灩，仿佛兩湖如。蔣詡來何遲，居然出三徑。文星落天南，西陵果名勝。展君滆湖句，坐對武湖水。月出木蘭山，光芒正如此。聞昔高帝侍，五十詩始成。君年財過十，廿載蚤成名。君歸滆湖去，春酒糟床注。莫慮楚江深，不寄相思句。到家秋色闌，蓮芳墜幾灣。想君故鄉樂，還望木蘭山。

聞杜于皇幾以文字得罪

杜濬久不見，嚶鳴空友聲。多言愁子貢，無語失龢明。舂臼胸中貯，磨兜坐石銘。吹毛非大雅，曷遂野人情。

鐵潭夜雨，明日穎揆行，予亦將之陳州

八口聊栖寄，空囊怯遠游。況逢知己好，重使別離愁。送達明朝約，蕭條荆楚秋。忍聽今夜雨，淅瀝木蘭舟。

送竺鍊師還南嶽有序

予知鍊師在順治辛卯壽已百二十三歲，去歷閩粵荆益。丁未八月，復遇于黄陂，百三十九歲矣。厭塵寰之莫定，示浮生之有期。長往衡山，賦詩言贈。

希夷歸石室，貞白返華陽。人世蹄塵息，天門鶴路長。重來疑易貌，不死是何鄉。他日逢黄石，浮生愧子房。

子路問津處

臨河御車返，夫子已心悲。何意楚江上，還同襄野迷。亂山環欲合，流水竟何之。岐路茫茫處，今人更不疑。

棗莊與檀將軍説馬

我昔携劍士，走馬曹娥江。北風翻南來，袨袨鳴衣裳。四蹄卷飛霧，十里烏柏岡。群山若奔濤，沙草盡微茫。半道復騁技，豎立雕鞍旁。有如長年者，側坐操風檣。前驅誤一蹶，大笑回韋韁。至今戒行殆，不敢談疆場。檀公紫叱撥，最駿名雲翔。鼻開火字拆，眼有懸鈴光。星流入閣道，河畔動王良。聖皇御八極，狹視西母鄉。異才不世山，曾見真乘黄。願君謹銜檿，萬里同康莊。

瓦關吊韓信

史筆仍多隱，將軍恨自吞。窘窮真已極，羅織復何言。禍烈司晨牝，啼傷杜宇魂。俗謂信化鳥，啼聲曰："漢高殺我。"終慚淮上母，一飯識王孫。

羅山二首

寒重煙塵斂，星辰四望高。中宵立風露，明月見纖毫。市栅皆懸柝，居民半帶刀。麥秋愁不雨，盜賊在成皋。

杖策果何事，栖栖陳蔡間。追隨煩僕御，慷慨愧河山。戰鬼啼初歇，創痍血尚斑。吾饑何足道，念此涕潺湲。

道傍有奇樹

道傍有奇樹，問之不辨名。上枝干青雲，下影蔽百人。樹有千年影，人無百年跡。車輪化塵土，行人未曾息。

上蔡道中

落日武津道，黄塵暗朔風。孤行警鞍馬，揎臂出雕弓。收堡牛羊少，燒荒城郭空。歸鴉驚炮火，閃閃入雲中。

渡潁水東方陳州三首

防河秋愈急，滚滚下滎陽。畚鍤啼農父，薪茭窘狹鄉。年豐惟秫麥，歲晚更螽蝗。不識憂民者，梅根尚幾倉。古糧城，包拯監糶處，俗名梅根倉。

生聚十年少，春秋二税加。編民泥蓋屋，微潦水行車。平壤多硝滷，鹹泉遍井窪。近聞鹽法密，纖嗇到官家。地禁煎燒，專行淮引，萬曆時併課于二税。近病鹽貴，公議官賣，商運遂停。

沃野全荒壠，招徠半異鄉。兒童稍長大，父老尚扶傷。驚鹿黄茅裏，鳴鳶古廟傍。曾聞汲長孺，清静在淮楊。

道上見

跕屣邯鄲俗，雙趺更可憐。近來小兒女，尤自惜行躔。席帽遮鉛粉，紅蕖露繡韉。不知孅足好，新様始何年。康熙三年詔，自元年後所生女子不得紥足。按紥足，俗傳妲己。《墨莊漫録》云始李後主纏窅娘，足如新月。《丹鉛録》云始六朝，引樂府“雙行纏”爲證。又云始漢，引《秘辛》爲證。繼又云戰國，引《史記》“鳴弦跕屣”，非也。《秘辛》平子子建但言履襪之美，躡蹀容與之態，未言孅細。至焦仲卿妻始言“孅孅作細步，精妙世無雙”也。《花間詞》“漫移弓底綉羅鞋”，是紥足始漢魏間，而弓足始隋唐，故有鵶頭、襪鳩頭、鳳頭、雀頭履等制。予詩作于丁未，時京師至四方，皆不遵禁，明年詔放禁。又按楊鐵崖《崔小燕辭》“踏春小靴紅鶻紫”，一作鴿紫。元俗靴形如鷹鶻鶉鴿紫，以便穿鐙，婦女錦繡爲之，跟底高寸許，往見大内藏元畫如是，或作鵠鶴嘴，並誤。周憲王《元宫詞》：“宫里前朝駕未回，六宫迎輦殿門開。帳邊三寸弓鞋露，知是嬛嬛小姐來。”又廬陵李昌祺《至正妓人行》：“宛轉蛾眉嘗懶畫，蹣跚蘮足亦羞纏。”則元朝亦尚纏足。自隋以來多弓，劉改之《沁園春詞》始云：“結伴踏春歸去好，平頭鞋子小雙鸞。”則稍變前制，啓禎後盡纖直矣。據杜樊川詩“纖纖玉笥裹春雲”，似唐時亦有纖直者。

謁太昊陵二首

殷薦炮燔非太古，先天制作本包羲。衣冠未有橋山葬，陵寢徒因後代爲。蒼柏露臺巢野鶴，青雲蓍草伏靈龜。行人解道前朝事，高閣猶存御制碑。

神宗御宇最靈長，乘傳廷臣數降香。紫氣西來從太室，黄河東下繞淮陽。朱甍碧瓦隨興廢，大饗明禋有憲章。日暮松陰趨羽士，新碑指點到章皇。順治八年，遣太常寺卿段國璋致祭勒石。

柳　湖

宛丘鹹泉食不堪，讀書臺北水微甘。楊柳漸疏鳧雁起，略教風味似江南。

妖鳥歎有序

《陳州志》：崇禎五年冬，開封有鳥如雞，千萬成群，鶉羽兔足，時名兔蹄鳥。十五年，復集揚州海堧。按鷚鳩，一名寇雉，一名沙雞，產北方沙漠。唐高祖時飛入塞，名突厥雀者是也。十六年，丹陽縣廷樹有鳥，如鴟角人面，巾首靴足，騎枝悲吟。時大旱疫，大臣賜死。明年，帝殉社稷，中原大亂。

丹陽人面鴟，陳州兔蹄鳥。人面巾靴悲且歌，兔蹄撲朔迷沙草。此時南北灾怪同，赤風簸盪中原空。劇賊僭號犯三輔，天子避殿居齋宫。我聞鳳凰左右有二鳥，左曰千秋右萬歲。糾司百鳥惡，亦如天子有司隸。胡不擊此二鳥歸大荒，令來太昊之墟、茅山之陽。人言盧杞藍面，蔡京鬼王，食肉縉組登朝堂。吁嗟此輩何足道，鼎湖去後天茫茫。

弦歌臺舊名厄臺，孔子絶糧處。

厄操流傳絶，弦歌尚有臺。高陪太昊塚，近在宛城隈。此日鯤魚至，他年鳳鳥來。貞觀十年、上元三年、嗣聖九年，鳳鳥集陳州。虚談吾道大，天地亦悠哉。

嫣滿鐵墓《陳州志》：東南壕内，鑄鐵爲之。或云在城西北角臺。下又曹植墓，去城三里，凡四冢。又三冢，或云城南二十里。九女冢，皆植妃御，未知是否。

鐵墓胡爲者，人言没柳湖。瓦棺非不固，石槨遂名愚。達士齊生死，神仙定有無。載看曹植墓，華表亦荒蕪。

陳思王墓《一統志》不載。

驪山霜露滿陵阿，漢寢松楸更若何。野火自隨樵豎入，沛宫無復小兒歌。詩篇白馬猶堪痛，才藻黄初豈易過。荒冢只今零落盡，舊聞銅雀没漳河。

大梁道中

策馬日南涉，河冰馬不行。浮雲盂諸野，微雪大梁城。烽火新軍堡,繁華舊帝京。朔風鴻雁急,攬轡不勝情。

蔡河見蚤梅

蔡河小艇繫橫斜,謖謖霜風透碧紗。走凌水生波影動,夜來雪片是梅花。

汝陽道中白鷹二首

野闊争看萬里姿,玄雲獨見羽毛奇。陰崖邁種寧非汝,百中矜能秖自知。狡兔草閒仍作活,冥鴻天外敢相追。網羅空費虞人力,神物曾聞杜甫詩。

竟疑渡海來西極,控翮摶風下九州。大澤冰霜寒自照,春空雷雨曠同游。衝林突使叉枒折,滅影回看物象愁。漢主長楊誇羽獵,旌竿無計俊材收。

信　陽

日暮北風吹,馬毛逆如蝟。黄沙蔽地起,層冰相凌厲。巃嵸道傍墳,何代公與卿。車輪日夕轉,輾爲人面塵。遥望大復山,斯人竟安在。李子塋禹州,夢陽。幽宫亦已改。梁園盛賓客,陳邸羅辭華。古人不可作,後代徒咨嗟。京雒多風塵,緇衣已非素。今我猶盛年,鬒髮頓非故。赤狐竄荒畇,烏鳥啼空林。蹙蹙轉征邁,癙憂懷古今。

羅山二首

近楚始見山,浮雲莽迢遞。奔峰千里來,激昂見地勢。晚憂巖嶂合,晨征星光嘒。猛虎跧其威,風木亞相槸。居民半山寨,雞豕多栅繫。确田無人耕,屯籍皆有税。頗聞盜賊密,鄉立槍弩會。歲歉良偶然,民貧患非細。

羅山高崔砢,馬蹄踏雲響。回看來處路,已在松梢上。行人倚樹息,饑雁下平壤。返景黄葉明,畫圖堪想像。短襦當盧婦,顔色何悒怏。夫壻昨點行,鞭笞運滇餉。巖昏日欲没,鵂鶹坐相向。暝投林際鐘,山行轉凄愴。

輿馬還過武湖登生洲寺黃陂縣,相傳黃祖閱兵處,春夏風浪甚惡。萬曆中,郡人張濤壘土湖心建寺,冬涸則陸行孔道。

黄祖遺蹤舊俗傳,武湖水落遍青芊。馬行風浪來時路,人喜晴和雪後天。遠樹浮空流雁陣,亂雲低浦見江船。鐘聲煙色生洲寺,弔古停驂一黯然。

弔振海張公濤字振海,少有學道濟世之志,師事先桂巖公。萬曆十四年成進士,初爲歙令,好奇喜士。福清布衣何璧投詩四章,延爲上客,立贈千金。歷官巡撫遼東,上敉邊五策。晚年頗好釋氏,亦畜聲伎。《黄陂縣誌》不詳焉。

儒臣開府在遼陽,烽火三隅一面當。五策敉邊殊簡易,千金結士總尋常。幅巾歸去緇黃侶,釣艇時來菩芡鄉。此地山川原用武,百年鐘梵出慈航。

山　行

冷日蒼山裏,紆回右路斜。野猿捎落果,柏了亂梅花。終歲忘爲客,近鄉翻憶家。前村認何處,煙際繞歸鴉。

白茅堂集卷之十四

戊申康熙七年

春日雜言

春風弄柔和，春氣發芳杜。開人膚腠，沁人肺腑。吹雨西陵，送客南浦。扶花翼葉作低昂，漂管流絲雜宫羽。春甕香，春社鼓。春蠶同柳眠，春日隨煙吐。春情倦綺疏，春服尋金縷。春愁何處最煎心，喈喈春人樓上語。

單父王赤城左遷，倅蘄，忽忽不自得。值予卧病，賦《將進酒》見貽，援筆答意，且訂禪院之游。適感鄰事，語無倫次，赤城其一軒髯

醉君梨花竹葉之清醥，酌君黄金白玉之叵羅。黄金白玉不足貴，聽我和君一曲進酒歌。看君才，似岨崃。泰岱巄嵸上萬丈，來障洞庭江漢洶湧之頹波。朝披一品吾不數，暮挂五銖吾不多。眼前清濁但須飲，耳底是非吾不省。雨覆雲翻杜甫愁，雷轟電掣盧生枕。君不見東村小兒抱茅欺老翁，又不見西家老翁頭白癡龍鍾。告身一卷土花碧，倚牀半甕青泥封。盧都老喙愁欲死，樹頭有鳥啼春風，啼出千樹萬樹桃花紅。咄咄怪，提胡盧。胡盧雙提我不惜，咄咄四字君莫書。牆東竹林好禪院，中有玉女擎香鑪。香鑪作斗勸君飲，飲少更取香鑪沽。予家有畫特奇妙，乃是李白劉伶相勸圖。恨我不見古人耳，李劉何必時代殊。況我與君同世同頭顱，顛毛欲伐血欲枯。將進酒，甕裏即無壚上有。破甕裂山叫如吼，河東獅子駭欲走。何必拔劍向壁露兩肘，借著細轅青絲緩步來。君莫負，陶潛門外五株柳。予堂新成，赤

城別有詩云:"奴愛才如蕭穎士,婢知詩似鄭康成。鶯簧柳浪清歌起,知是先生載酒行。"

馬總戎持絹索書

麒麟山前雙鳳坡,繡旗五丈摇婀娜。雲旝寶戟圍巍峨,誰其主者漢伏波。身輕百戰當坎軻,竟下兩粤平尉佗。史臣操筆書功多,當殿不復思廉頗。羊城插天雲景磨,樓船一動收鮫鮀。鞄笙銅鼓鳴相和,還離五嶺來江沱。百靈風破回湘娥,黄金斗印紺帶緺。紫蠡鞞琫白玉珂,江城兒女争駢羅。號稱韓父良不阿,愛養壯士同癢疴。中梁五尺三摩挲,虎頭起舞君則那。曲蓋鼓吹行當過,山中春雨垂青簑。

驚蟄前一夜,北斗粲然,忽有雲氣雷雨驟至

斗建將回卯,雷霆利發蒙。樞機同拱默,豁達象英雄。潭雨來龍氣,花香會遠風。坐深蘇病骨,春意滿山中。

和王子雲《當雁門太守行》,贈蘄刺史王公宗堯。

王僧虔《技録》有《雁門太守行》歌古雒陽令一篇,人解其詞曰孝和帝在時,雒陽令王君云云。《樂府解題》曰"詞述王令事",與《漢書》王涣傳合,而曰"雁門太守行",所未詳。按此篇無作者姓名,惟云《雁門太守行》歌古雒陽令,疑是雁門太守追賦涣事。行歌猶行吟也。太守即雒陽人,故其詞有曰"賢哉賢哉,我縣王君",以其事在前孝和時,故曰古雒陽令也。意者作于漢末邪?後人賦此,誤以爲雁門太守行。截去"歌古雒陽令"五字,遞相祖述,惟言關塞用兵而已。黄岡王子雲,多聞者也,謂别有雁門太守王姓者。古詞逸歌古雒陽令者,以舊題歌雒陽王君耳。賦《當雁門太守行》贈刺史,索予和之,遂用其起語,而仍存疑如此。

雁門太守傳姓王,風流千載今相望。披圖帝簡二千石,單車襆被趨齊昌。城頭草色亂竹馬,多年荆棘無堂皇。道州刺史得元結,廳壁翰墨垂焜煌。緑莎滿地春雨長,平明擊鼓公在堂。熙豐僱役特擾害,

公退小閣思更張。頓令斑白息負戴，不用手實分丁黄。水田簑笠歌偶僂，山謳俚和行蹡蹡。雞豚放野吏不問，藜杖語笑來輸將。黄鸝叫雨郡樓濕，春風不動簾鉤長。古來賢達心眼同，更欲築堂名蓋公。屏騶過我坐永日，顧我山甑時時空。昨日少年偶騎屋，長鬚走報南陽翁。尺書慰問語絶妙，便欲裹飯開蒿蓬。生平知己出肝鬲，皛若白日行秋空。深慚菲德負夫子，交誼始終思慶鴻。當今管鮑廉叔度，天下長者孟雲中。

病中鄰老餉櫻桃馳送赤城，代雙柑之約

鄰園含桃垂實低，隔牆卧聞曉鳥啼。翠羽間懸紅靺鞨，琱盤想薦白玻瓈。提籠滿眼驚野老，多病齧脣愁小妻。柏梁詩："囓妃女脣甘如飴。"送與清齋王録事，雙柑可要聽黄鸝。

夏夜納凉

愰軒良快哉，静夜起徘徊。月向碧峰出，風從銀漢來。千巡河朔飲，百尺越王臺。我愛清江上，芙蓉相對開。

由蕪湖改小舟，便道入宣城訪愚山阮懷淵公耦長。

宣州種柳如種桑，千樹萬樹皆成行。樹中樹外通小艇，五月六月荷花香。又如渭川千畝竹，枝高枝短纔過屋。陶家只種三五株，蔭户垂牕毵有餘。醉狂忽發荆軻詠，坐卧流觀山海圖。

施尚白游閩

同是饑驅出，輕舟爾更先。人言此休沐，何必異歸田。尚白每懷休致。解組只貧士，分携思去年。宛川贈明月，吹夢海雲邊。

大雨，梅淵公遣輿來迓，醉酬淵公

北風惡雨來滂沱，中衢放溜如奔河。梅郎好奇走促我，大車衝泥波没髁。蒼茫雷雨渼陂游，少陵傾倒岑嘉州。爲君破笑飲一斗，勝事

今朝落君手。君不見耒陽十日水没地，耒陽使君呼不至。

夜凉宣城山中

夜凉沙路輭，回馬避頹橋。月出客争渡，川平漁待潮。蟬聲郵樹近，山色曉煙消。此地無兵火，緐華歷六朝。

望敬亭山

一丘縈繞一溪流，望裏蕭森更一丘。破曉欲乘黄鶴起，天風吹上額珠樓。

棲真山詠竇氏二女俗傳晋陵陽竇子明避世處，有二女化青鳧去。按：陵陽，見相如《大人賦》，則秦漢以前人。《抱樸子》謂陵陽非男子，誤。

子明昔避世，黄鶴來招邀。二女化青鳧，翩躚上丹霄。雲裾隨霧起，眉語從風飄。左坐鳳皇翎，閒吹十二簫。憫彼世間客，用心苦不超。不見秦宫女，千春生羽毛。

宛陵諸君約游敬亭，畏暑不果。至采石阻風，對月戲寄諸君

仙人去我已千春，采石長留明月輪。不上昭亭君莫怪，前身元是謫仙人。

香心廟黄巢之亂，涇縣有梅五娘死節。里人立廟，曰“香心”。

四野寂無人，老樹敲風枝。饑烏不得意，飛上空祠啼。香燈久斷滅，香心無斷絶。更有俠香亭，雙香人所欽。俠香亭在蘇州要離、專諸、梁鴻葬處，後人亭之。

孟秋偕佟滙白飲周櫟園署，揚扢風雅，相與極論。僕於櫟園論交二十年，櫟園督糧江南，頃始聚晤。周，祥符人，占籍金陵，仕侍郎得罪，事白任江南。

廿載魚書苦未真，中間宦蹟幾沾巾。南中故里成新轄，筵上新知是故人。遷轉不妨仍八座，朝廷終自識孤臣。會並風雅堪憐惜，肯與齊梁作後塵。

八月初九夜，秦淮對月柬櫟園

秋水秦淮滿，清輝望淼然。樓臺楊柳影，燈火秣陵煙。帝里風光舊，流年物象遷。群飛驚海沫，孤照失桑田。地震後，水災異常。爲政悲仁者，投艱獨大賢。催輸仍不後，入告更誰先。街鼓連潮動，江蟂挾霧纏。雀竿高太白，虎旅莫空卷。令節鄰秋半，開尊待月圓。關山憐笛奏，桂樹望雲邊。騷雅酬難盡，襟期喜共褰。新詞儻相和，字字許流傳。

集櫟園讀畫樓，晤故人子馮青門震，櫟園甥。

汝舅今才子，劉牢好外甥。歎沙真騄耳，出篋是青蘋。已事思良友，前賢畏後生。酒闌還跋燭，警角遞三更。

滙白僻園席上，步宋荔裳韻八首

秣陵標勝地，别墅卜長干。樹色雲邊濕，秋聲竹外乾。尊罍招隱士，廝養半材官。緑野投閒蚤，巖廊事未闌。

灌木藏河滸，奇峰蔽竹西。分曹皆引勝，三逕不教迷。磴險花偏綴，松高檻與齊。平泉尋醒石，酩酊手重携。

西州稍南去，納屨即林間。松黑雲摇鬣，筠黄雨作斑。相思心寄雁，永夜目同鰥。三雅何辭釂，殘陽未擬還。

自矜疏鑿趣，宜羨辟疆園。花石能邀客，茶湯别作邨。野香沿岸入,碩果幾枝存。更愛秦淮好,秋來水滿墩。

宋玉詞章好,逋翁獨後來。江山知己在,尊酒夕陽開。選地移邛杖,偕游必妙才。巖邊有叢桂,次第倚雲栽。

餘才看布置,幽意費經營。竹塢風留韻,書堂月到明。青氈憐故物,白雪和新聲。坐卧堪三日,何須數率更。

日涉聊成趣,貪山且晝眠。只今諸累謝,已入四天禪。憂世難全遣,孤懷耿自縣。一編風雨夜,疏草大如椽。

呼兒聽誦讀,盡日坐匡牀。客是蘇門侶,人傳君子鄉。忘年推北海,老我愧高陽。五斗能相供,還家傲鶺鴒。

九日婁江舟次,答盧澹巖原韻

畫鷁紓徐婁水東,川容嵐氣半冥濛。禾因下澤心猶碧,楓未經霜色已紅。廿載登臨傷令節,故山歸卧尚飄蓬。不緣郭泰聯舟好,處處元規起暮風。

極目中原事可哀,三川震後水頻災。轉輪欲竭東南力,補救終須使者才。不羨登高工作賦,且逢知己一銜杯。故園亦有陶潛菊,首夏呼兒次第栽。

山東群盜本猖狂,借口河災肆陸梁。秋晚雷霆猶作雨,火行勾已欲侵房。誰占氣象江湖外,爾實門庭鎖鑰當。一綫挽輸良不易,急催諸將護廒倉。

與澹巖夜汎步韻

簫笳入夜迢,煙樹遠相招。山影隨橈破,檣燈逐浪搖。露華簾外重,雲葉坐邊飄。彈鋏龍吟起,移桀鳳淚消。榜歌喧極浦,落月送歸潮。海氣江鷗外,秋心正泬寥。

和澹巖哭王子雲韻

長嘯蘇門老更狂,養雞晚復學尸鄉。哭從秦殿思存楚,賦就懷沙忍吊湘。空有故人憐寂莫,詎知天意落冥茫。子雲亡後,龔大司馬寄書幣至。書傳定使桓譚見,莫痛門庭蔓草荒。

璇玉爲予寫十二中星圖

鄉識災祥試問卿，近來怪事可堪驚。渾儀齊見龍丸吐，大地何緣馬鬣生。過午長庚看日昃，漫空急雨本天晴。管窺不盡君家奥，願理金鎞一刮盲。戊申六月十七日甲申時加辛酉，諸省地震，山東水溢，或無雲而雷雨。江南地生白毛如馬尾鬣，太白晝見。

登虞山二首

長江直下海東浮，泱漭真期一覽收。人説虞山即烏目，不知高隱孰龍頭。《真誥稽神樞》淳于斟隱吴烏目山，陶真白疑吴中無此山。牧齋云即虞山。海内争傳錢少陽，絳帩短髮老尤狂。而今身死遺文在，欲吊行藏淚兩行。牧齋爲人書跋云："吾正絳帕蒙頭。"此孫策語也，當是用向栩絳帩頭事。帩、幧同，方言。自關而西曰帕頭，趙衛間曰幧頭。

宣聖衣冠陵有序

青浦縣海隅鄉淳熙初，濬渠得璧三環二簪一。相傳隋末孔子三十四代孫楨僑寓立家廟，葬先聖衣冠，今其地曰孔墓。嘉靖初，倭人入犯，陳祭而去。萬曆中，知縣韓原善修家廟。《水經注》：野王縣有孔子廟，廷相傳臨河還轅處。晋人思之，于太行嶺南立廟。據碑，魯國孔氏追思聖祖，立廟存饗。其猶劉累遷魯，立堯祠于山矣。今青浦廟亦猶是。廟圮，環簪莫知所在，詩以紀之。

尼丘闕裏最尊崇，海甸鳩材亦庀工。絲竹何年聞故宅，璧環千載出蒿蓬。雲平禾黍青無地，日落浦菰水似空。聞道南倭陳俎豆，百蠻自昔仰華風。

華亭同周釜山茂源、盧文子元昌、董閬石含、蒼水俞飲沈友聖麟洞涇草堂作

平原郙右多榛蕪，機雲草堂今在無。風華今古不相借，沈生崛起真吾徒。屋才半畝枕城市，囊有五嶽真形圖。布衣畀騂藐雄貴，文史

娱樂同妻孥。偕行野鹿林外食，一雙白鶴雲中呼。舷邊拍手狎鷗鳥，塚頭枯樹巢慈烏。扶喪吊死走萬里，氣意直與申屠俱。沈生磏落世所無，收雄召傑心轉虚。有時向我屈一指，未審何見傾三都。泖湖鱸蟹我所嗜，持錢朝鬻歸中厨。盤中新句更叫絶，君出細君近詩。坐有周子董與盧。洞涇遂擅草堂勝，太康二俊良區區。阮懷續詠歎廣武，如此豈合長菰蘆。匹夫權大勇莫奪，文綵照耀横江湖。沈生磏落世所無，嗚呼沈生豈匹夫。

張蓼匪安茂邀看菊，予題曰菊秋醉作歌貽好事者，爲花政口實也

百花雕春春欲愁，萬寶告成菊始秋。美人卜築采花徑，每到秋來花事盛。瓦合香泥帶露移，初從根地别英姿。牙牌細鏤宫姬目，錦帳横遮小史司。高堂細雨開芳醼，弱立微欹看背面。氍毹迭代二八愁，粉黛真嗤肉屏賤。張公江海舊風流，釃酒花宫卜夜游。題詩好寄司花使，從此花塲號菊秋。

贈周鷹垂綸，處州太守，茂源子，有《石樓》《環山堂》《杉谷試望樓》諸稿。

雲間邇來誰作者，君家處州稱大雅。如君才調真象賢，儷句不居徐庾下。石樓高對神山開，升堂排闥山光來。流雲白晝暗樧谷，登樓四望良快哉。清秋裘馬長安路，畫鞭作賦漳臺暮。神清看殺燕市姬，曲誤還遭公瑾顧。倚聲再見周美成，花間吹斷紫鸞笙。舒城孫髯少其亞，頃來勍敵樗亭生。詞家體格看總好，才子母愁性靈夭。玉樹歌殘斗氣昏，銅仙淚墮秋天曉。我當年少蚤聞詩，綺語時同劉改之。夢中拾寶醒還笑，老去逢春黯自悲。讀罷君詩如見獵，袖中舊筆猶堪掣。歸來何物耗壯心，青山紅友鉛華妾。

徐武静餽泉酒糟鱸，頽然獨醉，出菜花涇尋菊

九峰泉釀四鰓鱸，蚤起平頭送尺書。且喜高人同臭味，恥從俗吏問包苴。酒醒簾下敲茶臼，日晚花間出鹿車。爲報風流徐孝穆，玉臺遴句近何如。

柬吴六益二首

芙蓉自集楚臣裳，薜荔長披處士牆。海内詩名誰伯仲，中原氣象轉蒼涼。百年遲暮悲龍卧，八口調饑料鶴糧。六益吝，故戲之。不惜壯游窮萬里，風塵偏汝意飛揚。

清幽卜築苧城隈，窈窕園林曲檻開。屋繞梅花多自賞，盎浮竹葉幾人來。虎頭鞶樣回文制，鶡尾冠形落籜裁。豈是還家耽閉户，鹿門伴侣足追陪。

宿來、文子、友聖、閬石、蒼水暨予數相聚，諸君賦六子飲酒詩，聊叙長律呈五子，兼致勖焉

宇宙容吾汝，山林逸趣長。會並原不易，道力儻相望。居隱聊言放，藏深識賈良。聖賢仍寂莫，草野重文章。盛代叢冠蓋，浮名謝鎖韁。歌回江上枻，坐戀海東牀。失意還棲泊，行吟慣徜徉。友憐因樹屋，身到乞花場。陳仲醉祀二陸處。風雅曹劉後，牢騷屈宋亡。蹇予偏躑躅，五子盡飛揚。名理聽逾静，懽呼老更狂。同心莫諧調，樹立肯尋常。

飲張洮侯草堂作

瀟洒高人宅，郊西緑樹圍。秋光騰鶴小，野水釣魚稀。門逕全栽菊，蘲鋤傍采薇。繞牀書帙亂，穿牖雀群飛。逸興追張翰，新詩似李頎。結交先縞紵，好德本緇衣。五子仍來集，高譚欲忘機。關門初月上，不醉忍言歸。

步文子集洮侯齋十六韻

東籬花事後，結伴到山家。野籟尤堪聽，秋心莫漫嗟。經營詩始貴，才力爾何奢。迅捷離弦矢，砰碻下坂車。主人供豆芋，北客愛鰽鯊。素髮吹從落，青藜健自誇。謂洮侯。玉杯書任著，金谷罰非差。蒼水是日醉不成詩。樹敵全堅壘，分題學散花。牆頭還過酒，鎗耳緩烹

茶。揮麈飛玄屑，盈觴湛落霞。摛辭驚吐鳳，倚醉亂塗鴉。背快麻姑爪，心寒處士撾。文子詩多嫚罵。誰真憐駿足，我見半蝦蟇。伯樂子事。衰老年猶未，詩書事苦賒。買魚來辥瀫，貰酒泥吴娃。頗怪十千少，梁邊看畫叉。

張梅嵒園亭看秋色，步文子韻

名園秋色滿，草號雁來紅。十月雁不至，關河書未通。含情窺碧落，久立對幽叢。良友知余病，深愁命酒攻。晚山青屋角，新月白簾櫳。投轄留清夜，爲懽喜阿翁。梅嵒尊公爲置酒。揮童止關鑰，歸路落江楓。秖覺天涯好，無須歎轉蓬。末二句爲趙雙白邵其人。

寒夜集董榕庵光復堂得扶字

少陵真似我，再拜遣人扶。巨擘逢公等，低頭敢自誣。高嚴吾竊賞，壇坫莫輕趨。芥蔕吞三楚，噫噁辟萬夫。倡酬非鹵莽，氣象落江湖。許與皆詞伯，疏狂混酒徒。水明初上月，山響暗飛梟。餘興知難盡，蘭堂倒玉壺。

既賦長律，復次閬石韻

謝公出入諸生扶，江南名山真畫圖。古人好事豈易及，我輩後來仍不孤。紫蟄出筐翠釜泣，紅燭摇光清夜徂。詩成白手更接戰，爛熳尊前看老夫。

贈沈雪峰浩然。

多病空門住，袈裟贈幻身。早年頭作秃，未老齒餘齗。節物憐芳草，歸心傷暮春。兒曹能養志，努力念先人。

司馬家聲在，諸孫盡鳳雛。脱身游五嶽，載筆記三都。順天、應天、承天。夜雨删詩史，長江洗鉢盂。時書换米帖，筐筥入僧廚。

朱韶九山水障子歌

寒夜不成寐，夢中還續詩。詩中亦何語，强半游山詞。朱侯磊落真通才，邀我入坐寶繪齋。晝見丹青夜還夢，仿佛天姥横崴嵬。張家雪繭幛十幅，山勢陂陀儼相逐。重巒細磴窈窕通，遠墱孤村蔽虧出。連山左望千里長，筆墨不到神飛揚。一老孤蓬坐短褐，哀猿夜叫聞瀟湘。問君神境何能爾？濛汜榑桑無起止。馭風訴帝帝割取，擲向朱侯畫圖裏。華亭名手昔數誰，吾家希馮六代遺。前元張遠法最古，其次即數沈月溪。邇來陳董稱秀絶，小抹江南良可悦。細師吴興大襄陽，結搆障風便成劣。朱侯意匠頗有餘，千丘萬壑胸中儲。薄宦堪輕三尺組，還家盡讀五車書。即今書法逼文敏，短律長歌格尤整。圖成磅礴起自題，老健秋空捩鷹隼。高堂畫障開巍峨，山精夜泣驚神鼉。普云：鼉，音駝，見《山海經》。涉鼉鼉圍二山神名。白雲不去青山住，縱有夸蛾柰爾何。

光復堂分韻，時周釜山與軍宴，明日以詩來賦答

海堧十月交，寒雲曀荒甸。城中戍萬馬，令嚴屯不見。轅門晝戟合，將軍夜開讌。銅角吹一聲，雲中斷行雁。周郎愛萬舞，七槃出妖倩。繁星錯華燈，明眸射霜劍。予時亦高會，空堂肆文戰。悲來忽無方，中坐淚如霰。民勞地生毳。奇菑況迭變。側聞至尊詔，求言御前殿。當年海鰌入，一鼓鵝鸛散。至今剩瘡痍，剜肉供組練。功高列台輔，東南且清晏。爲我語將軍，努力答恩眷。將軍梁都督化鳳。

寄歸道士元躬前訛傳已死。

閉關曾著馬啼篇，混沌還開龍漢前。志士達生元不死，高人避世即爲仙。長瓢笑走邯鄲市，拄仗行穿華嶽煙。散髮看君身正健，飛來孤鶴是何年。

周宿來移居南郚

爲愛城南水竹居，移家家具少於書。擇交自合分三徑，博物還須盡五車。籬落慣馴秋社雀，褐衣看釣柳橋魚。二千石本公卿選，且喜斯人賦遂初。

周是則爲予作私印

小學不設廢六書，史游急就尠且疏。三豕門五且莫辨，點畫何有魯與魚。商盉周鼐苦多贋，宣和博古空形模。世遠闕疑且莫問，學宗小篆良匪誣。鼻彄私印始漢代，此物雖小同槃盂。淘河屢出荆刖玉，洗沙細認亭侯壚。僞藏譎誕誑世俗，好事圖纂還臨摹。邇來八體總蒙眛，方寸篆籀交𠾂敷。停匀匹配刀法勁，伎倆已盡何與朱。周生博學尚體要，視彼二子從區區。斯文日月未墜地，賢者識大爲夫夫。乘閒爲我試一作，作字不多理有餘。俗學眊佻乏根柢，長篇粗語争吺咮。禹碑石鼓妄竄釋，此曹心瞻何驫愚。先輩風流有師説，周君用志誠勤劬。海天十月風折蘆，呼兒莫惜千金沽。肯來相就飲一斗，細論正好操錐觚。普云：世傳壽亭侯印不一，皆僞也。不曰漢壽亭侯而曰壽亭侯不成文義。

題張嘉樹豔贈百韻詩有序

張姓連天，世多才子；盧家南國，代有佳人。珊瑚之架筆生花，情鍾我輩；羅襦之繫珠作贈，知在誰邊。况當微之賦會真之年，正合公瑾嫁小喬之日。月成微露，投契胡穊。眉語從風，小留不定。悵楊花之飄去，驚梧葉之流來。把玩青絲，倩勤彤管。聊復爾爾，英雄之寄意無端；誰當卿卿，静女之芳心長熱。神摇百韻，詞贈三章。

少年張緒擅風流，絶代雛娃字莫愁。對葉當花等閒事，誰教清怨起箜篌。

金鞭遺去紫騮驕，銀浪催來青雀摇。陌上豈知腸斷處，河邊空憶可憐宵。

我亦皋橋愛泰娘，銅駝坊北怨張郎。雲收月墜還何處，一尺柔綃淚萬行。

偕沈友聖、山陰邵其人再飲文子草堂，作放歌，仍限韻

孟冬短晷如推車，朝廛析木昏中虚。《大統曆》：小雪，中星初昏虚一

度。苦寒客子意不懌，長鬚打門飛尺書。開書忽得酒人檄，興來解髮不暇梳。涇塘出郭二三里，甂頭酒熟香撲裾。長生木瓢任斟酌，珍饌況復腒鶉鴽。織簾隱士最潦倒，四明狂客真通疏。主人動静皆有意，客至痛飲方軒渠。夜雨人分讀書火，得錢蚤買長橋魚。高陽酈生本儒服，我今不飲將何如。邇來糟丘號六子，連類有若蛩與驉。君看白日東南徂，僊人長乘八景輿，帝漿天餔萬石儲。蓬萊歲月不可算，與爾千秋萬古意氣長相於。

五子再集光復堂賦

董生兄弟真二陸，貽我一編三日讀。且評且乙停酒盃，中書令君訴頭禿。詩壇牛耳詎多讓，不意見子心踴趯。餘才更作花間詞，秦七黄九何足録。前時過飲玉川生，交口頌我坐捫腹。趙生觴政真絶倒，高持六博號逐鹿。生平擬建大將旗，此日真成下駟逐。時予博屢負。董生意氣横九秋，脱帽半醉飛觥籌。作書阿兄欲焚筆，何物傖父真吾讐。主人上壽擎雙韝，城頭魚鑰君莫憂。攬衣疏星正三五，落月彷彿聞笳簌。君家兄弟不可及，一雙白璧懷中投。城東近訪沈隱侯，老手盧生周處州。同時豪傑聽推倒，咄我來登來仲樓。來仲樓，文敏公築，以待陳仲醉者。

答蔣雪堂原韻

蔣卿三徑惟種竹，竹裏茅齋書萬軸。清心但聽瀟湘聲，斂手不擊長安築。著書仰屋只自知，夜長褐短心中悲。劃然相見啓譚笑，高懷坦滌無樊籬。渭城金仙淚如水，詩成欲補青龍史。看君精悍未易當，老我疏慵何足擬。鍾生四本稽門投，余也卧病元龍樓。東鄰趙壹有美酒，謂雙白。與君强起澆煩愁。

平西王寶牀昌云：公樂府中《豔歌何嘗行》，當與參讀。

沈香若山積，楠梓非其儔。紫花及紅豆，瘦彩交綢繆。連舟入吴會，徵匠來東甌。造爲百寶牀，詭狀窮雕鎪。回旋鳳鸞死，蜿蟺蛟龍愁。明珠選答納，火石搜丹丘。煎膠勝麟角，深釘皆精鏐。一柎費百萬,兩桯千萬餘。叶出音。昆明五百里,宫殿居上頭。玲瓏啓八牖,䍦㲰飛層樓。下建五丈旗,欄牙拂飛斿。春風送脆管,散落蓮花洲。連幬作武帳,紩合如雲浮。繆金䌙孔翠,映耀珊瑚鉤。君王且端坐,寶燄生琳球。鉒色射璧月,綵女光中游。妖姬奉秘藥,照骨黄銀彄。有時玉如意,誤破臙脂頰。平明令旨出,風火馳鑾陬。邊功動天子,逸氣凌諸侯。當時七星關,黑旆前滮滮。將軍實僇力,相國多奇謀。衆寶盡莊嚴,不足爲汝酬。朝廷正寬大,少僭不見尤。侂胄宋小臣,微財皆賂賕。一牀奉阿母,何用官家收。人生恣行樂,性命同蜉蝣。爲懽盡今日,遑惜他年憂。仰看梧桐色,俯視芳草稠。杜宇何處來,哀聲滿林幽。君王有賜樂,玉手彈箜篌。請歌入塞曲,莫唱吴宫秋。昌云:篇末斷腸。

留别五子

盧文子元昌

敏捷詩無敵,盧生果絶倫。論文操月旦,求友出天真。寄意勞杯斝,幽居理釣綸。賦成人共賞,難和是陽春。

周宿來茂源

前賢久不作,後進爾堪師。五馬非爲貴,千秋實自知。獨行當虎步,衆色妒蛾眉。一鼓高山調,悠然念子期。

沈友聖麟

文章兼節孝,吾愛沈初明。寬褐游燕市,長篇賦帝京。草茅尊歲月,糞土賤公卿。知爾生平友,江東一顧榮。西巘御史。

董閬石含

磊落尚書後,人間説長公。策收身見放,遇嗇道尤豐。儕輩行多貴,文章老獨工。吟君咏史作,浩氣吐長虹。

董蒼水俞

五常曾競爽,二俊復稱奇。作客憐黄耳,何人定白眉。孝廉名久重，黨錮世同悲。高視乾坤内，降心讀楚辭。

自　述

自予來谷水，五子日過從。避世輕金馬，逢人號酒龍。獨摇孤劍影，歸去五湖蹤。矯首銜盃處，雲山更幾重。

附八子詩

董俞，字蒼水，順治庚子舉人，文敏公其昌弟之子。有《樗亭集》《玉凫詩餘》《奏銷禁錮》《述幽賦》，其自廣也。

奉和黄公

黄州才子今潘陸，新詩脱手人争讀。生平著述已汗牛，攬鏡自憐雙鬢秃。少年名譽滿寰區，中更禍亂心迫蹙。高歌振袖還入山，甘學阿奴嘗録録。鄉里小兒强意氣，斯人經濟徒滿腹。朅來吴山風雨暮，蘇臺荆棘游麋鹿。扁舟復采澱湖蓴，詩壇酒社來徵逐。盧綸草堂楓葉秋，懽呼六博聽更籌。一堂歡謔雜閩楚，佳言往復無不讐。軒然奇句鷹脱鞲，慨慷令我消煩憂。有時更聞變徵調，如聞寒夜篴與簌。吁嗟賞音自古少，眼前珠玉肯浪投。缺二句。鹿城缺二字。且莫去，十日醉卧元龍樓。

六子後飲酒歌

黄州顧子真人豪，括蒼太守才復高。趙生疏狂沈生達，盧郎意氣干雲霄。吾家兄弟好閉户，窮年秃盡山中毫。相逢痛飲俱同調，花下持杯開口笑。七賢六逸何足多，詼諧謔浪皆奇妙。投瓊飛斝不暫停，長鯨卷白波濤聲。葡萄千石須臾盡，高陽小兒浪得名。酒闌險韻奇句出，星辰浪走江河傾。曹劉不死李杜在，風雷巖壑生光怪。眼前豪傑争自命，幾人俯仰雄千載。酒徒相聚非偶然，寸心炯炯各自憐。滿庭黄菊秋月澹，清霜簌簌飛簾前。

董含，字閬石，别字榕庵，順治辛丑進士，與弟俞號“二董”。《奏銷禁錮》有《藝葵堂集》，時盛傳其讀史詩。

集友聖齋

沈郎家住青溪曲，小屋濛濛煙水緑。當軒一逕莓苔斑，幾處霜林紅矗矗。主人愛客招素懽，蟹螯菱角羅盤餐。秋風溶溶浸桑落，長嘯手擲青琅玕。坐中江夏推風雅，前無古人後作者。工部交游盡老蒼，長卿詞賦真瀟灑。周侯脱帽浮大白，抵掌論文劘屈賈。盧生本是嶔崎人，肝膽飛揚詎肯下。舉觴促席歌復吟，風吹薜荔秋陰陰。相逢意氣不盡醉，天涯何處求知音。君不見古來結交盡屠沽，況與爾曹皆酒徒。仰天擊缶傾一石，悲哉奈此白日徂。隔岸棲烏啼不住，扁舟獨向城東去。

六子後飲酒歌

秋樹凝寒暉，秋風動衰草。故人數相見，相見情愈好。我家兄弟東西頭，閉門讀書無所求。十年結客滿四海，坐上往往皆名流。竹溪逸事堪摹寫，連袂高吟秋色下。刻燭揮毫賦五君，呼盧卷白飛三雅。人生得失何足悲，意氣直與千秋期。且倒接䍠飲美酒，富貴浮雲安可久。君不見東家考鍾西家擊鼓，宓女妖童相對舞。我有貧賤交，索居厭華膴。空庭撲遨蹲寒鴟，彩筆淋漓推繡虎。大江南來灌百川，句吴自昔才翩翩。誰人得似元龍傲，苦愛風流顧彦先。

盧元昌，字文子，舉明經。選校諸書，盛行于世。傲岸善飲，爲詩揮毫立就，有《觀堂集》。

集友聖齋

三江木落當暮秋，黄州才子乘扁舟。舟中載得書萬卷，手持一編訪隱侯。隱侯家棲老樹村，客來屋角鳴雙鳩。邀予一識荆州面，乃是騷壇顧虎頭。虎頭落筆妙天下，詩中有畫淩滄洲。胸吞雲夢者八九，思公子兮悲靈修。心包天地渺一粒，氣能載力使畢浮。五言七律杜陵匹，賦心樂府陳思侔。隱侯軒髯曰誠然，當今詞客楚狂傳。趨來下車且揮麈，脱帽露頂談真詮。亟呼庖人劈蟹螯，細搜妙理須濁醪。陽春白雪喜同調，鳳皇和鳴求其曹。花前喫酒花下歌，周郎顧盼朱顔酡。董生蛟龍起懷袖，仰天大嘯振庭柯。盧敖半白頭如蓬，飛揚跋扈當豐隆。披襟快哉楚風勍，亦知江左多英雄。

六子飲酒歌

君不見江都兄弟家園裏,滿階爛熳開雞冠。漢廷絳幘官失職,此花何故生空山。董家兄弟登明光,天人三策何慨慷。萬鍾千乘直糖粃,牀頭雙劍生秋霜。乾坤雖大有六子,開尊每日來高陽。人皆謂我爲狂生,我亦自謂真狂生。頭上儒冠堪漉酒,仰天笑絶淳于髡。荆南猛虎尚有無,周處未老還壯夫。耳後風生餓鴟叫,手中霹靂金僕姑。江東顧榮信巨擘,一沈二董頗勍敵。酒壇呼聲動天地,六人無不一當百。風吹泖水添金杯,漁陽仿佛撾幾回。一聲畫角譙樓落,數行雁陣雲中開。沽美酒,臨高臺,胸中五嶽争崔嵬。我今頭上見二毛,十年投筆高蓬蒿。丹楓如錦黄花發,肯信天公供汝曹。

重九前一日柬黄公

西塞角聲何日静,東陵瓜地一番新。孤城久作黄花戍,細雨何來皂帽人。臨水登山秋正好,蘭橈桂櫂客堪親。我家老圃無多路,遲爾明朝漉酒巾。

顧子在茸城兩月,便成千秋。忽賦驪駒,惘然話别,聊疊三唱

瀟湘客子夜登舟,驛路蕭蕭雨雪稠。計到玉山回首處,停雲片片落江樓。

顧子風姿美且都,才情傾注洞庭湖。留君白雪詩千首,消我陽春酒百壺。

此處春光尚未來,可憐六子各銜杯。一行沙雁難成陣,臘月江梅未肯開。

沈麟,字友聖,布衣,家貧,修行有古人風,公卿争下之。漢陽顧西巘侍御巡按江南,爲布衣交,每過草堂清談移日。侍御卒,友聖裹糧二千里哭之,嘗徒跣扶友人喪數千里。藏稿古詩追黄初,近體在沈宋間。其應酬流傳,率平平耳。妻,彭賓女,亦有才筆。

草堂酬黄公，因思西巘侍御，故有鍾期云云

黄公磊落天下才，踪跡相逢多造次。憶昔傾心西子湖，居停假榻同蕭寺。新知極樂又分飛，臨水登山送客歸。江柳折來看脉脉，驪駒唱罷轉依依。如君才大真無敵，對我揮毫銅鉢擊。纔見稽康眼便青，别君不覺逢人白。蹉跎隔歲上元筵，虞仲山頭月再圓。我賦吴趨君郢曲，醉游燈市夜無眠。扁舟明日西湖去，此後音書杳難據。玩世何須智作囊，逃名只合言爲寓。丈夫遭遇感恩深，知己非關鮑叔金。一自鍾期先薤露，人間誰辨伯牙琴。朔風回雪九江舟，黄鵠磯頭水急流。我掬生平兩行淚，晴川西畔灑松楸。歸帆風急過西塞，不得停舟一見戴。聞道山居被鬱攸，腹笥郝隆無恙在。誅茅新結讀書堂，深柳參差映筆牀。黄鳥間關求友切，動君客興下吴閶。當子行旅歸家日，值予仰天大笑出。忽漫來過白苧城，論心更較從前密。慕君高調喜君來，枚馬風流千古才。潦倒憐予長枕卧，蓬門不掃爲君開。剪園韭，沽濁酒，良友真憐會面難，相思别後空回首。

和閬石韻，贈别赤方歸楚

幾回把酒酌斜曛，落落風塵總不群。正喜陽春和白雪，可憐歲晏賦停雲。詞壇馳騁當三駟，筆陣飛揚冠一軍。此去吴頭連楚尾，斗牛躔度應天文。

去去江干已夕曛，行行天畔怨離群。旅愁回首悲秋日，鄉路銷魂指暮雲。哀亂壯年同庾信，懷才童歲比終軍。須知祖德多奇服，不肯違心誓墓文。友聖自注曰：赤方爲顧仲瑛十三世宗孫，其曾祖兄弟日岩桂岩兩先生挂冠講學，尊人重光先生好奇服，博聞隱德，世稱高士云。

附彭少君淑

余見友聖賦詩送别友人，雨牕吟咏，飛揚起舞，予亦用原韻成一律送之。

唱徹陽關正夕曛，一行哀雁訴離群。高朋分手如虧月，遊子閒情似片雲。社裏昨逢陶處士，座中曾指孟參軍。挂帆風色吴江冷，尊酒何時再論文。

周茂源，字宿來，別字釜山，順治己丑進士，處州太守。有大賈覆舟，漁父得其簏，告太守，太守封識付司庫。逾年，賈来，驗還之。賈持雙犀謝，不受。漁父亦卻其酬。巡按御史奬漁父薦，太守坐他事閒住。有《讀書堂集》。

黄公集友聖草堂時，友聖出其細君詩

雨歇槐陰駐小車，西風蕭瑟滿庭廬。客從黄鶴樓邊至，人在青龍浦口居。麗藻驚看揮茗就，高談相對織簾餘。若論偕隱工文筆，應是龐家愧不如。

黄公過飲，且以言別，賦此留之。黄公，家本玉峰，故末二句云

蕭灑曩日共羈棲，劍舄重來谷水西。君似高飛緱嶺鶴，予爲失旦汝南雞。愧無錦袖當筵舞，虚枉羅巾倚醉題。去國幸非三世隔，歸心漫逐楚雲迷。

張彦之，字洮侯，布衣。屋不旋馬，亂書充棟，蓬頭垢服。無風雨寒暑，哦吟不絶。意至即書，不加裁剪，狂潔士也。

黄公過飲草堂，敬步韻

斗室惟容膝，晴光緑乍圍。竹籬人欲隱，草舍客來稀。搔首思開釀，登高漫采薇。白雲當户起，青鳥貼溪飛。醉卧蕉聲碎，行歌花影頎。金龜聞早解，野服遂初衣。愛士能忘我，雄心肯息機。正宜勤命駕，惆悵月中歸。

朱軒，字韶九，别號雪田山人，明經别駕。工詩，善書畫，時稱三絶。

黄公，今之摩詰也。爲予作《山水幛子歌》，句中有畫，予筆安足供卧遊。臨别題贈，爲之黯然

玉峰才子荆門客，木落天高始相識。蘿衣還染衡岳雲，荔裳欲帶瀟湘色。當時挾策排金門，迢遥銀漢風雷奔。東方大隱志未遂，梅服

神仙道自尊。只今青鬢拂衣久，偶過白苧共携手。鸞騫鳳翥不易馴，傾心輸意真希有。愛予自寫溪山幛，爲言寤寐神相向。醉後長歌數百言，開緘字字皆清壯。已將楚鄉作故鄉，明日臨岐倍惆悵。

沈浩然，字雪峰，大司馬猶龍之子。棄家爲僧，寄居荒寺，無徒僕。草書易米炊斷足鐺，墨汁、酒痕縱横襟袖。年未五十，齒落髮禿，蓋秋士也。

黄公先生浹洵不晤夢想爲勞，即日眠食何似，詩以問之

君是江東秀，移家即楚材。不辭游屐遠，每作故鄉回。舊日鱸羹味，清霜鶴唳哀。今朝解酲否？應想玉山頽。

巴城湖大雪，舟中醉歌昨觀演李白劇

昨夕何夕臨高堂，千燈萬燄羅笙簧。陽阿激楚爲樂方，美人緩起壽玉觴。洪波墊溺河無梁，黄河大決董家口。中坐北望涕沾裳。今日何日雪滿野，塞雁無聲向雲寫。扁舟摇過巴城湖，兩岸誰能辨牛馬。此時不飲當奈何，一尺銀瓶自堪把。陰晴回斡頃不同，世間萬事繇天公。淮陰自是把竿者，吕尚不恥慈泉翁。盲兒㚖詬强解事，浪談年少乘長風。醉後回環手中鏡，鬢邊短髮疑飛蓬。岷山李白何如我，笑殺群優真瑣瑣。殿前擲筆何足云，僚友萬乘無不可。君看飛雪回暘春，草生河畔天氣新。吴姬斫鱠懽未足，且向春江理釣綸。

小雪夜北風雨雪

海氣先成雪，寒宵坐燭紅。灑牕疑落葉，撲火亂春蟲。鼓角軍門近，關河客夢通。黧顔苦顑頷，蕭瑟北來風。

夜雪霰

夜久衆籟息，蕭蕭疑耳鳴。側聽書幌外，淅瀝樹頭聲。始覺寒威逼，方知酒力輕。門開渾爛熳，一片朋華明。

雪滿林園寂，風聲後夜聽。莫摇松頂白，留看竹邊青。漕急洪流決，城空海霧冥。最誰愁凍餒，十萬築河丁。

玉峰山亭獨坐，閱朔雄弟詩卷

玉峰雪霽坐幽牕，古寺疏林隱梵幢。讀罷新詩香篆短，自逢吾弟壯心降。野豻舐葉見兩個，山鳥度谿時一雙。静裹繙書吾自得，不殊茅屋枕長江。

友人索花燭詞，戲效齊梁體

蔦蘿自綰結，鴛央自成雙。眉參新意畫，鬟學漢宫妝。天寒博山暖，春至小梅芳。客裏聞花燭，從郎索羽觴。

百襇裙子

束素纖腰一捻，半彎羅襪輕擡。莫道緗裠百摺，柔腸更有千回。

咏羅裙四首 百摺月華，吴儂近制。

雪色疊春羅，長條抹錦窠。細腰才一尺，百摺可嫌多。百摺，古有之。陳蕭璘《詠複裙》詩："皛皛金沙浄，離離寶縫分。纖腰非學楚，寬帶爲思君。"

金蕖著地上，玉藕到裙邊。手持雙羅帶，故繫春風前。

小開花氣入，暖處最聞香。欲引雙蝴蝶，階前試晓妝。

五采作霓裳，争誇時世妝。馬嵬遺恨在，不忍说三郎。

與滄巖論樂府

昔愧無雙譽，商丘練石林有"顧侯才似海，樂府妙無雙"之句。誰真軼代才。高唐風善變，建武體初開。擬議侔元化，文明倬斗魁。按辭須協律，緹室竟飛灰。博依諸儒服，雕鎸萬象該。大音鍾簴奏，雜調管弦𢶡。雅俗宜分部，齊梁妙取裁。淫哇歸正始，斷簡脱塵埃。禮樂原非細，天人莫浪詼。感通玄鶴下，化遠白狼來。寓諷都微婉，冥心要溯洄。賦成混沌死，歌罷鬼神哀。哲匠看誰敵，詞場爾定陪。倡酬元共白，親切陸兼裴。鞅掌才偏暇，旬宣事必推。朝廷恩正展，天地老多災。把筆惟攄悃，憂時欲廢栝。俗情輕翰藻，我病爲虺隤。地遠家書少，天寒旅思催。秖憑深慰籍，隻字比瓊瓌。

附　奉和次韻盧紘

江左分雄族，荆南挺異才。探原從遠發，望氣識先開。真擅無雙譽，争傳冠世魁。洪襟羅萬象，浩劫轉深灰。逸足煙雲絶，冥心理象該。正風才近雅，繇奏豈容陿。匠意攄奇藻，含情出妙裁。馬班驅作隸，軒翿等如埃。難謝雕蟲技，寧希待詔詼。同聲千里應，問字接肩來。契託玄風暢，思縈白露洄。過庭緣服訓，咏蓼每聞哀。枌近餘陰接，門隨下坐陪。素琴難伴趙，緑野敢希裴。幸枉扁舟過，閒將好句推。冰壺欣借映，火宅暫忘災。安邑猪肝餉，柴桑酒肆栖。吾徒非偶合，古道詎云隤。但信音徽在，無傷歲暮摧。君家多令器，纍纍若聯瑰。

小除夜

廿年前此地，椒酒奉高堂。重到逢今夕，驚心是故鄉。妻孥千里隔，書劍早秋裝。獨有思親淚，青燈墮幾行。

紀異有序

戊申三月，蘄之安平鄉蔡某家鴨卵有十七篆文款起。其西村又一方卵，或煮雞卵破之，中復得一卵。六月十七日甲申地震雨穀，釜底皆篆文，不可識。亦有作花卉狀者，或曰雷部爲之，不審何祥也。

孟秋地震天雨穀，釜底雷文不可讀。春前東村鳧伏鷇，誰遣詩妖出鳧腹。西村方卵正傳看，更有一卵卵中匊。天公年老亦如人，血气妄行諸病出。君不見宓羲未畫九與六，鳥兽不狘亦不黷，文字一興鬼夜哭。釜底文，崇禎十二年十六年，蘄州、蘇州、夔州皆有之。陸燦《庚巳編》：弘治末，崇明縣申報民家有雞生卵而方，破之，一獼猴大如棗。巡撫艾璞欲上聞，巡水都御史陳璚曰：“怪物度已不存，萬一下詔索，奈何？”璞乃止。自是四方災異，多相戒不奏。

白茅堂集卷之十五

己酉康熙八年

元旦崑山試筆兼東盧滄崖八韻時居徵遠侄園亭。

客裏逢元旦，風光似昔時。開箱藏舊曆，把筆試新詩。婪尾家庭酒，陳筐地主儀。門前車轠轠，花外日遲遲。風轉迎春勝，歌撩艳女眉。路仍江國近，愁借故人披。顔色留金藥，山園長玉芝。還鄉宵兆好，應看裸中兒。

春　游

山禽啼早曛，山色可憐春。駘宕忘爲客，風光解醉人。普天今息戰，南國轉愁貧。遊冶曾無减，年年紫陌塵。

陌上草萋萋，逢春桑扈啼。綺羅紛滿路，桃李漸成蹊。鬟影移簾下，簫聲隔水西。誰家香屧跡，來往踏香泥。踏，一作"印"。

展桂堂坐雨

東風已作神靈雨，北斗潛移子夜杓。客裏壺觴傷節叙，天涯燈火近元宵。射蛟未敢勞明主，沈馬何能答聖朝。聞道五雲隨萬騎，太平帳殿奏簫韶。

歲朝連日晴堪賞，無數香車綺陌東。病對湘簾仍中酒，起看煙雨更障風。初春石氣將騰紫，早晚山茶欲破紅。好辨扁舟趁花柳，潯陽潮信楚江通。

酬王有功績元日見示原韻

王績先生字有功，醉鄉仍覺酒泉封。世間治亂何關汝，老去詞章轉覺工。興劇南陽劉子驥，人師東漢郭林宗。題詩元日還堪賞，高揖青山趣不窮。

虞海元夕，滄崖惠燈舟中燭下作

我生不得御前撤，送金蓮燭又不得。太乙揚光校天禄，還鄉暗拾蓬中螢。經史縱横徒滿腹，中原昔日緐華同，長邊處處無煙烽。魚龍角伎來西域，鳳蠟傳方自漢宫。傳方角伎誇奇妙，豪門戚里争光耀。放禁何曾司隸訶，展期不待官家詔。諸藩邸第列九州，九州世族疑王侯。狹邪競度留歡曲，公子潛登明月樓。吏廉過小棄弗録，税薄年豐歡不足。農家苣火照田疇，綺陌華燈夾車轂。廣陵南去接吴閶，建業繇來屬帝鄉。閣上歌聲酣玉樹，殿前山起葬沈香。百年幾度滄桑改，三吴冶俗依稀在。墮珥朝來賺蚤蜂，綵樓薄暮迷煙海。巡漕使者獨好奇，孤釭坐詠上元詩。于蔿欲奏長安遠，苦調纔翻遊子知。天涯遊子意如何，風雨殘篝舊恨多。竟能分我然藜火，持照山齋老薜蘿。

元夕後二日，魏大尹登玉峰，置酒看雪。值予游虞山，未與雅事

積玉名山方水流，令君走馬上山頭。那知吾谷扁舟夕，虞山谷名。正負群公載酒游。萬井樓臺真不夜，上元燈火未全收。陶潛自有登臨興，束帶何須傲督郵。

贈馮豹

烏目山前野老居，一柈薇蕨雜蓫蔬。焚香剪髮無餘事，坐擁麻衣死讀書。

贈　夢

離夢亂無緒，離愁懷至今。病憎肝氣勝，春怯酒盃深。鳥啄枝聲細，花酣日氣陰。韶光聽抛擲，揜卷獨沈吟。

小　雨

小雨濕花光，簾櫳芳草香。堪憐好春色，何處是他鄉。時擬游越。陌上歌聲細，前溪舞袖長。懷人怨雲樹，千里鬱蒼蒼。

予既有八男一女，昨家書至，復舉第二女子

瀟灑江海心，我本物外士。昨日家書來，憎添向平累。昔在兵革間，藉危炯然記。妻孥本天親，於身亦疣贅。瞥見兒童成，驚心老將至。世亂困奔波，時平寡生計。貽男要經史，嫁女費屐笥。鬻犬有先民，乘龍定誰氏。且喜生儒門，詩書吾家事。所願四海寧，蒼生起凋敝。婚宦小賢絶，安懷大聖志。何必五嶽游，始遂生平意。

遣　悶

苦寒梅信失，卧病早春過。霏雨淹旬積，陰雲入夢多。鶯花彌世界，舟楫滯江河。夙昔飛騰意，羈栖奈爾何。

春夜苦雨，同侄徵遠飲酒達旦，戲聯五平五仄四十四句

蕭颾林中風，黄公。淅瀝夜半雨。誠久。寒鐙揚清光，黄公。黠鼠作怪語。誠久。臺咍奴齁憨，黄公。勃窣婢僂傴。誠久。匏尊呼兒斞，誠久。石鼎起自鬻。爲歡初微酡，黄公。既醉更屢舞。誠久。持觴陳暄豪，擲帽彦道賭。黄公。觵來争吞鯨，誠久。罰至俾出牯。黄公。鶬鳩陳吴羹，誠久。蔗蘋飣楚俎。黄公。浮梅薌沾鬖，誠久。汁橘酢病齲。三彭神符誅，黄公。五鬼漢覡詛。枯棋敲文枰，誠久。促漏接鼕鼓。霥靅低前櫚，黄公。沺湉懊後廡。蓬蓬芝生楹，誠久。漐漐汗浹礎。黄公。松陰皴新鱗，誠久。竹重折故麈。游鯈溝頭流，黄公。貯黍宇下

腐。下後五切。簃庈支頤炊，誠久。䓍杵舉炬取。黄公。盃盤從縱横，誠久。洗酌再咀茹。栖烏啼空城，黄公。啘鳥動䵝潡。忻聞天雞啼，誠久。肯受瘳㯹侮。㯹音社。羇懷何繇攄，黄公。健筆孰敢伍。商音歌將終，誠久。唾器擊已窳。題詩斸牢愁，黄公。庶以贈逆旅。誠久。

葉白泉先生約看梅，因雨更期，戲束十韻

梅本紛華樹，凉時解作炎。邀人盛趨走，不自表高嚴。暖日烘蒸好，輕陰色態添。但嫌風颭颺，最愛雨霏霺。乳滴春醪嫩，香留汗衵沾。舐殘銀獺暈，唾落玉魚酣。寂莫憐啼粉，氤氲隔綺簾。忽回仙伯召，未許客心懨。輭屧扶紅袖，深盃拂紫髯。料須笙炙就，花底韻同拈。

鄧尉觀梅不及，還訪玉峰城東三里桃花

鄧尉春前萬樹梅，探遲不見一花開。吹殘羌管邊風散，舞罷香山素影回。單櫓漁舟聊自至，正升明月尚能來。昌云：七政曆月，有正升斜升。江南好景還須惜，無數夭桃點碧苔。

和微遠春游韻

杏桃歷亂草蔥芋，駘蕩江南三月天。遠浦雲低猶釀雨，平原日暖自生煙。輕紈翠毯搊箏坐，清簟疏簾載酒船。老眼看花諸事改，只餘遊冶似當年。

浮渲高梳朧掃眉，乍晴天氣試春衣。笙歌日暮桃花落，簾帘風輕燕子歸。城内水田青漠漠，堤邊楊柳鬱依依。上頭兒女新成長，細襉香羅踏落暉。

古　意

惜春須惜日，看女如看花。驚紅撲飛景，玉色無長華。手攀鞦韆繩，默視鞦韆地。輕身燕子愁，芳草鸜哥翠。嬌小處深閨，今年縫嫁衣。東家雙姊妹，分道逐郎歸。

無　題

騮馬曼胡久未歸，雕牀黼帳出應稀。池邊楊柳春陰合，樓上簾櫳乳燕飛。弱髻罷梳鄉俗改，蘼蕪欲采故人非。江陽姊妹今猶在，一面菱花淚染衣。

曉　起

江南二月尚霜華，曉踏苔階屐齒斜。何處天然好顏色，初升紅日照梅花。

惜　春

二月妖姚初滿枝，斬新不怯曉風吹。牕前思婦含顰語，記得儂年十五時。

筍蒲初長蘭葉肥，雜花生樹鶯亂飛。何人見此不惆悵？金勒少年歸未歸。

剪花三首

早蜂趁暖唼花叢，剪得花枝帶早蜂。蜂子不知花在手，逐人飛過小牆東。

傷春不肯爲春降，花底簾鉤控一雙。日宴起來嬌不語，口脂微褪坐西牕。

雪色羅裙換晚妝，不嫌花刺采芬芳。薔蘼亦自多情甚，搭住蕭娘上畫堂。

鹿城寒食同仙佩徵遠得聲字

寒食崑山下，歌聲間哭聲。世隨春色改，老逐少年行。亂槳紅妝映，清波畫槳輕。江南無限好，愛惜酒頻傾。

尋劉改之墓有序

鞍山舊有宋劉改之墓，爲僧徒所據。先玉山率郡人吊酹，仍白有司，復其厲城，今無有焉。嗚呼！陵谷變遷，抑亦後賢難續詩，庶存其説云。

寒食清明上冢時，遊人吹竹更彈絲。新松舊柏追尋遍，不見孤墳劉改之。

玉峰城南高叟家看牡丹，醉後出宣德紙，索擘窠書

泥飲何嫌野老家，花前排當便停車。竊紅淺白春妝正，壓石欺欄舞態斜。醉後賞心呼桿撥，坐來彈指唤蘭闍。草熏麥秀城南路，十五年前舊物華。

紫藤有序

玉峰東城内，水田叢塚，拱木蓊然。紫藤一本，虬起鼉伏，時方作花，殷碧縈縈。隧道外，筦絲履舄，紛遝往來。歎死生之異趣，感星物之移换，遂與徵遠置酒流連。月出，醉而歌焉。

玉樓紅紛變，幾度野棠開。廢壠尋春去，新妝拾翠來。藤花低亞席，石闕緩行桮。不見王曇首，清歌動我哀。

旅夜示侄徵遠

河患平猶未，訛傳總失真。官僚愁賑使，盜賊喜流民。改歲淹爲客，謀生屢向人。年華兼世態，底事並傷神。

不寐過中夜，城隅正寂寥。敲風樓上柝，嘯月寺門鴞。缓火爐煙細，疏簾燭燄消。幸能偕小院，百醆佐長謡。

送慈上人還楚

大師嚴修持，行脚亦勇猛。瓶笠遍東南，半與老夫並。叶必永切。金從須達布，法聽阿育請。終然神通僧，起滅刹那頃。當時賓頭盧，

飛行人王境。綫脚誤繫山，帶在袈裟領。仰看雲中錫，俯視日月影。歲晏歸去來，聞鐘發深省。

榷關歎

大江迢迢流向東，吳河北道魚鹽通。浮航幾處作關榷，大旗倒影横蒙衝。上船已過下船集，北商戟手南商痡。怒胥高唱白棓坐，健兒盤馬揎彫弓。厠牏既屬水衡籍，尺帛豈合逃司農。牽掺婦女探窮袴，料算鵝鴨連笭籠。尚恨江流日東注，不及税斂馮夷宫。

燕子磯步前賢張羽韻。

繫杙龍江頭，窈窕燕磯曲。山根插地底，波漲屢洄復。古木引危磴，遠景帶蒼麓。沿涯清如湖，人家覆深緑。谺巖腹精舍，楮柱塞乳竇。臨空望湠瀚，仿佛在林屋。太湖有林屋山。高下列神祠，行子各有祝。再看娑羅枝，靄若慈雲覆。興亡事已非，山水長在目。悲哉昔賢咏，勢閲人代速。

三江口望舊京，偶步前賢韻

放舟三江口，引領望京闕。遥峰障若雲，沙洲抱如月。緬思湖陰鞭，羞聞石頭節。拔箭將軍喉，幽憤何可雪。江豚歕餘哀，征雁亦愁絶。鬼馬印帶瘡，啄腐烏鳥悦。去去勿復陳，喪亂安足説。

青溪偶見

面粉芙蓉香霧鬟，倚樓不語看團圞。青溪栅外無情月，常照紅顔過夜闌。青溪栅，高熲殺張麗華處。

荻港口號四首

烽煙乍息楚江清，士女依然説太平。夾道高樓聞笑語，春風一半畫眉聲。俗好籠此鳥。

句欄小婦譜新詞，樂府流傳又一時。南人慣説前朝事，北里争彈火不思。見《元史》。

港東港西皇令旗，簸旗呼渡誰健兒。一夜連營破三十，始知東港是王師。黄靖國破叛兵于此。

老蟂作浪白黏天，一夕平沈千室煙。水中隱隱見樓閣，岸上年年喧管弦。己亥岸崩，沈數百家。

三溪績溪縣

奔溪争急峽，百里瀑泉并。窈窕千峰出，微茫一逕生。寺深懸鳥道，村斷接雞聲。關嶮何年設？人間苦用兵。有關二，其一弘光時金聲築。

霧度新嶺

俯仰驚無際，氤氳迥不分。下方應作雨，絶頂只生雲。開闢通蠻服，艱危狎鹿群。廿年前此過，南北正紛紜。

瀑　布

誰將一疋練，挂在東峰東。到地雷聲作，瀰空雨氣濛。老猿聽落月，驚雁起秋風。不識桃源裏，千山有路通。

峽　水

峽束亦何急，崖傾勢不留。射潮回萬弩，斷鎖掣千牛。雨去聲。雪龍難蟄，奔洪樹倒抽。到江波浪息，混混自安流。歙水盡入錢唐。

登萬山圖經云：歙處萬山，三天子之都在焉。今徽州府城中高阜名萬山，有斗杓樓。

白日登樓望，高深肖畫圖。關嵎真四塞，形勝紀三都。車馬蚍蜉動，蛇龍棧磴紆。當年誰守險，萬甲竟長驅。

問政茶問政山，在府城内。近産茶，勝于松蘿。黄山東峰下有陽泉，名靈砂泉。春時，色微紅，新汲可點茗。

問政山頭萬緑濃，旗槍未發白雲封。春來定有靈砂水，一道紅泉繞碧峰。

紫陽河放舟，將取道江左

擊汰俯清流，林巒上下浮。浪花連岸動，錦石作魚游。雩舞兒童喜，朝雲帝子愁。爲憐風物好，歸棹指南州。

經白嶽寄程非二

入霧諸峰直，蓮花萬仞開。斷厓疑壁壘，陡絶似天台。問路生鍾磬，看碑誤蘚苔。杖藜他日共，次第訪丹臺。

乘筏黟川，雨止水至，繫石壁最勝處

山雨勢欲盡，山雲不肯休。歸雲時擁樹，落照忽明樓。灘響增三尺，巖奇試一留。乘槎亦何意？偶爾學沙鷗。

祁門下浮梁

萬壑赴回溪，流澌竹箭遲。只須扶櫓過，已失數峰奇。暗壁窺山鬼，蠻歌賽野祠。榜人戒相語，勿使孔龍知。土人以名灘神，開舟戒語，如閩俗。一作“究竃”，“窟竃”同。

泊都昌望康郎山

湖闊不可渡，况經風浪生。言循彭澤曲，遂得都昌城。雨過群峰出，天開一角明。康郎血戰地，存否舊精英。

爲陰守府題繡簾上

銀鈎高捲閟清齋，繡額深籠近礙階。不隔春風滿君坐，直推明月入人懷。

鳥跡書傳黄石師，龍精劍術白猿知。碧油翠簜還遮護，不許尋常燕雀窺。

花影闌干化日長，曲屏小几對匡牀。清幽肯遣紅塵入？時放金爐一縷香。

户外花枝與户齊，簷前山色逐簷低。回廊掩映人稀到，時有棋聲在竹西。

讀陳天衢之京遺集

齊梁看易及，鄉黨竟無名。俗士不可語，高懷誰爲傾。老來貪酒色，死去畏刀兵。猶有遺書在，流傳付友生。澹崖，授刀板。

梅公調五十歌

梅郎五十之年倏已至，使我太息涙沾臆。我昔紅顔髪垂額，梅郎玉皃潔白皙。江干比屋魚米鄉，夾磎水田松柏長。讀書射獵直餘事，架有萬卷銜驪黄。東家嬌娘姓司馬，再娶司馬氏。十八能文態姚冶。對牀忍見江彪厭，青春肯令文君寡。嫁時衣裳手自裁，葡萄美酒妾能醅。秃鬢談兵動盈坐，十千百萬何疑猜。樓船夜半武昌至，梅郎便便號多智。大澤虚傳陳勝王，仲連一言秦不帝。烽煙江表十年餘，蔓草啼雅滿故居。郎歌銅斗射野鴨，妾想金盤鱠鯉魚。淒涼重踏當時路，落花每憶梳頭處。拾得遺鈿换米來，收將殘帖牽郎去。將軍好武兼好文，銅柱磁厓早策勳。府中長揖汲長孺，不爾便卧南山雲。傲岸如君世希有，一生錢刀不上口。春風只愛文君眉，落日且醉陽昌酒。羨君家無會稽婦，富貴何須會稽守。吁嗟乎！吁嗟乎！白衣蒼狗何事無？看君百歲今半途。爲君收涙置往事，試訪琴臺舊酒罏。

聞客述洪經略相公往事

虎旅當年下，王師敗績回。壬辰九月，敬謹親王戰衡州，薨于陣。更無帆影過，只有雁行來。壁壘新軍令，江山舊酒杯。依劉皆國士，似少仲宣哀。

燒石開奇道，梯雲入箐幽。幾年護荆楚，萬里掃昆州。勳伐看青史，蕭條剩白頭。江邊有漁父，閒語荻花秋。

萬死銜恩遇，馳驅報再生。重關窺劍閣，得意在陰平。坐鎮群公薦，歸朝部曲驚。論功自宸斷，爵位視銘旌。

維舟巴河，哭王子雲先生三首

緑草春江岸，維舟落日情。因憐故人逝，不上五蠻城。東漢巴水五蠻城此。漂泊悲公子，風流失步兵。百年忠孝畢，似爾已成名。

故舊日零落，浮生感更深。淚淫嘗酒半，腰痛悟年侵。四海猶多難，千秋待賞音。老來詩律顫，誰識子雲心。

司馬書來日，孤兒喜自多。浮沈終不達，感激奈窮何。合肥公前書："後唱竟浮沈。"交態看生死，幽魂帶薜蘿。西風一悵望，僇慄水增波。

思庵兄自吴歸楚示新詩

在眼吴關路，秋來夢益清。把詩全迸淚，觸感細吞聲。空郭雲能入，寒江雨易横。且須斗酒會，棠棣日相賡。

付願雲禪師寄吴梅村

老去悲難遣，才多思不窮。剖心休擲地，梅村《賀新郎》詞："剖却心肝今擲地，問華佗解我腸千結。"問法且觀空。詩比貞元妙，文推景佑工。傷心南渡事，莫賦永和宫。

憶昔虞山老，論文共酒航。不知先輩恕，肯念後生狂。予與牧齋論舟中，嘗不合。能事推吴質，時賢説太倉。似公長句好，尊酒更難忘。

哭曹石霞石霞扶親柩，卒於滇。石霞近年好乩，末故云。

麻衣掩淚滴泉臺，老友曹生信可哀。一别三年頭盡白，雙親萬里骨同回。深閨錦字何時寄，寵姬蕭小玉後來毁容守節。隔夕青楓有夢來。君去交游逐仙鬼，人間零落鄴中才。

頹垣柬張大有序

竹園鄰牆塌盡，每欲小葺，思白香山《與元八卜鄰》有云："緑楊宜作兩家春。"近來顧文僖公於鄰牆作《綸竿釣》詩倡和，有云："一竿風月共鄰牆。"雖頹垣何害！此間有公卜張子教讀，予素負張廌竹中之癖，頗作延之籬下之聽。聞張子將他徙，病中占一律。

一竿風月釣鄰牆，兩面春光共緑楊。棗熟不妨西舍撲，履聲還許竹中藏。誰家送笑鞦韆女，何處開醅酒罋香？倘少清談張鏡在，更難籬下坐胡牀。

庚戌康熙九年

春日於軒前壘怪石丈許，坎中容水五石，取少陵"風雨不動安和山"句，榜軒曰"如山"

泉石從吾好，名山且卧遊。未須營月室，直欲搆神樓。劉元瑞作神樓，如兜苓狀，懸梁上弓卧其中，以機自放起。潘菊旃作月室，周蔽垣版。向南逗隙果核大，倒納日景。初入暗無所覩，久之白光乍引，纖毫悉見。魏耕有《月室歌》。勺水清雙眼，添峰仰白頭。誰言滯人境，方寸有瀛洲。李白詩"五嶽起方寸"。

閏月苦雨先是楊光先奏禁西歷，欽天監議西曆，復行改陽歷。己酉閏十二月，爲庚戌正月，移閏于二月，震電雨雪俶甚。

改閏作王正，今年曆象新。震雷催雪凍，多雨匯河津。天意舒長日，農家厭晚春。起看南畝上，草色正蓁蓁。

芒種喜雨

去冬愆陽劈歷作，怪事山山碪斧落。己酉十一月二十二日壬午夜，蘄黄大雨，震電竟夜，擊人畜樹木，凡數十處。入春飛雪浹兩旬，樹杪籬頭懸凍洛。已知王正非閏月，和氣自東音中角。雪霜大摯首種愁，竊恐春深妭爲虐。往時邵陽災略同，順治乙未十二月壬子夜，邵陽縣震電大雨。平明，霹靂乃息，撫臣以聞。十萬大軍列氈幕。殺傷骨積巴陵高，礮火燒殘武岡郭。年來楚地頗生息，佩犢椎牛事非昨。鄖鄉劇寇力蕩平，雨暘數載方時若。立夏不雨農人憂，秧針日熯呼班鳩。老夫抱甕不暇休，嘉蔬焦卷蓬茅抽。已將三月斷肉味，稚子菜色軒雙鳩。朝來雲色似有意，殷其聲作炎贔收。枯池向晚聒螻蟈，水壠一夜來鵁鶄。翻知二氣久藴藉，潤澤不惜脂膏流。鰣魚上市頓高價，早茶出釜人争求。老夫辛苦種一晦，蘇莧且足充盆甌。皇天好生善悔禍，帝德回天與天大。眚災肆赦禮有常，協和天人要良佐。尚書典禮識體要，淑氣召祥災則那。山龍殿上功告成，金雞宇下懽聲和。己酉十一月，太和殿乾清宫告成。上以廿四日癸丑衮服進御，祇告禮成，大赦天下。前年十月妖星過，萬姓垂頭不敢唾。是時尚書聽棘木，合肥爲大司寇。引罪微臣失考課。苦詞入告感至尊，詔下災弭萬方賀。彗見地震皆有赦。朝廷燮理須三公，斷斷只思臣一个。呼兒嘉穀及時播，老夫飽飯不愁餓。

夏　夜

露下鳴蜩斷，暗香生竹叢。河明當月晦，星動識天風。滅燭清心氣，開軒納遠空。山禽亦瀟灑，棲穩夜雲中。

董蒼水停舟訪草堂，將之桂林，賦送

停君手中觴，聽我歌百粤。問君何爲之，饑驅事干謁。桂林遠在荆西南，灘巖礲崨不可攀。哀猿啼失洞庭樹，鷓鴣衝破蠻江煙。猺苗出没以百種，鐵機弩失盤其間。君今鑿空非張騫，戈船銅柱兩不然，又非謫宦驅窮邊。瘴煙不顧走六月，囊中何有詩千篇。君産江南號天府，貨利人才甲今古。伯仲曾將二陸稱，家聲首向三吴數。況今黨錮非汝辜，豈無物色到潛夫。琴書萬里蒼梧路，車馬十年阮籍途。維舟尋我溪西竹，驚起披衣慰幽獨。密蔭流鶯語正圓，春泉桑落蒻纔熟。知君得意有臨卭，主人不必盡新豐。掃門拂袖尋常事，健者還應説董公。弔古休悲斷藤峽，往事如題淚盈睫。虞帝祠南石雁飛，遊人幾度聽鵯鵊。江東名鳥曰"三月鳴"，俗呼"駕犂"。農以爲候，五更輒鳴曰"架架格格”,滇人呼“榨油郎”,�櫩類也。

初夏竹園二首

和飈韻新林,柔葉無悲音。爲愛幽獨趣,坐令光影深。笋放如欲動,笋以子丑寅三時抽起,察之微動。草香無可尋。於中有真趣,兀對南山岑。

修竹浄朝暉,入林緑煙滿。風香近艾蒳,鳥弄輕絲管。豈無竹林逸,即此竹里館。忽憶蘇門仙,才高惜中散。

答石平上人

精廬近茅舍,鍾鼓共晨昏。杖笠互相接,樵舟時到門。栽松同夏蠟,西竺僧夏以蠟爲人,輕重相同,解夏后驗之,以知戒力。俗誤作夏蠟。施法與兒孫。玄度來非暮,浮屠未敢諼。

題文待詔瀟湘八景

平沙落雁

水淺舟不行,灘長白如雪。宿雁莫驚飛,漁燈自明滅。

遠浦歸帆

朝發黄陵祠,暮宿青楓浦。君看巴峽船,猶帶巫山雨。

山市晴嵐

斜日渡頭渡,晚煙山外山。分明猿鳥路,仿佛翠微間。

洞庭秋月

秋水如秋空,明月出其裏。但見洞庭月,不見洞庭水。

瀟湘夜雨

極浦嬋媛淚,秋風逐客哀。誰言一夜雨,只有道鄉臺。

漁村落照

插篙日脚下，曬網石梁邊。趁水魚兒出，明朝早放船。

煙寺晚鐘

知是煙中寺，傳來煙外鐘。鐘聲何處起，好在妙高峰。

題宋復古八景蘇詩注：吕昌朝得宋復古畫八景來嘉州，其目云云。

洞庭晚靄

水面魚龍氣，靈旗縹渺間。巴陵看落日，一點是君山。

廬阜秋雲

我愛香罏峰，煙霞四時色。到眼更孱顔，秋林遮不得。

平田落雁

黄雲收穲稏，饑雁下横斜。不作空倉雀，須慚種麥鴉。

闊浦歸帆

遠水青天接，春波碧草通。今朝好風色，五兩出雲中。

雨暗江村

蓑笠騎牛去，芳洲欲暮天。歸雲時擁樹，隱隱見炊煙。

雪藏山麓

路滑難沽酒，冰澌好渡橋。不知山徑僻，猶自踏瓊瑶。

泉嵓古柏

濺珠亂柏子，淅瀝灑石壁。幽人拄杖看，不覺衣裳濕。

石岸孤松

流水齧雲根，蒼龍蹙池脈。若在康于河，千年應化石。

《蘄州志》有八景，其龜鶴梅花、東池夜月今亡矣。盧氏補其二，余增損如左凡十

麟苑江山

白晝江山静，空城似馬屯。蕭蕭梁苑竹，今日幾竿存。

鳳寺晨鐘

鼓角住清曉，柧稜出煙樹。山僧百八聲，隨風過江去。

龍磯夕照大江石甚崎嶮，冬水涸，乃接北岸。宋大觀四年，立廟祀順濟龍，故名北岸烈士廟，宋王彦明死節處。

義士死長江，人來吊夕陽。磯聲流不盡，遺恨與江長。

雨湖漁艇

且喜城郭近，又無車馬喧。打魚呼酒伴，風雨過前村。

金沙月泛一名赤東湖

明月亦何皎，偏多雲水鄉。當時兵火地，到此即清涼。

三角雲封治東北一百二十里三峰矗立。

北望司空原，南下樝梨水。中有鼎足山，高人合居此。

石簰積雪治東十里大江中，水涸乃見，亂流一里，水淺爲患，郡人擬立鐵柱未果。

積雪覆蒼磧，横江走白龍。幾時沈鐵鎖，水底作奇峰。

温泉春浴崇居鄉凡三處。

脱帽林下露，振衣山澗風。不知春氣好，常在此山中。

城南柳嶼在雨湖，一名鏡口。

湖光本自寬，略彴已多設。試問築堤人，胸中何太窄。

浮玉新磯大江中爲舟楫患。萬曆十七年，州守徐希明甃石增高，使知所避，建亭曰“浮玉”。

埤垷連雲出，濤聲繞樹長。無情江上石，獨立閱興亡。

素馨辭

更殘殘月出更明，照我庭前開素馨。清輝玉臂羅紈輕，背人不語下階行。洞房光滿香盈盈，解環擲鏡金蟬聲。龍珠馬乳緜麗㯤，揜露含風半垂熟。摘並銀匳付陸郎，酒醒明朝嚼香玉。

薝蔔辭

桂葉蓮花作薝蔔，玲瓏珂雪成琱刻。美人濃睡向花陰，背角眉心館花魄。花妖引入瓊妃殿，水剪銀河落如霰，綃屏蝴蝶疑曉煙。同心繡帶搭冰弦，隆顱香重不成眠。

仇十洲華清賜浴圖二首

湯泉扶出玉無瑕，綃帳如煙得得遮。不分春風來比並，驪山細雨浴梨花。

香囊持到御牀邊，羅襪流傳值許錢。誰拂馬嵬坡上土，上皇前面洗温泉。

唐六如霓裳新部圖二首

當殿三郎得寶歌，翠鬟不動佩聲多。雨霖鈴奏霓裳散，借問三郎得窟那。

絶代妖姬何代無，花間羯鼓唤花奴。君看十六天魔女，更著華鬘舞上都。

楊妃吹笛圖四首

揚州銅鏡進來時，後苑銜花怪鹿兒。不分寧哥好眉宇，風前玉笛獨橫吹。

寧哥笛子試偷吹，吹到無心攧捻時。檀口玉魚初吐落，暗留香唾與脣脂。

黄金訶子貼酥胸，寶襪微開密意通。殺滚未終才入破，鼙婆彈入大明宫。

棧雨鈴風蜀道難，銀屏珠簿海中山。竟無消息通長恨，空指丹青説玉環。

後哭曹石霞有序

胤昌字石癖，更字石霞，麻城人。崇禎十二年鄉試第一，十六年進士，授嘉定知縣，不事吏治，左遷福建照磨，轉入雲南。順治八年，潛歸里。内院洪檄致軍中，佯狂譫語，醉吐汙洪茵，又以詩誚之。遣歸，益放浪，託於佛仙。父某，前永昌府判，卒於官。順治十七年，雲南始入版圖。胤昌扶病奔喪，甫入境，有文氏四歲兒，迎呼胤昌名。誦其闈牘曰："我汝師也，己卯主試章正宸，我是也，與君同行矣。"無何兒殤，胤昌奉父母之喪，並挈明滇南督學黄岡何閎中柩，至昆明病劇卒。家人慮道遠，寄置何柩。胤昌輀重不發，其弟曰："兄爲何公柩也邪?"舁何柩至，數步又止。其弟曰："兄爲何公先輩且客也。"前何柩乃發。予聞其事，作《後哭石霞詩》。康熙九年七月二十七日記。

紫府韓蘇未足疑，九泉杜鄭盡交期。君親恩重生難背，滇嶺跳還死較遲。白馬望中猶待友，黄泉歸去亦尋師。孤臣墓誌知誰託，即事還堪野史題。東坡見夢于莫養正，爲紫府押衙。韓魏公，紫府真人也。石霞亦降乩云，與章先生皆紫府判事，事畢當生山東云。

秋山風雨圖

山雲如幕雨濛濛，衰柳千條並向東。舞葉似迎歸宿鳥，峭帆盡屬下江篷。天横雁影無行列,洲偃蘆花亂遠空。何事過橋收柄笠,畫工極意寫西風。

聽笠上人彈琴咏詩二首

過雨來佳客,新花照酒卮。疏狂看我老,談笑讀君詩。半醉容琴理,揮毫有妙辭。斜陽在垂柳,未忍别茅茨。

小圃蓮池嶼,疏篁隱讀書。江天新帶雁,秋雨欲生魚。巾拂宜方外,琴尊適興餘。兒童能解事,門外謝高車。

八月十四夜月四首

碧天雲盡水東流,千里江光一望收。只恐來宵無此月,預賒果餅作中秋。

天灸相傳是此時,錦綳繡褓遞相遺。老夫近學長生術,滴露研硃共小兒。相傳此日爲天灸。"灸"音"久"。

魄輪減寸事荒唐,人壽那如龍女長。但覺兒時看此月,青旻分外影光芒。

回雁峰頭雁幾回,年年八月雁門開。一聲初傍歌邊落,不覺關山畫角哀。

曉月入山二首

馬銜山鳥起,入谷盡秋聲。松影落還細,草蛩鳴更清。露濃殘月淡,日出蚤嵐生。幽趣無難領,逃名身始輕。

巖回瀑不見,散沫望如煙。古路人經少,攲橋蔓草纏。馬疑行復住,猿巧落仍懸。我慕陶貞白,松風第飽眠。

客言洞庭蜃樓見

客來傳異事,蜃起洞庭秋。仿佛樓台矗,飄颻旌旆愁。鬼神朝舜廟,雲霧隱巴丘。海市千重接,江門九道浮。古皇龍馭遠,群帝翠華游。敢曰纏妖氣,將無泣楚囚。舊來征戰地,誰上岳陽樓。開闢留空闊，波濤洗髑髏。蠻方須控險，東下肯安流。不解神靈意，高歌對渚鷗。

紅葉偶步徐文長韻

倚嶺長林掣斷霓，秋高赭盡騁霜威。半村枯槲迷黄犢，幾里扶藜點素衣。渚近慣隨鴻雁落，風飄時亂暮鴉飛。繡旗錦織軍何壯，腸斷西川織女機。

孝子行姓汪，名源澍，徽州人。

汪家有孝子，五歲如成人。義方服綳綵，愛敬起天真。阿母大慈惠，教養同嚴親。胡桃本湯脱，小戲輒見嗔。母病思寒瓜，兒小形伶仃。夜行以號哭，烏鳥悲蕭晨。兒頞滿幾時，兒目江河傾。血淚結故縗，三載不易新。含齠揖師傅，儕類寡所因。秋風破繐帳，呫畢依篝鐙。阿翁强行步，仰見愈酸辛。啼痕拭眉後，膝下展微嚬。祥禫遽已遠，時叙等飈輪。朝見春花開，暮見秋實零。櫻桃與梨橘，貽自東西鄰。懷歸不見母，淚下如綆繩。且復更洗濯，鞠膯翁前陳。願翁保黄髮，歲歲逢青春。他家翁有媼，寒暑媼殷勤。他家兒有母，葛絮母經營。無媼翁苦單，痛瘝知一身。無母兒失恃，紼綻誰當詢。開箱撿裘絡，仔細理鞶巾。聯執童妾職，庶幾温凊心。兒年當冠娶，翁爲媾良姻。視歷選六合，便可及嘉辰。媒人下階去，儐相來到門。雎鳩何關關，桃葉何榛榛。寢内設燈燭，席上鋪錦茵。阿母主當中，几筵拂素塵。新人下車入，俯首曳羅裙。前頭導娣姒，背後喧竽笙。玉蟲動嬝娜，金鳳摇鏘琤。親賓盡贊歎，不數羅敷秦。郎君下車入，仰面看前楹。風吹紙錢動，肅肅還泠泠。羹漿母不御，拜告母不膺。舉身一仆地，慟絶飛三魂。新婦大感動，事舅如姑恩。聞雞起頮櫛，操作抽釵簪。翁衰遘癱瘓，項腫如瘿頳。兒舌何清涼，何煎葠與苓。沈痾奈展轉，裹帶終年紉。藥師琉璃佛，旦暮呼千聲。皇天酷炎熇，流汗勝炊烝。乙夜天宇黑，雷輥鯨鰲翻。是時渾天儀，銅丸落砰訇。簸揚墮屋瓦，震蕩無寧令。老夫駭欲死，疑是丘陵沈。袒衣走持抱，兒在同死生。須臾復清奠，三五開疏星。父子相對泣，倉卒骨肉情。翁息苦厭厭，兒命甘冥冥。然香叩北斗，歃血流丹忱。斗中孝悌王，炳靈須善聽。指揮大司命，疾下雲軿迎。翁瘥兒已逝，兒逝翁轉煢。令翁在後單，鬼神良不仁。日月行已及，素旐出遠坰。白馬何處來，撫棺淚涔涔。皓首三四翁，絜酒兒童擎。皆云翁令子，義氣結生平。文伯昔曠禮，行哭無友朋。郗超作忤逆，身歿翁愈嗔。不若孝子智，交游皆老成。不若孝子勇，舍生成令名。歸來撿遺篋，見有告斗文。路人爲起拜，孝道垂天經。汪家有孝子，金管宜分明。長歌以當哭，歌罷不忍賡。

酬悔岸寄綿帛

日晚天青蒼，北風試飛霰。蒼頭江外來，開函見公面。素絲出越女，皎潔過楚練。知我衣裳單，況當歲云宴。古人重縞紵，實以申繾綣。著用長相思，貴於錦繡叚。朱門委紈綺，不異填谿塹。饑凍滿路旁，無繇一回盼。輦金教歌舞，繡帟圍深宴。汗粉涴霓裳，棄同秋風扇。南山有賢者，短衣纔至骭。何嘗東壁光，肯分寒女燄。交游太涼薄，掃跡爲一飯。夫子亦何爲，高情照星漢。車中裂一丈，頗笑范生狷。廉向知己誇，翻爲達人厭。昔公移粵節，用兵到淮甸。挾纊有三軍，亂絲惟一斷。衰羸落籍盡，徭役遣歸半。戰士組寒衣，閨中理針綫。讒言竟解組，歲月堪把玩。放鶴孤山頭，釣魚滄江岸。何時起斯人，衣被天下願。小惠胡足論，臨風竊長歎。公以寬徭役爲將軍奏免，寓居漢陽十載。

冬至日，公卜致雙鯽索書天馬賦，即邀飲梅下

微陽漸復始今日，一朵兩朵梅花開。罏邊榾柮自生暖，瓮裏葡萄初醱醅。松江歸興在鱸鱠，襄陽老筆賦龍媒。雙魚酬字亦不惡，絶勝曇穰籠鵝來。

閱梅村《王郎曲》，雜書十六絶句志感

崑山腔管三弦鼓，誰唱新翻赤鳳兒。説著蘇州王紫稼，句闌紅粉淚齊垂。王優爲江南御史，杖殺。

廣柳紛紛去盛京，一聲嗚咽倍傷情。行人怕聽陽關曲，先拍冰鞍上馬行。優送出塞諸君，歌甫發聲，衆不忍聽，争上馬去。

長眉秀頰好兒郎，尋夢登樓最擅場。攛掇到來旋不見，偷從房老索梳妝。

永豐坊内緑楊枝，曾弄春風上玉墀。舊日承恩成底事，江南幾度落花時。優嘗言江南從太監韓贊周一曲供奉，未知其實。

日永吴趨囀乳鶯，翠釵嬌困不勝情。尋嘗賓客誰驚坐，不是王郎即柳生。敬亭柳老，義俠士也，善平話。

柳生凍餓王郎死，話到句闌亦愴情。好把琵琶付盲婦，□頭彈説舊西京。

西京舊日知名者，籍隸山中供奉臣。一自龜年零落後，岐王第宅屬何人。李小大善歌。

夢到江南勝返魂，紫駝人去塞垣昏。金陵盛日猶堪訪，風雪初歸寇白門。白門，名媚，北去得放歸。

玉笙正要松風奏，垂老關情到此曹。不爲管弦頭白後，秖難重聽鬱輪袍。

雜劇争傳玉茗堂，揣摩仙鬼述黄粱。竟誰喚覺江南夢，摇落春風柳萬行。

十錯新聲解得無，傳從皖水到留都。後來事事真成錯，錯認當年阮佃夫。梅村集中稱“佃夫”，指阮尚書大鋮也。

永和宫怨雒陽行，手語矜能卞玉京。勸君莫羡元和妓，不是元和腸斷聲。高霞寓聘妓，妓曰：“我誦得白學士《長恨歌》，何薄我爲！”

昌平陵墓等孱顔，玉柙珠襦並此間。誰擬馬嵬坡上事，行人揮淚翠華山。烈皇帝攢宫在翠華山。

妖妃孽后儗非倫，説到冬青更失真。欲識永和宫内事，佗年問取塚中人。曹魏時，有人伐周王冢，得殉女子。郭太后養之十餘年，太后崩，此女哀思而死。宋都臨安時，宫中有一晉宫人亦從塚出，能道晋宫事。

擁髻曾聞通德悲，燈前舊淚向誰垂。兩宫遺事無人説，只有錢家小妹知。

酒闌人散月當中，徙倚花陰唤小叢。莫譜琵琶對明月，月明曾照舊西宫。

咏　史

江左清談禍永嘉，華林學士擁聲華。就中亦有王夷甫，忍把興亡説晉家。

憶戊子夏客廣陵，遇田九，自云故貴妃異母季弟也。潸述往事，恨流傳失實，追賦此篇

梅村有《田家鐵獅歌》。

内府玉盤紅一尺，昨日宫奴偶携出。至尊乍索阿監驚，白靴不待東方明。帝德之嚴可知矣，西司房緝捕皆著白靴。御街初屏金蓮炷，綫香引過西清路。鋪宫恩例本尋常，萬壽金錢雜銀豆。内家漸作兩般妝，姑蘇梳掠遜維楊。秖爲奇香進鉤弋，何曾紈扇怨昭陽。端門北望乾清遠，永和月落鳴雞短。未聞樊嫕使兩宫，不比班姬召同輦。漏水丁冬十五聲，銅簽擲響正三更。朱鳥牕前誰竊聽，自鳴枕上至尊驚。兩宫微釁起於宫人。自鳴枕，大西洋所獻。君王盛德無瑕疵，母后推恩保終始。外人誤指武安驕，椒殿還憐貴妃死。珠襦冷落出昌平，忍料龍輴蚤晚行。商賈醵錢開隧道，行人麥飯上清明。貴妃初葬昌平，甲申四月初四日，李賊令三十六人奉先帝梓宫，十六人奉周皇后梓宫，並厝妃墓所，義民斂錢三萬開隧道。萬事消沈有如此，綺語何繇澆青史。田家鐵獅真足悲，誰氏銅駝没荆杞。江東太尉説興亡，長慶詞臣數上皇。難起荒墳舊宫婢，須存典故老中郎。貴妃季弟流離苦，曾抱琵琶向予鼓。一彈别鶴低翠眉，再鼓哀蟬淚如雨。秋草斜陽恨未消，諸陵宰木總蕭條。誰唱永和宫内曲，夜深紅鬼訴蓬蒿。

舒康伯前有白蘭之瑞，既生孿子，以米易酒，肉代湯餅，醉。予許紀以詩，庚戌冬作蘇體寄之

舒君草堂財十笏，琴書半邊堆倪伉。客來入坐苦勃豀，每爲老夫翻踏韈。衣學門外水田裁，案上風林山競屼。子瞻有風林硯屏。敗牆宋迪畫不成，主人安生呼歘歘。黄磁菖蒲經歲長，階下白蘭朵新發。君家姞瑞果不凡，一旦生兒有奇骨。後先已自别嚚良，伯仲何妨還突

忽。煙樓幾尺禁再撞，老蚌雙珠真罕出。老夫不逢湯餅會，更輟朝餐市肥腯。偏胡厚我君莫癲，知君不癲正通滑。徵詩三年始報君，敢以無功竟終訥。

題《西泠閨詠》有序二首

《西泠閨詠》者，閨淑卞夢珏所唱也。戊子己丑兩歲間，予客西湖。其尊人楚玉母氏巖子筆墨偕隱，杵臼是求，人事錯迕，遂以不果。後聞閨淑歸廣陵才子劉郎，墓草五青矣。燭下見舊詩志感。

記得銀屏迆邐開，有人青瑣歎多才。簾邊送韻衣香出，湖上回船搶雨來。南國燕脂愁欲贈，西泠松栢更堪哀。當時空指團圞月，未下温家玉鏡臺。

欲喚西湖作莫愁，緐華自昔帝王州。續來明月笙歌院，啼下曉鶯燈火樓。夢珏句云："夕陽交代笙歌月，曙色輕移燈火樓。"又："柳去六橋春色暗，雨來三竺遠山無。"弱腕題詩心緒斷，修蛾入鬢眼波秋。芙蓉城較蓬山遠，肯信蕭郎已白頭。

贈門人雪子

問法自童年，嘗參水月禪。報恩須出世，窮理欲忘詮。餘力游於藝，親仁可與權。讀書秋樹底，聞磬夕陽邊。老我門牆僻，空山草木妍。袈裟當儒服，竹逕許頻褰。

哭吴太安先生

宿草不成哭，斯人命可傷。風流悲殞墜，文苑失高翔。疇昔黿江客，過從鵲乳堂。臨池同費墨，飛蓋即傳觴。射獵瑚盤進，分蔬玉筯嘗。調羹姑手慣，夫人予之表姑。制酒内方良。縞紵歡仍結，包苴禮必將。深慚丈人行，翻喜後生狂。草怕長弓動，車依隘路防。插刀揮伍伯，扶病怯豺狼。計里頻馳問，還山益沮藏。誰憑傳簡札，候已换炎涼。果得投簪信，遥憐載石裝。賦詩留舊筆，愛客笑空囊。尰足因公健，予時偶病足。龎眉爲我揚。陪筵值嘉慶，奉席近幃房。授館隨征伎，圍爐緩炙簧。娱賓從謔浪，爲樂未渠央。喜氣門闌溢，家聲内外長。名將元歎命，公時生甥，命名同顧。宅豈阿舒當。示疾維摩詰，來游魏伯陽。千秋財俯仰，一往竟荒唐。篋擣鍾王跡，人疑嵇遠亡。春歌停梓里，尸祝在桐鄉。腹痛吾何怪，家貧苦未遑。柴門淹日月，絮酒隔星霜。擁襆聯裁句，呼兒代裹糧。空函一匊淚，難作返魂香。

白茅堂集卷之十六

辛亥康熙十年

鄰翁遺鯽

細雨宜虀韭，春寒未放花。鄰翁憐我寂，開筏挺魚叉。鱍刺看烏背，噞喁帶白沙。江湖風味美，樸俗更堪誇。

逕　僻

逕僻泥霑笋，沙鬆屐齒花。荒籬嘗獨立，落影過西家。聒子從池黽，慈情看乳鴉。夜來雷雨力，動植足生涯。

雨　止

雨止泉聲落，啼鵑響翠微。濕雲飛冉冉，晴竹弄輝輝。高枕看齊帙，呼兒盡啓扉。江天三月暮，氣象喜朝暉。

銜泥燕

來往華堂燕，銜泥故壘添。低飛掠晴浪，巧忻避風帘。勇與題肩鬥，輕愁蛛網黏。高樓合梳洗，莫去污香奩。

哭談長益

後死哭前死，嗚呼毋乃愚。奈情鍾我輩，論友到君孤。家破韓公子，騷傳楚大夫。地卑空躑躅，天放在江湖。百卷西泠火，客西湖，集遭毁。三年東衮途。滯山東三年，歸病革。英靈神鬼詫，精力歲時徂。

當世成今古，招魂定有無。悲來辭直切，痛絶仰雲呼。

龍孽邸報五月十八日，鎮江府迅雷烈風，晝晦如夜。掣去漕船一只，民船二只，不知去向。月河鎮地方隕酒數十罎平置河側。四面山地方掣去鄉民莊建源房屋百間，瓦礫無存，傷死男婦無算。遠見四龍鬬于雲中。是日也，楚中亦大雨，寒栗如冬。

虎頭沈寒湫，乖龍驅不起。普云：術家取虎頭寘龍潭，可致雷雨。《北夢瑣言》：乖龍苦行雨，多竄匿，雷神捕之，或在古木及舊楹間。玄黄鬬何事，去簸江海水。生靈與息壤，上帝愛莫比。誰怒錢塘君，作孽萬人死。連年淮泗溢，更苦黄河徙。幽豫連荆揚，赤地幾千里。米粟民之天，所重非酒醴。汝龍寓何意，奪彼而與此。糟糲倘可醊，醉鄉難與理。恐此復偶然，天心敢揆揣。

棲來店有序

薪臨大江，數省通衢。舟車儋簦，憧憧往來。兵火後，市無屯集，道無館廨。酒罏茶肆，絶跡四郊。野店旗亭，頓乏一所。黄昏風雨，徘徊岐路之間；落日虎狼，出入豐草之内。僧舍謝游學之儒，驛郵嚴旅瑣之禁。夜行滅炬，橋南無讀書之燈；露下沾衣，芳草非解鞍之地。石城徐公子星以持節之臣，任求牧之事。昔在山左招徠廣集，漸成市廛，土人德之呼“徐公店”。兹守楚駐薪，于四郭隙地各建舍十間，名曰“棲來”，行旅屆止，乃得休息。詩以紀之。

伏莽既已平，大江亦以清。舊時荆棘地，更有行人行。山川故覬突，寇攘仍從横。落日怖商賈，淒風悲遠征。懸柝市門閉，城上哀笳鳴。下擔立四顧，但有雅烏聲。官楄久不設，負戴何惸惸。一物不得所，惻惻仁者情。褚裒寄牛屋，士龍眠古塋。安知岐路泣，不有狂阮生。公昔駐山左，二載德教明。荒涂聚市肆，廬宿無流氓。楚俗最蕪陋，茅竹支椽桁。虎狼一斷道，伐屋登空城。杜陵思廣厦，虚願終何成。如君事實政，永宜良牧程。

游雨湖有序

苦旱，徐公率僚屬露禱。飛雨奄至，四野霑濡，遂觀魚雨湖，與諸大夫痛飲達旦。僕退有斯作。

使君愛雨湖，雅愛雨湖游。公餘理茶竈，三五乘扁舟。青山謁梵志，静籟聽松楸。緩枻狎魚鳥，好風仍逗遛。於時六月中，倒景荷花稠。香從遠空發，水接銀河流。四面看禾黍，愴然動深愁。精禱既不昧，甘霖斯見酬。餘霏弄空濛，皎潔來沙鷗。浩歌渌水曲，拍手襄陽謳。柳外唤魚艇，擊鮮充庶羞。歡娱答群願，賓客携應劉。公庭更撤幕，灑掃階除幽。籠燭濕清露，開罇迎素秋。酒酣發高詠，奇句恣冥搜。欻見俊哲意，何如元道州。公昔按鄒魯，令行過置郵。赫然青瑣郎，持節柬諸侯。天子眷南顧，柬民焉得留。德星燦翼軫，紫氣離奎婁。比聞大河北，水旱靡不周。朝廷賦雲漢，使者牲沈牛。楚疆更秏斁，厥咎召有繇。移檄静千里，庶僚安敢偷。兵家重形勢，此地爲咽喉。空城作巨鎮，古來有此不？温言謝父老，次第爲汝謀。逋亡倘已集，倉廩行當修。濬河利舟檝，繞郭誅茅蒐。南湖三十里，煙火連城陬。菇茭熟汀浦，溉糞宜甌窶。水氣蕩群鬱，豈惟潤田疇。愐昔全盛日，管弦歡上頭。非無莫愁艇，亦有孫楚樓。謝傅繫安危，携伎良何尤。醉翁在南滁，日飲無他求。使君秉清節，質厲風霜揪。乘閒問騷雅，即事無競絿。風流與經濟，二者非不侔。下與黎庶樂，上分至尊憂。高情寄軒冕，逸趣淩滄洲。何時蒼生濟，携手訪浮丘。

大旱二首

五月擬豐年，七月變凶歲。晦朔才再更，豐凶忽而異。前年雨焦穀，龥作火煙氣。去臘結冰花，雕鏤象垂燧。天戒原分明，人情恣無忌。先事非不知，預傋良寡計。昨當二麥登，傾家完夏税。抉眼望青苗，妄意償匄貸。明朝即處暑，不雨自夏至。豈惟禾不登，蒼生死焦瘁。暴巫則奚若，鞭龍頗無謂。古來經濟才，作事少佁儗。長旛結梵宇，飛符詛炎帝。伽茶方作聲，修羅已蒙蔽。吁嗟竟何益，膏澤不下施。螟爲食心蟲，厥占須匪細。田間見父老，長號額抵地。爬搜土脈竭,詄蕩天門閉。茂林半黄落,平疇等湯薙。暍者死道傍,塵埃響蠅蚋。嘗愁干戈哭,不獨饑疫斃。欲息四海肩,曾無三年積。老夫困奔走,壇墠陪長吏。孔邇興載歌,如焚竊長喟。還家視婦子,顑頷顔色惴。兵凶固飽歷,垂老憂轉劇。讀書冀聞道,愁時反牽慮。難言糠籺肥,不灑蓬茅淚。

炎熇一已烈,八月無清秋。白露既不降,鳴蜩乾樹頭。孽龍變渴蛪,下吸千尺湫。草木如負霜,黄塵代雲浮。入夜天濛濛,西南隕火毬。老鴟作神吏,銜火呼鵂鶹。去夏見熒惑,斗上句已游。祲祥理必應,火行方鬱攸。災過請蠲放,吏來愁賂賕。再休望賑發,供億脂膏流。小民輕土著,性命同浮漚。朝來失升斗,暮即操戈矛。富者若不聞,連衢起高樓。平施本天道,偏頗職此由。郿塢與樓京,及身能守不。漫藏誨盜竊,纖嗇招釁尤。媒禍豈在多,失德惟乾餱。壺餐得死士,羊羹興寇讎。折像散貨財,凶年轉優游。其功在民社,豈獨爲身謀。時危鮮高廩,計左休藏舟。況今襁負至,倥偬各有求。常平無粒粟,流冗誰當賙。嘗恐溝中瘠,翻爲司隸憂。

窺　園

去年吴門歸,一畝闢蔬圃。伐竹編疏籬,槿棘間掌拄。署之曰窺園,不學仲舒腐。春菘脆切玉,冬菔甘茹脯。種類良夥頤,瑣屑不足數。惟愁野田兔,此輩象伏莽。乘春甲葉折,張王好風雨。長夏忽遘患,膴原變焦土。田疇且枯盡,暇問麻與苣。根蔓賤薪蘇,瓜蓏寶攣僂。隰空蚯蚓穴,塵塞顛當户。螻螘營樹梢,莎雞水邊聚。小蟲亦流亡,嗚呼生民苦。吾甘廢鋤钁,世豈忘奪取。十里蓮花池,采鬻各有主。飢民利藕菂,叫鬨争掠鹵。履霜儆冰至,綢繆慮予侮。吾憂頗不細,世亂饑猶愈。奈何賢有司,多歲不爲所。彼哉鄭俠圖,倉皇盡君父。

述憂二首

憂國非布衣,布衣恥憂國。我本山中氓,生理託稼穡。丁年血淚盡,半百減筋力。泛愛問寒暄,不察慘澹色。質陋楊子雲,文非皇甫湜。惟餘惷煩心,觸事多惆惻。倉皇半載内,原野起百螣。人言政不修，天心怒掊克。飢寒總良善，婪賤轉封殖。帝德胡不明，人言未爲得。道逢饑夫婦，十步五扶服。呱呱綳中兒，索乳聲塞嘿。吾曹甘餓死，孺子何辠慝。皇天本好生，糊塗用蟊賊。朱門恣飲啖，狼籍不爲德。誰復基之謀，重關樹廧棘。追惟崇禎中，事往猶可憶。烏啼大屋空，草滿城門塞。皮存毛則附，屍行貌奚餙。血殞宴時香，歌聲鬼啾唧。所以南霽雲，廢箸不能食。齧指赴睢陽，嗚呼傷心盡。及時尚從容，補救宜蚤𨢵。獨行誠涼涼，憂來詎能識。

十稔逢豐登，窮山有糧宿。富者操奇贏，紅朽不肯鬻。江淮起妖蛟，宣房議興築。巨浸半東吴，始爲泛舟役。大艑高價懸，連車萬牛服。遂令荆楚空，第望新禾熟。天下今一家，閉糴良不穀。傾國販鄰封，何以思自活。有司莫之禁，予亦再三告。出言曾幾時，凶荒禍何速。虚名有月報，官廩無斗粟。矯節發何倉，徒憂我民牧。饑人紛在眼，哀鴻滿平陸。昨見北來船，啾啾倚鳩鵠。言之湘南郡，經過道士洑。百口遭風濤，同時葬魚腹。登厓怕猛虎，群行粻人肉。殘骼散草間，狐銜烏鴉啄。兹非距心罪，是豈章惇酷。人事不足譏，空餘仰天哭。逢時幸休運，疑已過百六。雖曰漸生聚，不補前殺戮。人定亦勝天，斯語古所勗。相彼猿狖智，深藏御冬蓄。哲愚同一患，吾曹誠碌碌。努力飯蕨薇，白雲滿幽谷。役，古叶餘玉切。活，古叶呼酷切。

多虎子星抬登大泉山觀獵

君侯不浪出，出必爲烝黎。年凶苦摇動，其道在爰諮。離城二十里，荒井連枯陂。躍馬屏騶從，敢言馳騁疲。接郭既荒涼，前山仍崄巇。松梢石戴寺，登頓岑岡遲。老僧代農語，此地猶山埤。絶頂覓泉斷，何繇問鉏犂。苦辭茗味濁，試看山形奇。群阜從西來，纍纍向東馳。其東大王峰，俯視如展旗。又如壁壘陣，燦爛金天西。當時康國公，崛起英雄姿。人傑有如此，地靈母乃爲。君侯劃長嘯，谷口生悲颸。志在靖封疆，耳如聽鼓鼙。左顧健兒出，火鈴發神機。獵聲動川原，行雲爲委蛇。予時忝賓客，折簡來追隨。白衣捉羽扇，撝指無不宜。風埃虎凡滅，凡、厷同，猛獸爪掌跡。甌脱難窮追。獻豜郵亭下，頒賚紛齎持。邇來戒行李，此舉良非嬉。戲貙竟竄匿，何有狐與狸。落日送歸騎，𩆜車雲起時。明朝有雷雨，並報君侯知。

行　園

八月仍不雨，蕭條園徑荒。風焦梧子落，草靡麝貍香。秋老無鴻雁，田空失稻粱。街頭少菜賣，采擢到莧蔣。

飯雜菱科煮，流甿病螞蜞。年饑遽如許，天意欲何爲。不寐看雲漢，裁書報故知。愁同杜陵老，家口命如絲。

夜得電光小雨

渴雲嘗照夜，今夕黯星河。電影青天迥，江門白浪多。雨聲來草上，涼吹擁山阿。脾疾兼炎毒，秋深冀穩過。

小雨行園

炎威已過一百日，老子披衣始灌園。連夕輕涼交白露，半巖新月破黄昏。秋前把匙思雲子，雨後收田望稻孫。湖水映空淩荅盡，荒郵今有幾家存。

送蔣虎臣超訪道入峨嵋

華蓋前頭第一班，羨君布襪蚤投閒。欲看天半峨嵋雪，只在高人眉宇間。

雨後柬子星二首

秋雨如甘露，霑濡到物根。黄鸝還發口，緑竹半低垣。且飽菱藤飯，思盛老瓦盆。平津如見憶，莫只問寒温。

草野饒丁壯，生成在本朝。亂離初未識，樂禍頗宜驕。荒隴無遺穗，秋風有抱茅。明公善調劑，頓使百憂銷。

麻城旅夜讀吴初明炯楚游詩兼寄杜二濬

五言詩律好，知子有師承。近日摽高格，茶村句可稱。斯文看後起，一鼓竟先登。老我無堪述，平生幾折肱。

讀《高季迪詩集》迪爲魏觀撰《蘇州府治上梁文》，坐腰斬。吴中小説云："季迪題《宫女圖》'女奴扶醉踏蒼苔，明月西園侍宴回。小犬隔花休吠影，夜深宫禁有誰來。'以是得禍也。"錢牧齋云：國初《昭示録》載：李韓公諸子侄小侯爰書又高帝手詔豫章侯罪狀，初無隱諱，知季迪此詩有爲而作，觸高帝之怒，假手魏守之獄，亦事所有也。按：季迪死，幸不收孥，其妻周氏藏其遺稿，永樂中始行世。當時文士弔季迪者，不言死狀，國法可知矣。

國初才子高編修，一讀遺詩一淚流。天上樓臺成白玉，人間刀鑕送青丘。夜深宫禁關何事，死後裙釵幸未收。彩筆一時俱斂却，傷心不敢弔長洲。

十二月雪二十餘日

小兒見雪喜偃蹇，奔走真如蜀中犬。老夫見雪如吴牛，觳觫對月喘不休。夏秋苦旱冬苦熱，一夜朔風生凛冽。甘霖慳住不肯施，散作千山萬山雪。去年大雪占年豐，魃女跳踔欺靈霳。今年雪大人更窮，草根剷盡深山空。大兒走報雙眼紅，早行瞥見枯樹腹，死人顛倒僵其中，不是羊角哀左伯桃。貸錢納税手劑券，身上無褌腸中枵。歎息未終雪轉大，貧賤不救桑下餓。老夫生計將奈何，只有青錢三百箇。伏願天翁休再雪，留向明年三五月。插秧薅稻雨淒淒，莫滴蒼生眼中血。

壬子康熙十一年

正月十八日乙丑夜雷電雨霰，黎明平地深二尺。徐公單騎入山，施糜粥三首

甲子雨不止，農家占歲乾。夜聞雷布霰，朝見雪漫灘。口外屯千帳，回中緩八鑾。聞大駕未還朝。請恩書上未，日日望長安。

凶歲無良策，安危仗使臣。深山飽風雨，單騎遠諮詢。老弱趨糜

粥，哀憐動鬼神。朝來雪一丈，攬轡更酸辛。

天子歌黄竹，群臣頌萬年。比聞齊遮道，消息恐朝天。將入賀萬壽，饑民攀留。奔走如歸市，流亡獲受廛。還諮洛陽令，掃雪到誰邊。

雪　霽

懸崖不到處，照耀更分明。昨夜月光好，今朝新霽行。日中冰氣上，湖面水雲生。土脈春應動，農家蚤及耕。

雪雹聞雷後，參旗雨氣横。五行占夏旱，二麥望春晴。饑烏銜人起，哀鴻蔽野鳴。道傍冰破處，似見蒺藜生。農占：歲旱，蒺藜先生。

賦得携子卧蒼苔普云：杜詩："龐公任本性，携子卧蒼苔。"

龐公隱襄陽，疏散任本性。兒童寡漸染，智種冰雪净。鹿門望隆中，愛此山水靚。接宇得佳人，高談迭相贈。不忍三顧知，屢辭劉表聘。出處雖不同，料事各有定。提携壠上饁，寂莫牛羊徑。偃仰妻孥間，謝絶州府問。當時大小兒，眼底奚足訊。豈無舐犢愛，不作孤豚儐。何妨牂牁守，子焕牂牁太守。自有詩禮訓。萬事若浮雲，千秋想高韻。

聞滄巖對簿未釋

半載無消息，書來雪涕開。豈無吴祐智，竟致馬援猜。白首編摩苦，青山歸去來。破顔還一笑，似汝患多才。

商丘賈靈夕發秀予友静子開宗子也，齎其尊人遺集過訪不值

柴車經歲不肯出，昨日偶過東湖村。遠訪深愧故人子，交游誰識王公孫。中原文體頗漶漫，獨子遺響清心魂。白頭老淚時一墮，夢斷當年金馬門。静子在江左以薦，將授翰林待詔，不果。

題　畫

天門中斷隔仙槎，天外白雲誰是家。絶岸草深松色裏，紅泉流出杜鵑花。

更　漏

五十絲弦素女鼓，大帝破爲二十五。悲涼何物更難聽，城上更籌清可數。

唐伯虎采蓮圖有序二首

女子鬌鬟逌髮，有倦容。幅左山水花葉微抹黄色，日初出時也。前畫家無此法，何匡山所藏。

齊携女伴戲金塘，弱腕輕衫趁早涼。怪得芙蓉鏡中落，槳聲衝起兩鴛鴦。

江南士女好容儀，不畏人窺作伴嬉。錯認吴宫采蓮渚，憑渠指點是西施。

四酒人有序

林雲鳳，字若撫，長洲人。段實，字若秀，四明人。

林老隱支硎，誓足不走燕。段叟客幽州，豪靴二十年。管寧戀遼海，梁鴻東出關。古者人中龍，杳矣不可攀。觀其去留意，不在形跡間。浮雲隨卷舒，飛鳥任往還。人間有福地，世外無仙山。不如飲醇酒，白髮嘻朱顔。

閻爾梅，字古古，應天人。易姓亡命。赦後，草衣鐵杖浪跡四方。

閻生亦何爲，矍鑠老行脚。姓字擬四公，自號曰白耷。耷，《總要》云：俗"耴"字，音輒，耳乖也。《字彙》：都合切，大耳也。神兵八公山，怪事誠可愕。縮甲僧爪藏，變貌女瘦託。玉闕放金雞，浩蕩游六幕。鐵杖被草衣，清狂非落魄。放言寧得罪，窺酒輒高酌。大哉乾坤内，悠悠付糟粕。昌云：僧爪女瘦二事，見《太平御覽》，借喻也。

于元凱，字賓之，金壇人。自署奉旨恩赦，游於京華。

于君韋杜流，家去天尺五。詩書久生厭，富貴吾自取。手挽雙雕弓，射殺白額虎。豎子罵劉項，家兒誚司馬。羽衣受金印，癡心思孝武。波濤隔蓬萊，剛風墮塵土。天開貫索象，國封三泉府。裘馬來長安，公卿反争覩。大書肆赦字，日醉恩酒醻。却笑運侯光，埋名寄舂廡。

四哀有序

王鐨，金壇人，字□。

王鐨一畝宫，藤偃如屋大。十載卧藤陰，不向州府過。藤邊一壺酒，醉即騎藤坐。老眼眩生花，身隨藤花墮。枕中在日詩，不屬他人和。崇禎太平曲，讀罷涕沾涴。

鄧列，字秦釪，金壇人，家天荒湖。索扁額，予題“天荒天隨”，以陸甫里況之云。

鄧列居天荒，蹉跎老於此。遂從天隨後，得號天荒子。少年富裘馬，斥去易圖史。晚携兒與孫，且讀且耘耔。著述既汗牛，飯牛不爲恥。朝掛牛角書，暮入牛宫止。爲文傲琴張，明弼。顧我輒復喜。不屑時貴游，卒以飢餓死。生存嗜美酒，灌脱六七齒。舉觴予悲來，酹向黄蒿裏。

陳雲興，字元公，一字太虚，荆州人，餘潛令致仕。

陳生令於潛，日飲不視事。狂來忽解組，辭家棄童穉。浪跡江湖間，賣藥吴門市。囊中得百錢，呼盧即沈醉。神仙託往還，僮僕每唾誶。癡同屠赤水，褊類蕭穎士。才高且孤憤，蟻視人間世。嘗悔纓紱汙，妄思形骸蜕。丹方刀劍録，簦擔隨所至。矢口駡傭奴，窮途竟遭弑。作吏非夙心，在官亦無媿。至今天柱碑，猶墮遺民淚。石柱山，一名天柱，在於潛。

陳愰，字穉白，荆門州人，餘慶令未上，爲僧。

陳愰江陵豪，鬚髯健如戟。殿前斥奸相，觀者皆慄魄。緇袍裹麻縗，淚與酒痕積。老病客黄山，苦遭闍黎厄。死無故人賻，豈有大夫簀。遺命理殘書，周身當棺槨。何以爲前和，高皇御制集。誰言日月光，不炤君窀穸。“槨”，叶古晝切。“集”，叶資昔切。奸相馬士英也。

三懷有序

逢此百憂，乃懷三志。初曰“無懷氏”，再曰“閬風”，終曰“非想非非想天”。

無懷氏

天地初溟涬，廓落世莫紀。萬物如嬰孩，無心慮生死。未有君長名，强名無懷氏。焚山蚩走亂，飛土干戈起。殺運一以開，煩冤竟胡底。七雄十六國，擾擾殊未已。陰陽日乖沴，異栽而大傀。大道本無知，悠然念元始。

閬　風

閬風杳何處，遠在崑崙丘。弱水幾萬里，虛無若雲浮。中有不死民，浩劫爲春秋。曠朗絶塵壒，逍遥以遨遊。黄金爲重關，白玉爲岑樓。驂龍詣天姥，玉女通綢繆。大笑視九州，塵沙亂蜫蠹。無懷何足道，永絶人間憂。

非想非非想天

五十億萬里，世界風輪持。三塗並八難，煩惱恒如斯。世尊坐蓮花，憫此毗琉璃。雖多鳩荼衆，莫救閻浮提。奈何四禪天，劫盡終有時。諸天五通類，死喪不可支。放志學神仙，念此心慘凄。惟有非想天，諸劫永不罹。《樓炭經》："地深二十億萬里。下有金粟二十億萬里，下有金剛二十億萬里，下有水際八十億萬里，下有無極大風深五十億萬里。前四爲地輪，第五水輪，第六風輪。”初禪天火劫壞，二禪天水劫壞，三禪天風劫壞，四禪天未有擾亂。天命終，彼亦俱没。《智度論》：南方天王毗樓勒叉，即毗琉璃，領鳩盤茶薛荔神將，護此閻孚提人。

刈莽見江南諸山

李白龍興寺，風流近可師。滍湖欲入望，剪落碧梧枝。水從雲際出，山似畫中移。斜陽一壺酒，相對解襟時。

黄鶴樓寄紀伯紫

憶昔孝侯臺上客，一時文采擅揚州。廿年江畔離愁老，六月樓高煙雨秋。宰相白衣原自好，故人青眼可能留。即看翼際山頭水，朝夕還經幕府流。翼際即大别幕府山，在金陵城西。

六月晦夜泊漢陽，雷雨忽至

夕晦星尤燦，江光望杳茫。雷聲殷地起，電尾出雲長。漁火分雙渚，人煙集萬檣。安排神女雨，何事下巫陽。

紀子湘作小樓曰“卧遊”，前江後湖，如在几席。題次李漁韻

一官寄跡總陶情，盡日琴書半榻横。但使眼前無俗物，自然四壁起秋聲。

開牕隱几看江天，仿佛襄陽書畫船。最是案頭奇絶處，帆檣無數硯山邊。

月湖答李漁

齒如編貝兩瞳青，朱鳥牕前老歲星。謫作人間廣長舌，滑稽莊語總堪聽。

月湖楊柳倚危樓，湖水銀河一色秋。唱到李漁新樂府，水仙山鬼盡含愁。

新圖十樣四雙眉，不惜尊前舞柘枝。未得卷簾通一顧，怪儂無句比紅兒。漁携四姬，一姬適病。

抛下瓊簫繡毯紅，窺人掩映隔簾櫳。亦知宋玉多情甚，難共襄王入夢中。

神仙拔宅盡飛升，泛宅浮家亦可人。怪殺向平渾未識，五湖原不是閒身。

書《顧與治遺集》夢游，江寧人，未死前數日，雞黍留施愚山，託以身後。愚山至廣陵，忽淚下，則與治捐館日也。還舟，治其喪。又愚山在山東夢蔡大美索酒，因寄酒灑墓草。二子遺集，愚山授梓。

冥通千里豈無因，生死交情見故人。酒到劉伶墳上土，魂來張邵

夢中身。江東羽扇愁零落，客邸黄粱暫主賓。撰得遺文都一集，風前展讀每沾巾。

哭周櫟園

愁聞江左失風流，牧齋、梅村。更報周郎詔獄囚。遺愛正傳盤馬埭，奇功誰惜射烏樓。久知吏貴通侯賤，不信恩原鬼伯收。騷雅只今彫落甚，蓬山舊侶可同游。櫟園轄閩，建功于射烏樓。後官少司空。下獄，寓書于僕。先絳侯有言："將十萬師，不如獄吏之貴也。"今以江南糧儲再削籍，頌繫赦原後，抑鬱以死。

新　雁

斷續來時雁，偏當静夜聞。隨風力容易，帶雨陣紛紜。矰繳能無遠，鷹鸇自不群。全生向江海，餘啄意須分。

落　雁

八月初寒試羽翰，南風飛易北風難。幾經沙漠嗚鶬急，得到江湖秋水闌。豈爲薩埵多朵二音。施法食，莫因草際怯虚彈。不妨收養同雞鶩，放汝春雲萬里寬。

醉寅石有序

大冶縣回山西北，江身少狹，小與臨江曰"獅子磯"。土人云："下有平石，刻'醉寅孟德書'五字。"《志記》不載。相傳孟德自荆州來，略地至此，倘所謂"釃酒臨江"者是邪？壬子十月初七夜同兒昌舟行過此。

曹公略地處，千載少人登。赤壁下百里，青山高幾層。秋聲孤戍柝，帆影過江燈。歎息周郎在，奇才對壘能。磯下有散花洲，傳爲公瑾散花劳軍處。

祭周文長設位寢門外祭之。

昔君敦友誼，吊我繐帷邊。大雪没雙脛，生芻垂半肩。别來書總少，道力老能堅。頭角看兒輩，文長兒舉于鄉。形骸總棄捐。君應辭濁世，我哭向重泉。宿草年年緑，遺詩句句傳。秋雲江上雁，寒雨墓門煙。斗酒何時酹，因風寄紙錢。

送楊職方兆傑副李侍讀安南使事還朝昌云：康熙七年，命安南王黎維禧歸都統莫元清於高平。

越象雖荒服，中朝舊幅員。萬方昭國典，二使見天文。都統非無地，雕題亦有君。軒墀來指授，旄節奉慇懃。伐鼓雷關雪，刑牲嶽廟雲。安南關，一名雷關，去桂林一千七百里。中朝有使命，伐鼓開關必雨，地炎瘴少雪。永樂時，張國公輔平安南，上遣監生張禮祭嶽神，求雨雪消瘴。金身歸魏闕，砮矢罷蠻軍。掉舌惟憑軾，奇才妙引斤。凱旋諸將喜，書奏至尊聞。部落西陲急，朝廷右顧勤。總戎誰得體，銜命更何云。達賴喇嘛數銜命西戎。昔出仙舟并，還除秘閣分。史宣班馬筆，服賚斗牛紋。祖席堪連月，長安望五雯。乘槎君得便，博望未超群。

冬日山居寄徐東來覓文竹杖

牀頭文竹杖，閒著伴徐公。爾自北城笑，予真東郭翁。葉深嫌履滑，樹倒當橋通。正直宜相贈，扶行三徑中。

朱韶九畫册八首

泉源在樹杪，百道隱縱横。想入千巖裏，山山聞水聲。
得兹一片地，垂老坐安禪。不乞人間食，山中墾芋田。
長松倚茅屋，寂寂此巖阿。隱隱青山外，兵聲何處多。
草亭林下路，宜夏復宜秋。可憐塵土客，不向此中休。
孤亭臨斷岸，滮滮響奔溪。自喜閒人耳，多年避鼓鼙。
丹楓間赭槲，色色作高秋。耐可乘流去，天邊坐釣舟。
雨散青峰出，湖光妬白雲。試登高閣看，何地著餘氛。
剩水殘山外，斜陽入望迷。幽人看得悉，只在小橋西。

畫院梨花白燕

天寶園中次第栽，和雲和雪立蒼苔。雕欄月黑分明見，深院泥香舊侶回。對舞釵梁雙影亂，六宮弓襪一時開。笑人含笑如相識，應是投懷夢里來。

和友人宫怨

長信宫中春到遲，名花纔發兩三枝。可憐玳瑁高垂處，愁殺欄邊雙燕兒。

名香熏罷坐多時，春著裙腰暖自知。羞向襟前見新月，濾將花影過罘罳。

偶和元人宫詞七首

當年孫武豈知兵，枉殺宫中二美人。博得仇邦進歌舞，姑蘇臺上幾青春。吴宫

章華臺下草離離，不怨平王怨伍胥。歌舞未終兵甲入，細腰高髻付吴兒。楚宫

漳河流水滚春沙，銅雀臺高换物華。竇枕拋殘山海誓，不知還肯憶袁家。魏宫

頻年玉臂賜紅綃，此日青衣詣北朝。臨上馬時私囑付，鄴中女子莫千妖。晉宫

晉陽蜂火照汾河，十萬王師已倒戈。更請君王圍一獵，不圍一獵待如何。齊宫

結綺樓頭罷曉妝，吴公臺下夢尤長。井欄數點胭脂淚，消盡青溪一夜霜。陳宫

法駕征遼往不旋，自言離别只今年。可憐園寢前朝地，便有人來墾墓田。隋宫。鮑溶詩："野老幾代人，種田煬帝宫。"

宫人圖

寒食花朝春氣融，金鈴不動柳摇風。内人走出鉤欄戲，齊委霓裳

緑草中。

教築高樓望市廛，羅巾露面一時新。誰家年少翻輕薄，蹬上鞦韆望内人。

癸丑康熙十二年

上元留張長人飲

多病愁仍劇，吾衰氣未平。月圓燈火内，心借酒杯傾。起舞時相慰，論文妙秉衡。叔牙知我短，守狷爲逃名。

竹中聽雷亭

萬竿蒼翠拂晴空，歲歲聽雷長籜龍。好與先生留竹帛，千秋不改舊春風。

向書友古過飲草亭

小築豈不足，一亭聊可怡。林疏野水白，山静夕陽知。自得論文友，嘗吟感遇詩。遠游吾未厭，五岳肯相期。

夜　雨

長江響急流，五月楚山秋。夜雨人呼侣，孤燈婦倚樓。看書循短髮，占歲動深愁。老去關梁倦，誰堪賦遠游。

對月浩歌

臨風坐涼夕，把酒看荷花。是時白玉盤，飛上青天涯。清光若水府，萬動同魚蝦。忽然南山雲，吹作波底沙。青天何冥冥，雲背無陰晴。陽烏在地底，我欲援之升。一杯歌一曲，月下西嶺速。舉觴屬飛光，明夕來相續。

六月三日得沈友聖書

聞君游騎向燕雲，爛醉侯門每夕醺。詩好幾時堪寄我，書來知爾未離群。草堂酒債糾良友，玉臂香鬟守細君。拍手高歌洞涇句，江鷗驚起白紛紛。

近聞釜山歸道山，開緘讀罷淚潺湲。董生游粵返猶未，俞。盧子論文苦不閒。元昌。似汝才高甘潦倒，須知吾道定艱難。如何閬石今稱健，董含。望斷音書三泖間。

窮老洮侯興最狂，張彥之。不延俗客到茅堂。高歌喜對朱翁子，韶九軒。蕭寺扶來瘦沈郎。雪峰浩然。鹿豕自知居處僻，鯉魚莫爲楚江長。煩君代我殷勤語，清夢時時抵故鄉。

何鳴九小像讀書松桂下

看君坐叢桂，得意在松風。童子茶初熟，先生讀未終。把竿來釣瀨，抱膝想隆中。若問傳神處，丹青苦不工。

書《康對山集》

武功琵琶天下能，當場盡數康崑崙。摧藏偃抑聽不得，此曲乃是悲來行。汙身救友重義氣，責報貴以孤忠名。慷慨許千秋，周旋非世故。平生長物一不留，畫鼓獨餘三百副。丈夫行志百不訾，仰天鼓缶非輕儇。不見杜甫孔雀行，記憶細故非高賢。《中山狼傳》，對山門人作，非出對山。

答都下友人書六月九日，上幸太液池，大宴群臣。

鶉火躔初次，山中正晝長。籍田登四海，明祀顯三光。賜帛高年喜，恩酺許歲常。遠聞遊豫樂，因識股肱良。吐魯來天馬，吐魯番國王貢馬玉，表稱："瑪墨忒賽伊忒韓，上言'乃聖乃仁，天下治平。'皇帝一統攸同，何異于古之占付特；惠澤群生，相同乎昔之達剌汗；法紀軍威，比隆于楷黑塞勞；聰明格恂，媲美乎伊思謙達"云云。一千八十三年二月二十八日，土魯番國謹表。文辭慕白狼。容臺徐定禮，屬國起稱觴。紫禁煙花繞，仙班御幄傍。樓船張廣樂，水殿奏名倡。獻賦誇枚馬，諮謀孰杜房。怠須知敬勝，危豈爲安忘。輔義思腰領，全生仰廟廊。吾憐杜陵句，白日到羲皇。

湖村待月

草廬半西向，微側臨長河。林背上皎月，席邊摇白波。水光明坐起，山響答謳歌。待對清輝落，幽情應更多。

哀王厈有序

蘭陽進士王厈，字仲連，崇禎五年授滋陽知縣。魯庶宗壽鎔犯法殺人，厈笞而械之。巡按御史以擅刑宗室劾奏，遣戍睢陽。厈從戍上書："臣始訊壽鎔，鎔方置酒高會。移時，至高趾闊步而左右翔。臣忘死請陛下量侔覆載，忍殺人者舉止如斯不？壽鎔裂臣上王啓，分賂諸宗。諸宗跳梁，臣乃杜門求去。滋陽民投狀留臣，而御史謂臣激變。幸無變也，假不幸有憤諸宗之强梁，洩蓄怒以因衆。臣忘死請陛下，當謂誰實激之？臣被逮日，士民遮路痛哭。臣忘死請陛下，豈寧成義縱所能得之百姓者？"書奏，上不之責也。厈負才氣，佯狂病發，自誌其墓，以蘇子瞻誌人之銘，有合於己，即以銘己，士論哀之。周侍郎亮工，刻其遺集，繫以詩，而予亦綴一章。噫！不獨哀厈也矣。

王厈上書如問天，當時風節少人傳。飛霜再有鄒生獄，誌墓曾無傳奕年。奕自誌墓。漢主若存思强項，茂陵不必問遺篇。山東義士恒流涕，可惜明時魯仲連。

族叔祖明曾自昆來蘄，留連旬月，山亭茗蔬而已。坐間奉贈三律，聯志今昔之感明錢塘縣令漢石公諱咸建之次子。

雍里昔分派，嗚呼忠義門。宗膰留孝子，蘋藻泣曾孫。白馬江濤外，春燈野廟存。史臣彰直筆，感激聖朝恩。小駟銅壺閣，高軒宰相家。客寶坻、真定兩相公家。文章重江左，人物動京華。故舊悲任昉，新知指孟嘉。到門驚喜定,起饌邵平瓜。

風物憐吴楚,門庭豈異鄉?起居群從職,歲月老夫狂。予長明曾十九歲。往事紛襟淚,多憂颯鬢霜。浮生過遂半,恥與説行藏。

梁汾貞觀過訪端文公諱憲成之曾孫。

才子得鄒枚,當年鳳閣開。近從楓禁出,肯向竹林來。入坐推辭翰,牽車破蘚苔。楚江秋正響,莫使暮帆催。

家紹端文學,人傳扈從詩。摛辭黄絹妙,封事緑牌齎。國制,有滿字緑頭牌。通籍蒙恩蚤,還山拂袖遲。應憐花樹會,古有花樹韋家宗會法。高致訪茅茨。

哭合肥公十首

人百誠難贖,天高奈若何。寂寥知己慟,慘切向誰多。苦調援琴續,哀詞倩石磨。經天復東注,惟有淚如何。

書來猶九日,公寄予書正重九日。化去即千秋。是月十二日逝。失意人難識,高官老自休。屢疏得予告。文章留後死,忠孝補前修。庾信江南賦,銜哀到白頭。

知人郭泰是,物望李膺同。生死交誰在,山林道未窮。銘旌來冀北,涕泗灑江東。野史流傳錯,書名黨籍中。

天壽還陵寢,龍輴葬大行。義聲歸御史,疏稿出先生。代臺臣草疏。浮議千秋白,餘生七尺輕。當年溝瀆死,苦志竟誰明。

三川一告震,中夜兩宫傳。玉馬祠河日,金雞請赦年。彗星地震河溢,公請大赦蠲免。禮儀宗會典,議論集群賢。每議大政,輒持《大明會典》,或以險語侵之,不顧。公死今誰嗣,蒼生仰問天。

憐才到紅粉,此意不難知。禮法憎多口,君恩許畫眉。王戎終死孝,江令卒先衰。名教原蕭灑,迂儒莫浪訕。

亭子當興勝,秋光近玉泉。半溪猶掛柳,九月尚鳴蟬。藥裹捐能不?尊罏興渺然。坐中詩句好,京邸一時傳。重九前三日,擬游玉泉,賓客以道遠止興勝寺亭子谿邊柳下,言笑甚適,賦四絶句。

學仙艱導引,臨化作跏趺。處亂全要領,遭時念髪膚。狂歌嘗被酒,苦語見操觚。一代文章伯,英靈定有無。

往來今古事,杜宇一聲中。落日樓臺影,千山鼓角風。看碑來父老,隔代長兒童。欲問桐鄉祀,何妨即梵宫。令蘄水建禪院一區,每即院中判事。庚辰春,予過公,值寇騎陳情,公即院中諭遣。今有聯云:"杜宇一聲今古,斜陽數點樓臺。"順治中公寄題也,蘄人謀改芝麓書院。

輦下從容問,君王命所忠。病留遺表在,書進閣門通。薄産憐疏廣,殘編購孔融。髫年弟子職,老淚哭秋風。辛亥元日,慶賀兩宫。禮成,召至玉輦旁,問所著述。後遺表入,悉取具書。疏廣有舊田廬,令子孫耕種,供衣食。曰:"吾亡後,不欲益其過。"魏文帝募天下有藏孔融文詞者購之。

送梅子真北游

徒步送君去,蕭蕭行路難。浮雲萬里遠,今日大風寒。空躡馮驩屩,休彈貢禹冠。交情棄如土,何處覓新歡。

黄州舟中聞湖南兵變消息,疑似沿江戍卒盡逃,流冗滿目,時盡括官民舟,江中無片檝行

烽火驚傳自上游,大江兩岸斷行舟。孤篷有客吟殘燭,暮雨無人上戍樓。占象每過中夜立,東方流星大如斗,委蛇南行,群小星從之。聞笳嘗對亂雲愁。半生悲憤兵戈裏,歲月催人欲白頭。

舟中夜雨思沐黔公往事

昆明莫習戰,習戰有何益。不見沐黔公,東西困奔出。阿迷有鬼妻,婬毒夏姬匹。再贅安南酋,雙心眇王室。楚雄失寓公,箭集葉榆壁。翊戴群盜爲,閃屍並難必。龍文每插袴,夜刀嘗脱鞚。狗脚罵君王,何有勳與戚。元夫既拘窘,賊徒亦偪厓。勢變鼯技窮,性惡蠋自食。殘軍恃孟揹,關嶮刺天碧。負重牛叩頭,單行馬搏頰。三宣聯不守,一棄敵深入。後勍猶狐疑,前矛已鷹疾。此時吴將軍,萬馬獨撝斥。緑旆掛蒲甘,黑旛摇太乙。功成磨槃嶺,頒賞皆舊卒。帶礪改山河,風雲黯天日。私莊三百六,賜采音蔡。亦匪一。行商遍海内,怪瑋東南集。功名恐太盛,富貴肯此畢。回首雁門關,煙塵愴疇昔。淒涼

草澤淚，是否春秋筆。往事難重陳，臨風更嗚咽。昌云：按《詩話紀事》，歲乙酉，張獻忠陷全蜀，僞稱帝。黔國公沐天波令參軍李天贊守會川，天贊縱掠于土官，吴大奎、地大奎舉屬反。天波召諸司合討安南州，土官沙定洲亦至。先是，阿迷州土官普明升卒，妻萬氏贅沙定海，私其弟定洲，絶愛之，逐定海。至是語定洲："黔國富夥，可乘亂取之。"定洲遂結約内變，天波從水溝遁，奔楚雄。定洲躪有雲南二十餘城，率衆圍楚雄。丙戌四月，平蜀侯曾英恢復雲南，萬氏奔入定洲軍，復走阿迷。獻忠僞將李定國追擒之，與定洲並磔以徇軍，天波奉券印降于僞將孫可旺。時大清破獻忠于西充縣，背貫六箭死。諸僞將與其黨議故桂恭王子永明王，今在肇慶，宜往迎之，因改元永曆。無何，争爵争地，自相殘殺。可旺遂遷永曆于安龍所，衣糧皆稱給。永曆不能堪，與輔臣吴毓貞謀召定國。可旺偵知，使人讓永曆，矯旨絞毓貞，其餘淩遲棄市，凡一十八臣。後可旺敗于定國，窮迫歸平西王，乞降大清。師因入貴陽，入永昌，破磨磐嶺，入緬甸，而平西之功成矣。葉榆，漢縣，今之大理府，孟揹即孟艮，永樂初置府，改今名。永曆道出孟艮三宣慰狩，緬甸也，浦甘故城址在緬甸。緑旆者，國制漢軍旗色也；黑太乙旗，平西坐纛也。《韓非子》："螝，一身兩口，争食自齕。"《顔氏家訓》："螝"，古"虺"字，非是。當從莊子作"蝺"。

聞平西叛，柬守憲徐公四首

楚江萬里接滇雲，地險從前割據聞。躍馬雄圖終一威，伏龍相業恨三分。虚傳縞素來蠻洞，賊俱白衣旗，詐稱爲先朝義服。實恐蒼黄起賊群。老母孩兒真可惜，莫教殺戮更紛紜。

聞昔陰平破蜀時，幽燕故將最先馳。洮城已自無堅壘，綿竹何人更駐師。鍾會豈真成魏賊，姜維不得號雄兒。即今老逆須天討，楚塞秦關進莫遲。

人事天時合亂離，神恫冥報不虒池。漢朝香火無安猛，水西安氏猛氏傳家自漢，三桂滅之。安氏鬼附一婦人至三桂府門，罵曰："逆賊，族滅報我。"蠻人謂老族爲香火。緬甸軍民舊長司。倉卒識時惟俊傑，從容多難鎮危疑。可堪萬里塵埃起，風鶴紛紛總未知。

群凶餘枿盡堪殲，先韻通。兩口支糧實可憐。總督甘文焜辭朝，奏三桂必反，至是聞變，走貴陽，馬寶追害之。寶本張獻忠僞將，降于永曆。三桂提兵入滇，追永曆于緬甸，獲孫可旺。提塘官張應奎關糧册有皇帝一名、皇后一口、支糧若干石云云。中夜悲歌思往事，一時寇火又南天。謀臣誤死非鼂錯,國士全名定魯連。老弱扶携正東竄,不驚鷗鷺下江煙。

河居子楚之貧丐,小舟爲家,號河居子。賦税徭役所不及,如洞庭之葑户焉。時江中無一船,而河居泳游自若。

生子若鸊鷉,捕魚入水底。校衦犢鼻裁,不識襪與履。東邊紅日出,照見釜浪翻。西邊明月落,唤作洗頭盆。鄰家舴艋子,議價五千錢。明年兒娶媳,六月好分船。烽火四邊生,漁舟破浪行。煙霜開雁陣,風雨打鼉更。中流斷行旅,四面起烽煙。烏鵶數點黑,知是打魚船。四面斷行旅,中流大艨舸。打橈渾不怕,敲鼓賣魚過。

白茅堂集卷之十七

甲寅康熙十三年

正月五日雷電雨水，明日雪深二尺

草野惟愁歲，乾坤未罷兵。入春翻雪淩，萬里動軍聲。襁褓憐兒女，詩書漫使令。艱危身飽歷，夙昔理潛評。蜃氣湖中見，去聲。鱷波島外横。前春落天狗，過午耀長庚。飛檄來俄頃，虚弦莫善驚。戕攘群盜賊，稱亂果何名。昌云：洞庭蜃氣見前歲，有城郭樓栖，旌旗甲騎出没往來，蓋兵祥也。又按杜少陵《呈湖南親友詩》云："水鄉霾白蜃。"豈洞庭故有蜃氣耶？

雨中讀騷

秦火不焚騷，雄魂止可招。斯文肯磨滅，奇筆本孤摽。側想來冠劍，横行按斗杓。山猶孫聖應，水作伍胥潮。異代增憑弔，千秋死鬱陶。灰心宗社殞，吞恨虎狼驕。痛飲誰名士，行歌果寂寥。孤舟今夜讀，風雨下蕭蕭。

羽　書

羽書都失實，賊態本分明。閫外無嚴令，軍中只數驚。牛竿收遠堡，桃李放空城。水柵兼山砦，春深總廢耕。

苦雨聞大兵過

入春七十日，無十日晴明。户下雷霆宿，階前蛙黽生。居人空井里，巢燕語柴荆。多病兼愁歲，其如畏甲兵。

窈窕鷹山路，雲中出鼓鼙。馬驚巖放瀑，軍過道成溪。兒女牀頭伏，旌旗水上迷。渡河嘗撇捩，莫惜錦障泥。英山縣，古羅田鷹山砦也。江南滿漢兵從此來援，山水適至，逗撓不渡。

門徑非全僻，春來草木長。薜蘿隨霧起，蘭蕙雜苔香。安穩留書卷，奔亡看道傍。中原要害地，萬馬備荆襄。

不留城市跡，嘗愧鹿門人。料事難隨俗，沈吟動損神。空村花自豔，春日柳仍新。朝野歡娛日，蒼黄起戰塵。

恒雨水至

雪雨連正月，波濤潑遠空。江山帶甲滿，日夜羽書同。遠害憐麋鹿，除寒少藾蒡。常年當此際，只愛北颸風。

夏夜載酒，約李嵩岑並舟

玉宇無塵夜，銀河欲下來。乾坤方血戰，漁牧盡驚猜。郡小仍多壘，官閒即見才。州守李公頗整暇。扁舟呼酒伴，齊向芰荷開。

拜新月篇九月

拜新月，新月可憐新。彎環眉共鬬，斂約態同顰。來伴閨中薄命妾，也應獨照關山人。威夷斜傍銀河落，淺夜空林動烏鵲。流螢點點曝衣樓，藜火沉沉校書閣。櫂歌何處采蓮歸，織錦誰家蕩子妻。金波餌影魚龍避，玉甲頤痕瀲灩啼。鐵衣出戍關河遠，刀斗敲殘五更轉。箐峒長陰瘴似雲，洞庭不夜波如坂。山川詰屈道難窮，上游城郭幾回空。委地羅裙羞結佩，連天毳帳盡懸弓。此時月没傿留笑，復嶺雲生烽炬報。戰罷腥風起草頭，多年魅火來相照。蒼生不救道何爲，晦朔如環歲叙馳。惟有南山薜蘿下，時時西望涕霑衣。

得胡蒼恒書並緝園詩蒼恒别墅黄河上，名“緝園”。

金閶分被三十載，欲寄短書無雁魚。夢見洮岷初服返，可知横水緝園居。晚年樂事有萬卷，千古高名惟二疏。方李周劉程鄭賈，方爾鉉鼎、爾振亨，李元齋起潛，周大周士璣、又叔士璉、子原鳴皋，劉黄石元璜，程際甫世會，鄭梁父應明，賈静子開宗，皆中州故人，久不得音問。斷腸存歿更何如。書來大雪前四日，怪底山桃開數枝。頽然忽起見獵喜，老矣不題遊俠詩。狂態且宜猿狖友，幽情只許鷺鷗知。經年鼙鼓震天地，不到先生洗墨池。

寄余澹心並懷杜于皇、紀伯紫

金鰲詩老金陵客，卜築雞鳴古寺東。幾處梅花烏榁酒，一床緗帙白頭翁。往來可有茶村在，適有謡傳。風味遥憐戆叟同。聞道城南屯萬馬，故人愁絶亂雲中。

與内子泛月

乘月汎南浦，星河在水中。仙槎如有意，送上廣寒宫。
草舍無煙火，蓮房老水濱。江鷗三五點，錯認白衣人。時居民盡逃。

江陵石刻歌有序

齊梁之世，荆州重鎮，皆王子爲之牧。荆州有長林縣，樂府有《常林歡》。"常"即"長"也，古詞不傳。有云得之江陵石刻者。

鳳旍龍馬出荆州，鐃歌鞞舞雜清謳。借問常林在何處，襄江岸北峴西頭。迎得山公齊拍手，由來羊叔但輕裘。羜羮乳酒歡未足，紅裙翠臁爲誰愁。

秋夜獨汎訪鹿野

白月山魈鏡，青荷獺女衣。夜深腰短劍，打槳過魚磯。
四郊煙火斷，一艇芰荷通。欲聽蓮花漏，山中訪遠公。

乙卯康熙十四年

畫柳自題，聊以遣哀

夜來雷雨撼長橋，春在垂楊萬萬條。畫中枯柳生春意，吹向東風也動摇。

行　園

春花春鳥舊年華，不見斯人秖歎嗟。聊爲春光時出户，若非兒女便辭家。新墳寒食山山雨，已葬安正君。落日孤城處處笳。華髮上頭精力減，亂離何計作生涯？

安正君釵篦婢子旦夕陳之

牀前小婢淚盈盈，牙篦珠釵旦夕陳。不分嫦娥偏耐老，蛾眉一月一回新。

春　日

柳韡花飛百卉蕃，晴明天氣蜜蜂喧。須知地下無情客，也逐春風解返魂。

舞絮鋪蕡茵鴨池，緑毛紅掌動漣漪。梨雲杏雪都如舊，翠袖紅欄不見伊。《雲林異景志》："浮光多美鴨，太原少尹樊千里買百隻置後池，載浮萍數車入池，爲鴨茵。"予小池名茵鴨。

兒女聲聲孺慕悲，東風寒食燕來時。最愁細雨黄昏後，獨向西窗理舊詩。

乍　晴

雨聲初止杏花開，才捲緗簾燕子來。自笑閉門過一月，階前碧滑滿蒼苔。

一月雨聲不出門，開簾忽見杏花繁。多情欲對東風語，折向樽前總斷魂。

春　愁

薔薇芍藥宜輕日，筀笋槐芀喜夜雷。晴雨兩般分造化，窮愁老我若栽培。青天淚逐鶯聲落，緑蓋思從水面開。欲賦結腸腸已結，見李獻吉詩。不堪詩酒强安排。

西　牕

人道狂夫老尚狂，不知狂老最悲涼。飛書屢責監河粟，得酒還勝辟穀方。花落杜鵑啼翠藹，雨餘土鴨亂芳塘。閒談往事深杯送，坐穩西牕八尺牀。

痛　飲

五十年來事，分明秖自知。莫酬春草慟，添得落花悲。奔走惟餘骨，飢寒不到詩。若論消息理，痛飲信吾師。

燕

燕燕殊靈鳥，年年社日歸。聞雷隨蟄出，帶雨近龍飛。杏綮紅猶亂，梨花白正稀。可憐王謝憾，傳不到烏衣。

五月川水大至

荆門四百五十灘，水急檣帆欲上難。牛酒馬頭成故事，綺羅帳底盡新歡。蛇龍峽口三春匯，風雨銅庭六月寒。《山海經》："洞庭"作"銅庭"。野夛不關軍國慮，柴門乘漲贈漁竿。

七夕前夜對月

參旗西壓斗杓斜，銀箭催更漏轉奢。忍向山阿窺薜荔，不來明月采荷花。靈風環佩聽青瑣，盡夜香纓委絳紗。試問河邊機上妾，清霄肯降五雲車。

七　夕

今年風雨作七夕，拜月題詩憶去秋。雷聲隱軫阿香馭，雲色蕭條天女愁。幾處雄關屯虎騎，可知清夜賞龍樓。洗兵欲挽銀潢水，不返江河東北流。

秋 庭

一夜西風惡,秋庭轉寂寥。粗疏幾點雨,穿過破芭蕉。

淒 颷

淒颷中寒肌,宛轉痠徹骨。古禄切。時邁苦不停,日月劇電速。涼風感安仁,秋氣悲宋玉。四野況蕭條,暴師久川陸。髽從臺駘吊,矢向升陘復。旄倪轉縶累,雞狗盡殺戮。修眉皆鬼妻,馘耳盡弱肉。念此五内摧,私哀不須哭。兵戈幸未罷,農稼喜且熟。努力活草間,呼兒共饘粥。

九月十五日病中得劉千里訃

君證無生忍,吾偏愛别離。方修廬杖禮,又動寢門悲。病卧驚仍起,人傳信復疑。幢幢燈下影,斷雁一行啼。

雪中雙鶴

飲啄如高士,孤清伴老翁。雙褰殘雪下,似步月明中。皎潔原同色,毰毸欲御風。翛然江海志,未肯受樊籠。

冬月晦,總戎蕭公暨仇恭人訃至,予正除安正君服,重以斯痛公與恭人皆甲寅冬卒。

二千里外如天上,三十年來似夢中。阻絶兵戈鴻信少,參差瓊管鳳臺空。靈衣玉珮魂難返,故劍遺弓鬼尚雄。聞埜要離墳畔土,五更腸斷白楊風。

荆岳時調蒙古吐蕃兵屯荆岳二首

貔虎送尤多,巴夔竟若何。域中驚鶴淚,海外動鯨波。浚塹非長策,冰湖且未過。比聞蒙古衆,雨雪爛豪靴。

踈雨打席門,瀟瀟似冰霰。幽人耿不眠,孤燈眴寒錟。徵兵吐蕃部，中夜荆南戰。撇捩去不歸，蕭條眼中見。

金沙湖觀魚，大雪

水暗雲濛濛，南風轉從北。前山乍不見，寒雨變爲雪。飛皃細若塵，驚雁起無列。陽魚遂深沈，灘柴看漸涸。千罾低著地，渴烏盡高揭。有若蟹爪筆，寫取枯莖菼。江湖善變幻，耳目真若滌。孤舟宜遠觀，風燈夜岑寂。

夜　雪

獨酌不成醉，朔風摇樹柯。地寒山雪大，林寂夜聲多。燈蕊茱萸結，爐煙緒縷過。懷人坐永漏，尤恐夢蹉跎。

鴻　雁

鴻雁喜江湖，南飛宿且呼。一行銜雨雪，萬里少音書。

雪　晴

日出照凍洛，四牕争皎然。梅花有春意，草色入新年。左軍追蓐急，時陝亂已降。邊徼受降偏。獨把一杯酒，沈吟殘雪前。

丙辰康熙十五年

元夕前一日雪

江北寒應重，春深柳未芽。年前臘月念一日立春。濃陰自元旦，疏雨濕山家。闤闠無燈火，居民未全返。闕城競鼓笳。亂雲蘸日馭，急雪攬風車。入室流芳歇，長宵淒戾加。《漢武賦》："秋氣憯以淒戾。"燒殘金菡萏，愁對玉菱花。麋野頻傳箭，岳州麋國地。狐臺已吊髽。老懷憂戰鬪，滿願祝桑麻。草長收書帶，錢空睨畫叉。時平足饔粥，醉醒是生涯。

初四夜述夢

獨鶴警寒更，栖鴉識天曙。瀼瀼曉霧生，啞啞出林去。覺來理殘夢，年往慕猶孺。地下平生人，哀哀淚如注。

瓊花白頭翁畫琇毬花，俗謂繡毬，一名聚八仙，一名玉蕊，楊州𦂳𥽖觀以代瓊花。第二首通韻。

滿院瓊花雪作毬，爲春描畫爲春愁。瓊花開後春過半，山鳥愁春也白頭。

楊州玉蕊看𦂳𥽖，客散花間野鳥啼。莫是夜來甘露重，黏將花瓣蓋頭飛。

過廣教寺訪天章大師

空山春雨足，亂放杜鵑花。瀑響猿群喜，天青鸛陣斜。客來尋舊竹，僧去焙新茶。作者今何在，風流憶永嘉。

春夜對酒感舊廿八韻

五十年稱艾，於今又五年。天時與人事，恍惚兩推遷。罹亂違鄉井，還家改市廛。所遭無故物，相見失周旋。賤質雖蒲柳，貞材慕梓楩。江河苦奔注，歲月莽流連。蝟鬣兒童頷，雞皮奼女咽。可悲還可恨，堪笑復堪憐。死者何先後，生焉總棄捐。海宮哭龍女，天上葬神仙。夸父蛇應臝，張翁雀故儇。休談龍漢日，且說啓禎天。奄尹奸方殄，邊隅禍又延。探丸起關陝，撚箭陷幽燕。社稷今朝啓，凶渠隴右偏。戳膺臍作口，斷首股爲肩。一統收南渡，長驅掃灞川。漂零新士服，新士，見《周禮注》。行坐養生篇。腴臘經三十，心腸緯萬千。彩衣風雨夢，環佩漢皋煙。苦對烌山夕，堅存舊日氈。酒傾常五斗，韋絕已三編。烏兔蕭條送，蟲魚黯澹箋。赴凶多袒免，朋友之服。挂劍竟荒阡。歷歷情如此，蒼蒼理又玄。三番瀛浪淺，幾寸月輪朘。齠歲真胥葛，嬰殤視老籛。善哉殊復善，痛飲說彝堅。

春色

春色自年年，春光欲醉眠。新詩成枕上，舊恨滿花前。

江水枯千尺，今春水枯異常。沙灘走橐駝。春風傳草木，天意向干戈。

枯江行正月，江水忽涸，龍磯下有峰巖高二三丈。

蘄江怪石古有名，龍眼浮玉雙嶙峋。兩磯名。簰磯積布更奇絶，兩磯名。横江壁立風濤嗔。三春雪消尤汗漫，惡浪掀雲濕星漢。大船鳧雁看欲無，兩岸馬牛行不辨。今春水落千尺强，曳霞暟練沙洲長。千巖萬壑水中出，棧揞牙錯森刀鎗。父老扶觀駭歎息，百歲生來不曾識。相傳正德三四年，楊子江乾海門塞。是時流賊起霸州，中原無地無戈矛。龍船忽報南巡狩，八駿真從西母游。昨聞山頭介蟲孽，鼈死龜僵動千百。蝦蟇十萬入澴城，家鴨群飛殞阡陌。龜鼈異見蘄山中，蝦蟇家鴨見孝感縣，皆乙卯。吾儕小人何所憂，年豐兵偃更無求。五風十雨調元氣，海不揚波江静流。

雷雨

草生趁子魚兒上，社後尋巢舊燕來。攀折柳條渾涕淚，摧殘花事半風雷。出車幕府招兵急，徵匠陰平斬木回。時議用車戰，徵兵匠。苦雨春江還涫沸，柴門霑濕不須開。

聞王師收地和李東皋韻

將帥依茅蕝，君王聽鼓鼙。有無通僰道，消息問蠻溪。歌哭風聲雜，江山雨望迷。更誰非赤子，肝腦踐塗泥。

雨止愁難止，無眠直到明。楝花開旋去聲。落，芯草拔還生。"芯""莎"同，此草拔心不死。兒哺傾巢鳥，僮編護筍荆。稍嫌雙耳寂，且喜客談兵。

逕開人罕到，林静日初長。荇葉山邊緑，松花水面香。披圖麋子國，占象軫星旁。《天文志》：軫旁一星名長沙子。消息真猶未，偏師在沔襄。

陰压闞木客，積雨長楓人。墋黷愁天地，征誅議鬼神。鐵橋縣自昔，銅鼓鑄猶新。阻嶮驕群盜，疆埸起舊塵。

寄答高台州培

故人去作天台守，如我重向天台游。天台窈窕在夢寐，故人交誼尤綢繆。雲垂水立鯨鯢集，徑仄城尖旌旆愁。采藥不驚仙客伴，胡麻依舊洞門流。

君侯昔自臨江至，曾代愚山寄俸錢。酒徒罄滿竟累月，窮宦囊空幾半年。秖愁海縣無供億，偏念山居闕豆籩。晚節漸于詩律放，開緘應笑落梅邊。

懷施愚山解任家居

我在臨江日日病，君來處處索題詩。愚樓醉寫就亭句，甘林飽擷雲根芝。雲根亭，愚山所建。當時爲樂欲無敵，別後追歡徒爾爲。高枕并從兵革後，楚山吴水足相思。

白鷺講堂今在無，宛陵高卧復誰俱。隱居黄海或白嶽，烽火鈐岡又鑑湖。吉安有鑑湖。千里愁心纏鳥道，十年芳訊斷洪都。自江右得書。普云：洪借音對。出門滿路嘷豻虎，落日空山愁老夫。

洞庭龍女歌用馬貫五松龍女韻。

涇川小娣洞庭女，暮牧乖龍夜行雨。騂駕迎歸魚媵愁，海天春風浩無主。犀釵割水魮珠滑，"魮"音"皮"，見《山海經》。景衣帝錫琅璈八。星機縰霧虙妃裙，龍縞淩波女熊襪。銀漢通光月漉漉，桂華倒映黿鱗屋。洗妝浴日瀛浪紅，起掃空青兩蛾緑。餌郎靈藥十千年，榆傍植柳姓在天。七條絙水彈哀弦，九州平地移寒煙。

寄徐東來

窮巷馬頭別，愁思今未開。官猶藍縷選，人是滑稽才。疑義著常把，憂時句嬾裁。江邊倩黄鶴，爲我問東來。

贈于太守四十韻成龍，字北溟，山西永寧人。順治辛丑授廣西羅成令，丁未陞四川合州知州，再陞黄郡丞，駐岐亭，署通城縣，庚戌入覲。辛亥大旱，賑饑攝糧捕事，民甚德之。甲寅，盜起麻城，以撫勦功陞黄郡守，發奸擿伏，有神明之目。岐亭，春秋柏舉地，即《水經》赤亭，俗謁“赤”爲“岐”，音近也。

戡亂思元老，時囏産異人。門閭公自大，郎廟策應新。書爲蒼生讀，才真席上珍。起家官象郡，戮力定猺民。開闢邊隅重，迍邅物望伸。量遷還濮僰，易地展經綸。擢異宜華省，何人秉國鈞。光輝占翼軫，慘澹别峨岷。分署岐亭小，雄關栢舉蹲。壺觴新父老，香火舊涪津。墨綬勞兼綰，黄堂蹔比鄰。種花過下雋，通城，漢下雋。減税到蘄春。入覲留宣室，除階注紫宸。獻圖聞鄭俠，開廩定王恂。倉卒炎方變，奔逃隘路塵。萑苻何反覆，山砦本嶙峋。深入騰單騎，旁搜借兩甄。汾陽鐵面具，諸葛白綸巾。苦志扶顛沛，奇謀動鬼神。群兇勞血服，開府受降頻。慷慨孤忠淚，艱難百戰身。論兵從白髪，拜命且朱輪。上殿蕭南郡，齊名第五倫。詔乘天厩馬，賜出上方緡。泣網仍操斧，持冰更飲醇。蕩平惟鎮静，凋瘵總寛仁。地熱餘蒸濕，川多太淼泯。大軍時間道，苦雨動彌旬。旍幟摇青雀，雷霆舞黑蜦。水田愁撇捩，芻槀每酸辛。邑少千金室，秋遭萬井湮。請蠲情敢後，補漏計胡陳。襆被蘇瓌儉，狐裘晏子貧。偏分仁祖米，自有孔融賓。入夢臨皋鶴，登槃赤壁鱗。江山仍錦繡，詞藻見豳璘。愛汝波瀾闊，相看肺腑真。風霜留竹箭，雨露僻松筠。節鉞巖疆地，丹青老大臣。居平恒許與，策力肯逡巡。

竹下偶步《李賓之題丁御史墨竹》韻，走筆成

窺園吾園名。墨竹來瑞昌，墨班種出瑞昌。聽雷吾亭名。一亭當中央。西邊落日影不薄，聯緣南磵連東岡。吾廬卜築已十世，豈數洋谷名篔簹。傍鄰不插麻藷界，近道仍蓋茅茨牆。蚤春䈽篬音䈽篬，《筍譜》或作䈽篬。動千個，兒把茉音乖，兩刃臿。臿翁籃匡。微霆鈴鈴搜地脈，一夜苞篛過人强。枝枝健拔高出毋，不省去歲如今長。幅巾六月掃

石坐,冷颸彷彿天雨霜。層冰赤脚何足羨,少陵大叫胡其狂。緑煙滿眼露滴瀝,赤日不怕宜壺觴。淵府江斐動靈瑟,星宫真人濕羽裳。頗疑折丹處西極,摇落帝臺甘醴涼。折丹處西極以出入風、帝臺之漿,並見《山海經》。横厓猛雨碎珠雹,瀏泉走隙鳴宫商。或時風贙音犬。《魏都賦》"蒹葭風贙"注。森然分列也。避驫駥,音彪,越馬驅突也。有若勍陣衝荒疆。天寒夜黑山鬼泣,缺月正出當星張。奔妻視藥枯桂旁,老鏑上拂瓊琚鏘。剛風倒揭豹尾立,蛇頸嫋娜千鳳皇。前山烏鵲欵驚踻,似欲銀漢楷杠梁。争飛野鴨響江澨,仄翅旅雁疑瀟湘。磥砢筇種號扶老,實中笆類名盤腸。見《竹譜》。百年生理肯握齪,一竿截去歸滄浪。畫工苦思獲一二,片紙直欲兼金償。彭城墨本且珍惜,況有萬個青琳琅。前者王孟端,繼以夏太常。二公遺蹟予昔藏,五丁操火賫繪堂。安能緹襲百鍊剛,即今屏蹟少六逸,對君青眼情飛敭。此君世外果奇絶,入門貪看誰王郎。竊憐袁粲恐俗物,吾廬未可施癡床。

浴蓮庵,龔端毅公令蘄水縣時建

放衙歸去紫絲鞭,明月清波看浴蓮。一代風流今不見,鐘聲叩出白雲邊。

浮沈宦海緩抽簪,文采風流過嶺南。處處内人隨拜佛,不曾重到浴蓮庵。

贈等觀有跋

等公今之支道林,慧業禪機予所欽。三生石上尋殘夢,五粒松間長道心。花草滿園鐘磬静,圖書萬卷薜蘿深。鬚髯略表男兒氣,對酒嘗歌梁父吟。

等公爲恒度大師弟子,合肥龔公友善。昔公宰蘄水,予一至庵,歷三十七年再至。丙辰三月六日,書於浴蓮庵之秋影樓。

戲贈胡翁迪公胡善堪輿。

兒能捕魚女蕩槳,年年來往東湖上。老翁不冠雪滿頭,醉醒船頭酒盈盎。生平愛山愛成癖,一卷靈文縣肘腋。七政璇璣炙輠談,兩界山河隨手畫。老蛟哀冤作人語，寳珠煌煌跽龍女。白鶴仙歸我再來，青囊經在誰當許。弘農太守空著書，華陽山人徒爾愚。一心愛山復愛水，兩手捉龍還打魚。湖心夜半生光怪，一翁突出當前拜。横吹鐵笛曲未終，跳入龍宫鼓澎湃。勸君休更學劉累，技就千金人少知。春來莫放屠龍手，恐是蛟虎變化時。

釣　車

蘆荻参差日影斜，釣筒摇動好收車。沙邊先被魚鷹識，飛向前頭打浪花。

獨不見

白日地中生，朝朝照畫楹。堂前新社燕，花裏去年鶯。鏡射盤龍影，琴含彩鳳聲。傷情獨不見，起繞藥欄行。

咏通靈臺

終軍賈誼東方朔，三少當年在漢朝。夭折下僚兼放逐，千秋孤憤倩誰消。玉溝本自流春色，金屋何曾老阿嬌。造物有情憐不得，通靈風草總蕭蕭。

月下見彩蝶

莫將周昉畫圖猜，不是韓憑繞夜臺。横海軍中明月夜，彩衣飛去復飛來。

蘄近郭四景，舊無咏及，各題絶句

鏡湖口兩湖有漁嶼，近日俗子築堤橋。

短蘆高柳酒旗飜，蟹舍漁莊水到門。撤却石橋船子渡，望中煙樹即桃源。

射鴨灘頭打槳頻，鮮鱗出水白如銀。鑑湖一曲無多勝，只少風流賀季真。

桃花村蓮市湖舊有石刻桃花村裏人家。

桃花村裏有人家，壓酒當壚更賣茶。兵後絶無游舫到，更誰開地種桃花。

桂花亭治東一里，佳泉奇石，老桂叢陰。

六月寒泉好浸瓜，但除冰雪有芹芽。一從桂樹爲薪後，泉隙芹芽浴水蛇。

烈女墩元末寇亂，有張總管二女，義不受辱，投湖中。後人指二石墩曰烈女墩，亦曰彈子山。

姊妹相牽紅蓼窪，不争閨閤賦懷沙。不争，時諺猶曰"不料"。即令秋水强千尺，肯没波心兩髻丫。

過雪上座棗輪閣，見其同社與兒曹皆有詩，倚牀六律，次第得之

十里殘荷帶夕曛，遥瞻傑閣勢淩雲。波明黄葉千株漾，櫂過青山兩岸分。煙靄忽聞清磬落，袈裟時有妙香熏。貪觀年少新詞藻，借坐禪牀且論文。

高級我登雲亦登，青巒疊疊雲層層。龍宫許讀劫前偈，魚版敲回定後僧。四野秋蟲連竹響，隔湖明月對人升。花村新有支公塔，吾友石公塔在隔湖桃花村。此地長縣不盡燈。

把酒禪牀醉作詩，瓦盆墨盎兩淋漓。曾推白足登高座，且喜青山有畫師。甘雨、張魯二生。淩角堆柈連蔓摘，石榴垂實亞牆低。久擔風月維摩病，滿院奇香愛木犀。

少年歲月苦蹉跎，行樂如今奈老何。到處青山懷故舊，幾莖白髮傲嫦娥。望中烏鵲安栖少，醉裏乾坤血戰多。竹院談空良不惡，教兒得酒便來過。

湖光入望畾然平，割稻田家月正明。隔浦似聞黄犢唤，度橋時見白衣行。即看耕鑿承平象，遠念征誅涕淚横。不是攢眉陶令癖，酒醒無那倚樓情。

明月高懸近上方，水邊蓮葉報更長。惠遠于水上作十二蓮葉漏。徑通五柳幽人宅，地是千華選佛場。水長到門無略彴，夜深歸路有漁航。高歌金石詩成後，似與殘鐘殷短床。

撰張長人文叙附一詩

屈指交游盡，憐君意氣真。同時黄犢健，俱作白頭人。著述窮偏富，詞章老愈新。千秋吾黨事，珍重百年身。

秋夜書懷

梧葉作乾聲，芭蕉弄長影。徘徊明月下，仰視天宇静。佗方正格鬭，此境竊多倖。毋乃刀碪餘，皇天所加憫。桷鴻飛復矗，幕燕巢尤穩。守土得仁人，斯民愛鄉井。去年介蟲孽，乙卯夏，蘄州黿鼉登山，死者數百。頗抱憂思耿。果遭陽侯厄，薄示天心警。冬江枯見根，春浪愁滅頂。所慮供憶煩，滋爲國中眚。沴以寬大消，亂終富强靖。至治如堯湯，水旱首必省。

禹　廟

江邊禹廟倚崇墉，挈杖來登眺遠峰。中夏山河三代舊，陶唐黼黻歷朝從。晴光暗壁長摇水，雷火枯松尚似龍。天外九疑何處是？執圭南望想温恭。自注：温恭用虞典。昌云：結語昔人未道。

燈下聞雁

樓頭秋月明，新雁又南征。恐下愁人淚，燈前只一聲。

王寶臣舉明經，來書云“且結諸生局耳”

傲立文壇四十年，青衫老去半青氊。巷同馬糞香人口，詩似龍標落筆傳。痛飲每呼烏椑酒，傾心願執紫絲鞭。若云且結諸生局，更有新書奏幾篇。

紀鷂

後園有鷂子,鼓翅打雛鵲。小兒見不平,一彈中左脚。因而善養之,日飼以鮮臘。如此兩月餘,霜翎漸成鍔。鉤喙解其縛,乘風倏飛却。兒童拍手叫,彼鷂亦錯愕。韓愈救溝鴟,支遁放馴鶴。良鷙雖不同,一往迷今昨。此鷂予亦恚,舉觴殊不樂。七日鷂復來,咿咿鳴屋角。止我烏皮几,飲我龍瘦鉢。異類戀恩私,敢言人性惡。若以此觀之,物情良不薄。一曲劉琨笳,羌兒淚雙落。

支鍊師

亦在人間住,翛然養道真。潭中畜雷雨,衣上繡星辰。鶴骨朝天簡,龍文拜斗巾。須知步虚裏,雲路少風塵。

戰場

斷箭沙淘白骨横,火燒瓦礫水衝城。孤魂欲向悲風訴,化作秋來蟋蟀鳴。

村外曉行

曉霧林梢影,寒天日道斜。叫晴山喜鵲,映路水紅花。橡椀黄茅覆,魚窠白葦遮。隔河煙蘼處,漁牧幾人家。

再宿棗輪閣四首

我宿棗輪閣,如登書畫船。跳魚聞跋剌,涌月動淪漣。野鶴巢窗下,孤雲到坐邊。待看湖日出,樓榭鏡中懸。

天冷晷應短,山幽日自長。詩成猶吮筆,經罷尚焚香。奉母分佛供,留賓下廣牀。夜深鍾磬定,明月照龍堂。

卷裏妙蓮華,經聲集晚鴉。瓦鑪燒艾蒳,粉壁挂袈沙。就日懸乾果,淘泉煮苦茶。撿關無俗客,自供佛菩薩。薩,梵唱如“沙”。

選勝竹林西,長鍬手自提。課徒巡粟地,閲藏上樓梯。流水群魚活，空山百鳥啼。多君能好客，栗里酒堪携。

秋　山

秋山坐欲夕，樹影亂湖蓴。黄葉打肩落，回頭疑有人。
寒露更聞雷，黄花熱未開。久貧無客到，問病只僧來。

聞徐子星來藩于楚，兼懷令弟子宗，去年公子燕斯賦玉樓，未語有傷懷抱

馬首南來消息真，還疑樓艪出淮津。寒燈短榻聽新雨，竹徑茅堂望故人。擬折梅花迎使節，定牽棣鄂上軺輪。離憂最是思公子，石磴山柸慟幾巡。燕斯嘗就予泉石飲。

子星將至

兒童跳舞寒子狂，江頭日日望帆檣。願將一陣南風起，吹上東京父老香。自河南按察移住。

夢　雷

丹元含怒摇火鈴，龍煙顙頏懷不廷。夜焚絳宫百怪呈，瀧洶海水日背行。六鰲抃舞山嶽崩，此聲非聲聞非聞。嶠倨扇餤笞電霆，雀鷹飛逃屍狗奔。普云：嶠倨三尸，名雀鷹屍狗，七魄名見《道書》。精魂一寸寒秋螢，誕譂搜捕正未停。一嚏斗起撑雙睛，颯然毛骨烝春霖。闓陽揭地金烏升，叩齒回向東華君。嗚呼！人間夢幻俱非真，吾今喪我夜耳聽。列子《湯問篇》："師曠方夜耳俯首而聽之。"轉注古音："夜""掖"古通用，言低耳，近"掖"也。

豫章四首

殺戮豫章大，孤城兩被圍。戊己之變，重有斯難。鼓妖鐵樹火，劍去孽龍飛。鐵樹宫水碗鳴，又天火焚其宫觀。新鬼陰天哭，生人白晝稀。夜深看斗分，眚氣正霏微。

天狗吠七國，妖氛連五車。終然歸掃蕩，其奈且丘墟。復嶺燒荒入，流氓甌脱居。荆揚原接壤，閩粤更何如。閩粤并叛。

不殺方稱武，和衷始用師。江湖喸寇滿，"喸"多曰"寇"，"喸寇"多曰"喸寇"。乙酉丙辰，太湖群聚，白巾爲號，人因稱之。今滇叛皆白衣旗。關隘羽書遲。盡剿寧非策，來降亦有辭。聖朝恩總大，反側更休疑。

禁軍屯萬帳，起鳥向荆州。《西都賦》："命荆州而起鳥，詔梁野而驅獸。"遥望風雲色，安知將帥謀。揚旗岳陽岸，繫艦鼎湖秋。民事蕭條極，其如轉餉愁。

冬至日十一月十七日見緑萼梅，飲中步揚用修九言韻

大雪十五日後微陽回，緑萼欲向牆角參差開。未擬疲驢走上灞橋去，似見只鶴飛自孤山來。題分東閣宫梅動詩興，時值故人置酒臨高臺。好吟杜二巡簷索笑句，不用三郎羯鼓迎風催。

冬箰一百韻自注

濛濛千竿雲，簺簺五更雨。嗷嗷寒猨嘑，哸哸楠禽語。媰簽連蟄動，鼊節伏蛇跗。行須木苿隨，想入土銼鬻。媰、娠同，一説古"孕"字。簽，音苔，筍名。苿、鏵同。錦繃帶湯浴，香水得酒萴。寶襪解更重，冰肌訝初覩。纖纏脱藕覆，玉趾露柔嫵。近齒惜齧痕，親脣殢妖蠱。萴，以藪釃酒也。廣陵浴女以少酒釃湯中。《筍譜》："揀之脱殼，非治也。"纖纏云云，小爲貴也。藕覆，女人脛衣名。蠱，演與切，讀爲有。泠含楊環玉，臁損孫壽齲。當其在空谷，愛護若處女。霒霖月望八，剸斫日忌五。掃林御濕蠹，遠井避斥鹵。《種植録》："八月雨多，則筍多。凡伐竹子日，則蛀。每月初五日以前遇血忌日伐之，則不蛀。每月逢五日忌伐，宜用辰日。又井水鹵，不宜澆灌。"遠，去聲。剸，平聲。《文苑英華》："劉寬夫有《剸竹記》。"逾時篔必葤，失壅節即篮。椢柝多冬縣，遮欄要秋敒。篔，音宣，竹花也。葤，音紂，易根枯死也。"竹十六年則易根。"見《竹譜》。壅，去聲。篮，不堅固也。椢，偶同。縛草爲人形，以機爲柝，因風自鳴，用驅鹿豕。敒，《説文》籞之重文，連繩竹禁人也。僧嗥逐豩豕，僮竊齸野麈。忍挈何隨屐，難學道慶輿。豩，具運、九勿二切。豕發土求食也。《爾雅》麋鹿曰"齸"。《華陽國志》：何隨，字季業，司空武之後。有人盜園筍，隨恐盜者見，潛挈屐歸。《宋書》：沈道慶隱居武康，有拔

屋後筍者。道慶曰："此欲成林。"更買大者與之。詩勞協律咏，考謝凱之譜。方法準贊寧，食單漏魏武。韓愈有《和侯協律咏筍詩》，晉戴凱之著《竹譜》，南唐僧贊寧著《筍譜》，小説有魏武食單，不載筍事。挑新急掩露，移故須遇雨。小宜恤繭栗，大勿誇臂股。如桶固肴觡，多筋費齟齬。揆形較終葵，盈握中齏杵。肴，肥也，吁計切。觡，竹加切，角大本也，楊用修云角張也。《周禮》注：齊人謂"椎"曰"終葵"。中，去聲。籜皸潤茸茸，苞柴檝楚楚。甲䶌表瑇瑁，黍粂裹璜琥。皸，音寒，鳥獸與人初生細毛也。柴，嘴本字。檝，尖本字。䶌，龜甲邊也。琥、璜皆玉爵名。一説"璜"，黄玉，色如黍粂。兹本南方珍，詎充北客簠。出山恣狼籍，入鄣但争估。信宿既蔫菸，燅爍聽媪姥。鄣，郭本字。《説文》蔫，菸也。焉聲。菸，鬱也，一曰殘也。《筍譜・采筍》：一日曰蔫，二日曰菸。燅、燖、燂通，湯中瀹肉也。爍，初洽切。恨譏虺瓦吊，寶喪樵牧竪。虺瓦吊，見《世説新語》。蘊桂尚非儔，茖蒚寧弗醜。有如南檳榔，合嚼西醬蒟。茖，山葱。蒚，山蒜。醜，昌與切。食經苟未備，詁義我當補。再從林中論，次取烹剥語。龍鍾幸無恙，孫孽庶得所。把植當春雲，疏削省溽暑。論，平聲。把、爬通。菇生氣知鬱，蚈熠根歎朽。歲久化青寧，孔穿藏鼯鼠。竹腐根積葉，雨後生菌可食。其陰濕地，積年朽根掘出，夜有光如螢。《淮南子》腐草爲蚈，即馬蚿有光者，《豳風》"熠耀"指此。《莊子》不箰，久竹生青寧。注：青寧似蝟，食竹根。孔，讀去聲。潔愁蠕蝨集，治必網鼅去。客劣防欹摇，樹侵斬稜椥。竹不通風或生蝨，舉足蠕蠕然，必删之。鼅，音叕，小蜘蛛好在葉間作網。稜椥，音只椇，木頭上曲也，从禾。斜陽榦半蔛，迎旭露多湑。震象爲蒼莨，東南固其圉。蔛，音誨，青黄色。《易・繫辭》：震爲蒼莨竹。陸佃曰：幼竹也。竹根引東南，故震爲蒼莨竹也。漫山任獮猭，取潤仍渚嶼。薶貍詎能菀，插藷豈遂圄。獮，丑珍切。猭，恥傳切。《吴都賦》：獮猭杞柟。注：獮猭，奔走也，獸窮迫貌。薶，埋本字，菀，竹木茂也。俗傳埋貍貓，則引竹行根。埋皂角刺及插胡蘇藷或埋石灰，則筍不外出。秋霆歸寒泉，白露灑赤栩。跂穴賁玄駒，殷山聽交虎。罨茅令土熱，熂篠激萌怒。有若燒蛟龍，大旱則斯舉。《夏小正》：十二月，玄駒賁注蟻走地中也。《月令》：十月虎始交，自九月至此，皆冬筍萌動之候。熂，音氣，芟草燒也。殷讀如《詩》"殷其雷"。應鍾琯律動，暢月陽氣煦。巧發天地房，肯令生機斁。長安冰始窖，貧子夜乏紵。火逼草橋花，瓜茄亦粗有。草橋，京師藏花果處。有，以與切。此時山中人，飲水歌燕胥。衝寒扢新蔬，醲𩿰賤肥羜。風味本自殊，食力亦非偶。栽培苦用心，採治略可語。𢈔𢉋辟風日，髼帑覆笲筥。鬻市謹蓋藏，遠寓囑封貯。帑，莫卜切，髼布也。一曰車上衡衣。笲，音煩，盛棗栗器。《筍譜》：盛而苦風，非藏也。茭蒲僅奴隸，萵苣敢偏伍。薦鯇鄙蘆荻，包魚傲椶櫚。四者皆有筍名。鯸鮧，河豚也。《博雅》作鯇，江南人必以蘆荻芽芼之。椶櫚苞中如魚子，謂椶魚。蘇子瞻有《食椶筍》詩："易包有魚。"方物雖各珍，風尚每相近。越柈甜餖飣，蠻俗酸筋縷。顧玠《海槎錄》："筍大如臂，湯泡去苦汁，投井水中二三日取出，縷如絲繩，醋煮食之。"解酲稍藉酢，漬蜜良足嘔。雷茁固已甘，電斑不妨苦。酢，古以爲醋字。電斑，亦竹名。嘔，五與切。衮林號乾臘，加醢稱腌脯。雜芼總失真，犯鐵亦弗許。衮，音温。《説文》：以火温肉也。筍腊、筍脯並紹興人制就，林間衮熟，乃拙取乾之。腌，音葉，鹽藏肉也。篔刀貴同類，桑爨僻元緒。碎同梨墮樹，藾勝蕈出鬴。切筍忌鐵刀。簩篔竹出蜀中，堅可爲刀。元緒，龜怪，諸葛恪以老桑煮之，見劉敬叔《異苑》。《筍譜》："烝煮不久非食也。"脂膏爓勝膩，灩滫不猶俞。澆之以清泉，脱鬻輒登俎。滌鬻舀餘洎，嚼味到根距。椒豉少則良，韭黄差可輔。舀，遥，上聲，挹彼注此也。洎，音忌，汁也。《左傳》：去其肉而與之洎。又灌釜水。籩加清廟薦，品列中山府。蔌聞大雅篇，藥入神農部。《中山王食》，單筍葅有十二品。《大雅》："何以蔌之？維筍及蒲。"醒醬麴生逭，消渴文園瘉。淡悶湯液攻，瘕滯烝煮主。醬，音咏，酒失也。麴生事是開元記。《本草》：筍，主解酒毒，消渴化痰，烝食破症瘕。《王右軍帖》淡即痰。遥思帝俊丘，每厭相繇沮。花開峨眉龕，實結軒轅圃。《山海經》：附寓之山有帝後竹林，大可爲舟。又禹殺相繇，其地不生五穀，禹湮之三仞三沮，尋竹生焉。《蜀志》：峨眉山菩薩竹有花，眉州進士程堂寫其狀于中峰乾明寺。《韓詩外傳》：黄帝時，鳳皇食帝竹實，大如雞子，竹葉層層包裹，味甘勝蜜。生深竹茂密處，日久乾枯而味常存，乃知鸞鳳所食必非常物也。鳳丸有沃食，甘蔗瞿曇母。二者未遂奇，舍兹復奚數。《山海經》：丹山之南有鳳之丸，即鳳卵也，以圓言故曰丸。《大荒西經》：有沃之國，鳳皇之卵民食之。《菩薩本行經》：大茅王得仙道，老不能行，弟子出求飲食，以籠盛仙懸樹上。獵者謂是鳥，射之，血滿地上，生二甘蔗。日炙蔗開，出一童男一童女。男名甘蔗王，女名第一妃，此瞿曇得姓之始。瞿曇，此云甘蔗。入林望淞霧，相地頫傴僂。蛇行慮蹬蹋，鶴步戒鹵莽。雙簪或駢插，孤笄每斜拒。長鞭環蜷𧐁，微堎發培塿。初如蚓墳竅，漸若墢起塈。旁逃趫籬厈，側突𥻍壯堵。竹根形如鞭，其嫩者俗謂之竹鞭。蝬、蠸皆蚿别名，身多節，觸之則屈卧如環。坺，去聲，墳，上聲，皆土微起貌。墢，音發，耕起土也。趚，又去聲，足斜跨也。糳，私屑切。《説文》：糕糳，散之也，此言牆厈土崩落也。𡍯、壞同。鼢窠正雝雪，羱角方戴土。卬烘動若匽，剚淩行復取。鼢，音溜，食根鼠。雝，去聲，讀如雝州。羱野羊角霑土草生其上，以狀筍戴土也。《詩》：卬烘于煁。剚，音事，以刀刺取也。淩，去聲。觸藩觠肯朒，頚曲勢尤努。籜坼鵲鍛帑，根疱軖釘鼓。觠，音權，角屈也。朒，音衄，借爲縮義。頚，致本字。帑，鳥尾也。疱瘡起如泡，狀筍根須未出似之。釘，去聲。入春間胆蠐，伏凍鮮廼腐。不待謝豹啼，先憐䴈螺俯。間，去聲。胆，敗肉中蟲也，籜中細白蟲似之。廼，音酉，朽木臭。陸務觀曰：吴人謂杜宇曰謝豹，杜宇鳴時荀出，名謝豹筍。嬰䴈螺産東海，屈如鸚喙，筍有似者。奴癡壓碓磨，兒戲覆甕甀。欲令扁蟠。愧此戕賊功，聽其風雨吐。聞雷會張王，棄雪正卷婁。譬彼蕨采拳，又若茅拔茹。磨，去聲，張王並去聲。卷婁，拘攣也。易連茹，本音如，韻書上聲。侵晨趁殘月，入夜縛巨炬。饕從貆貐争，貪指篌畀弆。貆貐，豪豬，善發筍。弆，見《漢書·陳遵傳》，當即《説文》弆之譌。弆，兩手承也，與匊義通，姑從《集韻》，音舉。深㾕砉欲泣，小窜嬌滲乳。西壁斷足鎗，呼兒豫須拄。㾕、鍬同。砉，霍國切。《莊子》："砉然響然。"舊音翕，非。窜，音押，《説文》：人蛎刺血也。

冰　雪

積雪晝夜明，千林杲無影。黑知遠山壑，白見雲外嶺。已聞江凍灘，竊恐冰到井。望廬饑鹿入，平地飛鳥隕。慚無掌中施，去聲。忍應束緼請。兹亦鳥獸災，豈獨斯民眚。疆埸正拒鬥，劇賊復潛逞。承平衣冠宰，陷作猨猱尹。持冰難作糜，何以充軍稛。理亂本牽連，無以靖鄰境。

夜雨梅放

春晚行兵地，昌云：晚猶遲也。梅先處士家。詩題清夜雨，酒酹去年花。撥悶巡幽趣，驚心感歲華。來朝對珠樹，鑪側判交賒。

除夕雨木冰兼憶兄思庵大名署中八首

冰雪連旬未放晴，曆頭小盡接新正。自憐況味中年減，長記嚴親此日生。今年小盡，先子萬曆戊子是日生。爆竹餽爐兒女事，熏籠欹枕老人情。每餘慘淡三更夢，嘗在高堂膝下行。

擊鋏高歌百歲叢，火華雙檠吐長虹。不成富貴先黄髮，卻笑請書敗乃公。《漢書》："敗乃公事。"濁醖開懷傾倒後，世情趨諾埽除中。春來花萼垂垂發，且願兒曹有父風。

蓬茅老去奈狂何，縱酒須同卷白波。東漢末初平，白波賊勢如卷席，酒令因有《卷白波》。秦塞已聞收鞏渭，閩山新喜戢干戈。捷書火速江城少，廛路訛傳小邑多。我自兔蹄膢臘祭，餕餘白眼醉嵬峨。

木冰豈是少陽災，緹室須教琯氣回。占歲蒺藜生莫夆，横江鵝鸛陣還開。疆埸鎮静宗臣體，師律分明將相才。民力果能寬内地，歲時同舉太平杯。

春草池塘句有無？良辰佳興未全孤。遥思棣萼三千里，點盡寒梅數九圖。都城女子冬至日畫梅，一株八十一花，每日臙脂染一花，名數九圖。官閣小孫勤拜跽，華筵丘嫂奉屠蘇。椒花我已無人頌，深夜呼兒爇酒壚。

一更戍鼓一更風，鼓倦更殘燭更紅。撲屋打林珠淩大，驚鵝亂鴨霰聲中。江干流莩愁縣罄，境上將軍尚彀弓。明日朝元諳燮理，上書誰伏日華東。

風俗隨人重歲除，坐殘更漏聽高車。庚申不爲尸蟲守，甲子何勞處士書。燭錠火開金菡萏，硯牀雹吐玉蟾蜍。搔頭自聽嵇康嬾，短髮蕭蕭不用梳。

歲事還須問老農，書生懷抱亦何惷。懸車問道終期進，岐路巉厓幾處攻。竹折短垣時墮鳥，雪高山寺不聞鍾。詩成酒醒雞聲起，婪尾千杯莫厭重。

白茅堂集卷之十八

丁巳康熙十六年

元日四首

换却塵寰作玉京，瓊雲瑶島盡峥嶸。風從兑上金戈響，春向郊東綵仗迎。明日己卯立春。道斷千山飛走絶，巧憐萬瓦畫圖呈。西風木介，瓦上有人物花卉，如雕鏤繪畫。逕深正好回車馬，擁褐沈吟酒細傾。

中國山河本至陽，太平天子正垂裳。即令木介非常事，曾記當年有此祥。獻馬終看來緬甸，牽羊已見伏秦王。順治十六七年，楚地雨木冰。康熙元年，受滇將孫秦王降。時平但飽長鑱米，災眚迂儒説未央。

緑鬢還鄉學老農，廿年無復毋尸饔。杯棬箕帚傷心罷，雪卷螢書作意攻。志衍洛疇劉挍尉，經傳山海郭弘農。閒情本不關時事，最喜春生酒盞醲。

正朝飛雪勢加崇，半月郊原一望同。似坐佛光銀色界，可如龍藏水晶宫。路斜竹樹傴僂過，溝踏玻璃捷徑通。此景園林渾未得，便須折簡召山翁。

羽　旗

羽旗報何事，中夜馳道左。四顧何寂寥，流庸半遷播。雞啼雲中丘，犬吠雪外火。出師供憶多，凶歲盜群夥。循良幸爲政，州守李成才。境内差帖妥。王道尚寬柔，斯民庶幾可。

王華亭解組歸，鬒鬢白盡矣

王君别我令婁東，十載驚看淚眼紅。銅墨一官仍潦倒，江湖雙鬢若飄蓬。種成桃李民皆喜，家近柴桑老倍窮。莫向四旬人結友，回身轉盼白頭翁。

對酒當歌行

勸君莫憶少年事，對酒當歌莫憔悴。老憶少年哀轉多，當歌對酒可奈何。我初二十髮垂踝，長歔每效孫公和。緑絲鬗去十存一，一絡二毛䶂尾拕。十年蹤蹟䬵萍梗，世事飜覆尋干戈。窮獀萬卷齾飲腹，荏苒歲月江奔波。哀吟遽有子荆句，敂㲋勉賡蒙穸歌。素琴倚壁蚴蠃篆，遺掛上有蜘蛛窠。交遊開篋淚沾臆，低高宿草霜留科。曲眉一笑曼卿去，吐舌三疊文同過。春風發妍花滿柯，有鷺雙雉聞山阿。朱顔欲改歌斯匿，流水故是恒河沙。桑何切。夜來猛雨何滂沱，飛花亂點庭前莎。呼兒及酒斢紅螺，我今詩成兒試歌。當歌對酒愁奈何，老憶少年悲轉多。

荆湖四首

梁帝城南花艸斑，元帝陵在荆州津陽門外。哀猿客淚墮潺湲。高檣雨集黄牛峽，長劍雲屯白獸關。地嶮漢吴分割據，燒殘秦楚舊江山。秦伐楚，燒彝陵。陣前傳箭春風急，五郡徵求力信難。

更移西旅作南師，調征陝西兵援岳州。千里樓船上瀨時。聖主論功超不次，將軍料敵定須知。曾聞束馬行兵忌，豈惜椎牛報命遲。泥淖迂回巖壑邃，偏裨幾道共安危。

伐山車戰舊無聞，新造綿簾車。入棧何勞領騎軍。平地弓刀開萬馬，嵌空旗戟仰孤雲。山加礟疊龍頭峻，水過囊沙燕尾分。白帝陸梁營赤岬，千秋漢將勒功勳。

荆吴千里没陽侯，二麥春深望介休。窟處荒江留雁户，點行上道扈龍舟。聞雷每祝公田雨，獲歲差攄草莽憂。安得官私倉廩實，更無輸挽向邊州。

春　色

東郊春色起，可以問桑麻。空樹雷驚燕，清池雨種蛙。牛羊仍在野，兵馬幸無譁。惟有征夫急，王師正出車。

送趙使君赴軍前

擾攘荆南路，戎旃數往來。江流春日動，戰地野花開。護陣須持節，籌邊每上臺。懸知能作賦，獨有仲宣才。

鄭尉分餉荆州

三峽冰澌後，荆江漲起時。懸燈千舫寂，渡馬兩軍疑。宰肉今誰是，投醪大將爲。豆區狼戾甚，珍重是民脂。

賦得羌兵助鎧鋋

蠻俗輕生死，兒童慣負戈。下田銅鼓動，上陣盾矛多。象齒雷聲長，蛇涎水面過。天威想諸葛，安猛近如何。水西安氏，其先本孟獲將，有功于漢，傳家至今。吴三桂滅之，仍相隨寇楚，孟獲後今又爲猛氏。

當　罏

經旬淹伏枕，春色擬登樓。花借家家看，河通岸岸流。日長忙燕雀，門静掩槐楸。酒味鄰姬問，當罏笑未休。

張長人書來，云喪長孫遣哀不去

書到吾愁汝，悲來可奈何。哀須學道遣，老自别離多。白髮微霑酒，青天且放歌。索居良會少，筆札當經過。

野　日

兵遠孤城静，風吹野日荒。草根跳虴蜢，浦浪擺鴛鴦。謀食思爲客，經時未理裝。關山惟直北，道路少豺狼。

蔞蒿楚人謂之雷蒿，正月生沙田中。

園蔬時待灌，風味喜嘗新。蔞蕻先雷出，沙田受雨勻。寸裁青比玉,小汋味全珍。不見流離子,茹芽耐苦辛。蘔空,去聲,草心長也。先讀如字,汋音,勺湯中薄出之,本作鬻。

流　民

江上流民滿,紛紛到未休。村歌行乞食,水宿學挐舟。沔陽流亡皆行艓生理。聚散關兵氣,軍農豈異憂。金錢趨幕府,肯起視田疇。

夜聞糧艘嘘噢吴下運到協濟軍需五萬石。

燭下栖鴉定,微風山雨來。愁多任春晚,香到覺梅開。正月江門冷,三更晝角哀。吴艘千纜引,怪底作喧豗。

首尾兵聲應,荆吴轉運同。片函傳將令,百丈鬬西風。米價行當減,軍需得緩充。餘波及流殍,餔足勝年豐。

葺園二首

荒草漸廬舍,邇來成四鄰。園丁既老病,灌溉殊苦辛。幸免麋鹿齸,翻嫌犬豕獜。非關籬落缺,厮媪抱爲薪。念彼生理困,未忍加詈瞋。尋思插芒棘,刺手傷吾仁。物情好苟得,刑罰誰見悛。疆埸且寇盜,小犯安足嗔。惟當重風化,浸使薄俗淳。士林尚廉恥,敷教修彝倫。上無苟且政,下有讓畔民。干戈自偃息,化日長如春。

昨宵風雨壯,日出課我僮。樊欏郎何切,《博雅》:欏,落籬。既粗葺,設酒邀鄰翁。媪稺攀樹根,柈瀝亦得通。三申守望義,再講和睦風。皆云前摟取,多出于流庸。蓐炊而露食,迫此水旱窮。聞言動隱憫,語罷還深忡。假若設官樆,豈亦容剽攻。《晉書》:武帝時,以逆旅多亡命,詔除逆旅,十里立一官樆,使老小貧户守之。樆,同籬。處分一失職,攘敚紛相從。草野弄金革,朝廷問玉弓。人性本忠厚,天心原大公。懷柔王者術,孚格道所隆。搔瓜有何益,躪稻終無功。乃知鄙夫志,用意苦不洪。轗軻遘世亂,何以託吾躬。漆女惜園葵,安知中所恫。

小園散病,聞蚤鵑聲

貧居少賓客,散病喜林泉。就樹看行蟻,回頭怪杜鵑。把書忘日昃，糴米問江船。薺菜青青色，登盤亦可憐。

西塞山

岧嶢勢不群，百丈起江濆。樹影摩黄鵠，樵聲落白雲。險彝千古共，開闢兩儀分。不盡東流水，朝宗日夜聞。

武昌行吊楊兵部兆傑

武昌城中氣蕭瑟，門户家家題賣宅。通衢兵馬亟簽居，一半妻孥寄山澤。前春賊馬騰湞中，十家九家煙火空。殿前龍虎更番下，閫外貔貅百億供。樊湖百里波聲起，富者大舸貧艓子。樓船亦有翟珈妝，草鋪非無韎韐士。經春大屋更無人，汎宅浮家作雁民。别開洲嶼魚鹽市，編作鄉村舴艋鄰。洞庭蜃樓事頗怪，江陵蛙竈憂尤大。翠眉驅出昭君邨，雕題坐嘯賓郎寨。賓郎，地名，在慈利縣茅岡寨之南，群獠出入之所，由一逕入。江頭夜月照連營，争聽啼烏壘上聲。車挂綿簾推歷録，綿簾，新制車名，以御礟矢。普云：《秦風》五楘、梁輈，注：歷録也。《孔疏》：五處以皮束之，文章歷録然。又車行聲，一作轣轆。箭看石鏃汰丁寧。《左傳》宣四年，伯棼射王汰輈及鼓跗，著于丁寧。注：丁寧，鉦也。山川不用亞駝咒，秦穆詛楚曰告于丕顯。亞駝，大神。行師但使居民富。寬大繇來省沴消，詔書要使羸癃讀。漢文帝時，山東吏布詔令，民雖羸老癃疾，扶杖往聽，願少須臾無死思，見德化之成。當時持節楊兵曹，諭平交趾誇功高。歸來慷慨轅門語，愁死丹心戀聖朝。

孔總戎過訪

郭外春陰合，山容澹澹遮。泥垠留虎跡，溪影濕桃花。重到新旌旆，仍聞舊鼓笳。飽騰諸士馬，真否向長沙。

春游將往大名。

謀醉須千日，春游待一金。自知生理拙，猶有故人心。兄弟馮深藉，江山費苦吟。風塵儒服賤，白首少知音。

宿希水

掩關人不戍，樹羽自臨風。四顧蒼茫色，孤郵蕭瑟同。月明沙白外，犬吠水光中。幾杵疏鍾動，寥寥天宇空。

朱店逢君華君藹二弟北來，兼得兄大名令書

并馬逢吾弟，停車喜不禁。已通南去信，兼得北來音。出笑衣冠改，歸仍耕鑿尋。抵家才百里，耘耔及春深。

馬鞍山迷道，就飯田家

紆迴路復迷，復嶺萬松齊。有舍有樵逕，無山無鳥啼。斷橋扶野葛，履石渡危溪。寒食農家飯，分餐過午雞。

大柳樹被伐俗因樹爲地名。

馬鞍山勢連黄岡，前有古柳参天長。行人呼作大柳樹，六月憩息來風霜。何時斬析卧道左，枝梧輪囷相撐僵。大根十牛徙咫尺，細幹猶足專車厢。有如虎死睛閃灼，又若龍墮神飛颺。曾聞社樹不翦伐，況復閲歷如甘棠。山靈侘傺惜不得，恐有怪物啼雲陽。既非用汝作梁棟，斧斯充作薪櫄用。論價無過估萬錢，急公只合軍前送。徵車材。我行瞥見三歎息，撫御停車涕霑濕。三百年來雨露恩，春秋用盡風雷力。孔明祠栢青銅柯，草堂柟樹尤婆娑。千秋每下詩人淚，爲有襄陽杜甫歌。

沙　河

磷磷石子清見底，短短芹芽初出泥。沙間流水自成路，飛過鷺鷥全不窺。

鄀城蚤發楚宣王滅鄀徙此，今名舊街，黄岡麻城兩縣地，元未徐壽輝初據此。

村口煙作雲，平田霧如雪。前騎望不見，後嶺看漸没。丹霞燦金烏，落月尚懸白。水砦自前朝，湫隘屢曲折。鄀君昔徙此，苦遭彊楚滅。曾不比附庸，有何會盟列。并吞勢必至，割據代不絶。土宇既昄章，盜賊仍草竊。上帝居絳霄，豈識蟻闘穴。干革何時休，沈憂不能掇。

望花山

蚤晏煙嵐改，岡巒斷復聯。水邊沈黛色，雲上出流泉。雁遰花時雨，鵶飜犂後田。亂離民力損，草麥共青芊。

落　月

落月徑一尺，規中影更多。仙人下群島，仙人月中影似。桂樹轉婆娑。枕簟高樓夢，關山征戍歌。分光到行客，愁絶對金波。群島，一作瓊島。

虎步山土豪初平。

山上復山下，回風谷口生。長征人力倦，仰羨鳥身輕。崄岨愁聞戒，乾坤未洗兵。石頭新戰血，猶灑舊行營。

縣空龍尾石，戲道虎頭關。更上松上路，方知山外山。出雲南向少，落日鳥飛還。天末思浮弋，遥疑翠靄間。浮弋，山名。

曉　行

溥溥草露光，瑟瑟映朝陽。人語鳥鳴樹，馬行牛服廂。物情皆自適，春日興難忘。回首湘沅路，煙塵正杳茫。

生意俱在曉，百昌争發時。教風弄楊柳，連夜發花枝。旭日明蜂眼，輕陰報燕知。春來造物力，晴雨總相宜。

光　山

光山山高高且長，中有神仙金玉堂。青天忽覺雷雨動，陰崖不測蛟龍藏。已聞鬬水似穀雒，復等沙麓頹磅磄。當年四十八塢主，尚留洞穴埋刀鎗。戊申五月十七日，龍起溺人畜無筭，又崩石壓行人牛馬。此地界連黄州，明未有四十八砦云。又傳有人曾入洞穴，見有金堂玉室，劍戟森然。

長潭童子持酒問詩

山勢全如楚，關梁控搤雄。荒村無父老，解語得兒童。問字還持酒，言詩喜發蒙。豈知弦子國，亦有互鄉風。

雷打石

崔磪百尺立，霹靂五丁開。泐溜看如篆，龍漦點作苔。巖端蒼霧窟，嵌下白花堆。略作游山意，停驂塹水隈。

醉　題

作使裴寬婢，支銷于頔錢。昔人稱豁達，無事問迍邅。俯仰憐今古，關河老歲年。此身須痛飲，但得酒如泉。

望光州懷胡蒼恒

我渡春風嶺，遥思白鷺河。伊人知宛在，故舊復誰過。才大聲名泰，年增感慨多。緝園詩總好，高適老如何。

書　懷

欲落未落月，一鳴再鳴雞。行子起裝束，主婦爲晨炊。我生蚤漂泊，苦被津梁欺。故鄉正用武，遠道將奚爲。非無膠桼交，棄置久若遺。我有賢伯兄，清廉令皇畿。前遭卜商痛，哀哭傷心脾。願保金玉體，毋深兒女悲。明年予喪婦，予悲更莫支。蹉跎遲遠慰，今始役輪蹄。念我同氣親，敢辭道路疲。晴雨日一易，僕倦馬亦饑。維時二月中，菜麥青未齊。烏啼櫻桃花，紅遍高樓枝。當鑪出粉黛，含笑開酴醾。滿酌持勸客，客懷何所疑。丈夫服纓組，皇路正清彝。遊子念故鄉，硜硜懷所思。

官渡板橋

山雨昨夜過，河邊添小槎。水流橋自撼，沙浪日生花。磅礴中原大，氛煙楚塞遮。雞籠群盜靖，好理舊桑麻。羅山縣雞籠山嘯聚，旋平之。

息縣路

柳葉開時草盡芽，陰晴沿路惜風花。孟婆今日顛狂甚，吹落嬌娘罩面紗。

汝陽東去接淮陽，少婦春游作隊行。樹下幾輪車子歇，布帷開處見紅妝。

王岡大風

長風動地至，千里無遮闌。黄沙眯人目，白霧如龍蟠。六鷁且退飛，況我乏羽翰。四僕當兩馬，岡阜愁盤跚。輿前更挽繂，勢若争飛湍。雖無波濤險，信有行路難。春深氣候變，晚日破林巒。努力俟開霽，中原平且寬。

范張祠汝陽金鄉鋪，張邵墓在焉。鋪名金鄉者，以范式山陽金鄉人也。

廣野春欲陰，孤雲不成雨。稍稍日脚散，向午翳復吐。前過范張祠，碑字僅可數。當時生死交，信誓孰肯窳。春秋載祠典，故事只雞黍。奈何并廢墜，責屬風化主。頹檽支蓬蒿，白日閉環堵。老柏垂古陰，開門竄蒼鼠。空祠既寂莫，荒壠復何許。野棠賓牧豎，斷碣贈碪礎。其旁即郵亭，過者若弗覩。古道信陵侇，今人棄如土。

真陽道中

亂後中州路，陂陀尚草萊。荒墳狐兔走，廢廟鬼神哀。傍路井誰汲,無人花自開。年年春社後,不見燕飛來。

上蔡道中

江湖老雙鬢,車馬更長征。才豈因年減,詩還對景成。軾前看落日,麥上見孤城。懸瓠池邊事,將軍善用兵。李朔祠,土人稱白馬將軍廟。

道傍子

清晨發㶏水,薄暮抵武津。荒原少煙火,黍地無人耕。行逢道傍子,容貌何伶仃。手持叉而機,昌云:見《元史》,牉竹戛礪作聲。頭裹花布巾。哀歌不成調,苦訴流離情。上客且攬轡,聽我歌崇禎。寇起二三年,四野無雞鳴。雞鳴既已盡,明年無哭聲。千里盡蕭條,賊馬亦不行。蝗蟲厚一尺,飛齧惟草根。流亡百一二,火伴無鄉鄰。即今有黎庶,盡是新長成。皇恩本浩盪,水旱仍相侵。修河用壯卒,應調皆餘丁。東南近格鬬,江楚募新營。且利官家鏹,充作南征兵。畏戰復潛遁,不敢歸父兄。名雖行五籍,身是開封民。我聞前代事,淚下如雨零。載聞征戍情,惄惄令心驚。

經上蔡,童僕病,蹔止舍大尹高陵,李子正誼携酒過存留别

雲雨昏四塞,北風天更寒。始俗作試。花桃李樹,一夜齊摧殘。仲春感冬氣,疾癘民鮮安。一僕病呻吟,餘馭憯不歡。邑有賢令尹,邂逅鞍馬間。提携美肴饌,慰我加盤餐。短轅自偶駐,長鋏何曾彈。青錢勸輿從,重疊陳壺簞。君誠金閨彦,宜仕臺閣端。即今綰銅墨,下吏良獨難。簿書苦從事,顔色視上官。安能及行客,未面披心肝。七晨滯逆旅,風雨苦闌珊。行行待明發,欲别仍盤桓。

洪河大風

楚塞嘗愁雨,中原更苦風。日輪微見白,春半已殘紅。捲地沙塵惡,連天荒草同。洪河水清淺,吹浪過橋東。

西華風雨

猋風撲面來，飛雨颯然至。扛舁病僕愁，霑濡車徒敝。雞鳴茅店小，雅梟古祠廢。前途望修阻，住足苦無地。参差菜花倒，沈重柳條縋。𩃬𩃶蛟龍，躞泥作其内。後風逐前風，衆風成一吹。呼號千里來，輥若雷霆勢。誰爲灌壇長，足使風伯避。叱馭車驅之，羈人亦何畏。川原自古昔，陵谷幾遷易。斷碑卧坔潦，倉卒不得視。當時畫鴻溝，世遠失地志。寥寥千秋下，一發阮生喟。西華，隋洪溝縣。相傳楚漢分界地。一云在今河陰，即廣武。

清明鄢陵道中舊説荆州之鄢陵，音焉，陳留之鄢陵，古郾子國也。郾，音晏，以音近借鄢，从阜，非从邑也，俗作鄢。前漢《地理志》作傿，亦譌。今從俗讀。

宵來星斗見，今日是清明。河上風煙冷，鄢陵草樹晴。梨花奈霜雨，布穀喜春耕。物候他鄉换，行人作遠征。

三月四日鄢陵道中，念兒輩當遵制除母服

吉祭今朝是，深哀苦未捐。只須勤誦讀，何必痛杯棬。一月無書寄，他鄉有夢牽。買山吾且置，誰贈墓田錢。

雨後過鄢城

四野無邊雨，長河送穩流。麥齊初見燕，樹緑始聞鳩。社日趨歌舞，春郊放馬牛。普天皆帶甲，中土幸無憂。

窪地水如天，鄢城帶左邊。日銜樓影直，魚跳浪花圓。白屋停征騎，紅裙坐酒簾。無漿消客渴，含笑嚼榆錢。榆錢嫩時，婦女取食。問之，云消渴解心火，穩睡。

尉氏吊阮籍

嗣宗生魏代，沈默少其倫。事業惟詩酒，清狂近道真。奸雄作知

己，兵婦當情親。涉世無聊極，風流少後人。

朱仙鎮岳忠武廟

勳業當年誤，千秋寂莫中。香盆焚夜雨，麥飯冷春風。朱榜更新廟，黄河没故宫。高深變陵谷，魂魄尚英雄。

頭斷臨安地，心依五國城。神旗常北指，墳樹向南生。靈武誠何害，安東勢已成。勞心秦相國，汲汲事休兵。使二帝得歸，在高宗不過紫衣一見，南内一遷而已。二帝不歸，则宋之康王，晉之元帝矣。秦檜恐破和局，必陷以大戮，忍騖至此。

汴　城

雲陣喜從東，黎明又北風。人煙河口黑，船火霧心紅。城郭新朝築，魚鹽古漕通。陸沈歌舞處，地下憲王宫。

述雒陽女兒

朝妝上畫堂，盥頮奉姑嫜。暮妝結蘭佩，低聲問夫壻。朝妝暮妝殊未已，不道年華劇流水。幾時零落平陽家，轉盼含顰杜秋里。華林小苑墜芙蓉，苜蓿春深玉露濃。月照宫牆人不見，高樓何處動歌鍾。

渡黄河

誰道黄河惡，奔流萬馬颿。東風吹過去，不用挂蒲帆。颿，本馬疾走，从馬从風，會意。《吴都賦》："樓船舉颿而過肆。"蓋借颿以形容之。周伯琦謂借爲帆字，非。

胙　城

風塵迴莫分，廣野又斜曛。芳草連青隴，梨花和白雲。泰行初入望，河水似猶聞。嘗憶蘇門嘯，無言對阮君。

封丘縣大道傍有碑，曰："漢高帝遇翟母進飯處"史傳不載，小説訛傳。

帝子草中劍，王孫淮上竿。微時一飯重，知己獨逢難。際會何容易，泥塗且鬱蟠。傷心瀨江女，高義拚壺餐。

咏韓信

進食千金報，酬恩更不疑。君侯無所負，端的負鍾離。鍾離眛。

進食千金報，登壇一命輕。君侯無所負，端的負酈生。酈，俗音力，本音麗，平聲。《左傳》："公子友率師敗莒于酈。"《穀梁》作麗，《公羊》作犂，知平聲，是。

大伾山下見葬者

我行大伾野，遠望浮丘陽。前逢富家葬，言窆山之岡。簫鼓震山麓，鈴梵喧緇黄。緦麻遠親屬，擠攤百夫行。泉臺用上寶，石晉時，俗紙錢文曰"泉臺上寶"。高載十車廂。賓朋各有贈，齎送百千强。雕鏤作機俑，羽幢風飛揚。剪紙象天神，金甲耀日光。瑤蓋流蘇縣，黻翣夾兩旁。明燈四十九，一一銜鳳皇。沐棺畫雲氣，刌木攢黄腸。白金鑄魚躍，黄金餙上牆。前頭郭郎舞，背後虞殯倡。連車載婦女，四牡何彭彭。雖然襲衰絰，露面紅粉妝。鬒鬢不復髻，隨風蘇合香。想當生存日，華屋多專房。我思古人誤，不歎今人狂。殉妾并焚馬，聘死又嫁殤。大棺夾婢子，裸屍媾玉牀。人生到屬纊，萬事都茫茫。奈何生人欲，想像無何鄉。君觀兵火地，骨髪紛填僵。丈夫則報級，婦女如驅羊。此何競榮盛，彼何遘胔殃。同爲聖皇民，而忍罹慘傷。養生及送死，王道本有常。四海風俗一，九州人命長。

入大名境

入境識仁風，田疇接望同。桃紅倚村女，麥暖卧孩童。拂草忙新燕，尋香亂遠蜂。羽林前牧馬，笳鼓不驚農。

思庵兄大名署

八載聯牀别,蹉跎今始來。試收相見淚,須盡洗塵杯。皓月銀缸爛,和風玉蕊開。放衙深夜語,不遣漏聲催。

月夜弦歌

悠悠明月上,細細管弦生。傾耳對銀漢,孤光流素楹。暗飛螢照合,就影落花輕。此地憐清夜,他鄉正苦兵。

濬　縣

殘春過欲盡,初夏晚風泠。花落雨無事,月來山似醒。懷人頻中酒,起夜自開扃。煙草濛濛外,沙頭聽鶺鴒。

自内黄至封丘

提封古衛韓,樂土盡凋殘。舊蹟河身改,新邦治理難。麥秋風當雨,此地少雨多風,二麥得風而長。芒種日猶寒。民事今方急,征符幸少寬。

見帷車外賣花者

白鼻驕騧夾畫輪,羅帷粉面怕黏塵。賣花聲過緗簾下,未必秋波不惹春。

渡河值八旗呷刺昂邦章京送馬長沙

禡牙河上列帆檣,朔日援師正啓行。決口濤聲聞瓠子,天邊樹影認黎陽。旌旗八色趨行帳,雲錦千群進上方。各官進馬。肯信燕臺多駿骨,御閑畜乘總騰驤。

大梁吟

中原白晝風彭彭,氣候少雨但多晴。來麰齊熟四五月,布穀間啼三兩聲。土屋青帘出牆外，市集紅粉礙車行。閭閻兒女竟老大，但願年豐無甲兵。

汴城楊柳枝

柳麥晴明鶯燕嬌，牡丹芍藥正妖嬈。出郊盡道雕輪好，肯信江南畫舫摇。

新學南妝淺畫眉，炕牀貪繡坐多時。妾生不識鴛央鳥，幾度尋思選綫遲。

車鈴丁丁感妾心，郎乘白馬去時音。纔聽却被風吹斷，小側雲鬟整玉簪。

樓前大道綺牕臨，樓下行人憩柳陰。短衫風急馬蹄疾，知是少年歸去心。

河上詞

莊頭妮子年十四，嫁去經年未遣回。懷中哇子倩郎抱，騎驢同去看娘來。

阿孌家住隔黄河，專艙買渡百錢多。郎有蘇州紗首帕，與奴罩面避風波。

生小何曾識亂離，前朝但聽鼓兒詞。夜來得被爺娘説，五月黄河大渡師。

道傍瓜果好嘗新，況是長途飢渴身。齊跨羸驢遠莊去，多留雞鴨飽軍人。

郾　河

南路漸聞蛙，沿溝生水花。江湖切歸興，浩蕩羨浮苴。柳潤疑朝雨，河光學晚霞。郾城今夜月，飛夢欲還家。

上蔡復阻雨二首

我亦困陳蔡，往來風雨勞。鹵泉隨霧出，淫潦帶河高。翅濕黄鸝悶，沙渾白鷺洵。行行又流涕，待米蠹兒曹。

經春復阻夏，書信倩誰將。無食憐兒瘦，空齋坐日長。兵戈愁故里，風月咏他鄉。縱有相如賦，還家典鷫鸘。

東南第一峰息縣道中逢鄉友。

馬首一峰見，家山已近看。濕雲生斷續，落日隱巑岏。旅館花無賴，南禽語漸龢。倘逢漁父問，答未到長安。

汝寧道中南望，雷雨，晚借山寺納涼

蛟龍澤國起，雷雨傍山通。北日荒荒外，南雲隱隱中。斷虹看去鳥，乳燕接飛蟲。四月田疇美，新苗翼好風。

楚山重復重，飛雨在何峰。赤日焚黄道，青天挂白龍。野干偷汲甕，干，當是犴省，野犬也，見佛典。一云獾，音近之，譌。渴鳥候齋鍾。薄暮投前寺，清涼話北宗。

厄臺陳蔡皆有

百年過强半，親故盡堪哀。鬼伯邀皆去，劉根嘯不來。牢愁餘我在，懷抱向誰開。猶逐風塵轉，三番過厄臺。

淺　渡

春水徒杠拆，今年作淺流。玉驄連影渡，白鳥向林投。路緩行歌起，天長暮雨愁。漢家封拜國，此地富陂侯。漢《地里志》：世祖改封平鄉侯王霸爲富陂侯。《十三國志》：和帝永元九年，置富陂縣，以多陂塘，故名。《廣輿記》作富波，誤。

楊莊市集聞楚地旱二首

茅瓦千家聚，雞豚市集場。村童逐簫鼓，俚婦乍喬妝。楚俗勤淫祀，山田緩插秧。比聞霖雨少，盜賊莫猖狂。

落落千秋事，勞勞七尺身。丹心慚劍匣，白眼據車茵。露氣聞芳杜，江鄉想釣緡。只愁兵與歲，兼并動黄巾。

息縣蚕行

雨過麥頭低，清風曉露披。關門迎翠巘，雜樹語黄鸝。操火初逢獵，淘粳喜見糜。忍冬花蔓發，處處壓茅茨。

麻城山行

高嶺穿雲入，平疇俯畫枰。下山盤鳥路，隔壟使牛聲。瓜莧柈中見，葵榴屋角明。雨暘頻問訊，難得是升平。

西陵憶先子詩句，即景續成

汝陵南去家山近，重把先儒好句詩。苦鳥急呼忙刈麥，昌云：姑惡鳥。婦鳩閒啄漫鋤麻。百年想見中原盛，老我來游兩鬢華。欲識東京舊風景，逢村撲鼻棗兒花。三四八句先子咏。北諺：“你橄欖待回汁，我棗兒甜半日。”

初三夜月

落日又落月，微風生夕涼。嘗思開鏡滿，作意寫眉長。羇旅愁何黯，星河夜自光。到家憐皓魄，惟照讀書牀。

嶺上坐

嶺蔭花枝潤，風長暑氣降。過山雲影黑，應谷鳥聲雙。幡露林藏寺，巖懸瀑倒瀧。終輸漁父樂，圖畫在篷牕。

垂　橐

遠征垂橐返，多病歲華侵。得意還孤賞，將詩莫浪吟。近鄉詢米價，到處望甘霖。師旅因饑饉，吾憂不在今。

穆陵關

天氣如欲雨,草蟲鳴滿山。野花分瑣細,磵水仄潺湲。上嶺聞人語,呼風愛鳥閒。前途尤起伏,已近穆陵關。

靈沙河渴

山轉河源細,分流燕尾岐。日明沙射眼,堰斷草通陂。高岸巢鸂鶒,空塘落蒺藜。軍符頻采買,何以給王師。

喜　雨

三月不雨四月同,楚山雲氣何蟲蟲。難堪觸熱襬襶子,且喜下田簑笠翁。水鼉交啼郭公鳥,渾江正起魚苗風。旌旗萬艦備攻戰,只在洞庭青草東。青草湖與洞庭接。

宣城梅淵公寄《空山無人圖》

馬首傳書到,風塵帶笑看。殷勤感知己,珍重報都官。竹下烏皮几,松間鵲尾冠。憐君善圖畫,爲我再濡翰。

白臯山麻城一名白額,有響龍潭,飛泉百道,望如積雪。

雲破碧嶙峋,沿溪屢問津。亂泉晴似雪,白石遠疑人。康樂非無屐,華陽亦有巾。平生樂山水,偏與困風塵。

仲夏三日

仲夏緐華月,栖遲客路難。幰車村犬吠,簷帽野童看。水鳥翻荷葉,山花翅射干。射干花如鳥翍。争傳兒女節,不中老夫歡。

五日竹瓦店主人出赤靈符丹砂酒

向曉雲連地,邌明雨度山。震雷翻日出,晴色落江灣。紫府懸新佩，丹砂駐老顔。乾坤同作客，車馬任間關。

後一日

倦遊春盡擬歸來，五日炎途尚未回。燕語似傳鄉國信，好花須讓故園開。菖蒲艾葉争迎眼，桑葚荼蘼正醱醅。留糉料知兒女意，松間補醉紫霞杯。

贈子新鼎業

古義今誰在，盧龍韓子新。螭碑信陵仆，馬鬣大陽湮。燈火開新廟，松楸倣故窀。子新復信陵公子祠，更葬李獻吉。昔賢惟下士，後死式先民。巾屐嘗孤往，擔簦復幾巡。神交饒歲月，乍遇即情親。仙蹟招黄鶴，秋風動白蘋。罏頭賒苦酒，旅次殢嘉賓。燭武何曾老？相如豈厭貧！白頭深慰籍，愛汝性情真。

留别徐公子星

離緒江聲起，休嫌五雨遲。欲行仍緩棹，小别亦相思。世態詩相勞，羇燈酒共持。髮緣憂國白，狂任衆人嗤。藴結時携手，清談定解頤。歸裝秋色瘦，物候芰荷衰。雨氣愁早濕，天涼尚綌絺。還家籬菊放，好報白衣知。

還家卧病，涼雨連日，寄徐公

襆被還家日，離愁黯更真。西風寒到雁，細雨病依人。佳句時開篋，交情每覺新。挽鬚兒競問，叩户客來頻。冬日茅簷暖，寒山篳户墐。相思訂相見，三月埽花茵。

步過棗輪閣

水落群鷗集，殘荷扇晚香。開門一拄杖，沿岸偶褰裳。槲葉時驚雨，茱萸正待霜。沙彌能喜客，頻過贊公房。

重九後二日寄答徐公

草莽偷安敢厭貧，今年南北愧風塵。山中閉户逢重九，籬下看花更幾巡。兵火遠牽千里夢，酒杯難負百年身。江城聚首仍牢落，自整風前烏角巾。

秋思擬李賀

霑雨既下百潦清，立秋後逢壬，嘗微風霢霂，俗謂之霑雨。蓼紅滴淚玻瓈明。歸梁雙燕冷如客，幰下寶鬟情脈脈。裁桐作書寄遠人，寒色彎環上雙碧。

不聞雁

是物關兵氣，遲來又可疑。蕭蕭枯葦折，索索晚風吹。野鴨何多黨，貪鷹自不饑。江湖滿弓矢，宜爾慎栖遲。

子星書至，垂問近狀，兼寄詩叙

伏枕經秋禮節疏，驚看芳訊到茅廬。過蒙皇甫千縑字，略報君房五句書。栗里潛夫終落拓，花溪病叟藉呴嘘。詩筒酒甕尋山屐，爲道年來百不如。

蛟　潭

老樹藏巖半水隈，舊聞蛟蟄此中蘊。稍飛黄葉鳥銜去，倒寫青天鸛影來。洞口三珠兒自弄，花根一柱鐵能開。阿誰采藥華陽鍤，割取乖龍左耳回。

復　雨

山中十日雨不止，雨止輒思十日晴。露寒翻見海棠放，霜降更聞螻蟈鳴。籬竹外邊霞色變，梧桐枝上夜聲生。老來秋骨苦彊急，其那愁多無酒傾。

秋　雨

年少秋燈宜夜雨，老來獨夜喜秋晴。非關負米爲肩累，時病肩，《醫書》"肩重若負米"。無數寒蟲作耳鳴。二豎豈因貧賤侮，高眠幸遠鼓鼙聲。即令柳長肱成廢，春起呼兒好代耕。

夢哭婦翁蕭公

皂帽青春脱戰場，髩絲衫袖尚郎當。都傳謦欬甘興霸，苦愛清狂顧野王。獨處尋思悲舊境，夢中灑淚哭華堂。當年一劍今誰幸？幸注見前。好葬安離古墓傍。

子星寄酒價

乙夜嚴城漏鼓齊，脱冠酣叫燭華低前在桂實堂讀公詩達旦。新移高閣憐雲物，盡取奇文作品題。鈴下幾過游徼火，吟聲直接市門雞。還家獨對西園月，難得山翁醉似泥。

老取魚蟲注一經，誰甘蓬底拾枯螢。持來竇鈔鵶翎黑，换得春杯妓眼青。普云：酒清也。湖海交遊于頔少，滄浪憔悴屈原醒。草堂欲漏公須記，歲暮山空雪霰零。

白茅堂集卷之十九

戊午康熙十七年

東澹崖

新年預念鶯花好，破臘纔聞豔雪香。十二日始立春。已辨大瓶春作社，須開老口笑當場。望衡接宇兵戈外，鍊藥吹笙水石傍。我有書淫兼酒癖，從公次第乞仙方。

夜雷雨

野燒雲邊暗，枯田火未畬。夜深風掃雨，雷蚤雪殘花。二十七日始雨水。《占書》："正月震電必雨雪恒寒。"諺云："雨水前雷，雨雪披披。"布被多年冷，春杯逐日賒。偷安垂老意，消息問長沙。

次日微雪

氣候今年異，雷聲昨夜奢。春雲破微罅，晴雪落輕花。穉麥聞垂穗，蔞蒿漸吐芽。去冬沔陽麥成穗。明朝交雨水，著力壁新茶。

蚤起行園招澹翁

侵曉春黔恒漠漠，半晴半雨欲如何。青山帶暝鳥啼曙，白雪作花香滿坡。編來樆棘已長大，乞得桃根苦不多。杜子美有"乞桃根栽詩"。折簡便須招賀老，黃冠肯向蓽門過。

春日結廬

春山昱日暖尤融，拂羽鳴鳩處處同。萬點飛殘紅杏雨，一枝不動綠楊風。偷安已到顛毛秃，縱飲嘗愁酒盞空。新結瓜廬容我老，《魏略》：焦先楊沛並作瓜牛廬。裴松之云：當作蝸。且將種樹課兒童。

來鹿歌有序

武昌府有馴鹿，不知所從來，直入徐方伯紫薇堂，賓客賦《來鹿歌》。時上徵文學之士，公下檄促之。適聞鹿事，因得諷公。

武昌桃李蒸雲霞，城門朝開踏落花。甡甡瓊角自何處，步入紫微使相家。自饒文采配天禄，不害生物同騶牙。曾圖漢代三公輦，會夾臨淮太守車。

聖朝威德同天布，象馬重通賨睒路。獻瑞來登君子堂，長鳴頓使幽人顧。野外休驚采薇女，公筵豈少嘉賓賦。殷勤爲請相公恩，放汝長林豐草去。

瓜廬成

土室聊安病，山人載酒過。桃花烘日暮，楊柳受風多。笑語春杯細，狂吟野鳥和。素心栖畎畝，束帛待如何。

花　信

花信今春緩，櫻桃蘂尚含。光陰乍開合，雨氣轉沈酣。遠色蘊群嶺，微陽破晚嵐。山行怕霑濕，騎馬滑難堪。

楚俗嬾成癖，農夫緩治田。水須芒種雨，晴喜麥秋天。冬燠牛羊病，春寒氣候偏。師行要糧食，專望是豐年。

野　蔬

野蔬因雨廢，盤案頗蕭條。芹葉青泥老，藤花紫玉揺。㩟觚愁竈冷，索飯念兒嬌。采藥無筋力，空慚白柄鍬。

示長人康伯漸鴻恂度諸子，末篇憶都門相知五首

愁心似春臼，白髮如草生。借問君少年，日月今安征？含生役血氣，誰能盡無營。苟活戎馬際，憔悴江海行。誓將絶城市，又不習躬耕。顧憐兒女瘦，惻愴老大情。昔賢審飲啄，豈非惜榮名。道雖鈞金重，事有鴻毛輕。桑田四月緑，細雨鳴倉庚。題詩寄良友，載酒須細傾。

山陰孔敬休，嗜酒苦無節。得秫七百石，不能了麴糵。陶潛事躬耕，倏起令彭澤。秔秫既不收，蕭然自怡悦。有無亦偶然，奢約豈工拙。安能學夷齊，采薇事高潔。

君平昔賣卜，斷事不思慮。日晚即下簾，蚩蚩抱何趣。胡不沽美酒，陶然此朝暮。忍使二寸錢，置之無用處。

結廬在城隅，而有山林樂。巖石偏崔嵯，老樹亦錯落。繞亭數畝竹，扶行皆可握。有若萬柱杖，插向青山脚。日携五斗酒，呼兒共斟酌。取醉眠北窗，無勞計清濁。

校書卯金子，執戟東方倩。豈不羨昔賢，嘗爲達人歎。爰鶋響鍾鼓，沐猴被巾冠。多病徒感恩，居然自驚惋。士爲知己憂，女爲悦己鬒。縞紵可贈投，何必在組絢。

寄張大中丞朝珍一百八句

節鉞三公貴，勛庸獨汝賢。金符當楚服，玉燭正堯天。喉舌參元輔，班曹邇御筵。禮容黄閣亞，恩眷紫宸專。開國藉茅土，前驅盡弩弮。家聲聯奕葉，藝苑數神仙。疆理湘沅地，星辰翼軫躔。山長鎮黄鵠，彗忽指朱軾。畫境原分陜，臨湖詎御邊。銅庭藏蜃氣，巴阜滲蛇涎。漢水無賁檝，晴川望爨煙。震驚愁老弱，道路隘扶牽。反側惟推悃，差糧豫請蠲。當陽全恃杜，率道緊防鄢。壁壘新天壍，連屯舊陌阡。聽烏知賊遁，躍馬許誰前。廟算奇能合，神功妙莫詮。諾書飛鳳尾，密勿啓龍牋。三接康侯錫，兼司大將權。賜衣臨譜繡，寶鉸爛星躔。指顧蕭何律，韜鈐尚父篇。張弛連七校，瀟灑據中堅。氣與秋天杳，樓貪夜月懸。鼓聲傳箭寂，笳韻入風圓。水陣調鵝鸛，山營象率

然。將兵多益善,愛士曲能全。著意憐厮養,因才赦小愆。頻收間諜用,不廢得臣鞭。倉卒芻茭峙,殷輷任輦駢。《吕氏春秋》:"殷殷輷輷,莫不載悦。"殷,音隱,亦讀如字。竟無輸挽困,秪覺度支便。膏血西山後,創痍幾歲連。傷心惟搶地,炊骨敢呼天。前堯天字,借言覆幬。自得明公理,深知召父賢。蠶桑嘻婦子,淩菭采嬋娟。大水陽侯惡,恒暘熯妭偵。噀消巴郡火,拜涌耿恭泉。正笏天吳避,彎弧海若還。鮫人還得守,即舟鮫。雁户幸歸田。康熙十五年大水,公向水拜之,一夕減數尺。繦褓吞新乳,錐刀異往年。量依丁口賑,無復俵身錢。多士慚環堵,何人佩珌瑱。譚經揮五鹿,講席見三鱣。燈火書生事,羞將國士延。字誰訛舉燭,學已到安弦。社酒逢章甫,書香理舊氊。求師多闞澤,入帳豈彭宣。闞院開爨舍,單門給廩廨。憐才仍悒悒,束帛每戔戔。部曲銜軍令,官曹慎品輇。國恩宣浩大,民俗返蒙顓。老我衡門樂,逃名蔀屋眠。聞雷蚯蚓唱,被雨蘚苔鮮。五字當三祝,長年願一廛。如公紀明德,别待史臣編。

初　晴

初晴葉未乾,閏月尚春寒。病起尋藜杖,兒扶看藥欄。含桃收客供,細筍畜漁竿。誰道王程急,無心據馬鞍。

湖外志喜東州守普云:李公成才。

湖草青青亂麥苗,楊花飛盡最長條。夜來山雨平明水,略似江南蚤暮湖[①]。

村村茅茨有鳴雞,個個門前水没犁。夏木陰濃煙火接,黄鶯又似去年啼。

寄沔陽廣文張登三

張君知我有酒癖,許我歲致五十石。日照先生苜蓿盤,俸錢那供高陽客。如君此事亦足傳,世間無代無高賢。杜陵酤債愁司業,賀監

① 湖,疑當作"潮"。

金龜醉謫仙。長安有米吾不索，叶音色。尚書有期吾不屑。秪今秔秫君未收，不識關支可能得。麴車逢著口流涎，渴鮒蹄涔也可憐。長瓶烌墼憑君寄，沔水如天好放船。

寓樓望黄鶴山

鶴山山色家家見，支枕看山日日新。向午小樓初睡覺，紅亭緑樹數遊人。

夏蟲咏十八首

蝙　蝠

煙火茅簷下，蚊雷合暮時。亂飛如乳燕，突出破蛛絲。技已慚鼯鼠，鼯有語、吾二音、貪原類竊脂。不才偏得壽，千歲欲奚爲。

空廊聞窸窣，音窸卒，細聲字，从穴，俗作窸窣，非。古殿少光輝。每向梁塵伏，嘗霑暮雨歸。亦能羞白鳥，難去客烏衣。一落兒童手，何曾解奮飛。

蜘　蛛

負巧惟羅織，稱能善斡旋。謀生清夜裏，摩腹晚風前。蜂目宜遭縛，蛾眉惜被纏。高張在何處，落月後堂邊。

蜥　蜴

種中號龍子，壁上學魚游。掉尾雌雄逐，藏形隙罅羞。虚傳致雲雨，不見吐冰漚。月下花前地，時時一逗遛。

莎　雞

草間是何物，聲急五更前。易下征夫淚，難教嬾婦眠。織時梭響側，聽去女牆邊。誰念離愁苦，長吟七月篇。

燈　蛾

背暗情雖切，投身亦太愚。如何當皎日，翻作伏蓁蕪。炎熱忘生理,脂膏竟喪軀。憐渠滅明燭,坐對月華孤。

蜻　蜓

前身原蛣蛭,變化藉蘋藻。睥睨横雙眼,娉婷騁細腰。群飛報雲雨,獨立上蔆苕。爲要尋芳徑,無心避伯勞。

蟈

反舌何多鬧,蔡邕以爲反舌也。微蟲更可歎。水雞憐味美,土鴨象聲龢。鼓吹將軍第,荒涼行路難。城頭星月落,亂點聽更殘。宋時五更鼓聲亂點,謂之蝦蟇更。

蚊

量身微黍米,血國噬三千。出入參帷幄,縱横滿陌阡。深宫防利口,曠野敢高眠。欲待秋風起,還愁紈扇捐。

蠅

營營何所慕,擾擾未曾休。赤幘鄉亭長,青袍從事流。坐來交足喜,頓起失聲愁。滅跡霜天下,炎涼不自由。

蠅　虎

得意惟窺間,乘危太跳梁。微腸思弱肉,奪命飽羶薌。度險時潛縋,擒生只獨當。山蜂須側翅,花底最周防。

螢

腐草能光怪,良宵趁露飛。礫場燐火亂,圮冢漆燈非。映水應難數,淩晨漸欲稀。簾櫳還失路,誤入坐人衣。

蜉蝣《爾雅》郭注:叢生糞土上。一説白羽蟲群飛水上,尋死隨流,有浮游之義。

傍岸朝飛雪,隨波落絮如。力依雙槳渡,影逐晚風疏。翅小還文理,身輕乍疾除。不堪鳧鴨唼,打浪賺鯈魚。

螻蛄雄者能飛。

質與螳螂類，深宜暗穴藏。縱情投野燒，乘遠撲燈光。幸得朝眠穩，還須夜飲防。雄飛豈爾輩，一奮得踉蹌。

蚤蜩螅蛄之先鳴者。

遠近斜陽外，乘風嘒嘒鳴。幾株高樹影，十里下山聲。杜宇輒無語，蜩螗先已生。何如洗雙耳，松畔聽吹笙。

蠛　蠓

蠛蠓良微細，如塵復似煙。團飛初過雨，轟起晚涼天。每爲吟詩苦，嘗遭撲面前。附聲何太疾，眠底見胡旋。

彩　蝶

鳳子來何處？衣裾繡兩重。化生推國色，食邑許花封。莫被遊絲罥，恒憂曉露濃。紛紛多命薄，鸎燕轉愁儂。

蠶　蛾

已盡纏綿苦，偏教嗜慾忙。封情换眉嫵，半死竭柔腸。素纈明魚子，餘紉問蟹筐。同時多少恨，畢命在阿房。

豆娘子青色細蜻蜓。

小名豆娘子，别號綦夫人。行雨慵難起，翾風戲幾巡。合歡藏薤葉，弱立向青蘋。來去還依舊，心心在水濱。

千江一月圖爲張撫軍題，樓在江夏洪山。

兹山蓄靈秀，含景蟠崿隆。結宇冠林末，江風傳鼓鍾。投心向去鳥，寓目窮秋空。晴見海門月，迢寥銀漢東。經天發孤耀，行地迤長虹。張公起江海，襟度同沖瀜。飛蓋激清賞，逸趣淩鴻蒙。功成燕尊俎，語洽聆金鏞。峴首揖叔子，土山懷謝公。風流寄千載，江月無終窮。

王黄湄招同清風道人魏名閥、昆陵毛子霞登翼際山晴川樓，病不果往，書示黄湄

漢湘東注江門西，禹功黄鵠巑雙磯。孤峰遠指翼際立，雲中煙樹樓臺齊。當年息嬀有祠廟，更傳神女居羊蹄。桃花夫人即息嬀也。陽臺山，乃羊蹄之譌。晴川百尺歷唐宋，得名本以司勳詩。米脂賊馬昔南下，咸陽一炬無遺榱。毛人連臂擲粉堞，魚鼈顛倒欺冰夷。邇來結構更丹碧，弔古竟同丁令威。恒河斯匿看不改，浮屠元度來何遲。西秦才子富文史，錦囊油素行相隨。前身仲宣無乃是，況有數子偕招攜。江城景物值初夏，馮高嘯傲同評題。洞庭青草在何處，樓船血戰巴陵西。風檣迅駛短兵接，落日莫要要，去聲。長戈揮。宜君健筆磨盾鼻，媿我卧疾支枯藜。詩筒急啓令兒讀，破顔却枕聽新辭。請君且勿發高唱，恐驚困底巫支祁。衛侯能知杜陵病，即今我病君當知，北山煮石南山芝。

春柳放舟圖爲張南村僧持

牙檣江上千艨艟，中有一老南村翁。附戰艦來楚。腐儒肯入健兒隊，破浪直乘宗慤風。隨處雲巖留墨瀋，盡收煙雨到詩筒。花前酩酊拂圖看，却移清夢歸江東。

答黄湄黄鶴樓夜坐見柬韻

鸚武洲前百尺磯，晴江空鏡落斜暉。形同北斗城三曲，煙繞浮屠樹一圍。旋放釣筒先待月，倦飛好鳥蚤知歸。此生自合漁樵伴，不是山中戀白衣。

丈人堅坐更何之，日暮樓頭有所思。自愛振衣招白鶴，誰家吹管亂黄鸝。空留歲月憐雙鬢，敢向乾坤數二兒。天壤王郎原不俗，筆牀茶竈肯相隨。

五日前是日皇太子千秋。

江城五日明朝是，車馬喧闐異舊時。獻壽五雲朝鶴駕，出師連月

禡龍旂。滄涼風雨留歸客,寂莫蒲葵伴酒卮。病裏儘教詩債積,不堪憂思贈相知。

同即山晴川閣望黄鶴樓

雙峰對峙煙通岸,二水分流浪夾城。坐久長風生兩腋,詩成短劄動離情。淹留書劍吾何事,來往鷗鳬他自輕。看弄漁舠歸去好,故山松桂更峥嶸。

過于北溟夜飲

破費軒廉使,筵中見殺雞。曾從鄙夫飯,一薦庾郎齏。帷幄閒尊俎,江山息鼓鼙。角巾相對好,城上已烏啼。軒輗,永樂時浙江按察使布袍蔬食留客,或至殺雞。時人云軒廉士殺雞大破費。

還山諸公雄楚樓讌别樓舊在襄陽,徐公更建于江夏。

樓成雄楚都,斗絶瞰江湖。形勝資群策,登臨借壯圖。隮朝須報主,求野豈吾徒。明日扁舟返,秋光滿荻蘆。

贈黄撝宰

含香新下御爐邊,曾馭天風過海壖。歸倚長松繙玉簡,半爲郎署半神仙。

贈王雪洲追騏,同予辭徵。

君是金閨彦,曾熏畫省香。幾年甘歗傲,一意喜翱翔。秋影樊湖樹,春洲杜若芳。輕橈獨來往,吟咏向滄浪。

雨中望西塞

雨中望西塞,縹緲没雲間。兵火千番過,江山萬古閒。奔雷藏斷壑,寫瀑下孱顔。何事丹巖裏,題名虎豹關。石上"虎豹關"三大字,吴明卿書。

得鹿城希真四弟升秀詩步韻寄答

鷓鴣芳草帶江潯，繞屋渾栽苦竹林。糊口儘求如晦米，钁頭偏撥管寧金。騰猨每愛淩雲骨，老馬全消伏櫪心。出處何關青史事，把君詩句漫沈吟。來詩："出處動關青史事，可能梁父只高吟。"

侄徵遠辭歸昆留之

我昔居東吴，顧汝方幼穉。及汝總角時，識汝飛騰志。既予再東歸，相見輒垂涕。離别動十年，安能不悲慨。遺書須盡讀，斡蠱豈難遂。良玉苟不雕，山川失其媚。倥偬武昌城，倉猝行李至。秉燭看須麋，自審非夢寐。疆埸盡帶甲，逢腋方屏氣。談笑調公卿，周旋略苛細。予耽蔣詡居，繞屋萬竹翳。壁畫水草牛，盤登秋風鱖。舉頭北林月，晏坐小山桂。開襟接等夷，温言撫諸弟。老我病健忘，念汝心獨記。時事正仳傐，浮生豈容易。欲歸未忍説，重見情轉繫。征帆欲順雁，芳草初罷翠。遠行慎疾病，寒露暑未退。小弟方歸來，遲汝成一醉。時昌省試。

山園雨夜示徵遠

山雨颯然至，林塘欲暮天。風驚未敗葉，沙潤始通泉。長枕看兒輩，重裘稱老眠。江東有遊子，衣冷念裝綿。

徵遠别後夜雨

離筵未終觴，遊子憯不樂。再拜别我前，老淚爲雙落。十年一相見，翻使褱抱惡。夜雨江上舟，秋燈竹中閣。兵聲動天地，豺虎正紛錯。行矣慎風波，歸歟謹栖泊。

龔莊奇樹把酒作歌

龔莊怪樹名紅楊，離奇臬兀扶風霜。攫拏老幹干穹蒼，邛崍杖叩青銅鎗。盤根硠礰方一丈，涌巒削崿横頹塘。龍鱗結湊百黿鼉，升沈作勢争摧藏。攣衣拾級躡碥磴,高低坐卧堪彷徉。空林老鸛作人語,夜下南山騎石虎。萬里長通碧落雲,千年曾作青春主。我生所見何足誇,天童晉栢雙槎枒。致道觀前七星檜,觀音巖下娑羅花。龔君下見三世孫,蔭影科頭弄白雲。携兒我亦來沈醉,醉看扶桑曉日暾。

再奉召十月二日過黄梅雙峰寺花橋下有柳公權“碧玉流”三大字及柳子厚《破額山》詩。有石魚,頭尾形略具,躍躍欲上。

詔書趨北闕,乘暇入招提。秋樹明如錦,晴霞曳作霓。菊醪從客載,竹杖倩僧携。李白青山意,重來路不迷。

路轉青山合,橋穿碧玉流。石魚疑鱍刺,溪鳥學輈輈。老志雲中鶴,閒情澤畔牛。歸來梅子熟,消息問枝頭。

牛湖渡

冬水及馬腹,牛湖新渡頭。青山落荒草,白霧隱行舟。欲雨村楓暗,輕寒晚稻收。楚江足洲渚,浩蕩羨沙鷗。

欲　雪

倦僕行自勸,遡風揚楚歌。山川正欲雪,日暮衝風多。高樹無静枝,疾流無停波。陽鳥方南翔,我馬今北過。自非懷寶士,聖德諮巖阿。英才自龍見,狂簡夫如何。

雙廟岡二首

雙廟岡,忠孝路,古人忠孝今豈無?躓足多因名利誤。郵亭廟貌雙堂堂,枯木寒鴉幾夕陽。張許聲名香萬古,至今尤説文天祥。文山過此,題《沁園春》一調,枯木句即其語也。

雙廟岡,古今路,古人曾蹋今人路,今人蹋著古人墓。來車去馬不得休,我非名利何所求。蒼巖緑壑自長好,肯令李白慚丹丘。白游長安後,乃有《思元丹丘》詩。

始　雪

同雲罨白霧，遠結青雲端。試飛數點雪，來報關河寒。侵晨略盥頮，過午未暇餐。反披子陵裘，不把子陵竿。呼兒一啓齒，畏路聊爲歡。

急　雪

急雪度關山，横飛拂馬鞍。到村篩漸正，著瓦白猶難。望遠春煙似，褰帷夜色闌。主人前勸酒，風噎不能餐。

南陽述懷

驅車日北邁，日日皆北風。沙塵净雪後，短晷逼嚴冬。行行南陽近，褱古思隆中。血戰荆益間，廿年無挫鋒。秖今東南鄙，何地非煙烽。客從巴陵來，告述何悤悤。兵家尚隱秘，他説又不同。王師亦已老，彼寇仍未窮。每思服闓獲，再起諸葛公。時玀犵助亂。永清四海内，談笑百歲翁。我病卧桑麻，秉性甘愚慵。有司迫上路，夙夜增怔忡。銜恩冀知己，丘壑許微躬。援毫疏短句，故里膺深衷。

晚晴望積雪

浮雲罩積雪，雪上又出雲。白石還同色，流泉渾不分。林枯煙火散，日入晚霞熏。極目群鴟外，南天正戰氛。

山　店

中州流冗甚，盜賊莫應多。孤館嘗停燭，荒村夜打鑼。寒雞啼太蚤，賓雁晚來過。只恐明朝雪，關山更轗軻。

應山道中

黄沙吹作雲，白霧變爲雪。登頓多嶔崎，我馬骨欲折。宿灰揚野燒，層崖默積鐵。嵯岈根石間，半日蹶甲裂。山頭前朝砦，民賊迭爲穴。聚散三十年,念此腸内熱。穿林見微徑,茅茨隱櫧葉。乞湯暖手足,就視煙爨滅。大道何蕭條,民貧苦難説。環堵多遷移,啼鴉坐嗚咽。

望胎簪

我望胎簪山,爲憶胎簪子。斯人不重遇,蔓草風已靡。當時空同生,雄挾鶩莫比。二女不同行,蛾眉妬如此。嬴娃非一態,何用相譬訿。合之則兩傷,離之則雙美。燦燦迪功郎,深精六朝理。天禄棄子雲,風流落金齒。作者雖不多,馳驅服先軌。寥落仰莫承,停車一徙倚。

渴　河

春水亦難測,經冬車馬過。頽沙埋倒柳,碎石皺微波。紫棘田疇少,黄茅犲虎多。未知身好在,莫問路如何。

武陽關

武陽關路前崚屺,路長僕子行且歌。山根落石疑虎伏,老樹寄生如鳥窠。

王程得邸報限期。

王程遂有期,跋涉逾偃蹇。晝行步尺蠖,夜卧縮寸繭。夙昔惰窳成,貪酒筋力緩。烏啼緑牕閉,爨汲井華晚。扶痾冒霜露,雪淩增慘澹。解鞍日入後,燒火中夜飯。虚名動天聽,臣罪真莫逭。裋褐蚤歸來,朝班豈堪點。

聞河凍

關山雨雪客行難,冰斷黄河百尺湍。草野豈知王憲急,聖恩惟望簡書寬。眼花連嶺雲中樹,骨折磎橋馬上鞍。却憶柴門高不掃,此身僵卧媿袁安。

雪　止

雪止見孱顔，層巒接九關。望中青隱隱，莫辨是雲山。

明港驛月夜

明月升東嶺，清光下滿簾。圉人歸雪厩，獨步立風檐。酒力愁難減，醫方問屢添。長宵不成寐，舊韻且重拈。

流民四首

狼跟持兒女，逋亡狀可傷。空勞携釜甑，逐地乞壺漿。土竈留蓬壁，樓車棄路旁。明年如有歲，漂泊可還鄉。昌云：可者，疑之。

南服生兵火，中原困餉糈。太平惟望歲，寇賊可徐除。郡縣愁開墾，君王問羽書。尋常曾委積，莫只緊軍儲。

凜冽歲雲暮，荒涼道阻長。兒童問爺媪，今我向何方？河北粱粗熟，江南戰未央。縱令恒産失，切莫濫流亡。

草間誰少婦，見客小遲留。車下風鬟亂，回頭尚自羞。揜藏寒粥飯，包裹舊衾裯。多少離鄉妾，紅妝笑暮樓。

感　事

讀書悲樂土，講易警履霜。我行朗陵野，目擊心内戕。祲歲一失所，草草之他邦。布衣尚完潔，神色已傖囊。誠恐水旱接，何以支死喪。上負軍國賦，下無兒女糧。議蠲既不實，派賑徒空名。誰將閭井苦，灑血陳明堂。皇仁等覆載，拯救非一方。嚴吾外士馬，寬我中邊疆。元逆怖天威，顛隕先滅亡。餘兇必蝸蟄，歲月聊支掌。巧遲兵所賤，拙速道豈臧。臨碪緩蕭斧，總爲蒼生傷。

確山遂平道中

路傍莫種田，種田還是路。群馬散亂來，雜軌縱横去。連秋況水旱，民逃客難住。野豆落草間，迷離走饑兔。田租一以逋，牽連到親故。裹頭見貴隸，欲愬逢彼怒。不見催符來，府吏紛若鶩。殿最郡主愁，愚民爾能悟。

龍駒行

朗陵道上紅塵趨，喧傳天廐來龍駒。繡旗十隊紛前驅，鞶纓禄象貴不如。玉山之穗可芻秣，卧以五色番氍毹。蓮花鍐鉈蓋嶽顱，玲瓏鞍轡七寶俱。天人牙帳軒勇氣，蹴燕秣越如飛鳧。中原車騎忽滿野，百萬驊騮盡南下。風蹏蹩蹋神鬼愁，跑嘶欲震長平瓦。漢皇開邊來渥洼，唐宗十驥功堪誇。鄧公竊愛大宛馬，見杜甫《驄馬行》注。汾陽特賜獅子花。即今此馬非凡種，銀潢天駟光芒動。脊間溝血流真珠，夾鏡雙瞳摇珌琫。建功神駿不在多，人間凡骨徒駊騀。龍乎龍乎幸努力，洞庭千里騰煙波。

郭店題四皓圖

皓首商山老，何繇到廟廊。行藏中自定，感遇亦何常。晦跡同黄石，神交奈子房。酬知先隱去，芝草正煌煌。

河南嫗

河南多老嫗，奇醜固無比。莫測其因繇，訊之蓋有以。炎運末遘患，流賊亂天紀。姣娋繫馬頭，仳倠棄村里。及至國家初，嫁夫有兒子。今年五六十，辛苦事生理。數錢賣麥飯，吹火作餅餌。秖知垢蔑涽，豈解靧沐美。物有醜爲貴，萬事率如此。寄語新少年，紅顔勿爲喜。

鷺　鷥

乍喜見何物，港邊雙鷺絲。向陽冰尚淺，隔著看魚兒。

西平道中冰文作花

短日揚冷光，冰花見風力。剥蝕水草形，天然匪雕飾。深溝堅到腹,十日消不得。嘗愁滑馬蹄,復恐遇坼泐。桑枝鳴蕭條,仰視羲馭仄。昨宵蓄風威,月暈缺在北。荒壠無來牟,空村有荆棘。廿里西平城,客子宜蚤息。

臨潁作

從西平取道郾潁,將出汴梁。值郡縣遞送岳陽戰馬,自祥符至確山,斷續數百里。僕至潁止舍,群馬適來。在外殘雪初盡,明月在天。夜之方中,商音四起,皆邊徼之苦調、燕秦之勁聲。欻亢乍隊,短吟不長。四子之禽暮號,九寡之婦曉哭,殆無逾此。昔漢壘楚歌,敵姬伏劍;晉陽長歗,羌寇解圍。音聲感人,亦云至矣!撫枕而聽,遂寫於詩。

牧人守明月,中夜唱邊歌。歌罷還相歎,關山離别多。馬嘶煙草地,營隔洞庭波。願得除烽障,從今罷荷戈。

臨潁道中

前村試借問,行李可能安?米麥今年貴,茶湯欲辦難。空原風莫莫,落日樹團團。蚤晚流民返,寬恩望縣官。

高　樓

高樓何峨峨,峨峨立中野。即之更無人,老鵲翻古瓦。穭麥生井旁,破竈依牖下。嚴風四面來,日脚白灑灑。聚落既不存,神叢久無社。松柏失青葱,塵埃化爲赭。孤煙更何處,躑躅停我馬。樹下兩三人,將無翳桑者。

落　月

月落不到地,清光先自收。霧高方掩鏡,雲蝕欲如鉤。秋晚始遵路,苦寒方未休。冰鬚彈復結,塵襟拂更浮。少壯遘憂患,東南非浪遊。悠悠不相識,豈解長上聲。年愁。

鵶

獨樹一鵶語,今年人事多。貲郎看總去,計吏又來過。野少覆車粟,田無遺秉禾。中原果蕭索,雪淩更嵯峨。王山長云:起句下皆作鵶語。

開封道中秋頗熟。

遥村薀曉煙,冪冪如春雨。梁州歲差熟,稗麥先出土。流民鮮北至,驅除畏官府。奈何優渥餘,不救焦枯苦。譬若東鄰孤,抱乞西舍乳。一七足生活,誰能不哀楚。諸公富經濟,此事吾不取。破屋防乞兒,何云守筐筥。

開　封

當年灌汴京,河伯太縱横。崪怒高千尺,哀號葬一城。普天逢壞劫,就地起刀兵。日月從兹改,山河遂盡傾。洪武北伐駐蹕,升爲汴京。建文三年辛巳,河决灌汴。天順五年辛巳,灌陷北門,遂降爲省。崇禎十四年辛巳,小决。十五年决,城盡没。中原會風雨,光嶽舊精英。節叙還歌舞,興亡述老成。華胥録何夢?樹下輟誰耕?入市花經眼,停鞭酒送行。不須憐物色,好在問蒼生。神水年年徙,金堤費玉牲。

祥符道中

已老山林客,征途事苦辛。如何造物意,不使有閒人。秣馬向中夜,登車未及晨。那堪霜雪重,添病在風塵。

黄　河

居人掩閨卧,客子裝已發。殘蟾挂樹梢,老犬吠牆窟。鷄鳴奪頭渡,蹀躞不得歇。且喜冰未堅,帆檣坐超忽。中流指黄雲,旗尾南向揭。圪濟無風濤,神宜報肥腯。鼓聲金龍廟,碧瓦高峼兀。相傳趙宋臣,葬此懷沙骨。祀典易代存,千秋豈能没。惜哉史氏遺,事蹟莫可核。俗傳金龍大王名謝緒，宋南渡死節者，碑載其事。今復增水神，並大王而五矣。一説地名荆隆口，俗誤。

渡河已，與兩兒燒肉野飲，烈風作

野火炙牛肉，班荆傾酒瓢。須眉看若此，行旅太蕭條。樹上冰猶結，河邊雪未消。狂飈驚頓作，聲甚海東潮。

津　吏

黄河本官渡，何事呼舟遲。津吏磬折前，敢愬長者知。修船未及已，萬馬臨河湄。羽書急風火，不得少逶迤。此馬西北來，駿足亦易疲。餵養一失所，賠責在有司。小津浮梁過，大水舟檝施。疾驅渡河去，出境心則夷。馬爲三軍命，愛重非過宜。禡牙亦有祭，冬官亦有醫。馳驅何足貴，當敵乃見奇。騂騄一已建，駑劣還追隨。哱螺數聲動，號令山不移。衝鋒視礮火，奪將指麾旗。呈材若猛士，決志報恩私。食人幾芻豆，致命成功能。音宜。舉手謝津吏，君言良可思。驥德有如此，壯夫胡不師。

輿中卧病入濬縣，望紫金山不見

黎陽本巖邑，雨雪獨逢年。雞犬閒行啄，車牛頗肇牽。土風類陶穴，沃野總畇田。入廓廂房少，逢村廟宇連。廟宇，見《史記·封禪書》。門攤來籠貨，叫唤半花鈿。歲暮忙兒女，時豐看市廛。馳驅到畿輔，旅病轉迍邅。正好摇車卧，翻同警枕眠。加餐方味別，訪藥歲時遷。玉女脩真處，仙蹤若個邊。

寒夜懷山中諸子

酒薄不成眠，裘衾冷如鐵。海素漸籠牕，殘燈將就滅。去年巖阿人，高枕茅茨雪。生平竹林意，不向諸君説。賦詩亦偶然，敢同作者列。頭白未著書，歸來尋禹穴。

過滑縣

城池古帝丘，滑水納群流。原燥偏宜麥，民勞幸有秋。雪晴天色正，風定晚煙稠。一統前朝盛，燕雲十六州。

竪　儒

江湖一竪儒，貧賤老狂夫。六十無聞見，行藏敢漫誣。白頭風木痛，青鏡歲華徂。慚愧山中客，蹉跎入帝都。

酒癖删前戒，妻亡斷後婚。性因宜草澤，夢不到金門。饑烏下平地，行人登古原。踟躕傍長路，鬱鬱共誰論。

十一月二十二日午，内黄道中眩墮車，右肩骨斷。大尹李以理子爕騎馳三十里過慰，榻上口占

折肱聞叔子，斷臂有神光。二者吾非偶，遭逢事異嘗。登車良慘澹，中道幾徬徨。擊目愁民物，微躬詎毁傷。奇肩幻山海，蟲臂述蒙莊。已自捐雞肋，何時復鳥張。遠承仙令問，惠寫葛洪方。命駕過存密，寒燈接話長。不材增擁腫，多難習凄涼。骫頓今何用，皇恩放故鄉。

養病大名署中，立春日口占和思葊韻復聞十一月某日聖旨

墮車僵卧逾半月，門外馬嘶都不聞。已作墜街瓦學士，誰爲木手李將軍。河邊冰響風開凍，雪後春生日破雲。有詔未容徵士卧，長安車馬正紛紜。

白茅堂集卷之二十

己未康熙十八年

發自大名縣，是日大風沙

風霧蓬科轉，驚沙迭坐飛。"孤蓬振起，驚沙坐飛"，言振而後起、坐而復飛也。孤城中隱見，杲日外光輝。愁病春難療，鶯花興轉稀。但逢村釀好，隨地拂塵衣。

成安道中群兒

看客群兒喜，斑襴製作成。乾坤方長養，寇賊莫縱横。凍鳥春知起，清漳水漸生。京畿師律整，秣馬不妨耕。

邯　鄲

邯鄲大道長，絡繹出鮮妝。皎日鄣紅袖，春風滿白楊。醉游金勒馬，華館玉甌漿。花鳥思三月，樓臺隔女牆。有無留幻蹟，到處説黄粱。作會邯童喜，題詩賈客狂。叢臺今寂莫，園墓總荒涼。日夜西河水，無心送夕陽。

邯鄲旅夜

蕭索盧生夢，千秋詎未休。我來但高枕，百尺且登樓。市柝時驚馬，南茶不計甌。風威起中夜，城上誤更籌。

沙河烈風

午日忽不光,衝飈溷清晝。霧作五里昏,沙驚連岡走。仰觀若華滿,倏變蕉葉瘦。不有踆烏災,將無麒麟鬭。行人苦何似,坋糞相雜蹂。車馬曳蜣螂,形容醜蝯狖。牛溲漬馬通,焚輪舞臊臭。口鼻盡遭汚,眼耳幸不受。蕭疏半短髮,塵土行未够。安能出埃坱,去與浮丘遘。洗頭玉女盆,礪齒神漿漱。古有御風人,敻哉列禦寇。

自沙河至邢臺

沙闊邢臺路,周遭似雪明。日斜風有影,春淺淩無聲。旅次頭添白,天邊月又新。老來肢忍廢,瀕死坐浮名。

墐户仍留牖,桃符總换新。舊畿原氣象,父老尚真醇。累月愁爲客,長年病著人。誰言當聖世,園綺不稱臣。

趙魏三分地,金遼百戰餘。山河原混一,聲教舊車書。草樹高平冢,風煙鉅鹿墟。興亡吊今昔,伏軾但長嘘。

未覺篴輿穩,難勝病骨勞。裹創肩右袒,側帽首偏搔。野曠牛羊放,天清鵝鸛高。試乘風色定,緩緩過平皋。

郭巨廟

郭巨埋兒處,千年廟貌新。地留愚孝蹟,天與困窮人。古栢微存翠,寒鳩懶報春。王侯多壠墓,荒草卧麒麟。

河　朔

七輔雄河朔,緐華接帝鄉。吴羅牣燕市,北妓半南妝。將帥論功峻,杯盤屢舞長。何人工諷諫,聖主誦長楊。

沙岡行寄李東皋

北風吹沙作波浪,沙深馬牛力難上。僕夫攘臂相歔呼,争前十步不一丈。車輪衮衮塵蔽天,鐵轊革袛愁未堅。東皋老人定無事,倚杖空山候杜鵑。

豫讓祠

橋下乞兒匿匕首，大國上卿馬不走。骷髏溺器生紅腥，𦊅宮怒魄應牛吼。斫衣三躍呼蒼旻，老讐神血不在身。陸沈三版禍太酷，水鬼跳訴黿龍嗔。夷城滅族暴易暴，不恨中行惟恨趙。詶恩有異何足疑，國士待臣國士報。風從坎上寒滄涼，千年神火焚空桑。雄魂髣髴挾長劍，日暮靈旗回晉陽。

趙州老人年九十六。

神宗赤子皆七十，如汝老人今更稀。人間肉譜李守素，海外胎仙丁令威。遠祖曾傳靈壽杖，新朝不脱水田衣。自言親種橋東柳，已見孫枝四十圍。

麥　科

麥科風漸肥，鹵地夜回濕。冬乾未爲患，秋雪已得力。西山饒水泉，耕溉出玉粒。溝洫苟復行，豈仰南漕給。刑書與丘甲，王制久已熄。趙襲武靈風，秦誤商鞅術。後來更争戰，庸調輒非一。所説在富疆，而民轉愁瘠。禍本從驕奢，漸積成僭逆。滔天有藩鎮，流血滿郡國。清源慎名器，民牧宜切責。上以廉耻風，下用勤苦食。黄金可糞土，制梃撻堅革。君莫歎天時，人事良可惜。

滹　沱

此地名危渡，逢春水驟生。遠從雁門塞，來繞卧龍城。落日無邊白，長風自作聲。太行峰北向，都拱舊神京。

南信二首

南信久不聞，賊情黿如鬼。羽檄晝夜飛，帳殿封片紙。邯鄲抵宛平，夾道一千里。快馬馳健兒，跳踉黄塵裏。有倅來黄州，三問方啓齒。苦訴軍需難,民貧欲枯髓。環瑱古所禁,粟秸惟稱使。但除餫餉餘,野贊纓拾矢。攻圍今幾道,取用固不訾。内顧金錢空,外仍泥沙委。民勞傷天和,寇攘恐中起。敢問常平倉,儲偫今有幾。

物情苦不齊,今貴昨尚賤。賤傣而貴徵,蒼皇豈能辨。官胥敢作慝,王令有嚴譴。鬢插一文錢,乖崖親用劍。食多生者寡,賊去民亦散。所奪多空城,將軍猶野戰。采木必在山,豬水必因澱。誰能富國家,不仗民力羨。

定　州

往日中山郡,防秋倒馬關。昔人征戰死,今號髑髏山。令節逢簫鼓,春風出黛鬟。冶遊仍若此,回首淚長潸。

栢鄉光武廟廟前兩石,形如人中斷,俗傳光武所斬,書生王楷碑焉。又臨城縣鵓鳩井,亦云沛公避難處。

漢代興王蹟,流傳恐未真。英雄不妄死,帝業且風塵。智井雙栖鴿,荒祠兩石人。書生偏語怪,碑版立嶙峋。

夢邗溝

正月無啼鳥,垂頭惱拙鳩。一旬行上谷,昨夜夢邗溝。春望聊沽酒,寒深已破裘。若非天子詔,容易到幽州。

觀　燈

上谷獻歲寒未減,榆火初鑽試煮冰。燕姬對月慣沽酒,楚客朝天來看燈。紅粉坐車南國麗,黄衣騎馬喇嘛僧。昌云:音辣麻,時語紀實。家山煙燧知何狀?病怯春杯强自勝。

見歌舞

江楚衝龢地,兵戈更幾年。别離春色外,歌舞戰場邊。帝里風光好,倡家結束妍。但除征戍婦,樓閣盡神仙。

保定

幽朔無兵事，莊徒在在閒。日高清苑樹，春度紫荆關。角觝呈新伎，魚龍舞百蠻。今朝燈火節，駐馬一開顔。

兒女鬧元宵，陳其年云：正白大方。相沿自歷朝。花燈太平鼓，風月美人簫。寶馬回金勒，優僮試舞腰。冶遊莫歸去，盡意騁春嬌。鐵鞚小鼓入暮亂敲，名太平鼓。

安肅蚤發

皎月金樞落，榑桑曉日升。鴉聲翻細影，鴨嘴破春冰。殘睡猶留枕，前村正衍燈。小山松桂緑，一夢一回登。

高碑店故老述舊

我昔遭寇亂，屠戮城郭空。從容免鋒刃，奔走翻路窮。肌膚裂荆棘，蟣蝨窠髯松。風煙怖鳥起，四顧逃深叢。欲渡河無船，叫號笭箵翁。十號九不應，煙火生喉嚨。碎首老貞節，扶掖攀覭髳。沿溪採枸蕨，聊奉飢腸充。盡室既南下，反戈逢内攻。殘貂既續狗，一馬難成龍。蕭條返泖澱，痛哭辭江東。擬從先兆側，羸送王孫終。脱葉不綴枝，死草無華風。折肱謁天子，汗脊慚群公。丈人述喪亂，約略奔波同。白頭頗忘事，回首心猶忪。聖皇御寰宇，惠澤及昆蟲。東南不足慮，神武方優容。殷勤教兒子，努力事春農。乾坤正整頓，四海同時雝。

元夜月

煙花勸客嬾留連，村酒沽來困頓眠。簾下美人簾外月，冶遊今夜定誰憐。

涿州雪二首

河水琉璃澗，雲山鉅鹿長。燕圖傳督亢，平去二聲。漢裏指樓桑。先主香燈在，華陽蔓草荒。偶來馮弔客，風雪過良鄉。

連月晴光好，渾河凍未開。春寒住流水，密雪凈浮埃。走馬驕鬖鬖，當罏喜醱醅。遥思故鄉樂，玉笛吹江梅。

喜遇梅耦長于施愚山坐上，明日耦長以愚山詩卷索和，是日始能力腕，次原韻

風幔晴初捲，銅蟾凌未開。正愁羇旅寂，忽報故人來。老我林泉客，如君天下才。千金值底貴，肯上郭隗臺。

送葉道子之任濟寧

易州美酒玉壺傾，二月都門送汝行。正及落花鶯語亂，不傷芳草馬蹄輕。山東近日流民衆，淮右連年水勢横。充國屯田真第一，乘閒聚米細談兵。

春分前累日大雪，岳州捷報至。又聞蠲江右逋賦姚給事締虞請也，書示山長，康伯同賦

燕京春色真可惜，六街九陌曇曇日。夜來黄霧移疏星，比曉城中雪一尺。去冬幽都雪霰無，中州九月冰載途。更聞閩粤海欲凍，老榕坼裂離枝枯。邇來地氣有如此，東南飢民復何似？詔書盡放滎陽倉，役夫愁絶黄河水。昨夕捷書來洞庭，歡聲一日騰神京。天子御樓親受賀，群公執簡更譚兵。聖人不用歌黄竹，路上還多負薪哭。但令四海升且平，此是九天珠與玉。豫章逋賦愁多年，一朝大賚皆與蠲。羸瘵淚滴漢文詔，滿朝盡説姚崇賢。我來非索長安米，敝裘僵卧依然是。獨此聞之不勝喜，更誰高會聚星堂，爲我將詩傳一紙。

附春雪呈大人兼答舒康伯先生　顧昌

長年不合身爲客，眼底離奇换春色。去年旅食江夏雲，今年遠對燕山雪。燕山雪花大如手，長安紛紛勸春酒。朱門豔舞不得停，紅罏煖炙金盤走。我來長安高閉門，雪風不厭清心魂。杞中老人慮天墜，憂時兀兀窮朝昏。門前剥啄提壺使，鼽鼻蒼頭問誰是。手開絲絡疑

酒瓶,發緘乃是舒君字。舒君雅意特好奇,有酒不問問我詩。墨膠筆凍指欲直,天寒索我枯腸爲。只今可喜書中語,昨夜籠童擊天鼓。黄門泣訴鄭俠圖,詔書軫恤流民苦。吁嗟黄門真古處,此中更有病袁安。曷不求恩放歸去,呈嗟黄門真古處。

撥悶柬王山長

市酤難貰典春衣,衚衕泥深晝揜扉。昌云:京師小巷曰衚衕。按《説字》:衕見《説文》,通街也,又與洞通。《山海經》梁渠之山有鳥名嚣,其音如鵲,食之止衕,然則衕非近代俗字。《南齊書》蕭諶等引兵弑鬱林王于西弄。注:南方曰弄,北方曰衖衕,則北魏已有此語,蒙古國語作衙衕。雲外已聽南雁叫,槎頭思釣魴魚肥。敢將白首隨朝請,正冀青春作伴歸。兵馬漸西巴峽定,故山桃李更芳菲。

潭州王岱今詩伯,仕路浮沈感二毛。弟子曾持三鱓獻,門牆兼集五陵豪。王官武學教授。自知歗傲憐予共,莫以身名哂爾曹。南望長沙春色遠,三湘風物且旌旄。

喜遇邵子湘,知故人蔣頴揆老病兼傷,簡萕楊公

自識蘭陵邵子湘,枕函嘗秘蔡中郎。上來潮信孤山轉,東去江聲鐵甕長。楊氏草亭猶未改,蔣生竹徑莫教荒。雪天遇汝長安道,驚喜還流淚兩行。

雪夜懷友

西山數點雪,一夜滿長安。念子披裘客,北風江上寒。懸知馬首南歸日,倘寄梅花春已闌。

簡孫豹人兼示許先生。先生崇禎六年舉人,康熙九年進士,山居又十稔,今同孫布衣召至普云:許先生自俊。

與君行年皆六十,君髪全白我猶黑。舊日交遊盡老蒼,長安少年好顏色。九衢車馬轟如雷,相逢握手黄金臺。松雲不散夢長住,杜宇

欲啼花正開。窮年只愛山中趣,草服曾遭猿鳥妬。厭次先生未著書,杜陵老子何曾賦。丈夫山處難兩妍,許家玉斧何其賢。金鑾對罷還高卧,更向金門稱謫仙。

曹正子園亭偶集

一時風雅南皮會,恰有蘭亭廿四人。詩就不須金谷罰,花飛堪作錦園茵。疏狂楚客尋山屐,潦倒先生漉酒巾。後約海棠開爛熳,衝泥騎馬不辭頻。

感舊柬董蒼水

曩君書劍將游粵,取道江干過草堂。蒼水《浮湘集》有"六年前過飲予草堂作"。喚婦到厨親斫鱠,呼兒出塾侍焚香。百年良友能重見,五載深閨已悼亡。讀罷浮湘詩一卷,天南今亦换滄桑。

萬歲山遼始築土山。宋宣和中,汴京築艮岳,每駕幸,群鳥飛鳴,主山者唱萬歲山,鳥雀迎駕。金主移艮岳花石于此,亦號萬歲山。歷代爲游幸之所。

禁城朝日敞曈曨,元武門前望鬱葱。種就虬龍皆繞殿,教成鳥雀解呼嵩。蕭條雲氣來天壽,嗚咽流泉出故宫。歷代相傳行樂地,更無杜宇敢啼紅。

遼后梳妝臺

梳妝臺在龍池側,但過元宵鎖禁門。一自神峰移艮嶽,不堪荒草問梁園。鴛鴦夜雨猶驚夢,螞蟻春風解返魂。南海子螞蟻墳,相傳金遼戰地亡卒所化,年來漸少。何處關情最凄愴,煤山山下淚潺湲。

社日耿篋伯招嘗醴酒酥豚

醍醐潼乳舊曾聞,社日開筵喜見分。今朝割肉多于昔,不獨歸來遺細君。

書康伯卷子有序

康伯出示去秋《九日登萬柳堂不果還飲王山長齋詩》，屬補題。今清明矣，忽思東坡在嶺南以小陽春與客作重九，有詩云："今日我重九，誰謂秋冬交。"然則興會豈有定期哉！山長前有"鶴林七七花空豔"之句，今杜鵑花正開，寄語山長，宜速高會。

晴光已近清明節，見汝去年秋日詩。看花自作我重九，落帽豈必龍山期。厓發杜鵑真爛熳，堂開萬柳正參差。同游不用殷七七，來日携尊任爾爲。

清　明

金魚池畔水初生，玉蝀橋頭取次行。記得徐奇筵上句，五陵荒草不清明。趙人徐奇曩在龔尚書席賦詩："惟有五陵原上草，荒煙漠漠不清明。"坐中有泣下者。

寄諸兒

清明春過半，經眼少花枝。鬱鬱吾真老，星星髮欲垂。風煙回宛馬，露布啓王師。時納西欵，兼復楚疆。且喜長途静，真嫌策蹇遲。筍泥抽謝豹，竹雨叫黄鸝。書帙愁霑潤，匡牀莫動移。釀泉宜此日，鋤圃念諸兒。夜讀能無廢，山杯許略持。歸期吾屈指，花信肯相欺。且買街頭柳，分春照酒巵。兒童賣桃蕚柳條。

赤鷹天寶時申王有高麗赤鷹，名"決雲兒"。弘正間亦曾入貢。

赤鷹渡海何年事，萬里風雲未可呼。殊種浪聞誇黑白，奇毛豈肯辱泥塗。朝霞起處飛難認，獵火明時望亦無。吕紀丹青窮羽族，不曾收入百禽圖。

黑兔崇禎九年塾江進白兔，中原遂多而賤，毛蟲之釐也。頃京師忽有純黑，初亦甚貴。聞更有青黄赤者。

年來玉兔遍人間，底貢初傳出白蠻。天女自然無奸䶮，音汗孕，見

《法華經》。玄妻何日借容顔。影當魄月全成黯，色映朱籠略帶殷。持向侯門索高價，歡呼不惜買千鐶。

曹子清饋藥

韶光閉户惱不徹，況復病痁多晏眠。半紅半白杏花色，乍煖乍寒三月天。藥盌繩牀嘗廢日，他鄉逆旅動經年。世情交態寒温外，别有曹郎分俸錢。

柬佺廬

老我來緇京雒塵，寧都魏叔白綸巾。東園綺里雖歸去，終是留侯門下人。

聽友説邊城

城頭千里目，沙樹雜荒涼。雁起風聲碎，雕來雲色長。貳師曾被困，都尉敢言强。事後書生膽，高談笑武皇。

報國寺松

龍身争夭蟜，音杳皎。鷲宇共岧嶤。骨格真殊相，風霜歷幾朝。翠華曾駐輦，珂路日揚鑣。不見淮南桂，千秋自寂寥。

耿箎伯贈墨原韻

半畝茅齋闢廢墟，蕭閒乞得此生餘。怕參史局隨君實，懶學文園賦子虚。已老終宜題鳳字，從今戒作换鵝書。豹囊持贈君知我，歸注殘經辨魯魚。

三月朔覲保和殿時巴陵獻捷，是日上祀，鄧將軍法駕丁夜出。

王春視朔當三月，一體常參入九重。玉漏漸催高閣鼓，雞聲翻後景陽鐘。豈堪麇鹿隨班箠，自有夔龍位靖共。連日岳南騰露布，山林惟喜際時雝。

出體仁閣二首

星晨曉爛天晏暘，旌旗辨色整班行。天子新開廣文館，賢良對策省東堂。茜英風灑宫桃嫩，碧綫春垂御柳長。宴罷鈞天憶前夢，蓬萊原在白雲鄉。昌曰：先君嘗夢羅公洪先持帝旨召爲欽文院官。

爵柧飛觀鬱相望，龍尾穿行下建章。欄楯幾重通碧落，玻璃一道疊虹梁。掖門馬立嘶芳草，故苑花飛出禁牆。野服何緣到天上，並無三策答君王。

清　宵

僕本山林駘宕人，芒鞋暫蹋輭紅塵。清宵悶對孤燈坐，兩月驚看白髮新。詩到長安惟贈答，酒因多病亦逡巡。鄉園細雨茵蔯緑，挂壁曾留墊角巾。

醉爲友題畫册四首

城穿社穴忍荒蕪，妖夢乘車入也無。鼠子如今都敢爾，何人寫作醉貓圖。右醉貓

略梳翹鬠倚雕牀，小院風微豆蔻香。笑把金針藏綫底，有誰來看繡鴛央？右罷繡

欲界微蟲愛竇開，寒天鴝鵒喜毰毸。看他撩鬬梅花上，鼓翅翻身到地來。右交鴝鵒

深壑藏舟負恐遲，花邊抱膝欲奚爲？莫教錯認隆中客，此是幽人打算時。右抱膝

向愚山乞緑雪茶愚山自製茶名。

薊北春深到貢芽，昨蒙恩賜啜天家。清明門掩黄昏雨，消得宣州緑雪茶。

從愚山得貽上見寄詩帙

榆錢飛送白參差，夢見家園梅落時。連日如癡緣底事，敬亭封到阮亭詩。

曹選人送蛤蜊丁香

鯧魣河豚筍饚羹，江東風物可憐生。薊門一味真堪戀，蛤蜊春深賣滿城。蜊，黎、利二音。

咸地花枝不易生，丁香幾樹解含情。何如歸唱江南樂，散步長林聽蚤鶯。

送耦長游西山，兼致施尚白

名山如高人，相見苦不早。蹭蹬行塵埃，旺暵令人老。帝城眄西北，雲氣白渼灝。萬壑與千峰，高深亂晴昊。崟崎都官裔，束髮富文藻。朝爽拄笏看，逌然起幽討。逌，逌本字。先朝昔傳蹕，不獨玉泉好。紛葩逐春開，落籜隨秋掃。流泉夕陽下，東望舊京鎬。回首天壽雲，旍旛正縹緲。君携錦囊出，得句輒傾倒。我病怯追攀，愁傷夙褭抱。愚山老喜事，健筆天下少。揖山與山語，曠若逢商皓。詩情雕謝客，賦格縝文考。二子騁奇思，冥搜箧飛鳥。倘逢秦宫人，覶縷定難了。吾方整歸輈，還山拾靈草。

送董舜民游五臺，同青門子賦

太原五峰秀，横絶金天隈。俯結大地骨，渾凝元化胎。蔽虧視白日，甜壑藏奔雷。下通崑嵐風，中有壞劫灰。嘗時走陰火，爛若恒星隤。騎鸞衆真至，跨象文殊來。仰攀鐵鏁縋，倒見多羅栽。河聲地底響，月窟嘤冥開。頭陀苦行住，木客吟詩哀。自非智勇力，想像生驚猜。董公天下健，方寸掌崔嵬。首夏襆衾緼，言往清涼臺。高淩帝釋闕，雲漢低昭回。豐隆不敢震，仿佛啼嬰孩。手持玉女篆，口服星官齋。漱氣謝五濁，縱心游九垓。山花拾芝菌，雲頂烹莓苔。奇情發藹藻，微義摝根荄。予方困都市，十日三雺霾。糢糊巾車裏，皺面蒙塵埃。南鄰有花樹，只尺難追倍。風飄榆錢白，似落江城梅。嘉君騁歷覽，愧我非仙才。頗擬淮上棹，東行窺徂徠。

四月三日恩旨宣放

聖德包無外，天恩許遂初。顛危來道路，拜舞下階除。采藥求身健，逃名愧術疏。還山書細讀，食蕨敢言餘。杜工部詩"食蕨不願餘"

諸子旗亭譙別

旗亭一杯酒，磊落萬古心。風塵豈素志，車馬來駸駸。與子雖異鄉，顧盼皆知音。浮蹤雲雨合，意氣江海深。良辰共激賞，爲樂當自任。嬈童出妙儛，絲管何愔愔。中坐起踴躍，南望松竹林。枕書足駘宕，縱酒非荒淫。且聽氣出唱，莫歌梁父吟。各保金石志，敢輕纓與簪。

留贈宋蓼天

獨坐公孤貴，千秋道義尊。樞機宜密勿，摶挽正乾坤。八法科條整，公，前總憲。中臺政府存。瘴炎方拒闢，順逆劇平反。歌頌今祈父，經學老叔孫。學，讀爻。風塵勞物色，月旦別人倫。草野原疏放，行藏費討論。山川間吳楚，聲氣到丘園。冠芾多年棄，煙霞喜自騫。蹔來登鳳闕，晉接喜龍門。雅誼成高會，推襟無俗言。蒲帆南去路，清夢繞啼猿。

答愚山寫別

先生非愛禄，老去本耽閒。流水無心住，孤雲不戀山。會須存直道，莫只愴離顔。我爲虚名誤，形骸困往還。

畫舫清波送，高林鳥哢閒。誰云薄冠蓋，秪自戀雲山。緑酒歡詞客，丹砂駐老顔。江天一萬里，身與鶴飛還。

附送黄公還山施閏章

故人看又去，羈客坐含愁。把酒不成醉，何年同復游。才偏稱野史，名已遍皇州。舊國烽煙裏，休登黄鶴樓。

强起非君志，京華且復春。嬾充虎觀客，閒許鹿門身。冠蓋看今日，湖山讓此人。狂歌自通隱，未老豈長貧。

出東便門至渾河，寄答耦長

榆柳緑纔匀，清陰夾道新。乳鴉飛自喜，沙燕遠迎人。沙燕不巢屋。舊路初回轍，渾河更問津。聖恩深似海，乞得是閒身。

望遠一停驂，岡陵水氣涵。鄉音半楊子，京口大江名楊子。村樹似淮南。畫舫書馮載，青帘酒易酣。佳人隔雲末，愁思滿江潭。

次張家灣

永日修途漸鬱烝，歸舟乘興快先登。試聽一路催晨鳥，且免長安六月蠅。薊苑風雲原慘澹，是日回顧西北，雺氣黑黄甚。漢家宫闕舊峻嶒。只今回首留遺恨，未向昌平謁舊陵。

猛雨聞雷聞是日上躬禱。

一春思猛雨，今日挾奔雷。似向江門起，如從峽口來。仄飛憐稺燕，亂點滴新槐。身是天涯客，愁心亦頓開。

泊天津

海近風雲幻，天空潮汛長。魚鹽當稼穡，蠃蛤足餱糧。水滿鵝兒喜，荷生燕子忙。夜來靈雨過，楊柳弄青光。

夜雨志喜柬秦補念

殘月隔雲白，雷聲猶在東。可能膏澤遍，轍使漕河通。草樹宜宵雨，禾苗王曉風。腰鐮如有用，不怕動長弓。

流 河

北下滹沱水，東來上谷長。夾河芳草色，沿岸棗花香。涷雨波文亂，輕雷海氣涼。天南雙鳥去，極目是江鄉。

雷雨晚來霽，牙檣集暮村。吠漁船上犬，迎客水邊門。市火先星出，歸鴉背月翻。夜高聞鼓角，猶指舊烽墩。

青縣道中見夏雲

斜日照平地，亂雲如雪峰。仙人海嶠出，煆鍊金芙蓉。當春數雨土，黄霧爲昏蒙。楚粤正攻戰，數州尤鞠凶。山左榆無皮，江東焦稑穜。修河衆流絶，漕艦告不通。愍惻廑慈壽，聖人在齋宫。遽下罪己詔，拜上天壇封。太皇太后步禱宫中，上降詔罪己。四月十五日率群臣躬禱，甘霖隨至。清風倏汛掃，布雨鞭靈霳。始覺雲氣正，庶幾粱豆豐。黔黎望蘇息，四海心理同。紀綱肅扆宁，草野皆絣幪。惟當去智巧，飲食安顓蒙。高談儗匡濟，樂禍非英雄。

舟中懷同行南下諸子

扁舟并南卜，雅意喜相知。爲有青山約，誰歌白水詩。長淮秋水闊，六月藕花陂。歸興正如此，清風五兩吹。

重懷施愚山高阮懷

離别動十載，浮生能幾何。新人不如故，舊好況無多。磊落心猶素，山林髮未皤。著書公等在，老眼試摩挲。

京國頭幾白，山林眼自青。君來傳信史，我去抱遺經。講學聞東魯，論詩憶就亭。十年良友淚，更爲偉長零。謂徐緘也。

夜過滄州

渤海稱雄郡，征帆挂月過。問途行地坼，進艇犯星河。得雨高粱起，逢村稚子多。未知溵汝路，流殍近如何。

舟 月

沙岸維舟夜,檣烏月正當。羽蟲騰夕露,水馬喜清光。蘆葉全無暑,檉花亦有香。魚鰕雜湖海,風土近東昌。

東光道中

岸曲船頭轉,帆開幾葉蒲。今朝風迅駛,昨夜月模糊。短草閒耕犉,殘陽蚤螻蛄。可能凭水檻,一棹下東吴。

旋 風

曠野雲生地,殘陽月在天。乾風矗竿角,直上似狼煙。淮渴千艘阻,河流故道遷。東行倘未得,吾櫂止清淵。聞河道阻。

故城道中望雲雨不至

塏爽燕齊地,江淮鑿道通。一河縈若帶,四野望如空。傍海飛霖雨,長天斷蝃蝀。鄭城何處是,前月頓帷宫。鄭城屬任丘縣。三月丁酉,上幸鄭城觀魚。庾信《馬射賦》:"帷宫宿設,帳殿晨開。"

運河渴,仍過大名消夏,由衛河過館陶作

地徑館陶僻,扁舟獨向西。道邊蒼耳塞,水上白雲低。落日無歸翼,晴空有斷霓。丘陵何寂寞,沃野舊青齊。

大名署中呈思蕣

大暑若罏冶,避煩何所之。卧君北牕下,自有清風吹。開軒面緑樹,把酒聞黄鸝。豫擬還家樂,烏巾相對時。

大西波爾都加利亞國貢獅子寶刀歌有序

國王豐阿肅遣陪臣本多白勒拉進,康熙十七年到京。按《爾雅》:"狻麑如虦貓。"客有賦者,寫形未合,酒間代作。

大西波國金天西，金精帶劍生狻猊。兔脣虎面黄髯鬣，頂傍竪耳獰貓貍。貘眉鹿肋尾若犛，騾前雞距名懸蹏。叩爪出火星流鏃，睚眦非怒乃其怡。吮舌蓄意犪不威，人間圖畫流傳非。問程十萬瀛澥迷，雕題璩耳傒官隨。天王華夏聖徇齊，牢籠四裔如醯雞。太常典禮紛鑾儀，侏㒧拜舞暾丹墀。大食寶刀何足奇，裝房鋥鏤賤象犀。爥銀火玉金鎕銻，百斤一尺青頗黎。聖人垂拱恭默思，不寚遠物姑柔綏。付之虎圈外庫司，臚卿法譺齎將歸。上尊抬羊三個髀，酌之靁醽金留犂。宜春輦路芳草萋，上林陆囿㾏不恢。晾鷹古臺駒佽飛，習戰不鑿昆明池。侍臣揚馬無所爲，羽獵不賦閒毛錐。乃召太史咨九圍，邛筰白狼能賦詩。兩階千羽八佾躋，自歌自舞鸞鳳嬉。走翔孕萉無卵麛，四靈郊藪卑巢栖。其餘胎鷇可俯窺，武功遹奏文德輝。代身金人排四陲，旅獒越雉世所希。東方舍利來何時，闉明九首頷厥頤。文康詭狀前祝釐，銀罌器車清廟雚。咊弓愼矢屬國持，賡歌史策萬禩垂，不比張虞贊賦辭。唐初康居國貢獅，命張九齡作贊，虞世南作賦。

庭　槐

官庭六月秋，槐蔭倚南樓。宿雨曉猶滴，濕雲晴未收。蜕蟬鳴帶澀，雛燕語新柔。且喜無猜畏，栖飛得自繇。

櫰　蔭

櫰蔭不受暑，涼颸朝暮吹。清晨花滿地，昨夜雨低枝。隔葉鷽窺蝶，乘陰鶴引兒。吾廬當此月，梧竹更參差。

寄懷徐子星聞自荆州回鄂

隴上辭劉表，幽人遁鷊冠。論交非倔彊，入世總艱難。暮齒燕歌動，朝烽楚塞看。極知林壑小，養拙寸心寬。

頭白經離亂，蒼生尚寂寥。風埃愁萬國，雲物望清霄。嬾慢酬知己，謳歌答聖朝。昔賢懷一飯，處士敢言驕。

聞道王師勝，戈船下岳州。荆南初復地，湖北可寬憂。轉饟能無匱，籌邊遂有樓。幽棲今亦穩，半壁倚君侯。

雨 過

雲攤蛟龍過，炎天蹔夕涼。輕雷殿行雨，皓月洗新光。喴鳥栖難定，飛蟲濕更翔。江湖何限好，清冷到菰蔣。

攻魃有序

大名縣八里莊民郭虎報稱，本月十九日，不知何村人打旱骨，將本莊新塟黄長運屍首，開墳登時打爛。按：西域有屍殍，輒殺一黑驢，取頭蹏分擊，近北俗。遇旱或指野冢是魃，考鼓聚衆，發而戮之，謂之打旱骨。雖冢主子孫不得問，將母椎埋，報怨騁玆，藉口人痾，訛言夜妖，備矣。詩以紀異。

夏杪劇旱乾，涷雨僅濡瓦。秋穀行欲焦，深溝土膏赭。椎埋攻旱魃，讙擊鼓聲啞。異俗本西羌，何時入中夏。凶奸動無賴，扇亂驚四野。朝聞開封劫，昌云：《陳留志》：阮蘭爲開封令，吏報外賊劫甚急。蘭方圍棋，曰："局上劫亦甚急。"夜伏南塘馬。譌言壞風化，律令安可假。刑政倘不修，徒然望霑灑。

夜 熱

鐘鼓傳更短，煩炎覺夜長。銀河無水氣，列宿鬬光芒。饑饉愁鄉井，巴夔改戰場。比聞三峽浪，洶湧出湖湘。蜀水大下，調防甚嚴。

楚地蟬聲唱，江鄉稻蚤收。衡州聞遏糴，川水更防秋。甲胄都如火，罌囊莫暗浮。凶年兵後有，戰鬬且難休。

夜静商聲起，荒城鼓角聞。星摇壁壘陣，月暗羽林軍。蛇豕山猶伏，猨猱性自群。中宵思萬里，轉竄正紛紛。

輸粟豪家易，危疆受牧難。報災聞處處，治理豈漫漫。戰地瘡痍殞，中原骨髓乾。數州新克復，迫切望王官。

旅次憶揚陶雲兼懷令弟芝田

夜氣知秋近，微涼起白蘋。水摇星亂鬬，雲過月重輪。羇旅仍留滯，疏狂漫隱淪。得聞知己好，幸展性情真。

誼執通家舊，情看會面初。竹林依幕府，盪櫛把良書。滌蕩兵戈後，風流諷咏餘。欲知深意在，定肯狎樵漁。

令弟雙瑚璉，文場製作殊。玉堂今獨步，赤管許誰俱。司馬來題柱，終軍去棄繻。老夫三倒後，高譽欲傾都。

七夕熱

七夕當三伏，炎威滿太虛。河梁死烏鵲，月窟爛蟾蜍。大地同烝餾，涼堂狹掃除。小苦堂内屋，狂殺子雲居。王子雲大厦漏不能葺，于堂内苫小屋，自云宜暑。

夜起納涼

竟夜蜩螗苦，中天閣道明。渴雲行自逐，晴漢轉無聲。氣候宜蒸變，炎涼合送迎。田家秋正急，雨澤望西成。

飲何文水署齋初倅大名，服闋重得大名。

少府初分魏博城，重銜恩命出神京。三年父老頻回首，舊日兒童兩度迎。可但韓琦能愛客，魏公玉杯宴客，相傳倅大名時事。誰言何武不知名。天涯兄弟還成别，取次松醪與細傾。

風欲雨

日脚穿雲漏，涼蟬響奏齊。塞垣風母起，河畔雨師低。殺氣迴雕隼，秋聲入鼓鼙。比聞焚棧道，賊火華陽西。聞攻賊褒中。

立秋日雨

驕陽豈無節，秋至中夜雨。攲枕聽樹梢，初如響機杼。清風入欄户，點滴漸可數。晨光微曚曨，粱穗欲輕舉。澶淵近多盜，洹水劫尤愈。郡邑徒彌縫，夸張辟榛楚。郡邑多虚報開荒，不能賠賦者，或相率爲盜。青齊易子食，骨肉化豺貐。須防黎陽倉，豈吝左藏府。毁穰理固然，飄揺慮予侮。何以致太平，年豐破囹圄。

還過内黄，值李以理于道

回車漸南近，歲稔復何憂。七月棗梨熟，涼風禾黍秋。斷蟬連遠樹，落日隱浮丘。喜與故人遇，停鞭一逗留。

老翁吟

老翁童頭牽阿婆，畚鐮在手行且歌。高低齊唱農家曲，婆餅未焦蘆穄秃。君不見直南田地數百城，可憐賊退無人耕。朝廷急選官人去，前日武功更何處。

開州蚤行

白楊墜秋露，蟋蟀鳴草間。久客惜時叙，倦禽思故山。牛羊隨日出，戍邏帶星還。此地粗霑雨，農莊幸少安。

黄河連歲河水爲害，今甚涸。

河伯驕秋水，當年正淼茫。魚龍初欲伏，鴻雁已高翔。屢報沈牲馬，虚傳見鳳皇。訛傳鳳皇見郊縣。何如荅雲雨，與國作豐穰。

車下喚舟渡，舟中仍坐車。亂流難破浪，殘暑尚烝沙。引纜沿灘過，衝風下碇斜。逆風行，有下碇法。來時千斛小，萬馬正喧譁。

臨潁旅夜，與兒昌説史，寄葉四掌院

史贊前王烈，生當不諱朝。上諭纂修《明史》，雖有忌諱之語，亦不治罪。未知論未造，何以附宗祧。蜀漢須非寇，江陵亦繫蕭。廓清歸聖世，直筆可明摽。

筆削今誰秉，綱常準大公。正裁刪義大，礪俗表鍼工。趙裔丁零絶，唐年建業終。莫令濡赤管，列廟起悲風。

狂言興亂世，真僞苦難分。翊戴原群策，譌傳誤六軍。妖尼贋公主，黄帽詐儲君。穆虎休推問，湖陰已寇氛。

捧日乾清正，崇朝選侍移。老成極調劑，奄豎豈能爲。禍劇陳蕃烈，時幾漢獻危。空餘拜杖血，沾灑濕丹墀。

下殿驚熒惑，升階腋至尊。如何天語誤，濫許外臣言。臚寺糾儀注，長秋秘寢門。史書存大體，雜記恐非倫。

神廟承平久，宮庭惰典儀。建儲明詔在，愛子出封遲。挺擊誠無謂，爰書實可疑。未央女子入，不見漢成時。

復社何關繫，東林亦偶名。國家無黨錮，習氣怪書生。孤立元夫喪，危亡節士名。至今江左痛，莫不表忠貞。

大孝惟尊養，乘輿迎太妃。午門回鳳輦，子夜泣龍衣。政府慚家令，皇衷重姒徽。當時泥經術，張桂未全非。

別廟非無禮，承宗輒亂常。春陵宜祀考，濮國只稱皇。太室同鐘虡，明堂配祼將。興都兵火後，園寢並荒涼。興都，承天府。

景帝原居攝，江南謚代宗。上皇還玉璽，南內豈金墉。盛德能三讓，親藩定益封。孝孫惟配饗，典禮盡禋恭。

土木良孤注，澶淵策已疏。奪門非得已，奇貨竟誰居。秉燭南宮夜，鳴鐘前殿餘。扶天功稍緩，愁絕老尚書。

天子雲端坐，長安日下望。寄書秋雁少，移帳磧雲長。復辟曾相許，和親且慢嘗。玉關仙仗入，朝議盡荒唐。

聞説金川變，從亡實幾人。南奔都未紀，西內事難真。顧盼孤臣淚，淒涼芳草春。虛傳不封樹，漢廟有明神。相傳金山口有天下大師墳。

龍鳳初稱宋，高皇未建元。師聲項羽罪，哭臨楚懷孫。名豈林兒斥，碑仍故主尊。欒城非盜賊，舊史可重論。句容縣，高皇帝湯沐邑也。有碑紀年龍鳳，帝討友諒，爲龍鳳之君發喪事與漢高同。錢謙益《有學集》云：寧王奉高祖命編《通鑑博論》，于至正二十六年特記廖永忠、沈韓林兒于瓜步。《庚申外史》以北人紀南事，多所未核。其云風浪覆舟，即沈韓林兒之託詞，所謂君其問之水濱耳。按《博論》當太祖時，已不流傳，但稱韓林兒，非高祖示萬世之本意，且殺宋，主事本疑似。

聖德同天大，南來本義師。烈皇非勝國，御制有豐碑。柱下詢前史，詞官仿漢儀。諸君無鹵莽，垂訓是元龜。

褒貶春秋義，微辭一字中。史官無論贊，歷代失雷同。稽古唐虞典，因之渾噩風。後來誰折衷，臆論豈能公？

野女歎

白楊老樹連岡生，搔搔瑟瑟皆秋聲。短衫大笠荷筐筥，木蘭女兒未嫁人。玄雲潑天如染墨，風雨欲來休拾麥。還家但令釜有煤，身上單衣濕亦得。北俗：拾稷豆皆稱拾麥。

信陽山家

枳刺藤稍接四鄰，尋花秋蝶往來頻。山童隔水收魚笱，野老逢人正葛巾。赤棗青梨都過眼，黃鸝白鷺漸相親。楚天日暮散風雨，無數遠峰來向人。

天中書院汝寧府城北五里，土人云本名二眉閣。三年前太守爲二眉山朱神仙建碑稱朱子，聞巡撫董公將至，遂易今名，毁朱子碑。

天中山下二眉閣，無影塔前朱子碑。高榜署書新刮寫，三年歲月好推移。荒原立馬看雲雨，蒿目當途滿蒺藜。莫以丹砂問句漏，蒼生何計起瘡痍。

太平左道更奚爲？勢極災生悔莫追。諸將下樓孫策怒，一羊能語魏公疑。讀書宰相宜窮理，好弄兒童總未知。講學從來聞白鹿，千秋獨有晦庵碑。

汝南道中雜述

誰開阡陌報新功，白草黃沙處處同。古道多年無舊轍，輪蹄跤入麥田中。

中原物色盡荒涼，落日平岡蔓草黃。且看岡頭人馬影，一般南北往來忙。

私販連艂亦建旄，銅盤錦鏡積官艘。多齎鈔貫啗津吏，寬大朝廷任汝曹。

死馬殭風鬭餓烏，官橋處處有遺芻。樓邊記得櫻桃樹，換却前年舊酒罏。

北來初見白蘋花，一路停車問酒家。客子自慚塵土面，偏他雲鬟賽新鴉。

天目雲深接渾茫，汝南自古亦仙鄉。放歸山水憑吾好，壺裏嘗思費長房。長房，汝南人。《漢書》壺公縣。壺即瓠，俗讀爲壺尊。

廢池懸瓠水溶溶，此處平淮第一功。聞道雞籠山寇解，路人啃啃說于公。楚賊黄金龍平後，汝南府雞籠山寇亦解，時守憲徐公惺督黄州，太守于公成龍平之。

汝　陽

殘月助夜作，不知天向晨。明星閃隴上，隔堡聞雞鳴。鄰家半逃散，苦被荒田征。畸零地畝少，猶得勉笞榜。路有饑婦人，淚面蒙沙塵。棄子啼草間，回視涕縱横。誰家試收養，衣帶題生辰。他鄉得苟活，遑惜生離情。朝廷降内帑，給領宜貧民。司農奏蠲免，利反歸兼并。弱肉則强食，人蟲同不平。拋荒坐何故，佃子良苦辛。私租既輸盡，《説文》北道名禾主人曰私主人。自饜糟糠貧。内顧謂妻子，計有狼踑行。俗作狽。昌云：舊説狽音貝，狼屬。狼後二足短，狽前二足短。狼無狽不立，狽無狼不行。相離則不能進退，故世言事乖頓者，謂之狼狽。按《説字》獸之相負而行者，惟蛩，蛩之負蹷也。狼不必狽相負始行。《山海經》凡言多狼，不聞有狽。《爾雅》無狽。《六書統溯原》狼生子或欠一足二足，則相負而行。然則狼子形或不全者，非有其類也。《説文》犬部無狽，足部踑，步行獵跋也。狼狽者，即《豳風·狼跋》，伯琦《正譌》云：猝遽謂之狼踑，别作狽非，此説不誤。又曰狽，狼屬，欠一足，復誤矣。《正字通》謂狼狽从犬，改作狼踑。迂泥此習，于世俗流離狼狽之説而不察耳。均田頗良法，勢陀豈得匀。分别作蠲賑，復飽奸吏簋。中宵思所以，何策拯民生。反覆盡百慮，不如民牧清。

郭林宗訪黄叔度處汝陽道中碑。

濁世存知己，千秋不易逢。我思黄叔度，時有郭林宗。偉絶龍蛇用，欣然鹿豕從。名山青在眼，無那白雲封。那去聲。

外史名天禄，流傳笑僞書。狂生乏根柢，俗子妄稱譽。嘉靖時，崑山王逢年僞作《天禄閣外史》，輯《漢魏叢書》者妄改之。評予《説字》。著述還餘事，斯人妙卷舒。三公不爲貴，仲舉見何疏。蕃嘗云："黄叔度若在，吾豈敢位三公？"

郾城道中始聞黄鳥數聲，折荷花一枝車中作玩

微雨輕車過郾城，新秋窪地水才清。數聲黄鳥巧相呼，一柄荷花嬌有情。井甃寒泉堪洒濯，瓦盆秫飯解逢迎。葉間珠露能消渴，何必金莖賜長卿。

寄李撿討因篤

虞卿取相易，解印亦不難。公子問何人，侯嬴起長歎。李生關中特，弱冠工詞翰。才名動天子，上殿惟儒冠。君羹豈不美？獨飽非所安。白雲嘗孤飛，瞻望悽心肝。哺烏號故巢，苹鹿鳴辛酸。陳情伏玉戺，拜表辭金鑾。丈夫意氣貴，豈必榮纓鞶。出處果如此，長歌賡考槃。

黄城山

露行心神静，炎熇猶未揚。兩山得交蔭，草木留青光。始見松栢林，迆邐連高岡。磵花雜紫翠，古冢啼蛬螿。日出衆鳥散，跕跕丹霞旁。高下楚關近，經途忘徂長。

羅山道中

八月火雲熱，四野如煙燔。耕牛既賣去，所過多空村。青蒿尚垂頭，何有黍與亹。長河塌砂石，熏爍成病根。流離或客死，道側壘孤墳。旋風就地起，仿佛奔精魂。買刀者誰子，偶語依頹垣。官符未團練，此輩胡潛屯。群行更無賴，藉口求饔飧。覘此得無慮，欲語聲復吞。

羅　山

鐵輪鏗石逕，�入雲松。返照明歸鳥，空山摇暮鐘。澗枯僧遠

汲，沙白虎留蹤。借問安禪叟，何時起渴龍。

纖　月

纖月挂東井，參旗曉更明。胡爲在中路，不合作宵征。帶石看山色，連峰數舊營。嶮聞埋劍砦，地近鄂王城。桐葉霑微露，楓香滴蚤晴。丹砂山果細，白雪浦鷗輕。自愛江山麗，曰歸歲月更。時艱未可料，狼虎正横行。

孝感道中

巉石如沃焦，苔蘚皵絶壁。何時風雨來，一洗蒼翠色。長河無纖流，沙上有死蜮。小舟若蝸牛，失濕行不得。膏澤不下民，皇天有深蠹。豈知三農尊，實掌六師食。村莊出群少，挾梃脅富室。此舉固難堪，何致相殺格。行人腰帶刀，甲仗眼所習。我聞太平民，不識矛與戟。

楊邨喜雨

雨過泉聲落，瀏離白滿山。電雷無處所，雲物轉高閒。便有犁鉏出，須呼襁負還。官家秋税緩，蚤晚赦書頒。

餘　霏

聚散長天雨，餘霏遠弄姿。雲中留勢久，空際下來遲。映日還如漏，隨風忽倒吹。可能霑渥遍，千里出鋤犁。

至牛湖，聞黄郡大旱。有司議抑米價，轉益騰貴，繫憂家口，念徐公相見在即，車中寫懷

行旅來相報，江鄉雨尚無。官民争米價，經濟有迂儒。六月芙蓉死，連山竹箭枯。草堂歸隔歲，杞藕莫全蕪。多病行須息，危途喘未蘇。火雲高鵠嶺，秋水落牛湖。自乞陶潛食，自皆之自。難爲黄閣趨。無才待金馬，不是憶蒓鱸。往者灾雖降，明公善補苴。何當用霖雨，

澂澤及濳夫。

蚤渡牛湖

小雨沙無跡，湖天澹沱長。日威掀浪破，霞態學江光。艀艋撩菰葉，鵁鶄坐淺梁。今年少魚米，藻荇當餱糧。

至鮑店張玉參拜車下

落落張公子，談經每過從。相逢拜車下，喜我到山中。最畏朱游戇，依然曾點風。老懷慕翀舉，可共訪崆峒。

羊蹏山芝有序

漢川羊蹏山，以形似也。其稱陽臺者，音近之譌。《一統志》女郎山，舊名陽臺，在武昌府城西三十里。又陽臺山，在漢川縣南五十里，並誤。己未春，五色芝滿厓谷，岳子起霞徵詩紀異，徐方伯易名采芝。

羊蹏一峰秀，百里瞻孱顔。何人强解事？喚作陽臺山。當時起雲雨，髣髴盤煙鬟。秦精不敢秘，毛女開雲關。化爲三花瑞，高下巖巒間。逍遥起霞子，俯掇矜煸爛。山靈待巨筆，遂有佳名頒。將母甪里叟，近在煙波灣。陸魯望或號天隨子、甪里先生，故村在蘇州洞庭山。煙波灣在漢陽城北，取崔灝煙波江上句，今失其處，或云在漢沔間。昔賢妙出處，後進難追攀。吾慕漢陰老，忘機恣往還。

宋高宗御書《孝經》書有真草賜秦檜者，檜有跋，石刻在今興國州儒學。

趙家天子揚奎光，神霄書畫兼擅長。金題玉躞北庭去，臨安四庫還輝煌。偏安不復思河汴，三十年來號清晏。詞臣侍講資善堂，游藝新開福寧殿。南唐硬黄書孝經，草師衛瓘真黄庭。中官宣賜丞相檜，何似貞觀懸御屏。遺蹟何年作摹勒，卷終小楷師臣跋。西安學宫屏不存，此本何繇在興國。孝經之義夫如何，是君是臣真可嗟。乃知摹勒有深意，千秋垂誡安可磨。西安府學碑刻甚富，相傳有以檜跋《孝經》及韓侂胄書，拓刻者一老儒，攘臂出之韓書，無聞《孝經》。今榻者皆裂去檜跋。

送輪菴歸長洲，次原韻。文果字園公，待詔衡山之孫、中書舍人震亨之子。歲乙酉年十九，棄儒爲僧，以母老反。儒桑將軍招至幕府，仍僧服辭歸。

楓落吴江冷暮秋，騷人一葉趁雲流。竟誰高致稱龍尾，切莫多癡效虎頭。拄我百年笻竹杖，送君千里木蘭舟。客中嬾聽風鈴語，只合吟詩學惠休。

聞地震《邸報》七月二十八日庚申時加辛巳京師地大震，聲從西北來，内外城官宦軍民死不記其數，大臣重傷，通州三河尤甚，總河王光裕壓死。是日，黄沙冲空，德勝門内湧黄流，天壇旁裂出黑水，古北口山裂。大震之後，晝夜長動。先是正月至三月，京師數黄霧雨土；夏，各省告旱。上下詔罪己，令内外大臣各疏自陳。

三春黄霧塞，雨雪并愆期。氣泄中央土，行占五曰思。坤輿愁簸坼，鼇足失榰持。上殿傷元老，周廬踣六師。如何台象拆，不獨極句弛。《天文志》：極後四星名句星，信則地動。下詔真哀慟，陳言敢餙詞。深秋無白露，八月苦朱曦。積歲陰陽沴，中原草木衰。兵戈纏劍外，關塞備西陲。自古安危理，惟須聖主知。

到山園口占示兒

手引兒童笑一回，四山松竹浄無埃。苦瓜食後思回味，傳語山僧試道來。

初出春明梅子黄，到家離藾晚生香。雙峰寺下題詩客，載酒還須縱老狂。去冬北行，紆道雙峰，有"歸來梅子熟，消息問枝頭"之句，今年果于梅熟出都。

水淺芙蓉豔欲流，一尊相對賞高秋。而今無限瀟湘興，欲采蘋花果自由。柳子厚《破額山》詩："破額山前碧玉流，騷人遥住木蘭舟。而今無限瀟湘意，欲采蘋花不自由。”

壽劉菊水

卯金先生有奇癖，愛石不數襄陽翁。風期壘璞略相似，筆下礌硉稱文雄。掉頭錢穀笑銅墨，請急提點宣尼宫。龍門屹峪在何許？扁舟溯浪趨上庸。江行敞克顧兩岸，碍雲石角青覞蒙。開箱袍服置左肘，叫抃拜舞驚奴僮。前年生徒候白雉，甑甎廢峒惟蒿芃。眼前何物可君意？怪石聊作先生供。打頭屋漏不芥蔕，經行得志摩心胸。拈詩但説琢磨趣，講學每寓他山攻。銜辭幕府走郠竹，隔水照見房陵峰。粼粼百尺盡可掇，擱孥欲探娑竭龍。歸來傾筐夸示我，鼉蠵虎豹隨形容。天西采玉鄙勃律，鬱林滿載慚玲瓏。如拳比栗亂皸皵，一一瑩滑非磨礱。瓦盆菖蒲晚牙茂，冷厨苜蓿鼃槃空。時賢嗜好殊不爾，籯金執玉酖鮮醲。燒灰便可伐三醜，豈肯捐躰飴兒童。疑君學仙解辟穀，金鹽爛鬻充飱饔。看君研田頗豐殖，上有三十青芙蓉。明朝揆覽正嘉會，上壽不用稱華崧。長休璚髓值底餽，題詩潑墨來老翁。顛翁石丈遠寄語，千秋石友一再逢。會待初平牧羝起，鞭風把袖淩峌同。

詩句草蟲畫四首

蜜蜂胡蝶生情性

柳綿飛盡日初奢，蝶餧花房蜂放衙。南陌西園各遊戲，不知紈扇妬誰家。

偷眼蜻蜓避伯勞

銅青綃帔細腰支，照水穿花更勿疑。恰是春光濃似酒，枝頭睡殺伯勞兒。

一股蟲屍忙萬蟻

橫草曾經戰幾回，策功群小亂成堆。漢王若用千金賞，奪得烏江一體來。

百須花虆亂千蜂

垂腴大目盡梟雄，也妬春風粉黛叢。玉樹可憐無禁籞，一齊闌入後庭中。

下雉雪柬曹尚白五首

前日風雷苦鬭喧，昨宵雪霰壓頹垣。袁安自是三公骨，怪得人來掃席門。

燕市霜菘壘玉盤，薑牙合嚼水精寒。自從厭却侯鯖檥，依舊黄齏蜇齒酸。

瓢傾甖側太愁生，半字開元使不成。一斗老春新貰得，牀頭兒子與門生。

朝來何客問寒暄，幾首新詩腹自捫。料得撥爐無事事，開牕只看謝公墩。謝疊山隱處在城東湖中，曹寓在墩南。

叉手吟成聳瘦肩，幅巾風雪打湖天。當時誰畫林和靖，小謫風流五百年。

戲題李義山遺事蔡寬夫《詩話》：白樂天晚年愛義山詩，曰："我死得爲爾子，足矣。"義山生子，遂以"白老"名之。長，略無文性。

死生如臂屈伸間，安得人人識舊鐶。總是文人癡不了，義山生子認香山。

曉發富川

明發富川口，灘回舟逶迆。星光雞唱力，昌云：悉力而唱也。雪隔雁驚遲。篷底聞人語，漁燈過樹移。楓香明蚤爨，覺與薄寒宜。

十一月二十二日夜大雪，兒輩勸飲

去年當此夕，右臂已支離。繞膝還今日，扶行慰老衰。寒江來穌鮪，春甖破醂醾。拓舞仍金戟，輕拈許重卮。叫呼狂欲死，潦倒興能爲。多少關山道，羇人憯夢思。

沔陽游雲子贈《天子呼來不上船圖》

青蓮居士真仙人，弢精縱飲期天民。已從竹溪號六逸，復向嵇山眠幾春。當時飯顆笑杜甫，上書賣藥良苦辛。散金擊劍不快意，何緣誤蹋咸陽塵。憶昔開元太平日，白也紅顔方匿跡。伯倫自合老糟丘，賈誼無須到宣室。沈香子亭花晝長，曲江柳絲春麯香。定然長庚渴入井，未是歲星游帝旁。玻瓈醆冷惱環子，笛牀玉手停君王。醉狂作使高力士，何有唾駡黄頭郎。風流千載難再得，游郎索紙開摩拭。屋梁落月揚冷光，似見當年好顔色。鸕鶿項勺鸚味杯，白魚一尺黄銀鰓。輕舠載酒兼載畫，長嘯滄浪偕汝來。滄浪在沔陽。

冬晴，讀《賴古堂詩》

開篋淚霑臆，降心讀汝詩。牕明蠟紙潤，冰動日華澌。每得清新句，嘗思點筆時。年年梁苑雪，詞賦更誰奇。

歲暮述病答即山

遁世非無悶，窮愁泥殺人。數憐知己問，難與俗情陳。雪滿空山夜，風摇畫角晨。今年梅信晚，未寄一枝春。

王霸仍懷愧，陶潛本念兒。困窮愁失學，門户弱誰持。拄杖添腰痛，收書驗力衰。君看鹿門老，有子印纍纍。德公有子名焕，官太守。

自檢平生事，誰知行路難。再登人主殿，三却進賢冠。生理仍馮籍，形骸任控摶。殷勤故人意，書到囑加餐。

梅下偶展《梅村集》，《女道士卞玉京彈琴歌》敘中山王女事，又有《過玉京墓》詩亦言及之。當時通州白在湄琵琶曲彈崇禎十七年喪亂狀，梅村亦有詩。己未除夕前一日書

梅村長句愛不足，前年曾向梅邊讀。今年展見玉京歌，上有瓣瓣

乾梅花。玉京道士春風手,名在平康好姿首。玉燕簪來苑内花,銀驄繫斷門前柳。明年兵火過雷塘,紅袖扳鞍泣幾行。詎有永新歌水調,空憐才子賦連昌。就中細説中山女,窈窕芳年才十五。宫中未進張麗華,門前誰是韓擒虎。吴詩:"當時錯認韓擒虎,張孔承恩已十年。"江南往事異六朝,元夫孤立僉壬驕。何曾瓊樹臨春樂,吴詩:"謾咏臨春瓊樹篇。"秖是金陵王氣銷。錢謙益詩云:"豈有庭花歌後閣,也無杯酒勸長庚。"此公論也。黄旗斗宿光揺炬,紫氣鍾山遽如許。宫牆雨洗拾留離,舊内月明無處所。當時祁阮更何人,盡道南朝獲貴嬪。吴詩:"依稀記得祁與阮,同時亦中三宫選。可憐俱未識君王,軍府抄名被驅遣。"豈止貂璫藏術陌,儘多袿襹在風塵。教坊别録琵琶曲,觱栗吹殘風斷續。白首開元供奉臣,傷心天寶吞聲哭。吴詩中白在湄、姚常侍。孤山處士老清狂,三十五番春信香。狂來索共梅花語,欲按新聲總斷腸。

白茅堂集卷之二十一

庚申康熙十九年

李益三梧桐樹下家僮度曲圖

碧梧如掌新連娟，兩僮侍立清且妍。花前檀板乍一拍，雙聲一氣凌紫煙。流泉娟娟下絶壁，玉戛丁東珠的皪。忽然聽作蘇門琴，有時裂破柯亭笛。游絲落絮春茫茫，徵歌捻管心飛揚。詞中絶妙張三影，格外風流李十郎。可憐海内蒼生淚，謝公莫奏東岡伎。我老嘗貪春晝眠，桃花千樹中山醉。

鉏園暇撿得魏冰叔僖前歲所寄書魏與予同徵，獨得不赴。

萬山容一老，兵後有來書。不赴君王召，真全處士疏。春霜梅蕊放，永日竹煙虚。自愧歸栖倦，牽兒漫把鉏。

兵去，送李因兄之武昌

隱隱旌旗去，江山雨氣渾。孤舟仍緩棹，野店更開門。高嶺牛羊下，前村虎豹屯。輕身入江漢，憔悴任乾坤。

梵閣同僧住，曾無命酒卮。山容懸佛鏡，雪豔俯花枝。老去憐朋偶，春濃惱别離。君逢徐孝穆，爲我説相思。

銜泥燕

來往華堂燕，銜泥故壘添。低飛掠晴浪，巧折避風簾。勇與題肩鬬，輕愁蛛網黏。高樓合梳洗，莫去污香匳。

過　雨

過雨蒼厓濕，貪春立望時。泉聲刻漏水，楊柳相風枝。茁草侵苔逕，新泥怯杖藜。故山花事好，吾意惜園葵。

答龔震仲

前夜月離于畢，向晚雲開一方。過雨池塘盡白，斜陽柳埒初黄。
鳩鳴紅杏欲吐，魚跳青芹怒牙。賣字得錢抵酒，典衣邀客看花。
生理一丘一壑，世事爾公爾侯。嬾開爛斷朝報，不看陰晴曆頭。
籬下菜名嬾漢，林間鳥唤思歸。午夢驚回不記，時人説者都非。

雨雪傲甚，柬方樓岡

愁霖何太苦，雪霰失芳春。百舌藏無語，雙鳩坐互嗔。勞薪車試爨，端木飯難頻。只恐江湖客，翻爲憔悴人。貪禽仍塌翅，野鶴豈多身。世亂憂生拙，長饑敢厭貧。

楊秋屏餽米，徐子星米船亦至，柬謝二公十二韻

沈淫無日夜，竟欲倒銀河。野水連雲長，流氓泊岸多。龍蛇争起陸，烏鵲未安窠。群盗緐青犢，馮誰卷白波。大軍移毳帳，羌父爛豪靴。孤戍廬如蓋，寒城草似簑。供輸朘骨髓，牽挽費戚戩。霧重迷鴻䳄，風淒望駱駝。越甸泥墮竈，横潦陸成渦。敢諱因人熱，曾無裹飯過。白頭青眼在，一劍十年磨。風雅存知己，花前一放歌。

聞大軍由漢中進復成都，疊前韻

去年客燕趙，歸棹阻渾河。赤日高粱死，霾風一路多。江湖紛雁户，盗賊密蠭窠。且喜巴陵定，尤防灎預波。役夫鞋斷廝，廝，《篇海》：音汝。唐景龍中民謡："兩足踏地鞋斷廝。"供吏屝爲靴。厭見星生角，愁占月有蓑。似聞開越嶲，可並下牂戩。即牂牁，今貴州地。艀艦增浮鷁，兵符遞錦駝。唐有明駝使，非邊塞軍機不得發。連檣争破浪，百丈仰盤

渦。急峽千夫喝，江陵計日過。夔餉甚急。鐵橋銘幸早，劍閣碣誰磨。願得無災害，扶藜聽凱歌。

鴉拔麥，簡即山秋屏

舊聞老鴉能種麥，今兹反有拔麥鴉。春田水漲麥根爛，風群千百啼哇哇。短竿長畢逐不去，紫爪亂作忙巴沙。已經大旱少粒食，蕨葛不待生萌芽。榆桐皮盡刨木柹，稃核糲鬻嚨胡嗄。麥秋尚遠菑怪作，高原潢潦成污邪。燭陰火精失炤耀，漏天補窒愁皇媧。日中三足浸不死，分身墮地緐于鼃。去年九烏熯萬里，今復變化胡尤多。蒼生有辠帝當怒，忍令白骨掌枯麻。憯聞西鄰縊少婦，眼見鬻子號衰爺。五兵不足凶歲繼，竊恐疫癘還交加。上元日月血峪赤，中天黑眚來相磨。雨水之祥也。朱門咥笑云等道，持抱珠玉餓則那。老夫食指半百口，經旬爨冷愁如何。監河幸貸柰園粟，故侯難飽東門瓜。祝天雨霽鴉亦去，高塍下甽宜菑畬。大賢爲政定感召，且看二麥飛輕花。

龔仲震攜酒過存，時仲震將之漢陽

雨過園林紫燕飛，海棠落盡送君歸。不堪卧病頻携酒，秖囑春寒莫減衣。人事盡從離亂改，交情竊恐惠莊稀。漢濱樓閣崔嵬在，可許當年王粲依。

壽饒木倩

行年皆六十，相祝豈無辭。冷暖留雙眼，乾坤數二兒。和光鄉黨笑，遵晦鬼神知。何必尋商雒，山山有紫芝。

題芭蕉下團扇美人

枕上昭陽夢不成，起披紈扇繞階行。夜來無數芭蕉露，滴作長門秋雨聲。

池上夜坐

菖蒲割水剪初齊，新筍抽梢葉漸低。露凈游魚争出食，月明山鳥暗移栖。衰年多病宜花政，中酒三更坐竹西。自喜從來無俗客，柴門不用一丸泥。丸泥仙人，方回事。

先生何所爲，答蘇次公郡丞

先生何所爲，我爲公不暇。讀罷陶潛詩，走應遠公社。林間一尊酒，對影恒獨瀉。拔草蘼冬畦，斂菜桑樹下。好雨滄江來，雲气生四野。新松喜得活，修竹已先灑。簿書倘餘閒，緩步擯官馬。不作習池游，山杯尚堪把。

病中喜昆陵蔣俟齋至，訂病起之約，兼柬秋屏

蔣君别我十四年，江上相逢頭並白。音書不寄心疑憂，及見元卿失心疾。自從海國奔鯨鯢，桑田半换星霜移。登樓復鼓長江擂，見《晉書》。老眼厭見旌旄馳。我昔曾家澱湖北，滆西草堂君所宅。楚天雲雨隔湘妃，海畔風濤夢泉客。愛君無恙守丘園，幅巾逍遥湖上村。自分漁火照簡蠹，何人夜雨敲柴門。髯陳驧喝長安陌，其年。青門出關岸高幘。子湘。健董圖書去豫章，舜民。君亦扁舟來七澤。使君握節從潯陽，秋屏。曼纓小隊緑沈槍。懷人賦就但長嘯，明月便可支胡牀。故鄉氿泖枯千尺，洞庭橘柚無生色。入奏誰函鄭俠圖，叩門半乞陶潛食。干戈何地不紛紜，旅穀啼烏吊落曛。秋水尊鱸君憶我，春江花月我思君。還山卧病嘗高枕，苦雨經旬竈觚冷。羹藿難辭百口愁，止酒每教十日醒。就中風雅冠鄒枚，最愛揚雲作賦才。病起便須支竹杖，掃除三徑望君來。

秋屏、樓岡、任臣、頴揆、賡臣過飲竹亭

一亭當萬竹，赤日午生涼。坐久松籟静，隔湖荷荇香。故人來欵曲，林壑有輝光。同作吴儂語，相憐是故鄉。

風　雨

雷聲耕雨急，雲氣著林幽。不謂當三伏，居然似九秋。蓼花隨浪

舞,荷葉受風柔。已報籬根没,高江送急流。

故人龍眠子樓岡來自滇。

丘園趣已遂,疢疾胡纏綿。坐卧維匡牀,不知日月遷。凶年少賓客,況復屏丹鉛。故人龍眠子,貽我瑶華牋。于時苦淫雨,是夕光景鮮。抉開蒼白雲,吐出冰雪團。把君十載作,高唱風櫊邊。坐中鉦鼓動,轞轞東南天。忽然西山雨,飆飄仍來前。得母神靈至,聽子精微篇。投荒過玄菟,浪跡游朱鳶。天心厚荒徼,要使文章傳。麻鞵汝歸來,忠孝益以宣。庶幾風雅末,與子聊周旋。

六十初度,秋屏、樓岡、任臣、俟齋、賡臣集窺園分韻

山中草木閱年華,歲歲長看五粒花。豈意滄田三變後,麻姑來降蔡經家。

誰唤多情杜牧之,當筵唱出斷腸詩。十年已覺楊州夢,一曲清歌惹淚垂。

月明絲管倍嘈嘈,竹塢雲堂秋氣高。欲擬玉山修禊事,尊前恰有小蟠桃。妓名,見先玉山芝雲堂分韻。

負瓢風雨太婆娑,慚愧當年春夢婆。破額山前前後事,憑誰舉似老東坡。

頒揆東下,與三之郢,仲震滯漢陽

青燈不管别離愁,細雨思君江上舟。一水東西分客恨,伯勞燕子各清秋。

今年離恨總難裁,郢樹江雲相對開。苦憶飄零龔仲子,空留詞賦在陽臺。陽臺見前。

又懷蔣卿

楚江迢迢秋色奢,秋宵歸客夢還家。扁舟欲去且未去,細雨落盡薔薇花。秋薔薇,名月季。

毘陵蔣卿七十三，出門捆載皆辭翰。到老還爲衣食累，論交始識讀書難。

秋，楚有譁兵，徐方伯攝巡撫，相幾敉戢，亂庶遄已，步韻寄朱大

傳聞羆虎功無敵，在眼沙蟲怪轉多。隻手斡旋愁氣運，幾年妖孽到人痾。樓頭嘯咏原無事，帳外歡譁敢若何。見説老貔當道卧，肯容玃子蹔相過。

軍事陰符許獨知，毫釐千里辨安危。康莊屢覆悲前轍，敧器如扶忍後時。反側秖看元帥令，指揮先控鬼神奇。自聞藩鎮賢留後，八郡甘心餉六師。

公卿垂問滿長安，近日堪誰大築壇。樂毅有才仍未薦，曹蜍無用不遭彈。饑鷹啄胃恒思掣，野父憂時每罷餐。肯信南州徐孺子，得官將相救凋殘。

病卧江干細雨中，嘗思虎帳坐春風。半囊赤仄難呼酒，幾簏黄精莫奏功。峴水他年須墮淚，深源無事只書空。行吟近有朱翁子，何不焚書論五戎。

友人俶裝北上，徐公坐之冬日軒中，即席四詩留之，步韻再寄

車馬京華似踐更，紅塵牛鐸往來聲。我歸故里尋磐石，君去長安看奕枰。自有黄金憐駿骨，莫輕白璧换連城。何如冬日軒中坐，細落簷花酒對傾。

幾載寧湖適寢興，草橋風雨讀書燈。清宵攤髻嬌通德，長日論詩坐老僧。數雁聽秋過陣陣，看雲染塔上層層。留君無奈春風酒，十月黄河已合冰。

路過邯鄲地氣嚴，酒吞十斛始無嫌。烹來石鼎龍頭蠢，望斷風簾燕尾尖。屋下馬通誇艾納，門邊蠶曲當緗簾。棗兒味熟嘗雖蚤，争及南方諫果甜。

鳳閣龍樓本不遥，泰階平處即青霄。斗回玉勒交情苦，漫把金杯

興自饒。舊雨可堪羈客夢,天風不斷海門潮。馬蹄得意歸來疾,已辨詩筒和酒瓢。

携雨湖雙鯽致友人

鴻雁非無侶,尋常少寄書。風波四百里,携得一雙魚。

友人携予所餽鯽入高觀堂,徐公即席作歌戲答原韻

雨湖積雪一尺强,魚莊蟹舍雲茫茫。老漁赤脚雙罾張,銀鱗癹剌蘆根香。欲烹釜鬵未忍嘗,携來聊當尺素將。何緣尊俎登高堂,紫薇仙人富文章。酒邊摇筆雙眉楊,箟刀細擘飛秋霜。淞鱸槎鯿何足方,豈其食魚必河魴。詩成梅影未過牆,蠟花低印金鳳凰。老夫布衾冰作囊,地爐無火腰脊僵。西鄰破壁匹練光,鰥目不寐看天槍。十月丙午見箕斗間。本因彈鋏來武昌,翻有美鯽充篚筐。使君大笑鬚髯張,才子作事未可量。

高處厚、張石虹携酒問疾,步處原韻二首

子野愁來唤奈何,每餘襟袖酒痕多。相思命駕無千里,春夢勞君可一過。苦竹鷓鴣風外聽,黄雲烏尾望中吪。張衡朱穆皆高士,今夕尊前且放歌。

銀甖頻教細馬馱,一時二妙得相過。短檠蝴蝶燈花落,戍鼓蝦蟆漏點多。坡老調羹名骨董,崔家詩集號婆娑。宋崔鷗有《婆娑集》三十卷。擁爐咀嚼吟君句,忘却寒江月下簑。

步石虹韻二首

氊裘風雪在長安,尊酒論文每夜闌。太史不堪牛馬走,老夫真怕鵕鸃冠。九成埋雘書何事,雙婢瞜燈態更難。篛笠上頭歸去穩,一枝緡竹坐江湍。

張翰聲華動帝京,門留雙屐輙三更。重逢鄂渚清尊下,一别江湖白髮生。未許庾嵩腰自放,僕正病腰。但教文舉坐嘗盈。新詞字字流

傳好，讀書城頭疊鼓聲。

俞將兄弟

俞將兄弟麒麟兒，心孔聰明我最知。敢受兩番牀下拜，實驚雙璧坐中奇。八龍過二還餘一，兄弟凡十一人。説禮傳書更受詩。自恐辛勤養無益，陶潛諸子盡蚩蚩。

黑隱文作《張顛看舞劍器圖》見贈，徐逸萕題長歌，倚醉和之

公孫大娘舞劍器，張顛得之草書理。練光出篋白帝愁，春霧連蜷墨龍起。開元名士真酒豪，公孫玉貌如花嬌。當場看舞不看劍，回風落雪聲蕭蕭。君不見項莊拔箭欄前舞，坐上真人氣如虎。旁觀注目心膽寒，巾拂流傳夸樂府。劍器即漢鞞舞也，以象項莊，六朝變爲巾拂。大娘舞劍但舞神，老顛看舞不看人。黑生作圖舉似我，欲我更看蛾眉螓。鍾山老人氣誼真，題詩許送雲安春。顛來忘却王公貴，我亦當年脱帽人。

毛客山會建移具見過，酒半拈韻走筆和

毛子來相訪，開門引鹿車。携詩吟夜雪，擔酒插梅花。社本枌榆共，客山毗陵人。人如海嶽遐。遠遊心倍苦，求友興偏奢。劉表傾三雅，廷筠賦八叉。含情彈畫燭，半醉側烏紗。屏障書曾遍，旗亭句足誇。爲歡期永夕，城上起慈鴉。

答廬陵趙國子原韻二首

往歲扁舟游左里，嘗聞高士説南州。神仙詭秘東方記，鬼史離奇干寶搜。國子多説名山及鬼神事。去國飄零同夢幻，百年歲月與雲流。楚天風雪愁岑寂，今夕逢君得唱酬。

少年擊劍學縱横，短髮青樽秖自傾。彈鋏豈同門下士，高談每屈老先生。地過衡嶽還聞雁，家隔湘沅苦聽鶯。阮籍不狂人不識，坐中

白眼最分明。

子星送名酒雉兔羹料等物,次來韻

戟門傳箭夜深開,户外高呼送酒來。雪後幾雙新雉兔,春前五味點椒梅。登牀取醉輒爛熳,脱冠大叫無嫌猜。夔州杜二肯寥落,西川節度真憐才。

李鏡月自西陵返武昌,述三游洞之勝,次韻

自聞李益詩中畫,似讀王維畫裏詩。洞口花溪無客問,雲邊鳥路少人知。徜徉清夢遊天姥,仿像磨崖續漢碑。何似西陵身到日,穿蘿躡磴一探奇。

歷盡東南澤國奇,巫山西去接三危。近聞蜀道還開闢,尚有秦人借嶮巇。樹杪白雲凝似雪,花間清露舐如飴。吟成謝眺驚人句,絶勝蘇門獨嘯時。

曾展圖經説二陵,空聞白帝未曾登。題詩君到三游洞,選勝予思萬壑冰。谷口寫雲飛鳥避,厓前拍手老猿譍。向長五嶽平生志,聽向樽前喜不勝。

朅來羈旅詩偏好,老去名山興倍增。行坐自携騈竹杖,興衰嘗説六朝僧。天風過帽顛毛禿,春霧霑衣瘦骨稜。不似虞卿愁著述,一生心事苦儋簦。儋,都干切,訛作擔。

立春夜柬子星邸報王師已下滇。

青陽仍自斗邊回,紫殿新頒鳳曆開。且喜皇威收遠徼,不須雲物望靈臺。閣鈴戍鼓東風送,爆竹燒松午夜催。見説風流賢使相,頒春馬首插江梅。

聞子星緩步行春,是夜皎月

春光漏泄煖初回,雞勝流蘇萬户開。半日和風移綵仗,一天明月照樓臺。玉簫奏處歌聲細,斑管停時酒令催。緩步不妨携父老,肯過

處士一探梅。

友人送炭

江城價重雙烏銀，主人無計炊勞薪。天風稜稜欲下雪，梅蕾粲粲將開春。提携滿籠鵁鶄色，絶勝雕繪狻猊蹲。却憐東野有佳句，暖得曲身成直身。

雪夜書贈游雲子、黑隱文二處士，二子各作夜雪共醉圖

嘗向秋風怨別離，相逢濁酒爲君釃。江城夜雪真如畫，旅館寒燈合有詩。鯖出諸侯聲自重，鋏彈幸舍遇偏奇。一雙何阮今名士，連手能來慰所思。

舟中再疊前韻寄子星

挂帆明日便東回，沙嘴船頭未忍開。拍岸濤聲喧鄂渚，隔江樹色隱陽臺。燭燒旅館騰騰醉，書到兒童得得催。春酒躋堂須再約，枝頭豆子驗青梅。

小除夕風雪繫船漢口

貚帽籠頭短後衣，攤爐清話冷霏霏。坐深篷底天如夜，雪滿林園客未歸。老去雕蟲何自苦，同來旅雁各分飛。一杯椒酒憐兒女，榾柮西牕可共圍。

辛酉康熙二十年

撿書得王黄湄去夏關中所寄詩次韻

梅蘭水仙香滿帷，帷前緑水吹春漪。開箱喜得郃陽句，酒潮紅暈生兩頤。當年金馬竟下直，沱江花甸來牽絲。聲華自許夕郎貴，迢遞不獲相追隨。盛世需材要梁木，扶持如得棟與榱。白衣不肯服黟紫，黄湄在憂。布帆南下張輕颸。相逢稱意倍俶儻，自媿少文真樸椎。千

觴不惜爲君瀉，一字便可稱吾師。華鬘小妓我所暱，姬唐兒。妝梳被服何祁祁。背人濃笑作唐字，有時無語低雙眉。馱將駿馬號白鼻，膾就躍鯉名黄騅。良宵三五天色浄，玉鏡挂向青琉璃。荷筒勸酒葉作坫，蔗漿藕汁還淋漓。竟忘鐘筵别纖鉅，未覺石鼎誇新奇。鶴樓千尺雷雨至，似向嵩頂啼嬰兒。吁嗟此樂難數得，飄蕭素髮奔朱曦。閤中一賜大官饌，江頭還采幽人蘺。感君義氣飲醇醴，誰言漁父貪糟醨。長歌寄我索我和，病起作答仍參差。今春鴻雁正北鄉，臨風莫怪緘書遲。

附夜坐長歌奉懷　郃陽王又旦

梅雨已過風披帷，楊柳百尺涵晚漪。荆扉下扃林鳥宿，獨坐夜半偏支頤。憶昔扁舟游鄂渚，借騎官馬韉青絲。蘄州遺老不我棄，十旬并坐行相隨。黄鶴樓高照江水，半天雲氣扶華榱。日輪當午正執熱，登樓千里來涼颸。指點江山縱雄辨，大言畏爾揮神椎。巴陵萬馬正馳逐，洞庭六月勞王師。扶顛賴有兩節制，坐揺波底巫支祁。郊外芳華綴紅糝，市樓仍貯千蛾眉。金錢年少買歌笑，桃花廟畔乘斑騅。是夕月明天宇闊，江門萬頃堆琉璃。先生特遣長鬚唤，提携百榼何淋漓。燈火千艘遠明滅，鱗官貝闕焉足奇。醉來手提如意舞，意氣傲殺幽并兒。緑波碧草别南浦，朱顔青鬢愁奔曦。只今南郡息烽火，戰場幾處生江蘺。樊口春風三十度，惜哉不復賒醇醨。蒼龍角轉明河上，星蟾照户光參差。夢回仿佛見顔色，故人應訝來何遲。

懷子星

去年秋閏春歸早，山杏園桃早放花。疏柳數聲啼巧舌，新巢二月理慈鴉。峭帆别後緘書少，得意歸來兩髻丫。客爲予作丫髻道人像。有棘墓門行自刈，栽松結屋是生涯。公擬爲予先墓置田，景星結廬著書于此。

憶昨迎春東陌頭，就中緩步見君侯。青天白日還無事，父老兒童且共游。竹箭江聲頻勒馬，桃花流水一扁舟。予别東下，公巡荆州。長竿短棹行吟慣，尚剩嚴陵老敝裘。

答許荆山

坡老當年赤壁游，茫然一葦在中流。殘梧清話三分後，七月秋風古渡頭。兵火幾番喧戰旅，江湖依舊冷魚鉤。馮高弔古幽人事，愛爾詩成獨倚樓。

菊以不落爲德。俗傳介甫詩句謂“黄州菊瓣落，石城作長歌”，不知其實無之。予適在黄，賦《君不見》一章

君不見屈平好奇餐落英，《爾雅》：落，始也。弘景晚服仙骨輕。黄州何如鄧州産，霜中落瓣皆虚名。圓花高懸凖天極，抱本不離君子德。臨川詩句偶流傳，石城老子三太息。君不見百榕聯纂同一根，栗大合抱母尚存。本名女貞菊女節，辭枝墜縈何黐黐。君不見伯姬堂上焚尾生，抱柱死原嘗春陵。六國時勢去，何人附公子。花開花落直等閒，色衰愛弛無媸妍。蕣華朝暮何足道？松栢歲寒真可憐。君不見花奴羯鼓環兒舞，十二闌干叫鸚武。摇落徒傷秋士情，飄零秖恨春風苦。土罏釀熟青玻瓈，淵明采采循東蘺。試將百本階前種，會看霜華鯁介時。

巴河柬友

去冬歸舟抵除夕，風雪打門不得入。今春桃花爛熳開，扁舟復向巴河來。黄泥岸遠沙嘴濕，著屐欲上還徘徊。巴河水清酒如雪，五月荷花紅勝纈。君家玉腕擘藕絲，十日樓頭醉亦得。

過袁三山茅齋，哭王寶臣

坐中斗酒雙淚流，故人已失王子猷。代間尚有老袁燮，世態休譚癡虎頭。筍鱝江城舊風物，柴荆門户此淹留。鄭虔交誼黄泉在，數卷遺文且代收。

五日客臨皋，猛雨。三山年過八十，不笠而至，携酒賦詩，率次原韻

荒城風雨惡，此趣正佳哉。小子提壺去，先生拄杖來。衣從沾濕好，興爲友人催。節物看仍喜，衰羸莫更咍。怡孩臺三音。悲歌醪在眼，淺醉暈潮腮。辟牗憐花竹，藏身重草萊。往來成二老，吟咏獨孤陪。長律偏能好，江淹不盡才。

金會公寄長歌惠紈帶等物奉答德嘉安陸廣文。

前年别子春明門，北風千里黄塵昏。劉蕡下第衆所卹，心雖抑鬱口不言。我櫂扁舟竟東下，渾河高帆穩如馬。何須彤管問牛亨，且喜青山還魏野。君才俶儻無與儔，當筵落筆鷹脱鞲。成都未遇楊得意，宛丘豈老蘇子繇。讀君長歌爲君舞，環食三周拊其股。七尺珊瑚當面碎，一竿蔗杖前頭取。世間兒子徒紛紛，景升豚犬安足云。詩來獎借毋乃過，乃知先輩心殷勤。君有寄贈兒昌詩。織成鞶帶雙鸞簇，吴綾兩端爲一束。何如李白宫錦袍，不妨杜甫鯨文褥。篋中珍重時獨看，美人贈勝青琅玕。詩成擬寄愁難寄，欲報慚非雙玉盤。

送陳帝侯鄉試

元龍淮海氣偏豪，百尺樓頭卧正高。自古雄飛多草澤，幾年雌伏在蓬蒿。駿才顧影須歎玉，勁翮逢秋會解絛。老眼對君誇賞識，陽春有調豈孤操。

送李君之滇緬

淮海豪名四十年，不甘白髮老江邊。殿頭曾見雕戈攙，盾鼻驚看麗句傳。已許土山携妓樂，還期銅柱靖風煙。金章紫綬尋常事，肯數城南尺五天。

解組歸來興自饒，不關出處倍逍遥。湖邊秋色思張翰，雲外星光卜五喬。大壑長松原獨立，小山叢桂只頻招。軺車萬里君無苦，爲感

殊恩答聖朝。

使臣新奉紫泥書,九坂羊腸好叱車。説下尉佗原陸賈,君言曾使交趾。諭平蜀徼用相如。出師六詔功無敵,薄伐三年算有餘。自是廟堂多勝略,江湖滿地穩樵漁。

白衣曾到聖人前,是日巴陵捷正宣。予入覲三月朔。拜舞轉從東閣出,栖遲還向北山眠。楚天漸喜兵聲遠,吴會仍教旅思懸。汝去受降功蚤奏,便收花石理平泉。

點定張長人新詩畢

斯人德難及,老去更心虚。同學先聞道,論詩數起予。山川留舊筆,絲竹讀藏書。閉影尋常事,年來恨不如。

歸　舟

春風吹五兩,送我上黄州。偶作招提客,誰爲汗漫遊。涼蟲鳴向夕,孤館興先秋。江面魚龍穩,明朝一葉舟。

還家對月

秋空色太净,月華無處生。飛揚羽蟲喜,斷續蜕蟬鳴。枕簟還如客,簾櫳坐到明。無人識幽思,此夕獨含情。

藥園柬何雲子可化二首

老人草堂苫白茅,繚垣梧竹俯荒郊。不勞車馬江干駐,略似狂夫萬里橋。日晚枌頭歸野鶴,雨餘葉底落山椒。别開藥圃無他物,伴著籬根木柄鍬。

藥園不是公畦稜,去聲。小築牆東處士家。老子雪殘初睡起,手提長鍤種梅花。

紀虎十一月二十八日

吾先有思遠,學道遠囂市。采藥入蒙蘢,誤蹈猛虎窟。于時牝方乳，出遭獵夫斃。二狗餓穴中，《爾雅》虎子狗。《漢律》："捕虎一，購錢三千，其狗半之。"䁿䁿僅能視。慈情裹袍褒，歸取漿瀶飼。明夕虎父來，似會仁者意。從兹遂弭耳，周旋若廝隸。囊即虎子馱，出即虎父騎。施藥市井中，兒媪笑相示。毋須赤刀厭，誰謂爪牙利。我從灌園初，除榛結茅茨。呦鹿讓我苹，野干稍知避。頃來苦積雪，山徑壄犬鼻。黄獨未見苗，白鑱無所事。何來害馬徒，闌入笆籬内。白晝視其蹤，老穉或三四。草窠竊寢食，儕匹恣遊戲。余曾祝戒之，勿得久留滯。老虎獨遲行，恃猛無所畏。猶窺鄰人豨，意在飽饕噬。䖑虓莫誰何，其如忒貪纍。神官誅必及，律令非敢寘。城中出健卒，邏迾皆火器。一丸中要害，空皮頓顛墜。昔聞弘農守，清惠格異類。宗均牧九江，《後漢書》：宋均，字叔庠，南陽人。朱謀瑋云：謝承《漢書》，南陽，宗資父均。趙明誠《金石録》：宗資墓在南陽。知宋均當作宗均。朱説是，故從之。不復檻穽置。處士能好生，鷙禽感其義。我無先賢德，撫已良自喟。

李東皋游越，得舊制舉文四首，索長歌

東皋先生文章伯，老將幽燕最嘍嘈。紅顔射策金馬門，看花欲遍長安陌。已許庭筠賦八叉，不道於陵迷五色。韓公國學何足重，山公皂囊真可惜。山城斗大出牧遲，菰菽夜奏聲呦咿。緑莎黄鳥静無事，清簟疏簾仍賦詩。一從神虎挂冠去，筆牀茶竈長相隨。璣珠零落嬾收拾，門生過客紛齎持。扁舟忽作西湖客，肯負青山幼輿屐。生平著述等煙雲，罔象離朱惜不得。故人許子前歎嗟，寶鼎金戟藏泥沙。須知鉛槧流傳本，散在雒陽人士家。少年場屋摩娑久，萩苑曾傳霹靂手。老眼還應見獵明，苦心却被良朋有。君不見吕文靖，頭白功名登執政。當時試卷秘閣藏，翰苑群公説先正。又不見杜荀鶴，蠟燭揮毫何錯落。錦緹什襲麗公家，二百年來見風格。先生四章垂日星，呼兒雒誦真典型。會須十二龍賓守，莫遣風雷下六丁。

江　雪

駿馬斷冰鬟，山磎少路通。黄河無渡子，江上有漁翁。

白茅堂集卷之二十二

壬戌康熙二十一年

大軍滇南凱旋復征海

閩海樓船出，滇池嶮棧平。普天宜息戰，諸將敢驕兵。按劍原宸斷，提戈再廓清。輪臺聞罷役，絶島更專征。智哲仍憂盛，安危莫漫評。喧傳寬大詔，盡放雜徭名。桑柘能無擾，鶯花漸有情。白頭須料理，洗滌舊長鎗。三足鬴。

見龔端毅公《送陶季深歸汴梁詩》“至今楚宫人，結束自言好”。公自注：懷赤方也

舊筆留傳在，開緘淚轉新。可憐私結束，尚念楚宫人。

附和黄公　徐惺

奇服何人好？梳妝時世新。細腰君不慣，不是楚宫人。

二月十四夜月把酒懷子星

春月浄如秋，春缸蟻正浮。懷人立清露，離思滿江樓。仕路浮沈慣，交情黯澹愁。何時一尊酒，相對數更籌。

對　雨

獨處琴書冷，春寒未换衣。不風花自落，細雨燕雙歸。多病抛游屐，長愁閉短扉。兒曹須貰酒，爲我餞芳菲。

月

誰輾冰輪動，長空駕碧煙。清光欲墜地，皓魄不依天。倚望三更正，扶疏半影偏。人言有靈藥，何日降神仙。

趙子昂水墨卷子明皇詣五陵望金粟岡圖

吴興筆妙流傳久，著意丹青作史論。真、元二韻。天寶翠華堪想像，宣和白草更傷神。橋陵金粟還培塿，鳳翥龍蟠總棘荆。不見蔣山雲霧暗，就中松栢已成塵。

寄汪悔岸

伊人何所在？宛在漢之濱。白水明初志，青山作故人。時操飤鶴舫，自著小烏巾。比興因魚鳥，悲騷寄釣罠。著書黄髪在，取叒白頭新。老至愁宗炳，幽栖念孔淳。春秋聊偃仰，螢月繼昏晨。長夏鶯聲滑，高眠憶所親。

淫雨少霽

長夏風雨無時休，少霽還應出浦游。江流洶洶日下動，戍樓漠漠雲邊浮。漁罾低角絓茅屋，秃鶖塌翅迷芳洲。沔湘魚鼈食人肉，豈但下田愁不收。

曉　晴

江浦今朝霽，層峰破杳冥。林間懸宿雨，葉底動春星。野爨依山徑，群鷗聚遠汀。水雲深絶處，風物轉清泠。

立　秋

立秋今日是，向夕豁炎氛。電影雲邊略，《左傳》：吾將略地。杜注：巡行也。雷聲雨後聞。且期清夢穩，仍索酒微醺。不覺銀河墜，山鍾知夜分。

夜　熱

落月摇江曙,銀河抹遠峰。秋聲知欲起,幾杵隔湖鐘。

贈蔣慎齋

玉筍聲名久,金閨籍蚤通。起家雲夢右,初授應山令。召值日華東。殿虎人争畏,庭烏瑞頗同。一麾繇出守,七縱竟誰功。在平越服七十苗砦。用武時方急,尃文道本隆。滇南猶猰貐,湖北正蜚鴻。亂後儒冠賤,公來德教崇。詩書出牆壁,玉石更磨礲。九面霾雲處,三湘惡浪中。道州詩總好,嶽麓記尤工。舉世多徐淑,何人似左雄。無私惟化雨,有意振清風。絺綌還朝日,經綸在爾躬。北牕予正跧,肯過訪逋翁。

秋　江

雲光乍收放,隱忍作風雷。七月三江口,檣帆未易開。渾流魚大上,拍岸浪驚回。獨有漁師喜,扁舟信往來。

致雪上座向蘇别駕乞鶴

彩鸞朱鳳共丹丘,玉質霜姿閬苑游。捩影星辰嘗午夜,將鶵島嶼必深秋。何年遠别青田圃,疇昔飛鳴赤壁舟。俯仰不忘江海志,峥嶸肯作稻粱謀。主人仙骨蘇耽是,有客僧伽支遁流。緱嶺莫教笙韻遠,煙霞長爲洞天留。多君吏隱真堪近,老我幽栖合易求。倘許孤山載歸去,相將浩盪友浮鷗。

飼　鶴

更無欄檻放林幽,蔭石銜泉許自繇。鸛陣雨來愁垤蟻,魚苗風起急沙鷗。却看飲啄非凡匹,即與蟲鰕豈浪投。萬里海天寥廓地,花陰有夢繞十洲。十讀平聲。

李邁庵偕雪嵩問疾，邁庵示所撰《花間詩餘》

屏居幽隱欲忘形，兩月詩書手未經。盆石瓶花消白日，曲房小几誦黄庭。氣烝煩暑秋須爽，病起逢君眼自青。聞道雪兒歌最好，試排新令老夫聽。

半生澤畔苦行吟，一卷花間乍賞心。方丈適來師子座，龍宫先有梵天音。恰宜小史調金磬，絶勝收書動玉琴。竹裏石牀人罕到，流鶯啼過短牆陰。

野　燒

楚俗好焚山，不必大旱舉。杜詩“大旱則斯舉”。樅杉足脂液，熒熒燭秋雨。始從敲石得，漸使陰巖旴。徒然殺昆蟲，不足驅猛虎。曾焚焦先廬，亦使驪山赭。動午切。《字林》引詩“徹彼桑赭”。煽燄疾逾風，茅茨敢安堵。古人重燎獵，何乃數莽鹵。況當未蟄伏，飛走失處所。舊俗常歲終，今兹秋未徂。戲弄兵家兒，曾無戒行伍。蕭條前王墓，野樹餘楮栩。誰撥北邙灰，往認石宔主。宔，音主，藏神主石室也。大夫以石爲主，今王墓云石宔者，墓上石室也。蘿根舊鬼泣，葉焋神鴉舞。當時菁葱氣，摇緑映江滸。安于植竹箭，夷吾辨九土。所以民牧良，樹藝非小補。筧泉雲中迴，長松石邊拄。回憶太平時，深山滿禾黍。

送　燕

八月歸何處？人言海外回。細身超惡浪，小膽怯秋雷。箇箇將雛去，雙雙作伴來。明年應待汝，春色畫堂開。

寄劉愚帆孝廉

我昔西陵十日客，客懷日日醉秋光。臨卬琴心不得意，新豐酒價誰當償。高林老榦桂華發，曲池小亭竹葉香。清狂每憶坐中態，爲我寄訊劉真長。

棗輪閣招蘇别駕

水氣扶樓閣,秋聲帶芰荷。風涼何處雨,雲暗半湖波。酒待沙彌貰,舟偕漁父過。好邀蘇奉議,散髪一高歌。

銷　甲

月晦天河顯,江平電影長。入秋尤汎濫,在野轉荒涼。儉歲多談鬼,連營尚裹創。比聞軍府政,銷甲莫悤忙。

懷蔣慎齋

五年楚澤領文衡,六月單車返帝京。進學有同韓博士,執經長憶魯諸生。賦才屈宋看前輩,制蓺王唐最老成。漢水晴川山色舊,登樓不盡仲宣情。

晞　髪

暝色千山外,月明飛鳥還。臨軒坐晞髪,爽氣滿柴關。欲洗干戈眼,長同木石頑。彭喬未可遇,不覺二毛斑。

答康伯問字説

斯文羲軒後,微義竟誰紹。智悊識其情,遺象存理要。流傳有淫體,臆説恣攻剽。瑣碎雖百家,無能救沈潰。鼎彝各異狀,鼓冢亦難技。沿襲誤後學,徒然痛先覺。六書非細事,宣泄抉道妙。囊括二儀間,津梁五經奥。我勞夫如何,十載心力秏。變通固無方,苦辯非執拗。學官會有時,覆瓿君豈料。庶幾桓譚知,不惜劉歆笑。兒童干禄樣,腐塾兔園鈔。規矩喪高會,笘幡轉相告。老眼困昏花,研精矢期耄。莫怪和者稀,陽春本孤調。

健兒裁兵多爲乞丐,亦有流落爲盜者。

廟算真神武,敷天息戰塵。健兒齊解甲,多難得全身。僇力疆場净，歸田耒耜新。躊躇留白羽，涕淚別青蘋。椎髻非前態，吹簫亦乍貧。棄腥猶蟻聚，貪血尚蠅脣。莫作林猿放，仍宜圈鹿馴。由來看此輩，自昔費經綸。軍令今年肅，恩波異日均。五風十雨歲，好在太平民。

撿篋見梅淵公清前寄短札並天延閣詩集

帶甲半天地，時維乙卯春。書來憐老友，緘發見斯人。阻絶同離亂，深期共隱淪。中原還轉鬬，旅食倍逡巡。勳伐歸龍虎，禁軍屢報功。皇威仗畢郇。崇文開内閣，法駕出清晨。露布馳南服，封軺向北辰。不才慚詔使，之子賦嘉賓。邂逅長安道，淒迷紫陌塵。追尋仍錯忤，懷抱孰情親。壇坫争雄長，源流可具陳。近來元白體，更説駱盧新。響極鏗鏘調，功徒纂組匀。衆家矜麗藻，獨子向清真。詩卷人千里，沈吟動一旬。老成誰毁譽，師法有先民。

讀淵公北渡詩再賦紀前京口瓜洲之亂也。

北征與北渡，讀罷總吞聲。異代同顛沛，千秋欲斷魂。平嘗紀離合，何足涕潺湲。白髮垂餘痛，青衫襞舊痕。山川南國壯，成敗六朝煩。王氣消陵寢，兵氛變海門。連雞皆狉猔，鷙鳥亦飛翻。舉事英雄敏，知時俊傑尊。飈颿何處至？儒服不成奔。難認牦頭纛，虚名豹尾幡。書生留直筆，浩氣放詞源。歌哭傷山鬼，淒涼接嶺猿。世情如各夢，詩格與誰論。莫怪瞿硎客，悲吟老故園。

寄施愚山

聲價燕臺起，詞壇三十年。論詩慎毫髮，取致輒翩翾。經術師東魯，疑難問服虔。講學白鹿院，續注紫陽編。旌節何知貴，綸巾秖益妍。笑談傾蓋内，肝鬲肆筵邊。滕閣重題句，蕭灘再檥船。分攜嘗涕淚，劃見轉嬋娟。十稔瞿硎暇，千秋別業偏。宣城有千秋嶺。書來烽燧内，客到草堂前。聖主徵求急，無才偃臥堅。集賢叨共籍，翰苑賀除遷。施遷侍講學士。惜別青門道，輕舟濟右旋。光芒占北斗，煙水望南天。筆削看公等，褒彈定孰賢。家乘恒檢點，國史舊流傳。列女曾無忝,儒林更幾篇。愚山書來,説先日崖、桂崖二理學,劉貞節入《明史》列傳。鬼神清夜動,日月此心懸。東觀須三入,群書在一詮。陽秋有私撰,莫遣涸丹鉛。

懷麻城梅九映月

入門即修竹,迴檻得林泉。柹葉當軒緑,爐峰帶薜姸。玉童雙侍立,銀甖迭陳前。倚曲催觴政,微酣擘綵箋。停車余戴笠,投轄爾開筵。丙辰夏,予自天雄歸,造君柹葉軒,口占:"挽車纔入郭,戴笠即登堂。指點牀頭甖,旁人笑我狂。"灑落看賓主,門闌識後先。中丞宣力舊,之焕。槁木死心禪。之熉。大義懸天壤,餘才藉簡編。君家世世有集。嘗思先友重,倍覺後人賢。安否兵戈外,窮愁歲敘遷。僧歸頻問訊,書到失周旋。入夢憐花藥,爲歡憶管弦。藤梢青未了,洞壑白依然。吟望終今夕,相思落月邊。

忽憶陶元酌

忽憶陶元酌,清姿定解愁。王戎出塵表,張緒正風流。作字貪憑几,吹簫獨倚樓。觴行白波令,博賭翠雲裘。把酒思今夕,遨歡悵白頭。涼飇有何意?楊柳欲驚秋。少壯須爲樂,韶華不久留。若論衰朽恨,歲月此生浮。

王氏侄棅書來説阿翁日坐竹中,覓閒人談野史耳。喜寄侗庵表弟並招之

君覓閒人談野史,我真野史一閒人。不知君欲談何事,但願閒中老此身。三逕分明尊友益,一叢慈孝感天倫。吾廬歲挺千竿翠,供得王猷看百巡。蔣詡竹中三逕,惟羊仲求仲之徒與之游,其不妄交如此。見《三輔録》。唐明皇苑中有叢竹,笋不出外,顧諸王曰:"父子兄弟相親,當如此竹。"因號義竹,即今慈孝竹也。見《天寶遺事》,皆野史。

寄龔千谷士禎

齠齔通家誼,關河隔望遥。生徒皆老去,處士獨孤標。櫪馬前驚

躍,津龍竟寂寥。皇情虚保傅,大藥失松喬。夢見愁言别,魂歸竊賦招。寢興饒涕淚,廬墓遠雲霄。延攬推東閣,詩文冠本朝。後來看似續,恩賜絶班僚。水部郎官美,清門物望超。分曹財下直,詞客定聯鑣。桐雨當時約,萍蹤幾歲漂。病沾燕市酒,歸唱故林樵。自笑逃名拙,寧知俗態僥。幽潛狎魚鳥,飲啄歎鷦鷯。冰鯉書曾寄,秋鴻信轉迢。無將舊桃李,冷落棄山椒。

懷曹子清

早入龍樓儤,還觀中秘書。鳳毛擬王謝,辭翰比應徐。伐閲東曹冠,官階内府除。文章光黼黻,賓客滿簪裾。愛汝金蟬貴,偏當繡虎譽。周旋逢輦下,導引謁宸居。嘗爲予引龍尾道。綺席邀春雪,雕鞍散直廬。情親何繾綣,餞别倍踟躕。老我形骸穢,多君珠玉如。深慚路車贈,近苦塞鴻疏。啓篋長篇在,看雲短髮梳。日邊人近遠,離思可能攄。

江　行

空闊風威過,行雲避紫巖。遠拕南浦雨,漸見夕陽帆。細浪鋪紋漪,輕涼透葛衫。前頭誰古廟,水鶴滿松杉。

子星饋冬服貂煖耳

我本山中白衣叟,緑鬢當年棄黄綬。披莎不作飯牛歌,鉏園未覺司馬醜。昔賢晦跡嘗清狂,焦光躶體蹲道旁。仙家别有五銖服,九華冠子芙蓉裳。衣冠同世本不惡,杜詩"衣冠與世同"。羽皮豈必追羲皇。前年野服見天子,羊裘再拜明光裏。鹿盧玉具雋不疑,回頭含笑稱佳士。歸來松下眠清風,蕉衫草履河上公。孤卿結韤吾不貴,妃子纈袍吾不榮。音融。顧郎誰道難衣食,裂帛車中亦堪給。織成麟繝珊瑚鉤,何妨義取無虚日。石城氣誼高雲霄,綺錦來更弋綈袍。呼兒酹酒佩明德,誓不往换鸘鵜杓。

集即山樓步子星韻

知己能牽夢,扁舟乘漲來。月華臨水浴,秋岸倚天開。鷗鷺飛無準,魚龍去復回。今朝登傑閣,作賦愧非才。

群峰齊貢秀,萬卷豈云貧。正下蒹葭露,偏如草木春。晴川千樹薺,新雁一行人。秋水來何處?瀟湘在白蘋。

書樸園遺墨有序

黄安張樸園先生文章卓拔,晚節尤高,書法鳴啓禎間。長君孝廉希良兵火後收綴殘楮,裝潢成帙。跋略云先君子换鵝經,終歲臨摹,形神畢肖。後愛趙松雪,稍逞姿媚。及見邢子愿所臨右軍十七帖,變爲蒼健。卷中與子侄數行,是其晚年筆也。今觀先生書,誠如所云,而長君跋亦復遒麗有法。激賞之下,走筆賦之,當與知者共歎也。

樸園先生人中龍,白頭萬卷巢雲松。學書初亦出李衛,筆法直欲兼王鍾。楷真行草并奇絶,肯數吴興趙松雪。晚年老健更入神,指力能伸屈曲鐵。長君硯北尤精思,此事外人那得知。家雞野鶩浪評品,狐腋雉頭真足奇。邇來華亭頗姿媚,孟津新裁雜籒隸。弘正風流不復存,嘉隆簡硬無人至。君看皇象與元常,九方相馬非驪黄。神行不必工點畫,結構豈在安邊旁。唐之顔柳宋黄米,後進摹臨但形似。寧知四子别有神,宛若芙蓉出秋水。樸園遺蹟世寶持,況有羲之復獻之。挑燈重向秋月下,三日坐卧寒山碑。

酒間答石虹

梅川金生善屬文,黄岡張子尤辛勤。孝廉聞一知有幾,如此二子皆超群。前年春明送金子,下第劉蕡真去矣。今年南宫第一人,頓使聲名滿燕市。張生意氣無留難,歸來還對苜蓿盤。丈夫起草有千卷,不數花枝博一看。驪珠出水光照乘,尺木潛淵龍未醒。或潛或見亦偶然,風雷變化何曾定。我辭北闕卧南山,世上浮名總不關。君羨東峰明月好,那能猿鶴共追攀。張贈予詩有羨予“東峰明月”語。

和潘太丘《婕妤怨》潘永祚詩云:"一自居長信,宵宵近廣寒。昭陽雖有月,不得盡情看。"

金屋銀河落,珠衣玉露寒。昭陽在何處?秖作月宫看。

聽行僧楗椎

城上烏栖碧霧籠,夜闌鐘息梵王宫。行敲銅板秋街月,響入梧桐落葉風。何處錦衾初破夢?道人敝衲起觀空。經過野外橋頭路,時復一聲山水中。

李因兄四友圖步即山韻

我屋名梧巢,君棲亦復爾。上有青旻雲,下有白石水。當其引露時,清淚亦不滓。嘗聞風雨聲,只在晴天裏。棲桐

寒緑蔽秋空,龍鍾不須雨。縱横十畝間,不減渭川滸。斜月射疏莖,金翠堪俯取。幽人如是觀,唤作青鸞舞。看竹

泰山何巖巖,其峰乃名丈。小挾風雷飛,白頭堪一仰。開山必遁甲,鬼鑿費奇想。拜罷七尺軀,嵬峨立天壤。拜石

先春梅已榮,餘寒復成霰。誰剪瑶臺冰,坐使銀海眩。風前落亦佳,戰墮玉鱗片。絶勝六出花,凍痕消水面。尋梅

張翰五石圖爲卓侖題翰,字鸞上,白門人。

落筆畫一石,意態何激昂。須臾三石復四石,勢若五老相頡頏。胸中磈礧寫不盡,墨瀋淋漓如斫陣。酒闌燭灺索我題,似向元章袖中認。呼兒急捲還主人,不爾攫取君莫嗔。我家癡虎有故事,不怪偷兒怪鬼神。

程頌年殘荷孥尾雁圖

夜雨蕭蕭蘆荻黄,雌雄相逐下横塘。草根驚覺魚兒睡,扇破殘荷幾葉霜。

重九後一日，李因兄、徐卓侖踏月過飲寓樓。明夕漏下一鼓，各以詩至。把酒口占，令兒昌書之。原韻

鶴嶺雲飛白，清秋落日黄。登高悲令節，尊酒後重陽。征雁風聲細，晴川練影長。萍漂皆楚客，楓落憶吴鄉。冰雪開詩卷，江山入酒腸。白頭生俯仰，紅燭故傍徨。忽枉壎篪奏，如登絲竹堂。兩篇驚擊鉢，三倒向匡牀。未下陳遵轄，先沾荀令香。推襟真磪落，懷抱肯摧藏。尉氏非無阮，嵇山亦有康。桃源何魏晉，草昧自陶唐。流水花千片，參雲木萬章。升沈憐白日，寐醒笑黄粱。寒暑分裘葛，炎涼異水湯。形容看遂老，辛苦倩誰嘗。每念徐吾績，嘗思鑿壁光。同心比金石，一調繞塵梁。洗盞須更酌，科頭恕老狂。疏星散屋角，新月戀迴廊。客況斟鸜鵒，兒癡蠟鳳凰。今宵果何夕，葭露正蒼蒼。右和因兄。

昨夕弦初上，九日上弦。新蟾殿九秋。卷書還滅燭，把酒獨凭樓。笑傲看誰敵，疏狂老未休。文章千古事，宇宙此生浮。二語集杜。自許原龍性，遭時輒鼠憂。雪霜侵短髮，花月試雙眸。畢卓縛休急，陶潛釀未篘。持螯思甕側，采菊定籬幽。取醉耽蓬蓽，高歌撥坎窞。居然曳龜尾，誰道學龍頭。薜荔雖堪被，芝蘭實費摎。隱招山曲岪，騷擬畔牢愁。俯仰襟期在，羇栖歲叙流。乾坤誰磊落，江漢此淹留。秋水龍蛇復，疏林鳥雀啾。曠褱君共賞，絶調若爲酬。桃棗仙人蹟，蒹葭處士洲。廬敖何足羨，汗漫且同游。右和卓侖。

步石虹聞雁韻

賓雁初鳴侶，關河次第聞。低飛驚畫角，欻起亂愁雲。秋□銜蘆晚，霜寒接翅勤。知幾憐汝最，不與鷺鳧群。

秋老無消息，連朝作陣來。耳聾嘗倒枕，愁重且銜盃。大澤千檣集，平原萬馬開。滇師凱旋艤漢口。幾回栖宿地，更被暮笳催。

江北猶遲到，湖南且未聞。鐸聲摇棧雨，鐃吹出邊雲。鵝鸛紛千里，貔貅返六軍。蕭條洞庭上，落日望餘氛。

聞汪舟次楫出使琉球

慷慨汪郎出使時，天風玉節手親持。殷勤餞遍長安句，未得儂家一首詩。

漢陽太守行

雁門太守身姓王，普云：説詳戊申詩《當雁門太守行》自注。至今樂府傳篇章。雁門太守近誰是，不在雁門在漢陽。漢陽太守𠃍亭後，自注：𠃍，舊音偶，在今宜興縣，漢封蔣澄爲𠃍亭侯。《正字通》云：《應天府志》譌作㞧，溧陽㞧山在洮湖之上。《風土記》：昔㞧母得道于此。《廣韻》烏后切。《寰宇記》：㞧山在常潤二州界，元人仇達詩："㞧姥峰高翠倚天，洮湖春水緑無邊。"皆譌也。《正韻》闕㞧。《丹鉛録》：宜興㞧山，漢㞧亭侯即其地。㞧音后，轉注古音。《覃韻》㞧音函，㞧亭侯故地。《奇字韻》：㞧音剖。三書皆楊升庵所編，而前後矛盾，或疑㞧即函字之譌，亦非。今桐城有㞧山，讀若偶，與溧陽宜興𠃍山并同名。或曰本从了从山，作𠃍。按𠃍，从了从凵，或从山从了，並無義，闕疑可也。一説海篇音后，當作㕇，从山后聲。放諸書無㕇，《説文》亦無。𠃍、㞧或疑即函省，尤非。㞧即𡿨之譌，篆作㞔。許氏曰陬隅，高山之節也。子結切，即節彼南山之節，古文詩如是。《集韻》从山从節，省作𡵆。《字彙》四畫譌作㞔，附正于此。㞧姥當作𡿨姥，姓也。淵才妙思文中王。句出《楞嚴經》。韓愈古體起八代，執經環堵聊翱翔。遾除郎位白雲署，遾音筮，逮也。遾仕本作遾仕。九關虎豹紛群璫。公時彈簡屢在手，中宵清淚涵兩眶。帝曰汝往省粤獄，公去鼠子彌猖狂。柴車襆被抵五嶺，慮囚午夜私焚香。吴桱郭六久沈滯，雪冤不復飛炎霜。爰書疑欵千二百，我公一一爲平章。皆本事。還朝報政稱上旨，中天繼照逢陶唐。已聞王甫伏僵磔，肯令竇武罹凶殃。于時賊馬飲江水，公適熊軾來滄浪。禹功磯頭一横槊，禰衡洲畔千飛觴。明年毛人墜粉蝶，公已玉棺歸帝旁。維公遺愛沁肺腑，香鐙俎豆如桐鄉。我家鹿城澱泖側，滆湖氿水遥相望。臨淮既徙復舒蓼，已經十世居齊昌。枌楸重到問父老，聆公軼事徒感傷。峴首碑文誰誦得？公有令子名賓坊。潁封克倡潁揆和，亦如潁濱名并揚。因知清白遺子孫，遺去聲。玉淵才筆尤從横。我從二子一握手，見公仿佛疑羹牆。旌賢砥俗國典重，詔書詄蕩開天閶。輶軒儻下采風使,聽我漢陽太守行。

哀葉訒庵寄九來道子淵發蕃九

知我山林癖,君家好侍郎。婉辭聞入對,春色喜還鄉。未覺臺垣貴,須知處士狂。三篇繙孝緒,五句答君房。何日捐金管,經時下玉堂。翰林掌院改兵侍。月災豈東壁,眚殢在文昌。令侄僧虔俊,諸昆遏末强。棲巢皆鳳子,門户正鵷行。藥譩當歸語,君未卒前,諸嗣郢寄書,啓緘無字,惟當歸一枝。仙無益壽方。功名難白髮,身世竟黄粱。宗伯松楸肅,寒門德澤長。招魂那忍賦,飛夢玉山旁。君爲家先宗伯瑞屏之倩。

答葉蕃九兼寄江南于制府

葉生西行謁制府,慷慨爲論河渠書。三江故道久淤塞,兩吴貢賦天下殊。葉生讀書善考核,尋源亹亹元明初。淮張增額後至正,相仍不復能消除。秋糧濫税納絲户,徵辦何有荒字圩。司農仰屋第籌算,鄉老抱膝徒嗟嘘。葉生上書追辯晳,欲使民力東南舒。退聞制府三歎息,朘削不救當何如。比年楚地困水旱,正供加派兼軍需。兹焉葉子亦目擊,抵掌向我還軒渠。長篇出贈法格老,意氣矯健辭敷愉。稼軒樓上望同甫,拔劍斬馬非庸儒。我昔移家玉峰下,茜涇草堂曾有無。孤城鐵騎一闖入,高門大宅皆荒蕪。相公樓閣作佛舍,尚書伐閲佗人居。蔣山松栢斧斤盡,豈數金粟嗥貍鼯。玉山池館在茜涇,墓在綽墩,人呼金粟冢。蟠龍峰頭舊所住,火獵更葺先賢廬。二嚴先生别業在蟠龍,蘄鎮山也。卅年躬耕在谷口,何故姓字傳京都。公車苦死州郡迫,雪霰慘澹行趦趄。憑轅眩墜右髃折,兩月扶掖形枯株。君家侍郎知我癖,宛轉入對龍顔愉。放歸春雨王麻麥,倒騎烏牸尋村酤。逢君羈旅話桑梓,但願畎畝無追呼。文章經濟君滿腹,雌伏豈得長菰蘆。何當用汝作卿相,亦若制府攄良謨。朝廷寬大三階正,豐草長林著老夫。

附賦呈黄翁先生　崑山葉澤森

鸚鵡洲前逢顧翁,翁家昔隱蟠龍峰。自從世裔傳金粟,一支楚澤留遺蹤。少年挾策獻天子,終賈才名人共擬。國事俄驚西雒駝,臣身且牧南山豕。放舟故鄉尋故陌，玉山佳處無遺址。千載風流亦已休，百年臺榭還如此。丞相門前馬矢高，尚書第中鼯夜嘷。吴楚亂離同一轍，傷心歸剪舊蓬蒿。金沙湖上堪垂釣，赤壁山顛足長歗。但有林泉卧白頭，何須姓字來丹詔。山鬼雲蘿亦有情，草堂猿鶴能無梟。拂褎歸來仍著書，愛看溪畔桃花笑。每游湘楚輒思君，耆舊如翁復幾人？我媿無文謁顧況，君言晚歲遇王筠。我本玉山人，不得玉山住。異地聞翁説故鄉，娓娓故山舊游處。一夜鄉心思不堪，醉歌頻唱望江南。遲君杖履吴閶月，蹋遍青谿與翠巒。

見賣雁

高柳南來萬帳屯，雁門關下起黄塵。江湖到眼纔空闊，便有街頭賣雁人。

叫月啼霜萬里程，水光沙影拂縱横。提携細看風翎色，或恐前宵是汝聲。

見烹雁

下食稻粱稀，矰繳伏禍機。膆中砂草重，怪底不高飛。雁齒不能斷草，皆捲如䳄丸，臓内砂石滿中。昌云："䳄，于跪切。鷙鳥食已，吐出皮毛如丸也。"

野　鴨

霜前蘆荻盡，秋後稻粱肥。水面翁翁起，沙頭一一飛。綵毛溪鶒妒，落日野貍饑。何似鵜鶘拙，終年守釣磯。

醉歌答友人

瓊玉老人頭已童，草亭結在荒城東。客來牀下拜何事，問以世故惟書空。負牆思義鵠立瀨，抱膝長歎牛鳴宫。王侯失勢鼠變虎，奸貪得志鯀爲龍。紛紛帑臭不澣濯，誰鍊玉骨金芙蓉。定宜大阮販兩眼，聖賢撥棄糟丘中。子路瞌瞌堪百榼，尼父汲汲還千鍾。勸君莫被腐儒誤，嬴身痛飲真英雄。

留别徐公

十年六度武昌行，壇坫因君狎主盟。此後莫教風景異，只愁公去雪山輕。寒江漸落魚龍寂，遠渚低飛雁鶩聲。歸向蓬窗高枕卧，煙波回首不勝情。

江　夜

村樹看如霧，湍流未盡降。星光能白夜，漁火欲横江。衰柳扶頽屋，浮苴攤斷杠。虞衡請何事？惆悵倚蓬窗。普云：言不知虞衡所奏請者何事也。

讀屈大均烈皇帝御琴歌

君不見黄帝煉鼎于荆山，相傳弓劍留人間。漢高斬蛇三尺鐵，一朝武庫飛炎煙。又不見先朝神物世罕識，御槍長插御座側。成祖文皇帝御槍舊在武英殿，簳有刀痕，有七星皁旗上箭孔。勢移代隔不復存，雲龍變化安能測。烈皇在日薰風弦，至今草莽争流傳。予所見不一。休將萬國遺弓痛，涸入文人長恨篇。永和宫詞誰所作，牽引荒淫恣誣謔。輕薄爲文海内誇，爾時風雅全零落。咬春讌九本尋常，過錦水嬉非色荒。一自清心書衮袖，不聞曲宴舞霓裳。番禺逋客靈均後，老筆騷情眼希遘。何須偷句向休文，却教綺語傷耆舊。烈皇初登極，令宫女繡"清心寡欲"四字于袍袖。梅村詩都不述，惟稱"咬春燕九過錦水"嬉天寶霓裳等語，屈生揣摩沿襲。山河盡是烈皇遺，鐘虡銷沈萬古悲。刀劍磨殘茂陵石，野鴉啼上海棠枝。大均云：烈皇縊于海棠樹下。

懷陶季深

風濤舟檝信多艱，不信魚書去不還。夜半空林閒步立，江頭望斷月明山。戊午曾託書李鏡月。

似君知己我無多，死友如予君奈何。倘吐文同三疊舌，也應夢裹示東坡。潘介丘傳季深逝也。

舟蚤

曙色霜在地,晨雞有餘號。檣烏欲飛動,仰視明星高。舟子怯鼓角,雲中望旌旄。霧散遠山出,沙邊方理篙。

寒晚懷即山

歲晚人輕别,梅開客已還。素心敦麗澤,白帢對江山。風起摶鷹急,天昏落日殷。懸知幽賞處,高檻坐孱顔。

把酒放歌

青童酌酒黄雞唱,落日趨山纔一丈。放歌一闋酒一杯,碧山已在紅輪上。東家禴祭西椎牛,高堂鐘鼓今荒丘。呼尊試喝明月上,喚取天邊白玉甌。

借周屺公評選宋元詩夜讀

草亭人不到,深夜正幽栖。踐葉時過虎,空林略報雞。借書終幾卷,沽酒貯雙提。明日晴光好,邀君話竹西。

聽屺公論予詩并説游華岳狀

普云:屺公名斯盛,寧波人,辛丑進士,授即墨令。或誣海筏事論死,蒙赦,縱游五岳焉。

尋常看患難,釁沐出埃塵。嗜古能孤詣,論詩異衆人。自爲秦地客,空負海天春。我亦神遊者,逢君情倍親。自注:予幼有詠太華詩,又夢爲泰山府君上梁文:"蜃樓縹緲黏,星漢而知乾。鳳島疏遥隔,波濤而不見。"

屺公别後,暮雪得袁三山書并詩

新知一人去,故舊一書來。薄暮西風雪,孤舟何處回。把詩潛自玩,懷抱向誰開。不掃茅堂路,年年閉草萊。

壽王恂度

前春我上麒麟殿，隔歲君朝左掖門。三策待時猶緑鬢，十行俱下讀黄昏。卯君視汝年差忝，甲子從新數上元。蒲柳未應欺顧悦，百齡嘉慶好留髡。

寒山風雨夜

寒夜空山静揜櫳，香消燭灺火微紅。瓦盆階下丁寧雨，碎鐵簷頭環佩風。垂老漸多長慶句，爲謀忍放酒杯空。朱樓正擁貂璫宴，不問蒼生凍餒中。

大　雪

大雪壓頽垣，無煩更閉關。孤松如病鶴，三逕抵深山。

收　雪

山山晚滃如春霧，點點漁篷似白鷗。未試内方酘酒法，一瓢先瀹入茶甌。内府有雪酒法。

銘湘妃竹杖

八尺裁來已過眉，不同卭竹異桃枝。手中一把湘妃淚，何處雲山是九疑。

除　夕

鼓角荒城起寂寥，蘭鐙桂炭爇中宵。餅心湯注催梅蕚，簾額春回重柳條。得寶護船喧將吏，太平來歲少征徭。金花臘酒多多貯，留待仙翁醉洞簫。

歷遍艱危金石身，故山霜雪老松筠。浮名何用誇詩史，草澤從來有外臣。變化試留桃竹杖，風塵不上華陽巾。即看四野春生後，隨意江頭採白蘋。

白茅堂集卷之二十三

癸亥康熙二十二年

人日大雪，見小兒書韓退之詩，有"崩騰排拶波濤飄揚讙讙陰機"等語，不覺失笑，戲步六一翁潁州韻一首

迎春枝頭尚含萼，迎春即木筆。一夜飛花點林薄。隋家綵女鬭剪刀，不及天公巧裁作。萬山色合忽漫汗，千里雲低失寥廓。且乘殘臘積威棱，明日恐遭春氣爍。八日立春。南園已報竹腰折，北壑復看松頂落。草窠半陷疑蟄蛇，穴口微舖識藏貉。山僮栖竈火不燃，栖音餂，送薪杖也，《説文》作栝。病馬舐瘡烏欲攫。何嫌餘粒施饑禽，時見瓦溝挨凍雀。歌樓豈少百斛醞，生平竟乏幾緉屩。朱門神仙煙霧質，高堂絲管非不樂。温柔别助豪家歡，清冷但供學士瀹。瓦盆盛滿生練幃，鐵甲須勝讀平聲。卧沙漠。詩成白戰聊自雄，上馬不用宣武矟。却嫌昌黎太鹵莽，覓取醉翁同一噱。

又步子瞻聚星堂韻

臘月靈蓂少一葉，小盡。猶及春前連日雪。諺云：臘三白，宜稻麥。二儀灑濯無纖塵，何處關山不奇絶。雖無摶片一尺圍，退之詩"雪片一尺圍"。已壓槎枒幾枝折。林端隔水乍有無，塔頂半空時見去聲。滅。題詩十指如蠶僵，筆落不待背後掣。甖頭香透削紫泥，醉面聊因散紅纈。未知東郭苦何事，履穿不憚走屑屑。《漢王良傳》："往來屑屑不憚煩。"俗譌作屑，六書無屑。老夫閉户坐自如，啓牖拂簾時一瞥。潁川禁體初偶然，後來眉山還繼説。我無勍手敵二公，戰罷哥舒持半鐵。

兒昌讀書太平寺蘄治東九十里靖明山，弘治年重建，見鍾文云云。《蘄志》山與寺並失載。

汝携書劍入名山，萬仞峰頭不閉關。欲策龍蛇青嶂側，試聽雞犬白雲間。佛龕太乙來挑火，僧座靈猨許獻環。此地星辰如可摘，自無塵想落人寰。

寄金會公德嘉

殿頭唱過第三人，不肯高聲出自陳。壬戌一月，大駕謁陵。十月廷試進士，德嘉以禮部第一臚唱一甲，故用范鎮事。對策幸能酬宿志，立朝同是報君身。蘭臺典故增秋榜，帝里風光正小春。爲語玉堂新學士，太平相業蚤經綸。

十年外翰已名高，新試絲綸舊綵毫。自有閒評操月旦，敢云世態薄風騷。山中細雨肥黄獨，天上春深醉碧桃。廟算功成方偃武，郅隆草野慶同遭。

江漢英靈自昔推，張生元是不凡才。希良。禹門龍餤雷嘗蟄，滄海蠙光月正胎。脱劍狂歌皆楚客，兩人相識在燕臺。即今君已稱先輩，肯信斯文有後來。

題歸高士畫竹藏，字元躬，震川孫，文休子也。

太常墨竹名天下，夏昶。歸老文休亦瀟灑。元功别得彭城法，醉後解衣方一寫。一枝贈我挂草堂，是時繞屋插新篁。始知筆理侔造化，洋州胸次吞篔簹。元躬取神兼取肖，雨至如嘑風若笑。即令折取一枝來，正看旁觀無此妙。夫夫老大尤清狂，垂肩白髪雙耳長。所南畫蘭不畫地，千秋志士同感傷。附禺帝丘三百里，放勳葬處留遺址。《山海經》帝俊竹林。雙梢愁惹蒼梧雲，九疑雙梢竹。亂痕淚點瀟湘水。元躬畫此人少知，日暮易米空筐歸。只今披髪飄然去，莫道前身是畫師。

烈婦行有序

麻城生員蔡作楫女，六歲能誦《女誡》，二十適生員周克孚之子方旦。始終五載，而方旦沈痾者四年。方旦歿，氏即時自縊，康熙十九年六月十一日昬定也。周先世有生員弘祚妻劉氏，守節四十年，溫陵李贄作傳。又舉人弘祁妻俞氏、舉人弘烈妻李氏皆以不食殉，神宗皆旌表。嗚呼！何周氏婦之節之多也，蔡女尤烈。鄉人歌詠紀實，以俟國典焉。

蔡家弱女周家婦，丹心玉貌仙家姝。飽聞汝南周郡姓。節議事，曾讀東漢班姑書。雖云伉儷五裘葛，第有藥爐親起居。事夫誓擬同生死，七尺素練千金軀。炎炎赤日西山暮，撫屍慟問泉臺路。秖知大義貴捐生，決絶須臾忍回顧。非圖冢上鴛鴦飛，不爲墓前連理樹。當時何物斂隨身，涕泗蓬頭舊衣屨。君臣夫婦兩大倫，國破家亡死幾人。息妃不笑何難殉，蔡琰還鄉再誤身。人間萬事悲堪觸，使我欷歔淚頻續。請將烈婦鄉里歌，彈入馬上琵琶曲。

懷李欲仙

艱難多態日，儁爽見高標。詞翰耽雲月，江山繞麗譙。鬬茶桑苧水，沽酒綠楊橋。欲極論詩興，春波買畫橈。

往日徐元歎，幽栖向薜蘿。一庵名落木，舊雨憶寒河。譚友夏題元歎庵也，欲仙曾問詩于元歎。鄴下遺音在，由拳秀句多。普云：李，嘉興人。師承風格好，試變楚人歌。

玻璃方鏡曹子清贈

披香侍臣金玉姿，贈我四寸方玻璃。光如寶劍出瑩拭，形比玉印無刓劖。塗黃銲碧作什襲，云是疏勒狻猊皮。何時金皴破鷇殼，聞昔火旮平去二聲。來渠胥。錫鉛磨揩賤銅質，纖瞖不起真神奇。漢宮四靈何足貴？唐家百鍊徒爾爲。碧空秋水兩瑟瑟，中有雲氣非瑕疵。持來炤膽徹骨冷，六月古霽崩峨嵋。人言此物出龍藏，鱗妾不敢污淫褻。空山佩入竄百怪，夔魖蜩蟓何繇窺。誓將携此訪五嶽，毛女跪換螢光芝。寒輝但許宓妃共，肯炤世上凡須眉。

春　夜

亂雅栖定一燈明，草閣懷人欲二更。不是耳聾春總静，梨花深處雨無聲。

大風雨無酒

短籬菜甲已全淹，池水侵階一夜添。怪底兒童無酤處，狂風吹落酒家帘。

憶兒昌山寺且招之

震雷發春蚉，高下驚蛟龍。念子遠膝下，雨雪空山中。貪幽亦何爲？涠俗寡所通。負笈虎豹窟，讀書龍象宫。問子所爲跡，老懷始悸忡。斷齋兩塊鬻，爨鉎三尺童。遥望飛鳥外，孤城鬱蒙蒙。百里暗春色，六時高梵鐘。山深嵐氣濕，竊恐疾病攻。苦節不可貞，兒其念老翁。

寄卜簡菴陳彝

樊山峙江滸，前對吴王臺。吴王廣讌復誰繼，赤烏事業今塵埃。武侯久不作，公瑾安在哉。揚波泙渫撼曲岪，我行弔古令心哀。西河令公善撫字，誰言百里非龐才。前年振旅洞庭北，艨艟萬鷁巴夔開。巉巁踣躓氋饘挽，抗議乞渻無嫌猜。行師大道有禾黍，捉人夜吏停喧豗。賞心閉閤弄柔翰，放衙立仗生莓苔。竭來鎖廳論群彦，磅礴六藝惟兼該。鹿鳴擢雋果良士，兔置登用非凡村。省試文武領解皆出門下。更聞攙彗富賓客，乘閒授簡陳尊罍。古來豪俠盡流水，高臺肯遣蕹蒿萊。何時載酒召公等，緑浪正潑葡萄醅。題詩走寄山水宰，一夜飛夢淩江隈。

二月十六夜示兒

中春戊子時辛酉，積雨初晴月上後。小兒驚報東北隅，天光罅裂無星斗。初疑列缺施火鞭，攙搠金蛇劃虺牖。乍如秋爕奔淒飆，漸若陽烏墜林藪。媧媧不補耀魄竇，群帝驂翔赤熛怒。茫茫閶闔誰叫開，往事曾談百年叟。腐儒咋舌指地雁，兵士摇頭説天狗。我聞天裂陽不足，熯潦年凶亦嘗有。前時彗茀無足憂，盛德救灾洵非偶。問君此異胡爲然，天裂非裂理須剖。去冬雪雹雷電作，驚蟄不聲亦孔醜。兹乃雷電之未成，隕火流星僅同咎。小兒妄喜天眼開，跪地祈求拱雙手。老夫儻然亦有求，只願年豐足美酒。

和友人花影五首

楊花雪起春雲薄，冶葉倡條争錯落。才因斜日拂墀頭，旋逐清輝上牆角。輕裾數步惹復留，嬌燕一雙閒不啄。美人遲回忽歸去，佩聲已在臨春閣。

荏苒上瑶臺，多應月殿來。可憐長信妾，奉帚幾徘徊。

難假丹青畫，休誇粉黛鮮。承來紈扇上，水墨幾枝妍。

飄盡殘紅葉未開，梢頭宿鳥動毰毸。月明正送氍毹上，賺得貍奴撲幾回。

秋水匳開望若空，一般紅紫亞簾櫳。游蜂浪蜨分明見，不得身親阿堵中。

放　魚

柳花霑露水滿塘，蝌蚪逐隊蒲芽香。塘心圓浪識鯉尾，噞喁不屑同鯊鱨。老漁提網雨中立，眼若鵜鶘覷深入。大魚中網萬目震，平聲。爻孔穿逃小鱗急。我疑水府人間同，高深飛走如虚空。吹沙鼓浪各自適，暴鰓欲訴含悲風。杜甫慈心有佳句，洗魚磨刀魚眼紅。我今縱汝桃花水，直到滄溟東復東。

寄題子星東田五首

不羡歸營緑野堂，高觀山畔理東莊。稻田茅屋兒童舞，恰似江南煙水鄉。

買犢心情不問牛，柴車素杖也風流。客來莫叩人間事，較雨量晴且自竊。

即山臺榭倚芳叢，望裡青疇穲稏風。無數隔江煙樹緑，相思都在雨聲中。

勳業文章辛幼安，稼軒小築足盤桓。就中風雨雲煙態，輸與先生静處看。

與公試結醉鄉緣，半讀仙經半種田。對把龍膺木癭杯名。傾白墮，倒眠牛背看青天。

紅心白芍藥俗名西施吐舌。

當階穠麗廣陵花，朱闌翠帟相周遮。垂垂酥乳宜甘露，灩灩光儀燦曉霞。就中一種稱奇絶，嬌姿别號先施舌。彭城舊譜不曾聞，近來好事争傳説。可知絶豔洗鉛華，楊妃一捻何足誇。白色，每瓣有胭脂指痕者。珠額正看丹的注，玉肌留住守宫砂。便嬛韡約宜芳譃，銀燭雲屏私巧倩。吐齊流丹百媚生，九成帳裡無人見。江城風雨日瀟瀟，桑麻桃李盡蕭條。可憐造物偏排當，不斷人間花月妖。

懷楊秋屏黔中

天兵前未入，使節已先行。籠箐非無驛，牂牁亦有城。瘴煙盤馬路，落日望鄉情。報政三年最，裁詩次第成。邊聲銅鼓定，土物葛袍輕。扶老思邛竹，何時寄一莖。

春　分

六旬淖濕不出户，户外階前滿碧苔。露井小桃初綻未，雨簷新燕忽飛來。平分春晝琴書冷，半入江風鼓角哀。汎濫秖愁東下疾，黿鼉窟近楚王臺。

不糝羹

三月三日雨如注，上巳清明皆不晴。可憐花事半塵土，欲采江干無杜蘅。何處檄書催協漕，官派民户協運軍造船，亦前所未有。漕，去聲。

已銷金甲未春耕。家貧且喜無多税,況有杯中不糝羹。

恒　雨

初日出不高,雨脚墜平地。泄雲何其多,恐傷山川氣。十旬但滃霫,少散仍霮霴。新雨换舊雲,雨盡雲再易。今年節候晏,月閏當夏季。慮彼亢暘時,農夫愁灌溉。土膏與民力,二者理難繼。竭用不復餘,焉能弗凋瘁。良苗懷清風,薙草須糞埴。高下惟白波,何以分畛埭。國雖三年豐,不敵一朝匱。創痍肉未平,念之足酸鼻。宋鈃華山冠,雖饑不忘世。安得風雨時,陶然民生遂。

聞友人在廣陵

當年隋柳幾株存,送客春帆每斷魂。明遠賦成休再續,樊川夢覺已三番。予不到三十五年矣。懷沙丞相西州路,史相國。野祀將軍東郭墦。黄靖國。君到依然花月地,可能一飯吊江村。

東南一綫挽輸過,煬帝功高闢運河。十里簾櫳新粉黛,千年城郭舊笙歌。土風送嫁殊鄉易,俠客登樓薄暮多。寄語兩江賢制府,于公成龍總督江南西。後來號令復如何。

邗溝開後更繁華,誰取蕪城作帝家。歷代山川亡國夢,六朝鶯燕返魂花。綺羅别淚猶嫌濕,簫鼓新聲莫競誇。惟有多情江上月,年年如鏡照天涯。

海口風濤急暮潮,車螯蛤蠣滿吴艄。能無痛飲十千酒,仍有吹簫廿四橋。水調紇那誰更唱,瓊花璧月可憐宵。太平樂事還堪賞,白首狂歌答聖朝。

多鼠淫雨後,忽多此蟲爲害。

爾雅釋鼠屬,厥類十有一。《爾雅》郭注分十二,誤也。文鼠鼨鼠豹文鼮鼠當爲一條,詳予《説字》。今兹牆屋産,不列鼷鼫匹。據《注疏》皆非人家耗蠹之鼠。何爲陰賊性,秉此猥賤質。髭如穬芒插,眼若椒實劈。蝼蛛蹙尾文,杜狗比頭瘖。色非塵埃糝,走劇蜴虺疾。横穿螻蟻宫,半奪蛣蜣窟。蛭蟷失其門,蠼螋竊游宅。掘深益竄窔,熏灌輒旁逸。荷莖莫能塞，榾莍安得座。二物俗用塞鼠穴。白晝匿垝垣，黑夜乃群突。恣淫逐牝牡，蹋壓聲窸窣。俗傳磨秏夜，正月晦夜。鼠子嫁娶日。細物象篚筐，幓裂雜餌餌。以此持贈之，庶冀免齧齰。我施彼不報，轉肆奸頑力。牀頭運嵤骼，橱腹掺棗栗。倒下循橦繩，仰行蹀牆壁。盤旋妬箱篋，香汗龡襪袙。圖書罹毀傷，何有稟廯積。筦空害爵鷇，果籔斷綆繘。銜釭滅明燈，緣鼎覬薌飶。雞窠偶遺卵，曳抱技百出。或時墜醲醴，腐穢變惡汁。梧棬黏涎餘，几案撲爪跡。斛羹有遺菌，失尿从尾水、尼吊切。透帷帟。嘐聱嫐未休，眠夢聒難畢。忽若工數錢，又如雉雊麥。兒驚冢重裯，婢忿搥枕席。騁黠逾翻掀，何曾畏訶叱。紙牕殘月映，破牖疏星入。舞類傀儡輕，儇同猨猱擲。衺邊跳踉過，急攫遽無及。忌器非所云，手板豈暇擊。睢盱更乘間，狡猾慣投隙。貧窶遭穿窬，厚封尤矙室。博場酒肉臭，聚首溷狼籍。奈彼貪饕情，喪我蓋藏密。秋園雹葵瘦，春盎蘭蕙茁。華莖忍齕殘，根盧苦爬剔。迎貓總無功，昏莫任狂獝。有若綱紀頹，法司失其職。愧非唐房仙，亦乏許邁術。造物雖弘含，於汝亦奚卹。玆焉略𠻳説，妖異且未述。地支冠龍虎，何義取此物。行露惡去聲。穿墉，豳風紀穹室。古聖所共憎，張湯故援律。赤犮除蘊蟲，若輩忍充斥。追咏碩鼠詩，令人坐於邑。

戲和梁溪蔣路然見鬼行書黄恭臣鍾馗按劍圖

梁溪蔣君自言七齡曾見鬼，鬼狀髣髴如髑髏。髑髏之狀更何似？眼眢骨骸陵去聲。如猴頭。此後十年又見鬼，夥頤醜態難追求。猰貐爲心藥叉貌，鬐風呬雨呼朋儔。蔣君見鬼第如此，旁有一翁微笑起。陰陽晝夜本平分，陽則爲神陰則鬼。蔣君説鬼苦未詳，老翁説鬼非荒唐。雷霆伏户竈有髻，東隅鮭蠪西泆陽。夔魖跧山一脚躄，網食出水纖腰長。古墳元狀把舂杵，幽巖慶忌乘車箱。神媿主阼魖魂客，媿，《説文》作魃；《唐韻》丑利切；《山海經》俗本譌作䰡。僎以跂踵傔虎倀。鬱荼度朔噉不盡，綮向八表横佂攘。依叢附草作叫唤，荒坡縹緲親酒漿。周公食以十二神，黄金四目儺方相。萇弘巫覡輕擩染，越鷩秦謔紛袪禳。雖菅既設杜主位，磃氏至饗天子鷊。其餘怨毒各幻變，經史散載都平常。草間蒼狗檝吕雉，車前立豕驚齊襄。赤章道士誦沈約，陰兵使者追姚萇。瞿曇更説種種鬼，但那奇殞舍遮梵音賒槎。狂。奥闍訶雒吸精氣，吞啖膿血無比方。諸如所説未足詫，老翁聞見纔懵惶。往時炎精失芒耀，白晝萬鬼來堂堂。江中魚鼈盡無首，道上鳩鵠紛盈眶。家分五厲作瘟疫，人有二竪藏膏肓。已聞黑眚鬭高廟，孝陵有黑白二鬼鬭。複道獵來登御牀。獵，俗字，本借雷，以有聲如雷也。宋徽宗宫中怪，或云朱温之厲所化。張端毅《貴耳集》从犬作獵。《字書》不載。崇禎末宫中亦有之。揚州争看紙錢市，宛下聞賣定伯羊。襄陽泥樹呼苦苦，睢水潰髑流湯湯。刑天干戚儛何事，國殤弓劍知誰彊。青熒燐火遍野哭，一聲戛鐙去聲。驚熠藏。版圖半屬點鬼簿，通逵交錯成鬼鄉。盧杞藍面鬼子母，蔡卞亦是大鬼王。鬼伯血拇齸人肉，鬼民頂口掌開張。箕卬帚拜畫文字，瘍傳蠱代無渠央。自頃老人遂又見，盥頮爪臉披衣裳。薜蘿何曾慕窈窕，東陽群怪來徜徉。易言情狀乃盡露，詩比如蜮真可傷。或時岸幘對阮侃。儵忽改面欺嵇康。閃屍妖蠥莫此若，東方欲罵宜誰當。終南義士訶不祥，按劍四顧徒徬徨。嗚呼！陰陽異道本如此，何用磔鬚瞪目按劍四顧驚徬徨。

贈詩僧方澮

年少愛山居，聰明自讀書。經行過虎窟，得意閉蝸廬。茗盌松花落，香臺貝葉舒。苦吟饒悟入，精進更何如。

廬山陸道士

汝向匡廬住，雲中第幾峰。峰峰藏霹靂，落落隱蛟龍。蟲葉書天篆，猨花帶佛供。當年陸修静，亦聽遠公鐘。

新　夏

空山雷雨半夜至，屋後笋高十尺强。淩晨簷霤有餘滴，啓牖几席生青光。候禽一月一回變，新夏百花百和香。日長無事羨漁父，江天清曠歌滄浪。

爲友挽歌

閒居本多感，日月劇轉轂。人命不永延，天道亦何蹙。朝聞賀者歌，暮隨吊者哭。堂堂廊廟姿，奄忽附鬼録。人生會爲鬼，鬼亦還虚空。鉤深竭萬慮，生死終懵懵。求仙但蒿里，訪道誰崆峒。錯迕非一端，冥然傃長終。傃終亦何悲，賢聖久啾嘆。纍纍丘壟中，塵埃古魂魄。秘器非天棺，華表無語鶴。白日不我臨，黄腸閉幽槨。黄腸亦以閉，隧道亦已開。粉黱假美人，亭亭下泉臺。形骸竟非我，榮鬱何有哉。俯仰平生人，憯切令心哀。

賦得常懷千歲憂

人懷千歲憂，庶幾年可百。苟無百年慮，脆脃生旦夕。學童眉始青，憨叟髪已白。白髪無一知，何異在襁席。登高望城郭，鬱鬱多廣宅。悲風來何時，草露委如積。秋情一本作晴，非。尋遠郊，下有腐死魄。野土胡茫茫，饑鼪吠枯栢。蜃車回修涂，鶴蓋交廣陌。汲汲何所爲？蚩蚩類行役。尊酒雖云歡，少壯忽焉擲。喆士豈善憂，來日良可惜。

四賢詠有序

世多以范蠡、張良相提而論，又以良、李泌并舉，其事本末不合，又不言昭代陳遇。略序三子，終以陳表出焉。

范　蠡

范伯鷙忍人，扁舟避鳥喙。成功本陰謀，取友亦狡獪。行貨活子辜，寧知故人賣。素交且不保，君王復何怪。鑄金表相思，未必終所愛。所以鴟夷皮，不在煙波内。

張　良

文成昔避世，寄託亦何詭。奉履圯上翁，殊非奇絶事。虚譚穀城石，安有赤松子。秦讐一已報，漢冕真脱屣。殺身悲韓彭，刎頸笑餘耳。博浪若成功，匹夫當没齒。

李　泌

長源慕神仙，事與子房異。處人骨肉間，帷幄皆密計。既當猛虎步，能爲羝羊退。無心簪紱榮，何有膏粱味。妄言麻姑酒，輒撫洪厓背。跡彼苦用心，逶迆終一世。

陳　遇

中行曹州豪，悲時每長嘯。山長本微官，前時已埋照。際會風雲主，經綸第談笑。三授至上卿，期期不奉詔。丹青謝淩煙，宅兆陪高廟。敻矣不可攀，千秋獨孤調。

偶咏五高

司馬相如

長卿慢世流，越禮喜自放。潛挑鳳琴心，不恥犢褌狀。託疾家茂陵，文君且無恙。大隱東方生，金門等佻宕。悲哉會稽守，僭矣齊王相。富貴能幾時，聲名轉凋喪。

班　彪

叔皮産扶風，遠害輒三徙。讜辭折隗囂，先幾脱天水。再事竇將軍，終歸漢天子。三公卒不應，百里奚足浼。初高魯連節，末繼龍門軌。所志在春秋，因成太初史。

徐　幹

偉長體清玄，太行去聲。獨修備。飛蓋臨西園，騰觚友曹植。旌命回當塗，組綬辭上艾。觀其所著書，微言諷當世。居然儒者風，荀悦非等類。篇什亦偶然，聊與七子輩。

左　思

太冲明陰陽，詞賦乃餘技。求爲秘書郎，自表非避世。三都詎難成，十載跡自閟。入雒二少年，鼓掌笑何事。一辭記室命，遠謝閤門使。龍種亂洛陽，冥鴻已先逝。

索　紞

索郎通天人，談經達休咎。中原禍且作，豫事返林藪。兑塞鄉黨間，有問但摇手。當時郭參軍，于智亦奚取。哲人審治亂，默識去聲。非尚口。卓犖觀古今，陳編得師友。

寄兒昌

盛夏不知暑，縣泉飜翠微。雖無陰壑凌，去聲。長有濕雲飛。雨雪能毋苦，清涼亦可依。高蟬咽新響，愁未制寒衣。

簡州刺史張六庵

前歲軺車路，神君説尉氏。道出公舊治。九年皆上考，十歲長嬰兒。師帥原非苟，循良遂在兹。陽城寧自拙，何武更無奇。涕淚操符牒，周旋費整施。間閻肝膈見，冰檗鬼神知。竟許泉明卧，毋愁仲叔饑。仙翁原辟穀，斧子只餐芝。弘雅通諧笑，真誠邁等彝。煩歊北牕下，時有惠風吹。

病甚寄石城

貧困遘賤疾，五嫠無良功。嫠，牟務二音，見《周禮注疏》。我本離俗士，天行胡見攻。人言膚革患，未足多憂忡。譬彼邊隅寇，浸淫寧忍容。噢咻夜起坐，顧見缾罍空。山鬼弄藥臼，蘿月窺房櫳。斯文信憂患，造物原顓蒙。千秋竟誰託，愴惻思明公。

龔柏子獨過湖問疾，託寄詩石城

百年蓬蓽穩，阻絶水侵籬。落日歸雲嬾，留賓放棹遲。窮愁徒束縛，卧病轉支離。短劄憑修翼，因君寄所思。

六悔有序

六悔者，輕讀書、妄作文、不力田、汎言貧、醫則昧、道未聞也。昔人望詩人救之意云爾。雖然，終焉于道奚有：癸亥閏六月四日倚榻書。

泬衣笥猶存，竹馬棄未敝。老不費歲時，倉卒可以致。天地雖長久，人生儵如寄。造化無全功，孜孜畢何事。大道如嬰兒，安知有書契。總角誤受經，鹵莽老始悔。欲罷復不能，居然竭思慮。泬，涎本字。

宜陽長嘯人，姓名莫能識。匿跡賣炭翁，行藏本難測。《水經注》：孫登嘯處，又云共縣共北山。或言孫仙翁，蘇門驕阮籍。一嘯傲已能，殊非潛龍德。嗣宗晚若悟，縱酒廢著述。大人先生論，爛熳未爲得。滅棄風雅流，庶幾近玄默。

古人重力田，生事有柢棋。饑則可以食，寒則可以衣。接輿蚤躬耕，楚相不足爲。邵平晚學圃，故侯何有哉。束髪溺文墨，不識鎡與錤。至今宅南畝，莫辨東西畦。吾非慕温飽，悔不師樊遲。

昔賢恥言貧，庸俗無可説。殘羹杜甫悲，叩門陶潛拙。富貴吾自捐，焉用傍人惜。節士如丘山，許與志莫奪。相彼中朝士，肝膽伏秦越。匹夫有金蘭，胸懷滿光悦。歡情爣不渝，衣帶爲君結。

少壯恃血氣，耳目誠聰明。九流頗汎覽，未治黄農經。疾疢老偕至，腐心猶汗青。時無王老師，莫乞參术靈。真人教回向，漱液鍊金形。澄神攝七魄，内視守三庭。雖非不死術，庶可安頽齡。

延齡亦何爲？欲問大道津。形骸固云假，還用修吾真。四毒不易伏，七鑿仍紛紜。情根似芳草，撩亂逐陽春。繇憂撓去聲，音鬧。我志，馳騖傷我神。何當衆慮静，瞥見光景新。持吾六悔意，聊以悉平生。

述　目

我生兩眼日月精，瞭灼萬古無逃形。不知何物忽來入，有若左烏右兔相升恒。天以日月爲兩眼，雖有薄食終貞明。燭龍兩眼作晝夜，北極以下無光晶。至人能不作眼用，沐浴四象萬景澄。華陽老人未聞道，八十自詡方瞳青。

閏月十一夜喜子星至自武昌

公來叶我夢，我病待公瘳。今夜藤蘿月，方知枕簟秋。空堂留一榻，繫竹有孤舟。會面神猶王，新詩費倡酬。

子星破曉問疾，口占

破曉車聲到，柴門猶未開。忘形同素榻，抛杖坐蒼苔。宇豈麗公接，鄰招王翰陪。公言欲卜鄰。藥欄差遠俗，乘興便重來。

附即席原韻　徐惺

短榻能同客，開懷病即瘳。竹陰猶帶暑，梧月已先秋。身世餘雙鬢，乾坤老一舟。漁歌江上晚，次第費賡酬。泉石重游處，林光依舊開。筍輿穿綠樹，屐齒破蒼苔。君自湖山主，余應杖屨陪。不因知己病，此地有誰來。

答子星

十年重蹋江城路，父老歡呼隘巷看。隔水飛青山色舊，繞湖是樹暮雲寬。黄樓唳月歸雙鶴，斑竹平安長萬竿。此地尚存狂阮籍，都忘禮數罄交懽。公前駐蘄署，留二鶴孚雛，後人得之，以雛歸。公月下高吟："羽衣若念曾相識，飛向黄樓夜月來。"少焉，二鶴唳空而至。又曾索竹種。余答云："使君大有王猷癖，愛我廬邊竹萬竿。雨後許移三十箇，便須日日報平安。"今成林矣。

又　簡

不冠從杜甫，羸體任焦光。瀟灑真名士，能來舊草堂。照顏前夜月，并坐此繩床。連日詩篇好，沈痾竟起將。

十三夜坐月將曉奉簡

君心比明月，對月輒思君。萬里通秋氣，孤峰表片雲。深宵煙靄合，向曉水天分。獨坐籠牕下，《子夜歌》："三伏熱如火，與郎籠牕坐。"籠、櫳通。林蟬不耐聞。

城上金笳激，江門鼓角悲。平分一片月，看落四更時。皎潔偏連夕,清暉未滿規。陰晴卜來夜,珍重待新詩。

十四夜月

修竹吾廬好,終朝對此君。留陰無惡木,背嶺宿孤雲。井畔薇堪摘,籬邊蘜未分。半年抛杖屨,鄰里不曾聞。

江聲静夜起,山響入秋悲。今夕月幾平聲。望,高樓人立時。新篇謝希逸,謝有《月賦》。逸興庾元規。魚鑰沈沈後,相望一賦詩。

十五夜月,是日立秋

楚天秋色異,髣髴自湘君。山近嘗行雨,江深易作雲。澄輝迥難得,暑氣漸須分。走馬申筐匭,書來日夕聞。

一葉井梧落,秋聲何處悲。捲簾蛩語内,倚杖月圓時。綵暈開中夜,銀河濕半規。知公定相念,此夕獨吟詩。

附奉和　徐惺

海内文章伯,于今獨有君。門連千頃月,樹冷一溪雲。丘壑身原重,詩書志不分。高懷勝冰雪,得句定相聞。

寂寞才偏富,窮愁豈漫悲。我來敲户日,君正倚牀時。看竹影千尺,坐花月半規。故人情未已,日日送新詩。

十六夜月滇黔凱軍過江上

微風動林末,秋意起西清。更得今宵月,能知昨夜明。千帆天外下,萬户寂無聲。近識將軍令,乾坤欲洗兵。

送子星還武昌

涑雨開帆未,停舟晚重過。往來逕千里,相送止簷阿。几杖留金石,煙雲鎖薜蘿。昔賢虚訪戴,嘉話後如何。

立秋後二日夜半，烈風猛雨震電約二時許，擁衾十六韻

中夜雷聲厲，滄江怒雨來。投符下東井，倒瀉出河魁。剨劃高閶破，崩轟厚軸隤。亂雲奔虎兕，駭電蹶虺尵。簸浪桅檣鬬，批林灌栵摧。睢盱逃罔兩，飛走墮胚胎。火繖炎官避，金巾斧吏鎚。與椎通，又音堆。江湖信虛受，巖谷總讙豗。薄激乾坤用，聲光造化才。無從知起伏，敢以數排推。物異聞頻有，流傳頗近災。隕形成栲栳，留篆認煤炱。寒火藏枯木，朱煙發死灰。遂能司殺罰，亦以警愚騃。懍慄天威重，逡巡斗建開。向明還起立，吟望一徘徊。

病中聞愚山病

太史平安好，聲名老帝畿。書來紀春孟，節换已秋衣。汗簡酬恩遇，漁竿冷故磯。素有謁告之志。思歸應有病，不病亦應歸。

病起，簡雪上座訂湖游

湖上新秋興，端居未易忘。長風蠅蚋散，斜日稻菱香。詩卷開清供，袈裟共釣航。一亭名接葉，隨意卧禪牀。

湖　晚

晚照下南浦，斜光連遠濆。荷花紅入浪，菱葉白如雲。内熱思冰盌，乘涼濯葛巾。豪横鬬歸槳，跳沫喜湔裙。

烈日落偏遲，餘曛猶半涯。水腥魚伏處，讀如字。月上鳥飛時。湖色因空静，榔聲出浦移。炎威隨日減，日日盡幽期。

遣兒歷之黄梅婦家

午熱歇鞍馬，蚤涼重葛衣。三年似秦贅，强半侍親闈。百里分黄甸，雙峰聳翠微。當時瞿待詔，山水亦光輝。

寄張石虹有懷王茂衍孫蔚

昏宿已流火，秋陽猶鑠金。若無清夜月，何以洗煩襟。湘水懷人闊，探奇嶽麓深。四愁君定賦，惆悵爲知音。

寄蘇元眉郡伯

江山猶可識，仙客竟重來。詞翰旁無敵，功能首更推。賦詩明月浦，釃酒白雲堆。冰雪炎天净，檣燈斗柄迴。科條原易簡，襟抱絶塵埃。比屋無幽隱，重門輒洞開。樊湖秋水渡，落炤武侯臺。病起期相訪，樓船一命杯。

送人之衡陽

秋老湘潭木葉黄，扁舟西去楚天長。山圍嶽麓皆群從，水到巴陵始大方。

懷劉菊水任常德

水迴嶂合鷓鴣啼，秀句聞君處處題。我對青山但西望，一生夢寐武陵溪。

殘　荷

秋紅垂鏡裡，清泠水雲鄉。落瓣猶堪玩，浮萍亦染香。暗塘明熠燿，細雨蓋鴛鴦。采采南溪女，灣深尚幾房。

七　夕

雷雨因風去，良宵更可憐。月涵蠙淚少，雲作貝文褰。細影蜘蛛度，涼聲絡緯連。女兒不乞巧，雙拜祝翁年。

秋　日

燥金今用事，大火欲西藏。野日無聊白，垂楊幾葉黄。傅芭秋召鬼,去燕客思鄉。風物年年舊,惟添短鬢霜。

陰兵篇中元前夜作有序

蘄俗,七月朔夜于景佑真君廟伐鼓吹螺,以小鉦巡於市,名放兵。望夜如之,名收兵。兵,謂鬼也。此十五日内,士庶家各祭亡者。又自九夜至望夜七日内,斂錢作佛事,所謂烏藍盆孥。《道書》云中元考校也。有司皆出行香。收兵之名最爲凄絶,作陰兵篇。

雙星既已别,孤月又不圓。涼飆動四埜,淒咽鳴寒蟬。草根上清露,隧道聞流泉。叢冢無人行,新故皆荒阡。禮魂本楚俗,設食哦靈篇。花燈散川陸,唱歎盟諸天。吹螺高嗚嗚,擊鼓深鼘鼘。何以名收兵,此名絶可憐。鬼中有國殤,聞螺來獨先。死時鼓角急,魂聽猶辛酸。幽冥莫能拔,救度維真仙。爲我謂司牧,此理殊不然。惟當保民命,薄海無戈鋋。苦酒消獄蟲,況乃王化恬。

聽　蟲

蚯蚓摇身唱,寒蟬出蜕鳴。微蟲得情性,亦自喜孤清。啓壤吟風細,分林吳月明。短長聽更苦,助我賦秋聲。

贈不昧

菵露生瘡痏,秋蝨劇虎狼。袒肩嘗不怕,白足自無妨。擔杖宣佛號,聞鐘出上方。楊枝時漱口,長作妙蓮香。

兼山過草堂出贈山水册子

吾家癡虎賢孫子,筆墨縱横足使令。不盡文章攻篆籀,漫移山水入丹青。袖邊雲氣生朝爽,牕裡鷗鳧亂遠汀。經夏老夫惟伏枕,柴門爲爾一開扃。

題兼山雲中廬嶽圖

登高望白雲,雲開青山出。山以雲爲衣,袒襲亦不一。峰峰有鐘鼓,往往雜仙佛。雲開蓮華涌,雲合翠微失。峰頭眇塵世,混沌莫能詰。塵際視諸峰,掌中看梨栗。秋雷頃刻過,征雁不終日。四面千里來,神遊一週畢。寵嵸隱百怪,倣像能幾筆。試問白足禪,一笑拋楖櫟。

從秋屏楊公得蔣俟齋訃

浮生空閱世,老至況多悲。往往傷離别,年年哭故知。才聞江筆盡,人向杜陵衰。不識羊求侶,交游更與誰。

哀極欲無淚,悲來聲轉吞。如何月梁夢,不到故人魂。冷落玄亭客,荒蕪滆水村。鷺洲,先生别墅。論文推後進,惟有邵青門。

理舊詩見晦山願雲大師評語

三十薙髮辭妻孥,四十道場無處無。當機出世不縮朒,裂眥潰圍真丈夫。媿我老猶女兒累,憑人認作馬牛呼。名山窈窕未歸去,何日雲栖禮窣屠。師塔在雲棲。

夢董蒼水

五茸城外班馬嘶,五茸城中人賦詩。高堂更燭苦不醉,痛飲狂歌聊爾爲。白草薊門春寂寞,紫簫歌館客分離。今宵入夢有何意? 秋衾月落抱相思。

答葉九來

黄金臺畔著先鞭,老人遲回已隔年。兩月慙分太倉米,三春空負酒盧眠。高情憶鶴歸吴苑,九來在長安有憶鶴詩。小舫留賓學水仙。曾寄鯉魚嘗不到,思君須買下江船。

荆南荆州建將軍府。

荆南形勝宜開府,綱領中原鎖百蠻。昔日玉環争要地,更誰金劍獨登壇。三分割據吞吴國,四達山河擁漢關。桑土綢繆欽廟算,即今江表蚤安瀾。

江上孤城聚八旗，殿前日夜羽書馳。簫笳舊旅初旋凱，龍虎新軍再駐師。阻崄公孫兵不守，屯田諸葛計何遲。山河一統尊王貢，聖主圖經午夜披。

詔書上將虎符分，鼓角新從三峽聞。千里連營壁壘陣，專城萬竈羽林軍。不勞供億寬民力，但鎮疆埸即策勳。十載平滇輸挽困，正須約法罷紛紜。

秦川公子昔悲秋，曾賦城南舊郡樓。沙市，楚都故城，仲宣所登也。一説當陽縣。滿目山川仍故國，曩時憑弔動深愁。荒江自换萋萋草，沙鳥長隨汎汎舟。幕府威嚴須善地，山公未要習池游。習郁池在襄陽，山簡都督荆襄。

觀石藩生倣予書因訂菊醉

石郎下筆真天姿，不獨臨池且賦詩。自是縱横才子致，何須仿佛老夫爲。即今我法兼卿法，轉益多師是汝師。衰病草堂蓬逕塞，菊籬期爾一銜巵。

郃陽王烈女墓表歌有序

郃陽王給諫幼旦寄王烈女墓表，唐金紫光禄大夫撿挍刑部尚書上柱國魯郡開國公顔真卿書。據給諫稱，亡姊豈若李北海蔡少霞魂書邪？幅末長安王巖撰文，新安汪濬集字。濬欲傳烈女，故借臨摹耳。上下筆勢珠貫繩引，亦奇物也。

梁山群盜寇郃陽，夜鞭怒馬馱鮮妝。王家女子名新玉，十六未嫁深閨藏。百良堡西百尺井，鑑光照心徹骨冷。一顆珠還龍女宫，半泓泉浸姮娥影。天都布衣殊好奇，掀髯起寫顔公碑。初驚古冢出斷碣，旋疑北海書雲麾。我聞鐵石摸逸少，興嗣綴文頗稱妙。顔公碑版重當時，不得其書稱不孝。顔公意氣淩秋霜，汪生下筆須戟張。悲來欲作招魂賦，蔡州碧血飛南岡。

錢舜舉宫人教鸚鵡圖

華清宫人隴西女，性愛金籠養鸚母。五更暗起不梳頭，團扇輕敲教言語。瑣牕十二葳蕤小，銀漢斜沈宫漏悄。不及雞坊食禄雞，一聲唱徹天門曉。

懷等觀

歸依米汁佛，自號香嚴老。對酒輒逃禪，相邀必傾倒。藏書幾千卷，牙籤戛長爪。筆法寶宋元，自運亦復好。蚌盤鹿角格，麈柄虎須草。不殉貪夫求，廉者亦不討。别來豆花雨，飃散旃檀杪。得句沈吟餘，磬韻時一繞。辟支已鬢白，貪愛可清醥。落葉寄相思，遥遥失飛鳥。普云：討有求意，《左傳》："日討其國人而訓之。"

寄吴萊陽瑾

幽居騁遐矚，浮雲莽容裔。身在江漢間，神遊滄海際。彼中有佳人，蘭茝結深締。仙都近只尺，安期可遥詣。鱷濤既偃伏，蜃樓日開霽。作吏非風塵，靈區本迢遞。賦同木華偉，詩與蘇髯繼。疇昔論斯文，君才頗瑰麗。嘗思浮丘侣，豈羨金門避。率意有吾曹，中原幾兄弟。帶草色罷青，白雁秋已遰。《夏小正》：九月遰鴻雁。遰，往也，音地，又音滯。退閣得新詩，憑風倘相寄。

書趙昭儀傳

漢武皇后初入宫，千燈萬扇如游龍。水晶壁帶黄金屋，雲母屏風白玉虹。《博古圖》：銅虹，即金缸也。專房擅寵春秋度，阿嬌顔色長嬌孺。子夫一入逐新歡，頓使君恩等朝露。索居悵悵情無已，宛轉蛾眉幾回死。長門本是館陶園，椒房翻作平陽里。郎官亭東草樹秋，城南桐柏轉幽黝。《韻音》有《周禮》黝牲黝堊，鄭康成竝讀若幽。愛極能令生百媚，情移祇覺起千愁。漢宫寵辱繇來變，陽阿歌舞夸飛燕。赤鳳兒歸不復來，張家公子時相見。昭儀恣意復幾時，簾南葦篋誰家兒。從牀投地不肯食，蓬頭觸柱胡爾爲。當年阿嬌嬌欲死，買賦長門殊可喜。人言合德體生香，何至咆號遽如此。綺紈鉛黛總成塵，始終修潔李夫人。轉鄉欷歔終不見，甘泉圖畫宛如神。被中若失平生貌，帳裡應無佳麗魂。

書班倢伃傳

增成外舍詔入時，陽禄館中兒不啼。後庭恩重一辭輦，昭陽語燕雙來棲。秋風紈扇且未棄，長信奉帚猶嫌遲。心傷淚隕最何事？寂寥空抱黄金歸。

未央瓦硯歌

古香漢宫瓦，上有未央字。細看真贋雖未知，膩理金聲頗精緻。當時蕭何造未央，壯麗略似秦咸陽。鳷鵲鶵翔冠去聲。鴟尾，甂瓴牝牡雕鴛鴦。一朝箭入昭陽殿，銅爵臺成金狄怨。熒火横燒長樂宫，攔牙細落蜚廉觀。鄴都歌舞不多時，渭水漳河總廢基。馬蹶蹋碎遊人踐，蟋蟀唫殘蔓草悲。吁嗟此瓦復誰取？文房列入宣和譜。可憐尺埴十萬錢，猶勝長陵一抔土。只今南内高馬通，琉璃破缺蓬蒿中。老僧拾蓋伽藍頂，夜夜蒲牢吼梵宫。

老　人

老人喜問事，閒客幸頻過。自理愁中鬢，猶能醉後歌。山空新月蚤，水静夕陽多。秋興應難減，相招采菱荷。

久不晤澹巖先生年八十餘，好學不倦。

落落才難盡，悠悠長閉門。下帷垂白髮，倚柱讀黄昏。徐勉談風月，延之教子孫。似公能遠俗，吾道自應尊。

見紅葉思訪康伯東衡山

碧落下秋色，千林幾日紅。擬騎匹馬去，訪汝萬雲中。巖壑風前狖，江湖雨外鴻。空山多獨悟，吟咏與誰同。

慰王恂度

與汝爲兄弟，相看各二毛。荆篸一已棄，井臼竟誰操。五岳終難去，千秋且自豪。莊盆何所貯，盛滿必香醪。

聞　鶴

寒月冷山骨，棲禽多不聲。胎仙獨警露，空谷響三更。葉落風無礙，舟聽夢亦清。知君志霄漢，引吭更長鳴。

上冬二十七日喜故人陶季深至

故人忽入門，雙淚隨拜落。離別三十年，音容兩綿邈。前秋寢門痛，爣恍知未確。君來從何方？是否疑夢覺。舉言欲無端，反覆動問數。上感存殁悲，中叙懷抱惡。樵蘇旋吹爨，羹湆雜簌臛。涕罷開笑譚，村沽試斟酌。長安米不貴，負郭産仍薄。兒女各成行，须眉對猶昨。子皍尺素書，錦囊君佩著。愚山阮亭説。舊筆可時援，新詩戒輕作。清心聽一二，緊塪立霜鶚。回憶同學時，慚稱佗山錯。將軍故邸第，予婦翁蕭公振寰。赤棘纏野葛。歌舞散如煙，車魚近誰託。言從雲杜宰，一踐季布諾。老興摎風雲，高懷待揮擢。歸帆拂滄浪，更期廬山約。何當畢昏嫁，携手游五嶽。

附戊午秋喜顧赤方書至　陶澂

饑者夢飯不忘食，躄者曳足不忘起。而我離群寡所聞，得書那能不狂喜。蕲陽顧子我執友，癸巳别之逾二紀。前年涉江爲住帆，僅一登堂視諸子。今年寄我武昌書，錯落秋蠅忽滿紙。中間覶縷殊未畢，大約因風寄心髓。上言黽勉幸勿怠，俗學紛紛盡波靡。年來撰述聊自娱，汗漫無成古人恥。下言德燿竟淹没，大息斯人長已矣。悲涼作謡須老兄，遠道丁寧蓋如此。篇中再云髮欲白，歌笑依然未豁齒。念子湖邊猶食貧，昏嫁關心總相似。恭承悃款感且媿，絶勝加餐遺雙鯉。持書數日讀數過，倒臆傾情宛尺咫。歸來諄復語兒輩，世上交情等閒耳。吁嗟乎！同心之義金从堅，豈徒託交有終始。

虎卜圖

兩爪撲地勢欲前，尻高尾竪如旌竿。人言此圖是虎卜，虎雖饕噬還顙天。皇天好生意叵測，縱虎貪殘爲物賊。天心悔禍會有時，猛虎還遭鉅牙食。

哭施愚山十一月初五日

慟絶愚山子，交情隔死生。爲文未見止，在日已高名。起草鳴先路，詞林志晚成。銓才矜尺寸，一字必經營。孝弟誠無忝，風流定主盟。充身皆血性，取友切嚶鳴。聖主連茹拔，幽人以彙征。叨陪覲閶闔，獨步入承明。丹地班行異，花磚内直行。前朝存典故，黨議尚從横。會蕞勞群智，分明待秉衡。三年勤大事，吕東萊撰《大事記》，期自堯至漢武，以三年成。病終，未卒業。五度歷王正。愛我書頻寄，愁君病未平。青燈無死夢，白旐問歸程。神鬼留訶護，時流漫品評。敬亭雲月换，千載吊宣城。

雪　花

日午黄雲暮，江城釀雪天。寒威應漸重，雨點不成圓。欲下隨風嬾，將低取勢旋。花根有春意，薄潤到林邊。

六出原陰數，初飛試蚤寒。微微背日脚，細細落雲端。凍雀争叢宿，哀鴻仄翅看。門前報漁艇，酒至覺憂寬。

始　雪

瑞雪似芳草，年年一度新。郊原汗漫合，坳垤淺深匀。寒中梅花病，風光柳絮春。陳言莫相污，覓句要清真。

雲際綴因風，層層望不窮。氣温時雜雨，寒結半留空。水藻冰沈緑，江楓葉剩紅。兒童解弄筆，圖畫慰愁翁。

拂廬乾自好，錦韉箋、薦二音。濕猶過。酤肆全開幔，漁郎不被簑。山鷄窩正暖，野鹿跡尤多。空谷誰相訪，持栝且獨哦。

木　冰

蓋覆園林滿，都資夜氣爲。飄瀟批竹葉，邪竪著松枝。鎧甲仍成象，嚴凝已報知。春風動殘臘，莫遣少陽衰。

懷雪嵩方滄兩禪士

湖上毗盧閣，清修閲歲年。月明滿秋水，雪净得冬天。詩就香筵後，梅開筆塚邊。素師須斗酒，懷素飲酒以陶情。莫學遠公禪。雪嵩

獨坐一鳴磬，雲深長閉關。流泉斷絶壁，疊雪滿前山。掌飯慈饑鳥，披衣正戒環。苦寒詩思瘦，都在亂峰間。方滄

苦　寒

洞庭以南大河北，江漢東來本卑濕。層冰積霰霽復霧，峰頂雲過映天黑。冷猿抱臂山魈啼，狼虎粻人行不得。誅求歲暮物力窮，朔風憯澹無顔色。

待　酒

遠山似瘴天迷迷，空巢老樹無歸棲。罍乾甖冷酸未熟，薄日又下花枝西。

苦　冰

峥嶸層冰高，遠近嶺壑燿。白日煬不銷，明月夜來照。城頭無啼鳥，樹下有死鵶。風木時自摧，淩陰詎能鑿。儲泉裂甆瓮，餘瀝膠釜斛。蔣逕誰更過，袁門信難掃。前年出王師，千里冷軍竈。已聞澆作城，還堪斸爲砲。即今兵革靖，海宇如再造。和氣須來歸，貞元本天道。

喜張長人過

走淩馬蹄仄，雪花猶在襟。十年一握手，相歎爲知音。客至開籬落，兒扶入竹林。予兩人皆兒扶。往來看二老，童穉亦欣欣。

白茅堂集卷之二十四

甲子康熙二十三年

梅卧

科頭驚老罷，普云：《説字》：杜詩每用"老罷"，猶"老去"也。謀口尚依人。未審今年燕，銜泥何處春。日高雲細度，沙白草初新。醉卧江梅下，愁銷更幾巡。

酹亡僕有志

辛苦僕夫内，一朝何所知。蔬根存甖壤，竈角有枯枝。馬鬣王侯冢，龜趺將相碑。九原無異土，于汝復奚悲。

元宵口號五首

荒城岑寂大江邊，不舞魚龍已十年。父老亦憐風月好，沿門争索買燈錢。

新年四海息煙塵，社鼓村簫屬野人。百福萬年須獻祝，五風十雨太平春。

元宵舊例列仙班，寶炬香煙識聖顔。開道廬溝新耀武，殿前不用駕鰲山。

假面獅兒跳八蠻，村農亦道看燈還。一年好景催租過，惟有春頭半月閒。

滿街燈火亂兒童，鐃鼓喧闐處處同。等待三更齁睡去，更無燈火月明中。

杏花

不雨如經雨，枝頭色轉滋。候催春到蚤，開向社前時。年前臘月十九日立春。簫鼓迎燈急，樓臺待燕遲。玉人何處醉？楊柳未參差。

驚蟄雨

收燈驚蟄節，膏雨正相宜。力淺輕雷助，陽回萬物知。白生沿磵水，紅濕出牆枝。上番占花信，豐年幸可期。杏花蒲牙先發，豐年兆。

山茶梨花

山茶太紅梨太白，吐餤搏冰真可惜。兩株爛熳立東風，一種妖嬈出南陌。夜庭如水天澄澄，絳羅生綃雙作燈。彤雲欲攡銀橋下，碧霧輕揩寶鏡升。昨日春來又春去，妝粉半殘紅淚雨。樓頭開謝經幾春，回首新人看成故。

海棠林檎

海棠林檎相並紅，時世競逐新糚同。似調丹粉未匀稱，已見翠袖相遮籠。玉容著酒雲屏裡，嬌重寶釵扶不起。曾聞西府擅繇華，肯向南園儗桃李。勸花雙酹金叵羅，晚風高樓簾幙多。東家趙女西秦娥，齊顏等色君奈何。

桃花

劉阮當年洞口迷，桃花依舊發前谿。成陰結子渾容易，何必元都觀裡題。

李花

誰散星精作玉葩？風光二月屬山家。一亭夜色明如雪，不是梨花是李花。

琇球花

顆顆玲瓏碧玉攢，曉來霧重壓欄干。不知何處香風動，蝴蝶飛來滾作團。

梨　花

一夜洗妝雨，如歡復似愁。當風小垂手，對月倚高樓。柳絮飛他院，桃花逐淺溝。獨餘香粉重，點綴在庭幽。

晚　梅

嬌額笑春風，玉瑳不曾露。豈意豔陽時，斷魂開滿樹。牽雲巖畔宿，照水溪邊路。山僧亦有情，折過橋東去。

紅花郎色紫，生田野，與菜花相雜如錦，吴中游女謂之"紅花郎"。

吴田雨未匀，野卉蚤芳芬。拾翠逢行露，看花到落曛。輕輕掠燕子，馥馥動罷裙。楚地無遊冶，蕭條牧馬群。

松　花

嫩葉攢芒出，新稍五粒開。彈風惹黄鳥，卧雨糁蒼苔。粔籹香堪和，烝篘色拌醅。山中有餘地，千樹倚雲栽。

蒲　芽

蒲牙未出水，水底有春風。一雙鳧尾鯉，擺入草窠中。

花　落

月月有花開，月月有花落。何事獨傷春，多情自愁著。若使花開長不落，蒼梧雲結英媓活。君不見昨日之日非今朝，今世之世非前朝。興亡自古有遞代，緐華不久成蕭條。金烏玉兔日西逝，東流之水長滔滔。物故還見新,有新必有故。隧道澌泉臺沼開,驪山宫殿牛羊路。勸君花下日進觴,仙人示我不死方。團團九野鞭三光,六鰲跛足立清淺,麻姑緑髮如秋霜。

賞落花

滿城新緑悟春闌,樹底殷紅樹上殘。便可邀歡重把酒,一番開謝兩般看。

元妙觀玩月

鈴鐸微風静,仙都夜景多。玉蟾緣綺井,鐵鳳撲星河。體道知盈昃,含光豈濯磨。大羅天上色,帀地湧金波。

酒渴不寐,起見東皋詩

不寐夜過半,春霜天正寒。清鍾支枕聽,殘月少人看。嗜酒因年減,憂時屬句難。東皋有愁士,長嘯在林巒。

菢鵝偶次杜少陵《雞柵》韻

鄙性不饜腴,恒愁饔飱迫。舒雁亦易孳,春卵未忍喫。生成就行列,見客張兩翮。二月山草芳,蔆縷正緣宅。微温風日下,省視嘗脱幘。盜啅異群雞,花畦不須隔。野塘縱游泳,栖息省欄栅。泥融新燕喜,蹼亂歸鴻跡。豈惟制水弩,亦少黽擲。沙邊集萍藻,鳧鴨同衽席。任其戴雞狎,竟免狐狸厄。狡黠雖善瞯,憨勇與之敵。婆娑既充玩,貧窶且有益。衰年謀轉拙,衆口箸未析。非求東堂餡,不效於陵感。竊計升斗售,無聊此其一。詩成發微笑,酣翫愁亦釋。豈羨伐冰家,牛羊滿阡陌。

漁　竿

野色漁竿外,天青日下遲。蒼鷹著水去,釣艇受風移。秖覺江山静,仍憎鼓角悲。時平思岳牧,生理順烝黎。

僧篘

雲山物外暗，春晝雨中香。屢空瓶罍慣，空齋草木長。拂鳩呼隔樹，游鴨轉寒塘。獨坐那無酒，僧篘許貰將。

燈花

絶勝五螢芝，銅缸玉蘂垂。拾從明鏡側，寫上美人眉。煤可代黱。送夢西牕穩，餘輝静女知。蘭膏頻續燄，不畏曉風吹。

巧舌

多言欺紫燕，百囀勝黄鸝。曙色勤勤報，山光處處啼。蟻封行自急，蠹穴竄深栖。莫近離愁耳，羅衣濕豔妻。

同雪上人聽鵑

西羌抵身毒，亦有杜鵑鳴。西域宜叭哩別喇迦竺諸國皆有杜鵑。萬里能啼血，多生恨不平。月斜山不暗，春去客心驚。何故天津北，中原無此聲。

鄉儺事詳文集《蘄志論》。

春社作已畢，土風尚儺驅。雲旂夾翠罕，鉦鼓趨中衢。婦穉候門喜，羅拜陳牲醹。田鼉及雞彘，禳祝憑神巫。雕幾列神像，被以紅錦襦。中坐天寶帝，左右雙明姝。太尉復何人？題額黄金塗。鳳胄雷將軍，位與睢陽俱。郎君白玉面，細馬腰雕弧。酒酣招百戲，囉嗊何紛拏。假獅西涼舞，鬖鬌騎蠻奴。似聞涼州破，西向悲唏嘘。千秋事已往，此舞胡爲乎？既非周禮制，法部仍荒蕪。祈年比蜡臘，鄉鄙聊歡呼。獻酬若大酺，瓮中寧有無。

子弟

董葛銓衡三楚士，董其昌、葛寅亮。當年日月正中天。朱門子弟知羞惡，白屋生徒豈棄捐。大小法廉遵舊典，後來文雅異前賢。即逢匠石空回首，雨露何繇畜梓楩。

經義論才豈不磨，焚香撤幕禮如何？孝廉聞一能知幾，科第登三寶未多。宋制科，惟吴育登三等。肯信南山終蕪薉，曾聞西土起菁莪。不求温飽英雄志，歲月蓬茅仔細過。

上弦月

水底半規月，雲中月半規。何如樂昌鏡，兩地未逢時。蚤逐中星落，圓因合朔遲。刀環思婦夢，燭滅數佳期。

母子鵝

乳伏恒相守，雄雌性更調。引雛就芳草，側腦看雲霄。柳下浮萍破，蒲邊細影摇。横過避魚虎，一陣浪花漂。

偶　作

沙觜鷺絲踏影，水面魚兒打花。俗謂魚鱍水爲打花。舊雨菁芊新雨，東家蝴蝶西家。

哭思庵兄

老淚三日竭，涕洟猶自揮。憑棺更一慟，白日無光輝。君本服儒素，良吏于皇畿。勇退即今少，享年登古稀。優悠且無何，奄忽遽見違。平生鮮兄弟，遲莫何當依。吐詞哽胸臆，何以寫我哀。靈風若髣髴，山雨陰霏霏。

書陶季深詩集十韻

老友惟陶季，交情託始終。不忘知己誠，真有古人風。五字高岑潔，長歌李杜雄。精神經慘澹，氣象轉洪濛。放意親魚鳥，爲農識稑穜。妻孥仍自得，時命豈能窮。遲莫諸侯客，江湖一釣翁。纏綿清夢在，瞻望兩心同。命駕期玄度，匡廬約遠公。摩崖須健筆，并勒紫霄東。季與予約。

讀季深福州食荔支詩

嶺南竹肉良足奇，丹山鳳圓人莫知。仙家絳雪果何物？不及建州紅荔支。㕏佗桂蠹經時至，越王蜜櫳堪遥寄。側生三日離本枝，鮮姿不到中原地。閩天五月熏風晴，纍纍垂實光青熒。日中萬樹同時赤，種向千家各異名。纈丸顆顆龜文縐，玉盤的的驪珠走。肉豐粉膩棃花嬌，核藏酥乳丁香瘦。釵頭紫、十八娘皆細核。宿酲一啖心脾涼，豈必帝臺甘露漿。未能郵置通五嶺，但有鹽漬來江鄉。嗚呼往事不足道，十萬殘師屯越嶠。醂藏一顆三百錢，蠟丸柑子何曾到。軍府偏能致遠珍，吴儂罷舞雕筵新。五侯食客詫未見，指動不數嘗黿羹。我曾入閩值冬燠，惟見千林萬林緑。徒觀畫譜未一嘗，秖取君詩再三讀。我歌仿佛君定嘲，平生有口空嗸嗸。終是吴兒説甘橘，生憎北客比葡萄。

文徵仲書楊鐵崖與先玉山花游曲册子，戊子歲見之吴門，想見至正太平時。今讀季深詩，歎賞其工，補和之。

陶序云：康熙戊午四月八日，余在京師南城得觀文徵仲楷書小册，點畫波發如秋蠅，册前書至正戊子三月十日。會稽楊維禎偕茅山老人、玉峰才子雨後往游石湖，携妓瓊英過寶積寺。坐衍禪師西軒，對碧桃花，因爲瓊英賦花游曲，玉峰和之云云，而徵仲自記録詩，時在正德甲戌六月廿又三日，距諸公樂游之日已百六十七年矣。今去徵仲又年百六十有五，勝事之無間今昔，能移人情如此。追和其韻，系諸左方："吴山雨霽開溟濛，群公勝游惜春風。載得紅妝碧湖裏，唱徹新聲隔煙水。花枝灼灼當寺門，美人鳴璫曳絳裙。折花不語獨回步。腸斷鴛央道傍墓。可憐逝屐不復來，至今空憶芙蓉杯。相逢且與試茗盌，莫問從前舊歌板。夕陽一片湖水西，衍公素壁堪重題。春鶯自是催花使，宛轉猶能啼數四。蠅頭小字誰擘箋，殷勤爲記花游篇。"

石湖雨歇春濛濛，碧桃萬玉瑳春風。鸞笙日暮畫船裏，美人嬉游絳河水。琳宫旛竿花作門，繡羅似曳金輪裙。草平如鏡回纖步，落花舞上真娘墓。千年恨魄去復來，當筵勸盡瓊英杯。地下頤兒可金盌，人間零落紅牙板。斜陽依舊吴天西，翰林弔古重評題。何人寄入梅花使，蜕墨臨摸已三四。鼪珠才人開錦牋，感時爲續花游篇。

架格行

明星東方高一丈，殘月西峰兩相向。已啼架格三五聲，婦子牽牛出門望。哱囉何處悲嗚嗚，江頭大艦聞喧呼。納芻編户有新例，日出官符還點夫。

雨　後

梅子梢頭壓正低，春山萬樹緑纔齊。雨過百道懸泉響，杜宇飛來不敢啼。

豔詩爲友人

曈曨繡户曉，團圞珠鏡光。錦衾留膩粉，翠鬢换新香。蠙胎綴蹀躞，鳳步動秋蹌。休令賦六憶，誰堪怨七襄。文簫矜遇合，碧玉正年芳。欲得千金笑，還應典鷫鸘。

即事贈蘇元眉

縣邑東巡日，樓船破浪來。趨陪逢讀律，坐久接深杯。令節方修禊，和風到草萊。城西有仙蹟，披寫更登臺。

江聲來漢沔，山色續岧嶤。時雨桑麻起，行春景物饒。便乘青雀舫，擬到緑楊橋。何似臨皋下，清風鶴可招。

三月二十六日，《説字》起草成，夜大雷雨，紀夢

騰雲黤中夜，雨急雞鳴遲。雷公暗奔跋，自以電火隨。猋風逐點滴，揁攋皆横施。吾廬轉不漏，寢夢安如飴。懺悦昌盧開，十二高嵚嶔。恒星聚成字，乃在天中逵。垂芒燦八角，來往群真窺。兹實文字祥，于予兆奚爲。書成見宣聖，此事吾頗疑。心精落寣寐，結習非神奇。

五峰磬石歌

高堂靈壁立五峰，五音清越含其中。呼禽可似郭休鐵，刻魚不用張華桐。匏庵學士昔購此，吴文定公物。雕臺位置蕭齋裡。何年青草生龍宫？已見莓苔登燕几。野人拾來供草堂，酒酣披髮摩青蒼。唾壺罷擊苦蕭瑟，叩角行歌徒激卬。丁鈴數聲江月白，鸛鶴離巢驚磔格。有時梵響同楗椎，似對仙翁調鐵笛。沈家阿翹呼欲起，唐文宗太和九年，宫人沈阿翹進吴元濟方響，光絜照十步，犀搥發其聲。石氏珊瑚隨手擊。隤丸擿鼓恐不如，敲盞諧聲詎能及。五峰五嶽争窮隆，峰峰似有豐山鍾。襄陽米老但矜詡，三十二朵青芙蓉。

木假山歌

堅根千年卧沙磧，是木非木石非石。蛇穿蝎齧如水淘，縣磴空嵌巇高格。拆爲雙峽孤爲峰，高不盈仞細盈尺。離犨豈假鑿伐工，㵎豁居然巨靈擘。康干孤松老能化，西海仙槎理難核。即非秦代木客留，定有殘墳秋鬼泣。柳州曲几即堪斬，莊穸輪困自應惜。牧兒野火偶未焦，樵豎斧斤愁見析。古林朽櫰生螢光，土花庮钃神奇藏。龍頭博山亦尺木，出雲見怪此中足。

關帝廟

策功三鼎足，漢壽一亭侯。開濟同諸葛，宗祊有豫州。華彝香火遍，旌旆鬼神愁。帝謚何時上？千秋恨未休。

五月十三日暮雨俗謂關雲長磨刀水。

荒江竿影立，猶挂漢旌旗。午夜靈風起，千秋暮雨悲。偏隅雖正統，宗國已顛危。北地賢王在，傷心廟哭時。

折　蓮

白蓮花在水，空際却聞香。不覺炎天熱，偏來夜氣涼。墮菱《六書故》音綏。花中須。銜翡翠，落瓣打鴛央。開落無人處，呼兒試折將。

暑

山容失清楚，暑氣鬱滃濛。潤物莫如雨，蕩空惟有風。蛟龍春起盡，壞蘄水縣城。川瀆脈潛通。側想陰宮雪，長明萬壑中。

望回山

勝地留仙蹟，前賢宅此間。元結。巖中藏白屋，江外只青山。遠渚看帆轉，遊雲擇岫還。峰頭報落日，重疊見孱顔。

坼　湖

荷芰遠聞香，漁舟出浦長。月光濯兩槳，明滅水中央。草樹弄山影，禽魚安夜涼。當年風鶴警，春浪隱千檣。

挽江南于督府成龍

江寧百萬户，三日服麻衰。一自海中介，恩威去後時。温公千里哭，諸葛百蠻悲。別有山陽笛，臨風慟故知。

葡　萄

大葉蒼藤倚屋栽，一枝馬乳掛千枚。最憐明月清霜下，滿地虬龍踏不開。

泊長圻墖風雨

溯洄緣訪舊，檥棹復如何。身世浮泡外，江湖夜雨多。濤聲來枕上，橈響有漁過。金錯囊全罄，中宵獨寤歌。

巴河舟中

河聲帶大江，秋水稍欲落。南風擁高浪，崖竇轉瀺灂。前山上霽日，宿霧倏如削。應知夜雨來，飄灑向豆藿。炎歊不肯退，時值三伏末。俯舷愛清流，庶以療肺渴。江湖幸清宴，腐儒老丘壑。浩蕩宇宙間，猶然昧生活。客言五月中，岳陽雲氣惡。千里巴陵湖，波心涌城郭。五月廿五日。憶在庚戌秋，此怪曾一作。山靈亦蒿目，人事卒焉託。望望西風塵，雲中睞黄鶴。安得起謝公，風煙一清霩。

過西塞

半江落影波光亂，千仞銜雲鳥上難。東對九磯青不斷，輕舟一過一回看。《水經注》：西塞山東對黄公九磯。

鷺

灘邊輕下時，雪羽映山崥。點出碧波暈，行褰青荇遲。沙流魚避影，瀾動汝先知。忽啄纖鱗急，低頭偃素絲。

鷗

鷗鳥亦高格，翛然如忘機。每從青草起，嘗共白雲飛。水遠天長外，罠矰雁綮稀。往來仍聚散，隨意掠漁磯。

浮　漚

回旋瀺灂下，散漫大江中。浩蕩隨軀侶，漂摇共釣筒。巖心鍾乳挂，風面石潭空。一夜深山雨，洪流萬壑通。

釣

松逕出幽谷，褰裳坐水涯。地偏魚食静，風起釣絲斜。世外吾何事，年來鬢已華。懷秋者誰子，霜露隱蒹葭。

書酒媪蒲葵扇

紀叟黄泉呼不回，崔婆老轚爲誰開？他年我若登仙去，唤取茅龍載汝來。

蚤雁

江淮猶苦熱，雁陣已秋風。八月關門路，千山一道通。呼群齊下食，接翅起長空。聞道車師北，黄沙十萬弓。

鄭肯厓先慶過訪

詩人推鄭谷，覓句喜清新。似爾躬耕者，還如鄭子真。老予得良友，斯世有天民。令子聊遊宦，長公昱宰唐縣。先生自隱淪。山中宜白眼，境外接芳鄰。就養歸來日，秋風滿幅巾。

八月十四日哭殤孫得熊昌之子。

昨日嬰前兒，今暮泉下鬼。何用别彭殤，茫茫只如此。生死往來路，癡情望汝還。昔聞羊叔子，樹下解探環。汝父當今夕，簾前立白衣。囑兒魂且住，莫向武昌飛。兒垂絶，猶呼其父。

聞幼鐵將至

惻惻不如意，悠悠空向人。雞談今夕酒，蟻國夢中身。下第饑兒滯，空山夜雨聲。書來聞小阮，一笑慰離情。

送友人游南嶽

萬古朱陵洞，中宵紫蓋重。石船已飛去，禹碣在何峰。九面瀟湘見，三妃羽節從。誰將興廢淚，一灑嶽祠松。

兒昌歸

長風送汝去，細雨正歸來。慰問情交切，提携笑語開。英雄餘事業，歲月忍蒿萊。刻志無温飽，艱辛見汝才。

貢院吾無苦，己卯，犯房考諱。壬午内艱後，即不與矣。名場一散仙。每看人進取，竟莫辨蚩妍。臣筆惟竣得，論文覺汝賢。千秋堪俯仰，努力學前賢。

舟中調猢猻

載汝扁舟山茂林，大江風浪雨霎霎。收藏鞭影從渠放，下上牙檣許自任。狡獪解逃虬婦口，見《釋典》。跳梁終逐野干心。更聞樹樹南州路，捕得如拳笑不禁。

月下芙蓉

搴花真木末，照影向金堤。蚤暮嬌容變，早白午黄暮紅者，名嬌容三變。涼天雨露低。無人深院里，有月小樓西。何似孤山畔，寒梅處士妻。

季秋一月無風雨

重陽過十日，病足一登臺。瑟瑟秋天外，亭亭旅雁來。絶無風雨意，不見菊花開。前有一尊酒，南山對舉杯。

答李因兄過蘄風雨阻訪原韻

乘漲秦淮兩槳來，小姑山下大潮回。雨聲蕭瑟平蕪去，風迫蒲帆隔岸開。愛客難邀三弄笛，愁予盼望一登臺。不勞冬半茅堂約，即到江城共賞梅。

題藥地畫松

報國寺松天下奇，西山萬樹尤疵虒。泰嶽五株既補種，致道七檜還枯枝。少室峰頭白如雪，如鴉老蝠黏瑶脂。華陽洞口但植此，天風玉筅雙童吹。畫圖二老何代客？衣冠漢晉蒼须眉。臨摹落筆妙神理，攢針拗鐵槮離披。草堂高挂萬籟静，坐觀兩耳聞清飔。黄荃花鳥現春日，東坡菜把含霜滋。此圖不獨松有響，厓前碉底聲流澌。一老横琴坐不鼓，一老背立疑尋詩。藥山道者昔贈我，自言得意廬山陲。已被風雷六丁取，何期物色仍逢兹。當年畢偃不復見，墨花零落誰寶持。揮毫一掃二百字，但愧外孫無好辭。長鑱久辦入山用，伏靈詭怪如蠵鼊。携還屋下對綃素，青牛走出休驚疑。

再得李深書

啓明與長庚，東西互相望。織女慕牽牛，盈盈限河梁。不才與夫子，同心生異鄉。浮蹤有睽隔，至性無參商。謡傳到兩地，訊問苦不詳。號咷後得笑，歡娱無比量。落月送幽夢，長風來遠檣。自言三十載，得上君子堂。中饋已冥莫，呼兒貰酒漿。試收兩行淚，且盡今夕觴。會并能幾何，復在天一方。素書月一束，道路忘阻長。丈夫志弧矢，豈不懷故邦。山陽舊釣瀨，秋水多菰蔣。鶗鴂吊芳草，梧桐墜高岡。行行共努力，世態終茫茫。得季深謡傳在壬戌冬，詩見《壬戌集》。季深《舟車集・丙辰訛傳詩》："故人消息是還非，每夜占星指少微。何事蘄陽江上信，十年前直到今稀。"《癸亥過蘄州志喜詩》："三十餘年記别離，中間蹤跡兩參差。相逢各有千秋淚，忽墮尊前是此時。"

曝竹蕈半寄子星題十二韻

自培十畝竹，雲氣勝瀟湘。春筍龍蛇見，秋芝傘笠長。傾筐乘雨過，入釜及時芳。齒臁鳴鵝蹼，膏溶爛乳羊。麞頭尤臾臾，鹿角更觰張。皆芝菌名。小雨蜉蝣出，初晴蟚螘揚。二蟲雨後日出生菌上。衒奇還五色，别狀啓千房。有房者名羊肚。吝惜加鹽豉，輕憐點沸湯。食餘無骾刺，茶漱必旗槍。就日隨簷挂，經冬賴裹藏。思蓴難比滑，采蕨恰同香。欲識幽人味，長瓢許共嘗。

風波港望道士洑

秋容全在水，九月蓼花天。豈敢憚行路，所思經歲年。雲迷枉渚外，山斷夕陽前。此地風波惡，聞名亦可憐。

七磯雨通夜

病目連三月，風霜復見侵。孤舟一夜雨，慘澹百年心。戍火江村黑，山鐘落葉深。神交寧料我，襆被此哀吟。

礬湖口

泌滮灘聲小，魚龍夜不波。江長銀漢短，地盡楚天多。霧隱孤城矮，《説文》：短也。雲開一塔磨。祭風臺下路，來往熟漁歌。

贈子星山猿

山猿吾所習，獷性慣超騰。敲板下來食，讀書嘗守燈。煙霞閒與共，羅網害何曾。効伎惟清嘯，聞歌輒善膺。非因使君借，計渾有《鄭使君借猿》詩。幸免柳侯憎。題贈即山老，調馴看最能。

壽道公

圓頂三生相，修髯一老翁。安禪仙子窟，闢棘楚王宫。樹影滄江外，鐘聲落照中。雲關終日掩，此地有支公。

即山牡丹、芍藥二會在春季，僕十月始至，遍讀名篇，續十韻

我來值冬候，生意在花根。莖帶微陽暖，苔留春雨痕。枝枝憐紫玉，種種出名園。想見圍三尺，花面大者徑尺。齊開各異盆。廣陵姿既擅，洛下譜尤緐。沙燕輕相掠，遊蜂静不喧。千回思繞砌，百兩可盈門。揚觶無多罰，留賓有一髡。好山同謝墅，約會待春温。不見東園老，看花到子孫。淳熙年，河堰東園牡丹無種自生，有人欲分移，掘根見石銘，云："此花瓊島飛來種，只許人間老眼看。"有李嵩，自少看此花至一百九歲。

坐晚霞閣，步子星韻二首

小閣倚孱顔，風雲矚兩間。斷鴻江外落，去鳥日邊閒。籬菊猶含態，梅花竟蚤攀。避人誰共賞，爲我啓重關。

萬瓦圍蒼郭，巖樓三兩間。遠帆如不動，暮靄自長閒。日入山尤静，江清月可攀。不辜乘興至，高杖出松關。

壽奴鹿

灑落元卿裔，名山興更長。幾年離故國，春色就他鄉。靈壽高栽杖，湘�挿滿囊。道書紅袖奉，詩卷緑綈裝。六十纔先甲，乾坤一老狂。姑媱有仙草，共采白雲傍。

即山樓逢秣陵孫郎粤中至二首

建業饒佳士，孫郎果妙才。皎如珠浦月，清敵嶺頭梅。紅蝶爲雙佩，丹砂服幾枚。暗香生滿坐，知自莞中來。

鵠嶺岧嶢起，風煙俯市闤。開牕納雲物，落照滿江山。絳雪逢靈藥，青童見玉顔。不須司馬賦，縹緲出人寰。

夜話龔端毅公詩句，用韻志感，同子星賦。丁亥冬公贈予詩，有云“對爾調難操白雪，關心夢每到黄州。揚亭酒盡侯芭去，多少江山泠竹樓。”四首

青簡當年留直筆，白頭弟子在蘄州。揮殘鶴嶺今宵淚，夢斷烏衣明月樓。

曾記分明别南浦，不堪痛哭過西州。更誰傳説當年事，百抃題詩下酒樓。公在虎丘索予賦長律，百抃爲限。

魚素幾回來薊苑，鶯花無復會揚州。可憐風月桓伊笛，剩有江山王粲樓。

故人話舊情何切，生死交情有合州。對酒吟成腸斷句，夜深歌徹即山樓。

爲龔端毅請祀浠川，次子星韻四首

川嶽英靈豈漫猜，如公真是軼倫才。陳遵勝客餘尊酒，郭泰門生半草萊。尚有曲池埋碧藕，浴蓮庵，公所建。空憐官閣發江梅。一生蕭瑟狂歌裡，誰解千秋庾信哀。

往事孤城傳箭急，隱囊羽扇最風流。攀條幾下江潭涕，斷雁長憐

楚塞秋。綦履蒼涼留蔓草,樓臺落日半林丘。即今横槊收功地,父老含凄記未休。

詩格廬州長句好,秋原萬馬静銜枚。六橋明月三春舫,五里姑蘇百尺臺。詞賦久隨梁苑盡,笙歌無復季長來。南山椒桂何繇酹,老去漂零濁酒杯。

花外斜陽憑弔處,獨餘老樹發秋枚。二疏祖帳還丘壑,萬卷藏書入夜臺。往往山陽横笛淚,年年春雨杜鵑來。浠川兒女餘香火,縹緲荒祠酒一杯。

答子星讀予詩

把酒發長歗,胡爲中夜歎。衆人但鹵莽,誰識千秋難。明公善討論,標格惟高寒。雄談肆激賞,披瀝明心肝。斯文滿天地,觸感誠無端。蕭條物外意,黽勉山中餐。性情本不夭,心力安能殫。生平與夫子,臭味同金蘭。放情塵埃外,携手浮丘歡。淩風駕黄鵠,相望同林巒。

附讀黄公《茅堂詩集》 徐惺

我讀茅堂詩,中夜起三歎。作者固不易,讀者良亦難。一讀秋月明,再讀秋風寒。秋月照人目,秋風摧肺肝。想其落筆時,感慨來無端。何以抒離憂,願言勸加餐。五車既以畢,毋令心力殫。灼灼百卉榮,不如九畹蘭。鴻雁滿天宇,安得平生歡。回頭送飛鳥,策杖看林巒。

次瀹菜韻

壆菽在東田,值此苦寒節。趣民務蓄菜,月令重採擷。歲時紀荆楚,鹹齏歷霜雪。幽居若老衲,一味咀禪悦。芋菘既在眼,葅瀹頗羅列。晦庵嗜薧辣,每食不能輟。五鯖吾不知,三韭實非褻。前時寄竹菌,風味比玉潔。火候認湯聲,清泉石邊咽。今來共葵藿,意匪重臑折。小摘爲情親,蕭晨必重設。

少一韻補之

秋園灌一畝,張王小春節。白薤與緑葵,傾筐正堪擷。土香帶宿雨,莖脆如嚼雪。日暮呼壺觴,幽意良可悦。素甆貯三五,先後參錯列。高談發名理,雙箸時一輟。朱門酒肉臭,豈忍井丹褻。隱之昔清操,盤餐示脩潔。天寒甓色湛,齏斷刀聲咽。欲起剥冰菘,畦風恰吹折。提鑱興未已,放杖歌一闋。溉釜更烝湘,歡娱看君設。

陳山人畫一老張口過橋

攢眉不入廬山社,何事橋頭笑口開。應是聞鐘相契後,獨支柱杖過橋來。

閨雪圖

雪滿高樓日暮時,繡衾寒擁坐多時。起來不管金釵墜,笑打簷前冰筯兒。

立鷹圖

空山瀑布無人處,可似連成海上時。兀立蒼鷹聽不去,月明惟共老猿知。

倚柳圖

玉環繡芾内家妝,粉面微酣賽海棠。莫看東風惹楊柳,春寒珍重入蘭房。

倚梅圖

六龍徘徊延冷光,江梅十月迎微陽。含情倚盼春愁入,小立纖腰脚無力。瑶臺青鳥知不知?姍姍雲步來何遲。月落紅綃人不見,幾回倩手寫崔徽。

寒夜子星携酒

小犬吠復住，主人齋闥開。階前雙榼到，花外一燈來。侍久奚童喜，天寒旅雁哀。當杯上明月，譙鼓莫深催。

題黑隱文倣石田山水，即爲隱文壽

石田書畫錐畫沙，腕中風雨兼煙霞。晚年弟子有徵仲，詩格推倒還西涯。黑生後起關中儁，二百年來追筆陣。凝神筆落未落時，匠心遂與神工競。少年門第霍驃驍，讀書擊劍歡游遨。報仇曾借萬章俠，金盡五陵空結交。三春芳草湘沅緑，刀劍無緣買黄犢。異地登樓王仲宣，夢裡胡琴劉景復。有時槃薄臨長風，目送萬里江山窮。别寄閒情書荳蔻，亦能眉黛寫簾櫳。男兒遭逢無得失，即今年華方四十。束縛難同櫪下駒，卬藏不鼓王門瑟。楚山高兮楚水長，手開雪繭三丈光。坐上驚回孫彦古，尊前絶倒顧長康。君看筆力真無敵，長槍大劍英雄色。長留王宰在人間，豈獨石田老人今再出。

東魯峰

晴川樓外盡江湖，鏡子堂中好讀書。幾度呼船風浪惡，隔江煙雨是君居。

雲綬寫予小像

老夫面目真難畫，畫裡青山畫得無。只須畫作空明鏡，畫裡須知有老夫。

風雨子星詩酒至，同兒昌侄維禎次韻

客懷寂歷霜外雁，寒夜停燈江上樓。雨聲簌簌鵲蹴瓦，風急葉葉蟲鳴秋。詩挑野叟有深意，酒送麻姑百不憂。阿戎小阮强解事，老筆逢公敢唱酬。

山樓看月次韻

停歌看明月,明月勝清歌。不有故人酒,如兹良夜何。柝聲生遠堡,漁父辨江沱。忽觸離情苦,樓頭一雁過。

回磴立中宵,徙倚殊未已。歌聲落前江,宿鳥驚欲起。玉繩隱薄霧,月鏡净如洗。高咏反招篇,素心適如此。

桂實堂言别

秋杪風濤壯,衝寒一葦過。但知人宛在,肯問夜如何。分火殘星落,聞鐘後夜多。花時仍把袂,莫爲唱驪歌。

冬桂猶垂子,寒梅預弄春。終年庭館寂,高卧歲時新。杖屨忘酬酢,江山自主賓。别離仍不惡,風雪一歸人。

同維禎昌醉潘氏五芝堂

寒月下城闉,星河欲向晨。留賓好兄弟,窺客太夫人。五芝堂聯句有云"深杯破寂寥",太夫人贊之。起舞淩雙燭,狂歌達四鄰。尋陽風雪夜,陶侃不全貧。

泊夏口懷子星

江汭維舟夜,霜明未肯眠。大星排霧出,寒月近人圓。雁侣笳吹斷,烏啼客思懸。簾櫳雙燭影,新句更誰聯。

同等公夜飲秋影樓,讀其近作詩餘

長至來朝是,禪鐘動夜分。語融前後際,法問未曾聞。陶令惟求酒,支公本好文。浩歌長短句,亦足遏行雲。

贈金亮言思默,故人甌之子。

友道觀生死,凡情殊不然。爲憐任昉子,欲著絶交篇。但竪淩霜骨,仍存舊日氈。青山作屏障,好在枕書眠。

山僧説靈虬茶產寶掌道場，相傳仙媪指出。

四野寂無人，明月照高樹。僧來責茶約，且向蕭齋住。長瓶貯春雨，熁盞傳陸羽。身上木蘭衣，猶帶山中霧。靈芽清士福，盤曲來鳥路。千歲寶掌翁，門徒始焙作。鳳栖山下水，久付毺鷺污。煩師一卓錫，瀵涌須復故。虎跑持地與，龍井伽藍護。神異倘再開，還能覿仙嫗。

雙　雁

鶗鴂遵平沙，飲啄忘縶彈。何時失隄防，罿羅忽牽絆。百錢得一雙，不羨曇礦换。奈此雲中姿，忍充眼前玩。水寒藻荇没，雪滿蒹葭亂。斷陣寫遥空，誰爲舊時伴。冰池倚病鶴，枯松落蒼鸛。鎩翮恐汝單，深棄萑藉亂。人間盛刀俎，羽屬珍翠胖。捨身雁王慈，捎網仁者讚。護生理固爾，免患君豈但。放汝發春風，努力養修翰。

獨　酌

獨坐理殘尊，黄昏雪打門。貧來無芋栗，老去問雞豚。野燒時過嶺，山君夜入村。瓦盆珍重在，留得醉兒孫。

晚　雪

歲晚江湖感慨生，閉門風雨滿孤城。鄰家易過牆頭酒，竹外時高屐齒聲。薄暮同雲尤憯澹，梅花雪片太分明。盧仝牕下曾誰到？秖是相思無限情。

與雪滄二上人讀即山詩

徐陵詩幾卷，清似玉壺冰。正坐梅花窟，邀來竹院僧。江雲低暮靄，山雪灑春燈。每到驚人句，狂呼不自勝。

示幼鐵因致申梅江

龍飛嘉靖始，首輔重文康。密勿經綸厚，扶持社稷良。平臺欽璽命，留守驗銀章。苦志調元化，無功紀杜房。澤從雍里衍，派別楚江長。五世宗驃騎，玉山封驃騎將軍，錢塘縣男。初年徙兔岡。總管徙家無爲州兔兒岡。宗臣知貢舉，子弟列門牆。嘉靖戊戌文康知貢舉，日岩公成進士。患難交存卹，羇棲各故鄉。莒州避仇家蘄，先君子避難家昆。兵戈臨海徼，書劍理殘疆。合志同膢臘，維恭爲梓桑。庭階推小阮，詞賦敵長楊。書就還休上，詩成每寄將。薄游回薊苑，問省到茅堂。似爾彝倫重，今誰出處妨。囊携燕市月，枕醒鶴樓霜。健筆空群輩，威弧獨蹶張。笑談根血性，次第訊行藏。汎愛難知己，常情費付量。雷陳原不易，申顧必同行。梅江，申文定公之孫。先後傳衣鉢，文定亦狀元宰相。從容躋廟廊。素心敦故舊，畫省一仙郎。翻覆羞時態，擔當表義方。如斯堪激賞，永好幸無忘。得釋虞翻恨，何須阮籍狂。關河杳吴楚，煙浪匿蕭湘。日下人曾到，冥飛意已償。山空還雨雪，江廣怨風檣。温靄深杯勸，星河永夜望。蠟從遊子屐，書老幼安床。後會煩相記，吴醪纍滿航。

照水梅九首，有跋。

疊瀏作層臺，香生別樣梅。月來惟影在，雪盡認花開。面面臨妝鏡，明明向水涯。石湖驚未覩，舊譜定重裁。

爲嫌寒日照，不受雪花欺。池定潛句引，風來却倒吹。深深避月姊，故故惹江妃。萬樹羅浮種，炎方亦未知。

最宜高岸種，偏向水邊尋。影與雲痕動，香生樹底陰。鳥棲窺絳蔕，蜂抱仰檀心。何遜如相賦，風前更苦吟。

冷豔連朝發，高橋覆幾枝。繫漁篷底見，饑獺影中窺。魚浪沿堤唼，鷗風掠岸吹。若從樓上望，只道未開時。

月魂雪魄豈尋常，上苑前頭占衆芳。一陣暗香尋不到，枝條陰處喜迷藏。

身是三千第一姿，分明映在影娥池。因何却扇春風面，任是旁觀不許窺。

莫近風波妬女津,有誰妖豔雒川神。東君無限相憐意,一味低迷惱殺人。

似怨東風開謝纔,教人背面費疑猜。玉容寂寂低明鏡,一任蕭郎唤不回。

羌管吴歈豈易酬,須憑好語作纏頭。千秋俗盡陰何筆,恐被東皇笑不休。

照水梅花藏向下,面波對影,弄態獨殊,酒間雜得九首。他時有高鬟廣袖憑欄笑語者,請留東壁之詩。甲子十二月十七日自跋。

二十八日大雪二首

蜡臘報功畢,閉藏春始生。百寮停庶事,聖主愛民情。詔十九日各官封印。瓶水呵還凍,山禽瘵不聲。但聞農畯喜,三白及嘉平。是月小盡,元日立春。

聞道新開府,慕天顔。扁舟戴雪行。旌旗風不動,士馬寂無聲。照野千村静,連江萬壑明。重臣惟政簡,銷甲事春耕。

松陵吴漢槎兆騫,江南才子。予未識其人,愛其文,近聞自關外贖還,志喜

吴子投荒萬里行,親朋一哭已孤征。山依絶塞黄雲盡,水繞高驪漢月明。贖得蛾眉存似歿,收將駿骨死猶生。悲君頭白歸來日,豈異河梁舊子卿。

白茅堂集卷之二十五

乙丑康熙二十四年

大雪懷雪松、雪岸二上人

黄雲暮復合,大雪又紛紛。雙鉢知何處?孤鐘竟不聞。暝煙迷野豕,邨火躁山君。近郭人蹤滅,溪橋渾莫分。

雪甚

積雪滿前岡,千林勝月光。虎蹯朝陷跡,獵客夜拕槍。鷹隼無空擊,狐狸不自藏。關山雨雪曲,嘗激壯夫腸。

惜雪

冰解不流濁,簷聲半濕墀。最憐殘雪盡,竟似落花悲。斜日涓涓白,新波細細吹。秖須呼酒伴,更約蹋青期。

水已迎陽緑,山宜北向看。嵌厓永凌去聲。在,繞岸竹枝乾。草色青萌見,蒲牙碧玉寒。老僧高屐至,磴路尚漫汗。

鴨

碧水穿花鴨,春泥掩白沙。波間同汎鴇,雨後亂鳴哇。散隊翻萍葉,教雛唼葑去聲。芽。嘗思杜陵老,勤數向鄰家。

晴郊

日暖風初正,四方定位之風爲正,孤虚爲邪。鳶飛身始輕。短帘迎客指，疏磬出林聲。令節無燈賣，荒涂漸草生。百愁何以釋，惟有醉宜城。

述感

陶兒與杜子，失學爲家貧。貨殖原非偶，生涯豈異人。浩歌寒食酒，起舞落花春。桃李知人意，年年一番去聲。新。

暮雨懷季深幼鐵有約不至

薄暮雨如霧，垂簷獨坐時。霏微近簾幙，霑濕滿花枝。野岸齊煙艇，東風轉去聲。酒旗。所思仍不至，迢遞失前期。

臂痛二首

臂骨春來痛，攤書坐屢斜。簾開風顫燭，夜静雨催花。晲酒拋囊藥，呼兒看鬢華。連朝酘熟未，煩汝問東家。

老去尤貪醉，平生劉阮師。有何稱意事，第許快心詩。遠害看麋鹿，行吟答鼓鼙。蚩蚩四十載，周旋世難，斷自二十。贏得鬢如絲。

山 城

二月山城春可憐，青回柳條生曉煙。候禽知雨鳴不住，芳草未萌香已先。永日悠悠閒竹徑，出門渺渺惟湖天。百壺倒盡亦容易，且須一斗囊中錢。

琵琶歌

琵琶本出羌中聲，四弦膈膊風雨生。漢家何年得遺調？流傳樂府同琴箏。細君遠嫁氈裘屋，馬上贈行惟此物。明妃環佩魂欲消，擭索涼州後人續。六朝以往曲最多，太真獨愛涼州歌。三尺鵾弦傳賀老，一枝玉笛和寧哥。康崑崙，段和尚。一回彈，一回唱。左手急，右手緩。裴興長，曹綱短。紅蓮袖手終讓伊，眼前忽覩呼韓妃。珊瑚枕上夢初破，瑇瑁筵前呼出遲。繡囊解處銀環小，鳳頸龜身裝七寶。一弦誤犯條脱鳴,似惜兒啼驚自抱。黄金却月刻兩邊,烏絲香繯綰左肩。乍彈破撥苦寒調,邊風朔雪來胡天。錦帆珠雹灑歷落,萬柴嘈嚼白翎雀。訴盡娼家離别情,再翻蕩子思歸樂。中華自有琵琶聲,戰場鎧甲刀劍鳴。可憐脂玉春風手,嘗向沙塵塞外行。五弦别自貞元起,此樂玲瓏更盈耳。黑旛摇動涇原城,番馬馮陵灞橋水。裔聲小大仍略同,仙詔坐部陳當中。至今兒女愛入髓,蕩魂失志皆言工。曲終低送還三弄,頭上花枝安不動。罷彈羅幙悄猶聽,却疑飛下秦臺鳳。

菜 薹

未放黄金蕊,高抽白玉莖。入蔬猶蚤及,過雨正叢生。日炙香如蜜,春深色向榮。紫藤開謝後,遊冶更多情。

客言夜行見神鞫虎,遂記其事二首

幽冥神道理或有,拷虎爲虎神理負。生人負理神自知,三五猫兒巡撿汝。東家寡媪昨失豨,西家少婦無伏雌。躐籬伐屋騁牙爪,躨躨白晝行通逵。天生萬物各有命,餵肉飼芻皆分定。貪殘念汝亦天生,每尾捉來一百棍。

髗鼻鼿地旍竪尾,四劍插斷腰豸豸。黄昏出草天明歸,脱却毛衣爲道士。生靈入口天曹知,誰堪恣噬任爾爲。酒樓上梯血在胳,天符鎖取歸幽司。神燈照鞭撲磵下,明日林間毛血灑。犢豚放野兒暮樵,前邨鼓聲作春社。

趙子昂八駿圖

子昂畫馬身學馬,三丈氍毹鋪屋下。水月童子觀中心,翰林亦是忘形者。驪黄舊譜不足遵,蛟身魚狨尤非真。雄恣逸態自超絶,不麟不角皆麒麟。曹霸八駿多其一,韓幹圖成十四匹。毋須定認穆滿乘,秦政追風僅聞七。池臺楊柳堪繫時,圖中摇動東風枝。康王泥馬神靈盡,十二天閑歸斡離。

湘靈鼓瑟

湘川流急緑,帝子有遺音。萬古别離地,一雙哀慕心。巫雲無處所,楚雨費招尋。天外宫商散,猿啼斑竹深。

詠荆軻

白衣易水上,已分作專諸。如何變前志,欲學藺相如。燕丹豈楚璧,督亢平上去三音。異商於。誤抱生還意,非關劍術疏。

懷即山

二月春未分,慈雅坐無事。新燕偏蚤歸,含情落花地。浮雲忽西馳,雷雨警動植。願解百結腸,蕭疏領天意。帆帆上水風,葉葉雲際吹。欲往愧夢遲,飄然爲君至。

白雲山訪龔百子四首

緑煙高處白雲遮,二月山僧入采茶。野火樵斤都不到,層層開上杜鵑花。

景定兵戈記不真,白雲山下起黄塵。叢條長養君休伐,留與他年避世人。

古寺煙深大道傍,午時鐘板出雲堂。種松道者歸何處?已見新梢百尺長。廣教寺在山下,順治初天章禪師重建。

龔家老樹大離奇,曾記來游十月時。珍重主人高興在,開樽重肯索新詩。戊午歲有《龔家奇樹歌》。

龔莊夜雨

交情貴久要,信宿愛山椒。崖仄風連樹,泉通雨徹宵。話延同榻坐,酣半百愁消。竹外仍留艇,來時水没橋。

江夜行

霧暗疑無地,江渾漸急流。隔林迷店火,纖月送行舟。膝上彈孤劍,舷邊起宿鷗。長年思勞酒,舞楫向前洲。

溯流入蘭䜭,偶携畫册展對,念此趣可與嵒耕共,題一律贈之

百丈牽江嶼,良因卭友行。獨携書一卷,坐玩月三更。樹色疑城近,鍾聲喜夜晴。山川清絶處,應好著嵒耕。

等公壁倪鴻寶山水大幅無舟帆人物甚高致

遠水無舟檝,空山惟老春。但能來看者,即是畫中人。不復知黝壁,《周禮》黝堊,鄭注:黝讀幽。長宜拂素塵。何年寶净土,遺墨愛忠臣。

苦雪戲柬欲仙

雨雪芳草遲,連月花告病。河聲夜來高,衆壑起奔競。側聞前年春,三版忽告浸。使君立城頭,水伯虔受命。我昨山中來,梅花尚春孟。驚蟄雷先聲,冰霰知轉甚。郊原好桃李,咫尺阻游泳。僧梵緩齋鍾,流雲澀清磬。一旬乏牛酒,素榻坐偏醒。恐累李先生,竟成耒陽令。

尋第三泉

分茶陸處士,戴笠老坡仙。荒草迷前路,名山仗後賢。茝蘭空磧裏,煙雨大江邊。誰道寒甃失?廉泉在目前。欲仙求之五年,不得其處。

尋緑楊橋

悠悠今古事,杜宇一聲中。誰卧橋亭月,偏當酒旆風。舊堤無老樹,野店發新叢。往蹟知何在?溪光處處同。

步　月

歛聽步禪磬，遠香開夕扉。天空月自舉，雲過性無依。碧草夜猶見，新花風不飛。維摩無廣地，于此足忘機。

雷　霆

雷霆不在空，碾開志士胸。雷霆不在地，願鼓壯夫氣。高天豈無聞，下土空云云。南山劈苦栢，不擊魑魅群。

答丁燕公

旅次忽懽聚，病中身始輕。故鄉時入夢，垂白尚勞生。訪舊心頻悸，聽詩耳半傾。餘偶病聾。未須愁契闊，千里渭陽情。

同等公塘上步

靈雨應去聲。時過，清光舒柳芽。小蜂普云：如幼小之小。頻撲面，輕鳥亦摇花。行見寒塘影，回看落照斜。哥斯雖老去，不改舊恒沙。見《楞嚴》。

夢　醒

禪鐘百八歇，曙鼓聲欲動。我夢未到君，君來入我夢。月明花暗落，候鳥竊先哢。攬帶方及晨，留光照梁楝。

蘭　溪

飛雨自東磵，湍流抱西岡。源自英，六合衆溪西流過蘄水縣，入于江。沿河聽沙響，曲折通舟航。旭日水上出，澄光蕩青蒼。石壁閲人代，流傳半荒唐。陸泉既已失，丹井安能詳。筆沼訪墨竹，圯橋猶緑楊。向非蘇黄輩，佳境何繇章。空明四十里，三月春草芳。撫影歎變化，懷賢多感傷。

穀　雨

江湖上春水，歸雁感秋心。郵隴望不見，浦雲深復深。蕭蕭來穀雨，漠漠過前林。十畝仍須課，山中報候禽。

草　堂

草堂箕帚净，清露發梧桐。弱葉娟娟影，疏簾細細風。看花憐眼暗，脱帽怯頭風。鶯是今朝到，杯愁隔日空。佳音來故舊，聞龔伯通視察湖北。失喜語兒童。蚤晚山樓客，高歌慰病翁。

入　夏

山畦水滿流泉深，楚天入夏常陰陰。老人晝長苦多睡，稺子牕下時高吟。新茶在眼夢破後，舊穀不登愁至今。少年潦倒戀丘壑，況爾江湖遲暮心。

孟　夏

孟夏萬緑齊，江日照林藪。櫻桃最先熟，黄鳥鳴前後。時平氣候正，麥秀無根莠。作息見柴荆，連郵蔭桑柳。郵姑短褠出，筐筥隨爺姆。插花必滿頭，野果常在口。往時追呼急，恐怖到雞狗。新令革里胥，歡聲動童叟。朝廷昨巡狩，病苦問黔首。所過輒蠲租，方知帝力有。鄰朋肯來集，三五依井臼。野外無惡賓，田家剩春酒。

廣濟道中

光風麥浪四十里，僕夫中歇重行行。山花迎客似含笑，杜宇初來無幾聲。店看野老争席坐，俗漸買牛成耦耕。已輸春税卸里正，時革里正。況乃連年無甲兵。

題王恂度柳舟二十二韻

王郎奇天姿，幼負青雲志。寄暢山水陰，讀書靈谷寺。才高折先輩，姓字已赤幟。響叩鍾吕聲，抱藏瑚璉器。青氈故家物，兵輻不曾棄。摩礪飽經綸，思爲一人媚。天安佩筆入，坐試準前例。倒屣中郎迎，結韈卿尉至。北堂且歸養，杜户賞高致。兒曹昏娶畢，不受向平累。壎篪忝中表，倡和篇袟積。作書大令如，摛辭子安避。老夫蕭齋住，往往旬月計。夜雨羅酒漿，兒曹必群侍。温恭弟子職，誨誘長者義。富貴不必求，烏衣自當嗣。名山展先集，《名山閣集》，學憲公著。貽穀良不易。深刻著豐碑，松楸蔚蒼翠。適立累世墓碑。柳舟新結構，大榜自署字。墉垣自前朝，風雨長薜荔。池西竹影薄，斜日芳草地。茗盌無俗賓，方知静者事。

漸鴻載酒見過

風雅不妄慕，識君方寸心。有時一尊酒，價重雙南金。戴勝鳴桑陌，胡桃落户陰。麥秋風日暇，乘興更招尋。

登靈山，一名靈谷，風雨忽至，簡恂度

兹山著靈異，遂以靈名山。怪石巧合沓，石戴大石甚危，又有石如斧劈十數道。癡雲貪往還。老衲不下麓，王生曾閉關。泉聲雜風雨，咫尺阻追攀。

鳳凰山下岳喆故宅廣濟縣東五十里。宋忠武王子震聞家難，偕弟霆逃黄梅山中。秦檜改岳州爲純州，震因改姓山。淳熙初，從封爵姓鄂，震十五世孫全，沐陽令。又五世，文源始復姓焉。霆裔萬三徙居廣濟，喆其後也。詳《黄梅岳氏家譜》。

岳飛存鄂姓，韓信匿韋兒。昌按：《陳弘緒文集》蕭何潛送韓信兒于尉佗，改姓韋。今粵西土司韋氏，其後也。異代藏宗譜，承恩問本支。何人詳逸事，有客吊荒祠。寂寞空山裏，猿聲日夜悲。

五里橋文家信國公兄天禎，寶祐未領鄉薦教諭。廣濟縣，入元不仕，隱居縣之五里橋。十世孫大才，字希周，幼孤，事母至孝。嘉靖十八年舉人，有氣節，仕興化府同知致仕。張平山畫《五里橋圖》，興化自作長歌。今海内文姓皆稱信國裔，而天禎罔聞，子孫不徙居，世業儒不應製舉。猶古衣冠，家風不墜焉。

廬陵文信國，苗裔遍寰中。俎豆傳宗子，家乘略長公。衣冠郙隴僻，煙火小橋東。興化長歌在，何人更采風。

藕灣别張長人後寄二十二韻

張子夙孤尚，屏跡遠城郭。觀書博九流，超然悟無學。茂林鮮雜轍，蕭灑事著作。晚歲貢帝廷，松心本丘壑。終南一回首，長驅出京雒。不揖大將軍，誰爲金張客。憶昔君定交，文雅忻所託。命駕白茅堂，詩成索繩削。明年造君廬，語笑宛猶昨。轉燭二十年，艱難爽前約。朅來蘭亦作藍。輿輿，再入張融宅。是日靈雨收，風雲正清廓。佳詩足雒誦，改席恣歡噱。白日松上行，疏陰散庭幕。長君展卷袟，季子行膾臛。香雪仰橙花，亂向杯箸落。上言良友誼，下敘天倫樂。離合何足歎，相見喜無怍。功名付兒輩，氣誼吾曹諾。許與必千秋，愛君果高格。幽栖繫我思，雲水莽參錯。望望如不窮，淩風倩江鶴。

寄鄭肯堂

君前過江上，訪我來茅齋。相逢固足快，不遇亦復佳。美人若雲月，婉孌難常諧。淩風慕羽翰，極目仍天涯。

湖　夜

魚星照止水，魚出蕩星光。星多魚亦衆，兩兩爛中央。

湖月二首

十里荷花縟錦開，月明輕槳掠花隈。花開翡翠分明見，更有神龜上葉來。

一葉山翁白板舟，乘槎何必問牽牛。清光直下三千丈，蕩却銀河令倒流。

夜大雨震電

雷從起處起，雨向幾峰來。罔蛃藏無地，幽巖剨欲開。漂零神女馭，崩剥楚王臺。白屋如山穩，濛濛寄水隈。

五日篇二首

長安五月天中節，九陌香車更闐咽。雕盤競出七貴門，寶勝争傳五王宅。妝成時世盡弱梳，裁就羅紈堪攬擷。齊簪雙股五兵釵，拾得同心兩頭結。江南錦纜象飛鳧，燈火秦淮天下無。楊柳條長開水檻，石榴花棄照通衢。金陵五日，婦女簪榴花，過午棄紅滿街。新侯邸第更家令，舊院歌娼覔念奴。萬福香囊長命字，五文絲縷辟兵符。别館緐華疑禁籞，不下朱簾聞笑語。遊人更説雨花臺，聞簫每過投書渚。飄香蘭麝落瓜田，呷浪魚龍争角黍。風俗繇來重兩京，水嬉自昔傳三楚。年年此日鬬横豪，澆酒傳芭打桂橈。畫舫避來荷葉亂，鴛鴦飛去菖蒲高。曲池芳草梁園改，小艓清波漁父操。江上且憐風日好，不須痛飲讀離騷。

夢華往事無人識，去聲。流傳錯述江東事。青娥小監捕蝦蟇，此是深宫舊年例。宫中歲時排當，皆云年例。燕京五日，太醫院官旌旗鼓吹，赴南海子捉蝦蟇。葛仙仙術非今朝，漢皇亦擣蜥蜴膏。禁中豈向外邊説，閭閻惡少生謅沓。中山府裏原如此，争道蟾蜍來月姊。葫蘆繫臂厭五兵，茭粽宜男名九子。江東五月分明記，燈舫游嬉好天氣。隔岸誰傳藩鎮書，五城不設關門吏。毬門射柳更何年，錦障舞馬鐵連錢。鬖鬠邀歡金服匿，琵琶送酒玉嬋娟。蘭湯浴起添香澤，鬬草分曹來禁陌。鴝鵒偎暖繡囊肥，蓄鬬者以錦囊藏腰下。鞦韆踏上襜褕窄。江鄉蕭瑟遠風塵，蔆葉荷花惱殺人。欸乃一聲雲際去，不知何處吊湘君。

酒間戲作謎體十二首

長信前身恨未忘，平明奉帚望昭陽。幾時費盡腰支力，得近天邊日月光。

雨聲鼓子響欄牙，宫中謂椽頭圓瓦爲鼓子花。鐵馬冬丁怨落花。欲舞春陽身未慣，胡旋眼底不勝斜。

箕帚微軀不自持，翩翾鎮日傍簾幃。獨愁細雨瀟瀟夜，辜負微風倚少兒。

遣儂高住不勝愁，立近鄰家燕子樓。只恐來朝風日好，護花油幕一齊收。

漢武離宫夜不眠，通靈臺上望飛仙。日華初麗迎風館，便送名香上九天。右掃晴娘。

一聲高去一聲低，露冷花陰月轉西。蟀蟋寒蟬聽得慣，學儂咿軋到晨雞。

常貪風露翳梧桐，紅女相邀明月中。一自提携歸院落，傍人門户受樊籠。右紡絲娘。

廣顙長身黑喙騧，自纏絲絡呐銀牙。都傳化作仙嬪去，歇出天衣五色霞。

三眠困頓可憐嬌，長日横陳膩粉腰。生小房櫳曾未出，桑間忽闖玉驄驕。闖，音趁，馬出頭貌。

嬾整腰身倚筥筐，渾將愁緒作心腸。洞房未寫雙眉樣，蚤被人呼騕褭娘。

躶體盈盈白玉膚，浴時密室伴羅敷。多情莫認驪駒媚，身段分明問小姑。右馬頭娘。驪駒媚，見《霍小玉傳》。藥中海馬别名，似蝦而馬頭。

李嵩觀潮圖，追和玉笥生

吴山翠洗城頭高，錢塘遠望翻秋潮。君王黄屋臨軒駐，峰頭玉殿連岧嶤。朱簾緑樹在雲表，石磴細路盤空磟。夾城直接鳳皇苑，飛檻欲通烏鵲橋。天空飇壯八月半，雷奔雪歕三山遥。大江起涌號羅刹，萬里倒吹來沃焦。潮頭蠻奴詭出没，波心騂馬争雄驍。彩棚緣岡列市肆，鈿轂隘路相遮邀。周密《乾淳起居注》：龍山以下貴邸豪民彩幕二十餘里，車馬駢塞，幾無行路。西興一帶亦皆抓縛錦繡，有弄水戲如僧兒留住等。百餘人皆持十幅綵旛，蹋浪争雄，直至海門迎潮。又有踏混木、水傀儡、百撮弄等。葛嶺群姬傾府出，西湖此日停箏簫。海門不記備走舸，君臣半壁還宣驕。翟衣倚徙扈步輦，翬扇婉轉隨孅腰。何如東京作元夕，仿佛六院朝神霄。鐵巏江鳴刺罕入，金餅酒盡英雄銷。捲天惡颶避不得，鱷唬浪哭厓山坳。天吴不靈海童怒，蟠龍翥鳳全蕭條。嗚呼事往不足吊，何代不鼓鴟夷濤。李嵩摹畫到臨本，玉笥慷慨留長謡。展圖罷酒發悲嘯，山風白晝生哀號。

不得徐公信四首

行藏奕局本難論，白日無緣有覆盆。寵辱不驚黄叔度，賓僚且看翟公門。洪纖聖主無遺察，憔悴孤臣定拜恩。老我病中吟望苦，手扶藜杖立江邨。

武昌亂卒脱巾時，半壁攲危一手支。固結散金當劇寇，便宜矯節餉援師。即烹走狗臣無恨，得戮封豨死不辭。疆圉功成頭盡白，止應地下老親知。

山東廉使舊知名，馬首香爐隘路迎。賜璽九重垂聖眷，鐫碑十郡見輿情。上書德裕曾防謗，李衛公有《新修元和辨謗略》。樂府春陵亦有行。即使廉貪成兩截，也應公論蚤分明。

昔年江表救饑氓，元夜窮山大雪行。鬼物坑壕鳩面聚，使君煙火馬頭生。曾無儋石留私廨，頓有倉廒滿百城。公賑給立義倉。十載疆場心力竭，甫能銷甲事春耕。

大　雨

芒種五月初，土潤天氣變。落日興層雲，星辰避飛電。傾河竟通夜，破曉勢未倦。合沓混二儀，绸繆蛟龍戰。雷奔磵水落，迅疾逾竹箭。水頭一丈高，何有下田佃。吾廬幸乾爽，園圃已淤澱。衝漂愁新秧，豈暇惜瓜莧。客來倉皇説，妖蟆起山縣。牛馬下浮屍，茅苫逐洄漩。君看太平時，何歲災不見。皇天至廣大，暑雨有咨怨。但愁貪殘用，民命螻蟻賤。淫潦君莫憂，乾坤自清宴。

藕　花

草緑飛雛燕，猶餘滿眼春。藕花真豔冶，絶代立佳人。葉陰魚添影，風翻鷺蔽身。誰爲濯纓者？落落問江津。

蝦

淺岸波痕緑，朝暾雨後紅。雙操長戟起，都伏短蒲中。傾籠留同飯，包荷餽滿籠。最憐能曲踴，捉搦問兒童。

宣德皇帝水仙緑蕚畫有御撰一。詞軸尾項，墨林氏讀畫樓兩小印記云，周侍郎所藏。

侍郎有天癖，愛畫入骨髓。看畫如讀書，反覆殊未已。生平所提携，隨地富儲庤。因作讀畫樓，高臨秦淮水。宣宗太平日，幾暇嗜圖史。紫禁繞煙花，華堂護燕几。吴綾點筆妙，龍香粲文綺。斜日下西清，書成不移晷。丹青一濡染，每見天顔喜。當時畫院臣，往往亦稱旨。水仙姑射姿，蕚緑嬋娟子。王母語雙成，漢皇方顧爾。宮匳出粉朧，拂拭陟釐紙。雕屏立傛華，一笑發玉齒。留藏質慎庫，竊出廟後市。從此落人間，展轉入檇李。墨林既零散，畫樓亦摧圮。訶護猶百靈，錦賻重包匭。燕都昔陷失，寶翰存復幾。大劍熏風琴，持換珊瑚筆。兹圖有宸譔，押用文書璽。苟非兵火厄，流傳定千禩。講筵惟六經，聖德豈多技。帝非宣和君，遊戲聊爾爾。神光炤素壁，展拜欽仰止。寤寐羲皇人，因知承平理。

貪鵲行，紀異也

鷹山有老樹，英山縣古鷹山寨也，接蘄東南界。不識生何年。年深多積椒，普云：音紙，主木上屈頭。《説文》：從禾，禾音稽，徐鍇别從木。貪鵲來其顛。巢高逾十尺，屹屹淩風煙。睢盱謝彈弋，矯健難攀緣。忍過大柴烏，勇乃欺題肩。鷙鶻不敢視，白蛇逃腥涎。父老竊指此，凡羽安得然。填河必此輩，意欲無高天。粤西有治鳥，樔在懸巖邊。樔，澤中守望草樓也。昆吾若康瓠，昆吾圖貌。堊壁雲霞鮮。夜深作鬼怪，風雨來人間。毛衣嚇婦女，炙蟹登商船。鶹鷅形似鵲，遥翳灌木端。銜矢轉射客，后羿徒弓彎。旗竿立家鴨，焚巢有鳴鳶。山經與史志，所在多妖祆。靈鵲本仁鳥，讓居借鴝鵒。低栖罕遭害，纍級何爲焉。高危不知懼，險難在目前。覩此三咄唶，作爲昌云：《小雅》作爲此詩。貪鵲篇。

憎　蚊

虎狼雖食人，殺傷頗相當。蚖蝮不犯干，草間亦無恙。細身有蚊族，么麽比塵坱。乃以人作粻，居然血爲釀。紛紜聚突奥，唐突蹦䗊帳。曾無忌諱意，逼耳作悲唱。集膚初不覺，展轉失所向。利觜劇蜂針，一飽若鷹揚。逾垣莫能御，窺隙豈暇妨。貞女亦吞聲，露筋苦遭創。古言忍癢難，酷毒勝刀仗。鼷鼠食郊牛，甜口終命喪。越鄉卑溽地，肸蠁隱煙障。黑蟆盛嶺南，白蛉多樂浪。既復孕樹頭，仍聞出禽吭。奈何造化心，有此兼容量。斯民患瘡痏，皇天豈能忘。惟當盡掃除，始拜清風貺。

聽　蛙

朝聽百鳥嚶，暮聽黿鼉鳴。今夕正晦夕，緐星爛縱橫。東西互聒譟，不識何經營。人情有喜怒，于此生愛憎。憎則比吃鬪，張文潛賦："瘖者之呼，吃者之鬪。"意在訾山林。愛則比鼓吹，意在輕公卿。田家卜水旱，我聽皆和平。市䦨鬧萬口，豈暇爲譏評。前年國用武，銅鼓生蛤精。安能坐草澤，夜耳聆秋聲。年凶或變化，害稻同蝗螟。鞠灰故加殺，姬公非不仁。呼兒勿剪草，一任持頤情。雷轟雨又至，爲汝添新汀。

三洞大冶丫山有風雲雨。

丫山俯大江，倒影半江水。懸巖在山腹，三洞高下迆。風門谽谺開，雲霧昏旦起。晴天灑飛沫，左右逐風靡。崆巃互通達，窅窱深莫紀。弄珠見青童，浴岫出神鮪。漫叟昔避世，結屋幽壑裏。窪樽倚石竈，鑿削就嵔壘。何年起祠宮，香火走郙俚。號爲元真人，祀同木居士。塑形餙金碧，御物列鬃几。扇拂侍黄冠，道州必不爾。毁從崇禎後，山水得清泚。三洞少遊人，猿聲亦歡喜。淫祠踵訛妄，流俗方未已。不見西塞山，亦祀玄真子。

陽邏大士閣

香磴倚巖阿,雲根卧薜蘿。長江迴地軸,高閣納天河。繫纜驚湍少,扁舟乘興過。聽鐘夜方半,何處起漁歌。

雨後望江山,次即山韻

炎暑當初伏,風雲遽報秋。晚煙生市井,急雨亂江流。乳燕橋邊落,歸鴉鏡裏投。主人偏愛客,浩蕩此林丘。

醉竹影亭次韻

山樓夜不扃,明月下空庭。幾杵鐘初動,三更露欲零。平看江霧白,不見遠峰青。俯仰何須問,人間一酒星。

鄭谷口篁

樂道江東老,何年事楚游。大名仍谷口,三絶視台州。曲妙猗蘭操,秋生杜若洲。扁舟肯留滯,來往狎沙鷗。

夜大風雨同道公

夜宿旃檀閣,牛頭香滿衣。蓮花燈影瘦,柿葉雨聲肥。水暴龍新起,堂深鴿忘機。定中聽未審,音是海潮非。

即山夜過次韻

閣上疏櫺面面開,炎天却扇共登臺。雷聲忽動滄江外,雲氣都從漢沔來。詩格香匳渾漫興,燭華金剪莫頻催。似公老去才難盡,欲和陽春未易裁。

携酒豆花下聽秋蟲,雪上人采花爲供

豆子雨已熟,安禪詩亦成。秋蟲籬外急,明月露中聲。小蔭涼堪坐，伊蒲供更清。及時須采摘，修蔓倚階生。

翠微堂納涼次韻

銀河入夜光，秋近漸微涼。萬瓦燈明滅，空江氣渺茫。行雲巫岫接，蔓草楚宫荒。衆籟偏岑寂，蟬聲到竹牀。

請邁種叔損詩

黄州有狂客，端毅老門生。嬾慢無他事，粗疏忘世情。秋光來好會，新月敞南榮。莫唱傷神句，山陽一笛横。

狂歌一撫劍，李白始揚眉。滄海留詩卷，乾坤入酒巵。奮飛還溟涬，栖息穩南枝。往日懷人句，重吟鬢欲絲。

自識浮沈趣，蚩蚩老大年。興來援舊筆，叫絶見新篇。典策傳先業，聲華到後賢。多君鸞鷟侣，肯羨鷺鷗眠。

滋陽橋汎月

月露淩銀漢，湖光四望通。荷花汎緑水，不信是城中。李白郎官會，知章剡曲同。酒徒堪著我，詩句讓群公。

玉輪猶未半，橋上見纖毫。水影青龍卧，雲光烏鵲高。悲歌憐故老，賀文忠沈于此。痛飲合吾曹。午夜休回棹，花前一進篙。

七夕苦暑，與子星此山堂限韻

明晨交秋暑何酷，火雲燒空上紅旭。階前蟋蟀唫不聲，始覺流光坐相促。九霄沆瀣不下來，欲卷銀河向身沃。緐星漸出如撒沙，斜月還須滅明燭。安能赤脚踏層冰，幸免少陵腰帶束。姮娥擊破玻瓈杯，一片清光落如玉。扁舟欲過滋陽橋，手把芙蓉勺秋緑。橋頭沽酒橋畔醉，來日佳期猶可續。詩成長句苦難酬，倒盡百壺歡未足。洗煩直待炎歊除，樹杪涼風烏始浴。

江門落月

夜色正蒼蒼，迢遥見下方。亂山渾宿靄，落月點江光。鴻雁關河動，風煙楚塞長。白蘋初起處，天盡是湖湘。

贈陳子山叔堅兄弟，兼致令尊省齋

太丘聲望冠朝端，又向趨庭見二難。才比元龍真獨步，書多天禄許人看。孔璋詞賦時争羨，仲舉門庭客盡歡。老我自知文筆退，愧無佳句答琅玕。

閣上見雲峰甚奇

銀蟾初挂户，赤日正銜山。雲狀天魔起，風聲少女還。江光晴似抹，煙色晚尤殷。身在虛無裏，樓臺飄緲間。

閲李屺瞻詩

江上秋聲起，高臺怯暮涼。牕含軍浦雨，黄軍浦在鸚武洲上。風度佛堂香。把酒宜深酌，攡詩好細商。關西有才子，藝苑許翱翔。

題　畫

雨點大如栗，山行瓢笠知。任風吹過去，不打老僧眉。雲起峰頭秃，巖深石髮垂。老僧來去路，只有野猿知。

果老倒騎驢圖

果老倒騎驢，問渠是何故。秖恐向前差，忘却來時路。

趙松雪馬管夫人蘭竹爲一卷

龍種燕山客，人傳趙子昂。内家新賜素，御墨寫飛黄。廣讌琵琶調，深閨蘭蕙香。森森數行竹，風雨泣瀟湘。

黄鶴樓望風色

黄鶴自翻翻，臨高臺以軒。青峰入雲際，白浪起江門。湘水涼初落，沙洲草尚緐。關山滿秋色，頓爾憶家園。

聞一道人有序

丹陽鮑氏女，名師櫟，自號聞一道人。父粵西廣文，隨之任。遘亂，怙恃皆喪。依所親轉汎荆江，未幾所親死。聞一芳齡已二十二，歸竟陵戴蓑雲。既嫁，草堂蕭然，撿書禮佛。長婦聞之，鼓枻往視，一見垂淚。能大幅作丘壑，尤喜作大士種種相，有詠溪鍾詩："溪外聲徐疾，心中意斷連。是聲來耳畔，抑耳往聲邊。"詩既慧心，書有晉法，又一紙敘病，云："苟天不假年，負恩不淺。"蓑雲感動，遂歸聞一。起盥櫛，越數日病革，起坐，手《波羅密多心經》，據枕而逝，年二十四。乙丑秋，余客江夏，得覩道人詩牘及蕺山許觀衡所爲傳，而綴以短章。

女媊夜光芒，照見階下拜。鸞鏡不成愁，娥眉未須畫。多生不滅慧，質幻性長在。頗疑月上女，來此風輪界。刀兵即騷屑，託體肯茫昧。盥漱事清齋，心修自無礙。假令永歡宴，安得蚉脱解。人問良可哀，回頭露沾薤。

喜北山至，聽誦新詩

昨冬紅燭下，風雪共秋亭。隔歲黄華候，鷗梟聚晚汀。新詩如錦繡，起病勝参苓。今夕南牕月，欹牀試一聽。

繇東田晚歸東山

今日樂相樂，得作東田游。青山銜落照，白水映危樓。指點鸕鷀堰，愴涼鸚鵡洲。那堪人世幻，不抱古今愁。籞苑全荒草，朱門半緑疇。未嫌歸路晚，星影在林丘。

絶　句

影外山千疊，雲中樹幾行。風帆全畫理，露草作秋香。

中秋卧病，石城以詩見慰如體步韻

我生寡學昧一隅，立志不移真下愚。壯年瓠落空江湖，望道不見如守株。讀書萬卷隻字無，吟詩拂落眉與須。聱牙詰屈吾無殊，不識世間伊吾嚅囁胡爲乎。石城仙翁語且呼，君勿高歌暇豫之吾吾。五車不用長勤劬，勞心風雅多曲迂。雕鎪肺腑罕不痡，我聞此語如咀荼。仙翁吟詠仍不拘，盜泄造化勝老夫。君不見文同吟苦骨貌癯，反將詩戒笑大蘇。我今不能步亦步趨亦趨，江天雲物聊取娱。吴臺楚榭今已蕪，東山樓閣真畫圖。今夕是何夕，明月如冰壺。清樽瑶瑟不得醉，病卧黄公舊酒罏。

子星綸霞過空香閣，次子星韻

鄂王城瞰大江湖，城内中峰百仞孤。停午門前車馬駐，良辰花下吏人趨。雲迷鳳嶺青山合，水散鸚洲緑岸紆。小聚便應成勝蹟，南樓得似兩公無。

次唐六如天香月姊圖韻

天香玉宇望參差，縹緲霓裳展桂旗。自是雲中有根柢，人間分得兩三枝。

徐果亭集黄鶴樓

我與徐學士，同登黄鶴樓。一時名勝集，千古漢江流。落日濤聲大，浮雲雁影秋。不知身是客，嘯傲向滄洲。

寄題王咸中堯峰石塢五勝

妙高峰

望裡楞伽紫翠重，秋聲時聽妙高鐘。海門銀浪金山月，移到堯峰第一峰。

響　山

嶤峰西下是龍湫，白鷺乾飛雲雨收。怪底殷雷猶在耳，前山正放瀑泉流。

百丈松

艾蒳霜皮雨露濡，千年根幹鬼神扶。四松高士君知否，不羨秦家五大夫。

竹　逕

久知張廌癈逢迎，客到仍須取逕行。不識是松還是竹，曉煙春霧不分明。

藤　門

山家門户石巉岏，春老藤花詰屈蟠。細雨半掀青蒻笠，萬條纓絡仰頭看。

次高謏苑九日醉歌韻

空山有鳥啼翁胡，窺軒繞檻聲相呼。侵晨驚起不盥櫛，似對郭恕秋風圖。偉長才高最好事，果亭。青絲雙絡來提壺。茱萸插鬢且懽醉，芢村拊缶歌烏烏。芢村，謏苑别號。老夫得酒愛光景，不復彈鋏歸來乎。隔日傳看達夫句，使我咀茹忘朝餔。自慚揚簸比糠秕，未暇精鑿聊舂揄。楚咻豈復得佳句，青鞵廿載離東吳。塵胸垢魗思擺落，疥象洗刷勞文殊。坐中昨夕皆吾徒，龍山戲馬得似無。嘲談美妙畏孫盛，坐令老喙甘盧都。留賓日落仍騰觚，玉山自倒嫌人扶。千秋此日即陳跡，垂與後來須可惜。

贈唐鑄萬大陶

唐子西川傑，論兵似老泉。君著《衡書》。才奇如灩澦，詩好任流傳。山鬼湘江瑟，離歌蜀國弦。何如沽美酒，取醉漢陰邊。

果亭再集吸江閣，步子星韻四首

最高菡萏一峰開，上有淩虚百尺臺。光抱鼋鼍游日下，秋邊鴻鳪拂雲來。尊前杞菊堪留客，笛裏關山莫漫哀。身似孤鶱緱嶺鶴，楚天飛去又飛回。

鵠山巖壑是誰開，莫道奇章舊日臺。仙客未歸君且住，古人不見我今來。談深西嶺金盆落，夜午江門畫角哀。昆弟南州新句好，朝吟花下可千回。

未要眠雲三徑開，且看積翠九成臺。山鞋踏磴黏雲過，野菊移根帶雨來。洞口可存毛女跡，事見志。松聲猶爲楚宫哀。憑高似聽瀟湘瑟，怪底衡陽有雁回。

九日籬邊一甕開，提携雙榼再登臺。似憐白髪愁難醉，更遣青州送得來。果亭復惠吴泉。老去逢場渾漫與，酒酣拔劍不須哀。孫吴事業黄軍浦，獨上峰頭望幾回。

即山招同謖苑、咸中、玉符、果亭、鑄萬、北山集桂實堂，客散再奏樂聽雨

笙歌散清讌，新月尚在西。主人稱未醉，上客車已齊。華燭爛星光，庭館紛提携。妖童剩妙舞，十步香羅袿。于中有佳俠，美目何低迷。一囀車子喉，壯心爲悲凄。湘娥簾外聽，疏雨來凄凄。重傾一斗酒，擊節闘門雞。

答謖苑留别

僕昔游婁東，嚴霜正淒緊。酒盧結七子，纏綿類琴軫。摘星登佘峰，喝月貪夜飲。别來即離索，未覺風流盡。遭逢得高適，懷抱鮮畦畛。一讀黄初詩，狂呼遽能忍。方圓法度内，跳趠文章境。愛此砥柱能，遂識風雅本。餘才作繪事，高簡過文敏。持以贈我行，心神坐清泠。江干疏柳意，日下冥鴻影。去去重相思，離愁在孤艇。

題　畫

緑樹黄茅屋，青天白雁飛。望中誰得似？湘浦是邪非。

次石城扇面贈別韻

十載我與公，歲必一相見。兹來四閲月，甘苦共簌饌。君子自赤心，小人任藍面。我讀子長書，最愛滑稽傳。何以遣慨慷，使酒弄君硯。有時醉後書，潑黦佳人練。裸裎坐露井，夜午不知倦。中天倒長河，前江竄飛電。風詩感蟋蟀，節候悲去燕。常懷舊雨人，獨袖秋風扇。回首東山莊，松菊殊可戀。丈夫貴千秋，小別胡繾綣。

秋圃一老翁，胡蘇種初遍。五岳想真形，時看手中卷。藏之苦不深，浮名敢言衒。白也本布衣，何用當世薦。坐看酒鑪側，石子煨未爛。遂下香爐峰，一上金鑾殿。天子賜調羹，大官出珍饍。興同彭蠡歸，事異青門餞。瀟湘白蘋滿，孤槳秋浪濺。時無素心侶，獨與承禎善。天邊雁影隻，雲際片帆便。住住苦相思，殷勤戀知眷。

關西房貞靖表忠碑前雙白松圖李屺瞻索題。

絶粒空山死不辭，關西人説表忠祠。殉甲申也。鄉人私謚忠靖，建碑曰"表忠"。何年少室雙松影，來芘孤臣兩字碑。荒壠未邀青史筆，霜皮定感杜陵詩。千秋憑吊還同致，應倩風雷作護持。

即山置酒話別

慨慷一杯酒，寂寥千古心。相看有何意，相重是知音。落日鳥飛疾，去帆雲外深。佳人一回首，離思滿秋砧。

歸　舟

歸舟初離武昌城，半挂蒲帆穩穩行。斜日沙汀疏柳色，西風村落小兒聲。干戈偃息漁榔静，禾黍豐登戍柝清。珍重老來丘壑事，最如人意是升平。

紀盛二首○甲子冬

聖主中原繼統承，戡平海宇正豐登。六飛宣省臨南國，九拜齋莊展孝陵。父老壺漿還涕淚，史臣簡册大揚偁。何如漢武橋山祭？封禪功成更不矜。

鍾山雲氣散多時，聞道崇岡産玉芝。勑補松楸巢鸛鶴，依然陵寢護熊羆。典章祭日齋宫肅，碑版端門御翰垂。上以祭歷代帝王日，命内外百官皆齋于明，高帝親制文勒石。多士灌將周服久，更從陪位識威儀。

十月七日晴暖，百菊正放，與兒輩拈得十四寒，偶擬天池體得百二十四句

牡丹菊譜并多端，别有清姿愛莫殫。移近南榮宜暖燠，藏深冬盡未闌珊。淫霖蚤忌天行犯，溽暑恒愁日氣奸。雪霰不經聞嶺嶠，桂蘭同窨説邯鄲。若論瓊樹無雙匹，定屬瑶光散幾摶。殿最千葩堪上賞，册封九錫足登壇。欲修圃政先僮約，爲訪花田命駕倌。在在燒荒妨壤蚓，離離礫草戴胡蕨。三春謹護蝸牛鐲，六月勤將蠅虎彈。養就根苗詳水土，培成莖幹比琅玕。扶持四面紅藜籞，正直中央翠篠竿。曉日微烘金瑣碎，霜天初潔玉雕鑽。不除敗葉名花褌，細引新泉倩紙盤。秋老蛾兒時颭扇，蜜成蜂子尚盤桓。空山景短衰蕭艾，斷雁風衝急羽翰。在野柔條惟杞緑，忽逢高岸被華丹。香生有客循樵路，溪落無人坐釣磻。是月群芳消旖旎，逆風何處動旃檀。蒼茫落照横楓嶺，瀟灑虚齋亞蓼灘。冒雨賓王尋乍得，巡籬靖節把仍看。正無藉在傷鳴鳩，肯信行藏感蟄蟠。南浦草枯人寂寞，漻塘荷盡水瀰漫。霏微薄霧蒙階砌，蕭槭涼聲下井幹。此際忍令無竹葉，先時亦已醖芳蘭。柴荆冷落誰題鳳，賓客來過想伏鸞。風雨兼葭忘僻陋，餱糧槲櫟半凋殘。淒清準擬邀佳會，節物難教詒阿瞞。《摭異記》：元宗幸寧王宅，曰："大哥好作主人，阿瞞謹爲上客。"《太真外傳》：上在禁中自稱阿瞞。又《五代史傳》：北人多自稱老瞞，猶老耗也。教婦大盆斟汎濫，邀鄰折簡走蹣跚。提壺豈待王弘送，椎髻無愁廣漢干。適喜篼笭來破艇，誰夸芍藥遺雕鞍。山家樸素栽泥缶，禪塔蓮花出瓦棺。百本盈庭圍馥郁，千回曳杖

繞團欒。側愁桂蠹傷生意，故共桃梟著樹乾。言落者妄。酷愛圖經稱女節，赤憎上黨號羊歡。傲冰款凍須相友，欵冬，《爾雅》作款凍。墜露芙蓉欲似難。鑿喪化工真太巧，形容品彙有諸般。圓如法駕張車蓋，燦比星羅會冕弁。鑾狀波斯垂纂纂，佛頭妙相本團團。清芬隱幄疑龍堖，黟色懸梢凝馬肝。十樣雜糅鮮黼衮，萬鈴摇動想和鑾。幾枝澹影休嫌瘦，齊騁豐肌未覺胖。袴擺兩行掀綵幕，琉璃百器奉烝盤。閒居列屋嫗娟侍，小立圍屏錦繢攢。揚宅香車春自鬧，荆州繡襖氣何嘽。如兹繞坐偏嫻雅，似爾修姱賤綺紈。雙鉸作勞聊翦蚤，一甌請醻當燂潘。口脂嫩染猩盃脆，面藥微酣獺髓瘢。黄惹飛丹眉半掃，白調胡粉面全墁。若非色目緣前牒，敢以裙釵辱令顔。總守貞心能抱柱，爲含幽意遠憑欄。野芹未許同登豆，蔌茹還須上食單。帶露英蕤痛眼易，入湯橘瓣點牙酸。延年甘谷聞仙客，法釀西京貢大官。甫裏調饑偏作賦，三閭憔悴自應餐。蒔從水檻層層映，酌對山雲淰淰寒。午夜孤芳青女惜，老夫愁思白頭寬。芭蕉半裂鳴書幌，梧子多時爛藥凡。仲蔚蓬蒿開逕窄，阿戎緗帙倚牀攤。自宜環堵低三板，恰見南山露一巒。晚節真逢花處士，蕭晨况有竹平安。嘗憐夕月攲高枕，每步秋光著小冠。今日尊前渾潦倒，莫嫌險韻太漫汗。

連夜夢

分手凄凄淚，牽衣話不休。花梢視風色，柳外繫行舟。兒女歸來喜，情交别後愁。可憐秋雨夢，夜夜即山樓。

送果亭歸崑山

江城霜净拂征鞍，楚水吴山一路看。欲寄鄉書苦難遍，但逢義故道平安。

得金會公張石虹書寄答

忝從二子友，皆仕教官時。劍氣必騰斗，珠光方孕池。太平崇著述，天子聖文辭。同異譚經術，三千較禮儀。二子奉詔注《春秋》《禮記》。一星占柱史，中秘冠群司。先後操金管，雍容集玉墀。叔孫驕弟子，隨會念前師。撿點平生志,深惟舊日知。衆稱拕紫貴,獨力汗青期。勿歎名成晚,千秋正爾爲。

白　雞

不浴無泯滓,呼來飲啄齊。入群看鶴立,映水似鷗栖。籬下霜初滿,塒邊月正低。尋常多赤羽,恥説魯侯雞。

夢　見

殘月挂簷牙,嚴城鼓罷撾。下宵愁不寐,夢見廣陵花。

劉倩廣成自武陵省父歸

洞庭紅葉落,飛舞共冰花。念爾扁舟過,湘川水尚奢。往來鴻雁路,浩蕩斗牛槎。五岳吾猶未,桃源信可誇。

病中長至喜季深自荆州歸,寶應停舟見訪

冬至夜長天滿霜,明星爛爛華燭光。雞鳴兒女出羅拜,錦襠穉子前趨蹌。或持履襪祝長壽,亦有果飣隨餦餭。荒城此禮久不舉,吾家膢臘猶烝嘗。故人陶季忽相訪,磯邊纜却荆州航。予時攲枕苦淡悶,司馬獨拜龐公牀。精鏐作壽且致語,花間請佐春風觴。潞女燔絲織成匹,中山霜髭攢秋芒。當年李白卸宫錦,還山自紩芙蓉裳。三杯好共張長史,脱帽踞看孫大娘。詩編襞積出懷袖,緹襲定本珍丹黄。生平嗤謫丁敬禮,不克就正陳思王。别疏三子名與字,震也蔚聽相次行。與君世世作昆弟,柳州先友毋相忘。盛衰生死迭漚泡,會有樹立撑綱常。如君閲世最老大,發攄餘藴爲文章。蹇余怐愗昧講究,夙昔忝登絲竹堂。兩人手腕孰先朽,誄辭墓志何人當。世間萬事多錯迕,後來離合誰能量。即今行止不自得,摩崖匡阜成荒唐。季前有此約。復言今日值長至,天道更始無渠央。向來别君三十載,再三十載猶安康。倘過貞白二十歲,便見思遠百歲强。丁寧珍重皆可聽,新詩載賦鏘宫商。感君情語特真篤,使我狂態還飛揚。疾呼鄰媪

老春甕，便可串肉炊黃粱。知君飲酒似飲醋，此日甘飲如沙糖。少年俠事偶説及，笑謔不妨兒在傍。階前短晷豈暇顧，朝暾竹影已下牆。同行貪路苦逼促，西風漸動摇牙檣。行行且止語未足，語間清淚尤從横。人生百歲幾懽聚，壽命即短名垂長。將子慎旃能勿死，丘陵常望白雲鄉。

酒間託季深寄王幼華

昔與王司諫，論文庾亮樓。江聲連夜起，月照萬山秋。鶴去書難寄，人來轄欲投。可能令陶季，再得到蘄州。

別季深後

天末歸心急，寒江日緩流。饑烏啼客路，征雁先行舟。豈少旗亭酒，難消别浦愁。經過栗里宅，回首仲宣樓。未識因人便，還能作楚游。長裾須一曳，終不事王侯。

贈姚陟山淳燾

聖代師儒重，先生經術長。辭章追屈宋，制義倣王唐。蚤歲金閨隲，班曹畫省望。回翔留鳳閣，俶儻歷烏郎。岳牧家聲舊，吴興世澤昌。劍靈干鏌地，公，烏程人，莫干山相傳吴王鑄劍處。書帶鄭玄鄉。大父孝廉有康成之目。鎖院曾分燭，掄才果擅場。火山誰得夢，永鑑自涵光。兩主闈試。五緯方躔軫，卿雲遂入房。投戈徵廟算，講藝適時康。江漢恢南國，風雲動大荒。妖氛消地牖，正氣殪天狼。夫子持文柄，諸生識義方。勸成多闞澤，公論説歐陽。六月峩巖雪，三秋薜荔裳。詩書漫漸被，箐峒解趨蹌。禹甸何寥廓，虞峰落渺茫。黄陵鷓鴣路，青草貝鱗堂。行雨愁神女，雄風憶大王。望衡瞻九面，聽瑟過三湘。聲教通磅礴，江山合莽蒼。菰城原屬楚，割地本因郢。藴藉宜英傑，操持必紀綱。清風文灝最，德政太丘臧。杜詩："姚公德政誰與儔？不識昔時陳太丘。"稂莠能無變，鋤薅定不妨。栽培瀼雨露，批搬凛秋霜。董葛前孤倡，其昌、寅亮二公。瑯琊兩繼將。志堅、永祚兩王公。邘亭推樂易，永修蔣公。成紀慎端詳。可汧李公。老我藏巖壑，看君立廟廊。黄華如見采，弭棹問滄浪。

月食詞寄徐公三首

士不知己遇，肝膽胡由張。明鏡處暗室，何以揚清光。鄙與夫子交，一見一歎絶。欲提方寸心，中天比圓月。圓月懸中天，流輝照羅羃。餾翳在一宵，何況青銅質。寧碎百神鑑，莫損七寶光。誰刳凶蟇吻，爲我呼天閶。

天閶静迢迢，纖阿本高駕。顧兔失清光，群星忍安舍。東方有啓明，揚輝不相借。寡婦擊鏡悲，壯兒彎弓射。光復體自然，群星轉黫夜。願君比明月，無庸過悲咤。

天狗垂涎時，餅餌視明月。静女惜寒輝，開奩歎長發。浮雲雖不言，烏鵲若有謁。何當手中巾，飛去拭瑶闕。

不得因兄書

牕月青燈死，愁多夢不幽。故交書到少，懷抱見何繇。我念江東好，君憐楚塞游。春風五兩便，莫不過林陬。

讀東臯八十自壽詩，步八韻增四

東臯神仙流，行年始八十。看花不拄杖，健犢走莫及。書淫破萬卷，錦囊富篇什。前輩賸殘膏，後生丐餘汁。彭澤晚挂冠，京雒蚤請急。娱情自肥遯，出險忘坎習。秔秫收幾何，歸閒樂眴隰。大笑東方生，金門苦羞澀。題詩起自祝，枯韻義難襲。持觴欲登堂，風雪不堪笠。願君躋上壽，春酒歲必執。正復如我詩，數字百有廿。

送方滄還靖明山

石逕入窈窕，回巒知幾重。雪高松際瓦，鳥下午時鍾。斷碣無人讀，空廊有鹿蹤。題詩向厓壁，長倩白雲封。

劫火不能燒，空山長泬寥。寺名遺舊志，鍾款認前朝。寺以山名，建于唐。踏雪迷歸路，隨緣嬾挂瓢。獨餘雙草履，留向杖頭挑。

歲　除

入冬多病塞門居,普曰:猶杜門,見江淹賦。草草流光逼歲除。老骨耐寒天耐雪,春風須待一句餘。新歲正月十一日立春。

白茅堂集卷之二十六

丙寅康熙二十五年

元旦試筆

龍集康熙廿五年，九州萬國戴堯天。聖人自奏雲門曲，父老齊分大酺錢。春入江湖真浩蕩，興深魚鳥倍流連。浮生甲子初加六，得際升平是散仙。

江泊大雪

一雪照四野，荒林纜小舟。竟無沽酒處，十里是黄州。

元　夕

幾載逢佳節，閭閻頗寂寥。今年樂事異，漁火作元宵。

元夕後一日至東山小隱

夢中能識路，别後少新詩。賓客來還幾，亭臺亦稍移。春寒凝碧草，細雨潤花枝。歌舞追元夕，牢騷憶舊時。西園殘雪在，東閣小梅遲。三月多鶯燕，相期問酒旗。

夜大雪霰四首

拊缶狂吟酒態生，閉門十日廢逢迎。不知東郭高人履，何事茫茫踏雪行。

江城雪霰連十日，屑玉抛珠損化工。獨有蘄陽老詞客，下簾謝客詠春蟲。予舊有“灑牕疑落葉，撲火亂春蟲”之句，最爲子星所賞。

芰荷得水珍珠濺，瀑布懸巖灑沫能。似勸幽人蚤安卧，時時穿瓦打銀燈。

多年布被冷如鐵，夜長獨縮如嬰孩。走問風流即山老，新詩紅燭對誰裁。

與即山談鬼

兩間河嶽總英靈，莫道天人事杳冥。不向君王覔前席，閒來説與長公聽。

送幼鐵粤游

汝今桂海行，我夢已先到。蠻煙瘴雨地，風氣苦不好。飯餐桄榔料，林聽珊瑚烏。本名山呼。滑滑時一聲，應思故鄉道。維舟一奉手，此别殊草草。山川即奥僻，俶偉足幽討。東吴萬里路，回棹須及蚤。愛惜千金軀，遠游深自保。

久雪初晴，同毛會侯飲徐電發寓齋，出豔情本事詩，讀竟夜

春風新晴美人面，況有良朋共清讌。屋角參旗寶炬銷，城頭更鼓明星見。徐郎兩卷本事詩，消得毛生一解頤。阿婆三五曾塗抹，嘗憶江南豔冶時。

電發楓江垂釣圖

淺水輕舟不繫時，竹竿籊籊手親持。鯉魚尺半誰量得，跳雨翔風我自知。

山風槖槖動嵓阿，水面風來淰淰波。水底有魚潛泳息，不貪君餌待如何。

三泖湖邊鱸鱖肥，漁洋山下鷺鷗飛。披衣便秉魚須笏，留著緡竿插釣磯。

洞庭三萬六千頃，漁鼓山籥蘆荻風。知君身在巖廊上，心住五湖東復東。

次電發東園漫興韻

購來十畝閒閒地，花榭魚波次第成。最是主人無俗事，一犂新雨看春耕。

未過寒食起新煙，幾樹梅花暈楚天。何必習家池上好，春城人上木蘭船。

輭草行過屐齒輕，不須虎落借柴荆。故人日日閒來往，花外何妨少送迎。

未見飛英點碧苔，晚梅初報一枝開。花間但許佳人到，明月還應載酒來。

漫道山村隔城郭，不知城郭有山村。田家一自風流甚，漉酒花前倒大盆。

蹋青幸有兩人同，不負深紅與淺紅。明日偕來還未晚，滿簪花護帽簷風。

晚梅下同會侯次即山韻

靈谷千株同雪積，鄧峰萬樹與雲平。別來十載勞魂夢，看到江城但棘荆。昨夜澹煙猶蓓蕾，今朝風日正晴明。高觀樓下枝枝發，恰對天涯老弟兄。

爲毛會侯題雲林卷子

清風吹空山，落日下秋水。幽人識去聲。其意，倘徉圖畫裏。展卷見倪迂，題詩報毛子。

湧月臺石上三大字在黄鶴樓左，舊傳曹孟德書，誤也。

不見却月戍，鮑明遠詩："夏口樊城岸，曹公却月戍。"虛傳湧月臺。月來照石鏡，月去暗蒼苔。有客携樽至，何人吹笛來。浮雲無處所，嘗傍大江隈。

望長春寺前後桃花次韻

翠巖斗聳一千尺，開到緋桃第幾層。帘下每來呼酒客，寮邊喚轉喫茶僧。春城霞起迎朝旭，夜雨虹生隔院燈。正是楚天櫻笋會，游鰲新買出江罾。游鰲，俗名桃花。鰲，音餐。

高觀山再看桃花次韻

舊時山下賣桃翁，曾見山桃幾度紅。鹿苑當年園寢地，兔葵今日楚王宫。正宜細雨門深閉，不是看花客莫通。惆悵郊原春色賤，小開攀折惱村童。

春分前一夜風雨始雷電，枕上讀即山《約來日候桃花詩》

江門電影落，峰際始聞雷。爛熳春過半，參差花盡開。詩成燒燭看，興劇許誰陪。恐損夭桃色，東風百尺臺。

風雨甚念雪臺上桃花

石城山上石城翁，種出桃花别樣紅。望去荒蕪梁苑草，慣來風雨梵王宫。河橋乳燕泥初重，柳巷新鶯語乍通。爲要平安問消息，頻教蒼磴走兒童。

月下聞笛見雁行

山色繞江城，江光入夜明。新蟾晴更小，歸雁暝無聲。作客三春莫，誰家一笛横。高樓有桃李，飄落不勝情。

爲軒前牡丹奏樂催妝

江城牡丹大難得，徐家亭子慣栽培。春陰護葉滋滋長，曉日籠花緩緩開。梳掠漢宫鬟髻重，光輝隋苑綺紈裁。房櫳妝出非容易，絲管須教得得催。

清明日和即山韻

今朝清明美風日，郊原幾處踏歌行。桃花滿地霑猶濕，柳絮垂條放未成。亂後乍逢新士女，老來多興是浮生。珊瑚寶玦王孫地，認取荒臺舊鄂城。

招邁種叔損看細雨牡丹

牡丹自昔號花王，肯以仙姿殿衆芳。帶雨臙肢愁半濕，倚風衫袖欲輕揚。朱衣略拭何郎汗，翠被如聞合德香。已遣藥欄張宴待，衝泥莫惜紫絲障。

雨中餞海棠

東園桃花太無賴，一樹海棠開更繁。高枝穠蕊鶯銜落，弱帶垂條蜂抱翻。來往沾衣春霡霂，飄揚點地月黄昏。臨風餞雨無他計，日日新詞命酒樽。

雨中玉蘭

玉蘭佳種來西蜀，菡萏十尋高出群。隔歲含苞霜長養，晚春齊放日氤氲。豐頤著雨啼清淚，仙掌淩空攬白雲。植向階前真愛惜，謝家瓊樹可如君。

步月竊聽因兄琴

緑煙夕已滅，明月墮我襟。花外一燈出，有人彈素琴。飛揚紫霞想，浩蕩江海心。豈知絲桐内，掩抑千萬音。世無鍾期賞，誰繼幽蘭吟。夜久聲亦息，窅然無可尋。

李廷珪墨歌

仲將墨妙不復得，南唐廷珪最得名。宣和以後盡北去，一鋌價重千黄金。自從南内兵馬入，廟市玩好紛來陳。衆中忽見潘谷拜，神仙頓覩山玄卿。蘭陵將軍獲示我，閲世計經八百齡。觚稜兩面作圭起，下有戲海龍虎鯨。孤桐桼斷蛇腹坼，膠梣音岑，《本草》作秦皮。豈得長堅貞。何人喜事過薛稷，商金不啻九錫榮。破碎以金商之。多年珠麝色香盡，徒有其質無光精。古冢蟾蠩寳漢代，柯園鸜鵒須老阮。紫貍柔錐烏玉玦，惟此二物偏宜新。難從易水辨真贋，不若近代求方程。于魯君房。先朝龍香落塵坌，腐塾吮鼰兒童争。李超小技賜國姓，廷珪父。金陵破後歸曹彬。但充墨桼鬆佛寺，盛衰貴賤中幾更。嗚呼盛衰貴賤中幾更，廷珪廷珪何足論。

蘭

移根出幽谷，濯葉上華堂。白日照芳樹，佳人閒洞房。簾櫳深幾處，細細襲衣裳。

題叔損述悼詩

人間寫盡相思字，地下曾無古押衙。每對春風好光影，忍聞鸚鵡唤琵琶。

臨春結綺圖

龍蟠虎踞帝王州，鐵鎖消沈王氣收。昌云：追言晉事。江上賀韓方對壘，閣中張孔競梳頭。吴天冷剩清溪月，楚塞遥横赤岸秋。誰寫煙花入圖畫，六朝金粉古今愁。

望月湖

水光亂碧草，斜日照曈曨。白鷺不妄下，懸飛明鏡中。青山四面静，煙樹兩湖通。幽趣本難愜，孤緡思釣翁。

贈友人

五陵年少真少年，騞騎白鼻春風前。有心不敢下馬揖，笑舉黄金八寳鞭。

梁谿五田弟崍游襄陽

未覺江東遠，相逢鄂帝城。雲中鴻鵠路，沙外鸛鶬聲。春水蒲帆小，青洲荻浪平。銅鞮舊時曲，去去若爲情。

觀　妓

佳人出董嬌，歌舞竟良宵。撩得周郎顧，含嚬整翠翹。香從雲鬢細，酒向露華消。曲竟翬衣换，猶持鳳管調。

題《坡仙杖笠著屐圖》

蘇公在黄州，初歷三寒食。坦步隨所之，郊原春草色。乘興渡樊湖，扁舟下西塞。回橈訪邠老，江雨忽深黑。雷聲蓮花頂，橫潦半縣邑。杖藜入春泥，杜老有遺則。何妨就農夯，借彼屐與笠。大賢視纓組，束縛勝徽纆。忘形名利場，安往不自得。臨皋與鳳栖，處處留洗墨。至今池旁竹，葉發點黼跡。高蹤日游戲，時人詎能識。塵埃一超忽，風雲滿胸臆。君看圖繪中，想見猶龍德。

桃花源圖

國家承平日，何地無桃源。雞鳴隱茅屋，流水當柴門。山川有餘静，草本含嬋媛。兵戈一摎索，巖壑生煩冤。洞幽積白骨，世遠沈仙魂。區區武陵上，秦客今安存。虚開淵明記，難信瞿童言。衆谷繼哀籟，一峰先斷猿。達人善避世，隨地安田園。悠繆白雲外，有無安足論。

江　漲

濕雲既已去，清風亦徐回。山容新濯出，泉響答江隈。漸覺村樹遠，遥指湖光開。數峰落明鏡，一鳥帆邊來。水從羅州轉，回抱吴王臺。燔石有遺蹟，孫曹安在哉。

夜 涼

夜涼仍不寐,城上隱悲笳。孤枕先知雨,閒燈自弄花。蟬聲秋樹静,鵲影月痕斜。未卜東籬賞,今年可在家。

雨 至

青蜓飛草際,白鳥亂湖湄。龍起雲争道,江昏雨度遲。薄收紅粒稉,晚種緑莪葵。孫稻須霑足,秋光賞最宜。

秋 水

秋水仍多態,柴門影動摇。兒童添釣瀨,小徑曲山樵。設網新防鼠,鳴金爲迎貓。寬租明詔下,田野更蕭條。去冬詔免今年田租之半,春夏水漲,蛟龍四起,溺人畜無算,秋鮒化鼠害稻。

寄汪苕文琬

相見長安鬢已班,歸家著述老蒼顔。集賢曾請封西嶽,學士何因去碧山。禹蹟乾坤黄卷内,堯峰樓閣白雲間。東吴十載無書寄,何日扁舟共往還。

書顧宸《杜律注解》

洛陽杜甫真漂泊,身歷三朝竟可憐。百歲亂離都强半,一生悲恨向誰宣。虚傳魂夢呑吴句,實有風騷當史篇。遼人王洙題杜集曰"詩史"。辛苦梁溪顧修遠,千秋心事與昭然。

觀洞庭戰圖

洞庭自開闢,九派匯其間。以外疑無地,中央忽有山。東南争險阻,控帶到苗蠻。混一前朝勣,澄清帝力艱。戰圖懸素壁,野老損朱顔。盜賊仍通塞,苞苴竟往還。妖氛能不作,雲物自長閒。張樂何年事,軒皇杳莫攀。

書武進陳撿討維崧遺集四首

憶昔雷成共辟時，布衣奉詔入彤墀。珊瑚欲架平生筆，鉛槧期燃午夜藜。畫舫傷離留餞席，紫髯坐對拂深卮。己未四月，君餞予于十宜園。少微猶向江天炯，忍使雲霄失羽儀。

落拓江湖不負春，雲郎亦是可憐人。君嬖童。鄂君繡被知誰擁，荀倩霜庭豈惜身。君復悼亡。引紼死交難見夢，奉輪生友亦霑巾。宛陵曾遇文康賞，老眼寧知獨苦辛。王文康曙稱梅聖俞"三百年無此詩"，君于予亦云。

主上端居更好文，年來四海靖妖氛。宸章制就常分賜，學士書成輒上聞。封禪茂陵猶有待，昌言長統竟何云。仲長統著《昌言》，未成而卒。幸留麗藻盧王體，欲向蓬萊散五雲。

武進文章獨儷駢，宣城詩句老尤堅。施閏章。君宗愧未酬當代，精爽猶能映九泉。鈴閣秋風虛畫燭，玉階落日冷花磚。威明孝綽今都盡，頭白山中只醉眠。

山齋漫興

山齋白露漸寒露，起步疏鐘打二更。野鼠斜緣新月影，宿鳥蹋折枯枝聲。老來詩律渾不細，何貴豎子成虛名。苦死西川杜工部，性耽佳句要人驚。

散　步

落日萬山幽，空林雨氣稠。藻寒魚不食，雁至葉争秋。散步如無病，過鄰問壓篘。盃來吾語汝，消得百愁不。

蟹　雁

蟹雁知秋候，同時出水鄉。沙鳴山雨急，霜落稻根香。設罟南人便，關弓北俗强。乾坤少生意，弱肉實堪傷。

九日雨

沙上蕭蕭雨，江邊汎汎船。魚蝦通小市，鴻鶩喜平田。令節全無菊，經霜尚采蓮。年年當此日，把酒痛杯棬。

香　煙

明牕看爝火，一炷必雙煙。風定交舒卷，雲姿嬾折旋。息調初入静，鼻觀欲安禪。幻性成生滅，虚空適自然。

蟋蟀二首

秋至蟋蟀吟，露重聲轉厲。豈惟嬾婦驚，竊墮壯夫淚。天高煙月冷，地僻莎蕪細。振羽韻悠揚，僂身矜進退。相彼横草能，不羡金距戲。蹴穴自藏機，當場軒勇氣。蜉蝣落衣裳，蝴蝶毁金翠。重汝鯁介情，霜吟得幽意。

據穴偏多怒，臨門亦自威。通宵鳴不息，竭力爾何爲。吊月寒蟬斷，梭風絡緯移。惟兹最感激，涼露欲零時。絡緯青色而身長，别是螽斯之屬，喜登樹鳴，俗名紡絲娘。舊説即蟋蟀，誤。

咏三隱二首有序

三隱者，宋代蘄春人，今蘄人莫能言，感而咏之。

吴瑛字伯仁，英宗時簽判黄州，以虞部員外致仕，起吏部郎，復起知蘄州，皆不就。著作失。

伯仁起齋郎，簽書黄州守。入爲虞部員，挂冠方黑首。臨流獨長歗，種竹還漉酒。歡笑延嘉賓，絶口不臧否。青氈就盜乞，力田門生耦。不顧尚書期，鶡冠狎鄰叟。世遠言亦湮，著述曾不有。高躅留史編，微名僅身後。

林敏功敏修敏功，字子仁，别字松坡，神宗賜號“高隱處士”，有《蒙山集》百卷。弟敏修，字子來，有《無思集》。馬端臨《經籍考》亦載之。

松坡節氣士，少小負學術。一舉偶見遺，塞門即弗出。經通井大春，名比皇甫謐。隱處非盜聲，率性不就辟。子來實忝弟，豹席共牀筆。湮没無思篇，零落蒙山集。立言既不朽，傳後豈難必。所望賢達人，名山拾遺軼。

咏孔嵇二首

執諒固臣節，攖鋒非智人。英雄本多忌，瑕隙豈無因。魏公既虎視，少府非龍馴。負圜即弗屑，用壯終殘身。志高功不就，慷慨悲元升。曹操爲司空，遷融少府。不堪操詐，偏辭傲侮。及被誅，習脂獨往哭，操怒收脂。既而意解，謂之曰：“元升，卿故慷慨。”

輕時非厚德，傲世實難爲。嵇康有何罪？鍾會必殺之。上書三千人，徒使忌者疑。君看帶箭鶴，不及負涂龜。空留養生論，徒爲達者嗤。鍾會論康：“康上不臣天子，不下事王侯。輕時傲世，不爲物用，無益于今，有敗于俗。今不誅，無以潔清王道。”于是下康獄，太學生三千人請之，一時豪傑皆隨入獄。會悉解諭散遣，竟誅康。

贈陳兑侯

陳君制萟誇絶倫，題詩往往皆天真。卿能用法問我法，我法亶能師古人。少陵家學熟文選，及至運筆殊清新。三唐近體變六代，貞元以後無敦淳。歌行七字貴罄控，快馬斫陣方入神。八家文字豈史漢，甘與鹿門爲後塵。觀君用意都細晰，秋霄鷹眼青瞵瞵。感今論古尤正直，有若三殿垂長紳。既無曲逆飽康粃，豈有君平愁賤貧。五車勸君日努力，千秋肯負男兒身。

湖　村

湖村寒望裏，蕭瑟最愁人。露重花禁蕊，冬温草更春。聞雷魚動數，晾網雁驚頻。惟有垂綸客，無心對水濱。

魯肅灣譌稱魯媳婦灣，舊有子敬廟，而甘興霸廟在西六十里富池口，祈祭獨盛。

河干謦欬甘興霸，風節當年子敬同。汗簡渺茫三國志，荒祠煙浪大江東。一灣回洑千檣避，兩地靈旗五夜通。香火只今偏寂莫，止餘優孟述英雄。雜劇中《單刀會》是割湘界時事也。

十月戊寅二十七日夜大雪震電

天公乖號令，人事復如何。十月雷霆作，三春霰雪多。熊羆仍發蟄，沍澤更揚波。欲作羅浮客，長途未易過。

己卯日大雨震電

雷電千山雨，黃雲一雁飛。甕儲時起視，杯酒不成揮。剝復猶難測，兒童莫厭饑。昔年甘旨缺，典盡少君衣。

赤東湖罾船歌

天寒木落湖不波，千罾夜嘯來江沱。流澌赴壑迅竹箭，一夕沙柴迆坡陀。漁師高唱衆艇出，似聽軍令移戚歌。大船賈勇小船後，襢肩醜貌掌兩踒。潟烏俯仰煙浪動，漸見行列盤駕鵝。榔聲四合駭鸛鷺，歡梟一起驚黿鼉。老魚竄急反擲出，鱎鱅水面先遭羅。網紉目密絓白小，鯌鱖萬一逃罧窠。常年十月輒斯舉，有若火獵燔秋柯。江湖盛漲接游泳，寧識小大居無何。澤民窮困拾贏皇，未要好生陸法和。先生來觀亦偶爾，罷箸且作罾船歌。

答田餘庵慶年

韋家昔日好花樹，今向田家病内栽。薄海神交如我老，美陽文運待君開。九流四庫同天禄，萬壑千峰矗斗魁。率土車書尊一統，聖朝仍愛楚多才。

答謝田宣慰

里鼓山川千八百，忽傳芳訊出荆州。美人貽我特珍重，文采如公誰匹儔。杜甫苦辭錦鱷段，李邕義取珊瑚鉤。報君媿乏青玉案，佳句倘賡須再詶。

四季薔薇

秋薔名月季，歲晚發春花。香色寒天短，枝條細影加。青蟲仍化蝶，銀跡尚留蝸。霜雪休欺得，庭梅莫漫誇。

太　息

氣因愁病短，太息轉能長。夫子亦何歎，浮生空自傷。百年如過鳥，岐路悵亡羊。頭上蕭蕭髮，依劉也不妨。粤吴游皆未果，將往東山。

臘月十七日乘風二百四十里舟中作

歲盡復爲客，書來促我行。岸遥争馬力，帆疾助江聲。春逼風沙起，天寒雁鶩横。未知垂老趣，得遂故人情。

歲事無關我，扁舟覺日長。榜人時問答，江色半昏黄。手冷操書卷，爐存索酒漿。漸難飛動意，慚媿鬢毛蒼。

是夜月

二更殘月上，五兩尚孤征。疊浪迎船白，疏星迫地明。山容無雪意，戍角已春聲。自喜囊中净，荒江率意行。

書丁勖庵《垂釣圖》

曼倩文章滿屬車，長卿退著茂陵書。聞君曾作東巡賦，只在秋江把釣餘。

成仲謙、龔千谷二節使載酒過東山，招同錢飲光方與三觀陳多演劇，次飲光韻

鵠峰百尺即山臺，衝雪今年兩度來。豈意歲寒逢老友，却緣節使得追陪。燈前細雪盈盈落，檐際殘梅緩緩開。坐有陳多歌一闋，不須羯鼓向花催。

除夕共子星

行年六十六除夕，此歲東山陪謝公。已共辛盤迎令節，更分柏葉領春風。雪高萬瓦江城暗，燈放千門楚俗同。坐待六街喧櫪馬，金雞早唱日華東。

雪臺雪望俯城隅，明滅江峰半有無。兒女今宵憐寂寞，情交隔歲喜招呼。即看逕尺羅浮蝶，先兆雙飛海燕圖。説向樽前成一笑，傾銀且與醉屠穌。

丁卯康熙二十六年

約游東田阻風雪，是夜觀伎

上日東田卜曉晴，嚴城霰雪又三更。漫留藍筍尋春興，且取笙簫入夜聲。在野踈狂容二老，避人懷抱各孤清。當年崔李今誰是？江漢風流萬古情。

積雪喜晴東即山

松頭淞結珍珠明，簷牙凍落玻瓈聲。同雲向午忽解駁，六龍緩駕扶金輪。未須木屑澀澌潦，且可銀海摇光晶。凄清似望沙漠月，涌現若覩瀛洲城。老仙丹鼎鍊胡粉，藷草欲種呼龍耕。惜哉大地濁埊滓，一洗萬古媧皇驚。漏天仿佛聽春雨，東風入來啼早鶯。嬌花冶葉换錦繡，期公載酒東田行。

上元前四日壽龔千谷十二韻

自執通家誼，于今五十年。交情同海岳，世態幾桑田。韋杜聲華久，曹劉羽翼先。承恩延内殿，畫省望神仙。薊苑緘書數，湘雲簜節搴。芝蘭欣慰藉，風雅更連翩。飛動時披寫，招尋每殢延。定勤申穆醴，喜拍偓佺肩。屢舞春燈曲，重逢介壽筵。汝予諧倡和，禮數脱周旋。汗漫江天雪，逡巡粤徼船。予將游粤。千秋心事在，金石可云堅。

上元日同因兄燕丘兒子昌訪洪山，巖公山在城東南五里，寺名寶通。大司馬三韓張公方伯石城徐公修于康熙丁巳戊午歲，金碧洪麗，武昌諸剎第一十韻

五里浮圖嶺，精藍訪惠師。路乾春雪後，到及午鐘時。問法天親共，山陰寒溪輪公適在。呼朋野興宜。散燈明瑞相，咒鉢具威儀。軍旅仍工庇，經綸歎爾爲。護生緣佛力，浩劫自僧祇。似益湖山麗，如逢湧地奇。花拈迦葉座，草放苾蒭池。嗜酒陶元亮，能詩江總持。何當塵累盡，空闊任吾之。

送輪庵同公輪庵見己未《送歸長洲》注。

前年見輪庵，風骨立突屼。有如吕祖謙，乍覿滕元發。今年見輪庵，行脚怪超忽。又若王舍城，涌出峧明佛。學參雞足尊，來自鉢羅窟。義掃迦葉波，文殊復何物。我聞法王子，恒自貴姓出。中夏盛浮屠，多從義熙末。定陵昔在御，江右聲華浡。峥嶸信國裔，累積崔家笏。待詔東方生，文藻遹峭崒。烈皇重韋布，尚璽起尤勃。棄捐薰風彈，永罷金門謁。尚璽曾奉詔撰琴曲，有百僚、師師、五建、皇極、大風、垓下諸操。咄哉鶖子智，竟薙難陀髮。世出世間事，妻孥豈膠葛。每聞金錍論，使我塵瞖豁。浩蕩雲水寬，石頭路非滑。去去莫相思，南山富薇蕨。

千谷招同諸公盛集開遠堂分咏

纈屏繡幕春雲濕,殘月疏星照不入。君侯愛客砂堂開,南皮北海皆奇才。鬱金酒罋來萬里,紅毛國釀。中山洞庭何有哉。袁公不妄通賓客,不是知名見不得。七盤妙舞陳錦茵,四挂冰弦鳴絡索。六街已寂燈火收,庭燎客散嘶驊騮。兒童見月舞空手,春女蹋歌猶夜游。太平盛事久不舉,朱門酒肉徒尊俎。置郵遽有鄭莊賢,投轄真逢孟公主。阿多一曲勝秦青,唱罷玲瓏醉復醒。諸君莫漫誇雄筆,樂語風流亦可聽。優人致詞曰樂語。

讀丁澹汝《問山集》,喜贈

玉蘭未白蕿草青,百舌喚起黄鸝醒。閉關十日不迎客,奇文一卷堪屏營。閩山萬里海天闊,武彝栟櫚鍾英靈。廙儀鄴下富才藻,近日復數温陵丁。嗚呼大雅久不作,對此心神動磅礴。胸盤元氣謝雕鎸,思入風雲恣揮攉。公家甲第韋杜同,一門三鳳鳴河東。流傳争頌機雲美,倡和難分軾轍工。軺車往往勤油素,饕舞悲歌皆有故。篇終意愜心自知,格力肯被時人誤。白頭慵夯坐盱衡,一卧山中四十春。豈知盩坫紛趨後,尚有泉江舊典型。

送丁勖庵游衡嶽

天地大文神禹碑,蠵肥蝸匾形模奇。君今往讀慎雷雨,恐有怪物驚蛟螭。芳草鷓鴣迎客路,晚春鴻雁欲回時。名山到處題應遍,嶽麓須添敬禮詩。

再題勖庵《垂釣圖》,即送其游南岳

昔我經過富春路,曾到嚴陵釣魚處。清光七里啼子規,兩岸紅飛合歡樹。江山不見披裘人,霅溪更想張元真。畫圖仿佛者誰子,就中面目如相親。建安才調丁儀是,眼底名流疇似爾。賦成擬獻蓬萊宫,琴聲撞碎咸陽市。扁舟肯作武昌游,弔古投詩鸚鵡洲。觀君五嶽起方寸,何事一水垂綸鉤。朱陵紫蓋杳何許?洞庭濤沫吹如雨。翱翔倘遇魏夫人,滄浪更不尋漁父。

鵠山望桃柳

春城過雨柳齊牙,弱緑參差俯萬家。半醉沿山鏗屐齒,愛從斜日看桃花。

桃花深處暖雲浮,隔樹紅妝倚翠樓。正是瀟湘春色好,明朝欲買洞庭舟。

贈李相如恕

老子猶龍後,神仙有鄴侯。異人非不見,吾道豈難謀。太古山川在,隨方杖屨留。白衣與倉狗,往事總雲浮。

和輪庵山陰寒溪十咏原韻

瀑香橋

鼻觀常聞瀑布香,澹煙流水護雲房。溪邊略彴無多大,看作天臺小石梁。

寒　溪

萬松深處講經臺,彌勒樓門面面開。白石亂從雲外落,紅泉又自硤邊來。

蓮　池

遠公飛錫大江邊,偏向峰顛種白蓮。五色車輪非實相,須從華界認金仙。

風篁逕

護持錦褓長千竿,入逕清飈淰淰寒。穉筍繞籬啼謝豹,不愁野鹿夜銜殘。

龍　潭

百尺寒黎湛不流，不知春夏但知秋。道人莫作荆南夢，已定山河十二州。輪公于兵興時寓澧州龍潭，原咏及之。

挂月堂

澄輝如鏡印寒泉，老兔迷離不記年。曾展清光供七佛，一輪又落草堂前。

分雲館

半崖中斷束斜曛，靉靆流聲静裡聞。坐下不須師象猛，老僧興到欲騎雲。

堆藍室

不敲鍾磬六時閒，爲愛春雲啓竹關。無數峰尖争涌没，念珠落却數青山。

聽虎軒

長松餘地即柴荆，領取寒溪乳虎聲。寄語躶身諸學子，横擔榔標不須驚。

響　閣

龍蛇萬樹聳蒼煙，不盡潮聲大海連。自把钁頭尋善地，開山不待給孤錢。

輪公游大理後歸寒溪，用梁玉立韻送之

萬里天西阿耨河，一枝邛杖遂經過。摩醯自具三伊相，哥匿何妨兩鬢皤。楚水瀟湘雲物幻，越山風雨海潮多。十年收拾歸瓶盋，此去安禪老薜蘿。

題程子猷畫

野水浮秋空，絶壁入雲去。蕭蕭枯荻風，波聲在孤樹。

篷底無他物，中藏老瓦盆。寒魚宿何處？斜日透蘆根。

書王黄湄遺集

斯人歸厚地，吾道失長城。把鏡頭顱老，遺詩睫淚盈。百年纔强半，七卷畢生平。小别猶相怨，其如永訣情。黄湄詩僅七卷，有坐黄鶴樓待予不至，云："蘄州夫子吾所敬，如何杖屨嘗相違。"

春分後一夜雷電通曉竟不雨

震電江門大，峰頭雨更無。倒衣驚旅客，占候惑漕夫。曙色穿花白，山光帶露濡。相巢新燕子，著意掠平蕪。

春夜雨六咏和因兄

疏星雨

殘蟾没西浦，急雨來峰頭。寒星光上下，添却水中漚。

夢破雨

枕簸乍驚回，無人堪説與。階前滴瀝聽，似共山翁語。

鵑月雨

正愛空山静，清光叫子規。誰教玉鏡濕，紅淚滴花枝。

簷花雨

細細落簷花，沈沈動春酌。疑有故人來，青缸發紅萼。

佛燈雨

林鬧山猨嘯，安禪坐未成。空堂龍氣入，自起炷長明。

山木雨

黯黯春燈外，霰霰樹杪來。楓人一尺長，昨夜有輕雷。

贈王琴伯梓

王郎愛我示新詩，讀罷持觴喜捋髭。蹋屐每勞風雨問，賞花多在杏桃時。薊門自失論文友，王黄眉。涇右猶存老故知。李屺瞻二子皆王鄉人。我有扁舟洞庭興，愁看春草燕參池。

雷　雨

疏通雨脚雷聲息，水際晨光始動蛙。山閣陰陰飛乳燕，江城寂寂落桃花。戰争功伐將軍大，賞賚朝廷禮數加。父老第思垂拱治，都忘帝力事桑麻。

書贈徐公子

天上麟雙觝，雲中鳳一肩。早貪緗帙義，不戀錦囊鮮。進學思韓愈，十齡似馬遷。喜拈新綵筆，初坐舊青氊。贈硯通家誼，書屏世訓傳。風塵開道路，老眼看騰騫。

送王擔人還朝

送子長安三月行，春風祖帳動江城。緋桃瀲瀲霑猶濕，弱柳垂垂絮未成。裴楷清通終僕射，山濤先後舊詮衡。聖朝治理須賢急，好爲蒼生礪濯纓。

題子猷畫

墨花斷去皆白雲，白雲斷去青山分。桃花源水在何處？空天一片青氤氲。

寄題常熟嚴墅五咏

天語樓

百尺起嶙峋，連雲繡桷新。簾前轉河漢，簷際宿星辰。露布留黄閣，奎章下紫宸。海天晴眺處，萬里豁煙塵。

平野堂

一岫名烏目，三江走白沙。虛空連震澤，雲氣隱楞伽。户牖藏丹槧，笙歌出絳紗。平山與緑野，瀟灑更何加。

耕古居

勞躬非負耒，萬頃硯田寬。自製烏皮几，私修鷊尾冠。帶經鋤亦拙，挂角讀何難。書籍幽時曬，宜君静處看。

貪佛閣

自閉六時關，逃禪亦未閒。聽潮知海汛，唱梵譜漁山。露下垂珠絡，雲升象寶鬘。欲參彌勒義，只在閣門間。

覆花軒

芋眠分小苑，曲屈隱芳叢。絲管催春急，壺觴與客同。寫容入鞶鏡，通影過簾櫳。折贈九珍惜，妝樓候曉風。

雷雨曉起

雷雨一宵足，鳴泉響翠微。頹雲留向曙，遠浦落餘霏。入望花無幾，黏天草漸肥。正愁行不得，杜宇繞人飛。

夜飲問即山

亂蛙鳴似雨，剪燭二更初。爛醉猶呼酒，聞公正讀書。江天漁火暗，花氣晚風疏。定有驚人句，羇愁一破除。

送蔣京少歸陽羨

短燭未見跋，明月已在西。今宵愴離别，坐到里門雞。杜宇叫濃緑，參旗催蚤犁。老夫速歸去，饁酒正堪提。

江　棹

岸柳行行送，江雲片片迎。半洲涑雨過，前路晚涼生。波細漁郎喜，山遥鷗影明。揚舲無俗籟，蘆荻受風聲。

初　暑

暑林川氣横，幽禽弄秋聲。茅屋日初上，荒村煙乍平。炎烝及亭午，雷雨動空城。畦水今春足，山山鵯鵊鳴。

林　檎

園中林檎好顔色，海棠蘋婆同豔姿。從來尤物易遭妬，況復垝垣難護持。鄰女偷捎花密處，癡兒生摘果垂時。歸來繞樹看濃緑，幾丸落落留高枝。

五日廢苑龍舟

荆王在昔鬬𧆛華，綵女裁綃作面紗。十里香輪連寶馬，三條樓閣雜煙花。可憐梁苑生荒草，空吊吴宫有暮雅。今日龍舟廢池裏，不勝清淚落胡笳。

雨後得月

昨夕照何處？今宵臨酒杯。清輝閲萬古，與我暫徘徊。歸鳥影中度，孤雲江外來。懷人對河漢，悵望楚王臺。

讀安陸郡司馬張夏鐘母陳太安人行狀，時司馬詿誤，赦後猶以交代羈留，詩以慰之

兵火遥憐靖八閩，板輿何意失良辰。麻衣司馬他鄉淚，岐路亡羊宦海身。酒罌却金聞孝婦，鱶坩辭饋述慈親。著書幸有名山業，下報重泉斷織人。太安人舅令永安時，有人藏金酒罌中以餽婢，勸勿白。太安人不可，舅曰："不有孝婦，何以成吾廉。"召其人責讓而歸之。夏鐘初令清源，廉謹所致，惟葡萄、蘑菇。太安人喜曰："只此足甘旨。"嘗教爲政之餘，著述藏名山可也。

懷即山

去年擬作羊城游，山川人事成阻修。即山老人勸我往，挐舟促迓寒江頭。是時風雪正改歲，巡梅一笑消離憂。通家兒女出羅坐，淺斝深盃争獻酬。椒槃上日堆粉荔，畫鼓午夜撾燈毬。蚤春冰霰逾十日，樓臺瓊玉揺雙眸。移花作檻待淑景，開尊落月高簾鉤。折風翠尾燕剪濕，踃雨緑楊鶯管流。山西女兒態圓轉，娱客柘舞揚清謳。一聲飛上九天去，弱縷細穿車子喉。鳳簟鸞扇不肯醉，錦牋麗制紛相投。苦留行李善爲樂，漸見靡草枯芳洲。洞庭惡浪不可渡，況乃萬里尋羅浮。呼兒造膝急慰藉，自滑旅食輸扁舟。我困真宜索堅石，公貧豈是監河侯。沈吟對酒惱何益，且用痛飲爲身謀。獨憐昏嫁累白髮，連雞薄俗謽乾餱。還家仰屋無朋儔，炎熇午夢酣江樓。黄金但輦五侯第，婁護自急朱門騶。與公同志企五嶽，何物敗意孤千秋。眼前謡諑不足有，脚下雲嶠非難周。嗚呼！男兒一人知己可無恨，即今世態全悠悠。

讀定山堂甲申存藁，痛哭之餘，起書二律

痛昔孤臣已出亡，江東黨籍尉羅張。狂歌讛語堪吞舌，絮帽芒鞋尚果創。靈武旌旗消息斷，長安咫尺灞陵荒。千秋此案憑誰判，問取懷寧與貴陽。公以不屈，賊拷掠甚毒。創少寥，脱身南遁。中道聞絓名逆黨，哀感北奔。第六句用桓温不過灞水事。

其　二

青原禪老歸雙樹，白髮尚書返道山。九地相逢應慟哭，二京遺恨莫追攀。翠華龍馭風雲散，碧草駝眠歲月閒。往事豈堪重憶説，獨餘野夕淚潺湲。癸卯予有追和公憶方密之詩四首〇烈皇帝陵名翠華山。

過梵宫見閻古古遺詩

海内奇人閻古古，江湖放跡一騃頑。赦前大索曾藏壁，急難亡命蚤度關。命讀名。曳杖渾忘垂白髮，横刀每自看青山。詩篇百卷雖零

落,浩氣常留天地間。爾梅奉赦,因龔端毅之請。

其　二

思君昔日過蘄春,髮剪頭陀七尺身。蕭寺暫依因待我,酒樓高嘯爲懷人。何顒遊説真名士,張儉還鄉豈逸民。不有平生最知己,乾坤容汝舊逋臣。辛卯古古過蘄垂訪,時予在梅川。古古止談長益寓,待四日不至而後去。初端毅公之請赦,又長益密説之。

其　三

一枝禪杖鐵爲龍,幾緉芒鞵老自供。跋涉萬山原愛死,關河廿載未消烽。朝廷寬大恩隨放,司寇條章早上封。千古英雄滿襟淚,哀鳴聽入六朝鐘。

其　四

怪爾曾爲溧相師,哆譚制舉有何奇。至今江表生徒輩,不解河汾教授時。盤劍養牛同日賜,殘氈敝笈暮年悲。草間生活非公意,誰取遺編續楚辭。予弱冠與溧陽相國論文,以留侯鄴侯勖予,而相國凶終,悲夫!

挽王山長岱

教授除官惟百里,簿書澄海歷三年。與民清静王彝甫,老友神傷顧彦先。敝篋欲開愁點鬼,玉棺雖下未爲仙。文章政勣能如汝,實許聲名後代傳。

題友人湖居

緑樹倒明鏡,清波摇短扉。白鷗如紫燕,日日掠簷飛。新藕佳人臂,殘荷獺女衣。有時高咏罷,雲雨過湘妃。

望江外雷雨

亭午雲峰失翠微。千巖萬壑鬱炎威。青天急雨翻盆過,白晝驕龍挾子飛。劈歷楚王臺畔路,漂摇神女日邊衣。誰能宋玉高唐賦,注目空江倚釣磯。

雨　散

暮靄依山盡，千峰斂夕陽。星辰自位置，雷雨散何方。草露月明上，蟬聲風引長。西畦有良稻，時雜芰荷香。

采蓮女

朝炊白蘋上，暮飯青荷底。口輔蓮花香，知儂食蓮子。

煙　墩

江堡孫吴制，煙烽立井幹。陰宵通警急，晴色報平安。開國關梁有，乘危盜賊殘。奔亡拋鼓角，風雨壞旌竿。新戍依稀設，沿厓守望單。嘗愁虚列戟，此輩轉探丸。甌脱空寥地，干掫執柝難。曾聞太平世，萬里盡安瀾。沿江烽火臺始孫權，自西陵至建康半日而達。今墩阜有存者，順治末海警復置之。

大　赦

不雨自正月，奇灾聞北平。天心本仁愛，帝德廣流行。奔馬非無警，見《管子》。弘羊豈足烹。聖朝資燮理，經國問匡衡。

六月苦旱寄徐公

赤熛怒銜火龍走，入夜星毬落如斗。自春雪霰淫霖多，漂廬殺畜蛟鼉吼。夏至不雨四十日，何至枯焦到稂莠。山中群盜白晝出，戴筥負筐形赤醜。五月以前直北旱，聖人齋宫深自咎。皇天倒運銀河流，却向南方移雨府。開赦下後，北雨霑足。老夫食指歲益增，負郭磽畬才百畮。三旬九食平常事，昨復連朝斷箕帚。西鄰老僧許借我，腰鐮下田如割韭。舂成玉屑不成粒，轑釜作糜餘作糗。矯情不學王修齡，世上仍無謝仁祖。豈惟世上少仁祖，責負到門揎兩肘。一飯不報非英雄，怨毒于人亦難有。故人遠居五百里，幾欲寄書恥開口。君不見臨淮不富居巢貧，當前慷慨指一囷。恐公歸詠江南春，腐儒仍爲飢餓人。

七夕前三日

大星明復滅，雨氣動今宵。已見銀河没，先宜赤告消。荷陰魚出食，梁熱燕離巢。牛女年年事，千秋未解嘲。

病中見月

明月背病客，偏照池前樹。鶺鴒知我心，啼聲但求曙。

瘧七十日詭能閃屍垂死矣，李因兄自高觀賫即山先生書藥至，枕上執手，涕泗横流。次日寒熱又大至，少退，口占呈因兄權慰即翁

故人書到魂穌後，生死交情涕淚中。四大七旬投水火，英靈一綫返剛風。未知青鏡從今改，且喜丹砂濟老翁。廿載白頭成久約，向禽五嶽定相同。

口占題青溪老人《秋山圖》，未成句

老人家在青溪住，繞屋青溪萬章樹。有時曳杖看青山，寫入秋風輞川句。

白茅堂文集

（清）顧景星 著

主編 王利民

彭有明 點校

鳳凰出版社

圖書在版編目（CIP）數據

白茅堂文集 / (清) 顧景星著 ; 彭有明點校. -- 南京 : 鳳凰出版社, 2019.11
(鄂東文獻叢書 / 王利民主編)
ISBN 978-7-5506-3054-3

Ⅰ. ①白… Ⅱ. ①顧… ②彭… Ⅲ. ①古典散文－散文集－中國－清代 Ⅳ. ①I264.9

中國版本圖書館CIP數據核字(2019)第246865號

書　　名	白茅堂文集
著　　者	(清)顧景星 著　彭有明 點校
主　　編	王利民
責任編輯	王　劍
出版發行	鳳凰出版社(原江蘇古籍出版社) 發行部電話025-83223462
出版社地址	南京市中央路165號,郵編:210009
出版社網址	http://www.fhcbs.com
照　　排	南京凱建圖文有限公司
印　　刷	金壇古籍印刷廠有限公司 江蘇省金壇市晨風路186號,郵編:213200
開　　本	890×1240毫米　1/32
印　　張	169.375
字　　數	3136千字
版　　次	2019年11月第1版　2019年11月第1次印刷
標準書號	ISBN 978-7-5506-3054-3
定　　價	1980.00圓(全九册)

(本書凡印裝錯誤可向承印廠調換,電話:0519-82338389)

序

王利民　方　正

一

本《叢書》是黄岡師範學院文學院從事鄂東文化研究的成果之一，是一套爲鄂東傳統文化研究提供基本材料的專題叢書。"鄂东文獻"，顧名思義，其範圍涵蓋了湖北東部地區的歷史文獻，其中多數是明清兩代文人的詩文集。

"鄂東"一詞在清代以前的典籍中並不常見。羅泌《路史》卷二十六《國名記三》説："鄂東，熊渠中子紅封之。《世本》。今興國軍永興有故鄂城。《寰宇記》："州西北百八十鄂王城，鄂人事鄂王神。"漢鄂縣本隸武昌，故《九州記》云：'鄂國，今之武昌，東鄂也。'""東鄂"一詞在古籍中倒是更爲常見。宋薛季宣《樊口見鄭崇陽不遇》有云："島嶼西陵開罨畫，湖山東鄂洗新裝。"《樊山春望》有云："東鄂城東安樂宫，李花練絢玉玲瓏。"《二同舍賦鄂城篇見和，文高格古，端不可及，而仙尉王文措辭侈甚，可以參諸臺符羽檄間，復次元韻戲酬》有云："吴楚争桑如有頃，東鄂幾人全首領。"宋代的東鄂指的是武昌（今鄂州），與南陽的西鄂相對應。歐陽忞《輿地廣記》卷二十七説："武昌縣，故楚之東鄂也。"《湖廣通志》卷三説："南陽有西鄂。稱西，所以别於東鄂也。東鄂，武昌也。"

清同光之際，鄂東地區成爲捻軍活動的區域，因而"鄂東"一詞常見於文獻之中。如《曾文正公年譜》卷十一説："東路任賴一股盤旋於安陸之境，劉銘傳等追剿，賊竄向鄂東一帶。"《李文忠公奏稿》卷十一《行抵歸德通籌調度摺》説："曾國荃二十九日函稱，鄂軍追賊，悉已西

至棗陽，頃調回東路黄麻堵勦，未知能否趕及，是鄂東空虛實甚。”繼而，“鄂東”也出現於晚清文人的詩作中。如王柏心《百柱堂全集》卷二十七《九日寄漁叟》詩云：“去歲重陽節，黄花滿鄂東。”清末民初，“鄂東”概念爲地理類書籍所採用。劉錦藻《清續文獻通考》卷三百十七《輿地考》十三説：“廣濟縣南七十里之武穴鎮，外江内湖，介鄂贛二省，實鄂東咽喉。”

今天“鄂東”作爲一個地理概念，源自民國時期的行政區劃。民國初年，湖北分爲鄂東、鄂北、鄂西三道。鄂東道轄武昌、壽昌、嘉魚、蒲圻、咸寧、崇陽、通山、通城、大冶、興國、漢陽、夏口、漢川、黄陂、孝感、沔陽、黄岡、黄安、黄梅、蘄春、蘄水、麻城、羅田、廣濟、安陸、隨縣、雲夢、應山、應城等二十九縣。民國二十七年(1938)，湖北省第二行政督察專區轄黄岡、蘄水、蘄春、廣濟、黄梅、英山、羅田、麻城、黄安、黄陂、禮山等十一縣。民國二十八年，二區專署改稱鄂東行署。1941年，黄岡縣抗日民主政府及豫鄂邊區行政公署鄂東辦事處成立，次年改爲鄂東行政專員公署。

現在的“鄂東”指的是湖北省東部地區。狹義而言，主要指黄岡地區。如湖北省政協文史和學習委員會等編撰的《黄岡文化簡史》基於行文方便和約定俗成，把“黄岡地域”與“鄂東”視爲基本相同的概念。廣義來説，以行政區劃爲基礎來劃分的鄂東地域包括武漢、黄岡、鄂州、黄石、咸寧等行政區。本叢書取廣義之説，在文獻的選擇上則以黄岡地域文人的著述爲重心。

二

湖北歷史上的三大人文重鎮是春秋戰國時期的荆州，東漢三國時期的襄陽，明代鄂東的黄州府。隋唐以前，湖北的文化重心位於荆州、襄陽地區，而鄂東屬於邊緣地帶。清人顧祖禹在《湖廣方輿紀要序》中説：“湖廣之形勝在武昌乎？在襄陽乎？抑在荆州乎？曰：以天下言之則重在襄陽，以東南言之則重在武昌，以湖廣言之則重在荆州。”從地緣政治的角度來看，從西周到北宋，中國的中央政府主要建在北方，都城主要在西安—洛陽—開封一綫，荆州和襄陽得此地緣之

利，成爲湖北的區域中心。宋代以後鄂州（今武昌）地位上升，成爲湖北的重心，但其行政中心的地位並未確立。到了元代，鄂州成爲湖廣行省的治所，才全面確立大區域中心城市的地位。1281 年，原來遷移至湖南潭州的湖廣行省治所又遷回鄂州，於是鄂州正式成爲湖北的行政中心，這使得湖廣形成以鄂東爲重心的基本格局。

宋元之世，蘄、黄二州分治，宋代蘄州、黄州屬淮南西路，其治所在壽州，今安徽鳳台；元代蘄州路、黄州路屬河南江北行省，其治所在汴梁，今河南開封。宋元二代，蘄、黄均處於所在省的偏遠地帶，遠離其行政中心，故王葆心先生説："宋、元之交，吾蘄黄以邊儌，文化榛蕪。"在元代，黄州府逐漸發展爲上等州府，其人口數、進士數、書院數、《湖北通志・藝文志》及《補遺》中的著作者人數均占湖北省首席。

朱明代興，湖廣進入了"以東南言之，則重在武昌"的時代，武昌成爲區域内的政治經濟文化中心，鄂東毗鄰武昌，一變其兩千年來的不利地位，獲得區位優勢。明代是鄂東傳統文化最爲繁榮的時期，但明代初期和中期文化繁榮程度遠不如明代後期，這與漢口的地位有關。漢口是明清時期湖北最大的市鎮，居天下"四大名鎮"之首，在明中葉由漢水改道而興起。漢口處長江漢水交匯處，順江而東，可達安徽、江西、江蘇、浙江；循大江而南，過洞庭，入沅湘，可通兩廣、雲南、貴州；溯江而上可通巴蜀；溯漢水而上，可入宛洛，此所謂"九省通衢"。鄂東五水，倒水、舉水、巴水、浠水、蘄水，均發源於大别山，流經東北部山地、中部丘陵、西南部平原，垂直注入長江，與漢口相聯，在鄂東形成了類似現在的"高速交通網絡"。在以人力與畜力爲主要動力的時代，水上交通最爲重要。鄂東五水與漢口相連，北達黄陂、黄安、麻城、羅田，中達黄岡、蘄水，南達蘄州、黄梅、廣濟。"貨到漢口活"，鄂東的農産品可以暢銷天下。明代中期漢口的興盛推動了鄂東外銷型農業的發展，從而帶動了科舉的極大成功與文化的大發展。

三

鄂東文化肇始於原始社會，形成於戰國到秦漢，發展於隋、唐、宋、元，鼎盛於明清，轉化於晚清民國，代有奇峰。唐宋時期是鄂東文

化開始彰顯的時期。唐時，慧能居黄梅東山寺，師從弘忍，禪宗大興於天下。杜牧爲黄州刺史，創作30多篇詩文，赤壁戰場，折戟沉沙，詩留千古；岐亭古鎮，杏花村酒，香飄四野。從宋代開始，鄂東地區儒學與文學開始勃興。理學大師程顥、程頤兄弟即出生於黄陂。北宋前期，有不少朝廷的逐臣被"安置"於鄂東。王禹偁謫黄州，詠懷月波樓，新建小竹樓，氣節文章，照臨此邦。蘇軾居黄州，二賦一詞，江山多嬌，黄州成爲世界名城。蘇轍攬勝快哉亭，與東坡聯袂西山，流風遺韻，稱快世俗。秦觀來黄州謁見東坡，贊龍丘子，題雙松，清風皓月，相與忘形。黄庭堅居武昌，遊樊山，追懷東坡道人，應和萬壑松風。張耒三居黄州，與黄州的江西詩派詩人潘大臨、何覬曳杖漫步，詩酒唱和。蘄州人林敏功、林敏修兄弟和夏倪也列名江西詩派。洪芻、韓駒曾來黄州任職，饒節曾至蘄春白岩寺問道。詩人彙聚，遂使黄州成爲詩壇重鎮。元代黄州則出了當時第一流的散曲大家滕賓，其人有《玉霄集》，《太和正音譜》稱"滕玉霄之詞，如碧漢閑雲"。

明清時期，鄂東人文飆升泉湧，王士性《廣志繹》卷四説："毋論士大夫，即女郎多有能詩文者，如周元孚、董夫人輩。"當明弘治、正德年間，黄州王廷陳著有《夢澤集》，其人與李夢陽、何景明並稱"海内三才"。武昌興國人吴國倫與李攀龍、王世貞、謝榛、宗臣、梁有譽、徐中行並稱"後七子"，著有《甔甀洞稿》《甔甀續稿》《藏甲岩稿》《吴川樓集》《續吴川樓集》等。嘉靖時，黄州許潮所作《太和元氣記》由二十四種雜劇組成，裁制新異，詞調爾雅。明萬曆年間，李贄僑寓麻城、黄安，撰有《焚書》《續焚書》《藏書》《解老》《莊子解》等驚世之作，在文學上提出"童心説"，評點《水滸傳》《西廂記》《幽閨記》《浣紗記》等小説、戲劇作品，所輯評的《坡仙集》獨得蘇東坡一生神髓。麻城女詩人毛鈺所作詩歌被同邑名士丘坦編爲《文貞集》，其詩如金珠翡翠，珊瑚瑪瑙，黄童白叟，入目即知其寶。明末，麻城劉侗撰有《帝京景物略》，文字幽雅雋潔，體現了竟陵派的文風。

清代鄂東文學承繼明代遺緒，文風鼎盛。黄州遺民詩人杜濬，詩文自辟町畦，睥睨一世，尤精於五律，有《變雅堂遺集》。蘄州顧景星詩文雄贍，《四庫全書總目提要》稱其爲"一時之霸才"。黄州劉子壯是順治六年的狀元，也是清朝開國文豪之一，著有《屺思堂文集》《屺

思堂詩集》等,他與同科榜眼熊伯龍並稱“熊劉”,又與康熙朝的韓菼、李光地並稱“順康四大家”。康熙年間,黄陂王澤宏著有《鶴嶺山人詩集》,所作和平安雅,不失臺閣氣象,當時名流王士禛、姜宸英、洪昇等都曾點定其詩。廣濟金德嘉是康熙二十一年的會元,著有《居業齋文集》等,《四庫全書總目提要》説:“德嘉晚年鍵户著書,時同郡顧景星、張仁熙、劉醇驥往往追摹秦漢,宗尚王李,訾歸有光爲秀善婉媚。德嘉獨不爲高論,力摹韓歐,雖其閎肆博贍遜於國初前輩,而先民榘矱彷彿猶存。”張仁熙著有《藕灣全集》等,其詩多悲苦之音,大旨宗尚李夢陽、王世貞、李攀龍。劉醇驥著有《芝在堂集》等,《古今圖書集成·理學彙編·文學典》稱其“文章高雅典重,一時文士無不知有劉千里者,得其傳記、碑銘,莫不以爲美。”蘄水陳沆是嘉慶二十四年的狀元,名列清代律賦四大家、試帖詩七大家,著有《簡學齋詩存》《簡學齋詩删》《詩比興箋》《館課試律存》等。

明清時期,鄂东詩人文士多如繁星。據我們統計,《湖北通志·藝文志》别集部分共載明清鄂東地區作者1400餘位,占别集部分所載明清湖北作者數的77%;共載明清鄂東地區文人别集1600餘部,占别集部分所載明清湖北文人别集數的80%。我們統計時所定義的鄂東地區包括安陸府、德安府的東部,以及漢陽府、黄州府及武昌府的全部。根據各府作家數量排序,鄂東地區所涉及的五個府分别位列第一(黄州府)、第二(漢陽府)、第三(武昌府)、第五(德安府)和第六(安陸府)。從文人數量及其作品數量上看,明清時期鄂東地區表現突出,是當時湖北文人的中心聚集區。

四

除唐宋元明時期以外,湖北人才的出現還有兩個高峰,一個是楚國八百年,一個是清末和民國時期。晚清到民國,鄂東出現了一個“人才井噴”現象,産生了一系列大師級人物,如地質學家李四光、哲學家熊十力、政治史兼經濟學家王亞南、語言文字學家黄侃、文藝理論家胡風、詩人聞一多、新儒家的代表人物徐復觀、哲學家湯用彤、方志學家王葆心等,他們都堪稱在某一文化門類領一代風騷的鉅子。

得留學風氣之先是近代鄂東文化繁榮的重要原因。張之洞在《勸學篇》中説:“出洋一年,勝於讀西書五年,此趙營平百聞不如一見之説也。入外國學堂一年,勝於中國學堂三年,此孟子置之莊嶽之説也。”李四光先後留學日本和英國,黄侃、王亞南留學日本,聞一多、湯用彤留學美國,他們是鄂東留學生中的代表,鄂東這一時期的留學生日後大多成爲中國社會各個領域的佼佼者。根據白戰存先生編著《鄂東百年留學生名録》統計,清末湖北留學生共 807 人,而鄂東占 196 人(其中,黄岡縣 38 人、黄安縣 14 人、麻城縣 24 人、羅田縣 23 人、英山縣 15 人、蘄水縣 19 人、蘄春縣 33 人、廣濟縣 24 人、黄梅縣 6 人),數量遥遥領先其他各州府。據《湖北教育史志資料》1985 年第 1 期記載,清末留學生以江蘇、浙江、湖北、湖南、廣東、四川等省爲最多。湖北乃一中部省份,有如此多的留學生到西方發達國家留學,湖廣總督張之洞功不可没,鄂東也是深得其利。

張之洞説:“世運之明晦,人才之盛衰,其表在政,其裏在學。”欲興一地之學,必先整理鄉邦文獻,從而“考文獻而愛舊邦”,達到從小區域中探究大歷史,從鄉邦文獻中發現普遍性的歷史問題,進而“從鄂東看中國,從中國看鄂東”,更好地推動區域社會的發展。

爲了弘揚鄂東地區的優秀傳統文化,黄岡師範學院文學院實施了“鄂東傳統文化研究”項目,《鄂東文獻叢書》是這一項目的重要組成部分。《鄂东文獻叢書》收録範圍:一、古代鄂東人士的著述。所謂鄂東人士指出生在鄂東,或籍貫是鄂東(三世祖以下出生或定居現行政區域屬鄂東境内)者。二、雖非鄂東籍,但久居鄂東,且其主要著述在鄂東完成者的著述。

本《叢書》採用平裝形式,每種著述分裝一册。每種著述的編纂以原有的集子爲基礎,並搜輯同一作者内容相關的作品補充完善,也可以按新的體例編次。編者增輯的内容在前言或文末注明出處,必要時説明理由。本叢書的校勘標點以中華書局總編室 1991 年 10 月擬訂的《古籍校點釋例》(初稿)爲基本依據。每種文獻之前,冠以前言(或整理説明)。前言内容包括:一、本書作者的生平簡歷,主要學術成就;二、本書的基本内容、特點、價值的介紹和評論;三、本書的寫作和成書情况;四、本書的版本源流;五、整理方式:底本的選擇,校勘所用的本書其他版本,引用參考的主要典籍。前言之後,爲全書篇名目録。與本書相關的重要參考文獻作爲書後附録。附録内容主要包括:一、本書作者傳記、碑傳、行狀;二、有關目録書籍對本書的提要;三、本書的各家序跋、題記。

我們整理出版《鄂東文獻叢書》,既是期望爲文史工作者提供研究古代文化的基本文獻,也希望廣大的文史愛好者通過本《叢書》感受到鄂東優秀傳統文化的魅力。隨著本《叢書》的問世,我們希望鄂東文化傳統的研究和弘揚進入一個更爲繁榮的時期。

前言

顧景星(1621—1687),清代文學家。字赤方,一字黄公,蘄州(今屬湖北黄岡市蘄春縣蘄州鎮)人。明末貢生,南明弘光朝時考授推官。入清後屢徵不仕。清康熙己未(1679)薦舉博學鴻詞,稱病不就。生於明天啓元年(1621)八月初七日子時,卒於清康熙二十五年(1686)十月初七日子時,享年六十七歲。私謚"文靖先生"。

顧景星出生離奇,生母懷十三月而生景星。出生當晚,巨蛇盤亘屋上,光色熒異,其父夢星降於庭,形如半月,占曰是謂景星,於是取名景星。三歲還不會講話,一天,突然詳細地講述滿月及前生之事。少時聰慧。五歲值葬祖父,喪禮如成人。六歲能賦詩,八九歲遍讀經史,目數行下,時稱神童,有詩文一橐。束髮就郡試,被稱爲"江夏黄童,天下無雙",也被人歎爲具有"王佐之才",拔冠黄郡,九屬第一。己卯鄉試,雖考爲第一,但因卷有一字犯考官名諱而被黜,列入副榜。

明崇禎十七年(1644)九月,南京舉行了七省流寓貢生的考試,直隸督學御史陳良弼推舉顧景星爲第一。十月武英殿廷試,特授推官,隨上《敬陳四事疏》,言辭誠懇真切,通政不敢呈上。又代太學生上閣部書,議大行廟號。

清康熙五年冬,鄰居失火,延及所居草堂,其《南渡》《來耕》二集以其母抱救,因而没有盡失。癸丑後,潛心六書之學。

康熙十七年,詔求鴻儒六科,公推景星,稱其專心誦讀,雅擅詩文,品行端方,兼精字學。景星力以病辭,不允,乃扶病就道。第二年,給撿討俸米,三月朔入覲保和殿,賜坐賜茶賜饌,後再以病辭歸。放還後,退隱閑居,翛然遺世,命其草堂曰"白茅",取《易》"無咎"之義也。

康熙二十二年,景星之子昌收集景星各種體裁的詩,按年份先後合編爲若干卷。景星也自訂其文爲若干卷,以次詩文續入若干卷,曰

《白茅堂集》。

後又撰寫《黄公説字》，康熙二十三年(1684)二稿完成，《説字》正《正字通》之誤，摘發義例，批謬引繩，凡二百餘卷，詁釋磅礴，雖一家言，實綜百氏之奥。康熙二十五年冬，病篤，仍不廢撰著。其文集中《寧都尹宋公家傳》《鄉先達殉節李新傳》《蕭將軍家傳》等，都是這個時期的作品。

顧景星文名盛於當時，諸家評語於其文評價甚高。其文或評議歷史、人物，或闡述詩文理論，或論學問之道，或論詞的發展演變，均有一定的見解和文采。

此次點校，以齊魯書社 1997 年版《四庫全書存目叢書》(集部第 252 册)本爲底本，以上海古籍出版社 2010 年版《清代詩文集彙編》(121 册)本爲參校本。《叢書》本是福建省圖書館據原中國科學院武漢分院圖書館藏(今藏湖北省圖書館)清康熙四十三年刻本影印，《彙編》本據原燕京大學圖書館藏本影印。這兩個版本的卷數稍有不同：《叢書》为四十六卷，《彙編》也有四十六卷，但在后面还附有《耳提録》。在相同的四十六卷中，兩個版本各有缺頁。《叢書》缺兩頁半：卷二十七原缺第 169 頁中的下半頁，《叢書》卷四十五原缺 443 頁，《叢書》卷四十六原缺 462 頁，這些缺頁《彙編》都有。《彙編》缺兩個半頁的内容：卷三十三原 531—532 頁，合半頁，缺《艾千子先生文集序》這篇文章；卷四十五 724 頁原缺《王先生》這篇文章中間部分的半頁文字，頁碼不缺，而《叢書》有這半頁的文字。還有，《彙編》雖然頁碼不缺，但二十九卷没有目録，而《叢書》有二十九卷的目録。兩個版本的文字偶有不同。本次整理，將两个版本对照补配，补充所缺内容，同時根據文意，對兩版本不同的文字擇善而從，形成了一個完整無缺的新校定本。原文使用舊字形、異體字的，酌情改爲規範字。

《白茅堂集》共 20 卷，文學體裁，衆體兼備。其中，奏疏 1 篇，上疏 1 篇，議 3 篇，策 5 篇，經論 5 篇，經辨 6 篇，史論 20 篇，志論 76 篇，祭典 6 篇，文序 23 篇，詩序 56 篇，贈序 5 篇，壽序 7 篇，廟寺序 9 篇，語録圖像序 3 篇，碑記 27 篇，傳 22 篇，墓誌銘表誄 14 篇，祭文 18 篇，哀詞 2 篇，書跋 29 篇，尺牘 57 篇，贊 20 篇，箴 1 篇，銘 14 篇，雜書 33 篇，四六體 29 篇，家傳 59 篇。共 551 篇。

目　録

白茅堂文集序 …… 001
顧赤方徵君詩文集序 …… 002
白茅堂集敘 …… 004
白茅堂集諸家敘 …… 006
諸家評語 …… 013
白茅堂集卷之二十七 …… 025
白茅堂集卷之二十八 …… 043
白茅堂集卷之二十九 …… 063
白茅堂集卷之三十 …… 081
白茅堂集卷之三十一 …… 111
白茅堂集卷之三十二 …… 129
白茅堂集卷之三十三 …… 146
白茅堂集卷之三十四 …… 164
白茅堂集卷之三十五 …… 186
白茅堂集卷之三十六 …… 205
白茅堂集卷之三十七 …… 221
白茅堂集卷之三十八 …… 245
白茅堂集卷之三十九 …… 273
白茅堂集卷之四十 …… 286

白茅堂集卷之四十一 …… 299
白茅堂集卷之四十二 …… 311
白茅堂集卷之四十三 …… 339
白茅堂集卷之四十四 …… 370
白茅堂集卷之四十五 …… 397
白茅堂集卷之四十六 …… 417

耳提録 …… 436

白茅堂文集序

予既於題先生小照中論先生之文，在以博得名者矣。令子復以其專集將授梓行世，屬予亦專序之。所以觸乎予心，於題小照者一境，於今序專集者又一境。

夫人固有爲文而自得於己者矣，卷舒乎天地萬物之間，或傳也聽之，或不傳也亦聽之，而無所繫於其心。若此者，予不得而方物之矣！而其必欲傳者，天下文人之通情也。而傳不傳，又視乎幸與不幸。其不幸也，深山大澤中彈琴歌詠，數十年而不能召賞音者之一聽；其幸也，弦誦於家，聲聞於里，達之國門，不脛而走，海内莫不奉以通人之號。雖然，其間幸、不幸亦有有本、無本之辨。如先生者，幸矣！而有本以致之者也。藉甚公卿，薦之天子，試之以官。辭歸，孜孜然惟恐仕宦損其讀書懷古之志，朝研而夕慮焉。故其集中散行之文與聲律之文，率衷雅正，又於其事當剖晰是非異同者，無論官曲繁重纖細，靡弗出其精識以斷之。推其心又兢兢然，又惟恐其人以無本之學譏之也。其令子所稱授梓爲鉅公曹荔軒，是能文者，是能知先生學之有本者，而先生傳矣！先生蓋以必傳繫其心者也。若視夫摭拾之家，質不足以受采，徒炫丹黄，白晝耀人，不又大相徑庭哉？此予之所以弗執一境，以概論天下古今之爲文者有如是夫？

金州喻成龍撰

顧赤方徵君詩文集序

蘄州顧孝廉文饒奉其尊人赤方先生像並詩文若干卷，走金陵，歷吴會，叩中丞宋公爲之論定。而今直指使者巡鹺曹公爲先生宅相，謀以其集付之剞氏，文饒乃返楚，丐制府喻公爲之序而並問序於余，因得盡窺先生《白茅堂全集》。

其學殖之所醖釀，精氣之所結轖，恍惚如見其爲人，於以歎先生之才之大而遇之奇也。今夫人動言有才而不遇。於戲，人特患無才耳，才安有不遇者？特才有大小，遇亦有遲速。大凡才之小者，遇恒速，而才之大者，遇恒遲。蓋藴深則發必遠，蓄厚其流自光，理勢然也。歷觀古才人文士，淪落不偶，放棄於荒江寂寞之濱，歎歸燕之無棲，惜雲英之未嫁，鏤心鉥腎以成其一家之言，即當時之人亦未必共以爲好。迨日久論定，奕世之下，奉爲鼻祖傳其瓣香者比比而是。所以古之人悲憂窮蹇，以至於死而卒不得以不遇目之者，此也。今赤方先生幼有盛名，馳譽江漢，中更世故，坎壈流離。我朝定鼎，求山林隱逸之士，當事强之不起。今天子講求文學，詔徵天下鴻儒，赤方應對明廷，復以病放歸，不竟其用，人咸以有才不遇惜之。然其詩文具在，諸名公鉅卿爲表而出之。

昔太史公序《伯夷列傳》，以爲得孔子而名益彰。今曹公將梓其集，以行於世，安知其不聲施後世與唐之李杜、宋之歐蘇，並傳不朽哉！然則先生之不遇於生前者，正所以必遇於身後也。先生於身後而始獲以其詩文遇知於世，雖其蓄積之深厚，而亦若故遲之，以俟夫後之賞音，此其遇有奇焉者。

《舊唐書》傳盧綸豔其諸子之貴盛，謂大曆詩人有子無如綸者，蓋詩能窮人而不能窮其後。今文饒爲名孝廉，盧氏之業方熾未艾。向使先生非有文饒爲之子，亦何得以其詩若文遍謁於著作之林，而使之大顯於世，此又交相待而成者。文饒名昌，癸酉所隽賢書者也，余參藩楚省例，得備員闈中，辱有一日之長，故不辭而爲之序。

三韓張士伋頓首拜撰

白茅堂集叙

黄公自叙曰："《三經蒙解》若干卷，《戒史》七十卷，《紀五行災異舉史》三十卷，《紀選舉燕京物紀》十卷，《黙兄集》二卷，《茅軒集》三十八卷，《津門三書》四卷，先君子壬午以前作也。《童子集》三卷，《願學集》八卷，《書目》十卷，景星壬午前作也。癸未正月癸亥並先世遺集毁於寇。《石櫃集》六卷，《五經論孟説》七卷，《讀史平論》二十卷，《歷代改元考》八卷，《蕲州志》六十卷，《素問靈樞直解》六卷，《針灸至道》三卷，《焦氏筮法》二卷，《玉京括録紀道家言》一百卷，先君子癸未以後作也。《顧氏歷代列傳》五十卷，《阮嗣宗詠懷詩注》二卷，《李長吉詩注》四卷，《讀史集論》九卷，《贉池録》百十八卷，《南渡》《來耕》二集七十三卷，蓋歲有增者，景星癸未以後作也，丙午十二月壬子毁於火。《南渡集》有選鈔在宣城施氏、梅氏，錢塘宋氏，山東郭氏，武進楊氏、邵氏，寶應陶氏，桐城何氏，萊州姜氏，丹徒江氏，商丘練氏，黄山沙門楚雲，去取不同，歷年增損復異。《阮詩注》有本，今在侯官許氏。《李詩注》，鎮江談氏録數十條，刻十家注於濟南。當火作，室人取《南渡》《來耕》十之三，幼兒自塾奔歸取十之一。人間鈔寫，兒輩隨收，即兹集也，故無歲月先後。

"嗚呼！自先大父明道經國之書，兵燹不傳，先君子晚年奮志著述，冀有以傳先大父之不傳，確乎可傳矣而又不傳！景星詩文十猶三四在。夫必可傳而不傳，則不必傳而傳焉，未可知也！白香山自恐不傳，雜之東都蘇州廬山藏典中，不識今本果出諸此邪，抑人間原自流傳不廢者？僕未暇慮，請以兹更始。康熙丁未七月望。"

《後叙》曰："歲癸亥，兒昌讀書山寺，取老夫詩，收拾遺軼，編年成集，見而善之。蓋編年可以考歲月時地，徵問學之就將，應時之骫曲，故古人以編年爲善本。自今以迄未知所得幾何，以編年録之可也。

騷賦樂府别爲一集,先後雜録,未依時代次叙。康熙甲子孟春。”

《樂府鈔自叙》曰:“僕髫髦即學爲詩,舞象時有作一囊。稍長,知漢人樂府爲三百篇苗裔,河梁十九首爲唐初近體之前茅,因酷嗜之。嘗以謂六朝更不擬古而自有其樂府,唐如沈宋王楊盧駱得六朝之遺,温李張王各操綺靡,漢魏之音不復作矣,至少陵諸篇直五七言古詩耳。故郭茂倩集諸家樂府,謂之樂府詩,然而格致辭恉微婉,啾蹡自然,樂府非詩也。元楊維楨、張憲輩更爲詭變,高楊張徐以暢爽爲宗,崆同信陽成都迪功分鑣華瞻,未有如濟南之椝橅。尺寸土禺衣冠者也,雖離上邪,孤兒病婦,何須揣儗,而故强回筆端,作態仿肖,目瞚偃師,足晝村留,亦足羞矣!論者又謂《鞞舞》《鼓吹》不復李堅之音,《楊叛》《驍壺》久失陳隋之調,樂府不依聲即可不作,洵斯言也,則又高叟之固談,崔豹吴兢之罪人也。夫古樂府聲譜雖亡,神理固在,故必知樂府而後可言詩,譬如學黯篆籀則隸楷成亥豕,法昧隸楷則章草爲蛇神。惜哉,學士以爲難工也。

“僕之爲樂府,未敢問世,然鈔在海内者已十數本。玆則秣陵陳子虚懷堅叩,遂令兒輩彙次成卷,間綴評語。其注有云談者,京口長益允謙也;曰陶者,廣陵季深瀓也;曰普者,予冢子也。昌者,予第三子也。曰《詩話》《䁥池録》者,普與昌引予舊時雜著也,中亦自注二三時。康熙乙丑八月望後二日。”

白茅堂集諸家叙

顧赤方文集叙金壇張明弼

有氓黎之天下焉，有文字之天下焉。氓黎者，生於盤固氏之身之蟲，因風而化而延首，而上决踵而行者也。文字者，生於伏羲氏之心之蟲，因風而化而祕膺，而藏抽咽而出者，則是也。琴張子曰："若知夫氓黎之天下誰治之，而文字之天下誰治之乎？治氓黎者有王有霸，自鴻荒以迄，舜禹統爲一道曰王。王者尸道德，舜禹道德之終也，皆王也。自湯以迄近代，亦統爲一道曰霸。霸者尸功力，湯武功力之祖也，雖王實霸也。治文字者亦有王有霸。自鴻荒以至孔子，均爲一道曰王，王文尸義理，孔子義理之宗也。自衰周以迄近代，統爲一道曰霸。霸文尸事辭，六經以外皆事辭之文也，皆霸也。"琴張子曰："嗟乎，舜禹没，氓黎不復見王矣；素王没，文字不復見王矣。是何王運短，霸運若此之長乎？"吾聞昆吾豕韋小白，重耳獨雄三代，其他圖霸不成爲天下笑，又相踵也，蓋又有不能執玉盤牛耳，而稽首于衣裳之會者，故有降而爲槐棘之臣，又降而爲粟散之臣。至于枝官蝨吏，不可數之。臣文至於枝官蝨吏，雖一時欲名家，而其名氏隨滅没於埃壒矣。吾且樊而陳之，顔曾思左孟之流，爲素王之臣，皆與日月同其明者也。周德衰而七雄起，麟書絶而諸子競，莊列申韓管晏，彼豈不欲自王哉？而不知王氣在魯已自墮於昆豕白耳之迹矣。至於尸子、鬻子，有何瑰義，亦各名家，則當春秋時固有爲霸者之槐棘、粟散者矣。霸西漢者，司馬遷、扬雄，而賈誼、相如、仲舒、劉向之徒亦皆能自霸，但馬遷事類宏闊，揚雄玄理幽深，似不能不俯首而爲之臣。班固不及揚馬，而亦霸東漢，桓譚、左思、張衡諸人爲一時之大小臣。至魏晋霸氣浸衰，曹植可霸。六朝而應劉潘陸顔謝江鮑徐庾沈任是皆一時大小臣也。歷唐而宋，而氓黎之霸氣不復振，故文字之霸氣亦不振。唐以韓愈李杜霸，宋以蘇軾霸，明則弇州崆峒爲霸，然亦不能決藩而出，其他可知，何也？文家産一人即造一天地，先輩肝腎，皆敷散于大地之内，徒意撮而口吹之，增一人不爲多，減一人不爲少，何足霸也！以予觀于明，崆峒弇州不足霸，霸明者則近日之黄石齋乎？

吾畏其窮造化之淵，究禮樂之輿，然其文早困于六朝而晚躓于道學，其氣體猶未大，是何霸世之長而霸者之少若此也哉。琴張子曰："文之道有三焉，天地不合，元氣不全，而人受其蹇嗇，是天地戹之；草昧欃率華藹不具，迨其久，或浮或沈，人皆側踝而游，誰能目舉于風氣之外，是風俗戹之；人之才性有格峻而乏采者，翮雖戾天，觀眎不足，或采勝而格不峻，若一群嬌烏啼于花下，不能爲十仞之翔，其博聞寡識者迍邅躄積而不見牕牖之豁，至有識遠而才餒，又捉襟露肘，無以表其意想于天壤，宜其圖霸不能，以至于槐棘粟散、枝官蝨吏，而終滅没于埃壒也已。以予所遇蓋多枝官蝨吏，公然饗登堂之價，予每口奉之隨亦自忘其口。

晚年乃見吾赤方。赤方年甫弱冠，而其才其學不可測其巔堘。予見其《賓伎雜集》，壺傾觴罷，輒援紙作數千字，人以爲其殘唾散沫耳，乃皆出入天心，挾持風雨，今之自稱文士，閉户三日所不能就者。昔虞世南號行祕書，李守素號人物志，赤方之博未讓焉。沈光口銜巨繩上百尺之竿而繫之，其下也，放手足透空而下；汪節者擲千斤石獅于百步外，若擲瓦礫，赤方之力殆有過者。之人也，其漢歟？其魏晋歟？其殆奪石齋之席而爲明之霸歟？弼自石齋卒，私幸可自爲霸，而不幸遇赤方，嗟乎！止矣，不得不俛首而爲之臣矣，是天爲文家産一人矣，海内治文之士，其退舍斂手謹避之，毋輒犯其鋒可矣。時丁亥中和節日。

南渡集序 淮南陶澂

《南渡集》者，蘄州顧子黄公之所作也。

顧子幼有聖童名。三歲能言，述彌月及前身事。五歲值葬大父，哭踴如成人。時歲飢，荆王命有司元夕張燈，家人著以綵襦慫往觀，蹙然不怡，曰："歲飢，何不以此賑民？吾不願往。"自是至弱冠，奉姑劉貞節教惟謹。凡燈市水嬉，未嘗一寓目。六歲能詩文，爲《玉虎賦》。讀書一過成誦。束髮始，就郡試，合肥芝麓龔公宰蘄水，曰："此所謂江夏黄童天下無雙者耶？"薦之郡守錢塘我西許公，許公稱王佐才，拔冠九屬第一。督學崑山王公亦置第一。己卯鄉試，爲江右萬元吉所得士。覆閲經義，犯萬公名，乙之。辛巳，丁嫡母李孺人憂。癸未，寇陷蘄，歸籍崑山。甲申，南都九月試七省貢士，舉第一。上疏言事授推官。歲乙丙，有《登樓集》《避地溆泖集》，多散軼。大約賦祖屈宋，樂府絶去蹈襲，詩自漢魏下至唐宋明，無所不有，不沾沾一家。爲文光明俊偉，賅博老成，議論叙事有西漢風流。寓飢寒砥礪不倦，力窮天人經濟之學。忠孝至性，隱然行墨，包括古今，陶鑄風雅，爲海内推尊壇坫。

吾子少瀓，六歲而瀓師事之，誠知吾子之人之才必爲千禩所尸祝，而恨不與之同時者。《瀓哀集》若干卷，手鈔次，間箋釋。吾子年始壯瀓，安能管窺而蠡測之哉？

黄公者，顧子别字，其兒時作《人間傳録》，間亦有焉。順治辛卯仲春日書于吴門。

跋顧黄公集 華亭沈麟

當元代，玉峰有奇男子，曰顧阿瑛，名某，字仲瑛。其祖父萬户侯。于仲瑛應襲而耻不受，孫襲祖職，即仲瑛子也，以功益封户爵錢塘縣，男貤封三世，仲瑛弗屑也。傾家結納，風流豪邁，傾動東南。若楊鐵厓、倪雲林、黄叔明、張伯雨，皆其唱和友也。

又三百年，其十二世孫曰顧赤方者，名景星，號黄公，又奇男子也。童年作賦，弱冠成名，風流豪邁，一似仲瑛。而遭時不偶，避亂間關于吴楚之鄉，亦如仲瑛。所與唱和之友，皆海内賢豪。長者如麟布衣，得定車笠序兄弟有年矣。雖不能追蹤昔賢，名垂天壤而磊落，自命不肯居伯雨下也。黄公再從楚來吴，得盡讀其集，奇變相生，才法不礙，自名其家，孤行千古。余考其家世，仲瑛之高風，于今不墜，謹識之。

顧黄公先生六十四歲像

滁陽朱彜敬寫

皇清徵君前授參軍顧公黄翁府君行略 昌别撰有《耳提録》一卷

嗚呼！不孝普等其何能狀吾府君？雖然，葬有銘矣，敢不謹述生卒歲月出處先後？丐海内知府君者之傳吾府君也。

府君，諱景星，字赤方，一字黄公。先世吴醴陵侯丞相雍之裔，元末崑山諱瑛字仲瑛公十二世孫也。仲瑛公文采風流，照耀江左，遭世變，祝髮儒衣，號金粟道人，以故府君嘗自稱“後玉山金粟居士”云。自仲瑛公第七子元進士季徵公，功授蘄州路總管。國變後，隱於蘄，遂家焉。子孫世篤孝行，至曾祖通政桂巖公與兄侍御日巖公，以理學名家，海内比之二程。父貞譽公尚氣節，勵志不仕，俱詳郡乘及家傳。

府君生母明太君，懷十三月而生府君。生之夕，巨蛇亘屋上，光色熒異。貞譽公夢星降於庭，形如半月。占曰是謂景星，因以名焉。姑劉貞節稱爲奇兒，提携笑語，必教以方。年三歲尚不語，一日語，忽述彌月及前生事甚悉。五歲值葬大父，哭踴如成人。歲饑，荆王命有司元夕張燈，家人衣以彩襦慫往觀，府君蹙然曰：“何不以此賑饑，吾不願往。”六歲能賦詩，八九歲遍讀經史，目數行下，時稱聖童，有詩文一橐。束髮就郡試，合肥芝麓龔公令蘄水，過郡舍，一見即曰：“江夏黄童，天下無雙。”薦之太守錢塘我西許公，公試風簷下，立草十數藝，日尚未昃也。公驚異，與論古今事，歎曰：“此王佐才！”拔冠黄郡，九屬第一。督學崑山澄川王公亦試，置第一。己卯鄉試，爲江右萬公元吉所得士，同考官覆閲經義，以犯萬公字，遂乙之。

歲辛巳，丁嫡母李太君憂。時饑疫相仍，寇氛四熾，賊張獻忠等蟠結旁邑，日伺蘄城郭，府君屢勸貞譽公載先世書籍還吴不果。先是總督熊文燦挈獻忠等十餘營降賊過蘄，荆王止賊首飲，令走馬，後宫與寵姬觀之爲戲。府君年十六，聞之急謁州守唐公曰：“熊公不得死所矣，獻忠於諸賊最黠，不早除之必貽後患。奈何既不爲備，反令此輩得窺王宫虚實耶?”唐公色變，勒技勇入衛，周旋竟日而罷。明年獻忠果焚穀城叛，癸未正月屠蘄，戮王棺，虜其寵姬。府君暨貞譽公被執，於賊前争代貞節姑死，搶首觸石，血流巘面。賊校唶唶稱善，遂縱出，闔門得免。展轉避亂之崑，依族氏居焉。

崇禎十七年九月，南畿覃恩，試七省流寓生貢，御史陳公良弼舉府君第一。十月武英殿廷試，特授推官。隨上《敬陳四事疏》，詞恉愷切，通政抑不敢上，又代太學生上閣部書議大行廟號，馬士英使人密招附己，府君力卻。去游黄山，自嶽歸，過錢塘，謁縣令族祖漢石公，與言時事，痛哭失聲，因浮家澱湖爲長隱計。

大清兵既下崑山，多羅貝勒土賴固山額真强致軍中，命以原職隨徵浙閩，府君力辭。養親還里，嘗著幅巾錦衶襦，酒檕自酖。是時府君年既壯，學復豐，肆筆爲文，才與情赴，東南名宿如張公公亮、周公簡臣、錢公牧齋皆敬憚之。曾遇艾公千子於金陵，艾公數携具就語，謂貞譽公曰：“吾數就郎君語，爲後來斯文託耳。”歲庚寅，明太君卒。明年，府君奉柩歸楚，侍貞譽公結茅舊第，著述自娱。歲大歉，藿羹不具，捧腹囂囂，意益自得。

順治十六年，詔徵天下山林隱佚之士，撫藩强之不起。癸卯冬，貞譽公卒。明年，奉遺命迎姑劉貞節柩於崑山，合葬蘄州。丙午冬，鄰居火延及草堂，焚貞譽公遺書暨府君所著《贉池録》《顧氏歷代列傳》《諸家詩注》《讀史集論》《詩話》，凡三百餘卷，皆燼。獨《南渡》《來耕》二集以先妣抱救得不盡失。癸丑以後，究心六書之學。

康熙戊午，詔求鴻儒六科，公薦府君，稱其專心誦讀，雅擅詩文，品行端方，兼精字學，論者以府君爲無愧云。府君力以病辭，巡撫疏請，不允，再奉温旨，有“著督撫作速咨送來京，以副朕求賢至意”等語，檄文敦迫，乃扶病就道。明年，給撿討俸米，三月朔入覲保和殿，賜坐、賜茶、賜饌，再以病懇，既放還，杜門息影，翛然遺世，顏其堂曰“白茅”，取《易》“无咎”之義也。南北往來，録輿中所得詩爲《三草》，曰“徵車”、曰“長安”、曰“還山”。

歲癸亥，不孝昌讀書山寺，益裒府君諸體詩，合爲編年若干卷。府君自訂其文若干卷，以次詩文續入若干卷，曰《白茅堂集》。

歲庚申，詔求天下書籍。禮部列名，文移到家，就取所撰《節烈列傳》備史館采輯，又撰《黄公説字》，以正《正字通》之誤，摘發義例，批謬引繩，凡二百餘卷，詁釋磅礴，雖一家言，實綜百氏之奥。府君既性不好名，又深自韜晦，每不欲令其著述及身行世，故海内推爲名宿而究莫窮其底藴。

歲甲子後，嘗往來鄂渚，與即山徐公相唱和。丙寅冬公具舟迓府君，因留度歲。四月自東山辭歸，六月痁作，七月致書交好，遍爲訣别。雖病篤，不廢撰著。今集中《寧都尹宋公家傳》《鄉先達殉節李新傳》《蕭將軍家傳》，皆喘汗之餘蹶然把槧，扚舊量今，筆無溢譽。讀《定山堂甲申存藁痛哭詩》，追憶閣古古遺詩，愴觸老懷，傷而欲絶，愛惜分陰，刻無暇豫。嗚呼！痛哉！易簀之頃，不知病苦，忽呼盥漱！聞老友曹尚白、盧澹巖訃疊至，載四歎備問其後事，徐語不孝等曰：“吾亦逝矣！”正枕，九叩齒而逝，康熙丁卯十月初七日子時也。嗚呼！痛哉！

府君天性肫摯，與物無競，雖横逆終無怒詈。暮年語及君父，蓋未嘗不嗚咽沾巾。好讀書，無問寢食，手嘗一編。書法宗宋人，運以晋意，不擇紙筆，酒酣揮袂，輒數十大幅，雖請益亦不厭。風神儁爽，聲若金石。未嘗鑷白而髭鬢如漆，今相國佺盧余公在諫垣時睇而笑曰：“先生服食耶？導引耶？”府君曰：“不然。吾有三事，善飲酒，性静，生平計恩不計怨耳。”余公歎服。卒之前一夕，指《秋山圖》云：“老人家在青溪住，繞屋青溪萬章樹。有時曳杖看青山，寫入秋風輞川句。”笑語不孝曰：“痁何害人盛德事？”嗚呼！痛哉！

府君生於明天啓辛酉八月初七日子時，享年六十有七。元配蕭淑人，先十三年卒，驃騎將軍副總兵官諱世忠公女，鄉謚安正君。府君述有狀誄，邑人張君諱仁熙爲之傳。

男八。長普，郡庠生，娶李氏，丙子舉人吏部司務萬安縣知縣諱炳然女。

次暢，娶方氏諱伯女。

次不孝昌，康熙癸酉科舉人，娶程氏，都督同知副總兵諱禎公孫女，懷遠將軍諱士然公女。滇閩之亂，元聘阻隔，府君爲不孝豫聘副室胡氏，鄉耆諱淑明女，前重慶府同知諱元良公曾孫女。

次晨，郡庠生，娶龔氏，歲貢生諱柏公女。

次曆，娶程氏，邑廩生諱俊女。

次樞，邑庠生，幼養於廣濟王氏。

次冑，娶周氏，邑庠生諱道芳女，己酉舉人江陵訓導諱懷吉公侄女。

次昱，娶李氏，太學諱國棟女，廣州知府劉諱茂溶甥女。

女二。長適庠生劉㒒，次適廩生李永觀。

孫男十五，孫女八，俱幼。

不孝等奉遺命，渴葬祔於城東符乾關外，時思圖貞節坊墓之東北，貞譽公墓之南，艮山坤向，與安正君合墓焉。先鄉達李公炳然等私謚"文靖先生"，張君仁熙爲之誌。所望大人君子知府君者之不靳如椽，惠然賜傳，俾不朽焉。爰是哀嗚，謹述如右。

皇清康熙，歲次癸酉，十月朔日，不孝孤昌，抆淚再述。賜進士出身翰林院檢討浙江典試年家弟張希良頓首拜填諱。

附銘梅川張仁熙撰

天精降以光昌，色黄黄助月明。挾宇宙與翺翔，山燾羃水潢漾。胡慘不樂以幽傷，有美一人宛清揚。高風靖節誰與方？吁嗟千載留文章。

諸家評語

商丘練石林詩曰:“顧侯才似海,樂府妙無雙。”

談長益曰:“黄公樂府,是千餘年來第一手。”又曰:“氣象萬千。”

施愚山曰:“顧先生懷抱不可蠡測,其詩文亦復如此。”

宋蓼天寄秦補念曰:“昨睹顧先生,不獨其詩文雅邁千古,窺其胸臆,應是管、葛一流人物。”

董蒼水曰:“黄公才高力大,其氣若祖龍之吞六雄,宜其仿睨百代,自成一家也。”

程非二曰:“今人排擊袁鍾,各指其習氣是矣。楚後勁,如黄公,一種杰潔之氣,安得不覇?”又曰:“其才足以振八大家,是讀書養氣者,至經術諸篇,尤數十百年有數文字。”

鄧秦釬曰:“吾鄉琴張以文章自命,予不然之。見吾黄公,安得不服?”

張公亮曰:“顧子一代宗盟,其年方少,人未之知耳。事久論定,海内必不以吾言爲諛。”先君見琴張,時年才弱冠,故云然。

先君詩文生平,罕欲自衒,海内見者絶少,然覩其一二未嘗不競相推許。歲月既久,評跋亦繁。兹未獲悉載,謹録十數條以識一時賞鑒有如此爾。

男昌謹識

目　録

白茅堂集卷之二十七

蘄州顧景星黄公著

男普編輯校録

暢、昌、農、曆、昭、旹、昱仝校

奏疏 …… 025

敬陳四事以宏中興以光聖德疏 …… 025

上書 …… 028

代南京太學生上閣部議大行皇帝廟號書 … 028

議 …… 028

建文皇帝景皇帝廟號議 …… 028

復經學議 …… 030

立後議 …… 031

策皆甲申冬作 …… 032

守令 …… 032

兵制 …… 033

巡按 …… 035

募兵 …… 036

水軍 …… 037

經論 …… 039

詩論 …… 039

禮論 …… 041

白茅堂集卷之二十八

經論 …… 043

樂論一 …… 043

樂論二 …… 044

春秋論 …… 044

經辨 …… 045

尚書辨 …… 045

改朔不改月辨 …… 048

生民詩注辨 …… 051

六書故“禫”字辨 …… 052

説文“妾”字辨 …… 054

李賀非隴西人辨 …… 055

史論 …… 056

周平王論 …… 056

衛靈公論 …… 058

秦論 …… 058

禁挾書論 …… 059

隋論一 …… 060

隋論二 …… 061

正統論論 …… 062

白茅堂集卷之二十九

史論 …… 063

龍鳳之君論 …… 063

明封建論 …… 064

挺擊論 …… 065

嘉靖大禮前論 ……… 066
嘉靖大禮後論 ……… 068
建文出亡論 ……… 069
郊祀論 ……… 070
賈季論 ……… 071
泄冶公孫寧儀行父論 ……… 072
甯殖論 ……… 072
仲孫貜論 ……… 073
伍員論 ……… 074
蘇秦論 ……… 075
四公子客論 ……… 076
田横論 ……… 076
蔡邕論 ……… 077
王猛論 ……… 078
李敬業論 ……… 078
孫昌齡論 ……… 079
張僧澈論 ……… 080

白茅堂集卷之三十

志論 ……… 081
蘄州志叙 ……… 081
沿革兵考總論 ……… 082
江防總論 ……… 083
郝城 ……… 084
蓼 ……… 084
南郡 ……… 085
潯水 ……… 086
南北隸郡 ……… 086
羅州 ……… 087
南齊昌 ……… 088
石穴洲 ……… 088
五巒 ……… 088
景定新城 ……… 088
震鄰總論 ……… 090
户口總論 ……… 091
唐户口 ……… 091
宋户口 ……… 092
元户口 ……… 092
户口後論 ……… 093
貢賦總論 ……… 093
一條鞭 ……… 094
丈量 ……… 094
溝洫 ……… 095
丁錢 ……… 095
種樹 ……… 096
徵榷總論失 ……… 097
榷茶 ……… 097
榷酤 ……… 097
限田世田 ……… 099
國用總論失 ……… 099
錢法 ……… 099
桓靈税錢 ……… 100
恤政總論失 ……… 101
免租 ……… 101
倉法 ……… 101
破分 ……… 101
封建總論 ……… 102
歷代封建 ……… 102
辨謁一則 ……… 103
職官總論 ……… 103
巡檢 ……… 104
選舉人物總論 ……… 104
隱逸 ……… 105
文苑 ……… 105

疆域總論 …………… 106
三國 ………………… 107
南北六朝 …………… 107
蕲治 ………………… 108
分野 ………………… 109
白茅堂集卷之三十一
志論 ………………… 111
民風總論 …………… 111
宗法 ………………… 112
宗法圖 ……………… 113
諸侯某 ……………… 113
立後 ………………… 121
方言 ………………… 121
七夕穀板 …………… 122
儺 …………………… 122
抓拉、揪子、撇兒 …… 123
纏足 ………………… 123
長裙 ………………… 124
矮冠大袖 …………… 124
觚角 ………………… 124
女子拜 ……………… 124
嫁女坐穀 …………… 124
紙錢 ………………… 125
唱喏、萬福………… 125
仰占 ………………… 125
仰占總論 …………… 125
日月變 ……………… 126
雲氣 ………………… 126
雹 …………………… 127
虹蜺 ………………… 127
星流隕 ……………… 127
風雷雪雹非時之應 … 128
風占 ………………… 128
白茅堂集卷之三十二
志論 ………………… 129
五行總論 …………… 129
洪範衍 ……………… 130
釋五行之沴 ………… 131
洪範五行圖 ………… 133
洪範雜舉二十則 …… 138
祀典 ………………… 140
祀典總論 …………… 140
先師廟 ……………… 141
兩廡位次 …………… 142
樂舞籩豆 …………… 144
啓聖祠 ……………… 144
鬼神總論 …………… 145
白茅堂集卷之三十三
文序目 ……………… 146
續文獻通考删定序 … 146
重刻鄭所南心史序 … 147
讀史集論自序 ……… 148
讀史筆談序 ………… 149
吴太安史論序 ……… 150
廣濟縣志序 ………… 150
艾千子先生文集序 … 151
藕灣文鈔序 ………… 152
方樓岡文集序 ……… 152
毛會侯文集序 ……… 153
周鍾遺集序 ………… 154
奚仲雪制義序 ……… 155
癸未房書法智序 …… 156
黄漢川制義序 ……… 156
李東皋歷代年譜序 … 157

資社序 …………………… 158
顧氏歷代列傳自序 … 159
丹陽賀氏家譜序 …… 159
黄梅程氏家譜序 …… 160
針灸至道序 ………… 161
代茶録序 …………… 162
許荆山印譜序 ……… 162
潘介丘印譜序 ……… 163
白茅堂集卷之三十四
詩序 ………………………… 164
陶季深詩集序 ……… 164
陶季舟車集序 ……… 165
阮嗣宗詠懷詩注自序
…………………… 165
梅聖俞詩選序 ……… 166
徐存永詩集序 ……… 167
宋犎石詩集序 ……… 168
肯堂詩序 …………… 169
張長人詩集序 ……… 169
病中唱和序 ………… 170
僻園唱和集序 ……… 171
郭石公集陶詩序 …… 171
周宿來詩集序 ……… 172
斷雁吟序 …………… 172
廬山詩序 …………… 173
許有介詩集序 ……… 173
等觀詩集序 ………… 175
雲溪雜著序 ………… 175
張公卜詩序 ………… 176
二上人遺詩序 ……… 176
半舫齊詩序 ………… 177
徵遠詩序 …………… 177
王青侯詩序 ………… 178
女甥張芸詩序 ……… 179
和山堂詩序 ………… 179
和山堂詩選序 ……… 180
丁澹汝詩文集序 …… 181
洪山寺詩文集序 …… 182
金會公詩文集序 …… 183
張石虹詩文集序 …… 184
趙國子集序 ………… 184
黄鶴樓集詩序 ……… 185
白茅堂集卷之三十五
詩序 ………………………… 186
龔百子詩草序 ……… 186
李東皋詩序 ………… 186
潘太丘詩序 ………… 187
王黄湄詩序 ………… 187
幼鐵紀游草序 ……… 188
宋嵋庵詩序 ………… 188
潘燕丘詩序 ………… 189
潘再丘詩序 ………… 189
思庵詩序 …………… 189
蘓次公詩序 ………… 190
蔣玉淵吴越放言序 … 191
楸堂遺稿序 ………… 191
秋亭唱和題詞 ……… 192
幼鐵心聲序 ………… 192
淡香亭詩集序 ……… 193
止山閣詩序 ………… 193
湯次曾樂府和序 …… 194
程子猷詩序 ………… 195
之楚吟序 …………… 195
隨笈草序 …………… 196

丁劻庵詩詞序 …… 197
輪公詩序 …… 197
鍾祥夏子詩序 …… 198
傳奇麗則序 …… 198
虎媒劇引 …… 199
佟中丞移虔臺序 …… 200
送倪玉繩序 …… 201
贈謝遊戎序 …… 202
張廣文歸養序 …… 203
送許先生南歸序 …… 203

白茅堂集卷之三十六

壽序 …… 205
江防參政李公壽序 …… 205
易母八十壽序 …… 206
金母壽序 …… 207
曹丈壽序 …… 207
黄郡太守蘇公五十壽序代 …… 208
朱公壽序 …… 209
潘太君七十壽序 …… 210
廟寺序 …… 211
修蘄州儒學廟序 …… 211
重建烈士廟序 …… 212
杭州建金剛禪院序 …… 214
蘇州府修敕封東嶽天齊威靈大帝行宫序 …… 215
建三官廟序 …… 215
修龍磯寺序 …… 216
修石鼓寺序 …… 217
華亭縣修城隍廟序 …… 217
社壇北菩薩庵序 …… 218
語録圖像序 …… 219
言鋒禪師語録序 …… 219
天峰禪師語録序 …… 219
文昌化書圖像序 …… 220

白茅堂集卷之三十七

碑記 …… 221
休寧縣漢前將軍漢壽亭侯廟碑 …… 221
孝女曹娥廟碑 …… 222
台州靈雨亭碑 …… 223
火星詞碑 …… 224
貞慧寺碑 …… 224
宗遠禪院碑 …… 225
横岡山真武廟碑 …… 226
郡侯王公免役碑 …… 226
黄州安國寺放生池碑代徐參議 …… 227
建蘄州養濟院碑 …… 227
漢口鎮義塚碑 …… 228
建蘄州文昌閣碑記代徐公參議 …… 228
飛仙臺記 …… 229
分守道徐公賑濟記 …… 230
世宗皇帝御札記 …… 231
月仙臺記 …… 233
仙掌閣記 …… 234
正覺寺轉輪藏閣碑 …… 234
孝義社記 …… 235
新城縣吐納泉碑 …… 236
免彝陵馱夫碑記 …… 236
興曠寺圖記 …… 238
陳稺白住篁川記 …… 239
鬥蟋蟀記 …… 240

如是庵放生池記代徐參議 …… 241
重修赤壁記爲參議徐公 …… 242
東山小隱記 …… 243
白茅堂集卷之三十八
傳 …… 245
李時珍傳 …… 245
王大謨傳 …… 246
吴亮嗣傳 …… 247
汪宗文傳 …… 250
袁世振傳 …… 250
陳福清傳 …… 252
蘄守唐世熠傳 …… 252
江防副使許文岐傳 …… 254
經歷李色鮮傳 …… 255
金宜人傳 …… 255
張節婦傳 …… 255
潘中丞傳 …… 256
宋彦實先生傳 …… 257
賣紙翁傳 …… 258
程隱君家傳 …… 259
蘄水周氏世傳 …… 260
楊鶴傳 …… 262
悔岸汪公家傳 …… 264
李新傳 …… 266
蕭將軍傳 …… 267
寧都尹宋公家傳 …… 269
余節婦傳 …… 271
白茅堂集卷之三十九
墓誌銘表誄 …… 273
明處士陶先生暨配刁孺人合葬墓誌銘 …… 273
明處士潘先生墓誌銘 …… 273
明中順大夫山西按察司副使李公墓誌銘 …… 275
明周藩誥封輔國將軍竹川暨配鄭夫人改葬銘 …… 275
明文林郎四川漢州什邡縣知縣郭公墓誌銘 …… 276
清奉政大夫吏部文選司員外歐陽公墓誌銘 …… 276
誥封吴太安人墓誌銘 …… 277
皇清通議大夫浙江參議前掌京畿道御史顧公墓誌銘 …… 278
張母孝慧徐儒人墓誌銘 …… 280
乳母許氏墓碑 …… 281
恒度大禪師塔志銘 …… 281
亡姊蕭淑寄葬磚銘 …… 282
墓表 …… 282
清誥封驍騎將軍都督王公墓表 …… 282
誄 …… 283
徐母宋太夫人誄 …… 283
白茅堂集卷之四十
祭文 …… 286
祭赤東湖文 …… 286
祭族伯父宫保公文 …… 287
祭族曾叔祖錢塘令公文

…………………… 287
祭艾千子先生文 …… 288
祭張七丈文代大人…… 288
祭張公亮先生文 …… 289
公祭兵憲劉公太封翁文 …………………… 289
祭方太公文 ………… 290
祭表叔父王公文 …… 290
祭李太淑人文 ……… 291
祭安正君百日文 …… 292
祭守備朱公文 ……… 292
祭僕戴金文 ………… 293
水懺祭枯骨文 ……… 293
祭方親家文 ………… 294
祭程逸足親家文 …… 294
祭龔五郎秉尊文 …… 295
祭陳太淑人文 ……… 296
哀詞 …………………… 296
大中丞王公哀詞 …… 296
李夫人哀詞 ………… 297

白茅堂集卷之四十一

書跋 …………………… 299
跋管子 ……………… 299
跋曹孟德注孫子 …… 299
跋中論 ……………… 300
風角鳥鳴占 ………… 300
跋韓致光香奩集 …… 300
書艾千子序羅文肅公集 …………………… 301
跋錢譜 ……………… 301
偶書琴張七言律 …… 302
荆岑寺募化册子 …… 302
竺道士册子 ………… 303
僧定慧册子 ………… 303
張旭東明帖 ………… 304
錢氏二王真迹 ……… 304
跋草書 ……………… 305
南唐百馬圖卷子 …… 305
髑髏弄嬰圖 ………… 305
跋畫譜 ……………… 305
米海岳畫卷 ………… 306
仇實父採蓮圖 ……… 306
徐幼文山水卷子 …… 306
沈石田方幅山水 …… 307
題玉梟詞 …………… 307
偶書二條 …………… 307
書淳化帖 …………… 307
書廬淡巖十二賣五質詩 …………………… 308
濟南分題跋辭 ……… 308
書中庸 ……………… 309
書論兵機要 ………… 309
書式庵露泉集 ……… 309

白茅堂集卷之四十二

尺牘 …………………… 311
與曹石霞甲申 ……… 311
答張公亮 …………… 311
與李賓侯 …………… 312
又 …………………… 312
復以遜兄 …………… 312
又 …………………… 313
與汪介人 …………… 313
與王觀察論丈量書壬辰 …………………… 313

與龐州守論旱書 …… 314
與翟方伯論積穀書 … 314
與姜如須 …………… 315
答允上人 …………… 315
寄龔仙居 …………… 315
又 ………………… 316
答陳穉白 …………… 316
寄賀尚書 …………… 316
與黄陵令公楊簡庵 … 316
答周櫟園 …………… 317
與佟匯白乞葬錢塘令公書 ………………… 317
答張吉如 …………… 318
復藩大生 …………… 318
復趙觀察辭崇祀鄉賢書 ………………… 319
復許有介 …………… 319
與王子雲 …………… 320
答方安劉 …………… 320
寄施愚山 …………… 320
寄徐存永 …………… 321
又 ………………… 321
又 ………………… 322
答陳士業 …………… 322
復汪掌懷 …………… 322
又 ………………… 323
答談長益 …………… 325
寄許芳城 …………… 327
復張長人 …………… 327
示兒 ……………… 328
與吴吉先 …………… 328
示友 ……………… 328
于北溟郡侯 ………… 329
答藥地禪師 ………… 329
復徐方伯 …………… 329
附呈 ……………… 330
又寄方伯 …………… 331
又呈本州 …………… 331
沈友聖 …………… 332
余佺廬給練 ………… 332
邵子湘 …………… 332
且御大兄 …………… 333
朱韶九 …………… 333
張洮侯 …………… 333
盧文子 …………… 334
答徐季重 …………… 334
寄念如三弟 ………… 335
王子房心目兄弟 …… 335
答方樓岡 …………… 335
與蔣王淵 …………… 337
與曹消白 …………… 338

白茅堂文集卷之四十三

贊 ……………… 339
東方朔贊 …………… 339
馮訓導傳贊 ………… 339
小像自贊 …………… 340
病中自贊 …………… 340
魚籃大士贊二條 …… 340
畫鯉贊 …………… 340
畫鷹贊 …………… 341
野菜贊四十四條 ……… 341
寶公像贊 …………… 348
金處士像贊 ………… 348
陳老醉像贊 ………… 348

范君像贊 …………… 349
程非二像贊 ………… 349
李東皋像贊 ………… 349
演如禪師像贊 ……… 349
吴隱君贊並序 ……… 349
張長人像贊 ………… 350
蔣馭鹿像贊 ………… 350
補思庵德教圖贊並序 …………………… 351
慎齋蔣公遺像贊並序 …………………… 351
孝友莊君贊 ………… 352
箴 ………………………… 352
古箴三條 …………… 352
銘 ………………………… 353
盤硯銘 ……………… 353
鏡囊銘 ……………… 353
浮瓠銘 ……………… 353
鴛央酒壺銘 ………… 353
黑端硯銘 …………… 354
端硯銘 ……………… 354
凸硯銘 ……………… 354
硯銘二條 …………… 354
蜀文石硯銘 ………… 354
龍文硯銘 …………… 354
二琴銘二條 ………… 354
筆筒銘 ……………… 355
竹筆筒銘 …………… 355
宫鏡銘並圖 ………… 355
雜著 …………………… 355
室讁 ………………… 355
淳于髡飲酒賦有序 … 356
驅虎令代 …………… 357
捐造哨船招撫盜首檄代 …………………… 357
曉示保甲説代 ……… 358
曉示社倉説代 ……… 359
答潘江如雜問 ……… 359
又答江如 …………… 362
世求世輔二童子字説 …………………… 365
紀駱賓王墓 ………… 365
徐文長遺事二條 …… 366
討蚤檄 ……………… 367
戲代風姨辨花神彈事 …………………… 368
戲與茅山鎮朱巡撿徵蟹檄 …………………… 369

白茅堂集卷之四十四

雜著 …………………… 370
古松和尚真體頌並序 …………………… 370
鼊佛頌並序 ………… 370
僧上水募僧伽黎偈 … 371
募燈偈 ……………… 371
募豆偈 ……………… 371
五祖貞慧寺重建鐘鼓樓頌 …………………… 372
代僧宏度發願募銅鼓偈 …………………… 372
正覺寺募墻垣什物偈 …………………… 373
黄陂縣修藏經閣偈並序 …………………… 373

正覺寺幽冥鐘銘 …… 375
雨華寺建大悲閣疏並偈 …… 375
僧徹募建大悲閣疏並頌 …… 376
盂蘭盆敘 …… 376
雪岸上人募衣鉢偈 … 377
石平入滅供 …… 377
西澤入滅供 …… 378
石平塔銘 …… 378
爲乳母禮懺疏 …… 379
焚敝屣文 …… 379
四六體一 …… 380
知五堂詩餘題辭 …… 380
奚囊唱和題辭 …… 380
秋聽閣鵑語序 …… 381
横江詞小引 …… 381
瑶華集序 …… 382
芙蓉舍填詞序 …… 383
横江詞二集序代 …… 384
春日集句題辭 …… 384
西湖攬勝題辭 …… 385
黄漢川去思詩卷引 … 385
秋聽閣文序 …… 386
王母八十壽序 …… 386
黄梅尹某公壽序 …… 387
四六體二 …… 388
迎兵憲吕公啓 …… 388
代梅生上方恤刑啓 … 388
上元公請守憲徐公遊蓮市湖禪院啓 …… 389
候河南佟巡撫啓代某公 …… 389
寄答友人惠四六集 … 390
謝賀尚書遺米炭酒醬菜啓 …… 390
謝程太翁許三兒啓 … 391
謝程親家許婚啓 …… 391
候李親家爲大兒普請期啓 …… 392
迎佛幢和尚東山開講啓 …… 392
代衆醮水官青詞 …… 393
重修貞慧寺衆姓大懺文辛卯 …… 393
代韓總戎大懺文辛卯 …… 394
建藥琉璃光佛燈塔疏戊子 …… 394
守道徐公生辰衆僧禮佛疏 …… 394
薦室人安正君疏甲寅十二月 …… 395
白茅堂集卷之四十五
家傳 …… 397
總管公 …… 397
道震公 …… 398
繼周公附繼吴公 …… 398
孺子公 …… 398
伯翥公 …… 398
鴻儒公附伯元公、東山公 …… 398
化之公附載之公、國學公、蔡山公、濟川公 …… 399

日巖公 …………………… 400
桂巖公附介祉公 ……… 401
附桂巖公諸客傳……… 403
樊山王 …………………… 404
周復復 …………………… 404
劉應元 …………………… 405
吴自守 …………………… 405
李言聞 …………………… 405
方一麟 …………………… 406
徐集虚 …………………… 406
王先生 …………………… 406
張後山 …………………… 407
五百歲翁 ……………… 408
張叫化 …………………… 408
僧顛仙 …………………… 408
不知名姓翁 ………… 409
程静林 …………………… 409
烏撻 ……………………… 409
查八十 …………………… 410
郝通悟 …………………… 410
族從介祉公 ………… 411
叔祖子敬公 ………… 411
府君少桂公 ………… 412
附陳策、張惟忠、周弘謨、潘案、張復傳 ……… 413
兄太初附裳吉、悠也、石文 …………………… 415

白茅堂集卷四十六

家傳 …………………… 417
張夫人 ………………… 417
陳太恭人 …………… 417
俠節金氏 …………… 418
陳孺人 ………………… 418
完節張氏 …………… 418
李安人 ………………… 419
吴孺人 ………………… 419
苦節朱姑 …………… 419
朱孺人 ………………… 419
劉貞節 ………………… 420
先妣李行狀以下景星撰 …………………… 423
先妣明行狀 ………… 424
先考私諡貞譽先生行狀附盧論施銘 ………… 425
亡室蕭私謚安正君狀附張仁熙謚議 ……… 429
忌日丘墓記 ………… 432

白茅堂集卷之二十七

奏疏

敬呈四事疏

湖廣黄州府蘄州貢生顧景星謹奏，爲敬陳四事以張神武以光聖德疏。臣於九月初四日，禮部侍郎署尚書臣管紹寧、提督學政監察御史今陞太僕寺少卿臣陳良弼奉旨試臣，南北直隸七省貢生第一。十一日到部。本月初二日武英殿廷試訖者，臣伏讀上諭，民間利弊，許大小衙門舉貢監生員陳奏來看。伏惟皇帝陛下，神聖龍飛，中外具瞻，幽明屬望。綱維既立，節目徐舉，如臣分位，何敢儳言？然臣既以流寓蒙恩試拔，不忍上負陛下，敢昧萬死。竊謂閭左利弊猶緩，朝廷利弊宜先，謹繹旬日，列四事於左，伏惟陛下詳覽焉。臣景星皇恐死罪頓首言。

其一曰：車駕宜駐淮以張國勢。陛下承運，即位南都，海内仰戴，爲神人主。然以先帝臨之，則陛下臣也。三月之變，書契以來所未有，臣子所不共戴天。聞内外義師合起，已破賊關中，爲先帝復讐，而江南不聞出一旅加一矢，將來何辭以對義師乎？況今死賊遊魂苟存旦夕，非如前日豬突豨勇不可制也。其逸入楚境者，鵠面裹創，掠野剽食，不過寧南侯偏裨，力可盡勦。臣竊謂陛下宜駐蹕於淮，大集將吏，蒐乘補卒，聲言討賊而實不動。降良玉璽書，懸厚賞，使大江之中，羽節相望，牛酒日至，獻馘執俘，内鼓軍愾，外借聲援，用兵大計，無逾此者。陛下豈可坐失機會，阻海内忠義之心乎？夫人情孰不惡勞喜逸，雖賢聖不免。然堅於圖功，勇於改過，故棄庸衆之情，而成非常之功。昔晋公子重耳出亡過齊，桓公妻以宗女，有馬二十乘，公子安之，無返國意。趙衰、咎犯，乃醉公子，載以行。漢高入咸陽，封秦苑囿府庫，還軍灞上。故重耳卒伯諸侯，而漢高奄有天下。陛下自五月即位以來，安居宫禁，將謂萬乘至尊不宜輕動，而長江天塹恃以無虞乎？臣前於七月初十日仰見禮部恭上武英殿御座，是時天氣晴朗，忽有黑雲自西北來，猋風堀堁，霹靂擊碎大中橋居民屋瓦，震二人。蓋天以警陛下，欲陛下號令征伐，如天之有風雷也。八月丙辰朔日食，張十一度五十七杪，分野爲中州。陛下龍潛之地，天之示警，亦云甚矣。伏望陛下念已往之失，圖將來之成，翠華一幸，中外改觀。臣故謂陛下宜駐淮以張國勢者，此也。

其二曰：宜罷大工等役。高皇帝定鼎應天，闕廷制度巍峨壯麗，誠使後世無有復加。陛下龍飛，武英、乾清首行修葺，其餘宫殿宜在所緩。而大工繁興，耗散軍餉，臣謂不可以已乎。當國耻未雪，正陛下卧薪吮膽之時，而非修未央宫之日也。臣前廷試時，見匠作數百人從東華門入，每十人執一小旗爲小隊，百人一大旗爲大隊，白日出行，巳刻乃盡。須臾之間，轟豗築削，嘘噢邪許，聞於國中，曾不三時，復引隊出。自日入行，黄昏乃盡。臣竊大懼。夫雜作之徒多四方乞匄，工部傭僱而來，而無賴子弟妄行保結。今逋寇未殲，輦轂之下尚多反側，設此輩有覬覦宫門筦鑰者，陛下將何以制之乎？且遠近聞之，必謂陛下安江南無恢復意。臣謂宜罷大工等役者，此也。

三曰：宜停大昏禮。夫大昏，萬世之嗣也。以承宗廟，以母儀天下，顧不重乎？故訪有德而後聘六禮，而後備衮冕，而後迎廟見，而後正位，蓋慎之又慎也。陛下自五月登極，七月即勅禮部選在京内外良家子送掖廷親選，民間訛傳，中貴且出，都城暨淮揚，不問門第，少壯争相嫁娶，以近傳遠，將謂陛下何如主乎？且陛下大典所闕，不更有急於此者？海内義士枕戈待命，義不顧家。此令一行，衆必解體。況今宫中給侍有人矣，御物粗備矣。陛下自謂較龍潛時何若也？較五六月時又何若也？昔孫權以妹嫁昭烈，作珍珠步幛，欲羈昭烈，昭烈卒不留意，竟取幛鉤銅鑄錢以充國用。唐太宗時，隋通事舍人鄭仁基女容色絶世，文德皇后聘爲充華。魏徵言女已許人，太宗大驚，廷臣或言未字，太宗竟從徵諫，深自刻責，以女還鄭。陛下聰明勇斷，遠邁前古，臣下不能仰體，致此譌傳，風聞一播，奈陛下何？且陛下今日丁先帝之變，則在喪禮，國方用兵，則在軍旅軍喪之中，皆無昏禮。伏願陛下熟思之。

四曰：斟酌将相。臣聞國有將相，勢有内外，權有重輕。臣輕君重則宜外重，君輕臣重則宜内重。外重，漢文帝於周亞夫是也；内重，唐肅宗於藩鎮是也。今不可不内重，明矣。臣竊見興平伯高傑等各擁外重之勢，而閣臣史可法出鎮揚州，分捐奉禄，以養賓客。步兵不滿二千，掾吏幾於百六，日與傑等議餉和事。《易》曰："剥牀以膚。"又曰："履霜，堅冰至。"陛下謂諸鎮之力僅能迫脅一宰相而已乎？此外重之弊也。臣愚謂興平伯、寧南侯宜稍稍調置。昔宋南渡，諸將各雄視，汪藻疏言，劉光世距賊數十里，若不相知，偃然宴飲。張俊自明州引兵至温，道路一空。韓世忠掃鎮江儲資，盡裝海舶，焚城郭，爲逃遁計，至秀州放兵四掠，執縛縣宰以取錢糧，宸翰召之三四而不至，元夕取民間子女，張燈高會，用古法皆當誅，然不可盡誅也。莫若擇有威望一人盡護其軍，雖朝廷親軍亦聽節制。據藻斯言，張韓所爲略同今日。然史稱南宋功臣，必曰張韓劉岳，何者？待之得術，節制得宜也。劉光世或屯鎮江、池州、太平，韓世忠或屯湖北武昌、九江、江陰，岳飛或屯湖南、宜興、蔣山，位雖藩鎮，聽調立功，將無分疆，兵不戀土，争地之患，何繇而生？臣故謂宜如汪藻計，委重相權，相重則内重。當令何者一軍，俾可法自將，與諸將犄角，相宜應接。韓信稱漢高善於將將，陛下正將將之時矣！且今江北諸將反戈鬥争，非維楊一城乎？陛下誠能繇楊駐淮，署立行殿，是陛下六飛清蹕之地，孰敢復争？太阿指揮，移屯進取，孰敢不服？離如晨星，聯若首尾，孰敢復離？所謂將將，莫如此者。伏願陛下熟計之。

以上四事，朝廷重計，非臣分位所當言。草莽微賤不識忌諱，昧死上言，陛下不以人廢言，臣死且不朽。爲此具本親齎，甘冒斧鑕，伏候聖旨。自爲字起至齎字止，計若干字，紙二張。右謹奏聞。崇禎十七年十月十一日某臣某疏。

上書

代南京太學生上閣部議大行皇帝廟號書崇禎十七年六月戊午，上大行皇帝尊謚曰：紹天繹道剛明恪儉揆文奮武敦仁懋孝烈皇帝，廟號思宗；皇后曰孝節貞肅淵恭莊毅奉天靖聖烈皇后。初，禮部議乹宗，閣臣定思宗，部臣更議正宗、毅宗，詔用閣議。至是，忻城伯趙之龍用是書請改正，閣臣高弘圖固執之。弘光元年二月，署禮部管紹寧申請更號毅宗。大清謚懷宗端皇帝，尋改謚莊烈愍皇帝，陵曰思陵。

伏聞相公閣下議大行皇帝尊謚曰紹天繹道剛明恪儉揆文奮武敦仁懋孝烈皇帝，廟號思宗。生等私議，竊有未安。謚法曰：道德純一曰思，大省兆民曰思，外内思索曰思，念終如始曰思，謀慮不僭曰思，追悔前過曰思。以前四者則未盡，以後二者則不安。

昔周哀王弟叔襲殺哀王自立，少隗又殺叔襲，謚曰思；漢東平王宇犯法，僞言改悔，謚曰思；漢後主卒魏，謚安樂思公；北魏拓跋弗文，謚思皇帝；金閔宗爲忽土阿裏出虎所殺，陵曰思陵；宋高忘仇，陵曰思陵。其在后妃，如衛子夫巫蠱事自殺，謚曰思；晋恭帝禪位被弑，后褚氏崩於宋，謚曰思。凡此多示之貶辭。本朝代惠王長子以武邑王坐法，謚曰思；世宗皇帝第八子均王殤，謚曰思。凡此或坐法，或愍殤也。大行皇帝紹天御宇十有七年，勤求乂安，身殉社稷，普天異痛，謚之以思，殆臣子所不忍聞。

今在京太學生百三十有七人冒昧詣閣陳請，伏惟閣下酌而更奏之。生等死罪，皇恐頓首上。

議

建文皇帝景皇帝廟號議崇禎十七年夏，議復懿文太子謚興宗孝康皇帝，常妃曰孝康皇后。上建文君謚曰嗣天章道誠懿淵恭觀文揚武克仁篤孝讓皇帝，廟號惠宗，馬后曰孝愍温貞哲睿肅烈襄天弼聖讓皇后。景皇帝謚曰符天建道恭仁康定隆文布武顯德崇孝景皇帝，廟號代宗，汪后曰孝淵肅懿貞惠安和輔天恭聖景皇后。六月乙亥遂頒告天下。

崇禎十七年六月，禮臣請上建文君、景皇帝尊謚廟號，議建文帝爲惠宗，景皇帝爲代宗。

草莽臣顧景星私議，曰：臣按《周禮》，天子謚，太師率瞽而廞作柩謚，瞽蒙諷誦詩，世奠繫，鼓琴瑟。太史大喪遣之日讀誄。太師誦詩者，以其美惡考之於民也；太史讀誄者，因其陰隲稱之以天也。臣子莫不欲褒其君親，然而必考之民而稱以天，故於南郊，明不敢欺天負民也，則謚非子孫所得私也。謚也者，所以章前王警後嗣也。《記》曰："王者，祖有功，宗有德。"祖與宗者，功德之至也。漢景帝元年，丞相申屠嘉議，功莫高於高祖，宜爲帝者太祖之廟；德莫盛於孝文，宜爲帝者太宗之廟。宣帝時，復詔以武帝有功德，宜尊爲世宗，立廟樂，群臣議廷中，皆曰宜如詔書。長信少府夏侯勝獨曰：武帝雖有攘夷廣土之功，然多殺士卒，竭民財力，奢泰無度，天下虚耗，百姓流離，物故者半，蝗蟲大起，赤地數千里，蓄積至今未復，無功德於民，不宜如詔書。獻帝時，蔡邕又建議曰：漢承秦滅學之後，宗廟之制不用古禮。至孝元之朝，康衡、貢禹始建大議，孝文、孝武、孝宣皆以功德茂盛，爲宗不朽。孝宣尊崇孝武爲世宗，夏侯勝執議不應爲宗。至孝成皇帝時，議猶不定。古人不敢私其君父，如此其至也。光武中興，廟稱世祖。孝明政參文宣，廟稱顯宗，孝章至孝烝烝，廟稱肅宗。比方前世，得禮之宜。自此以下，政事多釁，權移臣下，嗣帝殷勤，各欲褒崇至親，而臣下懦弱，莫敢执夏侯之直。臣愚以爲孝和以下，穆宗、威宗之號，皆宜省去。邕之持議復如此。劉歆亦以爲天子七廟常數也，稱宗變數也。苟有功德，則宗之，如殷太甲則曰太宗，太戊則曰中宗，武丁則曰高宗。是三君者，有功德，故稱宗。初無常數，以三説考之，帝必稱宗，已爲衰漢之亡禮。然而嗣體之君褒崇至親，若不得已，故自漢至今行之。至於勢有不能，禮所不可，今日追宗懿文太子、建景二帝是矣。懿文已有議之者矣。建文仁柔，無功德，不可云惠。景皇帝當己巳之禍，王室將危，頼帝持之，乘輿返國。景皇帝雖若有功德，然英宗復辟，八年然後崩，而憲宗立。若景帝稱宗，將躋廟憲宗上乎？是使惠宗不得繼統於英宗也，是使天順改元不得爲英宗有也，所謂勢有不能也。臣伏讀《實録》，建文元年追尊孝康皇帝，廟號興宗。嘉靖十七年追尊獻皇帝，廟號睿宗。知者以爲失禮。成化十一年改成戾王爲恭仁康定景皇帝，不稱宗，可謂得禮。今也稱宗，是短累朝所謂禮有不可也。臣愚以爲，興宗、惠宗、代宗三宗之稱非所以章前王警後嗣也。臣景星謹私議。

復經學議崇禎十七年

臣聞昔者聖人述爲《詩》《書》《易》《禮》《春秋》以教學者，未嘗有所專授也。聖人没，學者各治其性之所近，非治《書》則不聞《詩》，治《詩》則不聞《易》，蓋五者相通而致其精於一焉。小儒謂聖人傳《易》於商瞿子木，傳《詩》於卜商，説《禮》於曾參、冉求、公西華，《書》則三千之徒並授，而《春秋》不能贊一辭。爲此言者，妄也。

列國卿大夫多能貫通，而及門之士通六藝者七十二人矣，謂有所專授，何也？秦焚書阬儒，聖教澌滅。漢人因有授受，不相雷同，宣帝詔諸儒講五經同異。自漢至宋，士之博悟者又能以己意通之。蓋聖道廣大，苟其説不至甚邪辟，則亦不靳也。高皇帝既定海内，恐士不醇一，悉寘諸家傳注，以程朱之《易》《詩》，蔡沈之《書》，陳澔之《禮》，胡安國之《春秋》立學宫，非是，則不名正學。取途既狹，末流相沿，而五經之學荒矣。《周禮》《儀禮》《爾雅》《左氏》《公》《穀》，不以取士，猶廢之也。治《易》則不求理數，治《詩》則不辨事物，治《禮》則諱凶喪，治《書》則略《禹貢》《顧命》，治《春秋》則删叛弑。一經之文，一家之説如此，況其他乎？先皇帝詔有能五經應式者，優異之士間有應者。然而仍科舉八股之業，於經實無所得。嗟乎！弊亦至此。先王之設學也，大昕鼓徵，視日納屨，爲術也備，爲教也勤。今也不然，上丁有司開門而祭，禮畢而退，升降上下莫能習，是非得失莫能别。鉶籩犧象，竽瑟柷敔，莫能舉其名而辨其義。尊經之閣莫有弆藏，明倫之堂莫有論説。嗟乎！弊亦至此。臣愚謂陛下與天下更始，不宜僅守故事，沿壞習。

夫民有四而士爲首。士也者，出與天子共治其民，處則學行風鄉族，不可不重也。重士莫先復經學，其次重教官，其次嚴貢士。漢有天下，是時，博士如賈誼、董仲舒、張禹、韋賢、蕭望之、匡衡，皆以經學前後顯。有大政大疑，執經辨難。他如井丹、魯丕、周舉、許慎、折像之徒，風聚士類，當時之語曰："五經紛綸井大春，五經復興魯叔陵，五經縱横周宣光，五經無雙許叔重。折氏客誰？朱雲卿、段節英，中有佃子趙仲平，但説天文論五經。”桓靈之朝，黨錮殺僇，後先相望。士之守經抗志者死不可變。孔融、荀彧尚能懼曹操之心，低回没世，不敢篡奪，此漢所以相延可久也。晋元帝初，用賀循、荀嵩言，王弼之《易》、孔安國之《書》、毛萇之《詩》、鄭玄之《周禮》《禮記》《論語》《孝經》，杜預、服虔之《春秋》，皆得置博士。當是時，奸宄滑夏，雲滃風起，而士之附清門守名教者，屹然江左，此東晋之相延可久也。宋光孝偏安，朱熹、蔡元定、胡安國諸儒，申明絶學，維持其間，又南宋之相延可久也。夫經學晦則聖教不明，聖教不明則亂臣賊子不懼。

臣愚謂陛下宜令府州縣學置五經教官，必於一經中能通諸家傳注辨難不窮者許充之。如古九品中正，月旦察諸生學行之賢否，揭於通衢，尤賢者貢之督學。督學試教官及諸生之尤，貢之禮部。禮部貢其尤於天子。天子廷試，擢其尤，如張禹即博士遷光禄大夫，韋賢即博士給事中。如此，則貢士嚴，教官重矣，使之朝廷開講於學。昇降上下有所習，是非得失有所别，鍘籩犧象，竽瑟柷敔，有所舉其名而辨其義，尊經之閣有所弆藏，明倫之堂有所論説，如此而後謂之斅焉。然後士有所守，官有所試，嫌疑有所決，異同有所晰，禮樂兵刑有所施，如此而後謂之學焉。

立後議

匹夫無後而立後，非古也。

天子有天下，諸侯有國，卿大夫有家，士庶人有身而已。故天子、諸侯、大夫無後者，立同姓之子若孫者爲後。所謂大夫者，公族之别子，有采地，立廟爲宗，故不可無後，而立之亦先王之所許也。於是爲所後者服三年之服，而至於其父母降服必以期。何者？坊民之溺於利而忍其親也。

今也不然。大夫非世官，没則子孫或爲士庶，此古所不必立後者也。不必立後者，何也？無世官故也。無世官者，子生不敢聞諸朝，身没不以其後請，禮也。今俗士庶人無子，取同姓之子若孫者爲子，以子行爲子，至服所生爲伯叔父之服，以孫行爲子，至服所生爲兄嫂之服。此人倫之奇變,名教之大賊也。問其故,初不過利其恒産,甚至争訟相殺,蔑父子之親,決嫌疑之坊,亂尊卑之叙,朝廷不禁,有司不治,鄉黨不以爲怪,不可哀乎?《禮》曰:"庶子不祭殤與無後者,殤與無後者從祖祔食。"言祭殤爲宗子,其諸父昆弟無後者則爲墠祭之。是古人無後者之不皆立後,可知也。

今也士庶人有恒産者,必立後;無恒産者,則皆餒若敖之鬼,不重可哀乎?且士庶人必立後,禮無明文。《禮》曰:支子後大宗,無曰支子,自立後也。《傳》曰:大夫有貳宗,士有隸子弟,庶人各有分親,無曰士庶人有貳宗也。然而士庶人立後行之已久,人情不可廢也。惟當令之曰:爲人後者不得從所後者爲之服,以同於大小功若緦麻也。稱必曰:嗣父母、生父母。嗣父母在,爲生父母期可也。嗣父母没,爲生父母三年。以此坊民,民猶有溺其利而忍其親者。

策皆甲申冬作

守　令

天下之不治而民不勸,黜騭之使歲遣而吏益不廉,捕捉之法日行而盜賊益盛者,何哉?無字民之官,有朘民之吏。朝廷用人,實與名背故也。國家以銓選委冢宰,財用委司農,典章委宗伯,刑法委司寇,興造委司空,井然莫不有制,而子養乂安未得所委,何怪天下不治而民不勸,吏不廉而盜賊益盛也?

夫子養乂安在郡守縣令,閭閻畎畝之民不知天子而知有郡守縣令者也。郡守縣令與百姓最親。昔趙簡子好察,尹鐸治晋陽以寬,晋陽之民因尹鐸之寬而不知簡子之察;孟嘗君好貨,馮驩捐息,而薛人不知孟嘗之好貨;漢昭帝好刑罰,黄霸佐河南獨和緩,河南之民知上政和緩而不知好刑罰;宣帝好文法而實緩仁,嚴延年守河南尤嚴酷,河南之民知上政嚴酷而不知寬仁。繇此言之,郡守縣令賢不肖,即閭閻畎畝之民所以臆度其朝廷者也。郡守縣令其掌道揚風俗,顯善勸義,礪廉恥,問疾苦,恤惸獨,廣文教,備兵兇,決冤隱,平賦役,而聚斂不取焉。漢制,州郡錢穀則有簿書參軍。諸縣歲盡以墾田租税上計,則丞尉下詣郡課校，未嘗專付守令也。何則？誠以催科聚歛，未免有不便於民；有不便於民，未免笞箠訐算，德教衰矣。故以錢穀委佐貳，而守令坐治之，使民知上重德教，而租稅力役，蓋下之宜出以奉上，而非上之所苛求也。

國家官制，既置通判主簿掌錢糧，而其實專責守令戴星出入，敲晷競争，朝廷以此第上下，考兇荒，兵鼜徵輸後期，輒斥不少貸，甚則朱輪組綬之貴爲赭衣犴狴之囚。不肖者無論矣，中才即未免苟且避禍。民惟知上重聚歛而賤德教，且視長吏如此其賤也。其自處如此，其鄙且偷也，何以稱道揚風俗、勸善顯義、礪廉恥、問疾苦云云乎？故曰：朝廷用人，實與名背也。且古所謂循良非今所謂循良也，古之循良如汲黯、蘇章之徒，嘗矯節違制，發倉廩，其時大臣稱薦，天子嘉賞，而今有其人乎？借令有其人，大臣必不稱薦，天子無繇嘉賞。豈惟不稱薦嘉賞，必且得罪。其不得罪而稱薦嘉賞者，必徵賦無欠之人。徵賦無欠未免有不便於民，而笞捶訐算以足之者，古之循良如是乎？故曰：朝廷用人，實與名背也。此所以黜騭之使歲遣而吏益不廉，捕捉之法日行而盜賊益盛，民益不勸而天下不治也。

今在京六曹皆以類從事，則縣簿宜從郡判主錢糧，縣令從太守舉德教，縣簿郡判既以錢糧殿最斥不稱職，於德化無所損，國體無所傷。守令果循良，能移風易俗者，擢以不次，而判簿廉潔者亦如之。如此，有黜騭不奉法，守令不自愛，盜賊不息而民不勸者哉？

兵　制

國家兵制有可議者焉。

周制分建諸侯，各治其甲兵。諸侯封其大夫，各理其采地。地有限而法易，周其後吞併滅國以爲州縣，勢之至變無如此。然而自昔以來，有判諸侯，無判州縣。秦知其然，盡郡縣天下而授以兵。其後聚兵鑄於咸陽，兵備弛而秦乃亡。漢祖仍秦郡縣，置兵守之。兵不出於農，遂不得不爲二。又不可盡縣邑置郎將，於是有列郡，有王國，有侯國。郡以太守，典武事都尉佐之，歲教兵，則侯國之相從焉。而以兵屬太守，太守屬之天子，征伐下虎符調之。唐初分天下爲十道，道各分數十府，上府兵千二百，中府千人，下府八百人。府置折衝都尉，聽於刺史。凡人三百爲團，團有校尉；人五十爲隊，隊有正人；十爲火，火有長火，備六馱馬。甲仗、衣裝、糗糧、器用，人自備，皆分隸諸衛。有事，符契發之。教習不精者，罪其折衝，甚則罪其刺史，可謂善矣。開元末，府兵墮壞，不可用，於是募長征兵，曰彍騎。彍騎變而爲藩鎮。議者往往惜府兵之不復，而彍騎之階亂也。是亦不然。封建變而爲郡縣，井田變而爲阡陌，租庸調變而爲兩税，司馬法變而爲尸荆蒼頭技擊，爲教士之四萬，會稽之五千，勢也。府兵爲彍騎，彍騎爲藩鎮，亦勢也。當開元時，府兵不復可戰矣。不可戰，因盡撤府兵募戰士，而事勢一決，不可復收。

以今觀之，唐初作法，猶未盡善，宜乎勢之愈趨愈下矣。何者？天下既定，驍卒虎旅不可盡留京師，勢必分駐諸道，此府兵之始，在開創初亦不得不然，恃爲日久承平之用則疏矣。是當參漢初之法行之。且夫守天下之道有二，防微杜漸則盜逆不生，形格勢禁則姦盜不起。漢以侯國之兵屬太守，太守屬衛尉，衛尉聽之天子，所謂防微杜漸也。都尉佐太守典武，不復分太守之權，使人民、土地、城池、徵役一歸太守。太守責之令長，令長各治其縣，太守約治其郡，所謂形格勢禁也。於是更有京衛南北屯期門、羽林之軍，爲天子六師。巴蜀、三河、潁州諸處則有材官，上郡、北地、隴西諸處則有車騎，廬河、潯陽、會稽則有樓船，所以居重馭輕，犬牙策應，備緩急戰攻者也。唐既廢府兵，持節郡守虚擁名號，防微杜漸之意弛，形格勢禁之事去。叛鎮九起，束手受制，豈非法漢之未盡善哉？然而漢至桓靈，州牧無異節度，董卓、袁紹、袁述、公孫度之流，禍亦隨作，何也？建武中興，罷都試、都尉，並職太守；罷材官、車騎、樓船，還民伍。蓋當是時，義師不勝用，故去前日之冗員，其實與廢府兵何異？厥後，内衛單弱，外鮮彈壓，鮮卑過境，歲歲戰争，羽檄分馳，牧守坐大，然而終不得罪。牧守興兵，爲作法之弊也。天下之勢，利害相倚，則興除不易；乘時更始，則鼎革不難。

今省會有大帥，有都司；要害處有兵道，有副將，有參將，即漢材官、車騎、樓船：似亦足矣。而盜賊逼近，則又調客兵與守令同城。此何爲者？苟且一時，非久長計也。且今守令不治兵，一旦寇盜竊發，則守令無措，是何異與劒從房，授矢從箙，拱手而已耳。豈不誤哉？

夫民壯、馬快、義民、弓兵、保甲、團練、哨船、巡捕、巡檢、清軍同知，非所謂州兵乎？今只供奔走追呼問，果能禽盜守汛焉？不也；果能蒐乘補卒訓練戰陣焉？不也。守令無權，客兵不便。所謂防微杜漸，形格勢禁，何居乎？昔王守仁巡撫江西，惟善用守令，其剿桶岡諸賊，令守令各統兵千人。知府邢珣自上猶石人坑入，知縣王天與自白面峪入，知府唐淳自大庾縣聶都入，知府李斆自穩下入，知府伍文定自南康入，俾各建功，卒平劇寇及逆濠之變。南康知府陳霖，九江知府汪穎，無兵遁，而守仁復許府縣得便宜起兵。於是戴德孺兵至自臨江，徐鏈兵至自袁州，邢珣兵至自贛州，李美至自新淦，李楫至自泰和，王天與至自寧都，王冕至自萬安，遂以破賊。今誠能法漢，以典武責守令，以清軍巡捕、巡檢等職佐之，訓練保甲壯快弓義，而總兵、兵道掎角策應，分地而理，弭亂未萌，不使斧柯費於兩葉，軍國久遠之圖，孰有便於是者哉？

巡　按

國家有耳目，有股肱。巡按副都御史者，股肱之臣也；巡按御史者，耳目之寄也，與天子剖符而出問民疾者，自監司下，皆得糾舉。其權最雄緊，而其人即以代君相之責，非苟焉而已也。然而人有廉直性成，如張綱、熊玄；即有刻薄殘忍，如江充。不必御史臺之官皆賢明，可委事權也。

近代資格，必御史臺。賢者固多，不肖亦有，往往用好惡行包苴。巡按一歲一遣，長吏在任三年，經二三雌黄貪緣，彌縫不暇矣。詩不云乎，吾何適從？此之謂也。議者曰："宜冢宰、御史大夫分覈，許巡撫交參，安往不得廉直？"噫！夫緜者苞苴庇吏，即以苞苴固身；今以交參爲能，即以交參媚上矣。衛鞅治秦，秦民言不便，十年而秦國大治，皆來言便。衛鞅曰："是亂化之民也。"盡遷之邊城。今若以交勒爲賢，諸道承風，争逢執政，何異言便之秦民乎？且夫賢才限於資格，老死不得一試，而膺任者輒非其人，宜明主所大惡也。是故惟其才，不惟其官。漢宣帝以博士孔光行風俗，則嘗以博士爲之；范滂以光禄四行按冀州，則嘗以署郎爲之；順帝以侍中杜喬、光禄大夫周舉、尚書樂巴、青州刺史馮羡等行天下，則嘗以侍中、光禄大夫、尚書、刺史等官爲之；雷義爲灌謁者持節行風俗，則嘗以灌謁者爲之；宋文帝遣散騎常侍袁渝等巡行，則嘗以散騎常侍爲之；唐太宗以右僕射李靖、太子少傅蕭瑀、涼州都督李大亮等行天下，則嘗以僕射、太子少傅、都督等官爲之矣。如是不可枚舉，皆古差巡之官也。

臣又按先臣夏元吉、徐思勉等於建文元年以本官巡天下；永樂十九年敕尚書、侍郎、都御史、少卿等官十三員，各同給事中一員巡天下；洪熙元年布政司周幹、按察使胡概、參政葉春巡視江東浙西八郡。不拘資格，其間雖有如巡撫、巡按、按察輕重久暫之不同，要皆差巡之職也。

臣愚以爲巡按不必臺臣，差遣不必定期。不必臺臣則取才廣，無定期則作用神；取才廣而後得人，作用神而後民勸。不亦善乎？巡方者，天子之事也。上自擇人焉可矣。

募　兵

自古戰陣未有不以兵多而敗，輓季未有不以募兵而亡者。

秦用白起、王翦，並天下。天下既定，欲公然散軍衆不可。於是銷鋒鑄鐻，築長城，戍五嶺，起阿房驪山，陰以盡其衆。及勝、廣盜起，苦於鮮兵，盡發徒奴擊賊，其數反多于前。三歲之中章邯亡數十萬，坑於楚二十萬，而秦遂亡。東漢末羌、戎亂，黄巾賊起，募陷陣，召義從，設屯塢，不一而足。其後州牧皆聚重兵，分争禍作，而漢亦亡。魏有四征、四鎮，而司馬懿得以亡魏。孫權以强者爲兵，羸者補户，而曹丕得以亡吴。宋伐魏，大募武勇，江南白丁輕進易退，因以敗北。魏孝文募宿衛十五萬，驕恣不制，焚僇大臣，朝廷不敢問，而魏祚遂隕。安禄山反，封常清等募兵旬日，得十餘萬，賊以鐵騎衝之，流血漂野。周世宗募殿前軍，宋太祖即藉以受禪。靖康之變，王健募，無紀律，至毆殺，健望敵先潰。往者己己，用金聲計募兵，僧申甫者將之，開武庫，授甲兵，人錢一貫，布一疋，乞匃餓殍，旋用乃酒，出彰義門，肝腦塗地。

繇是觀之，可不悲哉！可不戒哉！人情孰不戀鄉土，愛室家。其躍然應募者率游手無賴，特欲爲盜賊而未便耳。今驅令烏合，裨以器使，非有忠義激其内，威力制其外，不至倒戈，已爲厚幸，而欲血戰破賊，萬不得一。

説者曰："募兵爲害固多，利亦不少。秦招三晋之民以實内地，漢高赦死罪從軍以禽英布，武帝募置七校威振匈奴，文帝募徙塞下邊境爰固，晋馬隆募士破樹機能，周世宗募亡命盜賊平秦淮。繇是觀之，募何害於事？"則請應之曰：古者募兵，於富盛可一再行，而衰亂絶不得舉，何以明其然？昔秦孝公募晋人耕秦地，不使之戰，戰則皆秦人。漢武帝大出師征南越，募兵置七校以示内重，亦不令戰，戰則中尉勍旅。文帝募民徙邊，輒先爲城郭廬舍若土著然，然後勒以連長，申明軍法。泰始中馬隆立限，引弩三十均、弓四均者得與募，僅三千人。周世宗以盜賊殺人者充禁軍，秦淮既平，仍悉寘之理。繇是觀之，非倉卒苟且可知矣，行於勢有餘，而不行於力之不足也。

國家兵制，有屯衛，有民壯，有保甲。平時簡練原備擊賊，一旦賊起，而屯衛民壯、保甲爲無用，其故何也？曩時軍籍，强半飢寒，老弱猾者兼冒餼糧。遇較閲，執路人賃充。日晡罷閲，而賃充之兵不知何往矣。自京營暨外衛，莫不皆然。州縣民壯，謂之門户；私相買賣，謂之頂手。有司視同兒戲。積弊相沿，至於此極。

今將曰：廢募則無兵，募又害不勝言。然則奈何？曰：請姑就保甲行募，令有司貌閲，去老弱疾病，募壯勇者補之，不得買價僱賃，四時教習，不得如法者斥補。如前募之平日，而不募於臨時，不廢募而無其患矣。

水　軍

步騎，兵之奇者也。舟車，兵之正者也。舟車之用，難進難退，易勝易敗，故正多而奇少。比者築金圖城，以海船連營江口，大或萬石，小亦千斛，貨財婦女，充牣其中，椎牛起檣，集衆挂席。行則舳艫相銜，止則舷棹相比。日入帥舟鳴金，呼鳴以次相應。至初更，譟聲乃息。以臣觀之，非兵法也。

夫水用舟如陸用車,車非不可用,而房琯之敗何耶?豈其地不可戰也?豈其敵不可勝也?其車蓋非車也。古者戎路之外有四車:廣車以横陣也,闕車以補闕也,屏車以蔽陣也,輕車以衝敵也。三車恒不出,而出以輕車。故在《詩》曰:"執轡如組,兩驂如舞。""抑磬控忌,抑縱送忌。""小戎俴收,五棨梁輈。游環脅驅……"言其輕也。戰車以馬,任車以牛,故在《詩》曰:"檀車皇皇,駟騵彭彭。四牡孔阜,六轡在手。騏騮是中,騧驪是驂。"言戰車也。"我車我輦,我任我牛。"言任車也。晋楚戰於邲,晋以屯車,楚以輕車,晋乃大北。琯車重牛多,故以敗也。惟舟亦然。昔者伍員船軍教比陸軍法,大翼當火車,小翼當輕車,突冒當衝車,樓船當樓車,走舸當驃騎,其用不同,故可制勝。若專用大舟,兵法所忌也。吴伐楚,乘艅艎,楚人得之,既得環而守之,吴又因得之。何者?艅艎遲重,故易得也。公孫述起浮橋門樓以拒漢兵,岑彭棹直進,冒突、露橈等船逆流上,飛炬焚之。曹操舳艫相銜至赤壁,黄蓋望見,曰:"可燒而走。"於是,以小舟數十灌以魚膏,自下流乘風,同時舉火,操兵大敗。晋盧循叛,襲建康,聯艦下,而劉裕出以輕舟,伏神弩破之。梁賀瑰攻晋德勝,以竹笮聯十餘艘爲一座,蒙以牛皮,設睥睨如城狀,而晋王存勗死士三百人,輕舟進,斷其笮,以木罋盛薪膏燃火,順流燒斷聯艘。周攻唐壽州,唐人大發樓船,蔽江下,周將張德永牽鐵鍊攔之,引輕舟隨擊,唐軍敗溺。金宗弼輕舟鋪板,板上加土,穴板擢槳,運轉如飛。韓世忠海鰌大,不能輒發,盡爲所焚。賈似道大舟爲營,碇於江中,非號令不得發碇。元兵小艇,上流攻之,似道軍半溺死。故水戰莫烈於火攻,莫拙於聯舫,莫利於輕艦,莫害於大舟。兵法曰:圍城者虚其一面,虚則待敵出入,而我可周旋。在陸猶然,何況於水?

今洋船笨大,鹽糧滿江紅等船,愈不習戰,烏合無營陣,無論敵至難禦,設一旦風起火作,禍可勝言。以臣策之,海船不可恃也。不得已而用,且請什伍之。十船爲什。什有長什,必相地相去若干丈,令可旋轉開合,鳴金七聲爲率,什長以次應,餘不得應,不得呼鳴。仍以梭快鳥虎四船備戰,如車之有輕車,而洋沙船如屏車、廣車可也。臣更有言者,防江非防海也,背淝非阻水也。陸戰且趨高阜,水軍不警上游,臣竊所不解。宋趙范有言:固淮則有江,否則河港蘆葦之處,敵人皆可潛師以濟。趙元鎮策僞齊南侵，當數路並進，上流擄船造筏，聲摇江湖，建業、鎮江雖有重兵無益於事矣。今關中窮寇聯驅入豫楚，事勢大有憂，長江二千里，藩籬不固，豈獨淮揚瓜儀一路爲慮哉？諸將争鎮，各圖安富，一切要隘不問。朝廷用兵部計，保蒜山，城金圖，招海舶，以烏合無律之衆屯附下流，噫！何爲者？豈欲爲巷戰計耶？臣所不解者，此也。臣又聞之，水軍無營陣，整暇而已；無舟楫，利用而已。至於江防，略如新圖云。

經論

詩論施愚山曰：此論有羽經翼傳之功，發先儒所未發，迂儒不得藉口駁朱也。

顧子曰：吾讀《春秋》而後知言《詩》者之失也。《詩》與《春秋》相表裏者也，四始六義，三科九旨，其用心一也。不知《春秋》，不可以言《詩》；以《春秋》言《詩》則莫如正名，正名則淫風其大者矣。《易》曰："有夫婦，然後有父子。有父子，然後有君臣。有君臣，然後有上下。有上下，然後禮義有所措。夫婦之道，不可以不久也。"春秋弑亂之禍，皆始於夫婦之不正。故淫風，詩之大者，其義婉而嚴，微而章，非獨不删而已。今之言詩者曰：不删淫風，以見風俗事變之實耳。此未求乎其旨也。又曰：《東門之墠》《溱洧》《東方之日》《東門之池》《月出》《東門之楊》皆淫奔者所自作，非刺也。未有刺人而反爲彼之言，以自陷於所刺之中者也。辨之者曰：言刺者是也，使果出於淫奔放蕩之口，而聖人取之，則所删何詩也？以故知言刺者是也。以予觀之，二説皆失也，即小序亦失也。何以言小序之失？曰：小序於《新臺》《墻茨》《鶉奔》《南山》《猗嗟》則言刺，於《二子乘舟》則言國人傷而思，於《載馳》《河廣》則言有禮，於《定之方中》則言美，是徒知《新臺》《墻茨》《鶉奔》《南山》《猗嗟》爲淫風宜刺，而不知《二子乘舟》《載馳》《河廣》《定之方中》爲淫風之流禍，皆刺也。昔魯文姜通於兄齊侯而弑桓公，《春秋》書曰：夫人孫於齊。不言姜氏，絶之也。及其葬也，曰：葬我小君文姜。惡魯人之不仇也，若曰魯人以爲我小君云爾。及莊公即位，《春秋》不書，當時有謂莊公爲齊侯子者，聖人又惡夫不爲君正名明微也，故書子同生，而詩取《猗嗟》，其辭曰："儀既成兮，褱我甥兮。"借詩人微辭爲莊公辨也。夫莊公，聖人且惡之。衛宣烝庶母夷姜生急子，又取急子之妻，生壽、朔，是爲宣姜。公子頑又烝宣姜生戴公申、文公燬、許穆夫人、宋桓夫人，公然繼絶爲諸侯通婚姻於大國。春秋至此，廉恥盡矣，天理滅矣，其不正較莊公何若也！《記》曰：同姓從宗合族屬，異姓主名治際會，名著而男女有别。名者，人治之大者也，故《春秋》於吴孟子卒則曰：孟子卒不稱姓，不曰昭夫人，於哀姜之外淫而死也，不許致廟。其致廟也，《春秋》則曰：禘於太廟，用致夫人。義，凛然不可犯。今數子者，吾不知其何以名其父母也，謂聖人忍而美之，可乎？不也！故知《二子乘舟》刺也，與書"葬我小君"同，蓋曰：衛人以爲公子云爾。《載馳》《河廣》亦刺也，蓋曰：許人、宋人知守禮於終，而不知正名於始。吾不知何以名其外舅姑與外兄弟也。《定之方中》亦刺也，蓋曰：營宫室必先宗廟，吾不知何以祖禰其廟也。是數子即賢，不得稱爲人也。此詩之微意，聖人之大旨也。晋獻公烝於武姜而生申生，爲世子，生女爲秦穆夫人，與衛宣公、公子頑同。申生之死，晋人不知耻而謚曰共，與《二子乘舟》同。《春秋》則曰：晋侯殺其世子申生。其世子云者，與我小君同，於詩述《渭陽》與述《載馳》《河廣》同，其辭曰：我送舅氏。蓋曰：秦人舅重耳矣。是以武姜妻獻公也，皆刺也。故申生之言曰："天下豈有無父之國哉！"急子亦曰："有無父之國則可。"此又二公子之所以死而以微辭自痛也。左丘明、《檀弓》、高赤皆不知發，失之大者也。范寧有言曰：左氏以鬻拳兵諫爲愛君，是人主可得而脅也；以文公納幣爲用禮，是居喪可得而昏也。《穀梁》以衛輒拒公爲尊祖，是爲子可得而叛父也；以不納子糾爲内惡，是仇讎可得而容也。《公羊》以祭仲廢君爲行權，是神器可得而窺也；以妾母稱夫人爲合正，是嫡庶可得而齊也。以是推之，其失不亦大乎？鄭文公淫於叔父子儀之妃曰陳嬀，生子華、子臧，公殺子華於南里，殺子臧於陳蔡之間，事與申生二子同。蓋天之惡之也，仲尼法天者也，自仲尼之諷刺，説者不明，而晋衛之淫風流衍，至於秦始皇誅嫪毐，幽太后，茅焦曰："陛下車裂假父，撲殺二弟。"假父二弟之稱，豈不辱哉！夫《詩》與《春秋》垂教一也，使聖人嚴於《春秋》而弛於《詩》，是自矛盾其説而顛倒其義也，是奬逆而教亂也，無是理也。且衛之淫亂甚於鄭，晦庵之言曰：鄭甚於衛，衛猶以男悦女，鄭皆以女惑男，衛人猶多譏刺、懲創之義，鄭人無復羞愧、悔悟之萌，故聖人言放鄭聲，不及衛，信斯言也！是衛宣公、公子頑之事猶不足怪，而夷姜、宣姜之罪可薄也，無是理也。且天下未有女不惑而男能蠱者，楚子元蠱文夫人卒不能亂，使文夫人亂，則子元亦公子頑也。夫鄭淫在下，衛淫在上，衛惡浮於鄭，不待辨而明者也。《野有蔓草》《褰裳》《風雨籜兮》《有女同車》，序皆指他事，而朱氏皆以爲淫風。觀鄭六卿歌以餞韓宣子，而宣子善之，伯有歌《鶉奔》以享趙文子，而文子知伯有將僇，則衛之淫於鄭可知也。聖人言放鄭聲，不及衛，惡之甚也，晦翁亦未之思也夫。既曰淫風，則出於刺者之口與淫者之口，皆不足辨也。朱氏駁小序，後儒又瑣瑣然以駁朱，殆所謂不能三年之喪而緦小功之察者耶！

我故曰：讀《春秋》而後知言《詩》者之多失也。蘇氏謂聖人惟嚴於《禮》與《春秋》，而《詩》則無所不有，不得以繩墨法度求其間。信斯言也，賊經之大者也！

禮　論

《春秋》，聖人之所甚嚴也；《禮》，聖人之所甚寬也。

何言乎寬也？《記》曰：禮列而之事，變而從時。時爲大，順次之，體次之，宜次之，稱次之。堯授舜，舜授禹，湯放桀，武王伐紂，時也。五帝不相沿樂，三王不相襲禮。禮也者，因人之情，而爲之節文者也。豈惟因人情而已？雖聖人行之，亦將有無是禮而爲之節文以成禮者焉？孔子遇舊館人之喪，哀而出涕，蓋情之過而無是禮，於是脱驂爲賻以成禮。伯高之死，無所哭，又情之不足而無是禮，於是哭諸賜氏以成禮。夫惟無是禮而皆可節文以成禮，則禮之意甚寬。故曰：雖先王未之有，可以義起也。而迂儒守之，乃有魯諸生孔鮒之言禮，而禮遂絶於秦。叔孫通知之，始寬於言禮，而禮復興於漢。不幸又有劉歆之言禮，王安石之言禮。孔子曰："生今之世，反古之道，如此者，烖及其身者也。"不其信哉！故聖人不違俗而爲禮。不違俗而爲禮，則五方之民各有其性而不合於理者，有之矣。聖人以爲雖不合於理而不必不合於禮，此聖人之寬也。何以知之？於喪祭之禮知之。夫鬼神之無形，人生之必有死，死而不能復生，不復生則不能飲食御物，理也。無形而求有形，尸是也。已死而求其生，復是也。不能飲食御物，而齎以飲食御物，飯腥苴熟是也，皆古俗之不合理者也，聖人以爲不可盡違也。於是抱孫不抱子，迎牲不迎尸。天子復則稱天子，諸侯復則稱某甫。貴者，則復於廟寢四郊，而賤者止登屋。貝玉醓醢之數，貴則多，而賤則少，以此號於人，曰：是禮也，雖不合於理，而不必不合於禮也。君子又惡夫言理者之或病夫禮也，故又曰：禮者，理之不可易也。然而理有不盡此者，故善衛人之送葬，而歎季札之號子；薄虞氏之瓦棺，而笑桓魋之石槨；謂芻靈之備物，而歎作俑之不仁。此又聖人之言理也。故曰君子行禮不求變俗。祭祀之禮，居喪之服，哭泣之位，皆如其國之法而已矣。

予讀遼史，更生儀誠不合於理，而史臣稱孝，殆亦知聖人之意者耶？如必拘拘然議之，齗齗然辨之，則禮真有時絶矣。嗟乎！是惡知禮意也哉！

白茅堂集卷之二十八

經論

樂論一

六經之説昉乎漢。漢有古文一篇，言《易》《詩》《書》《春秋》《禮》《樂》之教曰經解，從而經之矣。經解非仲尼作也，仲尼未嘗名爲經也，弟子尊之曰經云爾。尊之曰經，止《易》《詩》《書》《春秋》《禮》，不及《樂》，列《樂》爲六，列六緯，爲十二，則漢人經之緯之也。

樂者何？十五《國風》、二《雅》、三《頌》是矣。季札聘魯，請觀周樂，太史爲之歌詩。孔子曰："吾自衛反魯，然後樂正，雅頌各得其所。師摯之始，《關雎》之亂，洋洋乎盈耳哉！"是詩即樂也。孔子正詩即孔子之正樂，不必曰詩外又有樂，當爲經也。

且夫陳其器，明其數，祝史之事也，祝史之事不可爲經。《詩》闕笙詩，以其有圖而無文，如《禮》之魯鼓、薛鼓也。使仲尼舍《詩》别定《樂》，當如魯鼓、薛鼓，而魯鼓、薛鼓之圖不可稱經也。《樂》，德之象也，非象德也。戛后夔之石於辛巳之廷，則成淫聲；御季路之瑟於尼父之手即爲正雅。何則？德固然也！大韶在齊，不救齊亂；大武在魯，不救魯衰。漢哀始正樂而祚移於莽，宋徽稱復古而國亡於金。何則？德非其德也。德非其德者，器數則是，而樂則非也。景王不覆大林，亦惑心疾。隋煬不作翻調，亦死江都。宋仁不鑄長鎛，亦殂風眩。何則？逆沴感諸聲，非聲之召逆沴也。故曰：惟樂不可以爲僞。

夫以器數言樂，皆僞也。人有不歡而笑，不哀而哭，笑、哭是矣，而情不至。笑哭之情，人自得之。雖聖人日誘人曰：爾如是笑則歡，如是哭則哀，不能也。聖人不能以笑哭誘人，猶不能以器數言樂。司馬遷《樂書》，器數之遺也，當時已不能用，所謂制氏之鏗鏘是矣。而其後劉歆、荀勗、李照、阮逸之徒，鰓鰓焉辨尺量之古今，黍體之橫直，曰樂在是，豈賢於仲尼哉？仲尼不以器數言樂，謂詩外别有《樂經》，秦火不傳者，妄也。德盛而樂作，非懸一定之法以爲樂也。

樂論二

或曰："夫子曰：'興於詩，立於禮，成於樂。'樂與詩、禮列爲三。而今曰：'詩外無《樂經》。'何也？"

顧子曰："夫子斯言非論經也，論有天下者也。采歌謡，審風俗，以正人心，其始事也，故曰興於詩。改服色，易正朔，殊徽號，申明其政刑，繼事也，故曰立於禮。形容其盛德，鋪張其功烈，以和陰陽，以祀天神人鬼，終事也，故曰成於樂。五帝不相沿樂，樂之精微非器數聲譜可存也。王莽奏立《樂經》，通儒所不道。故夫儀注聲譜，小相工師之事也。夫古樂失傳久矣，開元十二章之譜、近世鄭世子三百篇之譜、漳浦黄氏國風之譜，果何所授哉？善言樂者去其淫哇哤雜焉，斯可矣。"

春秋論

天之將欲名大鹵而大原也，聖人之教將欲衍乎四裔也，則必先引而進之，而徐而廣之也。

自有天地，中夏無異於四裔。波濤蒙茸之所宅，鳥獸迹远之所交，其民崛居而巢處，摶食而抔飲，衣皮而葅薪，忍親而娶同。後聖人有作，制爲城郭、宫室、冠裳、簠簋，五常十倫之教興焉，日趨於文明，寖廣其邊幅，而後知天道之始終，不僅於吾世而已也。神農氏之有天下也，地方九萬里，無所謂中外之防，三代而後斤斤焉，然而有苗、鬼方、淮夷始皆狡焉以逞。所謂引而進之，今其地與民則皆中國也。《嘗武》之詩曰："王猷允塞，徐方既徠。"《商頌》曰："惟汝荆楚，居國南鄉。昔有成湯，自彼氐羌。莫不來亨，莫不來王。"《牧誓》曰：暨爾庸、蜀、羌、髳、微、盧、彭、濮人。所謂引而進之，其后夷、盧、微烝，三亳、阪尹則已列荒服，而今其地與民皆中國也，蓋徐而廣之也。諸蠻戎狄錯於中國,不始於春秋。隱公二年春,公會戎於潛,秋盟於唐,特見於春秋之書之始也。聖人不以爲病也。不病者何?聖人知天道固然也。晋惠公分吾離田,秦穆公誘陸渾遷於伊川,皆天之引而進之。文公三年,《傳》曰:秦遂霸西戎。徐而廣之也。襄公四年,《傳》曰:無終子嘉父使孟樂如晋,因魏莊子請和,莊子遂盟諸戎。又天之引而進之。貞王后,陸渾、蠻氏、大荔、陰戎皆爲中國,徐而廣之也。故經書《莊公二十三年》:荆人來聘;書《僖公二十九年》:介葛盧來;書《文公九年》:楚子使椒來聘;書《襄公十八年》:白狄來。書《襄公二十九年》:吴札來聘;書《成公七年》:吴伐郯,入州來。書《昭公五年》:徐人、越人伐吴;書《哀公十三年》:於越入吴。皆引而進之,乃至令列五等,與會盟不一書。於是蓽簬藍縷、翦髮文身、却冠秫絀之鄉被苫蒙棘,犲狼、狐貍之與居,皆今之禮義文物之中華矣,皆徐而廣之也。

蓋天之欲名大鹵而大原也,衍聖人之教於四裔也,非欲大原名大鹵也,非欲四裔亂聖人之教也。明乎天道,達乎春秋,則自吾世而百世而千世,安知不不如是而已也,而徒曰仲尼嚴中外之防,曷亦未觀乎天道之始終而憬然於其故也?

經辯

尚書辯

或問:《書》伏氏、孔氏之異。無問矣!

問今之説《書》者,説者曰:"《堯典》,虞史記唐堯之事;《舜典》,夏史記虞舜之事;《大禹》《臯陶》《益稷》《禹貢》,則虞史述二典所未備。"夫既曰《舜典》作於虞史,而又曰虞史述二典,何也?應之曰:"説者之失也。唐虞夏者,三代有國之號。堯舜禹者,《白虎通》以爲謚也。謂《堯典》作於虞,《舜典》作於夏,是也。《大禹》《臯陶》《益稷》《禹貢》,又帝啓以後作也。《大禹》《臯陶》二篇皆曰若稽古,《禹貢》稱謚曰禹敷土。故《左傳》引《虞書》皆曰《夏書》也。"或曰:"堯舜禹非謚也,名也。死而謚,周道也,前此未嘗謚也。《堯典》曰:有鰥在下曰虞舜。曰咨汝舜。舜曰咨汝禹。君前臣名,禮也。"應之曰:"謂禹臯謨作於虞而名之似也。謂虞典虞史述而曰稽古，可乎？而曰帝舜，臣名君乎？蓋古者不諱也。名猶號也，號猶謚也。死而謚，周道也者。言周之公卿死必謚，非謚始於周也。”

或問《微子之命》曰：“《左傳》：蔡穆侯將許僖公見楚子於武城，許男面縛銜璧。諸逢伯曰：‘昔武王克殷，微子如是。’司馬遷曰：‘武王伐紂，微子持祭器造於軍門，肉袒而縛，牽羊把茅以迎武王。王釋之，使復其位。’二説非乎？”應之曰：“非也，是時微子未入周也。武王反商政，政繇舊。釋箕子囚，封比干墓，式商容閭，不言微子。微子不可得見也。見且不可得，其肯迎乎？《周頌》曰：‘有客有客，亦白其馬。’白，殷色也。微子不臣周，用殷禮也。《大雅》曰：‘商之孫子，其類不億。上帝既命，侯于周服。侯服于周，天命靡常。殷士膚敏，祼將于京。厥作祼將，常服黼冔。’冔，殷冠也。畏天之命，賓服于周，而服殷之服，示不臣也。不億之子孫且不臣，況微子乎！”或曰：“《樂記》曰：武王克殷，下車而投殷之後于宋。何以謂之投也？”應之曰：“否。漢儒之荒言也。當武王時，微子去之久矣，若如《記》與史之言，則武王爲無禮。而微子無異。劉歆之事莽，劉曄之附操，耶律余覩之奔金，趙孟頫之戴元也，烏得爲三仁乎？成王既殺武庚，求微子封于宋，賓而不臣。微子，武王未之封也，矧曰投乎？”

或問《洪範》曰：“紂亡，箕子逃於朝鮮，武王克殷之二年訪箕子，箕子陳《洪範》。何爲乎陳《洪範》也？”應之曰：“否。《左傳》曰：晋陽處父聘衛過甯，甯嬴從之，及温而還。其妻問之，嬴曰以剛。《商書》曰：沈潛剛克，高明柔克。夫子一之，其不没乎？欒書救鄭，武子不欲戰。或謂欒武子曰：子之佐十一人，不欲戰者三人而已。《商書》曰：三人占，從二人。祁奚請老，舉其子午與羊舌赤。《傳》曰：君子謂祁奚善舉。《商書》曰：‘無偏無黨，王道蕩蕩。’據《傳》所引皆《洪範》，古蓋以爲《商書》也。秦焚古文，漢儒傳經者不一。許慎《説文》引曰貞曰㑞爲《商書》，是矣；引《西伯戡黎》爲《周書》，則又非也。且夫《商》曰祀，《周》曰年，《洪範》稱十有三祀，其爲《商書》明矣。”或曰：“武王存箕子之志，不稱年而稱祀，非乎？”曰：“非也。子以爲十有三祀者，史臣記事之辭乎？武王故爲之辭乎？記周事而用商稱，無是禮也。既革命而爲此辭，其誰欺乎？”或曰：“《樂記》曰：武王釋箕子之囚，使之。使之矣，曷爲弗陳《洪範》也?”曰:“否。箕子，武王不得使之也。云使之誤，猶云投之誤也。且箕子之告微子也，曰:‘商其淪喪，我罔爲臣僕。’若使之，是臣僕之矣，箕子不忍也。十三祀者，帝乙之十三祀，非武王也。殷二十八世，皆稱王，而帝乙獨謚帝，當其在位稱王，故曰王訪也。《多士篇》曰:自成湯至於帝乙，罔不明德。《酒誥》曰:自成湯至於帝乙，成王畏相。以是知能訪箕子也。”或曰:“服虔、杜預謂箕子爲紂庶兄。爲紂庶兄，則爲帝乙子，安得稱王訪之乎?”曰:“非也。《微子》之篇稱箕子爲父師。以位則師，以親則父。王肅、馬融謂爲紂諸父，是也。”

或又問《雒誥》曰:“周公拜手稽首，曰:‘朕復子明辟。’”説者曰:成王幼，周公代武王爲辟，至是反政。周公叔父，故稱王爲子。蔡氏曰:武王崩，成王立，未嘗一日不居君位，何復之有? 復者，成王命周公往營雒，而周公復命於王云爾。謂成王爲子，親之之辭也。蔡氏之説，可謂辨矣。然以臣而子其君，何也?”應之曰:“否。不然。成王雖幼，君也;周公雖叔父，臣也。古嘗爾汝其君親，嘗伯叔父其臣，未有子其君者也。五經當熹平刊定之前，皆秦篆隸書，篆隸書‘子’與‘于’，文近而譌也。《易》:‘賁于丘園。’陸德明引黄穎本，作‘世子丘園’，是文近之譌之證矣。‘朕復子明辟’，當是‘朕復于明辟’也。復，如《周禮·宰夫》‘諸臣之復’，《注》謂反報於王也。數稱孺子者，非呼成王也。《金縢》曰:公將不利於孺子。乃二叔之流言，非對揚之辭也。孺子與明辟，其稱懸絶，既稱明辟，不得復稱孺子也。曰孺子其朋其往;曰孺子頒政不暇;曰孺子來相宅;曰永觀朕子懷德;曰考朕昭子刑。蓋伯禽與營雒，於其往而告戒之，故曰朕子。《記》曰:亢世子法於伯禽。是也。曰予旦以多子越御事，則多子實在又不止伯禽。此伯禽與營雒之證也。王曰:‘四方迪亂未定，於宗禮亦未克敉，公功迪將。’其後先儒以爲成王報公功而諭伯禽之辭，又伯禽與營雒之證也。《雒誥》多斷簡，不盡如今説也。”或曰:“《立政》曰:孺子王矣。何謂也?”曰:“非遺成王之書也。當是時，同姓異姓於流言不無惑，於是公述入告之辭以示之，進異姓三事僕尹曰:‘孺子王矣。’進同姓文子文孫曰:‘孺子王矣。’就流言而破其惑，非拜手稽首於明辟之前，而口不絶呼孺子也。其曰:‘拜手稽首，告嗣天子王。’拜手稽首后，是則公入告之辭矣。”或曰：“然則公數稱沖子，非即孺子乎？”曰：“非也。《雒誥》曰：已！汝惟沖子，惟終。勉伯禽與多子能保終也。故《雒誥》之辭，一則告王，一則戒伯禽營雒之事，使嗣王觀德於朕子，所謂考朕昭子刑是也。刑者，型也。沖子者，幼少未有知識之通稱也。《君奭》曰：迪爲前人光，施於我沖子。《召誥》曰：今沖子嗣。皆對前人而言，猶云元子、丕子也。王若曰：‘公明保予沖子。’王之自稱，猶予小子、鞠子也。小子同未在位者，公自稱也。公既反政，而召公告老，故曰同未在位也。凡稱子云者，固德尊之美稱，如雍姬告其父曰：‘雍氏將享子於郊。’曾西曰：‘吾先子之所畏。’是則稱子矣。然而至於大君，不可以子稱也。何以明之？釐王時，曲沃武公賂王請命，作《無衣》之詩，曰：‘不如子之衣，安且吉兮！’君子病其無禮，此君不得稱子之證也。古文《微子篇》曰：我舊云孩子。王充曰：‘紂爲孩子時，箕子知其不善。’先儒正之曰：‘孩當作刻。刻，害也。’謂箕子不得稱紂爲孩子也。周公可稱成王爲孺子乎？《狡童》之歌寓諷也，非直斥君爲狡童也。晉文公未葬，襄公凶服從戎。先軫曰：‘子墨縗絰。’以在喪猶世子也。禮所謂君薨，太子稱子，天子未除喪，曰予小子，天子諸侯無故不稱子。今成王既釋服，而周公稱子可乎？踐土之盟，經書衛侯爲衛子，蓋是時衛侯出奔，叔武攝位，非王命所加，未成爲君，故稱子。晉獻公之喪，秦穆公使人吊公子重耳，曰：‘孺子其圖之。’舅犯曰：‘孺子其辭焉。’亦未成爲君。曲沃武公虜晉哀侯，晉人立哀侯幼子，是爲小子侯，以哀侯尚存，幼子未成爲君也。今成王非未成君而稱孺子，可乎？《内則》曰：國君世子生，三月之末，妻以子見於父。姆先相曰：‘敢用時日，祗見孺子。’成王非始生也，稱孺子可乎？魏帝芳以燕王宇之子入繼，議燕王表章稱謂，何琦追論曰：‘子尸天禄，不敢子天子。’以明王者之尊禮也。周公大聖，禮繇聖出，肯子天子乎？君臣之大綱，不可不辯也。”

改月不改朔辨

仲默蔡氏曰：“三代雖正朔不同，皆以寅月起數。朝覲會同頒歷，則正朔行事，至於紀月之會，皆以寅爲首。伊訓元祀十有二月，商建丑之正月也。泰誓十有三年春，周建子之三月也。改朔不改月數也。”其説似矣，吾嘗疑之。

《春秋》魯史也，從子正未聞不改月數也。《雜記》：孟獻子曰：“正月日至，可以有事於上帝；七月日至，可以有祀於祖。”謂建子午之月。《明堂位》：魯君以孟春祀帝於郊，配以后稷，天子之禮也。季夏六月，以禘禮祀周公於太廟。謂建子之巳月。《左傳》：日至皆正月。《孟子》曰：七八月之間旱，歲十一月徒杠成，十二月輿梁成。亦謂午未戌亥之月也。其疑一也。

僖公三年，《經》曰：春，王正月不雨，六月雨。《傳》從而釋之曰，自十一月至於五月也。是《經》紀子正而《傳》從寅正。其疑二也。

僖五年冬，晋人執虞公。《傳》曰：八月甲午，晋侯圍上陽，問於卜偃曰：“吾其濟乎？”對曰：“克之。”公曰：“何時？”對曰：“童謡曰：‘丙之晨’云云，其九月、十月之交乎。丙子旦，日在尾，月在策，鶉火中，必是時也。”十二月丙子，晋滅虢。遂襲虞，執虞公。史從子正而偃從寅正，其疑三也。

《郊特牲》：季春出火。鄭氏謂建辰之月。十二月八蠟，鄭氏謂建亥之月。一篇之中，言時則夏，言月則周。其疑四也。

《易・臨》：至於八月有凶。先儒謂《臨》，建丑月之卦，爲貞。《觀》，建酉月之卦，爲悔，故曰凶。是亦夏正。其疑五也。

《詩》：七月流火；六月棲棲；十月之交；四月惟夏，六月徂暑；春日遲遲，卉木萋萋，鶬庚喈喈，采蘩祁祁；維暮之春，亦又何求，如何新畬，於皇來牟。皆從寅正。而《蟋蟀》《小明》，又從子正。所以知從子正者，蟋蟀在堂，寅正九月候也。曰歲聿云暮，則知從子正矣。《小明》曰：我征徂西，至於艽野。二月初吉，載離寒暑。昔我往矣，日月方除。日月方奥，曷云其還。歲聿云暮，采蕭穫菽。二月，建丑月也。所以知建丑月者，日窮於次，月窮於紀，星回於天，數將幾終，歲且更始，故曰其除；風將解凍，故曰方奥；行役經年，故曰載離寒暑。過時不歸，蕭菽至是始采穫，故曰歲聿云暮，採蕭穫菽，豈不懷歸，畏此反覆。在三百篇，或從寅，或從子，其疑六也。

《周禮》：仲春擊土鼓，歌《豳詩》，以逆暑，仲秋迎寒亦如之。仲夏斬陰木，仲冬斬陽木。皆夏正。其疑七也。

然則云何既而思之，無容疑也？《傳》以寅正釋經者也，非反經也。農卜月令，則自夏商至今者也。季春出火，述農事也。十二月蠟，紀王制也。《雜記》《明堂位》《孟子》，紀王制也。《周禮》：逆寒暑斬木，述農事也。三百篇或述農事，或紀王政者，何也？風人之辭不可以一定求者也。《春秋》哀公十四年春，西狩獲麟。春而狩者，以夏正言也。周正之春，夏正之冬也。所以知爲夏正者，《左傳》隱公五年，臧僖伯曰："春蒐，夏苗，秋獮，冬狩。"下文云古之制也，故知從夏正之朔爲言也。《春秋》皆周子正，而《書》狩獨從夏正者，何也？註所謂虞人修其常職也。建巳之月，古以爲正陽之月。幽王時六月雨霜，《詩》則曰正月繁霜，以正陽之月曰正月者，省文也，益見《詩》不可以一定求者也。《易》"臨，八月有凶"者，諸解不一，不足詰也。八者，陰數也。月者，陰象也。復之七日不必曰月之七日，則臨之八月不必曰歲之八月也。

至於周改朔改月數，並改四時之序，昭然見於《春秋》，無容疑議者也。寅月又名十三月，《尚書・大傳》曰：夏以十三月爲正，平旦爲朔。蔡邕《獨斷》亦云："夏以十三月爲正。"漢人亦稱正月爲十三月。陳寵曰：十一月，陽氣萌，諸生蕩，天以爲正，周以爲春。十二月，陽氣上通，地以爲正，殷以爲春。十三月，陽氣已至，人以爲正，夏以爲春。此又三代改四時之證也。十三月者，《豳風》所謂三之日也。商洛鼎銘曰惟十有四月，《豳風》所謂四之日也，皆仍年前夏正言之也。當春秋時諸侯不皆用正朔，不獨曲沃莊伯而已，惟魯以餼羊告。故孔子有取於魯史，舉而歸之天。王曰：春句，王正月。明乎建子之月爲春，爲王之正朔也。何休曰："王者孰謂？文王也。何言乎王正月？大一統也。"杜預曰：元年春句，王周正月。杜言王周者，以王歸周也。董仲舒曰：王次春，正次王。仲舒之紆説也。劉歆曰："《春秋》於春三月，每書春王。"歆之誤解也。王莽因立春王門，莽之踵誤也。

周建子者，子月爲春，則卯爲夏，午爲秋，酉爲冬。周人蓋以十二時之首爲十二月之首，晝夜之交爲歲交，日月之會爲歲會，一陽始生爲歲生，而以立春、立夏、立秋、立冬藏於季，即《周易》首乾而終未濟，貞下起元之義也。子水之王也，而木生焉，太陽生焉，故爲春。卯木之王也，而火生焉，少陽行焉，故爲夏。午火之王也，而土生焉，太陰生焉,金生焉,故爲秋。西金之王也,而水生焉,少陰行焉,故爲冬。冬之爲言終也。夫萬物之終,萬物之始也,故曰原始反終。原始反終者,生生不息之義也。於是五德互藏其用,然而仲尼病其亂寒暑榮落之序,故告顔淵行夏時。惡夫不奉周朔,故取魯史。書王正月、王二月、王三月者,申明周月也;夏四月、秋七月、冬十月,申明周時也。

而或謂仲尼以夏時冠周月,誖之甚者也。且夫《伊訓》"元祀十二月"云者,安知非建子之月?奉嗣王祇見,奉王歸亳,安知不以日至之月爲重也?蓋三代以來,皆重日至也。《泰誓》十有三年春者,又安知非建子之月?其以十月紀歲首者,秦制也。漢至武帝始改。以秦漢史證經,又誖之甚者也。蔡氏徒疑四時之序與君崩不改元之説,而曲爲之辭,後儒紛紛焉,自生訟者也。

生民詩注辯

后稷之誕,傳史之説,異矣。

《史記》曰:帝嚳之妃姜嫄出野,見大人拇迹,而歆然説,踐之而心動如孕者,居期而生子,以爲不祥,棄之隘巷,牛羊不踐,云云。後人多踵其説。按《經》之文曰:"厥初生民,時爲姜嫄。生民如何?克禋克祀。以弗無子,履帝武敏句歆,攸介攸止,載震載夙。載生載育,時維后稷。"《爾雅》曰:"武,迹也;敏,拇也。"毛氏曰:"履,踐也。武,迹也。"嫄從帝嚳而覲于天,將事齊敏也。歆,饗也。《毛傳》蓋依《爾雅》,以武爲迹,而不以敏爲拇,謂《爾雅》不可盡從也;不以歆爲動,謂古説不可盡信也。

高辛氏之親行禋祀,姜嫄得踐所往而禱於天,即《禮》所謂"玄鳥至之日,祀以大牢,天子親往,后妃率九嬪御"是也。王充《吉驗篇》曰:"稷母衣帝嚳之衣,坐息帝嚳之處,而娠身。"充之説,即《禮》帶以弓韣,授以弓矢于高媒之前,而非有履大人迹之事也。

《經》之文曰:"誕彌厥月,先生如達。不坼不副,無菑無害。以赫厥靈,上帝不寧。不康禋祀,居然生子。"先儒曰:"先生,首生也。達,小羊也。羊子易生,無留難也。凡人之首生,副坼菑害其母,而姜嫄無之。"此説非也。首生拆母下體,非臣子所宜言也。如者,助語之辭，猶而也。達者，利也，生而利達也。副者，疈之省文也。《周禮·大宗伯》："以疈辜祭四時百物。"注曰：疈辜，磔牲也。天子祀高媒則用大牢。高辛氏惟精禋禱祓，未嘗疈坼牲牢，卒無菑害，適顯上帝之靈，而居然生子也。

《經》之文曰："誕寘之隘巷，牛羊腓字之。誕寘之平林，會伐平林。誕寘之寒冰，鳥覆翼之。鳥乃去矣，后稷呱矣。"毛、鄭皆謂天生后稷，姜嫄承天意而三棄之，所以示異。王融謂姜嫄于帝嚳崩後十月而生稷，寡居生子爲衆所疑，故三棄以著其神。其説皆非也。嚳祀以玄鳥至之日，稷生以冰始堅之月，不爲無人道，而衆何繇疑之。誕寘之故，經無明文，惟觀夫堯，亦帝嚳之子也，母曰慶都。記者曰："堯生於丹陵，其母在三河之南，寄堯於外氏伊長孺之家。"或者稷之三寘，亦有播遷之事邪！世遠言湮，莫得而考矣。若如史與鄭氏言，是姜嫄履迹，一淫婦人，而上帝妖祆，稷爲無父之子，安乎哉？穎達又曰："《史·楚世家》陸終娶鬼方氏女，曰女嬇，孕三年不乳，乃剖其左脇，獲三人焉。剖其右脇，獲三人焉，簡狄剖背生契，契亦大賢，而此則美其無災害。"穎達斯言是，真以副爲剖，其説尤妄也。蘇氏曰："麒麟之生異犬羊，蛟龍之生異魚鼈，神人之生異常人，何足怪。"蘇氏亦見麒麟蛟龍之生何狀？孟子曰："麒麟之於走獸，鳳皇之於飛鳥，類也。聖人之於民，亦類也。"豈必不類而生乃以章聖賢也？且夫傳記所載，啓母脇而生者有之矣，不盡帝王聖賢也。謂契剖母背而生，與世傳塗山氏女孕而化爲石，禹叩石，啓北方而生子，故名啓。其妄何以異？烏孫昆末生而棄於野，烏銜肉以食之，單于怪而收之，卒以弑父。橐離國王侍婢遇氣大如雞子，自天而下，因有娠，産子棄馬闌，馬以氣嘘之，不死。豈亦神人邪？天壤怪異固無乎不有，而近於誣者，不可以説經。何也？孔子不語怪。

六書故"禫"字辯

喪禮之有禫。許慎曰："除服，祭也，从示。"戴侗改从衣。其説曰："禫，除服之名也。諸家謂既祥，則遷主于廟，二十有七月而禫，禫則祭，皆本鄭氏。"鄭氏云："禫之祭也，玄冠、朝服。既祭，緦冠素端黄裳,終月而除之。”侗案:《禮》:三年而後葬者,必再祭。再祭謂練祥也。

夫朞而練,禮也。過朞而猶不廢,使禫而果有祭,則三年而禫,反可廢乎?鄭氏所謂練祥而不禫,何也?《禮》:始虞曰哀薦祫事,再虞曰虞事,卒哭曰成事,朞而小祥曰薦此常事。中月而禫,獨無辭,何也?禫而飲酒,從御作樂,無所不佩,皆復其常,而獨綅冠素端,何也?綅冠素端,與夫纖之爲黑經、白緯,于經皆無考,鄭氏之鑿説也。

侗謂禫非祭名也,而又何綅冠之有?蓋三年之喪,既虞視齊麻,既練視大功,既祥則麻衣輕於緦矣。不言禫何時而除,是禫宜从衣,爲除服之名也。河南張烈曰:“戴駁正鄭注,與《舉要》改禮从衣作禮之曲説異,諸儒以禫从示爲除服祭名,誤也。”張、戴之説如此。

按禫,經、傳、史皆从示,自高唐二戴以來,不言禫爲除服之名,非鄭氏以爲祭,非許慎改从示,且除服直曰除矣。何必立禫之名?《喪大記》曰:祥而外無哭者,禫而内無哭者。《雜記》曰:十三月而祥,十五月而禫。《間傳》曰:“期而小祥,又期而大祥,中月而禫祥。”與禫皆並舉而言祥。既爲祭名,何獨禫不得爲祭名也?

《間傳》又曰:“期而大祥,素縞麻衣。中月而禫,禫而纖,無所不佩。”《説文》:“纖,細也。”則是細葛之名,輕于麻矣。綅,淺绛也,則是較小祥後練冠縓緣之色加深,較大祥後縞冠稍爲鮮明。縞,鮮色也。鄭氏以纖爲黑經白緯,于經傳雖未聞,然而漢儒去古未遠,故説經多以時事釋之。侗、烈于祥,不从衣,而禫獨从衣,何據也?

《喪服小記》曰:“宗子,母在爲妻禫。”言父在,宗子則爲妻不杖不禫。父没母存,則杖且禫矣,重所宗也。又曰:“爲父、母、妻、長子禫。庶子在父之室,則爲其母不禫。”言除服當禫祭,惟厭于所尊,則不得禫祭也。若禫爲除服之名,則是宗子,母在爲妻除,爲父母、妻、長子除,爲其母不除,有是文義乎?曾子問曰:“大夫、士有私喪,可以除矣。而有君服焉。”“于是乎有過時而弗除也。君之喪除而後殷祭,禮也。”《注》曰:殷,盛也。君服既除,乃得爲其親行二祥之禮,以申孝子之心,其禮大,故曰殷也。

言二祥縞練之後,厭于君,不敢禫,祭君服除,而後大爲合祭以申之,非不以一辭及禫也。《雜記》曰:“凡喪,小功以上,非虞祔練祥,無沐浴。”言非此同祭則不沐浴也，不言禫者。《喪大記》所謂禫而從御，吉祭而復寢。《間傳》所謂禫而無所不佩。《檀弓》亦曰：“祥而縞，是月禫，徙月樂。”則禫而沐浴復寢可知，無容議矣。非不以一辭及禫也。

《儀禮·士虞禮》曰：“中月而禫，是月也吉祭。”疏曰：禫言澹然平安，得行四時之祭，則可從吉事先近日，用上旬爲之。是二十七月之上旬行禫祭于寢，若當祭月，則從上旬祭于廟。然則禫祭即吉祭，即用吉祭之祝辭。

戴氏疑禫祭獨無辭，戴氏未之思也。《同文舉要》：禮，从衣，齊明盛服以行事。與戴氏禫之曲説何異？烈不從禮而從禫，何惑耶！

説文“妾”字辯

《説文》：妾，有罪女子，給事之得接于君者。按《周禮》：“奚三百。”鄭玄曰：“古者從坐男女，没入縣官爲奴，無才知者以爲奚，今之侍史官婢也。”

考《周禮》，無縣官之文，玄安得曰“古者云云”？誤一也。又《周禮》：世婦掌女官之宿戒。宿戒云者，齊戒也。又，媵女當宿而有戒，如姘變之類也，本掌于世婦。鄭曰刑女掌宫中事，誤二也，玄有此二誤。

又《秋官》：罪隸百二十人。疏云：盜賊之家，男子入爲罪隸，女子入爲舂藁，選其善者爲役員，其餘以爲隸民。據疏説，其餘亦放爲民矣，然而周實無此法也。孟子不曰乎“罪人不孥”，《夏書·甘誓》曰：“我則孥戮女。”此臨三軍之矢辭，非通行之法令也。借曰盜賊之妻女當没爲奴婢，必大逆無道者，然後没之。周公立法，何以逆知後世大逆無道者如是之多而立制？“奚女必三百人”，此必竄入之僞文也。又，天官所統，有女漿、女籩、女醢、女醯、女鹽、女冪。地官所統，有女枕、女饎、女藁、女姚、女府、女史，非罪女也。鄭皆訓女奴，以時話古，皆失也。没罪人妻子者，春秋戰國事也。秦人遂爲律令，漢因之。王莽末年，令天下奴婢還贖爲良，《朱子綱目》善之。曾是周公不如王莽乎？唐政和公主觀番將阿布思妻雜群優中奏樂，公主不樂，曰：“妾雖至愚，以爲不可。”曾是周公不如政和公主乎？又《周禮·太宰》：九職任萬民，其八曰臣妾，聚斂疏材。與三農、園圃、虞衡、藪牧、百工、商賈、嬪婦、閒民，列爲八職，非罪人也。《左傳》僖十七年，晋惠公在梁，梁伯妻之孕過期，卜曰將生一男一女，男爲人臣，女爲人妾。及生男名圉，女名妾，皆以賤名之，非以罪人名男女也。句踐行成于吴，請臣請妾，是固罪人之稱矣。豈必得接於吴君乎？《説文》謂得接于君，誤也。

漢以來，公主命婦，自稱皆曰妾，妾爲臣事之通稱云耳。一説从辛苦之辛，執事辛苦也。一説从立，《説文》誤从愆罪之辛，而又引《周禮》僞文，足爲後世滋害也。

李賀非隴西人辯

《唐書·李賀傳》：賀，隴西人，鄭王之孫。按：賀，河南雒陽人，非隴西也，其證十四。

唐世族譜天下，李氏十三，隴西第一居，皇族第二。隴西非皇族，其證一也。《宗室世系表》：秦將軍李注生曇，曇四子：崇、辨、昭、璣。崇爲隴西房，璣爲趙郡房。高祖初，封兄博乂爲隴西王，中宗封宗室者舊思訓爲隴西郡王，故宗室譜有隴西房，厥後隴西分四房：姑臧、武陽、燉煌、丹陽，賀非後，其證二也。《本紀》：高祖，隴西成紀人。按成紀之屬隴西，秦制也。漢武帝分成紀爲天水郡，遂屬天水，即唐隴右道之秦州，後爲雄武軍者是也。在高祖時，不應稱秦郡。劉子玄曰：“作史者立傳多取郡邑舊姓，爲王氏必曰瑯琊臨沂，爲李氏必曰隴西成紀。”其證三也。貞觀十一年，分諸王爲都督、刺史，食諸郡。鄭王元懿爲鄭州刺史。所謂小鄭王房，子孫多在河南，賀當是王裔，其證四也。賀有《河南府試十二月樂詞》，其證五也。皇甫湜爲陸渾尉，賀有題皇甫廳《雒陽城外别皇甫》詩，又仁和里叙皇甫湜云：“雒風送馬入長關，崆峒叙别長如天。”陸渾縣，隋置，今屬河南府，有陸渾山，在今嵩縣東北四十里。崆峒即汝州之崆峒，其證六也。《許公子鄭姬歌》：“桂開客花名鄭袖，入雒聞香鼎門口。蛾鬟醉眼拜諸賓，爲謁王孫請曹植。”蓋鄭姬入雒見賀，其證七也。《長安崇義里滯雨》：“家山遠千里，雲脚天東頭。”自京兆至雒陽千里，在京兆東，其證八也。《始爲奉禮憶昌谷山居》：“犬書曾去雒，鶴病悔游秦。”《入太行》曰：“雒南今已遠。”其證九也。昌谷者，福昌之谷也。賀《昌谷詩》云：“燒桂祀天几。”即女几山。《水經注》作女機，或譌爲女杌、女枕。其山在福昌縣，今爲宜陽縣，俗稱蘭香神女上天處。有昌谷水，在縣西九十里，源出陜州，東流入雒，賀别業在焉，故有《蘭香神女》詩、《夢歸昌谷》詩、《春歸昌谷》詩、《憶歸昌谷山居》詩、《昌谷北園新笋》詩，其證十也。《自昌谷到雒後門》云：“解馬投舊鄰。”東家名廖者，鄉曲傳姓辛。賀以《左傳》晋大夫辛廖比鄉人之善卜，其證十一也。雒陽福昌，王莽時宜陽地。孫綽《高士傳》：“孫登在蘇門山。”《晋書》作宜陽山。賀《開愁歌》：“旗亭下馬解征衣，請貰宜陽一壺酒。”其證十二也。《送小季之廬山》曰：“雒郊無俎豆。”其證十三也。銅駝街在雒陽，漢所置。賀有《銅駝》詩：“落魄三月罷，尋花去東家。”蓋下第歸里，其證十四也。

《新唐書》因賀有“隴西長吉摧頹客”，又有“刺促成紀人”之句，遂曰隴西人，不知賀亦文人故習耳，如杜子美《醉歌行》，自稱西漢杜陵老。杜陵，漢宣帝陵也。故曰：西漢杜陵，子美鄉在焉。豈可謂子美西漢人乎？千秋之覆，發於今日，亦爲一快，因著辯焉。

史論

周平王論

周之營雒，周公之智也。蘇子之論不然。

蘇子曰：“周公既葬成周，而成王葬公於畢，豈有意於遷者？”此言非也。葬公於畢，從文王也，從文王者，所以尊親周公也。太公封於營丘，死於周而葬焉。故五世葬於周，從太公也。

蘇子曰：“周之失計，未有如東遷之謬者。使平王有一王導，定不遷之計，收豐鎬之遺，以形勢臨東諸侯，晋齊雖强，未敢貳也。而秦何自霸哉？”此言又非也。形勢東臨諸侯，莫如秦。秦子嬰之亡，未嘗遷都也。夫周衰自夷王始矣，厲王奔彘，淮夷寇之，幽王死於驪山，犬戎寇之，未嘗遷都。周之禍不因遷都，明矣。方是時，周社稷不絶如綫，平王之遷不得已也。使平王不遷,外偪於犬戎,而内忌齊、楚、秦、晋,安知不爲幽厲續?桓王伐鄭,鄭射王,中肩,不因東遷而後敢射王也。周衰,王之可射久矣。昭王去成康不遠,楚人膠舟溺王,豈亦有遷都之事乎?

蘇子曰:“魏惠王畏秦,遷陳;考烈王畏秦,遷壽春:皆不復振。”此言又非也。是皆不振而後遷,非遷而後不振也。且春秋時,諸侯或自遷,或爲人遷。許靈公逼於鄭,請遷於楚,楚遷之於葉。復偪於楚,請遷於晋,許大夫不可,而楚卒遷之於城父。其後晋又遷之於容城。當是時,不遷得乎?邢畏狄遷夷儀;衛畏狄遷帝丘。邢、衛固不振也,不遷而滅於狄,不如遷之,以待諸侯之救者,庶幾猶可復振也。且夫古公不嘗遷岐乎?衛戴公不嘗遷漕,文公不嘗遷楚丘乎?及文公,而衛又盛,有革車三百乘,國人爲作《定之方中》之詩,衛不必因再遷,遂不振也。

蘇子曰:“古公逐草而居,事無難者,衛文則恃齊而存耳。”此言又非也。古公棄其土地,逐水草,庶幾免於亡焉耳。使古公不遷,必亡於狄,雖難亦遷也。衛文能恃齊而存,不能恃齊而不遷。周平王雖遷,諸侯不能背周連戎,秦襄公則以兵送王,至於文公伐戎,收周土地、人民獻於王,而曰:“不如衛之有齊。”不亦過哉!平王更二十四傳,東周始亡。使平王不遷,或再有驪山之禍,吾恐憚狐陽人不待赧王而遷矣。

蘇子又曰:“齊遷臨菑,晋遷新田,皆其盛時。自餘畏寇而遷,信未能振。”斯言也,豈待蘇子知之?彼不得已而遷,蓋以爲不復振,不猶愈於即亡乎?隋都關中,煬帝遷雒,亦盛時也,不能不亡。晋懷愍不遷都,不能復存。徽欽不遷都,復爲懷愍。使宣和末即南遷,號召諸將,安知其不如紹興之有國?而李綱輩死争,不過曰:“我能往,寇亦能往。京師士女百萬,不易動摇。”而不知大勢已去,非一不遷可守也。綱等又不知出太子於外,如晋元唐肅故事。而謂國勢在遷不遷,不已惑乎?吾故惜靖康之不及遷,而哀平王之遷,其事勢有如此者。嗚呼!悲夫!

衛靈公論

魯哀公問於孔子，曰："今之君子，孰賢？"對曰："衛靈公。"公曰："寡人聞之，其閨門之内，姑姊妹無别。"對曰："臣觀於朝廷，未覩於閨門之内也。靈公之弟曰公子渠牟，其智足以治千乘之國，其信足以守，而靈公愛之。有士曰王林國，有賢必進，不能進則退而與分其禄，而靈公尊之。又有士曰慶足，國有大事則進而謀之，而靈公説之。史鰌去衛，靈公爲之邸舍三月，琴瑟不御，鰌之入也而後入。臣是以知其賢也。"

顧子曰：吾以是知靈公不賢矣。士之賢，何如孔子？靈公不用，用公子渠牟、王林國、慶足、史鰌。公子渠牟、王林國、慶足、史鰌，賢之小者也，靈公足相知，是以進用。孔子，聖人也。靈公不及知，是以終不用。夫士之進用，必其主之才智足及知，則其主可知矣。故曰：不知其主視其賓，此之謂歟。齊宣王之爲君，知淳于髡，以爲聖人，而不知孟軻。魏無忌知侯嬴，以爲天下智者，而不知虞卿，齊魏終不振。或曰，知小賢，亦小賢也。安在爲不賢乎？曰：不然，國有聖人不得進，則賢人進焉矣。有大賢焉不得進，則小賢進焉矣。至於進小賢，則不肖者亦得進焉矣。齊景公不進孔子，進晏嬰、司馬穰苴，而梁丘據亦得進。楚昭王不進孔子，進子西，而藍尹亹亦得進。夫差不進孔子，進伍員、孫武，而宰嚭亦得進。衛靈公不進孔子，進公子渠牟、王林國、慶足、史鰌，而彌子瑕、宋朝亦得進。所謂進小賢之敝如此也，安得爲賢乎哉？

孔子之對哀公，非孔子之言也。孔子曰："必也，正名。""未覩於閨門之内"，豈聖人之言乎？

秦　論

有以繫天下之心而疲天下之力，皆足有天下，秦是也。天下之心甚衆而不可齊也，力甚衆而不可奪也，所以繫之疲之無多端焉。夫所以繫之疲之者何？其初不過方隅，令天下奔走不暇，不以一成爲小，不以數十年爲遲。若是者，蓋取天下之大權，而守天下者所甚憂也。

秦自惠王欲並天下,其勢未能。設不幸而六國不從,秦關不閉,秦且疲於六國,必有乘鬥虎而拾鷸蚌者,奚望得天下哉?幸而六國從秦關閉,秦得以逸待勞,六國之民西向而望,心忌强秦久矣。老師敝賦,所以備秦者至矣。然而秦不遽取也,取蜀所以係天下之心,取韓、取魏、取趙、取楚,以疲諸侯之力,最後取燕、取齊,繇掇之耳。

秦之取天下如是焉耳。豈惟秦也?吾驗之吴楚:吴將伐楚,伍員爲三師以擾楚,楚出,吴歸;吴出,楚歸。數年,楚大疲,吴遂克楚。豈惟吴楚?吾驗之三國:夫武侯之智,豈不知魏不可遽取?而數侵略者何?擾之也。幸而武侯不死,屯田踐更之法行,歲出强兵以疲魏;又幸而司馬懿不悟,開壘延戰,奔走不暇,天下未可知也;不幸而武侯死,司馬懿悟,姜維之才不足疲魏,魏之力全而蜀困矣。豈惟三國?吾又驗於宋:夫契丹、女真、蒙古皆以數十年擾中國,幸而中國稍强,能以逸待,則天下未可知也;不幸而中國弱,士馬糧餉盡於彼,兇荒盜賊徭於彼。彼逸而我勞,而德祐之社稷,埽土而奉元矣。

是故有以係天下之心而未足以疲天下之力,雖蜀漢不能有天下;不足以繫天下之心而有以疲天下之力,雖元亦能有天下:吾於論秦而得之。然則取天下者,苟能繫天下之心而疲天下之力,足矣;守天下者,毋令敵國有以繫天下之心而疲天下之力,其亦可哉!

禁挾書論

始皇三十四年,李斯上書,令官非秦記皆燒之,非博士所職天下有敢藏者,詣守尉雜燒之,天下至今罵之。先儒疑:陳涉起,二世召博士諸生三十餘人問故,皆引經以對,則其時書未焚,儒未坑也。叔孫通、陸賈、孔甲、酈食其皆秦儒,而叔孫有弟子百餘人,漢高引兵圍魯,魯之諸生絃歌講誦,則又不獨未坑儒,而且聽其集生徒習教事矣。顧子曰:“秦始皇、李斯何嘗焚書?焚書者,漢高、蕭何也。漢高初入關,蕭何惟取律令、圖書,説高帝還軍灞上。項羽入,焚咸陽,火三月不絶,於是藏在博士者蕩然無遺。致羽焚者,漢棄之,秦則何嘗焚也?”

或曰:“秦之焚書,漢儒同辭。時天下挾書者,令下三日不焚,黥爲城旦。惟醫、卜、種、藝之書不禁,胡云漢棄之?”顧子曰:“秦用李斯計,愚黔首,不令知有古今,而貯在博士者,固在也。"或又曰:"太史公曰:'秦焚詩書,於史尤酷。詩書多藏民家,得以復見。'今曰博士藏固在,何也?"顧子曰:"秦令非博士職乃雜燒,史既明言矣。諸侯之去其籍,不始於秦,漢人不議本朝,惟秦罪是歸焉耳。且夫挾書之禁,至惠帝始除,是高帝猶然秦也,其曰'蕭何取律令、圖書者',不過兵賦、刑法地圖諸書,明非典墳丘索六藝之書也。是故僞經群出,張霸、趙賓之徒起謂:'非漢祖君臣所致乎?'我故曰:書不焚於秦始皇、李斯,而焚於漢高、蕭何也。"

隋論一

隋初有户三百六十萬,平陳得五十餘萬。大業二年,遂八百九十餘萬。蘇軾曰:"其政術必有可觀,惜無傳焉。"軾之斯言,徒據其多寡之數而未察其實耳。

隋制男子二十始爲丁,十六七年間何得增户四百八十餘萬?生聚不應如是之速也。按史,南北喪亂,民依周室,高熲病流冗之多,立輸籍之法。每月五日,縣令巡民,隨其黨爲團,於是浮客還爲編户。煬帝興役,民多逃亡。裴蘊奏行貌閲,驗老小,許民糾得一丁,即令代役。一歲中得丁二十四萬餘,新附口六十四萬餘。帝歎户口皆實,全繇裴蘊。繇是言之,隋不過令郡縣勾管浮客,追回逋亡而已耳,而豈有奇謀異術不可得而傳哉?

當是時,黄小盡入版圖,帝因按圖發卒,一無所逭,丁壯男女,死傷過半,江東之役,一敗涂地。故秦發閭左而亡,隋窮户口而亡,蹈亡秦之轍者,熲、蘊也。今夫富家巨室必有不役之僕,況天下之大乎!以天下之大,無不役之,夫其迫至矣。

趙簡子以尹鐸爲晋陽也,尹鐸曰:"以民爲繭絲乎?保障乎?"簡子曰:"保障哉!"尹鐸損其户數,簡子謂無恤曰:"晋國有難而無以尹鐸爲少,晋陽爲遠,必以爲歸。"其後智伯攻襄子,襄子曰:"吾何走乎?必也晋陽,先君之所屬也,尹鐸之所寬也,民必和矣。"乃走晋陽。沈竈産蛙,民無叛志,則夫尹鐸損其户數之德也。繇是觀之,隋之亡國,不亦宜乎?

隋論二

開元十二年,有司言庫藏皆滿。文帝曰:"朕既薄斂,又大賜用,何得爾?"對曰:"用處嘗出,納處嘗入,曾無損減。故爾。"乃更開左藏之院以受之。論者曰:"隋之富强,史傳未聞他術,意者苛取於民者也。乃其時,天下承平,數行蠲免,賞賜輒數百萬段,煬帝末亦嘗除婦人奴婢部曲之課,不聞苛取於民也,而其所以富强者何？蓋墾田多,賦入衆,雖或蠲免,不足以損。是時天下均田之數千九百四十萬頃,大業中,遂有五千五百八十五萬餘頃,周秦兩漢所無而隋有之,宜如是之富。"信斯言也,則隋之所以亡矣。

隋墾田數之多,猶增户口數之多也。古之善謀國者,寧有虚府毋有曠土,寧有曠土毋有重税,寧有重税毋有蠲免。文王問於太公曰:"爲國若何?"太公曰:"王國富民,霸國富士,僅存之國富大夫,亡國之道富倉稟。"此所謂寧有虚府也。孟子曰:"善戰者服上刑,闢草萊、任土地者次之。"此所謂寧有曠土也。劉晏曰:"王者,愛人不在賜與,善救災不至蠲賑,賜與蠲賑則國用闕,國用闕則復重斂矣。"此所謂寧有重税也。隋以地狹人衆者徙就寬鄉,發使四出,均天下之田。人人受田,人人有賦,故增數如是之多。夫均田行於元魏,當天下大亂,土廣去聲,讀曠。人稀,以威力勒其國中。迨北齊後周仿之,即難行矣,何者？物之不齊,物之情也。安得人人而賦之？可謂極擾矣,極不善矣。迨夫囷鹿充盈,蠲免市惠,奪人擔石,與以壺餐,人雖至愚,不以爲德。史臣不知罪作法之貪,而盛稱富强之利,豈通論哉？

且夫隋之富强,吾知之。昔者,秦之兼併六國也,六國之朘剥於民,積世累年而充牣其府庫者,舉而歸於秦。秦之富强者,天也。不有以安之,窮奢黷武以死於沙丘。隋亦兼併南北,南北之朘剥其民,積世累年而充牣其府庫者,舉而歸於隋。隋之富强者,天也。不有以安之,窮奢黷武以死於江都。故觀乎秦,知乎隋;觀乎隋,知富强之禍。

禍也者,上有餘而下不足也。如鄙夫治家,極升合之算,守倉箱之積,而不知伍佃之將去,田疇之將廢也。綺帛粱肉委於宫中,而不知僕婢之飢寒，抽箕拊鍵之竊發也。噫！不獨秦、隋然也，故極論之，爲後世戒也。

論正統論

正統之論，類感激而爲之者歟！其説，皆未公也。天下，公器也，得失之故有公道焉。

三代而上，無論矣。秦滅六國，六國之後，還滅秦。漢高以布衣乘盜賊之餘以喪秦，而黄巾實喪漢，曹丕廢獻帝篡漢，司馬師、昭、炎即弑篡曹。自是而下，南北歷朝，篡弑吞滅，類相踵也。唐之高祖因宫監起兵，女謁宦寺終覆唐。郭威以天雄節度逼禪晋，趙匡胤即以歸德節度逼禪周。石敬塘借契丹滅唐，契丹還滅晋。中原即借金滅契丹，金滅中原。理宗借蒙古喪金，蒙古還喪宋，而韓氏即借宋名號喪蒙古。天道靡私，爲善是報，不信然哉？然則正統將安歸？晋人志三國，正魏統，晋得之魏也。宋人作綱鑒，正周統，宋得之周也。元人謝端正金遼統，元得之遼也。皆私也。謂正則皆正，謂不正則皆不正也。

鄭思肖曰："普六茹那羅延者，隋文帝也。凉武昭王暠七世孫者，唐高祖也。"於是統不得爲正，惟三皇五帝、三代、漢、宋正。然則其間嘗百年。數百年其君不得爲君，相不得爲相乎？雖有賢君，不得如桀、紂、幽、厲之虐，桓、靈之亂，夷、赧、劉禪之昏庸乎？雖有賢相，不得如廉來之惡，林甫、國忠之姦，秦、韓、史、賈之欺誤乎？曰："彼猶正統之君相。"甚矣其言之激也。歐陽子之論純乎名，章子純乎實，蘇子右歐，鄭子不與隋唐，爲宋諱也，爲諸夏存也。故曰，皆有私與激而言，皆未公也。若夫歷代得失之故有可言者，是則天道之公，俟諸聖人質諸鬼神，而無所疑惑焉者也。

白茅堂集卷之二十九

史論

龍鳳之君論

顧生曰：予讀《史記》至陳涉、項羽，而知司馬遷之爲良史也。

陳涉以匹夫稱王，王雖六月，而所置遣將相竟亡秦。羽雖敗，嘗與漢高比肩。二王固不得比於盜賊。劉知幾曰："涉子孫不嗣，社稷箴聞，羽如齊無知、衛州吁已耳。安得稱世家、本紀，諱項籍而稱王?"知幾此言未爲得也。謂涉、羽不得稱世家、本紀，可也；謂不得諱項羽而稱王，豈知遷者哉？遷之義，高帝之志也。何言乎高帝之志？夫首事誅無道秦者，涉也。尊義帝者，羽也。羽弑義帝，高帝哭臨三日，高帝不敢忘義帝以爲君，於是不忍削項羽爲非王。故涉亡，則置守冢三十家，羽亡則發喪哭臨。其以魯公葬羽者，義帝封也。所以不忘義帝，非削羽也。羽與高帝稱王，自相王者也。自王，故不以羽王爲僞也。且春秋書赴告，遷不名籍而稱項王，赴告之辭也，遷所以爲良史也。

有明太祖事宋龍鳳之君，奉正朔，拜官稱承制，文告必稱上。龍鳳九年，封丞相、吴國公。奉宋主座於中書省，過必拜之。十年甲辰進吴王。十二年宋主卒，太祖發喪。明年丁未始稱吴元年。以是觀之，宋主於太祖不止漢高之義帝也。且夫張士誠、陳友諒，盜賊之雄，太祖葬以王禮，比於涉、羽，况宋主乎！洪武元年八月庚申，師入元京，元主走。八年六月，詔曰："庚申之君四月殁於應昌。"於元主尚諱曰庚申之君，况宋主乎？龍泉人宋子奇上書總制府，謂龍鳳當紹宋正統，改紀元政。上聞，不之誚也。自劉基請輟宋年號，而史臣遂書韓林兒，豈太祖之志哉？或曰："宋主之死於瓜步，廖永忠實沈之。"即使出永忠，非太祖意也。

夫史遷於項羽且稱王，而明史於龍鳳之君則斥名稱賊，使太祖不得如漢高，豈良史哉？故引遷之例以論之。

明封建論

崇禎十七年五月，南都擁戴異議。六月，齊庶人智墭等隨勳戚朝謁廷臣，歸咎閣部。八月，又議移潞、唐、魯、桂諸王國，禁宗室换授。景星追論封建一篇。

昔者封建，未嘗不欲大本而抑末，故王畿千里，諸侯百里，使各君其民而食其土，非朝會燕饗，其供不上於天子。蓋其時，九州漫漶，其君非其世家，即其勛勞，足以得民，類皆强有力而能有此一方者，非若後世風雲景從之臣有賴天子之尊顯者也，故土地兵民錢穀不得不悉卑委之。既卑委之矣，日積月累，漸臻强大，侵陵蠶食，彼此相加執，不至并吞不止。秦懲其弊，去封建，改郡縣，不使後世有尾大之患。至於二世，天下紛紜，陳涉攘臂，郡縣瓦解，卒莫有如周召之相共和，鄭武之立平王，晋文之復襄王者，始皇立法之敝也。漢高帝懲秦敝，盡王諸子，而景帝用鼂錯謀，削七國地，自是枝葉衰微。王莽竊天物，宗室未有能興一旅加一矢於咸陽者。至二十年後，而世祖起於布衣，則景帝之立法之弊也。晋以諸王子爲將出領重鎮，劉曜陷長安，害愍帝，而元帝得以安東將軍即位建業；唐貞觀中，皇子出爲都督、刺史，習軍旅，天寶之亂，肅宗得以元帥即位靈武。讓者徒懲七國八王之禍，謂宗室不足崇獎，不亦過哉！明興，封十一王，據要害，統兵柄，高帝慮至深遠也。逮成祖起北平，自懲其事，奪諸王兵，設三司以監之，長史之權不及縣貳。

昔舜封象於有鼻，則謂之放。今使居一里之宫，絶外内之通，拱手側足，仰餼有司，撤護衛之軍，斷朝請之禮，不敢與聞政事，天下諸侯無罪而等諸放。夫無罪而等諸放，是萎其枝葉而痺其手足也。如謂成祖之制百世可無弊，宣宗朝逆煦何以叛於樂安？武宗朝逆濠何以叛於南昌？二王之叛，莫得而禁之，則立法之未盡善也，明矣。而其後因之不改藩封，支庶不下十數萬。富宗之子插眉樹頬，敷游城市，貧者流冗狼踣，乞匃爲傭。熹宗初，聽宗庶應制科；崇禎中，詔自將軍、中尉下，許換授吏任，亦可謂善矣，而諸親郡王單弱如故。劇賊突興，束手罹禍，可勝痛哉！一旦緩急，求爲晋元、唐肅，不可得矣。

夫封建同姓，非爲恩也，以自固也。而以自錮，悲夫！

挺擊論

崇禎十七年七月，臺臣請申究三按。景星私論挺擊一篇。

諫之道亦多端矣。有直諫，有曲諫，有反覆而諫，有逢迎而諫：諫之善者也。有訐上，有雷同，有要功，有噉名：其不善者也。

夫善諫，或曲或直，人知之矣。何謂反覆？反覆有二：有嘗有變。趙普之補綴奏牘，王且之拾牘更奏，此得於主者，爲之嘗也。魏文與大夫坐，曰："寡人何如君？"群臣皆曰："君，仁君也。"翟黄曰："君，非仁君。君伐中山，不以封弟，以封子。君，非仁君。"文侯大怒，逐翟黄，黄起而出。文侯色定，次问任座曰："寡人何如君也？"任座曰："君，仁君也。"文侯曰："何以言之？"對曰："臣聞之，其君仁者，其臣直，臣是以知君仁君也。"文侯喜，復召翟黄，拜爲上卿。此所謂變也。

何謂逢迎？逢迎亦有二：有嘗有變。唐肅寵張良娣，欲册立良娣，危廣平，李泌切諫，廣平以安，此得於主者爲之嘗也。趙孝成王新立，秦攻，趙求救於齊。齊曰："必出長安君爲質。"趙太后愛少子，匿長安君，左師觸讋一作龍。願見太后，太后盛氣而胥，觸讋入趨而跪，曰："老臣願望見太后。"有间曰："老臣竊有請，老臣弱息舒祺，最憐之，願得補黑衣之闕，敢昧死以聞。"太后曰："諾。年幾何矣？"對曰："十五矣。"太后笑曰："丈夫亦愛少子？"對曰："甚於婦人。"太后意解，觸讋因進説太后，出長安君，此所謂變也。漢高將易立太子，張良諫不聽，因謝疾不視事。太傅叔孫通稱引古説，以死争，去聲。上佯許之，終欲易之。吕澤强上聲。張良，曰："必爲畫計。"張良曰："今天下安定，上以愛欲易太子，骨肉之間，雖臣等百餘人何益？此不可口舌争也。良知上有難致者四人，遠在商山，誠能厚璧幣卑辭，使辨士固請，宜來，從太子入見，亦一助也。"澤白吕后，邀致四人從太子入見，上驚喜，不復言易太子事。夫良之致四人與易太子何與也？四人亦不言易太子事，而漢高自不忍者，何也？良知不可口舌争，是故遠交而後近攻也，此亦所謂變也。

故事莫大於易儲，而諫莫嫌於近攻。神宗末鄭貴妃有寵，訛傳上將易太子。一夕，有妖書自宫門迄衢巷皆遍，大索，獄起。既磔皦生光，乃具獄。後十二年，狂人張差操挺入禁，擊宦者，執付考訊，刑部主事王之寀謂出鄭戚，群臣交章上攻貴妃，因語侵上，上大怒，此其爲諫不善莫大焉矣。何也？人情孰不厚於所安？閨閫之内，嫡孽之間，雖在匹夫、朋友、親戚不能奪，況君臣乎？此不可口舌争久矣。且易儲未有迹也而争之，争之不已則攻之。攻之勝，皇三子與貴妃得罪；攻之不勝，則太子危。

臣按《尚書傳》："皃不恭，厥咎狂，皇不建極，厥妖，下人伐上之痾。"漢武帝時，有男子帶劍入中龍華門。成帝時，女子陳持弓，年九歲，謼聞大水至，闖入未央宫鉤盾中；又男子王褒上前殿，入非甞室。靈帝時，有白衣人入德陽門。唐睿宗末，狂人段萬謙上大極殿擊欄檻。宋宣和時，鬻采夫至宣德門，釋擔戟手駡。張差之事，妖正類此。謂差出自鄭戚，則王褒輩豈盡有争立不軌之謀乎？前日妖書，今日挺擊，一也。宰臣惟宜深自引咎，若曰妖祥之作，變不虚生，邇者大駕不視朝，大禮未舉，此是天戒，非出人爲。臣等不能燮理消弭，致有兹異。伏惟皇上軫念人妖，出御外廷，與臣下接，講求修省，以回天意。如此則妃戚安，妃戚安則上安，上安則太子安。而出閣視學，選保傅，徐而請之，即上有他意，潛消嘿奪之。故曰，大忠無所拂辭，悟言無所排擊。善諫者操其末不持其端，解紛糾者不控拳，救鬥者不搏戟，不善諫者反是。

故漢高欲易太子，諸臣不能奪，而四皓能復其位。武帝欲殺太子，諸臣不能奪，而壺關三老能白其冤。何者？地疏而嫌遠也。地密則易疑，嫌近則易激，吾見其敗矣，尚望濟哉！諫之不善，備焉者也。嗚呼！孰謂大臣之道如是乎？而卒至大獄以起，悲夫！乙酉四月，南京亦有狂人詹有道忽入禁内，以手畫宫門簾，高聲指斥，皆下人伐上之痾。

嘉靖大禮前論

十七年六月，南京議上皇考先福王謚，曰貞純肅哲聖敬仁懿恭皇帝。或言宜十六字，比獻皇帝。禮臣力争，景星私作《嘉靖大禮前論》。先是，勳臣又有言宜後思宗者，上切責之。

禮曰:"爲人後者爲之子,爲其父母降服。"又曰:"父在,爲母期。"二者非聖人之言也。孔子射於矍相之圃,使子路出延射曰:"僨軍之將,亡國之大夫,與爲人後者,不入。"蓋惡之也。董子曰:"天子所絶,臣下不得立,蔡世子、逢丑夫是也。王父所絶,子孫不得屬,魯莊公之不得念母、衛輒之辭父命是也。"然而孔子不爲,輒以是知爲人後者之降服其父母者,非也。宰予欲短喪,子曰:"於女安乎?子生三年,然後免於父母之懷。"夫三年之喪,天下之通喪也。舉父母而並稱之,以是知父在爲母期者,非也。聖人没,漢儒多亂經,卿大夫不行三年之喪。哀帝始許博士弟子持喪三年。唐上元初,詔父在爲母齊衰三年,先儒譏其議出武后。明興,斷然著爲定制,父在母没,亦三年。世宗以興王即尊位,稱孝宗皇伯考,興獻王皇考。二者定不刊之典,合聖人之意,行之而無憾者也,而楊廷和輩執故事,不欲考興獻。噫!何其暗耶?

禮有古不必行,而必不可不行者,則行之;有古行之而不安者,則不行。聖人於其所不安,必求所以安。世宗之考興獻以求安也。議者曰:"爲人後者爲之子,《禮》不著文乎?"曰:"非也。爲子云者,兄弟之子,猶子也。若必爲適子,則以孫。後祖,將兄嫂其父母,以曾孫,後曾祖則將子婦其父母乎?兄弟繼統而爲之子,是兄亦可謂之父,嫂亦可謂之母乎?"議者曰:"胡寅論漢宣,程頤議宋英,皆曰:'宜降所生爲伯叔父。'興獻王宜稱叔考。"是不然。夫史皇孫絶於孝武,故宣帝不得奉爲皇考,然而至於八年,卒稱皇考。興獻王非有所絶也,非有所絶而稱考,無不可者。且夫漢宣後昭帝,不必爲之嫡子也,如必爲之適子,則將曰皇伯故戾太子,皇兄故史皇孫,有是理乎?孔子曰:"名不正則言不順。"《大傳》曰:"名者,人治之大者也。"以是知爲人後而降稱其父母者,非也。程頤之議,歐陽脩、韓琦辨之矣。胡寅本安國兄子,安國養爲子,絶其本生,没不爲心喪,止服世父之服。陳振孫以爲人倫之變,然則寅議何足稱哉?且夫謂爲人後不得顧私親者,王莽之論也,何得取以證經?或又曰:"世宗宜後孝宗。"夫武宗後孝宗矣,世宗如又後之,是兩後也。或曰:"天子絶期服,宗廟中無稱伯之禮。"是又不然。宋真、宋疑饗太廟,祝辭禮官曰:"昔唐玄宗稱中宗,曰皇伯考,德宗即曰高伯考。"請稱太祖如唐故事,則皇伯考之稱古行之矣。世宗之舉，張璁之議，亡於禮者之禮也。

太公封於營丘，八世皆反葬於周，孔子以爲仁。臣故知爲人後而降其親服與稱者，與父在而降服其母者，皆非聖人之言也。二者至明而後定。

嘉靖大禮後論

六月，禮部臣錫疇請建皇考恭皇帝專廟，蓋欲矯睿宗祀太廟之失也，命下廷議。七月丁亥，祀高皇帝以下於奉先殿，以大行皇帝配。九月丙午，上恭皇帝陵曰熙陵。十月，科臣言恭帝比於獻帝，皆宜專廟，不祧遷，獻帝與恭帝同祀，再下部議。景星私作《嘉靖大禮後論》。

嘉靖十七年《實録》：九月辛巳，恭上獻皇帝謚。臣景星伏讀而歎曰："嗟呼！"初，世宗與臣下議禮，張璁、桂萼排衆議，於禮意合。四年九月，光禄寺丞何淵揣上旨，言獻皇帝啓聖之功德甚大，宜於大廟内立世室，與列宗同饗。璁、萼聞而非之，更上議。上允璁、萼，别立廟，不與太廟同門。又稍遠，不使鐘鼓相聞。祭用次日，不敢同於所尊。原父子之親，定君臣之位，酌制於前古而立法於後世，無容異議者也。

十七年，致仕同知豐坊上言，宜建明堂，配饗上帝，下禮部議。尚書嚴嵩曰："獻皇考、孝宗同氣，宜爲一世，合祭同位。"上允嵩請，上尊號曰：睿宗知天守道弘德淵仁寬穆純聖恭儉敬文獻皇帝，配饗上帝於玄極殿。

嵩之罪，可誅也。臣謹按禮，父子異昭穆，兄弟昭穆同。所謂同者，如殷之陽甲、盤庚、小辛、小乙，漢之惠文及哀平，晋之惠懷及成康及安恭，唐之中睿及敬文武，統實相承，親則兄弟。獻皇帝雖貴爲天子父，未嘗君臨天下，蓋北面武宗者也。漢張純議立親廟，曰祫禘高廟，陳序昭穆，舂陵四世，君臣並列，以卑厠尊，不合禮意。今獻皇帝，武宗臣也，如之何其躋之？躋之失有五：稱宗上混大統，一也；生事武宗，没而合祭，臣躋君列，僭之大者，二也；古非在位有功德不世室，三也；公然配上帝於明堂，四也；禮加而無已，謂之濫，五也。有是五失，在世宗，爲誣其親；在嵩諸臣，爲誣其君。嵩非不知，而引六世、九世之説以逢其君；諸臣非不知，而姑依阿以竊位。其誰欺？欺天乎？

魯文公大祀於太廟，夏父弗忌躋僖公。孔子曰："臧文仲安知禮？

夏父弗忌逆祀而弗止也。”展禽曰:“弗忌,其有殃乎?”既而弗忌死,其葬也,焚煙徹於上。夏言身爲首輔,陷君父於不義,而不能以死争也,則去之矣而不能去也,其卒死於市也,非有殃乎?臣謹按大禮,前爲是,後爲非。《詩》曰:“靡不有初,鮮克有終。”則又世宗之謂矣。

建文帝出亡論

甲申十一月,鴻臚寺少卿高夢箕僕木虎自言得太子於途,夢箕懼,載送金華之浦江。或密以聞,命内臣馮進朝追及紹興,降諭曰:“朕念先帝之子即朕子,若果東宫,朕尚無子,即立爲太子。”乙酉三月丁亥,會鞫得實,自首姓王,名之明,兵科右給事戴英等隨勳戚九卿以聞。丙午復會鞫之明並僞妃童氏,外議洶洶。

景星私作《建文出亡論》一篇。先是有男子王裔,又名王重儒,僞爲定王,太監谷應珍驗實,伏誅。又有詐爲周王者,事覺亡去。太子諱慈烺,乙酉二月謚曰獻,永王慈焕謚悼,定王慈燦謚哀,皆賊害。

事有不足與衆共明而卒明之者,洪、永之高麗女是也。有本與衆共明而卒莫之能明,建文帝出亡是矣。

元顺帝寵高麗妃奇氏,高帝每以爲誡,其後收高麗周誼女於元宫,寵之。永樂時,亦寵高麗權妃。當時,有作爲宫詞以諷之者,所謂不足與衆共明而卒明之者也。建文君之出亡也,《實録》不書。惟云:正統五年庚申十一月,有僧年九十餘,自雲南至廣西,以黄紙爲書,令徒清净持詣思恩土知府岑瑛,執送總兵柳溥,至京會鞫,自吐姓名楊行祥,河南均州白沙里人,洪武十七年度牒僧。上命錦衣衛錮禁四踰月,死獄中。而《遜國記》言:建文帝爲僧,歸國在天順初。程濟《從亡日記》則云:正統二年十一月,師至浪穹,戊午入粤,己未欲還滇,不果。庚申春題詩寺壁。有僧自詭,藩臬以聞,詔械入京,寺僧皆逮,師遂及焉。九月至京會鞫,自詭者,楊行祥,論死,師亦吐實。命舊中官吴亮迎入大内,稱老佛。或曰金山口有天下大師墓碑,在景帝陵北二里。

按《實録》,楊行祥之至廣西,在庚申十一月,越四月而死,則在壬戌夏。《日記》言:九月師亦至京。朝野所記,不勝牴牾,野史附會,家乘妄增,而出亡始末,海内疑似。在當時,雖無襄王之嚴禁,不免楚人之夜驚,若非文皇盛德,其流言扇惑何如哉?史稱建文既自焚,文皇臨屍而哭，曰："吾欲爲周公撫成王，孺子何至是？"而是時，天下未有嗛志，所謂與衆共明而卒莫之能明者，此也。漢僞太子據、唐僞太子賢，一時莫辨，義士所腐心，奸雄所借口。

臣是以論之，論夫流言之害大義也。吕按《吴文定公寬文集》中載史彬墓誌銘甚詳，世傳彬《致身録》皆其子孫附會妄撰，並從亡數十人皆僞也。又今雲南所傳大師往迹皆附會，武定府獅子山有遺像詩額，京師山陵金山口相傳有天下大師墓，皆不可考。

郊祀論

洪武十一年，詔曰："國初遵古制，分祀天地南北郊，於心未安。自今以春，合祀於南郊，其永定爲禮。"

論者曰："大宗伯大享之禮，殷事昊天上帝，並祭社稷，别無地祇之説。五經四書止曰郊曰禘，並無南北之文，可以知漢儒之誤。"按：郊者，郭外壥野之交，故其文从邑，从交，會意。天子祀天於近郊，故曰郊。艾南英曰："冬至祀天於南郊之圜丘，迎陽氣之始也，非祀天之形也；夏至祀地於北郊之方澤，迎陰氣之始也，非祀地之形也。南北郊之祀分陰陽之氣而迎之，非分天地而祀之也。議者徒見《孝經》有父事天母事地之文，遂有天地合祭，若夫婦同牢之義，而以神人禮之。如是，則所謂地者，殆將姑嫗其貌，勢必至於道家之妄，于山川后土之神，冠以天妃、聖母、碧霞元君之號而後已。"《中庸》曰："郊社之禮，所以祀上帝也。"並舉郊社，以其爲覆物載物之始，故皆稱上帝。然則南北之祭謂之皆祀天，可也。況器用陶匏，明不以人道祀之也，而欲爲之合祭，以象其配偶。嗚呼！何其誣歟！至于南郊之壇位次遍及於周天之星宿，北郊之壇位次遍及於嶽鎮、海瀆、丘陵、墳衍。是真以南北之祭爲分祀天地之形矣，又何陋邪？艾説是也。

夫祭始於有火食，俯仰天地若不敢忘，于是祭報興焉，後世因以之爲禮，燔柴泰壇以祭天，瘞埋泰折以祭地，迎于坎壇以祭寒暑。王宫祭日，夜明祭月，幽宗祭星，雩宗祭水旱，四坎壇祭四方。山林、川谷、丘陵，能出風雨見怪物，皆莫不有祭。此後起之禮已，日趨於煩矣。夫百物滋味，莫非天地所生；高下坎壇，莫非天地之體，而爲之壇焉、坎焉、燔焉、瘞焉、皮縣焉，以是爲天地之饗，如人死而含以米貝，齎以醯醢，孝子之心若不得已焉耳。故曰：天地之祭，宗廟之祀，父子之道，君臣之義，倫也，非真以天爲地夫，地爲天婦，比于合巹同牢之義也。于是而考天妣地，兄日姊月，異端裔俗，種種興焉。夫燔瘞，後古之禮，而聖人習焉者何？有不敢，有不忍，有其舉之弗廢也。是故至敬不壇，掃地而祭，大圭不琢，太羹不和，玄酒不醴，素輅蒲席，犧尊而疏鼎，白樿杓盥，而酌用陶匏，示反本也。故曰：德産之致也精微，觀天下之物，無可以稱其德者，而又何燔埋之理之有？聖人之事天，亦惟精微而已矣！迨夫皇羽皇席設，而末世天尊富媪之稱，瀆褻斯極。

夫祀于南郊，迎陽也，日月星辰，風雲雷雨從之，五帝及佗神可罷也。祀于北郊，迎陰也，嶽瀆、山澤、丘陵、墳衍、社稷從之，餘小鬼神可罷也。當其迎陽非廢陰也，當其迎陰非廢陽也，而配以夫婦，議合議分，豈窮理盡性之論也哉！

賈季論

晉襄公卒，狐夜姑迎立公子樂，趙宣子使人殺公子樂於郫，立靈公，夜姑亦殺陽處父奔狄，宣子使臾駢送其帑。終疑夜姑在狄必生難，荀林父曰："季能外事且舊勳，請復之。"卻成子沮之，不果。魯文公六年，狄侵魯西鄙，公使告於晉宣子，因夜姑讓狄相酆舒。舒問夜姑："趙盾較衰，孰賢？"夜姑曰："趙衰，冬日之日；趙盾，夏日之日也。"以斯言觀夜姑，可謂能補過矣。

夫酆舒不問魯爲政何人而以盾問者何？其意固在晋也。夜姑不怨晋思報，而曰盾夏日之日，將以止狄人之謀晋，而章盾之可畏也。出奔不忘故，可謂非其仁哉？衰好下人，盾好上人，衰身名俱泰，而盾不免弑君之名，謂衰爲可愛，盾爲可畏，可謂非其智哉？故里克示狄弱，而狄再來；夜姑示狄强，而狄知斂。

刑丘向陰之役，仲尼不書。不書者何？不足書也。不足書者，狄不大至也。不大至者，季故也。故左氏善之。善者何？善其出奔不忘故也，能補過也，知人也，善辭令也。君子節取人之善之義歟。

泄冶、公孫寧、儀行父論

宣公九年，《經》曰："陳殺其大夫泄冶。"《傳》曰："陳靈公與孔寧、儀行父通於夏姬，衷其衵服，戲於朝，泄冶諫之。公以告二子，二子遂殺泄冶。"孔子曰："《詩》云：'民之多辟，無自立辟。'其泄冶之謂乎？"

杜預曰："冶直諫於淫亂之朝以取死，故不爲《春秋》所與而書名。"此杜氏之失也。孔子於荀息引《白圭》之詩，非與荀息；於泄冶引《大雅》之詩，非奪泄冶。泄冶死於亂朝，故書殺其大夫，罪陳靈公也。龍逢、比干諫於淫亂之朝而死，孔子以爲仁；泄冶亦諫於淫亂之朝而死，孔子以爲過乎？《春秋》善則與，不善則奪。有善有不善，則一與一奪。故十一年冬，《經》書楚人殺陳夏徵舒，與之也；書丁亥楚子入陳，亦與之也；書納公孫寧、儀父於陳，奪之也。當是時，楚人遂縣陳，既而聞申叔時之説，乃復封陳。《左傳》曰：楚子入陳，納公孫寧、儀行父於陳，書有禮也。

杜氏曰："二子於君弒之後，能外託楚，報君之讎，内結强援於國，故楚莊得平步入陳討賊。"此言又失也。公孫寧、儀行父與靈公同爲淫亂，又殺洩冶，致靈公之弒者，二子也。楚莊誅陳弒君之賊，又復其國，善矣。故《經》書楚子入陳。入陳者，不有陳也。《左傳》謂其有禮者，與楚也，非與二子也。公孫寧、儀行父功不掩罪，誅之可也，而納之，故書納公孫寧、儀行父於陳，奪楚也。所謂有善有不善則一與一奪也。《左傳》蓋曰：書楚子入陳，書有禮也。納公孫寧、儀行父於陳，衍文也。所以不論納公孫寧、儀行父者，義以推而見也。故曰：杜氏未之得也。

甯殖論

謂天無報乎？董卓廢弒而然臍。謂天有報乎？曹操放弒而稱帝。謂天有報，王莽之奸必亡。謂天無報，霍光之忠赤族！爲是説者胥失之。

衛獻公無道，其臣甯殖出獻公，而立公子剽。十年而殖病，召其子喜，曰："吾得罪於君，君入則掩焉矣。"若必爲掩之，豈真能悔罪哉？

爲其子固權已耳。殖死，喜與公子鱄謀復公，公曰："苟復，政繇甯氏，祭則寡人。"於是喜弑剽，入獻公。甯氏專政，公患之。公孫勉餘請殺喜，公曰："吾非甯氏，不至此，事未可知，止也。"公孫勉餘卒攻殺喜。左氏曰："罪在甯氏。"穀梁氏曰："惡獻公。"夫罪在甯氏，而惡獻公，何也？惡獻公之不君也。不能自殺而假手勉餘，誠可惡矣。然而處心積慮，見於答勉餘之言。甯喜，固獻公殺之也。《經》曰："甯喜弑其君剽。"罪喜也。晋人執甯喜，衛殺其大夫甯喜，與其執之、殺之之辭也。人臣廢君立君，勢不得不竊權歸己。竊權歸己，苟非婦人孺子至愚極懦，鮮克久堪。霍光雖忠，而光婦弑后，從而掩之，有陰謀焉，故其子不免以謀逆赤族。豈惟人事有天焉？操子丕受禪，傳國四世。疑天於操漏網，及司馬昭廢芳立髦，髦不能堪，手劍登車，身殞車下。讀史者往往悲髦，不能如衛獻處心積慮以誅甯喜。

嗚呼！或取甯殖觀之乎？殖死而喜誅，操死而髦報，天也。報之遲速，則人事爲之也，不於其身，必於子孫。豈不信哉？

仲孫貜論

子貢問於孔子，曰："夫子其無以休賜乎？"孔子曰："望其壙，皋如也，墳如鬲如也，可以休矣。"又《記》曰："俛焉！日有孜孜，斃而後已。"此非聖人之言也。何以明之？有子問於曾子曰："問喪於夫子乎？"曾子曰："聞之：'喪欲速貧，死欲速朽'。"有子曰："是非君子之言也。"以問子游，子游曰："昔者，夫子游於宋，見桓司馬自爲石槨。夫子曰：'若是其靡哉！死不如速朽之爲愈也。'"夫死欲速朽爲桓魋而言，即不爲不爲桓魋者言之也。故曰：答子貢之言與《記》之言，皆非聖人之言也。曾子將死，謂門人曰："啓予手，啓予足，予今而後其知免。"夫曾子斯言，蓋謂身體髮膚全而歸之以爲孝，非謂士之立事功名德者言之也。士之立事功名德者，視雖死，猶可有爲也。惟示雖死猶可有爲，故不忍以死自靳，而絶意於身後，故曰：疾没世而名不稱焉。

昔者中行偃死，視不可含，范宣子盥而撫之，曰："事吴敢不如事主！"猶視。欒懷子曰："主謂不卒事於齊故也乎？主終，所不嗣事者有如河！"乃含。欒魴從之伐齊，齊盟於檀淵。偃蓋能以屍示警群臣伐齊，視死猶未死也。燕入齊，聞王蠋賢，欲臣之，蠋絶脰而死。齊之亡大夫聞之，曰："蠋，布衣也，義不北面於燕，況在位食禄者乎？"乃相與如莒，求諸子，立爲襄王。蠋蓋能以一死激亡大夫以存齊，視死猶未死也。衛靈公嬖彌子瑕，而疏伯玉，史鰍病且死，謂其臣曰："吾罪也，必陳吾屍以諫。"靈公往吊之，造然而謝，爲退子瑕，進伯玉。鰍能以其屍諫，雖死猶未死也。仲孫貜病，告其子曰："孔丘，聖人之後也。其先無罪而絶於宋，其後必有聖人。今孔丘博學好禮，殆其是歟？爾必師之。"僖子卒，説與何忌學於仲尼，請於魯君，與之車，使適周而觀禮，仲尼之業於是乎大備。僖子生未能用之，而能補過於身後，僖子雖死猶未死也。夫人惟視一死無復用，而後乃真死矣，真無復用矣。繇是觀之，事功名德收諸身後者何限，《詩》云："穀則異室，死則同穴。"聖人不以一死靳人。我故曰："答子貢之言，《記》之言，非聖人之言也。"

伍員論

甚矣，子胥之冤也。

初，子胥出亡，欲存太子建。建苟存，子胥必庶幾其爲重耳，又庶幾乎若宋若鄭者爲秦穆也與！建奔宋，宋亂。奔鄭，晋頃公欲因建謀鄭，鄭殺建。子胥奉建之子勝奔吴，吴不用。退而與勝畊於野，固未嘗一日忘楚。及進鱄設諸，得用於吴，又庶幾勝爲重耳而闔廬爲秦穆，此子胥志也。平王卒，闔廬不能入勝於楚，於是子胥可以去矣而不去。謂楚、吴世讐，報楚，非吴不能也。當是時，費無極已赤族，欲報者無可報而必欲報者何？勝在也。報楚矣，可以去矣又不去，勝未得入也。未得入者，吴不爲義而貪利。申包胥、子西敗吴於軍祥，卒讀如猝。未得入也。子胥故身立吴廷以伺楚，不幸死吴，猶死楚也。死楚者，死建與勝也。死建與勝者，死父志也。於是而君臣父子之義盡，而謂掘平王屍鞭三百，左足踐腹，右手抉其目，曰："吾今而後可報楚！"噫，不亦愚乎？吾知子胥不然也。公羊高曰："子胥去楚，挾弓而干闔廬，闔廬將爲之興師復讐。"子胥曰："諸侯不爲匹夫興師。且臣聞之：事君猶事父也。虧臣之義，復君之讐，臣不忍也。"當是時，子胥謂有待也。蔡昭公朝乎楚，有美裘焉，囊瓦求之，不與，拘昭公於南郢數年，然後歸之。於其歸也，有事於河曰："天下諸侯有伐楚者，則寡人爲前列。"楚人聞之，使囊瓦伐蔡，蔡請救於吴，子胥曰："蔡非有罪，楚爲無道。君有憂中國之心，則若時可。"於是救蔡伐楚，遂入郢，君居其君之寢，而妻其君之妻；大夫居其大夫之寢，而妻其大夫之妻。穀梁赤曰："吴壞楚宗廟，撻平王之墓。"昭王逃，父老送之，曰："寡人不肖，亡先君之邑。父老反矣，無憂無君。"父老曰："有君如此賢矣。以衆，不如吴；以必死，不如楚。"擊之，一夜而三敗吴，昭王復國。夫居君之寢，妻君之妻。撻平王之墓，吴人爲之。

司馬遷曰："辱平王墓以子胥故，見其非子胥自爲之也。"遷是也。又曰："日暮途遠，倒行逆施，夫是時子胥方欲入勝也。"而曰："日暮途遠，倒行逆施，豈子胥之言哉？"此則遷之誤矣。子胥不云乎"事君猶事父也"？而謂其鞭屍爲至愚者之事，不已誣乎？死不讐君，無如屈原之《九章》曰："從子胥而自適。"使子胥鞭君，原肯欲從之乎？以原之心推員之志，可以知員矣。若夫勝也，卒亂楚，劫惠王，殺子西，嗚呼！是則子胥之志也。

蘇秦論

秦自惠王至始皇，百餘年間，遂並有天下，誰爲之？蘇秦爲之也。蘇秦主從，陽爲攻秦，秦陰受其利。蘇秦，秦之功臣也。張儀主衡，陽爲奉秦，秦陰受其禍。張儀，秦之罪人也。

夫陽爲奉秦而秦受其禍者，何也？秦被山帶渭，有巴蜀漢中之饒。其地富，故其俗易淫；其民好鬥，故易亂。穆公殽函之敗，秦有戒心。其君子勞於外而不敢亂，其女子勤於内而不敢淫。故在《詩》曰："修我戈矛，與子同仇。"而遂成秦數世之强。逮衡之説行六國，皆西向稱臣，秦始日益驕而淫亂作，吕不韋、嫪毐之徒卒絶嬴氏，始皇並天下，不二世而亡。此衡人者爲之，張儀之謀秦，李斯之基秦也。故曰：張儀，秦之罪人也。

夫陽爲攻秦而秦受其利者，何也？向使六國不從，秦必易六國，而日議加兵於六國，六國亦日議加兵於秦，不數十年，秦力靡矣。自從之説行，諸侯合力攻秦，秦始畏六國，不敢出函谷者十五年，貨力足以自養，甲兵足以自固，勢非有借於外而以待諸侯之弛，諸侯之備弛而秦之氣益鋭。故一出而滅蜀勝趙，拔義渠戎二十五城，而諸侯改色喪氣，不敢復言抗秦者，從人者爲之也。猛虎被逐，走而負嵎，其初未敢攫人也，環而譟之，各舉其器以擬之。如是者移時，虎之氣定，而人之力弛，忽起而突人，方將奔走、蹂躪、褫魄、失聲，避爪牙之不暇矣，而奚虎之能得耶？蘇秦之謀秦，鄭國之富秦也。故曰：蘇秦，秦之功臣也。

夫六國急於近効，不計久遠以用秦；秦急於近効，不計久遠以用儀；儀秦急於近効，不計久遠以用秦。六國暴得而驟失之，其可畏如此。嗟夫！豈獨儀秦然耶？

四公子客論

人之度量不固，區别已哉。

毛遂既定楚盟，左手持盤血，右手招十九人，曰："公相與插於堂下，公等録録，所謂因人成事者。"孟嘗君夜食，一人蔽火光，疑飯不等，輟食辭去。孟嘗君起，持其飯比之，客慙，自剄。以此客多歸孟嘗君。

夫四公子之爲公子，與客之爲客，可知矣。客固陋，公子何淺哉？當是時，區區以詐僞相傾，故四公子之客如是而止耳，而列國諸侯尚權謀功利相彷彿。漢高帝輕小節，貴大略。酈生之揖嫚駡，英布之就館舍，不聞有比飯之事；樊噲之解鴻門，四皓之定太子，不聞有持盤之驕。豈非度量超越遠乎？

嗟乎！世安得漢高而後爲之主哉？士之不得其主，鬱鬱俛就者，又豈少哉？是故士難乎知己，難乎知己者，難乎度量之謂歟。

田横論

田横既自殺，以其頭馳雒陽，漢祖爲之流涕。聞横尚有五百人在海中，使使召之。至，聞田横死，皆自殺。於是乃知田横能得士也。

顧子曰：田横，何嘗得士哉？當酈生説下齊，横遂以爲然，罷歷下兵。既而漢兵入臨淄，乃烹酈生，走博陽，與其徒五百人入海，可以不返矣。漢祖使人召之，獨與二客詣雒陽，又慚而自殺，何爲者也？五百人不知勸王之寧死海中也。而詔之而又來，來則皆忿自殺，又何爲者？於是知田横未得士也。

夫小信破義，小忠被謀，惟霸王之主，惟能不用。故陳平之詐韓信，之亡英布，之反尉陀之驕，而漢祖用之。漢祖能用不信不忠以定大謀，成大義，故諸將嘗叛漢而漢卒王；田横用小忠小信而不知大謀大義，故五百人無一叛横，而横卒亡也。此智量之别也，非真霸王之主，孰能與於是哉？

蔡邕論

王允既誅董卓，蔡邕動色悲歎，允勃然叱之，曰："董卓，國之大賊，幾傾漢室，邕爲王臣，所宜同忿，而懷其私遇，以忘大節！天誅有罪，反相痛傷，豈不共爲逆哉？"收付廷尉，人皆冤邕而罪允。以今觀之，王允斯言，未爲過也。

始，邕以直言爲閹侍所中，囚徒朔方，赭衣抱拳，全室流離，可謂難矣。及宥還，畏禍，亡命吴，會十有二年，無意功名，而且以彈琴著書終老牖下矣。使邕如梅福，長流江湖，豈不高哉？董卓擅權，辟署祭酒、補御史，遷尚書，不三日而周歷三臺。伊何爲者？卓蓋借邕致天下豪傑，不加望外之榮，無以市德。故舉之髡鉗之餘，爵之卿貳之上。且邕有何功，遂封侯，食五百户，禄五十萬？夫無故之利，聖人惡之。邕初議卓不可受尚父之稱，而自當顯位，何也？

今夫捕鳥者，擇其黠者以爲囮，糓米爲飼，濾泉而飲。凡所以慰囮，靡弗至也。筊而出於野，置之叢薄之間，悲呼去聲。衆鳥，至日暮，翾然投於羅者衆矣。夫囮，未始樂爲是也，而鳴致衆鳥，謂非囮罪不可也。邕，卓之囮也，邕未始樂爲是也，而厚禄高位，將以風天下爲邕之類者，而邕甘心受之，謂非邕罪不可。桓帝召邕鼓琴，行次偃師，稱疾而返。卓每讌集，邕輒贊事鼓琴，後遂爲表薦卓。時卓已爲大尉，封郿侯，進相國，廢少帝，放太后，傾偪人主。邕謂宜益隆委任，厚其爵賞，豈欲卓加九錫封安漢而後已哉！然則邕死，不亦宜乎？

王猛論

顧子曰：王猛，人言霸王之佐也，惜其志小而急富貴，借晋而佐秦。雖然，猛之志豈如是哉？

始猛隱華山，桓温伐秦入關，猛被褐謁，勸急渡灞水，其意欲用晋也。既知與温不兩立，乃佐堅，猛之心苦矣。及其死也，曰："晋雖僻陋，正朔相承。臣没後，願勿圖晋。鮮卑我之仇，終爲人患，宜除之。"蓋始終未忘晋也。豈獨是？又嘗知慕容垂必圖晋，欲因垂子令以去垂，堅不能從，其後垂果勸伐晋。若此者，不可謂無意也。猛知鄧羌不忘部將而用之，豈不嘉垂不忘故國而顧欲去上聲之耶？猛之心誠苦矣。

善乎李德裕之論陳平也！曰陳平不備魏無知，故卒誅諸吕不備漢。猛不備晋矣。嗟乎！此所以爲王猛與歟。

李敬業論

王莽篡漢，翟義以故宰相方進子起兵誅莽，不勝而死。武曌篡唐，李敬業以故僕射勣之子起兵誅曌，亦不勝而死。二者，人共惜之。顧子曰：敬業豈可與翟義同日語哉？

武曌廢中宗，囚睿宗，極惡涵天，海内憤怒，不借太子賢，而三軍之左袒必也。敬業索狀類太子賢者奉之，詭曰："賢實不死。"幸而其事不成。不幸而事成，將遂奉之乎？抑幽而殺之以滅口也？奉之則無是事，幽而殺之，吾恐廣陵之兵不旋踵而指敬業之胸矣。

敬業嘗問計於魏師温，師温曰："公既疾太后囚縶天子，宜身自將兵，直趨雒陽，山東韓魏知公勤王，附者必衆，鄭汴、徐亳士多豪傑，烝麥作飯，待我師久矣。"敬業不然之，曰："金陵王氣，宜先並常潤爲霸基。"觀斯言也，敬業先自爲霸計，豈真匡復帝室者哉？其奉僞太子，亦陳涉之懷王孫心、項籍之義帝已耳。不幸而事成，勢必殺僞太子以及廬陵王。即不然，僞太子、廬陵王不兩立，不至晋八王之禍不止。與其有晋八王之禍，何若一賈南風之禍哉？敬業之不勝，唐之福也。

嗚呼！初高宗欲立曌，李勣畏死，勸成之，至於其孫，家滅祀絶，褚遂良直諫被戮，酷豈若是？善乎魏玄同之言也，曰：“人殺鬼殺，亦復何殊？天道好還，可不畏哉！”

孫昌齡論

刑者，先王之所不得已也。不得已而用，故赦亦不可輕。

《記》曰：“王三宥然後制刑。”三宥者，聖人之仁。而終於制刑者，聖人之義也。故曰：三宥然後制刑。刑之大者，孰踰殺人。殺人之大，莫如子弑父、臣弑君、妻弑夫。《春秋》書趙盾弑其君，夷皋、許世子止弑其君，買夫人遜於齊，三者非其自弑，而仲尼罪之不疑。蓋以謂君臣、父子、夫婦人之大倫。少貸，則開後世無忌憚之奸與夫曲謀行殺者矣。律有謀殺，有故殺，謀重而故輕，至於因案自首，則與赦原所因之罪。此後世律法壞聖人之義多矣。

殺人罪之大者，惟問事之枉直，不宜問爲謀爲故。秦女休父爲人所殺，休覗之數年，取其仇頭。宋有燕士通鄰婦及其姑，婦妒，醉士，擠於溷，死。豈可以女休與奸婦同其重乎？太平興國初，涇州有婦怒前婦之子，斷其子喉。漢景帝時，廷尉慮囚，有方年繼母陳殺年父，年就殺陳。豈可以涇婦與方年同其輕乎？蓋爲親復仇，不可與凡律同科也。

齊莊公淫於崔氏，崔杼弑公於門内，太史執簡書曰：“崔杼弑其君。”杼殺之。其弟至又書，又殺之。其弟又至又書，乃舍之。杼不得已，不諱弑君矣。若如律言，亦因案自承，豈可免所因之罪乎？蓋弑逆不赦，不可與凡律同科也。

熙寧二年，登州婦阿雲，於母服嫁韋，惡韋寢陋，謀殺不死，案問自首。登守許遵引律殺傷不死而自首者減罪二等。奏入，下兩制議，王安石是遵，宰相文彦博以下皆非之，帝竟從安石。御史孫昌齡本附安石進，至是不直安石，帝怒貶昌齡。明年詔案問，因犯殺傷而自首者減罪二等著爲令。亂大綱，壞大義，孰甚於是哉？當阿雲謀殺夫，直殺之矣，其不死，非雲志也。昔沛郡唐賜就人飲酒而病，疑其蠱也。語妻曰：“吾死，破腹視之。”賜死，妻破賜腹，視五藏，縣令奏：“妻刳夫屍，子不禁止，不道，當死。”劉勰曰：“愚婦痛遵往言，兒識不及理，宜哀矜。”顧凱之曰：“法移露屍，猶爲不道。今在妻子忍行凡人所不行，宜如令議。”詔從之。夫刳夫死屍爲不道，阿雲推刃生夫，自首即減論，可乎？凌遲減二等，絞是猶死也。設有應斬絞，自首即可減二等，不死乎？

慶曆初，寧州童子九歲殺人，當棄市，仁宗謂童孺無殺心，罰金入死者家。此與減阿雲何異？使童子殺人無罪，則凡仇讐皆可教童子行殺。

建初中，有侮辱人父者，其子殺之，詔貰死。張敏謂殺路不可開，駁帝詔。孝義童子尚欲不赦，聽殺平人，可乎？

神宗減阿雲，直慶曆餘弊耳。如曰案問自承，宜原所因之罪，則趙盾、許世子止、魯文姜、崔杼皆有可原，而仲尼一字之誅爲過當矣。安石之學，何從出哉？世但知熙寧理財之非，而不知其刑法之失措也。故因昌齡極論之。

張僧徹論

昔漢舉孝廉，士或矯情盜聲。王莽、曹操之徒，亦從是出，飾僞亂真，猶曰：“不知而舉也。”乃若市井貲交執附，儼然辱弓、旌。何爲者？种暠始爲縣門下吏，謂王諶曰：“今當舉六孝廉，多得貴戚書，命不能相違，意欲自用一名士報國。”然則所謂孝廉，尚忍言哉？

陳蕃行郡，有孝子趙宣居親壙二十年，蕃訪而見之，並見其五子，問焉，皆壙中所生。蕃大怒曰：“居壙非人情。生産其中，淫褻鬼神，名教之賊也。”抵之罪，以是律之。鄧攸、郭巨不惜殺子，戕天性，害名教，不得爲孝。攸、巨且不得爲孝，廬墓何足道？張僧徹廬墓，若在漢，嘗事耳！而當時表其閭，僧徹自以二百絹請韓思彦爲頌焉。有孝子請人頌己，而又餽二百絹，僧徹貲交執附可知。思彦不受絹，固請受一匹，戒家人，曰：“孝子縑勿用。”思彦誠以爲孝子乎？不然也。既已詔表之矣，不爲頌則輕朝廷，故不欲爲異而受其一匹。戒家人勿用，則一匹猶未受耳，此思彦之明也。

廉者必明，予故許思彦廉吏，而著僧徹之僞，爲盜聲者愧焉。若梁童子吉翂代父死得宥，不肯應州郡之舉，乃不愧爲孝也夫。

白茅堂集卷之三十

志論全書丙午火，此雜論偶存者。

蘄州志叙

蘄州，春秋無考，秦置南郡，有蘄春縣，歷代因革，大略可考，而其詳推而後知之。

今城臨大江，領縣二，上接武昌，下援潯皖，中聯豫州，其或中原有事，大江不免用兵，亦地勢然耶。

舊未有志。嘉靖初，蘄人渠縣令甘澤始爲之，凡九卷，官給刻印，尋毀於火。又二十年，括蒼翁公學淵以貴州參議來僉憲，辟館延鄉大夫思恩太守王儼，懷慶太守郝守正，鄉貢進士陳吉言、高暘、楊芳，庠生田于藍、鍾圻，更加蒐輯，爲十二卷，亦給工印刻，是後未經修補。

崇禎十六年，張獻忠陷蘄，又毁。然其書於古今十得二三，逮版圖焚失，老成蕩然，湖廣副都御史何騰蛟更築城郭，延問父老，莫能稱道。時先君子家於吴，更撰《蘄志》一百卷：起《左氏春秋傳》襄公二十四年壬子，是爲周靈王十三年楚子伐吴爲事迹之始，止崇禎十七年甲申，計二千一百九十餘年。赅古今之變，窮著作之林，自郡縣有志以來未有如此書者。卷帙繁重，慮難梓藏，歲次甲辰，景星讀禮之餘，不揣固陋，竊因成功，去其繁複，補以論辨。蓋其義指皆出先君子，而景星衍述之。

首沿革兵考，次江防，次震鄰，次户口，次貢賦，次徵榷，次國用，次恤政，次封建，次職官，次人物，次選舉，次疆域山川，次城池藩署，次民風，次仰占，次災異，次物産，次佚事，次祀典，次老釋，次鬼神，次書籍，次詩文，共六十卷。

其書指遠言大，義主傍通，以其成一家之言也，故曰顧氏《蘄州志》。

江淹有言：修史之難，無出於志。誠非老於典故，莫克操觚。自古帝王將相，未有不寶圖經爲秘典者。蕭何獲秦圖書，識天下要害。張禹條記風俗，爲賢宰相。李恂使幽州，圖寫山川、屯田、聚落。魏武獲田疇，從盧龍問道破敵。梁武用張弘策，知江路進取。唐宣令韋澳纂次風土利害。宋祖得樊若水，知采石廣狹。故治國必咨文獻，用兵必得鄉道，是故君子重之。

自世祖詔南陽撰記風俗，於是郡國始有書。若聖天子詔郡邑博聞之士，俾各討論，則九州之内，理亂之故，賦役兵戎之政，民物風土之宜，陵谷遷變之殊，嶮阻津梁之要，如指諸掌，豈不大備已哉！

沿革兵考總論

古者用兵，多東北，利用車馬。後世用兵，多東南，利用舟楫。

《春秋》魯襄公二十四年，楚子爲舟師伐吴，無功而還。十七年，吴伐楚，戰於長岸，取艅艎歸。二十四年，楚子爲舟師略吴，吴人踵楚滅巢及鍾離。二十七年，吴圍潛，令尹子常以舟師及沙汭，吴弑其君僚，楚聞亂而還。定公二年，楚伐吴師於豫章，潛師於巢以敗楚。四年，蔡侯、吴子、唐侯以舟師伐楚，遂入郢。六年，吴終累敗楚舟師。東南舟楫之役，見於《春秋》，如是而已。

厥後莫盛於三國暨南五朝，武昌、蘄黄、建康、廣陵爲必争之地。夏商周，蘄無考；秦屬九江；漢屬江夏，領縣三，稱蘄春侯國；晋屬弋陽；唐屬淮南，領縣四；宋屬淮西；元屬河南；明屬湖廣，皆領縣五，旋復爲州，領縣二。齊梁置羅州，領齊昌郡，以刺史領太守。隋開皇初，新得地於陳，開總管府加號使持節，煬帝罷之。唐懲安史之變，出來瑱爲蘄黄節度使，厥後亦罷，遥領而已。宋初黄州未下，置防禦使，後又罷。南渡置安撫鎮撫使，紹興後又罷。理宗時，元兵數犯淮，置統制、防禦、屯田、安撫諸使。明高帝得淮北，以指揮趙應清率所部兵防蘄。洪武二年，立守禦所，十一年，升所爲衛，後命吉安侯陸仲亨出鎮。建文初削諸王兵衛防變，出侍郎夏原吉駐鎮。嘉靖六年廷臣言正德時覇州流寇入楚如無人之境,洞庭浩淼,盗賊出没,請設江防憲臣,駐岳州,江防有憲使自此。始爲藩封,已革護衛,復設下江,防以鎮之。承平既久,視爲冷員,故前代出鎮之官屢置屢罷也。

以用兵言之,則蘄黄爲吴楚門户。元伯顔登武磯,議所向,先取鄂州及蘄,兵遂無敵。説者謂據上游,順流而東,振綱挈領,注丸建瓴之勢然也。然而自康王爲舟師距吴,終楚之世,卒莫得志,何耶?魏武以中原數十萬衆被江下,而孫權率江東六郡脆弱之卒,當天竈龍頭窮迫之地以御之,而敗魏武於赤壁。李皋則自江右溯流,破李希烈於蘄,張俊亦溯流破李成於蘄。或順流而敗,或溯流而勝,豈有定哉?攻守之勢異也。有攻之才,後能守;有守之才,後能攻。攻守在人,不在地矣。

江防總論

王者,建都設險,依江河以爲固。中原無事,則都河南;中原多事,則都江南,其勢然耳。

江南之都,建業、武昌、臨安。建業久不過百年,促不過二三十年。武昌,則吴大帝黄武元年自公安徙都,至黄龍元年下建業。烏程侯甘露元年,復遷武昌,明年還下建業。自吴及南五朝,以都畿所在,皆有重鎮,一鎮失守,首尾騷然。魏據中原,有州十二,以廣陵、壽春、合肥、沔口、西陽置重兵以備吴,漢陽重兵以備蜀。吴據江南,有州五,以夏口、武昌、牛渚、濡須爲重鎮,以備蜀、魏。晋自永嘉南渡,江表戒嚴,在在有兵,未委專制。末年,荆、揚、徐三州半没於劉石,始以合肥、淮陰、壽陽爲重鎮。洎苻堅東平慕容暐,漢水長淮以北,盡爲堅有。晋亦因劉石、苻姚衰亂之際,則進屯襄陽、江陵、夏口、武昌、合肥、壽陽、淮陰。北軍至,復敗竄移徙,塗炭不勝言。蕭齊以襄陽、壽春爲重鎮,以傳於梁。梁自侯景之亂,江南悉陷于高齊,止以夏口、淮陰爲重鎮。陳氏比於梁,土宇彌蹙,西不得蜀漢,北失淮肥,以長江爲界,大業中北伐得淮南北地,至吕梁,爲舟師所破,盡没於周,復以長江爲界,後采石、京口不守。隋没,而陳亡矣。文帝統一方州,東南至海,西至燉煌,北至五原,於是大江解嚴,計凡爲邊境被兵革者,四百年。

大業之朝，兇疫徵繇洊至。李密倡亂，周法明先失江、黄、唐、定。李密平蕭銑，江表生息幾二百年，可謂安矣。元和後，李希烈、高駢、黄巢、馮敬章、朱全忠相繼難作。五季密禪，僅得偷安；南北分争，仍前塗炭。宋之守成，横江、新洲、貴洲、蒜山、西津、北固、練壁、譙山、薄落、盱眙、彭城，號爲兵藪。明自定鼎，江防承平。正德時，霸賊劉六三過大江，隨亦撲滅。正統後，蘄乃爲荆藩重地。雖設憲臣，文弱無用，癸未之禍，不可殷鑒乎哉？

圖江防，庶以見首尾應接之埶，即是以求瞭然於上下數千里之内矣。

邾 城

黄州邾城者，楚宣王滅邾，徙其君寓之。漢因名邾城。高帝三年，項羽封吴芮爲衡山王，都之。黄祖使甘寧爲邾長。吴赤烏四年，陸遜嘗以三萬人戍邾。晋屬弋陽郡，庾亮鎮武昌，與西陽太守樊峻守邾城是也。其後爲石虎將張格度所陷，城遂廢。今在黄州城西北，俗名女王城，或曰："女王城者，黄歇封邑也。"蘇子瞻曰："女王，隋永安郡城之譌。"未知孰是。又傳在今舊街，又傳在東南百二十里濱江，南對羅洲。孫權與群臣泛舟，風起，欲取羅洲，今譌稱蘆洲者也。

邾，蓋寓城，非本國也。志稱小邾，誤矣。小邾者，邾挾之後。夷父顔有功於周，封其子友于郳，爲附庸，在今兖州滕縣。齊桓公霸，郳君附從，進爵爲子，列於諸侯，謂之小邾子。而楚宣所滅之邾，在今兖州之鄒縣，所謂邾婁。魯文公十三年，邾文公卜遷於繹。杜氏曰："邾邑，魯國鄒縣，有繹山，戰國改曰鄒。"《説文》曰："鄒，古邾國是也。春秋昭公十九年，邾人、郳人盟於蟲郳，即小邾也。"《通志》："黄州，邾國地，後爲黄國之境説欠考。"《舊志》因之，又云："黄，古邾國。邾，邾之譌。"

蓼

《舊志》曰："蘄州在春秋爲蘄國地，介江黄間。"先君曰：據杜氏説，春秋，江國在漢汝南安陽縣，今信陽之東息縣之西。黄國在光州定城，有黄故城，雖嘗同隸弋陽，實去黄州治四百里。蘄豈得介其間邪？《舊志》誤以江爲九江，黄爲黄州耳。蘄在春秋無考，亦無所謂蘄國者。又據《左傳》杜注：弦爲軑，今光州。蓼，今固始。貳、軫、絞三國，地無考，意者蘄在其間耶？

景星曰：春秋楚伐江，即今汝寧，非九江也。《潯陽記》：九江，一烏白江，二蜯江，三烏江，四嘉靡江，五畎江，六源江，七廪江，八提江，九菌江，春秋爲吴楚地名。豫章，秦立九江郡，晋改潯陽郡，非春秋江國，亦非禹貢九江。《黄梅縣志》云："梅邑在唐虞屬揚州蘄春郡新蔡縣，殷周仍之，春秋屬楚，郡縣同有蔡山，有五阜湖，與九江府接壤，産大龜。"《禹貢》：九江納錫大龜。世傳出此，其説尤可笑也。唐虞殷周時安得有蘄春郡新蔡縣之名邪？考黄在春秋有二，楚人滅黄，今光州也，有定城廢縣、黄川故城，皆其地也。又惠公敗宋師於黄。杜預曰："外黄縣有黄故城。"《五代史》：梁太祖問李珽："何謂内黄？"珽曰："河南有外黄、下黄，故此名内黄。外黄在今雍内。下黄爲北齊所廢，在今陳留。"《一統志》云："外黄城在今杞縣。"

據上諸説，九江、黄州，非春秋江、黄明矣。

又《晋志》："東萊國有黄縣。"亦非春秋之黄。黄州則因戰國時黄歇封地，故以名州。黄岡、黄陂、黄梅、黄安又以黄州得名耳。朱文公《九江辨》：彭蠡以上爲荆，以下爲揚，則蘄在荆州域。楚得地大，荆揚皆楚，故俗稱楚蘄。至曰蘄國，不知所據。《後漢・地理志》始有蘄春侯國，蓋升縣爲國，在東漢，不在春秋也，蘄果蓼地，詳《疆域考》。

南　郡

《禹貢》："九江孔殷"、"過九江，至於東陵"。九江，今岳州府洞庭是；東陵，今巴陵縣是。而秦之九江郡，則《水經注》壽春縣故城。楚考烈王自陳徙此，秦始立郡治之，兼得廬江、豫章之地也。又《經》曰：江水東，得青林口。《注》謂出廬江郡之東陵鄉。《尚書》所謂"過九江至於東陵"者也。《通考》：蘄屬九江郡，隸揚州圖内，復因漢江夏郡有蘄春，又隸荆州圖内，其實荆也，非揚。《晋書・地里志》曰："六國時，其地爲楚，秦取鄢郢爲南郡，漢高分南郡爲江夏郡，蘄屬之。及置十二州，因舊名爲荆州，統南郡，舊説謬。”

據此，蓋秦之南郡地大，北括襄陽，南括江夏，西北舉唐鄧，而蘄屬九江，不與焉。漢乃割南郡北境，並九江南境，爲江夏郡，蘄始隸焉。南郡别自有十八縣。蘄在秦屬九江，在漢屬江夏，謂蘄爲南郡，誤。

潯　水

潯本作尋，漢屬廬江郡，在江北蘄地也，所謂以蘄陽之尋水並豫章之柴桑而立郡是也。《晋志》：惠帝永興元年，分廬江之尋陽，武昌之柴桑，乃立尋陽郡，始治江南。《潯陽記》云“古蘭城地”。

南北隸郡

先君曰：“《宋書州郡志》：晋惠帝分弋陽爲西陽國，屬豫州，蘄陽縣居西陽之第三。及宋武盡得河南地，蘄蚤爲宋有。至明帝，後魏南侵淮北及豫州，西境悉遭陷没，則宋亦蚤失之。史稱得失靡當，考據難定，加以載籍多毀，不可得而詳焉。”

以愚觀之，豈待梁陳？在宋季紛更難詳久矣。今參考以質博聞者。

《宋文帝紀》：元嘉七年，罷南豫州并平聲。豫州。八年割豫州秦郡屬南兗州，十二月罷湘州還并郢州。十六年正月，復分郢州，置湘州；二月分長沙、江夏郡爲巴陵郡，屬湘州；閏八月復分豫州之淮南爲南豫州。二十九年罷湘州還并荆州。《孝武帝紀》：孝建元年，分揚州，立東揚州，分荆、湘、豫州，立郢州，於郢州立安陸郡。大明二年，復西陽郡。三年，割豫州梁郡屬徐州，七月分淮南北，復置二豫州。四年，以徐州之梁郡還屬豫州。五年，移南豫州，治淮南於湖縣。六年，改豫州南梁郡爲淮南郡，舊淮南郡並宣城。八年六月，以豫州之淮南郡復爲南梁郡，復分宣城，還置淮南郡，十二月以王畿諸郡爲揚州，以揚州爲東揚州。前廢帝永光元年，割郢州隨郡。明帝泰始二年，分豫州，立南豫州。三年，罷南豫州。五年二月，分豫州、揚州，立南豫州，四月割雒州隨郡屬郢州，割豫州義陽屬郢州，以郢州西陽郡屬豫州，六月罷南豫州。後廢帝泰豫元年閏七月，割南豫州南汝陰郡屬西豫州，以西豫州廬江郡屬豫州。元徽元年，割南兖州之鍾離、豫州之馬頭，又分秦郡、梁郡、歷陽置新昌州，立徐州。四年，割郢州之隨郡置司州。

以上或與蘄同郡，或爲蘄所屬，或隸蘄，廢置紛紜，殊無一定，尚論者難言之。考蘄地，當宋武初，因晋制，屬豫之西陽郡。文帝元嘉，元魏南侵，豫及淮西皆不守，播與往復，歷三十年。至孝建元年，又分荆、湘、豫，立郢州，所謂度郢州是也。於時，西陽屬郢矣，又五年爲大明二年，復西陽郡。不審所謂復者，復自魏耶？抑省而復置耶？明年分淮南北，復置二豫州。後魏南侵淮北，至於瓜步，豫州西境悉被陷没，長淮遂爲北境，則蘄入魏矣。《魏地形志》曰："以齊昌郡齊昌縣屬北江州。"恐即此時也。泰始二年，割郢州西陽郡屬豫州，其時蘄又屬豫，或者旋爲宋復耶？泰始五年，又度豫，大氐終宋八帝六十年，反覆如此，蘄舊志但云宋屬豫州之西陽郡，欠考。

羅　州

漢初十三州，一司隸州，其十二州立十二刺史。文帝以御史不奉法遣丞相出刺。靈帝中平五年，改刺史置牧，而郡守則止守一郡。景帝改名太守，或以尚書令、僕射爲太守，或以太守入爲三公，然而實刺史所轄之官也。唐武德初改郡爲州，改太守爲刺史。天寶初還改州爲郡，改刺史爲太守。

南北朝往復紛争，史志難考。蘄當梁天監初，柳慶遠帶淮陵、齊昌二郡太守，而《王僧辨傳》又有羅州刺史，則梁初已改宋齊之制，升縣爲郡，不屬西陽，而羅州不審何帝置，或在簡文前耶？至敬帝分齊昌五郡，置西江州，此時羅州又當廢。《魏地形志》曰："北江州領郡六，蕭衍置，魏因之。齊昌郡居第二。"則梁初又嘗屬北江州矣。大氐自縣升郡，自郡升州，州有刺史，郡有太守。其置齊昌郡，即郡置羅州，如今府治之有附郭耳。

南齊昌

陳初，北失淮淝，以長江爲界，蘄亦在所失。天康元年，周炅復之，炅入朝，田龍升復叛入齊，炅又復之。至宣帝盡復淮南，經紀淮北，則齊昌以北全復於陳。《陳書》：大建五年五月，齊改縣爲郡者，並復之。七月戊申，罷南齊昌郡。南齊昌者，因失齊昌，故僑立也。至是復齊昌，因罷僑郡。

石穴洲

魏自太平真君七年，有河南淮北地，以大江爲界，都雒陽。《水經注》曰："蘄口洲上有蘄陽縣治，徙石穴洲。"

按：即今挂口南對之洲，宋時鴻宿洲也。不審魏何時而徙。先是，延興末，詔州郡十丁取一，以充行户。泰和末，選募武勇十五萬人，號羽林虎賁，旋復擯抑兵民流冗，江北大亂，或者徙治此時耶？不則，在太平真君末或太和中也。石穴洲詳見《疆域考》。

五　蠻

《北齊書》：大象中，司馬消難舉兵反，於時北距商雒，南距江淮，東西二千餘里，巴蠻多叛，推渠帥蘭雒州爲主，號河南王，以附消難。

按：蘄在漢屬江夏，自光武建武二十三年，徙南郡蠻七千餘口於江夏界中，此江淮有巴蠻之始。《水經》：巴水，五蠻居之，今蘄地也。宋元嘉末，又於西陽立十八縣以處豫部，蠻民至是作亂。

景定新城

《舊志》：景定四年，元復攻蘄，守臣王彦明死之，安撫使王益因遷今治。按《理宗本紀》：景定三年八月丁酉，築蘄州城。知州王益落階官，正任高州刺史。制置使汪立信上《蘄州新城圖》。然則前此已遷治矣，益以知州帶安撫使，而彦明是蘄春縣令，非守也。

蘄自嘉定十四年陷於金，宋復之。至端平三年（爲元太宗八年）

復爲札刺温火兒所攻，孟珙解其圍。嘉熙元年又攻，三年又犯境，史皆未言蘄陷。惟《元史·張晋亨傳》云："中統元年，晋亨之子好古移戍蘄州，宋人攻蘄，好古力不敵，死之。"《嚴實傳》亦云："宋人攻蘄，勢甚張。"中統元年，即宋景帝元年也。又《宋史·地理志》云："嘉熙元年，蘄春治宿。景定元年，移治龍磯。"然則蘄舊城自嘉熙已失凡二十餘年，或僑治宿松境，或攻或復，其保民江上，實則景定元年也。至三年，今城成，乃圖上耳。

《蘄志》謂四年元人設砲白雲山，舊城陷，始築今城者，誤也。嗣是相持十四年，至德佑元年，元人以舟師造城下，管景謨始以城降元，因廢舊城，即新城治之。

辨譌二則

盧氏《續志·沿革論》云："蘄在春秋亦以國名。"又云："楚以郢爲南郡。晋武帝時，南郡郢治江夏。秦以蘄國屬之。"此説謬也。先言晋而後言秦，使人疑爲苻洪之前秦，姚弋仲之後秦，乞伏國仁之西秦，而此三秦未窺江表，何得有郢？若嬴秦不宜後晋而言，且周秦時安有所謂蘄國者？沿舊志春秋蘄國之説而誤。

盧氏《續志·蘄字説》引《湖廣舊總志》曰："《説文》：蘄，从草靳聲。江夏有蘄春亭。徐鍇注：諸書無'靳'字，惟《説文》'旂'字注言'江夏有旂春亭'，疑相承誤出也。'旂'字音齦，考江夏亦無此地，疑是'蘄'字之誤。《神農本草》有水蕲，即芹菜，則'蘄'字當从蕲，篆文訛爲'靳'爾。諸書又以'蘄'作鄿，以邑代斤，而單字既非諧聲，又無取義，愈覺支離。近時一州守書扁言：'蘄州產竹，不當從草。'公私信之，相承至今，則'蕲'之訛爲'靳'，安知非此類乎？"此説又非也。《説文》邑部無"鄿"。草部"蘄"，篆作𧆐，草也，靳聲。"江夏有蘄春亭"，此説亦誤也。前漢已有蘄春縣，不當言亭。又《説文》"菦"注：江夏平春有菦亭。又"菰"注：江夏平春有菰亭。菰、菦文近，兩引皆未修《説文》之誤，而徐鉉仍之。今《盧氏志》引舊《總志》，以"菦"爲"旂"，尤誤。又諸書有从草之蘄，無从竹之簕，謂當从竹者，妄也。《爾雅》：芹，水葵；蘄茝，蘪蕪；又薜山蘄，薜白蘄；又茭，牛蘄。《本草》：牛蘄即今馬蘄。當歸亦名蘄，不當以蘄定爲芹也。《廣韻》《韻會》《爾雅翼》《本草綱目》皆謂“蘄”與“芹”同，其説非是。徐氏謂諸書無“蘄”字固是。

以愚考之，蘄乃細葉草之總稱，當从蕇，斤聲，蕇音膽，葶藶也，細葉草也。《史記》：沛郡蘄。《前漢·地里志》作鄿，斤可改从邑，則知蘄从蕇，非从芹，从單也。又按鐘鼎文《晋姜鼎銘》：取乃吉金作寶尊鼎，用旛綰作眉壽，保其子孫。《周叔液鼎》：用旛眉壽。又《伯碩父鼎銘》：旛匄百禄。文並作𣄔，即古祈字，旛从㫃，蘄省聲。而子史以蘄通祈，即旛省，譌，諸家並未發明。又按《説文·革部》：靳，當膺也，斤聲，所謂當膺者，馬膺横勒，俗謂之絆胸。徐鍇曰：“靳，固也，靳制其行是也，借爲禁止。”《左傳·乘丘之役》：“公以金僕姑射南宫長萬，公右顓孫搏之，宋人請之，宋公靳之。”俗本譌作靳。《字彙》《正字通》皆收靳，不悟靳从革，非从堇。六書有从邑之鄿，無从斤之靳也。謂蘄當从靳，又妄也。詳予《説字》斤、草、邑三部，靳、蘄、鄿注。

震鄰總論

天地如身，然天以南爲首，地以西南爲首，中國山川東北行，故關隴爲項領，汴洛爲心胸，吴楚爲腹腑，而江河如人之有大小腸焉。

江自岷嶓，數千里注於海。治則艀艦轉輪海内貨力之所趨，亂則師旅所必經。如人無病，則二腸盛貯水穀，濟泌别汁，傳變溲菌；疾則爲結，爲滯，爲泄，爲淋，醫家之所必攻，而尅伐通利之劑交投而内亂矣。夫人拔一毛而身爲之動，而況腹腑大小腸乎？古之良醫何如扁鵲？扁鵲眎病能洞見五臟癥瘕，齊桓有疾，治在腠理，知後五日當入血脈。既在血脈，知後五日當入腸胃。既在腸胃，雖有聖人，望而卻走矣。故曰：“聖人預知微，能使良醫得蚤從事，則疾可已，而身可活也。”

今夫蘄濱大江，西南自荆襄順流千里而遥；東北至吴，千里而遥；其陸北接汴雒、淮徐，千里而遥。舟交馬錯數千里之衝。春秋伐黄，滅江、滅黄、滅弦、滅六，則皆蘄之脣齒邦也。彼其時，公侯子男星分棋布，不若後世有所屬隸。其於鄰國，繇役所不及，而安危所不加，宜勿書。然而伐虢假虞，築薛滕恐。《傳》曰：楚强，淩江漢間小國，小國多畏之。則其事有可書者。秦漢而下，漸用舟師，三國兩晋宋金元其間侵略、徵調、屯戍、徙民、清野、盜賊、流亡，殆無虚歲，如人老衰病，腸胃之間水穀作祟，不日而月，又何怪哉？使有良醫治在腠理、血脈，十日之前不令至於腸胃，不亦善乎？故自蘄左右前後千里内，有關疆境者書之，而千里之山川、險阻、關驛、間道並悉之，使後人知攻守進退之法，針經砭絡之方，不獨蘄而已。《易》曰："震以其鄰，戒之也。"作《震鄰考》。

户口總論

顧子志蘄至户口而歎，嗟乎！吾以知牧民之難矣！

夫子過衛，衛之民繁。夫子曰："庶矣哉！"庶哉之歎，蓋畏之也。諺曰："山大多刺棘，國大多姦黠。"故牧喪亂初定之民易，而牧承平既久之民難也。

蘄在唐以前，户口無考。元末大盜蹂江漢，民十喪六七。洪武初，不過千户。至二十四年，有一萬二千九百三十五。永樂十年，減七百，宣德減一千一百，正統減一千六百，天順減三千三百，至萬曆止七千七百餘户。洪武初墾田三千九百七十餘頃，至萬曆野無遺土，而數不加多。豈非所謂牧承平既久之民難耶？

崇禎末，兵兇洊臻，有司苛歛，歲無虚日，膏脂煎熬，血肉狼籍，户口、田地十耗其七。癸未以還，變爲空山，豺虎群嗥，鵂鶹晝翾。弘光時，詔副都御史何騰蛟更築城郭，民稍稍壘石爲屋，才數十户，父老涕泣思治，指示兒輩井里故址，願復見太平以死。使有良吏尚寬大，蠲煩苛，招致墾辟，四五十年可復萬户。

觀洪武生聚之效，豈有奇謀秘術不可得而聞乎？故曰，牧喪亂初定之民易也。《書》曰："畏於民喦，此之謂與。"

唐户口

德宗建中初，李希烈反，淮西僭號楚，鄂州、蘄春皆希烈有。後雖盪平，至於穆宗，江漢間盜賊横行，敬宗始命崔郾治水軍擊之。其間兵禍如此，而《元和國簿》云："淮南等道，兩户養一兵。"《食貨志》云："長慶後，三户養一兵。"

按：天寶之盛，天下户千萬，元和僅百四十四萬，十失其八，而募兵之不在八十萬内者尤多。而曰三户養一兵者，何也？其實一户養三四兵矣。史臣欺妄如是哉！

宋户口

開寶九年定天下，縣四千户以上爲望。《地理志》：崇寧大觀間，蕲春、蕲水、廣濟皆望，黄梅、羅田皆上，共户一十一萬四千有奇，口十七萬有奇，則望縣臻二萬户矣。

考蕲春郡，在唐盛時，户二萬有奇，口十八萬有奇。而崇寧户較唐增九萬，口較唐止增一萬，何也？宜昔人疑之。是唐率以七口爲户，而崇寧以二口爲户，豈不可笑矣乎？

周宣王喪南國之師，料民於太原，仲山甫曰："不可料也。不謂其少，而大料之，是示少而惡事也，天之所惡也。"王卒料之，後幽王爲犬戎廢滅。徽宗亦不謂其少而大料之，史臣從而夸飾之，不知實少而惡事也，靖康之禍不亦宜乎？

元户口

太宗八年，當宋理宗端平三年夏四月，因宋州郡屢降，乃括中原民户，定賦税。

初，惟事進取，所降之户分與將士，自一社之民，各有所主，不相統攝，至是詔括户口，以大臣忽都虎領之，民始隸州縣。群臣欲以丁爲户，耶律楚材以爲不可，衆皆曰："我朝自西域莫不以丁爲户，豈可捨大朝之法，從亡金之政耶？"楚材曰："不然。自古有中原者，未嘗以丁爲户。"楚材因又定賦税。上田，畝税三升半；中田，三升；下田，二升；水田，畝五升；商税，三十分之一，以爲永額。朝臣皆謂太輕，楚材曰："慮將來有以利進者，則漸重矣。"楚材寬中國之民，而又慮遠。元安得不興？宋安得不亡？

世祖不用楚材法，立十路宣撫司，定户籍科差條例。有元管户、交參户、恊濟户；於諸户中又有銀絲全料户、減半料户、止納絲户、止納鈔户；外有攤絲户、淘金户。儲也速觧兒所管納絲户、復業户、漸成丁户。户既不等，賦亦不同。初，猶不至大朘削，輓季賦役漸横，人不聊生，盜賊並起。法日密而弊日增，而元亡矣。

户口後論

國之治亂，視民多寡，固然與！

《周官》：司徒職，掌都鄙井田定賦，不料而知其數。自是而下，代有耗益。善養民者，不過一千萬户。漢武窮征，傷；文景大業婬虐，殘；開皇天寶軼樂，亡；開元宣和奢縱，喪；崇寧物盛則衰。大氐如是。然而史載户曰：實不足徵，何以言之？宋大觀元年，天下户二千八十萬有奇，而口僅四千六百萬有奇，則二口爲一户矣。口益削而編户益多，政益衰而法益密，宋之所以亡也。元一户率五口，明一户率六七口。永樂元年，天下户一千一百四十七萬有奇，口六千六百五十九萬有奇，户增。洪武初，七十八萬有奇，口增一千二十九萬七千有奇。明年户僅九百六十萬五千二十，口僅五千九十五萬四百七十。十年安南並入版圖，户一千九十五萬二千四百三十六。十一年，僅九百六十八萬七千五百二十。成化二十二年，口六千五百四十四萬，明年僅五千二萬，倏增忽減，莫測其故，則不實可知。雖然周宣料民，春秋所譏，然則《周禮》所謂周知其數者，非周公所以治天下之本也。

漢《地里志》謂禹平水土，九州人口千三百五十三萬三千九百二十三。周列五等之封千七百七十三國，口千三百七十萬四千九百二十三。杜佑謂平王東遷，五千里内，天子之御自太子公卿至於庶人千一百九十四萬一千九百二十三。凡斯言也，可謂愚矣。且夫爲國在得民，得民者得其心也。豈林林總總之謂哉？夷吾陰謀傾鄰國之氓，商鞅墾田招三晋之衆，何異估�董涂人以爲親戚？逮南北六朝，僑立九州，借封五嶽，夸張掩飾，抑又妄矣。故曰，户口多寡，實不足覘治亂也。觀於鄉而知王道之易易，即一郡以例天下焉。

貢賦

《禹貢》田九等，揚州土塗泥，田下下；豫州土壤墳壚，田中上。今豫州惟宜黍麥，不宜稻；揚州宜五穀。婁江、松江、上江，古之三江，謂曰澤國，今青龍白蜆，稼穡如雲。婁江入海，今蘇州之太倉、松江入海。今浙江之上海，虞夏之時，有不如後世之土反宅而水歸壑者，古今所以異也。故揚州在古下下，在今上上；豫州在古中上，在今中下；荆州在古下中，在今爲中上。

蘄多荒山，垡塊墝确，熯潦易災，在荆州最下，故明列入下州。洪武初，民田起科，畝三升三合五勺。萬曆，田上則畝米五升，下則三升。州雖下等田多，上則民乃告困，不可不察也。如曰《禹貢》田列第八，唐宋縣列望，而今不得以下下則田。嗚呼！是烏知古今之異哉！

一條鞭

三代之有國也，事簡而用儉，故取民寡。後世兵戎、水旱、邊防、御供、藩封、百官，事繁用廣，不得不取民多。

唐憲宗時，分天下賦以爲三，曰上供，曰送使，曰留州，即今起運、撥運、存留之始。是時大亂後，藩鎮擅竊，縣官不能專利，故設是法。宋初，削平州鎮，文臣典藩，奉法循理，錙銖絲粒皆爲上有，然而取酌中之數定爲上供年額，餘悉付州縣椿管，以待支費。一則，州郡宿儲可以備不虞之用；一則，理財定制可以閑不肖之心。蓋後世良法也。明興墾田雜徵賦役之制，中葉大備，嘉靖末一條鞭法，天下便之。起運、撥運、存留、力役、井畫不亂使，國家無大故，遵是足矣。末季寇災踳臻，不肖有司欺民無知，比匪吏胥潛加濫派，條鞭復爲民困，下怨而上不聞也。

今準《萬曆全書》爲《條鞭考》，加編宗禄、冗員、靡費出一時之舉者，已經變革且欲存其實，故亦録云。

丈　量

至元十七年，定諸路差税、課程，增益者即上報，隱漏者罪，勿履畝以摇百姓。仁宗復令民自實作弊者許告，首罪有差。如是民不聊生，盜賊蠭起，史稱有司貪刻用事，富民黠吏，因緣爲奸，以無爲有，是固一端耳。

民愚，祇令自實安保，無隱，隱匿加罪。譬如持果餌誘孺子，而責其朵頤也。豈可哉？此洪武魚鱗丈爲不易之法矣。

溝　洫

甚矣，興利之難！當情之難破也。

自井田廢，後世不能復行。豈惟後世不能？周公復起，吾知不能，何以言之？井田行於中國，所謂漢江以南，濰淄以東，不能爲者，不使强也。然而可不師其法，師其意。先王制井田不惟均貧富，實以備旱潦，故十夫有溝，百夫有洫，千夫有澮，萬夫有川。溝深廣四尺；洫深廣八尺；澮廣二尋，深二仞；川則因勢自成，所謂兩山之間必有川是也。溝瀉於洫，洫瀉於會，會瀉於川，旱則蓄之，潦則泄之，此井田之意也。

而後世不於溝洫之制變化是圖，不亦惑乎？蘇恂執畛涂道路之説，謂非塞谿壑、平澗谷、夷丘陵、破墳墓、壞廬舍、徙城郭、易疆隴不能，泥亦甚矣。謂盡天下之田必井，是誠不能；謂變化溝洫於隴畝、畻畖間不能，可乎？隴畝、畻畖即古溝洫、河池，陂堰即古澮川。因隴畝、畻畖廣濬深浚，使一頃之田必有渟潴。相其高下方圜，以爲曲直啓閉，豈必塞谿壑、平澗谷、夷丘陵、破墳墓而後能之乎？自秦鞅填溝洫以爲田，後世遂不復以田爲溝洫，所謂當情之難破也。是説也，先儒固及也。

丁　錢

漢高初爲算賦令：年十五至十六，人出錢百二十，治庫井車馬。武帝征伐，賦重，民産子三歲則出口錢，民困，多自殺子。昭帝始減口賦錢。元帝時，貢禹請以七歲出口錢，年二十始算。晋户調徵有田者。北齊列九等户，富者，税錢；貧者，出力。唐初，授田者歲輸粟，謂之租；隨所出絹、布、綿、麻，謂之調；用人之力，歲不過二十日，謂之庸。此明初銀力差所繇出也。德宗，天下大亂，户口不明，欲料民則生事，欲據籍則無徵，欲蠲除則國匱，於是揚炎立法，不論黄小，以貧富爲差，而丁役一歸兩税，此嘉靖末一條鞭所繇議也。宋太宗照口輸錢，大中祥符除丁錢。嘉祐四年，詔無業者除放，有業者減半。其後，隨田起徵。英宗復别徵助役錢。元豐後，僱差、保甲又紛紛矣。紹興户口亡失，趙坦請以現在丁米二分敷於田畝，一分敷於身丁。漕司言，如是則貧民亦當輸米二斗，不便，請盡敷田畝。樞密院王迪亦請丁錢隨田帶税。洪武初，軍民有未占籍而不應役者，許自首。二十一年，始令取殷實户應當，不許僉點貧民。二十四年，令雜役差徭皆隨田糧應當，田一項出丁夫一人。是則丁錢出於田畝，嘗相當也。

考丁錢，自僞國李昇、王審知、錢鏐、馬殷計丁俵鹽，收錢入官，初名丁鹽錢。太宗相沿未革，改錢納絹，謂之丁絹。其後鹽盡通商，民無所依，而丁絹不廢。又其後以錢折絹，遂謂之身丁錢。明初，議者謂宜如大中祥符除去爲是。《周禮》雖云："七尺而徵，六十而舍。無職事者，出夫家之徵。閭井無職者，出夫里之布。"然而古今異勢，編審之弊，不可勝言，不若徭徵歸諸丁米，户口行於保甲，則公無廢事，而民生裕，如其議如此。嘉靖始議一條鞭法。一條鞭者，謂理國如牧羊一鞭，驅之足矣。隆慶、萬曆，法乃大行，以各項差役供費通計，一歲用銀若干，丁取三分，糧取七分。其往年編某爲某役，某爲頭户、貼户者盡革。有丁無糧者，編爲下户，量納丁銀。其後譌稱條編，飛詭灑派，下户逃匿，弊復叢生。崇禎末丁銀漸增，有司别徵煙户助費，或議丁從户口，不宜從糧，而條鞭之法又紛然矣。

種　樹

善哉！課民種樹。

《管子·地員篇》：地，一施、再施、五施、五粟、五沃、五隱、音隱，青色，肥土也。五怵，音术，密也，初生茁長也。諸土不同，悉有植蓄。《貨殖傳》曰："安邑千樹棗；燕、秦千樹栗；蜀、漢、江陵千樹橘；淮北、常山以南，河濟之間千樹梨；夏千畝漆；渭千畝竹；齊、魯千樹桑。其人與萬户侯等。木千章，竹竿萬个，佗果蓏千鐘，得比素封之家。"

衛文公復國，樹之榛、栗、椅、桐、梓、漆。董安于治晉陽，公宫之垣，廧以蒿荻苫楚，足用爲矢；龔遂守渤海，鄭渾守魏郡，課百姓種榆；陶侃鎮武昌，諸營種柳；韋孝寬撤諸堠種槐；諸葛亮成郡八百桑；李衡武陵千樹橘。以是觀之，足以裕國富民。反壤而種，深藝厥根，雨露、流泉、濡澌以榮，無耘耔之勤，坐收厥成，可廬可食，可爲材薪。今也童土不知剪植，蓬茅蓊鬱，虎狼跧匿。以是觀之，不可惜哉！

北魏夫給田二十畝，種桑五十株，棗五株，榆三株。元世祖課丁棗二十株，雜果十株，令下輒行。宋建隆初，令郡縣定民五等，種雜樹百，每等減二十爲差，桑棗半之，令佐春秋巡視。太平興國七年，立農師，勸種樹。熙寧六年，勸種桑，不趨令，屋粟里布爲之罰，其河北種桑多者起税，民以爲病，不果行。夫種桑何病民而不行？蓋樹成起税故也；令下輒行者，不税故也。故善種樹，罰而不税。《會典》：不種桑麻雜木，罰出絹布。洪武二十五年，令鳳陽滁和廬户種桑二百株，棗二百株，詔天下皆相土樹藝，不亦善乎？惜哉！其廢也漸。

徵榷總論失。

榷　茶

宋茶榷之禍，孝宗極矣。

饑寒無賴，亡命盜販，愈不可制，使宋之君臣審度利害，罷沿邊榷務，開窮民生活之路，縱中原商賈之利不禁，而民將不販入金矣。夫茶鹽一體，邊境患同。河北不榷鹽，誠以鄰邊，慮驅民爲亂，鹽可不榷於河北，茶即可不榷於江南，而羅織陷阱，鋌而走之，計亦誖矣。宋私茶，如今私鹽。即以鹽論，往者漕艘夾帶，遣中官列兵捕捉，於時運軍數千，持刀杖格殺，自焚其艘，朝廷莫能禁。沿海郡縣私鹽告變，不可勝數，何者？小民死利，上之人盡窒而有之。秋毫窮治，相迫至於此極矣。昔劉晏爲轉運使，造船，每船費千緡，而實不過五百，或病之。晏曰："使官吏有賸錢，則船堅好。"夫欲船堅好，尚賸利官吏，欲國堅好，不賸利小民可乎？明之茶法善矣，而私鹽處置未盡當，計利之臣往往以嚴法請，豈不聞李沆漕艘載鹺之事耶？

榷　酤

崇禎十七年十一月，江南徵酒税，官給票，每酒一觔，納錢一文，改糟房爲官店，違者依私鹽律治罪。從總兵官杜弘域請也。

謹按《周禮》：萍氏掌幾酒、謹酒。幾、謹，酤鬻多少及非時者不盡禁酒也。漢高禁酤，三人無故飲酒，罰金四兩。蓋踵秦偶語之禁，猶未榷也。文帝賜酺，許聚飲五日。武帝喜兵，國用乏，始榷酤。賊莽引《詩》"無酒酤我"，爲周酒在官之證，設官賣酒，犯科條，罪至死。唐建中以還，私釀私麯者没入家産。五季相沿，法益峻。後漢犯私麯者棄市。後周麯至五觔半者死。江南吴越諸僞國，莫不榷禁。宋有天下，人情宴樂，有司議開酒禁，朝廷謂隋唐來，相習久，一旦開除，不便。少寬之，私麯至十五觔，酒入城三斗者始死。後又斷城郭私造至二十觔，鄉村三十觔者始死。敢持酒入京城五十里，諸州二十里内至五斗者死。所定里数外，有官署酤酒而私酒入其地一石者棄市。乾德初，詔：至城郭五十觔以上，鄉村百觔以上，入禁地三石以上，有官署處五石以上始死。此攘雞以月，紾兄姑徐，而史稱爲法益輕，亦揜耳盜鈴之説矣。

夫酒，先王不以禁，《豳風》曰"爲此春酒"，曰"朋酒斯饗"，此民自造酒。《大東》之四章曰："或以其酒，不以其漿。"逸《詩》曰："何以贈之？清酒百壺。"此民相遺贈以酒，未聞酤于官，且禁往來也。《伐木》之詩曰："有酒湑我，無酒酤我。"鄭玄曰："酤，買也。此族人頌王之恩意，言王有酒泲莤之，王無酒則酤買之。"然則王酒且有時買于民間。賊莽之言豈足信哉？酒醋，民間日用之物，禁之以窮利，而美其説曰吾以防民之以酒流生禍也。豈亦防民之以醋流生禍哉？法立而民死不勝數，於是流生禍不在民，而在官矣。明高帝惟薄税業酒麯料之家，餘一切罷，熙然日受大餔而飲於上尊也。自賊莽以來，酒禍始絶。

榷茶始唐德宗，而害極於宋孝宗。觀裴休條約，王質疏論。蘄六産茶諸地，場務所在，禍亦至此哉。上與民争酒，則民死於酒；上與民争茶，則民死於茶。上以是争，下以是死。上下交徵，國且喪亡，何利之有？

茶酒之榷，如爲兩阱於國中，仁主除之，使民無法可犯，而民亦不犯法。故曰：剖斗折衡而民不争。國初沿元制，茶猶嚴禁。洪武十四年，駙馬歐陽倫以私販撲殺。厥後，禁漸寬。《會典》雖有私茶鹽一體治罪之條，而罪條所列，惟曰出園茶賣與無由引客興販者，初犯笞三十；再犯笞五十；三犯笞八十；僞造官引，乃處死。又其後，止嚴於邊市，其腹内産茶地方，布政司給引，聽牙行填報，一如宋趙開故事。於是茶利歸民，不啻三十賦一。自貞元以來，茶禍始絶，小民視茶酒爲日用當然。不惟不知其害，而且不知古之有是禁也。蕩蕩然如平兩阱，爲康莊而使之游，不亦快哉！

限田世田

崇禎十三年冬，工部主事李振聲請限官品占田：一品田十頃，屋百間，以下遞減。下部議，不便寢。十七年十二月，禁民田私買賣，其或買賣者令納税，熟田畝銀二分，熟地畝五釐，山塘畝一釐，給弘光元年契尾，永爲世産。

按：漢武帝時，董仲舒請限民名田，帝不用。哀帝時，師丹請限田，定諸侯王至吏、民、奴婢等數，亦寢不行。莽嘗一再行，天下嗟怨，卒改其法。夫向執順情，謂之經濟；背而强之，是曰迂儒。仲舒、師丹輩，迂儒之經濟，豈名世之經濟哉？

國用總論失

錢　法

洪武初，鐵錢概行禁止，各布政司鑄局取辨本處銅礦及廢銅器，民間古錢兼使，不令銷鎔。蘄無産銅之山，惟江南白雉舊置銅場與蘄接境，厥後罷，鑄局場礦亦遂廢。永樂時，病鈔不行，禁用銀錢，景泰錢鈔皆不行，因許民間用銀。嘉靖末，姦徒盜鑄，捕禁嚴，並金背錢沮不售，部議公私惟行白銀。隆慶初，令買賣貨物值銀一錢以上者，銀錢兼用，以下止許用銀。崇禎末，錢法大壞，盜鑄甚夥，百文不盈一寸，謂之棗核錢，識者謂如隋煬大業之鐵葉。劉宋景和之綖環削薄，喪亡之兆也。或用舊錢，官復禁革。

時道士洑煤徒掘得墓錢，盈其中皆宋元年號，有大中通寶者，洪武初鑄也。此國初古錢兼使之證。不禁舊錢亦便民良法。議者謂盡革然後時錢之值定，豈其然哉？

桓靈稅錢

漢初三十稅一,桓帝畝加十錢。陸康抗疏,以爲亡王之法,何哉?按錢值先後不同。漢初,米一石萬錢。宣帝時,一石五錢。元帝時,一斛五錢。先儒疑賤不至此。蓋亦未察錢值貴賤耳！高帝初,病秦半兩錢重難用,令民鑄榆筴錢,故一石至萬。武帝元狩後,全用五銖,故一斛止五。當是時,國家號最富,都内水衡少府摠八十三萬萬錢,當八百三十萬貫。元帝時,王嘉言外戚貲千萬者少。千萬只今一萬貫。東方朔云:"臣奉一囊粟,錢二百四十,通歲計之,二千八百八十。"以三説觀之,西漢五銖之貴可知。至元帝納王莽女爲后,有司奏:"故事:聘皇后,黄金二萬觔,爲錢一萬萬。"是黄金一觔才值錢五千。至哀平末,五銖多,遂極賤,賜死者棺,人錢三千,非舊值矣。王莽更鑄小錢,一值一;么錢,一值小錢十;幼錢,一值小錢二十;中錢,一值小錢三十;壯錢,一值小錢四十;大錢,一值小錢五十。謂之"錢貨六品"。黄金一觔值小錢萬,大錢二百。金賤錢貴,所謂一觔金易一斛粟。其後民間不便,童謡云:"黄牛白腹,五銖當復。"建武中興,果復行五銖。五銖既行,價值如舊。觀董卓廢五銖,更鑄小錢,錢賤穀貴,一石至萬,可知非五銖之值矣。當桓靈時,民間正行五銖,而桓帝於常賦外,每畝稅十錢。靈帝欲鑄銅人,又每畝調十錢,是畝二十錢矣。以西漢元帝時,米價準之,幾當四斛一畝。稅至四斛,有是理乎？雖貴賤不同,不必四斛而歛重可知。此陸康所謂亡王之法也。

古者,錢以爲幣,用濟凶荒,非民間日用常行之物。孟子曰:"以羨補不足,農有餘粟,女有餘布,百工交易皆粟布。"李悝言:"一夫治田百畝,畝收粟一石半,爲粟百五十石。一夫五口,人月食一石半,百畝之八。以其十五石爲稅,九十五石爲食,餘四十五石,石錢三十,計錢千三百五十。社閭祭祀,用錢三百,餘千五十爲五口之衣。"先儒疑其太少,是亦未詳當時錢值之重也。自周至兩漢,大約錢貴時多,如較明末,則錢二十值銀不滿一分矣。漢五銖甚貴,二十幾盡一畝之利,故酷也。先儒偶未察此。

恤政總論失

免　租

昔漢文帝令富民入粟拜爵，粟入多，支數歲，乃除租。事出權巧，其實敗壞風俗，民趨末業矣。隋文既富强，用漢故智，數放免。後人往往思慕歎息，烏知其有不盡然哉！

管子曰："民予則喜，奪則怒。先王見予之形而不見奪之理。故民可愛而洽於上也。"漢文既除常租，建武三十税一，未幾度田，民乃怨咨。煬帝即位，除婦人、奴婢、部曲，既而增置軍府，發民爲兵，叛者四起。季子皋不云乎："以吾爲邑宰於斯，買道而葬，後難繼矣。"蕭何治未央宫，曰："要使後世無復加善，謀政者使法可繼而無復加，足矣。"陰取陽放，豈治國本計哉？

倉　法

荒政莫如積穀，積穀莫如倉法，漢之常平許民貸在官之粟，宋之廣濟、廣惠募民種在官之田。權三倉之法，莫如社倉。

朱元晦言："王氏青苗，未爲不善。但給以金，不以穀；處之以縣，不以鄉；職之以官吏，而不以鄉民士、君子。是以不能行。"夫給以金，不以穀，則有入手濫用之弊；處以縣不以鄉，則有窵遠難受之弊；職以官吏，不以鄉人士、君子，則有奸胥侵盗難補之弊。故洪武倉法處之四鄉道里之中，僻隘農民易於領納；領以富户，則身家愛重，無敢盗鬻；有司歲驗，春放秋收，歉放豐收，則不至紅腐；遇凶荒發賑，然後奏，可謂善矣。

然而有憂焉：四鄉道里，難以詳驗，委以富户，每多抑勒，故數十年輒廢。其在城郭，又僅虚名，聞使者按部，即先借名俵散，擡數搪抵，掩目捕雀，上下相欺。豈法真不可行哉？無良有司故耳。有司廉明，即無不可。不然元晦之法與介甫何異？雖尤善於洪武，奚益哉？

破　分

明之冷欠，宋之破分也。淳熙時，朱熹封事："伏見祖宗舊法，州縣催理官物，已及九分以上，謂之‘破分’，諸司即住催，版曹亦置不問。繇是州縣得其赢餘以相補助，貧民些少拕欠，亦得遷延，以待蠲放。恩自朝廷，惠及閭里。自曾懷用事，除此法，盡刷州縣舊欠，名爲隱漏。於是毫髮銖兩，取必登足。懷以此進身取宰相，生靈受害，冤痛日深。”諒哉！斯言！

崇禎四年，考選科道，有在任徵輸未全者，值上怒，下户部尚書畢自嚴於獄，於是州郡催科，冷欠皆爲實徵。一分告欠，則銓選不遷；一夫逋租，則株連九族。誅求之慘不上聞，上以爲能。臣聞之，民力不可盡，吏才亦不可盡也。

封建總論失

歷代封建

《舊志》謂蘄古無封建，自正統封荆憲王始。

按《姓苑》，漢弘農太守蘄良，蘄春侯之後。鄭樵《通志略》云：“不詳何許人。”先君曰：“蘄春侯陳浮，後漢建武二十三年封。浮卒，子專諸嗣。專諸卒，子篤嗣。”（見《後漢書·陳俊傳》）《水經注》作三十年封良。豈其後而以國爲姓者耶？又按《前漢百官公卿表》：“太始四年，江都侯蘄石爲太常，則得姓遠矣。”隋有蘄春郡公達奚長孺，見《隋·列傳》。唐咸通三年，封叔祖緝爲蘄王。（見《懿宗本紀》）周顯德六年，封後梁裔朱熙誨爲蘄王。（見《五代史》）宋孝宗興隆四年，追封韓世忠爲蘄王。（見《宋史》）明洪武初，封康茂才爲蘄春侯，追封蘄國公，子鐸嗣侯，亦追封蘄國公，鐸子淵二歲未襲封，實食禄二千五百石。洪熙初，追封皇四子瞻垠爲蘄王。皆古今之封建也，然而皆未之國。

正統八年，遷封荆憲王於蘄，凡傳八王。又，荆永定郡王、荆富順郡王、荆都梁郡王、荆德安郡王、荆永新郡王、荆樊山郡王、荆都昌郡王、荆桐城郡王、荆岷青郡王，則皆建府於蘄矣。志記荆藩遺桐城、岷青，而宋以前俱不載。且蘄在魏屬弋陽，在晉、宋、齊、陳屬西陽。魏黄初三年，封曹彪爲弋陽王。（見《三國志》）晉太康十年，封汝陽王次子羡爲西陽公。(見《元帝紀》)宋孝建三年,立第三皇子尚爲西陽王。(見《孝武帝紀》)齊永明三年,改封武昌王子明爲西陽王。(見《南史·齊武帝紀》)建武二年,誅子明,以蜀郡王子文爲西陽王。(見《明帝紀》)和帝中興二年,以武昌西陽益封梁王蕭衍。(見《南史·梁紀》)梁大寶元年,封西陽郡王大鈞,邑二千石。(見《梁書·太宗十一王傳》)陳後主至德元年,立皇弟叔穆爲西陽王。(見《陳書·二十九王傳》)周有西陽公宇文温。(見《北史·周宣帝紀》)其間雖有之國不之國者,要皆封建往迹,而謂古無封建,不亦疏乎?

又周武帝建德初,高延宗僭即僞位,改元德昌,封莫多婁敬爲齊昌王。元末劉福通僞將吕某封蘄王。今蘄治東二里有吕王城,又古之僞國矣。

辨譌一則

盧氏《續蘄州志》載:"蘄國公薛禄,宣德初,爵陽武侯。漢王高煦反,命禄爲前鋒。既平高煦,歸京師,佩鎮朔將軍印,帥師巡河,至蘄黄遇敵,進戰有功,加太保。宣德五年,卒,追封蘄國公,謚忠武。"

按:禄,膠人也。永樂十一年,以靖難及北征功,封陽武侯。洪熙元年,充鎮朔將軍巡邊。其後高煦反,禄充先鋒,擒高煦於樂安城。復充鎮朔人將軍巡邊,戰于鳳皇嶺,收孳畜數萬,加太保。卒,贈鄞國公,謚忠武。譌鄞爲蘄,改鳳凰嶺爲蘄黄,云出實録,載入蘄志,謬。

職官總論

漢重郡守,二千石,謂與民最親,所舉必上廉厚史。

嗟乎!有以也夫。然而高帝則貴明法,景帝則選寡欲,武帝延光初則尚勇猛知兵,光武中興則課兵民水火,故吏才在濟時而已。近代惟視年俸遷轉與撫按薦舉,輒多便佞,賄賂中大吏意。嗟乎!尚可言哉。

蘄在古,或爲州,爲郡,爲路,爲府,爲縣。舊志《宦迹考》:"十不得二三例,不敢賢否,統曰名宦。夫考之不備,則志無足取,輿論無所申,則民碞不足畏。"今自漢以下,見諸史集志記事迹可考者,總曰宦籍，爲類十二：首才力，次勳烈，次忠節，次循良，次廉謹，次儒吏，次文吏，次鯁直，次遷謫。其下則記貪酷，記叛賊。至於事本非叛而致寇棄地，罪同於賊，則記誤國臣。其官凡曰刺史、太守、總管、達魯花赤、知府、知州，曰治中、别駕、同知，曰參軍、通判、推官，曰縣令、丞簿、掾史、尉吏目，曰學正、教授、訓導，曰節度使、安撫使、制置使、防禦使、招討使、屯田使、觀察使、團練使、江防使，曰統領、都統、制兵、馬鈐轄指揮使、千百户，曰守備，曰巡撿，曰驛丞，曰都大監，茶酒監、湖泊使、倉庫使，曰王府官屬，凡若干人。

其人之骨已蕩爲冷風，陰爲野土；其姓字或見或没於國史稗乘陳編敗楮之中。雖其子孫亦不記遠祖若宗之美醜何似，焉知千百年後有所謂顧生者，起而闡之，褒之，貶之，誅之，使復粲然于耳目之前？嗚乎！可畏哉！宰千里之地，榮辱是非，較然明白，而況宰天下者乎？

巡　撿

巡撿之官，始宋，或數州數縣管界，或一州一縣掌巡，或巡逴江湖馬遞，捉捕私鹽茶，皆主訓練遮邏機察之事，仍聽州縣守令節制，而都巡撿則以才武大小使臣充職，稽各路巡撿得失。

明初，於地分闊遠，控扼要害，則置頒鐵印，許糾發所在巡按，而其後秖以吏員充之，不得比丞尉，見守令，奔走匐伏，與胥隸等。蘄巡撿司二：一、洪武二年設；一、正統五年設。承平久，減舊額兵哨十之八，每司弓手不過二十人，嘗爲盗，縛樹上笞而罵之。崇禎末，流賊掠境，鄉民立砦自保，有司慮爲亂，禁之。民益忿怒，撫臣言宜聽立砦，上然之，詔獎砦主，懸賞格如宋故事，而巡撿之官聽命於山寨矣。十六年，有鄭巡撿者，領弓兵守殘城勇幹，可使忘其名？

選舉人物總論

選舉之法，如江河之日下。制藝無用之學，轉相授受，上以虚文責士，下以虚文報之。其有砥志勵精，思垂竹帛，融冶道德，翱翔蓺苑，千不得一焉。

崇禎中，上厭科目，詔三途并用，行保舉，習騎射，設裕國足民、奇謀異勇之科,廷議鑫棼,卒撓不果,何者?傝㑰之習久而膏肓之中深也。或曰:明自成祖專尚經藝,二百年來,名賢踵出,安在其病哉?是不然。豪傑之士矯然自見,代其有幾?自非然者,莫不波流草偃,溺聲華於一時,喪影響於後世。

悲夫!悲夫!惟漢近古以孝廉取士,雖處士盜聲,同於無用,然而刻情修容,依倚道藝,以就聲價者不少,不猶愈於虛文相欺弄者乎?蘄之儒行、孝友、忠節、廉介、隱逸、尚義、文苑,特立傳,其進士、鄉貢、歲貢、國子生,姓名皆存於編。

隱　逸

世之治亂,士之顯晦,雖曰人事,實有天焉。天之所顯不能使晦,猶天之所晦不能使顯也。是故五緯集而文教興,天地閉而賢人隱。

夫隱有二:有樂道而隱,有避世而隱。

樂道而隱者,其世可用而不用,如嚴光、高獲之流是也。《易》所謂"遯世無悶者"也,遯世而隱,其心未嘗一日忘世,而事有不可,於是高蹈遠引,久益自信,如梅福、梁鴻之流是也。卜商氏所謂戰勝而肥者也。夫戰勝而肥者,彼初豈樂爲是哉?陸機有言:"遯世之士,非受匏瓜之性;幽居之女,非無懷春之情。"蓋名勝慾,則偶影之操矜;窮愈達,故淩霄之節厲也。故避世而隱者,其心審度回翔,知顯之不如晦也,然後擯落江山,甘心魚鳥,非若樂道者之直情而徑行也,蓋苦節之貞也。故曰:天也。

今據志所載數人,録於篇。

文　苑

夫崑山産玉,東海孕珠,而荆璞隋寶,見非其地。山東出相,山西出將,而何、參、信、越,長非其鄉。故掘井取水,用不異於江河;敲石求火,功不殊於鑽燧。何者?寄無嘗體,生匪定方,文章之道理亦然也。故曰:神芝無根,醴泉無源,才人之生,固不貴哉!

宇宙之大,斯人之夥,其間秀質,豈可勝數?間者傑出,知浮生之有盡,慕立言之不朽。俛首抗臆,刓精竭慮,思争光於日月,冀壽名等金石，而卒力蹙執窮，賫志而歾，又不可勝歎也。

登文章之籙，代不數人，地不數見。子雲而上，成都不聞有揚；長卿以還，臨邛竟無二馬。繇是觀之，區區方隅，必求所謂文人以實之，不綦陋哉！

夫人著作必如伶倫之權度，胡曹之衣裳，後世利用，不復可廢。不則歲月飄忽，銷爲土灰，有何創建？急於不朽，或齒爵榮盛。嘑噏風雲，户傳詅癡之符，市集訝鼓之舞。及墓木已拱，雄劍不靈，愛我者移情，畏我者忘勢，而後作者孤行，好醜自見，淘沙揀金，吹毛求纇，豈不難哉！白傅謂劉賓客云："似君詩文，當有神守，必精神塞天地，著作侔造化，始不在恒列也。"

疆域總論

周諸國，荆州地可考者，楚、夔、邔、黄、鄖、由、麇、羅、巴、穀、隨、權、鄀十三國。揚州地可考者，吴、楚、舒、黄、弦、蓼、蔣、巢、桐、六、鍾、離十二國。楚兩見荆、揚者何？地界二州之境故也。貳、軫、絞三國地，無考。

《左傳》桓公十一年，鄖人軍於蒲騷，將與隨、絞、州、蓼伐楚。杜預曰："鄖在江夏雲杜縣，蓼今義陽郡棘陽縣東南湖陽城。"《文公五年傳》："秋，楚成大心、仲歸帥師滅六。冬，楚子燮滅蓼。臧文仲聞蓼與六滅，曰：'皋陶、庭堅不祀忽諸。'"杜預曰："六，廬江六縣；蓼，安豐蓼縣。"蓼地兩見。又，漢有蓼城縣，屬千乘郡，晋屬樂安國，山東地，非春秋之蓼。《漢·地理志》：南陽郡有比陽、湖陽二縣。據大明《一統志》：今南陽府，唐縣也。鄖，今德安府也。義陽故城，在孝感縣。安豐，則六安州。然則隨、絞、州、蓼又别爲鄖之附庸，如舒之有舒蓼，而非揚州十二國之蓼，爲公子燮所滅者耶？

又考舒蓼，《文公十二年傳》："群舒叛，楚令尹子孔執舒子平及宗子，遂圍巢。"杜預曰："群舒，偃姓，舒庸、舒鳩之屬。宗、巢，二國名，群舒之屬。""十四年，子孔將襲群舒，使公子燮與子儀守而伐舒蓼。宣公八年，楚爲衆舒叛，伐舒蓼，滅之。"杜預曰："舒、蓼，二國名。"杜氏誤矣。《通鑒釋例》曰："舒有舒庸，有舒鳩，有舒蓼。"非文公五年既滅之蓼,明矣。而《水經·決水註》以滅蓼、滅舒蓼爲一事。又酈氏誤也。舒蓼者,以地近蓼國而名。《一統志》曰:"舒城縣有故六城,夏封皋陶之後於此。"《括地志》曰:"蓼固,今固始。"《通志·都邑略》曰:"蓼,壽州霍丘縣。"《唐書》:武德四年,立蓼州,領霍丘,今蘄北有四流,山西南流入蘄水縣,東流入安慶,北流入霍山。《一統志》曰:"英山縣,本蘄州羅田東鄉地。宋淳祐間,有鷹山寨,英山之譌也。咸淳初,即寨立英山縣。"《爾雅》邢疏曰:"兩山相重曰英也。"合諸説考之,固始、舒城、六安、霍山、英山、蘄州、蘄水、廣濟、羅田皆六、蓼地,公子燮所滅者也。一作鄝,《集韻》作鄡,或作飂,非。《晋志》:春秋三十一國失其處而飂在其中。則飂非蓼也。《路史》謂當作鄝,姬姓,侯爵,並非從《左氏傳》,是。蘄舊志曰:"蘄在春秋爲蘄國。"戰國因何所據耶?

三　國

漢初分南郡爲江夏郡,仍隸荆州,蘄春屬江夏。建安十三年,曹操盡得荆州。《何夔傳》曰:"建安中,袁術與橋蕤攻蘄陽,蘄陽爲魏固守。"則蘄已爲魏有。赤壁之敗,南郡以南屬吴,吴後遂與蜀分荆州,於是南郡零陵、武陵以西爲蜀,江夏、桂陽、長沙三郡爲魏,而荆州之名南北雙立,是此時蘄屬吴。建安二十五年,孫權自公安都鄂,分江夏郡爲武昌郡,屬以武昌、下雉、尋陽、新陽、柴桑、沙羨六縣,皆江南地,而蘄改蘄春郡,又省郡爲縣,屬弋陽郡。魏又改弋陽爲西陽,今之光黄州地也。黄初三年,以江北諸郡爲郢州。四年,吴擄叛將晋宗於蘄春,復置蘄春郡。先是宗爲浠口守將,叛入魏,至是擄宗還齊。

《王芳本紀》云:"自帝即位,至嘉平五年,郡國縣道多所署省,俄或還復,不可勝紀。"大氐蘄初屬魏,赤壁敗復屬吴。文帝時,又屬魏,繼又歸吴,《三國》無地理志。參詳傳記如此。

南北六朝

晋武帝僑置牧司。南渡分荆爲湘,或離或合。至宋又分揚州爲南徐,徐州爲南兗,揚州之江西悉屬豫州,分荆爲雝,分湘爲郢、爲益,分廣爲越，分青爲冀，分梁爲南北秦。及北魏南侵，青、冀、徐、兗及豫州、淮西北皆失。於是又以鍾離置徐州，淮陰置北兗，而青、冀二州則治贛榆。土宇彌蹙而郡縣益分益小，或一郡一縣割成四五，四五之中更復離合。史臣不能詳舉，大約以州統郡，郡統縣。州曰刺史；郡曰太守；縣曰令，或不曰令，而曰内史、侯相；縣令之次曰左縣長，以主新置之縣。左長者，縣令之分司也。

當後漢初，江夏即徙居南郡蠻。晋時，西陽有五水蠻。五水者，浠水、蘄水、巴水、赤亭水、西歸水也。元嘉二十五年，以豫部蠻民立建昌、南川、長風、赤亭、魯亭、陽成、彭波、遷溪、東丘、東安、西安、南安、房田、希水、高坡、直水、蘄水、清石十八縣，同蘄陽縣屬西陽。其中希水、蘄水係蘄陽地，可考。餘或蘄地，或非蘄地，歷覽記志無從得詳。其後諸縣旋廢爲屯。永光元年，又以蘄水、巴水、希水三屯爲東安縣。宋入南齊，南齊入梁，二史皆無《地里志》，又不能詳，至隋粗可考。

蘄　治

蘄治，在漢不詳何地。《水經注》曰："蘄水，南對蘄陽洲，入於大江，蘄口洲上有蘄陽縣徙。"又曰："臨江有空石山，南對石穴洲，洲上有蘄縣治，即所謂徙者也。"蓋酈道元就魏時而言，故又曰：江水東逕蘄春縣故城南，漢世祖封陳俊子浮爲侯國也。

以是案之，故城者，即今治西五十里羅州故城也。《志》謂漢高封英布，駐馬下山，在羅州故城西，而故城有西河。《一統志》謂包絡羅州舊城之西，即桑欽所謂蘄水出蘄春縣北，南過其縣，西至蘄口，入於江。今西河驛水，出挂口者是也。空石山，今名龍峰山，池西至十三磯者是也。十三磯，《水經註》謂之黄公九磯，一曰九圻也。龍峰山上流三十里，南岸曰韋源口，《水經註》謂之韋口，東有韋山，韋乃葦之省也。以此知漢之蘄春至梁名羅州，皆治於西河。而今濱江之城，則景定三年築。時，知州王益率民保鴻宿洲。鴻宿洲者，即桑氏所云"蘄陽洲"，酈氏所云"石穴州"。魏時，嘗徙治於洲矣。《元・地里志》云："嘉熙兵亂，廣濟、黄梅皆僑大江中洲，不獨蘄爲然矣。"

分　野

先君曰："貞觀中，李淳風撰《法象志》，因《漢書》十二次度數以唐州縣配焉。"所謂分野是矣。一行以爲天下山河之象存乎兩戒，曰北戒，曰南戒。吴、越、周、楚在南戒。蘄舊志曰："秦屬南郡，漢屬江夏郡，爲荆州之域，屬星紀。"此言不然也。

舜十二州，《禹貢》九州，復分十二州、十三州，以至瓜剖豆分，割郡隸省之不同，而其上應列宿，當有不易之理。即如蘄，古揚州地，秦爲九江郡。九江地廣，兼吴、周、楚而有之。至西漢，改九江郡爲淮南，蘄遂屬江夏郡。江夏，古荆州地。蘄於是時，如揚人而籍於荆，井里墳墓在揚，固若也。唐分天下爲十道，淮南道隸十二郡，而蘄春郡列第九。《唐志》云："淮南道，古揚州域，漢九江、廬江、江夏等郡，廣陵、六安及南陽、汝南、臨淮之境也。其揚、楚、滁、和、廬、壽、舒爲星紀分，安、黄、申、光、蘄爲鶉尾分。"鶉尾者，翼軫也。又云："盡陳、蔡、汝南，逾淮源，至於弋陽。古陳、蔡、許、息、江、黄、栢、沈、賴、蓼、須頓、胡、防、弦、厲諸國皆壽星。自廬江、九江負淮水，南盡臨淮、廣陵，至於東海，皆星紀。壽星者，角、亢。星紀者，牛、斗也。"

予按蘄東南，至德化縣，一百八十里，則所云星紀之九江。北至固始縣四百四十里，則所云壽星之蓼。東北至六安州英山縣三百八十里，東至宿松縣二百里，則所云星紀之㣙六。既云黄蘄屬鶉尾，又云黄蓼屬壽星，何也？《一統志》曰："黄州府，入翼十二度。"未知是否。景星曰："分野之説，三代有之。《周禮·保章氏》：以星土辨九州之地，皆有分星，以觀祆祥。《左傳》曰：'食星孛，占列國之變。'漢人以戰國十二屬牛女十二星，七雄屬斗七星、五車五星，而天市垣二十二星又雜有所屬。《晋·天文志》出李淳風，詳於天，而不知地。唐《十道志》出梁載言，詳於地而略於天。宋王奕《中興天文》，與費直《周易分野》、蔡邕《月令章句》又各異，其州次躔度則云出陳卓、范蠡、鬼谷先生、張良、諸葛亮、譙周、京房、張衡。考陳卓，魏太史令，不宜叙序范蠡、鬼谷之前；京房，西漢人，不宜列譙周之後。且州郡諸名非戰國時有，陋妄可知。鄭樵取天竺説，華夏僅占牛女下十二國，而規外分野,華夏所不見。利瑪竇言天九重,日月五星各居一重,二十八宿、六等之星在第二重;地五大洲,中國則五大洲中亞細亞洲百分之一耳。其説又無所究竟也。天道甚遠,孰能經界,如此彈丸居荆揚之交,誠難辨晰,姑録歷代地理、天文志備考。”

白茅堂集卷之三十一

志論

民風總論

五方之山澤燥濕，出産飲食，曰風土；時候之寒暑先後，性體之剛柔長短，曰風氣；行有貞淫忠佞，事有冠昏喪祭之不同，曰風俗；制禮約法，同律度量衡，齊天下之風俗，曰風教。風土得之地，風氣得之天，風俗、風教得之人。風土、風氣古今不得而遷，而風俗、風教則與時變革者也。夏之民忠，入商而變質；商之民質，入周而變文：所謂變革是矣。其權在上曰君公，而在下曰士。士者，四民之首。士風正則俗正，士風不正則俗不正。士風所繫，不亦大哉！

三代之士，吾得言之。夏之末，士多不義，故在《書》曰："惟夏之恭多士，不克明保享於民，至於百爲，大不克開。"而夏遂亡。商之末，淫酗率下士，不吊國亂，故在《書》曰："殷遺多士，弗吊天，大降喪於殷。"而殷遂亡。至於文王乃克變之，蒸然向化，故在《詩》曰："周雖舊邦，其命維新。"維新之命不可見，而見於風俗。故在《詩》曰："凡周之士，不顯亦世。思皇多士，生此王國。濟濟多士，文王以寧。"寧之猶言敉也，以之敉寧訓安其教也。故在《詩》曰："肆成人有德，小子有造。古之人無斁，譽髦斯士。"當是時，士之賢者，莫不得用，故在《詩》曰："奉璋峩峩，髦士攸宜。"東遷之後，風教日衰，然而故家遺俗流風善政猶有存者，故在《詩》曰："倬彼甫田，歲取十千。我取其陳，食我農人。自古有年，今適南畝。或耘或耔，黍稷薿薿。攸介攸止，烝我髦士。"當是時，士多不得用者，敦本力田，有公劉之遺，不敢作爲淫亂，而士女皆知守禮。故在《詩》曰："思媚其婦，有依其士。"又其後風教益衰，士力田而女勤織者不復多見，故在《詩》曰："彼都人士，臺笠緇撮。彼君子女，綢直如髮。我不見兮，我心不悦。"又其後風教又壞，鄭衛之間，荒淫成習，故在《詩》曰："惟士與女，伊其相謔。""士也罔極，二三其德。"當是時，小國一二老成從而憂之，而在朝不聞，比黨不信，相與詆謾欺侮，故在《詩》曰："心之憂矣，我歌且謡。不知我者，謂我士也驕。"嗚乎！春秋之亂始極矣。又降而有洙泗之齗争，又降而爲稷下之横議，浸淫失職變爲遊俠，而焚坑之禍起。

以是觀之，俗之善惡、世之升降、國之存亡，皆本於士，士風所繫，顧不大哉！孔子曰："入其國，其教可知也。"蓋言士也，長民而有風教之責者，於吾言庶幾觀感焉。

宗　法

別子爲祖，繼別爲宗，繼禰者爲小宗。有百世不遷之宗，有五世則遷之宗。

所謂別子者，諸侯適子之弟，別於正適也。爲祖者，別與後世爲始祖也。繼別爲宗者，別子之適長子繼別子，與族人爲百世不遷之宗也。繼禰爲小宗者，別子之次子以其長子繼已，爲小宗，而其同父兄弟宗之也。丘文莊曰："大宗一宗，其繼別子者是也。小宗則四：有繼禰之小宗，同父兄弟宗之；有繼祖之小宗，同堂兄弟宗之；有繼高祖之小宗，三從兄弟宗之；至於四從，則親屬盡所謂五世則遷者也。是謂小宗。"先文康從而衍之，曰：

《禮》：繼別爲宗之下，止曰繼禰者爲小宗，未及言繼祖、繼曾祖、繼高祖。文莊安得知之？蓋《禮》言別子之適長子爲宗。宗者，大宗也，故遂言別子之次子不得比於大宗，自使其長子繼己爲小宗而已。欲剖白適長支庶之辨而辭有未暇，故即曰：有百世不遷之宗，有五世則遷之宗。百世不遷者，大宗是已。五世則遷，非繼禰、繼祖、繼曾祖、繼高祖而何？故曰，大宗一，小宗四，合爲五宗。説固然矣，然而大宗直下則易明，小宗旁出則難紀，況不遷則一定，遷則屢易，故小宗宜加講焉。大宗每下一世，有適子，必有支子，不問人若干，皆自爲小宗之祖，各傳四世。適長玄孫各得繼高祖之宗。五世則遷者謂下繼高祖，小宗一代，又自以曾祖爲高祖，而其故高祖祧而不祀，而新宗子亦不得復爲四從兄弟之所宗也。豈惟大宗之支子？即小宗之支子亦如之。蓋凡爲庶子者，皆上不得繼人，下則爲人所繼，各將爲禰、爲祖、爲曾祖、爲高祖，各將屬盡而遷焉。故欲明大宗可無俟圖説，欲明小宗非圖不可。大宗，雖非世胄不得立，而小宗莫之禁也。小宗立，雖大宗可知矣。因設名布叙，大都一每生二，以見適庶之辨，以著小宗之原。自諸侯析而爲小宗，凡九世而止。孰爲繼禰，孰爲繼祖，孰爲繼曾祖，熟爲繼高祖，孰爲親盡而遷，皆疏於下，庶幾爲明宗法者一助云。

宗法圖

按嘉靖更定律制，凡爲人後者，必稱嗣父母、本生父母。應襲爵者，從嗣父母；應貤封，得請恩，並及生父母。不許稱本生爲伯叔父母。宗法爲人後之禮始定。

諸侯某

按禮，宗法乃封建制，爲諸侯庶子設。今除世襲外，仕宦大家宜各譜系以始遷始有爵者，推正適一人爲大宗。其同高祖者，推四世嫡長一人爲繼高祖之小宗，以下如之。

景星曰："宗法之不行久矣。先文康叙此圖，而先王父録之家乘中。《記》曰：'尊祖故敬宗，敬宗故收族。'同姓從宗合族屬，異姓主名治際會。同姓雖百世猶親也，故有百世不遷之宗。而五世則遷者，非誠親盡也。先王制禮不敢有過焉。漢以來，重世族，而譜牒之書置官論定。吴立太公平，魏立九品中正，稽世族子弟，月朔第其賢否。江左之亂，國姓改革，而高門猶世其家。五季紛紜，宗法譜學盡廢去，先王之教益遠矣。蘇子瞻曰：'先王教衰，父子異居，兄弟相訟，禮讓之風息，而争圖之獄繁。以合族之法爲迂闊不必行，求民忠厚而易治也，難矣！'遠哉斯言！夫使人知有本，家知自愛，於天下何慮焉？故取右圖附民風考，以寓先公敦本厚俗、保家維國之志云。"

鼎 某嫡長子,嗣侯。		鼒 某次子,始封,所謂别子爲祖者。如鼒有弟,不問若干人,皆爲别子,准鼒事。														
	鼎下世世長子皆嗣侯,庶子皆如鼒。	釴 鼒長子,始爲大宗。	鐻 鼒次子,自爲小宗之祖。如有弟若干人,皆各自爲小宗之祖,又世世庶子皆如之,不别疏。													
		杓 釴長子,二世大宗。釴如有庶子爲杓之弟者,皆准叔鐻爲小祖之宗。	棟 鐻長子,繼禰之宗。							樞 鐻長子,繼禰之宗。						

		汴 杓長子，三世大宗。杓如有衆子爲汴之弟者，皆准叔祖鑲爲小宗之祖。	沂 楝長子，繼祖之宗。				泜 楝次子。			洙 樞長子，繼禰之宗。				泗 樞次子。		
		炯 汴長子，四世大宗。汴如有衆子爲炯之弟者，皆准曾叔祖鑲爲小宗之祖。	烜 沂長子，繼曾祖之宗。		炳 沂次子。		煜 泜長子，繼禰之宗。		焯 泜次子。	燀 洙長子，繼祖之宗。		灼 洙次子。		焊 泗長子，繼禰之宗。		
		坤 炯長子，五世大宗。炯如有衆子爲坤之弟者，皆准高叔祖鑲爲小宗之祖。	垍 烜長子，繼高祖之宗。	墉 烜次子。	垣 炳長子，繼禰之宗。	城 炳次子。	垑 煜長子，繼祖之宗。	垏 煜次子。	埠 焯長子，繼禰之宗。	壇 燀長子，繼曾祖之宗。	增 燀次子。	垔 灼長子，繼禰之宗。	培 灼次子。	堵 焊長子，繼祖之宗。	堂 焊次子。	

		棟 鏮長子，繼禰之宗。																	
		沂 棟長子，繼祖之宗。																泜 棟次子。	
		烼(烜) 沂长子，继曾祖之宗。								炳 沂次子。								煜 泜長子，繼禰之宗。	
		垍 烼（烜）長子，繼高祖鏮之宗。				墉 烼（烜）次子。				垣 炳長子，繼禰之宗。				城 炳次子。				垑 煜長子，繼祖之宗。	
炷 泗次子。	至仁則六世，祖鏮。祧以棟爲高祖矣。	仁 垍長子，繼高祖棟之宗。		任 垍次子。		代 墉長子，繼禰之宗。		備 墉次子。		俶 垣長子，繼炳之宗。		僨 垣次子。		信 城長子，繼禰之宗。		伍 城次子。		修 垑長子，繼曾祖泜之宗。	

堅 炷長子，繼禰之宗。	至瓊六世，祖棟。又祧樞如之，此後六世沂泜洙泗又俱祧。	瓊 仁長子，繼高祖沂之宗。	玖 仁次子。	球 任長子，繼禰之宗。	琳 任次子。	琅 代長子，繼祖之宗。	玕 代次子。	瓚 備長子，繼禰之宗。	瑄 備次子。	琬 假長子，繼曾祖炳之宗。	瑊 假次子。	瑑 价長子，繼禰之宗。	璞 价次子。	璘 信長子，繼祖之宗。	琈 信次子。	璠 伍長子，繼禰之宗。	璵 伍次子。	⿰王頁 修長子，繼高祖泜之宗。	
														樞 鐻次子，又自爲小宗之祖，如父鐻。					
														洙 樞長子，繼禰之宗。					
						焯 斤次子。								燀 洙長子，繼祖之宗。					

			垏 煜次子。				埤 焯長子，繼禰之宗。				垓 焯次子。				壇 熚長子，繼曾祖之宗。				增 熚次子。
	伸 垑次子。		位 垏長子，繼禰之宗。		佶 埤次子。		偃 埤長子，繼祖焯之宗。		佔 埤次子。		伽 垓長子，繼禰之宗。		似 垓次子。		偀 壇長子，繼高祖樞之宗。		仕 壇次子。		侔 增長子，繼禰之宗。
瑤 修次子。	琨 伸長子，繼禰之宗。	⿰王畢 伸次子。	璬 位長子，繼祖之宗。	琖 位次子。	瑛 佶長子，繼禰之宗。	琇 佶次子。	珷 偃長子，繼曾祖焯之宗。	琛 偃次子。	琔 佔長子，繼禰之宗。	琯 佔次子。	琚 伽長子，繼祖之宗。	琢 伽次子。	理 似長子，繼禰之宗。	瑤 似次子。	琉 偀長子，繼高祖洙之宗。	瑞 偀次子。	琮 仕長子，繼禰之宗。	瑋 仕次子。	珪 侔長子，繼祖之宗。
											泗 樞次子。								

炷 泗次子。								焯 泗長子，繼禰之宗。								灼 洙次子。			
堅 炷長子，繼禰之宗。				堂 焯次子。				堵 焯長子，繼祖之宗。				培 灼次子。				臺 灼長子，繼禰之宗。			
侃 堅長子，繼祖之宗。		傑 堂次子。		俊 堂長子，繼禰之宗。		偉 堵次子		倌 堵長子，繼祖泗之宗。		值 培次子。		保 培長子，繼禰之宗。		佽 臺次子。		侶 臺長子，繼祖灼之宗。		侑 增次子。	
環 侃長子，繼曾祖之宗。	璊 傑次子。	琄 傑長子，繼禰之宗。	琥 俊次子。	珈 俊長子，繼祖之宗。	珇 偉次子。	珍 偉長子，繼禰之宗。	珂 倌次子。	珌 倌長子，繼高祖泗之宗。	瑢 備次子。	玿 值長子，繼禰之宗。	珢 保次子。	珊 保長子，繼祖之宗。	璜 佽次子。	珩 佽長子，繼禰之宗。	珮 侶次子。	珠 侶長子，繼曾祖灼之宗。	璉 侑次子。	瑚 侑長子，繼禰之宗。	珣 侔次子。

				玟 偉次子。
			偉 坦次子。	玤 偉長子，繼禰之宗。
				玠 倫次子。
		坦 炷次子。	倫 坦長子，繼禰之宗。	玒 倫長子，繼祖之宗。
				玕 偕次子。
			偕 堅次子。	玢 偕長子，繼禰之宗。
				琅 侃次子。

立後

《會典》:凡民無子者,以同宗昭穆相當之侄承繼,則許先同父周親,次大功、小功、緦麻。如無,即擇立遠房亦許,乞養異姓不許。洪武二十九年,令義男隨義父姓,襲官職者,當封贈義父母,此爲土官武職建立邊功而言,非文臣許異姓承襲也。律有遺棄小兒三歲以下,雖異姓仍聽收養,即從其姓以恤孤也,非許立後也。丘濬曰:“古者大宗無子,則以族人之子續;小宗絶,則不爲立後。國朝親王初封,未有繼別之子而國絶,則亦不立後。蓋古禮也。親藩且然,況庶民乎?今庶民家,生前以昭穆相應之子,從幼鞠養,亦律所許。若死後争告承繼,無非利財産而已。使其籍係軍匠,雖官府脅之使繼,彼肯從哉?宜敕禮部定制。前代名賢之後,或本朝曾有大功顯爵者,許以宗法爲法,先求繼,稱小宗,次繼祖之宗,次繼曾祖之宗,次繼高祖之宗,四宗無人,然後及疏族,不許失昭穆之叙。若不承父命,不序昭穆,争爲人後,貪利忘親者,宜禁勿許。”文莊之言如此。

夫立同姓,已非得已,而民間富豪往往潛養他姓。昔鄫子取莒子之子爲後,《春秋》書曰:“莒人滅鄫。”晋升平元年,剡縣陳素婦潛以女易鄰子成童。祠祀,家忽見鬼,皆其先人,至門便住,別有群小來座噉食,婦懼,吐實,還男鄰家。唐有私養屠兒子,令術人召鬼,鬼短襦,持屠刀,踉蹌入曰:“烏用爲是,此秦皇晋元所繇不永天下也。”夫屠兒豈知大賈小吏事哉?鬼神假以曉人耳。

繇斯以觀,不當立而立,鬼神所不與,而又從而争訟,蛆出户閾,犬歌梅花。嗚呼!不大足痛哉!

方音方言

韻學生於言語,言語生於聲音,聲音生於風氣,故有清濁輕重。清濁輕重者,一字之中,同出脣、齒、喉、舌、牙,而脣有縮朒,齒有齊差,喉有虚實,牙有兼半,舌有微捲、半捲,此則四方之不同。沈約定其清濁輕重,東冬江陽虞魚庚耕所繇分別,而洪武病其多偏,蓋各有得失也。

邵雍四聲，用辨二天。先天後天。神珙四聲，原攝一母。一母微差，諸子頓遷。至於字母既立，亦可旁通。隨其風氣以立，母子叶之，所繇用矣。

凡叶之道，上母下子，母以天定，子隨俗易，無失母兒，無失母字。母子皆易，叶之失矣。古以方音叶，叶是也；今以古音叶，叶非矣。

方音方言不同，方音易别，方言難曉。方音可證以文，方言必證諸事。如《春秋傳》"勾吴""郝婁"於越""大鹵""矢胎""伊緩""於菟"，是方言也，使乏明詁，必同郭公，而楚鼠曰"璞"，齊蠅呼"羊"，秦蟲名"程"，吴玉稱"肉"，越鹽爲"餘"，是方音也。楚語見經史者，今又迥異，後來不同，當如今昔。故志方音方言，俾考古者會文通義焉。

歲時服飾昏喪附記十條

七夕榖板

七月七夕，荆王宫人乞巧，制榖板，事始宋代，《夢華録》云：京師七夕，貴家結綵樓於庭，謂之乞巧樓。又雕木彩裝欄座紅碧紗籠，飾金珠牙翠一對，有值萬錢者。或作村舍田陂，種麥榖其上。按唐俗已然，王建宫詞：畫作天河刻作牛，玉梭金鑷彩橋頭。每年宫女穿針夜，敕賜諸王乞巧樓。

儺

楚俗尚鬼，而儺尤甚。

蘄有七十二家，有清潭保、中潭保、張王、萬春等名。神架錭鏤金艧，制如椸，刻木爲神，首被以綵繒，兩袠散垂，項繫雜色帉帨。或三神，或五、六、七、八至十餘爲一架焉。黄袍、遠游冠，曰唐明皇。左右赤面塗金粉金銀兜鍪者三，曰太尉。高髻步摇，粉黱而麗者二，曰金花小娘社婆。髯而翁者，曰社公。左騎細馬，白面黄窄衫如俠少者，曰馬二郎。行則一人肩架，前導大纛、雉尾、雲罕、犦槊、格澤等旗，曲蓋鼓吹如王公。迎神之家，男女羅拜，蠶桑疾病，皆祈問焉。其徒數十，列幛歌舞，非詩非詞，長短成句，一唱衆和，嗚咽哀惋。隨設百戲，奉太尉，歌躍幢上。主人獻酬，三神酢主人，主人再拜。須臾，二蠻奴持紲盤，辟有大獅，首尾奮迅而出。奴問："獅何來？"一人答曰："涼州來。"則相與西望而泣，爲思鄉懷土之歌。舞畢送神，鼓吹偕作，婦女至門，涕泣霑衣而别。先立春一日，出神於匱，具儀簿，隨土牛後，春分後，復入匱藏焉。

按：假獅，即唐天寶西涼舞，亡國之音，胡爲乎來哉？張王者，張巡也；萬春者，雷萬春也。以爲儺神，不知原起，或者因巡厲鬼殺賊一語，故以驅厲，而以玄宗爲厲主耶？崇禎後，儀仗無復舊觀，獅舞如故。

抓拉、揪子、撇兒

天啓末，婦女梳尚浮渲，易髻以鬌盤旋甚緩，名揪子。輕幗名撇兒，猶唐末囚髻、抛家髻。服妖，言不從也。男子戴抓拉帽，即查刺之轉音。遼道宗名查刺，燕居戴六瓣緊窄帽，後因以名之。崇禎中争尚抓拉，猶揪子、撇兒也。

纏足纏去聲

纏足不知何始。楊用修云："六朝樂府《雙行纏》，疑始此。"又云："安寧知州董氏藏漢《雜事秘辛》一卷，記桓帝聘懿獻梁皇后事，云：'自髀至足，長三尺二寸，足長八寸，脛跗豐妍，底平指斂，約縑迫袜，收束微如禁中。'乃知纏足始漢。"

用修好奇，不察文義。既云長八寸，非纖縮矣。脛跗豐妍，底平指斂，贊其天姿，非指纏縛也。約縑迫袜，言收束腰。支抹脇衣，今抹胸也。隋煬帝詩"寶抹楚宫腰"，劉緩"抹小稱腰身"，李賀"寶抹菊衣單"，徐賢妃"纖腰宜寶抹"是也。張禺山謂《史記》"臨淄女子彈絃纏屣"，當始戰國。張説亦非也。《説文》：纏，踐也，非纏足也。惟《焦仲卿詩》"纖纖作細步，精妙世無雙"，知始漢魏間。《墨莊漫録》云："李后主始教弓足。"據李義山"好好題詩詠玉鉤"，則唐已鉤矣。今俗削木如棊子，承踵令趾向下，纖削而直，如筍初生，始天啓中。據元人詩"踏春小靴紅鴿嘴"，鴿一作鶻，則元已有之。羅襪見《雒神賦》，褕襪見王《潛夫論》。《釋名》曰:“有底曰襪,無底曰袴。”太白“不著鴉頭襪”,李後主“剗襪下香階”,皆與男子所著同,特曲項如鴉耳。近則洞底曰刴袴。《説文》曰:“袴,脛衣也。”《致虚閣雜俎》云:“太真名錦袴襪爲藕覆。”則漢唐已有之。隆萬前,長過半骭。天啓初,短纔上髁。《五行志》所謂下不足也。

長 裙

古婦女衣裳曳地,近短至露骭。《五行志》所謂下不足也。《復齋叢記》云:“成化時,婦女衫裙曳地。”

矮冠大袖

萬曆前,士大夫高冠窄袖;末年,矮冠大袖,婦女亦如之。《五行志》所謂上不足也。

舥 角

女子未嫁丫頭,古俗也。父老云:“正德時猶然。”《雜記》曰:“燕則鬈首是也。”唐施逵《咏蕲州丫頭山》:“何不梳妝嫁去休,被人嘗唤作丫頭。只因誤聽良媒説,耽閣千秋與萬秋。”今專以呼媵婢,非也。廣陵女兒雙髻,名舥角,字書作妑,音琶。非也,當作舥。古侍童亦丫髻,太白詩:“黄頭奴子雙丫鬟。”

女子拜

丈夫揖而折腰,女子拜微矬膝。宋太祖問禮官王貽孫,引太和中幽州從事張建章《渤海國記》以對,云:“始唐武后。”此説非也。

《釋名》曰:“丈夫拜曰跌,跌跌然屈折至地也。婦人曰扶,自抽扶而上下也。”《古樂府·隴西行》云:“伸腰再拜跽。”然則漢已然矣。近來,驕貴女子正立,捧手,著乳,微下之,而膝不動,貌不恭也。

嫁女坐穀

女子嫁,坐一斛穀,插食筯數十。父兄擲谷撒筯,扶女登輿。

按：京房嫁女，雞鶴神在門，令撒穀豆，其説久矣。盜碗踹白，抱寶跨鞍，填粧餵飯，皆極俚俗，近亦不行。

紙　錢

喪祭用紙錢，始唐王嶼。漢人葬則瘞錢，名曰寓錢，嶼始剪紙代之，今以祀鬼神。蘇易簡云："神不能神，隨時之態。"

唱喏、萬福

《周禮·大祝》：辨九拜，四曰振動。鄭氏云："兩手相擊也。"楊升庵云："今倭人曲躬拍手爲拜，亦古遺意。"何燕泉云："揖，俗曰唱喏，古人相揖作此聲。唱喏者，引氣之聲也。"

按宋人《北庭事實》：揖不唱聲，名曰啞揖，則爲衆嗤笑。契丹人置手胸前而不聲，宋人以爲怪云。今承元之後，揖不唱聲久矣！唱者，唱言也；喏者，所作唱之聲。拱手至地，大唱聲曰大喏，禮之隆也。拱手至膝，細聲唱者曰半喏，禮之殺也。女子揖必唱萬福。今皆無之。惟姆戲教嬰兒，引手曰喏。民間婦女相見曰叫，叫猶曰唱，唱亦唐宋遺風也。

仰占

仰占總論

仰占、步候，有可觀者焉。然而天道難明，不可一端盡也。二儀五緯，宿離薄食，暈珥朓朒，嬴縮圜角，孛犯飛流，有變乎上，必應乎下。天文家言，鑿鑿可按。而儒者非之曰"人非應天，天應人耳"。《記》不云乎："外政不修，陽事不得，謫見於天，日爲之食。內政不修，陰事不得，謫見於天，月爲之食。"天變所起，本繇人事，而歷家聞而笑之，謂爲一定之數。推求交道，定時刻躔度分數，五星進退順逆，遲留見伏，無一或爽。諸家各勝，靡所折衷。

先儒謂天道甚遠。三國時，黄權以乾象正統在魏，而月犯天王，蜀主殂。晋末，歲犯天闕，庾翼憂晋而石季龍閉關。梁武惡熒惑入南斗，下殿自禳而魏孝武西奔。又若星流紫微，劉聰死；彗掃太微，苻堅敗；火守帝座，吕隆破；金入端明，海陵弑。豈末數小術所能測知？以愚言之，天道無常，善惡應焉而已。趙尹史見月生齒齕大畢，占有兵變。趙君曰："天下共一畢，知爲何國也？"囚尹史。其後，公子牙謀弑趙君。魯昭公七年日食，晋侯問士文伯曰："誰將當日食者？"對曰："魯衛惡之。"是年，衛侯、魯大夫季孫卒。襄公六年，有雲如衆赤鳥，夾日以飛。楚昭王問周太史，太史曰："其當王身乎？"七月，昭王卒。

由斯以談諸侯陪臣得占日月，不獨天王與王后而已。然則梁武帝應天象之疑，庾翼天公憒憒之語，不可以解乎？故分野之説，始春秋戰國，説雖不純，事變恒應。古語云："禍福無門，惟人自召。天變所垂，皆宜引咎。"雖齊天共主，而兵革水旱輒有應者，故取角、亢、氐、斗、牛、翼、軫七宿中，日、月、五星之變係楚分野者，録以備考。事應顯然者，亦附記焉。

日月變

日月變何也？日月未嘗變也，祲氣所爲也。

祲氣本於地，故此見彼不見。以所見占之，如隔紗縠，乘風烟，望燈炬，光體暈摇。紗縠撤，風烟息，光體如故。故知日月未嘗變也。

日月未嘗變，祲氣掩之而曰日月變。如日未嘗蝕，月掩之而曰日食。月未嘗食，暗虚當之而曰月食。皆以見者爲文也。凡風雨雷電，霜雪雹䨘，暈適背穴，抱珥虹蜺，皆非天故。天裂非天裂也；天鳴非天鳴也；日鳴非日鳴也；日並出非日並出也；日有黑子非日有黑子也；日鬥非日鬥也；日如蕉葉非日如蕉葉也；日中見三足鳥，月中見兔及日月中見他物，非日中見三足鳥，月中見兔及他物也；兩月相承非兩月也；星流隕非星流隕也；恒星不見非不見也。五行之氣爲之，故日月變與雲氣同占。

雲　氣

雲與氣不同，高者曰雲，卑者曰氣。久者妖星，暫者虹蜺，以所見占之。亘天者氣也，非雲也。高者災遠，卑者災近，以色占之。乍走者雲,非氣也。緩者災遠,疾者災近,以形占之。

雹

六七月之間,火來乘金,金畏火而伏。十五日而伏極。巽,伏也。如是鬱而爲風,風轉於空,雨遇而聚,日炙其外,雨如熱湯,下遇伏陰,故凝爲雹。雹之爲言薄也。

陰來薄陽,陽不自忍也,其將作也,纖羅不動。仰而望之,有雲交飛,如奔犬,如青白幢,如翹髻,如亂旗,如幡帶。雷連連無節,電矆矆無度,陽氣散也。風之行於天而未及於地也,則暴風時作,雨雹蛟龍興。凡有此雲氣雷電者,災將作也。《焦氏易林》曰:"白雲如帶,往往來處。飛風送迎,大雹將下。擊我禾稼,僵死不起。"

虹　蜺

虹蜺者何? 雨見於日衝而成色也。

虹之爲言訌也,蜺之爲言睨也。其體正圓,人在日上雨下,山原所隔,睨而見半也。其占屬土。屬土者何? 雨,少陰金氣,本乎土也。

穀雨後虹見,地氣泄也;小雪不見,地氣閉也。不當見而見,故日旁虹,天投蜺,皆思不睿之罰也。虹蜺有色而無形。雨氣深則日衝深;雨氣淺則日衝淺。衝者,日體之影也。日影入隙必圓。登樓噀水,自下望之,則成虹。溶瀝青入鹻水中,屈篾作圈,酌而灑之。空中飛揚,五色團轉。有人在山下,背日望之,則虹垂澗中。登山面日望之,皆霧雨。理可知矣。淺深自映,復有兩重。目其深者爲雄,目其淺者爲雌也。昌曰:"如宋玉《風賦》:雄風、雌風。"雄曰虹,雌曰蜺,皆霓類也。

舊説虹有物如蟾蜍吐氣成者,形如大蟥者,驢首就釜井飲者,淫婦女者,如弓兩端有首者。説雷如鷹者,如豘者,如王孫者,如㷅雞蟄土中可食者,如小兒者,皆災也、變也。無形,理也、常也。

星流隕

火土之氣,非水則不交。不交則閉,閉極則泄。泄而上衝,遇陰則雷電,遇陽則流隕。暑燠則多,寒肅則少,故曰流星,非流星也。經緯常星，有定次焉，有定數焉，無流隕也。

或曰星無名者善流隕，亦非也。流隕之大者起滅，自地上望之，若起某、滅某者，實則近於地、遠於天。占候家指某宿某度，占多不合矣，然而亦以國土所見者占之。星隕成石，亦隕火也。高極則爲孛、彗、隕，卑及地則成石，如人身中陽清爲氣，陰濁爲血。氣不當出而出，則爲汗血矣。

砲火引綫，知雷電矣！雷斧雷墨，知隕石矣！故曰星隕非隕也。

漢成帝永始二年二月癸未，夜過中，星隕如雨，長一二丈，繹繹未至地而復，至雞鳴止。與春秋星隕如雨同。陽不足而陰乘之，望之若繹繹，而隕非星真隕也。

風雷雨雹非時之應

先君曰："春恒寒雨雪，夏多旱。春多燠，夏際多寒。夏雹，秋多風。秋冬之際虹，冬多雷。冬雷，地多震。冬震雷，春多恒寒雨雪，甚則木介。夏多伏陰則多雹，冬多僭陽則雲如峰起，多雷電矣。"

先君曰："國有兵政，則多風。國有敗政，則多蠱。蠱，旋風也。旋風，熛風也。有厲政則多雷，有亂政則多虹，有急政則多恒寒雨雪，有亢政則多雹，有苛政則多旱。陰謀伐上，則恒陰。是故多風，則弭之以禮；多蠱，則弭之以舒；多雷，則弭之以法；多虹，則弭之以嫌。別，嫌，明徵也。多恒寒雨雪，則弭之以寬；多雹，則弭之以悔；多旱，則弭之以原。原，赦也。恒陰，則弭之以慎。《易》曰：'震無咎者，存乎悔。'其此之謂歟。"多多有之，猶言或也。

風　占

先君曰："凡雲東奔，風從西來，凡如是相反者，謂之鬱風，殺百物，民多疫。雲東行，風從東來，凡如是相順者，謂之暢風，物昌民泰。"

白茅堂集卷之三十一終

白茅堂集卷之三十二

志論

五行洪範衍總論

論曰：五行之説，祖《洪範》。初，夏侯始昌傳夏侯勝，説與劉向同，而歆獨異。京房《易傳》、董仲舒《春秋繁露》又各殊焉。證據《春秋》，或離或合，宋儒讁其附會，盡目爲妄。歐陽修撰《唐書》《五代史》，稱《春秋》不明災異。夫《春秋》文指皆不明言，何獨災異！

鄭樵以五行爲巫瞽之學，止紀天變、日食、星逆行、山崩、地震、水旱、火災、大風而已。物怪、人妖，舉而廢之。其論曰，“天地之間，災祥萬狀；人間禍福，冥不可知。若之何以一蟲之妖、一氣之沴，繩以五行？又若之何以一視之遠、一言之徐、一衣之偏、一冠之異，關五行之沴？”樵之斯言，未爲達矣！

《春秋》鸜鵒、六鷁、鼷鼠、冬麋、螽蜚、桃李冬華，皆記之。樵奈何廢不録？且夫彭生、伯有之妖，《易》所謂載鬼張弧也；投蜺龍見，《易》所謂戰野無首也；鵊鸖自燒，《易》所謂鳥焚其巢也。秦師超乘，王孫滿知其必敗。伯有歌風，趙文子知其必亡。魯定執玉卑，坎爲加憂之義也。熒惑退三舍，震存乎悔之義也。《王風》曰：“彼都人士，狐裘黄黄。其容不改，出言有章。”左史曰：“服之不衷，身之災也。”奈何貌言不爲身沴乎？避兇趨吉，夏侯諸儒之所存心也。《書》曰：“兢兢業業，一日二日萬幾。”故機，幾也。聖人垂戒之微旨也。於是述先學，志五行，庶幾求前儒立言之指焉。

洪範衍

聞諸先君曰:劉向以五事配五行,説本夏侯氏與天文五星樂律之書。皃屬木,言屬金,視屬火,聽屬水,思屬土。劉氏從而衍之。宋儒疑九疇本九則,詆諆劉氏,並疑雒圖。蓋劉意深特,其説未盡合耳。

經:一水、二火、三木、四金、五土,一貌、二言、三視、四聽、五思,曰雨、曰暘、曰奥、曰寒、曰風。何以言之?升降俯仰,血氣也。胚胎,血氣之本也。故貌從水,雨水也。正月坎,九五始雨水。九月,天根見,雨止,水始涸。貌恭,血氣和,則休徵,時雨;不恭,則狂,狂則咎徵,恒雨水。失德,汎濫淫佚,故爲大水,爲不潤下地,忽變甘鹹,或涌溢飛門,皆不潤下也。潛伏爲界,故爲介蟲之蠥。魚,水族也,故爲魚蠥。鼠,水屬也,性陰賊,故爲鼠妖。豕,黑色,善下,故爲豕禍。服制所以飭貌,貌不恭,故爲服妖。支離淫亂,故爲下體生上之痾,其應爲僭,爲篡,狂之罰也。凡物不當上而上者,皆是也。水色黑,故爲黑眚、黑祥。眚自内生,祥繇外致也。坎爲隱伏,爲加憂,故爲恒陰,爲夜妖。惟水沴火、沴木、沴金、沴土,凡我沴彼,其咎在我,不在彼也。聲成言,言成文。文明,離象也,故言從火。離爲日、爲電,故暘,火德也。言從則休徵,時暘,不從則僭,僭則咎徵,恒暘,雨少,陰之氣。金德,主順也,僭則不順,火來乘金,是爲爍金,故不雨也。火失其性,則不炎上。凡火光轉行,火不热,烝炊爨不興,餤火歔歕,皆不炎上也。天殞火,不爲不炎上,何也?天火炎下,地火炎上。天火,太陽也。地火,雲、雷、木、石、金、水、土之火也。故地見流火,爲陰火,爲不炎上。天見殞火,不爲不炎上也。不爲不炎上故,但爲赤祥也。飛揚就燥爲羽,故爲羽蟲之蠥。雞,羽屬,赤色爲正,故爲雞禍。蝗介而羽,離象。陰驕陽炕,是生蝗蠥,亦爲火沴水。馬,火屬也。火氣逸,故爲馬禍。火藏發竅於口舌,故爲口舌之痾,爲詩妖,爲訛言。熒惑爲妖,則謡讖興也。離爲乾,爲大腹,爲擊,爲烈,故爲鼓妖。凡物不當聲而聲,皆曰鼓妖也。火色赤,故爲赤眚、赤祥。惟火沴水、沴木、沴金、沴土。東方震,震來虩虩,故視屬木。木藏發竅於目,故爲目痾。於時爲春,奥則蟄蟲啓、草木茂,視明則休徵,時奥不明則豫,瞽者之行猶豫也。

豫則咎徵，恒奥。凡無冰無雪，霜不殺草，冬温，桃李冬華，冬不雹而雷，冬春雹，春無雷，春不風雨，春秋大熱、秋暑復榮，愆陽亂生，皆恒奥也。亦木沴水，少陽之氣所泄也。爲木不曲直，連理例生易種，皆不曲直也，爲草妖，木類也。曲直爲龍蛇，故爲龍蛇之蠥。艮爲狗，艮，東北方少陽之位。《素問》曰：春，木令，其畜狗。狗，蒼色爲正，故爲狗禍。木色青，故爲青眚、青祥。惟木沴水、沴火、沴金、沴土，金主聲，聲主聽，聽主耳，耳屬水。金水清寒則耳中空，空則聰，聰則休徵，時寒。不聰厥咎急，如聾者褊急自信也。急，則咎徵，恒寒。金主殺伐，網伐過肅，故恒寒也。爲金不從革，金自成毁，不聽陶冶也。爲耳屙。耳，聽官也。西方兑，兑爲羊，鄭玄作陽，虞氏作美，以火養，賤女炊爨也。故从火、从養、省聲，與鄭氏義同，即《漢書·西南夷傳》：𡡉也。説可兩存。故爲羊禍。羊，白色爲正也。金通氣爲毫毛，故爲毫蟲之蠥，爲虎妖。金色白，故爲白眚、白祥。惟金沴水、沴火、沴木、沴土。五行宅中爲土，五藏宅中爲心。心之官則思，思睿則休徵，時風。風，土氣之發，思之象也。不睿則蒙，蒙則咎徵，恒風，甚則霾霧矣！爲不稼穡，不稼穡者不旱潦，而百穀草木不實也，凡石麵、聖米、野麥、穭谷、稗草化稻，稻化稗草，野蠶成璽，地中得米穀，皆不稼穡也；爲雨土，不風不霧，而墒墒垺垺然而著於物也；爲虹蜺，土氣淫泄陰陽亂合也；爲瘟疫，火土交厲也；爲人屙，萬物惟人善思，其爲屙也，爲民多癡、多狂悖、多暴厥，死復生，生異形，男化女，女化男，男女具體，童子暴長是也；爲蠃蟲之蠥，螟類也；爲華蠥，男女媾精，草木媾榮，國有女謁，華妖乃生，爲心腹之屙；爲果蓏之蠥，果蓏、仁薏象人心也；爲牛旤，牛，大心而少慮者也。土色黄，故爲黄眚、黄祥。惟土沴木、沴水、沴火、沴金，土宅中而寄，王失德，則衆沴歸之，故惟水、火、金、木沴土，災之大至焉矣！王者有震德，則不爲災。《易》曰：震無咎者，存乎悔。

釋五行之沴

聞諸先君曰：五行生剋，常也；沴，變也。生者剋，剋者生。變政、復仇、淫亂、侵凌，故曰沴。沴之爲言戾也、厲也。劉氏説未備也。變不勝舉，舉其概。

水沴火者，爲二日三日十日並炤，爲日影百千，爲日中黑子，爲日鳴，爲日鬥，爲日如蕉葉，爲月晝明，爲夏寒隕霜雪，爲夏秋大雹，亦爲蝗穿地出走而不飛，爲北方赤氣如火。不旱，得之當旱；大旱，得之當雨。爲蟲鳥銜火焚民居，爲油酒變水，爲魚鼈大上。沴金者，爲二月、三月、多月，爲月墜，爲月失蟾蜍，爲月中見物，爲金物汗液，如銅仙淚下，六鍾出涕，渾儀液流者是也。爲鏡妖，如鏡中不見頭，鏡中鬼出是也。爲井中生石筍，生金，陰爲陽，柔爲剛，下犯上也。爲梁柱生芝，家有喪也。沴木者，爲木冰少，陽氣衰也。爲木無故腐濕，爲蚩蠻倒生，爲多鼠。沴土者，爲山崩頽，爲土潰水出，爲晝晦，爲桃李冬華，爲木不然，亦爲木沴火。

火沴水者，爲水變臭、變赤、變酒、變苦，水鬥，水逆，水飛，水漏，水然，水嘯，水衍，水立，爲雨如熱湯，爲地境。地境者，地實無水，火氣化水，遠望如水，炤見物影，如陽燄之類也。陽燄者，地實無水，望之灩灩炎炎然者是也。夫火明在外，水明在内，明在地内，故曰火氣化水也。爲冬雷電，桃李冬實，冬春雹，爲南方黑氣如水。大雨大水，得之，當巳。不雨不水，得之，當疫。爲鼠群渡江河，爲蜚蝗甚則齧牛馬。沴木者，爲樹中有聲，有血，有肉，有文；爲草木自焚；爲火從服物出；爲畫妖，如畫中鬼出，畫圖變異，門壁器物有形像文字是也；與訛言同占，爲雷震殺人畜；爲植物變作生物；爲空中有聲；爲旋風大作。沴金者，爲金物傴屈，爲釜底有文，爲石中有文，爲石中起烟火，爲刀劍火出，爲毛髮火出，爲窯冶變爲天鳴，爲鼓妖，爲鏡中有人語，爲石言，爲井鳴，爲天裂見人物。天非裂，陽不足，光如激電也。所見如所占，凡此皆火感震氣而爲之。爲雷火鎔金，不災木亦爲赤雨雪。沴土者，爲地然，爲井忽變鹽，爲腐臭，爲地忽增長，爲地死如灰，爲地産石麵，爲井中無故得腐肉得死人，爲地中飛鳥出，爲井泉竭爲瀵血，爲地得饌食，爲殞風氣，爲赤風霧，爲雨焦穀。

木沴水者，爲恒奥；爲冬不電而雷過，奥則地當震；爲冬春雹；爲水生毛；爲墻屋冰華；爲蛙蚓冬鳴。沴火者，爲天火殺物，爲篋中衣帛成灰，爲火中出花鳥蟲蛇，爲木不然，亦爲水沴。木沴金者，物自動，或動且鳴：爲物自失，如門牡亡之類是也，皆震氣爲之；爲金生毛；爲金玉生芝；爲雪絲；爲雷火鎔金災。木沴土者，爲井中生樹木；爲草木驟長大；爲地中雲氣起，如龍蛇；爲地中得大木；爲地生毛如絲。

金沴水者，爲河池冰華，爲雨水，爲水中無故生花，爲水紋如畫，爲介蟲登陸，爲江河無魚。沴火者，爲火不熱，如聖火千年火是也；爲碑生金石，金類鍥立，則爲火也；爲躍冶；爲金鐵物飛。沴木者，爲物自壞，爲木中有聲，爲草木作旗幟、矛盾、車馬狀，亦爲木介，爲木自斬裂，爲蛟龍秋起，爲雷火災木不鎔金。沴土者，爲地中刀劍聲，爲土石成花鳥、樓臺，爲地中得兵，爲地生毛如氂，爲銅器生毛，爲地鏬湏流，爲井冰，爲井中虹出，爲地鳴。

土沴水者，爲水忽不流，爲水變甘，爲河清，爲醴泉，爲甘露。沴火者，亦爲日影百千，爲日出地入地，有物來鬥，爲地起熱氣，爲地中生肉，爲地中鳥獸出。沴金者，地忽金屑，亦爲湏流，爲星隕如雨，爲雨血、雨草穀、雨魚鼈、雨毛、雨金、雨錢、雨諸物，從其類占之，多由風災土德爲沴，感乎少陰，雨物隨異也。沴木者，爲地中涌出樹木、草木成人禽形，爲枯樹復生，爲梁柱生枝葉，爲儀仗生華，爲木生毛，爲華實非其種，爲芝草朱草。

凡陰不干陽，子不剋母，反是則爲沴變，不可枚舉。惟地震、地陷、地裂、地中歌呼聲，山移、山摇、山鬥、屍變，恒陰，數十日雨，土地生土錢，地中人出，塚中死人出，人物孕多損怪，恒陰，雨土者，爲金、木、水、火沴土。

凡撰圖於左方：

洪範五行圖

一曰水六［兌］［後宫］［庶謀］［禮］

恒雨

大水水失性，見於天，爲辰星逆行，爲芒角動摇，爲出蚤，爲出晚，當變天妖及彗星，爲經天晝見。

水不潤下湧溢，非鹽池井忽變鹽，與水沴火同占。

介蟲之蠥龜鼈、螺蚌、蝦蟹、蚪蚄、蝨。

魚蠥

鼠妖

豕禍

服妖

下體生上之痾

黑眚黑祥

恒陰

夜妖鬼氣晝出，鬼影晝地，鬼哭若嘷，與人逢逆。

水沴火見于天，爲辰星與熒惑，色黑，爲辰與熒惑相守。

日並出，日影百千。日中黑子。日鳴。日門，日如蕉葉。月晝明。夏寒。

夏隕霜雪，夏秋大雹。北方赤氣如火，蟲鳥銜火。油酒變水，魚鼈大上。

水沴金見于天，爲辰星入太白，爲抵太白，爲繞太白，當有謀變兵憂，爲辰入月辰。

月犯食。月並出。月墜。月中見物。金物汗液。月失蟾蜍。鏡妖。井中生金石。

梁柱生芝。

水沴木見于天，爲歲星黑。

木冰。木無故腐黴。多鼠。兕蠻倒生。玄武見。木不然。

火沴土見於天，爲辰星出房心間，爲填星黑，爲填星旁，氣如魚形，命曰餌魚。

山崩。土潰水出。晝晦。桃李冬華。泥塗上封草樹。

二曰火七［言］［外戚］［庶官］［吏］

恒暘

火災火失性，見於天，爲熒惑逆行，所居留三月至九月，乍前乍後，乍左乍右，芒角動摇，兵疫火旱。

火不炎上

平地宫室，火光轉行。炊爨不興。火嘯。

羽蟲之蠥

雞禍

蝗螽

馬禍

口舌之痾

訛言

詩妖

赤眚赤祥

火沴水見於天，爲熒惑與辰星合，命曰淬。當飢旱繞迹如勾，命曰勾。已爲夏月，辰色赤。

赤風霧。江河水變臭。水變赤。水變酒。水變油。

水變苦、鹹。水鬥。水逆。水漏。水然。水嘯溢。

水行。水立。雨熱如湯。地鏡。冬雷電。桃李冬實。

冬春雹。南方黑氣如水。鼠群渡江。蜚蝗。空中有聲。

火沴木見於天，爲歲星變赤。

木中有聲，木中有血，木中有肉，木中有文。草木自焚，火從服物出。

晝妖。雷震殺人畜，及非時霹靂。植物變成生物。旋風大作。

火沴金見於天，爲熒惑太白合，命曰爍，當有喪，不可舉兵，爲熒惑逆行入月，順行入月。金物傴屈。釜底有文。石中有文。石起烟火。刀劍火出。窯冶變。

天鳴。月裂。鼓妖。鏡中人語。石言。井鳴。天裂見人物。赤雨雪。

毛髮出火。雷火鎔金不災木。凡金物石鳴皆鼓妖。

火沴土見於天，爲熒惑與填合。於犯當旱，將軍亂。爲火，夏季逆行爲填，赤芒角。

地然。風霾紫赤。井水變鹽及腐臭。地忽增長。地死如灰。石麪。水泉竭。

井中無故得腐肉、死人。地中濺血。地中飛鳥出。地中得饌食。臭風氣。雨焦穀。

三曰木八［視］［相］［庶民］［工］

恒奧火失性，見於天，爲歲星失舍，爲芒角動摇，化爲祆星。

木不曲直連理。倒生。變種。

草妖

目痾

龍蛇之蠥

狗禍

青眚青祥

木沴水見於天，爲歲與辰合，謀變更政。

無水。無雪。霜不殺草。冬溫。冬多霞。冬日無光。

桃李冬華。冬不電而雷，冬春雹。春無雷，春不風雨。

春秋大熱。秋暑復榮。愆陽亂生。水生毛。墻屋永華。蛙蚓冬鳴。

木沴火見於天，爲歲與熒惑合，大旱。

天火殺物。篋笥衣帛成灰。火中出花鳥蛇蟲。木不然。

木沴金見於天，爲歲與太白合，兵喪大水。爲歲與太白鬥，有内亂。爲歲食月。

物自動。物自動且鳴。金石漂浮。金生毛。金玉自芝。雪絲。

雷火鎔金災木。

木沴土見於天，爲歲與填合，有内亂。

井中生樹木。草木驟長大。地起雲氣如蛇龍。地中得植木。

地中毛如絲。

四曰金九[聽][將][庶物][兵刑]

恒寒

金不從革金失性，見於天，爲太白失舍，爲芒角動揺，化爲妖星，爲經天晝見爲長星。

耳屙

羊禍

毛蟲之孽

虎妖

白眚白祥

金沴水見於天，爲辰星色白，爲太白環繞辰星，爲月食辰，爲太白北離申酉，命曰反生。爲月戴太白。

河池冰華。雨冰。水中無故生花。水紋如畫。介蟲登陸。江河無魚。

金沴火見於天，爲太白色白，爲月食熒惑。

火不熱。磚生金。躍冶。金錢物飛。夏雹。

金沴木見於天，爲歲星色白，爲月乘犯歲。

物自壞。木中有聲。木介。草木作旗幟，矛盾車騎狀。木自斬裂。

蛟龍秋起。雷火災。木不鎔金。

金沴土見於天，爲填星白，爲月犯填。

地中刀劍聲。土石成花鳥樓台。地中得兵。地生毛如氂。銅器生毛。

地中湏流。井中虹出。井冰。地鳴。

五曰土五[思][君][庶事][户]

恒風

霾

土不稼嗇土失性，爲土星逆行，爲失次。上一舍、二舍，當大水；下一舍、二舍，當天裂，當地動。黄彗。

穀草無故不實。聖米。野麥。穭穀。稻花稗草。野蠶成璽。地中得穀米。

蒙霧

雨土

虹異

瘟疫

人痾

女訛。骨肉相食。死復生。生異形。男化女。女化男。

男女具體。民多狂病。童子暴長。

羸蟲之蠥

螟

䔿妖

果蓏之妖

心腹之屙

牛旤

黄眚黄祥

土沴水見於天，爲填與辰合，命曰邕，沮戒用兵。

水停流。水變甘。河清。醴泉。甘露。

土沴火見於天，爲熒惑暈。

日影鬥動。地起熱氣。地中得肉。地中鳥獸出。星流。

土沴金見於天，爲填與太白合，有兵。爲填入月，國有憂。

地中金屑銀絲。隕石。雨石。雨血。雨肉骨。雨木、五谷、草實、花葉。

雨魚、鼉、蟲。雨釜、甑。雨毛、羽。雨絲紙絮帛。雨金錢。雨鐵湏。

雨硫黄。雨涕汁。凡雨異物，當聲不聲。

土沴木見於天，爲填與歲合，大水，國饑。

地中自湧樹木。草木如人禽形。枯木復生。梁柱生枝葉。

儀仗生華。朱草。芝草。華實非其種。木生毛。

金木水火沴土與人痾同占，見於天，爲五星聚，命曰更始。數終復始，亦曰天元。

地震。恒陰地震。地震雨土、隕石。地震水出。地震火出。地震日食。

地震大風。地震而雷。地震星見。地震山崩。地震陷裂。地震鬼哭。

地震萬物雷同。地陷，地裂。山揺。山移。

山鬥。屍變。恒星不見。地中歌呼，音樂聲。地生土錢。

地中人出。塚中人出。恒陰。雨土。人物孕多損怪。

洪範雜舉二十則

水不潤下，厥狀不一。

魯襄公二十三年，穀洛水鬥。紹興十四年，樂平縣井水西行，聲如雷，穿墻毁屋，與田水鬥於檞墩。良久，各返故壑。此水鬥也。鬥者，陰陽交盛也。苻堅時，長安地中遠望若水，近見人物，此水鏡也。水鏡如陽燄，遠望若火，近則無鏡者，陽之衰也。晋穆帝升平四年，涼州澤中火起，此水然也。然者，陰之盛也。凡大水中皆有火，小水則無。漢質帝時海溢，此水溢也。溢必上盈下虚，陽在陰下也。光武二十四年，睢水逆流；桓帝二年，泗水逆流。此水逆也。逆者，陰將盛也。春秋時，三川震而涸，此水漏也。漏者，陰將衰也。元至正二年八月，揚子江一夕涸，水嘯也。嘯者，此涸彼溢，陽居陰後也。唐德宗貞元四年，河流入汴，一夕而復，水衍也。衍者，陰之盛也。玄宗開元二十二年，黄帝祠古井作浪，水踴也。踴者，陽之動也。正德十年，文安縣河水立起成水柱，高圍俱五丈而中空。順治壬辰夏，蘄州安平鄉李姓池水噴起二三丈，其端迸散如珠，水立也。踴與立者，陰之動也。

凡不潤下，皆火沴也。

鼠，北方子屬，水類也。晝伏夜行，有盗賊之象。劉氏以爲青祥，班氏以爲黄祥，皆非也。宋淳熙五年，江陵鼠千萬蔽塞通衢，色黑、白、青、黄、雜。當此之時，屬青祥乎？屬黑、白、黄祥乎？

雀鼠近人者也，與六畜之妖同占。群渡江河，國有苛政，盗賊將興。

舊説龜能陸處，非極陰也。魚去水而死，斯則極陰之蟚矣。故龜生於水而游於春，木類也。其説非是。凡介蟲皆屬水性，潛伏，雖飛亦伏也。《易·離》爲鼈者，虚中象也。蟹、蚌、龜、蠃、鼈類，爲水中火。

服妖，貌不恭之罰也。《記》曰："樂由陽來，禮由陰作。敗禮滅度，淫賊陰德。"故貌不恭，下僭上，則罰見於水。舊説以爲木爲火，非也。

貌不恭，厥咎狂。血氣債亂，則有下體生上之痾。思不睿，則有下體生上之痾。舊説以爲木失德，非也。

恒陰者，幽陰之至，坎象也。

《後漢·志》曰："恒陰，中興以來無録者。陽嘉二年，郎顗始言之。"其説非也。後漢之興未嘗恒陰，至是始有也。久陰而雨，恒雨也。久陰而寒，恒寒也。漢史莫辨，惟數書恒陰也。歆又以蒙蜺大霧當之，舉非也。蒙蜺大霧者，土氣泄也。思不睿之罰，非恒陰也。恒陰者，非雲非霧，不風不雨。如吴太平三年、唐景福二年，沈陰四十餘日是也。

與夜妖同占，亦爲水沴土。

劉氏云："思不睿，則有脂夜之妖。脂者，其在人腹中，肥而裹心者也。心區霿，故有脂夜之妖。"《五行志》曰："有脂物而夜爲妖，若脂水夜污人衣，淫之象也。"

按，心下脂者，心包絡也，屬水。夜妖，當爲貌不恭，屬水。凡晝晦鬼哭，見怪物，皆夜妖，與恒陰同占。焦氏曰："庭燎夜明，追古傷今。陽弱不制，陰雄坐房。"房，讀如分。

雹三出，中虚，狀且不一也，如鳧卵者，如桃李者，如杯棬者，如杵、如斧、如斗者，如人獸頭者，如黿鼉者，如小兒者，大如牛羊者，如環玦者，彈丸玲瓏者，或中空得蟲稻麥絲綿醬酪字紙藥物者。舊説以爲恒寒，非也。夏秋雹，盛陽雨水，陰氣來脅，陽不能忍，激而爲雹。其過在水，水沴火也。冬春雹，愆陽不和，怒與陰索，陰不自遜，搏而爲雹。其過在火，火沴水也。亦以其時其狀占之，亦爲龍雷之蟄，冬震雹雪雹並作，陽不閉藏，政分人離。

蠅、蝗、蝝，皆羽類，火沴土也。螽醜皆火，蛾螢蜻蛚，生於陰，化於陽，是故蛾螢媾火，蜻蛚媾雨。

雞，金火之禽也。羽毛文明，與雉同類，故雉聞雷則呴。陽氣起，雞則孚育。雞無雄，以卵塗竈煤而菴出之，感火氣也。水歲則雞多死，水盛火毁，故多死也。劉向以爲冠距屬貌屬水，非也。

空中有聲，爲火沴水、沴金；地中有聲，爲金、木、水、火沴土。凡金石陶器有聲，爲火沴金；木有聲，爲金沴木。劉向以爲聽不聰，屬水，非也，火虚中言之象也。鼓妖作，邑有訛言，有亂兵。

劉説兑爲口，犬以吠守。言氣毁，故有犬禍，從金，非也。旱歲犬多狂，火勝則木病，故多狂也。邑犬多狂，貴人有憂。

冬雷電，爲火沴水；冬雷不電，爲木沴水。占主冬春恒雨；不恒雨，多疫蝗。雷電，災微；雷不電，災火。冬奥，必虹，虹必雷；不雷，當雹；不雹，地當震；不震，當春霪夏秋旱。金石物自動自失，爲木沴金，震氣爲之也。凡金石木陶冶矯揉，戕賊成器，皆從革之象。有聲，則爲金。火沴木，性浮，有其沈者；金石性沈，有其浮者。不當沈而沈，金沴木；不當浮而浮，木沴金。

先君曰：凡口耳目責五行者，附麗言之也，推象以占物者也。劉氏以口舌之痾爲言不從是也。從天文，屬金，不從革。非也。言者，心之聲。《書》云："惟口出好興戎。"其口舌之痾之謂與！

劉氏以目痾爲視不明是也。從天文，屬火，不炎上。非也。《詩》云："惟此聖人，瞻言百里。惟彼愚人，覆狂以喜。"《易》曰："見金夫，不有躬。"其目痾之謂與！

劉氏以耳痾爲聽不聰是也。從天文，屬水，不潤下。非也。《詩》曰："君子信讒，亂是用惔。誨之諄諄，聽我藐藐。"其耳痾之謂與！

劉氏以心腹之痾爲思不睿是也。心宅中，官則思。《詩》云："不思其反。反是不思，亦已焉哉！"其心腹之痾之謂與！

劉氏傳有皇之不極。皇極非五德四，而劉氏附益之。非也。恒陰從水，龍蛇之蠥從木，馬禍從火，射妖因事從類。如杜伯則夜妖，武乙則心腹之痾，日月星辰亂行，則天變。至於下人伐上，人倫大變，不可言五行災祥。故去之。

祀典

祀典總論

荆王得祭山川之在境内者，郡王得如之，州衛官又各有當祭，故首志王祭，次州衛官祭。祭必先社稷，故首社稷、風雲、雷雨、山川、城隍、郡厲焉。孔廟之祭，不宜附此。

列古有學無廟，釋菜奠幣即於學。漢始廟於太學，闕里太宰、太祝各一人。明帝永平二年，以周公、孔子並祀於郡學。桓帝元嘉三年三月，立孔廟卒史碑，是年五月，始改爲永興元年也。唐武德初，郡國皆立周公孔子廟。貞觀中，許敬宗奏，天下州縣置三獻官。開元三十七年，詔諸州廟立十哲、七十二賢，位爵公、侯、伯有差。宋則州縣莫不有學，學莫不有廟。其後衰亂，或廢學而廟存。洪武初，罷武成王廟。十五年四月，詔府、州、縣皆於學專祀孔子，廟仍曰文宣，殿仍曰大成。建學舍以居生徒，厥後學舍虛設，其實廟而已矣。廟則從祀，典言矣。嘉靖中，更定禮制，頒樂器、祭器，春秋上丁行禮。歲久，禮數又廢矣！冀聖朝有所更訂焉。

先師廟

西漢元帝時，匡衡議：宜以孔子世爲殷後。帝怪其語不經，遂寢。成帝綏和元年，詔封孔子世爲殷紹嘉公，以主殷後，從梅福請也，封爵自此始。平帝元始元年，追謚孔子褒成宣尼公，謚號自此始。東漢安帝祀七十二弟子於闕里，祀弟子自此始，皆止立廟於太學及闕里。魏文帝修魯郡舊廟，廣爲室屋，居學者，學、廟始合一。

唐乾封元年，追謚太師。天授元年，封隆道公，皆有圖像。開元初，圖七十二賢於壁。二十七年，進謚文宣王。顏子贈兖國公，餘贈侯、伯，祭用明衣、牲牢，其後革明衣。宋建隆三年，詔廟門立戟十六枝，用正一品禮。太平興國三年，詔令後裔襲封文宣公。真宗大中祥符元年，上欲謚爲帝，廷臣言："孔子，周陪臣。周止稱王，不當加帝。"追謚文宣王，桓圭一，冕九旒，服九章；公十哲，侯七十子。五年，改稱至聖文宣王。大觀四年，詔門戟二十四，王執鎮圭。崇寧四年，改用冕十二旒。元成宗謚大成至聖文宣王。

大明洪武初，國子司業宋濂上言：荀況謂性惡，楊雄事王莽，王弼宗莊老，賈逵忽細行，杜預建短喪，馬融黨權勢，宜黜。回、參、伋坐饗堂上，而其父食廡下，非禮。上不直其説，謫濂安遠知縣。三年，詔封爵如故，門去戟，黜楊雄從祀。十七年，定祭器、祭服、儀式，太學用木主，天下廟像如故。成化十三年，周洪謨請尊孔子爲廣運帝，不許。弘治初，程敏政復請黜馬融、王弼、戴聖、劉向、賈逵、何休、王肅、杜預、荀況，宜别立叔梁紇祠，以顏無繇、曾點、孔鯉、孟孫氏配享，程珦、朱松從祀。下禮官議，不可。嘉靖元年，張璁申前議，九年定，稱至聖先師，祀殿中南面。復聖顔子、宗聖曾子、述聖子思子、亞聖孟子與十哲皆祀殿中東面、西面。諸子皆曰先賢某子，祀兩廡。其從祀諸子，自左丘明下，皆曰先儒某子，罷公侯伯諸封爵。申黨、申棖，疑本一人，存棖去黨。黜公伯寮、秦冄、顔何、荀況、戴勝、劉向、賈逵、馬融、王休、王肅、王弼、杜預、吴澄十三人，增祀後蒼、王通、歐陽脩、胡瑗。又以行人薛侃議，進陸九淵，出林放、遽瑗、鄭衆、鄭玄、盧植、服虔、范甯七人，各祀於其鄉。啓聖公叔梁紇别祀，以無繇、點、鯉、孟孫四氏配享，程珦、朱松、蔡元定三先儒從祀。撤塑像，易木主。前代之議，至是始定。

萬曆三十二年增周輔成祠、啓聖祠。

兩廡位次

洪熙元年，德平訓道年富言：兩廡先賢位次失序，甚者闕而不舉。詔禮部考正、頒示，而訛謬如故。

萬曆初，瞿九思論兩廡位次之失，時無采擇上聞者。序齒則《史記》載，澹臺滅明少孔子三十九歲，宓不齊少孔子四十九歲，不宜居商瞿少孔子二十九歲，高柴少孔子三歲者之上。如循《家語·七十二弟子解》之序，則《家語》先澹臺滅明，次高柴，次宓不齊，次樊遲，次有若，次公西華，次原憲，與今序次不合。如循《闕里志》之序，則《闕里》先滅明，次適，次憲，次公晳哀，次曾點，次顔無繇，次高柴，次宓不齊，次樊須，次有若，次公西赤，次原憲，與今序次不合。如循《闕里》從祀之序，則先滅明，次不齊，次適，次長，次憲，次公晳哀，次曾點，次顔無繇，次柴，亦與今序次不合。如循《史記·弟子列傳》之序，則《列傳》自滅明至漆雕開雖同，而司馬耕、樊須、有若、公西赤又互有更易。若曰神主東西，相參於世代，前後又不合。公羊高，周末齊人，反在申棖之前。伏勝，秦漢間人，反在顔噲前。孔安國，漢武時人，反在周末穀梁赤前。董仲舒，漢景帝時人，反在漢初高堂生前。王通，隋人，反在漢武時毛萇前。周敦頤，宋太宗時人，反在漢宣時後蒼前。歐陽脩，宋真宗時人，反在漢平帝杜子春前。張載，宋仁宗時人，反在唐韓愈前。程頤，灝弟也，反在灝前。朱熹，宋孝、光時人，反在神、哲時司馬光前。薛瑄，正統時人，反在宋寧宗時陸九淵前。王守仁，嘉靖時人，反在元許衡前。若從祀先後爲序，則董仲舒祀於洪武二十九年，不宜躋淳祐九年所祀周敦頤、程頤、張載之上。后蒼、王通、歐陽修，祀於嘉靖九年，不宜躋唐貞觀二十一年所祀毛萇、杜子春上。胡瑗祀於嘉靖九年，不宜躋宋淳祐元年所祀朱熹上。大氐因前東西原位未加移定，如東廡第二十八位顔何已黜，即以二十九位黑狄居之。不復移西廡第二十八位叔仲會以補之。第三十七位荀況已黜，即以三十八位穀梁赤居之，不復移西廡第三十七位公羊高以補之。西廡第七位公伯寮已黜，即以七位樊須居之，不復移東廡第七位司馬耕以補之。第十八位秦冄已黜，即以十九位公肩定居之，不復移東廡第十八位奚容蒧以補之。東廡移祀、改祀、革祀者，惟曾點、顔何、荀況、劉向、鄭衆、盧植、服虔、王肅、杜預九人，而西廡移革者，有顔無繇、蘧瑗、林放、秦冄、申黨、公伯寮、戴聖、賈逵、馬融、鄭玄、何休、王弼、范甯、吴澄一十四人矣。此廡之闕，既不補以彼廡之主，愈遷愈上，所以後儒反在先儒之前也。

議者徒見周宗廟，昭嘗爲昭，穆嘗爲穆，不復互遷。不知兩廡諸儒非有父子之親，祖孫之嫌，惟當序齒。如謂大禮必簡，遷移不免煩亂，然則人主四時廟享，惟孟春特礿，各祭於群廟，夏禘，秋嘗，冬烝，則皆奉群廟之主，合食於太廟，時奉而入，時奉而出，倏此倏彼，何不憚煩？況從祀改革，或更數十年、數百年一易，何煩之有？即孔子在洙泗，惟顔無繇、顔淵、曾點、曾參，昭穆不亂，餘自當齒論。

又古復姓神主，所書多謬。如公晳哀當稱公晳子，公肩定當稱公肩子，公夏首當稱公夏子，公良孺當稱公良子，叔仲會當稱叔仲子，步叔乘當稱步叔子，句井疆當稱句井子，穰駟赤當稱穰駟子，左人郢當稱左人子，石作蜀當稱石作子，奚容蒧當稱奚容子，宰父黑當稱宰父子。鄭國，《家語》作薛邦，《史記》避漢高諱，作國，復誤以薛作鄭，當仍稱薛子邦。邽巽，《家語》作邦選，《史記》避諱，作邽選，復誤以巺爲巽，當仍稱邦子選。

又林放、牧皮、公孫尼子、孟懿子、孟武伯、秦冄、顔何，及經傳諸儒當入，公孫龍子當黜。其四配、十哲説，始於唐。厥後升顔子爲四配，升顓孫、子張補十哲。議者疑宰我短喪，冉求聚歛，稱十哲未當。

然而孟子不云乎：宰我、子貢，智足以知聖人，則宰我、有若之賢，不在子貢下也。南宫适、漆雕開、有若、公西赤、原憲，皆孔子所與，不得與祀殿中，而以偶從陳蔡之十賢當之，豈定論邪？瞿氏别議以《論語》所載諸賢祀殿中，而以《家語》《史記》所載祀兩廡，説近是，敢俟議禮者。

樂舞、籩豆

洪武初，孔廟樂舞，六奏六佾，人主躬釋奠則否。

成化十三年，遣官詣告闕里：八佾，籩豆十二，比於神祇祖宗。

嘉靖初，張孚敬議：太學，六奏六佾，籩豆十，牲太牢。府、州、縣，籩豆八，牲少牢。府用樂舞，州、縣不得用樂舞。蓋謂樂器、樂服、樂舞生，縣小莫辦。至於籩豆之實形，鹽稾魚棗，栗榛菱芡，白餅黑餅，糗餌粉餈，韭菹醓醢，菁菹鹿臡，芹菹兔醢，筍菹魚醢，脾析豚拍，酏食糝食，圜丘方澤，宗廟之品皆如之。嘉靖，减籩豆爲十，爲八，未明言所減何品，致濾物不等，以褻神明，毋乃不可乎？

洪武初，溧水令以牛代兔醢，何異王莽淫祀？不能備物，以雞當雁，犬當鹿邪？宜高皇帝大震怒，詔所在，犧牲鼎俎，如制陳薦。非境内産，寧闕勿代。厥後有司怠玩，雖境内産，亦闕矣。

正統六年，令小縣不及三里者，春秋但行釋菜，酌二聖之意，宜定制。或以餅餌、糗餈、飿糝、脾析、豚拍、菁韭、棗栗、醓醢、稾脯等物，四方通有者充。豆、兔、鹿、菱、芡、芹、筍，或有或無，因地酌充。所以然者，代近不誠，闕近不敬，毋寧酌用，以告敬誠也。敢待議禮者。

啓聖祠

嘉靖九年，詔曰：顔子、曾子、子思配饗於堂，而坐父、路、皙、伯魚於東西廡未安，其改從啓聖公祀。禮臣言，顔曾孔孟孫宜稱先賢某氏，立主配啓聖公孔氏，饗如明詔。瞿九思曰："孟孫氏之賢無明徵，曾皙則夫子所與，僅與孟孫同科，且不得稱子而稱氏，可乎？"

瞿氏之説固也！夫禮有推而進者，有放而不致者。二王之子孫得用王者之禮，推而進者也。啓聖公孟孫之祀，亦推而進者也，啓聖公亦無明徵者也。正考父之賢不得祀，放而不致者也。氏與子，皆有爵姓之稱,後人借以稱有德者。氏不必歉於子。且古不嘗稱有虞氏、陶唐氏、夏后氏,不嘗稱孔氏、孟氏、仲尼氏、子輿氏乎?不必更議者也。

惟啓聖之祭,有先一日預祭者,有即日分祭者,有即日先祭夫子然後祭者。夫子雖齊聖,不先父食,禮也。灌將致其精明之德也。正祭未舉,先日用牲灌,非禮也。太學之祭,天子釋菜,故遣官分祭。郡縣效之,非禮也。其即日先祭啓聖者,近是。宜主祭官夙興昧爽,具官服,告祭啓聖。祝文不當曰兹因春秋仲特用祭告,當曰具官某,兹因春秋仲上丁謹遵制典,敬推原先師至孝,用先祭告於啓聖孔公,以先賢某某配某某從祀。若是者,所以明有孝也。牲灌畢,質明,易祭服。用佾樂以祭先師,明所尊也。

或曰:"伯魚,孔子子也;顔路、曾皙,弟子也。不子先父食乎?"是不然,禮有統於尊者。啓聖公爲之主,則伯魚、路、皙從祀也,祔食也。敢質議禮者。

鬼神總論

《中庸》曰:"鬼神之德其盛矣乎!視之不見,聽之不聞。"夫既曰不見不聞,而《易》曰鬼神之情狀,何也?情狀則非不可見聞者也。杜伯、彭生之妖,虢莘之神,陳寶、節來之祠,魏榆能言之石,見之聞之。磃氏之舍,王表之妖,不見而聞之矣。班固有言曰:"形之與氣,相爲首尾。亦有有其形而無其氣者,有有其氣而無其形者,此精微之獨異也。然而亦有有其形而有其氣者。"

夫有其形而有其氣者,杜伯、彭生之類是也。有其氣而無其形者,磃氏、王表之類是也。有其形而無其氣者,木石、華草作人物狀者是也。傳史雜記耳目所及非盡妄也。

或曰妖孽非鬼神。夫妖異,皆鬼神爲之,所謂鬼神之情狀云爾。德與情狀非他,體物是也。視之聽之,見滅聞絶;不視不聽,見在聞存。正遇則正,邪遇則邪。故曰:"神之格思,不可度思。矧可射思,此之謂矣。祊而求之,饗而格之,敬而遠之,問焉以誠,受命如響。此鬼神之德,而聖人事之之道也。"

白茅堂集卷之三十三

序

續文獻道考删定叙

宋儒馬端臨撰《文獻通考》，自三代迄宋嘉定，三千年間，典章經制，以類相從，總二十四例。

端臨没二百餘年，松江御史王圻續之，增類六：曰節義，曰道統，曰方外，曰氏族，曰謚法，曰六書。於田賦，增黄河、三江、河渠；於學校，增書院、義學。自宋寧宗迄明世宗，爲卷二百五十四，實馬氏之功臣，近代之龜鑒，有足傳者。

辛卯春，不孝内艱，豺毁之餘，取是書再閲，惜其取舍不純，論説未定。于是芟其森雜者三十餘卷，可增者又不下數十卷。自非括天府之秘，蒐民間之藏，不獲詳備。今且未能，姑就其删本，名曰《續文獻通考》，删訂而爲之序，曰：

君子著書，如良工製器，木屑竹頭、殘綜斷繻，有時亦收；而槃蠖刀尺之間，必有所棄，非然者則不能成器以適於用。王氏之言曰："余之續《通考》也，有感於宣聖之説文獻也。馬氏之書，言乎文則備矣，言乎獻則未也。故作《節義考》以爲獻云。"王氏未明乎獻之謂矣！夫獻者，賢也。《虞書》曰"萬邦黎獻"，言黎庶之賢者也。是故方策可按謂之文，老成乞言謂之獻，及載在方策，獻即文矣。

四朝之史，自有忠義、友孝列傳。如曰近代聞見，恐史不勝收，將闡幽褒微，别爲一書可也。義犬、猫、猴、蝌蚪，附文獻後，不亦愚乎！昔錢若水不録太宗馴犬事，識者稱其得體。道統之説，賢者高以自署，而中才争附，不知其非。夫所謂道，非堯、舜、禹、湯、文、武、伊、周、仲尼之道乎？道之於人，如天有日，容光必照。聖帝明王，即堯舜之統；忠孝禮義，即伊周仲尼之統。必曰某傳之某，其亦陋哉！

古有四民，今增二氏，厥教盛衰，動關理亂，紀之可也。姓氏名義，法嗣梵譯，彼教自詳。詩僧女冠，尤近媟褻，載之何也？譜牒之書，不下百家，鄭樵已收，不必復見。氏族故事，兔園册類，取綴何也？釋道僞書，語多不典，如云日月姓出《道經》，天地姓出《山海經》。夫天地日月，安有姓字？《道德》《山海》安有是文耶？此出佛經與段成式《諾臯記》耳。六書，《通志》既列，不必復見。諸家論説，且不勝收，書評與六書無涉，凡此皆所删者也。

田賦增河渠，善矣！乃詳黄河，而大江派匯全闕；詳太湖，而洞庭、彭蠡諸水皆略；詳三吴圩塘，而他隄防利害不書。經籍于成書多遺漏，而不成書者多濫載。或幖名相類，雅俗不同；或本自一書，評選異目；或傳奇唱説，與樂書並重；或瞽譚稗記，與正史齊稱：凡此皆所當訂者也。

自杜佑撰《通典》，鄭樵仿之撰《通志》，馬端臨又仿之撰《通考》，故《通典》未備者則增，如經籍、帝系、封建、象緯、物異是也。《通志》所詳者則闕，如年譜、氏族、六書、謚法是也。三書表裏，義宜爾矣！大氐著書益鋭，則讀書益略；讀書益博，則著書益難：此學人之通患也。今王氏續馬氏，後數百年，當又有續者。倘義例弗嚴，若決江河，沛然日下矣！然則洪州爲貴與功臣，而某又洪洲功臣哉！是爲序。

重刻鄭所南心史序

崇禎十三年正月，蘇州承天寺井晨夕白氣屬天，或如飛帛，點點檐際。僧浚井得鐵槭，甚固，則宋鄭憶翁思肖所著書也，名《心史》。

思肖義節見史傳雜説，嘗著《錦錢集》《大統論》，又別著《大無功十空經》一卷，皆詭言也。又自叙著書一百二十卷不傳。今井中書秘記史不載者十數條，詩文二百九十五首，泣鬼神而貫金石。四百年泉土中物，一旦赫然，讀者、聞者、紳士、婦女、賈傭、牧豎，莫不悲涼感激，繼以撫膺泣下，嗚咽無聲。

嗟乎！孰使爲是？當思肖著此書，藏之石室，錮以重泉，庶幾他日精神見於山川，此思肖志也。思肖不能擇時而使之顯也，而若或使之，非思肖所能爲也。宣和末，中原無事，汴京歌鐘沸天，士大夫褒衣譚不急之務，忽得范質《晋記》，述少帝遷黄龍，居建州十八年，苦甚。悉一時傳誦欷歔，至録藏秘閣。又濠州斵井，得石匣，藏鄭向《五代記》，其銘曰：自朱矯命，終紫游位云云。嘉定初，有人於林屋洞獲一簡，太歲壬戌云云。明英宗正統中得之，如前。又真定龍興寺佛耳得《靖康異變記》一卷。崇禎己卯太學生李嗣玄始出《祖綱》《靖康傳信録》《建炎進退志》梓行。又汪若海《靖康麟書》，元杜清碧《谷音詩選》，一時盛傳。又《宣和遺事記》：二帝蒙塵，投上皇坑中作油。與《金史·單徒太后》《太原尹單徒阿里出虎》略同。蓋當時從難之臣秘記不傳，而忽傳於己、庚兩歲中。噫！其誰使之哉！

《遺事》即阿計替《南燼紀聞》，後人羼入小説，地里、年號多謬，惟《心史》最奇，士大夫争傳誦，年來漸罕有言者。友人懼其遂不傳也，謀更梓，問序於不肖。夫書傳不傳，傳之遠不遠，皆未可知。必也人心維持，然後楮墨堅於金石，不然，雖山頭羊公之碣，水底杜侯之碑，罕能舉其文久矣。然則是書也，以晦而存，安知不以顯而亡？天下事以晦而存，以顯而亡，豈獨是書也與哉？曷亦人心維持，如火不絶於陽燧，水不絶於鑒諸，庶幾其不亡焉矣。崇禎歲次甲申嘉平月。

讀史集論自序書火于丙午

夫論何爲而作也？《書》曰："時維三公，論道經邦。"孟子曰："不知其人可乎？是以論其世也。"此論之所繇，昉也。繇前而言之，有德在位得志於時者之所爲；繇後而言，下位無輔不得志於時者之所爲也。此論之所繇，别也。

《論語》而下，《莊》《列》《管》《韓》《新語》《昌言》皆論也。其以論名，書如王充《論衡》，王符《潛夫論》，桓寬《鹽鐵論》，徐幹《中論》，桓譚《新論》，杜篤《明世論》，陳亮《酌古論》，胡旦《演聖論》，陳岳、江鄰幾《春秋論》，吕大中《漢論》，孫甫《唐論》，彖卷積册，不獨一篇一章而已。夫鏡往繩來，援彼證此，論家之法也。然而古人往矣，名實事功，浮沈景響，智者莫得盡之。今夫閭巷比鄰，朝暮所習，一旦婦姑反顧，兄弟鬩墻，其是非曲折不得以隔垣之人遥斷之。至於百里内外，親戚控訴，信使往來，其情實較難得也。至于千里内外，道路傳聞，情實更難得矣。況千載以上，陳編所著，從而吹毛求疵，韙是矯非，更立爲論，豈不多事已哉？雖然，居嘗念之天地至久遠矣！人生其間至嘖賾同。矣！帝王將相、百家九流，生死成敗，賢不肖，吾得而數之，何者？生於其後也，以後視昔，如大椿之視蟪蛄，期頤之視殤子；則以今視後，又如蟪蛄之視大椿，殤子之視期頤，而吾之生死、成敗、賢不肖又無所或遁，以是言之，論何傷乎？

僕生平不喜臧否，亦不喜人臧否人，顧嘗作論百數十篇，先後各有所爲，故其旨牴牾不一，文踳駁不純。元結之詩曰："未能救世患，諷諭以全意。"蓋不得志於時者之所爲耶？惟其不得於時，而庶幾以言外之旨求知於後世，故視吾身爲期頤，爲大椿，爲蟪蛄，爲殤子，蓋望於尚論者深也。是集未成書，姑名《讀史集論》。

讀史筆談序

事理之散在天壤，如列星既往之不可捫搎，如繪火洙泗之斷争，匪雅言之罔義，稷下之横議，起戰國之嚚風。孔子修《春秋》，本魯府故文，言卜之徒，一辭莫贊，丘明高赤，始各以意爲傳，而遷《記》固《書》之論斷興焉。

夫史以記事，論以明史。記或毀譽失真，論或胸臆仄騁。聰明深察，柱下嘗以爲忌；牴牾容隱，劉晝亦所必訶。故或此是彼非，黨同立異。仲尼不作，無所折衷，而要以宗經原道，相理平情者爲是。

吾友唐弱公先生，産於窮山，奮志藝苑，敗管當惠文之簪，蠹氈勝皋比之擁。曠覽蒿目，觸抱痗心，於是有筆談之作。談而曰筆，於義何居？經曰：事載言，史載筆。劉彦和以爲發口爲言，屬筆爲翰，出言入筆，筆爲言使，口舌諮諮者易敝，而毫毛茂茂者無窮，筆談之所以命名哉！蕭繹三筆不言，而美惡用彰；洪适隨筆雜言，而純義亦見。然而世之立論，得失殊途，握齪於偏解，矜激乎一致者有之矣！而弱公兢兢，不敢自以爲是。束書卑辭，問於不佞，弱公可謂虚心篤志，古君子之人歟！吾聞君之先世有唐舉善相，有唐瑾號知人，弱公殆欲物色幽隱、風鑒古人也耶？略加評削爲之序。

吴太安史論序

古今有一定之是非，聖人輿衡刌度而出，而不得與民變革者也。愚者不知是非，智者取是非而非是之。温陵李贄曰："是非亦何常之有？今日是而明日非，明日非而後日又是矣。"信斯言也，亂天下而有餘。

今夫山川鄹朙之近遠，象緯晷躔之羸弱，可坐而定也。藏腑經絡之部穴短長，鳥獸蛸翹之翮蹏種色，木理華蕤之縱横緒細，苟一或異，則爲屙，爲妖，爲蠥。老聃曰："果蓏有理，人倫雖難，所以相齒。"而謂人事之是非無常，有是理哉！是故析言破律，亂名改作，言僞而辨，順非而澤，執左道以亂政者，殺。此聖人之是非也。自生民以來，變故多矣，賞罰褒誅，失當不少。然而有一定之是非，使今日果是，明日安得非？明日果非，後日又安能是？彼不知是非而非是之，是好惡之無常，而非是非之無定也。莊子臘祭膍胲之喻，惡夫是非非是之不定也。

吴太安先生《史論》，折衷諸家，最爲平易。要之，不偝聖人。所謂是非者，近是後生夸異者，讀之爽然，二三老成，洒然而興歎也。予嘉是書，弆而内之篋笥，歸以教兒。若夫李温陵之言，得其恉而用之，是有用之言也；不得其恉而用之，誤後生之言也。弆，弆本字。《漢書·陳遵傳》：有尺牘，人皆藏弆以爲榮。註：音舉，藏也。弆，他書不經見。弆即訓藏，不得復言藏。弆，从去，於義無取，當是弆之譌，本作弆。《説文》：弆，兩手盛也。从廾，𡿺聲。𡿺，音六。

廣濟縣志序

廣濟縣，本漢蘄春地。古碑：周静帝大象初，始立永寧縣。唐天寶改永寧爲廣濟云。漢魏六朝事迹、人物見史傳者惟蘄春。周隋以後，書事多從郡名，故志濟邑，徵往事爲難。

自立邑千餘年，山經野史率坐湮失，至今日而始有志，蓋成於漢崖黄侯。侯以關西名儒宰是邑，甫下車，值用兵鄖西，陸運數千里，耕者廢耒，讀者廢筴，公力請，得寬民困。歲祲，請蠲田租之半。於是轆轤版築，謳歌弦誦之聲相聞，三年而奏。治署以内，釜魚甑塵，所入俸盡捐，修學廟，饍士子，賑貧急，晦朔讀令，暇日講學。凡山川文獻，風土利病，靡不研心。先是，王生臨編志垂就，公取讀，善之，緢補考論，遂成定本。向非公裕民力，興文教，使得優悠從事，何克臻此哉！

今聖天子留心民隱，是書也，當登之天府，比諸金鏡，豈獨志一邑而已哉！書成，濟紳士走書命序。僕陋聞，惡足序？惟序是書所繇成，與公美政之不朽云爾。時大清康熙丁未孟夏。

艾千子先生文集序

歲癸未，景星從先子避亂如金陵，遇東鄉艾千子先生，忘年下交。數携酒食，過承恩寺僧舍，揖先子，曰："郎君，後來斯文之寄也，南英殆將以身後託焉。"

明年弘光改元，先生亦至金陵。冬十一月，景星上書不達，辭部出通濟門，不獲往見。又明年，先生死於閩。乙未正月，予訪友過杉關，于時賊火未滅，頹屋三楹，一棺厝地。土人曰："艾千子先生也。先生殉節，有子未死，間關扶柩。布政周公元亮與二百緡，俾歸葬。賊至，其子曰：'死於賊，不孝也。'委棺。踉蹌走野，瘞未及，幸矣夫！"予撫棺大哭，市雞酒，跽而酹之。既知非先生柩，聞者皆笑，然不可謂非哭先生也。

自是遍求遺書，得天傭子，其里人黄華暘、王如桂收而梓之者也。又五年，得原本生時所自定，其遺亡者甚多，姑取二本，挍補而爲之序，曰：

明專制義取士，士視古文爲末學，于是模範子史，膚肖而不以爲非，鹿門、荆川、震川數君子思有以救之，氣力弱，不能與古角。方是時，制義猶未大誖也，至艾先生時，並制義誖矣。先生駁謫僞體，大暢厥辭。其爲古文祖史漢禰歐，曾使學者知所原委。顧集内論制義，居十七。喜英氣淩人，以是病其未廣。雖然，豈得已哉？推先生之心，蓋秦越人之易醫，而子輿氏之好辨也。先生文行卓然，其始，人稍稍疑，没後，稍稍信。

悲夫！先生晚畜一妾，有輕薄少年張廿八者，乘垣而嘻，搆大訟，至上聞。上曰："艾南英，江右名士，惡有此?"先生聞之，不屑也。先生皭然不滓，病惡如仇，見天下亂，志在死國。居恒誦原涉言：婦人始皆宋伯姬、陳孝婦也，不幸而遇强暴，不能死，遂淫佚以終其身。嗟乎！恐怖苟且之移人也，士亦觀其終焉而已矣。若先生者，始終英氣，不可想見乎哉？此所以哭先生也。集凡二十卷。

藕灣文鈔序

順治庚子，丹陽楊公持節治下江。兵過草廬，首問人才，予對以廣濟劉千里醇驥、張長人仁熙，公喜，取二子詩誦之，尤善長人。予介二子而見公，遂序長人詩行於世。

張子名既著，海内嗅爾。張子詩，張子不欲自是也，有作輒寄予可否，點竄無諱。蓋大雅之士，通懷如此。又十餘年，《藕灣文鈔》刻成，問叙。

夫張子始從歸安茅氏入者也，從茅氏入云者，從茅氏所奉八大家，而八大家之號始茅氏，故云從茅氏入者也。茅氏之文，自謂得歐陽永叔之逸氣。而近日之奉之，始於豫章之艾陳。及夫虞山蒙叟論出，海内以爲定評，削柧後俊皆誚獻吉、大復、元美、于鱗，群趨茅氏。夫誚之誠是也，惟日取八家段落章句，回筆揣摩，爲流連不已之文，其病將毋同歟？張子始從茅氏入，而其後抉破樊籬，凡見諸議論，可采而觀焉。且吾之所以敬張子者，不獨是張子静不黷利，學有根源。静不黷利，故辭無諛夸；學有根源，故格無跅弛。而又不妄交遊，老屋童山，褐袍蔬食。兒孫解文，下見三世與劉千里，皆狷而介。介或近驕，狷或近媢，張子又免於斯二者焉。至於磌黖結轖，鉏鋙詰屈，以爲振奇，千里時有之，張子不道也。曏予謂張子，而急取歸安震川諸書，庋閣十年，蓋不欲其回筆揣摹，與俗習同也。今張子倬然成家以名世，而予且瞠若乎其後矣，而又何所置喙哉？

方樓岡文集序

《鈍齋》《光啓堂》二集者，桐城方樓岡孝標所著也。歲己丑，樓岡舉進士，予方家玉山，退處澱泖之間，見所爲應舉諸作，愛之。

其尊公坦庵先生，先君子執友也。述其淵源，以示不肖，且曰："是文，有經學，有道氣，是韋、鄭子弟不獨爲名公卿而已。"越十六年，班荆於虎林。始樓岡未深知，予因其弟邵村而知之。戊子，邵村令括蒼來虎林，相晤於合肥龔公舟中。既而詳刑於楚，予已自昆返蘄，高軒過訪，清譚竟日，至是與其兄復相聚虎林。蓋樓岡、邵村及其弟與三敦、四奉、兩尊人冤隱事白，自塞外賜環而歸也。又十年，樓岡游滇，遽有坎窅之凶，走峋嶁，麻韎緇服者三年。逮夫洞庭波息，衡嶽雲開，昆吾精鑒，九投淬而愈鋼，荆山貞玖，七日火而不變，可謂難矣。庚申夏過蘄，計别去亦十六年。其間浮沈禍患，數難更僕，而樓岡神王容睟，豈非學道有聞而能若是哉？出其詩文，讀旬日，樓岡亦索予詩文爲之序，且徵序於予。

夫天之生才必有爲也，得時則許身稷卨，失志則發憤著書。樓岡當盛時，父子昆弟，出入承明，從容講幄，天子字之而不名。一旦非辜，廣輣萬里，越浥婁勿吉之鄉，涉阿稽多洪之險，蹈沮無地，戴光有天，而樓岡僅有高麗牛二頭，栅栖一所，繫索躬耕，養親學易。其爲詩也，和平愷悌，非聞道而有是哉？其餘山川物産、風景人事、陳迹墜聞所不傳於中國者，詳求而載記之。故曰：天之生才，必有爲也；才人之文，亦無無爲而作者。

嘉萬間，李何、王李之文舍洪永之體，回筆矯情，折腰齲齒，歸茅撟之，單緩拕沓，其失也均，詩或蹈襲鋪張，多所無爲。及夫袁江噪於公安，鍾譚鳴於景陵，或瓦馬泥車，戲效兒童之弄；或枯楸萎蔓，愀游墟墓之間。是雖列於詩人，總無關乎大雅。樓岡之文之工者，則時賢僅有之文也。詩稍自遜之，然其紀事言情，鬱蒼演漾，亦未可多得。至於患難操存，議論弘擴，明道誼而正人心，而樓岡庶幾近焉。

文者，心之聲；行者，文之柢。先君子道氣之許，不洵然哉！知己實希，樓岡必三歎矣！康熙庚申八月。

毛會侯文集序

遂安毛子會侯，學邃於經史百家，爲文章最富。

歲己未，與毛子同奉召。至都門，余乞病，悤悤南歸，未獲緒論。丙寅聚晤沙羡，四閱月，始得窺厥渾灝。毛子長於文而慎於詩，出其餘情爲宋元頓挫宛麗之詞，大端以典雅巨篇推其獨至，以其進於所謂大家者。

夫八大家之說，始於歸安。逮天慵、石莊出，專禰八家，錢虞山欲爲之滌蕩其源流，澣濯其垽垢，酣情東漢，增潤六朝，亦可以爲難矣。暮年時，雜釋典，非其純粹。商城侯朝宗者，儁士也，不嗛志於是，曰："八家何足學？必也龍門、扶風，然後可。"是固然矣，然而《檀弓》《左》《孟》《管》《韓》《鴻烈》，未有能搏心揖志，闖其藩鍵，而縱其浩漾者，豈真世邈風遥爲不可復驚也哉？今之作者有兩端，入於八家則蔑視六代，溺於駢比則志鮮疏通，才固不可得兼，而流風亦兩見其下。故有韻之文，今則家懷蠙璧，至於掉臂散行，羽翼周漢，實希聞焉！

毛子是故不以詩争鳴，而以文擅海内。志於文者，皆欲得毛子一言。楊亭酒屨，李邕碑版，所至沓集，然亦無有知其藴籍，别其武庫，足以愜毛子之心而爲之曝然放杖，毛子則亦俟之而已矣。毛子浮江漢，涉洞庭，覩岳麓之奇，吞九疑之勝，一如子長南游而後返。故於其歸也，序其前後集三，珍重焉而爲之别。

周鍾遺集序

有明以經藝取士。世廟前文體正，士交遊不出於鄉。神廟後文體駁，海内俊傑合梓其文，稱大社。時則金壇周介生鍾、簡臣銓、仲馭鑣、張公亮明弼、沈去疑幾、東鄉艾千子南英、臨川陳大士際泰、羅文止萬藻、章大力世純、烏程唐宜之時、無錫馬素修世奇，各有選刻，風尚分馳。太倉張天如溥、張受先采、長州楊維斗廷樞建社，而東林益盛。海内談道德氣節文章之士多歸之，魏奄因以此中名士禍。烈皇帝既誅大奄，網羅頓開，都門士女，貰酒相慶。時則予嚴君建定因、廣因二社，而道德氣節文章比出。會上信陸文聲言，追論東林浙黨，命御史逮問張溥、采等，禁立社。天下之士，未有愜志，卒不能禁，雲間陳卧子子龍、夏彝仲允彝幾社又大行。

予時總角，爲諸生取神廟以來坊刻社選數十種，射其人之忠詐廉婁與夫古文詞之能否工拙，十六七中。亂後南行，得見千子、公亮、受先、維斗、去疑、簡臣、宜之、卧子，皆家君執友，與予忘年交。餘或先卒殉節，隱遁不一，惟周鍾正大辟。當賊陷京師，僇搢紳，或死或逃，或逼授僞官。有人袖中出一紙檄，檄遂傳播。是時鍾得逃歸，人言檄出鍾。朝廷信馬士英言，元年四月庚申，光時亨、周鍾駢斬西市。

嗟乎！鍾昔爲諸生談忠孝節義，推獎士類，因鐘知名者不勝數。嘗知黄石齋道周、凌茗柯義渠、倪鴻寶元璐於始釋褐時，結深相知，一旦縣絶，不應如是。公亮爲予言。冤哉！吾友簡臣過予旅舍，垂涕洟，出鐘離長安時所爲騷辭曰："冤哉！吾弟讀之，雖《惜往》《悲風》不是過，士之不幸亦至此哉！王維、儲光羲嘗受賊官，以一二詩辭自明，宥不死。今鐘亦有騷辭在，吞冤飲刃，與奸臣逆子同冒惡聲，士之不幸亦至此哉！鐘友多君子，抑在下僚，或屏棄不用，倉促未有申救者，使鐘不即南走，或亡命，且不死，而鐘不忍也。鐘以不忍而死，非不智也。鐘名滿天下，儓㒈健兒，酒傭餅師，無不知之，遂爲道路指名者所誤，而又以東林犯忌。鐘之死，名死之。"

簡臣既集其平生著述、論策、序記、尺牘若干卷屬序，予獨感與諸先生論交，握手譚笑，而鐘姓名不齒於人類。嗚呼！悲夫！士亦潛修於身已耳，毋結交，鶩名譽無益。簡臣姑藏其文，待事久論定可也。時丁亥正月。

奚仲雪制義序

歲己卯，與同社石霞曹子、仲雪奚子、集裳劉子試於鄉。三子者售，而予以經藝犯主司名字，已售復置。三子者，梓平日所爲制舉經義之文，而奚子屬予序。

夫制舉之文，體制不知何時始，相傳始王安石。考安石所爲，與今異。又，徽宗嘗擬爲之，與南宋數公作，有至今在者，吕東萊《文鑒》亦載張庭堅《尚書義》。可考也無所謂四股八比者。國朝成弘前，體裁亦人人殊，順是而下，流波漸靡。夫何使以至於此極也？文運衰敗，可不歎哉！場屋之作，尤多不傳，吾謂奚子可不梓，而奚子梓之。且梓居恒所課，不已過乎？雖然，《吕文靖咸平初試卷》當時藏秘閣，以爲典型。王禹玉作《麗潁公神道碑》，麗家酬以杜荀鶴試卷。張才叔《自靖人自獻於先王義》，而胡致堂誦傳之。豈非以德業文章重耶？奚子志遠才高，即不梓，恐有藏之者矣。然則梓之，庸何傷！

癸未房書法智序

庚辰夏，麻城曹石霞有己卯行書法智之選行世矣。此則石霞與嘉定汪介人選癸未房稿而致予去取者也。去者十之三，入者十之三，仍名法智，二子各序其選之旨，而予更有説焉。

自古理亂用法，戡亂用智，二者因時變通，以之論制舉之文，亦若是矣。今之言法者，曰大家，曰先正，以救時習僞雜傝䆾之弊。是説也，予非不佩之，然而天下多故，請只沾沾守一先生之言，噞喁濡沫，曰是爲真儒，爲正宗，今天下安賴此耶？昔漢儒説經不肯雷同勦說，而文章事業偘然可觀。國朝進士起家，如王威寧伯越、項襄毅忠、予肅敏子俊、韓襄毅雍、馬端肅文昇、王襄敏以旂諸如十數公者，其制義不必皆震澤、荆川、昆湖、方山也；而震澤、荆川、昆湖、方山，其勳伐不必過十數公。今天子聖明，宵衣旰食，不救天下之多故，奈何束縛才士，使之如出一家？趨繩步尺，曰真儒正宗，不亦固哉！

夫八股非可觀人也，然即是以觀其真僞穢潔、忠奸邪正，未嘗不得見也。豪傑之文，有非尋章摘句之可得而論者，亦觀其才智有用而已矣。是則予去取之義也。崇禎甲申三月暨望，楚人顧景星題於崑山樂彼之園。

黄漢川制藝序

黄先生玉鉉，字振公，漢中之洋縣人，號漢崖，一號漢川。束髮食廪給，於書無所不讀，制舉之文能自名家，與弘正諸先生頡頏。

順治戊子舉鄉試，十六年己亥，特恩再會試，成進士高第。上召諸進士，賜坐賜茶。是時重守令之選，康熙甲辰授湖廣廣濟縣知縣，值用兵鄖西，發�抚弊。歲且凶，因請大吏以狀聞上，俞請，前後蠲銀四萬餘兩。漢川爲令，恩威有方，招流亡，勸農業，明獄訟。久之，士民競爲歌詩，勒石衢巷，又議爲祠。漢川謝不敏，引功令固却，衆鍥姓字於版，立學宫東墻外。丙午分闈鄉試，盡慎以求，得八人，皆名士。聲氣之交，揚帆結靷，願一相識。士之貧者，未昏葬者，捐俸賙急，凡此皆漢川善狀，而指摘去位即以此。漢川真實鯁介，不能脂韋，坦然無樊籬，有古循良廉潔風。去位之日，殘書敝極，朝夕不給，士民灑涕失聲。或餞贈之，一錢不受。讀書綴文，蕭然自得。士不以蒙巇蔑觖望，漢川有焉。

漢川制舉文，讀書遍天下。其門人裒集三百首，王黄門雪洲爲之序，而索傳於予，且曰："傳者，清淵王美申選明文例也。"憶辛卯美申遇予臨海，言有明人制藝百家，家各爲傳。子其序諸？予許諾，未果。今見其書於漢川所。漢川曰："幸爲我傳，毋如虚諾美申也。"遂用美申例傳漢川後有選者，舍漢川豈得哉？

李東皋歷試年譜序

有辭存而器亡者，三代盤盥之銘、山海九鼎之文，《博古》《金石》諸録所載是也。有器存而辭亡者，周宣石鼓半存半泐，魏孝文、宣武收獲南音，鍾簴强存，音調散失者是也。至於辭與器俱亡而謹存其説，則又不可勝數。故説存不若器存，器存不若辭存。雖然，三者一有可存，則君子不廢。

東皋李先生編其生平場屋文目，都爲一帙，曰："吾文兵火亡矣，獨其歷試年月、知己姓氏、卷牘品評存諸吾心，猶可存諸吾手，吾編而識之，倘亦所謂辭亡而器存，器亡而説存者耶？"吾以是知東皋君子矣。

夫君子不忘本。今之人率本制舉出身，及其貴賤異勢，後先異時，其視制舉業或嚆矢而聲之，或敝帚而享之，或弁髦而棄之，以至偭偝師門，營蒯故舊，求其不忘細席以事君，晉云"荀子臨難不忘細席"之言，註：講説之席也。尹子引子夏作昔席，註：昔日講論之席。不忘縞紵以事友，豈可得哉！夫踦屨返取，楚人所以歸心；蓍簪致哀，仲尼因之興歎。小物如此，大節可知。故曰：東皋，君子也。

東皋又名其編曰《歷試年譜》。年譜云者，毋乃集微而號大，事近而旨迂乎？乃東皋亦有所本。昔韋表微著《九經師授譜》，吕居仁詩學得自《豫章集》,陳師道、潘大臨以下二十五人爲宗派圖譜,此東皋譜所繇名也。譜而曰年,感慨系之矣。東皋以科目佐銓曹,宰巖邑,歇歷中外,所至著聞,是固東皋之賢,而益歎諸先生之能知東皋也。若予自齠齔盜聲,受知不少。既蚤自棄去,髮今種種,而於知己,默無一言,視吾東皋,愧矣!愧矣!《詩》不云乎:中心藏之,何日忘之?是則予與東皋所同志也。

資社序

往,予爲孝義社序,謂文社始於唐人之爲詩。至於宋,而蹋鞠、葉子、博簺、梳剃、唱説,皆立社,而社之義荒矣。制藝之有社,醵飲而已矣。面是背非,賤懷貴棄,又不如市井技藝者之氣意相許也。斯説也,疑信者半。

當神宗末,士始稍稍爲社,寰宇晏安,聲氣遥集,於是張天如、周介生函牘達四方,而大社興焉。有《名山業》《華鋒》諸選文,先君子於都門立定因、廣因二社。是時鄉壁群兒粗學呫畢,亦相立社。嗚呼!太平之盛極矣!逮夫東林末流,正邪夾雜,操戈下石,起於同堂。至有娼婦變面、秀才結盟之譏。社義之荒孰甚於是!故予聞社,未嘗不疾首掩耳而走也。惟孝義社憂患相赴,貨力相扶,有周禮閭族之義,又若所謂禬禮哀圍敗者。予固最善之,而猶疑其不終。

《春秋》襄公三十年:諸侯之大夫會於澶淵,以宋災故。《傳》曰:"謀饋宋財也。既而無饋於宋,會而不信,君子尤之,信之不可不終也如是。"何子商衡曰:"近日吾黨有社,曰資。資者,道義相資也云爾。所治則制舉業,其人則十,其地則蘄之黄梅,九江之德化,方百里内,月一聚焉,不以寒暑風雨爲阻。文既成,割雞脱粟,酒數行,而油油以退。是十人者,期相終始,式好無尤。有王蘆賓者爲之長,其人崇信理學,文則取醇樸典雅,行則上忠厚正直。若是,先生信乎?疑乎?"予曰:"若如子言,信矣。能終焉,不亦善乎?"逸詩有之曰:"淑慎爾止,無載爾僞。"《書》曰:"人莫不有初,鮮克有終。"無僞而有終,君子之所慕也。何子負墻而立,曰:"先生之言遜矣!請書之爲諸生箴。"時歲在丁巳。

顧氏歷代列傳自序書火於丙午

姓譜撰至數百家。三國尚門第，魏立州郡中正，品第高下，歲有簿狀。唐七姓彼此相詆，各自著書，朝廷爲置官論定，其重族望如此。雖然，處族望有二難焉。

地勢既高，爲時所忌。刁協欲盡誅王氏，宋明帝以族大殺王彧，元伯顔勸順帝滅張王劉李趙，其難一也。子弟繁庶，或産敗類。王敦反，王導伏地謝曰："亂臣賊子，何代無之？不意出自臣族。"其難二也。

復有八患。八患維何？一曰兇德，蛸蟒兀黖是也。二曰隸事，屠羊、乘馬、優匠是也。三曰音僞，如簡雍姓耿，幽州語簡爲耿，故在南爲耿，在北爲簡。四曰省文，如邴爲丙，橋爲喬，譚爲覃。五曰避諱，如莊爲嚴，慶爲賀。六曰避仇，如張遼本聶，新潛本孔。七曰淆羼，如隴西趙郡爲李，叱李亦爲李，高護亦爲李。范陽爲盧，莫盧爲盧，奚什盧亦爲盧。郝婁爲婁，莫多婁亦爲婁，後又爲盧。蘭陵爲蕭，石抹亦爲蕭。八曰變失，如李穆改拓跋，李屯改獨孤，閻慶改大野，田弘改紇干。是爲八患。

予顧氏得姓有三：禹封黄帝後爲顧伯，以國爲姓，湯滅之，惟少康庶子曰無餘，二十餘傳，至元嘗王越七世孫，無疆失國，裔摇自立爲閩越君。漢惠三年，立閩越君爲東海王，别封其子爲顧，余亦以國爲氏。炎帝有子顧相氏封蜀，以姓號國。二氏子姓傳於今。

歷觀往史，顧氏忠孝，文章彪炳先後，絶無奸逆敗類，尤足異也。既免二難，又無八患，合而言之，得十善焉。俯仰愉快，於是集漢至明若干賢，爲例十一，曰：儒行、孝友、循良、忠直、功烈、節義、文苑、隱佚、列女、方伎、神仙，共如干卷。凡所以博考具陳者，何哉？欲吾後人知本源如是，功德如是，有一不肖，即是圮顧氏二千年之族爲二千年之罪人。噫！可不畏哉！是書也，爲二千年來之公是非，爲顧氏子孫所共鑒。予小子安能私？書成，命曰《顧氏歷代列傳》，附雜史云。

丹陽賀氏家譜序

往者承平，士庶家通顯一二人，輒稱名族，各祖其祖，不通譜牒，其單門後户，生聚鄉壁，歲時禮臘，洗腆上壽，支庶井如，不受他貴人爲祖伯叔兄，古道未墜壞，如此數十年來，動稱合族。

夫鹽諸其利而亦儆其害焉不乎？按單復中外姓氏四千六百六十五，唐邵思《姓源》存二千五百。五季蕩析，簡籍匯淆。南宋丁維皋譜名族百二十而已，不可流涕歎息歟！洪武中，編修吴沈據黄册編姓千餘，多微不著。弘正末，户至一千三百餘萬，可謂盛矣。世家甲第，江左稱最，丹陽賀氏，一著族也。始祖士莊，元末自平江徙家，志軒始居蔣墅，至中泠先生，文章功業大著，領銀臺。時少宰賀文忠公謂人曰："丹陽吾可通譜。"先生曰："事要可久。吾祖平江，宗蔣墅，如千世矣。"後先生以不附大璫落職，烈皇帝召還，賜璽書，節制天津軍務，堡屯濬築，一一思可久計。弘光改元，以尚書晋宫保，不附權相致仕。居二年，景星以文見知於先生，先生不鄙後進，走使幣四百里如崑山，以所撰家譜命序。

嗚呼！先生豈無謂哉？昔桓彝好德，六世而至彪；楊震五傳而至修。奕世儒宗，爲帝師相，亦盛矣。逮百年後，而桓玄之奸，揚素少婺，皆冒以爲祖。道有隆汙，代有升降，不可不慮也。故賢者居人國必爲宗社慮久安，居家必爲子孫慮久大，吾於此知先生矣。既不獲謝，因載拜弁簡，以復先生云。

黄梅程氏家譜序

黄梅程氏族譜曰：程之姓自周伯符始。

成康之世，爲夏官大司馬。越五世，伯休父，宣王大司馬。十四世嬰趙司馬。十六世叔本遇孔子於剡，傾蓋而語者也。又若干傳，東晋新安太守元譚有德政，遂留家新安之篁墩，詔褒嘉之，賜田宅。自元譚下幾世，靈洗梁末以兵禦侯景，謚忠仕。又幾世，顥字元皓，顯字元諫。元皓之裔羽遷河南，元諫之裔大雅遷浮梁，始分南北宗。南宗至宋有都官員外祈。祈生晃，黄梅縣令，因家黄梅。

予按姓譜，《地志》：文王討密，作邑於程。然則伯符以封邑爲姓，今西安府咸陽縣是其地矣。成信侯嬰有祭邑在趙，世世勿絶，是爲趙人。漢以後分徙不一。《徽州程氏家譜》：元譚，晋元帝時新安太守，宋德祐元年追封忠祐公。靈洗，梁青州刺史，宋寶慶三年追封廣烈侯，元泰定四年增封忠烈王云。或以元譚爲漢建康中人，守新安，殆非也。三國吴分漢丹陽郡，置新都郡，晋改新安郡，則元譚爲晋人無疑。史載靈洗休寧人，侯景亂，起兵保歙、黟以拒景，元帝授以本郡太守，累封縣公，贈鎮西將軍、開府儀同三司。子文季，善騎射，多幹略，亦爲新安太守，與齊戰，齊人目爲程虎，《一統志》不載，元譚亦無宋追封事。《黄梅縣誌》：晃，江西浮梁人。祥興三年，由進士令黄梅。值英山寇起，率民保一方。《一統志》載程珦父遹寓居黄陂，珦後爲本縣尉，於黄梅不録程晃。

夫姓氏之書莫重於六朝與唐，家譜則仿自秦孔鮒。歷代世家多各簒著，與史、志表裏。其子姓雖或增華而掇拾，墜放亦復不少，故君子韙焉。晃後人爲黄梅巨族。茂才俊，字逸足，明經克家。嘗推産兄弟，賑邑鰥寡，凶年大出粟，邑侯欲聞於朝，俊不可，其廉退如此。三丈夫子允暹、允徤、允遵。允遵出嗣，與弟信皆文而賢，聲冠群儁，其在城郭聚落，烟火盈千。或以文顯，或以武著，次則孝弟力田，戒懼睦婣，有漢賢萬石之風，有韋家花樹之誼，梅邑之裔又將其昌。

逸足撰家譜如干卷，詳而不誣，簡而有則，藹焉其可思。蘇明允有云：觀吾之譜者，孝弟之心可以油然生矣。逸足歷叙得姓以來，考據史志，期以傳信，余因得論其先世大略，質諸程氏，且告采風君子焉。

針灸至道序

帝王於天下，如人一身。

人於一身，營衛腧穴、血氣經絡之流行，壯夫之泰，病者之苦，初皆不自知，而發於彼而應於此。有道焉，不可得而紊也；帝王於天下治亂得失，天人休咎，默敓潛移，初亦不知，而發於彼而應於此。有道焉，不可得而紊也。故聖君賢相，内則知一身，而外則知天下。

黄帝之原起痡，神農之辨藥性，伊尹之立湯液，非藝也，道也。《内經》《素問》《靈樞》《明堂》《針灸》《脈經》皆有道者所爲也。秦越人知是道，望而知病，其稱見五臟，視垣外，神其説耳，非真以目見腧内也。王者之道自然，非家至日教，而感召之捷亦如是也。

《内經》諸書，傳自中古至唐寶應中，有太僕王砯者注之。宋仁宗令王惟德鑄銅人爲式，即今所傳銅人圖是。高麗獻《黄帝針經》頒行天下，於是注者十數家，亦既章明較著。近日學者罕能知之，豈非至道之難通乎？家君游蓺之餘，間取詮次，穴從其脈，病從其類，某卷某葉，按目了然，名曰《針灸至道》，蓋通其道者之於天下也。其如視諸身乎？舉而措之，無難矣。

代茶録序

陳石莊嘗言，飲與食並稱，穀不可一日無，而茶有時或缺。茶之精好者，非太平之久不能致。蓋先王德澤之餘，雅人高士最盛之福也。遠哉，是言！

茶自唐德宗始盛，榷税半天下，怨毒於民，至南宋極矣！觀唐裴休條約，宋王質盜論，可謂寒心。靈芽、瑞卉化爲木孽、草妖。雅人高士，其忍坐胡床，操椀匙，清譚而細啜之也哉！金章宗定制，七品以上，其家得食茶。光宗禁自五品以上。元末則勾追催併，非法苦楚。洪武除前禁，三家村田舍兒皆得真茶，三百年來竟不知是味乃上方寶泉，掇而與民日用之也。然則所謂先王德澤之深，惟有明惟最，不獨雅人高士之福而已。

今古事殊，製煮亦異。陸羽《茶經》，温飛卿《采茶録》，茶事之最古者，不可用於今，惟宣和中鄭可聞銀絲冰芽法差近。歙李元平《采造録》則紀近代最詳。雖然，一茶耳，太平則天子、宰相講求饔述，比於清客。大曆建中，天下多故，貢茶不至。《杜鴻漸與楊祭酒書》：顧渚紫筍茶兩片，此物悵帝未得嘗。靖康北狩，感石僧獻茶，父子驚愕，南向哭，不亦哀哉！鬻沸濫泉，幡幡瓠葉，亦可助清風，而滌淡悶，佃叟能治，作柳、榆、槿、枸骨、絡石十數種，皆有方法。余悉得之，合高深甫《湯品》，增損曰《代茶録》。客來隨宜以飲，亦山林窮百合香之類，將以贈絶俗苦行之士，且見飲啄俯仰之自得云。

許荆山印譜序

荆山許子，長於六書，以所撰印譜見示，展卷燦爛，若掊半鉤於汾胎，辨尸銘於栒邑也。

自炎皇頡史之制不傳，汲冢竹簡間出，當時莫得其名，而强名曰鳥迹，曰科斗，其後又有所集古文奇字者，多譎誕難信。列國鐘鼎各以其公侯卿大夫之功德形於字體，如子孫之字，或持刀秉翟永寶之文，或土禾異从，正若後世簽書牙押各隱其義。孔子曰："書同文。"言列國之不足徵也矣。今之言古文者，籀篆不分，金石溷取，或録一字於商彝，或竊一文於周鼎，印記分寸，古今雜陳，號爲名家，尠不病此。

夫以剥泐譌繆之餘，夸奇詡異；刀錐利鈍之下，指拙偁工。實於六書，無可下筆，不揣其本，斯爲陋矣！惟漢代小篆義可解説，故叔重宗之，苟能專工，足以證誤。予方著《字説》，得許子所撰，愛其工而序論之，聊與許子就正焉。

潘介丘印譜序

潘氏五丘，人人有集，僕既皆序而行之矣！介丘詩最晚見，而又以其暇，精六書、岐鼓、秦碑、籀史，斯翁而下數十百家，考覈異同，所作印記之文，平生尤富。

夫璽印始於三代，《周禮・司市》：通貨賄以璽節。《魯語》：襄公在楚，季武子取卞，使季冶逆去聲。追而與之璽書。賈逵曰："古者，大夫之印亦稱璽也。"其在六書，五曰摹印，人約與刻符同意。蕭子良以刻符、摹印合爲一體。徐鍇謂，符爲剖竹，字形半分，别爲一體，而摹印屈曲填密，則秦璽之文。鍇説是也。摹印之别有書，如今上方、九疊，而將軍所佩，專用柳葉取於軍中，疏明易辨。士大夫私印，則小篆可矣。乃今流傳漢人印譜，或用列國鼎文，而列國鼎文，實非同文之定體，六書之軌範也，故知漢譜多僞，不足信也已。

介丘之論，以謂俗書亦有可取。如鳳凰之凰，本作皇，而單名凰者不宜用皇。鴛鴦之鴦，通作央，而單名鴦者不宜用央。權因事起，義非踳駁，是亦一説也。介丘偶取予《字説》一二讀之，改神歎咏。既不笑揚雄爲覆瓿，而予亦欲試王筠之讀蜺。因書數語，發明介丘本義云。

白茅堂集卷之三十四

序

陶季深詩集序

顧子謂陶子曰:“子爲詩勤矣,其旨可得聞與?”

陶子曰:“夫詩之言持也,持吾之志,以求之者也。故玉必雕幾而成器,志必攻克而成辭。澂也嘗終日不食,終夜不寢,澂志克矣,而未逮焉。”

顧子曰:“唯唯否否。”

陶子曰:“可得聞歟?”

顧子曰:“夫詩,不可克志求者也。何也?詩以風爲首,興爲宗,賦比非興不生,故爲宗。宗也者,生物之名也。興之生也無倪,追也無迹,故比於風。風始於地中,動乎葭莩之灰。清引條達,呴嘘蕩條,嗚咽飂颮,捎林轉石,放乎千里,曁乎無垠。其至也莫禦,其息也無聲,而詩之道象焉。十五國風,多征夫、遊女,悲希感觸,而天下之至文生焉。童謡市讖不知其然而然,而吉凶治亂應之。漢人五言,國風之亞也,自然渾厚,不假飾琢。魏又其亞也。晋宋以降,古意滋失。然而猶有知者,沈約謂之直舉,鍾嶸以爲直尋,劉勰稱思合自逢,非研慮所果是也。故詩喪於克意,存於不克意。《易》曰:‘匪我求童蒙,童蒙求我。’言至道不可以求得也。是故遊神冥莫之外,而遇在耳目之前。剜慮終日之間,而獲之俄傾之際也。是詩道也!”

陶子瞿然曰:“唯唯。”再期,而陶子來楚,出其詩讀之,洒然如脱煩暑,而濯之清風也,如登靈臺望雲物,而候氣之自至不可强也。陶子蓋有味於予言乎!若予不敏,請事斯語矣。時順治癸巳。

陶季舟車集序

寶應陶澂，字季深，一字季，以字行。其考隱君子，予集中誌銘所稱"明處士陶子範先生"者也。

季深蚤失怙恃。崇禎末，廣陵亂，蕭然携家避居吴閶，有運期德耀之風。予時家崑山，交季深在順治丙戌，季深方棄制舉，寄廡讀書，發憤思别自表見。予爲蕭將軍館甥，季深爲上客，因得鼂夕，詩成必交相論，酒闌燭灺，每至夜分。五六年間，予遊白下、廣陵、臨安、四明、天台，季深必偕。辛卯予歸蘄，季深去寓金壇，遊屐所到，聲名翕然，交慎持擇，詩文亦如之。癸巳從萊陽之光化，過蘄，示新詩，予喜而爲之序。

三十年蹤迹錯迕，書問牢落，然未嘗彼此能一日忘之。康熙癸亥上冬，季深自寶應之景陵，復過蘄，驚喜持抱而泣。蓋前此各得譌傳，今巍然在也。季深裒集辛卯後詩十一卷，屬論定。

嗟乎季深！二百年來，山林無此詩矣。往日，季深得予底厲爲多，立格修辭亦足相望。予苦博，而季深約，實勝予焉。新城涂酉曰：使季而遭逢得時，當必行所得行，言所得言，安能涉覽五嶽觀風吊迹寓才詩歌以力追古人哉？

嗟乎涂子！向使季深以制藝登科，或挾名譽，倭傀詭遇，旄棨驅前，修嫮隊後，多田宅，爲子孫計，親戚賓客佝僂問訊，貴佚之樂數十年，一旦衰死，骨化土灰，知識消亡，姓名熸没，何如貧賤討論，縱覽山河，萃精文辭，長以不朽，爲千萬人而不一遇焉者哉！季深之詩，千萬人而不一遇矣。今知之，後世知之，予故不復詮其詩而志其志道之同合如此。康熙甲子三月三日。

阮嗣宗詠懷詩注自序

魏人阮籍，字嗣宗，陳留尉氏人，少有濟世大志。太尉蔣濟辟之，不應，濟怒，乃就職，旋謝病歸。後復爲尚書郎，又以病免。曹爽輔政，召爲參軍，辭以疾。司馬懿爲太傅，受顧命，辟籍爲從事中郎。懿率師輔政，復爲大司馬從事，昭繼師，求出爲東平相，旬日而還，復引爲大將軍從事中郎，乞改步兵校尉。籍以世亂逃於酒，爲放誕之行，禮法士疾之如讎，司馬師保護，得不死。

嘗爲《詠懷詩》八十二章。自有五言，未嘗如是之多，蓋始籍也。疾奸雄，吊禍亂，流連反覆，得《小雅》《離騷》之義焉。先儒謂籍在晋文代慮禍亂，喻託廣遠，指趣難究。於戲！是烏知籍哉！

籍，魏臣，不可曰在晋文代也。或曰曹丕篡漢，司馬亦將篡魏，何負於丕？當是時，蜀漢在，籍不悲漢而悲魏，何也？曰：籍始終魏臣也。按籍景元四年冬卒，年五十四，然則生於建安十五年，曹丕篡漢，籍甫十歲，父瑀爲魏丞相掾，受恩久，籍未知往事，故曰始終魏臣也。

孟子曰："不知其人可乎？是以論其世也。"籍故深被司馬氏知，世傳其代廷臣作請九錫奏，恐非出於籍也。即信有之，其周旋避禍心亦苦矣。然而鍾會問時事，沈醉不答，未嘗爲伐蜀畫一策。世又傳籍《爲鄭沖勸晋王牋》，乃有曰："自是以來，功薄而賞厚者不可勝數。"曰："自先相國以來，輔翼魏室。"末則曰"臨蒼洲登箕山"以諷之。是勸退之文也。以是觀之，使籍得秉國，與司馬氏不兩立，皎焉可見。魏末之有籍，如漢末之孔融，然而融蹈壯趾之兇，而籍得明哲之義，是尤賢也。

其時，顔延之有注不傳，後無復説者。友人汪蘅篤學尚友，曰："曷注諸？"景星唯唯退，而六晨夕卒業。於戲！古人往矣，不相質矣，論其世爾已。未通者，仍俟後之君子。

梅聖俞詩選序

宋有天下，承五季離析，學士奔波，篇算散亡七十餘載。至天聖景佑，兵革偃息，天子好文，王孝先、范仲淹爲之相，推獎士類，然後有尹斯魯、穆伯長輩奮力古文，然未嘗工詩。工詩獨梅聖俞、蘇子美，號蘇梅，最後與歐陽永叔遊，又號歐梅，莫如梅最著。

梅詩今具在，陸務觀稱爲澹遠。朱元晦病其枯苛，姑勿論。論其源，唐至中晚，古聲篾矣，何者？中晚病初盛緐重，競爲澹泊，以希自然，而語尚清新，反流於薄。是之謂以復古而失宋，不取裁前代而取裁中晚，如聖俞一時名高，指退之爲正鵠，拾表聖之餘論，使英雄者生蒿目代聞，不無步兵廣武之歎矣。當太祖初，柳開、梁周翰、高錫、范杲相與復古，稱梁高柳范，爲宋詩文開闢。始開慕退之、東野，更名肖愈，號東郊野夫。趣識如此，詭稱文宗，宜一時不能度越，而韓孟之聲滿天下。太宗朝，王禹偁、田錫附和興起。真仁朝，楊大年、劉子儀纖細駢儷，迨聖俞出，盡矯前習，良難得哉！惜其體多不出韓孟，而時時取法玉川。此所謂英雄者生，不無廣武之歎。其間簡遠澹拙，咀嚼味生誠有之，是則所以爲聖俞者，王文康曙稱二百年無此詩，指此類也。

萬曆時，公裔禹金刻宛陵詩，自唐劉太真始，太真詩多不傳。爲聖俞集六十卷，無亡失。吾友施愚山欲選刻之，務使聖俞真詩表見當世，屬余論定。夫善定人詩，别開一境，移作者之情，變從前之聽，使聖俞在且嗒然若喪，而況讀聖俞者哉！既卒業，歸愚山，愚山既録余所選之目，别以宛陵原刻見寄，因書前論，爲《聖俞詩選序》。

徐存永詩集序

侯官徐存永函所著《尺木堂詩》，三千里問序。存永不既勤乎哉？存永論詩高出近代，得古作者之旨。

當正嘉時，尚氣燄魄力，萬曆後争爲清新孤澹，數十年來無復克振。雲間諸君稍追王李，近則争尚李何，漸爲初唐，轉而長慶，徐子舉非之，以自然爲宗。夫至於自然，則凡氣燄魄力、清新孤澹，皆有時不得不爾，非有矯慕爲之者。即如七閩，東南壯麗，其山水若武夷、栟櫚，絙緣橦尋，九龍黯澹，輪旋矢激。是亦天下之至奇矣，是皆山與水勢之自然如是，而非有所强也。其間鍾爲人才，使其詩文亦如山水勢之自然如是，不已至乎？自然之理，蹙口成歗，留咽則悲，其爲文章光明易直而變化極焉，夫不知有自然而矯慕以争門户，誠誖也。

存永詩凡千餘篇，緐簡纖穠奇正，一歸自然，其鋪叙始終，排比聲切，多至二千言，斷章而有餘，更僕而不厭，古作者或難盡其用，而存永能之。豈盡其用之難？自然之難也。《孔雀東南飛》爲古長篇第一，非長之難，自然之難也。周秦之文、漢魏之詩、晋之書、元之詞，不易及者，自然也。學者之要無他求，其自然之氣燄魄力、清新孤澹則可也。

宋耥石詩集序

顧子與錢塘宋子論文,不合勸,各罷去。

明日,宋子復於顧子曰:"夫子殆所謂韞匵而求沽,東南射兕而西北其矢者與?齊人有女而美色,語人曰吾女奇醜,致其女三十不嫁。竊觀夫子非不欲天下之美名也,而謂才大名易減,才小名易梟,有若豔世之謈嘻、勦鑿之言者。然竊見夫子名日減,不至三十,不嫁也幾希。"

顧子曰:"歎子來前,子將以謂今之文之運若而人者後持之。"

宋子曰:"才大者持之。"

顧子曰:"歎,才大者持之。是有泰山之高,餘阜不稱山;有黄河之深,諸水不爲川。夫樵采者不登岱,罛罶者不涉河,百里之内,陵麓陂池,父老童孺皆得名之,至語以岱河,啞然曰欺我。何者?占高深之勝,不若近耳目之前也。天下操觚爲文者,有二焉。才大者所見博,其操術恒驕,持論恒恕;才小者所見狹,操術恒恭,持論恒隘。二者交相譏,而交持文運之衰盛。何者?天下之大,操觚之夥,所謂岱河之才不多見,至於陵麓陂池在在有矣。是故以此抗彼,恒不勝。千仳倠一陽文,則陽文辱;一賁育千侏儒,則賁育敗。故其道勝,則衆人之諤諤不如一人之諾諾;其道不勝,則一人之諾諾不敵衆人之諤諤。故曰:二者交相譏,而交持文運之衰盛,吾子持不勝之道與人争,吾見子三十不嫁矣,而奈我何?"

宋子曰:"否,是激論也。"

他日,宋子以所著來質。崒乎其高也,淵乎其深也,而聞不過闤闠,譽不上侯王,宋子不信吾言哉!

宋子曰:"否否。夫厭庸衆之心,非天下之至行也;飭彫鏤之巧,非天下之至文也;摘吹毛之疵,非天下之至論也;盜一時之聲,非天下之至名也。吾信吾道,質千載上下之賢而已。"

顧子听然而笑,㓨然而起,因書其言,爲宋子叙。宋子名畸。

肯堂詩序

梁谿彭年，著有《拂蓮堂詩》，予聞聲數年。庚寅冬，遇於越，把臂歡甚。數日辭，渡羅刹而東。出《肯堂詩》曰："是與拂蓮源同而委異者邪。子其肯諸？肯爲我敘夫？"予與彭子聞聲雖數年，把臂無旬日，遂操筆敘彭子其人其詩，毋乃不可！雖然，以《肯堂詩》敘彭子，不盡彭子，請自敘以況彭子，可乎？

始，予七八歲背塾師之約，竊爲詩賦、古文辭。束髮酷好李白，學爲白，出以質人，人皆唯唯。既謂詩至杜甫而聖，學爲甫，出以質人，又皆唯唯。齒稍長，知開元、天寶諸家，進而貞觀嗣聖，溯其源流。距六朝，追十九首，出以質人，又皆曰唯唯。飫膏粱者思藜藿，襞錦繡者愛大帛。年來，間取大曆、元和之音，出以質人，莫不唯唯如前。乃予詩數變，而世之肯之者無異辭。豈予雖變而有不變者存邪？抑世之肯之者，知其一而不知其又有一也。

夫諸家離立，才情不同，或體致稍近，本領自殊，試取數十百篇，隱其姓名示學者，能辨晰者無幾。如是，則妍醜得失，彼惡知之？夫人姿力相望，即可同心；智趣不侔，迥若異類。詩易言哉。彭子是集廑百篇，略備衆體，試出示人，疑不過如肯我者肯彭子，而我亦不過如衆人肯彭子者。肯彭子，彭子以爲孰知己孰不知己乎？雖然，世之肯彭子以《肯堂詩》，而《肯堂詩》不盡彭子。謂予可以況彭子也乎哉？譩歎未也。

張長人詩集序

予弱冠與劉子千里爲兄弟交知。張子長人，千里長人，皆梅川人。梅川，漢蘄春地。唐武德初，置永寧縣，天寶改廣濟，自武德及今千餘年，不聞文士。嘉靖中，有寇山人學海以詩名，從王元美、吴明卿遊，詩格大氐相類。傳矣，未可久也。王參議大謨，張太守子龍，劉秀才養微，楊舉人大鰲，四子者，予聞之千里。王參議詩，嘗見之；三子，未之見也。行矣，未可傳也。

夫行而不傳，傳而不久，雖曰有幸不幸，然未有真工而不傳，傳而不久者，士亦求其傳之可久而已。傳之可久奈何？得於天而感於人。得於天者，自然也；感於人，亦自然也。至於自然，則奇正仙鬼輕俗寒瘦，如其天而止，何原派之分而矯枉之繇作與？夫原之說始六朝，而派之說始宋。原者，各有宗尚，不相是非，唐之詩人猶如是焉耳。派者，矯枉過當，至於相争，明之輓季弊始極焉。夫矯枉過當，則自亡其天。自亡其天而欲感於人，弗可得矣。永寧立邑千餘年，其間操翰豈勝數！而或行而不傳，傳而不久，豈非不得之天之故與？

歲戊戌，始盡讀長人詩。其言曰：時弊雖深，慎勿相救。中郎救濟南，至於誂退谷；救公安，陷於弱美哉。長人可與言自然矣。自然之詩，隨遇肖志，無有方軌；語出獨創，不知奇體。備諸家，不病雜，予每以自詣，今於長人發之，若長人與千里使各盡其量，求合於古人之工者，豈非永寧千餘年來行而可傳傳而可久者邪？

病中唱和序

病中唱和詩者，曲周王公與予倡和作也。

歲壬辰，王公從御史臺出按楚，治兵下江，適湖南，羽檄交馳。荆揚大旱，公方移病，臥護諸將，千里晏然，其性情、才識、贍豫、鎮静足以勝亂故也。夫理無事之時，惟恐不好動；而理禍亂，惟恐不能静。何驃騎云："我不如此，卿等何得存？"桓宣武云："我不爲此，諸公安得坐談？"所謂動也。孫叔敖之甘寢秉羽，費文偉、謝太傅之圍棊，孔文舉之談經，劉越石之清嘯，所謂静也。動静雖關性情而經濟存焉，則公今日之詩是矣。

公之爲詩，簿書敲謈，喧諍盈前，意有所屬，輒裂紙尾。當移病掩閣，值予亦有采薪之憂。日照樹頭，公使已在門，徐起應之，撾鼓傳送，如公事節級屬於道，或枉駕草堂，樵蘇不爨，清談移日，計公得五言近體四十五首，予八十首爲一卷，黄梅鄧大尹梓之。

公落筆頃刻數百言，直舉胸臆，有豪傑風。先宫諭有言，豪傑之文，雲蒸龍蔚，得意疾書，奚暇計工拙哉？以之況公，其似焉矣。昔白香山與元微之倡和，又與劉孟德倡和，裴楊荆潭倡和，皮陸嵩陵倡和，楊大年同館倡和。凡如是者，或同吏事，或皆閒曹，或偕退隱。僕山中人，得事筆墨，而公兵刑鞅掌，何以獲此？庶幾見公贍豫鎮静如是焉耳。公諱顯，字純伯，崇禎十年進士。

僻園倡和集序

予同年友大中丞匯白佟公，當大清辟宇，受世祖皇帝知眷，節鉞三藩，功在社稷，勒國史矣。年服政輒歸卜別墅於金陵長干里，取杜甫百年地僻之句，詠泉明心遠地偏之詩，命曰僻園。

水石清華，杌藤奇樹，種或自異域，皆二三百年内物。高臺曲池、回巒邃徑，則有農草堂、長林、桂嶺、桃李園、蕊香津、玉蘭叢、牡丹臺、松磴、藥圃、竹塢、釀村。公不以德望驕人，日與故交文士陶咏太平，遠近聞風，分題寄賦。王將軍山陰之觴，先飛騎玉山之社，不能過之。詩卷歲如車軸，而此則東山宋觀察荔裳偶倡而衆和之者，公之園遂名滿天下。

夫古今園亭苑囿甲此十百倍者，豈可勝數？荒煙蔓草，漫然磨滅，雖定昆之池，艮嶽之山，瀦波一同，拔地幾里，不能與香山、緑野、輞川、浣花争名。後世地以人重，可不念哉。佟公兩朝開濟，身泰功成。先人之憂，後人之樂，晚營此一壑一丘，所謂地以人重，可以不朽矣。公温恭好德，金玉其相，聚則可喜，離則可思。

僕以山林老賓客一觴一咏，俯仰其間，比之華崗之裴迪，峴山之鄒湛，不厚幸矣乎，然則僕亦可以不朽矣。

郭石公集陶詩序

江都郭石公集陶句成，示顧子。顧子曰："吁！吾於此知古今詩人之所以異焉。古人短咏長言，無一字懈，鍊字成句，鍊句成法，如尉繚所云，上將殺其半，中將殺其三，若姑息濡忍，此自庸將，恩有餘而義不足矣。或散體零句，亦項羽垓下之戰，分騎數隊，四面馳下，斬漢數將，還復一處。今人則不然，如尋、邑四十萬衆，連營接壘，非不盛强，而挑其一旅輒敗，如連環馬軍，蹶其一馬，餘馬皆倒，故古人之精神嘗勝，今人之精神嘗敗。古人能以其精神流轉天地之間，而分寄於百代文士之心目。今人識力尚多，不能往合古人，望其流轉天地之間，而分寄於百代文士之心目，得乎？”

夫集句，宋元人讌會分題以資觴政，後人仿之，遂爲一格。試鳳咮之膠弦，觀靈虵之續體，抑亦取才鍊氣之一法也，而郭子得之。郭子詩不下數百篇，皆自出機軸，不傍古人。其集靖節詩，如朱亥袖鐵椎，椎殺晋鄙，奪其兵符；如韓王五百壯士出趙壁，樹漢幟變化以用古人，而還即以古人合己法，詩道盡焉矣。郭子勉乎哉！

周宿來詩集序

當啓、禎間，詩教楚人爲政，學者争效之，於是黝色纖響，横被宇内。雲間諸子晚出，掉臂其間，以大樽爲眉目，追滄溟之揭調，振竟陵之哀音。既而宫聲全往，天倪不靈，有不如公安、竟陵之足移人好者，於是後俊雜以元和、長慶、熙寧、元祐之聲，而雲間之詩益衰矣。

周釜山出，思檕柑之敦厚温柔，使事工切。五言，則長卿之《長城歌行》，與錢劉爲方軌，參選體於少陵，冶六朝而貞觀，一時雲間之詩，又將振東南，士論將推釜山執牛耳，而釜山不自滿假，下帷冥搜。沈子友聖曰：“向使前四十年，吾輩即與大樽鼓吹江左，彼細聲竊吟之徒將無喙息而走。然而爲功於當年，不若爲功於今日。”作者之氣全，而觀者之取舍辨矣。釜山論詩，大氐高潔和平。曩從部郎出守處州，有惠柔之政、清剛之操，却餞辭金，皭然不滓。《詩》不云乎：“惟其有之，是以似之。”予詩有《惡溪漁父行》，是其事也。

斷雁吟序

老友杜于皇，才情妙天下，初不知其有令子也。甲辰冬，始識其長君湘民，與論古今人品詩格，瞭然不疑。問所爲詩，有《斷雁吟》十八首，哭其弟栢梁作也，渢然如飋風，如奏枯桐破筑，如聽泉三峽，如荒鷄遠號，如桓山之禽流沫折翅，逐子之猿三擲三躍。始讀而悲，繼之唏嘘於邑，不知其所致也。湘民言其弟穎悟善詩，十數歲即有“雨闌多向夜，秋氣晚歸燈”之句，又“聽蟲人幾層，天净雁微痕”，皆近日景陵集中佳語。弱冠喪母，嘔血斗許，轉牀榻苦吟，有云：“風前黄葉夏能飛。”果以夏月卒。以予觀栢梁詩，慧則慧矣，焉得壽？湘民哭之，目欲眢，可謂至性過人矣。

夫文章者，性情之至也。性情之至，能使薄者厚，惏者廉，奸臣逆子油然忠孝之心生。舍是皆落邪墜蕊，朝華暮煙，不足道也矣。湘民性孝友，岸然貧約，多吕力，騾騎八尺駃，弓六七石，左右彀，決拾審固，旋搯磬控，盡其妙。而以之爲詩，忠厚惻怛，伉窅儻偉，如其人。近聞于皇乞米廣陵，號贖道人。贖者何謂？向五窮，贖妻子，贖已，即長往不來，號不來子。今有子如此，可以自贖，老子可以不來矣。

廬山詩序

秋暑，過湖上，幢公設茶果，出《廬山詩》問序，述玉川、疊泉、三峽、五老諸勝，亹亹然手畫口繪，入耳牽神。

予家去山二百里，且數過其下，未嘗一遊。人不病予未遊，而予亦自不病其未也，何者？蓋其奇勝嘗得於志記之筆舌，高僧文士之譚説，取所曾遊他山之峰瀑巖谷，雲物怪變皆廬山，未嘗不廬山也。然則謂予久遊善游可也，可以論廬山詩矣。雖然，予於廬山未能似元亮，而師何其似惠遠也歟？庚子初秋，玉山居士顧景星題。

許有介詩集序

許友，字有介，侯官人。父豸，字獬若，崇禎辛未進士，浙江提學副使。有介爲名士，有别墅在鳥石山，擅園亭巖壑之勝。崇禎時，閩以僻境晏安，風俗華侈。有介家既給足，孌童舞女，詩酒談讌，無虚日，任俠結納，輕視一切。順治初，周櫟園亮工官方伯，物色得之，奉爲上客。櫟園徵入部院，有飲章誣告往事，督閩者劾下刑部獄，詞及有介，繫刑部一載。事解，乃出。又三載，以病懣卒。

始，予過閩，求閩之才士於撫軍，則舉有介與徐延壽存永、陳濬開仲，謂之侯官三才子。而有存之父爲家宗伯主閩試時所得士也，以故有介退處弟子列，執禮恭甚。長不六尺，肥白如瓠，譚笑風發，酒酣操楮，筆墨飽騰。或爲詩詞，或畫枯木竹石，奕奕有致，比之襄陽、眉山。顧胸中嘗鬱促不平，若圈鹿縶鶴，怦怦怫怫不樂生者，則不善涉世故也。然而風流自勝。在獄時，嘗作《群鴉話寒圖》。櫟園爲長歌。或言於世祖，取覽稱善。卒年三十餘。

有《米友堂詩》八卷。閩之稱詩，自唐歐陽詹始，此下姑不具論。論其近者，洪武初有十才子，席元太平故習，辭情嘽緩。始則古田張以寧志道，繼則福清林鴻子羽最著，倡爲盛唐體，閩人宗之。永樂朝，楊文敏公榮以臺閣見長，王褒中美、王恭皆山、王偁孟揚號三王，而高廷禮彦恢最著。彦恢選《唐詩正聲品彙》，自爲《嘯臺》等集，規仿三唐，以合調爲工。閩又宗之。景天時，柯潛孟時喜敷疎，成化林俊待用學疎硬，而彦恢之派，漸以澌解。弘治則布衣方太古元素，傅汝舟木虚，黄門許先子諱。啓東，惟鄭善夫繼之最著。是時，北地蹈襲少陵，繼之颦笑，潛移木虚，闊放自喜，林、高以來，法度一變。嘉靖中，王慎中道思引武進唐順之，上下其論，取材初盛，與慈谿陳束、章丘李開先、順慶任瀚、富順熊過、平涼趙時春、丹徒吕高，號八才子。而繼之之倩程侍郎應亮，亦舍其家學，駘情穠鬱。隆萬時，布衣鄭琰輩馳名中原，其流亞也。搢紳則鄧原岳汝高、謝肇淛在杭，山林則徐𤊹興公、林章初文、康彦登龍，又嗣響柔曼；葉文忠向高、林宗伯堯俞，又率筆冗長，去聲。皆有集行世，此閩詩之又變也。迨公安竟陵迭出更奏，塵路淺言，秋墳鬼唱，林茂之輩亦東食而西宿，惟曹能始堅守高曾，不少面背，才高手敏，遂欲包舉前賢，務爲恢闊。暮年頹唐酬接，漸無可觀。時目能始爲曹派，興公爲徐派。予嘗評能始，如故宫廢院敞麗窞弦，金粉燕泥剥落埃溘；興公如細岑小水，村舍略彴，清崔自具，難語高深。織履陳昂，如贫士寶一二窯器，不識商彝周鼎。此閩詩之三變也。

蓋閩詩雖變而有不變者存，以其地僻遠，不與吴楚争長。然而閩詩不患無椠墨，而患平易僄弱。獨有介横絶，不可牢籠，以硊礧結轖之抱，爲佶屈聱齖之辭。掉頭攘臂，跅馳其間，亦云傑矣。遭亂破家，流離縲絏，其怦怫固宜，今集中有《學啞》《學聵》《學瞽》《學擔糞》《學死》。讀者悲之。復好讔，如蝨蛆丫鬟是也。或比諸汝舟，若元美所謂作風語者，豈其然乎？

丁酉冬，有介既出獄，遇予金陵，抵掌笑談抵音紙，側擊也，譌作扺。意氣如昔，獨其詩益悲。明年，裒所作緘寄乞叙，予未及爲，先去聲。以書勖，俗作朂。毋白苦。有介善之而未能也，而卒鬱鬱以殀，悲夫！

予不忍以存亡負有介，取而序之，兼論閩風之先後如此。

等觀詩集序

崇禎庚辰，予至蘄水，合肥龔芝麓先生尹是邑。建浮屠，龕曰浴蓮，樓曰秋聲，爲公餘逃禪之所。龕主恒度大師，惠遠、道林流也。王子雲、金卜公、黄慈雲、王五岳、奚仲雪，與予相與倡和爲詩，三十七年前事矣。人世海塵飛，光煙滅。今歲丙辰，予再至，而先生與諸子皆駕幽山，恒度墓樹已拱，海内舊游，先後物故，故知既失，新知未逢，悲愀寂寥，莫此爲甚。

恒度有弟子等觀，仍主舊龕，行年亦六十矣，聞予至，甚喜，延居秋聲樓。顧其人質樸，若不文者。明日，見其書籍充斥，几杖尊彝，盆蒲磩卉，位置不凡，呼酒與飲亦不辭。出宋元明名書畫鑒論，日斜花外，娓娓不休。最後出所爲詩，讀之驚起，曰："有是哉？屈子不云乎：'樂莫樂兮新相知。'予殆樂矣。"

等觀詩幽而光，工而能拙，至其慷當以慨，憂思孔多，求之冠蓋中，不可易得，而得於袈裟舍勒間。過眉果，折脚鐺，即其短棁杖，缺唾壺，不亦異哉？予既評定其詩，二日卒業，而喜而序之。

雲溪雜著序

張子耳聖撤講席，歸故山，十餘年矣。録其詩文，索序。

夫張子亦知詩與文爲道廣狹之異乎？詩之道廣，文之道狹。窮山絶磵，聞見不通，感慨吟嘯，自足成家，不必廟廊軍旅而後謂之詩也，故曰道廣；文則非貫攬典策，揚搉事理，博訪故老鉅公未易言者，故曰道狹。雖然，文非不可遁迹鍵户，以上下古今，出門合轍，絶代懸符，是其道也。而詩於仕路風塵，應酬薈雜，所失尤衆，無他，性情問學，其爲廣狹不在遇也。

張子既歸故山，書籍散軼，收其遺亡，悉厥精吕，猶足抑郊岛而儕蘇黄，則所謂《雲溪雜著》。是張子逃時，枯瘠人也，而其詞諛；憤張抗慠人也，而其詞和；開敏通雅人也，而其詞質；齟齬局蹐人也，而其詞暢。夫張子蓋忠孝慈諒人也，宜其文詞若此，故曰性情問學廣狹不在遇。比者泳大江，浮雷澤，登會稽，東南勝流心折張子，乃張子所得，則在窮山絶磵遁迹鍵户時。張子名士淑，予集中有《贈張廣文歸養序》。

張公卜詩序

公卜張子詩，自叙詳矣，孝子之思哉！張子幼慧，長歷艱岨，詩詞多述禍亂。行年四十，賊氛翦平，自謂酒鐺茶臼，書卷詩囊，始有清潤之氣，而詩詞亦隨變，追思庭訓，顧惜光景，且曰："知命已逾，浪馮血氣，悔與願集，庶幾老而有成。"悲哉其言。張子困頓場屋，剜慮嘔血，盡在經義，而有韻之文，不取繩蒦，縱横譎駭，若自成家，視世之步趨橅擬，縛墜坑塹者異。間嘗咀嚼，殆海錯中酋牟彭月，不可不食，不可多食，領略異雋而止者耳。至其頽然自放，一謦一欬，一咏一觴，有東晋風。

予愛其高率，周旋最久。飲予圃中，有見贈言："静若飛騰，豪迺寂寞。敖翔審視，以游廖霩，倦飛知還，悠然而樂。喉聞九皋，謡成獨酌。飲斯啄斯，不羈不落。塵埃枋榆，笑彼群雀。"予雖不敏，張子可謂知言。又有"林深雪在户，山月小當樓"，"鳥愛人啼韻，風憐客送香"，"林影千山月，燈横短架書"，"秪餘竹影斜陽下，送過東隣三五家"。語輒清彝，一時閣筆。

予少張子十歲，精力漸頓。張子须鬢半皤，賈勇若少年，何患無成哉？再三四十年，觀張子自叙，何如也？己酉冬月朔。

二上人遺詩序

西湖僧心函善近體詩，與士大夫辨論聲韻切反，字櫛句比，沾沾自喜。或誚非僧所宜，心函不答。會臨濟嗣法箬公來静慈，見而喝之，函愧，不復啓口。他日過予，於時仲秋，携游葛嶺，涼風乍興，出於谷口，蘱乎木末，萬葉槅槅，抱膝踞石，戛焉苦吟，因出一卷曰："幸公序而藏之，不足爲人道也。"

予惟西竺有詩，詩各有體：八字爲句，三十句者，名阿菟吒闡提，爲結偈；六字名偈者，爲初偈；二十字偈爲後偈；或減六字爲句，名周秋荼；過三十六字爲句，名摩羅。不即五七言排律絶句乎？且韻本西域，聲則三千有餘，在契四十有二。曹植通般遮之瑞響，感漁山之神製。厥後，晋宋齊梁皆稱祖搆，著之歌詠，命曰贊佛。若能精達經旨，洞曉音律，三位七聲，次而無亂，五言四句，契而莫爽，其間起擲盪舉，平折殺放，游飛却轉，反疊嬌哢，所謂梵音深妙，小悟大乘，而曰詩學音律，非僧所宜，豈通論乎？

後十年，予過西湖，心函死矣，其徒無藏本，惟付予者尚在。又三年，毁於火，生平所交沙門善詩者，莫如道恒真常，有《獨庵草》十卷，卓犖可喜，貫休、齊己之流也。心函最晚出，稍能步趨。顧二師手筆不存，函别著《韻圖直解》亦失，可勝惜哉！間取記憶十數首，摘句十數聯，録爲一卷，聊記名字，庶不使全没焉。

半舫齋詩序

弟希真言詩三十年矣，吴下言詩者必推希真。

始則峭蒨模畫須眉靨輔之間，而其致韻繼乃肆駃，吁嘻欬唾而其氣豪。今也疏宕含蓄，出入元和、大曆，而以開寶爲宗，放筆攄情，不礙於格。其間有陸機之笑，唐衢之哭，劉四之好罵，鄭五之叶後，悲而弗傷，譏而非晦。讀者淵然思，躍然喜，詩人之性情於斯在矣。雖然，古人謂："詩能窮人。"豈必淵憲、黔婁、啓期、東郭，而後可言詩哉？蓋窮也者，研磨之謂也。慮以深而周，境以困而達。處静約者，其天全；調甘苦者，其味雋。故必以直友明師爲法家拂士，斷錐爛韋爲倕度輪規，必如是而後動，而逾出焉，窮而益工焉，仰鑽不得其高深而望焉，未有涯涘也。

希真言詩不可謂不久，用志不可謂不深。天姿高而學識博，而孤詣正未艾也。處綿駒於高唐，徐更齊調；引田連於海嶠，乃變琴心。希真其尚有進於斯乎？其尚有進於斯乎？康熙戊午九月，兄景星雨中書於窺園之聽雨亭。

徵遠詩序

吾顧氏德業文章傳世者，其在玉峰，則少保文康，御史桴齊，方伯雝里，莒州茂儉，延安端木，錢唐漢石，宫諭開雝，宗伯瑞屏，明經抱山、大鴻，所撰述皆發揮勳勞氣節。

萬曆初，莒州以避讐來蘄，著《楚思賦》，王元美擬之潘陸。妣，朱孺人，字柔英，少宗伯子謙之女，以扁舟後，至先曾王母李安人館穀之，亦著有《雙星館集》，吴明卿爲之序而行焉。莒州之孫太學爾常於景星從父行，太學公之子茂才公藎、公和蚤有令譽，皆年壽不漾。初，予避亂之吴，公藎友愛最厚。公藎易簀，予撫屍痛哭。孤需誠甫八歲，絶慧，予嘗置之抱中。其師金翁遯，有道處士也，稱是兒當遠大，字之曰徵遠。予返楚，徵遠成丈夫，爲名士。其間，予兩過昆，相見輒垂涕，道父祖往事。徵遠親愛予，如所生。今年夏五，擔笈來楚，留之窺園一月，暑雨青燈，兒曹環坐，當疆埸帶甲，生死仳離，乃能至自二千里，顒顒一室，豈可易得哉？

既出新篇就正，其制舉之文，則宫諭、宗伯之遺軌，側望光穎，如鋩出匣，是天下之利器也。諸體詩，雅俊瀏麗，泠然善焉。今天下需才，宜壯夫不爲彫蟲，而徵遠猶蹞逢腋，俛首章句，將無爲之難者行之遠，慮之精者神之通，而其蟄蜕變化，未可量焉者哉！徵遠將問業長安輦下諸公，必能剖荊璞而拾驪珠。予獨痛其先人之湛殁再世矣。纘弁揚光，必在子。夫行矣，勉旃。不肖雖老，猶可問道焉。康熙戊午中秋後六日。

王青侯詩序

王子東隅，篤行君子也，爲梅川名諸生。其尊人青侯砥節好學，鄉黨比於陳實。吾聞之何生商衡云，遺集若干卷，兵火散失，東隅求之十餘年，得古近體詩數十首於鄒子亞公，手自鈔藏。

予過黄梅，偶得讀之，頗有繩尺，擬古樂府數章尤傑出，惜不見其全。詩文之傳，不亦難乎？然而古人往矣，精神借一二篇亦足以自見。若夫僕僕伺隱侯之車，汲汲鏤和凝之板，有道者不出諸此。

青侯爲詩，敾量鍛錬，其志未嘗不冀其傳也，乃今散失不傳，而猶一二存焉，豈非其精神有不可澌滅焉者在哉？東隅垂涕請序，曰："庶幾先生一言，以傳其一二。"吾因以歎東隅孝子哉！臭味可以愾然聞，門祊可以僾然見。即斯編也，青侯如在矣，東隅其少慰諸。

女甥張芸詩序

萬曆初，先莒州太守茂儉公自崑山移家於蘄，著《楚思賦》，王元美叙之，比諸潘陸。妣朱夫人有《雙星館集》，吴明卿叙之，稱引古昔，自唐山下凡十數以相況，今存於家。騷賦古體法晋魏，律法開元天寶，老成頓挫，絶閨閣習，當時惜無班惠之遇，使得執東觀故事，八表七誡，不難成焉。

百年而有清河氏女外甥名芸者。芸之母，予姊行也。予自蘄移家崑山，芸嘔哇學語，指以之無，輒能識。稍長，莊淑静慧，湛玩筆墨，予愛而教之。予還楚十年，芸始笄而歸於葉。葉，崑山鼎族，簪笏滿牀。閨門内秉禮言詩，文雅相尚。壻道子，今進士，出守濟寧者也。年少才高，以七書掇上第。子南衒材，左右射而超乘；應奉擂簡，五行下而不遺。幃帟之中，于唱喁和。

比予來長安，於道子見芸所寄步韻諸篇，有蘇蕙之辭華，得李衛之筆法。女梹詩字如其母。昔者，朱夫人之能文也，得於舅氏皇甫兄弟。而今也，芸與梹之能文也，得於葉氏閨門之内也。予無皇甫才，眂芸多愧，而道子以筆墨刑，於可不敬哉？後此者，道子磨盾鼻草露布，芸亦將賡杕杜而永梁軥，豈獨組縫戰士之袍，枹鼓和門之内哉！芸之詩，蓋正風之遺響，非香奩之浮艶也。己未三月，玉山老人景星書於京師之邸舍。

和山堂詩序

楚人操詩政，在正嘉間則李賓之，繼則吴明卿，又繼則袁石公、鍾伯敬，凡四變。而賓之、明卿爲正聲，袁、鍾而後，亦鄶以下，無譏焉。今之稱詩者，知石公、伯敬之偏枯，亦卒莫能賓之、明卿之寬厚，豈真時代上下之然哉？讀書不多，用心不苦，無明師勝友，礱摩針砭，唐突風雅，利害茫然，以此妄冀立名，夫何可得？

蓋詩貴辨體，體辨而後辭工，辭工而後體由我出。古之作者，部居離立，車異軌同。及其天倪動合，妙處不傳，如寫鹽入水，鹹澹焉分，聽風撼箏，宮羽若一。自非神明精究，細晰毫毛，因合求離，於離知合，其於作者未易有當也，而區區談目前之變，角訟數君子之間，豈不淺哉？

予以是求天下士四十年，僅得而幾失之。灊江朱晦仁，名下士也，逸山先生數爲予言，今夏始相見。讀其《和山堂詩》，矜慎持擇如其人，而磅薄灇瀁，沛乎有餘。古詩自三謝以還，近體則三羅而上，皆能尋聲按節，茹馥咀華，朱子可謂篤志斯道者矣。夫古今作者如林，異同宜辨。審能衡鐵炭之氐卬，權乙雀之輕重，所謂辨體而後辭工。能如是矣，豈復區區鄉背於數君子之間哉？嗟乎！湘沅放客辭雖近雜，秦川公子情易悲秋，又當問悔人於行墨之外焉。歲丁巳。

和山堂詩選序

悔人復裒録其《和山堂前後詩》若干，屬予論定。爲選若干，以謂和山精甲在是。

説者曰："今之論詩者曰：'詩貴善變。'明自何李凡三變而有今日，美矣盡矣。"斯説也，未爲達論，請爲悔人略論之。

宋以前姑置，論自近始。元末明初，景濂、伯温矯情艷習，縱詭麗滂洋之辭，爲一變；高楊四子别爲一變。閩體則張志道、林子羽及三王，而高彦恢最著，爲二變。三楊臺閣體，三變。長沙别爲一變；何李四變。用修昌穀别爲一變；王李五變。湯若士、徐天池各别爲變；袁江六變。曹能始别爲一變；鍾譚七變。雲間復尊王李，别爲一變；本朝梅村鼓吹長慶爲一變。近日名士趨初唐爲二變，又漸趨於宋爲三變。

夫新新不已天之道，陳陳相仍物之理，數見不鮮。人之情，其變蓋無有準極，而亦各有所至焉。故諸體中間，其各至焉而已耳。今試觀歷代樂府、郊廟及清商，至不一矣，其詞格具在也。熟含茹之，懎藴之，則諸體如迎刃，如破竹。不求之樂府，譬之不識六書，徒習草楷，源委既昧，流態承轉，何善變之云有？故必以樂府爲《三百篇》之津梁，爲諸家之縉貫，學人之指南。惜哉！時之不講也。

悔人學勤而意壯，不事門户，故無變更之煩，而有自得之趣，此吾所以選悔人也，而進以樂府與論之。其將持吾説，就正於山長、豹人、愚山、阮亭、黄湄、其年諸君子，必更有爲悔人論焉。

丁澹汝詩文集序

聖人以五經設教，文居四而詩惟一。詩，亦文也，後世岐而二焉，才學亦罕有兼者。觀今天下之文，莫不以鹿門、震川、遵巖之所崇尚爲歸。錢海虞、艾東鄉、陳新建並主其説，盡變何李、王李之體。至於詩，百數十年來已數變。曳裾奔趨，移情换態，求其無衍支失源之弊者，惟閩風爲能。

明初，古田張志道、福清林子羽倡爲唐初盛，逮高彦恢《正聲品彙》出，以體潔爲美，調合爲工，於以輔翼張林，疏通穠滯，爲説甚備，海内翕然宗之。其自著《歗臺》等集，大約不出王孟高岑，劉長卿、李頎近是。景天二朝有柯孟時、林俊用，弘治則方元素、傅木虚，踸踔自喜。方是時，北地之學滿天下，鄭繼之始而隨之，末年輒自悔。嘉靖中，唐應德輩八才子盡刷北地、信陽，仍取初盛，閩則程侍郎應亮最著。萬曆中，葉文忠公、林宗伯、謝在杭、鄧汝高皆有集行世。迨公安謔浪，竟陵孤悲，通脱佻達之情，落葉秋螗之響，亡國之音哀以思，殆其是歟？惟曹能始壁壘堅躡，如鷙鳥屹立，不動風毛。太學徐興公爲之羽翼，才孫能始而辭致清整，時目爲曹徐二派。是亦不然。閩之詩非不數變，而有不變者存。自張林以來，高曾榘矱，離而復合。布衣之雄，如元素、木虚、興公、鄭琰、林章、康彦登、陳昂、林古度之徒，錚錚自賞。當七子盛啖，鍾譚頹流，焰炧流息，灰爆瀵發，必也，閩風之足尚歟。

僕羈在閩，辨晰閩才，揚扢頗悉。雖然，求其詩文兼美，戛戛其難之。晋江丁雁水先生，間氣篤生，高翮文囿，仕歷中外，軺行萬里，以循良起尚書郎，度支鹽筴，持節虔贛。凡章程政治、民物風俗、設施爲事，表著爲文，本於天而成於學，而衆孅乃萃。康熙丙寅奉命臬湖北。景星老卧山林，明年春，始一通刺謁者，蓋二十年神企而一旦心儀，又得讀其《問山堂集》，每繙一篇，如坐索征南碑，三日莫能去，不深愉快矣哉！

其詩，扈從郊祀，則杜賈乾元之唱和；遊歷，則子原龍城之峭潔；恫瘝，則次山春陵之悱惻。五言頡頏黄初，七言出入垂拱，近律凌駕開寶。至於鋪叙長韻，材用法度，撝擢有餘，又元微之之稱少陵。而竹枝小艷，香奩嫵婉，出其餘緒，有《紫雲詞》，在秦柳蘇黄間。古樂府，陳隋盧駱，無所不肖。此先生有韻之文也。記序碑誌諸作，嚴簡比臨川，閎暢如盧陵，而無時賢摸儗罷茶冗長之弊，在近代與青田、金谿埒，他非所及。劉子元有言，自古文人，才學識三者尠有兼長，而於先生兼之。噫！不亦難哉！

僕自束髮交海内名碩，竊聞其教五十年來矣，未敢有所諛譽。今於先生，不翅覼縷，而并序閩風之源派，以正告天下後世焉。

洪山寺詩文集序

江夏治東一十五里，有山曰大洪，按，大洪山在隨州。此則其僑焉者也。元江夏郡公金華黄溍有《武昌大洪山崇寧萬壽寺碑記》：唐寶曆二年，釋善信至洪山，維時大旱，鄉人張武陵禱於龍湫，將用羊豕，釋弃勿殺，以三昧定方入諸龍宫，三晨大澍，斷足餉龍，白液滂流，儼然入滅。既聞於朝，賜號建寺。

宋末，隨州被兵，土著流冗，荆湖制置使孟珙遷其衆於武昌，而洪山寺額並徙於是。然則今之洪山，名非昔有，故曰：此其僑焉者也。《一統志》：大洪山，慈忍盧尊者道場，有斷足巖。其記仙釋則云：寶曆二年，釋法信自五臺山禮曼殊師利。太和二年，在應城壽寧寺，引刀截膝。其説皆與碑異。楚府右長史王綎撰《碑陰記》，稱黄鵠山崇寧萬壽寺，於洪武癸亥，楚昭王奏以高僧如海居之。成化己巳，更額寶通。是則以今洪山即古黄鵠山。考黄鵠山，亦云黄鶴。今城内之蛇山也。《括地志》謂：因黄鶴磯作黄鶴樓。《輿地志》：通城有黄鶴山，葛洪遺迹，此又名同地異，而王長史指今之洪山爲黄鵠，殆非歟。洪山在古既不詳何名，而磯名黄鶴亦不審其故，意者舉其形似，如鸚鵡之洲、龜蛇之峰，抑或偶因翔集，如落雁之浦、鳳皇之臺，而任彦升稱荀瓌駕鶴，《唐圖經》謂費禕登仙，《寰宇志》以爲王子安。時俗流傳，又云吕嵒，曲説訛談，不足辨矣。陵谷易位，名偁不同，其故又奚能勝識哉？

大清康熙上章孟陬，玉華山劈，滇洱水飛，時則大司馬玉如張公執鉞,湖北方伯即山徐公,是遏是截。迨夫洞庭肉沈,襄陽泥到,惟我內地,樊攤莫瞯。兩公以清晏來游兹山,剪蘖鬅葹,上起臺榭,可登高明,可遠眺望。易熢櫓而浮屠,借衆擎以手搏,蓋其經綸權巧如此。而大洪之山,自兹以往,可不曰太傅之峴、僕射之陂哉！潛沱朱生爰裒衆作,若賦若詩,登楮授工,刀板在手,顧謂不肖君其敘諸。因序其端末,後之志山川者或有考正焉。

金會公詩文集序

金會公德嘉,初舉鄉試。讀其文,異之。既而金子投刺,不值。投以詩,老成頓挫,因神往金子有年。己未春,始晤於京邸。其容溫以晬,其言謙以質。詩擬開元天寶,而文以韓柳爲宗,榘矱外以己意行之,文筆若此,傳矣。顧世尚未有名金子者,予於是有爲金子獻者二焉。

夫詩文之理,如天之生物,胚胎乎元气,達出乎句萌,故筍必重籜,仁必堅核。葯以蕙爲脬,蕙系下而葯系上;櫑以斗爲甍,仰者斗而俯者櫑。順逆相承,陰陽相生。不如是,則气不固;氣不固,則物不成。詩文根於心,必先固其氣;固其氣,必先實其裏。裏枵而氣泄,於物則爲胎夭,爲蚤殤。故多讀書以實裏,寡著作以固氣。今之譊譊然,枵裏而泄氣者也。其爲金子獻者一。

學問之道,循環終始,生生不一。原始要終,所以存也;有初鮮終,所以亡也。日知所亡,毋亡所能,其道在勿驕。名小起則小驕,名漸起則漸驕,名大起則大驕,己之學問未必進,而諂諛者日至焉。過則不聞,諫則不入,居然自以爲是,而不知其即於亡也。是故君子疾歿世而名不稱焉。疾歿世而名不稱者,疾夫名之蚤成也。名蚤成者,歿或没焉;名晚成者,久逾章焉。是非時之曹,好者能名之也。今子毋倖而名,不倖而名,幸勿驕今之名焉。而驕者,皆僅有初者也。其爲金子獻者二。

金子溫晬謙質,有必傳之藝。固其氣,毋驕其志。金子其擇吾言乎?

張石虹詩文集序

造化之用主散，至人之用主合。天高地下，萬物散殊，造化之用也；流而不息，合同而化，至人之用焉。萬物之有性命，雖造化不能一之，亦不能並十人百人之氣力壽考於一人。而至人合千萬億人之用於一心，以爲神勇，以爲智壽，所謂心用也。非天下之至神，孰能與於此？詩文者，心用之至神也。

嘗與張子石虹論心用，曰："凡物有質則滯於用，惟心之用如風。風無質者也，視無形，聽無聲，颺蒹莩之炲，而摇蠶口之絲。蓬颮號颮，山嶽波濤，地如匽棒。及其細也，嘶罅欵孔，吹萬雷同。物不能自聲而風聲之，此風之用也。又如火，火無質者也，托體而興焉。星星爢爢，陽爲蕭丘，陰爲海燃。尞原炎岡，遇物而化，其炖非炖也，而熸非熸焉。物不能自燭而火燭之，此火之用也。心之用如斯二者。"余觀石虹，有心用者也。心用者不滯於質，故喻諸風火。風有檾乎？火有範乎？以檾範言詩文，是猶檾風而範火也。檾風範火以語天下之至神，吾與石虹不信也。

石虹之鄉以文名者，宋前不概見。元豐、元祐間，潘大臨、大觀兄弟文集罕傳。有明王夢澤廷陳最著。夢澤孫孝廉子雲一翥，敏捷狂簡，名於時，晚節甚高，詩文遂披放潦倒。蘄在宋前，亦不聞文士。林敏修、敏功兄弟，在江西詩譜二十五人中，敏功《無思集》四卷、《高隱集》七卷，敏修《蒙山集》七卷，今亦罕傳。

夫五行之秀，山川之蘊，曠千年一人焉。必其能合造化之不能合而合之，斯至神之用也。吾讀石虹所撰《古史》，同《太極》《西銘》《皇極》《啓蒙》諸解，楊椒山、應山兩忠烈，張江陵、賀江夏諸傳，論修明史書，皆善。嗟乎！文章先後，火㶳薪傳。吾于石虹嘗以休文遇王筠爲歎。梅川金會公德嘉，才人之傑出者，以余言爲然，然則石虹亦可以自信已矣。康熙庚申秋。

趙國子集序

正德時，廬陵趙澹庵先生諱鋭，布衣徵辟，參王文成軍，平濠亂。

弟孝廉諱銓，霍山、靈壽兩邑令，有聲。孫鳳白諱口，萬曆辛巳進士。天啓中，尹鹽城，不附魏璫，免官。崇禎初，起刑部主事，恤江北刑，多所平反，上皆是之。生明經諱圻。癸未春，李公懋明辟爲記室參軍，策畫寧南侯事。冬，入都，上臨軒試之，拔貢生第一，則今隱君嶷字國子之考也。國子才尤奇，幼以制藝見知于艾東鄉、李大虛兩公。逮吉袁寇亂，奉母辟之南京。甲申之變，上書史相國，相國大奇之，薦於朝，卒爲權臣所逐。最後遊閩粤，與瞿稼軒張别山善。閩粤既歸版籍，而國子已黄冠施藥矣。

嘗西至鳥鼠，北盡幽州，栖華嵩，巢泰岱，隱衡山，撰述甚詭。凡所至帝王陵墓、先賢遺迹、風俗物産、泐碑斷碣、災異鬼神，分部集記。余嘗見其《辨徐巨源論邛竹蒟醬事》《西湖説》，考證精當，議論恢偉，卓犖可傳。至於感激發憤，長歌當哭，抑又多焉。國子以詩投予，並出諸作問序。吾聞古人有言：身既隱，焉用文？又曰：藏名山，待後世。國子何用予序哉！西塞老漁顧某書。

黄鶴樓集詩序

武昌城中有山，蜲蛇而長，古名黄鵠，俗曰蛇山。

按：黄鵠即黄鶴。《括地志》云：因黄鵠磯作黄鶴樓。唐《圖經》云：費文禕仙去，駕黄鶴，憩此。閻伯程作《記》，遂實其事。或曰任彦升稱駕鶴之賓乃旬叔禕，非費文禕也。世俗傳流謂仙人吕嵓畫橘，潘化鶴。《一統志》又云：黄鶴山在通城縣，葛洪遺迹，舉不足信。惟《括地志》近是。

唐前不甚著名。崔司勳灝作七言律，未有激賞者。李白天才俊放，見灝咏閣筆去，至金陵鳳皇臺，擬其體，然後灝詩名而樓益著。山川之重文人乎？文人之重山川也。古往今來，此樓題咏不可勝謄，大都不足疥玄覽之壁。暇日集諸家詩，剔彼俚薉，表厥風華，命曰《黄鶴樓集詩》，亦猶王勇之集《釣臺》，李庚之集《天台》，田孳之集《桃花源》也。武昌山川雄悍，控搤黔蜀，鎖鑰吴楚，自古用武之地，孰使吾得陶咏光景、優遊文墨，有如是者邪？讀兹集者，可慨然歎念太平之樂矣。康熙十二年秋八月。

白茅堂集卷之三十五

序

龔百子詩草序

錢牧齋序吴梅村詩云:詩有不學而能,有學而不能,有愈學愈不能。予嘗不直其説。夫滄浪之歌,聞諸孺子;競病之韻,出于武夫。偶動于天,别無撰著,可謂能乎?陳伯玉弱冠未知書,高達夫五十始工韻,可謂不能乎?原伯魯不學,閔子曰:“學,殖也,不學將落。”今謂學而不能,愈學而愈不能,是沮天下之學人而獎其自畫也。夫人質秉鈍敏則有之。相如腐毫,枚皋立就,二者誠不可强同,而於學則一也。故夫詩有才力品格之殊,而未有學而不能者,其終不能,必也不學乎?

龔百子少以制藝鳴于有司,頓挫場屋,老得貢大庭,飛動侘傺,無所撝斥,乃始爲詩。初未嘗學,學焉而輒工。視伯玉則遲,視達夫不爲後。百子之先草堂先生,有重名于古,百子,其嫡裔也。所居羅州,故城之東,白雲山下有西河,東南流匯爲大湖,出石穴山,入于江,去今城四十里。百子野服扁舟,徜徉遠俗,歲不一二入市。當富年時,裘馬擊劍,任俠解紛,閱歷亂離,撫境異致,有韋左司、王右丞之風,故其詩亦時時似之。至於姜桂之性,頭白益堅,若加纓芾不爲榮,終丘林不爲悶者,疑王韋所未能焉。

予第四子晨,百子館甥,故予知百子居家好學狀,而其詩未始問世,世亦未之知焉。因書詩册之右,方以告世之志於學詩者。

李東皋詩序

東皋既解組歸里,老耽吟咏,每手書成帙,輒用示予。反復咀茹,有味乎其言也。

夫詩貴有品。三百篇作者未嘗主名，而本事成篇，因心造語，非有緣聲襲體，刌短挈長，而七情著焉，百度存焉。變而爲五七言，爲樂府歌行近體，始各有主名。鍾嶸立論，始言品。《禮·少儀》問食品，曰："子亟食于某乎？"説者曰："人情于品味有偏嗜云爾。"文葅屈芰，武鮑齊鱁，不與衆同好，故足口實焉。高廷禮選唐詩，名曰《品彙》。品而曰彙，通人之言也。然而其品各列，亦鍾氏之旨焉。

予讀東皋之詩，歎其有品。其爲詩也，若奇山遠島，窈窕杳冥，彪歘猩啼，魚跳蛟舞，使人畏而不敢入，入而莫能窮其藴。蓋其嗜古獨深，故能本事成篇，因心造語，以成其品。今夫衆人之所嗜也，習而莫易，則南稻北麥也；群然大嚼，則屠爨宰烹也久矣。夫詩之鮮，品矣。予故讀東皋之詩而曰："此東皋之詩之品也。"

潘太丘詩序

樂府自唐元白張王出，而漢魏之風流醖藉不復存矣。七言歌行至盧仝、韓愈出，而六朝唐初深婉隱縟之製蔑矣。雖然，諷諭之切事調聲、《月食》之譎詞宕致，後之仿者，輒亦莫能及焉。

上虞潘太丘，詩人之奇者，尤長于歌行。《猛虎》《黠鼠》《青苗》《巫醮》《捉匠》《馱夫》《曉角》諸篇，弩蹶機張，㸑刺紙上。作者之須眉欲動，而讀者之笑哭横生。宜于元白張王盧韓外，别陳一席。昔宋王文康見梅聖俞作，謂二百年無此詩。然則文昌、仲初、退之、玉川後，乃得一人瞿硎焉，不亦難哉！予于太丘云爾矣。太丘，越士而楚寓，舄吟原騷，其動涌于胸中者，皆是物也。太丘豈今之人哉？豈今人之詩哉？

王黄湄詩集序

六經何先乎？先乎詩。何言乎先？詩也，感通情動而形乎聲，嫛婗嘔啞是生音匀，蕢枹土鼓必有謳謡，是故書誌載賡，易有爻韻，戛拊節奏謂之樂，《采齊》《肆夏》用諸禮。太師受之，世史掌之，詩之爲道莫先焉。詩之爲言志也，志之所之而已矣。其後，四始既分，六義殊趣。然而風雅所作，鮮有主名。逮夫河梁用五，栢梁肇七，永徽龍朔，近律乃興，騁意彫幾，分門競爽，浸淫末流，家操一説，合己爲是，異己爲非。譾譾乎！嗃嗃乎！而風雅喪矣。六經之理，莫晦於今。而詩之道，逾追而愈後。

郃陽王黄湄，富年工詩。自三代至於有明，凡屬篇什，靡不攬究。戊午，遇黄湄于江夏，每夕酒茗。登鶴樓，萬屋燈滅，九霄露下，予兩人談飲不休。讀所爲詩，贊爲高岑，爲李杜；既以爲六朝，爲漢。蓋其詩不墮門户，即意想之所開，聽情聲之自動，故諸家之長，不能外此。夫黄鵠一鶱識山川，吉皇放足無培塿，何者？心目之間，所存大也。

黄湄既歸關中，益修其業。居二歲庚申，信使惠所作問叙，值僕卧病，遣報名刺而已。秋，病良已，与沱江朱君語及六經莫先之説，朱君仰而思，涣然而寤曰："子之言，善已哉！曷書之爲王先生叙？"是歲十月望日。

幼鐵紀游草序

兄子幼鐵，文康公七世孫也。幼有神童名，慕楊鐵崖之爲人，因字幼鐵。年十二，即列諸生，屢見知于有司。蚤失母，祖母撫之。家貧苦，讀書思以揚其親，而世事蹉跎，落落寡合。祖母下世，益悲懣，有不可一世之慨，天荒地老、星移物换之悲。繇金陵，走齊趙，入京師。公卿望履倒屣，而幼鐵不屑結襪。

其爲詩也，上下三唐，機杼己意，陸通狂而左徒怨，咄嗟隱痛，悉有爲而作焉。嗟乎！幼鐵亦知少壯之變乎！天道十年一小變，三十年所遇非故矣！予昔家吴，幼鐵纔撫床，再晤已爲丈夫。頃相見於蘄，鬚眉蒼然。其間離合輒十年，凡再離合，而幼鐵稺壯感遇，不能無變。後此者，安知不悔窮而貞復乎？達天道者，窮達安之而已矣，又何怨？康熙戊午孟夏五日，叔黄公書。

嵋庵詩序

予耳澌西宋嵋庵名久矣，每于人間行卷，見片羽一臠。今讀《涉江草》，皆五七言律也。夜雨挑燈吟，聲與鶴樓鐸響相答。蓋詩至律體，漢魏之醖籍，聲韻之能事，畢矣。苟能工之，儲《潤州》七律一篇不爲少，而杜少陵二百餘首不爲多。嵋庵下筆從横，舉錢劉西崑長慶，宋之歐梅蘇陸，無不似焉。余學律四十年，靦兹橋舌，少陵有言"老去漸於詩律細"，然則律豈易言哉！

潘燕丘詩序

上虞潘氏，三世不析箸矣。燕丘兄弟五丈夫，皆以文名，太丘、燕丘詩尤工。予得二子藏本，盡讀之。

太丘奇兵，不擊刀斗，或鉦進而鼓退；燕丘喜整，旍旗秩如。太丘鏖諺野詷，收爲我用；燕丘高曾太白，佐以晚唐。門庭之内，壎倡篪和。葉同氣之歡，分路揚鑣；極競爽之雅，聯珠有集。比玉爲人於樂，天倫於斯至矣。昔馬氏五常、杜門三秀，燕丘昆弟有焉，豈獨于詩家睹盛哉？

潘再丘詩序

予既叙太丘、燕丘詩，而再丘之詩最後見。句鍫字琢，似燕丘；每下硬語，則亦太丘之風骨也。

尊人允隆先生舉孝廉，宰崇義，勤事而死，太君蕭然囊篋，挾五子避亂于虔中，無以爲生。太丘設筆墨廣市賣字，時再丘方角丱也，太丘教以詩書。太丘嘗爲廣文鹽井提舉，棄去。仲丘、介丘、再丘、燕丘，皆知名士。仲丘、介丘之詩，吾尚未見，而三丘詩如予所稱，不誣也。當吾世有一門孝友，又風雅齊名，豈非諸夏禎祥而君子訢聞樂道焉者哉？杜甫之詩曰："紛然喪亂際，見此忠孝門。"其斯之謂歟？

再丘頎長，紫髯高顙，氣意顒卬。至于應接之間，温温冏冏，神采穆如，然後知風雅之本事，廉吏貞媛之原流。其所繇來者深矣。因讀再丘詩，而識其家教之可風如此。

思庵詩序

吾兄思庵，賢書上第，宰大名縣十稔而致政，其郡邑士大夫建祠勒石，復叙其德功於民社者三十四條，繪圖歌詠。其最鉅則禦水、積穀、弭亂、輯軍，卓然古良吏風。大名土瘠而宅庳。《水經注》：河水逕元城縣，至沙丘堰者是也。漳衛二水，夾鏡交流，衝決城野，自昔爲患。隆慶二年，漳決高村，再決分水臺，縣令李本意倉卒督民脱衣裹土以塞，而民已魚矣。康熙辛亥，兄莅任之明年，視埞埽頽壞者，修築示式遏。壬子夏五月，暴雨城摧，捐募，完雉堞六百丈。七月，衛水果大至，縣令立水際不去，投衣冠洪波中，矢以身御，而水止三版。邑故有豫備義倉，儲偫無實。辛壬兩歲，蝗蝝災，民率流殍，縣宰多方計賑。在任十年間，於城内李茂、邊馬、大嚴、霍莊，凡五處，積粟至三千石。俗驍而易惑，有訞尼成氏自稱九天聖母，縣宰遽往禽之，焚其旗纛，解其黨閡。四年乙卯，白蓮教起，衆數萬，陷新河縣。既討平之，斬渠魁六十二人，而大名無一恊從者。魏博當孔道，滇南難發，禁旅出討，蒭糧既峙，牧畜不驚。凡此皆德功，于民社最鉅。又嘗昏夜有盜乘城，夢神奔告，即往格殺，其感孚若此。而《大名縣志》，則兄手自纂，修于丙辰歲，故諸事皆遜謝不書。

兄弱冠以制舉業名，亦嘗爲詩一卷，逮寄命百里，簿書鞜緤，日昃緩帶，吟誦自如。凡數百章，魏惟度憲選入《石倉詩續》，海内得取而論之。致政四載，引養一樓，興至，筆小赫蹏，亦二百餘紙，博采奥聞，琱造奇藻。郭弘農山海之贊，陶華陽藥物之疏，掇入篇什，悉開妙義。至其和平之聽，吉人之辭，讀者躁妄坐消，名理皆雋，斯又進于道者矣。藕灣張子曰："思莽以理學之裔爲良吏，修詥止足，其近于道也宜哉！"予裒前後如干卷，叙而傳示孫子也焉。

蘇次公詩序

莊浪蘇次公以别駕莅黄，政尚清凈，暇則負手嘯咏，移牀清話，自號鶴山人。既承乏攝郡，護理江防、憲使、軍事，綰三印，領十數城，閒放自如。時時多病，厭見簿書，政亦克舉。

一日，景星讀所爲《鶴山》詩，喟然而歎。夫詩之道，大矣。上之郊廟朝廷以及山川風物，莫非所載，而古人獨曰詩以道性情，然則性情者，四始六義之本，天倪人事之兆也。故詩有得于學者，有得于性者。讀書萬卷，下筆如神，得之學者也；語無師授，趣脱凡塵，得之性者也。以余聞，莊浪蘇氏武勳纍世，惟次公以文鳴髫齔，即慧解自天，非謂得之性情者邪？

及觀攝郡時，自述六十章，泓峥蕭瑟不可言，有空山老宿雨雪獨立之悟，有藐姑仙子烟火都絶之姿。問次公，何以都得如是？笑而不答。

嗟乎次公！古之慧業，文人不厭宰官，身若王摩詰、白香山、張無垢、公家玉局皆是邪，皆能保根本之聰明，而享人間之位壽。次公鼎富，春秋方隆，事業豈止以摩詰諸公望之？次公珍重。康熙辛酉七月。

蔣玉淵吴越放言序

杜子美南客吴越，渡錢唐，游鑒湖，上會稽，窺禹穴，詩皆不見，而僅叙于壯游及贈太常卿張垍詩中。後之論杜者，言其在齊魯秦楚巴閬夔巫，幾不知有吴越游。豈客吴越時暫邪？抑其詩不自存邪？逸邪？以余觀之，疑其逸也。吴越山川之秀麗，風尚人才之爾雅，以子美之才，收奇拾瑋，不容不盛，故知其逸也。

常州蔣玉淵，東南詩人之冠，所至油素必携，奚囊輒滿。其在吴越，自乙巳秋迄丙午冬，詩如千首，目曰《放言》，計所作，實不止此。興至落筆，人多取去。或者子美吴越無詩，亦猶是邪？若大余遊吴越，前後十余年間，歷諸郡邑，在金牛最久，篇什不下數百，以爲不足存，棄去。今笥中所存，前後財四十餘章，然後知玉淵之不可及也。田埶衡《西湖志餘》緝古今諸作，恨佳者難多，而玉淵以一人之才摹寫萬狀，包括衆善，豈不難哉？或曰：玉淵即子美後身，今來以補不足。然則余敢与玉淵相提而論，過矣！過矣！

楸堂遺稿序

嗚呼！此吾故人徐燕斯之遺詩也。燕斯，今方伯公子星之子。康熙辛亥，公以參藩駐蘄，余始識公子，年未壯，頎而癯，雙瞳秋水。既稍見其詩歌，心甚喜。一日，以圃中燕筍鬛豆招公子，公子隨其叔子宗至，當風啜茗，竹聲飆飅，燕斯時時顧，曰："臣猶吴牛見月而喘。"

索裓衣服之。予是時愛超宗而看衛玠，竊若有憂焉。燕斯又与兒昌善，每肩輿竟造竹下，曰："且欲詣君，未敢起居君庭上也。"

子星按察大梁。又二年，燕斯肄業上庠，捐館於長安。余聞訃，與兒昌北望而哭。昔王濛有"如此人不得四十"之歎，而燕斯之年又靳焉，豈不痛哉？燕斯配張氏，學士公選女，性賢孝，又受貞節宋太姑之教，教孤兒沂，經書皆口授。姑李夫人病篤，氏爨左挐以進。李夫人卒不起，氏水漿不入口者三日。嗚呼！燕斯有令妻，可慰於地下矣。

又聞燕斯曾過黄梅，禮大醫禪師像，若有悟入。命終時，趺跏而逝。然則宿命安禪，視去來如屈伸臂。《禮》三十不爲殤，況燕斯之人之詩，亦可不朽。

今所存詩，自《焦山》一首以下，皆在蘄作，皆余與兒昌讀而賞之者。沂，字浴清，甫弱冠，予愛而敬之。燕斯又有令子承考志而繩祖武，余深屬望焉。惟是存没之感，永訣之痛，不能不老淚爲之一灑于《楸堂遺稿》，三歎而書之。壬戌九月。

秋亭倡和題詞

甲子菊秋，石城徐公方養和東山，僕自蘄以一葦銜寒，洪波礱鼓，北風嗷嘑，江山四百里，八日而後至。握手才定，高唱遂興。凡館于翠微堂旬月。公詩如干首，皆得於飛鬱騰觚、刻燭擊盞之頃。或盅和澹泊，十九首正始之音；或寄喻蕭疎，百一篇高嚴之作。筆花欲舞，紙落如飛。僕既偃蹇追隨，而玉峰侄維貞、兒昌亦邯鄲蹩躃。公都爲一集，名《秋亭倡和》。

夫"倡予和女"見于《萚兮》。漢晋以還，三唐益盛。長慶時，白樂天与元微之名元白倡和，復引劉夢得爲劉白倡和，裴晋公与楊常侍有荆潭倡和，陸甫里、皮襲美有嵩陵倡和。宋則楊大年諸公西崑倡和，蘇黄倡和。才角力敵，流傳美譚。今公胸次雲夢八九，而兒輩望洋，其何以稱？雖然，其以快一時之雅集，憺百慮于妍詞，亦不可弗志矣。

幼鐵心聲序

予初讀幼鐵紀遊詩，多感遇之作，以其有楚狂騷怨，進而言貞復之道，以廣其智慮而入於和平。歲甲子，復來楚，自去取舊作，綴次新篇，命曰《心聲》。其雄壯則天飈海濤，含畜則蚴繆蜃蟄。聽漢郊之簫笎，奪制氏之鏗鏘。曩者之詩果一變，此自然之候也。夫詩至自然，詣斯極矣！是故延之恥雕繢之名，子瞻有水雲之喻。

憶戊午秋，予邀郘陽王黄湄夜坐鶴樓極論。黄湄上泝魏漢騷風，以至皇娥擊壤，辨體晰義，作數千言。予曰："詩道無佗。譬如今夕江廣月明，群山動踴，樓臺有無，賈客榜人，漁師匃妾，莫不以爲佳。"黄湄聽未及終，拊手歎息。幼鐵即是以思，其去于自然幾希矣。蓋詩有性情聲色，不可得而掩也。幼鐵秉誠好義，人如其詩，聲色性情，躍然紙上，此所謂心聲也！詩不云乎："鶴鳴于九皋，聲聞于天。"如是可以勗幼鐵矣。歲之九月七日書於蘄州白茅堂。

淡香亭詩集序

《淡香亭集》者，句章張子嵓耕集也。余知嵓耕從周子屺，公盛稱其詩。

甲子冬，始與嵓耕締交。乙丑春，迺盡讀其《淡香亭》前後作，諸體悉備，而五言古最工，桀矱漢魏，飾以六朝，五言律亦唐人遺響。

昔杜子美于同時少所許可，而五言古獨稱蘇涣静者，許以黄初，于元結則讚其秋月華星五言律，于裴迪"楚岫千峰，湘潭一葉"之句謂其勝錦，何者？辭翰之工，當時已入作者心脾，不待後世知之矣。嵓耕于兹，二體獨盛，詩家詣此，不既多乎哉？家本華胄，有茂先之奇書；趣尚遠游，慕子長之放迹。波瀾無憾，得失自知，又豈待僕敘而後信夫作者哉？寶應有詩人陶澂，格最簡老，愚山、阮亭以爲山林無二。二君，亦如少陵不妄諛，使見嵓耕，又何以目之？

止山閣詩序

甲子冬，僕訪即山徐先生，旬月間，遂有《秋亭倡和》數十紙。經春再至，得讀止山閣近詩。

蓋先生之詩，雲行坎止，本造化之無心，隨物態之屢變。當夫結轡燕臺，揚鑣山左，驚岱華，吊梁苑，陟夔峽之嶮詭，望洞庭之滈瀰，蕩決凡思，助湧雄想，自是歲必數卷焉。

止山閣者，取義艮止。高躆黄鵠山顛，俯覽城郭，周眂漢沔，峰巒沙嶼，隱約百里，伏雷電而抱黿鼉。及夫霰雪既同，皓月一碧，高吟叩檻，谷風響答，千態萬狀，貢於目前。而先生坐是閣，穆焉嗒然，遠思忘我，世之所謂得失訕譽，不足芥灗于虚衷。其天定也。天以神全，神以識勝，是故榮落齊觀，烟雲皆活。

僕從先生言詩二十年矣，觀其即事瀉情，會心摇筆，累至千言，略無點竄。今此帙中多与僕訓倡，而聲律意格變動不拘。昔燕公在岳州，坡老居黄郡，人以爲江山之助。若夫先生，蓋以意興助江山，非徒江山助文筆也。詩力日益，僅就乙丑近作而記之。

湯次曾樂府和序

三百篇亡而樂府作。樂府者，三百篇之苗裔也。制氏之音亡而鐃歌鼓吹作。鐃歌鼓吹者，制氏之變音也。故相和、清商、雜謳謡比於風，鐃吹比於雅，郊廟比於頌，代有遷逐、淫裔、溷雜，亦曰今之樂猶古之樂云爾。六朝而後，至于三唐，復稍稍變，於是有太白、子美、長吉、仲初、文昌諸家。古題新意創於劉猛、李餘，新題諷喻盛于居易、元稹。至元楊廉夫始爲詠古，明李西涯祖述其意，專成一家，隨句法之短長，調鏗鏘於喉舌。於時李獻吉亦擬其體，作十餘章。惟西涯最富，錢虞山遂謂有明一代第一。當夫成弘正嘉，作者皆有樂府，大率橅範古辭，衣冠偊禹，甚至濟南稱如胡寬之營新豐，竄易數字，即爲己有，緊何爲者？宜蒙叟之獨推西涯也矣。説者又謂樂府音律久失其傳，必如西涯，乃真樂府，信斯言也。西涯樂府果何從而得之，閻爾梅曰："唐人近體五七言多不中律，惟王右丞惟能曉了。"此與蒙叟論西涯無異。

夫十五《國風》，多羈人思婦即事贈答之言；《小雅》，士大夫以及宫寺直寫怨誹之作。豈一一按宫商而後爲之邪？大白不工搬捻，而《清平》一調，遂叶霓裳三奏；子美未聽宫墻，而《贈花卿》一絶，即入《水調歌頭》。長吉諸作，雲韶樂工，盡合弦筦。據《賀本傳》，賀之爲詩，多不先立題，豈得先譜聲邪？以是知辭生於情，聲生於辭，初非以辭合聲,而後謂之樂府也。樂府之詩,心可得知,口弗能授,博習既久,油然乃生。西涯既不泥古,亦不從時,叩醆擊壺,取遠況邇,和適瀏亮,聽者忘疲,是則西涯所長。

百餘年來,嗣音亦少。近則湯子次曾起而和之,詞如其體,章如其數。典故注于題下,議論非踵從前。或操越舄之音,或鼓楊惲之缶,可謂奇矣!僕束髮學詩,即殫心樂府,四紀以來,僅四百餘首,謬爲海内推許。及讀次曾撰惝怳旬時,聽海水則移情,見華山斯拜下,不洵然哉!使蒙穸尚存,不知何以目之?後有儗者,亦可焚君苗筆研矣。

程子猷詩序

詩人有不得其名而名焉者,名斯實矣。吾得一人焉,曰程生子猷。

子猷産于歙,《山海經》所謂三天子之都。其山川蟠繆,外幽傀而内清虚,其俗封殖尚賈。子猷獨任俠,卒爲俠累,客江漢者數年。多藝,以畫名於時,往往自題咏,匿不示人。

初,予于士大夫屏障卷册一二見,曰:"是必有異。"既而子猷以詩來謁,五言絶句佳者,竟入王孟之室,始大譽于人而疑者半,予乃進子猷而言曰:"詩至五言絶,難矣。攝繁音于四句之中,括萬象于廿字之内,空際雨香,水中鹽味,是天倪之至,而非傝僔臾臾者之所能爲也。自古傑作仍有較量。打起鶯兒,近于詞曲;巫山錦樹,未就篇章。必也辭不傷格,意如其體,自然非研慮之所果,而言簡趣殫,起結渾然,斯爲至矣。子猷時有合處。所謂外幽傀而内清虚,將毋得山川之秀歟。且夫時不必多,名不必噉,近代陳昂,當其織屨,誰物色之?鍾退谷一言,而白雲之名遂起。故曰有不得其名而名焉者,若兹是矣。閻立本文辭不減儕輩,竟爲畫所揜,今但知子猷工王墨之技而不賞其詩,不亦過乎?"因取其佳者如干篇授梓,使知名子猷之詩自吾始。

之楚吟叙

僕年未舞象,即受知於龔端毅公。公時亦弱冠,筮令蘄水。秦寇犯邑，勦撫紛如，飛檄傳箭中，雝容講蓺。一夕屬和《芳草》詞，限燭一指，成三十章，公目而笑之。公後奉召入京，載離寒暑，星移物换。僕亦避難玉峰，遂初蚤賦矣。

丙戌冬，公讀禮南還，相遇於丹徒，計已别八年，離愁會喜，横從中來，風雪吴閶，論詩益密。又十二年丁酉，聚于秣陵，得與公子千谷壎篪世好，而公孫叔損是歲始應夢鶴之祥。又二十九年乙丑，千谷以水部郎持節觀察于楚，骨肉之分彌篤，叔損与其兄邁種各以篇章遺贈。出奇競爽，比玨聯珠。

蓋自端毅公數世上，家學相承，以逮于是。而叔損出其《秋聽閣詩餘》見示，僕喜而序之。載閲《之楚吟》，行墨之間，劍光晢爛，則以是春侍觀察出都星軺左右所作也，道里三千，得詩二百。揚雲油素無有其富，子建畫鞭不足爲難。或見風塵甲騎紅粉流離，寓目傷懷低吟戛鐙，讀者淒悱欲絶，文心感人，亦至是哉。叔損之筆，如春花雕盎，秋月冰壺，哀玉之聲一傳，方諸之淚欲滴。其才性過余甚遠矣！

僕癸未在江南，又嘗上侍贈尚書公。盱衡時事，每至涕零。蓋与君通好四世矣！今老放山林，回思弱歲，亦惟知己知之哉！叔損無謂傖翁好譚陳事也。

隨笈草序

始僕受知于龔端毅公，時髮未燥也，五十餘年，遂成今古。其與千谷壎篪之好，亦三十餘年。康熙乙丑，千谷觀察于楚，僕乃見其令嗣邁種、叔損兄弟，又見其詩。叔損詩若詞，僕既喜而序之。而邁種之詩慷忼多風，行墨之間，琳琊鏘動。僕又讀千谷乾清召對四律，瀛臺賜晏五十韻，敦龎槃礡，以爲似杜必簡。必簡以衙宫屈宋之氣，醖子美大雅絶群之才，蓋其所培者厚也。

邁種學本庭幃，自端毅以來，所培最厚。老鳳噦音，雛鷟嗣響，揚自然之律吕，遏仙雲之往還，信邁種有焉。邁種篇章盈篋，而《隨笈草》則自庚申北遊，迄今入楚所作。五言古步趨少陵，近體在劉夢得、郎君曹、許用晦之間，警語奇思，時時迭見，其胸中有獨往之致，而不爲時尚所動摇，此之謂詩品。今之爲黄初七子，爲垂拱四傑，爲開寶，爲長慶，各挾一家，膚似形剽者，得如邁種之直書所得者邪？

邁種之先以文章名世，吾見其四代矣。黄文疆之有瓊琬，陳仲弓之有紀群，所謂培之者厚，豈獨如必簡、子美辭章垂裕而已哉？僕蓋以奕世傳人，望吾邁種矣。

丁勖庵詩詞序

錢塘丁葯園與其弟勖庵，海内謂之二丁，比于建安儀、廙云。勖庵有《鼓枻集》，屬予論定。於時暮春良夜，左觴榼，右丹鉛，童子頭觸屏風，時時因予高叫驚起。嗟乎！勖庵之才天下共喻，勖庵之志則未之或知也。書曰："詩言志。"觀志然後可以論詩。使勖庵以科名進身，弓旌應舉，無不可者，而其志乃不在是。弢光晦聲，壯游爲樂，放迹于軒轅之都、無諸之野，過二京而思衡，涉三湘以吊屈，所爲詩詞滄涼悲壯，江南庾信、蕪城鮑昭無以過是。吾即是知丁子之志迹，其寄託又未能漠然無事。

在吴閩時皆論兵，節度幕府，指蹤制勝，抑搔痌瘝、才情智略之見于一二又若此。昔杜子美爲嚴季鷹參謀撿校，劉文成亦主石抹宜孫，二公所贊畫莫得而知。然而素心本指，傺侘無聊，亦可愀然概見矣。

善乎，杜濬之論漢！二丁比之楊修，此前人所未及知，而以之況勖庵，杜子可謂知言。嗟乎！士不易知，知人尤不易。丁子温慤質冏，若不勝衣，而氣吞萬丈，頡頏作者。蓋其能晦者，迹之約；而不能晦者，辭之工。海内自有以知丁子者矣。

輪公詩序

明永陵時，待詔文衡山以文章見知人主，名與梁蕭子雲、唐李邕捋，翰墨達於四裔。子博士壽承，名亞其父，曾孫尚璽、啓美，崇禎朝遇主，一如衡山，三先生風裁大雅薄海，至今想見，而啓美尤以直節終。

嗚呼！信國之有後，四百年不墜云。輪庵大師者，尚璽公仲子也。名果，字園，公稱奇童子。尚璽佝難，師年十四，患難出處如昆吾之金九冶十淬，而卒用瞿曇氏之孝，以報所生。十年笠屩，出五嶽外，西至闍耆崛、伽毘黎河，訪迦葉遺迹。其山河詭幻，風物動植之奇，一收於詩，與楚越諸集並行。蓋以忠孝文人得道，故智同惠遠，詩比湯休，而機用文字，則洪覺範之流也。今築精舍于山陰之寒溪，他年詩派宗門，或稱文園公，或稱輪禪師，其斯人歟！兹録其前後因緣，與學者共知共見，非汎叙公詩而已也。

鍾祥夏子詩序

昔歲辛丑，晤鍾祥夏子于齊安。時太守龍眠道岑何公令似、龍牧令遠兄弟，邑宰長洲徐亦史，客則方還青與三、姚彦昭，皆龍眠人。商城練石林、歸德陳簡莽、梅川劉千里、漢陽李雲田、郡彦王子雲實臣、袁倩修、洪念劈，皆一時名士，江城雪月連袂倡酬。夏子年最少，頡頏其間。是時國家開闢未久，禁網疏闊，官是土者，上下得適其志。吏廉民樂，客子儻佯其間，髣髴明室中葉太平之風。吾黨一詩出，雒陽之片紙隨傳，旌亭之雙鬟蚤昌。縱酒狂歌，不知盛事之難再，而歲月之易馳也。

歷二十六年丁卯，夏子忽軒車顧我于高觀之邸舍。回思快聚江城，良如夢寐。昔日同人歸道山主芙蓉十之七八矣。自顧老傖，不勝楊柳江潭之感，而夏子風裁臻粹，譚藻粲花，出其詩，索序。

嵯峨泙渫，磊落多英，海内勝流，自有以目之，而予獨恨不得與夏子親近切磋。雨雪空山，懷人獨立，夏子則黄鵠高翔，錦鵫自賞，予之不及。夏子豈待言哉？昔龐德公、司馬德操望衡接宇以爲樂，杜陵老與畢曜巷北巷南十日不逢，輒歌偪仄，吾黨其能漠然于邂逅之間乎？若謂千里同堂，百世可竢，是固雕虎清風，蟲螽喓趯，安知後來盛事不勝從前？夏子倘遇昔時碩果，幸言老夫無恙。

傳奇麗則序

天之疏通萬物者曰風。風之在人曰氣，氣出曰聲，聲成文謂之樂。天有八風，人有二氣，物有五聲，聲有六律。調八風，和二氣，正五聲，恊六律，先王治樂之本焉。古樂不作，淫哇玁雜。

漢武立夜誦。夜誦者，秘不宣露。其後如《子夜歌》《夜夜曲》《夜度娘》《讀曲》《微吟》之類，其流亞也。然而當時樂工能明陰陽奇賅之理，興亡治亂之朕者，往往而有。今也不然，詞曲采于文士，聲調聽諸優伶。

詞曲之有《借犯》《賺殺》《十殺》自元始，如天寶之《入破》《殺衮》，後主之《邀醉舞破》《恨來遲破》《恨家山破》，非美名也。國初全襲元調。康陵初，變餘姚爲弋陽，發揚蹈厲，往來噍噭，于是兵革中起。定陵初，海鹽新聲，謂之浙唱，南風不競，邊禍日興。其後魏良輔創崑腔，一字四聲，搶拍過度，可謂美矣。然而極悲哀幼渺之致，别有鐃、鉦、鼓、笛、篍、三絃、鞮琴、方響、檀板、木魚，名犄細十番，與蘇祇婆、屈茨琵琶、篁、鈸打沙羅、伽巴刺般何異？識者憂之。近更有小嗩呐、小喇叭、火不思叉，而機鞴雞水盞、鞮琴螺，譙殺急危，亡國之音也。定陵時，傳奇有《玉茗堂四夢》。崇禎中，太僕寺卿阮大鋮造《春燈謎》《燕子箋》《桃花笑》。弘光時，爲兵部尚書，又造《井中盟》《雙金榜》，而江南亡矣。

大約謂事苦錯謬，世雜人鬼，其時轉相摹效數十百家。伴侣之曲興而齊滅，玉樹之歌作而陳亡。風氣之徵，應如景響，有若實常。令言輩聞之，當復何如痛哭哉！艷妻蠱女，凴筵觀聽，指媞睨娸，動容失情。捧心帷幕之内，綿眇句欄之下。朝爲共姬，暮爲河間。王教之所必誅，端人之所切恨，則何如忠孝節烈、戇樸鄙俚之所爲哉！

虞山毛氏刻傳奇，自元及近代數十種，雅俗不辨，鄙誕爲多。己丑居吴閶，新秋無事，取毛本並坊本合芟之，録三十四種，分雅、艷二部，題曰《傳奇麗則》。麗則者，風人之賦也，亦猶詩餘有取辛幼安，黜晏叔原者，雖當家見笑，庶可與大雅言之，其有懲於風氣之故，畏於亡國之音乎？雨中燕香壘記。

虎媒劇引

封邵宣城太守不仁，則化虎；左飛龍編工曹不職，則化虎；鄭襲爲門下騶無狀，則化虎；游章、范端爲里役，苛人受錢，則化虎；譙平不孝，則化虎；牛哀不弟，則化虎；藺庭妹、袁州僧好竊盜，則化虎；李積私嫿殺命，則化虎。人之不忠孝、詐佷無厭者，往往形未化而心已虎矣。至於本虎也，反若知仁義。邑有賢吏，則渡江，則出境；有高士，則負篋受騎，則銜鹿供食；襄陽秦孝子病，則往乳之。今黚峽間虎媒神祠者，相傳乾元初尚書張鎬女事也。又天寶末漳浦勤自勵妻杜氏，大曆中鄭元方妻盧氏，亳州人聘舅氏女，皆父母奪志，磨笄待死，向非虎馱，必至玉碎。而鎬女不過遠謫僁期，何勞於菟？惟是時，豬龍作毻，士女仳離，墮虎狼之口不可枚舉。而神靈變化，使人知虎狼中猶有仁義者，此造化之用心，而吾友卜子傳奇之所繇作也。

玄宗幸蜀未歸，劍州葭萌、永歸益昌界多虎。嘉陵江忽有老婦人，自稱十八姨，恒來民家，不飲不食，每教諭曰："但作好事，莫違負神理；若爲惡事，我當令猫兒三五個巡檢汝。"語畢，輒不見。然則以卜子當十八姨，以虎媒作猫兒巡檢，可乎？庚戌牛女渡河夕，虎頭公筆。

佟中丞移鎮虔臺序

順治十二年，巡撫福建都察院右僉都御史佟公，奉命移鎮虔陽，爲福廣江湖之交，鈐轄府八、州一、縣六十四、衛七、所二十八。惡山黝谷、畬峒箐簶、獠苗蠻獞所交錯，挾策把耡、探丸揭竿之衆雜處。上既以簡命畀公，其友人顧景星聞而喜，且告之曰："虔撫之設始明孝宗時，汀漳賊蔡郎鐗等與郴、惠、南雄賊合，用鎮守太監鄧原議設鎮，於是四境少安。正德時，何積玉叛安遠，程鄉之踞大帽，樂庚二反東鄉，王浩八起姚源，陳福一譟華林，温火燒潰象湖，張番壇等攻陷郡邑，池大鬢則合樂昌苗畬浰頭、横水、左溪、桶岡，僭號稱王矣。嘉靖時，曾維德亂，龍南劉松刼瑞金，劉操剠寧都，王五侵安遠，葉廷春剽黄鄉，鍾趙京寇永寧，朱猴子、楊立警上杭，曹餘權聚漳州，蔣璇巢覆鼎，藍璁穴縣繩陳，營玉盤白葉，蕭鐵古嘯苦竹，賴友瑚跳保昌，劉海覆武平，阮仁聯大埔、看牛，陳宗祐猖惠州，温象毒揭陽，王子文犯會昌，李紅頭圍始興，賴清規屠漳韶。如是者，不可殫記。而張璉則僭號改元矣。隆慶、萬曆間，謝福通號鄜賊，黄朝宗號翁源賊，唐亞六號從化賊，葉楷號黄鄉賊，梁宗富號六廟賊，江月照號岑岡賊。天啓時，有桃枝賊、妖賊、贛賊、九連山賊。崇禎中，賊陳萬、鍾淩秀流毒江省。蓋終明二百餘年，蛾聚鴟張，若此其甚，其故何也？

王新建云：“盜賊日滋，繇招撫太濫；招撫太濫，繇兵力不足。故他鎮治盜多利撫，而虔鎮多利剿。”弘治諸賊，金公澤則剿；正德諸賊，王公守仁、周公南則剿；嘉靖諸賊，潘公希曾、吴公山、李公顯、朱公紈、龔公輝、陸公隱則剿；隆萬諸賊，張公翀、李公棠、江公一鱗、蒙公詔則剿；崇禎中，陸公某則剿。然而剿已復發，如泡漚起滅，其故又何也？

賊當四發，道里迢寥。浰頭在汀州，桶岡邇郴境，博羅受禍于南，安遠絶援于北，狡兔之窟三，而韓盧之走七。語云：鞭雖長不及馬腹。賊習見兵力不能深入，狼子跳躑，倭醜聯結，故不得不剿。

今也不然，夫物極必反，亂久思治，法又變剿而用撫。昔宋中葉兵力懦，遣使相招撫，招已復畔。靖康大亂，人轉思治，江東士馬亦日盛。于是，周十隆、謝小鬼等六十餘火一招即定。今者梅窖洞黄鄉九連山五指石，鋌崄者有之，逋逃者有之，無告者有之，莫不求草莽活，旦夕望北山而流涕，臨流水而太息，亦不知有幾。故曰：撫便。曏者佟公按察浙西，平太湖，誘致綏戢，無所血刃，獰夫馘卒，旗牌劍璽，談笑而致樽俎之下。及巡撫八閩，治以簡静。八府之民不震不懟，韃𩨸獷弦與襏襫耰鋤者，同其笑語，非賢相、大將能如是乎？故于其行喜而以告，冀其有撫無剿，順天之道，保人之情，寧戢干戈以登太平，吉甫之頌，爲君賡焉。

送倪玉繩序

日猶熱也，月猶滄也，風猶是豪豪蕭蕭，水猶是滔滔也。峙者，山也；方而下者，跖也；噬嗑者，齒吻；便溺者，二孔也。無有異而至。言市朝風尚輒曰：彼時、此時。雖號賢有智之人，不能無變，則何也？噫可慨矣。然而善觀變者於其時，而善觀人者于其變。

崇禎十四年六月，上繫蔡奕琛。奕琛言，去夏六月，臣同邑諸生倪襄，贄于庶士張溥之門。歸，語縣令丁煌，言溥大有力，立可禍福人。溥結黨聲援，陰握陛下黜陟之柄。上震怒，逮問，煌煌服詔，下襄獄。是時，溥已卒，公論伸溥。上用御史劉熙祚言，取溥所著書，覽而善之，因遍閲溥諸弟子姓名。襄適從獄上書，上廷鞫曰："襄何罪？且善文。"其赦襄，襄感泣，誓以死報。帝既殉社稷，襄書生無可死，徒步走留都。禮部請試七省流寓貢士，而襄以夏邑籍舉第五人，爲選吏。始襄裘馬交遊，佳公子也。聲名籍起，爲名下士。無何詔獄囚，既出，折節礪行，期立功名報天子。而今則寄食江湖，與予别八年矣。遇于虎林，幾不識爲故人，疑其黄冠也。既而相與太息，字之，曰："玉繩，君安往？"曰："吾將挈妻子鹿門吴氏，終吾世焉。"

計玉繩生平，五變。爲佳公子，爲名士，爲詔獄囚，爲選吏。今布衣長往，其不盡時之變之與其時之變之與？比者，海波飛立，颶風吹山，作平地大江，白浪滔天，九首、四翼、三足之怪出没，君愼無往。上虞，君之故鄉。重巒邃壑，可以觀草樹之蕃落，閲侯物之遷化，悟陰陽之消長，蚤息而晏起，飽食而安溲。毋登東山，吊謝眺；毋陟覆卮，悲康樂；毋南望大海，想徐福之神仙；毋西眺會稽，思句踐之甲楯。吾聞鳳鳴玉京之洞，真仙往來，雲鬟雪肌，晨肇栢碩所未遇，子其往焉。吾與子之故人吴公超在，日寒月熱，風絶海竭，縮鱗弭鬣，毋爲豫且得。於是舉酒，三歌以送之。

贈謝遊戎序

丁亥，吴大饑，前權遊擊將軍長洲謝雄退居吴趨巷，一日以五合粟爲七口炊，再日糧絶，又再日，疑不復活。有故人徐某，過而問焉。見户無扊扅，盎無粟，床無衾，婦子嚶呻枕籍曰："歎！殆矣。"馳還，取婦簪釧，得米二石，薪鹽衣履帷衾之類，略具盞湯餌，戒蒼頭，直送入室。謝�起，曰："夢也，邪呼？"妻子共取湯餌，牀下烟火，數日病起，來告且泣。顧子曰："嘻，彼徐君何人也？"曰："逃名，布衣也。""富乎？"曰："不富。""網譽哉？"曰："否。"

噫！人言東漢多君子，蓋其時以廉潔取士，士多矯情飾行，網譽于時，而時重之。今也貪薄成風，不以爲恥，而能奪妻子之好，救疏交之急，其出于中之誠然而非網譽也，信矣。夫出于中之誠而非網譽，此逃名而名隨之。陶朱十九年間，三致千金耳，未足爲富，而當時得貨殖之名。朱家、郭解致千里客，士之困者多歸之，是未必貧，而當時不名爲富，何者？豈非以其操術不同而獲名隨異邪？則名又安可誣也？

謝舍，去聲。吴人方言，郎也。吾爲子爲文，子持去，遇如徐君者，示之；遇不如徐君者，可勿示也。

張廣文歸養序

古帝王皆養老，《内則》載五帝三王之禮至矣。而五帝三王養老之至，不僅如是也。伊祁之老，鼓腹而嬉曰："帝力何有於我哉？"帝力且不知，而何有于養？養老之禮，其衰世之事乎？漢靈之于袁逢，魏文之於楊彪，高貴鄉公於王祥，後魏於游明根，後周於于謹，天子袒割上饋，脱劍執珽，再拜長跽乞言，可謂有禮矣。當是時，郡國板蕩，中原陸沈，老稺轉溝壑，而儼然虚文揖讓，胡爲哉？故禮行於朝之不若行於野也。天子教民養老，不若孝子自養老。歲賜爵級，給帛酒肉，不若耕者足以食，蠶者足以衣，雞豚足供伏臘，旨酒肥羜足速父兄，夫然後鼓腹而嬉曰："帝力何有于我？"然後可謂養之至矣。

吾友張子積學强仕矣，教諭某縣，念親老辭歸，曰："士淑聞之：窶而仕者，爲養也；富而仕者，爲名也。吾蠶而衣，耕而食，歲時伏臘，甀甂足實，寒暑未嘗違，温凊未嘗失。杖履不出于鄉，無屺岵之望，有俯仰之樂，不敢苟且奉升斗爲生我憂。"噫！若張子，豈非所謂自養其老者哉？世之貪禄位，幸貤封，耀閭門，而誇里閈者不少，其樂誠過張子邪？即令天子賜几杖，乘車濡輪，以張子故，吾知張子不舍此趨彼。若張子，信自能養其老矣。于是釃酒而爲之歌。

歌曰：伊祁遠兮，禮教衰修。德於家兮，福禄來不？仕曠義天，知之於樂。慈孝天所釐，何以祝之兮？永矢弗虧。

送許先生南歸序

崇禎六年，昆山先延安公同嘉定許子位先生舉于鄉，予髮未燥也，讀其制舉行卷，慕之。弱冠遭亂，自楚家吴十年間，未得見先生。年既壯，自吴復楚，值先生於黄岡尹徐亦史坐上，稍讀其古文辭。又十年，遇余虞山，盡出其古文詩歌相斟酌。先生名滿天下，不以孺子爲不可教，而其勤求也如此。今上庚戌試南宫，擬第一。既啓彌封，第一至第五皆南人。主試者避嫌，移置第六。

明年，周櫟園函先生《曲江譏别叙》見寄，適与兒子昌燒筍晚飲，讀其言，有曰：河清人壽難竢者，歲月日時，地迥天高；無定者，東西南北。予語兒昌："先生老矣。"因述其先後感遇，爲之淚出罷酒。

戊午春，予卧病江干，閲科鈔。許自俊與景星同在徵召中，則益悲先生年事之晚，而且喜其巍然存也。予苦辭弗獲，復奉温綸，扶病就道，眩運墮車，折石肩骨。今春始抵長安，見先生神氣愈王，步行塵甕，裙履趨蹌。每過訪，笑譚激賞，與二十年前無異也。及讀其應制《璿璣玉衡賦》，晐括理象，抽纚黼藻，幾二千餘言。昔楊炯年十一，待制弘文館，見靈台銅儀，後二十年始追賦，其文不能過先生。炯賦篇末感馮唐之滄郎署，楊雄之困天禄，桓譚學通而不達，張衡術邃而歸田，炯蓋於天道人事出處之際，若有憾焉。今先生齒尊道成，文富名立，出則適然，處則順然，夫何憾矣！

東方朔二十上書，梁灝二十登第，流俗皆傳爲老。李白五十召見，梁固四十科名，皆傳以爲少。然則老少者，至人所不居；顯晦者，達士所不論也。先生辱書於予曰："某當謁選，縣令棄矣。南歸，惟子大賢，爲我叙之。他日，三生石上有此因緣矣。"嗚呼！斯言較曲江譏語爲尤苦。雖然，不見夫伏生、申公乎？然則先生年方壯，學方進，白雲在天，丘陵自出，予与先生相思相望，豈其有極哉！先生南買車，予鼓車柑，期聚于胥山、滬水之間，斗酒上壽，致足樂也。勉矣哉！先生行矣。康熙十八年己未四月五日。

白茅堂集卷之三十六

序

江防參政李公壽序

大江自洞庭合沔漢，盡荆揚之界。其間綿山亘嶺，雄郡望縣交錯。唐置淮南，江東南、江南西道。宋置淮南東西，江南東、江南西路。路，猶道也。洪武二十五年，分十三省爲四十八道，湖廣凡五道，曰蘄黄道、江陵道、漢江道、湖南道、湖北道。按察分司，名道之所繇始也。東漢末三國江防乃重，唐宋沿江立總管制置使。明洪武二十二年三月庚午朔，命吉安侯陸仲亨以所部駐蘄州。建文二年，命侍郎夏原吉出鎮。其後承平，蘄黄道廢。弘治始議兵備。嘉靖七年，立上江防，駐岳州；十五年，立下江防，駐蘄州：皆專領兵柄。此江防兵備所繇始也。下江則舉四省要害，東南擎灊皖、潯陽、洪都，西盡雲夢，北括汝南，地方數千里，百雉之城，凡數十屯衛、數十所職司麕集，躍馬帶刃、褒衣結綬之士，趨走執事，望燧聽鼓，操棰提劍而治，不亦重且專乎？

年來有事河海，而江防之任益重。歲辛丑，虞門李公奉敕駐蘄。蓋公以御史臺出臬東浙，禦勍寇，復歷上郡雕陰邊徼之地。上察公廉正，晋大參，轄四省要害，專兵事。顧今漢黄、德安以監臬分治，復有巡守屯田鹽法驛傳，皆得參兵事，以交司錯理。惟交司錯理，事不盡專，故江防之官尤長而居任甚難。雖然，當公在御史臺，七貴八印，最稱多賢，而公每所建，白必居右，天子可之，百僚服焉。及在東浙，歷上郡雕陰，而東浙、上郡雕陰之以監臬分治者，又稱多賢。公每所設施，必居右，天子可之，百姓安之，衆論歸之。是公歷内外至難極重之地，未嘗不專屬望也久矣。今來藩江漢，訊疾苦，釐得失，禮賢者，舉四省要害之地，期月而治。蓋公能一切與民無事。

夫誠能與民一切無事，則勘亂致治，將相才矣，豈獨數千里内屬望而已哉？蘄州刺史王公循良佐理，于公嶽降之辰，命景星序，敬述其所難專而不得不專屬望焉者，爲我公進一觴焉。

易母八十壽序

易君稺恭，少年知名士也。其先積善有可言者，父曰象新先生，王父曰寓庸先生，曾王父曰錦川先生。錦川才既高，好俠，不肯俛首爲諸生。萬曆中，以武舉官東粤，使酒耽伎，亦嘗爲詩，每言丈夫遇承平，不裹馬革博血食，生無所施。居數年，鬱結以死，而寓庸有至性，擔屩踰五嶺，扶杖不能成步。無資糧，留南海十五年。築土室以居，定省上食，如事生父。後稍稍教讀，取脡脯之入，謀歸葬錦川公，而瘴癘病作，卒于嶺南。配曰張孺人，鉛山令張公之女。當寓庸之行也，爲之紉縫，泣與矢曰："妾固知君不得舁父留嶺南矣。屈局之髪，請以尺布封。"寓庸泣而頷之。孺人家居澼絖自食，教其兒，即象新也。寓庸訃至，而象新已丱角，爲名弟子員，白母欲往。孺人哭失聲，曰："固然。然汝父窮死，汝往又誰助之？未亡人奈易氏後何？姑竢成立。"以故象新麻衣二十年，期一得，當以歸祖若考，而成二親之名。試于有司，輒上等。鄉黨稱寓庸純孝，天之報善必在是。流賊陷蘄，象新以母老不去，遇害。人皆疑天道夢夢。

嗟乎！是烏知天道哉！天之于善人也，若或薄之，于惡人若或厚之，事往時遷而後知。宣孟之忠，四世必復；欒黶之惡，三傳乃彰。班昭有言：天命祐善，災惡非有差也。其道廣大，百葉視如一體。豈不信哉？

今太孺人，年八十强飯，而稺恭將以經術起家，天之報必在是。然則，寓庸父子之死，以成其孝，太孺人之寡，以成其節，非吉祥善事乎？故于太孺人八十之辰，稱天道以賀且卜。太孺人之必享上壽，而君子之必昌且熾也。

金母壽序

古者，與其人友，登拜其親於堂，禮也。登堂則上壽，不必於其生辰。於生辰，始稱上壽，非禮也。古者，與其人友，入則孝，出則弟，善必勸，過必規。今也不然。與其人友，多不知其親，其親亦不知其子之友。王珪與房玄齡、魏徵友。珪母曰："吾未知若與游者何?"若玄齡輩過珪，珪母矙而後知之，珪友雖賢，而當時不聞有登堂之禮，亦亂世之薄略矣。

吾黨金子自束髮雁行出入閭閈，長而魚貫揖讓于庠。所與遊，姓名無不達于母，登堂上壽，宜不必今日。而今日則世俗所謂禮也，例有辭以祝，衆以予爲屬。賦詩五章以祝之。

有韡者華，亦碩其實。維此淑人，克詒燕翼，以硎令德。乙章

有苞者籜，亦榮其篁。豈弟君子，鞠我不忘，介福永臧。二章

曷鑒于他，肆嫿不佑。稽康《幽憤詩》：恃愛肆姐，姐當作嫿，娶豫切，驕也。黽勉繹思，無敢或忸。信于朋友，受福孔有。三章

羔豚既鍘，罄瓻既觥。豈伊異人，昆弟友生。矢音作歌，將母來諗。四章

舉禮維醻，飲酒維醧。凡今之人，莫古肯慕。是用作歌，以楷予孺。五章

曹文壽序

曰達尊而長年者，非爲其歷事久而見聞多哉！故古之人主，豆觴國叟，拜迎三壽。三壽者，三老也，國老是矣。秦則有三老之官，庶老也。漢王至洛陽新城，三老董公遮説王，其後因立鄉三老，爵一級，如秦制。在郡縣，亦得與聞政。至上書言事，壺關三老令狐茂伏闕明太子冤，湖三老上京兆尹功效，與御史爭可否，白馬三老朱英奏太守治狀，下詔褒賜。濟陽三老上寒朗治狀，朗得召見，辟司徒府。黄霸守潁川，吏民興于行誼，則賜三老爵帛。韓延壽守左馮翊，有兄弟爭田，則三老自械待罪。鄴大巫祝僞爲河伯娶婦，西門豹則投三老河中。其賞功服罪如是，時亦謂之鄉部書，故必耆有德者爲之。明初設郡

縣，耆老名曰鄉約，亦得與聞有司政事，月朔詣于學，講聖諭大誥約束子弟。《王制》曰："命鄉，簡不帥教者以告，耆老皆朝於庠。"此三代之遺意也。今之鄉約不然，惟取材力足奉公趨事而已耳。嗟乎！豈先生遺意哉？

吾里曹丈，年五十，衆推而任之。期年而閭黨悦，父老皆曰：鄉約，劇役也。自曹丈爲之，某之繇役均，某之難紛釋，隸卒不叫於某某之堂。丈年雖二毛，才幹勝吾輩，得不具羔酒餉之？問禮於顧子，顧子曰："嘻！曹丈亦知古之居斯任者乎？一旦天子詔父老問民疾苦，有司功罪，丈能言之不乎？"則更爲丈紀其事。

黄郡太守蘇公五十壽序代

聖天子御宇二十有六年，龕削逆亂，擴斥山海，舉窮髮卉服，日月霜露所照，隊納款頒，朔括數萬里，如黄帝所治。四海以内則爲畿輔二、行省十四、郡百六十七、州二百六十八、縣千一百五十六。而與天子共治者，宰相郡牧賢二千石是也。昔在漢代，太守入踐三公、列侯不勝數，職綦重哉！今楚於諸行省最大，而黄爲三國六朝以來之重鎮，時則襄平蘇公元眉前予告，名臣南贛中丞公之長君來爲牧伯，當中丞右藩山左時，不佞奉教有年，與元眉不僅遥集，近又家爾介，得忝從事，以是知吾。元眉頗悉中丞公忠勤廉惠，有大功德於齊秦章貢之人。朝廷思之，賞延及世。

元眉幼稱才子，逡巡不仕，期以經術掇上第。既而主爵謂：國典不可久虚。於是，綰綬如越，藉箸行間，劍槊圖書，交相錯也。自侍中丞公歘歷諸州，登岱華，訪崆同，驚鼉繹，問鐵騆板屋之雄風，吊錦樹射潮之遺迹。又嘗自五原出塞，覽臺吉插牢戰地，發爲詩歌，激抗頓挫，如高常侍、岑嘉州。迨夫别駕温陵，海水飛立，戈船下瀨，師旅莪興，甌駱破疆，島民流散。主客文武之臣，惟蘇公是恃。崇墉如雲，雷礮外嚮，撥艟近臯，回颿反走。皇帝威命，以次蕩平。白璧紫貝，孔翠桂蠹，卒獻于朝。蜑户馬氏，羸蠣藴藻，依水而食。皇帝嘉與，晉級正一品，擢守於黄。是時用武川湖，九黄供億，罷劾之民，歔喙未息，拊摩抑搔如不及，又從而煦嫗衽哺之。其税賦以時，稱娖無擾，所增輸軍前折料，皆列實數，揭示鄉户用敞、乾没，槽斵、桶綷、屑碎之屬，悉有定程。諸弊既革，民利迺興。凡厥所爲操術有二：曰嚴，曰廉。嚴非待人，所以持己。廉非潔己，所以式人。持己以嚴，故夜無媿金。式人以廉，故下無婪吏。數年之間，維黄稱最治。太守晏坐，庭内蕭條，投缿告緡者，抹十可一。當其折獄，疑于鬼神，即他郡大案，臺憲輒倚會讞，莫不孚允。

昔黄次公、趙子都，古之聰明、强力人也。然而問馬先牛，用巧鉤距，亭烏攫肉，寄目佗胥。元眉不然，自能曉了。聞楚紳有彙厥事迹，將爲成書，用風示在位，甚盛舉哉！前此黄郡，盜攘竊發，籬棘式遏，櫟鼓夜鳴。自公來思，歲以斂戢，禁旅所經，闌入衖市，彈雛射鴨，椎罌酒流，望見鶻旟，拱手避謝。牙前故態，因緣爲奸。太守明督，文法無舞，黠吏白巾，走出府門，凡此譽聞，達於遠邇，豈諛嚮哉？

古昔太守銅虎符竹稱爲將軍，元眉自海徼治師，嫺於鈐略，故於黄境千里之内，山川形勢，城池巇阻，指示脩備，明於聚米。又以暇日汎羅洲，臨赤壁，想孫曹之用兵，俯仰吴王之臺，泳游樊湖之口。往來臨皋、雪堂、緑楊之橋，前賢綦履故地，歔歌觴咏，慷慨壯涼，遂爲一代詩家冠冕。昔子瞻樂黄之東坡山水清淑，取白樂天别號以自署。按樂天起家盩厔，亦嘗三典名郡，入爲尚書，封晋陽縣男。子瞻典郡者七，再入翰林，兩除尚書，二班侍讀，至今人稱坡公，亦口坡仙。元眉名既著時，亦稱眉公、眉仙，豈非先後輝映五百年名世之昌期哉？漢代黄霸、桓虞、第五倫、爰延、鮑昱之流，所謂入踐三公列侯者，皆起於賢二千石，元眉寧多讓歟？丁卯孟秋中浣，元眉五十懸弧，楚紳士寓書以祝章見委，遂掇其梗概爲之詞。雖然，不佞之叙公祝公，不如楚紳士之詳且備，必有彙爲編帙者，不佞將踴躍而觀焉。

朱公壽序

古者郡牧皆有治中長史，於一郡户口錢穀賦役聽斷之事，可否裁決與守通簽，而其職則耑掌戎政，厥望甚重，故慎選清流以畀之。得其人，則刺史優遊，相協以理。鄂司馬上虞朱公以經術致身，筮仕百里，由臨汾晋今職，楚士民聞之，手額相慶。問何以忻忻如是，則皆曰:公之在陽城也,善政聞於四方。

當汾水汎濫,往禱於河,河遂安瀾,而土疆轉沃,此西門豹之用漳潤鄴也。歲值蘊隆,自暴請雨,甘澍立至,此戴封之惠西華也。建社學以教子弟,設杠梁以通行旅,恩澤洽于彼,治聲達于朝。聞其去汾來鄂之日,民攀轅走二三百里。彼遠其父母,而我獲其福星,烏得弗慶?此公之始至,而鄂人已豫必其能鞠我也。

及治鄂三年,凡輪囷蟠錯、鞻苦叢脞之事,如騞肯綮,遊刃有餘,如拆亂絲,綜緝悉解。今聖天子以清慎勤礪中外百職,自輔揆卿士以及行省臺憲守牧,小大莫不寅亮師濟,仰答當宁,而公之操節展猷尤可歷歷數。

武昌濱大江,上接洞庭,傍通漢沔,爲川蜀門户,下挈吴越,千里而遥,檣鞆水陸之衝,師旅所經,輸餫雜役,肆應無窮,常戴星吐餔以眂事。非公之勤乎?

湖北首郡,一大都會,臺憲之所臨,軍旅諸大政所自出,而别駕稱半刺,其典戎事,亦古刺史加將軍之義。所轄州一縣九,讞鞫夥緐,率多無情之辭,或太守不暇,則别駕聽之,而公每斷一疑,瀍必三宥。片言既折,閉閤加思,罰無抑冤,罪無失入,可不謂慎乎?

國家綱維最重廉耻,公苞苴不行,冰蘖自矢,其職兼句管水衡關榷,舟檝艇艓之税悉除去之。滄浪唱答,欸乃漢濱,巨艦高檣,乘風上下,雖煙晨月夕,無所禁訶,緣其立心維知,便民爲利,儉約自繩,簾可挂魚,杯惟酌水。昔清河老人謂朱世良曰:"府君非唯政善,清亦徹底。"

公今如之,是清慎勤三者交至。聖天子録名于扆,賢冢宰書思于笏,都人士又當爲國家得人慶矣。維月午之朔,值生申之辰,都人士躋堂上壽而以叙言屬不佞。竊謂今之爲文以壽於人者,率多溢詞。若不佞所稱公,當無媿,願益思所以無媿者而日躋焉,其爲壽且千載。都人士其謂予言爲然歟?因拜手而爲之序。

潘太君七十壽序

歲丁巳,予始定交潘氏五兄弟,敬之愛之,非爲其文也,有大焉者。

潘氏先爲金華人。始祖月麟徙上虞。高祖瑞，正德舉人，歷官御史，與李獻吉、王伯安先後友善。劾大璫劉瑾，拜杖，世宗皇帝復其官。巡按蘇松，生龍川、荆山。荆山，萬曆丙辰進士。龍川多著述，生允隆，登崇禎己卯賢書。令安南崇義，地介交廣，逃亡無賦，以下考卒于官。士民賻之，孺人李氏命五子曰：毋受賻，玷而翁。五子不受賻，貧困播遷入虔。長子太丘設幄賣字，轉徙都門，以順天籍舉明經，司教滇南，提舉鹽井，棄官寓楚，爲諸弟次第娶婦而不肯分炊。太丘無長物，諸弟亦不有私財。或售文及受生徒摯，悉付太丘。太丘陳之太君，太君頷而付太丘，太丘以給諸弟。閨門妯娌無間言，共娱悦太君。太君撫諸子，諸子以次撫諸弟及穉子。太君即無園林板輿，嘗以令日良辰，江鮮圃秀，受諸子諸婦觴。

嗚呼！方今風俗壞敗，薄恩生分，聞四薑五常元長幼春之風者其有幾？通侯盛族怨起纖末，誶語箕帚翩反角弓，沴氣槁荆樹，妖犬歌梅花，不可痛哭流涕長太息哉！洪武初，集慶周氏、浦江鄭氏皆已同居十餘世，計南宋至洪武二百餘年，經刀兵猾宄彝倫攸斁之秋，而草莽敲德醞釀太平有如此者。今潘太君能舉宇宙禎祥之氣萃于一門，五子皆有豪傑不可一世之概，而能雁行柔順、和樂且孺，此詩美綽裕而易占餘慶也，非立乎彝倫之大焉者哉！

辛酉五月，太君七十之辰，五兄弟交遊登堂上壽，景星老卧荒山，爲文遣兒子代祝，申通家之誼焉。若夫壽臧熾昌夫人而祝之矣，吾獨稱其大者以頌之。

修蘄州儒學廟序

順治十一年，詔天下郡縣學廟兵火廢者，有司能捐奉修建，皆得疏聞，命吏部紀録。十六年己亥，刑部丹陽楊公以按察司副使駐蘄，右文韜武，爲天子使。越明年，軍府城郭，繇役利病，罔弗釐舉，德導禮齊，率先有司。計所部郡縣之有學廟，凡四十有四。而蘄則所駐邑，故首修之。州守遼陽王公仔厥。任官兹土者咸出廩禄，鄉大夫士游於是庠者醵貨力勷事，而楊公以文屬景星。

按：學與廟本二。古有學無廟，釋菜奠幣即于學。漢太學闕里始立廟，六朝仍之。北齊令郡學立孔顔廟，此郡有學廟之始。唐武德初，郡皆有廟，未及縣。貞觀中，許敬宗奏天下州縣置三獻官，他如立社。開元三十七年，詔諸州廟立十哲七十三賢位，爵公侯伯有差。其後州縣莫不有學，學皆有廟，然邊徼下邑多無之。晚代衰亂，庠序頹圮，或學廢而廟存。以故唐宋文士之碑記多言廟不言學。洪武二年冬十月辛巳，詔天下郡縣學廟並建。嘉靖十年，改大成殿曰孔子廟，有殿、有廡、有堂、有齋、有庫、有閣、有亭。殿廡以祀聖賢，閣以尊經，庫以藏籩豆琴瑟，亭習升降，罷牲體，堂以講論，齋以居教官及生徒之來學者。

歷代禮至是釐正，猗與盛哉！久之，郡縣學仍空名，士鮮遊習，禮教不行，而士風大壞，吁足悲矣！兵火以來，鞠爲茂草，所謂空名者又十不存五。蘄之學，舊有朱元晦《教授廳記》。洪武初，知府左安善撫朱書體，刻于壁。錢敏、王坦、趙應隆、莊輒數公先後修之。崇禎十六年正月庚辰，賊毁。順治五年，按察副使山東范公鳴珂始建殿。九年，曲周王公顯築垣，芟薙草萊，材甆不固，隨就摧欹，無廊廡堂齋，物力之難，不可歎哉！雖然，使邦邑無賢，蠻髦之鄉非廢廟，而鴻都之門亦有學。如其多賢，則杏壇泗水不必宫墻，素木瓠葉可當俎豆。繇是以言，德教盛衰豈系于是？天子右文，楊公用答天子，鄉大夫士宜用答公。景星敬書册，耑以復。

重建烈士廟序

烈士廟者，蘄人以祀南宋義士王玠也。士者何？玠，未仕也。廟建於紹興初，歲久廢。明景泰某年，太守金公銑更建，入王彦明並祀之。嘉靖中，先日巖公奉命按浙，得李誠之之後，詣其家祭焉。歸蘄，與按察翁公謀建祠頖宫之東，與秦鉅、玠、彦明，號四節，而玠之專祠，自紹興來，稱爲烈士云。

崇禎十六年，賊陷蘄，焚寺觀廨宇，廟巍然存，碑記失，居民不知何神。越十年，癸巳四月戊戌，震電大雨雹，己亥烈風拔木，坍垣墻，仆坊表，廟掀揭無餘。豈神有怒而然與？邦人有知之者，謂神當南宋將頹，士氣如綫，而能凜凜守義，可不謂丈夫乎？廟貌五百年不可廢也！問顧子，顧子曰："嗟乎！予閲宋史及雜志，王玠者，吴郡長洲人，字介玉，徙居鄂州。黄庭堅謫官鄂，玠以文見知。紹興初，舒蘄鎮撫使孔彦舟自荆湖徙蘄，聘玠入幕幹辦公事。初，彦舟事東平太守權邦彦，獲罪叛去，至是邦彦簽書樞密，彦舟不自安。值韓世忠破劉忠于湖南，俘馬友，順流東下，彦舟疑圖已，欲北降劉豫，問于玠，玠曰："總管不與韓公争先立功報君父，何忍甘心降豫？君誠欲反，幸先殺我，孰謂王玠而從賊邪？"彦舟怒，沈玠並妻子于龍磯，時紹興二年六月十三日也。

王彦明者，不詳何地人，甘澤《蘄志》云蘄州人，仕石晋。劉知遠詔起不受，自沈于江。及讀王儼《廟記》，則以玠爲蘄黄鎮撫使，以彦明爲理宗時蘄春守。景定三年，元兵犯境，力戰糧盡，彦明不屈，挈妻子自沈江中。夫謂玠爲鎮撫使，彦明爲蘄春守者，儼誤也；謂彦明爲晋臣者，澤誤也。蓋後晋都汴梁，劉知遠因之數以兵南侵，未得江表，蘄時屬僞吴楊溥。溥禪位李昪，爲南唐，都金陵。于時蘄有進士陳起、丁必稱，則屬南唐可知。南唐得地于吴。吴在僖宗時即有淮南江東。北周顯德五年，得南唐之江北、舒、廬、黄、蘄。宋開寶八年，曹彬定之。蘄未隸晋漢，何得有詔起彦明之事邪？《理宗本紀》：景定三年八月丁酉，築蘄州城，知州王益上新城圖。王益爲守，非彦明也。彦明，蘄春縣令也。

當寧宗時，蘄之職司死者衆，而李誠之、秦鉅之死尤烈。誠之，東陽縣人，知蘄州。嘉定十四年春，金人犯淮，誠之任滿當去，聞難作而止，曰："吾何求哉？吾年七十矣！"于是募死士，設守具，數與僕散安貞戰，多所斬馘。安貞使使持書脅降，誠之僇使而還其書。會朝廷命權殿前司職事馮堣救援，堣遷延不進，策應軍徐揮、常用棄城遁，城遂陷。子士允、從子士宏鏖戰死。妻許氏，子婦趙氏、王氏，孫女和娘、瑞娘、以及一行僕婢，皆赴水死。是年三月十七日也。誠之子婦事，見萬曆初福建副使方豪字思道《棠陵集》。秦鉅者，丞相檜之曾孫，通判蘄州。城破，巷戰，歸而自焚。有老卒見煙焰中著白袍者，識其鉅也，冒火抱鉅，鉅叱之，裂衣就焚，死。鉅子浚、濬皆偕死。殉節者，十人焉。又有統制官一，末將四，軍挍一。夫南宋之時，毅然十數公者，在海内不多得，而先後于一郡遇之，不可謂難乎？乃或祀或否，于祀典得毋闕與？

漢宣帝時，大風壞甘泉竹宫，折拔樹木，以問劉向，向對曰："家人尚不欲絶種祠，況于罷神寶舊畤。"石勒時，雹起西河，災及數郡，以問徐光，光對曰："臣聞介推，帝鄉之神也，歷代所尊，而廟存不祀，後學無聞，風雹譴告，或如是邪?"予既述其事以復邦人士，而復進僧德澄者而語焉，曰："廟既成，大爲神主合祀。祀如宋，封爵。"曰：宋鄂州流寓義士王公玠知蘄州，贈朝散大夫、秘閣修撰，加正節侯，賜紫章服。李公誠之，蘄州通判，贈五品秘閣修撰、義烈顯節侯。秦公鉅，蘄州防禦判官，贈承務郎。趙公汝標，蘄春縣令，贈承事郎。林公桀，蘄州主簿，贈承務郎。寧公時鳳，蘄州教授，贈承務郎。嚴公剛中，蘄州録事參軍兼司户，贈承務郎。杜公鍔，贈通直郎。孝子李公士允、士宏、秦公浚、公瀎，其未經褒贈者。統制官孫公中，裨將秦公士旺、陳公興、曹公全、丘公卞，蘄春縣令王公彦明，祔食。軍挍李斌凡十九人。泮水之詩曰：無小無大從公幹，邁言忠義無小大也。庶幾有以發幽光而激末世，於名教不無小補哉!

杭州建金剛禪院序

海内凋劶極矣！緇流益衆而布施益寡，僕恒憂之。憂之者何?非憂彼法之不繼也，憂天下之劶也。夫天下之治也，其民恒有樂生之心，樂生故畏死，畏死故求福，求福故地獄天宫之説足以悚動，足以悚動故好施，好施故無貪殘攫噬，而易直子諒之心油然生矣。天下之劶也，其政促其民無樂生之心，無樂生之心故不畏死，不畏死故不求福，不求福故地獄天宫之説不足愯動，不足愯動故不好施，而貪殘攫噬之心生焉。聖人之治天下也，刑政不足，假以鬼神佛者。

西域鬼神之尊其祀於中國，如中國祀孔子。其教入中國，遂與孔子相表裏，故天下治，佛法正，天下亂，佛法衰。今天下凋劶極矣！民囂然喪其樂生之心。惟吴越小安上乘禪師，自太白來虎林建金剛禪院，刱于己卯，未有殿。又十三年辛卯，闢基爲殿及大藏樓、齋堂數十楹，以飯四方之僧師。荷畚臿，走風雨，手足皸黧，衣不掩骭，與衆戮力，院始落成，而施不至。

夫兵祲之餘，藜藿不飽，徵輸繇役倍於西北，道宫梵宇甲諸東南，豈非仁者之憂與？雖然，善治國者治民心而已。若使嚚然喪其樂生之心，貪得橫取，治之以刑罰不畏，恭之以鬼神不懼，示之以禍福不動。若是者，佛之衰乎？民之劫乎？我必曰：民之劫矣！是故好生樂施之心，爲上者當鼓舞而振德之，不必從佛法起見也。

蘇州府修敕封東嶽天齊威靈大帝行宫序

四海之内，有五嶽，泰山之岱宗爲首。泰之爲言大也，宗者何？以其爲生物之宗也，出風雨，見怪物，不崇朝而雨天下，泰山之功德最大，古帝王封禪之典尤隆。雖然，予嘗論之。泰山之在兩大，其神最貴，其睬上帝如公侯之于天子，故曰五嶽視三公而今稱帝。其失始于唐，濫于宋。既曰岱嶽帝君矣，而又曰青帝，是以五帝之一爲其神矣！且夫帝一而已，青赤黄白黑五者，以所御之時與方位言之，如《月令》天子四時異服旂也。《天文》有天皇大帝，有五帝座，如天子御政之所各有座，非曰有五帝也。鄭玄因五帝疑有六帝，然則北斗主秦、楚、梁、吴、趙、燕、齊，五車亦主楚、秦、燕、趙，斗牛又主之，十二諸侯又主之，謂有數秦、楚、燕、趙可乎？威靈仰、赤熛怒諸名者，讖緯不經之譚。今稱東嶽威靈，又若以名爲謚矣！齊人始作八祠，一曰天主，祀天齊之淵水，二曰地主，祀泰山之梁父。《齊記》曰天齊泉在臨菑，泰山與天齊皆指其立祀之地，今稱東嶽天齊，又以天齊即泰山矣！

《酉陽雜俎》云："今天帝張騎白鵠上，前天帝劉騎白龍下，遂爲嶽神。"説尤褻不足道。洪武三年六月壬戌，詔曰："五嶽之神，人所莫測，職必受于皇天后土。予懼，不敢效前代封爵，特稱某嶽之神，禁僧道設醮，奏章上表，投拜青詞。永爲令。"後嗣遣官醮祭，仍多俗稱，非神所樂受也。吴郡有神，洪武初建，兵火後幾廢矣，廢則烏乎可？《記》曰："有其舉之，莫敢廢也！"況泰山之祠，祝釐禱禳之所依。而小説所傳，父老相述，亦足讋細民之非心，而鼓舞以從于善。里中長者醵而修之，而予遂亦樂道之。惟述謚號之譌，以告遵祖制崇貴神也。弘光元年春正月。

建三官廟序

道家言：天地水府爲三官。蓋自然有神，若盤固黔羸，聖而不可知之者，而鄙説往往實之，如玄武，北方七宿也，則曰静樂國太子。文昌，斗上六星也，則曰梓潼令張亞子。又謂孛，黄帝時怨女國皇，爲神農師。他如周伯、老子、王蓬絮、造父、奚仲、王良、軒轅、蚩尤，本假借名星，乃謂皆其人死，而神見于天，以至天地日月列宿，雷、電、風、雨，皆有姓名字。誣妄甚矣！其稱三官，則曰漢陳子春三子也。陳子春，不知何許人。且夫自有天地，即有此三官。官者，物之宰也。道家曰三元。元者，善之長也。執位等威，輔佐上帝，在群神上。

人無日不仰見天，俯見地，火食水飲，宜無日不思報。故天子祭天、地、大明、夜明、五嶽、四瀆，諸侯亦得祭風、雲、雷、雨、山川之在境内者。祭者，報也。士庶人法不得祭，將遂不報已乎！故奉三官，報天地水火也，而曰漢陳氏子，則吾何與焉？人無不本天地水火以生，如無無父母之子，而頑不思報，與不孝大逆無道等。世無不孝大逆無道之人，則皆奉三官之人也。

修龍磯寺序

江漢合流至大别山，有禹功磯，南爲黄鵠；至赤壁，洪流稍北，汪涀浹漫二百里；至蘄春，勢欲衝薄有磯焉，曰龍眼。水大輒砥柱江中，如金山、小孤。江過是漸，南引而東，形如半環。中流有洲，是爲鴻宿洲，盡則又有磯，曰浮玉，與龍磯東西峙，所以留馳波而駐淑氣，而麟阜鳳麓巋然若冠冕，出城内者得此捍衛焉。龍磯勢尤壯，春水方高，秋濤未落，西面而望，滮滮沖沖，顧讓不前，近在十步。狀態欻作，淵奰澎槩。汨从日，音覓。涌湼擲，滂沚楙磆，靁輥颮颾，始若有忌，旋若有畏，疾趨争驅，然後按轡水之情狀然也。

上有寺，始熙寧中。王師南征，載軍仗數十艘，風急浪惡，龍伏舟中，所謂江湖小龍是。既克濟，詔封順濟王，立祠致祭，土人亦遂祠于磯。嘉靖末，增高爲寺，雲甍雨椽，風鈴露板，矗矗波際。正德時，霸州賊順流下，商賈蒼卒捨舟匿其中，賊畏其險，竟不上。崇禎癸未，寇至，水暴長，賴以活者，又千人。磯有功德于民，不獨風水捍衛而已！

且夫南宋時，王玠爲孔彦舟幕客，不從彦舟叛，彦舟怒，沈玠並妻子于磯。王彦明不降元，自沈磯前。今岸北烈士廟是。吊汨水之彭咸,想胥江之白馬。短歌長歗,泣下沾襟。

烈士廟前年風雹毁,鄉人修之。寺未有修者,水埶既迅,百斛之舟,牽挽難上,而老僧漁父輕刀俗作刁。片槳,晨暮致少薪米,或閒放無事之人,喜煙波濤瀨,逃囂避暑,間一致焉。總戎賀公時時來,葛衣羽扇,與緇袍竟日,以此知公之賢,而又倡議修寺,謂不肖曰:“先生曷爲我序?”夫公以武功捍衛一邦,而有叔子峴山之興,可無述乎? 于是敘之,他日落成,即以爲記。

修石鼓寺序

《一統志》:蘄州南一十五里,蟠龍山石鼓院有麻衣道者、無藥禪師二真身。《蘄州志》云:石鼓寺,宋咸寧建。明天順初,承奉阮古重修。萬曆末,兵憲濟北李公、郡侯仁和錢公皆有記,言有二石鼓寺。一在蟠龍山,爲麻衣、無藥道場,當治之西北;一在羊子墩,當治之東南。二公之説如此。

羊子墩寺今存,蟠龍無院,院在安平鄉,庳陋,不覩所謂真身者。《一統志》云:石鼓山在蘄水縣北一十里,巨石如鼓,叩之作聲。而蘄之寺院得名不詳,何故? 錢公曰:“瞿曇家言,木石、金革、鐘磬、鼓板,可號衆者,悉名楗椎石音,常止心,能止觀,取譬云爾。”李公引堪輿家以實之。二公之説,荒矣。且宋年號無咸寧。咸寧,晋武帝號也,後涼篡僭號也。舊志誤,二公失考。

蓋寺實有石鼓。父老云城南圜濠内有鐵牛與石鼓,昔人以鎮風水者。牛爲一中官掘出,數見光怪。會荆藩災,乃復瘞,今失其處。然則石鼓與麻衣、無藥真身古有而今無,復何疑哉? 兵燹後,寺復就圮。僧寂惠者,募修之,乞爲敘。僕近敘貞慧正覺,又敘石鼓,不幾爲三寺化主取笑大方。雖然,白香山、蘇子瞻于詩文無所不有,號廣大教主,然則竊二公之美名以解嘲,奚爲不可!

華亭縣修城隍廟序

明《高皇帝實録》:洪武二年修正祀典,封京都城隍王爵,府州縣公、侯、伯有差。禮臣言城隍之神不詳所始。先儒謂既祀社,不應復祀城隍。故唐李陽冰《縉雲城隍記》謂祀典所無，惟吴越間去聲。有之。然張説有《祭城隍文》，杜牧有《祭黄州城隍文》。太和中，李德裕建城隍祠於成都，不獨吴越爲然。又蕪湖城隍祠建於吴。赤烏二年，高齊慕容儼、梁武陵王祀城隍神，皆書于史。亦不獨唐爲然。自唐以來，廟遍天下，或賜廟額，或頒封爵，或以古人遷就附會，如鎮江、慶元、寧國、太平、華亭、蕪湖等郡邑皆以爲紀信，龍興、贛袁、江吉、建昌、臨江、南康皆以爲灌嬰，皆妄也。

今京都郡縣享祀之所，屋而不壇，非禮所宜。宜以太歲、風、雲、雷、雨諸天神合一壇，五嶽、四瀆、天下山川城隍諸地祇合一壇，春秋專祀。詔曰：可著爲制。明年去封號，稱某府州縣城隍之神。毁塑像，用其土泥壁以繪雲山，而今府州縣祀仍稱爵塑像。所謂神之誕辰十謹異五，或曰以始築城之日，則不應十五其同。俚俗流傳久，愈譌誤。今蘇州府神指爲高皇帝，説大不敬。松江府則洪武三年知府林慶建廟，宋以前在趙店，政和中遷城東南隅，至正初總管楊伯野臺改建今地，以縣城隍三祔祀兩廡，比于太守、縣令云。華亭城隍之專祀，則自崇禎三年，知縣鄭友玄始。俗既云紀信，又云吴始封陸遜爲華亭侯。今遜既别有廟，建于至正初，而信愈無徵，事不足辨。

《爾雅》：隍，虚也。許慎曰：有水曰池，無水曰隍。《易》：城復于隍，勿用師。《象》曰"城復于隍，其命亂也。"今稱城隍，是言城墟久矣，不可復正矣！古人井竈中霤皆有祀，謂祀社不宜祀城隍，祀城隍宜如社不屋，其説亦固。今天下城隍既仍國初，封爵秩自三品至一品，旒章自七至十二，像既復壊，奚不可？屋神之號曰鑒察司民，則比諸太守、縣令也可。

某年月，華人將有事於廟，以文爲請。予惟神之靈響，廟之始末，詳在碑記，不具論，姑引國史以正其失焉。

社壇北菩薩庵序

《孝經》説："社者，土地之主。"土地廣博，不可遍敬，故封土以爲社，而祀之報功也。此天子、諸侯之社也。《周禮》：二十五家置一社，祀田祖也。《詩》曰："以御田祖，以祈甘雨。"此庶人之社也。其後因社祭合飲，以通鄰里之歡，故亦曰社，不聞社祀有釋氏之祠。而社祀有釋氏之祠，則近代爲之也。

土地之神，即社也，佛寺謂之伽藍。伽藍者，梵言土地也。近又土木雕塑爲伽藍，又爲土地，分而二之，非也。于是社壇乃有屋宇，不以祀土穀先農，而有佛菩薩伽藍之象焉。江夏縣社壇在北勝門外，舊有垣墻神叢，久鞠爲茂草。康熙己未，僧昭敏結茅其下，奉佛菩薩伽藍而社，壇名存而實泯矣。

夫社不修于在位之有司，而修于棄家毁形之浮屠氏，吁！可哀矣！然而佛菩薩慈惠爲教，與后土之神澤物利民，其義一也。聞昭敏庵成，值大旱，禱菩薩前，甘雨立注。以是觀之，又何必封土不屋而後謂之社祀，東井句龍而後謂之神哉！昭敏思有以廣之，而募于郡中，因書其册，以就正知禮者。

言鋒禪師語録序

歲乙卯，資教天峰性公退居多雲，以龍門一席囑言鋒。是時檀施益衆，學徒盛集海内，復知有伏虎道場，則言公提唱之力多也。丁巳春，訪予窺園，相見傾倒，隨以《語録》見寄。讀數行如咀椒欓，每恨諸方一味烹熬，直同嚼蠟。不惟如是，且幾如狚狐猱靚，捷機引戲，抹粉登場，姿笑端耳。安得有踢倒笸子、掀翻窠臼者其人邪？夜與兒輩擁罏煨芋，偶言及此，兒昌曰："使吾儒僅遵周孔，庶民嚴奉國法，即在臨濟一派，亦寖守高曾，豈不天下太平？秖恐踢倒掀翻轉生公案。"予大叫拍案，酒盞振落，因書爲言鋒禪師語録序。

天峰禪師語録序

世祖章皇帝萬幾之暇，頗參釋理，召見玉林，晝日三接，與西泰通玄教師並蒙寵遇，海内言佛者益盛。今上繼照，殫心聖學，括囊二氏，並育萬物，洋洋大哉！竊惟佛法寖興，與時隆替。明高祖時，如西齋、楚琦、愚庵、智及、全室，宗泐、蘭江、清濋輩所謂十大比丘，説法禁城，聲動朝野，泐則涉于危，而蒲庵來復，不免金槍，何其興之隆而替即至于此極哉！啓禎際言佛者，天童密公爲上首，五十年來，流支衍派，分路揚鑣，非朝廷之寬大，不至此。

康熙初，天峰性公自吴來，止三角之龍門，士大夫聞聲想慕。予初未之知，大廷尉嵩岑李公嚮予言。既讀其《語録》，訊其人，本儒也。未幾，復往吴，而龍門一席付其法屬言鋒。今年秋，言鋒寓書于予，曰："峰翁于此間機緣未艾，不久當來。"冬，果自吴來，機緣未艾之語，詎不信哉？曩讀言鋒撰述，如見雷將軍知睢陽號令。今天峰壁壘重飭其精嚴，當復如何也？

天子道在右文，時當拒武，江黄千里，且幸無事。士大夫猶閒暇悠優，聽講雨花之臺，倚杖孤雲之角，不亦朝廷之寬大，佛法之郅隆也哉？峰公法派緣起，詳繹堂沈太史叙中。

文昌化書圖像序

文昌化書，世傳箕筆。箕，俗借乩。梓橦張亞子自述前後身事九十七條。沔陽遊雲子，懷才而隱者也，工丹青，取九十七條，作一百零三圖。郭天門中丞見而異之，雕板于金陵。有少年指爲妖書，首告當事。夫化書，鄙俗相傳之書耳，以爲妖則過矣。巡撫湖北劉公白其誣。劉公移鎮川湖，載其板入梓橦，以七曲山有文昌舊祠云。

戊午夏，予見圖奇詭瓌偉，不減張僧繇圖《離騷》。夫繪畫始于六書之象形，而黼黻十二章，共始事也。至于鬼神情狀，《易》亦言之。禹鑄九鼎，象其狀也。《周禮・天官》：神仕者，掌三神之法，以猷鬼神。注：猷，圖畫也。《水經・渭水注》：魯班以脚畫忖留神。《楚祠・天問序》：屈原見先王宗廟、公卿祠堂壁，畫天地山川神靈、古聖賢、怪物行事。即所謂猷鬼神也。帝王藉以設教，騷士託以寫懷，方外高隱之流往往用以驚世。雲子之圖化書，意正如此。

雲子將自楚之吴，重募鐫板，恐士大夫未能達指，請予以贊其行。嗟乎！昔魏文侯聽古樂，惟恐卧，聽今樂則不知倦。善民化俗者，與其莊言引經，曷若傳奇俒説之入人深也？然則可無疑于化書也矣！

白茅堂集卷之三十七

碑記

休寧縣漢前將軍漢壽亭侯廟碑

地之在《禹貢》九州之内者曰漢，何昉乎？昉於漢有天下。五帝之時皆曰夏。禹繼舜，改虞曰夏。自漢遂不曰夏，而曰漢。漢之名至今著也。漢戡秦亂，驅除開闢。東並朝鮮，西收甘涼，南下交趾、珠厓，北服朔方、幕南。郡縣其部落，衣冠其旃毳。以至車師、大宛、昆明、龜兹之屬，莫不臣妾。獸面鳥言之區、梯航重譯之域，環而内望，號曰天漢。其制作之盛、人物之美、恩澤之久，入人之心，至深且遠也。王莽以安漢公篡天下，無有逆其詐者，而又孔光、劉歆之徒委蛇而爲之用。及篡弑既成，海内始泠然明其故。故世祖無一成之旅，起於南陽。曹操以天假之雄，挾天子威令，爲登高順風之呼，天下又無有逆其詐者，孔融、荀彧之賢皆爲之用。及篡弑既成，海内始泠然明曹氏父子之奸而哀蜀主。故蜀雖亡國，人思而祀之，並其臣自諸葛亮下死事定國者，皆立祠。迨晋中葉，神州陸沈，於是思漢之心益切，豪傑盜竊名號以有國。劉淵自託爲漢，追尊蜀主爲孝懷皇帝。李雄據三川，國號成，至壽，以蜀人思漢，更號曰漢。劉裕稱漢楚元王，後歷八世六十年。後又六百餘年，劉暠起於沙沱，自謂漢裔，天下憐而信之，亦歷七世三十五年。劉巖稱漢於嶺南，亦歷四世五十四年。豈惟是也？其他盜賊如邯鄲王郎、安定盧芳、僞燕公孫淵、晋義陽張昌、隋河東劉武周、唐漳南劉黑闥、盛州劉龔、蜀王建。《五代史》：王建改元天漢，國號漢。金宣宗時兖州郝定、元太祖時錦州張致、順帝末沔陽陳友諒、國朝成化時鄖陽劉通，其篡弑則若劉粲時靳準、梁侯景、唐朱泚，皆詭稱漢，以煽動天下。何者？漢之功名繇來著也。地在九州之内曰漢地，人曰漢人。稱之至今不改，不綦盛哉！

予讀史，陳壽不與蜀統，及爲《蘇則傳》，云：則聞魏代漢，發服痛哭。文帝問之，則鬚髯戟張，正論以對。此又壽之微辭與蜀也。逮夫習鑿齒出而蜀統明，朱熹《綱目》成而論始定。元中統初，有郝經者，亦著書以蜀繼正統。自謂奮昭烈之幽光，揭孔明之盛心。嗟乎！元之去漢千餘年，於漢無涉也，而其臣低回感歎不能已，而其言有如此者。孔子曰："斯民也，三代之所以直道而行也。"不其然與！當昭烈時，曹操有中土，孫權據江東，蜀辟西南，獠蠻雜處。獨諸葛亮、蔣琬數人，枝梧其間。其號爲熊羆之士，不二心之臣，則關張是。關張落，人才匱，日暮途遠，收之桑榆，雖一武侯何益？其不得不令人哀而思也。悲夫！悲夫！是時關侯死事尤烈，故至今祀在張侯右。自帝王至匹夫婦穉皆尊且親之，久而彌神，若可呼籲，亦人心爲之，未必鬼神之情狀然也。嗟呼！可謂極盛耳已。

祀之盛者，唐贈太尉張巡，宋封鄂忠武王岳飛。二公者，人皆以思唐宋之心祀之，然皆不得與侯比肩。侯祀像在天下不可數算，即一邑不知其幾，邑與里亦不知其幾。歲乙酉，休寧縣廟成，縣紳士以大尹西川何公意，索景星記。因記之，且告之，額曰"漢前將軍漢壽亭侯之廟"，從漢爵也。神，誌也。不書姓者，神，千古無兩也。

嗟乎！漢亡已二千年，而地曰漢地，人曰漢人，然則吾世猶漢也。猶漢也，則其思而祀之也，不亦宜乎？漢謚壯繆，爲法受詘也，不書。廟之年月，出貨力者姓名，例得書碑陰。大明弘光元年孟夏穀旦。

孝女曹娥廟碑

《記》曰："死而不吊者三：畏、壓、溺。"横死者，莫此爲甚焉。人以死爲歸。歸者，鬼也；鬼者，幽苦之所都也，聖人惡之。故旐曰明旌，器曰明器，諱其幽也。溺則沈淪，幽苦之尤，然而汨羅之屈，胥江之伍，犍爲之叔先雄，上虞之曹娥，以忠孝至性，陟爲明神。彼高明之家，委命邃室，含玉襦珠，考鍾伐鼓，券瓦賈地，華表概雲，代間不知其幾。而魂淹魄没，豈復可問哉！

歲己丑，予過孝江，覽娥祠廟，重檐刮楹，雕机列俎。左爲碑亭，在娥墓前。墓即度博平使吏焦夫收葬處，索靖書不存，存蔡、卞書，碑陰有“之寺”二大字，不知何寺斷碣。勒其陰者，讀畢且歎。因爲贊，使勒石，庶與娥姓字無磨滅焉。

緊昔孝娥，婉孌而女。被髮亂流，用之如虎。混混洶洶，夫豈有路？負父而出，孰測其故？世人汶汶，處於霿昧。娥也至性，超沈燭晦。汨羅有屈，胥江有伍。與諸先生，日月千古！

台州靈雨亭碑

雷霆、水火、風雨，生殺萬物者，天之權及其誠也，匹夫匹婦可感而致之；兵革、取守、順逆，生殺天下者，君之權及其變也，匹夫匹婦可奪而施之。故一夫呑冤，夏霜隕雹，稼穡不成厥甚，耰鋤化爲戟矜。一人愔忱，則雨澍旱已，風返火滅，物阜盜息。朝廷尊親，其系吏治，顧不大哉！

台州古爲荒服，山深海近，風雨不時，吏難治地，尤難治人。

臨海城，吴越王所築。慶曆九年，海溢壞城，更作九門十竇，水或十年、十數年一湧濫。萬山環城，雨浹旬，則洪流怒奔。達泄失理，民其爲魚。故臨海患水獨甚。水患既甚，多所決瀹，計一縣内閘八、斗門四、塘四十、碶二十六、溝二十八、圳二十二、圩岸百三十，水乃非大至不爲害。決瀹多而渟滀少，不雨一月，流絶圳涸，乃更憂旱。山海雲氣與中原異，龍門雨鹹，川漏風颶，所謂吏難治地。山多竹，赤子弄兵，戳爲槍盾箭甲兜鍪，不假金鐵。吏朝坐堂，日昃退食，鞠一不服，讙起環視，所謂尤難治人。

順治辛卯，按察副使耿公治台之明年，民既讋服。值大旱，禱於山川，禱於樵夫祠，禱於令公祠。樵夫死建文難者，令公則公考，萬曆時，尹是邑，有德於民，而民祀之。越三日，爲壇城北，公自用符録嘯召。日色赤白，澒洞隱轔，斧吏受令，雨府河傾。台之鄉大夫王公立準曰：“嗟乎！《詩》所謂靈雨，非乎？”公來興學，偃兵恤民，不具論。去夏災起清河，公以欒巴之術滅之，今又立致雨。夫雷霆、水火、風雨，天之權，而公誠爽感致，謂之靈雨不亦宜乎？遂與台人作亭東湖，曰靈雨。因造予而言曰："以台人述公，疑諛，兹竊有請，将勒石傳信焉。"予適樂聞其事，又世交於公之先，因爲記。公繇崇禎徵辟至今，官諱應衡，黄安人，理學子庸先生之孫。

火星祠碑

歲在壬辰，楚大旱，春蘄災，秋又災。大吏以狀聞，詔免今年田租之半。按察僉事曲周王公禱於神，洪雨滂澍，焦禾復青，乃謀祀火，問顧子，顧子曰："聞之古之占火，或主數，或主象，或主神。春秋昭公九年，陳災，裨竈曰：'五年，陳復將封。'夫陳，水屬也。火，水妃也，妃以五成，故曰五年，此主數者也。十七年冬，有星孛於大成，申須曰：'諸侯其有火災乎？'梓慎曰：'若火作，則宋魏陳鄭當之。'於時爲五月，以丙子若壬午之日，此主象者也。明年夏五月壬午，四國災，鄭子產大爲社，祓禳於四方，祁於玄冥、回禄。襄公九年，宋災，士弱曰：'古之火正，或食於心，或食於味，以出入火。'於是有祝融、閼伯、相土之神名，爲火祖以祀之而紀時焉，此主神者也。象、數不可爲，而神則若可禜，雩而禱之者無已。其主神乎？"

公爰度祠南門之内，四旬祠成，屬顧子爲記。顧子曰："詩不云乎：靡神不舉，靡愛斯牲。"今以旱祀火，古之遺意與。火祖官於天宗。《記》曰：季冬祀來年於天宗。天宗尊，不可遽祀，因其官而祀之，如堂簾遠不得遽聞，因在位而聞之，不亦善乎？遂復於公，爲之記。

貞慧寺碑

蘄州東山大伽藍，唐貞觀中僧弘忍建。弘忍，隋末黄梅人，廣德中賜號大滿禪師，嗣四祖大醫禪師法，所謂五祖。是寺初名貞慧，咸亨中别建於馮茂之東，遂皆名東山。自達磨耶孤傳，至是而五宗皆出，其後五宗惟臨濟最盛。宋哲宗時，南嶽下十三世演禪師、嘗禪師，十四世自禪師，青原下八世戒禪師，九世秀禪師，嘗往來兩山居之。佛幢華禪師者，臨濟下三十二世，嗣聖恩壁禪師，止匡廬之歸宗。歲丁酉，郡紳士迎居東山。繼演老五公而起，則師也。此其源委，大略云：

當貞觀時，蘄治去今西北五十里。宋景定三年，築今城。先是荒山大江，無廛井城郭，而寺之在廛井城郭，近在五百年内耳。崇禎兵火，寺巋然在。僧海蓮募修之。工稍集，年饑。予引范仲淹皇祐初治浙事諷當事，當事以爲然。明年，棟杜榱構甍甃無摧撓欹漏者，則蓮爲之也。又明年，建方丈庖湢，則總戎賀公因華禪師爲之也，於是海内更知東山爲諸方冠。

嗟乎！佛法衰王，繫時隆汙。末流滌濫，不足殫究。然而桑門梵宇，莫盛於今，各奉宗師，離立宇内，皆有創建篹述，而東山實先，价偃輩出，繇唐歷宋，凡一再興，於今復振。可弗識與？寺自洪武十五年僧祖鑒修。正統十五年，法治又修。舊碑泐，無考，見於《志》。今華禪師與演老五公當爲此庭列祖。蓮曰："不碑，後恐愈没前事。"僉曰："然。"礲石乞文爲記，俾來襆獲聞如是，共出貨力，自職官至庶姓書於碑陰。

宗遠禪院碑

萬曆中，海内晏然，風俗醺粹。學者喜譚性命，顔山農、何心隱之徒間竊佛氏，參吾儒，李宏甫逃儒而釋，智辨皆足移人。於是佛、儒其辨如綫。先大夫中歲謁部，得郡判，病足不仕，侍曾大夫處林下，所從遊多顔、何弟子，故間取佛氏，以廣情而遠俗焉。而同里故江油令張公日新、指揮岳公某、田公某、文學易公約庵、高公某、陳公某爲齋會，買蘄城東墺㯝屋數楹，號八關社，亦名八公社。八公卒，而鹽法副使袁公世振新其故楹，與耆老曾、黄、吴，僧太空、大定、歸宗，更名宗遠社。宗遠者，取陶謝諸賢於惠遠云爾。兵興以來，人亡社火，自建而廢，凡五十年，藜藿所拄，鼪鼬逕焉。

僧慈舟者，蘄人。亂後，棄家爲沙門，走海上十夏，蠟歸，闢址爲堂殿廊庖十餘楹。時大旱，饑，民有賴慵估以活者。地東西南北若干丈，陶用若干。户牖外達，望南湖諸山，明秀如鏡中小舟，雜鳧雁，草樹虧蔽，略彴斷續，春秋異觀，晴雨變態，鐘鼓悲壯，幢幡颭颺。院成仍名宗遠，乞文勒石。余惟佛法自黄初至義熙，中國之民始披緇剪髮。意當是時，不啻興辛有之歎，而諸賢樂而與之遊，何哉？蓋有感於中，而託以自廣云爾。予嘉蓮舉善而名又善焉，亦重有感於前人，故爲記。廣，古曠切。

横岡山真武廟碑

廣濟之鎮，山曰東衝，曰横岡，隱秀磅礴，其顛有真武廟。真武者，北方牛女宿之别稱。祀其神，不知何時始而今盛，祀于均州之寥山，即太和山，《水經》所謂羅君山也。俗謂非真武不足當之，故又名武當，其名見《水經》，亦由來久矣。

國制有提點司之，凡荆、吴、豫數千里之民皆走祀，而數千里之境内亦各以其山之出風雨見怪物者，皆爲真武立廟。《記》不云乎：夫神氣則無不之也。無不之，故誠以奉之，即不參也可。不誠以奉之，寥其神乎？然則横岡何必不寥至於神之出處？俗所傳述，謹儒所不言，而通人亦不病。《傳》曰：使天下之人齊明盛服以承祭祀。蓋言鬼神之德之盛也云爾。舊未有碑，康熙九年四月，邑人徵文勒石。

郡侯王公免役碑

夫使民得免追呼奔走之苦，而安畎畝里井之樂，爲政固不大哉！其要有二：曰賦，曰役。賦役非大害不足見大利，今日差夫是矣。

秦漢以來，差役代受其敝。宋皇祐詔郡縣徵役錢僱募，即熙豐法所繇始。元祐更復爲差兩法，皆窮轉而爲義，義起於江左。當是時，户口殷實，誠便於義。挽季土曠人稀，法以數更而敝。而久而無敝者，莫如隆萬時一條鞭法：丁糧兼派，以養排夫。此古先王致民財以禄庶人在官者之意也。居恒誦爲良法，云：蘄濱大江，當孔道，舊設排夫百三十名，擇有物力者主領，曰夫頭，民不苦擾，官無廢事。國家鼎革，因事取濟，兵燹之餘，未酌前制，旌纛歲出，羽蓋相望，推車挽舟，不得不借編户，則坊郭居民當之。居民不及曩十一，而差役輒十二，單丁雁户，在所不免，棄日廢業，噢咻疾首，以爲大害。十餘年來，里井不增而徵徭加困。嗟乎！有是哉！順治十六年己亥，郡侯王公下車而歎曰："是烏可病吾民？"

今户口苓落，墾田皆招大江以南貧民，而弱不任耒耜者廛聚貿易，復以役逋去，豈非有司之過哉？今約法不以役及，則逋者宜集，賈匠當不招而至。於是，按籍得原設排夫銀，歲七百三十兩，擇有物力七人分領之，請於部、院、藩、臬，如所請。公又下令曰：視吾鄀篏以蘭溪武冗盡蘄境爲界，毋遠勞吾民。令下，歡呼，自堂下聲達四郊，因相與輦石紀事從而邪許者，自郊聲達署門外，而以文屬景星。

嗟乎！民之苦樂，惟刺史休戚之，使一旦免追呼奔走之苦，而安里井畎畝之樂，非所謂大害然後見大利乎？侯之德不可磨滅，法之不可更易，有如此。石侯，諱宗堯，字銘一，遼東廣寧人。

黄州安國寺放生池碑代徐參議

黄州安國寺旁有蘇子瞻放生池，居民占業，久就汙隘，牛浴豕涉，鵝鴨呷唼，黿黽緐産，鮒鱧不生。歲癸丑，某巡郡縣，爰止寺中，吊坡仙之往迹，慨惠政之久墜，出奉若干，就居民贖還官，稍加疏浚，仍爲放生池，以寺僧主之。

唐白居易守杭，即西湖爲放生池。宋神宗大有爲之君，聰明自許，更絃拓綱，用兵西夏，有事交瀘，法令毛舉，斯民頓困。是時，子瞻守杭，濬西湖灌溉田畝，歲放羽鱗羸介數萬億計，爲天子祝壽。在黄亦然，所謂云何？謂夫人主好生，齊年如天，不必好大喜功，勞神外物，求海島之靈藥，問神光于齋房，第使百司奉職，守廉布公，小過不敢忽，一物必得所，即臣子岡陵之頌，愛君之極致矣。

今天子聖文神武，薄海内外，闓澤滂洽上下，鳥獸魚鼈咸若而猶數放肆，赦永除肉刑，革部寺之苛條，賜高年之酒帛。率用舊章，無所更易，蒸蒸熙熙，品彙獲遂，雖禹泣湯網，不足彷彿，聖德又何唐宋之主所能企其萬一哉！某既復是池，亦以宣揚皇仁無細不被，遂爲頌，勒諸石。

乾坤清奠，品物含靈。肖翹蠉蝡，網匪帝仁。天波涵濡，包括海整。曾是汙池，而曰放生。過亦無小，善亦無細。性命群分，仁者一視。百爾君子，推恩廣惠。我作頌辭，風我屬吏。

建蘄州養濟院碑

康熙十年，詔天下有司賜民高年酒帛有差。又國制，郡縣各有養濟院，廩給矜寡孤獨、篤癃無家不能自存者，限若干人。有司率奉虛文，支粟多詐冒，非盡孤寡篤癃無以自存者。數既有限，結黨相拒，而孤寡篤癃無以自存者不獲升斗，流亡殍殣，噫可哀矣！

蘄州養濟院未建，窮獨散居其中，詐冒實亦有之。夫朝廷出餼以養老孤，而有司痌瘝不切，是謂不稱職。

江寧徐公以兵備道駐劄于蘄，因卜城東獄廟堧，廣若干丈，出俸建屋二十餘楹，有垣、有房、有湢、有偃曝之地、有堂，以便官吏呼名發粟，汰其詐冒者不入，捐資買田若干，以備原額外有真矜寡孤獨、篤癃者。取所獲，計口授米。至于湯藥布棉之類，公又不時施濟。既建于蘄，檄所屬二十一城如例，宣皇仁，恤無告也。公之德溥，推而行之，不篤望于官玆土者之諸君子也哉。

漢口鎮義塜碑

《月令》：孟冬，掩骼埋胔，所以息蓄沴，達陽氣也。漢制因之。刺史守令之賢者，賑恤訟獄而外，視玆爲重。宋富鄭公知青州，大旱，饑民死者爲大塜葬，自爲文以祭。康熙辛亥，兵備參議江寧徐初入楚境，歲適告凶，多方賑救，所活不下數萬人。老弱疾病不起者，量給薪槀，遠方饑殍或浮屍江上，多年淺土或狐埳虎跑，公申命地方悉行收瘞，而蘄則耆善某某、僧某某聞聲興作，募築叢塜，收骨千有餘具。漢口近爲沔陽流民占寓，魚渡爲業。小舟鳧雁，點點江面，操檝雖多，覆溺不少，公因造快船于沿江險闊處，專伺風波，赴救覆溺。買田用贍水手，買地以備掩埋。舊日窮困無力，棄置風雨草莽，及楬櫫以待無人收葬者，而今皆得黄壤七尺，青蒿一堆。

嗚呼！秦獄之蟲，苦酒頓消；螞蟻之墳，春風亂聚。誰謂死者之無知哉？使上之人，寬賦祥刑，哀矜勿喜，民得養生送死無憾，物無夭劄，水旱不興，豈非堯舜之盛治，有司之奉職哉！是用鐫石，以彰公德垂永久。其義田若干畝，義塜地若干丈，費價若干兩，勒諸碑陰。

建蘄州文昌閣碑記代徐公參議

蘄州學宫在麟山之陽，大江前繞，南望大冶，回山如列幛，迆邐數十里。前官兹土者，修建廟廡及門，而明倫之堂僅楹立，未有齋舍。啓聖之祠，尊經之閣，址尚豐草。歲辛亥，某奉命分守，值大旱，率屬僚遍禱，顧瞻宫墻，高覽形勝。其地枕山麓，頫平衍，南山遥拱，江水直逝，不復砥柱。蘄士僉曰："明萬曆時，江防副使翁公于浮玉磯建閣。是歲賓興，數人相繼，魁南宫者不乏。今浮玉閣頹圮，學廟左輔庳凹，年來鄉貢寥寥。"信斯言也，非人事之不齊，惟地鼇之可信邪？

爰覘巽方有臺，前廢藩遺址，拾級二成，高可一丈，招諸士問之。曰："是得爲閣，則辰巽崛起，或者形家所欲建邪？閣建則將峨峨而冠，若若而綬邪？"僉曰："然。"于是捐俸首唱，屬吏紳士鼓舞趨事。癸丑某月日吉，麗牲告廟，考鼓庀工。秋仲閣成，棟高三丈有奇，基本埳阜，並臺高四丈有奇。載集紳士，登而落成，四民堵觀，歡贊萬口。

閣南北向，僉議南祀文昌，北祀魁星。文昌者，俗傳爲蜀張亞子。魁之爲文，从鬼斗，因塑土爲像。按《天文志》，斗第三星爲貴相，太常理文緒，東壁主文章，奎主武庫。《孝經援神契》謂奎主文章，故闕里大成殿前杏壇之南有奎文閣，貯古今圖書，建于金章宗。大明官制：閣有典籍一人。凡朝廷有事于聖廟，則禮迓香帛庋于閣中以竢行事。非魁星也，世因文昌六星在北斗魁前，譌爲魁星，然而明憲宗亦既褒封文昌帝君矣。魁星流傳亦久，不復考正，從俗可也。顧俗多祀于櫺星門内外，近聖人之宫，殊非典制。今則去學廟百餘武，祀之高臺傑閣，遠近輝映，群山翠飛，長江練曳，或亦詩人相夕陽而美灃水之東注云爾乎！晋人有言，其山崔嵬而嵯峨，其水泙渫而揚波，其人礧硌而英多。況蘄理學文章之邦也。多士可不進思斯義。勗哉！勖哉！

飛仙臺記

城西南臨江有臺，曰飛仙，蓋古迹云。按志，晋人羅翼於乾明磯飛昇，履迹猶在，宋賜號真人。《一統志》曰：羅真人，名致福，晋黄梅人，修道縣北鳳臺觀。丹成，有老人來，曰："某龍也，有病，願療之。"與之藥而去，後致福於觀北。飛昇二説不同，或者兩異人耶？晋無黄梅縣。黄梅，隋縣也。或者修道於晋，長壽不死，而飛昇於隋耶？《一統志》又稱石鼓院有麻衣道者、無藥禪師真身，今無有也。或者小説方外之譚，多不足信，而《志》妄收之，往往如是耶。乾明磯已爲麓，江中别有磯，曰浮玉，舊名新生。蓋江流衝決，土汰石出，壘以爲閣，又古無而今有者。飛仙臺榭翼然與浮玉相見，毁於賊者十有三年。

予登磯求所謂履迹，無有也。高岸爲谷，深谷爲陵，彼麻衣、無藥真身豈亦如是耶？陵谷有時而遷，何有於朽骨塊石與？此閣使果有是，人人果不朽，迹之不留，何傷？使其人不善，雖桓魋之冢猶存，董卓之廟未毁，豈可與延陵季子之墓、峴首羊傅之碑同日語哉？是故君子不重也。

臺之有閣建於崇禎中，郡守灌陽唐公築女城，謂形埶不可無衛塞。當時民居鱗次，今赤礫青榛，城雉齒齒，循江而東，無復虧蔽，則閣尤所宜有，乙未歲鄉人復建之。攝衣而登，指顧百里。南則興國大山峙其前，謝枋得之所隱也；北則鱗阜鳳坡迆其後，荆王之所苑囿也。右顧龍磯，王玠、王彦明所殉節也；左指鴻渚，汪立信、王益之所保民也。西河之歎，豈必魏武；牛山之泣，何如齊景？羨濁世之登仙，貴化去而不見，則亦足悲矣。後之登覽者或有感於斯文。

分守道徐公賑濟記

皇帝即位之九年庚戌，特命山東布政徐惺分守武漢黄三郡。始，公以進士典中書爲世祖皇帝侍從，多所獻替，擢都諫，條上天下大計，剴切明直。参知山左，號清剛第一，有司望風慴讋，而公威而不猛，周索民隱，如恐不及。

歲辛亥春，葦車按楚，駐于蘄。夏大旱，赤地千里，扶病籲禱，遠近流亢，洶洶忡忡。於時倉稟虚耗，一切荒政久廢不講，心熱形頳，思所以拯之者百計。廉無甔石，悉斥衣褥易米，太夫人宋、夫人李盡出簪珥佐之，慕義者繼踵，乃爲粥於路。在郭者三遠鄉各占聚落，檄所部如之，計二十一城。自冬徂春，活饑民不可算數。庚癸息呼於營壘，老弱免死於溝壑，抄盗不作，境内宴然，公之功德，可謂厚矣！

冬大雨雪，單騎入山，衣不暇燎，日不再食，所至饑民擁馬足，炊烟粥香，隨馬而起。除夕尚在窮山，夜漏三鼓馳歸。望闕行禮畢，復馳赴。元夜，太夫人遣吏寄語曰："勉之，毋以省我歸也。"公有弟悰，有子名貽，皆申太夫人語如前，其家學如此。十八日乙丑，雷電雨雪，平地深二尺，公在石人山，有老人三五貿貿然來，公曰："嗟！父老苦寒，可就粥。"曰："否。""欲粟乎？"曰："否。民年八九十矣，經兵凶可屈指，未見官府入山賑饑，欲瞻公何等面貌耳。"

予又聞公在山東立老老、幼幼二社。每出，群兒數十百跳趠前後，此送彼迎，數十百里不絶。其老人登百歲者至十數，或扶杖詣馬頭擎拳笑曰："敬貽使君。"出握中果蓏膚核，皆熱。公听然受之。

蓋天性誠愛，視民如父兄，於子弟如骨於肉，宜其煦嫗親附有如此者。公之活民也，無汲黯之矯制，有孔光之稱旨，人臣不當如是乎？方公入賀萬壽，飢民攀留不可得，炷秸爲香，擁蔽道路，郡人貌像拜祝，如山東共刻石以頌，而景星爲之記，復俾歌吟，傳於無窮。

奕奕楚甸，湯湯江漢。洪跨磅礴，維南屏翰。
蓽路塈啓，兵鞏甫息。發軔抗敝，喁喁戢戢。
熯毁饑穰，干支相循。雨穀於野，句己火行。
旱之蟲蟲，公來自東。雲之容容，露我菅蓬。
齇拳未紫，厮枕雪谷。公之來思，煙生屨足。
出溝登衽，被骨以肉。兒不宵啼，野無行哭。
鞠我烝黎，恩若含飴。帝力廣大，公功懋兹。
楚甸奕奕，江漢湯湯。德音不忘，保艾永臧。

八年己酉七月，武昌、漢陽、黄州雨焦谷。九年庚戌五月，熒惑入南斗第一度。

世宗皇帝御札記

世宗肅皇帝當毅皇帝用武之後，内力罷勮，諸臣習故事，謹繩守，帝乃嚴勵振起，修明百度，賚以非常，威用不測。平臺曰簡之封頻繙乙夜，崇山黄鉞之詔屢下司徒。最被知遇，無如張公孚敬、夏公言。張逐夏誅，餘小臣廷杖讁戍，終身不還者莫勝數，獨先文康公自諭德、詹事、侍郎、尚書，歷十年入閣，聖恩優渥，道合魚水。小疾則御製湯液，賞功則賜樂器宫娃，其他歲時大慶，頒賚不殫紀。

帝將巡承天，公方宿端門門房。夜半，文書官齎捧密諭一道，印記一顆，連池匣鎖鍉雲鶴包裹一副。諭曰：朕躬詣顯陵，特命卿留守，佐太子代理。時嘉靖十八年二月十二日也。至十四日，上御奉天門，召至平臺，親授手敕，有“内而宫闈，外而邊陲，大小諸事悉以付卿”之語。

上既還京，公上所賜手敕銀印。上悦，慰良久，曰：“卿可留傳子孫。”其後夏言得罪，命同公繳前御札，言所上札留付文書房，公所上札仍恩賜，面諭如前，計四百餘道，皆親灑宸翰，例封政事、文札驗記，或用御押，其遇出尋常如此。公贊佐密勿，諫草多焚，雖子孫莫能言，況他人乎？

唐之房杜，史傳無可載之功，如公是也。公薨，謚曰文康。文，周公謚也；康，召公謚也。周召之謚，不亦榮乎？

公所調劑，《實録》不詳，而《通紀》《崇信録》諸書流傳失實。當時奉命留守者四臣：錞、鏸、鼎臣、瓚。據公嘉靖十八年四月初八日密奏，尾署奉敕留守太保兼太子太傅宣城伯臣衛錞，少保兼太子太傅遂安伯臣陳鏸，少保兼太子太傅禮部尚書武英殿大學士臣顧鼎臣，參贊機務太子太保兵部尚書臣張瓚，未有武定侯郭勛，而《練川識餘録》云勛同受命。又何誤也！人間未見《實録》，從而信之。

十三年，大同兵亂，上欲出師盡勦，公密疏曰：“大同老弱數十萬，强者閉門自保，弱者被其驅逐，大軍至，未免玉石俱焚，請諭總制劉源清、總兵官郤永相機勦撫，無勞六師。”上從之。

嘗因吏部左侍郎張潮啓覆生員一疏，幾得罪。公自陳略曰：“臣於舊冬聞候選生員，有疾病不能給醫藥死者，有凍餓死者，有鬻親子者，窘迫難以殫述。念教官月奉米與廩膳生員三名等爾，非如有司衙門官冗費多，況浙江江西等大省，各學生員多至數百者，已議裁革，又革過地方近年選補百餘員矣。堯舜御極，不使一物不得所，可忍此曹啼號宛轉於輦轂之下哉？”

神宗時，江陵爲相，沙汰生員，科臣引公疏争之。以上二事，國史既未詳，而人間私録遺漏錯誤，不足徵已矣。先是昆邑未有城，公築之。倭人犯昆邑，獨免。今之崇功祠，有司春秋祭用少牢，雖革代不廢云。

右御札一道論醮科青詞。公雖委曲撰上，而輒以水旱凶荒感動明主，非小臣悻諒可比者。

公易簀時，取片紙授其孫，即尚寶司丞元山公也，曰：書之吾未了五事：復鹽法以備邊計；興兩京、山東、河南水利，開稻田以省漕運；經理宣府薊州、遼東、山西邊備以保障神京；經理甘肅，進復河套以保全陝；經理松潘以保全蜀。時元山公方寸亂，書松潘作松盤。此片紙景星得於公七世孫維禎。

嗟乎！公太平遇主，相業莫名，若兹遭逢，可謂難矣。謹裝潢御劄於首，附片紙於下，共爲一卷，藏於家，亦世宗傳爾子孫之命歟。時大清康熙己酉仲冬宗六世孫景星謹記。

月仙臺記

古人功業文章著於時，修身以名後世者，其丘墓第宅，遊覽經止之處，後之人或爲之碑碣，構亂斲同。歌詩永歎。雖窮山僻壤，屢廢數興，豈獨子若孫守之而已哉？

嘉萬間，中原無事，士大夫争工文章，而理學尤盛。先曾王父兄弟比之河南二程。封参議公彷徉山水，所居全勝坊第在城東濠之東半里許，有小阜曰松薗，以古松名，有峰曰拳石，水曰流觴，池曰源活，畝曰三槐，堤曰烟柳，臺曰月先，軒曰惜陰，堂曰仁壽。封参議公謝世，桂巖公不忍經營，聽榛圯弗葺，惟臺藏封参政公冠履。桂巖公年八十，登輒涕泗，最後自剪爪髮瘞之。予大人及景星兒時皆誦讀其上。

崇禎末，寇焚城傾矣。大人自吴歸，躬刈莽，藁土而崇焉。時四郊荒蕪，未有屋宇曠，焉得江湖城郭之觀？謀爲臺，更名月仙，不忍死其先云爾。古人第宅有臺，如許州濮潁陰之思故，南昌徐孺子之思賢，成都揚子雲之草玄，鄴德韓魏公之怵逸，吉安劉文安之聰明，址至今存。是數子者，功業文章，著當時，名後世，故其爲臺歷千百年，父老猶能識之。月仙臺數十武有井，桂巖公藏藥石、丹砂，人已竊取盡。拳石峰壘高三丈，今秖一石踞竹木中。大人於石南結草廬，僅四布席石橱，寘鉛槧，東北草亭縱横二十笏，日與景星呼諸孫聽其誦讀，悠然有遁世之樂焉。於戲，陵谷遷矣。不朽者、存見斯文者曷誌斯地。順治十二年冬十月。

仙掌閣記

富貴聲色,衆人之所娱,而聖賢之所逃;山林癯儉,衆人之所逃,而聖賢之所娱。其故何也?聖賢高覽遠想,知富貴聲色之脆而難持也,故不求。豈惟不求?或身處富貴聲色,慊慊然恒若不足於山林癯瘠者,其意識高遠固然。夫意識高遠,有生而天縱,神智曉泠,有長年涉歷,厭薄人事,如是逃其脆而難持,取其貞而可久,視世之經營事功,不轉盼爲陳迹,況富貴聲色乎!

吾友郴侯張子,少年蕭散,有出霄漢意,中更涉歷,厭城市,安山林,廿年於兹。所居筆巒構傑閣,名曰仙掌。夫仙掌,非漢武故事乎?青龍以還,入關吊古,驪山崒於前,渭水流其下,其址已不可問,而士之能高覽遠想者,莫不俯仰欷歔,悟盛衰之有期,感宇宙之無盡。今無暇遠論,試與子遊乎城市。昔之章臺戚里,吹樓舞榭,縱酒賦詩之地,呼盧角技之朋,皆化爲寒藁,陰爲野土。遊鹿躑於吴宫,野竹篁於梁苑。而歸而登此閣,憑高憺眺,覩春葩之旉施,閲秋容之摇落,順乎自然之榮瘁而無盛衰之悲。及夫蔽虧林嶺,周翫丘壑。風雲會栖櫨,霜露入寮牖,使人有乘扶摇吸膠葛之意,而後知所謂仙掌者,義在斯乎?由是以言富貴聲色,安能與山林癯儉争修短哉?張子與道人五芝心蘭者遊,倘然吾言,即書爲記。

正覺寺轉輪藏閣碑

蘄境内有寺四十五,在城内者二,曰鐵佛,曰正覺。正覺建於大業,僧道信始闢鳳山,後徙黄梅破額。永徽初,賜號大醫禪師,宗門所稱四祖是也。洪武元年,僧正司明鐸重建,俗稱鳳山寺,亦曰四祖寺,有轉輪藏閣,鐘鼓樓爲殿,左右翼有僧寮,榜曰七葉。殿中有龍亭,至日朝元,萬壽節官吏相率望闕行禮。明末賊火未及,歲久蠧壞。

前郡侯篤鄉約蕭某修葺十之二,輪藏、鐘樓則頹盡矣。今侯辰韓王公修舉廢墜官廨祠廟,次第新之,而正覺亦捐俸若干,俾鄉約鄒某董事。某復捐私賟,並所募財貨,建閣與樓。是舉也,有五善焉。

地躆形勝,登覽指顧數十百里,昔李允則守雄州,撤墩堡,建浮屠，意將無同。其善一也。

寮居僧正統境内緇流，清查糾戒，無匿奸竄籍爲有司憂，而正殿又爲官民祝釐朝賀之所，語曰：過位，色勃如也，足躩如也。顧令隳廢甚非，所以稱尊朝廷意。今者上殿下寮，香炧當廷，燎伽藍，立綿蕞。善二也。

寺當西面，眺望高明。弘治五年，司禮監大監蕭敬、錦衣衛指揮孫瓚相與建亭左阜，曰江北清趣。浮梁戴恭簡公爲之記。歷百四十一年，歲癸未毁。今並建，與麟山四見亭爲城中二勝。善三也。

佛樓鐘鼓，朝暮百八，出乎梵宫，號乎嚴城，號，平聲。與關門之擊柝，牙營之警角，閭長之箛篍，鏗鍧相應，誰敢犯吾下寧而偵吾鼛枹者？其善四也。

輪藏之説，梵言叱咤，人有聖道，如轉輪王，心念降伏，輪即爲轉。聞有貧女不能誦施，内愧自悲，置一錢輪上，輪爲轉，轉不休。漢昭烈有言，勿謂善小而不爲，不洵然哉。是乃教人積善，以法王法爲王法，不又善乎？

一舉而五善備焉，皆郡侯之善也，是宜記。康熙五年二月。

孝義社記

有名古而義非者，今之社，其一也。社，今醵飲而已矣。

唐人始作詩社，自杜司户審言始。今盧陵之西原有詩人堂云。宋元踵而行之，遂有禪社、茶社、鞠蹴、葉子、博簺、唱説、手搏、梳剃、吟叫諸社，社之名義遂濫，而莫濫於明末之制藝社。居恒論之。社之善者，如淳熙初朱文公之社倉社學，河北之鉏社，元前至元之苜蓿社，明洪武初之里社，正德時丘文莊之家社，嘉靖時先中和邠州之義穀社，此治世之社。熙寧初京東之弓箭社，建炎中兩河之忠義社，崇禎中陳士業之守望社，此亂世之社。皆有益於國家。與其合少年佻達治舉業無用之學，談士宦熱中之事，失德起於乾餱，憂患不相衙恤，則何如老死不往來之爲愈矣。邇者，武昌陽邏鎮亂後，烟突讙數百。有長者遵洪武制立社，曰孝義。集鎮中之有父母大父母者，十人至數十畝而與之盟，遇有喪，則人出一金一布，無他醵會，惟此施彼報。數十人中，有喪者之家，無復歎衱衾之不具而傷孝子慈孫之心者。

嗟乎，不亦善哉！推而行之，治與亂皆可，是《周禮》"四閭爲族，八閭爲聯，使之相葬薶"也云爾。近吾里稍稍舉春社，餕餘醵飲，譃浪而已，於俗非有裨益。豈惟無益已也？昔元祐時，王景亮與鄰里浮薄子結社，純事嘲誚，後皆及於禍。可不戒哉！可不戒哉！

新城縣吐納泉碑

杭州新城縣南六十里，廣陵鄉有泉焉。在深山亂磧中，坎不數尺，日再盈虛，應潮泉之類也。土人謂之活水靈闢。臨坎而呼，應聲濩，漩漩然盈坎而止。少焉，漩漩然涸。呼未嘗不應，旱而禱亦然。沿海之濱泉之應潮者，無慮十數處，而此泉僻在窮壤，是以尤無聞焉。

縣令泰安吳侯易其名，曰吐納泉，將建亭其側。會予來杭，侯喜，曰："是泉也，待君而著，幸爲我記之。"予惟蘇子瞻官東武時，郡南有常山泉，爲吏民雩祀之所，未有名號，子瞻命曰雩泉，且爲之記，曰："古者誦吁嗟而求雨；今民吁嗟其所不獲，呻吟其所疾痛，亦多矣。吏有能聞而哀之，答其所求，如雩泉之可信而恃者乎？"子瞻斯言可謂婉而切矣。今民有口，吏無耳，而吐納之泉呼禱輒應，若有心有耳者，較雩泉尤神。侯以文人爲廉吏，又子瞻之流也，凡民吁嗟呻吟，侯能一一答之否乎？民有請而弗得，則曰是非吏之罪也。泉之有神，亦帝之吏也，胡無請而弗得？帝之靈與神之能與！因爲詩遺侯刻於泉左，曰：

呼則盈兮，雩則霖兮，維泉之神兮。便宜以利民兮，維吏之能兮。吁嗟泉兮，胡弗匱兮？吁嗟吏兮，何以無愧兮？吏兮，吏兮，以是爲視兮。

免彝陵馱夫碑記

康熙十八年二月王師復岳州，觀兵洞庭之南，將繇歸州巴東恢取全蜀，時湖北布政使司徐公惺權駐彝陵運餉，後繼皆取給于湖北郡縣，水陸險隘，艨艟蹶嗷不利行，舊用馱夫囊橐以負。高若墜雲，深如出淵，率石致三斗，歐眩踣斃，不相收視，亦十四三。而民間計里出夫，一夫斂僱募錢數十緡，疾首蹙心，莫此爲甚。其夫行不百十里，或逋去，則又責之郡縣，不勝力而仆者則鞭，壯夫兼負行，不數十里，項折筋絶，僵殞巖谷。春雨會流，衆溪暴發，作曝非。咫尺之間，阻嶺相望。至于束馬縣車，軺轅千里而外，抑又難焉。

于是徐公深憂之，請于大將軍兵主王，其略曰："巫夔接壤巴歸，爲四川東隅門户，階文、寧羌、漢中爲四川西北隅門户，歷代用兵，東西並進，首尾互擊。今階文、寧羌、漢中應陝西大軍進剿，而巴歸巫夔，一路直抵重慶，叢山插天，傾流入地，旁通施州，苗峒林深箐黑，騎不聯鑣，步難成列。夫躍馬鳴鏑，鵬搏隼逝，踐壘履町疃，搴旗拉稿苧者，滿軍之長也；援高縋壑，蛇行猱捷，劫營偃火鼓，偵諜聽箛簌者，漢卒之能也。以漢卒馳平原猶以滿軍盤岨曲，勢均不可。今彝陵巴歸，既有滿軍彈壓，大將軍兵主王駐荆州，據中堅之勢，指撝緑旗，聲援趨便，前軍入飛鳥，後則蟻附，取陰平之間道，搤沅湘之要害，易幟趙人之壘，摎伏石門之山，信漢卒所能。至于漢卒需糧，不須遠仰内地，何者？蓋就水草者，騎之宜也；因刈獲者，步之利也；輦車在路者，運重之拙也；出鏹易粟者，輕齎之便也。今惟竢巫山一下，本司星馳餉銀，聽各營公買，如是則禁旅不致衝犯幽險有芻糗不繼之憂，民間不致疾首蹙心有斂錢僱運之苦，漢卒得輕裝施巧以收其成功。湖北數年供億疲斃之殘黎，不填于溝壑。外則國用不虚糜，内以保全其元氣，用兵之善，疑莫如此。是時大兵前驅，已過巴東二十里，抵西瀼，與蜀境接。"

公又言曰："比者屢據塘報，歸巴百姓，賊殺僇過半，屋室毁燒無存。信然如此，是有他無人，大軍經臨，供億安出？昔諸葛亮南征，數因糧匱班師，其後乃謀屯田，爲先守後攻之計。今巫夔至重慶，沿路洞砦，自昔出没爲害，近因賊協誘，鬼鼠其縱，聞我軍至，必藏糧塢壁，伏莽瞯伺。昔武侯入蜀，誡張桓侯惟德服民。遠哉斯言！今日之謂矣。維各提鎮恩信至誠，感乎洞砦，絲粒不動，雞豚無擾，彼必革心内嚮，爲我先聲，出粟助軍，還民歸業。賊既遠徙，無所接援，我則銀到，有可售易，豫儲以待全師，乘機以聯攻取，如是而不開西蜀之門旍逆吴之首者，未之有也。"

提督徐公治都以公言入告，上可其奏，遂用漢卒前茅，易米以銀。

公復慮緑旗深入，米未即得，復出錢傭民舟，以官糈先運若干萬石，繇襄河入，罷彝陵馱夫，省湖北民募陸運銀兩不下數十萬，河北之民如餍得起，父子相賀，喜極流涕踴躍，仰天贊國萬年。緑幟彌山，抵于西川。禁旅闐闐，伐鼓淵淵。桓桓將軍，威德是宣。庸、蠻、羌、濮、僰、犵氐蠻，𩩲角稽首，壺漿後先，嶮岨負戴，今兹免焉。民力以裕，軍期弗督。鮐耇得養，丁黄以安。云誰之思？其敢忘旃？宜勒金石，繼諸峴顛。大清康熙己未仲秋，蘄州顧景星撰記。

興曠寺圖記

興國州北境濱江之山迤邐與蘄相望者，赤馬、金竹、五龍、九頂、荆、大、小枒一作丫、�，凡八山。其荆山相傳卞和得璞處，而�有古寺。據郡博士《柯沅仙記》，寺名興曠，建于東晋，屢毁復建。嘉隆間高僧真覺，萬曆中通正相繼主持。考志，無所謂興曠名，義亦未詳。

兵後，村童子師占館舍沅仙，念古迹勿廢謝。童子師掃除狼籍，延江右演如亮禪師，四請，而後往居二年，遂爲諸方道場之一。師，予故人也，辭家緣起見予序贊中。既以書來述山水之勝，好事者作圖，師各爲咏，囑之侍者，索余記。按圖以問，得其大端。

寺後羅漢峰顬顬趺坐雲表，前若浮屠湧出地中者，寺甍相輪也。南面馬馱山怪石縣倚，緣磴上峭壁，澗爲洞，曰無比，有異僧隱此。遠眺山麓，小河縈帶，帶上隱然繫半環者，古橋也。觀音洞在其左，内有自然生成菩薩尊者像，衣赤黄皂青，木蘭白氎，皆莓苔也。鐘鼓二叩，作金革聲。外爲彌陀巖，三面巉巇，西向落日，白蛇作鱗飛下，蓋泉也。舊有庵，覓泉入釜，黠猿渴鹿往往銜去。僧不奈，棄之，庵遂廢。前即九頂山，最上大泉出焉，渟爲龍湫，黝然如鏡出土，滿而流溉境内田，可十頃。繞田烟火錯落。右顧白巖峰，仰鑽宵漢，群巒護焉。峰白若射的難陟，陟則見其若堂、若墻、若畢、若房。洗頭之盆，長煐若湯，望烟火錯落處，若大村聚。蓋蚤暮嵐氣溷使然也。循山東下得路，度尹德橋，水繞寺前，曲折數十里，匯于河，入于江。又東湧泉塘，是泉也，如趵突而小，清濁日三易，或曰脈通小孤，故應潮，或曰源在大山中，伏地出，故瀵。州志皆不載，而表出于師。去興國治四十里，去蘄治亦四十里，地僻且瘠，逛溆篠葦之所宅，兵火不到。

庚申八月，余犬馬六十之辰，師風浪渡江，再以圖至，曰："老毗丘携山水面目，祝公不壞身。"是日，師説春雲秋雨，冬寒夏暑，所不殫述。異時師入三摩提或塔，此與山河不壞，余必更有記焉。

陳穉白住篁川記

丙戌十二月，予在金壇。大雪，擁罏飲酒，談弘光節義士及陳穉白。

穉白者，荆州人，予同年友也，授銅仁推官。上書詆馬相國，相國怒，欲褫職，科臣袁彭年争，得免，改知餘慶縣，距南都數千里。穉白老狂，知其無恙否？忽持刺者自外至，書方外陳惺，予驚起，曰："豈穉白陳惺邪？何以至此？"穉白入，緇衣帶繩，髮鬖鬖白，相見持泣，述其遭亂爲僧之故，述已大哭。予訶穉白："大丈夫，頭顱可捐，只今棄妻子，棄鬚髮，何哭爲？"穉白曰："吾老妻、兩兒在荆州，存亡未卜，吾棄之；吾官苟且就遷，不失一縣令，吾棄之；辮髮宜留，亦可混俗，吾棄之。今爲比丘，一窮困無聊老耳，而人視爲不祥，呵辱斥逐，哭其得已哉。"因出二紙，前尚書中泠賀先生《招住篁川》詩也："迢遞家山夢裏歸，虚空不壞片雲飛。無端邂逅憐同病，血淚鵑紅染素衣。詞客誰憐羅隱窮，鴻飛亦不計西東。餘年總覺風流盡，蓮社猶堪託遠公。"

予語穉白，賀先生逆世謝客，號净香居士，幾絶人世，與子不介紹而知之，子何恨？穉白曰："然。吾將老於是。昔李卓吾爲麻城人所逐，聞馬誠所招，住黄蘗，因大哭。然則吾哭又烏能已？"後數日，盡載書籍往篁川。予有詩云："何必杖屨訪高人，高人具眼自識汝。"指贺先生也。穉白因先生詩中語，自號楚雲。楚雲住篁川，先生又有詩："荒園春寂寂，有客遠尋盟。草木多愁思，君來作楚聲。尚隔良常路，松風已覺幽。年來賓客散，時見醉僧遊。"

自是得讀書，饜酒肉，或遠出數日不歸，先生亦不問，僮僕皆知敬而愛之，遂不哭。先生戒其猶子書："楚雲才子，棄官爲僧，其意皦然，下死者一等。汝輩作出世交可，作方内交亦可。"諸子敬楚雲如先生言。

丁亥八月,訪我虎丘,執手歡甚。復出一册,皆先生往來詩札,屬予爲記,以志知己之感,且曰:"予生平有三大感而先生不與焉:感閻羅天子不與我小兒女,無向平昏嫁之累;感張獻忠殘破家園,斷絶歸路,令我一切喜捨;感老婦悍妒,不置妾婢,無王處仲開閤放姬之苦,亦無白樂天駱馬楊枝之戀。流浪爲僧,恣情山水,得良師友,皈命授忱,講求生死。是三大菩薩慧劍法幢慈威所及。繇是言之,先生不過羯磨闍黎護法長者耳。"予大笑。如來既證菩提,謂提婆達多爲道師,而于燃燈佛前無所説法,予爲子記,質净香居士。居士其許我知言否?

鬥蟋蟀記

鬥蟋蟀,吴中尤甚。余買得一侍兒,吴江人。初秋凉雨,促織繞砌亂鳴,覓數頭養之,因詳其法。

其一,品格　頭項肥,脚腿長,背闊,頭圓者,爲上。青翅麻頭,有銀絡數條,曰青頭麻络,若六條相抱,名緣環紋,不堪用;次,頭黄,血絡,翅黑,腿白,曰黄頭麻絡;次,金翅,銀絡頭,曰白頭麻絡;次,紫金翅,江絡腰,曰賜紫金魚袋;次,黄色血絡頭,兩尾裊動如蠆,曰羊角尾,俱以牙白爲上;次,黄色肚長而頭鋭,曰拖肚黄;次,紫黄色,身有紅鱗,大如胡麻子,牙紅而鋭白或黑,曰錦束衣。以上七種,最貴號將軍,絶有力名,百脚戰蜈蚣所化,甚難得。若止兩肩有鱗,名香色肩鱗,不用。若頭小,項翅窄,腿細,生於淺土泥坑向陽之地者,爲最下。

二,教養　熟豆漿調蚯蚓糞,填籠底,宜暗處。日餵水漬黄米飯一粒,多則過肥,或茭白、絲瓜花、羊眼、豆花、熟栗、菱芡、飽血蚊子、水跳蝨、熟鱖魚、牛犬肉、清泉、岕茶,忌鹽、酒、醋、燔炙、橙橘諸香臭,畏人鼻息。白露後,須索三尾者,是雌與之媾,得子,如粟,縱之去。若無偶,即失意循走,攀緣不堪。若雌雄相食,命曰狂,亟斥去。

三,鬥具　白露後開鬥,重九後止鬥,鬥必大小相配。開鬥之家,大署其門,曰秋興。懸流蘇,設錦褥以耀之。編竹檽爲鬥栅,長尺高四寸,闊八寸,狹其兩頭,皆有門,大如芡實,栅中窿然,以閘間之,外别置一栅,以新鬥勝者居之,怒鳴支支。然令未鬥者振羽般辟,久之,啓閘斗，然相遇即死鬥，激之不甚，鬥亦不力。先時，采草曰莍，音牽，俗名趲績草，一莖六穗或三穗，對節生，取莖長五寸餘，披其首如氂，烝熟用，以便驅撥。予嘗以水晶盒爲栅，雲母石爲閘，撤閘蓋盒，了然見鬥。

四，鬥局　掌鬥之人，名當莍，亦稱軍師，勝負之權强半係之。每賄其人，驅撥有方。先負後勝曰復仇；先勝後負曰玩敵；有相持抱人立者曰對壘；各自旋轉，或合或解，曰團練；互搏而倒，各東西立，柱喙矜鳴，曰自保。敗者斂翅疾趨，則勝家得一注。戳去牙齧，斷腿股，擺擲騰躪爲全勝，得全注，以鼓吹、小旗、扁、紅帛、金花送歸第。

五，醫法　開鬥家率立醫學。蟲畏熱、畏寒。熱即捲鬚，是眼昏，喂豆芽尖葉。左鬚失，視偏右；右鬚失，視偏左。兩鬚失，尤不堪用。行遲重，是積食，飼溝水、中小紅蟲糞結、熟蝦婆，井華水浸食厠板上蛆亦佳。頭仰，芎藭湯或煎芥茶洗。踢股，練牙，喂水跳蝨。聲嘶，血蝨子主之，董茶頻點。咬傷重，便調蚯蚓糞點瘡口。九月不鬥，十月即死，若置竈上，臘月尚可活。

或放去，蛻作白蟲，如蠶狀。蟄土中，明年變蛩。或以子種者冬化，入春則僵。吴人鬥至獲百金者，則鑿銀爲小棺，密瘞之。

江北呼爲𧏣𧏣，一作唧唧，江南呼爲趲績。蟋蟀，促織之訛也。古字作蚍蟀，别名莎雞、絡緯、王孫、螽斯、蜻蛚。或云色微黄，群飛不鳴而多子者，螽斯。色緑，身長大，飛鳴，少子者，絡緯也。京師籠懸絡緯檐下，秋夜訴風，短長斷續，羇客爲之心痗，寡婦因而淚隕。北人謂之歌哥，南人謂之紡絲娘，亦能鬥。大約物性多好鬥。鬥雞，鬥鵪鶉，鬥畫眉、黄雀，在在有。而龜兹鬥槖駝與牛，西域鬥豕，越嶲鬥羊，永嘉人鬥魚，漢昌邑王鬥虎，李陽華、吴孫慮鬥鴨，粤南長鬥蟋蟀。晋桓靈寶鬥鵝。又有鬥鵝，又有鬥鷹，鬥鼠，鬥蟻，鬥蠅虎，鬥鼅鼄。物既好鬥而人又助之。甚矣，人情之喜鬥也。賈秋壑當金兵南下，尚與妓妾博徒鬥蟋蟀，或誚曰："豈相公軍國大事耶？"此又東坡所云："清遠閒放之士好鶴而成其高，而衛懿公以亡其國也。"

如是庵放生池記代徐參議

蕲治東一里，如是禪院有池，廣三四畝，可以蓮，因近城郭，搴采莫禁，僧亦廢理。適予在黄州復子瞻放生池，居民争以鱗介投入，而遠鄉樂善，聞聲興起。

癸丑夏，予自黄來蘄，清風水濱，薄曦竹外，手撫御者，停車入院。老僧石平告兹池久廢，常有匈夫捕龜籍鼈。又近湖，多鼉，匈夫掣刺鼉，鼉深夜哀吼，不可忍聞，願亦作放生池。予聞愀然，即下令禁捕藉者。

于時池面浮萍緑皺，不見山影，數日萍動，疑龜蛇泳遊，萍日漸稀，彌月萍盡，群魚噞喁，鰷刺兩跳，長者踰尺，不知從來。沙彌云："或日大霧起池中，疑他所飛至，昔流水救渴，寶勝稱名，放生功德不可思議。得毋慈悲感動，適我樂土邪?"予笑曰："有是哉? 沙彌勿妄。"僧遂施食，解説十二因緣，爲諸魚作福。

重修赤壁記爲參議徐公

赤壁有二：一在武昌之嘉魚，一在黄州城西北。蘇子瞻以黄爲周瑜故迹。

據《水經》，江水逕烏林南。註：黄蓋敗魏武處。又左逕百人山。註：黄蓋詐魏武，大軍所起也。盛弘之《荆州記》：蒲圻縣沿江一百里，南岸赤壁，瑜破魏武于烏林。烏林在赤壁東一百六十里。又《水經》，江水左逕赤鼻山。即今黄州赤壁也。《一統志》：黄州本名赤嶀，而嘉魚爲瑜迹無疑。

予覽形勢，考故志，知多舛謬，且有圖經不載者，如黄州舊云春秋邾國，雖杜佑、馬端臨一代通儒，失于諟正，宜志楚者之漏矣。按《左氏傳》，楚宣王實始徙邾。漢《地理志》有邾城。建安時，黄祖徙甘寧爲邾長。吴赤烏四年，陸遜以三萬人戍邾。晋屬弋陽郡，庾亮鎮武昌，與西陽太守樊峻守邾城是也。今在黄州府西北，俗名女王城。或曰女王城者，黄歇封邑。子瞻以爲隋永安郡之譌。或曰邾在黄治東南百二十里，臨江，城廢。然則邾之寓城，非本國也。《放龜亭志》云毛寶事。按：寶守邾城，爲石虎將張格度所陷。放龜者，寶部下卒，□非寶也。其舛誤如此，至於志所不載。父老言，大冶回山西北，小嶼臨江，曰獅子磯。地有平石，刻"醉寅孟德書"五字。有散花洲，公瑾散花勞軍處。蓋孟德自荆州來，略地至此，若云赤壁在嘉魚，則曹兵敗即北走，何繇至是？南岸舊有華容鎮，泥濘葭葦，孟德使老弱先行，踐而過之者是邪。赤壁在黄州無疑。

而女王之爲永安，亦子瞻説，近是。然後知子瞻考古精當，弗誤也。當夫孟德水軍八十萬，獵于長洲，所謂釃酒臨江，横槊賦詩，非醉寅也邪？公瑾以一旅之師，指麾破敵，實千古之快談，英雄之盛概！而子瞻僅雍容翰墨，得之山高月小、水落石出之間，乃今赤壁著名在此不在彼。

嗟乎！賢者於其地顧不重哉！赤壁臨大江，横迆可一里，沙洲、蘆荻漸見壅窽。春水方高，檣帆遠避；秋濤既落，車馬陸行。無所謂鸛鶻之危巢，黿鼉之幽宫，陵谷變遷固已如是。兵燹後，枝梧臺榭，復非舊觀。某奉命分守，登臨數至，念子瞻文章氣節知無不爲，爲無不傳。在黄則參寥子、陳龍丘、潘邠老兄弟輩與之遊，結廬臨皋，自號東坡。今海内樵漁、崽孺、輿夫、竈妾皆稱東坡，然則子瞻名益著，亦在居黄以後哉！

某寫我遥情，新兹堂構，既志景仰，復考訂地志，遺後之君子。

東山小隱記

江夏黄鵠山在會城中，東西亘數里，起伏蟺蜿，俗稱蛇山。其中峰岝崿，曰高觀。高觀在黄鵠磯東，故又名東山。而磯西出于江，有黄鶴樓，世傳仙人吕嵓橘瀋畫鶴事，引崔司勳詩爲據。司勳，開元先輩，而吕渭之孫嵓會昌中，舉進士不第，司勳詩不應指吕。唐《圖經》：乘鶴者，費文褘。梁任昉《記》本謂荀叔瑋，舉不足辨。獨是山雄峙，爲會城之望，必有名流鉅公，與山相資不朽，而世俗譌傳，山靈不受也。

康熙庚申，石城徐子星登覽此山，隮磴而上，身漸高，則隔江群峰隨肩領踴出，北見漢、沔入于江，南顧大湖匯于内，目極二三百里，顧而樂之。是時，榛莽拄塞，鼯貍之所窟垞，茅茨十數，落落亂石密篠間。於是鬻地於民，薙荆劚壤，因其窿埤，相勢疏鑿。覗髣既開，棟礎斯立，初寘竹屋數椽，各有竹園，次第度築，漸以袤廣。壬戌，丁太夫人艱，退而讀禮于此。其中有堂四：曰此山，曰桂實，曰梅雪，曰翠微。有臺二：曰雪臺，曰高觀。其高與峰齊，向皆坪土頑石，疏之，得巖壁數丈，擁臺如屏。有樓三，曰即山爲寝息之地。高者曰半峰，小者曰鵲巢，其藩屏於右者曰西爽。有閣四：曰止山，曰皆江，曰吸江，曰空香。有亭三：曰舫，曰秋，曰煙半。有軒三：曰洗梅，曰語石，曰花影。其又因樹爲屋，曰樹屋。公又以匠心爲之閣，或平步而登，不知其下有堂也。磴折幽邃，花樹蒨茂，不知屋内有園也。諸皆南向，對江外八分山眉開如黛，長江東下，練曳百里，金口、黄軍浦，可指而示也。鸚鵡洲爲雉堞所蔽，惟見裙腰緑草。黄鶴樓遠在其右，矗僅如髻。黄龍寺在左，凭欄俯視，碧瓦朱甍，如小李將軍金碧畫。鼓鐘梵響，與空香閣相答。其後高嶺多雜木怪石，風雨空濛，輒欲入雲；前爲楚藩宫城廢址，四面各距數千武。自昭王建國，歷莊、憲、康、靖、端、愍、恭八王，而止于王華煃。今居民莫敢屋，無他樹，四時草色長青，以此隔戳譙樓、宫觀、閭井、廬舍，望之，皆遠在里許外，故憑眺最幽。此其大略也，總名爲東山小隱，而公自爲記。讀記，則如遊壺中。

僕以甲子冬携兒昌來寓秋亭，飽風雪之觀，有《秋亭唱和集》。乙丑夏，復携昌、時二子，館于空香閣，與翠微堂相接，堂與閣前皆有臺。是時，秋水方上，江身漸高，風帆上下，兩岸皆覩。公日以詩相挑，每清宵坐月，繩牀各據，漏下三鼓，視城中燈火盡滅，天河奕奕近人，公口占筆授，亦都爲一集。按：宋陸游《入蜀記》云，黄鵠山一名石城山。而公鍾英石城，海内稱石城先生。此山名適合山，舊有元規樓、奇章臺，今莫能問，豈非往迹留傳之久，必以其人爲重哉？張子石虹有《東山小隱賦》，而僕爲之補記，且述黄鵠所繇名，用告後之志斯地者，毋踵神仙悠謬之諞，而以山資公，以公傳山，山靈斯受矣！康熙乙丑孟秋廿有五日。

白茅堂集卷之三十八

傳

李時珍傳

李時珍，字東璧，祖某，父言聞，世孝友，以醫爲業。

時珍生，白鹿入室，紫芝産庭，幼以神仙自命。年十四，補諸生；三試於鄉，不售。讀書十年，不出户庭，博學，無所弗覵，善醫，即以醫自居。富順王嬖庶孽，欲廢適子，會適子疾，時珍進藥，曰："附子和氣湯。"王感悟，立適。楚王聞之，聘爲奉祠，掌良醫所事。世子暴厥，立活之，薦於朝，授太醫院判，一歲告歸，著《本草綱目》。

年七十六，預定死期，爲遺表，授其子建元，其略曰：臣幼苦羸疾，長成鈍椎。惟耽嗜典籍，奮切編摩，纂述諸家，心殫釐定。伏念《本草》一書，關係頗重，謬誤實多，竊加訂正，歷歲三十，功始成就。自炎皇辨百穀，嘗衆草，分氣味之良毒，軒轅師岐伯，遵伯高，剖經絡之本標，爰有《神農本草》三卷。梁陶弘景益以注釋，爲藥三百六十五。唐高宗命李勣重修，長史蘇恭表請增藥一百一十四。宋太祖命劉翰詳較，仁宗再詔補注，增藥一百。唐慎微合爲《證類》，修補諸本，自是指爲全書。夷考其間，瑕疵不少：有當析而混者，葳蕤、女萎，二物並入一條；有當併而析者，南星、虎掌，一物分爲二種；生薑、薯蕷，菜也，而列草品；檳榔、龍眼，果也，而列木部；八穀，生民之天，不能辨其種類；三菘，日用之蔬，罔克灼其質名。黑豆、赤菽，大小同條；硝石、芒硝，水火混注。蘭花爲蘭草，卷丹爲百合，寇氏《衍義》之舛謬；黄精即鉤吻，旋花即山薑，陶氏《别録》之差謁。歐漿、苦膽，草菜重出，掌氏之不審；天花、栝樓，兩處圖形，蘇氏之欠明。五倍子，構蟲窠也，認爲木實;大蘋草,田字草也,指爲浮萍。似兹之類,不可枚舉。臣不揣愚陋,僭肆删述,復者芟,缺者補。如磨刀水、潦水、桑柴火、艾火、鎖陽、山柰、土茯苓、番木鱉、金枯、樟瑙、蝎虎、狗蠅、白蠟、水蛇、狗寶,今方所用,而古本則無;三七、地羅、九仙子、龜鼊香、豬腰子、句金皮之類,方物土苴,而稗官不載。舊藥一千五百一十八,今增三百七十四。分一十六部,五十二卷。正名爲綱,附釋爲目,次以集解、辨疑、正誤,詳其出産、氣味、主治。上自墳典,下至稗記,凡有攸關,靡不收掇。雖命醫書,實賅物理。伏願皇帝陛下,特詔儒臣補著,成昭代之典,臣不與草木同朽。

萬曆中,敕中外獻書。建元以遺表進,命禮部謄寫,發兩京、各省布政刊行。

晚年自號瀕湖山人,又著《薖所館詩》《醫案》《脈訣》《五藏圖論》《三焦客難》《命門考》《詩話》。以子建中貴,封文林郎。

顧景星曰:余兒時聞先生軼事。孝友,饒隱德。晚從余曾大父遊,讀書以日出入爲期,夜即端坐。其以神仙自命,豈偶然與?詩文他集失傳,惟《本草綱目》行世,蒐羅百世,采訪四方,始於嘉靖壬子,終於萬曆戊寅,凡二十八年而書成。舊本附方二千九百三十五,增千一百六十一。

贊曰:李公份份,樂道遺榮。下學上達,以師古人。既智且仁,道熟以成。遐以媲之,景純通明。

王大謨傳

嗟乎!奄宦之禍,自古有之。然而巷伯孟子、勃貂、景監、管蘇、繆賢,春秋時稱賢有功者。漢吕强、唐馬存亮、嚴遵美輩,以忠節著。以予觀之,率皆天性謹畏。强辭都鄉侯,存亮推謝權位,遵美袴衫給事,不願執笏,皆有社稷之功,弗忘灑掃之職,史傳以來,凡幾人矣?而左悺、李輔國、元振、朝恩則往往有。

漢自武帝用宦者,至桓、靈設黄門北寺獄,專主刑柄,厥禍乃極。唐自開元拜三品將軍,列爵執戟,逮天祐,放弑分崩。《易》曰:“君子慎始。”又曰:“非一朝夕之故。”不其然歟!有明五帝,至於英宗任曹吉祥，憲宗增置西廠，自是兵刑重典，多委奄竪。神宗優柔不忍，禍釀天啓。若當是時，人主能禮法裁抑，大臣體統自持，戒覆車之轍，警履霜之懼，不亦善哉！神宗初，刑獄緐，故事，五年命一中官至大理寺，謂之熱審。奉敕稱使者，黄蓋騎道，南面中座，尚書下皆左右列。刑部主事王大謨進曰："《春秋》尊王，人而奄尹，不列朝署。今天威只尺，中官何敢南面敕書上使者，與尚書當列？"前撤座。上疏曰："國家欽恤刑獄，五歲命司禮監太監一人，會三法司堂上官審録。事屬特恩，禮非夙議。自英宗正統十四年太監金英始，武宗踵而行之。其接見、坐立、行事之儀，不見會典。方中官到寺，詔命臨之，大臣左右列，執事趨走於前，誠畏簡書，非因使臣也。今使臣儼然南面，豈人臣體？惟陛下鑒英廟、武廟往事，慎始塞源，毋令此曹驕寵貽患。"疏上不報。

初，授太湖令，邑有無賴子弟餔會，破法亂俗。大謨使衙榦誘其長八人，與之飲。飲酣曰："御史有所按問。"悉縛送御史。及在刑部，外戚某錦衣卒，孽子争財自殺。事聞，下部訊治。自餔至暮，内使詗問數輩，尚書屬大謨。大謨徉往吊慰。自殺者子稺齒，倉皇吐實，歸具詞，平允其罪，錦衣嗣得全，上與中宫大悦。

歷官雲南督學副使、廣西左參政。以母老致仕歸，歷十六年，而母八十有二卒。服闋，不起。卒年五十三。贈朝議大夫。大謨字惟允，蕲之廣濟人，萬曆八年進士。暮年號憲皐子，有《名山閣集》《五華書院問答》。景星讀所著書，知其人生平大節，如劾宦官，有足多焉。故述明奄禍所繇始。嗟乎！

吴亮嗣傳

吴亮嗣，字明仲，廣濟人，萬曆三十二年進士。知南充縣六載，奏最，轉兵科給事中。練達政事，忼慨論列，無所阿避，以是謗忌叢生。

四十年冬，詔起協理戎政，尚書舒應龍巡邊，以寧陽侯陳應詔總督三大營，亮嗣抗疏曰："臣聞漢衰，用閻宇爲大將軍，魏季以曹訓爲中領軍，陳之將亡，以蕭摩訶、任蠻奴掌羽林宿衛。今應龍八十，衰老，僅任衣冠。應詔産自紈絝，陛下不監前代任將之失，而以二人當軍國寄事，可寒心！"有旨報罷。時西邊孔亟，議封爵羈縻，廷臣慮不成,亮嗣奏曰:"曩者,臣聞西部各還巢穴,號令不行於五路,雖領大衆,名號實卑,度其情埶,不能舍封興難,其儵往忽來若去若就者,要我耳。臣謂封詔旦夕拜,惟彼驕我怠,不可不深慮。"

四十一年五月,奏曰:"臣聞苦口之諫,蓋臣所以亡身;切諫之臣,人君藉以保國。出乎治則入乎亂,始乎安常卒乎危,善敗之機,間不容髮。未有狃目前之安,閉直諍之口,而國不危且亂者。唐之玄宗、宋之徽宗,始皆太平天子,當其全盛,非不有豐亨豫大之形,可樂可娱,媚子諂臣獻萬年之觴,賡無愁之曲。逮政事漸弛,人心潛解,一夫作難,宮闕塵飛。王孫貴主,歎麥飯之無從;柱國冢卿,蒙白衣而對泣。向使稍存節愛,惕若在心,顯遂忠良,綢繆未雨,豈至是哉!臣竊觀陛下有天寶之驕樂,有靖康之逸情。不避斧鑕,爲陛下言之:臣聞孝者,人道之本,治天下之大原也。陛下仰事太后,不過侈縟,儀拘曲謹,塗宮闈之美觀,杜臣庶之議論已耳!甚至以佛事爲孝,釃金括帑,飯僧建寺。祖宗在天,恐所不安,是陛下子道有未盡也。陛下深居晏晼,圜丘方澤,太廟之祀,不出良辰令節,嬪嫟歌舞,沈湎醉鄉,俾晝作夜。所謂致敬鬼神,又不過散數萬金錢,供髡流羽士之厭飫。陛下祇事天祖,亦何矯誣?大臣,國之股肱,或虚其位,以示其不必有。諫臣,國之耳目,直言、婉言,詳言、約言舉付故紙,堂簾高遠,跼地隔天,陛下臣道、君道有未盡也。東宮不使親近儒臣,瑞王過期不婚,皇孫十年不見,於牀在旁,竊弄威福,陛下夫道、父道亦未盡也。比者,遼東平樂堡之役,彼衆我寡,彼飽我饑,扶創飲血,出萬死以衛社稷。而陛下吝三軍一飽之恩,委全師十萬之骨,羽檄倥傯,章疏旁午,陛下則不過日點用一員巡撫寫敕與他而已耳。臣謂今日之患有三空五難:府庫空,兵甲空,人才空;藩禄難,給邊備難,支習俗難,破有司積盇難,稽宮府睽違難。達三空五難,交臻並極,將有不可救之禍,臣安得一望見陛下嘔出心肝於前哉?今天下得無事者,祖宗二百年之深恩,至於陛下釀危取亂,種種而是,伏乞陛下以唐玄、宋徽爲殷監,觀其昔日强富安佚,後來禍敗決裂,亟與大小臣工圖改弦易轍之計。"又奏曰:"自古中涓之亂人國也,恃人主不知。至於知罪不問,爲禍愈大。内監杜茂擅杖殺四品武臣,自悖罪重,乞哀解職,陛下奈何不問?内監高寀虐閩有年,又欲開禍於粤,粤民激變,寀反怒撫臣。夫刑餘罥言，譬之獰犬之嘷跳，何足上汙聖聽？箕帚賤輩敢辱陛下秉鉞重臣，竊覸陛下不深罪，益肆鴟張。怨聞撫袁一驥論劾，挾黨露刃，脇執一驥，輙禁同知陳豸，昔汪直、劉瑾有此横行乎？今九列空虛，權璫弄柄，而陛下不下廷尉，壞祖宗法，失來世訓，臣恐奄宦之禍自今養之，至於他日，更有甚者。”

四十四年秋，白虹見，長星亘天。奏曰："九月三十日，臣於京營巡視，見白虹直貫霄漢。十月初四夜，彗星見，彌月不滅，芒侵斗極，臣甚惡之。據四方封事，或人而猿形；犬生八足，牛禍豕禍；日色無光，雨石雨土，雷火烈風，地裂龍鬥；又禁河水赤如血；大同地震，壞城垣房室，壓死人畜。陛下略不覽省。東方發難，戮我人民數十萬，陛下無一哀痛罪己之詔。生長深宮，高居簡出，一御文華殿則稱過勞，賜遼兵十萬錢，即稱過費。夫金玉珍寶非守國之具，女謁宦寺非禦侮之人，一旦告急，計且安出？伏惟明天子省察。”

開、鐵失利，上以楊鎬經略遼東，至則與總兵李如楨争相見禮。亮嗣奏曰："鎬、如楨奉命督師，責鉅任重，乃以講禮之故，尚未相見。山海關總兵柴國柱亦與參將徐應召争禮，求去。夫國柱去年援遼，因留關上，未聞裹糧坐甲，乃悻悻與裨將争禮。昔李愬有平蔡大功，且元勳愛子，戎服拜伏道左以見節帥，欲使蔡人知上下之分，今何時何事，而國柱不修廉藺之好，應召敢懷水火之争？事關邊事，陛下留意。”

亮嗣在諫省十餘年不調。天啓初，循例陞太常寺少卿。三年，制授中憲大夫，給假歸。逾年鬱鬱以卒，其論開原、鐵嶺、遼東情狀，熊廷弼、楊鎬得失尤詳。玆不載。

論曰：神宗顯皇帝在位四十有八載，海内熙熙，自稱至艾，不睹變更錢鈔歷日一年號之文，外寓羇縻，奉天朝之朔，承平悠久，歷代所無。然而燕安積弛，亦古不經見。宫闈有永巷之隔，大臣無三接之禮。朝綱失振，邊圉墮防，衰斁之來，兹焉實始。至於帝德容厚，同諸覆載，絶去忌諱，遵養和平，雖景運之隆，實光天之量。嗚呼！休哉！任座有言曰：其主聖者其臣直。觀吴給諫可慨矣！給諫家居，聞上崩，痛哭曰："安復得此聖人哉？"

贊曰：穆穆神廟，三五可登。春臺日永，天高氣清。主仁臣直，憂盛危明。鼎湖淚隕，嗣代難臻。粤懷明德，念此藎臣。神遊往世，我心則瘇。

汪宗文傳

汪宗文，字絅先，學者所稱泗溟先生者也。家貧教讀，取束脯供二親，有單寒者更備糧粥以待。

萬曆二十五年，舉于鄉，授江西上高知縣。多盗，宗文至數月，寧戢。大水，橋梁壞，爲浮航濟人，而自操版鍤，率衆護田。入爲部郎，榷河務鈔關，除去羨耗。熹宗中，出守南康星子、都昌間，多盜，建昌水決，坊治之如上高。以暇講學白鹿洞，遠近從之。

烈皇帝宵衣圖治，邊徼必親擇吏。以宗文爲雲南按察副使，治兵金滄，撫土司長官，補調衛戍，皆有法度。每慮囚，執筆躊躕，嘗中夜掩燭流涕。在官十七月，而原死獄八十有三人。巡撫都御史薦進右參政，以老乞休，得予告。蠻人貯檳榔、黄薑於盤，屈一膝，舉手著頂，泣曰："爺期何時來？"上聞宗文賢，特進階右布政以寵之。

歸，築室鳳凰山，著黄老家言，年八十三卒。盛暑，家貧，三日乃殮，形體不敗。所著《玄匯集》《易解》《不昧堂詩》，兵火失。宗文師桂巖先生，爲理學弟子，寬厚容與，無疾言厲色。時當太平，六承綸誥一進階，可謂身名俱泰者矣！子某，有文名，蚤卒。孫蘅成進士，知南平縣；薇方爲諸生，皆雅好學。

袁世振傳

袁世振，字抑之，别號滄孺。始祖斌，扈從英宗有功，拜武略將軍，孫禄始家於蘄。世振，萬曆二十六年進士，授臨川知縣，請水次建倉，臨川始無漕兑候守之苦。善論文，知艾南英於童子，升金華府同知、户部山東司郎中。

鹽法壞，商鈔不售，諸大煮鹽哭於部堂，世振上十議，僉言不能行，私相誚笑。上覽奏，知其能，特拜兩淮疏理鹽法按察副使，賜璽書，疏理之官自兹始。先是囤户專利，弱買羸賣，引滯不行，國課匱。

乃行套搭法，種引五年前，行引五年後，套搭深積，引轉没見，引復積新，鈔無所售。商益困，課益不入。世振立十綱法，以一綱行舊引，九綱行新引。向以新引四十八萬聚責於二十萬舊引之商，今散行於三百餘萬，超掣中以通其困，期十年，盡復故政。令甫立，群商歡赴。數日輸銀十四萬兩，未兩月而十倍之，完解額三十四萬。還搭套三十四萬，補司庫六萬、邊商新價四十萬。桁楊嘑謈，不聞於庭。鼺之滯引，皆爲金錢。因募兵與各場竈勇犄角連營，營以三十人爲率，相去二三里，編次甲乙。捕私販者，乙營獲功則甲營治罪，癸營獲功則九營皆罪。

期年，法大行。舊額外溢七十萬。上降敕嘉獎，加一級留任。泰昌元年，疏報成功，繳前所賜璽書，云："臣初立法，解其套搭，速其超掣，而内商疏矣；九邊勘鈔到淮，即令親相貿易，不落囤户之手。每引得價五錢五分，歸辦糧草，而邊商疏矣；減斤增引，隨時伸縮，不使淹積不售，而水商疏矣。自丁巳倒流一年，迄庚申下解竣役，凡疏理四年，徵解餘没等銀，入太倉二百八十六萬三千六百四十二兩，邊倉一百五十六萬三千六百二十四兩，銷賣新鈔一百八十四萬二千九百四十引有奇，行積引一百三十萬有奇。此疏理以後歲額之數也。括助遼餉銀二十三萬兩有奇，司庫内餘積漲綱一十一萬兩有奇，折價補庫一十萬兩有奇。兩淮課額舊止六十萬，近年雖增六萬，然每年借庫十萬外，與未增同。自臣疏理，並入額内，而商亦不覺其增。若十年後舊引盡銷，江南增銀五萬餘兩，太倉之停壓可補也。淮揚食鹽初年行七萬三千餘引，徵過没餘四萬六千餘兩。近雖大減，每年亦六萬兩入庫。預給邊商之引價，可使循還不絕。凡此皆疏理以後額外之數也。"疏上，特諭留任。會嫉者謀去世振，用其黨。世振聞，頗不平，力乞去。

熹宗立，奄黨誣世振贓，詔下揚州府推勘坐募兵建準提庵，浪費二萬兩，被鐺貫拲，諸商擁足泣，不終日，代納足。世振既放歸，疏理之官亦以議裁去，鹽法又壞矣。其後朝廷思其功，崇禎五年起爲揚州海防副使，兼理鹽法，未到官，卒，著有《鹽法綱册》十六卷。

顧景星曰：予讀《綱册》，歎其才可用，而小人撓敗，足惜也。夫鹽課自弘治改銀給邊，初以爲便，厥後引滯不行。課日匱，又不能復轉粟。追疏理法立,令行流水,其意以爲司庫歲可增貯十萬,十年百萬,有邊警,一紙取用,亦事至便者。而坐費二萬,免官。劉宴爲鹽鐵使,慮人牽制,以書遺宰相元載,載即以漕事委宴,宴得盡其能。一歲輸粟四十萬斛入京師,錢亦十倍,率諸州米儲三百萬斛。天子以鼓吹迓東渭橋。其爲鹽鐵使,歲例鹽錢四十萬緡,宴至六百餘萬緡。後以楊炎讒賜死,籍其家,兩車書,數斛粟。悲夫!袁副使略與類。

陳福清傳

陳福清,滁州人,家貧,好大言。至正十四年,從高皇帝起兵淮甸,渡江,拔采石,取和州,下鎮江。僞漢鄱陽之戰,福清在上舟,見賊伏艨艟中,方發砲,急負上越七舟,砲碎上所御舟。上立賜蟒玉珠耳環,福清以箭鏃貫左耳懸之。上曰:"壯士,壯士!"授蘄州衛千户,尋調陝西河州衛。卒,返葬蘄鳳凰山。舊志不載,國史失書,略見《桑田録》。上大封功臣,福清不與,人情惜之。

顧生曰:"人亦安知高帝意哉?介子推刲股飲晋文,紀信代漢高,皆諱而不賞,何者?王者賞功正告萬世,使三子加上爵,書旂常,是晋文賴食人肉而生,漢高明高命不在天而在信,福清豈可哉?"或曰:"韓成死如紀信,追封高陽侯,不以爲諱,何也?"曰:"是不然。鄱陽戰,死者追封三十六人矣,福清不在死事之典也。福清卒,以所賜蟒服葬,父老言有蛇嘗出山麓,左頰貫耳當,今猶時時見之。馬伏波卒壺頭石窟中,後見蛇如百斛船大,豈餘靈有同然者哉?"

蘄守唐世炤傳

唐世炤,字伯暗,廣西灌陽人。舉鄉試,崇禎六年知蘄州。

七年,流寇犯境,募壯勇,積倉粟,占相江山形,執戰守之地。諸少年竊笑,而世炤益急。城東一里有古渡,曰白馬,久爲堤,掘之,合兩湖水,架十丈木橋,寇至,則撤。城北五里,曰逆水溝,掘湖不及江者五丈,爲敵樓塞之,築長垣以繚之。西北亦築長垣,迤邐於江。西南築女城，爲門二，曰鳳山，曰龍磯。兩湖既通，一水灎瀲，園亭、畫艦、烟火、絃歌相望十里。八年春，寇犯境，諸縣閉城，塞道路，惟蘄納鄉村隣境數萬人。九年秋，寇破廣濟，世炤督精勇三百，去城東三十里而營，夜半潛馳入城，邏卒皆睡，忽擊鼓坐衙，執邏者，曰："汝不見一馬兵入城耶？"笞之，與一人符券，曰："疾馳。"與某隊長曉至營，見世炤方坐噉粥，則又笞之，曰："汝何後？"或時偵得賊所，率健卒往襲，輒獲首級、婦女、牛馬、器械而還。時，巨寇在外三月，城中宴然，諸少年遊傲酣飲，曰："何此老傽偟至是？"世炤聞，駡曰："止恐後來思此傽偟耳。"

十年秋，總督熊文燦挈降賊過蘄，荆王具酒食，張樂召賊首飲，欲與後宫觀其狀貌。左右諫，不聽。世炤衣錦袍，擐甲佩刀，選精勇百，盛飾彀弓、朋矢，舉牛酒，蹴鞠、滚牌、緣竿、硝火諸戲俱入，曰："身是唐某，聞殿下宴，無以爲樂，諸兒有小技，願獻之。"王大喜，即令走馬射錢，拍張角觝。世炤親射殺林中一鹿，炙而分啗之，周旋竟日而罷。

在蘄七年，八御勍賊，以勞嘔血卒。長不六尺，目光電照，口微咼而善談笑。卒後，有某守催科甚横，衛軍借漕事入民間摎索，淫子女。有鄉大夫輸緩躶而械之船中，時大旱疫，諸年少乞丐枕籍於路。

十六年正月，張獻忠遂陷蘄州，進陷蘄水、黄州、漢陽、武昌，皆屠之。顧景星曰：崇禎七年，秦寇初渡河，張獻忠始爲營長，八年，僞稱八大王。十年，總兵左良玉破之，獻忠窮迫，投文燦，文燦請許獻忠屯谷城，授以官。九月與諸賊首老回回、一丈青等十餘營從文燦過蘄，止關廂。時，予年十六，爲唐侯所知，入謁唐侯，曰："熊公不得死所矣。"侯驚顧，曰："郎何妄言？"對曰："張獻忠最狡佷好殺，必爲後患，赦諸賊首，立斬獻忠。大軍所駐，衆未必敢變也。諸賊本不相統一，惟宜厚其餼賞，分諸總兵麾下，令建功，然後授官。今遽授官且不可？柰何許授地？昔王仙芝出入蘄黄，蘄州刺史裴渥爲賊求官，約罷兵，仙芝與黄巢詣渥飲，詔拜仙芝左神策軍押衙。巢窺朝廷怯弱，又怒爵不及己，擊仙芝。仙芝亦叛，劫蘄州，渥走，賊勢始不可制。事今疑與類，聞荆王召見諸賊，恐矙虚實，宜有以示之。"侯變色，曰："善。"促裝具入王邸。明年，獻忠果叛，屠谷城。上怒，斬文燦。

江防副使許文岐傳《湖廣總志》稿已入《明史》

許文岐,字我西,浙江仁和人。崇禎七年進士,以部郎出知黄州府,多惠政。十三年,擢按察司副使、下江兵備。

十五年冬,荆王薨。先是以巫蠱殺世子,世子見形燭籠中,持兵作格鬥狀,妃桂氏怨弄臣郝二。王薨,籍二家,二遁匿。妃下令,捕得者即其家貲賞之,諸王子日偵伺。明年正月,張獻忠破廣濟,參將楊文富營城下,有小卒與郝奴酗,告諸王子,曰:“郝二在。”諸王子走文富營,大索。文富怒,拔刀,曰:“實在,奈與爲兄弟交。若索急,反矣。”諸王子蜂擁公署,言文富反,宜遣。文岐曰:“信宜遣,亶强寇壓境,鄉民不習戰,倉猝慮生變。”諸王子醜詈,前引革帶唾之,文岐怒,造王府陳狀,妃令内竪謝。諸王子擁府門,惡聲達於内,妃自捧祖訓,持鎖械出,諸王子奔去。流言撼文富,文富益不自安。會武昌客兵叛,縱掠過蘄,城外盡焚殺,文富亦劫關廂颺去。

上流有燒鹽舶數十艘,州守曰:“是可取備犒。”命隸縋城,與民争取長綆引鹽入。文岐立下令止,而西北雉堞已十數丈墮,賊哨至東五里鹿耳石,殺數人而去。夜大雪,守者半散歸,賊緣城入,文岐方巡城,捶守卒,西門樓火,驚曰:“賊薄城耶?”西與賊遇,被執,日中見獻忠,獻忠反手據地,曰:“知州耶? 兵備耶?”賊衆曰:“許兵備。”獻忠佯驚曰:“嚇! 兒輩無知。”揖就上坐,明日屠蘄,以所存壯丁二千屬之。令移文黄州太守周大啓,文岐倒用印,大啓益堅城。二月,陷黄州,執諸生千餘,將殺之,文岐力争,獻忠斷諸生右腕,戳耳鼻,乃縱。

或日至白杲鎮,夜燒肉飲酒,抱樽者竊泣,文岐曰:“若爲誰?”對曰:“小人練總楊,其幸賊不識,若識,死矣。公將奈何?”文岐曰:“吾欲有爲也。”某曰:“公所領蘄黄人,蘄黄人誰不德公者,舉事反掌耳。”文岐切齒曰:“噫! 得張獻忠頭,報天子,死無恨。”遂與獻忠所狎優童戴三畫謀,諜者走報獻忠,夜分被害。有難民張銘見狀,彌月麻城諸生蔡信之得其屍,顔色不變,須髯戟張,哭斂之,扶柩三千里,歸錢塘。

文岐天性忠孝,風裁敏達,守黄州,四禦强寇。其死也,民皆痛之。弘光元年贈太僕寺少卿。

經歷李色鮮傳《總志》稿

李色鮮,井陘人,以歲貢爲黄州府經歷。蘄守唐世熠卒,群寇逼境,巡撫以色鮮署州事。短小若老媪,顧多智。有逃賊數百,詐稱官軍,入郭無符信,民不納。賊毁垣,殺傷人,色鮮單騎往察。其人多病,袍服、刀箭又敝惡,遂分所募壯士,家飲食之。暮,雨雪密,令數騎馳報,曰大軍至,諸募士盡甲,賊倉皇遁去。凡攝事三月,權巧應變,多類此,使爲長吏,其迹當何如耶?

金宜人傳《蘄州志》

荆輔國中尉常藫妻金宜人,父篆。母楊氏劇病中娩,亡乳而活。嫺詩書,美容貌,髮長委地。年十七,適常藫。藫父中尉翊鑾,母韓恭人,事張太淑人孝。太淑人寢疾,宜人從韓恭人侍湯藥,必親必慎,持舅姑之喪,盡哀如禮。

崇禎十六年,賊陷蘄,常藫率家人止破屋中,有民婦指藫宗室也。賊繫之去,宜人揚袂曰:"君九世宗親,今日之死,順受其正。往矣,九泉下相見。"顧諸子曰:"努力!與汝父母、大父母黄泉下相見。"賊怒,白挺交下,與諸子皆腦碎,死。是日死者,宜人、四男、兩女、一壻、内外孫十二人,合室一百七人焉。藫被刀仆地,明日復蘇。賊去,斂諸屍,皆焦爛,惟宜人屍半存,葬東鄉。黄岡王一翥誌其墓。

藫博雅能詩,以賣藥隱。一翥贊藫曰:"遯迹荒陵,息心蹈節。"得其實云。

張節婦傳

顧子曰:予自識六甲方名,即知《列女傳》。蓋受於先貞姑劉姑,賢稱禮宗。

崇禎二年,巡按御史以聞,奉旨旌表,稱貞節,故予自幼及長,聞人間貞媛,欣聞而樂道之,甚或繼以涕者。廖氏者,蘄之崇居鄉人也。父曰均用,爲里中長者。廖年十六,適典史張忠禄,五年生二子。忠禄計偕如京師,病歸。廖非澣濯不解帶,忠禄病革,曰:"恨汝年少。"

廖俯首泣。忠禄又言，廖遂齧斷食指以爲誓。忠禄卒，養姑唯謹。姑病，煮湯藥暍而一目盲。姑卒，喪葬不累六親而皆能成禮，教二子爲名諸生。

崇禎末，寇薄境，廖囑二子棄家，得免。又四年卒，年六十四。長子克楙最孝，二婦事廖，如廖事姑。昔漢楊元珍女禮娃有姑賢，禮娃又賢，生二子娶婦又賢，廖近似之。

克楙以母卒，之明年，衰絰造草堂，稽顙乞爲傳。是不可不傳也，況欣聞樂道如景星者，因爲傳，繫以贊書三通。一以歸張，一入《蘄州志》，一存《南渡集》中。

贊曰：二南變風，三綱解紐。烈士貞嫠，時亦一有。展如之人，懿德靡忸。霽雲齧指，蘇卿顬首。足以風士，豈非礪婦？昭我金管，傳徽永久。

潘中丞傳

故巡撫順天都察院右副都御史潘永圖崇禎十六年死於法。法可死也，罪可原也。

永圖，字君懷，鎮江金壇人。幼孤，嗣於伯兄，家貧苦學。崇禎元年進士，授户部山西司主事，巡視太倉舊庫。中貴人張彝憲來按部，仍凌折士大夫，永圖與之抗。五年，進浙江司員外，雲南司郎中，出知歸德府。流寇犯歸德，守備宇内定謀内應，永圖積薪署門，與妻子約必死。自引内定乘陴，同飲食卧起，内定不得發。懸重賞，得死士。值夜大雨，銜枚縋城下襲賊營，賊解圍遁。八年，陞山東按察司副使，理遼餉，太監盧維寧總督，永圖又與抗。維寧言於上，上不問。明年，大清軍逼畿輔，天津副使以遷去，督撫檄永圖兼攝。餉匱兵變，有司閉門自衛。永圖曰："是聽兵作亂矣。"單騎出，曉以利害，許支倉糧，衆譁止，收其魁，鞭而貫耳，餘不問。有糧二十萬石阻津門，奉旨速抵壩。十年，丁嗣父憂，臺臣以他事論調降。十三年，補長蘆運判。十四年，以河南按察司僉事監遵化軍。十五年八月，巡撫順天，整飭薊州邊備。九月，協界嶺失守，率兵赴嶺，副使鞠思讓調尖哨臺兵，薊州失守。上聞大怒，收付錦衣衛，拜命訖，召將士與之酒，衆不忍仰視，永圖曰:"咄!胡不飲?昔者吾守歸德,走强寇,保孤城,自謂一日奉天子命可横行萬里外。而今任事六十日,孤軍力盡以死。天邪!吾非負上,上非負吾。"還,過遵化,父老號哭遮留,相率詣闕下,上大怒,曰:"朕既用整飭薊州,薊州失,不殺,何宥?"衆乃生致祭,剪紙招魂哭而去。時年五十,慨慷喜奬進後輩,士大夫多悲之。

歿五年,其弟永圜以墓中之文請黄岡杜濬,而以傳屬蘄州顧景星,於是按狀並所聞於永圜者爲傳焉。

景星曰:予讀漢《崔實論》,元帝多行寬政,卒以墮損,遂爲漢室基禍,長歎流涕,以爲知言。明有天下二百餘年,顯皇帝寬大極矣,朝野偷安,四體解佚。哲皇承之,如病瘘蠱。烈皇若藥瞑眩然而癰盥,《説文》:膿四漬。痁積難除。蕭娘吕姥之譏、小草北山之誚,比比是。宰相率負上恩,上始厭薄臣下,臣下益畏法相欺隱,致症不可湯火、金石,於是痺瘓、盲瞽、狂痵、瘛瘲,牽連顛仆,豈不哀哉?潘中丞保睢陽,禦劾寇,解叛兵,可謂壯矣!時蹙命窮,猝至於死。嗚呼!悲夫!若潘中丞猶可原矣!

宋彦實先生傳

順治十四年,按察副使汪公繼昌檄蘄州儒學崇祀鄉賢,官爵姓名應立主入祠,而傳志亡失,宜訪其後裔有藏之者,或墓門之石有存者。於是醫學官宋存問稱高祖中憲大夫叙州府知府誠,嘉靖中崇祀。公考蘄志,祀典不載,父老咸言,故鄉賢祠無誠主。存問泣争,不得。他日,公過草堂問故,景星述先衛輝公遺事以對。

先衛輝公,性至孝,額所居之堂,曰永懷。國子學正林公琚爲之記,宋公誠有詩,見州志。先公,端人也,其取友必端,宋公宜在祀典。明日,公移請學使者,檄俎豆如例。存問喜,走安平鄉孔雀灣,告墓,得碑陰事略,則愈喜,還告景星,稽顙,垂涕洟,乞爲傳,曰:"庶使後世毋復泯泯也。"景星曰:"嗟乎!人之不朽,曰德、功、言。"繄非宋公贈先衛輝公詩,吾何從知之?且宋公安知歿後百六七十年而以一詩著,又安知衛輝公有雲孫若而人,而舉斷章一二言而信其爲崇祀也者。噫!況立不朽之大者哉!

按碑，公諱誠，字彦實，治《春秋》，正統戊午鄉貢第三人，仕四川劍州知州，以才力調徐州。河功成，陞叙州府知府。礦賊亂，練習鄉勇守禦，復從大軍征剿。賊平，蜀王列公入告，召對，賜食賜蟒，加正三品俸，陞整飭榆林副使。辭，予告馳驛歸里，居二十年不事請謁，捐貲建廣積倉，蘄民賴焉。卒年八十。三孫良相，四川學博，持《叙州名宦録》，上湖廣督學滕公，檄州學崇祀良相，立石墓門，表其略云。時嘉靖三十六年九月也。先朝非軍功、詔使四裔，不賜蟒服。公召對，賜御食、賜蟒，國史宜有書者。兵火後，子姓中衰，鄉黨不能言。吁，可悲矣！

公六子。長壁，綦江縣主簿，舉孝子；次奎，臨清提舉司；次環，直隸三河教諭：俱成化歲貢。次埜，河南陜州同知。次基，出穀賑饑，旌獎義士。次堅，陰陽典術。環長子良臣，弘治甲子舉人，河南確山縣知縣；次子良相，嘉靖歲貢，四川來安縣訓道。公之崇祀在嘉靖三十六年，志成於三十一年，宜志祀典不載。今據實傳公，並記其子孫如此。

賣紙翁傳

士之處亂世，甘肥遁潔己，而考終必有名以處此。

夫肥遁逃名，惟恐不遠，今曰必有名以處，何耶？君子可逃名，而不可令人不能名。不能名者惟老聃，然而以柱下名；蒙莊，老聃之流也，而以漆園名；儀封石門，不名其名，而以儀封石門名；毛公、薛公，儀石之流也，不名其名，而以博徒賣漿名；梅福，毛、薛之流也，而以市卒名。其次，或以一藝一事名。陶安公以冶名，沮溺以耕名，陶朱以貨殖名，韓康、臺佟以賣藥名，嚴遵以卜名，許陽以巫名，申屠蟠以漆工名，梁鴻、夏馥以傭名，馬瑶以兔罝名，姜岐以蜂豕名，宋勝之以牧名，尸鄉翁以咒雞名，朱桃椎以梱屨名。又其次，以癖名。丘訢名傲，顧凱之名癡。其下不得其名而因自爲名。高鳳自名爲貪，王烈自名爲販，劉伶、阮籍、畦夸、王績、陶潛之徒，自名爲酒。又其下，至以疾辱名。闉跂、支離疏以形廢名者也，陸通以髡狂名者也，皇甫謐以風痺名者也，費貽以癩名者也，任永、馮信以青盲名者也，仲長子光以瘖名者也。是皆豪傑者,逃名之至而保名之固也。凡此不勝數,彼夫孔融、禰衡、嵇康,志本遁世者,而遘禍若此。豈非無名以處此哉?

賣紙翁則今以販名者也,應舉不第,爲游俠,晚年折節讀書,能説古今治亂,辨人品,嗜酒,與市儈伍。或物色之,輒不應,曰:“我,賣紙翁也。”非所謂必有名以處此者耶?有名處此,則知名可也,知名爲誰?儲子稠若也。羅州人與予善。

程隱君家傳

程隱君德六,字倩侯。據《程氏家譜》,始祖元譚東,晋元帝時新安太守,有德政,民請於朝,留之,遂家焉。卒,賜葬地。宋德祐元年,追封忠祐公。十三傳,靈洗梁將軍青州刺史,死事,謚忠壯。宋寶慶三年,追封廣烈侯。元泰定四年,追封忠烈王。又二十傳,宋宣議敦臨,自篁墩徙居率口。明熹宗朝光禄寺署丞士光字國賓者,隱君考也,生三子,隱君爲適長。六歲,塾師説黄香、孟宗事,泫然流涕。稍長,讀司馬遷傳,慨然想慕其人。光禄曰:“昔者,子長年二十即南遊江淮,窺九疑,浮湘沅,北涉汶泗,講問于齊魯。及仕巴蜀、略卬、筰、昆明,還報命而見父于河洛之間,卒以遺言撰《史記》,以成父志。吾忝左光禄,又嘗學于太常,聞四方貢道先朝典故,竊欲有纂述而未能焉。汝慕子長,即不宜局踳里巷。”于是挈遊江楚寄籍漢陽。學使者試童子,隱君第一。既知非土著,循例置之,曰:“勉矣!歸冠南畿可也。”是時,流賊渡河,荆襄名城多陷,隱君奉父歸休寧,念世亂,仕宦無益,乃服賈,養二親,以孝聞。上方舉孝弟,郡議舉隱君,辭。

癸未大疫,隱君病甚,夢神人與藥,曰:“吾,宣靈王也,而孝帝賜而壽十二。”翼日,果瘳。閲十二年乙未,母戴安人卒,杖而不能起,告光禄,曰:“大人無苦,兒且從母地下遊。”語昆季曰:“善事大人。”語子侄曰:“謹奉大父。”言畢而絶。去母卒,亦謹十二日。賜十二之夢果叶云。郡邑聞之,表其門。

隱君輕貨財,其與人賈,輒多推其赢與同賈。歲凶,每代貧者税。鰥寡孤獨、孝子節婦不能存活者,便往周繼。隱君之卒也,士大夫皆悲而吊之,年四十八。

顧子曰："予嘗遊新安，新安人言程孝子感夢事，且云宣靈王姓周名雄，宋南渡衢州人，事母孝，爲木賈，往來徽、衢間，溺死，屍逆流數十里。雄母聞之，曰：'吾兒也。'哭，而來屍忽起立，揭一手西指。土人異之，爲立廟。理宗病，有道人稱衢州周雄獻藥，服之，良愈，詔訪于衢，賜王爵，謚宣靈。其後徽大疫，有道士至黄坑施藥，問姓名，以衢州周宣對。考《一統志》，不載，世俗固喜妄傳而稗史亦多遺失。若夫至誠孚格，如隱君夢中事，亦理之可信者哉！"

隱君，子八人。長祉，己酉鄉薦，蚤卒，餘皆國學庠生。其第三子祺文行最著，請于兵部尚書、總督江南于公，爲隱君誌墓，而不佞補傳以竢地志之諏輯云。

蘄水周氏世傳

蘄水周氏，廬陵周必達之後，徙家金壇。正統初，隱士允初徙蘄水。三子：仲宏，太學生；仲寬，舉人，成都府知府；仲安，歲貢生。仲宏生環，與其同堂弟瑄、珊、珏、璽不析箸。蓋自隱士同居三世矣，事聞旌表，環賜冠帶。環生易，縣學生，舉孝子，蘄令署其門，曰：閔孝姜義。易生國勳，郡學生，以子光德貴封文林郎。

光德，萬曆十一年舉人，字翼明，教授章丘，課士以德行。甲乙有士黠訟，縣令移讞于學，光德曰："明倫堂乃斷獄地耶？"裂其狀，用是人愛廉隅，章之人爲構周子講堂焉。升四川渠縣令，公服絳皂皆布。夏稼害于雹，走社壇哭，甚哀越，曰："偃禾復起，麥秀兩岐。"巡按以聞。明年，將報政，聞父病，投劾歸。閉户綜博群書，著《周易似言》《太極圖説》《卦象衍義》。巡按御史求鄉賢，縣令游王庭以光德對，幰輿迓之。輿人躓，光德墮池中，趣僕夫澆水馬腹，令至，光德笑曰："予喜乘馬，馬逸耳。"家居無疾言，而僮妾嚴肅。嘗寒病燎爐，火爇其襪，一婢就解，搗去，童子至，乃解，踝已爛膚。七充鄉飲大賓，崇禎祀鄉賢。

二子：長，韋玉；次，健行。韋玉稍愎，健行益遜，以是相友愛。光德臨卒，命絳布公服斂，韋玉易以繒，不瞑。健行争如命，乃瞑。當寇亂，厝于走馬岡，兄弟結草爲厝蘇。寇至，則伏榛莽；寇去，返卧苫由。

閲四年，窆而後去之，厝側枯樅復生，眢井泉溢，自是家有凶喪，樅必喈喈作聲，泉必一涸。

健行亦以介潔聞。光德家食時，操江都御史胡東漸舊出其門，使來逆焉，命健行往報。有奸豪槖千金，請釋，叱去，蕭然而歸。光德曰："真吾兒也。"天性樸魯，記誦日不數十行，而能終身不忘。十試鄉闈不第，退而著《十三經析疑》《周子世業》諸篇。充歲貢，廷試第一，主司愛之，酒罷遣妓侍，明燭坐達旦。妓説與諸貴人，諸貴人目爲周迂。健行學惟主敬，烈風震電，夜亦顛倒衣裳而興。日月食，率子弟亟拜，復明乃已。堂中書范魯公家誡令子弟旦夕雒誦，或聞門外丞尉道呵聲，坐輒起曰："敬父母官，當如是。"

邑有貧子，鬻兒償逋鍰，健行贖其兒，而請于令。令感動，盡除案之貧而逋鍰者。年七十，值歲凶，親交多筥粳菽爲壽，可十餘鍾，悉鬻糜飲餓者。以子壽明貴封文林郎。

壽明，字天格，年十五，通一經。又十年，舉崇禎丙子鄉試第一。丁丑進士，除臨海令。臨海嘗苦寇，壽明鑿渠引東湖，地三里許，廣三丈，北注於河，以拒寇。台州衛額軍三千荒屯田而責餉，縣令一不應，則脱籍走海門爲盜，巡撫檄壽明清軍，指揮千百户袴韡執戟郊迎，壽明從容閲驗，捕脱籍者，囹圄其家室。逋者懼，乃歸伍。尋復海門倉備，給賑均派糧差，盡革積弊。辛巳三月，不雨，至七月，疫殍横枕，醫賑不遺力。嘗攝寧海、天台，綰三印而繇務具舉，以卓異薦，僅調知曲周。曲周先此失守，壽明築濬城池，三月報竣。上奇其才，召入中左門，問禦賊機宜，同對十三人，壽明與滋陽令黄國琦特嘉納。旬日京師陷，壽明乞丐南歸，奉二親入山，薹笠麻鞋十餘年，不履城市，更字栢心，心明志。著《敦和堂集》，即其先世同居之堂以名云。

世祖章皇帝詔舉遺佚，有司以壽明應，壽明呈稱：禍亂餘生，伶俜孑立，因戀雙親，遂欠一死。母氏既喪，旁無弟昻，一父一子，依倚爲命，父年過七十，卧多於坐，藥多於餰。壽明中宵無枕席之安，户外鮮跬步之迹，豈意上臺，不蒙愍察，猥及賤名，上污盛典？感痛戰慄，父子相對，血淚千行。未出門庭，親心如此，若經遠離，情事難堪。皇上風忠孝以礪天下，必不責忠臣於不孝之子。恭惟憲臺，錫類不匱。仰請聖朝，俾遂終養。壽明詞情哀婉，竟得請。健行卒，壽明亦如健行居父喪。辛丑閏七月，病將屬纊，引其子手摩膺，曰："痛甲申不得死。"

顧景星曰：予聞之鄉父老，崇禎末，流賊屠蘄水，周壽明二親得不死者，以賊知臨海廉吏也。周氏世有儒行，其感賊宜哉！壽明召對語不傳，辭徵終志，盡傷可哀，近搆總志者不載，且多削諸舊志先正，而竄入輒非其實。嗚呼！不可痛哉！予既辭纂修，而于周氏五世不能默然，因爲《周氏世傳》貽後之君子。

楊鶴傳

楊鶴，字修齡，别號弱水，武陵人，萬曆甲辰進士，除陝西雒南令。雒南有歲額鑛金，中使驛騷，鶴力抑之。土豪蘇夢才不法，適其子詣縣，鶴屏人與語，曰："令有一事，非而翁莫辦，能密來乎？"明日，夢才馳騎至，立榜死，雒人喜相賀。調長安令，政成召入，疏陳時事，言可危者七，語極剴聽。授浙江道御史兩浙巡鹽，疏通引課，歲額無闕，嘗延百一歲奚翁及八九十歲老人，行養老禮，風流翔洽，名動一時。歲餘還朝，請興水利，濟邊餉，謂涿州、房山、薊州、密雲、遵化、遷安、盧龍、撫寧、豐潤，以至濱海地有泉可田者，宜聽富民開墾，量多少給爵。水利既興，可當東南漕運之半。又請北直隸、山東災傷諸縣許廢銅器抵贖鍰，充鼓鑄，不報。御史劉光復以召對聲高下刑部獄，鶴疏力諍，並請示東宮講讀日期，定皇長孫册立典禮，皆不報。元旦朝賀，有廢弁伏端門，刺御史凌漢翀，刃中額，血流禁地，上止令互詰，疏請正法，報知而已。出按貴州，貴州土司水西最驕蹇，鶴單車入，諭以朝廷恩威，水西讋服。因疏請得敕，控轄各宣慰司，割蜀之烏撒，使隸黔以分其勢。黔衛指揮王勝祖誘至賊首楊奇有功，或忌之，刺殺勝祖，事未發，忽暴風飛雹從疏櫺入，横擊書案。鶴驚曰："是殆有冤事耶？"雹止而告者至，即捕得，欲立杖殺，鎮撫持不可，鶴曰："異日土司不戢，禍必出此人。"後數年，水西果叛，即殺勝祖者，誘之也。

鶴父家居，有盜入，無所得，焚其廬。鶴在銅仁府候代，聞即東下省父。朝論難之，部郎李篤培曰："君、親一也，親有急，棄官歸子舍，倫理固然，諸公何怪耶？"起補四川道御史，邊事急，疏凡七上，皆留中。遂抗疏,自劾掛冠南歸。父没,服闋,除大理寺左丞,遷翰林院提督四譯館、太常寺少卿,晋僉都御史,巡撫南贛。丁繼母憂,歸。時崔魏用事,獄案大起。熊廷弼之督遼也,由鶴薦,坐是削鶴官階,奪誥命。

居二年,莊烈皇帝即位,就田間起左僉都,轉左副,召對平臺,賜茶酒瓜果,命坐,問時政,帝皆頷之。故事,副都再遷必吏、兵二侍郎,無外出者。值陝西賊起,驕兵譟于固原,總督武之望暴卒,上命鶴往迎賊,戰捷于延綏,再捷于寧夏,加太子太保,賜飛魚服,蔭一子。後薊州失守,鶴遣沿邊五大帥入衛,而自移鎮長安,陝撫劉廣生、甘撫梅之焕皆以勤王出關。關中虚,賊乘間侵韓城,鶴撤回已出關之裨將二人,間道疾趨,大破賊。賊復哨聚鄜延、延綏,賊王加印攻陷府谷,鶴遣杜文焕圍府谷,斬賊千餘級,加印遁走河東,而西路賊神一元,原東西兩路慣戰,官兵復攻,破保安諸城,往討之,斬一元。其弟一魁突圍出,破慶陽。鶴方回鎮,聞慶陽急,即返撫寧,遣調將士,計賊衆不勝剿,傳示招撫,前此請許帑金十萬,至是上遣御史吴甡齎金充賑撫使,賊乃乞降,解其衆數萬,給金歸農,留一魁爲千總官,結以信義。一魁有健卒千餘,鶴令隸參將吴弘器屯撫寧,慮一魁必掣轄,移書政府,曰:“神一魁鐵騎精壯,頗善用兵,若有急,調發可資一臂。”蓋欲一魁離寧塞也,其處分如此,後一魁亦頗建功宜。雒賊又起,陝撫練國寧請鶴東之,至耀州,賊已破金鎖關,殺都司王廉,而點燈子、上天猴等劫掠韓城諸縣,鶴破之,斬首千一百六十級。

保安餘蠻推劉六爲首,遣總兵賀虎臣往討,斬首五百餘級,生擒劉六。方是時,大賊數萬爲群者,十數營,小賊不勝數。先是延撫招降賊首左掛子,羈縻榆林,巡按李應期誘取誅之。會覲官陛見,上問陝西按臣何故殺降,廷臣遂皆言撫失計,上命甡查奏。鶴方駐鄜延,將返固原防秋,而賊李老柴、獨行狼等攻破中部,鶴疾趨耀州,賊首滿天星、金翅雕、亂點軍、一丈青等邀於路,佯唱降,各不滿百人,内有婦女,鶴亦開誠納之。值甘肅總兵楊嘉謨東回之軍,合力進剿,俘老柴等。捷未上,果以降局就軍中逮問,而鶴亦先以剿賊無效自請逮繫矣。初,一魁撫後,患其營丁茹成名驁跳,遣卒劉金密啓鶴,鶴許之。茹成至,立斬以狥,降衆皆譟,一魁懼,及聞鶴被逮,曰:“楊公得罪吾屬,寧有生理?”遂反。鶴子嗣昌總督宣大,上疏曰:皇上如不棄臣,乞賜削臣官,俾以白衣隨任,助父討賊。倘臣果有寸長,用臣未晚;如其不効,請身先士卒,圖死賊手,以贖臣父萬一之罪。疏三上,不許。值甡回奏,向者訛言楊鶴禁勦縱賊,並無前項明文,上意解,遣戍江西袁州。久之,歸,卒于家,年六十六。嗣昌聞訃,抗疏得俞旨,復其官,後追論勞勩,贈太子太傅,加蔭一子。

論曰:自古中原賊亂,無如隋之大業,宋之靖康,小大屯聚,不下數百夥,而隋、宋以亡。明末,秦齊豫楚經賊焚殺,雞犬無聲,行旅斷絶,軍中情狀,莫得其實,勦撫是非,彼此異論,功多罪迹,影響流傳。盈庭既議于上,野史漫記于下。嗚呼!悲夫!當神宗時,長安大道殺人,投眢井,而莫得主名,凌應登伏端門行刺,而主上不治。國是之非,實始于此,科道諸臣上書,幾于唾罵。狡童之歌,無所忌憚,帝亦優容之,以是群下習爲驕逸。崇禎中,郡邑兵備久弛,旱疫天行,群盜蠭起,流離劫殺,初無占據,官軍整旅,滔滔轉戰而已。賊又多掠丁壯,驅脅當鋒,愈殺愈多,宜難爲勦,至發帑金,專官齎諭,此撫彼叛,漚起泡没,撫局誠難。撫勦兩窮,惟帥師是罪。楊太傅功名墜壞,勢固然歟!

有集十卷,皆其子孫收拾殘落。詩篇雖約,慷慨多風。其撫勦情形,可堪痛哭,備詳太傅奏疏中。

悔岸汪公家傳

公諱繼昌,字徵五,號悔岸。先世自唐越國公至宋秘書丞叔敖,支庶緐,始析居于歙。曾祖德潤,明周王審理。祖起莘,萬曆丙子舉于鄉。父然明先生,諱汝謙,以詩文名天下,好施樂善,折節賢豪,屢辟不出,耽西湖山水,遂卜居,慕陸甫里、陶水仙之風,爲方舟湖中,植花石、藥欄、酒罏、茶竈、書庋、笙牀,名不繫園。三竺譚經,西泠延妓,四方名士,集無虚日,縱心條暢數十年。舉子女六。悔岸,其季也。然明弟仲方無子,起莘命以爲後。垂髫補嘉興弟子員,食稟餼。順治戊子領鄉薦,己丑成進士。

方是時,西粵新入版圖,上重守牧之選,以公爲瓊州守,旋授廣西左江參議,伏莽鯁塞,二年而後達。是時左江烽火千里,撫恤反側,招徠賙贍,軍民大悦。李定國全軍壓境,定藩檄援蒼梧。先此左江所隸州縣官未赴任者,俱聚南寧,倉猝無船,徬徨相向。公自沈其裝,招輕舟共濟。時鎮兵跛扈,餉匱,定藩急命輓輸於東粵,餉至而梧州失,公收兵救梧,而桂林已破,會禁軍至隨恢復諸城。甲午,洪經略聞其忠勤,檄至幕下董軍儲。

乙未春,數夢父病,涕泣五請,得給假歸。然明果時時病,猶得半載承歡,没而含斂無憾,悉以田園舟楫尊彝書畫讓之諸兄,獨處一廬。請終三年之制,經略謂禮宜降服,不許。

因舉衰從戎,丁酉春補湖廣按察司副使,備兵下江,駐蘄州。江防之有憲使自明嘉靖始,當文安賊蹂躪之後,荆王請得憲臣督兵護藩邸。故其職掌漢、黄二郡,旁轄直隸之安慶、河南之汝寧、江西之九江,地開方萬里,城則三十有八,守令衛所帶甲跗韋之士仰令麾下。公至,以民間户婚、田土悉歸有司,唯簡鍊、防禦、察奸、固圉爲己任。遠境利害必詳求之,制禄外一錢不入。城中士子寥寥,具酒食,延課文,清學田,出俸鈔,以獎誘之。嘗擯導從,問民疾苦,登覽名勝,引觴賦詩。不能委蛇上官,或諷之,弗改也。

是歲冬盡,征滇大兵過蘄黄,挽纜除道徵民夫千,例户出一人。蘄城才數百家,少驚則鳥獸散,公哀愍徊徨,減其數,而犬猶夜吠不止。將軍揚帆直上,竟不持一摯野艇迎於九江,蠹艦乘風,江濤歕薄,艇櫂稍遲,乃以徵夫不足,迎送不恭,傳言責讓,遂絓彈章。或勸委過有司,猶可回斡。公曰:"有司奚罪?彼屬意于我耳。"越月被逮,郡老幼奔號,曰:"仁公以吾曹累,何處叫閽?"公曰:"父老無憂,天子聖神,吾當與父老再見于此。"衆持筐酒送二百里外,閭閻歎息之聲兩月不絶。

上果寬宥,削官放歸,父老子弟復迎二百里外。既解官,浮家漢上,絶口不談時務。布袍盛榼,往來山水。酷嗜書集、古金石文,日仿數紙,長于尺牘,並工詩,不以示人。居漢濱二十二年,而門無雜客,數還武林省墓,念黄鵠、晴川,輒復來楚。癸亥十月小疾,長君文孫朝夕侍。卒之夕,命童子扶掖登樓,笑顧長君:吾生平懔然諾而快施與,以故略無玩好聲伎,身没之後,惟此廳前樓下補花木數株,表老夫未展之興。其通邁如此，年六十七。

顧生曰：余嘗在金壇，張先生公亮爲予言："西湖汪然明隱德君子。子徵五，儁才也。他日宜與友。"後余在武林得交然明先生，及公持節來楚，述張先生言："顧郎，才子，他日當與爲友。"以故相得甚歡，竹逕草廬，屏騶過訪，坐必終日，或過籬外，輒止道呵曰："毋驚幽人之夢也。"癸亥十月，聞公訃，設位哭而慼，父老聞之皆哭。蓋公之立德在省民。夫公之去位，即繇于立德。嗟乎！有是夫！陽城元結，不底于勳，蘇公刺暴，視人罔極，公固嘿然。公子爲公狀，亦避不書，是固然矣，烏可泯焉？康熙乙丑九月七日景星追述爲之傳。

李新傳

李新，字庚伯，蘄州人，爲諸生時，輯《忠孝録》，居鄉恂恂孫讓。萬曆戊午舉人。禮部閲卷，以字畫譌誤，罰停會試一科，同學恥之，傲然弗以蒂薊也。家貧，無以爲養，謁選授潛山縣知縣，遷南京兵馬。于木末亭題懷方正學詩，投筆痛哭。陞户部主事，榷臨清鈔關，請免車税以便民。轉本部員外郎中，出爲陜西按察使僉事，分巡隴右道。流賊亂秦中，巡撫奏令監軍，數出奇殺賊，賊縛草爲形以射。經四年，念親老，力請致仕。

俗傳蘄鳳凰山麓，杜甫、李白相遇處，購爲園池，呼魚調鶴，與同里詞人張效鍾吟詠，有詩數卷，清壯多風。

癸未張獻忠陷蘄，執紳士，令跽拜，新倔立罵："死賊，爾非陜西人乎？本道在陜西，爾餧馬賤卒耳！恨未蚤斬劓耳！此，我父；此，我母；此，我妻及子息。死，同死。"竟抱父屍就刃。獻忠嗔目，視良久，以掌擊刴，曰："快哉！老子今日看殺汝等求生不得，獨汝真好漢。"令掩諸屍于郭東鹿耳石。獻忠後大書驛壁："山前山後皆出松，地平平地柳成陰。桃李笑柳柳比松，千秋萬古還是松。"

關西張秉吾題吊李新。顧生曰：賊屠蘄時，予家以貞節感賊得免。伏城濠岸無梯破樓，聞樓下賊往來，稱好鄉官李新纔算真死節。張效鍾者，字期伯，名太學生，工詩書，美髯，與生員陳正皆不屈，賊拔效鍾髯,逐之。且走且罵,賊追及,與正同棓殺。又是時,蘄諸生有陳顯元,字長卿,以五經應舉,授衛輝某縣知縣,死節尤烈。其邑人立祠,水旱必禱。無子,康熙初,其甥浦某乃迎柩歸葬。志蘄者逸其事,而浦某又不能文。悲夫,傷哉!牽連書之,庶不没其姓名云爾。

蕭將軍傳

蕭將軍,名世忠,字振寰,揚州江都人。父某,長八尺餘,武進士,昭武將軍、上輔軍都尉,山東參將,年九十四無病卒。母某恭人,夢赤鷹入其幃而將軍生。五歲時,家有怪,夜驚將軍,潛持短棁伏覗,若有人登樓,屐聲轄轄然,迎擊之,乃大鼠竊篝中膏,積塵著尾,故梯級有聲,父聞而壯之。及長,膂力絶人,能足蹋墻壁,手促屋椽行,讀書數行下,能屬文,棄而學劍,以殺人亡命,走徽州數年。奔父喪歸,遠近會吊千人,率多貴長者。

慕朱家、劇孟之爲人,招納黔徒技擊,江都令苦之,捕其黨盧大戈等,置於獄。將軍陰遣客至令鄉,齎重幣謁令翁,稱門下,得數密見,有間具以告,出刃劫翁手書契約而還,示令,令大懼,曰:“不佞獲罪外舍客,幸老親無恙,公之德也。”盡釋捕者。

登武舉第二,凡三舉於鄉,不謁司馬選,以俠名江淮間。魏忠賢用事,將軍潛之京師,欲因皇極殿匠作,圖便斫殺,久未有緣。迨忠賢伏誅,乃繇天津入海,窺蛇山賊砦,歸語人曰:“易與也。吾得萬金,貨數十壯士,製賈舶裝,可盡燒其艦。”人皆竊笑,而董公其昌獨偉之,遂潛募拳勇,治舶棹,將爲驚世之舉。讎家以通賊告,巡撫捕急,董公及松江士大夫力解,乃免。母恭人卒,陳洪範諸大將賻皆黄金百兩。左良玉東奔江西,諸叛營悉附會。將軍大言,苟有用我,槊脚令上。操江都御史高倬劄付遊擊,令護诸將抵安慶,首殲其遊卒,整旅以待,而良玉已返九江。甲申六月,興平伯高傑争地,淫戮揚州。進士鄭元勳以解紛及於難。將軍先奉詔守鎮江,士大夫争迎之,曰曰得甘興霸,隔江謦欬,則金山以南亂兵不渡矣。日持牛酒勞健兒,用大臣薦,給參將勅印,鎮蘇州之福山,數馘海盜,亦嘗身被重創。

大清師略地至蘇州,刑部侍郎李公延齡招將軍。時新敗於海上,士無鬥志，遂率衆降，署協鎮蘇州。以兵下常熟，出入陳金鼓麾旗，有流矢中馬，索得一男子，問之，曰："吾殺降鹵耳。"騶從抽刀，將軍叱止，曰："義士也。"護使去。軍中多匿婦女，搜得盡訪其家還之。

隨以副總兵屬松江提督吴兆聖。兆聖有異謀，將軍踞居，多不入幕府，謂其虞侯曰："爲我謝吴將軍，時不可爲也。"兆聖忌之，中以他事，奏削官下獄。久之，獄解。兆聖反，將軍敞門不通客。李侍郎曰："蕭將軍嚄唶夙將，且智朗知人，識時務。今方集師入閩，何爲敞門？立啓多羅貝勒，仍以副總兵官與汝，欽恭整旅繼進。"巡撫蘇松土國寶宿有隙，謂湖海沸羹，不可無老知地勢者參佐其間。飛箋啓貝勒，中道追還，令募兵備戲下。無何，又中以他事奪兵，鬱鬱不得志。日治第宅花石，蹴鞠彈奕，飾劍兒歌婢，與名士選聲。予之得爲將軍壻，蓋亦於軍中知之。語在先室人安正君行狀。將軍竊募兵時，土豪仇義有俠名，將軍書手板金牌招之，居恒數以語侵國寶，國寶益恨。及吴易敗，大搜餘黨，于義家得牌板，遂誣通賊，械送江寧。洪相國偉其頌貌，曰："是曲逆侯一流，老夫且見爾立功，飲吾一杯酒，暫歸休可也。"

白腰黨復起，浸淫入嘉、湖二郡，浙江巡撫廉知將軍，檄致，分領水師。至雙林，賊數十船突前，方盛暑，將軍乘畫艦，羸而與客奕，遽起手弓，連殺六人，追盡擒之。合肥龔端毅公客武林，作《贈蕭將軍歌》，在《端毅集》中。居一年，復以讐誣免。既連遘大難，又出貲養兵多，家盡落，收債於揚，不能償，悉棄之。

生平有大志，嘗竊觀其俯仰，痛功名不遂，久之，疽發于背，醫割腐盈盂，鎞烙交下，神色不動。暮年猶能左右彀八石弓，提鞭刀，皆重數十斤。不飲酒，健噉食，愛士大夫遊，談笑都雅，亦稍爲詩。年八十三，無疾逝，配仇恭人視含斂已，伏棺一慟而絶。無子，一女。即先室人，遠在蘄。有故人金相國介弟爲治二喪，合葬蘇州府吴縣某山。聞先在要離冢傍，地陋改厝。

景星二十年未入吴，而窀穸松楸尚未得一拜，清明寒食祔祭于家。悲夫！卒于康熙甲寅十月。景星追感知己，而又重金相國介弟之義，爲傳，使兒曹知外舅，亦用聞于後祀焉。普按：《龔端毅送蕭將軍赴鎮吴興歌》：

過江氏族梁王孫，蘭陵芳草銷朱門。
將軍突兀淮南起，雄冠大槊家聲存。
詞場謀蹬傾千人，棄而學劍驚一軍。
盡護諸將稱大將，樓船横海生風雲。
江湖之間烽燧見，捷書飛上麒麟殿。
插刀争識臨淮旗，免冑或露汾陽面。
紫瀾萬里鈎陳高，月高冷射鐵絲箭。
延秋門開夜輦出，壁壘如山猶索戰。
前年幕府摇錦驄，乘時自計韓彭同。
一言不合輒掛甲，角巾棋墅彈秋風。
我之門生公佳壻，同揖酒接吴市中。
圖書府第信羅雀，笑談往往群豪空。
乘春走馬閩山上，歸來顔色常相向。
健兒欲盡烏骓饑，倦客聞之增惆悵。
今日忽來别我去，肘後復露封侯相。
壯士色動名馬嘶，豺虎滿山魄已喪。
秋隼脱縧捷若神，權奇天駟骨態真。
實戟雲旓坐上座，即之乃是平原人。
天下黄金無意氣，憐才結客皆能貧。
公但努力定禍亂，千鍾五鼎成功身。

寧都尹宋公家傳

故江西寧都尹宋公，諱必達，字其在。其先江右遷楚，自明經文衡公下，皆爲黄州人。公幼異慧，四歲就塾，八歲《詩》《書》《易》皆上口。九歲，居母孟太孺人喪，哀禮如成人。十六，補弟子員。十八，受室于程氏，事父席上公，偕有孝名。

避亂寓武昌。張獻忠陷武昌，驅男女老幼數十萬人于江，公扶父挈程，先從城闉水竇出，無所往，亦自投磯下，有片板承載，流至陽邏，岸上人從洄湍中投篙起之。是時，浮屍蔽江，鮮有活者，人以爲獨公孝感所致。無以資生，教村童小學，奉席上公甘旨。席上公卒，周身周棺無憾。

順治甲午鄉舉，辛丑進士，知寧都，以循良治瘠邑。邑有清泰、懷德二鄉，土寇屯聚，死徙荒蕪。公請盡蠲逋賦，招流亡，貸牛種。二歲，桑、麻彌望，寧治。瀕河夏雨浹旬，水瀑逾三版，灌城中，跣詣神廟爲文讓禱，食頃水落，循故道而去。按行壕上，知歲久壅淤，且多隱占。據縣志，疏濬之，四月而工成。廣七丈，深半之，引河通舟檝，東西跨二石梁，車可方軌，自是邑免水患。是役也，鍤下白骨籍籍，皆前代刀兵棄骸，作巨坎十數以瘞，祭而碑之，使後人毋復廬井其上也。

自新建伯治兵寧都，有南北二城，南民北兵。公曰：古者，藏兵于農，有團練、保甲、弓弩社，奈何餉甲士而惰壯夫？一旦不虞，分守乎？合御乎？甚不便。昔新建之勦宸濠也，守令各領兵，邢珣出贛城，王冕出萬安，王天與出寧都，强半保甲義勇。于是法其意練義勇。甲寅夏，閩亂作，而寧都已有義勇二千，成一軍矣。賊前鋒突至北城，營將劉請議事，而南城民雲集馬首，曰："公毋往，恐不測。"公曰："豈有文武嫌猜，軍民疑貳，而可以禦敵者乎？"策馬馳赴。甫揖坐，劉曰："餉援不繼，衆寡勢殊，令君云何？"公曰："今日之事，且堅守人臣之義，有死無二。賊本烏合，可一鼓而破。"劉曰："公言是也。我前，公守。"公曰："戰，氣也。語曰：'禽制在氣。'公前，我繼之。"劉率所部亂流，以勁弩斃十數人，賊少却，公揮義勇横擊，大敗之。方是時，鄰郡邑多陷，羽書不通，賊全軍集城下，號六萬，巨礮墮雉堞，隨墮隨壘。會都督許公援師至，賊解去。有管中軍者，言于巡撫中丞，曰："寧都各堡砦多從賊，請發四協官兵搜撲以威衆。"中丞許之，仍取縣令結狀。公曰："賊勢猖獗，非無一二脅從，今又以脅驅去，其坐家保妻子者，皆良民。若殺以示威，某一官可棄，七尺可捐，此結不可出也。"四協以業經調發，決難回軍。公刺血上書，中丞感動，檄軍還。事小定，鞫逆案，首犯稱：彭榮實教我。彭榮者，邑之諸生，曾與縣役訟，語侵令，犯者疑令銜之，冀嫁禍脱罪。公怒曰："天道神明，安可枉也？"不問榮，論犯者如法。汀師凱旋，公出犒，聞婦女悲欷聲，隨傾橐解衣裘，計口贖之。詢籍里、姓名，命老押牙送其家。寧人建祠祝釐，碑紀其事。

始，公治寧邑鹽政，寧人便之。明初，贛食淮鹽，新建改食粤，春後苦銷引之累，公請以粤額增淮額，則商民皆便。三上中丞書，獲允。蓋與新建先後補救，無異義，乃卒以粤引帶銷不及額，歸咎免官。寧人哭而送之，餞貽皆不受。路梗，間道出，賊邏獲，送其渠魁，脅以兵，公嗔目大罵："我天朝清白吏，從汝鼠子叛逆耶？"賊分梏僕從，而係公于空屋，斷飲食恐喝，不降當燒死，公齧指書壁：

人生同百年，彭殤同一轍。惟此徑寸丹，不共洪爐滅。

守者竊供飯蔬，曰："此民所自食，公食民食，無傷也。"係旬有七日，忽夜，半踰垣排闥持兵仗者數十人，曰："宋爺安在？我等皆寧民並僕從。"擁而去，潛行達南昌。方伯姚公驚喜，曰："公以至誠出于坎窞，豈易易哉？"具舟送歸黄。時江督董公移鎮楚，以舊屬往謁，董公曰："宋必達是死守孤城之寧都令耶？不軍功顯而醛政罷，吾過矣！"握手淚下，曰："吾兹以君咨内部，先還故職，徐俟優叙，可乎？"公辭謝再三。既受咨，無行意，或問之，公曰："故吏如棄婦，忍自媒乎？"卒不行。所居臨皋江滸，茅屋一區，確田一頃，褐衣補紩，與農牧游。

顧喜著述，有古文辭若干卷，考終之年六十有三，崇祀鄉賢。子庶常敏求衰絰及草堂，曰："小子竊惟先人志墓之文將在地，而傳則在于家，行于國，爲史乘之所採信，敢再拜以請，幸先生其勿辭。"歔欷！景星之友于公三十年餘矣！忍不叙公昭昭之行而以例辭？遂拜受其狀，爲公傳，期以傳信，故辭無溢焉。

余節婦傳

閩人翁志謨妻余氏，年十七，歸志謨數月，志謨從族人服賈，久不歸。舅姑年七十餘矣，颶風海溢，倉皇走，沉水中，婦若有物承之者，遂負姑出。少焉，翁亦出。水退，有少匳資貸他處，取歸僦屋賃田，孳牧以養二人。如是三四年，而老翁死，姑傷其夫而思其子，晝夜泣，婦亦晝夜禱，夢人言：汝夫在越。如是夢者三。姑因挈婦至錢塘，志謨果在也。歡聚五年，舉二男。志謨死，婦年纔三十，遺腹復得男。

鄰火延燒，氏屋家又蕩然。又數年而姑死，前後喪葬亦成禮焉。其教三子也，曰："毋覬富貴，商之子恒爲商耳！墻高址下，豈福哉？"以故三子皆知書，皆服賈，守禮達義，非婦女子可多得者。

顧先生曰：予讀《蘇子卿傳》，子卿未返，老母在堂，而其妻竟嫁，未嘗不俯仰緊啼，以子卿之節不能刑於其妻。李令伯之母亦棄其姑與子而嫁。余氏媪，孑然一窘婦人耳，僶勉終養其舅姑而撫其子，水火、飢寒、羇旅不少動，豈不賢哉？予過錢塘，聞於老友宋耘石云。

白茅堂集卷之三十八終

白茅堂集卷之三十九

墓誌銘表誄

明處士陶先生暨刁孺人合葬墓誌銘

先生諱鎔，字子範，姓吴，蘇州望族。曾祖某公，諱某。祖玉田公，諱珏。父鉢溪公，諱皋，皆積學不仕。

嘉靖倭亂，鉢溪公徙家淮安，再徙揚州，娶万俟孺人而生先生。性磊落，博極群書，遊學吴楚間，貧爲童子師，最後徙寶應，易姓陶，補邑庠，繼娶里人刁公女。歲祲，刁孺人辟纑漚紵佐朝夕，先生發憤讀書。久益困，復遊學齊魯燕趙，過塞上。塞上李將軍，某甥也，相失二十餘年，至是聚首。留經歲，他日謂客曰："昔皇甫威明之戒馬質仲公理之過幹，皆審其必敗。吾甥年少驕悍，吾不與同禍。"去之兖州。數月李氏果敗。先生在兖二年，又困歸。從學者多顯達，而先生卒不得志。暮年放浪，每過弟子輒醉，扶杖儌儌，口喃呶曰："喈老賊生平何所得，欲葬陶家側。"路人見者皆笑。

邑宰見所著莊注衍騷，高其人。表廬曰：潛德先生生卒云云，孺人生卒云云。男一，瀓，能詩文。孫男一，震，尚幼。以某年月日合葬於某山。瀓拜請銘，予悲公四世之不遇也，銘曰：

烏之搏也必伏，蠖之信也必屈，與之齒者去其角，車將發者朝其轂。公侯之子孫，五世必復。

明處士潘先生墓誌銘

崇禎閼逢涒灘，天地又大變，鎮江處士潘先生殉節，遠近傳其事。客問於顧子，曰："有諸？"顧子曰："然。""厥狀若何？"顧子未答。曰：

“捐脰與？抱石與？絶粒與？裹馬革與？”顧子曰：“否。”“若是，奚爲殉節？”顧子曰：“未易言也，且子以死廊廟，死巖壑，於節有異乎？”曰：“無以異。”“全勇而死，與全智而死，於節有異乎？”曰：“無以異。”“若是，奚爲其不殉節？”

潘先生聞變，卧而涕洟，作而曰：“吾不能爲宋陳東矣，吾忍見東身後事乎哉？”預定期而卒。《詩》云：“我生之初，尚無爲；我生之後，逢此百罹。尚寐無訛。”潘先生有焉。他日，其子永園不遠二千里致幣，曰：“不孝不肖，不克顯先君子。先君子之終也，不孝惟遺命是請，曰：‘吾何命？小子如欲誌我也，則惟文而可久者。’不孝不敢忘。今葬矣，未有銘。不孝懼隕先君子遺命，敢以不朽徼惠，然後卜而納諸幽，斯爲葬矣。”

景星感其情頎乎其至也，不敢辭，爲先生志及銘。

《志》曰：先生，金壇人，諱中立，字抱真，處士定宇公之子也。仲兄某蚤没，先生以孝友稱。定宇公卒，視不可含，先生踴而號，曰：“大人慮仲子嫠若孤乎？季在。”三號乃含，舉衾乃斂。既徹奠，主人不就位，曰：“孤以仲氏嫠若孤，行吾父之志，請合爨於是。”即合爨。居喪，不入内，不飲酒食肉。將葬，形家謂不利季。先生曰：“歖！若知種樹乎？厚耔其土，毋摇其根，或菀或枯，孫枝乃生。《詩》云：‘枝葉未有害，本實先撥。’今不論本而論枝葉爲？”卒葬。先生貧，授經里中，得脡脯，即遺嫠若孤，孤卒成立。先生落落任氣，人多畏，然好賙與，重然諾。有友亡命，親戚交遊莫敢問，而先生匿之逾期，爲之昭雪，而後出之。卒之日，曰：“孺子前。幸甚！吾猶及全而歸之哉！吾猶及全而歸之哉！”卒之日，五月五日日之午，壽六十九。萬曆丙子六月二十六日，其生也；某年月日，其葬也；某山之原，其地也。元配荆氏孺人，生四子：永囿、永園太學生、永固、永因邑庠生。孫男采，永園出。孫女一，永因出。永園以文名。

《銘》曰：蟺化濁亂，令終厥身。先生之節，先生之明。先生之地，可以毋死；先生之志，可以毋生。玉璞金精，完哉若人。嗚呼！先生。

明中順大夫山西按察司副使李公墓誌銘

公諱樹初，字客天，蘄州人。曾祖諱言聞。祖諱時珍，太醫院院判，封文林郎。嗣考諱建中，文林郎，四川蓬溪知縣，贈中憲大夫。妣某氏，封安人。本生考某，贈中憲大夫。妣某氏，封安人。初，太醫夢朱衣人曰："來報汝陰德。"覺而生孫蓬溪，未有子，乞爲子。蓬溪卒，舉家産付兄弟，而自以菽水事嗣母。

舉萬曆四十六年鄉試，明年成進士，授户部主事。天啓二年，榷河西務寶源局。銅乏，派榷關備解若干斤，公不以擾民，而自捐貲購銅，又先期入。大司農能之，薦於朝。召對，上但稱聲音洪亮，薦者大失望。明年以郎中司宣府餉鹽，商輸粟不實，按名責補。商齎金乞寢其事，叱遣之，因中貴人爲之請，又不聽。無何，出知陽和府，魏忠賢遣其黨巡宣大，自巡撫下望塵拜謁，公稱足疾不出。烈皇帝誅忠賢，臺臣以方正薦，陞山西按察副使，巡赤城。口外立市，怨中國不信，公至勒石，示不欺。順義王遣使厚謝公，公亦厚報，聞於朝，降諭慰勞，覃恩授中憲大夫，請移封本生父，而自以中順大夫落職。築館湖上，扁舟野服，號西湖釣叟。耽酒工詩，有《潁餘慵緒》數卷。

崇禎八年，寇犯境，公捐郭外大池，決堤通湖以衛城。十六年，寇陷蘄，遇害，年五十七。配朱氏宜人先卒。繼封氏宜人，偕死。生於萬曆丁亥四月七日，卒於崇禎癸未正月二十八日。子三：延慶，貢生，同遇害；具慶，學生，朱氏出；全慶，學生，封氏出。具慶子三：之晋、之玖、之瑶。全慶子一：繩祖。以某年月日葬公東湖猴耳洞之源。公在陽和、赤城，皆有祠，蘄則自其祖考，皆崇祀。

景星既受其子所爲狀，爲李氏四賢傳，而又爲公誌、銘。

銘曰：仁術壽世職公先，宜楙贈吉報靡僭。俎豆三世侯邦賢，處豐而約厥德剛。毅魂雄魄歌國殤，目極千里歸心傷。鍥石維幽旌曰明，匪昭美門詒後人。爾臧爾熾宜子孫。

明周藩誥封輔國將軍竹川暨配鄭夫人改葬銘

河爲陵，陸爲沉，曲爲弧，撓劍鐔。從陽侯兮，訴玄冥。漢宗廟，有神靈，前和啓兮，見臣民。雲中君，湘夫人，曷往從之？雲黔黔。豐碑改殔都亭侯，天地奠位永清寧。

明文林郎四川漢州什邡縣知縣郭公墓誌銘

明四川漢州什邡縣知縣郭公既葬二十有五年，其孫郡學生思儀卜，不吉，改焉。以狀請銘，曰："惟思儀先王父得事吾子之先大夫，惟思儀得知於吾子。今改兆有日矣，未有銘，惟先王父德可銘也。幸吾子銘之，且乞吾子所聞而狀所不及者。"蓋公嘗事先曾王父桂巖公，爲賢弟子，又先王父少桂公執友，吾大人又嘗師公，而吾又友其孫，是三世知公。洵景星宜銘。

公諱承恩，字惺寰。其先江西饒州人，祖以明洪武六年知蘄春縣，遂家焉。五世孫欽舉嘉靖十三年鄉試，四川資縣知縣。又一傳，生文孺，文孺生公，九歲能詩，十六補庠生，博學，工制義古文辭，十舉不第，以歲貢任四川崇慶州學正，以學行薦知什邡。致仕，諸生耆老涕洟遮阻，有行百里乃去者。是時，海内重講學，公師桂巖公，善《周易》、卜葬、災祥、地理。短小精悍，終日危坐而無勸容，耄年聰明如壯。弟子多成名，奉杖屨拜跽，時比宋儒孫明復。崇禎四年某月微疾，撫孫思儀頂，曰："兒知二氏不悖儒理乎？"索筆爲詩，詩成而逝。

生於隆慶二年戊辰，年八十九，配韓氏。子：羽、翊、翹。羽，庠生，生于汾、思儀、于汭。于汾博學多藝，與于汭皆蚤卒。思儀爲名諸生。先葬蘄之龍蟠岡，某年月日改葬劉公河賽鷄山麓。注《河雒理數》《書經》《玉機微義》，詩文若干卷，順治乙未祀于鄉。銘曰：

> 於戲！先生以晦爲明，其生也爲榮啓期，而其葬也宜楊王孫。公胡佳城，易兆乃禎。其昌而暴，矜式後人。

清奉政大夫吏部文選司員外歐陽公墓誌銘

濳江歐陽壆躬致幣於草廬，奉其考奉政大夫、吏部文選司員外行狀載拜，曰："壆昔得從吾子舉於南都，齒兄弟也。先大夫背矣，子其銘何辭？"景星拜謝曰："嗚呼！吾何忍銘？雖然，謂景星子弟行，其又何辭？"重拜返幣，退爲公誌銘。

按狀，公崇禎十年進士，奉政大夫、吏部文選司員外者，今官也。諱烝，字憲文。年十三，董文敏公督學，器之。天啓四年，舉於鄉，不事干謁，初授江都知縣。江都諸少多家無儲盎，鮮衣衷革，偕身報讐，長吏年非嚴覈不稱，而公以不擾治之，約法：小故不得訟，訟，令跪於庭。不謝罪，明日復跪。久不自堪，輒叩頭改悔。至其發奸如神明，大吏有不執法，必争如法。群少年亦歛手。好士，疾病、昏嫁、喪葬曲爲經營，酬酢往來而竿牘絶。上用副都御史史可法薦，召見稱能，曰："燕魯多殘破，可仍試知縣，朝廷無此例，朕試卿等故爾。"於是復知滑縣。滑縣賊小袁衆數萬，公身入降之，賊爲語曰："即迕爺娘，莫迕歐陽。"甲申召還，會賊陷京師，風聞東宫在，隱忍不死。大清召授吏部驗封司主事轉文選司員外，典河南鄉試，壹壹以病。未幾，丁本生父喪，哀毁不起，臨終爲戒子書，教其爲鄉長者而已，歎息再三而逝，順治癸巳四月十四日也，年六十四，有集若干卷。

公，廬陵之裔。正德初，諱綸者徙居潛江之永興里。六子：楝、柏、析、渠、檄、相。柏，隆慶二年進士，徵仕郎、刑科給事中，封父如其官，卒雲南按察司副使。楝六子：東漸、東元、東星、東昌、東望、東美。東元，即公嗣考，以公貴贈文林郎、江都知縣。妣袁氏，繼王氏，皆贈孺人。東美，公本生考，妣莫氏，移封如前。娶袁氏，封孺人，先公一年卒。子三：長堡，貢生，知縣未任；次譽，庠生；次碧，庠生。三女適云云。孫瑀，壆生；璘、玗，譽出。女孫四人，俱幼。

年月日啓袁孺人永興館之阡合葬焉。銘曰：

公之通，昭明有融；公之窮，高朗令終。窮與通與？天乎人乎？百世而下，視斯文乎？

誥封吴太安人墓誌銘

宜興周御史以其太安人狀略致史官王澤弘曰：先太安人棄不孝季琬於癸卯春仲，閲月聞訃，飲痛没齒，又痛太安人懿善之未章也。今祔葬有日矣，敢請爲之銘，澤弘固謝，以狀致顧景星。

按狀，太安人姓吴氏，維揚人。父曰少懷，敦雅好禮。太安人生而端静。萬曆四十一年，御史之考在調公始成進士。舟次維揚，少懷夢有神人玉帶毬馬，遺黄蓋、金印各一。明日在調公造門，少懷喜以女歸之。在調公筮仕平陽府推官，歷兵部督漕備兵，累進太僕寺卿、通政司通政、工部尚書，總理河務。歷官有聲，其内政資蔣夫人之賢，而太安人實左右焉。順治辛卯，御史舉鄉試，明年登進士。

世祖章皇帝重史館之選，而御史選第一。癸巳恩假歸省，居二年，授浙江道御史，有直聲。丁酉奉命按楚，楚人德之。戊戌丁尚書公憂，服闋，將奉母就養長安，太安人春秋高，不欲行，御史泣以終養請，不允。辛丑巡畿輔，會新命撤按臣御史，遂申前請，而太安人訃至，時癸卯三月也，御史謂澤弘曰："始，不孝季琬成進士，授史館臺諫，太安人喜不動色，及按楚按畿輔有聲，太安人乃一頷首。季緣歲參奸胥注完作欠，致降級，太安人不憂，還職不喜，其德量如此。"又曰："季琬任楚，未嘗寄一坩鮭，而先慈反遺嘉旨。去臘二十四日，尚遺桂霜、蜜橘、薑棗，教愛無異孩提。"斯言也，可以見御史之廉孝，而太安人之慈且智矣。

太安人生卒云云，覃恩封太安人。御史娶某女，生孫男一，某，甫一歲；女三，字某某。以某年月日祔葬某山尚書公之阡。

銘曰：兒遺君羹，母遺稿嘉。食母于國，食兒於家。是母是兒，厥修孔姱。婺輝遽掩，哀謳紛葩。從公于邁，風馬雲車。既披夕秀，宜振朝華。孫謀聿溯，流徽載遐。

皇清通議大夫浙江參議前掌京畿道御史顧公墓誌銘

公諱如華，字質夫，號西巘。其先蘇州人，洪武初，徙居湖廣之漢川。曾祖諱某，祖諱綺，父開明公諱應。歷勑贈文林郎、山東監察御史。妣蔣氏，贈太孺人。開明五子，公其第三子也，束髪爲諸生。順治初，始舉明經，戊子直隸鄉試中式，明年成進士，知廣平縣。

奸民周自好僞造印信，前令捕急，逃入山東榆林，引賊犯大名、順德及縣境。公既備守具，開門盡納難民，徐探知賊巢榆林接于黄河窪下窟竇，用生員周布南計，領馬步鄉勇，決河上流灌之，賊死者無算，乃出乞撫，榆林平。癸巳夏，漳水泛濫，肥鄉、安城諸縣浸没，公先已培堤，廣平得無患。治廣平八載，丁酉詔爲御史。廣平人生祀之，祈年、禱疾、訟獄皆往焉。時初定《大律》，大臣犯法，孥不赦。公進《孝經疏義》，宛爲陳説，上嘉納，除去收孥。江南沿海亂，公疏畫戰守，上悉采其言。辛丑巡按四川，朝議裁巡方官，召還京。癸卯巡鹽江浙，乙巳入掌京畿道，丙午出爲浙江參議，未出都，疾作，猶著《病中移心集》，丁未莫春卒。卒之日，賦二詩寄湘潭王岱。

前巡鹽時，與華亭沈麟有布衣之交，下車先造其門，遂與麟、學士吴偉業賞月虎丘，歌咏數夕。吴人繪爲圖，學士作長歌記之。

公卒，麟敝衣裹糧二千里，哭盡哀，不告而去。公四子：鵵、鳦、鵜、鸝，皆能讀父書。公爲文典重，著書十數種，皆行于世。生於萬曆乙巳九月二十二日，卒于康熙丁未三月初三日，享年六十三。元配高氏，封孺人，側余氏，子女云云。某年月日葬公于某山。鵵、鳦兄弟再拜請銘，銘曰：

有莘苗裔，迄諸無諸。疆開閩越，後啓姑蘇。顧陸朱張，六朝巨姓。史册炳如，代多譽聞。爰及侍御，繼起文章。衡嵾岳岳，江漢洋洋。名躋金閨，質符玉式。銅墨初褰，廣平筮仕。

榆林莽薉，草竊萑苻。剪先牙櫱，備豫衣袽。雷□磤車，僕姑渠荅。鴟叫霆轟，煙飛飈駱。神河天上，瓴建雲中。屍浮螘窟，血汎螓宫。舉肘出奇，躡足定計。餘蟹革心，群兇拄喙。百堵盤措，三郡鼎安。千城循吏，平地雄關。

蘩藻豆觴，春秋香火。兒女閭閻，歲時歌舞。天子曰都，晋秩西臺。謀猷女告，啓沃朕懷。禮辨向歆，經疏鄭馬。寬馭寰中，孝先天下。

國資鬻海，命寵臨軒。論成鹽鐵，弊絶牢盆。天子曰俞，京畿女視。張輪既薶，鮑驄須避。疏列六鬱，愶諷三能。天子曰吁，厥維亮哉！

力瘁經綸，心殫弦誦。李廣離魂，康成噩夢。白頭著望，丱角知名。博憐笥腹，書過等身。道重守玄，安貽清白。成都幾桑，龍陽未橘。時同電逝，疇則千秋。翱翔騷雅，綿渺風流。永奠高原，克昌厥後。我作銘詩，傳諸悠久。

張母孝慧徐孺人墓誌銘

廣濟張仁熙，積學砥行，善文章，景星畏友也。去其母孺人卒葬之六十有八年，是爲皇清康熙丁巳。礱石補志，以其文屬景星。嗟乎！景星信能銘，蓋予祖姑適廣濟王鴻臚公，閨門傳説，張孝慧頗悉云。張孝慧姓徐氏，名元象，字奇孺。孝慧其家謚也。父曰存吾公，諱來建，奉議大夫，蘇州府海防同知。母曰魯宜人，有内範。始孝孺在孕，宜人有娩，狀不遂而假寐，見緋衣人遥語曰："十日我當來。"寤而問存吾，存吾曰："若生男也，宜貴；女也，其在壻乎？生必更十日。"已而腹定，更十日，生孝慧，存吾絶憐之。聞里中博士張玉臺之次子雅才致，許聘。玉臺次子者，今縣志所稱天啓甲子舉人，諱楚偉，别號雪顛先生者也。

初，存吾之守壽州也，孝慧生十歲，存吾病，割烹臂肉，存吾大痛惜。十二能爲詩文，存吾博購經史彝鼎以娱之，而孝慧于經史外，無所取及。存吾倅蘇州，雪顛就婚焉。明年春歸鄉試，孝慧作詩送之。是年夏，舅來，孝慧隨歸。道過京口，報父書文辭婉藻，最後以山林觴咏相諷動，非兒女子所見及。書與詩皆載仁熙所撰《母夫人傳》中。

孝慧既歸張，布衣荆笄，事舅姑維謹。諸母娣姒相謂曰："貴家女，禮如是！"蓋是時，玉臺尚未貴也。庚戌夏生仁熙，未彌月遘疾，脱一玉彄環繫兒臂，爲韻語以屬雪顛，丁寧之言，淒惋欲絶。

嗟乎！孝慧昏未三年，兒呱呱未彌月，又不得見。雪顛舉孝廉，聲華蔚起，時爲婦周星，而其舅正滯貧逢敝，命之不淑，傷如之何？孝廉上春官不第，卒年三十九。今仁熙行年六十八，下見三世，讀書學道，老而彌竺，子孫皆文行卓立，不可謂報于天者不厚。惟以生而不識母，當齧指出血，思所以傳孝慧。而孝慧之墓，尚無烏頭瓦筒，只尺黄紙之誥，天邪？時邪？

然而鄉黨親戚傳説不輟者，是則孝慧之壽且榮也。生于萬曆辛卯九月二十七日，卒於庚戌七月二十九日。生年僅十有九，渴葬於廣濟縣某鄉之野貓孔。子一，即仁熙，今舉明經高等，娶吴氏，繼娶陳氏，生四子。孟佳勖，庠生，吴出，娶兵科給事中吴公亮嗣之孫女，太學生毓忱女。仲佳晟、叔佳最、季佳昆，音産。皆庠生，陳出。晟娶襄陽府訓導夏時奇女，最娶貢生劉醇驥女，昆娶舉人藍應象女。曾孫四：錫宸、錫扆皆庠生，勖出；在爾、知爾，最出。宸娶庠生楊爾止女，扆娶庠生吴楚璘女。曾孫女二：一最出，一昆出。元孫三：洞生、擴生、充生。元孫女二，錫宸出。

《詩》不云乎："威儀孔時，君子有孝子。孝子不匱，永錫爾類。"玉臺有焉。"其類維何？室家之壼。釐爾女士，從以孫子。"其亦孝慧之謂歟！景星歎息爲之銘。

乳母許氏墓碑

乳母許氏，字秀，蘄州人，年十歲，侍先姑貞節，聞《曲禮》《列女傳》大義，及乳予，備極勤劬。予十歲，猶含其乳。年五十而寡，生平言語起居皆法貞節。癸未賊陷蘄，予家以貞節感賊，免害。

母二子：長戊兒，賊招予負戴，戊故駡曰："孱奴安能？吾請負之。"行數里仆，被殺。幼子閏兒迷走郊外，亦死。毋獨從之崑山，十年而返蘄。予既老，大或小疾，母必撫而嗚之，得一餅果必相貽。康熙戊午予奉召，明年恩旨放還，母喜笑，扶杖迎于門，曰："果得吾願矣。"生平無疾，是冬始多眠卧，庚申正月十八日午終于予寢之右室。生于萬曆戊子三月十三日，享年九十三。嗚呼！痛哉！二月六日葬時思圃貞節坊之西南，銘曰：

嗚呼！此顧子之乳母，而從葬于旌表貞節之姑。

恒度大師塔志銘

恒度大師，别號懶翁，婺源汪氏子，蚤失二親，依于伯兄，束髮補諸生，因讀《本草》，遂思服食爲神仙，棄諸生，同仲兄施藥。久之，思爲佛，棄家，方外遊，跣足戴笠至浠水清泉寺。有童子師方課制蓺，取筆代作，衆讀而譟之。先夕寺主堅公夢梁下蹲一龍，出見師，與語契合，遂祝髮名梁焉。受其足于雲棲，分講席于開元，與匡廬石照齊名。

崇禎中，合肥龔公令蘄，爲起精舍于城中大蓮池上。時流賊格裹眼數衝突牛馬墻下，令君數出奇殺賊。暇則烏巾葛袍過師談詩，亦即佛下料事。予未弱冠，謁龔公，見師白頭抵掌，風旨翛然。當是時，方外稱詩，莫如東林寺道恒，而師與頡頏。歲癸未，張獻忠屠蘄，聞師戒行，遣僞總兵胡三可迎師，設食長庚庵。有八老僧，與堅公皆賴師免害。甲申奉詔至留都，領十大毗丘，主大行皇帝懺壇，講經天界寺。上令宫監齎賜紫錦袈裟、石鉢、多羅、沈香等物，仍返蘄。順治戊子，聞土豪亂，渡江居石頭庵，有參學者，輒舉臘月三十日，果以是年十二月三十日無疾而逝。首座道惺奉舍利于清泉之後山，曰明賜紫恒度大師之塔。越三十年，道惺來乞銘。銘曰：

讀書講經，施藥辟兵，是一種智，是不二門。塔高三尺，禮拜天人。文参法苑，禪繼傳燈。

亡姊蕭淑寄葬磚銘

亡姊名椐，字長存，幼師於姑劉貞節，能屬文，年十七，適庠生蕭𢄂。

癸未正月，死賊屠蘄，烈皇帝惡稱流賊，詔稱死賊。驅婦女折城，姊投濠塹，伏亂屍中得免，𢄂溺死。賊去，姊沿濠號哭，曰："長房。"𢄂字也。曰："汝何在？"水濱一屍應聲噴血，視之，𢄂也。解衣覆歸，取所藏金斂之。會予家從匿所出，挈之潯陽。六月病革，十四日未時，索水微盥，誦準提陀羅尼而卒，年三十一。椅棺時服，寄葬於龍開河老馬渡漏澤園之左。

嗚呼！痛哉！弟顧景星鐫磚，而大人爲之銘，曰：蘄州顧重光長女長存之匛。時平遷汝骨，無朽。

墓表

清誥封驍騎將軍都督王公墓表

公諱宋臣，字柱石，南陽淅川人，偉骨相，吕力冠倫少。遊荆益，雄傑自命。

順治初，滇黔未入版圖，公仗策來歸，章皇帝嘉之，命從戎鄢郢。今上康熙五年，滇蜀平，江漢底定，上念楚豫要隘西陵、弋陽爲古重鎮，晋公都督僉事，駐黄州，簡練將士，角力較藝。春秋攻駒，皂厩蕃庶。暇日指顧勢勝，環示將佐。紀律先肅，什伍無舛。罰不旋踵，賞無費留。行旅憩於柈柂，雞豚放於營壘，而尤敬愛士大夫。士之賢而貧，民之矜寡篤癃者，歲時賙給。康熙七年，鄰鎮叛卒匿大崎山，摻牢四出，公擒斬渠魁九人，撫其餘歸伍。歲饑，首倡捐賑。上聞，晋一級。十二年冬，雲貴叛起，江表蜩螗，公鎮静自處。明年正月，大司馬巡撫張公檄守武昌，賊黨起陽邏，謀以元夜入犯。公處分既定，息燈火，停漏鼓，以疑之。分哨九門而自擐甲，領十數騎周巡雉堞，竟夜飲湯兩盞而已。賊又將乘夜焚漢口，以摇武昌。公偵賊所伏，出百騎衝之，追殺殆盡。五月，麻城東山賊起，公請於巡撫，引兵東剿，東山平。冬十月，江右賊出鄱湖，陷湖口數縣，蘄州大震。時公精甲盡在武昌，而所部多新募，餉匱，軍容未振，知府于公備芻糗，贈火槍百口，遂趨蘄州，令守備黑子駐黄梅清江鎮，擊敗賊船于斷腰。會禁軍西上夾攻賊，收湖口、星子諸縣。上大悦，命兵部紀録，而公勞瘁病作，食少一升。和門星隕，櫪馬夜驚。嗚呼！惜哉！

康熙十四年二月二十二日也，巡撫思公功，疏曰：據黄州府知府于成龍報文前來，臣不勝驚悼，該將力瘁以死，幼子伶仃，窮途旅櫬，應否稍賜存恤，下慰忠魂。疏上，賜祭葬。

先是康熙六年，覃恩誥封驍騎將軍，元配劉氏封夫人，并封二代考妣如其官，蔭一子，入監讀書。公子麟紱甫六歲，居喪成禮。今且十齡，黄人不忍其歸豫也，留公柩，而公與黄岡王氏叙兄弟有年，麟紱將長爲黄岡人。戊午十月二十九日卜葬縣東還和鄉楊畈之原。既建塋兆，既揜黄腸。畏壘桐鄉，永思無疆。嗚呼！哀哉！

麟紱聘武昌府城守都督僉事李公諱兆捷女，幼女二，未許聘。黄州紳士屬文表墓，據事直書，庶有備使擇焉。

誄

徐母宋太夫人誄

皇清康熙二十一年二月己卯，徐母宋太夫人考終於江寧里第，享年八十。維太夫人，秣陵郡望冠十南宋公之元女，誥贈禮科左給事中河南按察使天巖徐公之元配，前兵科都給事中河南按察使今湖北布政使司加正一品徐公之母也。貞悳醰粹，譽溢逖邇。登兹融齡，匪曰些隻。走之於公，受知最侈。聞斯悰慟，卧疴悸起。束芻不遑，縞冠未理。論撰幽光，先民所韙。謚以彰德，誄以述媺。敢託素旃，前茅彤史。遂爲誄曰：

仁氣產物，坤母道修。禮崇陰教，詩贊栢舟。在昔休明，南國化美。笄纚歸郤，曰宋之子。景衣拜帛，同鄉之堂。逮事三世，翟帔焜熿。蟲飛輟夢，鷄鳴起織。尊章解頤，夫子礪志。如何昊天，善不常祐。一喪人琴，永捐容臭。茂年十九，忍死育孤。慈嚴兼仔，成我大儒。

方伯起家，通籍中祕。南宮繼售，薇省是秩。黃扉彥士，青瑣夕郎。貌當大道，鳳噦高岡。時太夫人，澹泊居里。有子廉直，怡然以喜。乘軺南邁，定省昏晨。不操一絹，以慰母心。比及還朝，訓申清白。毋以青蠅，點汝良璧。處有先廬，食有糧粻。坩鲊若至，吾不汝受。

大火忽直，銅丸震驚。公時入奏，剴切詳明。帝曰俞哉，朕適南顧。往蕃青徐，錫汝節輅。公既届祇，歲值沴祇。朝賑於沂，暮巡於濟。時太夫人，赫踧自書。彼土彫㓜，老穉何如？維東之老，榆糊土羹；維東之穉，冰雪裸行。何以賙之？有布有粟。兒齒童牙，挾纊鼓腹。杖鳩竹馬，後先相屬。香燈畫像，爲公請福。時太夫人，高養江鄉。静坐齋閣，鼻若聞香。中國告天，願子如此。清獻矢心，臣職當爾。江漢薀隆，公來自東。板輿至止，有顣其容。奩簪棬勺，貫米作粥。元宵大雪，使君野宿。退以訓公，爲母祝釐；退以祝母，上壽無期。

炎南告變，湖北震鄰。嫷羿銜矢，頑童弄兵。賊童黃金龍。公時拜命，移臬大梁。顧兹既亂，杖策靡遑。躬蹈凶巢，大冶之塢。不震不憩，以勦以撫。繼戢麻黃，梟革蟻伏。羽扇登車，曾無初服。功竣靖寇，職復慮囚。目蒿拑釱，手倦爰書。昔雋不疑，作尹京兆。平反疑獄，母則言笑。維太夫人，雋母是同。維公養德，忠孝兼崇。

燧逼湖湘，帝簡八伯。聞命戒衢，戴星遄發。内顧勑婦，奉母金陵。楚方用武，跗注從衡。蘣鼓嘯葉，勿爲母驚。太夫人曰，汝往勤事。援枹忘身，毋怠爾志。公之來蕃，荆岳用兵。鯨鯢浪吼，礌礮星奔。軘艟之用，陵埒山積。樱繂千尋，百夫舉一。沙籌難唱，餫輓豈翼。公之擷据，弗遺餘力。巫峽山尖，瞿唐水猛。九派分流，萬艦雲動。公又留後，移鎮南荆。王師嘽嘽，遂至巴陵。湘沅劃開，亂是用靖。囊橐餱糧，惟公是問。點蒼洱水，蠻僰來同。版圖既復，疇歟之功。蒼頭傳言，太夫人喜。再飯示健，不假甘旨。

公旋省會，節度在牀。臨淮代郭，壁壘載張。譁卒脱巾，露刃舞衛。發在旦夕，不可猝治。恩威既宣，蠢爾知悔。奠此危疆，增我敵愾。滇糧既般，辰𦨴俗字，辰州船名。孔急。疏陳僦傕，不朘民力。黔夫載迫，湖北何堪！羽書黄鉞，晨夕趍趚。痛哭陳辭，憂民匪細。寬裕閭閻，實維公惠。水則有源，木則有柢。聖善至教，君侯克子。抽戈爰息，四境以寧。

公將庀具，迎太夫人。中宵心動，有涕雨霝。白衣來赴，母已仙賓。嗚呼哀哉！孝子擗踊。我何視息？悲號乞去。匪今伊昔，輿情怮怛。臺章慰留，馬停踖蹬。鳥過啁啾，嗚呼哀哉！視母之榮，貤封已極。赤角烏頭，旌還旦夕。公無過哀，强起飲食。仰贊皇猷，大孝錫類。林泉愁士，抑有何知。臨風躑躅，寫此悃辭。

白茅堂集卷之四十

祭文哀詞

祭赤東湖文

治東北十里，匯曰赤東，江水寓焉。汩澌淈滑，鮻鼉窽窟。魚鱉猵獺，鰠泳出没。淪漣渟泓，浸演旁薄。飛鶩疑雷，遥林似髮。秋冬沛然趨江，如久客歸而莫禦也。群漁截流，布網若雲。高者籪䈪，下者笭箵。罛罾罶罧，汰擊榔鳴，如見泉流於地而掇之也。太歲月建在亥，水官司收。群漁造而請曰："維月某日，役於湖，湖伯至靈善聽，願得有以祝。"

顧子怛然未有以應，曰："若奚祝？若病綱罟之數乎？天物之暴乎？將欲神縱所育乎？抑病政之苛乎？民之瘥乎？將竭澤以求乎？"

衆曰："多乎哉！棄鱗積阜，流脂漘涯。瀦陂洋涸，不遺汙邪。摎泥十尺，出其蝤鰕。登市若金，在澤比沙。鱻膴槀脡，陳陳滿家。"

顧子曰：嘻！其甚矣！湖伯愛厥屬，未可以祝。吾聞楚固澤國，嬴蛤是給，無凍餒之民，乏千金之室。蘄治之堧十五，其水葑不足糞，菰不足米。水落川平，沃野百里，湖伯汙吾良田，爲鱗介之宫久矣。彼湖伯至靈善聽，持是以責，又奚塞焉？遂爲詩，俾祭而歌之：横流匯兮原爲湖，魚鱉游兮良田污。嗟嗟湖伯胡爲乎？彼原之水胡滮滮，高不潤兮低不灌。湖伯應償歲之半，維政之苛神則抒，維民之瘥神則撫。壤則棄兮川則取，黥以息兮劓以補。釃酒衍兮肴滕豐，衆維魚兮神報隆。帝黜隋兮嘉神功，屢豐年兮祀永崇。

祭族伯父宫保公文

年月日前貢士推官族侄景星，謹以香醪瓜果束草爲位，致祭於明故太子太保、禮部尚書兼翰林院侍讀學士八伯父瑞屏公之靈，招之者三，曰：

皋公來，自昔癸未，克始侍公。公事先朝，覹爲禮宗。高議東觀，典士南宫。在家如國，無政弗通。

甲申之春，普天告變。衣冠南渡，集於畿甸。國有典型，衆諮文獻。日仄戈回，天傾石煉。江左聿興，位大宗伯。公曰左公，百夫之特。大節不撓，張我王國。公攝冢宰，百僚是式。

帝命我公，爰祀於海。龍旂寵行，禮儀是倍。讒言孔張，公實無悔。屐齒樣頭，山椒水匯。貪相弄權，武夫竊柄。大命天移，君王宵遁。維時太翁，八十卧病。絶粒憑棺，自比龔勝。公既成服，取酒自釃。顧戀靈輀，撫摩穉子。家人不解，公亦不語。扁舟夜逝，潛遵浙渚。明室如綫，作京於閩。芒鞵累繭，晝匿宵徵。一二憖遺，尤公老成。公又在疚，奉詔奪情。帳殿宣麻，行宫授鉞。長樂倡盟，娥江蹀血。

大星曉隕，中台夜圻。肘腋奸生，蕭墻禍烈。昊天不吊，公獨何辜？堂堂武相，命殞中衢。撑天半壁，支地一隅。股肱忽墮，喪我元夫。詔下祭公，行人至止。哀誄甫宣，悲風乍起。有物來享，逆流江汜。即之公屍，吊者罷市。

嗚呼我公，靈爽不死。嗟嗟我公，雖死可矣。公之訃音，景星先得。設位豆棚，招魂茆蕝。達士大觀，百秭一瞥。千秋萬古，公真不滅。公家避難，虞山之陂。隔在泥水，無繇告之。一尊權酹，有淚綆縻。哭公以公，不以其私。丙戌五月十五日，括蒼戒嚴，公出宿中川，諸公餞别，夜半帳下叛起，弑于江心寺。

祭族曾叔祖錢塘令公文諱咸建，崑山人。崇禎癸未進士，錢塘縣知縣。

明故錢塘縣知縣顧公漢石殉節後五年，維大清順治己丑八月既朏，宗曾侄孫景星來杭，過法相寺，公匶在焉，時無祭具，以桑皮流泉，稱辭而告曰：

甲申之變，書籍以來所未紀。皇皇有明，梁元宋高曾莫比。公獨不屈，日中衣冠斬柴市。杭民數萬，被髮奔呼喪考妣。九首齊懸，惟公顔色潔若玼。日有慈烏，千百哀鳴過其底。材官傒兒，張眥齧指騃不死。法相之旁，桐棺三寸衆所買。何以祭公？桑皮之脯東流水。又何慰公？不哭而依鞞以喜。公之一門，冠裳五人盡於此。日月所懸，天經地義永不訾。嗚呼盛哉！雍里忠孝炤青史。

祭艾千子先生文

乙未正月二十六日，後學蘄州顧景星謹以雞酒香楮致奠於明故孝廉東鄉艾千子先生之匶，曰：

衣巾而投泮者，顧所受也。夏考功聞而哭之，未幾亦聞訃也。陳黄門之水死在二年之後也，聞先生携家入閩，遲之又久，乃聞其捐脰也。始先生與卧子不合，議起文壇，今殉節同歸，含笑九泉。交情正氣，千秋凛然。景星道出杉關，見公之棺。伏屍滿地，賊火横山。幸野人猶誌其姓氏，知忠骸徼護於山川。隻雞盂酒，酹公柩前，儀具草草，涕泣漣漣，不謂死生之隔，難忘知己之言。嗚呼！尚饗！

祭張七丈文代大人

嗚呼七丈！交四十年。中間廿載，吾則播遷。聚首歡笑，十不二三。長離遄決，能無泫然。生平姻婭，今有其幾。吾之於子，三世於此。子之丘嫂，吾之次姊。子之冡婦，吾倩之子。

往予弱冠，姊已于歸。子未髫年，説禮敦詩。汝兄冋伯，吾嘗謂之。君家小季，俶儻岐嶷。豈期壯年，甘滯窮谷。薅荼蒯萊，杷塍藝稑。豢豕鐓雞，紖牛養鶩。亦農亦儒，爲臧爲穀。

齊晏久敬，衛荆苟完。一介不與，千鍾匪貪。去秋吾來，吾子出迓。力疾娱賓，藿晨丙夜。月弦幾彀，雲軿頓駕。人世優場，乾坤蘧舍。聞子易簀，衩衾自制。子之細君，刲肉左臂。君臣夫婦，義久壞潰。庶幾聞風，愧此鬢髮。

子形雖隕，子神或存。何以慰子？子有後昆。陳辭酹酒，古義所敦。援筆抆淚，吾無飾言。

祭張公亮先生文

癸巳九月二十四日，淮南陶澂至自華陽，告公亮張先生去歲卒，景星廢食哭，是夜爲詩三章。明旦設位寢之東，以蔌果魚醪致祭哭：

嗚呼先生！予今曷徵。往歲丙戌，謁公雲林。忘年爾汝，孔融禰衡。公始友予，慶而揚觶。

作者在玆，後先無媿。我頌公才，於時尠二。公笑謂我，君才則爾。文章利病，老子後知。君胡年少，老成屹持。衆論哤哰，鼓脣饒舌。知己一言，刺心刻骨。公之爲文，大肆嶺南。長蛇猛虎，不可制搏。賦媵江鮑，詩隸盧韓。恣才略格，縱橫嶄巖。既放於文，亦施有政。

避世淪身，孤清獨映。造物於人，用其有盡。如公七十，夫復何恨？上有日星，下有風雅。心同理同，誰歟咈者。荒草蕭條，衡門寂寥。剪莔設位，灌酒長號。長號伊何？更僕難數。

公聽在冥，緐言無取。今我哭公，弗摛其辭。心傷語結，公乎知乎？

公祭兵憲劉公太封翁文

年月日，鄉官某某，謹以剛鬣、柔毛、庶羞、清酌、楮帛之儀，敬致祭於清故敕封文林郎、河南内鄉縣知縣劉太老先生之靈曰：

峨峨太華，秉玆兑精。葉爽降靈，氏爲卯金。維此卯金，代有巨人。其在河東，翁乃崪興。作頌比晏，傳經擬歆。成均鼓鍾，蚤歲蜚聲。

粤在明季，事勢阻艱。棄儒服賈，達人曠觀。義急興作，輦粟冬官。帝用嘉賚，錫以帶鞶。臨淄之飢，黔敖則粥。越石之囚，晏嬰斯贖。懷清之臺，女也可築。弦高之賢，如何不録。

亭名夢草，臺號文遊。春風坐上，明月樓頭。十千桑落，三五筌侯。危從珽去，轄學遵投。鄉與令名，天降純嘏。五龍譟賓，一彪鳴貫。繄我觀察，猗與大雅。珥筆彤墀，彈琴雒下。

帝命觀察，曰予女庸。典兹邦禁，女奏膚功。江漢滔滔，咨公藩屏。盼睞綵衣，涕洟縻綆。翁也强飯，公歟顧影。叱馭心忪，聞雞夢醒。

昨公來思，雨雪霏霏。梅迎玉節，山繞朱旗。蒼生企踵，徯蘇曷遲。何來白馬？使我心悲。四牡在道，雙鶴在門。章服聞訃，麻衣遄奔。天道有此，其又奚論？翁靈來格，鑒此攀轅。

嗚呼哀哉！尚饗！

祭方太公文

維昔太公，樹德孔嘉。至性湍激，蚤見童牙。親老卧病，自烹左股。居廬三歲，乃復其所。

處時方泰，學者川流。衣裳被宇，冠蓋雲浮。弧矢四方，糟粕六藝。名士避席，諸侯擁彗。羊城天末，脂我柴車。鹿門偕隱，縞綦與娱。琛寶可懷，貞期難對。弢伏英姿，甘是堙殁。空精寄滅，書託所忠。附葬要離，誰與伯通？

昔有高士，曰丁鶴年。亂離失母，神來告焉。公嗣求母，事與之齊。父屍不得，無以生爲。歲在敦牂，銜哀載往。鬼神通之，聖言不爽。灘高過山，浪大如屋。艾髮點霜，麻衣行哭。瘴鄉亂後，白骨丘丘。誰爲父胔，血沁乃休。朝號猿應，暮啼鶴和。滿體皆創，十旬九餓。孤燈燐引，雙眦泉開。柳車芻靈，萬里歸來。

予欽孝子，人倫推重。締好姻婭，閨門作誦。天道惠善，理復奚疑。公靈永妥，爾後以綏。

祭表叔父王公文

年月日，謹以剛鬣、柔毛、庶羞、清酌、香帛之儀，敬致祭於表叔父稺翁王公之靈，曰：

壽考人所難得，而尤難者，生于治世而脱于亂離。康寧爲五福之一，又人所至願而難期。公鍾秀華胄，悠優文物，而年近期頤。當神宗之朝，海宇晏謐，公則長轅之車、曲柄之笠，日與戚黨賓客彈棋飲酒而賦詩。輓季鼎沸，寇疫相繼，死喪籍籍，而公則長逝遠翥，翛然而莫知。

兵興以來，播棄丘墳，仳離士女，而公亂定而返，葺廬而止。琴瑟在左，醑醴在右，皓首而齊眉。五華之遺書，鴻臚之墜緒，彼蒼報施，乃在吾弟。雕龍舞象，而見知于有司。公所憂者，揚雄五世之單傳，而夢寐階前，玉樹與蘭芝。吾先子所休慼者，中表昆弟，如紫荆常棣，異本而連枝。予六兒昭爲弟杜養，公姥哺抱，而謬謂曾玄雲耳之在兹。甲辰秋杪，幅巾一葉泳虎林訪鳥窩，而值景星亦客于浙西。吾得家書，弟舉兒淛，作函馳報，涕泣交頤。蓋先君有治命，而景星所籲禱，一旦如願，喜極而悲。及公歸來，婦女迎門而笑語，稚子呱呱而試啼。公幼勤經史，老成目眚，遂學馮信之避世，扶杖矍鑠而未嘗少衰。初七下九，含飴而弄，而兩兒哯嘔髧髦，繞膝而嬉。昭兒執經，淛兒虎跳，公听然而笑，佝僂傾耳，聽其讓棗而推梨。予時過省，將酒粱肉，燔必親設，家庭讙勸，研道論藝，而信宿忘歸。公乘少間，曰汝兄弟，式相好也，毋相尤也，有如今日，而念我崦嵫。予捉弟臂，相嚮大哭。叔與先君，幼同寢啖，老相砥礪。而景星衍治，忍不如同氣之壎篪！

星在吴門，聞公之訃，觸感慘戚，如初喪考之時。嗚呼痛哉！世之壽考康寧，令終好德，如公何憾？所不足者，未見吾弟之展施。然而道有隆汙，時有先後。蕣華之灼灼，不如松柏之遲遲。天之視人，百代一體，而賢者昌。後抑又何疑？嗚呼我公！公今爲芙蓉之主，今爲道山之歸，爲化生于蓮花兮，爲託精于尾箕。倘與吾先子相見而相慰兮，如生平時，公幸一言。吾兄弟式相好，毋相尤，不虧禮，不殉俗，而不爲乃父貽譏。阿浙佳兒，真繩祖武；兒昭癡種，恩勤則宜。景星直陳肺腑，不敢謂死者之無知。日月晝炤，星斗夜輝。臨風灑淚，誓此一卮。

祭李太淑人文

唯太淑人，瑯琊毓秀。祖德淵流，六朝耆舊。明室世廟，文修武茂。惟大司馬，膚功聿奏。斯文載振，誰實登壇。婁東二美，執血盭盤。陳留之蔡，扶風之班，亦有才女，琰昭出焉。

玉峰望族，隴西稱最。司空太史，骊中彪外。帝用錫之，裘馬鞶帶。又何錫之？繡斧繢旛。大尹繩武，令聞蚤章。一命不拜，角巾徜徉。有齊季女，如圭如璋。既見君子，爲龍爲光。

嗟太淑人，處華如素。詩愛清風，吟耽雪句。箴管作佩，滫瀡畢具。尊章稱孝，媵庶忘妒。惟我文憲，慧見童牙。弱冠領解，腹書五車。射策登朝，郁爲國華。西曹才子，南國名家。帝曰其咨，命汝典學。風檣瘴幰，至于南嶽。肇路啓塗，雰霁解駁。漢水逢珠，荆山剖璞。

嗟太淑人，就養板輿。執詩書禮，珮玉瓊琚。旨却坩羞，法奉浮屠。飲冰養志，菽水稱娱。嗟太淑人，煦嫗慈愛。思慰諸孫，言返闤闠。星在里門，猶子等輩。拜母登堂，母無纖痗。

昨星返楚，病卧林間。忽接哀訃，魂飛故山。惟我文憲，搶籲辭官。多士雨泣，菅屨莫攀。嗚呼哀哉！楚何不幸？遘公巨恫，對此茫茫。視天夢夢，值雨化之。觀成遭風，木之遽痛。

《小雅》廢兮，《蓼莪》狂士。歌兮衰鳳，嗚呼哀哉！涼風起兮，振庭柯。洞庭秋兮，水增波。峰祝融兮，雁不度。江小孤兮，潮不波。睇含兮山鬼，淚滴兮湘娥。想星河之婺駕，聽雲間之玉珂。薿三脊而茜酒，雪雙涕以滂沱。

祭安正君百日文乙卯三月

君今辭世，倏忽十旬。生死之理，譬若然燈。明生暗滅，明滅暗生。生人之趣漸滅，神明之用漸生。御光氣以還往，庶來格兮來歆！

祭守備朱公文

蔬茗香燭楮錢致祭於清故蕲州衛守備朱公之柩前而言曰：

傷心哉公乎！世無皦然之明，何取湛然之清？相與揚泥附塗兮，宜公之死而不樂其生。問公何以死而猝然氣結？問公何以致死而性直如繩？白璧之琢磨兮，點乎蠅醜。淵遊夫清泠兮，而終受制於蝘蜓。傲然委命兮，視不可含；越期倈歛兮，切齒穿鄰。須知神道兮，增公一位；遂令世界兮，少此一人。傷心哉公乎！尚饗！

祭僕戴金文

戊戌十一月十日主人以豚蹄白酒紙錢祭亡僕戴金：

嗚呼！汝死七日矣，魂魄猶近邪？汝生四十年，事吾十五年，行止不欺，終始如一，臣僕之職，不已盡邪？從吾廣陵、秦淮、甬東、天台、豫章、閩海，軍旅羈栖，罔不汝在。汝又如燕、如魯、如閩、如豫，枵腹裹足，致我廬屋。汝之精膂，不已困邪？隨我忍辱，愛我林麓，縕我蘆茨，猒我糠籺。飢寒伏枕，瘆瘷偪促，問汝安乎？頷而瞑目，汝非順受其正邪？往予喜俠，日瀉萬錢，及予歸楚，拾橡采蓮，汝不我病。有金二百，偶提付汝，行旅逾時，封識如故。汝不我欺，我不汝問。壬癸歲祲，群奴偕闖。音趍。汝歸自燕，冰雪没脛。乍見依依，長跽問訊。且言否泰相循，窮通有命。汝見亦何定邪？生平無粒縷之私，無覆藏之行。見小郎君低頭致敬，或得餅餌、樝梨，浣濯以進。雖問學君子，何多遜邪！

嗚呼！天不壽汝，生於吴，死於楚。偕婦再期，一女不乳，豈非命邪？然而兵革刑僇，王公士庶，死非其所，何可殫數？汝不死於道路，而死於吾手。樅棺四寸，土塚二尺，送汝以淚，酹汝以酒，汝何恨邪？徼幸富貴，燀赫一時。蓋棺之日，泯無聞知。予則述汝，俾後知之，汝不綦勝邪？不厚幸邪？

嗚呼！汝有知邪？無知邪？其尚能聽邪？

水懺祭枯骨文

咸告於原野之魂，曰：

歲爲大災，癘疫漬滋。胔骸委籍，胡忍見之？日入星出，即聞汝啼。留連髐骼，殑殑閃屍。骸是汝累，汝胡不思？受此法食，速去毋違。螺鼓震動，業趣消澌。如雛出卵，永無入期。

祭方親家文

人之大倫，惟孝與慈。源長流遠，植厚條兹。唯君先子，治《禮》《傳》《詩》。白頭亂帙，寒燈敝帷。家食不支，薄遊邕柳。告墓留兒，出疆携婦。坎占陰六，庀遘陽九。鳩蝮居前，龍蛇夢後。

迢迢閩粵，路隔五千。凶音遥達，兵火纏綿。君時在疢，飲血呼天。空陳素旐，不及黄泉。適予遊閩，君告厥繇。予諾謂君，當爲汝求。獲君母骨，邵武山陬。載歸蜃輀，得正狐丘。君哭謂予，死罪莫贖。君義天高，我思地縮。父屍不得，窮民無告。誰非人子，丁此荼毒。

或夕予夢，君母板輿。右拈藥裹，左挈氍毹。言有息女，敬託門閭。靈爽來告，得毋信諸。媒妁到門，詞卑揖下。第二郎君，敢攀甥舍。予思昨夢，踟蹰起謝。以是姻緣，遂成姻婭。

《書》云孝乎？惟孝格天。閨門有政，孝莫大焉。君每一飯，淚下綆泉。延目南望，剜心越堧。權火連疆，關河轉逐。扉屨辭家，麻衰行哭。刺身出血，驗知父骨。四尺墳成，平生願足。君本儒素，遊藝岐黄。通人弘景，隱士韓康。門下刀圭，中饋酒漿。暮年樂志，皓首清狂。

去歲杪秋，予坐窺園。君來就我，痛飲盤散。讀如跚。自云將死，脉候在肝。青陽載莫，天命永殫。地老天荒，别長會短。願子祭章，及吾有眼。壽子一觴，請子豫撰。子文不成，吾不受含。予笑謂君，君言且止。我文不成，子即勿死。豈期春半，一卧不起。吾忍負君，前言戲耳。

嗚呼哀哉！有肴在俎，有酒在觵。君之聽之，來格來歆。

祭程逸足親家文

維程之衷，溯自重黎。典策所載，後先嗣徽。道統在雒，百世仰窺。源長流遠，奕棄丕基。唯君之生，德性敦敏。學則懷琛，進斯脱穎。《禮》通戴德，《易》兼谷永。六經黼黻，群書虡簨。

昔在漢代，順帝臨軒。大興黌舍，程輔一言。功懋聖教，澤流後昆。固宜美報，爰及子孫。君處家鄉，輕利軒義。出粟賑饑，讓産厚弟。鰥寡無歸，勤施不替。何以誄君？宜謚曰惠。干戈偟攘，静好琴書。蟬蜕亂世，有此潛夫。蘭橈江滸，篴筍山陬。高士共歎，郡守式廬。

我締君姻，歲在戊午。徵軺北邁，取道梅澥。留連信宿，抵掌笑語。燭跋杯闌，唱予和汝。出郊申餞，策馬招提。碧流紅葉，品行彈絲。君衡胡子，虬冄頳頯。雞啼霜重，分袂含凄。予既南還，養屙衡泌。層山入望，八行難述。篤予不仕，不堪有七。多君知我，此心如一。明年兒曆，爲君館甥。教誨飲食，同于所生。壻非玉潤，翁實冰清。顒顒一室，藹藹在庭。擬以今秋，來迓兒婦。醖旨待翁，兼速諸舅。昨客踋門，赴帛在手。奈何昊天，君無上壽。

嗚呼哀哉！君衡之訃，余悲莫禁。君今去我，慟何可任。朋友之好，姻亞最親。況在世外，相知獨深。君之昆弟，二難比陳。君之諸子，如龍若荀。丘隴雖隔，足慰君神。酹巵揮淚，君乎來歆！

祭龔五郎秉尊文

嗚呼！痛哉！君壽之不永也。君有宜壽者四，不可死者三。

幼而慧敏，長而穎栗，廣顙豐下，長身玉立，顧盼謦欬，聲出金石。君之頌貌，宜壽者一。愷悌至性，出自天姿，冬温夏凊，讓棗推梨。弱冠有室，敬忠不移。君之孝弟，宜壽者一。學無鹵莽，文有心力，炎天雪夜，孤燈呫畢。力行恐有聞，見善如不及。君之好學，宜壽者一。嘗行雪野，適有殣夫。君爲斂瘞，墳于路隅。莫知主名，揭櫱大書。庚申之夏，蛟龍起陸。君收澳屍，力偕廝僕。凶年饑歲，饔飱不足。輟己壺餐，往飽枵腹。君之陰德，宜壽者一。

不才徼倖，魏科大官。君如成就，遠大奚難。泮水猶靳，國光未覯。君不可死。

君自授室，琴瑟静好。巾帨屢縣，熊羆未兆。玉韞珠含，蠹君翁媪。君不可死。

椿萱老大，奈此雙親。亦有兄弟，壎篪和鳴。乍看橫櫬，不見過庭。君不可死。

嗚呼痛哉！謂君宜壽，將子毋死。一旦溘然，事寧有此。

蒼蒼者天，爲善不親。茫茫後土，蘊此璧人。形骸石火，魂魄冰清。堪填劉塵，並喪王琴。或者緱山鶴到，天上樓成。侍玉皇之香桉，在地下兮修文。聞君將逝，達言可聽。視三生之來去，如一臂之屈伸。尊公有道，哀不損心。柩前立嗣，用慰宗禋。星流光繼，魄死明生。然而君雖解脱，我輩鍾情。陳辭當哭，莤酒來歆！

祭陳太淑人文肇昌母

致祭於皇清誥封太恭人、待贈太淑人陳母張氏太君之靈，曰：

我聞在昔，厥有歐陽。文忠是謚，孝思孔臧。内艱護匶，扶過清江。李覯才子，爲文祭饗。擬以孟母，善於比方。僅十八字，言簡義長。

今太恭人，篤生令嗣。公沙五子，長者儲卿。當代鼎儒，聖朝璉器。思啓母儀，慶繇善積。覼縷無取，連章奚翅。祭用覯文，亦復何媿。

儲卿撰狀，頗悉平生。言言孺慕，奕奕徽音。曰哀曰誄，爲傳爲銘。精詳別載，兹不叀陳。秋雨淒風，助君永痛。束此生芻，慙無問賵。勉矣孝子，慎毋毁慟。顧念蒼生，善哉珍重。

我歌安世，以薦嘉芳。嘉芳既薦，以告靈饗。靈饗既告，德音不忘。於乎尚饗！

哀詞

大中丞王公哀詞

巡撫鄖陽等處都察院右僉都御史崑山王公。永祚。崇禎十五年，李自成攻陷鄖，公力戰，被重創，方收兵鄖野。有旨逮問，甲申讁戍吴淞，乙酉死之，於是哀之，其詞曰：

歲紀星壽兮，夫子南征。凌洞庭之瀰波兮，驚衡陽之嶙峋。撫湘纍之舊都兮，過襄蘭之故城。吊平員之忠直兮，慕夫人之感慨。哀賢悊之遭亂兮，年失時而左邁。欸前世而已然兮，心何時得暫忘。蓋聖人終身補過兮，曰是道何足藏。

懼日月之不我與兮，冀收桑榆之末光。世重軀以慮難兮，謂殺身之無功。苟膚髮之羌存兮，雖衰棄亦何傷？憐私心之不可懲兮，詹苦節之不可貞。何罹蘖之阸夒兮，竟怫鬱而莫信。達靈氛之所詹兮，式先民之是程。知時訖不可兮，又爲獨此營營。曰吾憾昔者之未逮兮，乙之黿吾以行。阽危死其弗悔兮，奄浮飆而上征。前泰厲使先驅兮，後國殤紛御綏。朝三嵕莫九疑兮，蓋魂氣無不之。涉洋海之零丁兮，歷陵隖之委蛇。吊古帝之幽蹤兮，召含靈而問之。曰司命不女察兮，焉乃逝以徘徊。路彌曼以順楕兮，窅不知其所柢。

帝元冥使筭予兮，魂欲往而中止。王鮪死不貳向兮，越羽隕不北飛。淩陽侯使竟渡兮，吾終轉虖南圻。背工祝令先行兮，臨睨故居吾將歸。飀風縱其入門兮，硼環襬拂羌其若來。重曰大禹蠃體兮，仲雝文身。箕子被髮兮，接輿暮髡。大時不齊兮，道有常經。凡百君子兮，宜諷斯文！

李夫人哀詞

吾友江寧李則友母明誥封正二品夫人，康熙壬戌四月二十四日終於正寢。

夫人姓胡氏，郡望文臺公女，左都督文若公妹，歸勳裔李公鍾雲之子，諱當瑞，字兆五，弱冠爲名諸生，喜讀韜鈐，更號投筆生。天啓五年，武進士。崇禎初，選儒將第一。歷官廣西行省都司寧太總兵，官階榮禄大夫。

夫人婉静温恪，壼儀于鄉。子如臨蚤卒，長女適庠生史育奕，次適今方伯徐公惺，次適太學生馬時行。榮禄公鎮粤時，聞新安江氏有淑女，備六禮聘，閨中並稱夫人，生則友。胡夫人聞江氏留粤，曰："娣姒之子，吾子也。"速迎諸，迎歸無間，言榮禄公夢夫人與江撫幼孤。越十二年，江卒，則友哀毁。齊衰期，闋不就試，江左名士皆贊李益三知禮。

益三者，則友字也，富于學，善詩詞，吴越楚豫齊魯，所至輒盛名。

上方許士子入粟得以上庠位，郎官徐方伯謂益三，益三曰:“吾豈若以布衣養母邪?”方伯歎而止。至是服母夫人喪，哀毁過于喪母江。景星之交益三，則益三壬子入楚，時益三孝于親，篤于朋友，義以誠禮，容謙有光，切磋其爲文章。夫朋友之母，猶吾母也，不容已于哀，稱辭以哀之。

徐穉母死兮，林宗吊之。生芻一束兮，以當賦詩。君志洗期兮，不榮有位。大孝守身兮，俯仰無愧。教忠義方兮，唯此太姥。秋蹌道階兮，翺翔蓺府。杯棬兮圖書，晨夙兮與居。猨狖鼉鳴兮，鶚斯夜呼。靈之來兮佩瓊琚，潔己盡養兮時蓋寡。訓不率兮俗肆姐，君獨樂兮格純嘏。

上日星兮下風雅，洞庭兮瀟湘，英皇兮宵光。楚山迢迢兮吴水湯湯，愴予懷兮以東望。夫人兮有美子，永譽處兮無疆!

白茅堂集卷之四十一

書跋

跋管子

劉向叙《管子》三百八十九篇，太中大夫卜圭書二十七篇，臣向参書四十一篇，射聲挍尉立書十一篇，太史公書九十六篇，凡中外書五百六十四篇，定著八十六篇。今闕《王言》《謀失》《正言》《言昭》《修身》《問霸》《牧民》《問乘》《輕重丙》《輕重庚》十篇，止七十六篇。晁氏曰："劉向定九十六篇，今亡十篇。"晁氏誤也。《漢志》止八十六篇，向所定著，列於"道家"。葉水心謂非一人之筆、一時之事，是也。仲將没，對桓公，安得及毛嬙、西施事？《形勢解》《輕重》諸篇皆後人僞補，縞紵敝梁魯，不待智者而辨。

跋曹孟德注孫子

夫詭其觀聽，敵人不測者，田單繪牛以龍，胥臣蒙馬以虎，劉錡飾兵如鬼，狄青之鉦三鳴而奮擊，句踐之士三行而自剄，夫差之陣無所隱蔽，援桴而鼓，三軍皆譁是也。是近於戲，何足殄大敵？惟其注目傾耳之頃，忽變而突前，蓋伏也。曹操既破荆州，輕騎一日夜行三百里，是兵法所有。兵法所有者，武子曰"兵貴神速"是也。連檣接櫓，舳艫相銜，則兵法所無也。黄蓋曰"可燒而走"。龍旗赤幔，齊聲唱降，是兵法所有。兵法所有者，三行自剄，三軍皆譁是也。操出營立觀，則兵法所無。秦師過周，超乘免胄。王孫滿曰："無禮必敗。"兵驕者亡，無禮而驕，不勝之謂也。吴人齊聲唱降，毋乃哭而不哀同。而操驕，不爲備，不亦不慎矣乎？故曰：兵法所無也。偃旗者，伏形也；

息鼓者，伏聲也。夜戰多火鼓，晝戰多旌旗者，形、聲伏也。强而示以弱，伏形也，進而卑其辭，伏聲也。越罪人三行自剄，形伏也，無所隱蔽，三軍皆譁，形、聲伏也。惟上將惟能伏智，故能制聲、形之伏。操不知是伏，不能伏智者也。不能伏智者，不知兵法者也。兵法無過《孫子》，《孫子》不能盡其用，操也云乎哉。或曰戰國處士託爲之，未嘗有所試也。若夫今之用兵，又非武書所能試者也。

跋中論

曾子固叙《中論》云：始見館閣二十篇，及覽《貞觀政要》，唐太宗嘗見《復三年喪》篇，今亡。《魏志》云二十餘篇，知非全書也。偉長，鄴下七才子之一，曹操特旌命之，不就，以爲上艾令，辭疾不行。庶幾知進退者與？或以其書比荀悦，豈非然哉？悦不獨文章不逮，出處大節安能望哉？《爵禄》《審大臣》《慎所從》篇直指操輩，考僞譴交，隱以自明。其志貞，故其文質；其行忠，故其言切。漢末儒者，舍偉長，誰與歸？

風角鳥鳴占

後漢揚由著書十餘篇，名曰《其平風角鳥鳴占》也，不傳。今《風角鳥鳴陰陽局鴉經》，東方朔撰，假託也。其術周秦已有，用天干五情、地支六情，五行八風、五音六律，歲加月、月加日、日加時、時加方；辨鳥之音色，風之聲響，情之貞淫、貪廉、静躁。惟無欲而虚中者得之。世傳公冶長識鳥音，《漢書・管輅傳》載，鳥語皆有韻。鳥豈能韻哉？用此術耳。精於術，則山鳴谷應皆韻，不獨鳥語也。杜夔之聽馬鐸，佛圖澄之聽塔鈴，兵書有《諸葛鼓音》一卷，皆此道也。介葛盧聞牛鳴，知生三犧。詹何聞牛鳴，知墨白蹏。楊翁仲聞馬鳴，知眇目。楊宣聞雀噪，知覆車粟。賈昌七歲解雞語，遼神速姑解蛇言。雖别有神悟，而理無出風角者。求一解人，不可得也。

跋韓致光香奩集

韓致光偓，唐昭宗時翰林學士。天復元年，朱全忠犯京師，偓從幸鳳翔，進兵部侍郎承旨。全忠怒，貶濮州司馬。哀帝天祐二年，除原官不受。四年復除，又不受。全忠篡，偓終身不食梁禄，高節若此。《香奩集》一卷，則閨房嫋媟，周詳裙衩粉黛之間，與行事不類。葉石林云：韓熙載作也。陸務觀《南唐書》言熙載生平，著有《格言》及《張述》三卷，《擬議集》十五卷，《定居集》二卷，不言《香奩》。沈存中《筆談》云和凝作。及考唐《藝文志》有《香奩集》。意者，偓假此自晦邪？即熙載以帷薄自污避相位，豈無謂者耶？長康挑鄰女，嗣宗狎兵婦，士生亂世，放言汙行以全其身，有如此者。雖然，婾生窮欲之徒亦得借口。嗚呼唏矣！

書艾千子序羅文肅公集

聖人之言，如燈取影；賢人之言，如印印泥。聖人之言通，而賢人之言不善求之，則至于軛。李獻吉勸人勿讀唐以後書，亦猶退之非秦漢之書不敢觀云爾，所謂賢者之言也。求獻吉之意，蓋欲初學熟周秦兩漢之氣，不使後來文格猾其聞見，豈真令人不覩唐以下之史若集哉！艾東鄉莫不舉爲詬病，是不善讀獻吉之書，求而至於軛者也。庚戌六月六日甚暑，偶書示兒。

跋錢譜

洪景伯《錢譜》集顧烜、張臺、封演、董逌、李孝美、陶岳數家，遂號詳博，實多可笑。鼂氏譏董氏載太昊葛天之幣爲無稽形制，正可闕疑。今洪氏强爲圖，與項梁大錢，公孫述鐵錢，王則河陽錢，吴越王錢，例如今錢幕狀，何也？鄧通錢，文帝命鑄也，不當曰僞，當曰私。宋景和鵝眼，民間私鑄，又不當入正。宋有荇葉、萊子；北齊有厚、緊、生澀、天柱、赤牽；乾明、皇建間，赤郭、赤生、青熟、細眉，皆私也，洪復遺漏。至如《歲時記》牽牛借天帝二萬錢，佛書曼陀多王以神力雨寶錢，説本無稽，洪彙作一卷，曰“天品”；輕影滑水，孫先生、嚴君平之類，亦作一卷，曰“神品”，極可笑。

偶書琴張七言律

琴張子七言律，全體佳者少，警聯如《燕臺懷古》：“天連大漠寒雲遠，地接平沙衰草多。”《歸興》：“人遊日下偏憐鶴，家住峰頭不羨魚。”《平山堂》：“山從南出涵江氣，雲自東來帶海陰。”《西施山》：“六千君子何無舍，一代佳人獨有山。”《和秦釪》：“狐科制策論高第，蟻窟勳庸說大年。”《蕺山》：“遊士每驂霞上馭，妖姬長寫月中眉。”《春興》：“朝朝山作佛頭緑，夜夜春生女面花。”《香山寺》：“天上有時人作語，地中何處馬聞嘶？”《酬方昊之》：“野狐上對通天策，群蟻高登審雨堂。”《鳳城春游》：“芳洲淺碧翻鸜鵒，河曲煙深響鷓鴣。”《避難》：“已傳雒里勝蒼雁，未見河流下木鵝。”《答友》：“見客先觀無反氣，閒談切莫道遺民。”結句如《玉河橋有見》：“餘嬌化作堤邊柳，人去春歸只獨摇。”皆有味。

荆岑寺募化册子

宣和畫院集畫師貌古詩句，嘗奉詔畫張繼寒山寺夜鍾句，衆皆作城，一人作亂山，稍露旛塔，帝置第一。蓋城寺囂俗不如山寺之幽。吾尤愛摩詰“深山何處鐘”之句，勝張繼。今寺在城市輒多完好，而山寺多廢。豈非背雅逐俗使然哉？予在南都遊所謂五大寺，無異市肆，僧皆肥奢駔儈，而阿殿王山之廣利寺有如來真體舍利，殿廊傾圮，鼺蝠飛走，一二老病沙門迎拜問訊，氣僅能屬，嘗致歎焉。夏月有荆岑寺僧來謁，自言寺鄰太湖司空山，舊爲本净禪師道場，宅幽執阻，廢矣。密雲弟子曰：響泉者，居之司空山，即司空原。李白詩云：“卜居司空原，北與天柱鄰。雪霽萬里月，雲開九江春。”周子充《二老唐詩話》載白《司空山瀑布》詩：“斷巖如削瓜，嵐光破崖緑。天河從中來，白雲漲川谷。玉案赤文字，落落不可讀。攝衣淩青霄，松風吹我足。”則此山久入文字之品題，而後遂無聞，所謂背雅逐俗，不信然與？今之號耆宿大師往往走通都，交冠蓋，而響老居此，其人必不俗，寺與僧皆不俗。舍此向城市粥飯禪，和作供養，不可入《宣和畫譜》，況其他。

竺道士册子

道士竺筠篬，雲中人，狀若七八十歲，自言百餘歲，察其人，無他異，獨言嘉、隆間事一二。中蓟子訓摩抄灞成銅人，曰："會見鑄此而已。"五百年未有證據。當時信之，道士據聞見譚亹亹，就令非百歲，必廣交先輩名公巨卿而得之者，至其不惑衆，不慕利，瓢飲簞食，似聞道人也。善畫，比吴小仙、張平山，尤長于龍，曾見于寺壁。潑墨作雲，隨宜掃之，肘掣臂送，色態輕重，四面奔赴，洶湧澒洞，如颶起海濤，煙旋水渦，如乘輿羽獵，萬騎駊騀。其往而從龍也，如磁石協鍇、琥珀綴芥也，如韓、彭、樊、灌垓下之會也，如虎豹犀象昆陽之敗也。雲狀既備于東南隅，始見所謂龍者，見止角、額、目、鼻、牙、頷、五爪，騰拏而逝，生獰可畏，道士豈劉洞微苗龍之流與？

來蕲三年，鄉人善其方謹，建樓居之。道正司妒而索牒。有惡少索酒食，不得，召黨毆辱，道士怒起提大石，如拈瓦礫，惡少乃驚走。

嗟乎！道士年甚老，無徒從囊篋，行或儽然，止或嗒然，宜其曳尾持頤，長以無慮，而不容若此。然則士之潔身逃名以全生者，必如何而後可哉？噫！可痛哉！今天子寬大，不欲一物不得所，余故以告當事，而有撫民之責者，庶幾結仲叔而禮桃椎，是亦體聖天子寬大之意哉！

僧定慧册子

人有生而不腥食者，釋氏云："前身戒行頭陀，若夫貪殺無厭，則奥闍訶雒夜叉化生。"士大夫笑之，曰："牛羊不腥食，狻猊腥食；鵝鴿不腥食，鴛鶴腥食；蝨蟹不腥食，蜻蛚腥食。豈牛羊、鵝鴿、蝨蟹皆戒行頭陀，而狻猊、鴛鶴、蜻蛚皆奥闍訶雒夜叉耶？狗有不腥食者，豈戒行頭陀作狗耶？"以爲謔浪云爾，而驕慢不信之人，舉相戲弄。

江夏有金氏子，則生而不腥食者。母曰吴故給事中吴公某之女弟，夢一頭陀僦舍，覺而娩焉。四歲晝夜哭，有僧心明者，曰：'是吾友也，何緣至此？宜即出家。'父母駭而許之，易名定慧，果不復哭。心明死，定慧年十二，父母泣抱歸。一日逃入山，匿盧氏廢祠，與老癩僧俱數年，人無知者。父母卒，還，盡哀。武昌太守梓溪劉公詫爲異人，出三千錢，與建廬。廬墓四年去，入岣嶁、峨眉十餘年，聞南京有花山三昧戒師，往從之。又十餘年，返楚，止獅子山。發憤、燒頂、然指、曳鎖、立錐，欲以感動不信之人，而不信者益相笑噫嘻，人不自思耳已。

謂定慧宿緣，如其母夢，誠不可知；謂其炙頂、焚指、曳鎖、立錐于彼道中不誠信，則不可。夫燒頂、然指、曳鎖、立錐誠獲罪儒教，然而士大夫信儒教不如定慧信彼教。宋二帝在青城，百姓候南薰門，或爇頂、煉臂、割心、鎖口。嗚呼！其亦可笑談戲弄云乎哉？

張旭東明帖

項玄度藏謝客草書，示董玄宰，玄宰曰："四聲定於沈約，狂草始於伯高。謝客時都無是，且庾開府步虛詞，謝公安得書？必張旭無疑。"玄宰辨非謝書是也。指爲旭，何據乎？狂草如畫鬼魅，僞作甚多。懷素千字文類是也。往見懷素墨迹，《九月望》《冬笋》二帖最佳，與《聖母》絶相類，真素師筆。徐天池謂《聖母》別是一種，歎非具眼。

錢氏二王真迹

一武肅王鏐判崇吴院僧嗣匡帖，一忠懿王俶判寶慶寺取木植狀，一忠懿報叔帖，危素記魯任城王藏者。

吴元年九月，大兵入台，錢氏遺墨，略無存者。五世孫尚德亂定贖求，得三帖於兵中。洪武二年八月，裝潢成卷。上之賞賚甚厚，仍還尚德。按《宣和書譜》，武肅喜作正書，剛勁整密，惟御府藏有草書國子直講譜牒手簡二帖，餘俱散失。今武肅崇吴院帖皆有司作，僅龍德二年下一押爲真迹。忠懿寶慶帖僅身執十行四草字，並押米元章跋，稱筆勢圓健，此帖無可謂圓健者。報叔有晋人風度，元章跋必指此，誤裝附寶慶耳。

錢氏子孫世居天台山中，緘守甚固，中原之士宜不多見。予欲拓一本勒石，兵至，其孫時泰亟持去。

跋草書

草書從隸，隸有其理。以隸模楷，因命曰楷。無圓不方，無縱不止。方止之説，其一端耳。從草作草，楷于何依？以暴易暴，不知其非。

王元美云，京兆少年師懷素，晚歲絶不作草，俗筆亂真可厭，斯言是也。謂京兆楷法似吴興，此鶡之似鳳；謂草似素師，直狗虎耳。解大紳更無一筆入門。

素師法自獻之出，不知者以爲伯英也。

南唐百馬圖卷子

百馬卷子，南唐人畫，無姓名，有宣宗皇帝御印記，質愼庫中物，亂後落人間。天寶舞馬圖也，御榻冒白巾衣。白衣者，玄宗也。按宋齊天子宴私，著白紗帽，太子在永福省，則白紗帽。壽寂之等立湘東王，引升御座，猶著烏帽，主衣以白帽加之。王敬則推高帝即位，手取白紗帽加帝。隋天子視朝聽訟，宴見賓客，皆白紗帽，白練裙襦。後周天子田獵，白布衣而素裳。唐制相沿。《六典》：燕見服白紗帽，下服皆白是也。宫娃八人各有所執，奚官十五人，黄衫、鏤花玉帶、金銙尾、繡抹巾、烏皮靴，馬項繫金鐸，力士五人，錦帶似帔而長，隨風飄揚。隋唐文武皆有裲襠、螣蛇。裲襠，即《説文》褠，無袂衣也，一當胸，一當背，短袖覆膊而合紐于兩傍。螣蛇，錦表裏長八尺，實以木綿，象蛇。此圖亦見當時服制。圖今在吴門錢氏。

髑髏弄嬰圖

髑髏而衣冠者，衆見也；粉黛而乳哺者，己見也。與兒弄摩侯羅亦髑髏者，日暮途遠，頓憩五里。堠者，道見也。與君披圖，復阿誰見？一切肉眼作如是觀。

跋畫譜

楊契丹引鄭法士至朝堂，指宫闕衣冠人物，曰：此畫本也。韓幹畫馬，即師馬；董北苑以真山水作稿；黄大癡日寫虞山晴雨正側；張詢畫照覺寺早、午、晚三壁；花光和尚寫梅，移船就樹；郭河陽取夏雲作山巒，暮霞鋪抹作洲渚林樹；宋迪敗墻高平曲折作山水；米虎兒烟作山林；文與可波撇作竹；趙子固章草作葡萄；米仲詔驚濤作石。所謂畫師，不是無心學也。

米海岳畫卷

元章以挍書郎補太常博士，知常州，復除爲書畫兩學博士。畫筆本仿唐人，病唐人山水少有出塵格，變用己法，醮筆爲之，烟雲掩滃，樹木濃重，作夏山蒼翠態，要知公畫，實不盡此。鄧公壽《畫繼》録言，李元俊藏二紙，其一松梢横偃，淡墨畫成，針芒千萬，攢錯如鐵。今古畫松，罕見其制。一梅松蘭菊，交柯互葉而不相亂。今流傳，罕有如是。往見項子京家藏一幅青碌，山水明媚仔細，人輒疑贋，不知元章畫如其書，書自有晋，畫自有唐也。生平所作，不過横直三尺，惟寶晋齋中掛雙幅成對。今匡山所藏，多至八幅，或得意盤礴不厭多，亦寶晋齋中例邪？石田題句：“莫怪濕雲飛不起，米家原自有晴山。”可以盡襄陽家法。沈詩集不載。

仇實父采蓮圖

宋人王守正學周昉，恨不盡其法。於園苑寺觀名勝處，据高隙窺士女態格，下筆綽約欲語。

實父生盛世，當吴趨華豔地。良辰美景，短陌長堤，繇左無嫌中央，不檍不假，一一矙覰。右《江南弄》《采蓮曲》也。頃來西湖，秋容如鏡，何匡山先生出此圖，想見太平越姣吴娃之盛。嗚呼！殆所謂綢直如髮、卷髮如蠆者邪？

徐幼文山水卷子

徐幼文自元入本朝，身卒之年月，錢虞山辨張習甚悉。以吕志學題畫一語，知幼文瘐死在己未、庚申，而不在癸酉也。

幼文畫高遠，欲過倪迂，流傳絶少，亦鮮贋本。此卷得之梁谿邵氏，末有文莊公竇五言古體一首，清勁可觀。

國初，高、楊、張、徐四才子知元祚已盡，淮張不終，辭而避之以遠害。及内附，自謂可共功名，而卒之誅竄、下獄以死。悲夫！出處之難有如是夫！

沈石田方幅山水

石田畫與詩字皆不易贋，而贋者最多。然壯、老所作，亦自徑庭。壯時起筆嘗弱，老以補景不到爲佳。玉峰嵇生所藏，吴公原博家舊物也。吴公固推石田詩在畫上。今絶句一首甚佳，舊集刻本不載，知公散帙不少，可惜也。

題玉鳧詞

雲間董孝廉《玉鳧詞》，穠粹駘宕，老成處希風宋人。予不工詩餘，亦有二百餘首。昔廬陵李昌祺以撰《剪燈餘話》，没而得不祭于社。快哉！吾終不諱"醉擁如花"句矣。一笑。

偶書二條

修竹萬竿，天日新鮮，緑光蔭映，童子荷黛染衣，與竹色無異，手面皆碧如。袁公、毛女作伴左右。

性喜夜坐，惡漏鼓雞聲。惟林鶴驚露，山鳥報更，萬籟皆避。此心獨寂，殊可樂也。

書淳化帖

淳化帖，今流傳者多。馬蹄釘鉸及關中摹本，其棗版贋劣，愈以譌失。而閣帖原本人間鮮存，予家有之。

先王母十歲時，從其父侍郎公在京師，分宜相公過侍郎，呼王母出拜，贈此帖與貓睛耳環二。徐爲其子求聘，侍郎不允，分宜怒，嗾俟給事劾以無能尸官。時，侍郎方推大司寇，遂去位。

此帖歸予家，紙似羊皮，搨色極澹而微黄。崇禎庚辰，流賊以招撫住蘄四鄙。先子恐不能保，遂贈合肥龔公，公持歸獻其父。又二年，卒毁于寇。豈神物終當化去耶？

書廬淡巖十二賣五質詩

蓋聞金遭衆口，未免鑠銷；玉被青蠅，亦蒙點黶。然而金玉無損，精白固存，何者？患繇外興辱，非己作也。至于禍有遄嫁，聲不暇吞，墜諸深淵，下之非所，如是則螻蛄解穿，並去聲。飛鳥能言。出囹圄之孤囚，釋縲絏之窮子，況有情深受，得無嗚乎？

江南糧儲參政盧淡巖，瓊玖爲心，冰霜操行，徒以苞苴不進，萋苡來誣。俵境内之青苗，原非私斂；給倉中之黑米，本是宫糧。移粟不過于東西，賦粟聊權夫朝暮。是日那借，豈屬侵欺？籍運使之臟，車書斛麥；極腐儒之蓄，敗筆殘氈。賣及祠堂，決别爨婢，天豈道喪？人盡心傷。自頃以來，紛紜多故，文章無用，搶籲奚爲？上帝板板，徒作昊天之呼；遼海年年，何處秋風之哭？于是參政有《十二賣五質》詩。

嗟乎！應璩《百一》，不盡騷士之悲，曹鄴《五情》，難望詩人之救。試藏篋笥，且掩壺漿。笑淚甘而哭淚苦，易牙不得其嘗；喜容泣而哀容嬉，老情不通于少。物類若此，世態誰憐？或者父邪母邪，庶幾神之聽之。援筆慷慨，臨書于邑。

濟南分題跋辭

天地桀礴之氣鍾于東，于山則泰岱，于水則瀛河濟漯，高深鴻衍，見怪出雲，盡古今才筆之揣摩而新新不已。夫萃薈之精無如李杜，當其東遊亦歷年所，今集中不數十篇，豈非搇抉未罄而囊括之實難耶？即濟南首郡，明嘉隆時，李于鱗、邊庭實、許殿卿諸君，挺生其地，名勝題咏，亦闕如焉。

綸霞田先生後來鶱起，所至篇袟盈篋。剖判元氣，成乎筆端，蕭瑟崢嶸，搇前人所未有，在濟爲十六短章。此十六章，風流高簡。王維之《輞川》有其潔，盧鴻之分題有其逸，元結之《琦玗》有其放。蓋綸霞所著，不下高青丘《姑胥雜詠》，而十六首霧豹之一斑耳。今海内家瑜户瑾，可謂盛矣。然而粉雉笨伯、迓鼓濫竿，亦自不少。七言風體，或躓于音律；五字長短，亦家數茫如。且夫詩道如應龍，申之則薄游萬里，縮即可入芥甲。覶縷道妙，出入無間，《易》不云乎“吉人辭寡”。綸霞十六章，此物此志矣。

書中庸

《中庸》，非言鬼神也。其曰費而隱，曰知微之顯，曰不可度思，其要在使天下之民齋明盛服以承祭祀。至末章乃明告之，曰：不賞而民勸，不怒而民威，以至上天之載無聲無臭。總結上文，言鬼神之德之意。有鬼神之德之盛，乃爲率性修道，極至之事功。故其言鬼神者，言性道也，言帝王也。若只管推求二氣良能，便涉索隱行怪。

書論兵機要

儒者紙上談兵，誑焉而已耳。世變若火，民動如煙，欲以一家言窮情叵測，不亦愚乎？雖然，天下古今，其爲道理一而已矣。世有升降，事有是非，升降不遷之謂道，是非不易之謂理。監往則知來，準今以知古，無有疑焉，無有讈焉之謂儒。

玉沙曾子學成名儒，著有雜論。自戰國及昭代，氣運之隆替，事勢之違合，情形之誠僞，權巧之變化，取而論之，而論兵最多，故名其書曰：“論兵機要”。既非稷下之浮譚，亦匪馬服之徒讀。能自信矣，何誑病焉！

曾子生當亂世，蒿目戰争，奮然思有爲于世，而乃白首不逢，青氈猶昨。壁上呵圖，問鴻蒙之故事；燈前戰壘，繙楚漢之殘書。其誰物色？菰蘆有人，我貴知希。嗚呼！欷矣！曾子邌書屬僕論定，僕則安能。惟志曾子所以著書之意，有以免于誑焉斯已耳！

書式庵露泉集

禪人之爲詩，别有其詩，而非詩人之詩也。能詩人之詩者，自晋以下不過數十人。近代禪人，莫不作詩。楊用修謂“酸餡不鱻”，則無取矣。吾友劉千里云：“釋子枯參一言片相，可立地成佛。而獨慧業文人非百劫熏習，尠有是處。”以斯言求之，亦洵然哉。四明式庵禪師種智多生辭家，丱歲得法于天，童年甚少，諸方蚤推龍象。顧喜爲詩，拈花頌古，不墮話頭；咏月吟風，全無窠臼。蓋詩人之詩也。昔蓮池立鈍、敏兩法，念佛作詩，憨山門徒曾以作詩抵課誦。余得式公詩，燒上妙牛頭，展讀已而，弁數言于册。

白茅堂集卷之四十一終

白茅堂集卷之四十二

尺牘

與曹石霞甲申

數月來,朋黨門户益牢不可破,天下事可知矣。上天何苦以不忠不孝之人盡驅而北,委諸先帝,而留此極忠極孝盡在江左邪? 貴陽薦懷寧二疏,與懷寧自辨揭帖,大可詫。老兄見否? 穀筮猾瑣充滿世界。苕上兄且安居,弟部試後即束書出通濟門矣。

答張公亮

函丈多福,即日蒙示,捧讀愴然。謂治亂繫人心,不關氣運。此語疑未盡也。

自古治亂,氣運爲之。氣運者,即人心習氣爲之也,如江河之波,瀰瀉推移而埶不自已;如寒暑之變,出蟄榮謝而物不知。人心不厭不止,氣運不極不返。列國之併吞,不至秦始不止,然而六國之後,猶起而攻秦,酈食其猶勸漢祖封六國後。何者? 習氣未忘,人心未厭也。迨夫韓、彭輩相繼滅,而後翕然以厭,而郡國之埶成。郡國埶成,郡國之習氣又作。逮夫袁紹、袁術、劉表、公孫瓚輩相繼滅,而郡國之習氣乃止。其他宦寺、權戚、宫妾之禍代作。方其作也,泯泯棼棼。袁紹不至殺二千人,漢宦寺之習氣不止;朱全忠、崔胤不至殺七百人,唐宦寺之習氣不止;漢不至單越,則竇梁之習氣不止;唐不至安禄山餘禍展轉數十年,則武、韋之習氣不止。至於士大夫服先王之服,誦聖人之言,宜無禍於國家。然其褊急迂愚,往往不召變,則養亂。靈帝黨錮之禍,文宗甘露之禍,昭宗清流之禍,嗚呼! 豈盡天邪? 亦其召變養亂積成氣運，不厭不止，然後知士大夫習氣之禍有不在宦官、權戚、宫妾之下者矣。待習氣盡而後人心厭，而後氣運轉，豈不悲哉？習氣猶存，則人心未厭，氣運未轉而亂未已，雖聖賢豪傑莫能强也。

嗚呼！則亦竢其習氣之盡而後可焉，姑未暇論。舟抵雄雞壩，當覓一夕快談。輕寒將護。

與李賓侯

冢宗伯訃至矣，痛絶！痛絶！昔王章小女聞獄上呼囚，知死者必仲卿。弟前得報，即信之。走報仁兄，勸仲莊兄舉喪以消流言，奈家人不信。嗟乎！果何如哉！今弟轉欲勿舉喪，仲莊宜急往金華，告陳撫軍，以賓忱投固山額真，必有以處此。弟秋後方欲尾大軍而行，先附一書與撫軍。當否？幸細覽之。

又

宗伯死，不愧古人。作狀一事，必知之深而感之至，又手筆可孤行者，則莫如仁兄。弟聞宗伯爲太學生時，憤朝政之失，私作策斷萬言，其間有實實可行者。又上書讓某相公，相公怒，將罪之，隻身遁海外，代老頭陀寫經，一年乃還官司成。侍郎時，請漢中臨清、鳳陽、荆襄置重兵，最後棄妻子入閩，死節尤烈，皆不必諱。宋史成於脱脱，殉節諸臣下，至步卒針工僧道，盡與表揚，不諱也。行狀貴掇大節，至于制藝之擅場，居官之嘗職，俗手必贊者，皆可勿贊也。昔昌黎得子壻李漢而名益彰，兄宗伯之李漢也。兄幸草狀，弟當作傳，狀如畫之有朽，一落俗手，了無生氣矣。

復以遯兄

卜算，惟無心者能斷之。禍福去就，無欲者能明之。張華、陸機、潘岳之徒，非不以死生禍福爲念而卒蹈不測，豈非牽累去就爲患邪？《易》曰：進退存亡，不失其正。又曰："其亡其亡，繫於苞桑。"繫者，亡之徵。不累則不繫，不繫則得正。

又

蔡生詩清潔可喜，但胸中多一影子。此病大難攻取。假善才琵琶須十年忘其本領，而況根干性情、陶于道德者乎？檇李歸來，便與兄作世外計。詩一紙三首，兄讀之，堪擊鼓唾壺否？别書四紙，皆近代事。文章氣節，于今掃地，可粘之坐右，消磨壯心。

與汪介人

公即異才，文氣如怒濤奔馬，當縱其所如，聽其自止。此水到瓜熟、火足味美之説也，亶絶不可令作論刻文。文章之道鴻邃難盡，一刻木，自以爲是矣。論者，古人因時對症有爲而作，所謂借他酒杯自澆磊塊，實與過去白骨無干。天下古今，事埶萬端，涉世極深，讀書極富，不能得其情狀，奈何令兒輩置喙？趙括徒讀父書，故趙亡；稷下學士坐而議論，故齊亂。況才未必逮古人邪。弟愛即君，直道所見，幸勿怪。

與王觀察論丈量書壬辰

丈量荒田一節，因官病里長隱匿，須履畝清弊，愚民躍然稱善。及官役下鄉，閧言不便，其故何也？鄉路窵遠，有一日二日三日之程，派書弓手衙役供給紙價，賄賂需索不一。今歲大旱，蕨橡菱藕略盡，所以無大殍死者，則户口少，新畬未起税故耳。一旦丈量，費將安出？況荒田半在荆棘虎狼中。自古開國，荒田多行蠲免，招徠墾辟，漸增富强。即以近代言之，宋有天下，當五代大亂之餘至景德，凡四十餘年，天下賦租田纔一百七十萬頃。又七十餘年爲元豐，始有四百六十萬頃。外此仍多租賦所不加。神宗用吕惠卿手實法，鄧綰抗疏，不三月而罷。高宗初，江淮荒殘，更不租賦。理宗令州郡排定保甲手實，丞相謝方叔力争，得罷。金泰和中，高琪欲閲民田，右丞高汝礪論止之。元既得宋，命諸路達魯花赤勸誘開墾，阿合馬謂江南税不實，宜覈，世祖慮擾民而止。延祐初，章閭言熟田隱匿，宜令按實，不實者杖流。數年，民不聊生，盜賊蠭起。繇是觀之，利害瞭然可見。洪武二十八年，令新開田地不起科，所以勸墾闢也。頃者大軍在境，飢謹連年，藉口攤賠，在在揭竿。丈量一行必加急迫，以方招徠之時，而行府怨之，政事之不便無如此者。

夫先王之政，寬嚴相時，故解網非好生也，慮窮獸之攫也；遺秉非施仁也，慮窮民之迫也。孟子曰：是乃仁術也云爾。如上臺必欲丈量，曷少假歲月，哀鴻稍集，行之差易。千里安危，懸在公祖。公祖得民心，未可更僕數。何所茹忍，不痛切一言乎？生二千里還鄉，所期歇足。因其關係安危，非强欲知人家國，冒昧希鑒。景星頓首。

與龐州守論旱書

天災流行，旱暍日甚，老父母憂懼憯怛，爲萬民請命，治生輩不勝手額。然兩月來，上自監司，下至庶民，袒跣呼籲，奔走壇墠，如此不雨，不宜更求鬼神。昨雲雷稍興，暴風奄至，掀揭廬舍，捎殺林莽，此天以示怒，而猶令無知小民妄稱符籙，縱誖嫚以褻天威，理之甚不合者。

《雲漢》之詩曰："敬恭明福，宜無悔怒。"願執事撤去壇墠，遣還術人。昨見父老蹙額聚語，皆言救荒無奇策，但得緩徵，勸富户出糶，則人情少安。斯言有理。凡民有喪，匍匐救之，毋虛負時日而望之愚術人。蒙相諮問，輒敢奉聞，皇恐載拜。

與翟方伯論積穀書

去年大河以南，吴楚大熟，數十年未有。故雖大兵，民獲休息。某聞難得者勢，易失者時。凶豐十年率相準。往者飢饉加以軍旅，有司束手，相繼得罪去。何故？爲公私無儲蓄而不預策於平時也。楚俗愚褊，不知遠慮。歲凶，富户封囷待價，貧者詣門貸，升斗不肯假，而年穀一登，遺秉相望，絡繹入城，易錢鏹，輒掉臂不顧，謂賤且多，惡足蓄？以致出賈他境。四五月間，雨暘稍愆，穀價頓踴，封囷乞貸如前，豈不大可恨哉！今連歲大熟，明歲或不可知。《春秋》書"大有年"，劉向以爲災，何者？變生於盛滿而禍伏於不備也。今也宜令郡縣乘時大收穀。前朝之制，有社義預備諸倉，有羨餘，有勸義民殷實輸助，年來一切因循。大兵供億不可緩，時刻輒加派里長，勒取鋪户，倉猝難應，鞭撻隨之。

嗟乎！何荒政之不講也？夫荒政不在凶年而在豐歲。豐歲勸糴，凶歲勸糶。勸糴則賤不傷農，勸糶則價不頓起，二者所急，於今則勸糴勸糶之法，當自官始。其法云何？曏所謂社義預備諸項是矣。且穀賤農傷，折銀不得如期足額，何如勿令改折，止納本色，泥沙狠戾之時，一聞此令，必踴躍願納。以今年事勢計之，兩三月後，本色所值，過于折色，利入于公而民不困。卒然遇軍旅凶荒，出以應之，而民不知。此李悝所以强魏，長孫平、載胄所以富隋也。漢元鳳時，以百姓未贍，許三輔、太常郡以菽粟當賦，古有行之者矣。

至於多方委積，誠在老公祖與撫按公祖神明其用。某曩讀公經濟諸書，建倉、講約、易田等法，歎爲救時良相，故敢進言于無事之時，何者？大有之年機勢可乘，慮其難得而易失，且毋令上下交困，有司獲罪。執事留心。景星頓首。

與姜如須

舟中醉後，望半塘，水月如練。信步至虎丘，嚴風振條，枯影在地，笑謂沈古乘：此一幅郭河陽蟹爪筆法也。今夜月明，試往看，殊勝紙窗寒檠翻畫譜，如何如何？

答允上人

行若獨車輪，嘗畏大道覆止。若圓底器，恒恐他物觸。行止既如此，安得不離俗？此唐一老宿語。學者須不作俗事，不作俗想，久之自不作俗語。若碌碌市井中求其有超然意，不可得矣。

寄龔仙居

到西湖無餘事，惟舫無遊女，六橋無花柳，湖心無亭，孫堤無芙蓉木犀。保叔塔摧去一面，南屏山脚葑塞數里。林處士斷碑卧豐草中，放鶴亭馬糞盈尺耳。

天台之約，目下家累羈絆，正如鶩雞鳌字，兩頭牽曳，終日不能移一步。九月初定過山陰，一了湘湖、耶溪之緣，有便過仙居、石梁、天姥、龍湫、五洩，當望雙鳧以從。

又楚雲和尚五家草法有爲帖

有爲而作文，作須有用。橅畫粉本，將安用之？星拜白。

答陳穉白乙酉冬

弟生世才二十五年，一切已烟雲過目，何況五六十歲。老子世出世法，忍辱第一，奚有鄉里小兒之笑罵？費長房不食糞穢惡蟲，遂不得仙；越句踐嘗糞，得霸。渠今罵和尚喫屎，和尚豈真能喫屎哉？若真能喫屎，真英雄，真神仙矣！

寄賀尚書

交文士如近小兒，始覺其可愛，漸畏其無賴。魏武于禰衡輩率如此耳。

與黄陂令公楊簡庵

老父母治黄，名績顯著，伏聞歎息久矣，第有爲執事一言。

鄙聞治民，與以無事，則智者無所舞其巧，勇者無所肆其怒。與以有事，則愚者盜巧，怯者盜怒。蠭起蜮射，亂用是生。如投鐔一節，雜投而簿責之，既無所主名，忌憚迹絶；飲章遞造，快其私讐。竊爲執事不取也。昔趙廣漢爲缿筩以購告訐，則過戮得罪；王沈懸賞格以求直言，則楮帬不從。何者？人情喜訟，造作譸僞，抑之不息，顧縱之乎？“教猱升木，如塗塗附。”詩人之戒，可不戒哉！且匿名文書，久奉詔禁，而執事故違不便，盍取雜投密覽過，封而火之通衢。造過者知奸狀已露，伏恐藏愧得以自新，而挾讐者無所快其意。

所謂無事治之，老父母日晏而坐，恬逸休養。太平之福，何以尚兹？某非遊説，竊謂吏治大體宜爾。爲知我忠告鑒察，不宣。

答周櫟園

書賈來，得芳問，如渴飲玉漿。種種惠書，識精選當，《尺牘三集》，甚有佳義，或令頤解，或令汗下，或慨當以慷，或彪然以悲，誠珍厨之雋永，藝苑之珠林也。即當遵命作序，奈且不暇。

敝地奇荒，流殍滿道。徐子星公祖募粟行賑，移檄各縣。活者實無慮數萬，而粟入不繼，飢民日集，漸作疫症。兵革息而饑癘作，可勝痛哉！可勝慮哉！某家口四十，歲穫不支三兩月，救死不贍。四月以來，不知筆墨何物，再讀古文選，持揔頹風，一歸大雅，雖作者未純，而選者之大意已見，亦宜有續集用廣表章。某前後作盡歸丙午一火，零星收拾，僅八十餘卷，繕寫一部呈合肥公，欲呈左右，無力更寫。竊謂嘉隆推王李，近日推歸茅，同堪嘔噦。欲竭不敏，綆短汲深，櫟園足下可多讓哉！適因敝鄉銀工南來，藉便修候，兼謝葑菲之采。此工能縷朱提如髮作器一，器一縷長十餘丈，盤旋成，亦技之至精者矣。倘取而試之，謂其有合于作文之道否耶？

與佟匯白乞葬錢塘令公書

自先母變後，病眩運，自分不復人間。以家嚴故，强勉視息。年兄不以爲不孝，兩垂慰問，痛可勝言，感可勝言。

秋暮定奉先恩姑、先慈兩匱歸楚，盡鬻衣物，度可買舟及家口兩月糧足矣，惟有一事乞之年兄。族叔祖故錢塘令名咸建者，順治二年天兵下杭州，解印遁去，貝勒遣兵追還，不屈，斬之。臨刑，士民哭聲震天。貝勒聰明仁勇，曰："自渡江來，僅見此知縣。"今棺暴露法相寺。過者酸鼻。竊念錢塘之死，非有拒師逆命，不過去官不屈已耳。宋趙昴發死池州，元丞相伯顔具棺衾祭葬；文天祥死，張毅甫收葬吉州；謝枋得死，亦許其子葬信州。大清聖政優容度越前古，有何介意既朽之骨？今家君親具狀送臺，乞轉達撫軍，推恩許葬。家君此來，費出身任。如被杭人一文之賻，家君不爲也。臨啓懇切。辛卯正月九日，不孝景星稽首。

答張吉如

乳母來，得正月四日書，又得田鎮、湖關二書。二千里外，半載之中，三捧芳訊，喜與感會。老姐諸甥合門福祉，甚慰！甚慰！

弟歸蘄，值歲凶，米價反過吳。書籍散盡，又無可與語，作草廬先母殯所，半以安家嚴，半與妻子處。弟于屏風中設一版，二三日一櫛靧，再飯之餘，抱膝顧影，見日光移過隙，知復暮矣。

兄誠相念，藏書寄三五種，是望。蒙示七言律，老健可喜，惟用韻小未當耳。郎君近何工課？學者當擴識量爲先，不然，百歲終面墻也。癸巳三月。

復潘大生

辛卯扶先母柩歸楚，奉家嚴，挈家人三十口，殊鄉銜泣二千里之遥。及抵蘄，荒山大江，蘆茅浩浩，城中草屋百餘間，几榻倉圖皆用石，以瓦代椀楪，獨非兼肉不食。飲噉狼藉，若有不克終日計者，心甚憂之。

既而大旱，地震山裂，蒙霧、怪風、大雹，池水立如柱，雌匹化爲雄雞群飛，登將門牙旗。而雉虎發屋斷道，或伏人竈厠下，食其一家，盡取盆甕戴之，銜床置户外，登牀人立嘯舞，或泅水逐人不得，齧渡船罾网以泄其怒。去年，官查丁男，萬有七百，而虎連歲食男女千餘。弟嘗夜讀書，�熒熒，如兩點燐，移過數武，咆哮，大震，乃悟。是虎又嘗暮夜垂頭籬脚，童子執短梲捶地，罵曰："咄咄，何不向有猪狗處去？"弟不覺一笑，楚地安危大約可知矣。

遠荷慰問，感切。令兄中丞志諸出杜於皇，自是佳手。辱命作傳，雪夜起草。馮訓道厚敦狀，是何人作？筆執翩翩，但江陰不宜曰澄江，訓道不宜曰分鐸，縣丞不宜曰尉。古者丞自丞，尉自尉，丞位在簿尉上。今之丞，非吾之尉也。此時手習氣之病，弟亦成一傳，兄試藏之。

聞公亮先生墓草宿矣，爲位痛哭，爲文哭之，道遠不能致絮酒，謹詩文各一通，幸遣人焚之墓前，或求於魂，或求於魄也。周簡臣先生書來，痛哭老友。簡臣亦老矣，二三忘年，都自零落，興言愴然。季漢在光化，書一函，幸使者附去。燈下呵涷，不盡萬千。癸巳十月。

復趙觀察辭崇祀鄉賢書

承論先曾大父桂巖先生鄉祀，已令官吏擇日迎神主入祠。且感且愧，即當沐浴造謝。雖然，有説。先曾大父卒於萬曆癸丑，歷今五十年，前兵憲吕公祖移文督學申部崇祀。蓋郡紳士各舉其先，不謀於某，不問於家，君遂引先曾大父爲首。至今又二三年，竟未送主者，曾大父有遺戒也。始曾伯大父於萬曆辛卯卒，郡紳士不謀於曾大父，諸檄俎豆如例。曾大父聞大嘞，臨化戒家君：勿復誣我，是非可久之道。以此五十年，郡紳士屢舉家君，屢止。昨不謀而舉，家君哭失聲。昔羅念庵過吉州，見先人神主，泣抱歸。唐荆州至，引三桓爲詆笑。家君非效二公，蓋有先人之遺命在，寧辜公盛德，不敢獲罪於先人，伏爲垂鑒不宣。

復許有介

六月廿九日書，開緘如面，念之悔生云云，良足於邑，然何怨之甚也？

古今治少亂多，聖賢處此，或飢寒横逆，奴隸鞭笞，分離赭拳，惟能不怨者，身名俱泰。足下幸不至此，而怨過之何？志道而未之聞也。僕怨人也，然知不可怨。豈惟不可？蓋無可怨者。莫之爲而爲者天也，莫之致而致者命也。至於莫之爲而爲，莫之致而致，而吾之怨安歸乎？孔子五十知天命，知此天也，知此命也。故曰：不怨天。又曰：予欲無言。記者曰：子罕言命。言且多事，況怨乎？願足下以此自廣也。

別來仍處荒山，先慈墳土未木，家君春秋高安，故鄉四方，蹙蹙靡所騁。得一隙地種芋栗，便是神仙。詩文雖於性情無益，爲之猶賢乎已？吾輩無緣樹見，則有立言一端。足下壯年，才情蓋代，而咄咄自疑，毋乃因餲廢飤、懲羮吹齏邪！屬望不廉，努力努力！一詩聊達，想見掀髯。道里三千，嘗馮夢往。乙未秋季某日。

與王子雲

廿年離思，意外聚首，再走江干，蒲帆東下矣。王觀察公見過，某備述先生之才之品之窮，誦少陵寄王録事詩激之。王公頗佇望，不知復，約秋後也。

前月雨土。是月戊戌，震電、大雨雹，殺麥豆，殪雞犬。夜大風，拔木壞廬舍坊表，壓死人畜。先母殯宫石崩墻塌，而棺與巨礎平移三尺，略不礙損，此一異也。母素有神靈，前殯崑山，以小舟載，就大舟歸楚河，高橋偪棺不能過，逡巡水落五寸，僅能過之，人以比子輿灩澦，定不爾也。惟先恩姑寄窆崑山未歸葬，一痛一絶。少有因會，便往經營矣。二公即既在巴東，聞之甚慰。賢者有後，復何疑哉？詩六章奉寄，暇豫希垂和。比來饑欲死，日飽渭川千畝，伻來不能一飯。雲山在目，何時詣五老侍杖屨遊，言之津津。癸巳月日。

答方安劉

去冬坐蓬蓽，小价至自吴，傳有良書。捧劄開函，喜不自定。引類罕譬，推獎殷勤，何足下古處如此？僕羈在南都，詹詹而躁，何足稱數，而以魯連喻之？山居力道，痛自剗除，獨於文字，放置不下，將無疲精神於無用之地邪？

知我如足下，當有以規我，何反過譽？惠詩如玉斧斲七寶，月輪光怪，得未曾有。足下少年，將來何可量？恨乏報章，益增悊悚，心親地隔，亶有神飛。

寄施愚山

市汊風少息，得近體二首奉懷。十九日抵章門，夜北風怒號，黎明枕際窺雪，高數寸。

忽鶴髮兜輿而至者，石莊先生也。寒栗指直，不得結帶，石莊邀止廬中。登讀書樓，望西山不見，雪密如飛蝱，莫辨天地。少焉，洲渚略見。雪所平鋪，皆受春水處，晃然白波萬頃。近午，西山漸露，如夏雲奇峰，不復作山觀矣，與石莊、公霖舉酒叫絶。足下愚樓望閣皀、蕭灘，定不及此書，爲足下一快。

廿日北風益厲，爲文禱張睢陽祠下。甫出廟門，旗脚漸轉南飆頓作。明日恐分宫亭之帆，江口琵琶，愁增離緒。材官待至吴城，遣還。

寄徐存永

别來載逾寒暑，江漢雖上遊，來閩者絶少。弟又僻處荒境，未得修候，胸中口中時有一存永、有介。

四月初暑，交牀坐槐陰，忽得良書，頤解眉豁。八閩倥傯，書生活計良苦。弟十餘年來，楚兵火後，走吴；吴兵火後，走楚。陽羡之田未買，柴桑之業久荒。足下尚擁書數萬卷，僕則蠹魚饑死。比來貧困過足下，要自義命宜爾。别後得詩百首，雜文十數首。足下愛吾文，恨不令足下見。僕於四詩、《春秋》有所管窺。俗以二經表裏成論，如《韓詩外傳》，老大無所見，借此申意，然爲之亦難矣。孔子曰："辭達而已矣。"至於《春秋》則曰："多微辭。"是辭達，孔子不盡然也。元次山曰："未能救時患，諷諭以全意。"然則辭有不能達而微言諷諭，或者無不可乎？南平令，廉吏也，大計黜削，流寓邯鄲，妻子居窮山，並日而食，廉吏不可爲如此。昔賢長往，豈得已哉？衡量重輕，久定於胸故耳。

虔臺開府，前雖有約，蘇侯數過，非杜甫得意事。遍思閩越，無契厚可爲足下介紹者。徘徊傷悲，奈何奈何？有相知來官三山，斷未有不舉相囑也，忍貧强飯。

又

奉書喜慰，五言律自然澹宕，不減高岑。《哭曹能始先生》百八十韻，叙辭深穩，波瀾老成，起卧循覽，至于累日，氍僧繇之畫、坐幼安之碑，不過是矣。然亦有説。昔周幽王遷東，作《文侯之命》。蘇氏曰："宗周傾覆，禍敗極矣，而其文旋旋焉，與平康無異，其頹靡廢墮不亦宜哉。"建炎南渡，有侍臣劄子：陛下歲二月東巡狩，至于錢塘，人皆笑之。足下"扈駕"下三十二句，得毋類此，且哀、定多微辭，在風人尤甚。不則，非温柔忠厚之教矣。

冬熱病寒，使者言發，始修書。山長水遠，送目憐風，敬想同之。

又

來書甚辨。僕疏率之罪，誠所難撿。“扈駕”下三十二句，曩書未盡，請明言之，可乎？

夫智周者慮深，慮深者辭遠。慮深辭遠則忠厚惻怛。忠厚惻怛何若子美，子美《達行在》則曰：“司隸章初覩，南陽氣已新。”《收京》則曰：“須爲下殿走，不可好樓居。”《建都》則曰：“雖倚三階正，終愁萬國翻。”《畢耀薛璩除官》則曰：“宮臣仍點染，柱史正零丁。”《送嚴武》則曰：“公若登台輔，臨危莫愛身。”其立言如此。足下當一隅危亡，盛自夸飾，來書云：實一時之盛。嗚呼！何盛之有？昔曹俗好飾而無慮，于是詩人作《蜉蝣》；檜君亦好飾無慮，于是詩人作《羔裘》；鄭叔假勇而無禮，于是詩人作《大叔于田》；魯莊公嫺于威儀，不知大義，于是詩人作《猗嗟》；衛宣公内政淫亂，于是詩人作《君子偕老》。其辭若美之，其實深刺之。足下云云，殆笑閩之君臣，效虚文而忘實禍。子陽，井蛙之流耳，以是云刺則可，以是云盛，毋乃遠愧風人、近慚子美乎？人病不自覺，僕病亦如之，足下亦當痛砭千秋。

遠道情兩見，此足下書來，今年正月十九日得足下近狀。于去年十一月晤林茂之、許箬繭于白門，知移居甚苦，可爲奈何？念櫟園與足下，舉想斯在，如形顧影。聞足下將棄閩，挈孥他往，誰爲劉表，可以相依？故國山林，飲露吟風，且足忘老，足下止矣。

答陳士業

承惠方氏《周易》時訓，蕞薈太濫，圖説太多，近於雜矣。易理無窮，千圖、萬圖無不可者，且有不能圖，不必圖。管公明不云乎：“善易者，不論易也。”曩與愚山極論，亦以爲然，愚山，文人道人也。《白鷺書院語録》刻否？轉索一部觀之。

復汪掌懷

木蘭，諸家説異，《本草綱目》欠明。

東璧引《白集》：生巴蜀，涉冬不凋，身如青楊，有白紋，葉如桂而厚大，無春花，如蓮花，香色艷膩皆同，獨房蕊有異，乃真木蘭。此説誤矣。是木蓮，非木蘭也。白咏木蘭，有“紫房日照臙脂拆，素艷風吹膩粉開。膩如玉指塗脂粉，光似金刀剪紫霞”之句。又李義山：“弄粉如傷重，調紅或有餘。”劉長卿：“�日成華蓋，摇風散錦茵。菡萏千燈焰，芳菲一兩匀。”皆誤也。段成式云：木蓮出忠州及邛州，葉似辛荑，花似蓮，即香山謫忠州游臨邛白鶴山所見。《雲南志》：木蓮花，樹高大，葉如枇杷，花如蓮，有紅、白、青、黄四種是矣，而木蘭則梫桂之屬也。左思《蜀都賦》：“其樹則有木蘭、梫桂。”並舉稱之。東人呼爲山桂。陶弘景疑東人以山桂皮當木蘭爲非，陶氏已不知山桂即木蘭矣。别有一種似木蘭，亦名山桂，但皮微香不烈耳。梁于巴州置木蘭郡，如潯陽之木蘭洲，隋改梁蕭安縣爲木蘭縣，皆因木得名也。木蘭縣，今黄州黄陂縣，是有木蘭山，古多木蘭，故名。一説《離騷》朝搴阰之木蘭即此，阰陂同，則楚之有木蘭久矣。今土人以木蘭女附會，可一笑也。據蘇頌、韓保昇皆云：木蘭高五丈，葉尖狹光净，背起三縱紋，如圭葉皮，香質與梫桂無大異。雖去皮不死，與木蓮、玉蘭遠甚。又木犀亦非巖桂。淮南《招隱士》曰：“桂樹叢生兮山之幽，偃蹇連蜷兮枝相繚。山氣巃嵸兮石嵯峨，谿谷嶄巖兮水增波。”故後人名梫桂曰巖桂，安得以木犀當之？木犀别是一類。《小爾雅》謂梫桂一名木犀，叢生巖嶺。誤也。《尸子》曰：春華秋英曰桂。言桂有二種：春華者，梫桂之桂也；秋英者，木犀之桂也。有實曰華，無實曰英也。但木犀有結實者，春華夏實，青色似蓮子，而頂稍偏花，性熱，入茶、酒、蔗霜，多食動陽明燥火，枝皮皆不入藥，非梫桂、木蘭比也，不宜附入梫桂下。

弟謂《本草綱目》欠明者此。

又

承問崇禎漏刻，嘗聞諸先君。先君曰：十二時不可移易者，天也。刻漏多寡，則人爲之。

古曆：晝夜百刻：冬至，晝刻四十，夜刻六十；夏至，晝刻六十，夜刻四十。二二分晝夜，各五十。一時分八刻，一刻爲分者六十，十二時共得刻九十六，爲分五千七百六十。餘刻四，餘分二百四十，而分佈之十二時，每時得刻八，復得分二十，是每時得分五百。蓋初初刻得分十：初一刻、初二刻、初三刻、初四刻，各得分六十，是曰時之上四刻。正初刻得分十：正一刻、正二刻、正三刻、正四刻，各得分六十，是曰時之下四刻，總十二時，爲刻百，爲分六千。此古法也。漢哀帝增刻百二十，梁大同十年增百八十，隋、陳、唐、宋、明皆用古法。《大統曆》全依元之《授時》，惟《授時》長極六十二，短極三十八，而《大統》遵古微變，其法每一時大刻八，小刻二，一晝夜爲大刻九十六，小刻二十四，以小刻六准大刻一，總爲百刻。上半時，大刻四：始初初，次初一，次初二，次初三，最後小刻爲初四。下半時，大刻亦四：始正初，次正一，次正二，次正三，最後小刻爲正四。子時則上半時屬昨日，下半時屬今日。貞下起元，一陽來復之義也。正統己巳曆，冬至晝刻三十九，夜刻六十一，説者以爲陰過，於是有土木之變。自馬融定二分，晝夜各五十，以日出入爲限。而蔡邕謂星見後爲夜，不見爲晝，日入後三刻，日出前三刻，皆晝。晝漏刻五十六，夜漏刻四十四。鄭康成謂日見之漏刻五十五，不見之漏刻四十五，與蔡氏争一刻。是二分仍晝長夜短，明知晝夜平分，恒不使陰與陽敵，扶陽抑陰之義也。祖沖之法，冬至晝刻四十五，夜刻五十五；夏至晝刻六十五，夜刻三十五零二分。晝刻五十五零五分，亦扶陽義也。《崇禎曆》，徐元扈用西泰法，晝刻四十八，夜刻四十八，長極五十九，短極三十六，各有零分，總爲九十六刻，除去四刻，又除去周天五度四分度之一，每度定爲六十分，以合九十六刻，計每刻三度四十五分。中星朔虚氣盈，皆與《大統》不合，此亦前輩屢欲改正之歲差也。惟除去五度四分度之一，不無疑義。

先君之説大略如此。弟於律曆不能窺其萬一，竊謂漏壺用刻百二十、百八十，不過增箭。用百、用九十六，不過減箭。漢法以器盛四十八箭，壺盛水，懸箭上，節而下之水，水淹一刻則爲一刻。刻者，箭中刀刻痕也。計一箭二刻，四十八箭，共九十六刻，餘四刻正日未出己入之際也。日行雖有盈縮，而天體之廣大，度數之遠近，自若也。特曆家算法不同，如《太初》以九九八十一分爲日法，《太元》以八九七十二爲日法;《大初》以四八三十二爲杪法,《太元》以四九三十六爲杪法;或以一千三百四十爲日法,七百一十一爲閏餘;邵子用三百六十分爲日法;《九執曆》《回回曆》《泰西曆》皆用六十,其實即大衍三千四十之日法,一千六百一十三之閏餘也。天度古曆家亦有不同,虞喜以爲三百六十五度二十六分,何承天減半分,郝守敬以爲三百六十五度二十五分七十五杪,其實即三百六十五度四分度之一之古法也。立法雖異,理終一準,惟是人定勝天,若馬、蔡、鄭、祖扶陽之義不可不存。語曰:"化國之日舒以長。"其斯之謂與?又中星之説,今古大異,此是歲差。嘗考《大統曆法》,前後諸説不同。其曰:芒種與小滿同,立秋與大暑同,爲説尤疏。至萬曆初,定冬至日在箕昏奎中,按元年癸酉十一月十九日丑正二刻,冬至日在箕,五度差,《授時曆》四度。而嘉靖初歙人鮑希正謂冬至有一定之法,多在時之八刻。其説又不精也。大約中星分杪,逐歲密移,南北昏旦,地形偏正高下之異,又無漏壺,真正時刻難以針指尺量,而針性既恒遍,丙尺又遠近高低,所以難論也。中星一準,斗指無差,即知置閏得失。

上天垂象最易簡,《史記》所謂"舉正於中"是也,見大火之西流而後知太史之失閏,非往鑒乎?若夫歲差既久,而執一定之説以争之,亦不知會通者矣。表景之長短,望極之遠近,昏旦之早晚,日月食之分數,各有里差,則中星東西度數、分杪亦異,未知今靈臺法何如也?

答談長益

承示《李賀詩注》,博雅過諸家,前曾益註可稱詳贍,惟不得其神理肯要,正如楊、蕭注太白耳。某曩有注,尚未脱藁,略録大端一二。高明擇之。

徐渭注僞書也。如臺城應教人,天子曰應制,諸侯曰應教,徐云即應制。

榆穿萊子眼,柳斷舞兒腰。漢高帝時,有榆筴錢,劉宋廢帝有萊子錢。徐云眼當作服。

顔郎身已老。顔駟也,徐云子淵。

淚濕紅輪重。輪,本作綸,誤爲輪。《漢章帝本紀》:二年四月,詔齊相省冰紈、方空、吹綸絮。方空者，紗薄如空也。吹綸，輕可吹嘘也，後人以爲婦女巾帔。梁簡文“枝間通粉色，葉裏暎吹綸”，費昶“金輝起摇步，紅彩發吹綸”，庾肩吾“粉白暎輪紅”，沈約“畫扇迎初暑，紅綸暎早寒”，庾信《行雨山銘》“俱除錦帔，並脱紅輪”是也。制如席帽面罩，楊用修疑是煖扇，因梁張纘《謝賚果然褥啓》“吹綸愧暖”一語相踵而誤耳。徐以爲車輪。

燈花照魚目。魚言鰥也，愁不寐也。《易林》“魚睤雞視”是也。徐云自謙非明珠。

神血未凝身問誰。言在胎陰中七情未具，我爲誰邪？而今情累若此。語最奇。徐云見美色神蕩。

《春坊正字劍子歌》：直是荆軻一片心，莫教照見春坊字。劉晏七歲授春坊正字，帝問：卿官正字，正得幾字？對曰：“諸字皆正，惟朋不正。”諷朋邪也。賀正用此，徐云莫作書坊紙刀，皆可極笑。徐雖臆説，陋不至此。董氏子所謂揆仲者，假託邪？宜俱勿取。

《申胡子觱栗歌序》係四月而歌，有“今夕歲華落”之句。賀蓋用漢武故事：宫人麗娟於芝生殿唱《迴風》之曲，庭花盡開，飛花席上。故上句云“直貫開花風，天上驅雲行”，“歲華落”，歎容色也，非賦秋也。

“水光蘭澤葉，重帶剪刀錢。”古本作澤蘭、男錢。澤蘭，婦人和油澤髮，一名女蘭，一名孩兒菊，女子、小兒之佩也。梁武帝時，民間交易有男錢、女錢、稗錢，婦人佩男錢爲宜男之兆，亦佩古刀泉，長二寸許，形如篆書泉字，似剪刀，一孔。左文曰刀，右曰泉。用修在滇得花蘂夫人所佩正此。作剪刀錢亦通。今云帶上紋，非是。

“醁醽今夕酒，緗帙去時收”，古本作緑醽，對緗帙。緑醽，見《雜俎餘書》，或作酃渌、醽醁、醽渌，而無醁醽。

《大堤曲》：郎食鯉魚尾，妾食猩猩脣。《國風》：“牂羊羵首。”羊力在首。“魴魚赬尾。”魚力在尾。鯉尾喻心力，脭脣喻甘言，雙關體也。吴歌：“阿郎吃儂多少蟹，儂吃阿郎多少鰻。”即此意。今云鯉尾脭脣味美，何關意趣？

《十二月樂詞》：啾啾赤帝騎龍來。“啾啾”無義，理當作秋秋。古樂府：“龍之秋秋。”龍飛貌也。劉後村云：賀有中表妬賀，投其集圊中，故傳世絶少。鍾伯敬曰：“杜樊川《序》：賀自定二百三十三首，今正其數。”伯敬未深察耳，《外集》二十二首正後人因杜序竄入，舊云鼂子止得之梁子美家，好事者爲之也。

《高平縣東私路》一首，按：唐高平縣有二：一屬河東澤州，今山西澤州高平縣；一屬關内道原州，今陝西平涼府開城縣。澤州之高平，去河南衛輝不過五百里，若原州之高平去遠，於肅宗廣德元年没吐番，不應到彼，且《外集》語氣不類。

賀生卒年月，史及《李義山傳》不載。據杜序，太和五年，賀死已十五年，則元和十二年死，年二十七。則貞元七年生，河南洛陽人，非隴西也。

僕有辨，今書上並惟擇之。注藁容繕録。不一不一。

寄許芳城

弟歸楚，無從問足下動定，疑尚在越，不知還歙久矣。

程非二言足下得丘明之疾痛也。何如？口占一詩：“清盲投杖適時平，白髮城南眼頓清。戳取臂來成底話，知君心眼正分明。”令侍史朗誦，當嚗然放杖而起也。《新安江賦》波瀾老成，木玄虚之賦海，郭景純之賦江，得足下而三。聞足下著述富，公即能受父書，可喜孰甚。程非二，良友也，是皆後來付託。足下收視養虚於道，益近道家言。子欲夜書修常居，子欲不死修崑崙。崑崙在泥丸上三寸，常居在兩目外眥後五分。存神注氣，久必霍然，況能不死邪？

弟浪迹歙浦，行還故山，足下爲道珍重。昌云：《莊子》“嚗然放杖”，《瞫池録》：當作嚗，音報，加从口，非。

復張長人

兄之文善矣。論瑯琊、歷下、歸安、鹿城，折衷頗當。

《墨池記》在小品中，尤矯矯然。有爲兄規者，近尚八大家，亶言起伏段落呼應爲工，而不知行文之自然，初非有意爲之也。乃家居韓柳，人擅歐蘇，自刻自評某篇幾段，某處應某，此兒童之見，不足道也。相美人者曰：此段爲頭，爲胸，爲腹，爲尻，爲手足，是磔之矣。神龍騰空，蜿蟺變化，不知其爲幾段也，而曰："吾一段伸，一段屈，若馭風，若躡雲。"有是理乎？

自歸安、鹿城之説出，後生淺學折腰齵齒，而古文荒矣。畫竹者兔起鶻落，胸有成竹。天之生物也，具體於胎，不節節而生之，良工操斤，不無節目，而刌度先定。辨士應變風生，從容自若。今之爲文，正如傖農訐訟，抵俗譌作抵。掌竊擬，往復訊答；又如婢學夫人，簡言矜動，愈見躁鄙。彼真夫人談笑説鹽米，意簡而言有餘。

故夫段落呼應、損字澀辭爲工者，是傖農之擬訟，而獠婢之簡言也。以兄才志，埽滌掀翻，何所不可？願取歸安、鹿城、月峰、荆川評閲諸書，束之高閣，如是數年，弟雖駑，當與兄極論之。

示　兒

兒曹近作何工課？當擴識量爲先，要從違難處入。

與吴吉先

表姑夫訃至，某正在沈屙，哭無聲淚。今小間遣小兒先奔喪次。承諭新尹修志，索某前撰令祖明仲先生傳，前已書呈一通，藏其稿，不復示人矣。

令祖先生立朝鯁直，身後論者不一。某欲留此傳拙集中，使讀者刮目，正自可傳。數年前有人作他人傳者，風影之論，偶及令祖，致尊公作絶交之書。今漢厓黄公所修志有令祖傳，只此已足。某撰並不序事，節取幾篇奏疏，使讀者自得耳。張、劉二子手筆皆可傳，足下往請。申公論於將來，悔浮言於既往，料必欣然握管也。

病愈即來會哭，冬寒勉進衎漿，愴恫不盡。

示　友

陳士業云：冥器楮錢、禮懺拜七，不知果有益否？而意在厚吾親，亦宜竭力盡情以求無憾。士業斯言出康節邵子，故僕於先慈先君子之喪皆禮懺七日，誠以鬼神之理，幽明之説，不敢斷其無也。晝而結習，夜則夢之，今之鬼神亦是結習，久而成夢者。《周禮》有贈夢，則冥器楮錢、神儭七日謂之贈夢亦可也。

于北溟郡侯

入夏天氣頗佳,農事似可無慮。長年吃飽飯,便太平盛事矣。倚庇!倚庇!

外寄到鮮筍六十斤。此君清風高節,正可遺侍退食也。

答蘗地禪師

承教論良知,明徹痛快,陽明躍如未發之旨,而大師深參力究而得之者也,但知能不得分爲二。

佛典云:父母精血二滴,合成一滴,大如豆子,名歌羅邏。是歌羅邏有三事:一命,二識,三暖,即知能之本。此時,五陰中塊然無能,而五陰中一切營爲知暖,而貪暖即是其能。故曰:事及生而知乳,五官之知莫先于口,故"知"字从口,知飢而求乳,是良知也;與之乳而知乳,是良能也。知與能無内外,無先後。孟子先言能而後言知,可知知能無先後也。知者,其志也。能者,其氣也。志至焉,氣次焉。志之所至,氣即次;氣之所至,志即次。學者不明全體大用,是以近於告子。或疑王氏專言知不言能,此説非也。王氏言知,即其言能。龍谿、近谿終其身反覆十數萬言,亦言知能合一而已。嬰兒知飢,不能辨良毒,似乎知先而能後,啗之以辛酢,未嘗不吐也;能匍匐,而不知入井之害,似乎能先而知後,及至夫蕩火,未嘗不却也。

是故聖人言致知,致知者,致此知之能也。通乎晝夜而知,即通乎晝夜而能。言知而遺能,聖賢之所訶;言知而括能,王氏之立教;言知而遺能,亦即大師法中所謂禪縛也。而王氏之學荒矣,某所見如是。某頓首。

復徐方伯戊午二月

本月十九日,正臂疾僵卧,忽奉仁教,汗背淫浹。景星曰:少壯失學,垂老多病,素伏丘壑,舉動疏狂,沐猴不可被衣冠,爰居不可饗鐘鼓。至於生平文字,意至則爲,時鳥候蟲、哀猿别鶴,豈可落筆中書之堂，對揚天子之问邪？昔王文康知梅聖俞欲聞於朝，終不果薦，蓋有以也。老公祖舉主可弗慎歟？某諸疾日親，心氣漸失，煙霞久痼，待詔非才，近於竹中結茅半間，效楊沛之瓜廬，學袁閎之土室，擬入其中，用養生家言，塞兑道引以畢餘生。惟是八口飢寒，周急賑危，不能不望知己。“仕宦”二字，非所敢聞，别有呈詞，附在州詳，伏希收回成命。

又，鄉紳盧紘家産籍盡，暮年一身，力竭心窮，欠一死耳。劉宴被籍，止兩車書，二斛麥。今紘水落石出，和盤托見，通郡莫不灑涕。既撫憲不便移咨江南，惟有募化丐求以補不足，勢非少寬限期，必隨新例，發遣無益國家，徒殺窮叟。老公祖幸垂春天之照，轉請撫軍少假時日，肉起白骨，正首狐丘。老公祖之恩天邪？親邪？景星不勝代爲哀鳴之至。賤病倘不增加，拜見不遠，不能把筆，口授兒書。伏地皇恐，景星又九頓首。

附　呈

謹呈爲多病無才，萬難應薦事。本月十九日奉憲牌到州，爲欽奉上諭事。内開：本司查得蘄州鄉紳推官顧景星學德淵醇，文章鴻博，允宜薦舉，所有該紳履歷事實合行查取報司，以便轉詳督撫兩部院具題。景星正值卧病，捧檄戰慄感激慚愧，如何可言？伏念景星昔遭寇亂，流離江南，順治二年秋，輔政叔德豫親王行查，隨以前授推官職銜開呈，江南巡撫土國寶申聞多罗贝勒土赖固山額真，承制隨軍。才至軍中，雙親齊病，無人侍養，告懇歸籍。

未試民社，曾乏寸長。順治六年丁母憂，扶柩還蘄。嚴親亦逝，貧苦流連，奔走乞食，家無墳典，腹匪書厨。心已瘁於飢寒，力不遑於呫畢。四十年來著述絶少，其或寫情月露，寄趣鳶魚，廛市淺言，方悔少作。即令執筆於文士之前，亦且流汗沮藏，豈堪玷名薦牘？況野性麋鹿，取適起居，又酷嗜酒，飲不二斗，酩酊大叫。中宵枯坐，白晝沈眠，以致脾胃傷損，溲矢數勤，偶一周旋，嘔唾不住，雖鄉黨禮筵，孫避不赴，傭劣若此，何以上侍至尊？兼素善怔忡，志慮懭悦，讀書則健忘，搆詞益思鈍。耳順之年，復嘗眩運。去歲八月内，右臂染疾，痠顫麻木，有似風痺，自腕至指，搔掐不知。或當食，失匕箸；或臨書，墮管觚。湯液熨摩亦少停止，驟一發動輒逾旬時。顧臂自悲，恐成廢痿。昨榮檄下頒，感而流涕。雨露施惠，蒲柳蚤凋，雲水閒心，惟冀壽延化日。弓旌之賁，實不願聞，老公祖舉主責任談何容易！

舉之不稱，何如勿焉？生平知己，誰過臺下？蝨蠻知聲，犬馬戀德。倘別肯手恩，曲成有造，樂借孝標之書，時分仁祖之米。求醫有藥，叨庇延年。以其暇日，緩綴篇章。紀叙恩知，鋪揚聖德。野人之願，自可千秋。瀝膽輸情，如斯而已。脱有飾辭，天日可指，不勝戰慄爲此。

又寄方伯戊午三月

州詳去後，小價歸來，傳老公祖笑允，無任感戴。乃昨鈴馬到門，稱奉聖旨，展閲邸報，六科公疏，内閣開題，竟不知何所繇來，惶悶失措。

某之無才多病，既辱深知，披瀝心肝，前詞已罄，惟在老公祖與撫軍。公祖俯察寸忱，今病態轉臻，萬難奉召，上負聖恩，命也奈何。

伏冀轉懇撫軍據情咨部，草莽餘生，所賜大矣。撫軍一呈，拜祈照察。

又呈本州九月

病勢委果未痊，懇恩詳憲咨部事，七月内吏部題爲請旨事。題薦人員起程日期俱限六月初十日以前諮報，如有推病規避，臣部題參。八月二十八日，湖廣巡撫部院憲牌到州，准吏部咨開，文選清吏司案呈，奉本部送吏科抄出，本部題前事。内開：湖廣巡撫張咨稱前薦人員王追騏、顧景星稱病不能赴部事，應題參。八月初五日奉旨：既經諸臣以學問淵通，文藻瑰麗薦舉，該督撫作速起送來京，以副朕求賢至意。景星伏讀聖旨，望闕叩頭。

三十餘年，浩盪國恩，草莽鰥生，荷蒙天語，敢不匍匐就道？奈病勢委果未痊，旬日以内，復發眩忡，脈來沈細，若舁扶進途，必中路僕殞。天子召賢原不迫以王憲，伏乞老父母旨臺，轉詳部院少賜寬假，緩報起程日期,俾得一面調治,一面束裝。河北苦寒,冰雪凝結,非曬治藥丸備帶不可,四壁罄懸,亦料理不易,爲此再呈。康熙十七年九月初六日。

沈友聖

十年内兩接瓊音,弟亦三寄書,未審達否?王華亭歸蘄,不獲諸故人隻字,及復往貴郡,弟值遊山,亦不得寄一函,懊恨!懊恨!

弟年來病多興減。自鼓盆歌後,每誦王徽之滄海巫山之句,未嘗不悲歎欲絶。翁兄圖書琴瑟擅勝人間,雖無罨畫樓台,定有桃花千樹。今聖天子振武右文,布衣之雄皆待詔金馬,恐山人不免捉鼻。昔張敞眉嫵同居京兆,方朔細君亦在長安,須説與夫人一笑。半死衰翁作關情語,想亦掀髯也。

釜山、武静前後結幽山之駕,我輩壽命豈金石邪?千秋大業,乘時努力。便郵不盡。

佘佺廬給諫

十餘年前,承顧草廬,僅同李嵩岑江干一送,嗣後無片紙通候。山中疏節,轡歉良多。老年臺先生雕龍威鳳,實爲吾道重。

弟伏處草茅,年及耳順矣,膏肓痼疾逾三十載,連來積痰,病臂竟似風痺,當食或墮匕箸,臨書輒失管觚。又善怔忡,忽忽健忘,少年記問,百不憶一,廢憊如此,豈堪入見至尊?謬荷年臺與諸公葑菲之采,魂夢爲驚。今若力疾上路,必中道順殞。年臺幸賜哀憐,不勝銘感。

崑山舍侄需誠偕徐學士來京,弟得布悃函丈。舍侄儁才,有冀教誨,想徐學士亦當言之。引領北風,臨書震悚。

邵子湘

石陽一别,迄今江鯉無尺素,楊陶老守潯防黄,意台駕訪勝匡山赤嶼,則敝廬不遠,乃竟爾寂寂,殊增怏悒。

海内詩人如林,確乎可傳,如吾兄與山陰徐伯調正不多得。内外薦牘,未睹姓名,豈希世之珍不求賈售,豫章之榦非列薪槱邪?

弟垂老多病，故態全消，回憶鐵潭酒後問月揮毫，恍如隔世。今已力求當事，養疾林泉。倘駕肯楚游，三逕荒蕪，百年粗糲，猶可止故人宿宿信信也。

舍侄需誠，玉峰後起之俊，由楚還吴，囑令代候謦欬之餘，想當把臂。附函草草。

且御大兄

道既阻長，加以風鶴，且喜兩地安堵，老年兄弟遥相慰也。曩得虞功金泥甚喜，繼得桐伯兄、虞功侄訃音，悲痛傷心。吾老年兄弟，惟大家努力參究無生，此身如電不可追，但波斯匿王視恒河水正自如故耳。

大兄既不作生子想，惟是眼光不可不具，聞目疾尚未痊，豈復仍有累邪？

弟絶意續弦，亦未買一妮子。做官二字，枯木寒烟。外人之言，大兄勿信。

朱韶九

寶繪堂前，飛光喝月；回頭十載，未覺迢遥。日把册子，以當卧遊；載咏嘉章，真如晤對。老年臺坐擁琴書，風流自賞。而弟蓬螢懶拾，芸蠧久乾。近因烽火四郊，杜門未移一步，惟與兒子講説六書，取張爾公《正字通》，補其疏謬，即于書幅上下行間作蠅頭細字，命兒謄出，遂已數十卷，名曰《黄公説字》。待其成書，亦小學之津梁，藝苑之矦鯖，博物之子海也。

每欲作一小像，代間手筆多失描寫，若得爲弟作山水圖，中戴鶡尾冠，撫烏皮几，其真我乎？其真我乎？幸毋忘之。

舍侄歸，囑令代候，統冀佳音，不盡翹望。

張洮矦

歲月如矢，别遽十年。每無人獨處，想見洮矦。散髮亂頭，坐書巢中，其氣象殊可愛也。

此十年中，弟病瀕死者再，大痛者一。已成有鰥，料理白頭，全非詩酒，而輦下群公不知燭武身衰，江淹才盡矣。每讀《神仙傳》，疑世間乏何所不有。翁兄庶幾近之，不識許弟下風問道否？

楚中今年秋旱，大樹皆枯，弟以痰溼餘症感兹酷燥，瘡瘍便血，種種不堪。思作一詩寄雲間兄弟，煎煮不成一字，憊可知矣。

盧文子

去春于澹巖郵中寄候諸兄弟，而來音杳然。二董行藏，久無消息。

言念良友，如影隨形起，坐之間，未嘗不在。送别三章，出入懷袖。墨痕漫滅，然後篋藏。每秋風暮起，輒思劈蟹觀堂，蒓鱸之思，不獨張翰也矣。翁兄年來著述多少，論定幾何？當今興起文治，海内君宗，舍君奚適哉！

弟瓜廬抱剏，藥裹全生。聞説長安，但有西笑。昔年五子，如健犢跳梁。釜山長逝，弟復病衰。人生樂事，豈可多得？

鴻飛有路，尚惠遐音，因風瞻企。

答徐季重

再拜季重先生足下。十月客下雉，始接春初書，善哉！

季重知我者，去春閣垣公疏，猥垂齒名。是時，實病不能就道，敝省撫軍凡兩報部，而銓部指名規避，疏擬參處，幸蒙温旨。撫軍即差送咨文，檄府州星夜催迫，扶病上車。十一月，途次内黄，眩仆車下，折斷右肩骨。死而復蘇，冀得還轅。而内黄令李君不敢出結，沿途呻吟。今年燈節後，始抵都，詣部驗患，不允代奏。及入覲保和殿，天恩隆重，賜坐，賜茶饌，徐蒙放還。

四月望前，出東便門，買舟擬來玉峰，財至清淵，漕艘阻淺，回櫂天雄避暑，重九後抵蘄。曏者舍侄歸，昆弟候函中，已預白病狀。善哉！季重來教云云，非深相知，能如是乎？

《明史》責任重大，未審諸公何以下筆？足下所録《名臣紀》，又何等義例？可聞其略否？弟今行年六十，自鼓莊盆，塊然獨處，維是食指夥鲦,若無乞食之老潛,即有少陵之餓子,于此奈何?當復奈何?來歲春深,意欲遊浙過仁兄,作數日談。便郵附復,手痛不多。

寄念如三弟

於徵遠接手教,殷殷關注,深仞雅情。星之北上,夫豈得已?徵遠、幼鐵兩侄能言之,老弟何以玉堂爲祝邪?至台教云,百鍊能爲繞指否?讀之破顔一笑。老矣!一切風華喜憎,正如天花墜時不黏,無學阿羅漢體,惟是文字結習,頗未能除。

途中折臂,豈非因緣作祟,安得掃除爲快也?恪如四弟何致賦玉樓,客中兩夜,撫牀一慟,老淚交零。今遺有幾孤,能伸父志否?回思昔日慨慷論心,玉折蘭摧,可勝腸斷。老弟宜體先人遺教,修身保生,勢利聲談,裘馬少年,當視如沸湯毒虺,勿復相近。昔宋元祐時,有王景亮與浮薄往來,謔浪爲事,皆罹巨禍。愚兄目擊時流,不禁三歎也。

訒老門施行馬,自當如是。愚亦未往一面,然其相知相成,全在形體之外。獻歲發春,擬有虎林之遊,定過故鄉,與老弟縷縷傾倒,權此。已未九月。

王子房心目兄弟

暌隔兩鄉,歷年一紀,關心世好,懷念師恩,未嘗一日忘之。聞子房在長安,紙貴心日,書劍壯游,何以江漢之間不杭一葦?山中望眼,其如我何?

前歲又復有人持弟刻卷來謁,稱是兩世兄幼弟,從崑山來,往迎父喪於廣西,沿途求助。先師之卒於崑,誰不知?而楚人反信此妄子。彼既不知弟曾家崑,且手一册子開列前死事諸公,多無名之人,不根之談。時方多事,不可不詳訪而愼防之。

弟途中已折臂,今始略能運動,以此上負聖朝,永伏巖壑。但玉峰絶頂,尚欲携謝眺驚人句來也。

答方樓岡

適承惠二千言,反覆商樂府聲韻,足下殆略出緒餘以相挑邪?僕不能窺足下之藴，而不得不仰答盛意。

昨蒙索鄙作，敬呈三四，去後竊自喜，何者？醫不自治，情畏敵料。冀足下登高而望，嚮明而視，知旗靡轍亂者安在？而府藏症瘕之或滯也。足下謂僕樂府云云，僕亦如子恒所言，文章好惡，吾自知之耳。足下云，未學樂府，疑其難及。觀足下塞外諸作，以五言律擬之，温柔敦厚，得風人之旨，含辭命句，有六朝深致，貞永遺音，何畏于古，而自疑難邪？夫美人不同面，芳草不同臭。借隴籬之膏黛，自足爲容；襲先施之袿裳，亦難其態。豈趨趨步步而能謂之樂府邪？今之擬樂府，非樂府也；擬選體，非選體也；擬少陵，非少陵也。蓋少陵熟于魏晋宋齊，廟祀樂章鋪叙沈鬱，曹氏父子壯慨悲涼，是則《三别》《三吏》《麗人》《曲江》之本領矣。《練時日》《維泰元》何須模撰，《病婦》《孤兒》短長歍咽，今人時時效之，只見醜耳。鼓吹清商情文都異，用修頗獵菁華，昌谷苦難多得。足下云，在湖南擬百餘首，何不相示也？

足下指僕用《正韻》，以爲不必。夫《正韻》一代令典，然而僕之用之，惟五排中《飛來峰》一首，峰在二冬，餘皆一東，其"淙"字，即"漴"本字。《説文》有"淙"，無"漴"。俗韻，"漴"入一東。"淙"入二冬，妄見邊旁，分聲清濁。《正韻》一東收"漴"，二冬收"淙"，去聲。十七漾又"漴"、"淙"並載，不悟"漴"即俗"淙"。先儒失考，故僕于一東不用"漴"，而用"淙"。且古韻東、冬、江並用，謝康樂《田南樹園》一首是矣。又《宫人出爲羽林婦》，此樂府題也，六朝樂府往往似排律，唐初直以律當之，至李賀，雖律亦古韻矣。又僕艷體《五更》十五韻，《次宋畸》十六韻，亦如賀、東、冬並用。又《嚴州道中》八韻，惟舂用二冬。計五七排三百餘首，偶用《正韻》此而已。足下謂高、陽、張、徐，青田、潛溪、義烏輩近體無一用《正韻》者，此言誤矣。高季迪坐事，誅于洪武甲寅。先一年，王子充使雲南殉節。明年青田薨，徐幼文于己未庾死獄中。是時，《正韻》未出也。宋景濂則手定《正韻》者，楊眉菴、張來儀最後卒，他如胡光大、陳宗、王時儉、王孟揚、周公叙諸公集中，皆時時用之，足下未細閲耳。足下謂《正韻》非謂詩詞而作，則奈何以韻名之？足下謂《正韻》宗三百篇，其實非三百篇也。洪武末更訂孫吾與《韻會》，改名《通韻》，未及流行。逮《箋説》與陳第《詩音》出，而論正韻者始一變。僕于《説字》中頗晳。有數聲借一義者，則依聲爲義；

有一字借數聲者，則義不隨聲。故律體非惟句終不宜，誤押在句中，尤當審之。僕按義定聲，不敢溷用，惟樂府古體準四詩、《離騷》以其爲五聲通轉之祖。

足下云，《五經》《詩》《易》皆韻，是也。至引魏某云《五經》有《詩》，如五倫之有朋友，何謂也？《易》《書》《禮》《春秋》當配何者一倫邪？足下云徐、袁、鍾、譚不爲樂府。今觀四子，惟中郎數首思望太白樊籬。天池横出之才，七言律别升一座，樂府可弗作。竟陵《讀曲》《懊儂》且苦不老，況其他乎？天資難强，皆可勿論。曩施尚白譏僕樂府與諸體漢魏六朝三唐無所不有，而又時雜子瞻、務觀、大年，僕隨自笑，如弇州云，興到不須删耳。世之目弇州亦病其雜，然而《説文》不云乎，五采相合謂之雜。雜，豈爲病邪？足下謂僕本不雜，僕恐未能雜耳。足下又曰，錢受之雜也。一篇之中，雅鄭互奏，恐有持而議之者，故詆諆滄浪、須溪，以豫箝天下之口。僕少時亦言之，然非牧穸定評也。牧穸指摘滄浪、須溪之評論，獻吉之紕繆，訕笑于鱗，醜諆季重、友夏，説皆可聽。惟于樂府獨尊長沙諸體，盛推嘉燧，是誠過矣。賓之僅是一格，長慶新題、廉夫鐵體之後勍耳。松圓特謝茂秦、宋登春以來之錚錚者，豈可壓倒三百年間鉅公傑構邪？

僕往在牧叟舟中，與語不合，拂衣起。然當其是處，未嘗不稱善也。樓岡足下，夫學苟至于古人，自可信于後世。孟子曰："不知子都之姣者，無目者也。"然而瞽者亦信子都之姣，聾者亦識雷霆之威，足下慎重。燭前信筆不莊。景星頓首。

與蔣王淵

清詩初集，聞尚陸續收入。不患選者不精，而患寄送者之濫，先生將何以待之？前刀板譌處仍宜詳訂，如樂府中拙作《東武吟》"頭上白日無根株"，乃用張籍語，逸一無字，猶寫手誤耳。《艷歌》："曉起緑牕髻，百昌吐香風。鏡中楊柳色，復照青樽中。"弟三十年前作，久傳人口。昨見在武進某君位下，宜改正。恐讀者疑尊選多屬移借，不然則笑某君于沈約集中作賊。呵呵。

與曹尚白

頃刻碑用鏽鐵片浸醋中，冬二三日，夏一日，夜取調鉛粉，書厚簡紙上，俟極乾，以濃墨染紙背，即成白文。若醋多粉少，亦正如米南宫十紙帖。所謂黄皮紙，天性如染者也。近人以厚樸浸水染之，亦近似。兄臨《天馬賦》，如出米手，乞以此法作數幅爲玩。

白茅堂文集卷之四十三

贊

東方朔贊

東方朔，豈滑稽吏隱者哉？不得於主而逃焉者也。

始朔來上書，自稱勇捷廉信，可爲天子大臣。群臣謂朔不遜，獨帝偉朔，然而卒不用。是時，司馬遷以文史卜祝事上，率上所戲弄，而相如、枚皋在其列，朔猶不得比遷、相如、皋。故朔曰：臣可用，幸異其禮；不可用，罷之。

悲哉！《客難》之所繇作也。帝卒與視郭舍人等，如是不滑稽，得乎？至於諫内董偃，可謂直矣。噫嘻！使朔不死，帝遂用之，安知不如霍光、金日磾？後世論者曰吏隱，曰滑稽，何誣？朔爲不得於王而逃焉，而以一節目之，奚相知？

馮訓道傳贊金壇人，名厚敦，江陰縣訓導。

贊曰：士之不能殺身成仁者，非貧賤困辱之難忍乎？貧賤困辱不能忍而能忍殺身乎？高皇帝重歲貢生，歲貢生多陟朝右。仁宗後，進士始專要津。於是以老於場屋不堪鞭策者爲訓導之官。士苟非貧賤困辱不能忍者，鮮肯爲之。昔漢重學官，博士非名流不以處，今也不重學官，故學官亦不自重，或不幸遇喪師失地，則曰：守令責也，我奉一囊粟而已，何與焉？論者亦曰：責守令者，學官奉一囊粟而已，奚與焉？夫身處名教之地不以自病，而論者習爲固然，不可爲大哀乎？

馮先生官訓導，年六十，人謂可無死而先生必死，且代守令之責，至力竭而後死。觀其生平行事，豈非能忍貧賤困辱者哉？而乃不辭小官，慨然自表見，殺身成仁，然後知其能忍者大也。噫！彼守令與潘訓導安往哉？所謂閻丞及十三諸生者，又何人哉？閻丞，名應元，及十三生，皆死節。

小像自贊

此爲黄公也邪？人之接面，不相知心，況從楮墨見者邪？吾未綰半通之綸，而厠士大夫之末，才無寸長，自許管葛，聞人之過，掩匿蓋覆，而於古人摎瑕剔疵，惟恐弗獲。口曰欲仕，自比陶潛，人争歅笑，己反怡然。飲酒不過五斗，狀若千鍾。賓從車馬，遊於國中，家無儋石，庶乎屢空。讀書魚獵，未嘗專門。學博而不精，文駁而不純。跌宕經史，脱略公卿。以譽爲辱，以毁爲榮者邪？昌按：此贊在丙戌丁亥間作。

病中自贊

吾生得歲五十有二，可以死矣。死亦何畏？君子曰終，小人曰死，宛其死矣。胡不遄死？生於天地，長於天地，塞乎天地，浩然之氣。世所謂生，吾所謂死，孰是滔滔知其所止？世所謂死，吾所謂生，寂然不動而返其真。生非曰存，死非曰死，四大五常，蓋此身髮。月生於西，日生於東，天地不盡，我生不窮，可以死矣，可以無死。朝聞道乎，夕死可矣。昌按：此贊作於己未歲杪。

魚籃大士贊二條

大士籃魚，魚將何往？魚在籃中，如兒在襁。我爲法王，於法自在。江海洋洋，群生無碍。

魚白大士："我今出水。當復何樂？"大士答魚："繇汝貪著。汝離貪著，得大快樂。"

畫鯉贊

神鯉爲物，首角一握。翼登乾五，鱗備坤六。我讀圖經，厥狀孔熟。摇睛若日，擲尾成雷。嘘雲萬仞，布澤九垓。波臣祭酒，鱗族天才。

畫鷹贊

有鳥鸛鶴，稟金之剛。目通於瑙，筋力在眶。戾飛九天，與神龍翔。揚激雷電，搏除不祥。

野菜贊

顧子歸里，歲丁壬辰。饑饉無食，藜藿之羹。並日不給，偕婦於野。採草根實苗葉，遂不死焉。鼓腹自得，各爲贊之，四十四種。

野麥燕麥也，有小米，可作粥。

周道茂草，我心忡忡。旅穀聖米，飢腸不充。亦有燕麥，弗種胡芃。黍離之歌，猶曰正風。

蕨萁苦澀，湯中薄出之，榨出汁，鮮藏皆可。根皮搗爛澄水中，布袋漉作粉，甘滑。一種迷蕨，生水濱，枝葉垂水中，即薇也。

《爾雅》書蘁，是曰蕨萁。爲粔爲籹，其甘若飴。陟彼南山，詩人識之。一曰迷蕨，首陽之薇。

芹水陸二種，陸不如水。陸根赤，水根白。味辛鹹而香，可鹽作乾菜。新食時，净洗妨螞蜞，誤中或殺人，吞土丸下之。列子曰：鄉豪嘗芹，螫口慘腹。

芹本曰蘄，國名是取。列在香草，與艾爲伍。蜇口慘腹，彼富何魯？我佐清泉，芬香熟愈。

地踏菇生陰濕地，雨過即採，見日輒枯。地雞以味言，獐頭以形言。雷後得者曰雷菇，以候言。菇類甚多，無齒者殺人，楓松檜栢皂角樹上生者亦殺人。地踏生砂石帶土處，如木栭而薄，得麻子油良。以碎瓷片或銀環同熓，黑則毒，地有蛇故。

爰有地菇，蒸濕所溉。雞距獐頭，以擬形味。毒或中人，猝亦難治。饑腹神明，服之不祟。

馬齒莧俗名長命菜，一名龍牙菜。味酸滑，多生園地，根子可種。蒸作乾簌，治癥塊血痢痔。節間有水銀，取法詳《本草》。

龍牙馬齒，藥中之英。殺蟲消渴，破痃摧癥。我有大癥，不可以懲。龍叔抱病，文摯望明。

孔家蕻蕻，空，去聲，即五家苗也。舊説生北方沙地，爲木類。生南方堅地，爲草類。其實皆木本，南小北大耳。臺粗如筯，長尺許。赤莢如虎爪鷹咮，味苦而永。道家名金鹽母，與地榆同煮，化石如羮，試之不驗。又名文章中，見譙周《巴蜀異物志》。

良藥金鹽，法可鬻石。虎爪鷹咮，反傷非棘。《山海經》講，山有木，曰帝屋，葉狀如椒，反傷赤實。浮山多盼木，枳葉而無傷。郭景純曰：反傷，刺句也。孔家文章，美名疇錫。我師仲尼，服之無斁。

甜菜枸杞苗也，味苦，沸湯中煮壓去汁，陸甫里賦杞菊，蘇子瞻曰：士之不遇，窮約可也。安在飢齧草木？既守膠西，乃知之。

枸杞叢生，條直幹繆。謂苦爲甜，飢者之口。嚼齧草木，命之不偶。惡乎疑乎，陋哉蘇叟。

鵝腸葉圓而尖，莖空，中有白縷，作小白花。一名蔞縷，《爾雅》作蔜。

草曰鵝腸，華於仲春。柔枝弱本，杏葉蘭莖。兄鶃則哇，蔞縷是珍。頗疑名實，非其主賓。

公公須即王瓜，苗葉似落花生，須卷曲如葡萄。采苗頭，沸湯中出煠食。其根深，掘四五尺乃得，熟煮香如山藥。

王瓜之生，《月令》載紀。昔讀圖經，惟聾是已。賢者黜聰，屬垣何取？吾病不明，聰或可矣。

金花本名南苜蓿，二月緐生，葉如酸漿而五聚。三月開黄花，作子匾如螺旋。北産，葉尖花紫。

寵命苜蓿，字曰金花。玉環瑶柱，厥譽何加？草自大宛，馬來渥洼。賓服四裔，維皇漢家。

狗脚迹二三月布地生，一莖五葉，如狗迹。味淡澀。

布地而生，有曰狗迹。一本數莖，圓葉五出。烹之釜鬵，其薌有苾。我出東門，笑悲交集。

米麯即茸母。二月生，葉如鼠耳，和米擣作餅。北人寒食尚之，酒麯所用。一名鼠耳。

有草茸母，亦稱香蒿。禁火作餌，命曰冷淘。得米則良，可以蘖醪。感彼碩鼠，思我樂郊。

掠帚地膚也。一作落帚，初生可食，至秋長五六尺。一本數十條，束之作帚。

地膚數寸，苗弱可食。秸榦秋凋，埽除是職。林宗好帚，土行運甓。彼非丈夫，安事一室。

烏藨莓也。似野薔薇，多刺。二月，蘸可充蔬。四月，開淡紅花，香嫩。五月，實熟，紫赤色，味如桑椹。取汁煎如膏，可調食，即覆盆子。

莓實時熟，月建當午。療飢比葚，調食勝蒟。明明昊天，照臨下土。誰則覆盆，使我心苦?

鳳耳一名女兒花，四五月高四五尺，花如鳳鳥耳，色數種。每自變易，結角尖圓如小毛桃，又如人目眥，觸則迸裂，緊屈如拳，故又名急性子。諸蟲不生，蜂蝶不采，故又名妒蝶。蛇遇則膚爛，故又名爛蛇。取苗葉，灰水浸一宿，去其毒，微酸，須薑湯中薄煮出之。糟方苣筍，不如薔薇蘸香美。此最傷齒，亦食物所忌，惟煮肉投子數粒，易爛。

女子名花，賦秉潔烈。少犯輒怒，拳握眦裂。既辟虵虺，復遠螽蝶。惜哉微酸，亦有妒德。

婆婆奶地黄苗也，可充蔬。佛言初生人時，惟食地漿，逐劫福減，艱難粗惡。見《樓炭經》。土人云:“地黄苗耐飢，多食動熱。”

厥初生民，食有地漿。囏難粗惡，減劫所嘗。誰非赤子，乳哺是當。悲哉蔓草，取號耶娘。

茅針二月生白花如蘆，未出葉時，茸茸然，味如飴。煮粥可省米，與米麴同。根腐則有光如螢。《肘後方》云:“避難無人之境。白茅根洗净咀嚼，或石上曬乾搗末，水服可不飢。”

菅茅賤草，六經是記。取用洪多，義宜罕譬。茸以鬻糜，厥藉若穗。至賤則神，腐生光怪。

夏枯似蒿，莖微方，葉對節生，有細齒，莖端開花，淡紫色，作穗。生秋經冬，入夏則枯。此苗與香蒿、香薷、茺蔚皆可沸湯過，再淘浸去苦味。拌油鹽食，予惟齏汁耳。

半夏之春，夏枯之秋。茂彼落此，天乎何尤。傲寒避熱，德亦孔遒。過時不采，棄等薪槱。

雞冠莧即青葙子，高可三四尺，花穗直出，而尖長如兔尾，有紅黃白三種。嫩時煠食，味如莧。

四月孟夏，草木載榮。胡麻未種，青葙已生。眄彼霜華，以綏以纓。鷄鳴絳幘，神遊漢廷。

水黄芹水陸皆生，葉長大如白菘。蒸曬作乾鹽菜，與菘無别。子無鹽久矣。

惟澤有草，狀如白菘。卬烘而食，厥味斯同。觱沸濫泉，言采其叢。無鹽三月，聊以飱饔。

湖葱又名水韭，根似獨蒜而小，多食昏目動腋氣。

湖葱山辛，一名水韭。接吻沾脣，其臭盈口。葱若曰聰，韭爲言久。爾名孔佳，爾實非取。

紫蘇《本草》曰苴，紫者入藥，白者湯中薄煮之，煠食，荆芥則宜生食。

苴曰紫蘇，本入芼品。蕩鬱散寒，性温且緊。湯液得之，薑桂可屏。起懵之功，令人猛省。

苦蕒葉長有稜，截出白漿，夏作白花如毳，子細粘衣。吴歸命侯天紀三年，吴平家有苦蕒，高四尺。次年，晋平吴。安帝義熙二年，陳益家亦有此異，識者以爲苦蕒者，苦賣也。自是苦兵者十餘年。今遍野生，大者三四斤，不宜火。生拌薑醋，性涼，亦止熱泄。八九月采根食。

苦蕒爲名，猶言苦賣。天紀義熙，厥妖亦大。蕣蕣在原，莪莪有芾。凶飢之萌，如何不忲。

灰藋藋音翟，藜也，俗名灰苕。葉表青裏白，有粉。《本草》以爲野莧，陸德明謂即堇荼，皆非也。紅心者名鶴頂藋，味皆微澀而醎，與淡竹葉味略同。淡竹布地生，如竹葉，夏秋開花，翠藍可愛，如鳥喙，可染色者是也。灰藋一名金鎖妖。

藋之别種，一曰灰苕。嬌粉如蝶，翥風翛翛。有堇之妖，有莧之蓀。《爾雅》不熟，勤學是嘲。

薺菜冬至前冰雪後得薺而生也。一作薺，俗作地，多在圃地與路傍畜牧處，作土香。二月小白花，結子三角。三月三日，婦女、小兒簪之，云辟疫。是日采莖剔燈，辟蚊。吴人謂之邪菜。邢峙勸魏太子勿食邪蒿，惡其名耳。

邪菜初生，惟梅是蕾。草芽未出，土色先改。名胡不臧，實則焉浼。亦有邪蒿，我食何辠？

油灼灼蘋類，葉圓大，一缺，背一點如水泡。一名芣菜，沸湯過，去苦澀，須薑醋，宜作乾菜。根甚肥美。又一種，四葉合成一葉，名四葉菜，一名十字菜，一名田字草，一名破銅錢。

水蘋大者，曰油灼灼。于以采之，於湖之泊。啞啞鳧雁，以宅以託。謀非稻粱，俯取焉怍。

看麥娘高下二種，在麥田中，稂稗類也。一名草子，似燕麥，子如雕胡。《爾雅》謂之皇守田稂，亦名守田。俗名宿田翁。

有看麥娘，翹生隴上。衆麥低頭，此草卬望。布穀飛鳴，婦姑凄愴。誰當獲者，腰鐮而往。

菱科芰也。葉下似蟗股，湯中薄出之，煤作蔬，得薑醋良。長藤連根拔起，爛煮曝乾碓碎，一斗米二斗藤，當四斗米飯。

兩角曰淩，四角曰芰。加籩之品，屈到所嗜。莖若蟗股，葉如蝶翅。清廟薦之，吾享無愧。

茭苗吴越秋種者良，生水中。苗白充蔬，米可炊飲，是曰雕菰。

菰穗雕胡，葉如蔗荻。匹彼露葵，可以薦客。解籜得苗，厥根孔碩。媲美維何？韭黄齑白。

山樝三種，小而青紅曰茅樝，其功破癖起慣；大而全紅曰棠杭；大而黄白曰猴樝。

杭曰檕梅，俗亦罕識。猱狖所落，鼬鼺攸食。實若丹砂，核如點漆。功能起慣，亦以破癖。

櫟橿子木高丈餘即結實。又一種長而尖者，名櫧，味苦，充糧，又可作腐。

翻翻槲葉，于山之陵。有櫧者實，以囊以籯。杜甫拾橡，伯奇採椁。忠孝之思，先民是程。

雷蒿諸蒿之長，聞雷而發也。一作蔾，本作蔞。有青、赤二種，青佳，亦可醃熏藏之。

蒿類三五，惟蔞可烹。艾實爲伍，蓬胡並名。不扶而直，幽貞性成。春洲沙輭，芬同杜蘅。

薜荔二種，皆不華而實。平如蓮房者曰水蓮蓬，圓而酵起者曰鬼饅頭。六七月，青黑色，内空而微紅，有白汁。搗爛，布袋揉洗，製如蕨粉，釜中攪如膠，沈井泉久之，竹刀切，加薑醋食，尤解熱中實熱。烏鵶最嗜，故名老鵶餡。

谽巖窈窕，薜荔嬋娟。山鬼含睇，幽人宅焉。不華而實，房如渚蓮。瞻烏爰止，我往孤搴。

葛根亦名鹿藿，藤蔓十數丈，葉如楓。紫花成穗，結莢亦可食，名葛穀。冬取根，深掘得五七尺長者，製如薜荔，打糊代粥，晒乾堪同米麥作餅。世傳後周李遷哲鎮蜀乏糧，始造此粉。其實非也。

亦有鹿藿，蔓施阿陵。施去聲。可代飦粥，豈惟解酲。勇斷深決，洞見本根。吾自不了，徒憎葛藤。

紫藤蜿蜒十數丈，二月紫花成穗，垂如纓絡。取半開者，鹽湯汋，點茶，開胃療噎。曬乾拌鹽水雜飯炊，可省菜。形如雀，又金雀花，木本，高六七尺，俗謂鵝兒花。食法同之。

金雀紫藤，花同種異。或紫或黄，狀如鳥翅。新炊間之，省汝齏茹。真茶得之，開我胸胃。

泥豆野豆，似黄豆，而細粒，亦有麻點者。凶歲輒多，大可充糒。或云即薇也。

藿非家蒔，菽亦六穀。凶年櫓生，蔓莚山谷。此歉彼豐，胡有不足。天道蕩平，予齒去角。

甘菊生川澤者良，花黄，單瓣，蕊高，碎如蜂窠。味苦者名苦薏，不堪食。甘者，菊也。吴人采花陰乾，拆浸香櫞中點茶，單用亦佳。嫩苗煠食或醃醋作葅，與蒿艾、茵陳、蒼术、薺苨同，但蒿艾等皆令人熱。《楚詞》"餐秋菊之落英"，指此。落，始也。

藥苗可餌，十有其六。以病得仙，因飢辟穀。茵陳術艾，逸人所服。除霧開明，不逮甘菊。

黄精三月生，苗高二三尺。柔莖竹葉，大約似薑。根生食戟喉。葉對生者曰正精，偏生者曰偏精。苗葉作菜，根陰乾，九蒸九曬，忌鐵器，可充糧。含一枚，嚥津不飢，蓋仙藥也。興國土人制而貨之，多雜蘿蔔。

戊己秉氣，太陽含精。充糧益臟，久服輕身。黄精悦性，玼薑健神。品編食料，功載仙經。

馬蘭丹多澤生，葉如菊而尖長。左右齒各五，花亦如菊，而單瓣青色。鹽湯沟過，乾藏蒸食，又可作饅餡。生搗治蛇咬。

馬蘭不馨，名列香草。蛇菌或中，利用生擣。大哉帝德，鼓腹告飽。虺毒不逢，行吟用老。

荆芥苗煠作蔬，魚肉忌之，犯無鱗魚即死。與鯉犯紫荆，食鱓飲燒酒，殺人等疾。

鼠蓂辛苦，命之曰芥。荆則云矜，芥爲言介。肉食斯仇，君子攸戒。我食無魚，咀嚼何害？

蒼耳一名葈耳，莖有紫點，高三四尺，葉似豨薟厚硬，俗名猪耳。陸氏《詩》疏："細葉蔓生。"郭璞云："葉如鼠耳。"皆非。嫩苗沸湯，過清水再浸，煠食。北人謂之相思菜，令夫婦相愛。夏開小黄花，結子如棗核而多刺。嫩時桑扈群食，刺老則粘衣難脱。熁去殼，研粉作餅。豨薟苗亦如之。

采采葈耳，適彼道周。有咬桑扈，和鳴相求。刺芒成實，自夏徂秋。莽行衣絮，何以解憂？

鹿葱蘐也，苗如蒜，甘而不羶，鹿嗜之。花如黄躑躅，沸湯薄出之，曝乾。已放者名黄花，未放者名金簪，青萼尤佳。地肥則重瓣，或云重瓣有毒，非。别有一種重瓣者，皆可蔬。忌糖蜜同食，令人善嘔。古名忘憂，不審何謂。

蘐草叢生，華如躑躅。鬻之暴之，用以旨畜。野有死麕，庭無呦鹿。心之憂矣，其何能淑？

天泡茄《爾雅》：苦葴也。葉有三五，尖，多生墟砌，可充蔬。四五月開小白花，微紫，結房薄膜五楞，中懸赤珠，如燈在籠，故又名王母珠燈籠子。珠中復有細子，似落蘇子，茄所由名。味甘酢，吴人糖蜜藏之。葴音真。

苦葴隰草，我命嘉蔬。菀葵雜出，感彼故墟。花房秋熟，赤實懸珠。誰曰隔膜，丹心炯如。

蘆笋味苦澀，灰水浸一宿，沸湯中出，熟爚，得糟佳。

風雨所會，葦蒿是生。紫萌素甲，蘿篬斯珍。坐觀雲起，立聽筝音。云誰之思，西方美人。

寶公像赞

紙上見公，如公已死。杖屨入門，神王且喜。謂死謂生，俱屬妄見。如目中花，如雨中霰。揮公出門，捲影向壁。吾方嗒然，公影兩失。

金處士像赞

北客圖南姬，長裙倭髻髻；南人繪北姝，高鬟大珠珥。結束雖略同，神理不相似。庸工貌高人，其道亦如是。公若命我圖，我圖則異是。一斗好墨汁，五尺藤溪紙。爲寫溪山圖，知公在山裏。

陳老醉像赞

先生面貌何所似？澄湖水中酒杯裏。譙周人見皆失笑，孔明、老子心獨喜。滑稽者流舉似君，無乃大隱隱城市。其妻不識友識之，歸問細君何者是？

范君像赞

得度宰官身，説法毗丘相。蜕脱泥塵，曠焉天放。其微笑者拈花，而嚗然者放杖邪？

程非二像赞

踞石非抱石，抱膝非捉鼻，非二之隱情。而畫工者偶得注目而眠，傾耳而聽，如聞其吟，吟聲喑喑。

李東皋像赞

入銓曹，出循吏，仕而隱，稱厥志。其中洪者其外肆，文如其人豐且睟。香山、涑水真率會，君其祭酒我揚觶。日給五斗慎勿匱，古今東皋汝斯二。

演如禪師像赞並序

演如禪師，姓李，字文卿，豫章人。少曾讀書，多蓺，喜拔中山皴，爲中書君。爲人蕭散真率。予不喜俗客，善生。生以母老還豫章，母卒，讓産遺婦而自爲僧，返居蘄。荒江之滸有殿堂翬翼，曰許真君廟者，所募建也。予異其人出塵若蜕，因爲贊之。

李生縛免，秇林所貴。竹帛殫能，俩汝絶技。忽悟西來，本無一字。拔鬚薙髮，償彼毛穎。象兔齊縛，神力勇猛。我作贊辭，虚空鍾鼎。

吴隱君贊並序

吴隱君威克者，孝子也。父華元以誠慤交於士大夫。崇禎末，有丁員外郎，奉詔采銅黔蜀，與華元善，挈俱往，病卒于黔。

凶聞至，威克年甫十八，麻衣芒屨，辭家遠奔，行次潯陽，值左良玉敗於賊，舳艫相銜，沿江殺掠，威克不得進。甲申六月，南都李博士頒詔往蜀，威克從之。張獻忠既屠楚犯蜀，黔、粤、滇、雲皆震動。督師李若星駐偏橋衛，扼五省要害。將軍方國安屯常德府。殘破後，涉江乏渡。一翁挐小舟至，熟視曰："子何爲者？抑似重有哀者，子將何之？"威克泣曰："僕，歙人也。籍居儀真，將求父匶於黔，失路，恐客死，不得與父匶相見。"翁曰："毋悲！老夫，方將軍募客也。可隨吾行。"至常德，以屬副將王某。抵偏橋，距黔尚六七百里，王曰："前此不能相伴矣。地嶮多苗，其慎之。"威克泣别。

所過萬山矗立，有狝無雞，犵狫乘亂戳劫，遇棺輒疑藏金，必破之。威克叩頭流血，得免掠衣糧繫錮。夜逸去，跣走十五日，抵貴陽，見親匶，擗踊氣絶，經日始蘇。徐乞募舁夫，跽而告曰："吾曹遘斯亂，姑同寸進覓食。"衆曰："吾曹感君誠孝，忍不助力？"于是取遵義山中間道，無烟火，拾橿栗充食。晝則同衆舁棺，夜則相與擁肩露坐達旦。二十晝夜至漢陽，乙酉三月抵金陵。以世亂不用術家言，竟渴葬焉。

嗚呼！吴君可謂孝矣。江寧史君代爲其子孝廉募文以紀，予感史君言，節録大端。嗚呼！其亦可以傳矣夫。

贊曰：嗚呼！隱君吴氏之孝，亶其然乎，求櫬萬里，返葬九京。丁鶴年之求黄沙之骨，馬伯康之却青鳥之經。智足以達理，勇足以輔仁，迹厥生平，義亦足稱。可以焚樊君雲之券，散折伯式之財，而亦不諱夫操術之奇嬴，懿軌善行，詳載於諸公之文，吾蓋未識其子，而樂聞夫吾友云。

張長人像赞

名不必逃，譽不必干，此張子之閒閒；出不必仕，處不必晦，此張子之無悔。洗濯其文，追琢其器，志于道，據于德，游于蓺，而蕭遠乎山椒水澨，全于天之和者歟！故下見曾玄之四世。噫嘻！此張子之不易逮也夫。

蔣馭鹿像赞

彼何人斯？亦仙亦逸。撫甡甡者，豈蘇耽而杖青藜也，疑太乙得毋，驂鸞駕螭與雲將者游，而附翼攀鱗曾何足以匹。舌出廣長，目光千尺，是曰馭鹿先生，將邀抱犢山翁，而往讀書於石室。

補思庵德教圖赞並序

康熙辛亥，大名縣妖尼成氏自稱“九天聖女”。郡人走事若狂。吾兄思庵下車之明年也，執之。男女鱗次，觀者堵墻。尼受拷，初若不痛苦，久乃呼暴乞哀，遂盡火其旗牌、符劍，解其黨。後四年乙卯，新河縣白蓮教起，遠近響應，衆數萬，掠聚落，陷新河。既討平之，斬渠首六十三人，而大名無一協從者，兄剪亂于萌之力也。他日信史不可弗傳，因爲贊補德教圖之左方：

紜紜蠢生，受惑不已。智者守正，達人辨理。民情煙動，譌言蠁起。火降小兒，菑興大傀。七里作霧，五斗納米。唐賽嫠妖，殷鑒孔邇。巖巖大尹，正直是與。翦以萌牙，義無茹鯊。我思古人，遐以媲美。豹也西門，僑歟東里。沙麓爾瞻，衛水有沘。庶幾千秋，傳書信史。

慎齋蔣公遺像赞並序

康熙戊午宜興蔣公來視學，三楚景星時奉召入覲，未及謁公。明年拜恩南還，公適來郡，始得挹厥風裁。讀其在衡陽時《回雁》《石鼓》《續春陵行》諸詩，知公問學經濟。越三年，公歸道山。又三年，晤公次子別駕景祁，出示公遺像，神采如生。按公諱永修，中世祖章皇帝御極之四年會試進士，授應山令。時山寇突起，雲夢、孝感皆陷，公不請兵援，恐爲羸民困，率父老子弟扞禦孤城，修築雉堞壞墮者三百三十餘丈。擢異第一，賜衣，内召。會外艱歸。服闋，對策太和殿，授刑科給事中。浙江大帥疏争文武相見禮，公抗疏彈擊，且言不宜開藩鎮驕縱。上以引藩鎮爲嫌，立命至南海子回話，公從容啓奏，上大悦，曰：“真諫官，朕正用著此輩人耳。”歷吏户都給事，多所獻替。

今上改元二年，出同知瑞州府，摘奸發伏，禽高安巨盜，數邑以寧。升知平越軍民府，龕服生苗七十餘砦。歲癸丑，升山東按察副使、提督學政，復以内艱歸，起補江西學政，改湖廣。方是時，滇逆初奔,士子驚魂未攝。公先履危疆,於權火相望之中以文定武,前此所未有也。新恩考察應晋卿寺,執志謙抑,遂拜陝西行省參政,未赴而卒,鄉賢、名宦皆崇祀。公有女孫,許字湖北布政子星徐公之孫,未昏聞訃,入門守貞。家教淵原,逮及笄穉,有如此者。瞻公遺像,感激欷歔,敬志梗概而綴以贊辭。

維公遥裔,係自凵亭。神明上溯,姬旦雲孫。柢源深遠,厥祥誕生。從經衡史,緯武綱文。牽絲遾仕,百里干城。鹽亭健令,隆慮神君。公在諫院,羆臥鳳鳴。禮争大體,議必持平。江郡探丸,公迺出丞。仁願敉戢,雒邦用寧。黎峩嶮髳,羅鬼是鄰。椎首喙息,磽角卒耕。玉華叛作,震聽黔荆。詩書墻壁,爨席狐榛。壘烏稍集,敖鴻數驚。眷兹疲楚,帝用儒臣。潔己端蒞,師嚴道尊。湯湯江漢,與與莪菁。公歸道山,多士涕霝。哲人雖隕,典型尚存。公二令子,揚雲長卿。家學節孝,施及笄纓。齊女嫁衛,訃遇城門。我心匪席,獨爨終身。節録公善,彤筦弗勝。庶幾後禩,感覽斯文。

孝友莊君贊

醇風既杳,醨俗相仍。温陵海澨,厥有義門。義門維何?是爲莊氏。際磊其名,石三其字。殖豈馬援,豐非張儉。不負錙珠,屢焚劑券。弟婚未畢,誓不入室。復其寢處,俟季成匹。穉侄痘盲,往禱於神。願以子代,兒目頓明。弟疾卧褥,盟香跪卜。家有畜犬,從而俯伏。弟疾孔危,割肉以醫。厥後兄病,弟亦如之。有友避兵,橐金來付。時平斸地,封識如故。凡兹孝義,豈媿古人?潼流德秀,荆茂田真。我觀薄俗,可堪痛哭。憯若燃萁,憂深斗粟。屋扇不欺,君誠若斯。豈徒贊孅,作此風詩。

箴

古箴一

無執可以斷獄,無心可以問卜;有執斷獄獄必覆,有心問卜卜不告。

箴二

莽生必陳根，燄發必朽薪。救火不以水，薙草不用斤。鳥歸必茂林，魚游避水清。前軒知後輊，監古識來今。

箴三

静以用衆，動以察機。審固後發，當發勿疑。暴爲仁導，愚爲智師。初爻勿用，數老變隨。民之訛言，亦孔之憂。何以息之？異端勿施。

銘

盤硯銘

有磐之石維其天，高者爲山卑者淵。山以防淖淵以泉，泉以潤物淖以田。不埴不確厥德全，治而爲硯完且顓。銘於底晦自處，君子之貞維其所。

鏡囊銘

圓以體物，虚以涵照。静則弢光，動則發耀。

浮瓠銘

挹汝爲箕山之瓢，抱汝爲漢陰之甕。汝頸瘦然而祟汝以形，汝腹果然而庶乎屢空。今以子備波濤之患，此理不必無，事不必有，吾與子俱瓠落而無用矣夫。

鴛央酒壺銘

兩鴛央銜一菡萏，左醲右醨。菡萏左紐出醲，右紐出醨。斟之酌之維爾紐，狂藥到喉言出口。

黑端硯銘

墨同色，水同德，是以君子貴玄默。華而燥，道之賊。

端硯銘

墨如膏沐，硯如静女。雖不可藉，亦不可去。

凸硯銘

凹非注也，蓋其久凸。不利今，利於後，毫毛茂茂先汝朽。異於齒舌之剛柔，同於知仁之樂壽。

硯銘二

鉤繩相連，升女重淵，備余濡翰。豈不艱哉？艱斯迺傳。

飾此佩阿，媒彼淬妃。醮於回氏，登之尚卿。衛以龍賓，永傳子孫。

蜀文石硯銘

平公三峽，長嘯得硯。巨璞禹鑿，異狀獨見。其滑波濤，其光雷電。聯坳盡墨，川麓隱見。奉以揮灑，佐兹清晏。致身明光，丹青顧盼。

龍文硯銘

彼何翁叟，飲吾硯池。天方渴暵，霖雨驟施。硯固有神，龍則華變。龍不有功，歸之吾硯。

二琴銘

龍聽以角角以吟，達龍性者知琴心。龍吟

君臣道合民事齊，品物流形雲雨施。風雷

筆筒銘

總黑頭公攝管城子，功成而退處於此。

竹筆筒銘

小中筦籥，大中量器，其虛中也。天成而外，不假雕飾，吾以宮吾毛穎，觀動止之適。

宮鏡銘並圖

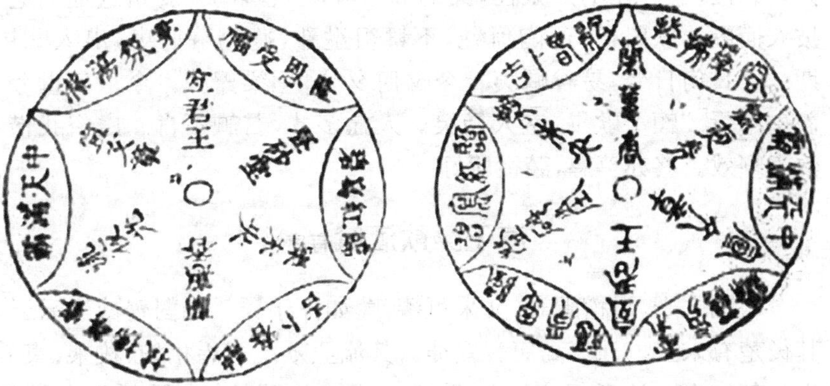

右宮鏡銘，左右旋讀。三言二章，章六句。左旋，宜君王，宣文章云云。右旋，登砂堂，樂未央云云。四言二章，章六句。左旋，霏氛蕩滌，中天滿霸云云。右旋，霸滿天中，滌蕩氛霏云云。七言二章，章六句。左旋，霏氛蕩滌宣文章，中天滿霸流夜光云云。右旋，吉卜春融蘭蕙香，拭拂容華流夜光云云。昌按：霸，月魄，本字福，音逼臨，力容切。

雜著

室讁

昭陽大荒落，斗建單閼，惟月既望。晨光射牖，家人朝饔，匕定箸寂。顧子擁襆，稍始轉動，室人造而讁之，曰："嘻！日已大昕，子胡不聞嘐嘐狺狺、陝陝薨薨？蚤作拮營，疇不敲勤。子則惰黜，於事奚成？晨爨已滅，子乃後興。有客跐門，冠屨倒擎。眵眨直眂，邪敧欠伸。睢維眑眇，如寢未醒。客怒辭去，子反訢訢。褫襟盤薄，叩瓴拊罌。擘畫治亂，悲慭天人。衆皆潛歆，子獨自矜。凡兹歒懎，胡不亟懲？"顧子詡然，曰："是何言與？來吾語汝。吾將爲賈易擔負，抑將爲籌策杵臼；吾將爲博奕飲酒，抑將爲儈駔奔走；吾將爲趨府儽閣，抑將爲掃門入幕；吾將爲乘障擊柝，抑將爲抽箕餂橐。凡此之類，靡不夙興。兢兢儝儝，侁侁偒偒。今吾勺粟告飽，敗綈爲温其性。存存其情，屯屯其舞。軒軒其適，言言浸想。宵類盧牟，八垠幡帑。典籍枕机，六經將老。死不知來往，又烏聞夫狗吠與雞鳴？於是逡巡而起，披衣而歌。歌曰：不運陶侃甓，不舞祖逖雞，蘧詡慕莊叟，出入悲馬期。今日何日兮，昜谷嵎夷。今夕何夕兮，□梁鬻脾。今世何世兮，羲皇華胥。"顧子歌畢，室人乃笑。人盡多才，君誠不肖。處俗我偕，治生寡效。終亦莫懲，請從所好。

淳于髡飲酒賦有序

戰國之士，滑稽諷諫，文采可觀，莫如淳于髡。髡對齊威王云云，其後楚有宋玉，玉賦《高唐》《登徒》，其流亞歟。司馬相如、枚乘、東方生又其繼也。論者但言賦始孫卿、屈原，亦不察矣。檃栝髡辭韻爲賦焉。

齊威王大置酒後宫，召淳于髡而賜之飲，曰："先生能飲幾何而醉？"對曰："臣飲句。一斗亦醉，一石亦醉。"王曰："先生一斗而醉，惡能一石哉？"以上如賦序。髡曰："髡拜賜大王之前，執法在傍，御史在後，胡口切。恐懼俯伏而飲，不過一斗。當口切。親有嚴客，使髡侍酒，即有切。豢韝鞠䐡，奉觴上壽。音守。《豳風》：爲此春酒，以介眉壽。數賜餘瀝，飲可二斗。朋友交遊，久不相見，卒然相覩，豆偶切。歡然道故。音古，東方朔《客難》，故叶户。户，音虎。私情相語，魚許切。而飲可五六斗。州閭之會，男女雜坐，行酒稽留，音流。六博投壺。音侯。相引爲曹，音愁，淮南《招隱》：禽獸駭兮亡其曹。叶下留。握手無罰，目眙不禁。居吟切。前有墮珥，後有遺簪，音争。髠竊樂此飲，可八斗而醉二參。蘇簪切，叶上禁簪。日暮酒闌，合尊促坐，在卧切。男女同席，履舄交錯。倉卧切。杯盤狼藉，音寂。堂上燭滅。音密，叶上。主人留髠而送客，音乞。羅襦襟解，微聞薌澤。最質切。當此之時，髠心最歡，能飲一石。音食。故曰：酒極則亂，樂極則悲。萬事盡然，言不可極，極之而衰。音妻，叶悲。齊王曰："善！"乃罷長夜之飲，以髠爲諸侯主客。如上叶。宗室置酒，髠嘗在側。即及切，叶客。

驅虎令代參議徐公

維蘄古蓼，圖經是遺。厥山突複，絡于江垂。野田堉茀，篁篠覭密。里人來訟，群虎充斥。斷道伐屋，及於闉闍。磨牙舐肳，肉粻人羞。豈其苛政，黨汝肆虐？豈有狐假，爾翼爾角？嗟爾毛蟲，爾亦有知。均來則渡，琨至則移。予愛蠟祀，亦既神汝。宜率有貓，殲豕殄鼠。峆㟜徽壑，人迹所絶。麕麃饒有，汝宜往宅。狹鄉息壤，我牧我畋。敢抗而躪，杙綱彌山。長弓勍弩，火鈴藥鏑。一發决眥，戳肋洞腋。燒荒熱澗，鋌險出奇。墮睛殞魄，庖肉席皮。吾有不職，矢天知之。去吾害馬，吾職實司。前有不懲，既用殪汝。袒裼贔屭，獻于公所。吾今汝約，空山亟跧。蝮蒙柳宥，鰐爲韓遷。汝倘吾犯，命不汝延。捕同漢法，一購三千。如律令。

捐造哨船招撫盜首檄代參議徐公

照得本道所屬境内大江，自武昌至九江界八百里，水面遼遠，墩堡疏落。夾洲長港，蘆葦浩浩。狐火篝於蒙翳，長儠嘯於烟波。

舊日紅哨等船既廢，盜賊往往划艑出没。本道職兼分巡江防，念非設專役難以巡邏，捐俸造船三十隻，贍養水手九十名。每船兵快十名，皆精選。所部健步民壯，捕役充用，給以弓箭、鉤鎗、刀叉、火藥、號旗、信牌，專於沿江昏夜巡緝，鳴金吹角，往來遥應，少有風聞，飛槳前報，倘遇盜警，即發號砲，聞聲聚剿。猶恐江汛遼闊，其船隻弓兵，方陸續造添，府縣職官勇躍從事。

自今江汛，非復舊觀。本道訪得大冶、興國、漳源口、黄梅湖港等處素多匪類，細知姓名、居處，親往拿出。此曹搶地悲哭，額破血流。細訊其中，頗有讀書之子，大言煽惑，殊可痛恨！夫惡患怙終，過須速改，汝等果能食葚懷音，吞灰洗胃，轉移之際，即是良民。本道姑藏過册子，爲汝等留一生路。我網既密，何難一面之開；爾匿雖深，不啻十目之視。現今地方繳上賊船，具結在案，已行申報上臺，嚴檄所屬。

今後各哨日加緊密，報功給賞，仍申諭爾等地方，或猶有不良，並許自首，實心改悔，同爲良善。倘其狼心未革，鷹眼猶存，法在必行，恩不再宥，毋忽特檄。

曉示保甲説代參議徐公

保甲之法始宋神宗，始以畿内之民，十家爲一保，選乾力一人爲保長。五十家爲一大保，選一人爲大保長。十大保爲一都保，選一人爲都保長。每一大保夜輪五人警盜，告捕所獲，賞格從事。同保有犯法不告者，依律。至元豐八年，司馬光乞罷保甲。蓋熙寧之法，原寓兵于農，其後與義勇弓箭社並行，而民間滋擾，是以弊生，至保甲中，往往有自爲盜者，故光請罷之。明王文成公變用其法，行於江右南贛，加以門牌稽察，雖百世可行。今之保甲，皆古遺制也，奈有司不知緣起，視保甲爲衙前力役，奔走供應之時多，而什伍察奸之事少。於是保甲爲虚文，境有賊而官不知，室有盜而里不發。門牌雖給，掛壁生塵；告示屢張，掉臂不顧。

本道非别有創見，惟遵國制，及采文成舊章。其行於城郭鎮市，則十家爲一牌頭，百家爲一保長，免其他差，專掌門牌。司警火盜，各立簿籍；商賈藝業，按實詳書；雁户畸零，一一添註；按季持簿，聞於所司。其門牌各家掛一小面，十家立一大面。夜巡，鎗棍十枝，竹梆一件，共爲一架，麻搭火鉤托叉一副，逐日挨送，周而復始，牌頭門首大水缸一口。至于鄉村居民零星寥落，以五十家爲一保長，止給門牌，其大牌等件不用。

昔北魏兖州刺史李崇村置一樓，樓懸一鼓，盜發擊鼓，諸村齊應，咸守要路，盜不得逸。今以金代鼓，一如崇法，其簿籍按季報聞。倘本保内有暗行不善，及容留面生可疑之人，皆許不時入報。如本保容隱，他保發覺者，治本保長罪。務令勸化睦婣，糾查良楛，與捕官、巡檢表裏隄防，則保甲不爲虚文，而鄺鄙如視掌上。

先王所以周知民數，弭盜防奸，法在是矣。恐民間不詳，用兹曉示。

曉示社倉説代

《王制》曰："三年耕，必有一年之食；九年耕，必有三年之食。雖有水旱凶災，民無菜色。"豈賴之府庫充牣、足備賑發而已哉？蓋民間各有蓋藏，自足相贍。所謂耕九餘三，不在官，而在野也。後世義倉法，長孫平最善，收穫之際，隨其所得，勸導出粟置倉當社，故又名社倉。明洪武社倉設立四鄉道里之中，使僻隘農民易於領納，掌以富户，則身家愛重，罔敢侵漁？是亦法之至便者。茍不平時豫圖，一旦倉卒，無怪築室道謀而掘井救渴也矣。

本道下車，歲值大旱，郡縣倉廩，徒有虚名，彈指拊心，焦勞百計，窮山雨雪，親往撫綏。時鄰境流氓，亦漸聚烟火，屬内郡縣册報花名已不下十餘萬。嗟乎！此固予力所可及也，而力所不及不知凡幾。可不豫爲良法，用期永久乎？夫綢繆所以備風雨，衣袽所以防漏舟。考古酌今，爰立社倉，勸民出粟，不勒限，不定數，聽其樂輸。自城郭外，四鄉皆立，一遇水旱就近給發，既不支費正項一錢，又不致遠鄉飢羸，扶携道殣。是即《周禮·遺人》"鄉鄙委積"之義云爾。掌以殷實，不涉官胥，一如富鄭公青州法。今自蘄始爲三郡例，蘄民鼓舞，數月間建倉四處。是歲秋成，擔負樂輸，已如千石。據該州申報在案矣。

嗟乎！推此法也，即予力所不及，必有采而行之者，要令民間各有蓋藏，所謂耕九餘三不在官而在野矣。恐民不詳，用兹曉示。

答潘江如雜問

奉書垂問疑義十一，則非有僻而難知。甚矣！子之善誘也。略就所聞復於左。

來問杜詩"上番遮莫"何義？按：駱賓王《疇昔篇》："上苑曾經柳絮新，中園幾番梅花落。"獨孤及："舊日霜毛一番新，别來芳草幾經春。”李義山《無愁果有愁曲》:“推煙唾月抛千里,十番紅桐一行死。”張蠙《觀江南牡丹》:“幾醉能消一番紅。”陶九成:“墻東兩個桃花樹,恨殺朝來一番風。”“番”皆讀去聲,“上番”猶“初番”,蔡夢弼謂“番”宜作“筤”,大、强解。“遮莫”,舊訓儘教,亦非。《搜神記》:狸妖謂張華曰:“遮莫千試萬慮。”玄宗問黄幡綽:“是勿兒得人憐。”“勿”音“漫”,是勿,即遮莫,今言什麽也。賀知章《答朝士》:“ 遮渠不道是吴兒。”亦此意。

來問杜《岳麓山道林寺》是古是排。按:五七言古句句排仗,六朝體也,杜詩是古。臧氏唐詩所收入排律,誤。

來問杜《慈恩塔》“七星在北户,河漢聲西流。”何以知西流有聲也? 按:《天文志》:天漢,天一所生,凝毓而成,河漢之源也。起東北,西南行。道書謂黄河源自東而西下,地涌出爲星宿瀵,復自西而東,過尾閭,騰於沃焦,還歸於漢。梵言耶摩羅有大砂石,流於西荒,西流本此。然風人之辭,不必摭實。李長吉“銀浦流雲學水聲”正可注杜。

來問杜《秦州》“無風雲出塞,不夜月臨關”,或謂有無風塞、不夜城,或言月如晝,孰是? 按:二説舉非,“不夜”猶言未夜,山高見月早也。又杜《銅官渚守風》:“不夜楚帆落。”李義山“不夜見攙搶。”正此意。

來問杜“天闕象緯逼”,或作天闕、天閲,孰是? 按:二説舉非,題是《龍門》,伊闕之龍門也。傅毅賦:“因龍門以暢化,開伊闕以達聰。”一作“天闕”,注是。

來問“隱几蕭條戴鶡冠”。“鶡”見《漢書》,師古注曰:“鶡,音芬,本作鳻,大而色青,出羌中,俗名鶡雞,好鬥,勇士插其尾於冠。或云鶡,與鳻通。”然則子美果誤讀作鶡旦之鶡矣。按:《字彙》:鳻,敷文切。引《爾雅》:鳸,鳻鶞,或作鶡鶞。又引《增韻》:本作鳻,假借作鶡,大而色青,出羌中。又引《説文》:鳻雀似鶡。又,鶡,古隘切,似鶡,青色,出羌中。鶡,何葛切。引顔注:鳥出上黨。梅氏《字畫》,杜撰混淆重出。《説文》:鳻,从鳥,介聲,古拜切,似鳻而青,出羌中。鶡从鳥,曷聲,胡割切,似雉出上黨。自屬二鳥。又,無鳻而有鳻,府文切,鳥聚皃,又飛皃。無鳻字。並似鶡之訓,音義之誤自顔氏始。陸佃曰:“鶡,色似褐,故名。”佃説是也。《後漢·輿服志》:虎賁羽林皆鶡冠。

又，隱士服之，取勇退義。杜不誤。

來問杜"汝與山東李白好"。一作東山，或謂白山東人，或謂白擬謝傅，孰是？按：謝公東山，會稽、臨安、金陵皆有，皆傳爲携妓之所，皆爲白游處。葛立之詩話頗詳，白有《憶東山》詩："不向東山久，薔薇幾度花。白雲還自散，明月落誰家。"陳軒録於《金陵集》。《紹興府志》：會稽山有薔薇洞，謝公調馬路。疑皆後人附益，未足據也。白往往以携妓艷，謝公不擬。謝公號東山也。白劍南之昌明人，今彰明也。《曾鞏序》曰"蜀郡人"。一説生於清廉鄉，一説青蓮鄉，故號青蓮居士。近有釋子詩："李白匡廬結勝緣，學佛因自號青蓮。山中不見讀書處，峰頂長飛瀑布泉。"若用前説，非因學佛名。《蜀志》：彰明有大匡山，有讀書臺、隴西院，是其故處。白去蜀後，有妹名月圓，死葬鄉内，墓今去隴西院百步。舉無確據。杜懷白詩"匡山讀書處"，黄鶴定爲潯陽之匡廬是也。又，李陽冰作《太白草堂序》云：陽冰試絃歌當塗，公疾亟，函草稿枕上，授簡俾爲序。李華誌墓亦云"賦臨終歌而卒"，俗謂捉月溺死，妄也。白卒於當塗，葬於青山，太平府城南謝公山是也。謝公，謝朓也，今亦附會稱東山矣。開元十一年，白已流寓齊魯最久，與孔巢父輩號竹溪六逸，山東李白繇此得名耳。

來問王建《宫詞》"每遍舞時分兩向，太平萬歲字當中"，何謂也？按：《樂府雜録》有花舞、字舞，舞人衣朱緑衣，亞身於地，合成花字。始高宗時，武后作聖壽舞，百四十人，金銅冠，五色畫衣，列必成字。有"聖超千古，道泰百王，皇帝萬年，寶祚彌昌"等字。

來問儲光羲有《飲茗粥》詩，伯敬謂"粥"字不雅，"憶茗粥"見《茶經》，是否？按：《齊書》：武帝祀昭皇后茗、粣。粣音幘，粽也。《風土記》云：南人多以苦茗雜糧食，此真粥矣。茗粥，直濃煮耳。《爾雅》郭注"可作羹飲者"，是也。伯敬失考。

來問義山《錦瑟》詩，子瞻以適、怨、清、和解之，是否？按：李有所指，莊生、望帝，借言意在曉夢、春心耳。頸聯明説種玉無絲、泣珠有淚。義山詩體往往如是。若如蘇解，起結四語，復何義？題云"錦瑟"者，即少陵"暫醉佳人錦瑟傍"意。義山命題多取首二字。或謂令狐楚家青衣名。義山嘗從事楚幕，不應調笑侍兒至此。

來問書名"擘窠"何義。按：昇庵引《墨池録》《顔真卿集》《玉堂嘉話》，義未明。擘窠猶言掌窩，字大如掌耳。

來問足下《咏春筍解籜》有“箣爾天籟異”之句。“箣”字，何音義？按：《説文》：箣，指節鳴也，亦作肑，音近剥，从竹者，聲似解籜也。物之多筋者莫如竹，故筋亦從竹，多節莫如竹，故骨節、音節亦借節。交竹作索曰答，故對答亦借答。俗稱體肥曰笨子，笨，盧本切，無廉隅也，笨莫如竹，故笨亦从竹也。又，凡从勹从丶者，丁歷切，有所主職也。丶主本字也。从勹从一者，識略切，以手約物也。勺中加一則爲勻，韻同；勺上加一，則爲与，予同義，皆訓約也。字書譌誤不辨。

又答江如

接教索《賻池録》。賻池者，書卷四緣空白地。有所得，輒書之，十餘年來，得數十卷，《餘冬》《丹鉛卮言》類耳。小有可喜，尚未編出。天氣少涼，足下當就觀，再蒙垂問，固知足下善誘人也。茂先博物，考玉尺於束晳；休文達韻，試雌霓於王筠。足下得毋類邪？涷雨乍過，茅堂暑減，漫録左綿，用代剪燭。

來書：“《繫辭》《説卦》之六章，先儒謂即邵子所圖伏羲八卦之位，乾南坤北，离東坎西，兑東南震東北，巽西南艮西北，疑與此章卦位不合。”按：此章先儒謂與第三章疑本一章。“潤萬物者莫潤乎水”當在“燥萬物者莫熯乎火”之上，則离東坎西之位定矣，不知其審。

來書：“昭公二十一年，晋荀吴與華氏戰，鄭翩願爲鸛，其御願爲鵝。何謂也？”按：鸛飛旋而圓曰鸛井，鵝飛列而直曰雁行。鸛，圓陣；鵝，直陣也。《徐無鬼篇》：“陳鶴列於麗譙之間。鶴列即鸛陣也。

來書：“《參同契》：‘蟾蜍與兔魄，日月氣雙明。蟾蜍視卦節，兔者吐生光。’徐渭曰：取兔爲吐。義似矣。而‘蟾蜍視卦節’，不得解。”按《天文》：月一星在昴東，入昴五度，陰宗之精，爲兔四足，爲蟾蜍三足，取象云爾。兔象在月中，而蟾蜍之精爲星，以司太陰之行度。魏公以十五日，月之乾體已就，盛滿於東，與日相望，故曰雙明。蟾蜍即月星，專主太陰進退，故曰視卦節。卦節者，上文震庚兑丁乾甲，下文巽辛艮丙坤乙也。太陰則專盈縮，故曰吐生炎也。

來書：“俗稱《詩》云什，何也？”按：《雅》《頌》十篇爲一卷，故曰什，如什伍也。《國風》多寡不等,不稱什。《雅》《頌》皆十篇爲什,《商頌》《魯頌》五篇不滿十,故不稱什。《蕩》《閔予小子》十一篇亦稱什。今稱某詩皆曰某什,俗謬誤。

來書:"李白'東海有勇婦,何慚蘇子卿',注引蘇軾'勇婦報仇於武',何喻?"按:白時,山東有婦爲夫報仇,太守奏救之。此篇以代魏《鞞鼓舞》《精微篇》也。古辭曰:"關中有賢女,自字蘇來卿。壯年報父讐,身没垂功名。"白詩本作來卿,注誤。

來問:杜詩:"久聞陶侃胡奴異,怪爾嘗穿虎豹群。"舊注:陶侃僕千人,容有此奴。但别無出處。按:"侃"恐是"峴"之譌,峴有崑崙奴,能入水取劍,後爲蛟所食,恐杜以此比其獠奴耳。

來書:王昌齡"秦時明月漢時關",於鱗取壓卷。茂秦曰:"可解可不解爲佳。"龍標此語於解云何?按:昇庵云,楊子雲賦"欃槍"爲闉,"明月"爲堠,龍標謂秦雖遠征,猶在明月之野,漢則設關分戍。此説非。是秦時明月,即太白"今月曾經照古人"。漢時關,即"咸陽古道音塵絶"也。太白十四字各道一半,而龍標一語盡之。若以不解爲佳,榛髦昏語耳。

來書:王太常言詩有興而比,有一語興一語比者。《孔雀東南飛》,興而比也。"東飛伯勞西飛燕,黄姑織女時相見",一興一比,其説如此。按:王説非是,伯勞句亦比。伯勞,鵙也。子建《惡鳥論》:伯勞,五月鳴,聲鵙鵙也。《易林》曰:鵙必單栖,鴛必匹飛,燕亦匹鳥,故取相形,如《豳風》:蛜蝛在室,蠨蛸在户。蛜蝛,鼠負也,居必族。蠨蛸,蟢子也,處必獨。感蛜蝛之族居,傷蠨蛸之獨處。雖賦亦比也。吾聞詩有興而比,有賦而比,未聞兩句之間一興一比也。

來書云:洪武曆式有"求醫治疾,乘船渡水,登高履險,收斂貨財,沐浴剃頭"等字,或云,即元授時曆,豈明初猶未改正乎?按:《禮》:居喪不蚤翦。子生翦髮爲鬌。洪武曆指此。丈夫剃頭,不始元。《北史》:魏道武帝登國元年,朝野始束髮加帽。《五代史》:突厥北域諸國至嫗厥律,獨其君長全髮,盛以紫囊。孟洪《蒙達録》云:上自成吉思,下至國人,皆剃婆焦,如小兒留三搭頭。在顖門者,稍長則翦之,在顖下者,總小角,垂肩上。《遼史》云:興宗重熙二十三年秋七月,詔八房族巾幘。道宗清寧元年,詔非勳戚及夷離堇副使不得帶巾。又,契丹人給官乃裹頭巾，富民要裹者納牛駝十頭，馬百匹。雖剃頭以巾幘爲貴，同官人矣。後分南北班，北班國制，南班漢制，各從其便。金天會元年，禁民漢服，髡髮不如式者，殺之。有真定李邈不從，宋謚忠壯。元混一華夏，亦剃髮。《心史》云："尚書黄萬聞元兵將渡江，即剃三搭辮。"《元史》：成宗大德五年，雲南土官宋隆濟叛，時劉深將兵，繇順元入雲南。調民供億，隆濟紿其衆曰："官軍將剃汝髮從軍。"則民不盡剃可知。後至正七年，選民間俊秀入學，以有學者爲五經師，朔望深衣幅巾謁先聖矣。

來書：胡笳，昇庵曰：�也，與笛通。笛止步攊捻，而笳有拍，何也？按：篍音揫，又，簫、嘯二韻。昇庵《丹鉛録》：别本作�，與哨同。六書無筂字，恐即篍之譌，未嘗言笛通也。《急就章》："箛篍起居課後先。"《樂書》曰：箛篍，漢時亭長吹鞭，啾啾然其聲也，吹之爲間閣作休之節。《韻海》曰：篍、哨同。《廣韻》曰：哨，竹箫也。《晋書》儀注：車駕發，吹大箛；住，吹小箛。《説文》：吹鞭也。則箛篍似一物。或曰：鞭上作孔吹之，呱呱然，故曰箛。又與《樂書》啾啾之聲不合。《樂府解題》：鼓吹曲，引應邵《鹵簿圖》，騎執箛似吹鞭，與哨葉是一物。今按嘯葉，俗名哨子，以籜爲之，插管口，得此乃吹，此笳之遺制也。《晋書》"劉疇援笳而吹"，孫楚賦"銜長笳以泛吹"是也。《續通考》引《元史》：笳，今之胡琴。誤矣。笳，唐人謂之觱栗，今謂之頭管。李長吉《申胡子觱栗歌》："誰截太平管，列點排空星。"白香山《薛陽陶觱栗歌》："剪削乾蘆插寒竹，九孔漏聲五音足。"李贊皇《觱栗歌》："忽聞吹管鳴朔風。"皆言管不言琴也。《樂書》謂鳴笳似觱栗而無孔。《六書正譌》謂觱栗九竅皆角音，並非十八拍，辭非文姬作。文姬曲調不傳，後有董生者想像寫聲於琴。此《元史》胡琴之誤也。拍者，解也；解者，歌舞之節也；拍者，拍抹也。白香山《琵琶行》"四絃一聲如裂帛"，《琴譜》"四指齊批七絃曰打"，是也。拍始於笳管，寫於琵琶，後人因又寫於琴也。胡曲則謂之胡琴，亦非今之鞮琴也。董生後又有大小十九拍，沈家聲、祝家聲之不同，詞皆後人爲之。《琴集》，《樂府解》誤注琰作也。琴調又有《楚妃歎》七拍、《明君》二十六拍，皆後人作。

世求世輔二童子字説

徵遠始有令子曰世揆，字禹亮，於予爲從孫行。丱角時，予特愛之。予歸楚，禹亮得仲、叔焉，皆岐嶷克成。仲世求，予字之曰永孚。叔世輔，予字之曰長民。因爲二童子字説以貽之。

《大雅・下武》之章曰："王配于京，世德作求。永言配命，自求多福。成王之孚，下土之式。永言孝思，孝思維則。"言武王纘似先王，以求其德之所以符天人而法諸後禩也。是故《易》貞中孚、《禮》貴孚尹。孚之爲言符也，信也，成也。德性問學，信於己而符於天，其養之之候，如鳥之菢以求其鷇。志一而神凝焉，氣至而化成焉，非求弗至也，求之爲道亦曰誠信而已矣。故孚之爲文，爪下有子。《易》曰中孚，乃應乎天。孚之義，大矣哉！求也，可弗勉諸？《孟子》曰："輔世長民莫如德。"蓋曰維德可以佐王道而覺斯民也。是故天有四輔以相北辰，黄帝七輔以運帝治。輔之爲言扶也，比也，福也，比而扶之，遹懷多福矣。《爾雅》曰："仳，輔也。"許慎曰："俌，輔也。"甫者，大人之稱長民之謂也。其爲文也，人从甫而爲俌，車从甫而爲輔。俌佐之俌，古亦借曰輔也。輔之之道，淑慎而已矣。財成天地之道，輔相天地之宜。輔也，可弗念哉！

紀駱賓王墓

正德九年，南通州曹綦，在城東黄泥口鑿漩池，得古冢石刻，曰：駱賓王之墓。啓棺，章服如新，少傾便滅。曹驚，掩之，取石刻歸。見《揚州志》。

世傳賓王始末互異。《舊唐書》云：初爲道王府屬，歷武功主簿。裴行儉總管洮州，表掌書記，不應，調長安主簿。武后時，數上疏言事，謫除臨海丞，棄官去。李敬業舉義，署府屬。敬業敗，亡命不知所之。郗雲卿《序》曰：賓王，高宗時侍御史，天后即位，頗貢章疏，得罪貶臨海丞。文明中，與李敬業起義，不捷，逃遁。陳振孫《書録解題》引雲卿《序》云：光宅中，廣陵亂，賓王伏誅。與前説不合。《唐詩紀事》言揚州兵敗，逃死。孟啓《本事詩》云：宋考功之問貶黜放還，至靈隱寺，夜月苦吟，有老僧點長明燈，坐大禪牀，曰："少年苦吟何事？"之問曰："弟子題詩，思偶不屬。"老僧即吟續之，之問愕然，遲明往訪，不復見矣。寺僧有知者曰："彼駱賓王也。"敬業與賓王俱逃，帥慮得罪，求死人首類二人者以獻，後雖知之，不敢捕。故與敬業皆得爲僧。數説皆未實，而《本事詩》所載尤可笑。王勉之《野客叢書》從而實之。按：宋之問於武后朝爲考功郎，與楊炯分直藝館，睿宗初貶欽州賜死，安得見賓王老於越？賓王與同時，安得以少年呼之？賓王有《贈宋五之問》《兗州餞宋五》《送宋五之問得涼字詩》，豈不相識者？其《疇昔篇》云："一朝辭短褐，六功奉長廊。賦文慙昔馬，執戟慕前揚。揮戈出武帳，荷筆入文昌。"則嘗爲武功郎矣！"脂車抹陵辭鄉國，縈轡東南吏邛僰。"則嘗吏蜀矣。"解袂欲言歸，執袂愴多違。北梁俱握手，南浦共沾衣。"則自蜀解官歸也。"秖爲須求負郭田，使我再干州郡禄。百年鬱鬱少騰遷，萬里迢迢入鏡川。""掛冠裂冕已辭榮，南畝東皋事耕鑿。""我住青門外，家臨素滻濱。遥瞻丹鳳闕，斜望黑龍津。"則蜀歸除臨海丞，解丞歸長安。未言上疏罪謫棄官去也，又不言高宗朝官御史。"果乘驄馬發囂書"云云，似家居時爲御史劾詔獄，亦未明言其故，而《傳》《序》失真。然則亡命爲僧確乎？否也。

《揚州志》亦好事者爲之。即嗣聖後赦而不罪，豈得以章服葬？漫書於此。

徐文長遺事二條

會稽人述徐文長遊京師時，好大言，爲嚴相國所忌。閉閣中，令作青詞，一日百首，相國大悦，厚贈遺之。途遇盜，盜既去，文長大呼曰："來，橐中尚有銀卮。"盜大笑曰："秀才可留質酒。"

後見知督府胡公，廉澹自好。嘗醉卧，胡公探囊袖中所爲文，偶有富商干請，其家人書小赫蹏潛納袖中，若富人與文長者。文長醉卧，胡公探出按聽，文長不知也。貧則鬻文自給，稍裕即百方不能得。一巨賈購其草書，謀諸鄰老，鄰老曰："是固予能得之。"值大雪，挈尊酒一鯉訪文長，文長大喜，熱酒煮鯉，出其紙，盡書之。

胡公敗，文長佯狂，持斧自擊破頭，不死。世謂文長始末以狂敗。

嗚呼！胡公，文長知己也。勳動當代，以忌死，文長之狂，不綦悲哉！使文長不遇胡公，不能成其廉；不廉，不能成其狂。士之遇不遇，報與不報，其辨微矣。

文長詩文，格無詭遇，才本天放，稱其爲人。

今日天寒，客有杭人，復道數事，文長之椎殺繼室也。雪天有僮踻竈下，婦憐之，假以褻服。文長大詈，婦亦詈，時操欋收冰，昌按：欋，音瞿，《釋名》曰："四齒杷也。"怒擲婦，誤中婦，死。縣尉入驗，惡聲色，問欋字作何書，文長笑曰："若不知書生未出頭地耳？"蓋俗書"欋"作"生"也。尉怒，報云："用生殺。"文長遂下獄。

他日，太守出素羅幃，令書艷句，文長箕踞咄咄，太守怒，戒勿與食，文長即不食，就柱下蝨木，日齧方寸而已，旬日顔色如常。其後御史欲出文長，慮獄辭久具。一老吏云："改用生作甩生，便屬誤殺。"蓋俗書"抛"作"甩"也。文長遂得出，入出皆一俗字。甚矣，俗書之弊也！在獄七年，燒煉藥物，鍛土爲鼓，擊之鑛鑛然。普按：《丹方鑒源》云："萵苣用硫磺種結砂子。"又曰："紫色萵苣和土作器，火鍛如銅也。"

文長嘗赤脚草屨，白布浣衣，入酒肆坐，看殺鵝。主人曰："傖要食鵝毛那？"明日，督府取鵝毳千斤。主人知屬文長，走謝。文長笑曰："釋矣。但後有赤脚草屨白布衣者，即好酒食待之。"其任誕若此。二子，長曰角心，次曰蔗皮。角心殀，蔗皮貧。生平字畫，尺幅值皆數金。土鼓亦一官長重價購去，而文長之柩尚淺土。嗟乎！紹興多奇山水，不少謝家青山。或曰："先生葬久矣。"

討蚤檄

土蟞麼蚤，聚醜僻薉。敢肆跳梁，螟動蠢情。厥狀孔陋，黝體羸嗇。長頸鋭喙，産同蟻賊，化比沙蟲。甘人血食，豈必爪牙？乘暗襲虚，惟投罅隙。迹其俶擾，依塵伏窟。漸窺閫帳，剥牀以膚。欲撲滅之無從，似鬼蜮之難得。斯民不安於衽席，壯夫展轉於中宵。捫腹技癢，懸毶之巧莫施；拊髀肉消，噬臍之悔何及。來從草竊，去比拚飛。是真肘掖容姦，卧榻養患者也。

是可忍也，孰不可忍。兹特檄爾進封温國夫人，通判房州媵氏，領帳前捕捉司事，號令專閫，殄除克期。陸則機牀竊中，强秦之馬必淖；水則兩盂並設，宋華之陣斯張。兩盂，獵陣名，見左文十年。清晨席卷，須幕庭之必槊；埽地窮追，豈甌脱之容遁。別有清野飛將梟雄，籍本羽林，旁裒義憤，不借火鼓鹵，已在吾目中，足察秋毫，掇固無勞擘畫，是皆爲吾外援，去聲。協助膚功。惟爾滕手口拮据，奏汝爪牙之偉略；宫庭清宴，張吾帷幄之運籌。惟爾滕湯沐用賜，筦簟同安，豈不榮哉？捷書晝報，恩賚宵行。

戲代風姨辨花神彈事尤展成有花神彈封姨文，愛其詞工，春夜戲作。

青陽公主封姨，稽首東皇陛下。伏惟乾元統天，萬物資始。坤德載厚，品彙咸亨。妾幸叨長女，貴次東宫。開闢以來，吹噓不倦，承恩溥暢，宣惠悠揚。佐歌熏之治，每慕虞琴；體噫氣之和，均調寶燭。在邇人間秪候，亦莫與京。斿縣朱碧，或立五王之宫；幡繪星辰，竊有諸姨之號。啓行鹵簿，徐轉銅烏，掞藻上林，無煩翦綵。豈忍暫忘被拂，少肆離披。

玆有部内領錦官城事、惜花御史某褊妬宅心，興戎自口，敢探霜簡，曾少風聞，誣妾吼天之稱，置妾掃地之辱。《彈云》：今有吼天氏風姨。指妾一百五日之勢，數妾二十四番之威。弗思禁火之時，不失催春之信。雨來五色，是誰揚扢之能？露釀千葩，頗費煦噓之力。偏反唐棣，吹彼棘心。莫不與以蘸熒，助其張王。過温則滌蕩鬱沴，遭溼則汛掃蝨蠹。養梢頭之荳蔻，恩自含胎；護籜裏之萌芽，育同膺褓。拂成麥浪，碧纈連天；灑出花茵，錦紋匝地。若言摇落，豈屬鄙衷？黄鞠秉貞莖葉，三秋緑茂；紫薇嗣續蓓蕾，百日紅酣。梅飛雪下之玉鱗，菟引霜前之金縷。一日觱發，二日栗烈，不傷澹艷之水仙；六出春前，五出冬後，榮及苦寒之青女。憐才若此，竭慮何辭？即曰曲感美人之舞，妾果無功；若夫懼生獨活之摇，妾寧有罪？抑且金錢夜落，無事蚤凋；木槿暮菸，何憂用老？譬則扇藏班女，彼自恩衰；又若髮薄衛娘，奈何春去。聽先鳴之鶗鴂，秪用傷心；憐無語之子嶲，能無墮淚？

領錦城某檢校枝官，激揚華職，紆青拕紫，對白抽黄，雨露所施，恩斯極矣。顧乃貪天之功，忘帝之力，言之根柢，性易飄颺。竊緐華於四時，掌榮枯於一手。色衰愛弛，深負惜春之名；物換情移，疇執不恒之咎。如何忘我？反是不思。妾每行春，未嘗不歎。念搭欄之柳綫，一把難收；奈結子之桃花，五更錯恨。妾心盪蕩，彼口幡幡。敢伏堁塵，上攀閶闔。有懷蓬孛，拜疏不周。倘蒙廣莫之恩，不勝解慍之至。

戲與茅山鎮朱巡撿徵蟹檄來牘云：巖疆冷署僅備蟹螯五十雙，而來役失其七，因戲答之

門下河泊分司，江村開府。街彈雄緊，鐵篆比於巡方；塢壁幽深，經略會通團練。考昔多用清流之士，妙選不妨江浙之才。維茅山要鎮，控帶兩洲。絶壁千尋，大江東去。雖曰三户漁樵，則比屋可封。豈無居人酺社？皆敝廬不遠。聽鷄鳴狗吠之聲，嗷嘈四境；覩望衡接宇之盛，烟火百家。允矣巖疆，欽哉冷署！以門下之經綸勤幹，當邑境之鎖鑰咽喉。鹿柴讀爲砦。漁莊，分遵句管；塾翁堡勇，争効馳驅。且也伐黿籍鼉，夸部内之佽飛；炙鮒羹鰌，友一鄉之善士。陸司山寨，隰掌水衡。一鮓不私，豈媿當年江郡；雙螯自把，何須定少監州。

於時秋矣，田遺紫稻，菊綻黄華。擁戟夜來，偵彼横行之甲士；渠魁暗襲，須吾捕捉之雄圖。明火邏巡，飛箝擒縱。遽加蒯縛，用薦茅苴。嘉君俘馘之功，助餘尊俎之雅。其始至也，猶竪目而含怒；其少選也，即濆沫以乞憐。宜允典刑，姑諧軍政，僉曰小醜，敢犯巖疆。詎忍殘觟，留汙冷署。昔彭越造逆，難赦醢葅；郭索何知，希逃烹鑊。爰宣爟氏，載命女醯。甕中糟粕，膏鎔白玉之臍；釜裏兜鉾，泣伏紅銅之殼。第聞門下捡執未盡，夥頤實多。豈以貴鎮之森嚴，肯容群醜之逋軼。兹者押司疎失，撿點不周。花名開列五十，草際奔逃三四。放楚王之鵠，豈是無心？烹子産之魚，亦當聲罪。維門下尚兹洪度，恕彼小愆。惟宜網羅四張，捆載頻繼。盡族類之小大，酋牟必收；極摎索於萑苻，尖團並取。務使反接而至，勿令乘間以逃。

我則集九賓以受降，設庭燎而後見。俎前脱甲，用其二而用其三；如用莒子於社之用。堂上肆筵，卜其晝而卜其夜。美譚若此，賞歎如何？徵檄再馳，無任歡笑。

白茅堂集卷之四十四

雜著

古松和尚真體頌並序

鎮江净業禪院，古嵩大師所剏。師，蒲州人。年十三爲沙彌，五十遊匡廬，講南宗，後居五臺，名益著。神宗初，遣中使迎入都，師聞，遁至京口，愛北固、金、焦之勝，居之。萬曆三十九年，入般涅槃，云："吾滅後二十年，有宰官張姓啓我龕。"

崇禎四年，浴佛前一日，工部尚書張公國維過其地，夢一老僧稱七條衣敝。明日，至院見龕，啓之，如夢所見，張公驚歎，倡爲莊嚴。

戊子春仲，予奉兩尊人將歸楚，夜至院内，其徒海鎮引從右廡，炳燭瞻視。僧具茶爇香，乞紀其事，因作頌，曰：

我聞大乘法，形神俱外道。究竟涅槃盡，消滅諸生滅。云何不涅槃？云何不壞身？當知般涅槃，即是妙莊嚴。汝等試諦觀，涅槃實如是。

鼈佛頌並序

金壇丹陽門大儈嚴茂華煮鼈，人言乞救，剖之，得一菩薩，觀者如覩，稱曰"鼈佛"，頂禮戒殺者數百人。予同年友陳愲棄官爲僧，遂以珠香莊嚴供養，時丙戌七月也。冬，予來從姑蘇，愲出示，方二寸許，有皺如綿，纏身及趺，是謂僧伽袛衣，袒右，施無畏手，目鼻刻畫，指白肉膼，或曰鼈瘕也，或曰是名戈使。國有大兵，則是蠥興。按史傳雜記，鳥獸蟲魚中，嘗現佛菩薩像。唐玄宗鸚武舍利，文宗蛤腹大士，崇寧初獲嘉職氏猪齒如來，政和中真州牛脛菩薩，唐詢家雞子菩薩。大觀三年，吴郡邵興宗剖蚌得羅漢，而鼈腹佛像尤多。會僧慈舟至自楚，搶地悲泣，乞爲文以傳，方便説頌。

維三鉢底不受形，盡虚空界爲極樂，業識變化成衆生。死病痛苦隨形具，魚蟲鳥獸中有人。苦與魚蟲鳥獸等，云胡以人而讐物？炮熇割剥相殺害，若云性命各不同，彼物我人理實爾。云胡腹中病瘕瘵，形成魚蛇齧肝心？大士無相無衆生，隨衆生相作方便。或爲鎖骨淫菩薩，或作刀齖惡羅刹。或現面然餓鬼王，或人牛羊示脱化。鼈中有佛佛作鼈，即此鼈是具足尊。云胡作惡殺尊者？炮熇無始大父母。稽首大士大慈悲，普令衆生皆自度。湯鑊即是青蓮花，脱離衆苦成極樂。

僧上水募僧伽黎偈

山林陂澤，澍大甘雨。有睒婆華，異土殊根。同時張王，花實成熟。如有血氣，區别性命。以胡因緣，而聚處所？

得智巧手，緋絮紉縷。赤文升兩，爲此屈眴。若鳩頭羅，衆本緐實。無有分别，乃至菩薩。錙銖孔郭，所施不同。以胡因緣，而聚處所？

賈施沙門，得智巧手。裁熨針率，成鬱多羅。供養莊嚴，入無垢地。孔郭錙銖，亦無分别。謂是布施，福德甚多。則睒婆華，亦有功德。長者當知，是因緣事。如種在地，花實終生。以因緣故，福德甚多。我説祇夜，福德如是。

募燈偈

見諸有法，命爲我目。我見何由，日月燈燭。見非我目，目日月燈。我施非施，自取妙明。

募豆偈

五穀播植，九州不同。惟菽之性，無土不豐。粱粒可間，餱糧是充。淮南大黠，以漬以磑。煎而爲豌，與醐酪同。惟粥飯僧，枵腹以傭。聞鐘而集，如蕊聚蜂。安見文殊，出彼鎜中？維大長者，憫此鞠兜。或豋或䟆，升合通融。勝香花獻，過伊蒲供。居士作偈，比之鬴鐘。《説文》：豌，豆飴也，夗聲。孫愐：一丸切。飴者，《説文》：米蘖煎也。《釋名》：餜之清者，爲飴形。怡，怡然也。據此，豆飴即淮南王所造豆乳煎熬而成形。怡，怡然，故借飴訓豌，今俗呼豆腐，而豌與豆飴之名載在《説文》，略而不省。豌豆之豌，本从宛，亦後人所制，字聲亦義，豆中至圓者，言其宛轉也。種出唐回鶻，本名回鶻豆，俗以豌音彎，乃宛聲之譌，謂豌同豋，非。《正字通》"豌，俗豋字"，並失考。又豋見王楨《農書》，从勞省聲，一作䝁，小黑豆也，即今馬料豆。䟆，見崔寔《月令》，音畢，唐史作畢豆，昇庵謂䟆即豌豆，並未知其審。

五祖貞慧寺重建鐘鼓樓佛幢，華禪師作大僧伽吼，居士顧景星歡喜爲作頌

如來多寶塔，隨地涌出時。師子大音王，普震諸大千。兜羅綿慈雲，瀰漫覆道場。帝釋阿修羅，那羅延天宫。大辨天梵天，種種大妙音。鐘鼓爲上首，泥犁十地下。持鬘堅首上，有頂及非想。聞聲遍震動，寶髻□字光。寶网吉祥光，一一光明中。齊發大音聲，天人阿修羅。娑竭跋難佗，憍梵乾闥婆。聞聲盡悲恐，雷聲海淖聲。大風遍吼聲，川岳諸大聲。同聲相膺和，慄陀摩由邏。舍利阿勒那，演唱諸妙音。齊聲呵放逸，晝夜各六時。有情得聞響，於一身毛孔。八萬四千數，一一毛孔中。一一普遍震，無始諸業習。聞聲立脱亡，清净音聞根。頓入三摩提。或人具善根，舉手考妙聲。如是一聲中，復具無量善。是名成就佛，何止作供養？仁者當諦聽，解義最爲善。

代僧宏度發願募銅鼓偈

我佛大慈悲，救度諸苦厄。如何大雄殿，朝暮搥死革。檀桐作犍椎，如來昔説法。諸天作臂叱，鐘鼓非凡質。聞昔歐陽頠，遠作嶺南客。銅鼓獻梁朝，聲與革無别。我願諸伽藍，鑄作此功德。膠角塑慈容，於理亦當絶。佛生至涅槃，未嘗著繒帛。念是蠶命故，何況大觔骼。黐漆本至堅，煎熬匪膏血。佛言諸衆生，雖死有餘業。蟹胥螺蛤醬，入齒痛喈喈。人耳鬼神耳，聽之不可得。天耳與佛耳，哀號不勝聒。十八伽藍神，皆從聲聞入。美音及遍視，除此不净潔。是名無垢地，敢告諸菩薩。

正覺寺募墻垣什物偈

云何七寶聚，莊嚴虚空界；云何修羅宫，莊嚴與佛等；云何乾闥城，飛行遍虚空；云何日月墻，輕薄如花葩；云何邪摩羅，復有大砂石；云何净天宫，醎穢四海水；云何維摩室，萬億獅子座；云何网明塔，涌出於地中；云何諸天魔，華蓋隨手現；云何須菩提，食器隨生滿；云何阿難弟，法服産母胎；云何香桑女，纙車口中出；云何多根樹，欻起現帷帳；云何談摩天，象馬心化滅。諸如所説者，是喻是非喻。我爲檀越説，因緣福報是。伽藍常歡喜，所欲隨意得。吉祥聖賢衆，處中而受用。

黄陂縣修藏經閣偈並序

佛書至唐五千四十八卷。大明正統五年御序，六千三百六十一卷。崇禎末，累增不下百卷。

夫藏之爲言藏也，梵言俱舍，亦曰叱咤，亦曰摘迦。摘迦有三：阿含、毘尼、阿毘曇，是謂戒、定、慧。佛滅度後，阿難結集素呾覽，優波離結集毘奈耶，迦葉結集阿毘曇，五百聖賢復造《鄔波帝鑠論》《毘奈耶毘婆沙論》《阿毘達磨毘婆沙論》，又大小律乘四百八十九卷，是謂經、論、律。東土又以諸經論爲顯藏，瑜伽灌頂，五部護摩三密曼拏羅法爲密藏，支那語録、記傳爲禪藏，或摽四藏者，經律論外有咒藏。《諸陀羅尼是大論》云：四名雜藏也。或言五藏者，《西域記》别分梵咒藏。又《經音義》列八藏：(一) 胎化，(二) 中陰，(三) 摩訶衍方等，(四) 戒律，(五) 十住菩薩，(六) 雜，(七) 金剛，(八) 佛。《隋書》云六千一百九十八卷，唐法琳稱三藏雜記，原二千一百七十一部，六千四百四十四卷，而唐目轉少，何也？按晋道安辨僞經二十六部，三十卷，隋費長房録去僞妄三十一部，八十四卷。梁僧佑辨僞四十三部，五十五卷。隋開皇焚除僞濫五百卷。唐麟德初，道宣復著僞經論，嗣後散亡。兵火失，初增新，此五千四十八所繇名，今增一千四百餘卷矣。又如來演八萬四千法藏，蓋衆生有八萬四千障。如來説有八萬四千法，非藏衺如是之數。《三摩竭經》：言須彌作墨研四海水，山海可盡，佛智不盡，是言佛智，非藏袠如是之多。《常不輕菩薩品》：威音王於佛先所説《法華》二十千萬億偈，悉能受持。《囑累品》：千萬億那由它、甄迦羅、頻婆羅、阿閦婆等偈，所謂説一即多，説多即一，非有即有，有即非有。而牟子博云：佛著經八億四十萬卷，何立言之滯也？竊嘗論之，梁江泌女誦出净土等經三十五卷。大明仁孝皇后於洪武三十一年正月朔夢見觀世音説《大功德經》、無邊秘密神咒，爾時尊勝佛母、救度佛母、沙斡哩佛母各説陀羅尼一卷。夫梵音字契重譯成文，江泌小女、仁孝皇后不曉梵義，曷變華音；字體離合、切翻、彈轉，何繇畢注。夫安邑天神傳響尚皆譌廢，帛橋、支籥，楚夏亦致參差，而託言寤寐，能無怳忽？或謂阿難得法性覺三昧，所謂聞經，自能憶持。舍衛有女，名曰叔離，其初生時，衣從胎生，厥後禮佛，變成五衣。鶖子在胎，能令母智；高王觀音，亦是夢授。元時摩些蠻麥宗七歲不學而識文字，旁通土番、白蠻諸書，以是諸説爲世證疑。是故守經持正，彼目迂儒不通方；信變任達，此謂智士多詭狂。是故理非一致，論無獨勝也。至於小乘儀軌，供養、厭勝多涉邪道，惜少剔釐。若夫如來所説二諦、十地、十處、八會，一偈半莿，融義妙詮，真如塔廟。

黄陂縣藏經閣，兵後草剏，四無垣墻，苫以白茅，日光穿漏，風雨斜入，缺函斷縢，種種殘缺。我闻閻浮提人有能造藪斗波，小若菴羅，大如棗核，結壇敷坐，香綫草環，以爲供養。如是功德，皆如梵天。今大尹蘭陵楊公，宿根菩提，現身唱道，長者居士，齊作願言。是閣白茅當易瓦甓，窒漏塗墐當御風雨，縢斷當續，函缺當補。爲費不多，功莫訾計，居士贊歎而作伽佗。

大梵天佉離，五天同音文。如來實演説，印度所重譯。諸如波旬説，支那後羼入。如鑄諸藥石，贋作吠玻瓈。燒秝煉雞子，假玉琥珀珠。牙碎金剛椎，堅脆别真僞。聖藏實如是，阿菟吒闌提。周利荼磨羅，乃至半偈𠦑，心印正真諦，皆如佛塔廟。七火次第過，然後一水災。七七火七水，復七火後風。佛説不可滅，若人具莊嚴。功德等梵天，何況求真儀。身心奉佛刹，放光阿庾他。算數不可説，齊聲出贊歎。成就轉法輪。𠦑即莿，非乖，詳《黄公説字》。

正覺寺幽冥鐘銘

一切聲音，從耳根入。耳根不存，聽於何自？聽不以耳，如跋難陀。諸天世尊，是聞非耳。乃至幽冥，亦復如是。

是諸衆生，罪業牽故。各聞所聞，隨聞悲苦。或眷屬聲，或叱波聲，或業風聲，是諸衆聲。隨業因入，天人命盡。墮生龍腹，金翅食已。還殤人中，三處眷屬。同時哭泣，業固自聞。他即不爾，云何鐘聲，徹幽冥界？幽冥衆生，聽無分別。

有一頭陀，精行具足。以慈悲心，誦尊勝咒。咒已聲起，從心輪出。幽冥聞聲，知從佛所。作是思念，曩謨如來。以是念故，即得安隱。如失乳兒，聞慈母聲。如臨刀刑，大聲喝放。如黑風船，飄墮大海。忽聞雞犬，如得導師。

諸聲不同，此聲最徹。憍陳如聲，徹梵世天。轉輪王聲，徹他化天。阿迦膩吒，佛聲所徹。鐘聲徹處，亦復如是。薩陀波崙，悲喜交集。夜磨盧迦，合掌恭敬。

作是説已，食將巨指，交如鶩頭。大衆聞鐘，唵吽呢吽。

雨華寺建大悲閣疏並偈

此山禪師以儒入釋，首參天童下木陳、牧雲、費隱、林野諸老，最後嗣法於松江船子二隱。二隱上嗣林野，此山則臨濟三十三世孫也。順治戊戌駐錫黄州安國寺，厭囂退院，晦山大師登座，師别於城南江濆。手闢荆棘，名雨華林，今緇俗所稱雨華寺是也，郡人楊進士典穆叙頗悉。夫寺之爲名始於東漢，攝摩騰齎經西來，止鴻臚寺，故今梵宫借名寺。其在西域曰刹，或曰園，曰林，曰精舍，曰寺，皆譯用夏言也。夏之寺必勅建，乃敢稱焉。然而晋宋以來，沙門有德，拮挶草萊，宸翰龍章，往往隨賜。曹溪香水，首開石寶之林；梨井餘泉，即辟徑山之勝。此山所庀謂之寺，何不可？適募大悲菩薩閣，居士見聞，隨喜而説偈。

我聞釋迦佛，昔在舍衛城。乞食洗雙足，凡夫事無異。祇陀既舍地，須達來布金。牛頭旃檀香，優曇波羅華。纓絡及寶瓶，海雲金剛杵，琴瑟諸樂器，一一從空雨。或現大園林，樓閣衆幢蓋。勝衣上妙味，而以一時至。云何從乞食，得此妙莊嚴？當其乞食時，圓滿妙相臭。大悲觀世音，説法善現身。明此圓滿故，八萬四千相，三十二因緣，以至恒河沙。微塵數手眼，手手各有眼。手眼不分用，慈護諸衆生。亦如手救目，我今舉兩目。還復展兩手，我用不爲少，菩薩不爲多。稽首妙相尊，普願衆圓滿。還以衆手眼，布施及菩薩。

僧徹募建大悲閣疏並頌

黄州城内坡仙坊，以蘇子瞻得名也。坊内有洗墨池，池上有大悲閣。昔子瞻爲成都大悲閣作記，即謂其爲黄州作也可。閣既久廢，順治初僧徹者畚去瓦礫，建維摩方丈一區，奉維摩壉相上座，倫思復是閣，爰有頭陀槖版在手，發大誓，願行募諸方。是歲辛酉，予來黄，寓報恩寺，與維摩鄰一垣，唄誦贊佛，管弦飄颺，赤鷹不移，青鳥忘翥，晨昏傾耳，樂而不倦，然後知梵音之感人深也。既爲雨華説大悲偈，而即以音聞之趣，爲是閣作頌。

摩訶妙音觀世音，湛定總持世希有。即以一切音聲海，普現無量大伽藍。一爲美音二梵音，三爲天鼓四妙歎。廣目妙眼及微聽，如是以至徹遍視。一一灌注由耳根，三摩氏從聲聞入。梵天帝釋提婆聲，僧伽婆吼大威力。鸚武孔雀共命鳥，六時演唱微妙音。以至塵沙細身衆，振羽切股作竽瑟。悉能歌讚法界遍，咏歎第一妙相尊。母陀羅臂一一舉，清净寶目一一俱。一一寶目通聲聞，千手執持無定相。五兵繩索及藥罐，悉爲壞劫示諸有。刀山血林出衆苦，地獄擁抱嬰兒聲。我今宣唱大慈悲，仁者聞聲當頂禮。

盂蘭盆敘

《周禮》：儺、磔、禳、疈辜，祀厲之始也。鬼無所歸，則爲厲云爾。《傳》曰：鬼者，歸也，歸矣。曰無所歸，何也？曰：養生送死無憾者，得所歸也。水火、刀兵、疫冤、凍餓，不得其死者則不得其爲鬼，故曰無歸，王政之所悲，祀典之所恤也。然則儺以驅，疈辜、磔、禳以祀，何也？曰：實沈、臺駘、若水、犂丘，是厲鬼矣，故用驅。爽鳩，若敖之無後，彭生、杜伯之煩冤，國殤以兵死，凶札以鬱亡，非厲鬼也，鬼之厲者也，故用祀。祀有厲壇，厲壇不勝祀，則野祭興焉。佛氏謂之烏藍婆拏，亦曰盂蘭盆，華言解倒縣也。譬如寇賊奸宄殺無赦，鬼有之，則儺以十二神執而食之；鋌而嶮，毆而盜，天民之無告，則哀矜撫賑，鬼有之，血牲大招以飽之。

今天下上有聖人，下多賢輔，法明而恩洽，百姓養生送死宜無憾。然則盂蘭盆何爲舉哉？年豐而有飢寒，政平而有瘵痛，無後失祀者，雖堯舜湯武之世不能無，地震壓溺，版築開濬之流亡，京觀、鱷鯨、汙宫而豬之永錮者，聖朝亦不能諱。使鬼無知則已，使鬼有知，將不可與之哀矜，與之改悔乎？此諸慈仁盂蘭盆所以舉也。玉山居士書。

雪岸上人募衣鉢偈

昆丘既受菩薩戒，于法宜服如來衣。露頂赤脚合十指，啓請居士爲説偈。

處本居中宜著黄，是名摩訶僧祇部。開道利益宜著赤，曇謨屈多迦部是。博通敏達宜著皂，是則名爲薩婆多。精勤勇猛宜木蘭，迦葉部中稱最勝。禪思入微宜著青，彌沙塞部斯第一。昆丘自審宜何衣，仁者應作何等施。昆丘得衣衣得宜，仁者喜施施得報。如是我聞舍衛國，有女端好名叔離。生時白氎裹身出，長人變爲七條衣。復有商諾迦縛娑，生長梵衍那國中。其衣亦從胎中出，得度變爲佛法服。南閻浮提大洲外，過去千又七百國。若有思念作衣者，輒有二女桑中出。長跪口吐五色絲，供養仁者作美服。如是一切等因緣，須知悉從布施得。仁者深信勿疑惑，桑女亦載神禹經。

昆丘既已得衣訖，還須軍持與卧具。大鉢小鐼九環杖，如是一切成莊嚴。普蓋大千一切界，袈裟一角覆有餘。掌中應量三種器，智杖卓處六種動。八功德水出澡瓶，法服神通不可説。顯密二諦欲了知，請從不疑門中入。

石平入滅供

年月日，法友居士某以香、花、燈、塗、果、茶、食致供如是石翁大師。惟師善行，勇猛精進，七十餘年，如花在鏡。忽然而來，何所萃止？忽然而去，何所繫止？何成何住，何壞何空？嚗然放杖，去我何從？生不説法，死不説偈。者是西來，本無一字。一真不動，萬劫刹那。得無量壽，是阿彌陀。

石澤入滅供

年月日，法友居士某以香、華、燈、幢、茶、食之儀，敬致供于如是道場上西下澤和尚圓寂之塔前，曰：無始以來，阿師安在？八般涅槃，何有世界？竹篦在手，不顧文殊。衣傳七葉，横蹋馬駒。處林放光，四十餘載。道既朝聞，業亦隨解。温容古皃，爽致清神。甘露頂灌，青蓮口生。既愛良友，亦多勝侶。白氎裁巾，蒼松代麈。公今已往，劫即僧祇。凡諸有學，涕淚沾衣。七尺塔高，三生約在。如是庵中，桃花村外。溪旁略彴，門前刹竿。子孫知慧，留法無邊。

石平塔銘

石平禪師，諱海瑞，蘄州人，姓王，母感夢而生。性不腥食，九歲白父母願出家。禮清印禪師，印上一世守德禪師，德上一世顯章禪師，皆宗臨濟。師勤學軌行，方雅醇厚，與廬山石照法師、道恒禪師友善，於蘄東郊刈茅結庵，榜曰如是，枕市臨湖，古木修篁，遂爲勝地。

崇禎辛巳大旱疫，殍死載路，頭顱相屬。師負畚籠，暴烈日中，收骸千二百餘具。得升斗即飲飢民，而自食日不再饗。明年，迎千華三昧律師説戒。又明年癸未，流寇焚院，師趺坐林中不動，寇目之而去。徐拾瓦礫，支松棚，持誦《華嚴》，于《升須彌品》至《梵行品》，法慧菩薩言下悟入。郡人舊巡按直隸王公珙、孝廉盧公紘延師貞慧寺，結廣嚴社。兵憲洪公天擢、郡侯張公登衡與焉，復建院。順治戊子，蘄用兵，殍殣如辛巳，又收瘞如前。己丑之蘇州，禮四弘律師，留聖恩寺一年，還蘄。壬辰，總戎韓公友爲起殿廊，鄰境布施填委。郡侯王公宗堯建菩薩及帝釋殿。官兹土者，莫不信施，有放生池、田若干畝。又五年，藏經閣成，予題曰棗輪閣，爲文以記，而師亦自誌緣起。甲寅春，示微疾，豫知時，至二月十一日沐浴，入龕而寂。越七日，封龕，危坐如生，遺命以全體塔於蓮市湖之桃花村，年六十九，夏蠟俗僞作臘。六十一。其徒寂真、寂常、寂朗、寂圓、照廣、照恩皆木叉具足，照恩之徒曾紹爲予詩學弟子，偕來膜拜請銘。銘曰：

如來坐樹下，上升須彌頂。于時諸佛刹，頓現妙莊嚴。即如此凈土，樓閣何由生。以師行力故，來入妙勝殿。金網及帳蓋，繒綺千珠纓。寶藏修多羅，一一供養具。我佛所説法，八萬又四千。而能解入者，其門不多入。菩薩摩訶薩，法慧斯第一。説此梵行品，令悟三摩提。以何行力故，得悟三摩提。緣師慈悲心，往度尸陀鬼。羯叱布怛那，睺睺阿羅羅。炎火咽喉生，因師悉安穩。方其起信時，慧體行爲用。圓滿入法界，慧用行爲體。理事既相徹，體用本互參。觀察涅槃界，而不由他悟。我今于夜半，欲入般涅槃。即往蘇迷山，吉祥最無上。七尺藪斗波，天人所禮拜。猶如棗核塔，功敵阿育王。凈眼試諦觀，是塔不分别。塔然清凈燈，處林而放光。此光無起滅，千劫彈指頃。何況不盡燈，千燈悉如一。我今銘此塔，猶如網明佛。即從定中起，而來相問答。是故諸佛子，合掌應頂禮。

爲乳母禮懺疏

乳母許氏生卒云云，伏念儒禮，恤保抱之恩。佛家有法乳之譬，敬延高德十僧，虔禮懺文十部。銜哀未定，渴葬有期。一窆容棺，即祔貞姑之墓；數行深刻，佗年保母之碑。合祭曰祔，合葬亦曰祔。又，唐傅永，字修期，嘗登北邙山，于平丘處回旋瞻望，欲祔于祖墓，遂買地數畝，曰吾之永宅也。故從葬，亦得曰祔。

焚敝屨文

昨遘喪亂，冠裳離播。匐伏嶮岨，跋涉泥淤。惟爾跬步，曾不少去。幸則爲敝屨之棄，而不幸則送死之具。嗚呼哀哉！捐之不忍，藏之不可，拔子後塵，請用從火。

四六體一

知五堂詩餘題詞

詩有別腸,無悲歡之可學;詞非一調,視情文之所生。故句读長短,齊梁既開;韻譜陰陽,宋元乃盛。爰及昭代,人握瑾瑜;往合前徽,家遵矩矱。新聲欲度,必步響於江東;片紙争謄,勝流傳于雒下。值聖朝右文之會,實英雄吐氣之秋。

廣陵李子,神宗宫保文定公之孫也,家世清華,姿神儁爽。許身稷契,誰憐自比之愚?尚論蕭曹,輒抱非時之恨。既而賊馬西衝,宗祏南渡。浮沈者四十年,漂泊者幾千里。袁孝尼著書爲業,家本淮南;杜子美用酒爲年,身羈夔峽。是以頗援舊筆,間製新詞。既侘傺以爲懷,亦質艶之相錯。靈均憔悴,思美人之目成;元亮孤高,托閒情於跌宕。長嘯則鶴鸞並響,微唫則蟋蟀誒秋。一闋未終,百端交集。負草啼霜,鷓鴣之悽感行路;借巢嘔月,杜鵑之哀動山川。至其吐吞風流,睢盱時輩,劉貢父詆諆不改,寇平仲老大猶騃。口過無心,歆章遽作。蘇軾忠愛,亦有野花啼鳥之嫌;范鎮公明,卒理三月九泉之句。然猶囊頭縲絏,指口結箝。當斯時也,有夢還鄉。庖鹿之雲山自繞,經年請室;罝兔之性命繇人,事異蔚宗。苦語不書,團扇囚如;越舄吟聲,尚出南冠。斯迺鳴鬱之固然,然亦文人之結習也。逮夫積陰解愠,離照施温。戴帝德之同天,慶小臣之履地。

筆牀無恙,談風月於今宵;蒯劍猶存,問車魚於故友。顔延之之竊聽,籬下客去鳥栖;阮嗣宗之醉卧,壚邊水清石見。夫如是也,復何患乎?若夫依永緻密,摛辭婉妍,自頃名勝,悉見褒推,吾無論焉耳。元黓康茂玉山金粟虎頭書。

奚囊唱和題詞

鏤月裁雲,自屬才人之致;春華秋霸,不感無情之夫。是以弦響奏而玄鶴飛,車鐸振而黄鍾應。斯實天籟之自然,感通之必至者也。逸庵善唱,揚清唳于九皋;因兄載賡,警流音于三峽。隨形而肖,金寫于型;有叩即聲,石縣在虡。曩也花間一卷,驅秦柳于顔行;今復草疏百章，撝李温于座下。夷旦雙鸞之喻，誰云合則兩傷；孟韓二鳥之鳴，我則憐其並暢。

僕卧病空山，聞渠七發；君倦遊千里，獲此連珠。濡筆手胝，臨文心醉。

秋聽閣鵑語序

古聲既邈，惟存制氏之遺音；樂府嗣興，肇自茂陵之夜誦。魏晋而下，六朝以還，驚心艷雍門之歌，入耳賤陽阿之曲。三百五篇，既無戛拊；八十四調，始見萌芽。其間善相便串，雖借樂工苦心，經營必繇學士。逮夫南唐靡漫，漸啓金源；北里妖哇，遂傳元代。浸淫襲習，莫濫于今矣。古溮龔子，以機雲東雒之年，奏枚馬西京之賦。蹕裝萬軸，家有賜書；韻就八叉，牘無留筆。寄餘情于秋聽，周美成之獨擅花間；賭敏妙于春宵，沈休文之頓成燭下。其或廣筵顧曲，秘院聞簫，逗密意于低迷，識多情之機警。釵聲試墜，眉語能通。亦復寫怨青琴，贈歌紅豆，至其悲深奉倩，愴比檀奴。

哀哉！是命也。夫黯然惟别而已，是以詞稱鵑語，緒亂烏啼。恨牽五百年前，和盡二十八闋。斯又含辛之曼聲，纏綿之至致矣。君誠才子，僕本恨人。駕警乘之文魚，難逢夢裹；唤琵琶之嬰鵡，猶在牕前。若夫渭水秋風，楚樓明月，誦李嶠之句，能不悲來？感王粲之愁，寧堪遣此。慨當以慷，英雄之觸類無方；老亦何傷，兒女之鍾情不諱。論原流于風雅，則撼魂動魄，莫過填詞；吐性情于謳謡，必出口銜喉，方成絶調。貫珠幾琲，式玉當前。欲明祖述之工，請觀叔損之撰。武陵黄公書於東山空香閣。

横江詞小引

文之至變，莫過於詩；聲之至清，莫過于曲。六朝肇始，歷代增華。十體所不能言，爰以短長協律；九宫猶有未盡，因而换轉多端。故淫思象外，吐音縷於遊絲；限韻行間，盤碕封于鞭影。是亦小技之極難，才人所不廢矣。假令廣筵奏賦，但如鄭列卿之斷章；遠道傷離，惟效李都尉之五字。亦何足繼纍纍之亢墜，極新新於天壤哉！代有源流，情非沾灑。是以温李薰然，侚一時之容態；秦柳尤能，融法部之顛科。命曰詩餘，格固應爾。聽翻詞之微妙，本自江南；喻好色之貞淫，何妨淇上。故夫田謳魚弄，必言男女之私；防露雞鳴，轉見性情之正。即如陶潛閒情之賦，本出繇欽定情之篇。論者不知，反訾瑕璧，豈不誖哉！

近有才嗣孝穆，學並偉長，曾著鄴下之書，亦有玉臺之詠，性本淡泊，興寄蕭森，故能出正始之元音，衍纏綿之别調，逢花解語，聽鳥能歌。怪蘇髯之不唱，麗句偏工；愛黄九之多風，艷辭强半。至於柢原家學，忠孝天彝，風人北門之詩，束皙南陔之句，可謂一飯不忘，三商且待者矣。當其巴陵蛇殞，楚壘烏飛。發魯連之矢，頓解風雲；投張嬰之戈，指盟日月。劉琨鼓角，時來横吹之音；柴紹琵琶，盡叶淒清之調。逮夫水落石出，天曉月移，作者之追憶無聊，讀者更百端交集。緑鹽紅蓼，堅操何害終貧？翠竹白沙，逸興恒懷故國。

僕每招短棹，輒問新篇。於時舊雨西亭，春波南蒲。鸚洲草長，疑翠羽之飛來；鶴駕樓高，見大江之東去。選名命集，遂粤横江。昔瓦棺百尺之閣，乃在秣陵；石城兩槳之謡，兼聞郢曲。皆有横江，並稱佳勝。此藝苑之流連，文人之把玩久矣。且夫意切於中，觸感而作。英雄落拓，藉風月以欷歔；雲雨安排，動江山之踴躍。何施不可，遇物能書。匪獨詞家之長，亦見詩教之大。以是言之，兹集之旁通，斷可知矣。

瑶華集序

詩成爲樂，道性情之自然；樂生於聲，本天道之至教。自賦始於周，曲興於漢，製作之變，自昔能言。然而淳于一石之對，實賦體之心宗；吴宫六字之謡，迺詞家之鼻祖。六代三唐，類能小調；兩燕二宋，漸啓長篇。緣彼從前，迨兹而降，情雖涉於滌濫，致頗極其精微。堂下按歌，絲竹之恬不如肉；掔中協律，刌度之苦則從心。《花間》《草堂》之勝選於先，《歗餘》《韻譜》之贍論於後。久與詩人十體，表裏爲功；字母七均，低卬合度。至其神來合莫，妙極天然。冰瓦芙蓉，是誰雕鏤；風絲嫋娜，無心卷舒。能招造化之魂，亦動生靈之魄。填詞之聖，實有如斯。遂覺李尉交河，翻成笨伯；江郎南浦，未盡幽情。然而吹毛索纇，披沙揀金。作者既盛於今，而選者罕能稱是，愾然歎矣！

遊目茫如，問誰壇長諸侯。厥有京少蔣子，蠙珠淮右，竹箭江東。玉臺之生小清華，戟郎之行攜油素。於是瑠璨柙硯，璹瑁裝書。買百鎰之胡琴，售千金之墮珥。瑶函封至，遏雲擲地之聲；玉蹬投來，璧月瓊枝之句。譬則波斯螺子，贈南國之雙蛾；東海蠶孃，輸吴宫以八爾。頓令選妝牕下，曼睩騰光；刺繡牀前，殷紅滿手。斯亦情文之絶麗，篋衍之殊觀也矣。況夫白翎塞北，紅豆江南，或赤風戍壘之場，素月江城之下。對關河而咄唶，顧光影以流連。麨燭綺筵，忽思崔九；落花時節，不見龜年。甚則卧阮尉之壚頭，泣永新之舟尾。凡兹感動，能不嘻噓？若夫康衢擊壤，順帝則而不知；比户歌豳，聽和平之自至。蔣子斯集，其亦少女之微風，元音之肇唱也歟。

芙蓉舍填詞序

樂府施于房中，夜誦立于孝武。换羽移宫，仍多變徵；麗情靡調，莫過清商。以至笪鉢沙鑼，破離愁于邊塞；黄桑蒲子，寫幽咽于鞮鞻。莫不蟺宛纏綿，激卬淒苦。及夫唐宋相沿，金源以降，琵琶綽板，與曉風殘月争高；蒼鶻靚狐，並法部參軍競勝。聽曲句之拍，則不溷宫商；轉車子之喉，即難分竹肉。是亦詞場之致極，聲技之殊觀也矣！往在嘉隆，作家林立。卮言艷調，四部附婁東之書；傅粉鬔頭，萬里寄成都之怨。順兹以降，莫盛于今。嗟歎不足，繼以長言；謰語未遑，寓諸啼笑。豈止韓娥移逆旅之情，田文下雝門之涕已哉？秣陵李子，南國風人，西京才子。按新聲之金縷，選架筆之珊瑚。動魄摇魂，往歌來哭。其或燕居多感，有迹無心。恨薄倖青樓之名，思慷慨黄衫之俠。斯亦壚頭狂士，本自無他；帳裏夫人，得毋非是。至于離鳳斷絃，哀蟬落葉。慟安仁之遺挂，鸚武猶呼；賡子荆之悲吟，秭歸欲噤。況夫山陽聞笛，瀨水吹簫。怨知己之分飛，受英雄之潦倒。能無高捶襧梲，碎擊桓壺。亦有宋玉東鄰，王昌西舍。情偶深于觸處，悲有感于中來。紅粉綺筵，驚回席上；攀花趁蝶，空望墻頭。以上皆本事。是皆哀樂無方，欷歔莫禁者也。

僕久不託音，墨然獨處。老催江蚤，筆花與别恨俱銷；君定丘遲，匹錦遽夢中分去。惟逢大雅之音，隨傾下里之耳。鼓師延之瑟，玄鶴飛來；彈瓠巴之琴，樂魚出聽云爾。昌云，《説文》引《傳》：伯牙鼓琴，鱏魚出聽。佗書或作鱏潛。《異魚志赞》：海魚，無鱗，形類琵琶，一名樂魚，其鳴孔嘉，聞音知樂，會識瓠巴。

横江詞二集序代蔣京少

詩餘之作，繇來尚矣。本四始六義之正則，變短唫長咏之餘音。蕭維摩選登《樂府》，初只五言；《晋樂志·碭石》諸篇，多臻三百。《懊儂》《讀曲》，小令之原流始開；《哨遍》《三臺》，大調之纏綿斯極。唐自李温而下，宋則秦柳以還，莫不麗詡《金荃》，秀夸《蘭畹》。然而近代作者，亦有二難：夫一字婉度，如蠭腰蠆尾之自在屈申；妙語天然，猶鶴脛鳧翁之難爲斷續。泥填聲之清濁，輒回護功多；逐字數之短長，則神來句少。且古者竹肉，即譜詩餘之辭；今也轉喉，惟唱江南之曲。嚴糾板眼，寬論歌頭，事義宜爾。必也無强回筆端，庶得無譏作者。即山先生人原威鳳，才是鸞龍，繼偉長之文章，嗣仲車之節孝。倚樓看鏡，笑杜甫之感慨奚爲；引手書空，怪深源之褊情未化。緣夫凝净宅心，遭逢忘物。孤雲飛鳥，都涵百尺之潭；灊浪狂瀾，不動一泓之井。蓄斯雅量，有此佳章。于時選勝江天，高標風月。山分八字，遠吊赤烏之年；水自九江，來沸黄軍之浦。先生静觀湛若，幽賞自如。陶貞白之山樓，通明四面；管幼安之書榻，坐穩十年。以庾鮑之驚才，仿宋元之俳體。肆筵授簡，賓客南皮；列席成篇，潤色東里。而先生倚聲各和，摇筆不思。鉢響停時，便成數紙；燭花偏後，已滿千言。横江之詞，傳遍南國矣。時則遂安毛伯，吴下虎頭，雪榭花橦，周旋最久，皆誇握瑾，争願扶輪。景祁後至，亦得趨蹌。《瑶華集》裏，誰云國色三千；《琬琰編》中，已自策名第一。

春日集句題辭

《春日集句》者，合肥龔孝緒之所作也。

羈棲失臆，侘傺無聊。假艷感以攄辭，邇離愁而觸抱。行吟尹伯，無非忠孝之心；慨慷揚憚，秪是骯髒之骨。加以河山興沓，岵屺天移；兄滯華陽，弟歸陸渾。寫江南之遺憾，應傚子山；傳塞北之哀音，宜賡易水。然或感深狂發，歡盡悲纏。自古佳人才子，多失足于兵戈騷屑之場；烈士壯夫，難忘情于粉黛飄零之際。是以鑪頭醉卧無殊，痛哭窮途；鄰女目挑不異，寄情丘壑。境之所至，感亦如之。然而佳勝難留，勞懵易作。斑騅欲去，空餘牽雲曳雪之聲；白駒遄飛，何取弄月吟風之句。聊借古人之往興，織成今日之新篇。文不害辭，歌以言志。

西湖攬勝題词

百越雄風，三吴右壤。聲銷鐵馬，瑞吐金牛。靈藴之所鬱紆，方輿之所希遘。時則瑯琊學士，茂苑才人。追東山北海之流風，拾南浦西陵之軼事。雕蟲奇字，嗣麗藻于子雲；落碣沈碑，辯譌文于德祖。乃有前身蘇小，今代馮憐。寫粉鏡於烟波，定香奩于畫舫。亦能興隨油壁，韻逸丹青。訪虎跑之寒泉，問鳥窠之故樹。英雄百戰之纍迹，幽人一曲之考槃。莫不廣挈奚囊，細搜鉛槧。蠟屐幾緉，消幼輿之半生；緗帙一椷，當少文之四壁。僕涼涼至止，茫茫百端。思杖屨于當年，嗟何及矣；領湖山于今日，安用文爲。維博擥之足珍，敢綺言之是效。强抽不聿，率誌簡端。

黄漢川去思詩卷引

前廣濟令漢川黄公，内史名家，當時國器。讀書篔谷，有天下己任之心；結綬巖疆，非百里冗長之吏。在官三穏，試以多艱；恪守四知，終焉寡合。下下定陽城之考，行行避御史之驄。投劾言歸，道指雞栖之轂；成事不説，山存羊叔之碑。鬥令尹之舊政，云何不以愠而以告？蕭相國之三章，頗約冀是訓而是行。袵席既登，轉切水火之懼；父母孔邇，難忘愷悌之仁。

直道在民，去思有爲。歌以達志，非求采于輶軒；感而有詩，不必寄彼元結。舒生彙集成編，顧子叙言弁首。

秋聽閣文序

龔子叔損鳳毛蚤譽，犀角神姿。其詩若詞，余序之數矣。復出文集四卷，讀之卒業，飃然而憘，曰：嗟乎！天之生才，秉畀各异。長于有韻，或散行不工；意在達辭，則歛聲尠叶。文人之病，大抵如斯。叔損席右姓于江東，人人有集；空長群于冀北，駟驷争先。故其爲文竅焉風行，爛然䋣卷。寄閒情于烟月，王曇首之一曲堪憐；寫婉孌于悲歡，荀奉倩之柔思欲絶。亭臺暇豫，光景流連。既瑇瑁以裝書，亦珊瑚而格筆。西園公子，醉心飛蓋之遊；南國才人，締好湔裙之會。數行赤牘，楚楚清裁；十色華箋，英英雅製。且也搜奇若渴，嗜學如貧。撥草拾寒蟲之光，升屋就殘蟾之影。方厥黽勉，蔑以加兹。至于沈酣近代，博采名家，王筠之躬自鈔書，頗多疏記；鍾嶸之雅言衆作，大有品評。斯又旁掇菁華，高餐沆瀣。花影所以命集，霞月所以名篇者矣。僕手此一編，坐嘗三倒，敢曰皇甫爲太冲之執殳，抑云張紘見應機而神愴云爾。

王母八十壽序

吾郡先輩王先生某，瑯琊名家，淵源積望，遊藝則百氏歸其网羅，窮理則六經爲其㩧綣。山川達輝潤之氣，人識東亭；江左饒藴藉之才，賓推仲寶。固已樵楷當世，根柢後學，如斯焉者也。蚤儐元儷，族出隴西，是爲前觀察鑒池李公之女，遵化監軍金吾鎮撫之妹，吾郡名士某某之太夫人，離褓知書，纚笄詔禮。裧車之幐盡宵衣，加景之姆皆禪㡚。高門相望，守累不驕。馬倫歸隗，箕帚忘其珍麗；少君適鮑，緮𦉲同夫綦巾。鳴梭應呫畢之聲，紩黹助公車之費。逮夫阿敬卧屙，仲祖稱疾，撫龍唇而不御，轉麈尾以長凄。舉齊眉之案，香是茯苓；犯濯手之湯，膚銷冰雪。尚期挽鹿，遽爾騎鯨。剪委地之黝髿，纋同四寸；飲終天之碧血，盟指三辰。所以遲遲吾行，蓋曰煢煢有子。堂前乳燕，事等衛妻；膝下丸熊，恩過柳母。是皆徵實聞見，豈云借事簡編？且夫瑕丘之㢊車未行，而帷堂之舊位猶在。青熒短燭，白變雙髦。十載一縗，三晨五食。既而烽生郊保，箭及寢門。箕尾已曳其練炎,鳥翼莫濡其烈燄。太夫人則濳卸纉繭,裝此爐遺,温令親膚,衣惟隔袓。身代三稱之襲,時逾百日有餘。忠何異于納肝,慟豈遜于殉腕。悲動行路,義震鬼神,未有若斯之甚者矣。

先生遺文,有《鳴枝館》諸集,凌忠靖公茗柯叙之。相如《封禪》,留上茂陵;季迪《青丘》,藏因周淑,又其次焉者也。長君某,次君某,元季兩方,機雲二士。郝夫人之生東海,遂爲王氏之母儀;鍾夫人之紹家學,不愧京陵之内範。太歲在某,日宿鶉火,太夫人四百八十甲子日之二十又六,則其縣帨之辰也。郡人士介壽瑾公之堂,旉歇湛母之德,禮也,亦義也。而某之門人,翼翼與與,叩敝廬而請者,屬皆扶風之生徒,無忝鄠田之弟子。不揣下走,責以知言。思僕方戒筆硯,謝酬醋,愐思遠之遺風,慕景怡之晚節。文言宜屏,兑塞不譚。顧以邑有大美,事尚表微。書勘溢辭,或竢輶軒之采;述存逸事,亦曰鄉黨之光。

黄梅尹某公壽序

粵在世祖章皇帝,龕闢有夏,版章九圍。風雲鱗翼之佐,賚及累葉;霖雨股肱之烈,欟諸旂常。群才緝熙,元首經略,江漢永廣,初附南服。時則廣寧某公,于旬于宣,内叶協同。百揆,外列四岳,爰鎮東粤,暨于西陲爽氣北隨,天子南顧,備物親于,三接組敉。逮夫奕世,誠史策之逸軌,曠代而遘者也。

今上御宇,垂統承基。爾乃赫濯用武,威彼遠方。犀象之獻,雖少阻于銅柱;蠙魚之貢,原相望于荆揚。楚有三黄,地當七達。摩轟交于劇驂,挽軵困于狹邑。則維我某君,來宰來牧,我嚴我慈。是爲方伯之家孫,執戟之濟美。天禄讀書,上雝觀政。陸機妙歲,宗慤長風。始綰綬而下車,即凛冰而含哺。郎邪之稻不躪,蔡人之犬無驚。軍中之饋以纓拾矢,維正之賦幵不溢鍾。當夫春潦横道,萬馬銜鐵,青雀前載,黄能後追。踹羽饒以促期,惜錦障而不渡。金鞭撇捩,木甕浮沈。君則駕虹蜺爲徛彴,命黿鼉爲杠梁。茭蒭不出于閶閈,棧材非斧于山林。神設鬼施,智輪機運。馲駝極負則蹠噭亂流,介駟鉉裝則風鬉高躡。昏旦之間,星言電逝,若乃鴻替鶴唳,魚駭鳥飛。移爨烟波，支鍑叢棘。聞君之政，襁負來歸。關門夜開，不下羊皮之祋；祋，見《説文》，孫愐：丁外切。《毛詩古音考》：音示，或説从示，殳聲。亭長隨車，時有牛歂之問。至于里多闞澤，家績徐吾。思我心之子衿，咏彼都之士女。公在泮水，子之武城。凡兹惠孅，未可殫述。是以雷震一同，河潤百里。大廷之諮問都俞，鄰境之潛夫歎息。且也地近韋杜，家學鄭班。祖母太夫人在堂，夙秉義訓，械爲循良。堂曰夜告，趙清獻之焚香；亭曰太白，李青蓮之逸事。公之才德，足以媲焉。唯此秋首，值君攬揆，梅之紳士，小大從邁，以廉泉爲春酒，以鄙詞當輿頌。邑有東南，其畝之安；國有億萬，斯年之祝。兵鞶偃息，民用饒庶。天子嘉歎，召爲近臣，使修先臣故事，行有日矣，然則驫謂史策逸軌、曠代一遘者，不又於是見哉！

四六體二

迎兵憲吕公啓

皇猷布濩，上游分鎖鑰之司；碩德雍容，下國仰屏藩之重。江山有待，高厚無私。恭惟老憲公祖台臺：

當代老臣，明時儁乂。家近五湖之沚，清歒九峰之泉。玉既韞而山則輝，地已靈而人更傑。因權用世，藏器濟時。雷雨經綸，利建侯于草昧；風雲作覩，縻好爵于聖朝。當持節省方之初，正執矩治秋之侯。父老亟星軺之望，薦紳思露冕之臨。

某庸賤不才，迂疎失當。久偷生于吴下，肯易姓于秦邦。行將受福于帡幪，自賀長安于畎畝。焚香掃道，願同編户之趨；酌水抱兒，敢效當門之迓。

代梅生上方恤刑啓

軺軒東下，潛占使者之星；函谷西來，頗識真人之氣。傳從五嶺，歡溢三湘。爰停鞫讞之勞，快覩師儒之盛。恭惟執事：

朝望山斗，家學淵源。先鄭後鄭，説經互有異同；大蘇小蘇，論文遂歸一致。姓字在爽鳩之上，威名參鳴鳳之前。兼以好德無雙，誨人不倦。盡安昌之客，獨許彭宣；見彦先之餘，仍稱季雅。某一介麽髍，書徒十上；半生帖括，力盡三餘。豈鑒别之實難？洵遭逢之非偶。雗鷚雉鶡，尋常丈尺之間；騄駬驊騮，牝牡驪黄之外。是所望于知己，敢曰求之衆人。雖某自衒自媒，風斯下矣；在公爲衡爲量，我其試哉。

《禽經》：雗上無尋，鷚上無常，雉上有丈，鶡上有尺。

上元公請守憲徐公遊蓮市湖禪院啓

伏以景運方升，豈止暄回黍谷；惠風斯暢，已知凍解冰天。當太平行慶之時，正始和而布令；睹草木向榮之色，喜近日者先萠。恭惟老憲公祖台臺：

體道如春，爲仁若渴。東逢壁甕，弦歌遍凫繹之鄉；南奉璽書，華蕗變熊渠之俗。攬江山之要害，單騎諮詢；作霖雨于凶年，隨車沾渥。二十一城之統帥，人仰參知；百五十萬之饑民，活因魏國。清廉孰媲，海忠介之孤操；經濟無雙，范文正之己任。

治某等同叨忻待，有荷帡幪。近謝傅之風流，屢陪讌笑；快羊公之綦履，增勝山川。兹逢車騎省春之行，竊後父老壺漿之迓。娱公何事，指四野之村烟；侑酒無他，藉上元之田火。伏希税駕，俯慰稱觥。燈晃銀河，想見當年禄閣；月盈寶地，身遊此日化城。水昔蘭亭，湖今蓮市。判事何妨佛院，教導必以躬親。傴僂堵觀，雜霓裳之舞部；旌旗山立，瞻露冕之來臨。雀躍龍門，雁行鵠竢。

候河南佟巡撫啓代某公

伏以天文角亢，領都會于九州；人望召郇，表徽猷於四國。曳履星辰之上，應台垣左右相之尊；握符風雨之交，當名世五百年之運。恭惟老大人憲臺：

清時黼黻，奕世珪璋。六察總司，洵百僚之是式；兩朝開濟，識老成之用心。帝曰元舅，往卜澗瀍；僉稱我公，峻極崧岳。臺端霜肅，閫外風從。惟緯武而經文，故左宜而右有。南陽用武之地，荆楚咽喉；大梁孔道之衝，神京心膂。仰群星之拱北極，泰階必倚于正中；況大河之貫燕吴，血脉實通于南北。軍需蚤峙，戊己之將士如雲；廟算出師,甲戌之維征有日。是仰一人之赫濯,皆賴元老之經綸。訏謨坐鎮,祭將軍之雅歌投壺;譁言不驚,羊太傅之輕裘緩帶。某職慙邦牧,學本書生。離闕馳驅,力徒殫于叱馭;平居私淑,願久切于執鞭。懼督策之無能,慶帡幪之有籍。

顧以三楚重地,半壁巖疆,玉華之烈焰成熢,金甲之懸軍直搗。緣供師旅,致縶單車。江口春燈,想節樓之明月;馬頭山色,企中土之和風。計瓜期之及時,將葵心之傾日。心旌豫導,手板遥持。望斗瞻依,下風愯息。臨啓無任。

寄答友人惠四六集

合鯖爲饔,聚腋成裘。富萬卷於嫏嬛,叶四聲於瑶琯。初疑寶華之女,手散諸天;繼若玉宸之君,步虚九昊。太平文苑,多唐代制舉之篇;豔賦彙函,僅詞家瀏亮之體。六朝迨宋,其間穠澹不同;百代紛馳,就中取舍亦異。徐庾逝矣,齊梁杳然。躍方響於蕤賓,忽來感召;應靈鐘於蜀屾,有若於喁。桐魚扣而石鼓鳴,芒挺拂而金鏞奏,豈止風從雕虎,趯動草蟲而已哉?

足下才如積玉,論比粲花。架彤管於珊瑚,燭難麗竪;倒青箱之鉛槧,墨爛險麋。梅都官之句繡錦囊,無遠弗購;揚執戟之裝齎油素,所至成書。君目無全牛,僕胸慚半豹。揖彦先于坐上,分王朗以枕中。草色清溪,虚尋笛韻;潮聲汩没,遂變琴心。翫王珣之一字,體格備於五雲;看索靖之殘碑,坐卧貪堪三日。亭前載酒,惟問縹緗;道上班荆,何勞縞紵?久識馴龍之性,載讀放鹿之文。僕本散人,君真作者。眷言斯集,借作他山。心儀豈啻朝飢,手倦方抛午夢。掩卷歎息,臨穎色飛。

謝賀尚書遺米炭酒醬菜啓

價重烏銀,爇出中山之桂;粒傳白粲,種從玉嶺之禾。並醬甕以提携,偕郫筒而至止。正乏曲生之風韻,忽來烴客之胚渾。三韭忘貧,五漿非貴。誘人有道,欲以色笑而當命提;小子何知,未先教誨而求飲食。

謝程太翁許三兒啓

伏以上壽登堂，久忝通家之誼；聯姻交拜，俛從時俗之儀。日筮協祥，衆謀僉吉。恭惟封光禄太老親翁臺下：

歙鄣世胄，淮海人豪。蚤奏策于彤廷，旋建牙于赤縣。當革故鼎新之際，莫紀功多；體謙光履順之貞，適成高尚。玉題雕杖，雍容陸地神仙；銅柱銘勳，矍鑠伏波老將。偶跨驢于湖上，豈射虎于山間？囊采三芝，半作施人之用；身留一劍，懸知在腹之奇。訪仲蔚之蓬居，時來車轍；拜德公于牀下，願奉橋衡。花雨夜過閣，放陳遵之醉客；春風坐滿門，多魯國之書生。愛丈夫之真厚如兹，叨長君之歃盟伊昔。繞階蘭桂，就曲几以周旋；喬木絲蘿，望高閣而却止。退念箕裘欲紹，每慙弓冶匪良。第三小犬昌，王霸陋兒，長康癡種。纔學呫畢，敢云讀父之書；似識之無，或者得臣之筆。謬蒙眷注，遂締良緣。赤繩即絆于太翁，白璧何煩乎雍伯？引繫羊之傖父，竟日歡呼；賞竹馬之兒郎，片言結約。快心有此，佳話無前。所願詩書繼緒，無如栗里之五男；門户增輝，解作汾陽之半子。蚤畢向平之嫁娶，便從赤松以敖遊。蹇修執禮，勞三復以稱辭；吉日惟今，載九頓而鳴謝。

謝程親家許婚啓

結褵合好，義莫重於百年；傾蓋論心，道已深乎夙昔。苟應求之不隔，萬里同聲；洵意氣之相投，千金一諾。恭惟老親家大元戎麾下：

蝴中彪外，説禮敦詩。數萬甲兵，人稱小范老子；五千俘馘，功歸大樹將軍。領南部之師，風塵電掃；靖西出之寇，峒箐氛消。鼞鼙巴童，欸乃閬中之山水；焚香玀女，謰謱犵狫之謳歌。雷聲歡動于蠻方，露布欣騰于當宁。璽書留鎮，毋增屺岵之思；綸誥覃恩，蚤晋驃驍之秩。畫崐崘而爲界，期帶礪以盟封。

敵萬樓前，明月能無永歗？堆香閣上，臨風定有清笳。問高堂孰桑梓之鄉，白雲敝地；即下里結葭莩之雅，青眼寒門。以公郎爲杜眷，豈止義兄弟之往來；視猶子若嘉賓，深辱老先生之教愛。扶來杖屨，呼見妻孥，謂令長媛有顧家閨閫之風，指三小兒作安定門楣之託。曩稱管鮑，今締朱陳，九鼎片言，千秋快事。爰解蹇修之佩，漫勞從事之書。布肺腑于吴牋，八行劄短；想旌旗于蜀道，萬點山尖。

伏願麟閣早圖，千載仰黑頭之瑾弁；笏牀都滿，一門舞白首之斑衣。餘輝應及于老夫，大段無慊于小友。薔開細玉，特盥手以三緘；書到萬金，想啓齒而一粲。

候李親家爲大兒普請期啓

伏以五岳願深，蚤欲觀成兒女；百年事重，届期以叶蓍龜。弱息皆長行，齊得乾坤之一索；鄙人無俗覬，幸叨翁丈之同心。恭惟老親家台臺：

道德真傳，文章先輩。蜚聲韶歲，射策金馬之門；歷事聖朝，别受玉麟之印。讀山公之啓事，薄海争傳；聆王令之清談，元城自治。幅巾致政，黑頭侍板輿之前；襆被還山，白眼曩長松之下。

某誼叨共學，交重忘年。合二姓之好，謬託葭莩；愧六禮之疏，遽思榛棗。桃實蕡而梅實柒，正庶士迨吉之時；火在地而參在天，合古人四月之候。殷勤所懇，脱略爲佳。携酒縶羊，竊效淳于之真率；粉婢牽犬，何害隱之之高風。太歲辛亥，日躔實沈。維夏之初，適月正望。擇建除之定，值宿次于房。日吉辰良，敬已告于先廟；施鞶結帨，統所冀于尊慈。以信以誠，不稱不腆。《説文》：曩，長踞也，讀若杞。一説《曲禮》"坐毋箕"，當作曩。

迎佛幢和尚東山開講啓

佛教廣大，群情豈盡淵通；誓力弘深，上聖不忘機用。諸法以能仁爲本，萬緣惟信解爲難。不治不亂，荀子説西方之人；有實有權，考亭贊南宗之盛。

恭惟和尚，逃儒歸佛。孤往不移，説法歸宗。傳燈鄧尉，維此東山古刹，實稱中土仁祠。亶自上元，迄兹未覩貞觀之國老；幸遇大師，孔邇聿新滿祖之家風。念諸子此日之奔迷，在長者臨時之誘掖。頑如木石，鑽研尚出光明；醜劇蜾螺，撥轉皆成面目。是謂移風易俗，不辜一義三玄。寶鬘旋空，行繞大千之衆；香花夾道，遥憐五老之峰。

竚望曇華，耑迎蓮駕。

代衆醮水官青詞

伏惟帝君，德配南離，位居北極。維一生六成之理，在二儀四象之先。百姓日用而不知，萬物範圍而莫過。浴日沐月，升沈兩大之間；載地包天，别出三才之外。其神功也如此，謂報德乎何居？

某等赤縣生人，青皇司命。竊陰陽之蠢動，賴水火之生成。費涓滴以至江河，泄淵泉而伐鱗介。尋常未悟，妄謂人情；暴殄不悛，皆成孽報。祇承知懼，悲恐莫殫。值下元誕降之辰，發無始以來之願。爲群生而普請，匪一己之私干。不求福，惟懺罪，罪盡而福自生；勗來善，悔往愆，愆消而善滋長。土苴堪薦，芼以南澗之蘋；玄德惟馨，酌用東流之水。敬敷下悃，所冀升聞。具有來因，依科修獻。

重修貞慧寺衆姓大懺文辛卯

布施供養，開衆生懺悔之門；梵放熏修，實如來權巧之術。如疾病則呼父母，而賑救斯仰國王。蕞爾齊昌，藐然秕粟。值刀礁之痛定，適煩惱之城空。但逢石窟之遺民，即是金剛之種子。十年生聚，冀克有成；七日復來，豈能終否？

維東山之古刹，號中土之仁祠。龍樹馬鳴變現而來諸夏，象王鶩子末劫而轉初乘。始則忍大士之弘開，繼賴鑒闍黎之行力。心燈種于鹿女，法印傳諸雁王。占飛錫之神通，代多賜紫；演結巾之妙諦，時滿真丹。故經兵火之摧殘，歷顯天人之訶護。娑羅葉變，知當小劫之年；優鉢花開，復值中興之會。倚足尊之威力，發初地之歡心。長者三車，舍衛之藏畢出；貧婆一粒，浮屠之盋已盈。更修摩竭之城，廣設伊蒲之供。魚龍影壁，工倕掌握之奇；贔屭穹碑，文士頭陀之筆。並茂山而齊盛，溯貞觀以重興。静女縣千尺之旛，吉祥風動；沙彌布五印之字，香靄雲騰。經通半滿以敷文，法秉瑜伽而演教。伏願慈悲大父，哀憫衆生。慧炷揚光，下燭無間之地；德幢普蔭，上通有頂之天。盡魔屬之支離，皈依般若；遍餓兒之顣頷，飽滿醍醐。

謹因大衆之道場，稍述同堂之感慨。自兹剔髮，永露覆藏。五體齊投，千譽頓失。目垂清净，當窺有漏之因；臂引毋陀，乞示無邊之援。

代韓總戎大懺文辛卯

上帝好生，萬國皆爲赤子；聖王神武，九州盡入黄圖。值兹撥亂反正之時，正合修德投戈之日。藐爾彈丸之地，傷哉鋒鏑之餘。四野荒雞，痛人民之寥落；百年野馬，何治亂之紛紜？

念某下走微能，上遊重鎮。自綿蕝而布幕，象細柳以開營。三户靖風烟，幸蕩萑苻之澤；十方成净土，重瞻祇樹之林。雖緣多士之同心，實賴諸佛之默護。設兹供養，例集僧伽。合軍民普坐道場，盡冤親皆成懺悔。現百萬那延之臂，刀鋋變作華鬘；張億千堅固之軍，修羅竄入藕孔。

建藥師琉璃光佛燈塔疏戊子

大千冥暗，非聖日何以增輝；黑業沈淪，賴佛力于焉救苦。自智珠之既墜，將法寶之俱湮。苟非定慧之圓通，悉屬聰明之出没。惟藥王知衆生之癥，教比丘然無盡之燈。用火用光，俟達人之自悟；見明見暗，聽大衆之徹心。若一月而攝千潭，合諸輝而成普照。中邊昭徹，懸清净之琉璃；二分莊嚴，解菩薩之瓔珞。破四生之惑，迷悶齊捐；開六道之幽，天人共見。蚌蠃無眼，重淵暴皦日之輝；蠓蠛多情，虚空聚皓月之影。皆具烔然之佛性，同瞻大覺之妙明。餤吐長虹，現玉毫之瑞相；釭垂繁蕊，覩金粟之全身。偕登自在之天，並入光明之藏。

守道徐公生辰衆僧禮佛疏

伏以皇恩簡在，帝心即見天心；《洪範》演疇，錫福由於積福。是以張倉上壽，相業累於歷朝；定國高門，陰隲流諸奕葉。感孚所至，霄漢可呼。至於名既大書御扆，事宜宣付史官。萬姓騰歡，諸佛默佑比丘衆等。伏爲分守湖廣布政使司參政徐惺，熙朝砥柱，元氣苞符。經濟則才大於身，獻替則爾訓於外。大小東之顛頷，一變樂郊；東西楚之凋抚，兩年化國。飢民生活三郡，約十數萬人；治術敷陳終歲，曾一百八疏。

調鼎鱧於水火，小試鹽梅；化訟獄爲謳歌，偃如風草。韓愈逐鱷，公有驅虎之文；孝侯伐蛟，公有拯溺之令。蜡氏有除骴之掌，公無境内之狐狸；秋官有立肺之條，公無案中之猶豫。女嬰乳育，如新息之有賈兒；鰥寡飽居，如南陽之有杜母。入子儀之壁壘，號令精明；聞元膺之枲欷，盜賊革服。簾懸却餽之鯉，壁掛封識之絲。露冷庖厨，香清宴寢。慈孝弟以身教，衆知百行之原；詩書禮以家傳，道萃一門之内。且也學如不及，謙用自居。既開忱以布公，第倡予而和女。七松處士，遂忘皂帽之狂；五柳先生，嘗醉白衣之酒。皆我公之實録，非俗筆之浮詞。邇者車旆來旋，憲章重焕，敎學兼之讀法，振武即以敷文。撫事興懷，登高永歎。攬山川之勝概，建傑閣於學宫；禁网羅之科條，寓放生於靈沼。園橋鐘鼓，想當年絳帳之生徒；矍圃堵墻，看此日蒼生之歌舞。奏於蔿之一曲，魏闕心馳；賦春陵之兩章，民藹隱軫。行春郡國，隨甘澤於馬蹄；勸力農桑，問天時於牛喘。令德受禄，至誠感神。

昨聞岳帝降於署堂，繼知天語宣於即日。昔潞公感江瀆之靈，事已徵於傳記；倘聖人垂宣室之問，道可質諸鬼神。維月廿六之日，值公攬揆之辰，比丘等爰順輿情，上干大覺。吹大法螺，擊普震鼓。願聖壽之無疆，與尹躬咸有一德；澍甘露雨，布慈妙雲，願德門之衍慶，與封人並祝三多。芝萱入宴，横簪捧百歲之觴；花蕚交輝，滿牀列五世之笏。自天寵命，全楚戴恩。爲節爲鉞，即如來如意之幢；大雄大慈，仗尊天尊勝之力。仰瞻祇樹，齊散香花。不勝虔誠，願祝之至。

薦室人安正君疏甲寅十二月

伏念過去，室人蕭氏，名瑜生，字幼佩，法名雙修，私謚安正。君生於己巳年正月二十五日酉時。性秉端淑，教有本源，因善根而再來，作散花之天女。智行兼備，蓮花月上以同流；乳育雖多，阿那邠邸之七子。隱微皆禮法之地，生平無纖細之疵。香澤婉孌，琴書静好。脱綺羅而荆布，甘高蹈以偕臧。茹苦萬千，僅年五九。彩雲易散，非造物之不仁;諸法無常,悟死生之齊致。

自崇禎以後,刀兵劫難,若罔聞知;必多生以來,净業修持,絶無沾滯。臨終示疾,不減精神,於本年十二月初四日戌時吉祥而逝。見大丈夫相,不作兒女語。初五日申時俠斂,容色如生,屈申手足,若兜羅綿。解脱塵緣,一刹那頃。謚曰安正,媿德耀以何慚;稱曰少君,擬桓姬而匪愧。景星爰率哀子及合家眷屬人等,仰叩洪慈,虔申法會,修建道場五晝夜。伏願世尊掌施無畏臂接母陀,長福德之因緣,作菩薩之伴侣。見在安樂,過去逍遥。春花秋月,皆圓滿之妙容;美景良辰,悉天人之法界。壽同無量,普度有情。上溯先人,均兹功德。

白茅堂集卷之四十五

家傳

十世孫天錫述男景星録

景星曰：昔者孔鮒撰家語，江左謝氏有家録，顔之推撰家訓，司馬遷、班固之徒撰國史，作自序，贊其世家，後多效之。先世梁黄門侍郎希馮著《顧氏譜》十卷，今罕有見者。明初，解縉上言《吕氏家約》《鄭氏家範》特善，宜布天下，上從之。近世高門大族輒有家乘，詳世系、紀恩綸而已，於傳獨略。夫傳之爲言傳也。傳也者，使後世有所徵説感動焉者也。天下有道，輶軒訊風下邑閭左，有一善則達之天子，付諸史册。景星悲文獻之不足徵也已，録次大人所撰家傳，采風者尚可垂覽焉。

始祖隱士七官人

吾顧氏，晋丞相雍之後。蘄始祖元總管公初諱憲，更諱士徵，字季貞，元平江路崑山州人。相傳曾大父某，懷孟路總管，妣陶氏，贈縣君。二傳至武略將軍，妣趙氏，十四子，八子成立公，小字福四，就八子行次，以七官人呼之。舉進士乙榜。

至正中，賊徐壽輝悉衆渡江，襲陷武昌，威順王及行省平章皆遁。時李黼總管江州，兼攝蘄州。公年甚少，在黼幕中。江州陷，黼闔門死。公走詣卜顔帖木兒，請兵復江州，進復蘄州。以辟舉遥授蘄州路總管，固辭。其後，州守以城降大明。公遁，依族姓於廬州路無爲州兔兒岡，又徙英山，最後徙蘄鈷鉧潭，稱顧七官人，躬耕自晦。洪武元年令下，武略將軍全家徙臨濠安置，公免焉，壽八十，卒於永樂某年，妣張氏。

道震公

公諱友直，字道震，總管公長子，隱不仕。總管公卒，哀毁骨立，卒年六十餘。子濂、澄。

繼周公

公諱濂，字繼周，永樂末舉明經。道震公卒，廬墓有白兔馴擾。末年建堂，曰永懷。國子學正林琚爲之記，太守宋誠贈詩云："永懷留翰墨，足繼白華篇。"仕衛輝府知事，有《永懷堂集》十卷。子班。弟澄，字繼吴，學生，蚤卒。

儒子公

公諱班，字儒子，弱歲能文章，爲諸生。繼周公卒，居喪，如繼周公喪道震公。與同里張禧、王翰、華仲賢及故廬古松一株，號忘年五友。翰、仲賢舉進士，禧舉於鄉仕，皆以清介聞。子昪。

伯翥公

公諱昪，字伯翥，爲諸生，偉狀皃。弘治七年，獻皇帝以興王之國，道經蘄。閹較騷索，公率里中少年毆之，偕父老上書曰："皇帝有訓，□敢弗欽。殿下臨楚，較尉不奉法，小民杜門遮格，二三父老待罪江干，昪等謹以狀聞。"獻皇帝壯而譴之。子宗儒、碩儒、昊。

鴻如公

公，諱宗儒，字鴻如，好道術，有妾八人，年且百歲，眉盡白而色理如壯時。爲鄉約，無所阿避。里有訟，輒赴之，與爲曲直而後聞州守，守輒曰："經白眉鄉約未?"時人比之陳仲弓，自號大田山人。鄉人慕之，因名其里。子敦、悠、高、宏、久、博、廊、席、學。弟諱昊，字白元，歲貢生，年五十不及仕，卒。從弟䨺，䨺字以行。以字行。美髭鬚，善談笑，年三十餘始爲學生，應鄉試，問搜者何爲，曰："恐懷挾。"曰："叱。以行始試童子，猶忍之，既爲學生，則古所謂士也。古者待士，有司敦請，駕車待金。世宗試士，解髮袒衣，索及耳鼻。省臣奏非待士禮，因立沐浴，官令就沐浴更衣。堂堂聖朝以囚待士，吾不忍也。"出棄舉子業，自號東山先生，喜浪遊大言，自云足迹周六七萬里，見計子勳，即薊子訓云。又言黄金可成，特不爲耳。任誕如此，然明於義利，慷慷急難，人所不及也。

曾祖化之公

公，諱敦，字化之，多隱德，苦讀書，弱冠爲學生有聲。鴻如公八妾，妾一子而疎嫡王孺人。公負母走雞公嶺，距父居三四里，質明省父，歸奉母蚕鋪，不間寒暑風雨。鴻如公卒，事諸母如一。從父東山公喜爲奇詭之行，代衛軍押漕，山東饑，舉以賑，即亡去。官追賠急，公不以累族人，鬻田以償。困甚，忽所居産香草，賣以供母。后二子先後仕宦，以俸贖所鬻爲祭田，建家廟，蘄有家廟自公始，王公世貞爲之記。

先是俗多火葬，言於州守周公廣榮，以北門外平頂山教民葬，立禁格，爲文論之。公自少壯至老，非其力不食，不肯干謁，不受饋遺。嘗爲屋，落成多怪，夜半束帶坐，聞梁間唔唔聲，叱之，應聲墮木刻二小兒也。有古樟，夜見物自樹中出，如狗，數盜賓客屨，公曰："聞之，松老孕怪，厥名句婁；梓老孕怪，厥名怒牛；榕老孕怪，厥名仙都；樟老孕怪，厥名彭猴。怪老能言，是曰雲陽；形如小兒，亦曰網爾。今知其名，不復出矣。"果遂不出。晚築松園，號遲松居士，唱和皆一時巨公，著《松園集詩》《先人言行録》《家训》。壽八十，以子贵，誥封朝議大夫、浙江参議。長子問，仲子闕，陳恭人生。季闑，側蘇氏生。弟諱博，字載之，有膂力，善射。正德六年五月，霸州流賊過蘄，蘄守葉公士美曰："孰能禦此贼者？"公往伏鄉勇渴口，值賊數百自西河驛鼓行而東擊之，殺數十賊，乘勝逐北。賊奪船順江下，里人得全。

年七十，無疾而逝。子一，某。弟諱廊，國學生。萬曆十六年大旱，出穀賑饑，無子。

弟席，廣濟縣附學生，居蔡山，善貨殖，有健奴號熊羆。斯僕與共飲食，力作致富。三子：闐、闈、閱。

從弟諱樒，字濟川。歲貢生，仕遷安縣縣丞，有廉能名，卒於官。

伯祖日巖公

公諱問，字子承，陳太恭人夢巖上日升而生公，故號日巖。幼不好嬉，五六歲時，與群兒嬉，獨積瓦礫，陳盤盂，雍容揖讓，作籲帝禜祈之語。

一日，牽太恭人泣。太恭人曰："兒飢耶？"對曰："不飢，欲讀書耳。"就塾，日誦數百言，師不在，亦端坐至暮。嘉靖十六年丁酉，舉於鄉。戊戌進士，授浙江壽昌知縣。壽昌俗難嫁，貧民多在草，不起女，公嚴禁，犯者致罪，懸賞格，給米布，定家貧嫁娶式，積歲活千餘，皆呼爲"顧女"。公又以通俗語作孝順歌，令村塾教兒童歌之，月進生徒講學，教化大行，行取貴州道御史。

二十二年七月，熒惑守南斗。先是嚴嵩、翟鑾搆隙，給事中周怡論覈，廷杖下獄。公因天變陳言，追論怡事，且言大臣、中官表裏。上優容之，徐以入朝失儀，拜杖，謫來安縣知縣，風政清肅。二十四年，陞陝西邠州知州。甘肅延安新被兵，關中少年結納匿亡命，白晝殺人，其小兒剪紙作旗旛格鬥之戲。明年地震，雨石於淳化縣某村中，如弘治時慶陽所雨狀。公謂中原將亂，必始關中。設義學義倉，月朔集父老子弟，約束勸戒。貧不能就塾者，令入社。鰥寡孤獨疾病者，出倉穀賑之。立什五連坐之法，枹鼓不鳴，邑無盜賊。州大疫，民間寫梵書六字禳之，公易以"存天理，遏人欲"。有病者見鬼入門，曰："是得聖道，不可犯也。"

二十八年，擢浙江按察司僉事，駐嚴州。巡按請寬海禁，公力言不可，曰："今諸亡命以海爲逋逃藪，宜求所以備禦者。海禍起，議募兵，一日而得百人。公聞，曰："何亂民之多耶？"益募以收之。在任勤職，數以功賜白金、文綺。陞參議，階朝議大夫，封父如其官。

一日晚衙，見白兔馳過，心動。太恭人訃至，即見白兔日也。冠帶仆地，良久乃蘇，行哭三千里，形體變，家人幾莫識。與桂巖公廬墓，有白兔止廬中，如道震公時。三十八年，封參議公卒，又幾滅性。服闋，鄉人爲築陽明書院講學，有終焉之志。

隆慶二年，詔起兵備徐州。黄河溢入邳州，措置流冗，捍禦堤防，民賴以安。明年，轉福建左參政。桂巖公以南吏部出爲福建按察副使，不赴。公亦九疏乞致政，歸築崇正書院，與羅公洪先倡明理學，海内比之程伊川，暮年不復聚講。有詩曰："楮墨因緣斷，烟霞錮疾瘳。尋常茶飯事，一味復相求。"隱居鈷鉧潭，簑笠騎牛。作詩曰："山中名器一簑衣，帶月和雲著得歸。借問先生何品秩？上農夫也是耶非。"

公聳顴劒眉，目爍爍有光。性舒徐，行必張拱，坐則端好，終日不欹側。大暑，家人未嘗見其體。對童僕無疾言，好服食丹砂。壽八十一，微疾，召武昌布衣劉筠喬至，曰："無他，示子生死如是，去來明白耳。"遂瞑。四方學者會喪千人，私謚中和夫子。建祠以祀，歷仕之地皆爲立祠。萬曆末，給事中官公應震、巡按御史史公學遷，疏請從祀，不報。

所著經説三十卷，詩文三十卷，昭代見聞録、語録若干卷，講學書劄、詩文外集十卷，毁於寇。無子，以桂巖公次子嗣。餘詳湖廣提學高彙旃《三楚獻徵録》並《龍璜總志》。

祖桂巖公

王父桂巖公諱闕，初字子忠。遲松公曰："忠何如良？"更字子良。陳太恭人夢人餽大魚，問魚何來，曰："濂溪來。"是日娩公。幼明慧散朗，飄然有出天地間意。遲松公曰："兒何志？"對曰："駕風鞭霆，歷覽無際。"遲松公曰："吾聞志大者，不祥。"對曰："然則天子不得臣，諸侯不得友。"年二十二，舉於鄉，念遠二親，不肯上公車。遲松公賺之行。既行，大哭。明年庚戌三月，京師晦風，黄霧四塞，公賦隱憂七章。試畢南歸，至麻城，得報成進士。愀然曰："古人學優則仕，今也天數示變，邊警日聞，年少學淺，何以分君父憂？"淚下交頤。芒屩抵家，拜二親，嬰啼不已。因鍵户讀書，求濟世之務。癸丑，廷試二甲，除刑部主事。丁父母憂，哀慕過毁。同日巖公廬墓，先後凡十年。起遷禮部儀制司，改南刑部員外，吏部稽勳司郎中，出爲福建按察司副使，不赴。

予告歸里，時年三十八。在北部時，員外楊公繼盛劾嚴嵩，上怒，下繼盛獄。公與主事臨海任公某，保護獨力，中嵩忌，幾不測。會母憂，解官移南。時桐城獲妖賊蔡百貫餘黨數十人，當斬，公白尚書："此輩男女可哀，不若從輕，示朝廷寬大。且被惑者不勝誅，豈可有虞詡他日之悔？"尚書色動，衆得免死。

俸不給，噉菜粥，同曹呼顧小菜，以日巖公有顧青菜稱也。官吏部時，巡按爲起天官坊，歸見之，曰："惡用是，令百年後塌壓殺人耶？"拆而湛之湖。同日巖公數往來廬山白鹿洞。與餘姚王公畿、錢公德洪、南昌李公材、吉安羅公洪先、盱眙羅公汝芳、東粵海公瑞、安福鄒公德溥、丹陽姜公寶、黄安耿公定向、定力講學底行，或千里命駕，供脱粟野蔬，有旬月留者，京師爲之語曰："天下清絶，顧問顧闕。"先是日巖公主陽明書院，教嚴峻。及公主崇正書院，生徒數百，方技亦不拒。日巖公卒，公水漿不入口三日。

後數年，忽謝生徒，毁書院。未幾，有陽明異學之禁。不喜居城市，搆草屋山谿間，獨處無簾箔，風雨至，持席蔽之。乏几案，布地食，飛鳥就啄柴爪及槃格。萬曆十六年戊子，大旱，斗米千錢，不忍食，辟穀五十日而神益王。

秋，流民劉少溪亂，州守入山請方略，跪進食，始食。蘄有遠鄉，距城二百里，有司追捕逋賦，群扞殺捕者，聲言殺守。巡撫議勒兵剿。公請以禮化，與門生數人，深衣幅巾往勸諭，許其子弟入學肄業。鄉人感泣，盡内逋賦。

不欲以文名，數規王元美、宗子相、吴明卿，而諸公亦不能用。子相蚤卒，元美自序别集曰：倡道者謂王子毋徒役筆硯，鑿性靈。蓋誚公輩也，暮年稍稍悔。明卿年七十餘，娶繼室，將婚之夕，病作不能言，書几上，曰："恨不見子良。"温陵李卓吾喜高論，公頗不合，卓吾稱學行必首公，付公姓字于《陽明集》後，曰楚理學之著者也。

四十年壬子，有星茀東北，公泣曰："吾固知之。兒輩三十年後，丁此變矣。"密書事應，櫝而藏焉。癸丑正月朔，書句云："津吏報增三尺水，山人歸卧幾重雲。"曰："吾夢也，今夏大水，吾其萎乎？"夏，大水。六月六日，赤日亭午，顧視晷影，正衣冠，隱几而逝，年八十六。

前二日作詩云:“白日如流事似麻,一回内訟一回嗟。未能報國徒憂國,幾欲辭家尚在家。世味到頭終嚼蠟,人情於我强摶沙。老聃不見瞿雲杳,志在宣尼歲已賒。”

性至孝友,與日巖公居,每出入,必揖告老。每言及,白頭俛仰,淚下如綆。有詩云:“幅巾坐老水雲邊,緑鬢還鄉憶昔年。世上無如兄弟好,草堂風雨夜牀連。門前水漲無人處,澤畔高秋過雨時。隱几曲肱成一夢,弟兄相見語淒其。蕭蕭獨處秋郊外,耿耿相依蔀屋間。孤夢覺來人不見,滿天風雨夜生寒。”

公頎長,通眉修目,長爪秀晳如神仙,善歗。一白布澣衫二十年,出則冠忠靖。

門生舁竹輿,褰破幰,繩草絡之。江陵張文忠公言於上,特召不起。廷臣薦者二十餘疏,詔以通政司參議用,不拜。一時廉退,罕出其右。所著五經發意、通鑒補意、社倉社學議、詩文、語録、詩話、方外記、山海經補註、黄庭内景、參同契、楞嚴楞伽解、辨莊百數十卷,凡精筮卜、天文、風角。其學不傳,門人私謚宣靖先生,同中和夫子祠祀。御史史公學遷、給事官公應震,俱請從祀,不報。餘詳《獻徵録總志》。

附桂巖公諸客傳

景星曰:予讀紀乘及父老傳聞。世宗時,海内薦紳多廉退之士,晦迹林壑,怡養性命。時上又好道術,方士先後進者數十百。遠近諸臣,如胡宗憲、王大任、姜儆輩,争獻法秘。民間貢靈藥芝草、白鹿醴泉,緑章祝釐,不可勝紀。神仙之説,風動朝野。上有好者,下必有甚,不其信哉!方是時,四方承平,禁網疏闊,海内蓄食客,招方士,法所不問。儒家者流,自王守仁而下,門墻充牣,稍雜異端。布衣之雄則顔鐸、梁汝元,聚講動數百人,何其盛也!然而末年不免於禍。景星兒時讀曾大父遺書,兼訊長老,當時門多名儒,而方士亦間出。世宗末,誅僇方士,禁錮布衣。穆宗初,王金、陶世恩等論死,士大夫禁逐食客,黄冠鍊師展轉溝壑,而數子令終,亦方士之賢者歟?寧有裨外史,蓋可觀世焉。

樊山王

樊山王，諱翊鉦，朱謀㙔《藩獻記》：諱載坽。誤。字昇甫，別字震岳。荆靖王第三子，温懿王見㙾之後，仁宗皇帝七世孫也。少穎異，目十行下。聞古有淮南八公、梁四公，慕之。

折節名士，師事桂巖公，陳玉帛、少牢、形鹽、筐篚，問不死之道，屏息，厀行委蛇。桂巖公謝不敢。王匐伏固請，桂巖公亦長跪，良久，曰："王能從僕三事乎？"王曰："敢問？"桂巖公曰："王不能從僕也。"王曰："敢請。"桂巖公曰："王立。"王曰："先生立。"桂巖公立東面，王北面罄折。桂巖公曰："往歲丙辰，彗星出進賢，芒西南指，犯太微，掩上相。東北行，入紫微，掃天牀，應在後甲子。比年天變人妖，三五百六，厄有嘗數，王誠能家庭之中，效民間翁嫗爾汝乎？"王曰："諾。""自古以來，貴盛不戒，亂世冶容，其殺身受辱，不可殫説，王誠能去金玉錦綺，御㽌甈大布，操耰鋤井臼箕帚乎？誠能去後宮粉黛、行纏耳璫倭髻之飾乎？"王曰："敬諾！謹奉教！"再拜，桂巖公答拜曰："王不死矣。"王却步出，汗澳然下。歸皆如公言，自號大隱山人，年七十薨，有《廣譤堂集》百卷行世。

長子常滄嗣，次子常𠂤，音師，字書無。封鎮國將軍。崇禎十二年，張獻忠破襄陽，劫藩府。將軍聞，歎曰："顧夫子，聖人也。"挈家人一夕遁，長史追不及，失所往。十六年，張獻忠陷蘄，屠之。僇荆王屍，郡王皆被害，劫諸妃夫人，將軍免。順治三年，復歸蘄。與英山男子王六姐起兵斗方砦，死之。

周　復

周復，字明明，江西金谿人。師梁汝元，讀書匡廬山。

初，張相國居正爲司業，聞汝元名，往與語。不合，拂衣出，目攝汝元曰："此子欲飛不得！"汝元曰："司業必爲權相，爲權相必殺我！"後張公首輔，汝元有盛名，屢議張公，其門人不平，誣汝元交通妖人曾光，笞殺之，肆屍都市。復走抱屍大哭，守卒訶撻不能止。會張公出私第，旄騎驅衛甚嚴，復犯衛大駡，左右以爲賊，挺箠交下，斷脅盩頸。

於懷中搒得所上皇帝書，自稱耕廬山野人，張公疑之，命載歸。復辭氣慷慨，稱汝元冤，讓張公，公大怒，下復獄。既而曰："賢士也，而令隱淪，誠宰相過。"出復獄，給藥食，許斂汝元。復與呂光午鬻衣裯，備櫓車，跣走三千里，至孝感，葬程氏山，守廬三年。

來蘄，師事先曾大父桂巖公。桂巖公爲結茅，分蟠龍岡田十畝與之，二十年不去。

他日忽辭歸。其妻尚在也。命婦子行觴慰勞，酒酣起曰："吾語汝曹，吾久客歸，何哉？欲與汝曹一決耳。丈夫生世即不必裹馬革，寧歸兒女子耶？今與汝曹決矣！"去至孝感，指汝元墓，謂其子小明曰："昔梁鴻死，皋伯通爲葬之要離冢傍，曰：'要離烈士，伯鸞清高，可令相近。'況我親事夫子。我死，破夫子墓，入我。"數日卒，小明如其言。年八十四。

復在蟠龍，有詩云："鋤山饑了捧臍摩，放下鋤頭漫漫歌。新地坦平茅草少，舊山磊落石頭多。"

劉應元

劉應元，字雲嶠，武昌金牛鎮人，爲銅工。

聞日巖公講學寒溪，往聽，悅之。他日方鍛，問形神合一之旨，日巖公奪椎擲地曰："聞否？"對曰："聞。"曰："此是合一。"雲嶠大悟，棄家游。久之，門徒數十，不求聞知。所坐一牀，觚稜盡滅。七十餘卒於家。

吴自守

吴自守，字介夫，廣濟縣學生。棄制舉業，爲日巖公崇正書院弟子。授易，雅有思理。公曰："吴生，季長門下鄭元也，不可等彝。"別庇廬，署曰"讀易"。日巖公卒，學於桂巖公，羅近溪嘗過，講覆累日，稱於學者曰易庵生。卒，門人謚聞道。

李言聞

李言聞，字子郁，蘄州人。博洽經史，以醫爲業。

里中有弟争兄田，訟甚苦。言聞具酒食，召欲解之。訟者亦來集，醉，鬥佷如前，言聞大悲痛，入跪考靈牀下，曰："無狀不能感閭里。"訟者聞之，大笑。後數年，訟者庾死獄中，族人瓜分遺田，言聞往爲斂葬焉。

著有《醫學八脈注》。卒，桂巖公哭之慟。子時珍亦以孝聞，師日巖公。日巖公嘗夢爲詩，曰："遠色隔林静。"屬時珍對，對曰："明霞對客飛。"翼日言夢，皆合，其神交如此。

方一麟

方一麟，字湛一，原名汝時，黄陂人。少爲諸生。

母病瘵垂死，楚俗輒迎婦，媒巫鼓樂合巹以爲厭勝。婦至，一麟亡走道旁樹下，坐夜分，有道士過之，曰："郎何事寒夜兀坐此耶？"一麟泣告。道士曰："倘從我游，我活汝母。"一麟喜，與俱歸。出藥飲母，母立起。一麟即拜辭母。道士曰："未也，某年月日，候我於某山之隈。"

母死，如期往。道士居石室，不蓄五穀，惟啖果實，心疑之。數日，道士戒曰："汝安坐，吾出即歸。"持臼中藥去。一麟就視餘藥，竊取之。道士歸，怒曰："盜根不除，求至道耶？去！住此無益。"一麟泣，道士曰："去！他日有難，貸汝脚力。"

歸，仍爲諸生，言黄白等術。督學以爲妖，下獄。夜有人牽出垣外，旁有長耳，跨走遂脱。

徐集虚

徐集虚者，自云宋臨安諸生，以術數客樞密趙元鎮幕。元鎮敗，集虚亡入閩，遇異人授太陰煉形之術，能出没人間。又言與先總管友，曾授藥物云。又言秦檜主和是也。南風不競，屠僇生民，深可哀哉！

王先生

王先生，名化醇，字靈石。貌似三四十許人，自言百餘歲。宣城人。長八尺，大耳，犀額，美髯，始遊京師，陶仲文薦於上。促召，仲文曰："此未可召，臣請自致之。"先生不應。萬曆初，忽來蘄，曾大夫最重之，受《鴻寶九叙》：

其一曰艮背，退離歸坎以成和，腎子神坎，心午氣離，離爲坎適，嫡同。水爲火妃，在第七顀，至陽穴内。

二曰周天，則乾法坤以立極，尼丸初九，真人九二，絳宫九三，天炁下降，是爲乾焉。尾吕初六，命門六二，至陽六三，地炁上升，是爲坤焉。

三曰通緌，守中達氣以煉形，中府正位，黄鍾納音，句股九道，匡郭流行，中爲谷神，出玄爲陽，入牝爲陰，曰天地根，上映囟顱，光炁所烝，呼爲陰魄，吸爲陽魂。至誠者不息，不息乃長生。

四曰戊巳安位。以結陰湏，水體爲巳。厥動爲戊，上拯元海，下接精庫。里車鳴鼓，神人司路，軒轅睬針，蒲牢守户。

五曰凝神氣穴以媾陽丹。兩腎之街，小心攸府，心臍凝結，歸諸褻釜，返精月窟，歸神日母，赤若丹砂，白如滴乳，烹爲黄金，散爲春雨，姹女能歌，嬰兒善舞。

六曰和合嬰姹以成冲翥。水爲火妃，乾爲震父，窈窕相憐，幼艾知慕。玄鳥和鳴，弓韣不御，三嬪于天，一黿而寤。

七曰脱离生死以遊天地。

八曰超出清濁以歸太虚。

九曰不二太虚以還無極。

自七以下，其説予失記。桂巖公受之三年，顋會動，神庭有光。先生曰："候至矣，速棄家去。"公未答。他日留書曰：昔王母稱漢武屍骨淫重不降，上藥施翁以長房不忘憂惡，終吝靈秘。孫公和惜叔夜才高識少，難免亂世。陳希夷謂若水風骨近道，未許遐翥。子性急心慈，地行可得，飛行尚遠。吾子勖諸。去失所往。東溟管氏曰：朱元晦辨二氏而注伯陽，桂巖子排異端而愛靈石，豈先後一揆也乎？

張後山

張後山，不知何許人，呰糶上僂，魁頭一紒，嗜酒，善幻術，睨一妓，妓望見不納，後山引手向空，取新衣，舉止綷綵，衆大笑。問："公等可少嚌乎？"衆笑曰："善。"復引手向空，出美酒肥炙粱飯，一坐醉飽。

予大人十餘歲，桂巖公呼出揖，後山踆視長久，叫曰："是夫子家伋也。"後坐盜楚王府物，捕下長史，後山涕泣叩頭，額盡瘇，曰："無可逃死矣，願乞少酒。"挍尉與之酒，後山視酒驚叫，忽震雷自酒出，捕者仆地，後山並桎梏俱失。

五百歲翁

五百歲翁，不知何許人，語鄭重，舉止亦衰。雪天厚衣裘纊，不圍爐，謂渴火烘乾人髓液。又不沐浴，或燂湯請洗，曰："子不見羊豕乎？負塗結毳以爲生，而剃毛溉膩以爲死也。"卒於黄岡，碑曰："五百歲翁冢。"

張叫化

張叫化，不知所從來，散髮，被一鹿皮，喜噉蛇鼠，騃頑似非人間人。桂巖公教束髮，且冠之。

每月明，潛往漏澤園，仰卧向月，吞啖能運氣，朘如嬰兒。或旬日不食不溲，食即數倍人，或叩之，曰："戲耳。"不知所終。

僧顛仙

僧顛仙姓周，或曰即洪武初人，或曰非也。異人逃名恐不及，故廣成子在帝嚳時更名緑圖，帝堯時名務成，文王時名燮邑，武王時名育成，靈王時名老聃，烈王時名史儋，或者兩顛仙乎？或曰非也。扶搖子與聃同時。至開元時一見，與李琪遊，姓陳名摶，字圖南；天成時再見，顯德末三見，太平興國四見，仍舊名，安知非顛也。或曰舉非也，好事者爲之也。

顛居月餘，無一言。或詰之，輒作色曰："啞白羊何等道？"惟濡墨作牡丹數十幅。忽求死，掘地作坎，灌以水，塗胸面，裸卧，咯咯然死。其徒墨牛瘞之，痛哭去。

桂巖公卒，牛忽持書來吊，曰："鳥忘其飛而不忘其飛，魚忘其淵而不忘其淵，夫子不忘其世而夭其年。"牛留書去。或疑顛，或曰是言也文，疑靈石也。

不知名姓翁

不知名姓翁，年可八九十，不言語，好緣高處卧。或捽之墜，笑，自緣起。如是三捽三緣起，疑其瘖也。

一日言天地大圜也，爾我圜中蛆，或驚問曰："先生言矣，何謂道?"曰："耳其目，目其耳；鼻其口，口其鼻。"桂巖公聞之曰："邃哉恉！耳其目者，神内攝也。目其耳者，通則徹也。鼻其口者，聲不欬也。口其鼻者，食沆瀣也。"

後失所往。

程静林

隆、萬間，承嘉靖餘風，女子亦有以道術詡。是時母后觭夢九鳳菩薩，相國弱息曇陽仙子，理近於誣，事亦罕覯。女道士程静林，承天人。知書，偕夫彭翁止門下。

彭翁死，静林年已七十，鮐背鶴髮，善撟引案杌毒尉之法，病症瘕者，以拇指側抐巨闕下上腕兩傍，滯下病已。授從叔祖妣朱孺人。朱孺人授吾母明孺人。大人以食餅怒病，吾母用其術已之。不孝兒時病，母亦已之。

初，吾嫡母瘵，師自庵來，診脈，曰："此不可起，奈何？我北面先公二十夏臘，本期白日翀翥，隙駒荏苒，期頤見侵，大志不遂，命也。夫顧氏冢婦不可死，我當代之。"向長幼拜辭，見臧獲、雞犬亦拜。曰："行矣！"還庵趺坐而逝，鼻垂物如玉筯。壽九十二。母果霍然起。

烏　撻

烏撻，蘄州大同鄉人，或云鄔姓也。少爲髡奴，能口吟舌話，又善作百鳥獸聲。好之山林鳴哨，飛走頓集，因就禽之。嘗徒手入空室，須臾，牛哞，羊咩，雞叫，鵝鴨争呷，豕豿折薪擽釜，貓𪊧䤈，犬舐砧。

門牖開闔，箱篚啓閉，兒索乳啼，婦姑相稽，病翁呻吟，聞者絶倒。

查八十

查鼐，字廷和，小字八十，歙縣人。嘉靖末，琵琶第一。時滑人李貴善技擊，襄陽吴奇善騎射，山東張諾善彈，豫章孫景善鞠蹴，金陵馬清善簫，吴人張大木善琴，皆獨步，鼐皆師之，而琵琶最工，嘗應詔教内人。

老流寓蘄州，楚愍王幣聘，辭不受。後愍王被弑，人服其智焉。休寧吴錦詩云："曾逐鍾生謁武皇，鵾絃侍從獵長楊。歸來兩鬢紛如雪，曲曲新聲總斷腸。"葉權詩："新聲不及鬱輪袍，空撥鵾絃掛錦絛。獨向月明彈一曲，白頭雙淚落秋濤。"鼐，技隱者，非開元供奉比也。

郝通悟

正德時，武當山有李道士，惟噉麥麸，人呼麸子李。言吉凶多中。嘉靖初，荆永定郡王禮聘至蘄，就求長生訣，對曰："殿下修身齊家，長生設也。"賜金帛不受。已辭歸，至漢口，卧舟中，忽亡去。

其後王以事干宗正條例，幾廢國，思道士言，改悔，卒稱賢王，謚端穆。子諱翊鉅嗣。會荆王夢無嗣，以世孫入繼，是爲荆恭王。恭王思道士，爲祠祀之。弟子柳道春，蘄州道正司，能符籙役鬼，暮年爲鬼歐死。道春弟子郝通悟得師術不用而好儒。萬曆中，自暴請雨。三日，雨如注。雨止，端坐死矣。荆王以禮葬焉。

景星曰：予觀世宗朝何多異人也！時吉水羅贊善洪先、京山王太僕格、順慶任簡討瀚、朝邑劉太守偉皆謠傳不死，搢紳之士惑焉。方是時，邊鄙不可謂無事，然而郡邑二百年來，不聞兵革十且八九，小大群牧惕乎其有憂，凛乎其若不終日，思爲國家久長不拔之計，次則貽穀子孫，庀宅必完好，築垣制器，度可百年。嬰兒思壯，壯思老，老思髦期頤，髦期頤則思神仙不死之術。其民樂，故其慮遠；其慮遠，故其行厚；其行厚，故其風醇；其風醇，故其祚綿，其民樂。迨於末季，盗賊蠢動，其有司數疾易位，上下欺侮，不思爲久長計，躐名位，窮嗜利，若弗逮。然庀宅制器，趨事傡巧，殀夭覆巢，殺壯棄老，尚輕俠之行，笑神仙之説，而天下大亂。《無逸》之辭曰："不聞民勞，惟耽樂是從。自時厥後，亦罔克壽。"嗚呼！可不念哉！神仙之説同於幻。人守道不固，率多隨之惑俗亂教，拒之固當，抑亦有論其世焉者乎？故録所聞。先大夫客十有九人，傳於後。

族從介祉公

族從諱禧者，字介祉，宗系失。正統中，蘄大饑，出穀一千石以賑。有敕旌爲義民，免本户雜役三年，仍命有司立旌善坊。

叔祖子敬公

公初諱閔，易諱闌，字子敬，别號鳳巖、二巖。公庶母蘇氏所生也，孝友方剛，下筆千言，文義焕發，當時名士馮公夢禎、蕭公良有輩皆師事之。葬母蘇，遠近會者千人，椎牛供客。數舉於鄉，不第，充貢。自負才名，不詣部，愛大冶青林，爲壽塚，日彈琴縱酒其中。後墮馬折踝，捶其僕，僕假事訟之，賄有司，有司乙公，恚憤卒，年四十一，無子，有《栖鳳堂集》十六卷行世。吴明卿哭以詩云：

白壁心難剖，黄泉恨未平。片言能辱士，幾日遂捐生。緩急窮交分，辛酸巷哭聲。悠悠江漢水，東下亦含情。三綱那可斁，三尺竟誰操。枉直難爲理，低昂信所遭。論才虚駿骨，絶命等鴻毛。濁世殊堪憤，宜君遠自逃。隔日傳書到，奚奴尚未還。相將期竹下，忽已謝人間。今古須臾事，災祥氣運關。大江雲日暗，老淚獨潸潸。自執通家誼，嘗憐命世才。時違雙足刖，境逆寸心灰。家學聲猶振，宗祧計已摧。蘄城十萬户，誰不爲銜哀。家難倉皇起，泉臺旦夕封。罏頭思酒態，坐上憶談鋒。氣盡人如在，才高世莫容。稍聞窺大藥，化去亦仙蹤。久抱憂生疾，那知哭汝悲。齋縣曾下榻，篋掩舊删詩。毒霧埋瓊樹，悲風奠玉巵。亦知泉路阻，猶有夢魂馳。

府君少桂公

府君諱大訓，字德蒙，號少桂，别號薇垣。鳳目膽準，聳顴孅鬚，容儀駿劭。捐館時，孤方齠齓，懵然未有知也，聞之諸父及鄉丈人。稍長，讀府君遺集，得其迹略。

初，王父仕刑部，曾王父自力食，不就養。府君甫五齡，一日筐菓餅，走出門外，家人驚問，曰："我看太娘也。"年十七即博學，盼睞成文，神撿精出，王父令從新蔡山人周艮峰者受數學。山人喜捕螃蚏黿鼆食，府君不平，爲文嘲之曰："顧子蚤行，見一丈人，傴僂河濱，挈簍帶筒，載浮載沈，十步一却，若有所承。爰舉一物，螳蠕稍大，蛤蚌多足，怒目盱眝，横行郭索，竄影石隙，吐沫山谷，負質羸寒，聚醜溷瀆，誤一舉而涎流，讀《爾雅》之不熟。又舉一物，厥名螻蟈，癧疱釘頭，膨戃輓腹，聒鬧嚖嘈，顣頷縮朒，蘬柱變性，甘旨覆餗，充豕腹之彭亨，何鼎俎之足辱。山人見曰："嚇嚇！孺子譏我，吾與若翁言；若好爲我賦，即不與若翁言。"府君听然援筆：

> 有老先生，裔出上蔡，象取艮陽，文能主敔，色别純尨，性便丘壑，口厭糟糠。或小遺殿上，或蹲坐道傍，或進立柱下，或退卧東墻。甘與孤豘共皂，不妨羖攊同行。若夫酒罷南鄰，却掃衡門。席少投嵛之客，門無剥啄之賓。蔭茂林以爲羃，籍落花而當茵。生平無疾首之患，而隨遇有安土之仁。斯時也，不知人世之有堯跖，又安辨士林之有濁清？

見者大笑，歎其天才。作《太和山賦》，辭多失傳。

年十八，補諸生，食廩氣，試輒第一，數奇不第。折節問學，藏書五萬餘卷，手鈔録千餘卷，書法精嚴，無一字誤。經史百家，稗官小説，誦皆上口。喜談兵，善騎射，以濟時自命。

萬曆十六年，湖廣大饑，流民劉少溪、余孟新聚衆燕子厓，與黄梅劉汝國衆合。調靖州守備周弘謨兵進戰，至竹麻尖，賊斷竹樹，貫死人首，被以血衣，置數百山阜。判官陳策率兵瘴栗自潰，府君與客潘案謀，曰："余劉豎子，坐令猖獗，官軍已不可用，卿爲我取死人頭，當出百金爲卿壽。”案偕里中少年，夜取死人頭，易以紙幡，賊大驚，徙蘆蕩中。府君出百金爲案壽，言於州守徐公希明，徐公立起拜案。案復之賊所。會猛風，夜半四面縱火，官軍乘之，擒賊首梅堂並其妻子。太湖鄉勇張惟忠亦擒汝國，餘黨悉平。

黄梅瞿孝廉睿夫負才氣，縣令張某雅不合。苛斂民譟，令疑睿夫勸亂，睿夫謁令自陳。令踞坐誶駡，睿夫怒，唾令。令起，相搏於庭。巡按御史以聞，詔下頌繫。府君潛爲客張子遠者治裝，入京遊説，睿夫子甲、甲弟罕皆以童子伏闕上書，訟父冤。上異之，問廷臣，廷臣用子遠言，睿夫得免，以薦徵翰林院待詔，而縣令率以貪墨服辜。

先王父不治産，先慈爲尚書愛女，奩富，以故府君致賓客，散金鉅萬。晚年殫竭，賓客漸引去。以貢授南昌府通判，出彰義門，車撞傷足，歸，病甚，時萬曆三十一年也。

夏大水，五月五日召親戚賓客大會江上，看競渡。日暮，呼孤跪牀下，手書遺命，曰：“夫生爲行，死爲藏，欲存本來，姑被髮而沙牀。昔者童靈方回遵其理，我爲單紟裹體，八合之木，容屍而已。兒其聽之。”越六日，捐館。不孝狃於俗，不克遵命，嗚呼痛哉！壽五十四。撰《續高士傳》八卷、《孝順事實廣注》十五卷、《語林》十卷、《雜文詩詞》八卷。

生平排難賙急如不及。卒後，諸人欺孤幼，或持僞券責負，或呼小字，皆生前涕泗胸求分甘啜汁之夫也。武昌郭文毅公，語輒垂淚搤腕，曰：薇垣長者長者云。

附陳策、張惟忠、周弘謨、潘案、張復傳景星撰

判官陳策者，江西人。當黄梅賊詹三起踞蘄之柴家山，烏合日衆，聲言攻城。巡撫都御史檄蘄州衛同巡捕官協剿。承平久，受令皆啼泣。腐甲鏽刀不滿百，陳儀仗、金鼓而已，皆敗績。操江都御史遣前官咨問，往返累月。久之，始提兵來，會策爲前鋒，賊以鉤鎗中，死之。後得屍石塹，顔色如生。事聞議恤。

張惟忠者，太湖縣人。賊掠英太境，太湖令王一鳴募鄉勇土豪，惟忠應募。值劉汝國敗走，入農家索食，惟忠就擒之。

周弘謨者，字文元，麻城人。靖州守備土司官叛，弘謨單騎射殺之。蘄黄賊起，調弘謨兵。戰不利，賊徙匿無常。會潘案火攻，弘謨與播州兵共圍之，生擒梅堂。叙功，遷河南都司，擢宣府遊擊。

萬曆二十年，倭酋平秀吉陷朝鮮，擄國王李昖妃及王子、陪臣。昖亡走，求内徙。上命軍往援，十月抵山海關。倭先鋒行長已渡大同江，聞大軍至，恐懼，始聽辨士沈惟敬謀，約退兵受封。明年正月，大軍入平壤，行册封禮。行長率衆候於風月樓，綵衣夾道。總兵李如松將襲之，倭覺，走保牡丹臺，夜半引去。我軍進碧蹄，倭伏發，敗績。朝廷不問。惟罷歸，贊晝袁黄而已。

久之，復用沈惟敬議欵，詔擇才力武臣一員，偕惟敬。於是弘謨往，宣諭愷切，倭帥元蘇大喜，賦詩往來，酹酒相誓，請受册納貢，歸昖妃、子、陪臣，如約退釜山待命。弘謨至仁施縣，去釜山九十里，倭酋長來迓。弘謨病，倚榻與語，倭摩掌喜謝。復遣小西飛，同惟敬、弘謨報命。會弘謨病卒，封議未定。其後使臣李宗臣激怒倭，倭復攻陷朝鮮。惟敬匿不以聞。於是，大司馬石星與惟敬皆擬死，石星後得免。二十五年，平吉秀死。總兵麻貴、劉綎平倭，李昖返國。

昖德弘謨，爲文哭祭之，立天朝周大將軍祠，以狀聞，詔追贈都督僉事，蔭一子黄州衛千户。

潘案者，字平仲，江西人，嘗爲庫吏。署失火，案坐庫，門户不動。火滅，他吏物多失，而案簿鑼如故。僑太湖，徙居蘄。

初，劉少溪爲太湖衙前，得罪亡命，拔鬚行乞，弄狗擲槍。余孟新，不知何許人，鳶肩狼顧，善幻術，薇垣公謂案曰："二竪有反相，善遇之。"案陰善遇之。二人拊心曰："感甚！"歲大饑，黄梅賊起，少溪聚衆蘄之青山鄉老龍洞，孟新聚燕子砦。操江兵敗，陳策死，播靖兵無功。賊遣妖僧招案，案佯許之，盡得賊狀。薇垣公謀於州守，火攻破賊，皆薇垣公晝策，懸重賞，而案出死力焉。叙功，案不與。年七十以壽終。

張復者，字子遠，休寧人。聞黄梅瞿睿夫九思博學修行，師之。睿夫坐驅邑令，下獄，寓書薇垣公乞救。薇垣公爲子遠治裝，遊説京師。睿夫事白，歸，埽迹鍵户，益砥厲，恒自鞭錐大叫。著書十數種，皆有新義，徵授翰林院待詔。

子遠謂睿夫："先生學於桂巖夫子乎？夫子隱矣。先生今奉一囊粟，抑將車馬印綬誇示生輩而已乎？"睿夫官一年，具疏堅辭，上命有司歲給米六十石，助待詔著書。睿夫卒，門人以事睿夫事子遠，年老自焚所著述，惟《九邊圖説》，景星兒時受於先君。《黄河源考》已盡行於世。

公弟諱大儀，字德和，異母弟也，爲大參公後。年十六，補庠生，有聲。工書，善丹青，詩仿温李。性鯁重，不喜用世，粗糲卵蔬，欣然自得。嘗訪張公濤，酒酣妓出，屏息俛首，頤下垂汗，淫淫見額上。張公望而笑，曰："真夫子家風也。"循例充貢，辭不行。一畝之宫，飲酒賦詩爲樂。崇禎二年，微病，卒，壽六十六。有詩集、畫苑若干卷，子三：天貞、天禄、天祉，皆名諸生。

公從弟諱大誥，字德宣，東山公曾孫也。任俠，與里衖年少挾彈、蹴踘、酣醉，父靈巖公怒械之。夜半脱械械豕自逸去，聚飲如初。中年棄弟子員，益放浪麯糵。靈巖公卒，瞪視飲酒，醉而大呼曰："爺爺不來共飲酒耶？"舉聲踴擗。旬日，遂骨立。老而嗜酒無厭，鼻赤而皻，數步外糟風逆人，其中坦然不屑也。五十無子，以從子天倫爲子。天倫字少龍，亦嗜酒，整機笑謔，時號神口。知醫，爲太醫院官。崇禎丁丑，寇亂，無酒渴死。子景麟、景行、景鳳，寇陷城，皆被害。

兄太初

長兄太初，諱初，肥白如瓠，背列七黑子，穎敏如府君。

年十五，吴公明卿令賦《蟹》，云："八足類鱟，雙眼如鶻。肝腸絶無，膏油滿腹。夜上稻田，竊人遺稻。名爲輪王，實則自飽。"吴公笑曰："是兒真有父風。"稍長，與蘄水朱期晋、黄岡王一鳴、黄梅瞿甲、麻城黄建中、廣濟陳以聞，里中姜夔稱六子。爲文，每題出，眄視移時，篇章立就，王父甚不懌。他日見兄文，抵諸地而罵曰："昔李豐年十六七，有美才，人翕然稱善。其父恢，不願其然，勑使閉門斷客。騔見瞿生兒子甲驅使詩酒，每責瞿生，何令兒作此？夫吉人辭寡，躁人辭多，輕薄浮華，淺中弱植，取短促耳！"

兄工書解技，擫竹彈絲，審音度曲。嘗聞邊警，慘然不樂，呼酒痛飲。取嗩吶子，吹作鶻打鵝，每一打，遲其聲。歙人駱九琵琶送曲，髡奴烏撻起舞。撻能爲喉吟鼻哭，音節既悲，俯仰復異，坐客欷歔泣下。

性孤特，寡言笑，莫測其喜怒。再應省試不第，遂任誕，與優人郎三掘坎灌酒，伏而牛飲。中痼，一夕卒，年三十二，有《太初集》十卷行世。

弟天貞，字裳吉，郡庠生，德和公長子。尚樊山縣主，不受封。篤實好禮，言呐呐不出口。癸未，賊陷蘄，與二子皆被害，繼娶梁氏殉節。

弟天祚，字悠也，庠生，德和公次子。兄弟皆家貧苦學。悠也尤耽寂杜門，經歲不與人接。鯁直，古衣冠，不隨流俗，鄉人敬之，無敢非義干者。賊陷蘄，被害，娶馮氏，殉節。

弟天祉，字石文，德和公季子，庠生。倜儻，工制舉業，試輒上等。賊陷蘄，與其二子皆被害。

白茅堂集卷四十六

家傳

十世孫天錫述男景星録

景星曰：吾先世自蘄三世下，祖妣墓誌多載諸家文集，大人以見聞綜其往事，爲内傳，大宗冢婦世遠不盡考，而諸婦、媵妾、姑姊妹賢者得録。《漢書》梁嫕、李姬各附家傳，有其例矣。先嫡母李淑人、生母明淑人，景星有狀，録先大人狀後。

始祖妣張氏夫人

始祖妣張氏，崑山州人。從總管公避亂廬江，布衣操作，備歷禍難，安若平嘗。壽若干，卒於蘄。

曾祖妣陳太恭人

太恭人陳氏，工部主事陳公溱之孫女，知書，言動嚴重。東山公之亡漕也，遲崗公思所以償之者，太恭人曰："胡不鬻産濟之？濟而貧，亦分也。"遲崗公曰："善。"遂鬻産。後數歲，饘粥不給，無悔焉。

既貴，年近五十，病目，悉以中饋委冢婦胡恭人。祭先，則必躬親望廟門，垂涕洟。出廟門，不傍視。

桂巖公成進士，諸姑賀，飲酒笑樂。太恭人不悦，諸姑進問太恭人，太恭人曰："吾聞婦子嘻嘻，失家節也。"諸姑改容謝，太恭人乃喜。

年七十餘卒。先是，白兔馳過，感疾，日巖公在浙，亦見白兔馳過，時以爲孝感云。

載之公妾俠節金氏

金氏者,字香,荆藩樂籍,元故左丞金某後也。有姿首,其父教之新聲。載之公暱之,許納焉。

荆庶宗某,白晝椎剽,吏不敢詰,欲劫香。值香沐,握髮捉刀出户外,曰:“我祖宗獲罪於天,世隸樂工,今也輸貲國主,死心顧君,有二天邪?我且死,請血吾刃!”衆驚散,卒委身載之公。

載之公卒,香齒壯,或誘再適,即罵之。年老極貧,紉縫自食,無怨言。諺曰:“蓬生麻中,不扶自正。昌:曰平聲。蘭生蘽棘,不隱其馨。”

繼伯祖妣陳孺人

孺人姓陳氏,父某老明經,奇其女,擇配不嫁。

日巖公元配胡恭人早卒,繼娶嚴恭人,又卒。陳翁遂妻公,時年三十五,無出,孀居。僅有田四十畝,衣糧筌鹽咸賴之。春夏糒罄,緝緉自給。

州守葉請舉貞節,孺人聞之曰:“將以我爲名邪,則荼蓼誰知者?將以我爲實邪,又烏用名爲?”葉公歎而止。

崇禎八年,孺人年八十餘矣,訛傳寇至,走日巖公影堂,一慟而絶。

庶伯祖母完節張氏

庶伯祖母張氏,蘄巨族之女。天錫猶習見其髦年鬢若漆,項微白,喜硬食。嘗月下見陳孺人衣敝,紉針請補。孺人宴内賓,母多不在席,必視正賓之供饌,從婢之酒漿無歉,而後就席。能誦日巖公近體詩百首,孀居四十年。

初,日巖公子息難,憐其少艾,曰:“今遣汝他適矣!”哭,倮卧不起者數日,群婢拉焉,忽披衣起,掇厠牏室中,罵曰:“誰來者,以是澆之!妾幸侍公入徐入閩,有微勞焉。其弗子,命也。夫忍棄如遺哉?”日巖公歎而止。壽九十八。

祖妣李安人

安人，歲貢生李公仕學諱仲儒女，能屬文，事父母、舅姑至孝。王父桂巖公初病瘵，安人晨夕侍。先是，娶劉安人，生女名山姑，最慧，年十二而夭。見祟如山姑，或作狐嗥，擲瓦礫，家人争祭咒。安人曰："吾家伯仲，立人倫之綱紀，奉聖賢爲步趨，安有女姑殁爲妖魅？"禁勿祭，怪亦遂絶。生平不畜餘簪，好施予賻祱。嘗語家人曰："作善，不宜妄冀陰騭。每見人作小善無報，輒慘慘然怨。怨之不已，變爲輕薄。吾盡吾心，豈望報哉？"年五十，五子。一，府君也。

庶祖妣吴孺人

庶祖母吴氏，應天上元人。父溥，吏目。孺人年十五，歸桂巖公，隨李安人起居。年二十一，始侍桂巖公。性慈厚，終身不見有恚怒。

桂巖公致仕入山，賓客門人有時雲集，作膾調羹，僮客皆飽。乏，則亦與僮客，終日餓。無封鑰楗閉，而婢不敢犯焉。予幼孤，嘗養于母，母愛過其甥。

庚午春，無疾而終，壽八十四。女二：一適荆藩鎮國中尉，諱由柱；一適廣濟王光禄寺丞，諱逢年。

苦節朱姑

朱姑，封參議公第四女，適明經朱氏子，蚤寡。遺腹子癡，一夕避蚤齧，扶牀立，曉則死矣。姑故貧，又喪子，遂歸依先妣孺人。衣食皆妣孺人。妣孺人卒，姑幾欲殉。先貞姊更衣食之。

幼受《尚書》《戴禮》《毛詩》，能屬文。崑山叔、妣朱孺人偕蓉山公避難來蘄，妣孺人館穀。朱孺人與姑言詩，有《梅花館唱和》。

老益饑寒，授諸侄孫經，取少米脯，疾病呻吟，不可忍聞，而授經不輟。卒年八十。

先妣馮孺人

先妣孺人，刑部尚書馮公諱天馭女。母張夫人無子鍾愛。十歲尚烏帽錦袍，揖見縉紳大老于邸第。

大學士嚴嵩欲爲姻婭，奉酒上壽。馮公佯醉，嚴大慚，嗾給事中侯某劾。尚書致仕，孺人來歸，食器用金玉、錦帷、珠絡，侍婢紈綺曳地。王父聞，大誰讓，曰："昔梁鴻却孟光之飾，鮑宣辭桓氏之裝，奈何壞我家法?"呼孺人出，磬跪移時，孺人趨而易之。

李安人蚤粧上餔，孺人侍畢，始退食。馮夫人聞，曰："吾弱息何堪?"鑄銀爲婢二，執象揥、玉盂，遺安人。安人謝曰："《禮》：雞初鳴，婦盥漱，笄履綦佩，適舅姑之所，請盥奉食。命之退，然後退。妾豈利夫人貨哉?"拜而歸之。馮夫人賢而知書，歎曰："善!"孺人因雞鳴起嚴妝，未昕趨侍。安人喜曰："婦知禮，休矣，吾家有範。朔望質明，上堂聽舅姑戒諭。他日蚤餔，下舂定省。"孺人謹受教。

府君好賙急，聞里中不能嫁娶者，嫁娶之；不能喪葬者，喪葬之；飢寒者，衣食之；皆孺人簌眥，十餘年施盡，歡然相對。

他日，桂巖公聞舂聲，驚曰："誰與舂者?"左右以對。曰："此有哭聲，奈何?"夜半燭門外石狻猊，又驚，曰："奈何有悲色?"是年，長兄嫂暴病卒。次兄兗、長兄子皆殤，府君病足。孺人日夜泣，明年遂卒。痛哉！卒之日，里嫗婦哭吊鱗相次。

孺人有異相，長耳四乳，言動簡凝。一日，所居室隅有光熠熠。或曰金也，請掘之，弗許。其識量如此！壽五十二。

從叔妣隱節朱孺人

從叔德宣公任俠，不事家産。叔妣，朱侍郎仕俊之曾孫女也，年十七，歸德宣公，姑楊嚴急中饋不敷，輒呼杖。

德宣公僅有田數十畝，池數畝，家僮不力，孺人脱簪珥，傭佃客以畝，大半種秔，餘種秫，歲穫倍。孺人私計算，木棉子花百二十五斤，則爲絮三十五斤，綫如之，則織布二十疋。麥、茶、麻以時種，菽以時蒔，雞鶩以時伏，鱅、鯉、鱻六七百斤則蕘，二三百斤果饒給。楊孺人卒，孺人病瘵，女道士程静林教服氣。逾年，病良已。

德宣公嘗負貸，其人雅重公，焚券。德宣公感泣。或笑之，夜仗劒割笑者耳亡去。復以殺人亡歸。事覺，盡破其産。孺人寡居單竭，妣孺人迎養之。妣孺人卒，天錫養之。寡飲食，少言語。日中夜半，正坐服氣，能述古女仙自緱婉妗下百餘人，雅俚不一，亹亹可聽。予少時多病，輒請説之。孺人曰："是皆凡人苦心得道耳！"

崇禎壬午四月，忽欲上德宣公冢，整衣登肩輿，及冢開輿，已逝矣。年九十二，嘉靖三十年辛亥生。

恩姊　旌表劉貞節

旌表劉貞節，字永貞，天錫同母姊也。至孝，聰明剛正，讀書旁覽百氏。善詩，法漢魏，不作近體。府君難其適，聞同里劉舉人廷桂子鉞有至性，許之。

吾母先後十四娠，予最後。娠五六月，胎動，母撫腹語姊曰："胎疑是男，自來生男，殤哭成疾，得毋復累我邪？"不飲藥，姊潛與婢柳愛計，搚蓐媪至，母蹙額曰："是汝勾當。"媪取藥飲母，胎定，姊提錦襖贈媪。故姊嘗教天錫，偶不聽，輒詈曰："惜我紅錦襖换汝命來。"錫即泣。錫生萬曆戊子季冬二十九日，日照牕，睁視，體有黄毛寸許，母抱而憎之。姊笑曰："聞昔周彦祖生而醜狀駭人，其母欲棄之，其父不可，曰：'賢智多異貌，興吾宗者或此兒。'今弟安知不興吾宗者？"噫！不肖老矣，痛無以報矣。

姊于歸之異日，既摯見舅姑，公鉞曰："鄰有賢人，可拜見。"賢人者，貞節馬氏也。公鉞重禮略俗如此。歸甫十八日，公鉞試童子，舟次黄陂潭頭河，墮水物故。屍歸，盛夏，姊伏屍哭，糜爛沾面，求死殉。外祖母馮夫人年老卧病，以手挼婢數輩，曰："嚄！疾去，女死汝死。"于是，羅而守之，不得死。不飲水漿五日，不櫛沐者數月，髮脱背瘡，家人久不相見者幾不相識。時年十九耳。

無何，舅姑相繼卒，先妣迎歸，居斗室，溽暑嚴寒不出户，每哭輒嘔血盈盌。先王父聞之，曰："歎！過矣！禮踴有節，哭有時，如曰弗忍，行道之人皆弗忍也。"姊乃括其髮而拜。

後數年，予長兄嫂逝，次兄逝，吾母又逝焉，水漿不入口皆三五日。府君病革，令婢扶而跪，曰："我祖宗九世名儒，汝弟大宗一綫耳，汝守劉氏節，撫顧氏孤，託汝，勿復辭。"姊叩頭哭，天錫以首觸地，涕塗被面，左右皆哭。姊始稍飲食。府君卒，又水漿不入口三日。

州守朱公圻聞之，拜于堂，榜之曰："禮宗。"祀必致膰，冬必致布炭，後州守以爲常。崇禎二年，巡按御史宋公景雲上其事，上命禮部覈實以聞，尚書李公騰芳覆疏，云："顧氏幼稱女聖，邑號禮宗。僅十八日之倡隨，茹四十年之冰蘖。誓一死以殉夫，不減桓嫠之至性。歷千辛而撫弟，聿追張雨之孤蹤。貞節宜鐫之赤壁，文心當慰於黄陂。"聖旨是命有司建坊，旌表已故童生劉鉞妻顧氏貞節。

十六年春，張獻忠陷蘄州，予與兒景星掖姊行雪中，憩一空廟。賊至，叱曰："何物老媼，討死早！"姊曰："吾未亡人，荷上恩旌表，恐混死辱恩命，來討一明白死。"以首觸石，血巉面，天錫及妾明氏、兒女争觸石代死，血濺二三步外，賊歛刃，曰："噫！一門節孝。"姊曰："少年，汝勇力如此，不立功報君父，乃作賊！"賊熟視，曰："坐，吾即來。"須臾持糒與棗來，曰："孰爲節婦家屬者，善飼之，汝屬幾塊？"賊稱人爲肉塊也。以稍數之，曰："十三。""汝屬夜見城樓火起，可東馳去。我南陽王三也。"夜，北城樓火起，如其言，得免，避之九江。

八月，抵南京，寓上清河，疾作，以堊畫壁，曰："崑山産良璧，瑶池集瓊璣。鄙德比貞玉，形神同所歸。"姊自孀居，不復作文字。臨終始書此。嗚呼痛哉！

壽七十四。生平不衣帛，不晝寢，不夜哭，不聽音樂，不處暗室。所居奉佛，香燈達旦，書史縱横。父母舅姑忌日，未嘗食。遇禽蟲溺死者，輒悲惋不自勝。歲有孤燕巢于楣，垂二十年。畜一白牝雞，不雊不菢，亦近十年。家人謂其聖也，皆以夫子稱之。

甲申十二月，載匶如崑山，寄葬北郭祖墓側。遺命必歸蘄，與公鉞合葬。天錫服斬齊三年。景星不杖期。禮以義起也。

天錫曰：予顧氏相傳以國爲姓者有二，殷之顧侯，周曰於越。國滅世絶，漢别求神禹裔揺，封東甌王以祀禹。東甌王分封其子爲顧余侯。顧余侯之後居會稽若干世，爲吴丞相雍，居吴郡，時遂名其里曰雍里。又若干世，不可考。明興，元衛輝懷孟路總管之後，自雍里分占蘄。當是時，予姓避難于黔、于滇，各藏譜系，世遠派分，莫得而詳焉。崇禎十六年正月，寇犯蘄。天錫走家廟，抱始祖以下神主並譜系家集及天錫撰著，梱載入城。逾五日,城陷。書多,不能舉。裂譜系一卷,納緼袍中。九江兵亂,復失。嗚呼!予侍王父桂巖公久,頗聞先世事略。今如不言,小子何述?《詩》不云乎:“君子有穀貽孫子。”“夙興夜寐,無忝爾所生。”吾子孫其視兹矣。

先妣李孺人行狀男景星撰

先嫡母李,崇禎十四年辛巳棄不孝。越三年,不孝避亂南都,禫服除,抆淚疏狀。

母父曰承陽,蘄州學生;伯父曰載陽,顯皇帝侍御史;季父曰泰陽,南京太學生。承陽公蚤卒。泰陽公以其次子嗣,孺人養於泰陽公,厚治奩。母曰:“毋我厚,我厚則嗣吾父者薄,薄則視所嗣輕,寧吾薄。”泰陽公感之,即亦薄治匳。母來歸,年十六耳。先姑貞節,撫予大人嚴,母偶失恭,貞節呼大人跪考妣神主前,命杖。母駭,曰:“若吾肩隨,何致頓爾?”大人曰:“婦來,若我姊者,活我襁褓,撫我眇孤。飲食起居,教我以禮。《詩》不云乎:‘父兮生我,母兮鞠我。’繼則曰:‘拊我畜我,長我育我。顧我復我,出入腹我。欲報之德,昊天罔極。’”伏地痛哭,母驚,走出,亦伏地泣。嗣是問省,終身不敢一日惰。以冢孫婦持憲副公之喪三年,盡禮。莊静慈愛,御下未嘗有厲聲。中年多病,謝家政,終日垂簾,一爐一茗。己巳秋,予家一碗作聲,曰熺熺。大人曰火邪。明年正月朔,火,母曰無擾,垣高但閉門。門半,炭火過矣。辛巳大疫,有奇鬼嘗見人家畫幅上、器皿衣褶中。一賣鮝翁擔鮝過洲,鬼從鮝桶跳出,黑色,一目一手,走入洲人破壁中。月餘,洲人疫死殆盡。時争傳辟鬼十四字,男女争佩。婢持入,母反復觀之,曰:“妖書也。”火之。又傳黄彪食人,惟畏門扇後有青竹杖,家家置青竹杖,母曰:“毋譌言也。”時群婢皆病,母轉健,哭吾殤妹過慟,遂病。病革,執景星手曰:“過苦汝,我今不起,兒好在,奏上帝……”語未竟而逝,燭影下有白物,如兔墜自牀,五月二十四日丑時也。生于萬曆十八年庚寅六月十日,享年五十有二。亡兄二,皆殤;姊一,即景星所鐫潯陽寄葬磚銘者。謹抆血乞大君子賜墓之銘,不孝觸地稽顙謹狀。

先妣明孺人行狀男景星撰

母姓明氏，其先隨州人。元末玉珍據蜀，國號夏。子昇，洪武四年以國降。五年，安置高麗。其子姓名瓚者，得徙居蘄。生子萬禄，給户帖。萬禄兄子晋，舉永樂十三年鄉試，授河南光州學正，世爲儒。中遷南康。孫某以賈往來江湖間，復歸蘄。生子敬樓。敬樓公至孝。其母每撻之，未嘗不跪受。一日，抱杖而啼曰："昔撻兒，嬷不喘。今喘，嬷病邪?"母投杖淚下。亡何，病作，敬樓公烹臂肉以進。卒，廬墓三年。復之江左，結髦爲業。

其師何翁有子婦，未成室而寡，妻之，因姓何。久之，歸蘄，生吾母。不孝兒時先姑劉貞節言：汝母幼有禮，鄰媼集嬉笑，未嘗見齒。汝嫡母病，吾愁子息難。聞何翁孝，有女賢，以外祖母所遺金杯聘。年十七從吾起居，寒暑不出閾。三年而後侍汝嫡母。其娠汝也，十有三月而生，生而髮覆眉，寡啼，汝亦有胎教者。努力。貞節嘗授景星經，夜就寢，母燃燭刺繡，重申大義，曰："兒識之。"兒稍長，侍大人讀書，不雞鳴不就枕。母嚴粧篝燈，鬻羹粥，祁寒暑雨以爲常。

崇禎十年冬，寇犯黄州。總兵張一龍駐蘄，馭下急。傖夫刺一龍，不中，軍梟。大人奉貞節先渡鴻宿洲，母收圖書，小舟泊龍磯，風作纜絶，母令垂石甖代碇，神氣不少亂。十四年，大饑。先是地震，釜底皆有篆文。有鄉民四歲兒，一夜變爲番僧狀。又楓樹生花如蓮。江上雷震，一物魚身牛首。青山鄉周某家，水甕汲滿，立涸，漩渦作聲。城東李姓家，地中有聲，如牛至。是大旱疫，民死十六七。家人乏食，母爲粥飼之，而私啗麸粃。嫡母李病革，母晝夜泣，願以身代。居喪哀毁過禮。十五年秋，瓦雀數萬，自投江湖。冬，鐘鼓自鳴。

十六年正月，武昌兵變，大人奉貞節入城，城隨閉，母不得入，與諸婢登暗閣，綑綴書籍，塞十數重，閣下有紙承塵。須臾，兵至，見書籍充盈，曰："啃！措大家。"以刀指承塵，曰："此上有人。"一兵曰："騃子，紙承塵，安得伏人邪?"移日颺去。母至城下，遥語曰："賊尾兵後，哨至三里外，貞節宜急出渡江。"州守聞，立啓門迎入。是夜，大霧黑氣如帛，東西亘天，雨砂礫聲簇簇然，予家所止獨寂。次夜大雪，守者散歸。夜半聞呼嘍嘍聲，群犬亂嗥，城陷矣。明日，賊令男婦折城，人石俱下，城與屍齊乃止。予家以貞節感賊得全。事詳《貞節傳》。

既避居鴻宿洲，徙西塞山，飢困，僕婢三四人叛去。母偕吾亡姊擷野蔌汲爨，不孝與大人采薪。兩閲月，下九江，寓濂溪周道公祠。荆世子出謁大人，執弟子禮，致饋焉。秋至江寧，寓上清河。貞節病卒，母粒米不入於口。四日冬，抵崑山。明年，皇清下江南，崑山堅拒，清兵屠其城。予家先避地澱湖。丙戌，湖兵起，予家又先入城。母曰："幸甚！自此以往，兒知我願乎？願長碌碌膝下耳。"母初未讀書，侍貞節久，能道古人忠孝大節，屢用教兒。初，敬樓公病革，引景星，熟視而笑，曰："善哉！吾外孫理學忠孝裔，理學忠孝人。"撫掌高歌而逝。母生於萬曆庚子三月二十六日，卒于順治庚寅二月九日。

不孝侍大人客西湖，過蘇堤，有六鶴隨舟，回翔哀唳。一鶴止舟，長鳴者再。坐客異之。不孝心動淚下。越十日，聞變，則是日背兒。嗚呼痛哉！男一，即不孝；女一，尚未字。孫男普，在襁褓。以四月十九日殯于崑山縣一保天區之雨華庵。殯之次月，景星哀迷少定，抆血謹具狀。

先府君私謚貞譽先生狀略孤景星撰

嗚呼！孤何以狀吾府君？紳士汪蘅等私謚貞譽先生，例有狀。

不孝孤嗚咽者三。蓋府君多隱德。其可知者孝友方正，與朋友交必信必誠，不苟取一介。幼而孤，長而困。躓客京師十五年，一命不拜。韜含典籍，探賾聖秘，著述數千萬言。

府君諱天錫，字重光，先世見《家傳》。年十二喪父。少，桂公撫于姊劉貞節。逮事王父桂巖公，桂巖公壯年致仕，爲理學宗。神宗兩召，不起。府君十歲時，從桂巖公山居，屬對："深山春晝永。"應聲云："中國善風多。"十五治《尚書》，十八治《春秋》，二十一治《禮》。受知于督學董公其昌。萬曆癸丑，桂巖公卒，不脱衰絰，處别寢者三年。時士習偈褥，府君與太倉張天如溥、金壇張公亮明弼，江右艾千子南英、陳大士際泰、羅文止萬藻、章大力世純、萬茂先時華，聲氣遥集，倡爲古學。值東事變，侘傺寄情于酒。嘗胡粉涂面，走林泊間，挽拍伶歌，悲來竟日。或東書孤艇，彌月忘歸。癸亥，改國子生。對策及奄寺，主司大恐，落其名。越人曹某請生祀魏忠賢于太學，强署名，府君投筆曰："君直取死。"明日即出都，客保定韋氏。烈皇帝即位，同堂生錢嘉徵袖疏密示曰："急署名。上將誅奄，必得當。"府君謝曰："某鄉不殉曹君之非，今豈敢分吾子之是？"

明年，米太僕萬鍾迎居海淀，以子弟從之游。過永平，登陽山，置酒，望東北雲氣，五色如虎豹繒練，曰："王者氣也。"酒酣，作長歌，泣數行下。時太白經午，雨土地震。府君復出都，至真定。塵起道中，甲騎馳塞，屏車道左，曰："公等何爲？"曰："勤王，來不給餉，自求蒭秣。"指曰："吾帥在後。"府君立車中，舉手謂其帥曰："朝廷負公乎？"曰："然。""安往？"曰："南行。""招撫可乎？"曰："不可。"府君流涕太息曰："嗟乎！天下大亂矣。"壬申，天津張氏迎爲師。丙子冬，講禮河間，弟子數百，人稱顧夫子。凡五試太學，再登乙榜。所爲制舉文學者多用以售及門，或登館局臺省。而府君卒下第，以積分詣選部，得縣令，不就。詔行省徵辟，不應。丁丑出都。黄石齋道周歎曰："劉向行矣。"遂繇齊魯河淮，作河淮江防三策。歸，就先人嵩園築室，取中孚九二爻辭，榜曰："中心願。"盡出先世遺書，與景星蒐釐辨難無寒暑，夜必聞雞鳴，著《舉史》，紀歷代選舉法三十卷；《戒史》，紀物異用，洪範五行，皇極經世，推明天人，儆誡後世七十卷；詩文、雜著四十卷；《北京事物紀》十卷；《崇禎曆刻漏論》一卷。

歲己卯，孝陵蝦蟆石樹災。五月，家園古樟災。筮之，得《旅》之《小過》曰："異哉！是謂鳥焚其巢，飛鳥離之，凶。與漢河平元年鳶焚其巢占同。"先是，乙亥死賊初渡河，州守築關城，名曰"符乾"。府君曰："異哉！轉而言其乾符乎？王仙芝陷淮南之年。"蘄，淮南地也。癸未正月，賊由符乾關入，陷城，盡屠之。以貞節感賊，闔門得全。四月，避亂九江，荆世子迎爲師，亂兵沿江焚掠，下安慶，府君代世子遺左良玉書。良玉得書泣，斂軍還，屯武昌。府君辭世子而下，歸祖籍崑山。甲申，福王即位，南京改元弘光，術者曰："弘，弓不引也；光，盡也。"府君曰："異哉！是謂言不從。昔漢元帝建元竟寧，時以爲終極。曹丕禪位，闞澤以爲不十。齊天保爲大人只十。隋廣運爲軍走，大業爲苦末。元至正爲一止，言之不從，應亦隨之。"又曰："國朝年號有可異者。前涼張重華、五代張過賢、宋賊方臘皆號永樂，夏主李乾順號正德，西魏孝武號泰昌。《五代史》契丹兀欲號天順皇帝，金太安三年山東賊楊安兒、元泰定帝子阿速吉八皆號天順。齊立後，梁永嘉王莊爲梁帝改元天啓，唐僞滇世隆號天啟，本朝用之，豈非禮臣之疎歟？著《改元考》，正統、僭偽、盜賊、外域，凡八卷。乙酉，南京禮部印失，府君曰："異哉天戒，若曰無用爾。禮部爲矣。禮失，丧無日矣。"筮之，殫思終日，因爲騷二章，述寇亂，慨當時。

一章曰：五沴始兮災殫，震牛首兮江干。著雝單閼兮人痾，四暴長兮腴皤。肃古文肃。翄古文殺。窞兮亥氣弇，戾土坎兮木先憯。奥亢兮隆蟲，膈胲兮土童，江汜兮蜚鴻。瓻既悉兮時運極，神靈怒兮鬼夜泣。靁填填兮雪霰櫐，長矢抨兮短兵接。崇墉墮兮震轟葩，音仆，音魄。匪夜明兮天緅帶。岨巇兮追泗，屍覆兮矛揫。貞嫛烈兮異類服，亟艤渡兮湖之屋。遺黎何罪兮名洗巢，玄顔蒸歊兮江之皋。曼江滸兮迢遙，跬白厓兮千雕。霏霧兮汏蓼，蔨蓄兮自縠。音聊。卷局芳蕤兮辨猗難，牛何切。悲風茀兮可柰何？進屯屯兮退漫漫，民堅切。屾音升。山相连也。森連蹇兮難以久延，蜩螗羹沸兮肇播礜。右述寇亂。

二章曰：郵傳兮遲遲，仄望兮曨曨。年遽逝兮世不治，全躬浴德兮忠孝維。偍畣身名後兮道有固然，策策爲慭兮謇謇爲賢。促傴隘以偪兮吊欃槍之指，兹愍世莫予知兮爰譪喻于𤔔詞。𤔔，古亂字。𤔔曰：嫄歆后育兮，奠八百之丕基，磵崩厓溺兮，何革命之斯須。赤鳥晻夫踆鳥兮，五馬駹于一龍，占厥運于閼逢兮，慮二儀之旃蒙。謝鴟夷于東門兮，汨乎吾將曷從？右慨當時。

丙戌避地澱湖，戊子將歸楚，道阻，止瓜步，冬返昆山。念蘄黄江防重地，著《蘄州志》，起春秋襄公二十四年壬子，是爲周靈王廿三年，楚子伐吴，止崇禎十七年甲申，凡二千一百九十餘年，恉遠用大，言成一家，曰顧氏《蘄州志》六十卷。又《二十一史平論》三十卷。辛卯太倉龍門雨血。府君謂景星曰："盍歸乎？"秋歸蘄，結茅爲廬。明年三月不雨，至八月，嚼柏葉飲水，神肅然王也，環堵無門，石爲几榻氈腕，著書十年，石稜盡滅。飲食衣裳，人所不堪，瓦盆野蔌，不加鹽豉，縣鶉結索，緝雞羽冠，蕉蒯纏足。

前州守方公于光請以子侄見，强而後可。府君曰："公得毋笑。"

方公望見，再拜。府君撫其背曰："公真不笑，可以長生。"習道引，鷸息，鳥申，熊經。畜雄雞五六頭，以名呼之輒至，鳴聲如老人欬。初鳴即起，坐其後，脇不沾席者六年。嘗夏夜袒坐，有蛇墜自樹，緣領循胸伏脇徐徐去。撰《養生家言》，曰玉京、括録、考正、列傳、本草、方伎、詩文一百卷，《針灸至道》三卷，《素問靈樞解》六卷，《焦氏易林説》二卷，《四書五經諸家異同》十七卷。癸未後，詩賦雜文曰《石室集》六卷，其韜含典籍、探賾聖祕有如此者。不逮事父母，事姊貞節如嚴父焉。癸未貞節卒于南京，府君客丹陽，得報，自投牀下，以爪剺面，流血沾衣。凡祖父母、父母、貞節忌辰，長跽移日，其孝友有如此者。好駡，然而未嘗暴人一短，發人一隱也。有族父無嗣，分遺百緡，駡曰："若以吾以父無嗣爲利哉。"促班之族之貧者。有族子自鬻身，往駡之，質衣物贖之，而分以田。避奄黨出都，有友寄金帛數十段，密託他所，歲餘還都。或告曰："某怨君。"府君第駡。歲餘指往取封，識如故也。其方正誠信不苟如此者。

癸卯二月乙丑晝晦約三四刻，白鳥無慮千，止嵩園，逐之不去，凡三日。府君曰："殆爲我乎？今歲大水。"不孝未測所謂。秋大水，疏沼園中，數呼不孝奕，不孝負，令舉一畚土以爲抃笑，徐曰："歲在癸，予不利，考癸卯卒，王考癸丑卒，皆大水。今如之，吾當觀化一巡。"不孝驚曰："惡有是？大人即不弄鳳騎龍，延年可必。"府君微哂而已。

八月十五夜拜月，九月十日湊糕。九月九日，貞節忌辰，故用十日。十月朔餪爐，孤皆置酒賦詩娱府君，府君飲酒和詩不倦。十一月十日，暴下血，醫勸少卧，府君駡曰："傭惡能知我，晝夜坐六年何爲者？"二十四日大雨震雷，索筆作記。二十七日五鼓，提不孝耳，曰："識之，老夫無妄言：毋吾棺，合以瓦缸；毋受吊奠，毋刑牲；既窆，毋封毋樹。"是日午，盥洗整冠履危坐，曰："父子難得，吾去矣。"肘不孝曰："勿扶。"四叩齒而寂。頂蒸蒸然熱，約二十刻熱盡。明日沐浴，俠歛屈伸如生。生于萬曆戊子十二月二十九日寅時，卒于康熙癸卯十一月二十七日午時，享年七十有五。男一，不孝景星；女二，長適邑庠生蕭邕，次適邑庠生朱爵。孫男七。以癸卯十二月二十七日庚申葬時思圃之貞節坊東北。孤奪于俗，不能如皇甫童靈、趙胤克遵遺命，追恨痛絶。

府君癸未前所著書毁，甲申後所著今藏于家。丙午亦毁。大清康熙三年四月，廬中孤景星泣血書，賜進士出身、文林郎、福建延平府南平縣知縣、後學汪蘅填諱。

《蘄州志·列傳》：盧紘贊曰：聞之：家服爵者世以榮，家立德者世以學。前代若程朱胡陸兄弟父子，淵源世業，著號儒宗。其在吾蘄以理學名家者，爰惟二顧，有孫繼起，修名砥行，方之昔賢，無多讓矣。居平視履易簀，全歸祖孫一揆，非其學，焉有獲能臻是與？昔楊洪農以清白貽後人，及葬，有大鳥飛集墓頂，哀鳴不去。然則松園白鳥之感，當不徒然，若先生者可爲學士風勵也。

施閏章撰《墓誌銘》，曰：知道之將蕪，發憤以著書；知國之將墟，卷迹以全軀；知生之必徂，守静以致虚：殆將與造物者爲徒，而吾儕之區區安知其所？如以是銘先生之藏，不亦愚乎？吁嗟夫！

亡室安正君狀並誄玉山道人景星撰

君姓蕭氏。祖諱某，揚州江都人，昭武將軍上輔軍都尉、山東參將。父諱世忠，字振寰，崇禎末鎮守福山參將、皇朝協鎮蘇州府副總兵官。母仇恭人夢菩薩貽美玉而生君，因名瑜生，字幼佩。安正君者，鄉謚也。君卒，景星之友溤灣張子于鄉黨稱曰：君生廣陵，當高、許之亂，父方握兵，奉詔守鎮江，全家先出。鼎革後，適顧。自吴歸蘄，兵戈搶攘，未嘗少改嘗度。今也帶甲四起，蘄且晏然，而君正寢告終，可不謂安乎？爲女若婦孝且恭，爲母慈，内外無間言，舉止必中禮，可不謂正乎？宜謚曰安正君。

安正君端雅明慧，知書，振寰公難其配。始，予有溤敬通之難，及避亂，家崑山，而振寰公握兵駐蘇。先君子爲更聘，振寰公曰："顧郎天下才，奈不就官，貧甚。"君徐曰："欲兒爲孟德耀、桓少君乎？"公起舞曰："善！"遂許焉。巡撫土國寶忌公，誣受賊賄，倉皇難起，予扁舟載君，匿澱湖，先妣同起居，妹氏詭稱阿姊。事定還蘇。歲戊子冬，合巹。先妣曰："真吾婦也，真能爲德耀、少君邪？"君斂手曰："敬從命。"

明年舉兒普。庚寅三月，妣見背，時予侍先子，客錢塘，君亦歸寧。聞變，脱珠綺，質錢八十千，即日還昆，斂襲如禮。越旬，予奔自錢塘,見成服之具備焉。是年,淫雨三月至五月,斗米七百錢,冬大雪,君齊衰兩褌,左手抱兒,右手繙書,口不言寒,膚不起粟。辛卯歸蘄,就全勝坊第故址,誅茅以居。敗垣蓽門,榛礫四塞,狐虎夜繞,鵋鵂晝飛,君不恇怖。歲洊凶,采草木根葉,君舉箸恬然。予戲曰:"德耀、少君,不若是之甚!"君笑曰:"禹、稷、顔子易地則皆然。"僕婢逡巡,叛去逾年,稍稍集,君無愠焉。壬寅予游臨江,得先子書,曰:"兒亟歸蘄,山中大石有聲,移數步。兒子亟歸,新婦供老人,食必鮭菜,服勞過苦。"予捧書泣下。明年冬,先子疾,君兩旬不解衣。執喪三年如一日,舅姑忌日,哀若初没,不逮事貞節,于其忌日亦然。生平無惰容,無睨視,無俚語方言,不説夢寐,不覩媟遺之書。予夜讀,必雞再唱,君渲鬢危坐,送酒焚香,時出清言,皆有義意。予爲詩,或下語未安,輒能訂易一二字。又識大體,説事多中。振寰公無子,惟生君,年十四猶稱曰郎,綺幣玩好,悉付嫁時,不私携一物。不會女紅,後乃更工漿酒朐炙,悉造精好。予有良友,或留浹旬,君必重之,供具無匱。丙午冬,鄰火作,蒼卒獨收予所著書,出屋後竹中,返取先子書,不得入,而火且及竹,斷籬得免。牛衣大雪,舉措怡如。性和裕,咤叱之聲不加雞狗豢畜。即不食,持準提陀羅尼,知金剛大義,間爲難説,徐酬問旨。子八:普、暢、昌、晨、曆、昭、時、昱;女二:玉玖、玉藻。甲寅春聞警,巷無居人。初秋月皎,予勒諸兒乘艖吹笛,君瞻顧江山,淚出映睫,予竊疑之。

十一月中旬微疾,察其神氣有異。强之琴,一弄未終,明日痢血數斗。醫謂血熱,誤投香連丸,血遂劇。諸兒跪誦《金剛》,普翦肉代香,肉從爐中爆出,捉入者三,以爲不祥。諸兒搶地,額血凝面。君聞之,曰:"兒休苦,時方多故,吾得正而斃焉。幸甚!"十二月初四日戌時,息微促,謂予曰:"氣奪矣。"言語不亂,音聲清婉,兒暢、晨跪而執燭,兒普、昌掖母坐,幼兒女伏足下。予高聲誦《金剛》,君目而微笑,曰:"好。"遂瞑,無一兒女子語,喉間亦不作聲。明日申明俠斂,脣爪不青,㴑挐指掌屈伸開合。予啓其手,遍摩兒頂,又捋予鬚,温軟如生,伉儷二十七年,不知殆異人也。有貧婆三五,各手楮香,與之錢,不受,曰:"素蒙賙急,來哭賢人,豈晌錢邪?"盡哀而去。以遺言不陳牲,不設他供。名香素燭,酌水獻花,瓔珞華幢,繽紛嚴飾。德行十比丘繞棺唄誦三晝夜，親戚里友復供十比丘繞棺唄誦五晝夜。渴葬亦遺言也。形家謂蘄州蟠龍山廣濟縣靈東鄉之迎山皆吉。予祁夢，見先子膝夾土墼而坐，覺而曰："豈謂一抔土在舅姑嵍下邪?"遂祔葬貞節坊墓之東北，先考貞譽公與妣合墓之東南。柩過街衢，翁竪媪婦莫不灑涕。既下殡，築土平棺，大雪，諸兒卧壙中，以身蔽雪四晝夜，歷十六日，墳成，艮山坤向。

州守李公曰："美哉！貞節、貞譽與三淑媛皆穸此，是宜碑，曰二貞三淑。"君生於崇禎己巳正月二十五日，享年四十六。嗚呼哀哉！予修廬杖，禮不可弗誄焉。誄曰：

察其生也，本無生。非徒無生，且無形，此莊叟之鼓盆。察其死也，非死也。噫乎！翩何其蕭灑！此仙家之尸解。親莫親兮，義合一身。而還其真兮，我猶爲人。非我送汝兮，即汝送我。偶爾先後兮，何爲不可？生不辱兮死而哀，御光乞兮歸復來。珥明星兮佩華月，赧霱幢兮刿缺節。窮碧落兮歷浩劫，寶不消兮真固存。形泯泯兮乞魂魂，攬纖阿兮燭穾冥。從帝子兮瀟湘渚。出飄風兮入暴雨。聰明正兮神靈主，蜕墋黷兮良胡尤在。玉爲瑜兮金則鏐，二貞三淑兮永千穐。乙卯五月五日兒折艾一莖插墓門，烈日浹旬，莖葉益青，遂叢生，鄉人以爲君之靈云。又記。

梅川張仁熙撰安正君謚議，曰：

天下古今惟正而已。正者，坤道也，婦道也。《易》曰：家人：利女貞。安貞之吉，應地無疆。

吾友顧黄公避寇南渡，擇配廣陵之蕭氏女，名瑜生，字幼佩，肅雍静好，婉孌琴書。是時黄公年少才豐，挾少君入嫏嬛二酉之室，而少君姗姗，磨隃麋，拂紫玉，佐黄公玄黄經緯，更或按部考詞，一切私媟罔登于几，可不謂正乎？

寇净歸蘄，黄公尊人貞譽先生土室静攝，少君循陔，朝夕靡懈，婦功不懈，婦言不溢。予數過蘄，詣黄公，黄公好客，嘗塵甑，少君不惜脱江南佳麗服佐客食飲。昔鮑宣妻鹿車歸里，布裳出汲，以事舅姑，少君不讓焉，可不謂安且正乎？

舉子八人，榎楚教之，丹黄能半夫子。其卒也，鄉黨莫不哀之，非安于正者之感人深而能若是歟？

病卧彌月，諸子諷佛氏言亦彌月，長子普翦腕肉以禱。將逝，黄公爲誦《金剛般若》，笑而頷之。倏斂之日，手足如生。吾黨私謚安正君，宜也。展禽之婦誄夫，德耀之夫字婦，黄公必有以誄之，而吾黨之謚之也，烏乎弗述。

忌日丘墓記

景星曰：《記》曰"君子有終身之喪"，忌日之謂也。墟墓之間，不施哀於民而民哀，禮之本也。故志山川，則賢者之墓得詳焉，志忌日丘墓。

總管公生卒年月失，葬治東五里鹿耳石，有小碑焉，曰"顧氏始祖七官人之墓"，不封不樹，尊遺命也。

始祖妣張氏生卒失，葬治東北八里蟠龍山，有碑。

道震公，生卒失，葬蟠龍山，南向，有碑焉。山有梧栗，各數百株。弟某諱，生卒失，葬竹林湖，即大畈頭。

衛輝幕府繼周公，生卒失，葬道震公墓左，有碑。

孺子公，生卒失，葬治北七里缺齒山長觜之南，北向，有碑。

繼吴公，生卒、葬失。

伯翥公，生卒失。妣曾孺人葬缺齒山，正穴北向。

鴻儒公，生卒失。妣王氏玉真孺人，祔葬伯翥公墓左，有碑焉。進士王公峴誌，大學士吕公調陽記。

封參政化之公，生年月失，卒于嘉靖三十八年己未，葬治東八十里桃朮山，俗名桃樹山。贊善羅文恭公洪先誌：有潭曰洗馬，即鈷鉧也，相傳有神魚。其東曰顧林，木數萬章，翳薈嶺壑。崇禎末賊亂，鄉民多匿伏，得免。有總管公故廬址，曰黄石坪。有古寺基階礎，猶存，無考。

陳太恭人，生年月日失，卒于嘉靖三十四年乙卯六月七日，葬蟠龍山，東向面湖，湖中有曰彈子山者。俗傳元總管張某二女，至正末寇亂，義不受辱，連袂投水，死後生此石墩云。司寇緒山錢公德洪誌。

日巖公，正德六年辛未十一月初八日生，萬曆十九年辛卯正月十四日卒，門人四明沈公一貫撰謚説，葬缺齒山。繼妣陳氏，生年失，九月二十六日生，崇禎六年乙亥十月初五日卒，壽八十餘，亂後葬缺齒山，未碑。

桂巖公，嘉靖七年戊子四月初六日辰時生，萬曆十一年癸丑六月初六日卒，荆樊山王諱翊鉁撰謚説。妣勅贈劉安人，生卒失，葬蟠龍山，東向有碑焉。李安人，嘉靖十一年辛卯五月十五日生，萬曆二十九年辛丑正月十三日卒，亂後合葬缺齒山沿市湖之麓，尚未碑。堂弟閲葬竹林湖，南向有大塘。

桂巖公庶王氏，生卒失，葬治東二十里第二鋪。

桂巖公庶吴氏，嘉靖二十六年丁未九月初三日生，崇禎庚午正月初四日卒，甥王迎葬于廣濟靈東鄉。

薇垣公，嘉靖二十九年庚戌閏六月二十三日戌時生，萬曆三十一年癸卯五月十三日未時卒，葬廣濟縣靈東鄉寅山之田璉灣黄泥塘，子山午向，碑壬山丙向。大學士施公鳳來誌。妣馮孺人，嘉靖三十年辛亥十一月十九日子時生，萬曆三十年壬寅六月十二日午時卒，合墓。刑部主事蕭公震誌。

德和公，嘉靖四十三年甲子四月初十日生，崇禎二年二月日卒，葬。妣胡氏，嘉靖四十五年六月二十四日生，崇禎六年月日卒，葬。

德封公，生年月日失，天啓五年乙丑五月初四日卒，葬治東北三十里百家冶，宋鐵冶場也。

鳳巖公，生卒失，祔葬母蘇孺人墓，大冶縣湖濱青林觜，有古木百章。

德宣公，生卒失，葬治東十里第一鋪。

德宣公妣朱孺人，嘉靖三十年辛亥九月二日生，崇禎十五年壬午四月日卒，葬安平鄉祖墓朱侍郎塋下。

太初公，隆慶三年己巳五月十八日生，萬曆二十八年庚子五月十六日卒，葬缺齒山北。

旌表劉貞節，隆慶四年庚午八月初三日辰時生，崇禎十六年癸未九月初九日辰時卒，初寄葬崑山祖墓。康熙四年十一月，景星奉柩歸葬蘄州治東二里符乾關外時思圃貞節坊北，南向。公鉞，隆慶五年辛未十月十四日生，萬曆十五年己丑四月十二日卒，葬缺齒山，無碑，亂後失其處，仿古招魂，稱與貞節合葬焉。

先府君貞譽先生，萬曆十六年戊子十二月二十九日寅時生，康熙二年癸卯十一月二十七日午時卒，葬時思圃貞節坊北。江西參議前提督山東學政宣城施公閏章誌。黄岡舉人王公一翥題“明高士貞譽顧先生之墓”。

先妣李氏，萬曆十八年庚寅六月初十日寅時生，崇禎十四年辛巳五月二十四日丑時卒，亂後葬沿市湖山桂巖公塋側。

先妣，明萬曆二十八年庚子三月二十六日子時生，順治庚寅二月初九日子時卒，合葬先考墓。

亡室蕭氏葬時思圃貞節坊北，先考妣墓東南。

亡姊適庠生蕭詧，先嫡母李出，萬曆癸丑十二月二十三日生，崇禎癸未六月十四日卒，寄葬九江府龍開河老馬渡，有磚銘，亂定失其處。

乳母許氏，葬時思圃貞節坊之西。

先徵君志邱墓，凡失考者多未載。薇垣公葬黄泥塘，碑陰原附載歷代先壟，列有二世、三世、四世諸祖妣。葬所久掩塵土，無從備悉。乾隆辛未春孟，其碑頹損，爰謀重建，始得據實，各立珉石，兹復補録，冀永垂不朽云！十三世孫湛露謹識。

道震公妣吴氏生卒失，葬蟠龍湖兒嘴楓樹下三塚之中，有碑。

繼周公妣程氏生卒失，葬湖兒嘴楓樹三塚之右，有碑。

儒子公妣曾氏生卒失，合葬儒子公墓，有碑。

白茅堂集四十六卷湖北巡撫採進本

國朝顧景星撰。景星有《黄公説字》,已著録。景星著述甚富。

初有《童子集》三卷,《願學集》八卷,《書目》十卷,皆崇禎壬午以前作,明末毁於寇。《顧氏列傳》十五卷,《阮嗣宗詠懷詩注》二卷,《李長吉詩註》四卷,《讀史集論》九卷,《蕈池録》一百十八卷,《南渡集》《來耕集》共七十三卷,皆崇禎癸未以後作,康熙丙午毁於火,僅《南渡》《來耕》二集存十之三四,乙酉、丙戌之間,又有《登樓集》《避地泖澱集》亦皆散佚。是集爲其子暢所輯,而其子昌編次音釋之。凡賦騷一卷、樂府一卷、詩二十二卷、文二十卷。

景星記誦淹博,才氣尤縱横不羈,詩文雄贍,亦一時之霸才。而細大不捐,榛楛勿翦,其後人收拾遺稿,又不甚别裁,傅毅之不能自休,陸機之才多爲患,殆俱有焉。

耳提録序

男昌曰:“嗟乎!《詩》有之矣,曰:‘匪手携之,言示之事;匪面命之,言提其耳。’”蓋言人子之於親,在在不忘,雖終身若耳提之也。昌自髮未燥,即愛從膝下聽説先人行事,以爲耳聞不啻目擊,目擊不啻身親,故一至於可驚可愕之下,未嘗不悚然神往,以兹有年。凡先人之出處、顯晦、患難、遊歷,靡不條次於心。迨夫音容既邈,追慕益切,而所謂行述又難及夫瑣屑詼奇之説,竊恐哤雜,薦紳先生所不欲道也。雖然,物態何常,遭窮輒變,當夫即遘陽九,運值倉皇,常人所遇何必無奇於此者?而況夫天之生是人,含華葆質,穎栗其材,竟若可使之貧,可使之賤,可使之流離顛倒,而卒不能使之不明哲以保身,著書而垂後世者之意,恒有在耶!又況夫嘉言懿行之必不能泯滅於將來者耶?用是把筆凝神,思其謦欬,思其笑語。雖曰耳聞,間有目擊,亦人子不忘其親之一端也。如曰故爲詼詭以張先美,是則不孝之大者,殆于誣其親以騁辨矣,敢曰“耳提”乎哉?凡八篇若干條,其已見先集及狀述者勿贅。康熙戊寅十二月,書於孝感之西湖書院。

《耳提録》者,所以補先君狀述之未盡也。先君爲人作誌墓文,輒歎曰:“後世定誰爲吾誌者?”爲人作傳及行述,曰:“定誰爲吾狀?誰爲吾傳者?”嘗笑語昌曰:“試預作狀草。”昌惶懼不能對。先君固問,昌頓首曰:“時至事起,何可預也!”先君笑以爲是。嗟乎!没世不稱,君子所惡,是何嘗不欲其行事之顯明深著於當世哉!顧既厚自韜晦,生平著作未肯一直言其故,大者狀無能悉,亦非昌所敢悉。然詩固編年表,時叙則又情事瞭然矣。獨是居恒緒論及屢脱鋒鏑之慘與?當聞見環瑰,共采豐,實有關世論。儻終於嘿嘿,不且長抱隱恨乎?戊寅冬,録其大概於孝感。癸未客通州,霖雨盡三伏,遂哀益前録以付諸狀末,斯撩鼎尚自其餘甘,抑讀先集者歸樂,或將之鞦柷也云爾。

爲叙其目,並約以韻語焉。

述喪亂第一

有兔爰爰,雉罹於罜。逢此百憂,君子道窮。入水不溺,入火不焚。天其用相,以相斯文。

紀節烈第二

陽九百六,棘人欒欒。順受其正,取義獨難。名世有坊,江心有寺。魂兮歸來,千秋隕淚。

先世逸事第三

維孝與友,傳家之寶。維節與義,不匱爾類。誌藏於穴,傳行之世。美不盡收,乃有逸事。

論詩文第四

文章之英,傳世之精。辨著論切,厥旨逎明。大既篇弃,小有其説。若拾金麩,若收玉屑。

制舉説第五

今之帖括,古之經義。青紫非榮,心聲所出。悠而遊之,使自求之。代聖賢言,又何尤之。

書籍瑣談第六

惠施之辨,其書五車。博物擅稱,厥有張華。長袖善舞,多錢善賈。古人有言,格哉斯語。

神契略書第七

鬼神之狀,難以恒儗。福至神開,禍來鬼使。吉人誕育,天牖其衷。德誠以載,感而遂通。

雜記第八

傳聞淹見,君子所貴。人有畸衺,物有希異。道術所存,百家滂沛。豁目洞心,可曰瑣碎。龍飛之尚章洽秋仲朔男昌書。

耳提録 玉峰侄維禎評閲

楚蘄顧黄公徵君先生緒論 男昌謹述

孫仕絃、仕縿、三經、仕綬、湛露同校録

述喪亂

府君曰:"予自有生來,濱于死者數矣,而風濤舟楫之險不與焉。予家世居蘄之北門外三里岡全勝坊(今名熊化嶺)。崇禎壬午冬,黴弁亂,倉卒入城,借居浦氏樓上。癸未正月二十二,夜大雪,予以諸生例巡雉堞,漏下三鼓,更直旋家,則望見南樓上火作,犬聲嗥嗥,知城陷矣。比曉,居民争以几案塞巷。予與先君從樓牖中縋家人下,前與賊酋遇,與語釋之(經按:遇賊酋事,詳載《先世逸事》)。復遇賊,驅逼上城。時泥雪滑難陟,賊怒,以槊擬予曰:'殺。'予急舉袖格之。袖闊風廻,槊絞,賊僕岸下,塗穢滿面。予念,賊起,予必死矣。賊起振衣,反向予一笑,倒持其槊,築予背上曰:'走。'走至樓下,則城北門也。貞節姑謂賊曰:'來,我問汝,汝年方壯,何故不爲朝廷殺賊而從賊?汝生不爲忠孝人,死當墮惡趣鬼!我身是老節婦,奉旌表,肯不明不白死汝曹亂刃下乎?'因指先君及余曰:'若吾弟,若吾侄,若吾家屬,汝勿殺,吾惟一死。'語未訖,首觸柱礎,血流被面,家人皆争抱節婦,搶地求死。賊歎曰:'吾不害汝一門節孝。我南陽王三也,父母妻子不保,從賊者無聊耳。但自來吾未嘗殺一人,毁一屋,虜一妻女,肯害汝乎?'因數曰:'汝家十六塊,慎勿離此,吾去當卽來。'賊謂一人爲一塊,猶塊肉也。已而果來,衣貯脯、棗、白米曰:'可作漓飯飼老節婦。有問者,第言管隊王三令作漓飯者,可卽分啜之。'少頃,一賊首以毯裹物，重甚，勒予負。予乳母子戊兒肯代行，未數步，仆斃杖下。先君、先妣乃謀以破甕覆予，藏置籬畔。一賊以槊搗籬，戲曰：'有人否？有人否？'予方奉碗粥私啜，槊碎粥碗，汰予喉左而過。予密以袖裏拭槊上粥痕，令不知有人，乃免焉。至晚，王三至，謂先君曰：'可行矣。'因指城下濠塹曰：'過此以外，無咱家一人矣。'遂携送出城而别。既出城，從火光下見四面皆賊，莫知所往，因循城堧而行。先君欲乘夜掖貞節姑涉濠，予止曰：'等死耳，涉水亦即凍死，安可往？'先君不聽，旁一老人贊曰：'郎君言是也。'顧老人所倚，則敗樓一間，無墻壁梯級，惟數柱夔夔然動。予曰：'死地，生也。此上可避。'老人亦曰：'此上可避。'遂相與臂接肩踏而登。凡三晝夜，伏樓上，其下則殺人如麻，哀號酸楚之聲所不忍聞。蘄城舊皆石甃，重者當百餘觔。獻賊之折毁之也，率驅婦女，又皆貴室妖嬈，力所不勝，則刀挺交揮，月石雜然而下。樓去城僅數武。飛石迸激，常殺人十數步外，嚮使一觸樓柱，則全家齏粉矣。賊之徃來梭織，既置此樓如不見，石亦不及，可不謂異哉？已而賊退，掖貞節下樓，踏屍而行。至全勝坊，則居第盡爲灰燼。少憩，賊復麐至。乃轉奔郊外，呼隔湖老僧復初者，棹舟來迎。佛幢雪屋下，煖湯濯足，剪紙招魂，居然從刀山地獄復覩蓮花化身。眷屬也相抱痛哭。居數日，雪盡。賊忽掩殺郭外，殘創而去，名曰洗巢。乃渡江，至回山麓，依親識而居。又兩月，無以爲生，乃謀南下。"

府君歎曰："方城未破時，予與先君謀載書籍、家屬還吴。先君猶豫不果，至是悔。乃買舟而南，艱苦百端。抵九江，則四月盡矣。荆藩妃及世子先抵九江，立宫府，聞予家至，喜而遣迎。一日，予散步出城，閒吟柳下，忽怒目來詈者曰：'汝音是蘄黄，賊奸諝耶？'顧左右縛。予力辨不聽，反縛予雙巨指。金鼓前導，將戮於場，觀者如堵。未至場所，見竿縣人首，鮮血淋滴者凡數十。予仰天歎曰：'顧赤方不死於張獻忠，而死於此，異哉！'一人排衆詑曰：'汝稱顧赤方，寧識之耶？'予曰：'我是也。'其人大笑，喝解縛，曰：'我臆君長矣，尚妙齡乎。徃從詩僧道恒處，見公著作甚富，詎意相見於此。'追還巾履。而先君及荆藩校尉奔救至，予急叩其人姓名，答曰：'我黄雲師弟也。'遂各散去。予起居道旁，見草間仆碑銘曰'景星湖'，喜謂先君曰：'兒名繫湖山，壽侔金石，豈惟不浪死者哉。'

道恒名貞常，廬山僧，與予契。先君嘗爲作《大麻和尚傳》。先二年，卒於予家，葬之湖上，今荔枝小塔是也。後數年，知執予者，練總楊生。大清定鼎後，郡人惡其多殺無辜，群縛之，仰椓地上，張楔其牙，令人便溺口内，凡數日，嘔曦咽塞而死。黄雲師，九江進士，名飛雲，其弟則吾無從再晤，亦竟不知其名與字。兒曹無忘也。”

府君曰：“予在南都時，流寓者多一時名士，朝論乃謀合試七省諸生，北京、山東、河南、山西、陝西、遼東、湖廣。覃恩貢舉，而學院陳公良弼，字元夫。取九十九人，予名第一。馬貴陽欲令出門下，遣心腹來説，曰：‘第往謁，廷元可得也。’予不應。廷試畢，即出都。陳公方試士徽州，予跋涉徃從，公贈以千金。是时，江表撼摇，道路之口，頃刻不一。予谓先君曰：‘槖重難行，曷寄置其半，以半自隨，從勝溪走錢塘而還崑山？’先君曰：‘然。’乃僱肩輿，主僕就道。憩亭畔，見村人採茶徃來，怡然自若。僕從私語曰：‘知無亂，何不盡槖而來？’一歎曰：‘保無失足矣，奚多爲？’語未畢，有男子從柱後闖出，熟睇而去。予扼腕曰：‘難作，可若何？’行未二十里，比及大佛村，而追者蜂擁。予與辨論未決，忽田中挑菜媪，大呼入村，曰：‘蔡氏不良，又行刧矣。’少頃，則二生單衫蕉扇而至，問：‘何爲者？’其人倉遽莫對。予曰：‘我某某也，從陳公來，將還昆山。’二生相視而笑，謂追者曰：‘不吾懼耶？’左顧劃嘯，長戈數百人圍立，其人將遁，二生命擒之，立斃梃下，俘數人並二屍焉。引予入村，閉置暗樓上。初，莫測其意。徐具湯浴，繼以酒食，又囑少飲，疑益甚。至晚，則火光明滅，戈甲錚鏦。此時自謂不復有生理矣。天明，二生啓鑰前慰曰：‘夜來得毋驚耶？無他，防蔡人復仇耳。今已服其辜矣。’延入坐，行師弟禮，予訝之。二生曰：‘某潘姓叔侄也，爲縣庠生。昨陳公處閲卷者，非先生耶？二生叨試前茅，非師弟而何？’予曰：‘誤矣。’二生堅執北面，予與先君鼲然一笑。

先是，徽有詹叟者，恂謹諸生也。與瑞屏公善，曾識面，故主其家。及覷予槖，陰有異志。有汪生聞之，仗義而來，怒掌其面，欲即挈先君與予徃從。予私語先君，請先身試之，隨至其家，則水南門外幽僻山庄也。主人一茶而外，翩然無迹，聞夾壁中足音跫跫不絕，乃脱身逃，從先君夜徙其寓，而謀走滕溪。滕溪故非大路，既行，果聞兩人合追予大路，不及乃反。初疑二生猶是也。至是，始信其誠。留飲數日，出橐金謝之，不受。因遺當道書，遍稱其義，防蔡人相與仇怨焉。二生復以戈盾五十人衛予，出境而歸。既出境，則前塗益難寸進。輿夫聞居民盡已掘斷大路，遂驕蹇覓荒徑，欹傾蹩躠，或欲棄輿而歸，或指儺張王者，謬予曰：'鬼至矣。'空山白晝，跳嘯殑殑，飄忽而來，創見不能無駭。予疑爲夢至，自爪其膚，以試痛否。又指社祠牲血，謂予曰：'不識我輩不良，詎夜來小試行客。'其訕誶俱如此類。比及村，則日尚中，而店户扃鐍，闃寂無雞犬矣，不覺欷歔相覷。一叟倚杖問曰：'欲何往？'先君曰：'將往錢塘。'曰：'錢塘有誰識乎？'先君曰：'令君，我族祖也。'叟瞿然問名姓，大呼曰：'恩人至。'急拽入室，指神龕木主，則吾宗漢石公禄位。公諱咸建，字漢石，錢塘令，事詳後。訊其故，泣曰：'吾鄉年爲盜所搆，顧公活我，常願生死報之。今前途既不可行，忍令公等顛沛於此？吾家頗足饘粥，幸勉留一二年，俟時平，歸未晚也。'因遣輿夫反，輿夫亦灑涕而去。住數日，徘徊不能決，一叟告曰：'此間數里外有山僻小河，可直達錢塘大江。因從無商旅，故乏舟楫耳。惟予一友小艇一隻，可恰載公等。曷隨吾往説之？'因隨至一老嫗家，呼其子艤舟以待，遂辭行。不數日，出錢塘，而山溪清泠，魚鳥之樂，殆非人世所有。予集中有'以杖畫沙成'詩，謂'非風雨鳥迹莫能，亂庶山靈過而見'之者，卽此地也。見乙酉《分水縣》詩。"

男昌曰："恩德之於人大矣哉。漢石公活一無辜，而食報于吾祖吾父，可謂奇矣。抑聞之先人，吾家上世，代有隱德。先桂巖公當萬曆中，承平極盛之時，恒蹙額曰：'世將大亂，子孫自非盛德，惡能免於殺戮乎？'府君屢厄不死，皆從卒然之救。嗚呼！此豈偶然者哉？此豈偶然者哉！"

紀節烈

府君曰："吾自徽至錢塘，則乙酉五月。清兵將及杭矣。漢石公聞予與先君至，喜遣人相迓，冒雨入署。慰勞已，見廳事上有几，几上一小鑪，公取紗帽覆鑪上，科頭而步。已乃取帽復戴，戴已復除，如此者十數次，心訝公魂魄失矣。忽發聲問予曰：'汝道那項吴人，謂作何區處也？'予曰：'曷避諸？'公作色，字予曰：'赤方，汝亦作介話！'謂不宜如此説也。予與先君既辭行，一切衣糧任擔之具，公悉剖别周至，拊吾肩曰：‘無復見矣。’予遂還崑，避亂澱湖之百二堡。及聞杭破，予與先君哭曰：‘漢石公死矣。’其家人尚未之信。訃至，乃知公以城潰被執，百姓男婦數萬人，擁土賴固山行署，呼號求貸公。固山方仰卧床上，聞呼聲漸衆，恐生變，忽掉頭内向曰：‘決了罷。’遂將公出。公行未十數步，仰見名世坊曰：‘誠意伯(劉基)坊也。公爲開國元勳，予爲徇國烈士，吾無憾矣。’趺坐地上，自捲衣領，顧行刑者曰：‘斫。’行刑者不忍，公怒叱之。凡三斫，乃斷其首。百姓哭聲震地，爭擲簪珥、銀錢，謀贖公首。固山縣其首竿上，一時同縣者凡數百，皆腐臭蛆出，而公顏色如生。每日有白鷄小鵶千百哀鳴而過，朝暮午日凡三次。又公之臨刑也，渴然無血。少頃，則白漿濆涌，高出數丈。豈古所謂萇弘碧血者耶？先是，杭人爭作三刃餅，於炊餅上斫三刀爲飾。先君深惡之，曰：‘是謂言不從。’至是乃應，士民以綫縫公首，歛送還崑，仍建祠於誠意坊側，歲久祈禱，漸益神焉。”

瑞屏公諱錫疇與阮馬不合，勒令致仕還家，遂閉關不出，託言爲母寫經。予之避地於百二堡也，卽公第二女家。及南都失，聞閩中監國，公忽携一老僕至女所，囑其善待予，兼撫幼子鼇頂，數四而去。後乃知詣監國行在，拜太子太師、兵部尚書，賜尚方劍，奉命督師。行至江心寺，有總兵賀君堯不法，公責杖四十，釋之。至夜，君堯遂害公，以兵降大清。

佟公君持，閩中聞變，百姓罷市，君堯之害公也，加杖八十，截其身首支體，投江中，監國遣行人至寺論祭，行人見江中黑物，逆流而上，曰：“必太師也。”舟取之，果遺骸一段，遂刻香木爲首足而歛。寺中舊有宋高宗南奔時御座，家人聞訃奔視，他無所有，惟見座前血痕狼籍，並血汚綢巾一頂而已。至是，乃載柩而還。佟公兄弟國鼎，字君持；國器，字滙伯。在前朝皆予同年友。佟氏以先人，故其德公也至深，嘗爲予言土賴固山之殺漢石也，初以不知。及審知顧氏，乃拊膺痛曰：“某知而殺之者，死當萬箭。”予曰：“雖然，固山縱不殺錢塘，錢塘肯苟活哉？”又嘗語予曰：“吾之招致君堯也，志在報太師。既解其兵，乃支解君堯以祭。”一日，太師箕降於署，予叩曰：“恨可雪乎？”太師曰：“汝多事。我前生江心寺行僧，誤殺白蛇耳，死不足恨，惟恨死後，東南一角亦致瓦解。”嗟乎！信斯言也。豈不公與錢塘皆死生一貫者哉！

男昌曰："國初，崑山死難者，吾宗冠裳，一時七人，而二公事最烈，以故府君述之獨詳。昌嘗至麻城，邑人爭傳其城隍主者爲瑞屏公，而不知其有死難一節。因爲百字令以吊之，附記於後，庶證府君死生一貫之説云。"江心寺在浙江溫州府永嘉江中孤嶼山麓。

西陵城社，人傳冥主，是吾家忠魄。叶樸遐想當年，亡國痛，可共崖山索寞。説甚新亭，饒他風景，總付潮聲落。出師未捷，身先逆賊霜鍔。　　只今古寺江心，驚濤斷岸，向西風吞嚼。隔代龍牀，沾碧血，也算孤忠無怍。椒酒香燈，閭閻歌舞，遺恨何曾爍。人言徵信，問天公否還諾。經按：康熙二十五年，麻城楊生庚死江夏，其家人從箕上追魂，不得，焚符哀懇。忽箕動，稱城隍書吏何某下箕，其生前亦邑人也。乃云必告本邑城隍主者。牒移江夏，冥司乃可暫假其魂，遂草檄有云"假令楊生魂已受胎，亦須著人更换"等語。觀者毛監，因叩主者爲誰？答云崑山顧公瑞屏也。上帝嘉其忠苦，使主兹邑焉。

先世逸事

府君曰："吾家自總管公來蘄，世多孝德，凡五六世，或隱或顯。至化之公，生吾伯曾祖日巖公暨吾曾祖桂巖公，始以理學名家。二公生有異質，尤孝友。家貧，父雖諸生，屑香以給。嘗日中，二公自塾歸，太母曰：'知無茶食，何故復還？'對曰：'奈他童子悉歸矣？'乃相與携手觝額數次，嬉笑而去。鄰蔡學究者，心慢之。一日，遙止之曰：'童子屬吾一對，末香何日賣？'日巖公應聲曰：'老蔡几時栽？'年十八，成進士。公性嚴肅，雖家人罕見其笑口。嘗著《鏡中録》，乃縣粉版帳中，夜臥不寐，有所得，輒捫筆而記。一同年友聞之，蹙然曰：'日巖用心如此，希聖不難，第恐嚮晦不宴，艱於子息也。'後竟以予叔祖嗣。"

桂巖公，性洒脱，與兄異。少日巖公十歲，日巖公以嘉靖丁酉鄉舉，戊戌成進士。有牙章文曰："酉戌聯登。"桂巖公弄之，遍印書畫。兄曰："勿戲！後酉、戌當以此致賀！"及己酉、庚戌，桂巖公聯登，果以是賀焉。

府君曰："吾曾外祖馮公諱天馭，嘉靖朝官刑部尚書。無子，止一女,即吾祖母也。愛甚,年十三,猶巾服,稱曰郎。分宜相强見之,以淳化閣帖並他物爲贈。馮公不能却,強受其閣帖而厚報之,因送夫人與女旋家。分宜欲爲其子世蕃納聘,馮公揣知,戒門者曰:'明早有嚴瞎子來,可留粥,云我上朝蚤,兼以家信至不快。彼必問故,卽出此紙示之,曰:此稽勲郎中顧公之子,其生命八字也。試推休咎。再問,則曰:所以不快者,以夫人不謀于主,竟將愛女許聘於顧也。彼必自退。'已而瞎子來,果分宜所遣。媒妁聞言,怏怏而去。馮公遂戒行裝。分宜大怒,嗾給事朱某彈以無能,勒令致仕,並遷先日巖公福建左参政,出桂巖公福建按察副使。二公引嫌,遂同日致仕歸。"

馮公幼貧困,年四十尚未入泮,以教讀爲業。一日與佃人分稻未訖,適鄰家邀飲,遂引枷于稻堆上作"大司寇"三字而退。比歸,醉矣。夜半,夫人張撼之曰:"起起,吾每日焚祝,爲子祈功名也。今夢人告曰:'汝問夫功名,向稻堆頭看。'此何説也?"公躍然曰:"我,刑部尚書也。"又公像貌端凝。郡人相傳,舊塑東嶽神像不就,乃竊塑其像。像成,而公歿焉,年未六十。

桂巖公,晚年精於風角。一日,聞鄰家舂聲,曰:"不仁哉。"夜殺一僕一婢。家人察之,乃知其家有僕婢私通,主人斃而投之江中。又一日,聞舂聲,驚曰:"誰與舂者?"家人答曰:"大房。"大房者,吾祖少桂公房也。公大慟,自剪爪髮,投神廟中,願以身代,曰:"吾不能垂老見骨肉傷殘也。"競問之,曰:"汝不聞舂者乎?曰:'死七個。'死七個,應在吾骨肉也。"是年,喪先君同胞兄弟七人,而伯氏太初奇才也,亦與焉。

府君曰:"吾祖母馮,生男女十三人,一年而喪者七人,顧氏大宗無丁男矣。祖母方有身,哀慟不欲生,胎動將墜,不服藥。貞節姑百計勸慰,胎僅得全。及彌月,産男,貌甚奇,欲勿舉,姑乃脱錦襖裹取,付婢艾女鞠之,卽先君子也。先君幼多疾,早失母,煢煢隻影,而姑新寡,兼母喪,益欲以身殉,水漿不入口。祖桂巖公誡之曰:'兒守劉氏節,撫顧氏孤,在汝一身,毋輕死也。'姑應諾,乃撫弟如撫子。或稍有不率,卽閉閣不食而泣,俟先君悔痛求責乃已。以故先君終身事之如事母。其喪也,亦如喪母,不敢以姊呼之。鄉人以其女聖也,故通稱曰夫子。姑有男相,方面長耳,手如綿輭,幼在姑姊妹間無甚奇特。

祖桂巖公見之,輒曰:‘兒何瘦?’及其喪姑翁也,閉户三月,出則髮脱眼枯,頬存頷削。哀瘁之狀,親者不忍仰睬。桂巖公一見大驚,曰:‘兒何肥?’聞者皆掩口而笑。姑治家嚴肅,三尺童子,非呼不敢前,旁無侍婢,雖先君亦不獲覿面焉。予兒時借乳母宿姑榻,迄十五歲,未嘗一見姑之更衣與盥容。自非聖孰能若是乎?姑常持準提陀羅尼咒,夜則高聲朗誦。吾母問焉,姑曰:‘我孀婦也,豈可于黑夜獨居之際自言自語乎?’姑以先君之屢試不舉也,憂形於色,日禱神祇,願得見而瞑目。夜夢神教之曰:‘授汝一偈:道心常切切,道念大開開。莫言無果報,神明有安排。’姑覺而悔,謝曰:‘我妄念也。’自是無所祈禱。崇禎二年,姑舉貞節,以長安諸當路先備聞姑德也。先君每一言及,聲淚俱下,諸公未嘗不變色而歎。故文移章奏,上輒不駁。及旌表,命下米公友石。朝房探知,遣鈴卒馳報。先君厚勞之,其人感謝而去。及獻賊屠蘄所,先遇賊酋,熟視先君曰:‘老僕曾住米園否?’先君曰:‘然。’曰:‘舉貞節者,此老婆婆否?’先君曰:‘然。’曰:‘然則我曾拜惠矣,可害汝乎?’舍之而去。及再遇賊罵之,反全家獲免。嗟乎!神明得非安排之最大者與?姑幼佩一琥珀,不離身者六十年。夜時以指捫之十數次,忽發螢光一綫,須臾光照一室,食頃而滅。他人學之,卽不爾。或曰高昌珀也。説無可考。嘗有孤燕巢其門楣近二十年。予學語時,尚見之,有詩見集中。”

先君貞譽公,性至剛果,不苟然諾。讀書太學時,有餽同舍金者,未及分,條邊警至,京城分竄。衆以金付先君,及事定取金,而先君歸矣。再入,衆皆訕笑,有出惡聲者,先君微哂而已。衆怒,先君曰:“來日,悉集前門關廟。”次日,悉集,先君令長班持尺簡向米公友石家索寄金。至則封識未動,衆慚服。先君曰:“吾豈利此金哉!”以所應得者施廟中,謂惡聲者曰:“友,誼也。汝亦宜不受,可並施之。”其人以手自拊其頰而去。

男昌曰:“先世行迹,府君家傳詳矣。此皆所説逸事,然博覽之,亦可以風世。馮公先君無傳,以自有家乘故也。至於貞節,則吾家一門之接續關焉,生死以焉。百世而下,顧氏子孫繩繩不絶者,非斯人之賜而誰賜也與?吾祖、吾父皆胚胎聖善,原本薰淘,令德之成,忍忘所自?故述之甚詳。而昌又逮事王父,聞更悉。今考妣、祖考妣皆附葬。姑所昭,孝事也,且遺命四時家祭,必奠先貞節。昔人謂侄無祀姑之禮,況祖姑乎? 嗟乎! 亦顧其德恩與功爲何如者。"

論詩文

府君曰:"文之有起伏呼應,如人身之有百脉筋骸,自然聯貫,非有意爲之也。今人動言某段起,某段伏,某字呼某字,某字應某字。是王莽之剮人而度其經絡起止,鮮有生理矣。此説濫觴於茅鹿門,要須神而明之,不可以迹象求之也。"又曰:"躁人之詞多,其金聖歎之謂乎?"

嘗曰:"詩與文皆有體有家。與人言文體,人多知之;與人言文之家,人皆知之乎? 與人言文之體、文之家尚易辨之,與人言詩之體、詩之家能悉辨之乎? 蓋詩莫盛於唐,初盛中晚,其體也而家且百數,如云錢劉,云王孟,云温李之類是也。然錢、劉並稱,而其實錢自錢,劉自劉,不相假也。王、孟比肩,而王自王,孟自孟,不可合也。温、李齊名,而溫自溫,李自李,各一趣也。如擬孟而似王,擬溫而似李,擬錢而似劉,即不得謂之家矣。而況如擬王孟而忽錢劉,忽溫李,一篇之中,起止異宜,雅質雜用,是尚謂有其體乎? 文之純駁,亦復如之。吾持此説垂四十年,未有諟正者。甚矣,宗匠之難也。"

又曰:"宗匠者,如昔人言規矩、準繩,先自治而後治人者也。少陵云:'文章千古事,得失寸心知。'未有寸心不知而敢言千古事者。"

又云:"作詩文難,論詩文尤難,苟不博極群書,精求有本,慎毋輕口涼薄,輕手塗沫。"

府君曰:"予于樂府,有天性之樂。河南練石林曰:'顧侯才似海,樂府妙無雙。'今有問作瀍于予者,口不能言,汝説當何如以答之?"昌曰:"子雲作賦,告人以讀賦萬篇,自能作賦。近有學書法于王覺斯者,覺斯云:'每字須寫至一萬。'"昌意亦謂欲學樂府,不讀盡古樂府,可不作樂府。府君以其説爲是。

嘗曰:"施愚山抹予'軒奴軒'三字,經按:見《庚子草堂·雙燕巢于楣》詩。曰:'俗。'予曰:'古樂府也。搖頭鼓翼,何軒奴軒。'愚山深悔之,愚山真所謂不吝過者矣。"

又曰："芝麓公爲'明月好金陵'之句，自賞新雅。梅杓司曰：'不如"金陵明月好"。'公不悦，以語予。予曰：'杓思言是也。然何不曰"金陵好明月"？'予因有'金陵好明月，城西孫楚樓'之句。經按：見《丁酉金陵感李白》詩。"嘗教昌曰："汝知二公好字，都不好否？"

嘗曰："《列朝詩選》諸傳，是牧齋生平純粹以精之作，其闡幽揚隱功更不細。詩則多出程孟陽選，不足論也。七言古詩有平仄，今人多不講，惟梅村最長。而梅村讀予詩，亦謂得未曾有。予舊有《贈邵子湘》詩云：'異人倘遇王郎問，應説蘭陵邵子湘。'經按：見《丁未集》。用王朗事也。而'朗'字不韻，'郎'字復不的，歉然者數年。後讀朗傳，見其舊名嚴，遂以'嚴'字易'郎'字，而音義始稱，乃知'讀書破萬卷，下筆如有神'，初皆從艱苦中得來也。"

又曰："詩文不可一字無來歷，無出處。昔人謂：'關關雎鳩，有何出處？'子瞻答以'在河之洲，卽是出處'。雖别轉一解，卻有至理。"

嘗曰："使事最忌不工不切，儗人不如其倫，何如不儗。方樓岡、邵村兄弟，自塞外赦歸華亭，周釜山贈以詩曰：'獄中拔取雙龍劍，天上修成五鳳樓。'此何如工切？蓋邵村兄弟以修前門樓自贖也。又贈予詩云：'客從黄鶴樓邊至，人在青龍浦口居。'見《白茅堂戊申集》中。殆亦新詩錦不如也。"

愚山病予詩文甚雜，予亦謂予不能如使君篤信一家。贈之詩云："生平使筆如使鷹，九霄萬里無留行。愚山論文如論兵，五花八陣藏縱横。"經按見集中《壬寅留别愚山》。高阮懷以爲定評。

又曰："予詩文信無所不有，然未有一篇之中雜而不純者也。梅杓思嘗揚于衆曰：'吾于詩文手不及人，而眼輒高人數倍。'芝麓公屢舉其説。予曰：'不然，眼至卽是手到。'芝麓難予，予曰：'不見大悲菩薩千手千眼乎？一手隨具一眼。'"

嘗曰："予幼時有作一函，題曰《癸酉集》。按古文作'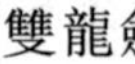'三字，見者笑曰：'大頑劣，何事在書册上畫馬又酒瓶瓦雀乎？'"傅盛斯曰："此正撰《説字》之根緣。"

又曰："予十三歲州試，賦《南樓懷古》，有曰：'太守不識吞舟魚，故將鯀鯀同爲居。君不見玄螭在水水在谷，欲求春霧乘南陸。又不見鸑鷟在梧梧在山，玉音繚亂歌雲間。'經聞其末猶有云：腰間三尺丈夫事,口中九疊青蓮字。羊頭欲入吸雲枝,漫染官香一睫時。一時傳播,至今村叟猶能誦之,而全篇已失。”

府君嘗書春帖子:“屋角遠山添翠色,樹頭鳴鳥説芳時。”曰:“此桂巖公句也。”鄧州彭中郎咏此二句,曰:胸有元氣。

昌幼時愛誦府君詩,府君曰:“詩好否?”昌曰:“好甚。”府君曰:“不識後來好詩有更出我上者否?”昌對曰:“恐不無。”府君喜曰:“兒言是也。兒他日定能文,吾正恐汝説後來無好出我上者。”

嘗曰:“爲之不艱,行之不遠。杜‘新詩改罷自長吟’,改而復吟,其艱如此。”

嘗曰:“樂府,三百篇之遺響,妙在以燈取影。唐人惟李、白、張、王輩最工,杜甫則直以古詩爲樂府矣。宋元來,詞曲盛而此道竟成絕響。明王元美、李于鱗不足噴飯,長沙亦强作解事,非真能者也。元人《水浒傳》有唱詞:‘新鳥啾啾舊鳥啼,老羊羸瘦嫩羊肥。人生衣食渾難事,不及鴛鴦對對飛。’真樂府也。又吴歌:‘月子彎彎照九州,幾人歡樂幾人愁。’語殊妙。惜‘幾人夫婦同羅帳,幾人離别在他州。’一下註脚,便索然無味。”

曰:“予八歲時從先君涉江,先君作渡江賦,嗛末段少一二警策語,屬客補之。客皆眇思,予牽塾師衣,耳語曰:‘意有所屬。’師斥以妄言。予走柁樓而泣,客争抝問,予曰:‘晚歸耳,何不言“炊烟散而水沸,游人催而馬嘶?”’客大驚,請用其語。”

嘗曰:“《三都》《兩京》,吾不難爲之。正以古人牙慧,不必襲耳。吾之不擬《七啓》《七發》《客難》《演連珠》亦是如此。”又曰:“左太沖一賦,何以遲至十年,蓋古人書籍難得,不似今時易購,非是其才思之鈍。傅盛斯曰:知人論世,真能尚友,即此可想見先生宅心之厚。鍾、譚詩原有好處,如‘聽子酣歌徹,知君誦讀成’,又如‘雷聲入水圓’之句,皆不愧大雅。予丁酉歲在白下,見林叟茂之于芝麓公座上,年八十餘矣。予喜而前,捉其手曰:‘是林先生耶? 予以汝爲死矣。’盖林與二公齊名,予兒時穩其姓字也。林怡然,連舉其手曰:‘予在,予在。’因歡噱累日。林謂予曰:‘詩至友夏,晚年益魔矣。一日,語某曰:“適得‘鬚髯颯颯向江鳴’之句。”某捧腹曰:“方破腹,可即以‘肚腹呼呼連岸響’作出語。”譚微頷,已而悟其戲也,乃舍去。’”

府君曰："庚寅歲，在武林，有袁生，年二十餘，以所作詩謁。閱其序，則鍾、譚兩公筆，而歲月訝其不合。袁曰：'此箕書也。二公一夕降某家，對案聯吟，至數十韻。予索閱之，口吻字句一與生前無異，猶憶其末有云："不怕猿聲苦，將無鬼火紅。"'吁！文人慧業，死而不忘有如是。"

嘗見水田月大幅葡萄，其題句有云："半生零落月明中。"又雪壓牡丹云："頭巾一丈歪。"時酉六月初三，大雪飛，意在繫時。筆也蒼涼險怪如此。

府君嘗誦無名氏詩云："五風十雨太平時，北倭南蠻守四郵。青天白日渾無事，清明夏至一題詩。"酒酣輒誦，誦已反手據地而歎曰："此詩當如周公制作。"又云："此詩在虎邱得之遊人扇頭。或云吳履中所作。履中恐未必及此。"

芝麓公恒諷府君出山，府君但誦張籍《節婦吟》以答之。後每誦詩至"還君明珠雙淚垂，何不相逢未嫁時"之句，輒爲流涕。

府君曰："'老兔野山偷豆喫，齒寒嚼嚼又看看。青山無數探頭望，笑我庵中喫苦茶。'明季江南高僧詩也。徐公子星爲予誦之。"

府君曰："金壇張公亮先生，以文章虎視一切，然氣魄悍肆，亦所謂君患多才也。一日，予取其文改之，張過予曰：'何爲者？'曰：'偶改先生集耳。'張愕然，遽呼家僮向舟中取所自訂者相校，十九合。乃歎曰：'某老矣。文章利病，乃今知之。雖悔少作，何及吾子年富才豪，蚤歲已超騰而人，其可限耶？'至爲下拜。又，鄧秦釪，張之中表，亦以詩文自雄，不肯與張下。一日，索扁於予，予濡墨曰：'天荒天隨。'蓋鄧居天荒湖，而予以陸甫里推之。書未畢，鄧已雙膝著地。二公皆予父行，而自下如此。"

府君曰："蕭霽，字東曙，長予一歲。每與予卽席賦詩，傾刻就。贈予有云：'欲擬逸才何所似，裁雲鏤月作詩篇。'嘗賦《巾幗行》見嘲，略云：'顧生意氣何揚揚，鼻頭吐火眼出光。自言有詩二百章，踵門長跪求雌黃。豈知小巫神氣澀，幾欲出手還沮藏。鍾會隔墻擲四本，不敢對面投嵇康。'予戲賦《龍橋行》答之，有云：'豈知仙經那可假，手執靈文故蕭灑。願爲橋上受書人，不識爐頭畫灰者。'東曙跣足至，大叫：'傖何目我做不得！'癸未，張獻忠屠蘄，予家以貞節感賊免害。東曙被執詈賊，賊臠之，痛哉！後予説向張公亮先生，先生曰：'蕭詩輕露，君辭重渾，吉凶所以異也。'東曙有集十卷，編類書名《道器括囊》一千六百卷，並失。又嘗調予曰：'一穴不兩蛟，我當殺汝。'予笑曰：'君當爲員俶，我爲李泌，何至相殺耶？'"湛露按：此載《白茅堂詩話》，今特補録。

府君曰："近人詩文多自刻行世，予非惟不敢，正不以遺後悔耳。嘗見王弇洲及近日張公亮先生，皆深悔少作，至重刻其板，購先出者毁之，不知良工之璞，示人多矣。予生平無隻字肯叩行也。"又，府君閒居輒取所作吟咏、檢閲，嘗一字屢易之，曰："吾不敢自欺欺人也。"評閲人詩文，初不限以一格，必竭情論正。雖爲塗抹、改竄，其人莫不滿意而去。向君書友語人曰："顧先生持心平恕，然精當處不得不令人心折。"

府君曰："予昔在黄州，與諸老友數聚飲赤壁，斫鱠賦詩，獨王子雲先生曠達不羈，真有步兵佳趣。其詩文之清奇卓絕，適如其人。嘗繪圖爲序，一時傳誦，稱爲盛事。今則晨星落落，人往風微，良可慨也。昌曾于庚午歲樊口舟次，有追咏《披魚圖》小序，並《滿江紅》詞一闋，附録于後。"序云：黄岡俗善斫鱠，士大夫皆工自爲之。昌兒時，聞先君子與諸老友聚飲赤壁，繪圖爲序。大約錦袍秀目，擁几而視者，先君子也。玉貌若姥，繡領襦緑鞲襪，操作而前者，王子寶臣也。縷切粗就，注壺洗雪，激水而沃者，三山袁子也。雅適勻細，喂庖刀下，碎肥豚亦锦衣而鞲襪者，洪生念佛也。調和陸續，奉蔥渫薑汁椒沫，褐衣聽命者，素山人蒼莨子也。旁坐跂足通眉戍削，指示蒸槁者，曹生尚白也。探鼎候火，忽掉頭疾語，串績都則者，李子介眉之烹調迴別，將發爲雄辨而欲衒所長也。排閲砉嘯挈，隻履踉蹌，就次雜頤，延覬勇將生攫者，王先生子雲之磊落不羈，而珊珊來遲也。几側委髻髾，繡紅襦，團扇側摇，莞面微睇者，爲歌姬弱蘭，子雲所匿妓也。是時，太守道存何公，別駕牧仲宋公，大尹逸史徐公，往來賓客。又桐城何公令遠，方君還青，商邱練子石林，更相倡和，皆一時之雋，宜其風流若此。圖雋未見，序亦莫傳。後有向慕，誰與述者？今先子騎鯨，已忽忽三載。秋雨泊舟樊口，觸憶曩説，不禁愴然，追賦所聞，竊誌私痛。

沽酒黄州，看赤壁、江山千古。想當日，名賢高會，銀絲魴鱮。緋錦袍推供奉客，髻鬟香艷神仙侣。寫疏狂，一味晋人真，圖並序。

蘭亭禊，誰重舉？竹林趣，誰當補？只年年，樊口跳鯿如雨。寂寞金槩飛雪冷,歡娱彩筆淩雲去。痛茅堂、几席素塵生,吾何怙?

男昌曰:“昌觀府君之論詩文,其格律嚴矣。然居恒誦王元美詩以自況,云:‘老夫興到不須删,大海回風生紫瀾。欲識濟南奇絶處,峨嵋天半雪中看。’則自律豈能拘拘一得者哉?凡言之醍辨者,悉見集中,兹則皆素所口説,故無先後,無文飾焉。”

制舉説

府君曰:“汝曹習制舉文,格格不吐者終是理境未暢。昔桂巖公教貞譽公曰:‘莫看斷爛講章,只讀朱注。朱注熟後,並莫看注,只玩味白文。’”

又曰:“先君作場屋文,從不起草,亦是大病。先君才氣過盛,有同社規之者曰:‘文有遠山近水,寸人豆馬,不宜一味塗紅抹緑。’又有規者曰:‘相題如劈柴,相其巔而劈之,無不應手而碎。若左斫右斫,終篾有濟矣。’又有曰:‘場屋文須思路滚滚,如鱉湯泡蟹,煦沫乃可。’先君壯盛,皆不肯用,晚乃悔。嘗以語某,汝曹識之。”

府君曰:“予幼時以貞姑教嚴,不令與時輩相接,而先君亦不令予學薄俗文體。以故予能文,鮮有知者。十六歲,州試第一,衆遂大噪。太守許公盛氣以待。予曰:‘公未須怒,毋寧面試。’公命題曰:‘予所否者,盖不然之意也。’予取否爲否塞義,拂紙疾書。稿未半,公索閲,倒立其鬚曰:‘汝書尚未解,敢故大言。’予請竟閲。竟閲乃曰:‘子以否作否屈字講耶?説雖善,然出何書?’予曰:‘出《丹鉛録》,《丹鉛録》又出《風俗通》及《史記注》也。’公曰:‘善,博哉!爲我成之。’不移晷而就。公大喜,猶憶其結有云:‘其子五十不遇,而竟同延陵季子,坎深羸博之前。其孫十六,著《中庸》而釜奪,窮塗沮鬱,樂敖之謗,豈非天哉!’公擊絶大叫曰:‘悽愴纏綿,不暢其説不止。’又曰:‘上下千古,目不一瞬。’命作他屬試題,立草十餘義。歎曰:‘天才也。’遂書卷上有云:‘晋武帝問張茂先,漢宫千門萬户制,茂先畫地成圖,應對如流,左右屬目。此文似之,拔冠九屬。’榜曰‘第一名奇童顧某’。後試畢旋署,手予卷大叫,示諸子曰:‘今日得一奇士,汝輩及之否?’嘗語予曰:‘子,王佐才也!他日無小用。’公後陞蘄州江防副使,死難,予爲作傳。己未,徵入史館。嗚呼!知己之感,何能忘也!又,公怒則鬈莖莖豎,是睢陽戟張相也,故卒殉節。”

府君曰:“澄川王公,諱永祚,崑山人。崇禎十三年,督學湖北。予應童子試,時意有所不平,乃于其子趨而往視之。文後云:‘世豈有劉景升之豚犬,郭子儀之奴才而能高才文章清悟入道者乎?’公抹云:‘文章爾雅中,自有樂地,何必乃爾。’仍置第一。後公以鄖陽制院落職家居,予往謁焉。公曰:‘猶記豚犬、奴才之抹乎?’予因述其故,公聳肩大笑曰:‘妙!妙!’公亦隨死節。”

府君曰:“予在南都考貢,題乃‘舉直錯諸枉則民服’。予大意謂三家專魯,國事日非,故夫子以黜三桓告公也。學院陳公大異之,曰:‘此人骨氣如此,肯附阮、馬者乎?’遂陟第一。陳公亦殉難。”

府君曰:“戊子歲(順治五年),芝麓公勸予應舉,曰:‘子手筆,名元也。’夜夢陳公含色謂予曰:‘試作顔淵季路侍章一破。’予曰:‘聖賢之志,異量而同公者也。’公贊曰:‘元破。’是年江南鄉試,果是題,亦異事也。”

又曰:“艾千子先生,於乙酉春,才是吾制秇耳。輒叹曰:‘此後來斯文之託。’”

又曰:“制舉之文,貴機神圓暢,忌艱晦。艾東鄉試禮部下第,逢項水心于道,喝令下馬,詰之曰:‘我七藝皆嘉,首作則苦思竟日而就,不愧名元,尚不中式耶?’項謝曰:‘不識先生,洵煜之罪。但煜聞中式之文,乃一日七篇,非一日一篇也。’艾默然久之,曰:‘汝言是也,我過矣,我過矣。’揖之而退。觀此可悟命中之法。”

又曰:“文章天籟之鳴,可卜人終身。先桂巖公取決于制舉,百不失一。予表叔田雨公,幼孤,與先君同學。桂巖公許其必成進士,然恒歎曰:‘田甥不中爲幸,中則必死。其文時花美女,非後凋器也。’成進士一年而卒。桂巖公有年友某亦精于藻鑑,桂巖公嘗命先君出所爲文就正。年友曰:‘毋庸,第取平日所丹黄他人文閲之足矣。’既閲,而歎曰:‘名士也,難以取青紫。’又予幼時爲文,奇情藻思,虎蔚鸞騫,下筆非千餘言不止,然篇終多嗚悲侘傺之語,見者莫不竦異。雖當時氣運之徵,亦予一生坎坷實定於此矣,謂非天籟云乎哉!”

男昌曰:“府君有言曰:‘制舉帖括,不能傳世。然而一代功令,及數百年士子精神，全萃於此，況童而習之，白首無成，蓋亦多矣。予年十八，以《禮記》業魁多士，祇以犯房校字，遂乙之。此後或丁艱，或改革，吾無塲屋矣。汝輩且無論成就與否，但能日代聖賢條暢一言，以娱予老，亦東坡海外見兒邁文，輒作數日喜也。'因憶庭誨，集爲《制舉説》。"

書籍瑣談

府君曰："予家前朝書籍有八十一廚，御府賜書則外祖馮公家物也。予七八歲時，恒從老婢菊女者啟鑰而窺，塾師深以爲禁。乃于案底作夾板，置書其中潛讀，師至則密之。先君從京師歸，乃謝塾師，盡出所藏共讀之。父子怡怡，問難終日，自謂人世間，不復更有他樂。先君因扁其居曰'中心願'，取'鳴鶴在陰'之義也。爾時，予文章亦遂煥發，至今所供筆下驅使者，悉是時所讀之書也，爾後雖讀書，多不能記矣。"

府君曰："予家三蓄書而三失之，一失于癸未賊燹，再失于蘇之白腰黨，三失于丙午一火。"乙酉，吴人以白布裹腰，名曰"義舉"，實相仇殺、劫奪，時苦之，謂之白腰黨，又曰白腰賊。

又曰："吾見蓄書之多，惟侯官徐存永家，有偃曝樓五間，上下充仞，中設大几，以便翻閲。予嘗言及《龍龕手鏡》。徐曰：'予有之。'以指掐掌數次，曰：'在某廚第幾行。'命取之，應手而至。予問之，曰：'此編號法也。'比時未及細問，至今以爲缺事。"

府君曰："積油萬石，可以致火；積書萬卷，亦能致火。"錢牧齋絳雲樓火，親見有緋衣人指麾烈焰上，牧齋大叫曰：'天能燒我屋内書，不能燒我腹内書，吾當再爲筆之。'蓋指其所撰明史也，後乃作《列朝詩選》諸傳。"

又曰："幼見吾家所藏御書，皆黄綾爲面，上有璽文。其紙板特精妙，凡字畫及界綫稍有缺者，悉筆墨補之，句讀則朱砂小圈。想當年翰林諸公，所謂校書中秘者，大抵如此而已。"

府君曰："吾鄉有夏子尚先生者，博覽君子也。或有誚人寫别字者，質之先生。先生曰：'非伏臘金銀，則古書字多通用，無所謂别白者。'時人目之爲鄉願，而不知其言之有本，可歎也。"

府君曰:“書之顯晦有數,若出于天。《宣和遺事》《心史》《李綱文集》,何以至明末一時並出,又皆盛行。《遺事》《心史》慘毒尤甚,雖婦人孺子,皆能言之,至流涕嗚咽。嗚呼異矣。”

又曰:“吾觀《李綱文集》,不惟議論剴切,不減陸質奏疏。考其時地,皆不差,真書無疑,當非《天禄閣外史·子貢詩序》之比。”

嘗曰:“廢書爛紙,亦自有益。予嘗爲《李賀非隴西人辨》,因無所考,躊躇不能下筆,忽老乳母自外歸,出袖中餅餌餉予,視其包紙,則《唐書》隴西十房牒系也。喜謂神助,乃據之以成。”

府君曰:“吾在蘇時,他無所置,惟置書甚富。白腰黨散後,復聚有數千卷。先君恐予戀戀不欲旋楚,俟予出,盡賣之。歸而悵惘累日。後吳中有以書賈奇禍者,先君聞之,呼予長跪膝下,手捉其耳曰:‘吾鄉者不賣汝書,汝決不旋楚。汝不旋楚,決掛名是網無疑,今尚悵惘否?’予叩頭服。”

嘗云:“鍾伯敬有賣書詩云:‘最惜是丹鉛,傷心翻減錢。’予于貞膂公賣書時,痛悼亦然。”

府君曰:“吾家淳化閣帖,搨色極淡,所謂蟬翅搨也。紙牙黄,上密有毛,眼若羊皮,然外則香楠爲板,石青填刻題字。芝麓公爲蘄水令時,先君舉贈之。亂後,問予帖所自來,予告以外祖馮公得之,分宣相公悵惋久之,曰:‘鄉固揣是真物以獻。’吾先君藏之家,失於兵火,至寶不再見,千金其可得乎?”

府君性好讀書,所至之處,書必盈几榻。客至,無坐憑處。硯則經月或不一洗,硯不得暇也。曹君尚白嘗睨之而笑,謂是油鹽擔上登帳簿物,府君亦不介意。然每借人書,必補輯破壞,訂其訛字而還之。嘗言:“予無所望于人,但能日飲我以酒,日贈我以書,南面王不如是樂也。”

男昌曰:“府君云:‘讀書須見古本,時下多訛舛,毋妄用也。’故嘗言:‘書不參證,不可爲信。’經按:見集中樂府。又舊有《瞶池録》百卷,乃集平日所筆于書上下地者,類以成編,故曰‘瞶池’。凡天文、地志、職官、技術、禽蟲、草木,及古書音義之類靡不備極參伍,各有新説。昌癡稚未能悉讀,盡于火,惜哉!今問存者,時見《編年詩注》及《説字》,嘉言孔多,拾爲瑣談,特所泛論書籍云爾也。”

神契略

南陽仙

府君曰:“近世崇信箕書,然未有如南陽仙之神異者。南陽仙自云諸葛武侯。萬曆末,以夢授符于予表叔余長心,其神應白端,判予生平甚驗。有云:‘聲名奕奕奈君何,七步卿才五馬歌。’又云:‘寂寞天衢初步履。’又云:‘學《易》無緣詠《蓼莪》,階下蘭孫笑祖荷。’皆奇驗。末云:‘祇園檀樹花將發,鐵筆靈光透已多。’跋云:‘爲顧門生四十年後驗。’”

府君曰:“先君年四十尚無子,嫡母多產女,復聘吾母。又三年而母始娠,因叩仙。仙曰:‘是亦女胎也,吾因汝世德請於上帝,命携華山童子仙玉付汝,生時當以其名呼之。’其箕向空作符篆數十而退。母懷十三月而生予,生則髮垂過額,瞑而不啼,家人竟呼仙玉,乃啼云。又,予七歲時夢華山君命作泰山上梁文,有云:‘蜃樓縹緲,粘星漢而知乾。鳳島疏遥,隔波濤而不見。’又曰:‘胡麻可飯,薜荔成衣;深洞無雞,山禽報曙。’豈華山之説信然與?予十一歲又有《夢詠太華》詩。崇禎末,仙忽辭去,云此後吾不復至。吾挽留再四,惟連書上帝戒嚴而已,絕不復降。”

夢　實

府君曰:“予丙戌歲過故南内,見宫殿殘蕪,兔葵馬矢,不勝愴惻。夜夢至殿所,闃然無人,仰見御屏上墨迹猶濕,有詩曰:‘日暮悲風起金粟,石馬無頭陵樹突。靈旗昨夜下長安,半是當年舊臣僕。才子何人劉景復,夢中翻作胡琴曲。一彈一曲聲正悲,使我襟前淚相續。’噫!果列聖之靈爲與,亦文人結習使然耳?”

府君曰:“吾在蘇時,聞韋刺史廟祈夢最驗。往時先君探漢石公于錢塘,適百姓鼓噪,焚白按院公署。吾祈夢,夢先君與予言之,又夢與先君夢中說夢。及相見,情事皆如睹。丙戌歲,吾往問終身,竟夜無夢。次早求籤,有‘獨守洞門無外望,他年頭角化成龍’之句,予祝曰:'某早著芒鞋,尚何化龍之有?'再乞示他年,籤曰:'陽春三月杏花紅,日近長安路已通。爲報洛橋遊宦客,扁舟不繫與心同。'末二句即韋公詩也。及戊午奉鴻博之召,報到時,予方看杏花,已而展轉一年,乃得遂志,泛舟而南回,憶'洛橋遊宦之語,扁舟不繫之言',孰有親切如此者乎?"

瑞屏公語予曰:"韋公之神,殆難以言罄。予少與陳明卿友善,同祈夢,俱無夢。次早同得一籤,有曰:'八月帝階開選事,看君花帽兩同登。'既而同舉,又各成進士,皆不及言。及予爲國子監祭酒,明卿爲司業,成分主校士,吉服簪華,忽對階而揖,一時同聲唱此二句。"

歲癸亥,府君行年六十三,冬忽病殆,撫枕歎曰:"吾《説字》未脱稿,倘假我數年,著述之幸也。"夜夢至一臺,所見有神人正坐,一披簡奏云:"某有豺虎之行、蛇蠍之心,不可使居此地。今張溥陞任,應著顧某頂補。"主者曰:"此間不可無此人。"一旁坐者鞠身曰:"人間亦不可少此人。"仰見兩柱上大書曰:"分別兩端歡上帝,精求一意向人間。"手持一筆一硯而還。覺而語昌曰:"吾不死矣!"病果愈。又五年,《説字》稿成而歿。

府君夢中常有冥契。壬辰歲寒夜,曾爲人作祭七郎湖註:可能在河北霸州。神文。稿畢就寢,夢中有車馬迎至宫府,七人衣冠俊偉,敬迓入席,酬獻拜謝。府君曰:"文疏未焚,神何從見?"答曰:"落筆時,吾輩業窺之矣。寄語湖司,今年當爲致魚十五萬斤。"是歲果魴鱮饒給,一如其數。人皆以爲神。府君曰:"吾嘗疑落筆卽見之語,後見道書言,人間青詞,帝王一日達帝所,公侯以降,或二日三日不等。惟忠孝節義,才人文士,頃刻而至。嗚呼!神之格思,不可度思,可不畏哉!"

筮驗

府君暨貞譽公皆尚《焦氏易林》,受命如響。曾記甲寅春,三藩同叛,一時江表戒嚴,千里無人。府君筮之,曰:"三蚩並狂欲之平鄉,迷惑失道,不知昏明。"府君曰:"然則吾入山避乎?"筮曰:"不利出城,疾人困棘。"府君曰:"不避即當此地,亦無警乎?"筮曰;"鸞鳳所庇,獨無兵革。”卒皆奇驗。而先妣以是年冬歿，乃悟疾人之語，驗在是也。府君曰：“筮戒三瀆。吾每筮則必思吾先人，如兒童時出告反面，告語懇懇，故皆語如覿面。卜筮，聖人所重，惟在問焉以誠。”

阡表廟碑

舊傳歐陽文忠《瀧岡阡表》，一夕爲龍攝去，有僧謂黄涪翁曰：“盍爲文？吾往責之。”涪翁爲文納僧懷中，定入龍宮。是夕風雨，碑復還其所，而旁皆龍涎圈點。後人剔取其涎，乃行行如蟲蝕狀。得其墨榻者，能禦火災。雖災，榻亦必不失。壬寅歲，府君客臨江，施使君（閏章）出此爲贈，並述其事，府君未之信也。及丙午冬，予家被回禄炎燄之後，一無所有。而府君詩文以先妣冒火抱出，及驚定檢集，獨失去記序一册。府君痛曰：‘他無所惜，惟乙酉歲作《關廟碑記》一篇，於時嗚咽下筆，淚可盈盞，神而有靈，其肯燬諸？’悵悶累日，忽有於燼瓦下拾得一册者，呈閱之，即此記也，完好無損，而《阡表》在焉，觀者莫不竦詫。吾不知此《記》與《表》之有於烈焰中者，龍宮之靈，正氣之靈？抑亦古今文人不朽定在在神護有，必使之不溺與焚者？不可以常情度也。《記》在《白茅集》，《表》至今藏于家。

昌按《筠窗偶録》載阡表事，與此小異。蓋府君得之傳聞，宋公得之筆記，故有詳略。今載于後，以廣聞見焉。録云：歐陽文忠公《瀧岡阡表》爲龍神借觀事甚奇，黄魯直《檄龍文》云：“臣黄魯直謹言：臣聞天子詔修永叔以三月三日趨朝，欽承皇上深寵，錫以重爵，推以峻位，加恩三世，著其褒辭以贈。修命石氏鎸之，故刻《瀧岡阡表》世次碑，乃雇舟載回。五月十三日至鄱陽湖，泊舟廬山之下。是夜，一叟同五人，青衣大帶，來舟揖而言曰：‘聞公之文章蓋世，水府願借一觀。’自謂龍神也。請碑入水，遂不見焉。惟陰風怒號，淡月映空，修驚悼不已。坐以待，且黎明起諭直。時知泰和令，以同邦之誼，命直爲文以檄。恭惟洞天水府之宫，震澤主者潤濟王闕下：福地陰陽，龍池歲月。星斗芒寒，受穹質于上界；雲津變化，膺顯號于人間。廟食吴中，官民均賴。兹有河神之玩法，敢將表石以沉淪。妙畫雄文，自應呵護。瓊章玉册，孰敢誰何？雖龍宮之幽玄，而雷神之慧徹。巽風震雷，駭蚪奔鯨。地裂水竭，淵泉俱滅。既已各司其職，胡不永保其身？以汝上天功也，驤首雲霄，德配亭毒。乾道之性，厥位六焉。鼎成以升，實汝之神，下地利也。淵源潭洞，養身遁性。坤絕妖塵，其德玄焉。禹舟之負，實汝之功。今汝不然，乃罹茲禁。萬一株連，五龍盡滅。書畢，投檄湖中。忽空中語云：'吾乃天丁也，押服驪龍，往而送至永豐沙溪，敕賜文儒讀書堂之南龍泉坑而交也。'文忠公歸而掃墓，但見空中雲霧濛蔽，虹光爍空，往視一大龜負碑而出，倏忽不見。惟碑上龍涎宛然在焉。乃起置于崇國公墓側，俾垂不朽。嗚呼！文能動龍，孝足感天，公之文章，德業至矣，極矣！天下萬世，誰不翕然而宗師之？時熙寧三年庚戌七月望日黄魯直謹識。"

右據山谷公自識如此，則豈惟歐公之文能動龍？而涪翁之文立可達天。鱷魚檄不足爲異也。昌嘗謂古今文人不朽矣，定在在神護。又，先君言文人章奏立達帝所之説，詎不信然乎哉！

男昌曰："班氏謂左史之失也誣，蓋爲其多述夢占、卜筮與鬼神，恐未必實然耳。以予所聞于府君及所見，則皆確然有據。惜後世無左氏載筆，且憾不得令班史都見耳。不然如所述云云，鮮不誚以語怪已。"

雜記

奇　玩

府君曰："吾在崑時，見先蓉山公家藏玉壺，高可半尺，舉其蓋，則連環細鎖，盤滿其中，引至數尺，而兩端綴屬不脱，殆鬼工也。又有玉人，一手攬袂，一手斜舉其筆，若題誌狀，而筆頭一點紅若丹砂。云初得時不省其意。後又得一玉女，俛而微笑，兩手披露其胸襟，而心頭一點亦紅若丹砂，合之乃一對也。相傳並是分宜家物，亂後莫知所在。"

蕭公家有李廷珪墨，長五寸，博三寸，厚可六分，通身拆如冰裂，外商薄金，巧嵌其罅以絡之。又，小李將軍金碧山水、樓臺欞檻、木葉花鬚，皆層層堆起。人物雖極小，而眉鬚皆可數。其界畫之精，又不待言矣。尤異者絹且就朽，金粉不脱如新。未審當日膠法，何以耐久如此？又，丁酉歲在白下，見芝麓公所得王摩詰畫册八幅，每幅外皆綾絹爲薄匣，面開一月如盞大，藏幅其中。以綿裹指推而看之，不令全露，防損污也。畫實精妙無匹。

異　人

府君曰："予少時，有道士韓休休者來謁，説吾家事，無巨細，如目睹。謂予曰：'吾有小數，然不過知三十年内耳。擇吉當授汝貞節姑。'不許乃止。一日，出袖中符授予，曰：'數日後，家有小災，預帖此竈頭可免。'視其符，則上作火燄，下畫一姤卦，中不相連耳。數日後，家婢三女竈陘遺火延燒，後屋幾盡，而堂房無恙。乃悟其符，已明示三女竈頭火意也。"

又從蘄水見一乞丐，呻吟蹩躠，一手捫其痔漏，一手挈其小筐，而前至廟堧。出筐中鑪橐，投以藥物，火燄起，裸坐其上，反肘鼓橐，彭彭震煽，緑燄悉從口中出。如此食頃而去，莫解其故。

府君曰："世傳劍術多閩人。宋又韓爲予言，曾從逆旅遇病夫，憐而近之，已乃病篤。出百金付宋，曰：'我泉州人也，無家可歸，死即以金之半葬我，餘以贈君。'宋許諾，力爲醫治。病已，原金還之。其人喜曰：'果義士，吾有薄技，何可不令君見？'遂同步出門，至松杉幽密處。袒其左臂，右手拭十餘度，膚忽開脱，出一卷書，如食脂大，中有薄鉛條二，攝之掌上，厲聲曰：'去。'則長劍雙龍，炫耀揮霍。須臾，斬林木，如風雨驟至。宋恐懼伏地。其人曰：'無傷。'掌托之，曰：'來。'仍二薤葉也。宋曰：'非紙非絹，此書何物所造？'曰：'人皮也。''何語言文字？'曰：'無文字，吾五代祖師相耳。'指後一相，曰：'若即吾爾，後無傳之者矣。'宋願師受，其人歎曰：'子淫根不除，難以入道，吾豈靳之哉？'納書膞中，竟辭去。又，順治十六年，有閩人投興國州山店宿，借其主家筐盒，夜祭而去。比曉，主人啓視，人頭在焉，官司追捕不獲。宋有文采，雖頗溺花酒，而語則不誕。興國去蘄，僅一江水，事當不誣也。予嘗以此二事微問周櫟園，曰：'先生鄉來莫識此輩否？'櫟園笑而不言。蓋櫟園雪謗時事頗奇異，世多知之，故不具述。"

脉候

府君曰:“浦心韋,蕲州人,爲荆藩良醫,所精太素脈。是時,諸生中名噪人耳者,惟予與蕭東曙。浦一夕延予至其家,曰:‘勿飲酒,夜半吾當爲子候脈。’既候而歎曰:‘吾意子少年科第,將有所託。今科第雖不可得,而心脈起一峰,將來必以文章名世。吉祥壽考,固不待言矣。惟蕭脈七斷八截,恐非令終之客。’及城破,蕭死獨慘。然後知浦術之精。”按:徵君有哭蕭霽詩,見《癸未乙酉集》。

醫藥

府君庚戌秋,病血痢,百藥不效。夢貞謽公教曰:“汝不節飲,庸醫豈知之?”命取蚯蚓糞三錢,藕節三錢,煎飲,下白蟲如綫而愈。府君曰:“予第四妹幼慧,以痘不出語人曰:‘速取長腳黄蜂七枚,以白酒醉,順手擂四十九回,飲予,可立愈,不然無濟矣。’家人覓蜂止得四枚,而妹逝。妹才四歲,方定有神授也。以上二方皆書所不載,故志之以俟知者。”

舍利

府君曰:“阿育王寺相傳有如來真體舍利。其塔非金非石,非土非木,即阿育王以神通力一夕所造八萬四千塔之一也。觀者禘心,能各見瑞相。戊子歲,予往禮焉。塔質與傳聞不異,高可尺餘,趺坐,四面刻海水及溺者捉髮相悻鬥狀。塔内小金鐘,鐘口著舍利。予凝睇再四,他無所異。惟見銅絲貫一小珀珠而已。而鐘質亦甚輕,心頗不平,秘之未以語人。後數月,有稱吳越王十五世孫求見者,開所負檀匱,出五王遺像及鐵卷示予,且言此匱世傳嫡長。乙酉春,其叔父某竊之而逃,並竊阿育王寺金鐘舍利藏匱中,避兵入山,巖壓而死,匱失所在。某以前月風雨經過巖下,匱復崩出焉。予曰:‘然則寺中曾見舍利,非乎?’曰:‘非也。真者昨乃送去。’又,康熙戊申,江寧地震,損報恩寺塔,乙酉重修之。衆爭看舍利。蓋塔頂中所藏也。頂大徑丈,上下交函,中空起一蓮臺,臺内小金盒,盒口上有一珠,茶褐色,大如綠豆而差，扁細，察之有八足，微若秋毫。循盒而走，食頃可移一分。初不詳其説，後得書，乃知梁昭明太子所施定風珠也。珠是蜘蛛中物，故形似之。”

察　奸

府君曰：“予六歲時，有許秀才者，厚貌謙謹，長指爪，鬚鬢蒼艾，持先君京師書至，館于予家老僕婢所。予塾歸，許逆予揖。予退，白貞節姑，曰：‘僕婢容盜，大是奇事。’姑問故。予曰：‘瞻視非常，盜無疑也，當速遣之。’婢以告許，許大驚，吐舌曰：‘郎君疑我盜，郎君乃真盜也。’雖然，吾不可不與交。因以玉筆斗、雜玩，並所刻《詩草》爲贈，予力卻之。辭之他所，而《詩草》則一時名流所序。未一年，事覺，乃洞庭巨盜，逮繫州獄，牽連頗衆。予家僕婢以州守唐公察知予説，乃免焉。自是家人有疑事爭就予决。”

府君曰：“予甲午夏自閩歸，舟出杉關。一日，岸上乞丐與予舟子鬥勢甚兇，揚塗滿船，予訝之。丐者曰：‘奈予欲附舟，舟子不肯。’予察其狀貌有異，慰而遣之。及泊舟，見市頭酒旗招颭，因褰裳就飲。坐未定，忽舟子跟蹌入，一壯士追之急，見予卻步彈立曰：‘爺固在此。’予問之，曰：‘某先時欲附舟者，奈舟子目不識人，將毆殺之。’予爲解釋，訊其里居，曰山東捕快也，緝盜至此。命之坐，不敢。予强之，呼酒共飲，醉飽而去。又數日，舟人方飯，予望見岸上柳陰稠疊，欣然獨往，約行里許，憩一石橋上，俯睞遊鯈，清流湍激，方欲爲詩，忽鏦鏦聞曳金鐵聲，心頗疑之。急回顧，則見兜翎短後，持長矛架予肩上而喝，予駭然。其人亦驚曰：‘固是爺耶！此地多險，奈何獨行至此？某以奉差不給，落草矣。自後當慎防出入，但自後可無他慮。’後果一路平安出江。”府君歎曰：“予數日之間，三見此人，而三易其言貌。人之不可忽也如是。語云：‘見乞兒與美酒，免破屋之咎。’況緩急人所時有者乎？”

閑　色

府君生平多隱德，而於非禮之色尤嚴。在閩時有少艖慕才，願得爲妾，不許。願一私會，不許。又，先妣没後，有挾重橐麗婢倩媒説者。府君曰："聖人甚禍無故之利，我何德堪此？且彼命婦也。伊夫鎮弁不儼然人上乎？"力謝之。

又，先妣嘗云："汝父在吾家尚未婚時，左右侍婢十餘，皆有色技。汝父每飲，必徵歌盡興，數年而從不及亂，汝外祖恒歎爲異人。"又，丙戌年在杭城，有孟將軍以所獲愛姬相贈。受之，而不令覿面。將事者曰："實姝麗，曷一見？"府君曰："一見即不能割捨矣。"使人問其里居，云崑山某監生妾，即日買舟送還。先是崑山有某僧，其妹亦在軍中，府君爲遍訪不獲。至是姬人從婢，即僧妹也。見僧大哭，並還之。後聞姬人與大婦不合，每詈則曰："我好端端個，被野顧送我來個。"呼爲野顧，不以爲德，反爲怨矣。府君曾述之一笑。

男昌曰："人情貴耳而賤目，又類多信目而疑耳，舉不足與論天下事也。古人謂：'天下之大，何所不有？'斯言盡之矣。蓋刻玉爲楮，説詳《國策》；隔垣見人，傳載《史記》。佗如吞刀吐火，夢方療疾。女子之誦出經咒，牡丹之預知成毁，以至羚羊辨惑于佛牙，神劍開藏于腦户。種種奇異，何必《齊諧》，亦云：'多見則少怪也。'若夫察奸閑色，尤人所難。故並識所聞，通爲《雜記》。"

文饒弟以此編囑禎校勘，義不容辭。携歸燈下，大概系禎所耳受者，不敢褻視。詰旦，齋心細讀，如對叔父笑言。默祝在天之靈，佑禎腕底，庶不點竄失當，不半日而就。雖文人慧業，千秋難泯，藉非吾弟編輯，安能長留不散？如是，禎當叩謝表章之功臣矣。至于文筆簡勁，描寫盡致，直逼腐史，更何間然。康熙丙戌九月，兄維禎謹識。

老友黄宿威爲吾鄉名宿，論及今時樂府，首推顧黄公先生，後來則費二滋衡。余客廣陵，晤滋衡，商榷風雅，滋衡亦首推黄公先生。《白茅堂集》乃前銀臺曹公楝亭刊行，鋟板久歸蘄州。嗣客武昌，交潘子燕邱。潘、顧屬姻婭親，因知黄公先生有孝廉子培山公諱昌，字文饒，能世其家學，早歿。有孫三經，亦少儁，許以鋟板送武昌，爲廣其傳。果如期載至，並示以先生《説字》一書，得未曾有，惜其無力刊行。又出《耳提録》一帙，乃孝廉公過庭時所纂述者。予許爲代刊，而問序于滋衡。時兒子純宰儀真，余亦北上需次，得近畿之延慶。純又調江陰武進，兼攝大邑，以煩勞殞身。余亦以無枉解組，公私累累，無力旁及。蒙各憲鑒其被議之非辜，得還故物，委署江寧府。倅旋，改碭山。甫二載，後憲以夙因致劾，幸無闕失，承修邑乘。念及《耳提録》，向有一諾，遂並付梓。憶燕邱曾云："陳滄洲先生守江甯時，亦遭無枉，以所有衣着付質庫，得三十金，爲杜于皇先生營葬。"江南人有詩云："南京有客杜茶邨，身後風流衆所尊。不有滄洲陳太守，誰爲營葬太平門。"余與滄洲去官之窘狀略同，故識之，以志山仰黄公、茶邨兩先生。雖出處不同，而才名鼎足。後之私淑者，可以論其世矣。乾隆壬戌小春，福清後學郭浩謹跋。

先君子培山公幼膺庭訓，長役籃輿。凡先徵君之逸行遺言，無不悉録，署曰"耳提"。原留以示我後人，非敢詠張懿美也。自康熙丙戌捐舘，迄今五十餘年，斯集一經崑山伯父幼鐵公（諱維禎）梓于粤東，再經郭勁草先生梓于維揚，雖已流傳遠方，而近地則罕覯。兹值《蘄志》重修，開局於祇園禪院，因驚心《神契略》中有"祇園檀樹，鐵筆靈光"之語，爰謀諸子侄，更鐫梨棗，以附《白茅堂集》之末，亦庶幾不忘前志云。

乾隆乙亥歲仲冬月長至前一日男湛露敬識。

皇清揀授文林郎顧公培山府君略

嗚呼！不孝湛露謭陋不文，何能狀吾府君？雖然，府君之歿已五十年，不孝年亦六十有三，大兄、四兄相繼早逝，二兄之逝也亦十有三年，兹不幸而三兄又謝世，倘不及今述之，後之人何以悉吾府君之性情出處，知吾府君之生卒歲月哉？府君諱昌，字文饒，一字培山。

大清徵君、前參軍、鄉謚文靖先生黄公王父之弟三子也。美儀表，風神俊逸，孝友和平。讀書作諸體文，無間寒暑，尤工舉子業，善詩歌。同母兄弟凡八人，府君最爲徵君所鍾愛。凡吟詠著述無不示其意旨，賓朋燕會無不侍登臨，遊歷無不與徵君。既以文章名聞天下，一時交皆耆儒碩彦，以故見聞曰廣，而學問曰增也。年十六，補博士弟子員，十八食廪餼，四十一始登賢書，屢上公車，卒不第。康熙戊午，徵君力疾赴召至京師，府君與俱。徵君辭疾歸里，敞門著述。府君常在側，間與藩臺即山徐公往來倡和，亦左右趨承。歲癸亥，遵徵君命，讀書太平山寺，手輯徵君《白茅堂詩文》四十六卷，編年爲次。丁卯，徵君捐舘，即于廬次復校録徵君所著《説字》二百餘卷。卷帙既繁，念家貧不能授梓，乃遍謁諸名公交好，車馬奔馳，舟楫勞瘁無虚日，冀一獲刊布其遺文，以表揚先德。顧是時食口多，生計竭蹶。己巳、庚午而後，教授生徒，取資館穀。迨壬午，以中丞牧仲宋公招自都門，達姑蘇。宋公有意梓徵君集，時幕客有以費繁議芟薙者，府君不欲也。去止金陵，晤銀臺曹公（諱寅，字子清，號荔軒，別號楝亭）。公時織造江南，兼鹽漕務察院，前與徵君燕臺雅集，舅甥契誼，遂捐千金，代梓《白茅堂全集》。府君一手較正，歷癸未、甲申，剞劂告成。徵君詩文始大行海内，然府君終以《説字》未壽梨棗爲憾。不幸甲申季秋朔，先妣程孺人見背，府君親撰行述、墓銘，擇梅花壟以遷葬。府君既不得志，時招王坤庵、李青郊、石野航諸先生，憑吊悲歌，憂不自勝。乙酉，復上公車。丙戌冬，自江南載白茅堂鋟板歸蘄，僅越二十日，因病下血，而忽焉長逝。

嗚呼！以吾府君之盛德，而不獲仁壽之報，豈非天耶？嘗聞徵君家居無事時，即擬鄉會三場題，使府君製各體文字。每作合式，則忻然喜。所以癸酉楚闈榜發，報人至門，舉家歡忭。府君獨撫先靈，號痛幾絶，誠以徵君平日屬望之殷，而不得親見其分析秋香也。生平重節義，輕貨賄。江黄副使錢塘我西許公殉流寇難，徵君既爲立傳，府君率同志呈當事，請以上聞。許公得崇祀名宦，採入史館者，府君力也。諸伯叔欲析烟，府君館于外，郵書止之，不可。後凡有所獲，即分給兄弟與侄，不私所有。濟人之急，釋人之紛，不可枚舉。著有《耳提録》，以述先徵君之緒論。在江南時，與楝亭曹公有《西軒倡和詩》，久經行世。又有《栗蔭軒詩文》《錦樹堂填詞》《江山筆助集》《時藝》數十卷，俱藏家待梓。生于順治癸巳年五月十四日戌時，歿于康熙丙戌年十一月三十日戌時，享年五十有四。

先是，徵君爲府君幼聘不孝生母程孺人，吾外祖懷遠將軍程公（諱士然，字燕又），由蘄營守府，陞任夔州遊擊，轉任漳州遊擊。母時年未及笄，相隨入閩。值甲寅三藩之變，閩海鼎沸，程公以不從耿逆遇害，遂致十有餘年，音書頓絶。府君年二十六，徵君又爲府君禮聘胡母，而程母實隨其庶母及叔父母，由閩入粤，由粤至江右。辛酉冬，自江右抵蘄。壬戌春，始歸府君，年已二十有七，府君年三十矣。其顛末詳載程母行狀，無敢瑣贅。原與程母合葬于梅花壟，因地穴不吉，復于雍正癸卯十二月二十六日，俱改祔於蟠龍崗七世祖妣陳恭人墓下左右。胡母至乾隆丙辰十二月二十六日終世，亦葬于蟠龍祖山。不孝兄弟五人：長仕縿，次仕紘，次三經，增廣生，次仕綬，州庠生，次卽不孝湛露。州庠生。女一，適孝廉易君若凡諱時憲。之第三郎德邁。孫男十：兆茂、兆崑、兆棉、兆蔚、兆極、兆芝、兆螢、兆芬、兆秀、兆材。曾孫五：啟傑、啟舉、啟炯、啟炳、啟煌。嗚呼！府君之棄我諸孤也，不孝年止十三。府君又在外日多，家居曰少，既乏家乘之可稽，又未蒙仁人君子寵之傳記，故援筆每多遺漏，今述其大略，冀垂不朽焉爾。

大清乾隆二十年、歲次乙亥仲春月二十有二日，即三兄謝世之後七日也。不孝湛露抆淚書。

蘄州顧赤方徵君，博學多通，才氣雄肆。所著《讀史集論》九卷、《矘池録》一百十八卷、《南渡集》共七十三卷，已采入《四庫》。未采入者，《黄公説字》二百餘卷，州中藏書家尚有鈔本。此《白茅堂詩文》全集四十六卷，乃江南織造楝亭曹公出資代梓，康熙甲申刊成。令子培山孝廉，從江南載以還蘄者也。集尾坿《耳提録》一卷，乃培山孝廉述徵君之緒論，筆之成書。文孫名湛露者，續刻於乾隆乙亥者也。康熙甲申距今幾二百年，中更髮匪之亂，鄉城百物蕩然，此集鋟板獨完。《耳提録》所云：古今文人不朽，定在在神護。不其然歟？徵君後裔無人，其族人不知寶守，同年生王勉吾刺史以兼金購得之。官秦時，長君岱岑明經，尤留意鄉邦文獻，藏之槐園，愛護特甚。刺史頃自鄜州解組歸，舉此板輸之麟山書院，以公同好，並與二三縉紳集議，以印行之資供徵君遺祠，春秋祀事甚盛舉也。刺史再能修其漫漶，補其殘缺，訂其譌誤。《耳提録》後闕培山孝廉行略，並覓舊印本補完之，洵毫髮無遺憾矣。

光緒二十八年歲次壬寅八月朔，知蘄州事定遠後學淩兆熊謹跋。

屺思堂集

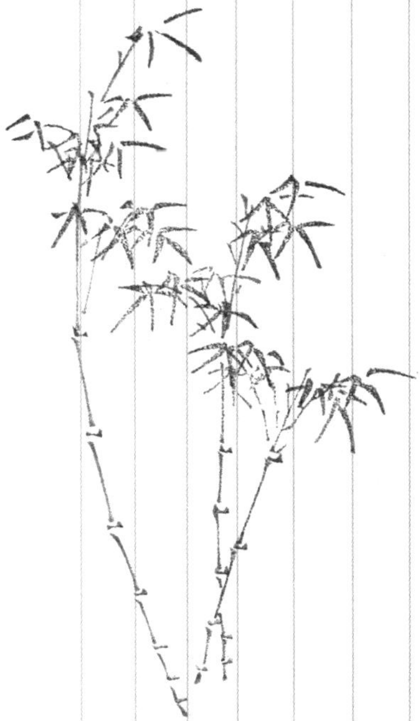

(清)劉子壯 著

主編 王利民

劉飄 點校

鳳凰出版社

圖書在版編目（CIP）數據

峐思堂集 / (清) 劉子壯著 ; 劉飆點校. -- 南京 : 鳳凰出版社, 2019.11
(鄂東文獻叢書 / 王利民主編)
ISBN 978-7-5506-3054-3

Ⅰ. ①峐… Ⅱ. ①劉… ②劉… Ⅲ. ①古典散文—散文集—中國—清代②古典詩歌—詩集—中國—清代 Ⅳ. ①I214.91

中國版本圖書館CIP數據核字(2019)第246861號

書　　名	峐思堂集
著　　者	(清)劉子壯 著　劉飆 點校
主　　編	王利民
責任編輯	王　劍
出版發行	鳳凰出版社(原江蘇古籍出版社) 發行部電話025-83223462
出版社地址	南京市中央路165號,郵編:210009
出版社網址	http://www.fhcbs.com
照　　排	南京凱建圖文有限公司
印　　刷	金壇古籍印刷廠有限公司 江蘇省金壇市晨風路186號,郵編:213200
開　　本	890×1240毫米　1/32
印　　張	169.375
字　　數	3136千字
版　　次	2019年11月第1版　2019年11月第1次印刷
標準書號	ISBN 978-7-5506-3054-3
定　　價	1980.00圓(全九册)

(本書凡印裝錯誤可向承印廠調换,電話:0519-82338389)

序

王利民　方　正

一

本《叢書》是黄岡師範學院文學院從事鄂東文化研究的成果之一，是一套爲鄂東傳統文化研究提供基本材料的專題叢書。“鄂东文獻”，顧名思義，其範圍涵蓋了湖北東部地區的歷史文獻，其中多數是明清兩代文人的詩文集。

“鄂東”一詞在清代以前的典籍中並不常見。羅泌《路史》卷二十六《國名記三》説：“鄂東，熊渠中子紅封之。《世本》。今興國軍永興有故鄂城。《寰宇記》：“州西北百八十鄂王城，鄂人事鄂王神。”漢鄂縣本隸武昌，故《九州記》云：‘鄂國，今之武昌，東鄂也。’”“東鄂”一詞在古籍中倒是更爲常見。宋薛季宣《樊口見鄭崇陽不遇》有云：“島嶼西陵開罨畫，湖山東鄂洗新裝。”《樊山春望》有云：“東鄂城東安樂宫，李花練絢玉玲瓏。”《二同舍賦鄂城篇見和，文高格古，端不可及，而仙尉王文措辭侈甚，可以參諸臺符羽檄間，復次元韻戲酬》有云：“吴楚争桑如有頃，東鄂幾人全首領。”宋代的東鄂指的是武昌（今鄂州），與南陽的西鄂相對應。歐陽忞《輿地廣記》卷二十七説：“武昌縣，故楚之東鄂也。”《湖廣通志》卷三説：“南陽有西鄂。稱西，所以别於東鄂也。東鄂，武昌也。”

清同光之際，鄂東地區成爲捻軍活動的區域，因而“鄂東”一詞常見於文獻之中。如《曾文正公年譜》卷十一説：“東路任賴一股盤旋於安陸之境，劉銘傳等追勦，賊竄向鄂東一帶。”《李文忠公奏稿》卷十一《行抵歸德通籌調度摺》説：“曾國荃二十九日函稱，鄂軍追賊，悉已西

至棗陽，頃調回東路黄麻堵勦，未知能否趕及，是鄂東空虚實甚。”繼而，“鄂東”也出現於晚清文人的詩作中。如王柏心《百柱堂全集》卷二十七《九日寄漁叟》詩云：“去歲重陽節，黄花滿鄂東。”清末民初，“鄂東”概念爲地理類書籍所採用。劉錦藻《清續文獻通考》卷三百十七《輿地考》十三説：“廣濟縣南七十里之武穴鎮，外江内湖，介鄂贛二省，實鄂東咽喉。”

今天“鄂東”作爲一個地理概念，源自民國時期的行政區劃。民國初年，湖北分爲鄂東、鄂北、鄂西三道。鄂東道轄武昌、壽昌、嘉魚、蒲圻、咸寧、崇陽、通山、通城、大冶、興國、漢陽、夏口、漢川、黄陂、孝感、沔陽、黄岡、黄安、黄梅、蘄春、蘄水、麻城、羅田、廣濟、安陸、隨縣、雲夢、應山、應城等二十九縣。民國二十七年(1938)，湖北省第二行政督察專區轄黄岡、蘄水、蘄春、廣濟、黄梅、英山、羅田、麻城、黄安、黄陂、禮山等十一縣。民國二十八年，二區專署改稱鄂東行署。1941年，黄岡縣抗日民主政府及豫鄂邊區行政公署鄂東辦事處成立，次年改爲鄂東行政專員公署。

現在的“鄂東”指的是湖北省東部地區。狹義而言，主要指黄岡地區。如湖北省政協文史和學習委員會等編撰的《黄岡文化簡史》基於行文方便和約定俗成，把“黄岡地域”與“鄂東”視爲基本相同的概念。廣義來説，以行政區劃爲基礎來劃分的鄂東地域包括武漢、黄岡、鄂州、黄石、咸寧等行政區。本叢書取廣義之説，在文獻的選擇上則以黄岡地域文人的著述爲重心。

二

湖北歷史上的三大人文重鎮是春秋戰國時期的荆州，東漢三國時期的襄陽，明代鄂東的黄州府。隋唐以前，湖北的文化重心位於荆州、襄陽地區，而鄂東屬於邊緣地帶。清人顧祖禹在《湖廣方輿紀要序》中説：“湖廣之形勝在武昌乎？在襄陽乎？抑在荆州乎？曰：以天下言之則重在襄陽，以東南言之則重在武昌，以湖廣言之則重在荆州。”從地緣政治的角度來看，從西周到北宋，中國的中央政府主要建在北方，都城主要在西安—洛陽—開封一綫，荆州和襄陽得此地緣之

利，成爲湖北的區域中心。宋代以後鄂州（今武昌）地位上升，成爲湖北的重心，但其行政中心的地位並未確立。到了元代，鄂州成爲湖廣行省的治所，才全面確立大區域中心城市的地位。1281 年，原來遷移至湖南潭州的湖廣行省治所又遷回鄂州，於是鄂州正式成爲湖北的行政中心，這使得湖廣形成以鄂東爲重心的基本格局。

宋元之世，蘄、黄二州分治，宋代蘄州、黄州屬淮南西路，其治所在壽州，今安徽鳳台；元代蘄州路、黄州路屬河南江北行省，其治所在汴梁，今河南開封。宋元二代，蘄、黄均處於所在省的偏遠地帶，遠離其行政中心，故王葆心先生説："宋、元之交，吾蘄黄以邊儌，文化榛蕪。"在元代，黄州府逐漸發展爲上等州府，其人口數、進士數、書院數、《湖北通志·藝文志》及《補遺》中的著作者人數均占湖北省首席。

朱明代興，湖廣進入了"以東南言之，則重在武昌"的時代，武昌成爲區域内的政治經濟文化中心，鄂東毗鄰武昌，一變其兩千年來的不利地位，獲得區位優勢。明代是鄂東傳統文化最爲繁榮的時期，但明代初期和中期文化繁榮程度遠不如明代後期，這與漢口的地位有關。漢口是明清時期湖北最大的市鎮，居天下"四大名鎮"之首，在明中葉由漢水改道而興起。漢口處長江漢水交匯處，順江而東，可達安徽、江西、江蘇、浙江；循大江而南，過洞庭，入沅湘，可通兩廣、雲南、貴州；溯江而上可通巴蜀；溯漢水而上，可入宛洛，此所謂"九省通衢"。鄂東五水，倒水、舉水、巴水、浠水、蘄水，均發源於大别山，流經東北部山地、中部丘陵、西南部平原，垂直注入長江，與漢口相聯，在鄂東形成了類似現在的"高速交通網絡"。在以人力與畜力爲主要動力的時代，水上交通最爲重要。鄂東五水與漢口相連，北達黄陂、黄安、麻城、羅田，中達黄岡、蘄水，南達蘄州、黄梅、廣濟。"貨到漢口活"，鄂東的農産品可以暢銷天下。明代中期漢口的興盛推動了鄂東外銷型農業的發展，從而帶動了科舉的極大成功與文化的大發展。

三

鄂東文化肇始於原始社會，形成於戰國到秦漢，發展於隋、唐、宋、元，鼎盛於明清，轉化於晚清民國，代有奇峰。唐宋時期是鄂東文

化開始彰顯的時期。唐時,慧能居黄梅東山寺,師從弘忍,禪宗大興於天下。杜牧爲黄州刺史,創作30多篇詩文,赤壁戰場,折戟沉沙,詩留千古;岐亭古鎮,杏花村酒,香飄四野。從宋代開始,鄂東地區儒學與文學開始勃興。理學大師程顥、程頤兄弟即出生於黄陂。北宋前期,有不少朝廷的逐臣被"安置"於鄂東。王禹偁謫黄州,詠懷月波樓,新建小竹樓,氣節文章,照臨此邦。蘇軾居黄州,二賦一詞,江山多嬌,黄州成爲世界名城。蘇轍攬勝快哉亭,與東坡聯袂西山,流風遺韻,稱快世俗。秦觀來黄州謁見東坡,贊龍丘子,題雙松,清風皓月,相與忘形。黄庭堅居武昌,遊樊山,追懷東坡道人,應和萬壑松風。張耒三居黄州,與黄州的江西詩派詩人潘大臨、何覬曳杖漫步,詩酒唱和。蘄州人林敏功、林敏修兄弟和夏倪也列名江西詩派。洪芻、韓駒曾來黄州任職,饒節曾至蘄春白岩寺問道。詩人彙聚,遂使黄州成爲詩壇重鎮。元代黄州則出了當時第一流的散曲大家滕賓,其人有《玉霄集》,《太和正音譜》稱"滕玉霄之詞,如碧漢閑雲"。

明清時期,鄂東人文飆升泉湧,王士性《廣志繹》卷四説:"毋論士大夫,即女郎多有能詩文者,如周元孚、董夫人輩。"當明弘治、正德年間,黄州王廷陳著有《夢澤集》,其人與李夢陽、何景明並稱"海内三才"。武昌興國人吴國倫與李攀龍、王世貞、謝榛、宗臣、梁有譽、徐中行並稱"後七子",著有《甔甀洞稿》《甔甀續稿》《藏甲岩稿》《吴川樓集》《續吴川樓集》等。嘉靖時,黄州許潮所作《太和元氣記》由二十四種雜劇組成,裁制新異,詞調爾雅。明萬曆年間,李贄僑寓麻城、黄安,撰有《焚書》《續焚書》《藏書》《解老》《莊子解》等驚世之作,在文學上提出"童心説",評點《水滸傳》《西廂記》《幽閨記》《浣紗記》等小説、戲劇作品,所輯評的《坡仙集》獨得蘇東坡一生神髓。麻城女詩人毛鈺所作詩歌被同邑名士丘坦編爲《文貞集》,其詩如金珠翡翠,珊瑚瑪瑙,黄童白叟,入目即知其寶。明末,麻城劉侗撰有《帝京景物略》,文字幽雅雋潔,體現了竟陵派的文風。

清代鄂東文學承繼明代遺緒,文風鼎盛。黄州遺民詩人杜濬,詩文自辟町畦,睥睨一世,尤精於五律,有《變雅堂遺集》。蘄州顧景星詩文雄贍,《四庫全書總目提要》稱其爲"一時之霸才"。黄州劉子壯是順治六年的狀元,也是清朝開國文豪之一,著有《屺思堂文集》《屺思堂詩集》等，他與同科榜眼熊伯龍並稱“熊劉”，又與康熙朝的韓菼、李光地並稱“順康四大家”。康熙年間，黄陂王澤宏著有《鶴嶺山人詩集》，所作和平安雅，不失臺閣氣象，當時名流王士禛、姜宸英、洪昇等都曾點定其詩。廣濟金德嘉是康熙二十一年的會元，著有《居業齋文集》等，《四庫全書總目提要》説：“德嘉晚年鍵户著書，時同郡顧景星、張仁熙、劉醇驥往往追摹秦漢，宗尚王李，訾歸有光爲秀善婉媚。德嘉獨不爲高論，力摹韓歐，雖其閎肆博贍遜於國初前輩，而先民榘矱仿佛猶存。”張仁熙著有《藕灣全集》等，其詩多悲苦之音，大旨宗尚李夢陽、王世貞、李攀龍。劉醇驥著有《芝在堂集》等，《古今圖書集成·理學彙編·文學典》稱其“文章高雅典重，一時文士無不知有劉千里者，得其傳記、碑銘，莫不以爲美。”蘄水陳沆是嘉慶二十四年的狀元，名列清代律賦四大家、試帖詩七大家，著有《簡學齋詩存》《簡學齋詩刪》《詩比興箋》《館課試律存》等。

明清時期，鄂东詩人文士多如繁星。據我們統計，《湖北通志·藝文志》别集部分共載明清鄂東地區作者1400餘位，占别集部分所載明清湖北作者數的77%；共載明清鄂東地區文人别集1600餘部，占别集部分所載明清湖北文人别集數的80%。我們統計時所定義的鄂東地區包括安陸府、德安府的東部，以及漢陽府、黄州府及武昌府的全部。根據各府作家數量排序，鄂東地區所涉及的五個府分别位列第一（黄州府）、第二（漢陽府）、第三（武昌府）、第五（德安府）和第六（安陸府）。從文人數量及其作品數量上看，明清時期鄂東地區表現突出，是當時湖北文人的中心聚集區。

四

除唐宋元明時期以外，湖北人才的出現還有兩個高峰，一個是楚國八百年，一個是清末和民國時期。晚清到民國，鄂東出現了一個“人才井噴”現象，産生了一系列大師級人物，如地質學家李四光、哲學家熊十力、政治史兼經濟學家王亞南、語言文字學家黄侃、文藝理論家胡風、詩人聞一多、新儒家的代表人物徐復觀、哲學家湯用彤、方志學家王葆心等，他們都堪稱在某一文化門類領一代風騷的鉅子。

得留學風氣之先是近代鄂東文化繁榮的重要原因。張之洞在《勸學篇》中說："出洋一年，勝於讀西書五年，此趙營平百聞不如一見之説也。入外國學堂一年，勝於中國學堂三年，此孟子置之莊嶽之説也。"李四光先後留學日本和英國，黄侃、王亞南留學日本，聞一多、湯用彤留學美國，他們是鄂東留學生中的代表，鄂東這一時期的留學生日後大多成爲中國社會各個領域的佼佼者。根據白戰存先生編著《鄂東百年留學生名録》統計，清末湖北留學生共 807 人，而鄂東占 196 人(其中，黄岡縣 38 人、黄安縣 14 人、麻城縣 24 人、羅田縣 23 人、英山縣 15 人、蘄水縣 19 人、蘄春縣 33 人、廣濟縣 24 人、黄梅縣 6 人)，數量遥遥領先其他各州府。據《湖北教育史志資料》1985 年第 1 期記載，清末留學生以江蘇、浙江、湖北、湖南、廣東、四川等省爲最多。湖北乃一中部省份，有如此多的留學生到西方發達國家留學，湖廣總督張之洞功不可没，鄂東也是深得其利。

張之洞説："世運之明晦，人才之盛衰，其表在政，其裏在學。"欲興一地之學，必先整理鄉邦文獻，從而"考文獻而愛舊邦"，達到從小區域中探究大歷史，從鄉邦文獻中發現普遍性的歷史問題，進而"從鄂東看中國，從中國看鄂東"，更好地推動區域社會的發展。

爲了弘揚鄂東地區的優秀傳統文化，黄岡師範學院文學院實施了"鄂東傳統文化研究"項目，《鄂東文獻叢書》是這一項目的重要組成部分。《鄂东文獻叢書》收録範圍：一、古代鄂東人士的著述。所謂鄂東人士指出生在鄂東，或籍貫是鄂東(三世祖以下出生或定居現行政區域屬鄂東境内)者。二、雖非鄂東籍，但久居鄂東，且其主要著述在鄂東完成者的著述。

本《叢書》採用平裝形式，每種著述分裝一册。每種著述的編纂以原有的集子爲基礎，並搜輯同一作者内容相關的作品補充完善，也可以按新的體例編次。編者增輯的内容在前言或文末注明出處，必要時説明理由。本叢書的校勘標點以中華書局總編室 1991 年 10 月擬訂的《古籍校點釋例》(初稿)爲基本依據。每種文獻之前，冠以前言(或整理説明)。前言内容包括：一、本書作者的生平簡歷，主要學術成就；二、本書的基本内容、特點、價值的介紹和評論；三、本書的寫作和成書情況；四、本書的版本源流；五、整理方式：底本的選擇，校勘所用的本書其他版本，引用參考的主要典籍。前言之後，爲全書篇名目録。與本書相關的重要參考文獻作爲書後附録。附録内容主要包括：一、本書作者傳記、碑傳、行狀；二、有關目録書籍對本書的提要；三、本書的各家序跋、題記。

我們整理出版《鄂東文獻叢書》，既是期望爲文史工作者提供研究古代文化的基本文獻，也希望廣大的文史愛好者通過本《叢書》感受到鄂東優秀傳統文化的魅力。隨著本《叢書》的問世，我們希望鄂東文化傳統的研究和弘揚進入一個更爲繁榮的時期。

前　言

據《清人别集總目》記載："劉子壯（1609—1652），字克猷，號稚川，湖北黄岡人，明崇禎三年（1630）舉人，清順治六年（1649）狀元，授翰林院修撰。"此表述大致不錯。劉子壯出生於長江之中的葉路洲（又名鴨蛋洲，今名雅淡洲），今天的黄岡市黄州區堵城鎮雅淡洲人，祖籍清江（今江西清江縣）。劉子壯也是清代湖北的第一個狀元。順、康年間制藝"四大家"之一。

關於劉子壯的著作

《清人别集總目》條列了他的著作如下：

1. 劉稚川詩不分卷，清刻屺思堂詩集本（首都、湘圖、粤圖、北大、叢書綜録補編）；

2. 屺思堂文集八卷，清康熙刻本（北圖、湘圖）；

3. 劉狀元存稿六卷續刻稿三卷屺思堂詩集一卷文集八卷，順治刻本（豫圖）；

4. 屺思堂詩集八卷文集八卷，康熙二十五年刻本（南圖）；

5. 屺思堂集文八卷詩一卷，康熙刻本（豫圖、南開、山西大學、財政部。按：南開藏本卷七家譜傳略缺）；

6. 屺思堂文集八卷詩一卷續刻制藝一卷，康熙二十五年刻本（華東師大）；

7. 屺思堂文集二卷詩集一卷，清刻本（粤圖）；

8. 屺思堂詩文集十四卷，清刻本（南圖）；

9. 屺思堂文集八卷詩集一卷劉太史存稿六卷續刻稿六卷，乾隆刻本（上圖）；

10. 屺思堂全集,道光二十八年刻本(人大)。

其中,“屺思堂詩集八卷文集八卷,康熙二十五年刻本(南圖)”和“屺思堂集文八卷詩一卷,康熙刻本(豫圖、南開、山西大學、財政部)”以及“屺思堂全集,道光二十八年刻本(人大)”,這三種書名字不同,作品内容是一樣的。有時候把他的詩歌不分卷,就是一卷,按照詩歌形式,分開分卷,就是八卷。“屺思堂全集,道光二十八年刻本(人大)”則是把這些詩文統稱爲全集。“屺思堂文集八卷,康熙刻本(北圖、湘圖)”就是劉子壯的八卷文集,不包括詩歌。而“劉稚川詩不分卷,清刻屺思堂詩集本(首都、湘圖、粵圖、北大、叢書綜録補編)”則相反。至於“劉狀元存稿六卷續刻稿三卷屺思堂詩集一卷文集八卷,順治刻本(豫圖)”,“屺思堂文集八卷詩一卷續刻制藝一卷,康熙二十五年刻本(華東師大)”,“屺思堂文集二卷詩集一卷,清刻本(粵圖)”,“屺思堂詩文集十四卷,清刻本(南圖)”,“屺思堂文集八卷詩集一卷劉太史存稿六卷續刻稿六卷,乾隆刻本(上圖)”,因爲没有親見,所以不知道是否有超出八卷文集和八卷詩集的作品。《清人别集總目》未著録的劉子壯的著作,現藏於國家圖書館的有:“劉克猷稿,一册,康熙間刻本”,“劉克猷稿,一册,清乾隆三年刻本”和“熊劉詩集,四册,清乾隆五十七年刻本”。

根據《清人别集總目》的著録以及國家圖書館的收藏,劉子壯著作的版本可排序如下:

一、順治刻本(豫圖):劉狀元存稿六卷續刻稿三卷屺思堂詩集一卷文集八卷。

二、康熙刻本:屺思堂文集八卷(國圖);劉克猷稿一册(國圖);屺思堂詩集八卷文集八卷(國圖);屺思堂文集八卷(北圖、湘圖);屺思堂詩集八卷文集八卷(南圖);屺思堂集文八卷詩一卷(豫圖、南開、山西大學、財政部);屺思堂文集八卷詩一卷續刻制藝一卷(華東師大)。

三、乾隆刻本:屺思堂文集八卷詩集一卷劉太史存稿六卷續刻稿六卷(上圖);劉克猷稿一册(國圖);熊劉詩集四册(國圖)。

四、道光二十八年刻本:屺思堂全集(人大)。

五、影印本:《清代詩文集彙編》中《屺思堂文集》和《屺思堂詩集》,以道光刻本影印;《四庫全書存目叢書》中的《屺思堂文集》和《屺思堂詩集》,以康熙刻本影印。

本書以《四庫全書存目叢書》中的《屺思堂文集》和《屺思堂詩集》爲底本,以《清代詩文集彙編》中《屺思堂文集》和《屺思堂詩集》作爲對較本進行整理。

關於劉子壯的著作的編纂者

《屺思堂文集》中有《屺思堂文集目録》,由劉子壯的孫子純錫、永錫和敷錫共同編次。文集卷一,由劉子壯的兒子劉孫茂質廬纂輯,同郡金德嘉會公校閱。文集卷二,由劉子壯的兒子劉孫茂纂輯,同郡周世甦丹崖校閱。文集卷三,由劉子壯的兒子劉孫茂、中湘王岱山長校閱。文集卷四,由劉子壯的兒子劉孫茂、同里張希良金山校閱。文集卷五,由劉子壯的兒子劉孫茂纂輯。文集卷六,由劉子壯的兒子劉孫茂、同里樊維域念庵校閱。文集卷七,由劉子壯的兒子劉孫茂、四明戎上德載聿校閱。文集卷八,由劉子壯的兒子劉孫茂、蒲關張好奇知天校閱。

《屺思堂詩集目録》由劉子壯的弟弟子龍、子儀等,孫子純錫、永錫、敷錫,曾孫等人編次。《屺思堂詩集》由其玄孫昌桂、昌業、昌榮、昌極、昌柱、昌棘、仁炳等重訂。

關於劉子壯其人

劉子壯小時候就聰穎智慧,讀書能一目數行而下,很早就享有文名。他時時省身,謹慎檢查每日所爲,夜必焚香以告,數十年如一日。他專心研究書籍。劉子壯爲生員時,性格端莊,從來不問柴米油鹽的瑣事,而精於論著。深入研究經術,所著制舉文精湛。早歲遭兵匪亂,奔竄於山崖水澗。清順治六年(1649),劉子壯大魁天下。

在殿試開始前,順治皇帝因爲討厭科舉考試八股文的陳詞濫調,就采取了一些改革措施,規定殿試時一律不准使用四六句子一類的套話、廢話。在殿試過程中,劉子壯的對答見解深刻,邏輯嚴密。尤其是他關於民族團結和睦、輕刑薄賦等方面的見解和主張,深得順治皇帝的賞識。後授國史院修撰。順治九年,劉子壯充壬辰科會試同考官,得二十二人,皆天下知名學士。試畢,告病還鄉,不久即病故。享年四十四歲。

劉子壯天性孝友。他的幾位叔伯兄弟去世,留下侄子五六人。他不但給他們良好的教育,還爲他們操辦婚娶成禮,雖處於亂離之世也不苟且。另傳,劉子壯與昆山縣令雅好而交厚。縣令表示有善願,願以千金爲劉子壯拜壽。適逢有小吏因獲罪而急請劉子壯相救,願意用嫁女貲費數十金報答。劉子壯聞聽而制止,小吏惟恐解脱不力。劉子壯勸小吏説:"甭怕,不費你一文錢。"劉子壯遂將此事對昆山令説明白,昆山令不答應,他就説:"將吏罪寬赦就算拜賜千金了。"昆山令不得已只好答應。小吏得以解脱而其女兒的婚事得以周全。然而最終劉子壯也没有告訴别人。還傳説,鄉邑中有一人遭兵亂,妻被劫掠至京城,劉子壯爲此借貸百金將其贖歸,後生數子,人丁興旺。事情平息多時,此人抵達劉子壯家,一看他蕭條的家境如同布衣百姓。劉子壯待人友善,他死後多年,他的好友周體觀路過黄州時,還忍不住淚眼婆娑吟詩道:"不見當年劉克猷,西風吹淚過黄州。舊時江路能來否,落日招魂古驛樓。"

劉子壯爲了紀念早逝的母親,把自己居住的地方更名爲屺思堂,他一生所有的著作也定名爲《屺思堂集》。劉子壯的著作有《屺思堂文集》《屺思堂詩集》《劉稚川稿》等傳世。劉子壯的著作不少,但最爲世人傳誦的,則是他在金殿上應試的短文《殿試策》。劉子壯的詩也很有名。如《赤壁》:"赤壁千年古迹疑,謾勞過客訪殘碑。雖無一炬周郎烈,却有三秋蘇子祠。道士夢中猶借鶴,將軍江上豈悲鼀。山川自爲文人重,誰起泉途問是非?"

劉子壯與熊伯龍以古文造詣高深,被稱爲"熊劉"。其二人與康熙時代的韓菼、李光地,被稱爲"順康四大家"。

總目録

屺思堂文集 …………………………………… 001

屺思堂詩集 …………………………………… 081

附録一　四庫全書總目提要・屺思堂文集 … 144

附録二　清代鄂東狀元劉子壯家世考述 …… 145

參考文獻 ……………………………………… 154

屺思堂文集

屺思堂文集序

同郡後學金德嘉拜撰

黄岡劉太史稚川先生當世祖章皇帝朝對策第一，官侍從，分校禮闈，聲籍甚公卿間。會請告里，居逾年而卒。有門生陸進士繡聞者，梓其所爲制舉文字以行世。於是宇内觚翰家，人人奉太史爲《騶虞》《狸首》之鵠矣。太史與鍾陵熊公並起，領袖藝苑。鍾陵以八家矩鑊名天下，而太史網羅渟蓄，固爛然西京也。太史下世，藐孤方在繦褓，篋笥稍稍散佚。以故制舉文字，無論識與不識，皆誦習之，而古文辭不少概見。德嘉竊意太史撰著，必奥博曼衍，與子雲、相如比。乃今讀《屺思堂遺稿》，抑何其言之恂恂，有似乎廬陵、南豐也。

蓋嘗論天之生才，有所縱，抑有所制。太史以治安之策上結主知，而又當稽古右文。嚮用儒臣之日，使得翱翔石渠、虎觀，珥筆於餘年，其鼓吹潤色，必有可觀，乃未究其用而齎志以没，亦獨何歟？往者司馬長卿既病免，家居茂陵，天子使所忠往從，悉取其書。而長卿時時著書，人輒取去，徒空居。其所奏遺札，僅言封禪事。若此者，太史所不爲也。

揚雄老，執戟給事黄門四十餘年，而《法言》《太玄》當時鮮稱者，以待後世復有子雲而後知之。今太史書出，則影趨響赴，且喁喁也，奚俟桓譚哉？德嘉，同鄉晚進也，於太史生平梗概既爲之傳，而復詮次其遺稿如此，以俟海内爲宗工者覽焉，亦以見天之縱乎太史者，固在此而不在彼也。

序

宜興蔣永脩慎齋父撰

國初楚文大家，首推稚川劉太史。而太史之鄉薦也，垂二十年而成進士，自庚午以至於己丑，風氣亦少更矣。然太史卓然樹立，守其學不變，其亦歐陽公所謂爲於舉世不爲之日者歟？

不佞視學三楚，孜孜以士習文體爲先務。常語多士曰："昔之楚文，何其盛也。士大夫有真性情、真學術，原原本本，閎中肆外，而文生焉。夫稽古之榮莫大乎廷對稱上旨，而珥筆承明之廬矣。維楚之故，多士何不聞焉？"居無何，士類蒸蒸向學。其高者往往貫穿磅礴，湛浸濃郁而進於古。夫維挽化導不佞，良有苦心。然響應之捷若此，亦足以見楚材之代興非乏，而先民之矩矱，未嘗一日不在藝林也已。

而念太史制舉文既古，則其所爲古文辭當更有可觀。然制舉文行世久矣，而古文辭遲久未出，何哉？日者校士長沙，得《李文正公集》，爲重鋟以公諸海内，至江黄間輒念稚川太史不置。而會太史郎君孫茂者，裒輯《屺思堂遺稿》以告，且請弁言。不佞爲之躍然大喜。然諦觀集目，則又疑其生平撰著散軼尚多，又復掩卷三歎。以彼其才，藉令優遊館閣數十年，蒐討掌故，潤色太平，將天涵地負，日星粲而江河流，經國大業寧出西京天禄下哉，而奈何竟止於此？造物者既以洩川嶽之靈，濬奎昴之秘，而又鎩鳳翮於高岡，掣駿蹄於遠道也，亦獨何歟？雖然，士亦爲其可傳者耳。古之才人負大志而早凋者，不可一二數，惟其筆墨所及，耿耿不磨，蓋造物者能使其用之不究於生平，而不能使其言之不傳於後世，所謂精氣光怪，常自發見，而不肯銷蝕於天壤者也。然則後之讀太史是集者，其將有所感也，夫其亦猶有所幸也夫。

屺思堂文集目録

黄岡稚川劉子壯著
孫純錫、永錫、敷錫同編次

卷之一 …… 009
詔 …… 009
擬嘉諭琉球國詔 …… 009
表 …… 009
代鄒于度廷試謝表 …… 009
代滿狀元謝表 …… 0010
疏 …… 0011
進奏議疏 …… 0011

卷之二 …… 012
論 …… 012
河出圖洛出書聖人則之論 …… 012
理數論 …… 013
策 …… 013
任人策 …… 013
振綱領策一 …… 015
振綱領策二 …… 017

卷之三 …… 019
説 …… 019
圖數説 …… 019

議 …… 020
　漕運議 …… 020
考 …… 021
　制科取士之法考 …… 021
解 …… 023
　河出圖洛出書聖人則之解 …… 023
辯 …… 024
　孔門事道辯 …… 024
　《春秋》四傳得失辯 …… 025
記 …… 026
　重修膠州學記 …… 026

卷之四 …… 028
序 …… 028
　漢壽亭侯祠序 …… 028
　《宋元春秋》序 …… 029
　《湖廣明經序齒録》序 …… 030
　代《蕭縣志》序 …… 031
　建黄州會館序 …… 031
　復團風鎮序 …… 032
　《霞城問答》序 …… 033
　《怡曝堂講義》序 …… 035
　《文體明辨》序 …… 036
　《歷科制義》序 …… 037
　《己丑文闢》序 …… 038
　《考卷遵度》序 …… 039
　陳太宰文序 …… 040
　方樓岡詩小序 …… 040
　三子合刻序 …… 041
　《山雨樓遺稿》序 …… 041
　郭丙奏制藝序 …… 042

徐子文序 …… 043

卷之五 …… 044
賀序 …… 044
代賀朱都諫弟鄉薦序 …… 044
賀高勵昌鄉薦序 …… 045
賀王君佐太僕幕序 …… 046
賀川湖祖總制序 …… 046
賀李給諫弟鄉薦序 …… 047
壽序 …… 048
黄太師母八袠壽序 …… 048
代壽少司成羅篁庵序 …… 049
壽韓母馬太夫人序 …… 050
代胡太夫人壽序 …… 051
關太夫人壽序 …… 051
方我範七袠雙壽序 …… 052
壽崔元復先生七十序 …… 053

卷之六 …… 054
書 …… 054
與大司馬書 …… 054
與熊次侯書 …… 055
與大司馬書 …… 056
與川湖羅總制書 …… 057
楚事便宜與王雪樞直指書 …… 057
與姜匯思書 …… 059
答沈昭子書 …… 060

卷之七 …… 062
墓志銘 …… 062
詔封承德郎朱公墓志銘 …… 062

詔封左給事中李公暨配解孺人墓志銘 …… 063
墓表 …… 065
贈給事中林明元墓表 …… 065
祭文 …… 066
祭洪太師母文 …… 066
代祭劉學士太夫人文 …… 067

序文 …… 068
募經序文 …… 068
文昌閣死難序文並辭 …… 069
傳 …… 071
家譜傳略 …… 071

卷之八 …… 076
雜著 …… 076
立命 …… 076
性善 …… 076
言行 …… 077
己丑十一月十五日書 …… 078
十八日又書 …… 078
尚儉 …… 079
家塾 …… 079
祭田附閑舍 …… 080
倉社 …… 080

屺思堂文集卷之一

黄岡稚川劉子壯著
男孫茂質廬纂輯
同郡金德嘉會公較閲

詔

擬嘉諭琉球國詔

詔曰：朕惟自古天祚敬德，靖安中方，凡在邊圉，莫不占風嚮義，來歸職貢。故中國有聖人，則海不揚波焉，所以不勤遠而方物畢至也。朕賴祖宗神靈，驅除亂略，中外廓清，奄有萬方，受天明命，率土之下，咸奉版圖。爾琉球國王，介在海隅，以山爲國，乃能聞風知命，遣發臣人來請正朔，是重譯復見於今，而肅慎氏之矢獻於太廟也。其惠爾百姓，以靖兹有土，朕甚嘉悦。夫設都護，責壤物，自古有之，朕毋忍爲此以勤爾邦。爾其善撫有民，簡視臣人，睦乃有鄰，慎嚴封域，竭節保邦，式克欽承，以昭予一人之有慶。欽哉。

表

代鄒于度廷試謝表順治九年

伏以聖曆日新，東井結河山之氣；人文蔚起，西園發琬琰之光。養民致賢，不假輪蒲爲召；蓄道待世，非徒車馬之榮。恩溢螭廷，輝流雁塔。臣等誠惶誠恐，稽首頓首上言。竊惟卿雲爛采，闕門首重於典謨；鳴鳳嗣音，多士載颺於風雅。恭默通乎上帝，霖雨來自夢中。培植本於先公，龍鬣見諸卜兆。以禮賓之天府，書其賢者；爲策而問郡國，上其茂才。雖曰爲科有三，惟制舉以待非常之材；豈望拔十得五，即一二可爲致治之具。蓋非以聲韻帖誦爲工，而務期經術德行之選。進其人，固將行其言也；戴其寵，豈敢忘其報乎？恭惟皇上戡定武功，誕敷文德。以天下養，孝莫大於尊親；爲萬邦君，民皆躋之仁壽。省刑省賦，每下一詔，而扶杖往觀，停織停差；讀上傳者，謳吟載道。乃當親政之始，恭逢試典之行。公族方登，爰及遠方侍子；諸生更進，兼收先代遺賢。岩穴相慶而來，曰聖人出矣；殿陛開軒而問，子大夫圖之。策以唐虞三代之風，責以賈董諸篇爲法。學惟稽古，事進取乎鞀鐸鼓鐘；文以達情，義不繫乎風雲月露。竭生平所學，惟是知人而安民；思當務之先，尤在集思以廣益。不揆愚昧，果稱明倫。禮樂集庭實三千，恩遇冠國風十五。聲傳玉闕，香飄姓字。下人問晏錫春官，風送笙歌來碧落。臣等海隅下士，樗櫟微材。荷國士之知，豈敢使科名愧；辱大官之賜，庶不爲温飽謀？宫錦在身，應念東南杼柚；褭蹄遍及，無忘民庶脂膏。伏願皇仁茂著，聖敬日躋。由知言之慎，爲念下臣進諫之維艱；以求賢之勞，而思上天生才之不易。講學行禮，思服遍於鎬京；創制顯庸，文物登於淳古。君臣有同遊之美，一代明良；孫子享多士之庥，萬年篤祜。

代滿狀元謝表順治九年

伏以聖主得賢，武事兼之文事；名臣奏議，世業出於世官。慶創守之同心，欣上下之合德。臣等誠惶誠恐，稽首頓首上言。竊惟自古帝王發迹，必有帷幄親臣；居既近於帝鄉，情復連於肺腑。是以周年八百，公侯半出岐豐；漢業二京，將相多出蕭沛。道隆自古，事盛於今。恭惟皇上以仁立國，惟孝克家。纂實録而記宗功，上尊號而隆孝養。澤既被於山海，思尤切於賢良。特開策問之科，諮及親賢之胄。雖名列禁地，曾在纂修，而籍紀春官，仍標等第。臣等休戚同國，恩養累朝。念祖父之勤勞，勉圖報效；睹河山之創造，益勵忠貞。伏願德在日新，學惟時敏。以堯舜爲法，兼殷周之年，則道德同於詩書，勳勞施於孫子矣。

疏

進奏議疏

内翰林國史院修撰臣劉子壯謹題，爲懇請力行以光親政事。壯草茅書生，荷蒙聖恩，拔置詞垣。三年以來，日夜思維，矢竭耑愚，少贊高厚。及至今春，我皇上親政，恩詔上傳，頻頒德意，及内外諸臣先後奏疏，仰見我皇上所以進賢愛民，布德除弊，爲開代致治億萬年久遠者，悉且修矣。率是行之，雖唐虞三代，可以漸臻。而望治之心，猶有待者，豈言之者已詳，而行之尚未能敏而奮也。臣觀數日以來所降德音，諸臣所條便宜，自臨朝講學，持經侍班，臺諫立仗，以及用人理財，省刑寬斂，諸大典者皆已具備，無俟臣言。臣所請者惟祈皇上勤御便殿，日召院部大臣，將向來頒行及題奏者敕以力行，其已施行者務在持久，其未盡行者宜加敏速，務求至當，則内外咸精心實事，而天下咸被德澤矣。故不自揆冒昧，謹録親政以來恩詔上傳及内外大小諸臣奏疏爲二卷進呈。倘蒙賜翻譯，得登御覽，將諸事件每朝臨問，責以成效，臣不勝幸甚！

屺思堂文集卷之二

黄岡稚川劉子壯著
男孫茂質盧纂輯
同里周世生丹崖較閲

論

河出圖洛出書聖人則之論

神物待聖人而後興，是故伏羲起而龍馬生，大禹作而玄龜出。假使世無羲禹，雖使龜馬間見，不過與阿閣之鳳、苑囿之麟共奏瑞祥而已，書之史册以爲美談，亦豈能以盡奇偶而列疇範，使天地、陰陽之所不能言者，竟能以象數呈之，而經數聖人上下千萬年而不足以窮其義哉？故曰物不虚生，必有所因以顯。

或曰：聖人師萬物，凡物之生，莫不有理。愚者習而不察，惟神智者能見之。是故烏主孝，蟻主義，雁主序，穀種可以言仁，老馬可以用智。而古之人觀轉蓬而知車，觀鳥尾而知舟，以至觀擔夫争道、公孫舞劍，而可以得草書。蓋聖人之心，先有此理，遇之而即至。自一草木之微，一禽魚之動，皆可精其義，以至於天命，況夫龜龍者，四靈之畜，號稱非常者哉？

雖然，聖人身有此理，遇物而發。雖不遇物，而此理固在也。然則聖人何不自爲之，而必得夫龜龍之所負而則之也哉？曰：馬之上有圖焉，龜之上有書焉。天垂其數，聖人言其義也。然則孔子作《春秋》，感獲麟而起。麟之上，亦有何策文乎？

六經在天地並立，緣河圖而有易，緣洛書而有疇，即以爲緣獲麟而有《春秋》矣。《書》不盡之於其疇也，《詩》與《禮》，其又何所緣乎？曰：他經專主理者也，而《易》與《範》特言數。

數者，天之假物以見，是以聖人則之也。然則楊雄作《太玄》，司馬光作《潛虚》，皆言數也。雄固不足道，司馬忠信殆幾於古之賢聖人矣，然而儒者略而弗録，何哉？曰：數，固取乎自然也。河通乎天而龍來，洛居地之中而龜出。龍來而圖負，龜出而書具，天之告聖人深切著明矣。

聖人不爲妄作，惟能因天之道而明之。天不能言，而假物以鳴。聖人因物而見天，凡天之所欲言，皆取諸物以發之。是聖人非則圖書也，則天也。聖人則天，雖謂聖人則圖書，可也；雖謂神物待聖人出，可也；雖謂聖人師萬物，亦可也；雖謂聖人自爲之，而無所待於龜龍之負焉，亦無不可也。

理數論

理出於數者也，而不足以盡數。非不足以盡數，人不能以盡理，斯不足以盡數也。曰：何也？人有賢而得福者，亦有不肖而得禍者，斯以爲正矣。其反是，則理不足以盡數矣。則又曰：是或出於其祖先。然而又不然，則將如之何？爲之説者曰：其禍必將爲福，其福也將爲禍。而又有不應者，曰其後人將受之。而又有不應者，則釋氏之説出矣，所謂前身、後身者矣。夫將安所見乎哉？夫將安所據乎哉？此所謂人不能以盡理，斯不足以盡數也。吾之説曰：數以理爲歸者也，非理之禍福不足以爲禍福也。如是云耳。夫天下之數，無用曲爲之説也。

策

任人策

法，制於人者也，而非所以制人。中庸之人，可以法制。而賢聖之人，則不制於法。何則？中庸之人，守法者也，而賢聖則能制法。是故當其事之無據也，愚者懼失於格之中，而巧者思遁於其外。方此之時，求得一故事焉，循之，則可以絶其奇邪之私，而僥倖不得以中。而所謂庸人者，既不能出其識議以斟酌時宜，而便於有所遵用以自解，其無能爲其無患也。苟以名其功，而及其有失，則舉而委之於法曰：吾無敢變古人之所爲而已，而不敢知其他，以是求免於爲奸而上莫之我罪也。

若夫賢聖者，其用心固未嘗有私也，而人君亦不當以私待之。夫苟其有私也，則其人不可任，而必求其人以任之。如其無私也，則何用以私待之而限之以一成之法？且天下之法何起乎？亦起於古之賢聖之人之爲耳。苟得賢聖之人而用之，則可以横斜行之而無不可以治。而奈何以古人一成之迹，不審其時，不達其變，而直欲當代之神明而就之乎？夫法亦何嘗之有，古者以之治，而後人以之亂；此人用之失，而彼人用之得，亦足以見事之在人，而徒法之不足以行矣。是故人而無私也。夫人而有私，即法何足以難之，且天下不有緣法以爲奸者乎？

今任事者既不能立一代之規以爲世守，而任人者望之以賢聖之功，而限之以庸人之所能爲。一事也，不論其大小，不問其是非，而惟成例之爲問，而不知今之所爲例，非昔之所以治，乃昔之所以亂也。今既承其流，襲其弊，得一湔浣更張之，猶足以治而蹙蹙焉。刻而畫之，以求其合，以是爲足以禁私而格奸。夫天下之私不勝禁，而其格奸者固又足以起奸也。吾求得其人而理之，猶恐不能盡去，而况付之一定之法乎？夫誠欲求法，則亦溯其本矣。《書》曰："往敷求於殷先哲王。"又曰："别求聞由古先哲王。"周之爲治兼四代，而其所求者，先哲王而已，未嘗從其舊染而以爲不可移易也。

一代之治，其初必有爲子孫之不可易。而其後稍淩夷，乃底於亂。故今之例，非昔之所以治，而昔之所以亂也。欲法其所以治，則亟溯其初；溯其初，則此例皆古之所未有，而又何足以遵用乎？或曰：取其近時而便耳。夫將以作則，而惟便之圖乎？乃何以不便者，則又奮然不顧而去之？若曰吾自爲制，彼何足法，又何其決也？由此觀之，其可以爲治者，則去之不遺力。而其所以亂者，則毋敢少動。然則天下之至私，莫大乎是。天下雖有賢聖之人，其所欲變通，既束之以一定之法，而其可守而勿失者則曰：吾之所便在是，而不必古之從。

則是治天下，惟以便而已。治天下惟以便，則是去其所以治，而就其所以亂也。是又可謂之法乎？嗚呼！當今之世，而欲求治，吾願任人者寧擇人以授之，而責之以治亂，無徒拘之以法。而任事者亦慎毋畏法而至於不能有爲也，則幾矣。

振綱領策一

善治天下者，必先振其綱領，則體立而用得以布，氣達而私無所容。夫綱領者，何也？如網之有綱。取魚者，網也，而所以使之能得魚者則在綱。綱振則網布，魚之來者入其中而不能出。衣之有領，横斜擎之，非不小有正者，然不能無偏，振其領，則無不得其理矣。天下非無財也，有財而莫知所以生之，用財而不求所以計之，是有網而不能取魚，執衣而横斜擎之也，則綱領不振之過也。

夫天下之綱領在朝廷。古者取之甚約，而用之不匱。自土田、里宅以至山海、關市，莫非生財之地。自王公、冢宰以至九牧、九職，莫非生財之人。自進賢、察吏以至師武、刑獄，莫非制財之法。凡生莫不求之於地，凡地莫不責之於人，凡人莫不經之於法。是故有地而不生，與無地同；欲生而人不力，與不生同；有人而無法，視無人爲甚。是故野有曠土，則人主不求闢國矣；人有遺力，則四方將有流惰矣；國有遁法，則貨利中積而上下交困矣。善治者知之，必盡地力，審人功，定國制，使人足以盡其地，法足以均其人。財之生也有源，而下不窮；用也有度，而上不瘠。此所以取之甚約，而用之不匱，則振其綱領之故也。

今天下地廣而人不耕者，有之矣；有地而不得耕者，有之矣；欲耕而困於污吏、暴役，寧棄之者，有之矣；能耕而無其具而委之，至於不可耕者，又有之矣。是有地而不生也。外之征伐求廣不耕之地，而内之工役不知耕作之期，是求生而誤其時也。地之生既少矣，而入者未必盡歸於上；國之用財匱矣，而出者未嘗經理其數：是人不力而又不知時也。養無事之人，以坐困有限之財，又恣有事之人，以暗耗不繼之財：是無法而又多一人也。此所謂魚之來者不得入其中，而雖小有正者，不能無偏，則終不得其理也。

今欲振其綱領，則將何所先哉？《大學》以用人理財爲表裏，明乎用人爲生財之本也。

能用其人，則上可以順時，下可以墾地，中可以立法，財生而不乏，用出而有經。何則？田土之有賦，關市之有税，茶鹽之有課，此所謂莫非生財之地也。耕種之得時，征輸之有漸，工作之不煩，此所謂莫非生財之時也。能生者得盡其生之方，能節者不極其用之力，能守者不濫其存之數，此所謂莫非生財之人也。使食足以稱其事而不必拘其人，使人足以治其事而無坐耗其積，使積足以供其散而無雜費於其名，此所謂莫非生財之法也。

是故責有司以財賦矣，亦常責之以力耕重農乎。其不耕者，宜使之勸農；其不得耕者，宜予之以地；其困於污暴者，宜明賦額而懲掊克；其無具者，給牛種，設常平焉。他如定税制以通商，寬竈户以鼓作，其考成也，以是爲課，則生者多而財自廣，天下無不生之地矣。

耕作既得其時矣，而無人之地，不可耕之土，吾可以存之而姑置之，非棄之也。得無人之地，必求人以實之，驅人以食之，必轉食以供之。得不可耕之地，轉不可供之食，取之不能爲目前之利，而置之且以寬内地之困。故不如使之自服，則其人漸出而自力其地，自生其食，以爲吾之用。其工役有可已者暫已之，有不可已者稍清之，則民不勞而用少舒，天下無不生之時矣。

財之入者，無求詳於則之外，亦無獨歉於則之内。而至於用，則上能損浮費而主儉，下能别尊卑而禁奢。而内外之出入，無使放不復收；而收者别竇，無使用小而報大，託公而飽私，則天下無不生之人矣。司計者總計一歲之入，一歲之出，使入常足以過其出。如古者三年餘一、九年餘三之制，上下講求，立爲定制，使增減不得以入，而冒濫無由而生，則無不生財之法矣。此所謂體立而用以布者也。

而其大本則在皇上，日與大臣召問，假之顔色，寬之文法，使性情相習，語言相知，而無所中隔，則天下雖欲私爲利者無所爲隙，而有害於生財之義者不得而乘此，又所謂氣達而私無所容者也。故曰天下之綱領在朝廷也。夫古者亦嘗當喪亂之後矣，夫豈無曠土與遺利哉？得其人，則貧可使富，而亂可使整；而不然者，日鰓鰓於補偏救弊之術，夫豈經國久長之道哉！

振綱領策二

今言綱領之振，所謂體立者其悉之矣。而所言氣達，若猶有所未盡，則請盡言之乎。

蓋天下又如一身然也。心爲之主，首爲之尊。耳、目、口、鼻、手、足、背、腹，各司其事以爲之使者，體也。而氣行乎其中，上下相維，内外相應，静動相得，寒暑暴戾而不傷，飲食節宣而不害，險阻涉閱而不墮，則疾病不作，而可以長年。此其道惟在於心，使其氣周於體。夫氣偏積則病腿，偏弱則病痿，太熱則病瘍，太寒則病皸，而未若中隔之患之甚。夫一體隔者不仁，一官隔者不智，若咽喉胞腹之間隔，則體雖存，而一息不可以爲人，故以謂必氣達而後體可以立也。

以天下之勢言之，皇上爲元首，大臣則股肱也；内外臣工通達上下者，耳目也；受納出入者，口鼻也；内而侍從分列，外而群僚奔走者，手足者；静而鎮定荷負，動而節宣容畜者，臂腹也。使皆能安其體，平其氣，以唯心首之用，則謂之達。

而今也，有三病焉。一曰事與官之不均也。古者士大夫貴義而輕利，惜名而賤貨。其上者，修身正行，力爲君子。而其次，亦務矜潔顧耻，不敢於非爲。而今也，安然爲之而不忌，公然言之而不愧。語人曰：某官爲最，某次之；某名美而鮮實，寧棄此取彼；某身困而情蹙，是何足爲；某沉滯而湮鬱，欲棄之而不能，若留之而不可；某前推而後挽，履之如登；某左炙而右醪，飽且欲死：是一體而有腴瘠之殊也，有秦越之視也。目聽乎耳之食也，鼻妬乎口之實也，手希乎足之勞，而腹笑乎臂之背也，而方將羡之，而方將營之，而方將要之，而方將矜之，而方將侮之，而方將畏之，而方將感之，而方將累之。飲食歌舞，苟且迫蹙，希冀怨望，噂沓背憎，千情百貌，想不能至，議不能盡。此其爲人，夫誠以爲君乎，抑以爲天下也？度以自爲其身而已矣。人各自爲其身，而或肥如瓠，或庳如尪，病如在於體而將貽於心。天下之財，何由而生乎？故以爲其病在乎不均也。不均則情生，情生則計左，計左則俗靡。心知其乎非，而莫之能改，以至此也。

今詔書既令滿漢爲一矣，又令授官以滿漢維均矣，宜若可以一其心志而不然者，何哉？上之所爲者，令也，而下各有意。滿人曰：“吾所與定天下，而汝坐其成。”漢人曰：“汝何知？非吾固莫能爲。”下者與之比而資潤焉。其又下者張其勢以爲具，詭其名以爲奸。於是滿人疑漢，而漢人用滿，交相意而各爲情。有不便於滿者，滿人曰：“吾能格之使不行，雖至小而可以爲大難，雖明知而固以爲此權宜在我。”而漢人者，志有所不就，則太息而誰與語，事有所欲行，又中道而不可知，兩不相能，則雖有便民之策、經國之方，相持而不能施，施之而不能左右以周盡其利。是故自進賢察吏，以及征伐、刑獄、祭祀、工作，莫不有容私之實。其賢者，不得以行其道。而不肖者，苟以免其不能。雖欲一旦憤發，痛言其利害，則有所牽掣，而不可以得盡。國家之財損之者過半，而上下猶然相蒙也，則不合之患矣。以皇上之神聖明哲，天下之情僞無不洞徹，每一召對，其所措設，輒出群臣之表。滿州諸大臣皆樸誠爲國，夫豈慮有中隔？

然而上下之氣不可以一日不流通，猶之一身之氣不可以一息不流通也。古者人君之於大臣，視如父子，真如朋友，朝夕宴坐，下至侍從之臣，分夕入直，以備顧問，論道經邦之外，賜食、賦詩、刈麥、賞花，問以家事，言及燕私，豈徒著爲盛事已哉？以爲終日相對，故得以講究國計民隱，而情通道洽，難有倉卒之詐，不得以投其間。然以唐太宗之受諫，尚有欲殺田舍翁之語；漢文帝之好賢，而賈誼猶爲絳灌所排。何則？利害之際，雖賢者不免爲私，而親故之間，不擇言而易入也。

今天下之事機亦一日一變矣，機甚微而甚捷，大利大害或在於細。召對盛典，數月而始一舉。雖有重大之務，不過因人白事，情終不相信。以朝廷之神靈，群賢之公忠，縱萬萬無此慮，而諸臣欲竭之懷，不得從容而進陳，四方雜至之事，不得面奏而報可，將其所謂便民之策、經國之方，果能一一而行之左右曲折以周盡其利乎？此三病者，雖若不關於財而用之，大利大害故在於是也。何則？財者，人身之血脉也。以氣使之，則血脉四周而體充。一有隔之者，則必有所偏積，故曰必氣達而後體立也。

屺思堂文集卷之三

黄岡稚川劉子壯著
男孫茂質廬纂輯
中湘王岱山長校閲

説

圖數説

一二三四五六七八九十者，數也。其或奇或偶者，陰也，陽也。其曰天以一生水，地以六成之。天地云者，陰陽云也，猶之陽以一生水，陰以六成之也。不言陰陽而言天地者，陰陽爲理，天地爲形。五行屬形，故言形以生之也。五行之生，原無漸次，其言以一生之，以六成之者，言水得天之一以生，得地之六以成，猶之得陽以生，得陰以成也。非謂一生水，而後二生木，又非天以一生水，而後以七成火也。其言天數五、地數五者，自一至十，各半也。五本天之正數，而地亦五數者，地之五，從天生也。天以一而生二，地每增於天者，天以奇而生偶也。地得天之數以爲數，故能自爲數，其實不出於天之數也。五爲天生土之數，而十爲地成土之數，故地爲數五，而十爲五之重。又土者，地之成形也。二四六八十不能離一三五七九而得數，地不能離天而得形，猶嬪不能離夫而生也。

《易》未言五行，而解者以爲天以一生、地以六成者，推五行之氣與其序，而以理配之也。周子之《太極圖》，所謂五行一陰陽也，而言漸次與辯漸次之非者，皆支外之支矣。至於五行之互相生，此又得天地之氣，爲之宣其化，而五行又自生於土者。土得天之五數以生，而成於地之重五之數也。數終於十而以五爲之中，數成於十而以五爲之生，所以尊天而用地，所以本天而親地也。地原於天，數始於一，十即一也。一可以生十，父道也；一可以君十，君道也；一可以序次，可以求配，可以得衆者，兄弟、夫婦、朋友之交之道也。故首天一也。天始於一，而圖以五爲中者，五之中有一焉。五以一爲本，後得一而二，前合一而三，左顧一而四，右瞻一而五，因而增之，而六、七、八、九、十也。以天地分之，故曰天一地二，天三地四，天五地六，天七地八，天九地十也。以數分之，故曰天數五，地數五也。

議

漕運議

自古建國，形勢立於西北，貢賦供於東南，故歲漕荆、揚、徐、豫粟四百萬有奇，致之京師，以給六軍萬民。其徵之民也，縣令是典，丞貳佐之；其兑於舟也，運旌爲掌，衛弁宰之。而又糧道督其行，巡漕稽其數，倉場受其成。河道先期以具蓄洩，所過設兵以衛其往回，蓋制法若斯之備也，宜若取之下而無不足，納之上而無不終其事者。然而數年以來，民日困於徵收之無藝，而漕日虧於拖欠之漸累者，何哉？蓋其略可得而言焉。

方其取之民也，吏以差爲市，輪里而飽所欲，乃取一户焉注之。而此名一定，則莫不破産鬻子，甚且捐田廬而去之他鄉。及其科糧爲争也，每歲舊額石計二斗而耗五升耳，今耗乃至三斗矣，是六倍於古也。而又有水脚之增、常規之加，以至酒艙、過斛、無籌各項新立名目，在官止收二斗之實，而民間乃費一石也。然而或有風水之失、盜糶之患，則又以責之縣官，縣官又以責之民，謂之賠補焉。此今日之漕所以困民者也。

若夫兑運之患，官旗所至，折縣官，辱里甲，以肆其需索。而及其既兑，有折鏹而代糧者矣，有此領而彼運者矣，有有籍而無人者矣，而道路之盜賣不與焉。蓋自其開漕之始，原未嘗有全實之數。而當事者既不能精詳本來以較勘於始，廉察者又安能煩瑣剥閲以稽查於後？

迨至不足而始加參覆，累歲積月而幸一恩赦，此所以拖欠漸累而倉儲日虚也。

今欲蘇民而裕國，則莫若定輪歲之差，以甲爲次，而吏不得高下其手也；立正耗之額，以官代兑，而民不至重病於科也；嚴賠補之禁，而水濕盜賣責之主者也；開兑之初，督糧公閲實其數而無有虚冒，督率其行而無有延捱也；過淮之時，巡視者逐幫爲稽而多少之必詳，隨至即行而後先之勿待也。而其要尤在上，官長無責望於僚屬，僚屬無責望於州縣，則有司不以巡督爲累，官旗不以倉場爲累。如此，而漕猶有負，民猶有困者，未之有也。抑更有望者，漕與屯相表裏者也。誠能興屯田，開水利，則西北將實，而漕可少省東南之民力。於是乎，亦大蘇矣。

考

制科取士之法考

古之有天下者，必求賢聖以共之，以爲非此不能安億萬之衆也，且以爲非此不能居億兆之上而使之相安，故有以天子而下訪匹夫之事。其後道微，上以功名爲懸，而下有富貴之志，上下交相疑，而以術爲御，於是法日密，而治亦日不古矣。堯之舉舜也，内有四凶，外有洪水，而其所詳者，乃在家人父子之間。又將以是試之，謂夫其道不出乎此也。伊尹樂堯舜之道，而湯與之伐夏；武王以吕尚爲軍師，而所陳者敬義。當其時，或幣聘之，車載之，學焉而以爲師。數千歲後，惟昭烈於武侯有之。此時未有制科，而其所取之士如此。其士固異，其取之也亦不同，其所以相與有成也，亦自非後世之所能及。至士出於取，取立以法，則賓師之位虚而道德之意微矣。

周最近古，有三年賓興之典。此後世制科之原也。然考其制，由鄉學者，鄉大夫掌之，而用之大司徒；由國學者，大樂正掌之，而用之大司馬。然皆書其德行道藝，而無所謂文字之觀。《禮》曰“以賓禮禮之”，蓋猶有尊賢敬士之意，而無一切束縛猜禁與夫徒隸役使之事。及周之衰，諸侯不貢士，士不養於學，乃各以其所學顯於列國，進而爲遊談，退而爲著述，而上以文取之，士以文自見之，原自此始矣。

至漢文帝訪賈誼，武帝策董仲舒，遂爲天子臨軒策士之始。其所言者，皆天下大務、一代治亂之故，惜其君徒能知其言之善，而不能登之師傅以竟其學。使二君者能如湯武之於伊吕，其所表見必有進於古，豈特如是而已哉？隋唐沿之。武后有洛陽殿之親問，而其後直言如劉蕡者，乃不得第。蓋其時士人不知有三代之學，而人君又多不自親問，其言既不得通於上，而上亦無爲天下得人之意，故其文不顯，而士亦無所見。宋明以來，視爲故事，規規乎聲偶之文、字畫之整，固宜其無明道知治之士也。此制科之在天子者也。

漢用仲舒言，令列侯、郡守擇吏民賢者，歲貢各二人，而茂才孝廉於是始。其後立五經博士，開弟子員，設科射策，又爲限年之法，儒者試經學，文吏試章奏。魏立九品中正之法，擇本州人爲中正，吏部憑之授官。斯二者猶兼經術、德行，未專以文取士也。至晋舉秀異，宋用策試，隋置進士，始專以文取士，而士皆投牒自進矣。

唐制有三，自天子有制第，而其在學館曰生徒，在州縣曰鄉貢，皆升有司而進退之。其科有十二，而行之久者，進士、明經二者而已。然其法以聲韻、帖誦爲工。當時所尚者詩賦，而後世論善詩者反不在其中。宋承明經、進士之舊，而進士爲盛。又分經義、詩賦爲二焉。論者曰：能擇師儒如胡瑗以教國學，慎主司如歐陽脩以主文柄，則士得其養，而文可以正。此皆争之其末也。有明專用經義，而兼取論策，其意兼以明道求治，而士皆習録纂組，中無實得，苟取科第，其他又往往由於詭道，則士愈賤，而法亦欲變而無所之矣。此制科之在主司者也。

合而考之，師焉，賓焉，臣焉，此三代以上之法也；經術焉，詩賦焉，文義焉，此漢唐以下之法也。親策而不能用其人，不親策而不能知其人，或得其人，而知之而不能深，用之而不能盡焉，此天子制科之異也；不待上之舉之，而以名字自進，不必其人之可取，而以文詞爲斷，又不必其文詞，而以詭道得，使人謂制科可廢焉，此主司制科之異也。

夫古之時，得一士而可以治天下；今之時，取數百士而天子尚不知其人。何則？古之人以爲吾之治天下，惟審乎此，而今之人以爲吾之有天下，不恃乎此也，故略之。古之時，必先知其人而後官之；今之時，皆先官其人而後察之。是以上無真確之見，亦無破格之舉，而下亦循資守分，無敢自言其有志於天下之大。吾見國家乏人，至治不著，而蓄道懷治之士需時待命，而無以顯於當世也。不揆疏昧，輒條其考如右。伏惟裁之。

解

河出圖洛出書聖人則之解

讀古人之書，其身不能親見，而以其意遥度之，斯已難矣。而況開闢之初，度外之事，有非尋常之所能及者乎。雖然，有可以言者，折之於聖，衷之以時，而歸於道之正焉，斯以定衆言矣。

自漢以來，皆以《易》《範》因《圖》《書》而作，至於宋，而歐陽子始非之。朱子曰："歐陽此説，其如《顧命》《繫辭》《論語》何？"予謂此言足以折歐陽，而其言未盡也。

夫謂《顧命》有《河圖》者，是因成王之喪而陳之也。《周禮》：外史氏掌三皇五帝之書，王府掌王之金玉玩好兵器。今《河圖》與天球並列東序，則未知其爲圖史與，則未知其爲玩好與？是可爲有《河圖》之據，未可爲作《易》之據，不足以服歐公也。

謂《論語》有《河圖》者，孔子傷明王之不作而己不得行其道，故云云者。以比於鳳鳥之出，爲聖王者瑞，是可爲天因聖人生神物之據，未可爲聖人因《河圖》而作《易》之據，又不足以服歐公也。

若夫《大傳》之《繫》，則固爲《易》言之矣。而或者以《圖》《書》並言爲疑，不知《傳》之並言者，乃蒙上文"天生神物"而及之。而其下即云"《易》有四象"云云，是四象將出於《圖》，而聖人之則所以畫卦也。天下而不宗聖人之言則已，天下而猶尊聖人之言，則言道者莫尚於孔子。孔子以是爲傳，而不足信乎？所謂折之於聖者此也。三代而後，孔子最近，孔子而後，孔安國、劉歆爲近，以其時度之，則近古者爲信。所謂衷之於時者此也。

辯

孔門事道辯

聖人能爲道，不能爲時。其行事或殊，而揆之於道，則其用心固同也。孔子思以其道易天下，而迄無所就，則或者遂謂聖人之書爲空言矣。夫欲用聖人，必如堯之用舜，可以取其貴族、舊臣而投畀之；必如湯之用伊尹，可以置其君於先王之側而終其德。然後其道得以行於天下，以及其成。蓋非徒尊之以位，而厚之以禄也，將必有重權；有重權，將必有久任。天下知吾之所爲，必不可以苟已者也，然後奉其法而服其教，積之久而入之深。數十世之弊患，可以從容而去，而禍亂可以易而反之正。不然，徒有其區區之名位，而其實不能行一事，雖聖人將如何哉？

且夫聖人者，豈真有以異於人乎？其所謂神化，吾不敢知。若夫明於治亂之大勢，其所當先務者幾何，事雖中智之人，而或知也，亦顧其得行與不得行耳。今有士焉，學其道，欲行其志，又未嘗不處其位，然而心慮天下之變，身晝補救之方，卒之言而莫與聽，行而莫能成，太息、流涕而莫之與和。雖欲勉强委曲以冀少伸，而朝野之間皆以其人爲若有若無之官，於其事有半疑半信之意。及見天下之患復如故也，則曰："以聖人處此，當不其然。"亦豈爲知聖人者哉？行可、際可、公養，孔子所以求試其用者至矣。然謂之試，則可；謂之用聖人，可乎？即子思、孟子可知矣，即冉有、子路又可知矣。

夫使孔子用魯，則魯所大患者莫如三桓，而季氏爲甚。然桓子方用孔子，而使孔子即圖之，毋論非人情，而亦豈可得行乎？或曰："弗擾佛肸，孔子欲往而何傷乎？"陽貨曰："孔子之志在東周也。"彼二人者，豈可與言此等事哉！夫子而既知之矣，是以不果往也。若夫陽貨徒能囚季氏耳，貨得志將亂魯，豈有濟乎？然則孟子之處王驩當異矣。曷不用王驩以用齊，曰："枉己者未有能直人者也。"

古之人未嘗不欲仕也，又惡不由其道。孔子進以禮，退以義，得之不得曰有命。昔之聖賢得其時，道行於上，則以義定天下，以禮治之，故端委可以治吴越，揖讓可以却萊齊。不得其時，道行於下，則以禮定其身，以義止之。故苟以禮來，即陽貨可往拜；苟以義止，即王驩不必於言。故曰：其行事雖殊，其用心則一也。孔子之於季氏，試也。子思之於魯，養也。孟子之於齊，客也。冉有、季路或爲之用矣，然而卒能墮成及郈，則亦聖人之用心也。然則君子亦惟以禮義自持，而道之行與否，蓋有天焉，莫之爲而爲矣。嗟乎！天能生聖賢，而不生用聖賢之人；能予聖賢以其道，而又不予之以行之一日，使其心空存於千百年之下，而不可以知知之，亦獨何與？

《春秋》四傳得失辯

有高於古人之識，而後可與論古；讀其書甚深，能出入其中，而後可以斷其論。然非明於聖人之道，亦未或得其正也。孔子作《春秋》，曰："我將見諸行事。"夫《春秋》，非行事也，而謂之行事，若曰：吾之所是非，不謬於古之所謂是非也云爾。然則斷四傳者，亦斷之以聖人之道而已矣。斷之以道如何？曰：其所謂得，則其近於聖人之道，而其與道遠者，斯以謂之失爾已。

四傳其言各有至，其立之學宫，傳之專家，各有尚，兹不具論。論其大者，或曰："左氏親受聖人之傳。"《語》曰："左丘明耻之，丘亦耻之。"然則最近聖人而能得其意者，宜莫如左氏。然吾觀其書，鄭伯伐許，不討其無王命；滅諸侯，而稱其有禮。其於周、鄭交質，不正君臣之不當質，而徒責其信。是則於大義已乖矣。故謂左氏爲經立傳，爲古良史，則可；謂其端本發微，能得作經之指，則猶未也。

《公》《穀》文體相近，其微異者，《穀梁》多引故典，而《公羊》持論刻深，其於《春秋》，猶論贊也。若夫以拒父爲尊祖，以廢君爲行權，摘其一二，當於孔子之意如何也？胡氏受列傳之委，采輯諸儒發明之意，舉大義，推微旨，蓋幾幾乎近於聖人之志矣。而説者曰：康侯意在憂時，不無過正，則請得以孔子之作《春秋》明之。

夫《春秋》，萬世之書，非爲一時言之也。而孟子曰："《春秋》作而亂賊懼。"則若爲一時言之。蓋聖人之道大矣，無所之而不得其意，斯善學聖人者也。雖當其時猶不避，况異世乎。其爲一時也者可以救，其爲萬世也可以持。若胡氏者，亦豈可不謂明於聖人之道哉。

讀古人書，如宰相用人，進其長，不苛其短，所以全人也。不然，不明於道，雖博學深思，多所求備，而其識未端，亦豈足與論古哉？

段落大似震川矣。陳伯史

起伏頓挫，只以道字爲主，是有體裁文字。劉阮仙

文字氣足者得體，得體者自不苛細。惟其坦然明白，故筆痕與理俱現。王補庵

百史平生識見，只被震川、鹿門瞞過。補庵又言。

記

重修膠州學記

古者，治出於道，道本於學。學也者，所以養成人材而興起教化之地也。三代以上，天子躬神聖，其大臣坐而論道，所言者性命，所陳者敬勤。自百執事以及婦人女子，皆能聞之。

當其時，國有太學，天子之冑子與民間俊秀咸齒，而諸侯之學賜之郊內，其在《魯詩・閟宫》有焉。今之州邑，猶古之諸侯也。然古之治所以絶盛者何哉？古者之教，詳而有法，漸而有序，其自小學，教之以灑掃、應對、進退之文，成人之質蓋已具矣。及其入學，有三德、六行之教，六藝以輔之，樂語、樂舞以習之。其於時，則春夏干戈，秋冬羽籥，爲之次。其於地，則禮在瞽宗，書在上庠，爲之别。其於官，則師氏、保氏典其職，大司樂掌之。其敬敏、任恤、孝弟、姻睦，則書之以告王，又爲觵其不敬，撻其怠慢，而其至不帥者，屏之遠方。蓋教之之精，而所爲賞罰以掖進之者如此。

士於其中，修先王之法，以明其道。凡祭祀、賓客、朝廷、喪紀、軍旅、車馬之容，無不操其數而知其意，以入於性命之微。其治於心而體於身者，皆有禮以自守，有義以相御，明於天性而不可惑以怪隱，達於人道而不可絀以非法。平居師儒之所講究，朋友之所論戒，無有異端之術、雜霸之功、刑民遊説之行，以亂其意。及其出而仕也，兵農禮樂，各任其職，可以終身。而將相之資起諸畎畝而不以爲駭。何則？其在士也爲有學，其服官也爲有道。歷之既久，而制之有方，是以當

大任而不異，遭非常之事而有權也。

三代之時，治致刑措，享國幾千歲。至於既衰，而學士、大夫猶有思先王之風而弦歌不輟者，則士養於學，教之道得也。及周之衰，士不在學，而散之四方。孔子生其時，不能行其道，退而與諸弟子明之。其後或起吴越，或處西河，學益分而教益散，向之所謂異端、雜霸、刑名、遊説之徒，蜂出而聚蠹之，要皆竊聖人之説而得其似。其最可異者，至以《大易》與《老》《莊》並列清談，而《周禮》一書遂以禍世，其患至亂數百年，而民生之困於是乎極矣。嗟乎！豈非學之失而道之不明與！

今天子御極六載，興文治，拓試額，用策士言，令滿人皆入學讀書，行將開經筵，幸辟雍，養老行禮，與天下之士辯説經傳，而膠州之學最先修。蓋自喪亂以來，學宫焚毁與傾圮者，幾遍天下，而膠學之修，自庚辰迄今凡十年，而後就少京兆張公、常博匡君兆其謀，都督海公任其事。予是以知道之將明，且行於天下，而人才之盛與教化之美，庶可復見也。

膠在京東，去聖人之居未遠，其地故多賢人君子。而鎮將以武略之餘，崇起文事，吾思士大夫當事業少立，志意已遂，則無不留意於亭榭，耽心於佛老，其有寄情文章者，蓋亦難矣，況知有學而修之也哉。膠州士人登斯堂，念斯事，相與摩厲，以求所謂聖人之道而明之，以適於用。其他日佐理弘猷，講學修禮，以成人文之化，豈不在斯與？不然，使夫不學之人而治夫難定之民，則豈獨士大夫之患也？此膠學之修所以爲可志也。噫！有志於聖人之道者，寧獨膠之學爲宜修也乎。張公諱某，海公諱某，匡君諱某，例得備書諸石，使膠士不忘云。

屺思堂文集卷之四

男孫茂質廬纂輯

同郡張希良金山較閱

序

漢壽亭侯祠序

鎮北門有精舍舊址，僧明志復之以祠漢壽亭侯。侯，古之善讀《春秋》者也。《春秋》之文，今世類能言之，然習其讀，未知其傳。侯通曉大義，能以身注之。方漢之末，群雄擅兵，自王其地，無有知劉氏者。公識昭烈於蒲織，拜而事之。昭烈以兄弟視侯，侯不敢。每賓客燕坐，侯與車騎左右侍立，有人臣禮。

及徐州相失，昭烈奔河北，孟德購侯如龍，侯曰："降漢。"授壽亭侯印，以一字争之。夫侯，漢人也。即何降爲？原其意，若曰：予之爲此，非曹氏人焉耳。此《春秋》意也。然當是時，操秉國鈞，戰勝攻取，幾半天下。侯未嘗有功，而遂已封拜，而昭烈者委瑣匿伏，至不能容一身，使以中下之智計之，彼流離之子，百折不起，復何知其爲他日之帝王，復何知其爲昔時之兄弟，又何知其爲終身之君臣？但一日降曹，坐而得富貴，進而取公名，何難？獻其妻孥，詭其主而擒之，以就吾事，世俗之論必且曰：此榮耀一時。則又曰：此識勢明變。而侯也，徹侯可辭，美人可却，黄金可封，斬關殺將，幾殆者數，而越千里以求其主，雖以如鬼之操，亦未嘗不心折而痛服也。假令昭烈終不立侯，遂以此終，亦何必不義重千秋。然而侯卒能延漢以成大事，然則勵志秉節，曾何負於賢聖哉？

侯之祠遍天下，非以此地重，而僧之矢願，固宜里人共襄之也。士君子讀書而不明義者，其能進侯之庭而拜之也哉！

《宋元春秋》序

《水滸》，傳也，曷以謂《宋元春秋》？曰：志宋之將爲元也。自古國家崇賄賂而不修廉節者，必有民患；尚虚名而不治實業者，必有國禍。漢之東也，天子爲市鬻爵，及於三公，而黄巾起。承以魏晋，何晏、王衍，黜遠王事，傚尚名譽，以供職爲俗，以放達爲高，五姓因之。蓋財斂於上則民窮而變起，好名則實備虚而邊方碎。故古之明君必敦清方之節，放華虚之人，誠畏其萌也。

及至宋末，此二患者兼而有之。王安石以財困天下，童、蔡相緣，肥家瘠國，溝壑内潰，强鄰外齧，卒成有元。以施、胡[1]二公之才，幽辱塞漠，進不得爲岳、韓，退不得爲晁、宋，託諸《水滸》，發其孤憤，其所繇來漸矣。

夫崔烈之子，耻其銅臭，良心不昧，於骨肉排牆之際，臨死而悔。在當時未嘗不自知也。獨是安石之勤、蔡京之敏，雖司馬、歐陽猶爲所欺。吾意爾時朝野讀其文章，捧其翰墨，皆以爲古之良士文人，相與稱道，爲之佐使，因之以起名譽，攫富貴。而二子復高自引任，執持不變，奔走强佞，摧壞廉能，人心凋喪，國氣單羸。一旦禍發，無人爲理。雖有一二賢者，殫憂時事，而小人媒孽其短，位未安而旋奪之，事未行而中沮之，莫能少救，以至於亡。豈非崇賄賂、尚虚名之過哉！

施、羅二公身居人國，不敢直言，而託之往代，不忍直言討童、蔡四賊，而託之河北、江南，蓋亦猶《春秋》之義云爾。《春秋》之義一曰端其源，一日治其漸。王、蔡其源也，晁、宋其漸也。始以亂臣，繼以亂民，豈非强鄰之資乎！方安石進用之時，舉朝同推，草野想望。而辨其奸者，止一文安主簿，又在下位，不得明言於朝要，雖言亦必以爲狂而不信。而後之論者以爲宋之亡不於海上盟金、襄陽失守之日，而于平山堂夜讀之時，不可思其故與？後之君子，自度其才，何如古人，

[1] 原文如此，疑爲“羅”字之誤。

亦務潔其心志，習練幹，毋徒高張聲援，苟濟私益，而使小人因之，以爲迷天子、浚百姓之媒，爲梁山盜賊所討。此余所以謂《宋元春秋》也夫。

《湖廣明經序齒録》序

天子在位之八年，實始親政，乃覃恩令天下明經以本歲薦者得爲恩貢，其來歲者補正薦。於是諸郡國所上士至京者千五百有奇，而予楚得十之一。

或曰："異時明經蓋歷歲數十而後得，今有未十年而至者，昔何其艱，今何其敏也？"此國恩也。昔之來廷試者，其取州縣也，有四人焉，而今十人矣。其爲恩者，又數倍於是焉。此又大臣推廣聖意而得請者也，亦國恩也。嗚呼！此知其得之之易，而未知其守之之難也。國家自創造以來，輿圖日廣，而士之進者日益衆，上之降恩者既數見，而下之得官者遍都邑而未有紀。其自明經所得選者於府有推官、通判，於州縣有正佐，於學有訓諭，而其爲正官者則又以旗貢士爲之，甲科孝廉爲之，以陞遷而至者又爲之。其試而得之者，蓋有留而不能歸，歸而不能待，窮年累月，抱一空銜以老，而或至於淹没者，不知其凡幾也。若夫爲廣文者，湖之南北相去幾千里，既限於其地，而又復有三月、九月以遲其期，歸則不能再來，而留者無以爲資，議者以爲間，如初年之制，令其暫假而吏部下憑於所司以少蘇其困，然亦未見其能行焉否也。夫士自童子以迄白首，傾側於詩書之中，而迂回於歲月之久，始之未嘗不聲譽藉藉鄉里間，謂進登朝廷可以不難，而卒鬱鬱以州邑終，爲之亦可謂勤矣。其所就實未爲盡酬其志也。然而數十年之間，變故頻仍，又幸而得親見新代之盛，遭逢恩例，得一官而爲難如此，此亦在上者所宜留意也。

夫以恩收而以例困之，徒見其得之易，而莫念其爲之難。有志經世者，豈可不少動其心哉。吾聞之古，明之初有以明經而在宰輔者矣，即爲廣文者多以選入臺省。何昔者待之如是其重哉，豈士有因非常而當時固無資格之循耶？吾又願諸君子咸自愛，且自勵，而或以應朝廷非常之求也。

代《蕭縣志》序

天子有天下之五年，金湯祖君往蒞蕭邑，逾年而政行，民以漸輯，乃集邑之諸生，謀新其志，又逾年而就。爲圖紀一卷，表二卷，志五卷，列傳四卷。自山川、城野、户口、賦役、人物、文章，災祥、風俗，歷代之所沿革，舊記之所訛異，莫不揆古準今，采遺芟僞，其所以就之，亦可爲勤矣。

梓既成，以其書走京師，從予索序。予取而讀之，喟然而歎曰："嗟乎！天下有政成如是之敏也乎哉，天下有思爲其民圖治如是之久遠者哉。"

自兵興以來，天災洊至，大盜彌天下，繼之以兵，民不得有居食。天子命六師而膏澤之，中原大定。然而所至，郡無完邑，邑無完家，爲有司者，求其不勦民以自封，無朘民之生以奉上意也，斯已難矣。況有所謂召集流散，扶勸農桑，而又與學校之士興起斯文，爲其邑謀久遠之利乎？

蕭地平衍，無高山陂澤，界兖、鄆、泗、碭間，受南北之沖，其民故多尚慷慨，重然諾，自古多倜儻非常，而不軌之徒或時有之，此其易動而難安，譬若淮之歷吕梁而東，而又受大河之委也。然祖君當草昧之初，城邑蕪積，民士凋傷，曾不越期，而井廬歸，田疇闢，賦是以平，而役是以省，民謂之康，亦可以爲當時風矣。乃猶念斯民之不易，而期之久遠，裒集今往，作爲此書，以貽將來。嗚呼！豈不賢哉。金湯爲國家發迹地，士多質簡，而祖君獨著文雅，彬彬乎幾與古文翁侔烈。嗚呼！豈不賢哉。

余於兹益有感焉。朝廷開中秘，發先代典實，聚四海之英，又纂修其中。今既數年矣。雖其事甚大，然典籍如此之備，賢而文者如此之衆，所謂文獻不可謂不足，而迄未有就，豈其猶有所待與？抑不可以歲月而致也？嗚呼！若祖君者，亦可謂勤矣。

建黄州會館序

京師之有會館，所以聚鄉邑，同好惡，通内外也。其事始於萃涣，而其義歸於從王。是故省有之以合其一省，府有之以合其一府，縣有之以合其一縣。

士之初至者，停驂三日，定館舍而後去。各以其類，書名於版。其既登仕籍，有迎送之禮，貴賤有内外之辨，出入有肅餞之文，歲時有團拜之會，鄉之人無有不至。後先長幼，進退坐作，秩秩乎其有則，彬彬乎其有儀也。

一鄉之中，有以事相干者，毋敢訴有司，必先白鄉之先生長者，受斷而去。悍不率約者，公治之。宄險敗類，公去其籍不齒。有公事必至而僉謀之。自京以内及鄉之有水旱、盜賊、慶薦、屈抑之事，莫不公爲屬辭，以達其鄉之鎮撫方面。而其自京而往涖與朝覲、齎奏、慶賀而來者，皆置酒爲禮其中，以故人集而情同，州邑之疾苦上聞，而四方之形勢常達也。

楚自江陵相國爲全楚館於城内，而諸府皆有館於其外，惟黄州無之。其有者，皆各縣爲之。故其人不得聚而情不得同。内之人方截然若不相關，而何以周於其外乎？今國家肇造，英賢輩出，内而朝廷，外而郡邑，咸有其人。會館之建，固其時矣。諸君重念桑梓，下接戚友，上瞻君父，各以其力，歸資京師，卜地置廬，將所謂萃其涣以從王者，其在斯與，其在斯與！

復團風鎮序

團江古鎮，當水陸之會，上接湘漢，下引越吴，而北通汝潁，爲四方居積所湊，官司資給，商旅貿遷，於是乎俱。萬曆盛年，人物之茂，比古一邑焉。自乙亥難作，載罹寇燹，乃始渡江洲居。曾不十載，禍更滋烈。去歲收燼葺茆，未及樹立，而三亂間至，里人之折於兵，擠於水，踣於奔走饑困者不可户紀。其僅能自存，又所至輒擯遠不相收恤，蹙蹙靡所止，則其退而復我邦族，亦其時然矣。

方洲居時，謂此一帶水者，天塹不可越耳。迨導賊者檣帆蔽江，所恃已失，焚殺之慘，逾於郡縣。迄今追念，尤爲慟愴。賊退之後，繼之以兵，土人援蕴其中，吞齧不已，終以焚掠。彼其周遭俱水，卒有急，不可脱。雖具舟楫，稍緩須臾，已爲掩獲，然則向之所以限賊與兵者，乃所以自阱也。

諸君子雅思舊業，奮復先廬，因人之心，乘時所急，予固知其事之可爲而義之，相濟以成也。今覽其址，控山俯江，而湖夾導中，所容不下千户。爲之畫疆列市，設甲定伍，樹敵臺於南樓，起北壩以蓄水，而中開樵汲之道以達出入。規模既定，功用興焉。不孝父子，謬當委屬，無一能勞，惟是僉策畢舉，衆力合作，聊爲次第，樂受其成。

其所已具者，重首事以合義，量宅地以繕垣，估市價以致用，置簿署以司財，察人之能以分典其事，觀勢所亟以後先其功，勤而行之，不日之功蓋可卜也。

雖然，作始甚易，成終爲艱，今當創立之始，竊欲與諸君約，毋始作而中殆，毋朝更而夕改，毋恣便而難人，毋擅利以營己，毋以一言僨大事，毋以小過損全人。人誰無錯，當面責之，無爲後言。事非無難，當勉圖之，無徒推諉，以一忍全終始，以一讓忘人我，以一義立長久之規。

至於持身不廉，設心不恕，責有攸歸，亦無敢望諸君子之恕之也。吾見力以合作，勢以和固，樓堞既具，守望有資，休養之餘，弦誦斯洽，其他日子孫有興者，將以此爲發迹之地，則萬曆初年之風亦庶其乎復睹矣。

《霞城問答》序

今秋以假南歸，附舟虎臣前輩後，道中見示楚珍先生語録諸書，且令之序。先生之於學深矣，序之者亦既具矣，而又以命予，且加之勤懇，豈誠以爲有所知耶，抑亦念斯道之久微，而欲與天下共明之也乎？

夫古之時，道行於上，而流及下，人皆知學，而其治至數百歲。自禪代征伐，創治承成，君子之所以命其臣，臣之所以進其君，父子之所以傳釋，兄弟之所以告誡，寮友之所以敬勉，大而命官建國，進言討罪，郊社曆律，刑賞工作，以及闢山川，制職貢，設學校，安要業；小而進退揖讓，登歌奏舞，飲食之節，衣裳之辨，宫室田里之數；精而畫圖衍疇，觀象制器，天地之始終，陰陽之化育，命性之流行，賢聖之授受；粗而灑掃應對，射御書數，鼓瑟賦詩，宴息遊覽，閨房歌詠，草野謡頌，莫非道之所在，而莫不有學。

其時學者，又未有二氏之説、百家之言以亂其心知，而容其遯託。凡一話一言，率皆其身之所行。而其僅以言見，亦必端正而光明，精深而醇厚，由之以推心治事，顯之以明倫御物，而精之以盡性至命達天，自爲童子而皆已習其數，自夫婦人、女子而皆能言其義，然而孔子猶惕然懼之，爲之删定纂修，存其真而芟其僞，揚其醇而簡其僻，而道之以言，而明者蓋自此始。

孔子既没，士之不得志於時者，各以所見爲學，高之者渺而不宜於用，而卑者爲一切揣摩干世之言，蓋皆各見其偏，而不能規於中正，故或駁而不純，頗而自善，而背而弛者亦有之，詳其趣歸，要皆言其心之所誠。然使舉而行之，亦必能見之於身而不爲妄。彼皆自矜所得，未嘗竊聖人之似，而亦不掩取異説以竄正，故雖不必合於大道，而亦未爲得罪於聖人。其書汪洋瑰詭，自雄於一時，其身没而其傳亦已焉。是故聖人之經獨存，微言雖隱而大義猶不至於亂。

西漢以來，守其師説，崇尚經術，争以氣節相尚，揆其所行，固無大謬於聖人，而言必有旨，述不違宗，求其掠似而亂真者，固未之有也。至於疏其滯而達其微，湔戰國之雜，而發西京之固，以直接三代之意，則莫如有宋。

然自朱陸一辨，而學道者遂分，蓋所謂醇而流爲駁，正而激爲頗者，漸久而以似爲真。雖諸大儒，未或免焉，固君子之所深懼也。善乎先生之言曰："陸一傳而爲慈湖，至不起意，而陸入於禪矣；王一傳而爲龍溪，至無善無惡，而王又入於禪矣。"其可謂知道之正而辯之於微者乎。

先生居家，篤於親，篤於友，教其子弟，皆有成法。自服官致政，進退有方，恬然無復競志，蓋言而有其行者。讀其書，於所謂端正而光明，精深而醇厚者，於是爲多。其學豈不亦深矣乎？夫觀古人之言者必察其行，而其言之可行者又擇其醇。苟無其行，或有其行，爲言之不醇，猶必審而慎焉，學之重明辨也。某之鄙固，實無所知，誠欲使讀斯書者有以知其慎，而與天下共著於大明而已。

《怡曝堂講義》序

海之大，蓋千萬里。其内也，周亘閩越燕齊。而其外，通達東北諸國。其望之，浩瀚蒼茫，惟水之接天渺，莫得其涯際，而朝日之出，如湧潮而起。其波濤之作，蓋不必以風，而及其颺帆所指，泛舟者不俄頃而歷諸域。自島以内，洋以外，水物之産，魚鹽珍錯，以供服食器用，不可殫紀。其潮之來，如山如雲，而去不知其所歸。其氣之所蒸變，蜃樓海市，幻怪殊狀，不可以形似。人見其廣大深險，奇變充積，以爲水之大極於此矣，而未知其源。

夫不有所本，則無以爲受，而積之不厚，則往而易窮。江以漢來，而河合淮濟，走千萬里而赴之，晝夜而不舍，終古而未嘗息，故海能成其大。向使無本以爲之積，則海之涸也，不猶溝澮之盈而潢污行潦之流哉。

書之有疏也，自漢以來，諸儒各傳其師學，一字之義，一句之文，不敢求多於先生之説，其言近而不失其初。自宋以來，諸儒各出己意，而推其中之所獨得，以合乎古之所可通，其言深而不違其本。惟其近也，雖不能有所發明，而亦無妄鑿曲説，掠取異論，以亂聖人之正；惟其深也，微者以彰，約者以擴，聖人之意大明，而亦漸啓大陽託而陰竄之患。而士之讀書而爲文者，以是爲干世之資，舍書而求之疏，又舍疏而求之時藝，又舍時藝而求之子史駁雜之言，卑者偷取靡蔓譎誕以自爲家，而逃之者求高於前人，而捃摭穿鑿，以文其陷溺。於是《四書》終日在人口耳，而其晦而之亡也亦無幾矣。豈非驚於海之大，而不觀其源之故與？

先生之講義，不爲文士卮漫之談，而亦無局於漢宋諸儒之説，曠然自寫其中之所得，以求溯乎聖人之心。蓋所謂有其本而知其積者也。聖人之言歷數千歲，晦而明，明而反至於惑，求有以守之，而不迷其旨，則亦聖人之徒矣。況乎能變通其説而復不詭於正也乎？非其大而有本，固何足以語此？然嘗讀先生之制藝，與所以授之虎臣而著之世者，其廣大深險、奇變充積，則皆天下之所駭，而固未有知其源如此者。故爲表之，亦庶乎使天下之士知讀《四書》而後可以爲文也已。

《文體明辨》序

天位乎上，地位乎下，而人處乎其中，此天地之體也。而人又於其中，上因天，下任地，別其類以爲尊卑，辨其材以爲賢不肖，後先相代，以爲古今，内外相别，以爲事應，異同相錯，以成道理，有名而不可易，有條而不可亂，有義而不可犯，然後人之能盡，而天地之事成。體之時義大矣哉。

周公之作《周官》也，曰體國。内自王畿以至列國要業，上自家宰以至府吏胥徒，精至禮樂教化以至酒鹽醯醢，莫不有職以爲之守，有事以爲之官，煩而不擾，雜而不混，行之數百年，而後能去其籍而移其制，何則？有所爲體者均平齊一，雖以繼世守之，固莫能爲之動也。

文之爲道亦然。文之有體也，如天之不可使下，地之不可使上，男女之不可使易其内外，而君臣貴賤賢愚尊卑不可一日而少倒置者也。置之不當，則大亂於是而起，而遂不可以爲人。如使文，而首尾衡決，倫眷頽放，雖復繁言詭義，累牘積几，如下堂之周，服冕之唐，黨僞學之漢宋，亦復成何世界乎。此文之不可以無體，體不可以不辯也。

或曰：體之奇正有變，何也？曰：此因夫時而然耳。時有古今，故體有正變。古之文澹以質，而後世以華麗飾之；古之文直以遠，而後世以駢偶輔之。其氣漸降，其體漸卑。歐陽子曰："偶麗之文，苟合於理，未必爲非，故不是此而非彼也。"由斯以觀，體之不失，雖復柔靡，古人不禁。譬之時之不能不爲秋冬，人之不能不爲短瘠，其氣使然，亦安得五風十雨以爲之天，天府陸海以爲之地，君盡堯舜而聖盡周孔也哉？然而求志者期乎其上，而服學者兼通其變。知其變，反其正，由漢宋之法以求六經之理。其道聖者，其辭先民高之至於重玄，深之入於泉淵，肆之及於不論不議之外，而通之徹於千百世之前與千百世之後，離奇變怪，洞心駭目，而推其首末，各有條貫，則體之既得也。諸葛武侯未嘗爲文人之名，而後之論者以爲可與日星並麗，江河同流。然則天地之大，猶賴斯文以持，豈可以爲文字之細，而不務明之也哉。其他體已具，本文兹不具論，論其大者如此！

《歷科制義》序

制義者，學者所以爲學而拜之於君，以爲立身治人之本也。士自成童，誦法聖人，求學其道，以發之於文，而人君試而升之，蓋將緣言以信其行也。緣言以信其行，則制義之爲言，蓋可以由易也哉。在下者以其言而自明其學，在上者亦以其言而信其生平，而又將畢之於異日之所效。使其於聖人之道，取之而不深，出之而不必醇乎其正，則吾猶以爲未免内愧於心，外欺乎君，而況乎其甚遠於道而大背馳也乎。

而或者曰：上之取言意，初不止乎此也，將必進而求其言後之所爲。且夫能爲其言者，亦未遂能有行之者也。則又曰：士之爲此，姑以是取乎上耳，初不必有所致深乎此也。吾未見浮而佻、駢而填者之不得也。今之蒙盛名、取顯位者，比比皆若人，而所謂能深於道而著之文者，曾不一二焉。吾何爲求於難而不求其易，勞此心於千百者之什一，而顧自遠於比比而得盛名顯位者也？

嗟乎！士之不可以不學，夫人而知之也；學之不可以不深，亦夫人而知之也。天下有學者，必能明聖人之道，以發之於文，推之於行，而爲國之名臣、天下之所倚賴。使夫不學之人而亦能是，則誠可以不學而不然。苟非稽古深思，則終不可以致。且夫上古之世，有策問焉，有明經焉，有詩賦策論焉，皆不可以不學而得。今之士自制義而外，尚猶求其所爲，以期至乎古之作者，而顧於制義爲吾之所以立身治人者，乃反不求有得焉。則何也？

夫策問也，明經也，詩賦策論也，雖未必遠於聖人，然尚未得其深者。若夫制義，則專使之識聖人之書，言聖人之言，道莫大於是。而顧以浮氣取之，支詞傳之，可乎哉？道莫大乎聖人，身可以立，人可以治。今於其所以爲言者，尚不能求深，豈舍此而别有立身治人之道耶？上之取士，固不專恃乎此矣，然亦終不能舍此而别有取士之法。

夫誠以童而習之，白首而不知所止，士之精神、心術，蓋在乎此。其爲行不止一日而遽見，而其見乎言者，則皆聖人之道，將異日之所爲，固可得而知也。言聖人之言而不能行，固誠有之。然未有言之尚不能，而或能行而咸得者也。古之人亦有不親詩書文章，不表於世，而不失爲賢哲者。此雖自其天性，而要其生平閲歷，則固未嘗不得於學。

今夫士者，則固有先聖之言矣，乃不能學而曰：吾姑以是取焉，未嘗不得盛名顯位也。何其自待之薄也。吾方憂言之者不必能行，而又不能言焉，其爲術固已疏矣。況乎苟且以應世，此當爲何如人，而異日之在朝廷，能出其所學以有所樹立乎？浮而佻、駢而填者，其得盛名顯位也，求聖人之道而深之，亦必無不得之也。則曷不求於其深，而其自待以薄耶？使天下皆爲其深，而吾不能，則吾之所以取之固亦甚危。使吾爲其深，而天下皆從而爲之，抑又何患乎？深於道以著之文者之僅一二人耶。故曰：士之不可以不學，學之不可以不深也。

吾宗紉韋先生，蓋學而深於道者，既聞當世之君子振起斯文，以爲明道之本，乃取歷科之文録以示世，其將率天下而歸於聖人之學也。故予爲告之，亦庶使學者咸知制義之爲言，所以立身治人，各求無愧於心，無欺於君，以自成其所學，而使上之取士皆以其言而信其行，則幾矣。

《己丑文鬮》序

嘗讀《尚書》：“予欲聞六律、五聲、八音，在治忽，以出納五言。”然則，古之治亂固皆可以言察之與？唐虞未聞詔令，方岳數奏，文或不傳，其出者則疇諮，其納者則諸臣，所謂謨也。當其時，被之聲歌，奏之堂廟，以教胄子，以格讒頑，能使神人和而鳥獸舞，豈所謂聲音之道與政通耶？蓋堯舜之所言者，道也。其精入於性命，而其大在於知人以安民。道明於上而化美於下，其言質，其文古，後之言治莫能出其中，而學爲文詞以明道者必以是爲首。

稱孔子述堯舜者也，其道不見用，而其言僅存。然有天下者，由之則治，易之則亂。《春秋》一書，亂賊懼焉。孟軻氏以謂一治，其後言仁義，闢楊墨，學者亦以爲功不在禹下，豈非以其拒邪説而正人心也哉？近代之有制義，將以發明孔孟所謂堯舜之道者也。

昔之功令必使兼通《性理》《綱鑒》《經書大全》《大學衍義》諸書，而後能爲文。蓋以諸儒所言，其入道深，確能達聖人之微。而後代之迹或治或亂，或醇或雜，無不足以見道之大。能通乎此，則其識定而志端，行則爲學道之人，言則爲稽古之論，國家所賴焉爾。是故當其盛也，士争爲通經稽古，其人忠厚正直，其文醇深淡古，而天下治。及其衰也，老莊不已，而管韓荀楊不已，而晋魏其爲經傳，又止剥割字句，大旨蔑聞，累牘連篇，義薄意複，氣或弗貫，理亦終鮮，度其一切以就功名之志，即其人可知矣。今天子赫□[①]。

《考卷遵度》序

文以氣行而法爲之節，法以御氣而天下之至文彰焉。天之高，不知其幾萬里也，日月一晝夜周之，可謂至健矣而有常度；地之大，不知其幾萬里也，江河赴之，委折貫穿，浩瀚漭瀁，以趨於海，莫測其深且廣也，而以冬夏爲之息。向使日過於子而夜明，月經於午而晝見，江河稽天而不宿於海，則豈惟天地之道失，而人何以仰照而資其流哉。

往者文體卑靡，務剥裂以爲古博。而其求深者，皆晦塞陂遁。讀其言，幾於奥渺，而揆之理，則實無一通。此其似是而非，固未有能辨之者。蓋由人心放失，蕩而不反，既不則於德義之經，而廢棄典型，恣肆無忌，以至此極也。

夫時無古今，人無聖愚，此心之理，蓋未嘗不同也。存之而爲命性，發之而爲德業，顯之而爲文詞，上懸之爲式以取士，下守之爲法以立言，如日月之行天，江河之行地，而不可易者也。

我國家初政，首正文體。而二三大臣以是爲正人心之本。凡以養士之氣在於就法，則不至馳而自絶，竭而自頹。而嵩若朱先生實首京師之命，其録文也以聖賢爲歸，以先民爲則。試事既竣，梓以示世。名曰遵度，蓋將約人心於法之内，而養其氣爲不窮之用乎。

京師爲古燕，受天地勁悍之氣，昔稱易動而難服。三代之際，召公有惠政於南國，詩人歌之，今其封土，豈無有遺風存乎？先生承其

① 以下残缺，無從補。

流以美其俗，納人心於王路，寓教化於文章，推之十五國，其猶二《南》也。讀是集者，亦可以睹容光而知日月。觀波瀾而知江河矣。

陳太宰文序

文以明道也，而時藝之爲文，又特以言聖人之所言。夫道至聖人之言止矣，學者曷取言之？曰：夫人能言聖人之所言，則亦聖人之徒矣。言其言，以明其道於天下，而舉而措之致治，雖聖人復起，不可易也。

前明以文取士，士多名公卿，功業炳蔚，致治幾三百歲。其最著者，爲王、唐、歸、胡諸大家，皆尊注切理，各能極其學之所至。其後稍衰而變，爲纖麗以底頹靡，而不足以言文矣。清興，先生起而芟除之，既簡當世之爲文以示之嚮，而又懼其不知求其至也，乃取昔人之已試者自爲之，以告余曰："今之爲文，與道遠者也，吾之所欲去也；昔之爲文，近於道而有未至者也，亦吾之所欲去也。吾之爲此也，不軌於法，理至而法存乎其中；不求同於人，吾言其至者，而天下之理歸焉。"余不敏，不能仰先生之高，顧自以爲讀其文，能知其言聖人之言以明道，使天下學者由是以知今人之心與古聖賢不遠焉，將自此文也。由是以知爲文皆明聖人之道，而其言可推之以爲行焉，將自此文也。然則國家之所以長治久安者，不在乎斯也哉？

方樓岡詩小序

詩爲治天下之大。周之興也，二《南》作；而及其衰，則太史不陳風。何則？詩者，人之心也，王者觀之以立政。是故好惡端則人心正，賞罰公則王道明。道本於心，而心藏夫性。詩之學如是其大也。

年友樓岡，其學極博，所爲詩亦極富，而顧獨梓其《祝太宰》與《讀逋齋集》二篇，以此知其心之所存也。夫《江漢》之歌，吉甫之贈，其義足稱，故其辭足述。今觀其所以頌其人者，詩足以稱乎其人；其所以頌其詩者，詩足以稱乎其詩。則知樓岡之詩不妄作，而録以示人者亦不輕也。而予又以是觀一時之好惡，竊幸天下之將大治，而要之樓岡之詩實不盡乎此，而觀樓岡者亦不盡乎此詩也。

三子合刻序

文爲聖賢之言者也。士自讀書即求學爲聖賢,思之所注,身之所履,有非古之法,則怵然懼之,豈徒爲其言已哉? 雖然,言其見者也。天下有能爲聖賢之言而行之或不逮者矣,未有爲其言不能而更能行者也。吾非不望天下之人盡爲聖賢之行,而固不可以遽見也,則殆毋先於其言之近道,知其心之有所知也。以其心之有所知,冀其知之,將必行也。

夫古之人,蓋有行之而不必以其言著者矣,亦有其言卓然而所行更大剌謬者。彼之行皆實行,即有其言皆實言也。實言即一二,亦至文也。若夫學術僻堅,議論華肆,彼其言已無實,雖能貌古人之似,而中實無有,亦何異乎其背大道而禍生民也哉?

今春,高子勵昌兄弟來從予學。余首教之以學爲聖賢之事,爲説《中庸》一篇及《太極圖》,亦遂辭歸,而二子之文益茂。其張子君奭復執其業來,且言將合梓以問世。予以爲三子之文,其清深奇肆,篤厚廣遠,各不同致,而要其能爲聖賢之言則未嘗異也。蓋其胸中無浮靡駢麗之氣以亂之,而考法先型,又不至瘠而不勝,寒而不光,醇乎其體之於性,而深之於事,若皆取其思之所注、身之所履而言之。余固知其心之有所知也。然三子皆華胄,而居處服食又皆淡定明遠,不易乎儒素,是將有以求至乎其行者。予猶將勉之,欲使天下之人讀其文,不以爲徒有其言也。予何能以無厚望也哉?

《山雨樓遺稿》序

高平子既没,其兄勵昌集其遺稿來告予,閲之未嘗不泫然悲悼,數捉筆而不能下也。

平子生十九年而其學將大成,文亦漸進於道,其爲人孝於親,友於兄,篤於朋友之誼,澹静深遠,不以世故動其心。自京師之大,以迄四方之遠,凡公卿大人與夫學士、大夫遊談而至者,莫不知平子之爲人,求得一見以爲喜,讀其文莫不爭相稱許,附於知者之列。然而卒夭以死,不得終其用。嗟乎! 豈不痛哉。

淵敏絶異之資，間世一出。天苟欲生之，必將有以用之；天苟欲喪之，何如勿生之。如平子者，其何爲當吾世而生之耶，不可謂天之無意，然而又喪之，則不得其解也。或謂孔子得天之清而厚，顔子得天之清而薄，故早夭。然則平子固得其清而薄者耶？柳子厚謂天之生賢聖人，如木之生蠹，賢聖人之竊天之精，猶之蠹之竊木之精，故天之欲去賢聖人，與木之欲去蠹無以異。此其説其果然耶？抑有所激而云也？太史公作《伯夷傳》，謂仁者不怨，若此其何能以無怨也耶？

積厚者流長。平子之祖若父若兄，其醇德在里在國，無有間言。積善之家，必有餘慶，其未可盡信也乎？不然，天之報施善人固當如是也。後顔子而夭者，晋有王弼，唐有王勃，然雖具雋才，時稱其浮薄。若平子者，固才全乎德矣，使天假之年以究其學而達之用，必有過乎二子者。然而僅存其文，與二子上下千百年同悲，此則予之所重悼也。

方平子與勵昌從予學，説《中庸》及《太極圖》，有所語，無不曉，有所問，未嘗至再，意其通悟絶人。然見其癯然不勝衣，又未嘗不爲憂之。豈意其不逾年而亡，而竟不克終其用也。勵昌爲予言，卒之前數日，夢至古寺，有老僧召之歸，豈誠再來人不久住人間世耶，抑已達生死之故，於所謂夭壽不二者，皆已明而不復有長短之較耶？嗟乎！天之不數生學人久矣，生之而又不使究其用焉。予其如天何哉，予其如予何哉，其何能不使天下讀其文而共悲之也哉。

郭丙奏制藝序

近代文章之患，其易知者二，其難知者一。截綴字句以爲古博，摹掠淺疏謂之典型，此其易知者也。務爲僻譎，艱澀音旨，而繩之以道則晦塞不通，謬於聖賢之説以爲甚深，此似是而非，難知者也。是其患皆起於粗疏淺蔽，不能讀孔孟之書以深其理，定其識，而徒取料於時文、擷詞、稗説，汲汲乎富貴，是徼而無有明於身心之理，以故高而失真，近而彌遠，毋惑乎，於心多暗險之情，於身有詭故之習。而推之於世，欲以仁民而淑世，寧有得乎？然三者之患，似是爲大，以其知者之難。故溺久而惑深，生心害政，孟子所爲惡之也夫。

文無奇平而有通謬，理無深淺而有僞真，欲救人心，必根孔孟之意，使心明於道，道適於用，其言皆質直方大之聲，其義皆明白坦夷之旨，舉而行之，如菽粟之可以食，布帛之可以衣，日月江河之常行於天地，而不可易也，則天下之至文，於是乎在矣。

今春較士禮闈，得郭子丙奏。讀其文，澹乎其若泉之出蒙山而望海，醇乎其若醴之入口而忘味。然郭子爲人敦静淵邃，不以功名動其心。其閲斯文之變至久矣，出没於三患之時，而未嘗或濡，其爲文豈不可以問世乎？今將之官汜水，梓其文二十首以往。吾見其言而舉之行也。汜水，古奇險之地，郭子其有以定山川之氣與？

徐子文序

徐子年十六而餼於庠，十八而貢於太學。又數年而試於廷，懼不得高第以爲父母懟，以其文來謁予。予告之曰：士之有志乎天下之大者，當務明賢聖之道，求之於心，而以身行之。然後學成而名章，於以登闕廷，贊大業，繼先王之緒，爲來學者宗。是之不就，斯所憂耳。今子不以是爲念，而以一試累其心乎？且子年甚少矣，其他日何可量？即以其時觀之，亦未爲不遇者，雖父母亦不宜以此厚責於子也。此予所爲欲子志乎其大者也。雖然，子之志純於孝者也。以小試之故，而懼無以悦親，則凡不能以悦親者，有所不爲也。以一試之故，而必求所以悦親，則凡可以悦親者，無所不用其心也。以其小者之不肯苟，知其大者之必能就子之志乎。天下之大，其能已乎哉！吾見子之終其身求悦其親，而未有慊也。吾子勉乎哉。

屺思堂文集卷之五

黄岡稚川劉子壯著

賀序

代賀朱都諫弟鄉薦序

己丑春，都諫朱君分較闈牘，所得士爲一時冠。比廷對，又多居前，而克猶劉子乃爲子所識拔，於是都之人咸稱朱君知人。朱君有弟以文名於時，以今秋領鄉薦，於是都之人又稱朱君善教。其門弟子舉羊酒賀，屬予爲言以侑。

予告之曰：聖賢之道，相喻以心，而及其授受，未嘗不感之以言。今之爲制藝者，學聖人之心，而言其言者也。學者求其心而言之，人主審其言以爲用，然則制藝不已重哉。往者士競浮靡，世亦浸亂，聖天子起而更化之，於是天下翕然争趨雅正。而求之不得其意者，又入於淺固荒陋，不能明古者所以傳聖賢之旨。間嘗與劉子憂之，以爲文以心爲質，心以道爲則。文不根心，心不至道，是猶雕壞朽以爲棟，而烹葛鴆而飽之也。夫生心害政，天下之治忽受之身，當其時，安得不起而救其衰哉？故既取昔人之文，别之以示式，而又與同人以暇作之，求其深而近於道者。又陰以其意，博求當世之後起以共相勉淬，扶起斯文。凡予之所得與劉子之所知，莫不勤相啓告，亟爲然許，以謂學聖人而應明主之選者，將在乎此。而劉子則固嘗稱朱君之弟。

中秋之後二日，予問所閲闈牘，則劉子亟稱其文，且言朱君朝夕摩厲其弟，身爲賢聖所爲文，皆根於心而閑於道。今其家門内雍穆慈孝著聞，其所由來如此，予以是益信朱君之知人善教，而都之人所稱爲不誣也。朱君在朝沉厚英敏，所言必中時務。予性倦酬接，而間過訪朱君，蓋甚敬之重之。朱君以其所知者與其所教者，廣之天下，則其爲國家之所賴、天下之所長養興起者，豈細也哉？

賀高勵昌鄉薦序

天下皆聽於遇者也，而未知道之足以主之。聽於遇者其未得也，閔焉悵乎其遇之不猶而弗己之求。而及其得也，亦忘其己之有所至，而舉以德夫不可知之天。若夫道之所至，其得也若固有之，而無所於適適然驚、惻惻然疑。而即其不得，固自以爲其道之足信而未嘗有所求與怨於天，而要亦無不得，則道之所存而遇不能違也。

而或者曰：遇者遇也，道者亦遇也。蓋有非其人而得之者矣，亦有其人而不必得者。夫有其人而不必得者，誠是也。若夫非其人而得其一日之遇，亦必有其一日之道焉。且夫有其人而不必得，又安知其不遇非其一日之道有未至者耶？故夫君子之于天也順之，始焉無敢于求，卒焉無敢于怨，而又非諉之以解免於己之不備，而其於道既勤之於夙昔，又謹之於一日，則遇不在人而在我也。然則其遇也亦道矣。

高子勵昌兄弟有文名，識者亟稱之。今春從予學，及秋而薦於鄉，都之人與四方之士咸信其夙昔之勤，而其一日之所得又足以服之，以爲道之誠然而不易也。夫人之情，於人有不善則信之，於人有善則疑之，於寒素之善或信之，於世禄之善又無不疑之，而今也信而服之如此，予是以知高子之道有所至也。

蓋高子澹樸真至，無一切華謏以靡其志，而其爲學也，匪朝伊夕，敏而不怠，沉而不汰，其修之於己者固有其素，而又其大夫封公以茂德教育其家，諸子咸膺簪紱，而太宰又清方居身，公忠體國，雖家世華盛而門庭闃如，固無異於寒素者之爲。夫是以都之人、四方之士皆以爲其固有，而無所於適適然驚、惻惻然疑。而予以是知天下之遇皆本於道，而不可知之天果在乎我，而天下之學者當反求之己也。

賀王君佐太僕幕序

漢高帝之有天下也，曰："乃公於馬上得之。"陸賈曰："馬上得之，安能馬上治之？"若是乎雄武之烈，固非所以爲長治久安者耶？而穆王之誥伯冏曰："懋乃後德，交修不逮。"又何其略於職守而諄諄焉以繩格之事責之僕臣乎？蓋古大有爲之君，當其初起，以兵力雄天下，雖三代有然。及其既定，遂有華陽之歸意。所謂華山之陽，當即牧地，而有僕正如冏者，以典其事。特經傳未有其文。而至穆王之世，乃見之也。

人君修德以建至治，内有公孤，外有卿貳。其所以論道弘化者亦既大備，至於太僕，亦第責以畜牧之務。然而古之人乃以弼成君德爲先。雖以穆王中主，猶知此義，意者得之《祈招》之詩，其在歸祇宫之後耶？

本朝取天下與漢略近，其淵塞之德，固見於"騋牝三千"，而天閑之選，掌之公族國人。至於設立太僕，仍沿前代，有正卿一人，少卿一人，寺丞一人。佐之者有主簿。而大興王君方有新命。燕京爲古漁陽、朔方地，多産良馬，昔人所謂冀北，而燕昭王築黄金臺以買千里之骨者。王君生長於斯，其必能别其物産，辨其種類，而遊之以地，食之以時。所以佐其長而致蕃息之盛者，固其優爲，而予將欲進之以伯冏之義。

今天子親政之初，固將息馬講道，其於罷獵地予貧民，見其端矣。萬一屬車所至，數及山谷，王君方將從長貳後，舉"承弼厥辟"之誼，有正侍御僕從從風者，則予之爲王君願者也。不然，使洽汧渭涇寧，侈玉花拳毛之盛，以是爲能其官可也，以視古人則猶未也，而豈王君之所望於予言者哉？

賀川湖祖總制序

川湖爲地，襟中原而届南距西，發岷度衡，不盡匡廬。江漢交其間，鍾爲洞庭，控滇中，達粤東，西錯制秦豫，居上游以臨吴會，其山斗絶，爲棧走車騎，其川狹峻多藪澤，諸土司棋峙。天子有天下九年，湖已盡入版圖,而屬地僻遠,去年始詔平西王將兵定之。

當是時,總督所治惟楚。然而湖之南再勞王師,始克安戢。蓋往者遁逸諸孽出没箐峒蠻煙中。屬蜀地初平,潰衆走險,趨辰沅,犯寶長,民不能安,乃大發兵將,界滇爲境,而命我祖公爲總督以鎮。夫九年以前,總督川湖者所治惟湖也。九年以後,總督川湖者兼川湖以爲治也。川爲初定,而湖復數驚。豈西南之好亂而小丑敢逆我顔哉?亦窺吾之瑕,而思有以投之也。

楚蜀自軍興來,凡十有餘年矣,其土川之荒蕪,人民之亡徙,賦役之虧缺,或百里而無煙火,或千里而無城邑。其望仁人之撫而育之,不啻如饑寒垂盡之孤引吭而望慈母之哺之也。而我公奉命以往,將見梗者以芟,順者以植,原隰之漸以墾辟,婦子之獲以保全,荒區逃里得以薄斂而寬徭,出諸水火之中而還諸衽席,使西南之人歌而頌之,曰:“南人自是不復反也。”豈不在我公也哉?

公家世勳,故任兼内外。當親政時,以少宗伯定制度,辨服色,諸禮儀大典悉所贊定。壬辰知貢舉,某與劉君得共事,見公釐剔繁劇,咄嗟而辦,固知公之於川湖,可不用兵而服哉,而諸反側皆可折簡召之,使居鈴閣爲騎衛也。湖靖而川通,川通而兵民安,財貨來。窮壑屬蕃,咸歸職貢。天子嘉公之勞,紀之太常。某得珥筆其側,述江漢之詩,曰:“文武吉甫,萬邦爲憲。”公其將與名山大川爲萬億年也已。

賀李給諫弟鄉薦序

觀山者觀於喬木而知其大,觀水者觀於魚龍而知其深,其所居然也。是故牛蹄之涔,鯤鰤宅之,培塿之上,無松柏焉,其積之也不厚,則其發也不弘。然泰山之巔,河海之廣,非以一木之撐、一鱗之踞而益其高深也。居勢既盛,則華蔭之根、神靈之化於是託焉。其氣有以致之矣。夫人之有賢子弟,則其喬木魚龍已。

韓城給諫澹河李先生之弟,以今秋舉於鄉,其門弟子屬文以頌李君,而予因得詳其先世所以積之之本。蓋李君以清慎敦篤由詞垣改省,直聲霏霏禁掖中。予嘗讀其奏疏,斟酌國是,洞達民隱,竊自謂古陸宣公,今當其人。而至其在交遊情欵醇至,則又藹藹吉人也。及考其家世，皆有茂德。而封公蒼環先生孝友好義，善史書，工詩文，尤喜施予，嘗傾貲急人難。所至豫楚、吴越，多交識賢豪間，太母解孺人佐之以勤，操井臼，質簪珥，以承王父母顔。教諸子尚嚴謹，不啻身爲其師，以相夫子，所以育成後人之志，以故先生成進士，其弟復爲孝廉。其家之昌，方未有艾，而澮河顧自傷孺人早世，不克與封翁共觀厥成，此豈獨其功名之盛所由來者遠，即其忠孝之思豈無所本也哉？

澮河爲國名臣，以其資於親者效於君，其弟又出而左右之，異時聲迹琅琅，史册著其世德及其所以慈教之義，天下聞之，當不啻登太山而景仰，望河海而驚歎也。

然吾聞古秦中形勝擅天下，自周漢以來，賢聖接踵。迄於今，往往有先王風教，而韓城又爲龍門太史所生地，予雖未獲遊覽，然考其山川，察其流屬，以爲必有仁厚之俗、文章之美，當吾世而見。由今觀之，豈非山川之氣所以見其高深者與？予忝備史職，與澮翁先後出晋江相國之門人，澮河又前與予爲同官，其門弟子與予又皆同年兄弟也，故得備書其祥以佐觴。

壽序

黄太師母八袠壽序

天之所重予人者，福也。而德則盡人而予。夫德者，人道之最貴，而天固不靳之。人莫不得天之性以爲生，而至於福，或雖賢者不必備。若是乎天之甚重夫福也，然人莫不得天之所不甚靳者，而卒不能全其所有，又以此爲可有無之物，而未嘗少用其心。而至於其所重予而不可得者，乃更奮其智力以圖之，務期必得而止，於是有以不應得而得者，又或捐其所受之性以徇之，則遂以爲天之於福雖甚重而濫，而最貴之德，天雖遍及之，而未有受其命者也。

論者曰：德受於性而無窮，而福出於世而有量。故天能以德與人，而福則不可以遍。且天之遍人以德者，是即其福人者也，且將使各全其所受以自享焉。顧何以賢者或不必備，而不應得者乃更得焉？是亦造物者之猶爽也。吾以爲德者性而福者命，福歸於德，則性與命合。故知性命之一者，得天人之全矣，吾師黄東崖先生太夫人是已。太師母生爲名進士女，長爲賢大夫婦。克配君子，有子五人，皆身致通顯，名當世。而吾師特以一人簡爲輔弼，澤被天下，出其門者遍四方。諸孫曾蘭英玉立，繩繩振起未有艾，人以爲母之福如此。然母之事翁姑也佐其廉，以孝相夫子也濟其嚴，以寬教子也慈而義，御下也恕，而仁人以爲母之德又如此。而至其盛而不溢，勤而好施，處廢興之際皆能知幾，以善其進退，則又古人之所難，而太母若性成而天授，吾是以知太母之福本於其德，而於天人之際有得其全者也。

今春二月又閏，太師母年八十，其日增健茂，宜未有量。而子若孫若曾孫，或爲天子師，或爲多士衡，或爲百姓召杜，或將拔出州邑，登進王庭，咸執爵拜，且祝太師母，當復自慰。而予小子某幸附宫牆，得聞其盛，書其事，若將登堂，而親捧一觴，以佐太母之開顔也。然吾師當時之變，自全所守，山水詩酒之間，大節存焉。知太母必以善養爲愉，而某獨深言天人之故，以明母之所受於天者獨能全，而天之所以厚母者甚至，且以爲吾師慰也。

代壽少司成羅篁庵序

今上六載之春，予奉命校士，以恩增額所得多，英奇瑰偉則多出於少司成羅公之門人。其冬，爲公誕辰，門下士某等請所以祝之之言。予惟人之爲道有五，而師弟子不載焉。師也者，於朋友之中，有君父之義，其相喻也以道，其相示也以言，是故其在下爲孔孟。自孔子而下，爲曾子，爲子思，以及孟子。其别出者，有游夏之學，有公穀之學，各以業相傳，閲秦歷漢，其授受在後，有世次可稽。迨至於宋周子變易，復遡孔子之傳，以授程朱，其他文章亦然。

其在上也，以位相先，以義相取。公卿薦其大夫，大夫薦其士，一傳而爲辟召，再傳而爲選除，三傳而爲貢舉，本於爲天下得人之仁。而舉子薦讎，皆爲公義，或進謀略，或登經術，或尚志節，各以類升。《志》曰："觀人者於其所知。"此之謂也。

然爲之下者，身不行其道，託之言以傳其人，而其人守其説而不變。爲之上者，以人而事君，以言而知人，而其人各以其道相濟，然而世之變與時之盛衰，亦可以知之矣。

今天子肇九域，闢四門，而公自乙酉首校京闈，所取之士又皆先後佐予獲兹英偉，則雖謂予之所選皆公之縷績而壤納之者可也。公以文章顯其學，自西江以道見於言，而施於天下。國家之大，其爲司成所教，成者皆在登俊，而所取之士，又復能不違其所自，以廣夫爲國求賢之理，是公之傳之以道而知之以言者，皆有其人也。

公自司成以詿誤遷大行，復改光禄，或疑其道未得大施於時。然予以爲公之士或從中秘後，或爲省臺佐散，而主庶司州邑，天下之大，皆公之士，則莫非公之道也。異時膺帝簡勷，予機務而率諸子，其後其予所任之人，則又皆公之人焉。公之道，不僅以採於下而大行於上焉，予又以卜世之治與時之將盛也已。

壽韓母馬太夫人序

己丑春，澤州韓六一成進士，與余同出都諫朱先生之門。六一於諸同門年最少，而與余爲尤善。比歸，索予爲母壽。

是時，其兄孝廉某在京師，六一每出入，惟兄命爲率。孝廉嘗過余，余亦嘗往候之。顧自愧僕僕風塵，弗克與賢者處，而又竊見六一之於兄弟睦，未嘗一日不如在其母太夫人前也。

今秋六一來京師，分校闈牘，所得士楊某、朱某二十有一人，皆當世知名，而楊子走予所，索文爲母壽，以慰六一所以事母太夫人之意。

夫余嚮者不嘗有詩乎，亦未知其有當否也。而今又爲文，其能當乎哉？然余聞韓氏家世有顯者，然皆廉，及之伯父登進士，官於朝，而母猶親織作。其後即世，三晋更亂，人莫相保，而母持其孤五人，飲食之，教誨之，咸能有成。今六一與孝廉皆已顯，其三人聲籍籍鄉遂間，未可量。嗟乎！母誠丈夫矣哉。

六一在京師，日念其母太夫人，不得進菽水，奉歡笑，比壽日又不能以卮酒從兄弟後，與諸子侄十餘人，拜於母之前，以見母之笑而掖之起。而其諸弟子乃率其年兄弟，奉羊酒爲之慶。吾知六一必喜自慰。孝廉在其家，率諸弟子侄十餘人，奉卮酒拜於母前，母笑而掖之起，必相念六一在京師不復如向者同堂爲壽，而忽見千里之外率其門弟子，奉羊酒爲之慶。吾知母與孝廉諸兄弟又必喜自慰，而予也愧不能爲壽，乃以其詩與其文以爲庶幾於登堂之一拜也。

代胡太夫人壽序

今上御極之六載，余分閱尚書，録士二十有一。其家有隱德，爲直指所未采，史官所未書，並爲綸音之所未旌，則有若胡生海若太夫人焉。

夫女德之良，無大於孝於從於宜家。然處時之順，上事舅姑，内相夫子，議酒食，肅閫閾，稍敏厲者能之。是以當世雖稱古道者，未之或奇。若夫少失所天，老而成其子，閱數十年艱難繁苦，風雨暑寒，時移情易，事窘勢危，不以少動其心，此非有大過人之力，其何能以無隕落乎？士君子幸處隆盛，坐致卿相，生享榮名，後有美謚，其平居論評，莫不以聖賢爲歸。卒遇非常，失其所守，或稍有樹立，而歲月彌更，時事迫蹙，其勢有所不得已，其中必有所大不安。由斯以觀太夫人之所以長存於當世者，蓋不在區區百年之間也。

太君少寡，撫二子，如是數十年。而海若卒能成母之志，爲聖天子臣，爲賢宰相弟子，歸而將母，捧觴而進，叨念數十年前，艱難繁苦，風雨暑寒，或爲之太息，或爲之歡愉，而母心之慰，蓋可知已。非太君不能成海若，非海若不能顯太君，若是者可以壽矣。他日，直指上之，史臣以告，用錫旗章，天子曰："余一人以是風天下也。"若是者可以壽矣。

柳子厚曰："讀其文而以爲簡者，必不知文者也，文正以簡爲貴耳。"陳百史

關太夫人壽序

己丑，予與十三弟賓生同舉南宫，俱出右君朱先生門，又居同里，予系本清江，而賓生亦云其先自清江之吉州，又同宗也。他日語予曰："吾先子暨嫡早世，吾母弱婺持家門，事兩太君，以教小子及在此也。今歲夏五，當帨辰，其爲我言。"予惟母有古哲婦之道四：母蚤有子，能賢典宗祏，"《春秋》之義，母以子貴"，是於媵有嫡道；家門大，賓

客戚里繁，母能治僕婢，飾田廬，閫内穆然，外無間言，是於婦有夫道；兩太君早失子宜，戚戚寡歡，而母事之有加，使兩太君如其子之事之也而忘其恤，是於媳有子道；如是者幾二十年。鞠其子以教之成，卒能使其子顯此當世，丈夫所難，是於母有父道。至於暑雨冬夜，履雪茹荼，則母之所以自處者又如此。夫某先生之未爲者，母爲之；嫡夫人之所未有者，母有之。進而堂上豫退而後人光，中外之人咸曰有婦道，則母之所以順神悦性以致大年者，皆自其身爲之也。余有宗義其言信，弟歸以告母，母必以爲然，以是進觴爲壽。

方我範七袠雙壽序

辛卯夏，廷試諸郡國明經，予偕同官分校，得多士。内院録予所取士爲冠。於拔貢，得蘇生宣化；於歲薦，得方生學舜：皆第一榜。臨揭而内院以他故罣誤俟命，於是訛者指目當路，乃及予所取士，競覆閲之，然卒不得易。未彌月，而前事亦得已。予因念初閲牘時，長者親巡。其次，諄諄以公嚴相劘切。予復慨自敕勵，冀獲俊特。而二生又以英資茂學有聲鄉國，然猶得議者深文，未嘗不悄然遥感，歎吾道之艱也。

士君子以聖賢爲學，期於不欺其心，且不祈人之知之也。況欲以求亮於言者之口乎？守之身而爲行，發之言而爲文，作者與觀者以心相遇，要歸於無所欺，豈宜用是重累長者哉？今二生之文具在，雖未盡達於至，而湔浣靡曼，力還其雅正，不失古聖賢之意，又豈宜以小試自限？然卒不得易，而向之議者亦服。予又以是欲其文之將行遠，而予亦藉以自慰且自信也。然又聞方生本以試冠諸士，義得恩拔，爲同學者所先，亦復不較，遂用歲薦來都。此又文之見於行者，方生其真篤行君子也。

比秋試，内院召同鄉者肄業，亟稱方生，而生謁予，願不應。問其故，曰："父母老，今且七十矣，家復萬里，未嘗有入都志，爲戚士强，冀得亟歸。今部銓近，度得一官爲奉養，無以歌《鹿鳴》爲慶也。"已而蘇生遂捷。方生之銓選，又以例抑之。於是，知文者悲方生之遇，而予亦傷其文不得顯於世。

然方生固孝人也，以爲久而得雋，而垂倚閭之望，毋寧歸而長貧賤，此固其發於誠心不欺者。使方生進而與天下士較文，當不出蘇生下。然方生不以此自榮，而以不得歸奉父母爲心，此其人又豈榮名利禄者乎？且安知銓者之所以抑之，又非所以成方生之孝養，而使其顯於異日耶？生今其歸，奉觴而進，以予之言告知父母，曰以父母命一出而爲多士先，又得當時賢者之知，退而不以科名累其心，以全其所以爲子，其異日又安可量耶？予知其父母賢而能教，必喜其子之以善養，其聞予之言當不以爲妄也。

壽崔元復先生七十序

先生今年政七十。余自西東還，而誕辰已過。先生飲余酒，且召客共論當世事，余曰："昔少陵負間世才，遭唐中衰，所用未殫，憂國憫人之懷胥於詩發之，其言曰：'人生七十古來稀。'先生有其才而其遇過之，詩殆爲先生言與？"客曰："先生尚未老，道最奇，遇亦宜最晚。"余曰："然。五羖大夫未顯於虞，去之秦。考諸子輿，年已七十矣。其後置晋君，救楚亂，以其國霸，天子置金鼓焉。太公八十始載後車，事文王十餘歲，又事武王十三年，始戎商。武王爲天子七年，又相成王，東封於齊。度其年已再浹曆，然則七八十者，政二人之壯年耶。"先生曰："余毋爲以國事累也，余惟未有息，以是爲先子憂，則若何？"余曰："先生氣體清强，飲啖無異常時，日行可百里，燈前作小草書，數行俱下，吾知其甚壯且健也。且即以周論之，'我百，而九十，吾與而三'，此文王之言也。武王九十三，而成王甫七歲，又生叔虞，是成王與叔虞皆八十六歲以後所生也。近有嚴大亦先生者，自言其祖七十餘生子璞及珣，後皆登第。先生即何憂？"先生大笑，客亦皆歡，酌飲就醉。歸而録之，即以爲壽。

屺思堂文集卷之六

黄岡稚川劉子壯著
男孫茂質盧纂輯
同里樊維域念庵較閱

書

與大司馬書

前承贈衣，未得拜賜，深懼疏薄，無以稱惠，尚容面謝。近聞敝鄉撫軍疏云：楚省歲額餉銀十七萬有奇，而楚餉止十一萬有奇，州縣又止能徵十之七。是歲止得餉銀七八萬，尚欠正額十萬矣。江南協濟江西。陝西、河南荒蕪遍野，是各省既無接濟，而内帑又虚，亦不可望發也。不識司農何以覆疏也。事關軍政，而敝省又初定，此十萬餉旦夕不給，即虞有他變。

客有楚省來者云，本省給餉，每兩銀柒錢三，省中錢每千值銀四錢，而官仍以每千一兩給兵，兵執官價，强市民物，而又以所發之銀並换錢以市。每爭鬥至官，官不能以四錢之價責兵，又不能以一兩之價强民，兵既患餉不足，民又患物價太折，而有司終日嘵嘵於兵怒民怨中，其苦萬倍矣。

今春，敝府刑廳公祖以計來京，又極言敝府屯兵之害，遍懇諸紳。某亦曾言於先生，蒙教云："事自督撫來，或徹或汰，皆可。"某以語諸長者，皆恐中有不能相諒，又懼軍帥貽怨取禍，以故中止。而公祖爲民苦心，悵悵而返。

近見各省汰兵，想敝鄉承平，不須留屯，或徹作平湖南、入廣西之用,或分之,或汰之,止留二三百名爲守禦,而其多者亦聽督撫調用别處。其假名營伍者,嚴令禁之以絶禍萌,則敝地百姓少蘇,而餉亦可少減也。

昨躬詣中堂言之,云:"近事皆屬户兵二部,非如前朝内院得以票擬便宜。"且囑令求先生暨大司農,故不揆冒昧,又以請命。倘有可採,則漢黄之間戴明德者奚啻河洛之功也? 蓋此時楚餉别無措處,而楚兵又驕悍可畏,若不早爲之所,懼有他故。某桑梓所在,患爲剥膚,故不避其言之出位也。臨楮悚栗,伏爲鑒恕。

與熊次侯書

昨座上所言,夜來思之,過却此時,别無機會。蓋撫台所題楚省兵餉每歲十七萬有奇,而民間止供十一萬有奇。其在餉兵者分文不可減,而取之民間者,則有荒熟之異地,水旱之異天,完欠之異人,催科撫字之異官。在十一萬尚有三分之一不能全徵,是楚省之餉欠至十餘萬矣。即使能完,亦欠六七萬無措處。以此入告,將望發帑金乎? 抑望各有協濟乎? 今内帑告匱,是上無可發,而江西之餉,責之江南。大河南北,荒蕪遍地,自支不能,尚能他及乎? 計惟有清兵一着,汰其冗者則兵不擾,而餉無煩再增也。

近如敝鄉民間極苦屯兵,婦子不得寧,而雞犬無遺種。其望兵之去,不啻望歲矣。爲司農計,上之則盡徹以爲征湖南、入廣西之用,次之亦宜少減老弱無用,以寬朝廷之費。如謂地方纔定,未宜輕議,則敝府止留三五百精卒,自足以彈壓飛揚。蘄州有道台,亦可不設兵爲守。況前歲之亂,全由蘄鎮兵丁淩辱士民,蠶食紳□,以致激成變亂。是有兵更以生亂,非能靖亂也。

度此時楚省之困已極,新有助修城工之旨,則民間無可廣額,藩司無處設處,不知去無益之兵,以損有用之食,上不至於憂乏,而下不至於重困也。敢祈老年兄親詣大司農,一商此事,以惠困窮,以拯軍國,不勝幸甚。

今早朝於衙門言之,會年兄未來,又恐一二日即司農覆奏,遲不及事矣,故不避倉促,草此奉聞。

與大司馬書

昨見陝西孟總制具疏汰兵一萬二千員名,可省餉銀三十一萬有奇者。去無益之兵,以息有用之財,軍實簡練,戰守有資,當此國用憂乏之時,上能減費,下可寬民,豈非計之最得者與?然吾不憂夫有以去之,而憂夫無以處之也。

夫此一萬二千人者,非招募在籍,則供之而服、招之而降者也。今一旦汰而罷之,將聽其自去而莫之省,抑有以驅之使各歸其里耶?夫有以驅之使各歸其里,吾猶方憂之。若聽其自去而莫之省,恐此一萬二千人者,求其晏然而自已焉,不可得也。夫此屬所習者戰鬥之業,所利者掠劫爲期,方其平居,坐糜國餉,尚猶引類爲奸,侵奪市村。而今既失其勢,又乏其食,豈能退而安生理,謀保身之術哉?且其去鄉里既久,生平睚眥有仇怨之素,而鮮雅美之分,退之無田業可以資生,而進之不能事商賈之謀,度其志,未嘗一日忘飲酒豪呼拳勇淩厲之爲,而又所與共事者尚多在營伍,纏綿勾連,出入往復,小足以爲地方之擾,而大足以覬變異,幸一日以發其困厄無聊之心。是故天下幸而無事也,如其有事,則此雖孱弱,皆足以長亂。

且夫秦晋雖定,其伏在山壑、移處邊隰者,未嘗絶也。彼不得食於朝廷,而將求所以自養,又不能勞身以事隴畝,小心以急生業,則其勢必有所歸。而此屬所與,又豈無在山壑邊陲之間者?吾懼其困而無所往,將必至於爲之驅也。

或曰:督府所裁,蓋簡其精悍,而冗靡是去,固誠有以制之。而此區區者又何能爲也?夫天下之人,以之爲國則無不弱,以之自爲則無不强。在無事之日,則每患其太多,而在爲患之日,則平日所不足計量之人,雖一二而足以爲難。是故兵之弱者,爲賊亦常强。而及其反而爲兵也,則又甚弱。國家誕敷之日,百萬不足以增長聲靈,而倉卒有事之時,一匹之夫而莫可如何。

蓋晋唐之已事可觀也。方其滅蜀取吴,天下已平。州郡之兵,悉詔罷去。而其卒也,爲五王之用、劉石之資。唐既定兩河,密詔天下軍伍,凡百人中逃死八人,於是悉匿山藪爲小盜。及王庭湊一呼,而河北遂失去。當其時，亦未嘗以爲此輩悠悠坐食，無益國家。及其後也，困天下之力而不能定之。況如今者，國威雖已赫濯，方圉雖已奠安，而西土尚未綏寧，東人方復逆命者哉。故曰：不憂夫有以去之，而憂夫無以處之也。

夫自古開國之初，無不省約制馭，方其時神武已震，莫敢或動，而又民苦戰争，樂與休息。然數十年之後，老成精練百戰之人，漸復少盡，而承平既久，夙昔意氣稍稍就倦。顧如武備，豈可不嚴以爲制馭之遠圖乎？誠令武備甚裕，而此一萬二千人者，亦必求所以安置之方，使之帖然而去其忮怨之心，則固所爲憂深而計過者耳。先生筦國之樞，而某謬託宗盟，不揆狂昧，輒陳其愚。伏惟留意，幸甚幸甚！

與川湖羅總制書

前書奉候，想已塵覽。舍弟輩書來，具道老祖臺接待勤懇，垂念寒家，不勝深感。九月中，見敝郡招撫之疏，甚喜。復見乞休之疏，則又甚懼。其喜者，喜老祖臺以德爲威，不戰而服，小民免鋒鏑之慘，而國家仁思義勇，令悍逆者皆感泣而歸心也。向使不事招安，惟用追剿，雖天兵下降，小醜不足稽誅，而玉石俱焚，雞犬桑麻能保其安堵如故耶？近見山西一帶捷功日奏，然井廬灰飛，道路湮塞數百里，惟見烏飛林立。由斯以觀，敝郡之百萬生靈，非老祖臺活之而誰也？

然地方甫定，驚魂尚惴，所望仁人君子撫慰之，綏寧之，使脱湯火之中，知雨露之惠耳。倘老祖臺怡情泉石，脱然高致，則蜀楚數千里赤子將安所仰賴？其所以懼者，懼斯民之如弱子失慈母焉，有遑遑然靡所止定者矣。伏乞嚴賜諭示，使貧困之黎少有蘇息，甫定之地長得寧居，則老祖臺之德且與江永而漢廣，異時勒之鐘鼎，與召公甘棠常存焉。此治某之所拜而禱者也。臨池悚仄，伏惟鑒念，不宣。

楚事便宜與王雪樞直指書

四月，治弟某等恭蒙廷問，首以免荒租對。廿二日，洪内院面諭允行。隨奉上傳，荒田招民耕種，免租六年，以順治七年爲始。後數日，川湖總督羅有懇蠲荒田租額之疏。是楚之荒田最多，而受困最久矣。昨見江南直指有遵奉明旨,查明荒田一本,將徽、廬、安慶等府各查荒田畝數入告,何其奉旨之勤,憂民之深也。而敝省每有人來,皆云司文雖已下郡,郡縣不惟不曾料理,並亦不肯出示曉諭百姓、宣揚上德,甚可駭也。

夫免荒以七年爲始,而上傳又自四月度五六月,已遍聞窮鄉下邑矣。此半歲中,有憂民之心者,不知如何,急急皇皇,清查荒數,呈之上臺,以求入告。豈其緩之,顧若不聞也。楚自數十年來,一經張逆,再經李亂,三經左叛,民廬焚殺,流亡最久,田之耕者,十亡二三,而黄州又於戊子之春,山寇連亘入縣,桑麻俱爲烽火之地。至今秋纔得招安,其荒蕪當復何如。爲父母者,雖無上旨,猶應汲汲爲百姓請命,而况煌煌天語,洞入民隱,深慮民困,而漠不爲念,亦獨何與?

且蠲荒以七年爲始,今不早爲清查,竊恐遷延至久,明歲始得奏報,而民之納租如故,上之蠲租徒虚,利積於中飽,而百姓重困,弗感國恩,豈爲人臣子爲父母之義也?伏候尊裁。

本朝錢糧額數,一以萬曆爲則。順治二三年間,民米規則六錢八分八釐,近聞七錢二分四釐,不知何故而加此五分四釐也。如奉部文,如由司派,亦宜出示曉諭所以加之之故,不宜默默聽房科書手出單而定數也。昨見杜科長有請行易知單一疏,極爲便民,但願各縣父母力行之耳。而所以能使朝廷實意及民,惟在老祖臺策勵之,使令必行,則奸胥無所舞文,而窮民不致重困矣。伏惟尊裁。

國家初定,人民稀少,而徭役煩重,敝地團風鎮尤爲劇矣。夫以下事上,供役固分所應爾,而勞逸不均,則小人之所怨歎而有識之所憂也。昨者王師過楚,陽邏、巴河各包送銀,免其差夫,而團鎮獨出夫五百名,詭云每名與錢五百、米一斗,而其實諸民困累奔走上下數百里長途之苦,見他鎮免役之樂,而又未嘗得一錢一粒,且加之敲撲,僵卧而死也。又船户巧者或送銀兩以至多金,而皆免其差,而更搜尋辛家沖、宋家埠各富家,至有無船之某某誣以有船,且打且夾且罰而竟無船,則苦樂之殊亦何至是哉?夫江上之船數千,盡賣放之,而更索之山間,且波及無船者,亦獨何也?其後王知船户之苦,盡免之。而衙門仍索放船禮,每船數兩,又將焉用哉?大抵敝鄉之患,上取一船一夫,則票必數倍。票一至民間,鎖巡檢,鞭鄉約,先肆其淩虐,而後言其意，其實止用一船一夫，而其票所多者則折銀以充槖耳。殘弊之餘，十户不存二三，而何忍供此往來之虎狼衙役之吞噬哉？伏乞嚴示禁止，定與規則，某項止用船幾隻，或夫幾人，立碑刊示，垂爲不朽，則老祖臺之功德且與漢廣而江永焉，豈啻福禄駢臻而子孫千億哉。伏候尊裁。

敝郡前歲起，有土寇蔓延入縣，連亘廬、安。此輩一非明季之遺，二無英雄之志，何故而自蹈必死之計，趨爲滅族之行？此其意亦足哀矣。蓋緣驅之者使不得保其身家，故相聚山澤，苟免旦夕，不爲暴吏苛役所逐噬耳。故治某初至京師，即言敝鄉土寇可一呼而降，當時長者多不之信。昨見敝府白同知入山招撫，四十餘寨盡皆歸順，朝廷無一矢之費，而百姓亡殺擄之慘，乃始知某言之不謬也。今部院撫按已特題入告矣。以此觀之，前此之爲寇實出於污暴之軀，而後車當無蹈覆轍也。

今聞府縣有追求往日焚擄之事，或監其人，或没其貲，或加之重罰以剥其産業，不知朝廷可免其叛逆之大罪，而郡縣獨不可免其擄搶之小故乎。當其爲寇，豈能無所擄搶？既已與之並生，便當盡行捐棄，而復行追究，則人人俱在不免之中，恐富者不能保其家，貧者不能保其身，則豈獨有損國家寬大之德耶？伏望嚴諭府縣，毋聽書役唆哄，則窮黎幸甚，天下幸甚，伏候尊裁。

與姜匯思書

八月出都時，敝門人硃卷一帙，並書一函，内開載年兄前委公事詳末，以全終始之義。弟爲人局疏介直，不達時宜，獨好言天下事，其力無所能爲，其心實不能已。又好觀古人之書，求其源本，以辨别真似邪正。見有外於理道及託爲異説以亂真者，中不能忍，恐其惑衆，貽患生民。而又甚見爲人外和内險者，故常不避禍患，肆其妄言，雖陷於罪累，而不知自顧，然實無能有益於聖賢，但區區之懷，不欲負孔子之懼與孟子之所以閑之而已。廿年來，乃爲前司空陳益吾所識，而知己則與吾兄二人而已。

吾兄不以弟爲狂，而每勤加誨教，曲爲保全。向之衆人之中，責以天下之事，弟每自畏避，不敢遽當，誠知事大，時艱力綿，智淺不足以濟，故屢蒙大命而屢方也。庚寅七月，重辱誠懇，復自感激，以爲有人如此知我、愛我又責望我，且復群賢畢集，妄意可以集和人望，爲國家將來稍有補益，又可以長養人才，正明學術，故遂不自揆量，肩之而不辭也。

三年以來，敬畏恐懼，常思有負知己，勉自策勵。而駑駘所限，終不加進，所望吾兄振發風采，一除舊邊積弊，特爲吾黨之光。而同事諸子或質厚有體，號令素著，或學問淵博，蔚爲儒宗，或杜門静深，考求古人，或議論英發，維繫國是，或任事而不辭艱勞，或篤情而彌縫缺失。雖所以扶植黎氓、仰佐廟堂者，未能各盡其材，而善類漸長，佳事相扶，十年之内，必有可觀。將弟之鄙固遠離京國，不聞誨言，德日以荒，而業日以弛，所望知者勤賜金玉之音，指撥迷暗，凡有不及，一一貽書，盡言無隱。弟雖昏昧，斷不護短。倘吾兄以弟爲通問套言，忽而不以爲意，或言而不盡其誠，此亦君子之所不安，而又豈弟之所望於知我且愛我而責望我者哉。翹望德音，不勝拜辱，並致諸子，各相敬勵。

答沈昭子書

接來書，文字甚古，蓋得氣於唐人者。然僕以爲，凡作文必求其近道，能通聖賢之意，而非徒取於聲節之奥折也。不識於尊意何如？

前文已公之同人，其所辱教者，皆古人之義，而今時之所難能也。在同人閲天下之多矣，其勤勤誨教人亦久矣。顧嘗以謂局於事勢，有不能爲開閣延士者之所爲，又士之進者多不能以聖賢之道自處，夫是以兩相待而未有合也。

若僕之不敏，居京師二年矣，其學不益進，其行不益高，故不能以自振。雖有勤懇之心，欲與當世共明古聖之道，而望微論卑，人莫之許。故自退勉，期求爲聖賢之行，以爲古者言之不出，耻躬之不逮，故栗栗戰懼，救過不暇，又何敢放言高論以求動世之君子，而況能振厲天下士哉？以故前得佳文，輒自欣爲斯道將興。雖以告於人，亦未敢謂揚其聲譽也。以爲吾道有人，天下與有幸焉耳。

蓋自先朝之求士，争去實務名，而其壞至不可言。今之爲學，當修誠以正其志，沉静以致其深，力行以著其質，則氣將自動，而聲將自求。天下必有學道者至也。辱愛至厚，故妄進之，不揆可否，伏惟裁亮，得暇幸過教，仍祈好音見惠，爲感。

屺思堂文集卷之七

黄州稚川劉子壯著
男孫茂質廬纂輯
四明戎上德載聿較閲

墓志銘

詔封承德郎朱公墓志銘

順治九年二月某日，詔封承德郎朱裕我先生以疾卒於寢，其嗣子工科都給事中某謂其門人某，曰："先君子翼予兄弟，以食以誨，以克有立。屬皇恩洊及，而大命告訖，弗獲終養。今葬有日矣，懼弗克稱，以貽不忘，子其爲我銘之，以志予終身慕。"

既拜命，竊念昔在癸未，假館先生舍側，里之人無不稱也，則心識其爲長者。又六年來京，得出於吾師之門。即又首得見先生，先生日夕見某之困於旅也，不啻其身受之，其爲謀所以少蘇之也。又不啻以其身負之，則又最先受先生誨益。辛卯之秋，先生猶子之佐舉於鄉。某從諸門弟子奉一卮佐吾師所以承歡者，竊意先生之所以育之教之者，咸已有成。先生之志既遂，而吾師仰率家訓，成其弟以悦親者，又已少慰。加以綸音頻降，其春秋旦暮，一家之内，洩洩融融，可知也，而先生則已告逝矣。

先生爲人以孝弟爲大，其事母也，務在順親志。少孤，太母鞠之，茹苦訓督，每引先訓爲諭，未嘗不感動。既長，力學將就，太母命之治生，即去所業爲生事。知母之甚愛諸伯諸姑姊妹也，凡婚嫁無不竭貲以悦母心。諸姑早孀，諸甥女未嫁及諸戚姻孀而不自贍者，母憂之，先生即無不爲理其家事，使之得所。蓋其所以敦恩義者，雖先生之性至篤厚，然無不以曲奉太母意也。太母卒，哀慟三年，動悉如禮。歲時祭祀，涕泣思慕，未嘗一日不如初喪。人稱先生之孝，尚不知先生之極仁愛，敦戚誼，皆所以成其孝也。

先生有弟二人，次某爲吾師生父，次某某，皆極友愛，視之如一身。娶某氏，繼娶左氏，皆未有子，以母命，命吾師爲之子，時甫彌月也。其後二弟繼喪，弟媳某守志，先生育之如一家。侄之輔既娶而喪，之佐煢煢相倚，先生又不異子之。及其弟兄業有成，其教之也，曰："吾之去所業也，母命也，非母志也。"其既成也，曰："汝之成所業也，吾志也，亦即母命也。"先生之所以願其子及其侄者，人知先生之能兄且能慈，而不知皆先生之孝所至也。

先生爲人温醇敦厚，尚儉質，簡酬酢，不喜言人過。僮僕有失，不妄加責。知故貧者，輒捐所有以拯之。見人無貴賤，禮之如一。有阻險，必出之而後快，則又某所得聞於里之人而身嘗親之者。先生可謂孝而仁矣。雖吾師以未能終養爲恨，而三十年來，先生之志已遂，吾師及其弟所以奉其志者又遂。吾知先生亦必有以自得於地下也。

謹按狀：先生諱某，字某，其先世爲福建延平之沙縣人。自高祖某來學京師，遂居焉。某，生曾祖。某某，生祖。某某生先生。先生生一女，左氏出。以弟之子某爲子，中乙酉舉人、丙戌進士，累陞工科都給事中。某某娶劉氏，生三女，長許聘原任吏科給事中林起龍第三子國梁，次許聘原任湖廣武昌府嘉魚縣知縣鄧林尹次男某。三女甫數月。先生生於明萬曆庚寅某月某日，卒於清順治壬辰年二月某日，以某月某日葬於某鄉某里。爲之銘曰：以善養，古之義。不於體，於其志。以教學，家之祉。不於身，於其子。生也榮，没也顯。其石存，其思遠。

詔封左給事中李公暨配解孺人墓志銘

今詔封禮科左給事中蒼環先生者，予友澹河李子之尊人也。澹河與予先後出故相國晋江黄公東崖之門。其在垣中，以方直清厚爲時所重，而交與最慎，顧獨與予善。予嘗從居處窺澹河，意微有未足者。間察其故，則以先生年高而母解孺人早世喪，思得歸養而未能也。庚寅有詔西行，垣中例以資序，同官皆獨推澮河。予聞之，既重同官之善讓，而又以信澮河之思其親，能感人之深也。

澮河既得省親，比來京，又聞其弟舉於鄉，益自喜。而所善諸友人及其門弟子，俱爲澮河慶。所以娱先生者，而先生又將告訃也。

春二月，澮河以其狀屬予曰："孤不天，不克終養，以及此也。永終之日，又不得親，其何以慰地下？吾子其銘之。"嗟乎！微子言，予其可以不銘哉？先生之行，可以爲人子，可以爲人弟，可以爲人父。聞其風者，猶將興起？而況如某者樂道人之善，其可以弗銘乎哉？

謹按狀：先生諱某，字蒼環。父某，爲郡增廣生。兄弟四人，先生居叔，而於諸兄弟最爲才。既就學，攻舉子業，家食指益繁。父母以其材，欲易其志，使爲諸兄弟計而難於言。先生知之，慨然曰："學以娱親也，違親而得榮，其非古人之義乎。且夫兄弟之成無以異於在吾也。"因以其意請，乃父母則大喜且泣。

先生即日束裝，走豫楚、吴越間。解孺人亦用夫子志，親操井臼，以供公貨財。冒霜露、涉險阻者二十餘年。所至訪名公卿，求誨教，購逸書，以示諸兄弟。其後父母年益高，子姓亦益繁，將異居。先生又喟然曰："吾賦命不猶，無以寧止一家，重爲父母憂。"數日涕泣不食。

先人遺廬三，不足居，先生即以其所遺並産之腴者盡予諸兄弟，曰："兄弟讀書，父母志也。"既而産爲河齧，先生則又身策蹇，販負宜洛山中，孺人亦蚤夜躄績，脱簪珥，佐父母甘旨。其事親曲盡其歡者如此。先生既用父母命，成諸兄弟學，其二兄皆補博士弟子，其弟成庚午孝廉。孝廉爲許州學正，早喪，有子四人，皆幼，先生蚤夜護植，且屬其次子某某就讀，曰："生養婚嫁，父之責也。教之使成，將在吾子。其益恩勤，無遺汝叔父戚也。"於是諸孤皆遊泮。中子振麟以丙戌列賢書，先生曰："吾可以無愧吾弟矣。"其篤愛又如此。

先生與解孺人苦勤勞家事，孺人喪，或請繼，先生謂其子曰："吾三十年艱辛拮据，惟汝母共之，亦惟汝母知之，予其何安？"其教二子也，自幼即閑之以正。嘗曰："吾不克終所業，用父母命也。汝能用父母命，終所業乎？"及二子登第，必曰："此祖宗之德，非文章力也，無驕無惰。"諄諄以謙慎清白爲訓。數以鄉里推轂，領大飲賓，兩奉郊祀親政恩詔，例得封文林郎，輒自悚曰："吾涼德，吾涼德。"有受寵若驚之義焉。其居家敦義善教又類如此。

先生爲人敦敏多才，志倜儻，樂與人爲善，慕義矜節，好施與，遇人有急，即窘乏，必周之。晚年喜高朋雅談，尤樂稱陰德事，讀諸史不釋手。所寄吟詠，多發抒性情，凡若干篇，而其大節則主於孝義。嗟乎！若先生者，可以傳矣。

先生之先自隴西曰敬賢者，四傳而生岳；岳生延富，任王府官；富生向春，宜賓尉；春生蔡，蔡生先生。先生諱某，蒼環其號也。先生娶解氏，名族儒官解惟一嫡女。有子二人，長爲澹河，澹河名某，中前明崇禎丙子順天舉人，癸未進士，授翰林院庶吉士，改某科給事中，累升禮科左給事中，娶某氏女。次應麟，中順治辛卯陝西舉人，娶某氏。先生生於明萬曆，年七十有三，解孺人以丁丑卒，將卜某月某日之吉。爲之銘曰：曾參之孝也，順乎親以養其志。太伯之讓也，以成其兄弟，而其子孫享之。夫人無不私其身者，爲而不有，有而不居。嗚呼！先生其不没也夫。

墓表

贈給事中林明元墓表

今上在位之八年，歲辛卯，始親大政。暨秋，大婚禮成，先後加上聖母皇太后尊號，詔示天下，令内外大小臣得以其官封贈祖考、父母，存者得省，没者歸葬。於是諸臣咸感上孝思，各以其情請，而予同年友給事中林某與同官共爲疏上，得予假。

蓋自元年以來，天下初定，在朝無敢言歸。間有請者，大臣亦奉法不聽。於是懷歸者莫能言其志，而京國僦寓駢集，物價貴，仕者貧苦無聊。及己丑，内院大學士洪某自招撫江南歸，乃始爲之奏請，則或得一二人。而是年予與林雙城纔成進士，又同官。雙城爲内翰林國史院庶吉士，三年而改給事中，奉旨歸葬，以其父若母狀屬編修左念源銘其墓志，而命予爲之表。予讀之，喟然而歎曰："嗟乎！今而後知父子之深，而君臣之大也。"

方雙城在館中，每與予連床深坐，煮茗論懷。及出署，先後攬轡屬鞭而語，未嘗不念其父若母之未葬。而家在萬里，懷歸者之不能以告，而告之不能以輒去也。改官之日，或傳其爲御史，雙城欲求留省，内院難之。蓋以省中補官少遲，可得假爲歸葬計。已而果得省中。不求而獲此，豈非孝思之感，而父子之至情，天與人有不得不爲之會者哉。然以向者求歸之難，即有之，亦僅在史官。而今也科部皆得請矣，而雙城又將載其官與誥歸而奉之墓前，秉燊列觴，讀而焚之，以慰其父母。嗟乎！君臣父子之際，豈不盛哉！

予忝同年，又常同官。聞其詳，義得爲之表。謹按狀：公諱宗煒，字明元。兄蚤世，弟幼，因棄儒就商，遊江浙間二十餘年。文墨風雅，有儒者度。所至，交遊士大夫，結駟聯騎，識者重之。念父日老，遂收貲歸養。所致嘗累千金，與兄弟共之，無私積。性坦直，嘗面責人過，然未嘗留於心，以是多不失好。輕財喜施，視人有急，如己身事。雖邂逅，不問姓名，解衣衣，推食食焉。存心以厚爲本。嘗自謂寧人負我，毋我負人。前後所周人急者，亦累千金。思其困，未嘗掭券責償。其有德於公者，雖不能酬，必書志之，示不忘。且戒其子曰：必報其不負人如此。

娶翁氏，閩清庠生翁應魁女也。父以疾貧，躬績以養。事繼母盡道，家無間言。及于歸，力供婦職。其事舅姑，亦如其家之事父母也。公嘗出遊，母嘗供甘旨無缺。姑卧病，奉湯藥唯謹，侍床褥，晝夜經旬無倦，族閭稱之。公性近剛，不少貶直，母佐之以婉；居家嚴，母佐之以敬；或家時有無，母佐之以勤。生子一人，爲給事中雙城。雙城年少善病，又以貧不能多置書，母嘗捐簪珥服飾以共。憂其病，又勉其學，終不以姑息爲愛。臨卒，囑以勤學，無過哀毁，爲地下戚，其慈訓如此。明元公生於萬曆某年月日，卒於崇禎某年月日。母生於萬曆某年月日，卒於崇禎某年月日。是爲表。

祭文

祭洪太師母文

嗚呼！莫高匪山，岱宗爲大。崇朝之雲，而雨天下。莫深匪海，河爲之源，其潤千里，四瀆斯尊。於鑠太母，如彼昆侖，其施及遠，澤我生民。少嫺内則，爲名門女。孝以怡親，禮以自處。作配君子，是順是字，以事母者，而事其姑。維姑在娄，忘其未亡。比其終也，書禮致喪。乃篤其慶，乃誕吾師。顧之復之，誨之教之。亦越少師，克敦母訓。蚤歲登朝，宣其令問。維母克儉，富而不驕。維母克勤，貴而能勞。督我臧獲，農桑是闢。宗戚有闕，佐之穀帛。滔滔王旅，嶺海震靡。母曰予季，維桑伊梓。耕者不變，市者不止。民不知兵，惟母之指。母來自南，迎之江滸。士民觀之，式歌且舞。母來自北，聖皇愉悦。嘉此迎養，恩綸具列。母曰懷歸，念我亡君。菟裘未營，則莫敢寧。告之不得，懼傷母心。不告而歸，獲咎在廷。我師有憂，權其輕重。寧躬受過，母怡母恫。厥惟聖皇，亦既鑒止。汝能事親，國所求爾。母既遄歸，爰卜佳城。以妥地下，母志乃成。豈天不憖，同穴是尋。泰山其頽，梁木其傾。嗚呼痛哉！恩綸既降，云胡不待。板輿方迎，云胡不再。子既有子，孫復有孫。封以一品，壽以八旬。五福既具，非母之志。其志伊何，歸葬斯遂。母志既獲，師哀欲絶。生未得養，没未得訣。梧棬猶存，手澤猶新。見而勿執，痛慕難言。某等荷蒙知拔，辱在門牆。拜師之誨，如炙母光。時維己丑，公捧大斗。佐師舉觴，以祝多壽。曾幾何時，遽聞訃音。知與不知，感悼拊心。華馨既爇，几筵既共。神其來歆，鑒師之慟。

代祭劉學士太夫人文

嗚呼！古之賢人君子，雖其既没，而不可以爲亡，蓋有所以存之也。此其義，婦道亦有之，若我劉太母，其所謂没而能存者耶。

母少失夫子，撫幼孤，持門户，夏夜冬日，垂四十載，此古人之所難者，而母爲之，如性成而天授。而其居之也，以爲固然而不足異。夫爲而不有，是無所爲而爲之者。其視矜名節以求聞於當世，實有所不屑，此其傑然於天壤，固不止在百年之間矣。

母道如地，其功於所生見之，爲之雲物，以見其文章；爲之風雨，以見其性情；爲之海嶽，以見其功量，而人皆以爲地之所爲。今母之所以教吾阮翁學士者，未知於古人何如，然而觀學士之所爲，固可以知母也。

學士少而文,長而成進士,海内傳而誦其文,以爲法程。其在詞林也,奉命修史兼誥敕撰文,京師翕然有燕許之喻,此非母之所爲見之雲物者乎?學士之爲人也,澹静誠愛,喜怒不形於色,而接之者咸如光風霽月,見賢者無不深交以敬,而貧不自振者常身負其累以殉之,此非母之所爲見之風雨者乎?國家初造,典試江南,所拔登南宫者,或十之三。學士於時迎母於邗江,而使諸弟子酌大斗以壽。暨來京,受詔教習,天下之賢哲皆出其門下。而學士能用母之慈以教,而諸生之沐其時雨也,若出其懷中。雖其功量固不止於此,而要之,母之所以見之海嶽者,可以知其概已。夫以母之所以自存者如彼,而其見於其子之存者如此,然則母豈其没之而亡者耶?

雖然,母之心蓋猶有未瞑者。學士年且踰壯,尚未有子,則以爲母之有未釋然也。而吾以爲母之能有子,知母之必有孫也。以母之見於子者,長存而不可亡,則其見於孫者,將蕃衍而未有艾也。何則?地之道然也。某等與學士,其先世俱江右産也。而某與學士皆以癸酉各舉於其鄉,又以癸未同登南宫,交好最久,故能具知母爲,能言母之所以没而存者,以慰母於地下,又知母之必能饗之也。嗚呼!

序文

募經序文

有鬼號於中野,作數種禽聲,於雨夜風晨,瞑煙昏月,在草之湄,與林之梢,相叫以嘯,如訴如泣。卒然聽之,行者路移,卧者席慄。慟乎此,非其人之父兄,即其妻子;又不,則其親友僕妾也。

蓋自癸未四月廿八日,賊衆渡江,洲人奔竄,自趣水中,不可數算。而倖圖免脱者,又盡縶之文昌閣之側。人三爲束,槊刃交下,終之以梃死者,萬有七千餘人。此夫抑冤叢憤,悸魂幽憂,地下相謀,高蒼難控。既無子弟,可以告夢。雖有戚故,各自憂生。遊覽田廬,僅遺壁址。記憶活計,都就掠搔。顧雲樹之猶蒼,意生前而難乂。悲悼痛哭,念存者之難堪;感慨咨嗟,悔昔日之非計。或比辭吊慰,留未絶之喬;或忍恨恢諧,付有定之數。親眷忽逢於冥道,恩仇遥指於人間。

寒風射傷痕而痛來,露草穿碎骨而酸絶。逢人呼救,無形有聲,哀鳴之音,殆非一狀。吾不知江中之魂,其有聲無也。

僧道亨結茆其地,旦夕聞此,爲人説種種幽異,且自誓,擊幽明鐘三歲,謀梓水懺以釋怨鬱。劉子曰:嗟嗟!伯有爲厲,國僑祠之蜀地,見眚,沃之以酒,自古然也。是以王者有厲鬼之祭,哀死者之無依;而露骼未瘞,則仁人爲之主。今洲之中,其在洲者,其去洲者,得無喪其父兄而未之薦歆者乎,得毋喪其妻子而未之悼哀者乎,得毋亡其親故、僕妾而未之吊賻者乎?

不幸而罹大變,不得其身而葬之,則求其神而祭之。又多方託之齋醮、佛事,而冀有濟焉。心知其不可知,而不敢安之爲不足信,是亦仁人孝子之不得已,所謂變中之禮也。僧其往,其有孝子之心者,必念其祖考、父母、伯叔、兄弟、妻妾、子婦;其有仁人之心者,必念其姻親、知舊、翁婿、鄰右與徒役、臧獲,將樂輸之恐後,其何俟乎余言!

文昌閣死難序文並辭

戊子秋朔,劉子避山兵,再至文昌閣。登樓而望,其東蓊然蓬蔚,隱虺孳兔,凸者垣址,窪者塍洫,吾先子之廬,而宗黨婚比之聚而處也。南而左,疏樹杈撑,間以遺卉、鳥粪、飛花、竹石散藉者。吾書舍,而良友藏修交遊之所至止也。其前蔬圃届江,茆檐錯峙,中爲小祠,僧種而嗱,吾家所祠之洞庭神也。閣之上,諸君子以時射藝,暇則飲酒而歌其樂焉。此其地絶人區,静接有時,當風晨煙夕,霽曉月秋,疏雨在林,懸雪炤地,近者眺,遠者來,處流瑣之時,賴天子庥,豈可謂不得其止者乎?未幾年而賊繼以兵,向之所偃處嘯詠者,露蕪遊羽從而有之矣。

方癸未之初,予先去,適京師,社中推先叔父爲長,其次爲約,約有副,非名德者不得入。自城暨山,無不請屬,爲之立條章,設守禦,雖云固圉,亦以隆士大夫之勢也。當是時,賊已潰浠川,襲郡城,揚旌江岸,日遣諜爲招。自守令奔,避洲者咸遯,而諸君子益堅,無敢離越,有與賊間者,輒磔之。至四月廿八日,賊舟分向砲石遥渡,衆稍引去,而吾弟猶踞石治守具。賊自洲首射,數人入,更出吾家之臂,先叔父殞於水,家之亡者十七,友鄰之亡者十五,僕妾以百數,而洲中不可算計者矣。是非有土城之責,其殉而之死未盡合於義,而朝廷之所不得問而恤也。然或者猶將笑而訾之。其後大兵復省,以從賊誅繫者所在蔓引,而洲之人免焉,猶得以殺傷之慘蒙上憐惻,豈非諸君子之有造於斯洲者乎?

今國家喪失,自河度嶺,越境迎降,而亡其地、死其官者復幾人,使諸君子當其任,雖未必不輸尺土,亦豈肯陳香炬,奉壺簞,匍伏而丐活耶?故夫諸君子以文弱之姿,捍蛇豕之衆,進無益於國,退不能保其身家,此城甚過,而至於以死自守,義不招安,洲之人得免亂賊之目,又足以愧世之食禄寡耻者,其道亦豈可得而没乎?

彼笑而訾者徒幸免耳,非能有智以自全者也。當賊之來,獻牛酒者若而寨,供舟楫者若而家,導賊渡江而開省會,上書求試爲之臣妾者若而人。此不當一言以責之,而顧不恕於諸君子,亦獨何與?余悲而明之,次其本末,紀其姓氏,庶有知者得以採焉。

其以水殉者,余叔父劉文敬諱紹熙也。其登舟復歸迎母不得者,余弟子宣、子倆、元則、子儼也。其懼見擒於賊而率家投江者,杜亮公紀也。其以宗覆絶者,陳儀吉鴻、帥遜夫有功、鄭醒衷仕俊、鄭嘿人、嚴於爾、翼斯行也。其僅以身亡者,黄伊平衡、方祥明珪也。其脱而卒不免者,魏男英應羆、張爾爲鴻儒、張爾任鴻仁也。其以悲傷而終者,叔父君敬諱紹伊、兄克章諱子俊及先君也。其他婦女不録,其身存而失家者微之。此皆左右斯閣而向之所謂偃處嘯詠者已盡無有,豈不慟哉!

今山谷沸湧,余復踐兹。洲之市廬再茂,而此土就湮。風雨之夜,霜星之下,窅然若形,呦然若響,其魂氣猶未忘於此乎?時迺初秋,屬有家祭,普及疏曠,澆而慰之,爲之辭曰:

余聞古亂,於傳則有。豈其見之,不日我後。死節與忠,昔謂之難。凡今之人,云胡不然。嗟我君子,爲誰而死。賊投間言,毋敢近耳。義不繫國 ,名不贖身。益之以家,猶或哂嗔。勿悔失策,勿歎失家。視我天子,不有京華。疇哲則菀,疇昧則落。生死偶然,求心不怍。相彼苟生,其骸僅存。安能荷愧,乞免彼冥。遺利在里,人莫知恤。隱忠在王，史復誰筆。有而弗居，先民所賢。試此卮酒，旦暮百年。生從何來，没從何往？庶無怨怒，息情潛壤！

傳

家譜傳略

劉氏其先出江西清江。清江於宋有三劉，而大司徒式，其先世也。至今紫陽墨莊一記，斑斑尚存。越元迄明，世次莫考。明初爲大司空欽，與解學士縉善，嘗作步雲樓，讀書其上，學士爲詩贈之。其自清江遷黄岡，爲少亭公。少亭公而上可考者，惟性吾公。先人相傳，家祠毁亡，其籍識名於墓碑上。

性吾生大中，或云里人皆以行爲字，二公又號吾一、中一云，則未知其爲名也，爲字也。

大中有子三人，長自貴，次自衡、自重。由自貴公而上，皆世以貲名於里。居薄城東，爲室峻廠，牆垣與城等，故里中稱城牆劉氏。其後去城居蛟湖，則不知其時矣。自貴公娶程氏，無子。妾生子睿，是爲竹亭公。公少喪父，育於叔父自衡。自衡又喪，乃與其子儉育自重家。家世以貲居醝淮揚，行辰澧、荆漢間，收水爲給漕。以故竹亭公恒在淮陽，爲南雍國子生，爲人長身豐頤，意豁落輕財，好交遊，治亭於居之西，種竹數千個，匝以水，題曰"竹亭"以自況。里之人與四方來至者讌止其中，所爲贈序、傳、賦、記、詩歌、詞曲盈册。壯兒時猶能誦一篇，爲聶雙江豹詩，詩曰："亭外一溪流水，亭前幾箇篔簹。檀板輕尊追賞，清風皓月徜徉。"竹亭公所得概見於册者如此。

册自叔祖小亭遺其子允大，允大以歸予家。癸未之亂，火焉。公有子五人：長國綱，次國光，少亭其中子也，次國政、國定。公從少亭公遷黄岡，以壽終，葬於城西北五十里慕義鄉。少亭公諱國詁，母余氏，生二子：長國綱，爲邑庠生；次即公。公仁厚不欺人，人皆推爲長者，目不識權衡，人亦莫有欺之者。少時與里人戲，其人怒，夜嗾其妻縊楣上，旦日率其徒譟於家。是時，國法重死，公不能白，故嘗從竹亭公督課澧漢，遂以家趨楚，始居黄州之黄岡。會事解歸，廬有毁址，族人請爲圃，其奴鋤得罌金，公知爲先世藏，不問。弟小亭怒召其奴詰之，奴故倔强不遜，捶之，歸而死。公又以是復趨黄，居團江。公既數避禍，家益落，乃迎竹亭公就養，而自督逋於澧。卒歲餘，不酧所償，即有償不給。乃益困，歸。

公雖貧，意氣落落，每夕必置酒自爲歡。里中士人相遇，輒具食，出其子文，以質先叔父文敬，私淑諸君，以教小子壯，則皆公之遺也。公老而益健。諸子能治生，家復饒。公無日不讌。會病亟，執叔父手曰："□□子有以慰予老，子必有成。顧予不能見耳。"年七十□卒，葬竹亭公之東二里許。有子五人。長紹聖；次紹賢，即壯本生父；次紹祥，即壯所後考赤明府君也；次紹熙，黄州府增廣生；次紹伊：皆祖母周氏出也。

紹聖字正子，爲人頎偉，高顴無鬚。少從叔父小亭公遊荆，常落拓不羈，性直倨，常忤人。小亭死，爲責諸負盡歸之，終不自予歸。益□□□謹煦煦，恐傷人意。里有召請爲祭酒，有侑者□厚賞之，或以爲言，曰："此曹以身事人，求銖錙，吾何□□儉。且我爲之長而儉，後將若何？"里中人咸敬憚之。中年未有子，母命之納媵，笑曰："猶子即子也。吾兄弟爲家，即身不異身，豈更異其子耶？"乃爲具召親故鄰党，取弟之子拜於祖考而子之。晚更愛予弟子倆。及人乃更嚴。諸弟已成人，少不率，即捶之。所至諄諄言人先世積累，其後不克守爲戒。壯少時嘗聞其言曰："學則庶人之子爲公卿，不學則公卿之子爲庶人。"又曰："嘗將有日思無日，莫把無時似有時。"又曰："貧賤生勤儉，勤儉生富貴，富貴生驕奢，驕奢生淫欲。"此言雖俚，可以垂戒。嚴諭類此。又性勤慎，夜户必親，雖寢必起。家同居親戚婢子無得通，有至者，輒呵之。常以是取怨，不顧也。公卒後，諸兄弟乃更異爨，率由他婢子往來，後更數苦盜。乃益信，相歎曰："長兄在，當不爾。"卒年六十六。從母葬。嗣子子俊，邑庠生。孫孫芝，郡庠生。孫惠，邑庠生。

辛未，壯以會試歸。故嘗受知縣令吴公，公思有以贈。某屬吏以二事索書，覘者張其言曰："令相顧甚重，亟捶其人。"公聞之，大怒，責某曰："汝何用須此錢，若以作棺槥，吾猶能辦。汝祖父視人惟恐傷，而汝幾殺人。勑無得更趨城，會折汝脛。"其所爲嚴切若此。嗚呼痛哉！

某生九年而生母卒，又七年而今貤贈府君卒。當是時，年亦不小矣，而不能詳知我府君之行也。則猶憶卒之時，里之人太息於閭，親故知識悲泣於堂，兄弟宗室哀慟於室。而我王母坐則未嘗不思，思則未嘗不言，言則未嘗不感悼而垂涕。則又憶其言曰："汝父之事，予也必順其心。當汝祖避禍西出，家漸貧，乃獨奮起，越洞庭，躡天柱，與峒蠻爲市，益振先業。每見吾有所不悦，或僕妾過失欲怒，必宛曲解説，期予開顔然後已，知予之不欲使兄弟異也。所致嘗累數千金，與兄弟共業，終其身不渝，亦未嘗言。其兄性鍥急，視諸弟嚴，小失意，輒捶之，必霽顔爲解曰：'弟稚，宜予勞，毋貽老母憂。'即兄疾怒，亦立解。里中子弟學率中落，季弟好學，或揶揄曰：'吾里中無作秀才者，是何能成？'弟益勵，必勉卒業，所得佳紈必先製予之，曰：'渠儒宜華，樸者吾事也。'教汝兄弟，必置名師，酧必厚。宗族來歸，必留贍之，視其才，予之資，爲生業。他諸戚故稱是。貧不能振者，輒數貸之，即不償，未嘗倦。歲終，率焚券不能償者。里之人識與不識，未嘗不和顔色交善，所需未嘗拂。或爲置食，不數箸，强之曰：'君生事甚狹，奈何以一飽易君數日勞乎？'峒蠻猛直，喜即歡笑傾服，少相失，輒持刀矢殺傷不忌。往者多止常德。汝父獨踰天柱，入箐洞，示忠信，所期與時日物數不少爽。蠻中以一言爲券，積三十年，生爲之祠。辰俗善淫，牙者多以室致客。汝父知同事久旅，必先分置散金爲曲中遊。期至，彼毋亂，衆亦相信許於是。其孝率諸弟孝，弟率諸弟弟，宗族以之存，親黨以之業。幽阻苗蠻，視之如神。今其後，吾日懼予子孫弗克率訓以和於兄弟，篤於戚里，是以有不思，思必言，有不言，言必泣也。"蓋某數聞於王母者如此。嗚呼！蓋皆出於質言，可以爲後人則矣。今天子親政，上皇太后徽號，覃恩得貤贈某官，某即故具述其略，仰惟大君子録其隱行，賜之文，俾後有所守以志不忘云。

本生考諱紹賢，號養吾，娶崔氏，生子子俊，黄岡縣邑庠生，爲伯父後。繼娶單氏，生子壯，後叔父家。女一。繼娶鄧氏，生子子偁，江夏縣生員，蚤卒；生子寬，殤。今誥敕貤贈某官，某即府君諱某，字某，少亭公次子也，生數月，從父母遷黄岡團江。家數遷，益貧，少亭公不樂。府君年十四，即奮志復先貲業。

初，自貴公蚤喪，竹亭公與弟儉育於季父自重家。既長，自重子八人。比析產，弗平。顧多與其子，使其子八人與二侄等。宗族惡之。竹亭公與其弟皆勿敢言。其後，竹亭公遊揚州，納夏氏女，生子國光，爲縣吏，長身美鬚眉，善談論，好酒色。邑令時君委計事至京，盡縻其貲。令怒，繫之以法，中諸宗族。時竹亭公爲國子生，在南雍。子國綱，邑諸生。令弗敢取，取自重諸孫。諸孫故昔多得分產，家族顧笑謂天爲之。而諸孫中，國欽尤厚貲，交戚率貴顯，顧受令笞。欽固稱非親屬。令曰："汝行同求贖，弗許。"笞之十，憤而死。謂其子曰："乃以行爲累而不復，宜以次行。"於是皆散居淮、楚、荆、常，諸宗有厚貲者皆貧。

府君以爲先業之喪自兄弟失睦，而始於先世弗平。乃請於父母與兄弟曰："莫戚如兄弟，財爲下。今家更貧，若者商，若者儒，各以量其所才，居食無異汝爾。"乃溯漢沔，越洞庭，涉澧踰常，後蓋獨趨辰溪，與峒蠻市。蠻故猛厲，捈弓刀出入，小不逞，則殺射傷人，府君與期日月，示信實，蠻皆傾服。出入遊三十餘年，生爲之祠。

府君既數爲致千金，皆與諸弟共。諸弟咸勸公義，出入多寡弗視籍，亦不錙銖。苟諸婦推逸分勤苦，生子更乳保如一母出，不問知。財用貲貨無入私室，即入無輕擅。季弟爲諸生，所得紈縠，必與之，曰："讀書人宜華。"諸弟相喜，信無間言。宗族來者，皆與之資，且視其才，使爲生計。他親故來者稱是。或有所貸，無弗予。即亡償，亦未嘗取。以故西江多從居者。

初娶崔氏，生子俊，邑諸生，爲兄後。繼單氏生壯，後其弟。繼鄧氏，生子子倆，邑諸生，死於癸未之難。又明年，其子寬殤，未有後。子壯既爲後於叔父，後更生子，未敢以歸宗告所後。父卒，本宗未有主，今以國恩得請貤贈府君爲某官，某即府君生，五十年而卒。後七年而祖母以八十五歲卒。又一年而家析爲四。贈某官，某即府君，貤贈府君母弟也。貤贈府君既以睦兄弟、事父母爲復先業。府君首佐之，事無纖大不私務。先兄弟娶邑長者林氏女，生子，數不育，視兄諸子如己子。林氏與諸姒姆如姊妹，亦視其子如己子。諸子生，相抱哺卧視或忘夕。即歸寧，皆相從母家。故善視裕益諸子，浣櫛衣履，如己女出。壯生母單善諸姒，尤與母善。戊午生母亡，乃從母久，所生子輒殤，乃子某某。

府君所與諸兄弟而出入沅、澧，常更代獨行，歸即教諸子，凡行止卧坐，必以禮。每登涉，宴飲祭祀，悲喜無不訓戒。或有所見，引述古先得失興敗示鑒。暇即讀書，諸稗史不釋，誦説始末。指美善可傳法，勸誨痛切。雖觸人所忌，未嘗退焉。闕

屺思文集卷之八

黄岡稚川劉子壯著
男孫茂質廬纂輯
蒲關張好奇知天校閲

雜著

立　命

知天命之謂性，則知命矣。我之所以自爲，皆天之所以與我者也。以爲有不可知者，聽於天者也。受之自天，修之自我，則命在我矣。故曰：能盡其性，所以立命也。非人之所能爲者，君子順之。

性　善

天命之謂性，至善本乎天，故性善也。天之命人者何？理也。天下無不善之理，斯無不善之性矣。子曰："性相近。"不言善，何也？孔子之言，言人也。性本乎天，至一其降於人，堯與象未嘗遠也。其自近而之遠，則非天之所能爲矣。

孟子言性之善，言情因發，以知其存也；吾言性之善，言命原本，以知其受也，其義一也。有生而知其不善者，是觀於其氣也。至惡之人死而有善言者，其性復也。以至不善之人行至不善之事，未嘗不持理以責人，斯以知無不善之性矣。一念不與天相似，不可以言聖；一言不從聖人出，不可以言學。

言　行

程子疏乾之九二曰："常言亦信，常行亦謹。"劉子曰：常言亦信，而况於不常之言乎？常行亦謹，而况於非常之行乎。常言，人之易忽也，或直而過其實，述而增其意，皆不信也。故曰："修辭立其誠。"

《易·乾》言君德，上之道昌乎下也。《禮》言士，下之事，通乎上也。

天生衆人而富貴我，以我及人也。祖生宗族而我富貴，以一及衆也。知天者，萬物皆我矣。知祖者，宗族皆一人矣。是故愛及兄弟，始可以言孝親；恩加宗族，始可以言敬祖；施及民物，始可以言達天。天不能盡人而愛，而我能之乎？凡心之所動，事之所至，而有以及之，使各得其所而已。夫君子之篤親亦如是也。

齊家之道，能格小人、女子，而後可以言至誠。

乾坤而後六卦，比。坎，有天地即有患難也。聖人出難以造功，賢人遇難則修德。

君子觀於否，而知聖人之愛小人也。

身者，父母之身也，天地之身也，而可不敬乎？敬其身則孝矣，敬其身則仁矣。

君子小人之辨，義利而已矣。一念之誠皆義，一念之動皆利也。

用財可以觀道。多取而少與之，專而不可爲身也；少取而少與之，嗇而不可爲行也；多取而多與之，貪而濫焉，不足以自救也；少取而多與之，俠而奸焉，不足以明義也。故得取與之當者，知道矣。

《易本義》曰：咸，雖主於感，然六爻皆宜静而不宜動。可以知感人之本矣。心之感物，正而固，乃得其理，不能正固而累於私。感則但其朋類從之，不能及遠，可以知感人之用矣；感人以言而無其實，可以知感人之困矣。

昔之衣冠甚盛也，禮亡而國治之。今之未有能行禮者，而徒重衣冠，豈不失其本與？

重利者疏其所親，好名者親其所疏。宜察微以辨分，則中矣。

快心之語，非至言也；快心之事，賢者不爲。焚秦宫室，殺子嬰，掘始皇墓，是一時極快心事，當時不知多少人撫掌，項羽却做，漢高却不做。

不善之事，不知而不爲，不如知而不爲也。不能而不爲，不如能之而不爲也。平居而言不爲，不如臨事而能不爲也。

君子食無求飽，居無求安。非去安飽也，惡其有求之心也。食不厭精，膾不厭細，聖人有心於厭，則何以異於矯也。

菲飲食而致孝乎鬼神，惡衣服而致美乎服冕，卑宫室而盡力乎溝洫，帝王儉己以行其禮也；飯疏食飲水，曲肱而枕之，樂亦在其中矣，聖人樂道而忘其遇也。

己丑十一月十五日書

是日晨朝，郭儀部語予曰："吾子何寒也？"予曰："予之寒，自爲之也。"儀部曰："北地固風高，吾子祗需一裘耳。何爲以自寒哉？"予曰："非也。昨歲之今日，予方奔走風雪道中，所衣者布，所襲者棉，然嘗忘寒，何也？當是時，敝鄉之親知者多以非罪陷桎陪。予得脱身走京師，但一日至都下，即喜不自持，不在其名之就也。今幸被國恩，出入城郭，有居室之蔽，度其於道路、曠廓，病驢不前，已而曉氣寒露四至而不可避者，何如也？所衣之衣，或者與布棉較厚矣，而登於殿閣，又已日出，非有嚴風積雪之來也。然而苦寒，豈非自寒之哉？夫當其風雪之在道路，意不在寒，則風雪不能爲之寒矣。今意無所在，則寒得入，雖無風雪，殆猶甚焉。豈非自寒之也哉！"

十八日又書

凡人身不可使之嬌。嬌者，驕也，而衰至矣。

予自幼賴先人生事頗饒，又蚤有名，遭時之盛，非輿不出，非肉不食。侍從數人，巾篦未嘗離側。夏月，侍者中夜未息。秋冬近寒，圍爐浮白，置别業頗廣，兼植樹護池，觀花鳥之樂，然意嘗恨，未爲足。

乙亥，避亂居武昌，已無書室。丁丑，營居江洲，竹椽而已，可讀書，然猶足居友朋，花竹數處，可飲。癸未之變，蕩然無存，葺茅爲覆，風雨不蔽。客至，坐瓜棚下，婦子屏息不能出。後至乙酉，奔走淋山河，借寓人家，不爲其地所容。往親戚家，求舍苟安，輒爲所侮，雖心甚不甘，然亦安之。

夫當其盛也，猶意甚恨，不自爲足。及其後，每不如前而未嘗不安，豈異人哉？習固使之然矣。安居則每求而進，而遭患則苟得而就。嘗能以遭患之心處泰，則無不可處之時也。

尚　儉

凡人之欲，不可因時而少肆。夫欲，則何盡之有？以爲不可少，漸以可少者，亦是緊要矣。及財不能供，則必爲非道以求，而廉耻之道漸失，人遂不可爲矣。古人云：學道須治生。不知孟子原説寡欲即是治生之方。如今上下生財，亦當用此道。

近見道上無貴賤，俱是華服，如此破費，天地之物力豈能供給？須是與他分别上下，章服有等，禁絶一切妄服，則人人皆崇節儉。下既有餘，上亦無不足矣。

家　塾

家塾爲室四重，前爲大門，種槐竹。其内外左右置兩小房，居看門之人。第二重爲屏門，第三重爲大廳五間，題曰“明道”。

堂兩廡置古今書籍，分四大部：一曰經，二曰史，三曰子，四曰集。經以四書五經爲正，而《性理》諸經疏及諸儒論辯、語録附之。其非孔子之言，不得入。史自《左》《國》《二十一史》《綱鑒》諸書，下至稗官小説不爲邪僻者俱録，以廣聞見。子自《老》《莊》以下，雖非聖賢之正而可以羽翼經傳者且觀之，可以知其悖遠於道，而不陷於繆。集自古今名人文章以及近代時義，可採者附之。

堂之上以二至祀先聖賢，儒者同學者畢至。四時以日講學其中。春二月序親，擇親之長而賢者主席。夏五月序賢，擇有孝弟忠信者主席。秋八月序齒，里之年高雖不在學而有行誼者得與焉。冬序藝，士之能古今文者皆以齒爲序。

置塾田二百畝，以供祭祀、飲酒雜用。有餘者以贈貧而文者，遇穀有餘則贈，遇當困則贈，歲不爲例。月會文六次，至不至隨人，有文名者請之。

第四重爲五間，左右置房。左置有德行者爲長，右置有文藝者爲長。兩旁各隨地作小房以居讀書不讒不諛者，講習其中。四周爲垣。

祭田附閑舍

自曾祖以下，各五十畝。龍船嘴五十畝，麻陽灣五十畝，黄土崗五十畝，鐵金鉤五十畝。家堂春秋二祭祠堂，歲終告於寢墓。春一祭，五年一合祀。祀日合宗而飲祠堂，如古之制。田穀供祭之用，餘者以贈宗之不能婚嫁者，歲不爲例。祠堂在居室之左，治祭器。另立一閑舍，老而孤者、鰥者、寡者、使子其幼孤而遺棄者，歲人穀五担，幼者二担，置田一百畝。

倉　社

倉社之法，每以清明浸種之時。每家借穀者，多無過四担，少無過一担，亦看家口多、耕田廣者多之，其人口少、種田少者亦少之。凡借字即書於印簿，後還者自勾抹之。其穀照時價書借數，照月加息二分。至七月收成後，照月扣利，或銀或穀還。過十月而還者，來年不得更借此穀。一人不許重借，家富者不得借。斛斗用二斗五升正官斛，出入俱用乾穀。出不許淺，收不許滿，看倉發穀之人不許索酒索錢及故意勒措，短少首發重懲。惟還穀之時，每担與穀一升，亦不得多求也。

屺思堂詩集

屺思堂詩集序

同郡後學金德嘉拜撰

屺思堂者，劉稚川太史之堂也。太史生九歲而失恃，其後登賢書，垂二十年而成進士，大魁天下。每念太孺人，輒潸潸孺子泣。其所爲《家傳》纏綿悱惻，仁人孝子之言，藹如也。以故終其身，"屺思"名堂云。

太史丁勝國擾攘，所奔竄山菁水涘，所遇黄巾、銅馬，所歷芒鞋卉服、殘杯冷炙。中有奡兀，輒舉而筆之於詩。即其崎嶇偕計，涉黄河，望太行、王屋，渡易水，以達於金臺。其間英雄廣武之歎，素絲窮途之悲，宜其言之激也。迨策名虎觀，待詔金馬，庶幾白麟奇木，極文人之樂事，然未幾而玉樓作記矣。

金子讀已而歎曰：嗟夫！此稚川先生之詩也夫。雖然，蘇李乏丙魏之業，燕許闕李郭之勳。少陵三禮，轗軻一第；子安軼才，蹉跌弱齡。古今詩人軌迹差池者不可勝數，要之焜燿竹素，同有千秋耳。後之讀《屺思集》者，於太史又何嗛哉。

屺思堂詩小序

先生今文古文既售之世矣，其所爲聲詩，亦散佚無存，而質盧續爲纂輯，承金君會公、張君金山之命，俱梓而請之詞林，益成此孝思以見前人之志，又在乎詩也。

夫詩，自《卿雲》《賡歌》《康衢》《擊壤》，明良道合，志意相同。其始也，本乎性情，皎如太樸。繼而《離騷》漸作，辭甚《風》《雅》。雖曰濫觴，大抵本《三百篇》之意，明於治亂，故龍門稱其志，與日月争光可也。漢魏小變亦云近古。六朝之靡曼盡黜，輕婉宏麗，居然一代名家。沿及四唐，漫誇初盛，爲清廟明堂之響。好中晚者則曰：骨節珊珊，無煙火氣象。回憶柏梁近體，孝武、大司馬以下，君臣各言其志，詞意較然。

先生之詩，鎔貫百家，典型往哲，野之歌，朝之頌，風雨晦明，不無所懷，感發懲創，各有所寄，其亦深於言志矣。豈殆神超形越，能解人頤者乎？嗟嗟，先生學，然後詩中正平和之旨，悉由於四始六義之文，其有得於吾夫子删之之遺意乎，其有當於金、張兩孝廉好之之心乎？至若評論存削之權，更質之詞壇君子。余何能以廬陵、南豐、崆峒、大復先比孅於前賢乎？時康熙辛酉八月既望，同里丹崖周世甦拜撰。

屺思堂詩集目録

黄岡稚川劉子壯著
弟子龍、子儀　孫純錫、永錫、敷錫　曾孫世、洙、洺、溥、源、澤、沂、編次

四言古 …… 093
松芝篇 …… 093
礪石二首 …… 093
一日 …… 093
五言古 …… 094
贈淮司李陳徹庵 …… 094
出燕 …… 094
樓居 …… 094
留侯 …… 094
漢壽亭侯 …… 095
智讓 …… 095
吴門贈高六 …… 095
題朱維章像 …… 095
夏夜不寐 …… 095
吴門贈楊孟兼 …… 096
吴中贈晋克生周宗弟二首 …… 096
别高二仲達 …… 096
有生 …… 097
重飲於氏宅 …… 097
江行仙靈觀吴雲夫旅飲 …… 097
故書 …… 097

雜詩六首 …… 097
侯令丘詮部 …… 099
先日望春 …… 099
復閲書 …… 099
得舊詩仍東詹柔尊 …… 099
冬春 …… 100
昆山夜泊二首 …… 100
世事五首 …… 100
偶成 …… 101
感遇八首 …… 101
偶書 …… 103
憶舊 …… 103
韋祠海棠 …… 103
報國寺 …… 103
名倡 …… 104
自春徂夏久旱至秋雨浹旬乃霽有作 …… 104
同諸公即事 …… 104
夏日 …… 104
偶然作 …… 104
李康侯畫圖見示 …… 105
錢永思來張灣 …… 105
河西務食魚 …… 105
聞晴 …… 105
泊青縣 …… 105
興濟 …… 106
西施詠 …… 106
壽孫海門伯母 …… 106
贈高勵昌 …… 106
七言古 …… 107
浠川歸雨 …… 107
苦雨 …… 107

問雨 …… 107
壽金太翁 …… 108
十二月十三日出海岱門風沙被面目不能開因憶前歲此時行竹園中風過梅花滿衣作憶梅花 …… 108
長安秋月行二首 …… 108
壽劉元公母張太夫人 …… 109
壽單伯虞 …… 109
五言律 …… 110
燕都贈答劉濟南二首 …… 110
春歎 …… 110
晚集懷上人精舍 …… 110
雨泊 …… 110
久雨 …… 111
雨花閣 …… 111
袁子生祠 …… 111
田家 …… 111
晴川樓 …… 111
黄鶴樓 …… 111
歷 …… 111
堤 …… 112
太白 …… 112
少陵 …… 112
閲射 …… 112
喜雨 …… 112
留别 …… 112
燒舊文 …… 112
霧 …… 113
送李先木之婁東 …… 113
張氏樓 …… 113
走雪二首 …… 113
失路 …… 113

雨衣 …… 113
渡河 …… 114
投旅無納者 …… 114
曉發 …… 114
清風道中 …… 114
聞髙仲達南留擬寄 …… 114
應山道中二首 …… 114
七夕 …… 115
元夕 …… 115
早起 …… 115
曉日 …… 115
墜馬 …… 115
白髮 …… 115
送王石幢西還仍赴宣城 …… 115
中秋 …… 116
看月 …… 116
九日 …… 116
元夕春 …… 116
送姜匯思直指二首 …… 116
送方亦人還閩 …… 116
送施尚白奉詔粵西 …… 117
送徐莘叟 …… 117
送范端臣兼寄舊友 …… 117
送穆白章歸 …… 117
送給諫林雙城歸葬 …… 117
送郭元庵給諫還洛 …… 117
送周世培給諫還浙東 …… 117
答詹柔尊書後復爲詩寄之 …… 118
偶題 …… 118
曉晴 …… 118
夏日 …… 118

舟發楊村驛 …… 118
舟中 …… 118
懷陳相國二首 …… 118
出都 …… 119
發東光 …… 119
故城舟中 …… 119
舟趣蔣虎臣不及 …… 119
送萬民部督餉大同 …… 119
送泉守高徵之 …… 119
春氣 …… 120
秋聲 …… 120
穹窿二首 …… 120
即事 …… 120
移松 …… 120
賦得樹出蓬萊殿 …… 120
五言排律 …… 121
道中壽汪十二 …… 121
郢中方劍子留宿次韻贈答 …… 121
獨坐 …… 121
雪夜宿直 …… 121
七言律 …… 122
壽汪西源直指四首 …… 122
贈節鎮子入泮 …… 123
春日 …… 123
秋夜 …… 123
赤壁 …… 123
壽王念尼學使 …… 123
壽汪用卿先生七十 …… 123
望小孤 …… 124
得于宣弟故衣 …… 124
壽汪生 …… 124

壽陳部封 …………………………………………………………… 124
贈吳少府二首 …………………………………………………… 124
送程雪門觀回京口 ……………………………………………… 125
京日守風喜詹柔尊至二首 ……………………………………… 125
壽劉覺岸 ………………………………………………………… 125
館中即事八首 …………………………………………………… 125
秋懷九首 ………………………………………………………… 127
送郭裕九奉使江南 ……………………………………………… 128
送李澹河奉使山西 ……………………………………………… 129
出西華門往增壽寺四首 ………………………………………… 129
題灤州張公入鄉賢 ……………………………………………… 129
贈陳太宰 ………………………………………………………… 130
壽李固山 ………………………………………………………… 130
壽范世兄 ………………………………………………………… 130
壽范中堂 ………………………………………………………… 130
壽王綏五年兄伯母 ……………………………………………… 130
壽張方納年伯母 ………………………………………………… 130
送郝雪海巡蜀 …………………………………………………… 131
送何玉水 ………………………………………………………… 131
送楊似公巡粵東 ………………………………………………… 131
壽青藜伯母七十 ………………………………………………… 131
喜雨 ……………………………………………………………… 131
送別熊次侯 ……………………………………………………… 132
送吳匡左南歸 …………………………………………………… 132
壽周世垓年伯雙壽 ……………………………………………… 132
送王篤休守荆州 ………………………………………………… 132
寄元初上人 ……………………………………………………… 132
瑞光寺塔 ………………………………………………………… 132
韋祠海棠 ………………………………………………………… 133
憶汪冶夫 ………………………………………………………… 133
館中秋暑 ………………………………………………………… 133

寄姜匯思三首 …… 133
送張在兹給舍還洛 …… 134
送戴紫杓計部楚州 …… 134
送黄原含廣文 …… 134
范世兄鄉薦 …… 134
壽黄樵雲年伯 …… 134
贈錢永思 …… 135
天津宿 …… 135
天津 …… 135
壽林母八十 …… 135
賦得春宵一刻值千金 …… 135
壽徐繩東年伯 …… 135
女史 …… 136
喜周汝登表弟至 …… 136
五言絶句 …… 137
漂母祠二首 …… 137
曉發 …… 137
報國寺松二首 …… 137
贈衣 …… 137
乞巧詩 …… 137
七言絶句 …… 138
晚泊姑蘇 …… 138
客燕 …… 138
寄書 …… 138
雪堂 …… 138
富池 …… 138
夜泊 …… 139
花園鋪 …… 139
避兵者 …… 139
親誕 …… 139
屠蘇 …… 139

美人攬鏡四首 …… 139
青桃 …… 140
京師元夕五首 …… 140
西苑湖 …… 141
壽邵國楚 …… 141
曉出右掖 …… 141
送義聚還彭澤二首 …… 141
寄畫茹山大侄 …… 141
黄花 …… 142
賀范中堂世兄鄉薦二首 …… 142
見嵩山二首 …… 142
閨情 …… 142
二月十二日 …… 142
七夕三首 …… 143

屺思堂詩集　四言古

黄岡稚川劉子狀著
元孫昌桂、昌業、昌榮、昌極、昌柱、昌榦、
昌棘、昌檜、昌槤、昌櫆、昌楝、仁照、仁炳重訂

松芝篇

冉冉茂幹，爍爍靈草。山骨垂空，古藤縈抱。高搴蒼蔭，仙苗蕴葆。玉露零膏，香風飄浩。西母華池，東瀛元嶽。黝鶴棲食，聖晏灑掃。生歲之寒，春青自好。吾知其年，與日月老。

礪石二首

火生礪石，爲玉之故。不琢不磨，是謂自負。匪怨伊嘉，我懷孔裕。匪拒伊受，我道孔固。

其　二

莫瑜莫瑜，云誰無痏。其瑜其瑜，云誰無瑜。磨之彌堅，錯刀何怖。拭之彌光，青蠅何怒。

一　日

一日一日，一年一年。來者幾何，苦未知焉。父兄既往，世事徒然。中夜以思，今古懸懸。引枕自穩，無計熟眠。官畏捉筆，記憶不全。何況措置，咸使安平。控天不遠，倚人懼顛。一身愚怯，艱累萬千。愴心存幼，下己求賢。稍令斯文，得而有傳。高高者山，下爲大川。念彼達人，皇古以前。

屺思堂詩集　五言古

贈淮司李陳徹庵癸未三月

淮居四瀆中，江河交委之。望海百餘里，群派險在兹。國家重遷計，歲粟億萬奇。董乙太中丞，司李貳其治。河漕積利害，蕴蠹相染移。自非能清疆，理之如紛絲。邇來省刑部，歸並於一司。以故典斯郡，匪徒吏事爲。君子秉峻潔，高搴與俗遺。學道本家世，微禄悥親禴。撫軍軫重地，俯聽民心宜。六月發中都，雲橋接河堤。客宿水煙上，夜聞人語私。誰如我史公，陳父與之義。黄河西北來，不濁淮水湄。清流達地畿，敢告天子知。

出燕癸未九月

未靖此中方，哲夫復失意。棄委殊何嗟，終傷君父寄。踐闕多履簪，大概似良智。攘側殿署間，一人仍獨瘁。昨聞境又烽，路問如習事。攬轡期懷歸，愴然愧所志。

樓居丙戌春

中心無一營，此身遂已多。雖少世外緣，其如長日何。晨夕危樓上，遁見山峰嵯。風雨從東來，春色遍林阿。鳴禽聲不盡，湖草芳南坡。物理星星異，會心每嘯歌。睠念静裏遇，萬有未須過。

留　侯

留侯未至留，毒秦入骨髓。陳王猶隴上，無從加一矢。副車雖爾誤，僥倖圖濟以。心念五世恩，所欲爲之死。關中大事成，身付赤松子。却憶遇漢處，侯封聊借此。

漢壽亭侯

壽亭本漢士，降漢欲何名。心知魏自帝，掩耳美豪英。一字不許假，阿瞞才亦驚。誰通《春秋》義，當時未見明。笑却荀文若，枉死諒非情。

智　讓

豫讓死國士，毁情事堅刻。雖不漆其身，其妻豈能識。烈士今非無，半爲女子擲。固爾君恩少，宗國豈互遍。友人名姓誰，毋爲勸反側。

吴門贈高六

世變難家居，投身託煙水。望海才尺餘，聽雲忽中止。良朋一笑合，與我心相以。空窗樹影交，好月明如此。醉裏言俱真，默默中有指。功名天下事，草澤英雄視。願期豁達懷，臨風識所使。引子坐露久，天寒曉欲起。

題朱維章像

樓半高士立，急欲呼之出。豁見壁陰動，臂後一笑失。神骨固爾活，畫工絶殊筆。低頭如有思，只疑身透帙。疏樹亦徜徉，遥向窗外逸。

夏夜不寐

客久夜亦長，厭聞樵點急。微涼涉席草，好夢不肯入。深窗乃更明，使知天氣濕。江湘遠幾何，雨涯可得及。心想善纏綿，非意每來集。

吴門贈楊孟兼

人世有大事,成我等於生。吾師楊夫子,先朝勒高清。至今芳草洲,如聞鸚鵡鳴。小子愧無似,蚤歲獲知名。落拓十餘載,此身未敢輕。妄意希遠就,藉手答司衡。庶令至公堂,不負當時争。時淹世亦變,道孤未有貞。望雲指東南,天懸海不平。纏綿寄吴下,夢想得吾兄。灑狀見先師,終坐心神傾。知己接奕世,忼慨發古情。飲酒各醒醉,危論四座驚。貧賤吾自有,草澤多贊英。物事非繇天,歸來賦躬耕。

吴中贈晋克生周宗弟二首

萬派各有源,大海爲之委。黄河自天下,四瀆無異水。君家即滄溟,百川此觀止。氣落五湖秋,煙月供指使。陔陲倒驚潮,璧上請侯視。嗟余但潢潦,含納洗吾子。聲性有微入,一曲走千里。遥遥江漢光,海東望日起。榮折生文章,岩堅咸竦峙。中夕傾清光,明淡没心耳。旨哉味有合,淄澠爲一體。

其　二

昔聞吴下勝,非獨念山川。及此積秋夏,空看惜往年。不接高人論,安知花石妍。伯也深滄人,古詩追大雅。鬼神出險難,生死寄佳冶。有時逸興作,粉墨傳天下。仲氏自天放,其中藴深情。文章本家學,慷慨循友生。終坐竭歡讌,主人先客醒。始信名勝地,應自因人見。感此忘羈旅,言别復三歎。何時虎丘頂,卧聽流雲斷。

别高二仲達公安人,時癸未秋末在京師

曾聞古人言,一飯亦夙昔。何況數千里,復此同晨夕。曉寒踏月上,茆露每偎藉。卧即連榻席,放論無嫌迹。高文共贊許,人物相評惜。感時多悲傷,慨然忘在客。别君且當去,一言相敬責。願君讀書時,念我王家迫。

有　生

有生未能免，安用惟憂老。倏忽形神解，百年大草草。輸情趣所難，古今情一好。衆口頗亦薄，佳名終難保。後身當是誰，爲彼空縈情。何如遂吾志，行樂須及早。

重飲於氏宅

醉後復就飲，主人意念深。且先候湖色，趺坐探中林。田庶位次好，竹樹各清陰。湖草春如水，未漲氣已森。子始理微酌，午醒猶在襟。當杯故不强，延賞衍歡心。少焉夕煙上，蒼然暮遠岑。鳴聲落寒原，高木息歸禽。明月背庭下，冥冥天地沈。客子未言去，夜凉薄露侵。

江行仙靈觀吴雲夫旅飲

出門無定迹，彴步信所搴。靈境引人遠，却回仍復前。夕陰倒牆光，道像穆古先。童子怪客至，驚語破茗煙。主人昧素識，欸接喜相延。清磁奏征酌，慷慨出詩篇。殷殷几篋外，如聞中冷泉。深坐忘謙讓，月影直中天。蒼蒼江樹際，露氣一痕懸。今夕且復醉，明朝姓字傳。

故　書

亂後得故書，怏然如素友。慚愧流離餘，復此能聚首。杯茗慰勞之，念其事我久。契闊歲歲月，遊歷阿誰手。傷心感夙昔，骨肉且無有。怪君猶然在，何以脱踐蹂。合散數固然，神物亮不偶。慎勿更棄捐，盟以長相守。

雜詩六首

飲酒不在多，在得酒之意。飲之亦無時，要知心有寄。良友趁閑來，適與佳興值。新月入我懷，花氣風中至。移坐放庭前，有時或席地。爲餚何必工,取足倉卒備。起視座中人,各各無厭忌。詩書既不拈,亦不開時事。持杯各自飲,緩急莫相伺。當歌不待强,屬和隨所恣。勿限多與少,意盡相將出。醉者暢情懷,醒者獲安寐。

其　二

冬日則擁裘,夏日則飲水。自身無主張,安得不爲天地使。我聞古之人,其命不在天。知暑亦知寒,於今稱大年。謖謖崗上柏,矯矯龍蛇掣。贈之以霜雪,對之以澹節。鳴鶴翔高林,或在田中音。行己濁復清,遇之以無心。

其　三

古之作詩人,其詩自有情。今之讀詩人,其情乃在評。若復學詩作,我心何所著。若復從詩尋,評者惑我心。昔亦有何韻,今人坐相因。況乃限其聲,何以發高論。我心灑然起,天地不敢止。且不知風雅,何況盛唐諸君子。父子不同貌,帝王不襲禮。

其　四

岱宗有高木,華蔭度千里。上與雲心遊,隨風雨浮起。不辭塵埃到,而惡亂禽止。立身澹以深,古香自相倚。東海日光來,氣色與之比。

其　五

馬見駱駝伏,凡物有相制。百禽隨鳳皇,文采當其世。桑鴟號月昏,鬼出牽人袂。獵兒倚豺狼,深巷煙迹閉。中寧蹲窮狸,黔驢坐擁彗。沙草相嘯呼,矜此毛角勢。大壑鳴琴來,山水開芳霽。東南聲殷殷,豁然白日麗。霜冰歸春海,五嶽咸臣隸。

其　六

獸但能食草,禽但能食木。穀食且不能,況乃粱與肉。海魚大於木，山木大於魚。不遊山海者，何怪矜所思。天向管中小，日爲盤所移。聰明有限止，嗟彼執其迷。

侯令丘詮部時九月十五日，廷試命自水曹遷先令丘典試蜀

衡爲天下平，六官咸得領。人士繫安危，方域由兹整。本朝采古猷，機理攬中省。塚宰受其成，曹司專所秉。恭逢聖皇隆，宏人集瑶璟。爾時策大廷，部以同官請。皇曰諮女諧，今望自昔景。藹藹王吉多，式之此端静。陽江五稔春，一琴卓清影。曠才來西南，對廷俱脱穎。司空登宰揆，故事先朝炳。以是爲之先，欽哉勉而黽。小弟援籍杪，豈繫榮閒井。得士福王明，況斯皇途梗。范公爲寮官，名賢皆延頸。引譽告四方，佇瞻中土靖。

先日望春

新歲多佳辰，得從山水遊。及兹晨氣澹，往候春所由。宿寒淹空陰，高霽開光流。絶峰抽雲出，輕煙薄林丘。細草争湖色，浸浸與風浮。園梅欲迨天，含花爲我留。造物惜寸景，念時懷風酬。日月未相借，餞詞曷益愁。

復閲書

往余授句讀，念與此君老。乃兹遯荒浦，胸眼復浩浩。存身愧古人，頗聞不能道。貧我歲月多，應悔遇世早。初覽正疏澀，意理殊未討。從之深省開，每字觸懷抱。憶昔贅几牘，毋乃傷草草。往迹雖並伸，佳名增懊惱。聖者固多感，與時争潦倒。物趣苦練人，微心稀有造。

得舊詩仍東詹柔尊

詩自不足存，悲昔其良友。矜喜春潮中，風雨寄京口。崎嶇歷紙墨，毋乃神物久。不作水火投，幸落高人手。聞之蓋歲餘，展玩灑以

酒。兹乃先朝遺,感時成蝌蚪。還問陽江人,屬和曾在不。

冬　春

冬春豈晏起,酣情享昏夢。初日喚我窗,破懶才一動。人事豈能厭,遲之庶有中。神足自多爽,天閑志亦洞。

昆山夜泊二首

孤月欲中天,衆星不敢明。微波攪其光,樹影生性情。水煙深萬户,飛梁動檐楹。北風引江末,清寒遥浸城。城門夜不息,過屐積石聲。菰蓬憩小語,稍聞歌吹生。幽想渺無所,天際與之並。

其　二

我夢仙人居,招我月明裏。與坐異花草,瑶露相將以。爵行無算數,妙歌供心耳。起舞高樹巔,鸞鶴其鳴倚。問我昨來寒,一舟擁煙水。問日風下雪,客心況如此。蒼卒主人義,遜謝不可已。

世事五首

世事達終始,得失良偶然。烈烈湯與武,矜獲以爲賢。吾生自何來,母父居其憐。豈不念明報,常恐愧所全。乾坤若衣履,旦暮乃一遷。匹夫老仲尼,苟取曷足傳。

其　二

意氣許爲友,緩急通有無。一朝少蹉足,引手誰相扶。始知談俠者,意在巧取吾。小小未如意,責備不遺餘。生平負樸直,一介義寧拘。安能匿所有,向人訴窶虚。天地大仁者,不顧疾聲呼。男兒豈卒貧,仰面喪廉隅。咄咄險詖子,左辭相揶揄。使人不得語,謂之爲所愚。

其　三

越王弄夫差，墮其術中人。羨此螳螂捕，轉盼爲楚有。敕敗豈無策，薦女毋乃醜。氣勢快一時，中心曾熱否。古之陰鷙者，天道寧逆睹。河山苦閱人，英雄空皓首。

其　四

聖人思世治，天意不謂爾。視民若園蔬，刈之未云止。却憶先皇初，井廬接萬里。此輩多厭人，風俗成黠侈。地方不能養，會須付火水。遍邑空墟煙，大城才數齒。兵興若猶動，豈忍復下視。薄言往愬之，好生諒如此。

其　五

昔來居田家，士人許我真。歲日通往還，雞黍其良辰。爾乃營數畝，結竹以爲鄰。湖水就岸住，輕舟即江濱。田禾免浸没，薄收聊慰春。生事雖云細，以貧安其身。

偶　成

鸊鵜淬巨刃，寸鐵不可攖。泰山微雲合，崇朝千里傾。大哉龍眠畫，人物紛倚側。韓文尚簡質，仍令費筆墨。得意豈在多，貴少諒其宜。誰謂尺幅中，以此限神奇。

感遇八首

春蘭芳風日，菊華麗露霜。清堅各以質，異時同所香。神龍遜泥中，豫且虐魚服。君子固賴時，大匠胡示樸。榮名及一身，道理乃重人。丈夫感知我，自古不應貧。

其　二

天地不生成，無爲貴高廣。蕩蕩光幽遐，斯惟日月仰。大道宜適用，孤絶非衆賞。孔子中天立，離之乃僻枉。取偏以爲至，二氏自雄長。冥冥鑿空人，懷名揣影響。萬古神禹勞，子輿配之饗。

其　三

偶然其斯世，猶如昔古人。覽彼競徇迹，應知我立身。於中列畛域，嘉怨倘非真。計營矜一就，態色擬鬼神。慨歎在先哲，禍亂非無因。是非意一易，移及我生民。

其　四

治亂非天意，大道以爲時。如是今復古，賢聖更驅馳。五百歲已逾，皇虞無再期。文武愧遠慮，憂困當仲尼。豈不懷易世，空言寄所思。

其　五

大漢振雄略，國家亦已弊。何如三古仁，不以生民累。南北相盛衰，時殊人復異。擾擾勢激持，策力苟圖遂。卞莊搏兩虎，坐視漁人利。詩書古之初，儒者存其義。

其　六

湖山避五歲，喜爲魚鳥容。晨興理耕作，暮還煙月中。故人携酒來，言笑東林東。指此長年世，卧聽風上松。春水田禾青，野烽巖鑿空。

其　七

運數良由天，匹夫亦有所。豪俊鮮知命，驅者毋乃誤。哀此膏血麋，夜火濡蒼露。太息别田廬，隔樹一回顧。棲寄煙沙傍，草深濕虿聚。衣食仰人憐，風雨江天暮。

其　八

静泉清池中，激之在山巔。勁弩射北風，百步受鳴弦。行止非我使，人身各有天。既謂桃李春，當秋菊自然。露氣得嚴重，時人以謂妍。

偶　書

有書不會讀，讀者苦無書。不肯一假觀，甘心飽蠹魚。書汝何不幸，乃落斯人手。辟之積嘉穀，忍儀聽紅朽。天直欲不均，此輩不一人。以此推物變，賢者傷心神。

憶　舊

意脱兵火餘，山家息五年。背山即草閣，亭下爲薄田。田上高池丘，分流納雨泉。以時資灌溉，波及到蔬邊。

韋祠海棠

名花古年代，窮北得能春。出歷離亂餘，草木如有神。仰懷手植者，賴兹造物仁。枝幹老霜煙，花葉風雨新。焕若火樹立，光氣貫青旻。白日中庭直，微暖舒性貞。交陰相倚藉，無猜自爲鄰。諸花别種佳，因汝接車塵。采折傷其意，愛苦亮相因。遊賞感遲暮，君應念昔人。

報國寺有廟市每朔望諸賈輻輳朝士争往市古玩

所見無一慕，豈必中心安。理勢不得爾，何用免共難。情知未能免，每過一回看。無妨謂我有，當非几席觀。抱璧學途乞，居然傲饑寒。讀書破萬卷，千載名爲酸。山雲轉秋夏，高鳥天地寬。大意能自得，是即庭與軒。

名 倡

聲名積暮年,容顏落紅色。豐讀豈不佳,令人念夙昔。夙昔貌若神,聰明不解人。分明掌上憐,正笑還成嗔。嗔時公然好,情懷爲顛倒。出入將順中,不道終不老。丈夫各有取,女子豈有言。生平學得力,向人貼温寒。

自春徂夏久旱至秋雨浹旬乃霽有作館課十二韻

久旱雨良佳,佳雨晴亦好。人情屬未厭,天意存顛倒。東苗嗟遲暮,澤國秋期早。此物關國家,民命依百草。側聞河漕滋,況兹伏莽保。嗷嗷京國待,雲帆艱遠道。久客慚居食,暑濕兼縈抱。慰我庭鳥鳴,如春方在曉。新涼薄露下,明光振蒼顥。微雲常傳日,輕風亦潤槖。補時安疏賤,惟用和豐禱。誰者榮歲歉,宜喝亦宜潦。

同諸公即事

世事屬吾儕,英雄無欺語。把酒問心胸,此中誰爾汝。時代既已然,天意良有處。海嶽起茗坐,如見揆牧侶。鋤殳餘一生,斯民吾之與。讀書念昔人,歷歷相責許。敬哉我友身,兹道立今古。

夏 日

長夏積窮暑,良雨每及時。顧祝雲陰流,遥以慰東菑。薄田在江漢,躬耕未有期。深念負彼蒼,無落敢自欺。想見荷鋤者,奮飛勵所思。辛苦三春業,西成將在兹。

偶然作

積雪解爲雨,治亂更因移。臨春鬱餘寒,豈曰天地爲。氣理傷堙結,誰當疏達之。遐哉古黄虞,非無風霾時。朗朗光中天,河嶽劃四垂。五風而十雨,萬物遂所宜。

李康侯畫圖見示

昔聞名園勝,今向畫圖看。圖中猶如此,即知居者安。康侯來京師,深門煙雨寒。寫圖置枕中,以當卧遊觀。佳山不在登,佳水不在泳。苟能得真意,夢想皆歌詠。閉户即深山,中南有捷徑。朝市與林壑,所貴濬其性。作詩代遊賞,無言亦亭池。寢食於圖中,身心自相宜。對人當如園,對我無非詩。山水其文章,相看無盡時。

錢永思來張灣

故人念遠别,策馬來我舟。舟中方飯客,便坐共綢繆。竟日無一言,相信亮有由。但飲各盡醉,卧聽燕山秋。平沙宿白鳥,寒風静河流。遠樹接天色,出没雲光浮。夜定笙歌起,情深旅夢休。君歸當霜雪,孤騎慎所投。

河西務食魚

昔予居江洲,旦夕食江魚。後與田家習,池塘以代蔬。良友時至止,每食不可無。燕山積三載,但聞肆中枯。日來臨河海,乃心注老漁。始知蓴鱸思,秋風未是虚。

聞　晴

夜半寒氣滅,鄰語報新晴。帳外聞窗色,陰陰增曉明。庭花應更好,宿鳥起先驚。客居厭迂道,匹馬愧孤征。得從久雨後,亦自慰人情。

泊青縣壬辰九月初十

懷歸頻卜夜,經地每詢名。風俗見同異,聲聞别性情。川通諸郡接,河盡急流平。數折岸痕曲,深秋暮氣清。微風生遠樹,高月峙孤城。送米悲窮邑,聽更愧旅縈。昨宵未敢醉,危坐敬王程。

興　濟

邑賦才三里，邑居未百家。走往問官吏，迎送禮何差。今年河口決，縣令沉水涯。一尉久不補，廣文署坐衙。有民如鳥獸，何況少菽麻。念此清盛時，地復近京華。乃令不學人，等官如泥沙。哀此婦子困，彼死將誰嗟。中夕念東南，河患遍潦污。將毋同此邑，而又萬里遐。心魂傷謖謖，注目寒原花。

西施詠三韻

西施妙天下，一笑傾人城。至今苧蘿石，因之得盛名。歎息彼村內，當時無知音。國君多好內，遺珠傷古今。窮巷掩豔色，由來非一人。倘無范少白，終世浣紗貧。

壽孫海門伯母七十五

海氣根星宿，蓬島在其東。巖壑結蒼秀，周市都會中。高垂玉燕光，五湖現岱嵩。生材中梁棟，大雅讓宗工。河山齊百二，質厚多峻雄。火餘繼以水，原野有流鴻。百姓忘其歲，而如居春風。惟兹古遺愛，亦越大母功。我友奉儉德，魚鮓無敢通。四境頌仁壽，青鳥下公宮。所愧無清酒，聊將燕喜衷。

贈高勵昌

斯文未墜地，五百歲於兹。誰以歐曾筆，而存孔孟思。君家兄弟好，何愧眉山時。幾月春雲盡，僧寮奮下帷。將聞至道要，動與古人期。秋風搏健翮，上國觀羽儀。功名抵恒事，文字亦其詞。獨幸群言淆，絶學寄所知。榛蕎受擴清，大義豁沉疑。屬當天地開，蒼生望者誰。名賢如距踴，後覺其不迷。告子自勉愛，家世本鳳池。

屺思堂詩集　七言古

浠川歸雨

客中無事暫亦愁，愁裏得歸歸亦樂。沙頭小舟載人滿，山半宿雲已齊脚。夾岸青蒼獲客遠，曲回相向隨人轉。新漲行橈如落潮，過眼春容不得辨。

苦　雨

枯龍一激顛天河，挾海横抹陂堰過。湖水白曳甫摩坡，朝來樹杪度輕戩。小魚無賴奔山渦，扳葦避卧雜蛙螺。微聞黯覆開頑沱，金蛇倏忽亂痕傞。疲雷復躍攘新訶，黑雲壓天天欲頗。東南崩決泄共窠，須史遊絲泛娑婆。有情者渚其踏和，絮絲僕舞間悲哦。雀蟬彪靡迅飛磋，叱吒千騎鋅盾戈。擊轂駢闐粟轉蘿，四瀆驚翻如掣梭。搜甃湧桶相追呵，别有天風袒乃波。斜吹側引隔峰拖，笑謂雨意無此苛。室廬之内愧披蓑，瀸澤毋乃已傷麼。天上諒復餘幾何，爾久豈得勿倦那。淹淹不省將或吪，汝不自厭其如何。刈稻被野盡翻科，委沙飄浪負佳禾。視之不食豈在多，欲隱吾自出重羅。敢曰勤勞賜林阿，幸少留之待歲瘥，汝之節啬人所歌。

問　雨

不知雨意欲何以，我從問之天不理。大約未必有知耳，胡乃都不省記此。前時一滴不妄使，即今用之何太侈。已分朝來刈禾始，俄而漠漠東雲起。怨尤全未觸怒爾，薄言訴之庶可已。或曰雨自天半止，雲則爲之非天指。山氣亦當告竭矣，大崎之帽仍如被。神龍垂尾吸江水，弱蟄難升更倚徙。雨師何德政乃弛，珠璣狼籍如糠粃。河漢年久堤防圮，大傾小漏無停晷，秉槎試探星海裏，岸燥天空牛女喜。

壽金太翁銓部金拱敬之父

誰駐人間現作仙，先生於今八十年。作詩進德忘期耄，讀書到老還如少。手授數編傳其人，其人事君如事親。國初吏道多稠濁，奮筆蘗之見川嶽。遐陬僻壤霜雪温，受者一經教子恩。劉綱偕老得樊姥，案前眉彩雙白舉。瑶花七葉鬱亭亭，含飴幾載弄麒麟。猶龍得道原儒者，五千盡向柱下寫。光生不用靈笈文，自從書卷得長生。

十二月十三日出海岱門風沙被面目不能開因憶前歲此時行竹園中風過梅花滿衣作憶梅花

天寒雲凉曉吹風，風健道闊井煙空。馬蹄騣鬐吹不起，草沙紛飛東城東。只似梅花送香意，磊磊撲人無處避。梅花不肯來京華，塵沙謂我君誰寄。

長安秋月行二首用長安一片月爲韻

雨後天街夜氣涼，疏雲淡漢泝流光。城高望遠天痕小，宵静風凝客思長。此月經秋凡幾看，長安應是舊長安。眼前今古三秋盡，朝市千門增暮寒。邊地迢遥氣蕭瑟，草木變衰霜露栗。清輝何處異山川，長征淚濕應非一。敻絶林稠深小院，東升西没行應遍。砧聲偏自照他鄉，搗作練光飛片片。禁地宵嚴行路絶，久客多懷魂夢越。愛惜應忘露氣滋，步盡空庭學習月。

其　二

月華歲歲占明光，偏是秋來倍勝常。況復天中三五夜，兼逢帝里漏鐘長。帝里曾經煙火殘，乾坤新造井廬安。河山一夕銷兵甲，化作清光萬里寒。禁城高峙懸内直，下視蒼煙四海一。雲樹蕭蕭幽户開。潮落江湖蛟蜃逸。積雨初晴風露澹，仙子騎鸞過玉殿。净碾清虚野馬沉,金粟花飛香片片。幾欲乘風登貝闕,耿耿星河手扶月。莫言高處不勝寒,中原攬盡三秋色。

壽劉元公母張太夫人

浩氣生天地,人心有冰霜。結根託歲寒,日月與争光。烈烈張太君,釵寒古鳳皇。笙竽豪俠漁陽概,身作恒山鎮帝鄉。夏日冬夜四十載,雨燈一影撑綱常。男兒空有鬚眉在,健婦持户如封疆。有子文采空冀北,垂纓佩玉侍明堂。和九盡是忠和愛,大直如愚隱諫章。太君自得還存理,萬歲千秋利未亡。神仙日來歸節義,却今陸地現西王。

壽單伯虞

城南處士如山居,手自種花滿階除。眼前花開月正好,携錢沽酒煮江魚。閉門不問人間世,窗下惟看兒讀書。心樂身閑忘日月,長年如此復何如。

屺思堂詩集　五言律

燕都贈答劉濟南二首時登壬午榜

君自成名人，非因邸牘傳。王家方有事，天下盡稱賢。騷已江湘著，風仍周召先。文章良葉連，不必問蒼天。

其　二

十年徒解憶，名姓未通聞。昨歲過吴下，相逢多問君。高人各自慰，賈客亦論文。深愧投奇字，無能答子雲。

春　歎

終日一身共，出門但里餘。眼看原草緑，心識庶風疏。世事人争笑，中心常獨歔。男兒自有性，翻悔蚤知書。

晚集懷上人精舍

支子藏經處，一椽背水東。池陰倒月照，樹色補山空。蕊芽新抽雨，茗香故倚風。何當一下榻，夜宿磬聲巾。

雨　泊

夜宿疏蒲裏，空濛碧一灣。舟中風又雨，江上水如山。别浦聞橈過，歸漁載火還。客心真欲滴，幾點到鄉關。

久　雨

兵息幾聞好,淫霖苦欲迷。深知大澤至,姑試老農疑。海已無歸處,天應有竭時。陰陰原上麥,何以爲秋期。

雨花閣

小閣斷岩半,古藤一徑通。藏經黛迹裏,煮茗雨聲中。下鳥窺高樹,開窗入遠峰。悠悠江上路,此地諒能容。

袁子生祠

袁子古遺愛,祠依佛地開。從知髯老後,再是戒公來。巢鳥習鐘磬,鳴麂忘草萊。疏疏池上柳,憶得召南栽。

田　家

茅舍疏籬下,我行三過之。昔時重載酒,今日始題詩。湖菓浮菰實,園蔬雪筍絲。舊家真更諳,却怪入山遲。

晴川樓

晴日臨高望,遥遥黄鶴樓。岷山經楚折,漢水入江流。賦就禰衡夢,詩留李白秋。勝遊殊代接,因見古人愁。

黄鶴樓

晴川與黄鶴,氣勢遥縱横。静見水聲合,空疑山意争。三洲秋色遠,萬樹午煙晴。帆影中流處,摇摇江漢情。

歷

中丞下遠使,新曆出西洋。節候誇殊俗,編年異昔王。逸民何敢抗,婚友各分將。目斷海天路,春風日每長。

堤延陵

長堤限水勢，委折趕東吴。漲湧疑魚洩，風寬賴樹扶。虹霓飲夜月，龍蜃挾晴湖。瞑色蒼然遠，開煙一纜孤。

太　白

卓爾青蓮氏，深情寄酒狂。殿前役力士，幕下識汾陽。富貴元非意，詩歌别有腸。興言唐室事，端自屬文章。

少　陵

文字誠非細，昔人有道存。誰留三百意，獨許盛唐尊。感物抒真性，憂時見本原。傷心千古事，貽恨賦花門。

閲　射

閲射江煙上，遥連京洛雲。中原方用武，天下尚崇文。猿影蹲風立，鉦聲過雨聞。自憐無膂力，何以答人君。

春　雨

人意殊懷蚤，天心應及時。夜中涼氣滿，窗上小聲遲。野老隔床問，良苗慰渴思。起看雲厚薄，臨曉試新陂。

留　别

飲罷能無别，無言意自深。許多霄漢路，儘是父兄心。回顧各遲騎，强顔已濕襟。故園風便好，莫不寄佳音。

燒舊文

文字真成累，名山多厚顔。在前殊足戀，於世懼無關。梨棗千秋憾，筐箱一夕閑。祖龍真有意，難與後人删。

霧鎮江

曉氣垂高霧,空寒一影横。真疑天地合,微見水雲平。露性占晴穩,江聲辨楫輕。舟人怪起早,錯是聽雞鳴。

送李先木之婁東

竟向客中别,年來思若何。可知能夢到,要自厭情多。問籍幾人在,孤情惟汝和。婁江流不息,離怨欲先過。

張氏樓

舊迹幾何在,疏疏落葉聲。再來誰忍上,臨去欲回情。古木遥花照,流禽遠壁鳴。窗前明月處,空翠一峰横。

走雪未至許州

雀斂荒原寂,高寒吹夕風。微聞雜雨氣,深見没山空。數瓣知春淺,侵衣羨酒濃。如知人意懶,聊此勸飛蓬。

其　二

積雪老春候,青煙一道深。呼寒字不穩,眺望氣猶森。光薄林巒發,冰來髭鬢侵。藉氈空復雨,未冷此時心。

失　路

正怪群相失,才知路由歧。川原渾似似,雲樹試相欺。人語隔煙聽,騎蹤覓草處。桃花何處問,莫是避秦時。

雨衣予無雨衣

計疏先未雨,誰與念無衣。夙昔負汕壁,今兹賴曉暉。見人能免羡,携在亦空歸。路滑兼身困,氍毹愧力微。

渡河往年渡延津渡徐州又渡陳橋今渡滎澤

地近投鞭早,途窮旅食苛。祀河一日澤,憶渡歷年多。勞愧僕夫任,名完舟子訛。甫州一帶限,不用戒風波。

投旅無納者

夕煙驕逆旅,喧市困孤征。期左胥徒誤,情纖芻糗爭。望門仍有擇,露宿愧爲情。星月能來照,無宜哭布兵。

曉　發

燎火明中市,旅徒戒路難。天光與月似,夜氣減春寒。啄雪鴉聲起,跑米驢迹酸。更爲呼日出,作客每衣單。

清風道中

北地雖稍近,客心多苦辛。風沙昏白晝,行李累孤身。天放一宵雪,路輕千里塵。莫須愁路滑,攬轡閱行人。

聞禼仲達南留擬寄

同有懷歸志,如君乃遠真。文章宜命世,智勇自全身。託迹能藏用,忘名庶免嗔。江南書息到,應惜客中人。

應山道中二首

山接雲行處,人行石立中。開顔看好鳥,展策指孤桐。細草争春長,寒煙赴夕空。懸崖深古寺,鐘落一聲風。

其　二

兵行幾積苦,草石亦蒼涼。古寨時懸壁。荒廬委曲塘。迹深驚虎過,煙動擬猿翔。羨爾南飛鳥,離思寄故鄉。

七　夕

旅中輕怨暮，露薄下秋空。此夕雙星照，誰家萬里同。棲鳥驚欲起，斜漢轉流東。何許江南遠，經年未訊通。

元　夕

客路逢元夕，同人各憶家。山猶驚夜火，春已自燈花。旅炤中天月，村喧絶塞笳。愁吟酹未醉，何處不天涯。

早　起

寐自和衣假，騎仍載露行。光華天日接，氣色市朝清。曉樹鳴禽出，秋鐘宿雨聲。纓綸聊簡藉，階石欲寒生。

曉　日

曉日東窗上，明光幾席流。移松初得雨，鳴鳥合宜秋。萬事静中見，餘生客裏浮。自知情漸少，草色滿庭幽。

墜馬七月十二

門祗勞金鑄，人猶愧步安。一差身似葉，萬事險惟官。日給真疑牧，新驚怯據鞍。澄清復此志，攬轡倩誰看。

白　髮

生理既云息，衰容方復苗。閱君今古在，爲我死生勞。緑鬢應難駐，青絲未肯饒。終憐智慧者，一笑慰垂髫。

送王石幢西還仍赴宣城

細雨明秋色，送君西復東。鄉關百戰後，琴鶴萬山中。歸馬沖寒露，征衣動曉風。閑雲相待久，今古敬亭空。

中　秋

空蒼飛露氣，客思先秋寒。此夜庭中月，他鄉砧上看。攤書聊代飲，歌詠自爲歡。移盡明河影，風生未作瀾。

看　月

月出東山時，深林低盡枝。稍高離瘴氣，能遠達清思。客久相依慣，情閑每坐遲。碧空幾萬里，何處是雲涯。

九　日

頻知佳節過，見慣客心安。當座能無酒，逢人愧有官。高山來歲約，短鬢昨年剜。可奈花開好，聊爲故國看。

元夕春時贈恩詔是日招飲木欣伯仲

燈火喧元夕，風光向早春。客心兼夜永，聖澤與時新。明月懸官舍，椒觴集故人。梅花誰與折，幸爲寄江津。

送姜匯思直指二首

夙昔心相許，今兹果所期。勉懷人主詔，莫負友生知。亂後民應少，邊方法有羈。須今驄馬處，雨露遍西陲。

其　二

同氣能相應，惟君知我真。常論天下事，敬責二三人。此去吾誰共，爲懷難盡申。願言勤啓誨，莫厭手書頻。

送方亦人還閩

對策金門罷，懷歸已載吟。非無捧檄色，時切奇間心。薦語天風客，雲寒嶺海深。勤推温省意，長日惜分陰。

送施尚白奉詔粤西

槐署才三月，驅車後海東。若思萬里外，臣分一身中。煙瘴初天地，諮諏遍雨風。須令反側子，嚴壑盡投弓。

送徐莘叟

幾歲同官好，論交到我真。贈詩爲惜别，臨滔定懷人。寒露漁陽曉，丹楓淝水春。莫愁山路寂，歌舞日隨身。

送范端臣兼寄舊友

昔登瑞光塔，遥望吴江東。數寺居湖勝，看山在水中。今當良友至，如與昔遊同。寄問蘇門子，詩題到幾峰。

送穆白章歸

相知已廿年，相見各翕然。嘗共吾儒語，推君天下賢。文章千古在，風節一身懸。臨别何爲贈，遺詩未值錢。

送給諫林雙成歸葬

南越萬餘里，海風雲氣青。驅車載國寵，釀酒拜先靈。驛路先梅發，碑文勤石銘。所生予尚負，獨愧戀天廷。

送郭元庵給諫還洛

憶家復幾載，攬轡及初春。驛路梅花接，鄉關芳草新。君恩咫尺近，交義一身輕。余亦懷歸者，長留似愛貧。

送周世培給諫還浙東

給舍發長安，朱�夾道看。出城諸友送，入户老親歡。夢過淮陽道，春蘇風露寒。還朝須及蚤，當宁重言官。

答詹柔尊書後復爲詩寄之

醉君江上閣，風雨闇然春。忽作十年別，幾成異世人。得書如面見，贈句以情申。遥羨湖煙裏，能於魚鳥親。

偶　題

常閑真似旅，爲累只因官。才盡方知拙，貧長漸得安。門深巢鳥遍，庭静落花寬。良友能頻過，相忘不著冠。

曉　晴

高眠人蚤起，虚閣滿天光。草木春酣後，山川朝氣蒼。行人慰道路，飛鳥悦翱翔。余亦忘幽獨，攤書展竹床。

夏　日

長日無餘事，閉門閑此身。漸看今古畫，微得性情真。坐久復時起，思清如有神。虚窗獨自起，啜茗對佳辰。

舟發楊村驛

臨晨罷埋楫，樓鼓發河旌。但見岸行速，微聞水力鳴。遠雲穿樹過，高鳥偕帆經。舟子相觀笑，良風亦定聲。

舟　中

初日澄江静，深秋山氣蒼。放船懷遠道，倚目訴泝流光。樹影隨雲末，波聲共路長。卧遊舟子樂，幽性亦翱翔。

懷陳相國

歌吟結中夕，雲氣蒼燕山。座上復誰在，長年好是閑。不能憶夙昔，獨自近鄉關。沙雁初來至，留書何日還。

其　二

長安古勝地,黯黯塞垣秋。身自忘斯世,思仍繫九州。君恩方賜問,客夢尚關愁,傷此生民困,誰云天道幽。

出　都

懷歸自夙昔,去國獨關心。静念客來久,翻思山不深。高風原野闊,寒日水雲陰。天氣將人返,清秋尚可尋。

發東光

空江宿雨後,秋氣曉來清。曲岸移風轉,輕帆帶纜行。過花看鳥起,舉網聽魚聲。飯罷擁書坐,長閑愧耦耕。

故城舟中

清晝無些事,然煤炷木沉。圖書自盈几,眠坐總隨心。時見林巒過,遥觀煙霧深。長流不知遠,自古有如今。

舟趣將虎臣不及

輕帆計已遠,整日數行程。獨起憐風好,長閑厭晝清。去舟看不盡,曉發每聞更。一望波煙渺,相期空復情。

送萬民部督餉大同時姜壤初定移督陽和

雲中古絶塞,風雪渡河津。經亂移新鎮,屯騎斂舊民。敝裘安冷署,病馬慰勞人。相送無杯酒,知君念我貧。

送泉守高徵之時閩中初定徵之與予同爲晋江門人

閩地流風古,王圖草昧時。羨君今太守,計日見吾師。天子垂南顧,遺民遠海涯。勤宣丹詔後,應念雪深期。

春　氣

臨曉不能起，看天漸爾長。風過花欲至，雨定樹餘涼。關塞仍遲草，江湖已潤霜。悄然虛室静，亭午減衣裳。

秋　聲

窗樹開何意，他鄉自屬情。偏逢秋半夜，能作雨中聲。欲寢還加聽，無聞却自驚。江南千萬里，眼看待天明。

穹隆二首

夜隨明月起，遥訪東林松。寺立垂雲裏，鐘來薄露中。茗園先近雨，泉井過聞風。有議尋山意，空明道已通。

其　二

名亦高僧累，中宵有送迎。暮鐘應復奏，古佛得毋驚。山定誰深處，人真便盡情。静言懷擾攘，不足惜平生。

即　事

有官常似客，得友即成家。貧不遭人厭，談常到日斜。去來無禮法，飲食有杯茶。學易應時進，庭前遍落花。

移　松

伏天宜樹木，北地即春時。自愛青松古，因逢好雨移。空庭清夜氣，美景入秋思。看汝龍蛇勢，蒼然百尺姿。

賦得樹出蓬萊殿

皇居兼海嶽，佳氣占春陽。雲委蒼龍起，花銜白鹿傍。年時曾國古，風雨近天香。樹木十年計，於今任棟梁。

屺思堂詩集　五言排律

道中壽汪十二

金桐垂露夕，玉燕得秋先。人自蕊宫降，家從鳳沼傳。文章存道古，日月入懷懸。舊德推名氏，遺經起後賢。齠年承接間，雕技愧同憐。侍雪程門下，分黎白社前。弟兄交以世，骨肉合於緣。義託艱難共，憂深出處全。笑歌連半載，風雨露三千。客裏逢初度，舟中開晚筵。輕帆杜若浦，野篴暮雲天。酒憶家中熟，情移座上妍。功名君自有，仁壽道斯然。持此百齡上，更數甲辰年。

郢中方劍子留宿次韻贈答

泛迹江聲外，輕帆但信風。偶隨芳草至，適與白雲同。别久鶯花改，思窮山水通。面憎驚乍識，語苦愧相蒙。命厭書生薄，名成豎子雄。古煙寒勝迹，繁露勁香從。未試西施險，難追黄石功。歡情失酒味，離怨寄詩篇。拈壁聊尋樂，省身庶免攻。天應悲俗悔，道未許吾窮。高嘯慰麟鳳，殷憂念雁鴻。報君愛出處，聽雨曉犁中。

獨　坐

深懷臨獨坐，素願感平生。心負終難昧，時成可諱争。上書憂冰火，論事急春耕。門與山中似，官當世外名。暮朝真畏焉，省咎免逢迎。

雪夜宿直

左掖垂鞭暮，東寮簇榻偏。齋衣兼劍盾，宿帳接裘氈。殿閣光虚壁，罘罳蕴濕煙。風回斜過雨，漏定暗聞泉。松道委雲重，石橋照火然。鐘聲移永夜，人氣集春天。喧語遥根答，清魂未就眠。

屺思堂詩集　七言律

壽汪西源直指四首

丹鳥銜文下禁中，金錫半壁大江東。鎬豐舊業藉留後，節鉞新勳受考功。赤子也知驄馬避，南人只爲羽綸通。二陵風雨今何處，悔不當年借冠公。

其　二

新綸遥入古荆州，明月南樓興未休。幾驛紅氈桑陌雨，一簪白簡柏臺秋。舢艫夾岸前籌遠，穀帛窮檐闓澤流。持斧活人誰最急，漢家王賀合封侯。

其三原令壽昌

舊遊憶得是寒溪，信宿重覓父老思。繞匝襜褕争識面，指看襦袴又嗟遲。一棠古色陰千里，片鳥清光宴四垂。江漢有詩歌召父，猶題爽氣在西時。

其四六月誕

秀州山水名天下，紫氣曾占太史文。玉燕光仍先白露，繡衣風自載南薰。恭題六月陪良宰，效祝三多協聖君。聖國長民仁者壽，靈椿特以大年聞。

贈節鎮子入泮

節使分符漢水東，采芹初試鳳毛功。將軍裘帶元儒者，公子詩書有父風。已卜投戈登虎觀，何年獻馘受簧宫。二師待勒燕然石，彩筆生花自幕中。

春日寓張氏山樓

春林萬折委深樓，林外青山點點愁。春水一江孤棹遠，緑茵半野亂鶯投。煙垂弱柳摇絲起，風冉飛花過樹留。午夢正醒聞客至，小奚笑傳語未梳頭。

秋　夜

高閣虚窗徹夕開，疏林轉過月光來。近秋處處山峰見，入夜家家砧杵哀。别浦荷香風裹度，滿湖菱唱渡頭回。小床才熟茶仰雨，坐覺星河暗自催。

赤　壁

赤壁千年古迹疑，謾勞過客訪殘碑。雖無一炬周郎烈，却有三秋蘇子祠。道士夢中猶借鶴，將軍江上豈悲龜。山川自爲文人重，誰起泉途問是非。

壽王念尼學使

玉管陽回宫綫添，蕊珠謫宿下箕驂。天移江漢空群比，身載燕雲與道南。多士參苓隨雨化，四詩風雅首棠甘。黄扉竚看等平格，大曆應同天地三。

壽汪用卿先生七十

才過九九看花天，浹勵欣逢祝大年。五羖聲名西裹下，少陵風雅盛唐前。好遲黄菊陪人老，正作白衣載酒還。世事從知無復古，長留彝鼎鎮山川。

望小孤

神女得名凡幾代，孤峰千古峙江頭。奇功磊磊曾封石，勝迹英英欲斷流。春水遠帆沿岸草，暮山疏樹動城樓。東來一望風煙渺，幾點輕潮遍客愁。

得于宣弟故衣

怪汝殘衫正復存，侍兒擎上亦聲吞。舟中漬水曾殉難，領上遺脂尚透痕。疊向几筵頻觸目，列於銘座可招魂。臨窗憶得危襟坐，爽氣森然接弟昆。

壽汪生

妙質英英弱小生，松心古茂自天成。與君三世兼朋友，許我忘年作弟兄。蚤見童顔將老駐。應知鎖骨自身輕。百齡汝九仁人壽，浹歷從知世澤宏。

壽陳郤封

湖上梟車韻鼓闐，明朝待降蕊宫仙。竟邀父子爲佳客，直引山川佐舞筵。紫艾家家香做供，青蒲歲歲酒當前。昨來不用吴繒五，自是靈椿有大年。

贈吴少府二首

郡齋才帶一琴來，又載名花蒲縣栽。清影入秋心是月，冷香臨曉骨爲梅。幾村林木歸巢燕，兩案圖書供聽槐。誰以催科兼撫字，鳳雛百里豈非才。

其　二

吴興山水占南天，海色秋聲盡此賢。人物浙東七萬户，風流江左幾千年。堂宜題雪來朝爽，竹可爲樓佇晚煙。京兆莫須輕五日，遺民初借潁川還。

送程雪門覲回京口

皇州煙樹灑飛埃，手攬皁車古道開。天子具知東粤政，使君端爲潁川回。三山海色留秋待，千里薰風近日來。薄暮郡樓憑遠望，江城應見舊棠栽。

京口守風喜詹柔尊至二首

寒沙一笠宿漁煙，竟日看帆羡别船。山氣厭江渾欲側，潮聲望海不能還。客愁上國兼家夢，天爲良朋教雨連。少慰風波今夕話，星星疏磬滴懸泉。

其　二

山閣輕陰欲接天，江聲直上引飛泉。漸逢亭半三吴客，共説兒時萬曆年。念國豈勞書卷蠹，懷家已囑夢魂傳。可憐細雨淹朝夕，欲濟何人著祖鞭。

壽劉覺岸

露涼月白水仙清，玉燕流光下石城。氣自雨花臺上結，道於巢鵲署中行。旃檀火定全銷性，貝葉簽翻來動聲。端是西來元悟徹，無生即已證長生。

館中即事八首

積沙夾户古槐通，玉署天懸北闕東。橋路斜過大内水，松門遥對玉芝宫。百年文物推先輩，當代詩書變古風。聖主養人將有待，花磚莫擬歲時功。

其　二

佳日延英集鳳池，上樽主爵醮先師。盈庭禮樂傾三院，幹國箕裘紹此時。膳宰舊勞宫衛使，登歌近免教坊司。幸陪諸子還同宴，蘭藉冷增選授諮。

其　三

曉入宫城宿雀飛，門槐繫馬署簾幃。三聲雲磬傳公會，一押花名退内扉。典故尚存書目在，館規殊覺課文稀。至尊會御經筵請，考古須嚴步履非。

其　四

閣試年來較昔疏，莫因寬政負居諸。俸薪未薄仍民力，筆札頻來出尚書。敢仗唐虞學稷契，可安出入愧輪輿。長吟終日能何補，詩賦爲官老蠹魚。

其　五

從來閣揖先諸賢，近日朝忝亦偶然。禮義自由吴黨出，銜門舊在六官前。直房地接頻開閣，石砌人横亂藉氈。傳語朝廷尊兩制，慎毋鳥扇議先鞭。

其　六

本以學書當作官，食貧夙昔已心安。莫將金馬侏儒羨，試看郊犧文繡難。絶塞鼎鐘争矢石，荒廬風雨有饑寒。堂餐請罷猶人耳，一飽當知亦素餐。

其　七

西房旦旦呼號書，我讀何書此生虚。敬一亭前巢鳥遍，五雲深處霽月初。何年風俗開虎觀，合有中庸授横渠。大業自然同古今，脉望前身原蠹魚。

其　八

烽煙百戰一身餘，燕楚三千鴻雁疏。五世宗彝才弱稚，幾家楂櫝尚丘墟。秋山落木驚霜露，夕照長逵戒馬輿。南望江鄉雲不盡，閑原處處采新蔬。

秋懷九首

淺雨薄風下北州，悄然天地入深秋。近南日氣斜城郭，向晚笳聲早戍樓。久客夜來青玉簟，内家馬上紫貂裘。江關千里看明月，不聽空砧也著愁。

其　二

虛窗照日動明光，清爽朝來薄試裳。昨夜亭前風落木，一秋花下雨餘香。鶴鳴別館歌鐘静，簾卷斜暉午磬將。疲馬溯煙過玉水，綾紋還指大東牆。

其　三

爛星初月散微涼，帝里曾傳夜渡梁。天上有河開烏道，人間無鵲到江鄉。戍衣自下聞砧淚，旅食猶行乞巧觴。獨坐漏聲渾不寐，誰能擁夢背燈光。

其　四

歲粟京營水一灣，青齊十二敵函關。休誇東漢帝銅馬，早策南陽掃黑山。百戰聲靈今盡狎，四方流徙幾時還。須知此地連淮楚，莫放烽煙近洞蠻。

其　五

土田頒錫舊勞人，千里畿疆無一民。丁壯那能溝壑盡，棗梨遥望濟河新。循良渤海仍書考,名籍南陽漸欲真。剜上觸邪空有字,圖中鴻雁屬誰陳。

其　六

昆明未息長圍騎,督府新馳減□疏。斯地中原當吭慎,若曹解散豈樵漁。輒收精鋭金刀慮,悉罷州兵典午疏。玉石萬方須有策,可容豹虎縱丘墟。

其　七

禁城宫館一灰飛,西苑湖亭净夕暉。山上啼禽松柏黯,橋邊哀湍芰荷稀。環莊勝事誇宫監,遊舸風光委石磯。遥望粧樓同歲月,千秋誰念是和非。

其　八

大河以北近京畿,昨歲荒涼客解衣。疲騎穿城白晝静,春林巢鳥路人稀。黄沙古道吹風雪,蔓草寒廬閉棘扉。漢帝於今尊卜式,柏梁應笑露臺非。

其　九

盛朝啓運由天授,大德酬勞洽比鄰。障塞九邊宜將帥,金繒間歲尚和親。繭絲行力愁空抒,虎吻嚅膏易噬人。吴楚一家撫臂語,誰推高帝有深仁。

送郭裕九奉使江南

閟宫左個尊文母,玉殿龍章錫寵榮。劉媪亦緣天子貴,叔孫仍載奉常旌。黄花驛路和香擁,秋水橈歌送月明。應念東南民力竭,老羸扶杖可勝情。

送李澹河奉使山西

登歌燔璧饗明堂，大禮推恩降八方。文母頌詩兼魯國，周公賜帝本成王。綸音春起蒿萊色，諫草圖回鴻雁章。還語三河友側子，能知仁孝也悽愴。

出西華門往增壽寺四首

春絨攬轡玉河東，靄靄雲深閣道松。此地木天存故事，當年先達有流風。聖人特詔臨雍禮，海内初傳新政功。疲馬莫教塵裹暮，即防金灶侍齊宫。

其　二

新移三院駐南薰，長日春風近聖君。緩變雍容趨右掖，流香縹緲望紅雲。明經未敢榮車馬，顧問殊慚讀典墳。願祝萬年常有道，敬從初服贊憂勸。

其　三

天街小雨净飛塵，十里煙廬曉氣新。出郭名花競載酒，沿河古木自生春。共傳禮榮尊天子，可許冠裳親萬民。京國自關風教首，謳歌早晚遍江濱。

其　四

金門兩歲一諸生，經國文章愧此名。真欲讀書學稷契，且將避世免奉迎。疏鐘晝永風煙定，垂柳春深雨露輕。敢道河汾皆將相，千秋絶學共修明。

題灤州張公入鄉賢

莫謂斯民無直道，百年俎豆尚黌宫。循吏有傳吾宫史，凋敝如斯事可風。故國河山時代隔，名賢歌哭古今同。寄言畿内諸君子，一拜先生庭下松。

贈陳太宰

走馬門前却復回，澹雲斜日黯燕臺。風霾迷晝非天意，霖雨爲誰應節來。斯道廢興關氣數，達人悲憫有深懷。近西關塞才千里，悵望龍旌日幾回。

壽李固山

聖道大開瀛海東，從龍帷幄屬元戎。河山漢世諸侯表，燕喜周詩六月中。家木神仙指樹姓，系緣帝子以軍功。自依故國占喬木，訪道無煩河上公。

壽范世兄

海上三山近帝鄉，翩翩裘馬擁仙郎。功成虎旅泰帷幄，家本龍圖佐廟廊。聞樂遥瞻青鳥降，趨庭還振彩衣香。心知孝友慚張仲，清酒無能侑雅章。

壽范中堂

天造皇輿啓聖人，三朝佐命降生申。彤庭武事兼文事，蕙幄親臣作世臣。功勒河山同永戴，光依日月共長春。臨軒正爾詢黄髮，仁壽應知躋兆民。

壽王綏五年兄伯母

聞道蓬萊東海東，即今西母屬王公。萱庭偕老眉雙白，玉署新恩綵獨紅。魚鮓無勞千里寄，葛覃猶見二南風。扳輿何日迎花下，願附中堂一拜中。

壽張方納年伯母

百二河山古帝鄉，天鍾間氣降西王。教成先後俱公甫，名出翁姑許穆姜。聖代新綸隆館閣，故園燕喜奏清商。讀君昨日陳情表，欲賦由庚績難章。

送郝雪海巡蜀

事道由來號苦辛，聖皇深念一方民。知君槐署留清譽，謂此霜臺有至仁。曉露平原鴻漸集。秋風大壑虎來馴。西征不用裘貂賜，持斧於今能活人。

送何玉水

昨日聞君新上書，却從邸報讀全疏。自將全力爲天下，且向邊陲見緒餘。關塞萬山西北近，瘡痍滿目勞來初。爲言天子方親政，風雨常隨御史車。

送楊似公巡粤東

便殿躬乘天語諄，臨軒手付粤東民，正逢闢國初將命，且喜過門一拜親。萬里海荒新雨露，一身忠孝先鄉鄰。絲綸世業君家事，館閣於今屬直臣。

壽青藜伯母七十

西曹宿鵲遍庭槐，春向萱花香處來。清署自無遺鮓累，歡顔一爲活人開。宫中文母新恩降，海上西王紫氣回。幾歲宗盟終奕奕，慚無火棗佐霞杯。

喜　雨

枕簟微涼欲向晨，夢回初覺雨來真。滄江夜静魚龍變，禁苑春回草木新。望裹雲帆過海嶽，澤中曙色遍臣民。一官所望惟年歲，遥指東菑慰客貧。

送别熊次侯

風静天高落木悲,輕車羸馬望南馳。槐深玉署曾聯轡,夕照師門憶共戹。近日文章誰與語,别來期許慎相思。經過倘遇真英俊,莫惜音書報我知。

送吴匡左南歸

華旌畫舫御河湄,遥憶高堂有遠思。奉詔親迎爲借菽,到門抱子蔚含飴。官程幰葆明花繞,水驛笙歌錦纜移。此去風光春氣接,晴川樓上試新詩。

壽周世垓年伯雙壽

小陽春過日初長,南極遥連寶婺光。夫婦齊眉同上壽,兒孫滿眼佐行觴。雲璈海上來仙樂,青鳥庭前舞素裳。陸地神仙人世樂,何誇騎鶴白雲鄉。

送王篤休守荆州

曉雲霏霏近小春,遥聞五馬指江津。中原一道舟車會,蜀地重關虎豹馴。萬井煙寒城郭古,興朝風動草菜新。峴山北望碑猶在。幸憶當年叔子仁。

寄元初上人

青松數里入雲峰,憶宿穹隆深翠中。三川茗香初穀雨,一湖春水滿帆風。飯僧時見鳴禽下,説偈微聞午磬通。聞道新年過海上,可曾飛錫訪天童。

瑞光寺塔在蘇州

城中高塔上垂雲,湖水山煙動夕曛。古寺佛光留瑞氣,先朝御製有碑文。櫂歌委折吴江路,鈴響清泠歸鳥群。久客獨登絶頂處,手拈故事作新聞。

韋祠海棠

城東載酒趨朝暉，才過花朝半欲飛。樹是年深枝獨蚤，花因名重折應稀。佳筵久就能無醉，明月初來各自歸。門鼓數聲催過馬，香塵滿路撲春衣。

憶汪冶夫

孤舟煙雨蕩春湖，子昔吹笙我鼓竽。半載各忘身是客，一江誰料越如吴。去家無處先門卒，笑野終朝隊酒壚。寄語山雲秋色好，喁喁四海望吾徒。

館中秋暑

緑槐深榻暑初輕，天半流雲雨欲成。直史下傳公座免，東房才見午餐盛。敝衫露頂人相對，簾影茗香爲不群。稍喜朝廷薄禮法，生徒枕藉遍檐楹。

寄姜匯思三首

三年出入五雲深，對榻憂天共苦吟。近代文章誰補衮，斯時驄馬若爲霖。歌風醉月曾相許，説劍論兵已自任。關塞半天千里寄，頻將好事慰同心。

其　二

澄清風昔擬埋輪，攬轡而行詔命新。時是開天今更始，道當救世汝其人。瘡痍未起干戈後，部落交參騏驥鄰。自古安邊惟省事，當令絶塞識皇仁。

其　三

寒沙露浥雁飛秋，玉勒青轡狐白裘。持斧代行天子出，當關互市遠人柔。豺狼膽落聞封事,輿從風清速置郵。撫掌舒懷應獨笑,還思西顧有深憂。

送張在兹給舍還洛

冬郊風定麥苗晴,古道遥遠車馬輕。買酒典衣君尚卧,題詩呵筆愧爲情。春來河嶽流雲動,路入鄉關芳草生。應念君親俱屬望,還期何獨慰良朋。

送戴紫杓計部楚州

棘舍一鳴空冀北,分司千里榷淮東。中原鱗集舟車會,軍國征需會計功。廟口潮聞酬願鼓,湖西春入報花風。盛朝自不求難得,應念寒廬杼軸空。

送黄原含廣文

欲雪欲風天未分,蕭蕭裘馬趁春雲。一人有道方與學。四海無虞正右文。西漢生徒兼作述,初唐將相半河汾。宫前茂草休嫌寂,堂上三鱣會報君。

范世兄鄉薦

上相鴻勳勒景鐘,鳳毛初試健秋風。恭逢聖主修文日,首出親臣射策中。四海人心觀禮樂,一家世業起岐豐。龍圖父子當年盛,何似三朝佐命功。

壽黄樵雲年伯

聖皇初政四方同,高士順年山水中。自欲鳴琴懷太古,偶司飲酒列簧宫。詩書已付兒孫讀,姓字才於花鳥通。佇見臨雍詢舊典,蒲輪何日到申公。

贈錢永思

深堂垂柳俯閑原，幾歲春風聽鳥喧。世事遂成今古異，故人才有二三存。客中相見混如昨，別後多懷未可言。且喜君來逢我憶，莫辭一醉倒清尊。

天津宿

白雲天漢動深秋，長纜微風送遠舟。海口隔煙潮夜入，人家夾岸水中流。江河萬里初爲客，花草常隨未解愁。新月滿船燈火靜，連聲鼓吹徹高樓。

天　津

控海臨河樹鎮城，東流瀛渤擁神京。魚監一道供南流，秔稻千帆餉禁營。雨久灘深歌曉棹，潮來岸沿泣秋耕。撫軍初罷弛防汛，澱口於今尚宿兵。

壽林母八十

□長元從隆萬前，先朝猶及太平年。六新帝歷乾坤老，三易親鄰姓氏傳。幾處宦游渾似古，一身健在亦成仙。含飴更見孫生子，共羨靈椿歲八千。

賦得春宵一刻值千金

駒隙百年來日短，春光九十夜平分。海棠深院愁羸馬，淡月天空怯點雲。戎索漏寒綃帳靜，玉笙風度竹窗聞。還思此夕當何夕，夢覺開頭自在君。

壽徐繩東年伯

山中有相愛吾廬，身載經綸侶澤漁。自駕鹿車忘歲月，不將魚鮓累詩書。雙眉未白真偕老，三釜初榮供燕譽。孝友侯誰張仲在，尊鱸稍已近秋初。

女 史

風流天種更疑天，多與人情少與緣。爲惜名花頻夢到，最傷好事半愁牽。癡當絶處猶嫌淺，想入躬時已近禪。誰道英雄饒勁概，解從兒女覓些憐。

喜周汝登表弟至

良朋聚合猶興感，何況天涯得弟兄。兵火十年驚汝在，風煙數月滯吾行。僅將離亂燈前憶，細點詩歌别後情。好月未來當自醉，寒光歷歷倚窗生。

屺思堂詩集　五言絶句

漂母祠二首

淮陰未遇日，窮坐釣江濱。却笑蕭丞相，先輸一婦人。

其　二

長日卧垂綸，爲謀不及身。可憐溝壑畔，將相許多人。

曉　發

中年能起蚤，久客得心多。風露惜人慣，車騎指路訛。

報國寺松二首

行人每來往，孤松常獨閑。從來託意遠，不必在深山。

其　二

幾歲忘風雨，一身存古今。朝來遊賞者，誰定是知心。

贈衣廿六日朱房師見予紗衣解齊肩相贈

京燕窮北地，十月尚輕紗。將雪人情感，小春天氣賒。

乞巧詩

風俗常隨節，情懷舊信天。巢瓜聊自適，不敢向星前。

屺思堂詩集　七言絶句

晚泊姑蘇

露涼風細月中天，夾岸春燈照客眠。幾處曲樓歌不徹，聲聲都到枕頭邊。

客　燕

正向燕中聽立秋，江天烽火可能收。遥知今夜空閨裏，明月應爲報客愁。

寄　書

片紙家書萬里心，知君忠信特相尋。一杯手奉非無意，山水前途念好音。

雪　堂

四壁冷冷畫雪圖，到來應有古心俱。未知堂上登臨者，得似當年二客無。

富池有吴甘寧祠

初日滄江宿雨醒，亂山無數一峰青。錦帆宫館灰飛盡，幾點寒鴉送客舲。

夜　泊

暗雨飛飛入夜降，江流活活上虚窗。小孤山下潮初到，欲送愁心過九江。

花園鋪俗傳尚書詹同所治

舊有園亭列石茵，尚書曾此樂芳春。即今花草都無在，何況當時遊賞人。

避兵者

細雨吹風亂草隈，携家荷擔自相催。分明子弟皆思治，盡道驍騎四面來。

親　誕

酌酒前庭歌笑闃，老親率饕亦歡然。座中盡羡添籌好，予意躊躇更惜年。

屠　蘇

夜合屠蘇漬井泉，曉來斟酒餉新年。杯中勸汝還須盡，昨歲才過栗烈天。

美人攬鏡四首爲楊湄作

初日今妝向小窗，一春嬌性爲誰降。兒家國士曾蒙許，不信人間竟有雙。

其　二

覺來語笑盡能真，汝亦何人敢效顰。昨夜梅花階上影，要知香處是精神。

其　三

曉妝才罷綰方看,後影仍持小鏡窺。獨起徘徊翻自妒,問郎何處得名姬。

其　四

側身小立觶春衫,纖指拈花試鬢邊。不是向他頻問好,總伊妍處是儂妍。

青　桃

暖雨吹風花落時,離離青子暗盈枝。恰如十五江南女,羞臉難紅頭自垂。

京師元夕五首

懸火溶溶遍酒壚,春遊幾處響笙竽。新來京國頻相問,得似當年歌舞無。

其　二

尋常秉燭展春韶,歌吹煙花況此宵。無賴遊兒真倚醉,分明欲認暮爲朝。

其　三

禁城夜柝數更樓,燈市沉沉月似秋。疑有仙橋雲裏度,風吹玉笛落涼州。

其　四

携光遥照夜泠泠,響屧輕聲出翠軿。步步笑香橋上去,正陽樓下試捫釘。

其　五

年華頻歲十新春，兒女心情喜信神。燈燭夜深深拜了，自懷明鏡聽東鄰。

西苑湖

雨作西山春水生，傍湖新柳囀流鶯。行人馬上過橋去，想見江南歌櫂聲。

壽邵國楚

古松謖謖立寒原，幾載煙霜自沃根。天與人間多日月，春來還見老龍孫。

曉出右掖

春風走馬掖門還，十里長陸廬井閑。遥望城中雙塔寺，如同煙靄在西山。

送義聚還彭澤二首

訪道何心竟訪燕，自知朝市勝林泉。郎今已悟真機透，事事分别俱是禪。

其　二

芒鞋萬里溯江濱，遥憶匡廬望故人。愧我尚有甘五斗，誰爲送過虎溪津。

寄畫茹山大侄

燕楚三千兩百餘，曾無一物佐家書。畫中寄汝江南意，日向茅齋意遠居。

黄　花

黄花幾點使秋新，莫做西風不是春，心眼即今心豁處，雨餘山氣倍宜人。

賀范中堂世兄鄉薦二首

聖代崇文始鎬京，宗臣封策冠群英。喜當制藝開科目，正藉元功配盛名。

其　二

帝謂蘇環真有子，父稱陳紀固難兄。洛陽年少兼才美，會有新書上治平。

見嵩山二首

策馬西趨禁院還，宫牆一道見嵩山。數聲啼鳥悲長日，不見寒雲繞樹間。

其　二

山前宫殿插雲懸，勝事傳聞宣德年。隔苑風吹花日落，空留高樹滿蒼煙。

閨　情

青窗風入篆煙飛，沉水頻灰寶鴨微。知是佳人臨鏡曉，榻前薰罷紫綃衣。

二月十二日

竹窗漠漠春光半，茜帳溶溶花事重。要是東風貪結子，頻來芳樹舞飛紅。

七夕三首

笑問銀河汝郎媒，多人間别耐人懷。一年一夕才能此，吩咐啼烏曉莫催。

其　二

相望相思無了日，今年今夕較如何。天孫白分終無老，歲月殷勤勝織梭。

其　三

人世一年天一日，雙星何處有仳離。想應一帶銀河影，只抵閨中小户幃。

附録一　四庫全書總目提要·屺思堂文集

國朝劉子壯撰。子壯字克猷，黄岡人。明崇禎庚午舉人，困公車者幾二十年，至順治己丑，乃進士第一人及第，授翰林院修撰。子壯制藝，與熊伯龍齊名。雄厚排奡，淩轢一切；其詩古文亦以氣勝，然精華果鋭，已銷耗於八比之中。又年僅四十四而卒，未能於登第之後，復殫心於古學，純以天資用事，往往或失之粗豪。二其翼者兩其足，予之角者去其齒，固亦事理之恒耳。是編爲其孫永錫等所刻，《壽序》《賀序》，連篇累牘，而獨不載其《對策》，恐所拾掇亦未必子壯意也。

附録二　清代鄂東狀元劉子壯家世考述

劉子壯(1609—1653),《清史列傳》有傳,曰:劉子壯,字克猷,湖北黄岡縣人,順治六年一甲一名進士,授國史館修撰。廷對策萬言,略謂二帝三王治本於道,道本於心,講學爲明心之要,修身爲齊家、治國、平天下之本。一時爲士林傳誦。八年,充會試同考官。尋告歸。九年卒,年四十四。子壯博綜群籍,精製舉文,雄厚排奡,淩轢一切。詩古文亦以氣勝。子壯九歲失恃,每念母輒爲孺子泣,遂以屺思名其堂。性端恪,旦晝所爲,夜必焚香以告,數十年如一日,所著有《屺思堂集》①。

《清史列傳》所言劉子壯的生平事迹大略無誤。結合《屺思堂文集序》《屺思堂詩集序》等文獻資料,筆者對《清史列傳》所未提及的內容加以補充,對劉子壯的身世粗略加以厘清。稚川應爲劉子壯的號,《湖北文徵》和《晚晴簃詩匯》中劉子壯的小傳都爲"號稚川",《清人別集總目》亦爲"號稚川"②。《屺思堂文集》和《屺思堂詩集》③在注明撰者時,亦都爲"黄岡稚川劉子壯著";清代金德嘉爲《屺思堂文集》作序,稱爲"黄岡劉太史稚川"。康熙初年湖廣提學道蔣永修《屺思堂文集序》中也稱"稚川劉太史"。劉子壯爲清代第三位狀元,清代湖北第一個狀元。《四庫全書總目提要》説:"明崇禎庚午舉人,困公車者幾二十年,至順治己丑乃進士第一人及第,授翰林院修撰。"洊升學士。因其"翰林院修撰"的身份,所以亦稱"劉太史"。劉子壯詩文俱佳,尤

① 王鍾翰校注《清史列傳》卷七十《文苑傳》,中華書局,1987 年,第 5715 頁。

② 楊忠主編《清人別集總目》,安徽教育出版社,2001 年,第 513 頁。

③ 《屺思堂文集》和《屺思堂詩集》見於《四庫存目叢書》第 216 册,齊魯書社,1997 年。本文部分引用資料出自《屺思堂文集》中的《家譜傳略》一文,後面出自該文的引用資料,如果在正文中已有説明來源的,不再注明出處。

以時文著稱。“國初楚文大家，首推稚川劉太史。”“劉子壯制藝與熊伯龍齊名，雄厚排奡，淩轢一切。”“太史與鐘陵熊公並起，領袖藝苑，鐘陵以八家矩矱名天下。而太史網羅渟蓄，固燦然西京也。”因此當時被世人稱爲“熊劉”，此外，劉子壯、熊伯龍、韓菼、李光地被稱爲順康制藝“四大家”。

劉子壯“原配張先卒，繼曹，侍讀學士曹公本榮姑也”。其子“孫茂甫二齡”，劉子壯卒。“曹夫人拊孫茂成立”，劉孫茂字質廬，“安陸府學訓導”。今天所存見的劉子壯的《屺思堂文集》八卷和《屺思堂詩集》一卷，即由其子“孫茂裒輯”而成。劉子壯有孫“永賜、純賜”[①]。

劉子壯在黄岡的居住地，因時亂，十年之間，從武昌到淋山河，至團風，幾經變遷。據劉子壯《屺思堂文集》中《十八日又書》一文，文曰：“乙亥（明崇禎八年，1635 年）避亂，居武昌，已無書室，丁丑（明崇禎十年，1637 年）營居江洲（即是堵城鎮雅淡洲），竹椽而已，可讀書，然猶足居友朋。花竹數處，可飲。癸未（明崇禎十六年，1643 年）之變，蕩然無存，葺茅爲覆，風雨不蔽，客至坐瓜棚下，婦子屏息不能出。後至乙酉（清順治二年，1645 年），奔走淋山河，借寓人家，不爲其地所容。往親戚家，求舍苟安，輒爲所侮。雖心甚不甘，然亦安之。”[②]癸未之變，劉子壯家族及鄉里之人房屋家園盡毁，之後，里中之人重新選址團風鎮（今團風縣），重建家園，劉子壯有《復團風鎮序》一文，可以佐證。[③]

劉子壯的先世居住在“江西清江”（今江西樟樹市）。“大司徒式，其先世也。”“越元迄明，世次莫考”。劉子壯的先人，依據現有的資料可考證的是明初“大司空欽，與解學士縉善”，解縉，“明代三大才子”之一，著名學者，明代第二位内閣首輔。由此可知劉子壯先人曾任朝廷命官。大司空欽建造了一座步雲樓，在其中讀書，解縉有詩贈予他。今天，詩歌已經散佚不可考。大司空欽以下，由於“家祠毁亡”，

---

① 《湖北文徵》中金德嘉的《劉修撰子壯傳》第六卷，湖北省人民政府文史研究室，湖北省博物館編著，湖北人民出版社，2000 年，第 707 頁。

② 劉子壯《屺思堂文集》卷之八中《十八日又書》，《四庫存目叢書》，齊魯書社，1997 年，第 216 册。

③ 劉子壯《屺思堂文集》卷之四中《復團風鎮序》。

可知的爲性吾公,"其籍識名於墓碑上"[①]。性吾公有一子大中,即劉子壯六世祖。

本文考述的家世,以劉子壯親自所寫《家譜傳略》以及《文昌閣死難序文並辭》等文章爲主要原始資料,結合參照其他的史料,從劉子壯的六世祖起,下至劉子壯兄弟輩止。

六世祖大中公

六世祖大中,爲性吾公之子。大中或者是大雲,號吾一中或吾一雲。居住在江西清江城東,所營造的房屋皆"峻敞",院牆和城牆的高度一致,所以鄉里之人,稱呼他爲"城牆劉氏"。"皆世以貲名於里",結合劉子壯在《家譜傳略》中多次提及先人"行辰、澧、荆、漢間",由此或可推測,劉子壯六世祖大中是以做貨物轉運爲業的。六世祖大中有三子,長子自貴,次子自衡,三子自重。三子皆子承父業。自貴和自衡皆早喪。六世祖大中後來"去城,居蛟湖"。蛟湖,今江西鄱陽湖邊上一口湖泊。

五世祖自貴公

自貴公,六世祖大中公之子。"娶程氏,無子。妾生子",爲竹亭公。在竹亭公年少時,自貴公喪亡。五世祖自重公有子八人。

曾祖父竹亭公

曾祖父竹亭公,妾所生。在其父大中公早喪以後,寄養在他叔父自衡家,不久,自衡又喪,大概竹亭公還沒有成年,又寄養在其叔父自重家。竹亭公是南雍國子生。"爲人長身豐碩,意豁落,輕財,好交遊"。竹亭公在居所處建造了一座亭子,在亭子的周圍栽種了數千株竹子,還引進流水,環繞其中。自己題寫亭子的名字爲"竹亭",並且自號"竹亭公"。"里之人與四方來至者,燕止其中"。里,是一級行政區劃的名稱。清光緒八年的《黄岡縣志》載,黄岡縣行政區劃爲 9 個

---

① 劉子壯《屺思堂文集》卷之七中《家譜傳略》。

鄉，鄉下轄 76 個志。竹亭公喜好寫詩作賦，有“贈序、傳、賦、記、詩、歌、詞、曲盈册”。劉子壯在兒時還能背誦曾祖父竹亭公的一首詩，題爲《聶雙江豹》：“亭外一溪，流水亭前；幾個篔簹，檀板輕尊；追賞清風，皓月徜徉。”[①]竹亭公的文册最初由其兒子小亭公，即劉子壯的叔祖父保留，後來傳給他的兒子允大，即劉子壯的叔父，允大後將文册歸給了劉子壯家。遺憾的是文册在癸未之亂時，被焚燒亡佚了。劉子壯在《十八日又書》重新提起癸未之亂給他的家族造成的災難，説“癸未之變，蕩然無存”。癸未年，爲明崇禎十六年（1643）。癸未之變，指癸未年，張獻忠攻陷黄州府和武昌府，張獻忠的軍隊“從鴨蛋洲渡”[②]，大肆屠殺之事。竹亭公有五子，與妻子余氏所生二子，即是長子國綱，邑諸生。中子國喆。國喆即是劉子壯的祖父少亭公。與妾夏氏所生一子，即次子國光。另外還有國政和國定。竹亭公後隨其子國喆（少亭公）遷至黄岡團江，即是今天的湖北黄岡市團風縣。“以壽終，葬於城西北五十里慕義鄉”。明代時的慕義鄉在邾城鎮郊，邾城，即今黄岡市黄州區堵城鎮禹王城。其慕義鄉的鄉名取自《續瓦屑壩考》中“以幕義效忠於當時”的“幕義”二字，表現了移民者尚德的傳統。據筆者目前所見文獻資料，竹亭公以及其子少亭公都安葬在慕義鄉，這可作爲劉子壯家世在明代從江西遷居湖北黄岡的一個輔證。

伯祖父國光

國光，竹亭公次子。“竹亭公遊揚州，納夏氏女，生子國光。爲縣吏，長身、美須，善談論，好酒色。”當時，縣令“委計事至京”，國光“盡縻其貲”。計事，即由縣令長在年終將該縣户口、墾田、錢穀、刑獄狀況等，編制爲計簿，呈送郡國。國光辦理此事不得力。“令怒，縶之”，並且按照當時的法律，要對宗族中其他的人進行懲罰，“以法中諸宗族”。“時竹亭公爲國子生，在南雍。子國綱（國光的哥哥）邑諸生，令

① ［清］劉子壯《屺思堂文集》卷之七中《家譜傳略》。

② ［清］計六奇《明季北略》卷十九“崇禎十六年癸未”中有“遺聞載賊從鴨蛋洲渡，武昌知縣鄒逢吉死之。而《史略》則云從煤炭洲渡，未知孰是”。結合劉子壯的《家譜傳略》以及《文昌閣死難序文並辭》的記載，可確定應是從“從鴨蛋洲渡”。

弗敢取。取自重諸孫。”自重諸孫皆受笞刑。

祖父少亭公國喆

少亭公國喆,竹亭公中子。“仁厚不欺人,人皆推爲長者,目不識權衡,人亦莫有欺之者。”權衡,爲稱量物體輕重的器具。《史記》中有“平權衡,正度量,調輕重。”由少亭公“目不識權衡”,或許可以推測,少亭公識字不多。少亭公是劉子壯的家世中,第一個由江西遷居到湖北黄岡的人。劉子壯《家譜傳略》記載了少亭公遷居黄岡的原因:少亭公“少時與里人戲,其人怒,夜唆其妻縊楣上。旦日,率其徒譟與家。是時,國法重死,公不能白,故嘗從竹亭公督課澧、漢。遂以家趨楚,始居黄州之黄岡。”待這件事情平息之後,少亭公又想回到江西清江,但是原來的房屋已經毀壞,在重建房屋時,僕人挖出了黄金。少亭公“知爲先人藏”,没有告訴其弟小亭公,“弟小亭怒”,兄弟之間産生了矛盾。少亭公“又以是復趨黄,居團江”。少亭公“數避禍”,家道日益中落。雖努力重振家業,但是没有成功。少亭公“雖貧,意氣落落。每夕必置酒,自爲歡”。少亭公雖識字不多,但喜歡結交讀書人,讓里中士人教授子孫向學。“里中士人相遇,輒具食,出其子文以質先”,劉子壯在《家譜傳略》説自已後來的舉業上的成功與少亭公的提倡讀書是分不開的。《家譜傳略》曰壯“則公之遺也”。少亭公“老而亦健”,他的幾個兒子長大成人,各有所長,“家復饒”。老年的少亭公“無日不宴”。“年七十而卒”,葬在城西慕義鄉,“竹亭公之東二里許”。少亭公妻周氏,有子五人,皆“周氏出也”。長子紹聖,次子紹賢,次子紹祥,次紹熙和紹伊。

伯父紹聖

紹聖,少亭公長子。字正子。“爲人頎偉,高顴,無須”,“少從叔父小亭公遊泮,常落拓不羈,性直倨,常忤人。”中年未有子,母親周氏命他“納媵”,紹聖“乃爲具召親故、鄉党,取弟之子,拜于祖考而子之”。紹聖的嗣子爲子俊,是其弟紹賢與妻崔氏所生。中年後的紹聖性格發生了變化,“性勤慎,夜户必親。雖寢,必起。”紹聖作爲家中長子,對弟弟及子侄們要求很嚴格。“諸弟已成人,少不率,即捶之”。常常諄諄告誡曰:“先世積累,其後不克守爲戒。”劉子壯少時曾聽聞伯父紹聖的幾則箴言:學則庶人之子爲公卿,不學則公卿之子爲庶人;貧賤生勤儉,勤儉生富貴,富貴生驕奢,驕奢生淫欲;嘗將有日思無日,莫把無時似有時。“此言雖俚,可以垂戒,嚴諭類此。”紹聖年六十六而卒,從母葬。嗣子子俊,邑庠生;有子二,“孫芝,郡庠生;孫蕙,邑庠生”。

生父紹賢

紹賢,少亭公次子。據劉子壯《家譜傳略》曰:“本生考諱紹賢,號養吾,娶崔氏,生子子俊,黄岡縣邑庠生,爲伯父後;繼娶單氏,生子壯,後叔父家,女一;繼娶鄧氏,生子子偁,江夏縣生員,早卒。”由此可知,劉子壯生父是紹賢,養父是叔父紹祥。劉子壯在十六歲時,生父紹賢卒。由於在生母單氏亡後,就抱養在叔父紹祥家裏的緣故,劉子壯感慨“時年亦不小矣,而不能詳知我府君之行也”。在《家譜傳略》中所記載的生父紹賢的事迹,是聽聞長輩所述而留存下來的。紹賢仁厚,謙和。“里之人識與不識,未嘗不和顔色,交善。”其兄紹聖性躁而易怒。當紹聖“視諸弟嚴,小失意,輒捶之”時,紹賢“必齊顔爲解曰:‘弟稚,宜子勞;毋貽老母憂。’即兄疾怒而立解”。紹賢“以爲先業之喪,自兄弟失睦”。因此,非常注重兄弟之間的團結。紹賢爲了重新振作祖先的事業,“越洞庭,躡天柱,與崆蠻爲市,益振先業。”“所致嘗累數千金,與兄弟共業,終其身不渝。”紹賢亦樂善好施,“宗族來歸,必留贍之,視其才,予之資,爲生業。”“貧不能振者,輒數貸之,即不償,未嘗倦,歲終,率焚券不能償者。”紹賢年五十而卒,“卒之時,里之人歎息於閭,親故知識悲泣于堂,兄弟宗族哀慟於室。”有子三人,但“本宗未有主”,長子子俊,爲伯父紹聖後;次子子壯爲叔父紹祥嗣子;子偁死於癸未之亂,早卒。癸未之亂的第二年,子偁之子又早殤。

叔父紹祥

紹祥,少亭公次子。劉子壯的叔父,也是養父。鼎力支持兄長紹賢“睦兄弟，事父母，爲復先業”。“娶同邑長者林氏女，生子數不育，視諸兄子如己子，林氏與諸姒姆如姊妹，亦視其子如己子。”劉子壯的生母單氏“尤與母(指劉子壯的養母林氏)善，戊午(明神宗萬曆四十六年，，1618年)生母亡，乃從母久，所生子輒殤”，此時，劉子壯只有九歲，尚幼。於是，劉子壯就由叔父一家撫養。叔父紹祥“與諸兄弟而出入沅、澧”，重振祖先的事業。當歸家後，就教育子侄，“凡行止卧坐，必以禮。每登涉、宴飲、祭祀、悲喜無不訓誡。或有所見，引述古先得失興敗示鑒”。“指美善可傳法，勸誨痛切，雖觸人所忌，未嘗退焉”。紹祥亦好讀書，“暇即讀書，諸稗史不釋手，誦説始末”。

叔父紹熙、紹伊

紹熙，字文敬，少亭公第四子，劉子壯的叔父。由於其父少亭公喜好交結里中士人，紹熙受其父影響，也喜好詩書文字，並且紹熙指導劉子壯學習，可謂是劉子壯年幼時的塾師。劉子壯《家譜傳略》曰："叔父文敬私淑諸君，以教小子壯。"紹熙死於明末癸未年張獻忠攻陷黄州之亂。劉子壯在《文昌閣死難序文並辭》一文中，痛悼在癸未之亂中，因守戰而死難的親友及鄉鄰。曰："自守令奔避洲者，咸遯。而諸君子益堅，無敢離越，有與賊間者，輒磔之。""吾家之臂，先叔父殞于水，家之亡者十七；友鄰之亡者十五；僕妾以百數，而洲中不可算計者矣。"在該文中，劉子壯又説："其以水殉者，余叔父劉文敬諱紹熙也。"[①]少亭公第五子，紹伊，字君敬。在癸未之亂後不久，因爲傷心過度，"其以悲傷而終者，叔父君敬諱紹伊"以及劉子壯的父親紹賢。

兄子俊，弟子偁

子俊，字克章。紹賢長子，母崔氏，伯父紹聖的嗣子。劉子壯之兄。黄岡縣邑庠生。癸未之亂後，"其以悲傷而終者，……兄克章諱子俊。"子偁，劉子壯之弟。紹賢第三子，母鄧氏。江夏縣生員。癸未之亂中喪生。"其登舟復歸迎母不得者，余弟子宣、子偁、元則、子儼

---

① 劉子壯《屺思堂文集》卷之七中《文昌閣死難序文並辭》。

也。”劉子壯《家譜傳略》中說“(紹賢)生子子偁,江夏縣生員,早卒”,子偁“生子覺殤”。

從上述對劉子壯家世的考述可以得出以下幾點結論,一是劉子壯家族有“尚文”的優良傳統家風。其先祖欽公作步雲樓,讀書其中,與解縉之間有詩作唱酬。曾祖竹亭公營建“竹亭”,以文會友。有詩集賦册集留世。祖父少亭公雖不識文字,但交接“里中士人”,劉子壯的“叔父文敬私淑諸君,以教小子壯。則公之遺也。”二是劉子壯的家世從曾祖到其父輩,大都以“貲貨”爲業,家道有盛有衰。祖父少亭公因“兄弟不睦”等原因,在明代從江西蛟湖遷至黄岡,家道衰落,至其子輩,“家復饒”。尤其劉子壯的生身父親紹賢,“所致嘗累數千金”,但輕財好施,注重兄弟之間和妯娌之間的團結。經“癸未之亂”,家道中落。三是劉子壯的生活環境應分兩個階段來考察,一是十六歲之前,即是“癸未之亂”(指公元 1643 年,張獻忠攻陷黄州)之前,生活優越。雖其生母早卒,寄養在叔父紹祥家,由於叔父及養母“視如己出”,《十八日又書》:“凡人身不可使之嬌。嬌者,驕也。而衰至矣。予自幼賴先人,生事頗饒,又蚤有名,遭時之盛,非輿不出,非肉不食。侍從數人,巾箑未嘗離側。夏月,侍者中夜未息。秋冬近寒,圍爐浮白。置别業頗廣,兼植樹護池觀花鳥之樂,然意嘗恨,未爲足。”“癸未之亂”後,劉子壯的生父悲傷過度而死,“諸父伯兄没,弟侄五六人孤弱,拊而訓之。婚娶成禮,雖亂離不苟也。”“癸未之亂”造成了劉子壯家族在黄岡數次遷徙,家道漸至衰落。

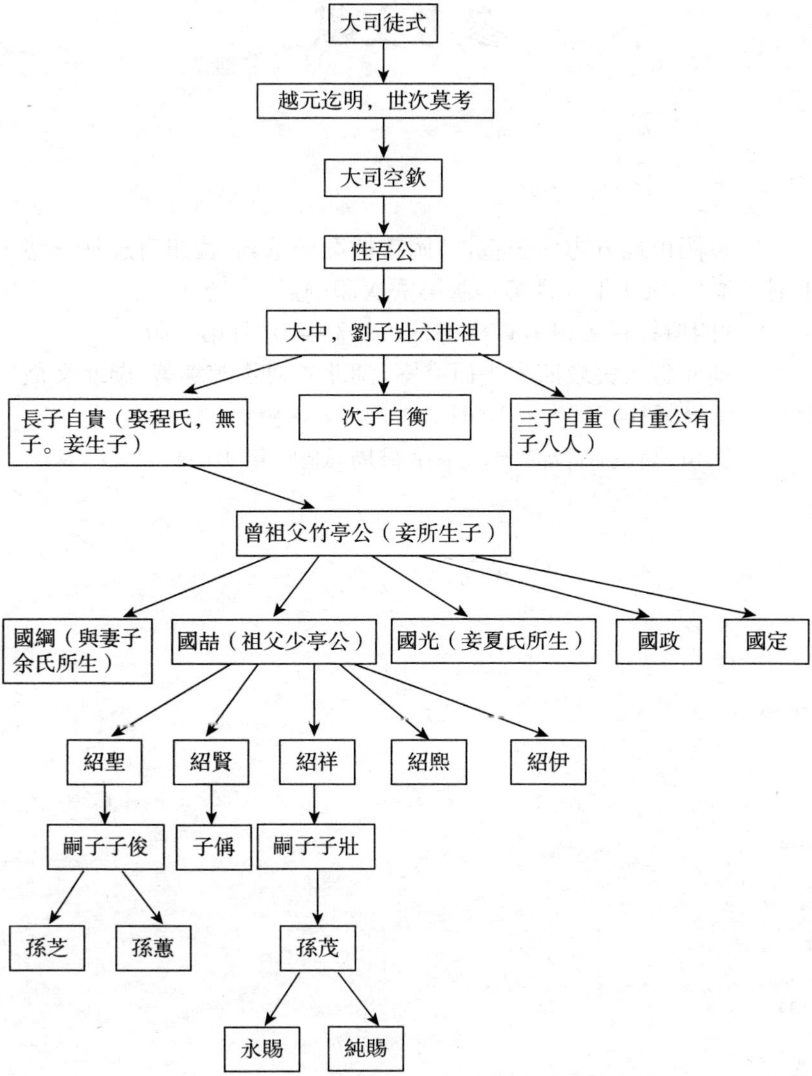
大司徒式
越元迄明，世次莫考
大司空欽
性吾公
大中，劉子壯六世祖
長子自貴（娶程氏，無子。妾生子）
次子自衡
三子自重（自重公有子八人）
曾祖父竹亭公（妾所生子）
國綱（與妻子余氏所生）
國喆（祖父少亭公）
國光（妾夏氏所生）
國政
國定
紹聖
紹賢
紹祥
紹熙
紹伊
嗣子子俊
子偁
嗣子子壯
孫芝
孫蕙
孫茂
永賜
純賜

劉子壯家族世系圖

參考文獻

1. 黄岡市地方志辦公室,黄岡市檔案局重刊《黄州府志》(光緒十年刻印本),2009 年 8 月第一版第一次印刷。

2.《四庫存目叢書》,齊魯書社,1997 年 10 月第一版。

3. 湖北省人民政府文史研究室,湖北省博物館編著《湖北文徵》,湖北人民出版社,2000 年 10 月。

4. 徐世昌《晚晴簃詩匯》,中華書局,1990 年 10 月。

楊際泰婦兒科

（清）楊際泰 著
楊瑰瑰 點校
南東求 審訂
主編 王利民

鳳凰出版社

圖書在版編目（CIP）數據

楊際泰婦兒科 / (清) 楊際泰著 ; 楊瑰瑰點校 ; 南東求審訂. -- 南京 : 鳳凰出版社, 2019.11
(鄂東文獻叢書 / 王利民主編)
ISBN 978-7-5506-3054-3

Ⅰ. ①楊… Ⅱ. ①楊… ②楊… ③南… Ⅲ. ①中醫婦科學－中國－清代②中醫兒科學－中國－清代 Ⅳ. ①R271.1②R272

中國版本圖書館CIP數據核字(2019)第246653號

書　　名	楊際泰婦兒科
著　　者	(清)楊際泰 著　楊瑰瑰 點校　南東求 審訂
主　　編	王利民
責任編輯	王　劍
出版發行	鳳凰出版社(原江蘇古籍出版社) 發行部電話025-83223462
出版社地址	南京市中央路165號,郵編:210009
出版社網址	http://www.fhcbs.com
照　　排	南京凱建圖文有限公司
印　　刷	金壇古籍印刷廠有限公司 江蘇省金壇市晨風路186號,郵編:213200
開　　本	890×1240毫米　1/32
印　　張	169.375
字　　數	3136千字
版　　次	2019年11月第1版　2019年11月第1次印刷
標準書號	ISBN 978-7-5506-3054-3
定　　價	1980.00圓(全九册)

(本書凡印裝錯誤可向承印廠調换,電話:0519-82338389)

序

王利民　方　正

一

本《叢書》是黄岡師範學院文學院從事鄂東文化研究的成果之一，是一套爲鄂東傳統文化研究提供基本材料的專題叢書。“鄂东文獻”，顧名思義，其範圍涵蓋了湖北東部地區的歷史文獻，其中多數是明清兩代文人的詩文集。

“鄂東”一詞在清代以前的典籍中並不常見。羅泌《路史》卷二十六《國名記三》説：“鄂東，熊渠中子紅封之。《世本》。今興國軍永興有故鄂城。《寰宇記》：“州西北百八十鄂王城，鄂人事鄂王神。”漢鄂縣本隸武昌，故《九州記》云：‘鄂國，今之武昌，東鄂也。’”“東鄂”一詞在古籍中倒是更爲常見。宋薛季宣《樊口見鄭崇陽不遇》有云：“島嶼西陵開罨畫，湖山東鄂洗新裝。”《樊山春望》有云：“東鄂城東安樂宫，李花練絢玉玲瓏。”《二同舍賦鄂城篇見和，文高格古，端不可及，而仙尉王文措辭侈甚，可以參諸臺符羽檄間，復次元韻戲酬》有云：“吴楚争桑如有頃，東鄂幾人全首領。”宋代的東鄂指的是武昌（今鄂州），與南陽的西鄂相對應。歐陽忞《輿地廣記》卷二十七説：“武昌縣，故楚之東鄂也。”《湖廣通志》卷三説：“南陽有西鄂。稱西，所以别於東鄂也。東鄂，武昌也。”

清同光之際，鄂東地區成爲捻軍活動的區域，因而“鄂東”一詞常見於文獻之中。如《曾文正公年譜》卷十一説：“東路任賴一股盤旋於安陸之境，劉銘傳等追剿，賊竄向鄂東一帶。”《李文忠公奏稿》卷十一《行抵歸德通籌調度摺》説：“曾國荃二十九日函稱，鄂軍追賊，悉已西

至棗陽,頃調回東路黄麻堵勦,未知能否趕及,是鄂東空虚實甚。"繼而,"鄂東"也出現於晚清文人的詩作中。如王柏心《百柱堂全集》卷二十七《九日寄漁叟》詩云:"去歲重陽節,黄花滿鄂東。"清末民初,"鄂東"概念爲地理類書籍所採用。劉錦藻《清續文獻通考》卷三百十七《輿地考》十三説:"廣濟縣南七十里之武穴鎮,外江内湖,介鄂贛二省,實鄂東咽喉。"

今天"鄂東"作爲一個地理概念,源自民國時期的行政區劃。民國初年,湖北分爲鄂東、鄂北、鄂西三道。鄂東道轄武昌、壽昌、嘉魚、蒲圻、咸寧、崇陽、通山、通城、大冶、興國、漢陽、夏口、漢川、黄陂、孝感、沔陽、黄岡、黄安、黄梅、蘄春、蘄水、麻城、羅田、廣濟、安陸、隨縣、雲夢、應山、應城等二十九縣。民國二十七年(1938),湖北省第二行政督察專區轄黄岡、蘄水、蘄春、廣濟、黄梅、英山、羅田、麻城、黄安、黄陂、禮山等十一縣。民國二十八年,二區專署改稱鄂東行署。1941年,黄岡縣抗日民主政府及豫鄂邊區行政公署鄂東辦事處成立,次年改爲鄂東行政專員公署。

現在的"鄂東"指的是湖北省東部地區。狹義而言,主要指黄岡地區。如湖北省政協文史和學習委員會等編撰的《黄岡文化簡史》基於行文方便和約定俗成,把"黄岡地域"與"鄂東"視爲基本相同的概念。廣義來説,以行政區劃爲基礎來劃分的鄂東地域包括武漢、黄岡、鄂州、黄石、咸寧等行政區。本叢書取廣義之説,在文獻的選擇上則以黄岡地域文人的著述爲重心。

二

湖北歷史上的三大人文重鎮是春秋戰國時期的荆州,東漢三國時期的襄陽,明代鄂東的黄州府。隋唐以前,湖北的文化重心位於荆州、襄陽地區,而鄂東屬於邊緣地帶。清人顧祖禹在《湖廣方輿紀要序》中説:"湖廣之形勝在武昌乎?在襄陽乎?抑在荆州乎?曰:以天下言之則重在襄陽,以東南言之則重在武昌,以湖廣言之則重在荆州。"從地緣政治的角度來看,從西周到北宋,中國的中央政府主要建在北方,都城主要在西安—洛陽—開封一綫,荆州和襄陽得此地緣之利，成爲湖北的區域中心。宋代以後鄂州（今武昌）地位上升，成爲湖北的重心，但其行政中心的地位並未確立。到了元代，鄂州成爲湖廣行省的治所，才全面確立大區域中心城市的地位。1281 年，原來遷移至湖南潭州的湖廣行省治所又遷回鄂州，於是鄂州正式成爲湖北的行政中心，這使得湖廣形成以鄂東爲重心的基本格局。

宋元之世，蘄、黄二州分治，宋代蘄州、黄州屬淮南西路，其治所在壽州，今安徽鳳台；元代蘄州路、黄州路屬河南江北行省，其治所在汴梁，今河南開封。宋元二代，蘄、黄均處於所在省的偏遠地帶，遠離其行政中心，故王葆心先生説："宋、元之交，吾蘄黄以邊儌，文化榛蕪。"在元代，黄州府逐漸發展爲上等州府，其人口數、進士數、書院數、《湖北通志・藝文志》及《補遺》中的著作者人數均占湖北省首席。

朱明代興，湖廣進入了"以東南言之，則重在武昌"的時代，武昌成爲區域内的政治經濟文化中心，鄂東毗鄰武昌，一變其兩千年來的不利地位，獲得區位優勢。明代是鄂東傳統文化最爲繁榮的時期，但明代初期和中期文化繁榮程度遠不如明代後期，這與漢口的地位有關。漢口是明清時期湖北最大的市鎮，居天下"四大名鎮"之首，在明中葉由漢水改道而興起。漢口處長江漢水交匯處，順江而東，可達安徽、江西、江蘇、浙江；循大江而南，過洞庭，入沅湘，可通兩廣、雲南、貴州；溯江而上可通巴蜀；溯漢水而上，可入宛洛，此所謂"九省通衢"。鄂東五水，倒水、舉水、巴水、浠水、蘄水，均發源於大别山，流經東北部山地、中部丘陵、西南部平原，垂直注入長江，與漢口相聯，在鄂東形成了類似現在的"高速交通網絡"。在以人力與畜力爲主要動力的時代，水上交通最爲重要。鄂東五水與漢口相連，北達黄陂、黄安、麻城、羅田，中達黄岡、蘄水，南達蘄州、黄梅、廣濟。"貨到漢口活"，鄂東的農産品可以暢銷天下。明代中期漢口的興盛推動了鄂東外銷型農業的發展，從而帶動了科舉的極大成功與文化的大發展。

三

鄂東文化肇始於原始社會，形成於戰國到秦漢，發展於隋、唐、宋、元，鼎盛於明清，轉化於晚清民國，代有奇峰。唐宋時期是鄂東文

化開始彰顯的時期。唐時,慧能居黄梅東山寺,師從弘忍,禪宗大興於天下。杜牧爲黄州刺史,創作 30 多篇詩文,赤壁戰場,折戟沉沙,詩留千古;岐亭古鎮,杏花村酒,香飄四野。從宋代開始,鄂東地區儒學與文學開始勃興。理學大師程顥、程頤兄弟即出生於黄陂。北宋前期,有不少朝廷的逐臣被"安置"於鄂東。王禹偁謫黄州,詠懷月波樓,新建小竹樓,氣節文章,照臨此邦。蘇軾居黄州,二賦一詞,江山多嬌,黄州成爲世界名城。蘇轍攬勝快哉亭,與東坡聯袂西山,流風遺韻,稱快世俗。秦觀來黄州謁見東坡,贊龍丘子,題雙松,清風皓月,相與忘形。黄庭堅居武昌,遊樊山,追懷東坡道人,應和萬壑松風。張耒三居黄州,與黄州的江西詩派詩人潘大臨、何覬曳杖漫步,詩酒唱和。蘄州人林敏功、林敏修兄弟和夏倪也列名江西詩派。洪芻、韓駒曾來黄州任職,饒節曾至蘄春白岩寺問道。詩人彙聚,遂使黄州成爲詩壇重鎮。元代黄州則出了當時第一流的散曲大家滕賓,其人有《玉霄集》,《太和正音譜》稱"滕玉霄之詞,如碧漢閑雲"。

明清時期,鄂東人文飆升泉湧,王士性《廣志鐸》卷四説:"毋論士大夫,即女郎多有能詩文者,如周元孚、董夫人輩。"當明弘治、正德年間,黄州王廷陳著有《夢澤集》,其人與李夢陽、何景明並稱"海内三才"。武昌興國人吴國倫與李攀龍、王世貞、謝榛、宗臣、梁有譽、徐中行並稱"後七子",著有《甔甀洞稿》《甔甀續稿》《藏甲岩稿》《吴川樓集》《續吴川樓集》等。嘉靖時,黄州許潮所作《太和元氣記》由二十四種雜劇組成,裁制新異,詞調爾雅。明萬曆年間,李贄僑寓麻城、黄安,撰有《焚書》《續焚書》《藏書》《解老》《莊子解》等驚世之作,在文學上提出"童心説",評點《水滸傳》《西廂記》《幽閨記》《浣紗記》等小説、戲劇作品,所輯評的《坡仙集》獨得蘇東坡一生神髓。麻城女詩人毛鈺所作詩歌被同邑名士丘坦編爲《文貞集》,其詩如金珠翡翠,珊瑚瑪瑙,黄童白叟,入目即知其寶。明末,麻城劉侗撰有《帝京景物略》,文字幽雅雋潔,體現了竟陵派的文風。

清代鄂東文學承繼明代遺緒,文風鼎盛。黄州遺民詩人杜濬,詩文自辟町畦,睥睨一世,尤精於五律,有《變雅堂遺集》。蘄州顧景星詩文雄贍,《四庫全書總目提要》稱其爲"一時之霸才"。黄州劉子壯是順治六年的狀元,也是清朝開國文豪之一,著有《屺思堂文集》《屺思堂詩集》等，他與同科榜眼熊伯龍並稱“熊劉”，又與康熙朝的韓菼、李光地並稱“順康四大家”。康熙年間，黄陂王澤宏著有《鶴嶺山人詩集》，所作和平安雅，不失臺閣氣象，當時名流王士禛、姜宸英、洪昇等都曾點定其詩。廣濟金德嘉是康熙二十一年的會元，著有《居業齋文集》等，《四庫全書總目提要》説：“德嘉晚年鍵户著書，時同郡顧景星、張仁熙、劉醇驥往往追摹秦漢，宗尚王李，咎歸有光爲秀善婉媚。德嘉獨不爲高論，力摹韓歐，雖其閎肆博贍遜於國初前輩，而先民榘矱仿佛猶存。”張仁熙著有《藕灣全集》等，其詩多悲苦之音，大旨宗尚李夢陽、王世貞、李攀龍。劉醇驥著有《芝在堂集》等，《古今圖書集成·理學彙編·文學典》稱其“文章高雅典重，一時文士無不知有劉千里者，得其傳記、碑銘，莫不以爲美。”蘄水陳沆是嘉慶二十四年的狀元，名列清代律賦四大家、試帖詩七大家，著有《簡學齋詩存》《簡學齋詩刪》《詩比興箋》《館課試律存》等。

明清時期，鄂东詩人文士多如繁星。據我們統計，《湖北通志·藝文志》别集部分共載明清鄂東地區作者1400餘位，占别集部分所載明清湖北作者數的77%；共載明清鄂東地區文人别集1600餘部，占别集部分所載明清湖北文人别集數的80%。我們統計時所定義的鄂東地區包括安陸府、德安府的東部，以及漢陽府、黄州府及武昌府的全部。根據各府作家數量排序，鄂東地區所涉及的五個府分别位列第一(黄州府)、第二(漢陽府)、第三(武昌府)、第五(德安府)和第六(安陸府)。從文人數量及其作品數量上看，明清時期鄂東地區表現突出，是當時湖北文人的中心聚集區。

四

除唐宋元明時期以外，湖北人才的出現還有兩個高峰，一個是楚國八百年，一個是清末和民國時期。晚清到民國，鄂東出現了一個“人才井噴”現象，産生了一系列大師級人物，如地質學家李四光、哲學家熊十力、政治史兼經濟學家王亞南、語言文字學家黄侃、文藝理論家胡風、詩人聞一多、新儒家的代表人物徐復觀、哲學家湯用彤、方志學家王葆心等，他們都堪稱在某一文化門類領一代風騷的鉅子。

得留學風氣之先是近代鄂東文化繁榮的重要原因。張之洞在《勸學篇》中説:“出洋一年,勝於讀西書五年,此趙營平百聞不如一見之説也。入外國學堂一年,勝於中國學堂三年,此孟子置之莊嶽之説也。”李四光先後留學日本和英國,黄侃、王亞南留學日本,聞一多、湯用彤留學美國,他們是鄂東留學生中的代表,鄂東這一時期的留學生日後大多成爲中國社會各個領域的佼佼者。根據白戰存先生編著《鄂東百年留學生名録》統計,清末湖北留學生共 807 人,而鄂東占 196 人(其中,黄岡縣 38 人、黄安縣 14 人、麻城縣 24 人、羅田縣 23 人、英山縣 15 人、蘄水縣 19 人、蘄春縣 33 人、廣濟縣 24 人、黄梅縣 6 人),數量遥遥領先其他各州府。據《湖北教育史志資料》1985 年第 1 期記載,清末留學生以江蘇、浙江、湖北、湖南、廣東、四川等省爲最多。湖北乃一中部省份,有如此多的留學生到西方發達國家留學,湖廣總督張之洞功不可没,鄂東也是深得其利。

張之洞説:“世運之明晦,人才之盛衰,其表在政,其裏在學。”欲興一地之學,必先整理鄉邦文獻,從而“考文獻而愛舊邦”,達到從小區域中探究大歷史,從鄉邦文獻中發現普遍性的歷史問題,進而“從鄂東看中國,從中國看鄂東”,更好地推動區域社會的發展。

爲了弘揚鄂東地區的優秀傳統文化,黄岡師範學院文學院實施了“鄂東傳統文化研究”項目,《鄂東文獻叢書》是這一項目的重要組成部分。《鄂东文獻叢書》收録範圍:一、古代鄂東人士的著述。所謂鄂東人士指出生在鄂東,或籍貫是鄂東(三世祖以下出生或定居現行政區域屬鄂東境内)者。二、雖非鄂東籍,但久居鄂東,且其主要著述在鄂東完成者的著述。

本《叢書》採用平裝形式,每種著述分裝一册。每種著述的編纂以原有的集子爲基礎,並搜輯同一作者内容相關的作品補充完善,也可以按新的體例編次。編者增輯的内容在前言或文末注明出處,必要時説明理由。本叢書的校勘標點以中華書局總編室 1991 年 10 月擬訂的《古籍校點釋例》(初稿)爲基本依據。每種文獻之前,冠以前言(或整理説明)。前言内容包括:一、本書作者的生平簡歷,主要學術成就;二、本書的基本内容、特點、價值的介紹和評論;三、本書的寫作和成書情況;四、本書的版本源流;五、整理方式:底本的選擇,

校勘所用的本書其他版本,引用參考的主要典籍。前言之後,爲全書篇名目録。與本書相關的重要參考文獻作爲書後附録。附録内容主要包括:一、本書作者傳記、碑傳、行狀;二、有關目録書籍對本書的提要;三、本書的各家序跋、題記。

我們整理出版《鄂東文獻叢書》,既是期望爲文史工作者提供研究古代文化的基本文獻,也希望廣大的文史愛好者通過本《叢書》感受到鄂東優秀傳統文化的魅力。隨著本《叢書》的問世,我們希望鄂東文化傳統的研究和弘揚進入一個更爲繁榮的時期。

前　言

楊際泰(1780—1850),字平階,譜名楊士英,清廣濟縣(今湖北武穴市)人。生於清乾隆四十五年(1780),逝於道光三十年(1850),是清中葉湖北蘄水、蘄州、廣濟、黄梅一帶名醫,爲"鄂東五大名醫"(晋王叔和,宋龐安時,明萬密齋、李時珍)之一。其經歷與李時珍有相似之處,初留意於科舉,因種種因緣,隨父步入杏林,後以畢生精力懸壺濟世,終成一代名醫。其最大貢獻在於,感時世之苦,歷盡艱辛,終於研究出中醫治療鴉片毒癮的方劑。

《醫學述要》一書爲楊際泰晚年著作,約 80 萬字,含内外婦兒各科中醫知識與治療方藥、治病心得。全書"所論頗有見地,説理甚爲熨貼,既有前賢臨床經驗,又有自己獨特見解,是一部較有實用價值的醫學全書"(李今庸《湖北醫學史稿》,湖北科學技術出版社,1993年版)。"醫者父母心",楊際泰雖爲一代名醫,但治病從不以盈利爲目的,常常自己出錢爲患者抓藥,故雖爲名醫,至晚年仍是窮困潦倒。後在親友資助下,將畢生所學、臨證所積,撰成皇皇巨著《醫學述要》,共刻印九套。此九套書,歷經 200 餘年風霜,迄今僅存兩套。一套在湖北省圖書館,幾成"書餅",難以翻閲。另一套藏於武穴民間。武穴市人民政府發現這套醫書後,爲保護此書做了許多工作。黄岡職業技術學院醫藥學院南東求教授,長期從事中醫基礎理論教學和中醫文獻研究工作,得知這一信息後,經過多方努力,獲得原書拍攝電子稿。這裏,要特别誠謝兩位專家學者。一位是原黄岡市委宣傳部副部長、市作家協會主席、文獻專家劉民華先生,親手將電子稿交給李艷生、南東求二位先生,並殷切期望成立課題組,以便點校此書,能讓這部醫書以規範化字早日面世。一位是武穴市民間文藝家協會主席羅與之先生。多年來,他爲調查和保護這部醫書,做了許多不爲人知的細緻工作，並將該書拍攝電子稿交給劉民華先生。黄岡職業技術學院爲使這部醫書能久傳於世，特成立了“《醫學述要》的整理與研究”課題組。立項課題編號爲 2014C2012102，主持人是中醫主任醫師李艷生先生。南東求教授是本課題負責審訂任務的責任人。楊瑰瑰博士有幸參與此書婦兒部分的點校工作，故本書《楊際泰婦兒科》是此課題中的部分成果。

黄岡五大名醫，其他四位名醫著述，均已面世，唯楊際泰作爲名醫，只傳其名，未傳其書。作爲與林則徐一樣在抗毒、禁毒這一領域做出巨大貢獻的名醫楊際泰，他嘔心瀝血的著作却一直淹没無聞。而楊際泰爲了診治鴉片毒癮患者，研製方藥，著書立説，可謂竭畢生之力，傾舉家之財。他不僅自己以身試藥，且家人亦參與其中，竟至終生無嗣。

十九大報告指出：“堅定文化自信，推動社會主義文化繁榮興盛。文化是一個國家、一個民族的靈魂。文化興國運興，文化强民族强。没有高度的文化自信，没有文化的繁榮興盛，就没有中華民族偉大復興。要堅持中國特色社會主義文化發展道路，激發全民族文化創新創造活力，建設社會主義文化强國。”此言甚是。中國的近代史是百年耻辱史，也是中華民族優秀兒女救亡圖存尋找出路的歷史。正因为有數以千萬計的如林則徐、楊際泰這樣的被魯迅先生所稱頌的“民族脊梁”，正因为這些人的無私奉獻，我們的國家才從半殖民地半封建的危亡边缘走向了今天的富强。撫今思昔，令人感慨、感激、感動。

中國傳統醫術的傳播，途徑有二。一是唐代以後設有太醫館，官府教授。二是民間醫學傳播，師徒相傳或父子相傳，很多時候還是秘傳——傳男不傳女，傳裏不傳外，傳長不傳幼。因此，醫術的傳承極爲受限。而楊氏不懼艱難，亦不私藏其術，將畢生所學、五十餘年之行醫經驗，傾注於其著作之中，實在令人敬仰。

《醫學述要》全書分三十六卷。本書是《醫學述要》中的婦科和兒科兩部分。二十六卷、二十七卷是婦科部分，二十八卷、二十九卷是兒科部分。婦科部分，原書有上下兩篇，今從之。原書天頭有批語者，則以“小字”的形式，列於正文中。

書中時用俗字,如“郁金”作“玉金”,“牛膝”作“牛夕”,“山梔”作“山巵”,“枳實”作“只實”,“石膏”作“石羔”,“檳榔”作“兵郎”等,均改爲規範字。

黄岡師範學院文學院博士、副教授 楊瑰瑰

清名醫楊際泰傳略

楊際泰(1780—1850),字平階,譜名楊士英。清廣濟縣(今湖北省黄岡武穴市)人。生於清乾隆四十五年十一月二十二日,卒於道光三十年。是清中葉湖北蘄水(今浠水)、蘄州(今蘄春)、廣濟(今武穴)、黄梅一帶名醫,亦爲“鄂東五大名醫”(晋王叔和,宋龐安時,明萬密齋、李時珍)之一。

父楊少山,據《廣濟縣志》載,是清乾、道年間名醫。楊氏有四子,際泰爲幼子。得際泰時,楊氏已近年邁。晚年得子,更視爲掌上明珠。

際泰幼年,本無心於醫。初習儒業,攻《四書五經》,專心致志,以圖一朝中舉,能光宗耀祖。志載,際泰記憶超群,凡讀經書,多熟記於心,復誦於口,時方圓百餘里,聞其名者,無不敬重。際泰 20 歲前,曾兩赴黄州應試,然均無名於榜。20 歲時,復起應考之念,然因家境窘迫,無力支持,四處求親乞友,籌集考費,竟不幸爲一富家惡犬咬傷。傷口初愈,但考期已過。際泰深感家境困迫,無力支付高額考費,縱有滿腹經綸,亦難步入仕途,遂決然棄儒而繼承父業,懸壺爲醫。

際泰一入醫門,因其學養深厚,且勤奮不倦,日隨父診,夜讀醫書,僅歷九年,醫術大進。其間救治患者無數,其諸多診療事迹,令聞者無不感動,醫名亦漸漸遠揚。

際泰雖未入仕,然儒家“達則兼濟天下”之訓,仍存之於心。作爲一代名醫,他有匡世濟民之志,素懷救死扶傷之心,其憂國憂民之情,使之更用心精研醫術。當時,英國侵略者利用鴉片侵害中國,楊際泰爲診治鴉片之毒,不顧旅途艱辛,曾親赴武漢大煙館,詳細瞭解鴉片毒癮患者吸毒工具、吸毒方法,仔細觀察吸毒者毒癮發作時的各種症狀。爲研究治療方法,又帶愛徒親赴廣東、雲南、福建數省,細心察訪吸食鴉片者各種詳情,四處求教診治戒毒脱癮方法。經反復研究和試驗,終於確定六個處方,並據不同癮發症狀,繼而又配製加減配伍輔助處方七個,同時還採用針刺、灸熏、按摩等各種方法進行輔助治療。

經過長期觀察和臨證實踐,楊際泰對於鴉片毒性的研究與診治,積有豐富的治療經驗。他爲廣大醫者提供了可靠的診治方法,實開祖國醫學治毒戒毒之先河,亦是祖國醫學史上一項重大貢獻。因此,留下"北有楊際泰,南有林則徐"的口碑。與此同時,爲唤起民衆覺醒,楊際泰還特意編寫《告鄉民書》,宣講鴉片毒害之深之大之廣,諄諄勸戒世人,一定要警醒。其愛國愛民之心,憂國憂民之情,可歌可泣。

楊際泰雖爲名醫,然其生平事迹,雖於湖北蕲春、廣濟、黄梅一帶民間流傳甚廣,然於方志史籍中,却記載甚少。現從僅存資料及墓志碑文中得知,楊際泰娶妻三房,原配周氏,年 30 未生子。次娶張氏,生一女,名鳳先,不幸兩歲病折。後娶陳氏,意欲承繼楊氏家嗣,然亦未能得子。際泰赴武漢探究診治鴉片毒癮時,陳氏在家身患重病,待楊際泰歸來時,已無法醫治。一代名醫,一生救死扶傷無數,竟未能親手治癒親人疾病,致使留下終生遺憾。

楊際泰臨證五十餘年,悉心體驗,細心揣摩,積有豐富的臨證經驗,留下大量醫學心得。爲使平生積累的臨證經驗不致失傳,楊際泰於晚年,嘔心瀝血,殫精竭慮,歷經數年之久,著成《醫學述要》,共分 36 卷,20 部,126 門,3406 證,321 法(非藥物療法)。同時,還收載包括膏、丹、丸、散、湯等傳統劑型共 2100 餘藥方。此書於道光十九年(1839)付梓刊行。由於此書卷帙浩繁,且由"親友助資新鎸",其印數甚少,故傳播範圍極其有限。

此書卷首,特爲介紹"醫家四診",强調四診合參的重要性,指出四診中"望而知之謂神,是以目察五色也;聞而知之謂之聖,是以識五音也;問而知之謂之工,是以言察五病也;切而知之謂之巧,是以指别五脉也。四者缺一不可"。四診各有所專,亦各有所長。在"醫學八法"篇首,則對八法逐一詳細論述。提出:"論病之源,以内傷外感四字括之。論病之情,則以寒熱虚實、表裏陰陽八字統之。論病之要,以望聞問切四字貫之。治病之方，則以汗和下消、吐清温補八法盡之。蓋一法之中，八法備焉；八法之中，百法備焉。病變雖多，法歸於一。”於四診、八法之後，楊際泰對癰疽瘍毒瘡癤等外科疾病的病因病機，均作了詳細闡述。同時，還介紹了内消、内託、針灸、圍洗等多種治療方法。這對於中醫臨證有重要的參考和指導價值。

其著作雖未能引起廣泛影響，然亦有其顯著特點：其一，結合前賢許多見解，彙集其父畢生臨證經驗，亦有著者五十餘年臨證心得及其獨特見解，使前賢許多治法，得以不斷發展。其醫理暢明，説理熨貼，治法靈活，方藥衆多，尤其有益於醫學入門者，堪爲入徑要書。其二，從理論至臨證，内容豐富，涉及四診、八綱、八法、藏象、傷寒、温病、瘟疫、内科、雜病、外科、婦兒科、五官科等，使之更具有臨證實用價值。其三，於瘟疫一門，綜合諸家之長，而尤尊清温病學家楊栗山。栗山學説源於金代寒凉派劉完素、明代温病學家吴又可。楊際泰積平生臨證經驗，於其著作中，有關“傷寒”者，專立瘟疫論及春温論章節，詳細闡述。雖繼承前賢學術精華，亦有所發展。其四，保存了大量民間單方驗法，爲後人臨證積累可供借鑒資料。其五，書中尤爲注重健身防病。這一預防思想，雖源於先賢“治未病不治已病”之旨，然亦尤爲可貴。

楊氏著述立説之志，正如此著首序中所説：“平階之樂，樂於濟世活人，非樂於著述也。”醫家以仁心施愛於人，以仁術濟人於世，而以著述立説，明其仁心、傳其仁術也。睹其書，體其心善矣。由此可鑒，楊際泰譽爲一代名醫，堪爲杏林之楷模也。

黄岡職業技術學院醫藥學院教授　南東求

目　録

醫學述要卷之二十六　婦科上 …… 1

醫學述要卷之二十七　婦科下 …… 47

醫學述要卷之二十八　小兒科 …… 94

醫學述要卷之二十九　痘原 …… 144

醫學述要卷之二十六　婦科上

平階楊際泰輯編
受業周文元、查玉品，弟應翥，侄裕儀、裕陞同校

婦人之證與男子同，惟行經胎産與男子異。玆特舉其異者詳述於後，以備參考。

男女盛衰

女子七歲，老陽之數窮於九，女子少陰，故以少陽之數合之。腎氣盛，齒更髮長。腎主骨爲精血之腑。齒者骨之餘，髮者血之餘。二七而天癸至，人身真精，男女皆有。任脉通，太衝脉盛，月事以時下，故有子。衝爲血海，任主胞胎，二經相資，故能有子。經水一月一至，其行有常，故曰經水，亦曰月水，延期則有病。男子衝任脉盛，則上榮而生髭鬚。女子衝任脉盛，則下行而爲月水。三七腎氣平均，故真牙生而長極。牙之最後生者，人身之長至此而止。四七筋骨堅，髮長極，身體盛壯。五七陽明脉衰，面始焦，髮始墮。足陽明之脉起於鼻，交頞中，手陽明脉上頸貫頰，二脉皆榮於面，故面焦髮墮。六七三陽脉衰於上，面皆焦，髮始墮。三陽之脉皆上頭面。七七任脉虚，太衝脉衰少，天癸絶，地道不通，至此而經水斷。故形壞而無子也。女子氣有餘而血不足，以其數脱之也。

丈夫八歲，老陰之數盡於十，男子爲少陽，故以少陰之數合之。腎氣實，髮長齒更。二八腎氣盛，天癸至，精氣溢瀉，陰陽和，故能有子。三八腎氣平均，筋骨勁强，故真牙生而長極。四八筋骨隆盛，肌肉滿壯。五八腎氣衰，髮(墮)齒槁。六八陽氣衰竭於上，面焦，髮鬢斑白。七

八肝氣衰，筋不能動，天癸竭，精少，腎臟衰，形體皆極。八八齒髮去。封①氣已盡。腎主水，受五臟六腑之精而藏之，故五臟乃能瀉。今五臟皆衰，筋骨解墮，天癸盡矣。故髮鬢白，身體重，行步不正，而無子耳。有其年已老而有子者，何也？此其天壽過度，氣脉常通，而腎氣有餘也。此雖有子，男不過盡八八，女不過盡七七，而天地之精氣皆竭矣。

天癸月經之原

先天天癸謂腎間之動氣，乃稟自父母，資其始也。後天經血，謂水穀之所化，得之形成之後，資其生也。《經》曰"女子二七而腎氣盛"，謂腎間動氣盛也。"二七而天癸至"，謂先天癸水之動氣至於女子胞中也。衝爲氣海，任主胞胎。衝任皆起於胞中，所以任脉動，太衝脉盛，月事以時下，故能有子也。

月經天癸辨

諸氏云：父精母血，合而成孕，精先至者成男，血先至者成女。傳頌日久，已是陳言。考《内經・天真篇》云："女子二七而天癸至，任脉通，太衝脉盛，月事以時下，故有子。"又曰："男子二八而天癸至，齒更髮長。"夫男爲陽，得八數而癸至，八爲偶，陽生於陰也。女爲陰，得七數而癸至，七爲奇②。癸至七爲部，陰生於陽也。所謂天癸者，天一生水也。天爲天真之氣，癸爲真陰之精也。男女皆有天癸，則天癸固人身之真精，不待言而自明。天癸至而月事行，非天癸爲月事也。癸至則太衝脉盛，月事乃下也。

《經》曰："兩精相搏謂之神。"《易》曰："男女媾精，萬物化生。"則孕胎本男女真精凝合而成，未嘗以父精母血言也。所謂任脉通者，任脉通於胞中者，男以藏精，女以繫胞。天癸未至，則任脉之竅隧未通。既至則陰精盛而任脉自通。太衝爲血之海，精既盈，血亦盈矣。盛則月事應時而下也。女應太陰之象，月以三旬一盈，精以三旬一至，象

---

① 封，疑當作"腎"。

② 以下原書似有缺。

月盈則虧之義，故曰月事，曰月經，又曰月信，言月有常經而不爽信也。可見月事是月事，天癸是天癸，非天癸即月事也。唯月事既通，則知天癸已至矣。

在男子，天癸既至，豈衝脉獨不盛乎？但衝脉之氣，上營環口而不瀉於下也。女子未孕，則月事如潮汐，應時而行。若已結胚胎，則血注胞胎中，而胚胎藉養，所謂閉經以養胎也。

故妊娠淋漓，則胎失所養，而崩墮將至矣。至既産之後，兒如僱乳，則月事仍行。若自哺者兒從上挹，則水穀之真液不及入心化赤而下降，但從脾胃而爲乳汁矣。由是而推，可見天癸、月事本自兩端，則成孕之神，未可執父精母血爲言也。

月經常異

一月一行，其常也。兩月一行，爲並月。三月一行，爲居經，又爲按季。一年一行，爲避年。一生不行依然受孕，爲暗經。經行而吐血、衄血，上溢妄行者，謂逆經。受孕之後，月月行經而産子者謂垢經。受孕數月，其血忽下而胎不隕謂漏經。

三因

外因。《經》曰："天地温和則經水安静，天寒地凍則經水凝泣，天暑地熱則經水沸溢。卒風暴起則經水波浪而隴起。"[①]六淫之邪入於胞中則損傷衝任。如寒則血凝，熱則血沸，風則血蕩，然波湧而大下，亦猶水之被寒熱風而不得安瀾也。

内因。婦人從人，凡事不得專主，憂思憤怒，鬱氣所傷，故經病因於七情者居多。

不内外因。血者，水穀之精氣也。在男子則化爲精。在女子則化爲血，上爲乳汁，下爲月水。若内傷脾胃，化運失職，飲食減少，血無所生，則經必不調。亦有女子天癸既至，情竇既開，十年無男子合。未十年，思與男子合，與夫經正行時而合，此皆合之非道，亦致不調。

① 波浪，《内經》作"波湧"。

不調則舊血不出，新血誤行。或漬而入骨，或變而成腫。後雖合而難子。或過淫多合，則液竭虚人。或産多乳衆，則血枯殺人。種種不一。

經病有三

一　脾胃虚弱

胃主受納五穀，長養血氣，灌溉臟腑，流行經隧，乃水穀之海，血氣之母也。唯憂愁思慮則傷心。心氣受傷，脾氣失養，鬱氣不通，腐化不行。胃雖能受，而所謂長養灌溉流行者，皆失其令矣。故脾胃虚弱，飲食減少，氣漸耗血漸少，斯有血枯、血閉及血少、色淡、數月一行之病。

一　衝任損傷

肝爲血室，衝任爲血海之系。女子之性，執構偏急，憤怒妒忌，以傷肝氣。肝氣既傷，衝任失守，則血氣妄行。或女子血氣未行而强合，以動其血，他日有難名之狀。或於月事未斷之時，而男子縱欲不已，衝任内傷，血海不固，斯有爲崩爲漏，一月再行、先期而行之病。

一　脂痰凝塞

女子之身，内而腸胃開通，無所阻塞，外而經隧流利，無所凝滯，則血氣和暢，經水應期。爲彼肥碩者，膏脂充滿，元室之户不開；挾痰者痰涎壅滯，血海之波不流，故有過期，或數月而經方行，及爲濁、爲帶、爲經閉、爲無子之病。

血色

血屬陰，從陽化，故其色以正紅爲正。雖有經病亦易治。若色變深紅、紫黑乃熱之徵。或黄如米泔，乃濕化也。淺紅淡白，乃虚象也。更當審其有痰有塊、色黯色明以治之。若黯而紫黑，兼見冷證，多屬寒凝。若明而紫黑，兼見熱證，多屬熱結也。

氣穢

凡血爲熱化，必稠黏臭穢；爲寒所化，必清澈臭腥。若是内潰，則所下之物雜見五色，似乎膿血。若更有穢腐敗氣，且時下不止而多者，是危證也，其命必傾。

男子不可爲父五種

天、犍、漏、怯、變也。天者陽痿不用，古云天痿，宦是也。犍者陽勢閹去，寺人是也。漏者精寒不固，常自遺瀉也。怯者舉而不强，或見敵不與也。變者體兼男女，俗名二形，《晋書》以爲亂氣所生，謂之人痾。其類有三：值男即女、值女即男者，有半月陰半月陽者，有可妻不可夫者。此皆具體而無用者也。

婦人不孕

女子不可爲母者有五：如牝竅内旋爲螺，無竅而實爲鼓，竅小不通爲紋，陰挺屢出爲角，平生經亂爲脉。

三因之邪，傷其衝任之脉，則有月經不調、赤白帶下、經漏經崩等病。或因宿血積於胞中，新血不能成孕。或因胞寒、胞熱，不能攝精成孕。或因體盛痰多，脂膜壅塞滿胞中而不孕。皆當細察其因，按證調治，自能有子也。

調經論

經，常也。一月一行，循乎常道，以象月盈則虧也。經不行則反常，而災症至矣，調之烏容緩乎？夫女子有十二三歲而天癸早至者，十七八歲而天癸不至者，此則生稟，無容調也。其有並月、居經、避年、暗經而無他病者，此奇經之女，亦無容調也。

至若貌雖是女，而其實不可爲母者有五：如牝竅内旋爲螺，無竅而實爲鼓，竅小不通爲紋，陰挺屢出爲角，平生經亂爲脉者，此是生成之異，不必調也。唯是從前經候調匀，及後經脉錯亂，是必見於性偏勞碌之婦也。夫性偏，則愛憎不遂而七情之火易熾；勞碌，則正氣自虚而六淫之邪易侵。其有陽火燎亂者，經則先期而來，血多崩淋不止。其色或紫或黑，或瘀積成塊，或脉數内熱，此火也，實也，非虚也。

若經水後期而來，血少點滴即止。其色或淡或白，或數日不乾，或脉遲腹冷，此虚也，寒也，非火也。果見其婦壯盛，面紅口渴，經前腹痛拒按，是有瘀血也，瘀則宜攻。若面黄羸瘦，髮落肌乾，經後腹痛喜按，是血枯也，枯則宜補。自古名醫皆云，調經者先順其氣。氣行則血行，氣止則血止。有餘者瀉之，不足者補之，偏僻者恕以待之，勞碌者逸以養之。調其五味，調其七情，調其起居，調其湯藥，俟氣血和暢，自然附絡循經，而易於叶孕矣。

調經法

《經》曰："太衝脉盛，月事以時下。"景嶽云："衝爲五臟六腑之海，臟腑之脉皆歸於衝任。"可見衝脉爲月經之本也。然氣血之化，由於水穀。水穀盛則氣血亦盛，水穀衰則氣血亦衰。是水穀之海又在陽明。可見衝脉之血，又總由陽明水穀所化，而陽明胃氣，又爲衝脉之本也。故月經之本，所重在衝脉，所重在胃氣，所重在心脾生化之源耳。

心生血，肝藏血，脾統血。凡傷心、傷肝、傷脾，均能爲經脉之病，而調肝尤其最重者。蓋女子陰性凝結，易於拂鬱，鬱則氣滯血亦滯，木病必防土。《經》曰："二陽手陽明大腸、足陽明胃。之病發心脾，心生血，脾統血，胃爲水穀之海，大腸爲傳送之官，血之所以資生也。二經病，則心脾之精血衰少，故男爲房事不利，女爲月事不下也。有不得隱曲，隱蔽委屈之事。女子不月，言情欲不遂，而病發於心脾也。其傳爲風消。脾病不已，風木乘虚克之，故發熱消瘦也。其傳爲息憤者，心病不已，火邪乘肺，故喘息上奔也。死不治。"又曰："有病胸脅，肺部也。赤滿者，肝病也。妨於食，木邪凌土也。病至則先聞腥臊臭，脾喜芳香，既爲木凌，故聞腥臊。乃肝之旺氣也。出清液，脾虚不能敷化水精也。先唾血，脾傷不能統運營血也。四肢清，陽衰不能旁達四末也。目眩，陽不克而水上溢於經也。時時前後血，陰受傷而血内溢於絡也。病名血枯。内有乾血，血不歸經，而結於胞門也。是調肝固宜先，而脾胃次之，餘則血虚者養之，血熱者凉之，血瘀者通之，氣滯者疏之，氣弱者補之。”明乎此則補脾胃以資血之源，養腎氣以安血之室，調肝木以通血之流，而調經之法庶盡善矣。

調經證治

先期

未及三旬行經，爲先期。其症寒熱虚實皆有，不可概指爲熱。若血下多，深紅而濁，脉數内熱，唇焦口燥，畏熱喜冷，斯爲實熱。宜芩連四物湯、抽薪飲。若血下少，淺淡而清，爲虚熱，宜地皮骨飲、一陰煎。血多無熱者，膠艾四物湯。血多因熱者，芩术四物湯。血多有塊、色紫稠粘者，内有瘀血也，桃紅四物湯。血澀少，其色赤者，乃熱盛滯血也，薑芩四物湯。血少淺淡，乃氣虚不能攝血也，當歸補血湯、聖愈湯。心脾氣虚不固，脉症無火者，大營煎。血多，腎中水火並旺，則子宫大熱，恐有爍乾男精之慮者，清經散、損餘湯。經來止有一二點，腎中火旺水虧者，兩地湯，加味純陰湯。

曾經誤服辛熱暖宫之藥，以致衝任有伏火者，四物湯加知母、黄柏、木通、甘草煎服。更以黄芩五色相雜，或如豆汗，或成血片，衝血脉虚，臍腹冷痛，非時注下，局方龍肝散。

後期

已過三旬行經，爲後期。其症寒熱虚實皆有，不可概指爲寒。經水過期不至，因氣血凝滯脹痛者，過期飲。過期不至，並不脹痛者，乃無血可行，是血虚也，雙和飲、聖愈飲、人參養營湯。過期血熱，陰火内爍，水虧血少燥澀者，加減一陰煎、滋陰八味丸。血寒血少，色多不鮮，或沉黑澀滯，脉遲微細，腹冷，唇淡，口和，喜熱畏寒，大營煎、大温經湯，加桂附、蓽茇、吴萸。過期來多兼虚寒者，温經攝血湯、温帶溢經湯。性急燥，多怒多妒者，氣逆血少也，八珍湯加香附、青皮，兼服蒼莎丸。數月一行，瘦人脾胃弱，血氣虚，十全大補湯；肥人氣血虚，有痰滯者，六君子湯，加川芎、當歸、蒼術、香附、枳殼、生薑，兼服蒼莎導痰丸。

經行發熱

經行發熱，潮熱、時熱之病。若在經前則爲血熱之熱，經後則爲血虛之熱。發熱、時熱，多是外感，須察客邪之熱。午後潮熱，多屬裏熱，當審陰虛之熱也。如風感太陽衛分，發熱有汗，桂枝四物湯。寒感太陽營分，發熱無汗，麻黄四物湯。邪傳少陽，半表半裏，往來寒熱，柴胡四物湯。邪傳陽明，裏熱便結，玉燭散。經來内熱者，地骨皮飲，加黄連。經後發熱者，血虛内熱也，六神湯。脾虛肝熱，逍遥散。元氣素虛，熱有未退者，補陰益氣煎、補中益氣湯。經水忽來忽斷，時痛時止，往來寒熱者，肝氣不舒也，延柴四物湯。發熱經水過多，五心煩熱，日晡潮熱，四物湯加胡黄連。

傷寒熱入血室

婦人傷寒發熱，經水適來，晝日明了，夜則譫語，如見鬼狀，此爲熱入血室。然熱雖入血室，而經仍行不斷，則熱不留結，勿謂譫妄，遂以硝黄攻下，犯其胃氣，以刺傷其營血，宜小柴胡湯和解之。毋汗下，以犯胃及上二焦，且俟其熱隨血去，不須治而自愈。

傷寒發熱至六七日，晝則了了，夜則譫語，如見鬼狀，按其腹則大痛欲死，此因原有宿食未消，適值經來感寒，血裹其食，故成大痛譫語之證，兩消丹、清白飲。

婦人中風七日，續來寒熱，發作有時，經水適斷，此爲熱入血室。其血必結，故使如虐狀。此言邪熱未盡，值經來乘虛入於血室内而潛藏之，故令血結而寒熱如瘧也，未爲全實，小柴胡湯加丹皮、梔子、生地、歸尾、益母草。

婦人中風發熱惡寒，經水適來，得七八日，熱除、脉遲、身凉、胸脅滿如結胸狀、譫語者，此爲熱入血室。適來即斷，邪氣留於胸脅而不去，血結在裏爲實證也，小柴胡湯，加丹皮、梔子、桃仁、紅花、歸尾、益母草、穿山甲。如熱盛神昏，但頭汗出，加大黄，微利之。陽明病，下血譫語，此爲熱入血室，清熱行血湯。

婦人傷寒，表虚自汗，身凉四肢拘急，脉沉而遲，太陽標病，少陰本病。經水適斷，桂枝湯加附子、紅花。

婦人傷寒，汗解表除，熱入血室，擾其榮血，經水過多，不受補益，芍藥甘草湯，加川芎、生地等分，每一兩，煎入髪灰五錢，服。

熱入血室，血結胸膈，海洽散。小腸通利，血結自散，更用桂枝加紅花湯，發其汗則愈。

傷寒頭痛，脉浮，醫反下之。邪氣乘虚襲入於裏，以至經閉不行。心下結梗，口燥舌乾，寒熱往來，狂言見鬼，脉沉而數者，小柴胡湯加大黄、芒硝下之。若脉不沉數，不可下。

若病雖漸愈，但元氣素弱，而熱有未退血未止者，補陰益氣煎。血熱多滯者，小柴胡湯加丹皮、紅花、當歸。

寒入血室

月水不通，繞臍疝痛，此由寒氣客於血室血凝不行也，桂枝桃仁湯。

瘟疫熱入血室

晝則明了，夜則譫語，此疫毒襲入血室之中也，小柴胡湯去人參，加陳皮、丹皮、梔子、黄連、益母草。

胸脅滿如結胸，譫語，寒熱往來如瘧，此疫毒結於血室之中也，增損大柴胡湯，加龜尾、桃仁，穿山甲。

延火上逆心胞、胸中痹痛者，此血結胸也，桂枝紅花湯，加海蛤、桃仁。

春温熱入血室

胸脅脹滿譫語，導熱湯，加味清室湯。

經行身痛

經水者，行氣血，通陰陽，以榮於身者也。氣血盛，陰陽和，則形體通，或外虧衛氣之充養，内乏營血之灌溉，血氣不足，經候欲行身體先痛也。法當分營衛虚實治之。若發熱惡寒，身痛不脹而有汗者，屬衛虚營不足也。若發熱惡寒，身脹痛而無汗者，屬營實衛有餘也。身痛有表症，當按前發熱法治之。身痛無表症者，乃血脉壅阻也，宜疏通經絡，羌桂四物湯。經行後，或血去過多而身痛者，乃血虚不榮也，黄芪建中湯。虚寒者，宜越痛散。

經行腹痛

痛在經前，氣血凝滯也。痛在經後，氣血虚弱也。氣滯血者多脹滿，血滯氣者多疼痛。更當因其凝滯脹滿之故，虚實寒熱之分以治之也。

經行過後腹痛，虚中有滯，八珍湯加木香、甘草、青皮、香附、生薑、大棗。經前脹過與痛者，氣滯其血也，加味烏藥湯。經前痛過於脹者，血凝礙氣也，琥珀散。經水過多、胞受虚寒、過期不行、小腹冷痛者，大温經陽。胞中不虚，惟受風寒爲病，吴茱萸湯。經後去血過多腹痛者，血虚也，當歸建中湯。無熱，八珍。陽有熱，逍遥散。血瘀不行，全滯不虚者，須破其血，通瘀煎。氣逆作痛，全滯不虚者，須順其氣，調經飲、排氣飲。氣虚血滯，無力流行而作痛者，決津煎、五物煎。

經前疼痛數日而後行經，其血多紫黑之塊者，肝氣鬱極而火不能化也，宣鬱調經湯、香草散。若如黑豆汁，四物湯加黄連、黄芩、醋糊丸。紫黑成塊，及行經不止、崩下、漏，固經丸。

經行小腹痛

經水過多、胞受虚寒、小腹冷痛者，大温經湯。經後小腹作痛，腎水涸也。腎涸則水不能生肝，肝必克脾土。土木相争，因之氣逆而作痛也，後調湯，填經止痛丹。

經行臍痛

經前三五日，臍下疼痛，狀如刀刺，寒熱交作，下如黑豆汁者，衝

任寒濕相争也。衝任爲血海,任主胞胎爲血室,經水外出寒濕之氣,彌十二經之外,勢必相争而作痛矣。邪盛正衰,寒氣生濁,下如黑汁者,北方寒水之象也,温臍化濕湯、術桂草元丹。臨經先腰臍痛,甚則腹中亦痛,柴胡丁香湯。痛甚,加元胡、蒲黄、靈芝、良薑。

經多面黄

經水過多,行後復行,面色萎黄,人倦無力者,此血損精散,骨中髓空,不能華於面也,萸術四物湯、芥術補血湯。

經行吐瀉

經行嘔吐,乃胃弱也。吐出食物多,痛者傷食也。嘔出涎飲不痛者,傷飲也。

嘔吐痰水,虚濕也,香砂六君子湯。經來泄瀉,脾虚也,参苓白术散。泄瀉如鴨溏,清澈冷痛,虚寒也,理中湯。肌熱渴瀉者,虚熱也,七味白术散。經前先瀉三日而後行經者,脾虚受濕也,健固湯、術苓固脾飲。每遇經來,必先瀉二三日,脉左關尺弦細如絲,右關小駛而滑者,肝血虚寒,脾胃有伏火也。俟將行作瀉時,朝用理中湯,加黄連,作湯服五六劑;夕用加味八味丸,加紫石英作丸常服。

經行頭痛

每遇行經,輒頭痛氣滿,心下怔忡,飲食減少,肌膚不澤,此痰濕爲患也,二陳湯加當歸、炮薑、肉桂。

經行吐衄崩

經水逆行,上爲吐血、衄血、錯行,下爲崩血者,皆因熱盛也。熱傷陰絡,則下行爲崩;熱傷陽絡,則上行爲吐衄。若去血過多,則熱隨血去,當以補爲主。如血少熱尚未减,雖虚仍當以清爲主也。經前吐衄,因熱壅迫其血者,三黄四物湯。經後吐衄,雖仍有熱,亦不宜瀉,犀角地黄湯。經前一二日,忽然腹痛吐血,乃肝氣逆而不順也,順衄

湯、順肝藏血丹。經前一日，大便出血，由心腎之氣不能照攝，以致經水錯行於大腸也。歸經兩安湯、生地穹歸散。

經行氣痛

經行氣上湊心，心胸攻築脅肋，刺痛，月水不調，正氣天香散。

按季行經

數月一行，每以爲常，無先後多少之異者，此天生仙骨之婦，加以煉形之法，一年之內，便易飛升，原非病也。若誤認爲病，而妄施藥餌，必然成病，倘因嗜欲深而天分損者，宜助仙丹、肝腎雙治湯。

經亂

經來續斷，前後無一定之期，此肝氣鬱結也，定經湯、順經湯、逍遥散。欲念不遂，沉思積鬱，心脾氣結，致傷衝任之源，而腎氣日消，輕則或遲或早，重則漸成枯閉，宜逍遥散。經水忽來忽斷，時痛時止，往來寒熱，此肝氣不舒，延柴四物湯、開結湯。

陰陽兩虛

左尺脉虛弱，或細數者，真陰不足也，六味丸、左歸丸。右尺脉遲軟，或沉細而數欲絶者，命門真陽不足也，八味丸、右歸丸。兩尺微弱，陰陽俱虛者，大補元煎。陰陽兩虛，經脉不調者，益母勝金丹、毓麟珠丸，擇用。諸虛百損，氣血不調，月水前後，結成癥瘕，或骨蒸發熱，四肢無力，七制香附丸、四制香附丸，擇用。

老婦行經

婦人七七之外，天癸已窮。至五六十外忽然行經，或紫塊，或鮮紅，此血崩之漸也。非泄精而動命門之火，必氣鬱而發龍雷之炎，二火發動，血乃奔失，宜安老丹、芪术調經散。

體瘦經少

血虚也，四物湯加人參、香附、甘草。

體肥經少

形體肥盛，經水後期澀少者，氣虚而痰滯於經絡也，六君子湯加當歸、川芎、枳殼、香附。

因怒耳膿

經來之時，因怒發熱，兩耳出膿，兩太陽作痛，乳房脹悶，寒熱往來，小便不利，臍下滿築，此肝氣之逆、火盛血虧也，花枳逍遥散、莫愁湯。

腿麻便秘

氣滯血澀，脉不澀，經不調，或前或後，紫色，口苦，兩大腿外廉麻木，有時癢，生瘡，大便秘滯，二仁丸。

經閉門

月水不通，厚樸不苟多少，薑炙香細切煎濃，空心服，不過三四劑自愈。形實氣盛者宜之，屢試有驗。

調經以理氣爲要，氣不和則血不流，故經閉。其症，或因勞傷心神而血耗者，或因積怒傷肝而血閉者，或因鬱結傷脾而血損者，或因肺氣虚傷而血閉者，或因腎氣傷戕而血竭者，又有胃陽不口而閉者，胃火消津而閉者，或閉久而成血風勞、乾血勞者，凡婦室寡尼，皆有此症。當因人因症，審而治之，庶無誤也矣。

血滯經閉

《石瘕經》曰：石瘕生於胞中，寒氣客於子門。子門閉塞，氣不得通，惡血當瀉不瀉，衃以留止，日以益大，狀如懷子，月事不以時下，皆生於女子，可導而下也。表症多者，吴茱萸湯；裹症多者，琥珀散、通經飲、耳桃煎。

《胞閉經》曰：月事不來者，胞脉閉也。胞脉屬心而絡於胞中。因熱氣上迫於肺而作欬病，肺勞也，三和湯。

因行經時，寒氣自陰户而入，以致經血凝聚，月水不行。其腹漸大，壯盛者半年後，小水長而消矣。若虚弱者，必成腫病。萬氏温經湯，兼服四制香附丸。

血虧經閉

《風消經》曰：二陽之病發於心脾，有不得隱曲之情，女子不月。二陽者，胃也。心脾氣鬱不舒，以致胃病，飲食日少，血無以生。血虚則生内熱，胃熱甚則爍其血，血海乾枯，肌肉羸瘦，如風之消物，其名爲風消。宜玉燭散，泄其胃熱，則經血自行。

息噴者，喘也。若風消而火盛無制，心乘肺金，金氣不行，不能運布水精，留於胸中；精液悉化爲痰，咳嗽不已；日久成勞，傳爲息噴，則不能醫矣。

婦人年未七七，經水先斷，乃心肝脾三經之氣鬱而血閉也，宜溢經湯、續補湯。

血枯經閉

經者，血脉津液之所化。津液既絶，爲熱所爍，肌肉漸瘦，時見渴燥，血海枯竭，名曰血枯經斷。或因過淫精絶，或因産多乳衆傷血，以致証見骨蒸肌熱，面色枯白，兩顴紅赤，懶於飲食，皮乾消瘦，咳嗽頻頻不已，多成虚損之症，四烏鰂骨一藘茹丸。失血多者，人生養營湯。房勞過傷陰血者，六味地黄湯、固陰煎、秘元煎。乳衆傷其血液者，十全大補湯、歸脾湯、壽脾煎。

脾胃久虚，形體瘦弱，氣血俱衰而致斷絶不行；或病中消，胃熱喜食漸瘦，精液不生，補血宜四物湯之類。瀉火宜調胃承氣之類。此治中焦胃熱結也。

或心包絡脉洪數，燥作時見，大便秘澀，小便雖清不利，而閉絶不行，玉燭散之類。此治下焦胞脉熱結也。

或因勞心，心火上行，月事不來，治以芩連及三和之類。此治上焦心肺熱結也。

乾血勞

過三年者不治，用白鴿子一只，取肝腸净，納入血竭，一年者一兩，二年二兩，三年三兩，以針綫縫住，用無灰酒煮數沸，令病人吃之，瘀血即行。如心中慌亂者，食白煮肉一塊，即止。與癆瘵證内此證參看，或黑糖散、三汗煎。

延期未嫁之女，偏房失寵之妾，寡居之婦，庵院之尼，欲動而不能遂，憾憤而不得伸，多有經閉之疾，含羞强忍，不使人知，致成癆瘵之症，終不可救者，宜四制香附丸、參術大補丸、柏子仁丸。

血風勞

經閉久嗽，又見骨蒸潮熱、盜汗自汗、飲食減少之證，則爲血風勞，宜去勞散、消愁湯。或感受風邪，宜人參荆芥散。

經閉吐衄

經水不通，或吐血、衄血、唾血、血腥者，逆行也，四物湯加韭汁、童便。甚則從虚勞例，用巽順丸、烏骨鷄丸。一方用郁金二錢，和韭汁、薑汁、童便服，血自下行。有痰涎，入竹瀝。

胃火爍津

清胃散、玉女煎、升陽益胃煎。

經斷復來

婦人七七之後，天癸不行，地道不通，若止而復來無他症者，血有餘也。不宜用藥止之。若因血熱者，芩心丸、益陰煎。若血去過多，熱隨血去，衝任虚損，其血不固者，十全大補湯、八珍湯。又因怒氣傷肝，肝不藏血，憂思傷脾，脾不攝血，以致經水不斷、淋漓無時者，逍遥散合歸脾湯。若勞傷氣血，衝任虚損者，膠艾四物湯。

經行復止

血少神衰者，柏子仁丸、八珍湯，加益母膏爲丸。月事不來者，胞脉閉也。胞脉屬心而絡胞中。今氣上逼肺，心氣不得下降，故月事不來也。

室女經閉

室女年已及笄，天癸不至，面色不黄，飲食如故，名石女，不在經閉論。室女年幼，經血尚未充，或經來數月復斷，面色不黄，飲食如故，身不熱，名曰歇，亦曰避年，不得謂之災疾，妄用藥餌。若血海乾枯，内熱咳嗽，鬢髮焦而成怯症，爲童勞難治，四物湯加柴胡、黄芩、青蒿。氣血凝結，大黄䗪蟲丸。虚弱不任攻下，澤蘭葉湯，煎服柏子仁丸。面黄肌瘦，身熱不甚，六味丸，去山萸加麥冬，兼進異功散；或益母勝金丹，加牛膝主之。

若其人肝經怒火熾甚者，則頸生瘰癧，或左脅刺痛，更佐以加味逍遥散，及消瘰丸。若其人脾氣虚弱，不能消化飲食，血無從生，更佐以五味異功散。精神倦怠，晡熱内熱，此氣血兩虧，無經可行，八珍湯。面黄肌瘦，身熱爲虚勞，診其肝脉，弦出寸口無際，非藥所能治。急與婚配，自然經行而愈，服加味逍遥散。又經後凝滯，或頭目昏悶，停痰，少食多困，五心虚煩，沉香鱉甲散。或嗽唾中有紅綫，劫勞湯。

尼寡經閉

多屬熱鬱，心志不遂，情志之爲病也。凡調一切婦人經病，不先識此因，不能明情志錯雜難名之狀也。治法當以和肝理脾，開鬱清心，隨症施治，自可收功，切不可與以燥藥。宜加味逍遥散，加香附、澤蘭、丹皮、生地、郁金、黑梔子、黄芩。

經閉臍脹

月經不行，臍下氣脹，上攻欲嘔，不得睡，加減四物湯，或用當歸一兩，穿山甲、蒲黄炒各五錢，辰砂一錢，麝香少許，共爲細末，食前熱酒調下二錢。又繞臍而痛，萬病丸。

娼妓經閉

娼妓本無經閉之理，間或有之，勞也，十全大補湯，肉桂可以用二三錢。

肥人經閉

肥人經閉，肥白者多痰，去痰經自行，二陳湯加芎歸、川連、南星、枳實、生薑、竹瀝。稟厚恣於酒食者，平胃散，加薑汁、炒黄連、歸尾、半夏、薑汁。

經閉汗多

經閉年餘，發熱少食，肌削多汗，而成勞怯者，服芦薈丸，數月自愈。然其汗出，必如蒸籠氣水方可療。蓋經血内閉，止有從皮毛間透出一路，以汗即血之液也。設無汗而血不流，則皮毛槁而死矣，用極苦之藥斂血入内而下通於衝脉，則汗出熱退而經自行，非補藥所能效也。

經閉癥瘕

月經不通癥瘕，腹大如瓮，虚脹雷鳴，四肢沉重，氣短欲死。牛膝一斤，煎汁二碗，茜根汁二碗，同煎如餳，每用三錢酒化服，日二夜一，宿血當下。另積亦治，靈砂散、通經飲。血山崩，兒枕作痛，潛靈散。

經閉結成癥瘕，筋脹大，用馬鞭草根苗五斤，水五斗，煎至一斗，去渣，熬膏，温酒下半匙。

經閉目痛

月經不通三月，忽然眼目紅腫，疼痛如刺，此血壅也。肝開竅於目，經既不通，熱無可洩，不下行而轉上，但其脉必大而有力，或弦而滑，切不可補血以助熱，宜通經以瀉肝，開壅湯、瀉壅湯。

積痰妄語

積痰湯。經不行，夜則妄語，連茱三仁丸。

軀脂滿經閉

導痰湯加川芎、黄連。

痰濕經閉

寒熱往來，口乾頰赤，飲食少，旦暮間欬一二聲。此心經積熱兼有痰濕，用茶調散吐之。次用玉燭散、芎歸湯、三和湯、桂枝白术散之類，涌出痰一二升，下泄水五六行。濕水上下皆去，血氣自然湍流，月事不爲水濕所隔，自依期至矣。

乾血

經閉不利，藏堅癖下，白物不止，中有乾血也。用礬石丸、掌中金丸納陰中，神效，或服血極膏丸，亦神效。

經閉喉腫

女人經水不調，壅塞經脉，致令喉腫，四物湯加牛膝、茺蔚子、香附、桃仁之類，經通，腫自消矣。

月水不通

用鼠糞燒灰，熱酒調服，立通。又茜草一兩，酒煎服，立通。

崩漏

《經》云:"陰虚陽搏謂之崩。"又云:"陽絡傷則血外溢,陰絡傷則血内溢。"又云:"脾統血,肝藏血。"其爲思,因肝脾二經爲多,凡婦人非時血行,淋瀝不止,名曰漏下。經血忽然暴如山崩,名曰崩中。若其色紫黑成塊,腹脇脹痛者屬熱瘀。若日久不止,及去血過多而無塊痛者,多係損傷任衝二經所致。更有憂思傷脾,脾虚不能攝血者;有中氣下陷,不能固血者;有暴露傷肝,肝不藏血而血妄行者。須詳察其因,如法調製,自無不愈。

崩漏過多

崩血漏血去血過多者,宜膠艾四物湯。熱多者,四物湯加知母、黄柏。熱少者,四物湯加荆芥、黄芩。崩中暴下,宜止血防脱,白芷散調百草霜棕櫚灰,或四物湯調十灰散,或香礬散、黑金散。凡荆芥、黄絹、馬尾、松皮、蒲黄、木賊、鯽魚、山甲、檳榔、靈芝、鹿角、枯荷葉、烏梅肉、白梅、龍骨之類,俱可燒灰調服。

血滯

崩血初起脹痛,此屬瘀凝,琥珀散。有火者,三補丸。漏血澀少,此屬血滯,四物湯加香附、桃仁、紅花。

虚脱

崩漏日久,氣血已虧,衝任損傷者,八珍湯、十全大補湯、人生養營湯。陽氣大虚、陰氣不能完固者,四維散。怯寒,嘔泄,崩漏,理中湯。

目黑昏暈

血崩,雙目黑暗,昏暈於地者,血已盡去,僅存一綫之氣耳,宜急補其氣以固之，固本止崩湯、補虛寧血湯、白术補血湯。

老婦血崩

老婦陰精既虧，或因縱欲以致血崩，當歸補血湯加三七末、桑葉。血止後，再加白术五錢、熟地一兩、山藥四錢、麥冬三錢、北味一錢服，三月全愈。又閉血湯，血止後去人參五錢，加熟地一兩，茱萸五錢，麥冬五錢，全愈。又安老丹亦妙。

孕婦血崩

少婦甫受孕三月，或因行房，以致血崩胎墜，此氣衰不能攝血也，固氣湯、膠杜四君湯。

交感失血

月經來時貪歡交感，精衝血管，以致流血不止，宜引精止血湯、截流丹。

婦人每行人道，經水即來，一如血崩，此子宮血海因熱不固也。子宮在胞胎之下，血海在胞胎之上。血海者，衝脉也，寒則血虧，熱則血沸。未行房時，君相二火，寂然不動，血不外泄。及至交接，子宮大開，君火二相，翕然齊動，鼓其精房，而血海之溢，有不可止遏之勢，必須絶欲三月，服清海丸，半年全愈。清火歸經湯亦效。

閃跌血崩

婦人閃跌受傷，以致惡血下衝。其症按之疼痛，久則面色痿黄，形容枯槁。若用補澀之藥，必至瘀血内攻作祟，惟行血去瘀、活血止痛而血自止矣，逐瘀治崩湯、靈龜散血湯。有污血者，用炒靈芝、當歸各二錢，水酒、童便各半盞，煎服。

肝鬱

婦人懷抱甚鬱，口乾作渴、嘔吐吞酸而血下崩者，此肝氣結也，平肝止血湯、舒肝補血湯。肝經血熱，四物湯加柴胡、山梔、丹皮。恚怒傷肝，逍遥散加丹皮、梔子、香附、青皮。

脾虚

思慮傷脾，歸脾湯。脾有鬱火，加山梔。

中氣下陷

補中益氣湯，腹痛加白芍。有熱加黄芩，有寒加肉桂。若咳嗽者，肺熱也，去人參。或舉元煎亦妙。

下血夾水

崩漏，或日水瀉一二次，形氣不甚弱者，調經升陽除濕湯，以風藥勝濕。若形氣虚弱者，宜合補中益氣湯，以補中勝濕。

殺血心痛

崩血心腹痛甚者，乃血滯不散，名曰殺血心痛，由肝脾血虚也。失笑散先定其痛，痛止然後服補藥。補仍不止，當防其滑脱，宜用地榆苦酒煎。若失血過多，心無血養，小腹喜按而下淡色血水者，先用烏鰂骨炒爲末，醋調服，隨服補中益氣湯、歸脾湯。

風入胞門

忽時崩下鮮血者，一味防風丸，金匱旋覆花湯送下。風熱入肝經，崩下發熱，手心灼熱者，一味子芩丸，小建中湯送下。古拜散亦妙。

久崩經滑

七灰散、如聖散。一方用陳棕灰、百草霜、頭髮灰各一兩共爲末，每服一錢，陳酒下。一方：陳棕灰、棉花子灰，黄酒送下即止。一方：喜蛛窠燒灰存性、陳棕灰、血餘灰，服之立止。

一方：香附炒黑二兩，蓮房五枚，燒存性爲細末，空心陳酒下二錢。一方：黄牛角腮煅存性，空心酒服二三錢。虚寒血淡同鹿茸煅服尤效。一方：白馬蹄燒灰酒服。

一方：没藥一錢，硇砂、黄丹各五分研細末，白礬一兩，溶成汁入末攪匀，就成丸如彈子大，每用一丸，新綿裹納陰中立效。

婦人崩漏血何多，貫衆還同米炒和。每服兩錢酒醋下，應知此症自消磨。

漏崩逆症

血崩日久，純下臭黄水，或帶紫黑筋塊、腥穢不堪者，不治。瘀污崩脱，少腹不痛，後變陰户腫突、痛如刀刮者，死。脉遲小虚滑者，生。急疾洪數者，死。

陰崩陽崩

受熱而赤，謂之陽崩。小腹疼痛，膠艾四物湯加黄芩爲君，生薑煎服。受冷而白，謂之陰崩。用醋炒艾葉、鹿角霜、伏龍肝、乾薑，炮黑等分爲末，溶鹿膠爲丸，醋湯下。

虚挾痰血

血崩不止，腹滿如孕，此虚挾痰積污血也，八珍湯合二陳湯，加香附、枳實、砂仁、元胡索煎乾，再入薄荷葉側柏葉湯，再煎服之。或二陳湯加川芎、白术、砂仁，愈後不發，神效。

漏下五色

崩漏不止，或下五色，或赤白不定，或如豆汁，或如豚肝，或下瘀血，臍腹脹痛，頭暈眼花，黄瘦口乾不食，鎮宫丸。一方：地榆二兩，銼碎，醋一升，煮十餘沸，食前稍熱服。

肥人有帶

多有濕痰，用海石、半夏、南星、黄柏、青黛、川芎、蒼术、椿根皮之類。

瘦人有帶

多有濕熱，用黄柏、蛤粉、滑石、川芎、青黛、樗皮之類。

小腹痛

帶下少腹冤結而痛，先以十棗湯下之，次以苦楝丸和之，或加元胡索。

腰背痛

四物湯四兩，加羌活、防風各一兩，煎湯送下，苦楝丸。

崩中血香

血作麝香、當歸香者，心氣已散也。急服人參、靈砂、龍骨等以鎮之。

帶下濁淫辨

帶脉横於腰間，總束諸脉，如束帶之狀，故脉應於關，左右彈也。婦人惡露隨帶而下，故名帶下也。其症，起於風寒濕熱所傷，入於胞中，或中經脉，流入藏府，陰虚陽竭，營氣不升，衛氣下陷，屈滯下焦奇經之分而出也。傷肝經者，色青如泥。傷心經者，色赤如津。傷肺經者，色白如涕。傷脾經者，黄如爛瓜。傷腎經者，黑如衃血。然有從膀胱水道而出者，有從胞宫精道而出者，不可不辨。如濕熱下注，其氣釀於膀胱，出於溺孔，而兼小便不利者，此膀胱白濁病也。如因交接不暢，致精摇而内敗者，或過於縱欲致精滑而不禁者。或帶久淋瀝之物，或臭、或腥穢者①，此胞宫帶病也。若思想無窮，尿竅通利而膠粘之物從精竅出者，乃胞中白淫病也。若似瘡膿則非瘀血所化，是内

① 敗血所化。

癰膿也。此症師妮、寡婦、出嫁之女多，室女、天禀虚弱者，亦間有之。或因六氣七情而致者，各宜審症調治，不可不細心體認。

白帶

婦人下流白物，如涕如唾，終年累月，不能禁止，甚則臭穢，此濕盛火衰，肝鬱脾虚，脾土受傷，濕土之氣下陷，以致脾精不能化爲榮血，變成白滑之物，由陰門直下也，宜完帶湯、束帶湯、補中益氣湯加麥冬、五味。若小便澀痛，色白如泔，或成沙粒，四物五苓各半貼。胎前白帶，宜用斂帶湯。又白帶，以硫磺二兩入豆腐内，先以草鋪鍋底，隨以豆腐安草上，烈火煮至豆腐黑止，研末，白芍紙包濕火煨，等分麪爲丸，燒酒下五分，服五日後，加至一錢。

白帶連綿不絶，兩手脉滑大有力，上熱口乾，眩暈，時嘔酢水，此胸有寒痰也，以瓜蒂散吐出冷痰，次以粥漿養其胃氣。又用導水丸、禹攻散，以瀉其下熱。

白帶如水窈漏中，綿綿不絶，臭穢之氣不可近，面黄食減。病久，服燥補藥，污水轉多，此熱乘太陽經也。用吐藥，以湧其痰，後下污水，再用寒凉之劑清之。

衝任虚寒，帶下純白，治宜温補，白斂丸。

驚憂過甚，昏迷不省人事，口唇舌皆瘡，或至封喉，下部虚脱，白帶如注，或投凉劑，下部疾甚；或投熱劑，熱暈欲絶。此上假熱、下真冷也。急以煎煮大附子九錢爲君，制以薄荷、防風，佐以薑桂、芎歸之屬，水煎，入井冰冷與之，即能熟睡。識火後，宜服歸脾湯，加鹿茸、乾薑。

白帶久下不止，臍腹冷痛，其寒捫之如冰，陰中亦然，目中溜火土壅，視物睍睍無所見，齒皆惡熱飲痛，須得黄連末擦之。其痛乃止，惟喜乾食，大惡湯飲，此寒濕乘其胞内，肝經陰火上溢，腎水浸肝，少陽、陽明經中有伏火也，宜大瀉其寒濕，固真丸主之，補宫丸。

一方：白帶，用鯉魚一尾，去腸留鱗皮，將油發一圈入魚肚内，黄泥固濟，炭火内煅赤，存性去泥，研魚爲末，用一錢陳酒，調烏金散二錢，并服。

赤帶

帶下色紅，似血非血，因心火焚燎者，麥門冬湯，加菖蒲、黄連。或導赤各半汤。因濕熱所化者，清白散加地榆、荆芥、黄芩。濕，加蒼术、白术；滑，加龍骨、牡礪。若憂思傷脾，鬱怒傷肝，脾受肝尅，不能運化，濕熱之氣，藴結於帶脉之間，肝火焚燒，肝血不藏，亦滲入於與帶脉之内，帶因脾傷，約束無力，而濕熱遂隨氣下陷，同血俱下，而似血非血也，宜清肝止淋湯、黄白牛車散。因六淫之邪，入於胞中，吴茱萸湯。

黑帶

帶下黑色，腎氣虚者，六味地黄湯。又黑如墨汁，腹痛面紅，小便時如刀觸，陰門發腫，久則黄瘦，飲食兼人，大渴飲水少快，此命門、膀胱、三焦、胃四火並旺，熬煎碳色也，宜利火湯、清帶湯。

黄帶

帶下色黄而淡者，脾虚也。六君子湯加苡仁，或歸脾湯加柴胡、梔子。若如黄茶濃汁，氣腥，乃任脉濕熱也。任脉不能容水，何以有帶？蓋帶通於任，任脉上走唇齒，唇齒之間，原有不斷之泉，下灌於任，使任脉無熱，則口中津液，盡化爲精，以入於腎；若有熱以存於下焦，則津不化精而化濕，濕與熱合，煎熬而成黄汁矣，退黄湯、解帶利濕湯。若因六淫之邪，入於胞中者，吴茱萸湯加黄芩、梔子。

青帶

帶下色青，肝邪流注也，小柴胡湯加丹皮、梔子，或龍胆瀉肝湯。因怒者，逍遥散、解肝煎。若色青甚如緑豆汁，稠粘不斷，其氣亦腥，肝經濕熱也。茵陳逍遥散、利肝解濕湯。若因六淫之邪入於胞中者，吴茱萸湯，加防風、梔子。

赤白

赤白相兼，宜赤白煎、赤白飲、薑芍散、愈帶湯、雄鷄酒、固下丸、白芷散。若兼腹中痛不飲食羸瘦者，當歸煎丸。形實可攻者，十棗湯、補佑丸、玉燭散。

赤白帶下，久患不瘥，尫悴乏力，六脉微濡，伏龍肝散。患十年者，半月可安。

葵花，白者治白帶，赤者治赤帶。

烏龍尾，即梁上懸塵，炒令煙盡，黑荆芥爲末，茶下。

一方：馬齒莧搗汁五合，鷄子一枚，取白煮熟服。

五色

五色帶下，皆從濕化。若少腹脹痛，污水綿綿，屬濕熱者，導水丸；屬濕寒者，萬安丸。

冷痛

帶下，胞中熱病，乃濕熱也。今胞中冷痛，乃寒濕也，宜四物湯加附子，炮薑、官桂。

久帶

日久傷元已甚者，固陰煎、魚鰾丸、秘元煎。日久滑脱者，四物湯加升麻、柴胡舉之，龍骨、牡礪、赤石脂澀之。

虚滑

心火不静者，清心蓮子飲。心虚無火者，秘元煎。腎虚不禁，濟生固精丸、金鎖思仙丹。火衰，八味丸。脾虚，壽脾煎、苓术兔絲丸。日久虚滑者，參樗丸。

澀痛

帶來澀痛，清心飲、萆薢分清飲、猪苓湯。

白濁

内傷血脉，胞絡受寒，小便白濁，日夜無度，臍腹疼痛，腰膝無力，内金鹿茸丸。積久虚寒白濁，滑數不禁，用鹿角屑爲細末，酒服二錢。又鷄肶胵[1]焙末，酒服二錢。濁隨小便而來，渾濁如泔，由膀胱濕熱也。初起而見熱澀者，大分清飲。初起無火而但窒塞者，小分清飲、五口散。肝經怒火下流，八味逍遥散、龍胆瀉肝湯。若服寒凉利藥太過，以致下焦虚寒不固者，萆薢分清飲。元氣虚寒下陷，壽脾煎、家韭子丸。若胃中濁氣滲入膀胱，二陳湯加白术、倉术、益智仁、升麻、柴胡、甘草、生薑。

白淫

因思想無窮以致膠粘之物出於精道，而溺竅通利者，逍遥散、歸脾湯擇用。若男精不攖，滑而自出者，不須治，精盡自止。身熱口乾，氣塊築痛，下黄水如葵汁，烏金散。

瘀血所化

帶下有因瘀血所化，酌其寒熱虚實，威喜丸、固精丸擇用。或似瘡瘍膿出者，二方可用。

胎前帶下

黄白樗皮丸。

---

① 即鷄内金。

帶久經絶

白下之物，下流不止，血海將枯，津液復亡，宜補經固真湯。

精邪鬼夢

精邪侵犯，鬼夢牽纏，飲食變易，無拘晝夜，遺淋精氣耗消，更有甚於情慾，或時如晤對笑言，喜幽寂而精神恍惚；或無端歌泣，色不變而入夜昏沉，日久肌消骨立，脉時參伍不調，此宿孽前因，五尸纏擾也。宜歸神湯，或用炙鬼法。遺泄不禁，玉關丸、固真丸，或八毒赤丸、燒膪散。

一方：鹿角爲末，三指撮和清酒服，即出鬼精。外以殺鬼雄黄散燒之。

室女帶下

未出女子有三病：一、經水初下，陰中熱，或當風卧或扇風；二、太衝脉盛，氣盛則内熱，以冷水洗之；三、或見丹下驚怖。三者一有所傷，後必帶下之病。凡血海虚寒，外乘風冷，搏結不散，集聚成塊，或成堅瘕，赤白帶下，不問室女、胎前、産後，並宜艾煎丸。

湛濁

耳鳴心燥，腰脚疼重，腹内虚鳴，臍下虚冷，頻下白水如泔，名曰湛濁，二豆散。

帶下三十六疾

《産寶》云：三十六疾者，十二癥、九痛、七害、五傷、三固是也。十二癥：所下之物，一如膏，二如青血，三如紫汁，四如赤皮，五如膿痂，六如豆汁，七如葵羹，八如凝血，九如清血似水，十如米泔，十一如月浣，十二如經度不應期也。九痛：一陰中傷痛，二陰中淋痛，三小腹時痛，四寒冷痛，五月水來腹痛，六氣滿來時足痛，七汗出陰中如虫齧痛，八脇下皮痛，九腰痛。七害：一害食，二害氣，三害冷，四害勞，五害房，六害孕，七害睡。五傷：一竅孔痛，二中寒熱痛，三小腹急牢痛，四藏不仁，五子門不正引腎痛。三固：一月水閉塞不通，其餘二固，文缺不載。

積聚門

五臟氣積名曰積，六腑氣聚名曰聚。《難經》有五積而無六聚，蓋以積爲血病，而聚爲氣病也。故李杲有五積丸方治法。《巢氏病源》載七癥八瘕，但有八瘕名證而無七癥病形。其他方書，亦不概見。大抵以癥爲氣病，而瘕爲血病也。夫病皆起於氣，必氣聚而後血凝，不必過泥於黄青燥血脂狐蛇鱉等名，但以牢固不移、有定處者，爲瘕爲積。推移轉動、忽聚忽散者，爲癥、爲聚可也。故曰癥者癥也，有形可徵也；瘕者，假也，假物成行也。痞者痞悶不通，氣道壅塞也。瘀血者，血瘀腹中，未成堅塊也，蓄之既久，必成血蠱矣。凡此皆由新產之後，經行之時，不知謹避，以致風冷外襲，邪正相搏，結於腹中而成也。若婦人臍之兩旁，有筋突起疼痛，大者如臂，小者如指，狀類弓弦者，名曰痃癖。在兩肋之間者，名曰癖。小腹牽連腰脇疼痛高起者，名曰疝。名雖有三，其實皆因風冷客於胞中而然，故其發作，皆因再受風冷，發則痛，痛則見，不痛則平復如初也。

癥瘕

婦人一切癥瘕，隨氣上下，攻築疼痛，大七氣湯。

筋脹大欲死，馬鞭草苗根五斤，水五斗，煎一斗，去渣熬膏，温酒下半匙。

食瘕

經行產後，貪食生冷之物，與臟器互相搏聚，結成堅塊，牢固不移，日漸長大者，烏藥散。

血瘕

產後行經之時，臟氣虛，或被風冷相干，或飲食生冷，以致內與血相搏結，遂成血瘕。牢固不移，脇腹脹痛，內熱心煩，食少善忘，但頭汗出，血竭散。或伏於隱僻之處，盤結膠固，牡丹皮散。

痞

胸脇痞悶，謂之痞，由於氣壅不宣所致，助氣丸。

積聚

五積六聚，乃痰飲、食積、氣血搏結而成，開鬱正元散。

瘀血

產後經行之時傷於風冷，則血室之內，必有瘀血留停，未成堅塊。其人必面色萎黃，臍腹脹痛，內熱晡熱。若產後惡露不行者，失笑散。若經閉不通、瘀血凝聚者，玉燭散。

血蠱

瘀血不行，蓄之既久，必成血蠱，桃奴散。

痃癖

腹肋疼痛者，皆因風冷與氣血搏結而成，葱白散。大便自利加訶子。大腹燥結，去鹽，加大黃。

疝

疝病攻衝刺痛，多因風冷寒濕客於胞門血室，故其病皆屬厥陰肝經，當歸散。

腸覃、石瘕

俱詳腫脹門。

狐瘕

月水來，或悲或驚，或逢疾風暴雨，被濕所致，精神恍惚，月水不通，脇胸背腰痛，引陰中小便難，嗜食欲吐，如有孕狀，手足成形者殺人，未成者可治。新鼠一枚，以新絮裹之，黄泥固住，入於地坑中，桑柴燒其上，一日夜，取出去絮，和肉桂心末二錢五分，酒服，方寸匕二服，瘕當自下。

求嗣

子嗣者極尋常事，而不得者則極其艱難。皆由男女之際，調攝未得其方也。男子以保精爲主。保精之道，莫如寡慾。遠房幃，勿縱飲，少勞神，則精氣足矣。女子以調經爲主。調經之道，先在養性。《詩》云：婦人和平，則樂有子。和則氣血不乖，平則陰陽不争。《書》云：和平之氣，三旬一見是已。如或有病，察證按法調治，自可生子。至若乾剛用事得陽氣之專者，則多男；坤柔用事得陰氣之全者，則多女。此論乾道成男；坤道成女之理也。他如斷經後一二日感者成男，三四五日感者成女。以及束皮草、佩雄黄、藏雄鷄羽於席下，諸法不一，未必皆驗。間有驗者，安知非幸中耶？終不若講究本源之爲當也。苟或男女命運乖舛，速宜修德以祈之，廣積陰功，多行善事，冥冥中自有主之者，未可徒恃藥力而歸怨於命也。求嗣者其審諸？

保精種玉法

陰陽兩補

男子左尺無力，或脉數，有熱，此真水虚也，六味丸合五子丸、左歸丸。右尺無力，或脉遲厥冷，此真火衰也，八味丸合五子丸、右歸丸。二尺俱無力，或中氣餒弱，是水火兩虧，氣血並虚也，十補丸合五子丸。倘精薄不凝，加魚鰾、鹿膠。精不遠射，加黄芪斤許熬膏爲丸。

男女交接必擾其腎，腎動則精血隨之而流，外雖不泄，精已離宫。至能堅忍者，亦必有數點陰精隨陽之痿而溢出。如火之有煙焰，豈能復避於薪哉？此保精之所以爲要也。

煉精

内腎一竅，名元關。外腎一竅，名牝户。真精未泄，乾體未破，則外腎陽氣至子時而興。煉之之法，須半夜子時披衣起坐，兩手搓極熱，以一手將外腎兜住，以一手掩臍而凝神於内腎。久久習之而精旺矣。

男子九醜之疾

莖弱而不振，振而不豐，豐而不循，循而不實，實而不堅，堅而不久，久而無精，精而不射，謂之九醜之疾，宜常服葆真丸。此丸補十二經絡，起陰發陽，能令陽氣入胸，安魂定魄，開三焦積聚，消五穀進食，强陰益精，安五臟，除心中伏熱，强筋骨，輕身明目，去冷除風。無子嗣者服七日，四肢光澤，唇臉赤色，手足温和，面目滋潤，語言清亮，飲食有加，是其效也。雖七十老人亦能生子。聚精丸、五子衍宗丸。

精難遠射

男子交感之時，婦人正在興濃，而男子陽事先痿，精難遠射，此五臟之陽氣大虚也，助龍丹。

精少

男子泄精只有一二點，此天分薄也。夫精少雖屬之天，抑成於人。恃强用力，苦思勞心，多食傷胃，皆足耗精也。苟能淡漠以死其心，節食以養其胃，益之補髓添精之藥，安知精少不可以生多乎？生髓育麟丹、添髓續嗣丹。

精熱

男子精力甚健，入房甚久，泄精之時，如熱湯澆入子宫，婦人受之必驚，反不生育者，精太熱也。胞胎喜温不喜寒，過寒則陰凝而胞不納，過熱則陽亢而胞難受，宜大補腎水，水足而火自平矣，平火散、鎮陽丸。

精寒

男子泄精時，寒氣逼人，人謂命火衰極，誰知是心胞之火不能助也，温精毓子丹、勝寒延嗣丹。精冷者，長春丹。

精滑

男子精滑，一交接，甫入玉門，精即泄出，欲勉强圖歡而不可得。此心腎兩虚也，濟火延嗣丹、補天育麟丹。

精濕

男子身體肥大，必多痰涎，往往不能生子。此精中帶濕，流入子宫而仍出也。即生子，亦必夭。宜男化育丹、純一丸。

血少

男子面色萎黄，血少也，不能生子。即生子，必多乾瘦，久成兒癆之證，地黄補血湯、滋血繩振丸。

氣滞

男子處坎坷之境，值人倫之變，心欲怡悦而不能，肝欲坦適而不得，興盡索然，何暇房事？安得有子？忘憂散、適興丸。

陽物細小

男子生來陽物細小而不得子者，雖屬天定，而人工亦可造作，奪天丹、展陽丹。

精虚

男子精虚精冷，鬢髮漸白，烏鬚種子丸、棉花子丸、丁公枕。男子遺精偏墜，女子赤白帶，子宫寒冷，腰酸疼，均宜種子兜肚。

陰痿

詳二陰門，男子絶陽不生，女子絶陰不産，莖中寒熱疼癢，宜强陰壯陽，益氣添精。肉蓯蓉同羊肉煮粥食之，日御過倍，或淫羊藿煮酒，飲之亦妙。丈夫虚勞、老人無子，宜仙茅益陽道，何首烏長筋骨，添精髓，堅陽具，覆盆子强陰健陽。精虚陰痿者，酒浸爲末，日服三錢，能令堅長。蛇床子治陰痿，久服令人有子。五味子强陰，益男子精，壯水鎮陽，爲末酒服。服盡一斤，一夜可御十女。

男子交婚之夕，莖痿，敗筆頭燒灰，酒服二錢。

調經毓麟法

氣血兩補

婦人脉數有力，此血熱也，益母勝金丹加生地、丹皮。脉遲厥冷，此血寒也，益母勝金丹加肉桂。食少氣虚，面色皖白，四肢無力，此氣血兩虚也，益母勝金丹減香附一半，加人參、黄芪、河車、茯神、棗仁、遠志。氣血不和，理之養之，調經丸、調經種玉湯。經至日服起，藥完經止，即當入房，必成孕。未成，經來再服。陰虧不宜偏寒偏熱者，蓯蓉菟絲丸，或香附地黄丸。脾胃虚弱，衝任損傷，氣血不足，經候不調，以致無子，烏鷄丸。

交接卧病

婦人瘦怯身軀，久不受孕，一交男子，即卧病終朝，此血虚也。血藏肝中，精涵腎内，腎爲肝母。母既泄精，不能以養肝子，勢必陰虚火旺，逼乾男子之精，自隨種而隨消也，養陰種玉湯、五美湯。

交接呻吟

婦人飲食少思，飽悶倦怠，惟思眠睡，一行房事，呻吟不已，腎氣不足也，兼提湯、旺腎湯。

下肢冰冷

婦人下身冰冷，非火不暖。交感之時，陰中絶無温熱之氣，胞胎寒也。夫寒冰之地，不生草木；重陰之淵，不長魚龍。胞胎寒冷，何能受孕？然胞胎之所以冷，由心腎之火衰也，温胞湯、温春湯。

嘔泄悶脹

婦人素性恬淡，飲食不多，作嘔作泄，胸飽悶脹，此脾胃虚寒也。胃非心火不生，脾非腎火不化，心腎既衰，脾胃自失其生化之權，理宜大補心腎之火，温土毓麟湯、培土散。

小腹緊迫

婦人小腹之間，覺有緊迫之狀，此帶脉急而不舒也。夫帶脉之急，由血氣之虚。血虚則縮而不伸，氣虚則攣而不達。惟大補脾胃，俾氣血充足，帶脉寬舒，自然載物而勝任矣，寬帶湯、舒帶湯。

鬱結

婦人懷抱素惡不能生子，乃肝氣之鬱結也。有子者，心脉必流動而滑，肝脉必舒徐而和，腎脉乃必旺大鼓指末。有三部脉鬱結而能生子者，即心腎脉不鬱不結，而肝脉獨鬱結亦難生子。肝鬱必下尅脾土，脾土氣塞，腰臍之氣不利，焉能通任帶達胞胎乎？開鬱種子湯、郁金舒和散。

肥人難孕

婦人肥胖痰多，不能受妊，濕盛也，苓半補中湯、敦厚散。身中脂滿，閉塞子宮，不能孕育者，滌痰湯吞服啓宮丸，即接服螽斯丸。

骨髓内熱

婦人口乾舌燥，骨蒸夜熱，遍體火焦，咳嗽吐沫，此骨髓内熱也，斷難生子。蓋胞胎爲五臟外之臟，上系心胞，通於心也。下系命門，通於腎也。陰陽兩平，不偏不枯，所以變化生人。骨髓者，腎之所化也。骨髓熱而腎熱，腎熱而胞胎亦熱，胞熱則所受之精，必變燥而難育矣，清骨湯、解氛湯。

腹瘕

婦人腰酸背楚，胸中脹悶，腹内生瘕，日日思寢，朝朝睡卧，百計求子，不能如願，此任督兩困也。任脉行於前，督脉行於後，皆從帶脉上下而行。任督脉虚，帶脉墜於前後，兼有疝瘕，必多障礙。胞胎縮入於疝瘕之内，往往精不能施，升帶湯、任督兩滋湯。

小水難澀

婦人小水艱澀，腹中作脹，虚浮不能生育，膀胱之氣不能化也，化水種玉丹、參術苓桂湯。

胞門不净

婦人立身以來全不産，及斷續後，十年二十年不産，此胞門不净，中有瘀積結滯也，樸硝蕩胞湯。

瘦人難孕

婦人瘦弱，多由血少，精氣不聚，不能生子，宜常服大補丸，服後以七宜丸泄之。或蓯蓉菟絲丸。

冷積如杯

婦爲室女時，心下有冷積如覆杯，按之如水聲，以熱手熨之如水。娶十餘年不孕，寸脉沉而遲，尺脉洪大有力。先以三聖散吐之，心下平軟，次服白术調中湯，五苓四物和之。

脉

男子脉浮弱，面澀，爲無子，積氣清冷。婦人少腹冷，惡寒，年少得此無子，年大得此絶産。

肥人脉細，胞有寒，故令少子。其色黄者，胸上有寒。

少腹脉浮而緊。緊則疝瘕，腹中痛，半産而墮傷。浮則亡血，絶産惡寒。督脉生病，女子不孕。

種子

婦人陰質，取象於月。自朔至望，經行不失其後者，結孕易，生子多壽。以月漸生、月輪漸滿也。自望至朔，經行或失其期，胎難結，生子多夭。以月光漸消、月廓漸空也。男至而女未至，則玉體纔交、瓊漿即吐，雖能下應乎陰而陰不從也；女至而男未至，則桃浪先翻，玉露未滴，雖能上從乎陽而陽不應也，所以無子。

又男有三至，肝氣、腎氣、心氣也。陽痿不舉，則肝氣未至而强合，則傷肝，其精流滴而不射。舉而不堅，則腎氣未至而强合，則傷腎，其經散漫而不粘聚。堅而不熱，則心氣未至而强合，則傷心，其精冷而不熱。此男子貴養心肝腎之氣也。

女有五至。凡交媾之時，面赤而熱，心氣至也。目中涎滴，微睨視人，肝氣至也。嬌聲低語，口鼻氣喘，肺氣至也。伸舌吮唇，以身偎人，脾氣至也。玉户開張，瓊涎流出，腎氣至也。交合之時，興至則五氣皆至，情恰意美，陽施陰受，有子之道也。

禁忌

男女無疾，交合應期，三虛四忌，不可不避。三虛者，天地晦冥，日月薄蝕，雷電風雨，朔晦弦望，天虛也。地震土陷，山崩水溢，地之虛也。憂怒畀恐，醉飽勞倦，人之虛也。犯此則交而不孕，孕而不育，疾病且生，爲身之災也。四忌者，一忌本身正衝，及甲子庚申，滅没休廢之日；二忌大寒大暑，大醉大飽之時；三忌日月星辰，寺觀壇廟、灶側塚墓之處；四忌觸忤惱怒、駡詈持擊之事，犯之不懼焉，且恐自夭也。

嗣育門

胎原

天癸，乃父母所賦，先天生身之真氣也。精血，水穀所化，後天成形之本也。男子二八，先天腎氣盛，天癸至，與後天所生之精會合而盈。男屬陽，陽應日，故精盛而日舉也。女子二七，先天腎氣實，天癸至，與後天所生之血會合而盛。女子屬陰。陰應月，故血盛而月下也。所以至期男女媾，其先天真氣、後天精血，陰陽會合，乃能有子也。當此陰陽會合時，陽盛自然成男，是乾道成男也；陰盛自然成女，是坤道自然成女也。

男女完實

男子十六而精通，必待三十而娶；女子十四而天癸至，必待二十而嫁者，皆欲陰陽完實，然後交而孕，孕而育，育而其子必堅壯長壽也。若未笄之女，天癸始至，已近男色，則陰氣早瀉，未完而傷，未實而動，雖交而不孕，孕而不育，育而其子必脆弱不壽也。

種子時候

聚精之道,惟在寡慾。交接女子,必乘其時,不可失之遲早。蓋婦人一月經行一度之後,必有一日茵蕴之時,氣蒸而熱,如醉如癡,有欲交接不可忍之狀,乃天然節候,是成胎生化之真機也。當其欲情濃動之時,子宫内有如蓮花蕊者,不拘經浄幾日,自然挺出陰中,如蓮蕊初開。婦人洗下體,以指探之,自知也,但含羞不肯言耳。男子預密告之,令其自言,一舉即中矣。

分男女論

分男女之説,先賢有血先至裹精則成男,精先至裹血則成女,精血散分並裹則爲並胎、品胎之原者。有以月水盡後一、五、三日成男,二、四、六日成女,與夫經水斷後一、二日成男,四、五日成女者。有以受氣於左子宫成男,受氣於右子宫成女者。皆各執一見,殊爲不曉此中因也。蓋獨胎可以日數論,並胎、品胎亦可以日數論乎?稽之史載,一産三子四子,有半男半女,或男多女少、男少女多者,則一、三、五日爲男,二、四、六日爲女之説,不可憑矣。亦豈有一日受男,而二日復受女之理乎?丹田,命門也,在男曰精室,在女曰子宫,形如合鉢,並無兩歧。可分曰左右,則是兩子宫矣。此説尤屬不經。然則何以定之?亦惟以會合天人,陽盛乾道成男,陰盛坤道成女,斯爲確論耳。

雙胎、品胎

古以雙胎、品胎,乃精氣有餘歧而分之,血因分而攝之故也。若男同孕者,剛日陽時也。女同孕者,柔日陰時也。男女同孕者,剛日陰時,或柔日陽時也。其他或有男不可爲父,女不可爲母,與男女之兼形者,又皆陰陽變常,駁氣所感,事之所有,理之所無,莫可稽考者也。

胎成

《病源》云：婦人受胎一月，形如露珠，乃太極動而生陽，天一生水，謂之胚，足厥陰肝脉主之。經水即閉，飲食稍異。二月如桃花瓣，乃太極静而生陰，地二生火，名始膏，謂之娠，足少陽膽脉主之。若吐逆惡食，名曰惡阻，有孕明矣。或偏嗜一物，乃一臟之虚。如愛酸物，乃肝經，只能養胎而虚也。三月名始胞，如清鼻涕，先成鼻與雌雄二器，乃分男女。手厥陰心包絡相火所主，胎最易動。四月始受水精以成血脉，形像具，手足順成，手少陽三焦脉所主。五月始受火精，筋骨四肢已成，毛髮始生，足太陰脾脉所主。六月始受金精以成筋，耳目皆成，足陽明胃脉所主。七月始受木精以成骨，遊其魂，能動左手，手太陰肺脉所主。八月始受土精以成皮膚，九竅皆成，遊其魄，能動右手，手陽明大腸脉所主。九月始受石精，百節畢備，三轉其身，足少陰腎脉所主。十月神氣備足乃生，足太陽膀胱所主。惟手少陰心、手太陽大腸無所主者，君主之官無爲而已。

《大集經》云：胎成七日，初不增減。二七日如薄酪。三七日如生酪。四七日如熟酪。五七日如生酥。六七日如息肉。七七如段肉。八七日其堅如口。九七日變五泡、兩肘、兩髀及頭。十七日續生五泡、兩手腕、兩足及頸。十一七日復生二十六泡、十手指、十足指及眼、耳、口、鼻。十二七日泡相成。十三七日現腹相。十四七生五藏。十五七日生大腸。十六七日生小腸。十七七日有脾。十八七日生三脘。十九七日生手掌、足趺、臂節。二十七日生陰、臍、頤、乳。二十一七日有三百軟柔骨如初生匏。二十二七日如未熟匏。二十三七日堅如胡桃。二十四七日生一百節。二十五七日生七千脉尚未具成。二十六七日成如藕絲。二十七七日有三百六十三筋。二十八七日始生肌膚。二十九七日肌膚稍厚。三十七日方有皮像。三十一七日皮轉厚堅。三十二七日皮草轉成。三十三七日耳、鼻、唇、指、膝節成。三十四七日生九十九萬毛髮孔，猶尚未成。三十五七日毛孔具足。三十六七日爪甲成就。三十七七日母腹中有風起，通其七竅。三十八七日，隨其宿世善惡，分香臭二種風，以定容貌、骨節、貴賤。

按徐之材一月一經主之，不過謂逐月循經而養耳。《大集經》七日一變，展轉相成，不過謂成形之大勢耳。均宜活看，不可拘泥。蓋男女交接，兩精聚而成胚，此孕行之始也。雖未分身軀藏府，而其理無不具也。猶太極渾然，包羅萬象，而陰陽之二氣，氤氳浸漸，化生而成。子母分形，自然而然，如草木成熟、殼脱蒂落也。間有孕七八月而生者，孕十二三月而生者，此母之體氣有强弱，胎隨母氣之遲速也。苟或拘泥前説，則七八月而能長育長年者，果少何物耶？十二三月而生者，果多何物耶？至若未足月産者，而不能長養者，經脉榮養未周耳。

脉見有子

《經》曰："婦人手少陰脉動甚者，妊有子也。"手少陰，心脉也。心生血，血旺乃能成胎。陰陽相搏，故其脉動。動脉之狀，頗似數脉。動甚者，圓滑流利，血旺之象，故當妊子。一説督脉動甚，妊子亦確。

又曰："陰搏陽别，謂之有子。"兩尺陰脉搏指有力，兩寸陽脉不搏指而别於兩尺，斯爲有子。其但搏不滑者，主三月之胎；搏而滑者，主五月之胎也。

又曰："何以知懷子之且生也，身有病而無邪脉也？"有病，經閉也。無邪脉，脉息如常，不斷絶也。

又曰："流利雀啄，亦爲孕脉。"流利，血正旺也。雀啄，經脉閉塞不行，故脉疾而歇。此數月之胎也。切勿斷爲病脉。

又曰："婦人欲生，其脉離經，夜半覺日中則生也。"離經，離於常經之脉。如昨小今大、昨澀今滑、昨浮今沉是也。夜半覺日中生者，子午相衝也。

又："離經自肝始，肝脉弦大，則離經矣。"婦人經斷有其脉弦者，後必大下不成胎也。肝主疏泄，今脉見弦，則肝脉太過，不能藏血也。

此特論其常也。若虚羸之婦，氣分於養胎，孕後脉，即沉浮不見，又不可以常法論也。

試男女法

一法：寸口滑實爲男，尺中滑實爲女，如兩寸俱滑實爲雙男，兩尺俱滑實爲雙女，左寸右尺俱滑實，爲一男一女。一法：尺脉左偏大爲男，右偏大爲女，左右俱大爲二子。大者如實狀尺皆實必有子，又左疾爲男，右疾爲女，俱疾生二子。一法：遣妊婦面南行，還復呼之，左回首者是男，右回首者是女。按：丹溪謂男受胎在左子宫，女受胎在右子宫，故男胎在左，則血氣護胎於左而左重，回首時慎護重處而就左。脉亦從之左。疾左大爲男。女胎在右，則氣血護胎於右而右重，回首時慎護重處而就右。脉亦從之右。疾右大爲女。一法：男性早，三月而動，女性遲，五月而動。一法：男腹如釜，女腹如箕。謂男胎面向母背，則背脊抵腹，故如釜。女胎面向母腹，則足膝抵腹，故其如箕。

識孕格言

胎原之始，當問月經。其從應期調暢，交感之後，經水不行，水漬於中，故腹内口雜，似饑非饑，似辣非辣，似痛非痛，而胸膈懊惱，莫可名狀，此其因之可識也。

其性素來辛勤，至此而四肢怠惰，本來不喜，至此忽然喜食，如脾氣養胎，則喜甘甜，肝喜酸、肺喜辛、腎喜鹹之類，此其性之可識也。

其脉微滑而數，不澀不伏，不弦勁，略無間斷於其間，或沉伏久按，必有一部滑疾。或尺脉略帶短澀者，是氣血團聚之象，此其脉之可識也。

且孕至三四月，乳頭轉黑，乳房漸大，或令夫摩其左乳房有核是男胎，其腹亦漸次而大。男腹如斧，女腹如箕。三月五月内，腹内漸動，此其形之可識也。

胎教

古者胎教，凡視聽言動，莫敢不正；喜怒哀樂，莫敢不慎。故其子女多賢，此非賢母不能也。蓋過喜傷心而氣散，過怒傷肝而氣上，過思傷脾而氣鬱，過憂傷肺而氣結，過恐傷腎而氣下。母氣既傷，子氣應之，未有不傷者也。其母傷則胎易墮，其子傷則藏氣不完，病斯多矣。

受孕之後，常起貪妄之念，子多貪吝；常挾憤怒之心，子多暴狠；

常造奇語詭行，子多詐訛。

養胎

古者婦人有孕，即居側室，不與夫接，所以產育無難，生子多賢，亦少疾病而多壽。今人不知禁忌，縱情肆慾，致有觸動胎氣而隂者，有胎衣肥碩而難産者，有敗精凝聚而碍産者，有淫火盡歸其子而釀痘疹疥癩之毒者。若其母性志慾，不能安静，又須曲體母情，適其自然之性，苟必强制以違之，則鬱火彌熾，與恣情無異。

受胎之後，宜調飲食，薄滋味。今人不知禁忌，喜啖辛酸、煎炒、肥甘、生冷之物。況多食酸則傷肝，多食苦則傷心，多食甘則傷脾，多食辛則傷肺，多食鹹則傷腎。隨其食物，傷其臟氣。血氣筋骨，失其所養；寒熱交作，子疾生矣。

經後四十餘日不轉，宜慎起居，刻刻存心，如持寶玉。毋登高臨深，毋越險負重，舉止必徐，行立勿仰。坐不實其前陰，卧不久偏一側。不得耽坐嗜卧，使氣血凝滯，臨産多難。又須時行動往來，小役四體，使經絡氣血流通，胎息易於動運，腰腹漸次粗大。

受胎之後，夏時澡浴，須避熱湯；冬時寤寐，勿近爐炭。

受胎一月之内，每多墮而不知，故凡初交之後，最宜將息，勿復交接，以擾其子宫。勿令怒，勿令勞，勿令舉重，勿令洗浴，而又宜多服養胎平氣之藥，胎可固矣。但逐月養胎法曾傷胎，諸方雖係古法，不宜拘執。蓋人有虛實，時有寒熱，審時辨脉用藥，自無不當。

食忌

孕後食鷄子糯米令子生寸白虫，食羊肝令子多疾，食鯉魚令子成疳，食犬肉令子無聲，食兔肉令子缺唇，食鱉令子項短，食鴨子令子心寒，食螃蟹多致横生，食雀肉令子好淫，食豆醬令子發哮，食生薑令子多指，食野獸令子多怪疾，食水鷄、鱔魚令子生癩，食騾馬肉延月難産。

藥忌

烏頭附子與三棱，牛黄巴豆並桃仁。芒硝大黄牡丹桂，牛膝藜蘆茅茜根。槐角紅花與皂角，天雄莪术薏苡仁。乾漆蕳茹瞿麥穗，半夏通草共南星。乾薑大蒜馬刀豆，延胡常山麝莫聞。此係婦人之胎忌，常須念記在心中。

以上禁忌似矣。然安胎止嘔有用半夏者，娠孕熱病有用大黄者，娠孕中寒有用桂附者，何也？《經》云：有故無殞，亦無殞也。大積大聚其可犯乎？衰其大半而止，有故有病也無殞，不損其子也，亦無殞亦不傷其母也。蓋有病則病，當又須得半而止，不宜過劑，則慎之又慎矣。

安胎法

安胎之法有二。凡因母病以致胎動者，且療其母，母安則胎自安。或因胎有所觸動以致母病者，只宜安胎，胎安母自愈。

用藥三禁

胎當以理脾疏氣、清熱養血爲主。三禁者，汗、下、利小便也。過汗，亡陽傷氣；過下，亡陰傷血；利小便，傷津液也。當審症施治，不可過峻，非謂概不可用也。

驗胎法

婦人三兩個月，月經不行，心煩、寒熱恍惚，凝是兩身，却是血滯。用川芎一兩、當歸七錢爲細末，分二服，濃煎好艾湯一盞調下。待兩三個時辰，覺臍腹凝動，即有胎也。如不是胎，再服不動，所滯惡血自行，母俱安穩無虞。

經閉五月，外受風邪搏擊，下白或赤，午後發熱，咳嗽嘔吐，若兩尺脉皆實，此必有孕。飲清和之劑自安。

經斷三月以前，順期不差，此必懷胎。若以前漏血不止，則爲敗血凝聚而成衃矣。臍上動,當臍不動,爲衃宜攻。

二十六卷

聖愈湯　歸脾湯一　理中湯三　莫愁湯十九　消愁湯三一　歸神湯四九　六神湯　三和湯　洗痰湯六一　損餘湯　定經湯　順經湯　溢經湯　退黄湯　利火湯　束帶湯　完帶湯六二　後調湯　健固湯　順衄湯　開結湯　舒帶湯　寬帯湯　温養湯　温胞湯　旺腎湯　兼提湯　清骨湯六三　固氣湯　閉血湯六二　升帶湯　解氛湯六四　續補湯　開壅湯　瀉壅湯六五　八珍湯六八　清帶湯六九　芎歸湯七三　導痰湯七一　愈帶湯　調經湯　斂帶湯　人參養營湯　黄芪建中湯　益胃升陽湯　當歸補血湯　柴胡丁香湯五　膠杜四君湯八　萸術四物湯　三黄四物湯　膠艾四物湯　苓术四物湯　桃紅四物湯　麻黄四物湯　桂枝四物湯　柴胡四物湯　延柴四物湯十九　芩連四物湯十八　薑芩四物湯十九　歸經兩安湯　任督兩滋湯十五　温經攝血湯　芥术補血湯　引精止血湯　補虚寧血湯　龜靈散血湯二二　地黄補血湯二三　温帶溢經湯　宣鬱調經湯　温臍化濕湯　固本止崩湯　開鬱種子湯　利肝解濕湯　逐瘀止崩湯六四　加味純陰湯　加味烏藥湯　當歸建中湯　肝腎雙治湯　清火歸經湯　參术苓桂湯　苓字補中湯　温土毓麟湯　養陰種玉湯六五　樸硝蕩胞湯六七　萬氏温經湯　清淋止血湯　調經種玉湯　補經固真湯七六　羌桂四物湯十九　清熱行血湯、桂枝紅花湯二二

清胃散一　逍遥散二　清白散四　劫勞散　十灰散　七灰散十五　禹攻散十八　玉燭散二九　越痛散五三　琥珀散二九、三三　烏藥散　培土散二九　敦厚散二八　血竭散　桃奴散　葱白散　當歸散　平火散　忘憂散三十　失笑散　如聖散三一　香草散　黑金散　烏金散　白芷散　薑芍散　二豆散三二　黑糖散　靈砂散　潛靈散　三聖散三三　清經散三一　古拜散四七　燒𩩲散四九　香礬散　參苓白术散　七味白术散一　花枳逍遥散　加味逍遥散　八味逍遥散　郁金舒和散十一　生地芎歸散　正氣天香散　黄白牛車散　開鬱正元散十七　芪术調經散　沉香鱉甲散　殺鬼雄黄散二四　桂枝白

术散

消瘰丸　玉關丸　固真丸三、三十　五子丸四　三補丸十二　威喜丸十五　聚精丸十六　烏鷄丸　芩心丸　導水丸　萬安丸　固精丸　助氣丸二八　巽順丸　鎮宮丸　礬石丸二九　固經丸　蒼沙丸二八　苦楝丸　白口丸　補宮丸　固下丸　葆真丸　螽斯丸　啓宮丸三十　適與丸　純一丸　鎮陽丸　清海丸三一　蘆薈丸　七宣丸三九　艾煎丸四十　二仁丸　神佑丸　魚鰾丸　參樗丸　大補丸四　調經丸　十補丸三　柏子仁丸　棉花子丸五四　掌中金丸　血極膏丸　鹿角霜丸　當歸煎丸五五　家韭子丸五二　毓麟珠丸五七　紫石英丸　八毒赤丸　參术大補丸　烏鬚種子丸　葈蓉兔絲丸七六　五子衍宗丸　内金鹿茸丸　一味防風丸　蒼莎導痰丸　四制香附丸　七制香附丸七七　黄白樗皮丸八二　苓术菟絲丸八三　滋血振繩丸八五　濟生固精丸八七　滋陰八味丸　香附地黄丸　連茱三仁丸　一味子芩丸

吴茱萸湯七六　小建中湯七八　麥門冬湯七八　大温經湯八十　大七氣湯八十　澤蘭葉湯八一　柏子仁湯八二

雙和飲三十　排氣飲三三　抽薪飲　調經飲三四　過期飲三九　通經飲　赤白飲四十　地骨皮飲四二　小分清飲　大分清飲四三　蓮子清心飲　清心蓮子飲　萆薢分清飲四四　术苓固脾飲四九

一陰煎　大營煎　補元煎五十　理陰煎　玉女煎　解肝煎五一　通瘀煎　決津煎　五物煎　益陰煎五二　耳桃煎　固陰煎　秘元煎　三汗煎　赤白煎五三　補陰益氣煎　加減　煎五六　地榆苦酒煎五七

長春丹　五美丹　安老丹十五　展陽丹　奪天丹　助龍丹十六　截流丹十七　金鎖思仙丹三二　益母勝金丹　順肝藏血丹　术桂草元丹　填經止痛丹　生髓育麟丹　添精續嗣丹　化木種玉丹三四　温精毓子丹　勝寒延嗣丹　濟火延嗣丹　補天毓麟丹　宜男化育丹三五　丁公枕六八　種子兜肚六九　雄鷄酒六六　灸鬼法七二

醫學述要卷之二十七　婦科下

平階楊際泰輯編

胎前之候，當隨人體質虛實爲治。其大法，雖宜凉血順氣，若體質脉證無火可據，亦不可徒恃清凉爲□。而其要總在培養衝任，調和胃氣。蓋衝任安和，則胎元自固，胃氣充裕，則衝任和平。此胎前調治之大要也。致其胎氣常變不同，證候不一，尤當審辨施治，不可誤犯秋毫。

惡阻

受孕月餘之後，時時嘔吐痰水，心中憒悶恍惚，不能支持，名曰惡阻。有因胎氣阻逆者，乃受胎後，胞門閉塞，臟氣内阻，挾胎氣上逆於胃也。胃虛者，保生湯，氣弱者加人參，氣實加枳殼。有平素胃虛，中停痰飲，以致心煩，頭目眩暈，吐多痰水者，六君子湯加枇杷葉、藿香、旋覆花、砂仁、枳殼。若胃熱便閉，加黄芩、大黄；胃寒，加薑桂，又二陳湯加蜜炙琵琶葉三錢。有胃熱心煩憒悶，喜飲凉漿者，温胆湯加黄芩、黄連、蘆根、麥冬、生薑。

惡心嘔吐、思酸解渴、見食則憎、困倦欲嘔者，此肝氣大燥也，順肝益氣湯、潤肝安娠湯。吐清水甚者，害十餘日，水漿不入，丁香白术散。胃虛嘔逆、翻胃及心腹刺痛，人參丁香散。嘔逆不食，甚者中滿，口中無味，或作寒熱，醒脾飲子。孕婦大吐，粒米湯水不受數十日，六脉沉微，附子理中湯加五味子。

胞阻

孕婦腹痛，名曰胞阻，須分上下而治之。痛在心腹之間，食滯也，平胃散加草果、枳殼、神曲。大便結，加芒黄以攻之，必倍甘草以緩之。四五月内，心腹絞痛，大紅棗子十四枚，燒存性爲末，童便調下手拈散。痛在腰腹之間，胎氣不安也。蓋胞蒂繫於腰，須防胎墜，膠艾四物湯，加杜仲、大豆、淋酒、葱白，以定痛而保胎。若因外感風寒，加羌活、獨活。若内熱便閉，加蜜芒硝。又，延胡四物湯亦妙。痛在小腹之間，乃胞中之血受寒也，參艾芎歸湯。若因尿澀而痛，乃膀胱水病也。熱甚，導赤散。水盛，陽虚不化，五苓散。孕婦腹中絞痛，此正氣不足，使陰得乘陽，而水氣勝土，脾鬱不伸，鬱而求伸，土氣不調，則急痛矣，當歸芍藥散、銀苧酒。腹痛腰疼，飲食不甘，鎮胎煎。

子腫

頭面遍身浮腫，小水短少者，屬水氣爲病，名曰子腫，全生白术散、天仙藤散。小便不通，鯉魚湯。

子氣

自膝至足腫，小水長者，屬濕氣，甚則喘悶妨食，脚趾出黄水，名曰子氣。天仙藤散。鯉魚湯亦妙。

皺脚、脆脚

兩脚腫而膚厚者，屬濕，名曰皺脚。皮薄者，屬水，名曰脆脚。大凡水之爲病，多喘促，屬肺水氣盛而浸胎，必喘而難卧。氣之爲病多脹滿，屬肝。濕氣盛而傷胎，必脹滿難堪，故子腫、子氣、子滿、皺脚，宜茯苓導水湯。脹甚加枳殼，脚腫加防己，喘者加葶藶。孕胎每至五月，肢體困倦，飲食無味，先兩足腫，漸至頭面遍身，此脾肺氣虚也，補中益氣湯，加茯苓一兩；或五皮飲加白术、茯苓；或六君子湯。腰上腫宜發汗，加秦艽、荆芥、防風。腰以下腫，宜利小便，加車前、澤瀉、防己，或茯苓補中湯、土金雙培湯。

喘急

上氣喘急，大便不通，嘔吐不食，腹脇脹痛，平安散。

子煩

孕婦心驚膽怯，終日煩悶，名曰子煩。由胎中鬱熱上乘於心也，知母飲。熱甚加犀角，氣虚加人參，口渴加石膏。

火盛内熱而煩者，淡竹葉湯。血虚，宜兼四物湯；氣虚，宜兼四君。氣滯痰凝而煩者，二陳湯加白术、黄芩、蘇梗、枳殼。

脾胃虚弱，嘔吐食少而煩者，六君子湯。

相火乘肺，知母一兩，棗肉丸彈子大，每一丸人參湯下。

君火盛者，黄連酒炒爲丸。

子懸

胸腹脹滿，名曰子懸。更加喘甚，名曰胎上逼心，□□飲。痛甚加木香、延胡。

懷抱憂鬱以致胎動不安，區脇間痛，此肝鬱不通也，解懸湯、通肝散。大怒胎逆，加味逍遥散。

妊婦遍身痛，或衝心欲死，不能飲食，緣胎有水致痛也，千金鯉魚湯。或用白术五錢、黄芩二錢、白芍四錢，入活鯉魚（約重八兩）一尾，煮湯煎藥。

妊婦胎動，晝夜呼叫，口噤唇搴及下重痢不息者，用艾葉五兩，以好酒五升，同煮三升，去滓，更煎取一升服。口閉者，灌之即瘥。

臨月胎上逼心，嘔噦欲死，童便灌之即下。或烏梅肉十枚、生薑三片，煎湯灌之亦下。

妊婦偶遇鬼祟，痰多吐涎，以致胎氣上逼而腹痛者，此中惡也，消惡安胎湯、散惡護胎湯。

子眩

氣逆之甚因而厥暈，名曰子眩，紫蘇飲。

脾虛挾痰，六君子湯。頑痰閉塞，脾氣不虛，二陳湯加竹瀝薑汁。

子癇

孕婦忽然口噤顛仆，腰背反張，目弔抽搐，不省人事，須更自醒，少頃復如好人，名曰子癇。乃心肝二經風熱所致也，羚羊角散。瘛瘲甚者，鈞藤湯，或鈎蝎煎。

因怒，逍遥散加人參，或加羚羊角、棗仁、鈞藤、豆淋酒，煎服。脾虛挾痰，六君子湯。中寒而發，理中湯加防風、鈞藤。若口眼喎斜，半身不遂，已成中風廢症，當參風門治之。

此症人不易識，或眩暈，或冷麻重至僕地，不省人事，驗其平日，眼目昏沉，或認白爲黑，認黑爲白，是其漸也，必速愈爲善。若頻發無休，非惟胎妊驟下，將見氣血隨胎涣散，母命亦難保全。大抵此症胎氣未動，以補氣、養血、定風爲主。胎氣既下，則以大補氣血爲主。

吞酸

孕婦傷食腹滿，吞酸惡心，不喜飲食，六君子湯加神曲、枳實、砂仁、生薑。

子嗽

妊婦咳嗽，名曰子嗽。嗽久，每致傷胎，陰虛火動，痰飲上逆，枳桔二陳湯。感冒風寒，桔梗湯。風邪犯營而虛燥者，紫菀湯。久咳陰虛，八仙長壽丹、四陰煎。因怒，小柴胡湯加山梔、枳殼、白术、茯苓。子嗽作嘔，肝侮脾也，六君子湯加柴胡、升麻。咳則便自出者，此肺腎虧損，不能司攝也，補中益氣湯以培土金，六味丸以生腎水。痰上湧，日出五六碗者，水泛爲痰也，六味丸和四君子湯，一劑而愈。久嗽引動其氣，恐致墮胎，四君子湯加阿膠、蘇葉、桔梗。

轉胞

妊婦胎逼及胞壓在一邊，胞系轉戾，臍下急痛，不得小便，飲食如常，心煩不得卧者，名曰轉胞。

急令穩婆以香油塗手，舉胞起則尿自出，以暫救其急，後以四物湯，加升麻、人參、白术、陳皮，煎服。服後以指探吐，吐後再服，再吐，自愈。如不應，則是有餘，五苓散加阿膠以清和之。

婦人病，飲食如故，煩熱不得卧，而反倚息者，此名轉胞，不得溺也。以胞系了戾故致此病，腎氣丸酒下二十丸。

子淋

小便頻數、窘澀，點滴疼痛，名曰子淋，五淋散加生地、澤瀉、車前、滑石、木通。小腸有熱，點滴不通，四物湯加黄芩、澤瀉。心煩悶亂，安營散。腿足轉筋，牽鈎小便不利者，此先天少火，偏虚不化，急投八味丸，若緩則不救。

激經

受妊之後，仍復行經，名曰激經，血有餘也。若無他病相兼者，不須服藥，俟胎壯子大，能食其血，而經自停。

胎漏

妊婦無故下血而腹不痛者，名曰胎漏。有熱者，四物湯加阿膠、黑梔、側柏葉、黄芩或加續斷、鯉魚皮，燒存性。漏下黄汁，或如豆汁甚多者，其胎乾枯，必倚而墮，黄芪二兩、糯米五合，煎服。或苧麻根、紋銀煎酒服。氣虚不能攝血者，補中益氣湯、助氣補漏湯、攝血丹。風熱傷肝漏血，黄芩防風丸。

尿血

膀胱血熱也，四物湯加血餘、白茅根。

漏血出於人門，尿血出於溺孔，不可不辨。

吐咳唾血

憂思驚恐，有傷藏府，氣逆於上，血隨而溢，心悶胸滿，久而不已，心悶甚者，死。妊娠病此，必多墮胎，必勝散。

子啼

兒在腹内啼哭，或如鏜鳴，名曰子啼，亦名子鳴。因妊婦登高舉臂，脱出兒口血乳以作聲也。令妊婦曲腰就地，如拾物狀，或令掃地，血乳仍入兒口，其鳴即止，可服四物湯加白术、茯苓一二劑，安固胎氣。或止啼湯亦妙。

因胎熱者，黄連煎飲，呷之即止。一方，以豆撒地，令母低頭，撿之即止。一方，以鼠穴門口土，取大塊含之。

子瘖

妊婦九月，聲音細啞不響，名曰子瘖。蓋腎脉貫系舌本，因胎氣壅閉，腎脉阻塞，故不能言，待分娩之後，腎脉上通，其音自出矣。或用四物湯加志肉、茯神亦可。

子啞

絶然不語也。與子瘖同，亦不必服藥。或用生脉散，煎湯，空心服地黄丸以養之，可也。切勿與以開音之藥。

腰痛

腰痛不已、脉空大者，腎虚也，左歸飲、八珍湯，加膠艾、黄芪。夜甚脉澀微者，血滯也，五味湯。有傷口系而墜痛者，秘元煎。

臟躁

妊婦無故時時傷悲哀哭，象若神靈，憑依數欠伸者，名曰臟躁，甘麥大棗湯。

積聚

血塊如盤,有孕難服峻劑,海香丸。

頭風

宿有偏正頭風,川芎茶調散。

心痛

胎前産後心氣痛,用川楝、茴香炒各三錢鹽炒,艾葉錢半,水煎服之。沉香降氣湯、紫蘇飲。

胃口痛

養胃湯。若腹中滿痛叉心,不得飲食,千金芩术芍藥湯。

失明

妊婦將臨月,忽然兩目失明,不見燈火,頭痛眩暈,項腮腫滿,不能轉項,消風散。若其眼弔起,人物不辨,四物湯加荆芥、防風,更服天門冬飲子。忌酒麵煎炒鷄、羊、鵝、鴨、豆腐辛辣熱物並房勞。此因多居火間,衣著太暖,伏熱在内,或食濕熱物太過,以致胎熱也。

脇痛

其故有三:哭泣也,内傷也,惱怒也。有傷,不宜服行傷破氣藥,只宜童便和酒服之。或紫蘇飲,去參用白芍、當歸加砂仁、童便。兩脇妨悶、不下飲食、四肢無力者,倉公下氣湯。若外感風寒,内傷飲食,藿香正氣散。胎冷腹脹,痛引兩脇,小便頻數,大便虚滑,安合飲。

臍下冷痛

腹脹虚疼,小便頻數,大便虚滑,皆食生冷所致,小建中湯加炮薑、木香。不應，更加茴香、良薑。

小腹痛

由胞絡虛熱相搏所致，紫蘇飲加生薑。虛寒，用膠艾湯。寒甚，加桂附。胎動小腹作痛如下墜之狀，此帶脉無力，脾腎兩虧也，安奠二天湯。胎脹腹痛，發熱惡寒，小腹如扇者，子臟寒也，附子湯。

遺尿

遺尿不覺，胎滿故也，千金白薇散。脬中有熱，八味逍遥散。脾肺氣虛，補中益氣湯加益智仁。肝腎陰虛，六味丸。遺尿不止者，千金鯉魚湯，加人參、肉桂。一方：桑螵蛸二十枚，炙黄爲末，每二錢空心米飲下。

譫語

藏府熱極之候，急用童便時時灌之。不應，用生地、黄連散，清其血中之火，胎自安。脉實者，加熟軍下之，下遲則傷胎。亦有傷胎下血，心神無主而譫語，雖用峻補，亦難得效。子死腹中詁語，須急下之，雙胎一生一死，必腹中半邊冷，半邊熱。因母患熱症，藏府熱甚，蒸其胎兒，因致死，服黑神散，用生蒲黄以緩其胎，胎即出。胎未死，井泥塗臍以護胎氣，多有保生者。

腸覃

《經》云：寒氣客於腸外，與衛氣相搏，氣不得榮，因有所繫，瘕而内著，惡氣乃起，瘜肉乃生，始如鷄卵，稍以益大如懷子狀，按之則堅，推之則移，月事以時下，名曰腸覃，由氣病而血不病也，香陵丸。

石瘕

寒氣客於子門，子門閉塞，氣不得通，惡血當下不下，衃以留止，日以益大狀如懷子，月事不以時下，名曰石瘕。先氣病而後血病也，吴茱萸湯。

類中風

痰氣並作，目昏黑，名曰兒暈。狀類中風，切勿與蘇合香丸、烏藥、順氣散等劑，只宜服紫蘇飲。若口噤不能言，用白朮三錢、荆芥二錢、黑豆炒淋酒汁煎灌之，得汗即愈，可服三四劑。若不早治，必致墮胎。

傷風

妊婦傷風，香蘇散去香附加葱豆豉。咳嗽多痰加桔梗，紫蘇飲加葱頭。不喘加砂仁、童便。

傷寒

妊婦傷寒，六經治例皆同，但要保胎爲主。傷寒外感風寒，表症居多，宜汗、宜解、宜和，不過麻黄、桂枝、葛根、小柴胡等湯合四物湯，隨症治之自愈。妊婦傷寒蓄血，四物湯四兩加生地、大黄各五錢。傷寒初得，憎寒發熱，葱白十莖、生薑二兩，煎服。

瘟病

妊婦瘟病，内藴邪熱，裹症居多，不可發汗，急用護胎之法。井底泥塗臍至關元，乾再易之。或以青黛、伏龍肝爲末，水調塗之。若大渴、乾嘔、錯語、呻吟，增損三黄石膏湯、清化湯。若熱甚燥急，胎動不安，必須下之，慎勿惑於參朮安胎之説，酌用升降散、增損雙解散、加味凉膈散，或去芒硝，奪其裹熱而胎自安。若治之不早，以致腹痛如椎，腰痛如折，服藥已無及矣。或曰黄硝恐墮胎，不知結糞瘀邪腸胃中事也。胎附於脊，腸胃之外，子宫内事也。大黄直入腸胃，鬱結一通，胎得舒養，是興利除害於頃刻之間，何慮之有？《經》曰："有故無殞，亦無殞也。"正此之謂。但毒藥治病，衰去七八，餘邪自散，幸勿過劑。若四損之人，不可正治，非其損而誤補，必危。

子瘧

妊婦患瘧，無論胎息月數多少，總以安胎爲主。須察其寒熱虚實，或猋或温，用小柴胡湯加草果、柴胡四物湯、補中益氣湯，休瘧飲、何人飲、六君子湯。

煩渴脉實，大便不通，凉膈散。

煩熱大渴，或壯熱無寒，或先熱後寒，柴胡白虎煎。

子痢

妊婦利下，有三禁五審。一禁滌蕩腸胃，恐陽氣下陷，胎氣愈墜；二禁滲利膀胱，恐陰精脱亡，胎失榮養；三禁兜澀氣滯，恐口氣滯而後重轉加。

五審：

一審飲食之進與不進。飲食如常者易已，噤口者最重。但要理滯氣，飲食自進。倘過服黄連、檳榔苦寒破氣而致呃逆嘔噦者，此胃氣大敗，最危之候。惟峻與温補，庶可挽回。若脉數絶無倫，或翕翕虚大而兼歇止，或細數搏指，皆胃氣告匱，不治之症。

二審溲之通與不通。通者，胎必無虞。或月數將滿，胎壓膀胱而小便不通者，名曰轉胞。切忌利水通津，急與升提自通。須察其脉無過旺、過硬之形，宜補中益氣湯稍加車前、澤瀉以升清降濁，無有不效。

三審腹之痛與不痛。悉辨寒熱。大約初痢脹痛脹滿爲實熱，久痢疠痛爲虚寒。宜温補，勿利氣。惟急痛脉實，久按不衰者，可用炮薑、黄連和之。

四審後之重與不重。初痢後重，宜開其壅滯。久痢後重，宜升舉其陽。一切滋膩血藥，概不可用。蓋調氣則血不妄行。

五審身之熱與不熱。下痢裹氣受病，身熱則表裹俱固。可先用和營透表之藥，分解其勢，然後清裹。若初不發熱，至數日半月後發熱，脉來漸小，或虚大無力，此真陰内亡、陰虚發越於外也。在平人，可用辛温峻補；在孕婦，桂附又難輕用，惟藉參、术、薑、萸、阿膠之屬，非大補峻投，難望其回天之勳也。孕婦初痢，有外邪者，紫蘇飲加神曲，身無熱加木香，不拘赤白，悉用養胃湯，始終只此一方可愈。少腹疼痛，瘀晦不鮮，間有鮮血，連理湯，合千金三物膠艾湯。瘧痢並作，胎氣下墜，小便頻數，補中益氣湯加香附、砂仁、烏梅。一方：白术八分、條芩錢半、白芍三錢、地榆八分、甘草三分，水煎三劑，立愈。一方：鷄蛋一個，破一孔，以銀簪脚攪勾，加入黄丹三錢五分，用紅紙封口，在飯上蒸熟，食之即愈。

又，痢久不止，黄連、阿膠湯下。痢赤白灰色、泄瀉疼痛垂死者，大寧散。

妊娠瘡毒

多有病乳癰者，託裹解毒湯。

腹内癰

用軟白香辣烏藥研末五錢、牛皮膠一片，同煎服。一方：苡仁濃煎汁，時時服之。

癰毒九不治

一伏兔，二腓腨，三背，四藏腧，五項，六胸，七鬚，八鬃，九頤。

胎不安

氣血充足，形體壯實，則胎氣安固。衝任二經虛損，則胎不成實。胎動欲墮，腹痛不可忍，銀苧酒。或用紋銀煮水，着葱油作羹，食之。

吞酸吐酸，嘔惡脹滿，喜熱畏凉，下寒泄瀉，脉多細絶，無火症而胎不安者，屬陽虚寒症，宜温胃飲、理陰飲。

又，煩熱燥渴，上下不清，漏血溺赤，六脉滑數而胎不安者，屬熱症，凉胎飲、保陰煎。氣血大虛，無論先天後天，以胎元飲爲主。五福飲、七福飲、八珍湯、十全大補湯，亦可擇用。妊至三四月，自覺口乾舌燥，咽喉漸痛，無津以潤，以致胎動不安，甚則血流如水，此腎火旺而腎水虧也，潤燥安胎湯。

因母病以致傷胎欲墮者，十全大補湯去茯苓、肉桂，加續斷、砂仁。

霍亂吐瀉

上吐下瀉，以致胎動下墜，疼痛難忍，脾胃虛極也，援土固胎湯。心腹絞痛，上吐下瀉，紫蘇和氣飲，加藿香、陳皮、砂仁、薑棗。若内傷飲食，外感風寒，藿香正氣散。

吐利轉筋入腹，木瓜、吴茱萸、生薑，煎服。

閃跌

閃跌失足以致損傷元氣，因而疼痛，雖外傷實内傷也，救損湯、救傷湯。手足抽搐，鈎藤湯。一方：竹茹二合，好酒煎服即安。

汗渴發狂

口渴出汗，大飲凉水，煩燥發狂，腹痛腰疼，以致胎動欲墮，此胃火熾甚也，止焚定胎飲、玉女煎。

中惡

妊婦痰多吐瀉，偶遇鬼祟，忽然心腹刺痛，胎向上頂，悶絶欲死，名曰中惡，宜消惡安胎湯、散惡護胎湯、丁當散。一方：取男子貼體久染汗衣，燒灰存性，百沸湯調服。又，心腹絞急切痛，如鬼擊之狀，不可按摩，或吐血，或衄血，用熟艾如拳大，煮汁頓服。又方：用鹽水調和服之，以冷水噀之，吐出即安。

子滿胎肥

懷胎八九月，其胎長大，腹大腹滿，逼迫子户坐卧不安者，謂之子滿，亦謂之子肥，難産束胎丸。

胎萎不長

妊婦禀賦虚弱，至五六個月，胎萎不長。若氣血兩虚，八珍湯加黄芪爲主。脾虚胃弱，六君子湯。一方：鯉魚長一尺者，去肚腸鳞，以水漬没，内鹽及棗煮汁，稍稍飲之。當胎腹上汗出如牛鼻狀，十餘日輒一作，其胎漸長。

半産

妊婦觸損髒氣，胞繫裂斷，名曰半産，亦曰小産。半産重如大産。大産如果熟自脱，小産如生采破其皮殼，斷其根蒂也。其治法與大産同。

滑胎

素慣墮胎，名曰滑胎。其症有二：一由性傲多怒，火燥子宫；一由恣縱不節，慾火煎熬。宜常服三合保胎丸，或胎元飲、保孕丸、固胎煎、泰山盤石散。又，素慣墮胎者，受孕一兩月，續斷酒浸晒乾二兩，杜仲糯泔浸炒斷絲八兩，山藥六兩，煮糊丸，或棗肉丸，米飲送下，大補腎氣，託住胎元，何墮之有？血熱者，又當别論。又，妊娠三月，脾虚嘔吐，或胎滑不固者，資生丸。蓋胎資始於足少陰，腎資生於足陽明胃。陽明一虚，則元氣不足以養胎，又不足以自養。故當三月正陽明養胎之候，或見嘔逆，或見胎滑不固也。一方：用續斷、杜仲等分爲末，入雄猪腰子内填塞，用酒煨爛，搗和丸，如黄豆大，每日吃一個，神效。

脱榮

胎墮後，血暴下不止，面黄唇白，名曰脱榮，獨參湯。惡血瘀滯不行，腹脅脹痛，回生丹、益母丸、通瘀煎。

過期不産

月數過期不産，有屬氣虚者，有因胎滿而産遲者。大約氣血不足，胚胎難長耳。凡過十月不生者，宜大補氣血，庶分娩無虞。

胎枯

妊婦至五六月後，胎忽不動，過十數月不生，脉來微結，名曰胎枯。蓋不動者，胎以死也。經十餘月不生者，不腐而枯也。如果實在樹，敗者必腐。亦有不腐而仍在樹者，如桃奴之類是也。丹參七錢，二十餘日，服至斤餘，其胎自下。或十全大補湯，多服亦下。

鬼胎

藏府調和，血氣充實，風邪鬼魅不能干之。若營衛虚損，精神子□，形容憔悴，面目瘦黑，或乍白乍赤，骨乾毛枯，名曰鬼胎。其腹雖漸大而漫起重墜，當臍下翕翕動，按之冰冷，其脉必沉細弦澀，兩尺乍大乍小，乍有乍無，或動或止，或浮或沉，旦暮不同者，皆與正胎大異，須連視三四日乃見。若脉來急如風雨，少停復來如初者，夜叉胎也，蕩鬼湯、蕩邪丹、追祟丹、調正湯、殺鬼破胎湯下之，宜服二三劑。一方：用大黄五錢、紅花半斤、雷丸三錢，水煎服，傾盆泄血塊如鷄肝幾百片而愈。後用六君子湯調治。因鬱者，逍遥散加莪術、烏藥、香附、射香。因寒者，理中湯加烏頭、莪術、香附。因痰者，導痰湯加香附、烏藥、乾漆、桃仁。又，鬼胎如抱一甕，秦奐二巴丸。鬼胎腹中，黑血散。下腹痛，雄黄蜈癩丸，酒下二丸，日二服，加至三丸。初下清水，次下虫如馬尾狀。病劇者，下蛇虫，或如蝦蟇（癩蛤蟆）卵，或如白膏豆汁。

乳泣

妊婦乳自出，名曰乳泣。生子多不育。此氣血兩虚，不能統攝也，八珍湯多服，其子自育。

死胎

子死腹中，當急下之。勿使上奔心胸，然必驗其舌青面赤，肚腹脹大，腹冷，如久之，口中出穢氣者，方議下。尤必審其寒熱、虛實而施治之。脱花煎加芒硝，熱胎服自下。或平胃散加芒硝、歸尾、蛇蜕一條。或療兒散、救母丹、牛膝、益母湯。一方：用黄牛糞塗母腹上，立出。

雙胎一生一死者，千金用蟹爪一升、甘草二錢，以東流水一斗，先以葦柴煮，去滓，納阿膠三錢，烊化服之。血凝不下，加桂心三錢，藥入，死者即出，生者即安。神驗。

子死腹中，其人憎寒，手指、唇口、爪甲青白，面色黄黑，胎上搶心，則悶絶欲死，冷汗自出，喘滿不食。或食毒物，或誤服草藥，傷動胎氣，下血不止，桂枝茯苓丸，淡醋湯嚼下，神效。

一法：以桂术三錢、射香一粒，同研，温酒服。須臾，如手推下。

子母存亡

面赤舌青必子死，面青舌赤母命危。面舌俱青吐涎沫，子母俱亡二命虧。

臨月調理

氣虛者，紫蘇飲加補氣藥，服十餘劑。或達生散吞益母丸二十餘劑。

一方，以猪肚一具，加葱五味，煮爛食之。食如不盡，次日復食，已盡而止。不得與别人食，食則無效。

胎動去血

腰腹痛，銀阿湯。

瘈瘲面青

孕婦八九月，瘈瘲，胎動不安，心腹絞痛，面目青冷汗出。

癥痼害

婦人素有癥病，經斷未及三月而得漏下不止、胎動在臍上者，爲癥痼害，桂枝茯苓丸。一方：用桃奴燒灰，和水服，瘥。

毒藥傷胎

甘草黑豆湯，加淡竹葉。

藥毒衝心，外症牙關緊急，口不能言，手直握拳，頭低自汗，身微熱，用白扁豆三兩，去皮爲末，新汲水調下即安。此症十死一生。

腰腹痛

腎以係胞胎，因勞傷損動其經，風冷乘之，故腰痛。冷氣乘虚入腹，則腹亦痛，妊婦患此，多致墮胎，宜膠艾四物湯，大豆淋酒汁服。外邪所傷，獨活寄生湯。一切血疼及血氣虚，四肢不舉，骨髓熱痛，大地黄丸。

生育門

臨産

妊婦月足臨産，腹内如覺動轉疼痛，須要安詳，莫自慌亂。舒體仰卧，時時緩步，使兒身轉正，静以待之，致其時，自然順生。

産室

室内四時具要寒温適中，夏宜清凉，勿令炎熱中暑昏迷。倘有其事，不妨稍舉凉水以解之。冬宜温暖，勿令寒冷，免致血凝，腰背下身，就火時烘。産家醫人，不可不知。

難産七因

一因安逸。婦人懷胎，血養氣護，宜常微勞，令氣血周流，胞胎活動。如久坐久卧，氣血不能流運，胎亦沉滯不動，故令難産。常見田野勞苦之婦，忽然途中腹痛，立時便生可知。

二因奉養。胎之肥瘦，氣通於母，母之所嗜，胎之所養。如恣食厚味，不知減節，故致胎肥難産。常見藜藿之家，容易生産可知。

三因淫欲。胎在胞中，全賴氣血育養。静則神藏，情欲一動，火擾於中，血氣沸騰。三月以前犯之，易動胎小産。三月以後犯之，一則胞衣太厚而難産，一則胎元漏洩，子多肥白而不壽。試觀之，牛羊犬馬豕，一受胎後，牝牡絶不相交，故胎胎俱易，個個無損可知。

四因憂疑。今人求子之心雖切，保胎之計甚疏。或问卜禱神，或聞適有變産者，常懷憂怯，因之産亦艱難。

五因軟怯。如少婦初産，神氣怯弱，子户未舒，更腰曲不伸，輾轉傾側，兒不得出。又，中年婦人，生育既多，氣虚血少，産亦艱難。

六因倉皇。有等愚蠢穩婆，不審正産弄産，但見腹痛，遽令努力。産婦無主，只得聽從。以致横生、倒生，子母難保。

七因虚乏。孕婦當産時，兒未欲生，用力太早。及兒欲出，母力已乏，令兒停住，而産户乾澀産。

交骨不開

有因氣血不足者，有因初次胎産者，宜開骨散。虚弱加人參，或令穩婆麻油調滑石，塗入産門，用兩指緩緩撑開。又，奪門湯亦妙。降子散、突門散。

横生

因兒身方轉，用力太早，逼令兒身不正。當著産母安然仰睡，令老練穩婆輕手先推兒身順直，服補中益氣湯。須臾提上，重新轉身，兒頭已對産門，急扶即下。氣血俱虚，服轉天湯。

倒生

兒未轉身，妄自努力，致令手脚先出，着產母仰睡，令穩婆親手推入，候兒自順。若良久不生，令穩婆手入產户，就一邊拔兒，轉順產門，却服催生藥。一法：用花針刺兒手足心三四次，用鹽擦之，即收。此法不可用，恐兒痛緊，母命難存。

偏產

兒雖轉身，但未順生。因急於努力，致頭偏一邊。雖露頂，非也。乃額角耳。用前手法，却服催藥。

棖後

兒頂後骨偏注穀道，露頂，名曰棖後。令穩婆以棉衣烘暖裹手，於穀道外旁輕手託正，令產母努力即生。

坐臀生

兒方出胞，氣力不續，身未轉運，却被產母用力一迸，兒臀先露，名曰坐臀生。用前手法。

背包生

兒生已正，門路已順，兒頭已露。因兒轉身，臍腸絆其肩項，以致不能即下，名曰背包生。用前手法。

盤腸生

產時腸先拖出，兒已產下，腸仍不收，名曰盤腸生。其出時，用净盆盛温水，少久香油養潤，待兒與胞衣下時，母略仰卧，自已吸氣上升，穩婆以香油塗手，徐徐送入。或濃煎黄芪湯浸之，内服補中益氣湯，即上。外用蓖麻子四十九粒，研爛，塗產母頭頂，腸收上，急洗去。升腸飲亦妙。一方：用大指摻麻油浸透，點燈吹熄，以煙薰母鼻中，腸即上。

下死胎

臨産驚動太早，血先下而胎元乾涸，僵死腹中。不必驚惶，惟令産母上床穩卧，切勿用力努掙，徒傷神氣。第宜勉進飲食，勿令氣乏。服脱花煎，加芒硝三五錢，或加附子一二錢，水煎熱服，其胎即化水下而下矣。若係初産，交骨未開，遇此恐損其母，十全大補湯倍參桂，三五劑自下。一方：肉桂三錢，射香、當門子一粒，合研温酒下，須臾，加手推出。又，或因毒藥打胎，以致胎死不下，奔迫上衝，喘不得卧，氣口大於人迎一倍，厥陰脉弦動而疾，兩尺俱短而離經者，開骨散大劑，煎服。

坐産

因兒將産，其母疲倦，久坐椅褥，抵其生路，須用手巾一條，拴。

擇穩

臨産，預先擇老成歷練、明白經事之人。無故，切勿令其先使手法，如試水探漿等事，但囑令寬心，寧耐以待生時，可也。

服藥

新産女子，臟氣堅固，胞胎緊實。七八月間，宜服保産無憂散數劑。臨産再服數劑，撑開道路，兒自易生。又，用力太早，以致漿水先行，或連日不産，勞倦神疲，中氣不續，加味八珍湯。然不若人參爲專功。

驚生

産室不可多人。人多則語聲喧嘩，産母之心必驚。驚則心氣虚怯，産時多致困乏，名曰驚生。須疾摒去，只留一二人，母心安而胎亦寧静矣。

試胎弄胎

妊婦八九月時，或腹中痛，痛定仍然如常者，名曰試胎。月足腹痛，或作或止，腰不痛者，名曰弄胎。二者均非正産之時，切勿躁擾疑惑，惟寧静以待其時。

坐草

産婦坐草，最要及時。兒身未順，寧可遲遲，寬心以待，倘坐草太早，非正産時而妄用其力，往往逼胎不正，遂有横倒之患。

臨盆七候

臍腹急痛，腰間重墜，眼中出火，穀道挺迸，産户腫滿，手中指筋脉跳動，胞水或血俱下，方是子出胞時，始可用力。如數症未備，即一二日，切不可使其努挣。

三字寶

六字真言：一曰睡，二曰忍痛，三曰慢臨盆。三字寶，曰未離經。六字真言出於常人之口，産婦未能深信。三字寶爲醫者之言，不容不信。凡入産家診視，無論脉之滑濇，痛之緊緩，但曰未離經。産婦聞其脉未離經，不敢望其速下，惟安心耐痛。産婦一安，舉室皆安，更以大剂甘温藥，助其元氣。若值正産，痛至極熱時，自脱然而出。倘非正産，腹痛漸減而胎自安。

催生

産婦包漿已下一二時辰不生，方可用催法，蓋漿乃養兒之物，漿乾不産，必胎元無力，愈遲則愈乾，力必愈乏，不得不以大補氣血之藥，助其母力。唯人参爲至聖，其次則脱花煎、佛手散。然亦須子已出胞，又骨既開，門户已正，方爲有益。若止憑産婦腹痛之言，穩婆頭至之説，妄用催方，不惟無濟，反速其斃。慎之戒之！

臨産時，令人路上尋破草鞋一只，取耳燒灰，温酒調下三錢，得左足者男，得右足者女。覆者死，仰者有驚。神妙。又，蓖麻子七粒，去殼，細研成膏。塗足心，胎即下。速洗去，不洗，腸出。用[1]。

凡産難，或横或倒，死胎爛脹腹中，柞木飲。

産後調理

凡生産，飲熱童便一盞，不得便卧，且宜閉目而坐。又以醋塗鼻，或用醋炭及燒漆器，更以手從心擀至臍下，使惡血不滯。如此三日，以防血暈血逆。不問腹痛不痛，有病無病，以童便和酒半盞，温服五七次，妙。酒不可多，宜頻食白粥少許。一方：松烟好墨，不拘多少，碳火煅通紅，以醋淬之。再煅，再淬，至七次，研極細末，才産，童便調服。

産後門

朱震亨云："産後氣血兩虚，惟宜大補，雖有他證，以末治之。"張從正云："産後慎不可作諸虚不足治之。"二説各有偏處。當合形、證、脉三者，詳其虚實而審用攻補，方不致誤也。

血暈

胞胎既下，氣血俱去，忽爾眼黑頭弦，惡心欲吐，額上鼻尖有微汗，鼻出冷氣，神魂外越，名曰血暈。去血過多，面唇色白，解暈湯、清魂散。惡露去少，停瘀上攻，迷暈，面唇色赤，佛手散。一方：用秤錘燒紅，瓦盆盛至床前，以醋沃之，令酸氣入鼻，收神即醒。一法：燒乾漆，令煙薰産母面，即醒。産時，先以火燒煙罩産母側，便無血暈。如無乾漆，取舊漆器火燒煙熏，亦妙。

---

① 用，疑爲衍文。

氣脱

血既大下，氣亦隨去，故昏暈不省。微虛者，少刻即甦。大虛者，竭脱即死。如眼閉、口開、手撒，六脉微細，或浮而散，名曰氣脱，急用人參六七錢，炒米、煨薑、紅棗煎湯，灌入即甦。或無力備參，當歸補血湯加炒米、煨薑、紅棗。又，上氣喘急，咳嗽連聲，胸前脹痛，喉内痰鳴，水米不入，脉數無倫，六味回陽飲，加鹿茸五錢。又方：氣脱，用縫衣針，刺眉心穴，得血出，即出語矣。

血逆

形氣脉氣俱有餘，胸腹脹痛氣粗，外症兩手握拳，牙關緊閉，名曰血逆，黑神散。無脹無痛屬氣虛，芎歸湯，加肉桂。

胞衣不下

産母用力困乏，以致胞衣不下，其證多死。急尋路上破草鞋一隻，近陰處軟係臍帶數道，務宜繫緊，然後斷其臍帶，洗兒收養。若不斷帶，子氣灌入，轉脹不出。内服奪命散，免致上攻。或風冷乘火，血少乾澀，加味五苓散。心煩意燥，時發血暈，送胎湯。若血入胞衣，心胸脹滿喘急，漆黄丹、失笑丸、花蕊石散、脱花煎加芒硝，以逐胞中之血。臍腹堅腫，急痛殺人，通瞿牛膝湯。急令穩婆以手指頂胞底，摸上口攀開一角，全服胞全出，破服胞破出。或服鷄子黄三枚，外解本婦頭髮，刺喉令嘔。若胞上升，恐惡血奔心，蓖麻子一錢，搗爛塗足心。

玉門不閉

女子初産，身體纖柔，産户窄小，手出不快，乃至撕裂，浸淫糜爛，日久不斂，此氣血大虛也，十全大補湯，加五味子。又，初産傷重而腫痛，甘草煎湯洗之。或蛇床子三兩煎湯，頻洗即愈。又，以葱白和乳香，搗成膏，貼腫上，效。又，玉門不閉，石硫磺、海漂蛸、北五味各等分共爲末，摻患處，日三易。又，陰户突出，石硫磺三錢、菟絲子二錢、吴萸二錢、蛇床子錢五分，水煎頻洗自收。一方：白芨、白龍骨、訶子、爛蜂殼、黄柏爲末，先用紫蘇煎湯，拭洗後，以此藥搽之，即愈。

舌出不收

胞胎之系，原通於心。用力産子，心爲驚懼，故子下而舌亦出也。古有以恐勝之，其法未善，宜助氣鎮心丹、斂舌丹，含漱久之，然後咽下。

周真以朱砂敷其舌，令仍做産狀，以兩女扶掖之，乃於壁外置瓦盆，投地作聲，聲聞而舌收矣。

惡露不下

惡露者，裹兒污血也。産時當隨胎而下。有因産時去血太多，内無血行，其面色必黄、白，腹必不痛者，虚也，聖愈湯。有因風冷相干、氣滯血凝而不行，其腹必脹痛者，實也，失笑散。若兼外感，熟料五積散，亦妙。

惡露不絶

污血日久不斷，時時淋漓。其色或濁污不明，或淺淡不鮮，或臭或腥或穢，辨其虚實而攻補之。

因衝任虚損，血不收攝者，虚也，十全大補湯加阿膠、續斷。因瘀行不盡，停留腹内，隨化隨行者，實也，佛手散，或兼失笑丸。亡血過多，心腹微痛，血下久不止，亦治。赤白帶下，年深諸藥不能療者，用貫衆一個，去毛，好醋蘸濕，漫火炙令香熟，爲末，米飲下二錢。

頭痛

面色黄白，外無寒熱表症，内無便秘裹症，此産後去血過多，血虚頭痛也，八珍湯加蔓荆子，芎歸湯，加連鬚葱五根、生薑五片。有敗血上衝而頭痛者，黑龍丹。兼腹痛者，芎歸湯。兼表症者，熟料五積散。

又頂巔痛，敗血停留子宮厥陰之位，其脉上貫頂巔，黑神散。又，頭痛已，復心痛，既而目睛痛，如割如刺，更用更止，花蕊石散。

心胃痛

產後心痛，爲陰血虧損，隨火上衝心絡而痛，名曰心包絡痛，四肢厥逆，爪甲青白，乃風冷寒凝，氣血滯澀也，大嚴蜜湯。

飲食停滯，中脘作痛，惡食嘔吐，曲蘖二陳湯，加木香、砂仁。又大便結硬，小便赤澀，渴欲飲冷者，内有實熱也，玉燭散。瘀血上衝，失笑散散之。血即散而痛猶作，用八物輩。

腹痛

去血過多，血虚而痛者，當歸建中湯。瘀血壅滯而作痛者，失笑散。腹中有瘀血着臍下，宜下瘀血湯。傷食、惡食、脹悶者，異攻散加山楂、六曲。風寒乘虚入於胞中，外見冷痛形狀，芎歸湯加肉桂。瘀血未盡，轉側若刀錐之刺，近上者，失笑散；近下者，通瘀煎。兼外感諸症，熟料五積散。腹中絞痛，及寒疝虚勞不足，當歸生薑羊肉湯。腹痛煩滿不得卧，枳實芍藥湯、桃仁芍藥湯，氣滯加元胡。

少腹痛

產母胎中，原有血塊，產時破散與兒俱下，則無患也。若產婦藏氣風冷，使血凝滯在於小腹，結聚疼痛，名曰兒枕痛，殿胞煎。少腹堅硬，小腹利，瘀血也，延胡索散、通瘀煎。少腹堅硬，小便不利，淅瀝脹痛，蓄水也，五苓散。堅硬紅腫，將成㿉疝之症，吴茱萸湯。臍下胞胎所係之處，血之所聚也，產後無時刺痛，痛則有形，須臾痛止又不見形，黑神散。產時寒氣客於產門不作脹，無形影，虚疝也，金陵散、當歸生薑羊肉湯。小腹結塊，按之痛益甚，血滯也，散結安枕湯。按之痛即止，腹寧湯。

脇痛

因氣血瘀滯，下犯肝經，在左屬血，延胡索散；在右屬氣，四君子湯加柴胡、青皮。血去過多而痛者，八珍湯加肉桂。兩脇疼痛，四肢浮腫，寒熱往來，喘咳吐酸，胸膈不利，此肝腎兩虚，陰不能入於陽也，轉氣湯。又，敗血流入肝經、手不可按者，芎歸瀉肝湯。若脇下痛喜人按，其氣閃動肋骨，狀若奔豚者，此去血過多，肝藏虚也，當歸地黄湯。又，兩脇脹滿，膀胱宿有停水，産後惡露不盡，水與氣相搏激，故脹滿而痛也，香郎湯。又，腹脇滿悶，嘔吐恶心，此敗血散於脾，不能運化津液而成腹脹，散於胃不能受水穀而生嘔逆，抵聖湯主之。

腰痛

腎主腰，胞胎所繫，産時勞傷腎氣，損動胞胎，虚未平復，而風令乘之，以致腰痛，下連兩股皆痛，不可轉側，佛手散加獨活、肉桂、續斷、牛膝、防風、桑寄生。又，因去血過多，以致三陰經氣血虧損者，八味地黄丸湯，加續斷、杜仲。又，惡露方行忽止，腰中重痛，下注兩肢，痛如刀刺入骨，此由血滯於經絡，不即通之，有大痛處必作癰疽，局方調經散，加陵鯉甲虻蛭桃仁湯，惡露下，即住服。恐作癰者，預服五香連翹湯。又，敗血流入腎經，帶脉阻塞，其腰脹腹痛如刺，時作時止，手不可近，加味復通散。有因産時，起伏閛闔，挫閃腎。

遍身疼痛

因去血過多，榮血不足。或因風寒有表症者，熟料五積散、趂痛散。又，瘀血停滯、唇面紫色、身脹痛者，四物湯加桃仁、紅花、秦艽、没藥，或加黑薑、澤蘭。又，産後百節閉張、血脉流散、氣弱者，經絡肉分之間血多凝滯，骨節不利，筋脉急引，故腰不能轉側，手足不能屈伸而痛也。勿作風寒用汗劑，宜趂痛散。又，遍身疼痛青腫，用牛膝、大麥芽等分，新罐填滿，鹽泥固濟，煆赤爲散，熱酒調服二錢。

腹中塊痛

産時風冷乘虚而入，以致瘀血凝結有塊，堅硬攻痛，延胡索散。寒氣滯澀、少腹攻築而痛者，吴茱萸湯、暖肝煎。

經攣

產後筋脉拘攣疼痛，不能舒展，俗名鷄爪風。由産後血液虧損，不能榮筋，又被風乘，以致拘攣疼痛也。無汗，四物湯加柴胡、木瓜、桂枝、鈎藤；有汗，八珍湯加桂枝、黄芪、阿膠。

傷食嘔吐

產後過食肉麵傷於飲食者，必心胸飽悶，惡聞食氣，懊惱嘈雜，吞酸吐酸，六君子湯加山楂、神曲、香附、砂仁、枳實。若更嘔逆痰涎，二陳湯加減治之。又，惡露不行，二陳湯加丁香、人參、炮薑、澤蘭、藿香。又因寒，理中湯加藿香。腎氣虚冷嘔吐，宜温胃止嘔湯、全母湯。又，因瘀血者，脉弦澀，不惡食而嘔多血醒，因於食者，脉弦滑而嘔多酸臭。

呃逆

產後呃逆，皆因氣血兩傷，脾胃虚寒、中焦之氣厥而不順所致，神香散加伏龍肝爲末，用桃仁、吴萸煎湯衝服。如不效，當以參附湯峻補之。歸氣飲亦妙。又，發熱面紅，小便赤色，属熱實者，茹橘飲。

喘促

產後氣喘，極危證也。因下血過多，榮血暴竭，衛氣無倚，孤陽上越，宜驟補其氣，參附湯。又，因惡露不行，敗血上攻於肺而喘者，必面色紫黑，奪命散。虚者，二味參蘇飲，煎湯衝服。又，肺腎兩虚，理陰煎、六味地黄湯加人參、安喘至聖丹。又，脾肺兩虚，四君子湯加炮薑、當歸。兼外感者，加荆芥、陳皮、川芎、當歸。又，瘀血入肺，口鼻起黑氣及鼻衄者，肺胃將絶也，兼服二味參蘇飲、救脱活母丹、蛤蚧救喘丹，間有得生者。若敗血薰肺喘急，漆黄丹。營血暴絶，芎歸湯。風寒，旋覆花湯。食傷，平胃散。

浮腫

產後敗血，乘虛流入經絡，血化爲水，故令浮腫，有氣血水之別。

輕虛浮腫，心胸脹滿，因素有水飲所作，爲氣分，枳术湯。氣虛者，助氣分水湯。

喘嗽小便不利爲水腫，茯苓導水湯。□□□□□□□□□□□□□□□□□□□□□□。一方：產後水腫，澤蘭葉、防己等分爲末，酒醋調服二錢。又，膠腫脇痛，寒熱喘嗽吐酸，胸結不利，此肝腎兩虛也，轉氣湯、歸氣救產湯。

發熱

產後發熱，非止一端。如食飲大過、胸滿嘔吐、惡食者，爲傷食發熱。早起勞動、感受風寒者，爲外感發熱。惡露不去、瘀血停留者，爲瘀血發熱。均宜熟料五積散。又，有產時傷力發熱，去血過多發熱，三日蒸乳發熱。又，產時用力勞乏發熱者，十全大補湯。氣血兩虛發熱者，八珍湯。去血過多，血脱煩躁，乾渴面赤而熱者，當歸補血湯。又，陰血暴脱、孤陽無附而外越發熱者，參附湯。遲則大汗、大喘而無救矣。

寒熱

產後寒熱往來者，陰陽不和也。乍寒乍熱者，榮衛不調也。寒熱似虐者，停瘀兼食也。壯熱憎寒者、汗出愈風者，均宜熟料五積散，或柴胡四物湯、更生散。又，產後氣血中氣大虛，惡寒惡熱，身痛自汗，惡食頭疼，溯源救腎湯、加味生化湯。

頭汗

產後亡血，陰虛陽熱上蒸，頭上汗出至頸而還者，當歸六黄湯，内芩、連柏，俱炒黑用。

自汗

產後自汗太甚。黄芪湯或逍遥散加熟棗仁、烏梅。

大汗

陰血大脱，孤陽外越，大汗不止，參附湯、六味回陽飲。

中風

產後氣血大虚，雖患中風，惟宜大補。即有火熱風痰氣閉，亦當末治，十全大補湯爲主。熟料五積散亦妙。芎歸湯加荆芥穗、淋黑豆酒煎服。又一方，荆芥焙爲末，豆淋酒調下二錢。或童便亦妙。又一方：荆芥、薄荷等分研末，童便衝酒服，神效。

痙病

產後氣血不足，藏府皆虚，多汗出，腠理不密，風邪乘虚襲入，遂成痙證。手三陽之筋，結於頷頰，風入頷頰則口噤。陰陽經絡周環於身，風中經絡則頭項肩背强直，如角弓反張之狀。產後患此，皆屬虚象，八珍湯加黄芪、附子、肉桂，少佐防風以治之。若見頭摇喘促、汗出不止、兩手撮空者，則爲真氣已去，邪氣獨留，必死之候。

瘈瘲抽搐

產後去血太多，陽氣熾盛，筋無所養，必致瘛瘲抽搐，發熱惡寒，心煩口渴，不宜作風治，惟當氣血兩補，八珍湯加丹皮、生地、釣藤鈎。若無力抽搐，或□□，大汗不止者，不治。

不語

氣血兩虚，鬱冒神昏者，八珍湯加釣藤、菖蒲、遠志、猪心煎水煎服。又，痰熱乘心者，二陳湯加胆星、黄連。又，敗血，衝心七珍散。又，腎氣虚寒，厥冷痹痛，地黄飲子。又，閉目不語，生白礬末錢，熱水調下。

驚悸恍惚

產後血虛，心氣不守，神志怯弱，故令驚悸恍惚不寧也，茯神散。因憂愁思慮傷心脾者，歸脾湯加朱砂、龍齒。

妄言見鬼發狂

產後敗血衝心、狂亂見鬼、詀語妄言者，小調經散、澤蘭湯。又，心血虛、神不守舍而悶亂者，妙香散、歸脾湯。又，產後半月不慎房幃以致目見鬼神、血崩昏暈，救敗求生湯、救死丹。

虛煩

產後血虛，心煩短氣，人參當歸湯。又，敗血衝心，失笑散。又，去血過多、煩而燥者，乃亡血症也，當歸補血湯。

發渴

氣虛津液不足而渴者，參脉散。血虛而渴者，四物湯加花粉、麥冬。渴甚不解，竹葉歸芪湯。

咳嗽

產後因起動太早、感冒風寒而咳者，旋覆花湯、孰料五積散。陰虛火炎上爍肺金而嗽者，八仙長壽湯。又，瘀血上衝入肺而嗽者，佛手散加桃仁、紅花、杏仁、川貝母、延胡索。

鼻黑鼻衄

鼻準屬脾，孔屬肺，胃脉起於鼻交額中，還出於口。交人中，左之右，右之左，產後口鼻起黑氣及衄血，皆氣血空虛，榮血散亂，乃胃敗肺絶之症也，急用人參澤蘭葉湯、二味參蘇飲加附子，間有得生者。又，衄血失血，止失湯。又一方：急取絲綫一条，並產婦頂心髮二莖，緊繫中指節上，即止。

産子痢

産後痢疾，名曰産子痢。多因飲食不調，貪食生冷，或起居不慎，衝寒受暑所致。腹中絞痛、裏急後重者，有餘之症也。又，日久虚寒脱者，不足之症也。又，痢色黄赤稠粘，熱也，□□四物湯。又，清稀澄澈如鴨糞，寒也，真人養藏湯。又，冷熱不和，芍藥湯。墜者，倍加檳榔，痛加大黄。又，日久不止，氣血大虚，十全大補湯。又，胎前下痢、産後不止者，人以爲七日必死之候。若元氣未敗，脉有胃氣，粥食可進者，伏龍肝湯隨症加減，多有得生者。外感風寒，倉廩散。又，因暑困濕，香連丸。又，敗血滲入大腸成血瘀者，四物湯加阿膠、地榆、血餘、烏鰂魚骨。又，生産時，臍腹受冷，飲食不化而腹痛，惡露不行，理中湯爲主，白加吴萸、术香；赤加桂心、茯苓，或炮薑、黑楂，虚加人參、肉桂。又，□□□□□□□□□□□□□□□□□□□□□□田螺一枚搗爛，入麝香一厘、吴萸一分爲末，拌匀，掩在臍上，繫緊，以引火下利行。俟呃止後，以當歸一兩、白芍三錢、甘草一錢、枳殼三分、檳榔一分，水煎服。

瘧疾

産後敗血，流閉諸陰則寒，流閉諸陽則熱，熟料五積散或生化湯，加柴胡、鱉甲。又，因痰食，二陳湯加山楂、厚樸。又，陰勝寒多，理陰煎；陽勝熱多，三陰煎。陽氣陷入陰中，補中益氣湯、補陰益氣煎。陰陽兩虚，十全大補湯。

蓐勞虚羸

産後氣血兩虚，起居不慎，風寒外襲，瘀血内停，更或飲食厚味過傷，憂勞憤怒，乃不足之中挾有餘之症，致生寒熱往來，臍腹脹痛，懶進飲食，喜眠卧，起則頭暈昏迷，骨蒸潮熱，盗汗自汗，痰喘咳嗽，面色萎黄，肌肉削瘦，氣力難支，名曰蓐勞，医治甚難。治法當先扶脾胃，宜六君子湯加減用之，使脾胃强壯，能食能消，則後生天水穀之氣，化生精微，氣血自然壯盛，精神自然漸爽。然後調其衛氣，和其榮血，宜三合散隨症加減治之。如寒熱往來，臍腹脹痛，去人參、黄芩、生地，加延胡、桃仁。如懶食喜睡頭眩，去柴胡加黄芪、砂仁、陳皮。如骨蒸盜汗、自汗，去川芎、柴胡，加鱉甲、地骨皮、牡蠣。如痰喘咳嗽，去人參、柴胡，加麥冬、川貝母、百合。如面黄肌瘦乏力，去柴胡、川芎，加黄芪，倍人參。臨症消息治之。服後諸症已痊，惟覺虚羸者，則以八珍十全養營湯、理陰煎、五君子煎、當歸生薑羊肉湯等方補之。救癆丹。

血崩

産後陰血已亡，更患崩症，則是血脱氣陷，十全大補湯加阿膠、升麻、續斷、棗仁、山萸、炮薑。又，暴怒傷肝，逍遥散加黑梔、生地、白茅根。又，内有停瘀，小腹脹痛，佛手散、失笑散。又，血崩不止，口舌燥裂，死症也，定崩救産湯。

面紫

産後面紫，乃惡血上衝氣壅，故目不合，用山楂一兩炒枯，童便煎服。

面黑

産後面黑，乃惡血入肺，發喘欲死，用蘇木一兩，水煎調人參細末五錢服。

泄瀉

産後泄瀉，其因有五：一因胎前泄利未止，産後尤甚；一因臨産過傷飲食，産後滑脱；一因新産驟食肥腥，不能尅運；一因新産煩渴恣飲，水穀混亂；一因新産失護臍腹，藏府受冷，均宜理中湯，隨症加減治之。如食，加枳實、山楂。水，加桂心、茯苓。虚寒加桂附。又，久泄腎虚，胃關□四維散。又，小便混濁如泔，□□□□□□□□□□□□□□□□□□□□□□□□□□□□不止，加蘄艾、香附、吴萸。

大便秘結

產後便結，因失血過多，津液不足，胃燥腸枯也，濟川煎。腹滿覺脹，欲去不能而結在大腸者，用猪胆汁潤之，大劑八仙長壽丸。

遺糞(尿)

燕窠中草燒爲末，酒調下半盞。又一方，枯礬石、牡蠣煆爲末，酒服方寸七。又方，白蘗、白芍爲末，酒服方寸七。

小便癃閉

產後熱邪挾瘀血流滲胞中也，四物湯加蒲黄、瞿麥地、桃仁、牛膝、滑石、甘草、木香、木通。又，氣閉不通，腹脹如鼓，用炒鹽加麝一字填臍中，外用葱白十餘莖，半指厚，盖茎麝上以艾灸之，熱氣入腹，難忍即止。又，下陰腫脹，小便不通，濕氣感中包絡也，通水散。

小便淋漓

產後氣血下陷，小便頻數而色白者，補中益氣湯。若小便不禁，八味地黄湯，加益智仁、桑螵蛸、補骨脂。穩婆不慎，傷其胞脬，以致小便淋漓，完胞飲、補胞飲、八珍湯加紫河車、補脬飲、黄芪當歸散，均以猪胞煮湯，煎藥服。

大便出血

大腸經熱也，芩連四物湯，加地榆、阿膠、荆芥、蜜升麻、棕櫚皮灰。脾虚不能攝血，歸脾湯。中氣下陷，補中益氣湯。

敗血成癰

產後氣血兩虚，榮氣不從，逆於肉理，或敗血留内，結成癰疽，生化湯加連翹、二花、甘草、乳香、没藥。

交腸

屎出前陰，尿出後陰，名曰交腸。又婦人横生險産，抓破脬腸，多有此症。利腸導滯，瓜子仁湯、薏苡仁湯。補療胞損，補脬散、猪胞飲。調養正氣，八珍湯兼服礬蠟丸。

三衝

一曰敗血衝心，其症或歌舞談笑，或怒駡坐卧。甚者逾牆上屋，口咬拳打，山腔野調，號佛名神，十難救一，花蕊石散、黑龍丹。如悶亂不致癲狂，失笑散加鬱金。又，一曰：敗血衝胃，其症飽悶嘔惡，腹滿脹痛，平胃散加薑桂。不應，送來復丹。嘔逆腹脹、血化爲水者，金匱下瘀血湯。此症五死五生。一曰：敗血衝肺，其症面赤嘔逆欲死，十全一二，二味參蘇飲。甚，加芒硝。

三急

産後諸症，惟嘔吐、盜汗、泄瀉爲三急，並見必危。痰閉心竅，抵聖散去芍藥，加炮薑、茯苓。多汗，加烏梅。

顫振

産後顫振，乃氣血虧損、虚火益盛而生風也。切不可以風爲□□□□□□□□□□□□□□□□□□□□□□當歸補血湯，加荆芥、豆淋酒煎服。又，婦人胎前産後顫振瘛瘲，逍遥、歸脾、小柴胡、補中，選用。

麻瞀

産後去血過多，遍體發麻，昏迷不省人事，名曰麻瞀。若兼胸膈痞悶，下體重著，或時心神蕩摇，若無心肺之狀，頃則周身冷汗如瀝，大吐痰涎而蘇。此産後經脉空虚、痰飲乘虚襲入之故，六君子湯加歸芪、肉桂、炮薑、香附。若兼周身大痛，筋脉瘛瘲，肌肉瞤動，或時頭面赤熱，腿上振振動摇，頃則蒸蒸汗出而穌，此産後榮血大虧，虚風襲入之故，十全大補湯。服後麻瞀不止，地黄飲子。

陰出肉綫

産後水道中出肉綫一條，長三四尺，動之則痛欲絶，此帶脉虚脱也。任前督後，帶脉爲束，二脉有力則帶脉堅牢，二脉無力則帶脉崩墜。産後亡血過多，無血以養二脉，而帶脉力難升舉，自隨溺而下，兩收丹、收帶丹。又一方，先服失笑丸，次用薑三斤，搗爛入醬油二斤，煎油乾爲度，用絹包起肉綫，曲屈於水道邊，以前薑熏，冷則熨之，二日即收入。外服芎歸湯。加肉綫□，則不可治矣。

肝痿

産後陰户内垂下一物，其形如帕，或有角，或如合缽狀，有二峻，名曰肝痿。因胎前勞役惱怒，産後肝不藏血，失血過多，肝之脂膜隨血崩墜，收脂湯。

傷寒

産後傷寒，不可輕汗輕下，熟料五積散、大温中飲、理陰煎。無汗用麻黄，有汗用桂枝，頭痛用川芎、羌活。或四物湯合小柴胡湯，加二花、澤蘭、益母、乾薑。又，惡露未盡，黑龍丹、通瘀煎。又，積熱停滯，麻仁丸、大柴胡湯。胃虚食少，加白术、茯苓。痰飲嘔逆，加陳皮、半夏，均宜以四物、人參爲主。

温病

産後温病，佛熱内熾，三合湯加減，治之最妙。如萬不能不下，升降散。無妨增損雙解散，去芒硝、黄連，加生地、川芎，尤爲對症之藥。其餘脉症治法與男子同。

中暑

産後中暑，霍亂吐瀉，切忌香薷，消暑活産丹，間有生者。

發黄

產後一身盡黄，濕熱産滯而不散也，欲治黄而氣血更消，欲補虚而濕黄更甚，補虚散黄湯。

腸中癢

不可忍者，以針綫袋安所卧褥下，勿令人知。或取口箭杆及簇，亦安所卧褥下，勿令婦知。

中風

産後正氣暴虚，百節開張，風邪易入，調理失宜，風即中之。不省人事，口目蠕動，手足攣曲，身如角弓，此風自外中者也，愈風湯。熱加葛根，冷加白术，手足不遂加牛膝、草薢、黄芪，腹痛倍用歸芎，不食加人參、元參。

又，産後去血多，肝氣暴虚，神昏氣少，汗出膚冷，眩暈足倒，手足瘛瘲，内不能養神，外不能養筋，此風自内生者也，當歸建中湯加黄芪、人參、熟附子。又，中風口噤，手足瘛瘲如角弓；或産後血暈，不省人事，四肢强直；或心眼倒築，吐瀉欲死，古拜散三錢，豆淋酒和童便調服，或灌入鼻中，亦妙。

脚氣

産後血虚，履濕冷之地，或洗足當風，濕毒内攻，脚氣攣痛，其狀熱悶掣瘲，驚悸心煩，嘔吐氣上，小續命湯、獨活寄生湯。

産後諸症

凡産後外感内傷，瘀血不行，痰凝氣滯，頭疼身痛，恶心發熱，心腹疼痛，寒熱往來，似瘧非瘧，小腹脹滿，□□咳嗽，嘔吐痰水，不思飲食，胸緊氣急，手足搐搦，狀類中風，四肢疼痛，渾身麻痹，及一切無名怪證，均宜熟料五積散。

乳證門乳者化之信，故字從孚、化，省文也。

乳房屬胃腑，乳珠屬肝經。乳者，穀食之氣所化。未孕之先，其所化之津液，游溢入心，則色變化而赤，是爲血。下歸血海，應象而行月事。既孕之後，其所化下資衝任，留閉胞宫，以養胎元。若既産，則化爲乳汁以食兒。故乳與血，皆本水穀之精氣所化，在上爲乳，在下爲經，本同出於脾胃之所化也。或曰：未孕産之先，何而不亦化爲乳？而必化乳於既産之後乎？不知未孕而月事下者，由天真之氣，自然而至也。既孕而閉經者，由一點靈根凝氣而結於胞宫，則胞中之氣必吸引諸津以爲養也。既産，上爲乳汁者，由胞宫胎元已降，不須吸引諸精，其衝脉之氣乃返而上行陽明。氣盛熱蒸，則流於經，泄於乳隧，由未輸肺入心而變赤也。食兒藉以舌哺，亦天然之養也。故催乳者，返其氣而入心化赤，則復下爲月事矣。其有各證，務宜詳察調治，亦不可混施。

乳汁不行

産後失血過多，以致乳汁不行，四物湯①加花粉、王不留行、木通、猪蹄熬湯，煎藥服，外用葱白煎湯，時時淋洗乳房，以通其氣。或服通乳丹②、化乳丹③、猪蹄湯④。又，肝氣鬱結，兩乳脹痛，通肝生乳湯⑤、生汁湯。又，瘀血停留，氣脉壅滯，其乳必脹痛，湧泉散⑥。又一方，用雄猪前脚爪一個，鬼蔓須二個，□□□之一日即通，雖無子女人服之，亦有乳。又一方，經入蓮子燒存性，酒下二錢，盖被，取汗即通。又一

① 四物湯：即熟地、當歸、川芎、白芍。
② 通乳丹：即人參、黄芪各一錢、當歸二錢、麥冬五錢、木通桔梗三分、猪蹄二個。
③ 化乳丹：熟地、當歸、黄芪各一錢，麥冬、枸杞各三錢，山萸四錢，山甲一片，菟絲五錢。
④ 猪蹄湯：即黄芩、當歸，赤芍、白芷、蜂房、羌活、甘草、猪前脚蹄一只，煮湯煎藥。
⑤ 通肝生乳湯：麥冬、白术各五錢，通草、遠志各一錢，柴胡二錢，甘草三分，熟地一錢。
⑥ 湧泉散：古白丁香、王不留行、花粉、漏蘆、猪蹄湯。一方有穿山甲、薑、蠶。

方，鮮蝦一斤，取净搗爛，酒熱服，少時乳至。再用珍蹄湯[1]飲之，一日幾次如復。又，婦人肥胖，痰氣壅盛，漏蘆湯[2]。

乳汁自湧

産後乳汁暴湧不止，氣血大虚也，十全大補湯，倍用參、芪[3]。

乳泣

未産而乳自出，名曰乳泣。由胎元薄弱，滋漑不全，生子多不育。

蒸乳

産後三日，發熱於五更時候，名曰蒸乳，不藥自愈。

吹乳

懷胎六七月，胸滿氣上，乳房結腫痛疼痛，名曰内吹。産後肝胃氣濁，其子吮乳熟睡，鼻孔凉氣，襲入乳房，與熱乳凝結腫痛，令人寒熱往來，煩躁口渴，名曰外吹。二者久則成癰，瓜蔞散[4]。不散，加皂角刺，或連翹金貝煎，外以香附餅[5]敷之。或南星、半夏、姜蟲、白芷、天丁、草烏爲末，葱汁合蜜調敷。又，色紅多熱，柴胡清肝湯[6]。不紅氣鬱，逍遥散[7]。勢欲成膿，加白芷、黄芪、連召，或透膿湯[8]，潰後須

---

① 珍蹄湯：即八珍湯加黄芪、漏蘆、陳皮、木通，先煎猪蹄汁二碗，煎藥服。一方，通草二錢、川芎一錢、甘草一錢、山甲十四片，猪蹄湯煎，加葱薑鹽料服之。忌冷物，要吃羹。

② 漏蘆湯：即漏蘆二錢、蛇蜕一條、土瓜根爲細末酒調，服下二錢。

③ 十全大補湯，即八珍湯加肉桂、黄芪。

④ 瓜蔞散：即瓜蔞一個黄色者，以炭火煅存性，瓦器盖在地上一宿，去火毒，研細末，作一服，温酒調下。又方，瓜蔞一个，乳香、没藥、当歸各二錢，甘草一錢，酒煎服，加天丁，名立效散。

⑤ 香附餅：香附細末，麝二分，研匀，蒲公英二錢，煎酒去渣，酒調熱敷。

⑥ 柴胡清泉肝湯：柴胡、赤芍、生地、牛子、當歸、連召、川芎、黄芩、枝子、花粉、防風、甘草節。

⑦ 逍遥散：白芍、白术、當歸、雲苓、甘草、柴胡、薄荷、生薑等味。

⑧ 透膿湯：本書只有透龍散，黄芪、當歸、川芎、山甲、天丁。

大補氣血。

妬乳

新産兒未能吮乳，乳汁蓄積，與氣血相搏，壯熱大渴，通乳脹硬掣痛，名曰妒乳。令孩兒用力吮出，内服瓜蔞散，外敷香附餅，免後成癰。又，乳頭生小細瘡痛者，亦名妬乳。内服連翹散[①]，外敷鹿角散[②]。

乳膨

初産因子不育，蒸乳而發、發寒熱作痛者，名曰乳膨，用斷乳法，以四烏湯[③]，加炒麥芽一兩即止。

乳癰

乳房忽然紅腫、堅硬、疼痛、增寒、壯熱、頭痛者，欲成癰也。此由肝胃二經風熱壅盛，初宜消毒飲，加防風、羌、獨。服後不消，其膿已成，加皂角刺、穿山甲。潰後氣血虛，益氣養營湯[④]。膿清久不斂，急服十全大補湯[⑤]。又一方，用巴豆一粒去油，冰片三厘，飯粘爲丸，雄黄爲衣，將丸貼眉心，外用膏藥蓋之。夏貼三個時辰，春秋冬貼一日，去之如神。亦治吹乳。又一方：活鯽魚一個，山藥一段，搗爛敷之。又一方，潰爛，久不收口，用枝元殼、乾胭脂，燒灰存性爲末，摻上即愈，如神。

---

① 連翹散：防風、玄参、白蘞、芒硝、大黄、甘草、射干、升麻、白术、杏仁、生薑等味。

② 鹿角散：鹿角、甘草爲末，鷄子黄，調銅器内，炙敷之。

③ 四烏湯：四物湯加香附、烏藥、甘草。

④ 益氣養營湯：即八珍湯加黄芪、貝母、陳皮、香附、柴貝齒。口更口乾加五味。脉遲，寒熱往來，加柴胡、骨皮。膿清，加參、芪。膿多，加芎歸。膿不止，加參芪、當歸。肌肉遲生，加白蘞、宫桂。

⑤ 十全大補湯：四物湯（熟地、白芍、當歸、川芎）加四君子湯（黨参、白术、炙甘草、茯苓），即八珍湯，再加芪、桂（即十全大補湯）。

乳岩

乳内結核，如圍棋子大，不痛不癢，五七年或十餘年，從内潰破，嵌空玲瓏，洞竅深陷，如有山岩，故名乳岩。由抑鬱不舒，或性急多怒，傷損肝脾所致，連服十六味流血飲，外以木香、生地搗餅，以熱氣熨之。且不時以青皮、甘草爲末，薑湯調服。戒七情，遠葷味，解開鬱怒，方能治愈。潰後八珍、十全、歸脾，選用。又一方，用生蟹殻十枚，放砂鍋内，焙焦爲末，每次好酒服二錢，不可間斷。

乳懸

産後瘀血上攻，兩乳細長，下垂過腹，名曰乳懸，亦名乳卸，芎歸湯時時飲之。如不上，即以蓖麻子仁四十九粒、射香一分，搗貼頂心，收即去之。又，因盛怒肝氣發者，小柴胡湯加羌活、防風、白蘞，燒烟熏之。又，夏子益方，以川芎、當歸一斤，於病人桌下燒烟，令將口鼻吸烟，用盡未愈，再作一料。

摘乳

食少乳多、欲摘乳者，免懷湯。欲斷乳者，炒麥芽煎湯服之。又，婦人之血，上則爲乳，下則爲經，欲摘乳者，通其月事，則乳汁下行，免乳脹之苦。

乳瘡

婦人乳頭，生小淺熱瘡，爛癢，以芙蓉花或根、或葉，爲末摻之。

乳頭裂痛

取秋後冷落茄花，陰乾研末，清油調搽，或秋後裂開茄子陰乾，燒存性，水調塗。

前陰諸證門

婦人前陰諸疾，每諱而不言，且有不告其夫者，醫难遽問。惟審脉察形，探其虚實，如尺中洪弦滑大、或覆引入尺澤者，必有肝火濕熱迫注之憂。如深沉微空澀者，必屬虚寒滑脱之患。既得是脉，當默悟其故。或以言挑之，自必實以相告，便可按法施治。

陰腫

婦人子户腫脹、墜痛及兩拗疼痛，謂之痃。痃，一名蚌疽，乃心肝火盛、濕熱下流所致也，龍膽瀉肝湯。中氣素虚，下陷重墜，補中益氣湯。外以蘄艾、防風、大戟，熬湯熏洗，更以枳實、陳皮爲末，炒熱熨之。又，由勞傷血分者，四物湯加丹皮、澤泄、花粉、柴胡或秦艽湯。又一方，菊花苗葉，不拘多少，搗爛，以百沸湯淋汁熏浸洗之。又，産後受風，宜芎、歸、羌、防、荆芥、乳没，煎湯熏洗。

陰痛

婦人陰中作痛，名曰小户嫁痛。痛極，往往手足不能伸舒。由鬱熱傷損肝脾、濕熱下注所致，八味逍遥散，外以四物湯料合乳香搗餅，納陰中，其痛即止。《千金方》用大黄一兩、酒三盅，煎二三沸，頓服。

陰癢

多因濕熱生虫，甚則肢體倦怠，小便淋漓，逍遥散、龍胆瀉肝湯。外以桃仁研膏，合雄黄末、鷄肝切片，蘸藥，納陰户中。其虫一聞肝腥，皆鑽肝内吮食，將肝提出即愈。又一方，銀硃烟搽鷄肝以納之，尤妙。外以椒茱湯熏洗。一方，以桃葉搗爛，綿裹，納陰中，日易三四次。又一方，以甘蔗渣燒灰，入冰片，擦之，立止。

一方，以蛇床子、白礬煎湯洗。陰癢突出，用臭椿根皮、荆芥穗、藿梗煎水熏洗，神效。陰癢且痛，目腫身黄，欲得男子。漏血下白，少氣思美食，用鯉魚長一尺者，去頭並肉，取骨搗末，熬黄黑，和猪脂，以絹袋盛如常法，納陰中至痛處，即止，虫當自出。

陰挺

陰中突出一物，如蛇、如菌、如鷄冠者，名曰陰挺，即古之癩疝類也。或因包络損傷，或因分娩用力太過，或因氣虚下陷，濕熱下注。如屬熱者，必腫痛，小便赤數，龍胆泄肝湯。屬虚者，必重墜，小便清長，補中益氣湯加青皮梔子，外以蛇床子、烏梅，熬水熏洗之，更以猪油，調藜蘆末敷之。産後遇怒受風所致，逍遥散加荆芥、防風。又一方，以水楊湯熏洗之。又一方，以温水洗軟，用雄鼠糞燒煙熏入。

陰瘡

婦人陰瘡，名曰𧏾。由七情六鬱火損傷肝脾，氣血凝滯，濕熱下注，久而虫生，虫蝕成瘡，膿水淋漓，時痛時癢，有若虫行，少腹脹悶，溺赤頻數，食少體倦，内熱晡熱，經候不調，赤白帶下，種種症見，宜分治之。

婦人嗜酒，喜食魚蝦發風之物，以致其臍腹二陰遍生濕瘡，熱癢而痛，出黄汁，二便澀，此中下二焦，蓄蕴風熱毒氣也。以馬齒莧四兩研爛，青黛一兩和塗，痛熱皆去。内服八正散。若不禁酒發物，當病腸風内痔腫痛者，四物湯加柴胡、梔子、胆草。潰爛出水而痛者，八味逍遥散。重墜者，補中益氣湯加梔子、丹皮。外内俱潰者，芍藥蒺藜煎。可洗者，百草煎。可敷者，螵蛸散、完瘡散。一方，先用荆芥、蛇床子湯熏洗後，搽蛇蜕散。一方，蛇床子一兩、花椒三錢、白礬三錢，煎水乘熱熏洗。婦人陰内忽生瘡，痛癢無時不可當，尋取鯽魚將胆抹，不逾時刻便清凉。

陰痔

婦人陰中有肉突出，名曰陰痔，俗名茄子疾也。因産未滿月，取重物墜下，流黄水者易治，流白水者難治，内服逍遥散、補中益氣湯、歸脾湯，外以烏頭存性，口醋熬熏。一説，紅茄者可治，白者不可治。内服沉桂八珍湯、口薇散，外以魚腥湯熏洗數次，其物自收。後服三茱丸，可以斷根。一方，用茄岩剉爛，煎水洗。若另出者，以巴豆漿絲綫纏其毒上，過晚即落。推生門邊縛上，亦用茄岩、枯礬煎水洗。

陰冷

由風寒乘虚，客於子臟久之，血凝氣滯，多變他症，且艱於受孕。多服八味地黄丸。外以遠志、乾薑、蛇床子、吴萸、蓮花各五錢研細，綿裹納陰中，日二易，兼兔矢塗陰門。肥盛者，多是濕痰下流所致，二陳湯加蒼术、白术、羌活、防風。一方，吴茱萸嚼細納入，良久如火。

陰吹

陰中時時氣出有聲，如穀道轉矢氣狀。若氣血大虚、中氣下陷者，十全大補湯加柴胡、升麻。或用猪膏煎婦人亂髮服之，導病從小便而出。

陰蝕

陰户内，一癢即酸麻徹骨，一痛即痛楚連心，名曰陰蝕。由産後收護不慎，以致風寒内逼，月經調攝失宜，遂延濕熱中生。或因拭月經之巾，在蔭僻處陰乾，但此等巾袱，原不敢見於天日之下，理宜陰乾。然偏僻處，或有毒虫遺子於巾袱之上，氣感入内，而生陰蝕也。若臨用時，務宜以火重烘一番，用之爲妙。或産未滿月即交接，或經未净時便貪淫。或惹疳毒内熱，故子宫生虫，陰内作癢，治法宜清熱流氣飲、川楝祛毒湯服之，鷄肝散、絲瓜散搽之，蓖麻湯洗之，艾葉湯薰之。倘治之不如法，則子宫散而陰門脱，遂致不起。

一方，以猪肝二斤，直切長片，捲成陽物樣，用好射香拌之，煮熟取起，加麻油擦肝上，塞入陰中，一冷取出，再换塞之，三四次立愈。一方，蚯蚓四條，葱數條，炙乾爲末，用蜜一碗煮成膏，入末藥，搗匀，納入陰户，虫盡死矣。

胃虚積熱，四物湯加菖蒲、胆草、黄連、木通。寒熱與虚勞相似，虫入臟腑也，逍遥散、吞蘆薈丸。外以塌癢湯熏洗，銀杏散塞入陰中，殺虫止癢。

陰翻

產後陰翻，用澤蘭葉煎湯熏洗之，即收。或加枯礬五錢亦妙。若流黄臭水作痛，取綿繭二三錢，燒灰存性，酒調，鴨毛搽毒上即收。

陰硬

陰户硬如石，衣裳撞著，痛不可忍，用青魚胆七個，或鯉魚胆七個，用絲綿二三錢，燒存性同魚胆汁調，鴨毛搽上片時即軟。

交接出血

婦人每交接輒出血者，由傷損心脾二經也，歸脾湯，加伏龍肝煎服。或桂心、釜底墨爲末，酒衝服。童女交接，陽道違理，血出不止。燒髮灰，並燒青布末塗之，割鷄冠血塗之。一方，以赤石脂末，或五倍子末塗之。

血結

婦人小腹滿如敦狀，小便微難不渴，此爲水與血，俱結在血室也。甘遂一兩、阿膠一兩、大黄二兩，水碗半，煮半碗，頓服，其血當下。

陰脱

陰户開而不閉，癢痛出水也，由憂思太過所致也，逍遥散或歸脾湯，俱加柴胡、梔子、白芍、丹皮。由産後而得者，補中益氣湯，加五味、白芍，醋炒，外俱用荆芥、枳殼、訶子、文蛤大劑煎湯熏洗。

陰臭

由子臟有寒，寒搏於津液，蘊積氣衝於陰，故變臭也。此亦由内熱所致。

子臟開

由子臟宿虛,因産,冷氣乘之,血氣得冷,不得相榮,故令開也。

雜證門

夢與鬼交

婦人七情内傷,虧損心脾,神無所護,鬼邪干正,魂魄不寧,故夜夢鬼交,獨笑獨悲,如有對忤,歸脾湯調辰砂、琥珀末服之。外燒殺鬼雄黄散以辟之。或以鹿角爲末,和清酒服,即出鬼精。灸鬼哭穴,以患人兩手拇指相並,用綫紮緊,當合縫處半肉、半甲間,灼艾七壯。若果是邪祟,病人即乞求免灸,我自去矣。

猫鬼相侵

婦人淫亂,思色久之,必有猫鬼相侵,情意相通,似睡不睡,交接昏迷,淫精泄漏,隱而不説,日见容色衰瘦,用鹿角屑,搗細末水調服方寸匕,即言其實也。

梅核氣

咽中帖帖如有炙肉,吐之不出,吞之不下,即所謂咽中如有炙臠也,名曰梅核氣。蓋因内傷七情、外傷寒冷所致也,半夏厚朴湯。一方,用半夏、川朴湯煎濃汁,傾入粗碗内,用射干一塊、檳榔一個、烏藥一塊、沉香一塊、枳殼半個,依次入藥碗,各順磨五十下,仍入前藥,和匀,食遠服之。重者,六七劑而愈。愈後二十日,再服舌餂散。

血風瘡

婦人遍身起瘖,痛如丹毒狀,或癢或痛,搔之成瘡,由風濕血燥所致也,八味逍遥散加黄連、生地。如瘡結痂,而復起白屑肌膚强硬者,乃血少不潤也，益氣養營湯。

臁瘡

婦人憂思鬱怒，傷損肝脾，或飲食不調，損其胃氣，則湿熱下注。更被寒湿外邪所客，則必兩臁生瘡。外臁足三陽經尚易治，内臁足三陰經多難愈。初起紅腫，人生敗毒散。潰後潰水淋漓，補中益氣湯。若更晡熱，是爲陰虧，宜兼服六味地黄丸。若食少體倦畏寒，真陽不足，桂附地黄丸。

足跟痛

足跟，乃督脉發源之地、腎經所過之處。若三陰熱，則足跟疼痛，六味地黄湯。痛久不愈，腫潰流膿，八珍湯。

浮腫

婦人經水先閉，後病腫，乃寒濕傷於衝任，血壅經遂不行，流於四肢而腫也，名曰血分，難治。宜小調經散加紅花、丹皮、牛膝以調其經。經通而腫自消。先病腫，後經閉，乃土不制水，水邪泛溢於皮膚，膀胱之氣化不行而腫也，名曰水分，易治。宜茯苓導水湯以消其水。腫消而經自行。

二十七卷

參附湯一　温胆湯二　理中湯　附子湯　清化湯　黄芪湯三　芍藥湯二　三合湯四　銀河湯　釣藤湯七　養胃湯　連理湯四六　保生湯六一　解懸湯六三　止啼湯　救損湯　救傷湯　蕩鬼湯　轉天湯　解暈湯　轉氣湯　全母湯六四　奪門湯　生化湯　收帶湯　收脂湯　生汁湯　椒茱湯　水楊湯六五　鯉魚湯　香郎湯　抵聖湯　猪蹄湯六八　秦艽湯六九　免懷湯　紫菀湯　澤蘭湯七十　導痰湯　止失湯　漏蘆湯七一　芎歸湯七三　五物湯八四　固胎湯　調正湯　養營湯　透膿湯　四烏湯七五　蓖麻湯七四　艾葉湯七四　魚腥湯

龍胆瀉肝湯三　當歸六黄湯一　黄連阿膠湯七　枳桔二陳湯十　槐連四物湯十九　茯苓導水湯二八　茯苓補中湯三十　倉公下氣湯三一　附子理中湯四十　沉桂八珍湯四一　獨活寄生湯四三　真人養臓湯五十　三物膠艾湯五九　人参當歸湯　人参澤蘭湯六四　潤肝安娠湯　参艾芎歸湯　甘麥大棗湯　殺鬼破胎湯　當歸建中湯六五　土金雙培湯　消惡安胎湯　散惡護胎湯　助氣補漏湯　安奠二天湯　潤燥安胎湯　援土固胎湯　牛膝益母湯　温胃止嘔湯　救敗求生湯六六　歸氣救産湯　通肝生乳湯六七　當歸地黄湯七二　甘草黑豆湯　芎歸瀉肝湯　虻蛭桃仁湯　五香連翹湯　溯源救腎湯　加味生化湯三七　千金鯉魚湯　桃仁芍藥湯　枳實芍藥湯　定崩救産湯七七　柴胡清肝湯七八　益氣養營湯八二　沉香降氣湯二九　順肝益氣湯六八　託裹解毒湯七七　助氣分水湯八四　竹葉歸芪湯　補虚散黄湯七七　川楝祛毒湯八三　加味清室湯八六　桂枝桃仁湯八

佛手散　妙香散　五淋散一　神香散　海哈散二　平安散五　手拈散十二　茯苓散十二、一九　七珍散十五、三一　絲瓜散十六　升降散十七　金鈴散十八、三二　療兒散　降子散　突門散　玉燭散　趂痛散二九　安營散　黑神散　達生散　清魂散　奪命散　失笑散　更生散　三合散　湧泉散三一　必勝散　開骨散三二　連翹散三一　蛇蜕散三七　蒼稟散四三　通肝散　抵聖散四六　牛膝散　銀杏散四七　舌餂散四八　霄薇散四九　大寧散　螵蛸散五二　丁當散　四維散 通水散　鹿角散　完瘡散　鷄肝散　丁香白术散一　川芎茶調散　烏藥順氣散　增損雙解散　藿香正氣散三　人参丁香散　泰山磐石散十七　加味涼膈散十九　千金白薇散　生地連黄散二四　當歸芍藥散二五　熟料五積散二六　局方調經散　加味復通散　黄芪當歸散

三茱丸四　資生丸六　香連丸十二　蘆薈丸二五　束胎丸三一　保孕丸三二　海香丸四一　益母丸四四　麻仁丸　黄芩防風丸七七　秦吴二巴丸　雄黄蜈獺丸八三　三合保胎丸　桂枝茯苓丸八五

淡竹葉湯七七　吴茱萸湯七六　下瘀血湯七七　大嚴蜜湯八十　羚羊角散五十　花蕊石散五一　延胡索散　天仙騰散五四　小調經散五五

五福飲　七福飲三一　胎元飲　歸氣飲三四　口瘧飲　温胃飲三三　涼胎飲三八　知母飲　紫蘇飲　升陽飲　茹橘飲　完胞飲　補胞飲　消毒飲三九　清白飲三六　補脬飲四十　安和飲四一　十六味流氣飲四五　止焚定胎飲　二味參蘇飲四九

攝血丹　追祟丹、救母丹　救死丹、兩收丹十五　兩消丹、黑龍丹十二　通乳丹、化乳丹十六　蕩邪丹十七　回生丹二二　救癆丹二三　安喘至聖丹三十　救脱活母丹三四　助氣鎮心丹三九

醫學述要卷之二十八　小兒科

平階楊際泰輯編
受業周文元、查玉品、弟應翥，侄裕儀、裕陞同校

小儿科，古謂之啞科，以其言語不能通、病情不易測也。但風、寒、暑、濕、燥、火，以及泄瀉、瘧痢等症，與大人同，不復贅。惟即其與大人異者，録之以備參考。

心

心惡热，热則面赤，摇頭、咬牙、努身、上竄，喜合而面卧，心氣實，則叫哭发热，飲水而搐，喜仰卧。心氣虚，則卧而悸動不安，与肝风相搏，則发搐。心属火，諸痛癢疮瘍皆属火。火盛則津液乾而病渴。心藏神，热則神乱而卧不安。舌者，心之苗。热則舌破成疮，又为重舌、木舌，舌長出而不收。心主笑，心氣不足則多笑。

肝

肝有風則面青、目連劄，肝有热則目赤直視，肝氣實則大叫呵欠，項急煩悶，肝氣□則咬牙多欠，肝疳則白膜遮睛。肝主筋，肝痛則筋急、項强、搐搦牽引。肝主怒，痛則性急大叫哭，甚則卵肿。肝在下，热則二便难。肝藏魂，热則尋衣拈物，甚則撮空摸床。

脾

脾屬土，其體静，故脾病喜困。脾氣不實，則睡久。土主濕，伤則为肿，为脹，为黄，为吐瀉。脾之竅在口唇。脾有風則口歪、唇动。热

則口臭唇瘡。寒則口角流涎，謂之滯頤。氣不和則口頻撮。脾主舌本，热則吐舌、弄舌。脾主津液，热則口乾飲水。脾主四肢，热則四肢不收。

肺

肺之竅在鼻。肺受風則噴嚏，鼻流清涕。受寒則鼻塞，呼吸不暢。受熱則鼻乾爲衄血。寒熱傷肺則氣逆，爲喘，爲咳。肺熱則手指眉口。肺疳則鼻下赤爛。肺主皮毛，肺虚則皮乾、毛焦。喘不止則面腫。咳不止則胸骨高，謂之龜胸。肺主金，其體燥，病則渴不止。好飲水，謂之膈消。肺主哭，肺氣不足，則多哭，其聲不續。

腎

腎主骨，腎氣不足則下竄。盖骨重，惟欲下墜而縮身。腎虚則目長明，目之白睛多，其顱即解。腎之竅在耳，腎虚則耳薄，腎熱則耳聾，或出白汁，兩足不喜衣盖。腎主骨，熱則生疳，即走馬疳也。腎開竅於二陰，腎熱則二便不通，腎冷則小便下如米泔。

小兒病症虚實

面赤氣粗，口燥唇瘡，作渴喜冷，大小便難，掀衣露體，煩啼暴叫，聲洪脉强，伸體而卧，睡不露睛，手足指熱，皆爲實證。邪氣有餘也。面色青白，氣怯體軟，脉息微弱，口鼻微寒，飲湯安静，泄瀉多尿，嘔惡驚惕，抱腹喜按，乍凉乍温，夜則虚汗，屈卧露睛，手足指冷，皆爲虚證，正氣不足也。

小兒熱證有七

面腮紅、大便秘、小便黄赤、渴不止、上氣急、足心熱、眼珠紅。

寒證有七

面皖白、糞清白、肚腹虚脹、眼珠青、吐瀉無熱、足脛冷、睡中露睛。

看兒病訣

小兒初生時，欲知有病無病，以手撿起頭，摸起顱顖，不作聲者，爲無病。以手指探其口，雖發聲而從容咂指者，有病亦輕。若即發聲，不咂指者，面色青紅帶紫，或牙關緊急，不納乳汁，此落地受寒之甚，風邪入足太陽及足陽明，須急治之。

初生之兒，肥胖色嫩，日覺好看者，其根本不堅，甚非佳兆，最易感冒風寒。凡邪入腑者，近在第二三日見之。其證吐乳夜啼、腹鳴，此皆胎風之類，淺而易治，宜用燈火法治之。若邪入臟者，遠在六七日見之。如臍風噤口、撮口風之候，若口噤、舌大、痰壅者，皆不治。以心脾肺三經受病深也。

初生死證

身破裂者、陰囊白者、陰不起者、無糞門者、股間無生肉者、開口如鴉聲者、粉白花色者、皮肉不光者、泣不出聲者、舌如豬肝色者，皆死。面無彩色者、臍帶短大紫色者、生下渾身銀白色者，皆夭。生下有齒者，大凶，主傷父母，或傷自身。生下未裹，即撒尿者，殺父母，蕩家産，在世終身勞苦。

小兒壽夭

頭者，諸陽之會，髓之海也。頭角豐隆，髓海足也。背者，藏府俞穴，背平滿，臟腑實也。皮腹寬厚，水穀盈也。耳目口鼻，七竅無闕，形象全矣。肉實者，脾足。筋强者，肝足。骨堅者，腎足。不妄言笑者，心足。不多啼哭者，肺足。哭聲連續者，肺實。不久眠睡者，脾實，兼之脚健而壯，項長而肥，囊小而黑，根株固也。肥肉温濡，榮衛和也。腮妍如桃，髮黑如漆，表氣實也。小便清長，大便滋潤，裏氣實也。聲音清亮，有回音者，皆爲壽相。其兒無病易養。

諸陽皆起於頭。顱破頂軟者，陽衰於上。諸陰皆起於足。腨小脚蹉者，陰衰於下。鼻孔乾燥者，肺枯。唇縮流津者，脾冷。髮稀者，

血衰。項軟者，柱折。青紫之筋見於面者，氣病風熱；兼之形枯色灰者，表虚。瀉痢無時者，裏虚。瘡疥啼哭及多笑語者，皆陽火妄動之候。啼哭散而無聲者，皆爲夭相。其兒多病難養。

觀兒知病生死

將小兒手背，推至指甲根處拿定，有血應甲者生，如舊色白者死。次挐小兒中指甲，掐知痛者生，不知痛者死。

病重筋透三關，將針刺風關筋上，血出紅活者生，血紫者死，無血者死。

小兒死候歌

眼生赤脉貫瞳人，赤脉属心，瞳人属腎，乃心火勝腎水，水乾則不能生木，致肝腎俱絶，故知必死。顖門腫起又作坑。顖門者，精神之門户，熱盛氣壅則腫，熱微氣脱則陷。指甲青黑鼻乾燥，指甲青黑，肝絶也。鼻乾黑燥，火尅金也。鴉聲忽作肚青筋。忽作鴉聲，肝絶也。肚大青筋，木尅土也。虚舌出口咬牙齒，虚舌出口，心氣散也。嚙齒咬人，腎氣絶也。目多直視不轉睛。太陽絶也。魚口氣急啼不得，魚口氣急，脾絶也。啼不作聲，肺絶也。蚘蟲既出死形真。胃氣絶也。手足擲搐並咬乳，擲摇，筋絶也。咬乳，腎絶也。靈丹十救一無生。魚目定睛夜死，面青唇黑晝亡。啼而不哭是痛，哭而不啼是驚。

自鼻直上髮際，曰天中。天中之下，曰天庭。天庭之下，曰司空。司空之下，曰印堂，在兩眉中。印堂之下，曰山根，即兩眼之間。山根之下，曰鼻準，即明堂。鼻準之下，曰人中。人中之下，曰承漿。承漿之下，曰地閣，即頦也。兩額角，曰太陽。兩眉梢，曰方廣。

察色

小兒脉來駛疾，指下難明，惟察面部五色，以知病源。夫十二經脉，三百六十五絡，其氣血皆上於面，而走空竅。盖人上下九竅，鼻爲肺竅，口爲脾竅。有諸竅而後三百六十五絡之氣，皆通於面，故曰氣血走空竅。人身五體，以頭爲首，首中有面，面中有睛，睛中有神。神

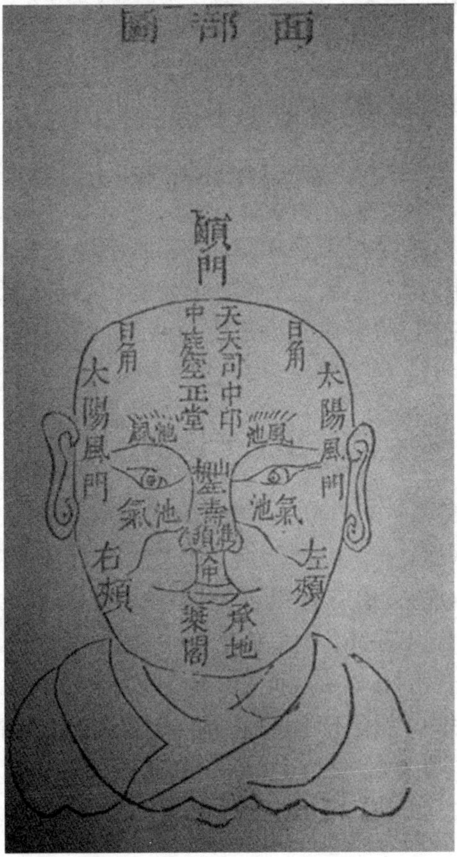

者，目中光彩是也。隱顯橫衝，應位而見，以應五臟之色。五臟所主，病症蘊於内，必形色見於外，故以察色爲要。

面部證

左腮爲肝，右腮爲肺，額上爲心，鼻爲脾，頦爲腎。五岳赤者，熱也。黄者，積也。淡白者，虚寒也。青黑者，痛也。

左頰屬肝　春見微青者平，深青者病，白色者絶。赤色，主身熱拘急，肝熱生風。青黑色，主驚悸腹痛。淺赤色，主潮熱。夜間發，日中歇。脣紅焦躁，脉必緊數。

右頰屬肺　秋見微白者平，深白者病，赤色者絶。淺赤色，主潮熱，或大便堅而氣粗、壅嗽。青白色，主咳嗽惡心。青色，主風入肺，時時咳嗽。青黑色，主驚風發，或肚痛盤腸内弔。

額上屬心　天庭也。火性炎上，故居上。夏見微赤者平，深赤者病，黑色者絶。赤色，主心經有風熱，心燥驚悸，睡卧不安。青黑色，主心中有邪，驚風腹痛，手足瘛瘲而啼叫。青黑色，主心腹疼。黄色，主驚疳，骨熱渴，皮毛乾燥，夜多盜汗，頭髮焦黄。

鼻上属脾　四季見微黄者平，深黄者病，青色者絶。赤色，主身熱，不思飲食。深黄色，主小便不利，鼻孔乾燥，氣粗鼻衄，夜間多哭。淡白色，主泄瀉，食不化。青色，主吐乳，口鼻乾燥，大小便不利。

下頷属腎　地閣也。木性潤下，故居下。冬見微黑者平，深黑者病，黄色者絶。赤色，主有熱。膀胱與腎爲表裏，則水道不利，故小便癃閉。

印堂　青主驚洩，紅主大驚，痰熱夜啼，黑主客忤。

山根　青黑，頻見災危。黑色痢疾，赤黑色吐瀉，黄色霍亂，紅色夜啼，紫色傷飲食，黑黄甚者死。

年壽　平陷主夭，青主發熱生驚。黑主痢死，紅主燥死，微黄曰平，黄甚曰霍亂。

印堂連準頭　紅，三焦熱。

印堂至山根　紅者，心、小腸熱。

山根至鼻柱　紅者，心胃熱。

承漿　青主食時被驚。黄主吐逆，亦主血利。黑主驚風。

眉上　青吉，忽紅，主煩躁夜啼。黄主霍亂。久病紅者死。

風氣二池　青主風候。紫吐逆，或發熱。黄主吐逆，赤主燥啼。

兩太陽　青主驚，青自太陽入耳者死。紅主血淋。

左太陽　青色驚輕。紅色傷寒。黑青色乳積。

右太陽　青色驚重。紅色風搐。黑色者死。

兩頤　青主吐蚘。

唇　脾應唇。紅主渴，蛔虫咬心頭者，唇必反。唇畔色黄，主脾經積熱。唇口抽動，主驚熱不安。若口流涎，唇色紫，乃脾氣虚寒也。

人中　唇際也。黑主瀉痢，死。紅色熱痰壅盛。青色驚搐。黑色爲痛。中惡黄色，傷食吐痢。

口　右扯，肝風也。左扯，脾痰也。黑色繞口者，死。

耳　耳後微赤，少陽經風热。微黄，主睡中驚悸咬牙。耳乾燥，主骨蒸。疳热作渴盜汗，耳流膿，腎經有热也。

牙床　紅腫，热也。破爛，胃火。

鼻孔　乾燥，热也。流清涕，寒也。

齒　如黄豆者，腎氣絶也。

舌　乾燥、黄胎、赤腫，皆大便不通。或通利，必焦黄。如舌裂生芒刺，舌上出血，皆热極陽毒。舌上生瘡，心脾有熱。舌黑若潤，上焦虚热也。

目　赤心熱，導赤散①。淡紅，心虚熱，生犀散②。青肝熱，瀉青丸③。淺淡者補之。黄，脾熱，瀉黄丸④。無彩色、精光，腎虚，地黄丸⑤。

小兒諸病，但見兩眼無精光，黑睛無轉運，目睫無芒鋒，如魚猫眼狀，或兩眼閉而黑睛朦朧者，死。或外若昏困，而神藏於内不脱者，生。黑珠滿輪，睛明者，少病。眼白多，睛珠或黄或小者，禀弱多病。面目浮腫，主久咳嗽，乃脾受疳積也。

黑珠屬肝　純見黄色者顣，目睛視物不轉，或目合不開，或目開不合，皆肝絶也。

白珠屬肺　色青，肝風侮肺也。淡黄色，脾有積滯也。老黄色，肺受濕热也。

瞳人屬腎　無光彩，又兼發黄，腎氣虚也。

大角屬大腸　破爛，肺有風也。

小角屬小腸　破爛，心有热也。

---

① 導赤散：生地、木通、草稍、竹葉。

② 生犀散：書上只有犀角散，方用犀角屑、天麻、枳殼、防風、黄芪、黄芩、羌活、白蘚皮、白蒺藜、檳榔、白及、甘草五錢、烏梢蛇二尾，酒洗，共研粗末。每服八钱，生薑五片煎服。

③ 瀉青丸：胆草、大黄（酒蒸）、羌活、防風、山梔、川芎等分蜜丸，竹葉湯下。一方，加當歸。

④ 瀉黄丸：本書只有瀉黄散，方用犀角、黄連、生地、青皮、木通、石膏、丹皮、荆芥、牛子、大黄、紅花、地丁、燈芯等味。

⑤ 地黄丸：白芍三錢，當歸五錢，川芎、丹皮、柴胡、知母、獨活、五味、寒水石三錢，防己二錢酒製，熟地、生地、茺玉子八錢，丹參、黄柏五钱，蜜丸。

上胞屬脾　腫則脾傷。

下胞屬胃　青色，胃有風也。睡而露睛者，脾胃虚热，又脾氣不足也。

辨色賦分注

察兒形色，先分部位。欲辨形之强弱堅脆，色之夭澤枯榮，必先分上下、左右之部，定五行四象之位，然後按部察色，以定症之安危。

左頰青龍屬肝，右頰白虎屬肺。左右陰陽之道路也。盖五行之位，木旺在卯，金旺在酉，天地之理，陽從左升，陰從右降，故以左頰配肝，右頰配肺。

天庭高而離陽心火，地閣低而坎陰腎水。火旺在南，水旺在北，故以心配離於天庭，以腎配坎於地閣，亦陽升、陰降之義。

鼻在面中，脾應唇際。鼻爲面主，位居至中，内通呼吸，生死賴之。脾爲中土，倉廪之本，其華應唇四白。

紅色見而熱痰壅盛，青色露而肝風怔悸。概言通面之色。通面，爲胃經所主。胃經鬱熱，面必淡紅。熱摶津液，定化爲痰而壅滯。風邪衝並，面必見青。心神不安則爲怔忡驚悸。

如煤之黑爲痛，中惡逆傳；似橘之黄食傷，脾虚吐利。面見黎黑，至凶之候，幸而暴病乍見，實爲中惡之征。偶因惡毒之氣，從鼻而入，肺先受之，阻遏正氣，隧道不通，所以腹痛邪盛，不能自出，反致子乘母位而逆轉，如肺傳脾、脾傳心者是也。橘黄，深黄也。脾司運化，乳食不停，何黄之有？若運化失職，所以食填太陰，脾氣凝滯，故深黄上面，致有吐瀉之虞。

白乃疳癆，紫爲熱熾。白屬肺，氣虚子傷累母，所以脾必困而爲疳。紫爲風，热熾，經絡受邪，定化爲壯热而不已。

青遮日角難醫，黑掩太陽不治。此下逐部分言之。日角左額也，猶曰之東升，而爲青色遮蔽，爲木蔽陽光，病則必有疑難之慮。太陽左右兩額也。太陽爲衆陽之宗，属火旺夏，氣色宜紅。今黑色掩蔽，將有水來尅火之象，定見傷殘，故不治。

年壽赤光，多生膿血；山根青黑，每多災異。年壽爲氣之門户，赤光侵位，肺必受傷。氣不流行則血必凝滯，將有膿血之灾。山根爲胃脉所起。凡小兒脾胃無傷，山根之脉不現。倘乳食過度，胃氣抑鬱，則青黑之紋横截於山根之位，必有延綿啾唧之灾。

朱雀貫於雙瞳，火入水鄉；青龍達於四白，肝乘肺位。朱雀，赤脉也。雙瞳，腎水也。赤脉貫瞳，火乘水位，治宜瀉心補腎。青龍，肝木也。四白，肺金也。白珠見青，肝風侵肺，治宜保肺平肝。

瀉痢而載陽須防，咳嗽而拖藍可忌。瀉痢屬脾腎之病，脾腎兩臟既傷，先後二天並弱，面宜憔悴。今反面見紅赤，知其虛陽上泛，故曰須防。咳嗽，肺病也。青藍，肝色也。肺氣已虛，肝無所畏，木乘金位，恐其生火以尅金，故曰可忌。

腹病方殷，面青而唇口喎；肝風欲發，面赤而目竄視。寒氣侵脾，内臟無火，一脉陰冷，阻抑陽和，故面青而唇口喎。竄視，直視也。太陽之脉系目上綱。血氣受寒則上綱緊急，故目直視。

火光焰焰，外感風寒；金氣浮浮，中藏積滯。通面火光，風寒傷胃，陽明拂鬱，表未解也。黄色滿面，食傷脾也。運化無功，久成積也。

乍黄乍白，疳積連綿；又赤又青，風邪瘛瘲。黄爲脾虛，白爲肺弱。脾肺俱傷，無氣以運，乳食難消，輕則爲積，重則爲疳。赤爲火色，青爲風色。風火相乘，榮血枯燥，筋脉牽强，久則搐搦而爲痙矣。

氣乏顖門成坑，血衰頭毛作穗。小兒腦髓未充，賴氣以充之。今大病之後，中氣下陷，安保其顖不成坑耶？髮乃血之餘，血榮則髮黑。今頭毛如草之類，知其榮血枯燥也。

肝氣眼生眵淚，脾冷流涎滯頤。眼屬肝，肝氣實則眵乾硬，肝氣虛則眵膠粘。寒傷肝則淚冷，热傷肝則淚热。脾主涎，虛冷不能收攝，故津液妄泄，而滯於頤間，誤爲脾热，則禍不旋踵矣。

面目虛浮，定腹脹而上喘；眉毛頻蹙，必腹痛而多啼。脾肺兩虛，中宫寒肅，以致氣不歸元，返逆而上之，則上氣喘急，面目虛浮，因知其内必腹脹。小兒知識未開，有何頻蹙？必因藏寒腹痛，所以不時啼叫，而頻蹙不樂也。

左右兩頰似青黛，知爲客忤；風氣二池如黄土，無乃傷脾。兩頰俱青，客忤之證。由小兒神氣怯弱，陽和未充，外邪客氣得以乘之。從鼻而入，忤其正氣，則口吐青黄白沫，面色變異不常，腹脹喘急者是也。風池屬肝，氣池屬胃，如黄土之色，由木勝土復，所以真臟色見。

風門，黑主疝，青爲風。方廣光滑，吉，昏暗；危。風門，耳前也。少陽經所主，黑則爲寒、爲疝，青則爲燥、爲風。方廣，眉梢也，亦少陽所主。光亮則吉，昏暗則危。

手如數物兮，肝風將發；面若塗朱兮，星火燃眉。邪热傷神，手足數物，謂十指屈伸不定，如數物之狀，速宜疏解熱邪，断無肝風之發。淡紅爲胃經表热，深紅爲心經裏热。面若塗朱，知爲心热。心不可瀉，惟瀉小腸。丙火一清，丁火自息。

坐卧愛暖，風寒之入；伸縮就冷，煩燥何疑？凡小兒偎入母懷，藏頭蜜隱者，必惡風寒也。由風寒初入，未能化热，所以坐卧愛暖。若邪已入裹，則掀衣揭被，揚手露面，偃胸仰卧，口渴躁煩，由其内外皆热，所以欲就清凉。

肚大脚小，脾欲困而成疳。目瞪口張，勢似危而必斃。脾不運化而肚大，肌肉消削而脚小。盖脾主肌肉，乳食失節，所以脾困而成疳。膀胱絶而目瞪，脾欲絶而口張。其势已危，必無可以得生之理。

噫！五體以頭爲尊，一面爲神可恃，況聲之輕重不同，啼之乾濕頗異，哈欠連綿，知病之欲作。忽然驚叫，識火之將煒，此察證之規繩，幸拳拳而不悖？頭爲元首，故以爲尊。面分五位，惟神是賴。神存則生，神亡則死，盖指眼光而言也。況聲有輕重，啼有乾濕，安得無辨？凡聲微者，知其氣不足。聲壯者，知其氣有餘。哭而無淚者實，哭而多淚者虚。呵欠連綿，爲陰陽交引。升降不前，知其病之將至。忽然大叫，則是火热擾神，必有壯热之證。倘能依此辨證，亦猶工之有規矩，樂之有六律，是則是效，是究是圖，自不致有望洋之艱矣。

聽聲

聲輕者，氣弱。重濁者痛也、風也。高喊者，热欲狂也。聲急者，神驚也。聲塞者，痰也。聲戰者，寒也。聲噎者，氣不順也。聲濁沉静者，疳積也。

重實聲　雄粗體热，爲三焦氣壅在心脾。傷風咳嗽，咽喉痛，腸中結塞。

悲焦聲　有燥恐怖欲生風。

啼哭　哭而無淚者實，哭而多淚者虚，驚哭聲沉不響者病重。睡中驚啼、聲浮者易治。聲如鴉中□□不治。直声往來無淚者，是痛也。忽然大叫，是火熱擾脾，必有吐热之證，氣虚必死。夜半發者，多有口難言，看之難愈。

嗞嘬聲　煩難愈。

燥促聲　感寒。

遲緩聲　主瀉痢血湔。

指紋圖説

十二經絡，始於手太陰肺脉。其支者，從腕後出次指之端，而交於手陽明大腸之經，即此指紋是也。

寸關尺，太淵脉也。風氣命，太淵脉之旁支也。故紋之變易，即太淵之變易，一毫不爽也。

寅爲風關，卯爲氣關，辰爲命關。位則自下而上，邪則自淺而深，證則自輕而重。凡看指紋，以我大指側面，推兒食指三關。羅紋有火，覆指而推，尅制肺金，紋必變色。又當從辰推至寅，若倒推則愈推愈出，大損肺氣矣。

指紋圖說

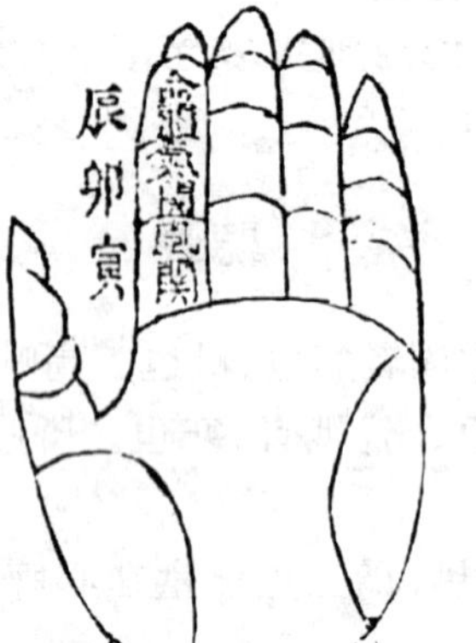

三關部位

初起風關證未央，氣關紋現急須防。乍臨命位誠危急，射甲通關病勢張。紋見寅關，邪氣初入。紋見卯關，邪氣正盛。紋見辰關，邪氣充塞。設透關射甲，則邪無所容，如元龍之象矣。

浮表沉裏

指紋何故乍然浮，邪在皮膚未足愁。腠理不通名表證，急行疏解汗之投。指紋若浮，邪尚在表，速宜疏散，使邪隨微汗而解。

忽取關紋漸漸沉，已知入裏病方深。莫將風藥輕相試，須向陽明裏證尋。指紋若沉，邪已入裏，但入有淺深之别。若指紋半沉，往來寒热，則邪尚在經，治宜解肌瀉火。指紋極沉，則邪已入府，急須攻下救裏。若見身热，猶以風藥治之，此病在内而治其外，不持邪不能服，適足燥其陰血，愈增其困耳。

紅寒紫熱

身安定見紅黄色，紅艶多從寒裏得。淡紅隱隱本虚寒，莫待深紅化爲熱。黄乃中和之氣，紅乃文明之色。指紋紅黄隱隱，無病之徵。紅鮮由血滯也，寒邪出入皮毛之應也，無論内寒外寒、初病久病，一見此紋總以寒證施治。若紋色淡瑩，中氣弱也。淡而兼紅，虚寒之應也。指紋深紅，由寒閉汗孔、腠理不通，寒化爲热矣。

關紋見紫熱之徵，青色爲風古所稱。傷食紫青痰氣逆，三關青黑禍難勝。热壅經絡，紋必見紫，紫爲热盛，千古定論也。至若肝胆受邪，指紋必見青色，此傷風候也，但以風热目之，不可云驚風以誤人。若紫兼青者，是爲傷食。蓋飲食有形之物，阻抑中焦，壅過脾氣，不能宣布，故風木乘其困而侮之，所以痰氣上逆也。疏通壅滞，令其流利，則病愈矣。若青而兼黑者，此風痰實熱，固結中焦，脾氣抑鬱之至，急宜攻下，庶有生機。誤認驚風，百無一救。

淡虚滞實

指紋淡淡亦堪驚，總爲先天賦禀輕。脾胃本虚中氣弱，切防攻伐損胎嬰。小兒禀賦陽虚，面色㿠白，唇口淡瑩者，指紋四時皆淡。即有病之時，亦止淡紅、淡青、淡紫而已。淡紅爲虚寒，淡青爲虚風，淡紫爲虚热。此皆根本不堅，中氣虚弱。無論新病久病，總歸於虚。誤投攻伐，覆水難收。戒之慎之。

關紋澀滞甚因由，邪遏陰營衛氣留。食鬱中焦風熱熾，不行推蕩更何求。指紋澀滞，全無活潑流利之象，此由飲食風熱相傳，是爲實證。急宜蕩滌，去其菀莝，則易愈矣。若三關純黑，推之不動，不可治也。

紋形主病

腹疼紋入掌中心，彎内風寒次第侵。紋向外彎痰食熱，水行脾肺兩傷陰。紋入掌中爲腹痛，知掌心爲包絡所主，知胃之大絡入心，則知治法矣。紋彎向中指爲内，此外感風寒，治之猶易。紋彎向大指爲外，此内傷飲食，治之稍难。有紋形如水孛者，此食填太陰，阻塞中焦，陰陽之氣不得升降，治之宜宣通也。

變蒸

變蒸之説，自古所無，至西晉王叔和始言之。變者，長其百骸；蒸者，增其智慧。自生之日，至三十二日，曰一變。至六十四日，曰一蒸。十變丑蒸之外，又有三大蒸，合計五百七十六日也。變蒸之時，其狀惟身有微熱，耳冷，尻骨冷，上唇中心發白泡，如魚目珠者是也。三四日四愈，不可妄投藥餌。

妒乳

變蒸之候，每有口内微腫惡乳之時，名曰妒乳，不治自愈。

必欲治之，以青黛硼砂各一錢、元明粉三錢、薄荷五分、冰片五分，研末。擦口内兩頤，吐出涎，一日用四五次。江蘇以爲螳螂子之病，盖小兒兩頤内外皮有兩層，中空處有脂膜一塊，割去復生。妖婦造割螳螂之法，以騙人取利，受其害者不少，切勿受其愚。

四脉主病

浮脉主表，病在外。沉脉主裏，病在内。遲脉主臟，病爲寒。數脉主腑，病爲熱。四至五至，爲遲、爲寒、爲不足。浮遲外寒，沉遲内寒，有力實寒，無力虚寒。七至八至，爲數、爲熱、爲太過。浮數表熱，沉數裏熱，有力實熱，無力虚熱。

四脉主證

浮而有力爲風熱，無力爲陰虚。沉而有力爲痰食，無力爲氣滯。

遲而有力爲疼痛，無力爲虚寒。有力爲實熱，無力爲瘡瘍。

脉證虚實

浮洪壯熱，表之實也。浮濡大汗，表之虚也。沉而有力，痰凝食滯，結於裏也。沉而無力，氣滯於中，不運化也。遲主虚寒，諸痛多實；數主實熱，瘡瘍多虚。

脉證宜忌

脉浮身熱，陽邪居表，應從汗解。如沉細身凉，則無論表裏，不堪攻伐。凡面腮紅，大便秘，小便黄，渴不止，上氣急，足心熱，眼紅赤，七者皆屬熱證，忌用温補。面皖白，糞青白，肚虚脹，眼珠青，吐瀉無熱，足脛冷，睡露睛，七者皆屬寒證，忌用清凉。

額前看法

小兒半歲之際，有病當於額前、眉端、髮際之間，以無名中食三指按之。食指爲上，中指爲中，無名指爲下，三指俱熱，主感風邪。鼻塞氣粗，發熱咳嗽，三指俱冷，主外感風寒，内傷飲食，發熱吐瀉。若食中二指熱，主上熱下冷。無名中二指熱，主夾驚之疾。食指熱，主胸滿食滯，又當參辨脉證主之。

外治法

疏表

小兒發熱，不拘風寒飲食，時疫痘疹，以葱一握，搗爛取汁，少加麻油在内，和匀，指蘸葱油，摩兒之五心、頭面、項背諸處，每處摩擦十數遍，以厚衣裹之，蒙其頭，略疏微汗，不可令其大汗。此法最能疏通腠理，宣暢經絡，不傷正氣，誠良法也。

清裏

小兒發热至二三日，邪已入裏。或乳食停滯，内成鬱热，以至五心煩热，睡卧不安，口渴多啼，胸滿氣急，面赤唇焦，大小便秘。以鷄蛋一枚，去黄取清，入麻油略與蛋清等，再加雄黄細末一錢，攪匀。以婦女乱髪一團醮染，於小兒胸口拍之。寒天以火烘暖，不可冷用。自胸口拍至臍輪上，拍半時久，以髪敷於胸口，布紮定，一柱香久，取下，一切諸热皆退，盖蛋清能滋陰退热，麻油、雄黄，拔毒凉肌也。倘身無热，唯啼哭焦煩、神志不安，不用蛋清，只用麻油、雄黄拍之，仍敷胸口，即時安卧。此法多救危險之證，功難殫述。

解煩

凡小兒實热之證，及麻疹毒热盛極，其候面赤口渴，五心煩热，啼哭焦擾，身热如火，上氣喘急，揚手擲足，一時取藥不及，用水粉一匙，以鷄蛋清調匀略稀，塗兒胃口及兩手掌心，復以小酒麯十數枚，研爛，热酒和匀，作二餅貼兩足心，以布紮之。少頃，其热散於四肢，心内清凉，不復啼擾。

開閉

凡小兒風痰閉塞，昏沉不醒，藥不能下，甚至灸火亦不知痛。此因痰塞其脾之大絡，截其陰陽升降之隧道，原非死證。用生菖蒲、生艾葉、薑、葱各一握，共入石臼内，搗如泥，以麻油好醋入内，炒热，布包之。從頭頂、胸背、四肢，乘热往下熨之，其痰一豁，倏然而醒。此法不但小兒可用，凡閉證皆效。

引痰

凡小兒痰嗽，上氣喘急，有升無降，喉中牢鋸之聲，須引而下。用生白礬一兩，研末，入醋内，即化爲水，以麵粉或米粉調和如膠，作二餅，貼兩足心，布包一宿，其痰自下。

暖痰

凡小兒胸有寒痰，不時昏絶，醒則吐出，如緑豆粉濃厚，面帶青色，此寒極之痰。前法不能化，惟以生附子一枚、生薑二兩，同搗爛，炒热，布包，熨背心及胸前，熨完，將薑附捻成一餅，貼於胃口。良久，其痰自開。

納氣

凡小兒虚脱大證，上氣喘急，真氣浮散，不得歸元，諸藥莫效，用吴茱萸五分、胡椒七粒、五味子一錢，研極細末，酒和作餅，封肚臍，以帶縶定，其氣自順。

通脉

凡小兒忽爾手足厥冷，此蓋表邪閉其經絡，或風痰阻其營衛。又，或大病之後，陽不敷布於四肢。速用生薑煨熟，搗汁半小杯，略入麻油，調匀，以指蘸薑油，摩兒手足，往下搓擦揉捩，以通其經絡，俟其热回，以紙拭去之。又，凡小兒指紋滯澀，推之不動，急以此法推活之，不論陰陽虛實，用之皆效。

定痛

凡小兒胸中飽悶，腹時疼痛，一時不能得藥，用食鹽一碗，鍋内炒热極，布包之，向胸腹從上熨下。盖鹽走血分，故能軟堅，所以定痛。冷再炒，再熨，痛定乃止。

燈火

脐风惟燈火最捷，集成六十四燋太多，夏氏十三燋太簡，惟匯參三十一燋可用。凡邪之傷人，從三陽而入，驅邪之法，亦必使之從三陽而出。故此火穴，惟三陽有之。盖欲引其出表，不使之入裏也。此火能疏風散表，行氣利痰，解鬱開胸，醒昏定搐，一切凶危之候，實有起死回生之功。

用火之時，寒冬必於房内，燃燒明火，使兒不受寒。燈草大小適中，以麻油染用，令老練婦人，抱兒解衣去帽，先從左角孫灸起，依後次序。

用火之時，不可姑息，勿謂火數太多，憫其難受。蓋小兒受病，主其經絡疑滯，臟氣不舒，以火散之，正欲使其大叫大哭，方得臟氣流通，渾身得汗，營衛宣暢，立時見功。

勞宫火

用火後，若得沉睡，醒後吃乳如常，風散病退矣。若醒猶啼叫不乳，以大人巨指，將小兒男左女右手背，順揉三十六遍，即翻轉掌心勞宫穴，灸一燋，無不速效。

火穴面圖

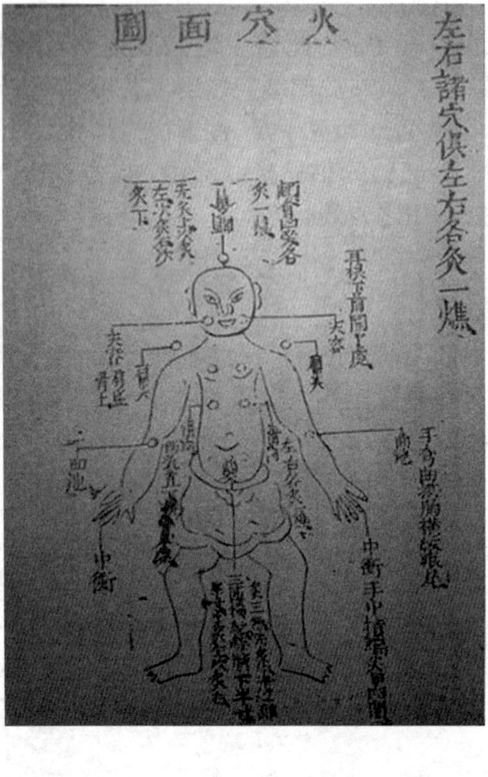

火穴背圖

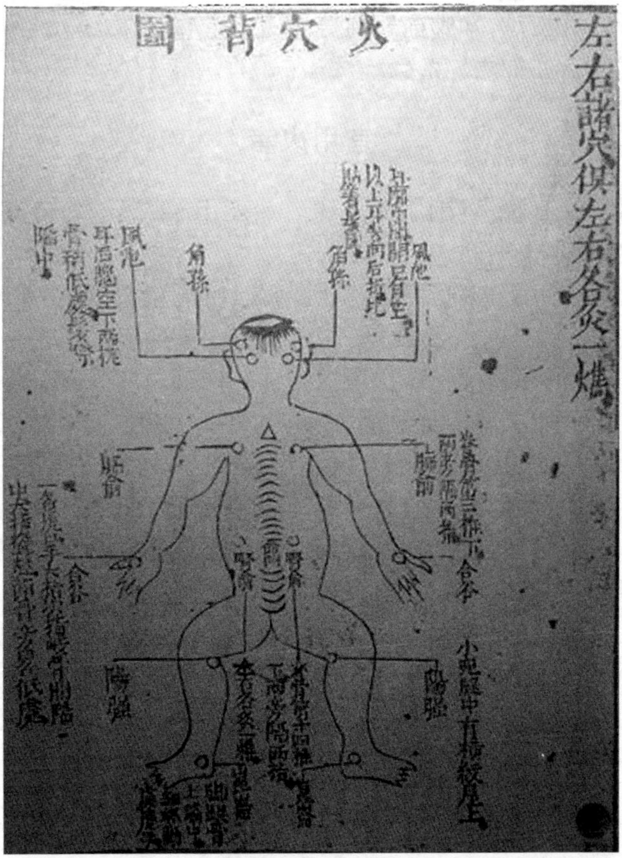

燈火次序

仙傳燈火三十一，初左角孫與鳳池，右亦如斯。初從左角孫、左鳳池各一燋，次及右角孫、右鳳池各一燋。

及顖會，四旁、上左、右下，宜。顖門軟處，四向灸四燋，先上，次左，次右，次下。

天容肩光曲池穴，合骨中衝左右隨。先灸左五穴，次灸右五穴。

滑肉左右。先左，次右。

陰交穴。陰交三燋，先灸中，平边離半寸，次灸左，次灸右。

先中左右三燋，知肺俞腎俞分左右。先左，次右。

陽强昆侖亦如之。先左次右。

宜用火者

平素産子有臍風，則胎胎不爽。於産下第二日，勿待其發，先用此火散之，百不失一。

一　胎嬰生下，多啼不乳，噴嚏呵欠，吮乳口鬆，即是臍風。急以此火散之。

一　凡兒病面青面黑，扭項摇頭，仰身擦面，或眼青怒視，或左右斜視，或上下竄視，或兩目連劄，或頭項牽强，蹺舌露筋，嘘風撮口，啼哭咬人，或手如數物，或兩手牽引，或兩足跳掣，忽擾忽亂，失張失志。但見精神異於常時，由從前表裹不清，將欲作痙，此火至妙。

一　傷寒已痙，角弓反張，眼目斜視，左右搐搦，並中惡客忤癇證及一切風閉、火閉、痰閉、氣閉、乍然卒死者，此火最妙。

一　食傷脾胃，肚大青筋，於端午日午時，於青筋開叉處，以火截之，一叉一燋，其肚自消。

凡用燈火既完，候兒啼哭已定，即用金粟丹半丸，薑湯化服，後以衣裹之，蒙其頭面，令其安卧片時，以復其神志，其病如失。

忌用火者

小兒四時傷風感冒，身热出汗，大小便調，唇舌如常，口不作渴，此表證也，疏表自愈，妄用燈火不祥。

一　小兒口渴唇焦，便結大热，此内热也，清利自愈，用火反重。

一　小兒大病，久病身體怯弱，面目青黄，唇口白瑩，摇頭斜視，昏睡露睛，消瘦，身微自汗盜汗，或一切嘔吐瀉痢，痘麻瘡癰，久瘧久嗽，失血之後，精神疲倦，乳食减少，指紋沉細，皆極虚之證也，忌火。

一切久热消渴、疳疾、形體黑瘦、毛髮焦枯，此陰虧、血弱、虚热所爲也，忌火。

回生艾火

小兒久病體虚，忽然精神潰乱，人事昏沉，不宜用前火，須用艾火以挽之。盖此火能回散失之元陽，收歸氣海，固其根蒂，免致離散。凡男婦一切中風、中痰、氣厥陰證、虚寒竭脱凶危之候，咸宜用之。有起死回生之功，幸勿輕視。

其法以生薑切如紙薄片，大如指甲，貼脊骨盡處尾閭穴，腰脊正對臍間命門穴，以艾絨按緊如豆大，安薑片上，用火灸之，每穴以三炷爲度。灸完，以薑片貼臍下陰交穴，灸三炷。

凡小兒中惡客忤，痰閉、火閉、風閉，乍然猝死，用前火不及者，即以大指掐其人中穴。不應，掐合谷穴。又不應，掐中衝穴。再不應，其病至重，急以艾火，灸中衝穴。火到即活。盖中衝爲心包絡之脉所出，其經與心臟相通。此火一燃，則心中惕然而覺。

初生

拭口法

小兒在胎，口含血塊。才生，不候聲出，穩婆急用軟帛裹手指，拭去口中污血，隨用甘草湯，拭去口中涎沫，然後看兒面色，若身面俱紅，唇舌紫赤，知其必有胎毒。每日用鹽茶，但不可太鹹，以帛蘸洗其口，去其粘涎。日須五六次，此法至神。又看舌下，若連舌有膜，如石榴子，若啼不出聲不轉，速以指爪摘断之，或用葦刀子割断之。有血出即活，若血出多，以髮灰和猪脂塗之。

浴兒法

不可先断臍帶，候洗了方断，不致水濕傷脐，可免脐風、脐瘡等證。兒生三日後，以桑、槐、榆、桃、柳，各取嫩枝三寸，長者三十節，煎湯，入猪胆汁二三枚，浴之。浴湯用猪胆、益母草，不生瘡疥。浴訖，以光粉、蚌粉撲身,辟邪,吉。

断臍法

不用刀割断,但隔單衣咬断者良。以暖氣呵七遍。断訖,連臍帶中,多有虫,急剔拔去,否則入臍成疾。臍當長六寸,過長傷肌,過短傷臟。不以時断,及挼去血汁不盡,暖氣漸微,即生寒,令兒臍風。若用剪刀,先放懷中令暖,断之。艾灸臍頭三壯,軟帛裹之。

灸臍法

兒生一宿,抱近明無風處,看臍上有赤脉直上者,即於脉盡頭上,艾灸三壯,赤脉散,無患矣。

夢生

初生不能發声,謂之夢生。切勿断臍帶,速用明火將胞衣灸暖,使暖氣入兒腹,更以热湯盪洗臍帶。却取猫一隻,以布袋裹其頭足,拿住猫頭,向兒耳边,以口囓猫耳,猫必大叫一声,兒即醒而開聲,方可剪断臍帶。

悶臍生

小兒糞門有一膜,悶住兒氣,故不能出声。拍之,則膜破而叫矣。

又方,用銀簪輕輕挑破,甚便。或不能挑,急以暖衣緊包,勿令散放,以熱水浸其胞衣,寒天則以火灸之。久則热氣入腹,而氣内鼓,其膜自破、聲自出。

無穀道

生下無穀道,乃肺热閉於肛門,急以金銀簪,看其端的,刺穿之。或以火針刺穿,但不可深。以油紙撚套住,免其再合。

遍身魚脬

初生下，遍身如魚脬，或如水晶，破則流水，以蜜陀参研細末掩之。

遍身無皮

俱紅肉，急以早米粉乾撲之，候其皮生全則止。

下胎毒法

本兒生下六七日内，俟臍帶落下，揉盡臍帶中血汁，瓦上焙燥爲末，入飛朱砂、黄連、甘草末各五分，和勾，蜜拌。做三五次，塗母乳頭上，與兒吮之，必使一日夜吞尽，次日胎毒皆從大便而出。日後無痘疹變黑、顖門不合之證。

襁褓

兒用父舊衣，女用母舊衣，勿用新綿，不可过厚，恐令兒壯热生瘡發癇。若天氣和暖時，令母抱兒，日中嬉戲，數見風日，則令血凝氣剛，肌肉堅密，堪耐風寒，不生疾病。無令汗出，汗出多則致虚損，便受風寒。

乳哺

乳者，奶也。哺者，食也。小兒脾胃怯弱，乳後不得便與食，哺後不得便與乳。乳哺相並，難以消化。周歲以上，必成乳癖於腹中，作痛作热，疳疾從此始也。

小兒腸胃脆薄，只宜白粥熟菜，以養其清氣。凡一切稠粘乾硬、酸鹹甜辣、魚肉水果、濕麵燒炒，俱是發热難化之物，概宜禁絶。

乳母尤宜謹節，飲食下咽，乳汁便通。情慾中動，乳脉便應。病氣到，乳汁必凝滯。兒得此乳，疾病立生。或吐瀉瘄熱，或口麋①驚搐，或夜啼腹痛。病初来，其溺必少。急宜隨證治母，母安亦安，可消患於未成。

凡乳兒先要控去宿乳，後乳之。母或热盛，或浴後，或寒热，或喜怒氣亂，或醉淫喘吼，或兒盛啼，均不可與乳，恐生諸病。

斷乳法

小兒年至三歲，當斷乳而不肯斷者，用炒山梔三個、炒雄黄、炒硃砂各一錢，研細末，入麻油、輕粉少許，調勻，候兒睡後，濃抹兩眉上，醒來便不食乳。未效，再加黄丹用之。

保護

乳母須每日三時，摸兒風池，若壯热者，即須熨之，使微汗出即愈。風池在耳後腦空下，兩枕骨稍低處、髮際陷中。

初生輒死

有初生即死者，視兒口中懸雍前上齶有泡如石榴子，以指甲摘破去血，以棉拭髮灰摻之，若血入咽即死。

不能啼

初生氣絶不能啼，必是難産，或冒寒所致，急以綿絮包裹抱懷中，勿断臍帶，且將胞衣置爐火中燒之，仍燃大紙條，蘸油點火於臍帶下熏之，令火氣入腹，更以热醋湯，盪洗臍帶，氣回啼哭，方可洗浴，燒断臍帶。哭遲，以葱白鞭背上，即啼。

眼不開

由産母食热物、毒物所致。以熊胆少許，蒸水洗眼上，一日七次。

---

① 當爲麋，此處當爲糜，爛也。

如三日不開，用生地黄湯，加花粉、甘草爲細末，燈心湯調抹，入口中速服。或黄連、秦皮、木賊、大棗、燈心等分，每二錢煎服，另以竹筒入藥湯洗眼。

七因諸疾

在胎時，母失愛護，或勞動氣血相干，或坐卧飢飽相傷，飲酒食肉冷热相制，恐怖驚撲，血脉相亂，藴毒於内，損傷胎氣，或外挾風寒。子承母氣降生後，胎病遂生。又因断臍拭口、乳哺保護失宜，致有撮口脐風、鎖肚不乳等證。

不乳

嘔吐不飲乳，乃拭口未浄，惡血入喉。或産母取冷過度，胎中受寒，致兒腹痛。以赤茯苓、黄連、枳殼等分，蜜丸桐子大，乳汁調一丸，灌之。

受寒嘔吐，以木香、生薑、茯苓、甘草、木瓜、丁香煎湯，綿蘸，滴與之服。

一方，乳二合、葱白一寸，煎一二沸服之，即乳。

一方，生二七日，不吮乳多啼者，客風中臍，循流心脾，灸承漿、頰車各七壯，艾炷如雀屎大。

吐不止

噦惡下咽故也。以木香、木瓜、檳榔、麵糊，丸小黄米大，每十二丸。

不小便

初生不尿者，多因母恣食熱毒之物，氣流胎中，兒飲其血，是以生而臍腹腫脹，如覺臍四旁有青黑氣色及口撮，即不可救也。如未有青黑色，不飲乳者，急用葱白三四寸，乳汁半盞煎灌之。

外用淡豆豉一合、田螺十九個、葱一大把，全搗爛，芭蕉汁調，貼臍下即通。

又方，外用生地龍數條、蜜少許，同研勻，敷陰莖上。內用蠶退[1]紙燒灰，入朱砂、冰片、麝香和勻，煎麥冬、燈心湯，調灌口中含咽下，即通。

不大便

俗名鎖肚，由胎中受熱，熱毒壅盛，結於肛門，閉而不通。急令婦人，以温水漱口，吸咂兒前後心並臍下、手足心，共七處。凡四五次。仍以輕粉五分、蜜少許，温水化開，時時將少許服之，以通爲度。

寒結，先用葱硬尖，納入肛門内，隨用飛朱砂、南星、巴豆霜，糊丸黍米大，薄荷湯下二丸。

二便不通

腹脹欲絶，急令婦人如前法，吸咂七處，取紅赤色爲度，須臾自通。不爾則死，内服前葱乳湯。

懸癰垂

小兒出腹六七日後，其氣血收斂，則口舌喉頰裹清净。若喉裹舌上有物，如芦簭成水狀者，若懸癰有脹起者，可以綿纏長針，留刃處，如粟米許大，以刺決之，去青黄赤血汁，即消。若未消，來日又刺，不過三次自消盡。刺後用鹽湯拭洗，以飛朱砂、硼砂各五分，冰片、樸硝各一字爲細末，蜜調，鵝翎蘸刷口内，咽下無妨。時時用之。

重腭

如前證，著兩頰裹及上腭。

---

① 蠶退，當爲“蟬蜕”。

重齦

著齒齦上。治法俱同懸雍垂。

口中有蟲

小兒吃奶不穩,七日以來,壯熱,颜色赤,鼻孔黄,恐作撮口,牙關有蟲似蝸牛,亦似黄頭白蚌螺。用竹瀝半合,和牛黄少許,服瘥。或以猪肉拭口出蟲。

重舌

心脾二臟有熱,即氣血俱盛,其狀附舌下,近舌根,形如舌而短是也。急以指爪摘断,及葦刀子割之,如上拭口法。或如上懸雍垂條,皆刺出血汁,以鷄内金爲末,乾摻口内。

木舌

身大熱,舌硬不轉,實熱也。瀉黄散[①]。或用牙硝末於舌上摻之。日三五度。或内服沆瀣丹[②],外以懸雍硃硼水,撲藥摻之。

鵝口

初生,口内白屑滿舌上,不能吮乳,謂之鵝口。由在胎穀氣盛,心脾熱氣熏於口。用亂髪纏指頭,醮井花水拭之。或用煅黄丹,睡時摻舌上。或牙硝末,舌上摻之。或雄黄三錢、硼砂三錢、甘草一錢、冰片二分爲末,蜜水調塗即脱,内服沆瀣丹。

---

① 瀉黄散:方用犀角、黄連、生地、青皮、木通加羔,丹皮、荆芥、牛子、大黄、紅花、地丁、灯芯等味。

② 沆瀣丹:黄芩、大黄(酒蒸)、黄柏酒炒各一錢、枳殻麸炒五錢,檳榔、童便洗,炒七錢五分,川芎、薄荷各五錢,連召、赤芍炒二錢五分、黑牽牛炒取頭末,飛化石各六錢,蜜丸芡實大,月内之兒,每服一丸,以次加服。

口噤

小兒初生須防三病，一口噤，二撮口，三臍風，皆急證。但三者雖異，受病之源則同。大抵氣熱鬱結，壅閉不通，並宜煎豆豉汁與服，取下胎毒，或沆瀣丹以下之。

口噤者，牙關緊急，吃乳不穩，啼聲漸小，口吐涎沫，眼閉。人見二便通，以爲冷熱所得，不知病在喉舌，狀亦極重。善治者，十不得三四。但有此症急看兒上腭有點子，及口内結聚，生口上如黍，先以指甲輕輕刮破，次以蟬蜕十四枚，去頭足；全蝎十四枚，焙去毒，爲細末，入輕粉少許，和研乳汁調服。或以生南星，去皮臍研末，冰片少許和合，用指蘸生薑汁，粘藥於牙根上擦之即開。

一方，以鷄糞白棗，大綿裹，水一合，煎二沸，分再服。

一方，大蜘蛛一枚，去足目，炙焦研細，和猪乳一合，分三服，徐徐灌之。神效。

又，取東行牛口沫塗兒口及額上。神效。

撮口

舌强唇青，皺面撮口，面目黄赤，氣息喘急，啼聲不出，飲乳有妨。若口出白沫，而四肢冷者，不可救。其或肚脹青筋，弔腸卵疝，内氣引痛，皆腸胃鬱結所致。以辰砂、硼砂、馬牙硝各三錢、元明粉二錢、全蝎焙、珍珠末各一錢、麝香一字爲末，和棗包起，自然成膏。每服如豆許。

撮口發噤，直僵蠶三個，炒断絲，研爲末，蜜調傅口唇中。又方，用完全生葱二根，搗爛取汁，僵蠶三個，炒断絲爲細末，以葱汁調塗乳頭上，令人吮之，愈。

馬牙

初生患撮口，齒根邊上白點，名馬牙。即看口内堅硬之處，或齒齦上有小泡，如粟米狀，急以針挑破出血，濃煎蘇荷湯，磨京墨調匀，断母髮少許，裹手指蘸墨，滿口擦之，仍用新青布，蘸温水展口，即愈。

馬牙撮口，看舌上有瘡如粟米者是也。以赤脚蜈蚣，炙煎研末，傅舌瘡上。

臍風

小兒初生，惟臍之干係至重。断脐之時，不可不慎。或剪臍帶太短，或結束不緊，至風濕入脐中。脐腹腫脹，四肢不利，多啼不乳，甚者發搐，爲脐風。但看小兒，不時噴嚏，摸其項即叫哭，吮乳口鬆，是其候也。又摸兒兩乳，乳内有小核，亦其候也。急宜重捻乳核，出黄水或血，即於乳四旁，以火灸之。或用苧麻小绳，點火煤灸之。面赤啼叫者，心病。手足微搐者，肝病。唇青口撮、痰涎壅塞者，脾病。牙關緊急者，腎病。啼哭喘急者，肺病。五臟之證，略見一二者可治。全見者不可治。又外因風濕所傷，發於三五日之間者，病生於六腑，猶可治。内因禀受不足，發於六七日之間者，病生於五臟，不可治。

噤口、撮口、脐風三證，用金頭赤足蜈蚣一條，酒炙，全蝎梢四個，白僵蠶七個，炒瞿麥五分，每一字，以鵝翎管吹入鼻中，噴嚏啼哭則可治。仍用薄荷湯調下一字。

臍腫

脐邊青黑，撮口不開，是爲内搐，不治。爪甲黑者，死。熱在胸膛，伸縮努氣，亦令脐腫，龍膽鈎藤湯①，或先用蝎尾銅青各五分，朱砂一錢，膩粉一字，麝香少許爲末。每一字臘茶調下。或煎甘草服，令吐出痰涎，次用益脾散②。

臍風論證

脐爲百風總竅，五藏寒門，道家謂之下丹田，爲人身之命蒂。兒在胎時，口鼻未通，呼吸惟脐間真息，隨母呼吸爲呼吸，及其下地因底

---

① 龍胆鈎藤湯：用胆草、柴胡、黄芩、吉更、赤芍、甘草、鈎藤、荆茯苓、大黄、蜣螂二枚去翅足、炙棗，或加防風、麥冬。

② 益脾散：用人參、茯苓、草果、木香、蘇子、甘草、陳皮、川樸、薑棗等味。

一聲氣通口鼻，而胎元之一息不復爲用，遂寄於臍內。二寸三分中虛一穴，左青右白上赤下黑中黄，入脉九竅經緯聯絡，爲真息往來之路，坎離交會之際，所以謂之命蒂。

故小兒初生，脐之干係最重。断脐之時，不可不慎。或剪脐帶太短，或結束不緊，致外風侵入脐中。或浴兒時，牽動脐帶，水入生瘡，客風乘虛而入，内傷五藏，名曰脐風。治法雖多，莫能救急，惟燈火最捷，實有起死回生之功。

一法，小兒下地，断臍時，以朱砂、硼砂、冰片、麝香、枯礬研末，填實脐眼内，而包之，可防臍風。

氣臍

大如栗，虛腫而軟，疼。用竹瀝塗之。

臍濕淹

破屋爛草爲末，頻摻之。

臍濕

脐風、脐濕、脐瘡三者，皆因断脐後，爲風濕所傷而成。若脐中濕腫久不瘥，至百日即危。急用枯礬、龍骨、麝香爲末，拭乾揸之。一方，黄牛糞晒乾燒灰、龍骨紅綿灰、髮灰、乾胭脂各五份爲末，濕乾摻，乾用清油調塗。

臍瘡

因浴兒時水入脐中，或尿濕繃包，致脐中受濕，腫爛成瘡，乾蝦蟆燒灰，日三四敷。一方，煅龍骨、薄荷葉、蛇床子各二錢、輕粉五分，爲末，乾摻。又，脐瘡久不瘥，風氣傳於經絡，变爲癎疾，用黄連二錢半、胡粉、龍骨煅爲末，時時敷脐中。

脐中出血

兒□□□□□□□□□□□□□□□□□□□□□□□□□□□。

臍突

初生之兒，有熱在胸膛，則頻頻伸引，呃呃作聲，努張其氣，抑入臍中，所以突出腫赤，此由胎中母多驚悸，或恣食熱毒之物所致，或初生洗浴，繫臍不緊，穢水浸入於内，旬日外脐忽光浮如吹，捻動微响，或驚悸作聲，内服白芍藥湯①，外以撲硝二錢、大黄牡蠣各五錢爲末，取田螺一枚，水小半盞，活浸一宿，用水調塗，其螺仍放生，勿害之。

胎病

胎驚

小兒生下，月内壯熱，翻眼握拳，噤口咬牙，身腰强直，涎潮嘔吐，搐掣驚啼，腮編顋開。或頰赤，或面青眼合。凡胎風眼合，不可誤作慢脾，妄用温藥。視其眉間氣色，赤而鮮碧者可治。若暗青色不可治。虎口指紋弯入裏者可治，反出外者難治。先宜解散風邪，利驚化痰。大抵小兒藏府脆弱，不宜金石頻墜之藥，急取猪乳、牛黄、麝香、辰砂調抹入口中，内服導赤散②，或以辰砂、新汲水濃磨汁塗五心上。乳母服防風通聖散。驅風，宜羌獨、天麻、防風、白附子。化痰，宜胆星、牛黄、天竺、黄僵蠶。

胎癎

因腹内受驚，或母食酸鹹過多，或爲七情所汩致傷胎氣。兒生百日内發時面微黄、氣逆、痰作、目上視、身反張、啼哭不止，先服參蘇飲，次用全蝎連頭尾以薄荷葉包，麻綫紮定，炙燥爲末。另用飛朱砂、琥珀、麝香、煎麥冬湯調下。

---

① 白芍藥湯：用白芍一兩五錢，澤瀉七錢末，肉桂錢半，苡仁五錢，甘草二錢，□地二錢，空心煎服。

② 導赤散：用生地、木通、草梢、竹葉等味。

胎風

小兒初生，其身如有湯潑火傷。因乳母過食酸味所致。母子均服清胃散、逍遥散。有身無皮膚而不焮赤者，粳米粉敷之，生皮乃止。焮赤發熱者，石膏敷之。遍身如魚胞、如水晶，碎則流水，陀僧敷之，或花粉、蕎麥粉敷之。若腦額生瘡者難治。脚上有瘡者，火土相合，濕熱下流，攻擊腎水，不滿五歲死。

胎熱

孕婦因食熱毒之物，或患熱病，失於清解，熱蓄於内，薰蒸胎氣，致兒生旬日，虚痰氣急，喘滿，眼閉目赤，眼胞浮腫，神困呵欠，呢呢作聲，遍體壯熱，小便赤澀，大便不通，啼叫驚煩，不早治，必生毒瘡。母子均服木通散、沆瀣丹，外用四聖散洗眼。

胎寒

初生百日内，覺口冷腹痛，身起寒粟，時發戰慄，曲足握拳，或口噤不開，此胎寒也。因母腹痛，或喜食生冷水果，或外感熱病，過服凉藥，致兒生後，昏昏多睡，間或晛乳瀉白，白僵蠶散煎濃汁，以綿蘸，滴入兒口中。胃氣虚弱，胸肋脹滿，助胃膏。

臟寒

百日内手足稍冷，唇面微青，額上汗出，不顧乳食，至夜多啼，腹痛腸鳴，泄瀉清水，此藏寒也。因産下在地稍久，寒氣侵逼，或以凉水洗兒，或斷脐帶短而又結縛不緊，爲寒氣所傷，白芍藥湯，加茴香、吴茱萸、生薑煎，母子同服。

胎肥

胎實面赤，目黑睛多，善笑，胎怯。面黄，目黑睛少，白睛多，多哭。更别父母肥瘦。肥不可生瘦，瘦不可生肥。胎肥者生下肉厚，肉色通紅，時時生痰。滿月以後，漸漸肌瘦，目白睛，粉紅色，五心煩燥，大便難。因在胎時，母食甘肥，濕熱太過，流入胞中，致形質虚肥，血分壅熱也。外用天麻、蝎梢、朱砂、烏蛇肉、白礬、麝、青黛、桃枝、桃葉，同煎浴之，但勿浴背。乳母服大連翹飲。

胎怯

生下面無精光，肌肉嫩薄，大便白而身無血色，目無神彩，時時哽氣，多噦，此非育於父母之晚年，即生於産多之弱婦。成胎之際，元氣既已澆漓。受胎之後，氣血復難長養，異功散，加當歸、枸杞、陳米、龍眼肉。

胎黄

小兒生下，遍體面目皆黄，狀如金色，或目閉，身上壯熱，大便不通，小便如梔汁，乳食不思，啼哭不止，此胎黄也，乃胎中受濕熱也，茵陳地黄湯。或四物湯，加羌活、燈芯。

胎赤

小兒初生，須洗目令净。若洗不净則穢汁浸漬於眼眥中，使臉赤爛至長不瘥，名曰胎赤，宜黄連、黄柏爲末，以乳汁浸一宿，焙乾。每用少許，以新綿裹，用荆芥浸，時時洗之。月裹肌膚如赤丹塗者，内服清凉飲子，外用藍葉爲散，塗之。

不乳

與前初生不乳參看。小兒生下二三日間，忽然不乳，當詢問之，勿以不乳作臍風治。蓋臍風有多啼、撮口之證，此但不乳耳。有吐乳，乳之又吐者，名哯乳。或因拭口不净，惡穢入腹，宜檳郎、木香、甘草，煎湯與服。又啼哭不乳者，胎寒腹痛也，宜木香、丁香、乳香、當歸、甘草，煎湯與服。又無故不乳者，須問其母之乳汁多少，多者傷乳，節之自思。乳汁少者，必有他故。

鼻塞

初生鼻塞不通，乳不得吮，取猪牙皂、草烏爲末，葱涎調成膏，貼顖門。

外腎縮入

牛黄、吴茱萸，各五分爲末，以蒜汁調塗臍上，仍以蛇床子燒煙，微微熏之，妙。

驚搐總論

喻嘉言曰："驚風一門，昔人鑿空妄談，後世小兒受其害者，不知千百億兆。"蓋小兒初生，陰氣未足，性禀純陽，身内易致生熱，熱盛則生風、生痰，亦所恒有，乃以驚風命名，隨有八候之目。夫小兒腠理不密，則易感冒寒邪。寒邪中人，先必入太陽經。太陽之脉，起目内眥，上額交巔，還出别下項，挾脊抵腰中。是以病則筋脉牽强，遂有抽掣搐搦，種種怪異名目。妄用金石腦麝開關鎮墜之藥，引邪深入臟腑，千中千死。不知小兒易於外感傷寒爲多，則發壯熱，多成痙病。後世四證八候之説，實則指痙病之摇頭手勁者，爲驚風之抽掣；指痙病之卒口噤脚攣急者，爲驚風之搐搦；指痙病之背反張，爲驚風之角弓反張。幼科翕然宗之。且傷寒門中，剛痙無汗，柔痙有汗。小兒剛痙少，柔痙多。世俗見其汗出不止，神昏不醒，便以慢驚爲名，妄投參芪术附，閉塞腠理，熱邪不得外越，亦爲大害。所以凡治小兒之熱，切須審其本元虛實，察其外邪重輕，或陰或陽，或表或裏，但當撤其外邪出表，不當固邪入裏也。仲景原有桂枝湯，舍而不用，徒講驚風，毫釐千裏，害豈勝言哉？驚風一證，喻嘉言直闢其妄，陳飛霞更加詳明，誠爲小兒之寶筏也。

柔痙

傷風有汗爲柔痙，風性軟弱也。經曰："太陽病發熱汗出，不惡寒者爲柔痓。"其證初起，發熱自汗，口中氣熱，呵欠煩悶，手足動摇，甚則反張。由風邪傷衛，營衛不利，小兒體弱者，最多此證。亦因腠理不密，自汗無時，所以風邪易入也。

傷風項背强，身熱自汗爲柔痓，太陽微兼陽明也，桂枝葛根湯。發汗過多，發熱，頭面摇，卒口噤，背反張，太陽兼陽明也，防風當歸湯。但發熱自汗，桂枝湯，加防風、川芎。汗後不解，乍静乍燥，目直視，口噤，往來寒熱，此太陽、陽明已罷，邪尚未解，轉属少陽也，小柴胡湯，加防風煎，熱服。

剛痓

《經》曰："太陽中風，重感寒濕，而变痓。"其證初惡風寒，發熱頭痛，偎藏於母懷者是也。小兒口不能言，父母一時不覺，但見其發熱，不知其惡寒。但見昏沉，不知其頭痛，誤認爲驚風，而用鎮墜凉瀉之藥，抑遏表邪，延及三陽。所以有身熱足冷，頸項强急，遍身俱熱，面目紅赤，獨摇頭，卒口噤，背反張，手足搐搦，眼斜視，此時正宜循經用藥，解除三陽之邪病，自霍然而起。倘風藥亂投，邪入三陰。頭痛身熱，身體頸項俱强，重感寒，凶危之候，死不旋踵。

濕無汗爲剛痓，此即先因傷風自汗，汗多衣濕，濕久寒生，反而入内，故謂重感寒濕。寒濕内閉，反令無汗，故見諸證。設不知治，通其營衛，則未痓者成痓，已痓者難愈矣，宜用瓜蔞根、桂枝湯。

陽痓

身熱無汗，頭項强直，四肢疼痛，煩躁心悸，睡卧不寧，羚犀角散。

陰痓

手足厥冷，筋脉拘急，汗出不止，頸項强直，頭摇口噤，附子散。血虚體弱，寒邪傷營，以致眼目翻上，身體反張，當歸四逆湯。

黄搐

搐，牽制也。潮熱發搐，即所謂急驚也。

在寅卯辰時，身體壯熱，目上視，手足動摇，口内生熱涎，頸項强急，此肝旺也，宜地黄丸以補腎，瀉清丸以治肝。

在巳午未時者，心惕目上視，白睛赤色，牙關緊急，口内涎出，手足動摇，此心旺也，宜導赤以治心，地黄丸以補肝。

在申酉戌時者，不甚搐而喘，目微斜視，身熱如火，睡睛露，手足冷，大便淡黄水，此肺旺也，宜益黄散以補脾，瀉青丸以治肝，導赤散以治心。

在亥子丑時者，不甚搐而卧不穩，身體温熱，目睛緊，斜視，喉中有痰，大便銀褐色，乳食不消，此腎旺也，宜益黄散補脾，導赤散治心。因聞大聲，或大驚而後發搐，搐止如故，利驚丸。心血虚熱，忽被大驚，及自汗盜汗者，此心胆受傷，神氣陡離之證也，宜團參湯以養神氣爲主。熱渴發搐，痰涎壅盛，危急之證，宜二天丹，或獨口丹、木香湯下。此藥能裹痰涎，從大便出而無糞來，又不動臟腑，故妙。

口搐

搐搦反張，斜視而牙關不閉，口無痰涎而氣熱，未可正者以爲驚風，是傷風傷食，痘疹等證。如傷食發搐，口多唾或吐，不思乳食，先用羌活、防風煎湯下瀉青丸以定搐，次服保和丸以消食，後服六君子湯加鈎藤鈎以平之。

慢驚

因大病後，或吐瀉，或藥傷脾胃變成也。脾胃虚損，遍身冷，口鼻氣冷，手足瘛瘲，昏睡露睛，脉有力，此濕痰積於胸中，風火不得開發而身冷，宜瓜蔞、甘叙（遂）等分，慢火上炒焦研匀。每一字麝香薄荷湯調服，劫去濕痰，使風火得伸，而身温搐止矣。

慢脾

慢者，怠惰也。或汗多不止而聽之，或吐瀉不止而聽之，以致汗多亡陽，吐久壞胃，瀉久傷脾。蓋因怠惰而成脾虚之證也，故曰慢脾。夫眼皮屬脾，脾敗則眼皮不能緊合，而睡則露睛。脾失元氣，則兩目無神而漂泛。脾敗則枯涎無統，凝滯喉間而有牽鋸之聲。脾主四肢，脾敗則四肢厥冷。虚必生寒，寒則大便瀉清，小便清利，此正慢脾之候也。若療驚則無驚可療，祛風則無風可祛，除痰則無痰可除，解熱則無熱可解。惟脾間枯痰、虚熱相往來已耳，宜六君子湯。肢冷，加炮薑、附子。手足搐搦，加肉桂、釣藤鈎、薑、棗、早米煎服，或附子理中湯。吐利，脾胃虧損，虚風慢驚，釣藤鈎飲子。風痰，青州白丸子。

吐瀉損脾而成慢脾風者，其證面青額汗，舌短頭風，眼合不開，睡中摇頭，吐舌，噤口，咬牙，手足微搐而不收，或身冷，或身温而四肢冷。其脉沉微，陰氣極盛，胃氣極虚也。如前法治之，亦十救一二而已。

癇證

癇者卒然而倒，四肢强直目閉，或眼珠翻上不轉，口噤或有咬其舌者，口中涎出，或無涎者，面色或青或白，或作六畜聲，其狀不一，乃小兒之惡證。昏暈一時，即醒如常，發不以時，断癇丸。小兒因驚發搐，痰多眼白，癇瘲筋攣。《經》曰“心脉滿大，癇瘲筋攣”，又曰“肝脉小急，癇瘲筋攣”，蓋小兒神氣尚弱，因而驚恐，神無所依。又，動於肝，風火相扇，故痰壅心爲癇。肝主筋，故筋攣掣搐，若多鎮墜寒凉之藥，復損其氣，則添動作如癡矣，沉香天麻丸。有痰者，三聖丸吐之。

癇證因攻伐太過，致中氣虚衰，脾不運化，津液爲痰，偶然有觸，則昏暈卒倒，良久方甦，集成定癇丸，久服自愈。若年深日遠，肝腎已虧，脾肺不足，心血耗散，不時舉動，早服河車八味丸，晚服集成定癇丸。

天釣

頭目仰視，名天釣。驚風則無也。驚悸壯熱，兩目反張，淚出不流，手足搐掣，不時悲哭，如鬼祟所附，甚則爪甲皆青，内服鈎藤飲子，外以生烏頭去皮臍、蕓薹子各二錢，爲末，新汲水，調塗兒頂上。

盤腸氣

幼科稱内釣者是也。皆因胎氣鬱積，壅滯營衛，五藏六府，無一舒暢。其氣不能升降，築隘腸胃之間，抵心而痛，其聲咕嚕如猫，吐惡乾啼，口開手足皆冷，調中散。

客忤

小兒神氣軟弱，忽有非常之物，及未經識相之人觸之，與兒神氣相忤而發，謂之客忤，亦名中客。或因六畜暴至，或抱兒戲騎牛馬，或父騎馬遠歸，未及熏衣，即抱其兒，則馬汗不正之氣，從鼻而入。《經》曰：五氣入鼻，藏於心肺，則正氣受忤，此外因之客忤也。其證吐青黄白沫，面色变異，喘急腹痛，反側不安，手足瘛瘲，其狀似癇，第神不昏亂爲異，内服攝生飲，外用伏龍肝一錢、雄黄五分、麝香五厘，爲末，棗肉和匀，捏作餅子，照顖門大小貼上。取艾絨作豆大，灸三炷即止。

中客

急視其口中垂雍，左右當有青黑腫脉如麻豆大，或赤、或白、或青，適用針刺潰之，或爪摘决之，另以綿纏釵頭，拭去惡血，取豆豉水濕，搗丸如鷄子大，摩兒顖門及足心，各五六遍。次摩兒心及脐上，行轉摩之良久破，視豉中當有細毛，即擲丸於路上，其病即瘥。

中惡

中惡毒之氣，如老柩腐屍，淫祠古樹，冷廟枯井，敗屋陰溝，皆有惡毒之氣。小兒觸之，從鼻而入，肺先受之，閉其清道，填塞胸中，忽然而倒，四肢厥冷，而手握拳，上氣喘急者是也，宜返魂湯疏通之中惡毒之物。如菌蕈河豚、瘟牛疫馬、自死六畜水鷄蝦蚌之類，自口而入，則腸胃受之，故心腹刺痛，腹皮青黑，悶亂欲死者是也，宜雄黄解毒丸以利之。或加以鹽湯，取吐即愈。二證均宜霹靂散，以燈芯蘸藥點鼻内，得嚏爲效。

鬼擊

小便不通，以筆頭七枚，燒灰爲末，服之即愈。

咳嗽

小兒風寒乳食不慎致嗽者。多因痰而嗽者，主治在脾。因咳而動痰者，主治在脯。清晨嗽者，屬痰火；午前嗽者，属胃火；午後嗽者，屬陰虚；黄昏嗽者，火浮於肺；五更嗽者，食滯於三焦。肺實者，頡嗽、抱頭、面赤、反食。肺虚者，氣逆虚鳴，面白飧泄。肺熱者，痰腥而稠，身熱喘滿，鼻乾面紅，手掐眉目。肺寒者，嗽多痰清，面白而喘，惡風多涕。治法與大人同。

百晬嗽

小兒百日内，偶咳嗽痰壅，睡中不寧，亦因産後感風而得，荆防敗毒散，母子同服。今乳母忌口，凡葷酒油膩之物，一概屏絶。惟香茶白飯，佐以橘餅，以清其乳，雖至重者，不過十日八日自愈。

馬脾風

心爲午火属馬，心脾有積熱也。胸膈有積熱，心火凌肺，痰涎壅盛，暴喘脹滿，二便閉硬，小兒此證最多，不治必死，急宜下之，牛黄奪命丹。

啼哭

初生百日一週之内，神安意静，不妄笑、不多哭者易養。

大哭晝夜不止者，肝熱也，瀉青丸。日夜啼哭、身熱煩燥者，心熱也，導赤散，俱加燈心。

拗哭

小兒初生，性多執拗，凡有親狎之人、玩弄之物，一時不見，其心不悦而哭，謂之拗哭。急投所好，勿使怒氣傷肝致病也。

驚啼

咬牙咳嗽，咽喉壅痛，由風邪乘心，藏府生熱，熱則精神不足，睡卧不安也，蟬花散。睡中驚悸而啼，面色紫黑，安神丸。

軀啼

軀，曲身也。在胎之時，母將養不如法，及取凉飲冷過度，冷氣入兒腹胃，以致生下羸弱多病，俯仰多啼，兒身軀張，氣促腹中痛，名曰軀啼，養藏湯。乾啼後軀，亦名盤腸内釣，調中散。

夜啼

藏寒者，陰盛於夜，至夜發躁，寒盛腹痛，以手按其腹則啼止，手起又啼。面青手冷，口不吮乳，加味當歸散。心熱者，面紅舌赤，或舌胎白澀，無燈則啼，稍息見燈則啼愈甚，導赤散，加麥冬、燈心。甚則加黄連、胆草。又，一百二十日夜啼，用蟬蜕四十九個，剪去前半截，用後半截，焙研末，分四服，釣藤鈎湯調下。或用燈花四五顆，燈心湯調塗乳上，令吮之。一方，用牛蹄甲，燒火研末，蜜水調貼兒顖門上。一方，用五倍子末，口中唾津，和作餅子，納脐中，以帶縛之。

疳疾

小兒多食肥甘致病，故名曰疳。《經》曰：“數食肥，令人内熱。數食甘，令人中滿者，此之謂也。”兒童十六歲以前，其病爲疳。十六以後，其病爲癆，皆氣血虚憊、腸胃受傷之所致也。其證頭皮光急，毛髮焦稀，總縮鼻乾，口饞唇白，兩眼昏爛，搔眉撩鼻，脊聳體黄，鬥牙咬甲，焦渴自汗，尿白瀉酸，肚脹腸鳴，癖結潮熱，酷嗜瓜果、鹹酸、炭米、泥土，愛伏地卧，是其候也。或因幼少乳食，腸胃未堅，食物太早；或甘肥肆進，飲食過飡；或乳食寒熱不調，喜怒房勞之後乳兒；或二三歲後，穀肉瓜果生冷停滯中焦；或因取積太過，耗損胃氣；或因大病之後，吐瀉瘧痢，乳食減少，脾胃失養，皆能致疳也。大要形不魁者氣虚，色不華者血弱。氣虚血弱，脾胃必傷。即熱亦虚中之熱，寒亦虚中之寒，積亦虚中之積，故治積不可驟攻，治寒不可峻温，治熱不可過凉。雖積爲疳之母，治疳必先去積。然過極虚者，而峻攻之，則積未去而疳危矣。壯者先去積而後扶胃氣，衰者先扶胃氣而後消積，隨證調治，方爲合法。

疳疾不治

惡食滑瀉，牙齦黑爛，頭軟肢冷，下痢腫脹，面白肚硬，口吐惡血，吐利蛔虫，皆逆證。

疳疾初治

冷熱新久，以集聖丸爲主。久病，以肥兒丸調之。

心疳

咬牙舒舌，舌上生瘡，愛飲冷水，唇紅面赤，伏地而卧，心疳丸。

肝疳

面青，目生白膜，泄瀉夾水，青色，瀉血，肝疳丸。

脾疳

愛吃泥土冷物，飲食無度，身面俱黄，髪稀作穗，頭大項小，腹脹足弱，間或泄瀉，肌瘦，晝凉夜熱，不用乳食，集聖丸。

肺疳

鼻下赤爛，手足枯細，喘嗽氣促，右腮皛白，肺疳丸。

腎疳

兩耳内外生瘡，脚如鶴膝。或齒縫臭爛，變成走馬疳，腎疳丸。

食積疳

形瘦腹硬，時發潮熱，羞見生人，見之則哭，食積丸。

疳瀉

久瀉不止，胃虛成疳，疳瀉丸。

疳痢

久痢不止，腸虛成疳，疳痢丸。

疳瘧

瘧久不已，脾虛成疳，此必有癖，疳瘧丸。

腦疳

皮毛光急，滿頭瘡餅，腦熱如火，髮結如穗，遍身多汗，腮腫顖高，令兒眼痛，其病在肝，腦疳丸。

脊疳

虫食脊膂，發熱黄瘦，積中生熱，煩渴下痢，拍背如鼓鳴，脊骨如鋸齒。或十指皆瘡，頻嚙指甲。蓋五疳，或有停食成積，積久生虫；或如絲髮，或如馬尾，多出於頭項背腰之間。虫色黄目赤者可治，青黑者難治，安蟲丸。

蛔疳

皺眉多哭，嘔吐白沫，腹中作痛，結聚成塊，摸之硬起，滿肚青筋，唇口紫黑，腸頭嚙癢，蛔從口鼻而出者難治，安蟲丸。

丁奚疳

手足極細，頂小體高，肌削骨瘦，臍突腹大，叫號胸陷，集聖丸。

哺露疳

虛熱往來，頭骨分開，翻食吐虫，煩躁嘔穢，集聖丸。

無辜疳

因浣衣夜露，天上有無辜鳥，日伏夜遊，被落毛所污，小兒服之，身體發熱，日漸黄瘦，腦後項邊有核如彈丸，按之隨動，軟而不痛。其中有虫如米粉，宜刺破其核，以膏藥貼之，無辜丸、蟾蜍丸。

熱疳

疳之新者，爲熱疳。面黄臉赤，骨蒸盜汗，鼻乾口臭，唇焦煩渴，心燥驚悸，情意不樂，胡黄丸。

冷疳

疳之久者，爲冷疳。目腫腹脹，便利不時，瀉糞肥膩，或似油珠，煩渴黄瘦。熱疳病多在外，冷疳病多在内，木香丸。

冷熱疳

二證交互，非新非久，不内外因者，如聖丸。

疳渴

由胃氣下陷，津液不生也。宜補其胃，使清陽上升，津液漸生，渴自止矣，七味白术散。

疳勞

即疳熱，兼骨蒸，咳嗽盜汗等病，鱉甲散。

消癉食㑊

骨蒸之病，多起於胃。其始也，邪火上衝而能啖，火消爍而善飢。

蓋胃爲氣血之海，氣血不足，邪火殺穀水，穀之精氣不足以济之，漸成口穢，煩燥，夜熱，朝凉，毛焦口渴，氣促盜汗，形如骨立，謂之消瘅。若大便日十餘行，肢瘦腹大，頻食多飢，謂之食㑊。此皆邪火爲害，耗傷津液而致也，大肥丸、虛热鱉甲散、蒸肚丸。

走馬疳

蟲病也。齒属腎，腎經虛，纔受熱邪，直奔上焦。初起口臭，名曰臭息。次則齒黑，名曰砂崩。甚則齦爛，名曰潰漕。又甚者血出，名曰宜露。劇者，齒自脱落，名曰腐根。縱得全活，齒不復生。外證腦熱肌瘦，手足如冰，寒熱時有，滑瀉肚痛，口臭乾渴，爪甲黧黑，身多疥瘡。痘瘡之後，多有此證，清胃散、甘露飲，外以胆礬一錢煅；麝香一分研匀，敷牙齦上。又，齦爛出血，紅棗三枚，去核，以雄黄末填滿，新丸上煅，存性，研末，搽之。又方，鳳凰衣不見水，焙燥少加枯礬，共研末，搽之。

口疳、牙疳

人中白，溺壶内多年積垢，煅紅一兩，兒茶五錢，黄柏、薄荷、青黛各一錢，冰片三分，共研末。先以温水漱口，後吹藥於疳上，每日五六次。吹藥後，涎流向外者吉；向内者爲毒入裏，不可治。

牙疳、鼻疳

人中白煅七錢，毛褐燒灰、枯礬各一錢，研末。濕者乾搽。乾者，香油調搽。一方，胡連、胆礬、兒茶，研末搽之。

疳瘡入陰

通草、黄柏、大黄，燒存性，每一錢豬油調塗陰上。如未退，蛇床子煎湯，先洗後塗。

肚大青筋

黄瘦，耳上焦枯，用鷄婆硬肫内皮，不落水晒乾和松樹碳等分研末，每服三錢，空心水酒調服下。出毒垢蟲來，服三四劑，可以除根。

肚大臍突

黄瘦，用雄黄一兩、黄丹二兩，水浸晒乾，研末。如三歲内用四分，五歲内用五分。外用雄鷄肝一個，銅刀割碎，將末滲入肝内，不可抛散，五更時在飯上蒸熟，與小兒空心服，盡連服三次勿間斷，其效如神。

頭瘡髮穗

疳疾，肚大黄瘦骨立，頭上瘡痂，髮如麥穗，用乾蟾蜍三五只，去四足，以香油塗之，炙焦爲末。蒸黑棗，去核，取肉，搗膏和蟾末爲丸，龍眼核大，每日三服，積垢月下，多服之，形容自变，其病如失。

頭面瘡爛

疳疾日久，頭面生瘡，爛成孔凹如楊梅瘡樣，用蒸糯米飯時甑蓋口邊滴下氣水，碗盛掃瘡上，數日即愈。

魃病

兒將周歲，母復有妊，兒飲其乳，謂之魃乳。或母患别病，兒飲其乳，亦類母病。蓋母之氣血若調，乳則長養精神，氣血一病，乳則反爲病根。母既妊娠，精華不蔭，衝任之脉，不能上行，氣則壅而爲熱，血則鬱而爲毒。小兒神氣未全，易於感動。其候寒熱時作微微下利，毛髮口寧，意殊不悦。甚則面色痿黄，腹脹青筋，瀉青多吐。日漸尪弱，竟成疳疾。俗以孕在胎中，因兒飲乳其魄，識嫉而致兒病，故謂之魃病，亦謂胎姤。内服治魃龍胆湯，外以紅紗小袋，盛夜明砂繫兒胸前。

結癖

癖者，血膜包水，側癖於脇旁，時時作痛也。惟癖爲能發潮熱生寒熱。小兒乳哺失調，三焦關隔，以致水飲停滞，腸胃不能宣通，如冷氣搏之，則結聚而成癖，宜用鱉甲一枚，醋塗炙黄爲末，每一錢童便兼服，日三服，神效。

癖積心腹，内結如拳，及臍腹，痛不可忍。用鱉甲八錢，醋炙，大黄一兩酒蒸，炮薑五錢、附子三錢研末，醋熬成膏，和前末爲丸如緑豆大，每服十丸，空心米湯下，取下積如魚腦、敗血、爛肉、青泥即愈。後用補脾調理。

乳癖

小兒叫啼未已，遽與乳食，停積不化，吐出乳來，有酸臭氣，日漸弱瘦，面色痿黄，春夏多發，不欲乳食，三棱散。

溢乳

纔乳即吐，或少停而吐，此因乳食無度，脾胃嬌嫩不能運化，滿則溢也，但省其乳，吐自止。

吮乳

時時吐乳而不多，似吐非吐而不嘔，皆胃虚所致也，參香散。

初生吐乳

初生三日内吐乳者，用丁香三粒、陳皮三分、生薑三片，煎服即止。

乾嘔

亦謂之噦。有聲無物，最惡之候。凡人久病之後而見此者，不治。用甘蔗汁六匙，生薑汁二匙，和匀温服。

語遲

五藏有五聲，心之聲爲言。若兒稍長，應語而語遲，由在胎時，母卒驚怖，内動兒藏，邪乘於心，心氣不和，舌本無力，故語遲也。五六歲不能言者，菖蒲丸。若病後，雖有聲而不能言，腎虛不能上接於陽也，兼服六味丸。

行遲

小兒周歲，腰骨盛乃能行。骨是髓養，禀生血氣不足者，髓不充强，故骨不盛，數歲不能行，地黄丸，加鹿茸、五加皮、麝香、虎脛骨、黄芪、當歸。脚纖細無力，行立不得，或骨熱疳勞，肌肉消瘦，柴胡飲。外用苦參、苔皮、桑皮、蒼术、白礬、葱，煎水澡浴，避風。

齒遲

齒者，骨之餘而髓之所養也。小兒禀受腎氣不足，不能上榮而髓虛，不能充於骨，安能及齒？故齒遲，六味丸。

髮遲

足少陰腎，其華在髮。小兒禀少陰之氣血不足，即髮疏落不生，亦有因頭瘡而禿落者，皆血虛也，苣勝丹，黑豆湯下，兼化塗頭上。一方，鯽魚燒灰，以醬汁和敷之。一方，朝朝用蒸飯甑滴下氣水，抹頭上。

解顱

顖大頭縫不合如開解，故曰解顖。腎主骨髓，腦爲髓海。小兒年長，顖應合而不合者，腎氣不盛則髓海不足，故骨縫開解也。人無腦髓如木無根，雖有良藥亦勞而無功，六味丸加鹿茸，兼服調元散，或有可生之理。外用天南星，以薑汁炒枯，研末，醋調，塗於絹帛上，烘熱，貼顖上，以合爲度。一方，柏子仁、防風、天南星各四兩研末，豬膽汁調匀，攤於帛上，貼顖上，一日一换，不得令乾，時以湯潤之。一方，白芍研末，取黄雌鷄臨兒頭上，刺其冠，以血滴顖上，以芍末漬之，血止，以芍末敷，血不見，一日立瘥。病後顖門忽然寬大，頭縫四破，此腦髓不充，大虛之候也。用鹿茸、防風、白蘞、白芨、柏子仁等分爲末，乳汁調作餅，貼顖上，一日一投，以愈爲度。

顖陷

顖陷成坑也。小兒藏府有熱，渴飲水漿，致成泄利，久則血氣虚弱，不能上充腦髓，故顖陷如坑，不能平滿也，乃胃虚脾弱之極。若與枕骨同陷，百無一活。内服參苓白术散、調元散。外以生川烏、生附子各五錢、雄黄二錢爲末、生葱連根葉，同藥杵爛，熬成膏，貼陷處。一方，用狗頭骨，炙黄爲末，鷄子清調匀，塗顖門上，效。

顖填

顖門腫起也。脾主肌肉，若乳哺不調，飢飽無度，或寒，或熱，乘於脾家，致使藏府不調，其氣上衝，爲之填脹顖。突而高，如物堆起，毛髮短黄，骨蒸自汗，有寒氣上衝而腫者，則牢鞕堅硬。十之一有熱氣上衝而腫者，則柔軟紅色。十之九更有包裹嚴密，蓋覆過厚，陽氣不得外出，亦令赤腫，皆用前貼顖法。熱腫，瀉青丸；寒腫，參蘇飲。小兒生下一月，顖門腫也，受胎熱也，用黄柏爲末，水調塗足心湧泉穴。陷者，用半夏爲末，水調塗手心勞宫穴。此腎容冷氣，流邪於心，令痛吐。

天柱骨倒

小兒有體肥容壯者，中氣愈弱。忽然項軟傾倒者，肝經風熱也。小柴胡湯加粉葛、當歸、川芎。有因久病後，或泄瀉日久，忽然頭項傾側，名天柱骨倒，最爲危候，十全大補湯加鹿茸。有生下頭便軟者，胎氣不足也，六味丸、六君子湯，間服。外用水鱉子六個、蓖麻子六十個並去殼，研如泥，先抱頭起，以手摩其頸令熱，津唾調藥，塗頸項。

龜胸

胸高脹滿形如覆掌，有因乳母多服五辛酒麵炙煿之類，或夏月熱乳、宿乳與兒。蓋肺爲華蓋，氣最清，居膈上，水氣氾濫則肺浮，日久痰凝停滯心胸，兼以風熱内發，其外唇紅面赤，咳嗽喘促。麻疸後多有此證，宜清肺降火，大黄丸。

龜背

小兒生下，客氣入背，逐於骨髓；或令坐早，勞傷氣血；或咳嗽日久，以致肺虚，腎無以生，遂使背高如龜。蓋由稟父母精髓不足，元氣虧損，骨痿不能支撑之故，不治之證也。前人雖有松茴丹，未必能效，宜六味丸加肉桂、鹿茸救其先天，以四君子湯之類扶其胃。

龜胸，取龟尿塗胸；龟背，取龟尿塗背脊，或可十中保一。

蓋龟尿能走竅通骨也。取龟尿法，置龜於荷葉上，以鏡照之，龜見其影，則淫發尿自出，以物盛之。或以猪鬃、松毛刺其鼻，尿亦出。

五軟

頭項軟、身體軟、口軟、肌肉軟、手足軟也。頭項軟，肝腎病也。肝主筋，腎主骨，肝腎不足，頭項軟而無力。手足軟，脾胃病也。脾主四肢，脾胃不足，故手軟而懶於擡，脚軟而慵於步也。身體軟者，陽虚遍身，羸弱而不能强立。口軟者，氣虚舌出而懶於言。肌肉軟者，肉少皮寬，肌體虚弱之象也，乃胎元怯弱稟受精血不足也，宜六味丸，加當歸、牛膝、杜仲、續断，兼補中益氣湯，大補肝腎升舉脾氣。胃爲藏府之化源，倘得脾胃一旺，則藏氣有所稟，諸軟之證，其庶幾乎？

骨軟

小兒骨軟，因父母乘醉成胎，骨軟如癱，用美酒數十斛，布列兒之四旁，煮三晝夜，俾酒氣熏達兒之肢體，其骨自然堅强。

五硬

手硬、足硬、腰硬、肉硬、項硬也。仰頭取氣，難以動摇，氣壅疼痛，連於胸脇，手心、足心冰冷而硬，此陽氣不榮於四末也。若肚筋青急，木乘土位也，急宜六君子湯，加炮薑、肉桂、柴胡、升麻，以補土平肝。若面青小腹硬者不治。如審係風邪，依中風治之，必有回生之理，宜小續命湯加減治之。

滯頤

小兒兩頤，流涎浸漬胸前者，此名滯頤。蓋瀝者，脾之液。口爲脾竅，脾胃虚寒，不能收斂津液，故涎從口出，滯於頤，温脾丹。

諸瘡

瘡瘍癬疥，小兒最多，皆胎毒也。一切瘡疥，皆不宜洗搽，恐逼毒入腹，宜胡麻丸。毒陷入裏，四物湯加升翹、荆防、玄參之類。

猴子疳

臀疳，若猴子臀疤之狀，故名猴子疳，狀如圓癬，色紅，從臀而起漸及遍身，四圍皮脱，中露赤肉，亦有從肛門陰囊邊紅暈爛起，或眼梢口旁亦紅。若不早治，必至爛死。乃胎中毒邪蓄於腎，藏而發也。此證切忌洗浴，只用軟綿帛，蘸甘草湯揩净，以朱菉丹或青白丹敷之，内服化毒丹。其母服祛毒丹，如法多服，雖延蔓遍身，亦愈。

遺毒

人有生子，每至月内，陰囊之下，紅在勃發，狀如火丹，不數日延及遍體，皮肉潰爛，狀類火燒，諸藥罔效，延至半月一月而死者，此遺毒也。蓋因少年青樓艶質，柳巷妖姬，誤墮術中，盡情縱慾，以致瀉精之後，毒氣乘虚，從精道透入命門，直灌衝脉。如虎負嵎，年深月遠，蒂固根深，每於夏月，或手心現出紫疹，如鵝掌風樣。此毒不解，生子必不能育，急服竄毒丸，搜追託出。或於脚臁各處，發出惡瘡，皮肉紫黑者，是其驗也。此後生子自無此患。

梅毒

小兒生下一二月或半周，發出楊毒瘡，最爲惡候。蓋此毒禀自先天，難以卒治，只宜緩圖，不宜搽洗，恐毒内攻，服胡麻丸。半月後，内毒將盡，先以槐花煎湯洗净，後以杏仁霜一錢、輕米八分、雄黄一分研匀，公猪膽汁調搽。

二十八卷

團参湯　返魂湯　養藏湯五五　附子理中湯四十　龍膽釣藤湯　茵陳地黄湯　治魅龍胆湯六一　桂枝葛根湯七十　防風當歸湯八二

瀉黄散十六　木通散　附子散 調中散　蟬花散　三棱散　参香散　鱉甲散　調元散　霹靂散二八　益脾散　四聖散四七

安虫丸五　瀉青丸十二　保和丸十四 集聖丸三三　心疳丸　肝疳丸　肺疳丸　腎疳丸　食積丸　疳瀉丸三四　疳痢丸 疳瘧丸 腦疳丸　胡連丸　木香丸　如聖丸　大肥丸　無辜丸三五　利驚丸　斷癇丸 蒸肚丸　菖蒲丸　大黄丸、胡麻丸三六　安神丸三七　竄毒丸四五　三聖丸四四　河車八味丸　沉香天麻丸八三　集成定癇丸　雄黄解毒丸

醫學述要卷之二十九　痘原

平階楊際泰輯編
受業周文元、查玉品，弟應翥，侄裕儀、裕陞，同校

《易》曰："大哉乾元，萬物資始；至哉坤元，萬物資生。"夫乾爲父，資始者，氣之始也。坤爲母，資生者，形之始也。人之有生，受氣於父，成形於母，是父精、母血之毒，已凝聚於陽施陰受之始也。惟其毒，禀於先天，故名天瘡。形如豆粒，故名豆瘡。亦惟禀於胎元，故一出不再出也。毒有淺深，故出有輕重也。然上古之人，天性淳樸，無出痘者。中古之人，情欲漸熾，有出痘者。古今之氣運不同也。塞北氣多寒凉，鮮邪陽火旺之氣，以觸發其毒，故伏藏於内而不出。中土氣多温熱，一觸邪陽火旺之氣，毒隨内發而即出，南北之地氣各殊也。

痘毒藴於命門

混沌未分，先有太極。胎元初成，先有命門。命門者，人身之太極也。人生受氣於父，成形於母，當陽施陰受之始，二五之精，妙合而凝。其精血之毒，即藏於命門之中矣。由是内形先生腎以及六臟六腑，外形先長鼻以及百骸九竅。逐日逐月，漸次生長至十月而胎始生育焉。夫天一生水，地六成之，坎中之一陽，命門也，太極也。上下二陰，列於兩旁，兩腎也。是太極生兩儀也。地二生火生心也，天三生木生肝也，地四生金生肺也，天五生土生脾也。然地止能成物，不能生物。今曰地二生火、地四生金，似與坤作成物説不去，不知河圖一二三四五者，五行之生數也。六七八九十者，五行之成數也。生數五行之發端，成數五行之結果，故人生以十月爲期，得天地之成數也。

天之形包羅於地之外，天之氣常行於地之中，地二生火地四生金，非地之孤陰能生，實天之陽氣貫於其中而生火生金。蓋必天地氤氳、陰陽配合而生此水火木金土也。然則太極者，五行之體也。命門者，五臟之體也。人有命門以立其體，即有胎毒以蘊於中。故自天子以至於庶人，皆所不能免者矣。

種痘源流

夫痘，胎毒也，伏於有形之始。其發也，或染時氣，或感風寒，或因飲食，或由驚恐，以病引病，爲患多端，變更莫測。且其間順吉者少，險逆者多，有千方百計而不能異其愈於萬一者，此其所以爲難也。古有種痘一法，起自江右達於京畿，究其所源，云自宋真宗時，峨嵋山有神人出，爲丞相王旦之子種痘而愈，遂傳於世。其説雖似渺茫，然以其理揆之實，有參贊化育之功、因時制宜之妙。蓋自出之痘，感於得病之後，種出之痘則施於未病之先，自出之痘，治於成病之時，而種出之痘則調於無病之日。自表傳裏，由裏達表，既無病證夾雜於其中，復有善方引導於其外，薰蒸漸染，胎毒盡出，又何慮乎爲患多端變更莫測，以致良工束手於無可如何之地耶？此誠去險履平、避危就安之良法也。

種痘要旨

種痘之法有四：有取痘漿種法，有服痘衣種法，有旱苗種法，有水苗種法。四者較之，水苗爲上，旱苗次之，痘衣多不應驗，痘漿太涉殘忍。故古法獨取水苗，蓋取其穩當也。夫水苗之所以善者，以其勢甚平和，不疾不徐，漸次而入。既種之後，小兒無受傷之處，胎毒有漸發之機，百發百中，捷於影響，盡美盡善，可法可傳，爲種痘之最優者。其次則旱苗雖烈，猶與水苗之法相近，兒體壯盛，猶或可施痘衣、痘漿之法，則斷不可從。

選苗

苗者，痘之痂也。種苗者，全資乎此。以爲胎毒之引導，關係非輕。選苗時，宜留神細察，不可輕忽。其中有可用者，有不可用者，惟在痘之順、不順别之。痘不順者，出不尖圓，色不紅潤，漿不充滿，所落之痂，黑暗而薄。此天人合病，内外合邪所致，即幸而得愈，亦不過良工之善爲調治，非天然之美。此等痘痂，斷不可用。痘之順者，終始無夾雜之證，出則尖圓，色則紅潤，漿則充滿，所落之痂，蒼蠟光澤，胞大厚實，此得天地陰陽之正氣，極順之苗也。收而用之，效如響應，但此痂甚少，所遇無多，或不能親其事而假手他人，亦必令彼身親目睹方可，否則寧置而不用，切勿濫用，種者審之。

蓄苗

種痘必資於苗，而苗之所可恃者，在氣之相通耳。遇熱則氣必泄，日久則氣薄，觸污穢則氣不清，藏不潔則氣不正。此蓄苗之法，所以不可不慎也。如遇好苗，須貯新瓷瓶内，上以物密覆之，置於潔净之所，清凉之處。其所貯之苗，在春天者，一月之痂可種。冬令嚴寒，四五十日之痂尚可種。蓋寒則氣收藏，熱則氣易洩，故時日有不同也。然於未收苗時，即當先與出痘之家，明言其故，使彼樂從，無所疑忌，方肯用心收貯，不致稍有貽誤也。

天時

種痘貴得天時。得其時則種，不得其時則不種。夫天時之氣，正莫過於春。春爲萬物發生之際，天氣融和，不寒不熱，種之則痘自隨其氣而發生，此正、二、三月之時，所以可種也。若交夏之後，六陽盡出地上，人之陽氣亦皆外浮，暑熱爍金，受病者衆，斯時種痘，兒何以堪？此四、五、六月之時，所以必不可種。至若秋令，天氣清肅、收斂之時，雖遇可種之兒而無引毒之具，此七、八、九月之時，勢有不能種也。至於十月，名曰小春，雖亦可種，然斯時寒氣固結，純陰用事，不若俟冬至後一陽鼓動，借其生生之氣，種之甚吉。此十月之所以可種，猶不若十一、十二月之尤可種也。然當可種之時，亦有不可種者，如春應温而反寒，夏應熱而反凉，秋應凉而反熱，冬應寒而反温。當其時而非其氣，是天地不正之氣也。常人感染則成時疫，小兒調理未遑，敢言種痘乎？倘或遇此，只宜稍避，俟時氣平定，再爲議種，方保萬全。亦有未種之時，天氣甚正，既種之後，忽爾寒暄不時，此又人事所遇不齊，偶爾變氣，出乎意外者也，則宜屋中適其寒温，順會天時，常燒避穢香，飲食起居，更加謹慎，可保無恙。

擇吉

下苗之日，必擇成日、開日、栽種日及合天月二德日則吉。倘三者不能兼備，即成、開之日亦可。若值人神所在之日，切不可種。

天月二德日

正、五、九月在丙，三、七、十一月在壬，二、六、十月在甲，四、八、十二月在庚。

人神所在日

十一日在鼻柱，十五日在遍身。

調攝

種痘調攝，最爲緊要。自始至終，不可稍忽。如避寒熱、慎飲食是也。天氣嚴寒，蓋覆宜温暖，勿使受寒，恐被寒氣所觸，則痘不得出。亦不可過於重棉叠褥，使熱氣壅滯，致痘不宣發。天氣温暖，蓋覆宜適中，恐客熱與毒相並，致增煩熱。亦不可輕易著單露體，使寒邪外侵，阻遏生發之氣。此寒熱所以貴得其平也。人之氣血，必藉飲食化生，痘之始終，全賴乎此。若飲食少虧，氣血何所資助乎？但不可過甚。若過飲則飲停不化津液，過食則食滯必生痰熱。所以吮乳之兒，不多乳，不缺乳。能食之兒，勿餐辛熱炙煿，勿啖黏硬生冷，勿恣茶水，勿使飲凉漿，食不過飽，亦不過飢。此飲食所以貴得其平也。至於寒熱飲食之外，凡舉止動作，既不可任意驕縱，亦不可過於拂逆，惟在調攝之人，耐其性情，兢兢業業，善爲保護。不但慎於既種之後，且當慎於未種之先。不但慎於見苗之初，尤當慎於落痂之後。種痘者，宜諄諄告誡，務期詳細，使彼知關係匪輕，心存謹慎，如法調攝，始保萬全。倘稍有不謹,以致小兒或爲寒熱所侵,或爲飲食所傷,咎將誰諉乎?此不知調攝者,所以斷不可與種也。

禁忌

種痘之家,房中最要潔净,切忌衝犯。最喜明亮,不可幽暗。擇老成耐事之人,經過小兒出痘者,令其調護,左右不離。一切禁忌,俱當謹遵。勿詈罵呼怒,勿言語驚慌,勿對梳頭,勿對搔癢,勿嗜酒,勿歌樂。凡房中淫液氣,婦人經候氣,腋下狐臭氣,行遠勞汗氣,誤燒頭髮氣,誤燒魚骨氣,吹滅燈燭氣,硫磺柴煙氣,葱蒜醉酒氣,溝渠污濁氣,悉宜避之。更當預囑其左右之人,倘值迅雷烈風、豪雨之變,大宜安定,勿使兒驚。其幃帳宜謹,蓋覆宜密,切勿暴動生風。常燒避穢香,以避偶爾不正之氣。再令人謹伺其門,不許生人往來,不許僧道、巫師、孝服之人入室。以上禁忌,遵守則吉,稍有疏忽,每至敗事。種痘者,切宜諄諄告誡。

房事生産月經所厭,大棗燒煙解之。

酒氣所厭,葛根茵陳燒煙解之。

五辛所厭,生薑燒煙解之。

死尸疫病所厭,蒼木大黄解之。

狐狸犬羊所厭,楓樹毬燒烟解之。

凡遇風雨,須燒楓樹毬以避濕氣。

可種

面紅精(光采)潤(兩)目(黑白分明)含(精)光(之氣),骨肉停勻肥瘦當。頭不解顱鼻孔大,頸端(天)柱(骨)正顣圓方(不陷不填)。疥癬積(聚項下結)核俱無(方)好,响亮聲音氣要剛。小便遠長囊緊小,微無紫黑荔枝良。形氣充實精神健,脉息調和臟腑强。

不可種

面色痿黄青白黑,睛青白少黑多愁。視瞻不正無神采,(顣)陷填(頭)解顱顣不侔。項(有結)核腹痞五鞭軟,龟背龟胸鶴膝頭。肉不束骨鬆如麵,瘦無胭肉疥癬稠。鼻孔不大素驚癇,失乳(之後)病後

(元氣未復聲)音不悠。脾胃虚弱精神倦,脉不和平總可憂。

耳後筋紋吉凶

耳紋條(均)直(上耳尖而)不分枝,色淡紅爲吉裏推。青兼亂(紋)凶紫色重,分枝(纏繞)過髮(際者)總皆危。耳(子)上(截)屬脾(之部位)却要涼(熱重涼輕),耳下属腎熱爲良(涼則重)。耳蒼黑色腎經熱,黑自太陽繞耳殤。

種痘日期

痘苗取圓潔明亮緊小者,一歲小兒可用三十粒,於凈磁鐘内,以柳木做杵,研爲細末,用潔凈棉花些須,又用潔凈水,春秋温用,夏涼用,冬略熱些。滴三五點入於鐘内。乾則又加幾點,總以研匀不乾,揑成棗核樣,以紅絲綫栓定,約有寸許,則剪去其綫。男納於左鼻孔内,女納於右鼻孔内。綫露在外,防其吸上。未滿一歲之兒,種六個時辰取出。二三之兒,種十個時辰,或十二個時辰取出。鼻聞其氣,即傳於肺,肺傳腎,腎傳肝,肝傳心,心傳脾,一晝一夜,隨天運轉一周,次早又復相傳。五日五夜,將五臟傳遍。

痘疹之時,氣自外而達内,命門之胎毒從内而發外,至六日而微熱,七日身熱大作,自始發熱三日,至第四日見點起脹,第七日漿不期行而自行,九日漿足漿老,第十日蒼黄如蠟色而爲結痂之候也。夫發熱三日,應天時正二三月,春令發生之時也。見點起脹,應天時四五六月,夏令長養之時也。灌漿足漿,應天時七八九月,秋令成熟之時也。回水結痂,應天時十月、十一、十二月,冬令收藏之時也。若未出齊以及灌漿未足,間有多一日以象閏月也。總計種苗自七日發熱,至結痂又十二日,共十九日,可以告厥成功焉。

痘母

三五日後,男左頸項下,女右頸項下,與咽喉相隔不遠,微有小疙瘩,名曰痘母。此痘苗必發之候也。俟灌漿之時,用藥催漿,大漿充足,疙瘩自然消散,若消散不盡,勢必餘毒凝結,而爲痘毒矣。

護眼法

痘毒爲害，咽喉爲甚，眼次之。於發熱時，即以牛子爲末，蜜調貼顖門上，可免患眼之疾。於見點長漿之時，即用護眼黄連膏，厚塗眼眶上下，但見兩眼紅脉縈纏，或目眶不開，多生眵淚，急服蟬花散，瀉心肝之火，庶免喪明之患。若長漿之時，不及時用藥催漿，以至漿不充滿，毒火内盛，至收靨時毒火上炎，攻於兩目，始焉身熱頭更熱，頭疼兩太陽更疼，其眼胞必腫，緊閉不開，熱淚長出，眥膿粘滯，此壞目之由也，急服清毒保目湯二三劑解之於前。有翳膜，清毒撥翳湯治之於後，服至三四日，自然奏效。若於此時不服藥，及至十日半月，根脚固結，欲開其瞖而翳難開矣。

封倉

痘瘡見點，兩目緊閉，元氣内固，名曰封倉。然亦有對、有不對者。大抵痘疏毒輕者，目不對亦爲順，若痘密毒重者，其目又要封，宜封而不封者凶。蓋眼封鼻塞，神氣内固而不外馳，吉兆也。若兩目炯然，決難成漿，如有險證，按法治之。極力攻漿，兩目自然封固，倉不期封而自封矣。但封倉之後，必待收靨而後漸開。若未收靨漸生搔癢、腫消目開者，凶。

看痘粒法

看痘粒之逐時起發長大，見點之時，早辰看如白菜子樣大，午時看如糜子粒大，夜間看則有高粱米大。起腫之時，痘脚有暈，起脹開盤，既已起脹開盤便見痘疱，疱内漿即隨之而長，稠脹亦隨之而上，三日灌漿，不差時刻而膿漿充滿，漿既足，漸結痂，漸收靨，漸落痂矣。

察色

痘未出之先，欲知吉凶輕重，當察其面色。其色紅黄明潤者吉，青黑昏暗者凶。山根管命宫，年壽管疾厄，二處尤爲要緊。

痘瘡穩順

一要如時方退熱,二要睡卧得神恬。三要大便稠黄色,飲食無脹滿之嫌。痘瘡圓尖平起頂,唇口潤兮似神仙。聲不叫兮真可愛,食不嗾喉更爽然。氣不作喘心肺静,無痰聲響保平安。

初出犯治

一看咽喉時時噎,次看喉中瘡啞聲。若然痰喘頭有汗,腹間飽脹氣虚鳴。小兒若遇此等證,七日南柯一夢傾。寒戰咬牙頻不卧,心中熱渴悸恐驚。氣喘口摇身頸動,黑陷加瀉不留停。口間冷氣糞門黑,除非盧醫一粒金。

四季痘證

春要頭稀夏要膊,秋要腰稀冬要脚。

春左頰宜明潤光華,若青白色起,金尅木也,不宜。

夏天庭宜紅黄紫白,若黑色騰空,水尅火也,不宜。

秋右頰宜白黄光潤,若紅赤兼紫,火尅金也,不宜。

冬地角縱有黑色不妨。若兼黄色,土尅水也,不宜。

四季中央,鼻梁準頭宜光亮,若青色起,木尅土也,不宜。

輕痘歌

熱緩神清痘少稀,根窠紅活出参差。四肢温和無寒熱,飲食如常渴瀉除。太陽面頰俱光潤,手足纍纍圓似珠。更兼腰項當心少,但宜調護不須醫。

重痘歌

初熱一日即便出,稠密鮮紅少飲食,瀉泄煩渴頭多汗,紅斑夾疹二便澀。平闊灰白欠光明,疔毒膿瘡水流濕。若此重證須提防,莫待臨時有疏失。

死證日數

心絕面赤五日死。心絕。目陷面赤六天亡。肝絕。四肢浮腫面黃痿。脾絕九日。面白鼻黑三日殃。肺絕。牙如黃豆一日絕。骨絕。口張唇青髮不光。七日死。面赤耳黃四日死。腎絕。此等形證任彼蒼。

初出痘頂連肉紅，過至九日一場空。又加血點帶紅紫，斑證只在六日中。發斑黑者在朝夕，斑青頃刻去匆匆。無膿癢塌期二日，不治腰疼及挺胸。報痘似痱如蠶種，舌卷囊縮命不充。紫泡刺出黑血者，飲食嗽喉證俱凶。面腫痘不腫難治，青紫黑陷及無膿。二便流利下腸垢，更有吐瀉出蚘虫。頭温足冷好飲水，痘先驚後藥難攻。氣促瀉泄渴不止，目無神者數當窮。聲啞失音叫與哭，痘色徒好也難終。有種氣急亦難治，庶幾貫好是傷風。

預防

痘瘡百歲要出，古方於未出痘之先，服代天宣化丸以預防之。但此方苦寒，不宜服，必欲預防，惟三豆湯、止痘丹、稀痘湯穩妥。

面部吉凶圖

面部吉凶圖

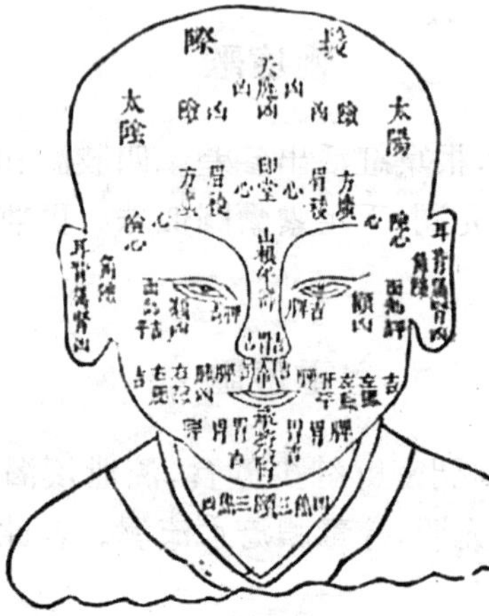

三五相連恐不吉，四六排牽定是凶。一二上下皆吉道，雙單挾處不須憂。

通身部位

小兒出痘，自頭面以及周身，各有臟腑所屬部位，如額先見點，毒發於心。頦先見點，毒發於腎。左頰先見點，毒發於肝。右頰先見點，毒發於肺。鼻先見點，毒發於脾。此通面之部位也。頭背屬膀胱，腰屬腎，肚腹四肢屬脾與二腸，此周身之部位也。至於包絡，乃周身脂膜之絡，聯屬百骸藏府也。三焦爲周身水精之氣，充滿軀殼藏府也。

面部吉凶

面爲諸陽聚會之所，部位各有所屬。痘出吉凶，須按部位，如額屬心，心爲君主，義不受邪，自印堂以上，髮際以下，至日月兩角，若先點先漿先結靨者，乃毒發於心，非吉兆也。左頰屬肝，肝藏魂；右頰屬肺，肺藏魄。若兩頰先見紅點磊落分明者，吉。如相聚成塊、地界不清、肉體重硬者，凶。頦下屬腎，三陰三陽之所聚。自承漿至兩頤，先點先灌先靨者，乃陰陽和暢，吉兆也。鼻屬脾，榮養四藏，若準頭先點先灌先靨者，乃毒發於脾則脾敗，四藏亦隨之而敗矣。耳屬腎竅，少陽相火之脉行耳前後，故耳輪先見紅點，乃火毒燔灼，難以撲滅，非吉象也。陽明之脉，俠口環唇，胃與大腸主之，多氣多血之處，無物不受，故口唇四圍，先見點先灌漿先結靨者，皆爲可喜之痘也。

出痘形證

痘初見証，與傷寒相似。但傷寒只見一經形證，痘則五藏之形證皆見，如身體發熱，不時驚悸，口鼻氣粗，兩眼發睖，惟中皆獨冷，耳尻不熱，耳後有紅筋者，皆爲出痘之形證也。

痘出五臟

痘毒伏於五藏，内出何藏，外即應之。如阿欠頓悶出於肝，其形爲水泡，其色青而小。咳嗽有痰，噴嚏泣涕出於肺，其形爲膿泡，其色白而大。驚悸煩燥，面色赤紅出於心，其色赤而小，喜睡自利。四肢發熱出於脾，其色淺黄而大。惟腎經不宜有証，但見耳尻發凉，是火不能以勝水也。若見黑色，非吉兆也。

痘形順逆

痘形，氣爲之也。氣勝毒，則毒爲氣馭，其毒解也爲順。毒勝氣，則氣爲毒蝕，其氣竭也爲逆。氣毒相平，勢界於險，調治得宜，可以變險爲順。如始出之形，頂尖根圓；起脹之形，漸綻充肥；灌漿之形，根紅斂束，痘殼完固；結痂之形如螺殼，先結先落，後結後落，此皆氣勝毒也，其形爲順。若始出之形，隱如蚊咬，或如熱痱，寒栗蠶種；起脹之形，頂平不突，板實不綻；灌漿之形，殼軟皮薄，勢必癟塌；結痂之形，痂薄如麩，潰爛粘聚；此皆毒勝氣也，其形爲逆。

痘色順逆

痘色，血爲之也。血勝毒則毒爲血載，其毒化也，爲順。毒勝血則血爲毒滯，其血涸也，爲逆。血毒相半，勢界於險，調治得宜，可以變險爲順。如始出之色，如桃花而加滋潤；起脹之色，頂漸放白，根紅光潤；灌漿之色，白而漸黄，蒼而淳厚；結痂之色，蒼如栗殼；疤痕之色，紅潤凸起，此皆血勝毒也，其色爲順。若始出之色，淡白乾紫，晦而不亮；起脹之色，頂色灰滯，根脚散漫，或地脚深紅；灌漿之色，灰乾不潤，漿薄清稀；結痂之色，痂如麩白，疤痕淡白，紫黑平凹，無突起之狀，此皆毒勝血也，其色爲逆。

痘證老嫩

痘證始終喜老惡嫩。老者多順，易於成功。嫩者逆險，難於施治。如蒼淳肥實，濃濁厚堅，此色形，漿痂之老也。嬌艷浮虚，稀清薄軟，此色形，漿痂之嫩也。

痘證疏密

痘出，須看相去遠近。相去三五寸一粒者，輕而疏。一二寸者，頗密。三兩成叢者，密而重。頭面清陽，元首、頸項、管龠、咽喉、胸背、藏府所附，稀疏爲吉。手足無甚關係，雖多亦不爲凶。夫疏固是順，若見陽證譫妄、大渴大熱、唇舌燥裂、煩燥不寧、大小便秘等證雖疏未爲吉也。密固是逆，若鋪排磊落、大小匀净、精神寢食、二便如常，雖密亦無驚也。

形神聲氣飲食

治痘先看兒體之肥瘦，以辨其形之盛衰；次聽聲氣之粗細，以辨其氣之虚實；再觀其目之精彩瞭眊，以辨其神之强弱；更問其飲食之多寡，以辨其胃氣之虚實。

氣血虚實

氣體天而親上，血體地而親下。痘疹高起之泡，氣之位也，上也，氣宜充焉。四圍根脚，血之位也，下也，血宜附焉。疱尖而色白潤，是氣充也。四圍有暈而紅活，是血足也。氣血和順，毒自能化。若痘頂凹陷，以手摸之多軟薄者，氣虚不能充也。水泡漿不能生，氣實不能化也。痘色淡紅，以手摸過隨即轉白者，血虚不能附也。發斑紫黑凝滯，血實不能行也。

表證虚實

痘證發熱惡寒，身體疼痛者，属表證。有汗爲表虚，無汗爲表實。痘毒閉塞，隱伏難出，稠密灰紅若帶，帶暗者，皆表盛也。痘平不起，塌癢無漿，膿水潰爛，浸濕不乾，皆表虚也。

重證虚實

痘出不惡寒而惡熱，大便硬、肚腹痛者，属裹證。便秘，爲裹實。

下利，爲裏虚。痘囊板實而不活動；根脚緊硬而不松活，皆裏硬也。痘已出復陷入於内者，爲倒靨。正灌漿而即收靨者，爲倒靨。已灌漿而久不靨者爲收遲，皆裏虚也。

陽熱

壯熱不已，毒火熾盛也。唇口焦烈，舌生芒刺，毒火胃熱並盛也。爪甲色紫，血熱凝滯也。四肢厥冷，同陽證見者，熱深厥亦深也。惡熱，内熱盛也。頭汗胃熱，上蒸也。通身蒸蒸汗出，毒火内延津液也。大小便閉，腸胃熱結也。譫語，胃熱也。煩燥狂亂，神氣昏憒，火毒擾心神也。大渴引飲，毒火灼津液也。吐血便血，毒迫血妄行也。

陰寒

身肢不熱，口鼻皆冷，面唇尿溺，爪甲皆青白色，四肢厥冷，下利而無臭穢，濕盛而發水泡，痘色淡白，根無紅暈，皆陰寒證也。

虚實寒熱誤治

痘有虚實，補瀉貴乎得宜。如虚者當補，過補則助毒熱上攻，必致潰爛。或咽喉腫痛，牙齦發疳，或眼赤腫生翳，甚則攻於營衛，發爲癰疽。如實者當瀉，過瀉則損傷正氣，而痘白陷，或嘔吐不渴，或厥逆下利。

稟賦順逆險

毒有輕重，須察兒之稟賦以定吉凶。如毒氣輕者固順，必兒之氣不虚始爲順。重者固逆，必兒之氣血虚始爲逆。毒微者順，氣血虚弱，順恐變險。毒甚者逆，氣血不虚，逆能變險。

天時順逆險

毒微吉也，必天時和，始爲順而吉。毒甚凶也，必天時不和，始爲逆而凶。毒微者順，天時不和，順恐化險。毒甚者逆，天時若和，逆可轉險。

發熱順逆險

發熱和緩、身不甚熱，毒輕也。微微有汗，表和也。飲食二便如常，裏和也。神氣清爽，睡卧安然，精神氣血大和，此爲順證，不須治療。

發熱三日見點，常候也。若見點熱不退，煩躁口渴，咬牙面赤，驚悸多啼，身體戰慄，乳食甚少，不能安眠等證，此毒盛伏鬱難出，則爲險證。對證施治，險可轉順。

發熱神昏，悶亂狂言，毒伏於心也。喘滿喘急，毒伏於肺也。腹疼，毒伏於脾也。腰痛，毒伏於腎也。不食不眠，毒伏於脾也。驚搐不止，毒伏於肝也。乾嘔失血，吐血尿血，毒攻氣血，内亂也。此爲逆證，不治。

惡寒無汗者，表熱也。有汗小便短澀、大便燥難者，裏熱也，升麻葛根湯，隨證加味治之。發熱之初，形氣壯實，如壯熱不已、爪甲色紫、厥逆惡熱、汗出譫語、煩燥狂亂、大渴、唇焦舌裂、吐血便血、腰痛等證，皆毒火太甚也，急宜歸宗湯治之。

痘欲出而發驚搐者，由毒不得快然宣發而鬱於口也。其証面赤，心煩口燥，手足抽搐，俱宜清鮮散。或因風寒束於表者，無汗頭疼身痛，咳嗽噴嚏，清鮮散加羌活、蘇葉、白芷。若形氣虚弱，面色淺淡，身體微熱，四肢微温，倦怠嗜卧，清鮮散加人參、黄芪。若發熱而兼傷食，嘔吐煩渴，大便酸臭，寬中透毒飲。大便秘，小便赤澀，腹熱悶痛滯熱者，加大黄、木通。

見點順險逆

發熱三朝，不疾不徐，漸漸見點，熱減身和，不渴不煩，顆粒稀疏，先自頭面漸至周身依次而出，其色紅活滋潤，其形頂尖體圓，此爲順證，不須治療。

痘已見形，身仍發熱；或顆粒稠密，粘連不分，其色雖紅而黯滯，或顆粒稀疏，其色淺淡，隱於皮膚而不透出，精神倦怠，此爲險證。

發熱一朝或半朝即見點者，毒火太迅，不循次第也；或一齊湧出者，毒火太盛，不受領載也；或顆粒不分，密如蠶種；或平塌不起；或已出復隱；或紫或黑，乾枯不潤，此爲逆證。

痘色以紅爲正，或深紅深赤，紫色黑色，不紅不白，皆非正色。當辨亮黯，亮者爲虛，黯者多實，若赤紫黑色明亮者，當有活動可治之机。若滯黯，則爲毒熱凝滯而不行也。色白亮者，氣血因虛不榮也。白而黯者，氣血爲毒所制也。

痘形以尖圓肥實爲正，或平蹋不起，板硬不綻，稠密成攢，連絡不分，皆非正形，當辨根脚緊鬆。緊者毒滯，鬆者毒鬆，若平板稠連，根形鬆綻，尚有活動可治之机。若根形緊束，則爲毒盛瘀滯，難治之症也。或因風寒外鬱，火毒内錮，或因氣虛不能領毒，血虛不能載毒，使毒不能發於肌表，而失領載之能也。平塌不起，根脚鬆散，氣虛不能載毒而宣發者，紫草飲子。根脚緊束，毒盛氣滯而内伏者，歸宗湯。

發熱三朝，應見點而不見點者，應爲不出。若有表邪，風寒外鬱不出者，蘇解散發之，表開自然出也。若有裹熱，毒火内伏不出者，歸宗湯攻之，裹開自然出也。無表裹證，正氣虛而毒輕者，保元湯合升麻葛根湯，補正以除邪。有表裹證，或毒重熱甚不宜補者，歸宗湯，或蘇解散，攻邪以救正。

已見點，身熱當滅。若熱仍不退，其毒在内者，涼血攻毒飲攻之；其毒在外者，清熱解毒湯解之。

已見復隱者，毒氣内陷也。或因風寒閉塞，蘇解散解之。或因火毒内攻，必勝湯攻之。若中氣不足者，保元湯。若虛而兼寒者，千金内託散。

見點或被邪穢所觸，毒即陷於内也。其色，或灰白，暗滯紫黑；其形，或焦枯平塌。如毒輕形氣虛者，兩金散。毒重形氣實者，必勝湯。

熱未三朝一齊湧出者，毒火迅烈，衝擊營衛，莫能約束，大凶之兆也，歸宗湯，加紫草、石膏、犀角、黄連、歸尾，或消毒快斑湯。

見點貴察其色，如赤紫明亮者，清熱解毒湯。黑暗乾枯者，涼血攻毒飲。灰白明亮者，千金内託散。灰白暗滯者，歸宗湯。

起脹順險逆

三朝出齊，痘形漸次而長，顆粒尖圓，摸之碍指，根脚紅活，頂漸放白，光瑩肥實，潤澤充滿，飲食二便調和，此爲順證。

起脹痘頂凹陷，痘色灰白赤紫，稠密成攢，紅而嬌嫩，形不舒綻，色不蒼老，此皆險證。又有形色雖順，而夾雜證，順恐變險。形色雖險而神氣清爽，飲食强美，險將化順。

起脹之時，頭面周身浮腫，而痘反不腫脹，此氣血不能拘攝毒氣，致毒散漫也。如根脚血色散乱者，毒迫血不能歸附於痘也。痘頂平塌者，毒火錮於氣分，不能充發也。紫黯者，毒熾血凝也。乾枯者，血爲毒火燔灼也。灰白黯滯者，毒火太盛，氣血鬱滯也，此爲逆口。

出齊之後，漸次起脹開盤，其形頂尖肥圓，其色紅活滋潤，根脚鬆綻，體厚皮堅者，順也。若平扁不脹，頂凹不起，皮薄色白，此皆氣血虛弱也。若赤者，深紅而艷；紫者，深赤而暗；板者，起硬不綻；塌者，平塌不起，此皆毒熱傷殘。更有風寒外束，滯熱内鬱，使毒不得透出而起發也。

起脹不如期，平扁頂凹灰白，皮薄嫩亮，更現倦怠氣乏、不渴不煩等證，保元化毒湯。

起脹色艷，紅紫暗而起，脹板硬，平塌而不綻鬆，更見陽熱煩躁，便閉悶亂等證，此毒火錮滯、氣血不能領載其毒也，必勝湯、歸宗湯，或可逆中求生。

起脹之時，偶爲風寒閉塞不能起脹，其色淺淡，黯滯不潤，其證發熱，惡寒無汗，蘇鮮散。若過於飲食以致滯熱内鬱、懶食惡食、肚皮發熱、大便臭粘而不起脹者，寬中快癍湯。

灌漿順險逆

灌漿之時，氣盈血附，其毒易化。至七日不期行而自行，自頭面以及周身按日毒化漿行，先起先灌，依次而行，由紅轉白，血变成漿，漸漸膿殼充滿，根暈紅活光澤，至九日漿老則蒼如黄蠟色而显結痂之形，此爲順證。

灌漿之時，或漿清不濁及不按期而漿行遲者，或痘皮不堅，或漿行收早，或痘根赤艷水泡夾雜於中，此皆險證。

行漿之時，其色紫黑，或灰白而漿不行者，非梟毒内蘊，錮滯氣血，即虚弱不能領載其毒也。或漿未成而腐爛，或漿行時而癢塌，或空殼無漿，或粘連不分，或乾枯無漿，或稠密眼目不對，或起脹時目已封至行漿時目復開，此皆逆證。

灌漿之時，板硬乾黄者，毒盛凝結氣血也。灰白暗滯者，毒盛鬱滯氣血也。紫暗者，毒盛血不化膿也。地界色紫、瘡形焦黑者，毒火灼乾血液也。根脚之暈、紅色淺淡者，血不足也。頂陷不起、灰白無漿者，氣不充也。皮薄漿清、根無紅暈者，氣血虚縮，宜用峻補也。

灌漿不如期，板硬乾黄、灰滯紫暗乾枯者，清毒活血湯。形氣虚怯，重用參芪；形氣壯盈，去參芪；便秘，加大黄。

灌漿之時，地界紅紫、痘形焦黑而漿不行者，毒火熾甚，氣血錮滯也，歸宗湯，加歸尾、紅花、紫草、犀角、黄連、山甲、地丁。

灌漿之時，色或淡紅，頂或凹陷，又無膿漿者，氣血虚弱、失其領載之功也，千金内託散。

皮薄漿清，根無紅暈，氣血虚縮，变在須臾，參歸鹿茸湯。

收靨順險逆

十朝應收靨結痂之時，從上而下，依次而行，先瘡者先收先結，然必先如臘黄，後如栗殼，痂似旋螺，高起潤澤有光，身和無病，此爲順證。

人中者，任督二脉交會之處，痘瘡出壯收靨，此處先見者佳，爲陰陽和暢也。若頭顱、手心、足心先收，乃邪氣攻心，内藏先壞，死證也。

收靨時，漿雖足而色不蒼，或過期而漿不靨結；或潰爛癢塌紫黑，或痂雖結而不脱落，此爲險證。若二便調和，飲食强美，險化爲順。

痘不待收靨而皮若剥去，此名倒靨。或如麩之薄，如煤之黑，或淡白無光，或膿汁粘連，久不脱落，或痂雖脱而乾枯不潤，此皆逆證。

當靨不靨，爲太遲；不當靨而靨，爲太速，當辨虚實。如當靨不靨，漿清皮嫩，身凉手足冷，二便不實者，元氣不足也，回漿飲。若焮腫而赤，潰爛而臭，通身大熱，煩渴不寧者，毒盛難斂也，大連翹飲。

若輕則有孔漏漿，重則遍體潰爛，肚腹脹小者，濕飲爲患也，除濕湯。不當收靨之時而忽收者，其證周身顆粒乾燥，口渴發熱，煩急不寧者，毒火壅盛也，清毒散。

結痂落痂順險逆

痂結厚而不薄，不乾不濕，不黑不白，如栗殼般依次脱落，瘢痕潤而不燥，滿而不陷，其色紅活不赤，此爲順證。若周身之痂盡落，惟額膝遲落者，亦不足慮。蓋頭額爲孤陽，脚膝爲孤陰，必待陰陽相濟而痂自落矣。

結痂不盡脱，瘢痕乾燥，險證也。若飲食强美，二便調和，不足慮；或痘後餘毒未盡，留於血分而紫暗，發爲瘍疴，亦爲險證。

痂久不脱，或已脱落而瘢色純白不紅，血脱虚甚也。痘痕浮光色紫，毒焰外熾也。痘痕乾枯黑暗，毒錮血死也，皆逆證。

當落不落，乾燥不潤，根色紅艷，渴欲飲冷，煩急不寧，毒熱鬱於血分也，凉血解毒湯。或一半焮起，一半咬緊，身熱乾燥，肌膚紅赤，熱在肌表也，荆防解毒湯。已結未落，根脚浸滿水漿，甚則周身潰爛，小水短濇，大便溏泄，濕勝浸淫也，五苓散。

落痂之後，其瘢痕或紫，或黑，或焦，通身壯熱，煩渴不寧者，因灌漿時，漿未充足，毒氣未盡化也，黄連解毒湯，加生地、連翹、丹皮、二花、甘草。

落痂之後，瘢凸不平，色赤而艷，或發熱，或作癢者，血有餘熱，復外感於風也，解毒防風湯。若瘢凹不起，白色不紅，精神倦怠，飲食懶少者，氣血虚也，十全大補湯。

蒙頭

頭爲諸陽之會。遍身疏稀、頭獨稠密者，名曰蒙頭。毒參陽位也，龜形稍尖圓者，松肌通聖散。若頭紅腫如瓜者，不治。

抱鬢

兩鬢近於太陽。稀朗者，吉。若稠密粘連，名曰抱鬢，火毒狂盛也。先用鬆肌通聖散，透發其毒，後用歸宗湯，攻其毒熱，庶可轉危爲安。

蒙骩

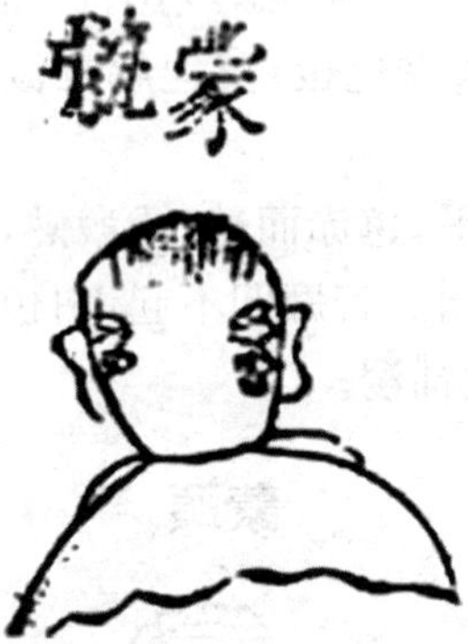

骩音委。痘攢聚於耳後高骨，名曰蒙骩。毒發自腎經也，其證最惡，内服鬆肌通聖散，外貼胭脂膏。若更稠密炮熱，歸宗湯。

鎖眼

面部俱疏，兩眼周圍獨稠密，名曰鎖眼。毒熱熾盛、傷於脾經也，内服清熱解毒湯，外貼胭脂膏。

抱鼻

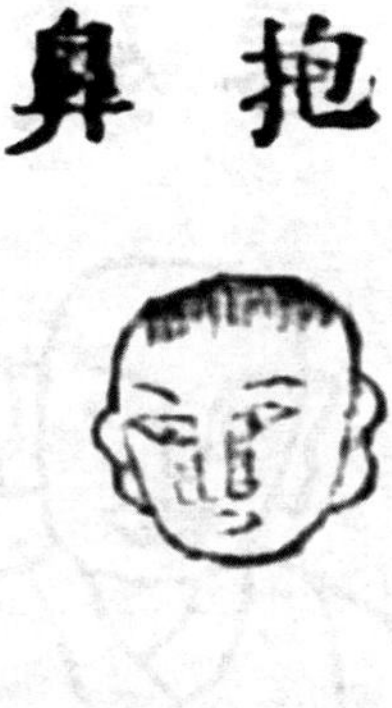

面部俱稀，獨鼻梁左右密如蠶種，名曰抱鼻。毒聚脾肺也，至危之證。先以胭脂膏塗於鼻上，後服黄連解毒湯。

鎖口

一嘴角有痘一粒，較諸痘獨大，板硬無盤，名單鎖口。兩嘴角各有一粒，名曰雙鎖口。又口之上下四旁連串環繞者，亦名鎖口。毒壅於脾也。初出急以銀針挑破，外貼胭脂膏，内服瀉黄散，使轉紅舌，庶可望生。

鎖唇

痘出攢聚唇内，名曰鎖唇。輕則焦裂腫痛，重則板硬乾黄，毒火

發於脾也。急以瀉黄散合猪尾膏服之,外貼胭脂膏。若見黑色,血凝毒錮,終無效。

託腮

滿面俱稀,獨兩腮攢聚成片,名曰託腮。正氣爲毒所阻,難以起發也。當見點之初,即以黄連解毒湯解之。梗硬紫暗,歸宗湯攻之。

鎖項

頸項爲咽喉管籥,痘出攢聚,名曰鎖項。若不急治,必致毒氣攻喉,發爲腫痛,音啞聲嗆,湯水難下,多不救急。服青金攻毒飲,庶可望生。

披肩

兩肩粘連成攢，赤紫滯暗，名曰肩披。毒氣不鬆，上下阻塞也。清熱解毒湯。大便秘，歸宗湯。

聚背

背中粘連攢聚，名曰聚背。根鬆者，毒尚活動，內服鬆肌通聖散，外貼胭脂膏。根緊硬者，毒錮血凝，必勝湯。然亦死中求活耳。

攢胸

胸膈乃心肺二經部位，稀少方吉。若攢簇於此，名曰攢胸。毒熱所致也，凉膈攻毒飲。

斷橋

身之上下稠密，腰間絶無一點，名曰断橋。梟毒壅於上下，氣血阻於宫中，以至上下隔断，最惡之證也，歸宗湯。攻之使無痘處透出，方化爲吉。

纏腰

腰爲腎部，痘爲稀疏，若連珠環繞，名曰纏腰。毒伏於腎也，歸宗湯。

囊腹

腹前攢簇，名曰囊腹。臭毒衝突，勢甚倡狂也，先服鬆肌通聖散，次服歸宗湯，使地界分明，跟脚鬆動，方保無憂。

鱗坐

兩股之痘，攢聚如鱗，名曰鱗坐。毒火太甚，攢聚至陰之地，變於反掌也。平扁灰滯，鬆肌通聖散。板硬紫暗，歸宗湯。

囊毬

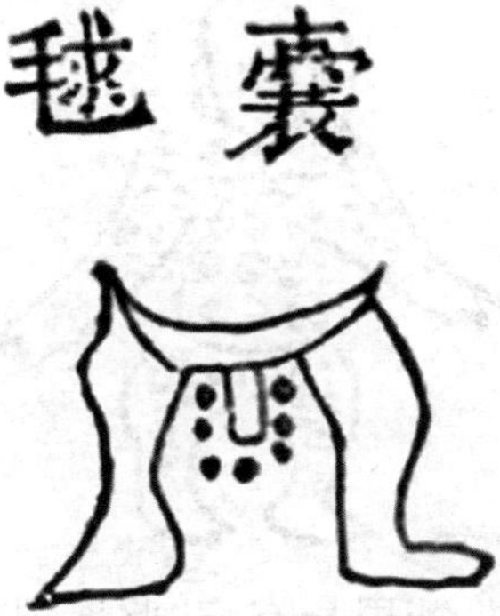

腎囊稠密，名曰囊毬。毒聚於腎之外候關要處也，散結湯。

抱膝

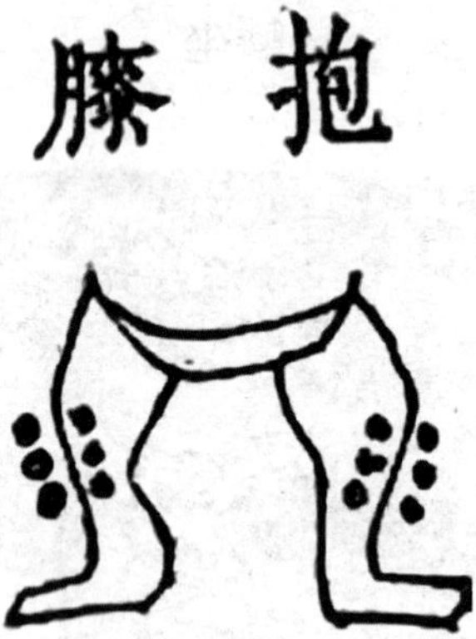

遍身稀疏，獨兩膝攢簇如餅，名曰抱膝。毒氣凝聚於膝，行漿之時，恐難下達於脛足也。鬆肌通聖散，加牛膝以透之。

無根

足踝以下屬於脾經，若周身有痘，此地獨無，名曰無根。毒滯於脾也。但足爲至陰之地，非建立中州，發越脾氣，不能下達也。快癍越脾湯。

蛇皮

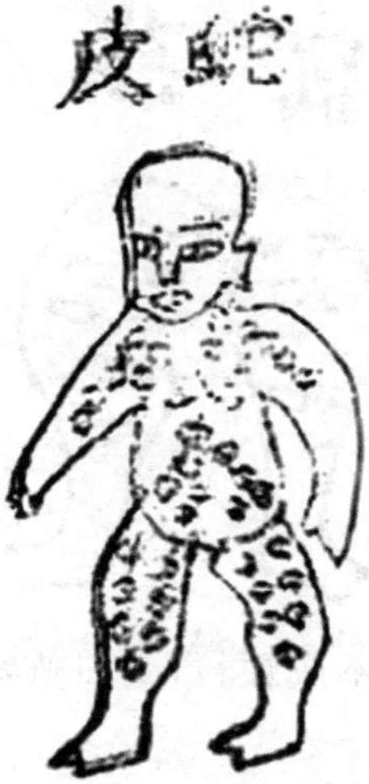

痘出叢聚成片，散漫無拘，名曰蛇皮。見點之初，視其隱隱簇簇，細密無倫，乃毒火所致也，歸宗湯。甚者，必勝湯，佐以猪尾膏救之。

蠶種

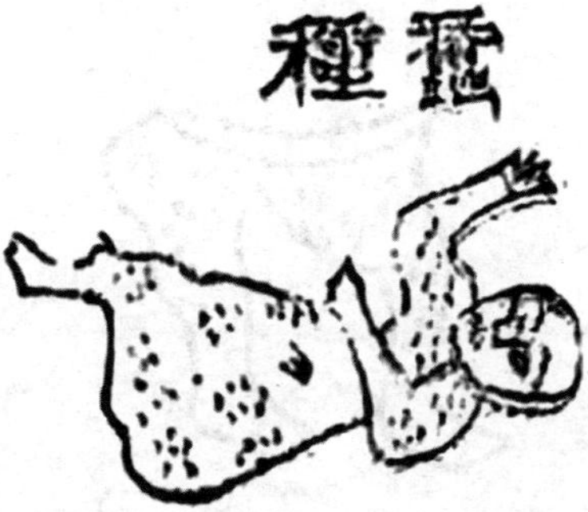

痘出稠密，如蠶布種，名曰蠶種。梟毒太重，凶逆之甚也。歸宗湯攻之，使毒鬆痘起，方可望生。

燕窩

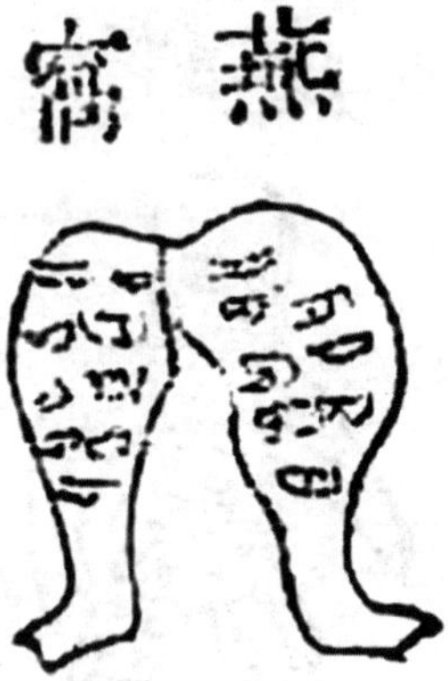

痘出纍七聯絡，細密不成顆粒，名曰燕窩。内服凉血解毒湯，外貼胭脂膏。

鼠迹

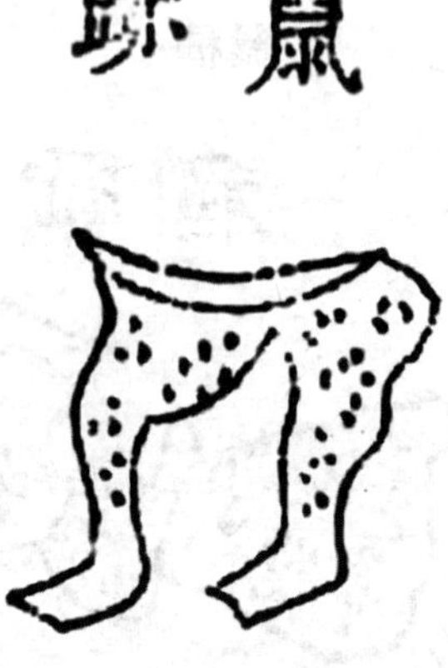

痘出四五粒，或六七粒，相聚粘連，名曰鼠迹。見一二處者輕；見周身者重。□□□□湯攻之，令相並成泡，其毒方解，始可望生。

瓢沙

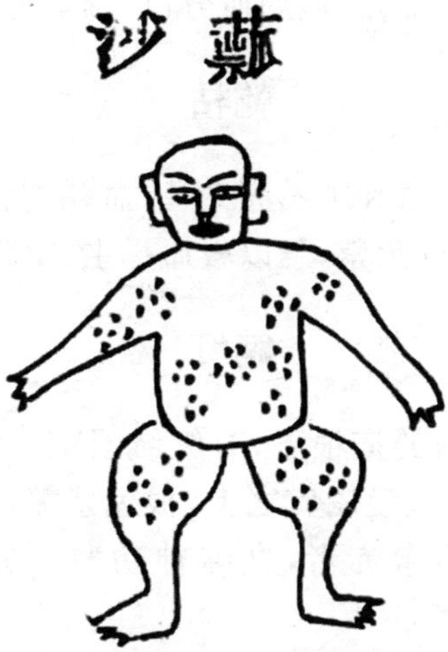

痘形扁闊，歪斜不圓，無頂無盤，若瓢沙細小，先服鬆肌通聖散。若色紫暗，歸宗湯，使頂起根鬆，始爲佳境。

血泡

起脹之時，忽有小泡，夾痘而出，漸漸長成，如白果大，毒甚則紫，毒微則赤，名曰血泡。毒熱在肺，傳於皮膚，大小不一也。內服凉血解毒湯，外用銀針刺破，流出惡血，方保無恙。若不急治，聽其自破，惡汁流染，痘亦因之赤爛。

水泡

形大皮薄，內含一包清水，身面俱少，手足獨密，名曰水泡。四肢屬脾，濕淫之氣浸尅脾經也。保元湯合四苓散，外以銀針挑破，以胡荽酒調官粉塗之。若遲延不治，變成癢蹋，則難救矣。

肉腫瘡不腫

起脹之時，自頭及身漸次同痘腫起，名曰肉腫瘡不腫。如頭身之肉先腫，皮色赤艶，而痘瘡不腫者，毒邪有餘，不受正制也，羌活救苦湯。若皮色淡紅者，氣血不足，不能拘攝毒氣也，參歸大補湯。更有通身皮膚盡赤者，毒火熾盛，煎灼血分也，歸宗湯。

乾枯

色者，血之華也。血和則滋潤光瑩，血耗則乾燥枯竭。毒火入於血分，輕則焮紅，重者則焦紫，急以救血爲主，當歸活血湯。

鋪紅

起脹時，血盡歸附於痘根下，有紅綫緊束，乃正形也。若元氣虛弱，血不歸附，致毒氣散漫皮膚之上，根色紫艶，是氣失收攝之力，多致不救。若氣虛而痘微赤者，九味神功散。毒盛根艶者，凉血解毒湯。

根窠無暈

成漿時氣血交會，必有一血綫緊附於根下，如珍珠置於胭脂之上，粒粒光彩，此正形也。若平日氣血虛弱，當灌漿時頂雖圓滿，根下全無紅暈，芎歸保元湯。虛甚者，參桂鹿茸湯。

皮薄漿嫩

痘皮軟皺光亮，痘漿溶溶如濕，十全大補湯，峻補氣血。毒化漿行，可保全安。

空穀無漿

行漿時，頭面周身，外雖脹而内實無漿，名曰空穀。如根色淡白，血虛不能化毒成漿也，千金内託散。根緊而紫，毒伏於血分，不能成漿也，四物湯加連翹紫草茸。

痘頂塌陷

灌漿時,根雖紅潤,頂却塌陷,面白肢冷,不思飲食,虚煩便溏,身體倦怠,此中氣虚弱不能振揚也,補中益氣湯。

灰陷　白陷

漿灌時,痘色淡白,根無紅暈而頂陷者,名曰白陷。虚極則轉爲灰陷。氣虚委而不振,血虚漿不能充,故一陷而不可遏也,參歸鹿茸湯,入鷄冠血酒,衝服二三劑,但得頂起漿行,方免無恙。

紫陷　黑陷

痘出稠密,顆粒碎小,根緊昏暗,頂凹下而紫,名曰紫陷。轉黑色,則爲黑陷。毒火鬱閉,氣不宣通也,歸宗湯。

板黄

灌漿時,漿未得半,忽然黄色突起,乾燥堅硬,名曰板黄。梟毒肆害脾鄉,以致氣滯血凝,難以灌溉也,清毒活血湯。倘得痘起,尚可望生。若頭面頸項眼眶唇上,及周身黄者,不治。

倒靨

漿色清稀不足,根脚淡白無暈,遍體形如痘殼,瘡皮皺而似結非結,至收靨終不成痂,名曰倒靨。氣血兩虚,乏領載之力也,香桂保元湯,加當歸、白芍、木香、白术、官桂。

履底

形如蛇皮痘一樣,但不若蛇皮之散漫無拘,故又名履底。隨處出現,皆凶證。

雁行

痘形如雁排成行，曲而且長，名曰雁行。單見一二條者不輕，多見更重，依蠶種法治之。

珠殼

痘形有頂而平，四圍貼附一細圈，宛如珠殼。不多者輕，若周身見之爲重，急宜按其虛實服藥，使圓滿綻突，其毒方透。

鳥迹

痘形連串而生，有三條一連，頭聚脚分，如鳥之爪，名曰鳥迹。單見者輕，見五六處者重，依蠶種法治之。

蟲痘

痘内有虫，濕熱所化，流於皮膚，急以柳葉鋪法治之。

痘母

痘出數十粒，若成塊然，肌肉結硬不鬆，中間有一大粒，名曰痘母。用銀針挑破，内服解毒湯，外用棉胭脂煮熱熨之。熨後肉不柔和，不治。

賊痘

痘黑而光澤者，名曰賊痘。見於背部、當顴、監門及拘腮鎖口，衆小獨大，微含水漿，中臍黑色，後必帶累衆痘，不得依期長漿，用銀針挑破，以珍珠塗之。或用檀條香燒紅，於賊痘上焠之。若出痘稀，根窠全白無血色，三四日後，雖亦起脹，然按之虛突，至灌漿時變成水泡，大如葡萄，皮薄若紙，抓破即死。一方，以燈芯蘸清油，當賊痘頂上焠之即化。倘多難受燈火，用拔毒散，日搽三四次。焠之不退，搽之不起，不能成漿者，不救。痘疔根脚微腫，外形獨大。賊痘外形雖大,根脚不腫。

痘疔

痘未出疔先出,痘未長疔先長,其色紫黑,其形堅强,由梟毒藴伏錮弊於肌肉之間也。五藏通身部位所見各有各色。

心疔色赤,起於顴阜、胸乳之處。

肝疔色紫,起於左太陽左脇眼胞,兩臀阜之處。

脾疔色先黄後黑,起於顋頰、中庭、口角、肚腹、手足之處。

肺疔色先灰後黑,起於右太陽、右脇頸項喉突之處。

腎疔色黑,起於地閣、後頸、耳窖、背窬、腰脊、陽莖之處,見時急用銀針挑破,以洩毒血。或四聖膏、拔毒散、三豆漿敷之。

捲簾疔生於舌底下,小者如黑豆,大者如葡萄,急用銀針挑破,出凈惡血,苦茶漱口,以拔釘散搽之,再以硼砂、冰片、黄連、薄荷、荆芥、青黛、僵蠶細末吹之。

火珠疔生於鼻孔内,闉塞噴口,面赤眼紅,急用銀針鈎破,黄連膏加冰片,滴入鼻孔内,内服瀉金散。

忘汲疔生於眼眶四圍,腫如封蛤,發熱面赤,銀針挑破,胭脂嚼汁點之,外以蒲公英、菊花煎水洗之。

燕窩疔生於兩脇,面赤、譫語、腫疼,如疔在左腋潛注,則右體之痘沉伏失色。右亦如之。銀針挑破去其根。外搽拔疔散,内服消毒飲子。

注命疔生於足心,紫筋直透足股,銀針挑破出血,用田螺水點之,绿豆浸脹,搗爛敷之。

透腸疔生於肛門内,痛如錐刺,銀針挑破,二花、防風煎湯洗之,次用輕粉、珍珠、冰片、白蘝末塗之。内服黄連解毒湯。

驪龍疔生於尿孔内,身熱譫語,二便不通,眼翻肢厥肚脹,急用蟾酥、牛黄、冰片、麝香研末,用黄連、細黄茶葉煎水調,以細軟稻心蘸之,送入孔内。内服消毒飲子。

挑痘疔法

用銀針以二指拿釘,平平入痘,撥斷痘中筋絡,衆痘即發。但挑時貴乎輕重、疾徐得宜,不可直上挑破。痘項亦不可直下,重入傷肌,不可旁穿破皮,須待三四五六日上漿之際,痘能舍針,方可挑撥,過七日無用。

痘癰

灌漿不足,毒漿不得透發,留結經絡中,隨處生癰。小者如李,大者如桃,漫腫不紅,亦無焮痛,身熱多煩。單生者,毒在肌肉,屬順易治。連發數處者,船小載重屬險。結於骨節之間,成對發出,其毒已盛。潰後滲泄氣血,不能斂口,屬逆。初發不可强消。内服透膿散,外敷烏龍膏,膿熟針之,加味太乙膏貼之。氣血虛弱,煎服保元湯。潰後熱退,毒氣方盡,否則他處又發。忌生冷硬麪發物。一方,用蚯蚓糞、洋糖各三錢,山藥去皮二寸,活鯽魚長二寸一個,搥爛敷之。

夾瘻

生於頸項、耳後、肘下,形如桃李,其證身熱煩渴,痰氣凝結。初起,宜託裹消痰解毒,如生地、甘草、木通、桔梗、蟬蜕、白芍、荆芥服之。黄連、耗燥之藥,切不可用。至三四日而發者,毒隨痘泄,毒隨痘灌,可以挽回,宜服三消散。倘斯時紅腫將膿,一潰,則元氣洩而漿不能充滿。乘未潰時,急用黄芪衛元湯補之。至七八日正灌漿時而發者,衝和飲子。若痘瘡蠟色而發者,消毒保元湯。潰後生肌,玉紅膏貼之。

痘爛

潰爛浸淫,身無完膚,宜用滚水淬茶葉,去梗帶濕鋪床上,上隔草紙,令兒卧之。膿乾爛好,渾身破爛,不能懷抱,白龍散敷之。或敗草散鋪於席上,任其展轉。

痘瘋瘡

痘後遇風先發,細瘡作癢,次延成片,脂水漸長浸淫,宜滲濕救苦散搽之，避風戒口。甚者瘙癢，毒水浸淫，肌無完膚，即成痘癩，急服十全大補湯，大補氣血，兼服散風苦參丸，清熱解毒，外用麥錢散搽之。

痘裹發丹

因熱極而成，宜服涼血散之劑，如生地、牛子、木通、甘草、白芍、荆芥等藥，其毒自消。腫痛者，加柴胡、羌活。頭頂盛者，毒膢上焦也，宜黄連、柴胡、甘草、車前、梔子等，外用化斑解毒湯洗之，猪胆汁、冰片、京墨塗之。

發熱

痘證自始至終，不可盡除其熱，熱宜和緩，不宜壯熱，以寒則收縮，熱則宣發也。初不熱則出不齊，脹不熱則漿不行，收不熱則痂不結。自初出至起脹，皮膚乾燥發熱，表熱無汗，升麻葛根湯，加荆、防。蒸熱自汗，熱在裹也，加減消毒飲。行漿熱不減，毒熱薰蒸也，消毒活血湯。便秘，去參、芪加大黄，至結痂後，發熱壯盛，胸腹俱熱，二便閉澀，餘毒過甚也，大連翹飲。

驚搐

驚痘者，因毒火觸動心神，移熱於肝，肝風與心火相搏也。痘未出而先發驚搐者，清解散疏散表邪，痘出搐止。若見形時，仍抽搐不止，毒内伏心經也，導赤散加黄連。收靨後發搐，真氣虚弱，火邪内攻也，寧神湯。痘後食蒸發搐，脾胃虚弱，必面黄潮熱，大便酸臭，木香大安丸。

頭痛

邪氣與真氣相搏，上干清道也。如頭面痘出稠密，身體壯熱，悶亂昏痛，毒火上騰也，大連翹飲。頭面痘出稀疏，微覺身熱頭痛者，風熱鬱閉也，清解散。

腰痛

發熱時腰痛，最爲惡候。蓋腰爲腎之府，毒火亢極，真陰不能勝邪，故頻頻作痛，元甲歸宗湯速瀉其毒，不使傳於腎經，庶可望生。治若少緩，毒火衝熾，痘必乾枯紫黑，腎氣絶，難治。

腹痛

痘正出，因風寒鬱結以致出不快，煩躁而腹痛者，表鬱也，芍藥防風湯。出時原無腹痛，因食滯鬱塞，忽然一時作痛者，裏鬱也，三合平胃散。初起毒鬱於陰分，痛在臍下，時作時止者，陰鬱也，桂枝大黄湯。

煩躁

痘症以始終安静爲吉，但有煩躁，必生他變。蓋煩者心煩，躁者身擾，由毒火太盛，神不能静也。痘未出而煩躁，表鬱也，消毒飲。已出煩躁，血鬱也，凉血解毒湯。養漿時，頂平、清稀、煩躁，氣虚也，麥棗保元湯。收靨後煩躁，血虚也，參麥四物湯。

譫妄

毒熱熾盛，上干心氣，以致錯語，妄言，妄見，妄聞，神志不清，黄連解毒湯、辰砂導赤散。服後仍不止，魂魄將離之候，不治。

渴

毒火燔灼，内傷津液也。初發熱即大渴者，裏熱盛也，葛根解毒湯。痘出稠密、色艷作渴者，血熱毒盛也，凉血解毒湯。成漿時，津液外泄而作渴者，人參麥冬散。靨後脾虚、内傷津液而作渴者，生脉六君湯。

厥逆

痘出遍身，宜熱，獨耳尻二處宜凉。所以痘症頭宜凉，手足宜温。若四肢厥逆，有寒熱二證，如爪甲色白、小便清利、痘色灰陷、泄瀉不食等證，此外陽衰内陰盛，乃寒厥也，補中益氣湯去升麻加肉桂，甚加附子、炮薑。寒甚，附子理中湯。若爪色紅、小便赤、痘色紫黑、煩燥悶亂等證，此陽毒内攻，熱極反寒，是熱厥也，梔子金花湯。裏實者，承氣湯。服後，手足緩和者生，厥逆不退者死。

喘

五藏之氣，皆統於肺。若爲邪干，則肺氣窒塞不行，故發爲喘。實者，聲粗有力而長；虚者，聲微無力而短。自初發熱及既出之後，或嚏嚔頻頻，或鼻流清水者，風寒客肺而喘也，杏蘇飲。食熱痰積上衝作喘者，火炎肺金也，凉膈白虎湯。泄瀉後，元氣下陷者，脾氣不足也，人参白术散。灌漿至半足，忽然倒靨而喘者，中氣大虧也，参歸鹿茸湯。

痰

痘毒之火，耗煉津液，上壅氣道，喉中作聲，宜清氣化痰，不可用金石之藥，傷其真氣，蔞麥二陳湯。灌漿時見此證，禁用二陳，宜保元化毒湯，加橘紅、貝母、桔梗、麥冬。

咳嗽

初起發熱，或偶感風寒而咳嗽者，杏蘇飲。自起脹以至成漿而咳嗽，由喉間有痘，道路窄狹，痘收自愈，不必服藥。結靨後咳嗽者，衛氣虚弱，腠裏開張，或因風寒者，人参清隔散。因餘熱者，蔞麥二陳湯。

乾噦

有聲無物，其聲重大而長，属胃經也。熱者，橘皮竹茹湯。寒者，丁香柿蒂散。

嘔吐

有物有聲爲嘔，有物無聲爲吐，皆属胃經。痘出嘔吐，火邪犯胃，毒氣上騰，痘必紅紫也，梔連二陳湯。自起脹至收靨嘔吐者，瘡集咽門，吞咽不利，加味牛子湯。傷食嘔吐腥酸，木香大安丸。吐後精神困倦，不思飲食，胃氣虚也，參砂和胃湯。

嗆水

飲水而噴爲嗆水，因火盛毒壅會咽門也。蓋咽門司納飲食，一爲毒熱所壅則必腫痛，水不易入，溢於氣喉，故氣噴而嗆作矣，射干柑桔湯、麥冬解毒湯。此證見於七日前者属惡，若七日後外痘蒸長光潤而作嗆者，是咽門痘長壅窒道路也。至結痂則嗆自止，治者宜於毒盛之時，預用清理氣道之藥，不使熱毒侵犯，自免此患。

不食

痘瘡藉氣血以成功，氣血賴飲食以生化，自始至終俱以胃氣能食爲根本。如遇不食證，大便秘結，痘色掀紫，毒盛血熱也，凉血解毒湯，加黄芩、大黄、黄連主之。痘色灰白，泄瀉不食，脾氣虚弱也，人參白术散。行漿時，欲食而復畏食，咽門腫痛，難以下咽也，射干甘結湯。喜食過多，惡食不食，内傷飲食，胃有宿滯也，三合平胃散。

口噴穢氣

痘瘡全賴脾胃爲本，口出穢氣，毒火侵炙脾胃也。不急治，必致脾胃潰爛而成大害，歸宗湯。穢減，庶可望生。

汗

痘毒之火，由裏達表，干於衛氣，腠理疏則汗出。初起微汗，營衛通暢，毒從汗解也。但汗爲血液，太過則傷。起脹後，大汗不止，未行漿，恐不能灌。既行漿，恐不能靨，既靨尤恐虚脱。自汗爲陽虚，宜收斂，浮麥保元湯。盜汗爲陰虚，宜降火，當歸六黄湯。

秘結

痘屬毒火，二便通暢則經絡疏利，氣血流動，自無壅遏之患。一有不通，則毒火不能外達，必致内攻生變。初出大便秘，四順清凉飲。小便秘，八正散。若至成漿時，切勿輕用。

瀉

痘忌秘，更忌瀉。初出時瀉，火熱由瀉而解，若瀉甚則是邪氣併於腸胃，迫而下隱，使傳化失常也，柴苓湯。起脹時瀉，手足厥冷，痘不起，其色淡白，此冷瀉也，陳氏木香丸。中滿惡食，瀉黄酸臭，手足心熱，面赤瘄紅，胃熱作瀉也，胃苓湯。惟成漿時，精液已衰，脾胃已弱，忌瀉。若加泄瀉則百病叢生，急服豆蔻丸。

痢

痘未愈而患痢證，濕熱鬱於腸胃，痘必滯暗無色，白利屬氣虚，四君子湯加黄芩、黄連、木香、陳皮。赤痢屬血虚，四物湯，用生地加黄芩、黄連、木香。赤白相兼合用。

癢

痘初出身癢者，腠理嚴密，邪火欲出，游溢往來與皮膚也，升麻葛根湯，加防風、桂枝、淡豆豉。灌漿時，痘色淡白平塌、便溏懶食、漿清作癢者，脾胃氣血虚弱也，十全大補湯。穢氣觸犯而暴癢者，外用避穢香薰之，内服内託散送毒外出。將斂時作癢者，膿成毒化，營衛和暢,不必服藥。前證均宜神燈照法。

抓破處,復灌成瘡者,吉。若不灌漿,皮肉焦黑者,凶。悶亂煩躁,摇頭扭頸,手足舞亂者,凶。

痛

痘毒之火,未能盡解,故不時痛也。初出時痛,毒未發透也,升麻葛根湯。痘出稠密作痛,毒盛血熱也,四物湯,用生地,加荆芥、防風、紅花、丹皮、牛子、連翹。

失音

音者,心之聲也。心氣上達於肺而作聲音。肺清則音清,肺熱則音啞,如痘未長漿而先啞者,熱雍肺竅也,玄參甘結湯。當灌漿時而喑啞者,喉中有痘碍於氣道,待外痘收靨,内痘自清,不必施治。

衄血　便血

痘色紫滯,煩燥、口渴而衄者,毒火刑金也,犀角地黄湯。靨後,餘毒乘脾而衄者,脾虚不能統血歸經也,人參白术散。外用髮灰散,吹入鼻中。毒火熾盛、流注大腸而便血者,地榆四物湯。痘色灰白陷下而便血者,脾虚不能攝血也,歸宗湯。至若大吐血溺血,七竅出血,變生反掌,不必服藥。

寒戰咬牙

森森若寒,振振摇動,上下牙尖相磨而鳴也。初熱時,寒戰咬牙者,火毒流於經絡,邪正相争,欲出不出也,羌活湯。見點後,痘色紫赤,大便秘,小便澀,煩燥口渴者,胃熱則咬牙,肺熱則寒戰也,連翹四物湯。灌漿時,膿色清稀,大便溏,小便長,身凉不渴者,氣虚則寒戰,血虚則咬牙也,參歸鹿茸湯。

倦怠

中氣不足,補中益氣湯。若有食有熱,梔麥保元湯。

痘後浮腫

痘後表虚，見風太早，邪風乘虚而入，以致身面俱腫者，初服桂枝五皮湯，加桂枝、燈心，微汗之。服後面腫退，惟遍身獨腫者，胃苓湯。

痘後癰毒

灌漿之時，毒氣太盛，未得盡化，留藏於經絡，聚而不散，輕則發爲瘡癤，重則成癰，或在肌肉之虚處，或在關節摇動之處，無論已潰未潰，均宜解毒内託湯，外貼玉紅膏。

目

痘藴非常之毒，自裏達表，氣血弱則不能逐毒外出，火鬱上攻，目斯病矣。痘未出時眼泡腫，緊閉不開，服清毒保目湯二劑。赤腫疼痛、隱澀流淚不能開者，洗肝散。翳膜遮睛，隱澀羞明，加味龍膽湯、清毒撥翳湯。

斑瘡入目

出痘時，恐毒入目，用黄柏膏和胭脂塗眼眶上，痘不入眼。收靨時，或過食辛熱，以致肝經餘熱，上攻翳膜如銀，遮蔽瞳子，密蒙花散。若僅羞明怕日，暗處乃開眼，内無瘡翳，凉肝明目散。若自始至終，目腫不開，内有痘。外痘收，内亦落。

摘眼痘法

用大青銅錢貼眼泡上，將燈火在錢孔内，焠之即落。一法，用田鷄胆，點之即愈。一法，新象牙磨水，滴入眼即退。

唇

六腑之華在唇，津液充足，氣血和暢，方能紅潤。若毒乘於中，熱熾於外，赤紫焦裂者，治不可緩。初起，升麻葛根湯，加梔子、藿香、防風、石膏。起脹後，服黄連解毒湯。

痘後牙疳

初起口臭齦腫，牙縫出血，尚覺疼痛。久則色黑腐爛，牙齒脱落，穿腮破頰，蝕透鼻唇，多致不救。如見此證，内服清毒活血散，外敷人中白散。牙齦破爛出血，或成走馬牙疳，白緑散。

舌

舌爲心苗。熱留於心，或赤或黑，或腫或舒，或弄舌，種種不一，加味犀角湯。舌瘡赤，曰赤口瘡，心脾熱也，内服洗心散，外敷陰陽散。舌瘡白，曰白口瘡，又曰鵝口瘡，心肺有熱也，内服洗心散，外敷珠礬散。

咽喉

痘毒不能發越，上衝咽喉，或腫痛，或啞瘡，甚至不能呼吸，飲食難入，玄參甘桔湯、利咽解毒湯，外以牛黄散吹之。

夾疹

痘已見形，其中又有顆粒，細密如麻子者，名曰夾疹。因出痘時，恰遇天行時疫，感受其氣，一時併發，先治其疹，以升麻葛根湯加荆芥、蟬蜕、牛子、犀角，疹散而痘自起。

夾瘢

毒火鬱遏傷於陰，與血相搏，浮游於皮膚之間，與痘相夾而出，片片如雲頭突起，名曰夾瘢，荆芥敗毒散。七日後見此，名曰發瘢，血熱不解也，黄連解毒湯。

夾痧

痧亦疹類，但形如粟米、尖圓白硬、内含清水爲異。此亦熱毒所發，往往夾痘而出，荆防敗毒散。

露丹

初發，滿面如水痘，根脚微紅而不壯，出没無定，次至頸項，毒如丹砂，名曰露丹。百日内外，眼胞紅腫，面赤黯色，夜煩啼哭。或面如胭脂，因伏熱在内，發之於外也，三鮮散。

如被邪祟

膿血淋瀝，心神昏亂，睡中妄言難醒，如被邪祟，凝神化毒湯、連珠安神丸，相間而服。

喜睡

收靨時，昏昏喜睡者，脾胃虚也，調元清神湯。

昏睡

收後昏睡，連日不醒，口中妄語，或有醒時，亦似醉人，此熱邪犯包絡也，導赤解毒湯、安神丸。

吐蚘

傷寒吐蚘，責之胃寒；痘後吐蚘，責之裹熱。由熱毒怫鬱於裹，又不能食，虫無所養，但聞食臭即湧出者，黄連止蚘湯。

子來救母

痘有先出，當長漿之際，俱平塌内無膿，漿後，又身熱於平塌之空處，出細小粒，比先出者更多些，此子來救母也。先出爲母，後出爲子。子之行漿，不須三日充滿隨出隨灌，隨灌隨收。子漿充滿，母亦漸次成膿，先凶後吉。

男子年長出痘

十六歲後，謂之年長。嗜慾情開，元精走洩，又遇痘火衝熾，則真陰虧損，不能制火。每至行漿之時，口渴心煩，鼻衄咽痛，不能成漿結痂者有之。治者，不可妄用寒凉。五六日前，參麥清補湯。至七八日，如膿漿不行，以參歸鹿茸湯加雄鷄血酒治之，但得漿行，庶可無憂。

婦女出痘行經

女子出痘，或遇行經，須問其是期非期。如期而出者，熱毒隨血解出，不須施治，其證自愈。若非期而至，毒火内擾於胞中，致血妄行，以凉血解毒湯治之。遇期不止，乃毒熱乘入血室，四物解毒湯。行漿時，去血過多，十全大補湯。若稍緩，痘浆不行，則無救。

孕婦出痘

孕婦最忌出痘。蓋熱能動胎，胎落則氣血因之而傷，又安望其起膿灌漿結痂乎？故孕婦出痘，始終以安胎爲主，羊藤散隨證加減，不可輕用犯胎之藥。

痘出遇産

孕婦當痘正出之際，忽然欲産，産後無他恙者，十全大補湯。腹中欲痛、惡露未盡者，蒲香散。

産後出痘

産後氣血已傷，又遇出痘，則氣血不能領載其毒，十全大補湯。不可妄用寒凉，致傷生發之機。

附:種牛痘法

牛痘之法,傳自西洋、啞美、唎梨、吕宋、小吕宋諸國,嘉慶十年四月内,嗶道路㖿船,由小吕宋國,以嬰兒載傳痘種至澳門。夷醫與澳門醫生,照法傳種,俱保全無恙,南海邱熺,未出天花,以身試之,果驗。近傳至京都米市衙衕設局,照法傳種,萬不失一。誠保赤之慈航,補造化之缺恨也。但此法,今漸傳知,恐難得其種,事捷功巨,録之以俟有心者善用。

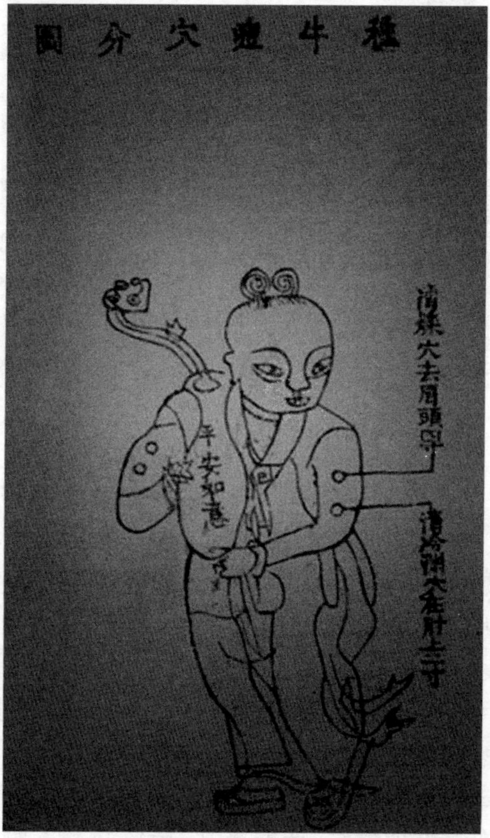

引痘說

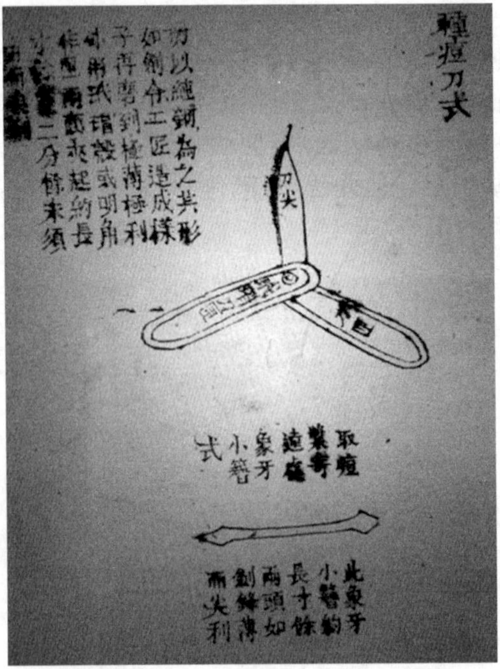

種痘刀式

痘，何以曰牛？痘之種，自牛來也。外洋向無此疾，後因他處傳染，患亦滋多。惟蓄牛取乳之家，獨不沾染。醫人欲求其故，見牛乳旁，有青藍小皰，形與痘類，因悟牛之患痘必輕。以之傳人，必然無害。於是，按古針刺法，取牛痘之漿，種人兩臂消爍、清冷淵二穴。旬日，果於所刺之處，隨出數顆，按日灌水，按日滿漿，按日結痂，落靨，無一損傷，無一復出。蓋牛，土畜也。人之脾屬土，以土引土，同氣相感，同類相生，故能取效若此。

痘，何以曰引？痘爲胎毒，伏自先天，感於時氣，散於經絡，發熱見點，有順有逆。古種痘法，苗塞鼻孔，苗氣必瀝五臟，層遞而入，内毒亦必歷五臟，層遞而出。今種牛痘法，澤於兩臂消爍、清冷淵二穴上下交連之處種之，似與塞鼻孔有異，殊不知人身兩臂，乃手少陽三焦經也。三焦者，人生最關要之腑，如天地之三元，總領五臟六腑、營衛經絡，通内外、左右、上下之氣。三焦通則内外、左右、上下皆通。得其關要之處引之，直從皮毛、血脉、肌肉、筋骨，同時直傳而入。縱有胎毒，深藏於腎，亦自然同時引掣而出。如引路然，引諸坦途，則無顛躓之患。如引絲然，引其端緒，則無紛亂之憂。《金鑒》所謂“引其毒於未發之先者”，即此意。張遜玉《種痘新書》，所謂“以佳苗而引胎毒，斯毒不横而證自順者”，亦此意。故凡種痘，皆用引法，而引毒從皮毛、血脉、肌肉、筋骨，同時而出，則牛痘爲最捷也。

牛痘與天行痘不同

牛痘種與天行痘不同。天行之痘，定必發熱發寒，諸般苦楚，雖用針薰藥發，亦不能必其無虞。若牛痘種，則在於所種之處，止出一顆。雖微有發熱，然實甚輕。兒無所苦，並不用藥，而自然灌漿收靨。十餘日間，兒之飲食起居，安然無恙。

取痘苗法

牛痘灌漿滿足，總在八九日。故種痘之期，大都以八九日爲准（太早則漿嫩無力，太遲則漿老無功）。至期與先一期，所種漿水滿足之孩童，擇其痘，頂不尖、脚不斜、不皺不黄、不暗不破、要如紅綫圍繞、收束緊實、色若珍珠寶光者；又察此童，現在無瘡癩瘰瘧胎毒、皮膚血熱、疳積疾病等證者，是謂佳苗。若其痘，色淡白、暗而無寶光、頂雖平而脚斜似鬆、中央無一點焦硬者，不宜用。苗既佳矣，取苗時用刀尖向其痘面四圍輕輕剔破，將痘面中央一點焦硬小靨微揭，其漿清亮者可用。若見漿水濁白或黄，即使刀尖三四次，點去濁漿，俟其流出清漿，如圓珠一粒不流散者爲貴。好漿一粒，可種數人。

種牛痘部位

種之部位，在肩髃之下、曲肸之上、臂肩多肉之處、近曲肸約寸餘或二寸許。視兒之大小爲度。須要按定三焦經脉所過之路，消爍、清冷淵二穴，兩手並重，每邊二顆，多不過三顆，勻排臂上，相去約四五分。

種痘法

種時，孩童衣衫，兩袖卷貼膊上，用小繩二，前後各一，横穿兩袖，結束緊緊（令兩臂露出，雖寒天不忌）。男先左，女先右。種痘者左手執定孩童之臂，勿令伸縮，右手將刀尖點取佳苗（即已種出者貫滿之漿）。向兩臂消爍、清冷淵二穴，每臂每穴各種一顆。如孩童年至五六歲以上，日啖腥膩五味，恐有後天之毒，則於兩穴上下相連之處中間，更各種一顆，不宜出四顆、六顆數外。

用刀法

其刺法，用刀不宜直豎，宜輕巧。將點苗刀尖，輕輕平刺皮膜，如一紙之薄，刺處約寬一分，即順手輕輕一按，然後拔出，以微見血爲度。將刀尖餘漿，輾轉杖拭，同其微血，注於所刺穴中，使漿與血調和，其氣達於三焦之經。血氣相感，自然取效。断不宜手重，恐深刺入肉出血略多，反將苗漿衝去。如法種畢，其兩臂微血，勿被衣衫拭去。（如拭去，可將漿種補原處。）俟血點既乾，徐將衣袖垂下，不必用袖包裹束紮，反令氣血不行。貼身之衣，宜用柔軟絲紗紬。若衣服漿洗粗硬者，恐致擦損。

度苗法

按期取鮮漿種痘，以人傳人固妙，但只可施之近處。若遠處難取鮮漿，可尋佳苗之靨，如前式者。罐藏密封，帶在身旁，日夜不離，可以留半月一月。倘不能即用，逢痘期之日，將靨研成細末，放於磁器面上，以人乳滴入，令其濕潤。然後，用刀尖研刮乳漿，照法刺於臂上。此特爲路遠，不能取鮮漿者言。

又有乾苗法。將象牙小簪二枝，各就滿漿之孩痘上，兩三次沾取痘漿，俟其乾了，藏於鵝毛筒内，用蠟密封，可留三兩日。此法惟在牛身上取牛痘之漿，可留一月之久。若人痘漿，則不能如此矣。

用時，取清水一碗煎滚，以牙簪在滚水氣上薰潤，互相刮浮其漿，推聚於簪尖，即用刀如前法，刺破孩童皮膜。隨將簪插入所破皮膜孔裏，輾轉略爲摇動，得其微血，洗此漿於肌膚内亦可。或將有漿之簪插入滚水内，立即提起，摇去滚水，如法用之。但乾苗有引出、引不出者，不如用痘靨，更不如用鮮漿，得氣較全。

遠方豆苗法。牛痘之法誠善，不得其種則不能種。聞有以天行痘漿，妄爲傳種者，竟致遍身發現，不可不慎。此種原自牛身來，不論何地之牛，但見其乳旁有小藍疱，如前所言痘様者，便可用其漿以種。又如遇期，無小兒傳種。亦可將人漿，寄種牛身上，以便再傳不絶，斯則隨處可行，而萬全無弊者也。

留漿養苗

牛痘法，全在養苗。此苗始自外洋，嗣後以人傳人，貴乎連綿不絶。蓋痘不種則漿無從取，漿不取則苗無以继。但當盛夏溽暑之時，即平日深信者，亦多拘疑，不知牛痘之法，雖盛暑亦無碍也。惟夏月以八日爲一期，春秋冬以九日爲一期，周而復始，庶幾苗漿連綿不絶。

認識瘋瘡

粤東地勢卑濕，不無瘋疾。種痘者一同混雜，誤取其漿，傳之無疾小兒，爲害不淺。但楊梅瘡毒，所在皆有，各處種痘，務先驗過，防而辨之，自無貽誤。

出痘時宜

自刺引之後，並不發熱。起初一二日，所刺處，常如蟻咬然。至第三四日始露形影，發出痘尖頂脱血迹。第五六日起如小疱，周圍灌水。第六七日水足灌漿，微微覺癢。第八九日灌漿滿足，兩腋底微疼，略似結核，頭額掌心俱見微熱，此週身毒。由此出毒，發則火動，正要其元陽運化也。其痘灌漿滿足，有如菉豆大者，有如白豆大者。九日十日，脚外紅暈隨散，微熱必退，漿轉黄臘色，先從痘心焦硬處，變倉而結靨。半月之外，靨落有疤。其靨光澤堅厚捲邊，如小香菰樣。細看疤内，更有幾點小疤居其中。此種情形齊備，可以告厥成功。

牛痘須分真假。凡痘頂平而不尖，脚收束緊實，色如珍珠寶光，中央一點焦硬，根脚有紅綫圍纏，痘脚外有紅暈——如此者，乃真痘也。無水、無漿、無紅綫脚，或有灌水而不上漿，或灌漿如黄白膿者，其痘頂尖而不平，脚斜散而皺、不收束，色淡白，暗而無寶光，結靨黄而薄，又有中央厚而邊薄者——此假痘也。真痘既出，永不復出。假痘務要再種，恐遇天行復出。

天行之痘，必由五臟一經而發，牛痘亦然。間有夜睡略驚搐、略煩燥者，主心經也。略多眼眵者，主肝經也。略作渴、略悶嘔及泄瀉者，主脾經也。略咳嗽、噴嚏者，主肺經也。夜睡齕牙者，主腎經也。既走五臟，何不服藥？蓋引之則證輕，所謂毒不横而證自順也。

種牛痘，宜趁天行未到之先，引泄更佳。倘孩子沾了天行氣息，引泄適逢其時，則有出天行而不出牛痘者，亦有天行牛痘並出者，如種痘之日，其晚或次日即發熱，此乃天行在先，非牛痘發作。否則，係夾感冒别證，自須延醫診視。

射利之徒，自作聰明，竟將天行痘漿與人刺引。及遇發時，渾身俱出，毒輕者出痘少，毒重者出痘多，不可不慎。若依牛痘之法，以所種之痘苗種入，則引一顆即出一顆，断無多出之理。種此穴即出此穴，亦無横出别位之理。

間有在本穴既出而於旁邊及别位另出一顆者，但仍是頂平不尖，四圍根脚有紅綫纏繞，中有一焦硬點者，方是真種子。否則或别樣瘡疥，或是天行並發，須要辨明，不宜錯認。然如此者，不過萬中之一耳。

兩臂各出一顆，則泄引已匀，可無後慮，或止一臂種出，或獨出一顆，其毒已發。然或慮引泄未清，恐有後患，須俟其元氣既復，一年半年之後，再種一次，更爲細密。

有八九日，灌漿如藍紫色，此胎毒極盛，必須次年補種。更有種一次、一顆不出，致種第三次始出者，由小兒毒氣太盛，根深蒂固，一時難於引拔，故必隨期復種。

種痘之初四五日，宜食火腿、臘鴨、瘦猪肉、鮮魚、素菜、豆腐、冬笋、芫荽、甘蔗，清湯粥飯，一切清淡各物。吐瀉不宜魚腥，灌漿後不宜元荽、冬笋及豆腐、甘蔗、孛薺凉物。

到灌水時，體弱者稍食燕窩、鮮蝦，催助漿水。壯旺者，不食亦可。忌食生鷄、鯉魚、牛肉及一切煎炒熱毒、麵食凝滯之物。放苗之初，大酸大鹹各物不宜食；豆腐食多，亦恐致癢。

出痘須知

種牛痘出後，断不再出，間有出者，名曰小痘，非真痘也。猶天花後，亦有水痘，必先發熱一二日然後發出，仍亦灌水其中，或有數顆略大，亦仍灌漿。痘脚亦似有淡淡紅綫，但六七日必結靨，靨薄如紙，萬無妨礙。幸勿聽人言，認爲再出。

有毒盛發泄未清，即出麻疹，或稠密，須表藥以疏解之。

間有結痂後，臂上痘痂之旁，紅腫略類痘疱，此固萬中無一。宜用豆腐渣，或三痘散、紫花地丁、芙蓉膏，四圍敷之，留頂勿敷，使其毒由頂出。

或腠理血氣凝結，致枝節生瘡，用棉繭散敷之即愈。無論諸瘡，如濕爛，用金華散摻之；瘡乾則以猪油調敷；若生癞瘡，燒乾陳牛屎敷之。

遇有抓破者，在七日以前，仍必灌復漿水，有八九日以後，則不能灌復。然其毒以引動，洩破亦無妨礙，或有隨而結痂者。倘成膿不乾，用武彝茶煎濃洗之，或黄豆皮煎水洗之，胭脂膏、鯽魚膏、臘梅油貼之。若成膿不能合口，生肌散摻之即愈。

痘破膿水不止

綿繭散摻之，或陀僧綿繭敷之，捲舒散、松黄散，或用武彝茶煎濃水洗清膿拭乾，以京胭脂膏貼之，或鯽魚膏貼之，或臘梅油潤紙貼之。

痘潰爛

灰草散、白龍散、豆灰散。潰爛流血不止，爛草散摻之。

痘破

成坑不能合口，生肌散摻之。

痘後諸瘡

金華散。

痘疔

雄黄、輕粉共爲研末，用胭脂水調敷。

痘風癬

黄豆衣殼，煎水洗之自散。

餘毒紅腫

三豆散、芙蓉膏、必勝膏、如意膏。或豆腐渣敷之。或白豆嚼爛敷之。或紫花地丁，搗爛敷之。

水痘

形圓頂尖，内含清水，名曰水痘，易脹易靨，不作膿漿。亦有起膿，但靨薄圓暈少痂。其外證，面赤唇紅，眼光如珠，咳嗽噴嚏，與大痘相同。初起身熱二三日始出，宜荆防敗毒散，継以導赤散，加連翹、滑石、茯苓、麥冬、燈心。又，小麥湯更妙。

麻疹

疹非一類，有瘙疹、癮疹、温疹，蓋痘疹，皆非正疹也。惟麻疹則爲正疹，亦胎元之毒伏於六腑，感天地邪陽火旺之氣，自肺脾而出，故多咳嗽噴嚏，鼻流清涕，眼淚汪汪，兩胞浮腫，身熱二三日，或四五日，始見點於皮膚之上，形如麻粒，色若桃花，間有類於痘大者，此麻疹初發之狀也。形尖稀疏，漸次稠密，有顆粒而無根暈，微起泛而不生漿，此麻疹見形之後，大異於痘也。須留神調治，始終不可一毫疏忽。較痘稍輕，而變化之速則在頃刻也。

看麻法

多於後項上，腰腿上先見。其頂尖而不長，形小勻净者，吉。眼光，足指冷，或眼中紅絲纍纍，俱是麻候。從胸腹散四肢者，順；從四肢入胸腹者，逆。

預解

春温夏熱，秋燥冬寒，四時正氣也。冬宜寒而反温，陽先暴泄，火令早行，人感其氣。至於春來，必生瘡疹，未出痘麻，必感而發。雖曰胎毒，未有不由天行厲氣，故一時傳染大小相似，但見麻疹有出者，宜服代天宣化丸。

輕重

麻疹之時，有輕重之分。平日氣血和平無病者，雖感時氣而正能制邪，故發熱和緩，微微汗出，神氣清爽，二便調勻，見點則透徹，散没不疾不徐，爲輕，易治。若素有風寒食滯，表裏交雜，一觸邪陽火旺之氣，内外合發而正不能治邪，必大熱無汗，煩躁口渴，神氣不清，便閉尿澀，見點不能透徹，收散或太緊束，爲重，難治。

主治

麻疹出貴透徹，先宜表發，次清利，次養血。蓋表發使毒盡達於肌表。若過寒凉，水伏毒熱，必難出透，多致毒氣内攻，喘悶而斃。已出透者，又當清利，使内無餘熱以免疹後諸證。且麻疹屬陽，熱甚則陰分受傷，血爲所耗，故没後須以養血爲主。

形色

痘疹貴三四出，謂出勻；麻疹貴一齊湧出，謂出盡。麻疹只要出得盡便輕減，以火照之，遍身如塗朱之狀，此將出之兆。出形細密與痘疹細密相似，痘疹粒粒成瘡，非若麻之皮紅成片，如蚊咬之跡也。痘怕太紅，皮嫩易破，必生搔癢。麻喜通紅。麻發於心，紅者心之正色。若淡白，心血不足也，宜養血化斑湯。若太紅艷或微紫，或出太甚，心血有熱也，宜大清湯。麻出本紅，若爲風寒所襲，熱退身凉，形色枯白者，外傷風冷也，芎歸湯，加荆芥、防風、生薑、葱白。

未出

麻疹非熱不出。故欲出時身先發熱，與傷寒相似。但麻則面額赤，咳嗽噴嚏，鼻流清涕，目中淚出，哈欠喜睡，或吐瀉，或掐眉目、鼻面爲異。若表裏無邪，勢必和緩。毒氣鬆動，易出易透。兼風寒食熱，熱必壯盛，毒氣鬱閉，難出難透，宜宣毒發表湯。

不出

麻疹只怕不能得出，若出盡毒便解矣。如發熱六七日以後，明是麻疹，却不見出。此皮膚堅厚，腠理閉塞，又或爲風寒所襲，或曾有吐瀉乃伏也，麻黄湯，去杏仁加蟬蜕、升麻，外以胡荽酒、苧麻括之。若一向便結毒甚於裏，伏而不出者，凉膈散加牛子，發而解之。再不出者，死。汗出便通，麻出不透，不可再汗下，只常以葱白湯飲之。

見形

麻疹見形，貴乎透徹。出後細密、紅潤者佳。若不透徹，必有所因。如因風寒閉塞，必有身熱無汗，頭疼嘔惡，疹色淡紅而暗之證，升麻葛根湯，加蘇葉、川穹、牛子。因熱毒壅滯，必面赤身熱，譫語煩渴，疹色赤紫滯暗，宜三黄石膏湯。因正氣虚弱，不能送毒外出，必面色㿠白，身微熱，精神倦怠，疹色白而不紅，人參敗毒散。

收没

麻見三日後，當漸次没落，不疾不徐，實爲無病。若一二日疹即收没，爲太速。或因調攝不謹，或因風寒所襲，或爲邪穢所觸，以致毒反内攻，輕則煩渴譫語，重則神昏悶亂，急服荆防解毒湯，外用胡荽酒薰其衣被，使疹出透，方保無虞。

冒風出而反没，不早治，毒必内攻，必致胃爛癢塌不效，宜升麻葛根湯，加荆防、牛子、連翹，麻復出而安，神效。

當收不收，内有虚熱，留滯肌表。其證潮熱煩渴，口燥咽乾，宜四物湯，用生地加人參、柴胡、竹葉、骨皮、知母、黄芩、麥冬。一出連綿三四日不收，乃陽毒太甚也，大清湯。

身熱不退

麻疹非熱不出，若既出透，其熱當減。倘仍大熱，毒盛壅遏也，化毒清表湯、大連翹飲。疹已没而身熱者，餘熱留於肌表也，柴胡清熱飲。

煩渴

心爲熱擾則煩，胃爲熱鬱則渴。當未出時，升麻葛根湯加麥冬、花粉。已出，白虎湯。没後，竹葉石膏湯。

譫妄

毒火太盛，熱昏心神也。疹未出而譫妄，三黄石膏湯。疹已出而譫妄，黄連解毒湯。

喘急

喘爲惡候，麻疹尤忌。初出未透、無汗喘急者，表實怫鬱其毒也，麻杏石甘湯。已出胸滿喘急者，毒氣内攻，肺金受尅也，清氣化毒飲。若遲延失治以致肺葉焦舉，難救。

咳嗽

麻疹發自脾肺，故多咳嗽。咳多則毛孔易開，麻易出。及出盡没後，又以無咳爲佳。如初起咳嗽，風邪所鬱也，升麻葛根湯加前胡、蘇葉、桔梗。已出咳嗽，肺爲火灼也，清金寧嗽湯。咳久不已，面浮，目胞腫，胸高而喘息則聳肩，血自口鼻中出，面色或青或赤，鼻燥昏悶，摇頭罷手者，死。

喉痛

疹毒熱鬱上攻咽喉，輕則腫痛，甚則湯水難下，最爲可慮。初起未出，咽喉作痛者，表邪鬱遏也，元参升麻湯。已出而咽喉作痛者，裏熱壅盛也，凉隔消毒飲。

失音

熱毒閉塞肺竅也。初起失音，元參升麻湯。已發失音，加減凉膈散。没後失音，兒茶散。

嘔吐

火邪内迫，胃氣衝逆也，竹茹石膏湯。

泄瀉

毒熱移入腸胃，傳化失常也。初出作瀉，升麻葛根湯，加赤苓、猪苓、澤泄。已出作瀉，黄連解毒湯，加赤苓、木通。

痢疾

麻疹作痢，謂之夾疹。痢因毒熱未解，移於大腸所致也。腹痛或赤或白，清熱導滯湯。不宜澀藥。

腹痛

不時曲腰啼叫，兩眉顰蹙，由食滯凝結，毒氣不得宣發也，平胃散，加神曲、防風、升麻、葛根、枳殼、山楂、麥芽、生薑、燈芯。

衄血

毒從衄解，不須止之。若太過，則血脱而陰亡也。如衄甚，用髮灰散吹入鼻中，内服犀角地黄湯。

搐搦

麻後熱不除，忽作搐搦，勿作驚風治之，導赤散，加人參、麥冬，送安神丸。小便清者，可治；短少者，不可治。

麻後乳食倍常，胃弱不勝乳穀，名食蒸驚搐。其證大便酸臭，嘔吐，腹痛，小承氣湯微利之。

牙齦黑爛

即走馬疳，馬鳴散敷之。若面頰浮腫，環口青黑，頰滿齒脱，鼻壞唇崩者，死。

唇口破裂

心脾火盛，色必紫黑。如初見此紅赤血活，可治。若紫黑乾燥不活者，死。已出没後見此，爲心脾敗絶，難治。口臭不可聞，爲胃爛，死證。

瘙疹

兒在胎中受母血熱之氣所蒸，及生後外遇涼風，已致遍身紅點如粟米之狀，滿月内見者，名爛衣瘡；百日内見者，名百日粟瘡。未出痘先見者，名瘙疹。調攝謹慎，不治自愈。

蓋痘疹

痘方愈而疹隨發，名蓋痘疹。因痘後餘毒未盡，更兼恣意飲食，外感風寒，以致遍身出疹，色赤作癢，始如粟米，漸成雲片，加味消毒飲。

癮疹

心火灼肺，又兼外受風濕而成，發必多癢，色澤紅赤，隱隱於皮膚之中，名曰癮疹。先服加減羌活散，次服加味消毒飲。

麻風瘡

見風大早，一腫即消，必體黄肌瘦後生麻風瘡，大連翹飲，加牛子、防風、二花。

奶麻子

初生未滿月，遍身紅點，此胎中受熱，故生下即發現於皮膚，四物湯，加沙參、黄連、陳皮、木通、連翹、甘草，令其母服，不可與兒服。蓋其藏府本嬌嫩，不能勝藥也。

稀麻疹法

用絲瓜一個，風乾。歲除日，放在新瓦面上煅灰，攤地上去火氣，研末，以百沸湯衝服。每歲如此，至三四次，永不患麻疹。

二十九卷

四物湯一　保元湯　歸宗湯　必勝湯　除濕湯　散結湯六六　寧神湯　柴苓湯　胃苓湯　羌活湯　大青湯　小麥湯六七　三豆湯　稀痘湯　芎歸湯七三　黄連解毒湯二　清毒活血湯　凉血解毒湯二三　當歸活血湯二五　參歸大補湯二九　升麻葛根湯四五　清熱解毒湯　寬中快斑湯　參歸鹿茸湯　荆防解毒湯　芎歸保元湯　香桂保元湯六八　解毒防風湯　快斑越婢湯　羌活救苦湯六九　化斑解毒湯七十　保元化毒湯　清毒保目湯　消毒撥翳湯　黄連止蚘湯　導赤解毒湯七一　清金寧嗽湯　化毒清表湯　宣毒發表湯　養血化斑湯　參麥清補湯　調元清神湯　寧神化毒湯　加味龍胆湯　竹茹石膏湯七十　浮麥保元湯　解毒内託湯　梔麥保元湯　燈桂五皮湯

六八　元甲歸宗湯　桂枝大黄湯　橘皮竹茹湯　参砂和胃湯　射干甘桔湯　麥冬解毒湯　元参甘桔湯　利咽解毒湯　加味犀角湯六九　清毒快斑湯八三　黄芪衛元湯七十　消毒保元湯　梔子金花湯八五　丁香柿蒂湯八三　加味牛子湯　四物解毒湯八四　清熱导滯湯七十

蟬花散十八　拔疔散二三　清解散　蘇解散三四　南金散　清毒散、内託散　洗肝散、洗心散　阴阳散、珠礬散　牛黄散、三解散三五　茴香散、兒茶散三六　羊藤散三五　拔毒散　瀉金散　透膿散　三消散　白龍散、敗草散　棉繭散三六　髪矢散　三豆散　金華散　灰草散　爛草散四四　生肌散五一　豆灰散　馬鳴散　三合平胃散十三　辰砂导赤散十七　千金内託散　髪肌通聖散　九味神功散　人参麦冬散　陳氏木香散十八　滲濕救苦散　凉肝明目散十九　加味羌活散　牙疳白緑散

安神丸三十　豆蔻丸四一　木香大安丸八三　散風苦参丸八七　珠連安神丸八三　代天宣化丸　陳氏木香丸

變雅堂遺集

·（清）杜濬 著

·主編 王利民·方星移 點校

鳳凰出版社

圖書在版編目（CIP）數據

變雅堂遺集 /（清）杜濬著 ; 方星移點校. -- 南京 : 鳳凰出版社, 2019.11
（鄂東文獻叢書 / 王利民主編）
ISBN 978-7-5506-3054-3

Ⅰ. ①變… Ⅱ. ①杜… ②方… Ⅲ. ①古典詩歌－詩集－中國－明代②古典散文－散文集－中國－明代 Ⅳ. ①I214.82

中國版本圖書館CIP數據核字(2019)第246824號

書　　名	變雅堂遺集
著　　者	(清)杜濬 著　方星移 點校
主　　編	王利民
責任編輯	王　劍
出版發行	鳳凰出版社(原江蘇古籍出版社) 發行部電話025-83223462
出版社地址	南京市中央路165號,郵編:210009
出版社網址	http://www.fhcbs.com
照　　排	南京凱建圖文有限公司
印　　刷	金壇古籍印刷廠有限公司 江蘇省金壇市晨風路186號,郵編:213200
開　　本	890×1240毫米　1/32
印　　張	169.375
字　　數	3136千字
版　　次	2019年11月第1版　2019年11月第1次印刷
標準書號	ISBN 978-7-5506-3054-3
定　　價	1980.00圓(全九册)

序

王利民　方　正

一

本《叢書》是黄岡師範學院文學院從事鄂東文化研究的成果之一，是一套爲鄂東傳統文化研究提供基本材料的專題叢書。“鄂东文獻”，顧名思義，其範圍涵蓋了湖北東部地區的歷史文獻，其中多數是明清兩代文人的詩文集。

“鄂東”一詞在清代以前的典籍中並不常見。羅泌《路史》卷二十六《國名記三》説：“鄂東，熊渠中子紅封之。《世本》。今興國軍永興有故鄂城。《寰宇記》：“州西北百八十鄂王城，鄂人事鄂王神。”漢鄂縣本隸武昌，故《九州記》云：‘鄂國，今之武昌，東鄂也。’”“東鄂”一詞在古籍中倒是更爲常見。宋薛季宣《樊口見鄭崇陽不遇》有云：“島嶼西陵開罨畫，湖山東鄂洗新裝。”《樊山春望》有云：“東鄂城東安樂宫，李花練絢玉玲瓏。”《二同舍賦鄂城篇見和，文高格古，端不可及，而仙尉王文措辭侈甚，可以參諸臺符羽檄間，復次元韻戲酬》有云：“吴楚争桑如有頃，東鄂幾人全首領。”宋代的東鄂指的是武昌（今鄂州），與南陽的西鄂相對應。歐陽忞《輿地廣記》卷二十七説：“武昌縣，故楚之東鄂也。”《湖廣通志》卷三説：“南陽有西鄂。稱西，所以别於東鄂也。東鄂，武昌也。”

清同光之際，鄂東地區成爲捻軍活動的區域，因而“鄂東”一詞常見於文獻之中。如《曾文正公年譜》卷十一説：“東路任賴一股盤旋於安陸之境，劉銘傳等追剿，賊竄向鄂東一帶。”《李文忠公奏稿》卷十一《行抵歸德通籌調度摺》説：“曾國荃二十九日函稱，鄂軍追賊，悉已西

至棗陽，頃調回東路黄麻堵勦，未知能否趕及，是鄂東空虛實甚。”繼而，“鄂東”也出現於晚清文人的詩作中。如王柏心《百柱堂全集》卷二十七《九日寄漁叟》詩云：“去歲重陽節，黄花滿鄂東。”清末民初，“鄂東”概念爲地理類書籍所採用。劉錦藻《清續文獻通考》卷三百十七《輿地考》十三説：“廣濟縣南七十里之武穴鎮，外江内湖，介鄂贛二省，實鄂東咽喉。”

今天“鄂東”作爲一個地理概念，源自民國時期的行政區劃。民國初年，湖北分爲鄂東、鄂北、鄂西三道。鄂東道轄武昌、壽昌、嘉魚、蒲圻、咸寧、崇陽、通山、通城、大冶、興國、漢陽、夏口、漢川、黄陂、孝感、沔陽、黄岡、黄安、黄梅、蘄春、蘄水、麻城、羅田、廣濟、安陸、隨縣、雲夢、應山、應城等二十九縣。民國二十七年(1938)，湖北省第二行政督察專區轄黄岡、蘄水、蘄春、廣濟、黄梅、英山、羅田、麻城、黄安、黄陂、禮山等十一縣。民國二十八年，二區專署改稱鄂東行署。1941年，黄岡縣抗日民主政府及豫鄂邊區行政公署鄂東辦事處成立，次年改爲鄂東行政專員公署。

現在的“鄂東”指的是湖北省東部地區。狹義而言，主要指黄岡地區。如湖北省政協文史和學習委員會等編撰的《黄岡文化簡史》基於行文方便和約定俗成，把“黄岡地域”與“鄂東”視爲基本相同的概念。廣義來説，以行政區劃爲基礎來劃分的鄂東地域包括武漢、黄岡、鄂州、黄石、咸寧等行政區。本叢書取廣義之説，在文獻的選擇上則以黄岡地域文人的著述爲重心。

二

湖北歷史上的三大人文重鎮是春秋戰國時期的荆州，東漢三國時期的襄陽，明代鄂東的黄州府。隋唐以前，湖北的文化重心位於荆州、襄陽地區，而鄂東屬於邊緣地帶。清人顧祖禹在《湖廣方輿紀要序》中説：“湖廣之形勝在武昌乎？在襄陽乎？抑在荆州乎？曰：以天下言之則重在襄陽，以東南言之則重在武昌，以湖廣言之則重在荆州。”從地緣政治的角度來看，從西周到北宋，中國的中央政府主要建在北方，都城主要在西安—洛陽—開封一綫，荆州和襄陽得此地緣之

利,成爲湖北的區域中心。宋代以後鄂州(今武昌)地位上升,成爲湖北的重心,但其行政中心的地位並未確立。到了元代,鄂州成爲湖廣行省的治所,才全面確立大區域中心城市的地位。1281 年,原來遷移至湖南潭州的湖廣行省治所又遷回鄂州,於是鄂州正式成爲湖北的行政中心,這使得湖廣形成以鄂東爲重心的基本格局。

宋元之世,蘄、黄二州分治,宋代蘄州、黄州屬淮南西路,其治所在壽州,今安徽鳳台;元代蘄州路、黄州路屬河南江北行省,其治所在汴梁,今河南開封。宋元二代,蘄、黄均處於所在省的偏遠地帶,遠離其行政中心,故王葆心先生説:"宋、元之交,吾蘄黄以邊儌,文化榛蕪。"在元代,黄州府逐漸發展爲上等州府,其人口數、進士數、書院數、《湖北通志·藝文志》及《補遺》中的著作者人數均占湖北省首席。

朱明代興,湖廣進入了"以東南言之,則重在武昌"的時代,武昌成爲區域内的政治經濟文化中心,鄂東毗鄰武昌,一變其兩千年來的不利地位,獲得區位優勢。明代是鄂東傳統文化最爲繁榮的時期,但明代初期和中期文化繁榮程度遠不如明代後期,這與漢口的地位有關。漢口是明清時期湖北最大的市鎮,居天下"四大名鎮"之首,在明中葉由漢水改道而興起。漢口處長江漢水交匯處,順江而東,可達安徽、江西、江蘇、浙江;循大江而南,過洞庭,入沅湘,可通兩廣、雲南、貴州;溯江而上可通巴蜀;溯漢水而上,可入宛洛,此所謂"九省通衢"。鄂東五水,倒水、舉水、巴水、浠水、蘄水,均發源於大别山,流經東北部山地、中部丘陵、西南部平原,垂直注入長江,與漢口相聯,在鄂東形成了類似現在的"高速交通網絡"。在以人力與畜力爲主要動力的時代,水上交通最爲重要。鄂東五水與漢口相連,北達黄陂、黄安、麻城、羅田,中達黄岡、蘄水,南達蘄州、黄梅、廣濟。"貨到漢口活",鄂東的農産品可以暢銷天下。明代中期漢口的興盛推動了鄂東外銷型農業的發展,從而帶動了科舉的極大成功與文化的大發展。

三

鄂東文化肇始於原始社會,形成於戰國到秦漢,發展於隋、唐、宋、元,鼎盛於明清,轉化於晚清民國,代有奇峰。唐宋時期是鄂東文化開始彰顯的時期。唐時，慧能居黄梅東山寺，師從弘忍，禪宗大興於天下。杜牧爲黄州刺史，創作 30 多篇詩文，赤壁戰場，折戟沉沙，詩留千古；岐亭古鎮，杏花村酒，香飄四野。從宋代開始，鄂東地區儒學與文學開始勃興。理學大師程顥、程頤兄弟即出生於黄陂。北宋前期，有不少朝廷的逐臣被“安置”於鄂東。王禹偁謫黄州，詠懷月波樓，新建小竹樓，氣節文章，照臨此邦。蘇軾居黄州，二賦一詞，江山多嬌，黄州成爲世界名城。蘇轍攬勝快哉亭，與東坡聯袂西山，流風遺韻，稱快世俗。秦觀來黄州謁見東坡，贊龍丘子，題雙松，清風皓月，相與忘形。黄庭堅居武昌，遊樊山，追懷東坡道人，應和萬壑松風。張耒三居黄州，與黄州的江西詩派詩人潘大臨、何覬曳杖漫步，詩酒唱和。蘄州人林敏功、林敏修兄弟和夏倪也列名江西詩派。洪芻、韓駒曾來黄州任職，饒節曾至蘄春白岩寺問道。詩人彙聚，遂使黄州成爲詩壇重鎮。元代黄州則出了當時第一流的散曲大家滕賓，其人有《玉霄集》，《太和正音譜》稱“滕玉霄之詞，如碧漢閑雲”。

明清時期，鄂東人文飆升泉湧，王士性《廣志繹》卷四説：“毋論士大夫，即女郎多有能詩文者，如周元孚、董夫人輩。”當明弘治、正德年間，黄州王廷陳著有《夢澤集》，其人與李夢陽、何景明並稱“海内三才”。武昌興國人吴國倫與李攀龍、王世貞、謝榛、宗臣、梁有譽、徐中行並稱“後七子”，著有《甔甀洞稿》《甔甀續稿》《藏甲岩稿》《吴川樓集》《續吴川樓集》等。嘉靖時，黄州許潮所作《太和元氣記》由二十四種雜劇組成，裁制新異，詞調爾雅。明萬曆年間，李贄僑寓麻城、黄安，撰有《焚書》《續焚書》《藏書》《解老》《莊子解》等驚世之作，在文學上提出“童心説”，評點《水滸傳》《西廂記》《幽閨記》《浣紗記》等小説、戲劇作品，所輯評的《坡仙集》獨得蘇東坡一生神髓。麻城女詩人毛鈺所作詩歌被同邑名士丘坦編爲《文貞集》，其詩如金珠翡翠，珊瑚瑪瑙，黄童白叟，入目即知其寶。明末，麻城劉侗撰有《帝京景物略》，文字幽雅雋潔，體現了竟陵派的文風。

清代鄂東文學承繼明代遺緒，文風鼎盛。黄州遺民詩人杜濬，詩文自辟町畦，睥睨一世，尤精於五律，有《變雅堂遺集》。蘄州顧景星詩文雄贍，《四庫全書總目提要》稱其爲“一時之霸才”。黄州劉子壯是順治六年的狀元，也是清朝開國文豪之一，著有《屺思堂文集》《屺思堂詩集》等，他與同科榜眼熊伯龍並稱“熊劉”，又與康熙朝的韓菼、李光地並稱“順康四大家”。康熙年間，黄陂王澤宏著有《鶴嶺山人詩集》，所作和平安雅，不失臺閣氣象，當時名流王士禛、姜宸英、洪昇等都曾點定其詩。廣濟金德嘉是康熙二十一年的會元，著有《居業齋文集》等，《四庫全書總目提要》説：“德嘉晚年鍵户著書，時同郡顧景星、張仁熙、劉醇驥往往追摹秦漢，宗尚王李，訾歸有光爲秀善婉媚。德嘉獨不爲高論，力摹韓歐，雖其閎肆博贍遜於國初前輩，而先民榘矱彷彿猶存。”張仁熙著有《藕灣全集》等，其詩多悲苦之音，大旨宗尚李夢陽、王世貞、李攀龍。劉醇驥著有《芝在堂集》等，《古今圖書集成・理學彙編・文學典》稱其“文章高雅典重，一時文士無不知有劉千里者，得其傳記、碑銘，莫不以爲美。”蘄水陳沆是嘉慶二十四年的狀元，名列清代律賦四大家、試帖詩七大家，著有《簡學齋詩存》《簡學齋詩删》《詩比興箋》《館課試律存》等。

明清時期，鄂东詩人文士多如繁星。據我們統計，《湖北通志・藝文志》别集部分共載明清鄂東地區作者1400餘位，占别集部分所載明清湖北作者數的77%；共載明清鄂東地區文人别集1600餘部，占别集部分所載明清湖北文人别集數的80%。我們統計時所定義的鄂東地區包括安陸府、德安府的東部，以及漢陽府、黄州府及武昌府的全部。根據各府作家數量排序，鄂東地區所涉及的五個府分别位列第一（黄州府）、第二（漢陽府）、第三（武昌府）、第五（德安府）和第六（安陸府）。從文人數量及其作品數量上看，明清時期鄂東地區表現突出，是當時湖北文人的中心聚集區。

四

除唐宋元明時期以外，湖北人才的出現還有兩個高峰，一個是楚國八百年，一個是清末和民國時期。晚清到民國，鄂東出現了一個“人才井噴”現象，産生了一系列大師級人物，如地質學家李四光、哲學家熊十力、政治史兼經濟學家王亞南、語言文字學家黄侃、文藝理論家胡風、詩人聞一多、新儒家的代表人物徐復觀、哲學家湯用彤、方志學家王葆心等，他們都堪稱在某一文化門類領一代風騷的鉅子。

得留學風氣之先是近代鄂東文化繁榮的重要原因。張之洞在《勸學篇》中説："出洋一年，勝於讀西書五年，此趙營平百聞不如一見之説也。入外國學堂一年，勝於中國學堂三年，此孟子置之莊嶽之説也。"李四光先後留學日本和英國，黄侃、王亞南留學日本，聞一多、湯用彤留學美國，他們是鄂東留學生中的代表，鄂東這一時期的留學生日後大多成爲中國社會各個領域的佼佼者。根據白戰存先生編著《鄂東百年留學生名録》統計，清末湖北留學生共 807 人，而鄂東占 196 人（其中，黄岡縣 38 人、黄安縣 14 人、麻城縣 24 人、羅田縣 23 人、英山縣 15 人、蘄水縣 19 人、蘄春縣 33 人、廣濟縣 24 人、黄梅縣 6 人），數量遥遥領先其他各州府。據《湖北教育史志資料》1985 年第 1 期記載，清末留學生以江蘇、浙江、湖北、湖南、廣東、四川等省爲最多。湖北乃一中部省份，有如此多的留學生到西方發達國家留學，湖廣總督張之洞功不可没，鄂東也是深得其利。

張之洞説："世運之明晦，人才之盛衰，其表在政，其裏在學。"欲興一地之學，必先整理鄉邦文獻，從而"考文獻而愛舊邦"，達到從小區域中探究大歷史，從鄉邦文獻中發現普遍性的歷史問題，進而"從鄂東看中國，從中國看鄂東"，更好地推動區域社會的發展。

爲了弘揚鄂東地區的優秀傳統文化，黄岡師範學院文學院實施了"鄂東傳統文化研究"項目，《鄂東文獻叢書》是這一項目的重要組成部分。《鄂东文獻叢書》收録範圍：一、古代鄂東人士的著述。所謂鄂東人士指出生在鄂東，或籍貫是鄂東（三世祖以下出生或定居現行政區域屬鄂東境内）者。二、雖非鄂東籍，但久居鄂東，且其主要著述在鄂東完成者的著述。

本《叢書》採用平裝形式，每種著述分裝一册。每種著述的編纂以原有的集子爲基礎，並搜輯同一作者内容相關的作品補充完善，也可以按新的體例編次。編者增輯的内容在前言或文末注明出處，必要時説明理由。本叢書的校勘標點以中華書局總編室 1991 年 10 月擬訂的《古籍校點釋例》（初稿）爲基本依據。每種文獻之前，冠以前言（或整理説明）。前言内容包括：一、本書作者的生平簡歷，主要學術成就；二、本書的基本内容、特點、價值的介紹和評論；三、本書的寫作和成書情況；四、本書的版本源流；五、整理方式：底本的選擇，校勘所用的本書其他版本,引用參考的主要典籍。前言之後,爲全書篇名目録。與本書相關的重要參考文獻作爲書後附録。附録内容主要包括:一、本書作者傳記、碑傳、行狀;二、有關目録書籍對本書的提要;三、本書的各家序跋、題記。

我們整理出版《鄂東文獻叢書》,既是期望爲文史工作者提供研究古代文化的基本文獻,也希望廣大的文史愛好者通過本《叢書》感受到鄂東優秀傳統文化的魅力。隨著本《叢書》的問世,我們希望鄂東文化傳統的研究和弘揚進入一個更爲繁榮的時期。

前　言

杜濬（1611—1687），原名詔先，字于皇，號茶村，又號西止，晚號半翁，别號黄鶴山樵、睡鄉祭酒、鍾離濬水、杜水東、楚漁父、兩龔鄉人、蹇翁、金陵山傭、村翁等。黄岡（今属湖北）人。明末清初文學家，著名遺民詩人。入《清史稿・遺逸傳》。崇禎七年（1634），侍父母去鄉黄岡，就舍金陵。順治二年（1645），爲避禍亂，返回黄岡將父母兄弟舉家遷往金陵居住。終其一生，他再也未曾返回家鄉。他始終不忘故鄉黄州，在《邢孟貞過黄州有作見懷感答》中寫道：

長江日夜流，江岸有黄州。
是我十年夢，輸君一日遊。
山從樊口密，月對武昌愁。
處處邀篇翰，殘黎豈解酬。

表達了對黄州山水的眷戀之情。

杜濬七歲入小學，就童子試，遇知賞，餼學宫。慕同爲楚人的張居正之作爲，有濟世之志。崇禎十二年省試，他因語犯忌，置乙榜貢生。以明經入太學。崇禎十五年赴京應試不第，流轉於金陵、揚州。崇禎十七年，李自成入京，清軍入關，南明王朝在金陵建立，舉辦七省流寓諸生科考，他應試落第，又見馬士英、阮大鋮專權，失望而歸。遂絶意仕進，隱居金陵雞鳴山之右，茅屋數間，梁欹棟朽，茗茶自娱，專心爲詩。年七十七，卒於揚州。卒後，其子無以爲葬。十九年之後的康熙四十五年（1706），陳鵬年知江寧府，始爲之營葬於蔣山北之梅花村。

杜濬以文章氣節自勵，不肯依附清廷。個性峻厲廉隅，傲睨於世，又甘於貧寒，秉持操守。《湖廣通志》評說其人："氣象豪邁，爲詩文自辟町畦，睥睨一世。尤精於五律，博極群書，吴楚人士多就正焉。"乾隆《黄州府志》則說："性狂氣簡，岸凌公卿。少立令譽。"

杜濬雖爲人孤傲狂狷，然其居金陵交遊甚衆，與方以智、龔鼎孳、冒襄等復社成員交往，與歸莊、錢謙益、邢昉、顧景星、吴偉業等交遊唱和頗多，又與朱彝尊、王士禎、施閏章等有過從，晚年與熊賜履交遊，爲其《學統》作序。

杜濬的詩歌成就很高，名顯於當時，後人也頗爲推崇。其詩歌成就包括詩歌理論與創作兩大方面。就詩論而言，他要求詩歌要出於詩人個人之性情，講求性情之真。"真而不失其正""變而不失其正"，富有時代色彩。他在《奚蘇嶺詩序》中說："今讀蘇嶺之詩，多清新跌宕之音，余詩多志微噍殺之響，然而貴真不貴贋同也。夫詩至於真，難矣。然吾里自一二狂士以空疏遊戲爲真，而詩道遂亡真。豈如是之謂耶？夫真者，必歸於正，故曰：'正風正雅。'又曰：'變而不失其正。'詩至今日，不能不變，道在不失其正而已。……余惟序真詩，不可以作飾語。"在《程孚夏詩序》中說："古今真詩皆露積於天地之間，無有遮蔽，不設典守也。然惟眼明者能見之，手敏者能舉之，則其詩成而天姿弗飾。雖飾，無所復加，以至於鍛煉妥帖，隻字莫易，無美不臻，而絶非人力所設施。詩至此，至矣。"因爲"貴真"，他推崇屈原、杜甫，敬重"公安派""竟陵派"，並且引"楚風"爲"真"的代表，在《跋袁中郎遺墨後》中說："二百年來，海内之詩大都視吾楚爲轉移。始之爲長沙，繼之爲公安，又繼之爲竟陵。雖各出手眼，互有異同，然能拘束天下豪傑之士，受我馳驅，豈非極一時之盛哉！"正因爲如此，他主張詩如其人，强調詩歌的主體性情的重要。

杜濬詩文創作多寓興亡之感、故國之思、流寓之慨、朋友之情等，風格雄渾豪健。如《古樹》："聞道三株樹，峥嶸古至今。松知秦歷短，柏感漢恩深。用盡風霜力，難移草木心。孤撑休抱恨，苦楝亦成陰。"通過古樹寄寓家國興亡之感，可見其情懷。因身處亂世，家庭生活困頓，其感情深沉鬱勃，時人將其與杜甫相提並論。其五言詩最負盛名，五律尤佳，風格高古沉鬱，人稱“詩聖”[1]。如《焦山六首》：

觸處迷人代，兹山尚姓焦。
上頭仍棟宇，到眼忽雲霄。
樹色南徐近，江聲北岸遥。
衣冠留洞壑，不必訪松寥。（其一）

遠迹滄江曲，山情實澹然。
石根争插水，樹杪欲浮天。
莫起蒼虬卧，端如處士賢。
再來應酹鶴，把酒坐高煙。（其二）

又如《花木庵同蒲道人啜茗》：“苦茗生平好，逢師此共斟。緑江無盡意，白首有同心。山月照逾淡，松風吹使深。黄鵬知飲愜，枝上送佳音。”他性嗜茶，其《茶丘銘》有“有絶糧無絶茶”之語，而這首咏茶詩清新幽雅，韻致高遠，足見其人之孤高逸塵之姿。

對其詩文成就，清初著名詩人吴偉業云：“吾五言律得茶村《焦山詩》而始進。”《大清一統志》評説：“詩文豪健，自辟畦町。”《黄州府志》説：“其所著作力砥流風。後隱江南之鍾山，名公巨儒不識茶村之面者自以爲赧。”可見其影響之大。

杜濬在小説、戲劇的評論方面亦頗有建樹。明末清初戏曲家、戏曲理论家李漁的小説戲曲作品如《無聲戲》《十二樓》《無聲戲合集》《凰求鳳》《巧團圓》《比目魚》《玉掻頭》等，杜濬或爲作序，或爲評點，是李漁作品主要的評論者。他們之間形成了相對穩定的互動關係，是明末清初文學評論者與創作者良性互動關係的代表。

杜濬在生前曾自己編定詩文集四十七册，具體篇目不詳。後詩文散逸甚多，方苞《杜茶村先生墓碣》：“先生詩，世所傳不及十一。平

① 《清史稿》卷五〇一《遺逸傳·杜濬》：“閻若璩於時賢多所呰謷，獨許濬五律，稱爲‘詩聖’。”

生著述，手定凡四十七册。”[①]他去世後，其詩文集刊刻情形亦頗複雜，甘鵬雲在《變雅堂遺集》中《文集》目録之後已有記述，此不贅述。《清詩紀事初編》對杜濬詩文收集的情況作了説明，其卷二《杜濬》載，變雅堂文集五卷茶村詩三卷變雅堂詩鈔八卷變雅堂遺集二十卷：

> 詩文及身刻者，詩有《倦遊草》《三山遊詩》《聞喜詩》《遊攝山詩》各一卷。文有《變雅堂文集》五卷，别有不分卷本，文多數篇，似是初刻。其詩未盡刻，而刻者復流行未廣。後來增輯者，汪觀有《茶村詩》三卷，刻於康熙五十二年，取已刻詩亂其次第，不録序，稍有增益。爲詩共二百餘首，獨無古體。卓爾堪《遺民詩》久已行世，所選濬詩一百五十餘首，多爲未刻稿，竟未之見，何也？乾隆中彭湘懷、陳師晋求得詩六百五十首，刻爲《變雅堂詩鈔》八卷，後來遞有增益。光緒中，始刻爲《變雅堂遺集》文八卷、詩十卷、附録二卷。[②]

現今杜濬的詩文集行於世者，版本衆多，篇目不一，計有《變雅堂遺集》《變雅堂集》《變雅堂文集》《變雅堂詩集》《變雅堂詩文合刻集》《黄岡二處士集》等多個版本。其中兩個刻本爲善本：一是《變雅堂遺集》，光緒甲午(1894)黄岡沈氏刻本，它收録作品最全，有文八卷、詩十卷、附録二卷；二是《變雅堂文集》，清康熙刻本，不分卷，附《推枕吟》一卷、《杜陵七歌》一卷。《續修四庫全書》收入《變雅堂遺集》，《四庫禁毁叢書》收録《變雅堂文集》。另《全清詞》收杜濬詞二十一首；《黄岡二處士集》有補遺二卷，有文二十六篇，詩五十四首，詞一首。

本書之點校整理，以《變雅堂遺集》爲底本(下稱“沈氏本”)，以《變雅堂文集》(下稱“康熙本”)和民國二十四年黄岡汪樂鉛印本《黄岡二處士集》中的《變雅堂集》(下稱“汪氏本”)爲校本。

康熙本没有分卷，收録的文也少於底本沈氏本，按照沈氏本文八

---

① 《方苞集》卷十三《碑碣九首·杜茶村先生墓碣》，上海古籍出版社2009年版，第401頁。

② 鄧之誠《清詩紀事初編》卷二，上海古籍出版社1984年版，第184－185頁。

卷順序，統計康熙本未收入的篇目有：

卷一：《程孚夏詩序》；

卷二：《柏園詩序》《南觀集序》《杜子堅遺稿序》《初刻文集自序》《三山遊詩自序》《遊攝山絶句小引》《倦遊草小引》《别興詩自序》；

卷三：《李白登科記題詞》《題程鼎庵先生傳》《跋袁中郎遺墨後》；

卷八：《祭龔太夫人文》《寄茅止生》《答某公》《與范仲闇》《復王于一》《與蔣前民二則》《寄沙定峰》。

康熙本最大的特點是每篇文中字行間都有“、”“○”等標識和少量文字評點，而且絶大部分文的文後附有他評、自評條目，爲了忠於原文，也爲了讀者閲讀、研究的方便，本書在整理時，把康熙本的自評和他評論條目原文録入到底本的對應篇目的文章之後。

詩歌的收録數量，沈氏本、康熙本的差别很大，沈氏本收録詩十卷，康熙本只收録《推枕吟》一卷、《杜陵七歌》一卷，故詩歌部分主要參校的是汪氏本。另康熙本文集後附的《推枕吟》一卷，所收詩均散見于沈氏本詩中，本書不再補録；附録的《杜陵七歌》則只有三首散見於沈氏本，爲保留《杜陵七歌》的原貌，將其補録到本書中，目録作“《變雅堂文集》附録《杜陵七歌》”。

《黄岡二處士集》收録有三位黄岡籍士人的詩文集：杜濬《變雅堂集》、其弟杜岕《些山集》和汪國瀅《樂志齋集》。其中，杜濬《變雅堂集》收録文八卷、詩十卷、補遺二卷（詩、文各一卷）、附録二卷（詩、文各一卷），以及王士淪原編、王葆心拾補的《杜茶村先生年譜》。補遺二卷、《黄岡二處士集》序言和年譜，原文直接收録入本書；而《變雅堂集》中的“附録二卷”比沈氏中的“附録二卷”有内容多出部分，我們按照先後順序把這些多出的部分原文補録到本書中，目録作“黄岡二處士集·變雅堂集附録補録”。

在點校的過程中，我們發現《變雅堂遺集》中的《變雅堂》附録二卷在録入熊賜履《經義齋集》中的祭文、小柬、尺牘時，常常去掉幾個字或者幾句話，爲了嚴謹更爲了方便讀者，我們依據《清代詩文彙編》（上海古籍出版社 2011 年版）中的《經義齋集》補入了去掉的内容並做了注釋。另還參校了《明詩紀事》（上海古籍出版社 1993 年版）等書。

黄岡師範學院　方星移

2017 年 8 月

總目録

序 …………………………………………… 001
前言 ………………………………………… 001
變雅堂文集 ………………………………… 001
變雅堂詩集 ………………………………… 131
變雅堂附録二卷 …………………………… 249
　變雅堂遺集附録一 ……………………… 251
　變雅堂遺集附録二 ……………………… 281
變雅堂文集附録・杜陵七歌 ……………… 287
黄岡二處士集・變雅堂集附録補録 ……… 291
　變雅堂集附録一補録 …………………… 293
　變雅堂集附録二補録 …………………… 306
黄岡二處士集・變雅堂集補遺 …………… 321
　變雅堂集補遺一　文集 ………………… 323
　變雅堂集補遺二　詩集 ………………… 335
黄岡二處士集序 …………………………… 345
杜茶村先生年譜 …………………………… 350

變雅堂文集

變雅堂文集　目録

變雅堂文集　畫像 ……… 007
變雅堂文集　題詞 ……… 008

變雅堂文集　卷一 ……… 009
溪蘇嶺詩序 ……… 009
李君遺詩序 ……… 010
姚仲淑詩序 ……… 011
十笏齋詩序 ……… 012
語山詩序 ……… 012
鼓枻集序 ……… 013
蘭陵草序 ……… 014
豫章遊草序 ……… 015
楚遊草序 ……… 016
北遊詩序 ……… 017
喻先生詩序 ……… 018
程孚夏詩序 ……… 018
徐藎臣詩序 ……… 019
楚遊詩序 ……… 020
汪異三詩序 ……… 021
程子穆倩放歌序 ……… 022

變雅堂文集　卷二 ……… 024
休園雜言序 ……… 024
學統序 ……… 025
封氏家譜序 ……… 026
潘氏族譜序 ……… 027
朱皐公詩序辛酉 ……… 029
柏園詩序 ……… 029
南觀集序 ……… 030
延令世説序 ……… 031
敦宿堂集序 ……… 032
杜詩分韻序 ……… 033
南溪文略序 ……… 033
季滄葦奏疏序 ……… 034
杜子堅遺稿序 ……… 035
初刻文集自序以下五篇彭、胡本均無，據傳鈔本補 ……… 036
三山遊詩自序 ……… 036
遊攝山絶句小引 ……… 036
倦遊草小引 ……… 037
別興詩自序 ……… 037

變雅堂文集　卷三 ……… 038
太湖秋釣圖題詞 ……… 038
范性華雜劇題詞 ……… 040
宋荔裳雜劇題詞 ……… 040
華山畿擬古題詞 ……… 041
題白雲圖 ……… 042

再題白雲圖 …………… 042
三題白雲圖 …………… 043
題石閭集 …………… 044
李白登科記題詞 ……… 045
題程鼎庵先生傳 ……… 046
書陶將軍傳 …………… 046
書王奉常與王石谷諸札後 …………… 047
跋黄九煙户部絶命詩 …………… 048
跋季滄葦侍御贈序 …… 049
跋季天中塞外詩 ……… 049
吴秋屏詞跋 …………… 050
跋吴初明《北征》絶句 … 050
跋同聲集 …………… 051
鄭肯巖小傳跋 ………… 051
再跋鄭肯巖小傳 ……… 051
跋袁中郎遺墨後此篇彭本、胡本、傳鈔本均無，據真迹補 …………… 052

變雅堂文集　卷四 ……… 053
與王東臯辭代求優免房號銀書 …………… 053
與孫豹人書 …………… 054
與周櫟園言黄濟叔所注《六書》 …………… 055
復屈翁山 …………… 056
與奚蘇嶺表弟 ……… 057
復于公辭聘修《江南通志》啓此篇彭、胡本均無，據傳鈔本補 …………… 058

變雅堂文集　卷五 ……… 060
送汪子謁選序 ……… 060
送宋荔裳之官四川按察使序 …………… 061
送葉桐初北行序 ……… 062
贈汪育風序 ………… 063
送黄童子序 ………… 065
送朱喬三先生之任松江序 …………… 066
送孫無言歸黄山序 …… 068
交勉篇應蔣子 ……… 069
外父王養所先生九十觴詞 …………… 070
六十自序 …………… 072
胡曰從中翰九十壽序 … 073
劉季英處士七十壽序 … 074
孫桴莽六十壽序 ……… 075
孫公調七十壽序 ……… 076
陳階六社長七十壽序 … 077
吴伯成先生五十壽序 … 078
熊青岳先生五十壽序 … 079
吴威克六十壽序 ……… 080
補觴説此篇彭、胡本均無，據傳鈔本補 …………… 082

變雅堂文集　卷六 ……… 084
張侍郎傳 …………… 084
孝逸先生傳 ………… 088
汪時甫家傳 ………… 090

陳小憐傳 ……………… 091
朱太孺人行述此篇彭、胡本均無，據傳鈔本補 ……… 093
羽南先生墓志銘 ……… 094
巡撫順天都察院右僉都御史潘公墓志銘 ……… 096
瘞老僕骨志銘 ………… 100

變雅堂文集　卷七 ……… 102
白雲樓記 ……………… 102
松風寶墨記 …………… 103
一草庵記 ……………… 103
聽雁樓記 ……………… 105
華亭縣主簿廳修復記 … 106
山曉亭記 ……………… 107
讀畫樓記 ……………… 108
重修隆福寺碑記 ……… 110
揚州石塔寺飯僧田碑記代。此篇及以下三篇彭、胡本均無，據傳鈔本補 ………… 111
杜來閣記 ……………… 113
小盤谷記 ……………… 114
向山堂記 ……………… 115
記茅止生《三君咏》 …… 116
記與姜綺季論鬼報 …… 117

變雅堂文集　卷八 ……… 119
靈感頌 ………………… 119
花冢銘 ………………… 120
茶丘銘 ………………… 120
楊忠愍公象贊 ………… 121
吴初明第二我贊 ……… 121
吴文山遺像贊 ………… 122
祭龔太夫人文 ………… 122
哭龔孝升先生文 ……… 123
祭少詹吴公文 ………… 125
祭周櫟園侍御文 ……… 125
鄧子哀詞 ……………… 126
爲亡兒募義文此篇彭、胡本均無，據傳鈔本補 ……… 128
寄茅止生尺牘七則。彭本無，胡本有，坿編於後 ……… 129
答某公 ………………… 129
與范仲闇 ……………… 129
復王于一 ……………… 129
與蔣前民二則 ………… 130
寄沙定峰 ……………… 130

茶村先生文集凡經四刻：一爲先生自刻本；有自刻文集叙。一爲黄岡汪彝仲刻本；據《黄州府志·文苑傳》。一爲咸豐庚申江夏彭海帆廉訪刻於湘中，是爲單刻本；一爲同治庚午永康胡月樵都轉所編，合其詩刻於鄂垣，是爲合刻本。自刻本及汪刻本均不可見，今通行彭、胡二本而已。彭本編次頗無義法，而胡本淆雜更甚。黄岡殷君東平、陶君月舸，與其同里沈君卓如謀重付剞氏，屬鵬雲稍爲厘正。初以兩本互勘，其篇幅多寡頗有異同。續於東平處假得傳鈔本，以校彭、胡二本，亦多不合，然頗有勝二本者。或云：汪刻本如此，而究未之見，其是非未能明也。既無善本可據，因統括三本，區別義類，厘爲八卷。字句異同則從其義長者，原有漏奪無從補正者仍舊，亦穀梁子傳信傳疑之義耳。續得先生遺文數篇，亦類附於後，其編次義例多與東平審定。而别裁歧舛，斠正淆失，則月舸之力爲多，既寫定目録并述其倣如此。光緒甲午秋七月，潛江後學甘鵬雲謹識。

文目終。

畫　像

題　詞

上無青天下無地，虛空獨坐寧無意。先生一去五十年，似曾舊識心相憐。科頭長衫秀鬚眉，眼光射空生紫煙。團團紅日圓圓月，九原肝膽明霜雪。一劍有餘应自期，百身莫贖應難説。胸中嘔出百鳳毛，世上安知杜鵑血。長江咫尺西陵路，埋骨何事不歸去。虎踞龍蟠應天城，西風殘照鍾山樹。

悔翁屈復題

屈詩"科頭長衫"云云，似所題别是一軸，今不可見矣。此軸側署"張風寫"三字，孫淵如顔其上約略數語耳，因録屈詩鐫之卷陰，先生大節无取[①]，後賢摽揭，然悔翁全貞却聘，篤志著述，以爲先生題讃，庶幾不愧云。

殷雯識

① 取，疑當作"虧"。

變雅堂文集　卷一

奚蘇嶺詩序

吾邑出郭里許，過濂溪書院得異境焉。望之蔚然，陰森杳藹，即之華表屹立，有松櫪數百株，皆偃蓋合抱。中峙大邱，左右列翁仲石馬豐碑，穹窿高二丈餘，深刻諭祭文一道，是爲嘉靖中以丁未進士守延平州殉倭難贈光禄卿奚公默齋之藏。

今吾友蘇嶺則公之曾孫也。冢旁有草堂三楹，蘇嶺自幼時侍其尊大人讀書其中。其地又與外王父陳公之廬相接近。余與蘇嶺皆陳公外孫。每值歲時節序，外王父母及諸舅氏生辰，往修拜賀之禮。兩人嘗先後至，相見握手歡忭。燕集既罷，必重過蘇嶺書屋，酌茗論文，徘徊於忠臣之墓下，良久而後去。方是時，先慈暨諸姨母共四人，表兄弟不下十許人，而余與蘇嶺獨於其中岸然自異，厚相期許，慷慨相謂："吾與若既同所自出，又同志同學，異時通顯，建樹將無所不同。"乃中更世變，余流落金陵，蘇嶺修業里社，一别不知年。及此相見，笑啼狎至，莫辨爲悲爲喜。以俗情論之，余兩人於是乎爲不同矣，不知必如是而益見其所以同，非俗情所知也。《易》曰："同心之言，其臭如蘭。"何嘗曰同迹哉！姑崖略明之。

夫蘇嶺少而沈敏，余少而輕率，然而好學同也。三十年來，蘇嶺以才大不能藏，余以器小不能行，然而兼善、獨善其學，各有所本同也。今讀蘇嶺之詩，多清新跌宕之音，余詩多志微噍殺之響，然而貴真不貴贋同也。夫詩至於真，難矣。然吾里自一二狂士以空疏遊戲爲真，而詩道遂亡真。豈如是之謂耶！夫真者，必歸於正，故曰："正風正雅。"又曰："變而不失其正。"詩至今日，不能不變，道在不失其正而已。蘇嶺獨知之,屬余言其端。余惟序真詩不可以作飾語[①]。而真莫真於疇昔之日,外王父家之所講摩及忠臣墓下之所期許,蓋未嘗一日忘諸懷,而於是焉發之,以爲是真詩之所由來[②],而且以見蘇嶺與余所以同之故,其指深渺矣哉!

此文膾炙人口。古云:文章如精金美玉,市有定價。信然。始終三致志于忠臣墓下,是何等心事。(黄書思)

李君遺詩序

余遊東皋,李子來訪,軒軒非凡品也。自是,日同黄子、冒子、陳子、許子叩吾寓扉,以文酒相排遣,致足樂也。

忽一日,李子肅衣冠,改容逡巡,自東階上趨余,涕泣再拜以請曰:"維小子之從先生遊,不敢有所求望於先生。惟是先子有遺詩一卷,小子在患,朝夕兢兢,以放失泯滅是懼。抑就正非其人,則雖存猶亡也。今幸遘先生,倘肯乘閑寓目,而錫之一言弁其首,即先子死且不朽。"余遜謝不敏,至於三四[③],李子不許。然後受其稿讀之。窮首尾[④],頓足而歎曰:"嗟乎!嗟乎!此文、謝之遺聲也。何以有此哉!向使以彼其才誠能反其道,若向、歆之異趣,用取世資,乘堅策肥,使子孫温飽,處華屋而求良田,豈不稱俊傑識時務哉!顧乃爲此不爲彼,致藐孤煢煢,無所託足,是工於爲詩謀,而拙於爲身家謀者也。"李子泫然曰:"然則,先子傳與[⑤]?"余曰:"子不見夫築室者乎?今夫築室者,苟其就下澤,列平壤,雖高至數仞,猶面牆無所見。及其卜層城而基崇岡[⑥],纔至及肩,千里在目矣。何則?所因之地異也。然則子弟善藏之而已,傳不傳,不問可也。"李子應曰:"然。"

---

① 以,原文空格,據康熙本補。

② 由,康熙本作"繇"。後文不再出注。

③ 三四,康熙本作"再四"。

④ "窮"字前原文有一空格,據康熙本删。

⑤ 與,康熙本作"歟",後文不再出注。

⑥ 層,康熙本作"曾"。

文凡三段，前段舉其略，中段反説，末段以一譬喻，括之又不説破。絶奇之文，古人所未有也。（季方石）

姚仲淑詩序

士有宜享王侯之奉者，而窮居隱約，酌水賦詩，澹然無怨色，則君子賢之矣。况士而女者乎？士而女者誠能如此，則君子倍賢之矣。又况其所以能如此者，由其審於世變[①]，澤於道理，薄浮雲爲不義，信風雅爲足賴，而凛然於薰蕕之界，斷斷然不肯以彼易此，則其賢智豈不尤百倍乎！

蓋今世有姚夫人仲淑氏者，吾友研齋太史之室，儼然天人，所謂宜享王侯之奉者也。乃研齋以孤臣而處逆旅，食貧不減寒素，而仲淑甘之。惟孜孜以讀書學詩爲得志。今春過毗陵，研齋視余以其詩，如山泉鳴而幽蘭馥，令人心曠神怡，有不知其所以然者。而感時貞遇之意，固無往而不見。信乎！其不可及矣。

嘗考前代，漢朝貴盛之家積金至四十萬萬，唐朝宫中用錦每歲至七百萬匹，舉今人之富侈，不過如此。度以仲淑視之，非時之金錦正與襤褸乞丐無異，而衣粗食淡，吟咏性情，乃其所以爲豪華也。昔歐陽子序謝希孟詩，至比之衛莊姜、許穆公夫人，而惜其不遇仲尼，列之國風。夫希孟生宋之盛時，歐陽子特以詩論詩，猶且重之若是。設以今日論仲淑之詩，有不止於詩者，其重之又當何如哉！研齋爲余述仲淑語云："序吾詩者，必君之友杜于皇乃可。"豈非以于皇亦求窮而得窮者耶！余故爲著其詩之所以然，用見仲淑之性成，得之於刑于之化者十之三；研齋之靡悔，得之於内助之力者十之七也。研齋雖倔强，然心是吾言矣。

極風致題，誰知有如此關繫議論，如此濶大眼孔。至文筆之工，所謂規矩方員之至，却無一陳格陳言。世之以脱鑿自矜者，可以廢然矣。（龔百藥）

---

① 於，康熙本作"于"，後文不再出注。

十笏齋詩序

吾楚詩僧，五十年前有江夏愚公藴璞，才氣縱横，發爲篇章，如關河放溜，所著《空華》《飲河》諸稿，同時聞人如郭美命宗伯、湯嘉賓祭酒皆極口稱許。於是詩名噪宇内，而愚公復以無礙辯才爲東南都講[①]，座下常數千人。其門維那書記，莫不筆勢翩翩，人人有集，緊其盛也。

今岳麓燈公天放則不然。其爲僧也，以爲寄託乎，則梵行清峻，無少放逸。以爲非寄託乎，則於彼法中曰宗曰講，概不欲居其名。獨性好爲詩，若有所不容已者。真江有十笏庵，雖在邑之中，而草樹蒙密，蕭然自遠。燈公欣然投止，閉户苦吟，與萬竹爲伍，往往至乏絶，常並日一食，不以絲粒干人。所爲詩如古磵伏流，嗚聲幽咽，又如秋林返照，哀蟬抱葉而啼也。其人其詩皆别開一境如此。育風汪子爲刻其遺詩以示余曰："此翁之鄉人也。"[②]且爲述其生平，非無本末者。其徒足庵隨請余一言弁其首。余因而俯仰今昔，若愚公之豪、燈公之哀，何其懸絶與！豈非楚詩善變，不獨士大夫，即方外亦然與？而其所以不得不變之故，把其詩者，其可以不深思與？是用慨然爲之序。

以愚公相形而起，文便有勢有觔兩有滋味。至其篇終頓跌，含意無窮，可思而不可言也。此先生獨擅之妙。（黄天濤）

語山詩序

昔吾先君子落筆妙天下，而樂禪喜之遊，一時高衲之能詩者，争得先君子一言以爲重。先君子泚筆揮洒，多或數百言，少數十言，無不雋永遒逸，出入於左氏《國語》、臨川《世説》之間也。以余不肖所聞，如昔年若昧法師、藴璞和尚、恒度、石照二開士皆與先君子爲世外莫逆，揚扢風雅，斯其選矣。其流風餘韻施及不肖，則亦有以詩名東

① 辯，沈氏本作"辨"，據康熙本改。

② 此，康熙本無。

南。如汰如、萏雪兩尊宿每好余之議論，而祖心、晦山兩大師尤以豪杰命世之才逃於佛而託於詩，與余結千載之契。余然後知歐陽子謂“石曼卿從秘演遊，欲以陰求天下士”者，先君子真其人也。語山道人以新安名家子，一旦棄舉子業爲浮圖，一意爲詩，詩日益工。嘗投余《山中有茅屋》五言古五首，余驚異，至比之大謝“白雲幽石”之句。繼復視余多篇，各體具造奇境。余因撫卷謂語山：“惜哉[①]。公有詩如此，而不遇吾先君子；吾先君子於方外之詩不吝品藻，而不見公之詩。不然，豈獨遺洪覺範也。”詞未畢，語公躍起，亟出一卷曰：“此非某甲所得於尊先大人之珠玉乎？”不肖悲喜交集，肅然展讀之次，謹再拜，録其稿，而語公方屬余序其詩。噫！予不肖，何以復加於先君子哉。晉郤克謂己於先人無能爲役，矧以余之魯也。雖然，聊復言吾先君子之未及言者而可乎？蓋語公偕其胞兄石舸同日出家，人知其爲彼法中之無著天親而已，而不知其同調作歌，則希蹤墨允、墨智；同力斃仇，則差肩伍尚、伍員也。然則，語山兄弟豈待詩而後傳哉！而詩又如是。此不肖所以終吾先君子之志也[②]。

先君子，學者稱“退思先生”。（男濬拜注）

友評過奬，拙作概不敢載。（又識）

鼓柮集序

昔之以兄弟二人齊名最著者，漢有二丁，吴有二陸，宋有二程、二蘇。嘗從而論其優劣，二程紹明聖學，尚矣。子瞻兄弟能文辭，有氣節[③]，可以次之。陸氏爲孫吴鼎族，遜、抗父子相繼爲吴相，而機、雲爲抗子，席累世之盛，可謂極矣。一旦吴亡於晋，而二子欣然入洛，國恩故主之念纖豪不入於胸中，雖文采可觀，其人不足稱也。二丁之在魏，曹操恨不以女嫁儀，至於忘其眇。曹植自謂才不逮廙，其文雅可知，而二子同心一詞，惟勸操立植爲嗣，其言切至，操幾欲從之，而中

① “惜”字前原文有一空格，據康熙本删。

② 志，康熙本作“説”。

③ “能文辭，有氣節”六字，康熙本作“文章既卓絶，而氣節復勁直”十一字。

止者以曹丕納吴質爲之謀也。凡二子之爲此者，豈第以與植厚善，互相知己之私哉！蓋曹氏父子兄弟，惟植爲有人心，觀其别集中有賦一篇，悲思漢帝，可以知之矣。向使操用二子之言，植得立爲魏嗣，他日必不簒漢，二丁佐之以服事漢，漢未必即亡，此二丁之深心也。當時，宏農楊修亦深結於植[①]，而與二丁同志，原二丁之父丁沖嘗勸操迎漢帝都許，而楊修之祖父顯於漢四世四公，咸以忠直著。蓋二丁與修皆忠臣之子，而曹植邁種，與操女節同量，其與二丁、楊修必有嘉謨至計[②]。而陳壽凡庸，私書阿世，曾不足以知之也。由是言之，則二丁之品第又次於子瞻兄弟耳，而以視二陸則薰之視蕕也，豈不偉哉！

近今復有飛濤、勖庵兄弟[③]，並以才藻知名當世，世亦以二丁稱之，徒稱其才藻而已。然余嘗數見飛濤所制詞章，往往託指於美人香草，乃騷之流也。今勖庵復以"鼓枻"名其集，蓋以漁父自處，而中心之好、愛護之至者亦惟屈子。人知漁父教屈子以淈泥揚波[④]，餔糟歠醨，似欲屈子改易其操，而不知其臨去而歌滄浪、濯纓、濯足，又何其分别清濁之至也。則漁父與屈子同調明矣。彼屈子何人哉！太史公所謂"推其志與日月争光"者也。而飛濤既爲其言，勖庵復慕其人，此其天性忠愛，豈後於昔之二丁哉！余故因勖庵屬叙《鼓枻集》，從而力發前人之覆，以明期許之厚。觸類而談，或亦立言之一道也。並以視飛濤，謂之然與。

此文不知者必謂絶無交涉，知者至不忍釋手。噫，可與知者道。（自記）

觸着即發，震驚百里，不朽之文。（汪抑亭）

蘭陵草序

癸卯之季秋，余滯淮陰，既五閲月，蓋愈久困愈不能歸，訖不見有

① 宏，康熙本作"弘"。
② 謨，康熙本作"謀"。
③ 康熙本"近"字前有"蓋"字。
④ "人"前兩字原文空格，據康熙本删。

援者。一日，逢武陵吴錦雯於倪子之一草亭，亟訊余狀，百計相扶濟，忘己而爲人，聞者咸以爲奇，即余亦不知何以驟得此於吴先生也。越數日，錦雯示余《蘭陵草》。余受讀之，然後知錦雯蓋不幸而與余同調，此其所以相憐與？

夫錦雯以名世之才來理茂苑，持公守廉，爲不悦己者所中。然直道在人，雖暫蹶而行將復振，非所云不復然者也。乃其集中所爲《蘭陵行》《歲暮行》諸篇，其形容厄苦，描寫世態，亦何其可涕可笑，一至於是。意錦雯固即此遊推而下之，因以知杜子必且更有大不堪者，而感慨夫今昔之不相接，激發於不容已與？然余交籍中固亦有嘗經挫抑者，一旦得志於時，輒求良田美第宅，飾歌兒舞女，戒門不得通舊遊[①]，彼何嘗記憶往事而以己度人，一動其心哉？及有一人焉，豪俠自命，則又龍蛇莫辨，千金贈俗子，而奇士如仇讎，則益不可解矣。余從而思之，彼之所以不能爲錦雯者，無論窮達隱顯，曾無一言之幾乎道。筆墨之緣絶，則其介與通無一可者，理固然也。今錦雯天才贍麗，觸境爲詩，名章絡繹，高者鏘金石，幽者泣鬼神。而且洞視古今，精辨真僞，是其急余之困，固宜爲衆人之所不解，而爲余兩人之所獨解也。第錦雯之詩，雖復言愁與余同調，而氣象宏偉，波瀾壯闊，不若余之抑塞窘蠢，則錦雯之道固將日亨，而余之窮殆未易瘳也。錦雯又將何以策余哉！

老泉之遒宕、永叔之曲折兼之，惟見此文。的確處似實有其人其事，如不諱姓名，翻得傳矣。（倪天章）

豫章遊草序

葉子桐初有俊才，好遠遊賦詩，所至詩輒成帙，傳誦人口，而《豫章遊草》最佳。余尤驚服其《謁張中丞祠詩》，在少陵《蜀相》、文山《雙廟》之間也。其詩諸公既已前序之，葉子猶謂不可無余一言。夫以余論葉子之詩，寧質毋華，謬加勉勵，乃其宜也。如以上數語可謂之質，

① 戒，康熙本作"誡"。

然其予之也亦至矣。若夫勉勵之意,如何見之? 蓋余嘗謂:天下事舉無足措意,惟當吾世而有群書之美,斷斷然不可失之耳。不失必由於甚好,好書非静莫遂,静在得其時。時之善不在於足己無求,而在於身無所用。吾與葉子既幸而久無所用,此千載讀書難得之一時也。顧吾已老矣,舉數十年難得之時,因循過去,卒未大肆力於書,可恨也。夫葉子年方盛壯,亟宜乘此難得之時,於書無所不閲,而又當知藏名爲善後之策,勿爲若輩所知,則讀書之壘益堅,而五經掃地之譏無由而至,起而爲詩,希風《江漢》《常武》之作者無難也。葉子勉乎哉! 既題其詩,並以爲贈如此。時爲己未七月之七日。茶村老人杜濬書于栘中。

是茶村胸中第一句要緊話,是我輩意中第一件便宜事,可惜説破,又不可不説破。(李杲堂)

前後若不相蒙,却自打成一片,絶奇之文,不以長短論也。字字無價寶珠,亮非桐初,不以相授。(黄自先)

道是反説,却又正説。(自記)

楚遊草序[①]

楚,篳簬藍褸之鄉也,然而騷有屈宋,詩有杜孟,稱古今之冠。國朝之詩,代興者四,而楚居其三,其開何李之先者,又長沙也,即亦可稱詩國耶! 故士之曠者至乎其地,往往徘徊企想,庶幾一遇焉。而忌者至於詛楚,抑中人以下之人情宜然也。乃至於今日而衰極矣。衰生於亂,亂深而衰益甚,衰與亂相乘,至於數千年不解[②],則其鬱積憤盈,勢必又生一才,焉可與昔之人比? 而余又未之見也。意者不在其主則在其客與? 然才之生也,必由山川。而吾楚山川之博大幽深險峻,若九疑、三湘、衡嶽、岳陽、巴陵以至於德山、朗水、五陵、桃源諸勝俱在湖以南[③],其在湖以北若西塞、赤壁之類,不能當十一也。

---

① 草序,康熙本作"詩序"。康熙本有兩篇同題"楚遊詩序"。

② 千,康熙本作"十"。

③ 五陵,康熙本作"武陵"。

余去其鄉久矣，吴子初明示余以《楚遊自存詩》四十餘篇，力能於兵燹瓦礫之餘，撫今追古，吞吐奇秀。考其所歷，僅在湖北固已如此矣。若使吴子鼓枻而南，益造山川奇絶處，則其所得當益卓犖不可及，將吾所謂不在其主則在其客者，必在吴子矣。

鎔鑄昌黎《送董邵南》《廖道士》、歐公《送曾鞏》《田畫》四作而成，却又絶無摹仿之迹，而藴藉頓挫道宕，其精妙殆又過之。接統之文，識者有幾？（李素園）

北遊詩序

余老不論詩有日矣，况北遊之彦多所未識，北遊之詩多所不解哉。顧自往者論吴子初明之詩[①]，始自《北征截句》，因觸余壬午《北征截句》之感，故不能默然宜矣。今復屬題其乙丑《北遊詩》，是不可以已乎，乃又辭之不堅，是何故與？蓋吴子有與衆異者。吴子之北遊，因偕吾友曹伯子，其久滯於淮，目擊水患，則有"仁人之言"；渡河而北，繫心老親，則有"明發之思"；握難弟之手，則"春草池塘"同其情；咏景物之變，則"風雨""雞鳴"一其志，詩如此止耳。而顯者之姓字寥寥，通譜之華胄無聞，投贈之長篇缺如，媒衒之捷徑未睹也。殆舉從前北遊之乞態一掃而空之[②]，若非按其道里，考其時序，幾不知其爲"北遊"也。而其詩品復潔而不瘠，遒而不迫，從容而不懈，有《召南》之遺風焉，是其遊與詩皆不同於衆矣，吾獨安得以衆人視之，而不爲之一破老不論詩之例哉[③]？然則吴子北遊之興，將不以吾言益勃勃乎！夫與人子言依於孝。吴子，純孝人也。古人不以三公易一日之養，吾知吴子從此將以繞膝爲俊遊，而不數數然北其轅也。則《南陔》《白華》之篇，余雖老矣，猶能欣然樂弁其首，無俟乎破例而後爲之也。

先生以古道維風，以古文救敝。讀其書，如百草叢中忽得芝蘭，

---

① 往者，康熙本作"往往"。

② 前，康熙本作"來"。

③ 之，康熙本作"其"。

百鳥群中忽見鸞鳳，淫哇靡靡中忽聽《箾韶》，令人刮目聳觀。嘗矜慎不輕與，而獨於吾家雪篷再四不倦。信乎相知以心，不容有二也。（吴秋屏）

喻先生詩序

詩何以不古若哉，蓋其患不在真衰而在假盛。真衰可起，而假盛不可爲也。何謂真衰？如嚮者壇坫之士以浮聲贋采號召天下，一時從風而靡，久之而覺其無謂也。非不厭棄，思去而無所適從。使有人焉正告之以和平秀傑、深華肆好之音，亦自翻然善變，而惜乎矯枉者之過其直也，然亦可知其易爲力矣。假盛則不然。夫盛惟其是，不惟其衆，而流俗昧昧，徒見其爲之者衆也，遂相率以盛目之，而不知其非是也。夫非是則謂之無一爲詩者可矣，何衆之有，而况云盛乎？雖若輩中亦互相媢嫉，然皆居之不疑，黠者務新而愿者守陋，雖有辯口不能奪也。豈不甚難爲功哉！蓋真衰自覺其非，故有轉移之機；而假盛自以爲是，故無掃更之術。可謂至於斯極者矣。當斯時也，有豪傑之士出，其將冒焉從事，惟衆是與乎？抑姑舍是而不屑爲其言也？吾意必且淵然退然，盡其所得於天之分，而根蒂於古，以盛唐爲門庭，以老杜爲壺奥，以劉柳爲軒榭，自宋以下無譏焉，而治之以潔，養之以沈，出之以宕，其唯喻先生乎[①]？余與先生未嘗通半刺，而先生左好之篤，與不肖向往之私，洵不愧古之所謂神交者。兹辱示近詩，余特矜慎下點。蓋聞先生之風不取夫悠悠贊賞，故凡余丹鉛之所不及者，猶不失爲可傳也。若夫先生之識超而骨勁，才大而心小，不爲假盛所欺，而力能自致於後世，余不可以不論。夫惟大雅，卓爾不群，豈獨先生爲然哉。余雖老矣，猶晚節之兢兢也。

精論近刻，而本於慈。片語隻字，皆當下拜。（劉雪舫）

程孚夏詩序

古今真詩皆露積於天地之間，無有遮蔽，不設典守也。然惟眼明

① 唯，康熙本作“惟”。

者能見之，手敏者能舉之，則其詩成而天姿弗飾。雖飾，無所復加，以至於錘鍊妥貼，隻字莫易，無美不臻，而絶非人力所設施。詩至此，至矣。乃昧者不知，雖軼世奇作露積盈前，而一無所見，於是好新好異，漁獵僞書，飣餖難字，而且鑿空吊詭，詰曲其詞，用以欺世而盜名。名未嘗不可盜，而詩於何有。此所謂寶山空返，自爲兒童之戲者也。既一誤矣，乃又有人焉，聞露積之論而是之，欣然從事，率易鄙俚，粗惡浮誕，譬如露積金玉而獨拾瓦礫焉，即又何以愈於向之昧昧者乎？

乃今得程子孚夏之詩，而喜吾説之有徵也。程子性命於詩，然後知無往非詩，但貴不滑其天，不戕以人，學力居先，而不臨時炫博，故其詩韻味獨優，蓋所謂露積於天地之間者。程子將與達人共之，從此入無窮之門，得非常之寶，殆於浮屠家所云："人若識得心，大地無寸土。"豈非深知露積之繁富，而又揮瓦礫而不顧者哉？吾故於其屬弁首簡，不敢泛泛例視，而直深究其所以然，因舉臆見以相證，非偶然也。噫！是道也，少陵全知之，諸唐人知其半，宋人知其一二而反以爲累①，以下無譏焉。今獨私以告程子，必又有見之不懌者也。

徐藎臣詩序

學者之患莫甚於挾虚憍之氣，實則未至而比儗不倫，究竟與草木同腐，甚無謂也。治古文者，源流未辯也，而動欲人以馬韓譽己，降而歐曾弗樂也。攻詩律者，體裁未講也，而動欲人以李杜譽己，降而王孟，弗樂也。此有何益哉？故有志之士務在審己所受於天之分，而力學以盡其才，固自有可傳之道與可以比儗之人，而無取乎過高之譽也。

金陵之詩素推顧與治，與治服膺葛震父、邢孟貞，謬及余。然四子各自爲詩，不貴苟同。而與治以雅潔爲宗，既自成一家，有名於時矣，亦未嘗沾沾然問於古人誰比也。余初未之奇，迨與治下世後，起爲詩者紛然四出，卒未見有勝之者，然後歎與治爲不易得，而頗惜繼之者無其人。蓋久之得徐子藎臣，爲詩亦尚雅潔，而年力甚富，不以

① "少陵"至"反以爲累"二十二字，同治九年刻本《變雅堂集》作"淵明全知之，少陵知其半，諸唐人知其一二而反以爲累。"

耄舍我，而欲爲一言。余謂徐子之詩將不難繼與治者，誠道其實之所必至，而贊不爲阿。余之知徐子其言如此，若夫挾虚憍之氣，比儗而不倫，而歸於一無所底，吾知徐子之不然也。

古今隔世，前輩名流，後輩至不能舉其姓字。先生此文不但表章老友，亦以號召英才，作者之厚如此。（袁士旦）

楚遊詩序

士誠負才而遭世之變，因人遠遊，觸目生感，固已有不能喻諸懷者矣。况其所遊之地乃屈原、杜甫之鄉，彼其厄窮無憀，悲歌痛哭，必自以爲所遭不容以復加矣，而不知千百禩後，又有歆羡而不可得者。然則士之過乎其間，其安能無言耶？顧欲言又豈易耶？余垂老不歸，故鄉之事日新月異，然無由得知。其得之傳聞者，挂漏不足據，往往自傷。又時用自幸無屈、杜二子之才而百倍其窮，藉使得歸而不能爲其騷與詩，何如不歸藏拙之爲愈也。

乃今歲之夏，澄江沙子過訪旅舍。以余楚人，示余以其《楚遊詩》三十首。其才氣奔放，學識宏遠不必言，而重觸余悲，讀之涕泗横流，不能自止。甚矣！沙子之詩之能感人也。自是誦沙子之詩不絕口，適有獻疑者曰："子之稱沙子詩當矣，然竊有間焉。往聞之子，楚中多梅，今沙子之詩乃云'楚無梅'，是其得爲詩史乎？"余曰："此其所以近於史也。蓋自天下用兵，而楚爲尤酷，將三十年矣，夫人而知之也。其嘉卉名材，一斬刈於獻賊，再剿絶於左兵。自是以來，斤斧之所芟夷，戎馬之所蹂躪，蓋豈特無梅而已？向令沙子按圖而求，若屈子所稱澧之蘭、湘之芷寧復有？后皇之橘、秋鞠之英寧復有？九畹、百畮寧復有？椒、若、桂寧復有？木蘭、杜蘅寧復有？以至於女蘿、薜荔寧復有？意芃芃王長者，其惟菉葹與蕭艾乎？而何冀幸於梅哉！蓋余言多梅，自昔日之楚；沙子言無梅，自今日之楚。今日之楚不得言有梅，猶昔日之楚不得言無梅，彼此一時，各據其實而言也[①]。不然，則

① 言，康熙本作"然"。

他不具稽，即如子美詩云"雪岸叢梅發"，非《陪裴使君登岳陽樓》詩乎？"江縣紅梅已放春"，非《留别公安太易沙門》詩乎？沙子寧有不知而漫然爲是言哉！蓋即一草木之有無，足以徵古今陵谷之變，作者直書之[①]，俾後之君子參考焉可以論其世，固在於是，此乃所謂"詩不妄作而深有契於詩史"之指也。烏得輕議哉？以此推之三十首，又可知矣，遂書以爲之序。

議論辯折證據，感慨風刺，種種絶頂。（孫豹人）

汪異三詩序

余嘗點簡平生文字，各體中惟序獨多。序之中，若贈問，若序古人譔述，又不及序今人詩文之多，序今人文又不及序詩之多，意甚恨之，將欲痛戒此體不復作，故每接見當世士，惟恐其談及詩，尤恐其因詩及序，未嘗不以目昏、病廢先自爲求免之地也。顧亦偶有視余以詩，把讀忘倦，意欲余序，即欣然願爲之，不待其詞之畢者，則其人其詩可知矣，其惟汪子異三乎？或問余與異三新交耳，何以遂知之深？余謂古人奇士相知，皆一見得之，不再也。矧余與汪子既一見得之矣，而猶必準之以余論人論詩之法，然後益信其不謬，則余不如古人遠矣。蓋余之論人也，論其趣向[②]。其趣向是也，則其人雖不文，君子也，而况其文乎；其趣向非也，則其人雖甚文，小人也，而况其鄙乎。若異三之趣向是矣，可謂君子而文者也。余之論詩也，論其原本。其原本古也，則雖拙，雅也，而况其工乎；其原本今也，則雖工，俗也，而况其拙乎。若異三，原本古矣，是工而雅者也。或又問余："何以驗之？"余曰："始異三訪余於虎邱，余視其人光明俊偉。與之言，稜稜見骨，不爲媕阿，吾以知其趣向也。投余一詩，不道唐以下而深怪今之稱詩者，其居心用意曾塗乞之不若，吾以知其原本也。故余評異三之爲人，高之可仿漆園之傲吏，次亦不失爲慢世之長卿，非時人也。異三之爲詩，甲者可擬精微之右丞，乙亦不失爲秀潤之隨州，非時人之

① 直，據康熙本補。

② 趣，康熙本作"趨"。

詩也。”吾不可以不序。

以趨向論人，以原本論詩，可謂雖聖人不易，而在今日尤爲對症之藥。至其深知異三，談之娓娓，則吾亦云然。(吴六益)

程子穆倩放歌序

國固不可以無史。史之弊，或臧否不公，或傳聞不實，或識見不精，則其史不信。於是，學者必旁搜當日之幽人憝士局外静觀所得，於國家興衰治亂之故，人才消長邪正之幾，發而爲詩歌、古文詞者，以考證其書，然後執筆之家不敢用偏頗影響之説以淆亂千古之是非①，非漫作也。故世稱子美爲“詩史”，非爲其詩之可以爲史②，而謂其詩可以正史之譌也③。蓋其關繫如此。

吾友黄海程子穆倩與余交四十年，爲人落落穆穆，不甚論天下事，而好與賢豪長者遊。自昔居金陵，每偕余詣吴橋范文貞、漳海黄宗伯、清江楊編修諸先生所，於時在座之士多當世聞人，往往議論蜂起，指摘時事，而穆倩獨默然。余固已心韙之，何則？夫惟其默然不立意見，無所偏倚，而後其所見至真，所言至確也。蓋閱世滋久，遺忘是懼，而穆倩果有七言放歌一百五十韻之作，其言尤在閹黨復肆之時，余固痛定思痛者。一日，持以示余，余喟然而歎：“君之此作可謂創見，古未有是也。”夫以樊宗師、劉復愚之奇筆，追寫陳陶斜、白馬驛之孤憤，使異日雖有穢史，不得亂真，此其用心，伊可傳矣。而輓末鯫生瞢不聞前事，猶第以詩求之，何其謬也。李太白詩云：“遺我鳥迹書，飄然落崖間。其字乃上古，讀之了不閑。”蘇子瞻譏之，以爲李白自供不識字，不知上古之字自有上古之人識之。今穆倩此篇不以示他人而獨以示余，且屬題其首簡者，豈非以疇昔遊好，惟穆倩與余兩老翁在。上古之字惟余爲能識，若以示他人，乃“讀之了不閑”耳。嗚呼！獨此詩也哉！

---

① 敢，康熙本作“得”。

② 爲，康熙本作“謂”。“以”，據康熙本補。

③ 譌，康熙本作“訛”。

以詩爲史,人人知之。以詩正史之訛,是穆倩苦心,是于皇創論,兩不朽矣。文字明目張膽,浩氣淩空。(魏冰叔)

詩亡然後《春秋》作,詩與史原相錧鎋。予注《五代史》,金石文字之外,頗采詩以證事。于皇此作光焰射人,足增千古詩人聲價,匪特能傳穆倩心事也。(朱錫鬯)

文一　黄岡殷雯校

變雅堂文集　卷二

休園雜言序

六經四子教人爲善，至矣！二氏之言因果罪福之説，雖近於詭放脅持[①]，要不外於勸人爲善。即其流既下，靡曼卑俚，莫如元人以來之傳奇、詞曲，然其於忠臣孝子、誼友節婦，雖遭逢不偶，而死有餘榮。而其於寡廉鮮耻、趨利附勢、忘恩背義之徒，雖富貴薰天，必涅其頰以示無面目。蓋勸善懲惡之志，無往而不存如此。然而世之爲善者常少，爲不善者常多，何也？風氣爲之也。風氣之所爲，能使人生而數歲即知愛金錢，習欺詐，十齡以上即知好權勢，走要津，二十以往無所不至。方是時，吾意雖有吾夫子懼而操觚，日作一《春秋》，猶將不勝也，而况其他乎！雖然，物不可以終窮，而變通出焉。有人於此，違俗獨立，身修矩矱之行，口道仁義之言，用以羽翼經傳，陳述先正，豈不求旦夕之效哉[②]？夫當其未變未通也，善言脱口，則群然竊笑其迂腐。及其變通於一旦[③]，則舉向之竊笑者，亦翻然勃然，頓覺其言之有味，而梯航以求諸聖人之經。蓋爲風氣者天，而留兹碩果以扶微陽。修身立言之責，在人亦未可少也。此吾友鄭士介先生之志也。求之古人，若徐幹、王通，其庶幾乎？

痛切而能含蓄，理法兩勝之文。（陳伯璣）

---

① 放，康熙本作“故”。

② 不，康熙本作“必”。

③ 康熙本“及其”二字前有“而”字。

學統序

學之所以爲天下裂也，愚齋先生獨知之。於是潛心二十年，輯《學統》一書若干卷。自夫子正統而降，凡叙五統，臚列差次，有述有斷，粲然明備，無以復加矣。録成以示余①，余卒讀而歎曰："卓哉！此書之作，自兩宋先儒以來，絶而僅續也。"雖然，求其成效，必在十年之後乎。何則？風俗不古，足以閡學也。學之徒落落可數，而風俗遍天下，彼便其所習熟，而視正學若弁髦，吾其能家至而户説哉？兹姑舉其概。古者人各祀其先；而今也削木摶土，其神滿家，致享致虔，反躐其上。古者非祭祀不齋，非大故不絶葷；而今也齋名百出，自公卿以至村嫗，持行如一。古者士明一經，敏者兼五經；而今也經教龐雜，問其所誦，或非吾孔氏，或出於重譯，或造於巫師，愈俚則愈盛。古者士大夫惟拜君親師以及嚴事之友；而今也三拜九拜未易致詰。古者慎終追遠，自有經禮；而今也親雖聖善，至舉喪葬祭典，必延愚劣之僧道，謂之懺罪資福。古者淵懿之士常妙思經書，期有心得；而今之儒者黜慕參宗，鴉臭當風，過者揜鼻也。古者建學廟祀先聖先師，而學舍即築於其旁，俾學者肄業其中，所以使之親近模範，不見異物思遷，故《記》曰："九年知類通達，强立而不反，謂之大成。"而今之衿士，非趨蹌學使者暨守令有司之檄，常終歲不一近宫牆，惟禪觀道院則欣然負笈焉②。風俗如此，蓋習與性成，殆堅强牢固而不可破。於斯時也，與之陳説學統，道金聲玉振之孔子，析格致誠正之精義，何異以水投石耶！然則將聽之乎？未可也。不則以武斷取勝乎？尤未可也。

夫風俗之訛，必有權宜之學術以召之；意數百年以前之聖人，必有以神道設教者。其流弊至此耳，誠欲易其轍，是在有世道之責者黜權以崇經。經正庶民興，然後簡魁壘傑出之士，與之講求學統，猶治統然。有紀綱法度焉，有是非邪正焉，有褒貶賞罰焉，如是者五年，衆既通曉矣。方將悔習染之非，悟異教之謬，薰蒸漸被什伯相勸，以至于千萬無算，如是者又五年，則風俗一變，而正統之學四達而不悖，可

---

① 示，康熙本作"視"。

② 觀，康熙本作"關"。

拭目而觀也。蓋用禮教以變風俗,而風俗既古,則正學益明,其先後節次鑿鑿然矣。顧此豈可望之中立之愿儒、兩可之膚説哉！夫砭頑俗者利用剛,蓋必如愚齋之作人正容以悟物,愚齋之立言方嚴以勵世,然後可許十年而收曠代之功也。共學里弟黄岡杜濬撰。

風俗不變則學術必不得正,聖人不易吾言。風俗可變乎？雖神如軒皇,虐如公孫鞅,不能也。大都三代以後所賴以持世者,特吾孔氏之外郛耳。其中雜處久矣,一旦欲驅除埽蕩事誠難之。所慮者,今日孔氏之外郛亦復岌岌救者,深入一層,乃所以僅保外郛也。鳩居無恙,第勿方之盈之可矣。推此意也。篇中固甚有餘地。(村翁自識)

封氏家譜序

儒者好學稽古,不第於歷代之人主,詳其世系,明其統緒而已也。即降而於其名公卿、賢士大夫以至閭閻之孝弟貞烈,苟有聞於當世,亦必欲悉其爵里、門地、生歿、久近,瞭然如指諸掌而後已。設有未知,則引以爲耻,學者當如是也。而顧於己之古先、本始以暨支分派别,或有未及周知,問其紀載,闕如也,而反不以爲耻,其可乎！《記》曰:“萬物本乎天,人本乎祖。”又曰:“尊祖故敬宗,敬宗固收族。”爰著大宗、小宗焉,至親切也。《有杕之杜》曰:“雖有他人,不如我同父。雖有他人,不如我同姓。”夫自同父以推至於同姓,則九族備是矣。故國不可以無史,而家不可以無乘,齊治之道存焉耳。自風俗日衰,先王家自爲教之法不行於天下,忠孝之率弗先,宗子之規弗謹,於是其形見於譜牒者,有二失焉。或輕之,而輕譜牒廢墜也;或重之,而輕譜牒夸濫也。惟封邱封氏所輯譜,吾有取焉。

夫封之受姓在軒轅以前,帝師之後,世有名德。顧自汴徙吴中,更世變而其所爲譜竟如綱之在綱,叙致有體而垂訓有法,豈非其家尚經術,用能敦崇先王之典禮,而根極於水源木本之真性,不右通顯而左儒素之效與？蓋世固有甚不足取者。不知自何時始,四海九州之人元無瓜葛,苟以其姓之相若,即幸而得志,則引爲一家,行輩昭穆略以名位爲序。其不得通譜者,獨若陳與程、張與章之類,匪是,雖單寒崛起之士，皆得攀援依附，自詡華胄，識者目笑之，弗貴也。今封之姓蓋少，其或居吾楚及他處往往而有者，實無二封，而是編猶謹嚴不肯輕入，其介如此，可謂不辱其先矣。矧余之心儀封子，豈第如此而已。

昔歐陽子嘗考帝王世次，如太史公所載堯、舜、禹、湯、文、武六君子，推而計之，殊舛謬不合。蓋世久變多，子孫圖籍或徙或亡，未有不貿亂者也。彼帝王大聖且如此，況下焉者乎？故譜牒宜修，而遭世之丕變，尤不可不一加厘正。封子知時哉！因竊自念如綫之宗，周秦以上不論，自西漢杜陵杜衍地名[①]、京兆樊川，而晉之當陽，唐之襄陽鞏縣，宋之山陰，由山陰而鳳陽，既而以武功官黄州衛，遂徙而家焉者，距今又三百年，譜以徙亡。先君子嘗以搜討修明之役命濬，忽怠而至今，未及以爲也，異日勉爲之，必當以封氏之譜爲法。夫爲人子孫者，當如是，乃庶無罪悔，又豈第云免學者之耻而已哉！是用慨然諾爲之序。

古人極大文章，説到極精透處，往往近於滑稽而非滑稽，如東坡《正統論》云"瞽、鯀懼至僕妾"，此篇陳與程、張與章之類是也，不如此不足以唤醒愚人耳。文之典雅得體，道宕盡情，實勝蘇明允《族譜序》。（李滄葦）

潘氏族譜序

風俗之弊也，士大夫交遊滿天下，而或不識其族人；文章滿天下，而或不及其高曾，可怪也。又甚者，吾宗莫宗，而顧慇懃通譜牒，叙伯叔昆弟於非其宗者，惟其勢利之所在，何其無人道之極也。

今年，余客泰興，私竊喜其風俗之猶近乎古，頗與他處異。蓋不以詩文來而以族譜來謁余序者有二人焉：一封子云亭，一潘子國勷也。封氏之譜，余既已前序之。篇中爲言譜之不可不立與立譜之不可不嚴，而云亭與受之商訂詳審爲合於經，末復自傷飄零放失，先世自周漢以來屢遷，次第未及修明之罪，言之可謂盡矣。余嘗論族譜之

① 地名，據康熙本補。

興，其原蓋出於太史公年表，作者得其意，則古雅可訓，宋歐氏、蘇氏實本之。兹潘氏之譜斟酌歐、蘇二家之譜法，以至於盡善[①]，復何議哉[②]？乃竊有感於其間者。吾觀族譜所載，有宋名臣錢公若水暨韓公維序。又有吕惠卿序，亦存而不廢者，以示信也，非過也。蓋兹譜之從來舊矣。前此姑無論。自其斷自五代以來，亂而復治，治而復亂者凡幾矣。其間兵燹頻仍，以致故家巨室，子孫散失，圖書磨滅者，何可勝數。即始終五代保持富貴之臣莫如馮道[③]，今其家世亦安在？而潘氏自其遷泰興以來之始祖至數十世，其譜牒獨完，世次雁行魚貫，一一有條。九族無故，後裔皆彬彬用儒術興起。向時若金源、蒙古用兵至於江上，其禍一不之及，其故何與？以余按：其先世自樓船將軍以來皆不仕，直至盛宋慶曆、元豐之間，始兄弟連翩登制科列朝，著意其爲人，皆明於去就，禄仕不苟，出處有道，以是得悠長與？抑宋初賢將潘美用兵不殺戮，合族當食報，今潘氏實其一本，而南北支分遂不入譜與？蓋當潘氏兄弟顯於元豐時，東坡先生謫吾郡，黄州邑中有詩人潘邠老，與東坡倡和往來相厚善。而邠老子孫至今亦稱畢公之後，與泰興之系蓋合，則其初爲一姓，而特以地之相隔，因慎重不以入譜。即潘公美視此矣，抑其别有隱德而不寧惟是也。

今國勷既文行兼茂，有成均之舉。而其令子宏雯[④]，年方舞象，復英分過人，好學能文章。此其光大前人而追慶曆、元豐之盛，以炤耀家乘，將可以必其然。故樂爲之序。

如九層之臺，憑虚御氣，轉益堅固。文必如此而後謂之奇。（曹潔躬先生）

此文學韓《送何堅序》，可取處在絶不相似。（自記）

---

① 康熙本從“余嘗論”到“實本之”句在“以至於盡善”句之後。

② “復何議哉”句前，康熙本有“今潘譜益合焉”句。

③ 如，康熙本作“若”。

④ 宏，康熙本作“弘”。

朱皐公詩序辛酉①

詩道之蕪也,繇於古學不講。今人師今人,相習者今人之詩,相争者今人之名。又有一二黠者,翹翹然雄長於其間,操號召之柄,一丘之貉耳。猶桓司馬之石槨,不如其速朽也,何足論哉!

朱子皐公,余素知其能詩,然頗疑其習俗移人,賢者不免,雖欲不爲今人之詩而不可得。乃一日,朱子惠而好我,出一卷詩,屬爲點定。然後知朱子不爲今人之詩,而超然學古者也。夫學古爲詩本非奇特,然在今日滔滔汩汩千篇一律之時,人懷壟斷之心,以摩風騷之壘,吾見其相背之戾也。而朱子獨於是時閉户觀書,非古不道,發而爲詩,深婉秀潤,時露胸臆,見忠孝之情焉,豈非豪杰之士哉?其爲難得而可喜,何如哉?吾故亟稱之,而惟恐其入世浸深,折而入於時也,故爲昌言。夫古學時趨,大是與大謬之分,以堅其信道之篤。而朱子猶疑吾言有所未盡。吾謂學古爲大,是子既擇而處之矣。大者得而小有疵焉,可不言,以須其後而必欲遂言之。大率承學之士落筆自矜,往往有一層古人之影伏於楮墨之内,而不自覺是影也。衆皆悦之,而具眼者弗謂善也。凡吾於子諸篇中有橅古最肖者,反下點寥寥,其以此乎?尚務去之以至於盡,則瑩徹而光芒真古在是焉。夫余非知詩者,而强之使言,未必有當也。獨嘗側聞之過庭,詩之極地與《春秋》相表裏,余雖老矣,尚能偕朱子深究之。噫!彼滔滔汩汩者,何以詩哉!

痛切處不耑爲朱君而發,先生文章持世大概如此。○讀此文而大慟者,可與言詩。(姜奉世)

柏園詩序

嘗慨孟子嚴幾希之辨,以爲人之所以爲人者,庶民去之,君子存之。夫以天下之大,凡愚之衆,則自古在昔,去之者亦多矣。然其情狀侔於物類,蓋可以默識,不忍形諸言也。若夫的然可見,動心駭目,

① 題注"辛酉"二字,據康熙本補。

足以指示告誡學者，至於若是之著，則前此豈嘗有哉？蓋舉所謂幾希之異相率而盡去之，而且目笑存之之君子，有幾希之大患而不圖所以亟去，代爲之寒心。而斯人也乃益固結不可解，則見其終身焉困窮老死於幾希之間而已。

蓋横流之極，以去之爲得計，其識趣至於如此，是可悲也矣。雖然，所謂存之者，將必離人絶物，疾世憤俗，盡如申徒狄之行，則其説實難從，乃存之爲言，猶云在也云爾。張儀曰"舌在"，陶潛曰"心在"是矣。古今治亂多端，君子遭時不一，其於天下之事固嘗有所不得已而爲之。而此不得已之心，貴於始終長在，不至牿亡。其迹可考，其誠可信，則可謂存之也。

吾友樊念庵，家世績學通顯，以忠孝名節相砥礪。念庵嘗一得志於時，出宰百里不逾時，即以思母移疾力請去官。歸而益多讀書，有志聖人之道，其爲人退然執雌持下，常若有所不得已。以迹如是，其可考，以誠如是，其可信，則其所存可知矣。今秋來訪，奚子蘇嶺與余先後至江陰，相見歡然，其氣味之合有不知其所以然者。蓋不第不以余爲有幾希之大患固結不可解，望望然去之，而且若重有取焉者，何其奇也。豈非論學於今日，雖考亭之格物，象山之主静，概不若存幾希之爲急？念庵所見略與余同，此其所以獨合歟？

念庵既深於學，其論著日富，兼工有韻之言，顧以謙不肯出。及是且别，然後出數十篇示余，而屬爲一言。余復何言哉。夫此道也，存與俱存者幾希而已。歷來詞人之選，若楚之屈平、漢之子卿、晋之淵明、唐之子美、宋之皋羽，皆是物也。舍是無人，舍是無詩，念庵知之矣。念庵然吾言，遂書以贈其行，而亦□以序其詩。

南觀集序

昔吾友汪亦嘗先生學聖人之詩，其所著《詩志》深得删訂之旨，然不甚自作詩。余一再叩之，亦嘗曰："夫三百篇，皆非夫子之詩也，而皆夫子之詩也。豈但三百篇哉！舉屈、宋以下，錢、劉以上，莫非夫子之詩也。學者貴識其意焉而已。不然，則時之作者其多至于汗牛，然何嘗有一詩哉！"余聞其言而韙之。已而，獻賊破吾省，亦嘗駡賊而死。由是,雖亦嘗之片言隻字留人間者,皆爲正風正雅矣。

今芾厥繼尊君而起,余素聞其才名藉甚。今夏過金陵,示余以詩。余讀未終卷,不覺執芾厥之手而泣,曰:"嗟乎!美哉!惜尊先君不及見也。又吾亡兒世厦爲亦嘗先生子婿,亦粗解聲律,而不幸早夭,今不獲從芾厥遊,是二者皆可悲也已。"余因詢芾厥里中誰與論詩者,芾厥服膺王子雲,近且與締兒女之盟矣。夫子雲之先大夫死節西南夷,而子雲自癸未以後,謝公車,不上樓,遯廬山,悲歌當泣,此其家世節烈,既與芾厥相類,而芾厥脩明名父之業,唱和復得子雲,今日江漢之風人豈得不推汪子哉!

延令世説序

自古通都大邑必有鄉先生焉。所謂没而可祭於社者,其道德節概足以師表天下,而邑之人世世稱道不衰,則流風遺俗不問而可知其近古也。若延令之有茅大方先生,是其人矣。先生殁後,距今三百年,邑之士大夫以至於委巷之小民,猶莫不引重,吾邑有茅公大方,爲建文末年忠臣云。此所謂民之秉彝,善類因之興起,而著書談道之士有以爲宗而知其所自也。

季子端木孝友,負俊才,博聞强識,與其友周子龍友,孜孜考古於史籍,自左氏以下,至於涑水、紫陽,莫不搜輯,有論著,而尤以爲聞見之親切,父老之稱述近在數百年之間,州里鄉黨有美而弗傳,則後學奚賴也。於是,《延令世説》先成而余適至,持以示余。余爲卒讀終卷,作而歎曰:"端木之爲是書,其合於道矣乎!雖然,其可不明其所由來哉。夫《世説》之名本宋劉義慶,而不必拘拘仿義慶,猶之義慶《新語》之名本漢陸賈,而未嘗拘拘仿陸賈也。"今按:其書比之義慶,有輕重損益去取焉。原其以忠孝冠德行之首,而以節烈殿上卷之終,其大指盡是矣。其他美者並列,示有本者如是,惡者屏去,猶衛孔悝之鼎銘,亦推廣忠孝之意。而總攬體要,則區區姿媚一非其所屑,是皆與義慶異,而别有所宗。曷宗乎?宗茅大方先生之道德節概也。蓋延令風俗之古,由知宗茅先生以治行;而端木氏論著之善,亦由知宗茅先生以立言也。不然,則王莽之美俗使者曾何益於世?而魏收之穢書其足以存乎？此是書之有關風教，而不可以説部忽之也。余敬爲之序，以表暴其所由來與群言異如此[①]。

從大方先生立論已扼全部之要，益見是書有關世道，不僅爲吾邑光也。至闡發《新語》字義，從未經人道破，先生拈出，識解更覺奇快。（李孚公）

余三至延令，每至必謁茅先生祠，見守祠有僧，過者必拜，私喜邑人知景行先生，而猶謂祠之不可不修也。方擬檄修茅公祠堂，復念遊人不宜掠美，姑於此文見其端，俟邑之君子倡之[②]。

敦宿堂集序

歐陽子稱文章之作必由於羈旅草野窮人之詞，斯何謂哉？説者以爲單寒崛起之士，其用力也專，其積思也精，故勝也。審如是，則是有才如陳思亦將以其華貴而擯之矣。不然也，他不具論，即以文章最著如漢之馬班、唐之韓柳，歌詩最著如晋之陶潛、唐之杜甫，考其先世，皆非布素，則歐陽子之論誠何所見而云然耶？吾原其意，蓋有見於古之作者多出於大家世族之才子弟，顧其好學深思，又必嘗經挫折偃蹇，或身世牴牾，或仕宦蹉跌，甚而至於飢寒困頓、飄蓬泛梗，其拂逆動忍一如寒畯，而後有以激發其聰明，鍛鍊其才格，其立言始足以傳焉。然則歐陽子之論，固不專爲單寒崛起之輩，有羈旅草野窮人之素，而正謂大家世族之才子弟，求詩若文之工，必其有羈旅草野窮人之遭也。

吾友李鏡月以宰相之孫，少負異資，出語驚其長老。及冠而學成，聲問四馳。既舉賢書矣，以至孝中機辟，竟由是破産，四壁蕭然，幾阻通籍之路，而鏡月不悔也。自是杜門却掃，攻苦食淡，益殫力於詩古文詞，皆一洗時氛，優入古人之域。余嘗寓書施愚山，論之詳矣。斯非大家世族而有羈旅草野窮人之遭，然後立言可傳之一證與？吾於是既樂爲之序，而并以伸吾説，且信歐陽子之説也。

---

① 敬，康熙本作“故”。暴，康熙本作“襮”。

② 此條無評論者。

紆折勁潔，深老俶儻，殆擷諸家之長。至其識議不朽，發前人所未及，則于皇獨擅也。（龔孝升先生）

杜詩分韻序

自有杜詩以來，流傳天地間者不知幾千億計。學者紬繹成書[1]，亦非一種。有編年，有分體，有分類，又有分體而又分類，有專刻七言近體，有專刻五言近體及排體。獨分韻無有。有之自黄子大宗始。

大宗少年雋才，自其始爲詩，即知宗法少陵，不墮旁門曲徑。余固已服其天資識力之高，而是書之輯益足以见其用心之到。蓋杜诗諸美備臻，而其落韻之妙犹不可以不深味。夫其啞韻能使之響，浮韻能使之沈，庸韻能使之新，險韻能使之稳，俗韻能使之雅，粗韻能使之细，板韻能使之活，遊移之韻能使之堅確，昏暗之韻能使之明白，泛溢之韻能使之有根據。是固有绝異之禀，有極博之學，然後别有爐鞴，非他氏可幾者。學者誠能由編年以觀其閱歷先後，甘苦淺深，以及世變升降，關係感切之全局，由分體以觀其兼工獨到，精微浩渺之極致，由五、七近體以觀其既醇且肆，亦工亦淡，然工非今人之工，淡非今人之淡之絶詣，而又必好學深思，由黄子所輯是詩逐韻以盡其變[2]，得其推門落臼，各得其所之原委，則其於少陵也，雖升堂入室可也。是黄子之功也。或曰："不憂割裂乎？"不知杜詩猶精金然。有鉅鎰於此，分寸而斷之，其可貴未嘗少减也。是在學者善觀之而已。

暢論似陳同甫，老結似曾南豐。（施愚山）

徹底之見，絶頂之談，堅老之法，文之不容有第二篇也。（馬圖求）

南溪文略序

昔之試禮部舉第一人者，天下稱曰會元。三第一之中，惟此稱爲前代所未有。蓋讀書之效，儒術之榮，至是而極，雖首甲有所不如，以文章

① 紬，康熙本作"抽"。
② 詩，康熙本作"書"。

之統在此不在彼也。其極盛之軌,自成化乙未至於萬曆辛丑,中間作者皆有確然不可降之格,雖文筆各異,而法則弗渝,此其所以可貴與?迨萬曆甲辰而中衰,連七科不振,人謂世無會元矣。直至崇禎戊辰而始再盛,裒然舉首者爲嘉善曹峨雪先生,乃吾友顧庵内翰之先公也。又三年辛未,舉首爲梅村吴公,復稱得士。然先生實爲之倡。論者以先生方鄧定宇、蕭漢沖,而以吴公方傅錦泉、王文肅,庶幾知言矣。然先生既以闈牘藏稿爲天下宗匠,而古文之名遂未免少爲所揜,亦其勢然也。

蓋越二十餘年,而顧庵起以古文名一世,當世翕然始知顧庵之古文蓋得之於庭訓,然後峨雪先生古文之學益顯於天下,則是顧庵之文章乃其所以教孝,孰有大於此者乎?且夫經義中有第一人,古文中亦有第一人,如漢之馬班暨唐宋八君子皆是也。第經義第一人列於科目,而古文第一人不列於科目,此在識者意内衡量中得之耳。以吾觀顧庵之文,其材甚奇,其味甚雋,於八君子中其似柳河東乎!夫柳固古文中在第一人之列者也,而顧庵再得之,何其盛哉!乃其起衰之功則自戊辰會元始。吾故津津追論,不獨使人知顧庵文章原本不同於人,抑亦神往其時也。

意不在文,亦不在論。會元可與第一流人道。〇古勁秀折,文品最高。(朱望子)

季滄葦奏疏序

余讀唐史,至馬周代常何草封事,太宗奇之,立召周。使者數輩催促。既至引見,即日拜監察御史,賜之大第,給奴婢、金錢、什物,無一不備。使長安索米無聊侘傺之人,一旦揚眉吐氣,榮顯震耀於時,輒歆羨嗟歎自古遇合之奇,無出周之右者矣。然獨恨未見周所代爲封事,其言何等,遂能傾動人主,一至於此。嘗爲之揣摩想像而不可得。蓋去周後千有餘年,乃今讀季侍御滄葦前後居臺歷上奏疏二卷,而恍然如見周之所爲焉。何則?夫人臣入告之言,真懇則有味,明快則不厭,無私則不疑,而又發於卓然之識,濟以老成之畫,則斷斷然未有不竦動者,侍御諸疏是也。

以余草野之人，絶不聞當世之事，受而卒讀，心開目明，惟恐其盡，又惟恐有一字之遺而不盡。留連屈服，古今一情，則求當日賓王之作所以傾動英君，不當於滄葦是編觀之乎！《小雅》之詩曰："哀哉不能言，匪舌是出，維躬是瘁。"此謂言者之難説，在能言與不能言之外，玆侍御能易人之所難，後之君子察其用心，無論他人，即亦豈馬周當日所及哉！柳子厚論伊尹，不夏商其心，心乎民而已。夫國託於民者也，心乎民，則國在其中，此侍御之所以得也。若心乎己私，心乎朋黨，則置民於莫恤，而國亦因之以覆。此三十年前有言責者之所以失也。噫！吾於讀侍御奏疏之次，有深感矣。

謹嚴。（施愚山）

引詩作眼，隱隱沈痛。（自記）

杜子堅遺稿序

吾亡友杜子堅慧業夙成，元心孤往。青蓮前世，知爲金粟如來；拾遺後身，錯是涪翁居士。啼哭曾驚座客，聲名無假先生。方將三四歲，若尊人置諸膝上，能誦《琵琶行》；邇來七八年，凡同志訝其手殊，争看《鴛鴦譜》。奚囊不倦，秃筆常披。箸書固已等身，成誦止須過目。沈香薰小像，長如維摩詰，默然無言；片語泄元機，間似吾夫子，莞爾而笑。孤笻瘦馬，獨走空山；淡飯粗衣，長齋繡佛。濁世猶傳其文字，坦衷不料於風波。俠骨含香，宛在蒹葭秋水；轉頭皆夢，曾歌楊柳春風。畏六丁六甲之下取其書，即一字一珠而且授之梓。於是逋道人發篋僅存，掇其吉光片羽；因而農丈人開函大息，如對潭影閑云。詩三十首，有柴桑笠澤之風；曲一兩聲，奪花庵玉林之席。揚雄之賦，嘗云不似人間來；杜甫之歌，亦謂祇應天上有。少年第一，老手無雙。故誦其詩者，以意逆志，傷其遇合牢騷；而傳其曲者，聞弦賞音，想見風流蘊藉。道骨仙風杳矣，白雲檀板依然。至其現居士身，不覺具大人相，滅臨濟眼，坐釋迦頭。青州布雖重七斤，白雲端不值一掌。參窮因果，落葉歸根。悟徹虛空，如藤倚樹。即三世佛，不知去向；吾兩人者，足窺底藴乎哉！崇禎壬申五日，杜濬題於雙寂寞庵。

初刻文集自序

自刻文集非古也，且眼見刻者紛紛如此矣，而又忍爲之乎？雖然，有説焉。夫見人爲之而亦爲之者，庸人也；見人爲之而必不爲者，畸人也；不以人爲而不爲，不以人不爲而爲之者，偶然獨往，庸畸以外人也。刻才及數篇，杜子手之而笑。或問："翁何笑？"杜子曰："昔范詹事自贊其《後漢書》爲天下奇作，吾嘗笑之。今吾意中之言仿佛詹事，吾恐後之人又將笑吾也。是以先自笑也。"頑山杜濬題。

三山遊詩自序

少讀謝康樂遊山詩，慕焉。嘗東遊爲詩，跂之而勿逮也。後讀少陵《岳陽樓》《秦州》《何氏園》諸詩，乃知其妙，亦可變其音節於五言律。故今春與友人王子、蔣子遊京口諸山，遂純爲五言律。嗚呼！難哉！

居嘗論爲詩貴得其意。意者，近而遠、反而正、止而行者也。極其至，雖辯者不能以言言，誠得其意，即無往而非九天九淵。不然，苦吟仰屋梁，無當也。夫齊人華遊者，鞭其馬而東馳，日行數百里，自以爲必至矣。而不知其去之乃轉遠也。嗚呼！難哉！

故夫鏗鏘之四六與刻畫之文章俱無當於詩，此近日王、李、鍾、譚所以兩失其意歟！嗟乎！自非解人，雖與之飲啖，未見其可，而況可與之論詩，可與之處山水之間哉！嘻！予不敢言。

遊攝山絶句小引

客金陵，遊棲霞，次日事也。遲至二十年，晚矣。賴天氣晴和，遊侶不雜，生平遭際以此爲幸，顧以悼念仲兒，心創未復，不耐營度作記，又不耐深思作五言古詩。惟七言絶句差可任意，拈弄往返，得如干首，挂漏眇小，不足以辱山靈，蓋聊紀時地而已。

其遊以戊戌十一月初六日往，以初九日返，何其速歟？抑有説歟？同遊爲王子于一、蔣子前民兄弟、周子貞栖、家兄方朔、兒子世農，共七人。茶村杜濬識。

倦遊草小引

兵革以來，忍飢索處，與向來知舊邈焉。曠隔間，一相遘，輒問新詩有幾，應以無有，殊易爲辭，而欸然握手，一笑之樂，在今日亦絶可念也。於是，姑簡近年五言近體百餘首，鎸爲小帙，取其目多而幅不侈，用爲杖藜見客，呼兒覓紙之資。非謂此體微易，且差能也。老客杜濬題於獨旦齋。

别興詩自序

别興者何？送蔣子前民也。蔣子以十月廿日同兩王子、蔣叔子、杜子解維而上，以廿三日至白門，以十一月四日自承恩蘭若移襆被書策，過杜子城北之寓齋。齋在雞鳴山尾之右，所謂十廟西門者，京城近日之極遠僻處也。風沙苦惡，氣象昏昏，居然龍荒窮朔無少異，凡四方有事來白門者例不至。或爲杜子至者，北走十餘里，雖嚴冬，嘗流汗氣息喘不止。入門坐未定，必首尤杜子何乃居於是。徐徐視梁柱欹腐，有落勢，牆壁皆傾倚，如巨人欲磬折將俯及客頂者。客色然恐其壓己也。坐不正，足跕跕欲外曳。又門外牛車彭彭，馬啼踸踔。然日落風生，杜子急起導客曰："君真可以去矣。"送及門，蹤影滅。他日逢人更傳語："杜子奈何居於彼？"不知杜子力不能遷，且亦陰利客之不能至焉耳。

乃蔣子何爲者，事在城南，飢不及餐，顧獨得得然肯來共杜子數晨夕，反指城南爲遠僻地。每一往過，輒尤城南之人，如向人之尤杜子。歸則與杜子啞然而笑，時復相與，想見古人嚙雪吞氈，庶幾彷彿此地況味。且幸杜子無牛羊可盜，往往以爲談柄，壯我幽悰。如是者，不覺二十日。蔣子一旦辭杜子去，嗟乎！彼數子者，皆零星先去久矣。蔣子爲我獨留，我以慨於心也。計此二十日内，奔走與端居約略相半，笑嬉與愁寂情事非一，而杜子於其行也，目送口吟，趁筆直寫，其間或可以詩，或可以無詩，或盡於詩，或不盡於詩，或似詩，或不似詩，莊嫚雜陳，頽然自放，自非張禄先生所云寒心者大略具是矣。總得如干首，命之曰《别興》。少陵云："乃不知興之所至而爲詩。"知言哉！蔣子第藏之，自非忘言味道度外之士，彼徒以是爲詩而求一觀其工拙者。蔣子謹謝之，勿出也。

文二　潛江甘鵬雲校

變雅堂文集　卷三

太湖秋釣圖題詞

歲次丙寅，秋九月。友人吴郡吴炯、吴燧兄弟捧其尊人聖輔隱君《太湖秋釣圖》，請余題其端。余展玩之次，作而歎曰："此非吴太伯之裔耶？太伯聖之讓，余嘗獨有所見而未及形之論著。今盍因此圖發揮其梗概[①]，既以吐吾所欲言，而又不失隱君之指，其可乎？"於是兩吴子曰："幸甚！"

余惟古今以讓推太伯而不知其智不可及，則猶未爲知太伯也。獨孔子有微言曰："可謂至德，三以天下讓。"夫當古公之時，殷猶全盛，周乃藩臣，於天下何有？而孔子之言如此？可見太伯之去，非真以才不逮季若侄不能有天下而去也。祗是翦商非義，古公志迹已露，太伯從父則不忠，違父則不孝[②]，故以一逃兩全之，其爲讓也甚輕，故民無得而稱是謂至德。而且率其賢弟從容采藥，初非若悻悻小丈夫攢眉迮目以明伉慨者比也。蓋雖大節不可奪，亦必退而有以自處。意其爲人，必有超曠之識，閒遠之度，獨往之趣，寄情山水以爲浩然長往、忘懷得失之助，非俗中人也。故當是時，荆蠻之地，雖越在荒服，而山水清妙甲天下。太伯居岐豐，相距三千餘里，而又塹以大河，重以長江，阻以峻山，顧能知而慕之？以貴公子且當即爲侯王者，乃辛苦冒霜露，忍煩暑，重趼而至荆蠻，人義之，歸者千餘家，遂造句吴。句吴兩山秀麗，固已可喜，而一水東下，不及百里，即達吴國。計吴國此時久歸太伯，周章之受封不過正其名耳。雖古今異俗，仕宦工巧不

① 盍，康熙本作"曷"。

② 違，康熙本作"衡"。

如今日，而方輿不改，太湖之水、洞庭之山自如也。遥意太伯與仲扁舟往來，婆娑於其間，留連賞豫，顧而樂之，棄粗重費争之地，而得幽偏不擾之所，此雖讓天下之餘事，然因而有之，固已所得倍於所失矣。此其智何如哉！

抑又有智於是者焉。蓋太伯雖據佳山水，然既爲荆蠻所歸，爲蠻夷君長矣，勢不能無一國之事，上下之體也，而太伯又甚有道，不類末造壽夢以後數君之放逸無度也，則容有不能盡致者矣。故吾以爲太伯之受用，又不若太湖之漁人，以蓑笠爲衣冠，以樵蘇爲僚友，以綸竿爲符節，以得魚爲功首。釣於水，可以遍三萬六千頃之浩渺；陟於山，可以窮七十二峰之幽峻。有太湖之魚可以佐酒，有洞庭之橘可以解酲。四時之序，莫妙於秋。漁人逸興飆舉，乘流放釣，任意所適，肆志滿願，放浪山水之間，而莫或譏之，則又太伯所不逮也。此其爲智豈不又出太伯之右哉！

聖輔得之，爰起於讓聖數千年之後，自署爲太湖漁人李子白也。爲之圖，使觀者嘖嘖，可謂善繩祖武者矣。且非但如此也，吾計太湖之漁，有太伯所不如者凡數端焉。太伯不聞得内助，而聖輔則逸妻相與共煙霞，龐眉舉案，君子偕老，一不如也；太伯無子，而聖輔有丈夫子四人，皆稽古能詩文，親近正人，講求名節，二不如也；太伯雖擅絶東南之美，而不無西北之憂①，聖輔則超然塵外，與造化遊，三不如也。雖然，向使昔之荆蠻亦如今者，功名腸熱則必且化爲争奪之場矣，太伯必不入也。然則，太湖之漁亦直寄焉耳②！楚漁父杜濬撰。

晦庵之論泰伯，亦知事甚難處，無迹可見，究竟囫圇語耳。得先生此文，發揮始透，妙絶千古，尼山當爲擊節，不特太湖漁穸聞之倚棹而拜。（苕溪後人胡静夫）

識議開天，而即乎人心，愜乎聖意，其神情注射，恰在太湖釣翁，有推門落臼、月印澄江之妙。天衣無縫，猶未盡其形容也。至于變化起伏，如環無端，則吾師化工之筆，不可思議，古之作者莫及也。（虞山

① 憂，康熙本作“慮”。
② 耳，康熙本作“爾”。

門人劉國柱謹識)

縱去萬里,收來徑寸;字不虛設,篇無溢語。此吾所以窮也。(自評)

范性華雜劇題詞

吾友錢唐范性華,自燕邸數千里寓書,屬余題其譜田生鮑姬事傳奇四齣,並寄示其自爲題詞,盛稱鮑十一娘之俠,爲女中所僅見。余覽之而歎曰:"女子,情而已。情至,則無所惜。不期俠而俠,人謂之俠,而彼不知也。詩不云乎:'以爾車來,以我賄遷。'賄遷近乎俠,而何有於俠,情然則然而已。"推而言之,虞卿有情於朋友,則勢必棄相印,與魏齊俱亡。子房有情於君臣,則勢必破産求壯士爲韓報讎。是俠也,情實使之也。洎乎後世風俗日偷,至有官至八座,恩寵無比,他日有爲其故君舉不腆之祭,斂其百錢而不可得者,其爲不俠,一至於此,是何故哉?惟其無情耳,是可以反觀而得之矣。此情之所以可貴與?故稱鮑姬以俠,不若稱鮑姬以情也。

然言情則俠見,言俠則情亦見,互見而覆行,焉往而不千古哉!田遊巖何如人而有此遭際也?或曰:"自古惟范氏好變姓名,故范睢變姓名爲張禄,范蠡變姓名爲陶朱公,范仲淹亦嘗爲朱能,則安知田遊巖非姓名之變,而鮑姬亦從而變者?第無以處夫杜工部耳。"余笑曰:"工部詩篇,狡獪已甚,又安知不尚在天地間。第求之新、舊《唐書》中,吾知決無是人矣[①]。姑闕疑焉可也。"聊發性華數千里外一噱云。

痛哭大笑,至言絶調。○嘗恨文長、若士豪於填詞,而訖無佳序,應恨不與茶村同時也。(鄭青崖)

宋荔裳雜劇題詞

雜劇院本,詞家之支流也。然出之有道,要不爲無益於世。蓋古之忠臣孝子、義人烈士事在正史,不但愚氓無由知,即淺學儒生至有

① 康熙本"知"字後有"其"字。

不能舉其姓字者，惟一列之俳場，節以樂句，則流通傳播，雖婦人孺子皆知稱道之。故雜劇之效，能使草野閭巷之民亦知慕君子而惡小人，此莊(壯)士之所不廢也。

余家藏書不備，嘗就余所見，輯成《史泣》《史笑》二書。若以傳奇家例論，則《史笑》多浄丑，《史泣》多苦生，其間尤痛心酸鼻不能已已者，莫如東京之范孟博、南渡之岳鵬舉。鵬舉之事既已廣被樂府，獨恨孟博未遇奇筆。一日，客有授余《祭皋陶》四齣者，余驚而讀之，大約以辛辣之才，搆義激之調，呼天擊地，涕泗横流，而光焰萬丈，未嘗少减。作者其有憂患乎[①]？夫無孟博之憂患決不能形容孟博之真氣，使千載之上宛在目前，至於如此也。或曰："吴導、郭楫事在建寧二年，不祭皋陶與抗辯王甫，前案可考也。漢帝赫然誅牢修節甫而大赦黨人，孟博歸田養道，庸得若是乎？"余曰："不然。夫正史能紀實而不能翻空，雜劇能翻空而不能翻人心之所本無，彼誼辟神靈而忠邪莫逃刑賞，此所謂翻空而非人心所本無者。夫古今之人心即古今之實事，空云乎哉！第恐人心漸失，而翻空者亦復絶響，則吾末如之何也矣。"

題一雜劇，便足羽翼經傳。于皇之文，非今之爲文者也。(蕭孟昉)

華山畿擬古題詞

世道不可爲，皆由於人之無情。臣無情則不忠，子無情則不孝，妻無情則不貞，尚復有綱常哉？嘗記往時歲在壬午[②]，余遊京師，所見士大夫無不急官爵，而第怪其忘官爵之所自出者朝廷也，相與破壞之不遺餘力，蓋索然無絲豪之情。余時心憂之，爲賦《秋胡行》五章以寄諷。未及三年而言驗，理固然與？夫情貴專壹，彼河間之婦與七夫之妻曾不可與言情，則情之爲情可知也。

古詩賦華山畿女子事，世多以爲情之變，幾與越禮任情者同科。讀劉伯温作，猶未免失人，毋論其他矣。不知一笑相深，業已心許專壹之極，至其精誠足以開既闔之棺，寧相從九地，決不肯留其身以事

① "乎"字後，康熙本有"其有憂患而無患乎"八字。

② 嘗，康熙本作"長"。

他氏，此豈可與桑濮間人同日語哉！倘得是人以許國，當何如耶？叔子此詩蓋與余《秋胡行》同意[①]。雖然，抑又有辨矣。

關繫世道、羽翼經傳之文，不可以小題短篇目之。（王阮亭）

題白雲圖

不孝濬兩先大人惟先嚴有遺像二幀，一大夫服，一居士服，皆極肖。濬每一瞻拜，未嘗不流涕。而先慈生平獨以方嚴不肯見畫師。昔年嘗有善手閩人曾鯨，濬喜以白母，且云："鯨老矣，寫照其宜也。"先慈作色曰："安有婦人呈頭露面，與非親非眷之男子注目熟視而不知羞者？先王制禮，男女有別，何嘗云老者不在此例耶？且也子孫孝慈，雖無遺像，益甚思慕，如其不然，像復何裨？我亦知人家母氏皆有像，我性乃不堪，獨無可也。"蓋行年至八十，其持論猶如是，以此先慈遂無遺像。不孝濬每痛恨，當時何不自學寫真，則先慈至今有遺像矣。嘗於序戴生葭湄發之。今觀豁堂老人此圖[②]，知吾婿葉桐初亦抱此恨。白雲如黃葉，其足止兒啼耶！爲泫然識此，不暇談空矣。

閨壼圖，事元非古。太夫人正論凜然，如秋霜刮面，直可維風易俗，即于皇宿學，無以易其言，惟有悔恨不自學寫真。終身之慕，不朽之文，不論篇幅也。（張祖明）

傳神至此，千載生氣，焉用畫師耶[③]！

再題白雲圖

壬子仲冬，桐初自婁江來，示余此圖。歎服二王合作及諸君子題識之古，而於陳確庵數行墨尤反覆焉。確庵云："葉子怙恃兩失，則無日而事親矣；引義不仕，則無日而事君矣。"語極悽惋。於戲！此不獨傷桐初之心，傷茶村老人之心，並傷千古仁人孝子之心也。然就其言

① 詩，康熙本作"作"。
② 豁，汪氏本作"谿"。
③ 此則無評論者。

論之，亦微有不同。怙恃兩失，終天之恨也。引義不仕，正當以剛腸處之。東坡先生云："我輩道理貫心肝，忠義填骨髓，直須談笑死生之際。若見僕困窮便相憐，則如不學道者大不相遠矣。"此真有道人語也。蓋處之各當則不第不相戾，而且相成，有如確庵之言耳。嗟乎！嵇紹之忠，忠之垢也；文山之詩，未三思矣。余之勉其婿如此，豈不大異於人情乎？若夫慈照失傳、哀孤抱痛[①]，正類葉子，則既於豁堂比邱爲葉子所作圖悉之矣。兩龔鄉人杜濬題於南京久客堂。

走筆疾書，光焰萬丈，宗門所謂自其胸中流出，蓋天蓋地者也。（魏冰叔）

識見確，地步高。（宗子發）

三題白雲圖

狄梁公睹白雲而思親在其下，孝可知矣；反周爲唐，史録其功，又何其忠也。惟吾亡友梅惠連之論不然，以爲《春秋》之法莫大於孤亂賊之黨。武氏之惡，天下義旗所共指，當時繼敬業而起者[②]，且四面而至，義憤之激發，所貴君子不立其朝，與衆曉然，共棄其穢，則武氏之誅滅可立而待也。自狄梁公以人望爲之輔，而人心懈矣。然則武氏之久延，仁傑之力也。周之不即爲唐，功乎？罪乎？此論雖近刻，然正大之極，雖起狄公於九京[③]，亦當拱手輸服，若置辨焉，則益非矣。吾婿葉桐初凡三爲此圖，蓋深契狄公思親之義，然有其所宜有，而無其所宜無。由是言之，則桐初勝。

二百言耳，塞乎天地之間。（陳言夏）

正論奇文，得睹爲幸。此短篇勝著一書者。（李杲堂）

三題一篇一意，愈出愈高，於戲至矣！此先人之幸，豈獨小子感泣也。（受業婿葉藩拜識）

---

① 哀，康熙本作"衰"。

② 敬業，康熙本作"李敬業"。

③ 京，康熙本作"原"。

題石閭集

蔣子五言今體詩，余既已前叙之①。至是，復總其近年所作，勒成一集，就余審定，且咨集名。余曰："當名'石閭集'。"石閭者，乃蔣子尊先人叔一先生之書屋。

二十年前，蔣子嘗導余遊其中，雖兵燹之餘，三徑久荒，而四壁粉繪猶有存者。石塊磊磊，欹斜横豎於兔葵、燕麥間，猶足想見昔年部署遺意。庭左有梨樹一株，高數丈，拔出檐際，秋深葉赤，弄日翻風，尤爲可愛。余留連久之。蔣子肅然曰："此石閭也。雖僻在江杪，無奇特之觀，然繆西谿、吴甡穉、李仲達三先生嘗先後至焉。繆先生授先人經，先人躬迎之澄江，館此爲久。李先生以忤魏璫被逮北上，來自澄江。而吴先生爲李先生業師，因送李先生至自毗陵，先人復北面見吴先生端友集中。厥後，繆、李兩先生竟死璫禍，吴先生死國。三先生皆光岳偉人，而石閭纔數弓地，結搆草草，乃得託三先生以不朽，何其幸也！"余時聞之，悚息改容，曰："此千百年後三忠祠也。"自此心識之不忘，故於蔣子之請名其詩，銜口而以"石閭"應，有以也。今石閭雖已他屬，凡更數主，而附三先生之名②，以終爲蔣氏有。意雖有强有力及豪於貲者蹔處其中，要決不能攘而去也。且夫叔一先生，石閭主人也，而能致三先生，則叔一先生之賢可知矣。

蔣子遭家中落，能謹守先人之筆硯，師友淵源，咏三先生之風，以期無忝世。此石閭之後，則蔣子之賢又可知矣。此所謂牽連得書者，則以"石閭"名其集，不亦宜乎！借使不然，去而隨流狂惑，篇什形存，而欲冒此石閭之名，吾將爲三先生吝而不許矣。今者隱然三先生許之，叔一先生是之，蔣子受之無愧色，則其詩可知也。余故重因蔣子之請，欣然爲述其詳，且告之曰："此乃在詩之前而詩所自出者也。"彼拔本塞源以爲詩者，將使公冶長、介葛盧索解不得焉。石閭主人嗤之矣。

古今詩話第一。（徐伯調）

---

① 叙，康熙本作"序"。
② 更數主，康熙本作"數易主"。

李白登科記題詞

癸丑中夏,余客梁溪,自北禪僧舍移寓碧山莊。因寺寓中濕,髀間楚不可忍,方伏枕呻吟。而吾友悔庵貽余新制《李白登科記》,余觀其名而異之,躍起把玩。命意既高,布采復卓,則欣然而笑。笑者,喜歟?吾不得而知也。已復泫然而泣。泣者,悲歟?吾不得而知也。計余棄場屋已三十年,已在悲喜之外,則又胡然而喜,胡然而悲歟?余亦不得而知也。

獨竊深歎,制科射策始於西漢,學士之名見於唐初,翰林之官設於開元。狀元在唐時已有,此名至趙宋始顯,然初授官不過僉判廷評。積官久之,然後入館閣,登兩制,以至執政宰相。未若三百年間釋褐即踐清華,循資便躋臺輔,得之者若登仙,羨之者不容口,其隆重貴盛至於斯極也。然由宋合論之,數百人中不愧科名者,越不過十許人,餘亦絶無可采。向來名士狀元無幾。名士挈日月而行,而歷科狀元至有不能舉其姓字者,惟梨園弟子多扮狀元,而狀元之抱負亦無以遠過於扮者。余嘗私計彼梨園者,與其徒扮狀元,何如徑扮李白中狀元,猶可以解嘲而釋憾耶!而悔庵適先獲我心,遂有此記。可謂古今之至快。

乃或者謂:“李白之不中狀元,兒童走卒知之矣。曲雖工,其如人不信何?”余應之曰:“是不有蔡邕之例可援乎?”夫蔡邕之時,並無狀元之名,然高則誠一旦與之狀元,則群然而狀元之矣。夫邕亦非人所不知之人也,吾意高生殆亦矯狀元之不學,而借邕之博洽以蓋之,猶夫悔庵矯狀元之無才,而借白之騷雅以蓋之也。何傷乎!且夫以李白之狂,使其在世不死,目笑狀元不知作何等語。今一旦請入甕中,正似其生平輕薄之報,而非以榮之也。如謂以李白榮狀元則可矣,然而,必無是事也。無是事而忽有之,所謂筆補造化。造化原留此缺陷以待悔庵之筆,悔庵之筆既出造化之意,則謂從來之狀元皆虚,而李白獨實可也。如此,則李白可受矣。嗟乎!嗟乎!無可以爲有,則高才不第何必深憂。千百世後,雖不必盡如李白,安知不附杜甫、孟浩然之驥?此《春秋》之法,所謂予之者也。由是而相形相反,則有可以爲無，吾懼夫《春秋》之法，又有所謂奪之者也。悔庵深于《春秋》哉！

若夫余之讀是記也，忽笑忽啼，固别有所觸，而絶不在於區區之間。雖起李白於青山，猶不足以知之也，而况他人乎！黄鶴山樵黄岡杜濬題。

題程鼎庵先生傳

有因應之迹，有歸著之地，觀人者，觀諸此而已。何謂因應？士君子閲歷世變，不能直情而徑行，不得不委曲通變，此因應之迹也。至其所必不爲，嶷然不可動摇者，則見之晚節末路，此歸著之地也。證之古人，杜陵蘇仲子始終持漢節，無所屈撓，此因應之與歸著合而爲一者也，最上也。狄懷英謹事武曌，而卒反周爲唐，此因應所以爲歸著，自有不可及者。昔者吾友梅之熉貶之，以爲延武氏之祚者，仁傑也。良亦正論，不可廢與。而歸著終屬可取，故歸著重也。蓋歸著定於其始，初立志而終必成之，中間因應之，有合有小不合，君子固諒之矣。

吾觀休寧程鼎庵先生之行事，其仕而隱，隱而復求仕，仕已得矣，而究竟不仕。其歸著有大過人者，不在於因應之迹也。此其所以有詩言志而又式轂似之乎！丁卯季夏，黄岡杜濬跋於竹西道院。

書陶將軍傳

昔者吾鄉熊大司馬芝岡先生，社稷臣也。其論邊事諸疏，一一如燭照數計，無有不應。而余獨怪其於杜大將軍松頗有違言。夫先生雖性剛，然非誣人者，意者過在將軍乎？及戊午之役，將軍與劉大將軍綎同日授命，忠節凛然，然後知芝岡先生未免責備賢者太過也。蓋臣節莫難於死，故岳少保有武臣不恤死之論[①]。必能不愛死矣，無論克敵立功，國家之福。即不幸而如武穆之死於權奸，必不至於失身。劉、杜之死於封疆，必不至於負國，後來杏山之敗，慘於長平之坑者，由主帥不能死而坐甲以降，國家之元氣、士大夫之廉耻一時盡矣。彼

① 恤，康熙本作“愛”。

其人視劉、杜何如哉？若吾里陶象庭將軍之死寧前，劉、杜之亞也。其設心敵愾所由，與岳少保亦不異矣。易名"忠毅"太常得之。里人杜濬謹題。

絶大文章，何減昌黎《書張中丞傳後》。（朱菊廬）

書王奉常與王石谷諸札後

王奉常煙客先生之論畫，如父老之談農桑，而其推服王子石谷，猶張橫渠一見二程子輒撤皋比，其精藝可及，其虚中不可及也。嗟乎！知己二字，豈易言哉！苟以未嘗學問之人，作不著痛癢之語，雖贊歎千萬，口不入耳也。必也作家相見，勝己相賞乃爲快耳。今觀煙客先生與石谷諸札子，有不啻口出之好，有真實不虚之讚，且其情款篤摯，有骨肉之愛，意思蕭閑，有物外之契，此求之昔人，雖大家名家如董巨癡迂所未嘗有也，而石谷獨得之，豈非千載一覯哉！

記余己亥客婁東，荷先生知愛，招携遊讌，殆無虚日。自來鶴堂，以至東園、西田，留連窮晝夜。每於樂闋酒闌，亦復詩文間作。先生之左好良，亦不減石谷之畫，烏能忘之！乃一别垂三十年，遂不復再見聞。先生在日，每以爲恨，即余又可知已。惟數年前，曾一遇巽公於桃葉渡，再一遇藻儒於承恩寺，隨荷枉訪，叙致淒然。約於秋深，再至婁東，一拜先生之墓，亦復未果，此懷何如哉！

兹因石谷惠示此帙，屬書其後。循覽數過，不勝今昔之感。縱筆直書，不遑點竄。蓋余與石谷有同心云①。村翁杜濬題於金陵之瀟齋，時爲丙寅臘朔日。

書後之文，可誦者頗少，惟昌黎《書張中丞傳後》，事關節烈，其文忼慨而壯涼。今則黄岡《書王奉常與王石谷諸札後》以誼切知己，其文幽深而跌宕，皆絶作也。一篇之中，舉奉嘗之真賞，石谷之精藝，黄岡之至文，胥不外是矣。讀者不可草草。（黄雨笠）

---

① 云，康熙本作"云爾"。

跋黄九煙户部絶命詩君諱周星，崇禎庚戌科進士[①]

佛氏戒嗔，良爲道眼不開，瑣屑細故與夫已實理絀，妄動無明者言耳。若夫事至宏鉅，名節所關，人禽之界，而亦復不嗔，則是形骸徒具[②]，而薾然無氣。古今無氣之人，莫如馮道，留夢炎及平康里中阿家翁耳，而可以爲法乎？吾與老友故户部黄九煙先生蓋深惡之，而嗔日益甚，至於無終食之間違嗔，以此取憎於世，以致窮困危殆，弗顧也。然吾之嗔僅託諸空言，而九煙之嗔則見諸實事。觀其無故沈淵，無病辭世，非實事乎？蓋積嗔有年，而發揮於一旦。世人但見其猝然，而不知其所以然。宜其反指醒人爲醉，而不自覺其如泥也，可哀也矣！

今讀其《絶命詩》二章，其首章固以自明其嗔之故，次章直欲與三閭大夫方駕齊驅，豈欺我哉？夫一部《離騷經》緣嗔而作也，故屈子不嗔則無《離騷》，由是武侯不嗔則無《出師表》，張睢陽不嗔則無《軍城聞笛》之詩，文文山以嗔故有《衣帶銘》《正氣歌》，謝疊山以嗔故有《却聘書》，九煙猶是也。蓋嗔者生氣，故九煙不死。不嗔無氣，故若輩不生。世有我輩人，不可以不辨。此皆疇昔之日與九煙互相砥礪之語[③]。至是，其令子椅字禹公者過訪，出二詩，再拜，以爲先人知己同調莫逾老僕，請識數語，遂書此意歸之。禹公負才有志，能終身無改於其父之道乎，則可謂孝矣。乙酉陽月[④]，深匱山人黄岡杜濬題於金陵流寓之再造草堂。

先君目空一世，獨推先生爲勝己。今觀先君之不朽，得先生是文而益光，益信其推服之誠，此小子所以感泣百拜，蒲伏而不能起也。（小侄黄椅價識）

嗔之一字，是千古精忠大孝，憤不顧身之所同。此文洗發至透，讀此而不動，則醫和望之却走矣。（曾青藜）

---

① 庚戌，康熙本作“庚辰”。考杜濬事迹，“庚戌”誤。

② 徒，康熙本作“苟”。

③ 語，康熙本作“概”。

④ 乙酉，康熙本作“乙丑”。

跋季滄葦侍御贈序

往時嘗見滄葦文，歎爲不易得，顧猶惜其中一二語近錢秘書調。秘書世所指名爲知文，然下筆不數行，便入已調，四六圓滑，字句新異，引據寬恕。蓋難於單行，非不知古文之宜單行也。儉於本色，非不知古文之宜本色也。此其與不知者異，與知而克爲者又異也，自秘書盛時已如此矣，况晚節末路乎！予思欲效狂言於滄葦，不知其已久離故處矣。

今年秋夕，滄葦與余論文[①]，以爲古文詣境必當以歐陽爲宗，即昌黎開闢，容有未化處。余驚服其言，如此將令濫僞之徒何以稱伯乎？及睹辱贈此篇，則益信其言之不妄也。蓋滄葦近日讀書，主《十三經注疏》，立乎文章根柢之地[②]，以知文章之道。理真故詞潔，氣治則神行，而奇秀以之生焉。八君子中，惟歐爲最近。滄葦得之，故搆此篇。簡括而有層折，明净而能蘊藉，時之學古文者未見其能然也。但題目苦小，大似以一篇歐文送陶淵明乞食耳[③]。

跋如丹訣，文亦九轉矣。（李知挹）

跋季天中塞外詩

世有忠臣功未必及民，世有功臣忠未必匡主，故兼之爲難。兼之者謂之功忠之臣，在今獨見季天中給諫耳。給諫初爲曲突徙薪之言，卒無爛額焦頭之迹，士類悲之。然其功鏤刻於天下匹夫匹婦之心，而其忠終録於玉門之晚入，亦可以瞑矣。乃當時讒人猶有嗾其好名妄言者，今從令弟滄葦侍御齋得觀南宫所藏給諫塞外詩卷，深情亮節，略無怨望之意，然後益歎斯人忠愛性成，無時不然。覺唐魏鄭公願爲良臣、不願爲忠臣之語，多一安排揀擇矣。噫！此豈得謂之好名哉！

---

① 余，康熙本作“予”。

② 柢，康熙本作“極”。

③ 康熙本文後附有季滄葦《送杜于皇先生遂懶亭序（並詩季振宜）》，此處不録，《變雅堂遺集》附録一中收入此文。

予奪不苟，法家之筆。(陳賡明)

吴秋屏詞跋

不知何故，群然尚四六，而古文之道微。然古人亦作四六，而古文自若，有在四六之先者也。時人無之，故并其所爲四六可嘔也。又群然尚小詞，而風詩之道微，然古人亦作小詞，而風詩自若，有在小詞之先者也。時人無之，故并其所爲小詞可嗤也。吴子秋屏示余以所作小詞若干首①，短者有窈窕之思，長者有歷落之致，莫不按之不浮，察之有故，此非有在小詞之先者與？秋屏欲不以予爲同調②，其可得乎？丁卯花生日蹇翁濬題。

議論正大，可以挽回風氣，不在篇幅長短之間。(王昊廬)

跋吴初明《北征》絶句

曩者歲在壬午，余赴試北闈，歷淮達薊，往返川陸，目擊時艱，有《北征漫草》一卷，絶句居其半，良謂紀事書懷，此體差便也。距今忽忽四十年，每一追維③，輒如孫樵之夢，欷歔不能自禁。自是以此體爲諱④，不復着想，想及亟推去之。乃今吴子初明復以《北征》絶句如干首緘以示余，雅不欲逼視，徐以吴子丁寧珍重竟讀一過，則愛其氣格之高，寄託之深，詞藻之儁，三復流連，雖欲推去而不可得。然後知詩之爲用，不獨能蠲煩釋忿⑤，且可以忘懷古今也。王内史云："後之視今，亦猶今之視昔。"誠然乎哉！

一部十七史，數行説盡，誰云從何處説起耶。(吴襄宗)

先生之文，如水流濕，如火就燥，造次必於是，顛沛必於是。(潘次畊)

---

① 若，康熙本作"如"。

② 予，康熙本作"余"。

③ 維，康熙本作"惟"。

④ 體，康熙本作"詩"。

⑤ 獨，康熙本作"第"。

跋同聲集

吴子初明示余《同聲集》五言古詩一卷，唱和皆同人，工力悉敵，謂之“同聲”，宜矣。吴子屬余題一行。余惟五言唱和，情莫摯於河梁，才莫盛於鄴下，篇莫富於韓孟、元白。雖物感不一，總以興會爲主。興會不屬，雖有過人之才不能工也。今觀數公之作，不必問其視古誰比，然皆興會蓬勃見於方幅之間，所以曲盡其妙。夫興會不易得，而得之又如此其齊，尤不偶然也。至闇公有句見及，初明移居自有詩，余俱不可以不和，則亦俟夫興會之至而已。金陵山傭杜濬識於昇州之一老窩。

我作佛事，淵乎妙哉。空山無人，水流花開。東坡之後，先生而已。（孫伯琴）

鄭肯巖小傳跋

帶性負氣之士，讀古人書而慕其行事，思欲爲其所爲而不克如意者，大概如曾南豐所云：“家爲之累也。”古之人徑情直遂[①]，一往不返，家曾不足以累之，其不可及在很之一字耳。僕與肯巖皆所謂慕古人之行事而不如其很者也[②]。然而有優劣焉。肯巖有家而有累，自號漁人，而亦未恒親蓑笠。此其不能很，猶可言也。僕無家而有累，既不能歸故鄉，又不能逃世外，因循混俗，以至於耄而竟不能很，此乃所謂撓弱凡材，何足比數哉！因肯巖寄示其自爲小傳而屬題其後，感慨係之有如此。村翁杜濬識。

再跋鄭肯巖小傳

乙丑三月二十二日，青岳先生寓園海棠盛開，招僕飲花下。在座者李秋水、黎惕齋。酒半，僕偶語及久不得鄭肯巖消息，心甚念之。青岳亟應曰：“吾正欲言，昨適有書至，且有新文及予與汝，又寄示自作小傳，屬我

① 情，康熙本作“行”。

② 很，康熙本作“狠”。下文两处“很”字同此。

兩人跋其後。”因盡出遍觀，其文既美，至自作小傳，首簡輒云：“少時嘗思入深山，熟睡十餘日。”僕不覺吐舌曰：“吾向與肯巖處，以爲其人謹厚長者，安分人也，乃不知其志大宇宙，勇邁終古，一至于此。夫入深山熟睡十餘日，此豈易得哉！如以爲易，請問肯巖，自有此願以來至今行年六十，此願竟遂與否？”因與青岳大笑，一座歡甚。飲興勃然，酒再數十行，爛醉而别。此不可不記。俾肯巖千里如見，恨不能奮飛也。村翁又識。

前一則名言，後一則奇趣，俱造絶品，千古不磨。（沈天士）

跋袁中郎遺墨後

二百年來，海内之詩大都視吾楚爲轉移。始之爲長沙，繼之爲公安，又繼之爲竟陵。雖各出手眼，互有異同，然能拘束天下豪傑之士，受我馳驅，豈非極一時之盛哉！中郎生當明盛之朝，少年科目，奇情淡泊，不慕仕進，與雪照、冷雲諸師講論禪悦，心中何等自在清净。所稱雪照禪師，不肖先人之友也，佛理既深，詩情亦妙，方内方外各行其意，自去自來毫無滯礙，正不必定於小修所云，形諸夢寐，增此一番色相，而始知爲子瞻後身也。朽濬鄉黨後進，身處貧賤，又值亂離，欲與先輩較量聲韻，分道争雄，何可得耶？即如所交嘉魚一草庵諸僧，又皆實非袈裟中人，而不得不借一領水田衣隱其面目者也。撫此，能不惘然？后學茶村朽濬謹識。

濬過吴門，有追憶中郎詩，中云：“官清但飲水，名大因走筆。傑哉文人操，凜似衲子律。”附記於此，同日又識。

右先生所跋明袁中郎遺墨後一則，字徑三分，蒼勁無姿媚之習。光緒壬辰夏，江夏張君子威出以示余，亟録坿先生文集後。先生文經後賢搜輯，尚多遺漏。此雖隨意應付筆墨，然不忍其無傳也。其真迹當謀影摹上石，嵌置吾邑茶村祠壁。又先生寫真一軸，亦得自子威，因請子威縮摹入卷。其悔翁題詞則見余所藏《弱水詩集》中。凡皆前此剞劂所未能得者，今並得之。先生之靈殆有以默相之矣。黄岡後學殷雯謹識。

文三　黄岡陶壎校

變雅堂文集　卷四

與王東皋辭代求優免房號銀書

昨見足下代僕具辭[1]，深感相爲之真，中心藏之矣。然在僕却自有不敢承者，蓋每年出房號銀，固窮人所甚苦，然而事體所争，又有大於此者。若屈己尊人，乞恩求免，又恐失僕三十年來守拙安卑之面目，枉尋而直尺，非計之得者也。

夫吾徒不能入山絶迹，屏棄妻子，猶然聚族而居，比屋分廛，則納租當差乃本等事。孟子云："往役，義也。"是矣。僕所苦者，惟是計之不蚤，以空囊如洗之人而取辦於倉卒，故覺甚難。自今以往，當先期半載，即節口量腹，錙銖積之，如數如色，火耗分明，雖有他故，及飢寒切身，誓不動此項。一旦届期，吏胥到門，即舉而付之。此豫備之有道，則亦不知有納房號銀之苦矣。若夫一鋪十家，輪當單頭，催交莫非其事，其勞費十倍，折辱多端，誠非人情所堪。然而，僕行年六十一，今年當單頭，幸過身矣。又十年而一輪，則年已七十一矣。夫以七十一之老翁猶能任單頭之事[2]，奔走里閈，爲當世鳴鑼擊鼓，朝呼暮號而催房號，則不第其壽不短，而其爲老而不衰，又可知也，豈不甚幸乎哉！惟恐不能得而乃求免乎？况如僕者，羈旅之人，飄蓬泛梗，非有先人之敝廬與唐代之口分，世業世守而不可動也。褰裳而來，納履而去，所謂不知明年又在何處，又何必過爲久遠之計、子孫之謀而求優免耶？

---

① 辭，康熙本作"詞"。

② 老，康熙本無。

且夫優免何謂哉？謂優待故免。非紳則士，必其有職業於斯者也[①]。若老僕何有而欲倖厠於其間，寧不有靦面目乎？雖以寒門自先曾王父以至不肖之身，四世列科目疊叨優免，然其事已在前矣。此其尤不當優免者。夫不當免而免，謂之苟免，僕誠不忍因區區而易苟之名；不當求而求，謂之妄求，足下又何必因僕之區區而近妄之譏哉！極知足下不過念僕之貧，省得一費，亦非細事，若是者，徒深愛我也。

然僕之薄福不識好，不自今日始矣。猶記二年前，泰興縣令李君嘗介吾友季滄葦請僕修邑志，爲言云："《泰興縣志》，自王穉登一修之後，距今百餘年而遘先生，舍先生不可矣。"聞其議，幣頗不薄，邑中好僕者如季方石、李知損輩皆歡忭相慶，以爲此舉可以救于皇之窮矣。乃僕徑爲書辭之，其略謂：譬如從來瘖瘂之人，一旦儼然言語，則世必駭爲怪物，不若求時之素能言者而屬之。於是向之爲僕喜者更相與咨嗟歎息，尤僕之窮不可瘳，誠哉自作孽云。

嗟乎！僕豈不憂貧者哉？然而，向之辭修志者辭其所不當承，今之辭優免者辭其所不當免也。此不在憂貧之列者也。願足下默識愚衷，立已其事而僅存其意，與僕稱兩得焉，則僕之誦義屢晋而益高，垂之永永可矣[②]。

與孫豹人書

豹人足下，弟聞交淺不可以言深，則交深者言深可也。弟與豹人交垂三十年，每憶得樹堂中之講摩、寺園竹下之唱和，可謂深矣。此其道義相勉，顛沛相扶，當何如也？日前偶從友人所，見一紙羅列時髦姓名，其中乃有豹人名，心竊怪之。

夫人莫不幸而有不知己之知己，莫幸而有知己之不知己。今豹人不幸而有不知己之知己矣。此時即欲作數行用相砥礪，旋復已曰："豹人安俟此哉。彼其志見於憶昔之詩，其行藏定於棄諸生之日。皦日之誓，吾信之久矣，意其聞有是也。必且曰：'此言何爲至於我哉，豈其以我爲不真而試我耶？一入其室，則足以供彼之抵掌，不待天下

① 斯，康熙本作"時"。

② 康熙本文末有"待評"二字。

後世矣。我其必不然如是，則弟可以無言矣。’”乃數日以來，人言藉藉，至謂豹人喜動顔色，脂車秣馬，惟恐後時。弟雖不盡信而有不容已於言者，然言而有作文字之意，旁引曲喻，連篇累牘，華有餘而誠不足，借題市名蹈文士之惡習，弟亦不爲也。

今所效於豹人者，質實淺近，一言而已。一言謂何？曰：“毋作兩截人。”不作兩截人有道，曰：“忍癢。”忍癢有道，曰：“思痛。”至於思痛，而當年匪石之心，憯然在目，雖欲負此心而有所不能矣。且夫年在少壯，則其作兩截人也，後截猶長。年在遲暮，而作兩截人，後截餘幾哉？豹人勿云：“非無此忱，無由自達也。”向使豹人有危病癈疾，其終無有達之者耶。又勿云：“我第往而不爲。”今有寡婦將行，語人曰：“我往而不爲也。”三尺之童以爲欺我矣。夫子曰“匹夫不可奪志也”、“見義不爲，無勇也”。深願豹人堅匹夫之志，明見義之勇，毋爲若人所笑，則吾道幸甚。弟將再拜以賀。三十年古道相期，必如是，乃不相負耳。弟之言止於此。慎言其餘，足下試思之。

當時豹人亟欲用吾言，而勢已不能矣。吾故存之，以明豹人之虛衷。而吾言之未嘗遺按劍觀者，不可因是而以切偲爲戒也。豹人有《送友人以史局北上》詩云：“江陵相業古來無。”此等識量，豈屬常調，可以知其心矣。（自記）

與周櫟園言黄濟叔所注《六書》[①]

不肖濬蓬科無根，日下又將浪遊，遠離部下，瞻戀依依也，有久欲白先生者。故人黄經濟叔生平嘗論定《六書》二十卷，自謂頗極苦心，嘗以求序於濬。濬觀其書，一正諸家蹐駁附會之陋[②]，洵爲許氏功臣。今濟叔死，而其嗣子謹愿力田，然廢學已久，未必能護惜此書。濬乙酉至東臯[③]，欲索得之，行復自念，赤貧無家之人，既力不能爲付梓以傳，又東西遊走，萬一放失其稿，或久閉笥中，徒飽蠹魚，又或僕婢竊

① 周櫟園，康熙本作“櫟園公”。

② 蹐，康熙本作“踳”。

③ 乙酉，汪氏本作“乙巳”。

之以易餅餌，則故人心血翻澌滅於吾手，罪過不小，踟躇而止。

兹惟濟叔既嘗幸交門下，荷櫟園先生恩分不淺，而先生又嘗深賞其篆刻之技，贈以奇文，以爲直跨文何而上。濟叔在日，每酒酣則出以夸其座人，謂周先生一代法眼，品題如此，誰復能易隻字者。語次復及昔日患難相同一段情事，則泫然而泣。已而，更大笑，以爲非患難不得遇周先生也。夫以濟叔平日感先生破格如此，則其死後亦必蒙先生悼惜。可知悼惜之效，誠莫若爲傳此書，蓋先生聲華位望，欲傳則傳，非若濬之有其心而無其力也。由是言之，使濟叔有知，不以此望之櫟園先生，更誰望哉？

濬嘗竊伏歎先生古道獨行，誼篤死友，如向日於林宗、太沖兩先生，近日於孟貞、于一、與治諸老友之遺文，皆不計有無，表章之不遺餘力，初非待人言之也，則今日又何待濬言？然濬僅能言，則亦爲其所能爲者而已，雖蛇足可也。況此書是正經史，嘉慧來學，較文人别集更爲切用。先生以斯文爲己任，諒在他氏猶孜孜不遺，况濟叔乎[①]！今第懇先生於東皋人士之便，一言及之，其書當自至。又：必其人非不悦濟叔者，不然慮其爲李賀之表兄、譚子之宋齊邱也。又：其子孱而其弟鷙，亦不可不知。惟先生旦晚留神，則濟叔生平得附知愛之末爲不虚，而士之刳心述作者亦恃交道以無恐甚盛軌也。濬有《哭濟叔》二詩，並呈台教，倚裝率削，佈此區區之心，臨奏翹切之至。

何减子瞻求韓魏公葬董傳書？（計甫草）

復屈翁山

僕知足下久矣，蓋古魯仲連之流，而僕之同調也。兼知日者足下客廣陵，所與遊處有甚好僕者，亦有甚忌僕者。夫好僕者之疏不如忌僕者之密，意足下之耳必多忌者之言。自分長與足下未卜定交之日矣，乃兹者歡然相求，以大集叙言見委[②]，齎書造門，再四不厭[③]，而且

① 况，康熙本作“矧”。
② 叙，康熙本作“序”。
③ “四”後，康熙本有“而”字。

書詞之婉，稱謂之謙，若魯直之於子瞻，如見所甚畏者，則是足下不但不用忌僕者之言，亦並不盡出於好僕者之説，特達相知，不隨流俗，其明審之識有過絶於人者也。

夫士貴有骨耳，然無識之骨，剛不得中。不當剛而剛，與當剛而不剛，均之於世無益也[1]。昔魯仲連先生惟其負絶識而後有真骨，彼其不肯帝秦，是其骨也；其云梁未睹帝秦之害，則其識也。方秦昭襄王時，去始皇尚四世，而仲連獨先見帝秦之害，其言如此，豈第梁秦一時之故哉？蓋已舉異日始皇並天下稱皇帝之後，恣睢暴虐、阬儒焚書、築愁築怨、人與爲怨、家與爲仇之情形，一一灼見之，此其識爲何如哉。是以一發而得剛中，合乎易象。其骨堅凝奇秀，横亘千古，嶄然爲人心世道之所賴[2]，緊其識則使然也。今足下負識如此，以小推大，則其骨力之所至，將不繼武古人與？而世俗區區，猶以肉妻之末節議之。夫不是其歸儒而反非其逃墨，徒見其不樂成人之美，而與忌僕者同科也。何足爲屈子累哉！

有友如此，誠使僕焚棄筆研則已，如尚未也，則不叙吾翁山子集而又將誰序？但懇足下少徐之，俟僕一日遊山水快意時，縱筆疾書，文不加點，乃爲合作耳。濬白。

論魯連最確，行文更道宕，餘溢爲波瀾，真作者也。（金孝章）

與奚蘇嶺表弟

昨讀大作《椒山集序》，發揮先德，使人悚動，便是奚楊合傳，可以傳矣。但僕竊有芻蕘迂腐之見，以爲於世宗不必加貶，且彼褒此貶，不無著相。大抵世廟一朝，自楊新都去國，後繼而相者無一端人。嚴嵩不必言，即桂州亦多破綻。然而當日朝廷尚自威靈者以群，小人不過争榮固寵，黷貨自封，而主上大權獨秉，誅殛不貸，此所以始終四十六年仍不失英主之名也。若謂太阿盡歸嵩，未免過抑矣。夫子作《春秋》，定哀多微詞，後世樂毅不謀燕，王猛不忘晋。僕嘗撫卷流涕，況

---

① 均之，康熙本無。

② 道，康熙本作“運”。

三百年祖父長養之宗國。

光録公靖獻之本朝，尚冀作者少加點易元稿數行，即全美之文也。蘇嶺學問中人，故僕敢以此告之。若彼滔滔，何足語此率臆妄言？必如是，方是真正弟兄朋友，揣知己不以爲罪也。如何？

蘇嶺得此札，立改元作，余服其虛而勇，不可不揚其善。若書詞隨手，質率簡略，固無取焉。（自記）

此札萬言所不及。（宗西厓）

復于公辭聘修《江南通志》啓[①]

恭惟云云，兹際重熙累洽之期，正逢偃武修文之運。幅員萬里而加倍，禮樂百年而後興。而台臺朗映金甌，高標玉尺。發凡起例，全提虎觀之綱；徵實秉公，獨契麟經之指。眷言翰墨圖書之府，必求卿、雲、遷、固之才。九州箴，非楊子莫爲；六合賦，豈劉生可辦？而乃過存老馬，早背長途；左顧陳人，甘同棄物。如不才某者，曾何足收哉？既已少不如人，況復老於作客？楚才晋用，今非列國之時；髮短心長，久絶封侯之夢。古人孰比，有百里奚、趙充國之年；舊學都荒，無任彦升、江文通之筆。耳聾晝字，目眩生花。南北東西，似逢生之莫辨；視聽言動，學顔子而已遲。才學識，三無一長；生老病，四逾其半。對鶴書而增愧，歎鼠技之真窮。誠昧昧然思之[②]，乃油油以退也。所貴知己，在各有能不能；自非聖人，敢云無可不可。興言及此，尚慎其餘。仁公視流寓，猶吾人以老安爲素志。伏乞追還寵命，别揀英儒。謹藏華翰，永爲奕世之榮；遥望崇階，先申九頓之謝，臨啓無任激切。

此文當逐句逐字又合通篇一一細玩，以意逆志，是謂得之，與時作四六，天淵懸隔。（曾止山評）

右回啓家君口授，世捷書之，文不加點。彼時仰窺至誠無飾，所以奮迅若此，不可不記。（男世捷謹記）

---

① 康熙本標題作“回于公啓”，題注“辭聘修《江南通志》”。

② 然，據康熙本補。

太守公，文章伯也。得此啓之翌日，遣役相聞，將枉駕敦請。而家君已于昨暮爲訪醫襆被入山矣。越一日，藩臬諸大人奉行制府意，復有貢院之招，家君以陡患暴下辭，然感知自若也。（男世捷又記，時爲癸亥夏日）

文四　黄岡陶炯照校

變雅堂文集　卷五

送汪子謁選序

仕一也，而毛義有美名，温嶠無令聞。夫義捧檄而往，得官不過州縣之小吏，治績不見於史傳，而反得美名。嶠绝裾仕晋，爲公卿大臣，著勳勞矣，而反無令聞，其故何也？蓋義之捧檄所以養母，而嶠之絶裾遂以棄其母也。此其得失善惡之分固已霄壤矣。然风俗日偷，人心日僞，世豈無居温嶠之實而飾毛義之名者？將何以處之？於是又有真不真之辨焉。真者其平日必有孝愛之實，有庭幃之戀，身可以食貧，而惟朝夕以不得甘毳奉其親爲皇皇，不得已而求仕，語人曰“我以爲養也”，則真者也。其或不然，考之平日，一無可採[①]，而家復不貧，未嘗不得已而求仕，若不容已，語人曰“我以爲養也”，則非真者也。雖然，真者固可重矣，而非真者亦猶有所愛護也。何則？彼其知養親之爲言甚順，而得已不已之求仕將見嗤於大君子，從而爲之辭以自託於孝，此何世之人與？後之人何必然，不愧不畏，苟有圭竇，争先處强，用相夸示，惟恐人不知也，又何事託辭乎？當是時，但求一非真者且不可得，而乃有一真切爲養不得已而求仕者出乎其間，其爲可貴重，當何如哉？是於吾友汪育風稱僅見焉。

育風懷文抱質，上有賢母，家故不貧，而貧於爲善及好韻事。其爲善也，母夫人喜之；其好韻事也，母夫人亦不禁之。乃一旦恤然貧矣，至是來别余，云：“向以明一經試得縣令，今當作選人。”余不待其詞之畢，而知其爲養母也。蓋育風平日固所謂有孝愛之實，有庭幃之

---

① 採，康熙本作“采”。

戀，身可以食貧，而惟朝夕以不得甘毳奉母爲皇皇者也。是行也，至不能脂轄，而諸昆友愛爲之拮据以勸駕，其貧如此。則其奉檄而喜，與毛義異者，古今之時；而未嘗少異者，人子之心也。育風行哉。遂書以送之。

自始至終，只是一意，而反覆轉折，若有千層萬層。刺骨入情，求之八家集中，未嘗有也。至矣之歎，非此文不足以當之。（潘雙南）

送宋荔裳之官四川按察使序

君子之學，出處二者而已。出處之道，處以爲身，出以爲民而已。求之當世，處以爲身者，當如宣城沈耕巖先生；出以爲民者，當如合肥龔芝麓先生。耕巖而外，處而賢者不具論；芝麓而外，出而賢者則又有宛陵施公愚山、萊海宋公荔裳，二公皆余石交，而稔其心乎①，爲民者也。宋公往年觀察兩浙，政成化洽，爲民之效，則既見矣。中間不知何故，跧伏者十年。寓内之民皇皇汲汲，望公之復出。至是聞其以原官起田間，補四川提刑按察使，斯民相慶於路，而士論翕然。既以日者奇冤得白爲公喜，又有稍稍致惜於其間者，以謂向使公微一蹉跌，則十年駸歷，計今已秉鈞軸，居中而運，澤之所及者遠，奈何蘇而復上，絶險千里，獨幸西州之民乎？吾獨以爲不然。夫居中而運，其權分而去民也遠；按察一方，其權一而去民也近。且今民困莫如楚蜀②，而蜀又甚於楚，則度公爲民之心宜莫如蜀。然則，按察之任，雖使公擇而處之，不是過也，奚惜乎？雖然，公何以治蜀？

夫公奇材也，敉寧之道非他人所能隃度。惟嘗吾考之前烈③，治蜀最著者有三人焉，莫不因時制變，有卓然不可易之識，即亦可以知公矣。在漢初葉，文翁以文治。蓋蜀承新造，其民不知禮，譬如田舍翁家未嘗見典籍，草野而倨侮矣，從而教之。延師受經，所以擊其蒙而通其志，使知向方，文翁之時然也。在蜀漢，諸葛忠武以嚴治，蓋劉

① 稔，康熙本作“穩”。
② 今，康熙本作“方今”。
③ 嘗，據康熙本補。

璋富而孱，其民不知法，譬如懦師之縱頑童，繼之者必峻其章程，威以夏楚[①]，然後循循服吾教，武侯之時然也。在宋，張忠定以剛治，蓋沃野長養而盛宋涵濡，其民不知節，譬如有餘之疾，宜用尅伐，疾愈藥止耳，忠定之時宜然也。若夫今日之蜀何如哉？獻賊肆虐之餘，民不知命矣。譬如癰疽潰爛，旋事收拾，藥餌、饘粥循次謹節，猶恐不濟，又必禁其所忌，戒其所怒，勿風勿勞，以善其後，是又向者文治、嚴治、剛治之所未合，而期以仁治焉者也。蓋古今之遇獨際其難，非有奇材，即仁心亦無由達，此則宋公之時宜然矣。

夫公憲臬大官，與文、張守郡事體不同，乃若武侯以丞相領益州牧，至今蜀人思之不忘，公其類是與？且夫按察之任在於察吏。察今日之蜀吏，貪無所取，而酷無所施，惟其使民得墾南畝，則吏之良者也。刑期無刑，較之他日轉覺少易焉，則於公出而爲民之心，豈不尤加惻怛哉？至於公之文章騷雅，媲美前人，方將發揮山水之奇秀，興復名賢之遺迹，姑在所不言，惟言其最重者。最重者何，出以爲民也！

因送一人之官，遂極談蜀中古今之變，如指諸掌，與所以因時出治之方，尺寸不可易。行文反覆淋漓，使讀者忘倦。茶村自負經濟，如得千金藥而值父母已歿，每用欷歔，真可惜也。（余生生）

以爲民立言餘枝葉耳，盛讚荔裳，正爲民也。觀者須知。（自記。）

送葉桐初北行序

君子之愛人也，見其行事有不合於理者則言之。言之有聽不聽，又或不但不聽而益加甚焉，則與之言者，意本於相愛，而效至於益其疾，何貴於言乎？葉子桐初所謂言之而益加甚焉者也。吾何以言爲？雖然，吾老矣，言之而聽，固不失其親，其情可以感。言之而不聽，而又益加甚，義亦可以别矣，則言其可廢乎？蓋葉子之粵遊也，萬里之行，逾年而後返，此於理非甚不合也，可以無言也。葉子返不數時，不遑他及，孜孜汲汲然，又將惟北遊是務，此於理甚不合也，不可不

① 夏，康熙本作“榎”。

言也。

嗟乎！葉子四十年前，四歲孤嬰耳！嚴君不幸，母夫人秉節抱痛，辛勤鞠子，以至於總角授書，成童能文章，魁然丈夫，尺寸皆母恩，則尺寸皆父淚也。爲葉子者，理宜刻苦讀書，期破萬卷，以《春秋》爲法令，以《孝經》爲表裏，以《筦氏六言》爲門户，以《康侯義例》爲斷制，潔身隱約，力著一書，用明己志。其人其書，可垂久遠，使賢者歎服，而憑吊及於先人，乃葉子之事也。奈何專以北遊爲嗜慾乎①？蓋葉子自粤遊以前，不及四年而三遊於北，何其勤也！義亦可以止矣。

今又席不暇暖，約車戒徒，若有期會，何也？向使葉子猶平人，吾猶望其少異於衆，不屑駢肩疊迹，面積塵而額流汗，若群丐之争朱門，見之惟有却走，乃爲得也。何況别有懷抱如葉子者，無論三千里之程，冒寒觸暑，俱屬無謂，即見星而起，與衆並馳，策其馬而北向，惟恐其不及②，其時自尋面目，得毋覺其不類乎③？夫子謂賜也，不幸言而中。吾之三説，無一不中，而亦不敢以爲幸也。彼赫赫炎炎者，戲耶？夢耶？於我何有哉？乃無日忘之乎？或曰："葉子此行，爲葬其親計也。"余曰："噫！是何言與？惟此一事，於此行尤不相宜耳！以此營首邱，是傷親之心也。誠如是，葉子可以别矣。"

吾師之言曰："性相近也，習相遠也。"葉子以之忠告而善道之，不可則止，吾以之。（村翁自記）

贈汪育風序

黄海之汪與吾楚之汪相去千餘里，而神契之密若僅隔數舍。在吾楚者居然吴人，在黄海者居然楚人也。豈獨汪姓然哉？昔金文毅公語人云："吾家於楚既數世，自應童子試，即受知於楚學使葛水鑑先生，拔第一，補嘉魚學弟子員。生平學問、文章得力之友，若譚友夏、黄美中、任澹公，皆楚人，則吾始終固楚人也。"此語距今四十年矣。

---

① 專，康熙本作"耑"。

② 及，康熙本作"疾"。

③ 尋，康熙本作"循"。"毋"，康熙本作"無"。

而吾友黄海汪子育風氏以名父之子嘗遊於楚，居於楚，遂以文高補吾郡蘄州學弟子員，旋復歸歙，猶時時稱道居楚時事不能忘，與文毅公相類。余固已心識之。其爲人從容豈弟，有俊逸之才、慷慨之氣，與人交務不欺，尤喜寓内詩文知名之士。然能辨其真僞，别其新舊，故可貴也。

余性疏直頹墮，迺楚人之最無用者，而育風不棄，遂爲忘年之交。豈非三湘七澤之荒遠，與三十六峰之靈奇，有相觀而善之道耶？夫育風，華國之器。而吾楚，篳簬藍褸之鄉也，何足以爲育風重？然而有足以相長者。如育風好讀書，而吾楚有郝仲輿先生，手注《九經文成》數十餘萬言，辨博精奥，爲從來諸儒所不及。其他論著又數萬言，壽至九十餘，時謂之儒仙。讀書不當如是乎？育風能飲酒，而吾楚有袁小修先生，飲酒以盆爲器，每飲盡五盆而神明不亂，談名理愈妙。同時會稽陶石簣云："吾每造袁三，值其醉，輒聞所未聞，及其醒也，不過一才人耳。"飲酒不當如是乎？育風好賓客，而吾楚有邱長孺先生，傾家宴客，四方名士結駟連騎而至，以不得爲長孺客爲耻。而長孺學識議論亦多得力於客，由是詞翰風流，傾動一世。時人爲之語曰[①]："使世無長孺，則風雲無色矣。"其推重如此，好客不當如是乎？而長孺同里又有劉延伯先生，其收藏書畫古玩，幾與人主埒。世所傳右軍、右丞真迹，皆其秘閣中物。董宗伯嘗至其家，請留一月，然後得闚其半，故宗伯題跋中每稱西陵劉延伯云。至於他古器服玩，言之令人咋舌摇手不肯信。乃延伯兼資文武，嘗購求天下。奇士有能爲國家立不世之功者。劉某有一本帳，盡送與之，蓋志在報國也。育風亦復好此，不當如是乎？然四者之中，讀書，本也。餘三者，末也。育風知之矣。由是而左史倚相、屈宋之徒皆可以故人遇耳[②]，而况於余乎？此余之所以爲育風願也。

育風年未三十，上有四兄[③]，皆孝友淵博。育風以明經授縣令，偶一語及，必拱手曰："此吾諸兄之教也。吾兄尚勉我捧檄養母，我安忍

① 時人爲之語，康熙本作"恭事李卓吾，卓吾弟畜之，嘗語人"。

② 屈宋，康熙本作"屈原宋玉"。

③ 上，據康熙本補。

違之?”可謂兄友弟恭矣。然吾觀育風行吟坐嘯間,恒若有所不得於中者。家之中落,料不足以介介,豈非楚人善怨,風俗移人,賢者不免哉?然識者益有以知其胸中之吞雲夢在是矣,未易爲俗人言也!惟可以贈育風。

放膽之文,何嘗不小心,當觀其絲絲入扣處。(秦樂天)

以舒徐爲體,以映帶爲神,以含蓄爲指,此等文字所謂愈徐行而追者愈不能及。安得不推先生獨步乎?(汪栗亭)

送黄童子序

泰州黄童子虬,年十一即以善弈稱,下弈秋一等耳。甲辰之歲,余客江都。童子之父忽率童子來謁,皂綈短衫,質猶嬰孩。余顧之而笑。别去五年,余客泰興,童子之父又率童子來謁,則其年已逾成童。與之語,敏穎可喜,問其弈,既居然秋矣。察其意,若親余者。余甚異之。坐甫定,其父爲余述别後嘗携童子北走燕市,挾其技,謁名王將軍。有某將軍愛童子,厚賚金帛,留居毳幕,日爲湩酪之飲。居一年,童子思母,欲南歸。將軍不忍違,聽之,而命工圖其形,朝夕以玩,如對童子。復厚有所贈,而丁寧童子明春必再至,其愛之至於如此。方其娓娓陳述時,余左右顧,若無聞者。語既畢,良久,余顧童子而歎,座客或戲余何歎,豈非歎己不解弈而空遇國手耶?余默然不之答也。嗟乎!此豈客所嘗知哉!

昔先王愛人,必自童子始,故七歲入小學,教之以入孝出弟之節,灑掃應對之事。十五入大學,教之親師取友,離經辨志,得聞修齊治平之道。是以成就人材,非後世可及。即降而至於漢、唐、宋以來之盛世,雖不能一如先王之教,然童子受書父師,課其誦習,爲之講究,不見異物,不事佚遊,以須其通達强立,往往亦得偉人爲世道之賴。今童子彬彬魚雅[1],有可以學問之質,然其生也,僅十六年,則其所習見習聞者可知矣。又以其善弈也,爲之父者以貧故,不得已而鬻童子

① 彬彬,康熙本作“斌斌”。

之技，奪其入學之時，出門而交，千里始發軔，而其所與遊處已如此。語云："童而習之。"則從此以往，吾恐雖有大賢，將不能挽回童子，而與之談鄒魯也。其可謂之幸與？不幸與？夫士生而不幸，天也。然志士傷之矣，曰："我聞有命，不敢以告人。"而凡今之人乃或不知其爲不幸，又甚至以不幸爲幸，有靦之顔過乎吾前者，無足責焉耳。獨惜童子有可學之資，當入學之年，猥來親余，而余竟無益於童子。昔之人一遇郭泰，輒折節向學，卒爲名士，豈皆虚言哉！

童子自此將南渡江，復北之淮，則其所遇者又可知，吾滋爲童子懼焉，而莫能挽也。於其行也，聊述吾所以深惜童子之意，且崖略舉先王之教以告之，使志之於心，庶幾童子雖不暇從事於學，而尚知我生之前固嘗有是説，不致汩没，訖無所聞，而懵然於孰爲幸，孰爲不幸，然後知余向者之一歎，爲可思也。

此文不傳，不必作文；此文既傳，不必作文。（自評）

持世之言，甚於痛哭，如此方是天地間不可少之文。其典則雍容，煙雲繚繞，蓋全得之養氣，此四聖果中如來地也。今人小有才思，而其氣質濁亂尚在六凡之末，奈何欲幾此道乎。（封龍標）

送朱裔三先生之任松江序①

朱裔三先生貳守江寧六年，乃以丙寅秋七月陞知松江府事。維時黄岡杜濬久客兹土，素與先生爲至交，於其將行赴任，從而旁譽民情有不易得者，是不可不論也。於何見之？蓋自古郡縣守令之賢者久於其地，一旦陞遷以去，其民戀戀不忍舍者有之矣，然必親民之官與文法之吏利害切已者也。今先生職掌在糧粒，而功效在漕輓，終歲僕僕，則其於斯民也，亦疏而不親矣。顧何以聞先生之將履新任以去也，汲汲皇皇，攀轅卧轍之意，比於親民之官、文法之吏利害切已者，猶不啻過之，何也？蓋余以詢之於此地一二耆老之不妄語者，咸曰："我公之去，吾儕小人之依戀，毋怪其然也。"

---

① 康熙本作"送朱裔三先生任知松江府事序"。

夫江寧爲官府之都會，我公以名甲第文章滿天下，而康濟著於江淮之間，顧能和易平澹，不以才智先人，有圭璋之度焉①，使諸大夫皆有所矜式，是其不可無公者一也。我公盡心所事，勞勩百端，家日益瘠，負日益多，而守日益峻，然惟仁自榮，廉頑而立懦，道不外是矣，是其不可無公者二也。公雖不受民詞，然爲上官所倚重，每有疑案輒以屬公，公秉公立斷，民自以爲不冤，此其不可無公者三也。地方利弊，公雖不在其位，然知無不言，當事者從而興利除弊，其有造於吾民甚大，此其不可無公者四也。夫以四不可無，而一旦去湓鄰郡，正位邦伯，職掌無他寄，自此更加專壹直遂，以澤其民，能不羨而且妒乎？語未卒，余爲思之，是固然矣，然且有處也。夫自春秋時，歲星在吴，似至今尚未退舍，故疇昔之日，三垂不靖而吴獨晏然，亦且仕宦其地者多能恤民之隱，不至於顛仆。至朱公尤以大賢上材應期而至，今雖遷擢不出吴境，將又必有如公者來貳守焉。緊歲星足賴也，可無深慮耳。獨衰耄如余，將何以處之？余楚人也，歲星之所不照，星録家言余計星守命，賴有文昌四星臨之，故骨肉難言，而文章逴逴，有知己過於骨肉，如朱先生是其人也。六年以來，飢寒以告，患難以告，疾痛以告。先生雖百冗蝟集，未嘗不手書報可。而其詞情之温潤，書迹之秀逸，種種可傳。洵哉其爲文章骨肉也，是孰爲之乎？豈非文昌四星即余之歲星，其可以相違乎？違是星，則計星益無所忌，而芒角彌利，其可以當之乎？然則，如之何？深惟金陵既非吾土，固非舍魯何適之比也？正當往依知己耳。

夫雲間，余舊遊地，幾社諸友之子孫多習余姓字者。先生往，而政成人和，大興文治，俾復幾社之舊。而余猶知路之老馬從而左右，於其閑暇，則五湖三泖恣其徜徉，而因以佚吾之老。他日列於松江流寓之末，附先生以傳，則斯民與野老两得之道也，是先生之心也與？

附録朱先生跋語：雯猥以謭材，佐兹首郡，飲冰茹蘗，兢兢六載，常恐隕越，以貽知己羞辱。先生惠而好我，公餘藉卉，領益良多。竊愧薄俸之分贈無幾，不克卜浣花之宅，爲子美吟嘯地，草堂有靈，能無

① 圭，康熙本作“珪”。

怨恫。丙寅秋,量移雲間,雖荷聖天子特達之知,黽勉思奮,然素心良友,天各一方,殊不勝停雲落月之感。瀕行,先生遺我一卷,題曰《寫心話言》。盥手讀之,情摯而語真,一片纏綿鬱結之懷,慷慨激昂之致,勃勃從紙背出,當不僅如聽渭城之歌,折河梁之柳,令人黯然魂銷已也。獨是獎借過甚,謬以凉德之躬,加之華袞之榮,撫心自問:"何以克堪?"又不禁汗之淫淫下矣。吴浙距金陵不越七百里,而盈盈帶水,雲山間之懷我故人,邈在天際,唯日手此一卷,以當書紳,用益自勉,以期不負知己,在上答聖天子遴簡之至意,庶幾不期年而令行禁止,躋斯民於養恬之域,當遲先生於九峰三泖間,鱸魚可釣,蓴菜堪供,江鷗一席,虚左以待。寧第皂蓋尋梅,繼杜嚴之遺韻也哉。明月在天,兩心如對,清風戒寒,努力自愛。浙西同學弟朱雯拜手言,時丙寅九月立冬日書於懷汲堂。(《變雅堂全集》)①

送孫無言歸黄山序

新安孫子無言僑居廣陵有年矣。一旦,忽遍告友生曰:"默且歸黄山。"於是諸友生之能言者多爲文以贈其行。或言黄山奇秀而揚俗稠濁,孫子歸去爲宜;或言黄山雖勝而索處寂寞,孫子性好友朋,樂唱酬議論,恐未必能堪;或羡孫子歸而率其子弟修耕讀之業,爲策之最得;或慮孫子入山深窈,將不可得而見,有離别惘然之意;或託物引類以形容黄山樹石之奇怪,他日訪孫子必將留連其間。

孫子具以示,"杜子以爲何如?"杜子曰:"是其文詞工矣。然而,子之歸未可以爲實然也。"孫子曰:"然則余誑乎?"杜子曰:"非誑也,而有説焉。子不睹夫《詩》之所謂'展轉反側'乎? 今夫卧者,以求寐也。寐焉,則已矣。而或不能寐,於是展焉轉焉,反且側焉,而卒不能寐也,則其展轉反側也,都無一是也。人之於世也,求安寧也。安寧則已矣,而或不得安寧也,則其所爲無一是也。當夫天下之平也,士君子居鄉則有田園親故之樂,居外則有山水朋友之適。久於家而倦則言出,其出也逍遥;久於山而倦則言歸,其歸也優遊。道路無虞,行

① 汪氏本將朱雯此跋收入附録一中,"《變雅堂全集》"五字據汪氏本補。

李從容，故出可以必出，而歸可以必歸也。是甘寢而熟寐之類也。及夫世之亂也，居家者驚惶於兵燹，則聚族而謀一出，居外者踉蹌於烽火，則比耦而謀一歸。不知他鄉吾土，情狀略同。究竟欲出而徬徨，有靡騁之嗟；欲歸而踟躕，有靡至之悲。而又空乏於資斧，艱難於提挈，則其事將弗遂，而其行將弗成也。是'展轉反側'之類也。我知之久矣。然則孫子今日之言歸也，其竟能實然與？其亦猶夫不寐者之展轉反側而不能自已與？且夫不寐者之始而不安於不寐也，故輾轉反側以求寐也。使其知終不得寐，而展轉反側之無用，則盍姑擁衾焉以俟東方之昧爽①，可乎？又何以皇皇汲汲爲哉？"孫子聞吾言而憮然曰："子之言將無然。"

于皇之文，只是識見高人萬倍，而筆足以達之，調足以起之，格足以重之。故一篇出而作者盡廢也。如此妙文，不知古今有幾。（于一原評）

交勉篇應蔣子

蔣子前民交予三十年，始與余論詩。余謂莫如讀書，蓋不讀書則不但率易無詩，即苦思力索亦無詩也。繼與余論道。余謂莫如守正，蓋不守正則不但非吾孔子之道，亦非老氏佛氏之道也。蔣子是吾言，而從事有年。今其爲詩既已邃於古，而其爲人不俗。不俗最難，吾未見其人而獨以許蔣子，則蔣子何如也？蓋余與蔣子少有絲毫之益者，不過如此而已。而蔣子勤勤懇懇，嘗憂余不飽，而自忘其無食；嘗憂余不溫②，而自忘其無衣；往往蘇余之困而扶余之顛，則蔣子於余所爲尤難也。

蔣子少余十齡，今亦且老，則余可知矣。至是别三年，再至廣陵相見，余頭鬚盡白，蔣子顔亦加蒼。揖余而請曰："方今交道淪亡，可悲可涕之日，予兩人凛凛幸不玷於古以至今日，是不可無一言以紀其難，又不可無一言以勉其後也。"余謂："紀其難，崖略既具矣；若夫勉

① 俟，康熙本作"須"。

② 嘗，康熙本作"常"。

其後，則十三經淵海也，孰能别吐一詞乎[1]？無已，則先輩文字中不無閲歷近情之語可以書諸紳者，如吾邑何絅卿先生之文有云：'千秋之盟一語可破，白首之交一事可傷。自恒情論之，一語何語，一事何事，其道固薄矣。自君子論之，可破而遂破，可傷而遂傷，亦豈得爲至厚哉。然使徒知是説，惟務自處於至厚而不計處友於至薄，亦非中正之道。'故吾嘗誦何先生語以自儆，而惟恐其或出於此[2]。斯兩全之善術也。今并以告蔣子，俾交勉焉，則吾兩人之交，雖從此以往又三十年如初也。"

交道無藥醫，此服藥于未病之前者也。然有一味引子，東坡先生云："此事以臨利害不變爲難也。"是引子也。（自記）

論詩、論道、論交可謂三不朽。文之篤摯層折，兼韓、歐之長矣。（徐蘭生）

外父王養所先生九十觴詞

由丁未之歲上溯至於甲戌，濬侍兩先大人去其鄉黄岡而僦舍於金陵居焉，凡距今有三十有四年矣。而吾外父封公王養翁先生以是年季夏巋然壽登九十，當世榮之。蓋前此歲在丁亥，外父壽登七十；歲在丁酉，外父壽登八十。濬概以遼絶之蹤，不獲登堂執斝，又力不能走一介之使，子婿之禮，缺然西望而搔吾首，無可如何也。獨今歲閏夏，客維揚，逢内弟雪洲太史，雹之茂才，相勞苦問訊，不數時言别將歸而稱觴焉。濬即不能往，而得附兩兄之便，以將一念之慇懃，其又容已乎[3]？顧且思之，不第在禮不以貨財，而語言文字亦各自有其分。夫以吾外父道德之滿衍、門第之赫奕、子孫之多且賢，此人人所能言，無俟濬言者也。以濬始識事，見外父諸老交若甄司寇錦石、晏太宰元洲暨先君子，晨夕聚首，若兄弟歡，今昔之感，此又濬所不能竟言者也。

---

① 乎，康熙本作"哉"。
② 其，據康熙本補。
③ 已，康熙本作"自已"。

漢世重高年，九十者尤隆禮，矧榮封重疊如吾外父者乎！則從此遐齡以數百計，當必蒙安車几杖之賜，與庶老殊等。此又自有言者，而非濬野人所宜言也。然則濬分所當言，足以發外父千里之一笑，而爲垂白之婿，油然而一引滿者，其惟疇昔知己之言與？蓋濬嘗記方兒時侍外父，外父喜而語濬曰："吾夜來夢城中報會元，人傳爲吾婿。吾亟索題名視之，果然吾婿。必勉之，吾夢行驗矣。"會元者，世俗會舉首之稱也。又濬出就童子試，輒遇知賞，餼學宫，外父益心喜，更舉前夢相勉。己卯，濬省試，既擬冠賢書矣，復以語犯忌諱置乙榜。外父以爲終必得也，舉前夢相勉如初。乃無幾何而滄桑驌目，濬一旦舉殘局棄之不復顧，漂泊於東南，晞謝髮而乞陶食，會元之夢竟何如哉？正使真得之，不過一夢，然世俗之見豈肯如此乎？

夫古今翁婿相知稱樂廣、衛玠，然不過清言標令而已，無足多取也。惟晏殊之知富弼，杜衍之知蘇舜欽，差有可稱，豈以具眼如吾外父而顧不若乎？不然也，今請設三説以佐典籌[①]。倘外父以謂會元之盛莫逾王唐，然使王唐在今日不過如吾婿，而吾婿之不爲王唐乃所以不愧王唐，吾夢必如是而後謂之驗也[②]，是真知己也。請舉一爵。倘以謂會元美名也，而闒茸嘗得之，天下士顧常失之，今吾婿乃研精古文[③]，修復昌黎、廬陵之業，寧肯以彼易此，吾夢何必驗，又何嘗不驗耶？是亦知己也。請舉再爵。倘以謂吾婿實可以會元而僻錯自廢，致負我佳夢，吾惜之殊甚焉。是猶然知己也。請連舉三爵何如？噫！濬於是時亦年垂六十，老矣，而獻壽之言如此，豈非知己之感與？南山無極哉！自此以往，再舉三萬觴可矣。

將無窮身世之感，以一壽文寫之，却又興致欲飛，無一殺風景語，還他爲壽正格。文章之工至此。（王西樵）

---

① 請，康熙本作"敢"。

② 是，康熙本作"此"。

③ 乃，據康熙本補。

六十自序

歲庚戌，立春後三十有三日，杜子齒登六十。蓋至是先君棄養已五年，先慈棄養已十一年，杜子去其鄉三十六年，去其域十四年又十二年。嗟乎！人生遭際至於如此。而於是日也，猶欲吹笙制錦，聽信兒輩丐人不入耳之言來相垢污，苟以塗飾人之耳目，是無心肝也。吾豈爲之哉！於是兒輩具曉老人意，不復有所妄動。老人得晏坐無事。適几上有墨瀋黝然，豪素楚楚，老人試一拈弄，無所寄興，則聊用自識其生平之志趣與年俱變，凡經三變以至於今日也。

方年少時，自負才氣，念欲登上第，衣緋乘傳，齎三代誥命，歸拜兩親於堂上，而命數阨其前，場屋裂於後。壬午再乙，其事遂往，此既一局矣。中年值用武之世，亦思提十萬師横行其間，運籌決策，戰必勝，攻必克[①]，使麟閣圖吾形，而勳業照耀於史牒，良足愉快，稱奇男子。顧此事非可以獨辦，而一時談兵者皆妄人，且意在反覆，無足與言，則誰與共馳驅哉！此又一局矣。馴至五十稱始衰，無復當世之志，惟有山水之好，思褰裳從之，雖戎馬戒途，足迹不能遍，而東南近地，若豫章之廬阜、新安之黄山、浙東之天台、雁蕩，猶冀深遊焉。而又有落吾事者，衣食於奔走則日不暇给，因循於歲月則筋力浸衰，畫餅之譏，何由解免邪？此又一局矣。三局屢遷，無一成事，則六十老矣。從此以往，倘荷天假之年得如兩先人，則二十年中豈堪復作遊子，顧不一勞不永逸，誠願先以一年努力忍辛苦，北走燕市，投知己故人，爲碗飯粗足息肩養耻之計。然後歸而閉户，究經史未竟之業，尋古人已墜之緒，并自删訂四十以後所作詩、古文辭定爲一集[②]，而焚棄其不欲存者，是其用意猶不能不在於傳哉，則又未知其可得乎？不可得乎？噫！不如飲酒。

陶鑄《史》《漢》、歐、王，而出之以遒潔精警，猶之《出師表》《桃花源記》《送李愿歸盤谷序》，古今絶不容有兩篇者也，元不作壽文觀。

---

① 克，康熙本作“取”。

② 辭，康熙本作“詞”。

○一筆自傳神，直是奇絶。（朱近修）

胡曰從中翰九十壽序

憶余自客金陵即交曰從胡先生，於今四十年矣。曰從以今癸丑秋九月巋然壽登九十，而先期誡其二令子，曰："必毋乞言。無已，則吾社中舊人有杜子于皇，年亦六十餘，尚能古文，不爲浮詞誓説，從來深知我，聞其時時念我，欲贈以一言，及是其可乎？"於是其二令子來余草堂，再拜，具述尊君指。而仲子致果與余爲席研交，亦且三十年，世好彌篤，尤三致意焉。余欣然承之曰："此固余心也。"然余之所以知翁而思見之於文章者，豈尋常里巷之説哉？

夫翁春秋至九十，則其爲世士所睹聞，非一日矣。生平孝友之行孚於鄉黨，真實之誼信於朋友，博雅之學著於天下，固無俟予言矣。余所以深服翁者，翁忠愛骨鯁，負俶儻之畫策，非常人也。當甲申之歲，天崩地坼，亡其六璽。時留京立君，封拜紛然，須璽書急，無有。翁素精籒斯法，而身在輦下，目擊新政無終歲之計，乃作而歎曰："斯何時哉？而可以如此乎？吾觀自古國家不幸而遘難，則太學諸生往往忘軀效忠，吾其有以處此矣。"於是齋戒致誠，閉閣考古，手鐫御寶，而撰《大寶箴》一篇，藉寶以獻。蓋其用意在箴不在寶也。言甚切直，尤足慨者，謂祖宗大寶自天啓七年以來爲宦竪所弄，寶墜於地，雖繼以明聖，有堯、禹之憂勤，而獨力無輔，僅能援既墜之寶，至於十七載，而終於不能久留，以有今日，則今日當何如痛心疾首，祈天永命，用光復此寶。《易》曰："開國承家，小人勿用。"《詩》曰："天難諶斯，命不易哉。"守寶之道在斯而已。其略如此，不作韻語，慮弗省覽也。既得上諭，所司收新寶而官本生中書舍人以示恩奬，然意在寶不在箴矣，改弦易轍，無聞也。翁語所親曰："昔南宋陳亮上書言天下大計，朝廷不能用，議量與一官，亮不受，曰：'吾欲爲國家開數百年之基，豈用以博一官乎？'即日渡江東歸。吾雖才不逮亮，而所遭適類是。天下事真不可爲矣。"自是遂絶口不及世務。厥後嘗獨處一小樓，足不履地者三十年。雖金石、古文、法書、墨苑，其生平所好，然至是聊用排遣，直寄焉爾。

仲子負才知名，翁每教之，啜菽讀書便爲奇福，不可放心外慕，仲子佩服惟謹。老患耳聾，鮮不謂苦，翁輒喜曰："得不聞世事，何其幸也！"迹是觀之，翁何如人哉？蓋翁嚮操壽國之術，朝廷不能用，退而以壽其身，裕如矣。昔西漢平帝時，梅福上書論王氏見忤，遂棄家隱吳市門，後竟得仙。今推翁出處法亦宜仙，仙則其壽不可以數計，則其爲九十者，豈但倍之云乎？蓋余之知翁，祝翁惟其大者如此，宜翁以余爲知已①，而有取於不腆之文也。

孟堅之淵古，明允之矯健，九十翁常有，此文不常有。安定先生傳矣。叙《大寶箴》一段，《史》《漢》所不及。（黄雨笠）

劉季英處士七十壽序

常熟，東南之望邑，而應山楊忠烈公過化之地也。當忠烈之令常熟固已有神君之譽，其後入總臺綱，輒首疏擊逆璫，直聲赫然震天下。至今讀其《二十四罪疏》，猶令人眥裂而髮指，爲之心悸，何其壯也！其直氣之所感，由是不及數十年遂有其邑之瞿稼軒先生與江陵張別山先生，同日著節烈，駕風霆而挈日月。此常熟之再盛也。其窮而在下者，則有諸生錢泓毅生之患難，而劉季英處士以知名焉。毅生負耿介之性，爲其所不能，至於力盡氣竭，困踣顛頓，計畫無所復之，與溝壑爲鄰，而故人皆莫之恤②，處士獨奮曰："誠如是，則朋友之道絶矣。彼藏張儉而芘趙岐者，何人哉？"於是延致於其家。處士亦家故貧，乃推解而衣食之，又以女妻其子，以子北面受經焉。然後，毅生得全活令終，劉處士之力也。

嗟乎！江河不返久矣。貞氓誼士不過其性不可易，危言危行，踽踽凉凉，耻與無所不至者雷同耳③。而小人枉作，遂擯之不遺餘力，則亦過矣。今毅生往矣，而處士巋然齒登七十。人之爲善，曾何負於生

① 余，據康熙本補。

② 恤，康熙本作"顧"。

③ 康熙本"耳"後有句："謝靈運《自明表》云：'不闻山棲之士而搆逆節之釁。'其言至明白矣。果何罪乎？此正史乘之所收邦家之所重也。"

平哉。顧事必有所本，而風必知其自。故曰："聞伯夷之風者，頑夫廉，懦夫有立志。"語云："蓬生麻中，不扶自直。"非適然也。蓋必先有楊忠烈公之忠，而後有瞿與張兩公之節。今處士義至高，雖其所表見不得上比於三鉅公，然歲之相後不及百年，地之相去不及十井，而一氣感召，處士由之興起，豈有二致哉？余故因其子士泓、其孫宬不遠七百里以獻壽之文來謁[1]，爰樂爲撮其過人之概，列三鉅公之後。太史公謂夷齊爲附驥，斯亦近之與！今三鉅公既上爲列星矣，而處士久視人間，形神雙妙，有仙之道焉。子若孫持此文歸，而介觴處士且傳，豈但以百齡計乎！

先生嘗言，作文當祖《春秋》而輔以論世，如微顯闡幽，《春秋》法也。然在今日，只宜闡幽而不宜微顯，何則？以今日雖顯亦幽也。故此篇既藉三鉅公以闡兩生之幽，而又因闡兩生之幽，益發皇三鉅公之顯，《春秋》之法，至此乃活。天理即人心，文章百世之師於是乎在。（黄書思）

文章家爲人立一小傳，亦僅撮一二可傳之事，況壽文本無定法乎？居然賬簿者，真俗筆也。（自記）

孫桴莽六十壽序

孫子桴莽交杜子二十年，久而彌篤。或問杜子："何與孫子之深也？"杜子曰："余服其好善也。孟子曰：'其爲人也好善，好善優於天下。'孫子是也。"或曰："吾聞孫子以詩文爲嗜欲，以朋友爲性命，以四遠爲比鄰，然其道廣而愛博，孫子之好善無乃過乎？"杜子曰："余服孫子之好善也，尤服其好善而過也。"或曰："過，固足尚乎？"杜子曰："今世道人心日趨於忌刻至矣[2]，見一善焉則退而修謗，謗必於其所甚矜之名，而鑿空以爲相反之説。彼君子者，身在千仞之上，固不屑與之辨。然而，中材之士遂因之以不勸，此善人所以日少，非細故也。"當

① 康熙本"謁"字有句："而士弘與其弟士毅俱讀書明大義，可謂克肖。宬復甚文，志趣不凡，從余遊未可量也。"

② 今，康熙本作"今夫"。

斯時也，得僅能好善者曾不足以救之，必得好善而過焉者，始稍稍有救之道也，孫子是也。即以余論，固亦好善者，然以語風世，斷不能如孫子。蓋余之好善也，非其善弗好；孫子之好善也，好而忘其非。

夫好而忘其非，猶曰吾之好善也，至於斯極云爾。夫必好善至於斯極，而後忌刻至於斯極者，乃有其人以敵之，孫子是也。《詩》之美文王曰："周王壽考，遐不作人。"言在上之君子好善而長養人材，則天必使之多歷年，所以收悠久之效。然則好善而在下，其氣力遠不如在上之人，則其予之壽考以收悠久之效，必且不吝倍之，兹非吾孫子與？余長孫子二年。今秋孫子齒登六十，來懇余曰："君不可無一言。"余惟以孫子之好善及余好孫子之好善證之經傳，於法皆宜壽，而孫子之好也甚，則其算宜尤修哉！遂書其説，以代一醻。

好善忌善，兩相形處，洗發刻露，惟子瞻有之。忽入壽意，自在安雅，了不著相。至平之論，至奇之文。（譚灌村）

孫公調七十壽序

天下尚禮樂則公卿貴，天下尚干戈則處士貴，理勢之自然也，故處士之盛莫如戰國及東都之末。戰國之處士若莊周、荀況、田駢、慎到之流，著書立言，以才勝者也；東都之處士若郭泰、黄憲、申屠蟠之流，砥礪廉隅，操當世之清議，以節勝者也。其在今日，則著書立言，徒以迂闊取誚，而當世之清議亦無從而操之也，故處士之道於是乎一變。約略論之，大率明於大義、淡泊自守者，上也；和光同塵、不夷不惠者，次也；趨權附勢、貨殖自封者，下也，亦不足以辱處士之名矣。

吾友孫公調先生，所謂處士之上流也，孝友性成，植根既固，家故不貧，常有先人遺券不下千金，公調視其人多不義，遂舉而盡焚之。弟妹嫁娶之費悉自己出，馴至屢空，晏如也。晚年，静掃一室，圖史自娱。素妙於書法，摹古揮豪，往往忘倦。操縑素而求書者，座下常滿。史載蔡中郎棋登逸品，公調有之，然不肯挾技以遊貴勢之門。與人交，和而有禮。每與余酒酣論起，輒義形於色，非悠忽自將者也。有子曰鯉，負才能文，餘力及詩。每奏一篇，公調欣然解顔，未嘗以妨帖括示誡，有纖毫塵俗之見，真樂有賢父矣。交余四十年，余敬其修潔之品，始終如一，胸次翛然，絶無渣滓。東坡先生有言"身心空閑，自然得道"，則公調七十以往之年，正未可量，其猶君家之思邈乎[①]？其子以余爲深知乃公，來請一言，介羽觴以獻壽。夫余於請爲壽文者，常屢却顯人矣，獨於公調不稍吝焉，此士之所以貴也[②]。

議論不磨而謀篇至潔，後有良史，定當采作《逸民傳》叙，與孟堅頡頏耳。（李杲堂）

陳階六社長七十壽序

吾友陳階六先生，文人也，顧嘗自號楚州酒人。屬余爲之歌，歌成而先生擊節稱賞，以爲絶倫，爲余置酒，召寇生捧觴，盡醉極歡然後罷。此三十年前會於金陵事也。此會居其中，而在前在後者，可以舉其略，余嘗默識之。蓋此會之前十餘年，余遊玉峰，偕萬子允康訪先生於當湖治所。是時，先生以庚辰之文章雄視壇坫，方克勤吏治，廉能稱兩浙之冠，未嘗慕酒，人而以爲别號也。此會之後又二十餘年，予晤先生於廣陵，山左宋荔裳亦在，相與談讌浹旬，乃知先生中間亦以才爲世用，敭歷中外有年，於是且將息機焉。而"酒人"之歌猶能舉其詞，"酒人"之號未之有改也。以是衡之，則知先生之不爲酒人者，僅正筮仕之初[③]，年三十餘許時耳。自號"酒人"以後，由四十、五六十以至於今，巋然壽登七十，固皆"酒人"之年也。甚矣，先生之善自託於酒哉！其醒可及，其醉不可及也。

昔韓昌黎讀《醉鄉記》，以爲東皋子蓋有託而逃。夫東皋子可以無逃者也，則其逃爲太過，不如先生遠矣。余與先生同庚而酒腸甚迮，自號"三杯酒徒"，乃"酒徒"之最下劣者。然其至醉鄉也，三杯捷於百觚，故余之登七十亦先於先生數日。負藺矢前驅，將爲先生整頓

① 乎，康熙本作"歟"。

② "夫余"至結尾句，康熙本作："余固不爲壽文者，常屢卻顯人矣，獨於公調不辭。嘻！此處士之所以貴也。"

③ 正，康熙本作"在"。

糟丘，洗瓢潔觶焉。此豈無據哉！原夫載籍之中，凡言起舞爲壽，壽非他，即酒也。故爲壽而津津談酒乃爲正説，餘皆旁説。余之壽陳先生，正説也。

文心文眼，全在縫裏，細入秋毫，使觀者目眩古今，如此奇文，不知有幾。（范性華）

痛痛癢癢，冷冷熱熱，整整斜斜，啼啼笑笑，不可解而可解，可解而不可解。嗟乎！先生欲不犯造化之忌，不可得也。（袁昭亭）

吴伯成先生五十壽序

文章家恒以壽文爲非古，此謂世俗之壽文耳，而亦有不可例論者。昔吴門申文定以少師首輔致政家居，壽登八十。嘉定名士婁子柔爲之文，僅三百餘字，而且謂文定枋政不能如前人任勞任怨，功在社稷。前人者，指江陵張文忠也，其簡直如此。吉水羅念庵先生爲《毗陵唐太公七十壽文》，通篇講道析義，以荆川爲之子而不之及，其超脱如此。蓋二公者，或言人所不能言，或不言人所能言，舉夫卑佞之浮談與誇美之庸態一掃而空之，故文章與交道彪炳獨著。作者如此，則雖謂文章莫古於壽文可也。濬嘗讀而韙之，思得效作一篇以嗣兩君子之響，而投之必謹擇其人，其惟吴伯成先生乎？

先生以蓋代之全才，極一時之殊遇，建不世之奇策，此人人所能言，而濬不言人之所能言者也。然則言人之所不能言者當如何？濬觀自古豪杰之士，身都將相，名垂竹帛者，代不乏人。惟漢之留侯、唐之鄴侯風流獨不可及者，何也？蓋二公蹤迹高妙，去留無所繫，以道自持，沖而用之，進而謀王斷國，退而居閑處獨，皆各有所據。若神應以濟世①，不逐物而忘返，是以可貴也。故子房遇漢高嘗一再辭去②，及佐漢誅項報韓畢③，遂辭三萬户之封，願從赤松子遊。長源仕唐④，

① 神，康熙本作“悶”。

② “子房”後康熙本有“受書于黄石，其”六字。

③ “及”後康熙本有“韓滅于項然後一意歸漢”十字。

④ “長源”後康熙本有“分芋于懶殘後”六字。

歷四帝，史稱其功[1]，然方其居相位，日求還衡山[2]。二公之風流，信乎其偉矣！今先生之年，初登五十[3]，斯民正賴其展布，殊非從赤松而思衡山之時。然可以常存此意，則浮雲蟬蜕之概有足以廉頑立懦，爲百世之師者。

昔子房、長源不聞有沖舉之事，而天下後世咸望之縹緲若仙者，凡以此耳。濬雖老矣，然以先生曠世知己，届斯辰也，亦當不憚跋涉，登燕喜之堂，袒鞲鞠跽，躬奉一卮，然後爲快。而不能者，説在《易》之《旅》，僮僕資斧未易言耳。故謹直寫其胸中之所見，庶幾所謂不言人之所能言，言人之所不能言者。依風拜手，以代芹獻。蓋以留侯、鄴侯望先生，不可謂不敬；託於神仙之指，不可謂不切；文成七百餘言，不可謂不多。尚未知於昔之兩君子，簡峻之文可以續貂而列於古文之末否？然世俗之文，吾知免矣。以天下士遇我，亦以天下士祝之，其立言固如此。先生其爲濬留覽數過，以爲是文也信不妄作，不以三千里爲隔，而爲濬逌然而連舉大白乎？濬計程再拜焉！

吴公學富文雄，才略蓋天下，而道眼至明。茶村此篇乃知公之深，皆其意中語，非好爲異論也。想見公得此文時，擊節稱賞，爲連舉華觴，雖數千里而遥宛如目睹也。以奇文壽偉人，猗歟盛哉！（朱裔三評）

熊青岳先生五十壽序[4]

天之於人也，或遇之厚，或遇之薄，人所知也。厚遇之而并不使受厚之累，薄遇之而并不使收薄之益，精思而曲暢，以各臻其極，則人未盡知也。蓋天厚是人，則其道必亨。亨無所不宜，而有一不宜曰讀書，何則？有亨之事，以奪其時也。而天則精思之，俾不失其亨，而又不奪其讀書之時。是時也，又以直道不阿得之於是。心無愧怍而讀

---

① “其功”後康熙本有“不讓魯連、范蠡”六字。
② “衡山”後康熙本有“迄不負十年宰相之言”九字。
③ 五十，康熙本作“始滿”。
④ 熊，據目録補。

書益有味，則曲暢其厚，而厚之至矣。天薄是人，則其道必蹇，蹇則無所不礙，而有一不礙曰讀書，何則？有蹇之暇，以精其功也[①]。而天則精思之，俾無改乎蹇，而又不與其讀書之時。是時也，又以羈孤遊走失之於是。心益選懦而讀書疑非分，則曲暢其薄，而薄之至矣。斯二者，不但厚之至者，爲世不常有。即薄之至者，亦世不常有也。乃一時有之，厚之至者爲青岳熊公，薄之至者爲茶村杜子。兩人者，生同鄉，學同術，出與處同志，而天獨不同，遂不如遠甚。是可不相提並論，用見造化之妙也哉。由是推之，讀書所以窮理，公既盡性至命，克紹考亭，余雖發憤忘食，僅亞永康，是精粗弗如也。讀書所以論世知人，公如建章之程材，必十圍始勝棟梁，故非三代盛時人物不喜道。余如里醫之用藥，惟求其所急，故如春秋之管夷吾、近代之張叔大，皆欣慕爲之執鞭。是其高下弗如也。至於詞章，公爲有本，余乃剽學，其深淺弗如也。

客有獻疑者曰："吾夫子五十知天命。今熊公五十，而先生本天以立言，得之矣。但深論天人之際而形容其分別厚薄，事事自謂弗如，倘亦未盡然乎？即如熊公今年齒登五十，再五十年爲百歲，君今年七十四，再二十六年亦百歲，雖到有遲速，而其爲耆壽均也，豈亦有不如乎？"余應曰："此其所以尤不如也。蓋壽之爲言，同體而異用。杜子多壽，適以多其無家之感、失學之悲、君親未報之恨，乃天之用壽以爲薄也。熊公多壽，則以其寧静淡泊之操，必且讀盡藏書數萬卷，中間一出而福蚩蚩之氓，亦未見其必不可，此乃天之用壽以爲厚也與？"

一篇本天立論，雙行到底，却是爲青岳先生壽，未嘗旁溢絲毫。其開闔層折，洗發精透，按之乃至平至確之論，真宇宙有數奇文。近代歸熙甫集中，壽序最多，然何能有此！（李秋水）

吴威克六十壽序

譬諸百昌，富貴，桃李也；文章，椒蘭也；忠孝，松柏也。當桃李發

---

① "以精其功也"，康熙本作"以與之時也"。

榮、椒蘭馥烈之日，松柏未嘗降格。然人不過挹其青翠之光，仰其端儼之容，以爲是與桃李、椒蘭各有其美云耳[①]。及夫草枯木落，冰霜固結，一望皆陳根宿莽，無復生意，以爲化機泯絶，長此已矣。而松柏青青，寓目一見，然後知天地之尚在，而三陽遞進，可計日而待也。則其留造化之迹者，松柏而已矣。他何與焉？忠孝亦然。當世值郅隆，富貴文章，華實並茂，非不侈談忠孝，然不過以爲與富貴文章同爲可慕而已，不知其可貴殆倍屣千萬而無算也。及夫風俗移人，三綱淪而九法斁，世道蕩然，陸沈在目矣。而忽有忠臣孝子挺生於其間，違衆而獨立，邁往而不顧，彼富貴文章既已湮爲異物矣，而忠孝不磨，則世道忽有起色，然後知人心之尚在，而《春秋》《孝經》之道尚有時而持世也。蓋舉天下之務，無以加於忠孝有如此。然士君子顯晦以時，忠或無從表見，而孝則竭力忘勞，人人可以自盡，則孝尤其至哉[②]。

余固以老懶寡作且戒作壽文，乃有以吴君威克六十開帙之文請者，曰："此孝子也。"余詢其孝之狀，曰："得毋己實牟利而歸諸父母，曰吾以爲養者乎？"曰："非也。""得毋己實好官而歸諸父母，曰老父老母欲之者乎？"曰："非也。""得毋己實鮮耻無所不至而歸諸父母，曰過庭教我涉世之道，當如此者乎？"曰："非也。蓋吴君之先人華元公，名流也，以宦遊於黔終焉。吴君年方成童，聞之辟踊哀號，絶而復蘇，乃孑身重繭，走萬里扶櫬以歸，卒正丘首，計距今四十五年矣。闔郡人士稱道不衰，其爲實狀何疑？"余曰："審如是，則真孝子也。使余得之傳聞，猶將私爲紀載，矧丐之使言乎？"因憶昨年遊吴門，客有爲余言其郡中某巍科，某膴仕者，余笑而不答；有爲余言某以文章自負者，余左右顧；有爲余言某山居簡出，不交接當世者，余首肯久之；有爲余言黄孝子，其父官粤西，年六十餘遭亂阻兵，音問斷絶，孝子崎嶇走萬里，辛苦萬狀，卒奉親以歸者，余不覺起立，拱手致敬，曰："是貴地人物之豪，風俗之美矣。"今吴君之事，仿佛黄孝子。然黄孝子幸迎親於生還，而吴君之遭際弗如，其事有更難而情有更苦者。吾比忠孝於松柏，若黄孝子，其干霄直上，而吴君其夭矯偃蓋者乎？如松柏之壽，

---

① 耳，康熙本作"爾"。
② 至，康熙本作"聖"。

《三百》言之矣[①]。若夫孝子之有子施報，自然見義必爲，孝該百行也。舉不必更僕數，惟是以君之孝而得余之文，君固可以傳百齡，何足言耶？

耑主一孝，綱舉目張，此法非創，第諸君不察耳。○黄孝子如不速之客，一篇而得兩孝子，文章之幸也。（自訂）

補觴説隱君，諱志岳，休寧人

文山吴隱君既捐館一年，其季子貫勉尊五氏始交于余。一日，改容再拜請于余，曰："維不孝先人有未讎之言，爲人子者不敢一日忘焉。"余問言云何，對曰："先人在日，嘗呼不孝而語之曰：'小子識之，爾父但願得如爾祖之壽足矣。加多則逾，不及則忝。吾不願也。'他日數言之，不孝耳熟焉，而獨心以爲益是至百齡？豈多乎？奚必如是而止耶？蓋吾祖享年七十七，而吾父行年至七十六，私喜彌年而躋祖算，使人稱之曰父子同壽，無難矣。乃不意即以是年乙丑季秋棄不孝孤也。在先人無所恨，而不孝孤深用疚心，何天之吝此一期，使不孝孤竟不獲斑衣百拜，奉七十七歲之觴，睹吾翁之逌然而一笑也！今丙寅季夏十九日，是爲先人懸弧之辰。不孝謀于是日，抑哀申慶，曲遂先人平生之一念，用毋負小子識之之一言，不識古嘗有此乎？"余曰："古未有此也。然而是舉也，聖人之所不禁也。孔子曰：'之生而致死之[②]，不仁而不可爲也；之死而致生之，不智而不可爲也。'是故制爲明器，竹不成用，瓦不成味，木不成斲，琴瑟張而不平，竽笙備而不和，有鐘磬而無簨簴，是固然矣。然而，又曰：'事死如事生。'入室，僾然必有見乎其位；出户，肅然必有聞乎其容[③]；出户而聽，愾然必有聞乎其歎息之聲！此又何也？蓋《記》有之。先王制禮，使賢者俯而就，不肖者企而及，夫賢與不肖豈同類並論哉！賢者少而不肖者多，賢者常過厚，不肖者常過薄，聖人之意特用賢以制不肖，以爲賢者猶不敢過禮，

---

① 三百，康熙本作"三百篇"。

② 之生而致死之，《禮記·檀弓》孔子之言作"之死而致死之"。

③ 容，康熙本作"容聲"。

何況不肖者敢不及禮乎？其實優異賢者不有過厚，何以矯過薄之失乎？江河不返，則人道之滅久矣。屈原、申生，亂臣賊子之藥石也；伯夷、叔齊，莊蹻、柳跖之刑罰也；蘇武、洪皓，蒙面忍耻之鈇鑕也。聖人于此有微權焉。是故魯人有朝祥而暮歌者，子路笑之。夫子曰：'由，爾責于人，終無已乎？'似乎尤子路之過矣。乃子路出，而夫子卒以歌者爲非。是即可以知聖人之終誡人之尚薄，而終許人以寧厚，陽抑而心然之。於此可見一端矣。故曰：'敦厚以崇禮。'薄者不知也。烏有事關君父而防其過厚者乎？今子之補觴先人，蓋本于至厚，庸何傷？矧有疇昔過庭之言，此其尤不容已者也。不容已而已之，以此爲俯而就，聖人必陽與而實不與，以爲不達吾意也。"尊五曰："然則當何以將事？"余曰："在禮小祥而練，練則可以假借一刻之權，暫釋首絰腰帶，和氣婉容，繞膝而前，蒲伏捧觴，仰瞻木主，長跽三獻。至于逝者服玩，自從其吉，陳設粲然。衣履之外，如子先人生平好書則陳其所讀之書，生平好善則飯以仁者之粟，旨酒思柔而琴瑟在御。既醉既飽，油然而退。哀與樂半，其謂是乎？過此，祥琴未聞治命，則酹而不觴可矣。"是爲補觴說以慰吴子，且以風世云。

根本經術、關繫綱常之文如此，何曾有點腐氣板樣？直令讀者心服而已。（吴雨若）

經權異用而同出，惟夫子知之。所謂"禮樂征伐自天子出"也。孟氏已不得其指矣。考亭、象山都從門外過。（自識）

文五　潛江甘鵬雲校

變雅堂文集　卷六

張侍郎傳

張侍郎，名伯鯨，字瀚伯，江都人。生而敏穎。自爲童子，受書即務求大旨。爲人克謹孝悌[1]，務合先聖法言。屬文華實並茂，澤於經術，其學以循理治氣爲主。嘗曰："天下至不齊者境，而吾以理持之，即安往不得其正？何事足動吾心，暴吾氣乎？"真得孟氏之傳矣。中萬曆壬子鄉試，丙辰登進士第。除會稽知縣，改知歸安縣，察廉不阿，邑紳有居政府者，弗謂便也。徙知鄞，鄞故句章地。公力變積習，扶植鰥寡，挫抑豪强。由是聲名流聞，浙東、西無與比。然遂有痛銜之者。

乙丑朝覲計群吏，公治最高第，擬擢吏部司屬，而向之銜公者爲柢牾銓地持之。當是時，大璫弄柄，天憲王爵，由其喜怒，冢宰修人子禮惟謹，凡考選吏部給事中、御史，非出其門不可得。稍倔强者，或罹奇禍。復值楊、左、繆、李諸君子封事劾璫，赫然陳屍，璫益因以立威，震讋群靡，莫不匈匈病悸。或以啗公，曰："君曷從乎？由此則銓司，由彼則北司矣。"公爲若弗聞也者。然以潔廉無可捃摭，止調簡知河南盧氏縣。當三藩之國，臺檄所屬有司，於分派地界治帳殿供具，鄰邑騷然，民不堪命。公獨逆謂："親王駕半警趩，水陸皆有坦途，此瘠邑崎嶇萬山中，從官導引，奈何出此？徒勞民無謂。"獨不治邸，吏危之，曰："脱至，奈何？"公曰："令在此，無憂也。"已而，果不至，一境獨安，咸以公爲神。公笑曰："何神乎？吾以理斷之耳。"

---

① 悌，沈氏本作"弟"，據康熙本改。

以外艱歸。崇禎二年，服闋。先是，公以不附璫，朝夕慮不測，死無所名。至是先帝英斷，磔璫如腐鼠，門生義兒輩略盡。公喜，展布有地，慨然以廓清内外爲己任，誓一切不避險難，故從此事先帝十七年，始終兵餉，勞瘁不可名狀，卒以死報國無所憾，非漫然矣。入爲户部主事，管理章奏，尋理延寧糧儲。人謂章奏煩局，邊儲危任，連授一人，非部差故例，公可以有辭。公毅然曰："是何言也？人臣不急公久矣，咸執故例爲趨避，是市易之道，非所以自靖也。延寧流寇所自起，而與插漢爲鄰，兵所以不盡死力者，良由餽饟無漢蕭何、唐韓滉其人耳。某雖不才，方將請以自效，又可以故例辭乎？"聞者壯其言。急裝趨榆關，單騎按行，稔其瘠弱①。蓋此鎮自黄甫川西至寧夏一千五百餘里，吉囊等部落住牧切近，區脱無幾，而其地不産五穀，芻糧皆仰給腹裏鹵掠。魚河則餉道回遠。年來中外多故，蕭然煩費，軍儲不供。自賀蘭山沿黄河至漢唐二集，歷花馬池，向所稱險固沃饒，精兵勁卒處，今皆髑髏相枕，殘黎僅可指數。空城遠戍，一望悲風朔雪，寒心銷骨而已。公攬轡熟籌，以謂此地民無起色，即兵何由飽？於是累疏極言延綏危苦狀。時先帝方厪西顧，前後俱報可。公乃多方通商，越窮徼醜地，往返甘凉間，潛運米豆，課民蒔蔬，以資糧乏。又仿祖宗邊商中鹽遺意，立官賣法以充發䡖，軍民兩便，頓異昔觀。公雖專主餉而嫺於兵略，耻爲避事俗態。流寇不沾泥乘旱寇石窑，將攻鎮城。公趨幕府爲畫策，立擒之。天子知公能，陞榆林中路按察司僉事，屬意且大用矣。公即請兵剿賊點鐙子、王左挂於萬佛巖，馘之。又剿金翅鵬、一座城於鹽水關，親歷行陣，斬首萬計，插漢兒賢王古路亦就戎索，款塞内附。其廉武焯爍著西北邊，仿佛"凉州三明"云。

崇禎六年，晋巡撫陝西都察院右僉都御史。公豫策："我新任，而舊撫出師，將領奔命，插酋必將乘虚入犯。"密戒諸將，無得離泛入賀。暗授方略，設伏以待。是日，方受節，捷至，斬首三百二十級，獲馬匹、弓刀稱是。插罕寇雙山，擊之，斬首百二十級，由是慴伏，終公任，不敢動。論魚河堡功加俸一級，子封三代如其官，廕一子。當是時，公氣吞九塞，謂五原克捷，朝廷威嚴，即内寇自靖。其本謀也。

---

① 稔，康熙本作"穩"。

值内計用小役請恩澤不得,造蜚語,御史倪成章以奏。公辭不讎,有旨諭留,公力請罷,乃聽解任。公還里,搆灌木山莊,雖時弄巵酒,覽書林,而目擊時事,樞本摽末日益壞,聖天子孤立,無公忠憂國之臣,僞君子、真小人相與釀成魚爛,將遂不可措手。嘗蘊憤意不樂,或中夜起,繞牀彷徨歎息,聲達寢外。

崇禎十一年,天子憂賊甚,圖一舉撲滅,大治餉。思公延寧成效,於是詔論公雙山功,起家拜户部右侍郎,督理楚餉,辦剿賊張獻忠於襄陽,督師閣臣楊嗣昌、鎮帥左良玉軍,食壹於部給,合計餉額歲三百八十萬。而嗣昌爲人,苛嬈迂曲,細已甚,又愎自用,不能諳公畫。良玉病,不能用衆,多收群盜亡命,擄掠劇於賊,怯戰養寇,糜餉不可計,顧反謂餉縮。公爲披籍,乃更羨,良玉慚曰:"吾不可見張侍郎。"然猶心伺公。及公拒,協濟千金,乃齚舌。

崇禎十六年,入爲本部左侍郎。陛見稱旨,改兵部左侍郎。部尚書爲慈谿馮公元飈。元飈,故長者。第苟見上前用嘉靖中丁汝夔故事,斬兵部尚書陳新甲西市,恐懼不敢任事,無何移病。公掌部事,獨不爲前郤,厘舉措置,一秉公正,應機宜。上褒嘉之。會冬召對萬歲山,步行觸寒,足疾大作,伏謁不能起。上目中官掖張侍郎起,退而患益劇。公念此時軍書旁午,人臣非任即去,寧可在官養疾廢公家務乎? 遂乞骸骨。章七上,乃得旨以原官致仕。行至山東,聞國變,公拊膺大慟,曰:"使臣不得從皇上者,疾爲之祟也。昔臧洪、田疇以一介事辟命之主,猶誓死必報,况臣天子大臣,有不梟誅逆賊者,目何以瞑?"歸里,晝夜泣。隨聞南都文武方議迎立,公喜討賊有主,將赴行在,表出師。而形勢一變,群小肆於建業,其渠魁大憝至仇視先帝,言義旗北向者禍不旋踵,而且盡撤江北之旅,爲彎楚皖之弓。公聞之,抵几曰:"事無可爲矣。徒令先皇帝怪我久遲不死耳。我必死! 我必死!"嗚呼! 是猶崇禎十七年也。

明年淮耗至,公曰:"是吾死所也。"邑人紛紛避去,公不動;親知番説,公不應。城陷,兵衆至,公冠服端坐,揚揚自稱:"張侍郎今日明白死。"兵衆半南人,或嗤曰:"好箇大模樣,蠻子都愛官,爾獨愛死耶?"公答云云,兵衆復爲好語云云。公怒甚而笑,忽突前奪其佩刀,自刭死。兵衆相顧失色,曰:"是好男子。"時年六十一。公之將授命,以語其夫人韓氏，夫人曰："君能死國，吾獨不能死夫乎？"先自縊死。子婦郝氏繼姑投井死。公一子雅度，以父任，先旬日詣行都謁選，且受公指，聊觀諸君所爲，故獨不得死，每用嗚咽，然是殆天留以遺公也。

公狀貌端勁，辭氣安雅，平生與人臨下，務克己，多恩惠，見義必爲，然不可干以非理，故邑子部民莫不愛敬之。方理延餉時[1]，都御史張福臻者，以過覈失士心。一旦出教掾曹，聞軍多冒食，吾且按簿批根，用祛宿弊。於是一軍悉甲，將爲變，獨抽刃相戒，曰："毋犯部司，張部司如爺孃。"公急趨都堂撫慰，衆遂輯，一時傳軍中語，宛如"僕射父兄"之句相爲配儷，其以德懷人類如此。乃其臨大節則秋霜煅鐵，方其潔勁。時謂公循理各當，真能行其所學者。

公有文集若干卷，奏疏尤長，因遭兵燹皆不存，故失載，雅度以爲恨。雅度，字介子，有文藝，厲志節，不辱其父。

杜濬曰：濬至廣陵，則主因圃。因圃者，侍郎讀書處，即率其夫人、子婦同日死節處也。爲之徘徊壯跂，而不敢以興哀，慮取笑於魂魄矣。又問所謂灌木山莊者，則公疇昔既弛爲河用，免發民間冢。烏呼！德厚哉！濬次公事，以向所疏記反覆參考，頗得其實。因竊歎公始終兵餉，爲國勞臣，功名盛於西夏，雖范文正何以遠過？即使其百六勿逢，委衾牖下，亦合於傳之以勞定國者，雖疏爵後昆可也，而況重以常山若水之轟烈乎？夫忠孝性植，而名父嘗無肖子。父蹈白刃而子趨圭竇，向、歆之恨往往而然。而侍郎有子，獨能刻痛於心，世守一節，天之報施於是乎異。

比良遷、董，兼麗卿、雲。（陳其年）

歲丙申，公之子介子交余已十年，朝夕爾汝，可謂忘形矣。及求作此傳，必先期齋沐，肅拜盡禮，召賓客歌舞爲壽，極歡，然後以情告。余之好友前民、爾阜當時俱在座，不可誣也。蓋重其父祖以及文章前輩皆如此，不獨介子然矣。今人待文成而後量酬，乃近交易之道，殊爲不古。記之以告後五百年文人之有道者知自重焉。此傳介子求詳，故余不敢略。然班傳皆詳，凡不詳者不得其詳也，著意略者元非是。（自記）

---

① 餉，康熙本作"儲"。

孝逸先生傳

孝逸先生姓黄氏，名朝美，字藎臣，歙人也。派出楚之江夏，漢太尉瓊之後，子孫有宦於歙者，遂家焉。世有隱德，至藎臣之父尤娉修積學，時稱長者。藎臣生而質實厚重，不好嬉戲，異乎常兒。然内實英敏，性至孝。幼齡受書，上口即知大義。其父深器之，以爲“此兒他日必以文藝大吾門”。乃一旦，藎臣長跽白父，曰：“兒讀書至‘事父母，能竭其力’，嘗反覆三歎，以爲此千古子職之明訓也。今兒朝夕佔畢[1]，坐守一卷之書，視吾父母攻苦食淡，無能竭絲髮之力，是正與書意相反，讀書何謂耶？非子情之所安也。今兒請從事於治生，用遂孝養之願，而百指之累概不以貽父母憂，不識可許乎？”父笑而許之，蓋信其誠且知其材也。

藎臣於是變儒服而遊於賈，躬親其事，朝夕匪解，貿遷平恕，衆咸趨之，不數期，而高堂之養可以列鼎。每遇歲時伏臘，必治具置酒，召親戚故人，以次爲父母壽。至於霑醉極歡，然後罷。遭際不一，向時同事多偷惰徙業，藎臣獨奮曰：“天下無不可爲之時，况吾以爲吾親其容已乎？”於是規橅寖大，修管劉之業，而以道義行之，故自江淮以達湘漢，譽日隆隆起，而孝子不匱，家道亦成矣。

父病且革，執藎臣之手曰：“吾兒良苦，然求仁得仁，真可謂‘吾必謂之學者’也。”父歿，執喪哀禮兼盡，雞斯徒跣，不離苫塊者三年。母壽最高，卒年九十六。其時藎臣亦六十四，猶舉身擲地，作孺子泣，執喪不少懈。人以爲純孝。

有子五人，皆材。或以文著，或以武奮。孝子有子，亶其然乎？藎臣至是始慨然歎曰：“夫吾之所以拮据一生，不遺餘力者，凡以爲父母也。今父母棄養，吾賴先人之緒以有田廬，有子幸克負荷，吾年已逾六十，可以息肩矣。吾素好有韻之言，祇以塵累物役，淩雜牽挽，不遑研弄。自今以往，當寄興於此，以遣餘年耳。”於是咏懷紀遇，吟咏不輟，或與朋友唱和，或命諸子繼作，積之成一卷，爲《拳石齋詩》，嘗

---

① 佔畢，康熙本作“呫嗶”。

問序於余。余視其詩老樸有真味，與夫塗飾捃摭，苟以欺人，而按之索然者，大相徑庭也。

嘗於雪中過天寧僧舍，訪余言詩。余謂詩有是非、雅俗、古今之別。是矣而不雅，雅矣而不古，皆不足云詩。至於古之精微與吾心之精微相遭相得，不即不離之處，則舉一世好名士，尋味不到，雖有辯口，亦不能言也。藎臣深以爲然[①]。其爲人容貌清古，言語直截，與人爭，可否無所規避，然不失和氣。見義必爲，遇事善斷，一時軒蓋嘗即而與之謀。然不愛官爵，以爲惟仁則榮耳。其孜孜好善，不可枚舉，而余與交深，惟撮其大節，以爲藎臣得年七十八，論其六十以前可以謂之孝，論其六十以後可以謂之逸，故爲立《孝逸先生傳》，亦略仿昔人貞曜之意云。

論曰：經生讀四子之書，以爲此場屋題目耳。求其讀而自考，猛省内訟，汲汲然躬行是務者，千百人無一也。若藎臣黄子，可謂善《論語》矣。嘗怪宋趙普何人，自謂佐太祖、太宗各用半部《論語》，無論文理背謬，一部《論語》從何處割裂分而爲兩？而其背周而成太祖之謀，違約而遂太宗之惡[②]，普已失心矣，是《論語》之罪人也。故吾謂事君能致其身，趙普有玷於忠獻；事父母能竭其力，黄子無愧於孝逸也。

《尚書》曰[③]："肇牽車牛，遠服賈，用孝養厥父母。厥父母慶，自洗腆，致用酒。"而束皙補《南陔》《白華》諸詩亦曰："馨爾夕膳，潔爾晨餐。""竭誠盡敬，亹亹忘劬。"然則人子之職有大於養志者乎？黄君藎臣不憚委身負販以事其所生，固無愧於《孝經》'用天道，分地利'之義。而晚年託於吟咏，以自寫其生平勤苦之情，又何其與詩人之意相合也。太史公以謂家貧親老，進醵、飲食不足以自通，深用爲耻，故於宛孔氏、曹邴氏、宣曲任氏之徒往往侈稱之。至謂白圭之術，智仁勇强兼備，此其意必有所爲。今杜子之傳黄君，爲之感慨者久之，殆亦

---

① "然"後，康熙本有"又嘗好道家言。道家以爲道出於《易》，故曰：生生之謂易，天地之大德曰生。又曰：通乎晝夜之道，皆獨有所見，不與俗同，易簀之際頗有徵驗，君子存而不論"一段。

② "周而成太祖之謀，違約而遂太宗之惡"，康熙本作"太祖之約，成太宗之惡"。

③ 這段跋文康熙本也有。段前有"跋"字。

猶腐遷之志爾。而予尤愛前代會稽虞謙授詩至“明發不寐，有懷二人”[①]，蘇蘇滴淚[②]，人稱篤孝。南海周孝棄儒服，力田爲養，朝揖母就耕，暮歸如之。二子之至行，每歎爲近今所不及，而黄君所爲固如此，其亦感於心而合於行者耶。嗚呼！予用是爲一慰矣。熊賜履題於金陵之下學堂。[③]

汪時甫家傳[④]

汪君時甫，名學易，歙人也。其先出自唐越國公。君之父曰君房公，豐於財而樂善好施，嘗以五百金脱友人於難，州里義之，相謂是其食報不遠，必在其子矣，蓋謂君也。君生而穎敏，孝愛性成。幼齡受書入小學，一再過目，即覆案而誦。及長，俶儻能文章。聞南雍爲東南名士所聚，君以爲麗澤之益莫大於是，乃欣然往遊其間。時大司成爲豫章姜公曰廣，世所目爲正人。又雅負文名，考校得君藝，深賞識之，以爲文尚體要，此必端士，拔置高等。自是六館生徒奉君不減何蕃，咸謂以彼其材，非久騰踔矣。久之，世故紛紜，君意有所不愜，汲汲欲舍去。或叩君故，君引詩以喻，曰：“《蒹葭》之詩云：‘所謂伊人，在水一方。’水之可思，以伊人在也。若伊人逝矣，而猶褰裳濡足，惟水是從，豈不愚哉？吾其徙業治生乎？”

不第，上承父志。且也人無資財決不能行善，大之忠孝，小之施予皆非財弗濟也。太史公發憤於貨殖，蓋可忽乎哉？於是慨然從君房公居貨服賈，往返湖湘間，以道義行其才智。雖與物無苟，而奇贏自倍，所謂人助其順也。尋復理道鹽筴，輒條陳利弊，極論兩淮鹽法：“從來議者惟疇昔疏理道袁公世振綱册爲最善。今雖時移勢異，然參酌而施之，猶可以砥柱狂瀾也。”鹺使者韙其言，有儒商之目焉。

遭父喪於楚，哀毁盡禮，不以道路儉其親。旋以獨身扶櫬歸歙，計程二千里，水陸不一，君恭孝毖慎，衣不解帶者月餘。每遇險礙，即

① “明發不寐，有懷二人”，康熙本作“明發有懷”。

② 滴，康熙本作“隕”。

③ 熊賜履，康熙本作“清凉賜履”。

④ 康熙本題作“時甫汪公家傳”。

蒲伏柩前而泣告，曰："兒在此，大人無恐。"人稱其純孝云。方居廬時，輒捐重貲重建宗祠，又置祀田如干畝。仲弟蚤世，君撫其遺孤如己子。季弟失怙，年始成童，君恩勤教訓，以至冠婚，無一不盡其道。其於收族急友，濟人利物，行之若嗜欲，略無倦容德色。居嘗訓子弟："人薄於根本，即爲他善，皆僞也；人拂於經術，即讀他書，皆贅也。"其出言可則，類如此。

君生於萬曆之丁未，得年六十有五。子兆瑞、兆珩、兆璟、兆瑜、兆瓚，皆才。諸生、太學明經，彬彬如也。瓚以明經謁選，當得縣令，行且服官矣。孫世福，成武進士，有干城之望，其後滋大固宜。君娶查孺人，最賢，内助之功多，别有傳。

樊上野史曰：汪君負通材卓識，定力篤行，非常之士也。至其説《蒹葭》之詩與爲善必先根本、讀書必先經術之言，雖遊於聖人之門可矣。余初怪其處境太順，不類其爲人。隨知中間亦以方正取忌，履虎尾而不咥也。噫！此其所以爲君子人歟！

汪君得此傳，遂爲全人，必傳無疑矣。行文詳悉，中復極藏露遠近之妙，班孟堅何以復加。（黄九煙）

陳小憐傳

陳小憐，郯城女子也。年十四，遭兵亂失所，落狹斜。有貴公子暱之，購以千金，貯之别室，作小妻，相好者彌年。大婦知之，恚甚，磨礪白刃，欲得而甘心焉。公子不得已，召媒議遣。居間者以爲奇貨，遂將小憐入燕中，住西河沿。西河沿亦狹斜也。小憐姿慧不凡，遂傾動都人士，聲價翔貴。雖達官富人有華筵上客，欲得小憐一佐酒，必先致意，通慇懃，爲期旬日之後，然後得其一至。時燕聚四方之士，座中往往多年少美姿容者，結束楚楚[①]，媚態百出，自謂必得當於小憐，小憐弗睇也。

而錢唐知名士范性華者，老成人也，館於燕。一日，以赴某公讌，

---

① 楚楚，康熙本作"濟楚"。

遘小憐，雖頗異其姿，然平澹遇之耳。范時年五十餘，人地固自軒軒，顧貌已蒼然，意不在佻達。而小憐一見，獨爲之心醉，注目視范，自入座以至酒闌，目不他視。凡范起則視其起，范步則視其步，范復就座則視其就座，往則目送，旋則目迎。已或時起數步之外，必回頭視范，如恐失之。小憐固素謹，忽如此，舉座咸詫異。范反爲之跼蹐不自得，笑而左右顧，而小憐自如也。將别，則詳問范姓字，歸而朝夕誦之。

有潘生者，往來於其家。又素識范，謂小憐曰："爾念范君如此，盍往訪之？"小憐正色曰："吾即已心許范君終身矣，若猝往，是奔也。姑少待，范君相迎，斯可矣。"潘以其言白范，范猶恐其難致，試走伻探之。值小憐是日有鉅公之約，肩輿在門矣，立改其所向，語其嫗曰："某公之約，一惟汝多方辭絶之。我赴范君召，不顧矣。"小憐至范所，語次謂范曰："君知我日者席間注目視君之故乎？"范曰："初不知。"小憐曰："吾見君之酷似吾故夫也，吾不能舍君矣。"是時，小憐年始十七。范唉曰："以子之姿慧，從良固甚善。然當擇年相若者，吾豈若偶耶？"小憐應曰："君誤矣。三十年以内所生之人，豈有可與論吾心者哉？"范大奇其言，叩之，知嘗讀書，粗通《朱子綱目》。范初無意，至是固已心動矣。因留連旬朔，相與定盟，然後去。

而小憐所與一時宦方與范相忌，聞之，雅不能平，輒計致小憐曲室中，出而扃其户以困之。小憐顧室中有髹几，長丈餘，遂泚筆於几上書"范性華"三字幾千百，滿之。時宦歸而睹几上字，色變不能言。燕中嘗作盛會，廣召賓友及狎客妓女皆與。酒酣，客爲觴政，下令人各引滿。既釂，自言其心上人爲某，不實者，有如酒。次第至小憐，或戲之曰："爾心上人多矣，莫適言誰也。"小憐譲曰："是何言？一人而已。"起持巨觥，命滿酌，一飲絶瀝，覆觴大呼曰："范性華。"舉座相顧，以爲此子無所引避矣。其篤摯至於此。然久之無成事，范於是仰天歎曰："醇政獨非丈夫乎？何遂力不能舉一女子而忍負之也？且小憐與吾約者，極不難耳。督過愆期，至於舌敝。金臺之下，識范性華者多矣，而將伯之助寂然，又安事交遊爲？"乃爲詩自傷云："只愁世少黄衫客，李益終爲薄倖人。"信乎？其爲薄倖人矣！小憐以河清難俟，竟爲有勢者强劫以去，猶留書與范云："非妾負君，妾終不負君也。"噫！

是可悲矣！

先是，小憐每數日不晤范，輒廢眠食。及范至，則又莊語相勉以大義，且曰："出處一不慎，則君之詞翰俱可惜矣。"聞者以爲此非巷中人語。又力勸范迎其室人來燕中，曰："小憐異日得事君子，固甘爲之副。"范用其言，既而得與室人病訣，厚爲之殯，祭吊成禮，小憐一言之力也。范尤感之云。

徐無山人贊曰：昔晋羊皇后醜詆故夫以媚劉聰，其死也，化爲千百億男子，滔滔者皆是也。陳小憐何人？獨不以故夫爲諱。而吾友范性華以似其故夫見許，豈羊皇后之教，反不行於女子乎？噫！是爲立傳。

作此等傳，最忌小説氣。今人極好，亦不過《虞初志》耳。即于一《湯琵琶傳》、朝宗《馬伶傳》，亦來後人之譏。茶村以大手筆遊戲爲此，使入班固《列女傳》，亦應出一頭地，他人何敢望其項背耶？小憐奇人，必有奇文以傳，不可爲不幸矣。黎莊周在浚識

傳班史所有也，贊遷史所無也。今日古文，固推先生爲第一人。（雪客又評）

朱太孺人行述

自古聖喆立言在天地間，恒必俟世有其時、有其人、有其事與之相符合，而後其説益彰。蓋濬從裔三朱先生讀其所述節母費太孺人懿行，不勝歎服。竊謂其節孝之概見於小德者，未易更僕數，而要有其大德爲之根本。所謂符合於古聖喆之立言者，太孺人有其二焉。此二者，衆善之原，而百代之紀也。

其一，合於曾子之言。曾子曰："可以託六尺之孤，可以寄百里之命，臨大節而不可奪。"此以論古之大臣受遺託孤之道，而閫德亦有之。《易》曰："臣道也，妻道也。"可以知其同矣。然託孤者必有孤可託，從而撫之，以光嗣續之謂也。今按：太孺人獨不然。年二十五而孀，即欲身殉太翁，而堂上姑諭以立嗣大義，勉留之。顧其時，孤安在？嗣將誰立？茫如也。叔氏有二子，或以太孺人可以撫其一①。太

① 以，康熙本作"語"。

孺人愀然曰："立嗣不以序，必啓争端，非所以慰地下也。"蓋越十一年，長房舉次子，然後太孺人亟立之，曰："是真吾子矣。"今喬三先生是也。嗟乎！立嗣之法，自春秋列國之諸侯，屢以愛憎釀亂。馴至後世，亂朝不必論，即以漢、唐、宋之盛，在廷元老不學無術，定策之際，猶議論紛紜，不能相一，孰若太孺人之一言斷案如山不可易乎？家國一理，此其識量非婦人也。而且寧需之至十一年，卒得賢胤，以報君子意者。先賢所謂可以託孤，必如是而後足以當之歟？

其一，合於孟子之言。孟子論良知，惟是知愛其親，知愛之外不知也，親之愛己亦然。大哉不知乎。夫知而不言，可以作僞，渾然不知，乃純乎天矣。吾讀喬三先生之述太孺人曰："在先母，不知雯非己出；在雯，亦不知非先母所生。"不覺掩卷三歎。喬三先生之善述其親，可謂是母是子矣。豈非從至慈至孝，相見於心源匯合，一塵不隔之地，洞然見此兩不知，他人雖百千言不能形容至此也。吾見同是爲母子者，往往徒以嗣之一字，各懷一知，而不言以相遇。夫内實知之而外飾以不言，内外不一，面目自反，性天安在？然後必知兩不知如太孺人母子間，始可以慈孝許之也。

説部載陳季方述其父太邱長之德，譬之桂生於泰山之阿，上有萬仞之高，下臨不測之深，上爲甘露所霑，下爲淵泉所潤，桂樹豈知有泰山之高、淵泉之深哉？斯言也，可以喻太孺人母子間之兩不知矣。繇前之合乎曾子者，足以見太孺人之卓識定力，乃節孝之所以本；繇後之合乎孟子者，足以見太孺人之純德至性，乃節孝之所以成。其他美不勝書，皆在範圍之内耳。濬故謹書其後以發明之，俾天下後世之言節孝者求諸此。

談經論史，歸於至精；開國承家，歸於至是。人以文傳，文以人傳。（黄治先）

識議高出千古，却無一字不即乎人心，此中何處著餘子。（顔初陽）

羽南先生墓志銘

予老友朱羽南先生疾且革，命其諸子曰："我啓手足後，即求地速葬我，無久稽我地上。志我墓者必杜于皇爲宜。”至是，羽南既歿四逾月，余自梁谿返金陵，走哭羽南之翌日，其諸子來稽顙請銘，曰：“藐孤奉先人遺命，惟恐失墜。今謹卜得兆在太平門外江黄山之東，卜得葬期爲是年庚戌三月十六日，敢以先子平生之誼，臨絶之言，泣血請先生銘。”嗚呼哀哉[①]！吾豈忍銘吾友也哉！記戊申之冬，羽南嘗細書一通紀生平本末授余，乞銘其生壙。己酉春，余將渡江，羽南復來丁寧，余許諾，顧且匆匆不暇以爲。詎意生壙未及銘，而遽銘其夜壑也。是足以傷久要之心矣。然則羽南之一片石，余又安忍辭也。

羽南，諱尚雲，字槐生。自五十以後别號“羽南”，志慕皋羽及所南，余故樂稱羽南。羽南之先世居閩之莆田，在南宋時，其遠祖與考亭文公爲從兄弟行。傳二十一世，至嘉靖中有少亭公爲揭陽令，以避倭徙居南京，遂占籍上元者，是爲羽南之曾祖，妣林氏。祖萬春，妣陳氏，以節著。父國材，號心劬，邑庠生，知名，妣李氏，生二子，長即羽南。羽南自幼就家塾，即敏穎嗜學，爲人伉直强力，然近情擇理，不爲谿刻之行。根本忠孝，篤於朋友。兼才識通敏，務本治生，不類腐儒憒憒。弱冠補弟子員，時督學臺使者麻城周公，爲政頗嚴急，心劬公偶以遠遊逾試期，輒出教行革。羽南以新拔童子叩閽爲申辯，臺使者怒呼，隸將予杖，羽南不爲懾，益前跪，抗聲曰：“督學大人造士，首孝弟。今乃欲杖爲父辯之子，是得爲教孝乎？”臺使者不能奪，卒復其父諸生，由是名譽益起，兼屢次試高等，隱然負魏望，從遊者景附焉。爲文必軌先輩，其所爲《毛詩義》尤爲人所傳誦。里黨有不平，但就羽南一言即決，咸曰“朱齋長有公道”，其爲人所服如此。時寇氛日熾，羽南往往慷慨談方略，思得一報效君父，而竟蹶於場屋，乃場屋所收者又如彼，可歎也。

崇禎甲申，羽南以歲薦當貢京師。值變故，遂自廢。常閉户涕泣，不理生産，家以中落，妻子不免飢寒。羽南一日戲語室人曰：“貧賤難久居。吾年始五十，未甚憊，將出而圖稍，爲汝曹温飽地，可乎？”室人知其戲也，應之曰：“是固甚善，但居官美事，君必少節涕泣。”羽南不覺大笑。及兵革少戢，北江人士競設皋比以迎。羽南亦誨人不

① 嗚，沈氏本作“烏”，據康熙本改。

倦，束修之積，舊業尋復。羽南遂歸老，築一室，面鍾山，朝夕倚杖吟詩，詩成輒泣，泣罷復吟。

晚復學浮屠法，用自排遣，而性不可易。每值歲之暮春，尤鬱鬱不歡。常有舊遊新第，揚揚盛騎，從造羽南。謁入，羽南喃喃誦佛號，徐步以出。既相見，忽熟視其人，欷歔不自勝，若重哀其窮者。其人錯愕，亟上馬馳去。此其出於誠，然無容强制者耶。生平與人交，關切倍至，然骨鯁動規其過，僞人匿短自炫，至不憚面斥之。

余孤介寡合，羽南獨相信至深，不僅於筆墨間稱知己。丙申歲除，余有子之戚。是夕屆節，人情多避忌不肯顧，即至親猶然。而羽南獨堅坐余寓亭，不厭煩碎艱窘，爲拮据治喪畢，至達旦。元日始返舍，家人皆駭之。噫！此豈今之人哉！

羽南生萬曆之乙未，享年七十五而卒。其葬距卒僅六閲月少七日，如其遺命不久稽地上，可謂有子矣。元配宋氏，生子三，曰欽、鍾、銓。側任氏，生子一，曰鑄。欽早卒。側李氏生子二，曰錞、鍠，尚幼。女一，適姜藹。孫八人。有《羽南集》三卷，藏於家。羽南將訣，索筆題字，有"貞心獨秉"之語。噫！其可以無愧。銘曰：

帝之輦道，下維君墓。毋將涕洟，紆我天步。

叙事言情，俱臻至極，而一意貫之，銘尤卓絶矣。（沈眉生先生）

巡撫順天都察院右僉都御史潘公墓志銘

崇禎十五年冬，居延失守，烽火達畿南，長驅河朔之間。天子震怒，果於用法，詰責邊大吏不少貸。於是欽差整飭薊州邊備、巡撫順天都察院右僉都御史潘公與其同官溧陽馬公同日以誅死。然其罪在可議，天下憐之，而於憐潘公也尤甚。

公諱永圖，字君懷，直隸金壇縣人。中天啓七年鄉試，登崇禎元年進士。明年，授户部山西司主事，管太倉銀庫。轉浙江司員外，雲南司郎中。崇禎五年，陞歸德府知府。九年，陞山東按察司副使，遼餉道，降調回籍。丁父憂。十四年，服闋，起長蘆鹽運判，陞河南僉事、遵化監軍道。十五年，陞僉都御史，整飭薊州邊備，巡撫順天。

公爲人孝友勤慎，强直廉幹。喜功名，慕古將相大略，爲諸生高等，屢冠其曹。嘗讀故大司馬經略熊公廷弼按遼諸疏草，流涕歎息，語同學曰："熊公，不世之才，而數奇取忌，遂以無成。士欲爲國立功，顧豈易耶？"始官户部，管太倉銀庫，則能厘姦剔弊，屏羶習，除陋見，尚書、侍郎交口而稱其能。是時，天子既誅逆璫，委任士大夫。久之，顧群臣往往無功效，罕稱上意。於是復稍稍用中官爲耳目，户、工二部至設總理太監。張彝憲攬權掣肘，驕倨陵士大夫。部中郎官爲之下，公獨不肯，必以正折之。在部再遷，章奏數十上，率關軍國大計。

其知歸德府，府故古睢陽郡，俗悍而嚚，多著姓豪奴，號爲難治。公涖其地則能行法施惠，斟酌寬猛，柔强懷弱，一府無留事。居無何，流寇犯商邱，守備喬宇定爲内應，引寇焚掠及外郛，危城岌岌。公訣别家人，積薪署門，與夫人約曰："設有不測，即舉火與城俱亡耳。"意氣激昂，直去不回顧。日夜乘陴固守，賊悉衆攻城益急，四面煙焰漲天，文武吏相顧失色，莫知計所出。公舉止自若，禦備多方，懸金購死士，縋城下砍賊，斬首數百級，馘其愛婿。賊驚顧遁去，屬邑受其方略，率得無恙，論者以爲不以古今爲軒輊，即公視巡、遠流亞也。兵部上其功，值嚮者張彝憲借事釋憾，功不以叙。

默默去，爲山東副使，治餉則能潔己急公，前後無與比。是歲邊警，公所轄地繫神京咽喉、漕渠孔道也。於是巡撫、總戎俱提師入援，備兵使者以遷行人，咸爲公危之，卒能獨立拮据，屹爲保障，厥功不細矣。值巨璫盧維寧奉命總督，公再以持正與忤，功再不叙，且重銜之，捃摭無所得，因截漕二十萬，私滯津門，非公所司者，借以難公。奉嚴旨督催，抵壩。時隆冬沍寒，重冰固結，公有禱神開冰之異，聲傳都下，貴臣嗟服。顧卒無解於降調，然公用是得還里視其封公含殮，維甯有力焉。

其尤著績彪炳、人所共稱者，在監遵化軍。遵化轄喜、太兩路，最爲衝險，前三次失守，俱從此入。公至則親歷口外，相度險要。凡山梁臺坡，處處增修。又創爲據險設伏之議，奉旨九邊悉著依議行。一歲之中，聯絡聲援，拊循什伍，綏緝譁兵，誅鋤巨慝。於是威名大振，雖督撫資其成晝。天子嘉之，益念其前此歇歷危疆，全城捍寇，功效非妄，繇是由監司擢拜僉都御史，巡撫順天。公材則致然也。顧乃八月受事，十一月薊州陷。

明年二月，公以封疆重典死，何哉？當時公論，謂在事日月無如公之最淺，餉匱兵單無如公之最窘。夫額兵缺伍過半，月餉壓欠經年，公以懷綏未暖之官，值呼庚不應之際，處群情積玩之中，馭鞭長莫及之勢，設身處地，實有至難，是一據也。公回話一疏言："馬、松兩路分隸薊道，界嶺報警。臣率師東禦，道臣鞠思讓私調尖夜聽點，擅令戍兵分班。尖夜撤，則哨探誤而烽火失傳；戍兵撤，則臺牆虚而關堡失守。臣雖欲堵之口外，亦不能及。又思讓誤用教官高登庸攝薊州，匿奸内應，以致辰攻酉尅，而臣所領將吏兵餉種種，可以痛哭。"雖韓、范在軍，亦無如何。僨事有人，代爲受過，是亦一據也。不知邊事之不可爲久矣。夷考萬曆初年，大學士張居正當國，慎擇本兵，妙選户部。當時户書、兵書皆老成久任，而九邊文武大帥，張公莫不嘗試嚌啜而知其材，知之審矣，則調和其間，使内外一體，故呼應無有不捷，而推諉有所不可。邊陲卧鼓有由然也。自張公既殁，閣臣之局屢變，而户、兵二卿因之，邊帥又因之。始之，閣臣一變而爲謹愿，蓋避前人攬權之名，而席其强盛之實，雖拱手無爲，天下未至驟裂。其時户、兵二卿多閣臣之所厚，號膴仕顯官，以體統軋邊帥，而邊帥亦尊富自恃，置武備不甚講，是壞之基也。繼之，閣臣再變而爲險僞，快意恩讎，主張巢穴，曾不知無事之不可以長，而前人之積，有時而盡，其時户、兵二卿多閣臣之所私，爲捷徑要津，以喜怒遇邊帥，而邊帥救過不遑，嗜進不已，闒冗可以爲賢，覆敗可以爲功，是壞之成也。繼之，閣臣三變而爲貪愚，金弊惟恐其不多[①]，恩陰惟恐其不廣，交結惟恐其不固，欺蔽惟恐其不深。亂盈天下，而取快咫尺。無定朋黨，以向背爲朋黨；無定恩怨，以利害爲恩怨。其時户、兵二卿特閣臣之所用，爲外府替人，以緩急難邊帥，無事則以爲谿壑，有事則以爲牲犧，甚至歸騎飽颺，邊臣糜爛，而内閣方以廟算論功，晋官受賞。嘻！可謂鮮耻者矣。

嘗竊論之，政府言路以封疆爲異己，勢必幸其俱敗；大農中樞視履官如傳舍，事必無有一成。豈不痛哉！大壞至此，一時所爲督若

---

① 弊，當作"幣"。

撫，直往而承罪耳，無可爲也。夫我國家天子待邊[1]，三面鄰敵，故燕京，門庭也；遼瀋，藩蔽也。試問自方隅發難以來，整頓殘遼，精思强力，有如熊廷弼者乎？而奸人擊之惟恐不遂，至於殘疆再壞。復問前人，則收拾愈難；參以庸工，則指麾不一。巨猾庸卿扞格於事中，逆黨小人乘機於局外，必使勞臣速朽，藩蔽全墮，而寇日益深，事日益急，今之視昔，又相懸萬萬也。

夫公材之不及熊公，至明也；門庭之難於藩蔽，至明也；在廷之伎倆愈奇，至明也；兵餉之虚無益甚，至明也。徒使聖明孤立於上，邊臣束手於外，此時惟倖敵之不來耳，來則雖韓、范不能支，而區區抱恨於一鞫思讓乎？嗚呼[2]！是可悲也已。當薊城既破，公以力保遵陽，故不即死。既而，欲帥死士尾繫，收桑榆之功，不勝則陷陣以明己志。部署已定，閣臣某丙夜聞之，遽以片紙止之曰："毋邀功生事，静聽吾處分可也。"隨則因以爲公罪，而某意實主縱。於戲！是可悲也已。

初，公與馬公成名，生同庚，居同里，爲諸生遊最歡，子女聯姻戚。及成進士同年，擢都御史，同官且同制。至是得罪，同事。臨命，同日。識者以爲前定云。

公生於萬曆某年，終於崇禎某年，享年五十。曾祖某云云，祖某云云，考某云云，妣某氏云云。一弟篤愛，用承父志。永圜，其從弟也，愛之無異同産。通籍十六年無改儒素，或尤其過儉。輒曰："凡人不儉則不能廉，不廉則不能無所繫，而身家之累重，邁往之氣短矣。"其自勵有爲如此。其撫薊，有疏草一卷，藏於家。娶莊氏云云。子一，檝。女三，長適某，次適某，三適某。遺命祔葬延陵先人墓側。而述其行狀者，弟永圜也。方公被逮京師，獨永圜不辭險難，相從朝夕。公臨難，神色毅然，執永圜之手而歎曰："若知吾恨乎？吾受命撫薊，承前人之敝，不獲稍假歲時，略效展布，使亂得逞，恨一；吾非畏死者，疇昔兩忤逆璫不死，日者欲陷陣死不得，而乃今死，恨二；吾死後，邊吏益不可爲，邊事益不可問，恨三；雖然，吾生平行事弟熟知之，異日倘邀名筆不棄，即汝兄不死矣。"至是卜葬得崇禎十七年月日。永圜

① 康熙本無"我"字。

② 嗚呼，康熙本作"於戲"。

率其孤檝捧書幣涕泣稽顙，來請於黄岡杜濬，曰："以圜與君一日之雅，敢以吾伯氏墓石煩君。"濬答拜而辭曰："若兄官三品尊位，當世公卿宜有言。濬賤，敢執筆乎？"永圜曰："不然，凡吾兄之所以不朽者，文章耳。公卿未必不朽也，君何辭焉？"濬既韙其言，而又重有感於邊廷之故，乃爲志而降一等，銘之曰：

材可以有爲，而有必不能爲。嗟乎！可以論其時。勇足以致死，而有非所望之死。嗟乎！誰爲察其理？爲天爲人兮恤躬不卬。樹老劍鳴孤臣之鄉。

於叙事中略着一二虚字，作筆勢貫下，遂發絶大議論。雖議論，亦叙事之大者也。世有學究，必以爲志銘之變調，不知篇終固云深有感於邊廷之故，此豈可以嘗格待之？于皇往往自負將相之略，以不得一試爲憾[①]，於此可覘其概矣。其文馳驟宕激，如千軍萬馬卒歸一綫，天下奇才也。（鵠民原評）

于皇折服江陵相業，與余如出一口。余嘗問于皇："設以子處江陵之地，自度何如彼？"于皇云："吾識勝江陵，而膽不如。"余頗頷之。讀此等文，則江陵所不如矣。（李子發）

每讀漢史，至光武征赤眉，親勒六軍，大陳戎馬，大司馬精卒當前，中軍次之，驍騎、武衛分陳左右。赤眉望見，震怖請降，爲之飛動。已復停想，謂文中宜有此境，惟此篇有之。（顧修遠）

瘞老僕骨志銘

老僕胡義勤，小名盡兒，先兄方朔乳媪之子也。父某，世爲黄岡黄禾村農夫，後服役吾家。母依夫姓，人稱之胡媪。胡媪乳先兄八歲而生義勤。余時七歲，偕先兄往視之蓐中，怪其深目而高顙，其色黧然，試以手摩弄，先兄亟護之[②]，曰："毋驚我乳媽兒。"及數歲能言，短舌，道字不明，既長猶然，人以其操音如小兒，兼舉動促率不類成人，咸呼之爲老孩子。年歲三十，每跪受母撻，宛轉地下，呼謈作兒啼，見

---

① "憾"字原文不清，據文意補。

② "之"字後，康熙本有"推去余手"四字。

者笑之，然亦多其能孝順母也。爲人樸實爲主人，凡事先兄四十餘年，不欺不怠。生平魯笨，不識字。獨嘗竊聽一二忠孝節義古語，輒堅守不知變通。痛其父以震死，遂終身不取婦，曰："天殄我矣，一身尚多，何以婦爲哉？"

甲申、乙酉間，國破家毁，余兄弟隨侍先君、先夫人，盡室居金陵，僮僕十餘輩，多挈妻子叛去，走部落營伍，竄入兵籍中。不數日，立馬主人門，舉鞭指畫，放言無忌，以明得意。甚者拔刀斫庭柱，叫呼索酒食，不得，則恣意大駡，極快暢，然後馳去。義勤嘗切齒其至如此。一奴既隸尺籍，私來説義勤去。義勤好謝曰："人各有命，爾命本當得意，故一旦遭時，自然奮發。吾命薄，與主人同，願共守飢寒而已。"此奴亦頗慚其言，自是不復來詈主人矣。

先兄末年自金陵以家歸黄岡，義勤適以他稽阻江外。先兄之歿，義勤逾年而後知，知則大慟，即日皇遽從千里外奔故鄉，哭先兄，跳擲號吼，嘔血數升，遂得喘嗽疾，因寄食養病於先兄之婿曹氏家。居一年，病少間，曹役使之，義勤慨然歎曰："吾聞忠良之臣不事二姓，僕猶臣也。今曹氏雖吾主翁婿，然其姓則曹，是亦二姓矣，吾奈何遂事之？五十老奴而仰面又一姓，良足羞也。且吾未嘗受先主翁命，事之尤無名。"於是復來金陵依余，則老病可憐，耳聾益甚。余既素義其爲人，且重念先兄，待之甚優，命視管鑰而已。以辛亥冬十一月隨余至松江，以壬子正月初八日死於余寓松江西門外之福庵，得年五十五，蓋生於萬曆之壬午也。哀哉！余爲市棺衾以斂，而瘗其骨於庵後數十武之隙地①。予之銘曰：

溺二姓之説，失詈主之時。傷哉此僕！遺骨猶癡。

志銘中絶調。（魏叔子）

天生此僕，不能不與之志銘。志銘從實立言，不能不如此，將奈何。（自記）

文六　黄岡陶烔照校

① "而"字前，康熙本有"其俗尚火葬，友人張友鴻、周宿來來視，皆謂此僕既無妻子，火葬爲宜，如其言"三十字。

變雅堂文集　卷七

白雲樓記

余久客廣陵，既倦且病，謝文字不作。而金子汝宣介其叔氏三餘來，再拜以請，曰："願得先主之文。"余方欲例辭①，而顧其容甚戚，其意若迫不容已，則姑聽終其說。三餘泫然曰："余小子，天下之薄祜人也。生六年而失怙，九年而失恃，今年垂三十，思親之淚未嘗乾也。嘗聞古人睹白雲而思親在其下，故小子亦以白雲名吾樓，念非先生莫能記之以傳，是以請耳。"余爲之悚然，既不忍峻拒，徐謂金子曰："吾知子之樓矣。固不必問其面勢若何，修廣若何，同於世俗侈觀美，備登眺，圖宴樂之樓也。蓋專以思親也，故蘭橑桂棟不足以爲華，繩樞甕牖不足以爲陋。敷天下之無之而無白雲也，即無之而不觸子之思親也。無之而非子之樓也，即敷天之下有處無白雲也。子固無處不思親也，亦無處而非子之白雲樓也。子歙人也，黄海者，白雲之所都，瀰瀰萬頃，子對之思二親，欲隨几杖而不可得也，則黄海即白雲樓矣。且子嘗西上潯陽，望匡廬之山。匡廬之白雲綿亘三百里，子對之思二親，欲奉躋扳而不可得也，則匡廬即白雲樓矣。子又嘗過洞庭，歷瀟湘，憩於岳麓之野，白雲益無邊際，子對之思二親，欲伴遊觀而不可得也，則洞庭、瀟湘、岳麓即白雲樓矣。故曰："出則銜恤，入則靡至。"又曰："無所逃於天地之間。"此雲此樓也，豈區區誇結搆之工、丹采之麗乎哉！是固子辦之有餘，無俟子記者。余特爲子記罔極之思、終天之慕如此。後之君子可以憐其孝而哀其志也矣。

① 余，沈氏本作"予"，据康熙本改。

他人之文,欲趣轉腐;茶星之文,入理愈雋。此記羽翼《孝經》,而其風神超逸,則白雲欲盡,難爲容也。(曾止山)

松風寶墨記

南京國子生吴郡顧苓,濬之老友也。所居塔影園,去虎丘才數武,濬舟過虎丘,數往覓苓於園中。一日,導濬啜茗於其草堂西偏之密室。仰視梁間懸一小扁,作"松風"二字,大不盈尺,端勁軒翥,非一時文士筆力所能及。濬心異之,以問苓。苓具告所以,則巍巍宸翰也。濬肅然下拜,伏地悲泣,良久不能起。自是以後,每過苓,輒先入室中叩首已,然後與主人揖。苓以爲知禮,謂濬盍記之。

濬竊惟先烈皇帝敬天勤民,勞心焦思①,蓋堯舜之亞也。而遭際懸絶至於不可梯級,鼎湖之弓,蒼梧之淚,此天下臣民所當痛心。遇其流傳一點一畫如亡子之見慈父,惟恐失之。春露秋霜生其哀慕,天球大璧方其矜重,迺其宜也。而風俗之薄,藏者以爲災患,見者爲之色變,甚而背棄韜褻,稱謂無章,尤在於受恩深厚,三台八座之子孫,不知持世之道,教孝教忠,禁網殊不如此,而其人自欲如此,不必然而然,何其愚哉!計此二字,設落若輩之手,必久付之水火。幸而藏者有苓,拜者有濬,國家養士三百年,僅如斯而已乎?可悲也矣!可愧也矣!歲在癸丑暮春之望謹記②。

宋之歐蘇俱有《仁宗御飛白記》,而遭際相懸,臣命猶主。文成泣鬼神,彌傷其不幸也。(莫非其評)

一草庵記

吾友倪子天章,忽薙髮爲浮圖,自淮挐舟五百里,訪余於金陵。一日,語余曰:"吾既已僧矣,偃然而廬,吾廬非是也。吾向者之一草

---

① "先烈皇帝敬天勤民,勞心焦思",康熙本作:"書贊唐堯文思安安。又曰:受終于文祖,夫子亦云焕乎其有文章意,堯必致有著述,多放失不傳世,僅傳其十六字,然亦足矣,恭惟先烈皇帝稽古右文"。

② "歲在"十字,据康熙本補。

亭，今欲改以爲庵，奉西竺古先生，方思名是庵而未得也，敢以請。”余曰：“又他求哉，即名一草庵可矣。夫一草名亭，詩人之語也。今以名庵，瞿曇之喻也，且示不其忘舊。”倪子曰：“善，盍爲我記之？”噫！余其可以辭哉！

憶余自癸卯交倪子，因識一草亭，於今七年矣。按：一草亭在淮安郡城西門内。而倪子，山以東人也，僑居搆此亭於其室之左偏。倪子爲人豁達，負俊才，有詩名，故四方之士多慕是亭而願交倪子。亭三楹，南向，上不瓦而茅，是之謂一草。前列花石，後植梧竹。窗牖四闢，庭户光潔。晴明不燥，陰雨不暗。讀書飲酒，無所不宜。最初，張子虞山導余訪倪子，倪子則大喜，即留飲此亭。自是飲於亭者，凡二百餘日。余寓蕭寺，不過寄一宿，朝與暮皆在亭。計始自孟夏，迄於孟冬，中間歷端午、七夕、中秋、重陽四節。每節主人置酒亭上，余皆有詩紀之。雖間赴他酌，筵散必詣亭更聚，或設茗清談，或沈飲大噱，往往至聞雞唱不肯罷。猶記余初爲亭上客，見倪子手蓺薜蘿一莖，修不盈尺。繼見薜蘿之蔓衍繁盛，青青覆一牆。又見薜蘿之槁瘠嚴霜中，粘壁無一葉。始見倪子植盆荷，葉大僅如鵝眼錢，繼見其如蓋。暨荷之華，蓮之房，至於朔風破荷葉，根幹蕩然，惟存泥淤，而客猶未去。嘗有詩自嘲久滯，然而晨夕之數、賓主之歡、議論之暢，久而不厭，殆自古及今未有，至於斯極者也。

乃余自別去[①]，而倪子索處頗鬱鬱，無復向時之樂。嘗挈其孥往來山東故居，又嘗居宿遷，又嘗居安東，又嘗居清江浦，僕僕道途，而此亭遂虚。余聞而拊几太息不能已，以至今日。一旦突見倪子魁然髡其頂，而亭亦易額爲庵，是誰使之然哉？倪子曰：“亭之改爲庵也，一仍其舊，惟中奉金像一軀，置鐘、鼓、魚、磬、經案、繩床而已[②]。子記亭即記庵，無事增飾也。”或問余曰：“倪子於是遂有終焉之志乎？”余曰：“豈其然。夫倪子之先將軍忠勇百戰，以死捍社稷，爲國虎臣，而竹帛未著其姓氏，帶礪未盟其苗裔。倪子終鮮兄弟，年四十尚未有嗣胤，先將軍不絶之緒，託命惟有倪子，使倪子遂終焉於是，則是忍於其

① 自，康熙本作“既”。

② 而已，康熙本作“如是而已”。

先將軍[1]，而聽其爲庭堅之祀、若敖之鬼也，豈知佛法者哉！"或曰："然則子何不譙讓其爲僧，而力沮其改亭爲庵之舉，又從而爲之記，亦有説耶？"余曰："夫倪子之爲是，蓋出於有所激而然。凡人之激者，其後必思，思則悔。爲之友者與之争於方激之時，不若聽其激之意盡，而動其不容已之思，則其悔也堅矣。倪子，聰明純孝人也，激過而思且悔，可計日而待也。且夫倪子之激，固存乎其先將軍之不可無繩繼，而或莫之恤，即又焉忍一往而忘之耶？吾故順爲之記，使倪子讀而思焉。思則得之，何事與之争辯乎？然則此庵也，惟當掃地焚香，讀《孝經》《論語》《祭義》諸篇，以思先將軍之英靈可也[2]。如曰：'我終焉爲僧於是，不可也。'"記之意蓋如此。

頫濱所謂自有文章以來蓋亦鮮矣，"文章有神交有道"，一至於此。（宋荔裳）

聽雁樓記

聲音哀樂之感豈有常哉？吹竹彈琴、敲金戛石所以悦耳也。而古之人或聞樂而泣，代馬晨嘶，邊笳暮咽，天下之至苦也。而有求於其地者，得所欲而喜聞斯聲也，猶《箾韶》也。何則？人之悲者聞歡聲而益悲，人之樂者聞悽聲而愈樂也。而何有於空中之過雁乎？

吾友汪子育風少得逸妻，延陵之裔也，不幸而蚤夭[3]。汪子悲思之，名其所居之樓曰"聽雁"。豈非謂雁本鷙禽，義不再匹，故昏禮奠雁，聖人取之，有夫婦之道焉。是以失耦之夫端居獨夜，聞此聲而傷心與？由是言之，則是悲生於雁也而非也。向使汪子泛泛然同於世俗之薄夫，鼓盆既罷，歌哭兩忘，佳麗之前，何愁不盡？雁至之時，秋深之候也。良夜爲歡，雁聲入耳，方且快枕簟之生涼，蘭闈之無暑也。雁聲可樂，孰謂其悲哉？足見雁聲不悲，而悲生於聽雁者，由傷逝之情深也。傷逝情深，則豈第聽雁而已！即與之聽九皋之鶴，百囀之

① 忍於，康熙本作"忽諸"。
② "惟當"至"可也"句，康熙本作："如古人之捨宅爲寺，以資先將軍之冥福可也。"
③ 蚤，康熙本作"早"。

鶩，猶將愴神焉，而況於嘹唳之音、失群之響乎？聞汪子之風者，可以增伉儷之重矣。且夫雁之爲物，不但有夫婦也，而且有兄弟之序，有君臣之分，不愧禽鳥者，幾人乎？彼皓首歸來之子卿固亦老於聽雁，其聽之於北海之濱，視聽之於南歸之後，哀樂不侔矣。意非斯人，不足以記斯樓也。

古今至文，只是入情。入情之奇，方是真奇。此篇是也。（華涉園）

大家之文，反使爲六朝者不能如其婉麗痛快，真是奇絶。（蔣前民）

華亭縣主簿廳修復記

舉天下之事，無論鉅細，當其創殘傾覆之餘，思得其人以興，然或視之而莫爲焉，或爲之而不成者，有三患焉：一曰聽天，一曰待後人，一曰事不切己。夫天不可易者也，然爲其事者聽之則不力；後之人不可知者也，待之則罔功；事不切己，如古聖賢豪傑垂世立教濟人利物皆是也。如必曰切己則爲，不切己則不爲，則生民之道不幾於息乎？故三患具而事鮮成，自然之理也。然此特庸衆人之見，蹈常襲故，猶往往足以爲患，而不知又有賢知之患焉。夫賢知之患，或才高而位卑，或時移而物换，浮沈寄託而無凝滯之心，彼其視上棟下宇猶秦越人之肥瘠也。豈以動其心哉？故史載阮籍求爲步兵校尉，騎驢到官，壞其廨舍，使内外相望，兵厨酒盡，拂衣徑去。後之賢知舉動不必盡如是，而其所見則大抵不相遠矣。此不可與庸衆人同日語，而足以爲率作興事之患，曾未嘗少異，然則彼創殘傾覆之在天地間，復何望耶？

惟吾友黄君辛子不然。黄君之來主華亭簿也，向之簿舍經兵燹之餘，掃地赤立，此非孱力之所能復，必也天幸，而黄君不聽天。自漢以後無長子孫之吏，近更席不暇暖，後之人且迭至，而黄君不待後人簿裁而載設爲協運催解，大抵終歲孑孑，在廪、在舟、在燕官署，頗不切己，而黄君不謂不切己。一旦考圖按籍，經始要終，舉昔之主簿於是邑若宋鄭茂、陸垕所嘗搆“栖鸞堂”、“風月榭”，名目僅存者，焕然復還舊觀，人皆以爲難。余獨以爲此庸衆人之三患，黄君非庸衆人，破之宜爾。惟是黄君以八閩奇士，用明經高第，歷司理、學博，偃蹇以至是官，則所謂賢知浮沈之患，黄君正其人也。而亦力矯其習，見之而必爲，爲之而必成，豈不尤爲難哉！余約略論之，前之三患，求之古人能反是者，若申包胥可謂不聽天矣，若虞允文可謂不待後人矣，若陳湯、甘延壽可謂不辭不切己矣。獨求能反賢知之患如黄君者無有，不得已而求其近似，其惟柳士師之不恭乎？是不可以不記[1]。至於用財若干，計工若干，爲時幾何，固無俟予文。

明是許可賢智浮沈，不修官舍，却如此立言，淺學如何識得。（魏冰叔）

麻城周伯譽云："四書上無小題。"吾于先生之文亦云，是以論其世也。（吴雨若）

山曉亭記

羽南子搆亭二間於其居之後圃，甫堊壁，工未竟，亟引余觀之，咨亭名焉。余名之"山曉亭"，而顧谓羽南曰：

夫北城，金陵之異域也。吾與子居於是，何戀乎？戀鍾山之秀色耳。往昔吾與子起居出入，未嘗不見此山，不啻以爲依歸。然及今之歲，幾見哉？嘈嘈雜雜入耳而不絶者，雨也；冥冥濛濛，極視而不見者，山也。逆而數之，斷自元夕以後，如是者爲日將百有餘，山如在長夜之中焉。乃兹者登是亭也，天忽然而開，雲忽然而歸，氣忽然而爽。山之蜿蜒磅礴於亭外者，由北而東北，左而東前，明翠和煙，倏來親人，雖亭之距山中間尚十餘里，而層巒疊嶂，近在短垣之上[2]，一若可以手探而足躡之[3]。吾與子亦心開目明，抵掌稱快於此亭也。豈非向也爲山之夜，而今始曉乎？曉夜之義，不施於蚤晏，而存乎明晦之間。蓋鍾山者，氣象之極也。當其明霽，方在於朝，時作殷紅，時作鬱蒼，時作堆藍；少焉亭午，時作乾翠，時作縹白；俄而，夕陽，時作爛紫，時

① 不記，康熙本作"無記"。

② 在，康熙本作"出"。

③ 一，康熙本無。

作沈碧；素月照之，時作遠黛，時作輕黄，星河影之，若素若玄。凡此無論晝夜皆此山之曉也。惟不幸而霪雨，而窮陰，而風霾塵沙，而妖氛，山隱於垢濁，晦昧不見，如此雖在永晝，亦山之夜也。且夫鍾山之怪也，焚斫蹂躪而不改其容，惟陰晦則厄焉。厄久而通山之愛曉，而喜有今日也，與人無異。而是亭之勝尤足以盡薈蔚之美，竦刮目之觀。又其成也，適與景會，余故樂爲之記。俾後之覽者，不獨想見其處，而亦可以論其世也。若夫翦茅茷，定面勢，蒔花帖石之工，與夫亭之爽塏，可以飲酒賦詩，蓋不必言。

詞格悉敵子厚，而用意深遠矣。（計甫草）

描寫山光，如宋玉《神女賦》，然賦體生厭，此以真古文代之，尤爲罕覯。（蔣前民）

讀畫樓記

大凡天下之物有聲則有形，形即畫也。六經、子、史、百家之撰，其聲之爲書者[①]，即形之爲畫，善讀人無先後也。是故古之人讀書必有圖，圖其所讀之書，俾夫讀者於書遇有凝滯，一按圖而了然矣。自古人讀書之法廢，於是圖自爲圖，而書自爲書，無復相資發明之益，而其見之仿佛者，獨在於方書、本草以及金元以來傳奇小説，淫哇鄙俚之末技，而先王先聖之法言與夫漢唐宋大儒之文章索然，惟有訓詁、音釋，炳若丹青者闕如也。雖其大指自不可没，然古人目擊道存之妙亦已亡矣。夫雖然亡非一日之亡[②]，至今日而必曰惟圖之是務，則必枝梧粗礦而莫得其要領，徒貽白首棼如之誚，未睹復古之效也。吾意當斯時必得真學者出焉，博極群書，才悟絶一世，得其精意，以觀其會通，所見天下之物無非書，天下之書無非畫，畫可以爲圖，而有餘地焉。蓋非盡如古人之圖，若《豳風》《禹貢》《春秋》會盟、《禮記》制度、《周易》物象之類，即乎其書而爲之而已也。

① “其”前，康熙本有“二氏之言”四字。

② 夫，據康熙本補。

蓋舉凡古今藝成之士所畫山水、人物、花鳥、宫室、器玩之屬，入乎其目莫非六經之注義，及紛綸萬卷之光怪變現，而讀下歷歷，可思而不可言，此其爲圖之功，較古人更高焉。畫者不知也，惟讀者知之。則當代讀書識字一人而已，周櫟園先生其人也。先生既讀畫而樂於是，爲樓以臨之，王内史所謂仰觀俯察，兹樓不爲無助。然諸從先生遊暨先生群弟子獲登兹樓者蓋寡，雖復躡其梯級，撫其欄檻，退而罔然，仍不識樓之所在。或曰："樓在中州，當嵩岳百泉之間。"或曰："在金陵，登之可揖鍾山。"或曰："豫章滕王閣之左近有此樓。"或曰："嘗有人飲燕市，突見此樓，極壯麗，額作擘窠大字，曰'讀畫'，明日訪之不可得。"或曰："在閩，入閩逾仙霞嶺，則樓在望。嘗有謀毁者，不能遂，若有物呵護之。"而或以爲樓之始基實在山東濰縣，樓前喬木千章，楩枬爲梁柱。先生書策、琴瑟、干戈、弓矢尚有留其上者。今揚州江都亦有樓第，寫其制而營之。傳者蓋不一。而吾獨以爲先生之樓無之而不在也①。蓋古今之書所載之理、所載之事、所漸訖之方域，直之上下，横之四方，不可爲限量，其形而爲畫亦不可爲限量，則其爲樓之所函蓋亦不可爲限量，豈事矜尋丈以爲高，侈方幅以爲廣哉？然後知看山讀畫之句，先生斷章取之，而義蕴深遠矣。是爲之記。

附櫟園先生來札：昨晤後歸來，讀大作，愈讀愈妙，先生真文人也。但愧弟不足以當之耳。三箑求大筆一揮，更求撿爲弟作，並同弟所賦諸作盡書其上，使弟如對《大雅》，教我良多矣。諸不悉。

又：前者小集，喜高朋之入座，而未獲盡歡，殊爲悒悒。兹得手教，急爲發函，見三箑書大作，無一字不深。老先生于此道亦既伐毛洗髓，久證果位者，無庸弟之贅贊，而獨是《讀畫》一篇，離離奇奇，雖在先生詩中，亦真見所未見。何物讀畫樓，何幸而辱先生之一記，又辱先生之一詩。弟所得於先生者，不爲不侈矣。謝謝。

---

① 爲，康熙本作"謂"。

重修隆福寺碑記[①]

歲己亥夏五月，余至太倉，館於其地之隆福寺。既而阻兵不得歸，淹留至四閱月，其住持僧名普滋者，周旋無倦容，既而從容言曰："此寺創自梁天監四年，歷唐宋至元末而始毁。洪武間稍振新之，功未就。三百年来，頹廢已甚，賴吾師印初殫力而經營之，首修大殿，高廣深靚，次搆峻閣，次修金像，以至山門、廊廡、寢廬、庖湢，皆新整修潔。事在崇禎丁丑、戊寅間，願先生記之。"

予聞而歎曰：斯寺之廢久矣，印初何人，乃振作興起於一旦無難也。蓋天下事不患無千萬人，第患無一人。此一人者，誠得之，雖千

---

① 康熙本與此差異較大，今附於注後。

歲己亥夏五月，余至太倉，就王子周臣求館舍焉，周臣曰："是有隆福寺，其住持僧鑒若名普滋者，過去尊宿印初之孫也，爲人謹潔而和，不墜祖風，蓋可以主之。"余既至與處，信然。始余不過爲數日計，既而阻兵不得歸，淹留至四閱月。鑒若周旋無倦容，則益與相好也。余且行，鑒若從容言曰："此寺自吾祖殫力經營，規粗具，而至今尚未有記，機緣實在先生，敢以請。"余不能辭。

按：寺初名報恩院，創自梁天監四年，歷宋祥符重建，更賜額爲隆福寺。舊在州城内武陵橋北，至元末而毁。洪武間，即其廢址建鎮海衛，而邑人有孫徹者，捨宅更爲今寺，寺徙橋之西南，時洪武十四年也。嗣是以來二百餘年，歷嘉靖，隆慶寺日就傾，嘗有碩僧修而復毁，遺構莫支矣。至崇禎元年，邑之紳士始相與謀曰："夫欲興古刹必得高僧。此寺之香嚴禪室，有出家習静其中曰海正比丘者，洵其人也。吾儕第瓣香迎之，俾主方丈，則寺之興也有日矣。"咸曰："然。"

海正者，印初名也。印初之爲人，以道行服人，以講律化俗，以精白庀材，以勇猛任事。於是首修大殿，高廣深靚，頓易昔觀。次構峻閣，奉宋像觀世音。次莊嚴三佛帝釋天王阿羅漢，金像粲然，以至山門、廊廡、寢廬、庖湢皆新整嚴潔，事在崇禎丁丑、戊寅間。無何，印初順世，而其徒照珠、其孫普滋猶能先後踵其事，金繩覺路，增潤無已。普滋又善繼先志，置寺前放生池若干頃，識者以爲印初之教足以裕後於無窮也。嗟乎！印初如此，向者吾友周臣亟稱之，豈漫然哉！

余既阻兵無狀，而又因考此寺之迹所由來久遠，興於既廢，以知印初之能，則益不能無概於中也。蓋天下事不患無千萬人，第患無一人。此一人者，誠得之，雖千年之廢墜，不難立振於一旦；不得，則雖有衆若符秦，有粟如李密，而嘗不免於蹉跌也。豈所謂一人者，獨浮屠氏往往有之，而士類反無之歟？又豈未嘗無其人，而所用所養兩不相值歟？抑非嘗之士者必如古之耕莘釣渭者，必卓然自重而不肯同於下士之馳騖歟？又豈行藏關乎興廢，則天實主之而人顧莫可如何歟？不然，何以不印初若也？乃歎而記之。至其所置放生池，尚未竟厥工，方有待於居士長者，須其成，許續爲之記。

百年之廢墮，不難立振於一朝；不得，則雖有衆若符秦，有粟如李密，而常不免於蹉跌也。豈所謂一人者，獨浮屠氏往往有之，而士類反無之與？又豈未嘗無其人，而所用所養两不相值與？抑非常之士如古之耕莘釣渭者，必卓然自重而不肯同於下士之馳騖與？又豈行藏關乎興廢，則天實主之而人顧莫可如何與？不然，何以不印初若也，若普滋善承先志，益張大而更興之，則予固不可以不記。

前半叙事雅潔，輕重濃淡，不差絫黍。後半就本色入感慨，千煙萬波。篇終緊拍，體裁明密，文之將聖者矣。（王周臣）

揚州石塔寺飯僧田碑記代

以王法治世，以佛法輔之，王法之所不及，有果報以持其後；以佛法善世，以王法主之，佛法之所不及，有刑賞以切其躬。此其用之相須者也。王法曰是，佛法亦曰是；佛法曰非，王法亦曰非。此其理之不易者也。理至於不可易，則一言出而人心帖然。不第賢知守之，即愚不肖欲違焉而不可得，使其執迷不返，則究竟祇以其身干王法、佛法之紀，而此不易之理自常伸於天地之間，則亦可以懼而顧化矣。

揚州之有石塔寺也，以藏佛舍利，其從來蓋久。寺之有雷塘，飯僧田也。前巡鹺御史李公實始予之田，經兵亂，積荒弗治，寺僧開墾焉。又上價於官如其田，陞科於公如其畝，而貪人敗類猶從而生心於其間，虞芮之訟，屢瀆公府。雖虛謬之談，往遭懲挫，而有靦面目，去而復來，田以侵噬者亦數年。直至講僧夢了來住此寺，始備列其事，鳴於撫漕都御史蔡公。公大批其牘，下郡縣厘正其田，永遠歸寺，而論始定焉，此其始末。

斷案歲時條目具有紀載，歷歷可考，無俟余贅。而余獨爲一深思之。今夫以童子適市，操數錢以易一餌，則人皆知其有而不可攘也。何況以疆理之田，僧墾其荒，而官收其直，可謂最彰明較著矣。吾意雖有蹻、跖無所施其智，儀、秦無其所置其喙矣。即奈何紛紛藉藉者，將十年於兹，必待蔡公一言而始定哉？且夫蔡公之言，則亦人人之言也。余嘗周覽其詞，一則曰："田之與塘高低迥別，復塘在於修閘而不在於廢田。”此以闢礙漕之借説者，固人人能知，人人能言者也。一則曰：“即使官果欲廣塘，亦必給其原價，豈可託備賑之名以白攘其有，且官長無能澤民而借潤於桑門之餘粒，可鄙孰甚。”此以破備賑之穢局者，亦人人能知人人能言者也。然何以自人言之，其效如彼，自公言之，其效如此哉？蓋蔡公之言，初不外於人人所能言，而獨有以折服其心者，在乎立於根本之地。一言而撤去其蒙蔽，剿絶其畔援，曰僧民一體，期得其平耳。

夫人雖至愚，豈有不知它人之田不可攘爲己有者？而其倖心蠢蠢，不愧不畏，明知故作，而莫知誰爲之者，原其所以，徒曰：“彼僧而我民也[①]。彼法不與人争，是可欺而刦取之，刦取不遂將不已。”而今忽提其耳曰“僧民一體，期得其平”，其言又出於當世之大人君子素不佞佛者之口，然後悚然如夢之始惺，而狂之頓歇也，然後知我之不得侵彼，猶彼之不得侵我也。繇今以往，礙塘之説不得復形諸爾口，吾民有田，而人誣我以礙官，可乎？備賑之局不得復萌諸爾臆，救荒有政，而取盈於一家之田，遂没人之，可乎？此余所謂理之不可易，一言出而人心帖然。王法、佛法於是乎一致矣。

故嘗竊論古昔有毁佛如周武帝者，非知佛者也。又有崇佛如梁武帝者，亦非知佛者也。何也？有其畸重，以爲僧則必有其矯枉以縱民，不知僧之即民，而一體之中自生分别焉，相傾相軋，豈有既乎？夫惟得其平，迺相安於無事。既平矣，而猶有不相安者，衡平而低昂見，然後刑罰果報，自然不容已，而聖人無心焉。此帝王平治之大道，而蔡公片言發之，豈第區區一飯僧田攸賴以永永也。

余向以臺使者承乏兩淮，與聞兹案，所見與公不異而言簡意盡，愧不若公也。會僧夢了來請余文以勒石，余謂田之興復，從此堅固而不可動如佛舍利者，其視蔡公此言矣。他不悉載也，於是乎書。

高文至理精辯。(施愚山)

米鹽凌雜，争訟搆鬥之題却行文如此，舂容安雅，層折透露。其説理法合一處，等閑將帝王平、治不動聲色之大道，一筆寫出，於此見

---

① 而，康熙本作“耳”。

先生是何等本領。(閻百詩)

杜來閣記

泰州郭東四十五里爲姜堰鎮，友人黄子天濤居之。黄氏世有聞人，如天濤尊先子眉房公暨從兄仙裳氏俱以詞學知名當世。而天濤承之以絶異之才，積學虚己，求友析義，一時聲譽翕然。於是，既於宅後搆"秋嘉館"爲讀書之室，又登高而望，於館之旁得異境焉，則築臺結閣以供吟眺之適，資賓友之娱。閣成，會余來訪，偕仙裳到門，望見天濤立閣上，臨視而笑，亟趨下，肅客入，握手歡忭，以爲奇。

越一日，置酒閣上，落其成。余周視此閣，高可五十尺，廣二十尺，憑檻而望，多平疇遠水、漁村樵舍。時秋柳未落，翳然夕照中，頗有圖畫之趣。北望，仿佛見山影如髻螺，即州志所載蕭梁時仙翁王冶飛昇處也。南望，江帆數點，有無出没於朝煙暮靄之間，亦復曠觀。須臾，賓主酣暢，相與樂其地之蕭遠與是閣之爲宜。天濤則舉酒屬余曰："惟先生有以名之。"余方沈吟未出吻，仙裳躍起曰："夫是閣成而杜先生適至，當名'杜來閣'耳，又他求乎?"四座咸曰："善。"余即踧踖不敢當其意，而亦不能不以爲善也。天濤曰："然則先生盍記之?"余惟此閣之勝概，與閣之所以名，則既具是矣，所欲言者，獨吾之期許。

天濤所以傳此閣者，其惟文章乎? 夫文章之道，必博極萬卷然後深，必矜慎名節然後貴，必審擇出處然後重，此吾之所以爲天濤願，而閣亦賴之所以傳歟? 彼淵明之東籬，子美之草堂，文章傳之也，而不盡於文章。焦先之蝸廬，袁閎之土室，其文辭不少概見，然要爲得其意。至於幼安之水北，伯鸞之廡下，其文心益奇，故皆傳焉，此不可爲世俗道也。今天濤居是閣也，望古遥集，則慕此閣而來者，尚有當世第一流人若宣城沈眉生、茂苑徐昭法、婁東王元達。一旦褰裳戾止，爲閣中不速之客，天濤其拂席俟之如余者，混迹糊口鹿鹿塵沙中，不及三君子遠矣。杜之來也，糠粃在前耳，何足以華此閣! 因記並及之，時爲壬子秋八月。

茶村嘗言我輩不暇著書，當於文字各體中賡續見之。此記命意

既高,而叙事、寫景、謀篇無一不造其極。文如茶村,方可謂之立言也。(鄧孝威)

家弟素負俊才,而近益居然有道,深沈好書,虚懷就正,遂來茶村之駕,兼得不朽之文,感召之速如此,學者可以勸矣。(黄仙裳)

小盤谷記

太行之陽有盤谷,黄山之陰亦有盤谷。山以南爲陰也[①],别之以小者,因前人之名志謙也。太行之盤谷,昌黎韓子序之[②]。黄山之盤谷,黄岡杜子爲之記。曷記乎?惟記其與太行之盤谷見於韓子之序者。古今同異之數,使兩盤谷互有考焉,如是而已。按:《序》曰:"謂其環兩山之間,故曰盤。"又曰:"宅幽而勢阻,隱者之所盤旋。"今小盤谷,居黄山之南,萬鸛山又在小盤谷之南。萬鸛山,山之小者耳,不得與黄山比,然謂之環兩山之間不亦可乎?又其地據潛谿之勝,離城市而適莽蒼,山樓煙磴,檐牙石角,虧蔽而隐現,誠哉幽且阻矣。此其相同者一也。

《序》曰:"坐茂樹以終日,濯清泉以自潔。"今萬鸛山巔有古松千尺,青映谷中之堂,左右復有老梅三十株,嘉木羅列四周,坐茂樹以終日,舍是焉往哉!有温泉焉,濯以白潔又不必言矣。此其相同者二也。

《序》曰:"采於山,美可茹;釣於水,鮮可食。"谷中巖壑幽邃,溪澗之流匯爲大池,於是有真珠之菜,有溪魚之乾,有石鴨之珍,其爲美爲鮮,居然絶品,此其相同者三也。

若夫《序》中所云大丈夫得志於時者之所爲,在今反爲不得志,大丈夫不得志於時者之所爲,在今反爲得志。各異者,此其一。昔之盤谷,李愿居之。愿本將家子,未必學詩,故昌黎绝不及之。今之盤谷,汪暉居之,暉家有賜書,爲詩最富。見推於吾黨各異者,此其二。韓子之文如黄鐘大吕,杜子之文樵唱漁歌耳。各異者,此其三也。蓋同

---

① 陰,疑爲"陽"字之誤。

② 序之,康熙本作"爲之序"。

者三，異者亦三，厥數均焉，同者可以傳，異者尤可以傳也！或曰[①]：“樵唱漁歌亦傳乎？”杜子曰：“甚於鐘吕。”是不可不記。俟異日至盤之中而爲之歌。

此記視昌黎序，同造極地，各據勝場，若謂過之，吾亦不許。（吴舫翁）

向山堂記

大凡地去郭數十里，雖具山水之勝謂之鄉，遂必不能多居人。即多居人，其科名仕宦、宫室服玩、文物掌故必不能與通都大邑争盛。惟吴郡之東西洞庭不然，蓋比之邑中，不惟具體而又過之，且多膏腴之田，收橘柚之利，故居于是者莫不安土重遷，不可動摇。而其地之吴姓者爲商賢仲雍之裔，是爲宗國，更不同于他氏，可以捐之而去。而吴子初明先人之廬在東洞庭莫厘峰之麓，襟帶太湖，據一方之勝，尤爲人情所難舍。乃初明之尊人以避湖寇之難，不得已而挈家徙金陵，距今四十餘年。初明承之，卜宅鍾山之陽，有室有庭，有庖有湢，右偏有書室，圖史充其中，花竹列于外，亦既楚楚君子攸寧矣。爰以“向山”名其堂，志不忘洞庭故山也。于是請余爲之記。

余惟昔歐陽子記有美堂，以爲天下都會之雄富兼山水之秀麗，惟金陵、錢唐爲然，而不及姑蘇者，以其山水在都會之外也。故雖以兩洞庭山水之區，人物繁盛，自成一都會，然郡守、縣令之治所不在焉，是以闕如。今吴子居金陵，方之姑蘇，此爲昔賢所稱最，雖凋敝非昔，彼洞庭豈得獨完？則吴子名堂之意豈盡從山川方域起見哉！大抵懷居之戒，即居無求安之義，非謂士之宜輕去其鄉也。《詩》曰：“維桑與梓，必恭敬止。”而“越燕向日，代馬依風”之咏，亦屬性情之至，此不以遠近大小論也。人謂姑蘇徙金陵，一衣带水，數驛之程耳。又同隸南畿，可無羈旅之感，不知世有至遠至大而無情者，即有至近至小而有情者，乃厚薄義利分别之極致也。

昔漢韋賢居平陵，及子玄成徙居杜陵，二陵相去亦不遠，而玄成

---

① “或”以下十七字據康熙本補。

既爲丞相封侯之後，必表請還平陵，至近而有情，此其一證矣。以吴子之才，當以玄成自勉，蔚爲宗國之光，使無情者聞其風萬一，收悚動愧耻之效，是爲不負余作記之意。若余則楚人久客，亦有洞庭而不能歸者，復何言哉！復何言哉！

叙事、議論、感慨，波瀾種種，絶頂不必言，而其引證不繁，遂使顛末了了，尤可爲古文家使事之法。（黄太沖）

記茅止生《三君咏》

丁丑除夕，漏下將二鼓，余寓扉已閉。忽聞叩門聲甚急，詢之，則茅待詔止生遣二伻至。一伻齎書致詩卷，即《三君咏》也。一伻氣喘喘，負《石民集》暨雜著五六函，置几上。復探懷出朱鈐封識物用，爲獻歲之助，可直三萬錢，置文集之右。却下階，同齎書伻向余叩首，致主翁命。余心竊訝之。蓋余固素知吴興有茅止生，亦知其常居金陵，然絶未謀面，何以有此？疑必有城南杜子夏。方詰來伻誤投，伻曰："不誤也，請觀書自知之。"迺發書，始知止生蓋從吾友范仲闇處，見余所爲同文社樂府，醉心焉，爰有《三君》之作。先以書及詩通余，道其向往之由，而約以開正良覿。又慮余客中度歲，不可儉於酒，故致資焉。蓋豪傑之舉，信乎其不誤矣。

三君云者，首余，次方密之，次鄭超宗。詩前自引云："白門都會，詞彦如林。獨此三子，才横法凛，我所心折。各繫古風六韻，用附知音。"其及余句云："性靈發樸音，大巧無纖詞。漢高一籜冠，六王無威儀。"其推許至矣。余詩不能然也，而其語特妙。後止生而稱余詩，其語之妙足以繼止生者，惟有龔合肥"茶村詩是飛仙人，海月江煙共咳唾"之句耳，其可貴重如此。

王正二日，止生果枉顧，論文之次，傷時盜賊充斥，莫分主憂，相與慨歎久之，定交而去。自是凡花晨月夕，登山臨水，廣筵曲讌，止生未嘗不見招。每聽余賞文析義，提衡今古，商略時務，止生未嘗不首肯。因更謂余曰："君英識絶人，正時艱所急。余向者《三君咏》廑以詩人相目，自以爲君知己，今知尚未也。"余笑而不答。一日，酒酣，余從容問止生："君之《三君咏》，善矣，然超宗知名，先於密之與僕，又道廣材高，君獨取之以埒於二子，有意乎？"止生曰："是嘗論定時賢，謬采拙作，兹以云報也。"余戲止生曰："然則余之報君，亦不遠矣。"四座皆大笑。大抵止生門地既華，聞見復廣，名場俗子，對面蔑如，心所詘伏，惟恐不得當。

余自交止生數年，了不知客况，然止生不欲余道隻字之感。嘗乘醉倚胡牀，謂余曰："元儀於足下十分義氣，尚未用得一分。"良以富貴子所自有，姑少徐之，以觀其後耳。而止生一夕死矣，傷哉！己卯、庚辰，密之得第去官諸王簡討。甲申後，薙髮爲比邱。超宗捷癸未，授職方郎。旋歸里，罹奇禍，獨幸不見甲申之事。余己卯省試牘，擬冠楚闈，總裁摘大結，語侵樞相，置乙榜。而是科新恩乙榜作中貢，遊成均，復祖宗考積分之制，將以破格用。余亦切思一奮，爲天子殺賊，不克則死之，亦足以成名於後世。而復以同舍生得罪言路，事格不行，僅仍舊例，授一貢生高等之官，非其好也。甲申之歲，余年始三十餘，遂敝屣棄之，流落飢寒。直至今日，益老困無憀。蓋三君中，以余爲最劣，然亦未有一人亨者。不識止生當日何所見而咏歌之乎？抑庶幾始終不辱，尚足以慰知己於九原與？止生此詩前後書二卷，綾者反先敝，以屢欲裝潢，得在行笥中。癸卯，客淮陰，倪子天章見而賞之，以爲知己難得，不可以不記，余故記之如此。其止生生平别見於余所爲傳。

鉅細互見，涕笑俱至，無意爲文，文之至也。（倪章天）

記與姜綺季論鬼報

戊申冬十二月，余客廣陵。劉三峻度招同姜九綺季及他客觀奏家樂。曲終，圍爐促坐，相與暢飲劇談至於鬼。客有述吴門葉襄果報一事，座客皆色怖，以謂寃業之不可作，怨鬼之不可解如此。綺季獨仰天大笑曰："此鬼何足道哉！"客問何故，綺季曰："吾嘗見世間貪官污吏，受贓枉法，每斷一獄則寃殺數十人，下一令則累殺數人。積而久之，殺人如麻。以果報論，必當鬼哭神號，塞破屋子矣。顧乃滿載而歸，求田問舍，美姬妾，飾歌舞，醉生飽死，曾不聞有某某冤鬼上門索命者。乃獨於一窮書生飢驅干謁，僅僅誤犯一次，而索命之鬼已隨其後，甚矣[①]，其不平也。可見貧賤有怨鬼，富貴無冤業。此等鬼物不過如陽世間茹柔吐剛勢利之小人耳。何足嚴憚哉！"一座抵掌稱快。

余獨曰："不然，大抵人生世間，不造恶業，上也。苟不幸失足而有冤鬼，則反宜多不宜少。何則？冤鬼多，則一鬼行而群鬼從，甲乙相問，皆尋某氏，則其間之鬼必有爽然自失，無異遼東之豕者；又必有以爲我衆彼寡，以千百鬼搏一人，雖勝不武者；又必有以爲其多如此事，亦平常不足深恨者；又必有以爲鬼多事多，貴人善忘，辨質煩難，不若舍之者；又必有以爲既或治之，我可坐享，相持不發者；又多鬼之中，必有善鬼從中勸解者；多鬼之中，必有懶鬼但求省事，参差不齊，致群鬼减興者。凡此七則，皆救也。若彼踽踽凉凉，僅有一鬼者，於以上七救無一焉，勢不兩立，則是可知矣。由是言之，貧賤之受報，自苦冤鬼之少；富貴之無報，正賴冤鬼之多。分别異同，職此之故耳，於勢利何有哉？况彼冤鬼不恃衆而恃獨，正有豪傑之概，奈何反比之小人乎？"於是座客更大笑，幾脱頤，咸謂由姜之説，鬼之董狐也，其伸貧賤之氣不可少也；由杜之説，鬼之蘇張也，其甚富贵之惡，尤不可磨也。俱足以扶正因果，非破因果也，並存之云。

文七　潛江甘鵬雲校

---

① 甚矣，原本作"其矣"，據康熙本改。

變雅堂文集　卷八

靈感頌有序

歲次乙丑建子月，客有傳示《關聖帝君靈感記》一卷者。濬按：帝君乃漢前將軍壯穆侯[①]，帝君乃近代封號，天下宗之。濬豈得而獨異？惟行文從壯穆較爲古雅，且侯志也。是編紀是年七月感應之顛末，謹伏讀終卷，作而歎曰："甚矣壯穆之學，實得孔氏之傳也。嘗論壯穆與吾夫子相同者，有三焉[②]：夫子爲東周，壯穆扶蜀漢，一也；夫子作《春秋》，壯穆好《左氏》，二也；夫子之學主仁，壯穆之學主天理人心。夫仁者，天之理，人之心也，二而一者也[③]。天理人心，舉壯穆之生平，居心行己，盡在是矣。而其神在帝左右[④]，又以此陰求天下士，而默相之[⑤]。

吾友朱裔三貳守江寧逾三年，濬以無家流寓於裔土将五十年[⑥]。凡裔三之政，無一不親見。其奉公也勤而廉，其治民也惠而義，其行己也和而介，其接物也平而慎，可謂循乎天理而即乎人心矣。然裔三落落穆穆，未嘗矯然自異，動容鼓舌，用自表襮也。而壯穆在天，觀照廉訪，獨知之深，於是錫嘉言以旌異之，與良子以報稱之。而且見瑞

---

① "侯"字後，康熙本有自注："穆、繆二字古通用，非下謚也。觀秦繆、魯繆亦稱穆可知也。然關侯終當改謚忠武。"

② "相同者，有三焉"，康熙本作"有三同焉"。

③ "人之心也，二而一者也"，康熙本作"又曰仁人心也，則二而本一，三同也。於戲"。

④ "而其神在帝左右"句，康熙本作"而神明之後"。

⑤ "而默相之"句，康熙本作"意必代不乏人而獨非今人之所急，豈容易得哉！乃始得一人焉爲"三句。

⑥ 土，據康熙本改，沈氏本作"士"。

夢於賢守，以明其至真；得佳音於同日，以神其感應。則信乎壯穆之仁同符至聖，皇皇汲汲，日以天理人心望天下，而於是乎舉一以勸百，明示天下以光祖考、裕後昆之道也。豈有不皤然勃然者哉？乃稽首拜手而爲之頌曰：

煌煌關侯，震古芘今。生平所學，天日人心。侯與操書云："日在天之上，心在身之内。"而拘儒執以爲贋作，不必然矣[①]。既以律己，亦以同人。人憂嗣續，每聽於神。神亦有聽，天道無親。惟善是與，陰騭下民。维朱司馬，貊其德音。帝命掌夢，告以良辰[②]。爲熊爲羆，爲球爲琛。惟心是寶，而膝斯珍。福固已求，鑒孰匪因。乃知淑世，莫如忠臣。

天理聖學以一人一事發之，幾無剩義矣。非通儒名筆，誰能至此。（黎愓齋）

花冢銘

余性愛瓶花，不減連林。嘗竊有慨世之蓄瓶花者，當其榮盛悦目，珍惜非常。及其衰頹，則舉而棄之地，或轉入溷渠，莫恤焉。不第唐突，良亦負心之一端也。余特矯其失，凡前後聚瓶花枯枝，計百有十三枝，爲一束，擇草堂東偏隟地，穿穴而埋之，銘曰：

汝菊汝梅，汝水仙木樨，蓮房墜粉，海棠垂丝。有榮必落，無盛不衰，骨瘞於此，其魂氣無不之，其或化爲至文與真詩乎？

大蘇先生有其妙而無其辣。（施愚山）

茶丘銘

吾之於茶也，性命之交也。性也有命，命也有性也。天有寒暑，地有險易，世有常變，遇有順逆，流坎之不齊，飢飽之不等，吾好茶不改其度。清泉活火，相依不舍。計客中一切之费，茶居其半，有絶糧

① 此自注，康熙本放在頌之末尾"莫如忠臣"之後。

② 康熙本"告"字後有自注"音谷"二字。

無絶茶也。兼性嗜香味[1]，惟在初烹，旗槍一戰，即聽童子持去，不知其亡矣。一日，友人過談，邇年出關諸壯士走窮荒險惡、水火不通、言語道断之地，道暍欲死，求馬溲不可得。余始悚然愧汗，念向來暴殄之罪，殆不可贖。自是始勉强啜再烹之茶，舌本尋索，亦覺津津有餘味。因慨生平賦命奇薄，與物無緣，惟茶爲恩，我負之不祥。豈可使墮落污穢中？且余既有花冢矣，耳目之玩，孰如性命之交乎？於是舉凡所用之敗葉，必檢點收拾，置之净處，每至歲终，聚而封之，謂之茶丘，磨石刻铭，曰："石可泐，交不绝。"

每就一細事説得人心折汗下，却又妙極自然。先輩謂四書上無小題，於此益信。（王玠右）

楊忠愍公象贊有引

嘉靖間，主聖臣愚，邊烽狎至。兵部主事楊公繼盛抗疏論馬市計誤，詞氣壯烈，本欲爲國立甘、陳之功。蓋是時火篩盤據河套，漸爲封豕長蛇，此公之所以蒿目腐心也。及疏上，奉嚴譴，公知禍本在廷，故他日再疏，首擊嵩，若擊嵩而勝則請纓繼之矣。惜乎公不勝，而遂死也。公死百餘年，雖兒童走卒皆知仰慕，然未有知公之所以用心者。會公四世孫聰福屬濬題公遺像，展拜之次，謹以此意繫之。贊曰：

鸞死嵩存，主憂臣辱。急則治標，蠱在其腹。庚戌己巳，舉朝碌碌。臣實腐心，敢愛臣骨。於鑠皇輿，誰蝕爾轂。再擊而凶，居廷鬼哭。内賊之壽，外賊之福。爲朱雲劍，爲太尉笏。凜凜生氣，至今在目。

舉千萬人不及此，只是留心國家事久，不獨才識絶倫。（李杲堂）

吴初明第二我贊

陶宏景身在山中而有宰相之名，非幽人也，何足與言松風之夢

---

① 嗜，康熙本作"躭"。

哉？初明吴子百函俱發，五官並用，而風神雋朗，不以詭遇爲榮；骨氣堅凝，不以他途爲重。婆娑泉石之上，撚髭索句，而寥寥刁刁從空而下者，是何聲耶？松耶？非耶？蓋優哉遊哉，誰與子同夢[①]？

西儒利西泰謂寫照爲第二我，言甚切理，余用之。（村翁自記）

小品數行，關繫千百世，上下古今，罕見其比。（張超然）

吴文山遺像贊

是翁也，十年之前，余再遇之於閭里，輒屬目焉。初見其翼然而趨，以爲莊士也；再見其穆然而思，以爲文士也；今睹其遺容，即向之所見而益得其爲人，則魁然志士也。夫其内行淳備矣，而又熟誦先正之文，第其甲乙，足以知其析理；手録四唐之詩，未嘗妄作，足以知其有耻也。蓋識面於十載之前，而知名於十載之後，正老杜所謂"於我故人遇"，而象賢維季，則又交在紀群父子也。

圓映精徹，如珠走盤，竟可抵一小傳。（黄行夏）

祭龔太夫人文

嗚呼！濬嘗讀宋歐陽修《瀧岡阡表》，見其載母夫人爲修述其先人嘗夜燭治官書，屢廢而歎。夫人問之，答曰："此死獄也。吾求其生不得耳，求其生不得則死者與我皆無恨也。矧求而有得耶？"又讀漢史，嚴延年之母亦嘗誡延年："天道神明，人不可以獨殺。"未嘗不歎二母之言痛切剴到，皆天下之至言，雖賢聖無以易。而歐母之言，其子謹佩之，遂以文章、氣節、經濟名當時而傳後世。嚴母之言，其子不能用，以及於禍，然後知慎刑之道。不獨忠臣所以培國脉，乃慈母所以教其子，而孝子所以事其親也。由歐母而後，其惟太夫人與？蓋太夫人之全德備福，其所以相太封翁爲碩儒，教諸令子成名士，至於詒厥孫謀，莫不盡善。濬不克悉知悉數，而獨以其伯子司寇先生觀之。

---

① 康熙本段後有自注："夢用重夢，乃暗押韻。"

蓋司寇先生嘗一爲少司冠，再總臺綱。今又晋大司寇，其所職掌皆天下之大刑大獄。而先生慮囚詳慎，至廢寢食，既不肯失出以養亂，又不忍失入以傷和，一如記所稱。悉其聰明致其忠愛之道，於是多所平反，所活人不下數千百計。惟求其生而不得者，然後死無所恨，未嘗獨殺一人，以干天地神明之怒，期於民謂不冤。而先生顧退然不自有曰："此覆載之仁，非小臣之力也。"兹非太夫人教之與？夫善則歸親，意太夫人平昔之歷舉先德以訓先生，必不減歐母；其崇引天神以誡先生，必不減嚴母。而先生爲歐不爲嚴，故今先生之文章、氣節、經濟聲華奕奕，略與歐文忠等。而世之爲嚴延年者，聞先生之風亦幡然有斷罟投弓之志，此其造福爲尤溥而食報爲尤速矣。

嘗記丁酉之歲，先生寓居金陵。濬朝夕過從。一日，見先生昆季躬親灑掃，大治供張，一門之内，雍肅倍於他日。下至奔走厮役，亦莫不欣欣，喜動顔色，以爲太夫人將至，則先生平日之恭事太夫人，而服其訓辭當何如？益可以知吾言之不謬，而福報之不爽矣。彼于公之大其門曾不足多也，蓋太夫人之藏於是乎？將與《瀧岡阡》並稱不朽焉。嗚呼！

哭龔孝升先生文

歲在癸丑冬十月，南京流寓楚弟杜濬遊於常州之江陰，聞孝升龔先生九月十二日之訃。時方對客，不覺大號慟。越一日，謹爲位以哭先生曰：嗚呼！先生之歿也，濬先一月知之矣。知之以其得歸也，何則？先生病不亟必不得歸，得歸必病亟，病亟而得歸，安歸乎？此其所以先知也。嗚呼！痛哉！

濬與先生定交自壬午都下，距今三十二年，而永訣焉。先生少濬四年，隱然辱以兄事，乃今反以白首哭先生，則叙述平生正在今日。然濬竊謂有不必更言者，有不當遽言者，有不待人言者。不必更言者，何也？謂先生之知我也[①]。夫先生之知我，世既共知之矣。又從反覆覼縷[②]，不但不勝其煩，且何以别於浮誕之士因先生之歿靦然虚

---

① 之，汪氏本無。

② "從"字後，康熙本有"而"字。

談假重者乎？此濬之所耻也[①]，故以不言存吾真，識者有取焉。不當遽言者，何也？謂先生之詩格也。贊誦一詞，棗梨四出，可謂盛矣。然而，官爵所在，足以昌詩，亦足以累詩。思欲少須時日，爲先生精選數百篇，期於必傳，或行或藏，皆可以報知己，不敢以倉猝而定其論，是則濬之心矣。不待人言者，何也？謂先生之出處也。先生勳業滿世而不自以爲善，利濟在人而不自以爲德，往往於酒闌燭灺、歌殘舞罷之際，與濬酌茗相對，泫然流涕焉。雖有汲直，何以加諸？嗚呼！痛哉！

惟是濬嘗有二事，似乎負先生而不爲負先生者。二十年来，先生嘗期濬一聚燕邸，詩札丁寧，他猶可置，至於病中見寄詩云："騎省秋風損藥囊，白頭終日夢柴桑。"其詞孔悲，而濬竟缺一往。先生嘗欲得濬藏草，懇懇勤勤，同於急務，且云："吾将爲君謀諸梓人氏，無難焉。"濬以無副本卒未應也。是二事似乎負先生矣。而不爲負先生者，前之一事不失爲守己，後之一事不失爲藏拙也。

先生亦有一事似乎負濬而不爲負濬者。丙午之秋，先生以歸葬太夫人禮畢北行，濬爲詩六章奉送。其末章云："康濟誰能盡，功成退步寬。鹽梅留淡味，霖雨慎波瀾。豪素深心託，榮華道眼觀。古來光史策，知止最爲難。"見者或謂先生方晋官，奈何爲此言？乃先生顧深賞之，以爲必如此然後謂之真朋友。明日來别，猶出詩小袖中，曰："謹佩厚意。雖然，如不得退何？"濬曰："公之此行，從此步步辦退，著著謀退，則退易矣。空言求退，則退難矣。"先生舉手謝曰："某不敢忘。"及是别又八年，而後如是以退，似乎負濬矣而不爲負濬者。先生用吾言而不效，非不用吾言也。嗚呼！痛哉！

此人爲之耶？抑天爲之耶？蓋至是無可言者矣。濬獨爲天下致惜，爲千百年致惜。世界雖大，人物雖衆，求一人焉如先生之憐才篤友，恐斷斷然不可再得也！斷斷然不可再得也！嗚呼！痛哉！

知己之痛，涕淚千古不必言。而下筆之前，閣筆之後，隱隱隆隆，覺有千百言在其中，則極文章之致矣。（吴伯成）

嗚呼，痛哉！近套語也，此獨不虚下。（自記）

---

① 也，據康熙本補。

祭少詹吴公文

嗚呼！濬之辱教於梅村先生也，歲在庚辰。其時先生司業南雍，而濬以貢入北雍。舊制，南北雍相爲一體。故濬與先生有師生之誼，而先生以國士遇濬，忘形爾汝自若也。濬之别先生也，歲在己亥。其時先生以北祭酒歸甫彌年，而濬之自廢則自乙酉矣。師生之誼，至是相視默然。先生遇我加厚，阻兵淹久，始終照料，資其餐館之費，供其行李之乏，人以爲自濬而外，得此於先生蓋寡。嗟乎！先生不可忘，己亥之别尤不可忘也。自是以來，無歲不思再訪五畝之園，與先生極論曩昔，而先生遂殁耶！嗚呼！痛哉！

方先生之殁也，濬適流浪吴淞間，聞諸杜九高曰："先生死而神明，元日之夢，符於臘盡。"嗟乎！神明猶人也。齎志而爲之，其神必靈，而何疑於先生耶？聞諸顧伊人曰："先生之且訣也，多褁言，語多不具述，獨記自論其詩云：'吾之於此道，雖爲世士所宗。然鏤金錯采，未到古人自然高妙之極地，疑其不足以傳。'"而不知此語已足以傳，甚矣先生之不自滿假如此。又聞諸秦留仙曰："先生去年遊梁谿，客有稱其五言近體者。先生謝曰：'吾於此體自得杜于皇《金焦詩》而一變，然猶以爲未逮若人也。'"秦樂天亦云。余於是悚然。先生位高名大，而能爲此言，此其巍巍不可及，又豈第在篇什間哉！嗟乎！嗟乎！此濬所以不恤衰頽卒齎磨鏡具操絮酒之涓滴，一酹先生之靈，以抑吾悲，有以焉爾。雖几筵已徹，後至之誅，料不加諸飄蓬泛梗之人也。嗚呼！哀哉！

行法止法，章法變法，藏露含吐，極文章之妙而不可以言。（陳言夏）

祭周櫟園侍御文

維我櫟園先生，再逢歲壬子捐館之七逾月，同學野人黄岡杜濬始以飢軀乞食自江北返金陵客舍，謹齎一瓣香，走哭先生之靈曰：

嗚呼！竊聞之，古之人其感人也，感其一言；而其知人也，知其一事。蓋舉其要者而已。濬辱交先生垂三十年，遭世之變，聊寄託於詩古文辭，荷先生推奬不一。然濬行天下得此於人，不敢必其爲中心之好也。惟曩者東臯王君以所輯方書求序於先生，而其中先有拙序，先生一見以爲絶倫，輒手札抵濬，娓娓數百言，細論拙作之所以佳，至辱虚懷，閣筆不復作序。此則真中心之好矣。今書迹尚存，知音難覯，所謂感其一言者，此也。壬午、癸未間，先生以盛年新第作宰濰縣，值鐵騎壓境，號數十萬。先是，名都大郡望風瓦解，濰城彈丸耳，外無蚍蜉螘子之援，可以靴尖踢倒，乃先生登陴歃血，出奇制勝，卒能挫抑其鋒，沮遏其勢。當是時，河北之不亡，緊誰之功也？憶先生嘗酌濬及錢塘張繡虎於偶遂堂，先生酒酣耳熱，劇談當日事，因解衣示濬以左肩箭瘢，雖歲月深矣，而殷殷猶赤，且慷慨語濬與繡虎："若使周某當日遂死，豈不與日月争光哉！"濬與繡虎相顧，壯其言。所謂知其一事者，此也。夫感其一言，先生之知濬也，使不知其一事，將何以答知己？知其一事，濬之知先生也。然非感其一言，不猶惡夫涕之無從乎？以此思哀，哀可知矣。嗚呼！

用意行文，古今兩絶。寫守濰一段，生氣何減《藺相如傳》。（張繡虎）

鄧子哀詞有序

君姓鄧氏，諱雲程，字扶風，黄岡人也。狀貌瓌偉，才氣縱横。弱冠補邑諸生，治舉子業，宗先輩，爲詩有健氣爽致，兼負勇武，有膽智，以報國自矢。

時李自成、張獻忠二賊猖狂，至尊旰食，而在事諸臣無一可仗，居政府者尤下劣不堪。君大書榜其門，明肆醜詆，見者爲君危，勸收門榜，君笑曰："是厮方黷貨，揀擇金珠無虚日，奚暇殺我。萬一殺我，則是改其常度，未免好名，國家之福也。"聞者皆笑之，卒不收門榜，禍亦不及。居無何，賊逼黄郡，遊騎至外郛，城中無糧無兵。守令惶懼①，亟召君計事。君歎曰："事至於此，不但生聚教訓爲隔世事，並徵發科派亦無及且不可矣。獨有不肖一軀可塞餓虎之蹊耳！誠願不愛死。"

① 惶，據康熙本改，沈氏本作"皇"。

守令壯之,而難其不敵,握君手,意悽愴。君揮手與别,即就儒衣結束,持一鐵鞭重四十斤,長五尺許,縋城而下,獨當賊衝。三晝夜,賊不至。相傳賊諜戒賊:城中有一偉丈夫,力能扼虎,善設伏出奇,慎勿近。且稔空城無貲重,破之何益,不如並力北向,無使捷足者先得之。遂麾其衆去。君得無恙,然更怏怏,恨未得一當賊,且若有隱憂者。守令將以聞撫軍臺使者,議題叙旌獎,君皆固辭。明日語我曰:"不出兄所料。"蓋余在危城,賊之情形已隃度之矣。

閲三年,甲申,賊遂陷京師,先帝殉社稷。君北望號吼,嘔血數升,有不欲生意。人謂君未沾一命,可不至此。噫!是豈知其然哉!蓋先帝之失天下與從來之失天下者不同。從來失天下者,或以昏庸,或以淫虐,或以驕奢,各有當失之道。而先帝延熹宗垂絶之緒,雖首除逆閹,而百度皆廢,從而苦心焦思,節節整頓,如器已攲,手扶正之;如水已覆,又别注之。而遭天不吊,約己非薄而財愈匱,下詔哀痛而賊愈熾。蓋孤撑獨立以至於十有七年,可謂創業未半,而群臣不肖,並力壹迹,相與亟起而亡之也。故嘗論先帝貴爲天子,而賦命之薄,若以下况於士類,猶劉蕡之下第,李廣之不侯,有足深悲者。未嘗享天下一日之樂,而以有道蒙亡國之名,千古之奇冤也。赫斯按劍,后主同殉,古今之至痛也。是以升遐之後,數年之間,人心未死,普天率土如喪考妣。以余所知,庠校名士若太倉王元達,奔哭文廟,焚棄巾衫,江都高生自縊於廡下,而爲佛之徒若僧顓愚亦灑涕辭衆,不知所往。甚至深山窮谷,愚夫愚婦,有傷心之極闔門不食而死者,何其奇也!迨又越數稔,向時寡廉鮮耻且前且却倖生觀望之輩徐出而呈身。而俊傑彙征時務之外,一無所識,則風俗爲之一變。浸淫以逞,呵堯詈舜,訾讆顛倒,蓋無所不至,而以爲猶未也,則烏知其所底止哉?宜君之不忍聞見,忽忽狂走,而寄死於洛南之横谿。

有子之愈,匍匐扶櫬以歸,窆於某處。猥以僕與其先人夙稱同志,爰自唐邑,不遠數千里,再四寓書,丐僕一言以不没其親。僕其可以辭?乃爲之哀詞一章,以慰其魂。曰:

維國恩之浩蕩兮,食其糈而若其訓者垂三百年。何斯人之但知有己兮,付祖禰於棄捐。物交物則化物兮,致本心之蕩然。固宜君之岔岔兮，常斫地而問天①。嗟天亦有古今兮，謂將正而彌顛。負登陴之雄概兮，失禦寇之長鞭。君是以又忽忽狂走兮，蹈大河而弗還。諒在鬼而爲雄兮，魂魄毅而誰憐？幸有子之克孝兮，不忍親之不傳。吾其敢愛一詞兮，當桑梓寂寞之日，而不著其猶有一人焉。與韓祖心、沈眉生、王元達、吴次尾諸君子兮，差抗首而齊肩。嗚呼！求忠臣於孝子之門兮②，道固美夫循環。

天地間一句話，我不説，教誰説。（村翁自識）

爲亡兒募義文

亡兒世農，有用世之才而難爲世用，抱成名之志而弗急名成。生遘滄桑，隨祖寄金陵之籍。須知家本鍾離，死惟環堵。值父作梅里之遊，何異魂銷江漢。書來雞骨，當斐然思吾小子之時；語斷猿腸，曰："恨不見我嚴親之面。"傷哉此子，痛矣吾兒！蘸筆千言，險躓曹劉之步；關弓九石，活埋耿鄧之才。在昔咏三良，功名不可爲，忠義我所安，用是掉頭不住③，有李固父子之稱；到今争兩字，飢寒之事小，廉耻之事大，以此養志承歡，在曾元酒肉之外。窮愁淩壯歲，方嗟早見二毛；短促翦英雄，何意云亡一病，但謂我衰。爾大送父遊仙，誰知祚薄門單，看兒作鬼。讀殘書，彈罷劍，盡易參苓；《寡婦歎》《孤兒行》，竟無饘粥。六旬之父，方同乞食之陶潛；八口之家，誰爲裹飯之桑扈。所幸亡兒爲人直諒，叨遊三益之林；取友端方，不在五交之列。慕郈成之執義，笑到溉之寒盟。言念衰翁，挑不動千觔擔子，何堪擔上重添；尤憐乳稚，舂不下一臼黄粱，况復舂中烏有。倘荷古道期存，必下山陽之涕；莫若伶仃是恤，爰招湘水之魂。鈞金斗粟，堪貽任昉之兒；白馬素車，敢辱巨卿之駕。至於董傳未葬，有待坡公；季子無碑，光遭尼父。或録陳三之細事，或求孟六之遺文。是皆誼貫幽明，豈第感均存殁。雖父爲子拜，我未之前聞；而祖代孫謀，古寧無此事乎？

① 斫，康熙本作"砍"。
② "嗚呼！求忠臣於孝子之門兮"，康熙本作"於戲！求孝子於忠臣之門兮"。
③ 住，康熙本作"顧"。

昔趙括不善讀父書，乃敗也，而不早死；表侄世農善讀父書，又死也，而不及成。于皇感生死成敗之不齊，作亡兒募義文。奚子蘇嶺曰："悲也，而非募也。讀是文而不悲者，其爲父必不近情之父。故天下不好義之人，由於心之不悲耳。以悲感悲，即謂之募也亦可。嗟乎！使趙奢至今在也，亦未有不悲者。"同學表弟奚禄詒書後。

此茶村駢偶之文也。豈猶夫今之爲駢偶者乎？（蘇嶺又評）

寄茅止生

酒間聞老兄論張江陵在伊尹之下、霍光之上，此非書生眼孔，然亦非名流高論，要是平實留心經國甘苦痛癢人語耳。止生真可與言，弟從此不復默然矣。

答某公

辱視云云，殊爲可異，願公勝之以静，而辨之以默耳。僕嘗有言：自古小人之禍，君子激之；君子之名，小人成之。至於成君子之名，業已受小人之禍，天下事因之破壞者不少矣。區區之見，得之十年讀史，輒敢以爲左右獻。

與范仲闇

世所謂真詩，不過篇無格套，語切人情耳。弟以爲此佳詩，非真詩也。何也？人與物猶爲二物故也。古來佳詩不少，然其人不可定於詩中。即詩至少陵，詩中之人，亦僅有六七分可以想見。獨陶淵明片語脱口便如自寫小像，其人之豈弟風流，閑情曠遠，千載而上，如在目前。人即是詩，詩即是人，古今真詩，一人而已，可多得乎？聞公方讀陶詩，試以此意相印。

復王于一

承問窮愁，何如往日。大約弟往日之窮，以不舉火爲奇；近日之窮，以舉火爲奇，此其别也。

與蔣前民二則

書畫骨董之類,有一輪迴焉,多變而爲爨下之柴,釜中之米。今則洗然一空,變無可變,書畫涅槃,骨董圓寂矣。一笑。

足下與于一詩,俱已過細,尚未過粗。過粗更難於過細,行當知之。

寄沙定峰

樂府蒼涼馳騁,有曹、鮑之遺音,今人不解也。讀《三江吊阿瞞》:"當世無孤皆亂賊,即今思爾亦英雄。"必傳何疑。弟行江南,僅見足下,無出其右者矣。倒服倒服!秋色漸可,老社翁何日過我痛談,出月弟將渡江而北也。小刻二種請教,無一合時之語,真可一笑置之耳。

文八 黄岡沈自申校

變雅堂詩集

變雅堂詩集　目録

變雅堂詩集　卷一　五言古詩 …………………………… 145
感遇十二首 ………………… 145
從軍樂 ……………………… 146
鍾山 ………………………… 146
九日臨高臺詩 ……………… 147
苦雨詩戲和汝修來韻 … 147
勁草堂咏史鬮得蘇雲卿 ………………………… 147
壽趙魯望 ………………… 148
孔雀庵初度 ……………… 148
奉贈□□觀察 …………… 148
贈陳寒山社長四十韻 … 148
卧病江陰周仲榮宅仲榮出其二令女畫册相賞贈之以詩 ……………………… 149
驥渚中元日社集閑雲精舍同薛千仞錢開少祁止祥來元成各賦古體兼呈木叔 ………………………… 149
毗陵晤薛諧孟社長 …… 150
飲孫氏山莊同木公開少諸子忽令君寒山先生遣役相聞遂過共談甚暢相與賦詩 ………………… 150
晚步放生池 ……………… 150
寺寓窗前秋海棠一本嬌淡可愛偶咏及之 ……… 150
遊靖江孤山 ……………… 151
孤山回舟 ………………… 151
虎邱 ……………………… 151
半塘 ……………………… 151
奉贈錢牧齋先生 ……… 152
同張醒公楊無補金孝章邱令和潘麟長虎邱遊眺作 ……………………… 152
吴門追憶昔令袁中郎先生及受命未及任之劉同人兼書所慨皆楚産也嗟乎 ……………………… 152
送琬林妹丈還楚 ……… 152
奉贈馮留仙先生 ……… 153
題霜菊卷 ……………… 153
夏夜聽公允彈洞庭秋思 ……………………… 153
寓園即事 ……………… 154
贈孫無言因送之吴門 … 154
送王阮亭北上 ………… 155

田家雜興 …………………… 155
謝公墩懷古 ………………… 156
周元亮南還以孝升先生送行詩見示依韻和之 … 156
咏史得謝翶 ………………… 156
三君咏 ……………………… 157
紀懷詩 ……………………… 157
鳳凰臺懷李白 ……………… 158
贈别葉桐初 ………………… 159
捷兒從江陰歸金陵 ……… 159
尋第五泉 …………………… 160
春日雨中讀班史有述 … 160
石頭城西修竹庵看牡丹和魏惟度韻 ………………… 160
遊夾山漾 …………………… 160
九日一草亭時將與天章别感賦十六韻共用日字 …………………………… 161
春孟同匡侯孝威孟新致巢諸子怡園分韻 ……… 161
二月十二日李匡侯招同鄧孝威范汝受於高座上人房同用青字是日郊外仙子甚鬧 …………………… 161
春日登橋西亭子讌遊因望冶城一帶同諸公限韻 …………………………… 161

變雅堂詩集 卷二 七言古詩

…………………………… 163
聖德昌 ……………………… 163
江水清且深 ………………… 163
無渡河 ……………………… 163
關山月 ……………………… 164
送將歸歌答方密之 ……… 164
合歡歌爲密之 …………… 164
醉歌行呈曹秋岳龔孝升鞏鴻圖諸公 ………………… 164
别傅山貽 …………………… 164
朱將軍騎射篇 …………… 165
雨霽邢子孟貞來歌 ……… 165
大椿樹歌 …………………… 165
書黄甫及册子因贈 ……… 166
公允屢招擊時鮮戲爲歌 …………………………… 166
贈剩公 ……………………… 166
賦得烏啼白門柳 ………… 167
衡水梨歌柬謝趙子 ……… 167
歸不得行 …………………… 167
唐港耕人歌 ………………… 167
快哉行 ……………………… 168
同心念一老歌 …………… 168
後快哉行 …………………… 169
觀棋行 ……………………… 169
歌答宗無齊兼爲别 ……… 170
椰冠道人歌爲張子虞山作 …………………………… 170
送鄭肯厓先生北行時聽王郎琵琶口占亦名琵琶行 …………………………… 170
揚州春 ……………………… 170
揚州客 ……………………… 171

揚州雪 …………………… 171
揚州草 …………………… 171
揚州炭 …………………… 171
五日歌賦謝顔衡山 …… 171
樵青歌爲黄仙裳作 …… 172
一杯歎 …………………… 172
賣船行爲施愚山作 …… 173
典裘歌爲佺廬中丞賦 … 173
初聞燈船鼓吹歌 ……… 174
悲哉行贈余子生生 …… 175

變雅堂詩集　卷三　五言律詩

…………………………… 177
聞子規 …………………… 177
園霧 ……………………… 177
答緯之 …………………… 177
逢子秬 …………………… 177
留別張樞下 ……………… 177
贈陳淡玄侍御 ………… 178
贈張瑶星錦衣 ………… 178
次韻答陳伯倫惜別 …… 178
聞黄石齋先生賜環同諸友用魂字 ……………… 178
次團江 …………………… 178
贈沈彤庵大行 ………… 178
夜坐方密之署齋論詩有懷楊龍友范仲闇李舒章時余將別去 ……………… 179
客京師數月朝夕密邇惟錢漁叟錢與朱越流同寓至是將散去總括情事得詩五首與錢並及朱以爲笑樂至詩中曲折惟余三人知之耳 ……………… 179
馮沛祖以五經卷見貽報之以詩 …………………… 179
贈周穎侯穎侯再約同舟南歸余皆以他羈不果踐 ……………………………… 180
閲穎侯詩 ……………… 180
蜀中劉念先死三年矣在時寓白門每當園中海棠盛開輒置酒請余賞之諾賦一詩未踐也津門同寓友有習念先者爲道其生平及其令上海開河便民狀怛然賦此報念先地下焉 ……………………………… 180
過滄州大風 …………… 180
梨花集再用冰字 ……… 180
早寒三用冰字 ………… 180
莒州道中四用冰字 …… 181
穆陵關 …………………… 181
至清江浦 ………………… 181
歸來 ……………………… 181
元日 ……………………… 181
自咏除夕元日詩 ……… 181
讀孟貞詩題其卷右 …… 181
生日阮仙有作依韻和答 ……………………………… 182
生日依韻和答歐陽次公兼遲周農父方直之未至

…………………………… 182
孔雀庵初度又申置酒與治
剩公過談 ………………… 182
夕警 ……………………… 182
送賀文凱歸竟陵 ……… 182
送歐陽次公歸潛江 …… 182
聽公允琴 ……………… 182
雨後集含露堂言別論文分
得留字 ………………… 183
次日再用留字 ………… 183
又用嵩少然字 ………… 183
又用德人單字 ………… 183
答金五鍾即和來韻 …… 183
懷山堂論詩 …………… 184
試杖戲作 ……………… 184
偶然小飲和王歙州 …… 184
李匡侯載酒過草堂 …… 184
早春同匡侯孝威飲劉氏園
…………………………… 185
花時貰緼袍 …………… 185
坐顧與治新齋 ………… 185
林茂之偕家兄方朔小飲借
石齋 …………………… 186
夏鶯 …………………… 186
午日書思禹歷齋中聽胡安
士彈琴和韻二首 …… 186
芍藥十首 ……………… 186
送龔孝升先生北行 …… 187
看苦戲 ………………… 187
孝章至自吳門過訪雞鳴山
寺登閣遠眺 ………… 188
秋日訪眉照上人用孟浩然
義公房韻 …………… 188
乙巳清明日飲吳漢槎海棠下
…………………………… 188
贈魏子存 ……………… 188
真栖携錢過草堂酌我時余
自滁陽返真栖自武昌復
來 ……………………… 188
花木庵同蒲道人啜茗 … 188
寺樓雨中同亦史翼微來鶴
桐初作 ………………… 189
古樹 …………………… 189
十二月十五夜至瓜渚宿魏
氏榮露堂與其喬梓即席
共賦 …………………… 189
送吳舫翁遊黃山 ……… 189
哭李鄴仙 ……………… 189
送文止峰歸楚兼祝初度
…………………………… 190
戊申正月十七日逢初度雪
中子婿小酌桐初後至同
用花字 ………………… 190
生日羽南送魚酒有詩戲答
…………………………… 190
己酉仲夏天章忽自淮陰遠
訪薙髮而僧喜餘有感成
詩 ……………………… 190
清和八日立夏同惟度南郊
看芍藥即事 ………… 190
送魏惟度偕吳星若西湖結
夏 ……………………… 190

春日獨酌有懷素園 …… 190
仲春肯厓再往草堂小酌承
示佳篇依韻二首 …… 191
舟發武康 …… 191
曉發過湖州有懷園次 … 191
癸丑中秋前一日過蘇嶺席
上爲五舅父壽 …… 191
馬節婦 …… 192
馬伯和宅海棠分得醒字 … 192
伯和落一齒有詩爲余誦之
復用其才字 …… 192
雨中再酌伯和齋 …… 192
僧舍 …… 192
送孟貞 …… 192
送萬年少返吴門兼訊姜三
如須時余亦將于役 … 192
介立上人房同子諒 …… 193
酬盛子山雨中涉水過飢鳳
軒作 …… 193
客廣陵偕季平園次子久集
介子園圃同作九日 … 193
聞雁 …… 193
孟貞過黄州有作見懷感答
…… 193
就枕又作 …… 193
燈前懷亡室 …… 193
尊五童子宋桂以農忙暫歸
全椒 …… 194
七日會飲送秋屏之全椒
…… 194
向顧書宣乞火米 …… 194
送五舅歸黄州 …… 194
蘇嶺書齋逢陳北固表弟即
送歸里 …… 194
虎邱舊寓追憶張醒公楊維
斗許孟宏楊曰補諸子
…… 194
長干塔下看月同師一上人
…… 194
丙辰長至前一日上花笑軒
晤蒲道人因成一詩 … 195
北山啜茗 …… 195
孟夏客真州宋子右文招飲
江深閣同紀大蘗子 … 195
偶見詩選有昔年仲兒世厦
燕子磯詩鐵積千年石潮
歸萬古痕之句驚歎淚下
一詩傷之 …… 195
訪奚蘇嶺表弟於澄江官舍
…… 195
蒼峴邀泛梁溪 …… 195
花時貰緼袍 …… 195
泊秦郵贈劉雪舫 …… 196
送歸元恭歸吴 …… 196
中秋讌李三友池上 …… 196
八月八日同天章任公飲虞
山張子齋中歸經一草亭
夜談紀興 …… 196
登多景樓 …… 196
過昭關題壁 …… 196
題蒲道人亭子壁 …… 197
柘皋早發 …… 197

天章酌我 …………………… 197
信宿燕磯山閣大雪逢初度作 …………………… 197
邂逅張子酒肆夜歸寺寓踏凍作 …………………… 197
倦圃詩爲秋岳賦 ……… 197
清明客瓜渚作 ………… 198
含山道中 …………………… 198
甲子仲春飯壽福精舍賦謝練江和尚南枝法嗣 … 198
春日景濂池上 ………… 198
青岳寓園海棠下同秋水作 …………………… 198
瞻雲堂同素園用晴山二字 …………………… 198
遭跌傷甚秋水惕齋枉問賦謝 …………………… 198
逸叟招同粲叟瞻雲堂看菊 …………………… 199
柬熊青岳 …………………… 199
幽棲寺 …………………… 199
臈九日敬修過存息交堂即事二首 …………………… 199
友人過晤率贈二首 …… 199
丙寅季冬酌公調紅梅下同用紅梅二字 ………… 200
丙寅陽月尚默載酒問病賦謝 …………………… 200
立冬前一夕小飲月樹齋 …………………… 200
丙寅除日和熊愚齋韻 … 200
丁卯客維揚汪蛟門見招談燕之作 …………………… 200
喜晴五月二十日同蔣伯子 …………………… 201
送北固表弟歸楚 ……… 201
古杏花邨尋友 ………… 201
于一過訪 …………………… 201
于一過訪因圃同韓臣前民作 …………………… 201
秋雨 …………………… 201
哭邢孟貞 …………………… 202
長干阿育王塔詩 ……… 202
賀黃澹巖初度時方考選 …………………… 202

變雅堂詩集 卷四 五言律詩鵬雲案:此卷舊名《倦游草》,與下《别興詩》《三山遊詩》兩卷皆先生自編,胡本原附卷末,今類附五律後,以歸畫一。 …………………… 203
揚州教場寓樓坐月 …… 203
樓夕 …………………… 203
二十夜月 …………………… 203
家信 …………………… 203
九月初七夜因圃看月同前民 …………………… 203
九日晚集因圃同韓臣作 …………………… 204
樓雨 …………………… 204
晴 …………………… 204
半草亭爲佀黃新居 …… 204

真江雨泊因傷亡友金沙于子秬 …………………… 204
十月一日晚愁喜家兄方朔過寓齋賞余遊什 …… 204
和兄作 …………………… 205
秋日同静能前民上雞鳴寺後湖亭感興兼懷蜀友范仲闇 …………………… 205
送軫石竺生返廣陵 …… 205
雨 …………………… 206
清凉山寺逢僧號掃葉者贈之以詩 …………………… 206
寒夜方朔兄過談 ……… 206
冬夜宣城梅杓司過訪留宿寓齋同作二首 ……… 206
别梅石三兼勸其歸響山並懷次尾伯宗兩亡友 … 206
公調來自虎臣先生所説先生亟稱我詩且惓惓期我一悟感賦 …………… 207
贈蘇伶王子玠 ………… 207
賦得别家逢逼歲 ……… 207
渡江再過金山作 ……… 207

變雅堂詩集　卷五　五言律詩

…………………………… 208
别興三十首 …………… 208
茶喜 …………………… 211

變雅堂詩集　卷六　五言律詩

…………………………… 212
三山遊詩 ……………… 212
正月十三夜至瓜渚前民携酒大觀樓憶是早别軫石郡城予以明日過京口 …………………… 212
元夕江樓看月 ………… 212
金山 …………………… 213
妙高臺無月 …………… 213
金山曉陰有懷亡友王二雪蕉 …………………… 213
登金山塔六首 ………… 213
北固 …………………… 214
宿北固山下庵此地昔年曾屯水軍 ……………… 214
北固山徑同軫石二首 … 214
招隱寺 ………………… 214
白龍洞梅 ……………… 214
山行訪梅不得到竹林寺 …………………… 214
鶴林杜鵑樓書感 ……… 215
焦山六首 ……………… 215
題江岸避風館 ………… 215
月夜重遊焦山 ………… 215
真州新城賦得十里桃花留别軫石前民 ………… 216
軫石生日同前民送酒一壺戲作口號 …………… 216
聽軫石琴 ……………… 216
前民生日得四首 ……… 216
雨過于一紀所見兼慰之 …………………… 217

從石塔寺過紫峰繫所有述 ………………………… 217
諸子偶集同賦春晝 …… 217
過朱園有懷麓翁先生舊址 ………………………… 217
再聽王子琴時余將別去 ………………………… 217
新城書感示蔣子 ……… 218
春草 …………………… 218
輓周忠烈大參 ………… 218
晚泊黄州 ……………… 218

變雅堂詩集　卷七　七言律詩

………………………… 219
乙丑季夏傷足伏枕歷秋未瘳屢荷素園見顧殷殷偶留小酌限作二律同用知秋二字君詩先成依韻和答 ……………………… 219
越二日素園載酒過豐詩謝之 …………………… 219
送秋之集再同鉉升練江南枝用知心二韻 ……… 219
又疊知心韻 …………… 220
幽棲寺和韻自寄昔遊 … 220
答贈鄧方回 …………… 220
和蘇嶺梁溪邸中夜望 … 221
秋日登周處臺 ………… 221
至廬州與孝升相見作 … 221
移寓書懷 ……………… 221
立春日過虎邱即事 …… 221
乙巳正月一日 ………… 222
和孚夏枉訪贈章兼貽酒炙元韻 ………………… 222
十月十日蔡鉉升載酒飲我於病榻練江南枝二詩衲偕至 ………………… 222
登燕磯亭子和愚齋韻 … 222
弘濟寺尋蒲庵 ………… 223
再依韻和燕子磯作呈愚翁 ……………………… 223
再送李三友之金陵 …… 223
丁叟河亭用錢虞山韻 … 223
久遲孝升先生於白門至是自東粵使旋相見喜而有作 ……………………… 223
感秋 …………………… 224
雨中子任移尊寺寓同雪舫前民永清淡洋賦 … 224
肥水先生忽有居 ……… 224
前民草堂 ……………… 224
南支開士見懷依韻和答 … 224
燕磯感舊 ……………… 225
懷山堂論詩 …………… 225
爲陶象庭將軍殉癸未寧前之難作 ……………… 225
挽曹秋岳侍郎 ………… 226
楚社秦淮泛 …………… 226
雨集劉阮仙署試燈步其元日韻 ………………… 227
寄胡孝緒太守 ………… 227
聽琴次韻 ……………… 227

雪夜戲用蘇長公韻效徐渭體 ……………………… 227
贈包又申 ……………… 227
三弟三十 ……………… 228
賦謝范質公先生 ……… 228
沙河待濟袁令昭先生見余至喜甚以同社元歎諸子先字韻詩屬和 ……… 228
又用先字嘲令昭時七夕後一日 ………………… 228
重陽後二日過别如須密之亦至分得長字 ……… 228
張介子招集與治庭梅下分韻得人字 …………… 228
出城至静海寺喜黄石齋楊機部兩先生皆寓其中黄先生留飲同楊先生至夜余辭去留詩爲别 …… 229
雨中至邗溝不得晤超宗超宗遣人問勞遺酒脯約以明早過余余即夕解纜矣悵然懷之 …… 229
壽姜如農先生 ………… 229
送王孫茂之廣陵于一子也 ……………………… 229

變雅堂詩集　卷八　五言絶句

……………………… 230
齊宣王墓 ……………… 230
鄒方魯閣上同子秬 …… 230
茭湄舟中偶成 ………… 230
和懷古 ………………… 230
魯仲連 ………………… 230
張子房 ………………… 230
嚴子陵 ………………… 230
郭林宗 ………………… 230
諸葛孔明 ……………… 230
祖士雅 ………………… 231
陶淵明 ………………… 231
張巡 …………………… 231
司馬君實 ……………… 231
周茂叔 ………………… 231
蘇子瞻 ………………… 231
文文山 ………………… 231
泰州絶句 ……………… 231
移寓自嘲 ……………… 231
乙巳臘盡還南寓戲爲口號 ……………………… 231
酌天章 ………………… 231
梅下 …………………… 232
爲斯上人題帳 ………… 232

變雅堂詩集　卷九　七言絶句

……………………… 233
王嬙故里 ……………… 233
燕丹故里 ……………… 233
樓桑 …………………… 233
竹枝辭 ………………… 233
寄弟晋公 ……………… 235
聞友談水東之勝 ……… 235
登樓戲柬阮仙 ………… 235
送阮仙於燕子磯而别 … 235
和阮仙韻 ……………… 235
同舟周天行出便面索詩用

前韻 …………………… 236
于子秬納姬前三日戲爲催妝 …………………… 236
花燭辭 …………………… 236
醉中口號 …………………… 236
兒子晬盤其母求百餘文爲餅餌之費不能應懟而自行稱代爲之余飽食不慚而已 …………………… 237
聽韓生説武宗平話 …… 237
侯園觀家樂童子乞詩 … 237
夕陽 …………………… 237
題王阮亭冶春詞後 …… 237
莒州 …………………… 237
聽西陽土司陽卿正經琴詩 …………………… 238
題鄭肯厓先生漁舟圖率成四絶並志感贈 ……… 238
今夜 …………………… 238
梅花 …………………… 239
乙巳八月十六夜 ……… 239
題朱林修塵外樓圖 …… 239
贈内弟王雪洲太史 …… 239
龔宗伯座中贈優人扮虞姬絶句 …………………… 239
秦郵旅夜李鏡月閔賓連載酒 …………………… 239
寶應阻冰 …………………… 239
再客戲柬鈍人 ………… 240
淮陰送别徐松之 ……… 240
宜陵别蔣前民 ………… 240
送龔孝升至燕子磯 …… 240
今年貧口號計二十四首 … 240

變雅堂詩集　卷十　七言絶句

…………………… 243
攝山遊詩此卷爲先生自編，今類附七言絶句後。 …… 243
出太平門 …………………… 243
道中見棲霞 ………………… 243
梁武疑冢 …………………… 243
般若臺 …………………… 244
佛殿 …………………… 244
紫峰閣 …………………… 244
閣前月臺 …………………… 244
遺谷 …………………… 244
千佛巖 …………………… 244
桃花澗 …………………… 244
同前民坐月峰頭 ………… 245
白雲庵 …………………… 245
霞髓 …………………… 245
山下 …………………… 245
磵邊 …………………… 245
松蘿 …………………… 245
白鹿泉 …………………… 245
伽藍 …………………… 246
夕陽 …………………… 246
則吾庵 …………………… 246
與庵僧 …………………… 246
與山别 …………………… 246
歸路月 …………………… 246
山遊歸寓同諸子到門喜緯之忽至 …………………… 247
書僧箑 …………………… 247

茶村先生詩集久無定本，《黄州府志》箸録六卷，南皮尚書《書目答問》箸録五卷，雲均未見，究未知何本也。今通行者惟黄岡陳師晋、漢陽彭湘懷二人所編八卷本，及永康胡月樵觀察所編十卷本而已。編次、義例殊未盡善，私竊病之。意欲重爲編校，於分體之中寓編年之意，以爲定本，而卒卒鮮暇日，故仍依胡本付梓。惟錯出不倫者稍爲移併，仍未敢以此爲定本也。先生箸述手定凡四十七册。見方侍郎所作墓碣。不幸爲仇家購而焚之，故所存止此。然亦足以傳先生矣。光緒甲午秋八月，潛江後學甘鵬雲斠畢謹記。

詩目終。

變雅堂詩集　卷一　五言古詩

感遇十二首

屏居寂無營，抗意酌元始。開闢何年月，直下捷如矢。叔季固難名，但聽多瑕訾。細人競不慚，烈士務有耻。鳥喧孤鳳鳴，雲滅神龍尾。大賢經緯心，常恐失其旨。所以李伯陽，著書就尹喜。

今古用成塗，俯仰界多歧。唐虞揚側陋，殷周重華支。董賈抒偉策，燕許逞豪詞。天匪不極高，升者各有梯。之子隱帷幕，霜雪則見欺。梅華故山遠，春草王孫遲。惟有年年雁，與人同此時。

山中有一士，妙歎氣若雲。一歎翔落木，再歎静飛塵。三歎與四歎，悲感泣四鄰。飢者忘其餐，樵者忘其薪。借问何爲爾，歎歎豈足論。

幼齡好神仙，殫志究寳嗇。覲我至無朕，辟穀長不食。身輕日自覺，八公來有席。束髮忽改圖，愛面空門壁。肘後繫楞嚴，龕前同彌勒。稍稍悟本源，三聖趨一極。永懷道精妙，頗苦塵務劇。六籍亦塵埃，斯人誰暇哉。

古哲造明鑒，賢者資爲妝。美人摘芙蓉，顔色暗自量。蕭艾學瑶草，日暮徒不芳。奈何夸毗子，争欲反其常。騶虞避生卉，鳴鳳栖高岡。興來聊一醉，豈得謂吾狂。

鄭女惜荆釵，班姬惋團扇。人心守故常，天道豈不變。平生笑甯戚，高歌堯舜禪。一朝佐齊桓，建樹只就便。聾人迷雅正，眯者混素絢。本不入金閨，有何長門怨。

晨風亦有林，暮雀亦有枝。奈何客遊子，掩者非吾扉。虞羅張北山，脂粉饋東施。踟躕黄農想，優遊歲寒悲。駕言三山遊，肆意吾所之。

夙有業捕魚，飽聞漁者言。東海有巨鱗，一骨彌通川。有愚國王子，朝往過垂涎。費國结一網，網成被桑田。物大用亦大，揆理豈不然。悠悠隱大賢，制科三百年。

澤南産豫章，合抱千人圍。上枝礙日月，卑枝摶煙霏。工師疑靈憑，言笑不敢施。楚起章華臺，齋戒裁一枝。裁處尋不識，江海翠葳蕤。未卜真宰胸，存想奚所爲。昨聞君王恩，選草陪園葵。蟠根走吴會，無由入盆池。時舉行拔貢，余以客留不及赴。

吾求古賢意，冥如隔羅縠。往往得譬喻，坐覺意言足。莊周喻解牛，騶軻喻治玉。各秉天機裁，不遭人事辱。世間肉食兒，可以喻食肉。值書四面看，豈分中與角。

庭前孤梅根，移自羅浮鄉。歲歲開爲雪，宵宵凍抱霜。非無春風來，意遠不相當。寄謝桃與李，何其矜豔陽。

桃李著處栽，蘭茝並日薰。所以楚中橘，遂爲天下聞。在遠既難訪，越鄉竟無鄰。常恐化爲枳，枝葉非我真。

從軍樂

囊薪復持糜，偶旅重且仍。道逢西鄰子，遥遥識君聲。向前睹君色，不類當從征。腰間亦有刀，竿上亦有旌。煜雪擁道周，欲問久躊躕。多君顧之笑，爾不達我情。男兒生世間，皎如天上星。君恩苟不報，飽暖獸與禽。怵臭行復顛，惟有三冬蠅。壯髮外衝直，熱血中硧砰，但願一見賊，展我手中能。指臂且不顧，有何墮層冰。君探我鐵衣，烘如吴松綾。我皇重相念，自感我皇德。皇縱不我念，我亦豈絶國。誓將梟賊頭，没齒寢馬革。羞學我上人，千金聚孤腋[1]。還看家下妻，佩服黻翬翟。一朝聞賊來，匍匐爨下匿。

鍾　山

鍾山今古姿，時代不遑計。夙聞嬴皇前，王氣久根蒂。如何十年

① 孤，疑當作“狐”。

間，秀正多吐棄。六朝如斷苴，驪珠飄莫繫。南宋踏浪兒，曷來時已替。誰肯問隋唐，秋草轉孤細。白鳥飛愁煙，紫色閏蝀蝃。端疑此山心，永閟終古契。誰知恪相待，森炳日月麗。真龍起淮甸，勁尾掉天地。雷雨洗塵鱗，鐘鼓醒酣寐。乃知潛確德，兹山實隱寄。所以宅王城，如龍貯鉢器。遊人未入城，翠色先引跂。每當落照間，猶吐半天霽。瞻愛生恭敬，杖履所不逮。豈徒貌似龍，屑取葉公覬。

九日臨高臺詩國博范仲闇先生招集雞鳴山望湖亭訂社

白門塞見聞，煙火與金碧。出門苦不曠，斯言豈謂逆。此日登高秋，萬象泯如革。孤亭雖不華，喧寂界一壁。向所憎營營，俱付亭後積。耳目暫得清，朋好況相迪。或舁陶公輿，或臻謝客屐。眼色坐來秀，湖光明可摘。觴起念千秋，放者忽然惕。兵戈亦不休，中腸雜感激。自用令節寬，薄取旅懷適。山水奔知音，絲肉屏奇癖。山僧獻籬菊，風味盈几席。乍驚梅早紅，不奪孤秋色。時梅花盛開，友人何仙衢携膽瓶折枝，爛若丹砂。至席上，索九日紅梅詩。君看少年頭，亦有鬢毛白。漁回浦口船，樵起草中笛。晚霞明正冠，永謝嘯侶力。

苦雨詩戲和汝修來韻

苦雨欲終古，客愁浩無門。此去衣裳單，況離朋友温。白門既羈旅，又有妻子存。米少持作糜，白水不得渾。丈夫則忍飢，腸轉口不言。孰是小兒女，嗷嗷皆見原。頗遭童僕罵，孰知天地翻。昕夕顰兩眉，起坐如有冤。束身付知己，令人懷古恩。一飲竟十日，歸魂常夜奔。憂心不可解，執手復焉論。

勁草堂咏史圖得蘇雲卿

丈夫霹靂手，不提百萬師。則當藏農圃，旦旦持鋤犁。遐哉廣漢翁，隱迹東湖陲。交期許管樂，獨善無磷緇。長於知小人，是以百不爲。圃外無雜營，安得不華滋。繼之以織屨，暇即閉門時。高枕極恬淡，世事知我誰。

壽趙魯望

中年漸昏妄,遊世如虛空。謡詠從黽勉,老苦此無聰。肝膽本貴物,安能苟相從。伯氏交最久,久敬如初逢。仲氏交尚新,情親故舊同。今年始二旬,有作追王風。辭賦豈不偉,朋友耻爲容。逐物等蜉蝣,聞道乃喬松。

孔雀庵初度

僧堂鐘鼓發,嗒然驚我辰。我辰三旬餘,招手見四旬。十年在客中,衣澣數斗塵。每從應接際,暗笑此幻身。有鬢不得霜,剗削以效顰。咄咄聖與天,依倚成假仁。讀誦破千卷,往牒紛然陳。盤古至今日,曾見幾陽春。由人安用天,既天何貴人。乃知諸相中,不可爲良因。斯道狹終古,嗟我慚六親。聊隨苕帚緣,結此梅花鄰。一盥事遂已,百年誰不新。山鳥爲吾歌,齋罷酌醪醇。

奉贈□□觀察

楚橘不逾淮,芳洲産蘭若。吁嗟十年客,身世兩飛藿。晉用慚瑚璉,退耕乏邱壑。賴有同心友,平生寄謇諤。曰事大夫賢,豈徒羈旅託。廷尉漢丞相,僕射唐黄閣。允爲文武憲,兼有風雅作。洋洋表東海,汲汲式南郭。介紹獨不群,故無干謁作。畜眼到今日,貴在見管樂。疏慵成痼癖,知己乃良藥。願言謝故人,斯貺亶不薄。

贈陳寒山社長四十韻

昔文敝隋季,漂流逮初唐。太宗英雄人,厥調亦披猖。才多不起衰,盧駱與王楊。咄咄蜀梓潼,挺生陳子昂。健筆斡元化,直聲挾風霜。箸文百軸餘,碎琴大道旁。沈宋既傑出,李杜始翱翔。後此垂千年,吾復睹寒光。其人陳寒山,天骨森開張。狐鼠徑盡掃,鸞鳳音獨倡,吁嗟在有明,作者羅詞場。小輩不足言,大者誰却臧。崆峒不入室,喧呼隔宫牆。指爪誠不輕,搔處自木僵。文長習雕豔,真宰散茫茫。中郎特好弄，脱手忽如忘。伯敬貴幽思，譬如元酒漿。五味皆不和，冷暖祇自嘗。淡極反成腐，慧淫良已狂。此皆涸水鱗，腹濡鬣不藏。何况二三子，一望茅葦黄。退筆已成冢，觀書未盈箱。豈無食古愚，作字不成行。安得跋浪鯨，天風振琅琅。既清亦以厚，盡變還復莊。讀者如飲醇，意圓志則方。儒生會大旨，才士取斷章。標異釋從鄭，解頤説任匡。要令一代史，與此爲紀綱。寒山實如是，把帙心清凉。昔者客金陵，每以語錢郎。開少。浮蹤久自疑，孤陋虚方剛。雲安有杜宇，成都無草堂。已驚楚塞遠，更覺燕雲長。愁來一斗酒，白飲澆回腸。却顧四海人，隨風皆飄颺。伊人惟嶽如，縹緲千仞岡。限此衣帶水，何能不裹糧。挂海向天流，神氣始一昌。應多匣中秘，願言授子房。

卧病江陰周仲榮宅仲榮出其二令女畫册相賞贈之以詩

爲男切忌才，爲女不妨慧。女慧如優曇，男才見疣贅。自余客留京，兩者無一契。且幸男頗愚，終思女絶藝。閬仙不常謫，凡女豈能蜕。昨喜晤神交，荆扉納我閉。安歌病却侵，遂遭牀褥縶。榮公仁者心，發篋洗凝滯。裝潢霞錦爛，一望已妙麗。開函光照榻，白燕杳然逝。鸚鵡忽不言，勁尾掉狼戾。奇毛森沓來，嘉樹成次第。動植無隱情，天淵皆各勢。蜂鬚與蝶粉，花光及果蒂。宛繇一氣轉，不覺群形細。曠豈耳目經，幽疑鬼神替。更貌古高流，清風動衣袂。誰知香閣姝，儼然論其世。矧予多未見，方圓秉燭繼。揣其矜詡情，何異文士綴。乃吾聞二媛，静好琴瑟際。劈掠竟無聲，時聞姊唤娣。則知學古家，誦讀久磨礪。針紉化筆墨，超然無俗諦。作詩表静才，兼爲才侣計。

驥渚中元日社集閑雲精舍同薛千仞錢開少祁止祥來元成各賦古體兼呈木叔

素秋届流火，團月臨海門。牛女事既往，友朋誼相敦。匪徒群彦集，亦樂故人言。作者爲陳思，體式誰爲奔。亂世有化國，凉堂開芳尊。歌舞向千載，聚散古人魂。慨然重斯會，直諒無寒温。客心豈不遐，戀此如有根。颼颼林響交，寂寂孤鳥騫。仰視蟾兔皎，衆星何以繁。

毗陵晤薛諧孟社長

論别昔何處，自我賦西歸。高篇枉霞紋，賤子正荷衣。睽携三五年，清塵安可希。分當隨雁北，力不具鞍鞿。意外得東遊，驅我非獨飢。故人謝簪紱，述作還荆扉。散步愛樵徑，横經即漁磯。聞此坐相悦，斯情安可違。登堂修古歡，千載仰音徽。

飲孫氏山莊同木公開少諸子忽令君寒山先生遣役相聞遂過共談甚暢相與賦詩

出郭路幾何，主人具扁舟。秋水不滿陂，夾岸林塘幽。蒼蒼見修木，同侣知所投。灑埽置尊酒，真氣驚一邱。繇來十畝間，高轍紓賢侯。徒御亦能静，禽魚好無尤。談笑在衡門，凉風西悠悠。樹杪蔽殘署[①]，樹根見平疇。稻香不可名，欲咏還復休。行人上夕陽，遠視忽如浮。空原似聞響，餘聲帶清謳。坐見治平在，醉忘羈旅愁。冠蓋昔何侈，陋彼西園遊。

晚步放生池

寺後度一橋，窅然林木深。向晚獨散步，如聞山水音。下即放生池，魴鯉其一潯。山僧戲投餌，倏忽起魚沈。不貪以爲寶，大哉仁者心。

寺寓窗前秋海棠一本嬌淡可愛偶咏及之

月照復露滴，吐此娟娟花。輕姿乍若無，濃艷乃莫加。緑葉間紫莖[②]，如波散綺霞。影静寺鐘曉，愁隨寒日斜。紅藥當官階，芙蓉生水涯。遂性各有處，盆罌何足誇。

---

① 署，汪氏本作“暑”。

② 間，汪氏本作“開”。

遊靖江孤山

邱壑性所耽，未嘗棄拳勺。矧兹江海間，一石頗巉削。隔宿嘯遊侶，凌晨理芒屩。舟行屢延望，先見惟赭閣[1]。既登必造顛，長江四迴薄。梗斷詫一方，風沙年代作。左瞰特無際，舉手揖海若。遠水流下天，餘波噴爲壑。緑疇亦云廣，晚田猶未穫。孤城炊數家，厥狀如舫泊。降尋及山根，了見夕陽脚。古苔詎人繡，怪石倘天鑿。逐景至於晏，會心方命酌。寂寂無人知，秋英澗中落。

孤山回舟

墟岸了未霜，千林萬林丹。乃知是返照，風色蕭蕭寒。林開水風會，光響生波瀾。輕舟左右如，紫翠非一端。謂已去山遠，回首猶煙巒。片月隨煙生，忽復殊所觀。竹柏一澄影，明河雙逝湍。静見沙上鳥，馨聞谷中蘭。朝遊倘夢中，墮此清漏殘。船窗露濕衣，四座更言歡。斗酒已復盡，餘興猶盤桓。

虎　邱

衆樹勢插天，鬱然爲虎邱。佳哉寺門路，步步登清秋。石骨四經緯，檻廊即綢繆。英雄氣飛揚，劍去池空留。徒見可憐水，窈窕碧悠悠。石以平更奇，千人詎知繇。如遭巨靈拗，截菑根始休。俗節重三五，升歌錯觥籌。自古吹簫人，堆積北邙頭。惟當中夜起，静看明河流。煙樹何蒼蒼，悟者登勝遊。

半　塘

虎邱連半塘，五里共風光。此時素秋節，遠勝三春陽。西風埽不盡，滿路桂花香。

---

① 惟，汪氏本作“爲”。

奉贈錢牧齋先生

古法所不傳,斯文及劍舞。非無雙龍精,入手但旁午。六籍俱在世,後生昧規矩。作者握靈蛇,徒令觀者苦。於戲古之人,餘輝照塵土。虞山信人傑,獨往實深睹。一揮厖雜門,力宗還與愈。出入歐曾間,鏗然秉匠斧。余也嗜其文,孤懷末由吐[①]。何期虎邱月,一沃龍門雨。衷言不遑他,此意正千古。

同張醒公楊無補金孝章邱令和潘麟長虎邱遊眺作

十日住虎邱,佳處猶未登。繇來清興發,端必仗友朋。數子過門呼,齋罷翻然升。是日不晴雨,輕陰靄森澄。仰瞻青紺逼,回見坡陀崩。大地惟蒼然,秋光知幾層。漠漠上有空,去鳥直如繩。前雲體方變,後煙勢復凝。霸氣何虛無,樵歌今代興。寂寞遠谿水,明滅如吳綾。眺聽情必周,指點理難憑。惟當談溟渤,使我寥廓增。是日,無補述觀海狀。

吴門追憶昔令袁中郎先生及受命未及任之劉同人兼書所慨皆楚産也嗟乎

中郎宰吴年,賤子未生日。後死雖不才,前賢事頗悉。官清但飲水,名大因走筆。傑哉文人操,凛似衲子律。同時茂苑君,相好如琴瑟。至今餘清風,雙照洞庭橘。一往春秋多,劉生方再出。時艱吾道消,生也理宜卒。仕籍挂吴銜,歸魂依楚只。吁嗟三數公,祠廟亦云失。同人筮仕得吴,即擬祠祀白香山、韋左司、袁中郎三賢。尾大豈續貂,冠高徒聚鷸。燕婉無笄年,戚施乃專室。江山亦有命,造化本難詰。忽忽愴吾神,牛羊下來畢。

送琬林妹丈還楚

歸人怯故鄉,戚屬心不展。矧我嚴與慈,憐汝淚猶泫。時平愴前

① 末,汪氏本作"莫"。

别，迢遞况兵燹。同歸義足裁，久聚理難遣。宿樂傍誰門，荒江慎所選。高秋風雨畢，百慮一已免。撥草認廛廬，披榛求畝畎。即事豈不傷，明農得往踐。寧如十年客，正逐一枝轉。汲汲亮孔深，硜硜詎乃淺。君家六卿後，忠孝事必腆。達識與昧幾，畢竟誰者善。願爲谷中駒，忽作盆内繭。浮雲變無涯，遊目視以輾。持己略其餘，與子庶交勉。

奉贈馮留仙先生

鄴侯九仙骨，余夙遊其門。日聞漢子房，磊落道益尊。昌言誰不拜，亮節古所敦。嘗誦百韻詩，坐使清風翻。伯仲見伊吕，獨報明主恩。季弟復奇材，七襄奪天孫。嗟余挾短策，日夕將南奔。昭王好韓盧，騕褭滯長存。食梅猶有酸，衣葛猶有温。遊子抱耿介，天寒蓬無根。慷慨見君子，尚吐憂時言。

題霜菊卷

殺氣凝不流，驚風吹大荒。云胡此花色，澹定發潭光。霜實使之然，誰名爲拒霜。

用盡老圃力，不肯居暄風。九月登草堂，十月絶鳴蟲。寥寥四五枝，突兀天地中。

植根清凉地，恐是花中僧。以霜爲飲食，恒事何足矜。亦如春風吹，不數桃李能。

閑齋對獨樹，落景聞棲鴉。座有四方客，各無千里家。夜寒催酒看，年貌不如花。

夏夜聽公允彈洞庭秋思

空館橙花香，氣清知雨歇。幽懷始相向，言笑情未竭。取琴爲我彈，湖波漲林樾。其夕匪三五，頓使燈如月。

楚國有君山，君山在湖裹。西風凋山葉，葉下洞庭水。落葉還在湖，詎若遠遊子。十年離故疆，悲從朱絲起。

不愛唐衢哭，不愛韓娥唱。愛子一揮手，明晦秋萬狀。愁者益以愁,曠者益以曠。愁曠吾安從,單情接幽覞。

洋洋復灑灑,耿介忽而揪。仿佛見孤嶠,上有片雲愁。俄散作清風,倏戛如鳴球。茫茫蹈元化,弦指不可求。

寓園即事

暫歸不得息,復來叩園荆。埽榻恣偃仰,深綠怡我情。假寐遂成夢,夢醒聞流鶯。爲時已中伏,宛作春曉聲。奈何雀與烏,努力方争鳴。衆雀既嘈雜,群烏尤豪横。坐令好音阻,側耳不分明。三歎推枕起,仰視天宇行。

我往囑除草,我旋草未鋤。葵荒亦在眼,冥蒙相翳如。非時見醜態,遑問種類殊。連日資霖潦,草長數尺餘。中藏蛇與虺,豈但蠅蚋胠。牽扳蘿葛上,勢欲蘊芺蕖。投足略無徑,出入鈎衣裾。我心有所觀,此草適可除。但用一夫力,坦然心神舒。

纍石爲池沼,折裂不見水。人言此龍脊,枯涸良有以。我言谷爲陵,水自漲都鄙。何知雨卒暴,淤水忽一指。昏濁豈足觀,徒惹鳴蛙起。什伯相唱和,曉夕無停晷。其聲頗厭聞,彼自以爲美。愁人甘一睡,聒噪過無理。官私何所爲,此言殊甚旨。使我神不凝,夢中亦掩耳。翻思雀與烏,鳴尚有時已。眼見水速消,爾蛙毋太喜。

贈孫無言因送之吴門

余與孫子交,及今將一紀。言念招提遊,識余及王子。于一。王子今則亡,頹波復誰砥。有失誰箴規,有善誰歡喜。意忌生戈矛,面諛非知己。况與論斯文,迢迢隔萬里。所以西州慟,對君不能已。

吾子與衆異,奔競爲篇章。不埽丞相門,惟登處士堂。久要不必言,焦穫豹人與黄岡。新知日輻輳,高士不得藏。我無升斗量,千頃資汪洋。并戒互相勉,短中各有長。古人重一言,豈必縑盈箱。願子少褊隘,正復得中行。悠悠千載下,長懷虞仲翔。

黄山歸未得,且復之吴門。吴門有何士,伊余老友存。金子孝章。别來又六載,頭白可不論。君行必把臂,鄭重相與言。復有徐昭法,秉心識本原。筆力亦矯矯,學古窺詞源。其人不可見,絶俗逃山樊。

嘗恐世人知，所居非一村。以子勤訪索，當不憂逾垣。好士而得士，歸來開心魂。

落盡廣陵花，君始出門去。曠然見大江，可以洗塵慮。春浪擁金焦，奇懷生灩滪。痛飲梁溪酒，望見虎邱樹，愛爾無機心，行行必有遇。交道非一端，慎勿執詞賦。

送王阮亭北上

淮水揚洪波，中有沙棠舟。借問將焉之，北行到幽州。秋風何習習，秋雨何滮滮。睠彼舟中人，於我交綢繆。方當來作理，余適過邗溝。官廉忍分俸，自笑余何求。干請誠則拙，談藝固其優。感君適野性，飲啄勤相周。送酒必醇醪，推食必精羞。勝境必我招，佳句必我投。燠時貽我葛，寒時貽我裘。記逢人日雪，造我吟窮愁。豈獨棄案牘，居然忘貴遊。人生意氣合，豈在千金酬。揮手送君去，此義今悠悠。

交友願爲官，爲官期顯赫。寧知官愈高，於我匪得策。豈伊肝肺殊，良由道里隔。繄余有知己，來卜金陵宅[①]。謂淝水先生。泛愛謬親予，相依忘蹇厄。一去登三事，棄我遂無食。鄙人出門難，豈但車不軛。誰云長安遠，安得生羽翮。繼者獨有君，今又入前席。煌煌古容臺，遷擢潤主客。新秋臨淮水，此別非咫尺。三復雲龍篇，悵望頭更白。

田家雜興

勑勑復力力，驅牛向東田。積雨不傷苗，回斡由皇天。舉酒酹先畜，再拜祈豐年。

始壯棄書劍，垂老成農家。二麥既有秋，瓜蓏亦作花。兒孫不識字，但識桑與麻。

大雨水至骭，插秧五月中。稻苗若剪齊，輭碧依綠風。老夫愛看此，策仗塍西東。

---

① 來，汪氏本作“求”。

謝公墩懷古

舊識謝公墩，今朝一登陟。只此數仞邱，使我三太息。人言淝水捷，天幸非人力。我獨謂不然，制勝在料敵。苻堅喪王猛，如鳥去爪翼。猛死堅已亡，僅存一虛國。料敵料一人，百萬何足億。無猛而有垂，眈眈方蠱惑。乘機以僥倖，狡童本英特。兵家用衆難，前有劉玄德。堅自來送死，而公早洞識。心知小兒輩，已足辦此賊。所以一盤棋，始終無懼色。是固坐照優，豈緊浪戰塞。惟彼蒼蒼者，至險不可測。變易在呼吸，成敗由頃刻。此舉竟無他，謂之天亦得。

周元亮南還以孝升先生送行詩見示依韻和之

苦次不飲酒，因不歌烏烏。拭淚聞君歸，直道幸不孤。縱鳥得樹林，舍魚遊江湖。側耳儆昔聽，誰喚蘆中蘆。

飛雲向南奔，君亦謂之還。行路爲君歌，君胡有苦顔。不寐在明發，哀情劇相關。寧知兩老人，幽笑青冥山。

有家不得思，忽然爲歸人。園草雖未緑，出郊已知春。手磨青銅鏡，子細照此身。周視天壤間，何者謂之貧。

赦者偏枯物，適復會其時。覆盆賓見照，豈緣蚩尤旗。赫赫中山勳，謗書乃自爲。功成不受爵，惟有彼蒼知。

封侯印何似，銀鐺今始開。淚盡不爲身，更著麻衣回。死生信同域，天地有異才。屈竹一朝伸，高於青陵臺。

兀兀岸上舟，悠悠水中園。鬱鬱庭前樹，馬嚙無一存。昔聞驚君心，今見子不論。高天與厚地，何日不飛翻。

相逢不衮衮，相隔長懸懸。雨雪吊孤羈，風波慶歸船。粥則於斯粥，饘則於斯饘。門外桃花開，不知是何年。

薄夫薄如紙，顧謂人無情。請看八閩士，今同臧洪生。衆口成皋繇，安得不稱平。舉幡雖往事，足令譖者驚。

咏史得謝翱

文山殉宋社，得士亦不苟。炎午祭生前，皋羽哭死後。不知西臺上，淚血今乾否。少陵賦八哀，此意若先有。所以晞髪翁，遺編燦星斗。

三君咏

嵇康人中龍，義不可當世。視彼盜國臣，伎倆如兒戲。吐辭薄湯武，千載有生氣。臨命索琴彈，聊示不屑意。右嵇康

阮籍稟天秀，不以物撓真。始知禮法外，自有純孝人。誤受巨猾知，苟以全其身。不能救嵇康，千載長酸辛。右阮籍

伯倫無住著，乃往僑於酒。卧看蚩蚩民，日踏横流走。荷鍤非爲身，誓以死相守。至哉無能名，遥遥接莊叟。右劉伶

紀懷詩

序曰：小作歸重言詩，其知己之感略存梗概，用志不忘云爾。非辱遊好，不敢未同而言故。鉅匠如林，未遍及焉。

合肥抱衆作，如瀰王百谷。出之復精警，玄圃皆積玉。幽憂指誠深，歡賞趣彌足。呼我飛仙人，孝升有句云："于皇詩是飛仙人，海月江煙供咳唾。"且慰窮途哭。以爾媲古賢，遥遥共一轂。孝升龔公。

秀水學崆峒，雅健以爲期。起衰在七言，煒然振長離。解官蹔蟄伏，築室鄰鴟夷。留我三日談，各賦十篇詩。悠悠天壤間，斯音有人知。鑒躬曹公。鑒躬得予詩，謬有"絶倫"之歎。

婁江擅長句，大力鑄三唐。文采錯綺繡，聲調諧宫商。悲歌五畝園，傳誦何琅琅。顧予吟草野，烏足接混茫。駿公贈予長歌□："一氣元音接混茫，想落千峰絶飛鳥。"青門蕭史曲，讀之斷人腸。駿公吴公。

琅琊實天才，落筆如驚電。一夕度揚子，詩成上下卷。金焦勝东南，處處篇中見。案牘無稽留，江山邀顧眄。紙貴非一朝，吾衰豈元晏。貽上王公。貽上《过江集》，屬余爲序。

宣城用心苦，達曙嘗不寐。廣業信惟勤，讀書彌益智。鍊格贵清高，造語必精緻。贈我孤松篇，霜雪化爲字。有文繼曾王，曠世一能事。尚白施公。尚白古文極高。

钱塘負絶稟，舉止故俶儻。登高賦遠遊，傲然目蒼莽。黄初與建安，畏爾在一往。謬蒙老友遇，獨荷真才奬。友人倪闇公歸自江右，爲余述真源，每語人云："余交宇内人三十年，惟杜于皇足稱真才耳。"想見南池遊，鏗鏘嗣清響。真源姜公。

祥符焉不學，而不惑時蹊。青條出素手，落日明金梯。賴古見斯人，自有笑與啼。好余非近體，元亮作長書千言，謬奬余五七古。亦以悟群迷。啾啾老僕吟，千載焉含悽。元亮周公。

三原師太青，材力信人傑。墳典匪不闚，蝌蚪化爲血。慷慨賦無衣，筆鋒追駟鐵。子諒遊九京，王子諒。徵君疇擊節①。長安十丈塵，轉爲藏名設。聖秋韓公。

鉅鹿貽我書，豈不因三原。知音實特達，心醉一茶村。熟誦且庭詩，學古得其魂。叙舊引同籍，猶龍書來叙己卯同籍，序齒太學之舊。此意非寒温。吁嗟蜀道難，何由報一言。猶龍楊公。

内鄉甫下車，緘詩示杜叟。虚襟待品題，春陽照初柳。罷官事酬唱，商確益不苟。自愛綽約姿，不留脂粉醜。刮目惟瀲鮮，濁者宜速朽。菊谿許公。

溧陽號詞伯，鄙製乃手録。章民手録余詩一卷，逐句丹鉛。古來作者心，所貴不知足。寂寞求真聲，榮華寄幽獨。在昔陳編修，千載互相勖。商頌有遺音，齊梁豈遐矚。章民馬公。

瀨水日吟嘯，即溧水。勤苦常安閑。詩成自欣賞，不受俗子删。蒼蒼松柏姿，灼灼桃李顔。七子匪榮譽，無事相牽扳。見末官刑曹人，以七子相比，輒笑却之。雅抱疇昔心，屈曲我輩間。見末吴公。見末嘗作《白門四子詩》，謂余與孟貞、與治及已。

鳳凰臺懷李白

吾愛李太白，置酒鳳凰臺。空青蓋綺席，浩素摇金罍。三山與二水，竦峙而瀠洄。抽豪寫心胸，蕩逸不可裁。李白難再得，鳳凰還復來。

---

① 徵，汪氏本作"微"。

贈别葉桐初並序

語云:"以富貴有人易,以貧賤有人難。"諒哉,是言矣! 僕飄蓬泛梗,兀然窮士,落落之踪,去則忘之耳。而桐初不我遐棄,自婁東郡追送依依,相與攻苦食淡、析義賞文者又復彌月。此殆天下賢者,非第才美過人也。僕用是感其意,許聊弈世之好,而詩以贈其别。桐初至婁,並以示同社諸子。美斯舉者,相與咏之。

舉世趨炎炎,誰肯就冰雪。感子百里來,使我屐齒折。我無榮與利,流落頭半白。舊遊凋謝盡,新知款曲絶。向來天下士,對面人代隔。子年方終賈,子識何勇決。弱歲尋嵇公,遠繼趙生轍。淹留愧窮旅,青蔬頓頓設。詞賦誤時髦,與子論經術。自古垂大名,其人多静拙。簡交息馳騖,窺書始明哲。風雨暗乾坤,雞鳴固不輟。骨肉分遂深,舅甥好斯結。今辰復何辰,吾子起言别。愁日亦何駛,回首已破月。鬱鬱樓前樹,見落來時葉。遊處自婁東,計日將二百。處處共烽煙,辛苦焉可説。子歸了租税,禾中又騷屑。孀慈正倚閭,定省那久缺。側耳兵過稀,吾亟返南國。前期倘未遥,出處爲子策。

捷兒從江陰歸金陵

今秋喪汝兄,悲緒非一端。出淚防眼枯,忍淚傷心肝。八月望汝來,直至十月殘。來時已絶望,徒然劇辛酸。繞膝一月餘,共苦非承歡。旱冬水道絶①,意外謀歸鞍。誰無歲暮心,汝父歸獨難。節序久不知,世事吾何歎。老骨挫霜雪,復念稚子寒。孤孫尚乳臭,哀慕豈足觀。天涯十八口,寄書誡加餐。宛轉過梁谿,從此路漫漫。旅卦慎童僕,今又危弗安。奔迫爲先人,遑恤衣裳單。汝歸念汝父,何以對椒盤。

---

① 旱,汪氏本作"早"。

尋第五泉

人代百務繁,山中一泉躍[1]。素友宛具舟,遊子欣出郭。騰騰陰霧霽,汩汩早潮落。蒙翳經法雲,聊自意所略。寺名自劉宋,水味異漿酪。躬汲愧沈深,獨醒知澹泊。寧居第五名,不受驃騎爵。飲罷祛塵機,意遠陟臺閣[2]。望眼竟有涯,寸心忽無託。悠然來去情,誰知哀與樂。

春日雨中讀班史有述

春雨積行潦,出門防馬蹄。無食且堅坐,史册惟所稽。胡建斬御史,不直縛一雞。其謀仿冒頓,順逆用不齊。捐之出讜言,萬里息鼓鼙。云胡頌石顯,末路逢鬼迷。王孫秉確識,贏葬本不奇。聾俗固群愚,反謂賢達癡。卓哉梅子真,天骨元嶔崎。胸藏俶儻畫,上書陳憂危。王莽一枋政,妻子棄若遺。九江與吴門,山顛復水涯。神仙不可學,忠憤忽得之。不然歆與豐,雖壽不如龜。斯人信貞吉,去就無不宜。掩卷再三歎,千載公吾師。快心有如此,何必聽黄鸝。

石頭城西修竹庵看牡丹和魏惟度韻

群緑交青陰,下爲流水源。危梁架一板,免通車馬繁。名花處其下,奇麗不可言。時俗絶真賞,花自銷花魂。豈有興慶池,而笑給孤園。清平調無幾,識者寧輕論。

遊夾山漾

出塢謝群賢,放舸理長嘯。煙岫映澄波,始知所歷妙。林壑羅秋婆,紫翠罥寒照。蘋汀欲爲雪,楓岸忽如燒。目逐絶鏡往,意愜佳氣要。層峰何嬋娟,灣環亦窈窕。泛漾疑江湖,回帆復蘿蔦。面面見道場,一一起憑吊。尋幽不覺遲,歸晚顧而笑。石門免見訶,登樓感

---

① 山中,汪氏本作"中山"。

② 臺,據汪氏本補。

同調。

九日一草亭時將與天章别感賦十六韻共用日字

秋深雨廉纖，意外晴此日。薄雲雖未歸，解散已可必。危坐傷我懷，雅意不欲出。欻聞良友招，不待盥漱畢。登高一草亭，豈在山崒嵂。幽人先入座，鳴琴未離膝。盤槅但隨時，杯香帶橙橘。暫覺百慮蠲，遊從任疏密。叢菊花故遲，黄蕊苞漸茁。籬蔓弱迎霜，宛結小紅實。獨感薜荔枝，來時侔繭栗。於今已扶疏，殘陰映緗帙。白頭久飄零，俗態如蟣虱。遥遥三令節，過眼亦何疾。念此動哀腸，匪第憶家室。悵别方自兹，歌笑忽如失。

春孟同匡侯孝威孟新致巢諸子怡園分韻

芳草猶未遍，嬌鶯亦未啼。春風滿園景，欻吹使人迷。偕我二三友，樂此赴招携。輕陰幕華筵，焉知白日西。矧復繼明燭，所未聞晨雞。歡來好沈飲，往往醉如泥。主人本風雅，欣然請命題。愛爾緑梅花，庭前好端倪。林扇如可叩，吾將再杖藜。

二月十二日李匡侯招同鄧孝威范汝受於高座上人房同用青字是日郊外仙子甚鬧

晨起憶夙約，乘霽遊郊坰。道路何擁塞，皆言求仙靈。仙靈如可求，秦漢有遺型。我自愛陶潛，近亦慕劉伶。達人具尊酒，蕭寺埽閑庭。梅花雖已殘，猶勝客飄零。芳草有奇氣，人煙爲之青。緇素四五人，談笑都忘形。咫尺有喧卑，隔絶不入聽。寧知真炳朗，乃在古沈冥。奈何白日下，夢者更不醒。

春日登橋西亭子讌遊因望冶城一帶同諸公限韻

春遊趁久晴，晴久遊亦極。故人屢見招，亭子今復即。輕風翼和煙，澹宕不須息。草氣雜花香，花光侵草色。弱柳喜未深，幾日鶯梭織。芳筵對林杪，坐覺遠景逼。招提最繁盛，不減元都植。陽崖間陰嶺，繡錯互相得。亭亭堵窣城，衆中表其特。騁望懷謝公，留墩青易識。愛爾一棋局，兒輩已破賊。太白昔飛杯，冶城在左側。具眼識汾陽，再造大唐國。風流自有真，豈第弄文墨。嗟我竟奚爲，並失羈旅職。二子縱可三，白首焉能黑。不如倒殘尊，醉卧鍾山北。

詩一　黄岡陶炯照校

變雅堂詩集　卷二　七言古詩

聖德昌

司閽不用髡黥之子，瞀田不用雀鼠之兒。闒茸有智，大朝何疑。猗與聖德昌，人不能知。一解。馺駭駑馬，艇瘢奚爲，奈何呼之耳不聰。一作聽。刺之心愈聾？使獨立八紘之上，彈五弦之琴，目瞀四海，惄如調飢。二解。女媧鍊石可以補天，大人先天而天不違。玉衡可以正，泰階可以平，陛下萬壽天知之。三解

江水清且深

黄河深而不清，溪澗之水清而不深。尾海滄滄，倚天一碧。中多蛟龍，來往出没徒好淫。蛇龍猶自可，蝦鼈愁殺我。三户之郎持楚竹，釣竿籊籊餌龍肉。長跪請君，且莫釣魚，烽火照江底，魚龍豈不相携徂。春江花月夜，辱我太區區。雲帆秔稻，河伯不言禄，但相借問，今日亦何如。材官小臣指塞耳，心知恃爾長江水。

無渡河

河邪水邪厲揭邪，烏棲一枝之木，獸跱一垤之土。湯湯河流，獨安爲家？

無渡河，利河不深。升斗之水，可以殺人，安得爾渡？爾竟不渡，予汝何親？

無渡河，利河□深。蛇龍蝘蜓，可以寒心，安得爾渡？爾竟不渡，予汝何禁？

關山月

上有關山月，下有隴頭水。月照行人不記年，流水無情流不已。月淒清，水嗚咽，非秦非漢腸斷絶。

送將歸歌答方密之

送將歸，當送誰？君坐玉堂送布衣。與君同庚復同志，誓佐中興衣錦醉。君當三十先登壇，青絲白馬官長安。結交貧賤信何益，頻遭擯落勞君歎。君吟詩，復作書，送余歸傍吴專諸。余今寂寞已如此，不愛專諸愛西子。必得功成遊五湖，世上今無范大夫。

合歡歌爲密之

密之既納燕姬，周穎侯過我，曰："姬日作書數紙，殆學者也。"又密之未納姬前，曾向余云："因少此物，覺簾外風聲一倍淒然。"詩中戲入此意。

拒霜花淡燈花紅，玉釵半墜羅幃中。嬌娘欲語郎語同，簾前簌簌誰家風。曉起畫眉銅雀瓦，蘭亭真書看儂寫。由來南國有佳人，不及北方之學者。

醉歌行呈曹秋岳龔孝升犖鴻圖諸公

狂夫落魄翻厚顏，累日雜坐公卿間。仰天大笑如得意，到處可醉忘還山。昨日作詩賀花燭，筆底新人美如玉。今朝作札索湖緜，札止一字人皆傳。余與密之索緜札，止一"緜"字大書。醉時似醒醒似醉，楚語吴語惟其意。獨怪平生老布衫，三日一浣襟前淚。

别傅山貽

吾翁若翁結交時，君與賤子俱童兒。吾翁下第若翁泣，異姓骨肉何其奇。倏忽交期成兩世，君復眼看余下第。長安東西塵隔斷，誰肯斯時尋舊契。感君載酒話離情，解衣脱帽贈予行。依稀三十年前事，今日臨歧再失聲。

朱將軍騎射篇

跑馬飛鳴鏑，俯身左右拾之，以爲戲耳，不立的也。自注。

東風吹野草欲柔，將軍角弓閑自秋。是日將軍醉中望，駿馬驕嘶故相傍。將軍上馬不揖客，去若抽帆没浩蕩。雙耳蕭條劈風雨，四蹏一綫開塵坱。馬正急時弓始圓，回繮瞥見何能全。從來破的久會厭，别逞夭喬全可傳。霹靂排風發一矢，有聲刮地如鼓止。馬來赴矢如赴的，咫尺翻然别有適。不知俯仰試搴旗，但怪縱横再鳴鏑。盤馬戲馬馬無骨，左射右射矢飄忽。一矢連連化千萬，其起爲兔落爲鶻。觀者挨肩立不疲，歡呼力敝惟有癡。將軍下馬矢歸韔，有客有客乃惆悵。

雨霽邢子孟貞來歌

一春苦雨雷轟轟，傾聽不聞故人聲。故人咏梅在官閣，梅花落盡春不晴。今旦雲開日暫光，故人造我羈旅堂。喜對故人見新霽，况聞佳句潤枯腸。苔草斑斑上階翠，破硯殘書皆有意。問我近狀無近狀，時復不炊祇舊事。只今旋煮一盤蔬，故人來共味有餘。但恨故人不飲酒，解衣却换亦何有。勸君從此學舉杯，醒眼看時却非厚。

大椿樹歌

此樹何年萌蘖生，何年枝節初縱横。蒼根拔地一百尺，翠蓋團空類削成。秋天東西各落葉，春日南北殊洗鶯①。茫然歲月不可紀，屹立終古江東城。我來作客十年外，數看何曾樹加大。始知稍長關百年，歎此魁梧丈夫最。盤桓常恐鬼神誚，寂寞惟同知己慨。三夏之日尤堂堂，入樹出樹分陰陽。狂飈拂顛隱霹靂，微颸送冷餘雪霜。擔夫

① 洗，汪氏本作“流”。

暫息廢褦襶,行子久坐思衣裳。頗聞楚客嘗再拜,焉用匠石來徬徨。不矜不詭自不群,遠看疑嶺雨疑雲。根孤白日那得照,約略十畝無斜曛。可惜仙材不得地,市井紛紛敗人意。逼側思將大千庇,豈若嵯峨近山翠。居人致辭更酸鼻,北枝今年忽顛額。爾樹何知恨何事?爾不見木末亭,秋來萬樹猶青青。只今零落無四五,如囚如泣如晨星。又不聞有山封神烈,大樹崔嵬萬仞鐵。一朝巨斧施列缺,剥膚見骨山流血。椿乎椿乎何壽考,八千歲春幾春了。若有人兮念天地之悠悠,視爾大椿猶寸草。

書黄甫及册子因贈

杜陵寂寞將欲死,劉郎贈我淮南子。淮南爲人卓且真,磊落不染半點塵。讀書一目數行下,説劍凜凜如有神。雲霄不垂韓信釣,徐泗正與黄公鄰。橋邊墮履臭味合,臺上落帽風致親。如此之人恨不相逢早,吴宫未埋幽徑草。京都繁華未銷歇,健兒身手各未老。於今萬事皆雨散,才士相看惟有歎。雖然才士變化烏得知,學仙學佛猶爾爲。

公允屢招擊時鮮戲爲歌

劉郎得鮮即相招,佐以肥笋開香醪。我來談笑恣飲啖,往往醉飽無所逃。咫尺夜禁十二重,每歸脱帽長呼號。脣焦舌敝不知悔,來夕復至如晚潮。爲口奔波吾不惜,第恐慣習成腥饕。我其結網學爲漁,日得此物充我庖。劉郎笑我計太左,古來漁子皆徒勞。何況今日事復殊,思鱸步兵豈得高。横流浩浩昔所歎,公無渡河古所謡。此物初出價千錢,網者不足食者饒。比君網成時已過,山東李白空釣鼇。不如明日還過我,腹腴歡爾何其豪。

贈剩公

山僧遠從嶺南萬里來,四百七十二峰生莓苔。肩横榔栗不着一絲挂,開口大笑中悲哀。借問山僧之笑何其哀?山僧不哀世人不作佛,且哀世人不作人,則是胡爲乎來哉!前月别我遊毗陵,有鄒先生者知僧。兩人閑偕支石藤，語默夜共龕前燈。欻然而旋復何有？顧我垂楊生左肘。醒人説夢夢不醜，我不礙茶君避酒。憑君放眼閲盡東西南北人，畢竟金鱗落在釣竿手。

賦得烏啼白門柳

白門昔日全盛時，千門萬户楊柳枝。楊柳多時覺烏少，紅樓熟睡忘春曉。斬伐於今稀復稀，自從去年無絮飛。惟見飢烏逐人肉，烏多一半城頭宿。儂家垂柳餘一株，啞啞嘗聚千百烏。儂愁儂倦耽春睡，其奈群烏繞樹呼。

衡水梨歌柬謝趙子[①]

異哉此梨佳莫比，不産交河産衡水。淺掐先驚雪水流，深嘗詎數蜂脾美。吾聞哀梨畏蒸食，用違其材物之賊。一片冰心託玉壺，正索解人不可得。

歸不得行

杜陵老翁歸不得，黄河之水聞歎息。赫蹏乞米常厚顔，艱難轉不憂無食。獨傷百日棲荒寺，涼燠循環豈終極。初來北郭唤催耕，臨去西堂鳴促織。中間毒熱不可當，五月披裘心自惻。典盡寒衣縫葛裳，漫向人前炫要襋。青氈鐵研今何在，買薪賣到書與墨。老僧日日問我行，使我低頭惟默塞。積逋湊雜難具陳，豈第少渠僑賃直。况復無端迕俗兒，窮途苦澀添荆棘。不知忍耻復誰待，平生故人萬夫特。嘗將松柏比君心，常將山岳方君德。癬疥爲災衹妒予，咫尺不得見顔色。昨日緘書汗流頬，今日題詩淚霑臆。老翁他事休再論，歸飛願借扶摇力。

唐港耕人歌

黄河北岸飛黄沙，伲生有田河水涯。地名唐港濱瘠鹵，耕種不熟

① 此詩是《杜陵七歌》中的一首。

催科譁。大兵四征復加派，公庭使費紛如麻。借問此田胡久留，誰愛苦李求匏瓜。倪生昔日有此田，無米納稞猶安然。三二年來家屢空，安得飽飯還晏眠。佃人走散老牸死，田生白草如窮邊。倪生一朝長歎息，驅我力作寧非天。東鄰借錢鎛，西鄰借桔槔。南村買黄犢，北村賣寶刀。嗟爾倪生本詩豪，惟知痛飲讀《離騷》。如何襖襏洗雙足，犁鉏之具手自操。倪生答之良有以，童僕忠良古無幾。污萊重使遭侵漁，不如棄向黄河水。唐港耕人名亦佳，既耕還讀原由己。但求了得官家糧，歲時父子皆歡喜。君不見陶潛《田舍》有真趣，《飲酒》篇篇見佳句。尚嫌懶惰不躬耕，柔腸寫在《閑情賦》。諸葛躬耕頗不凡，多事他年答三顧。畢生漢賊終兩立，豈若南陽守康瓠。吁嗟乎倪生之先人，功高未得圖麒麟。有子儒雅復苦貧，韜鈐詞賦兩俱錯，對君且説田家樂。

快哉行

江東自從大麥黄，乾風吹塵十丈强。高田低田遍龜坼，焦土何處容鍼秧。我行江北耳輿論，旱魃安得災滁陽。太守憂民若赤子，斯民戴守如耶孃。快哉五月十三雨堪紀，城隍廟中鼓聲起。步禱剛傳太守來，香煙未斷翻盆似。倒捲黄河定是誰？知是龍池老龍子。六鄉三市何所聞，歌聲笑聲雨聲裏。颯沓渾如萬馬至，萑葦麼麿盡短氣。霹靂娱心絲竹音，電光悦眼泥金字。盈溢漂流濠下魚，渟沄浮動龍興寺。時寓此寺。客子提壺問酒家，詞人攬筆勞詩記。霑足滂沱自此州，横被迷溝與頓邱。錢鎛勻泥古滕復，桔槔泄水方塘收。埽括倉箱待子粒，抖擻簑笠驅黄牛。老農相顧得有此，感格豈不由仁侯。君不見太守謝壇民擁足，相賀吾侯今日可食肉。

同心念一老歌

老夫怕熱抱佛脚，龍興古殿命所託。清晨躄入復對誰，彌盧尊者眉如昨。金像還疑汗在顔，那有提壺分半勺。沈眠只願夢化魚，却思魚亦匪克樂。元都道士偶相識，見我眼赤貽我藥。藥封不動休致疑，生怯鑪火添熛灼。紫薇泉水清見底，汪友西瓜難再索。自憐内熟不可瘳,安得層冰供大嚼。忽聞童子叩殿門,恐是熱客驚我魂。入門乃是黄魯直,遣童挈榼提清尊。開尊頗怪無酒氣,小榼未啓香氤氲。榼中宛轉亳州之蘋果,尊中湛湛泉出江左惠山源。把瓢飲水毛欲立,蘋果漫喫核僅存。豈獨二物性所愛,日來暑病都除根。問之何由得有此,童子喘定始細論。嗟乎!世人贈送踴躍足豪富,三韓氣息尤所奔。獨君父子同心念一老,使我震動感激聲還吞。

後快哉行

今年竹醉之日得好雨,原田水深非小補。潺潺滮滮流浹旬,惰農遲種仍乾土。嗚呼皇天亦難作,僞堯僞湯爲怨府。北風之圖不我凉,雲漢之詩亦何苦。或言龍挂三日前,火雲騎日殊茫然。或言屬邑有大雨,來者亦復云虚傳。或言四鄉雨不絶,太守疑信終憂煎。寸誠積禱見靈貺,祝版往祭豐山巔。歸來割胙貽客子,仲叔豬肝何足比。誰知飲福猶未終,電擊雷轟二百里。分明舊雨不如今,舊雨三尺今半咫。舊雨當時已足奇,今雨回天良有以。君不見大河南來十三盜,碨礧項領獰猙貌。八盜八馬皆肥膘,一朝穿鼻擒之到。刀脊猶殷乂淵血,箭鋒忽析仙居道。觀者傾城如堵牆,駢肩疊迹惟知笑。惟時太守獨沈思,城中巢穴誰得知。矧有兩梟猶未得,寧無三窟當窮治。大之城池小府庫,豈獨編户關安危。弘羊不烹天不雨,何况此物容留遺。果然一鞫得賊首,市中童謡天上口。娶婦如花親串羞,成家伏莽交遊醜。明堂懸鏡光熊熊,賊智焉能廋某某。向者凶徒皆虎豹,此時囚縶同豬狗。快哉真賊盡得株,累寬廓清不獨滁。陽安是日密雲方布濩,列缺吐火豐隆讙。金蛇出没銀箭攢,絶奇雨點大如盤。東塘放溜西堰滿,古井亦復生波瀾。當知從此直至秋成不復憂雨少,除民之害天心歡。噫嘻!彼焚巫覡誠何干?

觀棋行

倪生周生居比屋,秋凉賭酒憑棋局。布子浸多勝負分,倪生黑子彌方幅。周生暗數色沮喪,細語微聞五十六。安排今夕周作東,溪蟹香醪入吾腹。俄頃局中忽大噪,喜者却驚愁者笑。地覆天翻一著差,可憐官著還難料。老夫睹此惆悵不能餐，棋乎棋乎何足歎！

歌答宗無齊兼爲别

先生好客異鄭莊，揮斥萬彙歸文章。先生工詩輕李賀，鬼語蹽踀大音破。先生觀潮詩獨奇，潮打空城事可知。與予相識自今年，相知却在義熙前。尊君齒與予相若，不敢爾汝恣戲謔。老識無雙襟復虚，方册蠅頭書拙作。是父是子世所稀，一日不見如朝飢。百日幾日不酒我，不但推食還解衣。江陰學宫天下無，參天樹下海鶴呼。客子淹留良有以，大宗小宗一知己，身到黄山夢到此。

椰冠道人歌爲張子虞山作

道人前年行萬里，探奇去飲珠江水。歸來一物無所携，獨得椰冠大如指。椰冠華首日相親，人見椰冠識道人。翻恨此冠人易識，不教簪導入風塵。道人吟詩追古調，方戴此冠收衆妙。道人彈琴求正聲，方戴此冠遊太清。道人飲酒復擊劍，此冠嶽嶽争光焰。我愛道人真忘機，海鷗石虎無是非。我愛道人真急友，長向龍興寺中走。八公山南多第宅，道人不作淮南客。淮陰市上多少年，道人不賦絶交篇。借問道人何砥礪，所期不負椰冠意。莫言草木無心肝，會見丹青閲人世。嗟余嘗少冠竹皮，近來老禿無一絲。椰冠何似無冠醜，惟有頭上青天知。

送鄭肯厓先生北行時聽王郎琵琶口占亦名琵琶行

昔年來往過江州，屢向琵琶亭上遊。香山老去琵琶朽，亭前之水空悠悠。只今送客冶城下，重聽琵琶催上馬。四十年來酒一杯，頭白臨風淚如瀉。

揚州春庚戌十二月客揚州作

揚州春，迎春自東郭。盡道今年官作春，先期三日行催索。積雪泥深一尺餘，倡婦挾瑟乘肩輿。紅妝半露疏簾裏，不知顔色還何如。

春日諸官宴彩幄，此曹勸酒須唱曲。請君但聽曲，莫聽六街三市哭。

揚州客

揚州客，出門殊意氣。匣有無弦琴，知音期不至，嗟爾客來去無計。故人賴有韓張良，穉恭也。層冰窟裏露熱腸。鯉魚尺半亦尋常，魚中素書不可忘。

揚州雪

揚州雪，積如山滿城。乞兒皆凍死，商人亦覺今年寒。客子衣單資用竭，偏到揚州來看雪。雪下白㢘㢘，入釜不可炊。江南亦有雪，江北來何爲？

揚州草

揚州草，不青復不黄。百錢買一束，難熱釜中湯。有米之家亦無飯，客子聞之仰天歎。將薪比桂桂不如，琪花瑶草誠有諸。

揚州炭

揚州炭，炭有汁。渣無多，汁滴瀝。故人憐老翁，買送風雪中。呼兒然薪急煎炭，炭未乾時薪已斷。感君意氣支體温，炭乾炭濕何足云。

五日歌賦謝顔衡山

顔生復聖之子孫，簞瓢陋巷家風存。枉訪真江歲丁巳，俄逢重五觴茶村。入門先喜髹几潔，衛足之葵當户翻。廟後岕茶色正白，嶺南黄熟香初温。小史雍容肌玉雪，次第開尊清且冽。宜窑妙杯好安排，方物珍羞忍羅列。金盤銀匕置當中，丹砂九轉蒲九節。從來角黍甚尋常，亦復光華風味别。是日天氣仍清和，興劇無勞觴政苛。花去石榴離黿品，壁無符咒惹么魔。乾坤子午在何處？疏狂且得衰顔酡[①]。白髮雙垂不到耳，陽關三疊猶能歌。未申時至觴可已，援而止之而且止。因憶主人大父昔同遊，名士如林樂無比。此日秦淮燈船泥殺人，朝卧平康夕在水。鴛鴦巧作百花香，鯨飲常眠三日起。樂極悲來難具陳，人生何苦要酸辛。吞聲大笑不復道，主人娱客情更親。卓如老人元好事，收藏書畫多先民。發篋共賞賞且酌，姓名一半記不真。最者陳白陽。董思伯。袁小修。宋比玉。楊龍友。米老碑刻還有神。碑載君家平原尸解事，神仙自合歸忠臣。吁嗟今日樂誠樂，世間萬事無不新。賜也貨殖深藏不可見，誰料顔氏之子翻留賓。

樵青歌爲黄仙裳作

當時同學十數人，兩人引頸先朝露。一人萬里足重繭，一人入海隨煙霧。三人滅迹逃空門，四人牆東長閉户。一人賣藥不二價，一人佯狂以自污。黄生計畫無復之，門前便是青山路。昆吾寶劍千金直，改鑄腰鐮應有數。黄生終日無蹤迹，上山清晨下山暮。有時昏黑猶在山，痛哭身當猛虎步。不知爲樵定何意，黄生安肯言其故。但聞有一海寧樵，時時偷訪鍾山樹。

一杯歎[②]

老夫愛酒兼愛杯，生平羅致逾百枚。于闐之玉不可得，駭雞之犀何從來。哥窑定窑談不易，醉紅雞矼走權貴。匠手争誇天寶齋，不貪豈識金銀氣。我所好者祇是宣德、成化、嘉靖、萬曆窑，温潤銷魂可人意。啓、禎年間眼稍恕，不論歲月論款致[③]。説在壬戌之小春，延陵詞傑作主人。一杯宛轉絶可喜，酌酒半兩剛停勻。其下覆手素無文，回青花葉中繽紛。小兒之拳孰大小，只如季雅還三分。老夫量在下中耳，飲此十杯竟醉矣。因向主人乞此杯，欣然首肯情何美。受杯輕籠窄袖裏，准擬明朝獨酌有妙理。誰防此意天已知，旋將一石横路歧。

---

① 顔，沈氏本作“順”，據汪氏本改。

② 此詩是《杜陵七歌》中的一首。

③ “款致”後，康熙本多出“譬如清便洮洮美少年，何必求其出上世”句。

醉歸昏黑誤踏石，一跌非同少壯時。觀者驚嗟老夫坐，老夫未損杯已破。歸來恨恨意不平，邊雪亭中枕書卧。旁人來勸老夫著跌非等閑[1]，但不傷殘即可賀。何故翻爲小物愁，達者如斯無乃過。我言君不知我心，我豈不見俗兒酒器直萬金。列橱編識分古今，我嘗鄙之不若禽。我所悲兮英雄不得志，虎嘯鷹揚流水逝。一巵弄酒何關天，亦復抗之教破碎。坐使吟詩作賦興索然，眼見斯文從此廢。吁嗟乎！嘗聞稽叔夜、徐景山，酒杯酒鎗亦已傳。誰之不如矧二子，一杯到手便不堅。又聞舒州杓力士鐺，李白與之同死生。白也愛杯至於此，豈獨老子獨無情[2]。

賣船行爲施愚山作

嘻！人生寧可無宅住，妻子不可無船狎煙水。我昔常思有一船，放浪江湖誦書史。名山可遊解纜就，伊人宛在搴帆指。放翁長在三泖間，少伯不離五湖裏。有時風流效陶峴，歌船酒船更銜尾。將船垂釣七里灘，將船吊古西臺涘。吁嗟乎！無船妄想過一生，有船不賣可知矣。故人愚山我同志，久宦一船豈謂侈。矧君博雅負才情，船中汩汩吟聲起。卬須正欲往從之，唱和船中風日美。何故牽船急求賣，無船倍昔有船喜。短簫横笛兩茫茫，木蘭沙棠徒爾爾。愚山一笑君言然，以君作我亦賣船。

典裘歌爲佺廬中丞賦

中丞才比劉華容，江陵江夏剛過中。中丞詩似李長沙，公安竟陵偏一家。中丞操逼鄭襄陽，調劑應山與孝昌。秉鉞撫吴二年矣，官清但飲吴江水。夏葛冬裘聊復然，典裘犒士豈問傳。豫章之材根柢大，如蛟有壑龍有淵。中丞家世吾所悉，碩德巍科何舄奕。名父當年吾楚英，文噪壇坫東南傾。惟余妄作亦從衡，二子曾訂千秋盟。彼時中

---

① 夫著，康熙本作“人著”。

② “無情”句後，康熙本還有幾句：“又聞岳忠武，思量痛飲黄龍府。秦檜當前即石頭，一跌灰飛淚千古。所以下生泣玉不泣足，何況所泣兼非玉。凡今之人誰可告(乎谷)？聊將餘恨問情人，譬似紅粧入室新。羅襦未解腸先斷，欲續鸞膠詎有因。”

丞稱早慧，一别年深今鼎貴。愧我萍蓬成匪民，多君霄漢存高義。茂苑金陵若里閈，知君美政不勝書。典裘曠舉同國僑，偶然濟人以乘輿。孟軻議論頗蛇足，輿人作誦茲贏餘。孔禰之交吾白首，稍健趨風必東走。今朝飽飯且作歌，重感中丞懷老友。適承繼粟。解裘推食意誰多，誦義維均兩不磨。我有羊裘常質酒，不知誰作典裘歌。

初聞燈船鼓吹歌丁亥四月十七日秦淮舟中作

一聲著人如夢中，雙槌再下耳乍聾。三下四下管弦沸，燈船鼓聲天上至。居然列坐倚船舷，驚指遥看相詫異。鼓聲漸逼船漸近，亦解迴環左右戲。急攢冷點槌猶澀，春雷坎坎初驚蟄。吹彈節鼓鼓倔强，中有間聲闌不入。吁嗟此時聽鼓止聽鳴，誰能打掐聲裹情。誰能眼底求精妙，乍許胸中見太平。太平久遠知者稀，萬曆年間聞而知。九州富庶無旌麾，揚州之域尤稀奇。誰致此者帝軒羲，下有江陵張太師。江陵初年執國政，樂事無多廟謨兢。爾時秦淮一條水，伐鼓吹笙猶未盛。江陵此日富强成，聖人宫中奏雲門。後來宰相皆福人，普天物力東南傾。豪奢横溢散向水，此水不須重過秦。王家謝家侈紈袴，湖海遊人鬪詞賦。廣陵女兒絶可憐，新安金帛誰知數。舊都冠蓋例無事，朝與花朝暮酒暮。水嬉不待二月半，袨服新妝桃葉渡。高樓夾水對排窗，捲起珠簾人面素。騰騰便有鼓音來，燈船到處遊船開。燭龍但恨天難夜，赤鳳從教晝不回。皇天此時亦可哀，黽年協律生奇材。善和坊接平康街，弄兒狎客多渠魁。船中百甕梁溪酒，膽大心雄選鋒手。蘇州簫管虎邱腔，太倉弦索昆山口。鎮江染紅制瓔珞[①]，廿碗珠燈懸一角。當前置鼓大如筐，黄金釘鉸來淮陽。此聲一歡衆聲集，不獨火中聞霹靂。風雨叢中百鳥鳴，旌旗隊裹將軍立。熬波煮火火更然，積響沈舟舟未溼。可憐如此已快意，未到端陽百分一。記我來時卯與辰，其時海内久風塵。石榴花發照溪津，友生置酒我作賓。下船少遲渡口塞，踏人肩背人怒嗔。燈光鼓吹河河遍，銜尾蟠旋成一串。蔽虧果覺星河覆，演弄早使魚龍顫。衆人洶洶我静賞，初奏此時

① 江，汪氏本作“浙”。

差可辯。須臾光響相糾結，惟聞森森沈沈直上翻雲漢。東船西舫更交加，下視何由睹寸瀾。偶然閃儵透水處，如金在鎔風掣電。樓樓堂客船船妓，近不聞聲遠察面。嗚乎！此時燈船更難動，但坐飽食揮槌調絲按孔相淩亂。侯家别携清商部，那得於中聞唱歎。復有劣鼓與劣吹，就中藏拙誰能見。爆竹聲低煙霧濃，暫借香風解霑汗。露零雨下不得退，樂極生悲真可厭。酒醒忽迷此何地，魂銷略記伊堪戀。直至明朝日亭午，船鬆却退人相羡。歸來沈眠須竟日，流鶯啼破河陽戰。此後遊人數日稀，清淮十里桃花片。記得坐中客，能説王稺登。稺登撾鼓湘蘭舞，賞音擊節屠長卿。後來好事潘景升，晚節猶數茅止生。絶藝於今誰作主，李小大歌張卯舞。當時惆悵説於今，忍見於今又説古。年復年來事可歎，燈船伐鼓鼓不歡。辛壬之際大飢疫，惟見鳳陵烽火照見秦淮白骨横青灘。桃葉何須怨寂寞，天子孤立在長安。吾聞是時宰相薛復周，黄金至厚封疆仇。公卿濟濟咸一德，坐令戰鼓逼龍樓。甲申三月鼓遂破，斷管殘絲復誰和。半間堂裏起笙歌，平章舟上稱朝賀。試問當時雷海青，階下池頭還幾箇。新劇惟傳《燕子箋》，殺人有暇上遊船。行人何必近前聽，荼毒鼓中無性命。同時阿諛伎畜爾，惟有劉黄高左五侯耳！君不見師延靡靡濮上水，未若玉樹後庭美。賞音何人丞相嚭，相對掀髯復切齒。一撥弦中半壁亡，一棒鼓中萬人死。鼓急弦驚曲不長，兩年歇絶隨漁陽。有容徒憐橋下水，無人不斷渡邊腸。及此相看真分外，何許藏舟一舟在。拂塵捍撥初光輝，奮搥揚袖藍縷衣。不燈漫乘夕波出，無伴知從何處歸。争新誇奇各有故，君看西風桃李枝。西風一枝衆稱異，東風萬樹空爾爲。入耳悲歡難具説，醉裏分明寸心熱。嗚呼！漢代金仙唐舞馬，此事千年無有者。興亡不入心手間，然後聲音如雨下。探湯撾鼓蒺藜刺，應有心肝礙胸次。餘音漠漠攪飛絮，燈船燈船過橋去。過橋去，傷鼓聲，長歌短歌歌當成。隴西李賀抽身死，舉杯相屬樊川生。此生流落江南久，曾聽當時煞尾聲，又聽今朝第一聲。

悲哉行贈余子生生

悲哉余生！去蜀萬里，無以爲家，而投老乎東海之濱。悲哉余生！不悲其身之無家，而悲其先世之無墳。蓋嘗泣血負土，辛苦萬狀，而後得以掩夫纍纍之骼暴露而縱横。悲哉余生！蜀中多虎，虎之力足以守墓，奈何虎去而來此不義之人。彼楊璉真伽輩方塞乎天地，乘車戴笠者皆是。曾六陵之不恤，而奚有夫金吾之家世、司馬之功名。悲哉余生！遭世之亂，不在於刀兵水火，而在於斯人之喜怒哀樂皆失其正而倒用其情。其得之則喜失之則悲者，惟勢與利而漠然於吾君親。悲哉余生！所以悲不可已，而彼蚩蚩者顧反悲生之窮，老而無家也。豈不重爲生所悲哉？悲哉余生！

詩二　潛江甘鵬雲校

變雅堂詩集　卷三　五言律詩

聞子規

四月三之日，子規驚夢魂。天高吾不問，春去汝何言。口血腥花氣，關河阻劍門。此方多挾彈，未可恃君恩。

園　霧

霧合園何向，茫茫江海心。秋蟲啼不徹，大樹若爲沈。且賺昏鴉集，徐看赤日臨。天光遲户牖，無事客愁深。

蠕蠢何多族，滔滔向此中。自矜眉睫審，不信顧瞻同。天地如藏拙，江河倘諱窮。誰將寥廓意，此際問高鴻。

答緯之

宵長行復盡，獨此歎難休。不耐忙中慘，惟堪静處愁。月明垂淚夜，風急斷腸秋。魂魄誰能致，生涯非所謀。

逢子秬

别後人群改，相逢鬢髮殊。殘生轉不易，且復立斯須。道喪留朋友，心恢亦丈夫。有懷談未盡，春信到荒蕪。

留别張樞下

交子不能别，翻思未晤前。輕裘何止共，畫舫不孤牽。世路愁知己，君親策壯年。敢辭南北限，秋月或同圓。

贈陳淡玄侍御

馬周千載遇，一旦獨輸君。豸並宫衣賜，花同繡斧分。帝稱真御史，客揖大將軍。却憶江城夜，清尊細論文。

贈張瑶星錦衣

張仲長安邸，惟余接膝頻。除書無長物，遺像有嚴親。頗續文昌句，無慚孝友人。明君如賜錦，宫樣别詞臣。

次韻答陳伯倫惜别

是客皆愁夜，惟余更負秋。炎寒三月變，醉醒一身浮。孺子空留榻，仙人不好樓。曰歸天闕隱，裋褐敢深憂。

聞黄石齋先生賜環同諸友用魂字

穀城山下石，終許作雲根。讀《易》知難死，投沙喜尚存。碧無今日血，忠有舊時魂。肯學吹齏鳌陋，留連黄閣尊。

次團江

下馬團江滸，烏林舊戰場。楚弓沙月白，吴壘戍雲黄。鑒影涵天遠，襟流束地長。江聲疑有恨，如欲訢興亡。

贈沈彤庵大行並序

午之役，彤庵先生分校北闈，視禮記房分卷，時過詢同考黄澹巖中翰，曰："雅聞吾房有貴鄉杜于皇、劉濟甫，不得之爲失士，但戰場五色，未免目迷，公於二君里門同社，必知其文之梗概，幸以教我。"澹巖具言劉文密麗近六朝，余文疏秀近漢宋。彤庵唯唯，隨得一卷，亟示澹巖曰："是劉生無疑矣。"惟極力求餘卷，彷佛澹巖所云者，竟不可得。閲卷且竣，愀然不樂，至欲請澹巖至其房爲之代搜，澹巖以嫌辭。

及塡榜,知余竟不得。撤棘即枉顧,極其慰藉,且託諸相知,爲道惓惓,蓋不知余此番闈中牘乃稍貶道,不敢甚任本色。既余索得落卷,則又圈評可觀,但不入彀耳。乃知莫非命也!然先生汲汲之意,則可感矣。於其南還也,作詩送之。

好士至惆悵,知君誠有餘。萬言求董賈,一哭蹇包胥。不直仍遭黜,余己卯以結語侵樞相,置副額。難從在卜居。且無師弟刺,造化意何如。

夜坐方密之署齋論詩有懷楊龍友范仲闇李舒章時余將別去李余未交

巵酒菊花親,與君懷故人。詞場成聚訟,草莽有孤臣。黔蜀波瀾老,雲閑體制臻。玉堂燈影散,况憶别離身。

客京師數月朝夕密邇惟錢漁叟錢與朱越流同寓至是將散去總括情事得詩五首與錢並及朱以爲笑樂至詩中曲折惟余三人知之耳

二子長安邸,狂夫日日過。見書嘗唾駡,遇酒即高歌。怨别一朝雨,相知萬頃波。君歸先掃榻,有客到吟哦。

屢有西山約,偏爲苦雨淹。風塵甘自遠,山翠亦難沾。吟孰隨鞭鐙,愁能壓帽檐。途先窮到酒,白眼看青帘。

此地本無女,君言訪得之。倒衣迎小玉,催火照西施。入座傷偕老,當時讓頗奇。戲留詩柄在,朱子定能知。

悔延西晋客,悟犯執金吾。餻餉饑童子,奔波及老夫。書知誰視草,道欲我乘桴。君亦何爲爾,朝朝叩閣呼。

交道看僮僕,迎余有好顔。頻來君或出,款坐待君還。酒茗能私我,琴書不上關。留詩遺姓字,余尚半癡頑。

馮沛祖以五經卷見貽報之以詩

儒宗推漢代,各以一經鳴。華國惟馮子,專家笑董生。萬言珠璧合，午夜日星明。讀罷余何事，長歌天馬行。

贈周穎侯穎侯再約同舟南歸余皆以他羈不果踐

不知君早達，落落復悠悠。下筆黄公望，含情顧虎頭。計誠宜共返，身未肯東流。益歎前賢事，相同不但舟。

閲穎侯詩穎侯曾謫邊幕

譽子詩中畫，人間語盡然。挑燈嚴可否，把筆準前賢。高適營州幕，王維輞水川。看君未三十，佳句已堪傳。

蜀中劉念先死三年矣在時寓白門每當園中海棠盛開輒置酒請余賞之諾賦一詩未踐也津門同寓友有習念先者爲道其生平及其令上海開河便民狀怛然賦此報念先地下焉

地下劉公幹，三年苦別離。不成天馬賦，竟負海棠詩。寧爲娉婷死，如酬國士知。河流今利賴，何故謗君奇。

過滄州大風

風威忽如此，北馬詎無憑。看水吹成路，摶沙强作冰。不堪思猛士，夫豈發金滕。笑傲何繇得，滄州未敢凌。

梨花集再用冰字

前過梨花集，淒然雪片增。頭鬚同白草，腔血作紅冰。驢卧從人策，山荒聽鬼應。行行驚凍火，勞矣店家燈。

早寒三用冰字

早寒三十里，久客漸能勝。酒力融肌粟，陽光泮晝冰。囊空餐欲減，途半侣翻增。一笑南來客，方慚笠與簦。

莒州道中四用冰字

至此途過半，徐徐亦未能。北霜原似雪，南水不成冰。凛冽風初起，蒼茫日漸升。低頭窺影笑，奇絶一枝藤。

穆陵關

戴星行十日，南至穆陵關。來徑無人去，長空有鳥還。白驚霜後草，紅想鏡中顏。邈矣夷吾力，兵車得暫閑。

至清江浦

江浦盤渦異，河流疊浪匀。已知家稍近，漸與寇相親。解劍無完室，彈冠有破巾。幾人相問訊，何日離燕塵。

歸　來

屢怯刀鐶夢，今知返草堂。吹簫徒倖免。躍馬太踉蹌。豈有相如宅，空猜陸賈裝。歸來魂更苦，深悔聽巫陽。

元　日

元旦我無事，梅花伴讀書。天心連日見，人迹向來疏。既雨難忘酒，方春孰荷鋤。客情原至介，三歎對盤蔬。

自咏除夕元日詩

除夕至元日，詩分新舊年。江山驚久客，騷賦問何天。醉後聞鄰管，愁中贈影篇。一晴差足慰，得句或花前。

讀孟貞詩題其卷右

雙眼人嫌白，孤衷自不狂。一逢邢北地，即見孟襄陽。破硯吟甘苦，疏燈句短長。願言迷路客，消息問漁郎。

吾交有數子，邢昉是詩人。離亂儔幾失，飢寒句轉新。似君操寸管，何處得纖塵。讀罷疑前代，流傳出避秦。

生日阮仙有作依韻和答

山庵一日息，幽獨賀吾生。出世才難倚，知心友更明。蛟龍疲舊蟄，鶯燕語新庚。不愛少微象，何貪處士名。

生日依韻和答歐陽次公兼遲周農父方直之未至

有生名此日，得爾伴孤遊。共醉俱忘物，惟閑可放愁。柳條青恰至，梅蕊白微留。底事龍眠客，相思庭户悠。

孔雀庵初度又申置酒與治剩公過談

襆被依僧舍，殘梅弄曉晴。百年原瞬息，一刻亦平生。坐醉傒芭酒，來歡支許盟。不知明日事，端的覺身輕。

夕　警

一刻即三警，鄰雞幸已鳴。愁深逃萬死，睡足賀殘生。筆爲招魂秃，巾從漉酒傾。形骸還浪得，未覺不宜輕。

送賀文凱歸竟陵

竟陵今欲問，門館夙相親。常夢兩湖水，君來即故人。歸舟投漢廣，佳句出風塵。想見端居日，思余若比鄰。

送歐陽次公歸潛江

師友復昆弟，與君交好多。來同白門宿，去和紫芝歌。春雨生庭草，晴江爛釣蓑。杜陵詩滿目，商榷更如何。

聽公允琴

抱琴仍夏夜，弦指近秋邊。幽咽吴宫草，深爲楚水煙。客塵隨響落，孤調與誰傳。庭樹光零露，初更月未圓。

寂歷空亭上，琴心宜遠聞。絲桐如有識，身世復何云。蟲響於斯止，樵歌向爾分。賞音堪擬似，片月伴孤雲。

牙期難再得，斯好不曾無。是器皆堪和，如君恐太孤。遠松微有籟，獨雁任長呼。於此徒然悟，高閑未到吾。

彈罷聞君歎，身心亦未閑。官猶羈小草，意止在高山。素手自明滅，幽蹤隨往還。如何隱居者，有曲憶人間。

雨後集含露堂言别論文分得留字

桐柘交陰處，能爲雨後秋。過從含别緒，談笑隔清流。古意淮南葉，他鄉劍外州。十年對知己，今日自言留。

次日再用留字

屈指朱明盡，離心怯素秋。榻懸堪再下，髡醉互相留。竹柏揮人影，舟航具石頭。繫情他日咏，西北有高樓。

又用嵩少然字

斗酒極知薄，故人不謂然。談侵深夜月，坐入素秋天。騷怨終歸楚，高歌往和燕。徯君商古學，離别莫經年。

又用德人單字

抗言晨夕地，論别自然難。河漢披襟凈，江雲覺夢單。有書同載穩，勿藥異鄉安。顧我仍漂泊，移家寄釣竿。

答金五鍾即和來韻先一日，同訪大椿，歸聽鼓琴。

何限愁霖曲，方晴意更遲。新知兼訪樹，舊業得稱詩。長嘯貽中散，孤行遇子期。夜來彈絶妙，琴韻入秋思。

懷山堂論詩[①]

詩友城南合，蹣跚我亦來。放懷談五際，痛飲過三杯。草色哀難起，花魂去未回。何年翻地軸，夢破一聲雷。[②]

唐詩三變後，吾意止中唐。過此風斯下，其他運可傷。含悲生石闕，積憤滿書倉。間氣惟忠信，西臺發古香。朱詩以謝翱爲第一，以後無詩。

試杖戲作[③]

今朝初試杖，行步尚攲危。重把方相得，輕憑且莫支。雪中容畫字，花底待尋詩。欲問前村酒，青錢挂未遲。

今朝初試杖，爾杖意如何。騶衍談三足，封人笑一多。材知堪倚杖，趣亦在摩挲。却恐身强健，相抛愧匪他。

今朝初試杖，杖國是何年。竹性同麋鹿，麋鹿，竹杖。花時拜杜鵑。甘隨東閣履[④]，不傍繞朝鞭。甚覺爲龍易，何須慕稚川。

偶然小飲和王歙州

一蔬曾未設，村酒復中之。豈意飄零況，能來絶妙詞。驪珠兄弟得，馬角古今遲。八月如三伏，清風吉甫知。

李匡侯載酒過草堂

吾道長妨笑，斯辰遣一歡。青尊從白首，夜火變春盤。元夕後二

---

① 沈氏本題目爲“懷山堂論詩”的有卷三五律一首和卷七七律两首。这两首五律，康熙本題目作“懷山堂論詩之作余既成七言近體二首矣而忘其限體限韻也于是補之”。

② 此詩沈氏本無，據康熙本補。

③ 康熙本同題詩有三首，此處其一、其二據康熙本補。康熙本其三詩尾有跋作：“左丘明作《國語》，太史公作《史記》，皆以貧病鬱鬱，發爲文章，遂爾傳世。先生偶然傷足，其詩如日月經天，不必因此傳。然誦《伏枕》諸什，奇情異彩洋溢紙上，豈獨病不能困，翻因病而詩，氣益雄，格益精，句益秀。余小子莫測其所至也。石城後學蔡玺謹識。”

④ 閣，康熙本作“郭”。

日。衰鳳談何易，猶龍世所難。好詞還絶妙，只作早梅看。

早春同匡侯孝威飲劉氏園

再至仍需醉，悠悠十載期。陰晴分柳態，前後總花時。雲壑憐真隱，山莊揀畫師。老蒼俱在座，來者慎吟詩。

花時貰緼袍

斷雪清明後，雖寒尚不深。有花方暖眼，無褐詎哀吟。可愛杯中物，生憎肘後襟。衰年須快意，妻子豈知心。

短衣仍楚製，入市引軒渠。懷玉人誰信，尋芳錦不如。真愁聞杜宇，切莫駭爰居。萬事歡難並，温風草丈餘。

故人有孝子，野寺作閑僧。花徑堅相約，壺飧愧不能。若無袍可典，空有興堪乘。袒裼繁枝下，支公見未曾。

我袍雖百結，亦抵鸕鶿裘。痛減千金價，言消萬古愁。不堪邀伴侶，兼得省賡酬。鐵磬詩名者，他年造酒樓。

坐顧與治新齋

予汝隔城中，園成若與同。看花移耳目，穿石到鴻濛。熱客嘲難免，良辰撰不窮。枕書眠竟日，先試北窗風。

赤日難歸去，清風故送涼。竹也。睡餘窺散帙，飯畢繞迴廊。蘭葉何其久，橙花且自香。從來蔣生徑，大抵屬求羊。

之子寒松裔，曾今漫閉關。不能如曠野，聊取代深山。避世牆南北，懷人鶴往還。鑿池何地可，入耳要潺湲。

磅礴雖終日，纏緜未一尊。再來應載酒，相送豈留髡。水國滄沈陸，山齋舫制軒。主人如酌我，此地最堪論。

自迷漁父路，久罷應門期。新築容來往，殘生有別離。余能眈晏坐，君自妙臨池。魏晋門前事，高人知不知。

何處齊吾意，爲園不起樓。庶幾停遠望，不至引深愁。南郭風傳磬，西山蕨滿甌。誰家方晝錦，目笑此林邱。

草堂毋浪擲，稽古亦其時。秋晚燈方静，春深日正遲。休看庾信賦，當咏左思詩。獨擅惟堪薄[1]，能令作者垂。

林茂之偕家兄方朔小飲借石齋

未能營利達，不復事樵漁。閉户仍求友，清談閑讀書。溪鱗隨漲得，簾影漾風徐。此際一杯酒，窮愁忽晏如。

夏　鶯

長日破吾寂，絶無他鳥啼。微風吹百囀，濃緑映深棲。過樹身初現，窺簾雨乍低。莊周今有夢，非復蝶能迷。

午日書思禹歷齋中聽胡安士彈琴和韻二首

廣厦薰風至，披襟一爽然。相將歌楚些，復此叩商弦。志潔先爲地，聲希即是天。自從分手後，洗耳只今年。

何必尋師授，孤桐一片心。若論今日事，湘水是知音。千里家安在，平生感獨深。老夫紅兩頰，曲罷更高吟。

芍藥十首

天然三婦豔，沓至動湘裙。色皎同肌雪，香柔似鬢雲。中心尤可好，俊味許誰分。芍藥和味。淇上如相送，魂銷賴酒醺。

復感鄰翁贈，昭容紫袖垂。入瓶俱宛在，錫號總將離。不覺朱顔鬧，彌增素質奇。同車休見妒，一任老夫爲。

主人閑不出，花亦若爲容。閉户辭塵務，鈎簾玩化工。紫欺紅躑躅，白學醉芙蓉。草木多姿態，吾其萬事慵。

新水發新香，水深花命長。風流如再整，面目若重光。尚倚傾城笑，休驚墮馬妝。温柔能悟道，即是白雲鄉。

客舍無三畝，焉能仿故林。都將群卉豔，直付一瓶深。折贈隨丹素，白者爲公調、尊五贈，紅者爲鄰翁贈。衰榮自古今。悠悠長抱膝，相對

---

① 惟，汪氏本作“誰”。

暢孤吟。

復置一尊酒，無多剩此亭。冶容嬌閏夏，老眼拭初醒。在昔思爲圃，於今正玩瓶。余有“無花且玩瓶”句，尊五送花云：“可免瓶玩。”多情爲草木，相謔亦忘形。

讀書燈黯淡，炳燭照華滋。寂晝明真色，深宵發幻姿。寫窗香在影，佐酒月分巵。减去愁盈尺，何妨就枕遲。

愁眼對娟娟，時時復燦然。忽驚憔悴色，不似妙英年。漫灑臨風涕，猶堪一日憐。殷勤頻换水，爲我强留連。

膽瓶花不斷，庚續賴孫翁。别出幽奇種，兼留濟豔風。蓮房含粉白，秋水襯霞紅。一朵嬌無匹，壹心亦已空。右八首成，閣筆矣。公調又贈一枝花一朵，淡紅淺白色，頗稀見。因復有此詩。

再出花彌大，初驚是牡丹。小喬呼作姊，樊素唤爲蠻。承露杯無恙，優曇缽未殘。生成兼作者，彼此各知難。次日公調又贈一枝花一朵，顔色如昨而較大。

送龔孝升先生北行

天末衰遲眼，十年望故人。相逢不長聚，後會復何辰。獨困方知拙，難言始是貧。良時多好語，忍淚盼行塵。

獨行猶闊别，况復舉家行。只恐絲綸貴，因同帶礪盟。青霜催短褐，白首望燕京。道路期君老，何嘗賦北征。

陰德於公大，今年再弄璋。雙瞳剪秋水，一笑識文昌。已卜功名盛，先虞道路長。老夫他日見，應問客何方。

康濟誰能尽，功成退步寬。鹽梅留濟味，霖雨慎波瀾。毫素深心託，榮華道眼觀。古來光史册，知止最爲難。

離鄉四十載，親串隔千峰。難得夢中見，偏於意外逢。行藏俱寂寞，壯老各形容。此會須常記，同聽虎阜鐘。

看苦戲

何代傳歌譜，今宵誤酒杯。心傷情理絶，事急鬼神來。蠟淚寧知苦，雞聲莫漫催。吾生不如戲，垂老未甘回。

孝章至自吴門過訪雞鳴山寺登閣遠眺

幽徑山中邇,同尋遲子遐。息身還有地,極目止無家。寒閟千峰雨,煙消一陣鴉。舞幡風更急,往事問玄沙。

秋日訪眉照上人用孟浩然義公房韻

客愁何所託,戀戀此幽林。眺聽秋聲滿,淹留細雨深。吟情依净域,兵氣自窮陰。江外逢蒼雪,於今廿載心。

乙巳清明日飲吴漢槎海棠下

芳徑過新雨,海棠花半開。主人留客醉,童子得魚回。香細風飄幕,絲繁影照杯。佳辰如此度,不負杖藜來。

贈魏子存

分袂從隋苑,尋盟到武塘。如何江上客,不返漢之陽。計拙遠知己,途窮入大荒。故人憐屈宋,此地即三湘。

百端即可置,大事逼衰遲。不見瀧岡表,徒遭薦福碑。倦遊焉敢息,塵迹豈能辭。一笑相逢後,中心依舊悲。

真栖携錢過草堂酌我時余自滁陽返真栖自武昌復來

破日秋光好,荒年酒債平。相逢沽一斗,亦足慰殘生。我恨梅花落,君悲漢水清。鄉愁何必話,鐵笛作邊聲。

花木庵同蒲道人啜茗[①]

苦茗生平好,逢師此共斟。緑江無盡意,白首有同心。山月照逾淡,松風吹使深。黄鸝知飲愜,枝上送佳音。

---

① 花,汪氏本作“落”。

寺樓雨中同亦史翼微來鶴洞初作

與客上高樓，蕭蕭海雨稠。甲兵全未洗，行李又須留。煙合疑無樹，山空但有秋。此時同抱恨，不待話離憂。

古　樹

爲四明邱氏作。李杲堂記云："家亦有苦楝樹，與邱松柏相望。"

聞道三株樹，峥嶸古至今。松知秦歷短，柏感漢恩深。用盡風霜力，難移草木心。孤撑休抱恨，苦楝亦成陰。

十二月十五夜至瓜渚宿魏氏榮露堂與其喬梓即席共賦

獨樹今爲客，來敲月下門。寒天猶逆旅，落葉不歸根。冰雪春天盡，江山戰後存。銜杯慚已老，未敢議酬恩。

送吴舫翁遊黄山[①]

告行皆北去，翁獨向黄山。杳與風塵絶，深尋磵壑間。驚奇應再拜，酌句必三删。大謝遊何處，方兹乃閉關[②]。

幾蠟靈山屐，蹉跎四十秋。丹臺初日湧，黄海白雲稠。猿鳥看人賤，漁樵入界幽。君歸先報我，猶擬作菟裘[③]。

哭李鄴仙

事後論人品，無如李鄴仙。留身惟賣藥，有子只耕田。學道知原夙，李著有《夙知録》。安貧力更堅。白雲山下路，誰表少微阡。

---

① 康熙本詩題有"二首"二字。

② 此首底本無，據康熙本補。

③ 猶，康熙本作"將"。

送文止峰歸楚兼祝初度

不是君來别，余幾忘故鄉。一時心共去，千里夢相將。賓雁迎江棹，梅花放草堂。向南歌郢雪，亦足代爲觴。

戊申正月十七日逢初度雪中子婿小酌桐初後至同用花字

賤老成風俗，驚心覽鬢華。春城燈未遠，鄰舍酒還賒。已禿丁年節，空飛北海花。自慚非樂令，洗馬到貧家。

生日羽南送魚酒有詩戲答

寂寞辰誰記，來公篤老盟。雙魚一尊酒，五字百年情。意氣消霜鬢，風花似錦城。倦遊殊落落，吾道豈馮生。來詩有“幸舍飽魚”之語，故答以馮生。

己酉仲夏天章忽自淮陰遠訪薙髮而僧喜餘有感成詩

怪有高僧訪，登堂是故人。三年添夢幻，一笑釋冤親。命薄翻聞道，情多轉離塵。先公方屬望，出世且逡巡。

清和八日立夏同惟度南郊看芍藥即事

出郭飛揚意，登樓悵望人。伊其爲暮雨，我自惜歸春。時序原逢舊，豪華頗笑新。遥憐惠安圃，今日幾蹄輪。惠安伯園内芍藥萬本。

送魏惟度偕吴星若西湖結夏

清和將盡月，簡易束遊裝。風在湖心寺，知君此去凉。眼中西子秀，夢裏武夷蒼。况復携詩友，幽吟日幾章。

春日獨酌有懷素園

啓户東風入，晴光照眼新。江梅寒意盡，塞雁别情真。此地無湘草，何時見郢春。故人同作客，把酒自心親。

仲春肯厓再往草堂小酌承示佳篇依韻二首

不辨君王事,丁年負黑頭。予年三十四,自發棄兩貢一官。感翁來客舍,勸我上歸舟。偏宕孔文舉,高明陳太邱。終須同洛社,未可各滄州。

爲喜鄉相見,因留客與俱。御風迎列子,列子居鄭國,故云。逐日笑夸夫。巴酒濃堪酌,劉天老畏呼。天姓劉雖戲談,見正史。未應愁拇戰,不過倒雙壺。金陵巴氏酒最佳。

舟發武康

雪後歸舟重,開帆發武康。湖山留粉繪,蓑笠本南裝。賞罷愁無米,吟殘幸有觴。等閑齊萬物,調笑此空囊。

曉發過湖州有懷園次

蒲帆乘曉發,舟子報新春。風末有南雁,雪中無白人。吟將行色起,寒逼濁醪醋。醉眼窺城郭,題書恨少因。

癸丑中秋前一日過蘇嶺席上爲五舅父壽

倦客行投止,叨逢綺席豐。他鄉偏我老,母弟獨存翁。宛作家人集,多慚宅相同。舅甥如父子,仿佛二疏風。

同有郄公好,先外祖喜觀劇。秋宵共選聲。彌知尊舅健,坐徹碧天明。癬疥曾何患,滄桑也不驚。橋門留曠典,稽古尚期榮。

此地君山在,居然似故鄉。中秋將滿月,八十以前觴。佳句賡奚賈,蘇嶺先有詩。香醪問杜康。此地有杜康宅。爲歡逢永夕,白首亦應蒼。

别後良多故,相逢且默然。如甥非俊物,似舅貴長年。老泥春申浦,閑評陸子泉。惠山别泉。還丹寧有訣,無累即真仙。

馬節婦

死所斯人得，生涯若輩慚。雉經身是女，苟合性非男。大罵存言外，貞魂渺劍鐔。自今傳節烈，須問作家堪。

馬伯和宅海棠分得醒字

把酒來花下，看山坐水亭。鬢毛疏更白，春色曉多青。麗蕊關心賞，妍枝議膽瓶。一酣拼竟日，三月不宜醒。

伯和落一齒有詩爲余誦之復用其才字

齒落聞新句，癡蟲試爾才。無多妨肉食，全不礙銜杯。老怯邊風入，人窺笑口開。何妨杜陵叟，車輔半摧頹。

雨中再酌伯和齋

細雨春泥薄，支笻問索居。話間尊酒至，何處管弦徐。池水行將起，籬花漸欲舒。頻來慚款洽，挈榼意何如。

僧　舍

精舍幽無比，春暉入户斜。坐看天上竹，閑掃夢中花。只合聽歌鳥，無勞轉法華。浮蹤貪佛處，一歲一天涯。

送孟貞

一笑遊垂橐，面顔如此蒼。送君今日别，入我楚天凉。歸夢附千里，來書隨數行。黄州經過地，未必到三湘。

送萬年少返吴門兼訊姜三如須時余亦將于役

一聚各有適，不須獨送君。偶然罷微酒，相與惜離群。京口見圓月，石城行落曛。因聲寄妻子，此外復何云。

介立上人房同子諒

曲折層層上，躋幽不覺難。松篁檐際合，緇素碧相看。參罷三衣整，齋餘一鉢寒。湯休何款洽，客至適吟安。

酬盛子山雨中涉水過飢鳳軒作

厭兹闐闐雨，無復山中情。可歎芭蕉上，終朝傳此聲。君來積水外，何處滄浪清。相對在前古，頹然魯兩生。

客廣陵偕季平園次子久集介子園圃同作九日

二仲來城外，閉門良以高。菊荒猶栗里，巾廢負松醪。客意如聞雁，人情類反騷。夜遊差獨異，星月見霜毛。

聞　雁

朔風吹一雁，有客惜離群。衡岳幾時到，江鄉不可聞。唳殘生海日，哀極動星文。獨滿平生耳，誰將此慟分。

孟貞過黄州有作見懷感答

長江日夜流，江岸有黄州。是我十年夢，輸君一日遊。山從樊口密，月對武昌愁。處處邀篇翰，殘黎豈解酬。

就枕又作

婦病何時愈，兒寒已自號。感深心動色，愁極鬢催毛。曉榻疑冰水，秋衾即布袍。悔無名士福，昨夜讀《離騷》。

燈前懷亡室

竟日猶塵事，燈前淚暗流。不知何處静，堪著此生愁。素幔飄風卷，空房黠鼠遊。人間惟此夜，三夏似窮秋。

尊五童子宋桂以農忙暫歸全椒

材大人皆借,農忙獨自歸。過江船淼淼,到岸柳依依。黄犢因何瘦,青苗從此肥。莫貪雞黍飽,忘却北山薇。

七日會飲送秋屏之全椒

不舍忘憂物,壺中即考槃。雙星今夕會,吾黨醉相看。别緒猶侵暑,歸期莫待寒。過江新雨足,得句故人歡。

向顧書宣乞火米

老斷百思想,心同焦穀芽。還將書乞米,最喜粒如花。酒徑充肴下,餐宜飲水加。屠門吾不過,持向小兒誇。

送五舅歸黄州

先母多兄弟,今看一舅存。無兒年八十,有淚憶孤村。歧路真成别,江帆不易論。到家留白髮,青眼對乾坤。

蘇嶺書齋逢陳北固表弟即送歸里

闊别忘年代,相逢道姓名。一時中表會,三紀故鄉情。晚節存高蹈,歸帆過舊京。後期方衮衮,春酒話長生。

虎邱舊寓追憶張醒公楊維斗許孟宏楊曰補諸子

春水劍池平,香臺世外情。舊巢仍見燕,新葉不藏鶯。歲月司來往,風塵老姓名。俊遊誰悉記,今雨誤前生。

長干塔下看月同師一上人

季秋十五夜,月采勝中秋。潔與新霜近,清無一雁遊。塔光非舍利,寶地冠神州。更共高僧話,全忘白日愁。

丙辰長至前一日上花笑軒晤蒲道人因成一詩

策杖尋師處,荒村建子天。忘形非一日,添老又三年。行李書偏重,風霜石益堅。贊公房可宿,燈影至今傳。

北山啜茗

雪罷寒星出,山泉夜煮冰。高窗斟苦茗,遠壑見孤燈。拾級瓢常潤,歸房杖可憑。下方鐘鼓發,殘月又東升。

孟夏客真州宋子右文招飲江深閣同紀大蘖子

寓扉嫌近市,洗眼見澄江。復此登風榭,渾如坐釣艭。看山人面醜,對酒客心降。逴逴歡娛後,乾坤事滿腔。

偶見詩選有昔年仲兒世厦燕子磯詩鐵積千年石潮歸萬古痕之句驚歎淚下一詩傷之

兒亡二十載,把卷忽滂沱。命夭皆因窶,詩傳不在多。潮歸聲似泣,石爛恨難磨。燕子磯邊棹,何堪歲歲過。

訪奚蘇嶺表弟於澄江官舍

與君同自出,童稚便交深。一别迷時地,重逢具古今。理棼龔遂手,去國管寧心。契闊添親厚,非徒比盍簪。

蒼峴邀泛梁溪

沿溪望不徹,極浦復遥岑。青草湖偏遠,黄梅雨故陰。船衝魚簖過,人話柳隄深。多謝梁高士,芳名借至今。

花時貰緼袍

敝緼空將去,何曾及米薪。長飢從八口,難負是三春。共笑無衣叟,方誇獨樂身。號寒終有日,不悔見癡真。

江南傷水潦,城北自花開。憂世非吾事,爲歡在不才。袍如春雁去,酒似晚潮來。正使成平奏,於人何與哉。

泊秦郵贈劉雪舫

宿槳傍秦郵,城中訪故侯。攢眉驚馬隊,容膝到瓜疇。世界湖天迴,門庭竹柏幽。寧論今夕異,只作本林邱。

送歸元恭歸吴

别離三十年,相見各皤然。尚有論文興,而無沽酒錢。客中吾送子,江上水連天。世界多荆棘,行行必慎旃。

中秋讌李三友池上

秋天雲日好,何必盡晴空。疏雨來無迹,清尊趣不同。煙霞深薜荔,燈火净梧桐。免被嫦娥見,年年羈旅中。

八月八日同天章任公飲虞山張子齋中歸經一草亭夜談紀興

步出蓬蒿徑,還過一草亭。僧扉知不遠,客屐恰須停。夜雨傳杯静,秋燈説鬼青。征鴻太嘹嚦,幸得醉中聽。

登多景樓

乘興不能遠,來登多景樓。夕陽江色異,甘露寺門秋。草木添新恨,漁樵減舊遊。步歸妨小梗,躍馬遍林邱。

過昭關題壁

昭關傳此地,楚客復經行。廟貌丹青薄,風煙禾黍平。欽崇因國士,瞻顧帶鄉情。頭白今秋極,真愁見者驚。

題蒲道人亭子壁

倦客時吟望,老僧虛此亭。雪消江始白,春至草初青。一室能周覽,雙扉自可扃。錫山歸棹便,應向此中停。

柘皋早發

早發柘皋鎮,出門疑五更。水田先作曉,山路幾時平。後騎風相逐,前人影漸明。翻愁群動起,亂我百蟲聲。

天章酌我

久客防人面,相看一友生。秋深添酒味,老至減詩情。荷葉幾時破,草蟲行處鳴。寒衣曾未寄,心反怯歸程。

信宿燕磯山閣大雪逢初度作

雪光形水濁,風力束江高。曠野翻無岸,中流豈有舠。南歸期又展,東望首重搔。悔負毗陵約,長歌散鬱陶。

邂逅張子酒肆夜歸寺寓踏凍作

取醉尋歸徑,陂陀折幾層。山荒聞虎嘯,江黑見漁燈。燦燦泥如石,琮琮水似冰。應須乘凍去,詰旦更南登。

倦圃詩爲秋岳賦

谿山真意閣,前故對滄浪。帖石雲生罅,牽蘿翠繞廊。蕉深垂露重,松老落花香。意頗思鄰近,村西問草堂。

此地推林壑,朱家放鶴洲。繡衣心更遠,倦圃地偏幽。萬竹干霄去,雙橋信水流。繞園無限好,收拾在扁舟。

宇宙行金令,江山草木稀。如何東嶺樹,直可數人圍。陰密長含潤,風生欻動衣。鶯聲幸親切,不到上頭飛。

清明客瓜渚作

又值清明節，春晴只苦風。鄉關惟我遠，野哭與誰同。亂世紙錢薄，荒江兵馬雄。飄萍多少淚，半落酒杯中。

含山道中

停策含山郭，周遭似短垣。城門挂弓矢，池水動波瀾。返照全疑旭，非楓亦是丹。計程金斗近，懷抱若爲寬。

甲子仲春飯壽福精舍賦謝練江和尚南枝法嗣

隔宿觀雲物，行將戒弈旗。余有此癖，往往廢時失事。堅然辭顯者，一意赴幽期。香潔伊蒲饌，清新賈島詩。北歸逢細雨，霑洒亦相宜。

春日景濂池上

比屋皆春色，無如此地深。池光摇麗日，天宇豁疏襟。弱柳含離思，繁花有素心。先生真好我，得酒不孤斟。

青岳寓園海棠下同秋水作

幾日不相見，海棠花盡開。枝頭飛蛺蝶，根下長莓苔。直覺春風滿，還疑返照來。主人元共學，不異故園栽。

瞻雲堂同素園用晴山二字

三春如此少，快雨復時晴。豐歉農無益，悲歡酒有情。花將貽芍藥，節已届朱明。寂寂天之外，支頤且聽鶯。

有客來南郭，伊余自北山。多君能兩得，卜宅在中間。草色階心到，花魂酒面還。年年悲此月，消遣用追攀。

遭跌傷甚秋水惕齋枉問賦謝

好是全歸日，何須作半人。雖然留視息，難以報君親。岌岌三公臂，先是止患臂痛。荒荒五嶽身。古交徵在患，二仲獨情親。

逸叟招同粲叟瞻雲堂看菊

冬日上南堂，黄花照耀黄。分明筵畔見，却在酒中香。世薄陶潛賤，年衰鄧禹傷。滄溟不可到，除醉更無鄉。

柬熊青岳

詩到無心處，如傳空谷應。直從非想想，貴以不能能。凫繹開熊繹，平陵啓杜陵。蘇子卿，杜陵人。父建封平陵侯。要言殊簡截，戒與小人乘。偶論詩。

世態從誰論，吾衰亦已哉。春還隨地到，梅自逐年開。鬱鬱隆中路，棲棲劍外才。向來應誤聽，實有歎如雷。

幽棲寺

獨往幽棲寺，飛雲送杖藜。峰深人境外，翠繞郭門西。可愛無戎馬，而聞有竹雞。梁文留盛代，未許换新題。

獨坐幽棲寺，琳宫絶頂開。煙嵐瞻北盡，雷雨暗西來。遠色包滄海，奇聲裂石臺。遥知韋刺史，喜極把空杯。

獨卧幽棲寺，北扉山雨餘。寒從三伏甚，風至兩崖徐。樹杪泉無改，雲根潤自如。羲皇真有夢，莊蝶亦非虚。

臈九日敬修過存息交堂即事二首

呼門來上客，童子不妨應。一笑吾何有，相看罷未能。魚非烹丙穴，酒自酌巴陵。肯恕無供給，源源興可乘。

嘗愛虞翻語，於今益信哉。一人知乃徹，三爵戒方開。予以患疥戒酒，今日方開。水不迷吴隱，金難聘楚材。時却修志之聘。彝歎驚帝聽，今夜有轟雷。

友人過晤率贈二首

頽齡多病後，相見即奇緣。陽長幽人吉，朋來大蹇痊。管甯寒整帽,張翰老歸船。筆墨存真率,先成一兩篇。

快友今難作,謂王二于一。西江復此人。叫呼偏不厭,面目果然真。繞膝忠移孝,君稱有子克孝。披肝僕勝臣,君有僕割肝活主。妙年方六十,愧我五朝身。

丙寅季冬酌公調紅梅下同用紅梅二字

爲鄰俱避世,各守一牆東。聞爾書窗下,梅花信已通。未回苔蘚緑,早奪海棠紅。數年前曾於花下賞海棠,即今種梅之地。繞樹看顔色,何曾畏朔風。

八十孫思邈,荊扉不浪開。温香留白叟,暖壽愛紅梅。臘月春風面,冰天雪窖才。瓦盆年亦老,共醉一千回。

丙寅陽月尚默載酒問病賦謝

連日寒侵骨,回天在一卮。客情翻作主,友誼暫停師。尚默授徒特舍而出。醉話千金諾,衰存一介知。迹疏神轉密,於此息然疑。

懷人多病後,意外荷盤餐。晝漏三杯足,冰天一塊寒。對談聾叟略,迎笑蹇夫寬。殘臘應圖報,支笻或不難。

立冬前一夕小飲月樹齋

秋月惟今夕,仙郎共一樽。果蔬俱可廢,詩律徑須論。風定塵如埽,天高雁不言。非君真嗜好,誰想此幽軒。

丙寅除日和熊愚齋韻

循環除不盡,日月迭而微。自信無求索,蕭然面掩扉。有詩惟頌酒,無事可知非。獻歲親安在,萊衣變草衣。

丁卯客維楊汪蛟門見招談燕之作

一雨得深凉,斯軒亞草堂。情親緣契闊,意遠亦蒼茫。照酒朱花正,凌風碧篠長。異時談此聚,明日是端陽。

喜晴五月二十日同蔣伯子

雖復愁炎熱，新晴亦喜晴。池蛙誰使默，皋鶴不禁鳴。漸有奇峰起，能令積水明。篋衣俱欲曬，北阮倍關情。

送北固表弟歸楚

母黨諸兄鮮，他鄉表弟貧。難離經闊別，來遠自殘春。不改青鞋舊，徒添白髮新。無家兹足感，端爲念吾親。

又復何年會，能忘六月寒。攢眉珠粒貴，袖手緼袍單。北雁來疑退，東風去不難。估船回轉捷，書札報平安。

故園誰復在，君去向西陵。不見方山子，當參槁木僧。湖南猶戍鼓，世外自禪燈。聞説婆心切，庵扉叩即應。

臨觴忽淚下，此意豈離憂。歎息吾先祖，何曾有一邱。青燐經戰陣，白骨老春秋。葬伯知君孝，高情當麥舟。

古杏花村尋友

野夫不識路，逐步問君家。但見新荆棘，曾無古杏花。風傳林杪磬，煙起竹間茶。始至幽棲地，行遲漸日斜。

于一過訪

頻遷不離北，悠遠費君尋。夜雨泥偏厚，春風草又深。百憂俱在眼，一笑是何心。茶罷無他設，盤餐也陸沈。

于一過訪因圃同韓臣前民作

老我窺天意，歡常與戚謀。不知今夕聚，又得幾時愁。孝婦何關雨，騷人自怕秋。漁樵相枕處，心事獨悠悠。

秋　雨

砌蛩鳴不絶，園柳緑侵稀。尚有黄鸝至，時聞木葉飛。客心方悄悄，秋雨故微微。凜凜新寒色，何人爲授衣。

哭邢孟貞

偶過城南去，驚聞老友亡。湖陰風雨散，石臼水雲荒。一卷詩辛苦，三生路杳茫。遺文早收拾，吾代孟襄陽。

長干阿育王塔詩

巀嶪長干塔，莊嚴三百年。向來俱草創，及此始精堅。大顯康僧會，恢弘吴主權。憑空收海嶽，拔地半人天。旭映鍾山紫，燈齊象緯懸。皇居由此壯，帝夢至今傳。聖感誰舒眼，宋時名聖感塔。慈恩莫比肩。罘罳籠萬象，寶綱護三禪。銅頴金如草，塔頂爲外國所進風磨銅，價倍黄金。香臺玉琢蓮。世尊悲下界，迦葉笑層巔。高使雷霆鬬，孤令風雨偏。行雲時側睨，滿月始平圓。贔屭排瓊户，厜儀錯錦廛。八櫚鈴怖鴿，九級勢迴鳶。頗困詞臣筆，曾傾内府錢。無雙華震旦，不二拱幽燕。勝概胡僧拜，真形國手鐫。祠猶鄰木末，門不對金川。重整功都講，新規焕大干。鈎心還鬬角，豹尾復螭顛。舍利光常住，菩提樹隱然。登危須定力，睹瑞有奇緣。誰估琉璃價，應沈靺鞨船。報恩殊不細，開國鼎常遷。末法無真衲，先朝有賜田。徒然揉目客，不見點頭篇。丹碧秋增麗，虚無晝有煙。竦身思矯矯，寄想亦仙仙。目力窮何際，心旌摇可憐。何當凌絶頂，一覽折中邊。

賀黄澹巖初度時方考選

里社元相望，冠裳幾涖盟。論年余後出，師德爾先生。抱膝隆中久，觀書圯上明。日張西楚幟，何止北軍驚。高第歸風雅，雄文吐性情。空群聞自昨，相士一惟誠。户適羅叢桂，卮當泛菊英。致君時未晚，服政歲初盈。始滿公無愧，如陵頌有聲。詩深元即易，寶善豈言珩。黄髪看猶早，青蒲匪爲榮。螭頭抒謇諤，龍尾著忠貞。房魏瞻吾黨，何須露不平。

詩三　黄岡陶炯照校

變雅堂詩集　卷四　五言律詩

揚州教場寓樓坐月

鼓角竟無聲，愁人愛晚晴。寺樓雙眼闊，煙海一燈行。玉笛悽應斷，銀蟾缺更明。坐深無歎息，真想静中生。

樓　夕

爲客曾無故，登樓亦偶然。古城延落景，秋草上青天。野火風吹盡，平沙月照圓。馬嘶今夜苦，歸夢戰場邊。

二十夜月

怪爾江城夜，頻頻動玉簫。暮煙深似海，初月上如潮。不覺風塵暗，彌傷客鬢凋。明年春草緑，吾擬問嫖姚。

家　信

不爨邗江日，家書報絶糧。途窮翻可笑，事急豈能忙。老父思端綺，飢兒寫數行。出門須作計，四顧野雲黄。

九月初七夜因圃看月同前民是夕有歌筵不赴

秋月無心甚，開林下石渠。柳情歸浩蕩，煙徑入空虚。積雪寒何有，孤雲細亦除。遥憐歌舞處，高燭爛庭隅。

九日晚集因圃同韓臣作

弦後添明月，霜前作好秋。石欄分送酒，林杪一登樓。白雁初傳耗，黄花豈共愁。歸心涉江水，清絶正東流。

重陽誰卜夜，似爲此林亭。夕照潜通月，天光不帶星。深杯俱皎皎，高柳故冥冥。坐覺人皆醉，疏鐘報獨醒。

佳節思親句，尊前咏不忘。自從失荆婦，誰與製茱囊。地僻愚兒女，天寒信酒漿。舉頭窺過雁，飄忽不成行。

五年前此地，曾已賦霜毛。匣鏡今須棄，尊罍晚自豪。空明心萬里，飄泊手雙螯。仰面青天在，知余倚醉號。

樓　雨

曉雨天霑草，蕭蕭牧馬群。鼓鼙喧絶徼，部落擁將軍。僕病炊無術，僧慳屐不分。兒童生故晚，正誦美新文。

晴

海角收殘雨，樓前散夕陽。行吟原草澤，醉卧即沙場。騎馬人如戲，呼鷹俗故狂。白頭蘇屬國，只合看牛羊。

半草亭爲侣黄新居

亭割花谿半，乾坤此徑分。客應番載酒，吾與細論文。節老經霜菊，秋多渡海雲。逸妻將令子，勝地樂夫君。

真江雨泊因傷亡友金沙于子秬

江路逢秋雨，客衣增暮寒。真州山不斷，瓜渚酒猶殘。歸雁寧辭濕，蘆花覺自乾。故人今宿草，回首憶交歡。

十月一日晚愁喜家兄方朔過寓齋賞余遊什

向夕垂堂坐，何人見屢空。讒才甘世棄，孤調得兄同。雁唳星辰下，霜嚴鼓角中。燈前吾先長，早作白頭翁。

和兄作

此心常不樂，暗問亦非愁。自有平生事，何關草木秋。幅巾長乞食，敝屣遍登樓。正爾塤音好，將余淚更流。

秋日同静能前民上雞鳴寺後湖亭感興兼懷蜀友范仲闇昔年宴集此亭

廢寺無僧住，山光亦不親。石門欹壞道，風葉侮遊人。直視毗盧面，猶多戰馬塵。霜鐘殊寂寂，空外吼何頻。

樹力支危榭，山形繞禁湖。繇來天地意，不厭白鷗孤。綺席人誰在，臺城草自鋪。好留明月照，輦路傍蘼蕪。

送軫石竺生返廣陵

明月街中路，留君步屢遷。再來風凜冽，此別興蕭然。建業朝携手，真江夕問船。沿途看紅葉，吟到綺窗前。

去住心難決，徬徨對僕夫。破愁思女慧，失計怯鄰逋。水路明晨發，山遊異日孤。交深全用拙，别後爾知吾。

北城來不易，卯酒幾回嘗。秋菜盤餐薄，鄰雞野屋荒。真貧無可愧，空返却難忘。身去寧須夢，孤舟夢更長。

士以癖成趣，因之添别情。飄蓬仍避俗，爾弟似吾兄。香隱腥羶界，簫傳要眇聲。懸知分手後，愁卧廣陵城。

多故因垂老，憐君思息機。家應添稚子，遊不辦孤扉。兄弟東湖夢，風霜短袖衣。惟余更淪落，敢道泛交非。

餐館將詩代，愁吟況不工。但存今日意，即與古人同。作者如家事，《離騷》變《國風》。小軒君著眼，策策兩梧桐。

世士往求道，茫茫何所之。聚頭皆水母，投體拜厮兒。擊竹拈花意，空山石壁知。與君離伴走，傀儡竟堪嗤。

盡失懷來意，萍踪到岸分。郭西居獨遠，天下事寧聞。弊俗歌兼哭，勞生怨且群。過江宜洗耳，聽説背嵬軍。

策杖分襟地，旗亭濁酒杯。秋風彭蠡雁，春色嶺南梅。不厭元侯笑，休教庾信哀。殘年看射虎，亦足慰摧頹。

莫道來何事，應知得未曾。龍沙風浩浩，雪窖水稜稜。有淚看鍾阜，無冠拜孝陵。舊遊君遍訪，昔夢總難憑。

雨時前民將欲別余

冬暄何可恃，一夕起層陰。落盡衰桐葉，方知急雨心。暗停南浦棹，寒折北齋琴。鄰舍知幾早，多時響莫砧。

清涼山寺逢僧號掃葉者贈之以詩

塵中方蹙蹙，回首見幽涯。山色張寒錦，川光倚斷霞。尋僧逢掃葉，繞樹當看花。好記清涼路，明朝來出家，

掃葉幾時盡，秋風秋雨多。四山聲不斷，一樹寂如何？定日閑同帚，霜天靜養柯。翻嫌丈室裏，花事惱維摩。

寒夜方朔兄過談

月到深冬苦，寒階伯氏過。掃除愁不盡，生發酒無多。歲事聽鴻雁，鄉心見薜蘿。歡場如電夜，此地費消磨。

冬夜宣城梅杓司過訪留宿寓齋同作二首

北風今夜急，吹月已成霜。愛月嫌風色，開樽閉草堂。故人宛陵秀，襆被況相將。經歲纔同夢，寧知更漏長。

未答見懷作，三年直至今。謬同中夜舞，忍誦白頭吟[①]。老馬空知道，驚鴻竟絕吟。倘君好枯槁，自可再相尋。

別梅石三兼勸其歸響山并懷次尾伯宗兩亡友

世事灰心後，詩人在眼中[②]。聞君有五畝，何苦逐霜風。臘酒姑

---

① 吟，汪氏本作"音"。

② 詩，汪氏本作"時"。

變雅堂詩集　卷五　五言律詩

别興三十首

别興者何？送蔣子前民而作也。蔣子以十月廿日同兩王子、蔣叔子、杜子解維而上，以廿三日至白門，以十一月四日自承恩蘭若移襆被書策，過杜子城北之寓齋。齋在雞鳴山尾之右，所謂十廟西門者，京城近日之極遠僻處也。風沙苦惡，氣象昏昏，居然龍荒窮朔無少異。凡四方有事來白門者，例不至。或爲杜子至者，北走十餘里，雖嚴冬，嘗流汗氣息喘不止，入門坐未定，必首尤杜子何乃居於是，徐徐視梁柱欹腐，有落勢，牆壁皆傾倚，如巨人欲磬折將俯及客頂者，客色然恐其壓己也！坐不正，足跕跕欲外曳。又門外牛車彭彭，馬蹄跳跋然。日落風生，杜子急起導客曰："君真可以去矣。"送及門，蹤影滅。他日，逢人更傳語："杜子奈何居於彼？"不知杜子力不能遷[①]，且亦陰利客之不能至焉耳。乃蔣子何爲者？事在城南，飢不及餐，顧獨得得然肯來共杜子數晨夕，反指城南爲遠僻地。每一往過，輒尤城南之人如向人之尤杜子，歸則與杜子啞然而笑。時復相與，想見古人嚙雪吞氊，庶幾彷彿此地況味。且幸杜子無牛羊可盜，往往以爲談柄，壯我幽踪，如是者不覺二十日。蔣子一旦辭杜子去。嗟乎！彼數子者皆零星先去久矣。蔣子爲我獨留，我以慨於心也。計此二十日内，奔走與端居約略相半，笑嬉與愁寂情事非一。而杜子於其行也，目送口吟，趁筆直書，其間或可以詩，或可以無詩，或

---

① 遷，汪氏本作"還"。

埋照，梅花與固窮。還山山更好，春信暗相通。

吾代元龍氣，宣城季豹孫。讀書期萬卷，求友憶諸昆。謂朗三。去必經秋浦，來非爲白門。兩冬連榻話，銷盡十年魂。

公調來自虎臣先生所説先生亟稱我詩且惓惓期我一悟感賦

八十鄒夫子，怡情畫與詩。靈光存魯殿，元氣在韓碑。豈見愁銷骨，遥憐淡掃眉。扁舟下春水，相識未爲遲。

贈蘇伶王子玠

分明南去客，忽接北來音。出岫雲俱懶，登場鉢自吟。淺夫頻擊節，識者但觀心。儔輩無消息，春風吹素琴。

賦得別家逢逼歲

臘月江風厲，驅人苦爲飢。同舟欣有伴，借問盡言歸。白雪南枝近，黄雲朔雁羈。天涯逃俗累，亦抵閉山扉。

渡江再過金山作

春冬江再渡，似與此山期。來往孤雲在，高深白鳥知。波平風軟處，天擁雪殘時。北岸吹寒笛，如吟孟浩詩。

詩四　潛江甘鵬雲校

盡於詩，或不盡於詩，或似詩，或不似詩，莊嫚雜陳，頽然自放。自非張禄先生所云寒心者，大略具是矣！總得如干首命之曰《别興》。少陵云"乃不知興之所至而爲詩"，知言哉。蔣子第藏之，自非忘言味道度外之士，彼將徒以是爲詩，而求一觀其工拙者。蔣子謹謝之，勿出也。

使回家信到，不復道留君。行色生虚館，臺城起片雲。竟忘虞芮訟，端寫鮑昭文。轉盼傷離索，江橋又落曛。

方舟昨共上，江雨六人寒。次第多先去，於君獨後難。卷書行李重，醒酒布袍單。不用愁煙水，荒年處處灘。

半間傾倒屋，亦號讀書堂。不厭千回掃，纔焚一瓣香。晝吟分研席，夜卧共匡牀。戎馬猶鄰近，真依避世牆。

貧居偏覺遠，况在北城隈。落日中原外，悲風萬里來。近冬真囑雪，過嶺誤尋梅。不是冰天伴，多應早早回。

比日相看笑，留君共在陳。書償賒酒債，蔬覓灌園人。同谷此兄弟，鹿門誰主賓。古來惟寂莫，特地覺情親。

卞急能傷性，嗟余不自知。養生中藥少，忘老大歡遲。更作窮途鬧，將無達者癡。近詳慈母誡，敢負語臨歧。

癖潔端無比，孤情耻尚通。草蔬惟汝共，巾拂與吾同。佳侣如幽獨，高文賞固窮。群兒見留客，私亦詫癡翁。

南雁雝雝後，何因更寂然。相將尋絶境，幾度望高天。松柏將軍樹，湖雲寶志禪。君行漫回首，日出布帆前。

屢入亭侯廟，長吟杜老詩。公孫躍馬日，丞相出師時。正許禽魚共，而非神鬼知。江樓如抱膝，此地最相思。

荒庭何所有，秋老雙梧桐。明月落時響，疏星補處空。似因吟得伴，更覺意無窮。再至應難見，遷流任轉蓬。

棲霞遊不遂，山鬼笑吾徒。夙約人人到，歸帆一一孤。漫勞悲鳳鳥，誰敢傲麏麏。但踏門前月，霜峰清夜徂。

大抵因蕭索，蹉跎咫尺裝。窮愁無到法，山水亦炎凉。江路親峰背，天涯繫客腸。流傳羞尚子，故作解嘲章。

再到清凉寺，同憐秋葉晴。衆峰雜紅紫，一樹獨黄明。湖木横如黛,江流遠自聲。酒邊君去路,指點石頭城。

二旬能幾日,閉户發吾書。取舍皆孤往,飢寒頗晏如。豈無白日夢,空鎖子雲居。自寫充行橐,中郎意固虚。

往往奇吾子,人言未盡同。書能妨五袴,酒不易三公。見月忘妻病,呼天問我窮。朱弦戕俗耳,且莫暢元風。

哀哉誰氏子,冤我是伊讎。捏目花全幻,吹毛劒只羞。河沙分路遠,湘水閉門幽。一笑煩相謝,山僧不暇酬。

苦在飢寒外,知君念我深。幸開終古眼,不愧百年心。腐爛浮生夢,支離澤畔吟。昔人何太淺,恨恨到於今。

雞山一抔土,登頂即超超。下視風煙積,同悲物役勞。偶然人境遠,何况道情高。與子雙揮手,虚空在緼袍。

相聚真何得,聰明恐捕風。瞿曇偏説有,夫子妙談空。了却君王事,依然鹿豕翁。只今窮豈怨,當日本來窮。

文章雖末事,貴與道俱生。不朽非千載,忘言洞百城。可憐無耳目,争欲用聰明。之子何偏僻,頻來問楚傖。

修竹蘄王廟,幽棲屢訂余。江天無俗物,臘日讀殘書。顧此憂晨夕,何由樂歲除。行行還聽命,造化妒樵漁。

爾歸江上閣,可以暫離群。流覽煙霞態,深看冰雪文。寒花無俗豔,落木有奇聞。工易誰先得,當知悟不分。

舉世趨名字,誰爲禪與騷。宗風牛儈哆,詞翰狗屠豪。道覺攤書在,人須閉户逃。忍看聾瞶者,流轉正滔滔。

老厭書聲聒,歸來不教兒。勞君相勸勉,顧我竟頑癡。失馬翁全聽,亡羊穀但隨。茫茫人海内,責望亦奚爲。

天涯集百憂,知己歡無謀。廿日纔窺豹,平生可汗牛。强將心絶想,不用眼看愁。似是支吾法,狂歌傲白頭。

幾發東山興,楊家復寇家。息心遊浩蕩,净眼看空華。塵暗江南管,風吟日暮笳。請迴窮士駕,書屋有梅花。

兩日始一飲,飲終仍不酣。可憐雙蕩子,何苦落江南。别酒賓翻直,深杯主重貪。黄龍無浪語,大斗尚能堪。

去冬飛雪早,吾客爾蕭齋。寒雀窺開徑,香醪暗典釵。經年如夢裏,易地各離懷。喪亂無餘事,匆匆一輛鞵。

極知無益甚，未死兩般心。傳世猶多事，懷人復好音。張翰名計遠，蘇武色根深。君過邗江畔，停舟試一尋。

吾兄逃俗客，襆被爲君携。話畢鐘先動，詩成雁一嗁。涷蕉猶閃閃，霜草不萋萋。相送危樓下，回看十廟西。

茶　喜

海内喪亂後，好事之地頗數維揚，然不精茗理。井渫亦濁，腐人肺腸，望而畏之矣。惟茶舍有某軒者，粗知用江水，間及天泉，瀹新安選茗，差可入口。余每過，啜數碗。然香色淺薄，天質不幽，市氣囂囂，厥病文俗，苟可以漱滌腥醲、驅解渴躁而止，非茶也。私謂此中斷可勿生茶想矣。乃兹七月之望，余將南還，同蔣子前民下瓜渚，微雨放船，秋光可掇。中途雨止，相與登岸散步，尋道旁桂園，折得數枝入舟，一水之香，直達三徑。詰朝金風戒露，晴昊洞然。既夕，圓魄東升，著地碧色。漏下之後，蝕而愈明，街鼓告寂，閉門淵永。蔣子吟慨有會，徐出茗飲。余素瓷若空，微馨絶類。余少呷而沁心焉，遽驚視蔣子，不能言，良久問："蔣子何繇得此？"蔣子云："此吾久瀓秋水，濯峒岕精英，躬親潔器察火，而有此也。"雖然，豈緊非天，蓋他日未盡若是矣。余然後悔向來絶望爲太勇，豈可易料天下事哉！夫予論茶四妙：曰湛，曰幽，曰靈，曰遠，用以澡吾根器，美吾智意，改吾聞見，導吾杳冥，今亦具是矣。賞豫之餘，僅得一詩。詩離乎茶，而志曰"茶喜"。然則，奚用而繫之茶，又奚用而繫之喜耶？嗟夫！詩：

維舟折桂花，香色到君家。露氣瀓秋水，江天卷暮霞。南軒人去盡，碧月夜來賒。寂寂忘言説，心親一碊茶。

詩五　黄岡沈自申校

變雅堂詩集　卷六　五言律詩

三山遊詩有引[1]

少讀康樂遊山詩，慕焉。嘗東遊爲詩，跂之而勿逮也。後讀少陵《岳陽樓》《何氏園》諸詩，乃知其妙，亦可變其音節於五言律。故今春與友人王子、蔣子遊京口諸山，遂純爲五言律。嗚呼，難哉！居嘗論爲詩貴得其意。意者，近而遠、反而正、止而行者也。極其至，雖辯者不能以言，言誠得其意，即無往而非九天九淵。不然，苦吟仰屋梁，無當也。夫齊人華遊者，鞭其馬東馳，日行數百里，自以爲必至矣，而不知其去之乃轉遠也。嗚呼，難哉！故夫鏗鍧之四六與刻畫之文章，俱無當於詩。此近日王李鍾譚所以兩失其意歟。嗟乎！自非解人，雖與之飲啖，未見其可。況可與之論詩，可與之處山水之間哉！噫！予不敢言。

正月十三夜至瓜渚前民携酒大觀樓憶是早別軫石郡城予以明日過京口

令節吾何有，危欄此暫憑。客程看鐵甕，鄉思豈金陵。人共中天月，江分兩岸燈。合離同日事，西望意飛騰。

元夕江樓看月

星火夢瓜州，燈時得勝遊。難逢今夕月，復此大江流。碧浸三山影，煙含萬古愁。夜深誰擊楫，吾道在漁舟。

---

① 引，汪氏本作“序”。

俱此耽明月，何期落大星。見星隕如炬。徒能驚醉眼，未許亂青冥。戰伐看前代，江山想巨靈。悲風歌乍起，身世總無扃。

金　山

山從南北望，孤棹始登臨。坐覺春雲動，行看水國深。江流元自湧，天地亦何心。獨拜蘄王廟，英風爽客襟。

妙高臺無月正月十七日逢初度同軫石前民作

連宵皆好月，此日特登臺。何意東峰雨，疑從北固來。江聲催白髮，天影落空杯。一霽偏相吝，蛟龍永夜哀。

金山曉陰有懷亡友王二雪蕉

夜潮喧達曙，漠漠散春陰。海氣昏南北，鐘聲變古今。轉看鄉思減，何故客愁侵。歎息鍾期去，空餘山水音。

登金山塔六首

虛空誰得住，萬頃塔前奔。孤日沿波轉，遥天入海吞。端倪應楚越，氣候豈寒温。赤縣神州意，悠悠何可論。

極目非無岸，滄波接大荒。人煙沙鳥白，春色嶺雲黄。出世登初地，思家傍戰場。咄哉天咫尺，消息轉茫茫。

絶頂惟吾上，忘懷達此生。遠空微有映，深水更無聲。只益江山迥，寧聞世界平。佛香吹廣漠，一接埽塵情。

凭欄專眺聽，指點忽悲歌。歲月荒龍窟，乾坤此鸛河。愁雲天畔起，煙草潤州多。遑復悲身事，飛霜滿薜蘿。

長江頻失險，孤塔自中流。虎踞闚京邑，烏棲俯戍樓。標題唐代瞥，開鑿宋人羞。一氣通衡霍，諸天衮衮愁。

薄暮難爲狀，空中别有聞。懸燈江海合，望月水天分。廖廓身何往，飄零興不群。向來峰頂色，看作下方雲。

北　固

西郊諸嶺現,北固稱其名。石壁憑空下,江天插水深。鳥飛孤閣半,人上翠微平。有處金焦合,辭山更遠行。

宿北固山下庵此地昔年曾屯水軍

無事過三宿,禪燈繼夕曛。山空孤磬滿,風便落潮聞。虚白頻疑月,藤蘿直似雲。如何岑寂寂,忽夢水犀軍。

北固山徑同軫石二首

郭外空山妙,途窮此徑存。長懷金粟影,高坐白雲根。水落添沙嶼,煙消見海門。忍看春草色,的的憶王孫。

二子來何數,勤於早晚潮。登峰無酒茗,行徑似漁樵。曠代麟猶泣,空江鶴漫招。故人琴隔遠,白雪意中操。山後有麒麟冢,可爲焦山瘞鶴之配。

招隱寺

隨風深入谷,遂上讀書臺。古木門前徑,清泉石上苔。也知春漸好,未必客頻來。草草尋遺迹,山花去後開。

白龍洞梅

覓洞披榛入,探梅傍虎行。地偏鐘鼓寂,春霽雪霜生。聞説人稀到,能無鶴自鳴。下方歸路晚,暗覺旅魂驚。

山行訪梅不得到竹林寺

飲泉心未足,出谷復何之。欲問竹林路,樵人亦不知。遠江雙鳥去,落日一峰欹。爲覺梅花近,山風故故吹。

鶴林杜鵑樓書感

鶴林何處好，吾自愛重遊。有竹連三徑，無人卧一樓。梅開春晝永，山老杜鵑愁。不復題名字，書生已白頭。

焦山六首

觸處迷人代，玆山尚姓焦。上頭仍棟宇，到眼忽雲霄。樹色南徐近，江聲北岸遥。衣冠留洞壑，不必訪松寥。

遠迹滄江曲，山情實澹然。石根争插水，樹杪欲浮天。莫起蒼虬卧，端如處士賢。再來應酹鶴，把酒坐高煙。

八年前一到，車騎亂青蒼。剩此題詩客，來尋置酒堂。飢鷹啼半嶺，野馬戰斜陽。實有悲盈谷，非關吊夜郎。謂龍友也。

出郭來差遠，憑高望獨深。江分神禹迹，海見魯連心。密竹藏金像，回流灌石林。擬尋幽絶處，却誦白頭吟。

摩碑臨積水，折竹杖危坡。不向山中住，寧知幽處多。雪埋孤衲笠，風亂老漁蓑。荒率存真意，余心不厭過。

僧堂陳古鼎，青緑略參差。沙劫何多故，商周僅片時。神工疑太淺，怪物復安施。不必論真贋，風塵忌獨知。

題江岸避風館館爲小有置公狄留詩壁間

李生居不定，置館禦横流。客至棲孤影，僧高待白頭。江山供坐卧，風浪警薰修。借問今詞伯，何如萬歲樓。

月夜重遊焦山

勿論今宵月，清輝白晝多。秋聲行澗壑，石骨照藤蘿。細響蟲驚鳥，殘陽葉在波。東方動光怪，天水盪相磨。

石聳如雙劍，交加山水邊。上頭霹靂古，下有蛟龍纏。四顧宜招鶴，三更好悟禪。月明無賴極，化作一江煙。

月湧焦山寺，潮來寺一低。勢如騰塞馬，聲欲亂征鼙。但益空山静,能祛客思迷。老夫端倚醉,歌罷忽然嘶。

月淡因知曙,秋陽又改觀。光芒纔一縷。氣象即千端。山擁青萍匣,天矜赤玉盤。林楓方弄色,併入早潮寬。

真州新城賦得十里桃花留别軫石前民

倚棹望遥天,明霞漲一川。同驚分手日,莫記種桃年。緑是江南樹,青爲渡口煙。無勞更相送,緩緩問歸船。

歸情知已得,相送爲淒涼。何意桃花路,能隨春草長。以幽通水色,將艷補山光。共説金焦後,斯遊不可忘。

軫石生日同前民送酒一壺戲作口號

天涯俱失路,有命實同聞。明月雖慳我,青山亦吝君。老添詩警策,愁著酒微醺。生事今猶昨,空題白練裙。

比年同屈指,大抵此生餘。世路黄金窄,人情白髮疏。有懷宜述酒,無夢到乘車。可更求鮭菜,新傳令弟書。

聽軫石琴

入座含幽思,三山屐始歸。方將彈古調,迴復振金徽。予意尤躭此,此音知者稀。移時身不動,親叩海天扉。

江云飛不盡,流水上空堂。寂歷人誰在,颼飀曲自長。哀猿吟雪嶺,匹馬吊沙場。此意吾全識,憑君鼓數行。軫石語:“我少時讀書白狐嶺,嘗雪夜聞猿。又邇年頗歷邊郡。”

愁腸不厭愁,聽爾操離憂。忽到無聲處,何曾有淚流。晝長雙户掩,風定一絲遊。心路冥冥接,人天詎可求。

月照彈琴手,香傳入户枝。輕煙飛不著,獨鶴步何遲。意得人皆静,元來已不知。曲終三歎息,爲説昔尋師。

前民生日得四首

記宿金山夜,與君商讀書。三春看漸好,千古意何如。交久無過敬,心雄轉在虚。鏡中勳業富,兹日倍慚余。

三十今過幾，詩名孟浩齊。道寧同我拙，顏肯向誰低。白髮循資到，青錢取次携。飲場行處好，二月草萋萋。

次第逢初度，淹留見古歡。余將衰鬢滿，君亦少年殘。據馬何時事，聞雞此夜闌。王郎頭更白，相對且相寬。軫石生日前一旬，余前一月，軫石最長。

戚戚非年往，于君矧壯夫。貧猶珍彩筆，少已事團蒲。小閣風雲峻，長江日月鋪。繇來心語密，對酒澹如無。

雨過于一紀所見兼慰之

冒雨過君早，逢君冒雨歸。旌旄行處梗，薪水事全非。莫用中原法，當慚老僕飢。素琴還一弄，静即主人威。

從石塔寺過紫峰繫所有述

但覺鐘聲近，來從石塔西。荆扉敲暮雨，袓褐濺春泥。孤燭輕藏跋，殘梅細下蹊。南冠猶在眼，不忍聽烏啼。

諸子偶集同賦春晝

春空明且緑，四座舉頭看。遲日何由昃，幽州也不寒。琴移花徑鼓，簟試漢時冠。却笑山農誤，臨風有所歎。

天意憐非所，風光似考槃。異鄉今會樂，去歲此時寒。鶴唳空城静，鶯來一路乾。歸心畏芳草，懶向醉中看。

過朱園有懷麓翁先生舊址

亭角花含笑，欣然訪故人。乍驚歌板寂，重覺别離新。蝶滿檀園草，鶯窺柳閣春。行藏三徑外，相憶唱酬身。

再聽王子琴時余將别去

杏花楊柳煙，籬落倚歌船。客意安三徑，歸心折一弦。天青風嫋嫋，頭白影娟娟。來日遥相和，中流起扣舷。

已失招提路，誰傳鐘磬聲。多君臨水思，深我入山情。屈子遊偏遠，江淹恨不平。所聞今異昔，感極道心生。

新城書感示蔣子

客子無寒食，荒郊駭哭聲。看花詩不就，如雨淚先傾。妻作他鄉櫬，兒辭故國塋。良朋歌亦止，知我此時情。

春　草

春草深三尺，歸來歎轉蓬。江河曾不返，吾道本宜窮。忽訝蘭花發，其如酒醆空。正愁因作想，差抵渡江風。是早渡江幾殆。

輓周忠烈大參

王事賢勞者，生前總不群。名非重一死，學豈著三軍。魄散天猶憫，公媵姬聞難，相率死之。忠孤君未聞。當事盡掩公，以飾所私。鬼神終莫掩，野史續遺文。

晚泊黃州

赤壁雲初暝，烏林日漸紅。波搖兩岸火，人語隔江風。夢鶴侵蝴蝶，燃犀逼水宮。天寒遊子意，清夜月明中。

詩六　潛江甘鵬雲校

變雅堂詩集　卷七　七言律詩

乙丑季夏傷足伏枕歷秋未瘳屢荷素園見顧殷殷偶留小酌限作二律同用知秋二字君詩先成依韻和答[①]

吾道危如一木支，誰憐雙足數還奇[②]。呻吟轉側今何地，跛扈飛揚彼一時。同調相期金可斷，異方多難藥難知[③]。留君小飲余先醉，爲愛西泠七卷詩。

濯足空談萬里流，朝昏爲守户庭幽[④]。故鄉久别終思奮，好友頻來不帶愁。白髮丹心千古意，黄花紫蟹一年秋。何時造爾能扶杖，不羨乘車馬少遊[⑤]。

越二日素園載酒過豐詩謝之

故人相報何其速，擔酒如澠過草堂。滿意千錢羅紫蟹，稱心三市選黄羊。偕來僧曠能揚觶，侍立童清解爇香。酬酢從今誰肯已，須烹石髓酌天漿。

送秋之集再同鉉升練江南枝用知心二韻[⑥]

塵埋秋盡幾人知，我友南來若有期。三徑先冬常對雪，荒寓名邊

---

① 此詩爲《杜陵七歌》中的一首。

② 康熙本"奇"字后有自注"音幾"二字。

③ 難，康熙本作"故"。

④ 爲，康熙本、汪氏本作"惟"。

⑤ "遊"字後康熙本有注："'白髮丹心'用素園贈余七十庭聯句。"

⑥ 康熙本詩題後有"二首"二字。

雪亭。一尊卜晝亟乘時。情高並設伊蒲供，韻勝兼吟島可詩。自顧半人同鑿齒，彌天四海意堪嗤。

終朝抱膝不成吟，酒茗同歡任客斟[①]。栗里黃花相問少，孝陵紅葉向來深。著書未竟三餘業，伏枕空勞九塞心。莫恨征鴻霜後杳，遥遥至日有佳音。卜者許至後愈[②]。

又疊知心韻

少昊西行有別離，草堂高會及良時。年年祖道身皆與，歲歲鄉心老漸移。三徑黃花彌姣好，五原秋草益淒其。乘槎博望曾貽杖，記得探梅仔細支。

采藥題詩正苦吟，誰憐楚客在楓林。推敲勢盡思幽侶，剥啄聲殘得好音。雨後山傳無本句，賈島句"清秋雨後山"。霜前雁叶伯喈琴。長干秋色何如此，共向橋西惜寸陰。

幽棲寺和韻自寄昔遊[③]

幽棲不愧世尊居，破草猶傳晋代餘。孤日煙深緣谷秀，雙峰青露賴林疏。客閑且摘菩提子[④]，僧老兼翻孔氏書[⑤]。且待桃花開口笑[⑥]，重遊指點盡真如。

答贈鄧方回

立言未稱平生意，先輩知余感最深。豈獨過庭諳野態，似聞移石見愚心。兔罝龍虎由來免，畋獵熊羆敢自任。恰與笑人高密遇，還搔白首一沈吟。

二十年前交若翁，英詞磊落萬人雄。看君下筆光家學，歎我將騷

① 客，康熙本作"各"。

② "卜者許至後愈"六字，康熙本作"問卜許至後全愈"七字。

③ 康熙本詩題作"幽棲寺和蔡鉉升韵自紀昔遊"。

④ 康熙本"子"後有注"山産槵子"。

⑤ 康熙本"書"後有注"鐵漢。"

⑥ 且，康熙本作"直"。

代楚風。栗里酒推陶令醉，河梁詩薄李陵工。吾衰莫效瓊瑶報，惟有憐才意不同。

和蘇嶺梁溪邸中夜望

不期此地再相尋，聞道烽煙接故林。舊日春陵猶在望，向來梁父久成吟。沈冥且酌中山酒，蕭爽真辭惡木陰。歸路晚風吹白髮，一時乘興共披襟。

秋日登周處臺

半生老作金陵客，訪古今登周處臺。疏樹萬家秋更落，夕陽千里暗還開。虛傳戰伐能揮劍，如此江山更舉杯。寂寞草堂遥在眼，蒼茫指點朔風來。

至廬州與孝升相見作

喜心翻到淚沾巾，傳説君歸信是真。草疏雲霄優攝相，麻衣風雨葬慈親。千秋業待呈知己，十載窮堪泣鬼神。交最豈宜來獨後，應憐磨鏡具隨身。

移寓書懷

禾中爲客客心驚，十日三遷見俗情。細雨又投東塔寺，薰風忽送晚鐘聲。苦無懷抱尋佳樹，似有因緣住化城。咫尺故人艱會面，悽悽端覺負平生。

立春日過虎邱即事

張公祠下停舟客，今日迴舟復繫舟。行處冰霜催麗景，望中雲樹憶清秋。一瓢酒盡人同醉，六琯灰飛我尚浮。徙倚山塘情脉脉，寺門渾異昔年遊。

乙巳正月一日

去年今日任飄零,强起看羊坐野亭。世路春風欺白髮,江鄉濁酒酹青萍。極知歸計今惟是,其奈悲歌醉易醒。涓滴豈能蘇涸轍,窮魚終擬赴滄溟。

經年踪迹渾無定,憶在南徐秋興多。兵酒豈堪同處所,金焦元不砥江河。時平人忽《中丞傳》,客貴兒藏《正氣歌》。此日端居閑可惜,興懷聊一動吟哦。

和孚夏枉訪贈章兼貽酒炙元韻

邊雪亭南即孝陵,相依不出有誰能。衰蹤笑我如飄絮,佳句看君似引繩。蕭寺壺餐何衮衮,元關劍氣莫層層。意中猶自生分別,健羨黄山慨白登。

十月十日蔡鉉升載酒飲我於病榻練江南枝二詩衲偕至

擬上籃輿散百憂,素交排闥且淹留。情親各出三年字,身老猶憐一日秋。明日立冬。客舍自晴黄葉雨,鍾山不動白雲遊。持螯快飲成今會,大有齊盟在後頭。

故人不見自春殘,直至迎冬罄一歡。慚愧移尊兼裹飯,慇勤合藥且還丹。籬東實有花三朵,郭北空栽竹萬竿。時傳司天台上種竹萬竿。盡日仍携餘興去,去登所謂北極閣云。登臨極目轉須歎[①]。

登燕磯亭子和愚齋韻[②]

蹁躚燕勢復岧嶢,宿櫱來登散鬱陶。天末雙丸輪赤白,望中一氣接金焦。鐘清野寺摩殘壘,煙鎖江門上晚潮。此地不須添感慨,誰將今昔問漁樵。

---

① 此詩底本無,據康熙本補。

② 康熙本詩題作"登燕磯亭",題注作"和愚齋韻紀昔遊情事,以下四首皆然"。

弘濟寺尋蒲庵

幾度維揚訪老僧，巉崖拾級又來登。飯抄雲子三升白[①]，茗瀹秋江萬里澄。長恨南朝沈鐵鎖，何如西竺引金繩。元知世外多奇士，高築詩壇祀少陵。蒲公欲于山中建一閣祀杜公[②]。

再依韻和燕子磯作呈愚翁

憶昔携壺上石樓，真山真水作真遊。山疑紫閣峰陰轉，水入黄天蕩裏流。玉笛淒清横柳岸，樵風寂歷起漁舟。短蓬再往尤宜雪，一片奇光健筆收。

再送李三友之金陵

主人再出客未行，研田老爲誰力耕。三頓加餐管醉飽，四回見月詳虧盈。白頭知感諒何益，黄葉題詩傷此情。冀君暇日偕季二，方石也。視我十口鄰臺城。

丁叟河亭用錢虞山韻

樹色無多草色新，陽和猶見帝城春。青鞋獨往知何處，白首相看尚有人。桃葉水生來燕語，鍾山雲起護龍身。遭時不是輕優笑，歎息何戡老亦貧。

久遲孝升先生於白門至是自東粤使旋相見喜而有作

嶺上冬青一再過，相傒早自渡黄河。寒梅轉向尊前少，詩句偏於别後多。倚檻扶桑紅欲笑，窺籠鸚鵡白能歌。携持萬里關行色，相對焉能鬢不皤。

---

① 三升白，康熙本作“三春白”。

② 杜公，康熙本作“少陵”。

感 秋

赫赫炎威燼不噓，一宵白露滿庭除。鍾山樹盡秋聲在，樊水波寒夜月虛。失國黎侯猶歎息，憂天杞叟付軒渠。殘年飽飯今難得，遑向天南望雁書。

雨中子任移尊寺寓同雪舫前民永清淡洋賦

十日秋霖困老翁，羈孤詎數阮途窮。公卿奴僕緣俱薄，藥餌盤飧遇略同。愧我褰裳思霽後，多君載酒自泥中。臨行更許霜華贈，硯北軍持幸不空。子任籬間多名菊。

肥水先生忽有居

肥水先生忽有居，後堂絲竹風徐徐。石欄桐葉自題字，繡幕珠簾人讀書。何時有田更負郭，不日攬轡還登車。別墅東山肯再買，問公重覺公躊躇。

急流未必從君退，且喜歸懷有定蹤。去國八千餘道路，移家三十二芙蓉。裁詩鶴唳林端月，禮佛人參郭外鐘。誼適館餐吾竊愧，籃輿相訂屢過從。

楚客孤踪數往還，朱門强半是柴關。新栽竹始開三徑，大厦人先庇萬間。只在秋江隨野鶴，可無煙樹看鍾山。卜居已占東南勝，爲報先生急辦閑。

前民草堂

闊別無端至五霜，知君新有授經堂。數莖白髮環童稺，一朵黄葵向夕陽。書檢焚餘留漢史，人嫌衣敝免時裝。興來欲語隋家事，只學漁樵聚蜀岡。

南支開士見懷依韻和答

遮莫長歌復短歌，此身如葉久離柯。情親飄泊君難得，老混塵沙我爲何。濯濯禪枝方内少，芃芃春草世間多。應憐大蹇朋來日，不惜芒鞋早晚過。

燕磯感舊并序[①]

歲在辛巳，余年三十有一。東遊鹿城，荷諸同人餞送於燕子磯者，爲四明薛千仞，時八十二[②]，内江范仲闇，秋浦劉伯宗、吴次尾，莆田林茂之，桐城方直之，江寧顧與治，雲間張友鴻，貴竹楊愛生，方外則道開、懶先，紅裙則崔未鶯、李澹如，狎客不記，今無一存者。和韻之次，緬懷疇昔，再成一詩。亦可以知余之老而無賴也矣。

坡陀山半結飛樓，壯歲曾叨餞遠遊。綵筆雕弓俱氣象，美人名士各風流。暮帆遥指青山峽，夕照斜通白鷺洲。惆悵一時消歇盡，獨張老眼望難收。

懷山堂論詩

吾徒絶口塵中事，相聚焉能不及詩。敢慕匡衡能結主，惟知蘇武是吾師[③]。白衣化狗雲飛疾，碧落書人雁過遲。景物滿前皆作者，等閑收拾復何疑。

孟氏忘周欲王齊，平生所學是何詩。田完有世寧曾論，管仲爲人豈易知。《雲漢》遺民殊鑿鑿，《春秋》繼作亦鰓鰓。只緣錯答宣王問，却被襄陽杜甫嗤。

爲陶象庭將軍殉癸未寧前之難作[④]

杏山師潰國無門，憤切戎衣點淚痕。自是挺戈無反顧，羞同坐甲

---

① 并序，康熙本作“有引”。

② 時八十二，康熙本作“時年八十三”，且作爲自注。

③ 康熙本“師”字後有自注：“少陵詩、李陵、蘇武是吾師。”

④ 康熙本“作”字爲“和東坡先生元韻”七字。

有成言。黄沙塞冷靈旗遠，青史名高廟貌尊。七尺豐碑誰敢作[①]，揮毫吾欲表忠魂。

挽曹秋岳侍郎[②]

君才丁丑盛文章，壬午論交在帝鄉。一别再期純涕淚，兩登八座亦淒涼。隴頭水咽疑人語，粤嶠猿啼斷客腸。指點昔年遊宦地，不知何處不沾裳。

知己相逢不待尋，龔孝升曹異撰有同心[③]。一時許我詩追古，何處招君悶在今。古詩"無悶徵在今"。倦圃神遊搜秘笈，徵車夢斷暢幽吟。自慚三載空癡長[④]，猶鼓鍾期死後琴。

昨年同客金陵久，衮衮相逢此地多[⑤]。水見新流盈又涸，山驚舊峙翠難磨。鏤金康樂顔爲謝，擷秀崆峒李變何。近喜乘時公有子，遺文應不負江河。

日日論文意未宣，還從别後寄長箋。公寄余手札幾二千言，意欲予文勿輕與。其札已授梓矣。請纓策出餘何用[⑥]，諛墓金多但可憐。紅板橋頭重握手，南倉渡口幾回船。元文罷刻關天意，猶感忠言到九泉。公欲刻元文，用余言而止。

楚社秦淮泛

淮水悠悠六代情，端居相與昧平生。晚涼路許通歌板，深夏朋初集雨聲。懶僻那堪遥入社，羈栖終有舊題名。相期不負滄江意，月落船歸笛正横。

---

① 敢，康熙本作"解"。
② 郎，康熙本作"御四首"三字。
③ "孝升"，據康熙本補。
④ 康熙本"長"字後有注："余長公三齡。"
⑤ 地，康熙本作"度"。
⑥ 出，康熙本作"黜"。

雨集劉阮仙署試燈步其元日韻

東風吹雨信泥蟠，折角斯須强漢冠。青眼正逢春酒緑，梅花何似故人寒。端愁聚集難爲别，各歷悲悽始覺歡。草屨往還三十里，不因燈火亦來看。

寄胡孝緒太守

野客天邊抱膝窮，郊瞻藜閣憶名公。詩成晋代衣冠後，别在秦淮簫鼓中。想見雪兒歌折柳，莫辭煙酒學郫筒。劉郎到日應相問，虎氣龍身注草蟲。

聽琴次韻

殘山幾處約同尋，故向春風一試琴。三疊素心懷舊曲，百年癡計想知音。湘靈有夢隨聲往，滄海無端應指深。彈到求凰明怨惜，雙棲亦自訴孤衾。

雪夜戲用蘇長公韻效徐渭體

鵝毛片大梅花纖，壓破茅齋未解嚴。賣賦長門銷白墮，洗妝殘水潑紅鹽。冰心客舍酬詩債，玉筯明朝挂畫檐。書報王維談繪事，遠峰一一更能尖。

深樹蕭蕭不白鴉，虚檐滚滚似翻車。將平客路高低路，只在梅花前後花。任爾顛狂隨蹇足，不中消遣是漁家。空庭一角如肪截，醉後筇枝未可叉。

贈包又申

容與翱翔自有今，一雙誰不羡球琛。子春東海無奇秘，梁父南陽報好音。邁往尚騫雲裏翼，相期不愧雪中心。曰予歸啖衡山芋，大道行藏本各深。

三弟三十

三十年前細雨中,黄鸝深樹變薰風。庭階喜輟書聲鬧,弟生時,余與伯兄在塾聞之,輟誦而喜。繡褓光添竹影紅。欻爾雁行長作客,看余鶴鬢已成翁。桑田海屋何須計,一笑當令百盞空。

賦謝范質公先生

津門冰水照人寒,喜見扁舟剩水寬。高爵似公蔬食少,窮途知我酒錢難。天低遠樹無黄葉,地近滄溟見紫瀾。慰藉數行吾但愧,萬言杯水久同看。先生辱貺酒資。來札有丈"以絶世奇才復遭荆刖"之語。

沙河待濟袁令昭先生見余至喜甚以同社元歎諸子先字韻詩屬和

走馬頻驚水絶天,相逢沙渡各歡然。短文尚露腰間玦,長揖猶支手内鞭。苦葉詩成須共濟,猗蘭操在必孤傳。燕臺此去同千里,忘爾臨流半日先。

又用先字嘲令昭時七夕後一日

長路參差復比肩,渡頭終少木蘭船。抛荒名士山中課,苦結英雄馬上緣。不信銀河流眼底,請看牛女集風前。窺君步步隨油壁,總有霜啼不敢先。

重陽後二日過别如須密之亦至分得長字

憔悴京華握手忙,悲歌忽忽不能長。征衫有淚重澆酒,叢菊無花暗認香。落木偶同烏鵲下,飛塵難掩玉蟾光。不知真有燕臺否,銷却黄金好舉觴。

張介子招集與治庭梅下分韻得人字

建業梅花誰第一,顧家庭畔獨精神。餐霞甚欲分松子,衣白何妨是聖人。繞樹十年驚我在，論交千里覺君親。重期酒盡香猶妙，净掃蒼苔置此身。

出城至静海寺喜黄石齋楊機部兩先生皆寓其中黄先生留飲同楊先生至夜余辭去留詩爲别

當時賢者在於斯，蕭寺孤燈濁酒巵。感事未成無口瓠，憂天同賦洗心詩。江聲百折終來枕，松色何年一改枝。咫尺出門吾已益，擔簦寧必更尋師。

雨中至邗溝不得晤超宗超宗遣人問勞遺酒脯約以明早過余余即夕解纜矣悵然懷之

車船南北廣陵通，逐隊紛然取道同。知己孰堪形迹外，夢魂多在影園中。牡丹黄後傳詩柄，楊柳青邊倚釣篷。此日俱淪崩岸雨，獨留殘醉轉忡忡。屬余咏黄牡丹，未果。

壽姜如農先生

令弟交深二十年，論才每遜阿兄先。由來治績桐鄉茂，當日朝廷汲黯賢。華髮幾莖驚浪迹，大江千里映冰天。佳兒跪捧如澠酒，慷慨應歌雪雁篇。

送王孫茂之廣陵于一子也

爍石燎原劫火屯，何人剥啄響柴門。慇懃唤我聲猶昔，卧起看兒眼倍昏。故里有樓歌帝子，殊方無地飯王孫。横經家學傳三百，只恐蒿莪漬淚痕。

詩七　黄岡沈自申校

變雅堂詩集　卷八　五言絶句

齊宣王墓與桓公墓相連

君王爲阱地，片石草中間。欲問桓公事，相過咫尺間。

鄒方魯閣上同子秬

修竹復流水，柴關開此間。春來花霧重，無處認青山。

茭湄舟中偶成

一雨連三月，開帆趁晚晴。春風吹岸草，未遠石頭城。

和懷古

覽金子《村居懷古作》，遠想慨然，各繫五字，十二溢至十四止。

魯仲連

歷覽千載事，魯連最不平。但泄路旁憤，何知世上名。

張子房

譬如一盤棋，扶劉報韓敗。一著在棋先，始終在局外。

嚴子陵

漢亡復漢興，眼看泡起滅。子陵默有悟，懶傲兩非屑。

郭林宗

林宗如芝蘭，又不當門户。所以惟馨香，隨風馥終古。

諸葛孔明

孔明匪不勝，所不勝者天。當時對壘者，誰知非晋宣。

此人才絶倫，復爾好心事。天且如之何，惟有一死字。

祖士雅

胡雛非腐儒，又復非名士。此間對局人，獨有祖家子。

陶淵明

淵明純醒人，生平未嘗醉。悠然見南山，佯狂有醉意。

張　巡

一死動天下，睢陽與常山，唐室再造功，吾必曰張顔。

觀士觀其敗，觀玉觀其碎。玉碎必有光，士敗必有氣。

司馬君實

君實可與立，而未可與權。求士三代下，如君豈非賢。

周茂叔

回死無好學，賴有周茂叔。其學如畫蛇，所畫獨非足。

蘇子瞻

堂堂復堂堂，子瞻出峨眉。幼讀范滂傳，晚和淵明詩。

文文山

文山欲成事，死事非其欲。所以柴市前，一任炎午哭。

泰州絶句

窮海三秋盡，扁舟百里行。太陽無近色，偏照遠帆明。

移寓自嘲

十日如新婦，不曾逾户限。惟有庭前花，來時才一見。

乙巳臘盡還南寓戲爲口號

淮水凍仍緑，鍾山燒更青。一椽來復去，只是短長亭。

妻孥誤見嗔，我信如潮汐。出門必上元，還家必除夕。

僅有相如璧，何堪璧復傾。築牆纔數仞，怨似築長城。

酌天章

我有雙尊酒，將來飲故人。偶然鮭菜缺，厭説客中貧。

梅　下

獨坐歐梅亭，步繞歐梅址。不見歐梅花，且拾歐梅子。

爲斯上人題帳

誰識山僧意，繩牀繪牡丹。分明將富貴，只作夢中看。

詩八　黄岡陶炯照校

變雅堂詩集　卷九　七言絶句

王嬙故里

亦復當时戚里親，花枝偏老漢宫春。莫仇延壽仇婁敬，渠是和戎作俑人。

武皇遺策服單于，願婿何心擇彼姝。猶白浪抛傾國去，前人伶俐後人愚。

掖庭入後衆人同，下嫁休嗟妾命窮。正恐傷心無一事，蛾眉空老漢宫中。

毛生漫負丹青責，炎季空淪禍水波。若寫趙家雙姊妹，畫師功已敵蕭何。

燕丹故里

節俠田荆古罕儔，於期心膽亦風流。從來利鈍人無罪，惟有燕丹與武候。

修降肉袒竟何成，昏德重昏恨不平。亡國亦須留榜様，燕丹死後有田横。

樓　桑

生兒大耳亦英雄，青蓋亭亭一樹風。却怪他年成底事，樓桑不在地圖中。

竹枝辭

余客京師八十日，棘闈以前，既匆匆無暇晷。榜後報罷，益用慨然。懷刺騎馬，殆非吾事，反鑠衡門守環堵時多耳。惟一二知舊顧者，答之；招者，赴之。時則一出，就吾身之所至，目之所触，戲成俚語如干私用，破涕爲笑，舉一漏百，吾知不免，大概不能言其所不知，又其大者，臣未敢言也。

日出天街十丈紅，長安塵似不關風。呵藤騎馬紛如織，大抵榮華若夢中。

生兒好歹作長班，只愛奔忙不愛閑。昨日本官初罷相，勸他須早出張灣。

一樣長班百樣形，一身前後有零丁。强如黑虎生成翼，弱似烏鴉翦却翎。

誰家少婦一身新，着錦穿紅嫁比鄰。女伴不須相健羡，早間初是未亡人。

死却村郎就好婚，有緣嫁得四衙門。高燒銀蠟從君看，脂粉能遮假哭痕。

馬上誰家白面郎，如何衣錦不還鄉。點金扇底烏紗帽，歸去聽人講報章。时傳瀨水一錦衣不識朝報，特延一西席講解。此蓋紀實事。

蜜棗銀桃此地兼，來禽青李遍窮檐。可憐客子經年苦，不及蘋婆四季甜。

去驢來馬日紛紜，面罩飄颺看不分。莫怪女郎單著袴，男兒臉上占伊裙。

輕姿道不及蘇州，試看纖纖襪一鈎。但勝吴姬雙赤脚，不妨凑別美人頭。

茅檐灰壁挂琵琶，皮袴高盤炕上撾。却説客來休見怪，竟無新蒜點香茶。

紮花衣服著來多，打扮丫鬟付賣婆。急向街頭呼太太，快回鍋上烙波波。

廟市多逢朔望期，朝回官每步檐嬉。明珠好媚權門妾，可惜爺來問的遲。

骨董珠璣擺作林，酬錢索價費沈吟。繇來貴物惟司馬，一顆頭顱五百金。時蜀中司馬典刑，其家以五百金買頭去。

青紅五色舊衣裳，唱慣聲高老弋陽。客子忍寒無不可，十分難忍這般腔。

出巾入帽上無天，晝諾官人一分錢。久矣皇朝頒正朔。不應猶是紹興年。

老店馳名劉鶴家，三錢買得好烏紗。昨來誤怪稱呼別，乞丐相逢總喚爺。

此地坡陀見亦難，煤堆灰垤晝漫漫。馬頭一點西山色，那箇官人冷眼看。

客舍東鄰即象房，不曾看象不因忙。異時閭巷兒談象，肯信余曾到帝鄉。

寄弟晋公

江干别弟尚殘春，各逐秋風慰老親。今日楚天空憶我，半成學究半山人。

聞友談水東之勝

魚愛深池鳥愛叢，君談句句合幽蹤。憑將骨與青山誓，老號詩人杜水東。

登樓戲柬阮仙

春宵好月照新泥，客子貪歡欲去遲。昨夜登樓真有作，云云非復仲宣知。

送阮仙於燕子磯而别

送君直欲過黄河，燕子磯邊别恨多。一揖茫茫無限意，回頭春樹與江波。

和阮仙韻

長年住槳避風頭，芳草如江欲並流。戀友思家今夜醉，夢魂分上往還舟。

同舟周天行出便面索詩用前韻

燕子磯頭怪石頭,纔添風雨接江流。高談燭跋聊須歇,恐惹蛟龍繞客舟。

于子秬納姬前三日戲爲催妝

春暮桃花處處開,聞郎消息愛郎才。香車何必晴方駕,神女原從雨裏來。

新從吴下返長干,蟢子裙要報合歡。桃渡蔣陵乘水起,簫聲鳳影障春寒。

名園池館翠成圍,更掃雕梁待燕歸。爲報鳳皇臺上鳳,這回端的是于飛。

琉璃硯匣緊隨身,繡罷鴛鴦寫洛神。婿得詩人于鄴婿,不慚人唤蔣山人。

花燭辭

花燭春逢七夕輝,洞房如此畫船稀。秦淮水滿佳人笑,歸鳳求凰得鳳歸。

渡頭郎不擬頻來,天意翻成合巹杯。十丈紅纏絡鼎耳,謝伊今日作良媒。子秬以贖藏鼎來白下。

佳人結束自南朝,燈下看來滴滴嬌。郎也莫嫌衫袖窄,爲儂還就一吹簫。

亦知天下皆風塵,泥裏青蓮認往因。飲酒誰明魏公子,買絲新繡梁夫人。

醉中口號

最愛清真李卓吾,從他獃子罵狂夫。君身已帶翻雲翮,只少同予看後湖。

悲歌又上鳳凰臺，萬劫消沉那見灰。大事此生須自了，男兒切莫敬如來。

兒子晬盤其母求百餘文爲餅餌之費不能應懟而自行稱代爲之余飽食不慚而已

粔籹人情也不能，荒厨忽忽有煙興。阿翁飽食無言語，何似庭前託鉢僧。以蜜和米麵作餌爲粔籹，正月元日以相饋。

聽韓生説武宗平話

敬皇有道繼唐堯，莫把丹朱擬聖朝。興邸一龍飛九五，依然玉樹變簫韶。

侯園觀家樂童子乞詩

擊楫中流萬里風，先生愛唱大江東。於今竄入笙歌隊，群少驚看一老翁。

夕　陽

客居門外俯長河，艖舫紛紛聚散多。惟有夕陽流不盡，人間鐵石也消磨。

題王阮亭冶春詞後

揚州恨血地全遮，復有笙歌蓋土花。賺得聰明王十一，春詞賦就起悲笳。

莒　州

鳴鞭早過莒城西，平野霜花翦更齊。却笑寒鷄當曉默，日高空補數行啼。

聽西陽土司陽卿正經琴詩

囊琴襆被到門齊，一曲絲桐遠鼓鼙。彈罷不禁鄉淚落，西陽更在楚雲西。

千里無煙楚蜀同，劫灰何處問焦桐。異鄉邂逅相憐極，各有孤兒伴老翁。

張径蓬蒿迴未迷，開琴翦燭紙窗西。峽雲散盡湘煙冷，惟有孤猿夜半啼。

握手臨岐囑賞音，相逢涕淚亦何心。南薰忽逐悽風斷，怕見孤臣有賜琴。

但説知音我即悲，君王親與作鍾期。人琴不是尋常痛，再鼓高山也是癡。

錦衣操縵盛顔歡，奕葉君恩況世官。十一年來行路遍，始知蜀道不曾難。

見説成都昔拜郎，總戎卿月有輝光。殘生何似吞聲去，世上逢人盡杳茫。

題鄭肯厓先生漁舟圖率成四絶并志感贈

漁夫從來勝屈平，《離騷》那及櫂歌聲。笑余頭白鍾山下，不辨滄浪濁與清。

君家名士本樵漁，鄭樵字漁仲，借意及之。夾漈才多好著書。何似先生三十首，自歌自舞自軒渠。

匿迹他鄉四十春，桃源洞口見漁人。洞中鷄犬全無有，愧把題詩當款賓。

鄭壯兄弟滄浪後，謂亡友爾忠、爾孝。久作山陽笛裏悲。何處與君重话舊，釣魚舟上最相宜。

今　夜

蕭寺孤燈雨滴苔，老夫一出旋歸來。呼兒且莫忙沽酒，今夜懷人不舉杯。

梅　花

數尺霜根幾載移，一尊深賞向南枝。平生只是知慚愧，逢著梅花不作詩。

乙巳八月十六夜

中秋節後何妨雨，卧聽蕭蕭掩竹關。記得月明潮欲上，去年今夜在焦山。

題朱林修塵外樓圖

芳草無邊似緑江，高樓臨眺客心降。向東一面尤奇絶，盡放鍾山入小窗。

贈内弟王雪洲太史

憶昔扁舟去國時，蕭蕭兩鬢已成絲。君今年少稱詞伯，不問吾衰衰可知。

龔宗伯座中贈優人扮虞姬絶句

年少當场秋思深，座中楚客最知音。八千子弟封侯去，惟有虞兮不負心。

秦郵旅夜李鏡月閔賓連載酒

客舍寒多苦夜長，故人携酒問風霜。淮南列郡如棋布，惟有秦郵是醉鄉。

寶應阻冰

透骨奇寒一夜生，孤舟歲晚不勝情。北風吹老黄河凍，遂有歸人冰上行。

再客戲柬鈍人

再客淮南事益非，長河冰凍阻南歸。一窗寒日營何事，老眼穿鍼補破衣。

淮陰送别徐松之

秀州分手楚州逢，兩地同聽古寺鐘。可笑淹留余失策，翻疑君去太匆匆。

宜陵别蔣前民

東皋三月感相依，垂老漂蓬計盡非。今日臨歧方自笑，半尊殘酒送君歸。

送龔孝升至燕子磯

送客停橈傍釣磯，江風初起浪花稀。一行霜雁沙頭宿，留待孤帆出浦飛。

青眼相看世所稀，辭君此地轉依依，長江南岸青山下，翻送居人策蹇歸。

江干欲别更維舟，沽酒夕陽好滯留。直上燕磯高處望，青山白雪是神州。

今年貧口號計二十四首

呱呱聲裏奪兒牀，赤地無門豈弄璋，縱使他年飛食肉，也愁鄰母話爺娘。举子未及三朝而撤賣其牀，載寢以門扇，鄰母見之而笑。

飢來嗑盡子卿氈，豈料鄉親遠惠然。一飯相留難忍笑，看君咀嚼葉龍泉。親家故人子汪茀厥至，以《葉水心集》質錢飯之。

炎威無計出蓬門，那得朝饔與夕飧。稚子默然吾獨愧，始知交謫反爲恩。絶糧之日，家人胥讒，而幼女慧黠，獨無一語。

書幣當年不返茶，空瓶十口厭陶家。滹沱麥飯飢時味，豈讓珠泉煮建茶。尚有錫茶瓶大小十枚,家人悉以換麥。

不知鮑叔在比鄰,數語無多便寫真。翻是褒揚成毒罵,此時唤我讀書人。差役紛然,惴惴恐及,而總甲牛姓者,獨過門不入。或詰之,牛君曰:"此家既無五尺之童,終日見他著兒子上街賣書賣家伙度日,且聞其人不會生發,只曉得看看書,尋他作業,我是以不往。"

囊無餘粟竈無煙,天下文章絶可憐。若向此時知痛癢,惟有五百青銅錢。有持五百文請予文者,自矜曰:"我爐黄錢也。"余笑之,因記昔年楊龍友請予爲作其季子傳,肅衣冠,以五十金潤筆,而茅止生來,索觀予文,猶嗤曰:"龍友小樣,不知文章痛癢。"以今論之,知痛癢者,莫如持五百文者矣。何則?當厄故。

亂世金蘭結苦因,俱貧不是一般貧。凴誰寄語陶元亮,更有門前乞食人。元亮先生歸來屢空,而杜子當飢熱無告時,猶不免厚顔。噫!

罡風横掃北山薇,典盡衣裳到敝帷。不獨腐儒朝得飽,也教白烏夜無飢。無所不典矣,僅絺帳飄蕭,有離别可憐之色,吾何計留之哉。

窮名赫赫流方外,開士雙雙到竹邊。解下杖頭無一事,觀余醉飽當參禪。離念、問旭二詩僧,携杖頭過草堂云:"欲觀先生一飽。"

千里交情寄檿絲,殷懃押字復題詩。忙投質庫旋償債,不記匆匆過眼時。施愚山自山左以一繭貽余,前後兩書一詩極贊其妙,且囑余製一袍。余自入手啓封即付質庫。今夏徑從質庫轉付債主矣,未及再見也。

敢道蒼天理不通,張郎豪富李郎窮。主人自愛真魚目,莫把玭珠誤惱公。鄰友入幕驟富,因歎吾友紀伯紫以百倍之才,十年之工,而不如也。僕之窮宜哉。

舟楫鹽梅事可歎,匏瓜何幸比蒸饅。第嫌格裹規模大,何不將伊破格看。以書干鄧太史,爲覓一館穀地,太史覽書畢,笑曰:"有此大饅首,無此大蒸格。"噫!事不諧矣。

悲君弗克見星行,如滁山川共此情。雲勢南來應得雨,爲誰散作北風聲。聞知己龔先生丁内艱南歸有日矣。乃復不果,嗚呼!我則使然與?

遠遊十口但飢寒,何事柴門片片殘。白粲烏薪收拾好,明朝再説不相干。柴門。

海月江煙豈療饑,飛仙何日不攢眉。一時輸與村郎俏,積穀稱金便是詩。客有誦孝升《飲菊谿紫苔軒歌》中句云:"于皇詩是飛仙人,海月江煙供咳唾。"予歎息不已。

萬古聲華劫一灰，班揚屈宋總堪哀。先生盛氣争何事，待我明朝飯飽來。朝不食夕不食，此何時也？或過而有所争論，不知余尚不辨東西南北，遑知所謂壇坫者哉，笑而謝之。

節序驚秋月又圓，傷心却不爲三餐。黄塵白髮他鄉夢，血淚青蔬慈母看。中元祭先慈，竭奔走之力，才得蔬核四器而已。自傷無狀至此，猶吾大夫崔子也。

飢來但喫梅花片，寒至惟燒黄熟香。彩筆一枝書數卷，何人信道是空腸。煙爨不興，然王杲青貽嶺南黄熟香，胡静夫貽六安梅片，皆絶品也。又先是紀伯紫貽湖毫一管。身在三物間，强坐翻書，不覺失笑。

分金寧與索逋期，接迹隨肩事亦奇。賴是故人情意到，不曾輕輊一毫厘。濟叔濟余一金，而索一金之逋者至。

馬通堆裏豈梁園，白首傷君不憚煩。苦硬故人教餓殺，黄金只用買諛言。逢胡元韻，談次書感。

多亂餘生重苦飢，途窮過豈在相知。惟應却恨江頭别，一日懷君賦一詩。奉懷孝升。

中秋無食户雙扃，叩户爲誰柳敬亭。亟送酒錢仍送酒，直教明夜也休醒。中秋日，一粥閉門睡矣，忽聞呼門聲，乃柳叟敬亭走力送酒，並蜻蚨一千。想外格外，感而有紀。

封題凛凛太周詳，醉後重看笑一場。多少同人稱厚道，來伻未免詈商鞅。中秋明日几上，再見敬亭來札，封函下方有八字云："來人受賞，我就天誅。"始悟昨者平頭逃去之故，不覺與客大笑，又成一絶。

滕閣風高望又孤，應逢相識問窮途。江陵老子如今在，只是臺城一餓夫。姜真源自江右陞任山左，冀得過秣陵，則一救也而不至。因憶向與真源論張太岳相業，真源以經世許余，今何如哉。

詩九　黄岡沈自申校

變雅堂詩集　卷十　七言絶句

攝山遊詩有引

余客金陵，遊棲霞，次日事也，遲至廿年，晚矣。賴天氣晴和，遊侣不雜，生平遭際以此爲幸，顧以悼念仲兒，心創未復，不耐營度作記，又不耐深思，作五言古詩。惟七言絶句差可任意拈弄，往返得如干首，挂漏眇小，不足以辱山靈，蓋聊紀時地而已。其遊以戊戌十一月初六日往，以初九日返。何其速歟！抑有説歟！同遊爲王子于一、蔣子前民兄弟、周子貞棲、家兄方朔、兒子世農，共七人。

出太平門

冬日遊山賴好晴，棲霞今始快生平。太平門外青霄下，不落淒風葉一聲。

道中見棲霞

短日寒天漸欲紅，攝山純紫夕陽中。山靈頓覺相親近，不與江天過眼同。前此江行，每見峰背。

目極危巒日下舂，茅君廟裏幾株松。心知不及中峰宿，今夜猶聞寺外鐘。

梁武疑冢

當年蕭衍已成塵，疑冢虚傳欲亂真。莫道蹇驢無氣象，何如石馬立荆榛。

般若臺臺甚荒落

僧叩僧扉扉易開，誰知般若竟非臺。嶺頭葉盡天空闊，獨倚山窗看雁來。

佛　殿

大樹風多葉盡飄，莊嚴猶自見前朝。黑頭江令殘碑在，不記君王舊姓蕭。

紫峰閣

一閣窗收四面峰，何峰不削紫芙蓉。夜來更不妨明月，影裏鬟眉盡是松。

閣前月臺看于一埽除

糞埽堆中積玉墀，看君下箒若風馳。月明只得今宵看，定有癡人笑爾癡。

遺　谷

山裏尋山山更清，尚嫌遺谷未遺名。老僧不作閑功課，槌磬一聲幽鳥鳴。

千佛巖巖石遍琢龕像可恨

石骨參差本絶奇，最宜殘照與初曦。如來恨殺風癲漢，多少山瘡不可醫。

桃花澗

林中豈有桃根在，橋下流泉也不聞。老衲哆談全盛日，青苔石上坐斜曛。

同前民坐月峰頭

竟日躋攀賞不稀，邀君重上坐相依。無因却説茫茫恨，月色鐘聲共翠微。

白雲庵

松篁自結一幽蹊，積葉柴門咫尺迷。我記白雲庵去處，過山又過小橋西。

霞髓石在中峰半道余以爲棲霞一山之髓故名

峰腰一石碧雲幢，霞髓標題竟少雙。楚客以兹爲絶頂，遊人於此見長江。

山　下

中峰左折暢經行，山下看山眼更明。煙壑霜林當夕照，偏因來晚見冬晴。遊此山者例以秋。

硐　邊

紅葉無風猶著樹，青松媚日自生煙。鐘聲出塢清如水，早有幽人立硐邊。

松蘿松枝自結其圓如規

松蘿不識誰規制，似是蒼天手結成。深入林中矜一見，忍教聞著斧斤聲。

白鹿泉

萬壑枯時獨此泉，支笻能不愛涓涓。夜深一綫流孤月，落石穿林去杳然。

伽　藍

金繩覺路市塵遥，步屧何因意未消。聞道伽藍收靳尚，世尊應不讀《離騷》。

夕　陽

憑高恰遇夕陽還，盡見山前山後山。身在山中能幾日，轉憐飛鳥向人間。

則吾庵

亂石下谿如飲馬，喬松攫漢似遊龍。折入僧庵迷出路，有門通被竹陰封。

與庵僧

仲冬幾日山中住，白石青松好負暄。削盡柔芳存老氣，此時方不似名園。

總持不是無風韻，四到棲霞盡是冬。解愛嚴枯人有幾，殘燈古佛若为容。

真山没處著工夫，石瀨霞紋盡畫圖。但問天台雙行者，家家苕帚不曾無。只是勸他埽地。

與山別

朗如秋霽無殘暑，妍似春空絶細絲。莫笑來遊頭半白，好山須作廿年期。

好山輕別費沈吟，不是尋常去住心。人恨來遲吾恨早，地爐雪片此中深。

歸路月

五日遊成霽有餘，纖塵略不到衣裾。歸來山月慇懃送，霜影猶銜紫翠虚。

山遊歸寓同諸子到門喜緯之忽至

無爾山行念不休，柴門同到似同遊。開樽却話山中事，徑欲禁當九月愁。九月失仲兒。

書僧箑

盧能惠遠一齊删，撞罷齋鐘便是閑。好住不須多蓄積，於今戎馬到深山。

詩十　黄岡沈自申校

《變雅堂詩文集》久無善本，今惟永康胡月樵都轉所編盛行於世，而義例歧舛，編次凌亂，讀者病之。歲癸巳，自申讀書黄州之竹樓，晤陶君月舸，語及此，謂宜稍加斠正，以廣其傳。月舸則力贊其事，因益謀諸殷君東平、甘君月樵，爲正其體例，刊其譌误，厘詩爲十卷，文爲八卷。其附録二卷，則仍都轉之舊，而又加益焉。嗚呼！先生之奇節懿行，後之讀其書，皆當藏弆葆貴，傳之無窮。若遂聽其泛濫凌雜，區區之隱，則未能一日以安。至於鈎甄参定，竭蹶補苴，則皆諸君之力，自申固未敢自以爲功也。光緒甲午秋仲，黄岡後學沈自申敬跋。

變雅堂附録二卷　目録

變雅堂附録二卷　變雅堂遺集附録一 …………………… 251
志傳序記六首 ………… 251
詩文一百二首 ………… 255
叢説三十六則 ………… 272
變雅堂附録二卷　變雅堂遺集附録二 …………………… 281
杜岕詩文九首 ………… 281
杜世農詩二首 ………… 282
杜世捷詩二首 ………… 282
志序二首 ………… 283
詩一首 ………… 284
叢説六則 ………… 284

變雅堂附録二卷　變雅堂遺集附録一

往讀《變雅堂遺集》，見其編次凌雜，思爲訂正，以廣其傳。因泛覽諸書，旁参義例，其語涉茶村者，輒为抄撮。蓋舊録所不載者又十五六焉。光緒甲午秋七月，黄岡陶炯照月舸。

志傳序記六首

方望溪《杜茶村先生墓碣》：先生姓杜氏，諱濬，字于皇，號茶村。湖廣黄岡人。明季为諸生，避流賊張獻忠之亂，流轉至金陵，遂久客焉。少倜儻，常欲赫然著奇節，既不得有所試，遂一意於詩，以此聞天下。然雅不欲以詩人自名也。於並世人，獨重宣城沈眉生、吴中徐昭發，自愧不如。其在金陵，與先君子善。客維揚，則主蔣前民。金陵爲四方冠蓋往來之衝，諸公貴人求詩名者凑至，先生謝不與通。惟故舊或守土吏迫欲見，徒步到門，亦偶接焉。門内爲竹關，先生午睡或治事，則外鍵之，關外設坐。約客至，視鍵閉，則坐而待，不得叩關，雖大府至亦然。及功令有排門之役，有司注籍優免，先生曰："是吾所服也。"躬雜厮輿夜巡綽，衆莫能止。先生居北山，去先君子居五里而近，以詩相得，旦晚過從，非甚雨疾風無間。先君子搆特室，從横不及尋丈，置牀衽几硯，先生至，則嘯咏其中。苞與兄百川奉壺觴，常提携開以問學。先生偶致雞豚魚菽，必召先君子率苞兄弟往會食，其接如家人。丙寅春，先生七十有七，携襆被叩門，語先君子曰："吾老矣，將一視前民。歸而窟室蔣山之陽。死即葬焉。"是日渡江，數月竟死維揚。喪歸，寄長干僧舍。一二故人謀卜兆。子世濟曰："吾有親，而以葬事辱二三君子，是謂我非人也。"無何，世濟亦卒。先生故三子：一子幼迷失，一爲僧遠方。衆莫敢主。又數年，長沙陳公滄州來守金陵,謂先生其鄉人之能立名義者。哀其志,爲買小丘蔣山北梅花村,召先生從孫揚文及故人會葬,先君子執紼,視窀穸。時苞客燕南歸,而命之曰:"先生吾所尊事,汝兄弟親炙,可無志乎!"苞重其事,將俟學之有成而措意焉。自先君子殁,患難流離,今衰且老矣。自恨學之無成猶昔,而鄉舊限隔,恐終墮先人之命,乃姑述其大略,使人往碣於墓之阡。先生詩,世所傳不及十一。平生著述,手定凡四十七册。世濟殁,勢家購得之,弗善,仍歸其從孫某。先生生於明萬曆辛亥年正月十六日,卒於康熙丁卯年六月某日,葬以康熙丙戌年二月十六日。銘曰:"死而不亡,光於世,嗣逢長。"(《望溪文集》)

《黄州府志·隱逸傳》:杜濬,原名紹先,字于皇,號茶村。祖若芝,舉人,官知縣。父祝進,舉人,官國子助教,世有隱德。濬少慕張江陵之爲人,慨然有用世志。崇禎己卯,中副榜。福藩擁立,考試七省貢生,因南下。見馬、阮用事,朝政不綱,遂絶意進取,僑寓金陵,改名濬,年才三十餘耳。負才跅弛,意氣籠罩時人,江南諸老或出或處,争引重焉。晚住雞鳴山之右,城之僻遠處也,益以文章氣節自勵,貧不克举火,不以干人,日列故人所贈湖毫、沈水香、梅花片三物,坐其間,陶陶然誦所爲詩、古文。嘗謂:"文體壞於范陳,詩體壞於元白。"又謂:"諸妙皆生於活,諸響皆出於老。"作詩力追少陵,《燈船鼓吹》百韻長歌,雖以此得盛名,應是别調。五言律詩尤高渾沈雄,自名一家。古文亦獨闢町畦,睥睨一世。年七十七卒。越十九年,湘潭陳鵬年守江寧,始爲營葬於蔣山北梅花村。生平論詩極嚴,於時人多所詆訶,有富於財者重價購其集焚之。世傳變雅堂詩、古文不及十之一二。子:世農,字湘民;世厦,字柏梁。世厦早夭,所傳《燕子磯懷古》有"鐵積千年石,潮歸萬古痕"之句。世農性孝友,賦《斷雁吟》哭之,目欲眢,可謂至性過人者矣,亦先濬卒。世捷,字武功,亦工詩,並見《詩觀》。

魯亮儕之裕《變雅堂詩鈔序》:詩自虞廷《賡歌》後,體之變且千百,由《三百》,而《離騷》,而漢魏,而六朝,下逮四唐、兩宋、遼、金、元、明,代異人更,境遷情幻,其變不勝枚舉,要皆不知其然而然,雖欲不變不可得，然以律諸言志則一也。至按之以依永和聲，興觀群怨，則多不能以盡協，此詩之所以必資於選也。然而詩以選精，亦以選病。蓋自選者之詣於詩也，有淺深大小高下之不同，又或各如其嗜以立説，迨選出而人宗之，不能不惑於其説，則詩道之陵夷，不啻若東下之波卒無能挽之西返者。流而至於竟陵，率天下以趨於僻澀，思務期於險幽，語務期於譎仄，匪特言志之旨蕩焉無存，並所謂温柔敦厚之風，咏歎抑揚之致，發揚蹈厲之才，頓挫沈雄之氣，舉一埽而除之。嗚乎！是何可以訓哉！予則以爲唐詩尚矣，後之克繼唐響者惟明。明詩尚矣，後之集明大成者，惟黄岡杜茶村先生。茶村詩雄渾高確，能直攄其胸臆，而涵蓄藴藉，無卑俚易盡之陋。維揚卓君子任嘗刊以冠諸遺民之集，湘潭陳公滄洲亦曾稱爲"楚詩之尤"而梓之。吾友彭子楝塘偕其同研陳子抑齋乃更從而裒輯其全編，是則二子之闡揚先進，不遺餘力也，可風也而論世尚友之識，亦殊不可以易幾，豈但超軼於竟陵，直與侯芭之瓣香子雲争烈矣。予於茶村，固悦其詩之可以怨也，於楝塘、抑齋之闡茶村，益悦其用心之爲可以觀也已。乾隆癸亥仲春題於止園之語石山房。

陳道川師晋《變雅堂詩鈔目録序》：右茶村先生詩通六百五十首。先生著述等身，先京兆公嘗亟稱之，擬梓其集，未果。逮先子太史公遊江東，先生墓木已拱，訪其遺詩，俱放佚不可收拾，僅於先友處抄得百餘首以歸。師晋過庭時嘗以授之，今二十年往矣。乾隆壬戌秋，吾友楝塘過我，言搜輯先生詩近五百首，晋因出篋衍所藏，并相與廣羅諸選本，汰其重複，正其舛譌，裒成此帙，付諸剞氏。雖非全豹，然表揚名宿，嘉惠來學，實吾兩先人之至意。晋敢忘乎哉！曩聞先生有全稿在金陵某氏，天門唐太史尝親見之，俟他日借得，補入以成大觀。然即此亦足以傳先生矣。

彭楝塘湘懷《變雅堂詩鈔目録序》：聲詩之盛，三百年來莫楚若矣。蓋楚風質直，尚氣性，能不傍門户，若興國黄岡，謂王稚欽、伯固兩公。公安景陵，鍾譚，前有魯公振之。皆是也。顧訾議家往往於極盛中摘其偏而吹毛之，立論不必盡當，然有其識而力不能舉，有其才而學不能充，亦未敢盡爲前賢争也。茶村先生接諸家而起，没已一甲子，其詩愈行，其名愈盛，天下皆以不得睹其全集爲歉。嗚呼！以前賢訾議競起之年，而先生益爲世所推重，非其力能举之，學能充之，實有以入古風騷閫奥，詎易得之於後起者哉？湘懷往遊白下，讀《變雅堂稿》，慕之。老友沈丈方舟、汪丈瞻侯嘗傾篋以授，亦僅什一。爾來與抑齋刺史談藝及之，抑齋出所藏，合以湘懷向所鈔録，得詩幾七百篇，編爲兹集。先生詩，諸家論之審矣，懷復何贅？顧懷誦其語，覺一往情深，自發其胸中之藏，實於當時諸作家外别具一種幽思，輒留連不釋手。然則數十年來愈久而彌新者，其此歟？懷弇鄙，不知先生詩視唐宋大家爲何如？若以之殿諸先輩後，推爲楚風之極盛，則海内作者諒亦許爲知言已。

王菊門德新《茶村祠記》：余廛黄郡文學椽，歲在甲申，迄癸巳。舊好易筍樵來秉邑鐸，相與抗談。每及杜茶村先生，輒奇其詩，高其節。次年，江安楊星山庚以望郎嗣爲郡伯，予方請老，悤悤謁辭，而公之服膺茶村與筍樵無異，並詳詢其址。余以聞於及門汪生士倫者告之曰："村在縣學署北，倚高阜，俗名鳳凰墩，殆緣先生之及飢鳳軒而傳是名也，今榛蕪矣。"太守睪然神往者久之。余尋去黄，筍樵遂力謀建祠專祀，糾合邑紳吴君光第及弟光斗、朱君兆斗、黄君自宸、馬君希亮、沈君之銓、王君祚賓、龔君斗南、魏君鈐、汪生士倫與弟士後、戴君光鈞暨予年友嚴君垣之弟璜等，踴躍赴功，鄉城共學者翕然和之。特以事有先後及其遠者大者，首修文廟，次及節烈祠，次至東坡暗井，至丙申，賡續告竣。而筍樵及王、魏、馬三君相繼謝世，茶村祠乃尚有志未逮也。今秋杪，汪生士俊謁選來省，携其兄倫書至，始知茶村祠成於客冬，已於今春先生生辰奠酺妥靈矣。兼述落成之日，太守於祠中手書"志士不忘"及"飢鳳軒"額，且畫先生《梅花伴讀圖》，繫之以詩，將刊石懸壁，與雪堂、鴻軒争韻。無何，太守淹忽捐館，黄人士爲之失望，然祠事則自此盛興。重九日，吴、汪二君治具，招余齊年現任教諭周君鯤化及伊戚劉君勳、西齋萬君闓，暨同志十數人於祠中，禱祀陶徵士，而主以先生。重靖節，益以表茶村也。遠近咏其事者蓋襁屬不絶云，吾因之有感矣。夫以遺老高風如茶村先生，其祀於鄉也奚愧，以尚文慕義如齊安士大夫，其崇斯祀也奚疑？而社而稷之，鼓而歌之，乃遲在二百年後。甚矣！論定之難也。噫嘻！瓣香俎豆，報稱有時。世之殉名者欲持矯矯之節，市重於悠悠之口，而且期之旦夕之間，豈不謬哉！抑余猶有私幸焉。昔太史公不與東封儀，嘗以爲恨，今茶村祠榮觀超然，而楊太守、易司訓及王、魏諸君子拳拳建謀者，皆不及躬慶其成。予雖未瞻拜几筵，猶得以耄年殘喘與聞盛會，且承諸舊遊爲請作記，若相待然，意者予與茶村翁亦有身後緣乎？何幸如之，爰不辭老拙而爲之記。(《葆醇堂文集》)

詩文一百二首

季滄葦《送杜于皇遂懶亭序》[1]：杜子可以仕而不仕三十年矣，一旦告别，云將有京師之行。予瞿然，子可以仕而猶不仕，即以子之所不足而視乎天下之有餘者[2]，則其所足多矣。而何以有斯行也？杜子曰："吾年六十矣，將以遂吾懶，吾亦知其難也。而京師有吾知己，是行爲不孤矣。"杜子之古文、詩歌，自公卿大夫以至童亂皆知誦讀而歌咏之，而所求者一亭耳。乃使六十老人襆被單行，皇皇然求之於三千里之遠，天下之大如此而曰知己，其難也獨如此。予讀蘇文有《送木邱子序》曰："古之君子有絶俗而高，有擇地而泰者，顧其心常足。"杜子，學者也。不得其亭則已，既得之後，吾知其心日有不足者矣。京師公卿不能具牛車者，往往而有聞子之至必相與恭敬推挽，求子之有所試而後已。而子固不仕，皆非子之知己。子之知己則不然矣。我知子之歸也，必有異，故於子之行也，既爲之序，復繫之詩："庭草發朱華，白雲垂英英。杜子攬我袂，結束事遠行。承平二十載，荆襄屢用兵。橘州寡衡宇，卜居蔣州城。俗子不相放，垂老懶逢迎。喜有素心人，煌煌仕天京。交貴貧與賤，豈爲今公卿。經營賴知己，俄頃亭峥嶸。婚嫁慕向長，洗沐偶稽生。他日秋山裏，當有讀書聲。"

朱斎三雯《跋杜于皇贈序後》：雯猥以謭材，佐兹首郡，飲冰茹蘗，

---

① 康熙本《跋季滄葦侍御贈序》文後附此文，題目爲《送杜于皇先生遂懶亭序(并詩季振宜)》，第422頁。

② 乎，康熙本無。

兢兢六載，常恐隕越以貽知己羞。辱先生惠而好我。公餘藉卉，領益良多。竊愧薄俸之分贈無幾，不克卜浣花之宅，爲子美吟嘯地，草堂有靈，能無怨恫。丙寅秋，量移雲間，雖荷聖天子特達之知，感激思奮，然素心良友，天各一方，殊不勝停雲落月之感。瀕行，先生遺我一卷，題曰《寫心話言》。盥手讀之，情摯而語真，一片纏綿鬱結之懷，慷慨激昂之致，勃勃從紙背出，當不僅如聽渭城之歌，折河梁之柳，令人黯然銷魂已也。獨是獎借過甚，謬以涼德之躬，加之華衮之榮，撫心自問，何以克堪？又不禁汗之淫淫下矣！吴淞距金陵不越七百里，而盈盈帶水雲山間之懷，我故人邈在天際，唯日手此一卷，以當書紳，用益自勉，以期不負知己，並上答聖天子遴简之至意。庶幾不期年而令行禁止，躋斯民於養恬之域，當遲先生於九峰三泖間，鱸魚可釣，蓴菜堪供，江鷗一席，虚左以待，寧第皂蓋尋梅，繼杜嚴之遺韻也哉！明月在天，兩心如對，清風戒寒，努力自愛。浙西同学弟朱雯拜手言。時丙寅九月立冬日，書於懷汲堂。

龔孝升鼎孳《反乞食诗》。其序云：遊子歲晏，冰雪載塗。盎粟行盡，飢驅無所。見杜子于皇《乞食詩》，惻然心傷，爲賦《反乞食詩》：蹇余賦性拙，亂離復中之。艱難一身完，忍與貧賤辭。故園既蕪没，倉皇賦歸來。食指以繁多，况乃眈銜杯。廉吏不可爲，感彼負薪詩。鄙人烏能廉，愧乏聚斂才。干禄不自力，而望他人貽。（《三十二芙蓉齋稿》）

又：《重過茶村草堂詩》：但坐愛秋陰，顔色一何苦。俯視落葉深，仰視茅屋古。由來曠士心，天遣百憂聚。歌哭不敢明，慘淡如欲雨。壯頭甕雖竭，斯意吾忍吐。當時飢鳳軒，杯行尚堪數。蒼蒼各攬鬢，殘日漸逾午。不知醉飽人，端居復奚取。（同上）

又：《九月十三日杜于皇招同蔣前民諸子登清涼臺口占五首》：萬里秋陰入暮煙，盤空石磴斷虹前。西風殘葉能多少，變盡江山九月天。

蔣子清詩扣玉弦，鐵衾老屋賞樊川。山前自挈盤飧至，□□吴姬夜數錢。

錦樹籠煙百尺孤，戍樓夜角報棲烏。秋宵一刻思難負，我輩登臨非酒徒。

六代寒潮戰伐迴，華林苦樂總蒿萊。杜陵漫興渾無賴，揮洒西山到酒杯。

千峰並日坐飛觴，秋入乾坤有醉鄉。雁外一聲誰弄笛，梅花哀怨落清羌。(同上)

又:《壽杜于皇四十詩》:

栗里愁看甲子新，天涯風物隔芳辰。齊梁地老三湘月，麟鳳名欺一飯身。漸喜白頭經世故，錯將青眼料他人。蹉跎萬事成飄絮，不棄狂生獨有貧。

惜别魂銷燕子磯，江天雪霽浪花微。相憐豈爲浮雲遠，不妒翻疑絶代非。避地十年輕鳳德，出門斜日過烏衣。窮交散盡餘春草，燈火蕭疏掩夕扉。(同上)

又:《過于皇飢鳳軒詩》:户外蒼山暮靄沈，牀頭蟋蟀亂秋林。坐深梧竹疑明月，老至悲歡聚客心。才厄楚江元自昔，徑逢舊雨却從今。傷神入洛空羈宦，慚愧天涯梁父吟。(同上)

又:《清江浦留别杜于皇詩》:

野水翻星急，舟懸荻户旁。宵寒偏能酒，夢近欲連牀。戍鼓嚴三箭，風燈觸四方。轉憐秋草緑，北郭路非長。

酒香情更遠，真自戀江湖。星外鴻高下，霜中月有無。分携催落葉，飄泊對棲烏。且復斯須立，關山從此孤。(同上)

又:《答杜于皇喜余至白下四首》:素交應信謀歸意，急瀨扁舟狎五羊。雨雪夢懸千里駕，江山春入半肩裝。長干對酒重蕭瑟，北固迴潮轉混茫。凉月早開三徑待，薜蘿今不似他鄉。

忽漫柴荆八載過，故人芳訊滿關河。愁中蹤迹經心見，老去文章感事多。清晝長閑緣卧病，好秋相對只高歌。誰從雲壑分陶寫，一減東華鬢髮皤。

不爲九關工勸駕，名山幽客見何由。飄摇轉羨梅花節，歸去懸愁剡雪舟。豈有蒼生堪再誤，可容紅樹竟三秋。景陽宫漏桃根水，把臂全勝萬里遊。

坦步斜陽古巷行，鍾山雲物識狂生。百年吾道高龍腹，四壁秋風動馬卿。薊北煙霜羈客淚，橋西橡栗古人情。翻嫌吴苑淹移棹，雨過

臺城落葉平。(同上)

又:《過杜于皇飢鳳軒詩》:

晨風感長征,九載一鄉縣。岧嶤鍾嶺色,復此蓬門見。萬響急深秋,况乃淒擣練。孤桐何陰森,江雨暗遥甸。對酒理素琴,斯會反荒宴。别多歡苦稀,寒花漸飛霰。各保金石姿,無爲雪霜變。

廣陌散蒼煙,高齋下凉日。嘉晨惜晷短,爛漫秋鐙出。清歡無節緒,盤飧雜紙筆。酌苦方及脣,附牀恰平膝。地偏耽卜夜,明晦理仍一。棲棲眷林鳥,安用歸飛疾。

不登君子堂,焉知庭帷樂。時蜕翁先生同蒼略在坐。餘事敦友朋,佳氣浮几閣。茅宇一白雲,浩歌動空漠。楚魚遠可致,江帆春欲落。雞黍此山中,蕭疏忘城郭。

登高望歸人,風塵一何急。相携中林幽,萬里娱壁立。爲憐桐雨響,翻空秋星入。蒼茫古時月,尊酒竟沾濕。衰鳳誠古飢,鵷雛豈能及。(同上)

又:《真江舟中對月柬杜于皇》:臺城寒月連瓜渚,人上真州送客船。纔隔孤篷愁好夜,况逢哀雁數遥天。新詩酒罷清無敵,舊雨橋西晚倍憐。總信季鷹歸興早,草堂梧竹已淒然。

又:《于皇伯紫相送燕子磯流連三日依韻和答》:

酒幔河橋雪乍晴,行人懶似送行人。春潮不及離愁遠,燕子磯頭江水平。

生涯自分老漁磯,一出空林伴侣稀。别後憑高須極望,冥鴻終向北山飛。

渺渺風波不可行,蕭蕭樽酒當班荆。斷魂去住争今夕,何限寒江欲暮情。

吴梅村偉業《送杜二于皇從婁東往武林兼簡曹司農秋岳及范僉事正詩》:五月江村客行曉,僮無朝餔馬無草。路穿槐柳到柴門,滿架藤花屋灑埽。與君相别定經年,一見嗟余頭白早。東鄰濁酒賒未到,盤格粗疏具梨棗。莫怪貧家一飯難,主人長飢客不飽。解囊示我金焦詩,四壁波濤驚欲倒。一氣元音接混茫,想落千峰入飛鳥。近來此地擅時譽,粉飾開元與天寶。我把耒鋤倦唱酬,耻畫蛾眉鬭工巧。看君爽氣出江山，始悔從前作詩少。海内悠悠識者誰，汝有平生故人好。副相猶然卧茂陵，侍郎已是歸嶺表。况偕少伯共登臨，西子湖頭月皎皎。人生貧賤何足悲，縱酒高歌白雲杳。勝絶容留我輩狂，劫灰燒盡雷峰小。落落窮途感快遊，愧我菰蘆色枯槁。佳句流傳遍世間，寄書早慰江潭老。(《梅村詩集》)

朱竹垞彝尊《同杜濬俞汝言屈大均三處士放鶴洲探梅詩》:徑轉叢篁曲，谿迴石磴斜。名園傳故相，勝事復吾家。晚日吹山雨，陰雲覆浦沙。春風三百樹，猶有未開花。(《曝書亭集》)

又:《别杜二詩》:石城烽火後，孤客轉浮沈。乞食來吴市，爲園失漢陰。襄陽耆舊傳，荆楚歲時心。還復扁舟去，淒其洛下吟。(同上)

王阮亭士正《望雞龍山雪寄杜于皇詩》:天半雞籠雪，遥遥逸興偏。春陰寒未散，雲壑更相鮮。不辨谷中樹，應添巖下泉。因懷杜陵叟，拾橡此中眠。(《漁洋菁華録》)

潘次耕耒《贈杜于皇詩》:男兒無家復無國，六合飄然一孤客。客行落落雲出岑，其去無迹來無心。山水佳處便淹泊，偶然相逢不可尋。黄岡豪士世無偶，胸吞雲夢者八九。神鷹鎩翮不能飛，丹霄碧海將安歸?三十年來泛河舸，大塊無塵能著我。商山鬚眉大澤裘，遊戲人間無不可。往年訪友揚州城，州人喧呼看歲星。如雲冠蓋趨門庭，先生酣眠醉不醒，醒來洗眼焦山青。金焦如螺意不快，一葉翻然下江瀨。青邱方壺不可期，白龍赤鯉遥相待。我亦汗漫之遐方，束髮結交多老蒼。惟翁差池未識面，江雲關樹空相望。錫山葉脱蠡湖朗，散步禪房見筇杖。怪來避地已經年，笑我勞勞逐塵鞅。昆明劫火方洞然，老鰲抃山波接天。土偶桃人莫相笑，久客會有還山年。先生無事但晏眠，大瓢滿酌清泠泉。君不見君家杜陵喪家者，茅屋秋風淚盈把，揮淚高歌《洗兵馬》。(《遂初堂詩集》)

陳其年維崧《歌贈杜于皇》:我昔住冶城，家近石子岡。魏收能弄戟，敬則解拍張。江東冠蓋争輻輳，臺下山川本鬱蒼。一代清流歸太學，六朝豔曲有諸郎。至尊晝坐黄金牀，牙籤堆滿中書堂。瑶星不動澄少海，二十八宿羅文昌。肥牛大肉啖崔蔡，輕軒細馬馱班揚。中官赤棒避文士，布衣白帢多輝光。杜陵二十遊京國，青春彩筆增顔色。豈惟公等增顔色，僕亦翩翩有人識。風塵澒洞群傖來，華林賓客安在哉？杜陵老大不得志，頭白只向江頭哀，蜀岡柳絮正堪把，逢君揚州古城下。揚州酒價不肯低，眼看高樓淚如瀉。君不見飛龍厩下諸小兒，轟隱夾路青絲騎。又不見東家買得近跳踜，人奴詎受侯家笞。天生此輩本俊物，爾曹嘍啨空爾爲。（《湖海樓集》）①

又：《贈杜于皇詩》：蕩浩乾坤内，如君老客星。浮雲雙皂帽，落日一新亭。昨過江陵估，攤錢下洞庭。亂離終在口，淒咽不堪聽。（同上）

王山長岱《邗江遇杜于皇口占》云：别來三十載，尚復滯三山。身老詩能穩，名高氣愈閑。借杯澆礧磈，是日同醉酒樓。得句當躋攀。示焦山詩。開口堪同笑，斜陽醉不還。（《可庵集》）

黄九煙周星《秋日與杜子過高座寺登雨花臺詩》：被髮何時下大荒，河山舉目共淒涼。客來古寺談秋雨，天爲幽人駐夕陽。去國屈原終婞直，無家李白只佯狂。百年多少憑高淚，每到西風洒幾行。（《明詩别裁》）

石聞琢文成《王山客寄杜茶村集詩》：傑哉杜夫子，落筆風雨驚。幼學謝康樂，晚和陶淵明。千首茶村集，世重如白珩。斯人不可作，空懷鸞鳳音。一函遠寄將，開卷愜生平。物貴投所好，不在千金瓊。對此不能寐，寒月照疏櫺。

蔣前民易清《凉山頂留别杜于皇詩》：招提上夕陽，别酒置崇岡。秋老孤帆色，人輕百戰場。江雲平楚岸，風葉減吴霜。來日空回首，思君獨渺茫。（《明詩别裁》）

---

① 陳維崧文集作“湖海樓集”，沈氏本“湖”字誤作“江”。

程崑崙康莊《杜于皇飲署齋詩》:硯廬容几席,盡日象筵開。愛雨移廊坐,聽更畏僕催。惟恐客去之情使人消受。交新無狎論,爽氣見多才。呼取河東酒,情親自醱醅。(《日課堂集》)

王巽公撰《贈杜于皇詩》:憶自分携歷變更,訪君曾過石頭城。人驚夔府貧來句,世重樊川亂後名。此地溪山千里夢,今宵尊酒廿年情。西陵放櫂乘秋漲,好待荒郊泛月明。(《三餘集》)

顧黄公景星《聞杜二幾以文字得罪詩》:杜濬久不見,嚶鳴空有聲。多言愁子貢,無語失然明。舂臼胸中貯,磨兜座右銘。吹毛非大雅,曷遂野人情。(《白茅堂集》)

又:《寄余澹心並懷杜于皇紀伯紫詩》:金蘢詩老金陵客,卜築雞鳴古寺東。幾處梅花烏椑酒,一牀緗帙白頭翁。往來可有茶村在,適有訛傳。風味遥憐戇叟同。聞道城南屯萬馬,故人愁絶亂雲中。(同上)

又:《麻城旅夜讀吴初明烔楚遊詩兼寄杜二濬》:五言詩律好,知子有師承。近日標高格,茶村句可稱。斯文看後起,一鼓竟先登。老我無堪述,平生幾折肱。(同上)

奚蘇嶺禄詒《杜于皇表兄見訪詩》:

不以行藏異,來探久别人。艱難如隔世,涕淚共雙親。笛裏梅花落,江頭燕子新。相看在逆旅,豈是故園春。

松柏先人地,文章弱冠時。只今春作夢,可惜鬢成絲。産破關河在,憂深笑傲危。莫貪建業好,忘却武昌思。(《知津堂集》)

又:《梁溪邸中同杜于皇夜坐詩》:歸程欒土總難尋,眼見連營過武林。不信能銷青海箭,祇今坐困白頭吟。酒添長夏三分暑,月伏中宵一片陰。江上重逢今昔異,晚風雖好不開襟。(同上)

又:《冶春詞約于皇不至詩》:杜陵老叟窮可憐,猶能斗酒詩百篇。今朝何處壚頭醉,知有人家送酒錢。(同上)

周櫟園《寄杜于皇札》云:前者小集,喜高朋之入座而未獲盡歡,殊爲悒悒。兹得手教,急爲發函,見三箑所書大作無一字不深。老先生於此道亦既伐毛洗髓久證果位者,無庸弟之贅述。獨是《讀畫》一篇,離離奇奇,雖在先生集中亦見所未見,何物讀畫樓而辱先生之一記,又辱先生之一詩。弟所得於先生者,不爲不侈矣。謝謝[①]!

李笠翁《寄杜于皇札》云:來牘九首,拙選已登其八。惟復何元方一札過於抹倒,時人未免犯忌,故逸之。弟下録他人所作或有厭倦之心,獨於于皇不然。蓋爲藏巧,非藏拙也。新刻《巧團圓》一册附政,爲人藏巧而巧不自藏,于皇得此又將發難端矣。先爲道破,或能免此[②]。

熊文端公《與杜于皇書》云:近見某輩重刻《朱子語類》以救坊間講章之獘,使操觚家知宗朱説,似矣。但斯道自姚江提唱以來,聖賢經傳悉變而爲西竺教典,詖淫邪遁,充塞宇宙。奚講章之足云?如今思所救正須是徹底整頓,拔本塞源,方有頭緒。不此之計,而區區講章之是問,抑亦末矣。况文公著述雖富,其微言奥指端在《四書集注》與《文集》中往復論學之書。學者誠能虚心玩繹,得其要領,亦自可豁然貫通。若《語類》實出於門人一時雜記,未必盡得朱氏之意,且就中自相矛盾者甚多,有識者早已束之高閣矣。今惡講章而取《語類》,是棄二五而用十也。重刊《語類》以救正講章,是同浴而譏裸體也。前此者姑勿論,自金華四子而後,善學朱子者莫如薛文清、胡文敬、羅文莊之三子者,亦惟是真知實踐,存兹正脉。其所著,《讀書》《居業》二録、《困知》一記,何等切實?何等簡要?嗚呼!此誠考亭真弟子也。何嘗今日刻《遺集》,明日刻《語録》,將聖賢傳心論學之書把來做時文選本一例刊布,苟圖一時之利,不顧熒惑後進、陷溺人心,以遺患於無窮,名士家習氣往往爲害如此。且講章自《大全》外如《蒙引》《存疑》《淺説》《説約》,雖近粗支,猶不詭於正。惟正、嘉後,《狐白》《燃犀》《九經》《湖南》等解,及近日《心印》《舌存》等書,則真狂病喪心,野狐

① 汪氏本段末有“周櫟園集書牘”六字。
② 汪氏本段末有“李笠翁集書牘”六字。

譚禪矣。以顔子爲圓頓超悟，以曾子爲苦行漸修，以“大德敦化”爲昆盧性海，以“明明德”爲明心見性，以“止至善”爲菩提正覺，以“朝聞道夕死可矣”爲涅槃、了生死、大解脱，以“十目所視、十手所指”爲千手千眼觀世音菩薩。百餘年來，論學講書大率如此。嗚呼！此可爲痛哭者也。如今初學且宜耑看《集注》，參以《大全》《或問》，庶幾由洛閩而溯魯鄒，不至貿貿然昏迷於所往。若復教之以駁雜汗漶之《語類》，是揚湯以止沸，未見其有益也。某輩全未讀書窮理，只隨聲尊奉一朱子，以爲名高，鹵莽顢頇，居然自命，以瞽引瞽，莫識其非。看來於朱子之學全未夢見。以某輩而表章朱學，祇足爲朱子之一大厄而已矣。倒不如王龍溪、錢緒山、李卓吾、林兆恩輩，顯然詆毁，其爲害猶明白而易見也。先生其亦以爲然否？(《經義齋集》)

《書》曰："詩言志。"傳曰："言者，心之聲也。"昌黎曰："仁義之人，其言藹如。"蓋言本也，物無不由本而知末者。文章之道，何獨不然？先生品地已踞絶頂，其俯視一切，直如氄雞縈縈，無有超然之意。舉凡世之號稱得意者，大都皆先生之所哀而憫之者也。先生之本如是，故發爲文章，如數家珍，自道其實，片言隻字，皆足動人。目今海内傳誦，無不首肯心折，至有讀未終篇而爲之泫然泣下者。蓋三代之直在人，秉彝之良，終難澌滅，固其宜也。而不知者僅求之鉛槧攻苦、詞章趺宕之間，以謂于皇語言文字妙天下，吁殆猶膚革之見也。僕今之鄙儒，亦非能知先生者也，而蠡管所及，自以爲稍有得於作者精神志氣之所存，亦欲世之求先生者，不於其末而於其本，則庶幾萬一焉爾矣。若吴草廬何嘗無經術，危太僕何嘗無文章？只是欲傳不得爾。士君子立身一差，即萬事瓦裂，文不文又奚足論哉！雖然，僕於此猶有疑焉，先生生平壁立千仞，尚友古人，固薄時輩不足爲。彼奸人牢籠充隱之計，何難一眼看破。且回首四十年以前，散髮入山，棄妻子，捐墳墓，不顧飢寒顛頓，身經九死，是何等節概？又豈區區詩文陋習與餔啜細故所能少動其心者？謂宜先生之予奪嚴於衮鉞，不可以豪髮假也。乃細讀大集，其中往來贈答與觴詞輓章諸作，不無一二歸命於當世之達尊。而所謂當世之達尊則又吾儕之所目爲敗名喪節、寡廉鮮耻，不足齒於士夫之列者。薰蕕不同器，顔跖不共居，諒先生籌之熟矣。不知何故而復有此荒唐之作也。管幼安必不肯爲陳琳志墓，陶靖節必不肯以詩輓王韶之，古人通介之際，斷然不苟，類如此。今先生一身似有難以本末論者，此僕之所以不能無疑也。賢者固不可測，意先生必更有所見。幸不憚進而教之。燈下信筆疾書，干冒左右，語不暇擇，並惟高明鑒宥焉。頃友人有分俸八金見惠者，義可受也。僕不敢獨享，分半爲先生香茗之資，非惡物，先生不必吐之賤軀。比來善病，俟稍平復尚欲圖一握手，不敢望先生來也，僕自當過訪茶村耳①。（同上）

前書冒瀆，自謂寸莛撞鐘，無能即應。接手教，可謂聞所未聞也。先生修名已立，而僕猶剌剌不已，蓋不揣愚頑，欲爲他山礲石爾。蜉蝣撼大樹，則豈敢爲之哉！人生五倫，統是一事，情理之外，更無學問。先生曰："親者無失其爲親，故者無失其爲故。"嗚乎，意誠厚矣！仁可過，義不可過。吾輩存心當如是爾。些須方愧唐突，何足挂齒，同里高賢如先生者有幾？而顧令淪落至此，吾黨惡能辭其責？過此以往，一瓢一簞，當與先生共之。僕雖困，尚能少爲先生地也。真切！真切！佳集容盥讀，再求提誨。賜硯製端而質堅，殆斧柯園中物也。右軍一風字值三萬錢，先生之惠我多矣。謹置之案頭，用當蒼玉，不敢作澄心堂玩好觀也。山中伏枕，率勒不宣②。（同上）

又：昨某君過小齋，出所著二集見示，僕因僭謂之曰："四始居六籍之一，非細故也。乃至降而爲騷，爲辭賦，爲近體，愈變愈下，至唐而極矣。唐人以之取士，其實不過聲調音節而已，謂之無詩可也。今縱不能議復古，亦必稍存風雅之遺意。而近代作者往往以餖飣爲能，雕繪爲工，填塞典故，不顧其安，如土偶衣文繡，靈氣絶無，此種伎倆則又遠出唐人下矣。因説如杜茶村五言律一味清老，絶非時流所能項背，惜知而好之者少。"某君聞僕言頗爲首肯，但度諸公家計已成，萬難另起爐竈，只好聽其搬弄，留作後日之《古事》《雕龍》及《事文類聚》等書可爾。僕非知詩者，偶爾妄譚，先生或不以爲大謬耶。某君又極推重王山長、孫豹人。山長之《可莽集》，吾不知其視《變雅堂集》爲何如？海内自有能辨之者。豹人所著，僕未之多見，幸先生詳示

① "頃友人"至"訪茶村耳"，據《清代詩文集彙編》本《經義齋集》補。

② "山中"及其後八字，據《清代詩文集彙編》本《經義齋集》補。

之。《金山石刻》附覽，餘不盡。（同上）

又：《答杜于皇》云：承教具見至誼，先生真古人也。僕於泛應中却有分寸，未敢草草，嗣此當益加慎重，以副台指爾。三作並淡絶老絶，先生妙於擊虚，故下筆陳言盡去，一種幽香在楮墨之表，所謂君身有仙骨也。拜服！拜服！制義代聖賢説話，要在明理，前代以此取士，制甚善也。而法脉之真，惟成弘間程墨得之，迨新學出而正脉亂矣，即峨雪、梅村亦僅以才氣取勝，求之聖人之微指，尚在出入離合之間。癸酉、甲戌而後，野子元經，穢惡滿紙，壬午癸未則狐精譚禪、狂病喪心，其殆亡國之音乎！可見治術原於道術，文運關乎世運，理無僭差，往往而是矣。僕非知文者，因拙序見許，故復及之。（同上）

又：《與韓元少書》云：杜子于皇，管陶之流亞也。家故貧，且將老矣，生平著述無力壽之梓。僕特趣其走吴門，一謁當事，爲梨棗計。幸足下多方羽翼，以襄其成。且嚴冬旅次，並祈留神照拂，勿令失所。蓋于皇一切非同草草者，足下交盡天下士，不若交一杜于皇。僕敢斗胆爲此語，足下幸勿河漢予言也。僕雖不肖，亦何嘗肯妄許一人。僕嘗謂："當今時文推元少第一，詩、古文推于皇第一。"自以爲聖人復起不能易，未知足下亦首肯否。僕近狀晤于皇便知，不復贅[①]。（同上）

又：《答于皇》[②]：贈篇領到，盥誦再過，覺真性至誼溢於言表。令人讀之，歌泣並至，而文字之妙，愈虚愈折，愈樸愈老，舉兩漢、八家之奥盡括其中，却不見有步趨前人之迹。文章至此，可謂入於化矣。古人點睛益毛，要當於閑淡處求之，豈可爲淺者道哉！但僕鹿鹿鄙人，先生獎借不無逾量，對之彌增愧汗爾。白香山一文謝六七萬，皇甫湜每字三縑猶存見少，况知己贈言將與性命同寶，又不當僅以聲價論也。如何？如何？僕自客金陵，屈指有三大幸：八年之中購得藏書數萬卷，一大幸也；得共杜子于皇遊，二大幸也；兹又得投贈之作，庶幾不朽，三大幸也。有此三大幸，勝似坐中書堂做格天事業矣。（同上）

又[③]：柳子厚嘗自述其所用心曰："本之太史，以著其潔。"蓋文必

---

① "僕近狀"及其後十一字，據《清代詩文集彙編》本《經義齋集》補。

② "又答于皇"四字據汪氏本補。

③ 又，據汪氏本補。下面八則同。

潔而後真氣出，至理存焉。潔者，精粹之别稱，非枯瘠消索之謂也。坡公所謂“漸老漸熟，乃造平淡者”是也。此道惟先生可語，後生小子並不知“淡潔”二字作何解也。如何？（同上）

又：大作愈淡愈老，枯木寒鴉，惟静慧人方能領會爾。文清十咏内有用古韻者，我輩既欲遥和，即未便更限，昔昌黎亦間有之。高明以爲如何？（同上）

又：樂府就三李論，供奉最得，西涯有意致，于鱗則索然矣。鄙著不足道，但亦非漫焉下筆者。容録出奉覽，惟先生庶幾知音爾。（同上）

又：樂府實風雅之宗。自八代來，真得其解者寥寥，宜乎斯道之日下也。鄙著本不足觀，然亦稍有返古之意，恐時眼難入，又直土羹視之爾。昨接教，知極蒙鑒賞，則孰謂子期之後無人耶？欣慰！欣慰！即求細加點定，冠以序言，便當如台指，梓以問世。海内之大，焉知再無知音如杜先生其人者。借曰無之，有一先生足矣。又奚疑焉？不宣[①]。（同上）

又：樂府如《郊廟》《鐃歌》及《巾舞》《鐸舞》《白紵舞》等篇，皆是音義間雜以便鼓吹，若今之琴譜、弦索腔調是也。兼以伶人訛傳誤寫，往往不可讀解。前輩不審其故，都認以爲古，一切模糊效之，遂至文義不通。故鄙著遇此等題，則概置之，不敢蹈自欺欺人陋習，如前札之云也。但近時作者都只從三唐下手，即選體亦不甚講究，况上及雅騷耶？鄙作若出，定又作覆瓿用耳。意欲並近體刻之，庶幾通俗稍了。區區吟咏一事，容全録出請正後，方以問世也。如何？不宣[②]。（同上）

又：《燕磯》中二聯，自非工部不能。《訪僧》亦清新可愛。總之，老詩伯開口便自别耳。敬服！敬服！拙作以限韻又出急就，殊覺草草。先生必直斥之，乃見吾輩至誼。一味包荒，非所敢望也。如何？如何？日下章句膠轕，吟興甚索，四詩容從容奉和。主臣[③]。（同上）

又：正學淆亂已久，人心陷溺，如江河日下，言之可爲痛哭。不揣

① 不宣，據《清代詩文集彙編》本《經義齋集》補。

② 如何不宣，據《清代詩文集彙編》本《經義齋集》補。

③ 主臣，據《清代詩文集彙編》本《經義齋集》補。

毅然論著，存兹鄙説，以告當世。至舉而措之，誠不能不待乎其人也。夫序淋漓痛切，正與鄙意相合，若文之高老絶倫，又不待贊矣。(同上)

又：文人偏多魔障，或造物者忌之爾。惟有道能極力擺脱，不爲所苦。不然，如胸中冰炭，何近刻酷，似《東方曼倩傳》。然而寄託特深，讀之令人絶倒，又爲痛哭也。至其清冷入妙，如嚼香雪，絶不類人間煙火。文境至此，求之古今人集中，可多得耶！(同上)

又：昨喬三云：雲間詩會頗盛，大約太倉、歷下之餘爾。若得少陵提唱其間，即習氣可轉，而雅道一振。以此亟引領於先生。先生大名，久在幾社，又有賢太守爲之居停，茂陵遊興，定不寂寞。惟僕輩則不無離索之感耳。然此方人既不能爲置草堂，即欲挽留高賢，得乎？先生其行矣。僕異時將遊於武林，舟過三泖，當能與知己一醉濯纓亭也。(同上)

又：《輓杜于皇文》：丙辰陽月，予至金陵。擔簦訪舊，寤寐良朋。見君文章，識君姓字。物色高踪，締交無自。君曰思我，猶予思君。同客他鄉，把臂情慇。乃適君廬，乃握君手。傾蓋班荆，中情一剖。予年半百，君逾七旬。形骸兩忘，笑語自真。鍾山之陽，青溪之滸。草堂茅屋，相隔數武。景濂閣上，邊雪亭中。月夕花晨，譚麈詩筒。我讀君詩，君飲予酒。老婦烹雌，稚兒翦韭。秦淮夜艓，牛首春峰。執袂拍肩，杖履從容。或耦以樵，或艘以釣。散髮狂歌，相視而笑。君雖刖玉，予亦焦琴。窮通一致，潛躍一心。木落江寒，山空荻老。君門常閉，予迹亦掃。二豎侵予，抱膝徒傷。飢驅君去，客死維揚。妻莫汝哭，子莫汝奠。疏衾榆棺，停棲僧院。亦有故舊，誰命素車。亦有遺書，誰念蒼葭。旅櫬浮江，長干幽壑。故園已矣，飄飄孤魄。予亦衰朽，秋鬢皤皤。蒲柳微軀，視息幾何？百年旦暮，總歸衰草。泉路冥冥，疇能自保。撫棺痛哭，君未必聞。絜酒三酹，侑此荒文。(同上)

又：《慰問于皇遭跌詩》：大火逐云流，長空鋪日月。達人持静幾，欹枕安樸拙。傷哉和氏兒，銜身嬰一刖。亦有樂正子，下堂理陳説。舉足皆危坷，枘鑿常格格。行矣慎登臨，寸陰齊浩劫。(同上)

又：《再慰問于皇詩》：磨蟻轉鴻濛，人生勞歲月。動定見吉凶，無論巧與拙。龍門固腐儒，晦庵亦天刖。踐形不關形，至理難詮説。所

以南城子，守身具成格，千手竟何爲，浮屠歸空劫。（同上）

又：《飲茶村精舍詩》：春陰吹不散，此日恰新晴。劇飲予非醉，狂歌子獨清。消祛塵俗慮，想見古人情。飽德寧虚語，如蘭句已成。

過飲先生酒，春宵爲我晴。盤飧能味淡，殽核亦香清。不羨檀槽樂，端憐雞黍情。燕衎都爾爾，何用歎無成。（同上）

又：《春亭對雨柬于皇詩》：草堂花意近，風雨亂春晴。修竹摇空冷，殘梅入望清。煙霞本故物，邱壑自多情。鹿鹿胡爲者，輸君學晚成。（同上）

又：《答于皇晴寒見懷詩》：憑欄恣野眺，曉閣見山晴。積素春容澹，餘寒峰骨清。蕭蕭江樹影，漠漠水雲情。轉眼尋芳勝，奚囊共汝成。（同上）

又：《答于皇謝贈天闕茶詩》：聞君躭苦啜，澡雪試真茶。竈舉泉如沸，山行橘放芽。只兹天闕種，堪作武陵花。盧椀姑徐酌，江梅待晚霞。

舊日桑門侶，貽將穀雨茶。蘭盂盛細葉，椰盞薦新芽。潤比瓊漿色，煙成雪浪花。先生知味者，幾點似青霞。（同上）

又：《丙寅初度酬于皇詩》①：閉閣争傳楊子居，披函不下五車餘。吟成新句詩爲史，注就遺經口作書。楚岫凋零悲杜宇，秦川寂寞老姜魚。白衣蒼狗君知否，莫向桑田覓鄭渠。

邊雪城頭好卜居，多君飲澗一瓢餘。閑來且習蘭亭草，老去能抛梵貝書。杖底蹣跚疑社叟，樽前睥睨學村漁。聞聞見見都如此，携手江干吊二渠。

淒凉寒月半山居，窮巷無人野眺餘。鴻爪何心留雪印，雁飛隨意作空書。身燕吴楚啼兼笑，事去來今樵共漁。直到晚年方習静，真源活水似新渠。（同上）

又：《答于皇謝酒縑詩》②：

顔瓢與蹠膾，各各矜其有。世事總難推，與君且飲酒。

哲士念緇衣，明主廑挾纊。鄭重歲寒身，白頭休惆悵。

---

① 汪氏本詩題作“丙寅初度酬于皇詩贈章依元韻”。

② 詩，汪氏本作“疊韻”。

讀書性始静，涉世心方小。君問個中幾，試看窗前草。

默識物非他，心通天亦小。如何昨暮皃，錯認西園草。（同上）

宋牧仲犖《宏濟寺訪蒲庵道人次杜于皇韻》：一棹破江光，捫蘿到上方。巖深石作屋，地僻水爲鄉。鳥雀空林静，茶瓜夏日長。吟詩偕老衲，清磬下迴廊。（《西坡類稾》）

又：《夏日同杜于皇康小范陳伯璣董文友倪闇公過高座寺訪無可大師復至萬松庵訪張爾公吴漢若即事有作詩》：凌晨結伴出長干，雲白山青野望寬。花雨高臺聞遠磬，松陰曲徑覓幽蘭。六朝興廢從誰問，一代風流接席看。欲刻新篁留姓字，茶煙輕裊夕陽殘。（同上）

王雪洲追騏《晤杜二詩》：隋堤佳景竟誰傳，春月秋花盡可憐。兩度邗溝尋樂土，一年一見杜樊川。（《居俟樓集》）

毛亦史師柱《追感杜茶村先生詩》：一生心事向誰陳，道路皇皇老更貧。白髮幾人懷故苑，青山何地葬遺民。狂來自合歌衰鳳，絶處猶堪紀獲麟。或疑此語太重，歸愚曰："太白《古風》亦嘗用之，詩人之辭不必過執。"名並少陵身客死，空餘書卷照千春。

鄧弗如之愈《杜陵先生歌寄杜于皇先生》云：杜陵先生具絶識，曾賦秋胡諷京國。未及三年杞慮符，傷哉天地遂傾側。先生依戀獨鍾山，俯視塵寰都昏黑。虎伏龍眠靈鳳飢，間露文章瞻鱗翼。德輝高遰備綵珍，雷動蟄起風雲逼。横絶四海未得鄰，後先百代孰並則。就中仿佛柳州言，宣尼之文幽以默。小子愚頑嚮往慇，私淑頻年忘寢食。恭惟先君金石交，追隨豈靳垂拂拭。痛當攀柏廢莪餘，血涕横流悲岵陟。夜壑悠悠莫與銘，平生故人應動色。况乃同調又如椽，安得奮飛述先德。癡懷忘想將畢生，憑誰函丈通消息。昨秋鄭老自南來，捆載新篇到絶域。因悉魯靈光巋然，歡欣翻倒思無極。丁寧拜鄭郵此辭，淚灑行間陳悃愊。他時儻獲假扶摇，准擬門牆一匍匐。吁嗟乎！比干之墓延陵碑，卓立山邱頗奇特，碑中更是宣尼墨。

又：《仿八哀詩處士于皇杜公》云：少陵去千年，頹波良足痛。先生變雅篇，正聲堪伯仲。多謝王與唐，竟付羲皇夢。北海難馴龍，南嶽迺飢鳳。

張南村惣《杜茶村生日詩》：少陵以後見茶村，今日尤稱大雅尊。遊歷勝時惟大笑，吟當佳處欲無言。蓬萊閲世水清淺，甲子編年日討論。我愛爾來文字潔，風流不愧古龍門。

吴園次綺《贈茶村詞》：

憶曹劉並駕，吴楚連横，狎盟曾推時侶。鄧尉淒凉，杜陵漂泊，中道離群誰與。十載分襟，一朝連袂，依然爾汝。念绨袍、范叔生平，攬贈翻成凝佇。　　此地顔蘇舊處。有文章賓客，留歡林溆。肯勝迹而今，車笠頓忘縞紵。好將煙水，收成佳句，題向城南棋墅。且莫令、千古湖山，輕笑詞人歸去。

又：《答茶村詞》：雁送霜愁，蛩添雨思。苔生卧閣渾無事。柴桑處士正飢驅，白衣慚愧江州刺。　　句冷吴楓，題殘永柿。杜家又讓君行二。買山自是故人心，何須咄咄頻書字。

汪邵孫《白門訪茶村先輩詩》：逢公儼得覲先公，生死悲歡一拜中。赤壁負薪慚手澤，白門修史待文忠。家珍惟剩牙籤古，榻静嘗宜翠竹叢。工部遺風渾不異，詩成泣鬼又將同。

程孚夏瑞禴《輓杜茶村先生詩》：病足難移步，扶余送出門。論詩忘暮雨，飲酒逼黄昏。不盡詼諧興[①]，頻多肝胆言。先生長不死，身久在崑崙。

陳仲夔大章《柬車雙亭余右弓訪茶村集詩》：茶村不羈人，遯迹來江外。聲價沸三吴，絶學窺六藝。簡傲或寡諧，經奇亦可貴。身死訖不耀，遺文恐遂墜。世傳變雅堂，十百纔一二。頗聞石室藏，心精未茫昧。文章與世運，實用參否泰。麗正日星芒，耿介河嶽氣。碧海掣

① 興，汪氏本作"性"。

鶡鵬，幽潛出光怪。作者豈必同，道在無小大。乾坤萬萬古，此理終不易。兩君篤嗜學，蒐蘿包巨細。一字苟見珍，心風甚抓疥。廣川無逆流，靈琥不辭芥。知音世誠稀，賤目昔所戒。誰爲定吾文，應雪桓譚涕。(《秋蓬集》)

喻冶存文鏊《懷杜茶村詩》：杜陵詩老老更貧，藥爐經卷送殘春。燈船鼓吹詞猶在，不見雞籠拾橡人。(《紅蕉山館詩集》)

夏觀川力恕《得黄岡杜茶村未刻三種》云：

江南遺稿竟凋殘，變雅堂從舊里看。十廟有家啼鳥换，三江無火夜螢寒。野雲流破生前夢，滄海横飛筆下瀾。况是楚風淪落盡，把君詩卷一加餐。

曾倚金陵北郭看，草堂無路百花殘。女牆歷歷孤藤蔓，翁仲蕭蕭夾道寒。江水六朝人夢覺，秦淮雙槳月汍瀾。誰家樓閣能消受，猶供當年野客餐。(《觀川詩集》)

王徒洲鑾《讀茶村集詩》：戔戔乙榜舊科名，茶喜風流變雅聲。自是品能高宇宙，不如人是未公卿。燈船鼓吹江南夢，屬國牛羊塞上情。我亦計星仇禄命，投書真欲吊先生。(高士莊草《徒洲詩集》①)

程維周之楨《訪杜于皇先生故居詩》：

城郭蕭條草露深，天涯迢遞愴人琴。雞鳴十廟餘荒宅，鳳去何年返故岑。陶令猶爲晋徵士，虞兮獨有楚知音。自從八口流離後，赤壁江聲空古今。

拾橡悲歌人不作，浣花寂寞一千年。茫茫天地生何託，落落文章絶可憐。先生詩："囊無餘粟竈無煙，天下文章絶可憐。"鍾阜秋高吟皓月，竹樓宅近少炊煙。紙灰聊薦枌榆社，送與先生當酒錢。

典盡衣裳不折腰，愁看稀帳影飄蕭②。家無一飽惟高卧，天與奇

① 徒洲詩集，據汪氏本補。

② 稀，汪氏本作"絺"。

窮顯後彫。故國蟲沙喧四鎮[1]，秦淮燈火送南朝。那知耐冷遺民在，爛醉金焦咽晚潮。

先生遠作江南客，花冢茶丘葬白門。直補楚風歌帝子，誰從吴地訪兒孫。一時黄蔣皆良友，三徑羊求識舊村。四十六年流寓感，金陵坏土費招魂。(《維周詩鈔》)

王一煌《題杜茶村故里詩》：吴楚時人命不猶，自來詞賦獨悲秋。天將故老存文獻，道爲先民甘放流。青冢碑應銘處士，白頭義弗學留侯。招魂三閭冢何在，痛哭江南淚未收。(《黄州府志》)

徐上鏞《謁杜茶村先生祠詩》：滄海浮雲變莫測，浩蕩乾坤老孤客。文章志節垂光黄，飢鳳千秋有生色。樊川後人茶村翁，少鬱奇氣悲奇窮。縱横遊迹半吴楚，廓然六合横心胸。晚年歸卧蔣山麓，千樹梅花數椽屋。閉門謝絶冠履交，一編自伴梅花讀。落落風塵孰吾偶，合向林泉終白首。一坏鍾阜葬詩人，人與青山同不朽。風流淪落二百年，瓣香梓里欽前賢。近來赤壁訪遺址，崇祠屹立鄰坡仙。我來展拜頻欽仰，變雅遺音誰嗣響。鳳凰墩畔白雲飛，彷彿英靈自來往。吁嗟乎！勝代人文半榛杞，虞山合肥今已矣。茶村當時老布衣，俎豆馨香乃如此。俎豆馨香良有以，百世聞風且興起。(《黄州府志》)

叢説三十六則

《大清一統志》：杜濬，字于皇，黄岡人。詩文豪健，自闢畦町，有集行世。

《湖廣通志・行業傳》：杜濬，字于皇，黄岡人。以避亂寓白門。氣象豪邁，爲詩文自闢町畦，睥睨一世，尤精於五律。博極群書，吴楚人士多就正焉。

---

① 蟲沙，汪氏本作"沙蟲"。

《黄州府志·隱逸傳》:杜濬,號茶村,黄岡人。原名詔先,猶陶靖節改元亮而稱潛也。性狂簡,氣岸凌公卿。少立令譽,嘗謂文體壞於范陳,詩體壞於元白。其所著作力砥流風。崇禎己卯,副車後,隱江南之鍾山。名公巨儒不識茶村之面者,自以爲赧。時遊吴越山水間,以寄其輕世肆志之意。忠孝濯濯,不行於色。家貧,詩文多未刊。

王阮亭云:杜茶村僑居金陵,貧甚,屢客廣陵。甲辰人日大雪,時鎖印無事,予造訪之,清言竟日。乙巳七夕,余北上京師,諸人祖于禪智寺,即席賦五言。茶村有句云:"記逢人日雪,造我吟窮愁。"謂此也。又于皇《咏蘇子瞻詩》:"堂堂復堂堂,子瞻出蛾眉。幼讀范滂傳,晚和淵明詩。"龔端毅每誦之,以爲二十字説盡東坡公一生。又茶村《送人入蜀》云:"古意淮南葉,他鄉劍外州。"不減古作。(《漁洋詩話》)

又云:余康熙乙巳春,將去廣陵,偶以公事至如皋。冒辟疆襄約余修禊水繪園别業,時通州八十老人邵潛潛夫及宜興陳維崧其年、縣人許嗣隆山濤及冒氏諸子咸在坐,分體賦詩。余得七言古體,坐湘中閣,立成十章,黄岡杜濬于皇後至。他日,或問之曰:"阮亭詩如何?"杜曰:"酒酣落笔摇五嶽,詩成嘯傲凌滄洲。"又問:"君詩如何?"曰:"但覺高歌有鬼神,誰知餓死填溝壑。"(《香祖筆記》)

朱竹垞云:啓、禎之間,楚風無不效法公安景陵者。于皇獨以杜陵爲師,是亦豪傑之士。惜其阨窮以老,孟貞曜所云"好詩多抱山"也。(《静志居詩話》)

陳扶昇肇昌云:吾鄉杜于皇濬,少時英俊,不可一世。年廿餘挾書南遊,與一時名宿相砥礪,其學愈進。寄余詩文一帙,益變而蒼卓沈厚,可以傳遠,儗采其尤者,登之《三楚文獻録》,亦一時傑出也。(《省齋文集》)

陳仲夔大章云:茶村寄寓白下四十餘年,往聞之鄧弗如,茶村有未刻詩三千餘篇、雜文一帙,在上元張氏,秘不示人。弗如,先生門人,其言不妄,訪之宜可得,將用廣其傳焉。(《秋蓬集》)

又云：先生葬時，或口占云："江南有客杜茶村，文采風流世所尊。不有滄洲陳太守，誰爲營葬太平門。"蓋哀之也。朱少文直又有句云："不合時宜癡太守，金錢不愛愛詩人。"則交美之矣。《變雅堂詩》思深力厚，每出一語，初若無奇，反覆吟誦，精味愈出。蓋胸中有書，筆下無塵故也。(《抱節軒類記》)

彭心锦云[①]："杜先生本名詔先，舉崇禎己卯副榜，壬午試北闈不利。福藩擁立，考試七省貢士，乃慨然南下，見馬、阮用事，時政不綱，遂絶意仕進。易名濬，號茶村，僑居江寧北城。康熙丁卯冬，余過白門，執贄往謁。值先生客維揚，不得晤，惆悵久之。是時，先生年已七十六七，篤老矣。"未知後此得接其杖履否。(《雲望堂集》)

又云："茶村五言氣韻沈鬱，得二謝神髓。五律渾灝精深，雅有不屑依傍唐人之意，尤自成家。唯七絶稍乏蘊蓄妙諦，然思穎筆峭、令人解頤處，亦非淺根薄植所能仿佛。"(同上)

沈歸愚云：茶村詩，長篇頗近頹唐。《又聞燈船鼓吹歌》以此得名，其實頹唐之尤也。兹録其整頓有骨格者。(《明詩别裁》)

黄传祖云[②]：余詩文密契，首推于皇。武林寓中，晤陳郊僊，云："于皇邇來爲詩，一歲專事一體。"(《扶輪廣集》)

鄧漢儀云[③]：都是尋常眼面前語，他人却尋思不到，經茶村手，便覺風趣洋溢，其才高，其筆妙也。(《國朝詩觀》)

金壇張公亮云：于皇詩一若幽以深，一若壯以麗，一若内無所不窺，而外無所不際。蓋定乎性情，而饒乎分力者也。(《張公亮集》)

薛諧孟云：于皇才若春華，鋒可截兕。拈余友范仲闇社題，一一

① 人名據《晚晴簃詩彙》補。

②③ 人名据《明詩紀事》補。

傳以新意，寫其韻，有《哀江頭》《陳濤斜》之志焉。（《薛諧孟集》）

范仲闇云：余友于皇氏所製同文千題，崇尚風格則阮籍、子昂，譚説事情則文昌、王建，而出之秀藴，納以精華，調御古人，爲才實勝，故能韻空七澤，柱砥九江。（《范仲闇集》）

姜如須垓云：觀于皇詩，固極天下之奇，而正自寓，乃詩家之真聲、騷人之逸響，將令人手胝足沐而不能釋。（《姜如須集》）

鄭肯崖先慶云：杜子生平之所抱悉於詩若文攄之，學必徵夫原本，論必首夫忠孝，文也而行實著焉。（《書帶草堂集》）

盧雅雨《漁洋感舊集》小傳案：茶村與周櫟園諸名士，觀燈舫於秦淮。櫟園出百金置席上爲采，賭鼓吹詞。茶村遽起攫之，曰："鮑叔知我貧也。"就吟席上振筆直書，立成長歌一百七十四句，一座爲之傾倒。晚年貧益甚，往來淮揚間，客死金陵。陳滄洲鵬年作守，乃葬之於太平門之麓。生平論詩極嚴，於時人多所詆訶。有富於財者，重價購其集而焚之。鄉人某搜得其遺稿行世，即《變雅堂集》，蓋不及十之三云。

張竹樵清標云：杜茶村以《燈船鼓吹歌》得名。雅雨山人謂：同周櫟園諸公觀燈秦淮，櫟園出百金賭鼓吹詞，茶村遽起攫之，就吟席振筆直書，立成長歌一百七十四句，一座盡傾。沈歸愚則謂：龔合肥尚書續《燈船》之勝，令客賦詩，茶村歌擅場，合肥夫人以百金贈之。兩論不一。予意尚書續《燈船鼓吹》，櫟園出金賭詩，而茶村詩壓卷，合肥夫人贈金，此自一時事。而沈詆是歌爲頹唐，則大不然。行文尚體要，氣格聲調次之。茶村掃去依傍，一燈船瑣事，而衡其盛，則推原江陵之當國；考其衰，則歸咎馬、阮之秉政。一篇中于理亂興亡三致意焉，能使讀者痛癢無端，久之欷歔太息而不自禁，是謂能見其大。若但講格律聲調，則當時名士優爲之，要不足以下銅仙之淚，脱纏臂之金也。予嘗題其《燈船歌》後云："煞尾聲傳感逝波，南朝往事已銷磨。

蒼涼一掬興衰淚，迸入漸漸麥秀歌。”“河山半壁滿斜陽，一載南都事可傷。地老天荒杜陵叟，新詞大好繼連昌。”“何處聞歌不可憐，秦淮絲竹委荒煙。傷心寄語阮司馬，慚愧《春燈》《燕子箋》。”“麗句新詞不可删，當年一字重千鐶。酒酣唱徹江關賦，便是江南庾子山。”“彩筆吟成氣若雷，百金直與潑芳醅。白頭流落鍾山下，只有紅妝解愛才。”“半生繭足老雲嵐，十里清淮路未諳。吟罷新詩燈影白，今宵有夢到江南。”按：合肥夫人，眉樓顧眉生也，見《板橋雜記》。（《楚天樵話》）

又云：黄岡杜茶村濬咏蘇長公詩，龔合肥賞之，以爲説盡東坡一生，真不可及。漁洋則引宋人“子瞻謫嶺南”四語，以爲二作殆不易軒輊。渠只見得兩作末句相似，故並舉似之。其實宋人如何及得茶村，且姑論其首二句：“子瞻謫嶺南，時宰欲殺之。”專舉遷謫一事，氣象已自萎薾。茶村則推原鍾毓之，自以爲名山大澤中有此異人，意象高渾，已函得下二句意在，勝得宋人一籌矣。下二語則宋人不能逮遠甚，宋詩“飽吃飯”“細和詩”只説得委心任運一節，茶村則云：“早讀范滂傳，晚和淵明詩。”見得東坡幼時立志已自卓犖，一生氣節勳名從此做出，末爲群小所中，流離遷逐，將以晚節師法淵明，此中大有樂天知命之學。且合兩句看來，見得始之爲人原是如此，而後之爲人却又如彼，説得東坡如神龍行空，首見尾滅，使人有歎想不盡之情，端毅所謂説盡一生，真不可及也。宋人何曾夢見來？（同上）

又云：國初名士贈茶村詩者夥矣。武陵胡孝緒云：“狂傲全其真，俯仰存其誤。”陽羨陳其年云：“浮雲雙皂帽，落日一新亭。”湘潭黄九煙云：“去國屈原終婞直，無家李白只佯狂。”太倉吴梅村云：“一氣元音接混茫，想落千山絶飛鳥。”新城王漁洋云：“詩成吟望無人會，寫寄黄岡杜水東。”吴江潘次耕云：“男兒無家復無國，六合飄然一孤客。”此類甚多。然總不及龔芝麓詩“茶村詩是飛仙人，海月江煙共咳唾”、茅止生詩“性靈發樸音，大巧無織詞。漢高一籜冠，六王無威儀”數語之妙。（同上）

鄭樗園云：茶村先生性傲才奇，與世寡諧。間有大力者欲刻其集，而先生岸然不以屑意，故稿多散佚。（《鄭樗園集》）

喻冶存文鼇云：杜于皇流寓白門，龔芝麓宗伯招飲，演項羽故事，扮虞姬者固楚伶。坐客曰："楚人演楚事，先生楚人，請以一語贈之。"遂提筆書絶句云："年少當場秋思深，座中楚客最知音。八千子弟封侯去，惟有虞兮不負心。"語關名教，不得以駡坐少之。(《考田詩話》)

吴郡葉林屋闇曰："予嘗論作詩須直追古人，又不得取肖古人，故難。此意惟杜于皇能之，他人不但不能，恐未信也。"又曰："杜子《和潘某虎丘遊眺作》，古人何曾到此，此詩出，可廢。元四家畫，逸品、神品盡在個中。"又曰："從來作虎丘詩者，無一似虎丘者，此詩出，實江山之幸。"(《葉林屋語》)①

陳道川師晋云："沈確士以《燈船歌》爲頹唐，其實茶村七古純以氣勝，間隨筆性，似乎頹唐。然每篇精神結聚處，如平原曠野，忽開靈境，奇花異鳥，觸目紛來，殊非人間所有。"(《變雅堂詩鈔》評語)

彭棟塘湘懷云：按：歸愚寢食新城，一本韋柳沖澹之旨，故以《燈船歌》爲頹唐。其實《琵琶》《長恨》，初何嘗字字錘錬耶？(《變雅堂詩鈔》評語)

又云：東坡教人讀書，如兵、農、禮、樂，作逐件理會，方得實際。茶村爲詩一歲專事一體，此意正相發明，學者宜取爲法。(同上)

又云：先生嘗自論其詩曰："斯道猶水也，水莫大於江海。惟子美沛然湛然，獨能挹注於江海。今吾好子美之詩，譬如得路程地志，亦將按其理道以往趨於江海而已。"玩此，知先生専致於工部者深也。(同上)

鄭荔鄉方坤《變雅堂詩鈔小傳》：杜濬，字于皇，號茶村，黄岡人。少時爲諸生，有名庠序間。以明經貢入太學，與余澹心、白仲調齊名。南雍角藝，兩司成品題甲乙，無出三人右者。一時有余、杜、白之目，"魚肚白"乃金陵市語，染坊中名色也。未四十，流離世故，謝絶場屋，

---

① 書名據汪氏本補。

棄舉子業不事，僑寓白下，繼遼海柴桑之躅，終其身如一日焉。茶村峻厲廉隅，志氣豪上，傲睨一世。當前明崇禎之季，公安、竟陵之説簧鼓天下，白葦黄茅，從風而靡。茶村獨以少陵爲師。喧啾百鳥，孤鳳獨鳴，遇意所不可及論詩文有不合者，輒攘臂與争，即權貴人不少假。家故奇貧，坐是益落魄，尤悔庵所云"杜陵布衣踞詞壇，白首罵座傖與蠻"者，著其事也。然名在天下，每一詩出，遠近争傳誦之。吴梅村嘗語人："吾於五言近體，自得杜于皇《金焦集》而一變，然猶以爲未逮若人也。"朱竹垞録其詩而惜其阨窮以死，引孟貞曜"好詩多抱山"之言，不勝歎息。曹秋岳則謂："論詩於今日布衣之士，吾必以杜于皇爲巨擘焉。"王阮亭最愛其《送人入蜀》"古意淮南葉，他鄉劍外州"之句，以爲不滅古作。賢哲品題語皆稱實。昔孔道輔每與人言："吾豈姓張姓李者耶？茶村固非姓張姓李者，其學杜詩無疑也。"茶村素與三原孫豹人友善。康熙己未，孫被薦入都。茶村作書尼其行，孫得書慚恚。彌月，既逼於朝命，不得辭，應試不終幅而出。今取其書讀之，義存諷刺，意歸忠厚。美疢不如惡石，君子以是貴直諒之友也。（《國朝詩鈔小傳》）

錢林《文獻徵存録》：杜濬，字于皇，號茶村。初名詔先，黄岡人。明副榜貢生，有《變雅堂集》。性傲慢，不求友。王山長常以讓于皇。于皇曰："某豈敢如此！只是一味好閑無用，但得一覺好睡，縱有司馬遷、韓愈在隔舍亦不及相訪。"王于一嘗問窮愁何似？答曰："往日之窮以不舉火爲奇，近日之窮以舉火爲奇。"于一笑曰："君言抑何儁也。"王漁洋《詩話》曰："茶村僑居金陵，貧甚，屢客廣陵。甲辰人日大雪，時鎖印無事，因造訪之，清言竟日。乙巳七夕，予北上京師，諸人祖於禪智寺，即席賦五言。茶村有句云：'記逢人日雪，造我吟窮愁'，謂此也。又茶村咏蘇子瞻云：'堂堂復堂堂，子瞻出娥眉。幼讀范滂傳，晚和淵明詩。'龔端毅每誦之，以爲二十字説盡坡公一生。"茶村與周櫟園諸名士觀燈船於秦淮，櫟園出百金置席上爲采，賭鼓吹詞。茶村遽起攫之，云："鮑叔知我貧也。"就吟席振筆直書，立成長韻一百七十四句，一座爲之傾倒。晚年貧益甚，往來維揚間，客死金陵。陳滄洲鵬年作守，乃葬之於太平門之麓。生平論詩極嚴，於時人多所詆詗，有富者重價購其集焚之，鄉人某搜得其遺稿，刊以行世，即《變雅堂集》，蓋不及十之三云。其詩有《雨後集含露堂言别》云："桐柘交陰遍，蕭然雨後秋。過從含别緒，言笑隔時流。古意淮南葉，他鄉劍外州。十年對知己，今日更淹留。"又《聽軫石琴》云："江雲飛不盡，流水上空堂。寂歷人誰在，飀飀曲自長。哀猿吟雪嶺，匹馬吊沙場。此意吾能識，憑君鼓數行。"又《聞友談水東之勝》云："魚愛深池鳥愛叢，君談句句合幽踪。憑將骨與青山誓，老號詩人杜水東。"又："江路逢秋雨，客衣增暮寒。北風今夜急，吹月已成霜。"皆不減古人。弟紹凱字蒼略，亦能詩。

李欽之祖陶《變雅堂文録引》：茶村先生爲前明遺老，入本朝，流寓金陵，堅持高節，當戊午鴻博之舉，關中孫豹人亦出而應召，先生作書規之，謂："不可爲兩截人，何以能不爲兩截？曰：'忍癢。'何以忍養？曰：'思痛。'"擬之明初，殆楊鐵崖之流，非他處士忽龍忽蛇者之可比也。其文借題發揮，總以寄其故國舊君之痛，有若高漸離擊築、荆卿和而歌者，故以"變雅"名堂，即以名集。然而，哀怨之中自成節奏，洋洋洒洒仍是雅音。與促節么弦，如鵑啼，如蛩咽，甚至駡譏笑侮徒成傖父面目者迥别。故不獨五言律推爲大家，即古文亦不徒小樣矣。(《國朝文録》)

王菊門德新《紀茶村入夢事》云：往予爲黄人士作《茶村先生祠記》，遠想慨然，殊有曠世相感之意。及諸君寄示憑吊諸詩，獨深契武昌王孝鳳《夢茶村先生》，而繫以"三綱將委地，此老獨扶天"之句。未幾，孝鳳萬里省親，克敦内行，益歎忠孝性成，人其符契也。如是家居多暇，客有談吾硯友秦訥夫撤瑟事，則尤掩卷三歎，而知茶村先生之示夢非偶也。訥夫爲邑耆儒，南遊金陵。予嘗作詩送之，頗聞其携奇茶澆茶村墓，因想見其爲人，徘徊而不忍去。予素習訥夫與時俗落落寡合，閉户著書，三《禮》皆有注釋。當日鐙氈舊好學著曲臺者，在訥夫不忝黄直卿，在予實宜仿揚信齊也。憶予庚午鄉舉，肩輿往拜，訥夫拒不見。翼日，徒步訪之。雞黍之具，作竟日談，迹其耿介拔俗之高風，殆與廣漢蘇翁等近。又聞漢邑夏君斗南夢茶村約訥夫復爲蘇杭之遊，寤而寄聲訥夫，如欲赴約者，閲書甫畢而終。是豈淳甫之生，前身高密；文山之没，再世道鄰耶？抑豈數十年前之澆墓，因茗惠而久要不忘耶？否則茶村業習禮經，見茶村《送沈彤庵詩序》。與訥夫有針芥之合耶？又或茶村氣凌顯貴，與訥夫有聲氣之同耶？予愧於茶村先生無能爲役，而又慮訥夫之操行卓卓，不傳於世，爰紀其梗概於《變雅堂評記》之後，以爲聞茶村之風而神交於夢寐者，忠孝之心徵於孝鳳，道義之守著於訥夫，曠世相感之説，古之人不予欺也。(《葆醕堂文集》)

李次青元度云：茶村先生在金陵，與方君仲舒善。仲舒，望溪先生父也。金陵爲冠蓋輻輳之衝，諸公貴人求詩名者踵至，先生多謝絶。錢牧齋嘗造訪，至閉門不與通。先生詩最富，世所傳不及十一，手定者四十七册。吴梅村嘗云："吾五言律得茶村《焦山詩》而始進。"閻百詩於時賢多所訾謷，獨許先生五律，稱爲詩聖。(《先正事略》)

丁心海宿章云：吴梅村一代鉅手，猶曰："吾自見茶村《金焦》諸詩，始知爲五律。"其折服如此！茶村亦自云以少陵五古之法用之於五律，故能獨闢境界。然非神明於詩者不能也。五律美不勝録，謹摘其尤佳者。(《湖北詩徵傳略》)

附録一　黄岡陶壎校

變雅堂附録二卷　變雅堂遺集附録二

《些山集》今不傳，獨《楚詩選》《白茅堂》諸集中時見一斑。而湘民、武功詩自茶村時已多放佚，今欲裒輯成編不可得。謹存其遺墨於《變雅堂附録》之後，更益以諸家評記數則。吉光片羽，亦以見前輩風流之懿焉。陶炯照月舸

杜岕詩文九首

《同徐松之登山上人草閣詩》：雨餘山黛豁，携手問郊原。茗色青於樹，花光紅過村。愛僧能種菜，禮佛恰窺園。默坐忘酬對，都歸畫旨論。

《寒食同枕江作》：墓田春草色，花信落梅風。倚檻今朝立，憐君客況同。炊煙微覺冷，酒盞不妨紅。莫作焚林歎，荒蕪舊絳宫。

《贈羅山行僧詩》：一鉢羅山下，千針破衲縫。得龕成古佛，掃地種新松。塔院心頭住，形骸市上逢。看師行烈日，露頂自從容。

《茸城三月同魏憲伾世農作》：今日不宜飲，愁來何所之。草青猶在眼，雲白已多時。懶慢馮驢鋏，空濛虞舜祠。牡丹開又落，不忍酹殘卮。

《獨鶴亭詩》：嵯峨華嶠孤，一徑下雲甸。荒草蔓荆榛，五嶽誰能辨。有鳥從東來，大翮異鄉縣。武功雖尺五，仰視目不眩。圓吭裂層霄，丹頂甚平善。應惜青城遊，見困如句踐。

《甲子八月郎趙客周貞栖讌集宗廣文金陵寓齋分韻詩》：廿年離緒幾回逢，曉起城南酒味醲。望闕有人攀老桂，避塵何處覓長松。邗關雁叫三江水，秋浦猿呼九節筇。舊事半留詞賦在，滿江紅奏不妨重。

《雙柑園詩》:無復遺書似長卿,雙柑久已絶聞鶯。梅花苦竹層層老,留與詩人歎一聲。

《皖江遊草序》:辛亥春日,余與徐子同客雲間。徐子示余《皖江遊草》,未展卷,爲三歎焉。余嘗遊金陵至皖,自采石上遊江始束石益險,常開平戰功在焉。溯而哪哚板子磯,吊侍中之捐軀,惋靖南之遺烈,得毋慨然而賦乎? 若灊南嶽也。漢武射蛟作歌處、宋元設制置屯兵重地,皆不可無詩。電發《雜感》曰:“南朝狎客無人見,腸斷聲聲《燕子箋》。”夫知其興孰若知其亂? 嗟乎,電發之詩,何其風流而藴藉哉! 時康熙辛亥春暮。

《顧子詩鈔序》:有明以來,楚之才子惟顧赤方一人。曾讀其騷賦樂府五言古體五卷。赤方來白門,亟索全稿,僅畀排律、絶句、詩餘數卷,共鈔若干首。繫之曰:楚在春秋無詩。夫子删詩,雖列《汝墳》《江漢》,不以其國名。逮屈宋以騷繼經,稱與日月争光,楚之振于古以此。今代詩才長沙李東陽、武昌吴國倫、黄岡王廷陳最著,皆不能獨振其後。數子益名不稱實,得赤方與左史倚相、子革、屈宋輩,稱數才子矣。赤方挐一舟還楚,予執其手,以“深山雨雪”句爲贈,各相規勸,有古人遺意焉。丁酉十月。(《白茅堂集》)

杜世農詩二首

《從容庵落梅同友人作》:新晴同緩步,蘭若號從容。梅是何年樹,香隨出院鐘。江城吹笛苦,夜雨入春濃。尚可今宵看,吾將茗椀從。

《秋初新安道中詩》:澗水同奔馬,千年石有痕。結茅隨地勢,到嶺近天門。俯視雲如海,遥看雨過村。未須遊五嶽,只此已難言。

杜世捷詩二首

《讌黄天濤杜來閣分韻詩》:玆樓如有約,高坐近秋光。月亦愛良夜,人今當故鄉。酒酣休聽雁,衣冷忽驚霜。暗覺重陽近,登臨興最長。

《友人園病鶴詩》:竭力留春住,招携得晚晴。頻來花有約,偶與鶴相迎。病翮猶能舞，孤懷不肯鳴。臨池還照影，予汝最關情。

志序二首

方望溪《杜蒼略先生墓志》：先生姓杜氏，諱岕，字蒼略，號些山，湖廣黄岡人。明季爲諸生，與兄濬避亂居金陵，即世所稱茶村先生也。二先生行身略同而趣各異。茶村先生峻廉隅，孤特自遂，遇名貴人，必以氣折之，於衆人未嘗接語言，用此叢忌嫉。然名在天下，詩每出，遠近争傳誦之。先生則退然一同於衆人，所著詩歌、古文，雖子弟弗示也。方壯喪妻，遂不復娶。所居室漏且穿，木榻敝帷，數十年未嘗易。室中終歲不掃除。有子教授里巷間，窶艱，每日中不得食，男女啼號。客至，無水漿，意色間無幾微不自適者。間過戚友，坐有盛衣冠者，即默默去之。行於途，嘗避人，不中道與人語，雖兒童厮輿，惟恐有傷也。初余大父與先生善，先君子嗣從遊，苞與百川亦獲侍焉。先生中歲道仆，遂跛，而好遊，非雨雪常獨行，徘徊墟莽間。先君子暨苞兄弟，暇則追隨，尋花蒔，玩景光，藉草而坐，相視而嘻，沖然若有以自得，而忘身世之有係牽也。辛未、壬申間，苞兄弟客遊燕齊，先生悄然不怡。每語先君子曰："吾思二子，亦爲君惜之。"先生生於明萬曆丁巳四月初九日，卒於康熙癸酉七月十九日，年七十有七。後茶村先生凡七年，而得年同，所著《些山集》藏於家。其子茇以某年月日卜葬某鄉某原。來徵詞。銘曰："蔽其光，中不息也。虚而委蛇，與時適也。古之人與，此其的也。"(《望溪文集》)

顧黄公《斷雁吟序》：老友杜于皇，才情妙天下，初不知其有令子也。甲辰冬，始識其長君湘民。與論古今人品詩格，瞭然不疑，問所爲詩，出《斷雁吟》十八首，哭其弟柏梁作也。渢然如飄風，如奏枯桐破築，如聽泉三峽，如荒雞遠號，如桓山之禽流沫折翅，逐子之猿三擲三躍。始讀而悲，繼之唏嘘於邑，不知其所致也。湘民言其弟穎悟善詩，十數歲即有"雨闌多向夜，秋氣晚歸燈"之句。又"聽蟲入幾層，天净雁微痕"，皆近日景陵集中佳語。弱冠喪母，嘔血斗許，展轉牀榻苦吟，有云"風前黄葉夏能飛"，果以夏月卒。以余觀柏梁詩，慧則慧矣，焉得壽？湘民哭之，目欲眢，可謂至性過人矣。夫文章者，性情之至也。性情之至，能使薄者厚，惏者廉，奸臣逆子油然忠孝之心生。舍是皆落稃墜蕊，朝華暮菸，不足道也矣。湘民性孝友，岸然貧約，多膂力，驆騎八尺騋，弓六七石，左右彀，決拾審固，旋搯磬控，盡其妙，而以之爲詩，忠厚惻怛，伉食儁偉如其人。近聞于皇乞米廣陵，號"贖道人"。贖者何？謂向五窮贖妻子，贖已，即長往不來，號不來子。有子如此，可以自贖，老子可以不來矣。（《白茅堂集》）

詩一首

王雪洲追騏《送甥杜湘民南旋詩》：汝歸仍是客，故國仍無情。凉月纔今夕，秋風已半生。相期他日夢，共愛盛時名。别意難持贈，江流不斷聲。（《居俟樓集》）

叢説六則

漁洋《感舊集》小傳：杜紹凱，字蒼略，湖廣黄岡人，濬之弟。

廖元度《楚詩紀》：杜岕，字蒼略，原名紹凱，黄岡人。僑居江陵，與王軫石、王漁洋往來唱和。

錢牧齋《題杜蒼略自評詩文》：不見蒼略，於今五年，遇阨而氣益昌，家貧而學益富，才老心易，趾高視下。宜其所著撰宏肆奡兀，富有日新，一至於此也。蒼略不以余爲老耄，過而問道於瞽，請爲疏淪其脉理，而抉摘其指要，則余固不能也。豈惟余哉！雖古之人亦有所不能。夫詩文之道，萌坼於人心，蟄起於世運，而茁長於學問。三者相值，如燈之有炷有油有火，而焰發焉。今將欲剔其炷，撥其油，吹其火，而推尋其何者爲光，豈理也哉！方其標舉興會，經營將迎[①]，新吾故吾，剥换於行間。心神識神，湧現於句裏，如蜕斯易，如蛾斯術，心了矣，而口或茫然。口了矣，而心猶介爾。于此之時，而欲鏤塵畫影，

① 迎，據錢牧齋《牧齋有學集》卷四十九補，上海古籍出版社 1996 年，第 1595 頁。

尋行數墨，非愚則誣也。柳子之讀《毛穎傳》也，曰："譬如追龍蛇、搏虎豹，欲與之角氣而力有不暇。"蒼略之詩文，赴壑之龍蛇也，當道之虎豹也。顧欲爲之詆訶利病，捃摭失得，蹈龍蛇之頭，而履虎豹之尾。此則柳子之所不暇，而余能暇之乎？少陵之詩曰："文章千古事，得失寸心知。"蒼略之於詩文，既已自爲評定，則所謂千古寸心者，蒼略蓋自知之矣。若其靈心濬發，神者告之，忽然而睡，涣然而興，蒼略固不能自知也，而余固能知之也耶？丙申春正，書于秦淮丁家水閣[①]。（《有學集》）

張竹樵云：杜蒼略岕，茶村弟也。茶村峻厲廉隅，遇豪貴人，必氣折之。蒼略則溷俗和光，木榻敝帷數十年不易，而戚友座中有盛衣冠者，即默默去之，乃所謂介而和者。其伯仲並以大節著名，乃《楚詩選》列茶村於晚明，而蒼略詩則於國朝中位置之，倘所謂自亂其例，多所牴牾耶？漁洋《感舊集》載其《獨鶴亭》一首，氣格殆不減茶村。（《楚天樵話》）

黄岡杜武功世捷，茶村第三子，《咏友人園病鶴》云："病翮猶能舞，孤懷不肯鳴。"第二句寫得病鶴有身分，大有父風。（同上）

吕德芝《書杜和尚事》：靖州天柱縣，邊苗地也。有一徑，方四十里，可達黔中，郵遞甚便。而叢菁荆杞，彌亘山谷，諸苗穴之，以肆剽掠。有行僧杜和尚者，能詩歌，語天下事如指掌，大抵明末高人爲僧者也。武勇絶倫，熟遊其地，欲闢此徑，募積多貲，具鋤斧，傭健夫百餘人，力事斬伐。月餘，成坦道十餘里，諸苗群阻之。杜持鐵杖可五六十觔，獨戰，斃苗三酋，餘皆披靡散。凡三月，竟成康莊。當事者擬旌之，笑却去。遂結庵中途，獨居以護送來往，數年矣。一日晌後，有異僧負裝木械大刀，入庵釋任，呼杜具湯沐，聲甚厲。杜訝之，方事水火，俛首竈前，僧入其厨，睨地有鐵火叉，一足躧之，即一足踏杜頸。

---

① "丙申"兩句，據錢牧齋《牧齋有學集》卷四十九補，上海古籍出版社 1996 年，第 1595 頁。

杜一手起僧，迸擲牆上，額破。僧起，奪火叉，拔木函刀來砍。杜急拾木片，方八寸許，左右格，避應削且盡，因奪門出。僧疾追，走二三里。時黄昏，杜望山走，渡小木橋，因猿挂橋下。僧過橋追之。杜從下曳其足，僧墜沮洳中。杜下，奪其刀，問來故，不應。杜欲殺之，亦不應。固詰之，乃曰："知爾武勇，欲降爾相幹一事。今不諧，殺耳。復何問?"杜歎曰："吾老矣，天下大事，亦久灰心，况他勾當耶！然爾敢忤我，亦有膽識者。"携手歸庵，具湯沐飲食，詰朝别去。杜後語人："吾黄岡人，先人邱墓在黄。今年暮，思歸正首邱。"言之輒歎息泣下，後不知所終。康熙戊子，靖州人遇吾友皮孝廉日升，問杜已歸黄否，皮固不知，因告余以其詳。余聞而異之，因書其事，將訪諸吾邑之杜氏。(《黄州府志》)

附録二　黄岡沈自申校

變雅堂文集附録·杜陵七歌

序曰：七歌各一題，以其为旬朔間先後所作，故輯合成卷謂之《七歌》，非敢上同於子美先生也。癸亥新秋日鍾離杜濬茶星識。

一杯歎

老夫愛酒兼愛杯，生平羅致逾百枚。于闐之玉不可得，駭雞之犀何從來。哥窑定窑談不易，醉紅雞矼走權貴。匠手争誇天寶齋，不貪豈識金銀氣。我所好者衹是宣德、成化、嘉靖、萬曆窑，温潤銷魂可人意。啓、禎年間眼稍恕，不論歲月論款致。譬如清便洮洮美少年，何必求其出上世。説在壬戌之小春，延陵詞傑作主人。一杯宛轉絶可喜，酌酒半兩剛停勻。其下覆手素無文，回青花葉中繽紛。小兒之拳孰大小，只如季雅還三分。老夫量在下中耳，飲此十杯徑醉矣。因向主人乞此杯，欣然首肯情何美。受杯輕籠迮袖裏，准擬明朝獨酌有妙理。誰防此意天已知，旋將一石横路歧。醉歸昏黑誤踏石，一跌非同少壯時。觀者驚嗟老夫坐，老夫未破杯已破。歸來悢悢意不平，邊雪亭中枕書卧。旁人來勸老人著跌非等閑，但不傷殘即可賀。何故翻爲小物愁，達者如斯無乃過。我言君不知我心，我豈不見俗兒酒器直萬金。列橱編識分古今，我嘗鄙之不若禽。我所悲兮英雄不得志，虎嘯鷹揚流水逝。一卮弄酒何負天，亦復扤之教破碎。坐使吟詩作賦興索然，眼見斯文從此廢。吁嗟乎！嘗聞稽叔夜、徐景山，酒杯酒鎗亦已傳。誰之不知矧二子，一杯到手便不堅。又聞舒州杓力士鐺，李白與之同死生。白也愛杯至於此，豈獨老子獨無情。又聞岳忠武，思量痛飲黄龍府。秦檜當前即石頭，一跌灰飛淚千古。所以卞生泣玉不泣足，何況所泣兼非玉。凡今之人誰可告乎谷？聊將餘恨問情人，譬似紅妝入室新。羅襦未解腸先斷,欲續鸞膠詎有因。

片席行

南陽朱季真好奇,攜魚載酒來西枝。西枝,村名。西枝村翁午睡起,摩娑老眼顧而嘻。呼童煮魚自暖酒,添出竹箸連砂卮 。兩家兄弟兼一我,五人相對無差池。始者魚喁繼鯨飲,朱生氣熱余齒冷。張儀舌上李陽拳,此事堪嗟亦堪哂。下酒寧須班固書,飛丸幾碎劉惔枕。忽漫階前伱吽牙,何曾壁上蛇懸影。朱生談此大聲疾呼,惟恐余不聞。誰知感動高天雲,雲頭數點雨灑塵,俄焉滂沛如洗軍。此時朱生欲歸,十里洛澤蓋莫假。欲住貧家無幛多秋蟲,暮天相顧徒紛紜。誰知朱生有奇智,邊雪亭中席蓋地。忽拈一片頂而趨,從後望之似丁字。道旁觀者如堵牆,群驚此是誰家郎。兒童追逐壯夫笑,笑者愈多生愈狂。杜陵老人笑笑者,笑伊所笑全非也。逢萌昔日戴盆歌,世尊蓋頂茅一把。此意料伊那得知,我縱言之不如啞。請伊但照清冷池,請伊但對光明鏡。頭上風光奇復奇,如何不笑無靈性。若有人兮枉我廬,遮頭黃蓋深丈餘。睒睒瞯瞯誰不見,如何曾不聞軒渠。而乃蚩蚩笑片席,顛倒是非迷黑白,旁人錯道蘆中人。昨日今朝同拂逆,蘆中人道不書然。今日唐裝昨宋厄,我今不要樓上美人頭,亦不屑云火攻出下策,但問先生亭上此席復幾何,待我雨中來作客。

蕭生可賀行

城中曉出童子榜,老夫卧穩無思想。關心獨有一蕭生,日高試遣平頭往。平頭所見與我殊,歸來反命何囁嚅。似嫌不得不可説,謬忖吾道同凡愚。不知得之第小喜,明年館穀必豐矣。不得非徒不足憂,擺落瓦石存琳球。蕭生文賦才俱健,蕭生孝友德俱優。在昔家聲盛幽薊,不辱漢朝丞相系。乃祖錚錚鐵脊梁,伯闇先生真砥礪。人日尋梅顧子家,酒酣淚墮聞悲笳,嶺南師兄祖心大師亦激烈,是日感動天雨花。是暮大雪。以此貽謀貧復貧,飢驅逐隊暗傷神。天下何曾有考較,腸中不是無車輪。只今報罷生豈嗔,刮磨灑濯一番新。不失其身好將母,無忝爾祖方爲人。東海蕭生且安坐,隴西都尉門前過。聾俗蚩蚩賀滿街，惟有蕭生真可賀。

謝夢行與吴公

周官六夢難具陳，樂生談夢必有因。豈知無因亦有夢，延陵夢我西入秦。白頭結束不知老，一時人馬同精神。歲干懸黓支閹茂，大淵獻月天回春。提壺孜孜來備述，使我意氣忽復新。襄陽樊川本一家，源流南北猶通津。北歸輾轉畏鼙鼓，當年子美徙酸辛。今我何幸去堂堂，咸陽無火殊有塵。紛紛原夢説不一，或言秦相余同辰。霸圖晚節繼筦趙，不負平生七十身。我言此説且未是，酒酣起舞歌車鄰。漢官威儀本關内，此夢應在睹其真。題詩謝夢切思報，子卿八十圖麒麟。

醉歌行呈高公

先生逸興名燕吴，園居仿佛仙人都。高臺廣池面勢殊，文窗四啓涼颸俱。茶香直繼陸與盧，其人學富而道腴。張筵列座咸歡娱，胹熊久熟出須臾。旋炰霜鷄烹晨鳧，山毛水錯次第鋪。西海飛鱗不敢逋，秋橙點湯酸且酥。餦餭粔籹那復需，羅列果楱及笋蒲。宋瓷宣窑爲盤盂，既豐且潔疑兵厨。杯中之物天下無，瓊甤玉蕊冰雪膚。烏程桑落方此粗，蘭陵下箸皆其奴。曹公病齒戒弗渝，是日一飲盡一壺。却問收藏展書圖，甲乙可否仍不誣。王郎家住莫愁湖，多才多藝妨工夫。小呷亦復聞歡呼，主人量大可百觚。歡者嘖嘖公揶揄，似言今日脣始濡。杜陵野老老更迂，嗜酒爲補心血枯。况逢絶品容已乎？飲酣説劍嗚伊吾，醉歸頭白無人扶。

讌徐氏水亭談次酌酒與曹公歌

與君到處同杯酒，蓬户朱門無不偶。公執撝謙我任真，陪貳恬然居上首。故人復此特開筵，水榭東君俱好友。楚畹風疏細細香，秦淮潮滿沄沄走。靈芍蘭漿笑啜醨，六禽四膳嘲烹狗。輕絺合座列群賢，裸跣一軀驚老叟。飲酣懷古兼憶昔，朝市有誅恕花柳。風流掌故與誰論，惑溺僁尤常自數。當年比屋貯嬙娥，此日高樓夯糞土。錦囊歌管竟吞聲，長袖舞衣今見肘。非無若輩慕前徽，效顰未覺東施醜。即此升沉盡可知，焉用紛紛多可否。誰談獵士張兔罝，誰誇龍虎甘淵藪。馬肝不食已無味，雞塞多蹊須謹守。惟有糟丘永不騫，惟有匏尊真不朽。何當遥續上元杯，共醉中秋各重九。同公飲自元宵歷端午矣。

衡水梨歌柬謝趙子

異哉此梨佳莫比，不産交河産衡水。淺搯先驚雪水流，深嘗詎數蜂脾美。吾聞哀梨畏蒸食，用違其材物之賊。一片冰心託玉壺，正索解人不可得。

七言古推少陵先生第一，今茶村先生豈可置第二？世有具眼細讀此七歌自知之，無俟贅談也。（汪異三評）

淡處益見其味厚，放處益見其法嚴，激切處益見其閑雅，無窮贊歎如以一毫置於泰山耳。（汪我武評）

黄岡二處士集・變雅堂集附録補録
目録

黄岡二處士集・變雅堂集附録補録　變雅堂集附録一補録 …………………………… 293

黄岡二處士集・變雅堂集附録補録　變雅堂集附録二補録 …………………………… 306

碑記九首 ………………… 315

叢説十二首 ……………… 318

黄岡二處士集·變雅堂集附録補録
變雅堂集附録一補録

按:先生負鼎革時盛譽,聲氣交遊遍東南各行省,故同時人及後人筆札紀述所涉時復見及,諸家刊本已取匯成卷,但有未盡。更爲隨時搜補,合之舊葺,厘爲文、詩二卷,略依前人注李、杜諸家集之序,具列如左。黄岡後學汪燊謹記。

熊賜履《答杜于皇小簡》:兩侍台教,不減十年書也。古人傾蓋握手,不憚出肺肝相示,顧此道棄如土矣。近今以來,僅見先生一人。浣慰浣慰!雨暘不時,自有三公任其責,我輩家居,欲效董生推衍其故保無,令主父偃、吕步舒輩見耶①。請先生無復言災異,可矣。笑笑②。(《經義齋集》)

又:新正來,賤軀常抱痾。十六日,力疾奉訪,適有客,遂不敢入,以病中欲省一番酬酢耳。然其事頗與訪戴相類,斯亦奇矣。吾輩通家骨肉,不時往還,又何必拘格套耶。僕連日尚懶於出,杖屨肯再過我否?池畔梅花照水,正可助先生飲興也。頃問侍童,云昨日爲先生誕辰。果爾,則僕之失禮多矣,謹具壽卮春酒用補祝敬,恕僕不能登堂拜舞,爲我特進一觴。他日有興,尚當撰蕪詞以獻。桐餅如教啖之,大勝紅綾包裹中物也,並謝③。(同上)

又:僕兀兀敗紙中,腸胃都腐,或偶爾拈題步韻,亦嗄嗄口號耳,非敢效捧心泣也!先生閲後,總以之覆醤瓿可矣。聞贈言已成,喜

---

① 吕步舒,《黄岡二處士集·變雅堂集》作"吕步虚",據《清代詩文集彙編》本《經義齋集》改。

② 笑笑,據《清代詩文集彙編》本《經義齋集》補。

③ "頃問"至"並謝",據《清代詩文集彙編》本《經義齋集》補。

甚！鄙人何足挂齒，而大章經醖釀而出，其必有遇我於聲色臭味之外者[①]，僕庶幾其不朽矣！如果脱稿，幸即賜教，如何？小齋荒陋，且亭角風高甚冷，先生既急欲一登，不敢阻興。明午，當掃除以俟。冰厨供脱粟飯，亦不敢具速柬也。瘖雖疥疾，亦足以傷脾，然却無治法，惟加静攝可爾，不宣[②]。（同上）

又：飲巴陵酒，讀少陵詩，耳熱聲高，忘却此身是客矣。且方塘半畝，遂邀先生題咏，將來與碧紺並傳，亦何亭冶之幸耶[③]！敬謝不盡。（同上）

又：接教，先生真人豪也，不幸僅以詩文老。太息！太息！佳集中於前朝將相，首推江陵、江夏，此正與鄙見相合。第二公才氣稍露，非從學問涵養中來，故所建樹雖卓犖不群，若律以古聖賢之道，尚不能無歉。然三代以下，具大手眼如二公者，亦指不數屈矣。而近日史局議論不甚許可，豈猶門户之餘習與？呵呵。（同上）

又：大章老幹扶疏，毫無枝葉，似喬松挺挺霜雪中，不屑與凡葩争豔也。服服。鄙人本不工吟，逢知己，不覺狂興亂發。先生每過許之，豈愛而忘其醜耶？日下尚欲再成數章，以求郢削，適有别項文字之役，只得暫行停止。且恐糠粃滿前，至眯尊目，翻生厭棄耳。如何，如何？世趨日下，人心不古，我輩嗚嗚斗室中，豈知豺虎入市，將擇人而食乎？拙作内有一二語過激，萬萬爲我削去，恐一入蒼鷹眼，便已不妙矣。囑囑。（同上）

又：承惠詩箑，清風頓生懷袖間，不知秋暑之爲厲也。頗聞東遊得意，竊爲先生志喜。接手教，又爽然矣。既興盡，云胡不歸？池中荷葉田田，每夜月浮白，菡萏亭亭可愛，則未嘗不念及故人杜子也。謀生事，仆總是拙，别計之云，今都忘之矣。豈彼時有所激而云然耶？先生一生清况悠然，不解到七十四歲來翻愁餓死也。呵呵。七彙諸書讀之腐爛可厭，若入佳作中，便異香襲人矣。服服。口號和箑頭韻，幸勿令蘇州人見之，又生一番議論也。小疏坊間梓出矣，附寄八

---

① 外，《清代詩文集彙編》本《經義齋集》作"表"。

② "小齋"至"不宣"六十四字，據《清代詩文集彙編》本《經義齋集》補。

③ 沼，《黄岡二處士集·變雅堂集》作"冶"，據《清代詩文集彙編》本《經義齋集》改。

册。諒會晤不遠,不盡欲言[①]。(同上)

又:日來爲應副文章一首,就裏却寓有深意,非徒作也。先生必能鑒之。和詩稍遲,即坐此爾。明日趁天晴,欲往烏龍潭畔,集飲草間,看桃花亂落如雨,先生有此興否?幸示之。(同上)

又:蒲葉青青,榴花照眼,懸知變雅堂中饒有佳句,若僕白水泛菖,意興甚索,待先生提唱,庶幾一續五絲耳。笑笑。微物四色少助刻艾之興,幸先生叱而存之[②]。(同上)

又:大書矯健,亦復生動[③],從壁上觀之,有龍蛇風雨之勢矣。恐禿子見之,爲却走爾。笑呵凍率復。不一。[④](同上)

又:昨聞台駕已東發矣,接教,方知尚未成行也。先生之不輕於出,有如此,可敬!可敬!傭保中難得有十分妥貼人,取其粗可以供驅使而已,即所云高陽酒徒,亦人子也。誠善遇之,未必不得其力,如何?如何?穀日雪而雷,亦載籍以來希覯者。然自是比年以來平常事[⑤],又何怪焉。我輩空抱恤緯憂,甚無謂也。呵呵。日來料理章句事,不復作詩,四首草草步韻[⑥],聊以博笑耳,幸鑒而削之。大詩波瀾獨老,敬謝教。不盡。(同上)

張璨《杜茶村詩鈔序》:彭子念堂與陳子道川輯刻杜茶村先生詩,成八卷以示余,屬弁其簡端。噫!余烏足以叙杜先生?顧二子諈委之意不可以不報,乃手其所編集,端坐而誦之者彌月,用敢宣言以復於二子曰:"先生非詩人也。先生忠孝友弟,自上世以來,人登甲第,家富藏書。先生爲諸生時,即負大略,戰藝舉場,大科名可旦夕致,思出其胸中藴蓄,爲吾君吾相建雍熙而佐治平。丁時數奇,頽然自廢,憂患流離,羈棲轉徙,去其鄉者數十年,以七十老翁作飄蓬泛梗於舊京數百里之間,聞者見者咸指目先生爲詩人,此詩家之論則然,然非

① "謀生事"至"不盡欲言",據《清代詩文集彙編》本《經義齋集》補。
② "笑笑"及其後共十九字,據《清代詩文集彙編》本《經義齋集》補。
③ 亦復生動,據《清代詩文集彙編》本《經義齋集》補。
④ "呵凍率復不一"六字,據《清代詩文集彙編》本《經義齋集》補。
⑤ 比年以來,《清代詩文集彙編》本《經義齋集》作"比來"。
⑥ 四首,《清代詩文集彙編》本《經義齋集》作"四章"。

先生之志也。余嘗綜先生之年以論先生之詩，其三十五歲以前，則政亂民愁，先生爲天寶之杜甫；自是厥後，則時移世易，先生爲義熙之陶潛。余又嘗反覆先生之詩，而竊有見於古與今之際焉。夫古者，讀書之士類有篇章，而今之爲篇章者，或不盡讀書；古之君子類由讀書，而今之讀書者或不盡爲君子。以余所聞見，若先生者，蓋吾楚之讀書君子也。"泉明之言曰："得知千載外，正賴古人書。"子美之言曰："讀書破萬卷，下筆如有神。"夫前古之有陶、杜，此近世詩人所思跂而若不可幾及者，今以先生方駕古人，舍讀書之外，尚有殊塗乎？而先生之人，則又非徒讀書能文章之所可盡。先生以禮義律躬，以文章酬世。如卜肆君平言：依忠孝，薰先生之教而爲良士者，所在多有。先生既自以抱道在躬，不獲設施，聊放情翰墨，酬酢人倫。於是數十年來，自中朝宿老以迄於江湖布褐，凡樹幟風雅、結靷詞場者，靡不以得一當先生爲增重，而先生或泣或歌之懷，觸緒皆是不屑不潔之概，之死靡他。此盖棺定論，孰不曰君子哉其茶村先生乎！余既不工爲詩，而讀書學道之力又遠不逮先生，烏足以叙先生？獨唯自盛壯以來，知嚮往先生，今垂垂老矣，嘗慨先生之詩散逸不多傳，見念堂、道川留心裒集，俾得以寓目，有深幸焉。因嘗取子輿氏頌詩尚友、論世知人之旨，與二子交相勉之，終不敢云叙杜先生詩也。乾隆八年暮春，湘門後學張璨題。(《茶村詩鈔》)

陶梁《變雅堂集序》：壬寅之冬，余持節至黄，省風觀政，士習民氣，恂恂如也。其明年，江無盛漲，歲則大熟，弦誦歌謡之聲達諸巷陌。余顧而樂之，官斯土者，幾幾乎訟庭草生，印床花落矣。今其都人士以杜茶村先生全集求序於余，受而讀之，竊有感焉。夫茶村生平爲人之梗概，爲詩之旨趣，爲文之淵源，詳於本傳，擴於各序，恢于諸家之題咏記跋，至如虞山、新城之品評者又數十百人。余又奚容贊一辭哉！回憶庚申元旦，由吴下冒雪放舟，尋白門諸勝，猶記漁洋老人《詩話》所稱"楚中詩人杜茶村，結廬雞鳴山下"。又味其詩中有"楓林十廟晚蒼蒼"之句，於是乎循北郭而遥，徘徊臺城草樹間，但覺夕陽塔影，廢寺鐘聲，增人悽感，盖至今猶鬱鬱胸次也。初，余奉簡命巡視荆南，方謂可以訪茶村之里居，償余夙願，不知荆南去黄尚遠也。越三載,移節湘南,則去黄爲尤遠。乃甫見洞庭諸山,忽而特調是邦。嘻,異矣!夫黄州,古名郡也。昔賢如韓魏公、王元之、蘇子瞻,爲江山千古生色,心彌喜之。况又茶村生長之地乎!黄人士以其集至,真有先得我心者。然余不多茶村而多茶村之鄉後進,爲能慕先哲、敦風誼於此,其遠且大也。不然,茶村往矣,迄今蓋二百年矣。彼流離窮困之羈魂,安得一旦返諸邱墓之鄉哉!而乃就其故居而祠之,值其生日而祀之,搜其遺稿,裒輯而刊刻之。蘋藻瓣香,僾乎如見,何其盛也!聞斯風者,要皆有所奮發而興起,獨黄人乎哉!然吾固逆知黄之後起者,必將父誡其子,兄勉其弟,志前儒之所志,行前儒之所行,相率而百年,而數百年。窮則型于一鄉,達則型於天下,罔有墜替,如茶村所稱"能與聞於道者",其在斯乎?宜乎民和年豐,而士日蒸蒸也。茶村有知,其含笑九原,不必更爲長歌之泣矣。吾故樂書其簡如此。(同上)

徐躍《孫南溪注釋杜茶村集序》:黄岡孫曉峰奉其尊人南溪先生《注釋茶村集》,來請鑑定於熙叟,熙叟矍然曰:"嘻,而未審予耄荒耶?夫惟鑑然後能定,惟博與密然後能鑑,不博則於典多所脱遺,不密則於義多所棼貿。今余腹已枵,眼已花矣,敢辭。"曉峰再三固請,往復陳説,而其書卷氣、孝敬心即亦流溢於眉睫。熙叟揣其爲名父之子也,既乃言同邑汪彝仲寄聲將梓《茶村集》,而屬熙叟爲之序。熙叟蹶然起,喟然歎曰:"博且密,孰有如彝仲者哉?玉必採於藍田,珠必探於赤水,而何爲獨不然?"第念彝仲既語曉峰索余序,則南溪是書諒已心領之,雖老矣,憚不一披閲,將有不原以耄荒而怪以簡傲者,爰乃手是書,摘取誰昔所略知而尚未至全失於記憶者,稍稍讎校焉而已。信其無漏典,無舛義矣。雖然,予固云爾,聖亦有言,人其捨諸?曉峰歸,更以予言質彝仲,或更有以曾益是書之博,軒豁是書之密者,則是書之傳,將與《茶村集》而並壽矣。道光庚子秋,熙叟徐躍序,時年八十有二。(《變雅堂全集》)

嚴坊《跋杜茶村集》:往余與硯友汪彝仲語及茶村先生之高風亮節,讀其文,誦其詩,未嘗不想見其爲人。道光丁酉,先生之祠既成,彝仲復謀諸同邑諸君子梓其集,凡隻字單辭、零橰孑屑皆將采獲,而其未經評點者，不敢妄參末議。癸卯九日，剞劂竣事，即於祠中祭告，仿盧紫房刻少陵集祭告之禮，並次其韻而繫以詩，兩人區區之心至數十年而始盡。因書其後，以識歲月。（同上）

胡紹鼎《杜茶村先生傳》：杜濬，號茶村，原名詔先，黄岡人，明季己卯副車也。祖若芝，萬曆乙卯舉人，官南充知縣。父祝進，壬子舉人，官國子助教。世有厚德，重於鄉邑。濬少負才氣，欲建功業於世。壬午再乙，遂絶意仕宦，思天下名山水，若豫章之廬阜、新安之黄山、浙東之天台雁蕩，一往遊焉。氣凌顯貴，名壓東南，道義之守，死生不變，而遂老于江南。國朝順治丁亥歲春，濬自金陵泛維揚。太平初定，天下名士適聚秦淮，於是燈船方盛，有富者列貨寶滿舟，榜其門曰："名公能爲詩，先成者願以爲壽。"濬繼至，筆不加乙，爲長歌千餘言，投其稿而去，不問主客爲誰氏也者。去之田間，名愈盛。揚龍友肅冠帶以五十金乞一傳，茅止生非之，曰："細甚，未知文章之難也。"一時争傳。雖不知其文者，皆來趨之，亦如此推重云云。於是濬復避其居曰寓齋，在雞鳴山之右，城之遠僻處也。茅屋數間，梁楝欹腐，牆屋皆傾倚，欲凌人然。人猶有至其室者，則惴惴然，恐其壓己焉。謂杜子何乃居於是？人又争相傳聞，皆謂杜子何乃居於是。而濬方安之，且喜人之不能數至此也。其後數十年，窮愈甚，所守愈固，飢不再食者率以爲常。賣其衣冠，及於書籍，及於瓶罍。且盡，遂及於床，乃徐曰："無所不賣矣。絺帳飄蕭，有離别可憐之色。吾將何以留之哉。"既而，有客自嶺南來，貽以沈水香，或又貽以六安梅花片，而紀伯紫又贈以湖毫一管，皆絶品也。濬列三物，坐其間，皞皞然自誦其所爲詩古文者。其言曰："古之作者以其好學深思，又必經挫折偃蹇，身世牴牾，仕宦蹉跌，至於飢寒困頓拂逆之至，而後有以激發其聰明，鍛鍊其材格，而其根柢在於聞道，乃可傳於後世。"蓋其生平之行事而能爲詩文者以此。又嘗曰："吾欲删訂四十以後所作爲一集，而焚其所不欲存者，是志未逮，愴然老矣。"故所傳真贋不一。濬弟岕，字蒼略，與濬齊名。另有傳。子世捷、世農，家於江南，皆能爲詩文，猶未免於窮。濬去黄四十六年而卒，葬於江南之坌路口。故其後無居於黄者。

論曰：明季之詩古文壞於名士，矜率爲之，遂失其體。濬毅然修復昌黎、廬陵之業，於詩獨推少陵，宜乎名之重矣。而必絶交遊之趨慕，甘心窮餓自守也。讀其生平所作，庶幾見大而能行之遠，其知道也夫。(《變雅堂全集》)

廖元度《補刻于皇詩小傳》：杜濬，字于皇，號茶村，黄岡人。原名紹先，性簡傲，立名譽，嘗謂："文體壞於范陳，詩體壞於元白。"其所著作力挽頽風。崇禎己卯中副車，後隱江南鍾山，名公巨儒不識茶村之面者，自以爲赧。遭時之變，忠孝灌灌，不形於色。所著詩文多有傳之者。(《楚風補》卷三十三)

光緒《黄州府志·隱逸傳》：杜濬，號茶村，黄岡人。原名詔先，猶陶靖節改元亮而稱潛也。性狂簡，氣岸淩公卿，少立令譽。嘗謂："文體壞於范陳，詩體壞於元白。"其所著作，力砥流風。崇禎己卯副車後，隱江南之鍾山。名公巨儒不識茶村之面目者，自以爲赧。時遊吴越山水間，以寄其輕世肆志之意，忠孝灌灌，不形於色。家貧，詩文多未刊。

徐崐《書杜黄岡事》：杜于皇少與劉克猷爲同學友，後杜棄舉子業，專情風雅。劉中殿撰，曾請告還鄉，入武昌界，乘大舫，儀從甚都，舫上樹列標幟，帆檣間有狀元及第牌。所至，兩岸觀者如堵。及泊舟鄂王城，是日大風雪，行人稀少，見對面山頭有一人戴笠披裘，倚樹看雪。劉公審視曰："此必詩人杜于皇也。"急舍舟登岸，造山上視之，果于皇也。大喜，携手至舟對坐，傾暖酒。杜不及京邸一語，所言惟詩古文進境而已。杜草履污泥躐路，談至得意，漸引而前。劉恐其寒，急以錦衣貂裘覆之，相對竟宵，翕然各得也。(徐崐《柳崖外編》)

慶霖《瞻禮杜茶村先生祠記》：《易》之《文言》曰："天地閉，賢人隱。"昌黎論君子之出處，以《蹇》之六二"王臣匪躬"與《蠱》之上九"不事王侯"互參並論，是知所謂隱者，非必如巢、許、沮、溺之流，必平日有足以兼善天下之道，而處乎萬不可爲之時，不得已而儉德避難，獨善其身，此之謂真隱，此之謂大隱。若黄岡杜茶村先生者，其庶幾乎。

先生以文章横行一世，其論詩謂"根柢在於聞道"，所著有《史泣》《史笑》及《頑山》《變雅堂文集》。夏力恕讀其未刻三種，有詩云："野雲流破生前夢，滄海横飛筆下瀾。惆悵楚風淪落盡，把君詩卷一加餐。"其推重如此。生當明季，避亂金陵，築室蔣山之麓，歿葬梅花村。嘗自號"茶星"，有《茶村銘》。村在黄岡縣學之北，先生故居也。舊有飢鳳軒，邑人士於軒之故址建祠祀先生，以道光丁酉冬落成。戊戌春，即先生誕辰，設奠妥靈，復於重九日祀陶靖節，而以先生主之。此固諸君子之韻事，而先生之高風曠節亦可與靖節相得益彰，並傳不朽矣。鄉使先生遭逢明盛，藉手可爲，固當著蹇蹇之節，垂名竹帛，馨香俎豆，以傳於不朽。迺淪落不偶，身去名留，後之君子讀其書，重其道，仰其才，相與表其里居，輝其閭舍，煌煌然馨香俎豆，與古之徵士並傳，所謂不事王侯高尚其事者，賢人之不幸，亦未始非賢人之幸也。余瞻禮先生祠，心竊重之，爰綴數語，以爲之記。时道光歲次己亥嘉平上浣，觀察漢黄德使者襄平慶霖題。(《變雅堂全集》)

《潛邱劄記》云：《變雅堂集》刻原未全，故此二本無卷數。嘗思安得有青蚨十五竿，遠寄三郎武功，屬繕寫，詩第一，次及雜文，并制義亦不遺，作一副本，以流通天壤間。忽忽已十餘年，美志不遂，良可痛惜。曹子桓所致慨於著書者，今則謂鈔書矣。康熙己卯年十月八日也。陳詩《湖北舊聞録》引自注："武功，名世捷。"

李放《皇清書史》：杜濬字逢源，原名紹先，字于皇，號茶村，一號黄民，又號西止。晚年足跛，自號半翁。黄州人。明崇禎十二年副貢，鼎革後隱居金陵。康熙丁卯卒，年七十七。

《木葉厱法書記》云：予藏先生楷書五言楹帖，文曰："捲簾風動葉，疏雨墨花香。"字徑三寸許，骨幹堅蒼，得率更之精。

王葆心《三續漢口叢談》：杜于皇崇禎中兩中副榜。當崇禎十二年中式時，吴梅村正典楚試，故茶村於梅村執弟子禮。嘗見冒辟疆《水繪庵同人集》載梅村《題董姬宛君小像八絶句》，後附茶村作，署有

《和梅村夫子吊宛君十絶》標題，於八首外末復增二絶，則《和梅村題宛君藏扇二絶句》也。而其稱爲夫子，是可證其爲吴氏門人矣。（《漢口叢談》）

又：世稱茶村詩學杜，而杜氏在唐，望於襄陽，周景瞻示余以茶村《題友人象贊》手書拍片，下署"社弟襄陽杜濬贊"，此茶村以唐代郡望自署，非自示爲襄陽人也。然亦足以證其皈心工部之深矣。其友人，茶村目爲畏友，必爲同時以高風亮節素著之人，惜其名氏今不可考耳。（同上）

茶龕藏明張大風畫杜于皇像，孫星衍題：黄岡杜先生本名詔先，舉崇禎己卯副車。壬午試北闈不利，慨然南下。見馬、阮用事，時政不綱，遂絶意仕進，易名濬，字于皇，號茶村。隱於城西，時遊吴越山水間，以寄其輕世肆志之意焉。陽湖孫星衍謹識。按：此紙本，連題跋横二尺八分，直六尺。

陳三立《題杜茶村先生畫像》：像設儼然，誦淵明"高風始在兹"之句，爲之氣肅神凝。按：此像爲周景瞻所藏。

又：楊鍾羲題：茶村先生墓在金陵太平門外梅花村，羲守江寧時，曾爲修葺，並建亭焉。四周種梅桃三百株，春秋官爲致祭，欲爲文紀其事，未及成而辛亥之亂作矣。景瞻仁弟前得先生畫象，近復於海王村得舊本《變雅堂集》，景仰鄉賢，用意甚篤。鄙人俯仰身世，雖未能竊比，然心嚮往之。泚筆記此，暇當作小詩頌之。（同上）

甘鵬雲《杜于皇傳》：杜先生濬，原名詔先，字于皇，黄岡人。祖若芝，舉人，官知縣；父祝進，舉人，官國子助教。世有隱德。濬少慕張江陵之爲人，慨然有用世志。崇禎己卯中副榜，貢入太學，與余澹心、白仲調齊名。南雍角藝，兩司成品題甲乙，無出三人右者，一時有余、杜、白之目。"魚肚白"者，金陵市語染坊中名色也。福藩擁立，考試七布政司貢士，復南下。見馬、阮用事，朝政不綱，遂絶意進取。易名濬，號茶村，僑居金陵，年纔三十餘耳。遭時多故，不得有所試，乃刻意爲詩，然雅不欲以詩人自名也。性嚴冷峻，厲廉隅，孤特自遂，遇名貴人必以氣折之。尤侗所云"杜陵布衣踞詞壇,白首罵座傖與蠻"者,著其事也。晚居雞鳴山之右,城北僻遠處也,益以氣節自勵。貧不克舉火,不以干人。門内爲竹關,午睡及治事,則外鍵之。關外設座,約客至,則坐而待,不得叩關,雖大府至亦然。金陵冠蓋輻輳,求詩名者踵至,多謝絶之。錢謙益嘗造訪,至閉户不與通,於並世人獨重宣城沈眉生、吴中徐昭法、揚州蔣前民。意所不可,未嘗一接語言,世以此嫉之。然名在天下,每一篇出,人争傳誦。吴偉業嘗語人:"吾於五言詩,得于皇《金焦集》而一變,然猶以爲未逮若人也。"朱彝尊録其詩,惜其阨窮以死。曹溶則曰:"論詩於今日布衣之士,吾必以于皇爲巨擘焉。"其爲名流所傾服如此。康熙丙寅,年七十有七矣,渡江訪蔣前民,竟死維揚。故人謀卜兆,子世濟曰:"吾有親,而以葬事辱二三故人,是謂我非人也。"無何,世濟亦卒。長沙陳鵬年爲江寧知府,始瘞之太平門外蔣山北之梅花村。桐城方苞表其阡云:"濬爲復社聞人,以文章名世,而肥遯自甘,終其身如一日,尤爲士論所推。"時居室例徵房銀,十户立一單頭,責催九户之銀,歲輪一人,十年而遍,惟紳士得以優免。有司不知濬者,責以輸銀充役。或欲言於有司免之,濬不可,因書自白云:"每年出房號銀,固窮人所苦,然而事體所争,又有大於此者。若屈己尊人,乞恩求免,又恐失僕三十年来守拙安卑之面目,非計之得也。夫比屋分廛,則納租當差,乃本等事。孟子云:'往役,義也。'先期半載,節口量腹,錙銖積之,预備有道,則亦不知房號銀之苦矣。若夫一鋪十家,輪當單頭,折辱難堪,勞苦誠倍。僕行年六十有一,今年過矣,又十年而一輪,則年已七十一矣。夫以七十一之翁猶能任單頭,奔走里閈,鳴鑼擊鼓,朝呼暮號而催房號,則不第其壽不短,其爲老而不衰,又可知也,豈不甚幸而求免乎?"其生平以義命自安,皆此類也。素與三原孫枝蔚友善。康熙己未,孫被舉鴻博,濬作書尼其行。孫得書慚恚彌月。既迫於朝命,不得辭,應試不終幅而出,語人曰:"吾愧茶村矣。"濬著述至富,手訂凡四十七册,有仇家重價購而焚之,世所傳《變雅堂集》不及十之一二也。依《方望溪文集》、鄭方坤《清詩鈔小傳》、喻文鏊《湖北先賢學行略》、章學誠《湖北通志檢存稿》、鄧顯鶴《增輯楚寶纂》。

述曰:啓、禎之間,公安、竟陵之説遍天下矣。茶村則孤鳳獨鳴,不從風而靡也。嗚乎！文章著述不隨流俗轉者希矣，而志節尤難。方元黄易位之交，其號稱賢士大夫失足半途而莫保晚節者，比比也。茶村獨槁項黄馘，繼遼海柴桑之躅以畢其世，而亮節高風遂如天半朱霞，可望而不可即。牧齋、芝麓、梅村諸公視之愧矣，愧矣。徒令後之論世者富異相衡，而增無窮之感喟也。嗚乎，悲夫！（《楚師儒傳》）

王葆心《爲杜茶村先生重修墓道募貲啓》：吾楚先正杜茶村先生者，晚明節士，有清逸民。因亡國而棄家，甘閉門而槁餓，生依帝里，死傍鍾山。此其遺墓在南京之由也。千秋耆碩，一代斗山。吴山藉以增輝，楚客因而神聳。人往風微之後，徵文考獻尤歧。有謂其墓在梅花村里者，方望溪表阡之文也；有謂其墓在聚寶門外者，沈歸愚選詩之説也；有謂爲在燕子磯麓者，卓爾堪傳遺民之言也。金偉軍《金陵待徵録》云：杜茶村墓，方望溪《墓表》具言在鍾山梅花村，而沈歸愚《國朝别裁集》則云在聚寶門外，毛亦史《詩注》所云也。卓爾堪《明遺民集》則云在燕子磯東麓。茶村客死邗江，非陳滄洲幾不克葬。太平門外遺墓尚存，其墓近程棉莊家祖塋，程氏子孫猶守先訓，爲之祭掃。尋棣華之故宅，知爲十廟牆東。鄧湘皋《沅湘耆舊集》孫麓門良貴《白門紀遊》其二首，有句云：“十廟牆東杜岕家。”自注：“壬午，余行虎踞關外，一漢軍老人李姓曰：‘君音湖廣人。記幼年時，湖廣四强，黄岡杜濬、杜岕，大冶周蓼卹，湘潭黄周星，皆畏他倔强。’此杜岕僦居也。嗣陳太守鵬年來，表四老墓。今碑圮，爲重修者移去。”据此，則陳恪勤不第葬茶村，並杜蒼略、周真棲、黄九煙三人之墓都表之。惜碑已移，今皆不知其處。然則茶村墓之未湮没，未必非程棉莊子孫守護之力也。溯屬纊於稀年，知在邗江客邸。蓋海内文人學士望古希光，關心於先生之存没殯葬者，二百年於兹矣。獨此太平門外坌路口中，萬古魂羈，百身鼎重。馬鬣之封猶在，青烏之卜歸然。典青狐裘，博三十金，用供先生葬費者，海内第一清官湘潭陳恪勤也。《黄州府志·摭聞》引《通志》云：杜濬没於江南，家貧不能葬，蘇州知府陳鵬年解組時，爲典青狐裘，得三十金，付蕲州徐琮營地於坌路口葬之。或口占云：“江南有客杜茶村，文采風流世所尊。不有滄洲陳太守，誰爲營葬太平門。”《湖北通志》謂：“時茶村没已十九年，盧雅雨《感舊集》小傳所謂‘葬之太平門之麓’是也。”卸蘇州幕，歷十九年始營先生葬地者，詩畫無雙高士，蕲州徐顛客也。喻石農《考田詩話》云：蕲州徐琮，字佀蒼，號顛客。歲貢生。工詩畫，精六書之學，著《古文篆韻》五卷。負氣節，好遊覽，陳滄洲客之。畫學小米,參以大癡,染法而魄力沈雄,蒼渾獨勝,世罕知之者。余家有數幅,不出石谷諸人下也。《嘉慶通志》稱其與陳鵬年相友善,故當日以葬事託之也。《小倉山房文集》稱:"滄州入獄時,拳拳茶村未葬。"其風義之篤如此,乃《通志》列侶蒼於藝術何也。於時湖廣四强之壟,都表褟於滄洲;奈何黄岡二杜之墳,僅留貽於變雅?蒼略化無名之骨,真棲斷寒食之魂,九煙隕進士之芳馨。吕晚村《悵悵集》中有《真進士歌爲黄九煙作》。麓門慨碑題之滅没。烏乎!孝陵之樹,夜夜啼烏;棉莊之家,年年麥飯。念百年之難保,羌一柱之獨擎。近七十年有爲之鎸立穹碑者,前江寧守蔣啓勛也。汪梅村《同治上江兩縣志·耆舊傳》:"杜于皇墓在太平門外,今太守蔣啓勛立石表之。"然《重修山陽縣志》謂其卒於揚州,不知何據。按:《金氏待徵録》謂:"茶村客死邗江,非陳滄洲不克葬太平門外。"是没揚州之説亦有據。或徐氏營葬,由揚州舁至太平門外乎?惜蒼略、真棲、九煙三先生之塋,今皆不可考也。更二十年,有爲之謹修繕、禁樵牧、刻石志之者,繼江寧守李廷簫也。黄安李小軒太守表墓石刻今尚屹然。越四十年,有爲之儲款助祭者,後江寧守王毓苹也。光緒中王鹿峰守江寧府,儲錢生息,助祭刊置墓碣,其文已收入《湖北文徵》。鼎革乍經,滄桑屢换,白門再奠乾坤之日,北邙忽傳狐兔之殘。樵牧沓至,牛羊下來。短碣時被夷傷,宰木忽焉向盡。微陽斜照,四野荒凉;斷雲低空,孤村蕭瑟。彼飛卿過客,猶然野哭孔璋;而田横瘞地,尚且奠漿韓愈。矧我先正,埋骨首都。一國詞宗,千秋毅魄。忍叢荆棘,坐委蓬蒿。碩果僅存,牽絲將斷。所望愛鄉時哲,希古英流,酌吴隱之廉泉,散田文之義券。衆擎易舉,清俸同捐。庶幾一抔之土,地勢高華;七尺之碑,天光照耀。風義聞諸四國,古魂含笑九泉。昔者樊漢南表孟浩之墓,近世余太守銘正平之塋,孤山處士共岳冢而争輝,衛霍將軍並茂陵而鼎峙。凡此式墓之美舉,長留挂劍之高風,我鄉哲不讓他人。崇先烈以奬後起,籯金共割,禩世永傳,片石貽芳,藝林同寶。羅田王葆心謹啓。

沈致堅《刻〈變雅堂集〉跋》:《變雅堂詩文集》久無善本,今惟永康胡月樵都轉所編盛行於世,而義例歧舛,編次凌亂,讀者病之。歲癸巳,致堅讀書黄州之竹樓,晤陶君月舸,語及此,謂宜稍加斠正,以廣其傳,月舸則力贊其事。因益謀諸殷君東平、甘君藥樵,爲正其體例,刊其譌誤，厘詩爲十卷，文爲八卷，其附録二卷則仍都轉之舊，而又加益焉。嗚虖！先生之奇節懿行，後之讀者皆當藏弆葆貴，傳之無窮，若遂聽其泛濫凌雜，區區之隱，則未能一日以安。至於鈎甄參定竭蹶補苴，則皆諸君之力，致堅固未敢自以爲功也。光緒甲午秋仲，黄岡後學沈致堅卓吾跋。(《變雅堂遺集》)

汪燊《重印〈變雅堂集〉跋》：自來龐儒碩士，敦蠱上履二之節，逾垣鑿坏，羞應辟召，千百世下聞其風者，足令頑廉懦立，矧復文章彪炳，梯接《史》《漢》，讀其書而如見其人乎？吾黄杜茶村先生，大明朝遺老也，著有《變雅堂集》，先後凡四刻，流傳海宇久矣。特以别風淮雨，殘缺遂多。前清光緒朝歲戊午，同邑沈卓吾、陶月舸、殷東平諸君子，邀同潛江甘藥樵先生，相與訂謬讎訛，期成善本，紙勞墨瘁，載易絺裘，難矣哉！刊刷後，曾不旋踵，四君子聯裾接襼，各各掇科名以去，噫嘻，奇已夫！以四君子素號鄂中知名士，自能致身青雲，奚暇沾沾於施報之迹？而適逢其會，同時通籍遠邇，傳爲佳話，豈不盛哉！在昔袁子才嘗云："護惜文人遺稿，勝於埋胔掩骼。"古之人闡潛發幽，意在斯乎？意在斯乎？溯自鼎革以還，赤眉青犢，恣意搜牢，禍起秦坑，典章廢棄，吁可惜也！而《變雅堂集》刻板尚完好如故，儻亦有六丁神爲之收拾也乎？吾因之有感矣。近今世變孔亟，日下江河，廉耻道喪，學校如戲場，經史東高閣，以視先生之雅誼鴻箸，是猶棘林螢曜，而與夫榑木龍燭也。嗟嗟！西薇東菊，馨逸常留；一角茶村，後先鼎峙。迄今讀先生集中有《却聘修江南通志》四六書一篇，及《今年貧口號二十四首》，可以識其素抱矣。語云："士窮見節義。"如先生者，其庶幾乎？鄭心謝髮，仰企維勞。燊不揣檮昧，竭力捐貲，續印若干部，聊以發思古之情，即以寓維世之意。吾願各學校生徒，案置一部，專精覃思，方軌前哲，俾得珍同鴻寶，行當傳編雞林，起懦箴頑，端恃有此，寧止琱霞鏤月而已哉。民國十年歲辛酉秋九月，黄岡後學汪燊筱舫謹跋。(同上)

附録一終　黄岡汪燊輯

黄岡二處士集·變雅堂集附録補録

變雅堂集附録二補録

熊賜履《集素園别墅同于皇即席賦贈用前韻》:

别業居幽勝,招尋載酒來。歌成郢雪調,句擅柏梁材。野葛横邱隱,晴蘭俯檻開。謝墩餘韻在,對汝重徘徊。

閑遊三畝地,匡坐一床書。知子遺青鎖,猶予陋石渠。翠園高閣迴,雲卧北窗虚。此意憑誰語,相携入草廬。

十年成契闊,邂逅飲春和。頭白疑初識,才疏任放歌。迅帆輕樹杪,遠水接天波。回憶風塵日,期懷竟若何。

古處嗟何及,悠悠咏谷風。孤芳難共賞,逸興喜君同。紅藥階翻爛,青燈夜照空。更殘歸屐晚,猶自戀花叢。(《經義齋集》)

又,《答于皇謝贈天闕茶詩》:

笑我官如酒,多君村亦茶。引杯驅俗障,傾碗浸靈芽。彳亍衣成結,睥睨筆夢花。皋盧原不醉,暢飲即丹霞。

何物雙峰子,能分四月茶。逢人稱某甲,爲我折初芽。碧眼翻桐葉,清池吐葛花。聊將盧氏史,指點問明霞。(同上)

又,《丙寅初度酬于皇贈章依元韻》:

抱膝空亭賦索居,詩瓢冷淡意無餘。衰年久絶春明夢,幼子新傳閑道書。飲罷屠蘇逢圃友,歌殘蘆荻問江漁。即看雙鬢知多少,潦倒燈前愧石渠。

斷草間删仲蔚居,搘頤澄坐卒三餘。愁來淺酌梅花酒,病起常翻柿葉書。芋火淒清同野衲,薄羹冷落憶溪漁。奔波滿眼何須問,檢理殘纓濯後渠。

清溪曲曲抱幽居,草閣參差落照餘。江上幾人銜鐵笛,山中無事讀禽書。風吹白雨偏宜卧,雪打寒潮好業漁。莫怪介生甘石隱,綿田浸灌不須渠。(同上)

又,《答于皇謝酒箋疊韻》:

休哉考亭訓,精粗與表裏。失計在逢時,得力惟求己。

君才似水部,予德愧荆州。交修敦古處,無言國士酬。

俯仰身世間,漠漠何所有。架上有殘書,床頭惟樽酒。

百年猶旦暮,何事諱屬纊。賢達重全歸,狂夫空惆悵。

藏脩與遊息,鞭辟切近裏。行庭不見人,艮背不見己。

先生本志士,聲價重南州。頻辱黄金贈,慚無白璧酬。

邢昉《黄州寄杜于皇》:草岸風淒日漸微,長隄繫艇曉依依。十年紅樹辭鄉去,八月黄州見雁飛。燒罷林廬殘址在,戰餘茅屋幾家歸。翻憐此昔君思我,揚子湖回木葉稀。(《明詩紀事》辛籤)

鄭先慶《和杜于皇登金山塔六首》之一:出世惟天水,超然日月生。諦觀空有眼,低聽下無聲。鳥雀啾何似,魚龍恨故平。獨登諸籟寂,何况落塵情。(同上)

又,《和杜于皇登焦山六首》之二:滉蕩波光湧,孤根鬱鬱深。扶天寧有意,避世若無心。帶雨迷瘗冢,含風渡鶴林。振衣聊一嘯,濯足信長吟。

龍宫深寂寞,鳳吹絶參差。惟有千年火,相傳無盡時。幢幡逃浩劫,棟宇邈新施。笙磬蕭疏意,煙中白鳥知。(同上)

胡統虞《贈杜于皇》:疾走如奔馬,急歇成大悟。豁然生面開,天地一指顧。蹴踏昆盧顛,斷截葛藤樹。此中誠蕭蕭,何妨物來寓。性情同乎人,所貴在能恕。狂傲全其真,俯仰存其誤。咄哉吉士懷,煙水溪山路。(《楚詩紀》卷二)

劉鴻庚《黄人士祠杜茶村先生於其舊居飢鳳軒賦此紀事》:歲寒草木凋霜雪,百尺巖松留勁節。君子懷才遭亂離,韜光抗志名難滅。達哉茶村老布衣,鳳立人寰常苦飢。讀史有時聞泣笑,抱才豈願與時違。干戈滿地戰争鬩,從此明王不入夢。工部辭家避冠氛,賈生去國懷幽慟。金陵山水舊稱雄,築室蔣山作寓公。繞屋梅花三百樹,閉門著述足高風。超超意氣騰雲表，興到狂吟天地小。白雪聲高易感人，誰言孤客知音少。詞人吴下半知名，觴咏花間共結盟。境愈艱難名愈大，浮雲變態視浮生。詩人祇合吟詩老，志士從來甘餓槁。故里有村不得歸，一身之外惟詩草。一身倏忽逝他鄉，朋友情如骨肉傷。檢點遺詩封馬鬣，梅花葬骨骨尤香。墓廬無奈隔吴楚，野祭年來乏雞黍。去日門庭没薜蘿，魂兮縱返空延佇。多情桑梓爲招魂，廟祀重新舊日村。二百年來名藉甚，風流重唱如生存。我來斯里爲民母，潛德闡揚皆職守。傳乘頻翻隱逸看，果然直道人間有。君不見有明之季多詩人，富貴豈无作貳臣。史册譏評人唾罵，祟祠誰與起沉淪。茶村一介居草莽，落落生前歿祀享。自古幽光久必宣，豈惟吟咏重鄉黨。嗟乎！茶村節操青松堅，維持風氣賴名賢。後人效法宜豆籩，首陽薇蕨寒谿泉。(《變雅堂全集》)

徐上鏞《咏杜茶村先生短歌并序[①]》：黄岡杜茶村先生，少負才氣，遭時不偶，流寓金陵，著書以見志，遂終老焉，歿葬於蔣山之側。黄人士慕先生之義，請於前郡守楊君星山，即先生故居建祠崇祀，且咏歌其事，以志勿諼。嗚呼！先生固勝國遺民耳，懷才不試，至於飢寒困之，坎壈終身，亦可謂窮矣。乃流風餘韻，垂二百年，竟以薇蕨幽芬，見欽於桑梓，則先生之落落於生前，而藉藉於身後，以視富貴一時者，其相去何如也。余來守是郡，郡人士乞言於余，余高先生之節，又幸邦之人克表其里之賢也，爰書其略，綴以短歌。

滄然浮雲變莫測[②]，浩蕩乾坤老孤客。文章志節垂光黄，飢鳳千秋有生色。樊川後人茶村翁，少鬱奇氣悲奇窮。縱横遊迹半吴楚，廓然六合横胸中。晚年歸卧蔣山麓，千樹梅花數椽屋。閉門謝絶冠履交，一編自伴梅花讀。落落風塵孰吾偶，合向林泉終自首。一坏鍾阜葬詩人，人與青山同不朽。風流淪落二百年，瓣香梓里欽前賢。近從赤壁訪遺址，崇祠屹立鄰坡仙。我來展拜頻欽仰，變雅遺音誰嗣響。

① 沈氏本在《變雅堂遺集・附録一》中的“詩文一百二首”中收入了這首詩，詩題作“謁杜茶村先生祠詩”，但没有收入詩序。

② 然，《變雅堂遺集・附録一》中的《謁杜茶村先生祠詩》作“海”。

鳳皇墩畔白雲飛，仿佛英靈自來往。吁嗟乎！勝代人文半榛杞，虞山合肥今已矣。茶村當時老布衣，俎豆馨香乃如此。俎豆馨香良有以，百世聞風且興起。(《黄州府志》)

李光庭《聞黄岡杜茶村先生祠落成詩》：一塲春夢去齊安，未闡幽光益愾歎。姓氏馨香誰杜牧，才人遭際半方干。名稱没世何嘗死，文到横行定不刊。今日逢君談故事，門生單開第携其舅氏汪彝仲書至，屬予咏之。欣将隱逸傳重看。

絶世才名與世違，茶村心迹共雲飛。江山斷送斯人去，城郭還期化鶴歸。梓里多情崇廟貌，棣花當日寄芳徽。謂蒼略先生。最憐韓氏書堂圮，春草年年暗夕暉。予欲修復韓魏公書院，以去任未果。(《變雅堂遺集》)

黄嗣東《楚北論詩杜茶村》：蓮房墜粉歎飄零，變雅音凄欲斷魂。畢竟深人無淺語，江煙海月杜茶村。(《魯叟詩存》)

又，《戊申季秋拜杜茶村先生墓歸呈陶些尚書》：燕子歸何處，梅花尚有村。晨登死士壟，夕掃舍人門。已負半山諾，猶叨一飯恩。率真司馬社，淡泊卧龍尊。玉版參禪久，金蓮促話温。廉頗三矢老，楊尉四知存。自顧飛蓬鬢，終歸咬菜根。由來江左地，留滯楚騒魂。(同上)

又，《再疊前韻柬梁節庵乞書杜茶村先生墓碑》：諛墓爲亭事隔秋，雙懸陳榻錯觥籌。節高孤竹飢黎淚，詩續《離騒》變雅愁。憑吊荒墳同繫馬，會經滄海一驚鷗。遺碑何日題黄絹，重拜梅花白下洲。(同上)

鄧琛《書茶村〈變雅堂集〉後》：金陵僻遠地，十廟古城隈。滄海遺民在，風騒獨客哀。飢眠鍾阜雪，魂是蔣山梅。風節誰堪並，桐江一釣臺。(《荻訓堂詩鈔》)

殷雯《吊茶村故里》：喪亂驚心一息存，寒梅如雪伴朝昏。千秋啼笑傳青史，六代煙花黯白門。霜鬢尚餘飢鳳感，麻衣空拜杜鵑魂。枌

榆别有平生憾,長向樽前濺淚痕。(《東坪詩鈔·雪堂集》)

又,《楚北論詩二十首》之一《杜茶村》:變雅吟成詩百篇,少陵詩格本家傳。燈船鼓吹秦淮路,淪落風流二百年。(《東坪詩鈔·入郢集》)

汪春澍《楚北論詩三十首》之一《杜茶村》:浪迹當年依白下,招魂何日返黄岡。飄然六合無家國,變雅遥升子美堂。

夏葆彝《論湖北詩絶句·杜茶村》一首:那知餓死填溝壑,但覺高歌有鬼神。茅屋秋風人不見,傷心何似杜陵人。(《井字山人詩存》)

又,《舊作〈論湖北詩絶句·杜茶村〉》一首:不減光芒萬丈長,才豪氣猛抉天章。時花美女全無用,慷慨悲歌變雅堂。(同上)

周仕駿《論黄州詩絶句》:金陵風月廣陵煙,落託江湖古調彈。比似高懷陶靖節,茶村出處儘同看。杜于皇,黄岡詩人。明鼎革,隐居不仕。所著《變雅堂集》《茶村詩鈔》,世争寶之。(《漱馨草堂詩詞》)

又,《題杜茶村畫像贊》:我觀《變雅集》,元氣何彌侔。力能排天斡九地,精顏毅色誰與儔。江山滿眼舒文藻,奇才不合詩人老。白雲蒼狗遽驚飛,少陵亂雜逢天寶。萬里攀髯志未酬,鼎湖龍去影悠悠。月明千歲遼東鶴,華表歸來已白頭。飄零湖海别無家,煙月揚州駐簿車。死士憑誰吊遺壟,蔣山山北萬梅花。義熙人去風流散,烈胆忠肝誰與見。丹心一片燭紅霓,高士祠堂遺址建。枯木寒鴉夕照紅,我來故里懷清風。眉山笠屐方山帽,遺像空堂千載同。儀容儼雅今猶在,悵望風徽三百載。瓣香親爇拜先生,斜日靈風動精采。(《漱馨草堂文鈔》)

梁鼎芬《題茶村老人畫象四首》:孔雀庵難問,梅花墓已荒。百年空仿佛,一紙尚芬薌。松翠披琴几,茶煙近石牀。風儀真偉岸,不待露文章。

飢鳳誰能兩,冥鴻豈有嗟。飄蕭緯帳損,辛苦祭蔬加。淚泣春江草,愁開戰陣花。迸成傷亂句,不讓少陵家。

龔錢枉知己,馬阮正熏天。流涕曾何及,浮家豈偶然。蟲沙驚滿眼，霜霰變華顛。耆舊深私淑，傳來後輩賢。象爲殷君雯所藏。殷，故有名士也。

先我登焦厂，題詩説獨遊。江山看夕照，天地有閑鷗。木落危存節，波回迴抱愁。須眉極怊悵，吾亦溯風流。按：此爲徐行可鈔稿。

樊增祥《題杜茶村先生畫像》：漢陽學士志鍾陵，又見于皇住石城。燈舫縱歌傳楚浙，黄岡何必減毛甡。

布金吉地護佳城，黄杜交情隔幾生。梅子桃花三百樹，别來一十五清明。光緒之交，余官江藩，黄小魯觀察來游，捐銀三百兩，屬楊子琴太守爲先生修葺塋兆，並種梅桃數百樹焉。

老輩風流接古歡，長松瘦石古衣冠。金風亭長形如鶴，各自高齋挂壁看。余家藏竹垞象。按：此像爲周景瞻所藏。

又，余肇康題：茶村詩聖五言長，博帶峨冠變雅堂。静掩竹關酣睡足，午天一夢到羲皇。閻百詩稱變雅堂五律爲詩聖。

勝國黄岡一遺老，蔣山鬱鬱寄孤骸。孝陵風雨詩魂在，可有梅村與牧齋。（同上）

又，章梫題：南都宫殿草離離，變雅堂前看夕曦。一語動人無應舉，文見集中。過於待訪著明夷。

自道同時愧不如，眉生沈子誒齋徐。弟兄長坐金陵餓，有僕愚忠强解書。

遺像遲歸周景瞻，江山寥落臘風嚴。我今嚼雪饒餘味，北望龍孫大澤潜。（同上）

又，郭曾炘題：熟睡空山計未成，寓公老客石頭城。可憐心事希夷異，曾及康熙見太平。

張風寫象悔翁題，腸斷梁髯墓草萋。横目而今心死盡，君親勢利更休題。（同上）

又，涉江道人宴題：冶春聲價重維揚，元歎潜夫各老蒼。獨向荒宫吊興廢，江南留得杜于皇。

詩於韓孟見高孤，身歷風雲萬變圖。但取一場春睡美，比鄰無暇問髯蘇。（同上）

又，沈曾植題：燈船歌吹承平事，老圃桑麻晚歲心。危坐傷懷復何語，樵青唐港感知音。

西臺哭後更無詩，落木龕前啜茗遲。何處與君尋變雅，水犀入夢夜潮時。

又，左紹佐題：遠心毅色淡風姿，閱盡滄桑又一時。閣部梅花江上嶺，馨香直接蔣侯祠。

旅櫬不歸應有意，孝陵南望草青青。江寧太守相料理，後有子琴前北溟。（同上）

又，鄭孝胥題：世士初心慕采薇，幡然一改却難追。窮愁却躡西山餓，直覺于皇舉火奇。于皇云："近日之窮，以舉火爲奇。"

貧賤驕人傲不妨，居然慢世亦堂堂。茶村老去惟貪睡，那管昌黎與子長。（同上）

又，王乃徵題：碧血江山寒雨舟，茗魂詩魄并千秋。杜來閣下蒼茫感，尚有人間第一流。

非關天地話言窮，人少禽多自昔同。便起于皇千句説，眼中不見鄧扶風。（同上）

又，陳衍題：餓死焉知溝壑填，雞籠山下少炊煙。而今薇蕨無人問，大肉肥魚幾萬錢。吾鄉近日晏客，一頓需四萬錢。

茂之老去復鬘翁，建業吾鄉幾寓公。千頃書堂板橋記，先生家世獨詩窮。

未信食康能爾肥，於是飽飯惠州詩。少陵亦有堂堂象，傅沅叔處本。不似山頭戴笠時。

昔歲香山起白亭，江叔海爲白公修墓，因建白亭。杜陵野叟更飄零。海王村裏初雕本，詞客從君故有靈。

一代詩文極盛年，變風變雅最堪傳。近來我有詩鈔本，多半繁霜板蕩篇。（同上）

又，顧璜題：啓禎詩逸楚黄民，茶村别號黄民。力矯鍾譚異幟新。沅瀣梅村有衣鉢，棘圍太息失斯人。茶村鄉座主吴梅村，以其策語侵樞府，抑置副車。

投老留都歲月閑，蘭成蕭瑟感江關。遺真意態安適軸，不似當年飯顆山。（同上）

又，柯劭忞題：蹈海真同魯仲連，幅巾遺像至今傳。金焦舊日題

詩處，又閱興亡三百年。（同上）

又，陳曾壽題：乾坤納納獨窮處，五字盤空真杜語。三百年來絶楚芳，猶幸披圖展眉宇。學詩入室愧未能，學餓升堂公儻許。（同上）

又，寶熙題：楚國先賢傳，高風嚮往之。餘生白門酒，五字杜陵詩。天遠鴻難弋，時衰鳳自飢。江關暮年思，蕭瑟有誰知。

留滯才何損，窮居氣益振。觀鄙埸文士，舉火笑鄰人。燈舫長淮夢，梅花丙舍春。張朱景遺躅，妙筆爲傳真。張大風寫先生四十小照，孫淵如題識其端。此幀審爲朱野雲筆，即摹大風本也。（同上）

又，朱孝臧題：入座酒龍詩虎，閉門破研殘書。爲問江陵老子，何似臺城餓夫。（同上）

王懋官《咏杜于皇飢鳳軒詩》：飢鳳不啄粟，所食惟琅玕。焉能逐群雞，刺局争一餐。高舉青冥外，往還浮雲端。翹首望不及，凭軒起長歎。（周錫恩《黄州課士録》）

畢自芬《咏杜于皇飢鳳軒詩》：鳳兮生不辰，孤飛江南北。朝棲失梧桐，夜啄鮮竹實。故國多青山，榛莽不可息。遺詩重貞珉，千金購不得。茶村有故里，騷人快遊陟。賢哉楊郡侯，築軒傍村側。鳳去軒猶存，淋漓搨遺墨。（同上）

陳慶萱《咏杜于皇飢鳳軒詩》：詩骨埋鍾阜，書聲聽蔣山。白下老遊客，黄州仍故關。中原鹿已失，鼎湖龍不還。忍飢時一鳴，孤鳳在人間。哀怨譜離騷，變雅不可删。舊軒圮復構，高翮入煙寰。（同上）

帥培寅《咏杜于皇飢鳳軒詩》：俗人長苦飽，志士長苦餓。蕭然梅花村，苦吟僧一箇。九苞玨雲飛，文采照帝座。鼎湖龍上天，造物都顛簸。紫綬並金章，癡想景運佐。黄岡老布衣，日伴寒梅坐。兀兀鬱孤懷，奇氣落咳唾。薇蕨不充腸，肯將俠骨挫。鍾阜好青山，長共高人卧。至今鳳凰墩，百鳥不敢過。（同上）

李林滋《咏杜于皇飢鳳軒詩》：詩人例窮阨，茶村乃過之。暮年棲白下，三旬僅九炊。身死不得葬，少子遠流離。賴有滄洲翁，營壙青山陂。鄉人重高義，故宅葺爲祠。規模仍狹隘，棟宇防傾攲。承祀更無人，阿誰具明粢。生亦常苦飢，没亦常苦飢。憑軒重太息，鳳德今何衰。少陵舊茅屋，屢被秋風吹。至今浣花宴，盛集上巳時。願言告士友，置産盈十畦。以供修除費，以備奠醊資。報恩縱無人，諒有梅花知。（同上）

周錦森《咏杜于皇飢鳳軒詩》：霜風摧竹實，雨雪凋梧枝。鳳兮千仞上，嗟爾來何遲。黄虞日以遠，毛羽日以蹇。東南蔓榛棘，鳴聲變悽惋。阿閣萬里深，飛飛求故林。至今鳳棲處，百鳥多清音。（同上）

張元群《題杜茶村先生〈變雅堂集〉》：採薇人已入山深，剩有靈犀報國心。亂世悲歌能變雅，欲從正始覓知音。

素履麻衣老白門，梅村端合愧茶村。千秋梨棗揚風節，故國何人古道存。

汪逸《讀〈茶村集〉詩》：開卷驚雷電，騰光到眼前。今年貧偶咏，絶代價誰憐。酒罷詩無敵，詩成酒有錢。秦淮佳話在，長句豔燈船。

不見斯人久，佯狂我尚哀。白頭争擊節，紅粉解憐才。奇絶金焦作，混茫天地開。少陵真未死，咫尺可重來。

變雅胡云變，悲哉命已窮。王齊薄孟氏，宗魯夢周公。察察身傷物，喃喃語向空。採薇甘餓死，自分實英雄。

知己盈當路，何人療鳳飢。甘從萍梗泛，耻共鶬鶊飛。異代王中允，齊時龔合肥。終偕杜陵叟，同調不同歸。

蔣山一坏土，人指杜黄岡。讀罷詩千首，思澆酒萬觴。心原同栗里，歌合和柴桑。風雨孝陵近，西陵非故鄉。

花冢茶邱作，教人欲斷魂。榮枯悲世故，性命葆真源。窮到奇能別，貧而樂獨存。一瓢忘陋巷，五柳合當門。（《夢唐集》）

傅向榮《吊茶村故里詩》：滄桑三度吊遺黎，蘚碣摩抄認舊題。兩漢文章薄班范，先生謂："詩壞於元白，文壞詩於班范。"一門風節抗夷齊。

謂些山先生。荒墳骨傲梅花冷,墓在梅花村。浮客心傷杜宇啼。知否河山還故物,招魂夜夜竹樓西。(《齊安記事録》)

趙啓霖《和鶴岑吊茶村故里詩》:高文已足躡昌黎,曠代清風更品題。除却幼安誰與並,自非元亮孰能齊。虬龍矯變何從狎,先生之詩文如此。鳳鳥長飢不肯啼。先主所居額曰飢鳳軒。同是楚囚方痛定,㢕戈心事夕陽西。(《澥園集》)

畢惠康《題合刊〈變雅堂〉〈樂志齋〉兩集》:詩中鍾譚文劉熊,先後有聲馳楚中。明亡更得二遺老,同稱西陵詞壇雄。當時社稷爲墟矣,孑黎落落數君子。蘄州顧起白茅中,蘄水闕遁紅雲裏。不爲時屈杜與汪,風雅賴之存不亡。一軒耐飢鳳憔悴,一齋志樂龍潛藏。新朝羅網高張密,徵車四出搜遺逸。投閣紛紛累盛名,空山何處容吟膝。茶村老卧秣陵秋,煙雨樓臺傍莫愁。一輩朝賢尚交在,幾篇遺箸有人收。漪園遁世知者寡,萬古蒼茫獨自寫。不有崇文賢子孫,誰將骨買千金馬。聯珠合璧兩遺篇,幽得同彰顯益傳。故國光黄鬱湮久,後賢誰更筆如椽。(《斗山稿來》)

碑記九首①

吴青雲《謁茶村先生墓碑》:詩人名濬,更名于皇,黄岡人。崇禎時副榜,著有《變雅堂詩》,事載《王漁洋集》。客死金陵,垂六十餘年,吾楚陳勤恪公鵬年守江寧,爲營葬于太平門外。兵燹後,碑碣無存,拜謁之餘,重題其石曰:"楚北詩人杜茶村之墓。"同治十三年,歲在甲戌,秋八月朔日,江寧府事天門蔣啓勲書丹。

王毓苹《謁逸民杜茶村先生墓並捐祭資碑記》:明末滄桑之際,我黄岡杜茶村先生偕其弟些山先生,棄諸生,遯居金陵,逸軌峻操,卓然

① 《黄岡二處士集·變雅堂集附録二》中《碑記九首》收録了底本中已收録的方苞《杜茶村先生墓表》,故此處只補録八首。

百世。其葬也，桐城方氏望溪爲表其墓，詳書事迹，推見情志，得《春秋》顯微志晦之旨。此文既傳，無可再述。據墓表，先生卒於康熙二十六年丁卯，葬以四十五年丙戌。長沙陳恪勤公守江寧時，實毖其事。先生在時，嘗有"窟室蔣山"之言，恪勤因於此山之北梅花村而卜窆焉。地僻境幽，魂魄所樂也。恪勤勳績光後世，而卓政尤著。於守江寧時，顧勤勤於一死士之壟者，標勵名義，政教所先也。惟封樹無主，魚菽不供，兵燹復經，踵修者罕，荒煙蔓草，燐走螢飛，嗟嗟義士，神其恫乎！光緒庚子，毓苹權兹府篆，揭虔修謁，見其圮廢如此，幽有鬼神，何以妥魄？明有政教，何以表義？非桑梓後學與守斯土者之責而誰責歟？於是出錢二百緡，存典商，取歲息，以爲春秋展祭之費，其司祭則以黄岡之守官於此者，由府札派一人，或缺，則於湖北需次班中酌委以承其乏，並申各憲立案，俾垂永久，無替厥祀。此恪勤未完之義舉，而補以區區者也。夫以先生抱向長逢萌之節，非有冀於天下後世，而一瞑之後，方、陳二公先後爲之營葬表墓，若惟恐不盡心者，此何故哉？忠義之性同也。故達則著爲忠，可以觀政，二公是也；晦則著爲節，可以處變，先生是也。毓苹之區區爲謀墓祭，以寄其慨慕者在此。些山先生方集中亦存表墓之文，而葬地不可考，他日儻訪求得之，使邱壟相望，豈不更慰先生於地下乎？此舉雖小，要不可無文以記之，遂書此以諗來者。光緒十六年庚子冬月，皖南後學貢士元書丹。

王銘震《謁杜茶村先生墓詞并序》：先生黄岡人，著有《變雅堂集》。明季隱居鍾山之梅花村。光緒庚子，先大夫守江寧，爲集資修墓。未幾國變，銘震承先志，復廣募同鄉，置田以祀。本邑紳耆遂於春秋致祭，並結亭於墓之东偏，植梅數十本，以志景慕。

三百餘年，至今日，又逢浩劫。想南部，風流人物，頓成消歇。燕子箋傳名士曲，桃華血染香居箑。有誰知，高隱伴鍾山，真清潔。

文字禍，抑何烈，君國恨，誰能雪？但孤村，獨抱梅華清絶，七謁明陵顧徵士，百年表墓吴司業，更何人，弈世誦清芬，留殘碣。（調寄《滿江紅》）

《可園詩話》載朱培生明經鍾萱《拜墓詩》:百鳥啁啾飢鳳存,梅村應覺愧茶村。冬青伐盡前朝樹,贏得詩人表墓門。

周樹昌《謁墓詩》:矯矯杜茶村,黄岡是鄉土。避亂來金陵,蕭然築環堵。北山薇殊甘,東陵瓜不苦。有時采芽茶,品評如陸羽。有時寄嘯歌,憂傷如杜甫。隱士方仲舒,訂交接步武。降臣錢牧齋,迭訪遭輕侮。垂老遊維揚,斯人忽作古。恪勤守江寧,遷葬梅花塢。彈指二百年,滄桑幾更主。先生墓仍存,馬鬣形可睹。碑碣任摩挲,松楸待種補。巋然留佳城,儼若陪明祖。再拜歎清操,今人誰與伍。

鄧邦達《謁墓詩》:林莽留殘碣,岡巒拱孝陵。斯人得死所,没世永名稱。倒屣皆吾黨,論詩亦上乘。我来離亂後,俯仰涕沾膺。

又詞:兵火餘生,向殘山影裏、問春消息。驀見梅花三五樹,華表森森對立。石磴鋪苔,寒泉薦菊,一瓣心香爇。殘碑讀罷,蟲語草根如泣。　　應念世局滄桑,離宫禾黍,俯仰成今昔。獻策陳詩人幾輩,早共浮雲起滅。望帝魂歸,逋臣羽化,縹渺天無極。孤亭在眼,依舊蔣山横碧。(《調寄壺中天慢》)

劉保元《謁墓詩并小序》:杜茶村先生自葬兹村,代有修葺。光緒庚子,江寧太守王公捐廉集貲,置田供祀。歲甲子,公子捷如復商之濮友松老人,建亭墓前,俾展拜先生墓者,咸得流連憩息之所焉。先生亮節清標,廉頑立懦,聞風興起,百世猶新。丁此世局滄桑,老人雅意經營,規模完善,豈第點綴山林,供騷人韻事已哉!詩以紀之。

世運際淪胥,維持賴人紀。明季有遺賢,黄岡杜公是。避亂来金陵,盟心若止水。昆弟懷抱同,夷齊足相擬。冠蓋息過從,貳臣尤所鄙。竹關長闃寂,枯槁惟自矢。窀穸鍾山陰,孝陵竟密邇。祀事既常供,邱壟輒修理。今復建斯亭,巋然依故址。孤嶺萬梅花,閣部同芳軌。掌故紀南朝,千載輝青史。

右茶村先生墓道間石刻文字凡五,皆清代及近人所勒。其間有但作短碣表之者,最初爲乾隆十一年之石,已殘闕,其可别識者,中爲"杜茶村先生之墓"七大字,右書"乾隆十一年冬十有二月後學桐城方望□",左書"黄岡人諱濬,字于皇,有墓碣,見望溪□”。又有同治甲戌石刻,已見前,其中有“更名于皇”之語,不知于皇乃先生字,非更名也。又有右書“光緒戊子仲夏”一石,中大書“明杜茶村先生之墓”,左之下方署“知江寧府事黄安李廷簫重修”。又有光緒、庚子二石石刻,亦見前。墓前新葺方亭一,爲中華甲子仲夏黄岡王銘震修建。鍥聯亭外,云:“孤嶺梅花同閣部,千年華表伴中山。”又刻詩詞一石於亭内,亦見前。乃同時所爲词序有“隱居梅花村”一语,則以葬地爲居地矣。其時,倡資供拜掃者,亦自銘震,益以募捐收購南京中華門外鐵心橋、安德二圖楊家村熟産都田二十二畝一分,賃佃庸吴正林承耕,歲納稞三十五石三斗五升,委託救生局經理。春秋祭掃,集旅寧鄉人舉行。嗣經南京市政府劉紀文市長收爲府筦,仍按年派員祭掃,旋經桑偕同人於二十四年三月呈請市府專案保此祀産,歲祭毋缺,亦已允行在案矣。特並志以諗来者。乙亥春仲黄岡後學汪桑謹記。

叢説十二首①

按:先生祖孫、父子、兄弟,一門風雅,名重當時,各有著作,惜不多見。謹將湘民、武功剩餘詩各二首及諸家評記數則,存於《變雅堂集》附録之後,以見一斑。即此吉光片羽,存其梗概,有一狐千金之重也。黄岡後學汪桑謹記。

吴偉業《黄州杜退思改號蜕斯,其音近而義别,索詩爲贈》:述志賦秋蟲,孤吟御遠風。掇皮忘我相,换骨失哀翁。畫以通靈妙,詩因入悟空。杜陵更字説,不肯效韓公。(道光汪氏刊本)

卓爾堪《明遺民詩》:余增遠,字日新,山陰人。有《杜退思將歸楚賦送詩》云:春風春水太無情,杜子無家問去程。黄鵠磯頭斜照下,斷腸玉笛武昌城。(《明遺民集》)

冒襄《同人集》載黄岡杜祝進退思《小三吾倡和詩初集序》云:辟疆鶴陰庭序,龍性當時,其同遊述作,亦既譽組鈴和,分手成影。辟疆流視古今来,何啻隆墀聲遠。迺今讀《禮》,壹意思觀察公居處,笑語時不遺所爲伊人之懷。娓娓酬仿,如盤走珠,如潮盪目,如懸轆轆天際注河漢,遂使皮、陸褫席,元、白謝不敏矣。辟疆其猶用觀察先生之

① 從《黄岡二處士集·變雅堂集附録二》中《叢説十二首》中補録汪桑、吴偉業、卓爾堪、冒襄、王一煌各一首。

嗜欲乎？觀察讀書，聲氣動吴楚、燕趙，有心肝之古道人。辟疆今且息影于古書老生，永思于鯉庭龍尾，嘘氣于親采當世之篇什，辟疆善世哉！郝京山云："《春秋》淺而學者求之深，《詩》深而學者求之淺。"以辟疆之孝友之聲氣，而一禀于倡和詩，倡和云乎哉？詩淺乎哉？余過雉皋，聞見辟疆恤里教誨两幼弟，併整齊觀察公著述，余益爲辟疆同遊諸君子重古人之思矣。(《同人集》)

王一煌《代贈葉子山兼訊杜武功子山，井叔子，武功甥。詩》：骨肉天涯遠，相逢道姓名。問年眉目秀，訝老雪霜盈。故國傷文獻，他鄉識舅甥。杜陵人可歎，莫惜一帆輕。

尋詩來楚國，訪友過長沙。帆破一湘水，年輕二月花。美人憐往事，香草泛歸槎。蚤返姑蘇櫂，平安慰外家。(《草古堂焚餘集》)

附録二終　黄岡汪燊輯

黄岡二處士集·變雅堂集補遺　目録

黄岡二處士集·變雅堂集補遺
文集　二十六篇 ……… 323
説　序　跋　書 ……… 323
女羅字説 ……… 323
拙存堂文剩序略 ……… 324
樸巢文選序 ……… 324
樸巢詩選序 ……… 325
水繪庵乙巳上巳修禊詩序 ……… 326
覺世名言序 ……… 326
鳳求凰叙 ……… 327
題阮亭先生如皋上巳同巢民先生令子穀梁青若其年亦史山濤修禊水繪庵即席分體詩跋 ……… 328
題巢民雨登湘中閣眺望同司李王阮亭先生賦詩跋 ……… 328
巢民詩跋 ……… 328
再跋巢民詩 ……… 328
題董宛君手書唐絶 ……… 329
題友人像贊 ……… 329
巢民秋聽圖像贊 ……… 329
答王山長書 ……… 329
與孫豹人書 ……… 330
與蔣前民書 ……… 330
答汪秋澗書 ……… 331
又與汪秋澗書 ……… 331
答卓火傳書 ……… 332
與張虞山書 ……… 332
答友人書 ……… 332
戲答練石林書 ……… 333
又與石林書 ……… 333
與減齋先生書 ……… 333
示兒書 ……… 334

黄岡二處士集·變雅堂集補遺
詩集　五十五首 ……… 335
五言古詩　五首 ……… 335
和阮亭先生惜别詩原韻 ……… 335
静壽篇爲士翁五十雙壽佐觴 ……… 335
和龔芝麓庚寅清秋一日過余寓庵值雨坐静室茶話同辟疆諸子共用王龍標宿陶大公館韻 ……… 336
張居正 ……… 336
山陰王子安訪予臺城和陶辱贈過奬拙文率爾和答

……………………… 336
七言古詩　四首 ……… 336
乙巳五月坐雨湘中閣和巢民歌 ………………… 336
辟疆盟兄暨長嫂蘇夫人四十壽詩 ……………… 337
戰洛南 ……………………… 337
留髡行 ……………………… 338
五言律詩　二十四首 … 338
徐興公寄辟疆樸巢詩索和走筆應教 …………… 338
戊子陽月望日社集三十二芙蓉齋看月即席限韻四首 ……………………… 338
後五日再集三十二芙蓉齋展玩唐宋圖書即席限韻四首 ………………… 339
後三日同諸上人再集芙蓉齋二首 ……………… 339
夏夜即事同梅陌前民 … 339
古杏花村尋友人居 …… 339
冬夜同梅石三飲再彭虞山寓齋 ………………… 339
贈王鐵山中丞二首 …… 340
周貞萋載酒賦春歸四首 ……………………… 340
于一過訪因圃同韓臣前民作 ……………………… 340
哭邢孟貞 ………………… 340
宮詹吴梅村先生有事白門枉駕寓廬贈詩二首 … 340
七言律詩　九首 ……… 341
庚寅孟春雨後過辟疆友雲軒寓園聽奚童管弦度曲時辟疆頓發歸思兼以是園爲友沂舊館故並懷之限韻即席同賦四首 … 341
辟疆同盟水繪園庵余舊遊地也近於其中爲亡友結碧落廬無可師爲之圖繫以詩屬余和之每苦不暇暇即愁耳今春忽得二章一和無可師韻一自拈時又苦繞樹之忙聊命兒子録白紙奉寄兼慰近懷二首 ……………………… 341
過水繪庵長虹畫堤夾鏡桃花數百樹盛開辟疆先生置酒花下玆爲第四巡矣僅得此詩請正 ……… 342
壬寅九日辟疆招同諸子水繪庵分韻 …………… 342
香奩社集 ………………… 342
七言絶句　十二首 …… 342
和梅村夫子吊宛君十絶 ……………………… 342
壬戌初春訪朱林修偶成 ……………………… 343
程孚夏携尊見過同蔣前民黄儀逋劉右文共用凉字 ……………………… 343
詞　一闋 ……………… 344
金長真明府晋秩滿庭芳 ……………………… 344

黄岡二處士集·變雅堂集補遺

變雅堂集補遺一　文集

説序跋書

羅田青垞老人多見茶村先生佚文，往往爲收入《湖北文徵》存之，比聞燊重梓有日，遂悉以見付。燊更取平日在他書所見者若干，一一摭入，厘爲補遺文一卷。沈本初未收先生集外詩，今更取清初諸家纂本所收先生之詩不見於集中者，編爲補遺詩一卷。自燊所求得者外，亦有青垞老人及周君景瞻、徐君行可見示者，一並收入。昔閻潜邱欲得十餘緡錢，付先生哲嗣，盡寫遺詩藏之，正慮浸久亡逸也，而卒不可得。然則今之鈎沈拾遺，亦以稍補潜邱徵君之憾也。乙亥夏仲，後學汪燊謹記。

女羅字説

昔東晋多名士，而桓大司馬之幕下爲尤盛。郗嘉賓不足言，如謝安石、孟萬年皆是也。又有羅含，字君章者，甚見重於時。史稱君章官江陵，嫌廨舍卑隘，特去城三十里，自營别墅，植花藥，此其名士風流，不言可知，故少陵詩云："庾信羅含俱有宅。"其傾慕如此。

友人茂苑蔡孟昭有女，性静慧，嫻教訓，解詩書，長齋通禪理，孟昭奇愛之。年及笄，求納聘者，媒妁塞門巷，孟昭皆不許，而獨以三世之交，道義鄭重，歸東皋冒辟疆氏。辟疆待之，敬愛如賓友，蓋俱可稱名士舉動。而女之名適與羅君章同。余方館辟疆之寒碧堂，辟疆一日載酒請余字之。余謂名含，而字必及芳香與夫舒吐之義，皆近習且俗，不足取。余雅聞蔡君德言容工，俱非凡女，而寧静澹泊，居然名士,殆女中之羅君章也,請即以女羅字之。辟疆大喜,以告孟昭,孟昭亦大喜,復屬余廣羅之義。余以《詩》有女蘿,爰喻婚姻,不但音同,意亦巧合。佛氏標般若波羅密,猶華言智慧登彼岸,又有當於天女之解禪。而古樂府傳:"秦氏有好女,自名爲羅敷。"其言貞潔可慕,女羅洵其流歟！蓋女羅又别號羅敷云。時乙巳六月七日,茶村居士杜濬之説。(《同人集》三)

拙存堂文剩序略

今夫文者,何也？物之情狀也。自六經、四子以至班、馬、唐宋八家,雖正旁原委,不可同日語,然皆能不失物之情狀。情則有神,狀則有采,而文事畢矣。晚近作者,不惟不能得物之情狀,而又重累之。大抵餖飣陳語者無情,譬如家人父子日用相商,而必咀嚼古文奇字,險艱其句,使聽者茫然,致本意全晦,是食古之愚夫也。臆造新奇者無狀,譬如明堂清廟,各有宜言,而必欲言其所不宜言,如圍棋蹴踘、畫眉鬬草之類,以爲高超妙致,大體盡失,是好新之妄人也。舉此二端,而文復奚有？所以然者,彼徒急於流俗之名,墮坑塹而不顧,曾不知文章之道根極身心,必以人爲本,以質爲地,以自然爲宗,以體物不遺爲極致焉。有真意澌滅而可與言文者,故必有真人而後有真文。吾讀嵩少先生諸篇,覺古今治亂、性命友朋、山水之情狀,亦既盡矣。其遒勁精深,時近古作者諸家,然先生真氣孤行,正無意求似之,吾第知真者必能久,能久之謂傳,先生則必傳者也。(光緒《通州直隸州志·藝文》)

樸巢文選序

余既爲辟疆論定藏詩,辟疆復語余曰:"子之論古文也,人訝其嚴,顧余獨喜之。子盍不并定吾文？吾有《樸巢文》上下卷,蓋輯之喪亂之後,亡失之餘,隨見隨録,雖存者無多,吾猶欲子更有去取也。"余諾辟疆。然余是時方客辟疆所,日從辟疆自受月堂前放舟過樸巢,飽閲奇幻,歸至逸園,歷洗鉢池、水繪園,涉霞山,登其後阜,下遊臨流旗亭,聽弦索數弄,然後回船,則夕陽一抹,林水蕩漾無邊際,紫瀾小史吹洞簫佐酒，其韻冷絶而悠長，與水曲折，覺海天茫茫，去此不遠。余心樂之，訂辟疆："余一日留，則一日來此耳。一切筆墨之緣，姑從屏絶，讓于皇與山水綢繆，兹復爲辟疆執役，固心亦所願樂然，得無食山水之言乎?"及覽其篇，則清音奔赴，靈想超忽，固已有山水間意，載讀其諸遊記并省親日記，則一筆一洞壑，一轉一絶境。如月寫花，花有餘態；如風寫香，香有餘情。又覺嚮之山水，反爲不逮。而辟疆未嘗誤我遊也。

嗟乎！世無遊人久矣。自柳宗元死，奇響闃然。至近日諸公，本無静心慧眼，但拾世説一二爛熟口角語，不擇而施，甚者一味詼諧，鄙穢可嘔。而聾俗不學，又從而膾炙之。山水之不辰至此極矣。今辟疆獨一掃魔袜，蓋接脉於柳，而元結、酈道元筆舌，時一佐其迴旋，其遊記之中興乎？余故亟爲遴拔，合他文計之，幾居其什之六七，而辟疆遂欲以之孤行，余亦欣然聽之，以志余之客東皋，始終在山水間也。(《同人集》一)

樸巢詩選序

辟疆以詩名久矣。戊子冬底與余聚邗江，以余論詩有當也，輒盡出其稿，以屬余曰："吾之爲詩也，欲斷自今，以往兹種種者，多余少作，子爲我一選之，必少精，存十之一二足矣。"余唯唯，授其稿，道路携持，恒不去手。然閲歲再周，猶未敢下筆。吾豈負辟疆哉？凡以商略詩文之直與不直，視乎交道之古與不古，而今日之交道何如也？雖吾與辟疆誼隆一拜，世豈無以一拜爲戲者哉。乃今夏與辟疆再聚邗江[①]，而辟疆之催督有加，至譙讓余不能相信其誠見於面目，余然後知辟疆真行古之道者，始爲反鎖僧庵，泚筆放手，去留無所忌，得詩二百有奇。雖未知於世目何如，然以余管窺古人，證之尺幅，則康樂之遊山，曲江之感遇，常、儲之閑適，六代之閨音，所稱妙絶古今者，辟疆奄有之矣。而要皆根極於忠孝篤摯，如水流濕而火就燥，有不容自已者焉。

嗟乎！聲詩之道，天七而人三，畸天懼失之離，畸人懼失之塞，惟

---

① 邗江，据第一句竟改，原文作"刊江"。

天人合而無迹者，始接混茫而追風雅。凡吾選辟疆詩，蓋以是爲程。然非辟疆與余古道相期，則余操此説以遊於世，未見其有當也。然則世之刳心風雅者，其可不講於交道哉。(《同人集》一)

水繪庵乙巳上巳修禊詩序

世儒動謂：古今人不相及，慨今人不古若也。繇今觀之，蘭亭修禊，王逸少首唱，詩不成者五人。三吾修禊，王貽上首唱，試問有一人詩不成者否？無有也，且其詩又皆甚工。王貽上興酣落筆，笑傲滄洲，不必言矣。一時和者，若冒巢民之工力悉敵，邵潛夫之老筆紛披，陳其年之璧合珠聯，毛亦史之雲霞散采，許山濤之山水清音，巢民令子穀梁、青若之筆飛墨舞，觸目琳琅，以視昔日蘭亭所傳，自"大哉造化功，適我無非新"而外殊寥寥者，何如也？誰謂今人不古若耶？矧禊集之外，復有泛月、望雨、夜遊諸倡和，旬日之間，篇什之富，興趣之豪，主賓之美，誠晚近所希睹，而余以後至，皆不及與，所得與者，黯然惜別之篇耳。茶村遭際大抵如此。此又逸少所云"後之覽者，亦將有感於斯文也"。(《同人集》一)

覺世名言序

覺道人山居稽古，得樓之事類凡十有二，其説咸可喜。推而廣之，於勸懲不無助。於是新編《十二樓》，復裒然成書，手以視余，且屬言其端。余披閲一過，喟然歎覺道人之用心，不同於恒人也。蓋自説部逢世，而侏儒牟利，苟以求售，其言猥褻鄙靡，無所不至，爲世道人心之患者無論矣；即或志存扶植，而才不足以達其辭，趣不足以輔其理，塊然幽悶，使觀者思卧而聽者反走，則天地間又安用此無味之腐談哉！今是編以通俗語言鼓吹經傳，以人情啼笑接引頑癡，殆老泉所謂"蘇張無其心，而龍比無其術"者歟？夫妙解連環而要之不詭於大道，即施、羅二子斯秘未睹，況其下者？語云："爲善如登天。"覺道人將以是編偕一世人結歡喜緣，相與携手徐步而登此十二樓也，使人人忽忽忘爲善之難而覺登天之易，厥功偉矣！道人嘗語余云："吾於詩文非不究心，而得志愉快，終不敢以稗史爲末技。"

嗟乎！詩文之名誠美矣！顧今之爲詩文者，豈詩文哉？是曾不若吹篪蹴踘，而可以傲入神之藝乎？吾謂與其以詩文造業，何如以稗史造福；與其以詩文貽笑，何如以稗史名家。昔李伯時，工繪事而好畫馬，曇秀師呵之，使畫大士。今覺道人之稗史，固畫大士者也。吾願從此益爲之不倦，雖四禪天不難到，豈第十二樓哉！（順治刊本《覺世名言》）

凰求鳳敘

生人之大患有三：一曰淫，一曰妒，一曰詐。淫者不顧身，而遑顧名；妒者不容己，而遑容人；詐者不恤死，而遑恤生。吾友笠道人深憂之，以爲此非言語所能入，法拂所能争也，必也以竹版爲鍼砭，以俳優爲直諒，則機圓而用捷矣，其惟傳奇乎？於是《凰求鳳》之書又出焉。

問："何以止淫？"曰："請觀呂哉生。夫今之世無特識，形骸略具，而自以爲宋玉者多矣，挑兮達兮，不自知其醜也，大抵造業耳。倩人安在哉？而哉生者，男子中之夷光也。向之稍示目成，能使世無貞婦，而乃防温柔如暴客，指門限爲死關，卒至感動文星，掇上第之榮，而擁三婦之豔，哉生之志亦得矣。然則哉生非不慕色也，惟知夫非不淫，則亦不可得而好也。其識高耳，則淫與不淫之得失明矣。"

問："何以已妒？"曰："請觀喬氏。夫許仙儔歸心呂郎，代求正室，無他腸也，而喬氏妒心一起，遂生無限之戈矛，其才又非許敵，遭折辱焉。龐涓死於孫臏，喬氏之不死於許，幸耳。曹氏清凈無爲，獨坐而享其成。喬氏之妒，曹氏之資也，則妒與不妒之得失又明矣。"

問："何以息詐？"曰："請觀何媪。當許仙儔之弄喬氏，何異張儀之欺懷王；殷四娘之説呂郎，何異陸賈之啊平、勃？乃好勝者必遇其敵，專利者必喪其本。而何媪木强人也。尋行數墨，規規於媒妁中，不使一智，不畫一策，起而收功集事。朱提之賞，直搤殷四娘之肮而奪之。殷雖梟，無如之何也。則詐與不詐之得失又明矣。且夫三婦始而參差，終歸一致者，何也？豈非因吾起見，都從賞情呂生一人故耶？其賞呂生自不得不各蠲私忿，理勢固然哉！向使東漢諸君子有此，則可無甘陵之禍；北宋諸君子有此，則可無元祐之禍。奈何傾轍覆轍，前後相尋，勇私門而怯公戰，以至於糜爛而不可收拾者，蓋其智

曾不若三婦人耳。此又余所以觀樂而泣也。”(道光汪氏刊本)

題阮亭先生如皋上巳同巢民先生令子穀梁青若其年亦史山濤修禊水繪庵即席分體詩跋

吾於七言古頗竊自負,而獨意忌王阮亭。今讀《上巳十首》,則益有不及之歎矣。或問此詩妙處,余舉成句答之曰:“羅袖動香香不已。”曰:“揮毫落紙如雲煙。”曰:“白雲欲盡難爲容。”曰:“近來海内爲長句,汝與山東李白好也。”問余七言古自負處何在? 余曰:“但覺高歌有鬼神,焉知餓死填溝壑。”如此而已。此詩既經巢民記中品定精詳,余特爲識其大意,并發阮亭一笑云爾。乃余至三吾,獨在修禊之後,以得避此勍敵,亦屬有天幸哉。(《同人集》)

葆心按:阮亭《池北偶談》説本此,而詩句微異。

題巢民雨登湘中閣眺望同司李王阮亭先生賦詩跋

吾鄉絶境以瀟湘爲最,而瀟湘之勝尤在雨中,此閣命名已見真賞。巢民此歌一筆描就,乃以屬和于去國三十年之楚人。讀之泣數行下,此真瀟湘也。杜濬識。(《同人集》)

巢民詩跋

辟疆向作已稱獨詣,第逞巧處微傷其大,使事處少損其真。此編巍巍堂堂,一從少陵入手,象王步而獅子吼,而真巧真博乃在於是,觀者當另着眼矣。(《同人集》)

再跋巢民詩

歸懷百憂,自欺不得。新詩一變至杜,未能逐首細評,然正以不盡爲貴。付梓時如猥存一二,亦仍其不盡之意可耳。濬又頓首於載愁小艇中,爲戊戌十月廿五日。(同上)

題董宛君手書唐絶

閨秀寫書如名士參禪，正以不甚本等，而氣味自然相入，以轉境爲深致，非解人未易知也。然寫梵筴未免福田想，寫經史亦帶學究氣。若夫落筆生姿，到眼會意，莫如唐絶句爲最妙。庚寅新秋，過深翠堂，快談及此，辟疆因出小宛君所書《辟疆選唐絶》一卷見示，可謂先得我心。其書筆筆藏鋒，字字欲舞，陳王所稱"含詞未吐，氣若幽蘭"以贊洛神者，頓使三唐諸男子人人有之，令人妒殺，恨此身之不生開元、大歷間也。此詩辟疆甄摘既精，學士家定當繡梓傳世，然最初親見小宛君寫本者，惟余一人，則後人之妒余，又當如余之妒唐人耳。（《同人集》三）

題友人像贊

昔少陵之密友，有三絶之廣文。夫何暮年草草，上愧其君？兹大賢之後，視富勢如浮雲，棄盤中之苜蓿，嗣汶上之芳芬，此其所以道與之貌鶴立不群。噫！此茶村之畏友，豈猶屑比夫司户與參軍乎？

槃按：此爲周君景瞻影先生手書拍片。所謂畏友者，今不可考。款署"社弟襄陽杜濬贊"。

巢民秋聽圖像贊

此西樵山人詩中畫也，乃洗鉢池上之景中人。方竦聽乎千古，而忽有得於秋響之清真。彼横琴與抱膝，豈繾綣于情塵。蓋所謂秋士善悲、秋女善怨者，不可爲世俗人言也。吾以問諸有巢氏之民。乙巳七月二十一日，湘中同學杜濬敬讃。（《同人集》三）

槃謹按：周雪客《結鄰集》所收茶村先生書札十三通，自《復屈翁山》一書外，餘皆不載《變雅堂集》中，今悉存之。

答王山長書

承教弟傲慢不求友，弟豈敢如此？只是一味好閑無用，但得一覺好睡，縱有司馬遷、韓昌黎在隔舍，亦不及相訪也。此是實語。（賴古

堂《結鄰集》)

與孫豹人書

僕近作寥寥,惟以温經爲日課。蓋嘗竊慨世之黄冠緇流,猶各誦其本教之經,即吾仲尼之徒,亦或持誦彼教之經咒,日限若干遍,且刻苦用心,不使間斷,而吾儒之經反終年不上口,以致聖遠言湮,學無根本,風俗日衰,職此故也。僕因而思之,向使其肯以持誦二氏經咒之工,誦吾儒之經,肯以持誦二氏經咒限課程無間斷之道,孜孜誦吾儒之經,則六籍之文曾不抵一部《華嚴》、一藏内景、一萬大悲咒耳?計可以人人爛熟,縱未必即爲醇儒,其可以免作白丁無疑矣。此其功效較誦彼教之經,豈不尤正大直截,不落荒唐哉?以此自念生平經學,雖涉而不精,作文援引,僅同剽竊,可恥可歎,莫此爲甚。於是不知老至,特於今年六十以後,謹擇開心吉日,呼我密友及兒婿數輩,各治一器一罇,送老人上學,使其隱然監督,不容作輟,立課簡易,用圖久遠,每日温經,不過五葉,正襟朗誦,不過十二遍,餘工酬應治窮事。倘得如此十年之工,則六經可以暗誦,左右逢源,作文不敢遊移,作人不致時樣,禄命家謂僕晚運頗佳,其在是歟?目下先理《書經》,慕伏生之忘年。次及《詩》,又次及《易》《禮》,則寒家世業。《春秋四傳》,曾用心一過,但經文反不熟,此易爲力耳。從此黽勉,雖長在客中,所至無論人家僧舍,必先以此意白知主人,然後展卷,不然,恐其駭笑:"此白頭老翁,尚思應舉也。"大率我輩天分有限,又半耗於詩歌,今始專精經學,庶幾有得,不論早晚也。既以自勖,並以望我同心,雖以足下五經紛綸,無俟重理。然杜詩、《史記》,尚不厭百回讀,况聖人之經哉!高明不以爲迂,則鼓舞老蒙童多矣。一笑。(同上)

與蔣前民書

居恒念足下之貧,而貧與足下等,無以相助,獨有一説,差可以奉廣。嘗記少時,外翁王養所先生語僕云:其先尊君雲澤公,官至宫保尚書,中間歇歷按浙撫淮,仕宦四十年,致政而歸,橐僅千金。及疾革,執其子之手而歎曰:"吾備位大臣,潔己率下,奈何家有千金,吾豈嘗墨哉?”蓋當時前輩修廉隅,矜名節,大概如此。以此推之,仕宦四十年之尚書,以有千金爲愧,則一日未仕之措大,有十金即爲至多矣。足下豈不嘗有十金,或至於數十金乎?又近年姚江劉念臺先生官至少宰總憲,而家私僅勾引一担,人號爲“劉一担”。今足下雖貧,點檢室中,收拾雜碎,豈不猶有十餘担乎?則是足下之富,乃尚書之所甚愧,而總憲之所遠遜爲不如也,奈何尚憂貧哉!

僕此語雖近於戲,然士大夫要不可不聞此風,然後知節操之足重,淡泊之可貴,而世俗之以貨賄相高,惟利是務者,爲去古太遠也。於此時加體認,其爲安貧忍苦,增氣益志,受用無量。其法僕嘗私用之,今始與朋友共耳。肥馬輕裘可敝,此不可敝。珍重珍重。(《同人集》三)

答汪秋澗書

承問云云,可謂高人有不急之務矣。敝鄉有詩而無畫,屈、宋時無論,至子美、浩然兩襄陽,其時畫道盛行,亦不聞楚人能畫者爲誰。至近代二百年中,長沙、下雉、公安、竟陵五先生,以詩迭起,雖論者不一,然固已皆爲詞壇盟主,執牛之耳矣。獨至於畫,無卓然名家者。直至今日,突出兩人,一爲石谿禪師,一爲青溪太史。僕前後見其巨幅長卷,雲峰石迹,迥絶天機,原本古人,師友造化,未嘗不歎爲神品。不知何以不出畫家則已,一出便到恁地?猶之江西理學節義之鄉,素不會詞曲,一會便爲湯臨川,使作者盡出其下,皆天地間怪民也。(《同人集》三)

又與汪秋澗書

僕向謂詩文書畫之壞,至俗氣二字止矣,無以復加矣。今始知有甚於此者,時氣也。或者不以爲然,僕爲譬喻以曉之曰:“時氣之爲物,猶之近日江閩新窑摹仿宣窑、成窑、嘉窑款識,燒出瓷器,非不標緻清雅,而其一種令人厭薄處都自不可解。若是真正舊窑,雖復款識稍俗,亦自可耐,此非時氣又甚於俗氣之一證乎?”雖聖人復起,將不易吾言。眼中翰墨紛紛,惟足下堅守古學,而無時氣。僕故盡情言

之，不足爲外人道。(《同人集》三)

答卓火傳書

手教再四，促《傳經堂詩》，此詩諾足下有年，豈得不作？及見惠示《李果堂碑文》，典則多風，則謂此堂只消此一篇文字便足，其餘概可無作。古人求人詩文，只求一人一篇可傳，不似今人亂捉市傭，無所不有也。然使僕竟自不作，則似此段説話，只是自作遊説，謹勉成二章奉去，其實雖拙作可無，况他人乎？狂言并發一笑。(同上)

與張虞山書

蒙過奬拙作序文多有道之言，不敢當。此文特見其端耳，未盡也。蓋愚見嘗謂男子之能詩賦文章，猶女子之能紡績針紉，只是本等事，無容矜異。其不能者，由未受之於天，於己無與，亦猶女子之拙者，於紡績針紉有所不會，亦由未受之於天，無可奈何，正不必深愧。惟於節操大閑，則無論女巧女拙，皆不得草草也。世人能詩文而自矜，是女子之自矜其紡績針紉也，矜所不當矜也；不能詩文而自愧，是女子之自愧其不能紡績針紉也，愧所不必深愧也。此乃至平之論，無絲毫之矯激，第斯人憒憒相蒙耳。足下知吾言，故并及之。(同上)

答友人書

僕之論學，於朱、陸兩家總無所解，而獨以涑水氏不妄語爲宗。蓋人能不妄語，則行必可言，言必可行，爲躬行實踐之君子矣。至論其功效，則尤爲最大，試爲足下陳之。今夫家庭之有離間，妄語者爲之也，不妄語，則離間絶而家和；朝端之有讒佞，妄語者爲之也，不妄語，則讒佞絶而國治；民間之有訛言，妄語者爲之也，不妄語，則訛言絶而天下安；以至於處朋友，不妄語，則無風波；處鄉黨，不妄語，則無争鬭；作文不妄語，則不至顛倒千古之是非；作詩不妄語，則不至淆亂一時之情事。自古及今，和平之福，休祥之應，未有不由於誠實之君子，而破國喪家亡人，未有不由於妄語之小人者也。至於一種士人，不務修身積學，而專作妄語，用自妝點，其爲醜態，尤慘於破亡，近已有爲之而敗者。然使後生初學輩有所鑒戒，而妄語不至於太甚，則若人未必無功也。蓋僕始者不過遭細人妄語之累有所激，有歎服涑水氏之爲聖人耳，久而方知格致誠正、修齊平治之道，率不外是，則歎服益至，而從事益專焉。但僕之資質庸下，骨力軟弱，爲之覺甚難，兼世道尚僞，如操千金之璧，而行於盜賊之途，兢兢乎惟恐其失也。吾夫子稱忠信篤敬，是邦可行，益贊禹至誠感神，矧兹有苗，豈欺我哉！足下老學，幸不惜鞭策，使益堅所守，是愚心所望也。企切企切！（同上）

戲答練石林書

僕固好爲古文，日與能古文者遊，然而非今之人也。蓋自周、漢、左、馬以迄南宋陳同甫，又新參一歸熙甫而止，鄶以下無譏焉。若來教某君，僕未嘗識其人，子瞻所謂直懶耳，别無説。然頗聞人傳其自滿之狀，殊令人致惜。大抵一時新鋭，風氣如此，不必深論也。獨怪有一老友，大於僕，亦復風氣移人，打入少年場，不窺耆舊傳，妄自菲薄矣。吾文勝昌黎，是何等語也？釋典言：譬如小民，自稱國王，徒取誅戮，爲可憐憫者，何其多歟！僕嘗言："雖有絶代文章，掀天事業，一着色相，便是俗人。何則？道眼不開也。況今人伎倆可知者乎？"然此猶是莊語，僕又有一諧語，可以奉入足下雜著中者。近有一友，爲僕述某公一介不與，却未一介不取，可謂一邊伊尹，蓋舊有此謔也。僕應之曰："今某公無周公之才，使驕且吝，豈非半截周公乎？"聞者莫不絶倒，真是天生絶對，必傳無疑。足下蒐羅編纂多年，今始得此壓卷，笑抃可知也。然從此當與足下動色相誡，毋自入甕，乃可哉。（同上）

又與石林書

貽我《壯悔堂集》，美材哉！然此道之難言，全在丹與汞之分。古人没興，煞是丹；今人得意，煞是汞。吾末如之何也已。（同上）

與減齋先生書

聞先生欲選今人詩一部，不著選者、作者姓名，可以得真詩，又可以免情面於前，息怨争於後。濬初聞而善之，已復思之，仍有未妥者。夫人之好無名之名也，甚於好有名之名也。何則？有姓名而或録或不録，則其録與不録之故，姓名猶冒其半。今不載姓名，而顯惟其詩之存，則是其美惡全在乎詩，美者真美，而惡者真惡，更無躲閃之地。有無以爲榮辱，去取以爲喜怒，吾見其什百倍於有姓名之選，則情面於前而怨争於後者，不益甚乎？况衡鑒出自先生，尤與泛泛者相萬，將見選方經始，而衆已喧傳選者之姓字，抑之而彌著，此尤好名之士所一飯不能忘也。然則先生於當世之詩一無所論定則已，如尚有論定，則遴拔精而人自服，何必不留姓名乎？不留姓名則又不如留姓名矣。愚見如此，惟明察其是否。（同上）

示兒書

讀二典、三謨及《禹貢》之文，何等爾雅風致。至商周之書，《盤庚》五誥，乃更詰曲聱牙。因知《論語》平易，正是吾夫子文章起衰，直接唐虞之統，不但道德巍巍也。知此，并可知真唐宋優於假秦漢矣。（同上）

黄岡二處士集·變雅堂集補遺

變雅堂集補遺二　詩集

五言古詩　五首

和阮亭先生惜别詩原韻

春雨夜來壯，曉天雲簇繁。長風且未息，應留使君軒。再期池上酌，夙好情彌敦。如何聽笳管，忽出東皋門。倉皇走相送，欲飲愁離尊。懸知數日别，亦復傷我魂。吾道今黍谷，知己爲春温。向來幾執手，歎我無田園。生涯復何之，黄河流潺湲。吁嗟檀桓子，實爲苦檗根。每一對琅琊，輒似還襄樊。矧公來按縣，斯民盡攀轅。已見霖雨沛，豈但雲雷屯。三聲淚已枯，哀此腸斷猿。蒲鞭了不施，城郭何由喧。恩波誠廣闊，浩渺通湘沅。賦詩三十篇，大哉仁者言。來書復悃款，把讀風檐昏。願言碧落遊，與爾同飛翻。（《同人集》）

静壽篇爲士翁五十雙壽佐觴

渴驥奔鳴泉，靈虬潜邃壑。静躁性以殊，恪兢道因各。達人覽其會，得失更昭灼。憶在永嘉年，乾坤無依泊。茫茫禹九州，何繇返廖廓。斯人轉難料，晝夜走塵爵。洶洶拳拳中，吾友獨燕若。中閨有同志，相勉甘葵藿。教子守一經，群言佐斟酌。素交時往來，翰墨亦間作。傾資買奇石，顧謂此不惡。對石談俗情，引滿罰不薄。余時客邗江，親見日猶昨。誰知造化心，暗中把玄籥。静者或以榮，躁者或以落。一往十五霜，歲行在作噩。令子才絶倫，安能勿鳴躍。暨公登始滿，齊眉舞雙鶴。嘉慶適逢辰，豈伊臆所度。吾聞之吾師，静者壽如約。名壽恒相因，百年體寂寞。始知夸毗生，狂馳匪勝著。猗歟忠貞

後，淵源自永樂。（同上）

按：詩爲先生手書泥金扇面，藏麻城周景瞻宗澤家。

和龔芝麓庚寅清秋一日過余寓庵值雨坐静室茶話同辟疆諸子共用王龍標宿陶大公館韻

客子異恒情，在遠繫家務。一月住招提，非爲禪喜故。棄絶平生居，熟此他鄉路。晨興盥漱罷，意已事馳騖。出門仰高天，雲重日不露。念我二三友，爲約亦云屢。越陌忽相逢，藹然携手顧。疏客花雨情，因風齊著樹。春陰似無朝，竟日以爲暮。齋厨供蔬果，心迹一時素。翻惭數行字，茫茫墮煙霧。觸事得回向，塵緣即良晤。譚愜無急詞，愁來有緩步。置身今人外，方知古人趣。僧梵共一堂，如何令予慕。東風與故交，由來各有數。（同上）

張居正

世宗執魁柄，戎馬自飈至。中復誅權奸，閣臣苟具位。張公抱沖聖，對越有天地。許身一虀粉，强直以自遂。伊霍固不倫，管商亦殊勢。相門中夜開，披衣晝邊事。（《楚風補》卷三十三）

山陰王子安訪予臺城和陶辱贈過奬拙文率爾和答

柴門學天地，一閉懶復開。卷迹荒城隅，碌碌無奇懷。人己兩難得，寧與時俗乖。遊子務黄金，誰肯顧幽棲。君如摩尼珠，獨照濁水泥。執手一以歎，歎世如齊諧。既學須沱洹，何以濟群迷。文章雖末事，氣運從此回。（乾隆彭氏刻本）

七言古詩　四首

乙巳五月坐雨湘中閣和巢民歌

何處動鄉情，湘中閣前雨。極望猶嫌雨點稀，天涯雙淚潸然補。

此中端不異湘中，湘水湘煙事事同。煙裏一枝疑晚霽，却看乃是榴花紅。榴花自然竹自濕，萬竿盡作湘妃泣。更洗新桐葉漸齊，陰森只許黄鸝入。可憐楚客淡無言，窗外又聞急雨喧。此際思鄉但求似，安得一個啼哀猿。(《同人集》)

辟疆盟兄暨長嫂蘇夫人四十壽詩

交君十載前，盟君十載後。交君復盟君，知君爲君壽。君當八歲賦遠遊，棧道之馬瞿塘舟。會稽禹穴未足比，五丁斧鑿真辛愁。胸中奇秀腕中見，鄴侯賦棋詎多羡。開口驚人咏鳳凰，北海李邕求識面。王維十九君十四，董公老筆爲元晏。當時吾鄙盛文場，最數吴楚暨豫章。君于其間號英絶，人馬辟易陳與張。青紫紛紛何足道，丈夫富貴偏難料。和璞隨珠衹自知，陽春白雪人争笑。怪底文章不動天，觀君作事豈徒然。嘗聞堯夫贈麥文，正喜君之賑荒絶類此。會昌事業豈無孫，觀察功名宜有子。又聞袁安四世有隱德，昔君何夢叩君默。積仁已勝玉兼金，食報應躋槐與棘。如何落落守雞壇，三十承恩懶拜官。丞相府中招不去，將軍幕下致尤難。賈生那得年長少，李廣從來數可歎。況復吟君秦海作，朔雲邊雪交相虐。豺虎風塵咫尺迷，仰視蒼天但寥廓。爲君展轉思，天意不須疑。繇來厚君處，不許外人知。君家門内如蓬閬，堂上仙人坐相向。仙人學佛世間稀，介壽齊眉兩無量。君能承歡率婦子，大婦同行少婦尾。珠琴寶瑟又齊年，嘉慶良辰雙跪啓。掌中愛弟勝於兒，膝下娱親即强仕。插架圖書精且博，樸巢亭館閑而美。雖貧未至乏酒錢，中隱無妨在城市。開函上下數千年，摇筆縱横千萬里。張仲人歸孝友稱，僧虔獨著雍和媺。海内軒車盛狗屠，嚮之不遇今何吁。所應有者君皆有，所應無者君還無。文人才力真强健，俯仰百年猶未半。述作從容正及時，以此持觥爲君勸。勸君一飲三百杯，君言量不勝樽壘。勸君一吸盡一斗，君言無此西江口。君不見杜陵狂生亦四十，行年較君長一日。終夜悲歌萬感集，望君迥似三神山。王喬韓衆遊雲間，如何不醉問朱顔。(同上)

戰洛南

戰洛南，戰何狀，狀即不得知，請説從前悲。自從賊起函關西，麾城撕邑如下梯。武功太白南，蹂踐成淤泥。司豫而近，叩輮而遥，行人斷絶千里，不知誰聞鳥雀啼。朝廷軍書十二卷，與賊聞名不相見。頭上鐵兜鍪，腰間大羽箭，乍可相逢狹路間。詎可用此戰，千人疾走一人嘻。一人不走，賊至特附益之。乃知王師有不戰，戰則必勝，不然請看戰洛南。始是我軍初一戰，賊顱高與嶕嶢參。（《楚風補》卷三十三）

留髡行

滿堂若暗主人喜，送客慇懃如倒屣。當筵直立淳于生，美人暗笑金屏裹。先時歌舞亦散去，里耳巴音難久預。颯颯風來捲地衣，竽筑紛紛不知處。罷亞一聲雙户開，華燈欲晝青春回。吴妖越豔各四五，更簡奇姿傍絶才。彈箏度曲雖芳滑，按板停聲不輕發。杯深肯聽幾人辭，妙令難教四座罰。相看殊自覺醒醒，忽然爾我忘其形。襯出臉霞輕映白，望來眉黛近看青。真珠簾外天如霧，桃花李花皆有露。酒暖春衫嬌汗微，願貼香肌作紈素。香來脉脉酒悠悠，留髡此際更須留。始知酒是傷情物，不醉歡娱只醉愁。（同上）

五言律詩　二十四首

徐興公寄辟疆樸巢詩索和走筆應教

喜讀樸巢記，如聞君姓名。萬間皆長物，一樹足平生。愛蔭惟通鳥，臨流耻濯纓。不知相訪日，何處叩柴荆。（《同人集》）

戊子陽月望日社集三十二芙蓉齋看月即席限韻四首

月明霜更添，風葉動虚檐。世事供乂手，詩情各撚髯。共拚今一醉，莫問鼓三嚴。此夕連牀話，還應緩下簾。

廿四橋邊月，今宵再倚笻。居停當永夕，酒力却寒冬。客傍田横島，交深石户農。相看俱不散，聽打曉天鐘。

皎月竟無夜，佳期難絶交。此時人倚榻，何處鵲歸巢。醉不因嚴武，寒偏忍孟郊。顛狂容我輩，一任客相嘲。

醉裏間長語，時時復一醒。不能堪寂寞，安故避沈冥。葉下原非雨，鴻高欲犯星。合離凡幾處，大抵似旗亭。(同上)

後五日再集三十二芙蓉齋展玩唐宋圖書即席限韻四首

再有天涯集，寒蟾減半輪。昔賢如可接，是夕觀書畫。今夜忽忘貧。海内悲銅馬，江東問壁人。酒中時自笑，癡絶不能嗔。

索笑梅花外，疏星澹遠天。客中揚子宅，岸上米家船。風月俱無恙，英雄但可憐。歡場無永夜，莫剩酒如泉。

歸隱殊無地，低頭愧芰荷。酒痕因淚苦，客夢隔江多。殘夜一聲雁，餘生七字歌。玉人簫自冷，腸斷洞庭波。

燈紅杯熱處，似聽廣陵潮。天半留星月，人間轉寂寥。薄遊憐杜牧，紀夢学孫樵。雞唱渾閑事，催詩吊六朝。(同上)

後三日同諸上人再集芙蓉齋二首

入户愜幽素，客心相向澄。殘陽戀虚牖，落葉愛枯藤。秉燭宵何意，傳甆畫亦能。歸懷猶暗理，畢竟不如僧。

羈愁若江海，俱向此間澄。別自爲杯勺，如參倚樹藤。忘言從我懶，獨醒覺皆能。深對忽然悟，前身南嶽僧。(《同人集》)

夏夜即事同梅陌前民

暮雨阻歸客，四更殘月凉。醉醒人共起，今古夢皆荒。山鬼即蘿薜，晨鐘警混茫。竹虚風泛泛，吾欲憶瀟湘。(同上)

古杏花村尋友人居二首沈本但録其一

朋輩多分散，煙光也倖存。最憐新柳色，不改舊柴門。海石蒼三徑，鄰機響一村。彈丸詩脱手，况復酒盈尊。(《楚風補》卷三十三)

冬夜同梅石三飲再彭虞山寓齋

處世真無策，扶吾獨有筇。亂疑千古夜，愁覺四時冬。客子傷貧

梗，家人計釜鍾。幸兹攀吕駕，不待泝洄從。（同上）

贈王鐵山中丞二首

一代王夫子，相逢值道窮。交深形迹外，淚盡笑談中。材大稱霖雨，詩成變國風。年荒且康濟，運甓似陶公。

在耳寧如目，忘言祗問心。數篇何足道，三歎乃知音。戰地猶鳴鼓，屠門不好琴。向公陳古道，滄海至今深。（同上）

周貞蔞載酒賦春歸四首

旅亭三載酒，此度值春歸。過雨花無賴，驚雷笋正肥。爲歡無草草，寄想入非非。笑問窮三户，誰家有葛衣。

豈有終朝計，回看過一春。百年俱四十，久客此三人。尺半魚偏美，尋常酒乍醇。仰天天有意，今日愛遺民。

老被鶯聲誤，愁從燕語猜。但教風雨去，不厭子規來。漢節何妨秃，江船莫謾開。聞人歌折柳，還欲過章臺。

生事今春異，淹留道固非。大都難一飽，不醉即長飢。蘭葉光蓬蓽，桃花笑葛衣。東君輕此别，來歲與依依。（同上）

于一過訪因圃同韓臣前民作二首沈本已録其一

扣關人未散，意外得今宵。落葉初經雨，邗江又上潮。忘言媚幽獨，回首任飄摇。何處增淒切，侯門午夜簫。（同上）

哭邢孟貞二首沈本已録其一

二十年來長，兩三人裏交。江山知契闊，風雨雜推敲。賣酒貧翻累，生兒晚未教。應齎磨鏡具，不日訪衡茅。（同上）

宫詹吴梅村先生有事白門枉駕寓廬贈詩二首

海内吴詹事，文章白雪高。詩吟《梁父曲》，樂比《鬱輪袍》。幕府來偏晚，扁舟去自豪。平生五畝宅，未可厭蓬蒿。

戊子春間事,居然耻過情。解衣湯鼎沸,出匣寶刀鳴。談笑宜長往,窮愁悔再生。還蒙垂問及,野老久吞聲。(同上)

七言律詩　九首

庚寅孟春雨後過辟疆友雲軒寓園聽奚童管弦度曲時辟疆頓發歸思兼以是園爲友沂舊館故並懷之限韻即席同賦四首

爲歡不惜老離亭,日日招携眼更青。芳草襯泥剛濕履,落花添酒欲盈瓶。漫憐屈子懷明月,總讓嚴光占客星。天地風塵雙鬢改,古來惟有醉來醒。

九霞仙骨古難多,側耳同聽讀曲歌。世亂深閨堪大隱,殘春斗酒有餘酡。雙魚頻寄君殊快,一笛横吹我奈何。賴是漁郎開眼闊,江湖極望總無波。

三月春風别柳條,廣陵客舍又聞簫。鄉心忽動家安在,歸夢相親我自遥。愁裏詩篇連日夜,雨中樽酒聚漁樵。不須誤聽荒雞唱,一曲初闌始上潮。

緑窗幽事記瓶花,鳳吹聲今隔采霞。一夜醉歌都化涕,十年歸夢苦尋家。倦遊滄海真無岸,愁覺瀟湘尚有涯。題壁自慚詩急就,倩誰藏拙與籠紗。(《同人集》)

辟疆同盟水繪園庵余舊遊地也近於其中爲亡友結碧落廬無可師爲之圖繫以詩屬余和之每苦不暇暇即愁耳今春忽得二章一和無可師韻一自拈時又苦繞樹之忙聊命兒子録白紙奉寄兼慰近懷二首

十年幽泛幾沈吟,聞道爲園今更深。碧落方求人外友,青天寧負夜來心。謂其子董姬。風波彼岸堅扃户,竹肉吾徒老嗜音。流水洋洋誰繪得,臨風遥與一開琴。

萬事慵來每憶君，幽悽又占許多雲。交遊得力非膠漆，筆墨虛心讓水文。蘿屋秋燈書漫卷，竹房春夢酒微醺。向時范蠡船無恙，蝦菜應須歲歲分。（同上）

過水繪庵長虹畫堤夾鏡桃花數百樹盛開辟疆先生置酒花下玆爲第四巡矣僅得此詩請正

杜陵野老真愁結，三看桃花未有詩。流水成霞魚自樂，林煙欲醉鳥先癡。洞中白叟偏知漢，谿上紅妝不姓施。横笛短簫將落日，酒船過訪總宜遲。（同上）

壬寅九日辟疆招同諸子水繪庵分韻

中秋爲客傷稽滯，不分重陽轉宴如。晴色林端開錦繡，風煙江外老樵漁。俗同楚徼惟銜酒，事在齊諧懶著書。悵望高天人未覺，霜前一雁實愁余。（同上）

香奩社集

夕佳天氣水雲鄉，名士邀歡即草堂。行並蠻腰憐拂舞，坐親脂口近微香。畫蘭欲畢圍題字，掠鬢初間促舉觴。爲問眼波何處注，就中私詫幾人狂。（《楚風補》卷三十三）

七言絶句　十二首

和梅村夫子吊宛君十絶

南國春深人少年，香車淺草緑芊芊。蛾眉蟬鬢知多少，惟有雙成是女仙。

玉映珠明絶點瑕，誰將少婦數盧家。才郎不射城頭雉，慧女知憐筆上花。

留仙昔日那無裙，空訪城西李少君。洗鉢池邊明月夜，香魂當面化爲雲。

三匝金山競渡舟，萬人争看比驊騮。繁華江左銷沈後，誰見伊人秋水眸。

真書曾學柳誠懸，秀句躭吟孟浩然。挾册佳人來研北，掃眉才子并花前。

洞房將夕起雲波，香茗相依悄不歌。夫婿近來安樂少，妾身遑恤亂離多。

朝煙暮靄鎖空樓，溝水何曾怨白頭。若使琵琶傳此恨，青衫淚不濕江州。

隋苑東風天水村，友雲軒裏夢傷魂。青谿桃葉人何在，寒食梨花慘墓門。

楚江巫峽繪成詩，觸目銷魂過去思。總有白頭王建在，難摹扶病起來時。

微之自作會真篇，記是貞元第幾年。滄海桑田同一炤，綺窗惟有月仍圓。

葆心按：冒氏《同人集》梅村元唱《題宛君小像》八絶句，又《再題宛君藏扇》二絶句，先生連和之，故成十絶句也。同時王西樵亦如之。

壬戌初春訪朱林修偶成

春風扶杖遠相存，新柳絲多罩一村。前有梅花後流水，淹留容易到黄昏。(《明遺民詩》)

程孚夏携尊見過同蔣前民黄儀逋劉右文共用凉字

高人沽酒酒原香，市脯何曾不可嘗。盡醉風檐添半臂，送君歸去有餘凉。(乾隆彭氏刊本)

詞　一闋

金長真明府晋秩滿庭芳

公不慚卿，群還肖紀，天倫人爵雙收。珥貂七葉，家世本封侯。況用文章鵲起，豊祖德，自裕孫謀。除書下，充閭同慶，佳氣滿揚州。

昇州。諸父老，歡聲雷動，想像風流。有珠明掌上，玉立峰頭。五馬先聲載道，誇新秩，復帶驊騮。騰而上，文孫才子，如駕八龍遊。

葆心按：此詞汪刊本題作"頌"，今正之。

黄岡二處士集序

謹按：茶村先生集自刻本而外，於乾隆壬戌漢陽彭念堂湘懷、黄岡陳道川師晋同輯《茶村詩鈔》八卷付梓；道光癸未，黄岡汪彝仲士倫合刻先生詩文集六卷，凡文五卷，詩一卷，顔曰《變雅堂全集》，並將彭、陳所刻《茶村詩鈔》重加編次，附刻於後；咸豐庚申，江夏彭漁帆崧毓刻先生文集於湘中；同治庚午，永康胡月樵鳳丹合其詩刻於鄂桓；光緒甲午，黄岡沈卓吾致堅合刻《變雅堂遺集》，是先生集前後凡六刻矣。沈氏言："前凡四刻，專指文集言之。"又謂："先生自刻本及汪刻本均不可見。"按：閻百詩《潛邱札記》知，初刻《變雅堂集》祇二本，無卷數，並未全刻，故即元刻本尚存，亦一鱗一爪而已。惟見彭本及胡本，此其未能完備之由。槃比年幸先覓得彭、陳同輯之詩鈔，續又得汪刻之全集，汪本則沈氏所未見者。沈嘗稱："彭本編次頗無義法，胡本淆雜更甚。"今觀汪本，編次義例頗善，惜乎沈氏當日未之見。汪本於文集分體甚審，詩則以先生自爲之序引，如《倦遊》《别興》《攝山》《三山》諸作，統歸一卷，署曰《茶村詩鈔》。雖仍彭、陳同輯之舊，而體例稍異。蓋彭、陳本但分古今體，汪本之分體似較精細，有五言古、七言古及五七言律、絶、排律諸目，惟收入一詞而署稱曰"頌"，爲未覈耳。彭、陳採録諸家説，但評詩者，汪本則摭採更夥，又益以附録。沈本所刻，與汪本大致相同，似又曾見汪本，兹姑就沈本編次付印。而體例稍有變易者，以原刻眉目微嫌不清也。汪撰先生年譜，今乃録卷首。以王青垞先生拾遺如干則附入，更旁考他書所有集中所無者，並及先生詩文手迹爲《補遺》二卷，其他采獲他人序、記、贈答、説部，悉入《附録》中。補遺之稿，半由王青老及徐君行可、周君景瞻處搜得之，彙輯爲卷。而校讎之力，則全賴經五叔爲之焉。至沈刻《附録》中有些山先生岕詩文九首，頗覺未盡，兹幸青老自北平寄示蒼略詩文輯本，槃編制目録，分成二卷，亦附諸《變雅堂集》後，並於《二處士集》外，另印些山專集五百部，以表沉墜之微。至《樂至齋詩集》，道光丁未叔曾祖階三公曾梓行於世，嗣燊兩次編入《桃潭合鈔》中，分爲一、二兩卷，而以諸序及題贈與《漪園公事略》編載集後，今仍就階三公所編，厘爲六卷，以復廬山面目。其諸家序文及先生事略，則移於卷首。而其題贈五則，另列《附録》一卷，以合全部編制焉。黄岡後學汪燊謹識。

合刊黄岡二處士集序

汪君筱舫重編印《杜茶村先生集》，即以其先世漪園先生《樂志齋存詩》附諸杜集以行，顔曰《黄岡二處士集》來徵言於余，余謂："筱舫子殆以前此黄岡二家詩鈔，乃並梓陳仲夔、王西澗之作，而兩人皆朝籍金閨之彦，其聲華非不貴重一時。惟杜、汪兩處士生鼎革之遭，抗西山之高節，表其詩足勵歲寒松柏之操，取以風世，其事尤亟乎茶村遺集。海内莫不高其節，而益重其詩。獨漪園遺編零替積久，在若存若滅之間，今詳繹兩家集中，雖乏同聲酬倡之雅，要亦屏居客遊，聲氣阻闊，而其爲同里知舊，即兩人親交往還，牽連合併，多有蹤迹可尋，知其爲同社雅故之儔無疑也。今日傳布杜集並及汪詩，宜也。或疑茶村、漪園以譽望顯晦觀之，按以古今齊名之義，似猶有闕然；以志節氣誼論，兩處士直訢合無間。吾觀文信國《指南後録》之末附有《鄧中齋詩》，論中齋地位，豈信國比？而信國以志節氣誼之合，在患難中不恤取其曾見之作，即寫附己集後，古英賢慷慨磊落之雅抱，於兹可見。《谷音》之編，《遺民》之録，學業聲望，高下不一，必爲之彙歸一袟者，有所重者在也。余推當日茶村若自刻集，而與漪園更有倡和之篇章，必存其往復之作於集無疑也。矧明代俞憲選《盛明百家詩》，並收其子湘沂之作附後，是刊一代詩家巨制附以家集，古有此例。彼俞氏者且舉敵以下者羼入，若筱舫所彙，乃同時同里同志，復在交遊氣類中，舉以相附，誰曰不宜？"嘗觀洪北江論詩謂："宋西陂得王阮亭詩，有'王揚州與宋黄州'之句，即日以重金相貺，謂可作兩人生時齊名之券也。"在西陂，文人結習較深，或籍並世龍門自重，若杜、汪兩先生，家破國亡之後，名且自晦，奚有於高下匹敵之見横置胸中？不特漪園非依附壇坫之人，即茶村亦豈有以聲光壓服儕輩之陋？獨念余往者多見茶村集外詩，如廖氏《楚風》、陶氏《詩的》、鄧氏《詩觀》、冒氏《同人集》之屬，在順康時，諸人所纂收杜詩，多有今遴集中所無之作，並前此纂入《湖北文徵》之杜氏佚篇悉以付筱舫，彙成《補遺》二卷，附之集末焉。乙亥春仲，羅田後學王葆心。

按：漪園《樂志齋詩》有"浦口遇祥庵上人見杜退思先生題字"，祥庵亦楚人也，因作詩紀事。觀此，則漪園與退思先生有舊分，居同里後進，故在浦口見其題字因而有詩。考退思即茶村之父，周在浚《結鄰集·杜岕小傳》稱其爲退思先生第三子，而《吴梅村集》有《黄州杜退思改號蜕斯》之詩，又有《送杜二于皇》之作，然則茶村行二，爲退思第二子，蒼略其三子也。雪客、梅村交杜氏父子，殆紀群世好，漪園亦如之。今集中有《退思》一詩，又可作合刊兩家詩之一契券矣。葆心再記。

黄岡二處集序

有明遺老，初不仕清，中道變節者甚多。黄岡有二完人焉。又詩人也，皆有集。一杜濬于皇，有《變雅堂集》；一吾先世汪國瀠漪園，有《樂志齋集》。《變雅》一集久已傳布海内，《樂志齋》雖家有刊本，未傳於外，方志中僅載詩數首。夫《變雅堂》之所以不朽者，因其文雖出自古人，而面目迥别，言語真樸，有如日月恒見而恒新，詩尤不求工而自工，使人讀其詩如見其人，覺陶靖節、孟山人去人不遠。若其拔萃出類之作，金焦山寺之吟，則雖起杜甫而必驚歎，欣喜"詩是吾家事"也，安得不標赤幟於吾楚哉！而樂志翁之詩，味在酸鹹之外。其古調幽操，如山澗之水，鏗鏗然作金玉之音；如天外之雲，飄飄然散鸞鳳之彩。不屑屑於字句對仗之工，而冲夷清越，寥廓滄蕩之胸襟，自發露於吞吐間，與于皇之詩有同不可磨滅者，蓋可相視而笑也。兩先生同爲黄岡異人，大節相類，詩文皆有高境，而一傳一不傳，倘所謂幸不幸者？非耶。往者筱舫兩度印《變雅堂集》，求者踵者，早已無餘。兹將重印，質於余曰："附《樂志齋》於《變雅堂》後，顏曰《黄岡二處士集》，可乎？"余曰："古人隐居以求其志，非爲求名。兩先生志齊而名不齊久矣。是何必然？顧變雅堂、樂志齋之詩，吾不知其孰愈。而變雅之變，其《採薇》之配、《離騷》之遺乎？樂志之樂，將尋孔顔之樂，步猗蘭之操耶？然則漪園之志幾幾乎有雖遊夏姑舍是之意，而名則生前没世，皆遠不逮杜子也。杜子嘗云：'但得一覺好睡，縱隔舍有司馬遷、韓昌黎，不及相訪也。'此則兩先生之志同道合者。夫詩言志，志既合，詩之旨趣亦必合，顧不徒在乎言之工拙。今子若非爲漪園求驸驥之顯，而但因其詩與志之從同，雲龍風虎之感召，於是合兩集爲一集，使兩處士如一處士，則龍門編合傳之義，考亭輯四書之旨，將使後之人知芳德之有鄰，吾道之不孤，歲寒松柏之可貴，浮雲富貴之可薄，而雞鶩之脆骨變爲凌雲之健翮，則于皇、漪園所同喜也。奚怪子之好事？"筱舫又疑二先生同里同時，同勵節，同能詩，而集中何以絶不見相贈一言乎？余曰："于皇雖生長黄岡，國變後僑居金陵不返；漪園始隨父任，讀書秦蜀，國變後放遊山水，遠歷泰岱、萊汝，亦曾吟詩彭澤，泊舟吴門，而仍返故里，與杜子出處不同轍，或者罕接觴咏乎？且于皇名滿天下，梅村、芝麓、愚山、阮亭皆莫逆外，敬禮之者尚不乏人；漪園則相識者不過二三知舊，篤守苦節，不苟求名之士，踽踽涼涼，固其宜也。夫于皇之弟蒼略詩文氣節不讓于皇，名則一顯一晦，不可强齊，矧在漪園？然子今已合變雅、樂志爲一帙，漪公雖非樂得登龍之慶者，而郭李亦既同舟矣，望若神仙天使之也。"筱舫屬余贅言，乃述其與余商榷之顛末如此。乙亥季夏，黄岡後學汪逸謹識。

黄岡二處士集序

茶村先生《變雅堂集》，光緒甲午殷東平、甘藥樵、陶月舸、沈卓吾諸君子編刻。燊既已兩次重印，貽諸同好矣。嗣海内寓書來乞者逾夥，思復印以應好事之求。比年在收藏家拍得先生遺像並題咏及先生手寫詩幀，又於南都謁墓時，撫其墓圖及所存石刻，今一一摭諸集中。又於青坨老人處得先生集外文詩，益以燊平日見於他書者，裒爲《補遺》二卷附入。繼思先世漪園先生與先生生同時，居同里，處境持節，屬在同志，其工詩文，無不從同。顧茶村先生，當時名賢碩士争加敬禮，迄今海内稱頌，無有衰替；而漪園先生蹤迹過晦，名未出於里閈，馴至今日，里人幾有不克舉其姓字者。以彼遭時變革，矢志弗移，慟故國之淪亡，念君父之遺愛，水雲哀曲，所南沈書，初何覬於後人之稱揚。然大節汩没，後世無以勸勉，君子懼焉。兩先生同爲百世師，當兹世道凌夷多闡，一盈天地亘古今而不變之苦節，即足以廉頑立懦。今試取漪園先生集與茶村先生集合觀，其格調雖不盡同，而天機之清妙，出語之沉摯，自然凑泊，運古無痕，本原之蓄積既厚，即鍼綫之熨貼，無可搜尋。蓋於同時梅村、漁洋外别竪一幟，無意爲詩而同爲不可朽之詩人也。《樂志齋》一集雖經粲兩次刊入《桃潭合鈔》中，尚覺非所以位置先生者。欲以《變雅堂》與《樂志齋》兩集合刻，顔曰《黄岡二處士集》，似亦兩先生所默許，然粲猶未敢自决。偶讀叔曾祖階三先生《樂志齋序》，有曰："先生爲詩以樂其志，求之國初遺老中，正宜與杜茶村《變雅堂集》並垂不朽。"喜爲先得我心，於是以此舉問諸青垞先生與家經五丈，皆謂爲"善"，且曰："昔之王、孟、韋、柳五言皆學陶靖節，後人遂合編爲《四唐人詩》。今兩先生不但作詩近陶，其人亦靖，之再見也，合雙玉爲一珏，凌雙煙於一氣，誰曰不宜？"粲聞其説，遂從事焉。民國二十四年乙亥元旦，黄岡後學汪粲筱舫謹書。

杜茶村先生年譜

黄岡汪士淪原編
羅田王葆心拾補

自西漢杜陵杜衍地名，京兆樊川，晋當陽，唐襄陽鞏縣，宋山陰鳳陽，皆杜氏先世之望。明初始以武功官黄州衛，遂占籍焉。又三百年，譜以徙亡。今自先生祖以下次其里居。

祖若芝明萬曆己卯舉人，官南充知縣。

父祝進明萬曆壬子舉人，國子助教，世稱"退思先生"，改號蜕斯。

方朔先生兄，老而歸黄，子孫居白莨山。

濬先生爲退思先生之仲子，母陳太夫人。

紹凱先生弟，後與先生皆寄籍江南上元。

萬曆三十九年辛亥，一歲先生生於正月十六日。

四十年壬子，二歲。

四十一年癸丑，三歲。

四十二年甲寅，四歲。

四十三年乙卯，五歲。

四十四年丙辰，六歲。

四十五年丁巳，七歲。入小學。四月初九日弟紹凱生，先生與兄方朔在塾。見《三弟三十詩》。

四十六年戊午，八歲。

四十七年己未，九歲。

四十八年庚申，十歲。

天啓元年辛酉，十一歲。

二年壬戌，十二歲。

三年癸亥，十三歲。先生言："濬始識事，見外父諸老交，若甄司冠錦石、晏太宰元洲及先君子，晨夕聚首。"當在此數年中。

四年甲子，十四歲。

五年乙丑，十五歲。

六年丙寅，十六歲。

七年丁卯，十七歲。先生言："外父夢城中報會元，傳爲吾婿。"疑在此時。

崇禎元年戊辰，十八歲。

二年己巳，十九歲。先生自言："就童子試，遇知賞，及餼學宫。"疑在此時。

三年庚午，二十歲。

四年辛未，二十一歲。

五年壬申，二十二歲。五月五日，作《杜子堅遺稿序》。

六年癸酉，二十三歲。

七年甲戌，二十四歲。去其鄉，僦舍金陵，與胡曰從友。

八年乙亥，二十五歲。

九年丙子，二十六歲。

十年丁丑，二十七歲。除夕，茅止生遣送酒資及《三君咏》。客金陵，遊棲霞，詳見《遊攝山小引》

十一年戊寅，二十八歲。正月二日，交茅止生、范仲闇、方密之、鄭超宗諸人。

十二年己卯，二十九歲。擬冠賢書，悮落副车。

十三年庚辰，三十歲。將以貢入北雍，壬午始行。是時，吴梅付司業南雍①，故亦有師生之誼。

十四年辛巳，三十一歲。東游鹿城，諸同人餞送。見《燕磯感旧》詩序。

十五年壬午，三十二歲。游京師，又中乙榜。交龔、曹諸人。有《北征漫筆》及《秋胡行》諸作。是年，必嘗回黄，據《鄧子衰詞》"余在危城"云云，可證也。

十六年癸未，三十三歲。

順治元年甲申，三十四歲。作《順天巡撫潘永圖志銘》。初遊焦山，見"壬辰八年前一到"句。有《仲春肯垕再枉草堂詩》二首。

---

① 吴梅付，當爲"吴梅村"之誤。

二年乙酉，三十五歲。盡室居金陵。交朱羽南、胡致果，作《山曉亭記》。

三年丙戌，三十六歲。秋仲，送琬林妹丈歸楚，有五古一篇，有《三弟三十詩》七律。

四年丁亥，三十七歲。四月十七日，秦淮舟中作《燈船歌》。

五年戊子，三十八歲。葆心按：《同人集·樸巢詩選序》："順治五年戊子冬，先生與巢民聚刊江[①]。"又序云："今夏與辟疆再聚刊江[②]。"乃作序時。但不知在戊子後何年。是年，並爲巢民作《文選序》。又按：《同人集》知順治五年戊子夏間，先生客冒氏，有《戊子陽月望日社集三十二芙蓉齋看月即席限咏詩》，又有《後五日再集玩唐宋圖書詩》，又有《後三日同諸上人再集詩》，龔鼎孳、趙而忭等均列。

六年己丑，三十九歲。宿金山，與蔣前民論讀書。

七年庚寅，四十歲。是年，與陳階六會於金陵，爲作《楚州酒人歌》。葆心按：《同人集》有龔鼎孳《順治庚寅清秋前一日過杜于皇寓庵值雨坐静室茶話同辟疆諸子共用王龍標韻诗》，先生有和作。又有龔鼎孳《庚寅暮春雨後過辟疆友雲軒寓園詩》，先生有和作，當爲同時寓白下事。又：《同人集》有《順治七年庚寅季春寄壽辟疆盟兄暨长嫂蘇夫人四十雙壽贈言》五古一章，又有《庚寅新秋坐深翠堂題董姬手書》一跋 。

八年辛卯，四十一歲。先生配卒於是年，以《壬辰之新城書感舊詩》推之。

九年壬辰，四十二歲。春游京口，有《金》《焦》諸詩。别蔣前民，有《别興三十首》及《茶喜》一首。葆心按：《同人集》有《吴偉業題董宛君小像》八絶句，次在壬辰秋後，乃順治九年。先生有《和梅村夫子十絶》，當即作於是時。

十年癸巳，四十三歲。

十一年甲午，四十四歲。

十二年乙未，四十五歲。有《豫章遊草序》。

十三年丙申，四十六歲。至廣陵，主因圃。作《張侍郎傳》。歲除，有子之戚。

十四年丁酉，四十七歲。葆心按：《同人集》有釋弘知《丁酉春日詩》，爲順治十四年春。先生有《今春忽得二章一和無可師一自拈命兒子録寄詩二首》，又有《過水繪庵長堤桃花盛開僅得此詩一首》，當即同時作。

---

①② 刊江，當爲"邗江"之誤。

十五年戊戌，四十八歲。客金陵，仲兒世厦以積哀卒於秋，見《斷雁吟》，序中有《送捷兒》五古一篇。十一月遊攝山，有詩。葆心按：《同人集》有《順治十五年戊戌十月二十五日爲巢民跋詩於小艇中》一篇。

十六年己亥，四十九歲。客婁東，與王奉嘗遊讌至太倉，寓隆福寺，爲之作記。別梅村先生。

十七年庚子，五十歲。春初有《試杖戲作》。未幾，母氏陳太夫人棄養。

十八年辛丑，五十一歲[①]。

康熙元年壬寅，五十二歲。葆心按：《同人集》有《康熙元年壬寅九日辟疆招同諸子水繪庵分韻詩》。

二年癸卯，五十三歲。客淮陰。記茅止生《三君咏》。作吴錦雯《蘭陵草》序。交倪天章、張虞山，有《〈蘭陵草〉序》。

三年甲辰，五十四歲。客江都，有《送黄童子序》。寓焦山，見《乙巳八月十六詩》"去年今夜在焦山"句。

四年乙巳，五十五歲。至東皋，有《清明日飲海棠下詩》及《臘盡還南寓詩》。交邢、顧諸人。葆心按：《同人集》先生《水繪庵乙巳上巳脩禊詩序》，知先生在康熙四年又爲水繪之遊，但以後至，不獲與王阮亭以下八人禊飲之數耳。

又按：巢民《乙巳端陽詩序》云："乙巳而後，杜茶村、陳其年久住水繪園，咸有倡和。"知先生乙巳以後，居冒氏甚久。

又按：《同人集》有先生乙巳六月七日爲《女羅字説》一文，蓋在康熙四年，先生自署年月日於説之末。

又按：《同人集》有康熙四年乙巳七月二十一日爲《巢民題秋聽圖贊》一首。

又：《同人集》有《王士禎將發東皋巢民茶村兩先生同其年亦史諸子相送河干賦詩惜別凡十九韻索和一詩》，先生有和作，時爲康熙四年乙巳。是年，先生於上巳脩禊水繪庵，漁洋唱即席分韻本七古十章，先生爲跋其後。漁洋又有《二集雨登湘中閣眺望詩》，又書巢民和作後。巢民又有《乙巳上巳阮亭使君脩禊水繪庵分賦》五律二章。先生有《乙巳五月坐雨湘中閣和巢民歌》七古一章，又有《乙巳五日客東皋同諸子讌集巢民齋中喜雨分得澄字》七律一首。

又按：汪氏譜："乙巳歲至東皋，有《清明日詩》。"乃不知東皋何在。据《同人集》知其爲如皋冒氏水繪園也。

五年丙午，五十六歲。先生尊人棄養。是歲，先有《送龔孝升北行六首》。

---

① 五，原文無，據上下文補。

六年丁未，五十七歲。客維揚。閏夏，作《外父觴詞》。十二月，至瓜渚，宿魏氏榮露堂。

七年戊申，五十八歲。客泰興，有《生日桐初共飲詩》《記與姜綺季論鬼報》。

八年己酉，五十九歲。客泰興，有辭其令請修邑志事。作《讀畫樓記》。交季方石諸人。復客金陵。

九年庚戌，六十歲。自梁谿返金陵。作《朱羽南志銘》。十二月，客揚州，有《揚州春》諸詩。

十年辛亥，六十一歲。至松江。《與王東皋論免房號銀書》。

十一年壬子，六十二歲。寓松江西門外。祭周櫟園。作《老樸胡義勤志銘》。作《杜來閣記》。交黄氏昆季。作《一草庵記》。

十二年癸丑，六十三歲。至常州江陰。有《松風墨寶記》《哭孝升文》《胡曰從壽序》《李白登科記序》。江陰奚蘇嶺席上壽五舅父陳公。

十三年甲寅，六十四歲。

十四年乙卯，六十五歲。

十五年丙辰，六十六歲。《長至日上花笑軒晤蒲道人詩》。

十六年丁巳，六十七歲。在真江。有《五日歌謝顔衡山詩》。

十七年戊午，六十八歲。見子世厦《燕子磯詩》，有詩傷之。又遊蘇嶺澄江官舍。

十八年己未，六十九歲。九月，題葉桐初《豫章遊草》①。

十九年庚申，七十歲。有《陳階六序》。

二十年辛酉，七十一歲。有《送朱喬三序》。朱阜公、吴初明諸序。

二十一年壬戌，七十二歲。

二十二年癸亥，七十三歲。在江寧。《回于公啓》。有《清明客瓜渚》詩。

二十三年甲子，七十四歲。《仲春飯壽福庵詩》。有《青岳壽序》。

二十四年乙丑，七十五歲。在金陵。是夏，傷足。《跋黄九煙詞》《送秋詩》。作《靈感頌》。

二十五年丙寅，七十六歲。寓江寧。《書王奉常札》。與吴炯燧等作

① “九月”誤，當爲“七月”，杜濬《豫章遊草序》末署：“時爲己未七月之七日。茶村老人杜濬書于杉中。”

《太湖秋釣詞》《冬酌公調紅梅下》《除日和愚齋韻》。

二十六年丁卯，七十七歲。客維揚。汪蛟門見訪。《題程鼎庵傳》《題吴秋屏詞》。是年六月某日卒。

按：先生爲王養所封翁婿，生子三：長世農，字湘民；次世厦，字柏梁；三世捷，字武功。女一，適葉桐初。世厦弱冠喪母，嘔血斗許，展轉牀榻苦吟，有云“風前黄葉夏能飛”，果以夏月卒。《遊攝山序》作“九月卒”。此顧景星《斷雁吟序》中語也。据此，則世厦以哀毁而死於孝。世農、世捷知啜菽讀書，便爲奇福，皆能善承父志。而方宗伯著墓表則云：“先生故三子，一子幼迷失，一爲僧遠方，一名世濟。”與此不合。邑明經吕德芝《書杜和尚事》，似與方説合。宋小阮先生云：“顧爲先生之友，方及先生之門，宜附載吕文，見諸家評記中。而兩存顧、方之説云。”

按：先生尊人退思先生名重當代，詳見吴梅村詩中，不但樂禪喜之遊，而落筆妙天下也。至其兄方朔先生之爲人，則屢見吟咏，羨不容口，若《吾兄逃俗孤調得兄同》及《和兄作》等篇可證。方朔先生晚歸黄岡。先生及蒼略先生老於江南，子孫遂寄籍焉。迄今白葭山諸杜以耕學爲業者，皆方朔先生後也。昔王休徵二子，一有不忘故鄉之仁，一有不戀本土之達。惟仁與達，退思先生之三子，蓋與之結千載之契云。

吾家自方朔祖由江南歸岡邑，始離城居，徙白葭山。而茶村叔祖、蒼略數祖皆寄籍白下未歸。每於歲時致祭，追溯餘風，未嘗不慨然遠想。年來諸君子請於前觀察慶公、前太守李公與楊公、今太守徐公、前邑侯劉公，皆有題咏，並許建祠，祀茶村叔祖，以表揚先哲，近復旁搜變雅堂詩文之所未備，附以蒼略叔祖、湘民諸祖之作。是茶村叔祖雖不欲以詩人自名，方望溪语。而詩名在杜之淵源不異浣花溪上，此固諸君子顯微闡幽之盛心，而郅等忝爲之后，於先人無能爲役，聊識數語於簡末，以明終不可諼而已。時道光二十三年癸卯秋仲，後裔大郅、大封、大壯、啓鈔、啓錦等謹跋。以上均見乾隆彭刋本。

年譜終。

鶴嶺山人詩集

（清）王澤弘 著
周秀榮 點校

主編 王利民

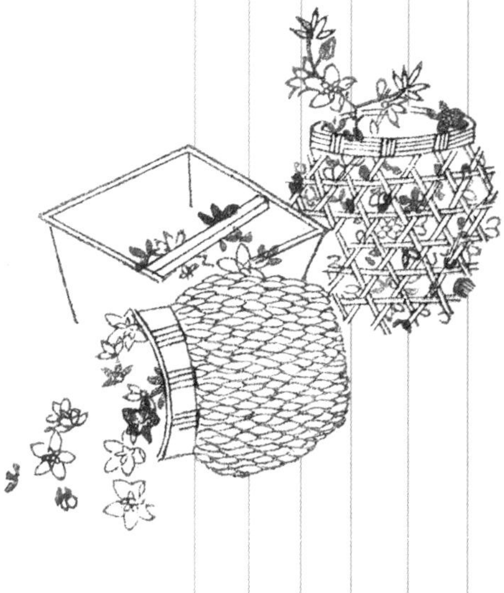

鳳凰出版社

圖書在版編目（CIP）數據

鶴嶺山人詩集 /（清）王澤弘著 ；周秀榮點校. --
南京 ：鳳凰出版社，2019.11
（鄂東文獻叢書 / 王利民主編）
ISBN 978-7-5506-3054-3

Ⅰ. ①鶴… Ⅱ. ①王… ②周… Ⅲ. ①古典詩歌－詩
集－中國－清代 Ⅳ. ①I222.749

中國版本圖書館CIP數據核字(2019)第246828號

書名	鶴嶺山人詩集
著者	(清)王澤弘 著　周秀榮 點校
主編	王利民
責任編輯	王　劍
出版發行	鳳凰出版社(原江蘇古籍出版社) 發行部電話025-83223462
出版社地址	南京市中央路165號,郵編:210009
出版社網址	http://www.fhcbs.com
照排	南京凱建圖文有限公司
印刷	金壇古籍印刷廠有限公司 江蘇省金壇市晨風路186號,郵編:213200
開本	890×1240毫米　1/32
印張	169.375
字數	3136千字
版次	2019年11月第1版　2019年11月第1次印刷
標準書號	ISBN 978-7-5506-3054-3
定價	1980.00圓(全九册)

(本書凡印裝錯誤可向承印廠調换,電話:0519-82338389)

序

王利民　方　正

一

本《叢書》是黄岡師範學院文學院從事鄂東文化研究的成果之一，是一套爲鄂東傳統文化研究提供基本材料的專題叢書。“鄂东文獻”，顧名思義，其範圍涵蓋了湖北東部地區的歷史文獻，其中多數是明清兩代文人的詩文集。

“鄂東”一詞在清代以前的典籍中並不常見。羅泌《路史》卷二十六《國名記三》説：“鄂東，熊渠中子紅封之。《世本》。今興國軍永興有故鄂城。《寰宇記》：“州西北百八十鄂王城，鄂人事鄂王神。”漢鄂縣本隸武昌，故《九州記》云：‘鄂國，今之武昌，東鄂也。’”“東鄂”一詞在古籍中倒是更爲常見。宋薛季宣《樊口見鄭崇陽不遇》有云：“島嶼西陵開罨畫，湖山東鄂洗新裝。”《樊山春望》有云：“東鄂城東安樂宫，李花練絢玉玲瓏。”《二同舍賦鄂城篇見和，文高格古，端不可及，而仙尉王文措辭侈甚，可以參諸臺符羽檄間，復次元韻戲酬》有云：“吴楚争桑如有頃，東鄂幾人全首領。”宋代的東鄂指的是武昌（今鄂州），與南陽的西鄂相對應。歐陽忞《輿地廣記》卷二十七説：“武昌縣，故楚之東鄂也。”《湖廣通志》卷三説：“南陽有西鄂。稱西，所以别於東鄂也。東鄂，武昌也。”

清同光之際，鄂東地區成爲捻軍活動的區域，因而“鄂東”一詞常見於文獻之中。如《曾文正公年譜》卷十一説：“東路任賴一股盤旋於安陸之境，劉銘傳等追剿，賊竄向鄂東一帶。”《李文忠公奏稿》卷十一《行抵歸德通籌調度摺》説：“曾國荃二十九日函稱，鄂軍追賊，悉已西

至棗陽，頃調回東路黄麻堵勦，未知能否趕及，是鄂東空虚實甚。”繼而，“鄂東”也出現於晚清文人的詩作中。如王柏心《百柱堂全集》卷二十七《九日寄漁叟》詩云：“去歲重陽節，黄花滿鄂東。”清末民初，“鄂東”概念爲地理類書籍所採用。劉錦藻《清續文獻通考》卷三百十七《輿地考》十三説：“廣濟縣南七十里之武穴鎮，外江内湖，介鄂贛二省，實鄂東咽喉。”

今天“鄂東”作爲一個地理概念，源自民國時期的行政區劃。民國初年，湖北分爲鄂東、鄂北、鄂西三道。鄂東道轄武昌、壽昌、嘉魚、蒲圻、咸寧、崇陽、通山、通城、大冶、興國、漢陽、夏口、漢川、黄陂、孝感、沔陽、黄岡、黄安、黄梅、蘄春、蘄水、麻城、羅田、廣濟、安陸、隨縣、雲夢、應山、應城等二十九縣。民國二十七年(1938)，湖北省第二行政督察專區轄黄岡、蘄水、蘄春、廣濟、黄梅、英山、羅田、麻城、黄安、黄陂、禮山等十一縣。民國二十八年，二區專署改稱鄂東行署。1941年，黄岡縣抗日民主政府及豫鄂邊區行政公署鄂東辦事處成立，次年改爲鄂東行政專員公署。

現在的“鄂東”指的是湖北省東部地區。狹義而言，主要指黄岡地區。如湖北省政協文史和學習委員會等編撰的《黄岡文化簡史》基於行文方便和約定俗成，把“黄岡地域”與“鄂東”視爲基本相同的概念。廣義來説，以行政區劃爲基礎來劃分的鄂東地域包括武漢、黄岡、鄂州、黄石、咸寧等行政區。本叢書取廣義之説，在文獻的選擇上則以黄岡地域文人的著述爲重心。

二

湖北歷史上的三大人文重鎮是春秋戰國時期的荆州，東漢三國時期的襄陽，明代鄂東的黄州府。隋唐以前，湖北的文化重心位於荆州、襄陽地區，而鄂東屬於邊緣地帶。清人顧祖禹在《湖廣方輿紀要序》中説：“湖廣之形勝在武昌乎？在襄陽乎？抑在荆州乎？曰：以天下言之則重在襄陽，以東南言之則重在武昌，以湖廣言之則重在荆州。”從地緣政治的角度來看，從西周到北宋，中國的中央政府主要建在北方，都城主要在西安—洛陽—開封一綫，荆州和襄陽得此地緣之

利，成爲湖北的區域中心。宋代以後鄂州（今武昌）地位上升，成爲湖北的重心，但其行政中心的地位並未確立。到了元代，鄂州成爲湖廣行省的治所，才全面確立大區域中心城市的地位。1281年，原來遷移至湖南潭州的湖廣行省治所又遷回鄂州，於是鄂州正式成爲湖北的行政中心，這使得湖廣形成以鄂東爲重心的基本格局。

宋元之世，蘄、黄二州分治，宋代蘄州、黄州屬淮南西路，其治所在壽州，今安徽鳳台；元代蘄州路、黄州路屬河南江北行省，其治所在汴梁，今河南開封。宋元二代，蘄、黄均處於所在省的偏遠地帶，遠離其行政中心，故王葆心先生説："宋、元之交，吾蘄黄以邊徼，文化榛蕪。"在元代，黄州府逐漸發展爲上等州府，其人口數、進士數、書院數、《湖北通志・藝文志》及《補遺》中的著作者人數均占湖北省首席。

朱明代興，湖廣進入了"以東南言之，則重在武昌"的時代，武昌成爲區域内的政治經濟文化中心，鄂東毗鄰武昌，一變其兩千年來的不利地位，獲得區位優勢。明代是鄂東傳統文化最爲繁榮的時期，但明代初期和中期文化繁榮程度遠不如明代後期，這與漢口的地位有關。漢口是明清時期湖北最大的市鎮，居天下"四大名鎮"之首，在明中葉由漢水改道而興起。漢口處長江漢水交匯處，順江而東，可達安徽、江西、江蘇、浙江；循大江而南，過洞庭，入沅湘，可通兩廣、雲南、貴州；溯江而上可通巴蜀；溯漢水而上，可入宛洛，此所謂"九省通衢"。鄂東五水，倒水、舉水、巴水、浠水、蘄水，均發源於大別山，流經東北部山地、中部丘陵、西南部平原，垂直注入長江，與漢口相聯，在鄂東形成了類似現在的"高速交通網絡"。在以人力與畜力爲主要動力的時代，水上交通最爲重要。鄂東五水與漢口相連，北達黄陂、黄安、麻城、羅田，中達黄岡、蘄水，南達蘄州、黄梅、廣濟。"貨到漢口活"，鄂東的農産品可以暢銷天下。明代中期漢口的興盛推動了鄂東外銷型農業的發展，從而帶動了科舉的極大成功與文化的大發展。

三

鄂東文化肇始於原始社會，形成於戰國到秦漢，發展於隋、唐、宋、元，鼎盛於明清，轉化於晚清民國，代有奇峰。唐宋時期是鄂東文

化開始彰顯的時期。唐時，慧能居黄梅東山寺，師從弘忍，禪宗大興於天下。杜牧爲黄州刺史，創作30多篇詩文，赤壁戰場，折戟沉沙，詩留千古；岐亭古鎮，杏花村酒，香飄四野。從宋代開始，鄂東地區儒學與文學開始勃興。理學大師程顥、程頤兄弟即出生於黄陂。北宋前期，有不少朝廷的逐臣被"安置"於鄂東。王禹偁謫黄州，詠懷月波樓，新建小竹樓，氣節文章，照臨此邦。蘇軾居黄州，二賦一詞，江山多嬌，黄州成爲世界名城。蘇轍攬勝快哉亭，與東坡聯袂西山，流風遺韻，稱快世俗。秦觀來黄州謁見東坡，贊龍丘子，題雙松，清風皓月，相與忘形。黄庭堅居武昌，遊樊山，追懷東坡道人，應和萬壑松風。張耒三居黄州，與黄州的江西詩派詩人潘大臨、何覬曳杖漫步，詩酒唱和。蘄州人林敏功、林敏修兄弟和夏倪也列名江西詩派。洪芻、韓駒曾來黄州任職，饒節曾至蘄春白岩寺問道。詩人彙聚，遂使黄州成爲詩壇重鎮。元代黄州則出了當時第一流的散曲大家滕賓，其人有《玉霄集》，《太和正音譜》稱"滕玉霄之詞，如碧漢閑雲"。

明清時期，鄂東人文飆升泉湧，王士性《廣志繹》卷四説："毋論士大夫，即女郎多有能詩文者，如周元孚、董夫人輩。"當明弘治、正德年間，黄州王廷陳著有《夢澤集》，其人與李夢陽、何景明並稱"海内三才"。武昌興國人吴國倫與李攀龍、王世貞、謝榛、宗臣、梁有譽、徐中行並稱"後七子"，著有《甔甀洞稿》《甔甀續稿》《藏甲岩稿》《吴川樓集》《續吴川樓集》等。嘉靖時，黄州許潮所作《太和元氣記》由二十四種雜劇組成，裁制新異，詞調爾雅。明萬曆年間，李贄僑寓麻城、黄安，撰有《焚書》《續焚書》《藏書》《解老》《莊子解》等驚世之作，在文學上提出"童心説"，評點《水滸傳》《西厢記》《幽閨記》《浣紗記》等小説、戲劇作品，所輯評的《坡仙集》獨得蘇東坡一生神髓。麻城女詩人毛鈺所作詩歌被同邑名士丘坦編爲《文貞集》，其詩如金珠翡翠，珊瑚瑪瑙，黄童白叟，入目即知其寶。明末，麻城劉侗撰有《帝京景物略》，文字幽雅雋潔，體現了竟陵派的文風。

清代鄂東文學承繼明代遺緒，文風鼎盛。黄州遺民詩人杜濬，詩文自辟町畦，睥睨一世，尤精於五律，有《變雅堂遺集》。蘄州顧景星詩文雄贍，《四庫全書總目提要》稱其爲"一時之霸才"。黄州劉子壯是順治六年的狀元，也是清朝開國文豪之一，著有《屺思堂文集》《屺

思堂詩集》等，他與同科榜眼熊伯龍並稱"熊劉"，又與康熙朝的韓菼、李光地並稱"順康四大家"。康熙年間，黄陂王澤宏著有《鶴嶺山人詩集》，所作和平安雅，不失臺閣氣象，當時名流王士禛、姜宸英、洪昇等都曾點定其詩。廣濟金德嘉是康熙二十一年的會元，著有《居業齋文集》等，《四庫全書總目提要》説："德嘉晚年鍵户著書，時同郡顧景星、張仁熙、劉醇驥往往追摹秦漢，宗尚王李，訾歸有光爲秀善婉媚。德嘉獨不爲高論，力摹韓歐，雖其閎肆博贍遜於國初前輩，而先民榘矱仿佛猶存。"張仁熙著有《藕灣全集》等，其詩多悲苦之音，大旨宗尚李夢陽、王世貞、李攀龍。劉醇驥著有《芝在堂集》等，《古今圖書集成·理學彙編·文學典》稱其"文章高雅典重，一時文士無不知有劉千里者，得其傳記、碑銘，莫不以爲美。"蘄水陳沆是嘉慶二十四年的狀元，名列清代律賦四大家、試帖詩七大家，著有《簡學齋詩存》《簡學齋詩删》《詩比興箋》《館課試律存》等。

明清時期，鄂东詩人文士多如繁星。據我們統計，《湖北通志·藝文志》别集部分共載明清鄂東地區作者1400餘位，占别集部分所載明清湖北作者數的77%；共載明清鄂東地區文人别集1600餘部，占别集部分所載明清湖北文人别集數的80%。我們統計時所定義的鄂東地區包括安陸府、德安府的東部，以及漢陽府、黄州府及武昌府的全部。根據各府作家數量排序，鄂東地區所涉及的五個府分别位列第一（黄州府）、第二（漢陽府）、第三（武昌府）、第五（德安府）和第六（安陸府）。從文人數量及其作品數量上看，明清時期鄂東地區表現突出，是當時湖北文人的中心聚集區。

四

除唐宋元明時期以外，湖北人才的出現還有兩個高峰，一個是楚國八百年，一個是清末和民國時期。晚清到民國，鄂東出現了一個"人才井噴"現象，産生了一系列大師級人物，如地質學家李四光、哲學家熊十力、政治史兼經濟學家王亞南、語言文字學家黄侃、文藝理論家胡風、詩人聞一多、新儒家的代表人物徐復觀、哲學家湯用彤、方志學家王葆心等，他們都堪稱在某一文化門類領一代風騷的鉅子。

得留學風氣之先是近代鄂東文化繁榮的重要原因。張之洞在《勸學篇》中說:“出洋一年,勝於讀西書五年,此趙營平百聞不如一見之説也。入外國學堂一年,勝於中國學堂三年,此孟子置之莊嶽之説也。”李四光先後留學日本和英國,黄侃、王亞南留學日本,聞一多、湯用彤留學美國,他們是鄂東留學生中的代表,鄂東這一時期的留學生日後大多成爲中國社會各個領域的佼佼者。根據白戰存先生編著《鄂東百年留學生名録》統計,清末湖北留學生共 807 人,而鄂東占 196 人(其中,黄岡縣 38 人、黄安縣 14 人、麻城縣 24 人、羅田縣 23 人、英山縣 15 人、蘄水縣 19 人、蘄春縣 33 人、廣濟縣 24 人、黄梅縣 6 人),數量遥遥領先其他各州府。據《湖北教育史志資料》1985 年第 1 期記載,清末留學生以江蘇、浙江、湖北、湖南、廣東、四川等省爲最多。湖北乃一中部省份,有如此多的留學生到西方發達國家留學,湖廣總督張之洞功不可没,鄂東也是深得其利。

張之洞說:“世運之明晦,人才之盛衰,其表在政,其裏在學。”欲興一地之學,必先整理鄉邦文獻,從而“考文獻而愛舊邦”,達到從小區域中探究大歷史,從鄉邦文獻中發現普遍性的歷史問題,進而“從鄂東看中國,從中國看鄂東”,更好地推動區域社會的發展。

爲了弘揚鄂東地區的優秀傳統文化,黄岡師範學院文學院實施了“鄂東傳統文化研究”項目,《鄂東文獻叢書》是這一項目的重要組成部分。《鄂东文獻叢書》收録範圍:一、古代鄂東人士的著述。所謂鄂東人士指出生在鄂東,或籍貫是鄂東(三世祖以下出生或定居現行政區域屬鄂東境内)者。二、雖非鄂東籍,但久居鄂東,且其主要著述在鄂東完成者的著述。

本《叢書》採用平裝形式,每種著述分裝一册。每種著述的編纂以原有的集子爲基礎,並搜輯同一作者内容相關的作品補充完善,也可以按新的體例編次。編者增輯的内容在前言或文末注明出處,必要時説明理由。本叢書的校勘標點以中華書局總編室 1991 年 10 月擬訂的《古籍校點釋例》(初稿)爲基本依據。每種文獻之前,冠以前言(或整理説明)。前言内容包括:一、本書作者的生平簡歷,主要學術成就;二、本書的基本内容、特點、價值的介紹和評論;三、本書的寫作和成書情况;四、本書的版本源流;五、整理方式:底本的選擇,校勘所用的本書其他版本,引用參考的主要典籍。前言之後,爲全書篇名目録。與本書相關的重要參考文獻作爲書後附録。附録内容主要包括:一、本書作者傳記、碑傳、行狀;二、有關目録書籍對本書的提要;三、本書的各家序跋、題記。

我們整理出版《鄂東文獻叢書》,既是期望爲文史工作者提供研究古代文化的基本文獻,也希望廣大的文史愛好者通過本《叢書》感受到鄂東優秀傳統文化的魅力。隨著本《叢書》的問世,我們希望鄂東文化傳統的研究和弘揚進入一個更爲繁榮的時期。

前　言

王澤弘（1626—1708），一作“王澤宏”，字涓來，號“昊廬”，别號“鶴嶺山人”，湖北黄岡人。生於明熹宗天啓六年（1626），卒於清康熙四十七年（1708），享年八十三歲。

澤弘出身官宦之家，其祖爲瑯邪東平侯，後遷於黄岡。其父用予，爲崇禎進士，任淮安推官，内擢檢討。澤弘十四歲，補博士弟子，中崇禎壬午副榜。明末動亂之際，曾避亂江西九江一帶。清順治初年，歸里讀書。於順治十二年（1655）中進士，入翰林，督學京畿，再遷吏部侍郎、左都御使、禮部尚書。有政績，曾上疏請求恢復九江關，使當地貿易、民生皆得其便，商民爲其建生祠。澤弘頗受康熙知用，先後獲賜“夙夜惟寅”、“尊道堂”兩匾額。康熙三十九年，以老辭位，歸居金陵大功坊。角巾散服，徜徉山水，年八十三薨，後歸葬黄岡陽羅。澤弘子六人，長子材升，貢生；次子材任，康熙乙未進士，官僉都御使；次子材成，官江西南康令。其詩文遺稿由其六子材振整理刊刻。

王澤弘一生交遊甚廣，尤“喜與諸名士遊”（《四庫提要》）。早年與黄岡才俊王一翥（子雲）、朱日濬、葉封等交往密切；入清後，與著名文人王士禛、洪昇、姜宸英，畫家石濤、程邃等往來唱和，尤其與戲曲家洪昇交誼深厚。

澤弘多才多藝，尤工詩。早年（明末）詩多記録自己避亂江西、流亡異地的苦難，充滿對時局的憂慮以及對親人、友朋罹難的悲痛，情調悽愴。入清出仕以後，則多爲表現個人閑逸情致以及朋友、幕僚間的送别、酬贈之作，格調閑雅。《四库提要》評曰：“所作類皆和平安雅，不失臺閣氣象，而骨體未堅，醞釀未厚，尚不能凌轢一時。”清魏憲對其詩評價則甚高，贊其：“五古則鄴下、彭澤；七古則浣花、徂徠；近體則絳州、鹿門。飄飄乎如蟬蜕之遇秋風，泠然善矣！”（《補石倉詩

選・昊廬詩序》）

王澤弘詩作最初被清魏憲録入其《補石倉詩選》，題爲《王昊廬詩》，共三卷，一百三十二首。後其子材振進一步整理刊刻，題爲《鶴嶺山人詩集》，共十六卷（後被收入《四庫全書存目叢書補編》）。其前三卷標爲“已刻詩”，即魏憲所收入的作品，在篇目與文字上有一些删改。四卷以下，用編年體。自丁巳迄庚辰，題某年詩若干首，附注曰“未刻稿”。後整理者在南京大學歷史系圖書資料室意外發現了王澤弘寫於明末的原始詩稿，題爲《鶴嶺山人集》一卷，共計一百三十九首，屬於未曾刊刻的手稿真迹，因而尤顯珍貴！惜因時間較久，前後幾頁破損較嚴重。手稿前後改動較大，爲儘可能呈現手稿的完整性，正文録入的爲作者的原始文稿，作者後來改動的文字，統一在注釋裏加以説明。

本次點校，以澤弘子材振刊刻本《鶴嶺山人詩集》十六卷，及其手稿《鶴嶺山人集》一卷爲底本，校之以魏憲《補石倉詩選・王昊廬詩》三卷本。目録與正文的標題均依原稿，或有不一致處，未作更改。附録有《四庫全書總目提要》，以及整理者新搜集的一些相關資料，包括傳記、藝文志、墓志、詩話評論等。

黄岡師範學院　周秀榮

2017年8月

目　録

舊序 ………………………… 001

卷一

已刻詩五十二首 ……… 003

擬古 ………………… 003

聽楊振玉彈琴題贈 ………………… 003

寄宋玉叔 ……………… 003

柬顧西巘侍御 ……… 003

丁亥七夕 …………… 003

送程伯建 …………… 004

過曹顧庵前輩陸舫 ………………… 004

魯橋遇同年徐月鹿 ………………… 004

舟行至夏鎮 ………… 004

泊舟南陽湖 ………… 004

過彭家口 …………… 004

小除立春泊舟清江浦 ………………… 005

舟中有懷 …………… 005

贈吴弘人聞夏伯仲 ………………… 005

贈吴兹受先生 ……… 005

題程穆倩石言册子 ………………… 005

江上遲復生未至 …… 006

訪樂叢 ……………… 006

懷劉子彝未歸 ……… 006

寄閻古古遊廬山 …… 006

清明 ………………… 007

廣陵喜顧修遠至 …… 007

舊刀歌 ……………… 007

落花詩補一首……… 007

題畫 ………………… 008

懷丁繡夫 …………… 008

題程穆倩畫 ………… 008

項去浮館丈至廣陵 ………………… 008

無錫黄心甫遊齊，與歌者胡文玉善。心甫有僕，窺槖中貲，將謀不利。文玉覺其意，以身代刃，入膚數寸。有中營劉將軍者，出奇方救之，得不死。余感其義，以作歌 ……………… 009

秦淮雜詩和王阮亭作

…………………… 009
答孫豹人見贈次原韻 …………………… 010
別貽上 …………………… 010
黃維章前輩歸州硯咏之 …………………… 010
吴門送秦留仙歸梁溪 …………………… 010
題畫贈李眉年 ………… 011
留別丁繡夫 ………… 011
停舟候潮過南徐華氏園有感 ………… 011
贈友 …………………… 011
偶成 …………………… 011
咏芭蕉 ………………… 011
鐵佛寺訪謝有客 …… 012
程穆倩山人招隱 …… 012
贈李二夢珠 ………… 012

卷二

已刻詩四十二首 ……… 013
家大母太夫人誕辰 … 013
擬古 …………………… 013
憶内子病 ……………… 013
出真州阻風作 ……… 014
感懷 …………………… 014
舟行即事 …………… 014
曉行至五溪即事 …… 014
五溪望九華諸峰雪 … 014
九華雪霽 …………… 015
銘九歸索書因贈 …… 015
送周銘九 …………… 015
漫興 …………………… 015
望金山 ………………… 015
寄葉晋源 …………… 015
贈胡彦遠 …………… 016
花朝日信筆 ………… 016
春已去歌 …………… 016
思遠吟 ………………… 016
入小崎道中作 ……… 016
登小崎山頂 ………… 017
懷廣容園 …………… 017
題周言志伯樂顧駿圖歌 …………………… 017
舟行 …………………… 017
贈韋子惕 …………… 018
贈陳頑龍觀察 ……… 018
懷仙詩五首 ………… 019
薦福寺寓中作 ……… 019
偶感 …………………… 020
自南康陸行至九江道經廬山下 ………… 020
徐亦史明府移樽廣容園小詩謝志 ……… 020
雨中聞謝有客彈琴作 …………………… 020
望九華 ………………… 021
自題小像 …………… 021

卷三

已刻詩三十八首 ……… 022
諸葛武侯 …………… 022
王景略 ………………… 022
張留侯 ………………… 022

梅花樹下歌 ………… 022
送友人北上 ………… 023
秋夜同萬孝克坐偶然作歌 ………………… 023
偶感 ………………… 023
木蘭山道中作 ……… 024
贈楊鄂州出使安南 … 024
同高念東先生泛舟月湖即席和韻 ………… 024
宋牧仲别駕招同陳義扶孝廉飲署内東齋,義扶即席有作,因屬和四首 ……………… 024
雨後遊西山作 ……… 025
樊湖初度 …………… 025
樊湖雜詩 …………… 025
過昭山 ……………… 025
登祝融峰 …………… 026
長沙客懷 …………… 026
何參軍藏有古梅一幅,不知姓字。或曰此元人筆也。索余題跋,因信筆作歌 ……………… 026
登岳陽樓舊址 ……… 027
偶成 ………………… 027
黄鶴樓觀江漲歌 …… 027
月夜天門山登眺 …… 028
泊燕子磯大雪過三臺洞 ………………… 028
贈周櫟園 …………… 028
車中望東蒙山白雲作 ………………… 028
春深 ………………… 028
泰安州見杏花作 …… 029
贈柯三臺口號 ……… 029
岸動 ………………… 029

卷四

丁巳詩九首(以下未刻稿) ………………… 030
新歲看新月作 ……… 030
偶感 ………………… 030
清明 ………………… 030
感懷 ………………… 030
讀孟襄陽詩 ………… 031
寄陸生 ……………… 031
惜陰 ………………… 031
張晴峰户部購得舊琴,膠漆盡脱。修葺時,開腹得大唐雷氏斵五字,蓋雷琴也,詩以紀之 ……………… 031
戊午詩二十九首 …… 031
元日雜詩 …………… 031
有客過荒齋勉以進取,作此奉復 ………… 032
元夕 ………………… 032
題朱小晋所藏畫册 … 032
感懷寄山中隱者 …… 032
喜雨 ………………… 032
琴師金吾易作待漏圖索贈賦此 ………… 033
初秋感懷 …………… 033

中秋 …… 033
陳藹公下第 …… 033
送姚能序之利津丞 …… 033
西山曉雪 …… 034
詹事府齋宿咏懷 …… 034
天壇劉道士道院齋宿 …… 034
贈洪昉思 …… 034
贈周紫海三首 …… 035
新月 …… 035
戒子 …… 035
立春日感懷 …… 036
小除 …… 036

卷五

己未詩二十五首 …… 037
元日 …… 037
人日 …… 037
材任以公車來長安，元夕作三詩。馮圃芝、吴天章、洪昉思皆屬和，余亦用韻以示 …… 037
過永福宫 …… 037
春雪 …… 038
雪後新月 …… 038
宿禪院作 …… 038
訪周履坦不遇 …… 038
送羅弘載赴韓心康中丞幕 …… 038
題相士周象九畫像 …… 038
同周紫海、陸翼王小齋偶飲 …… 039
題顧茂倫雪灘釣叟圖 …… 039
次韻答陳譽斯 …… 039
冬至次心簡韻 …… 039
贈家良輔 …… 039
望月 …… 039
漫成 …… 040
歲暮 …… 040
庚申詩二十六首 …… 040
穀日有感 …… 040
詹事府齋宿 …… 040
正月晦日 …… 041
友人過訪，值余出城齋宿，偕行數里始别因贈 …… 041
題梅耦長三畫册 …… 041
初度 …… 041
五日 …… 041
贈馬丹霞 …… 042
題友人畫卷 …… 042
中秋 …… 042
閏中秋 …… 042
索居 …… 042
野眺 …… 042
望月有感 …… 043
李子鵠自上谷過訪即送歸西陵 …… 043
送陳心簡之遼東 …… 043
燈前菊影次韻三首 …… 043

庭樹 …………………… 044

卷六

辛酉詩四十首 ………… 045
感懷 …………………… 045
出都門道中望沙河作 …………………… 045
述懷 …………………… 045
沙河旅次 ……………… 046
沙河雨霽 ……………… 046
晚景 …………………… 046
同洪昉思野步 ………… 046
寒松 …………………… 046
清明同會稽范睿五、武林洪昉思、廬陵朱藕男坐沙河旅舍 …… 046
雷家莊次昉思韻 …… 047
同昉思宿雷家莊 …… 047
憩曹家莊 ……………… 047
三河道中即事 ……… 047
宿棗林莊 ……………… 047
過薊州 ………………… 047
車中同昉思野望 …… 048
過御果園 ……………… 048
宿石門驛 ……………… 048
雨中宿野寺兼贈隱素上人 ……………… 048
咏懷 …………………… 048
同洪昉思遊盤山三十韻 …………………… 049
遊盤山詩三首 ……… 050
贈沈繹堂 ……………… 050
九日 …………………… 050
長子材升南歸,詩以示之 …………………… 050
同沈繹堂前輩有感作 …………………… 051
至日 …………………… 051

卷七

壬戌詩五十九首 ……… 052
首春書懷 ……………… 052
送陸翼王南歸 ……… 052
送毛會侯罷官歸里 … 052
潘雪客太史持楊芳逅畫索題感而作歌 … 052
碧梧 …………………… 053
贈薛衛公 ……………… 053
送孟穀侄 ……………… 053
大風 …………………… 053
聽彌上人言五臺之勝有感 ………………… 053
書懷 …………………… 054
口號柬沈繹堂掌詹崔玉階詹事 ………… 054
夏夕夜雨 ……………… 054
讀寇平仲傳 ………… 055
贈宋聲求司訓英山 … 055
病中袁杜少屢過感賦絶句 ……………… 055
閉户 …………………… 055
乞假後作 ……………… 055
解組 …………………… 055
別同署諸公 ………… 056

觀弈 …………………… 056
去矣 …………………… 056
請假將歸答陳康侯送別 …………………… 056
留別魏雛伯廷尉 …… 056
將還山作 …………… 056
留別同館諸公 ……… 057
留別高澹人侍講 …… 057
出都門 ……………… 057
過琉璃河 …………… 057
涿州 …………………… 057
白溝河 ……………… 058
南歸道中作 ………… 058
自阜城縣至劉智廟宿，竟日大風車中作 … 058
過德州 ……………… 058
過白溝河 …………… 058
自高唐至在平道中雪 …………………… 058
自銅城驛至東阿道中望東南諸峰有感 … 059
過東阿訪劉棠谿都諫 …………………… 059
再別劉棠谿都諫 …… 059
東阿道中即事 ……… 059
過利國驛至柳泉宿 … 060
過黄河宿徐州城外 … 060
徐州曉行 …………… 060
自桃山驛至夾溝驛偶作 …………………… 060
自王莊過臨淮縣夜行至黄泥阪宿 ………… 060
自長安將至金陵新居 …………………… 060
道上見古松 ………… 061
西望 …………………… 061

卷八

癸亥詩三十首 ………… 062
艷歌何嘗行 ………… 062
雨中同孫孝則遊山 … 062
題鄭肯崖漁舟圖三絶 …………………… 062
大雨句容道上作 …… 063
南歸 …………………… 063
過無錫秦留仙園中，留仙時在長安因寄 … 063
漁舟 …………………… 063
林果存以詩見寄次韻奉答 ………………… 063
歸里 …………………… 063
過楊愚如園 ………… 064
九日同鄭元功登西山作 …………………… 064
入樊湖至碎石園作 … 064
碎石園至金牛鎮登舟出樊口 ……………… 064
九月廿二夜夢人贈以末句，覺後補成之…… 064
樊湖雜咏 …………… 064
偶書 …………………… 065
答樂叢上人 ………… 065
故園冬日作 ………… 065

甲子詩十二首 ………… 065
壽姚山人 ………… 065
郊行 ………… 066
贈張長人 ………… 066
午日 ………… 066
入廬山 ………… 066
立秋 ………… 066
答米紫來太史見贈 … 066
送胡孟綸宫允遊嶺南 ………… 067
讀范少伯傳 ………… 067
贈徐公良 ………… 067
贈周鍊師 ………… 067
大風 ………… 067

卷九

乙丑詩四十一首 ……… 068
漫成 ………… 068
雲間沈友聖至 ……… 068
和沈友聖仲春晦泊龍江關,上巳後一日啓行作 ………… 068
鄭元功見贈絶句次韻答之 ………… 068
江行雜詩 ………… 068
寄贈同宗苑仙、聖功父子 ………… 069
送鼎又弟歸黄州 …… 069
鱘魚嘴阻風 ………… 069
河口阻風告江神二首 ………… 069
開先寺 ………… 069
懷洪昉思 ………… 070
寄程穆倩求鎸乾陽子三字 ………… 070
書感 ………… 070
幽蘭 ………… 070
立秋 ………… 070
贈同年遲默生 ……… 071
南昌送武林沈器先遊太和 ………… 071
贈雲居僧 ………… 071
余偶避暑南昌,索竹於青雲譜。竹醉日,易庵周道士送數竿來。僅三閱月,笋出遂六七尺。以彼微物,尚長養不已,余老矣,何所得耶 ………… 071
感懷 ………… 071
即事 ………… 072
贈沈友聖 ………… 072
别種竹 ………… 072
章江舟次 ………… 072
過鄱陽湖 ………… 072
出景德鎮舟中作 …… 073
角里祀祖歸寄宗人作 ………… 073
潯江送閬中張夏鍾適楚 ………… 073
彭澤阻風示同舟諸子 ………… 073
至日泊皖江作 ……… 074

丙寅詩九首 …………… 074
送沈友聖入粵 ……… 074
湯惕庵先生以詩見贈次韻奉答 ………… 074
芥上人過訪坐松石下因贈 ……………… 074
幽居 ………………… 074
東園偶成 …………… 075
九日 ………………… 075
會景亭成,諸同人見過,載酒演劇兼辱贈詩,因和 ……………… 075
思鶴吟 ……………… 075
入山 ………………… 076

卷十

丁卯詩二十四首 ……… 077
元日筮得益之晋 …… 077
十七夜月皎甚喜作 … 077
入山道中作 ………… 077
送銀臺袁密山歸里 … 077
哭鄭肯崖 …………… 078
入吴雜咏十首 ……… 078
沈恂如持畫卷索書名,花已備,獨少寒松,感而題此 ………… 078
題沈恂如小像 ……… 078
頻年 ………………… 079
讀史二首 …………… 079
宿牛首山家 ………… 079
冬至 ………………… 079
戊辰詩三十五首 ……… 079
上元燕子磯阻風晚始放舟 ……………… 079
憶亦園梅花 ………… 080
自淮安板閘陸行 …… 080
沂州道中 …………… 080
齊河縣曉行 ………… 080
過泰安州,以部檄甚嚴,望嶽未登因成絶句…………………… 080
寄洪昉思 …………… 080
將至都門作 ………… 081
補官後偶作 ………… 081
頻年 ………………… 081
望盤山有感 ………… 081
定府莊 ……………… 081
恭謁孝陵 …………… 081
宛平相國招同真定相國李醒齋、彭羨門、家慎庵三學士於頤園,是日雨霽,月復皎甚因作…………… 82
京師自新寓移入舊居感作……………… 82
齋中古槐…………… 82
同館周石公九次不調忽移僉憲,喜作 …… 82
中秋雨……………… 82
中秋雨後月………… 83
送程天台南歸……… 83
秋懷………………… 83
九日同昉思………… 83

九日過黑龍潭………… 83
秋曉懷朱菊廬………… 84
寄趙松石中丞謫關外兼寄盧楊諸公……… 84
初冬郊外作……………… 84
過青溝訪拙上人……… 84
除夕……………………… 84
卷十一
己巳詩二十三首………… 85
春感………………………… 85
和昉思遊張氏園因憶故山作……………… 85
海淀……………………… 85
宿松泉寺………………… 85
題李氏所藏文衡山畫册……………………… 86
偶感……………………… 86
寫懷……………………… 86
小齋書懷………………… 86
雜詩……………………… 86
宿松泉寺………………… 87
唐三傑…………………… 87
秋雨……………………… 88
述懷……………………… 88
寄洪昉思………………… 88
庚午詩十九首…………… 88
清明……………………… 88
過深雪草堂訪霽上人……………………… 88
禱雨……………………… 89
近事……………………… 89
即事……………………… 89
感懷……………………… 89
懷亦園…………………… 89
送人之衡州……………… 89
送劉鰲石南歸…………… 90
出郭……………………… 90
送姜西溟南歸…………… 90
出郊外感作……………… 90
京邸寄王安節索畫…… 90
家人至問山園作……… 91
題贈陸素庵…………… 91
喜周石公新除太常感贈……………………… 91
夜深偶作……………… 91
贈魏雝伯擢宗正……… 91
卷十二
辛未詩二十九首………… 92
元夕……………………… 92
清明……………………… 92
繡毬花…………………… 92
石榴……………………… 92
桂………………………… 92
臘梅……………………… 93
梅花……………………… 93
戲筆……………………… 93
禱雨……………………… 93
再祷雨…………………… 93
馬上偶成………………… 93
祈雨……………………… 94
送鄭方南給諫歸里…… 94
客居……………………… 94

買花…………………………94
茅齋新成作…………………94
閏七月望新月有感……94
出郭…………………………95
送洪昉思歸武林………95
偶感…………………………95
鄭元功南歸貽詩留別
次韻奉答…………………95
訪陳藹公不遇…………95
冬夜…………………………96
題畫…………………………96
懷袁杜少…………………96
新月…………………………96
壬申詩二十三首…………96
春日偶成…………………96
送李君之粵………………96
清明…………………………97
寒食…………………………97
送任太守之登州………97
送春口號…………………97
松上人自金陵來遊西
山即歸因贈…………97
雨後立秋…………………98
中秋…………………………98
送雪上人…………………98
送江辰六之解州，用家
阮亭少司農中條二
字韻…………………………98
九日以客至留飲不及登
高作…………………………98
袁杜少太史以九日崇效
寺作見示次韻答之……
……………………………99
捐粟行………………………99
袁杜少生日賦贈………99
讀龐雪崖工部送父旋里
賦懷詩感作…………99
寄衣三幼子…………100
陳子南歸無金以贈以詩
代之…………………100
出東門………………100
除夕…………………101

卷十三

癸酉詩三十一首………102
送儀曹吴象一督工右衛
……………………………102
示諸僕・種梅………102
種竹……………………102
種海棠繡毬…………102
種松……………………102
種桂……………………103
栽蓮……………………103
種桃李…………………103
送春有感……………103
偶感……………………103
五日……………………104
楚上人贈詩次韻送別
……………………………104
贈龐霽公……………104
友人以武彝茶遠寄因贈
素庵…………………104
柬借上人……………104

送友人入秦 …………… 104
寄吴天章 ……………… 105
九日署中閲卷不及登高有感即事 ………… 105
過野寺小坐二絶句 … 105
寄清溝上人 ………… 105
天花井巔有三井,兩清一濁 ……………………… 105
贈裴君 ………………… 106
贈夏君 ………………… 106
贈鄭元功次來韻 …… 106
除夕 …………………… 106
甲戌詩二十六首 ……… 106
早朝 …………………… 106
立春感作 ……………… 107
贈朱天水 ……………… 107
雪後見霜月 ………… 107
送輪上人南歸 ……… 107
生日 …………………… 107
宿松泉寺,其後圃雜樹中有梨花一株盛開感作 …………………… 107
贈粤東楊孝廉 ……… 108
過廣濟寺 ……………… 108
過目耕園 ……………… 108
送雪莊上人還黄山 ……………………… 108
送扶上人還山 ……… 108
賦得虚心高節雪霜中 ……………………… 109
殿揚侄寄龍井、松蘿二茗,適憲斯至長安,贈硯信筆答之 ……………………… 109
即事 …………………… 109
立秋次王無擇韻 …… 109
安肅陳黄玉貽園菜佳釀志謝 …………… 109
答蘇濟夫中翰贈羅酒、墨露二種 ………… 110
和宋震懷太史除夕作 ……………………… 110

卷十四

乙亥詩二十四首 ……… 111
筵後偶作 …………… 111
和王無擇長安看新月 ……………………… 111
王無擇讀余近作,投詩見贈,次韻奉答……… 111
元夕口號 …………… 111
送劉子彝長安歸楚 … 111
二月 …………………… 112
雙劍 …………………… 112
憶金陵舊遊 ………… 112
二月見新月感作 …… 112
清明苦久雪 ………… 112
萬泉莊看花即事 …… 113
和王無擇送春 ……… 113
江補齋太常舫齋成題贈 ……………………… 113
和岑嘉州長句韻送魏象曼之任黄陂 ……… 113

馬祖修、曹天全過訪，以祈晴東郊失迓 …… 113
送馬祖修歸白門 …… 114
茂勳、策勳南歸，作此示之兼寄紀勳 …… 114
偶感 …… 114
丙子詩二十首 …… 115
元日 …… 115
春分 …… 115
清明後二日作 …… 115
送衍上人還山 …… 115
解上人出山見訪 …… 115
題高潤生小影 …… 116
五日 …… 116
偶感 …… 116
奉命祈晴，次日開霽喜作 …… 116
送素上人還山 …… 116
送陳心簡南歸 …… 116
寄湘鄉陶五徽 …… 117
贈翟乾一 …… 117
和劉元叔 …… 117
題陳友庵畫像 …… 117
偶感 …… 118
紅蘭主人集名士公讌詩以紀之 …… 118

卷十五

丁丑詩四十七首 …… 119
知貢舉棘闈偶感四首 …… 119
知貢舉入闈，思昔與范覲公制府屢夕聚首，愴然有懷 …… 119
二月既望大雪，次日喜晴 …… 119
春日 …… 120
箜篌謠 …… 120
春日言懷 …… 120
偶感 …… 120
試院公餘作長言自警 …… 120
明遠樓聞笛 …… 121
廿六日陰晦 …… 121
送余右弓下第歸里 …… 121
贈蔡立先下第 …… 121
潭柘寺四首 …… 121
香山 …… 122
偶感 …… 122
恭紀聖德神功三征蕩平詩二十首有序 …… 122
柬拙上人 …… 125
贈樊花坡彈琵琶 …… 125
吏部封印後作 …… 126
擬古 …… 126

卷十六

戊寅詩十一首 …… 127
上元月夜至西直門外宿 …… 127
春感 …… 127
過城西看杏花不及悵然作 …… 127

送春 …………………… 127
送陳蕘愷庶常爲�連令 …………………… 128
漫興 …………………… 128
懷歸 …………………… 128
乙卯詩二十三首 ………… 128
作畫 …………………… 128
和友人雜咏二絶 …… 128
述懷 …………………… 129
偶成 …………………… 129
曹天全約看牡丹,以病不及赴因寄 ……… 129
偶感 …………………… 129
送王一士任寧都 …… 130
故人抱病見過不相值 …………………… 130
秋分 …………………… 130
送顧諟及歸黄州 …… 130
拙上人書來因寄 …… 130
偶感 …………………… 130
題小像 ………………… 131
送家搗齋甘山巡憲 … 131
送高江村宫詹終養歸里 …………………… 131
庚辰詩三十首 ………… 131
正月六日大雪馬上作 …………………… 131
春盡 …………………… 132
訪陳健夫 ……………… 132
和查夏重韻 …………… 132
題小像 ………………… 132
題同年徐荆山小像 … 132
徐學人新進士南歸 … 133
遣興 …………………… 133
送杜肇餘大宗伯予告歸里 …………………… 133
題梅耦長畫即贈 …… 133
擬古 …………………… 134
送棲霞上人歸南岳 … 134
八月十八夜集思匡閣待月分得有字 ……… 134
九日至黑窑廠登高作 …………………… 134
思匡閣前種三柿樹,結實纍纍可愛,賦此…… 134
貸米贈陳心簡 ……… 135
題徐芝仙畫明妃青冢圖 …………………… 135
咏懷 …………………… 135
跋 ……………………… 135

附録一:鶴嶺山人集

崇禎壬午年稿 ………… 137
感懷 …………………… 137
贈龍夢先 ……………… 138
夜作 …………………… 138
寄王子雲 ……………… 138
送李過廬 ……………… 139
晚步 …………………… 139
梅花 …………………… 139
懷劉遠脩 ……………… 139
哭劉子 ………………… 139
癸未年稿 ……………… 140

贈奚中雪北上 ……… 140
遲龍夢先不至 ……… 140
與丁仲庸夜坐 ……… 140
聞熊則書避地樊湖 … 140
念奚中雪 ……………… 140
登石鐘山送袁介眉 … 141
登石鐘山閣子 ……… 141
感懷 …………………… 141
夜懷 …………………… 141
遠遊 …………………… 142
擣衣 …………………… 142
贈盧將軍 …………… 142
江上送友 …………… 142
夜坐懷友 …………… 142
潯陽病起 …………… 143
贈張黄月先生 ……… 143
雨中懷朱菊廬 ……… 143
初秋 …………………… 143
秋夜 …………………… 144
秋盡贈蕭純成表兄 … 144
初冬旅舍 …………… 144
鄱陽遇范小重得李雲田、莫先子避兵咸寧信 …………………… 144
問燈 …………………… 144
寓中有感 …………… 145
九日得家信 ………… 145
柬劉子嘗 …………… 145
荅夏振叔見贈 ……… 145
哭黄岡令孫澹如 …… 146
送劉遠脩歸西陵 …… 146
懷劉荃臣 …………… 146
懷陳小有 …………… 146
念奚中雪被鹵 ……… 146
登廬山開先寺贈僧冰水 …………………… 147
喜范小重遠至時寓南康 …………………… 147
别朱惟敬 …………… 147
秋望 …………………… 147
避兵樊湖感作寄友人 …………………… 148
舟行寄劉千里 ……… 148
别段生 ………………… 148
約龍夢先至館 ……… 148
江州秋興 …………… 149
秋雨幽居 …………… 149
懷覺浪 ………………… 149
感懷 …………………… 149
寄張公亮 …………… 150
題沈中朗画 ………… 150
客中柬尹右王 ……… 150
懷劉師尚 …………… 150
登石鐘山訪官綏之 … 150
客思 …………………… 151
送尹右王 …………… 151
寄甘禹符師 ………… 151
送劉遠脩歸西陵麻城人 …………………… 152
立春 …………………… 152
悼奚中雪 …………… 152
潯陽病起 …………… 152

除夕 …………………… 152
甲申年詩 …………………… 153
獨飲遂成 …………………… 153
感懷 …………………… 153
寒食 …………………… 153
感懷 …………………… 153
送胡山書還山居 …… 153
送朱菊廬還山 ……… 154
贈别吴峻季 ………… 154
五日感懷寓武昌縣…… 154
贈龍夢先 …………… 154
輓刘荃臣 …………… 155
寄刘千里 …………… 155
旅中秋感 …………… 155
遣病 …………………… 155
七夕 …………………… 156
寄友 …………………… 156
寄冰水上人 ………… 156
柬胡山書 …………… 156
避難歸同静源、山書郊外 …………………… 156
結茅 …………………… 157
乙酉年詩 …………………… 157
皇天歌 ………………… 157
天聽辭 ………………… 157
自罰辭 ………………… 158
自省辭 ………………… 158
謁濂溪先生墓 ……… 159
潯陽避兵寄龍夢先 … 159
雪中寄龍夢先二首 … 159
哭郭介維 …………… 159
潯陽亂後柬王子雲 … 160
檢殘書有感作 ……… 160
亂後歸黄州至西鄉洪山寺卜居 ……… 160
客歸 …………………… 160
潯陽秋感四首 ……… 160
秋懷 …………………… 161
秋月 …………………… 161
喜故園人至 ………… 161
有憶 …………………… 161
自恨 …………………… 161
無計 …………………… 162
得朱静源、胡山書、龍夢先三友札 ………… 162
夢友人 ……………… 162
哭老僕能勝 ………… 162
譚家畈難後辭老母、幼弟及萧纯成表兄先歸黄州卜居 ……… 163
初冬寄戴初士 ……… 163
山中作 ……………… 163
江州遇難寄友人 …… 163
病憶 …………………… 164
過龍丘偕諸子宿城東野寺 ………………… 164
懷舅父又沂 ………… 164
隱山 …………………… 165
薄暮散步夜歸村中作 …………………… 165
夜坐聽雨懷友人 …… 165
秋日過故居懷友 …… 165

江州難後寄子雲 …… 165
與山書避難匡山作 … 166
夜坐明水上精舍同胡山書作 ………………… 166
訪熊則書山居 ……… 166
病後寄朱菊廬 ……… 166
江州懷舊 …………… 166
生還 ………………… 167

附録二：

《康熙黃州府志》卷六・選舉……………… 168
《乾隆黃州府志》卷九・選舉……………… 168
《乾隆黃州府志》卷十一・文苑……………… 168
《乾隆黃州府志》卷十九・藝文志 ……………………… 168
《光緒黃州府志》卷十九・文苑……………… 168
《光緒黃州府志》卷三十五・藝文志 ……………………… 169
《光緒黃州府志》卷三十六・藝文志……… 169
《光緒黃州府志》卷三十七・藝文志……… 170
清李桓《国朝耆献类徵初编》卷四十九 ……………………… 170
清張維屏《国朝詩人徵略初編》卷四 ……………………… 172
清丁宿章《湖北詩徵傳略》卷十六………… 172
鄧之誠《清诗纪事初编》卷八 ……………… 174
清沈德潜《清诗别裁集》 ……………………… 175
清袁枚《隨園詩話》 ……………………… 175

附録三：

翰苑稿略序 ………… 176
阮亭詩選序 ………… 176
盤山志序 …………… 177
梅花書屋詩選序 …… 178
天方性理序 ………… 179
與青溝和尚書一 …… 180
與青溝和尚書二 …… 180
與青溝和尚書三 …… 180
與青溝和尚書四 …… 181
與青溝和尚書五 …… 181
與青溝和尚書六 …… 181
與青溝和尚書七 …… 181
與青溝和尚書八 …… 182
與青溝和尚書九 …… 182
與青溝和尚書十 …… 182
巢雲説 ……………… 183
重修永祥寺碑 ……… 183

四庫全書總目提要・鶴嶺山人詩集 ……………… 185

舊　序

福清魏憲惟度撰

記有之："粤無鎛，秦無廬。"秦、粤非無鎛也、廬也，夫人而能爲鎛也、廬也。楚之於詩也亦然。昊廬王先生，固楚材之般倕也。或曰習也，檢討公著之家也；或曰傳也，鶴林孫公以之儲元，爾成張公以之登第。文心即詩心也。余小子曰："固也，先生實得之天耳。天之菁英，人不得而襲之；天之工力，人不得而勉焉也。"余度仙霞，歲將十稔，十五國之風已知之矣。癸丑秋深，以一竿投漳河，一矢獵太行。鯢也，鮒也，其族漁也；狐也，狌也，其族獵也。發人之笱，揜人之罟，其盜漁盜獵者也。最後，昊廬先生以詩示其任氏之漁、羅氏之獵乎？偉矣！其俎登東海，囊括上林者乎？今讀其五言古，則鄴下也，彭澤也；七言古，則浣花也，徂徠也；近體則绛州、鹿門也。飄飄乎如蟬蜕之遇秋風，泠然善矣！而余更有進者。今天子有事明堂，先生方出中秘，徵材薊燕都鄙、郯圻間，杞梓楩楠，錯采交進。先生受之繩墨，升之梁棟，爲大厦之所倚庇。林可焚也，澤可竭也，豈僅僅乎詩之爲教也。而後知余小子之爲漁爲獵者淺也。

附注

先君子前後詩稿不下數千首，振所藏纔什之一二。自丁巳迄庚辰，凡二十四年，計詩千餘首。兹抄六百四十五首，先付開雕。冠以少作，刻入《補石倉詩選》者一百二十三首，其餘俟搜輯全編續刻。

未刻詩照原稿先後，用編年例釐爲十三卷，已刻詩不復紀年，釐爲三卷。原稿曾經家阮亭、杜肇餘、洪昉思、姜西溟、錢亮工諸先生評隲者居半。因全編未經商訂，評語概不録入。

舊序皆已散佚，所存惟魏惟度先生《補石倉選序》一首，録之卷端。尚冀當代宗工錫之弁言，以垂不朽。

先君子奏疏、文集，嗣當彙集成書，次第付梓。

先君子自庚辰冬解組退休白下，戊子捐館舍。手授遺稿，平生志行，略見於斯。振年逾弱冠，過庭之訓，未遑卒業。諸昆既散處吴楚間，振株守敝廬，鈍拙無似，學殖荒落，繼述靡由。十餘年來，始得校理詩集，以授剞劂，然且闕焉未備。展讀是編，彌增惶悚。

男材振敬識

卷一已刻稿

擬　古

種樹長秋花，鑿池待春水。故人永相託，所得僅如此。水逝有還波，落花無生理。安知同堂客，不似千萬里。萬里隔鄉縣，有時自相見。片言偶乖離，對面形色變。願言白頭好，不願白頭早。白頭難與期，此心私自悲。

聽楊振玉彈琴題贈

深春過我操悲秋，不是琴心是隴頭。燕地自來芳樹少，却疑落葉滿庭愁。

寄宋玉叔

吾友聲名久，頻年見面疏。詩篇存我法，閱歷當奇書。碣石堪垂績，燕臺望卜居。只愁君到後，歸伴楚江漁。

柬顧西巘侍御

寒風積雨滿庭吹，爲報晴川侍御知。一樹梅花千點淚，無人看到夜深時。

丁亥七夕

天上知何事，人間説渡河。浮生多怨别，對此自悲歌。是日偏宜夜，經秋客不過。雙星期失信，烏雀竟如何。

送程伯建

秋風將盡後，更送客南歸。去國葉皆脱，懷人雁正飛。行裝存故劍，蓬鬢仗清輝。君看今宵月，凄凄畏搗衣。

過曹顧庵前輩陸舫

草堂閒曠正清秋，相對凉如水氣浮。自有坐中人作揖，不妨市上屋爲舟。林深白日偏常静，地遠青山覺更幽。最愛隔鄰蕭寺裏，鐘聲欲盡尚遲留。

魯橋遇同年徐月鹿

客子歸舟度魯橋，停舟忽遇使臣軺。過君旅舍燈花喜，顧我孤蓬霜樹遥。岸老平湖天漸雪，月明群雁夜疑潮。關河分手吾何事，不復垂綸只采樵。

舟行至夏鎮

舟行當歲暮，河淺水彌清。似映遠山碧，微含殘月明。淡交懷古道，飲酌感深情。應有幽人屋，閒居遂此生。

泊舟南陽湖

歸舟屢泊不知名，客夜惟憐此地清。古岸漸看簫鼓近，孤帆如在畫圖行。湖寬似曉月初吐，林静無聲雪半晴。腸斷捕漁燈影亂，扣舷歌動故山情。

過彭家口

此地滄桑野老諳，三河水勢盡歸南。雪光照影千村合，霜氣如煙萬嶺含。誰搆石橋通古渡，應思血汗苦丁男。歸人指顧溪山好，或有高僧此結庵。

小除立春泊舟清江浦

淮陰再過恰逢春，此地遲留更愴神。岸雪未消頻作客，署槐漸老倍思親。(注：先太史爲淮安司李。)船移遠水陳靈几，淚滴椒觴薦野蘋。遊子歷年多在外，九原應念北歸身。

舟中有懷

離心百折到江流，雨向春深夜落愁。爲客久同湘浦雁，懷人如坐洞庭秋。聽歌有怨弦難識，解纜猶牽岸不留。君入淮南吾去越，好風偏阻木蘭舟。

贈吴弘人聞夏伯仲[redacted]

歸家猶作未歸身，歲暮悲歌到暮春。最念客[redacted]落花辰。交情未敢同厨顧，世事相看迭主賓。莫道此行新識面，論心已是廿年人。

贈吴兹受先生

君憂東去我懷歸，塞漠鄉園意總違。誰念老人離少子，獨憐孤客憶雙闈。心隨白髮扶鳩杖，夢怯黄沙響鐵衣。握手莫言成永别，他年此地定相依。

題程穆倩石言册子

我來孤舟自臨皋，君亦破屋倚蓬蒿。侵晨訪我促膝坐，戟手歎世首重搔。春風三月如鐵冷，故人安得不緼袍？[1] 年來[2]將身與迹混，却借篆籀爲隱遁。雕刻[3]歲月非無心，世事不如刀畫穩。君心深苦知者稀，古人出處心自忖。君看世上逐利名，只似稜稜刀上行。張帆乘

---

① “春風”兩句，據清魏憲《百名家詩選》增補，參《四庫全書存目叢書》。

② 年來，清魏憲《百名家詩選》本作“故人”，參《四庫全書存目叢書》。

③ 刻，清魏憲《百名家詩選》本作“畫”，參《四庫全書存目叢書》。

車並跨馬，紛紛勢力何縱横。我雖求名仍世外，虚舟不畏風濤聲。思君匠心石一片，落腕如有鋼百鍊。雙目凝神結搆時，有時會心翻手戰。要知絶技亦無益，周鼓商盤等秋電。此意茫茫人不聞，雖然不聞却有君。劫灰一抔泣何處，何論六書與八分。消磨壯志亦①良苦，捉刀惆悵看高雲。君不勝衣身瘦弱，鏤成金石何磅礴！想像鎸時如舞劍，一畫亦具一丘壑。勿言奇文未徑寸，中似太虚甚寥廓。② 況君詩畫古人間，如在絶頂誰追攀？奇才抑塞空託此，袖中隱忍生青山。

江上遲復生未至

子夜立高岡，遠與寒江對。江聲抱苦心，回瀾怨陰晦。故人坐天外，寢食藏悲慨。孤舟不忍歸，情深畏相背。風雨濕我衣，佇望猶莫[redacted]。斟酌前致[redacted]，却憐書報

訪樂叢

亂峰斷處水聲澌，徑絶人踪一折危。但見高雲平眼過，忽聞孤磬下山遲。杖穿石齒僧來約，屐響苔衣客去期。東嶺日低明月上，可憐萬籟欲歸時。

懷劉子彝未歸

白露黄花九月寒，秋光如雪照欄干。客懷遠道朝猶夢，書擁高樓夜獨看。每待君來呼掃徑，長因苦思減加餐。何時著述須同志，只爲知音昔所難。

寄閻古古遊廬山

二月春無一日晴，客舟心似遠江聲。人傳我友匡廬卧，常與高僧

---

① 亦，清魏憲《百名家詩選》本作“意”，《四庫全書存目叢書》。

② “君不勝衣身瘦弱”至“中似太虚甚寥廓”六句，據清魏憲《百名家詩選》增補，參《四庫全書存目叢書》。

栗里行。耽酒不須頻罵坐，賦詩相勸更藏名。昔聞隱者真何限，非託漁樵即耦耕。

清 明

佳辰柳色雨頻催，獨我船從巨浪來。此日故園應掃墓，遥憐群弟憶銜杯。爲秦爲晋桃花笑，非火非煙綿竹哀。雙鯉素書終莫寄，廣陵潮到小孤回。

廣陵喜顧修遠至

與君相見即相離，見後茫茫別後思。天意故遲存久會，客途頻遇似先期。情深月挂邗溝樹，梦遠春歸漢水湄。從此著書煩早寄，扁舟吾欲隱茆茨。

舊刀歌

余於長安佩一短刀，三年未嘗暫捨。偶見蘭巖持新刀歸，因易之。已而，思棄舊者非義，遂還其新而仍取其舊，作舊刀歌。

昔從燕市買古鐵，佩之三年未暫褻。有時醉歌自起舞，數尺寒光如電掣。臨風出匣挂壁間，六月秣陵立冰雪。忽見新刀製亦同，偶然相易意終惙。聞君欲以贈他人，棄舊求新心鬱結。爲泣著簪我亦然，不忍朝隨暮訣絶。新刀利鈍不可知，舊刀鋒芒未纖缺。新刀不佩故人裳，舊刀不染奸人血。憐爾佩久取爾歸，爾自有心毋怨觖。不道我心不如鐵，斑斑淚痕中腸折。將刀鎔盡更鑄成，刀上之斑不可滅。

落花诗補一首

爲送春光聽曉鐘，不如歲歲只如冬。竟無開落驚雙眼，應少悲歡損舊容。故園數枝人幾見，他鄉一瓣憾千重。遲歸對此傷遊子，憶得征衣密密縫。(其一①)

---

① 此一首據清魏憲《百名家詩選》本增補，參《四庫全書存目叢書》。

深春零落满空缸，獨對芳園憶楚江。香爲故人寒透紙，影憐新月暗臨窗。不辭在樹枝枝墜，惟願粘泥片片雙。勝事晚鐘清梵夜，折來留供佛前幢。（其二）

題　畫

去年身卧西湖水，今年看畫西湖紙。宛然坐我一葉舟，相送孤山小亭裏。遠山遠水如無心，一筆兩筆藏真理。不用墨處更奇絶，雲煙萬丈徑寸耳。平坡深樹何紆回，筆所凝注遂數里。方竹杖芒□[①]草履，愁顔只爲看山喜。踏盡五湖歸不歸，七十二峰從此始。

懷丁繡夫

去歲傷春傍水隈，垂虹亭即斷腸臺。年雖緑鬢文章老，交已青松雨雪催。芳草情深書早寄，落花涙盡客重來。與君一見難爲别，夢繞吴江千萬回。

題程穆倩畫

高山亦可居，深林亦可隱。下臨萬頃秋，中藏一葉影。停楫正踟躕，澹然坐孤冷。茫茫海天寬，欲行未敢逞。獨看孤月上，蒼色照諸嶺。誰識乘舟人，行止有深省。

項去浮館丈至廣陵

我來留滯蕪城住，停車只吊雷塘路。相逢故舊似新知，所遇新知如未遇。忽聞君從江左來，解衣促席呼金罍。盛暑張燈忘六月，懷抱抑塞門洞開。人生去住如江水，波濤突兀終不止。又如高樹臨深秋，隨風飄落隨風起。去年相見在西湖，泛船載酒月似珠。今年悲歌廣陵市，却憶西湖是畫圖。我懷磊落君瀟洒，兩人相見必傾瀉。我方築廬西山傍，君亦高卧東山下。丈夫出處有深情，家國事重名位輕。顧

① 此處底本與校本均缺一字。

我栖遲戀白髮，勸君早出憐蒼生。每言君是文章客，五雲讀書猶昨夕。致君堯舜早歸來，莫待相看笑頭白。

無錫黄心甫遊齊，與歌者胡文玉善。心甫有僕，窺槖中貲，將謀不利。文玉覺其意，以身代刃，入膚數寸。有中營劉將軍者，出奇方救之，得不死。余感其義，以作歌

梁溪高士冰雪姿，著書兀兀恒苦饑。客遊齊魯何寂寞，忽感歌者相追隨。黄河以北嗜北調，青州亦住宣州兒。妙年顔色天然美，艷妝不學俗女子。一夜歌聲繞屋梁，滿堂淚下如鉛水。相憐悔不早同生，那期只欲從君死。先生有僕不安貧，不識博奥之主人。拔刀作逆胡爲爾，天涯安得金繞身？最恨有刀不鑄眼，如花忍作看秋薪。虎狼自門入，煎逼何太急！短袖甘爲倚柱笑，一身却似當熊立。少年義俠誰不憐？忍痛無聲暗悲泣。此身一死奚足云，高義偏感劉將軍。脱贈奇方出金石，先生搗藥何殷勤！古人深情各有託，繡被安可方紅裙？先生自歎知音寡，我亦有生深情者。爲僕受恩反負恩，如君萍梗交，乃肯視死如飄瓦，我願他日乘車相逢揖君下。

秦淮雜詩和王[①]阮亭作

碧浪清波亦有情，佳人遥指渡頭名。春來兩岸桃花發，却似王郎放棹迎。

故宫荆棘柳陰遲，零落秦淮萬縷絲。羌笛更從何處怨？江南盡似玉關時。

宫草迷離二十秋，莫愁湖上幾人遊？可憐天地愁如許，苦勸人間且莫愁。

舊苑名娼數頓楊，曾傳大内舞霓裳。自憐生在開元後，不見風流脱十娘。

月夜清歌度玉簫，白門二妙客争邀。傷心歌吹今銷歇，斷月零風

① 王，據清魏憲《百名家詩選》增補，參《四庫全書存目叢書》。

咽板橋。(傳壽善歌,沙嫩善簫)

少年調笑戲呼郎,歡怨頻移暗斷腸。一自杜蘭憔悴盡,滿園花綻不知香。

鸚鵡新詩不忍聞,吟成珠淚憶湘君。傷心風雅摧殘盡,不信江南有范雲。雲字雙玉,有紅鸚鵡詩最佳。

答孫豹人見贈次原韻

涇陽孫子天下士,鍵[①]户恒畏旁人憐。但道歸秦一生足,每逢賦詩萬事捐。插書滿架盎無粟,留客沽酒囊有錢。安得移居數晨夕,與君爛醉消長年。

今年踪迹只江濱,畫舫書籤未是貧。風雨中流思舊友,河山一葉送勞人。世無老眼輕相識,交有深心重自陳。欣慨難言經十載,浮生無計得沉淪。

别貽上

野曠心牽百丈寒,一帆侵曉出秋瀾。鸛鴒影共回風葉,鴻雁聲愁濕羽翰。天露微晴看海日,鐘來杳靄辨煙巒。孤舟相憶江南北,應似金焦兩地看。

黄維章前輩歸州硯咏之[②]

鐘山流寓黄太史,老精賞鑒世莫比。自言有研歸州石,石上小眼數莫紀。我言此研似端溪,紫色潤澤雕刻齊。藏之篋笥遊五岳,奇書絶壁供品題。太史巨手與高眼,誰知皆賴歸州産?異時有書或傳世,紀曰楚研手中撰。

吴門送秦留仙歸梁溪

我年已壯子神清,感舊今如老弟兄。南苑春寒裘作被,北門漏永

---

① 鍵,清魏憲《百名家詩選》本作“楗”,參《四庫全書存目叢書》。

② 咏之,據清魏憲《百名家詩選》本增補,參《四庫全書存目叢書》。

燭移槳。當時並轡人同散，此夜連舟月更明。去去天陰那忍別，孤蓬聽雨不勝情。

題畫贈李眉年

畫内名山人不到，名山如畫到者少。何如携在懷袖間，放眼便見丘壑好。見時深悔未卜鄰，卜鄰深山有幾人？我亦生具煙霞癖，十年翻作玉堂賓。雲樹疏密峰巒起，紙幅空處即秋水。水折山回繫夢魂，風吹雨滴生悲喜。對君畫幅心通禪，忽聞故人彈三弦。憐君半夜思歸客，有意無意聲凄然。

留别丁繡夫

楚客南還更送秋，霜楓兩岸只離舟。故人一葉寒猶訪，遊子三更淚未收。分手畏當新月照，思家尚喜逆風留。每來相見渾無語，莫令君知别後愁。

停舟候潮過南徐華氏園有感

涉江不意阻河濱，閒過山居憶避秦。天地豈無支厦木？古今多是候潮人。客驚竹葉三更雨，山放梅花十月春。此日淹留君莫歎，船依亭榭亦佳鄰。

贈　友

披衣帶月借歸舟，江上征人閨内愁。夏口青山樊口樹，一帆捲盡畫中秋。

偶　成

薄情何知有斷腸，却從陌上采青桑。無端年少深相問，瘦盡春蠶絲不長。

咏芭蕉

懸陰映高閣，江露滴秋衣。莫道凋零盡，春來還自歸。

蕉心有意開，蕉葉隨時折。但得長根芽，不妨卧霜雪。

鐵佛寺訪謝有客①

鐵佛登龕我正來，相逢一笑見花開。水雲客爲今朝至，鐘版聲從何處回？入坐茶香潭内雪，留門月冷檻前苔。夜深僧話先朝事，淅淅風吹劫後灰。

程穆倩山人招隱

初夏凝寒似早春，斷雲疏雨濕飛塵。非遲曲徑花間約，爲念高樓樹下人。静氣每從耽酒見，道心偏向聽歌真。此生懷抱誰相識？仍對桐陰借此鄰。

贈李二夢珠

别君纔半日，哀樂每千端。瘦影看衣怯，長眉□鏡寬。聽歌停調苦，學舞折身難。臨去遲回發，横舟夜倚欄。

① 以下三首詩作據清魏憲輯《百名家詩選》本補，參《四庫全書存目叢書》。

卷二已刻稿

家大母太夫人誕辰

慈闈明日捧霞觴，遊子依然滯野航。戲彩衣成難獻壽，倚門髮白未登堂。曾孫争欲扶鳩杖，諸弟應思引雁行。獨我望雲遥下拜，向南搔首更回翔。

擬　古

壯年輕久别，束髮事遠遊。長跪辭老親，泪下不敢流。向壁暗拭涕，恐貽高堂憂。一朝歷吴楚，倏忽經三秋。仰視鴻雁翔，哀鳴何所求？遊子非木石，規畫豈不周？妻子固不戀，慈母誰與賙？因循營苟得，怨艾恒自尤。不如早旋歸，負米事西疇。

憶内子病

歸舟泝鑾江，曉聞家僕至。披衣未敢問，懼有難言事。得聞祖母安，喜色尚驚悸。遂開所寄書，忽復生憔悴。念汝抱久疴，沈憂兼積瘁。歷年居京華，家計頻汝累。祖親既耄耋，諸子亦幼稚。所賴共扶持，相與敦古義。矧我屢行役，飄摇生内愧。生人苦樂半，何計得相避？遠人恒曠懷，女子多怨觖。願汝厚自愛，門户庶勿墜。古詩："健婦持門户，亦勝一丈夫。"①

---

① 此注據清魏憲《百名家詩選》本增補。

出真州阻風作

江行苦逆風,同舟多憂思。顧我獨宴笑,去住各有時。雖阻歸客程,適與順流宜。矧兹歲已暮,萬族誰無依? 來者歸有日,去者歸何期? 所貴相知深,不畏相見遲。遲遲勿復道,相知願終老。

感　懷

嘉樹桃李花,不如種芳草。枯悴霜雪中,本根恒美好。我居在南窗,晨夕未忍掃。願汝日長養,歲寒恒相保。抽葉更發榮,連莖仍舊藻。如何紈綺子,當春移新棗。徒令小鳥棲,刺葉蔓行道。我來欲剪除,荷鋤當及早。芳草雖細微,肯待王孫老。青青自有期,勿論暫枯槁。

湘水日夕緑,楚客揚歸舲。中流彈古調,抱琴誰與聽? 舊業在赤嶼,焚香讀丹經。群花正零落,崇蘭偏芳馨。佳人來相賞,久坐風泠泠。至交不在密,達者忘其形。君看幽蘭意,用心在沈冥。蘭香終古存,蘭葉終歲青。深感佳人嘆,使我心未寧。

舟行即事

歸船牽纜逆流中,夕照微銜遠樹紅。江落水尋何代岸? 霧迷帆接異鄉鴻。村醪遍覓成名酒,蒲葦難求似桂叢。相對故人忘是客,晚吹横笛動悲風。

曉行至五溪即事

卧聞檐溜響天明,只作空山落雨聲。起看凍雲隨望迥,始知殘雪滴朝晴。草豐竹密禽喧語,溪涸沙柔馬愛行。竟日攀援來絶頂,萬峰氣候一峰生。

五溪望九華諸峰雪

出門朝日照溪明,忽望諸峰入眼驚。但識夜寒同氣候,如何天半異陰晴。山含微雪蒼然白,水帶殘冰分外清。到此倍知身世幻,九華真有故人情。

九華雪霽

雪後登山喜見晴,萬山渾似一山平。寒光地盡爲天色,皎日人看作月明。俯視虚空懸在下,遥來絶頂欲聞聲。大江吴楚澄如練,長嘯扶笻只自行。

銘九歸,索書因贈

風聲斷處水瀟瀟,去國離人立板橋。不是吴山行不得,客魂先怯幾回潮。

送周銘九

雨後殘星點點明,離人惆悵夜三更。寒鐘亦似猿啼苦,到曉曾無第四聲。

漫　興

秋來百日仍無雨,亂後多年更有家。暫止江南營燕壘,頻來湖北泛漁槎。重陽已至催名酒,甲子將終見菊花。世事勿言餘隱痛,忘機默坐是生涯。

望金山

草痕微緑雨頻催,客子空船浪不回。江左昔人揮麈尾,吴中此日牧龍媒。金山寺憶頭陀建,玉帶橋思學士來。曾折桃花今五載,愁聞畫角繞城哀。

寄葉晋源

十年前屢共朝昏,孤舫樊湖夜到門。良友爲雲飄帝里,浮名似草繫王孫。荔枝紅摘思同調,盧橘黄看憶故園。劍去爲龍真見否?海蟾仙伴可猶存。

贈胡彦遠

十年姓字渺追攀，相見今嗟鬢已斑。問舊惟應悲故劍，懷人只似夢名山。兩峰月到西湖碧，一畝田依北郭閑。欲話行藏誰信我？感君心許淚潺湲。

殘春蕭颯似斜陽，風雨何堪滿屋梁。載酒憐君來路滑，論心顧我帶愁長。病中書札同良藥，客舍晴明當故鄉。稍俟西湖微月吐，水樓相約話離觴。

花朝日[①]信筆

花朝天氣半陰晴，紅洗桃花落照清。匹馬獨吟城外路，春山黯淡别時情。

春已去歌

春已去，風雨相催何日住？春再來，明年不用風雨催。江蘺湘畹盈春水，木蘭舟上思公子。寒山猿鶴蕙帳開，中有幽人夢未起。落日如箭急，深林秋聲戚，勞勞中原向天泣。

思遠吟

夏水青岑，秋水緑波。芙蓉朝榮，遥采芰荷。有美一人，翠袖哀歌。會日苦少，别日苦多。離離原樹，發彼舊柯。盤盤古石，託彼女蘿。燕子念巢，既寒且過。鴻雁南翔，雙雙渡河。我無羽翼，奈此愁何！

入小崎道中作

結伴尋幽入畫圖，杪秋山色客同癯。葉疑花發兼黄紫，月似燈昏

---

① 日，據清魏憲《百名家詩選》本增補。

乍有無。岐路蠶叢悲老馬，孤巢風樹感慈烏。餘生得共崖雲外，忽憶君恩賜鏡湖。

莫訝躋攀廢歲年，多生行脚遍山川。風飛黄葉如蝴蝶，霜改青林作杜鵑。秋與暮雲歸欲盡，客隨殘月影相連。低回馬首吾何願？獨卧孤峰病叟禪。

登小崎山頂

蒼崖緑芙蓉，大江一綫雪。願作崎山農，更鋤萬古月。

懷廣容園

休沐歸來强仕年，結廬深倚白雲邊。南陽争比西山静，東里何如北郭賢。養鶴羽長緣送客，種茶花發當耕田。著書高卧渾無事，默坐蒲團一炷煙。

題周言志伯樂顧駿圖歌

穆王八駿不可得，秦皇七馬空亡國。張騫既去漢無人，烏孫汗血無消息。吴門周郎氣突兀，自寫其窮兼有骨。丹青不救丈夫貧，黑貂敝盡恒破韈。忽然掃筆畫驊騮，一馬正嘶凡馬愁。自困鹽車久伏櫪，得逢拂拭今昂頭。乘風悲鳴人不識，紫袍玉帶從旁立。借問伯樂者何人？雙眸識得心於邑。此馬瘦骨何太窮，此馬千里如追風。天廐駑駘飽厚禄，山林雄俊空青驄。一朝牽來獻天子，朝離楚國暮帝里。萬馬俯首不敢前，殿前蹀躞天顔喜。吁嗟乎！安得畫馬可作真？今日亦無伯樂知馬人。縱令此馬招呼能下地，徒與列駟争風塵，不如畫馬傳奇聳俊稱絶倫。

舟　行

殘暑雖愁熱，無風小艇安。白波浸舊岸，蒼壁插高湍。樹憶荒園瘦，秋隨客夢寒。不衰頻竹杖，人訝理漁竿。

贈韋子惕

記得少時與君友，每過幽居添結搆。雙鶴羽白浴小池，小童髮垂立清晝。園外時聽讀書聲，閉關不掩松竹茂。於今我壯君欲老，當年君壯吾方幼。忽然大海揚枯桑，廿年不改韋郎瘦。當今雅尚只勢豪，友聲何人歎故舊？與君同病藥莫療，《絶交書》伴《離騷》讀。韋郎卜築在樊湖，種柳如家地是僦。水漲蛟龍巢書堂，風高茆齋屋瓦漏。貧交既貴故劍忘，君有良田不得售。吁嗟售田竟何益，千金入手不停宿？莫如飲酒學灌園，何妨忍飢習辟穀。天寒君欲往劍津，足苦雙繭步彳亍。[①] 鋤金難復見管寧，指囷無人是魯肅。爲君高歌行路難，四座悲風動橘柚。倩人尺布補征衣，過我丈室露兩袖。勸君慎勿遊，東鄰非不富；勸君慎出門，故友非不厚。比鄰故友尚相忘，悠悠世路誰相救？梁湖魚可釣，梁山石可漱。莫羨高門厭粱肉，漏卮在前欹器後，惟我與爾能白首。

贈陳頑龍觀察

臨淮海山氣崒嵂，鬱葱盤結奇人出。巨浸疊嶂浴古今，孕秀鍾英補天日。遂有先生應岳神，幼孤哀敬動四鄰。思凌顔謝人莫敵，才比管樂稱絶倫。結交任俠輸百萬，海内待君爲左券。義心苦調聞不平，却借弦絲寫哀怨。一朝折節下董帷，博奥天人無不窺。著書已作文章伯，辟穀先爲王者師。運逢先代中原亂，學書既成去學劍。名士仍兼裘帶風，陰符還定梁宋難。由來國士自無雙，閫外猶鑿讀書窗。光焰萬丈人莫識，五岳方寸誰能降？知君去就原有以，不愛錦衣愛青史。真人定鼎入漢關，將軍捲甲渡燕水。紅雲捧處正少年，每逢天笑稱君賢。賜以璽書及鞍馬，金吾世蔭紀凌煙。才高豈居絳灌下，脱却戰袍一儒者。相君非是薄封侯，曼倩何妨戲金馬。大將登第人已驚，况有令子齊科名。聯翩看花雙鳳闕，不數一日七十城。黄鶴樓頭看勒石，長公書法如疊壁。鳳閣天門筆轉蒼，鐵畫銀鈎髪應白。以身報

① 步彳亍，清魏憲《百名家詩選》本作"皮面皺"。

國何所求，出守鄧州更潯州。太原父老攀轅泣，黔陽瑶壯遮道謳。是時楚臬席虛左，僉曰公賢詔曰可。江漢今逢被惠風，姓名早已通靈瑣。記得陛見殿上趨，君王一見賜名姝。紫玉歌中憶韓重，白頭吟罷嫁羅敷。平生心事秋清練，禹峰曾有頑龍傳。弘也讀之生紫煙，同人贊歎稱黄絹。屢過夏首登君堂，握手感舊摧肝腸。海内淮陰今再得，吁嗟漂母君同鄉。我有中懷思告語，願君救世我軒翥。淮南向有鉢池山，是我當年舊居處。

懷仙詩五首

葛公本仙骨，木訥疑愚氓。棋局不知道，樗蒲不知名。雖平石冰亂，侯爵奚足榮。惟求勾漏令，養拙資清貞。洛陽訪異書，羅浮煉八瓊。著作一千卷，鬱鬱何其精。留書别太守，舉體如煙輕。二鄭爲師友，庶幾道可成。我生宜努力，服食還上清。

東華未入道，殺氣横中原。百戰一不利，激往如電奔。失道迷深谷，歡遇胡僧言。遂解將軍印，得入太上門。授以刀圭秘，口口探靈根。功成餌還丹，高舉齊雲騫。凡夫抱聖胎，皆可登九垠。

金仙善示現，吾師心無已。衆生難盡度，玉顔慘不喜。楚人何多緣，屢邀師至止。岳陽與黄鶴，二樓駐仙趾。點金畏誤人，賣桃難孝子。傳道自鶴嶺，鐵笛吹湘水。十試不一誤，雲房思莫比。晚遇黄龍喝，禪玄無二理。萬古盧生夢，神仙呼不起。

吾祖王子喬，妙容振仙袂。凌空吹玉笙，鳳皇響天際。陋矣南面王，棄家遂遠避。欣接浮丘公，靈泉灌命蒂。月黄與日丹，服之玩千世。嵩山三十春，心空形豈敝。是身遍虛空，長繩莫能繫。還家謝世人，緱嶺聞鶴唳。苗裔繼者誰？吾生宜自勵。

嶺南氣鬱葱，海瓊振孤響。蟾夢感母懷，真人來少廣。每歌雲遊難，訪道生瓊想。金丹授泥丸，師恩實陶奬。仙律何森嚴，雷霆在其掌。武夷扣寂寞，匡岫結珍賞。金剛與圓覺，還丹理無兩。斯言自君發，禪玄破疑網。焚香誦微言，茫然覿君像。

薦福寺寓中作

弱柳江邊草漸肥，主人不出客思歸。當年負劍情何重，此日班荆坐尚稀。雨夜怪禽啼古樹，月明飢虎嘯輕扉。山居日久渾相狎，身世年來總息機。

蚤歲奔馳識物情，不須逆旅歎勞生。曉聞鳥語知天霽，夜見梅開信月明。久客誰遺懷書賦，長愁慣聽曼歌聲。他年斗酒留君醉，俯看浮雲百態更。

偶　感

十載悲歌蜀道難，於今只作等閑看。恩勿望報如新識，怨亦忘機作舊歡。斫地虛勞彈寶劍，當門實畏種幽蘭。浮湛玩世良非傲，楚客從來戴鶡冠。

自南康陸行至九江道經廬山下

北風寒欲改春聲，獨有匡廬伴曉征。石上月華疑作雪，潭中雲影照如苹。幽禽宛轉留孤客，古樹纏綿送遠行。白首相依惟五老，竟無離别見交情。

舟行多阻陸行疲，僕馬奔忙尚覺遲。石磴攀援依木杪，冰苔欹側出雲楣。寒松夾道蒼龍嘯，古洞迷踪白鹿悲。不爲老親心事迫，結廬絶頂盡幽期。

徐亦史明府移樽廣容園小詩謝志

良會嗟難遘，况兼心境閒。煙雲千樹杪，吴楚一燈閑。歌隱樽前雨，軒收檻外山。夜深歸路暗，遥辨翠微還。

雨中聞琴作[①]

春山經雨緑，春水經雨深。空谷有静者，石澗横鳴琴。一[②]彈風雨集，再彈山水音。遂令逆旅夢，皆含萬古心。天地亦寥廓，[③]胡爲嗟

① 此詩題，清魏憲《百名家詩選》本作“雨中聞謝有客彈琴作”。

② 一，清魏憲《百名家詩選》本作“初”。

③ 亦寥廓，清魏憲《百名家詩選》本作“久已閉”。

屢陰？

望九華①

入谷方數里，微雨來餘芬。停車眺前嶺，漸喜含朝曛。過嶺瞻遠色，白氣何氤氲！諸峰迴變態，不辨雪與雲。漸久憶所歷，微茫自此分。山下雨滴瀝，山半雪離紛。林壑亦已閉，白雲莫敢群。惟見飛瀑奔，喧激静聽聞。竟日攀木杪，望古一何殷！

自題小像

少年留侯玉不如，莫言白面未髭鬚。神仙王佐他年事，且讀山中萬卷書。

① 以下兩首詩作據清魏憲《百名家詩選》本補。

卷三已刻稿

諸葛武侯

諸葛功成二十餘，出師只似在茆廬。生逢魚水他何慕，老剩桑田意自如。三顧惟將嘔血報，兩朝不改鞠躬初。古人出處心先定，置我山林却不虚。

王景略

清河景略救時身，歎息知公有二人。（吕婆樓薦景略，謂謀略不世出；李威勸堅付猛以國事。）欲就桓温原爲晋，不除樊世可稱秦。隱居尚憶華陰路，大志惟憑北海濱。臨訣數言堪涕泣，一生沈痛質明神。

張留侯

穀城山下草離離，追憶高風繫所思。漫道留侯如女子，每看秦帝只嬰兒。報韓志切逢黄石，翼漢功成賴紫芝。身退拂衣還辟穀，神仙原是帝王師。

梅花樹下歌

西山峰頂三千丈，雪深五尺平如掌。梅花銜涷吐寒紅，香色無聲我獨往。獨往非是我有情，二更到時天尚明。非燈非月夜皎皎，幽人探花踏雪行。雪厚不辭雙履濕，偶然赤脚雪上立。稜稜苦節透骨寒，切切陰憂椎心泣。我知雪有心，雪是我知音。梅花老友與我伴，趺坐花下彈絲琴。琴聲莫彈梅花調，梅花亂落人易老。琴聲莫彈白雪篇，白雪凄苦傷冰弦。不如十指只撥無生曲，高僧聽罷神穆穆。① 白雪爲我飛，梅花爲我垂。雪花梅花不可辨，只因身上衣縞衣。脱衣且上禪床坐，雪與梅花猜不破，不如擁絮還高卧。

送友人北上

冬夜别，聲哽咽。送君遠看燕市月，不如歸卧楚峰雪。雪花團團落馬鞍，片片征衣衣上寒。凍雲吹沙壓古道，孤月凄苦照長安。長安兒女情，古塞風鶴聲。鐵甲裹肉心内熱，將軍射石猛虎驚。誰聞閨人遠相憶，隔簾望月長太息？戰場白骨暗悲啼，繡榻青春怨顔色。女兒顔如花，如花方在一枝斜。臨水澹紅心自惜，可知妾命如秋紗。紗窗薄如紙，寸心夢萬里。夢中怯行路，恐隔隴頭水。隴頭之水接黄河，河濁何日揚清波？妾命亦自比水潔，兔絲何用附女蘿。郎歸過新歲，春風知郎處。處處春風不見郎，見郎却是春風住。

秋夜同萬孝克坐偶然作歌

霜夜月昏燒燭白，月照霜痕如雨雪。愁人擁爐火半紅，促膝良朋更漏歇。四更昏月寒，子夜細雨殘。袖中短劍瘦龍吼，世上高歌行路難。乘車不難登太行，乘舟不難涉海水。海水波，有平時；太行險，足可至。我所難兮，難在門内一尺地。一尺地有山萬峰，一尺地有波萬重。我欲乘車輪轅折，我欲乘舟帆檣窮。忽坐九折上，忽涉九淵中。耳側波濤何豐隆，人聲不如鬼語聰，魑魅軒然都市逢。我讀《春秋》掩卷哭，孔子不作何人續？筆削之恩刺心骨。②

偶　感

屢客復何益，蕭然及早秋。露凝荷氣静，雨過竹香浮。處世無如默，全生只用柔。姓名如可隱，誓墓賦歸休。

---

① 神穆穆，清魏憲《百名家詩選》本作“抱琴人”。

② “筆削”一句，據清魏憲《百名家詩選》本增補。

木蘭山道中作

曉望山行屢涉津，千峰招我意何真。應思舊約今來赴，却似貧交分外親。石洞早歸清夜月，草堂終老翠微春。浮生名利休相逼，念我中原憔悴人。

贈楊鄂州出使安南

龍門江急盡高湍，捧詔安辭行路難。浪泊何殊燕草色，象山應作楚峰觀。天恩未忍餘蛇豕，方貢寧須責彈丸。勾漏朱砂今尚在，可能持贈鍊還丹。

同高念東先生泛舟月湖即席和韻

亭上波光浴日輪，放舟高會漢江濱。勳名救世原非幻，歌舞移情亦自真。野閣遠邀黄綬客，綺筵中坐雪衣人。月湖秋色寒侵柳，爲惜離群折更新。

幾日追隨暫繫舟，水亭山閣共優游。吟詩只似吴江冷，顧曲難消楚客愁。豈識武侯非管樂，須知曼倩亦巢由。他年瓢衲從君往，五岳爲家可再謀。

宋牧仲別駕招同陳義扶孝廉飲署内東齋，義扶即席有作，因屬和四首

東齋賓主總名流，人坐中央菊兩頭。官舍閑於三徑遠，交情澹對一燈秋。頻催酌酒忘深夜，盡攬藏書當勝遊。迂拙若余偏入坐，吟詩欲醉竟銷愁。

荒城風雨抱江流，獨我凄然感白頭。爲先王母。綺席客猶思負米，雪衣心豈爲悲秋。登堂有約期同拜，愛日難追悔遠遊。班坐三人皆異地，當歌莫動望雲愁。

高檐滴瀝若懸流，壁畫蒼松白石頭。訪舊但期千里駕，論心如坐

萬山秋。橘香入酒疑花釀，燭影摇窗勝夜遊。豫楚素交良不易，棹歌且莫促離愁。

遥看楚水接吴流，相送悲歌古渡頭。竹影含煙斜受雨，菊花飲露直禁秋。論文每重陳琳草，作賦今同宋玉遊。重咏河橋分手曲，雁行風急不勝愁。

雨後遊西山作

遊山出郭恰初晴，石古沙寒帶濕行。寺隱梨花冰雪净，亭收芳草水天横。高松露滴知春盡，絶嶠雲浮悟世情。獨有遠公真好我，頻留巖畔話無生。（其一）

二月春無二日晴，今朝初霽喜山行。孤煙隱似天涯路，芳草柔如夢裏情。雪爪飛鴻留故迹，鴟鳶弱綫繫浮生。何人識得抛家累，一杖斜挑破衲輕。（其二①）

樊湖初度

初度悲生我，舟行意鮮歡。草心一寸苦，春色二分闌。風定湖爲鏡，山銜月似盤。挂帆經過處，野老盡來看。

樊湖雜詩

韶華人莫問，獨我入樊川。兩岸圍芳草，中流引畫船。樹紅團月吐，湖緑遠峰懸。秉燭傷春盡，悲歌夜不眠。

過昭山

昭潭澄湛氣離紛，長纜牽江動縠紋。絶巘未秋多紫樹，層梯將午自蒼雲。煙迷寺遠鐘聲濕，風過崖回梵響聞。想到南征停蹕處，旌旗倒影躍魚群。

① 此一首據清魏憲輯《百名家詩選》本增補。

登祝融峰

祝融雲起如空繫，祝融雲散如天霽。陰晴不爲風雨生，高峰懸絶無根蒂。衡岳去地近萬仞，南紀山河稱巨鎮。芒鞋竹杖自擔簦，妙卉靈花笑蓬鬢。朱陵洞裏是吾家，守洞童子掃緑霞。幽巖七月冰結蘚，回溪歲晚樹結花。我來不覓仙人面，仙人多劫頻相見。金丹鍊成是月黄，石髓飲來若霜霰。我訪白衣李鄴侯，懶殘煨芋何所求。出世亦抱救世願，無生客爲蒼生謀。煙霞峰半讀書處，五聖精靈未曾去。密紆籌策復兩京，苦口回天誰與助？當時尚有陸贄賢，同心匡輔堪擎天。胡爲二公竟契闊，陵寢鐘簴幾移遷？我來抱影峰頂宿，己公巖下聽飛瀑。觀日雲海蕩心胸，鐵脚道人叫山谷。禹碑萬古空崔嵬，科斗既出鬼夜哀。吁嗟乎！金簡玉牒安在哉，蒼水使者何處來？使我登岳懷古思，禹功聖舜廟兮徘徊①。

長沙客懷

晴暉映遠山，夕霽林巒出。長沙秋爽清，誰謂生卑濕？旅思閑更繁，翻願落日急。歡宴在異鄉，有如井寄汲。忍辱强罄折，對影暗怏悒。哀響摧損籜，露泫葉如泣。松柏衆草間，偃蹇亦獨立。孰知沖霄漢，垂陰覆廣邑。

抱奇思救世，懷憂在歡燕。自知良亦難，外狂中實狷。讀史兼攬鏡，觀心若披面。天道誰謂遥，理數貞不變。日月與雷霆，終古不相見。至人握元化，澹然如洒練。

束帶非吾好，爲客亦掩扉。樓居獨焚香，心息静相依。雙目久内視，諸我自外歸。如水含浮沙，澄澈可鑒微。諒哉觀道妙，無念隱冥機。

何參軍藏有古梅一幅，不知姓字。或曰此元人筆也。索余題跋，因信筆作歌

天寒臘月嚴霜急，古幹凌空香風濕。林逋長往孤山空，月明夜夜

---

① 末句"使我登岳"二句，清魏憲輯《百名家詩選》本作"使我登岳懷古悲禹功，望舜廟不見兮淚暗催"。

老梅泣。參軍好奇癖丹青，買得絹素神物靈。高堂恍惚動疏影，久坐隱躍聞芳馨。多生愛踏梅花路，江南靈谷與玄墓。武林西溪二十里，紅粉白雪花如雨。我聞長沙榔林市，梅花國土成煙霧。向花多苦吟，不識花有音。折花多攀林，不識花有心。有音暗對霜月吐，有心只爲丘壑深。吁嗟世人尚炎熱，君獨何心愛冰雪？風姿冷艷獨臨水，瘦影撑拄渾似鐵。縱然朱門亦有種，寧爲繁華改清節？可歎世人原不如草木，歲寒不願居華屋。寧結伴侶依林麓，不然一枝老空谷，或學龍蛇屈突聽飛瀑。參軍隱居意絶奇，愛我偏在林壑時。請我縱筆揮新詩，問花何求花無辭。吁嗟乎！長想春臺並熙熙。誰爲和羹者，手摘君家堂上梅花枝？

登岳陽樓舊址

高山平臺氣軒豁，白沙浸天湖水渴。山脚直插洞庭根，遠逼波濤向西闊。倏忽風定浪欲希，一峰雲散一峰歸。無數鳧鷗波底浴，幾行鴻雁天際飛。野老指點君山樹，云是昔年湘妃墓。十二峰棲環珮魂，瀟湘夜滴斑竹雨。再聞哽咽説亂離，老淚沾洒白鬚眉。玉帛聲碎劫灰火，兒女血裹降賊旗。聽罷客懷發深省，山水登臨意俱冷。雙足欲下雙眼昏，湖山萬象盡倒影。

偶　成

日暮沙蟲忽聚鳴，春雷初震便收聲。誰知高鶴來天半，銜得璚花立晚晴。

黄鶴樓觀江漲歌

高空寥廓與天際，蜀江漢江互奔馳。[①] 浩浩朝東萬古流，竊疑厚地摇根蒂。楚渚城南黄鵠磯，撑出江中水逆飛。層樓高出百雉外，結牖佤看兩曜歸。我來登樓閑牖入，罡風回合煙霧濕。倒影斜插清漢中，懸空翻似飛泉立。客子樓居六月寒，江城變態千萬端。澄波忽作

① 互奔馳，清魏憲輯《百名家詩選》本作“於此注”。

九疑險，咫尺回淵十八灘。有時風頭如潑墨，天意陰憂雲鐵色。本是安瀾莽沸騰，何異對面生荆棘。有時波定浪花浮，忽然萬斛鳴琅球。有時江平竟不流，静鏡縞練懸清秋。有時風乍起，微聲蹙浪魚鱗紫。有時西日斜，銀濤一半疑白沙。絶愛晴光燦爛映朝霞，水面千樹紅桃花。大别軍山幾關鎖，洞庭帆檣自天墮。應憶劉曹此戰争，有人羽扇中流坐。漢水西北流無處，滔滔何者如龍據？尚有赤壁西塞砥百川，狂瀾安敢竟東去。

月夜天門山登眺

棲薄江村欲二更，衝寒荒市入山行。壁懸老屋愁風峭，人歷荒苔感月明。嶺嶠到江還插漢，石門對岸隱爲城。遠煩道士前相導，指顧南雲説舊京。

泊燕子磯大雪過三臺洞

兩度來尋九歲遊，迴疑隔世碧峰頭。巖棲客化遼城鶴，江路人同海上鷗。雪涌銀濤嫌浪黑，風號鐵騎覺沙稠。望衡曾訪三生迹，歷數前身總一漚。

贈周櫟園

虚堂披豁久，静氣若山深。家剩千秋史，身存百折心。著書忘歲月，積晝當登臨。舊恨渾無憶，怡然託素琴。

車中望東蒙山白雲作

北征驅車雞鳴起，古道盤紆石溪裏。遠望蒼崖貯白雲，澄澈宛似一泓水。倏忽瀰漫數千峰，渾疑長江數十里。雲卧不動山轉摇，微露巔崖如洲沚。何當東蒙結茆屋，雲英服食勝石髓？本往京雒慕隱居，稽首名山慚未已。

春　深

春深亭午盡征裝，苦熱應同夏日長。漫擬蒼生思謝傅，還期大隱問韓康。鳥諳野樹幽棲樂，花笑車塵過客忙。救世本難歸隱易，曾聞嘔血出南陽。

邗上春寒惜路分，馬嘶回顧爲離群。河邊細麥疑芳草，樹外飛沙似白雲。報國心長同遠道，濟時力弱想奇勳。自知林卧迂疏久，衮職徒虚負聖君。

泰安州見杏花作

春陰泥凍阻天涯，直過青齊見杏花。雨後忽疑生晚照，日佤渾似映朝霞。爲看驛路垂垂發，因憶山園故故斜。浮世風光容易度，及時隨地惜芳華。

贈柯三臺口號

初夏幽棲亂井蛙，每逢相慰待芳華。武昌市小英雄賤，誰問當年許負家？

岸　動[①]

絳桃將綻樹芳菲，白燕雙隨柳絮飛。爲語春光休便返，可能遲度菊花歸。

十日家君半客行，江花江草度浮生。不知怪石心何恨，終歲嵯峨不肯平。

---

① 《岸動》兩首據清魏憲《百名家詩選》補。

卷四丁巳年稿①

新歲看新月作

豈逐年光改，纖纖早出雲。一痕如水淡，孤影與天分。盈缺何須論，高寒自不群。獨知憐久客，向夕照殷勤。

偶　感

春光今過半，薄宦久淹留。花發狂風急，天陰曉霧稠。不能千日醉，何用百年憂。隨處堪行樂，真當秉燭遊。

孤立良非策，卑棲信所遭。片雲隨去住，一葉任波濤。天問何曾聽，人謀只自勞。還山如有日，萬事等鴻毛。

清　明

歲除如昨已清明，客舍流光每自驚。聞道未能添白髮，濟時無力負蒼生。殘春陰霽天難定，故園林泉計早成。此日親朋應念我，湘南北望不勝情。

感　懷

京華往返幾經春，前輩於今只六人。（大司農梁公清標、大司馬王公熙、大宗伯吴公正治、少司馬楊公永寧、宫詹沈公荃、侍讀郭公棻。）文采當時如泡影，勳名絶代盡飈塵。丹還金液書空載，鹿覆芭蕉夢未真。我似操

---

① 卷四以下均爲未刻稿。

舟依岸好，釣竿湘漢獨垂綸。

讀孟襄陽詩

詩律襄陽本出群，玄宗詔後竟無聞。洞庭佳句猶能誦，莫道君王不識君。

寄陸生

雪後長安月更新，哀弦絶調淚沾巾。回思二十三年事，風雨銷魂只二人。

惜　陰

惜陰原只重青春，豈爲黄金浪擲身？功比蕭張寧論位，才如房杜莫嫌貧。北來耦影尋燕草，南去雙車隱漢津。二十四橋今已過，將來明月託何人？

張晴峰户部購得舊琴，膠漆盡脱。修葺時，開腹得大唐雷氏斵五字，蓋雷琴也，詩以紀之

廣川有人才絶倫，銖視軒冕如飀塵。閉户揮弦遊八極，滅燭聞聲静四鄰。高人寄託良有以，萬斛幽泉在十指。漢宫秋爲何人怨？塗山操已傷心髓。僦居燕市恒寡營，退食絲桐膝上横。瀟洒本無入世意，澹泊非有不平鳴。由來神物有先覺，購得舊琴如剖璞。背刻宣和養正篆，腹書大唐雷氏斵。主人對之神飛揚，斷紋斑駁聲蒼蒼。不因脱落知誰代，賴此修葺吐奇光。吁嗟乎！唐宋迄今已千載，帝王將相幾人在？兹琴枯木得長生，應似飛仙吊滄海。

（戊午年稿）

元日雜詩

物遇有時命，庶類多愚蒙。中有誇毗子，炫智恒相雄。人力豈勝

天？疲勞終罔功。不見窮冬候，晝日陰濛濛。冰雪滿周道，苦霧迷西東。春陽一以照，積凍無不融。大哉鈞陶力，誰能争化工？

有客過荒齋，勉以進取，作此奉復

感君慰勉意何真，期我先登要路津。諸葛躬耕寧久卧，淮陰寄食不長貧。本無經術充芸閣，敢冀勳階擁畫輪。此日一官殊忝竊，山林何限抱奇人。

元　夕

頻年元夕月常明，深感天心作意晴。何幸客中愁緒減，得偕朋輩夜闌行。花燈霧結千門曉，簫鼓風和萬象清。不信東南猶轉戰，極天烽火正縱横。

題朱小晋所藏畫册

遠山倒影浸菰蒲，尚有漁舟一老扶。此日春風波浪急，莫令閑却在江湖。

感懷寄山中隱者

久視浮榮甚等閑，不能救世即歸山。名留彝鼎終須盡，意在煙霞老莫還。天自有時調四序，心今無住聽三關。煩君更指將來事，出處隨緣敢妄攀。

匡廬絶壁懸茅屋，月夜高歌引洞簫。漫向名山求大藥，且從虛室挂仙瓢。紅塵人少難成世，陸海波平不作潮。始信息機原自樂，半生踪迹愧漁樵。

喜　雨

宸居北望翠華臨，宫樹晴開喜乍陰。曉照帶煙迷遠浦，濕雲將鳥度高岑。和風萬里回天力，霖雨中原報國心。讀罷豳詩忘晝永，南薰無事拂瑶琴。

琴師金吾易作待漏圖,索贈賦此

偶作携琴待漏身,何如歸卧草堂春。煩君更弄猗蘭操,座有瀟湘一恨人。

初秋感懷

兹夏苦奇熱,坐卧隨寒冰。隱几喟然歎,安得凉颷興。倏忽改秋節,遂已白露凝。晨起披袷衣,夕坐親篝燈。寒燠雜哀樂,體弱病侵凌。况復積鬱久,百感恒拊膺。俯首隨時俗,驟得要路登。踟蹰還自問,其如我不能。浩然理歸檝,蠹室棲崚嶒。

中　秋

佳辰客中遇,卜夜願歡讌。陰晦苦無端,懷人如未面。輝光隔層雲,萬里空思君。層雲不可掃,憂端誰爲分？遥遥雁行過,遊子未能卧。欻然天宇開,明月當空大。萬家各有月,萬家各有心。獨有長恨人,淚落秋雲深。

陳藹公下第

與君難易地,出處總淹留。士豈官階重,恩難老病酬。露凝寒菊淚,月照暮笳愁。更觸無端慮,荒凉又杪秋。

燕邸荒齋僻,蕭然早閉門。望君不成寐,竟日獨銷魂。窮達天難問,文章我共論。西風岐路泣,誰肯飯王孫？

追悔今何益,蹉跎已半生。我猶思利濟,君豈重科名。用拙寧全失,匡時敢自輕。倚樓看夜氣,霧暗斗斜横。

送姚能序之利津丞

莫謂斯官薄,鸞棲即鄧林。漆園蒙叟隱,委吏聖人心。日出關門迥,雲含海氣深。若論康濟事,原不在升沉。

西山曉雪

寒光夜似西山月，曉晴始信西山雪。鳳城煙火六花微，争似山深氣凛冽。我在馬首眼忽明，攬轡遲回心暗驚。六街飛花不盈掌，萬峰積素已作屏。因識浮生歲月易，暗中老至誰能避？一回寒燠改韶華，終歲奔忙得憔悴。愀然驅馬踏泥歸，默坐荒齋獨掩扉。匡世長生空妄想，蹉跎誤却舊漁磯。

詹事府齋宿咏懷

仲冬氣凛冽，風斂夕景晴。齋居入冰署，神智更潔清。循躬如弱羽，奚足表真誠。默坐修夜寂，皓月懸高城。屢悔已事誤，頽然卧復驚。寒雞一以叫，百感無不生。繩檽未通曙，群動各有聲。念彼市朝人，紛逐何所營？自顧本懶拙，恒苦塵霧攖。歸築衡霍居，庶遂遺世情。

僚友夕已散，獨步向階戺。空庭喜閑曠，心將丘壑比。每當新月出，輒歎流光駛。出世貴忘機，入道在知止。尚深懷禄情，慧命自兹已。

天壇劉道士道院齋宿

詰旦候南郊，夕就壇中宿。欣依羽士居，奚啻故山屋。鄙性耽泉石，觸景思林麓。況當禋祀晨，氣斂志已肅。月照廣殿深，風號群樹秃。寂坐觀至理，茶濤自起伏。實悟此生浮，齋心慎幽獨。

昧爽翠華臨，肅將集群彦。是時星月光，燈火互輝絢。排仗立中衢，入班瞻廣殿。遥聞鈞天奏，至尊正殷薦。裔雲雜燎薰，香風合椒奠。玉律漸已和，日華添弱綫。所願陽德亨，乾綱自回轉。

贈洪昉思

守拙人不厭，周旋事每疏。自得安命理，心志日以舒。君才自絶俗，奚用驚凡愚。早歲多蹭蹬，逆境聖所居。文采本枝葉，名位亦須臾。學道自信久，此身等太虚。匪獨物我忘，亦且視聽除。萬境雖屢遷，吾道終自如。

贈周紫海三首

再接永夕談，微言剖未發。顧我塵網深，愚蒙亦超越。聞道有端倪，冥神見恍惚。當兹狂瀾興，絶學危如髪。自聞至人言，方寸生日月。觀聲悟象先，含苞識根核。曠覽此濁世，皆具冰雪骨。何當有心人，動静探其窟。

未生天地先，本不立文字。靈山拈花日，迦葉領其意。譬彼不拈花，斯道寧遂墜。大道在目前，觸物皆可示。如燈影必隨，如冰水無二。果識無住心，不礙有住事。此性是虚空，生滅奚足累。無極本自然，一畫尚覺費。返照見天根，萬象自兹出。

我思古神仙，冲舉且拔宅。斯事信不虚，有生累形役。日受利名擾，遂忘老病迫。孰知夢幻身，在世本如客。曾聞金丹秘，九還成月白。寸心圓鏡光，今古不能隔。清修兼密行，至人隱其迹。高步凌雲霄，奚待假羽翮。念至涕横流，此生良可惜。

新　月

去臘看新月，清光又一年。歲華應再轉，身世可長堅。槐老思春緑，人愁惜鬢玄。所嗟未聞道，鄰寺暝鐘傳。

爲惜苦寒月，遲回夢不成。擁爐開户牖，滅燭倚櫓楹。人似山居寂，天同雪夜明。寥寥懷古恨，轉側聽雞鳴。

戒　子

先世多隱德，利濟恒無形。維我曾祖母，孀節彌堅貞。綽楔雖未建，烈操久已旌。仰荷昊天眷，遂叨章服榮。兩世躋清華，孫子多科名。汝曹不勤學，世業懼見傾。生子豈遂賢，得失汝自成。吾豈世俗士，因爾勞其生。

立春日感懷

立春在殘臘，日暖氣已暄。節序何其信，嚴冬亦遂温。始知人信誓，不如天無言。憶昔重結交，所期古道敦。欻吸生變態，有若波濤翻。寧學秋水潔，毋同春水渾。屹然守道義，斯志百折存。

小　除

忽復凄涼甚，今朝是小除。恩深心自苦，事遠術偏疏。霜薄留殘月，煙高逼太虛。春回欣有日，花柳漸應舒。

今夕冬將盡，更闌每自傷。魂招歌橘頌，天問酹椒觴。日月驅人苦，江山閲世忙。何時能采藥，嘯咏白雲鄉？

卷五 己未年稿

元　日

獻歲披衣起，遥看斗柄斜。出門争躍馬，到闕已鳴鴉。正月春何暖，三冬雪不花。霧濃迷白日，風怒捲黄沙。天意殊難問，吾生自有涯。鬢衰愁攬鏡，宦久劇思家。江柳應垂縷，湘蘭欲放芽。故山山色好，處處足春華。

人　日

人日纔暄暖，陰霾喜乍晴。春從何處至，月較去年明。戲馬塵迷路，懸燈霧接城。六街元夕近，簫鼓作新聲。

材任以公車來長安，元夕作三詩。馮圃芝、吴天章、洪昉思皆屬和，余亦用韻以示

九載離家客，今宵喜爾來。鄉音如楚地，良會在燕臺。北雪寒冬少，南枝暖室開。月斜還秉燭，款款盡深杯。

汝爲科名重，誰知吾道尊。乘時聊射策，養拙且鋤園。德薄思先訓，身微念舊恩。升沉俱有事，力學好窮源。

漫求身早達，我亦久安貧。肉食寧長策，儒冠是故人。書應酬客難，論莫著錢神。向子曾知易，終身慕隱淪。

過永福宫

崇觀峙層空，客子欣暫過。入門雙喬松，一立一似卧。陰森廣殿

深，百靈環帝坐。白松生更奇，枝頂盤根大。團團若翠蓋，中可趺跏坐。對茲久盤桓，風清鶴相知。我慕巢許流，愧非伊吕佐。周身尚寡謀，國事寧容荷。所願結精廬，養拙安懶惰。立身一不慎，有如塵土涴。吾道在自持，冰淵防失蹉。

春　雪

新年寒不減，二月雪何深。天意欺春節，人間苦晝陰。飛空疑疊浪，積阜似高岑。寂寞荒齋夜，相思理舊琴。

雪後新月

雪後看新月，淒涼又仲春。客心期不夜，天意照何人？影澹成初魄，光寒未半輪。陽和消積霰，空自倚嶙峋。

宿禪院作

籃輿乘興出重關，偶借精廬一夕閒。久在風塵淹歲月，忽從平楚見溪山。名園問姓無常主，過客看花得屢攀。我欲探奇衡霍去，白雲幽石枕潺湲。

訪周履坦不遇

迂道來相訪，低回不見君。人生論去住，只似嶺頭雲。

送羅弘載赴韓心康中丞幕

待詔還山亦主恩，扁舟南去訪桃源。才同昭諫三湘幕，人識荆州萬户尊。傳檄夜郎須健筆，借籌越巂壯雄藩。衡峰舊有幽棲處，猿鶴煩君共慰存。

題相士周象九畫像

携琴泉石意徜徉，歷盡江山鬢未蒼。雙眼識人人不識，因君遥憶吕元芳。

不戴黄冠不道衣，鹿皮欹坐渾忘機。囊琴不出知君意，海外成連尚未歸。

同周紫海、陸翼王小齋偶飲

陰晦何時已？愁懷漫舉觴。世情争倚伏，時事畏疏狂。人淡宜秋老，交真耐夜長。一庭煙雨意，恍惚坐瀟湘。

題顧茂倫雪灘釣叟圖

雪灘臨水是吾廬，釣雪年年不釣魚。亦有魚竿終日捲，幽人閉户著何書？

茆齋籬外望垂虹，迢遞長橋笠澤通。來往扁舟都不識，傷心人道是漁翁。

次韻答陳譽斯

訪我天將雪，窮冬只布衣。辭親尋故里，問舊到京畿。年少詩篇老，身孤歲月微。相期傳祖德，獻賦始南歸。

冬至次心簡韻

往事盡蹉跎，那堪來日過。三冬隨歲盡，一綫較愁多。地氣猶難轉，天心已漸和。相期同晚翠，莫漫改寒柯。

贈家良輔

吾宗誰特秀？岸幘喜孤吟。每見驚人句，偏傷遲暮心。作書追晋碣，攀磴歷仙岑。竟夕然燈坐，空庭雨雪深。

望　月

臘夜寒光滿，凄清我獨憐。離鄉九載過，望月百回圓。薄宦妨歸隱，虚名誤學仙。何時匡岳去，掃石枕流泉？

漫 成

年來心事總迂疏，雖在長安似隱居。緩步荒村尋道侶，得錢貧市購遺書。

歲 暮

改歲迴如昨，倏忽歲已暮。所學無一成，追悔事已屢。靈骨既未修，弱水安能渡？此生心自悲，出處今兩誤。

亭亭松柏姿，歲寒不改柯。長養良獨難，剪伐何其多！我懷日已傷，我髮日已皤。勳業自有時，天命將如何？

晨風君子泉，夜月臨皋路。鄉園固足思，所戀在丘墓。五岳果得遊，豈待畢婚娶？生人有本懷，誰能測丹素？

十載長安客，珥筆事宮闕。孤踪寧見知，群力諒已竭。漆室女誰憐，杞人憂自發。静觀倚伏機，愁緒亂如髮。

（庚申年稿）

穀日有感

年來心緒頗多偏，萬事無如聽自然。客里椒芳驚穀日，愁中花放感春天。著書未就思歸隱，經世無成誤學仙。此日杜門兼閉口，敢如嵇阮作狂顛。

詹事府齋宿

芳歲及靈辰，旭日已東陸。我后展禋祀，南郊方祈穀。顧余忝儲重，連夕事齋宿。寥寥府署深，淵淵檜柏肅。秉燭愛夜闌，抱影悲年速。假寐静見聞，耿耿鑒幽獨。

春陽已穀日，皎月從西升。仰瞻明星爛，忽復苦霧興。驟看如水涌，欻吸疑雲蒸。地震氣鬱鬱，天鼓聲鼕鼕。所賴人事修，庶幾天道徵。至尊重殷薦，祈年日蠲烝。臣忝陪祀列，夙夜如懷冰。天人本一氣，精感相凝承。願言降遐福，至德萬世稱。

正月晦日

又見初元一月終，流光不待客成翁。每看弦望催時易，獨感陰晴逼歲窮。冰泮御河今蹙浪，花開上苑已含風。曉聞庭樹春鶯囀，如坐湘山萬壑中。

友人過訪，值余出城齋宿，偕行數里始別因贈

欲出逢君至，翻然並騎行。久疏難語斷，暫對覺神清。春色晴籠闕，河流曲抱城。那堪分手易，小别亦傷情。

踟蹰赴齋閣，寂寞出芳郊。暖日薰沙草，輕煙軃柳梢。渡橋悲獨往，駐馬念深交。擬就名園宿，窗扉近鳥巢。

題梅耦長三畫册

買山曾過巢青閣，一别今經三十年。太傅東山何日到，雲松近在阿誰邊？（畫得“吾將此地巢雲松”句。）

孤帆曾憶渡金焦，夾岸疏林落暮潮。獨我一舟天際過，兩峰俯視恰平腰。（“潮平兩岸闊，風正一帆懸”。）

曾閱長江萬里圖，洞庭南楚到東吴。山雲斷續江煙遠，可似高人半幅無。（“江流天地外，山色有無中”。）

初　度

老去逢今日，開尊强笑歌。百年愁裏半，十度客中過。往事悲黄雀，餘生愧蓼莪。衰齡如再少，應亦悔蹉跎。

五　日

每夕披衣坐五更，年來益信是勞生。忽逢令節懷湘水，空感良朋寄杜蘅。岳澗碧憐蒲葉老，燕郊紅羡石榴榮。飛鳧競渡吾鄉事，誰爲

招魂訴不平?

贈馬丹霞

高人亦肯至長安,萬象都從世外看。古寺閉關天不夜,良朋問道氣如蘭。千峰身到常爲主,百草心空盡是丹。此後同堂應有日,好登岱岳望回瀾。

題友人畫卷

高人家住白雲鄉,繞屋梅花萬樹芳。終歲著書人不見,獨書甲子送流光。

中　秋

京華淹滯十年餘,每對佳辰念舊廬。叢桂自芳湘澤冷,鱸魚雖好釣船虚。本期匡濟寧忘世,尚憶蕭閑得著書。出處半生無一就,銜杯望月暗躊躇。

閏中秋

莫道寒光動旅愁,一年難遇兩中秋。每思爛醉消歡怨,獨聽清歌惜去留。月自再圓寧爲客,人因長恨怕登樓。此生慣作無端别,中夜招魂感白頭。

索　居

永日槐陰愛索居,此身何異在匡廬。庭無殘客論塵事,坐對高僧擁梵書。閉户久甘吾道拙,買山只爲世緣疏。歸歟采藥尋雲壑,短褐長鑱縱所如。

野　眺

青林木葉漸微黄,閏月秋分尚未霜。時節欲來天亦轉,凋殘將至客先傷。參差遠水疑平野,明滅諸峰辨夕陽。極目欲歸無意緒,幾回駐馬立横塘。

望月有感

楚客悲離析，懷人思鬱紆。異鄉逢死别，同夢隔冥途。初月光微影，秋雲澹似無。雞鳴猶不寐，淚下欲成珠。

李子鵠自上谷過訪即送歸西陵

貪看山色倚樓臺，遠見蒼騾上谷來。異國故人今聚首，清秋皎月共銜杯。堯封幾日過滇海，漢詔何年舉茂才？爲念北堂歸去急，再登高處送君回。

送陳心簡之遼東

驅車獨旅向三韓，九月秋風已漸寒。纔道玉門生入穩，誰知鐵嶺放歸難。破巢積雪家何處，絶塞堅冰路幾盤？鴨緑江深終古恨，南來鴻雁報平安。

窮通自古遞相尋，廿七年來憂患深。百鍊方能成傲骨，九還終不易初心。好隨有道論身世，早會無生悟昨今。年及知非應自悔，時艱莫漫費黄金。

此生只拚老風沙，路出盤山萬仞斜。霜冷鳳城聞畫角，月高龍塞聽悲笳。賦詩南望空雲樹，載菊東行已雪花。君識故鄉同逆旅，丈夫何處不爲家。

燈前菊影次韻三首

何處東籬菊，移來植坐隅？繞叢疑在野，含露欲沾襦。風燭明還暗，霜花有乍無。南山不可見，惆悵歲華徂。

萬木萎黄盡，孤芳慰寂寥。不緣香色好，誰念雪霜凋。壁暗疑花動，簾疏訝燭摇。落英難共采，空憶美人遥。

爲愛秋花澹，微吟到夕曛。移尊酬冷艷，留客對清芬。影與枝相亂，燈將月不分。朝華終易謝，晚節可如君？

庭　樹

歲晚閑看庭樹叢，含苞即在雪霜中。始知生意原無盡，不借催花廿四風。

卷六辛酉年稿

感　懷

昔余來京華，壯志頗超越。讒巧生無端，跬步幾顛蹶。自兹晦浮名，甘心學湮没。玩世稍類狂，藏鋒豈無骨？每感淑節改，撫鏡悲華髮。古人惜寸陰，今人輕歲月。飢溺本素懷，貞固亦嚴節。時至自有期，浩歌激林樾。

林卧與再出，俱歷十二年。微躬不自料，遂欲探虞淵。苟合固足羞，孤立亦其愆。嗟彼便娟子，清歌間繁弦。唱和有餘音，能使聽者憐。勿矜松柏青，寧取桃李妍。歡宴春芳下，誰能賞貞堅？

宿志秉微尚，卜居嗜林谷。依違胡不歸？戀此升斗粟。退食思過愆，立朝慚啓沃。抱此難言衷，何人憫心曲？權門非敢傲，所畏在拘束。决計謝浮名，息心返遐躅。生人有真樂，永無榮與辱。

出都門道中望沙河作

二月燕郊野色荒，勞人馬上惜春光。飛沙有底常迷日，芳樹無端亦被霜。凍解輕冰應漸緑，風催弱柳已微黄。前途望望村墟近，幾處遥峰下夕陽。

述　懷

年年守拙頗忘機，今歲方知吾道非。敢望名留高士傳，只緣身挂侍臣衣。林棲有志逢時懶，津要無求見面稀。歸去楚江蓑笠穩，持竿把卷坐漁磯。

沙河旅次

哀輓將前發，荒途已夕暉。新阡悲象設，幽户惜褕褘。野店千官宿，孤城萬馬圍。君王思故劍，玉輦夜無歸。

投鞭尋旅次，歇馬向誰門？巒翠迎煙合，風沙蔽日昏。萬夫行蟻聚，千騎陣雲屯。客意茫無定，歸鴉已滿村。

沙河雨霽

雨後山容出，周遭紫翠圍。浮雲皆斂息，積雪尚霏微。暖日薰氈幕，晴風響鐵衣。遥憐禽鳥樂，在在得閒飛。

晚　景

晚景如圖畫，閒吟到野汀。煙雲浮霽月，燈火雜春星。河入長天白，山連大漠青。浮生何所似？沙際一流萍。

同洪昉思野步

雨餘山頂雪崢嶸，客子柴門望曉晴。桃李不言今漸放，煙雲相約似同行。荒原盡洗芳芽出，曲澗微添碧水鳴。抱甕村童争早汲，荷鋤農父喜深耕。繞堤斷續看新柳，倚樹間關聽早鶯。野外無塵宜緩步，籬邊有酒好同傾。多慚蠟屐頻探勝，空羨藜床遠避名。方朔浮沉聊玩世，嗣宗爛醉得全生。夕陽已盡愁歸去，徙倚看山無限情。

寒　松

百尺寒松直，空生大谷隈。詎知霜雪幹，非是棟梁才。偃蓋愁當户，盤根不倚臺。春風容易度，桃李及時栽。

清明同會稽范睿五、武林洪昉思、廬陵朱藕男坐沙河旅舍

客裏逢佳節，崇朝話一庭。雨垂山脚黑，雲散樹頭青。遠眺多欣

慨，孤踪自醉醒。故鄉應拜掃，相對話頹齡。

朝冷愁陰雨，春暄愛晚晴。開簾待歸燕，折柳動流鶯。僕至携新釀，朋來問遠行。長歌悲代謝，空負此清明。

雷家莊次昉思韻

平野風沙捲雀窠，深春新葉不生柯。天低薊北盤山樹，地接遼陽渤海波。半世得逢閑日少，十年空負好書多。何時歸去湘江卧，煙雨無人挂一蓑。

同昉思宿雷家莊

煙霾昏落日，繫馬入柴荆。行李籬邊集，車徒墻外横。拭塵尋地隙，濯面取階平。棗樹惟存榦，桃花未綻英。風沙憐病友，詞賦避時名。暖酒鑽榆火，燃燈借瓦檠。兩人傷往事，一榻話歸耕。問馬添芻豆，呼童看雨晴。盤山知漸近，結束又東行。

憇曹家莊

曉發雞初唱，宵投雀又喧。草連向山路，花繞傍溪村。孤塔黄雲覆，長林白日昏。田家苦徭役，何處是桃源？

三道河中即事

漸近臨沟路，車行苦鬱紆。春暄荒寺冷，地闊遠山孤。緑野圍千帳，緋衣走萬夫。園陵關鉅典，傾國盡前驅。

宿棗林莊

行役非遼遠，仍嗟客路難。車回愁地窄，村近覺心寬。接葉喧黄鳥，交流抱碧巒。偶然來逆旅，莫作久居看。

過薊州宋中書令趙普故里

驅車再過古漁陽，忠獻當年此故鄉。開國元功垂宋史，立朝偉節拜韓王。盤龍山接灤河闊，涿鹿城連碣石長。自昔君臣難遇合，一逢藝祖得流芳。

車中同昉思野望

曉發征途冷，柴車喜共君。陰晴諸嶺異，雲日一天分。松老抽新葉，沙寒聚細紋。無端論出處，惆悵到斜曛。

過御果園

道院吾投宿，人言此御園。依山齊種栗，分畛各成村。登俎先宗廟，嘗新奉至尊。吞聲聞野老，樹樹飽君恩。

宿石門驛

驛路看山到石門，車徒紛沓問荒村。人喧夜月千官集，沙亂春雲萬騎繁。直北重關連渤海，從東疊嶂接崑崙。秦皇漫自誇天險，空笑長城萬古存。

雨中宿野寺兼贈隱素上人

爲避泥途濕，來尋野寺偏。地閑侵草色，人静裊茶煙。久坐賓兼主，清言往復還。松棚宜避暑，椶拂好談禪。疏影花邊樹，寒聲雨後泉。論詩良友對，分榻老僧眠。久憶嚴陵瀨，難回張翰船。匡時恒嶽嶽，任運且年年。歸路聊扶策，通津懶著鞭。終當南岳隱，一種北山田。

咏　懷

斯世慕榮利，纖悉競刀錐。躐等欣苟得，遂若固有之。晨夕候津要，毋乃精力疲。好爵亦吾願，所憎與道違。反覺淹滯榮，深爲躁進悲。拙遲與巧速，任運復何疑。

吾生適本性，境静心亦閑。結鄰衡壑幽，亭閣枕潺湲。歎息遠睇望，欲歸行路難。茅齋列圖書，良朋相往還。玆来復何爲？琪樹不可攀。引領一長嘯，南雲迷故山。

獨鶴與群鶩，參差立階墀。飲啄豈不同？俛仰心自悲。徑路苦屈曲，束縛寡威儀。强作儔侶遊，顧影難追隨。罻羅人所張，稻粱君自糜。終當舉逸翮，浩蕩凌雲涯。

達生忘有我，外物奚足營？念彼市朝士，馳騖利與名。百計竭智勇，汩汩損性靈。曰余秉微尚，結廬愛孤清。深居委大化，息念歸無生。高爵非所慕，何事勞我形？不如守拙訥，寂寞存賢貞。

少奉父祖教，讀書首士行。畏途抱苦懷，無計匿名姓。學劍術未精，挽弓力未勁。僶俛事薄宦，懶慢實吾病。顧己無寸長，焉敢與人競？廉讓固吾師，忠孝詎關命。閉户已云足，敢塞賢者徑？但可執耕鋤，安能操國柄？坎止有自然，林棲亦本性。秉燭誦楚辭，抆淚不能竟。

弱冠歷世難，奔竄溢江潯。一身冒鋒鏑，百苦相追尋。以兹涉世網，通籍預士林。時哉不我遇，含忍甘抑沉。抱道耻苟合，濟物難同心。孑立不爲動，自信何其深！齋居日無事，掩卷彈玉琴。南檐微風來，披拂賞我音。

同洪昉思遊盤山三十韻

盤山屢經過，登陟蓄意久。使節無停車，悵望空搔首。兹遊慰夙願，偕往得良友。新霽衝泥途，朝旭射林藪。遠矚列翠屏，始覺入山口。是時仲春交，風日況善誘。繁紅花坼杏，細碧葉垂柳。幸攀弱蘿末，畏眺絶壁後。同人惜馬力，捨騎坐且走。百折歷山腰，衆峰悉培塿。巖峭松屈曲，崖崩蘚深厚。翠蓋舞虬龍，斑文繡蝌蚪。五峰聳太清，嵯峨若襟肘。八石環渫雲，嶔嵜若盤紐。登頓坐霄漢，延眺憑户牖。下界别陰晴，低檻宿牛斗。巀嶪千丈石，位置五丁手。懸空屹不頹，如有神靈守。力疲至絶頂，方廣不盈畝。足畏罡風烈，心悸崖壁陡。朋好嘆絶奇，僕御仍私詬。野蔌對山僧，林歌聽樵叟。明星見長庚，微陽漸没酉。清梵振遥林，素輝上崇阜。萬壑號松風，如聞虎鳴吼。侵晨披衣坐，鴻濛氣未剖。雲霞倏開闔，煙嵐遞紛糾。幽勝思卜鄰，聲聞願離垢。何爲棄寶珠？徒知矜敝帚。終老棲三盤，浮名復何有?

遊盤山詩三首

山行雨後氣如秋,廢寺殘僧亦勝遊。密樹蘢葱群鳥寂,層巒環抱一溪幽。石橋半側人牽馬,梵磬無聲客倚樓。歎息契丹碑尚在,白溝當日是鴻溝。

盤山絶勝古中盤,石磴崎嶇欲到難。千嶂煙雲迷日曉,萬松冰雪護春寒。峰依紫蓋留仙迹,泉汲紅龍供佛壇。惆悵此生猶未隱,浮名底事戀長安?

斗絶上盤雲罩寺,雙峰高踞萬峰巔。雷霆俯見山腰門,日月横看樹杪懸。佛蜕幾朝留古塔,聖燈除夕聚諸天。殘僧不解遊人意,指點龍旗説往年。

贈沈繹堂

帝鄉十度菊花天,望苑追隨倏五年。學道漸知淹滯樂,素餐深愧隱居賢。酒憐燕市空彈劍,歌憶湘江獨扣舷。相對歡娱頻執手,異時秋月向誰圓?

九　日

愁中欹枕又重陽,盡日孤吟畏舉觴。萬事萍浮空涕淚,一身匏繫任行藏。閑門謝客心如水,寒菊窺人鬢已霜。歲歲登高今懶慢,不堪病眼對秋光。

長子材升南歸,詩以示之

汝年過壯室,失學悔應遲。空有飛騰志,能無老大悲。惜陰懷古聖,立雪爲良師。若悟觀心妙,秋雲水一湄。

到家知歲暮,寂寂掩柴門。心苦通思路,功勤探道源。晨昏娱老母,灑掃訓諸孫。即此承清白,浮榮何足論。

同沈繹堂前輩有感作

十年所得止忘機，久視浮名一葉微。懷禄詎能稱退士，立朝元未改初衣。投閑肯信安吾拙，畏事深知與世違。寄語不須相促迫，故山有約自遄歸。

承華結契廿年外，建禮追隨五載餘。歲儉窮交分禄米，官貧鍵户讀奇書。霜前獨鶴悲形影，天外浮雲任捲舒。同病那須長太息，滿庭冰雪近春初。

至　日

至日陽生力苦微，堅冰積雪尚因依。即看滄海舒丹景，忽漫浮雲幻白衣。巖桂北來應易隕，塞鴻南發不同歸。明年一舸衡湘去，自挂蒲團坐釣磯。

卷七 壬戌年稿

首春抒懷

虛舟半載歷風波，今歲中流且放歌。天遠不妨春水闊，日高無奈雪山多。青憐柏葉浮尊酒，紅憶江梅拂釣蓑。安得飄然尋舊隱，匡雲岳樹碧嵯峨。

送陸翼王南歸

越遊未久復遊燕，客舍依棲又六年。獻賦本非高士志，著書誰識隱士賢？偶然爛醉緣良友，幾度深談爲别筵。惆悵東風官道側，江花江柳送歸船。

送毛會侯罷官歸里

聚首京華忽愴神，難忘好友住相鄰。迍邅只爲時名誤，宦達難容古道真。風雨清明羈客夢，鶯花上巳獨歸身。休論去住升沉異，總是中原憔悴人。

潘雪客太史持楊芳逅畫索題，感而作歌

世人盡問桃源路，人間桃源亦無數。奔走名利自不休，縱不迷津誰肯住？我愛楊郎意氣豪，忽爲太史寫絹素。閉門十日只酣飲，一朝潑墨有神助。空堂巖壑聞波濤，破壁蛟龍走煙霧。太史家世本山東，歸裝行欲遊東蒙。自言濟北有西湖，清絶水樹涵遥空。湖光回互三百里，巒翠明滅千萬重。又言濟州之前對兩島，兩島中央有南湖。湖

心沙洲如島嶼，桃花雞犬成畫圖。從無烽火亂離苦，亦鮮要途傴僂趨。我聞此言三太息，安得移家隱菰蘆？獨對此圖坐清曉，仙人樓閣塵寰少。難尋數畝種瓜田，愁聽三春杜鵑鳥。何山卜居最幽窅，何水浮家真浩淼？登舟對酒首重回，不如故山衡霍歸去來。椰瓢棕笠絶纖埃，亂雲飛瀑千丈開。數椽茅屋峭壁隈，置身霞表臨九垓。浮名於我何有哉？不争要路兮無嫌猜！

碧　梧

高岡曾種碧梧枝，疏影濃陰羃四垂。豈意故巢鳩欲據，翻憎朝日鳳來儀。乘風尚可棲瓊樹，息影終當飲玉池。寄語罻羅勿自苦，海天飄渺任吾之。

贈薛衛公

一身多難畏風波，閉户惟君屢見過。兩世論交元孔李，十年同調復羊何。酒人有幾留燕市，詞客誰能解楚歌？勳業所期公等在，携家從此入煙蘿。

送孟穀侄

天涯頻作客，世路總艱辛。年少時難遇，才高道不貧。三湘遥阻夢，五嶺復依人。早定歸歟計，承顔慰老親。

大　風

日暮驚飈起，奔騰似海潮。勢翻天欲捲，聲撼地皆摇。雕鶚威逾健，豺狼志轉驕。盲風終偃息，熛怒不崇朝。

聽彌上人言五臺之勝有感

勞人汩汩尚浮沉，何計能除老病侵？世事難窮看物變，國恩未報負山深。聽談巖壑曾飛錫，忽憶瀟湘自撫琴。莫笑腐儒無所事，萬年冰是一生心。

高僧昨到老龍池，曾見龍遊碧水湄。輕過蠛蠓森爪甲，微於蝘蜓鑒鬚眉。踏雲似鐵原无着，穿石如泥或用奇。四海正思霖雨切，深蟠一勺復何爲？

五頂高寒是北臺，群峰低伏亂云隈。平看樹杪中霄月，俯聽山腰薄暮雷。雁塞千重嵐氣合，龍門百疊水聲來。魏家剩有離宮在，憑眺唯增古國哀。

書　懷

榮悴有常期，得失無定理。我生鮮道力，出見紛華喜。匡濟豈不願？時哉竟如此。以兹甘藜藿，軒冕若敝屣。誦《詩》感正變，讀《易》悟泰否。雖無異等榮，亦乏非分耻。抱影寡内怍，庶免後世鄙。

口號柬沈繹堂掌詹崔玉階詹事

修竹山陰逸少居，籠鵝麈扇興何如？時人只愛蘭亭好，誰識當年北伐書？

漢史曾傳新息誣，却将薏苡作明珠。廿年只有心如水，君比文淵薏苡無。

爲卜牛眠葬老親，忽來謡諑自平津。十年淹滯人都道，不合當年問景純。

平明趨府擁雙藤，静夜攤書對一燈。莫訝長安老詹事，兩人只似住山僧。

出入承華六七年，迂疏何敢望高賢。亦知良醖三升美，恐負廬山百丈泉。

夏夕夜雨

勞人得暫歡，伏暑如秋夕。遠嶂密雲興，空墀驟雨積。微茫野樹青，倏忽天宇碧。初月霽更明，清漢夜逾逼。移榻就樹陰，凉飈侵枕席。蕭然百感生，行止問《周易》。

讀寇平仲傳

澶淵再奠宋山河，自古功多謗亦多。用早蒼生尚無福，終身不用更如何？

贈宋聲求司訓英山

頻年仕宦亦多端，立致通津未是難。才子何緣安薄禄，清時仍肯就微官？月明絳帳歌偏好，霜老青氈酒不寒。此地楚鄉相接近，白雲深處采幽蘭。

病中袁杜少屢過，感賦絶句

七發勞君慰草堂，盡翻肘後少良方。古人養疾無多法，辟穀逃禪入醉鄉。

閉　户

閉户京華似老僧，近來事事學無能。殘棋盡斂誰成敗？舊史常拋忘廢興。黍谷氣回翻曉日，玉河風急響春冰。愁時獨倚層樓望，蒼狗浮雲不可憑。

乞假後作

乞歸優詔作歸人，京雒虚過十二春。從此更肩雲水事，莫言今日是閒身。

解　組

解組原非薄世榮，擬從物外學忘情。心歸皓月三湘静，夢入閑雲九疊晴。久信菀枯俱是幻，要知喧寂本無聲。到山取次過殘臘，雪綻梅花杖底清。

别同署諸公

吾道朋從喜盍簪,澹交披豁見同心。賜筵西苑分餘席,并轡東華共苦吟。忽漫清秋催折柳,那堪旅夜獨抽琴。十年一字曾無補,只有迂疏罪實深。

觀　弈

對弈無言落子頻,眼前黑白總非真。支頤袖手旁觀笑,辛苦贏輸局裏人。

去　矣

去矣還初服,歸歟掩舊扉。敢誇難進節,只恐素餐譏。松竹晚逾翠,蓴鱸秋正肥。此行胡不早?吾道愧知幾。

請假將歸答陳康侯送别

舊雨晨星感昔年,河梁忽漫放歸船。秋懸明月過三五,路入清湘近六千。此日歌驪分袂去,幾時烹鯉得書傳?小堂卜築匡廬久,遲爾同操桂樹篇。

留别魏雖伯廷尉

浮生聚散總成空,憶昔論交患難中。十載關心如一日,樽前淚濺菊花叢。

廷尉由來執法平,還期辛苦爲蒼生。風清紫陌驊騮騁,日麗丹霄鸑鷟鳴。

伏蒲風節是吾師,覽鏡蹉跎每自悲。弱冠幽憂渾未解,歌筵尚是蹙眉時。

將還山作

京雒無他好,琴書獨寤歌。半生聞道淺,十載閉門多。鳥倦還林薄,雲閑戀薜蘿。歸山應有事,慎勿又蹉跎。

留别同館諸公

濟濟西清供奉班,承恩朝夕侍天顔。校書坐近螭頭上,扈蹕身隨豹尾間。霖雨待君登紫閣,煙霞招我入青山。他年若問垂綸處,白月蘆花碧水灣。

留别高澹人侍講

承恩趨内殿,賜第近宸居。侍久朝分饌,歸遲夜較書。飛黄陪羽獵,長白從鑾輿。豈學相如輩,徒然賦子虚。

十載曾投契,三秋忽遠歸。以吾惟用拙,從此學知幾。啓聖勞前席,憂讒憶舊扉。楚江君夢到,只認芰荷衣。

出都門

京雒羈棲久,湘江入夢頻。行藏淹日月,去住負君親。易作還山客,難言救世身。中原民力盡,誰爲達楓宸?

自顧惟搔首,追思獨愴魂。久要懷友誼,多難感君恩。人馬争殘照,風沙失遠村。盧溝看暝色,惆悵水天昏。

過琉璃河

平楚霜痕滿,危橋樹影横。日高天更冷,沙亂水偏清。迹與市朝遠,身疑羽翼輕。還山隨處好,恣意在湘衡。

涿　州

草黄沙白路茫茫,歸客經過自感傷。可惜燕圖賫督亢,空令漢鼎起樓桑。英雄何處看流水?霸業全消對夕陽。今古寥寥同此恨,更無人得比靈光。

白溝河

此地車書合,當時遼宋分。三關空設險,一戰未全軍。白骨撑流水,青燐閃陣雲。薊門元咫尺,何事請和殷?

南歸道中作

秣馬天猶暝,聞雞斗漸斜。客心愁雨雪,蓬鬢耐塵沙。城遠村相望,橋回樹忽遮。亂雲時作陣,飛霰不成花。道路方行役,煙蘿是舊家。入林思煮石,攀岫欲餐霞。何不青精飽,無求赤紱加。生涯在漁釣,事業付桑麻。展墓私情切,歸田鄙願賖。停鞭投旅次,已聽暮栖鴉。

自阜城縣至劉智廟宿,竟日大風,車中作

雞鳴戒晨裝,馬首問征路。寒霜覆野草,落月挂高樹。擾擾人語喧,遥遥天色曙。須臾掩朝霞,倏忽興苦霧。悲風東北來,荒途塵沙聚。聞見同一聲,人馬幾欲仆。古人重修省,即事生警悟。豈曰怵風雷,敢不敬天怒?庶幾克厥終,斂約守吾素。樹動自有時,律身亦有度。勿效錐刀子,遑遑至日暮。

過德州

已度平原嶺,仍連歷下亭。帆檣依月白,楊柳入冬青。客路知凉燠,人心自醉醒。此生何所願?浩蕩適滄溟。

過白溝河

白溝水凍浪成冰,一片嵯峨似劍稜。却憶峨嵋深雪夜,千峰盡是玉崚嶒。

自高唐至茌平道中雪

征途難穩卧,獨客只行吟。月黑雲迷雁,天黄霧滿林。曉看飛絮

淺，暮覺落花深。終日寒光裏，濛濛旅鬢侵。

行路晴方好，還山雪亦宜。漸趨南地暖，不受北風欺。邑是賓王里，城留曼倩祠。昔賢何處去？灑淚聽流澌。

自銅城驛至東阿道中望東南諸峰有感

平生不畏天涯路，天涯萬里人亦去。但畏金張勢絶倫，只尺掉頭不肯顧。蕭然最愛寂寞遊，登眺山水臨清秋。芒屩布衲及竹笠，蹇驢瘦杖兼輕舟。乞歸一自青門出，問津只恐黄山失。欻忽銅城驛外過，仿佛金鄉山中窟。搴帷陡見東南峰，縱馬遥看紫翠重。留侯昔與圯上遇，季札當日徐君逢。青齊諸峰良可隱，奎婁雙宿看來近。耐可雪霽識寒松，何須日出觀朝槿。諸峰我欲頂上行，幽處定有飛仙迎。豈獨敝屣視名利，懸知面壁忘死生。吾家有人餐石髓，又送歸雲雙舄履。何當一遇訪蓬壺，欲往從之渡弱水。

過東阿訪劉棠谿都諫

向過掖垣頻覿面，三秋别來不相見。何意南歸過東阿，訪君更闌感深眷。烏啼獨坐方彷徨，雞鳴相召何繾綣。既贈名酒羅嘉珍，還念清齋張素饌。暖室論心霜正嚴，紅爐促膝渾忘倦。却憶賜宴乾清宫，又憶隨朝太和殿。欻忽分飛水上萍，那堪奔走弦上箭。人世何事比華星？浮生是處皆秋電。不能趨附取公卿，無如獨立存狂狷。僕夫來告宜啓行，别君執手還依戀。何年再遇懷抱傾？今日已嗟髮鬢變。牽馬出門意早悲，回首沾襟淚如霰。

再别劉棠谿都諫

京洛分飛感昔時，故人歸早我歸遲。暫居山左無家别，棠谿，蜀人，流寓東阿。偶寄江南有所思。瓠子波濤如錦水，穀城霜雪似峨嵋。相逢此地殊難得，去路雖遥坐莫辭。

東阿道中即事

懷歸輕遠道，戀别出荒城。積雪鴉飛冷，高空鶴唳清。河流連北海,山色接東平。何處林巒好?幽棲隱姓名。

過利國驛至柳泉宿

嚴駕出都城,昏旦移參斗。東越齊魯腹,北歷趙魏首。忽聞入淮徐,惠風生兩肘。季冬既凛冽,朔雪盈原藪。瞥見青叢竹,仍殘碧葉柳。冰河得新魚,香粳有佳酒。頻酌慰旅愁,揮杯憶良友。漸覺狐腋温,欣離塵沙垢。生人貴適志,詎能戀升斗。念兹江南樂,京華復何有?

過黄河宿徐州城外

問渡沙光净,登舟岸影移。冰消徒磊礌,雪凍已流澌。水有河清日,人無念息時。浮生頻過此,鼓枻欲何之?

徐州曉行

俶裝猶夜色,驅馬已晨光。樹帶朝霞赤,冰兼濁浪黄。路遥思至日,是日冬至。客久耐他鄉。身世全無補,空悲鬢髮霜。

自桃山驛至夾溝驛偶作

每怯征途遠,頻愁瞑色催。觀魚空往蹟,戲馬只荒臺。晷短須時至,陽潛候氣回。世人心力盡,誰信有葭灰?

自王莊過臨淮縣夜行至黄泥坂宿

跋涉盤渦與岸回,泥塗中夜馬虺隤。稍如風雪孤舟去,不似權門暮夜來。

大官普天横索錢,小吏竭澤漁可憐。安得貞觀相房杜,千村雞犬萬家煙。

自長安將至金陵新居

幽棲屏迹是生涯,何處他鄉何處家?江漢大聲吴楚接,衡廬佳氣海天賒。黄河冰下層層石，紫塞霜飛片片花。酌酒吟詩還自勸，百年人事總風沙。

道上見古松

侵星陟層巘，殘月吐微芒。陰雲蔽四野，參差覆前岡。倏忽捲舒盡，有若避朝陽。亭亭嶺表松，日出更青蒼。孤根閲歲月，直幹纏風霜。雖乏棟梁用，亦免斧斤傷。垂陰蔭廣漠，終待鸞鳳翔。

西　望

征軺西望鬱嵯峨，龍卧千秋意若何？一任陰晴關碧落，誰將清濁問黄河？身經渤海塵沙少，路入塗山涕淚多。築室岡前吾願畢，晝看雲起夜悲歌。

卷八 癸亥年稿

艷歌何嘗行

莫畏登百八盤，莫畏陟十八灘。灘高盤險危且艱，所畏世路多波瀾。解一

今日刀刃接，昨日杯酒歡。竟背膠漆約，不待口血乾，願君爲樂恒加餐。解二

世路奚足嗟，怨毒本無端。請解心所憂，絙瑟和輕弦。解三

調苦彈者悲，四座多辛酸。不如從赤松，辟穀求神仙。解四

仙人三山來，贈我九華丹。欲服更踟躕，長夜久漫漫。服此安所之，蹈道且自安。解五

雨中同孫孝則遊山

風雪南還爲息機，多時寒沍減芳菲。因憐曲曲山當面，不惜冥冥雨濕衣。十載馬蹄催客老，三春鶯語送花飛。故人步履猶强健，頻肯衝泥上翠微。

題鄭肯崖漁舟圖三絶

渭上漁翁第一人，富陽後起接清塵。誰知西塞山前釣，谷口新來鄭子真。

忽遊江漢忽瀟湘，水似秋雲月似霜。莫訝漁人無寸地，五湖都是鄭公鄉。

我亦浮家學水仙，艤舟紅蓼緑莎邊。每看芳草吞聲哭，不見王孫四十年。

大雨句容道上作

三春陰雨客淹留，去住頻年不自由。涉水下藏危石路，衝泥高渡斷橋流。山摇飛瀑蛟龍喜，樹涌奔湍虎豹愁。只尺三茅空悵望，徵君何處聽松樓？

南　歸

十年久抱北山情，此日南歸感聖明。解組漸知機事遠，入林真覺道心生。時猶可用功名薄，人本無能出處輕。應共村農相伴侣，荷鋤深帶白雲耕。

過無錫秦留仙園中，留仙時在長安因寄

名園結搆倚巖阿，艤棹幽尋向晚過。怪石玲瓏斜壓樹，欹橋宛轉曲通波。堪留野衲相朝夕，難共良朋一嘯歌。夜鶴曉猿延竚久，夔龍事業竟如何？

漁　舟

雲臺麟閣勢殊倫，何事漁舟問渭濱？撤網願魚休入網，漁人不是識時人。

林果存以詩見寄次韻奉答

長安猶挂舊書幃，爲與還山野性宜。策杖已遲廬阜約，濯纓不負洞庭期。榮枯自昔交多淡，出處於今數總奇。世事波濤何日返？看雲惆悵獨支頤。

歸　里

蕭蕭班馬出風塵，霜雪歸來及早春。卜築豈無招隱地，風波已似再生身。知幾未敢同疏傅，高尚誰能惜季真？經世入山俱有事，莫將理亂問閑人。

過楊愚如園

爲慕名園好，因招舊侶遊。地偏知鳥静，徑轉入林幽。岸倚峰爲障，亭依水似舟。我來殘暑退，坐久覺秋深。

養拙遊吴市，辭榮到楚岑。何知東郭近，只似北山深。竹密斜通澗，雲閒暗入林。此生懷古恨，閔默自登臨。

九日同鄭元功登西山作

歸來又喜得登高，試上南屏不覺勞。九日煙嵐多變幻，百年情事幾波濤。交同寒菊存霜節，人似喬松立遠皋。徙倚渾忘前路晚，興來且復問村醪。

入樊湖至碎石園作

久與樊湖别，今來信渺漫。天涵一氣動，月涌萬峰寒。露重橘全緑，霜輕楓半丹。中宵横吹發，鷗鷺起回灘。

碎石園至金牛鎮登舟出樊口

山深風雨阻河梁，獨客衝泥入野航。不辨朝昏同永夜，無邊天水若洪荒。遠峰淡碧兼濃碧，野樹深黄雜淺黄。坐卧只如圖畫裏，勞人終歲負秋光。

九月廿二夜夢人贈以末句，覺後補成之

學道無成每自寬，難如獨槳上高灘。感君勉我貽佳句，鶴已成仙穀未丹。（夢中人云："可成丹，則仙成矣。"）

樊湖雜咏

夕陽下抔湖，秋漲入樊口。漁人愛醉眠，釣竿不在手。

茅屋結湖涯，秋水高數丈。蝮蛇藏屋裏，漁舟繫屋上。

深灣一萬曲，長巷九十里。中有無數峰，峰峰浴秋水。

稻花黄若雲，蘆花白如絮。誰知北來雁，戀此不肯去。
煙霜倏黄白，山水互青蒼。夏後菱芡熟，秋來橙橘香。
萬壑瀉巨川，千村接遥浦。梁子水中央，是爲湖山主。
沼山在湖濱，高秀插天表。中有仙人城，層層翠屏繞。
碧湖如楚練，丹樹似蜀錦。我來值殘秋，送秋夜不寢。
秋盡水歸壑，百里盡網罟。但慕得魚樂，不念入網苦。
玻璃寒水緑，螺黛遠峰藍。西望龍泉樹，愁雲萬嶺含。

偶　書

十年慕道一無成，追悔繁華誤此生。世網自寬人自入，無生先在學無情。

答樂叢上人

自救無能敢救時，匡廬曾有白頭期。道人莫問南還意，今日歸來已覺遲。

故園冬日作

岸柳條先緑，江楓葉尚繁。久諳燕地冷，逾信楚鄉暄。氣候分南北，嵐光異旦昏。偶然窺物理，一晝小乾坤。

（甲子年稿）

壽姚山人

憶昔避地壽昌城，與君衡宇遥相對。是時我年方弱冠，閉户寡交羞逐隊。無事獨與君往還，頻約執手登西山。唯願長繩繫白日，豈期短髮成蒼顔。當時中原苦鋒鏑，列郡徵兵紛羽檄。但聞一炬焚黄鶴，不見千艘走赤壁。從前岸谷犁爲田，此後行藏各問天。故人有才保緑野，書生無命圖凌煙。今年君已六十一，捧觴上壽正春日。喜見孫枝拂九霄，再看巴水沙堤出。

郊　行

吴楚奔馳歲已終，出門恰喜值春風。晴雲低樹留斜日，淡靄成煙接遠空。一徑隨人汀草緑，千村照眼野梅紅。年來若戀長安米，何得溪山賞不窮。

贈張長人

送别臨皋夜，於今十六年。行藏同問路，風雨獨歸田。學道貧逾樂，論文老更傳。春山雲樹碧，好汎入吴船。

午　日

漢江浪涌接天長，何事龍舟競渡忙？甲子方開逢仲夏，上元初啓正端陽。三閭寧借絲千縷，五日空招水一方。天問至今無答語，只應苦口訴東皇。

入廬山

不到匡廬十四年，今來山色尚依然。洗心只愛天池潔，入道惟看鐵壁堅。古佛凌空邀夜月，群仙卧石枕流泉。層岩曲徑如曾到，何用重參柏子禪。

立　秋

南還作客兩經秋，吴楚家如不繫舟。赤壁江深誰泛月？清凉山好憶登樓。勳名意比眠雲懶，身世看同落葉浮。借得一亭諳野性，風簾喜雨只常鈎。

答米紫來太史見贈

南州相聚忽相離，日暮移舟繫所思。人隔湖山頻夢對，交如冰雪只心期。匡廬霧隱泉三疊，湓浦江含月半規。此際應知猶未卧，共君難弟夜裁詩。

送胡孟綸宫允遊嶺南

客舍同歌行路難，送君入粤路漫漫。山連五嶺霜風暖，水入三洲海色寒。到日桂華供素節，歸來梅萼對春盤。珠江定有新詩紀，携入京華取次看。

讀范少伯傳

六千君子殄强吴，只合輕舟泛五湖。再出相齊終負越，勳名安得似陶朱。

贈徐公良

繇來絶學有淵源，古聖相傳不盡言。遂使三盤分子午，誰將五岳定乾坤？異書久待高人授，福地還期慧眼存。君本再來尋道侣，蒲團月夜好深論。

贈周鍊師

西山君舊隱，南浦我初來。地是旌陽里，人登孺子臺。久要存直諒，孤立見崔嵬。尚有煙霞約，蒲團處處陪。

大　風

萬樹秋深風蕩摇，匡床卧聽似江濤。天連厚地疑皆動，水與群峰併作潮。霧暗參旗應望曉，氣沉斗柄轉中宵。人間身世原無住，静覺衝飈已漸消。

卷九乙丑年稿

漫　成

遠峰冰雪映寒暉，斷續荒村接翠微。最是江南花事好，籃輿斜插臘梅歸。

雲間沈友聖至

故人因久别，買棹遠相尋。惆悵青山約，蹉跎白髪侵。梅花千樹合，煙雨一園深。豈必匡廬住，方堪遂素心。

和沈友聖仲春晦泊龍江關，上巳後一日啓行作

龍江關泊楚江船，桃柳芳郊接遠煙。舊國路成馴馬地，愁人心似養花天。清明客夢黄州外，上巳舟疑曲水邊。早晚挂帆廬岳近，湖山春色倍堪憐。

鄭元功見贈絶句次韻答之

石頭城畔卜幽居，豈意行藏不自如。因歎向平猶有累，那能頭白老匡廬。

高士去留原有爲，道人出處總關情。誰知醇酒魏公子，只似窮途阮步兵。（元功在小齋七年，以赴他約别去，故有"高士去留"之句。）

江行雜詩

夜半潮生動淼漫，月明江浸遠峰寒。一帆深感春風力，已過磯頭

又過湍。

寄贈同宗苑仙、聖功父子

滎澤當年數往還，壯心寥落一身閑。千秋遺恨鴻溝水，百戰空悲廣武山。尚有瑯琊存世系，應思江左足追攀。吾宗只爲危城計，獨任風波蹈險艱。

送鼎又弟歸黄州

歡聚方經歲，行將别我歸。薄田營菽水，短袖學斑衣。樹憶東坡緑，魚知西塞肥。泛舟須早下，莫待落花稀。

鱘魚嘴阻風

江漲滔滔浪吼悲，亂峰江上暮雲垂。靈風何必朝朝遇，消受停舟倚岸時。

荒江老屋草離離，香火凄凉狄相祠。當日苦心存社稷，至今遺像表鬚眉。

潯江木魅屢縱横，憑借風濤致覆傾。賴有賀公能拯溺，長繩拔木一江平。

河口阻風告江神二首

小孤東峙大孤西，湖口相銜萬舳齊。半日北風如可借，好尋五老結幽棲。

彭蠡波濤雲際流，石鐘上下阻行舟。江風願到南康逆，得在匡廬九夏留。

開先寺

童年隔代憶曾遊，今日重來感白頭。舊侣盡爲山下土，餘生只狎水中鷗。天懸瀑布千巖雨，風起松濤萬壑秋。選勝結廬原有待，名山莫笑我淹留。（余癸未遊開先寺，同先叔孝廉名可、表兄蕭純成、弟德人皆已下世。）

懷洪昉思

漢魏相沿及宋元，誰從風雅遡根源？詩家氣運紛岐甚，别後何人可共論？

青田海叟是吾師，季迪詩豪亦自奇。何事李何稱絶唱，列朝壇坫只君知。

清詞屈宋渺難攀，陶謝何人敢並班？後此文章存至性，自然光焰住人間。

寄程穆倩求鎸乾陽子三字

廬岳傳書寄石城，煩君鐵筆篆分明。從今只號乾陽子，莫道人間舊姓名。

書　感

望古登樓已愴神，誰知展卷百憂新。世分今古心猶在，事有榮枯道自真。豫讓甘爲吞炭客，信陵非是飲醇人。有生只合酬知己，舊史常看淚濕巾。

幽　蘭

爲愛幽蘭癖太深，夕迎涼露晝移陰。只憐葉性存孤直，每到花時感陸沉。遠避當門千古恨，長依空谷一生心。國香此日人誰惜？腸斷停車託素琴。

立　秋

蕭然客舍惜蹉跎，節至徒憐鬢漸皤。壯日久嗟聞道淺，老年方悔結交多。風催蟲語喧階砌，露下秋聲滿芰荷。北望雲山愁再出，漫言遠志只悲歌。

贈同年遲默生

弱冠入帝都，風物尚熙皡。再至異舊遊，隱痛傷懷抱。憶昔射策初，聯轡長安道。君爲美少年，吾亦未醜老。相隔幾何時，鬢髪各已皓。榮名會有期，勒勳苦不早。願子揚令名，立德以爲寶。

南昌送武林沈器先遊太和

客中作客已傷情，況是江濱送客行。青眼未逢懷阮籍，白頭誰識重桓榮。羨魚我自甘垂釣，驅犢君應事耦耕。想到玉華山色好，也思歸去聽秋聲。

贈雲居僧

幾度相逢勝閉關，高僧風味似秋山。言從默對聞清辨，交到離群見道顔。峰上何花霜不謝？湖中有月夜如環。莫論十七年來事，東海爲田瞬息間。

余偶避暑南昌，索竹於青雲譜。竹醉日，易庵周道士送數竿來。僅三閱月，笋出遂六七尺。以彼微物，尚長養不已。余老矣，何所得耶？

種竹欣逢竹醉日，及期移自水雲鄉。叢篁幾箇如人立，新笋梢抽較我長。物類尚然知長養，吾生何以趁年光。衰顔乞得金丹駐，好伴琅玕晚節芳。

感　懷

秋深鬢短不成絲，往事蹉跎追恨遲。少日知名垂老悔，壯懷救世過時悲。風寒自畏蘭當户，霜重難留菊滿籬。晚節孤芳誰共賞？此生終與白雲期。

即　事

遠行曾道不如歸，相勸同遊早見幾。披褐漫求狐腋暖，餔麋寧樂菜根肥。月明野露摧黄菊，秋老浮雲幻白衣。從此行藏須自力，因人逢世總危機。

贈沈友聖

白頭難得素心人，追憶論交三十春。薊北一燈形影共，湘南雙槳夢魂親。褊衷尚愛天懷曠，苦口寧嫌老友真。興至揮觴還似昔，可知元亮是前身？

别種竹

亭亭幾竿竹，伴我夏兼秋。别爾登舟去，重來半日留。勁懷應不改，直節漫相投。所待凌霄漢，還期鳳鳥遊。

章江舟次

章江水涌浪千層，客子維舟每獨凭。非是西江秋氣冷，比來風色盡如冰。

秋江連舳正三更，柔櫓相忘斷續聲。最愛江心下弦月，碧空凉夜半輪明。

少日從軍學六韜，壯心減盡鬢蕭騷。此生已卜匡廬住，只向松間挂寶刀。

五老雲深是舊山，頻年誰識閉心關。此生元自無生滅，莫漫勞心鍊九還。

獨上高峰枕石眠，壯心曾擬入凌煙。青山未老人先改，悔不前生四十年。

過鄱陽湖

已歷湖西險，移舟復向東。櫓摇疑近日，帆挂若浮空。山應深秋候，天涵元氣中。塵襟今盡滌，愁聽是歸鴻。

旅夜頻堅坐，艅船每獨凭。星昏迷雁陣，湖遠接漁燈。燭爲愁懷暗，杯因別淚增。所思那得寐，百念已如冰。

出景德镇舟中作

忽作山鎮遊，言尋水源至。昔爲民間窑，今製上方器。回舟駕言邁，遥指芝城出。峰巒夾岸佳，坡陁轉棹異。扣弦愛清流，下視疑無地。芳條各異林，茂樹非一致。草堂何軒豁，竹籬亦位置。疑有高士居，遠絶人間事。我生恒自苦，行邁日勞瘁。買山未歸隱，觸境生内愧。江湖日蹉跎，永夕恒寡寐。

角里祀祖歸寄宗人作

首春陟西江，休夏入南浦。回舟已杪秋，驅車問鄉土。依依敬桑梓，蕭蕭祀宗祖。族黨屋半頹，松楸墓已古。奔走累諸孫，起居勞諸父。僕馬既已繁，盤飡亦良苦。所業在耕讀，且復多貧窶。我歸無所遺，贈言或可補。貽謀在詩書，訓子持門户。到家已初冬，盥沐緝宗譜。

潯江送閩中張夏鍾適楚

溢浦日煙霜，竟夕朔風吹。繫纜寒江邊，良友忽然至。執手轉無言，論心益抆淚。本非五斗謀，反爲一官累。客舟寡兼味，傾懷喜同醉。舉觴望遠山，匡廬已夕翠。君還我故鄉，我適君遊地。人生聚會難，參差如相避。丈夫不得志，既遇亦憔悴。念君獨忘情，怡然無怨懟。別後顧影悲，孤燭照不寐。

彭澤阻風示同舟諸子

頻年涉江湖，來往無停晷。兹行胡滯留？艤舟潯江汜。頹邑帶寒雲，殘堞依山疊。彭澤樹杪浮，小孤江心起。風波素所歷，狂瀾亦偶爾。嚴冬多北風，豈爲困遊子？高天復何心，順逆安相擬？時至氣自隨，始悟盈虚理。揚帆毋太迅，得意宜且止。敬告同舟客，身世有如此。

至日泊皖江作

仲春發行舟，仲冬猶水際。玆行何所營？追悔已失計。賴有名山遊，探幽慰滯留。九華既奇秀，匡廬尤聳鋭。惆悵未長往，依戀聊暫憩。丹崖盟未寒，皎日墓已誓。方將藝園圃，更復論匡濟。玆辰陽已萌，矧值天將霽。老迎長至悲，愁送寒流逝。尚憶弱冠初，皖江夜守歲。

（丙寅年稿）

送沈友聖入粤

蕭條歸計集憂端，嶺嶠重遊路渺漫。獨抱殘書留月照，幾忘敗絮耐霜寒。衆中莫道論心易，酒後常思着脚難。君去羅浮無久戀，五湖煙水足魚竿。

湯惕庵先生以詩見贈次韻奉答

弱歲悲歌泣路岐，誰知將老尚奔馳。登堂已愜三生願，論世難言一木支。鹿洞無緣來問難，雲門有志待搜奇。君看津要乘權日，何以蕭閑見道時。

芥上人過訪坐松石下因贈

避客來荒墅，高僧忽到門。日移松漸冷，坐久石微温。傲骨難經世，庸才合灌園。茫茫今日事，出處總休論。

幽　居

疊嶂幽居雲作關，偶然飄落入塵寰。早從廬阜尋真隱，莫到京華憶故山。世外波瀾何日定，古今康濟幾人閑？頻年只覺無心好，不用丹砂學駐顔。

東園偶成

自悔謀身計早差，此生終日負年華。匡時無命才多拙，訪道難成願每賒。繞屋煙波如客艇，隔溪燈火似漁家。幽棲處處堪深隱，何用貪看御苑花。

九　日

愁來未赴登高約，興至還留卜夜歡。故國親朋垂老散，極天風雨逼燈寒。霜侵短鬢難簪菊，秋入生衣憶佩蘭。歲序屢移愁不改，相期晚節更加餐。

會景亭成，諸同人見過。載酒演劇兼辱贈詩因和

佳景那能會，偶然名此亭。江涵孤月白，天與衆峰青。野蔌和仙膳，空山發從伶。諸公但沉醉，吾嘯薄蒼冥。

思鶴吟

泰州田半園主政贈余雙鶴，未久，一飛去，其雌飛。嗚呼！群將不欲生，有上人求而得之。作《思鶴吟》。

泰州田君贈雙鶴，開籠縱之園池邊。食後飛舞自瀟洒，浴罷羽毛何蹁躚。一鶴高飛出園外，我欲追尋苦無奈。去者絶迹不識歸，留者心悲失所在。自後惟聞孤鶴啼，呼天搶地深自悲。世人胡爲輕死别？仙禽亦復重生離。栖栖獨行還獨立，日日晝啼兼夜泣。形影凄凉誰共憐？毛羽摧頽空鬱邑。上人見此淚沾衣，朝出尋問忘渴飢。人言一鶴飛忽墮，健兒跨驢已抱歸。解囊遍訪内城裏，一朝得之發狂喜。雄鶴既去今復來，雌鶴一見如病起。主人目擊暗吞聲，物猶有義人無情。烏知母子願返哺，雁投鼎鑊甘同烹。此鶴飛飛如不返，吾知兩命俱不生。奈何父子弟友不相顧，陽順陰逆私相争。傷哉爲人不如鶴，

猶能重義視死輕。鶴兮，鶴兮！我願與君高飛遠舉兮栖蓬瀛！

入　山

入山諧夙好，泛菊倒清尊。峰影浴池冷，林陰藏月昏。自甘蘭被徑，還畏虎窺門。老矣蓬蒿下，看雲念舊恩。

卷十 丁卯年稿

元日筮得益之晋

元辰朝禮聖人前，爲有心期筴筮虔。天定不妨爻屢動，春回方信道宜堅。庭梅將綻微容雪，池柳初垂欲帶煙。焚罷爐香因自慰，時清連茹進群賢。

十七夜月皎甚喜作

令節宜良夜，張燈惜未晴。春從今日霽，月補兩宵明。雲净天心見，星稀水氣清。荒園簫鼓外，幾度繞溪行。

入山道中作

壯懷鬱鬱雨瀟瀟，獨坐幽棲愛寂寥。事往莫言垂竹帛，恩深未敢託漁樵。壯心已覺乘時晚，拙計應同失路遥。自歎此身無道力，入山匡世志全消。

送銀臺袁密山歸里

端門班次日相逢，晤對惟尋世外踪。幾載分襟神獨往，今朝握手涕無從。舟惟載得書千卷，囊止携來竹一筇。自是彤庭容放論，君王非不信孤忠。

粤西峰嶺插天長，歸去幽棲結草堂。直筆何妨成野史，放歌應只託詩章。棋敲且看楸枰劫，茗戰惟聞石鼎香。君入故山吾轉出，自憐身世兩茫茫。

哭鄭肯崖

未年弱冠隱匡廬，猶憶相逢握手初。同里三人偕結契，異鄉九夏各幽居。每來花下尋棋局，頻約山中訪道書。今日良朋皆永訣，不禁老淚漬衣裾。(曹厚庵、鄭肯崖與余皆忘年交。)

南還小隱秣陵春，忽喜逢君是故人。燕楚別來容貌改，鶯花亂後友朋親。吟詩野寺悲紅蕊，縱酒高樓俯緑筠。留得遺書藏篋衍，幾回展讀暗傷神。

入吴雜咏十首

焦山相隔久，今見轉遲延。只爲行藏事，無顔對孝然。

憶與金山别，經過十七秋。獨憐江上月，不肯向東流。

慧泉吾夙好，每過定回船。買得青甆載，將同運甓賢。

棹歌清夜發，好友在梁溪。挂席頻回首，煙寒月又低。(懷秦留仙。)

名園吾友住，枕帶錫山清。最是難忘處，寒流水一泓。(秦有園在錫山。)

虎丘頻眺望，簫管競芳辰。海涌峰前石，那無入定人。

丹陽秋草合，雲樹影層層。霸業銷沉後，牛羊守舊陵。

舟過鐵甕城，城暗晚鐘鳴。樹樹烏棲後，聞笳幾度驚。

喧雜閶門外，紅塵暮轉深。有人孤艇月，膝坐獨横琴。

磊落主人意，疏狂客子歌。爲開蔣生徑，獨待子猷過。

沈恂如持畫卷索書名，花已備，獨少寒松，感而題此

名花香色各纖穠，晚節無如霜雪容。尚待高人來潑墨，天台南畔石橋松。

題沈恂如小像

廿七年來總幻塵，芒鞋羽扇白頭新。諸郎緑鬢休相笑，能操南音有幾人？

頻　年

頻年瓠落倚巖阿，閉户經春鎖薜蘿。志士降心惟柱史，英雄退步只維摩。廢時久悔知名早，失學皆緣對客多。老去還丹猶有待，不禁斫地日悲歌。

讀史二首

爲報秦仇志不渝，韓恩自與漢恩殊。子房若早逢黄石，博浪沙中擊可無？

晋祚東移勁敵鄰，東山一出破苻秦。誰知安石耽絲竹，却是中原抱恨人。

宿牛首山家

楓葉初冬始覺黄，江南氣暖不凝霜。獨憐燕樹先秋老，無那湘蘭閲歲芳。草木有知應自立，榮枯何定漫相傷。起看深夜寒松月，影落蒼巖幾丈長。

冬　至

頻年至日喜陽升，豈意年來寒倍增。積雪常疑天際合，陰雲只向日邊興。溪光一抹皆成練，山氣千層盡結冰。料得春回應未遠，高松原不受侵淩。

（戊辰年稿）

上元燕子磯阻風晚始放舟

風雪何能阻，濃陰見日消。客憐看月夜，舟趁望燈潮。江南言上元潮汐一年最大，稱爲望燈潮。霧斂江山出，天空雲物遥。此行殊意外，出處有誰招？

憶亦園梅花

林棲築舍盡茅茨，舍後寒梅放覺遲。每到花時愁朔雪，莫矜天意護南枝。含香欲吐冰偏結，倒影頻斜月故移。留待東風開爛熳，寄言玉笛莫輕吹。

自淮安板閘陸行

捨舟登古道，驅馬上高原。殘雪晴猶在，春雲晚易昏。勞生應自慰，積願向誰論。回望淮南樹，心悲罔極恩。先太史以淮安司李起家。

沂州道中

沂州驛路盡層岡，屋破林疏補夕陽。夾道青山應笑我，五更車馬爲誰忙？

半生幾度住京華，報國無成每自嗟。未必此行能濟世，不如歸去伴梅花。

曉行沂水碧潺湲，盡日煙巒對我閒。始信稜車如畫舫，支頤面面好看山。

齊河縣曉行

白滿征裘霜盡凝，馬蹄乘月破輕冰。此生不惜塵途老，欲報君恩恐未能。

過泰安州，以部檄甚嚴，望嶽未登，因成絶句

岱宗天半碧雲稠，咫尺躋攀不自由。應是名山緣尚早，何時能作向平遊？

誤逐浮榮數十春，勳名未立喪天真。一年五嶽遊應遍，不見嬴糧訪道人。

寄洪昉思時昉思客江陰

京華君久客，近卜子雲居。爲返西泠舍，還停茂苑車。錦衾新自

煖，瑶瑟遠應疏。北雁書來否，能無憶舊廬？

江陰聞作客，竟歲久相依。廉吏情何重，真交世所稀。晝長營燕壘，花放换春衣。北上圖良策，還山好樂饑。

將至都門作

莫言日近畏途邊，此去行藏只仗天。自顧龍鍾留槁木，何當雞肋墜深淵。無才命比懸絲薄，多難心經百煉堅。已視此身如夢幻，閉門用拙任吾年。

補官後偶作

聞詔星馳入帝畿，君王重許侍彤闈。十年宫相非淹滯，海内奇才半布衣。

頻　年

頻年踪迹任孤肩，好懶無營萬事捐。驢喜倒騎猶畏後，棋防輸局敢争先。九仙卜隱因求友，三疊懸裝爲聽泉。再入東華殊意外，遥瞻宫樹憶歸田。

望盤山有感

薊門首夏似凉秋，重過盤山憶舊遊。疊嶂何心猶壁立，孤踪無著尚萍浮。結茅擬入雙峰隱，砥柱誰將八石留。白首京華緣底事？對人那敢説歸休。

定府莊

忽過荒原百感生，青蕪白骨幾人耕。吴宫梁苑無人問，何事仍留定府名？

恭謁孝陵

曾蒙殊遇侍金門，垂白孤臣暗愴魂。今拜孝陵惟一哭，此生難報是君恩。

宛平相國招同真定相國李醒齋、彭羨門、家慎庵三學士於頤園，是日雨霽，月復皎甚因作

名園近倚鳳城西，幾度尋幽路轉迷。身似入山攀絶壁，橋疑涉澗渡清溪。遥瞻宫闕層云迴，俯瞰亭皋茂樹齊。何意晚來天忽霽，捲簾坐待月明低。

東閣邀賓早定期，上公步履得追隨。綺筵酒釃仙璈發，勝地臺高御墨垂。國事有人雙補衮，君言不宿共燃藜。今宵莫惜深杯醉，雨後凉生禁漏遲。

京師自新寓移入舊居感作

重遊京雒志多違，舊邸新移只似歸。偶汲清泉澆蘚石，還思斷岸掃漁磯。古人仕隱關朝野，今日行藏孰是非？獨立槐陰心自語，别來幾載漸成圍。

齋中古槐

古槐屹立一何孤，老幹蒼枝與衆殊。永晝獨當西廡下，濃陰斜映北窗隅。繞欄朝槿頻榮悴，臨砌秋棠忽有無。自分不才甘瓠落，凌雲拂日讓高梧。

同館周石公九次不調，忽移僉憲，喜作

忽拜中臺命，都人喜競傳。孤踪原似鶴，直道久如弦。時數應遲遇，君王本愛賢。相憐同病者，感激一呼天。

京華重聚首，同調倍關情。感舊添悲憤，論交若弟兄。孤松經歲茂，寒菊待秋榮。晚節堪相並，心期只樸誠。

中秋雨

久作湖山汗漫遊，又來燕市度中秋。去留無定隨風葉，身世難憑

泛水鷗。細雨似含懷古恨，陰雲如結望鄉愁。今宵何必思明月，縱有清光已白頭。

中秋雨後月

佳辰旅客獨關情，堅坐誰能到四更？忽睹月華如積雪，起看天氣已新晴。雲開斜漢秋逾碧，雨過疏槐夜更清。此際一輪惟我對，人間萬籟久無聲。

送程天台南歸

北來纔見解征衣，幾日追歡又告歸。自道山妻添久病，轉令稚子苦恒飢。天寒白雁爭殘照，秋老黄花守舊扉。我欲還山仍未得，匡時無力此心違。

秋　懷

首春入京華，倏忽已秋半。始願早旋歸，胡爲復羈絆？竊禄心豈安，過時人所歎。對兹木葉凋，轉驚時序换。月暗砧杵悲，風凄草蟲亂。遥憶故山叟，殷勤寄書翰。問我還山期，拊膺深自惋。寄言晚節堅，共守寒松幹。

九日同昉思

燕臺佳節感深秋，良友相將勝地遊。斷續河山三輔接，參差煙火九門稠。盡登高阜爭前路，獨對寒雲憶舊丘。同在客中須爛醉，人生聚散總浮漚。

九日過黑龍潭

幾載已還林壑隱，今春重到國門行。身從岐路風塵老，事逐空花歲月更。此日菊開三徑僻，何年龍躍一泓清？莫言潭水寒逾淺，無限波濤几席生。

秋曉懷朱菊廬

一夕悲風陡作霾,起看落葉曉盈階。秋聲凄緊添鄉思,林影蕭疏動别懷。老友白頭棲舊隱,故山紅樹冷荒崖。嗟余留滯歸何日,寂寂攤書坐小齋。

寄趙松石中丞謫關外兼寄盧、楊諸公

每憶单車出塞垣,黑龍江外凍雲繁。逐臣舊屬中丞貴,絶域猶懷聖主恩。道在年年皆蔗境,心安處處是花源。天顔聞説頻東顧,早晚聯鑣入玉門。

初冬郊外作

風日晴和宛似春,扶藜緩步得閑身。籬邊花發如迎客,沙上鷗眠不避人。精衛豈能填海水,杜鵑何自到天津? 寄言牢石休相誚,夢裏浮榮總未真。

過青溝訪拙上人

青溝路險絶人煙,老衲崖棲不計年。與虎借居分半穴,問龍乞水迸枯泉。忘生始得無生法,入世誰參出世禪? 悲我行藏成兩失,從兹雲水任孤騫。

除　夕

幾度京華守歲除,年來心事轉迂疏。勳名不願求非分,身世何須望有餘。春逼早梅開暖室,風消殘凍拆寒渠。人生急景如流電,决計求真返舊廬。

半生志願已蹉跎,撥盡寒爐歎奈何。事到歲除勞暫歇,人逢老至悔偏多。更催殘燭春將轉,臘送深宵氣漸和。讀罷楞嚴何所得? 無窮惆悵倚庭柯。

卷十一 己巳年稿

春　感

薊門旅舍聽歸鴻，愁望南雲尚轉蓬。花老曾無終日雨，春深不斷隔年風。漁舟獨憶桃源裏，杯酒相看蜀道中。自笑買山棲遁晚，異時羞見采芝翁。

元辰春色動神京，元夕春燈滿鳳城。欻忽柳垂驚上巳，淒涼花放感清明。世情轉逐江河下，客鬢頻催歲月更。年少可憐都棄擲，徒悲老去學無生。

和昉思遊張氏園，因憶故山作

去年馬上度春華，今歲春深未見花。遥想故園香斷續，只留空谷影横斜。身思濟世非懷禄，夢到還山豈爲家。但得忘機隨地樂，此生何處是天涯？

海　淀

薄暮籃輿來海淀，晚投蕭寺遠聞鐘。斜陽半挂溪邊樹，新月微窺石上松。野興只宜鷗鷺伴，輕裝似逐水雲蹤。浮榮得失何須問，只作尋春曳短筇。

宿松泉寺

日當煩促日忘情，却在塵勞自在行。野寺獨來聞半偈，中宵趺坐見三生。佛香出院疑花氣，松籟連山似雨聲。始信入林猶後策，真空何地不心清。

題李氏所藏文衡山畫册

莫論真山畫裏山,悟來到處可躋攀。道人若解安心法,車馬叢中好閉關。

偶　感

去就頻更鬢漸皤,半生微志尚蹉跎。入山已晚嗟難及,濟世無成悔更多。歸種梅花眠草閣,行湌石髓老巖阿。中條聞有高人在,蘿月松風共嘯歌。

寫　懷

每憶林棲勝事多,竭來燕市欲如何?塵飛馬埒侵華髮,苔滿漁磯負緑蓑。久視喧闐同寂照,誰知譏笑即悲歌。海鷗解得忘機樂,一任清流與濁波。

小齋抒懷

青槐百尺曉生寒,兀坐濃陰露未乾。舊侶轉稀憐獨鶴,故心難負憶幽蘭。書因多蓄妨精讀,花爲遲開耐久看。却笑漁人鈎未曲,遊魚終日戲綸竿。

雜　詩

深居念歲序,大化同遷流。運行豈有心,循環靡不周。天柱有崩缺,將爲鍊石謀。嗟彼後世人,人事胡不修?運數使之然,徒爲智士憂。

少年負偉抱,中道逢萋菲。追憶昭陽春,欻忽波瀾起。戈矛本無端,怨毒或有以。歲久根株深,潛萌終未已。憂來覽明鏡,憔悴出肌理。置身高山巔,海濤空復爾。

龍門生古桐,蒼幹凌雲霄。朝陽覆其頂,湛露盈其條。衆鳥争來歸，鳴聲何喧囂！昔爲威鳳棲，今爲鴟鳥巢。已矣勿復言，毋令霜雪凋。

鬱鬱秋山碧，陰陰夏木清。岩居有高士，息念歸無生。京洛多要路，咳唾山岳傾。動静本殊塗，嗜好由其情。捨此松柏茂，戀彼桃李榮。霜雪一以落，誰能保堅貞？

積歲抱舊恨，念至恒晨興。披衣欲何爲？中心如懷冰。暖之既莫融，鑠之仍復凝。羊質忽豹變，世事安可恒。白魚困豫且，豈敢辭青蠅。願爲泛海鷗，不羡垂天鵬。

京洛九衢上，冠蓋紛來往。中有誇毗子，吐氣虹千丈。吾生性迂鈍，涉世每悵惘。鬱鬱履畏塗，悠悠聽天網。往代不遇人，後世多慕仰。立身苟自信，奚病伏林莽。

周穆與漢武，始願求神仙。親見西王母，授受皆真傳。胡爲竟無成？毋乃情慾牽。吾聞古賢訓，長生乃逆天。何如守清凈，壽命安自然。

歷代盛苑囿，卜勝山水間。萬夫運花石，搆造何其艱！玉步既已改，棲榭誰躋攀？遐思西伯仁，爲囿何寬閑。蒭蕘與雉兔，恣意相往還。阿房宫未成，灰燼滿驪山。

宿松泉寺

我來無過望，所喜得孤清。半日容趺坐，中宵領梵聲。觀時開静悟，知命薄浮榮。最畏驅車返，西風塵又生。

唐三傑

明皇以宋璟、張説、源乾曜同日並相，賦三傑詩手書賜之，以比漢三傑云。

赤帝劍斬白帝絶，子房蕭韓稱漢傑。玄宗三相同日除，自賦三傑詩自書。意與隆準相競美，張説乾曜豈璟比？吁嗟乎！玄宗相璟亦足多，璟竟不相將如何？

秋　雨

齋居聞細雨，寂歷似空林。葉洗新槐碧，枝垂古柏陰。一燈羈客影，雙杵越鄉心。曉起秋光霽，遥巒黛色深。

述　感

默坐無端唤奈何，傷心不待聽清歌。文章近爲愁中減，憂患生來意外多。縱有火城排紫闥，寧如雲屋隱青蘿。夜深始見中天月，獨步空階倚直柯。

寄洪昉思

貝錦誰爲織？箝羅忽見侵。考功原有法，給諫本無心。一夕聞歌淺，諸賢獲累深。當筵人散盡，誰是最知音？

故人無所嗜，竟夕苦吟詩。老氣師天寶，希聲學義熙。著書家難後，避地數窮時。莫厭山田薄，歸耕正未遲。

（庚午年稿）

清　明

燕市頻看物候遷，况逢雨露倍凄然。烏啼風樹悲先壟，雁隔雲沙悵遠天。日暮客愁芳草外，春歸人老杏花前。垂垂弱柳休攀折，不到家山已六年。

過深雪草堂訪霽上人

陂坨回互與溪連，古刹重開北郭邊。金粟現時雲外霽，石橋行處雪中天。萬松合影摇孤月，五井分流共一泉。聞有傳燈書未就，白頭遥夜續新編。

禱　雨

初旬事禱祈，寒飈散雨足。兹辰復呼籲，濃陰灑霡霂。皇天豈不仁，胡爲驕陽暴？赤地盡龜圻，青潭寡龍伏。草根噛作糧，榆皮屑爲粥。村村煙火絶，追呼至空屋。側聞三輔饑，流移萬家哭。疇能呼蒼穹，爲霖遍四隩。

近　事

近事傷心落筆難，淮陽南望涕汍瀾。十年蓬鬢千莖雪，六月葵心一寸寒。

即　事

乘閑跨馬向西疇，縱目芳郊亦勝遊。天府山從關塞入，玉泉源接海潮流。峰陰積翠雲將斂，水氣涵空雨漸收。忽憶江南銷夏好，荷香風裏蕩輕舟。

感　懷

頻年踪迹負春光，每到花時黯自傷。舊恨難從琴裏訴，新詩只向篋中藏。才名虚薄看朝槿，勳業蹉跎感夕陽。何似寒松堅晚節，飽經霜雪更青蒼。

懷亦園

三年契闊故山阿，每問山園近若何。松樹别來陰漸滿，梅花春至放應多。林當有月驚猿鶴，閣自無人鎖薜蘿。汩汩緇塵緣底事？南雲遥望獨悲歌。

送人之衡州

九仙觀裏正中央，曾擬披荆築草堂。只畏簡書成小草，遂辭雲壑入巖廊。洗丹人去泉聲咽，跨鶴壇空石氣凉。君到衡山煩問訊，誰能來此覓津梁?

送劉鰲石南歸

潞水西風放客槎,夕陽秋柳漸棲鴉。遍交好友誰堪託?歷盡名山未有家。睥睨古今悲世事,縱横詩酒寄生涯。聞君早已耽禪寂,重入衡廬轉法華。

出　郭

今年頻出西郭遊,郭外風景當深秋。草色欲黄半自緑,木葉將脱仍暫留。日照曉峰覺浪涌,月没夜壑疑煙浮。晨夕騎馬不小歇,零落叢桂山之幽。

送姜西溟南歸

明代詩人勝宋元,四家七子亦矯矯。獨有古文真者稀,三百年來大家少。金華臨海才縱横,震川姚江文更老。近代作者誰最工?慈溪姜子多古風。頻年文戰苦不利,九秋匹馬還江東。立身倔强不偶俗,賦性傲岸難苟同。眼前科名何足道,千秋藝苑誇文雄。猶憶昔年結交始,縱酒論文入神理。贈以鮮于伯幾書,行草臨摹王内史。我今蹉跎十三載,學文學書亦徒爾。送君揮手悲且歌,莫問匡時吾老矣。

出郊外感作

京洛緇塵又幾年,偶來郊外意脩然。寒風響似翻林籟,落葉聲疑瀉澗泉。驅犢遥看耕麥隴,荷鋤悔不種山田。何時歸遂匡廬約,茅屋雲深得晏眠。

京邸寄王安節索畫

頻年旅食老燕關,梅月松風夢往還。自笑故山歸未得,却從君乞畫中山。

燕市浮沉似繫匏,煩君妙筆寫江郊。北山雖好休圖畫,恐有移文遠寄嘲。

家人至問山園作

薊門日憶草堂閑，喜見家人問故山。手種梅花今幾尺？暗香應滿卧雲灣。

題贈陸素庵

前身曾住紫霄巔，卜築新移三疊泉。欲借丹青圖小隱，怕人疑是畫中仙。

喜周石公新除太常感贈

憶昔承華得比肩，浮沉欻已十三年。容臺官冷聊藏拙，齊寺風清獨用賢。石壓松枝終出地，雪消竹簳始參天。人間倚伏原無定，把酒看雲共醉眠。

夜深偶作

白月四更初，寒光入户虚。勞人猶未寢，無語獨躊躇。拂石霜華净，横階樹影疏。長安十萬户，此際夢何如？

贈魏雝伯擢宗正

廿載京華憶舊踪，同心兩度得遭逢。君由僕馭司天族，我自參知典秩宗。風雨幾回留勁草，冰霜百折挺孤松。年來出處如相約，緩步班聯次第從。

卷十二辛未年稿

元　夕

九衢簫鼓正喧騰，閉户還如退院僧。佳夕何妨長對月，良時不在競張燈。愁思少日歡逾減，老閲人情感倍增。莫道東風寒尚峭，玉河先已泮春冰。

清　明

濃陰黯澹客愁天，此日沉吟倍可憐。折柳燕郊驚戲蝶，飛花楚水怨啼鵑。他鄉節序憑杯酒，故里兒孫拜墓田。物候暗催人漸老，誰家榆火報新煙？

繡毬花

石徑尋芳芳草深，繡毬争發覆濃陰。幾株臨水花千朵，春盡何來雪滿林？

石　榴

首夏江天緑萬叢，遊人羅綺曳和風。雨花臺畔山如黛，掩映榴花十里紅。

桂

小園老桂自成圍，每到開時不忍歸。此日何人賦招隱？空山花影弄清輝。

臘　梅

紫蒂黄英映碧苔，江南臘月臘梅開。傷心折賣摧殘甚，只似全移一樹來。

梅　花

靈谷寺前疏影白，劉家山後衆香浮。無如小圃尤奇絶，老幹寒花二百秋。

戲　筆

學仙猶是著朝衣，與世浮沉與世違。有日入山吹鐵笛，披蓑直跨白雲飛。

禱　雨

我來禱雨壇，靈雨倏而至。豈繫人力求，實荷明神賜。至尊且憂勤，諸臣敢言瘁。首夏尚未耕，旁皇農務計。尚冀沛甘霖，三輔解枯悴。分祀屬禮曹，吾忝秩宗貳。俯修寅亮職，仰答昊蒼意。

再禱雨

昨歲四月初，我來禱雨澤。今歲四月杪，再至奉兹役。聖躬不憚勞，出塞定謀畫。尚軫旱乾憂，飛騎馳數驛。虔禱禮臣事，承命倍跼蹐。螻蟻本微忱，呼籲豈能獲？精誠仗至尊，默與穹蒼格。沛然三日雨，蘇此四郊麥。謳歌大有年，擊壤兆民懌。

向夕雷電作，沉沉雨欲垂。黑雲抱雨脚，倏忽東南移。郊圻亦苦旱，得此足耕犁。獨念京邑中，沾灑胡太遲？彷徨矚空際，雲日相蔽虧。祈禱誠莫通，臣罪安敢辭？引領時雨降，上慰宵旰思。

馬上偶成

凌晨趨省促鳴珂，薄暮垂鞭闕下過。一日看書能幾字？算來不及馬蹄多。

祈　雨

月律已蕤賓，憂旱無寧日。屢煩聖主命，禱雨苦無術。陰雲雖屢興，杲杲忽復出。所畏狂飆起，况苦飛沙疾。豈緊爕理咎，無乃熙載失。三復雲漢詩，霖雨賴良弼。

送鄭方南給諫歸里

一身進退本來輕，獨惜才多志未成。方向巖廊參石畫，忽歸茅屋學躬耕。立朝自信無慚色，去國依然有潔名。早晚綸扉思諫草，豈容高卧負蒼生。

客　居

客居日共古槐閑，退食無營只閉關。身在帝城丘壑遠，每看嘉樹當名山。

買　花

賣花擔上露纔乾，野老移來滿藥欄。抛却故山花事盛，翻來燕市買花看。

茅齋新成作

小築茅齋日掃除，蓼花手植似村居。簾垂四面凉風入，屋敞三楹皎月虚。獨許良朋傾臘釀，頻留老衲剪春蔬。北窗一枕惟高卧，懶慢年來不讀書。

閏七月望新月有感

首秋逢再閏，素魄值新晴。月自無圓缺，人看有晦明。望鄉吟《橘頌》，思隱託蓴羹。莫遣斜暉落，登樓暢遠情。

出　郭

北地塵沙老客顔,輪蹄雜遝幾時閑。驅車喜過西南角,處處青林似入山。

送洪昉思歸武林

結交十六載,情好如一日。欻忽將遠歸,寸心若有失。兹行爲老親,多難不遑恤。所願事庭闈,奚暇問家室。贈君惟一言,色養無他術。儻遂膝下歡,終老甘蓬蓽。

年少耽聲華,賦詩忘寢寐。既遡漢魏源,兼晰四唐義。性直與時忤,才高招衆忌。何期朋黨怒,乃在伶人戲。昔爲聲名誤,今爲妻子累。親老思遄歸,家難焉敢避?晚抱知非歎,追悔多内愧。閉户日窮經,先探羲文秘。送君登歸舟,未拜先灑淚。相聚難盡歡,後會豈能遂。願子希古賢,立身庶勿墜。

偶　感

二十餘年總陸沉,近來謗譽不關心。高軒未必行吾志,空谷終當嗣爾音。苔徑種瓜思學圃,荆籬栽竹想成林。人間盛事何須盡,百念銷歸一曲琴。

鄭元功南歸貽詩留别次韻奉答

久知頻歲在天涯,我亦勞勞鬢雪加。晨夕相依賓主洽,雲山忽阻夢魂賒。但期結伴同丹壑,何必除官寫白麻。他日抽簪如未晚,登山健步向君誇。

訪陳藹公不遇

君寓蕭寺中,愛此古泉潔。泉聲復何怨,有時忽嗚咽。

訪君偏不遇,寒日覆槐陰。過客原無住,誰爲現在心?

冬　夜

冰雪子夜斗横斜，日日宫門聽曉鴉。却憶向年晴雪後，山中晏起看梅花。

題　畫

青嶂層層插碧虚，修篁箇箇映清渠。故山亦有千竿在，手葺茅齋自著書。

懷袁杜少

九年契闊路漫漫，每接郵書輾轉看。豈爲才名今代少，只緣交誼古人難。迹如海鷗隨天遠，人比霜松耐歲寒。知在林棲聞道久，何時剪燭話更闌？

新　月

倚檻清光入，開簾寒色多。又驚新月出，轉逼歲華過。念舊頻瞻眺，忘機獨嘯歌。庭前疏樹影，隱約傍巖阿。

（壬申年稿）

春日偶成

樓上看春每獨登，樓前春信已堪憑。愁思入道嗟何及，老乞還山苦未能。松挂曉霜存磊砢，石消積雪見崚嶒。故岩花放枝枝好，不識遊人到幾層？

送李君之粤

年少乘軺適粤東，翛然風度似山公。每思句曲尋弘景，忽向羅浮訪葛洪。濡墨只求蕉葉白，還丹惟取石榴紅。知君自有神仙骨，高卧蓬壺丈室中。

清　明

客中佳節已堪悲，愁聽門前賣柳枝。燕市只添遊子淚，桃源偏繫故山思。兒孫負擔登丘壠，風雨招魂酹酒卮。此際秣陵春色好，梨花開過杏花時。

寒　食

輕煙細雨鳳城西，燕草如絲趁馬蹄。宿火未然新火冷，晴雲將散濕雲低。征鴻出塞尋前侶，春燕歸巢補舊泥。往事毋勞重慨歎，即今風物已凄凄。

送任太守之登州

日下承恩出玉京，巍然東國仰勳名。花磚乍遠銅龍直，海島歡聞竹馬迎。閣望蓬萊天在水，山栽方竹月臨城。二勞舊是神仙窟，此去煩君寄姓名。

送春口號

正月江南花盡發，燕都三月草初繁。人言南北寒暄異，試問春風總不言。

年年只爲負春愁，春去春光似尚留。我意欲留春不去，百花長放雪霜收。

松上人自金陵來遊西山即歸因贈

高僧亦肯踏京塵，爲訪西山與故人。山似夏雲奇不斷，人如秋水淡相親。身思句曲愁難隱，園倚清涼喜結鄰。未到新秋君欲返，不聽三疊已傷神。

雨後立秋

改歲猶昨朝，欻忽秋節至。況當微雨後，遂覺涼飇易。湘簟已將離，齊紈猶未棄。久抱歲寒心，安辭霜雪墜。幼時日月長，一歲渺難企。今當遲暮年，流光一何駛！摇落君莫悲，是物有榮悴。無如返初服，虚名奚足累。

中　秋

回飇已新涼，天宇亦清徹。夜坐凄以寒，遂覺解炎熱。始憐初月吐，繼愛圓光潔。未至三五前，皎皎如凝雪。良宵不易遘，何况當令節。展席延飛光，使人心愉悦。百年半陰晴，所見幾圓缺。至人壽命長，與月長不絶。

送雪上人

秋老關河漸薄霜，一肩瓢笠託輕航。曾聞説偈趨繁囿，每召彈琴近御床。帆度煙村楓葉赤，人歸山徑菊花黄。兹行定傍楓橋過，夜半鐘聲起上方。

送江辰六之解州，用家阮亭少司農中條二字韻

才人重作牧，匹馬出河東。晋楚民雖異，辰六向守均州。龔黄治不同。洞庭方落木，汾水已飛鴻。疏柳猶堪折，含悽秋色中。

已过茱萸節，河濱尚柳條。官清行李薄，馬瘦客程遥。舊俗諳茅舍，秋田重麥苗。計時知課最，應盡采謳謡。

九日以客至留飲不及登高作

久知世事如翻掌，每逢令節必欣賞。何況重陽風景佳，縱當風雨心猶爽。京華附郭少高山，得登丘阜亦超朗。今歲重陽只閉門，未及登高空悵惘。賴有諸公來縱酒，飛觴浮白何慨慷！韶華如電彈指過，少者壯矣老者往。吁嗟乎！老者已往將奈何，不如及時歡樂還高歌！

袁杜少太史以九日崇效寺作見示次韻答之

帝城五見度重陽,客裏登臨漫舉觴。懷古河山留噩夢,思親風樹割愁腸。白連翠巘渾生霧,黄染平林漸著霜。君到祇園高閣眺,始知閒處是秋光。

捐粟行

澤州歲饑,魚山陳太公捐賑累佰萬石。來歲豐,競輦粟以償,太公不受。州人泐石載德。有司聞於撫軍,請入告,太公力止之,作《捐粟行》。

澤州有鉅族,奕葉盛蕃滋。係出太丘後,冠蓋盈軒墀。我公真長者,鄉黨稱仁慈。寧辭金紫貴,願與松桂期。州郡忽歲祲,億姓恒苦饑。捐粟百萬斛,里閭起瘡痍。來歲慶有秋,酬恩允在兹。公復再遜謝,脱贈寧自私。有司上其事,將奏天子知。市義非所爲,褒名請固辭。三晋稱我公,樂善且好施。利濟匪一端,隱德莫能窺。我聞三歎息,斯人實我師。我后敷愛養,所重在群黎。大吏剥民膏,小吏斮民脂。灾祲罔入告,疾苦誰復思?相將委溝壑,秦晋多流離。使公秉化權,赤子當含飴。寧煩聖主慮,蠲賑使屢馳。國賴良臣濟,家仗善士持。敻哉仰高風,永爲後世規。

袁杜少生日賦贈

昨出南郊訪舊友,踏泥還向豐臺步。歸來疏柳已棲鴉,始知个日君初度。人生所羨壽命長,一年一度必稱觴。君到京華操史筆,同朝稱慶白玉堂。昔人所重三不朽,惟有立言稱最久。屈宋詞賦敵南衡,李杜文章懸北斗。如君新詩海内傳,曾注南華内外篇。我酌斗酒勸君醉,醉來且就松窗眠。

讀龐雪崖工部送父旋里賦懷詩感作

垂簾深居恒假寐,忽傳龐子新詩至。爲送嚴父歸閭里,賦懷遂成六百字。我讀君詩詩未終,每逢苦語頻拭淚。爲貧而仕豈妄求,仕亦仍貧何所憂?得沾微禄供朝夕,旅舍依依迎白頭。老人思子兼惜孫,送歸拜别淚暗流。如君純孝世無比,曾典朝衣奉甘旨。居停頻仗老僧賢,色養恒似嬰兒喜。舊是詞林絶妙辭,今爲水部清如水。吁嗟乎!誰無父母我親徂,誰非人子我早孤。此生有禄不及養,風樹夜夜催啼烏。

寄衣三幼子

吾家本布衣,布衣何足陋?但得緼袍温,莫希狐貉厚。
吾家本布衣,布衣猶錦繡。服此得終身,方識天意厚。

陳子南歸,無金以贈,以詩代之

結交不必論久長,結交不必多慨慷。平生所貴有至性,白首投分毋相忘。武昌山中有陳子,淡泊能以義自將。陳子自言少年事,幽顯人天理無二。白晝曾逢老父魂,蒼天甚近吾兒識。自此長跪受父言,止重義兮不重利。古人論交多苦吟,世人結交須黄金。黄金黄金爾何物,令人一見移初心?吁嗟!安得黄金賤似石,棄擲道旁如糞積,坐卧藜床到頭白?

出東門

出東門,將何之?心躑躅,當告誰?舊恩不能報,隱忍食息當何爲?解一

入山虎豹多,浮海波濤危。何不漆身披髮,變易名姓從鴟夷。解二

從鴟夷,齊相安足稱?越國亦弗居。斯時身名,誰不浮沉?君須自守毋中移。解三

斯時身名,誰不浮沉?君須自守毋中移。悲吾去何依?蒼天白日心相期。解四

除　夕

半生踪迹老幽燕，重到京華歲五還。兒女故鄉思久客，親朋異地感新年。擁爐柏酒頻催暖，放箸冰魚共煮鮮。今古風光同此夜，梅花偏放石城邊。

卷十三癸酉年稿

送儀曹吴象一督工右衛

春分雨霽喜春風，遠送軒車出大同。環衛只緣軍國重，周廬應仗使臣功。久從中秘司三譯，新借容臺典六工。此去群賢皆廟略，歸來晋秩錫彤弓。

示諸僕·種梅

豈不心懷歸去來，夢中常到亂雲堆。殷勤爲寄園丁説，好把山園盡種梅。

種　竹

琊玕幾畝倚山隈，竹影東偏更補栽。我結茅齋深竹裏，南窗總閉北窗開。

種海棠繡球

海棠聚處如霞錦，疊雪鏤冰是繡球。買得盡栽臨水處，待余晨夕倚高樓。

種　松

手栽松柏已成林，多種他年待碧陰。老幹孤苗都莫論，凌雲終帶歲寒心。

種 桂

木落淮南桂樹蒼,小山無數發秋香。阿奴買得參差種,剩取中間作草堂。

栽 蓮

東園環碧盡池塘,滿種荷花送遠香。最是藕多須護惜,爲留蓮葉護蓮房。

種桃李

數畝荒山徑屢回,環山桃李更須栽。莫言枝小難成樹,眼見繁花無數開。

送春有感

歲歲春光夢裏過,那期今歲更蹉跎。錦翻桃樹隨風盡,雪滿梨花委地多。漏盡求衣趨紫閣,月明驅馬踏青莎。勞勞自笑終無補,空負東皇奈老何。

帝城新霽惜年芳,争到慈仁看海棠。公子筵開紅雪裏,美人車繫紫霞旁。客來買醉聽殘曲,人愛懸燈繼夕陽。惆悵繁花飄落盡,行人何處覓春光?

歲華人事兩匆匆,日日塵途更苦風。久負故山千嶂碧,遥憐芳樹半城紅。寒雞啓户星光澹,殘夢披衣月影朦。無那鶯花啼欲罷,春光銷盡馬蹄中。

偶 感

晝長仍易過,忽復日將斜。天逼浮生老,人悲往事賒。去來庭樹鳥,斷續野籬花。却憶方壺客,偏能繫歲華。

初霽煙方澹,餘寒氣已和。好春忙裏失,新月病中過。雲暗迷歸燕,花飛逐逝波。故山棲遁者,高卧枕漁蓑。

五　日

佳節經過已六年，長安風物暗推遷。升沉總不關人事，丘壑今知有宿緣。當暑榴花紅似火，應時蒲酒碧於泉。故鄉競渡今朝事，翠幄朱簾處處船。

楚上人贈詩次韻送別

久客何堪屢送行，臨岐懷抱向誰傾？論心又作雲山別，學道頻看歲月更。歸去雪鴻遊子迹，折來秋柳故園情。高僧處處多悲願，我亦酬恩志未成。

贈龐霽公

朝來唯入署，歸即似山居。閉户辭殘客，支頤讀舊書。愛閑緣守拙，知足不求餘。每喜新詩就，呼童送敝廬。

不獨貧居樂，其如世事慵。退朝供色養，留俸待朝舂。大隱東方朔，忘機邴曼容。得閑尋野衲，深坐話聞鐘。

友人以武彝茶遠寄因贈素庵

曉侍承明近御床，晚歸第宅檢詩囊。流香澗裏茶清絶，轉贈高人對月嘗。

柬借上人

燕雲越嶠有誰知？年少偏工絶妙辭。何日焚香同茗碗，却將檀板借催詩。

送友人入秦

十載孤身三入秦，敝衣短劍老風塵。關中風物騎驢遍，塞外山川聚米真。誰挽黄河翻注海，坐穿泰華直通津。英雄抱恨何時已？篋裏詩成泣鬼神。

寄吴天章

忽聽遊秦忽入燕，歡迎惜别又年年。家貧那免窮途哭，骨傲寧求薄俗憐。送客登山常緩步，放歌高枕即安禪。問君踪迹依人久，何事曾無二頃田？

九日署中閲卷不及登高有感即事

匆遽都忘令節臨，獨憑几案坐來深。庭前古柏知人意，窗外秋陽對此心。香氣依微清耳目，書聲斷續憶山林。何時日霽身閑後，莫負黄花一放吟。

過野寺小坐二絶句

乘閑偶爾扣柴扉，中有高僧尚未歸。我自移茶林底坐，黄花紅葉照秋衣。

故鄉好友異鄉同，相約偕遊蘭若中。空閉一林秋色冷，雁來紅妒海棠紅。

寄青溝上人

青溝老僧住絶壁，訪者登山山翠肄。旁有巉巖百尺深，下有飛泉千丈急。盤山春日盡丹葩，放盡桃花放杏花。參差岩壑疑赤錦，錯落林巒成紫霞。昨日拙公山有信，盤山秋色較春勝。又言韶華易剥换，對此益悲流光迅。我道流光奚足悲，終古遷化無已時。高山亦頹海水涸，浮生露電去莫追。人言逃劫須學道，不學仙佛徒爾爲。

天花井巔有三井，兩清一濁

匡廬上有天花井，三井連珠相對成。怪殺高峰通地底，傍江水濁傍湖清。

贈裴君

歲除轉眼即春光,紫陌看花碧草芳。世路何如仙路好,丹臺石室日偏長。

宿世曾居衡岳深,每逢相見感同心。與君采藥他時事,短褐長鑱絶壁尋。

贈夏君

追憶聞聲十五年,相逢何意在幽燕。客中詩句行人誦,老去文章海内傳。落日馬隨芳草渡,西風舟指菊花天。鳩兹況是曾遊地,采石磯頭好醉眠。

贈鄭元功次來韻

南北舟車四十年,一身孤立此心懸。拙知浮世難輕合,貧愛良朋不受憐。桂樹數叢期共隱,桃花千頃憶歸田。荷鋤真擬隨沮溺,萬事無求聽自然。

除　夕

歲歲驚除夕,空催去日忙。自然成老大,何計挽流光。爆竹聲偏寂,梅花影亦香。明朝新節至,春色遍遐方。

(甲戌年稿)

早　朝

午夜披衣入鳳城,鳴鐘伐鼓引龍旌。輦過御道祥煙繞,班静通墀旭日明。興慶露華新拂柳,未央春色早聞鶯。微臣報國無他願,多士盈朝海甸清。

立春感作

客臘氣暄和,三冬如春日。獻歲方立春,沍寒何凛溧。乃知天道深,寒暑奚可必。東風既解涷,青陽轉縮慄。豈伊地氣殊,人事將無失。羲易戒履霜,麟經記冬實。羡彼松喬侶,恒保金石質。願言崇至道,翱翔在瓊室。

贈朱天水

萬派分流萬仞攢,一鞭笑指據輕鞍。異時杖履來相約,吴楚山川絶頂看。

高人作令日披襟,一卷圖書伴鶴琴。待看種花花滿縣,可能分寄草堂陰。

雪後見霜月

雪後見霜月,稜稜挂碧空。一身虚白裏,終古净明中。獨立如孤鶴,微吟對曉風。浮沉何所益,吾欲訪崆峒。

送輪上人南歸

春逼餘冬歲已更,送君衝雪向南行。軍持滿貯玉泉水,拄杖新聽茂苑鶯。朱户何如蓬户穩,紫衣不及衲衣輕。到山莫惜歸來晚,看遍桃花雨後晴。

生　日

河北春遲花信寒,故園此際放幽蘭。共張綺席來相勸,誰識清齋不忍餐。白髮轉思孺子泣,彩衣難及老親看。歌殘酒罷悲無盡,獨坐篝燈過夜闌。

宿松泉寺,其後圃雜樹中有梨花一株盛開,感作

野圃無人春色寒,雙林草木半凋殘。可憐一樹梨花發,楚客偏來

繞樹看。

桃瓣飄紅緑草肥，春風弱柳埽漁磯。故鄉山水應無語，似訝東君未早歸。

贈粵東楊孝廉

前年相見識權奇，執手頻將國士期。偶爾抱書歸舊隱，果然獻賦結新知。春還五嶺榕陰茂，帆過三州海岸移。莫便守玄耽寂寞，再來須及杏花時。

過廣濟寺

薰風暄暖護胚胎，遲日深春花漫開。我向海棠親致語，今朝不爲老僧來。

方丈濃陰自潔清，手栽奇樹不知名。葉垂深緑花凝紫，獨坐蒲團對月明。

過目耕園

幾度名園未敢遊，那期今日盡深幽。橋通曲徑連高閣，水隔芳亭渡小舟。月影清疑南浦夜，風聲凉似北山秋。目耕知念農家苦，我亦低徊憶故丘。

送雪莊上人還黄山

結茅自分老天年，忽下黄山亦宿緣。歸去好留方丈地，與君送老白雲邊。

海雲秀插碧天長，山氣高寒接混茫。三十六峰真覿面，畫圖爭及在茅堂。

送扶上人還山

新琴已與舊琴傳，猶刻崇禎製造年。忽聽漢宫秋月調，聲聲嗚咽似鳴泉。

賦得虚心高節雪霜中

三時花木任榮芬，晚節堪期只此君。千畝連枝仍獨立，萬竿相守亦同群。孤衷所願唯依日，直幹何心問拂雲。剩有蒼蒼松柏友，雪霜共與歲寒分。

殿揚侄寄龍井、松蘿二茗，適憲斯至長安，贈硯信筆答之

京華索米日愁逋，每得家函且自娱。贈我端州蕉葉白，恰宜琴几供宣爐。

近來消渴憶餐和，玉色蘭香孰最多？汲得玉泉供茗戰，終然龍井遜松蘿。

即　事

久歷窮途眼倍明，升沉如夢不關情。本無貢禹彈冠意，懶問山公啓事名。主聖有心留白髮，臣愚何力濟蒼生。乞歸雖老猶强健，帶雨披蓑事水耕。

立秋次王無擇韻

正逢伏熱忽驚秋，雨勢縱横欲滿樓。誰謂清凉能滌暑，已知蕭瑟暗生愁。寒松朔雪應相共，落葉西風不可留。物候世情那可料，最憐湘簟别香篝。

安肅陳黄玉貽園菜佳釀志謝

惠贈情何久，頻年遠負擔。菜心終自澹，蔗境不常甘。翠梗儲甆甕，青窠滿竹籃。最憐風味好，每食笑吾貪。

安酒名原久，年年獨遠將。色如秋水白，香比臘梅黄。寒夜聊孤酌，良朋每共嘗。故人情誼重，珍惜佐椒觴。

答蘇濟夫中翰贈羅酒墨露二種

青州多釀法，羅酒最知名。春岕齊香色，秋蘭比潔清。拂缸花有影，照盞月分明。獨飲忘喧寂，陶然絶世情。

佳釀名偏異，人争墨露傳。墨光嫌漆白，露色較冰鮮。烏鰂難同價，隃麋或比肩。寒宵聊細酌，燈燼不成眠。

和宋震懷太史除夕作

客况殊無賴，燈花屢自燃。音書懷故里，風雪逼殘年。誰挾千家纊，長炊萬井煙。我生原有爲，出處豈徒然。

卷十四乙亥年稿

筮後偶作

揲筮偏逢革，原知不可爲。夔龍須問命，周孔敢違時。壁壘隨碁局，鶯花送酒卮。此生除讀《易》，隱几賦新詩。

和王無擇長安看新月

青陽初月出，空際一鈎懸。影自留終古，光無異往年。素心同雪白，清質照冰妍。正是嚴冬夜，遲回老樹前。

王無擇讀余近作投詩見贈，次韻奉答

芳歲無聊强作詩，勞勞何事更搜奇？感時調苦悲涼集，懷舊吟成涕淚隨。作賦豈能追屈宋，許身未敢比皋夔。平生愛誦傷心句，腸斷河梁送别離。

元夕口號

星橋瓊樹照梨花，簫鼓喧闐起宿鴉。幾夜天街天不夜，滿城燈火散朱霞。

送劉子彝長安歸楚

憶昔京華共讌娱，重來風物已全殊。論交髩齔皆衰老，問舊親朋半有無。道院早期同杖履，畫船終約泛江湖。久看燕市如冰壑，一室常懸五岳圖。

二　月

新節猶如昨,今看二月過。歲華春浪急,世事夏雲多。排悶憑吳釀,憶歸聽楚歌。薊門花發晚,天意豈蹉跎。

雙　劍

仗劍誰分雌與雄,何須磨拭向春風。所期爾汝無仇怨,雙劍千年在匣中。

三尺塵埃任爾封,可能雙劍化雙龍。中原此日須霖雨,揮灑全憑出匣鋒。

憶金陵舊遊

清涼山近鼓樓東,一片遥青接亂紅。城北桃花三十里,遊人盡入畫圖中。

錦樹青巒翠作堆,長干兩岸碧雲開。雨花臺上遊人滿,高士唯尋高座梅。

二月見新月感作

二月見新月,羈心那不愁。光含圓魄影,寒似半輪秋。斜挂纔依樹,低窺欲近樓。清輝終古在,長約照丹丘。

清明苦久雪

二月雪深深尺許,春雲慘淡愁萬縷。忽驚令節苦沍寒,插柳柳芽猶未吐。前日雪中寒食來,昨日雪中清明至。已過五日雪尚飛,更疑三月雪猶墜。雪深泥滑路不乾,車馬徒步行路難。何况無衣與無食,所在啼饑併號寒。應憶江南風景好,那知燕地猶枯槁。蘋葉漸抽柳葉新,杏花既放梅花老。浮生難遇是春光,春盡追歡苦不長。得時救世亦有命,胡不乘風歸故鄉?

萬泉庄看花即事

京城城西西城外，御苑名園相映帶。有似衆星拱北辰，儼如諸侯朝王會。近南莊以萬泉名，數里溪泉泉水清。掘地一尺凉珠涌，環村幾曲冰玉鳴。我來尋芳遊綺陌，芳樹平疇萬象碧。杏花爛熳似粉紅，梨花鮮新如雪白。旁有崔嵬墓一區，中涓作事何其愚！鑿石築墻費鉅萬，豐碑華表踞一隅。我登高岡歎且笑，新冢來侵君豈料。漢寢唐陵已盡灰，伯圖王業空憑吊。只有西山白雲萬古存，狐鼠晝啼猿夜嘯。

和王無擇送春

半生轍迹捲風沙，我與君同此憶家。久客鶯花如故友，異鄉圖史是生涯。低叢日静眠雙蝶，老樹煙深噪暮鴉。欲挽春歸無處覓，將離一夜送韶華。

江補齋太常舫齋成題贈

京華久客憶江鄉，爲搆高齋若野航。簾影微茫秋水動，瓶花斷續渚蓮芳。夕陽返照疑依岸，夜月移陰似轉檣。入座迥忘身在北，自慚心負舊山堂。

和岑嘉州長句韻送魏象曼之任黄陂

薊門垂楊絮欲飛，蘆溝日高人欲歸。橋邊馬嘶仍戀北，行人雨後添春衣。送君遠任黄陂縣，分手何時得相見？石陽秔稻正及時，魯臺花柳人争羡。臨皋近接古龍丘，漢水還尋灄水流。君上木蘭應北眺，知余日日望高樓。

馬祖修、曹天全過訪，以祈晴東郊失迓

信宿祈晴去，何期二妙來。泥深勞遠涉，雨阻悵空回。坐愛雲房竹，行憐石徑苔。清秋應過我，頻聽鼓琴哀。

送馬祖修歸白門

陰陰六月似涼秋,折柳何堪帶雨愁。歸過荒園煩寄語,小山亭子望歸舟。

秣陵才子有名稱,每見新詩似右丞。君薄浮榮思遠隱,不因世路重飛騰。

別館聞君借紫壇,有人妙指善哀彈。何能共聽猗蘭操,莫道知希拂軫難。

茂勳、策勳南歸,作此示之,兼寄紀勳

八載寓京華,諸孫亦至止。憶昔見汝初,年方童稚耳。今兹一紀餘,汝已皆生子。浮生如過電,欻忽成暮齒。汝名雖未成,余心亦私喜。論事頗平心,學詩解意旨。富貴本浮雲,科名亦敝屣。所貴敦孝友,毋爲天所鄙。天怒豈易回,修德在知耻。譬彼木槿榮,朝華夕已萎。巖巖松柏姿,千歲自勿毁。人生忘本根,良苗變荆杞。歸家傳祖訓,勗哉慎倫紀。

偶　感

涼秋八月杪,落葉紛往還。佳人來畹晚,中夜相對眠。告語已悽惻,情思何纏綿。聽者神自傷,隱痛誰爲宣?知君慎厥初,悲我防未然。長誦箜篌謡,白髮心相連。

別久音驛疏,中懷宛如失。昨得夜來書,知君足微疾。微疾願自珍,毋乃減眠食。波瀾起無端,憂思不遑恤。微生亦有命,無妄迺終吉。盥櫛告明月,諒哉天有日。

結交寒暑周,情好日已篤。自謂託終身,綢繆莫予毒。豈意中乖離,索寞不相屬。舊緣既已絶,膠漆豈能續。中夕彈哀弦,哽咽寫心曲。向背君自知,矢願吾已足。

（丙子年詩）

元　日

紫禁聞鐘報五更，天門燈火接空明。金輿彩仗雲端出，玉殿仙璈日下鳴。四始方新當肇歲，三陽初動值元正。不須調燮煩台輔，自有雍熙奏太平。

春　分

春分已過惜春期，迢遞江南入夢思。梅子有心憐客苦，桃花無語笑歸遲。豈知索米非懷禄，漫擬垂綸爲待時。松菊别來聞漸老，曾添幾許傲霜枝？

清明後二日作

歲月波流心暗驚，竟忘前日是清明。柳芽雪凍難舒翠，花蕊風含欲向榮。人遠黄州思掃墓，春回紫塞憶連營。登樓皎月披帷入，獨對南雲萬里情。

送衍上人還山

一節何事至長安，只爲名山願未完。萬里波濤經九曲，十年夢想入三盤。客憐夜月孤帆遠，人老春風破衲寒。君到青溝應見問，攤書種竹且加餐。

秣陵城北倚西隅，疊壑層巒盡畫圖。古寺六朝環四野，遥山兩岸接三吴。尚煩卜築尋幽勝，更約同參覓故吾。蘭若梅花開已過，問君梅子熟還無。

解上人出山見訪

相見論年歲，多余又五年。病餘顔轉少，行苦願逾堅。趺坐依松石，經行繞澗泉。願君虚一榻，遲我伴雲眠。

題高潤生小影

獨立原無住,怡情古樹陰。紫藤秋色老,黄菊晚香深。人静存真氣,松高見直心。思君聞道久,莊列老知音。

五　日

京華再歷九端陽,爲感良辰漫舉觴。槐樹緑陰携勝友,榴花紅綻比濃妝。古今淚滴湘江滿,遐邇魂招夢澤長。北地自來無競渡,南人此日倍思鄉。

偶　感

榮名逾分復何求,只憶山中舊業幽。廬阜似屏環古屋,湓湖如鏡帶芳洲。入林息定身知幻,閉户機忘世覺浮。自悔投閑今已晚,空將華髪負丹丘。

奉命祈晴,次日開霽喜作

愁霖閟重陰,玄雲覆平麓。塗潦成濁河,垣塌支頽屋。既没人馬腰,旋折車輪輹。我后憫蒼黎,聖躬頻籲祝。驚聞祈晴命,臣心益祗肅。未明拜跪虔,夜半不遑宿。假寐恒展轉,披衣望朝旭。霽色入户牖,晨光映松竹。何意零雨濛,忽睹秋陽暴。北雁翔且鳴,西山净如沐。誰謂秋旻高,垂鑒此幽獨。

送素上人還山

豈意高僧入帝鄉,只緣交誼未能忘。無情絶世難言道,與衆隨緣且學狂。古寺雲鐘迎錫杖,故山林鶴喜歸裝。到家莫漫悲摇落,黄菊開殘柏子香。

送陳心簡南歸

遼陽久戍老相期,豈意生還拜墓祠。天憫忠魂存後裔,人留公論服良規。心悲塞月同圓缺，淚盡南雲怨别離。此日居鄉尤不易，到家須似出關時。

洪濤巨浸路漫漫，萬里生還正歲寒。少日出關今白髮，暮年折節共黄冠。親朋盡喜從天降，鄉里争來夾道觀。四十三年憂患裏，到家莫作等閒看。

寄湘鄉陶五徽

少日深交久更親，各天離亂再生身。登樓結社思前代，同院論文憶比鄰。舊國藏書皆炬燼，故山名士半沉淪。而今屈指嗟誰在，湖北湖南我二人。

贈翟乾一

翟君淡泊無所嗜，居家只辦入山事。安分習静日寡營，忽感黄冠叩門至。翟君長跪進盤飡，願學長生探道源。得傳抱元兼固蒂，遂抉月窟與天根。聞有仙人萬峰頂，目瞬千年若俄頃。裹糧直至老君洞，徒步獨陟太行嶺。誰知一見是舊逢，下拜執手問仙踪。藤杖水雲隨野鶴，蒲團雨雪同寒松。因言汝緣在薊北，某某南人某西客。達官寒士總道流，宿生與汝皆舊識。王侯原是列仙班，將相當年閉死關。萬劫修持豈易覯，瞥然一念墮塵寰。仙師無心聊答問，後來所言無不應。借問仙師姓與名，但聞相傳是柴姓。

和劉元叔

豫章楩梓材，木理本堅直。斧斤寡所施，往往遭顛碚。終歲卧荆榛，良工恒歎息。才大用者難，豈曰智與力。君看捲石草，亦供上方植。鉅細各有宜，榮辱安可測。

題陳友庵畫像

薊北心懷越嶠偏，緑蕉白石當林泉。知君行世如冰雪，几榻惟留道德篇。

湖海風流寄興長，牙籤竹几坐藜床。澹交如水人難得，遲我西谿築草堂。

偶　感

世事當機九折難，蕭然不問强加餐。客愁久坐妨高卧，書喜深居得静觀。署字不嫌隨紙尾，憂時無計豁眉端。便須歸訪黄山侶，茅屋深藏竹萬竿。

紅蘭主人集名士公讌詩以紀之

初雪飄飄净市塵，名園張席爲延賓。一時佳士如雲集，只爲紅蘭是主人。

卷十五丁丑年稿

知貢舉棘闈偶感四首

素餐非所願，承乏竟何功。八載春官職，三陪四鉅公。屢沾分宴盛，兼許賜花同。内省原非分，能無惕我衷。

永日重門鎖，非時不暫開。衡文須哲匠，治事匪兼才。食品皆民力，徵求盡物材。居高能不念，多取亦堪哀。

久有還山志，翻叨試院司。計窮能事拙，心苦上天知。歸種梅千樹，閒依月一池。人生須適意，留滯欲何爲？

濟時吾豈敢，避世亦無心。豈薄公卿貴，惟耽丘壑深。九歌憑擊節，三疊託鳴琴。莫問浮榮事，春華夕已陰。

知貢舉入闈，思昔與范覲公制府屢夕聚首，愴然有懷

昔年應試入龍門，小范頻同坐席温。四十六年年少事，重來此地暗銷魂。

同門出處各紛然，制府高名忠烈傳。二十餘人今已盡，獨余蒼鬢棘闈前。覲公，范相國次子。

二月既望大雪，次日喜晴

春闈晝明肅，既夜益嚴整。絳籠何奕奕，朱光亦炯炯。詰旦值既望，欻忽同雲逞。多士風雪繁，衣裘得無冷？棘闈静不譁，千軍盡引領。廣堂鉅且深，層樓高亦迥。我登矚四野，皚皚光萬頃。

侵晨空堂立，積雪盈尺餘。役夫浄洒掃，皎日臨階除。檐溜如急泉，砌冰凝空渠。新霽豁人懷，夜色還有餘。既暮一輪出，水鏡升太

虚。萬籟颯已静,四野環相如。深更坐鎖闈,冥懷賦遂初。

春 日

曉日斂舊寒,東風變新暖。風日豈有異,時至氣自返。應念無衣客,飢寒得暫緩。垣柳黄芽長,砌草碧絲短。黽勉在王事,遑恤春華晚。晨夕對群公,久交益繾綣。

箜篌謡

美人抱箜篌,手撥念四弦。弦弦音不同,聲聲何悽然。弦在軫上弦非手,指在弦上指非口。胡爲指有語兮弦有淚,一弦淚滴弦弦墜?指上苦語聽者悲,纍纍似訴傷心事。感君情,知君意,與君結交須結心,結心白首不相棄。

春日言懷

氣暄懷故山,時芳思故墅。桃花滿城北,梅萼放江渚。紅錦各成叢,香雪無定處。散步訪精廬,乘興招勝侣。十載客京華,株守惟逆旅。鄙性寡拘束,嘯傲忘爾汝。達生貴知足,適意無方所。預擬歸草堂,任天何所阻。

偶 感

本無今求有,既聚還復散。物理自不齊,得失詎云半。春華艷陽發,過時亦零亂。朔冰鐵石堅,氣暖忽自泮。富貴孰久留?形貌寧不换。徒聞海田改,無復虚空爛。吾性悟真空,至哉登道岸。

試院公餘作長言自警

丁丑二月大比試,海内公車水陸至。都來橐筆步亨衢,争欲看花逞良驥。四公主試聚奎堂,五經分閲十八房。燦然繁星碧霄上,儼若貫珠銀漢旁。侍御監試共關會,四公在内四公外。春曹提調分正副,庶事總攝無大小。我知貢舉原寡學,群公公聽必商榷。所居非外亦非内,日從中央周四角。終朝心愧大官餐,對食執箸未忍吞。書生何功日饕餮,尸位殊負君父恩。

明遠樓聞笛

明遠樓頭中夜立,忽聞樓外吹横笛。數聲入雲音節哀,千家閉户燈火寂。倚闌竊聽曲初成,春夜春風何處聲?關山似訴梅花落,哀怨如含關塞情。勸君莫嘆知音寡,調苦心酸淚如瀉。古人笛破盡血痕,自是人間有情者。

廿六日陰晦

仲春喜晴和,兹日重陰閟。春暉負載陽,花時含憔悴。曉炊鮮直煙,飢禽停理翅。客子重門扃,行坐益愁思。忽聞寒飇急,漸驚微霰墜。高牖黯無光,空房求假寐。重雲隱頳魄,凄風曳輕幟。所願曉色霽,蕣華逞六轡。

送余右弓下第歸里

獻賦無成失意頻,美才如此不長貧。誰知窮達皆關命,要識文章自有真。樊口江寒芳草暮,庾樓月皎落花春。莫言九列吾居久,曾是當年下第人。

贈蔡立先下第

古人重道義,今人重科名。誰能辨得失,中懷日紛營。抱此遊移衷,遂與靡麗争。崇高豈不願,所貴修業精。業精不我售,毋失天爵榮。桃李自夭好,松柏自堅貞。草木能長養,亦各遂生成。矧兹貴爲人,胡不全其生?

潭柘寺四首

半生踪迹總飄摇,幸有因緣度此宵。山古石留秦代樹,水深泉接海門潮。感恩愁壘今俱破,濟世雄心亦漸消。到此無生何用説,只期人道是漁樵。

尋幽不憚路行艱，石磴層層百折彎。飛瀑穿雲飄古雪，亂峰迎日閃苔斑。無妨歷險心逾暢，不覺臨深意自閑。應笑世緣何所累，早携瓢笠扣柴關。

谷曲溪回别有天，四山環繞盡流泉。龍分兩地蹲鴟吻，人拜雙趺印石磚。傑閣迴臨松雪起，巉巖倒鎖洞雲眠。莫言慧遠開蓮社，嶺上清池種白蓮。

少師靖難握軍機，仁宗爲太子時，姚拜少師。尚有荒庵在翠微。夙世合爲真主佐，再來仍著老僧衣。風翻屋瓦鼪鼯入，日冷崖墻薜荔圍。歎恨江南書種絶，一時視死盡如歸。

香　山

香山高迥在孤軒，獨有來青字尚存。山色不隨滄海變，春風無復杏花繁。即今父老傳遺事，終古遊人感舊恩。追恨太平翻釀亂，百年國事不堪論。

偶　感

海棠花盡緑楊垂，芳樹叢深怨子規。春與詩情何處覓？人隨花色一時衰。雲中古洞湌金液，雨後長鑱采玉芝。莫訝韶華如水急，他山曾與偓佺期。

恭紀聖德神功三征蕩平詩二十首有序

欽惟皇上三征漠北，大捷克宣。聖德神功，極天蟠地。群臣伏闕請上尊號者三。帝不允，仍布告天下，以不得已用兵至意。臣益見皇上功在萬世，聖不自聖，謙尊益光，爲前古帝王所未有也。臣竊伏自思：皇上如天好生，初未嘗欲滅噶爾丹也。以侵害臣服之喀爾喀，而始用兵討之。亦不意噶爾丹如此狂逞也，因允其内附。復假釁端以搆難，而用兵益不可已。且聞其在西北肆毒有年，所攻取降服者千二百城，是誠塞北之巨寇，而諸蕃之大憝也。皇上思一夫之梗化猶小，西北諸蕃服之受累者大。且中外一體，四十九部之民皆吾子也；即西北臣服諸小邦，亦皆吾子也。其忍罹於水火而莫之救，於是躬行天討以剪除之。帳殿所臨，威靈震疊。徒步減膳，甘苦與士卒均。維時，人渴則靈泉涌，馬飢則豐草茂，雨雪則立霽爲陽和。及至昭木多之地，賊奔竄欲還，猝與我西路大兵遇，遂奮擊破之。殲其妻孥，奪其輜重馬牛羊無算。皇上念其窮寇，赦而不追，仍諭使投順。賊自知罪重，竄居靡定。乃命諸將分據要害，復於冬月駕臨邊庭，觀兵耀德，兇渠始求降請命。皇上既示以誠，又虞其詐，留軍塞上以待其自來。賊復過期不至，厥罪真不可逭矣！今年春，皇上駕出京師，次雲中，抵寧夏，仗旄秉鉞，大會六師。塞外諸邦，莫不輸誠効命。遂生俘其子，囚檻以歸。噶爾丹勢孤力蹙，生路已絶，仰藥自殺。其衆或降或滅，迄無噍類。臣如此益見皇上之至聖至仁無已也。夫噶爾丹懼而乞降者再，皇上允其投降者亦再。彼懷疑叵測，不早歸順，自取滅亡。是噶爾丹大有負於皇上，而皇上始終不忍遂滅噶爾丹也。噶爾丹自絶於天高地厚之中，而皇上欲盡收之天覆地載之内。聖心含弘光大，容保無疆。其不嗜殺人一念，洵足以昭示天下萬世矣！書曰："好生之德，洽於民心。"又曰："惟德動天，無遠弗届。"猗歟休哉！皇上不得已三臨漠北，大奮神威，討一罪而率土服，誅一暴而萬國安。使數十年之狡寇，已盡剿除；數萬里之幅員，已盡寧謐；西北數千百國之生靈，已盡安全。於以見怙冒之無私，於以見日月之畢照，於以銷億萬年之兵革，於以奠億萬世之治平。雖軒轅涿鹿之征，大舜有苗之格，鴻功偉烈，奚以加焉？臣昔叨侍從，今貳秩宗，自慚蕪陋，惟歌咏太平，不勝歡忭。恭擬《聖德神功三征蕩平詩》二十章，謹拜手稽首以獻。

普天兵氣已全消，三度親征萬里遥。濬哲昔曾稱大舜，放勳今復見神堯。難將雅頌揚鴻烈，惟有岡陵祝聖朝。中外臣民齊伏闕，謙尊猶自慰芻蕘。

玉輅初征統禁戎，王師六月賦車攻。甲光雪海銀濤壯，營壘冰天鐵壁雄。萬騎穿楊如破竹，千尋飛燎捲枯蓬。當年聖駕如親莅，早已生俘在泮宮。

熊羆乘勝已長驅，狡寇心猶戀負嵎。獨跪西僧申信誓，仰憑古佛乞寬誅。虔留小印存臣節，敬捧封箋凛廟謨。何意詭辭懷叵測，如魚不獻報恩珠。

放歸舊塞許偷安，爲信前盟自不寒。豈料殘魂棲僻壤，尚邀群醜弄兵端。釜中魚躍求生促，井底蛙鳴逞志難。我后懷仁終未忍，頻頒温諭沛恩寬。

聖恩浩蕩本如天，所願遐方共息肩。但使渠魁無反側，豈煩勁旅出窮邊。連營旗捲山雲白，戰馬弓開塞月圓。仗鉞誓師寧得已，早安漠北靖烽煙。

詔傳虎旅誓長征，九五原非樂此行。漫道域中皆赤子，應憐塞外亦蒼生。宸衷預定安邊策，臣下何能識聖情。只告皇天兼廟社，獨申天討出神京。

黄琮蒼璧祀群神，北伐先將大義伸。二月凝寒銷輦路，九天祥靄扈清塵。帳中虎豹韜鈐秘，閫外貔貅甲仗新。敵愾一朝承睿斷，盡思圖畫上麒麟。

組練歡騰遍九垓，龍文萬騎絶群材。旌旗逐北山光動，戈戟征西地軸回。遂有和風甦白草，不勞甘雨應黄梅。兩年兩度靈泉涌，帝遣天河送水來。

蒼茫弱水界龍沙，自古空傳博望槎。御路及時生翠草，行宫終日見奇花。山城畫角寒相應，月夜銅鐎静不譁。神武從軍多樂事，可能挾纊更思家。

皇情本意屬懷柔，不忍西蕃一戰收。底事遺凶猶負固，獨令邊圉尚紆籌。關門漫舉中宵燧，戍壘先防萬里秋。辛苦嚴寒勞法駕，九重端默與神謀。

受降城外衆峰環，飛輓何由入萬山？常轉天庾供士飽，肯將簞食費民艱。纔聞後乘贏糧至，已報前軍奏凱還。聖算不煩遺一簇，嵩呼聲徹玉門關。

翠羽雲蜺壓大荒，天兵三路儼成行。白旄左纛中央出，紫塞諸旗兩翼張。窮寇聞風如唳鶴，餘生乞命似藩羊。室廬子女今皆盡，狡兔何能一窟藏。

麕狼西竄陣雲昏，豈料宸謀勝算存。烈火巢空皆破膽，膏原血染盡遊魂。霜鋒冰刃千層入，電掃飈馳萬馬奔。四十九旗齊頓顙，塞垣誰不頌皇恩！

乘輿握重震邊陲，預遣犁庭鐵騎追。帳殿枕戈聽曉箭，星門賜蟒散降旗。聖躬却輦先徒步，御膳隨營不再炊。億萬軍心同感奮，歡聲早共羽書馳。

窮兇生路久沉迷，部曲扶傷盡解携。器甲山高齊野嶂，羊牛川積委沙泥。朱旗近閃祈連北，紫蓋遥翔瀚海西。一聽我師先膽落，天閑騕褭正長嘶。

仲春邊塞翠華臨，三著戎衣聖慮深。遺孽傳車先受縛，元兇仰藥自吞金。輜軿電轉充軍實，鐃吹星馳獻好音。已服冥誅天意在，君心喜怒即天心。

霓旗五月凱歌回，紫氣遥衝北極開。羽衛不驚偵騎入，天顔有喜捷書來。承恩屬國輸名馬，款塞降王獻壽杯。何事一夫偏梗化，終教身作劫殘灰。

遥傳萬乘北溟過，豹尾旄旗度九阿。天語指揮安障塞，帝心容保盡山河。雲中駐輦樞星近，寧夏留鑾沃壤多。共仰軍容沾雨澤，至今勒石鬱嵯峨。

皇威已靖海西氛，諸將齊銘勒石勳。櫪上驊騮仍汗血，陣前魚鳥自盤雲。書生競奏升平頌，野老争傳露布文。千二百城讐盡雪，一時同戴聖神君。

狼居胥北獻群俘，王會車書擁上都。玉燭向來調禹服，金甌從此樂堯衢。欃槍掃盡麟遊囿，河海澄清馬負圖。垂拱更頒謙抑詔，微臣何以答黄虞！

東拙上人

老我緇塵負釣竿，高僧遁迹入田盤。盤山秋樹紅黄遍，燕市何曾一葉看。

贈樊花坡彈琵琶

妙手聞彈五色絲，四弦如有萬弦悲。無端慢撚兼連撥，不是崑崙是叚師。

吏部封印後作

自入銓衡百日餘，恰當歲暮得紆徐。秋風蓴鱠思難遂，春草池塘夢未除。舊種梅花齊小閣，遥聞海鶴聚清渠。余小園今歲有五鶴飛至池邊不去。浮榮易盡時難得，歸采青芝雪裏鋤。

擬　古

種瓜擇土肥，鑿泉得井冽。生人豈無願，所遇各有別。憶昔結交初，歡愛無暫輟。一事偶乖離，交情何遂絶。所謀雖未成，我力亦已竭。君今不我諒，我意豈終滅。水清見自真，鏡明鑒自徹。

卷十六戊寅年稿

上元月夜至西直門外宿

薄暮驅車郭外幽，霜清沙白晚煙浮。都城競逐春燈盛，野性惟耽月夜遊。天上笙歌聯九陌，雲中火樹出層樓。登高遠眺情何盡，喧寂雙忘碧水流。

春　感

春光能幾日？暄暖遂芳菲。香減博山火，笥開白紵衣。雁行難寄遠，花信日催歸。莫漫悲前事，行藏志總違。

臘盡風仍冽，春來月再圓。清輝催鬢改，素色映花妍。人老寒暄候，魂銷上下弦。無窮芳草路，誰是楚雲邊？

春光過已半，飛雪一何深。人有陰晴感，天無涼燠心。梁驚雙燕入，草怯六花侵。不盡瀟湘思，燃燈理素琴。

日與探春對，京師有花名探春。江南無此花。寒香凝卷帙，素質絶鉛華。空入勞人座，應依處士家。南歸吾志决，松菊是生涯。

過城西看杏花不及悵然作

共道城西錦樹叢，我來已過杏花紅。寒柯憑借東皇日，濃艷消歸少女風。金谷平泉終有盡，露盤膏燭總來空。眼前野卉何須問，瑶樹千年自鬱葱。

送　春

綺陌寒收朝旭明，遊絲飛絮淡煙輕。鶯花似抱過時恨，風日猶含故國情。豈意韶華偏易謝,須知佳會偶然成。侵晨細雨依微落,似惜春歸不肯晴。

城南環繞盡芳津,園榭參差傍水濱。勝日行遊多駿馬,香風斷續盡雕輪。客愁夢怯惟孤旅,人老心悲是暮春。自悔少年殊漫浪,江湖漂泊負佳辰。

送陳堯愷庶常爲筠連令

送君入蜀路巑岏,蜀道非難古道難。志在立身寧取譽,心存濟物不論官。石城山拱千峰碧,瀘水江深六月寒。閑到郁孤臺上望,煙巒直北是長安。

漫　興

久買雲山茅結屋,盡栽松竹石爲床。有時蠟屐堪尋勝,無事蒲團得坐忘。

懷　歸

春初便擬整歸鞍,豈意求歸事轉難。思退久無麟閣夢,投閑只憶鹿皮冠。劍憐碧水清晨洗,琴愛猗蘭静夜彈。自是秋風催客去,不因鱸鱠始垂竿。

（乙卯年稿）

作　畫

作畫精思入杳冥,淋漓元氣寫真形。盡藏唐宋元人筆,不及匡山一點青。

和友人雜咏二絶

幽居小搆石頭西,花外煙雲緑樹齊。久識不如歸去好,毋勞枝上杜鵑啼。

遏雲莊邸舊名班,張沈清歌盡玉顔。曾未十年銷歇盡,舞衣渾漬淚痕斑。

述 懷

舊恨難酬志未伸,白頭仍作未歸人。問余京邸成何事?空負梅花十二春。

曉月寒星日往還,玉河橋畔水潺潺。倚欄静聽何凄切,似勸勞人早入山。

偶 成

焦桐絶調有誰宗?琴火重光未易逢。身世斷鴻留雪爪,行藏野鶴覓雲踪。由來輸運非流馬,此日飛騰盡畫龍。何似山中樗櫟好,不才偏得世相容。

閉户冥懷竟日閑,年來萬事不相關。炷香入定斜陽轉,林樹經行倦鳥還。世盡夢中看海市,人皆醉後倚冰山。無如適意從吾好,蕭散峰雲水石間。

曹天全約看牡丹,以病不及赴因寄

曾有看花約,相期勝日來。豈知緣病阻,端爲怯風回。萼重應垂檻,叢多自滿臺。所嗟良會失,來歲定追陪。

偶 感

本不心希分外緣,此生去住只隨天。入山有約思招隱,經國無能合避賢。風斂雲閑尋石竇,雪晴月冷訪冰泉。歸田佳處何人會?芳草爲團自坐禪。

勞生世味久逾諳,纔道千人已覺慚。良馬豈求空冀北,清歌只聽望江南。陳遵已往誰投轄,平仲難逢孰解驂?萬事無端那可定,早將心事託瞿曇。

送王一士任寧都

客路歸逢楚户砧,高人聲價重南金。黄花早發樊川咏,清節争傳贛水潯。半篋煙霞隨製錦,一簾風月自鳴琴。易堂書屋煩相問,手種茶香應滿林。

故人抱病見過不相值

憐君頻善病,爲我遠經過。氣弱寒風勁,心酸别夢多。歸途隨水月,暮景入煙蘿。但得身常健,清琴莫懶和。

秋聲方索寞,似我更凄凌。米是長年藥,官如受戒僧。贈君無縞帶,對客只寒燈。清况人誰識? 朱門幾廢興。

秋 分

凉風驚幕響,返照入林幽。今日秋分節,他鄉夜半愁。雲衣偏作陣,月鏡又如鈎。歲序雖遷易,吾生總自由。

送顧諟及歸黄州

客燕今四載,遊倦又空歸。未理琴書篋,先謀雨雪衣。書憑人北寄,帆逐雁南飛。到日春光近,梅花映竹扉。

拙上人書來因寄

高僧謂我解真如,寫寄頻年我寄書。慕道敢言心已得,論文深愧學無餘。名山有洞藏鏤板,閉户何人自造車? 爲語蒲團分半座,青溝深處掃巖居。

偶 感

十載班行空備位,蹉跎白髮敢辭勤。趨朝啓事衝殘月,退食休衙帶夕曛。獨喜臨池書柿葉,每懷垂釣狎鷗群。見聞了不如人意,却望秋山羡白雲。

本爲浮沉就世名，此心原不慕尊榮。百身難補人天恨，十載惟增丘壑情。買甕藏雲貽道侶，汲泉掃葉煮茶鐺。何時恩許歸農去，無復攢眉感嘆生。

題小像

蓬萊紫海盡狂瀾，處處皆從入定觀。莫道波濤千萬丈，虛舟人似坐蒲團。

送家撝齋甘山巡憲

至尊西顧漢長安，憲節宣威擁玉鞍。匹馬入關無衛從，輕裘坐鎮不登壇。丹山萬疊邊雲静，黑水千尋塞月寒。南楚平蠻功早著，崑崙應待勒銘看。

送高江村宫詹終養歸里

達夫才調迴千秋，詩價旗亭最上頭。玉座展書香滿袖，彤庭作賦日當樓。天言獨許親臣聽，典訓惟教喆匠修。自入禁闈稀見客，夜深退直月如鉤。

承恩頻侍五雲端，莫作尋常供奉看。御苑泛舟荷露滿，天厨分饌蔗漿寒。晨昏定省頻飛騎，夙夜編摩每廢餐。此日如君真鉅手，鴻文屢進聖情歡。

斑衣只憶老萊娱，又向君王乞鑒湖。共喜江山迎晝錦，非關松菊待潛夫。詔除端尹聲名重，經授青宫禮數殊。祖帳三公傳盛事，起居八座出皇都。

（庚辰年稿）

正月六日大雪馬上作

春雪排空萬徑迷，五更騎馬路欹危。事能救世身何惜，少不如人老更悲。竟夕飛花銷野霧，橫林飄絮落冰池。因思燕市無衣客，那得綈袍遍贈貽。

春　盡

烈風聲不休，積雪飄不止。是時春已深，風雪尚復爾。三時望有秋，二麥猶未起。所期永晝晴，農事自茲始。蠶桑吴地勝，秔稻楚鄉美。豈不念江南，河决桃花水。願言淮河清，荷鋤茅山趾。

訪陳健夫

縞紵交歡意久存，訪君兩度得深論。馬行地僻如山徑，屋傍城隅似野村。郭外煙巒浮樹遠，籬邊瓜菜繞花繁。因看世路奔忙甚，始羨西峰處士尊。

和查夏重韻

清和霽後似春風，永日追陪得數公。古道論交流水淡，高才失意落花同。座皆吴越芳尊裏，人各舟車岐路中。此會難逢還憶别，到家紅綻碧荷叢。

題小像

欹坐科頭杯自擎，醉觀滄海悟無生。海濤何似人情險，波浪如山去復平。

題同年徐荆山小像

科頭短袖石匡牀，隨意攤書已坐忘。不信蘭臺風骨在，篋中白簡尚如霜。

甌碧爐香半架書，蕭疏翠竹俯清渠。山中豈是中丞宅，只似南州高士居。

徐學人新進士南歸

年少巍科已絶塵，何須更作玉堂賓。人間第一非名位，歸訪深山學道人。

遣　興

姬周製禮樂，嬴秦滅典墳。興廢有定劫，六國徒紛紜。昭烈無諸葛，鼎足安得分？非獨魚得水，要知臣擇君。賈誼雖痛哭，文帝終不聞。

烈風閱崇朝，怪雨兼霹靂。風雨抱至性，其聲或有激。人事固不平，天事胡憂戚？人天氣或通，真宰不遑恤。至哉大覺言，萬境還空寂。

景略鬻畚人，乃與真仙識。導入崧高山，十倍償其直。既却桓温聘，寧受苻秦職。丈夫感知遇，委身竭死力。嗟彼王佐才，呼天三歎息。

公瑾濟世才，雄略兼勇智。魏武百萬衆，火攻無遺類。本結骨肉恩，矧託君臣義。子幹稱古辯，豈能動高致。翩翩自周郎，曲誤人誰試？

徵君隱句曲，下與華陽連。結搆樓三層，身獨居其巔。松風愛群籟，笙音賞孤騫。丹砂有妙理，服食成飛仙。何必山中相，東澗接洞天。

送杜肇餘大宗伯予告歸里

都亭祖帳國門懸，車馬争傳去國賢。編纂向隨三館後，班聯今列九鄉前。入辭丹陛頒宸翰，獨拜彤墀賜御筵。四十二年聞望久，一時風采萬人傳。

及門將相畫麒麟，一代經綸屬老臣。耆舊已聞天子語，煙霞猶見帝城春。兩碑炯炯山間石，二典煌煌席上珍。獨羡挂帆南去隱，與君同是欲歸人。賜額“煙霞耆舊”四字。

題梅耦長畫即贈

吾友瓌瑋姿，抱奇志莫逞。生人豈無願，失意心自憬。以我意中情，遂寫世外景。一亭山水閒，諸緣見聞屏。山有自在雲，水有隨意艇。爲生轉多累，所遇難自騁。我亦結草亭，獨倚清凉頂。大江環我前，喬松連複嶺。遥矚往來帆,有如鳧雁影。誓當賦遂初,混迹非獨醒。

擬　古

昔賢隱巖洞,客至罷然喜。共坐苔上石,旋煮澗邊水。相與話無生,且復論元理。呼留脱粟飯,言論殊未已。童子報米盡,路遠無可市。日晡一笑别,白雲歸山矣。

送棲霞上人歸南岳

京華再遇亦前緣,去去今棲衡岳巔。獨坐忘言原至道,休心入定是真禪。孤筇還訪三生石,半鉢惟携六一泉。紫蓋峰頭吾舊隱,歸來常伴九仙眠。余有静室,在九仙觀之内。

八月十八夜集思匡閣待月分得有字

仲秋雨新霽,乘暇招良友。歡讌忘日暮,言笑秉燭久。是時月始升,散步立槐柳。忽覺隱雲端,欻吸在林藪。皎然入座清,寒光射窗牖。陰晴豈有常,聚散亦非偶。相對盡客途,且勸盡杯酒。人生各有志,所立當不朽。獨余懷舊隱,隨遇思退守。萬事終虚無,此夕爲我有。

九日至黑窑厰登高作

秋色凄清雲淡黄,雁飛葉落送斜陽。客愁令節催蓬鬢,家憶同群夢草塘。望遠難將吴越辨,登高空歎水天長。晚歸不盡他鄉感,月影相隨滿屋梁。

思匡閣前種三柿樹,結實纍纍可愛,賦此

樓前手植柿三株,獨立亭亭與衆殊。葉滿空青藏紫液,花開微白結紅珠。頻迎秋日光偏皎,久歷寒霜味自腴。佳樹由來稱七絶,寄書多種故山隅。

貸米贈陳心簡

昔賢減米散同舟，此日高風未可求。肯爲折腰謀五斗，何如種橘滿千頭。乞鄰空有微生誚，指囷曾無子敬流。垂老甘貧奚足羨，待君舉火一狐裘。

題徐芝仙畫明妃青冢圖

曾聞國土想成真，况復明妃長恨人。休訝孤墳芳草緑，幽魂猶結漢宫春。

斷瓦殘垣憶故宫，雙獅相向咽悲風。不因畫手毛延壽，黄屋何緣白草中。

單于臺上望長安，紫塞黄沙白月寒。石虎背鎸青冢字，征人下馬幾回看。

陰山六月雪如梭，聞道青燐此地多。應爲明妃長抱恨，旅魂相約夜頻過。

千載香魂尚有靈，羊牛自牧幾曾經。萬山白草如霜雪，獨有孤塋一點青。

垂楊一樹五人圍，萬縷絲絲挂落暉。客過陰山尋墓道，摇鞭指點問明妃。

昭君情事未全聞，步步冥搜入翠雲。歎服徐郎吟出塞，江南才子竟從軍。

咏　懷

弱冠遊京雒，負氣傲公卿。既壯始折節，群妄恐復萌。古賢重改過，學道在存誠。晚知諸緣幻，息念歸無生。太上貴立德，至人本忘情。愛根日相纏，我性先已攖。無愛亦無憎，歡怨何由成。至哉天地母，萬有終無名。

跋

大宗伯黄岡王大夫子，履仁蹈義之君子，居今稽古之哲人。植體非常，早志賢關聖域；潛修有則，深研月窟天根。藝苑詞宗，騷壇大匠，惟我夫子。步趨家學，江漢發祥；冠冕文場，廟堂籲俊。躋瀛洲而鼓吹，踵事峨峨；顧冀北以甄求，空群歷歷。士皆稔悉，余豈贅陳？獨記大端。痌瘝黄農虞夏，良由至性淵源。忠孝節廉，對芳草以低徊；薫蕕克辨，逢寒流而接引。涇渭弗淆，三逆蕩平。爲恤難民離散，不吝破家捐贖。貳卿朝議，欲明流徙情形，獨能抗疏披陳。言路欲將犯罪官民俱流烏喇。公堅持争議，得寢其事。“湖關泊艘堪憂”，題移孔切；“豫省民輸非賦”，議免何殷！籌休戚於洪都，幾番如結；繫輿謳於彭蠡，千載維桑。凡所熱腸，盡本誠求。夙夜迹其懿軌，洵云度越尋常。竊叨青眼，垂髫彌敦葵向；於以素心，問字輒飫蘭言。滕閣頻臨，折節殊親先子；盧峰疊至，停車曾序《邇言》。公曾序先司馬《鹿洞邇言》。從兹自北自南，承顔偏暢；祝乃壽身壽世，養氣正長。誰料午橋，易失晋公鶴算；客升晝錦，難諼宋相鴻儀。况模楷之回思，歲恒指屈；辱珠璣之見示，時若耳提。曩憩榕城，中丞訂觀遺稿；謂澹人二先生於閩省曾訂至琴川示閱遺書。近棲建業，季公持過寓齋。即素山七世兄。謂夫散處，諸昆咸珍手澤；圖以刊成，次第共播音徽。斟酌後先，舊選首登三卷；公存日，有魏惟度先生所選者，俱編集首。揣摩出處，餘編分定各年。計積帙之光芒，筆歌墨舞；餐層霄之沆瀣，機到神隨。畢世高標，簪盍匪徒衮舄；平生逸興，石交猶締藤蘿。既領袖於九卿，寅清垂範；爰權衡於百念，仕止適宜。四始沉酣，信異撚須之陋；八义繹絡，疑同倒峽之奇。擴我孤懷，滋其三復。夫得時而駕，或致於盈；遵道而行，或拘於隘。公好善忘勢，全消挾貴常情；容衆尊賢，寔具包荒雅量。裕鳳毛而濟美，多祐綿綿；培燕翼以增華，典型燦燦。猗歟偉矣，卓爾傳哉！雪滿隔冬，追立程於授簡；星輝連夕，宛御李於挑燈。稽首敬披，服膺聊述。南豐布衣受業湯永寬拜跋於金陵旅次。

附録一：鶴嶺山人集[①]

鄆城王澤弘涓來著

崇禎壬午年稿

感　懷

至人隱丘壑，山鬼剥其才。收氣還太虚，性情化□灰。怨忘無所施，□心亦堪哀。至□攪俗塵，傷□□□徊。人間何如此？施伐以致災。我去□□□，□□亦塵埃。何如冥間見，狂歌歸□□。

江海生巨魚，其名古爲鯤。[②] 歷[③]代亦已久，修□以長存。豈意生族繁，臨風思高騫。[④] 垂釣忽有緣，[⑤]得魚獻中原。[⑥] 大器難善價，抱竿逐荒村。[⑦] 魚亦深知意，巨壑任翻掀[⑧]。鼎俎雖未薦，感於垂綸恩。

千金搆奇書，□獲究未讀。以此知高人，杜門嘗□□。鳥止誰之

---

① 此附録《鶴嶺山人集》一卷，是作者王澤弘的原始手稿，現藏於南京大學歷史系資料室。共計詩 139 首，在已有的各種版本中均未收録。因手稿前後改動較大，爲儘可能呈現手稿的完整性，正文録入的爲原始文稿，後改動的文字部分統一在注釋裏加以説明。另因時間較久，前後幾頁破損較嚴重。缺損文字均以“□”標示。

② 此兩句後改作“北溟深且廣，有魚名爲鯤”。

③ 歷，後改作“年”。

④ 此兩句後改作“垂風想騰躍，鼓浪思飛翻”。

⑤ 忽有緣，後改作“任公子”。

⑥ 此句後改作“求竿垂釣緡”。

⑦ 此兩句後改作“魚性不受釣，香餌豈欲吞”。

⑧ 此兩句後改作“鼓鬣謝天昊，悠然歸海門”。

屋？□目雕蟲竟。何爲中原方，殺戮學劍術？未成酒酣堪，擊築愧彼章。句儒□□□，靦顔竊微禄。牆東有老翁，對月方痛哭。①

贈龍夢先

遠水結奇紋，②可以悟異書。③ 有網④不復垂，至意不在魚。高士居深林，⑤託體同漁樵。天固重君才，來□□借驢。⑥

方結耦耕伴，相期帶經鋤。□□□□□，□□憂患居。三閭功未達，仲羅沉其軀。讀《易》悟損益，中心澹自如。

夜　坐

坐久夜無寐，孤清發遠思。家貧愁歲暮，國破愿春遲。多病真成懶，論文不就時。驚魂招未得，痛哭吊湘纍。

寄王子雲

離别元從征戰多，⑦故園荒没⑧只藤蘿。名山⑨無計逃秦火，浮世⑩何人學楚歌？霜落沙邊催雁早，月穿⑪林外見猿過。中原念亂⑫存知己，何處藏名挂緑蓑？⑬

---

① 此詩改動很大，改作爲“千里搆奇書，冥心耽誦讀。有時探真源，古人在吾目。鴻飛何所逃，鳥止誰之屋？胡爲老雕蟲，中原正逐鹿。孰居政事堂，靦顔竊鈞軸。牆東有老儒，呼天方痛哭。”

② 結奇紋，後改作“生層瀾”。

③ “可以”句，後改作“静觀同太虚”。

④ 網，後改作“竿”。

⑤ 高士，後改作“遁迹”；居，後改作“依”。

⑥ “天固”兩句，後改作“隔牆每遇酒，出門□借驢”。

⑦ 征戰多，後改作“亂淩多”。

⑧ 没，後改作“盡”。

⑨ 名山，後改作“文章”。

⑩ 浮世，後又改作“憔悴”。

⑪ 穿，後改作“明”。

⑫ 念亂，後改作“何處”。

⑬ “何處”一句，後改作“風雨寒江一釣蓑”。

送李過廬

霜白沾衣兩鬢凋，看君孤艇溯秋潮。江風挂席人千里，山月停舟夢幾宵。赤壁樹殘烽火後，清川樓並[①]水天遥。懸知别後頗相憶，惟有疏鍾慰寂寥。

晚　步

縱步溪橋望遠天，數峰秋影落漁船。寒花不共青霜老，疏竹偏因細雨妍。日暮江平鍾暗度，風回沙冷雁驚眠。他時讀賦疑天問，不信如今事亦然。

梅　花

漫道春隨燕子來，雨聲滴破蒨蒼苔。如何花信今番冷，幾度寒香不肯開。

懷劉遠脩

月共梅花白，淒清一片心。亂離人又病，[②]征戰日相尋。古道存知己，奇文待賞音。毵毵郊[③]外柳，垂恨與君深。

哭劉子

故人聞永别，寂寞卧空樓。夢逐江聲咽，魂迷月影秋。清琴真絶響，遺像竟誰留？不待山陽笛，淒清總未休。

---

① 並，後改作"對"。

② 人又病，後改作"誰復見"。

③ 郊，後改作"堤"。

癸未年稿

贈奚中雪北上

豈不欲相聚，合離天實爲。江山如有意，[①]風雨夢[②]相隨。千里彈冠日，百年伏劍期。孤情知汝信，折贈歲寒枝。

遲龍夢先不至

掃盡門前雪，高人不肯來。蹊寒叢[③]野竹，日暖見[④]疏梅。國破江山在，城荒鼓角哀。中原何日定？懷古獨登臺。[⑤]

與丁仲庸夜坐

端居竟誰對？[⑥] 枯樹意如生。愛國方憂切，匡時恨未平。窮途畏日落，春至怨長征。[⑦] 語及中原事，天王實聖明。

聞熊則書避地樊湖[⑧]

清節宜高隱，奇懷更苦飢。但存憂亂意，莫受聖明知。風露清秋夜，江山落照時。百年長避地，淒斷泣長離。

念奚中雪

死生天所命，傷心信渺茫。屈魂招莫向，季劍挂無方。骨白飛霜

---

① 如有意，後改作"人暫隔"。

② 夢，後改作"亦"。

③ 叢，後改作"圍"。

④ 見，後改作"綻"。

⑤ "中原"兩句，後改作"白雲迷處所，徙倚獨登臺"。

⑥ 對，後改作"共"。

⑦ "窮途"兩句，後改作"繁霜凝廢壘，衰草接孤城"。

⑧ 此首詩後改作："小築成棲隱，長貧自苦饑。但儲匡世策，莫負故人知。神物宜潛壑，驚禽豈擇枝。樊湖聊把釣，煙水隔茅茨。"

合，烽青落日長。江南見雲起，憶爾定相望。

登石鐘山送袁介眉

春城惜[①]别悵晴空，弱柳牽情颺好風。江動遠山浮水碧，舡隨落日映帆紅。置[②]身草野懷燕閣，極目烽煙嘆楚宫。何限新亭風景在，送君不用泣途窮。

登石鐘山閣子

城頭孤[③]閣倚高[④]岑，城外長江自古今。六月凉陰生樹密，十年清夢入山深。奔濤擁岸疑天落，絶壁攀松獨我臨。[⑤] 悔到人間迷去住，聞鐘何處覓禪心？

感　懷

讀書畏亂離，非爲曠晨夕。深情入雜境，所得乃紛役。掩卷失良友，開卷慚往昔。古道不自任，悔徒[⑥]亦何益？

夜　懷

清風飄我衣，皎月當我心。有懷不願明，聊坐撫孤琴。流水天地外，豈盡求知音。夜久山月落，啁啾起寒禽。惆悵坐虚館，遥聽空城砧。[⑦]

---

① 惜，後改作“餞”。
② 置，後改作“潜”。
③ 孤，後改作“高”。
④ 高，後改作“層”。
⑤ “奔濤”兩句，後改作“孤峯上刺天應裂，疊浪横翻日欲沉”。
⑥ 悔徒，後改作“白首”。
⑦ “遥聽”句，後改作“寥寥空夜深”。

遠　遊

此身未出門,心先作遊子。問君何以然,無家從此始。束裝勸僮僕,[①]僮僕憎行李。出户就征途,日暮悲風起。

擣　衣

秋風吹庭除,擣衣聲不已。空閨月滿牀,含情在十指。持此詎忍贈,[②]猶望歸期邇。豈意隔三秋,孤遊仍萬里。妾身秋後葉,[③]相託[④]有如此。思君登高樓,寒煙接江水。

贈盧將軍

愧無俠士劍,贈我盧將軍。劍短贈言長,願言事聖君。國勢君所知,將略君所聞。赤旗蔽曒日,長戈挽暮曛。黽勉在前途,奇兵靖清氛。萬馬如羽翼,大將精且勤。中原待吾輩,俱期建忠勳。努力事戎行,宵旰方憂殷。

江上送友

潯陽蘆荻花,望君舟已出。携琴爲君彈,秋風共蕭瑟。碧空雁寥寥,荒階虫唧唧。[⑤] 孤子當告誰,遠懷如有失。

夜坐懷友

桐葉起[⑥]空階,蛩鼓入我室。愁寂不成寐,牀頭宿明月。念我素心人,惆悵迨明發。

---

① “束裝”句,後改作“親朋戀别袂”。
② “持此”句,後改作“道遠欲寄難”。
③ “妾身”句,後改作“蔦蘿附喬松”。
④ 相託,後改作“妾身”。
⑤ “碧空”兩句,後改作“蟲語只自悲,雁鳴求其匹”。
⑥ 起,後改作“墜”。

潯陽病起

歲寒雨雪積空庭,倚枕無聊醉醁醽。病起梅花嫌我瘦,醉來山色對誰青？憂天夢夢雙蓬鬢,送客勞勞一草亭。此日中原經百戰,轉愁鴻雁集沙汀。

贈張黄月先生

夕陽柳絮點人衣,共有家園俱未歸。雨過江聲頻入夢,峰晴樹影自穿扉。小山自昔歌《招隱》,南仲於今賦《采薇》。閉户藤蘿横古色,著書衡泌足忘飢。

雨中懷朱菊廬

雨濕江中樹,①雲深楚國②船。應添長別淚,轉益客心憐。③ 漁父依沙岸,④江聲蕩遠天。歸期知不遠,⑤屈指⑥及新年。

初　秋

暑氣行將盡,疏桐葉落無。寒砧猶⑦未急,野草莫金枯。⑧ 弟妹他鄉骨,干戈故國圖。⑨ 徘徊江路晚,回首⑩楚雲孤。

---

① 濕,後改作“暗”;“江中”,後改作“村邊”。
② 楚國,後改作“港外”。
③ “應添”兩句,後改作“羈魂飛不度,別淚恨同懸”。
④ 父,後改作“火”;“沙”,改作“頹”。
⑤ “歸期”句,後改作“知君厭行役”。
⑥ 屈指,後改作“歸穴”。
⑦ 猶,後改作“聲”。
⑧ “野草”句,後改作“芳草意將蕪”。
⑨ 故國圖,後改作“病客軀”。
⑩ 回首,後改作“淚灑”。

秋　夜

涼[1]風生野竹，明滅自[2]孤螢。雁影寒初落，蛩聲暮獨聽。[3] 疏星兼露白，遠樹接燈青。竟夜何[4]能寐，披衣月滿庭。

去秋元寂寞，今歲又流離。繞樹全無鵲，空巢並失兒。苔深寒露濕，樹静曉風移。淒斷東鄰婦，吞聲哭爲誰？

秋盡贈蕭純成表兄

秋盡悲何極，孤清畏采薇。我方憂世變，君亦念無衣。日落天如雪，鴻飛影帶暉。半山霜樹冷，風葉自開扉。

初冬旅舍

涼風[5]驚朔吹，歲月老征鞍。家復幾時到？人從此日寒。孤城愁雨雪，久客廢衣冠。十月經霜菊，含愁不忍看。

鄱陽遇范小重得李雲田、莫先子避兵咸寧信

苔光緑映扃，雪夜遠鍾冥。半世舟鄰樹，經年影苔形。長吟思往古，短劍説飄零。我欲尋天問，蒼天未忍聽。

問　燈

念爾親余久，熒熒亦可憐。花殘飄斷帙，霜冷[6]對孤眠。豈少華堂照，偏多草舍緣。知君存樸素，[7]白首莫相捐。

---

① 涼，後改作“微”。

② 自，後改作“颭”。

③ “雁影”兩句，後改作“河漢三更轉，鴻濛一氣扃”。

④ 何，後改作“誰”。

⑤ 涼風，後改作“關山”。

⑥ 霜冷，後改作“檠暗”。

⑦ “知君”句，後改作“但留書卷在”。

寓中有感

失路逢兵火，流離至此居。偏多逢彼怒，又少故鄉書。母病艱良藥，家貧且種蔬。有生留至性，得志莫忘初。

九日得家信

寂寞黄花晚，應無送酒人。雁聲寒野水，楓葉醉西鄰。[①] 秋盡逢家信，[②]愁開[③]喜夢真。飢寒皆主澤，[④]那敢不安貧。

柬劉子嘗

夏深門徑寂，知是故人居。[⑤] 止謗因無辯，[⑥]逃名不[⑦]著書。偶看秋月近，[⑧]漸覺[⑨]竹陰疏。多[⑩]負山靈望，[⑪]匡廬早卜居。

答夏振叔見贈

城破還相見，猶存舊[⑫]別詩。秋風何處動，黄葉自紛披。遊子悲遲暮，勞人慣亂離。四方靡所騁，深悔入山遲。

---

① 西鄰，後改作"霜晨"。
② "秋盡"句，後改作"書到知愁釋"。
③ 愁開，後改作"秋清"。
④ "飢寒"句，後改作"東籬歸東顧"。
⑤ "夏深"兩句，後改作"故人頻契闊，消息近如何"。
⑥ 因無辯，後改作"且緘口"。
⑦ 不，後改作"莫"。
⑧ "偶看"句，後改作"月凉秋色净"。
⑨ 漸覺，後改作"風突"。
⑩ 多，後改作"休"。
⑪ 望，後改作"約"。
⑫ 舊，後改作"惜"。

哭黄岡令孫澹如[①]

死交嘗託子，不負在幽冥。落雁哀荒墓，寒霜集野蘋。魯孫方弱稚，家事想飄零。壯子軍前没，誰人拜故靈？

末世無施報，天公[②]任所爲。君今身去世，我亦命如絲。[③] 苦病誰想慰？時艱獨[④]自知。君猶憐我遇，永别有誰知？[⑤]

送劉遠脩歸西陵

送君又西去，聚會復何年？江影如今凍，舟行不肯前。草深歲月緩，人静雪霜全。閉户方憂切，山園何處偏？

懷劉荃臣

亂定知何日？秋深獨念君。頻年鎩鸞翮，終日混雞群。著述愁中就，夢裏聞烽煙。名山如有約，我亦草移文。

懷陳小有

憶昔同文社，魯推牛耳盟。平生各有託，今日一無成。交古人多忌，時艱道自貞。相期當出處，慎勿慕虚名。

念奚中雪被鹵

豈有相忘日，含憂未敢言。悲風連岸動，落雁映沙痕。春燕巢林木，哀鴻接塞垣。彼蒼如聽直，爲爾訴煩冤。

故人征戰裏，無寐數殘更。半枕長分夢，孤燈不共明。危身因率

---

① 整首詩後改作："遺孤曾有託，不敢負幽冥。急難交愈見，悲歌世未寧。墓門餘拱木，家計一飄萍。腸斷聞鴻雁，哀哀叫野汀。"

② 公，後改作"心"。

③ "君今"兩句，後改作"悲君年莫續，憐我數長奇"。

④ 獨，後改作"只"。

⑤ "君猶"兩句，後改作"九原難寄語，壯子没軍麾"。

意,利國豈全生。莫對牀頭劍,長鳴氣未平。

登廬山開先寺贈僧冰水[1]

不盡遊山意,天將風雨催。聞泉覺衣濕,送客逼雲間。鶴影驚人寂,嵐光待客開。仍看秋月冷,松露響寒苔。

我生原自静,到此澹於秋。山意如泉動,風聲爲竹留。怪松偏補缺,古寺獨藏幽。[2] 愛爾長年住,孤情何所求。

喜范小重遠至時寓南康

落日下荒城,樓居秋水明。况當人遠至,[3]不覺坐深更。國事山中見,交情世外清。[4] 願[5]君著書後,[6]高卧且躬耕。

别朱惟敬

一日平原飲,匡山亦倦遊。[7] 江山如惜别,月色爲含愁。書札須頻寄,文章莫漫投。何時買輕棹,訪我故園樓。

秋 望

徙倚江樓暮景寒,蕭蕭落葉下闌干。大荒殺氣高秋迥,古戍兵烽落照殘。三世菟裘新瓦礫,幾家燕壘舊衣冠。鄉園夢遠[8]堪流涕,賈誼何人策治安?

---

① 此首詩後改作"不盡遊山意,言尋開士來。濕雲埋磵道,飛瀑濺香臺。野鶴驚人去,巖花背客開。仍看秋月出,松露滴荒苔。"

② "怪松"兩句,後改作"雲霞千壑變,鐘聲一堂幽"。

③ 人遠至,後改作"來好友"。

④ "國事"兩句,後改作"敦篤憐交誼,艱難見物情"。

⑤ 願,後改作"期"。

⑥ 後,後改作"暇"。

⑦ "一日"兩句,後改作"風葉響殘秋,飄零客倦遊"。

⑧ 夢遠,後改作"路杳"。

避兵樊湖感作寄友人

十載悲歌客路勞，飄零異地念同袍。中原郡邑增新壘，故園樓臺盡[①]野蒿。豈少名山藏姓字，獨憐盡室寄波濤。已知讀賦[②]天難問，漫解儒衣學佩刀。

舟行寄劉千里

中流鼓枻返柴扉，垂柳孤帆繫落暉。親故相逢皆旅舍，江湖何地不戎衣。桃源遍迹知無恙，石室藏書得所歸。何日新詩慰飢渴，莫辭雙鯉寄漁磯。

别段生

江村楊柳帶[③]離[④]情，欲挽征衣畏遠行。别我無家書莫寄，[⑤]尋君何處夢難成。[⑥] 十年燈火如兄弟，兩地兵戈共死生。此後只教今夜月，[⑦]莫逢離别對[⑧]人明。[⑨]

約龍夢先至館

霜催落葉滿幽居，待月空階盡[⑩]掃除。秋水每懷雲夢遠，衡陽頻悵雁鴻疏。同心異地嘗憂世，接席分燈共著書。舊約知君應不負，可能決計入匡廬。

---

① 盡，後改作“失”。
② 已知讀賦，後改作“茫茫有恨”。
③ 帶，後改作“最”。
④ 離，後改作“牽”。
⑤ 書莫寄，後改作“雲萬里”。
⑥ “尋君”句，後改作“尋君有夢月三更”。
⑦ “此後”句，後改作“寄語沙頭暮黄雀”。
⑧ 對，後改作“向”。
⑨ 明，後改作“鳴”。
⑩ 盡，後改作“净”。

江州秋興

漂流無定倚孤雲,夜悵琴消渭水軍。西海鶴來銜月照,南天書至帶香焚。江楓遠映離人淚,岸草新成戰士墳。烽火只今懸露布,吞聲父老五更聞。

雞犬荒城似避秦,桃源何處問江津。當年尚有淮陰撼,今日曾無李廣貧。驚聽遠砧疑戍鼓,憐看白骨畏青燐。未能忍辱終沉劫,感憶前身樂國民。

秋雨幽居

經時落葉掩柴扃,是處哀鴻宿野汀。風雨夜迷[1]收[2]好月,煙塵晝暗出明星。三更蛩語增淒楚,[3]半榻湖光接晦冥。漫向空齋翻舊史,中原戰血草猶腥。

懷覺浪

片雲出岫聞鐘住,老衲從遊聽講歸。坐對虛空皆面壁,語參譃笑亦忘機。逃名終畏山深隱,悟道翻思覺後非。自省此生隨世外,傍人鷗鳥莫驚飛。

感　懷

半歲支離書滿牀,此身猶自畏[4]疏狂。才當不遇憎鸚鵡,貧到無衣怨[5]鷫霜。[6] 縱酒莫論前事錯,放歌愁聽曼聲長。[7] 人間無限難言

---

① 夜迷,後改作"宵寒"。

② 收,後改作"沉"。

③ 增淒楚,後改作"醒愁夢"。

④ 畏,後改作"悔"。

⑤ 怨,後改作"笑"。

⑥ 霜,後改作"鳥"。

⑦ "縱酒"兩句,後改作"繞村棲鴉驚匝月,銜蘆征雁怯橫霜"。

恨,[①]擊築吹簫總斷腸。

寄張公亮

長安春草緑煙迷,御水君過聽馬嘶。鳳輦朝飛雲北拱,鷺聯初[②]舞日初低。嶺南回雁難書寄,海外歸潮漫月西。我友已傳歌誦久,榕城秋葉自淒淒。

題沈中朗畫

幽人性自愛林巒,落紙煙雲杳靄間。樹老應知經歲久,門閑多爲著書關。風吹松雨驚殘夜,橋接溪流響曲灣。何用少文圖四壁,卧遊從此得深山。

客中柬尹右王

江渚飄蓬一葉鄰,頻驚風鶴向誰親?[③] 窮途念亂心多戒,客舍懷歸夢豈真。斜日逆流摇晚照,[④],棲鴉滿樹繞寒津。與君去住同無定,可識蘆中亦有人。

懷劉師尚

薊北秋風自遠尋,名山高卧亦書淫。還家縱酒難消渴,謝客吟詩獨枕琴。沙渚悲風催落雁,荒城暮雨急寒砧。壯遊那勝貧家樂,待浔歸時雪滿簪。

登石鐘山訪官綏之

寒雲漠漠水茫茫,偏苦窮途説[⑤]故鄉。訪友雪中乘釣艇,避人江

① 難言恨,後改作"悲歌事"。
② 初,後改作"風"。
③ "江渚"兩句,後改作"霜白楓丹秋正新,驚心風鶴往來頻"。
④ 摇晚照,後改作"横野艇"。
⑤ 説,後改作"憶"。

上借僧房。離群幽感音相續,夜冷飛鳴意共傷。[①] 聽到沙痕天外落,淒風難斷雁聲長。[②]

客　思

客思驚秋繞舊城,山風遠近送秋聲。[③] 荒村冷突連兵氣,野霧黄沙蔽月明。投筆幾時[④]思伏劍,避人莫漫喜論兵。暮雲哀角[⑤]重回首,南北飄零幾弟兄。

聞道王師已出征,中原誰復總戎行。江湖抱病經霜雪,[⑥]親故無家問死生。古道交遊皆寂寞,名山著作待澄清。時危歎[⑦]獻長沙策,其奈[⑧]隆中負耒耕。

送尹右王

江岸漁罾照夕陽,江城楓葉墜寒光。[⑨] 風高鷹隼横秋健,霞斷[⑩]虹蜺飲澗長。戎馬頻年誰報國?親朋星散盡離鄉。如今厨顧名非黨,何得桃源與世忘?

寄甘禹符師

風雨孤燈自坐禪,門盈苔緑少人還。聞琴猶作成連夢,愛古當如秋水篇。問寢長安方八歲,歸辭函丈已三年。天台自喜高人住,作吏應知獨草□。

---

① “離群”兩句,後改作“高樓把酒歌三疊,寒夜篝燈坐一牀”。
② “聽到”兩句,後改作“忽聽雁聲天外落,淒風零亂不成行”。
③ “客思”兩句,後改作“客路遥秋倍愴情,霜風落葉滿山城”。
④ 時,後改作“回”。
⑤ 哀角,後改作“衰草”。
⑥ 經霜雪,後改作“傷離别”。
⑦ 歎,後改作“擬”。
⑧ 其奈,後改作“且向”。
⑨ 光,後改作“霜”。
⑩ 霞斷,後改作“雨歇”。

送劉遠脩歸西陵麻城人

送君從此別，會面復何年？波蹙疑將凍，風狂强欲前。[①] 雁迷天際影，人卧雪中船。歲宴鄉關近，歸心松菊邊。[②]

立　春

登高不見舊江山，感嘆今年萬事艱。兵火故人南又北，流離遊子去難還。偶聞市語疑邊塞，忘對家奴亦改顔。此地春風今日至，不知春可到鄉關。

悼奚中雪

喪亂聞君死，驚心信渺茫。屈魂招莫得，徐劍挂何方？戰骨連霜白，傳烽帶日黄。江南兵氣合，揮淚遠相望。

潯陽病起

歲寒雨雪積空庭，倚枕無聊似酴醽。病起梅花驚我瘦，醉來山色對誰青。憂天夢夢雙蓬鬢，送客勞勞一草亭。此日中原經百戰，轉愁鴻雁集沙汀。

除　夕

連年[③]强半客舟[④]過，誰説江湖歲月多？是處漂流皆雨雪，逢人談笑盡兵戈。愁將濁酒澆衣濕，醉把新詩强客歌。莫道亂離今日盡，未知明歲更如何。

---

① “波蹙”兩句，後改作“山樹寒應折，河冰凍欲堅”。

② 松菊邊，後改作“郢樹煙”。

③ 連年，後改作“平生”。

④ 舟，後改作“中”。

甲申年詩

獨飲遂成

飲酒苦無量，乃亦生嗜心。孤燈自相勸，無人識淺深。毋乃天地意，謂余空浮沉。灑酒澆素琴，何爲無知音？

感　懷

人言孤松高，吾寧愛野草。松有歲寒心，受知苦不早。野草雖早枯，遇春嘗美好。日月當我前，得之成至道。爲人慚草木，戕生易枯槁。物我一至性，長養斯恒保。譬彼霜雪威，潤物皆有造。吾性本長存，奚羡松柏老。

寒　食

落[1]花江岸[2]獨徘徊，春去空城畫角哀。三月亂雲迷古塚，六朝廢殿盡荒苔。[3] 人隨鴻雁天俱遠，門對山河雨不開。北地今朝禁煙火，傷心我亦似寒灰。

感　懷

萬里山河色落暉，身經國難敢言歸。衣冠此日餘圖畫，禮樂當年憶帝畿。病裏賦詩渾念亂，静中讀《易》漸知非。中原多事愁民命，夜半求衣望紫微。

送胡山書還山居

秋江相送放舟回，獨望君行立古臺。世亂兵戈多野哭，室焚圖史盡寒灰。蛩知客久應無語，菊見時危不欲開。歸去莫忘晨夕約，篝燈

---

① 落，後改作“尋”。

② 江岸，後改作“藉草”。

③ “三月”兩句，後改作“燕子自尋池館入，櫻桃誰薦寢園來”。

竹屋待重來。

送朱菊廬還山

送君握手只含悲，歸去君當善[①]自持。家破所存惟孝友，時危同約在皋夔。[②] 赤楓色比初分淚，黄葉人如未病時。[③] 是處孤鴻皆客路，空山風雨莫相疑。[④]

贈别吴峻季

送君落日掩衡門，三徑荒蕪念故園。亂世行藏皆蜀道，貧家孝友即桃源。對牀風雨憐燈火，異地親朋惜酒尊。相會無多先計别，臨歧恐有未招魂。

五日感懷寓武昌縣

隔江遥望是家園，節序驚心百感存。城破野燐盈雉堞，田荒猛虎滿郊園。[⑤] 誰鋤[⑥]蘭葉煎湯浴，愁剪[⑦]菖蒲酹酒樽。須信靈均宗國重，[⑧]得沉湘水亦思君。

贈龍夢先

聞君高卧掩柴扉，念我應知與願違。奔走[⑨]幾年惟草屨，干戈滿地獨儒衣。著書何地[⑩]藏名姓，論世無人辨是非。他日相逢悲往事，共將吾道付漁磯。

---

① 君當善，後改作“家園好”。
② “家破”兩句，後改作“意氣幾人逞管鮑，勳名他日問皋夔”。
③ “赤楓”兩句，後改作“丹楓冉冉繁霜候，黄葉飄飄落照時”。
④ “是處”兩句，後改作“暫别臨歧須努力，雞鳴風雨是前期”。
⑤ “城破”兩句，後改作“城破誰將絲續命，田荒今見虎留痕”。
⑥ 誰鋤，後改作“漫搴”。
⑦ 愁剪，後改作“且擷”。
⑧ 宗國重，後改作“愛宗國”。
⑨ 奔走，後改作“道路”。
⑩ 地，後改作“處”。

輓劉荃臣

伏枕頻遺[1]一紙書，不因多病遂交疏。良朋忽忽成長夜，孤旅悠悠嘆索居。彭澤挽歌聲慘咽，山陽哀笛意如何？[2] 憐君虚負中原志，每夕聞雞恨莫舒。

寄劉千里

還家何敢怨途窮，兵火魂銷萬事空。羨爾山居能避世，嗟余客路尚飄蓬。書傳白[3]雁來[4]天外，人隔清江入座[5]中。晚菊寒松霜月白，[6]此懷[7]應與素心同。

旅中秋感

誰家砧杵動荒城，忽起離鄉客子情。[8] 雲影似依歸路白，雁聲如聽故園清。[9] 霜寒曠野驚秋冷，月落長江放晚晴。從此敝廬歸去好，閉門著作老躬耕。

遣　病

亂離幾載返荒林，夜夜空齋只苦吟。瘦骨强支愁對鏡，舊歡何處强彈[10]琴。客居[11]卧病偏逢雨，秋冷無衣未[12]聽砧。不必故園烽火信，

---

① 頻遺，後改作"曾貽"。
② 何如，後改作"欷歔"。
③ 白，後改作"旅"。
④ 來，後改作"青"。
⑤ 入座，後改作"白露"。
⑥ 白，後改作"好"。
⑦ 此懷，後改作"相看"。
⑧ "忽起"句，後改作"清夜偏傷客子情"。
⑨ "雁聲"句，後改作"月華如對故園明"。
⑩ 强彈，後改作"獨鳴"。
⑪ 居，後改作"愁"。
⑫ 未，後改作"又"。

天涯幽感自然深。

七　夕

初秋仍似暑，微雨漸生寒。天上分離苦，人間聚會難。經年期一夕，來歲訂重歡。莫向河橋望，淒淒白露漙。

寄　友

萬里烽煙接赤楓，中原如洗尚兵戎。書生上策皆流涕，聖主悲歌亦大風。廊廟幾人堪射隼？草茅猶自感遺弓。至今無限忠魂淚，仍灑淮陰山墓中。

寄冰水上人

山家歲月向雲中，爲聽流泉山下逢。[①] 嘗與高僧言世外，[②]因[③]隨獨鶴聽松風。亂峰空響[④]連孤嘯，古渡寒濤接暮鐘。[⑤] 別後離愁君不信，城頭楓葉憶誰知？[⑥]

柬胡山書

夏殘已聽響清砧，聽到秋初愴客心。白雁未來腸已斷，青楓漸老恨逾深。開簾見月煙光潤，滅燭懷人竹影侵。此後相逢悲往事，故園荒徑獨相尋。

避亂歸，同静源、山書郊外

亂後山河與昔殊，故園行徑入丘墟。草生新塚皆親故，馬向殘陽

---

① “爲聽”句，後改作“繞舍流泉曲澗通”。

② “嘗與”句，後改作“嘗共高僧看水月”。

③ 因，後改作“時”。

④ 空響，後改作“古木”。

⑤ “古渡”句，後改作“野渡寒流浸遠空”。

⑥ “城頭”句，後改作“無邊血淚染丹楓”。

認里閭。林燕淒凉風雨後,[1]野花悵望[2]戰場餘。頻年亦有逃名約,只恐他年[3]此意疏。

結 茅

野花冉冉撲人衣,雨後遥山轉翠微。漫引雲根穿竹徑,緩分澗水繞柴扉。漸知獨坐忘機樂,始信當年涉世非。莫對故園愁寂寞,荒城尚有夜烏飛。

乙酉年詩

皇天歌

皇天皇天!我生不辰兮,罹此流離。一家骨肉南北各天兮,終身何依?皇天皇天!作惡降厥殃兮,作善何爲?室廬既燬兮,墳墓將隳。皇天皇天!我實無罪兮,當此流移。皇天皇天!實罪我兮,我將焉辭?

天聽辭

太史公作《屈原傳》曰:"勞苦倦极,未嘗不呼天也,此屈原作《天問》意也。"然憂憤詈怒幾於怨矣!天何所不容,乃怨之若是?《楚辭·天問》亦其余作《天聽》之意也歟?

蒼天高聽,我聲哀號。蒼天平聽,我聲悲鳴。我生不辰罹苦辛,家隨國破餘一身。雙親問我苦,銜苦未忍言。恐復傷親心,背垂雙淚痕。將死骨欲裂,吞聲飲泣自招魂。兒實痛苦難久存,再世爲兒報深恩。蒼天蒼天高且平,我呼一聲天實聽!

---

① 風雨後,後改作"春社改"。
② 悵望,後改作"零落"。
③ 他年,後改作"名成"。

自罰辭

人有過，天罰之。作《自罰》，代天罰之。孔子曰："觀過，斯知仁矣。"作《自罰》，其亦改過之意耶！其辭曰：

我德無良，上招天否。我心不臧，難回天喜。天既降罰，我應唯唯。如何罪戾，祖孫父子？萬痛横胸，萬苦塞耳。居易俟命，我罪難諉。我不怨天，敢邀天祉。所誓旦旦，有如此水！

自省辭

既[①]自罰矣，可不作自省。所省云何？曰身曰心。[②]要厥身心，驗諸實事。前後種種，當自思之。曾子猶省且三，余敢忘之哉！

念我生之何咎[③]兮，遭兵燹之流離？[④]天既罰汝兮，自省爲誰？厥身與心兮，[⑤]天實在斯。憶昔歲之脱難兮，天告余乎[⑥]趨避。豈[⑦]三時之未終兮，復骨肉之拋棄。弟妹死復死兮，雙眸潰其血淚。今巢空而遠避兮，一葉飄[⑧]乎江州。遭軀被擄兮，盡奔荒丘。犬狺狺其欲噬兮，合郡避乎城樓。[⑨]寇賊逼我傍兮，呼蒼天兮何仇？老幼與男女兮，盡乞命乎刀頭。魂既散兮[⑩]復招，[⑪]忠信孝其有力。嘆同氣之流移兮，哭皇天其何極。夜獸森欲搏人兮，鬼火慘其來逼。念骨肉之遠道兮，存亡莫必。嗚咽哀號兮，重吾疹疾。誰無手足兮，誰無家室？思願再聚兮，其何由得？地渺渺其莫窮兮，天荒荒其無極。記潯陽之遇

---

① 既，後改作"繼"。

② "所省"兩句，後改作"或曰師曾子，非余所知也"。

③ 何咎，後改作"不辰"。

④ 流離，後改作"飄流"。

⑤ "天既"三句，後改作"既巢傾而□□兮，呼蒼天兮何仇"。

⑥ 乎，後改作"以"。

⑦ 豈，後改作"兮"並將"兮"字移至上一句句末。

⑧ 一葉飄，後改作"一棹浮"。

⑨ "合郡"句，後改作"盡室奔於荒丘"。

⑩ 兮，後改作"以"。

⑪ "魂既"一句末，後加一"兮"字。

難兮，乙酉之四月四日。[①]

謁濂溪先生墓

城破身仍在，淒然拜古墳。微言傳弟子，絶學繫斯文。萬樹還生氣，千峰入亂雲。四亭今已廢，仰止挹清芬。

潯陽避兵寄龍夢先

雁過南樓月挂村，傷心客淚對[②]黄昏。征人[③]何事踟躇立？猶有當年未報恩。

雪中寄龍夢先

雪深立衡門，溪山同一色。天地此時心，欲無寒不得。遣僕問君家，或恐饑凍逼。知君孤峻人，未肯聞我側。

幽人抱苦節，高天鑒深情。古屋横素書，堅約義水行。余於羅田縣買山，山名義水。幼子何足憂，偕我事耦耕。老至行路難，夫子願自貞。

哭郭介維

翠竹何亭亭，孤松何謖謖。偃蹇凌霜雪，後凋歷寒燠。嘆息良友齡，不如長年木。去歲寓武昌，比鄰聞誦讀。風雨如連牀，昏曉同起宿。君家屋梁月，照我庭中菊。從學有夔公，性情頗落穆。依君長苦吟，閉關成小築。憶我與君辭，臨行往仍復。執手何依依，[④]眷戀及童僕。寧知是死別，我獨棲山石。[⑤] 痛君與夔公，倉皇委溝瀆。家人抱殘書，幼子依誰育？惻惻强吞聲，清宵頻痛哭。

---

① “記潯陽”兩句，後改作“庶繳倖於他日兮，爲反躬其靡忒”。

② 對，後改作“灑”。

③ 征人，後改作“重來”。

④ “執手”句，後改作“寧知成死别”。

⑤ “寧知”兩句，後改作“黄泉無飢寒，相憶如在目”。

潯陽亂後柬王子雲

遠道逢多難，遲回爲故人。兵戈殊未息，愁病各沾巾。① 破衲依棲客，②孤燈寂寞身。無家慎勿慮，③我亦愛清貧。④

檢殘書有感作

兵火剩殘書，心傷掩卷餘。每懷諸弟幼，同樂古人居。淚盡生還夢，魂依死別廬。團圞難即料，行坐暗躊躇。

亂後歸黄州至西鄉洪山寺卜居

人病寺逾⑤破，天寒僧更窮。悲歌驚老僕，别恨託征鴻。是日傷心處，他山秋水中。故居歸未得，清⑥淚點⑦霜楓。

客　歸

遠客他鄉返，浮生自覺餘。知交經亂盡，丘隴隔年疏。雁到黄州晚，人歸紅葉初。柴門且高卧，烽火近何如?

潯陽秋感四首

亂離何日定？歲月苦難過。又見秋風發，其如客思何？人孤當皓月，夢斷隔滄波。昨風⑧裁鄉信，燈前涕淚多。

古有悲風客，今秋客更悲。青燐圍野哭，白刃逼生離。敗葦鳴⑨

---

① 各沾巾，後改作“不宜春”。
② 客，後改作“日”。
③ 慎勿慮，後改作“君莫慮”。
④ 愛清貧，後改作“任蒼旻”。
⑤ 逾，後改作“還”。
⑥ 清，後改作“飛”。
⑦ 點，後改作“染”。
⑧ 風，後改作“夜”。
⑨ 鳴，後改作“摇”

風急，哀鴻宿月遲。孤舟沙岸泊，西望淚雙垂。

嘆息歸期晚，天寒江上秋。芙蓉開別浦，明月在高樓。蛩語驚霜亂，螢飛帶露流。淒涼夜深立，何處問漁舟？

道遠歸難定，秋風近若何？魂依溢浦月，人隔楚江波。雁冷聲[①]無力，林疏[②]葉不多。殷勤報烏鵲，遲爾渡銀河。

秋　懷

城破山如舊，秋來月更新。衹因兒女累，頻歷死生身。露净鐘聲遠，人孤雁影親。中原遍豺虎，屈指待天民。

秋　月

落日送殘暑，秋風又[③]月圓。寒生前夜雨，光隱隔溪煙。時事悲歌裏，鄉心淚眼邊。姮娥亦愁思，淒絶不成眠。

喜故園人至

烏鵲門前喜，驚逢僮[④]僕來。相看惟痛哭，坐客亦悲哀。墳古生新草，[⑤]庭空長舊苔。柴扉雖尚在，能料幾時開？

有　憶

思苦真成疾，秋清倍可憐。生懷如有日，重會説當年。月露輕翻竹，池風弱動蓮。故園歸未得，拭淚望南天。

自　恨

人間萬古恨，惟有白頭吟。[⑥] 忍辱酬知己，藏身託素心。呼天一

---

① 聲，後改作“嘶”。

② 疏，後改作“殘”。

③ 又，後改作“吹”。

④ 僮，後改作“老”。

⑤ “墳古”句，後改作“梁壞無新燕”。

⑥ “惟有”句，後改作“併入此時心”。

夜老，卧病百憂深。哭斷霜林月，悲風寄遠音。[①]

無 計

欲訪真無計，音書咫尺難。百蟲喧亦寂，萬澗暑猶寒。[②] 秋水依人淡，[③]蒼山落水殘。有懷託明月，飛淚碧雲端。

得朱静源、胡山書、龍夢先三友札

諸君天下士，念我聚時稀。俱有濟時略，其如遇世非。秋深蟲自語，夜寂鳥還飛。忍淚開來札，叮嚀及早歸。

夢友人

寄書從遠道，翻[④]足動相思。况是夢中見，能無[⑤]覺後疑。詩歌存太古，[⑥]感嘆獨[⑦]危時。起視披霜竹，貞堅結在兹。

念汝歸無計，翻憎我命窮。艱虞經我日，卧病望寒空。書到三更夢，魂驚萬壑風。况思當日事，感激望歸鴻。

哭老僕能勝

爾作[⑧]他鄉鬼，[⑨]傷心家莫聞。我懷無貴賤，僕力自殷勤。[⑩] 魂哭

---

① 寄遠音，後改作“急夜砧”。
② “百蟲”兩句，後改作“烽煙真蔽日，砧杵又催寒”。
③ 依人淡，後改作“浮鷗遠”。
④ 翻，後改作“已”。
⑤ 能無，後改作“翻增”。
⑥ 太古，後改作“古意”。
⑦ 獨，後改作“值”。
⑧ 作，後改作“在”。
⑨ 鬼，後改作“没”。
⑩ “我懷”兩句，後改作“我無貴賤别，但泣死生分”。

依新竹，墳低託暮雲。[1] 呼童[2]嘗及汝，涕淚到斜曛。[3]

譚家畈難後辭老母、幼弟及蕭純成表兄，先歸黃州卜居

此去真難已，傷心病裏歸。飄零幾骨肉，奔走一儒衣。誼自關中表，家當訊飽饑。[4] 殷勤勸慈母，勿復念兒違。

初冬寄戴初士

天外孤雲繞舊丘，別時明月滿離舟。酒樽未冷愁人淚，風雪將催客子裘。到處行吟悲楚澤，有時懷古是[5]滄州。知君亦有《江南賦》，庾信哀多自白頭。

山中作

乍遣鄉愁濁[6]酒杯，故園搖落總堪哀。前身破衲應曾着，今日名山得更來。鶴作比鄰松下宿，花憐同調病中開。相看共是無家客，極目[7]還登江上臺。

江州遇難寄友人

亂麻[8]白骨九江城，血長城濠作水聲。家破妻孥愁異縣，病深風雨近三[9]更。荒郊新鬼尋魂[10]哭，野店餘生入夢驚。傳語故人應[11]念

---

① "魂哭"兩句，後改作"鬼哭依殘月，魂飛逐暮雲"。
② 童，後改作"名"。
③ "涕淚"句，後改作"在日最殷勤"。
④ "誼自"兩句，後改作"哀狖當風嘯，寒鳥帶月飛"。
⑤ 是，後改作"憶"。
⑥ 濁，後改作"賴"。
⑦ 極目，後改作"落日"。
⑧ 亂麻，後改作"青燐"。
⑨ 三，後改作"殘"。
⑩ 尋魂，後改作"依墳"。
⑪ 應，後改作"能"。

我，肯將一葉[1]問離情。

病　憶

廿載餘生苦病侵，寒林寂歷卧山深。酒逢初熟思良友，琴到無殺[2]感宿心。舊沼芙蓉悲曉鏡，空牀蟋蟀畏[3]秋砧。只餘[4]兄弟還離别，南北飄零直至今。

過龍丘偕諸子宿城東野寺

黄葉從風覆古沙，[5]兵殘[6]猶見舊人家。醉中覓路青山夢，病裏懷人白社花。旅雁數聲天外影，[7]丹楓一帶水邊霞。相逢問昔[8]驚[9]前世，夜宿荒庵竹影斜。[10]。

懷舅父又沂

客晚孤村暫卜居，故[11]人何處狎樵漁？雨湖著《易》臨秋水，桐苑[12]翻經摘野蔬。畫裏江城留好夢，[13]病中風景問[14]荒墟。遠山日暮深含紫，憶得幽窗正讀書。

---

① 葉，後改作"棹"。
② 殺，後改作"弦"。
③ 畏，後改作"雜"。
④ 只餘，後改作"更憐"。
⑤ 古沙，後改作"淺沙"。
⑥ 兵殘，後改作"亂餘"。
⑦ 影，後改作"月"。
⑧ 昔，後改作"訊"。
⑨ 驚，後改作"如"。
⑩ 竹影斜，後改作"轉法華"。
⑪ 故，後改作"高"。
⑫ 桐苑，後改作"仙閣"。
⑬ 留好夢，後改作"尋故迹"。
⑭ 問，後改作"憶"。

隱　山

買山未就寄荒丘，潦倒天涯集百憂。豺虎中原忘北顧，魚龍半夜起南遊。悲來擊劍歌偏苦，病卧懷人淚暗流。把酒坐看明月盡，故園哀雁幾殽秋。

薄暮散步夜歸村中作

野水荒村處處通，隔湖煙靄澹空濛。舊時歡讌浮雲外，不盡悲歌返照中。茆屋秋風毋我破，[1]板橋霜月爲誰窮？[2] 此身何日能强健？愁對楓林漸漸紅。

夜坐聽雨懷友人

風雨無家天一涯，茫茫獨坐百憂隨。時危讀史學何事？世亂居身自有師。淅淅秋聲驚敗葉，叢叢晚菊綻疏籬。思君欲見應何日？共指寒松皓首期。

秋日過故居懷友

半帆秋水返柴荆，紅葉淒[3]疏落照清。亂後江山思舊迹，愁中烽火憶同行。黄冠未遂逃名計，白社空懷出世情。四顧頹垣哀草遍，啼鵑[4]猶作斷腸聲。

江州亂後寄子雲

別來楊柳綰征帆，幾載猶存别後緘。城破再經新戰伐，巢空猶憶舊[5]呢喃。危時將相多屠釣，亂後行藏混聖凡。百計不知何處好，與

① 勿我破，後改作“欺客病”。
② 爲誰窮，後改作“泣途窮”。
③ 淒，後改作“蕭”。
④ 鵑，後改作“鳥”。
⑤ 舊，後改作“燕”。

君山雪荷長鑱。

與山書避難匡山作

病裹追凉風颯然，呼童倚杖立層巔。驚看飛白千峰瀑，遥數空青九點煙。寥落惠莊偕隱志，亂離沮溺耦耕年。傷心欲問篔簹竹，泣對寒梢月影邊。

夜坐明水上精舍同胡山書作

離亂相依石屋幽，遠林何處暗泉流。夜深人坐孤峰月，霜冷猿啼萬樹秋。静與老僧觀物理，病依良友話鄉愁。此身漂泊歸何日？獨照禪燈淚不休。

訪熊則書山居

樹深古屋晚蕭蕭，雨霽陂塘見緑苗。雙劍欲彈傾濁酒，一燈相對坐深宵。天低新月光生水，人與寒山影在橋。何處更傳烽火信，餘生誰□□漁樵？

病後寄朱菊廬

獨居荒塢總無鄰，病眼驚看兩世身。鏡裹寒霜頭漸白，[①]塚邊枯[②]骨草還新。道途易盡英雄淚，山水難藏憔悴人。記得去年風雨夜，吟詩馬上送殘春。

江州懷舊

曲岸斜陽樹影微，自憐沙際一鷗飛。勳名未遂身先隱，朋好初還會又稀。死別難知猶卧病，生還何日獨沾衣。[③] 無邊紅葉尋詩路，秋

---

① "鏡裹"句，後改作："鏡裹朱顔年易志"。

② 枯，後改作"白"。

③ "死別"兩句，後改作"獨上青山携蠟屐，閒臨秋水製荷衣"。

色江聲不忍歸。[1]

生還

關山烽火正驚心,遠道人從何處尋?半死身經風雨[2]後,異鄉愁共歲華侵。呼天□苦飢無力,縮地無妨病又沉。[3] 留得生還雙塚在,□□□□□□□。[4]

---

① "無邊"兩句,後改作"江干一帶尋詩路,紅葉青楓不忍歸"。

② 風雨,後改作"離亂"。

③ "呼天"兩句,後改作"春天樹接樊城杳,野渡雲横漢水陰"。

④ 此句因原稿破損而缺失。

附録二

《康熙黄州府志》卷六・選舉

皇清順治乙未科：王澤弘，黄岡人，任詹事府少詹。

《乾隆黄州府志》卷九・選舉・進士

國朝順治乙未：王澤弘，尚書。

《乾隆黄州府志》卷十一・文苑

王澤弘，字涓來。順治乙未進士，選庶吉士，歷官禮部尚書。有《請移湖口關還設九江疏》，商民便之。尤工詩。福清魏憲稱其："五古則鄴下、彭澤，七古則浣花、徂徠，近體則絳州、鹿門。飄飄乎如蟬蜕之遇秋風，泠然善矣！"子才升，貢生，候補主事；材任，康熙己未進士，歷官僉都御使，俱工詩。任有《望雲集》、《白沙集》及《集唐和蘇諸刻》。

《乾隆黄州府志》卷十九・藝文志詩賦下

收録王澤弘詩一首。《宋賢祠和牧仲》（四首之一）："石橋煙樹外，蘭若雨花旁。地近城偏静，官休隱不妨。蔬齋同野衲，書史屬歸裝。宿世君來此，山川尚鬱蒼。"

《光緒黄州府志》卷十九・文苑

王澤宏，字涓來，用予子。順治乙未進士，選庶吉士，累官禮部尚書。立朝持大禮。御史某疏請流人宜徙烏喇,澤宏不可,事得寢。又嘗上疏《請移湖口關還九江》。商民便之,爲建生祠。聖祖仁皇帝先後賜以"夙夜惟寅"及"尊道堂"匾額。尤工詩,著有《鶴嶺山人詩集》。福清魏憲稱其:"五古則鄴下、彭澤,七古則浣花、徂徠,近體則絳州、鹿門。飄飄乎如蟬蜕之遇秋風,泠然善矣!"子材升,貢生,能詩;材任自有傳。

《光緒黄州府志》卷三十五·藝文志集部

《鶴嶺山人詩集》十六卷,黄岡王澤宏撰(縣志)。是集乃其子材振所編。前三卷皆題"已刻詩"若干首,蓋皆澤宏舊作,嘗爲魏憲録入《石倉詩選》者。四卷以下,用編年體。自丁巳迄庚辰,題"某年詩"若干首,附注"未刻稿",則材振所裒輯也。前有魏憲原《序》,又附其祖《用予傳》一篇,又澤宏《請復九江關》一疏。澤宏喜與諸名士遊,王士禎、姜宸英、洪昇等,皆嘗點定其詩。所作類皆和平安雅,不失臺閣氣象。(節録《四庫全書存目提要》)

《光緒黄州府志》卷三十六·藝文志集部

王澤宏,字涓來,黄岡人,順治乙未進士。傳詳《文苑》。

請罷湖口關復九江關疏

題爲"湖口之設關甚險,九江之舊關宜復,請照成規收税以裕國課,以全商命事"。竊惟國家之本計惟財與賦,財賦之充足在鹽與關。我皇上頻頒蠲租之詔,屢減額外之徵。數十年來,農工商賈無不仰戴皇恩,固已淪肌浹髓矣,乃有不費内府之金錢,不損朝廷之額課。綸音一下,各省歡呼,則莫如湖口之仍歸九江之爲善也。請爲皇上陳之:夫昔日之設關九江者,因上有龍開河、宫牌夾,下有老鸛塘、白水港,俱可停泊多船;冬夏不涸,無波濤洶涌之危,輸將甚便,此誠利國利民、經久不易之善地也!後以江西東下亦應納税,暫移湖口,此一時權宜之計耳。初未計及湖口一縣,地處下流,乃江湖兩水交會之衝,又有上下鐘山巉巖峭壁插入江中。既已設關,遂成商船納税必泊之地。止有虹橋一港，水漲之時，大船僅容數號，小船僅容數十隻。儻水涸船多，不得已盡泊江外。大風暴起，巨浪滔天，欲求入口而不得，欲求渡關而不能，故其患不可勝言。此湖口斷斷不宜設關之明效也。或謂自江西出湖以下江南，自江南入湖以上江西，恐有漏税之弊。不知九江一關，徵船而不徵貨，丈尺已定，税無可匿。臣查大姑塘，去九江四十里，在湖口之内，舊係泊船之地，應聽部司委員在彼收税，彙繳關庫，以給票爲憑。至各省出湖船隻，大姑塘收税者，九江驗票放行；各省進湖船隻，在九江納税者，大姑塘驗票放行，則兩處自無漏税之慮矣。年來風濤時起，沉溺疊見，商情以積久而不得伸，差員以時暫而不敢請，此臣所以不得不代爲請命也。儻荷允行，則往來舟楫無傾覆之虞，東西商賈無漂没之苦；既於額設國課一無所虧，又於貿易、民生皆得其便，乃經久無弊之良圖也。臣本楚人，九江、湖口皆臣久居，故於情形甚悉。伏乞敕部詳加酌復，務審税課之盈虚，查風濤之險易，考人心之向背。一經改正，庶船多税足，商悦民安，無不仰頌。覆載之恩同於天地矣！緣係條陳事宜，字多逾格，貼黄難盡，未敢另繕。如果臣言可采，伏乞皇上俯賜施行。

《光緒黄州府志》卷三十七·藝文志集部

收録王澤宏詩兩首：

《擬古》："種樹長秋花，鑿池待春水。故人永相託，所得僅如此。水逝有還波，落花無生理。安知同堂客，不似千萬里。萬里隔鄉縣，有時自相見。片言偶乖離，對面形色變。願言白頭好，不願白頭早。白頭難與期，此心私自悲。"

《易州使院咏松》："去年手植新松樹，碧葉青枝取次陰。幹長凌雲應有日，後人誰識歲寒心。"

清李桓著《国朝耆献类徵初编》卷四十九

禮部尚書王公，葬黄岡陽羅六十年，墓無碑。其孫廷泰來言曰："先祖遺命弗爲碑，碑缺至今。廷泰出先生門下，讀先生金石文字，千古無讓。然則安知非先人之靈，不欲以姓名爵里草草託人，必待後世之能與夫班馬争者,然後紀傳之耶? 銘我先人,補子孫之憾。先生其奚辭?"余謹按其狀而書之。曰:公諱澤宏,字涓來,一字昊廬。家本琅邪,十世祖東平侯遷於黄岡。公父用予,崇禎進士,任淮安推官,内擢檢討。以公貴,封光禄大夫、禮部尚書。有子五人,公其長也。玉色揚聲,風采雋異。八歲侍封公於淮,封公指簿案戲曰:"兒他日亦掌是乎?"公摇首,别手一書曰:"兒讀此,願掌此。"擷之,《禮經》一部也。翁乃大奇之。年十四,補博士弟子,中崇禎壬午副榜。當是時,流賊四起,黄岡氛甚惡。公避亂九江,遇賊劫其家屬,公逃深箐中,三日不食。譚爾恒者,九江豪也。夜夢采鳳翔竹間,旦伺得公餓色焦然,憐而衣食之,公説譚曰:"某祖父母、父母俱陷賊中,某義不獨生。公仁人,能活某一家乎?"譚問計,公曰:"賊衆烏合無遠志,又無刁斗之設,每夕豬啼而囂,必置酒高會。乘其醉,襲之,克矣。"譚許諾。糾鄉勇百餘,雜持鋤盾,公操戈而先,衆從之,直斫賊營。賊大驚,手不及格,皆逃。公殺數十人,扶祖父母、父母出。其他子女得脱者,泣謝環拜,求見主帥。就視,乃書生儒冠、美而文者也。時公年二十一矣。甲申,始祖章皇帝登極,天下大定。公歸里讀書。辛卯,舉於鄉,乙未成進士,入翰林,督學京畿,再遷吏部侍郎、左都御使、禮部尚書。既貴,爲譚爾恒納粟,得官同知,所以報也。立朝專持大禮,御史某奏"流人宜徙烏喇",公不可。聖祖駁問,公奏稱:"烏喇死地。流非死罪,果罪不止流,當死,死不必烏喇;罪不當死故流,流不可烏喇。"舉朝無以難,事竟寢。後聖祖巡烏喇,嘆曰:"此非人所居,王澤宏其引朕於仁乎!"先是江西徵漕,每米石輸水岸費若干,相沿爲正供。會江都奏入九卿,議者多持兩端。公力言洪都地瘠民貧,除之便,天子以爲然,歲省浮額十餘萬。西江税關舊設湖口。湖口灘石森立,商舟待驗往往漂没。公奏移九江。嗣後,泊者晏然無他虞,往來商爲建生祠。癸未,以老辭位,歸居金陵之大功坊。角巾散服,徜徉山水,若忘其爲國老者。然鑾輿南巡,公三逢盛典,每見,則賜湲藥,勞問優渥,鄉里以爲榮。年八十三薨。子六人,長材升;次材任,乙未進士,官副都御使;次材成,官江西南康令;次材獻、材信、材振,材振即廷泰父也。先娶陳氏,繼周氏,俱封夫人。銘曰:"天開虞廷,先生鳳鳥,來舞來儀,爲國初老。公之誕生,神骨珊然;禮儀三百,幼願學焉。帝曰嘉汝,汝作秩宗。勖帥以敬，克相朕躬。瓢齎築鬻，罔或不供。吉凶軍嘉，必度於本末而後立衷。公拜稽首，含舒憲章，斟酌六典，損益百王，執大琰圭而佐烝嘗，亦咸有一德以格於穹蒼。侃侃霜肅，澄澄水止，無赫赫之功，不沾沾自喜。老而安焉，三山二水。廷泰甚文，黄中通理。補徵元石，永光萬里。祖德訪孫，碑文助史。公侯之裔，必復其始。”（《神道碑》袁枚撰）

王昊廬宗伯捐貲，贖甲寅難婦百餘口。沈方舟詩云：“紅淚千行濺鐵衣，傾家不惜拔重圍。揮金欲笑曹瞞吝，只贖文姬一箇歸。”（《考田詩話》張維屏録）

清張維屏編《国朝詩人徵略初編》卷四

王澤宏，字涓來，號昊廬，湖北黄岡人，順治十二年進士，官至禮部尚書，有《鶴嶺山人集》。澤宏喜與諸名士遊，王士正（禛）、姜宸英、洪昇等皆嘗點定其詩。所作類皆和平安雅。（《四庫提要》）

摘句：

雙目久内視，諸我自外歸。

著書忘歲月，積畫當登臨。

豈識武侯非管樂，須知曼倩亦巢由。

清丁宿章輯《湖北詩徵傳略》卷十六

王澤宏，字涓來。順治進士，官尚書，有《鶴嶺山人集》、《昊廬詩》、《古文集》。

澤宏受聖祖之知，荷御書“夙夜惟寅”、“尊道堂”兩額之賜。尤工詩，清魏憲稱其“五言則鄴下、彭澤，七古則浣花、徂徠，近體則絳州、鹿門，飄飄乎如蟬蜕之遇秋風”。歸愚尚書謂：“公辭官後，移家金陵，矻矻風雅，遠近奉爲總持。”

昊廬題吴聖符畫册云：“世間凡事當略存畫意。”此語殊覺有味。（《筠廊偶筆》）

宗伯喜與諸名士遊，王士禎、姜宸英、洪昉思等皆嘗點定其詩。所作類皆和平安雅，不失臺閣氣象；而骨體未堅，醖釀未厚，尚不能凌

轢弍時。《鶴嶺集》爲其子材振所編,曾經魏憲輯入《石倉詩選》者也。(《四库全书提要》)

尚書父用予公,崇禎翰林,殉節廬山,故以昊廬自號。未第時,過廬山,宿蓮花宫。甫就枕,夢身坐殿上,面供齋果,下有袈裟。百輩環拜誦佛。因取供棗,啖數枚遂寤,口中有餘味。見住房外燈光,出視,宛然夢境。問之,是日乃已故方丈净月忌辰也,爲之驚喟不已。(《新齊諧》)

宗伯繇運河赴都,水涸。篙師入袪,覺有石隱亘舟底,探取之。石縱横二尺有奇,厚三寸許。舁至舟摩挲,漸露字迹,告諸宗伯。見石質瑩澤,拂拭審視,乃唐太宗命褚河南所摩《蘭亭》,宋米友仁跋爲小板蘭亭第弍碑。驚喜過望,珍而藏之。抵都,有索觀者,輒飾謝。久漸播揚,乃裹置輿中,命嫗載之,歸藏於家。解組歸,建繩武堂,嵌石於壁,非親密不得視。宗伯殁,家中落,乃拆堂而售其材。前夕,隱有悲泣聲,即之,聲出石間。久之,爲一老明經持十斛麥易去,其後人亦不知珍惜。乾隆間,武昌吴明府世雯購得之,携歸。今不知尚存否?吴,沾化人也。(《秋燈叢話》)

《送陳心簡之遼東》云:"驅車獨旅向三韓,九月秋風已漸寒。才道玉門生入穩,誰知鐵嶺放歸難。長天積雪家何在,絶塞嚴冰路幾盤?鴨緑江深終古恨,南來鴻雁報平安。"

《留侯祠》云:"穀城山下草離離,追憶高風繫所思。漫道留侯如女子,每看楚帝只嬰兒。報韓志切逢黄石,翼漢功成賴紫芝。身退拂衣還辟穀,神仙原是帝王師。"

《易州使院咏松》云:"去年手植新松樹,碧葉青枝取次陰。幹長凌雲應有日,後人誰識歲寒心。"(果抱歲寒心,後人自有識者。)

《買花》云:"賣花擔上露才乾,野老移來滿藥闌。抛却故山花事盛,翻來燕市買花看。"(《國朝詩别裁集》)

《贈周櫟園》云:"虚堂披豁九,静契若山深。家剩千秋史,身存百折心。著書忘歲月,積晝當登臨。蒨恨渾無憶,怡然託素琴。"

《秋夕》云:"空林當晚景,異地對蕭晨。楚客能無怨,秋深倍覺親。葉疏風抱樹,雲破月窺人。獨步思前事,無言悔恨頻。"

《秦淮溪上和王阮亭》云:"宫草迷離二十秋,莫愁湖上幾人遊?可憐天地愁如許,苦勸人間且莫愁。"(《楚詩紀》)

鄧之誠撰《清诗纪事初编》卷八

王澤弘《鶴嶺山人詩集》十六卷

王澤弘，字涓來，號昊廬，黄岡籍，鄱陽人。順治十二年進士，由庶吉士授編修，官至禮部尚書。康熙三十九年致仕，居江寧。四十七年卒，年八十三。撰《鶴嶺山人詩集》十六卷。已刻詩三卷，爲少作，魏憲曾刻入《補石倉詩選》者；未刻詩十三卷，爲丁巳（康熙十六年）至庚辰（三十九年）之詩。澤弘好獎藉士類。昊廬、阮亭幾於同在人口，詩名或有不如，然詩中有人，且有事在，可取者或當在此。壬戌（康熙二十一年）假歸前，已有"閉户京華似老僧，近來事事學無能。殘棋盡斂誰能敗？舊史長抛忘廢興"之句。戊辰（二十七年）《北上沂州道中》云："半生幾度住京華，報國無成每自嗟。未必此行能濟世，不如歸去伴梅花。"仕途之險，王程之嚴，進退率不由己。中懷不樂，底裏畢露。晚得遂初，有園林之樂，差可無負。其行事最爲人稱道者，柬止流人遠戍烏拉，及吴三桂之平，集資贖軍中難婦數百口。他所傳尚多。蓋好爲善者，人必以善歸之矣。

《贈柯三臺口號》："初夏幽棲亂井蛙，每逢相慰待芳華。武昌市小英雄賤，誰問當年許負家？"（《鶴嶺山人詩集》三）

《歲暮》："十歲客長安，珥筆事宫闕。孤踪寧見知，群力諒已竭。漆室女誰憐，杞人憂自發。静觀倚伏機，愁緒亂如髮。"（《鶴嶺山人詩集》五）

《定府莊》："忽過荒原百感生，青蕪白骨幾人畊？吴宫梁苑無人問，何事仍留定府名？"（《鶴嶺山人詩集》十）

《寄洪昉思》："貝錦誰爲織？箝羅忽見侵。考功原有法，給諫本無心。一夕聞歌淺，諸賢獲累深。當筵人散盡，誰是最知音？""故人無所嗜，竟夕苦吟詩。老氣師天寶，希聲學義熙。著書家難後，避地數窮時。莫厭山田薄，歸耕正未遲。"（《鶴嶺山人詩集》十一）

《和友人雜咏》："遏雲莊邸舊名班，張沈清歌盡玉顔。曾未十年銷歇盡，舞衣渾漬淚痕斑。"（《鶴嶺山人詩集》十六）

清沈德潜编《清诗别裁集》下

王澤弘，字涓來，湖北黄岡人。順治乙未進士，官至禮部尚書。著有《昊廬集》。昊廬辞官后，移家金陵。既老，矻矻風雅，遠近奉爲總持者也。緣稿本未鐫，漸次散失，故所收止此。

《感懷》："千里搆奇書，冥心耽誦讀。有時探真源，古人在吾目。胡爲老雕蟲，中原正逐鹿。鴻飛何所逃，鳥止誰之屋？① 孰居政事堂，靦顔竊鈞軸。牆東有老儒，呼天方痛哭。"此感前代大臣之非人。温體仁巨奸，後繼以周延儒、魏藻德輩，欲國之不亡不可得也。有君無臣，儒生早已殷憂。

《送陳心簡之遼東》："驅車獨旅向三韓，九月秋風已漸寒。才道玉門生入穩，誰知鐵嶺放歸難。長天積雪家何在，絶塞嚴冰路幾盤？鴨緑江深終古恨，南來鴻雁報平安。"

《留侯祠》："穀城山下草離離，追憶高風繫所思。漫道留侯如女子，每看楚帝只嬰兒。報韓志切逢黄石，翼漢功成賴紫芝。身退拂衣還辟穀，神仙原是帝王師。"

《易州道院咏松》："去年手植新松樹，碧葉青枝取次陰。幹長凌雲應有日，後人誰識歲寒心。"果抱歲寒心，後人自有識者。

《買花》："賣花擔上露才乾，野老移來滿藥闌。抛却故山花事盛，翻來燕市買花看。"

清袁枚著《隨園詩話》下

王昊廬宗伯捐貲贖甲寅難婦百餘口。沈（方舟）贈云："紅淚千行濺鐵衣，傾家不惜拔重圍。揮金欲笑曹瞞吝，只贖文姬一箇歸。"

① "胡爲"四句順序有誤，王澤弘原手稿《鶴嶺山人集》爲："鴻飛何所逃，鳥止誰之屋？胡爲老雕蟲，中原正逐鹿。"

附録三

翰苑稿略序

雪崖之詩，蓋不爲近今之詩，而力追乎漢魏唐人之詩者也。今年夏，取其從前所作合刻爲集。集凡三種，編年以紀而各繫之官，其所遇可知矣。而讀書賦詩，則常自苦也。入官則勤於吏事，退食則服勞高堂，蕭然自得，門以外無問焉。昌黎之言曰："歡愉之辭難工，愁苦之言易好。"雪崖遇非甚順，而所爲詩温柔敦厚，每多歡愉之辭，而工獨至。則昌黎之言可以概凡情，未可以定雪崖也。雪崖從余遊最久，余知之亦最深。方其由諸生孝廉以入翰苑也，此常情之所喜，而雪崖自視欿然。及乎由翰林而中舍部曹，此又常情之所愠也，而雪崖處之怡然。升沈隨時，不以經心。所嗜耑以篤，故其所成精以深，詩也進乎道矣。昔施愚山謂李渭清曰："雪崖詩根柢唐人，取才漢魏。方今宋元大倡，和者數千，而能古調自愛如此。吾之慕之，原吾子之與之終之也。"二子亦互相砥礪，古道自許。然而人弗尚也。近始稍有好之者，過龐李而問道焉，此反正之機也。夫孤行己意於舉世不爲之時，而用其識力以回風氣之漸，豈不毅然稱大丈夫哉！雪崖善病，家貧食單。夏無凉宇，冬無燠室，每夜讀書，必盡二鼓。余方憐之，以爲過自苦。而雪崖曰："士各有志。縱世知我者少，不知我者多，吾從吾所好，以成一家言。庶幾不負黄岡門下耳。"吁，可以知雪崖之詩矣，亦可以論世矣！（《湖北文徵·大清畿輔書徵》）

阮亭詩選序

士之以詩傳者，其所遇必困窮怫鬱，與世多忤，而又有陰憂隱痛以激其懷抱。故其所遭，皆一託之於詩。若乃履泰處順，得行其志，以詩鳴於世而得傳且久者，蓋難其人。余嘗以此爲古今詩人之大概。洎讀阮亭紀年諸詩，則自悔其所見之未廣，而余向所言者之未爲定論也。阮亭家世通顯，累代皆名公卿。而阮亭以弱冠負重名，掇巍科，宜其爲人恣以自奉，如世俗人所爲矣。乃阮亭澹泊自持，聲色貨利之好，一無所耽。日惟購奇書，勤古學。服官之後，益勵志爲名臣。居廣陵號稱繁華，何所不得？乃閉户飲冰，蕭然如世外人，恒鬻田以供饘粥。故其爲詩沈思力索，根究本源，必上合乎漢魏諸古人而後已。論者又謂，以阮亭之才，宜持槖簪筆勤講帷幄爲稱職。余竊歎其言之不遠，而視吾阮亭者何其小也。昔劉忠宣公甫釋褐，即辭館職，後又辭卿貳，願得一親民官以自試其行事。即唐荆川先生亦恒以精吏治爲言。其後二公皆爲名臣。今阮亭年將壯，才日益老，學益日進，其於經濟日益以嫻熟。安知異時之所建豎，不更有過於世之所願望者乎？今阮亭之詩傳矣。余所望於阮亭者，更進於古大臣名儒之業，而不徒以詩傳也。阮亭其必以余言爲然矣。(《湖北文徵·阮亭詩選》)

盤山志序

盤山爲畿東古名勝尚矣，然未有山志。有之，自拙庵大師始。拙公之初至青溝也，其地爲虎豹巢穴。刈荆棘結草屋以居，而虎不敢害，且徙去。今已成一梵刹矣。遠近之居民以及樵夫牧豎，莫不化之。拙公念盤山之名勝，其人物、詩文、建置、物産，無所紀載，則久而湮没不傳，因自創一稿。家阮亭少司農、朱竹垞太史，從而討論考訂，廣搜博採，備極精核，而其書始成。余批閱再四，竊歎山志雖多，未有如此之嚴潔者。余因思歷代諸史不具論。至郡州縣志，郡州縣之史也，修之不得其人，或改竄舊本，稍事增補；或訪聞失實，遂入登記；甚有發凡起例，剽奪冗率，並體裁而亦失之者，此可以言志乎？惟兹山志，成於拙庵一人之手。而阮亭、竹垞兩君子，學有根柢，詞無枝葉。如耕之有畔，織之有幅，畫然而不可紊，故其書必傳。然又思拙公既已悟道，掃除文字，復留心於此，不幾於文人結習蹈綺語之戒乎？然而此拙公之功行也。夫盤山終古不壞，而登此山與住此山者，有時而壞。不有以志之,則其人不傳。然登此山與住此山者雖壞而終不絶於世,不有以志之,則其作詩文者之用意與建置之苦心,亦等於草木腐朽已耳。此拙公之功行爲不可及也。不然,佛家視山河大地一切如幻,何有於盤山?即五山十剎,亦比之逆旅傳舍,又何有於人物、詩文及建置、物産乎?拙公遣弟子索序者再。余不暇,然不敢辭,而惟論其大略。後人遊盤山者,其必持此以問津矣。康熙壬申九月立冬日禮部右侍郎兼翰林院學士王澤弘撰。(《湖北文徵·智樸〈盤山志〉》)

梅花書屋詩選序

辛亥春,余至京師。適閻古古孝廉來,共對者累日。因曰:"吾自雲中逾太行、王屋過邯鄲,忽有人投詩見贈。閱其名,則西陵李載也。其詩沉鬱悲壯,有古人之風。昨持向芝麓龔宗伯索和。宗伯曰:'楚人未可與争鋒,姑寘之。'君楚人也,必識李君。當爲我悉之。"余驚異曰:"西陵,黄屬邑也。有才如此,而王生有不識其面者乎?"已而知作詩者李子鵠也。李載,其寓名焉爾。戊午春,詔舉博學宏辭。是時今江蘇中丞余佺廬在諫垣,欲以子鵠應詔,而卒以不詳姓字履歷,不敢入告。庚申秋,子鵠自上谷訪余於長安,余始識其人。蓋冢宰孟白先生之侄孫,而余亡友執金吾梅惠連之甥也。余與子鵠相對,問西陵往事。其故家盛衰,友朋存殁,及園林梵剎之成壞興廢,輒悲惋竟日。嗟乎!天下事亦其時有幸有不幸爾。方時之未至,雖百計争之而不能;及其盛也,其遇合所至,有不期其然而然者。以子鵠之才,使得應天子詔,擢居近職,其所建白,當不僅以詩賦傳矣。今使其困諸生中,謀生不暇,日奔走於齊、魯、燕、趙、吴、越之墟,可悲也已。故其所至,離愁羈懷、思家作客、抑鬱不平之氣發爲詩歌,輒慷慨而多思。又喜與當世名人志士遊,故聞閻古古在吴豫間,投詩寄贈,此其志豈近日耽榮名厚利者所能測識哉。壬戌冬,余流寓金陵。晋中於北溟先生總制江以南,子鵠時在幕中。與余遇,出其歷年詩屬余叙。因歷叙其十餘年情事,以志一時朋友相遇之難。嗟乎!余之知子鵠自古古始,而子鵠與古古卒未得一覿面。士有同時不相知,而每結契於千百載以後者,豈必以一見爲幸哉?子鵠非終老貧賤人也。聞余言曰:"吾

將待時矣。"康熙癸亥夏五月里中王澤弘於灌松書屋。(《湖北文徵·李中素梅花書屋詩選》)

天方性理序

先天之學,何學也?河未出圖,洛未出書,先天而大已不違矣。天且不能違,而况於人乎?後天之學,何學也?太極既生,八卦斯畫,後天而奉天時,聖人尚兢兢焉奉之,而况於人乎?雖然,弗輕視斯人也。自先天層累而降,至於人而革其精;自後天層累而升,亦自人而造其極,皆一性之自爲升降而已。故維皇降衷,厥有恒性,而不思其所以降者,一一皆天理之節文,則焉知其所以升者,一一皆有人性之品第乎?此言性者日紛,而性理之不明日甚也。孔孟周程之緒言,不幾歇絶於前耶?西域頗無性學,以空爲性,而掃蕩一切。舉凡先天後天,皆在其掃蕩中矣。泰西人亦言性學,以神爲性,而建立一切。舉凡先天後天,皆在其建立中矣。夫掃蕩何傷?並其性而寂滅之,此佛之不合於聖人者也。建立何傷?並其性而留滯之,此泰西之不合於聖人者也,余之不取西學以此。馬子秋田,以渾金璞玉之人,爲山輝川媚之詩,與余交有年矣,而服天方之教,余訝之而屢質焉。秋田曰:"余小子固所世習,然其學以性理爲宗,特其書未詳譯耳。"余尤疑之。及丁亥春,居白下。秋田自都下郵介廉劉子所譯《天方經傳》寄余,且曰:"願先生序之。"因摩挲老眼,諦視者屢日,悚然驚曰:"有是哉!天方之知性,因如是哉!"《大易》、《尚書》之言性也,渾而確。太極通書之言性也,正而嚴。今天方之言性也,詳而核。其言先天也,則天理之節文莫不條分而縷析之;其言後天也,則人性之品第莫不伐毛而洗髓焉。天方言性固至於此,而劉子之心思才力固至於此哉!今之人刻鵠雕蟲技止此耳。劉子乃能以心思才力用之於至正至精,而不惑於乾竺、歐羅之説,亦大可敬矣!秋田書曰:"介廉之心甚虚,而不能自信,欲就正儒者,而後行其書。"吁!以介廉之學而不自滿假如此,其視以章句而誇許於功名之場者,爲何如哉?余竊以爲劉子無憂也。《易》,一卜筮耳,而言先天者宗之,言後天者宗之。其言先天也,若天不言而代之言;其言後天也,若天有成命而復其命。古今儒者之立言,莫不如是。亦何憂其無本,而借天方以大其傳耶?然劉子、馬子,世其家學，各遵其所聞，各行其所知，皆能與吾儒相爲發明，相爲補救。而劉子益虚心究學，會貫儒者之典，以日新其機而富有其業，則天方無書，自劉子而有書；吾儒絶學，有劉子而可與共學也已！豈非世道之大幸歟？謹序。

賜進士出身、光禄大夫、禮部尚書加一級王澤弘拜題

（清劉智《天方性理》卷首）

與青溝和尚書一和尚名智樸，字拙庵，自江西來卓錫於盤山

塵海奔逐，茫無津涘。視和尚高卧孤峰，批風抹月。白雲入室，流水當門。諸佛衆生，一時俱掃，奚啻天淵之隔也，健羨健羨。遠荷惠教，知拄杖無恙，大衆安穩，更滋歡喜。詩序從百忙中偶爾執筆，雖稍盡嚮往之意，實無能奉揚萬一也。來卷俟暇時定如命奉教。明春肯出山作信宿之談，喜出望外，但恐此時弟又南還耳。肅復，不盡依切。（《湖北文徵・智樸〈盤山志〉》）

與青溝和尚書二

居京華，日在風塵奔走中。遥望盤山，如清涼國土。求夢中登眺不可得，安敢冀身至其地與和尚静對乎？所示書長幅，自臘月半後，卯入酉出，無一刻閒。今愈不獲少息矣。天師知我勞苦，抑知有不勞苦者乎？長幅俟春夏之交得暇方書，幸勿訝其遲遲也。丈室成，敬題"巢雲"二字，且信筆作數語請正。所謂興到筆隨，不論其當與不當耳，悤率之甚。來長安，上人親見之，未能詳復。依切依切。（《湖北文徵・智樸〈盤山志〉》）

與青溝和尚書三

令高足來，附書奉復。企仰之深，非尺素所能盡也。"巢雲"兩大字已作扁額否？昉思久思作盤山遊，遲遲不果。玆以春光晴暵，策杖登山，意在依和尚左右一參無生法忍，在和尚必爲提撕。不知昉老能放下一切否。悤率奉寄，餘俟再佈。拳切拳切。（《湖北文徵・智樸〈盤山志〉》）

與青溝和尚書四

弟秋閏抱病，遂至月餘，今仗庇已愈。入冬來，頗無閑適之樂。故鄉人至，親友叢居。屋少客多，書齋囂雜。弟根識淺陋，從境上論動静，不能以心地轉境，此不學道之過也。和尚則云心與境了無動静，動與静了無所著，何必更覓古度三昧乎。拙詩無暇作書，書成奉寄，必不失約。(《湖北文徵・智樸〈盤山志〉》)

與青溝和尚書五

弟前言從境上論動静，不能將心轉境，蓋不敢以人境俱奪自居。而和尚復我論是何人，境是何物，不知心外更有何物爲緣爲對。且以達摩與汝安心竟爲證，極承慈誨。弟此後無所用心，惟有著衣喫飯。晝則辦事，夜則打眠而已，更無一句字可道。聞盤山春來杏花盛開，萬峰如錦，恨不能來一觀望。和尚代我觀之，至囑至囑。嗣後有一詩奉懷，容寄。(《湖北文徵・智樸〈盤山志〉》)

與青溝和尚書六

和尚飛錫來京塵，以不得相見一問近况兼悉山中風景，悵然者久之。承寄兩絶句，此司空表聖所謂得味外味也。欲即奉和，而侍者告以踏雨便歸，容詩成再寄。和尚舉《楞嚴經》語云，賴有不遷變者在。者個誰有遷變者乎？直自見與不自見耳。弟前詩尚未寫來，至今抱歉。阮亭云屢於《盤山志》搜得未收詩文奉寄，可稱快事。弟從溧陽相國集中見盤山五言絶一首，今書上。溧陽當世偉人，得此二十字，亦不少矣。(《湖北文徵・盤山志補遺》)

與青溝和尚書七

尊弟子來，兩得手翰。極知道愛深厚，感不可言。《山志序》，草成一稿，請正。愧不能工，聊以見我輩世外交情，有切磋之樂也。《四十二章》此最初入中國者，津逮秘書内首載此經。其作序亦須有悟有證，方不負此一篇文字。俟緩成之如何？久欲作一詩奉寄，而實無暇，如十月朔之一日，此高足所親見者。勞勞如此，可亦有勞所不能到之處乎？特問。《山志》如印成，望以二三本見寄。此書潔凈得體，與諸志有霄壤之隔也。張燈草復，欲言不盡。(《湖北文徵·盤山志補遺》)

與青溝和尚書八

弟從百冗煩雜中，乘一刻之便，信筆作《盤山志序》，不暇求工。正如弟應酬世事，事過即忘；接對賓客，客去且止。以此見長安仕宦中人無一閑者。即如和尚札來，我輩已起過六七個五鼓矣。出門既早，歸寓又遲。此處討一安樂，正自難得。若得少暇，三年前命書盤山詩，早已書就；《四十二章》序，早已作完。如此形態，顧影自笑，著甚來由。甘心受勞受苦，絶不退悔。此豈坐禪打七耶？來偈甚佳，偶作一句續成，不知與尊意有合否？沈速香乃友人所贈者，謹以原封寄到。(《湖北文徵·盤山志補遺》)

與青溝和尚書九

無端首春，無端春莫。瞿塘灩滪峽水之急，未能勝於歲月者。我輩悠悠忽忽，無一毫把柄足以自主，可歎也。承寄《盤山志》，此書可以不朽。後人遊盤山者持此問津，不復如劉子驥迷不得路。辟如遊山人是悟，携《盤山志》隨行是證。學道人有悟有證，遊山人亦有悟有證，安得悟證俱無乎？尊偈末後句，弟信筆續成者，盡皆忘却。頃所寄再作偈，弟以常語答之。和尚見之，得毋發一笑耶。(《湖北文徵·盤山志補遺》)

與青溝和尚書十

來札云，紅杏滿林，黄菊遍地。韶華剥换，無如是之速者。弟謂我輩輸與花了也。今年秋盡，明歲春來。人生自少至壯，壯至老。所謂髪白面皺，豈能如恒河水終古如故乎？雖然，來年更有新條在，惱亂春風卒未休。我輩未可當面錯過也。前有二經同原作序之約，以不得原起，是以置之。今《四十二章》之所自己得，而遺教尚不知繇來，便中或有以見示乎？紙幅燈下書就，因索書上人。早欲還山，恐耽延行路，未免草草。和尚何時來京師，冀得晤對。弟三遊盤山未有期耳。（《湖北文徵・盤山志補遺》）

巢雲説巢雲軒在盤山青溝禪院

拙庵大師静室成，遣弟子索余題額，因以"巢雲"名。山河大地，何處非巢？何處非雲？雲可巢，風雨雪月獨不可巢乎？今拙老居此巢，巢非雲也。以巢雲名巢，非拙老也。拙老與雲，共居此巢，巢不知有拙老與雲也。究竟拙老在何處？雲在何處？巢亦在何處？異哉！（《湖北文徵・智樸〈盤山志〉》）

重修永祥寺碑康熙二十九年六月立

余惟天下事，有心求之而不得者，以無心而得之。衆人任之而罔效者，以獨任而成之。蓋以得之以無心者，非自有所私利，其得也同於無所得；而任之以獨力者，亦非有所覬覦，皆以不期然而成。是其得之與成之也，皆於我無所賴。而人亦信其心之無他，則功成不勞而立業也可久。以觀月體法師所爲而益信。法師本西江潯陽人。自髫年即留心向上事。一日聞梵唄聲，遂茹素薙髪，乃至受大比丘戒，遍參諸□。往五臺禮文殊，已得心要。已而於本師性元處受衣傳信，遂留京師，於西直門内永祥寺重建叢林，接待大衆。其傑閣崇臺，鍾廊僧舍，深靚弘麗；莊嚴妙相，莫不畢具。蓋月公乘大願力建大法幢，以心佛衆生三無差别。既有以得乎己，復有以利乎人，其精進堅脩有如此者。余於月公所爲，而益歎天下事之不可以倖得而分任也。方其一瓢一笠，冒風雨，衝虎豹，隻身策杖於高峰絶壁間，求一茅蓋頭不可得。寧意其久居薊門，興復舊刹，踞人天法席以利濟群生哉。惟其一心凝静，無所忮求。在授之者託之不疑，而受之者亦冥然若寄。設使性公付非公時，而又多設數人欲與共襄其事，勢必首尾瞻顧，動而掣肘，其事亦無成。何則？凡謀人之事也，每患議論之太多，而意見之各出。以一時倉卒之見而欲定久遠可遵之模，恐事未成而流弊益甚。

逮至扞格難行，從而改救其敝，而又無沈幾遠識之人以主持之，其得失相半耳。顧安得如月公獨行己意，爲所欲爲，而又能優遊歲月，審時度勢，以復此雄偉之觀也哉？善乎月公之言也，“爲子孫香火易，爲十方叢林難；爲閉户住静易，爲諸人開導難。今吾得修厥舊觀，贖其□地，爲南北往來者參禪學道之所，以承先師遺志，吾愿畢矣。”余聞而韙其言。余得與月公交者，蓮華山之鑒修禪師也。其喜捨不倦者，陳其傑、陳義德二居士也。余原籍饒陽，而三人皆余同郡，故叙述獨詳。余喜而紀其事以勒諸石。余願爲世出世間事者，要在得人而用，信任不疑，則必有奇偉不群難進易退之材，以擔荷其事而有餘。然則月公其出世之大丈夫哉。賜進士第通議大夫禮部右侍郎兼翰林院學士郝城王澤弘撰并書。（長沙章可氏手拓本）

四庫全書總目提要·鶴嶺山人詩集

《鶴嶺山人詩集》十六卷，浙江巡撫采進本。國朝王澤宏撰。澤宏，字涓來，黄岡人，順治乙未進士，官至禮部尚書。是集乃其子材振所編。前三卷皆題"已刻詩"若干首，蓋皆澤宏舊作，嘗爲魏憲録入《石倉詩選》者。四卷以下，用編年體。自丁巳迄庚辰，題"某年詩"若干首，附注曰"未刻稿"，則材振所裒輯也。前有魏憲原《序》，又附其祖《用予傳》一篇，及澤宏《請復九江關》一疏。澤宏喜與諸名士遊，王士禛、姜宸英、洪昇等，皆嘗點定其詩。所作類皆和平安雅，不失臺閣氣象，而骨體未堅，醖釀未厚，尚不能凌轢一時。

《四庫全書總目提要》卷一百八十二

夢澤集

（明）王廷陳　著

主編　王利民

陳志平　熊清元　點校

鳳凰出版社

圖書在版編目（CIP）數據

夢澤集 / (明) 王廷陳著 ; 陳志平, 熊青元點校.
-- 南京 : 鳳凰出版社, 2019.11
(鄂東文獻叢書 / 王利民主編)
ISBN 978-7-5506-3054-3

Ⅰ. ①夢… Ⅱ. ①王… ②陳… ③熊… Ⅲ. ①古典詩歌－詩集－中國－明代 Ⅳ. ①I222.748

中國版本圖書館CIP數據核字(2019)第246830號

書　　名	夢澤集
著　　者	(明)王廷陳 著　陳志平　熊青元 點校
主　　編	王利民
責任編輯	王　劍
出版發行	鳳凰出版社(原江蘇古籍出版社)
	發行部電話025-83223462
出版社地址	南京市中央路165號,郵編:210009
出版社網址	http://www.fhcbs.com
照　　排	南京凱建圖文有限公司
印　　刷	金壇古籍印刷廠有限公司
	江蘇省金壇市晨風路186號,郵編:213200
開　　本	890×1240毫米　1/32
印　　張	169.375
字　　數	3136千字
版　　次	2019年11月第1版　2019年11月第1次印刷
標準書號	ISBN 978-7-5506-3054-3
定　　價	1980.00圓(全九册)

序

王利民　方　正

一

本《叢書》是黄岡師範學院文學院從事鄂東文化研究的成果之一，是一套爲鄂東傳統文化研究提供基本材料的專題叢書。"鄂东文獻"，顧名思義，其範圍涵蓋了湖北東部地區的歷史文獻，其中多數是明清兩代文人的詩文集。

"鄂東"一詞在清代以前的典籍中並不常見。羅泌《路史》卷二十六《國名記三》説："鄂東，熊渠中子紅封之。《世本》。今興國軍永興有故鄂城。《寰宇記》："州西北百八十鄂王城，鄂人事鄂王神。"漢鄂縣本隸武昌，故《九州記》云：'鄂國，今之武昌，東鄂也。'""東鄂"一詞在古籍中倒是更爲常見。宋薛季宣《樊口見鄭崇陽不遇》有云："島嶼西陵開罨畫，湖山東鄂洗新裝。"《樊山春望》有云："東鄂城東安樂宫，李花練絢玉玲瓏。"《二同舍賦鄂城篇見和，文高格古，端不可及，而仙尉王文措辭侈甚，可以參諸臺符羽檄間，復次元韻戲酬》有云："吴楚争桑如有頃，東鄂幾人全首領。"宋代的東鄂指的是武昌（今鄂州），與南陽的西鄂相對應。歐陽忞《輿地廣記》卷二十七説："武昌縣，故楚之東鄂也。"《湖廣通志》卷三説："南陽有西鄂。稱西，所以别於東鄂也。東鄂，武昌也。"

清同光之際，鄂東地區成爲捻軍活動的區域，因而"鄂東"一詞常見於文獻之中。如《曾文正公年譜》卷十一説："東路任賴一股盤旋於安陸之境，劉銘傳等追剿，賊竄向鄂東一帶。"《李文忠公奏稿》卷十一《行抵歸德通籌調度摺》説："曾國荃二十九日函稱，鄂軍追賊，悉已西

至棗陽，頃調回東路黄麻堵勦，未知能否趕及，是鄂東空虛實甚。”繼而，“鄂東”也出現於晚清文人的詩作中。如王柏心《百柱堂全集》卷二十七《九日寄漁叟》詩云：“去歲重陽節，黄花滿鄂東。”清末民初，“鄂東”概念爲地理類書籍所採用。劉錦藻《清續文獻通考》卷三百十七《輿地考》十三説：“廣濟縣南七十里之武穴鎮，外江内湖，介鄂贛二省，實鄂東咽喉。”

今天“鄂東”作爲一個地理概念，源自民國時期的行政區劃。民國初年，湖北分爲鄂東、鄂北、鄂西三道。鄂東道轄武昌、壽昌、嘉魚、蒲圻、咸寧、崇陽、通山、通城、大冶、興國、漢陽、夏口、漢川、黄陂、孝感、沔陽、黄岡、黄安、黄梅、蘄春、蘄水、麻城、羅田、廣濟、安陸、隨縣、雲夢、應山、應城等二十九縣。民國二十七年（1938），湖北省第二行政督察專區轄黄岡、蘄水、蘄春、廣濟、黄梅、英山、羅田、麻城、黄安、黄陂、禮山等十一縣。民國二十八年，二區專署改稱鄂東行署。1941年，黄岡縣抗日民主政府及豫鄂邊區行政公署鄂東辦事處成立，次年改爲鄂東行政專員公署。

現在的“鄂東”指的是湖北省東部地區。狹義而言，主要指黄岡地區。如湖北省政協文史和學習委員會等編撰的《黄岡文化簡史》基於行文方便和約定俗成，把“黄岡地域”與“鄂東”視爲基本相同的概念。廣義來説，以行政區劃爲基礎來劃分的鄂東地域包括武漢、黄岡、鄂州、黄石、咸寧等行政區。本叢書取廣義之説，在文獻的選擇上則以黄岡地域文人的著述爲重心。

二

湖北歷史上的三大人文重鎮是春秋戰國時期的荆州，東漢三國時期的襄陽，明代鄂東的黄州府。隋唐以前，湖北的文化重心位於荆州、襄陽地區，而鄂東屬於邊緣地帶。清人顧祖禹在《湖廣方輿紀要序》中説：“湖廣之形勝在武昌乎？在襄陽乎？抑在荆州乎？曰：以天下言之則重在襄陽，以東南言之則重在武昌，以湖廣言之則重在荆州。”從地緣政治的角度來看，從西周到北宋，中國的中央政府主要建在北方，都城主要在西安—洛陽—開封一綫，荆州和襄陽得此地緣之

利，成爲湖北的區域中心。宋代以後鄂州(今武昌)地位上升，成爲湖北的重心，但其行政中心的地位並未確立。到了元代，鄂州成爲湖廣行省的治所，才全面確立大區域中心城市的地位。1281 年，原來遷移至湖南潭州的湖廣行省治所又遷回鄂州，於是鄂州正式成爲湖北的行政中心，這使得湖廣形成以鄂東爲重心的基本格局。

宋元之世，蘄、黄二州分治，宋代蘄州、黄州屬淮南西路，其治所在壽州，今安徽鳳台；元代蘄州路、黄州路屬河南江北行省，其治所在汴梁，今河南開封。宋元二代，蘄、黄均處於所在省的偏遠地帶，遠離其行政中心，故王葆心先生説："宋、元之交，吾蘄黄以邊徼，文化榛蕪。"在元代，黄州府逐漸發展爲上等州府，其人口數、進士數、書院數、《湖北通志・藝文志》及《補遺》中的著作者人數均占湖北省首席。

朱明代興，湖廣進入了"以東南言之，則重在武昌"的時代，武昌成爲區域内的政治經濟文化中心，鄂東毗鄰武昌，一變其兩千年來的不利地位，獲得區位優勢。明代是鄂東傳統文化最爲繁榮的時期，但明代初期和中期文化繁榮程度遠不如明代後期，這與漢口的地位有關。漢口是明清時期湖北最大的市鎮，居天下"四大名鎮"之首，在明中葉由漢水改道而興起。漢口處長江漢水交匯處，順江而東，可達安徽、江西、江蘇、浙江；循大江而南，過洞庭，入沅湘，可通兩廣、雲南、貴州；溯江而上可通巴蜀；溯漢水而上，可入宛洛，此所謂"九省通衢"。鄂東五水，倒水、舉水、巴水、浠水、蘄水，均發源於大别山，流經東北部山地、中部丘陵、西南部平原，垂直注入長江，與漢口相聯，在鄂東形成了類似現在的"高速交通網絡"。在以人力與畜力爲主要動力的時代，水上交通最爲重要。鄂東五水與漢口相連，北達黄陂、黄安、麻城、羅田，中達黄岡、蘄水，南達蘄州、黄梅、廣濟。"貨到漢口活"，鄂東的農産品可以暢銷天下。明代中期漢口的興盛推動了鄂東外銷型農業的發展，從而帶動了科舉的極大成功與文化的大發展。

三

鄂東文化肇始於原始社會，形成於戰國到秦漢，發展於隋、唐、宋、元，鼎盛於明清，轉化於晚清民國，代有奇峰。唐宋時期是鄂東文

化開始彰顯的時期。唐時，慧能居黄梅東山寺，師從弘忍，禪宗大興於天下。杜牧爲黄州刺史，創作30多篇詩文，赤壁戰場，折戟沉沙，詩留千古；岐亭古鎮，杏花村酒，香飄四野。從宋代開始，鄂東地區儒學與文學開始勃興。理學大師程顥、程頤兄弟即出生於黄陂。北宋前期，有不少朝廷的逐臣被"安置"於鄂東。王禹偁謫黄州，詠懷月波樓，新建小竹樓，氣節文章，照臨此邦。蘇軾居黄州，二賦一詞，江山多嬌，黄州成爲世界名城。蘇轍攬勝快哉亭，與東坡聯袂西山，流風遺韻，稱快世俗。秦觀來黄州謁見東坡，贊龍丘子，題雙松，清風皓月，相與忘形。黄庭堅居武昌，遊樊山，追懷東坡道人，應和萬壑松風。張耒三居黄州，與黄州的江西詩派詩人潘大臨、何覬曳杖漫步，詩酒唱和。蘄州人林敏功、林敏修兄弟和夏倪也列名江西詩派。洪芻、韓駒曾來黄州任職，饒節曾至蘄春白岩寺問道。詩人彙聚，遂使黄州成爲詩壇重鎮。元代黄州則出了當時第一流的散曲大家滕賓，其人有《玉霄集》，《太和正音譜》稱"滕玉霄之詞，如碧漢閑雲"。

明清時期，鄂東人文飆升泉湧，王士性《廣志繹》卷四説："毋論士大夫，即女郎多有能詩文者，如周元孚、董夫人輩。"當明弘治、正德年間，黄州王廷陳著有《夢澤集》，其人與李夢陽、何景明並稱"海内三才"。武昌興國人吴國倫與李攀龍、王世貞、謝榛、宗臣、梁有譽、徐中行並稱"後七子"，著有《甔甀洞稿》《甔甀續稿》《藏甲岩稿》《吴川樓集》《續吴川樓集》等。嘉靖時，黄州許潮所作《太和元氣記》由二十四種雜劇組成，裁制新異，詞調爾雅。明萬曆年間，李贄僑寓麻城、黄安，撰有《焚書》《續焚書》《藏書》《解老》《莊子解》等驚世之作，在文學上提出"童心説"，評點《水滸傳》《西廂記》《幽閨記》《浣紗記》等小説、戲劇作品，所輯評的《坡仙集》獨得蘇東坡一生神髓。麻城女詩人毛鈺所作詩歌被同邑名士丘坦編爲《文貞集》，其詩如金珠翡翠，珊瑚瑪瑙，黄童白叟，入目即知其寶。明末，麻城劉侗撰有《帝京景物略》，文字幽雅雋潔，體現了竟陵派的文風。

清代鄂東文學承繼明代遺緒，文風鼎盛。黄州遺民詩人杜濬，詩文自辟町畦，睥睨一世，尤精於五律，有《變雅堂遺集》。蘄州顧景星詩文雄贍，《四庫全書總目提要》稱其爲"一時之霸才"。黄州劉子壯是順治六年的狀元，也是清朝開國文豪之一，著有《屺思堂文集》《屺

思堂詩集》等,他與同科榜眼熊伯龍並稱“熊劉”,又與康熙朝的韓菼、李光地並稱“順康四大家”。康熙年間,黄陂王澤宏著有《鶴嶺山人詩集》,所作和平安雅,不失臺閣氣象,當時名流王士禎、姜宸英、洪昇等都曾點定其詩。廣濟金德嘉是康熙二十一年的會元,著有《居業齋文集》等,《四庫全書總目提要》説:“德嘉晚年鍵户著書,時同郡顧景星、張仁熙、劉醇驥往往追摹秦漢,宗尚王李,皆歸有光爲秀善婉媚。德嘉獨不爲高論,力摹韓歐,雖其閎肆博贍遜於國初前輩,而先民榘矱仿佛猶存。”張仁熙著有《藕灣全集》等,其詩多悲苦之音,大旨宗尚李夢陽、王世貞、李攀龍。劉醇驥著有《芝在堂集》等,《古今圖書集成·理學彙編·文學典》稱其“文章高雅典重,一時文士無不知有劉千里者,得其傳記、碑銘,莫不以爲美。”蘄水陳沆是嘉慶二十四年的狀元,名列清代律賦四大家、試帖詩七大家,著有《簡學齋詩存》《簡學齋詩删》《詩比興箋》《館課試律存》等。

明清時期,鄂东詩人文士多如繁星。據我們統計,《湖北通志·藝文志》别集部分共載明清鄂東地區作者1400餘位,占别集部分所載明清湖北作者數的77%;共載明清鄂東地區文人别集1600餘部,占别集部分所載明清湖北文人别集數的80%。我們統計時所定義的鄂東地區包括安陸府、德安府的東部,以及漢陽府、黄州府及武昌府的全部。根據各府作家數量排序,鄂東地區所涉及的五個府分别位列第一(黄州府)、第二(漢陽府)、第三(武昌府)、第五(德安府)和第六(安陸府)。從文人數量及其作品數量上看,明清時期鄂東地區表現突出,是當時湖北文人的中心聚集區。

四

除唐宋元明時期以外,湖北人才的出現還有兩個高峰,一個是楚國八百年,一個是清末和民國時期。晚清到民國,鄂東出現了一個“人才井噴”現象,産生了一系列大師級人物,如地質學家李四光、哲學家熊十力、政治史兼經濟學家王亞南、語言文字學家黄侃、文藝理論家胡風、詩人聞一多、新儒家的代表人物徐復觀、哲學家湯用彤、方志學家王葆心等,他們都堪稱在某一文化門類領一代風騷的鉅子。

得留學風氣之先是近代鄂東文化繁榮的重要原因。張之洞在《勸學篇》中説:“出洋一年,勝於讀西書五年,此趙營平百聞不如一見之説也。入外國學堂一年,勝於中國學堂三年,此孟子置之莊嶽之説也。”李四光先後留學日本和英國,黄侃、王亞南留學日本,聞一多、湯用彤留學美國,他們是鄂東留學生中的代表,鄂東這一時期的留學生日後大多成爲中國社會各個領域的佼佼者。根據白戰存先生編著《鄂東百年留學生名録》統計,清末湖北留學生共 807 人,而鄂東占 196 人(其中,黄岡縣 38 人、黄安縣 14 人、麻城縣 24 人、羅田縣 23 人、英山縣 15 人、蘄水縣 19 人、蘄春縣 33 人、廣濟縣 24 人、黄梅縣 6 人),數量遥遥領先其他各州府。據《湖北教育史志資料》1985 年第 1 期記載,清末留學生以江蘇、浙江、湖北、湖南、廣東、四川等省爲最多。湖北乃一中部省份,有如此多的留學生到西方發達國家留學,湖廣總督張之洞功不可没,鄂東也是深得其利。

張之洞説:“世運之明晦,人才之盛衰,其表在政,其裏在學。”欲興一地之學,必先整理鄉邦文獻,從而“考文獻而愛舊邦”,達到從小區域中探究大歷史,從鄉邦文獻中發現普遍性的歷史問題,進而“從鄂東看中國,從中國看鄂東”,更好地推動區域社會的發展。

爲了弘揚鄂東地區的優秀傳統文化,黄岡師範學院文學院實施了“鄂東傳統文化研究”項目,《鄂東文獻叢書》是這一項目的重要組成部分。《鄂东文獻叢書》收録範圍:一、古代鄂東人士的著述。所謂鄂東人士指出生在鄂東,或籍貫是鄂東(三世祖以下出生或定居現行政區域屬鄂東境内)者。二、雖非鄂東籍,但久居鄂東,且其主要著述在鄂東完成者的著述。

本《叢書》採用平裝形式,每種著述分裝一册。每種著述的編纂以原有的集子爲基礎,並搜輯同一作者内容相關的作品補充完善,也可以按新的體例編次。編者增輯的内容在前言或文末注明出處,必要時説明理由。本叢書的校勘標點以中華書局總編室 1991 年 10 月擬訂的《古籍校點釋例》(初稿)爲基本依據。每種文獻之前,冠以前言(或整理説明)。前言内容包括:一、本書作者的生平簡歷,主要學術成就;二、本書的基本内容、特點、價值的介紹和評論;三、本書的寫作和成書情況;四、本書的版本源流;五、整理方式:底本的選擇,

校勘所用的本書其他版本，引用參考的主要典籍。前言之後，爲全書篇名目録。與本書相關的重要參考文獻作爲書後附録。附録内容主要包括：一、本書作者傳記、碑傳、行狀；二、有關目録書籍對本書的提要；三、本書的各家序跋、題記。

我們整理出版《鄂東文獻叢書》，既是期望爲文史工作者提供研究古代文化的基本文獻，也希望廣大的文史愛好者通過本《叢書》感受到鄂東優秀傳統文化的魅力。隨著本《叢書》的問世，我們希望鄂東文化傳統的研究和弘揚進入一個更爲繁榮的時期。

前言

王廷陳(1493—1550),字穉欽,别號夢澤。湖北黄岡人。一説出生於今湖北省武漢市新洲區舊街,後遷居黄岡市。新洲,明時屬黄州府黄岡縣。廷陳誕於明弘治六年(1493)八月二十二日寅時,卒於嘉靖二十九年(1550)十二月十六日辰時,享年五十八歲。

王廷陳出生書香世家。父濟,弘治十五年何景明同榜進士,河南、四川等處承宣布政使司左参政致仕,贈中大夫,加贈通議大夫、南京户部右侍郎。叔父麟,弘治十二年進士。弟廷瞻,嘉靖三十八年進士。

王廷陳幼聰慧,博聞强記。然任俠孤傲,恃才放恣,鶩於邪僻小技,父嚴督之。正德十二年(1517)進士,選翰林庶起士。正德十四年三月,武宗下詔南巡。王廷陳與同館修撰舒芬、庶吉士汪應軫等七人上疏阻諫,館師學士石瑶止之。王廷陳賦《烏母謡》諷刺石瑶。疏上,武宗怒,罰跪五日,受杖三十。其年秋,解館,吏部擬授吏部給事中。宰執不悦,假手其間,補河南南陽府裕州知州。王廷陳失職怨望,臺省監司過州,不出迎,亦不託疾。後以打駡巡按御史喻茂堅,下大梁獄。吴人王子新從之獄中談藝,一時稱爲奇事。正德十六年,削籍歸鄉里。屏居二十餘年,縱酒倡樂,益放蕩自廢。常穿紅紫窄袖衫,騎牛跨馬,嘯歌田野。達官貴人來家,蓬頭跣足延見。

嘉靖二十年詔修《承天志》,湖北巡撫顧璘薦王廷陳、顔木、王格參加編修。書成,不稱旨,賜白金、紵絲而歸。後卒。《明史》卷二八六《文苑傳》有傳。《列朝詩集小傳》丙集、《明文海》卷三八八和《四庫全書》本《夢澤集》附録"家乘"均有王廷陳傳記。

王廷陳以詩文名重於當世,時與李夢陽、何景明並稱"海内三才"(胡應麟《詩藪》),亦與李夢陽、何景明、徐禎卿等合稱爲"八子"(吴國倫《甔甀洞稿》),是明代復古派創作實踐的代表人物。吴明卿云:"穉欽在德、靖間以詞才擅名史館，海内士争誦説之，近體奄有四傑，古詩凌厲三曹，而文則刻畫左氏内、外《傳》，楚諸先輩鮮有能方駕者。”（《王行甫集序》）王世貞稱其：“步武開元、大曆，以與六代接。文則自西京而下之，亦不失六代。其尤雅雋者，書牘大小數十，言言子長、少卿也。詩無所不工麗，而五言更長城矣。”（《藝苑卮言》卷五）王廷陳詩文創作頗豐，今存《夢澤集》。

《夢澤集》有十七卷本和二十三卷本兩個系統。王廷陳死後不久，作品由家人彙録整理，刻爲《夢澤集》十七卷，是爲家刻本。弟王廷瞻進一步搜羅，於嘉靖壬戌四十一年（1562）在淮安任上刻印成書，亦十七卷，是爲淮刻本。嘉靖乙丑四十四年（1565），侄王同道於吴中亦刻印《夢澤集》十七卷，“板益精”（皇甫汸《夢澤集序》），是爲蘇刻本。萬曆十八年（1590），孫王追伊以蘇刻本爲基礎對王廷陳作品進一步收集，刻爲十八卷；萬曆三十年侄孫王追淳繼續修補，刻爲二十三卷，是爲穎刻本。《四庫全書》所收録者，即是王追淳所增補的二十三卷本，但文字上略有改動。二十三卷本相較於十七卷本，作品數量有所增加，同時收録有大量當時和後世名家評語，頗便研究者。後《夢澤集》屢有重刊，但均未脱蘇刻本、淮刻本、穎刻本樊籠，如湖北先正遺書本十七卷，其底本即是淮刻本。另《夢澤集》亦有選本刊行，如《夢澤集摘刊》五卷，有清道光十六年（1836）武昌江漢書院刊本。

穎刻本爲《夢澤集》諸本之善本，《四庫全書》是王氏後人以穎刻本爲基礎修補後的進呈本。此次點校，以文淵閣《四庫全書》本爲底本，校以淮刻本、蘇刻本、湖北先正遺書本及明俞憲《盛明百家詩》（浙江省圖書館藏明嘉靖至萬曆刻本）。本次校勘，因體例原因，只校重要異文，不改正文之字。

文淵閣《四庫全書》本收詩歌 654 首，文 117 篇，並附録“拾遺”“諸名公詩”“《哭武宗毅皇帝詩》跋”“《贈廖學士詩》跋”“諸公評語”“家乘”。另整理者編撰“新附録”，有“遺文輯佚”“歷代序跋”“歷代著録”“傳記資料”等目。

黄岡師範學院文學院　陳志平

2017 年 8 月

目　録

前言 ………………………… 001
卷一
賦 ………………………… 001
述邃賦 ………………… 001
左賦 …………………… 002
螢火賦 ………………… 002
卷二
詩 ………………………… 003
將進酒 ………………… 003
閶闔行 ………………… 003
煌煌京洛行 …………… 003
對酒歌 ………………… 004
燕歌行二首 …………… 004
白紵辭五首 …………… 005
擬矯志篇 ……………… 005
放歌行 ………………… 006
雜謠五首 ……………… 006
知足吟 ………………… 006
來日大難 ……………… 007
擬古龍升天須浮雲 … 007
艷歌行 ………………… 007
行路難五首 …………… 007
少年行六首 …………… 008
出自薊北門行 ………… 009
俠客篇 ………………… 009
子夜四時歌一十二首 ………………… 010
猛虎行 ………………… 010
遠遊篇四首 …………… 011
君馬黄 ………………… 011
妾薄命 ………………… 011
戰城南 ………………… 012
怨詩一章 ……………… 012
湖上行 ………………… 012
鷙鳥四首 ……………… 012
卷三
詩 ………………………… 013
詠懷三十四首 ………… 013
壯士篇 ………………… 018
遣興三首 ……………… 019
眺江閣述懷 …………… 019
雜詩九首 ……………… 019
别張子言四首 ………… 021
别張子魚三首 ………… 021
閨情二首 ……………… 022
别曹仲禮四首 ………… 022
園亭言懷 ……………… 023
歲暮雜興十首 ………… 023

再呈張子五首 ……… 024
憶舊廬 ………………… 025
詠秋泛 ………………… 025
答馬子 ………………… 025
歸故園作 ……………… 025
卷四
詩 ………………………… 027
送倫子畢娶歸 ……… 027
發裕州短歌 ………… 027
聞子言消息因作短歌寄贈 ………………… 027
胡生行 ………………… 028
憶昔行寄張龍湖内翰 ………………………… 028
楚岸吟寄牟子 ……… 029
寄曹仲禮 …………… 029
張公行 ………………… 029
寄嘲江子 …………… 030
東湖書院歌 ………… 030
豪士吟贈王氏 ……… 030
觀秋江晚渡圖歌 …… 031
醉贈李道士西歸 …… 031
卷五
詩 ………………………… 032
在館即事二首 ……… 032
院中齋宿 …………… 032
駕出 …………………… 032
大祀 …………………… 032
駕幸南海子 ………… 033
駕入 …………………… 033
慶成宴 ………………… 033
八厓周子邀飲未赴,聊此謝過,兼索觀群公席上之作 ………… 033
送周侍御按貴州 …… 033
送夏大行奉詔使南紀 ………………………… 033
寄兄 …………………… 033
寄鷄鳴寺真上人 …… 034
郭外即事 …………… 034
紀聞 …………………… 034
贈人 …………………… 034
送劉振廷令慈利 …… 034
劉氏雙挽 …………… 034
送李子中養病歸 …… 034
寄夏大行 …………… 035
慰馬子足疾 ………… 035
世其席上餞大復先生 ………………………… 035
過廖子故宅 ………… 035
遊仁壽寺 …………… 035
九日登仁壽寺後山 … 035
夜坐鄭子宅彈琴分韻得琴字 ……………… 035
寄八厓子 …………… 036
寄顔許州 …………… 036
送龍廷重爲滎府長史 ………………………… 036
得周侍御子賢書喜作二首 ………………… 036
雪柬曹子 …………… 036
贈方子二首 ………… 036

立春 …………………… 037
天津月夜偕曹子舟坐 …………………… 037
河西務别許子居 …… 037
晚泊訪李仲玉 ……… 037
臨清舟次别曹子三首 …………………… 037
李沔陽自大梁經裕州因贈三首 ………… 038
齋中即事 …………… 038
被逮道中别舅氏歸 … 038
被逮發裕州夜作呈諸公 …………………… 038
懷故園書屋,往年同伯兄講業其中 ……… 038
有感二首 …………… 038
出縶俟放,久未獲命,煎鬱成詩 ………… 039
出獄董氏宅夜飲書懷兼贈董氏兄弟 …… 039
出獄後歸興二首 …… 039
同子言南歸道中賦竹桃二物 …………… 039
道中憩廢寺三首 …… 039
送人 ………………… 040
江上言懷四首 ……… 040
溪邊晚興 …………… 040
暮春偕二三子登定惠院亭 ……………… 040
席上贈熊掾 ………… 040
夜簡王少參舟中 …… 041
觀江漲 ……………… 041
春日書室示諸子 …… 041
劉子好辯而不遇詩以贈之 ……………… 041
寄館中諸友 ………… 041
江上贈夏明府 ……… 041
喜廖子過訪席上奉贈八首 ……………… 041
夜宴即事 …………… 042
寄方思道七首 ……… 042
奉答富順王殿下二首 …………………… 043
馬侍御見訪山中 …… 043
湖泛 ………………… 044
過諸子書屋寄虞文表 …………………… 044
秋園酌謝子 ………… 044
寄友人 ……………… 044
喜舒鄭二子夜過 …… 044
鄭生 ………………… 044
馮太守席上留别 …… 045
江上送張子二首 …… 045
謝氏宅夜集 ………… 045
溪邊二客過訪 ……… 045
秋日過十一叔莊 …… 045
聞曹子仲禮緣近臣之疏蒙恩賜還 ……… 045
病後飲十一叔宅同諸兄弟 ……………… 046
溪邊即事呈友人四首 …………………… 046

李國賓宅留別 ……… 046
送顧醫 ………………… 046
卷六
詩 ………………………… 047
陳魯南太史使楚還晤予江上因贈三首 … 047
偶出 ………………… 047
進舸 ………………… 047
訪童内方太史于漢口舟中即席投贈二首 ……………………… 048
宴曾氏園亭即事遂成艷曲二首 ………… 048
夜坐庭前棲鳥乍驚 … 048
劉氏雙挽 …………… 048
寄楊太常 …………… 048
遊武昌江龍盤磯寺 … 048
與客夜宴舟中 ……… 049
送王洪德入蜀 ……… 049
張子魚過訪 ………… 049
送傅子歸豫章 ……… 049
楚眺 ………………… 049
夜過邵子草堂 ……… 049
江上贈羅汝延太守 … 049
雪中喜涂生數來 …… 050
夕渡訪友人 ………… 050
登武昌西山絶頂二首 ……………………… 050
宿龍蟠磯寺中 ……… 050
晨渡望龍蟠寺 ……… 050
寄上富順王殿下 …… 050
戲贈西陽子二首 …… 050
春日山居即事五首 … 051
送王知事還蜀 ……… 051
丁酉之夏，覩文溪子於大江之濱，與之述往，感時命酒，坐石揮涕而別，太息成詩 ……………………… 051
李袁兩生過飲 ……… 052
江上 ………………… 052
寄汪子 ……………… 052
贈邦伯吴公 ………… 052
混迹 ………………… 053
友有被謗而褫其官者，詩以慰之 ………… 053
有感 ………………… 053
遣興 ………………… 053
觀漲 ………………… 053
江上送吴子 ………… 053
舟夜 ………………… 053
過張道士方丈二首 … 054
得陳魯南書感而賦此 ……………………… 054
寄顔惟喬五首 ……… 054
贈鄰叟 ……………… 054
訪友人 ……………… 055
祖塋前溪邊穫稻 …… 055
哭江景孚二首 ……… 055
過倪道士故居二首 … 055
喜張子自滇至 ……… 055
山莊雜興十首 ……… 056

立秋日陪七澤兄飲 … 057
春盡 …… 057
送人 …… 057
九日同田子宴武昌西山 …… 057
秋日寄劉子 …… 057
歸自山莊作 …… 057
郊園 …… 057
送張都閫致仕歸二首 …… 058
宿九峰寺 …… 058
哭陳魯南二首 …… 058
以詩賦呈諸知己 …… 058
人有自郢來者,輒有所述,敬賦三詩 …… 058
宴魏子園亭二首 …… 059
再過魏園兼觀衆作,輒賦二首,用前韻 …… 059
集魏園再用前韻二首 …… 059

卷七

詩 …… 060
戴子 …… 060
秋懷 …… 060
圃内 …… 060
飲汪氏莊 …… 060
家僮舉網獲龜,即命放之池中,感而賦此 …… 060
過吴道士山房四首 … 061
袁生馬射 …… 061
夜坐 …… 061
寄張子魚二首 …… 061
吊汪子 …… 061
溪泛詠水中月影 …… 062
春日學宫見雪 …… 062
初月 …… 062
書館對雪示諸子 …… 062
春日郊遊同所知 …… 062
春遊贈劉子 …… 062
病中得顔子書并見示諸作一首 …… 062
道院對雪 …… 063
聞箏二首 …… 063
遣興 …… 063
寄顔惟喬 …… 063
喜阮子自蜀歸寄贈 … 063
遣興 …… 063
過范德和書屋,因出所作見示,留贈 …… 064
十五夜玩月同所知 … 064
八月十五夜對月獨坐 …… 064
對雪 …… 064
舟中對雪 …… 064
春日重過曾園 …… 064
志感寄京邑友人 …… 064
贈舒子二首 …… 065
夜坐 …… 065
江上送吴明府以讞赴沔陽 …… 065
豫章陳生紀善堪輿,詩

以贈之 …………… 065
春遊 ………………… 065
奉酬皇甫百泉雪中見過，留贈之什三首 …… 065
贈廖子 ……………… 066
中麓二首爲李吏部賦 ……………………… 066
贈張子 ……………… 066
寧公房對竹 ………… 066
遣懷 ………………… 066
自團江赴黄，倏忽望見城郭，欣然賦此…… 067
與數客偶至一所，率爾題壁 ……………… 067
對雨 ………………… 067
別墅邀賓 …………… 067
晚泛 ………………… 067
訪百泉先生 ………… 067
初夏遊西山歸作 …… 067
陳叟 ………………… 068
與二客留酌竹圃 …… 068
別業偶題 …………… 068
贈別皇甫百泉 ……… 068
夏日山居即事 ……… 069
別空山陳子 ………… 069
園中作 ……………… 069
得友人書感而賦此 … 070
閑步 ………………… 070
寄友人 ……………… 070
別墅即事 …………… 070
送十一叔入試 ……… 070
贈東甌鄭磐山兼留其北上 …………… 070
翟汝和雅善聲詩，兼工圖畫，浪迹荆郢，高視時人，一方縉紳争先迎致，潦草點綴，價比南金，然汝和不屑也，今來謁予，詩以贈之 …………… 071
送戴中丞歸 ………… 071
泛鮑塘，塘在元祐宫前，用顔漢東韻，時顧司空、袁傅二中貴在坐 ……………………… 071
生日有感，簡同館漢東、少泉二子 ………… 071
贈王生 ……………… 071
奉別大司空顧公二首 ……………………… 072
賦石泉贈施子 ……… 072
奉懷賓雲 …………… 072
賦空山贈陳子紀 ……………………… 072
贈戴醫 ……………… 073
定惠院宴集四首 …… 073
府治内禮賢堂落成，桐岡君張宴於此，以招郡之耆舊；予固非其人，幸奉杖屨兹。九月八日吾輩亦就此供具，少展謝私，詩曰：

"躋彼公堂，稱彼兕觥。"此之謂也。乃即席賦詩四章 ………… 073
湖上言懷二首 ……… 074
病目小愈志感 ……… 074
小齋執熱，躁鬱可知，風雨忽來，形情稍適，於是期故人之再至，望神女之少留，乃賦斯篇云耳 …………… 074
一雨數日不絶，田畯抱病穫之憂。予聞而嘲之曰："甫幸其潤，隨忌其淫，然則天之欲媚於人也，難矣。"感而賦此 ………… 074
送鄭公北上 ………… 075
李生向予言，曰妓有名秋水者，頗麗人也，戲賦秋水 ………… 075
奉酬桐岡公病後見惠之作 ……………… 075
石泉施生從余遊湖上數月，忽中夜不寐，枕上聞過雁求曹之聲，悵然有懷郊郢故人，詰旦束裝，向余求去。余不能留，詩以紀別 ………… 075
雨中喜雲渠李子過訪山莊 ……………… 075
桐岡先生遷滇南憲副奉贈 …………… 076

卷八

詩 …………………… 077
贈鄭少谷 …………… 077
寄李子中 …………… 077
石齋 ………………… 077
寄韓道人 …………… 078
四兄宅守歲 ………… 078
初至郡齋作寄所知 … 078
遊錬真宫 …………… 078
已罷視事，上官密令拘齋中，禁弗得出，悵憶故山有作 ……… 079
張子言家難，遠來視我，命酒偕酌，述往感今，殫陳苦狀，復劇談越中山水，約以釋縛後共遊焉 …………… 079
獄中言懷呈諸知己 … 079
被繫以詩呈諸友 …… 079
出獄留別主人兼欲有貸 …………………… 079
過杞，同袁明府避暑學宫，席上贈袁明府及諸廣文 …………… 080
南歸道上作 ………… 080
初歸故園二首 ……… 080
病後過王生宅 ……… 080
贈張汝霖北上 ……… 081
寄劉松石 …………… 081

過陳處士故居 ········· 081
懷京邑諸舊 ············ 081
寄應立齋郡伯 ········· 081
重晏魏子池亭兼約再遊 ························ 082
自三台河泛舟至鳳巖 ························ 082
題槎隱其兄爲索 ······ 082
文甫席上 ··············· 082
題陳子隱居 ············ 083
席上贈吴氏賢子 ······ 083
送蕭子歸 ··············· 083
李道士房呈張子 ······ 083
經光山,晚宿寺中,王汝希過訪,喜作 ······ 084
季夏遊赤壁偕子言諸公 ················· 084

卷九

詩 ···························· 085
視江子疾,樓上作 ······ 085
雨中宿張子言家,因示我苦雨之作 ········· 085
遊西山作 ··············· 085
送劉郎中養病歸 ······ 086
京邑言懷寄所知 ······ 086
裕州命下,悵憶故山有作 ················· 086
獄中作 ·················· 086
出獄後作 ··············· 086
經汝陽雨中馮太守邀飲 ························ 086
初至故園作 ············ 087
即事 ····················· 087
寄顔惟喬 ··············· 087
寄吴子 ·················· 087
夜酌龍蟠磯頭 ········· 087
江子景孚書至,云將以使命下沔鄂,訪予大江之濆,因而寄此 ························ 087
春日過四兄溪邊草堂,奉懷一首 ············ 088
寄顔子 ·················· 088
室成 ····················· 088
許武昌邀飲西山寺中,席上贈郭、吴二部使 ························ 088
寄江夏白鶴子 ········· 088
答許子 ·················· 089
病卧書懷 ··············· 089
秋夜宿龍蟠磯寺中 ··· 089
蚤出待許子 ············ 089
舟中聽張子魚歌奉贈 ························ 089
過周子書屋 ············ 089
送内兄謝虞輔之任 ··· 090
秋泛三台河同魏、范諸子 ················· 090
宴月川宅留贈 ········· 090
寄馮三石 ··············· 090
冬夜懷童子 ············ 090

夜酌舒、陳二子 ……… 091
胡、謝二子過訪 ……… 091
戲東落魄子 ………… 091
懷鄭子 ………………… 091
病中武昌二客過訪，詩以贈之 …………… 091
宴集楚藩樓上作 …… 091
村晚 …………………… 092
春陰 …………………… 092
病起 …………………… 092
病起過魏園二首 …… 092
山莊漫興 …………… 092
席上贈方士 ………… 093
病後客過有贈 ……… 093
試巾 …………………… 093
客有以琴書謁予者，賦此贈之 …………… 093
移菊 …………………… 093
江上待友人不至 …… 093
周都閫歸長沙，寄贈一首 …………………… 094
贈李子 ……………… 094
談生墨竹，人擬夏卿，點染石蘭，猶稱獨步；予欽絶藝，聊贈斯言 …………………… 094
贈玄谷子 …………… 094
館賓李子之歸也，詩紀別懷兼訂來約 …… 094
贈邵格之 …………… 094
宴集赤壁書懷 ……… 095
過玄妙觀有贈 ……… 095
遣悶 …………………… 095
夏日宴集宋寶山別墅，留贈三首 ………… 095
贈鄭子南濱 ………… 096
贈陳子槐野 ………… 096
對鏡自嘲 …………… 096
對鏡自慰 …………… 096
竹樓重修落成，桐岡郭君以詩見示，作此答之 ………………… 096
寄答王子新 ………… 097
壽孫毅庵京兆八十，公常爲給舍 ………… 097
奉贈桐岡郭侯考績北上 ……………………… 097
秋夜奉簡浚川先生舟次，兼酬留贈之作 …… 098
病後答友人 ………… 098
偶題 …………………… 098
卷十
詩 ……………………… 099
贈張子 ……………… 099
放魚 …………………… 099
月夜嘆五首 ………… 099
雜述八首 …………… 099
溪邊草堂雜詠六首 ……………………… 100
元夕雨四首 ………… 100
卷十一
詩 ……………………… 102

燕京元夕曲 …………… 102
送人遊越中五首 …… 102
送李中丞三首 ……… 103
偶題三首 …………… 103
贈董氏兄弟 ………… 103
聞恩詔有感四首 …… 104
卷十二
文 ……………………… 105
仕始 ……………………… 105
明天 ……………………… 106
力難 ……………………… 106
闡來 ……………………… 107
致辭 ……………………… 107
倅全 ……………………… 108
歸省 ……………………… 108
秘奇 ……………………… 109
疾瘳 ……………………… 109
功慶 ……………………… 110
韙歸 ……………………… 110
重師 ……………………… 111
申贈 ……………………… 111
振弊 ……………………… 112
惠遠 ……………………… 112
禮成 ……………………… 113
績成 ……………………… 113
卷十三
文 ……………………… 115
務輯 ……………………… 115
即卑 ……………………… 116
先禮 ……………………… 116
遐致 ……………………… 117
正復 ……………………… 117
良振 ……………………… 118
歸故 ……………………… 118
仁理 ……………………… 119
因貧 ……………………… 119
居謫 ……………………… 120
訓立 ……………………… 120
勖審 ……………………… 121
神難 ……………………… 121
基進 ……………………… 122
仁撫 ……………………… 123
卷十四
文 ……………………… 125
夏令上 ………………… 125
夏令下 ………………… 126
述慶 ……………………… 126
上池 ……………………… 127
慈慕 ……………………… 128
脩學 ……………………… 128
節録 ……………………… 130
月槎 ……………………… 131
贊恒 ……………………… 131
揚義 ……………………… 132
知備 ……………………… 132
述政 ……………………… 133
達生 ……………………… 133
請年 ……………………… 134
紀賀 ……………………… 135
卷十五
文 ……………………… 136
來雨 ……………………… 136

鄉選 …………………… 137
江孺 …………………… 137
成粱 …………………… 138
善居 …………………… 138
六善 …………………… 139
報政 …………………… 140
篤本 …………………… 140
重棄 …………………… 141
能壽 …………………… 141
嘉政 …………………… 142
問俗 …………………… 143
衍畜 …………………… 144
勖濟 …………………… 144
善遷 …………………… 145
紀遊 …………………… 146
志雨 …………………… 147
衍號 …………………… 148
明慶 …………………… 148

卷十六

文 …………………… 150
平寇 …………………… 150
哀引 …………………… 151
七申 …………………… 152
長厚 …………………… 155
德壽 …………………… 156
訓白 …………………… 157
本賢 …………………… 158
並壽 …………………… 159
漢逸 …………………… 159
闡義 …………………… 160
能理 …………………… 160
郭園 …………………… 161
雨紀 …………………… 163
明號 …………………… 164
祭大司馬松石劉公文 …………………… 165

卷十七

文 …………………… 167
寄余子 …………………… 167
答汪先生 …………………… 168
寄友四兄 …………………… 168
寄舒子 …………………… 168
簡錢子 …………………… 169
答劉氏 …………………… 170
上翟中丞 …………………… 170
答劉松石 …………………… 171
答翟子 …………………… 172
答劉子 …………………… 172
答顏子 …………………… 173
答顧東橋 …………………… 173
答胡百泉 …………………… 174
答顧東橋 …………………… 174
答朱别山 …………………… 175
答顧東橋書 …………………… 175
答顏子書 …………………… 176
答吴太守 …………………… 177
答陳大巡 …………………… 177
答柯雙華 …………………… 177
寄童内方 …………………… 178
答人 …………………… 180
寄顧子 …………………… 180
答應立齋 …………………… 181

答張東沙 …………… 181
答楚藩殿下 ………… 182
答林少峰 …………… 183
寄魏軫野 …………… 183
與殷子 ……………… 184
與劉子 ……………… 185
答丁滄源 …………… 185
答范東溟 …………… 186
答郭桐岡 …………… 187
啓郭桐岡 …………… 187
答張静峰 …………… 188
答虞文表 …………… 189

卷十八

拾遺 ………………………… 190
來日大難 …………… 190
怨詩二章 …………… 190
彼之蹶矣,憤時也 …… 190
雜謡五首 …………… 191
李國賓宅留别 ……… 191
過杞同袁令飲學宫 … 191
贈戴復庵 …………… 191
哭先帝三首 ………… 192
簡友十一弟廷槐 …… 192
邀戴士瞻 …………… 192
與熊元性 …………… 192
諸葛武鄉侯贊 ……… 193

卷十九

附録一 諸名公詩 …… 194
贈王舉人 …………… 194
贈王子 ……………… 194
贈王稚欽歌 ………… 194
訪王夢澤園亭 ……… 195
鴻輪篇送楚客南歸寄王稚欽 ……… 195
對雪酬仲禮兼簡稚欽 ……… 195
雨中王稚欽見過 …… 195
短歌送陳殿講册封之楚兼訊伯誠稚欽 … 196
琴贈王子併附此作 … 196
送曹仲禮、王稚欽、汪子宿、馬仲房、江景孚五君子謫宦五首 …… 196
王子宅牡丹 ………… 197
和王子登江子樓視病 ……… 197
雨訪王子 …………… 197
江上别夢澤王子二首 ……… 197
登赤壁寺閣王稚欽携酒至 ……… 198
李子中、林懋易、曹仲禮、王稚欽夜過分韻得涼字薛君采蕙 ……… 198
月下聽王稚欽彈琴 … 198
冬夜過王稚欽 ……… 198
曹仲禮索巾云將歸具茨兼簡王夢澤 …… 198
贈同館五君出爲州 … 198
雪夜訪王稚欽投贈 … 199
國朝藝林詠 ………… 199
八子詩 ……………… 199

卷二十
附録二 …………………… 200
《哭武宗毅皇帝詩》跋 …………………………… 200
《贈廖學士詩》跋 …… 201
卷二十一
附録三 諸公評語 …… 204
楚三子詩評 ………… 204
王元美世貞 ………… 205
吴明卿 ……………… 207
李本寧維楨 ………… 207
胡元瑞應麟 ………… 208
王敬美 ……………… 208
顧玄言起綸 ………… 208
汪伯玉道昆 ………… 208
張助父九 …………… 208
卷二十二
附録四 諸公評語 …… 209
黄岡縣志 …………… 209
黄州府志 …………… 210
湖廣總志 …………… 210
楚紀 ………………… 210
卷二十三
附录五 家乘 ………… 211
明奉訓大夫河南南陽府裕州知州以吏科給事中致仕前翰林院庶吉士先伯祖考行十府君行狀 …… 211
先翰林府君遺事 …… 216
新附録 ……………… 218
遺文輯佚 …………… 218
江上贈羅汝延太守之二 ……………………… 218
送唐生詩 ………… 218
周雪窩墓志銘 …… 218
與友三友四書 …… 219
歷代序跋 …………… 220
李幼滋王夢澤集序 … 220
皇甫汸夢澤集序 …… 221
王世貞王夢澤集序 … 223
陳文燭夢澤集序 …… 224
歷代著録 …………… 225
傳記資料 …………… 238
明史・王廷陳傳 …… 238
列朝詩集小傳・王裕州廷陳 ……………… 239
明文海・裕州府君列傳 ……………………… 240
湖北詩徵傳略・王廷陳 ……………………… 242

四庫全書總目提要・夢澤集 …………………………… 246

卷　一

賦

述邃賦

繄南服之靈萃兮，領豐慧於方童。稽統世之軒崇兮，惟哲人焉以降。欻翼振而霄舉兮，紛齊羽之誰踪。戴殊薦以邇秩兮，帝實洞其美衷。羌嶽立而坎視兮，將媒静乎遐至。中實愠乎攘攘兮，詎徒與之求避。謇命占以吉貢兮，覽蕪蔓焉是艾。靡市背而岑闃兮，曰惟宥乎其内。隈不岌岌而崇兮，徑不疊疊而遒。彼衙衙之侈構兮，反予睇其足羞。抗隆棟以締宇兮，脩垣遵乎坤隅。約蓀蘭使被椽兮，令日月乎當樞。苟能奂娱以宅志兮，是固予心之所仇。重仁而襲義兮，障夫塵之累也。扃禮而牖智兮，專乎其所事也。吾将服貞一以省處兮，夫豈惟藝之囿也。括道器以充詘兮，固衆兆之所駭也。紛悖矚以竚眙兮，欲干傺而儃佪。眩厥施而弗竟兮，乃各以其膚猜。嗟躁士之本剥兮，宜甫趨而忽蹶。醜憸夫之懷詭兮，乃讎直而委折。傷二者之偕失兮，荃蒹施審厥居。心務却以基進兮，惟歆然裕其所如。晦累而冥探兮，所以君乎紛華。彼時俗之佻澆兮，背繩墨而馳騬。予将服正則以恬守兮，虞窘步於欹陬。夫朋不可以聲來兮，功不可以偶作。疇廢伏而有章兮，疇棄耕而能穫。

亂曰：仆不僵兮進不妍，斂神志兮守吾玄。有弗據兮孰敢奸，匪邃道兮曷其然。

左　賦有序

夢澤子不善宦，見閔有司，黠民乘之，坐是拘縶，自傷疾惡反中，乃作《左賦》。詞曰：

晝晦宵明，川停岳行。隆冬劇燠，六月而冰。墮毛不揚，石舉輿升。廢鼙振韻，奮霆無聲。群欣逐臭，乃厭蘭芬。猜鸞駭鳳，精粻飼梟。仁蹻德跖，勁弧射堯。恬海狎江，隘瀆沈舠。風虎輟嘯，土兕而號。曠聽既收，聾司音矣。彼之矇矇，五色分矣。駿足則縛，蹇服乘矣。侏儒引臂，上捫星矣。醜女專憐，淑媛不御。饑璧惠蠅，踏巾首屨。適郭捐逵，擇潦而步。賁獲閉勇，尫夫勁兮。麓兔折趾，獵者競兮。不根而葉，季爲孟兮。

亂曰：被繳之鳥，載拔其翎。彼實酗酒，謂爾何醒？寇逾其垣，導寇以登。彼田不治，懟鄰之耕。

螢火賦

當朱明之杪月，玩流螢之宵征。感温風之扇爍，釀腐草之末榮。既化植以爲動，復緣死而遂生。庶揚光於冥闃，甘匿景於太陽。或内照之猶尠，焉旁燭以無疆。謬用晦之邃旨，實自焚之爲防。孰潛形而更昭，孰益膏而罔竭？何恒焰而不灰，何炙手而弗熱？彼玄宇之巧人，訝明珠之翻飛。偶驚飈之散激，駭星辰之乍稀。羌儵明而忽滅，蓋石火之暫輝。爾其代燈燭於書筵，紛軒除以見掇。幸蝌蚪之與鄰，聚朋侶而囊括。将炫赫以陷危，恨微軀之難脱。

亂曰：日月出矣，爝火何爲？闇然而章，聖哲弗譏。伯陽守黑，豈邇禍機。

夢澤集卷一

卷　二

詩

將進酒

丁福運，際昌期。歌太平，聖無爲。坐明堂，奏《咸池》。酌醴泉，餐靈芝。壽萬年，天與齊。一解

縣諫鼓，燔刑書。微能録，小過除。吏廉明，民安居。三年耕，必有一年之餘。絶争訟，無嗟吁。二解

新不間舊，愚不妒賢。人不習佞，朝不信讒。菑害不作，和氣充然。壯士服疇隴，却走馬，以糞其田。不聞父哭子，道逢多華顛。皇心大悦，日彈五弦。三解

閶闔行

閶闔開，賢人庸。鳴鼓間擊鏞，貢術蓄指微哉同。汲清亦附滓，鮮株稿荄紛以供。背叛腹，媪逐翁。如韋之矢十斛弓，俄逐而西，頃却以東。退乖妄侶，進丧貞朋。捷徑窘疏武，仁軌罕哉通！孰爲雌，孰爲雄？朝譽曰堯，夕詆則蹻。梟妃鸞，蕭艾生蘭叢。蒙首以征，吾將奚從？

煌煌京洛行

辭我故里，來遊帝鄉。誰云周道，險逾羊腸？一解

車馬如雲，意氣揚揚。昔爲奴隸，今狎侯王。二解

伯兄乘軒，仲父鳴璫。唱騶馳道，徵歌教坊。三解
千金買劍，百寶爲裝。風雷一擊，日星回光。四解
朝探俠窟，暮宿名娼。酣呼六博，[①]縱賭千場。五解
傾財結客，隱罪匿亡。名齊郭解，人比孟嘗。六解

對酒歌

人性禀静躁，物則準方圓。錐刀各有能，情好各有妍。陰霽難並祈，恩怨豈兩全。於此雖不容，於彼獲所安。人無億萬身，何能遍周旋。兼濟聖不贍，榮枯有自然。富而如可求，尼父願執鞭。

其　二

惠施已不作，莊生寡所宣。伯牙失鍾期，抱琴誰爲彈。知人誠不易，知己良獨難。周公輔王室，管蔡乃流言。骨肉且不諒，他人固宜然。

其　三

伊吕稱大賢，會合亦有因。湯文苟不逢，耕釣終其身。人生一世間，如風激纖塵。下者投濁潦，高者入青雲。風力中不競，飄轉終沉淪。得失難預謀，謀之徒苦辛。聖哲皆偶然，餘子何足陳。

燕歌行二首

來日苦短去日長，人生幾何鬢已霜。佳辰置酒開我堂，賓友雜遝進樂方。繁絲哀竹流清商，薄暮移尊向曲房。挾瑟進者邯鄲倡，約袖結腕清歌揚。色與心知授明璫，微風蕩裾聞異香。脱簪免髻玄澤光，起視池中雙鴛鴦。雙星皎皎在我傍，欲往從之河無梁。

其　二

出門何易見苦難，川原鬱紆路千盤。河中鯉魚去不還，耿耿思君不能言。攬衣中夜坐長歎，含情怨獨凋朱顔。明月穿帷照孤眠，君昔贈我青琅玕。我欲碎之寄君看，欲碎且止聊自寬。馳光流景催歲年，容色不待君可憐，恨無羽翼起雲間。

---

① 博，淮刻本、湖北先正遺書本作“簙”。

白紵辭五首

高堂邃宇施翠帷，蘭膏明燭散朱輝。二八接武步舒遲，被服姣麗光陸離。彈箏鳴瑟商羽移，喜溢歡恣不自持。轉盼含嬉屬所私，櫐觴勸君君自知。主人既醉客不辭，燭滅纓絶珠履遺。

其　二

朝露未晞夜霜零，衆芳凋歇鶗鴂鳴。逝者如斯不復停，人生百年命忽傾。爲君秉燭縱遊行，三星在户參差明。騰觚飛爵何縱横，垂羅映縠耀珠纓。衆中不言懷隱情，色授神馳流目成。士女雜坐交和歌，河轉參横奈夜何。

其　三

投君漢濱之玉珮，獻君洛浦之明璫。感君提携祝壽昌，舜日堯年樂未央。爲君楚舞紈袖揚，乍開乍合低復昂。矯若白鵠雲中翔，雕楹綺閣回素光。竽瑟會節間笙簧，樂極悲來起徬徨。共指皎日輸肝腸，烏白馬角誓不忘。

其　四

吴歈蔡謳調不同，衆伶合作如一宫。流鄭激楚迴回風，姱姿脩態紛追從。人聲絲竹各競工，燕趙齊秦相代供。[①] 曜靈西藏曲未終，繁燈列炬亘筵紅，皎如初日輝簾櫳。

其　五

娱酒沉歌費白日，絶代佳人何可失。若戀似矜態非一，持觴遞進嬌相迫。左推右引俠氣溢，簪珥墮落寧復索。文窗朱綴開洞房，錦衾瑶席施象牀。五色雜組繫流黄，複帳中薰百和香。層軒曲檻俯回塘，鴛鴦鸂鶒羅成行。生丁盛世福運昌，四時爲樂允無疆。

擬矯志篇

龍虬雖困，不資鱔鰍。鸞鷟雖孤，不匹鶩雛。雖有香草，當户必除。雖有仁人，在敵必誅。狐白雖美，炎暑必置。舟車之用，易地則棄。蕙蘭不采，無異蓬蒿。干將不試，世比鉛刀。以驥捕鼠，曾不如

---

① 相，淮刻本、湖北先正遺書本作“射”。

貍。餓夫獲璧，不如得糜。郭生純臣，魯連高士。彼乃登臺，此則蹈海。寧直見伐，無爲曲全。寧渴而死，不啜盜泉。

放歌行

竊鈎者誅，竊國者王。仁義資亂，道豈不臧。一解
代秦者吕，襲楚者黄。巍巍國君，大盜在傍。二解
謂尺何短，謂寸則長。此不可度，彼何可量。[①] 三解
獸殪罟裂，鳥盡弓藏。智勇既殫，軀乃見殃。四解
讒巧爲忠，直夫稱狂。出門異趨，毁譽曷常。五解
樂不可極，憂來無方。游心沖虚，以保壽康。六解

雜謡五首

茸茸者離，而子踐之。彼垣之蔓，晨興灌之。

其　二

兔在麓，跳則逐，居則肉。

其　三

虎嶙嶙，欲食人。子能棘，我能榛。虎自災，子弧來，我戈來。

其　四

烏母謂烏子，弋人在傍汝勿啼，弋人得知将汝歸，我但高飛起，安能救汝爲？

其　五

翁曰留賓，媪曰無尊。翁曰織絲，媪曰無機。

知足吟

高門耀金碧，不如守蓬廬。華轂錯丹朱，不如乘蹇驢。文繡衣太牢，《雲門》享爰居。溢恩伏殺機，隆禮與禍俱。禽獸憚爲犧，人知乃不如。

---

① 何，淮刻本、湖北先正遺書本作“胡”。

來日大難警變而作

來日大難，天命奈何。今日爲樂，焉知其他。一解
遊魚在淵，其適孔多。漁子餌之，奄失蒼波。二解
猛虎噛人，咆哮山阿。人懷禍心，同室嘯歌。三解
山險可越，玉玷可磨。機事一失，尺瀆成河。四解
祖龍疾走，逐者荆軻。赫赫武皇，亦有何羅。五解
嗟嗟不戒，愛子操戈。釋此弗殲，天也則那。六解

擬古龍升天須浮雲

龍升天，須浮雲，今之仕者别有因。察不待孝廉，科不必賢良，一旦舉之牛下，加之稠人，族類鈎連蒙溢恩，乳臭之子被冠簪。嗟彼未遇時，里中豪士奴役之，中人之家耻婚媾，飲宴列之爲下賓。并日一舉火，往往釜生塵。今者銜命歸，縣令負弩爲先驅，郡守伏道左，徒御何逡巡。少長咸聚觀，稍近遭呵嗔。腰繫雙白璧，囊貯萬黄金。散金拓第宅，朝得西舍暮東鄰。少年强攀附，有逾骨肉親。白首牆東生，下帷良已勤。短衣不掩脛，出汲行負薪。我聞憤憤何能平，將欲叩帝而説陳，天門九重河無津。

艷歌行

青樓臨廣陌，楊柳當窗垂。飛來雙白鵠，一步一徘徊。一解
今日樂相樂，置酒臨前池。下有菡萏花，上有松柏枝。二解
與君初結婚，不意當乖違。讒言使親疏，兩心當自知。三解
君爲東流水，出門不顧歸。妾爲北辰星，終身無轉移。四解
君當萬里行，妾當守中閨。生歸重合歡，死與黄泉期。五解

行路難五首

北風蕭蕭雨雪滂，辭我親友之朔方。中閨少婦走徬徨，勸君斗酒牽衣裳。道路縱横多虎狼，歲暮天寒百草黄。結髪本期不下堂，君獨何爲慕他鄉？東流之水不西歸，宛轉蛾眉能幾時？人生富貴亦有命，辛苦馳奔空爾爲。縱令鼎食有别離，賤妾但願共餔糜。

其　二

磁石引鐵金不連，餌可得魚龍不吞。蠟戟雖妍不可刺，明珠雖貴不可餐。水中之車，何殊陸地之船。玉卮無當不以注，白刃倒持安用銛？手中雖有丈八矛，試之井底難回旋。雖有輕輿駕良駟，途窮日暮安能前？丈夫雖有磊落才，生不逢時終蒿萊。

其　三

面不同兮心亦殊，執一求之君何愚。星有好風或好雨，世人豈得均所圖。孔贊《韶》兮墨非樂，遵叱馭兮陽回車。林中亦有嗜腐鳥，海上猶聞逐臭夫。此欲前兮彼則却，彼所吐兮此復餔。促席接襟議靡愜，異域殊疆志或投。達人曠視任自然，小儒曲士競區區。

其　四

忠信不獲顯，衆人害其上。世事風波紛蕩漾，變化無方何可狀。公旦金縢功罔刊，伏波銅柱師何壯。周王漢帝豈不明，讒言入耳心不諒。骨肉天親尚有疑，他人豈得無遷放。生命飄蓬隨所向，繁華誰保不凋喪。何爲坐歎行復嗟，鬱陶終日憂譏謗。

其　五

四坐且莫諠，聽我促節歌路難。我今四十迫衰殘，盛年一去何當還。昔斥爲遭絳灌怒，今來豈受金張憐。泰山可移志不徙，寒燼從知無再然。但願長隨擊壤民，優游鼓腹歌堯年。

少年行六首

幽并聞騎射，閭里藉輝光。朝遊從許史，夜宴挾姬姜。鳴鞭當大道，調瑟坐中堂。傍人爭借問，云是羽林郎。

其　二

聲蓋少年場，名冠壯夫籍。行人總憚塵，坐賓皆避席。彈劍耻依人，探丸恒借客。一朝負罪逋，不受追兵迫。

其　三

長安本俠窟，烈士多英風。殺人帝輦側，射獸上林中。金羈及狡兔，珠彈落高鴻。歸就博徒飲，酣歌意難窮。

其　四

悲歌白日變，裂眦秋雲高。仇家諒不釋，怨吏幸無遭。全生脱虎口，獲死等鴻毛。豈效儒冠子，終歲濡柔毫。

其　五

一筵揮萬金，徵歌仍調舞。白面洛陽童，素腕邯鄲女。希意色斯升，含情目相與。恣歡餘萬端，惟憂竭清醑。

其　六

應募去幽燕，長驅出酒泉。樓煩既已破，休屠亦復殘。耻隷驃騎部，豈屑輕車官。歸來見天子，長纓牽左賢。

出自薊北門行

敵匪茹，[①]寇朔方。信妖師，造不祥。倏豕突，忽鴟張。逾回中，至涇陽。蹂稼穡，發蓋藏。遭者劉，奔不遑。父失子，女求孃。聲斷絶，摧肝腸。天爲愁，日無光。不有辜，罹厥殃。一解

帝赫怒，命徂征。方召往，衛霍行。旟旐揚，組練明。介馬馳，速流星。朱熛烈，玄顔蒸。仗中權，效先登。人皆奮，身命輕。二解

出雁門，過祁連。煎瀚海，夷天山。絶累重，燼毳氈。殄三姓，[②]磔兩賢。谷蠡殪，當户殲。斬首級，[③]如刈菅。血釁鼓，頭繫鞍。膏漬野，骨填川。檻厥魁，凱以旋。三解

捷書聞，不色喜。庭臣賀，帝曰止。嗟我軍，寧無死。詔扶傷，兼罪己。四解

馬歸山，士服田。死録子，生與錢。戒軍吏，勿開邊。羌無過，漢不先。務休息，思保全。罷遠戍，閉玉關。韜五戎，壽萬年。五解

俠客篇

千金飾寶劍，四牡耀朱纓。東馳突西騖，重諾復輕生。公子執轡請，諸侯擁篲迎。紿秦歸質子，要楚出援兵。按劍復魯地，憑軾下齊城。匿迹托狗屠，濟難賴鷄鳴。報讎争結交，殺人恒借名。七國倚安危，三輔咸震驚。詭辭五嶽移，側足九鼎傾。少年附高義，千載流英

---

① 敵，淮刻本、湖北先正遺書本作"胡"。

② 殄，淮刻本、湖北先正遺書本作"鏖"。

③ 級，淮刻本、湖北先正遺書本作"虜"。

聲。安能效竪儒,睹事徒撫膺。

子夜四時歌一十二首

春歌三首

東風蕩羅裾,冶遊步前池。柳條亦多情,裊娜學腰肢。

其　二

初華錦繡舒,千林望如一。懷春廢機杼,縑素難成匹。

其　三

晝飲夜復宴,笙歌緣底忙。不是無來日,但欲及三陽。

夏歌三首

珍簟卧當風,四面不施幃。郎呼起同遊,待儂著絺衣。

其　二

輕舟蕩雙槳,紆轉蓮塘裏。君但惜蓮花,儂貴得蓮子。

其　三

腕困置扇坐,鮮袿苦汗涴。[1] 歡言勿懊惱,三伏已將過。

秋歌三首

貪看秋月光,夜久不還寢。四顧寂無人,玉階有雙影。

其　二

日日苦思君,紅顔忽成老。昔若三春華,今如九秋草。

其　三

共歡種梧桐,十載青雲齊。百年化雙鳳,來此樹上棲。

冬歌三首

與歡隔溪住,凝冰周四壑。冰上野狐踪,歡行勿憚薄。

其　二

白馬雪中馳,色混影難覓。不知郎去路,但見馬行迹。

其　三

對雪具清酎,强歡再三進。歡愛雪舞筵,儂恐雪侵鬢。

猛虎行

上山採樵,道逢猛虎。虎銜樵去,置之林下。樵告虎言:"君何不

---

① 袿,淮刻本、湖北先正遺書本作"桂"。

仁？君得一飽，我則殞身。昔非有怨，今何見嗔？”虎答樵言：“何哉所云？子非我怨，我非子嗔。皇天賦性，有此不仁。”樵告虎言：“君言雖辯，匪我攸聞。吾聞天地，大德曰生。騶虞不殺，獨匪爾倫。”虎答樵言：“當死小犢，[①]亦何多陳。三日乏食，竄伏荆榛。辛苦見遭，奈何捨君？”樵得虎言，仰天大叫，哀聲徹雲：“蟲蟻惡死，況乎我人。願收厲氣，敷和布春。盡令猛獸，化爲龍麟。”

遠遊篇四首

湯谷既闇，濛汜則榮。朝宴未終，倏忽至冥。逝者不息，物理相乘。願呼松喬，躡景上升。

其　二

徘徊崑丘，憩駕層城。遨遊八極，遍謁仙靈。飲我沆瀣，玩我芝英。俯視下土，蟲鼠臭腥。

其　三

手攬羲和，頓策徐行。歸謁東父，遂造紫庭。授我神藥，服食體輕。一舉萬里，疾如迅霆。

其　四

逍遥天衢，恣意所之。手持桂枝，驂駕虹霓。晞髮朝陽，[②]濯足咸池。昊蒼遍歷，懸景未移。

君馬黄

君馬黄，臣馬蒼。蒼者駑，黄者良。駑馬却，良馬前。君當進，臣當旋。

妾薄命

春風轉蕙披蘭，高臺曲榭中連。經堂入奥張筵，秦筝趙瑟俱前。鳴弦度曲雙妍，輕舉紈袖褷褷。宛若游龍翔鸞，翠盤金爵闌干。呈能角技爲歡，種種厭射更端。眼看陽景西馳，高張蘭燭承暉。車倦馬怠

---

① 犢，淮刻本、湖北先正遺書本作“虜”。
② 晞，淮刻本作“睎”。

不辭，但歌不醉無歸。夜深坐促尊移，含悰送意向誰。衆中色授君知，願言並蔕雙棲。惡聞易别輕離，佇立不勝彷徨。獨宿寤言難忘，何以報君明璫。起視銀河爛光，牛女咫尺相望，終夜不成報章。[①]

戰城南

戰城南，困城北，縱橫腐肉烏鳶食。一將侯，萬夫死，[②]聖人用之非得已。國之守，在四鄰，善戰之臣服上刑。佳兵者，不祥器，常勝之家道所忌。孤人子，寡人妻，獨人父母安忍爲。銷戈矛，滅鋒燧，戢爾熊羆長不試。鴟鴞逝，鳳凰來，與民休息歌康哉。

怨詩一章

隕葉眷柯，斷株懷蔕。寒霰覬温，陰巖希霽。頽魄愠玄，駛潮憎逝。令德鮮終，良辰忽替。

湖上行

麗服出芳郊，香車臨緑水。留連夭桃下，宛轉垂楊裏。妝憐草色鮮，坐逐花陰徙。相携拾翠行，暫拉聽鶯止。忽驚玉珮遺，時將芳樹倚。紛紛遊冶兒，側目情無已。

鷙鳥四首

鷙鳥化爲鳩，形换性亦易。有時遭故群，斂翰自遠避。

其　二

石苦則生我，炙美毒滋多。吐炙乃茹苦，違欲以療疴。

其　三

鵾鵬運天池，斥鷃翔藩籬。大小各有適，何用相追隨。

其　四

蓼蟲不徙葵，水蟲不遷陸。習苦翻避甘，能寒豈慕燠。

夢澤集卷二

---

① 《明詩綜》卷四一録此詩，末有評語："陳臥子云：'調本子建，聲情極合。'"

② 夫，淮刻本作"矢"。

卷　三

詩

詠懷三十四首

兩儀立樞要，萬事具紀綱。智士運機權，一童驅百羊。羽重金或輕，尺短寸有長。壯夫苟失據，反爲豎子傷。獨繭引六鼇，纖繳連雙鶬。操持貴不謬，得失詎有常。始悟制人術，豈在多與强。

其　二

明月至無媒，朱草敷庭陰。倉卒拔劍前，眄睞愁予心。豈獨闇嘉祥，隱禍恐見侵。忌廢忍不攫，負嬰甘棄金。至貴有不欲，天屬誠所欽。美疢雖可甘，徒使百毒淫。

其　三

昔有亢桑子，寄身畏壘居。臣妾屏仁知，甘與朴纍俱。三年國大穰，歲計誠有餘。閭井戴其潤，謀欲俎豆予。聞之悵不懌，奮起逃空虛。豐施不食報，道化超黄虞。季葉騖功利，晝挈矜一隅。

其　四

人生本殊方，神範各有宜。參錯獲一致，妄鑿乖天倪。鳧脛續則痒，鶴脛截則悲。拇駢決則憂，指枝囓則啼。匙劣不假益，羨溢豈無虧。[1] 紛彼便嬛子，作意相追隨。智殫力云匱，成理曷能移。

---

① 無，淮刻本、湖北先正遺書本作"俟"。

其　五

狙捷反見執，豹文乃來田，鸜鵒舌爲災，翡翠羽自殘。醜惡非可居，才美邇禍端。置身當何所，材與不材間。貴寵安足希，庶以盡吾年。

其　六

天網掩八荒，翔走盡其曹。大人操利刃，揮網使奔逃。殺獲豈不多，貴有疏釋條。渾沌鑿已久，胥庭徂復遥。刑書代附益，權家紛蝟毛。跬步置一穽，荼苦動見遭。民窮詐轉出，獸窘恣咆哮。介者不慕飾，胥靡豈憚高。無令自棄民，生此全盛朝。

其　七

儒生峭崖岸，抗顔論詩書。磬折周倫類，直方向朋徒。吐辭厲信義，皎日耀天衢。外表高潔談，腹内藴穿窬。命侶發瘞子，探口出含珠。金椎碎腐頰，青青歌應臚。聖言豈不偉，反爲行劫需。誦説苟非人，階亂豈勝誅。

其　八

擊鼓以求亡，疾馳以逃影。驅介以乘高，驂蹇以求騁。揮刃喪其柄，振衣失其領。趣捨昧良圖，存亡在俄頃。

其　九

軒后謁大隗，肅駕登具茨。徒御總聖靈，中道迷所之。邂逅襄野童，再拜稱天師。仲尼大聖人，未敢輕小兒。神智有不通，稚齒抱真知。咄嗟世路子，耻問甘蓄疑。終身昧太行，皤皤良足嗤。

其　十

民食美芻豢，鴟鳶甘臭陳。西子豈不都，魚鳥不見親。萬類殊所嗜，物豈慕非倫。箕畢各有好，況此世上群。情欲孰爲正，參差何可均。黜智任自然，悠悠葆天真。

其十一

夸名非己有，禍患在須臾。生命無延期，昏旦有不虞。拂衣捨之去，矯步升天衢。陟降太微堂，上帝授靈符。六氣備朝餐，雙虬結颷輿。消玉饋我漿，憑雲搆我廬。聖真進杯觴，靈妃奏笙竽。三光代列炬，四海注一盂。抗臂抑羲和，六龍且徐徐。微瞬朝市易，日月曷云除。名漏泰山録，鬼伯無迫驅。舉手謝世人，安能與爾俱。

其十二

里中有一士，栖栖蓬户間。動依高士迹，居誦先民言。盎中無斗儲，桁上衣無完。藜藿并日得，纊絮豈禦寒。伏臘祀每廢，妻子顔苦艱。常恐志節虧，不屑親知憐。入門四壁立，顧之絶愁嘆。饑食拒嗟來，渴飲避貪泉。一簞恒晏如，回也稱大賢。

其十三

姬旦制冠裳，萬古承其賁。偶以衣狙猱，奔騰裂且棄。承雲本妙音，鱗羽争辟易。魯門鐘鼓聲，轉使爰居悸。物類何繽紛，人已非一致。韙哉尼父言，盍各言爾志。

其十四

曜靈倏西没，圓景承其輝。飄風蕩層雲，[①]零露忽已晞。急節不可淹，大暮焉能違。天象會有復，嗟哉人命微。怵惕積湯火，榮名非我希。幸不嬰網羅，何用起高飛。安接浮丘公，執手升雲巍。玉醴對坐傾，瓊華聊可嘰。

其十五

京洛冶遊子，浮湛聲色場。青驪服文輿，丹組綰羅裳。翱翔狹邪間，順風揚芬芳。高堂置廣宴，曲榭開閒房。分曹效百戲，作使徵名倡。良庖膾肥鮮，珍饌溢圓方。朱華忽西逝，蘭膏嗣其光。客醉賦無歸，宵分歌未央。爲樂自今日，千歲固其常。安能轉多忌，歎息懷虞殃。

其十六

甘辭背德義，盡言招罪尤。效忠主未諒，施恩誰見酬。直道鮮所合，險路焉可由。民生媚其朋，玉石各有儔。舍此但安坐，芳時忽我遒。去來固成理，乖合非人謀。灰心置計較，遺棄親與讎。去適無窮野，超世離殷憂。

其十七

達士志慷慨，貪夫思保全。有身則有患，消散固其然。伏波甘馬革，莊周快烏鳶。用意非一趣，大要歸明賢。愚者闇桑榆，鬱鬱坐自煎。思慮損眠食，恐懼懷冰淵。蹙遨向賓客，劻勷終歲年。多圖寡攸

---

① 層，淮刻本、湖北先正遺書本作“曾”。

成,繁辭累其愆。展轉不獲紓,賫恨寐重泉。木槿榮一朝,日夕用長歎。

其十八

河清不可俟,川逝誰能止。朝露忌太陽,夕日愁濛汜。歌舞化塵埃,都邑生荆杞。大運厄陽九,銷毁固恒理。填海精衛勞,逐日夸父死。齊景悲牛山,晏嬰笑未已。彭殤孰短長,無生悟方始。

其十九

梧宫肆詰辨,齊楚兵始連。弦高犒晋師,鄭國賴以全。齊樂不可犯,范昭知有賢。誰云制勝術,乃在樽俎間。君子慎幾微,禍福基一言。覆水各自流,事去誠可憐。

其二十

疑似不可涉,李下與瓜田。母言出婦口,雖當未爲賢。周公功信偉,二叔反流言。實沈與閼伯,日起尋戈鋋。骨肉尚不免,何望他人憐。夜玉至無因,匹夫按劍前。鴟鵂據腐鼠,仰視嚇鵷鸞。苟非明君子,安能弭禍端。感彼采苓章,勖哉其舍旃。

其二十一

處世悵悠悠,結交誠草草。舳艫濟重淵,璣衡測穹昊。人心懷嶮巇,對面施傾倒。莊惠亦有疑,張陳終莫保。托身恨已晚,知人苦不早。揮袂去人群,採芝歷雲島。

其二十二

言笑色雖親,致毒乘其昧。一旦弛周防,勺水成湍瀨。禍亂在須臾,何有細不大。牧視後者鞭,蟋蟀思其外。舟壑竟難恃,軒駟何足賴。先民亦有言,高明鬼所害。慶吊非異門,驕蹇詎能會。

其二十三

元化運天地,碩輔須英雄。草昧若無俟,大業何由隆。匡時各有人,如雲附飛龍。二八贊虞庭,胥靡翊殷宗。周公出天屬,鼓刀應非熊。爲猷苟切施,疏賤靡不庸。下世忕舉肥,斥異多引同。豈乏倜儻士,無媒終固窮。

其二十四

僶俛信無當,躑躅常苦憂。傷哉世路交,同源終異流。執手愛不淺,轉面起見讎。傾側忍負欺,怨毒生綢繆。彎弓日相向,乘利來迫遒。薛公一獲罪，賓客誰顧留。炎炎廷尉門，灰冷令人愁。[1] 胡越使相爲，安危在一舟。輕薄市中童，反復誠獨差。煩思發憤懣，自兹絶交遊。

其二十五

日月亘天塗，照耀各有時。榮枯若循環，智巧難控持。賈生愁遇鵬，莊周憚爲犧。糾纆誰不嬰，文繡焉能辭。放言用自慰，虚無誠我欺。得失去來間，此叟迺深知。

其二十六

昔聞有遊女，逍遥翔碧潯。交甫下請佩，解贈情亦深。可遇不可持，變化愁予心。影滅佩亦失，漢廣無由尋。眄睇絶髣髴，徘徊逮夕陰。青鳥忽來過，貽我金石音。憂思耿難忘，寫意於鳴琴。自傷非儔類，感激長悲吟。

其二十七

愚公亦非昧，智叟未爲得。獻疑親反嗔，贊詭疏爲德。大人計億代，俗士愁日昃。通蔽鮮一致，損益非易測。

其二十八

忽忽行欲暮，遑遑復何之。征馬立踟躕，遠道安可期。霜霰被原野，北風吹我衣。孤鴻飛且號，虎兕夾林啼。崎嶇不獲騁，徒旅長嘆咨。回車亦已晚，失路良可嗤。嗟哉客遊子，念此早旋歸。

其二十九

窮達有自然，鬼神柄其施。安坐值渥恩，周旋失所宜。佩玉乃不兆，壓紐襁抱兒。上卿屬稚齒，郎署淹厖眉。巧宦目馬安，斯言恐亦非。豈無多智人，往往困蒿藜。

其三十

蜉蝣不知夕，楚楚矜衣裳。人生若塵霧，睹兹立傍徨。世事沓而至，心力苦不遑。運往悵莫追，憂來嘆無方。智巧雖百出，得失亦相當。少壯與時逝，精神自彫喪。逼此悔恨生，税駕名利場。按牒訪芝草，[2]天路期翱翔。列仙非我儔，瑶水邈無航。俱置勿多畏，恬澹安

---

① 冷，淮刻本、湖北先正遺書本作“寂”。

② 牒，淮刻本、湖北先正遺書本作“諜”。

其常。

其三十一

中歲獨玩世，蕩志娱弦歌。婉孌思一顧，輕薄日來過。妙舞進北里，姿媚趨狹邪。[①] 資用每不贍，謗議横相加。兹年忽醜老，釁禍悟已多。昔人重知非，慨嘆今如何。澡身祛垢氛，考室潛巖阿。幸不即徂謝，庶得附龍蛇。

其三十二

兹歲忽云暮，駕言出城闉。楊林翳白日，岡岑蔽玄雲。荒原離獸馳，寒鳥鳴索群。上有百尺臺，下有千古墳。登高一騁望，思我平生親。[②] 延佇久不至，俯仰懷酸辛。萬物靡不化，千載猶兹辰。驅馬復來旋，詠歌聊飲醇。

其三十三

猗與雄傑士，猛氣蓋八埏。出身赴國難，受命不遑安。左臂引烏號，右手提龍泉。臨敵試一呼，萬夫却走還。先聲四海沸，壁壘俱破殘。旄頭化石隕，天吴蟄重淵。西北净邊塵，東南蕩蠻煙。茅土非所希，貴使威靈全。長揖返故廬，功高何足言。

其三十四

至人處斯世，忌爲人所知。十漿五先饋，列子驚且疑。避竈不足貴，争席乃庶幾。大白每近辱，卑濁良可棲。豈效夸毗子，作意矜容儀。結束轉自媚，姿態令人悲。[③] 髹塗飾軒轂，步趨陳采齊。危冠禮迂士，褒貶厲嚴辭。媮媟不敢干，矯志逃世譏。皎潔難久居，青蠅忽來隨。衷美孰云亮，毁譽在一時。敗軌屢相縈，邅躓當路岐。

壯士篇

少年學劍術，英風聞九州。慷慨出門去，辭家將遠遊。遠遊欲何之，炎荒爲我仇。昨聞遣飛將，召募何時休。國威有不揚，無乃壯士羞。奮矛如迅湍，[④]拔距逾亭樓。猛氣伏羆虎，騰躍捷獮猴。置身百

---

① 狹，淮刻本、湖北先正遺書本作“俠”。

② 思，淮刻本、湖北先正遺書本作“恩”。

③ 姿，淮刻本、湖北先正遺書本作“恣”。

④ 矛，淮刻本、湖北先正遺書本作“子”。

戰場，妻子不顧留。性命良足憐，聊以紓主憂。揮戈蕩蠻煙，飲馬江漢流。餘勇萬人賈，雄傑無匹儔。功成獻明庭，賜爵位通侯。

遣興三首

八方異風土，百里殊陰晴。中外殆天設，[①]終古難合并。權家但好勝，持議乖群情。孤軍病深入，問罪慮無名。客主既不如，師老功難成。常恐强弩末，遂令小國輕。安得長者言，立談罷交兵。皇惠均萬物，各各遂其生。

其　二

南裔雖一區，嶮阻紛可憑。民居寄谿谷，霧雨常晝冥。妻子像蛇虺，魑魅冒人形。沙蟲潛射影，觸之喪其生。古來稱絶域，何足煩天兵。吾聞王者師，無戰唯有征。一卒不備歸，良已虧威靈。地於東南缺，天乃西北傾。二儀有不足，并包人豈能。

其　三

高宗伐鬼方，三年乃能克。不聞徐方來，允在王猷塞。耀武與修文，收效孰爲得。試看古戰場，春雨生荆棘。

眺江閣述懷

偶遣丘中步，來眺江上閣。樹裏吕王城，草邊邾子郭。遺宫隱莫尋，[②]往牒恍難托。春深苦竹滋，秋高白楊落。故堞啼早鴉，野田噪暮雀。頗爲樵牧資，焉免狐鼠虐。雍門哀有餘，九原何可作。

雜詩九首

絺綌寒不求，纊絮暑不御。當其不切施，棄置若弗顧。時節忽復及，效用乃如故。冥運不無代，物理豈常遇。功成互見奪，乘時各有騖。嗟哉團扇姬，怨歌良已誤。

其　二

手持一杯水，覆地東西流。榮悴有自然，萬卉同一秋。翩翩者誰

① 中外，淮刻本、蘇刻本、《盛明百家詩》、湖北先正遺書本作"夷夏"。

② 宫，淮刻本、湖北先正遺書本作"官"。

子，作色矜遨遊。朝見馳華軒，日暮歸山丘。憂來不可知，爲慮何能周。貪夫昧成理，磬折将焉求。天命無改施，智巧誠足羞。

其　三

日月競馳邁，一夕復一朝。臨鏡失故吾，壯心潛已消。聖朝棄賤士，九牛亡一毛。豈不希末榮，所苦術不饒。無能令身貴，何爲使心勞。莊生誠我師，大鵬寓逍遥。

其　四

獨處忽不樂，理棹淩洪波。巨石何瀺灂，魚龍駭經過。捨舟復安適，改軌登山阿。木魅號夕風，猿猱一何多。禽蟲饒怪形，林谷聲相摩。失路積憤懣，逝景忽蹉跎。雲中可遊遨，乏翼将如何。

其　五

漢皋有遊女，揮袖淩風翔。俯身拾翠羽，舉步振雙璜。芳華耀朝日，皓質凝秋霜。嫣然惑陽城，婉孌切中腸。将來恍復旋，何由置蘭房。徙倚通精誠，青鳥逝我傍。揚聲致殷勤，再爲申禮防。徘徊湍瀨間，綺麗不能忘。

其　六

無得亦無失，喜來憂患乘。崇高帶傾覆，陳根吐鮮英。反覆開存亡，臭腐舍精靈。如何聲利徒，僶俛趨譽名。季子竟車裂，累印何足榮。李公具五刑，悔令遊説成。賣主愆自招，上書誰爲明。萬事有不虞，逍遥可長生。

其　七

芳春驟青驪，遨遊楚江濱。道旁若堂封，云是吕王墳。衢路化陌阡，臺館盡燒焚。陰風嘯寒鴟，古隧翔狐群。牛羊牧其巔，淩藉日繽紛。生存華屋居，嬪妾從如雲。一朝寐重泉，貴賤何由分。龐公困隴畝，耕稼良已勤。誰知千載後，史册播餘芬。

其　八

中園種桃李，不言下成蹊。凝霜被原野，零落愁安歸。盛年有銷鑠，窮達在一時。便嬛途路子，俯仰乍榮輝。夸名何足賴，怨毒常苦滋。靈龜歡在塗，雄雞憚爲犧。膏火忌自煎，斯言誠可悲。

其　九

羲和馭六龍，馳光耀萬里。一潛濛汜間，沉淪不自理。楚宫在昔時，繁華照江水。歌鐘日夕聞，閑榭屯羅綺。運徂謀亦屈，巍構積傾圮。當晝狐兔翔，洞房生荆杞。朝雲不可招，逝者誰能止。流觀天地間，庶悟達生旨。

别張子言四首

我友駕言邁，去去之朔方。晨起趣中厨，爲我具酒漿。長别在須臾，且願盡杯觴。昔爲骨肉親，比翼雲中翔。今當永乖違，邈若参與商。出門異鄉縣，居世如朝霜。世途轉傾側，良會安可常。羸馬感人情，哀鳴衢路傍。悲風振喬林，瑟瑟傷肝腸。執手不能辭，淚下沾衣裳。恨無淩風翰，送子還故鄉。

其　二

故鄉豈不思，臨發中徘徊。借問欲誰須，重與心知違。山海高且深，見面未有期。有懷今不盡，相思亦何爲。豈無弦歌曲，調促令心悲。立語未及終，白日奄忽移。安得魯陽戈，揮景使東馳。

其　三

馳景不少待，客子何可留。相送不覺遠，行行至河洲。中有雙黄鵠，飛鳴諧匹儔。驚風揚洪波，散失焉能求。雌雄相背飛，影響日以遒。鳧鷖豈不多，嗟哉非我仇。願言樹萱草，以解心煩憂。

其　四

煩憂動我神，悲歌仍躑躅。鬱鬱道傍柳，垂蔭昔何緑。嚴霜日夜零，枝葉不復屬。四時相推斥，變化一何速。俗子騖聲華，世儒矜結束。立身多所乖，年命傷局促。子其愛景光，抱道在白屋。

别張子魚三首

斷蓬隨天風，飄轉雲中遊。豈不戀本根，一失非我由。矯矯雙鴻鵠，高飛命其儔。獵子隱側目，横絶焉可求。托身貴得士，安卑義所尤。之子遠行邁，棄我不顧留。思欲並子濟，漢廣無方舟。

其　二

鳴鹿在中野，獲草求其群。嗟哉昔所歡，一散如飈塵。虞卿棄相印,擔簦徇情親。悔吝不自惜,義聲流千春。此道息已久,遺響誰爲申。子其懷璵璠,慰我多苦辛。

其 三

霖雨積旬朔,羲和光不垂。荆棘被廣野,潢潦生中逵。客子阻遐征。太息當路岐,策馬從子去。駑駿焉可齊。君羽等飛鸞,我質類栖雞。同袍異羽質,去留長此辭。

閨情二首

種木期息陰,結交期得心。與君初婚時,安坐調瑟琴。繫我大秦珠,貽我玳瑁簪。携手同車遊,徘徊步春林。俯拾並蒂華,仰聽和鳴禽。折芳交贈持,言誓一何深。寧期被讒妒,棄我忽如沈。曠歲不一接,塵埃生錦衾。明月入空帷,中夜坐悲吟。發篋理故物,淚下誰能禁。故物猶光彩,故心人安在。疇知恩愛移,不俟顔色改。

其 二

端坐結憂鬱,逍遥出中閨。丹榮冒陽林,流泉激清池。孤鳥西南征,遺我鳴聲悲。攬衣起相從,迅影不得追。踟躕立庭隅,目送浮雲馳。雲馳風爲驅,風返雲亦歸。君恩中道還,慰我恒渴飢。

别曹仲禮四首

與君一爲别,晷度逝不停。奄忽二十載,親串日以零。短者已物化,存者非壯齡。況復異鄉縣,散處如晨星。但言長相思,豈意今合并。顔鬢各已改,不易惟兹情。孤鴻號朔風,黄鳥聲嚶嚶。飛鳥戀儔匹,況乃稱友生。

其 二

别子大河側,見子長江濱。對面但疑嘆,含意慘莫陳。豈無新知歡,念此同袍人。扳留不須臾,羲陽忽以淪。奮身思翳日,天路邈無因。安能附高翮,一舉摩青旻。飽者豈念飢,貴者羞賤貧。薄終古所尤,交誼貴在伸。故心苟不移,何必會合頻。慷慨即長路,無爲兒女仁。

其 三

中夜起相送,白露塗我襟。低頭惜分手,舉頭傷辰參。斗酒良不薄,對之不能斟。唧唧草間蟲,助我揚悲吟。爲君拭緑綺,彈作清商音。物理關人情,淚下不可禁。《谷風》刺小怨,孔公贊同心。延陵輕寶劍,高義垂至今。親交信不薄,先民良可欽。

其　四

泠泠山下澗,童童山上松。磊磊澗中石,瑟瑟松上風。波逝石不俱,飈奔松莫從。物理相倚藉,動息難可同。與君遊宛洛,矯若雙飛龍。中道悵相失,末路欣此逢。既逢不須臾,去復當嚴冬。霜霰集衡軛,虎豹啼林叢。子其慎桑榆,勞謙以令終。

園亭言懷

駿死骨誰市,象焚齒自累。棄置悲團扇,齟齬嘆方枘。耻隨荆橘化,樂與魏瓠棄。素無金張援,焉取丘園賁。農圃衍世業,桑麻綜歲計。實飽三士桃,芳引八公桂。春原露未晞,秋皋霜已被。偶緣物態感,遂與神理契。晷度無能淹,金石亦善敝。願言齊得丧,庶以紓勞悴。

歲暮雜興十首

年往志亦減,譽來毁乃加。遂初困無悶,善後生有涯。永年慕樗櫟,存身悟龍蛇。大隱但城市,嘉遯豈煙霞。

其　二

孔公深贊蠖,賈生虚忌鵬。屈伸在一時,憂喜本同域。河清豈能俟,途窮安足哭。久息漢陰機,莫問成都卜。

其　三

一斥壯齡改,相知白首疏。干時計轉拙,好客資苦無。飯牛當落日,牧豕入平墟。行年忽老醜,何意逐名譽。

其　四

人情皆喜新,世路惟嘉壯。鵠寵遠見珍,薪積後居上。前魚龍陽悲,遺簪少原悵。盛年亦有移,溢恩何可仗。

其　五

寡欲處易安,抗行俗難合。巢林秖一枝,繞樹猶三匝。竟日伯陽書,經年幼安榻。閉門客座空,啓徑朋簪盍。

其　六

昔惟樂遊衍，今已識耕耨。連畛東陵瓜，一頃南山豆。坐久林壑暝，歸晚妻孥候。倚樹見墟煙，就枕聞山溜。

其　七

日月處無恒，俯仰情非一。蟠泥乏龍德，悦草愧羊質。周周尚慮危，鶼鶼猶慕匹。紛紛馳突子，何不虞顛躓。

其　八

偏才互短長，名家殊去取。連城償燕石，千金享敝帚。不識東家聖，翻謂西施醜。定價豈目前，知己俟身後。

其　九

讒毁行見迫，愁思坐不開。含垢長者仁，懷璧匹夫災。在鳥愧能言，處木甘不材。終謝金籠閉，幸免匠石猜。

其　十

景曜一何速，志業百未酬。所願則學孔，吾衰不夢周。智愚各有營，貴賤孰無憂。松子久我期，[1]萱草爲誰求。

再呈張子五首[2]

我歸指春暮，首夏尚梁城。偃蹇輟孤嘯，夷猶滯遄征。憶山憤屢積，卧疴感易盈。促促變昏旦，栖栖感晦明。

其　二

良知念仳離，旅寓枉漂泊。連榻任縱誕，駢筵展戲謔。儷步循廣除，偶睇散層閣。志意攢縷悰，憂患袪緒樂。

其　三

淒淒白頭吟，煒煒瑶華音。睦耳親暱談，寄致翰墨林。朋探耽散帙，[3]丘憩憶鳴琴。賴兹君子侍，可愉浮客心。

其　四

結髮事圖牒，壯齡重交遊。章甫不越適，明珠無暗投。倜儻俗寡

① 期，淮刻本、湖北先正遺書本作“欺”。

② 淮刻本、湖北先正遺書本題作“再呈張子一首”。

③ 耽，淮刻本、湖北先正遺書本作“耽”。

和，齷齪余恥仇。晚有二三士，相與締綢繆。

其 五

趨途互顛躓，鎩羽各參差。詎知會無因，枉作生同時。公組竟不緤，我榮亦已遺。修辭與明德，努力副前期。

憶舊廬①

今羈變節候，昔棲曠林丘。蘋風浣秋岸，花暄麗春洲。林端赭圻折，屋際玄霧流。撫景足自媚，寡欲罕外求。一朝嬰塵慮，十年事遠遊。山中泠叢桂，海畔驚群鷗。龍性乖馴擾，鶴姿愜清修。初服怍久違，華簪歡早投。巖想偃荆扉，渚忭鶩蘭舟。倦翰飛屢憩，駭鱗逝無休。此語難俗聽，探懷授良儔。

詠秋泛②

鮮曦登首秋，緒風革闌暑。孤嶼濺驚湍，輕橈鶩蒼渚。搴舟吟《越人》，鼓枻歌《漁父》。霜林隕葉揚，楓岸輕鷗舞。蒹葭寒隱汀，芰荷衰映浦。披拂枉夤緣，維繫乍延佇。羹芹翠縷翻，鱠鯽銀絲剖。俯睇怍虬潛，仰盼愧鴻舉。泛梗傷在今，乘桴豈獨古。

答馬子

昔予棲金馬，偕子謁彤闈。秩俱晤不闊，願愜契無違。追尋屐偶歷，招要杯遞揮。夕談朝日上，晝吟宵月輝。振雅袪凡響，抗志領時譏。銜飈忽中激，垂翅各分飛。余征赴梁甸，君徂出晉畿。不惜謫宦苦，但愴良覿稀。青蠅既點璧，緇塵仍染衣。怨吏歡入穽，哲人咍見羈。③ 枉子尺素問，增我百慮依。撫今覬昔娱，忤物悟已非。願言謝人徒，北山行採薇。

歸故園作

浮轍厭羈羽，歸驂謝飄蓬。桑梓無改植，阡術有遺踪。敝構仗先

---

① 淮刻本、湖北先正遺書本題作“憶舊廬一首”。

② 淮刻本、湖北先正遺書本題作“詠秋泛一首”。

③ 羈，淮刻本、湖北先正遺書本作“幾”。

宇,餘築存故墉。岫松增稚株,林篁茂子叢。霏霏薜荔雨,摇摇菡萏風。招要山中人,追尋河上公。登挹九疑嵐,卧聆七澤淙。往歷勿重陳,偃蹇敦所崇。

夢澤集卷三

卷　四

詩

送倫子畢娶歸

君不見,倫氏之子才絶倫,少小屬文如有神。風雲獨奮九萬里,身世初經二十春。獻賦朝趨北闕下,上書暮歸南海濱。誰知弱冠親迎客,已作君王侍從臣。珠明玉潤元相媚,苑柳宫花春自醉。霄漢翻爲奠雁行,鄉閭競訝乘龍至。烏鵲橋邊問石年,鳳凰樓上吹簫地。富貴婚姻慶非小,文采風流古來少。花燭初從華館張,爐煙屢夢清班繞。當朝爾是歲星魂,避世還來金馬門。他年割炙詼諧日,方朔重沾漢主恩。

發裕州短歌

黠卒前來意氣雄,當階縛我囚車中。颯颯驚飇動地至,城捲赤霧摧丹楓。城中之人走相視,城外蕭蕭嘶曉轡。道上殘楊掃凍帷,過雁鳴蜩雙迸淚。人生作吏何大苦,①囊無一錢身被虜。可憐妻子盡畏途,南征白晝愁豺虎。古來玉石怨俱焚,骯髒安能就珪組。

聞子言消息因作短歌寄贈

憶昔江楓赤葉下,含悽别子城之隅。買舸遥尋沔陽守,張燈夜宴

① 大,淮刻本、湖北先正遺書本作"太"。

郎官湖。宴罷迢遥歷鄉縣,行邊宛轉隨游衍。過境能令車馬迎,歸途翻爲鶯花戀。大梁才子更相留,平臺大雪揮金甌。囊裹贈金快意盡,聞君累月醉青樓。春生始渡黄河岸,入門妻子親爲爨。壁上龍泉今在無,因歌長夜何時旦。楚客相思不記年,尺書無復到南天。江馬故人禄苦薄,寂寞誰當送酒錢。江上忽逢燕地客,停杯問訊悲今昔。丈夫不仕空有才,世人誰識文章伯。況子丹房已屬人,茅茨低小莫容身。堂前燕雀俱飛去,洞口靈芝秪自春。

胡生行

廣陵胡生少且孤,十五已作奔竄徒。踪迹彷彿不可詰,向人長跪乞爲奴。苦遭惡少相窘迫,飲令行酒乘前驅。片語不投怒詈起,鞭笞竟百臀無膚。季布髡鉗不辭辱,范雎折摺仍見拘。夜半群奴解其縛,生也遂得逾垣逋。頃來江上始一見,造次能將書自薦。畏途倚藉即交親,杯酒酣歌忘貧賤。乍喜仍愁若病狂,忌言往事慚顔面。從來龍性不可馴,須知豹采終當變。三年展轉客浠川,浠川人士盡相憐。卓家文君正新寡,琴中疊奏《求凰篇》。共羡名姝諧賦客,俄驚碧海變桑田。恩情中路忽棄捐,《白頭》之吟誰爲傳。泛梗飄飄貪别浦,浮雲冉冉向遥天。人言胡生太不才,我獨念之增悲哀。男兒失意無好醜,[1]高名自古爲身灾。故將疏放取嘲笑,吁嗟俗議真愚哉。

憶昔行寄張龍湖内翰

憶昔赤壁張華筵,與君共醉長江邊。白鳥飛隨金馬客,蒼苔坐嘯赤墀賢。豈知雲雨歡不延,尊前紅日墮山川。予逐白雲歸楚澤,君隨明月上青天。天中謁聖人,獻納爲近臣。馬遷石室羞前史,方朔金門見後身。鸚鵡洲邊忽分手,鳳凰池上頻回首。但使同心各一方,何須對面銜杯酒。俱稱賦客異升沈,臨風三復《白頭吟》。相如未逢楊得意,漢室誰當奏《上林》。

---

① 好醜,淮刻本、湖北先正遺書本作“醜好”。

楚岸吟寄牟子

楚岸長楊垂至地，百鳥嬌啼春自醉。晴絲冉冉墮碧空，風光頗爲遊人媚。我家黄子國，君住鄂王城。大江東下雲霧接，滔滔應瀉故人情。憶初同領南宫宴，白馬青袍花映面。本期霄漢並翱翔，寧知世路多更變。我歸十年前，君歸十年後。榮華顛倒若夢中，人情翻覆無不有。安能顧墮甑，自今心不開。陰巖積古雪，白日何當來。我将振衣從子遊，請君洒掃鸚鵡洲。遲日經行桃竹杖，煙波摇漾木蘭舟。須令漢水變春酒，更遣大别爲糟丘。蛟龍自吟鶴自舞，仙人鐵笛沈高樓。留連坐待明月上，翠娥勸飲來沙頭。竹林諸賢真瑣瑣，高陽酒徒安足儔。吁嗟此會難即得，使我悵望無時休。君不見，楚宫寂寞臺殿荒，歲歲東風開野棠。三閭顑頷行吟處，千古猶傳杜若香。丈夫眼底安足計，君行采采莫相忘。

寄曹仲禮

吁嗟《梁甫吟》何哀，白日黯慘浮雲回。繁華忽與東風别，幽蟄不見陽春來。憶初謁帝承明廬，頗将詞賦追相如。意氣當時惟爾我，文章絶代互吹嘘。正逢漢武勤邊略，同奏文園諫獵書。杞國憂天傾，傍人笑爲狂。精衛枉銜沙，何裨海茫茫。雷雨晦冥起倉卒，散失非我能周防。寧知垂翅青天後，虞羅獵矢猶徬徨。予仍下獄大梁城，謗議雷同真吠聲。全生虎口信不易，一死鴻毛良可輕。攢眉靦面復苟活，跼天蹐地長悲鳴。前榮後枯嗟世事，翻雲覆雨見人情。昔日結交二三子，張口欲言禍及矣。請兵誰爲哭秦庭，擊筑何曾歌易水。感君山嶽心不移，張公神劍合有時。矯首南天瞻北極，聊持芳草寄相思。

張公行

張公一生豪俠徒，作吏風塵性氣粗。千金快意買歌笑，禮法區區安足拘。傾心倒意向賓客，椎牛置酒恣歡呼。忽傳姓字坐沙汰，歌曲未竟門客逋。昔時請謁爲親者，倉卒化爲越與吴。[1] 已經十日伏草

---

① 越與吴，淮刻本、湖北先正遺書本作“秦與胡”。

莽，欲去不得仍躊躕。我聞拔劍爲子起，仰天疾視情無愉。世間萬事盡雲態，白衣蒼狗在斯須。神魚陸處困螻蟻，鷙鳥翻身避獵弧。李廣有時愁醉尉，魏其何能庇灌夫。古來豪貴有顛倒，張公張公莫嘆吁。

寄嘲江子

江生突兀揚文風，千奇萬怪難與窮。博物豈惟精《爾雅》，識字何止過揚雄。古心已出《丘》《索》上，邃旨或與神明通。求深索隱苦不置，一言忌使流俗同。令弟大篆逼鐘鼎，絶藝耻作斯邕等。生也爲文遣弟書，一出皆稱二難並。縱有楚史不可讀，滿堂觀者徒張目。少年往往致譏評，生也不言但捫腹。君不見，好醜從來安可期，豪傑有時翻自疑。伯牙竟爲知音惜，卞氏能無抱璞悲。請君寶此無易轍，聖人復起當相知。

東湖書院歌

東湖之岸雲樹林，仙人樓閣長陰陰。秋濤春漲巖洞坼，風宵雨晝蛟龍吟。久從斑竹聆湘瑟，更向蒼梧訪舜琴。蒼梧一去三千里，明公突兀高門起。富貴天涯重首丘，歲時堂下悲流水。亹亹尋源苦不置，悠悠注海情無已。故渚今池宛相似，卜築題名總爲此。此地移家幾十秋，風光如在楚江頭。誰云信美非吾土，委心大觀皆虚舟。已成新第象桑梓，更營别墅依汀洲。神皋奥區表靈異，回溪複嶂圍深幽。花竹豈徒恣蕭散，宫牆直欲備藏修。諸生四方遠親就，群書萬卷紛校讎。縣鐘待叩有餘響，提刀迎解無全牛。横經獨擁皋比坐，乘興時披鶴氅遊。達者升堂許游夏，愛客掃徑延羊求。一丘一壑豈足繫，時止時行不自由。懸車欲卧弓旌迫，鳴騶已出亭臺留。千年科斗守篋笥，四時猿鶴司松楸。只今霄漢夢江灘，覺來枕簟失風湍。山中悵憶八公桂，澤畔空懷九畹蘭。四海蒼生未肯釋，何日東山歸謝安。

豪士吟贈王氏

君家高樓臨漢水，落日悲風白雲起。門垂楊柳千萬株，長條直拂洪波裏。我來繫舟古楊下，秋深岸東蒹葭靡。此時歸思正鬱陶，偶爾逢君行且止。邀我置酒開綺筵，庖子擊肥兼割鮮。海榴新擘寶房碎，湘橘旋摘金子圓。翠袖成行獻歌舞，授色知心次第前。堂中食客多且賢，寶刀錦帶光接聯。持觴遞進勸我酒，四座爲壽俱萬年。平原十日飲未足，白首酣歌淩紫煙。自矜膂力莫與伍，俠氣翩翩尤擅武。角弓十斛左右張，蛇矛丈八盤旋舞。櫪上生駒六駁姿，猛士如林不敢騎。控鬣鳴鞭一躍上，疾馳緩步衆稱宜。男兒身手有如此，壯節奇功皆可爲。君不見，道阻天寒行旅苦，水有毒蛟山有虎。請君殺蛟兼射虎，惡少紛紛安足數。

觀秋江晚渡圖歌

大梁五月成淹留，披圖忽憶瀟湘遊。眼底蕭條動秋色，誰驅楚澤來中洲。煙霞掩映蒹葭郭，鳧鷖點綴清虛閣。敗葦荒蒲豈雪霜，崩崖坼岸迷丘壑。岫口黄花幾歲開，楓頭赤葉何年落。數舸依依古渡邊，細聽那聞呼渡傳。風帆浪楫兩不動，中流竟日空盤旋。晝短天寒洞庭闊，幾時可到蒼梧巔。松根一叟長箕踞，暝色沙光自猶豫。蛟龍夜蹴濤如山，公無渡河且歸去。我家住在江之濱，十年落魄厭京塵。飄蓬海内渾無定，沮溺嫌予數問津。對此躊躇心目斷，丘也東西南北人。

醉贈李道士西歸

尋師初到赤松家，愛客聊停白鹿車。皓首龐眉並園綺，向予歷歷道生涯。早入匡廬尋五老，晚從嵩少採三花。花下開尊玉液濃，尊前拂檻紫芝重。雲裏碧簫呼彩鳳，洞中丹竈護蒼龍。蒼龍彩鳳相催促，欲上空虛謝塵俗。緬懷紫氣没流沙，便訪青牛度函谷。函谷迢迢萬古存，伯陽一去幾朝昏。到日如逢關令尹，仍留《道德》五千言。

夢澤集卷四

卷五

詩

在館即事二首

長日稀朝謁,兼之簿領無。閉門人伴鶴,染翰吏兼儒。風砌翻紅藥,晴軒映碧梧。雖云棲省署,瀟散即蓬壺。

其 二

幸接神仙侶,來遊翰墨林。空庭無候吏,古木有鳴禽。疑義更相析,成詩衆與吟。《長楊》猶未賦,宴坐愧朝簪。

院中齋宿

落日閉深院,齋心事事幽。雪梧縈徑色,煙柳帯渠流。隱几春星擁,焚香暗霧留。窺人愛雙鶴,對爾肅清修。

駕 出

享帝春正及,行天羽衛攢。百靈迎萬乘,夾轂候千官。後騎回丹闕,前旌駐璧壇。佇瞻馳道上,佳氣逐鳴鑾。

大 祀

香殿裊氤氲,鈞天九奏聞。帝臨趨衮冕,神至各風雲。肅肅宫壇啓,依依黍稷芬。《甘泉》稱賦頌,吾已愧雄文。

駕幸南海子

南郊初禮帝，上苑騁雄圖。[1] 虎兕先聲伏，車徒翼輦趨。網羅張一面，部曲用三驅。侍從群臣在，應知諫獵無。

駕　入

鐃音傳晚甸，芝火動春城。一路青陽送，千門紫氣迎。龍鸞回國步，星月扈天行。大内通宵入，祥煙達旦生。

慶成宴

圜丘大禮協，聖酒百官傳。霄漢流仙樂，風花捧御筵。尊留春殿月，佩委夕墀煙。不數汾遊日，真同鎬宴年。

八厓周子邀飲未赴，聊此謝過，兼索觀群公席上之作

不赴仙堂宴，幽期隔綵雲。祇緣憐數會，翻遣惜離群。地邇騷壇接，天回劍氣分。風來度香草，佳句許相聞。

送周侍御按貴州

近憐周柱史，持節向遥天。霄漢花驄出，江湖錦纜牽。鬱盤千棧閣，浩蕩百蠻煙。春盡南征日，衣冠覺爾賢。

送夏大行奉詔使南紀

我亦天涯客，看君萬里行。浮湘遷史迹，喻蜀馬卿情。雲氣蒼梧野，楓林白帝城。壯遊兹不忝，海内早知名。

寄　兄

吾家雙玉樹，何事自西東。雁塔雲霄上，鴒原江海中。趨庭萊子綵，旅食薊門蓬。祇益憐毛質，飛騰萬里同。

---

① 騁雄圖，淮刻本、湖北先正遺書本作“復誇胡”。

寄鷄鳴寺真上人

悵憶遠師室，留人一榻深。雲霞淹佛日，花鳥散禪林。閣俯春城麗，軒留晚岫陰。煩君招白社，於此謝冠簪。

郭外即事

病卧閉門久，占晴起看花。城行紆霧堞，草坐藉煙沙。綰騎蘿風合，停鶯竹日斜。芳菲愁即歇，留賞滯生涯。

紀　聞

禁城馳道接，行殿獵原侵。布騎圍熊館，鳴弦合羽林。似聞驅猛獸，已見失前禽。暴殄哀天物，仁哉祝網心。

贈　人

南塘倜儻士，[①]薄宦向西陬。石竹臨江映，春雲抱峽流。徘徊去國日，浩蕩望鄉愁。莫厭卑棲地，三巴足壯遊。

送劉振廷令慈利

別離古有調，送爾一長吁。遠下荊門鷁，雙飛漢殿鳧。鳴琴依石篠，岸幘眺春湖。暇日煙花興，風流陶令俱。

劉氏雙挽

日月仙丘閟，風流古調更。尚餘松柏氣，無復鳳簫聲。龍劍人間覓，魚軒地下迎。庭階有玉樹，應慰九原情。

送李子中養病歸

省署辭京邑，庭闈指大梁。經年違鯉對，即日謝鴒行。採藥春嵩少，縈蘿舊草堂。君無戀脩竹，人擬獻《長楊》。

---

① 儻，淮刻本、湖北先正遺書本作“倘”。

其　二

游矚傷人事，興衰感世情。猶傳授簡叟，無復抱關生。客散梁王苑，人耕宋帝城。行多懷古詠，一一寄同聲。

寄夏大行

銅柱標南紀，荆門控百蠻。詔從霄漢下，槎過斗牛間。江山回黯慘，谿洞鬱躋攀。預想趨朝日，應多邊徼顔。

慰馬子足疾

漢帝群臣侍，居然司馬賢。那能多病後，不廢《子虚》篇。鳳鳥人争覽，雲霄翼可憐。千金善自保，清廟待朱弦。

世其席上餞大復先生

夫子關西去，扳留我輩情。風燈破暝色，月柝助秋聲。去住天涯淚，文章海内名。從今輟侍從，霄漢望金莖。

過廖子故宅

庭樹留尊處，空餘覆苑雲。馴階舊鳥雀，落日噪紛紛。琴罷《廣陵散》，匣遺《封禪文》。悲風立馬際，鄰笛不堪聞。

遊仁壽寺

鷲嶺回孤塔，祇林鬱近城。幽人耽寂樂，秋日偶經行。巖閣縈蘿細，溪庭抱竹晴。欣然坐禪榻，聊以憩塵纓。

九日登仁壽寺後山

九日携朋出，花宫背郭開。藉蘭坐香岫，捫棘臨高臺。雁渺川雲斷，林孤甸色回。悲秋亦楚客，作賦豈吾才。

夜坐鄭子宅彈琴分韻得琴字

言訪少谷子，呼童携素琴。爲發絲桐趣，俱諧山水心。徑轉松篁密，堂虚風月侵。再彈吾不惜，此地有知音。

寄八厓子

吾子嗟行役，他鄉感别離。一辭西掖路，三復《北山》詩。日下花驄出，天邊旅雁悲。亦知復不遠，明歲及瓜期。

寄顔許州

吾友二三輩，無如回也賢。慚非清廟曲，得藉朱絲弦。豈乏雙魚至，寧慳尺素傳。離群今已久，望子數予愆。

送龍廷重爲滎府長史

滎國今宗國，君材實楚材。周家親魯衛，梁苑重鄒枚。杖屨丘園接，琴書殿閣開。天邊倦飛鳥，霜雪早歸來。

其　二

未謝金門籍，先諧静者私。桃源春泛穩，桂苑月遊遲。洞口漁人艇，花間帝子巵。兹行有詞賦，不必吊湘纍。

得周侍御子賢書喜作二首

自爾乘驄出，令予愴别離。經年一書札，萬里轉相思。天隔西南域，秋憐鷹隼姿。霜空望擊搏，莫使羽毛垂。

其　二

去歲吾鄉友，追陪良可歡。月吟耽夕檻，[1]花宴簇春欄。豈意乖雲雨，翻令隔羽翰。獨憐松檜色，青翠耐天寒。

雪柬曹子

君本建安子，來遊京兆天。時聞郢中曲，共憶剡溪船。庭篠暝猶白，檻蘿春欲煙。何當載酒過，一問子雲《玄》。

贈方子二首

近接棠陵子，昂藏野鶴姿。迹留青瑣地，聲徹白雲司。竟阻江湖

---

① 耽，淮刻本、湖北先正遺書本作“耽”。

去，翻嗟燕雀欺。煙霄當奮起，歸覓舊棲枝。

其　二

鄰並復同調，過逢數舉杯。謝公興不淺，莊舄吟何哀。霞日赤城曉，雪濤滄海回。何當共舟去，携客訪蓬萊。

立　春

春旭自堪憐，春愁旅病偏。暄回沙甸雪，潤合柳城煙。坐憶江皋上，行知草樹鮮。淹留慨時序，盤菜不須傳。

天津月夜偕曹子舟坐

繫月舟航偶，臨流鼓吹哀。星檣扶岸出，霜葉灑汀回。鵠起南天迥，龍吟北海開。淹留候明發，共爾一登臺。

河西務别許子居

留滯金門客，追陪畫省郎。開筵回浦溆，倚檻出帆檣。琴動《幽蘭操》，詩傳《伐木》章。風塵連解纜，天地一沾裳。

晚泊訪李仲玉

宵泛事幽尋，危巖倒月侵。石門面蒼渚，桂楫倚丹林。風竹和龍笛，冰弦藉鳳琴。酒闌各分手，天漢忽横參。

臨清舟次别曹子三首

憶昔同嚴譴，隨君下瑣闈。龍蛇寒自逝，鵷鷺晚分飛。棹戞城氛渺，檣翻浪月微。轉令岐路淚，暗滿逐臣衣。

其　二

對酒話今昔，茫然來遠陰。逆鱗批不死，回首感何深。此地一分手，他鄉長别心。所期持壯節，無復計升沈。

其　三

寡合時應棄，多憂日不勝。漢京瞻比日，周道履如冰。顧已無長策，徒然負直繩。畏途各自愛，舊署望同升。

李沔陽自大梁經裕州因贈三首

雪夜梁王宴，霜秋宋玉愁。回瞻嵩嶽峙，去逐楚江流。少室三花樹，滄浪一葉舟。南行正摇落，知爾憶林丘。

其　二

湖水回城郭，風流暇日多。宵追李白泛，時聽越人歌。伐鼓驚鷗鷺，揚橈拂芰荷。須君爲地主，獨舸杪秋過。

其　三

愛汝今山簡，爲邦復水鄉。幽懷寄魚鳥，儉德續《羔羊》。憑几煙霞潤，褰帷蘭杜香。誰知詞客興，不下大夫堂。

齋中即事

候吏經旬少，深秋百感生。蒼苔侵竹户，白日下楓城。鼓瑟焚香坐，窺園散髮行。天邊暮鴻雁，故傍客愁鳴。

被逮道中别舅氏歸

殊方秋更苦，失路暫相將。身世悲江夏，軒車感《渭陽》。勿傳三木慘，驟使二親傷。會有生還日，心無愧彼蒼。

被逮發裕州夜作呈諸公

空館秋偏寂，窮途旅易哀。砌蟲迎夕動，塞雁預寒來。肱已經三折，腸應倍九回。願逢吹律者，坐使積陰開。

懷故園書屋，往年同伯兄講業其中

北遊深歲月，南望阻關河。尚想雙龍卧，翻驚獨雁過。夢勞扳徑柏，[①]春擬葺垣蘿。回首藏修地，浮名奈爾何。

有感二首

多難已如此，良朋今是誰。傍觀紛竊笑，對泣一空悲。虎口幾不

---

① 柏，淮刻本、湖北先正遺書本作“栢”。

免，人心安可知。古交難獲睹，三復《谷風》詩。

其　二

平生矜結客，一旦失交親。掉臂不我顧，開心欲誰陳。轉見彎弓者，那聞擊筑人。翻思古游俠，高義亦嶙峋。

出縶俟放，久未獲命，煎鬱成詩

待罪形將影，言歸去復留。悲風憐代馬，喘月愧吴牛。畫地心猶憚，呼天淚莫收。强顔稱不辱，俯首欲何求。

出獄董氏宅夜飲書懷兼贈董氏兄弟

多難心逾壯，高情宴獨遲。風篁迷晚徑，煙草暗春池。射虎還疑石，驚烏尚繞枝。緣君念兄弟，把誦《鶺鴒》詩。

出獄後歸興二首

幸爾網能漏，依然劍尚埋。側身向天地，壯志委塵埃。覆水今無及，《懷沙》古有哀。回思刀筆吏，疑懼轉難裁。

其　二

孤憤辭梁獄，高歌望楚鄉。煙花春沔鄂，樓閣晝瀟湘。吊古懷增慨，尋仙事頗荒。何如共漁父，一笑詠《滄浪》。

同子言南歸道中賦竹桃二物

舊潛湘浦岸，兼慕武陵源。獨造非無興，成蹊本不言。七賢應共逸，三士竟何冤。物態依行色，羈棲想故園。

道中憩廢寺三首

徙倚前朝寺，依棲舊法筵。狐狸啼白晝，龍象泣諸天。寶樹縈蛛網，蝸涎繡石蓮。給園猶寂寞，岐路倍堪憐。

其　二

解綬辭塵網，停車理石筵。金花何地布，寶月幾時圓。殿古蒼苔積，臺空紫蔓縣。那知臨净土，煩惱障無邊。

其　三

寶地元虚寂，金仙合杳冥。空林沉紫翠，畫壁落丹青。羈旅暫投迹，殘僧一啓扃。迷方隨處是，含意訊山靈。

送　人

楚地惜分手，春風悵别顔。王孫草新緑，帝子竹餘斑。干主携書去，期君揚策還。男兒有如此，應不滯鄉關。

江上言懷四首

野闊風雲入，天回楚蜀通。渚禽多白鷺，巖樹半青楓。哀怨《湘君》曲，平成夏后功。晚來懷古意，極目送冥鴻。

其　二

岸束濤聲急，軒凝野色重。山懸神女雨，江進楚王風。舟楫争先涉，閭閻急暮舂。平生壯遊興，潦倒對魚龍。

其　三

平野蒼煙合，高城白鳥過。澤蘭懷楚客，石竹隱湘娥。谷響歸樵唱，江鳴發棹歌。夕陽葭菼際，將奈暮愁何。

其　四

月上船猶進，江寒酒自寬。弄珠元此夕，解珮復何灘。島嶼樽前動，星辰鏡裏看。漁歌中夜起，余亦飭綸竿。

溪邊晚興

萬井皆秋色，千巖盡落暉。谷喧鄰牧散，溪響夕漁歸。初月懸楓岸，餘霞戀竹扉。坐來憐夜永，霜露入人衣。

暮春偕二三子登定惠院亭

臺榭枕黄州，春深岸幘遊。雲孤開石壁，地拔俯江樓。觸目煙花散，傷心歲月流。棄捐知己矣，童冠幾銷憂。

席上贈熊掾

吏事資儒術，秋筵接故鄉。周官欽八議，漢法重三章。亭倚林巒赤，園看橘柚黄。卑棲勿嘆息，毛質本鸞凰。

夜簡王少参舟中

薇省辭黄鶴，蘭橈伴白鷗。岸回霜月抱，江迴雪雲流。銀漢乘宵上，金陵逼歲留。田租聞賜減，側識漢皇憂。

觀江漲

旬月一來此，懷襄真可憂。龍蛇棲樹杪，鷗鷺集城頭。天接江湖混，波摇郡邑浮。青錢吾已辦，急爲買漁舟。

春日書室示諸子

家聲看子弟，世緒衍箕裘。豹隱文當變，鶯鳴友可求。專門《大戴禮》，入室汝曹優。閭里高門在，須乘駟馬遊。

劉子好辯而不遇詩以贈之

美名吾久識，雄辯古難逢。君獨談非馬，人皆好似龍。早於干禄拙，晚向結交慵。予亦棲遲者，相將學老農。

寄館中諸友

一斥嗟江國，同遊憶禁林。如聞視草暇，猶有拔茅心。人事傷川逝，吾生嘆陸沉。百年頻泣玉，衆口已銷金。

江上贈夏明府

令尹官初試，江邦政已成。節如秋壁峻，心擬石潭清。願契烹鮮理，無矜拔薤名。操刀知善割，愛助亦吾情。

喜廖子過訪席上奉贈八首

畫舸經黄國，肩輿訪白雲。雪行沙草濕，風坐圃梅芬。軒冕非吾意，鳧鷗本自群。無煩談世事，杯酒但論文。

其　二

供奉違東觀，旋歸侍北堂。衣冠照桑梓，詞賦吊沅湘。野岸桃花發，春洲蘭葉香。他時三徑裏，遲子洗壺觴。

其　三

自喜暫無拘，來從江海徒。尋仙憩黄鶴，謁帝向蒼梧。澤坐舟偏繫，山行杖屨扶。知君留滯處，高興屬春湖。

其　四

未暇泛湘水，徒然卧楚雲。神龍那可繫，野鶴故難群。世路誰知己，交情獨有君。懸知今夜别，劍氣斗間分。

其　五

霄漢長懷侣，江湖已卜居。山人惟白鹿，學士自銀魚。名致諸公早，書開萬卷餘。漢臣誰得似，詞賦有相如。

其　六

地迥臨江閣，天回上斗槎。潛行歌白石，好去羡《皇華》。登嶽元無極，浮湘未有涯。明朝相望地，莫遣暮雲遮。

其　七

别我寒移棹，懷君暮倚楓。來經黄子國，去傍楚王宫。谷口桃千樹，山中桂幾叢。故園春定好，留醉向東風。

其　八

奉使仍將母，來遊荆楚天。江光藉日色，争繞孝廉船。翠竹笋新茁，銀絲鱠可憐。帆邊梅柳樹，歷歷漢陽川。

夜宴即事

樓開芳樹合，徑轉落花深。向夕香風起，當筵皓月臨。遊人争解珮，侍女拾遺簪。坐上絶纓者，應知賢主心。

寄方思道七首

赤壁陪仙宴，蒼江識壯顔。使君趨石上，候吏出花間。解纜欲何往，投簪及此還。長風解相送，一瞬萬重山。

其　二

觀日臨滄海，歸山卧白雲。遥尋少谷子，同謁武夷君。心迹能兼遂，東南美並聞。猶期爲世用，且莫去人群。

其　三

偃卧非關病，連章祇乞骸。鶯花供謔浪，杯酒送詼諧。無用樗因免，難容匏已乖。因風寄同調，好去入君懷。

其　四

聞爾遊華頂，令予夢彩煙。户庭羅峭壁，枕簟落飛泉。山有藏書穴，溪多送酒船。春江如有興，花裏到吴天。

其　五

憶爾東歸日，長爲《吴會吟》。春觴臨水曲，夜棹入山陰。結侶遊能數，逃人去轉深。蘭苕如可折，莫惜寄雲林。

其　六

逢時非不達，憤世獨難平。拔劍出門去，揚帆際海行。雖貪謝客賞，猶繫子牟情。此地便高卧，無令負聖明。

其　七

中朝俱屬望，流輩總相推。予慕長卿賦，人傳幼婦碑。七襄終莫報，九逝竟空思。世路風塵滿，茫無見汝期。

奉答富順王殿下二首

帝室分封重，王孫别館開。禮於南嶽敵，客比小山才。爲善心知樂，通親表自裁。雄風難可挹，何日侍蘭臺。

其　二

國自荆藩析，書從孔壁傳。瞻天蒙肺附，朝海切心懸。賓從思梁苑，精誠感洛川。晚來風稍勁，吹月暈生圓。

馬侍御見訪山中

村巷傳呼急，秋園報爾過。烏啼城日曉，鷹疾野風多。繡服臨樵牧，花驄駐薜蘿。霜威吾所憚，暫爲假陽和。

其　二

一辭金馬籍，甘老白雲岑。喜子今持斧，憐予此盍簪。各天晤不數，末路契逾深。徙倚庭前樹，棲烏欲滿林。

湖　泛

楚地饒洲渚，騷人戀芰荷。鷁舟張錦席，龍笛起滄波。鳥影隨檣影，漁歌入棹歌。前溪聞更好，欲進暮煙多。

過諸子書屋寄虞文表

《三禮》傳非謬，諸生仰獨深。偶經伐木地，徒有折麻心。雪調朱弦盡，星文寶劍沉。憐君困已久，《梁父》自長吟。

秋園酌謝子

待汝頻扳桂，憐予久繫匏。無嫌一日長，願結百年交。啓户驚黄葉，開尊藉白茅。自無奇可問，何怪世人嘲。

其　二

兒童操翰墨，四十且無成。自汝工諸體，令予畏後生。吾里中丞裔，前朝太傅名。高才有如此，真不愧家聲。

其　三

我舅爲生祖，生名較我嘉。忘年稱小友，累世屬通家。王謝賢非乏，園廬路不遐。逼衰偏篤舊，數見惜年華。

寄友人

之子鎮南荒，威名萬里揚。經年聞選士，計日欲擒王。神武元無戰，佳兵乃不祥。寄言投筆者，何事樂開疆。

喜舒鄭二子夜過

寒景沉江閣，繁星綴石林。一時來二子，散帙復鳴琴。高價真連璧，深盟可斷金。從今三徑熟，携手數相尋。

鄭　生

鄭生才可憐，白首困江邊。長夏自饒睡，窮途人餽錢。相過夜不厭，與語日堪延。共試山家茗，呼兒行汲泉。

馮太守席上留別

漢室馮公偉，爲郎歲月饒。一麾煩出守，白首竟誰招。初雨傳觴日，微涼秉燭宵。相看意無限，明惜馬蹄遥。

江上送張子二首

天風忽然至，吹地轉蓬科。別淚隨江水，離聲雜棹歌。花時臨赤壁，雁候渡黄河。京室懷予處，長搴舊薜蘿。

其　二

他時懷大士，何地望京華。詞賦留香草，衣裳見紫霞。天邊今朔雁，澤畔已秋花。歸路銜寒色，翻思楚客家。

謝氏宅夜集

過爾通宵宴，留人樂事繁。詩題芸草室，觴到菊花軒。月落城烏起，霜寒櫪馬喧。醉來聊隱几，旭日散柴門。

溪邊二客過訪

白露窺楓浦，蒼苔上石門。人稀檐雀下，草冷砌蟲喧。竹裹開三徑，花間倒一尊。從今延二仲，相與樂丘園。

秋日過十一叔莊

陶潛耽漉酒，阮籍好鳴琴。沙雁衝人起，山蟬傍馬吟。高秋花是菊，僻地竹爲林。醉後迷歸路，蒼茫下夕陰。

聞曹子仲禮緣近臣之疏蒙恩賜還①

竄逐南天路，荒涼北斗文。翻飛元不意，憂喜在初聞。驄馬重趨闕，金鷄兩赦君。獨傷荊棘裹，誰別鳳鸞群。

---

① 淮刻本、湖北先正遺書本題作“聞曹子仲禮緣近臣之疏，蒙賜還之恩，事出不虞，聊題斯句”。

病後飲十一叔宅同諸兄弟

川雲流苑細，樓月照筵新。弄玉元秦女，淩波本洛神。竹林明積雪，池草暗生春。骨肉情親夜，深杯慰採薪。

溪邊即事呈友人四首

歲晚人猶隔，汀寒晝不譁。松門當遠岫，竹檻俯平沙。鷺宿依冰片，鷗飛亂雪花。如聞子猷棹，乘興到山家。

其　二

空齋灘響入，塌岸水痕除。竹杪喧檐馬，芸邊走壁魚。門無題鳳字，村有卧龍廬。曲巷寒門裏，空傳長者車。

其　三

推窗迎嶠立，垂釣鑿冰開。未葉先生柳，餘花處士梅。鳥從煙裏度，人向雪中來。暝色青溪上，緣君首重回。

其　四

佳景每自愜，幽期孰與論。林開延岫色，沙圮滅溪痕。洗藥穿松葉，移尊傍竹根。江山待詞客，几杖向誰門。

李國賓宅留别昔以賀歲會于京師①

汝拜朝正表，予留謁帝居。經年思鳳吹，幾度寄魚書。患難誼逾篤，流連哀未除。行吟恐憔顇，他日吊三閭。

送顧醫

潦倒文園客，淹留顧虎頭。我看《方士傳》，君向古人求。藥裹春心滿，風帆晚浪收。匡廬傍南斗，歸作採芝遊。

夢澤集卷五

---

① 淮刻本、湖北先正遺書本“昔”上有“李”字。

卷　六

詩

陳魯南太史使楚還晤予江上因贈三首

校書辭漢閣，持節到江城。萬乘臨軒送，諸侯擁篲迎。王人周室禮，神女楚臺情。詞賦兼文物，知無負此行。

其　二

睦族遵《堯典》，親臣踐楚郊。北門虛視草，赤社重分茅。不以雲泥隔，猶憐江海交。《皇華》勞藉慰，《玄》困任人嘲。

其　三

何意大江濱，蒼茫接所親。相看鬢已變，轉盼迹俱陳。子是浮湘客，予爲哀郢人。嚴程不我駐，臨路倍沾巾。

偶　出

偃蹇蒼巖畔，沿回碧水灣。鳴琴林竹下，洗幘島藤間。是處雲留卧，餘生天與閒。徘徊山徑裏，指點暮禽還。

進　舸

進舸清秋暮，吟風錦樹開。前鳧銜棹散，後雁逐帆來。石出灘聲轉，沙明月色回。欲知臨泛永，試看曙光催。

訪童内方太史于漢口舟中即席投贈二首

漢廣來非偶，人遐會亦奇。獨趨金馬去，暫遣白鷗隨。泛舸疑牛渚，彈冠想鳳池。當憐澤畔侶，顑頷不勝悲。

其　二

每憶朝端舊，寧期漢上逢。舉杯酹鸚鵡，吹笛擁魚龍。天遠江俱盡，楓回渚自重。知君欲解纜，爲我且從容。

宴曾氏園亭即事遂成艷曲二首

賓客醉華堂，情親向曲房。佳人牽架蔓，稚子搦池楊。風起青蘋末，雲生錦石傍。勿云天日暮，銀燭散朱光。

其　二

曲榭恣夤緣，名園更接連。引枝分檻果，撥藻數盆鮮。醉舞花低户，嬌歌鶯近筵。儘教歡樂極，莫負艷陽天。

夜坐庭前棲鳥乍驚

側識安巢意，那堪繞樹悲。風寒難自穩，月白更須疑。烏鵲仍三匝，鷦鷯但一枝。卑棲復如此，何有上林思。

劉氏雙挽

蒿里風雲變，松丘歲月深。劍埋龍並逝，簫去鳳俱沉。鬱鬱楸梧氣，悠悠伏臘心。承家看令子，壯節比南金。

寄楊太常武陵人

屈宋流傳古，丘園道路賖。湘潭題杜若，源水問桃花。黑髮違朱紱，青山卧綵霞。春霄目歸雁，早晚惠瑶華。

遊武昌江龍盤磯寺

巨石表江心，花宫傍太陰。天寒龍卧穩，雲迴雁飛深。棟宇飄明鏡，汀洲響梵音。慈航向夕渡，轉覺戀祇林。

與客夜宴舟中

宵岸移星舸，秋尊款月扉。弄珠疑漢女，鼓瑟憶湘妃。聽曲魚龍出，撩筵鷗鷺飛。天寒不覺醉，斗轉未言歸。

送王洪德入蜀

落落幽并客，栖栖荆楚顔。遥知問卜去，或是泛槎還。雲雨經三峽，風煙犯百蠻。看君壯遊志，去矣杳難攀。

張子魚過訪

故人天上至，清宴夜深開。澤畔微芳度，江皋暝色回。楓林停翠幰，月岸擁金罍。正苦歡娱逼，無令候吏催。

送傅子歸豫章

歲宴向何處，云之故國天。行當臘雪盡，歸及春風前。片帆九江影，瀑布廬山泉。送君何所托，爲吊石灘賢。石灘，舒國裳别號也。

楚　眺

眺迥臨高閣，江湘萬里餘。草邊雲夢獵，花下武陵漁。白日山川氣，清秋水竹居。仙踪同霸業，消歇總愁予。

夜過邵子草堂

覓徑依林薄，傳杯竟夜分。曲堤盤古月，老樹宿寒雲。室静江鳴徹，山空鬼嘯聞。倦來吾謝去，明發過論文。

江上贈羅汝延太守[①]

君今握印綬，吾已息柴荆。雪舸寒初繫，風汀晚更鳴。雲霄五馬貴，江海一鷗輕。贈子以何物，中洲攬杜蘅。

---

① 淮刻本、湖北先正遺書本題作“江上贈羅汝延太守二首”。今按：此詩本二首，底本遺其二。另首見本書“遺文輯佚”部分“《江上贈罗汝延太守之二》”。

雪中喜涂生數來

念子貧到骨，佯狂頗自賢。未辭東郭履，頻泛剡溪船。彈鋏竟不遇，吹簫古有然。蛟龍本神物，變化知何年。

夕渡訪友人

暝色滿晴川，幽人何處邊。山腰翻落照，水面没遥天。賈鬟灘煙合，漁歸岸火懸。剡溪今夜棹，乘興未言旋。

登武昌西山絶頂二首

昔望懷徒積，今登氣益雄。壺觴飛鳥外，几杖入雲中。地引江湖盡，天含澗壑空。壯心殊未已，浩嘯倚長風。

其　二

山迴人躋倦，雲長鳥去遲。天中傾竹葉，日下把松枝。石想吴王劍，城吟謝客詩。醉歸臨渡處，應與夕陽期。

宿龍蟠磯寺中

龍象開靈嶼，黿鼉戴法筵。石間攢寶樹，鏡裏涌紅蓮。香氣潭煙接，燈光岸火連。禪房風浪逼，永夜不成眠。

晨渡望龍蟠寺

石拔煙霞抱，舟回浦溆通。樓臺疑蜃市，鐘鼓識龍宫。寶樹縈波上，金花落鏡中。何時登彼岸，一洗世緣空。

寄上富順王殿下

南國諸王館，池亭獨有名。楚風蘋末勁，淮月桂叢明。中物醒先析，當天暈已生。無令爲善樂，專美漢東平。

戲贈西陽子二首

西陽談道術，冬日尚絺衣。啓户歡晴旭，無衾憚夕暉。黄金慚不就，白髮欲何歸。飢餓朝來迫，[1]蓬頭叩我扉。

其　二

未試餐霞術，空傳煮石方。三旬凡九食，顔面頗倉皇。灰冷燒丹鼎，香餘賣藥囊。嚴寒君少畏，歲已逼青陽。

春日山居即事五首

草動三江色，林占萬壑晴。籬邊春水至，檐際暖雲生。溪犬迎船吠，鄰鷄上樹鳴。鹿門何必去，此地可躬耕。

其　二

瓜地斜侵浦，茅堂曲抱山。琴書青竹裏，枕簟緑蘿間。累日頭無櫛，浮雲心自閑。交遊漸稀少，雙户晝長關。

其　三

築室清溪曲，爲園古道傍。苔痕侵户牖，雲色上衣裳。牧笛依青草，漁舟隱緑楊。偶然幽興愜，搔首放歌長。

其　四

繫舸籬傍樹，開渠檻外流。竹煙藏曉嶂，花氣覆春洲。玄鳥營巢至，陰蟲逐侶遊。生涯堪放浪，何必世人求。

其　五

野曠林争出，花深徑屢回。春風芳草上，亂水白雲隈。燕接飛蟲去，鶯沾落絮來。小堂宜竹護，一一荷鋤栽。

送王知事還蜀

佐郡已三載，還家無一錢。苦心成白首，達命任皇天。峽束秋江怒，雲盤古棧懸。歸來揚子宅，寂寞守吾《玄》。

丁酉之夏，覯文溪子於大江之濱，與之述往，感時命酒，坐石揮涕而别，太息成詩

愴爾離群久，艱危更可傷。一麾堪白首，萬死出南荒。天入瀟湘

---

① 飢，淮刻本、湖北先正遺書本作“饑”。

闊，風驚鸛鶴揚。垂堂古有戒，去矣慎舟航。

李袁兩生過飲

駕枉潛夫室，堂開上客筵。雖吾丈人行，愧汝兩生賢。春去傷花艷，年來倦草《玄》。吁嗟老將至，何以使名傳。

江　上

晴日麗芳洲，春風振碧流。靈均蘭可攬，神女珮堪留。漁豈臨淵羨，仙因入海求。機心息已久，自喜不驚鷗。

寄汪子

憶當武廟末，並上漢庭書。放逐時皆散，音容日以疏。諸君不遠復，獨我遂幽居。鎩羽當年侶，翻飛迥不如。

其　二

不合輒投簪，高踪衆所欽。波流奮獨往，海嶠發孤吟。雖滯秦稽迹，猶縣魏闕心。徵書行且至，棲遯不宜深。

其　三

自免一何勇，邴生誠我師。可爲智者道，聊愜幽人期。歲月任公釣，登臨謝客詩。肯令滄海岸，重勒《北山移》。

其　四

群公方議進，吾子獨初衣。即市稱大隱，於星應少微。鵬圖無近適，鳳覽有餘輝。高士逝已久，非君誰與歸。

其　五

自爾稽山卧，風猷較古多。名流掩王謝，遊客結羊何。洲島馮軒得，雲霞岸幘哦。頗嗔冠蓋訪，不厭野人過。

贈邦伯吴公

予慕古循吏，人稱新使君。雖然改弦鼓，不以治絲棼。退食溪毛飫，公庭鳥毳紛。良哉二千石，名已漢皇聞。

混　迹

混迹依田父,全身學道流。每隨兒牧豕,一以己爲牛。民擬無懷氏,身如不繫舟。小溪桃盡發,還似武陵遊。

友有被謗而褫其官者,詩以慰之

省己良非過,於人乃不孚。文身棄章甫,按劍對明珠。去位賓朋散,還家儋石無。孔顔亦偃蹇,①汝困勿嗟吁。

有　感

萬事不復理,此生從所之。自知心匪石,誰念鬢成絲。得失事非偶,馳驅數已奇。雖然罷通籍,飽飯亦恩私。

遣　興

深居懶出村,習静欲忘言。岫苦雲霞變,溪憎雁鶩喧。達生聊可托,智者始堪論。久絶青雲想,從教白髮繁。

觀　漲

孤嶼崇朝失,平疇一瞬深。室廬淪水府,網罟入雲林。實想輕舟濟,虚疑陸地沉。敢興微禹嘆,側識警堯心。

江上送吴子

垂老難爲别,那堪落木紛。雲霞緣岸合,鳬鷲觸船分。霜浦蘭尊竭,風城玉笛聞。此生湖海上,何日再逢君。

舟　夜

澄潭宜夕霽,倒岫入波流。宿槳依楓岸,張筵面橘洲。露縈鮫女泣,月瀉翠娥遊。窈窕群仙接,無煩海上求。

---

① 孔顔,淮刻本、湖北先正遺書本作"丘軻"。

過張道士方丈二首

欲尋方外侶，奈迫區中緣。石髓不可遇，山房聊借眠。虛空逃漢起，《道德》出關傳。何日丹砂就，驅鷄上九天。

其　二

洞壑鄰鮫館，煙霞繞鳳臺。神君當晝下，仙客御風來。瑶草侵階長，桃花覆水開。願言分玉醴，坐遣壯顔回。

得陳魯南書感而賦此

與子才非敵，於予意頗親。歸來各吴楚，老去竟參辰。忽枉兼金訊，長懷如玉人。此生重見否，數過益傷神。

寄顔惟喬五首

馬卿才豈劣，狗監薦難逢。近老時名損，長貧世事慵。昂藏身是鶴，變化德猶龍。道大如君者，斯人宜不容。

其　二

聞子幽棲處，絶無人世喧。琴書元栗里，鷄犬似桃源。雲影晝垂席，溪流春到門。弓旌早晚至，白首去丘園。

其　三

身棄名何賴，才高世總違。著書唯木榻，遠害獨荷衣。游夏辭難贊，聞准《春秋》作《隨志》，故云。漁樵迹近微。時能共童冠，溪上詠而歸。

其　四

道困已如此，年衰將奈何。有時傳郢曲，落日更商歌。長夜真難旦，陽春未擬和。祇應具舟楫，乘興數相過。

其　五

昔君爲亳守，談笑靖風塵。郡已殲豺虎，時翻忌鳳麟。奇功元不賞，直節竟無鄰。後代看今史，方知社稷臣。

贈鄰叟

屈曲溪回谷，青蒼樹隱村。深山無甲子，老境有兒孫。畏吏棲鄉井，逢人問國門。漁舟花下入，還似武陵源。

訪友人

同是棲巖者，今爲出谷求。攀嵇遥命駕，[①]訪戴不回舟。麗日青蕪郭，香風白芷洲。親交近零落，願子晚綢繆。

祖塋前溪邊穫稻

迹緣桑梓重，心厭稻粱謀。祖德何能述，農功此暫留。黄雲殷隴畝，白鶴唳汀洲。正苦蒼山暮，那堪碧樹秋。

哭江景孚二首

昔獻金門賦，曾追玉署遊。碧山憐息馬，丹壑嘆藏舟。壯志風雲散，遺書館閣收。延陵徒把劍，何日挂松楸。

其　二

子已先朝露，文章失鳳毛。人皆惜年少，天亦厭才高。學草餘池墨，流芳托楚騷。因之念朋侣，寥落半蓬蒿。

過倪道士故居二首

服食知非誤，先期汗漫遊。閑門山鬼嘯，何處谷神留。丹訣乾坤祕，玄文海嶽收。誰知松子宅，亦有世人憂。

其　二

寂寞雲君籙，摧殘鳳女臺。海田猶有變，洞壑豈無哀。始學乘牛去，終期化鶴來。室餘金竈火，千古不成灰。

喜張子自滇至

故渚依黄鶴，長途自碧鷄。瑶華歸有贈，寶劍去曾携。驥足衰難展，羊腸險遍躋。從今無復出，溪上伴鳧鷖。

---

① 嵇，淮刻本、湖北先正遺書本作“稽”。

山莊雜興十首

老夫諳稼穡,次第葺園廬。對酒唯田父,呼門絶里胥。桑麻經雨後,花竹宛秦餘。如此生涯足,何勞薦《子虛》。

其 二

事去心逾壯,年來迹轉孤。濯纓臨漢沔,安枕荷黄虞。春澗偏魚鳥,秋窗近竹梧。出逢鄰叟飲,醉倩野童扶。

其 三

避人開石户,覽物坐山堂。湘柚寒增色,江蘺晚更香。《卜居》悲楚客,《招隱》憶淮王。寂寞吾甘守,浮沉念總忘。

其 四

計拙堪時棄,謀生托野人。鶯花無約束,木石有比鄰。溪上思龍蟄,林間學鳥伸。逢人無一面,語契即情親。

其 五

天地一虚舟,浮沉雙白鷗。半生從失計,萬事不關愁。山月杯中映,江雲几上流。狂歌人莫測,吾興屬滄洲。

其 六

圃坐晴逾麗,畦行晚更宜。客從蘿徑入,自笑葛巾攲。果熟山禽戀,林馴野鹿隨。憑欄契物理,衛足頗欽葵。

其 七

樹古村墟僻,江寒邑里秋。過雲頻送目,累月不梳頭。廢禮緣多病,求仁未寡尤。呼兒問網罟,明發上漁舟。

其 八

葉減山争出,林秋景故偏。候蟲喧冷砌,過雁影晴川。月酌沾松露,風吟雜澗泉。何人會幽興,寂寂自鳴弦。

其 九

物换竟誰使,朋來非我期。曙光隨日薄,秋籟入雲悲。速婦開新醖,從兒誦古詩。自爲真率飲,忘却鬢成絲。

其 十

蘿軒時散帙,苔澗亦垂綸。翠竹供詩遍,蒼林佐酒頻。岫重遲見旭,源曲易迷津。早契沈冥理,難爲俗子陳。

立秋日陪七澤兄飲

行年嗟近老，[1]流序忽驚秋。雖奉連枝喜，其如一葉愁。孤煙沉邑井，返照入林丘。少日青雲志，相看耻未酬。

春　盡

春盡人将老，庭閑晷獨遲。絮飄兼鶴毳，花落罥蛛絲。石溜依琴瀉，雲陰入户移。幽懷偏水竹，晚步故臨池。

送　人

君移夏口棹，去作越中遊。臘意含新柳，春聲隱凍流。南行探禹穴，東望接蓬丘。湖上風光好，鶯花累月留。

九日同田子宴武昌西山

令節樊山宴，深秋楚客哀。雲長一雁往，江遠片帆來。倦倚丹楓憩，回看蒼渚開。登高復能賦，知爾大夫才。

秋日寄劉子

直道古來少，如公迥不群。結廬衡嶽下，垂釣古江濆。竹向皇英覓，雲從赤帝分。慚予亦楚産，何可擬清芬。

歸自山莊作

萬事形骸外，半生魚鳥間。爲農稀出郭，習隱不居山。晴旭歡獨往，暮雲倦與還。呼兒檢賦草，閉户細加删。

郊　園

獨此郊園寂，兼之徒侶稀。灌園踏碧草，把酒看翠微。竹晚輕飈度，樓晴片月依。自無致身策，莫遣賞心違。

---

① 嗟，淮刻本、湖北先正遺書本作“差”。

送張都閫致仕歸二首

山郭秋陰重，江流晝戟明。亦知南顧慮，其奈北堂情。去偃龍蛇陣，歸尋猿鶴盟。伏波今未老，銅柱尚標名。

其　二

爾家淮海曲，秋日賦《歸來》。戎服本儒行，将軍今老萊。舊諳《司馬法》，兼有季鷹才。寶劍君長拭，無令染緑苔。

宿九峰寺

匹馬九峰下，寒宵萬壑陰。月當層殿起，雲擁曲廊深。煮茗開松閣，焚香對石林。諸天倚愁寂，鐘磬浄塵心。

哭陳魯南二首

九原如可作，諸子孰能儔。隻字都人重，遺書漢使求。龍蛇賢運厄，霄漢歲星收。檢爾平生贈，長吟恨未休。

其　二

尚憶論經地，猶聞考牧年。焚魚滄海上，吊鶴白雲邊。竟阻生芻奠，遥悲宿草阡。從兹《廣陵散》，無復世人傳。

以詩賦呈諸知己

形穢燕人石，心憐楚客詞。自矜小子學，直愧壯夫爲。[①] 積歲知多誤，成家恨已遲。抱琴者誰子，弦絶爲鍾期。

人有自郢來者，輒有所述，敬賦三詩

帝典隆先德，王心永孝思。一爲沛邑幸，重睹漢官儀。民以枌榆復，恩於父老私。普天蒙在宥，兹地特先施。

其　二

周王《湛露》雅，漢帝《大風歌》。野老提携聽，邦人感激哦。邑争牛酒獻，道望羽旄過。金石音當被，乾坤德豈磨。

---

① 直，淮刻本、湖北先正遺書本作"真"。

其　三

殿閣重臨日,園陵歷覽餘。閭閻聞警蹕,婦子識鑾輿。谷應軒轅律,山藏大禹書。天文將睿藻,輝焕楚村墟。

宴魏子園亭二首

池館名江國,賓朋實楚材。屏間煙霧濕,鏡裏芰荷開。鶴以吹笙下,魚因鼓瑟來。盡歡須秉燭,歌妓莫頻催。

其　二

近市林依宅,叢生桂插天。偶來大隱地,高詠《小山篇》。蘿暝雲歸洞,篁疏月到筵。花間迷出處,須仗主人前。

再過魏園兼觀衆作,輒賦二首,用前韻

投李慚無報,如樗分不材。草堂緣主重,竹徑爲誰開。偶與觀魚坐,頻能相鳥來。高城雖日暮,歸騎且停催。

其　二

卜築雖人境,無喧即洞天。買園便水竹,留客出詩篇。砌鶴晴隨仗,城雲晚駐筵。苦吟何不就,珠玉爛吾前。

集魏園再用前韻二首

名園邀上客,一一豫章材。蓋轉蒼林入,尊當錦石開。跳波魚自樂,得食鳥頻來。莫厭相過數,星霜暗已催。

其　二

秋至猶啼鳥,林丘别有天。客皆中散駕,詩是少陵篇。翠篠留吟管,丹霞冒酒筵。平生山水調,今日盡君前。

夢澤集卷六

卷　七

詩

戴　子

戴子自奇士，鳴鞭入我園。高義膽可吐，悲歌聲復吞。羞稱三輔俠，不食四君門。拔劍從此去，捐軀行報恩。

秋　懷

幽客晚窺户，農人秋築場。牛羊歸委巷，鴇鶩下回塘。寒潦蝕叢竹，淒風疏古楊。田園誰謂樂，牢落亦多傷。

圃　内

力疾扶筇出，乘閑採藥行。春林群鳥悦，朝日百花明。水石留連坐，亭臺次第營。賞心猶未已，極浦暮雲生。

飲汪氏莊

蕪穢貧家産，悲傷過客魂。野翁談廢塢，鄰豎入頹垣。石鼎燒松葉，瓷甖藉竹根。那堪對摇落，寒日下孤村。

家僮舉網獲龜，即命放之池中，感而賦此

知與天機協，形爲世網嬰。縱歸紓汝困，求報豈吾情。幸不刳腸死，無妨曳尾生。微軀難自料，何貴有靈名。

過吴道士山房四首

日月神能駐,雲雷氣可生。石牀蒼蘚剥,金澗紫芝榮。仗劍龍争役,吹笙鶴自迎。誰知列仙囿,今已在江城。

其　二

塞兑人難語,同廛市可藏。步虚朝振珮,禮斗夜焚香。林長金光草,峰開紫翠房。羞稱小山侣,結束事淮王。

其　三

石髓邀賓飲,丹書閉户編。鳳簫仙子下,鴻寶至人傳。滅火遥揮雨,排空或駕煙。遨遊凡幾日,碧海欲成田。

其　四

逍遥潛咫尺,變化屬須臾。朱雀來窺冶,蒼龍爲守爐。瓊瑶林際草,山海壁間圖。但使黄金就,寧悲白日徂。

袁生馬射

生本五陵兒,驍雄主將知。弓彎明月抱,馬過浮雲馳。觀者咸稱善,敵人何敢窺。時平罷征戍,應不困邊陲。

夜　坐

生事日蹉跎,将如落景何。《馬蹄》持自誦,牛角叩仍歌。把燭秋蛾集,開簾夕鳥過。長風自寥闊,颯颯振庭柯。

寄張子魚二首

張衡吾畏友,今已賦《歸田》。讒口雖三至,嘉名每獨全。劍分終自合,寶棄復誰憐。道遠無由晤,含悽寄此篇。

其　二

骯髒時多忌,逢迎術轉疏。一朝懷薜荔,即日棄簪裾。把翰《思玄賦》,投魚隱素書。試看當路子,馳騖竟何如。

吊汪子

蘭芳元自禍,玉玷竟誰磨。逝水今如此,爲山復幾何。案餘螢照息，谷更鳥聲多。且未遊方外，臨尸詎忍歌。

溪泛詠水中月影

圓景懸初滿，澄川映頗宜。魚龍蟾並窟，荷芰桂聯枝。擊汰珠光碎，沿流璧彩隨。素娥非不潔，終夕浴漣漪。

春日學宫見雪

雪是初春積，人於此地逢。紆回青帝駕，散漫素王宫。向晦能無昧，當陽忽已融。映書貧士喜，何計緩東風。

初　月

舉頭新月上，宴坐北堂時。入攬不盈手，窺粧衹肖眉。蓂生桂與逐，蚌實兔偏隨。清光勿恨少，向滿每由兹。

書館對雪示諸子

白屋初鳴霰，青衿此下帷。歡披謝客賦，苦詠曹人詩。莫逐輕盈性，須安寒素姿。林中有杞梓，今盡化瓊枝。

春日郊遊同所知

芳郊聯騎出，竹苑聽鶯遷。共酌陶嘉月，相看憶昔年。病因春事減，窮益故人憐。衹恐聞鶗鴂，花間拚醉眠。

春遊贈劉子

時禽猶嘯匹，歡賞合携儔。未老縣車卧，乘春結駟遊。雲光馳翠巘，樹彩幕芳洲。飲興無令盡，明朝復此求。

病中得顔子書并見示諸作一首

卧病當寒景，①空齋正爾思。五禽終日戲，雙鯉遠方貽。久著《潛夫論》，初傳少女碑。君才猶不用，如我復何悲。

---

① 病，淮刻本、湖北先正遺書本作"疾"。

道院對雪

朔雪兼風度，玄宫此日開。飄颻萬鶴集，髣髴五神來。綴洞石垂乳，被巖瑶作臺。晚筵聞鳳吹，益信在蓬萊。

聞箏二首

楚館名娃出，秦箏逸響傳。徘徊芳樹側，掩映雜花前。雁促玫瑰柱，鶯喧錦繡筵。年來哀怨切，復此感繁弦。

其　二

花月可憐春，房櫳映玉人。思繁纖指亂，愁劇翠蛾顰。授色歌頻變，留賓態轉新。曲終仍自叙，家世本西秦。

遣　興

并介元殊性，浮湛非一歡。嘯歌聊自適，儕類肯相寬。努力時難值，驚心歲易闌。何能忘魏闕，自分老江干。

寄顔惟喬

竟日無歡緒，臨風懷所知。泥塗今老大，羽翼各差池。芳草未堪折，浮雲空自馳。山中逢歲晏，何以慰相思。

喜阮子自蜀歸寄贈①

昔厭蠶叢險，今耽漁浦深。狹中乖束帶，多病合投簪。予慕竹林侶，長瞻楓樹林。詠懷如有唱，莫惜寄同心。

遣　興

向人久落落，爲計竟區區。釣弋衹從好，林廬總冒愚。山風吹薜荔，溪月浸菰蒲。敢擬高賢迹，聊全不肖軀。

---

① 淮刻本、湖北先正遺書本“贈”下有“一首”二字。

過范德和書屋，因出所作見示，留贈[①]

谷暖亂鶯啼，春晴酒爲攜。芝蘭叨入室，桃李自成蹊。黄絹人皆獎，青衿孰可齊。聖朝經術選，安得久巖栖。

十五夜玩月同所知

南樓頻遲客，西囿復張筵。賞屬清宵厭，心從碧漢懸。玉輪光始滿，紈扇影初圓。竟夕渾忘寐，斜暉益可憐。

八月十五夜對月獨坐

月當三五滿，絶勝是今宵。夾露蘭光濕，含風桂影飄。謝客懷空結，西園誰見招。徘徊星漢側，吟咏亦逍遥。

對　雪

銀霰搴帷集，瑶觴倚檻揮。著梅花早落，入柳絮先飛。飢鳥不避户，[②]凍雲偏坐衣。青陽雖稍近，終未勝寒威。

舟中對雪

朔雪度江樓，蕭蕭生晚愁。輕回青雀舫，密隱白鷗洲。遊女珮堪擲，宓妃璫可留。無媒向空闊，含思對滄流。

春日重過曾園[③]

名園重繫馬，麗日此開尊。凍解溪聲亂，暄回林氣繁。轉憐花識面，更覺鳥能言。祇恐春光盡，留連日易昏。

志感寄京邑友人

棄置已如此，飛翻知幾時。不材堪比櫟，陋質免爲犧。抗論復誰

---

① 淮刻本、湖北先正遺書本“贈”下有“一首”二字。

② 飢，淮刻本、湖北先正遺書本作“饑”。

③ 淮刻本、湖北先正遺書本題作“冬飲曾園，今春日復往焉，故有此作”。

信，壯圖空自悲。敢云弦似直，實有髮如絲。

贈舒子二首

亦有振子意，其如吾力微。槍榆聊自適，[①]濡沫暫相依。吴楚推儒行，風霜損客衣。生涯雖濩落，奇氣尚翻飛。

其　二

一從棲楚地，兩見改楓林。岐路興長歎，江山入苦吟。交遊盡逢掖，登眺幾開襟。誰謂貧爲病，高風益可欽。

夜　坐

晚林虚白室，净几《太玄經》。養拙關幽獨，凝思啓性靈。空階沉霽月，縣牖内秋星。不寐時披户，流飈暗激螢。

江上送吴明府以讞赴沔陽

盤錯才能辨，明威獄可孚。非緣審虞芮，那得泛江湖。琴和雲間鶴，舄隨波上鳧。簡書雖可畏，魚鳥亦堪娱。

豫章陳生紀善堪輿，詩以贈之

汝擅青烏術，頻爲黄鶴遊。山川委情狀，歲月傍窮愁。善補神功就，能令鬼福酬。高踪何所似，漂泊一虚舟。

春　遊

晴日動春沙，乘閑到水涯。開顔聊自媚，得意欲誰誇。躋磴時捫葛，尋源屢入花。江山憐病客，行坐惠煙霞。

奉酬皇甫百泉雪中見過，留贈之什三首

積雪惟僵卧，衝風故寵臨。飄揚狂客性，高潔直臣心。懷瑾鮮可示，投珠誰見欽。賴諳消息理，庶緩《白頭吟》。

---

① 槍，淮刻本、湖北先正遺書本作“搶”。

其　二

雪裏使君至，光增狐白鮮。玉珂鳴宛轉，瑶草踏夤緣。剡曲偶移棹，郢歌堪被弦。報瓊慚未可，寡和古今然。

其　三

含香辭漢署，投賦吊湘纍。白璧竟誰惜，素絲誠我悲。豈圖當雪夜，聊得協風期。丘也君能學，應知涅不緇。

贈廖子

嗟爾老風塵，名堪高士鄰。他鄉長作客，異術耻干人。月酌江城夕，花吟楚岸春。萍踪任流轉，隨處有交親。

中麓二首爲李吏部賦

聞説湖山勝，[①]雲霞萬壑平。登丘望遠海，送目寓高情。鵬激天風起，烏隨曉日生。降神元有自，應繫百年名。

其　二

回望蒼煙合，從中素業留。高深開隴畝，伏臘感松楸。俯瞰朝暾上，晴看海霧流。主人棲省署，魂夢此相求。

贈張子

自遂歸田卧，何曾入郭行。比鄰稀識面，州郡衹知名。但結漁樵侣，寧關婚嫁情。溪潭垂釣處，日見白鷗迎。

寧公房對竹

雙樹謁空王，叢篁隱上方。欲窺童子偈，因憩此君堂。法雨晴階濕，香雲午院涼。招邀竹林侣，同醉給園傍。

遣　懷

齒髮今非故，沉冥朝復昏。扶衰綜上藥，謝客偃中園。通顯多相棄，《達生》聊可論。壯心隨草莽，末路信乾坤。

---

① 湖，淮刻本、湖北先正遺書本作“胡”。

自團江赴黄,倏忽望見城郭,欣然賦此

野水平侵岸,澄江穩放船。櫓聲雜鼓吹,檣影曳雲煙。漫逐群鷗後,俄驚百雉前。長風如可假,乘夕向遥天。

與數客偶至一所,率爾題壁

兹地豈不邇,吾儕今始逢。林深睥睨入,徑古剪除通。壤石無他異,琴尊幸此同。一丘雖絶小,心賞獨難窮。

對　雨

晚岫雲全出,春江雨半吞。氣先占礎潤,聲急訝盆翻。檐溜争依户,渠流欲潰垣。吾方厭塵垢,天爲净林園。

别墅邀賓

與客過林塘,留歡出所長。投壺按魯鼓,弄笛據胡牀。屏迹愚爲谷,逃名醉是鄉。二三同志者,倘肯恕吾狂。

晚　泛

投林衆鳥疾,薄暮孤帆開。落日似相逐,前山恍自來。雲霞互明滅,風浪争喧豗。待月面洲渚,徒嬰逝者懷。

訪百泉先生

謫居皇甫子,獨步帝庭才。吏隱門常閉,賓朋徑始開。求羊非我輩,驅馬爲君來。向夕香風度,澤蘭誠可哀。

其　二

憐君公府内,而乃搆幽居。暇日頻招侶,無時不著書。悲歌行自激,直道向人疏。放逐空嗟久,誰聞薦《子虚》。

初夏遊西山歸作

東陸銅渾改,西山石徑迷。暑輕經夏淺,緩步獲高躋。列岫映杯小,孤雲行几低。江天宵色裏,客散欲聞鷄。

陳 叟

固窮誰得似,泛愛竟何如。齊客空彈鋏,虞卿枉著書。徒勞門駐馬,無補釜生魚。寂寞人云苦,君顔日每舒。

其 二

生事緣儒誤,傷心近老貧。一餐資弟子,數口仰交親。身屬工詩病,人譏貰酒頻。時瞻户外屨,多是問奇賓。

與二客留酌竹圃

林當大道側,客出古城隈。欲就七賢飲,還邀二仲來。鳥聲流碧樹,人影墮蒼苔。不必淮南桂,淹留日幾回。

别業偶題

紛紛車馬地,寂寂丘園身。始悟閑門趣,非關遠市塵。入林先稚子,分饌及農人。日暮駕言返,涼風吹葛巾。

其 二

耽晴出今日,待雨耕後時。農事豈不苦,褊心良所宜。塵衿逢水浣,露坐任風吹。散髮煙墟裏,行歌誰復知。

贈别皇甫百泉

憐君辱刀筆,愛客具琴書。奇字人堪問,能名孰可如。鳥因求友至,羊以敗群除。飾吏須儒術,應知用不疏。

其 二

一從辭上國,每恨寡論文。與子時相見,令予日有聞。偶來珠復去,暫合劍仍分。倘賦相思曲,因風報楚雲。

其 三

赤壁嗟流寓,金陵喜量移。遲回今日别,迢遞夏雲隨。故國三吴接,王宫六代遺。之官兼過里,去住愜心期。

其 四

江路指姑蘇,蘭橈入畫圖。客深諳楚語,家近聽吴歈。親愛唯貪聚,君恩實恐孤。過庭凡幾日,復作省中趨。

夏日山居即事

市逼村非遠，城紆路亦長。藤蘿青壁樹，雲鳥翠微堂。林日晴多蔭，溪風午薦涼。北窗時偃卧，人代接羲皇。

其　二

寂寂郊原室，悠悠野客心。蒼林鳴鶴起，白石飯牛吟。坐玩高雲變，留連片雨陰。回車山徑晚，多露畏相侵。

其　三

澗古苔長滿，林深徑復微。偶經松竹處，聊挂薜蘿衣。水鳥窺籬落，山雲拂檻飛。農人驚節邁，負耒夜深歸。

其　四

相過嫌俗駕，自贍愛貧家。陶令門前柳，秦人洞口花。試暄看野馬，占曙聽林鴉。耕稼誰云苦，吾生幸有涯。

其　五

開門臨巨壑，扶杖入平沙。雨後桑麻長，風前楊柳斜。仰天歌自勞，休隴聽農誇。應笑禳田者，[1]篝車望已奢。

其　六

寂寞翻爲樂，漁樵更可親。林皋無俗務，草澤有閑人。祇欲全疏拙，非關慕隱淪。偶然隨稚子，驅犢古江濱。

别空山陳子

之子憶南州，行行且復留。頻年悲旅食，五月問歸舟。守黑雖卑術，談玄實雋流。秋風期返棹，遲汝上江樓。

園中作

林間先自僻，農圃近相安。不樹千株橘，猶滋九畹蘭。放歌山答響，得酒月留歡。就枕夜方寂，空齋聞遠灘。

---

① 禳，淮刻本、湖北先正遺書本作“穰”。

得友人書感而賦此

少日同聲者，書來衹數行。二毛知闊絶，雙鯉恨淒涼。久賤親交棄，無求老態狂。世情那可問，明發泛滄浪。

閑　步

卜築蒼巖畔，爲園碧水涯。浴童依淺瀨，浣女散晴沙。中散林惟竹，東陵圃是瓜。村頭歸欲暮，巾服映殘霞。

寄友人

獨立向江天，相思隔暮煙。草《玄》從客笑，衰白故人憐。五嶽幾時去，一丘長晏眠。幽懷何所寄，叢桂晚逾妍。

别墅即事

衡宇終朝偃，鄰家此徑分。重林頻翳日，積水自蒸雲。村暝驅牛返，門閑啅雀聞。野人休錯訝，樵牧本吾群。

其　二

杖策携群稚，墟行野色開。泉因刳木引，徑以逐林回。遠壑孤煙起，高城片雨來。所欣人迹罕，吟嘯興悠哉。

送十一叔入試

竹林頻接宴，草澤每憐才。匣劍豈終閉，囊琴今始開。南圖鵬激水，北首駿登臺。戰勝知能事，秋風揚策回。

贈東甌鄭磐山兼留其北上

挾册來何地，投詩謁我廬。能工四聲韻，兼擅八分書。貌與葛巾古，心從蓬鬢疏。君無羨京洛，且學楚江漁。

其　二

懷寶不獲售，栖栖客楚鄉。詞高淩幼婦，篆古逼中郎。相士因貧失，依人減醉狂。朱顏俗所薄，感激欲沾裳。

翟汝和雅善聲詩，兼工圖畫，[①]浪迹荆郢，高視時人，一方縉紳争先迎致，潦草點綴，價比南金，然汝和不屑也，今來謁予，詩以贈之

翟生負性氣，自許更無前。對客詼諧捷，評人美刺偏。頗爲竪儒罵，每荷名公憐。圖畫知非志，無令好事傳。

送戴中丞歸

落魄郢中客，銷魂澤畔吟。久捐和氏寶，且伏直生金。君勿憂多口，人當諒此心。行經武夷下，須上最高岑。

其　二

歸去豈不樂，聊爲留滯吟。竟何污白璧，暫亦鑠黄金。以我常失意，於君倍感心。讒人行且得，安可老雲岑。

泛鮑塘，塘在元祐宫前，用顔漢東韻，時顧司空、袁傅二中貴在坐

錦纜仙源接，銀璫帝邸來。駿驤臨水映，鸂鶒觸船開。[②] 秋篴清商發，晴宫紫氣回。再來桃水路，莫遣世人猜。

其　二

玄宫金間碧，秋沼水澄清。槎泛還依斗，簫鳴且勸觥。�持棗獻，芳餌得魴烹。鶴駕何由假，招携仗友生。

生日有感，簡同館漢東、少泉二子

五十來年是，行藏往日非。因之念親舊，存者亦幾希。弧矢心猶壯，文章力已微。操觚從二子，衰薄藉餘輝。

贈王生

近識七山子，居然三楚賢。竹林時偃蹇，蘭澤恣夤緣。莫謂覆盆

---

① 畫，淮刻本、湖北先正遺書本作"繪"。
② 鶒，淮刻本、湖北先正遺書本作"鵡"。

下，還期揚策前。谷回鄒子律，喬木看鶯遷。

奉别大司空顧公二首

公旦營周禮，諸生愧楚材。紀詳王迹起，閣重帝鄉開。獻歲書從入，乘春節與回。園陵望不極，淚盡漢江隈。

其　二

棄置時將晚，疏狂性莫移。頃緣外史召，得赴尚書期。《白雪》竟誰和，青雲非我思。泥塗荷知己，瞻戀不能辭。

賦石泉贈施子

施生美少年，結廬依石泉。掬泉淬寶劍，坐石鳴朱弦。自子表孤泒，從兹赴百川。臨流時洗幘，勺水漾青天。

奉懷賓雲

吾宗賢伯子，未老已懸車。黄綬不屑綰，清尊寧遣虚。羅傷廷尉宅，書滿鄴侯廬。鄰室如堪假，從君此卜居。

賦空山贈陳子紀有序

陳子紀客遊沔鄂，以堪輿家稱，然其人實儒生。雖迫貧驅，終歲奔騖卒卒無須臾閒，而不廢詩，行坐輒口微哦，至斗酒暢酣則仰天掀髯，豪吟不絶，隱隱稍自矜許，似莫測。即其詩，往往中法程可誦。吾里二三輕俊，實不解詩，見其吟也，作勢狎之曰："客子卑卑，何得詩？"紀唯唯下之，稱不敢，而中實傲睨包笑。彼又善謔，括世俗諧語，應事出之，輕重悉得。予或憤鬱，與之談，輒解頤。此其蘊藉，豈常調哉？嗟乎！古稱相士失之貧，彼皮相之士顧何能得陳子矣。今來，以其號空山，請曰："公知我，幸爲我賦空山。"遂援筆成此贈之。

已乖俗子調，遂結山靈知。獨往似逃侣，偶來非赴期。静聞魈魎嘯，動見煙霞隨。巖洞晚欹仄，言歸當勿遲。

贈戴醫

戴醫方弱冠，流輩不能如。何自授神術，非徒讀父書。其父弁，亦名醫，而瑛術實溢出，故云。衰殘年賴保，延致日無虛。尚有耽詩癖，煩君藥與除。

定惠院宴集四首

三載不一至，朝來當暮春。江山宛如昨，花柳幾回新。信美仍吾土，招邀且故人。相看惜一醉，無乃負佳辰。

其　二

石磴接巖扉，行行上翠微。賓朋花下至，雲鳥竹邊飛。韶景度欲盡，舊遊存苦稀。蘇公何可作，今古一沾衣。

其　三

結侶乘暄出，憑高望眼開。閭閻深負渚，阡陌曲侵臺。展席春雲映，歸軒夕鳥催。回看遽陳迹，相送轉徘徊。

其　四

佳境不可厭，芳時聊爾尋。一披遠岫色，兼會澄江心。放誕從吾適，遲回屬所欽。不知同醉者，後此幾同臨。

府治内禮賢堂落成，桐岡君張宴於此，以招郡之耆舊；予固非其人，幸奉杖履兹。九月八日吾輩亦就此供具，少展謝私，詩曰："躋彼公堂，稱彼兕觥。"此之謂也。乃即席賦詩四章

九日明朝是，先期楚客狂。競携田父醖，同上禮賢堂。灘響來官舍，雲陰過女牆。當關幸不擾，緩带罄杯觴。

其　二

逐侣入逡巡，琴尊就此陳。急娱朱紱客，預效白衣人。更迭前爲壽，流連晚益親。輿臺私借問，底事主爲賓。

其 三

吾儕每一見,輒頌使君賢。治出龔黄右,情將竹素偏。訟庭乘暇日,開閣禮高年。異代今朝飲,長爲故事傳。

其 四

高情報恐後,是日出田家。久擬輸芹子,何能待菊花。庖厨依粉堞,巾服映丹霞。款語須分記,明朝向客誇。

湖上言懷二首

依依一水上,況值冱寒時。非漁復非隱,自笑還自悲。應時修網罟,終日對鳧鷀。興至泛舟去,尋源歸每遲。

其 二

微利素不屑,衰年緣底忙。衹因迫婚嫁,遂爾逐漁商。貨殖豈吾道,浮沉聊此鄉。交遊從見絶,鷗鳥日相將。

病目小愈志感

病目經三月,兹晨稍辨人。直憐長夜旦,已負一年春。庭藥開應遍,園琴聽轉新。誰云今小愈,念往益傷神。

小齋執熱,躁鬱可知,風雨忽來,形情稍適,於是期故人之再至,望神女之少留,乃賦斯篇云耳

苦熱何能避,歡悰此暫裁。風因解愠至,雨爲濯枝來。脱帽披軒出,褰裳繞徑回。行雲忽不見,目極楚王臺。

一雨數日不絶,田畯抱病穫之憂。予聞而嘲之曰:"甫幸其潤,隨忌其淫,然則天之欲媚於人也,難矣。"感而賦此

沾灑初回槁,沉冥乃積陰。未成書喜雨,轉欲賦愁霖。天地竟何意,吾人還此心。安能即開霽,疇隴慰悲吟。

送鄭公北上

離筵開祖道，别駕向神京。飛輓玉程急，[1]馳驅官況輕。處膏元不潤，濯水自知清。好爲司農道，蒼生望緩征。

李生向予言，曰妓有名秋水者，頗麗人也，戲賦秋水

楚客誇秋水，令予發興新。漢槎頻訊石，洛襪自生塵。日集鴛鴦侶，時來鴻雁賓。不緣風浪隔，長作問津人。

奉酬桐岡公病後見惠之作

多病身仍健，同聲思轉牽。暫能逃簿領，日每費詩篇。勿藥占非謬，加餐勉自憐。黄人争祝願，天眷使君賢。

石泉施生從余遊湖上數月，忽中夜不寐，枕上聞過雁求曹之聲，悵然有懷郊郢故人，詰旦束裝，向余求去。余不能留，詩以紀别

歲暮何所適，孤帆遡漢源。汝懷中散駕，予愧孟嘗門。酒盡即分手，囊空唯贈言。如逢郢中舊，衰廢可無論。

雨中喜雲渠李子過訪山莊

老去交情篤，春來野興偏。忽聞衝雨過，遠候出溪邊。田犬隨人後，山雲落馬前。何能避沾濕，徐步聽鳴泉。

其　二

相隔祇旬月，今逢素髮繁。春林黄鳥集，晚岫白雲屯。韶景惜遄逝，昵交嗟僅存。留君宵共寐，往事夢中論。

---

① 飛，淮刻本、湖北先正遺書本作“蜚”。玉，淮刻本、湖北先正遺書本作“王”。

桐岡先生遷滇南憲副奉贈[①]

郭公性本静，於此五年留。遷晚仍常格，途遥屬暮秋。冠裳父老乞，篇翰士人收。他日經行處，應難近竹樓。

夢澤集卷七

① 淮刻本、湖北先正遺書本“贈”下有“一首”二字。

卷　八

詩

贈鄭少谷

汝昔辭郎日，堂齋谷口尋。經年種松菊，携客遠登臨。澤傍蛟龍窟，巖穿虎豹林。朝朝泛煙艇，夜夜宿雲岑。竟被蒼生起，俄驚白髮侵。屢遊天姥夢，時動越鄉吟。障貌東南美，琴留山水音。乾坤倦鳥翰，歲月狎鷗心。骯髒違朱紱，疏慵本素襟。異時筋力在，去矣極高深。

寄李子中

汝病謝含香，歸歟卧草堂。庭趨候杖屨，林憩訊松篁。種藥春登圃，尋源夕泛航。猶憐臺館地，不負芰荷裳。屈宋元悲楚，鄒枚舊賦梁。卑棲愁燕雀，高起羨鸞凰。琴憶風流調，詩留倡和章。因君嵩少去，吾亦念滄浪。

石　齋

巨石連天起，崇威壓棟隆。[1] 南陽卧龍地，西蜀草《玄》翁。洞鑿峨眉闢，根穿海竅通。過雲開錦繡，宿霧隱玲瓏。潤助琴書色，明添

---

① 威，淮刻本、湖北先正遺書本作“隈”。

檜柏叢。[1] 春垣牽紫蔓，秋壁映丹楓。淇澳常如琢，他山信可攻。堅貞君子德，磊落古人風。錫磬懸周廟，爲渠峙漢宫。玉衡當萬國，蒼珮冠群公。鎮静爲磐久，精靈降嶽同。江河屹自障，瓦礫舊曾空。作礪商家日，和鈞夏府中。升堂愧未可，瞻仰借磨礱。

寄韓道人

吾愛飛霞子，飡霞卧蕋宫。時將黄綺曲，高詠紫芝風。洞草秋生細，壇龍晝護空。丹應九轉就，地與十洲通。玉樹扳何及，青牛望不窮。因君惠羽翰，自此脱樊籠。獨鶴冥冥去，相從碧海東。

四兄宅守歲

作客憐兄並，吟詩悲歲歸。久沉金馬詔，俱惜彩衣違。風户沙潛裊，春筵燭自輝。棲烏終不定，宿雁且相依。側識淩雲思，旋看比翼飛。盤椒遲明發，池草慰晴暉。

初至郡齋作寄所知

刺史章初綰，交遊迹已睽。質隨江北化，諾與汝南齊。牒吏窺松徑，輿人候藥畦。藉膏期不潤，戴李保無蹊。葵準公儀拔，棠如召伯棲。疏慵優記馬，奮激劣啼鷄。那敢蒼鷹效，頻將白鶴携。宦情緣病少，鄉夢被愁迷。投劾終如范，不堪誠類嵇。何年衡嶽上，初服遂攀躋。

遊鍊真宫

嬴女吹簫夜，青鸞作遠遊。已邀明月上，空遣彩雲留。石路遊人惑，瑶編方士求。桂巖閒白鹿，蘭谷卧青牛。海嶽丹丘閟，風塵素髮愁。壇霞秋自落，洞日晝長幽。冠蓋乘閑出，琴尊倚道流。罷官終欲去，桃水弄漁舟。

---

① 柏，淮刻本、湖北先正遺書本作“栢”。

已罷視事，上官密令拘齋中，禁弗得出，悵憶故山有作

弱冠才殊調，明時籍早通。蒼茫收印綬，留滯嘆萍蓬。變色休談虎，逢嗔失避驄。鵁鶄猜玉饌，鸚鵡恨雕籠。散帙窗前草，吟詩井上桐。風檐窺暮雀，月砌響秋蟲。隱霧徒慚豹，隨陽祇羨鴻。齊臣歌白石，楚客怨丹楓。籬採黄花候，山攀桂樹叢。羈心傍汝漢，回首隔雲夢。山水鳴琴外，煙霞岸幘中。安能似張翰，乘興去江東。

張子言家難，遠來視我，命酒偕酌，述往感今，殫陳苦狀，復劇談越中山水，約以釋縛後共遊焉

憶折燕山柳，驚看漢苑花。我今悲下獄，君已嘆無家。躑躅誠如此，依違並可嗟。遠遊緣避地，作賦擬《懷沙》。越國心常往，高談興轉賒。軒縈滄海日，觴泛赤城霞。遠水龍蛇渾，中原虎豹譁。明朝拂衣去，共子看浮槎。

獄中言懷呈諸知己

未敢言先閾，何由免後災。償金奚俟辨，亡璧竟難裁。畫地期無人，書空意頗哀。南冠琴奏切，北斗劍光回。雲路悲垂翅，河津忌曝腮。危機隨處有，蟄户幾時開。玉獻翻爲罪，珠投轉見猜。信然非木石，何以動風雷。實少龍蛇德，虚稱《鸚鵡》才。願吹鄒子律，一爲暖寒灰。

被繫以詩呈諸友

鬱鬱心難白，紛紛口奪朱。約威憐檻虎，局促效轅駒。門客寧持璧，鄰兒豈竊鈇。人言傳《大過》，吾志抱《中孚》。《孤憤》韓公子，《離騷》楚大夫。逢人多按劍，知己亦張弧。迹困神逾泰，時危德靡孤。參乎非不肖，慈母勿先逋。

出獄留别主人兼欲有貸

畏途殊倚藉，岐路暫相看。生死交情見，飄零客計難。原思寧是

病，范叔果非寒。有玉嗟三獻，無金報一餐。涸鱗斗水活，窮鳥一枝安。莊舄吟何切，馮歡歌未闌。平生流水引，不惜向君彈。

過杞，同袁明府避暑學宫，席上贈袁明府及諸廣文①

過邑逢仙令，開尊藉廣文。宫牆回赤日，冠蓋擁青雲。俎豆初筵秩，弦歌幾處聞。池芹香細細，庭檜鬱紛紛。鼓瑟窺賢撰，彈琴引帝薰。堂開矜鱣集，客散悵鳧分。百拜難成醉，殷勤此謝君。

南歸道上作

于役疲梁甸，言旋傍楚宫。蓬心漂泊苦，劍氣嘯歌雄。迹異周南史，情同塞北翁。悲風欽代馬，逐暖學邊鴻。家遠翻憐僕，途迷或訊童。從今歡税駕，達者豈稱窮。

初歸故園二首②

結髮負奇志，辭家作遠遊。一言侵絳灌，萬死脱幽囚。倚伏虚疑鵩，光芒隱射牛。敢云疲漢戟，實已敝秦裘。習隱希玄豹，忘機對白鷗。生涯惟素業，吾道已滄洲。

其　二

富貴雖非願，歸來猶抱慚。秖緣頻觸網，敢謂早抽簪。進退兩無據，迂疏七不堪。何妨流俗笑，擬向達人談。志業總虚擲，艱危誠飽諳。逃名棲市井，投迹慕江潭。

病後過王生宅

王生年最少，結屋面江灘。白鳥當階下，青山背郭看。軒楹抱水石，枕簟落風湍。草色侵書幌，波光蕩藥欄。緣君得無恙，來共把漁竿。

---

① 淮刻本、湖北先正遺書本“文”下有“一首”二字。

② 淮刻本、湖北先正遺書本題作“初歸故園作”。

贈張汝霖北上

吾國張平子，風煙守釣磯。《思玄》才不忝，拾紫願多違。是出輸芹曝，非關厭蕨薇。交遊行贈策，妻子走牽衣。試問登燕隴，何如息漢機。貂裘季子去，駟馬長卿歸。薜荔懸初服，松筠隱舊扉。獨憐垂老日，更逐斷蓬飛。

寄劉松石

鎮擁三邊重，銜兼八座榮。韜鈐臨玉障，仁義即金城。神武雖無敵，天威亦有征。塞煙烽裏合，隴月笛中鳴。直應師方壯，恩驅命始輕。何云無上策，已見戢佳兵。虎豹爭爲用，風雲立可生。書隨飛箭去，檄至倒戈迎。百勝非天幸，諸戎不日平。横行邊地拓，獨坐塞塵清。[1] 質子趨周道，降王詣漢京。歌鐘時自勞，戍鼓遂無驚。定遠元投筆，終軍枉請纓。不言防衆忌，求退爲功成。但使龍庭滅，寧邀麟閣名。

過陳處士故居

偶緣幽事步，因歷故人居。薄暮鄰家笛，流塵滿室書。琴亡人與化，舟去壑成虚。磯憶投竿處，林傷挂劍餘。空階積苔蘚，寒渚落芙蕖。《玄》草亭仍在，青雲業已疏。昵交存僅半，爲爾立躊躇。

懷京邑諸舊[2]

昔感同袍義，長懷結綬情。雲泥乖末路，江海畢餘生。忽睹繁華歇，寧期腐草榮。臨池思贈鯉，倚樹聽遷鶯。幸爾安愚拙，居然負聖明。因風訊知己，歌此代悲鳴。

寄應立齋郡伯

君家越嶠外，爲郡楚山阿。官已二千石，年初三十過。理人去泰

---

① 塞，淮刻本、湖北先正遺書本作“虜”。

② 淮刻本、湖北先正遺書本“舊”下有“園中作”三字。

甚,樂職布中和。操割方時少,循良較古多。一言唯有恕,衆口詎無苛。簪筆評因誤,持衡聽屬訛。遂令長者黜,將謂至公何。歸路經山海,幽居寄薜蘿。所歡息奔走,其憚費吟哦。去後思彌切,從前頌匪他。良規存故吏,遺植護新柯。愛比羊公碣,清傳漁父歌。唯餘田野議,功德庶難磨。

重晏魏子池亭兼約再遊①

與子接林間,頻過徑不除。歲華奄及此,物態已非初。流水逢君奏,閒雲向客舒。高譚俱用馬,偶坐或觀魚。席促情無間,尊移興有餘。歷畦窺種藥,經穴訊藏書。待月留應久,迷花出每徐。人嘲揚子宅,自負葛侯廬。不去憐佳境,重來慰索居。少年交易盡,長日會難疏。

自三台河泛舟至鳳巖

嘗蓄水雲興,玆乘風日和。纜牽仍擊汏,棹輟且隨波。竊慕太公釣,猶欽孺子歌。野風散蘭杜,潭影翳藤蘿。曲岸行逾近,支流入轉多。鼉魚衝艇躍,鵜鸛狎人過。漸覺傍洲退,回看遠岫羅。詭容緣爽出,逸思向空摩。嚴子瀨若此,秦人源匪他。再來津恐失,歸路奈愁何。

題槎隱其兄爲索

秋城逢謝客,爲道惠連賢。湖海將書劍,風煙泛舸船。生涯如范蠡,遠意學張騫。歲訪支機石,予慚賣卜仙。② 高踪一回首,鬱鬱斗牛邊。

文甫席上③

宴集當寒景,賓朋盡楚材。祇緣鄉土樂,翻重歲時哀。臘意懸江

---

① 淮刻本、湖北先正遺書本"遊"下有"故有此贈"四字。

② 慚,淮刻本、湖北先正遺書本作"漸"。

③ 淮刻本、湖北先正遺書本"上"下有"一首"二字。

柳,春心倚檻梅。香醪非市得,珍果況閩來。甸雪冬堂净,城氛夜館開。自憐同落葉,誰爲暖寒灰。日月惟丘壑,英雄半草萊。平生鴻鵠志,燕雀莫相猜。

題陳子隱居

愛君多野興,築室傍溪源。霜月蘆花映,香風蘭葉翻。卧聞春水至,坐聽榜人喧。鷗鷺何多喜,龍蛇但久蟠。臨流傷逝者,達命願終焉。素業江鄉在,高情栗里存。楊林垂釣艇,苔徑讀書軒。雲疊窗中岫,霞開石上尊。蒼藤齊刺壁,緑篠半遮門。豈厭漁樵侶,惟耽場圃言。[1] 園秋收芋栗,村晚納鷄豚。歲月老將至,襟期誰與論。應知岩洞裏,别自有乾坤。

席上贈吴氏賢子

豪士百憂無,生兒風骨殊。入門看寶劍,照室動明珠。盡日提携意,華筵賓客娱。千年龍有種,一曲《鳳將雛》。學步猶防蹶,看人豈解呼。暫時棲玉樹,他日取長途。垂老江湖上,生涯藥餌扶。一持還一笑,真足慰馳驅。

送蕭子歸

不謂風雲變,能爲江海行。鯨鯢駭浪日,蘿蔓附松情。開國梁朝系,承家漢相名。淹留聊隱豹,登眺幾啼鶯。夢掇廬山秀,帆辭洛水晴。嵩雲流古苑,河氣幕炎城。出璞寧三獻,驚人想一鳴。他時杖屨地,東道倘相迎。

李道士房呈張子

嗟我何多難,無時不憶公。蒼茫神劍合,羞澀客囊空。失路人俱棄,餐霞孰與同。何年當戢羽,萬里各飄蓬。楚澤行歌外,燕臺旅望中。斷金諧老友,煮石學仙翁。晝色翻階藥,宵聲響砌蟲。閉門苔蘚徑,露頂薜蘿風。洞裏燒丹竈,花間使玉童。十洲應不遠,從子謝樊籠。

---

① 耽,淮刻本、湖北先正遺書本作“耽”。

經光山，晚宿寺中，王汝希過訪，喜作[①]

龍宫瞻郭外，鷲嶺落城隅。傍樹疏燈出，緣溪晚騎趨。珠林旋皂蓋，竹户擁緇徒。海内誰相假，君來意不無。屯邅勞藉慰，闊絶倍歡娱。萬里排雲翼，青春汗血駒。雅懷憐孺子，高論惜潛夫。蘿月紛紛白，松雲黯黯孤。蒼茫登覺路，悵望出迷途。日月辭三殿，風煙下五湖。辛勤陳往事，邂逅即良圖。後會應無定，寧辭酒重沽。

季夏遊赤壁偕子言諸公

六月軒楹敞，三分割據雄。江回城抱日，艦火岸餘風。詞賦留天上，旌旗在眼中。霸圖俱已歇，幽賞幾回同。檻外鳧鷗亂，尊邊雲霧通。松杉盤虎穴，臺榭接龍宫。早歲辭朱紱，兹遊感數公。願言携桂楫，常此狎漁翁。

夢澤集卷八

① 淮刻本、湖北先正遺書本“作”下有“一首”二字。

卷九

詩

視江子疾，樓上作

朝回駐馬問江生，病愛樓居面雨城。涼書白雲流翠簟，清秋玉露望金莖。馮欄轉動層霄興，伏枕翻思萬里行。天遠時危俱涕淚，南山空羨紫芝榮。

雨中宿張子言家，因示我苦雨之作

高士衡門遠市開，閑官羸馬踏泥來。雲重檻落秋城色，溜急階傳瞑壑哀。隱霧即看文采變，愁霖真羨古今才。滄波共看浮槎去，[1]肯傍燕關望楚臺。

遊西山作

西山憶昔宣王幸，[2]幸罷千巖御氣留。金界尚看金殿峙，玉泉長接玉溝流。君王水石遊人重，畿甸煙花賦客收。天上翠華無復度，五陵松栢迴含愁。

---

① 看，淮刻本、湖北先正遺書本作“着”。
② 王，淮刻本、湖北先正遺書本作“皇”。

送劉郎中養病歸

日含鷄舌侍龍顔,多病連章暫乞閒。解印忽看辭漢署,拂衣長嘯出燕關。爲郎苦節雲霄上,倦客春心藥餌間。帝里故人臨路訊,冥鴻何日向鵷班。

京邑言懷寄所知

十載爲儒愧未成,一朝謁帝荷知名。每緣簪組思初服,轉向班行憶舊盟。斥鴳蓬蒿聊自適,爰居鐘鼓但悲鳴。寄言漁父莫相笑,早晚滄浪歸濯纓。

裕州命下,悵憶故山有作

吾家村巷枕丹谿,野色平開萬木齊。晝卧雲林啼虎豹,春隨煙艇散鳧鷖。符從天上新分竹,杖憶山中舊策藜。早晚便應投劾去,鷦鷯元慕一枝栖。

獄中作

嚴譴當年出漢京,幽囚今復滯梁城。計疏妄擬城狐獲,[1]謗重俄驚市虎成。削木倉皇期勿對,戴盆天日豈能明。鄒陽痛哭題書地,今古誰憐共此情。

出獄後作

孤危心迹竟難明,俯仰悲吟恨未平。失馬詎能窺倚伏,解龜聊得廢將迎。嵇公釣弋從吾好,翟氏賓朋任世情。未信星辰虚寶劍,且從江漢濯塵纓。

經汝陽雨中馮太守邀飲

廨宇雲深五月寒,眼驚檐溜忽鳴湍。不緣地主賓筵盛,那得天涯旅況寬。散帙但吟《神女賦》,移舟須上使君灘。聞歌漸覺鄉音似,家

① 妄,淮刻本、湖北先正遺書本作"忘"。

近寧嗟行路難。

初至故園作

久去園廬頻入夢，乍瞻桑梓尚含悽。朝簪昔忝雲間出，世網今逃鳥任栖。舊製芰荷猶在笥，不言桃李更成蹊。且便越舄謡吟苦，敢擬蒙莊得丧齊。

即　事

楚國村墟煙霧裏，春天門巷薜蘿間。柳條到地可攬結，燕子定巢頻往還。新水潺湲遵故渚，歸雲縹緲戀家山。生涯甘傍漁樵侶，世事虛傳鵷鷺班。

寄顔惟喬

平生坎壈真憐汝，一代文章實起予。處士尚憂江夏禍，長卿新著茂陵書。白雲在眼期乘鶴，滄海無心學釣魚。楚岸風花暮無數，看山何日枉吾廬。

寄吴子

汝謝郎官今十年，家貧樂事未全捐。門前已有先生柳，郭外元無季子田。吊古遠遊張樂地，尋幽還上問津船。瀟湘樓閣晴無數，春日留題遍楚天。

夜酌龍蟠磯頭

大江之半石嵯峨，石上樓臺蕩碧波。沙净梟鷀依檻泊，月明舟楫逼筵過。中流擬接鮫人室，深夜猶聞漁父歌。危坐轉驚銀漢上，幽棲翻厭碧山阿。

江子景孚書至，云將以使命下沔鄂，訪予大江之濱，因而寄此

久即林皋耽習静，每從京洛念離群。仙人黄鶴長相待，學士銀魚未可焚。舟際岸桃晴映水，屐邊巖桂晝棲雲。呼兒預飭登臨具，翹首

星槎候使君。

春日過四兄溪邊草堂，奉懷一首

已傍煙霄開畫省，獨留雲壑掩柴門。天邊鴻雁春先起，江上梟鷗暖自喧。馥馥汀蘭愁賦客，萋萋徑草怨王孫。謝池莫漫懷群從，漢署長應奉至尊。

寄顏子

爾家何在漢川湄，碧石青蘿晝雨垂。溪聽採蓮諸女曲，山謡攀桂八公辭。即同沙雁防矰繳，爲愛江鱸理釣絲。貧病經年思見面，鶯花三月與君期。

室　成

十年踪迹困塵埃，小搆堂齋闢草萊。康樂石門躋險築，少陵茅屋避諠開。畹蘭籬菊幽香入，煙柳霜梧歲色回。燕雀衡門焉足賀，求羊三徑喜頻來。

許武昌邀飲西山寺中，席上贈郭、吴二部使

邑宰張筵臨澗壑，省郎並馬入煙霞。慚予一著登山屐，愛爾雙停上斗槎。石磴坐來秋蘚漬，金宫禮罷夕陽斜。冠裳暫喜同香岫，燈火先愁散遠沙。

其　二

軒騎並從金刹駐，弦歌遥向碧山聞。巢邊鸛鶴窺遊客，行處漁樵識使君。絶壁松杉含晚照，緣巖樓閣綴秋雲。賓朋萬里過逢地，惆悵風前落葉分。

寄江夏白鶴子

吴郎自號白鶴仙，老去清狂更可憐。詞翰獨矜《桃葉》詠，賓朋多慕竹林賢。悲歌擊劍臨風起，痛飲登樓對月眠。跌宕飛揚寧自惜，奇踪俠氣任人傳。

答許子

衡嶽崚嶒落楚空，瀟湘秋水與天通。已從波際瞻遊女，更向雲間禮祝融。萬里煙花詩卷裏，十年岐路淚痕中。擬將壯觀供傾蓋，莫遣浮生嘆轉蓬。

病卧書懷

深秋偃卧大江濱，撿點襟期愧達人。[①] 猶計桑麻元逐世，竟嬰婚嫁豈閑身。風城去雁寒逾急，霜户鳴蟲夜轉親。遲暮不堪仍疾病，夢魂時復落風塵。

秋夜宿龍蟠磯寺中

三山海上但虚聞，兹境真憐禮佛勤。石勢參差蟠水府，金光縹緲出江雲。龍宫深壓黿鼉窟，鷲嶺孤回鸛鶴群。向夕繩牀難假寐，天花汀葉門繽紛。

蚤出待許子

閑居盡日棲林谷，遲侶侵晨出郭門。沿溜舸船穿宿霧，枕山樓閣上朝暾。交遊四海誰能念，出處當年子試論。久息漢機甘落魄，無煩楚些續《招魂》。

舟中聽張子魚歌奉贈[②]

清秋染翰在江船，留客高歌對酒筵。風振雲林時颭颭，岸回石瀨故濺濺。丹霄鶴唳牙檣側，碧海龍吟玉斝前。已激壯懷頻鼓鋏，不勞别調更鳴弦。

過周子書屋

名園曲轉清江上，精舍遥連翠岫傍。閉户時人占豹隱，抽毫流輩

① 撿，淮刻本、湖北先正遺書本作“檢”。

② 淮刻本、湖北先正遺書本“贈”下有“一首”二字。

讓鷹揚。父貽素帙頻開篋，賓問《玄經》屢命觴。虚白向宵如晝色，鄰燈何必借餘光。

送内兄謝虞輔之任

一官特起中丞裔，故里頻留弟妹情。老憶射屏曾中雀，春憐出谷忽遷鶯。箕裘坐使家聲振，彝鼎行將祖德鳴。岐路柳條那忍折，門闌蘿蔓故争縈。

秋泛三台河同魏、范諸子

賦客蕭晨此並來，衰年勝地幾傳杯。蒹葭水落魚龍冷，島嶼風驚雁鶩哀。漁艇縱横秋岸合，遊軒雜沓暝原回。疏林忽送青天月，沙色波光萬里開。

宴月川宅留贈①

將軍好客暮相延，銀燭朱光散綺筵。勸飲鳴弦憐《子夜》，談兵拔劍睨遥天。朔方戎馬驚心後，南國賓鴻短髮前。莫遣壯懷隨逝水，擬圖生像上凌煙。

寄馮三石②

馮公性氣本飛揚，歷詆酣呼衆莫當。處士久緣才見忌，步兵聊寄酒爲狂。一丘曲折藏花徑，萬卷縱横堆草堂。獻歲風煙倘乘興，隨君理棹下滄浪。

冬夜懷童子

四海何人契最深，百年幾度遂追尋。褊心自信朱絲直，病骨誰憐素髮侵。干主無能行抱甕，思君不寐起鳴琴。風江歲杪舟難進，書報吾生久陸沈。

---

① 淮刻本、湖北先正遺書本“贈”下有“一首”二字。

② 淮刻本、湖北先正遺書本“石”下有“一首”二字。

夜酌舒、陳二子

江城暝色静柴扉，遊子冬殘悵未歸。過雁夜分猶共逐，飄蓬天末故相依。壯心久客羞彈鋏，高義今誰爲解衣。酒罷出門俱勿嘆，古今奇士遇全稀。

胡、謝二子過訪

結廬非僻晝常閑，桂樹中庭幾自攀。乘興不期朝命駕，聞歌未竟夜留關。一觴草具來堪數，三徑花深出每慳。少小相看今已老，君如不飲負衰顔。

戲柬落魄子

落魄先生太古民，頻年寄食楚江濱。浮踪暫止終難定，野性從來豈易馴。垂老獲妻寧計醜，浹辰丧女頗傷神。田文好客黄金竭，每食無魚幸勿嗔。

懷鄭子

鄭子客遊淹吾廬，詩詞間作真起予。憶當出門與結束，欲别上馬仍躊躇。計日能回楚水棹，經年竟斷燕關書。人生岐路恨南北，塵暗望眼何由舒。

病中武昌二客過訪，詩以贈之

雙扉寂寂候暄開，二客翩翩並馬來。雪岸叢梅行故傍，風江亂葉去仍猜。壺觴力疾歡難竭，林谷經寒響易哀。他日如追今日興，吾堂須記古城隈。①

宴集楚藩樓上作

别館張筵臨水上，危樓改席向天中。窗含江漢澄流盡，檻俯衡巫遠勢通。鳴珮忽沾神女雨，披襟時拂大王風。梁園勝事今非異，楚國

① 吾，淮刻本、湖北先正遺書本作“古”。

文儒古亦同。

村　晚

天時人事催寒景,坐嘯行吟到夕暉。錦樹高原去鳥疾,蒼苔小徑行人稀。牧兒谷口驅牛入,獵伴沙頭得雁歸。雙户畏人時獨掩,寸心回首願多違。

春　陰

兩月陰霏苦不開,一春門巷客稀來。風花狼藉惜將盡,煙草微茫望屢回。萬事日非長閉户,百年今半且銜杯。江湖遠適非吾興,泥淖深棲祗自哀。

病　起

經旬伏枕豔陽天,病起藤蘿繞户縣。少日親交魂夢裏,一春花鳥淚痕邊。緣溪力薄依人步,課圃情多警竪眠。天遣此生無俗累,書籤藥裹任年年。

病起過魏園二首

卧疴顔鬢憐予改,力疾池亭爲子來。隨處琴尊臨水石,任情歌吹入莓苔。禽魚狎客晴偏聚,花藥娱人晚競開。共惜群芳行欲歇,莫辭中夜醉方回。

其　二

病後名園擬散愁,春晴聽鳥特相求。月前敢料能今晏,年邁偏令重昔遊。搦管訊花吟復立,扶笻經樹步仍留。平生霄漢誰青眼,一斥江湖已白頭。

山莊漫興

青松鬱鬱屯青靄,翠竹森森傍翠微。近日頗諳農圃學,衰年寧負芰荷衣。風簾乳燕銜人入,霧渚驚鴛挾子飛。且對春光成一醉,莫將身世恨多違。

席上贈方士

仙客芝田傍白雲，偶遺鶴馭到人群。酒酣射覆多奇中，歌罷談玄總異聞。仗劍向幽驅鬼物，焚香當晝下神君。人間妙術渾難盡，欲續《齊諧》志怪文。

病後客過有贈

病骨旬時虛酒筵，壯心激烈嗟暮年。秋堂過客擊柝後，寒渚哀鴻吹笛邊。尊罍當户映初月，松桂傍人生夕煙。與君一醉緩世慮，深夜敢辭吾欲眠。

試　巾

老態侵陵短髮知，强顔結束試巾時。向人雅協漁樵侶，顧影何慚丘壑姿。新月舉頭從一墮，過雲送目任長欹。古來高士誰堪效，折角風流是我師。

客有以琴書謁予者，賦此贈之

逸客野服自何所，抱琴搦筆叩我扃。朱絲試彈《清廟》曲，白鵝聊寫《黄庭經》。委心天地盡吾土，浪迹江湖真客星。眼中二藝誰過汝，有此已足垂芳馨。

移　菊

老營秋圃心偏愜，曉趁春陰手自移。欲保弱荄全宿壤，旋鋤蔓草插疏籬。餐英望飽三閭腹，縱酒謀充九日資。直與煙霞添晚色，更鄰松竹稱幽姿。

江上待友人不至

失侶哀鴻號近渚，超群良馬出長途。經年書札離心滿，竟日帆檣望眼孤。雪後江湖翻浩蕩，春來雲雨益虛無。不堪惆悵燕京别，兼阻提携楚地娱。

周都閫歸長沙，寄贈一首

將軍長揖出江城，笑解兵符野服行。制敵無慚古名將，談經元逐魯諸生。桑榆日短歸何恨，薏苡天高謗莫明。衡嶽洞庭收壯觀，玉關銅柱謝浮名。

贈李子

青春君已動才名，歲晚官卑俗所輕。車案囊螢元世業，翟門羅雀自人情。貧緣嗜酒愁心失，病屬攻詩老態成。莫謂儒冠身竟誤，由來清苦是家聲。

談生墨竹，人擬夏卿，點染石蘭，猶稱獨步；予欽絶藝，聊贈斯言

畫師好手久寂寞，晚有談子能孤騫。心機妙入此君室，足迹遍謁諸王門。自從屏障得汝筆，忽驚瀟湘來我軒。更煩拂素寫蘭杜，靈均千古留芳魂。

贈玄谷子

日者在昔多隱賢，年來似子稱通玄。予今五十豈知命，汝困湖海空談天。閉肆潛窺斗宿外，被褐長揖公卿前。吾鄉名流頗氣岸，往往卷内留詩篇。

館賓李子之歸也，詩紀别懷兼訂來約

歲晚江寒木葉稀，一尊臨水送君歸。携書莫厭生涯薄，拂劍頻驚壯志違。絶壁孤雲開曙景，亂山匹馬傍殘暉。相期轉眼王正月，笑領諸孫啓竹扉。

贈邵格之

清江落日片帆來，野老柴門向夕開。四海風煙雙短劍，百年天地幾深杯。圖書静室幽人興，鼓角寒城遠客哀。旅雁賓鴻隨去住，楚雲

吴岫各徘徊。

宴集赤壁書懷

春深遊興屬芳洲，選地張筵對狎鷗。赤壁徑盤危磴出，青天城抱大江流。乾坤久厭三分業，山水仍含萬古愁。客散晴沙樓閣晚，佛燈漁火共悠悠。

過玄妙觀有贈

神君樓閣枕江濆，鐘磬時時霄漢聞。仙至忽逢青鳥使，賓來頻舉白鵝群。當筵揮瀝皆成雨，煮鼎飛煙盡化雲。雙鬢向衰渾欲盡，洞天石髓若爲分。

遣　悶

萬事驚心傷老大，一春生理屬艱難。鶯花歷亂轉無賴，林塢棲遲殊未安。學圃避人長抱甕，應門報客旋求冠。年來相信唯鷗鳥，引子窺魚近釣竿。

其　二

病起衰顔聊自媚，春深笑口向誰開。五男不學從渠懶，三徑俱荒阻客來。日展琴書娱潦倒，雨抛巾舃漬莓苔。交游物化今餘幾，倚杖看花首重回。

夏日宴集宋寶山别墅，留贈三首

先生堪擬葛天民，築室郊原遠市塵。客款閑門驚稚子，自分餘酌到農人。朱華冒日明棋局，翠竹含風撼角巾。不睹少微雲霧裏，楚江誰信有垂綸。

其　二

城闉未盡忽田家，心遠林塘近不譁。往事仍栽彭澤柳，故人分種洛陽花。圃内洛陽花二種，陶子移自桂林者，故云。看山倚杖移長晝，拂石開尊駐晚霞。莫道尚平婚娶畢，更勞耕稼送年華。

其　三

丈人屏迹此林中，開徑唯將蔣詡同。地静鳴笻窺鸛鶴，日高隱蓐任兒童。巾車欲返貪乘月，枕簟頻移遣就風。向客舉觴渾不盡，料君餘興屬鄰翁。

贈鄭子南濱

昔辱風塵爲傲吏，近精詩賦擅宗工。多情好客頻謀醉，苦節逢人不諱窮。事去壯心存老驥，愁來矯首向冥鴻。慚予幸托交遊後，鄉里聲稱迥未同。

贈陳子槐野

蚤歲君才過一時，儒冠白首竟傷悲。圖南久擬沖天起，戰北從知值數奇。閉户交游今漸絶，傳經童冠日相隨。老夫偃蹇同心事，携手蒼山歌紫芝。

對鏡自嘲

晨理白髮臨青銅，乍對翻疑何處翁。童心未除驚貌改，壯志不就悲途窮。五嶽擬遊誰縮地，一丘偃卧閑書空。極知老醜安用爾，攬衣起舞仍豪雄。

對鏡自慰

年當知命轉多憂，蒲柳俄驚颯已秋。衰鬢自今慚朗鑒，褊心元不怒虚舟。雲霄日起非先達，泉壤年來半舊遊。老子生涯良已足，加飡痛飲莫他求。

竹樓重修落成，桐岡郭君以詩見示，作此答之有序

竹樓之敝，其來久矣。桐岡君治黄之二年，百姓之急既紓，境内之廢漸舉，遂因財力之餘，新而葺之，覆易以陶，榜仍其舊，匪乖作者之意，聊爲可久之圖。蓋精藴之求嗣，豈色象之是泥哉！君每退食自公，則登兹遲客。或凴欄寓目，或抽翰泄悰。湍瀨滿聽，蒼翠漬几。乃知江海之興，悉歸廨宇之間；魚鳥之娱，雅佐羔羊之節。兹吏隱之攸寄，非塵坌之能逮也。况登高能賦，共推大夫之才，而欲報不成，將難郢曲之和乎。

竹樓占勝城頭出，郭子爲邦海内聞。仍貫舊題應不改，治絲新政自無棼。雲霄懸榻緣高士，島嶼開簾近使君。誰信喧囂官舍裏，煙霞與客日平分。

寄答王子新有序

昔淹梁獄，獲交子新。於時厥考，視學中州，君方貴遊，况當英妙，而予辱在糞土，乃能抗違衆怒，顧我圜扉。見其雋才偉質，綽有父風，况又旁通六藝，下逮諸家，妙善悉臻，雅俗兼舉，良由神解，匪假師資。予固意其驥群必空，鴻逵夙漸矣。未幾，予遂竄伏江濱，君亦棲遁白下。予已長爲不然之灰，而君竟托於無用之木。乖蹇之迹，偶爾齊同；昭曠之懷，曾何芥蒂。所嗟吴楚殊方，衰頽各迫。愧乏嵇公之駕，[①]勇絶伯子之弦。忽攬贈言，茫如見面。因念分携以來，二十六載矣。一時昵交，半化異物，而吾與子新雖困蓬蒿，猶免溝壑，豈非邅如之稍幸，不足之可矜哉！難爲俗言，聊用自慰，悲懷强抑，報章晚成。

河上逢君英妙年，吾家逸少早知賢。别來落落貪毫素，客過時時問草《玄》。岐路飄零交有自，殊方遲暮見無緣。開緘忽憶艱難日，一度長吟一惘然。

壽孫毅庵京兆八十，公常爲給舍

丈人七十棄簪裾，十載高踪海上廬。謝客風流詩卷裏，鏡湖煙水釣竿餘。中朝諫草焚應盡，南國甘棠愛不疏。莫謂石牀眠已穩，直愁門外候安車。

奉贈桐岡郭侯考績北上

依依山郭枕江流，藉藉專城頌細侯。高士獨過頻下榻，公即竹樓爲禮賢堂，復扁其下曰下榻處。自公多暇一登樓。深恩久結黄人愛，苦節真分漢主憂。躍馬忽看朝帝去，攀轅何計望君留。

---

① 嵇，淮刻本、湖北先正遺書本作“稽”。

秋夜奉簡浚川先生舟次,兼酬留贈之作

獨舸高秋動旅寒,晚憐旌節駐江干。城迎月浪層層白,岸匝霜楓裊裊丹。夜玉光留居士里,沙鷗眠傍使君灘。不緣病卧妨尊酒,秉燭常陪挹渚蘭。

病後答友人

一畝居連郢客鄉,三年愁隔漢川長。青山各有幽棲志,《白雪》遥傳寡和章。自傍雲霞開藥圃,不將塵土灑荷裳。洞庭雪後煙波闊,花底乘舟到草堂。

偶　題

病起江湖復早春,黑頭何愧此閑身。行歌白石嗟齊相,笑詠滄浪憶楚臣。拄杖雲中穿薜荔,鳴琴煙裏坐松筠。溪邊不必秋風起,自有魴魚色勝銀。

夢澤集卷九

卷　十

詩

贈張子

愛爾清狂甚，兼之才調殊。不須愁貝錦，已是握靈珠。

放　魚

欲作銀絲鱠，翻憐錦鬣殊。滄波放爾去，何用報明珠。

月夜嘆五首

度牖含風色，懸樓轉雪輝。天邊照羈羽，不比鵲南飛。

其　二

明月歲如此，青楓再改顔。故山有叢桂，悵望幾時攀。

其　三

莫謂高棲穩，高棲翻累軀。清光逼禁樹，樹樹有驚烏。

其　四

玉關同一照，玉鏡幾回圓。莫作征人婦，高樓長自眠。

其　五

萬古關山曲，仍傳笛裏風。中宵報烽火，殘魄倚張弓。

雜述八首

冬林覆草閤，兀坐雪雲停。避世棲金馬，無人知歲星。

其　二

日高不盥櫛，搔首行且歌。飛來避繳鳥，戢翼盼庭柯。

其　三

予本瀟湘客，不作瀟湘遊。援琴奏流水，寂寂帝妃愁。

其　四

南人慕炎方，歲宴寡所歡。雖有千金裘，不禦北風寒。

其　五

出門乘款段，中道值權璫。點校四五徒，前驅何爾强。

其　六

清晨謁承明，百官仍依依。回立訊中使，君王何時歸。

其　七

對酒願一醉，醉後忘悲辛。憐予亦楚産，不似獨醒人。

其　八

哀歌撫劍匣，雄劍且莫鳴。風雲倘不負，仗爾事横行。

溪邊草堂雜詠六首

鼓楫遵花嶼，捫蘿憩草堂。門添新竹檻，壁挂舊荷裳。

其　二

芋葉深藏徑，荷花淺覆艭。階除馴白鳥，村巷接清江。

其　三

觸荇鳧雛没，穿籬竹笋苞。渠壅更鑿石，屋破自誅茅。

其　四

日出扉初啓，風生席屢移。當窗交碧樹，隔户響黄鸝。

其　五

晨徑露縈草，午園風振條。鷓鴣窺浦溆，翡翠集蘭苕。

其　六

孤石堪垂釣，清流可濯纓。沿回終日興，偃卧百年情。

元夕雨四首

元夕人間重，冥冥暮雨聞。眼前歌妓散，疑是楚行雲。

其　二

結伴非無約，張燈亦有情。春光妒羅綺，不放此宵明。

其　三

歌吹催春事，風光預可賖。請看飛雨度，點點著銀花。

其　四

遊女江皋上，纖裳霧雨垂。那能惜羅襪，緩步踏春泥。

夢澤集卷十

卷十一

詩

燕京元夕曲

大道朱樓錦繡圍，歌鍾萬户競春輝。樓前火樹嶙峋照，化作紅雲片片飛。

其　二

香車一一渡星橋，翠袖雙雙引玉簫。但訝遊人争辟易，不知夫壻漢嫖姚。

其　三

萬柳千花巧自妝，春風吹散綺羅香。誰教月色模糊甚，惱殺幽并遊冶郎。

送人遊越中五首

寺閣岩樓望不稀，越王城畔早春歸。尋溪放舸煙花豁，立馬聽鶯醉落暉。

其　二

雁蕩汀洲天漢流，奔雷噴雪下龍湫。北風晴霧濛濛合，倚石捫蘿迴自愁。

其　三

華頂晴登挹彩霞，雲君仙子列如麻。琅玕芝草幽難掇，來往時瞻白鹿車。

其　四

合沓巖巒生紫煙，赤城遥見石梁懸。攀松帖岸窺難下，鶴駕鸞驂度羽仙。

其　五

挂席東南萬里回，海潮八月拍天來。巨鼇一涌三山動，五色樓臺中自開。

送李中丞三首

晴旭煙郊列騎回，中丞春旆拂梁臺。金符玉節層霄下，旬雪河冰萬里開。

其　二

九曲風濤迴自驚，黄河天畔繞孤城。中宵笳鼓揚帆渡，萬古鯨鯢避楫行。

其　三

夜月轅門鐵騎寒，龍旗千隊指樓蘭。丈夫莫負封侯骨，破敵歸來望玉鞍。①

偶題三首

莫謂娥眉不受憐，宫中元自妒嬋娟。亦知白璧終難擲，何事青蠅但屢煎。

其　二

洞庭南望結愁雲，杜若江皋秖自芬。② 賈誼上書憂漢室，屈平投賦吊湘君。

其　三

寶匣誰當垂拂拭，龍文夜夜斗牛間。可憐日月雙埋劍，實想雲霄一賜環。

贈董氏兄弟

我愛謝家雙玉樹，雙淩雲日散光輝。佇看北極隨鵷鷺，倘念南山

---

① 破敵歸來望玉鞍，淮刻本、湖北先正遺書本作“須斬胡頭挂玉鞍”。

② 秖，淮刻本、湖北先正遺書本作“紙”。

老蕨薇。

聞恩詔有感四首

天書十道出楓宸，紫極回瞻御氣新。浩蕩遥緘三殿雨，沾濡長作萬方春。

其　二

姬年八百未爲多，虞日謳歌許更過。已擲風雷開蟄户，更添江海接恩波。

其　三

天地重開日月移，幽人感激中興時。湘纍莫漫題芳杜，漢皓何須詠紫芝。

其　四

春風翻自朔方回，恩澤遥從北海來。涓滴須令沾涸轍，吹噓合遣到寒灰。

夢澤集卷十一

卷十二

文

仕　始

陳子守滁，别王子。

王子曰："仕之始也，不可不慎也。夫君子庸以騐術矣，[①]履以稽終矣，造以考成矣，入以要至矣。"

陳子曰："請問焉。"

王子曰："定方以志，濟事以才，固守以力，含美以幾，終始之道也。"

陳子曰："請問焉。"

王子曰："端委嫌於似，變化神於交，向往起於微，性真奪於勢。是故貞者以獲戾也，佞者以蒙澤也，鮮弗惑矣，故曰定方以志也。敏者集乎殷也，强者勝乎重也，通者乘乎時也，振者懲乎弊也，故曰濟事以才也。夫傑而持摧之，或折矣；奮而立撼之，或仆矣；恬而居誘之，或趨矣。是故相時而逾汙也，[②]邇成而寖弱也，故曰固守以力也。毁階於譽，忌啓於妍，怨深於劣。夫君子明而却視，[③]實而虚中，矯而遜出，華而襲處，故曰含美以幾也。夫志定非才不濟矣，才濟非力不固

① 騐，淮刻本、湖北先正遺書本作"驗"。

② 逾，淮刻本、湖北先正遺書本作"渝"。

③ 明，淮刻本、湖北先正遺書本作"任"。

矣，力固非幾不全矣，故曰終始之道也。”

明 天

胡子敏而淑，惠而整，孑而和，疏達而信，邃而坦。國人曰：“世之榦也，邦之貞也，楚之哲也。”

天佑之，人庸之，試不利，得令而往。國人曰：“天何常！人何公！胡子之良而胡塞之也？”

王子聞之曰：“胡子有是也足矣。夫人之惜也，天將異施。夫執情以逆天，見之拘也；刻運以盡神，説之膚也；膠常以憒變，臆之固也。故變則不齊，不齊則神，神則不測，不測則天。不齊終一，不測終明，是謂終定乎人。故天爲人宰，人爲天心。故愛憎屯亨，其道一也。是故千夫羨之，不如一人惜之。夫澤浮而羨，羨爲屯足；道屈而惜，惜爲亨根。故君相法天以用天下矣，哲人法天以治其身矣。是故抑以試量，量裕而升；約以見貞，貞結而遂；艱以養譽，譽彰而拔。咈人以神其道，是謂君相之法。不盈其亨，不戚其屯，唯確唯一，登於大成，是謂以天治身。”

力 難

子延令麻城，聞命愀然，曰：“予何以堪？”

王子曰：“子何懼子地也？夫不度之國，習僞之民，漸靡之俗，君子之所憫也，志士之所力也。夫憫以立仁矣，力以立功矣。仁立者戴矣，功立者録矣。故治難而奸廣者，君子之資而志士之藉也。夫棄惡無仁，避難無功，無仁無功，民且疾之，將疾民乎？故善治者，無擇而有方，矯時弛術，可以濟矣。夫多防啓伺，急繩導逾，深文滋巧，縷約益亂。故杜伺以忠，閉逾以度，屈巧以信，一亂以簡。忠所以存也，度所以節也，信所以孚也，簡所以持也。果而能忠，果而能度，果而能信，果而能簡。忠以撤防，度以緩繩，信以寬文，簡以省約，是謂矯時弛術，其何不濟？夫身可儀，民乃式；志不携，績乃成；不惑浮言，守乃確；懼不克，衷乃審。故曰：‘子地也，子何難焉。’夫族而解者，刃之利也；革而貫者，矢之良也；痼而愈者，醫師之神也。夫歷險邃智，負重奮勇，遭敵裕謀矣。聞之云：‘始之戚戚，其終也愉。’”

闡　來

周子名季鳳，字公儀，號來軒。

石磯子以語克躁子，克躁子曰："唯唯。予聞之矣。夫來有二道焉：爲世重也，爲我重也。我足世需，則來有不能爲世重者乎，不然有能爲世重者乎？世足我庸，則來有不能爲我重者乎，不然有能爲我重者乎？夫《韶》之致鳳也，是鳳爲《韶》也重也；鳳之儀《韶》也，是《韶》爲鳳也重也。故爲《韶》也重者，爲世重之謂也；爲鳳也重者，爲我重之謂也。故察於此二者，可以知人矣。是故憫覆而拯者，聖人之仁也；度德而進者，君子之審也；昭亂而逝者，達士之潔也；臨難而避者，憸人之戾也；非分而據者，貪夫之溺也。聖人於是乎以成化，君子於是乎以立功，達士於是乎以令終，憸人於是乎以僨事，[1]貪夫於是乎以蹈逆。於來之道，有察不察者也。是故貞以成德，智以辨微，脩以永世，儉以遠危。察乎二重之道，而履之無違，將有在於公乎？"

石磯子曰："然！夫貞則動以正矣，知則會不爽矣，脩則行必飭矣，儉則志不淫矣。是能爲世重，是能爲我重。聞子之言，庶幾知公矣。"

致　辭

惟歲丁丑，惟時仲冬，惟日晦，惟劉母初度，惟子姓跪爵，惟姻婭咸造，惟史氏致辭，曰：

"聽予言，罔弗聰。予乃誕，悉帝之秘，俾罔惑。惟帝有嘉，罔不錫爾衆。惟衆弗迪，庸弗迓厥修？曰：帝傾厥敷，惟爾承乃心。乃克自羞，乃罔爽厥衷。帝庸錫之嘉，惟命罔不修在德，惟錫罔浮，浮乃誕，弗祥。庸益厥罰，惟運罔淳，罔在季，惟人乃。古昔弗穀，罔弗折季。乃迪厥躬，乃罔弗受厥嘉，弗穀。乃弗折迪，罔受厥嘉，匪厥常。惟明信厥常，罔慄慄於厥愆。惟施靡不定，在初罔可襲爾，庸殫厥心。惟施罔易，惟爾感，惟劉哲。自昔暨有家，相厥夫子生，生罔不欽，乃底厥成，撫乃子姓惟仁，罔有陰，厥生子姓。惟毋恃，胥以康；戚疏胥

[1] 僨，淮刻本、湖北先正遺書本作"憒"。

宜曰良，克綏厥居。帝乃錫嘉，曰其永生，慎乃度，毋惑累乃績，毋墜確乃常，毋沈於靡經，乃罔不修。越耆躋耄，罔艱於履，罔眊於視，罔憒憒於志息，罔索惟充，毋庸襲命，其自凝，尚其期頤哉。予弗匿厥指，尚聽予其有永。”

倅 全

張子倅全，乞言於王子。

王子曰：“若知仕者之難乎？將長吏乎，抑倅者乎？”

張子曰：“長吏哉！萃州之政而盈縮焉，非敏不濟；萃州之人而旌别焉，非明不察；萃州之僚而率先焉，非和莫協。故長吏，政之總也，民之則也，僚之式也，莫難焉。夫倅，聽而言，象而行；俞而行，否否而止也。是故言州之理，倅也逃矣。”

王子曰：“否。意而施，無折也；虞善而圖，鮮不竞焉。長吏曷難？夫倅，爲之或厄其後矣，委之受命而食愧焉。是故紆徐曲折，託之長吏而達之民，不隱也；民用賴焉，弗識惠所自，不暴也；長吏專其良，不忌也。是不亦難乎？故倅之道有三：一曰同寅之恭，二曰惠民之誠，三曰推善之量。夫恭則不隱，誠則不暴，量則不忌。知斯三者，可以倅矣。豈惟倅哉，施於天下將裕乎。”

歸 省

徐子歸。

王子曰：“榮哉兹行。”

徐子曰：“何哉？子所云者，吾以懼焉，而敢榮也？夫榮者，情之係也；幸者，機之適也；感者，仁之厚也；報者，施之稱也。情莫榮於信衷，機莫幸於獲間，仁莫大於恤其家，報莫難於恩之異。吾無以勝此矣，而叢集焉。戴惠而往還，無以爲覿；緘澤而私公，無以爲啓。宜子之榮之而予懼也。怏其蒙是，歸以眩屬，疏者趣之，汙也。人親也者，冀其子之弟也；而亟歸以光，望之薄也。子何榮焉？”

王子曰：“善。夫厚，世之紀也，人之經也，國之命也。訓世以偷，其紀壞；導人以競，其經亂；立國以貪，其命促。往而復，意之真也；激而奮，德之深也。故爲國者，厚施以自封也，敦俗以勸忠也，則化溥矣。化溥則功建,功建則治成,治成則名立。子言善,可以别矣。”

徐子行。

秘 奇

張老神於數,然於世無遇也,問於夢澤子。

夢澤子曰:“天道忌彰,神道忌明,人道忌露,物道忌華。乘而除之,其道彌光。故實者或侈其衷矣,浮者或慽其慧矣,仡者或邅其履矣,劣者或淫其祉矣,闇者或相其行矣,覺者或違其睹矣。此六者,數之爲也,乘除之道也。故天道貴微,神道貴妙,人道貴襲,物道貴質。存也闔其門,發也諱其端,運也藏其輪,竟也化其積。夫天神人物之道,畢於數矣。知而違之,有不值其忌者乎?夫子之於數也,悉其定,不滯其交;窺其迹,不玄其宰。天地以子不得隱其度,鬼神以子不得隱其情,人以子不得隱其紀,物以子不得隱其態。夫測深析渾、好揭玄以示者,忌之歸也,宜子之不達也,是所謂乘除者也。是故君子冲以爲體,直以爲用,邃以爲宅,默以爲章,恍惚以爲象,希夷以爲形。以索以存,不苟示人,百福其凝。夫子信之矣。”

疾 瘳

王子謂仵子曰:“子疾且瘳矣,何爲乎歸?”

仵子曰:“子疑予乎?予語子。予聞之:病國者六,病君者八,病民者四。淫爵、褻刑、毁階、裂憲、離德、竊權,六者病國莫大焉。比佞、疾貞、玩戎、親險、樂田、厭政、損威、勖慝,八者病君莫大焉。效逆、捐廉、滅義、嗜利,四者病民莫大焉。故君子之仕也,非以榮而已,將以瘳之也。吾聞之:救過之餘,不可以拯累;咎吝者,不可以造吉;習行者使負,鮮不蹶矣。今吾有大疾五,不見於色:慵廢業,直忤人,亢戾俗,言泥古,潔取謗。夫仕者之謂何?將上下之疾是務去,而予身之不瘳,其何能爲?予之歸也,屏慮而寂處,勤作而和衷,拔固而行恕,其愈也而復焉。夫行意者不畏議,濟大者不輕以試矣。予先大夫曰:‘裕而施,毋範人以慾,其允有功。’予弗敢辱先大夫之命。”

王子乃謝曰:“予鄙人,誠不足以知子。”

功　慶

百粤之役，周君從焉。既平，以功自千户擢君指揮。鄉之人曰："是能榮吾里也。"往賀之。

長者令王子言，王子乃言曰："吾聞之：會以行志，志以立功，功以差賞，賞以趨世。故上世無功，中世有功，下世幸功。何謂無功？分均無競，道厚無機。無競，無勝亦無負也；無機，無襲亦無丧也：是謂無功。何謂有功？智爲世謀，勇爲世力。謀以屈愚，亦以崇秩也；力以集事，亦以庇身也：是謂有功。何謂幸功？附貴爲援，行賂爲藉，倚文爲僞；級以勢攘，賚以貲豐；行者亡，居者封：是謂幸功。故無功之世，鮮不亂矣；[①]有功之世，鮮不治矣；幸功之世，鮮不亂矣。三者時之爲也。苟非賢豪之士，其不免矣。君也旅進而不失其貞，居恬而不棄其會，拜錫而不雄其成。進不失貞，正也；恬不棄會，智也；錫不雄成，謙也。正以始之，智以爲之，謙以終之，是謂有功矣。要之，不苟趣時者，其貞賢豪之士哉。是故其成可賀也。"

韙　歸

胡子國華之以疾歸也，國人疑之曰："避咎而規全，匪國是圖而虞其軀，衆而效之，國何利焉？"

王子謂胡子："吾與也，宜令胡子之志諒於人也。"乃爲之言曰："吾聞諸君子曰：'進退，身之準也；治亂，時之會也；得失，道之符也。'故君子道以制時，而進退其身，孰能逾焉？不然無則，無則必亂。身且亂焉，其能濟乎？是故崇聖録良，伐奸寵惠，君子於是乎躋秩而協諸謀，以贊治也。吏怠法存，上冒下直，君子於是乎犯忌觸危，力而振之，以拯亂也。患釀諫翳，己弱勢强，君子於是乎卷術括機而去之，以守正也。夫治則贊，亂則拯，不能則去，道之中也。治不能贊，亂不能拯，不能而不去，世之乖也。夫醫，生人之術也。主人疾，召醫而視之，其不能也，而請去之，俟主人之他召也：是誠於生人者也。夫御史，官有醫之道者也。故留者不盡韙，去者不盡不韙。國而皆留者之

① 亂，淮刻本、湖北先正遺書本作"化"。

不盡韙也，其爲國之不韙也，不亦多乎？國而有去者之不盡不韙也，其爲國之韙也，不亦多乎？夫譽恬者以抑競也，人猶逾之，矧誹恬以助競乎？”於是疑者釋然，賦詩而別。

胡子聞之，曰：“王子之言過矣，王子之言過矣！予實疾。”

重　師

曾子如陳。

王子謂之曰：“嗟乎，師道之廢也！秩之弗崇，易以陵；勢之弗張，易以抗。上陵而下抗，故居者易焉。夫士，國之材也；師教之，有司舉之，天子官之。故師，材之源也。易以居焉，何以教？教之失則，何以舉？舉之匪人，何以官？官之無良，何以治？故治罔功，由官否也；官無良，由舉冒也；舉匪人，由教弛也。故師也，莫重焉！易焉以居，昧其職也。予聞之，師道有五：一曰正習，二曰勤業，三曰介守，四曰崇恬，五曰篤善。夫言侈而道費，象莊而行邪，枝繁而本剝，是以正習之爲貴。遊以棄時，惰以玩歲，①是以勤業之爲貴。義接而賄行，與市焉，而以訓，誰則能之？是以介守之爲貴。群而修，以俟舉也。失者睹獲，羨生焉，其趨乃壞，是以崇恬之爲貴。夫右賢左劣，植率仆梗，乃能勸矣，是以篤善之爲貴。行此五者以教，可以淑士矣。士淑，舉用以臧；舉臧，官用以良；官良，治用以昌。故師也莫重焉，其何以易？茲行也，惟吾子之振之也。夫陳，大國也，子振之，四方則之，師道其興乎。”

申　贈

許刺史顔子行，其友吴子、劉子、儲子、王子、熊子往送之，咸贈以言。

吴子曰：“許其生乎？夫許，梁之近地也。自吾過之，②見其民病矣。曰勢者不法，將毒是滋，而守者弱，莫之與捍也；非惟莫捍，且縱之；非惟縱之，且利焉。夫剝子以食盜，非仁；媚惡以覆身，非勇。非

---

① 惰，淮刻本、湖北先正遺書本作“隋”。
② 自，淮刻本、湖北先正遺書本作“日”。

仁莫恤,非勇莫力。能以守乎?子仁而勇者也,兹行也,生許必矣。”

劉子曰:“夫許,上有郡,下有邑。夫事上者下之則也,虔於大吏以令其屬,其誰不從?”

儲子曰:“吾聞之,革俗者不恤其議,立則者不虞其梗,謀大者不速其成。子志之也。”

熊子曰:“請無勖其優,效其乏。夫任力者以奮攻者也,盡情者以深蔽者也。故不務濟而急聞,敗之道也。君子剛以柔克,明以晦神,是故往無不利。”

四子言畢,王子趨而進,曰:“美哉言乎!吾無以益矣。吴子之言,惠而孑;劉子之言,順而理;儲子勵其作;熊子邃其思。顔子服之,萃兹衆美,克其剛,蓄其明,振其勇,敷其仁,以和其上下,懲其習俗,臨其民人。許也幸哉,有兹刺史!”

振　弊

王子謂徐子曰:“夫懷遠,弊矣。承弊者必力,子行慎哉。子之力也,何憂乎弊?子之不力,雖弗弊,其將及夫?徐子志予言:審而謀,儉而欲,正而度,諳而動;毋率情而揭隙,毋瘁衆以澤身,毋夷介以服汙,毋競俗以隳義。故覿美虞危,精微竭矣;抑汰崇貞,生植溥矣;守則革逾,紀綱立矣。致軀以遵職,冒罰以寬民,措設理矣。故略而寡思,足以勖攻;侈而浚財,足以喪守;怠而解法,足以撼衆;枉而趨便,足以屈道。是故約而出之,存乎審;裕而蓄之,存乎儉;介而持之,存乎正;次而舉之,存乎諳;運之不已,存乎力。子之力也,獨懷遠賴哉?而及者廣矣。且子行也,以親老故。夫以官榮者薄矣,力乃職,以令名貽焉,榮也不既多乎!”

惠　遠

周子按貴州,别王子。

王子曰:“今夫伊邇之區,閑法而昭情。窮陬之生,政不易逮。長之不仁,有忿焉,誰與號之;有號焉,誰與理之?夫忿而不理,且梗衆也;梗而深忿,大亂乃生。此無故,遐者易亂,棄以重之也。今夫一職曹居,愎者知忌,寡務參謀;妄者知審,獨任上制;肆者知畏,合衆而監。假之大柄非人而遣，其害滋多。此無故，專者易恣，權以重之也。今夫矩之而循，習化者也；威之不悖，既植者也。衆之不率，大師克之。不務與息，亟矩而威焉。夫久躍之獸，卒而羈之，狂頓必矣。此無故，新集者易恐，擾以重之也。夫百粤遐矣，子職孰專焉。且新集之衆也，慎之哉。夫遐而棄，不可以廣；權而恣，不可以任；夷而士責之，繫而敵驅之，不可以寧。故吏否必擊，其將濟乎，其惠暨於下矣；事舉必咨，其將濟乎，其思協於衆矣；覺附必輯，其將濟乎，其隱賴於上矣。夫惠戴之結也，思啓之端也，隱命之係也，三者國之紀也。子正而能讓，簡而安。有此德，[①]以施三紀，其何難焉？”

禮　成

歲戊寅，春正月，周王使李士光來朝，成禮而歸，問於王子。

王子曰：“子知子役之重乎？予語子：昔先聖王之有天下也，參之化運以準天也，昭之軌物以明民也。準以象微，明惠弗哲，下之於民，民焉宅之以永世也。仁於有邦，諸侯是比。同姓之國，猶與暱焉，以庇本也。是故歲以標紀，紀以閱歷，掄正而崇終，盡則始與天下新，於是乎變定而候弗爽。揭則以命，亟易而有常，於兹有生，惟正朔是依，莫或逞焉，於是乎志定而動弗爽。受朔之期，外内之臣奔走焉，聽新政也，於是乎度定而承弗爽。子也朝正而來，役莫重焉。周，同姓之國也，抑子於周復戚焉，是天子之所暱也。故守禮弗失，如時而至，藉主之悃者，行乎其順也。覲則於天王，還白其君，發乎其忠也。翊主惟力，務與時新，究之於孔淑弗溺，其襲爲諸侯，先兆乎其倡也。”

績　成

許子爲御史，三年而績成，其僚友往賀焉，令予言績成之道。

夫事有宰理是已，時有制己是已。賊理而圖，曰：“吾且集焉者，事役也。”失己而趨，曰：“吾苟濟焉者，時使也。”君子弗爲也。夫事紛而理約，時靡一而己有常也。是故君子務宰也，務制也。蓄之以爲發也，和之以爲直也，通之以爲定也。發由蓄，以爲弗膚也；和由直，以

---

① 淮刻本、湖北先正遺書本“德”上有“四”字。

爲弗撓也；定由通，以爲弗固也。其觸也，將有建也，猶思焉。其當也，乃建焉。何居？取諸蓄以爲發也！其激也，將有奮也，猶存焉。其平也，乃奮焉。何居？取諸和以爲直也！其變也，將有執也，猶審焉。其適也，乃執焉。何居？取諸通以爲定也！是之謂宰者，立而制者，獲也。宰立者以役事，非事役也；制獲者以使時，非時使也。庸是，試焉而折焉，成也；其不庸是，試焉而成焉，敗也。故正而弗成，君子弗忌；成而弗正，君子弗趣也。許子正且成矣！兹舉也，匪賀其成，賀其以正成也。

夢澤集卷十二[1]

---

① 臺灣“國家圖書館”藏淮刻本卷後墨筆批語：“是卷大約倣《管子》、《左》、《國》之詞，尚少一味神氣。”

卷十三

文

務輯

昔大盜之起也，權地之要置戍焉。故武定，亦兵備。盜平，議者曰："尚奚恃是而令擁乎？汰之。"兹其故，卒負悍弗靡，退無以業，弗帖於理，[1]齊民威之。守臣恐，請曰："願得重臣者之鎮之也。"上命御史王某往焉，曰："余一人弗重，吝汝以捍兹土。惟兹有衆，汝寔能庇，俾無悖無失厥恒，余一人無慼於兹土。寔汝左右，同在朕側。"

御史行，有言之曰："子也釋近職而事於兹，天子亦不子靳而使焉。子於天子，石也。石不自啗以惠，諸人豈毒之乎？夫悉上之意而務布之，俾淑者仗焉，而逆者悔，臣之良也。兹行也，兵之乎，抑與輯也？兵之匪仁，豈天子意？卒而務輯焉，負罪之民語之曰：'吾不兵而汝輯，其誰信然？'則兹土之民何賴焉？且夫悍卒弗試，而弗能生釀焉。而盜悍，亦材也，豈易克也？務克者不昭其棄悍而負罪，昭棄示之，彼懼不免，其何不至？是之謂益其奮而固其黨，何克之能？爲子也，其務信撫，密内而疏形，以弛其志；非大不淑，獲以免，以解其從。兹衆也，且以捍兹土，又何患焉？夫禦患者，究其由作，而權其術，鮮不集矣。齊民之謡曰：'麓有虎狼，咆哮如狂。碩人禦之，爪牙弗張。

① 理，淮刻本、湖北先正遺書本作"里"。

麓無駭獸,惟碩人之良。'予也豈以不克懼乎?"[①]

即　卑

詹生貲而官,人曰:"詹生才,汝邃汝業,俟汝叙,豈不汝顯庸?星史下秩也,矧其貲獲,才者即污。予惑焉。不然,譬美媛焉,乃弗蒙大垢,翳其妍用,無以憎士,則病者乎?"

詹生曰:"敢謂才?然聞之矣。聖哲柄世,俶儻協謀,亦惟是身之美而權之,以享於天下,無所浮衆。曰彼利我享,兹重秩其宜,夫是用能終食而免戾。匪是而享,予朝夕懼其覆也。予偃仰焉,而即兹秩,且懼浮,其何敢侈?亦曰得予分也。敢謂才?"

君子曰:"韙哉,詹生之言。混世者以全真也,昭潔者以標疾也,必矣。才而卑,且曰分也,濁其迹,美其衷,吾於詹生知免矣。"

先　禮

劉子節推揚州,[②]夢澤子謂之曰:"夫揚,侈區也。財侈,斯用侈;用侈,斯情侈;情侈,斯争侈;争侈,斯獄侈;獄侈,而理者難焉。吾終告子,賄於勢而令之屏,其不度也必恃也,恃而不度,法爲撓矣。夫法,善者恃也。善而失恃,恣不度也。勢覆豪,法病善,民何賴焉?然則執之難。翳詐而伺,詐狀若愚;伏强而攻,强疑於怯。然則昭之難。務執也,務昭也。曰:匪刑其可刑,叔世尚也。淫刑而逞,淑慝偕慼,雖獲焉,末矣。然則仁之難。三者難於非人者也,君子弗難焉,予豈患子?若夫擇隙而肆意,弗臧也。在法無名,莫能罪之,務執者且惠,緣督也。度上之逆,反情以投,務昭者且惠,巧中也。不刑以臨,怙惡所利,豈能得其不忍蔽而與息乎?務仁者且惠,頑衆也。是君子之所患也,子其圖之。抑聞之:刑,禮之弼也。禮以閑民,閑而且越,刑加焉。侈者越禮,禮之不立,而侈是刑,是毁閑焉。而治其越,無濟之事矣。子其先禮。"

---

① 乎,淮刻本、湖北先正遺書本作"子"。

② 揚,淮刻本、湖北先正遺書本作"楊"。本篇下同。

遐　致

《望雲》之什，壽詹母也。孰爲之？詹母之子暨詹母之子之友爲之也。孰倡之？詹子倡之。孰和之？其友和之也。

曷爲乎倡也？曰："詹子如京師，適其母夫人誕也，則曰：'跪而觴，惟我孟我季；侑而幣，惟我一二媚婭暨我里孺；而嬉以娱，惟我從子。'則又曰：'我先君子逝，惟我母氏。母氏耄矣，能幾誕，而兹弗能觴也。且我童而業，兹艾矣，弗能官也，用憂我母氏，矧未撫我嗣息，於是泣而賦。'賦者何？賦其感也。然則衆和也何？感同也。感何以同？均人子焉。有弗感者，無親也。"

曷爲乎雲而望也？曰："燕、楚之不逮，匪朝夕達也。彼雲之悠然，倏忽而燕、楚可也。望而思，庶與倏忽乎，是其感也。"

何以祝？曰："錫我母氏修筭，松若柏若。及我官而康，純嘏是膺，嶽若河海若，其罔有既。繁我胤，芝若蕙若，茁而秀，無折。"

然則孰聽之？曰："天聽之。"

曷爲乎天且聽焉？曰："至誠動天。"

正　復

蘄指揮李氏某，惟厥先有顯庸，授兹秩。暨厥祖會荆難，免，戍於邊，終焉濫坐也。父早世。君童，仲父立撫之，曰："嗟哉！先世之勳而弗享也，非罪之坐而不務去，予病焉。"悉狀焉，請上憐之。命有司復其宜，①旋累授者再免。衆曰："兹已矣。"乃仲父益力請如初，再復。賀者曰："仆而起，再仆再起。惟汝仲父良，艱而濟。惟汝先世勳，實腆足庇焉。是故神實嘉而宥，豈專人之圖？惟汝有淑質，用能凝其先澤。"更祝焉，曰："繄自兹迨其末裔，無咎。"

王子曰："兹里言也，予不欲侈。予言：其大夫法，國之衡也，而欹焉，其不行矣。無故，勢者竊之以恐衆，巧者奸之以完軀。於是乎不恃正則，而期以賄成，將萬無覆也。君子且不欲，矧不終免，兹辱之大者。何侈焉，予之請也！予不聞地者誰，而竟以濟。是唯天子鑒其

① 宜，淮刻本、湖北先正遺書本作"官"。

情，有司正其濫，法之不赦，予是爲國侈，其何暇私李氏！然聞之，以正獲者不覆，雖覆，可無罪，無罪而覆，猶未覆也。李氏之慶，莫大於是。予以是賀。”

良　振

夔乏進士業者，曰：“匪人，茲土之靈實閟。夫靈人之乘也，闒茸獲乘，奮無難焉。乘之弗强，良且蹶矣。不然，夔豈無良焉，而久汩汩也？其何忍重忝夔之士，俾弗醜於四方？”史占之，曰：“吉！其將復。是謂嶽扃其英，澤緘其精，闡於既盈，群士其升，乃公乃卿，乃今而後，莫之與京。”

明年，吴子厭之焉。夔之人曰：“史言然，靈實啓之，豈專吴子良？”王子曰：“不可，其何以賢哲之務而令史者神焉？靈之啓人歟？人之啓靈也。夫君子勤其德業而俟焉，惟己之足恃。譬農夫之力畝，暇問豐凶。是神且聽於我，其安聽神？夫德，澤之基也；業，取之藉也。非德非業，靈安助之？夫鄙者實弗飭，辭曰‘是靈之閟也’，用善其劣；幸者淫祉，假神以侈：其何崇誕以滋俗也。夔之士其務武吴子耶？是惟德業之務。肖焉，將弗舉，可也。舉而弗吴子，用愧焉，其無曰‘靈之啓也’以病談者。”

歸　故

吴子令遂安，王子曰：“遂安往稱儉而淳，茲不然矣。羨者階侈，不守於閑而欲務濟，奸國之憲，以賈戾而嘗其軀，犯而能竊，上用翳焉，諺謂賢也。夫儉，刑侈者也；詐，讎淳者也。是唯勢，丘澤不若也，而卒以及，何居？令者謀促，恃其不越而弛度，以臨不虞，後至氣蕩其真，及於浸淫，彼其宿昔之釀而一朝逞焉，其患且倍。譬不堤而咎其決，曷可免矣？且夫聖哲權世，明察濟偏，齷齪守故。寸魚之罟，施之鯨鯢，裂綱毁紀，無難焉。轍淪矣，驅車而循，豈御之得不溺？往聽而與更圖，濟之道也。抑聞之，旅在逵而迷，指之其室而令之歸。邑之舊也，子務歸之而已。故崇實抑華，滋其蔭也；修軌辨物，閑其恣也；[①]

① 閑，淮刻本、湖北先正遺書本作“閉”。

樹惠伐頑，昭其向也；明德揭典，衛其侵也。然而不復者，否也。且子贍而鮮嗜，通而不歆，峻而寡争，儉而淳，子之有也。布子之有，而舊是復，何憚於遂安？”

仁　理

齊魯之民，寃於理，錢子往焉。

人曰：“錢子諳法而明文，移以其優，蔑弗獲矣。”

予曰：“信然。民且重寃，何能獲焉？雖獲必亂。夫憫冤而使也，亦唯昭其恕思而務求百一之生以畀焉。豈其顛越而因以執之也？不然，授之民命而令嘗其術，譬驅利獸而内之囿，俾搏且噬焉。其無乃非仁人之意也乎。夫矜諳者不度，恃明者不疑，不度不疑，其何以獲？彼耻不獲，而務逞焉，民且斃矣。無故悦而意舍之，憎而意縶之，上下其真，而文法之務就蠢蠢之民，曷能與知？故慘刻之聲，哲人惡之；鷙悍之吏，聖王必戮；狼戾之長，庶氓慼焉。且夫滯法者情遺，情遺，法亦弊；任文者實病，實病，文爲虚。是我且爲牿，其能臨民。兹役也，實唯憫寃之故，亦曰試之矣。知其仁，仁能度能疑，明斷生焉，庶其有獲。若曰文法一，獄史辦之矣，豈以待錢子？”

因　貧

正齋先生往治山東之賦。

先生曰：“兹土貧而務徵焉，艱哉。”

王子曰：“夫貧，乃無患矣。吾聞之：含玉孕珍，山乃穴；修鱗巨介，[1]澤以肆；既植也可材，衡虞困焉；羽毛中飾，肉中豆，獵子必求；麗綺緻紈，織人弗食。故沃者速磽，豐者致約，蓄者誨取。區以富聞，民乃禍焉。嗟哉！今之世，不法而誅，四國病矣。兹土後，匪貧曷免？豈天實嗇之，弗以禍也？故鮮利之區，天之宥也。是故兹行也，弗艱者四焉：一曰儉斯淳，淳斯度，度斯理；二曰無慮賄；三曰計之不煩；四曰可訓勤焉。夫貧，首四國而誅後焉。既利矣，先生其毋務腆殖之，俾以富聞。天之所宥，先生其忍禍焉。”

---

① 修，淮刻本、湖北先正遺書本作“甘”。

先生曰："子言激哉。貧而幸之，曷可説矣？"

居　謫

西渠先生謫且行，有問於予者，曰："先生樂乎？"

曰："否。"

曰："戚乎？"

曰："然。"

曰："獲戾以貞，犯衆之忌，有是節也，終吾身恃矣。蹶而虞，一厄沮喪，意免而值者則，然先生豈有是焉？"

予曰："否。夫舉國之憲者，期必濟也。而弗濟焉，雖弗懾，抑豈其願？其曰將以獲戾，而成吾恃焉，是利弗濟也。夫憲，天下之紀也。舉之弗濟，憲且墮焉。墮國之憲，而崇吾節，然且利之，其不可矣。且黜身非辱，寵道爲榮。榮辱之端，君子審焉。豈身黜是虞，道用抑焉是戚？夫有敵而伺吾，吾惟弗攻，攻之不克，敵且張矣。故擊惡者必斃，不斃，藉其恣也。吾節務成，而貽惡以藉，憂其在兹。夫虞蹶而戒者，怯也。幸弗濟以昭吾節，視怯均焉。先生其能樂之？"

訓　立

吴先生名山，宅之陰，有山峙焉，三峰而中峭若立。先生曰："是愜吾衷。"以號焉，曰立齋。

予乃序曰："夫飭躬蹈世者，莫如立矣。夫唯立，是謂道根。道根，是謂物宰。物宰乃克，克乃不拔，不拔之謂能永存，永存者純。是故豐侈情，約悴志，幽惑智，紛亂思，重撼守，夫五者之謂物交。物交者，吾以觀吾立，立迺克，不立迺不克，不克者亡。夫道，或戚或敵，或主或隸，或扃或闢。戚其良，敵弗張，爲群物疆。衆物之疆，備之弗忘，主於一，隸乃役，爲群物辟。群物之辟，乃登無極。扃而持，闢惟時，爲群物機。群物之機，握之不違，夫是之謂能立。能立者，豐莫侈，約莫悴，幽莫惑，紛莫亂，重莫撼，夫是謂物莫之克。夫率者不擇，不擇者執妄。弱者不固，不固者渝。昭的曰明，守固曰貞。貞且明，爲立之根。立之根，是謂强之衞，辟之翊，機之門。不然，且愧兹山。"

勖　審

袁子令郟。

王子曰："郟之治，子必優焉。吾不贊子優，勖子以審。夫車以載，無弗勝也。不脂轄，不行，泥也。利刃日刺，無鋒，竭也。群孺之嬉，屢叱之，弗畏；或以侮，威瀆也。寇入室，燭之，寇匿，用其明也。勇夫不戒，僵於尫，易尫也。故忌通者速滯，亡蓄者取窮，懾衆者啓頑，悉情者誨奸，怙勁者基折。故固户利樞，無弗通矣。堤之始決，無弗濟矣；雷霆卒然，無弗震矣；衆躁静觀，無弗昭矣；强力疾形，無弗仆矣。玆行也，予於子：憂不通，不憂不執；憂不蓄，不憂不敷；憂不輯，不憂不威；憂不晦，不憂不明；憂不襲，不憂不力。"

神　難

予獄既久，請於神曰："蓋聞之：洞舛者，靈也；贊貞者，天也。故哲領不折，妖體必離，亂魄見褫，欹衷每迷。故刺聖之刃必斷，毒賢之鴆必覆，掩正之綱必裂，墮良之穽必夷：是神職也。予之獄也，奚罪待命？"移時，倦肢憒志，恍兮忽兮，聆神之難。

一難曰："醜士懟妍，修夫短鼪。東家之宴，西鄰怨詛。是故握珠懷珍，而贊瓦礫。彼有跛鼈，稱之駃騠。鄰姬之瞽，而曰是則明眸。汝也蒙垢在伊，讓其不滌；彼髮不括，若己蓬首。是瞽鄰姬、明跛鼈而擲瓦礫也。汝奚無罪？"予曰："天之畀予，厥鑑湛湛。乃緇其素，詭中以容，則予豈敢？予不知罪。"

二難曰："據崇者卑附，操首者尾隨，宅腴者瘠依，言勢忌失也。虎豹違山，見威於犬；悍夫不戒，或孺襲焉；鸞折其翼，而鳶啄腹。汝乃捐華背要，而昔心不移。夫捨陵趨壑，誨擠者也；去重即輕，勖擲者也；服冕不則，命裂者也。子失勢矣。固昔憎所乘而往怨所便也。汝奚無罪？"予曰："勢若龍蛇，誰與執之？且棄耻若疾，掩耳冒詈，貪主人之利，而憚進苦劑，予未能也。予不知罪。"

三難曰："虎搏鄰牛，操弧弗射，非己利也；虞人布羅，獲禽丘若，見者弗禁，有在野也；鼪腹可飽，忍割朋肉，痛弗切膚也。故攘鄰之膏，以赴盜火，庇己而已。子則塞勢者之賄，奪肥乎大嚼之口而飼之人，貽國人以富而甘以其身賈戾。夫存鄰牛而射虎，逢虎之怒；惡禽鷙而毁虞羅，遭虞之疾。是眩者爲也。汝奚無罪？”予曰：“梟搏鷄雛，其母奮翅，知不能庇，愛弗已也。夫聞啼助戮，良所弗忍。予不知罪。”

四難曰：“衆直頌行，不勝單佞；十堯崇治，一桀潰之；黠夫伸舌，惠口是屈。故堅榦不伐，决張不遏，[1]爍焰不撲，族骨不解。奔飆不障，虞反傷也。而子務勁者之摧而孱士之庇，汝奚無罪？”予曰：“吾寧吾步之蹶，誠不能使勁者之肉孱也。且覆惡以求立也，德强以避抑也，曷可説矣？予不知罪。”

五難曰：“不拔之道，存乎托也。衆植其援，以備攻也。王屋之鳥，弋人弗射；皇囿之兔，獵子不逐。集瓚之蠅，忍而弗擲；若木之條，引手莫牽；蓂莢生陛，弗剪弗踐：其附然也。故陽區無涷蟲，仁壤無槁品，[2]潤國無燥：類附之及也。子膚托而孑援矣，[3]汝奚無罪？”予曰：“予聞之：健夫終日立，不倚不僵，衆恃而不怵，非夫也。予不知罪。”

六難曰：“世有尊官，莫知其名，手握雷電，奔轟閃耀。旭昃倏忽，殊態改視。傴僂而趨，償以最考。唯唯將事，是爲豐績。磬折之腰，壽其文組。如醴之輔，頤禄是永。故勁項者辱，剛膝者斥，毅面者黜，符中者完既泄之孔，忤臆者扇不薪之焰，是天下之至威也。汝乃規守矩執，恭不逾憲，不省己倨，咎人之僭，兹搆之由也，何謂無罪哉？何謂無罪哉？”

予乃俯伏嘆息，茫然汗洽，駭然股慄，厥罪自知，無復以對。神不復難。

基　進

石泉閴而邃，宜業；沃也，宜田宜木；坎而澤，宜漁；萃諸麗焉，宜娱以憩。蕭子宫之，以命焉，曰石泉子。

---

① 張，淮刻本、湖北先正遺書本作“漲”。

② 槁，淮刻本、湖北先正遺書本作“稿”。

③ 孑，淮刻本、湖北先正遺書本作“子”。

人曰:"務趨者不假恬,耽進者不媟退,志舉者不藉伏,致章者不倚冥。故干霄之木,弗綴歆岑;振雲之翼,孑叢靡戢。靈鮪不宅潦,珍綺之鬻也忌貧里。是故以寂求聞,惡弗聞者,道之左也;却步矣,謂弗遐即者,術之乖也;蒙重疾沉者,願之反也。子其試矣,豈其悦試而違念以階?"

蕭子曰:"否。夫金革之韻,宅於虚。大輿税轄,脂以俟乘。弧弛也以勁張,利刃必衣。故不退者不進,不恬者不趨,不伏者不舉,不冥者不章。故儉取之庫,每盈不市之珍,族搆萬金;美媛不窺户,君子求焉。競首據腴,鮮不逢抑,子疑予乎?[①] 予兹試矣。"

仁　撫

李中丞撫遼東。

王子曰:"夫遼,邊障也,[②]亦以障吾區也。夫惡越者,垣焉,求弗能越也。戒越可越,滋越也。求弗伺也,以無隙。揭隙以示伺,是疾焉,爲誨之矣。故自障者,障彼也。[③] 不然,以藉也,其能障?夫障,虞遐昭隱,則知良;摧强襲悍,則勇良;奮將激卒,則信良;奴知隸勇君信,則仁良。故仁,衆之附也,知之府也,勇之地也,信之圃也。夫子之往也,其務仁之乎?仁吾區而已。豈彼是仁,[④]顧彼其曷可勦盡矣?[⑤] 無務勦之,務殖之。殖彼利,弗吾勦也。譬虎也,備而已,無或怒,其安噬悍夫焉?格而勦之,或以傷,以傷者下也,格而勦之者中也,無怒者上也。豈虎是仁?仁吾軀焉耳矣。是故以戰,戰不若以無戰;戰以勝,勝不若以無勝。勝,釁而已,之不若無釁。一仆不若衆植。故仁人讎功,無功之功,曷可尚矣?是障之道也。故曰:自障者,障彼也。[⑥] 夫河洛罔不仁,夫子兹往也,絶域之氓,[⑦]其河洛矣。且夫

---

① 予,淮刻本、湖北先正遺書本作"子"。
② 邊,淮刻本、湖北先正遺書本作"夷"。
③ 彼,淮刻本、湖北先正遺書本作"夷"。
④ 彼,淮刻本、湖北先正遺書本作"夷"。
⑤ 顧彼,淮刻本、湖北先正遺書本作"夷也"。
⑥ 彼,淮刻本、湖北先正遺書本作"夷"。
⑦ 絶域,淮刻本、湖北先正遺書本作"羌夷"。

改轍而馳，不易其御，乘之良也。然難矣！難，裕本也。玆役也，其以難夫子而裕之乎？"

夢澤集卷十三

卷十四

文

夏令上

中和之區違邑遠而介。於他封，遠，故不度閑焉，而易以亂；介，故他逋者藪焉，而互爲主客。止一二獲，則黨爲賄而免，反捕者坐。是故，盜也滋多。夏侯至自羅，當其劇也，戚焉，曰："弗身，衆弗奮也。前！"衆曰："侯也前，其誰敢不奮而從？①"執其魁數十人以歸，狀得，以聞中丞。中丞曰："才矣令！"迺行慶，辭。

以語王子，曰："吾實父母，是不務與輯，俾以盜獲，吾則用愧，且慶也，其謂非功。吾則治之，使盜焉，因以爲戮，是吾罪也。不譴而慶，行罪以蒙慶，其何以堪？抑是以風後之人，歆賞而趨。唯其執也，不虞其冒，其罪亦惟我。"

王子曰："夫子仁矣。仁之於盜也，豈將縱之仁，抑亦執之仁？夫盜，民之毒也。盜之不執，民用困焉。德盜而讎民，其不然矣。天地之於物也，務生而已。或霜雪焉，鮮不摧折，豈物是讎？所以生之。故良農不愛莠，聖人不假惡。姑息之政，實以階殺。夫假仁之吏，務爲區區，小人幸焉。然其竟也，雖唯小人，亦豈終利？覬免而犯，終以不免，是縱之也，爲殺之也不亦多乎？知不獲免，犯之弗輕，是殺之

---

① 不，淮刻本、湖北先正遺書本作"有"。

也，爲縱之也不亦多乎？故曰：‘慈母有敗子，而嚴家無格盜。’[①]侯也，其允有功，何賞辭焉？”

夏令下

盜既平，大中丞嘉焉，諸生進而賀。

王子聞之曰：“渺哉，是曷足爲君煩焉？今有大盜五，尚幸君之除也：一曰胥史之盜，二曰鄉曲之盜，三曰邦國之盜，四曰言語之盜，五曰仁義之盜。胥史之盜八，鄉曲之盜十，邦國之盜九，言語之盜四，仁義之盜十有一。左激、詭投、竊發、巧中、傍搆、陰庇、舞法、深文八者，胥史之盜也。誇族、怙强、負貲、并弱、閉施、腴責、武斷、力攘、棄典、狎公十者，鄉曲之盜也。陰伺、崛乘、移權、貪要、揚險、黜貞、首災、幸亂、祟怨九者，邦國之盜也。違衷、捐實、遺直、務甘四者，言語之盜也。履僻、蹈凶、匿情、衒世、擬聖、附賢、信蓄詐、怙宅競、[②]讓基取、特扇從、隱乖顯十一者，仁義之盜也。五盜並興，翕翕紛紛，教化不流，綱紀失平，瑕瑜偶貢，奬詆浮真。天下之盜，皆其緒釀而涓出者也。皮之不去，毛奚拔焉？蒂之不刈，條奚剪焉？五盜之不除盡，若類何益矣？是故君子識本執樞，推始稽成，大盜不起，天下皆寧。”

述　慶

謝母七十之誕筵既秩，群觴焉，母愉而觴也。母視聽毋愆，[③]話言弗訛。堂室之級，步弗持也。諸子若諸子姓也，官者既績，居恬以豐。稚業無惰，嬰善孩也。衆侈其成，莫究由臻。

予乃曰：“無侈焉，予言其秘。夫祉，天之握也。天也，其祉閉以自封乎？亦將衆之庇焉。其庇也，或吝也，何居？視其致也。弗吝而庇也，卒末之稽，違其始眷，俾受者不錫，是德而懟，弗竟，何居？視其享也。是故淫暇無純，窘履必覆，謙受日益，忲與不終，天之道也。其反之舛也，君子將薄而浮焉。是懼其暇，侈己以懟乎。且夫修不在

① 盜，淮刻本、湖北先正遺書本作“虜”。
② 怙，淮刻本、湖北先正遺書本作“恬”。
③ 毋，淮刻本、湖北先正遺書本作“無”。

筭，延非世也，其深矣。君子鑒深而德是務，不惑其舛。故敦己基聞，虞其替也。世贊其淑，史氏紀之，壽之上也。畏戾而飭，思贍其躬，不覬其傳，壽之中也。匪敦匪飭，犯忌而行，宜促而長，奸天之算，壽之下也。母幼而婉，父母嘉之，里之女則之，是以女壽。歸而順，無制也。舅若姑安之，夫子宜之，里之婦則之，是以婦壽。老而貞以訓子，若婦若孫率之，里之母則之，是以母壽。謂脩不算，而延非世也，其將在兹。其耄耋而期也，寔其致而享也。匪致無臻，匪享或替，母壽在德，暇侈其他。不然，有非耄耋而期也，其謂非壽乎？母值天之正矣，其將無筭。”

上　池

丁子文啓讀《秦越人傳》，至越人遇長桑君，出其懷中藥，飲越人以上池之水三十日，視見垣一方人，乃嘆曰：“神哉。吾恨不能長桑君遇，而懷中藥之飲，奚有於越人？”因自命上池子，曰：“尚庶幾哉，其覯見之。”

或嘲之曰：“聖人不語神，君子不志異，達士之想，弗虚而真。人之求，必獲覬一於萬，丐罕於常，其左矣。”

夢澤子曰：“不然。是存乎人。夫尾迹而步，非良武。易轍而馳，武之得也。聞聲而肖，非良和。改律而奏，和之協也。故比鄰寡仁侶，而遐方有德朋；朝夕乖良覿，而間睽有真契。丁子之意，其將在兹。是故水不盡上池也，亦盡上池也；客不盡長桑君也，亦盡長桑君也；我不盡秦越人也，亦盡秦越人也。是存乎我而已矣，是存乎心而已矣。我能越人，即不長桑君覯焉，而上池之水之飲焉，求弗爲越人，弗能也。我弗能越人，即長桑君覯焉，而上池之水之飲焉，求爲越人，弗能也。故我神則神至，我仁則仁歸，我慧則慧附。其思也，天或啓之，亦自啓之。弗自啓，天弗啓也。故師曠雖聰，不能鼓無聲之石；九方皋雖善相馬，不能易駑駘之骨而爲騏驥也。是在我而已，是在心而已。不然，以竹木求上池，不已疏乎？以邂逅求長桑君，不已艱乎？以踪迹求秦越人，不已泥乎？”

慈 慕

《慕慈》,哀劉母夫人周氏者也。

母,今郡守涵江君其子焉。母之卒也,訃自閩,君仰天泣,幾絶,曰:"嗟嗟傷乎!予之罪也!夫予之罪也夫!乃予何用生爲矣?予之仕也,母留,乏定省者九越歲。① 每書致,弗欲仕,而願朝夕省,則曰:'勿歸。我健無恙,無念我。俾我覲汝成。'用玆輟歸圖。而今也有玆故也,是予之罪也夫!嗟嗟傷乎!予何用生爲矣?"國人哀之,乃爲賦《慕慈》。

或曰:"孰則慕焉?"

曰:"言君慕也,乃國人亦慕也。"

或曰:"何也?"

曰:"國人之慕也,以君故。"

《傳》曰:"深山大澤,實生龍蛇。"人之不祥,而以胎禍。故鳳不字梟,蘭不茁蕭。瘠土之植無腴,而甘株之實無苦,其由然也。婦人之行,無閫逾也,其曷能顯於世,用彰厥子?覲厥子知母已。

君之治黄也,不以民封已,不以奉賈秩。覲君儉,已是故母之儉也。已不以撓撼守,不以誘易趨。覲君貞,已是故知母之貞也。已不以賢蓋人,不以疵敗良。覲君弗妒,已是故知母之弗妒也。已不以毛務益其績,不以口惠愚其民。覲君弗煩弗欺,已是故知母之弗煩弗欺也。已數者,君之良也,而母出焉,是母之良也。慕君,斯慕母矣。故國人之言曰:"嗟嗟傷乎!是國人之罪也夫!天乎!其曷不壽母而奪吾君?"是故言善者稽其世,贊德者本諸先。"已之不臧,先世弗揚。"嗟乎!讀此詩,知孝矣。

脩 學②

嘉靖乙酉春三月,柱史東萊王公秀巡黄,首廟謁焉。謁既,周而視,鄰之築嬖宫之左右,隈是故宫之垣却二隅,而隘其前,後也加侈

① 定,淮刻本、湖北先正遺書本作"焉"。

② 《湖廣通志》卷一百八作題"重修黄州府學記"。

焉。曰:"何有於兹?而夫子之宫之儉,其務廣焉。令後之當也,無乃不可乎?"

或曰:"民居也惡奪,且彼安焉,而病以徙,艱於從,從且心懟。"柱史乃進郡守劉公友仁曰:"聞郡有隙,以易之。夫鄰也,僻;隙也,市。市易僻,且倍焉,其誰弗從?"卒如議。居者謀曰:"棄僻而市之,即是利我,奚徙之難?"柱史復曰:"兹會也,其不可再矣。蓋聞之君子,祖議而貽。衆以議者,非悉也;畏議而輟務,以不集者,非勇也。且夫忌動者無佚,愛費者無輯。後兹會也而以圖,其晚矣。砌也敗,以滋蔓,宜除。垣也及肩,俯可窺,宜益廡之。覆也疏而滲雨,則潦徑之,宜茨。欞星之門,邇闤闠,宜却。狹者宜擴,[1]迂者宜遂,亢者宜虧,坎者宜培。會也弗可再矣,然費也侈,奚辦哉?將官乎?而儲無贏矣。將氓乎?而誅無則矣。"守曰:"請融之。官無出,氓弛供。郡有盜艘可公沽,敢沽以充。"柱史曰:"善。"乃登。

期日,飭有司,具徒卒,度可不,巡丈計,陳畚挶,堅綆縋,藴沙礫,隆瓦石,棄穢積,夷亢崇,繕庇葺,撤礙滯,遂屈曲,溝淖溢,邃池儲,拓鋭側,表衢路。時餼給,數視責,董者不威,役夫謂平。於是乎砌無敗,於是乎垣無卑,於是乎覆無滲,於是乎却其門而喧囂遠,於是乎除其鄰而左右恢,於是乎直其隅而前後當,於是乎道其湫而爽塏增:悉柱史晝授而守也承焉。

工既,歲值大比,學之士當選者四,而魁一。柱史乃喜,進諸生而言曰:"子知之乎?風之壞也,非以競故。夫競也,豈惟仕,士亦有之!夫群而習也,劣者妒賢;隊而選也,失者讎獲。不修之務,而妒以讎,趨乃壞,君子耻之。故敦本刊華,厚其儲也;去佻崇貞,慎其發也。觀善則摩,逢抑則奮,務修而已。忌不衷留,士之良也。士,處子也,不女於閨而婦於室者,鮮矣。且夫治之無良也,是無良吏故。吏之無良也,是無良士故。士之無良也,是無良師故。故師,天下之本也,不可不慎也。"於是諸生唯唯,再拜謝而退。

兹役也,以六月己亥始事,九月甲子落成云。

---

① 擴,淮刻本、湖北先正遺書本作"拓"。

節　録

母談氏，陳君禮之妻也。其母方娠，[1]父謂其母曰："若女，必勿舉。"俄夢德媛庭降已。稍長，負異慧。女事無訓，飾憎冶，步弗裾，駭也。禮父異禮，而儷之難。聞母之賢，請焉。占之曰："吉。是謂玉英綺藉，健篁倚栢，摧引無折，馨流芳接。"

將歸，或曰："何不裝務？"母曰："吾聞之，前者或却，約焉基豐，惟其立也。不立之務而侈以歸，恃侈而怠，寔墜之速，其何能競？"

歸矣，舅姑而下皆宜之。逾年，生子武。

五年，禮卒。母仰天而泣曰："舅若姑老矣，武少祚微，天其不振陳。天也振陳，武無恙。"札母之母，憐母幼而寡，諷之曰："雙鳥于洲，或射其雄。孤雌哀鳴，孰我更同？"母曰："雁無再隊，君子攸取。人不鳥如，胡不遄死？"竟不奪。事舅姑倍禮。武日立，舅姑喜，曰："嫠也善事我。我是以無禮憂而有婦孤之娛。"以宴會請，輒謝曰："未亡人悲衆之樂耳，幸勿以樂悲我。"每忌，哭之痛，謂終身之喪也。

訓武複述往狀，武哀母少歷而務寬其晚，母老以愉。

正德改元，會寬典，求天下婦之節者而表之。里之人謀聞母，母泣曰："吾分也。不偕以死之，愧而忍以活，復聞之，是以愧聞也。且吾求吾分，而聞以愧我，其非我心。抑世之婦或乏純節，子若孫誣稱焉以爲仁，吏議不核而賄之圖，惟其誣之遂。吾懼世之人將附吾於無核而賄爲之，爲公典羞者。"乃寢。卒之先一日，謂武曰："明旦吉乎？"曰："吉。"曰："吾行矣。"曰："母行何之？"曰："省汝父於九京。"目遂瞑。

論曰：非節之難，節而不欲以聞者之難。夫淺夫朝飾行而夕惡聲之弗彰也。彰弗逮行，厥修以弛，寔君子難之，况於婦乎？旌淑之典，世不恒舉。幸一舉焉，奉者無良，假以稱欲，爲婦所不屑。噫！其不屑也，可以愧世之急聞而私以乘上之典者矣。

---

① 娠，淮刻本、湖北先正遺書本作"振"。

月槎

客曰："月槎，仙事也。吴子擬之，其不比矣。"

夢澤子曰："不然。龍蛇之蟄，不擇泥淖，貴在莫測也。故古今豪傑非常之士，或起於屠釣，或隱於商販。何則？物色不足以盡神，局促不足以語變。故蓄玄之士不厭乎喧囂，盜似之徒或耽乎闃寂。蓋内輕者必假乎外，抱真者無藉乎迹也。東方朔謂金馬門可以避世，又有謂終南山爲士夫捷徑者。夫然，庸知仙者之非尋常耶？尋常者之非仙耶？吴子，吴越人也，慷慨倜儻，若燕趙士，是風土不足盡也。性氣自負，然耻任俠，曠達而弗爲惡，邇利而弗貪，是踪迹弗足盡也，蓋龍蛇而變化者，殆仙者流歟？方將揚帆鼓枻，窮深極遠，日出入乎江湖。浩蕩之中，煙霧窈窕之際，則尋源訪石，恍惚遭值，安知其不繼騫而遊耶？子謂弗比，過矣。"

贊恒

吴母七十之辰，子姓謀觴焉。母戚，子應進曰："父弗庇，早而應棄，母恃以立。往應小裕，將逞焉，見母紡，曰：'奚賴兹而以勤乎？'母曰：'非汝知也。夫豐大之積，其由也細。吾匪衣憂而勤，惟墮業是懼。業而墮焉，憂其將及。'應退，而惟戒弗侈，紡心以賈，裕實母致。兹誕也，謀以娱母，母之戚也，應懼弗順而納於戾。"

母曰："否。汝父之捐也，惡弗從？忍焉而存汝之故。以汝立，惟汝父貽。其敢貪夫之德而己務侈！且汝兹而觴也，何以壽？謂裕乎？而父弗覿也，惟我戚。謂筭乎？而父弗偕也，亦我惟戚。戚以娱我，其惟汝亦弗欲。"族黨之人咸勉焉，强而觴，觴弗屢。

君子曰："恒哉，母也，壽其在兹。吾聞之：婦也者，慧而不順，慧則不比；順而弗貞，比則不正；貞而弗恪，正則不共；恪而弗恒，共則不永。故恒者，善之歸也。善而無恒，不可有也。故天失恒，俄而傾；地失恒，頃而陷；人失恒，忽而殞。暴國無脩紀，仁裔無促運，磽區無腴植，豐林無纖株，其致殊也。致之不一，恒弗恒也。母慧而順，貞而恪，誕而夫子之戚，是謂歸之以恒。夫能永其善者，壽之地也，是足壽矣。《詩》曰：'俾爾戩穀。'言善也。又曰：'無不爾，或承。'言恒也。"

揚　義

予於楊翁見六義焉：館一焉，井一焉，橋一焉，倉一焉，塚一焉，學一焉。

築宮邇逵，舍人執供，賓至如歸，征無旅困，於是乎見館義焉。度泉而鑿，族汲無竭，惠渴之澤，淵如醴如，於是乎見井義焉。矚彼溪梁，先搆積頽，旅病寒涉，力而新之，旅裳無褰，於是乎見橋義焉。無年艱食，出貸棄責，豐儲待需，貧族是賴，於是乎見倉義焉。大疫布虐，委骸斥原，置山以歸，貧骨不暴，於是乎見塚義焉。里俗顓蒙，窶子無訓，憪愚分淑，禮傅收誨，於是乎見學義焉。

嗟乎，仁哉翁！是何可弗述矣？夫君仁謀世，吏仁謀國，民仁謀里。故觀世以國，觀國以里，觀君以吏，觀吏以民。故好刑之國，民多暴；好利之國，民多貪；好佞之國，民多諛；好名之國，民多僞。故里有仁民，明君之所寵，而良吏之所禮也。翁所行事，豈不篤行仁義於其里者哉！是曷可弗述也已？予見近世佻夫薄子，往往毀仁詆義，指善人之瑕疵，忌言其美。嗟夫，若翁者，豈可指詆弗論述哉！

知　備

方母吴登六十，其從子之子濂因吴子以告曰："濂幼，而母棄濂。大母賢吴，而濂托吴撫。濂齊已出，是故濂恃焉而若弗母失。稍長，則曰：'吾，婦也，不有婦仁。兹子也，吾以其幼也，且其母棄也，且其大母之托也，而恩之惟不竭。是虞夫慈母有敗子，而豢斯寡攸成。嘻嘻之家，不免於吝。過慈之人，重以勿訓。蒙乘其驕，基敗寔侈。且其大母謂吾庶幾乎其免於不德者，是用托焉，而以病，其惟方氏之先亦弗悦，督就傅。'濂亦懼吴負，而勉以立。他善夥，更仆莫悉也。"

王子曰："止。知母備矣。"

吴子曰："語節焉，知何備也？"

王子曰："仁無異施，德無殊致，故悖公之臣必忍於室，篤親之人不佻於里：言仁一而德同也。能閨斯能室矣，能室斯能族矣；能女斯能婦矣，能婦斯能母矣。是故母知備也。"

吴子曰："德備者，福備乎？"

王子曰："然。福莫備於德矣。履兇蹈逆，宜促而延，即壽焉，君子弗壽也。人壽有既，善壽無既，至德不忘，令聞無窮，壽之至也。"

吴子曰："善。"歸而語濂，俾以壽。

述　政

趙君自黄之貳移尚書郎，黄人愛，莫借焉。

夢澤子乃爲之言曰："嗟乎，今之弊，吏二而俗謂良也：一曰畏吏，二曰怒吏。何謂畏吏？舉虞其咎，執辟其怨，遭事首鼠，苟而日月，而傳視官，惟其私之善而已：斯之謂畏吏。何謂怒吏？不能其上，奴遇其屬，怙愎以逞，而人莫之堪，微沮焉，拂衣起矣：斯之謂怒吏。其畏也，是惟救過不暇，而何理之能？其怒也，擇而官之，冀其圖也，而以憤，誰則懟焉？兹二者，俗謂良焉，而予弊也。布君之履而袪之，可乎？君之莅黄也，守乏而攝焉者過半。是故國人忘其貳也，君忘其攝也。長吏之臨也，弗毁閑以務悦焉，上不謂簡，禮而褒之，弗恃而倨，殷務荐至。是惟他有司胥續不給，徐而措之，不疲而輯，更而爲衆虞，後至則曰：'咎惟身焉。'其利也，引寮以分推，而不有於胥，無愛以小賄，覺曰：'胥也，而士責之過矣。'杖而釋之。胥憚，莫繼犯。故郡之門無晝扃，入者不何，而胥貧，亦無賄敗，胥德焉，曰：'賴以免戾，君實庇之，其敢懟？'於里之俠不假也，侈而逾，修軌以幅之。里之悍少誣右之良。或曰：'必窘右君。'曰：'右，民之望也。矧其良？一而裁之，其何能平？'直右而罪誣者。夫其不毁度而諛也，其不辟咎也，其不暱胥也，其不俠之假也：是非僻而畏者也。夫其不恃以倨也，其不有譽也，其不微疵之指也，其不執而窘右也：是非僻而怒者也。是故君之治屬安焉，而長吏宜民德焉，而群胥不怨，孱者藉焉，而右不病也。是而進之，其天下將裕，黄何得專君焉？"

達　生

常春子往見夢澤子，問生之道。

夢澤子曰："子聞之乎？務生者，乃無生。無生者生，知無生之所以生，乃無無生矣。是故或翕之，或張之，或藏之，或亡之，或執之，或失之，或閉之，或取之，意而已矣。無或翕之，無或張之，無或藏之，無或亡之，無或執之，無或失之，無或閉之，無或取之，適而已矣。故天運有恒，神祐有常。天不可奸，奸之者怒；神不可竊，竊之者殃。罪莫大於奸天而竊神；欲莫重焉者，其長存而務久其視也。故重欲者速罪之本也，能以生乎？且夫不祈而培，祈之弗隨。違意而施，孰執其機？惟有至人，棄膚引深，不以紀延，不以軀存。是故或生或死，或壽或夭。或生，或生而死；或死，或死而生；或壽，或壽而夭；或夭，或夭而壽。不慼其失，不貪其存，是謂識天神之根。識天神之根，謂之達生。"

請　年

夢澤子見丹崖子，請年焉。曰："七十矣。"

曰："夫子之獲兹也何以？"

曰："下士聞道，鮮不大笑。子能無笑，予將子告。予聞之：德我者讎我，讎我者亦德我。恩我者害我，害我者亦恩我。生我者賊我，賊我者亦生我。百樂我德，亦我讎焉；百憂我讎，亦我德焉；百欲我恩，亦我害焉；百惡我害，亦我恩焉；百骸我生，亦我賊焉；百毒我賊，亦我生焉。故羡生於乏，乏生於羡；輕生於重，重生於輕；暗生於明，明生於暗；榮生於槁，[1]槁生於榮。務執者或失，無執者無或失；務取者或奪，無取者無或奪。故知其無者有有之用矣，知其虚者有實之用矣，知其退者有進之用矣，知其弱者有强之用矣。故目視强則盲，耳聽甚則聾，心思過則亂。是故事天者務嗇，修命者務閉。嗇云者非徒嗇其欲而已也，亦將嗇其智焉耳。閉云者非徒閉其欲而已也，亦將閉其智焉耳。嗇之又嗇，亦無嗇嗇；閉之又閉，亦無閉閉。嗇嗇既無，乃登無嗇；閉閉既無，乃登無閉。無嗇無閉，天地不違。日月爲衛，萬物皆隨。亦既無始，亦既無終。"

夢澤子曰："夫子之言至矣。吾聞之：疾者，促之本也；遲者，延之基也。夫子晚而薦焉，復晚而官焉。富不棄儉，老不倦理，仁者之心也。復從事乎至人之術，長生久視，其在兹乎。"再拜，爲壽而去。

---

① 槁，淮刻本、湖北先正遺書本作"稿"。本篇下同。

紀　賀

周君樓於第之内，樓即崇據勝，登吉萃良，延爽棄湫，納麗袪闃，敞而爲堂，沉而爲室，折而爲隅，委而爲傍軒，軒爾逌，逌爾衙，衙爾宜陟、宜眺、宜祀、宜宴。其落也，客往觀焉而賀。

孟子曰："振矣，周氏！君大父官柱下史，聞直焉。百粵是藩，仁不令斬。父宦弗逮於兹，實培夫直世之榦也，仁澤之基也。以是貽，其曷弗享？且夫不植，胡穫？君之穫也，其惟先植。"

胡子曰："豈專其先之貽？亦其良也，而克享焉。夫並蒂異榮，均土殊茁，氣豈擇施，材也罔類？抑樹者，期蔭也，而或剪焉。蔭其可得，君弗剪矣。"

劉子曰："惟君之二三昆季，或令或推，爲時顯庸。君也弗庸，不怨其劣，居之愈恬，是之謂能恒。恒以業者，其何弗成？"

方子曰："吾聞之：基廣者不圮，棟厚者無折。君其免矣。"

陳子曰："君世基德而棟善，君實昌之，樓也象之。"

賀子曰："君無汰志，[①]無侈容，無張辭，羡於積而儉於欲。"

嚴子曰："欲之弗既，祉之不窮。當其享也，猶在君之裔乎？"

言畢，周君再拜，謝曰："孟子述先以啓我，胡子贊今以勖我，劉子昆季以進我：皆數世之仁也。方子知吾免，陳子冀吾昌，賀子成吾約，嚴子祝吾延。予也匪材，敢不夙夜竭力，以無墜先世之令德，以無忝諸君之訓辭！"

夢澤集卷十四

① 汰，淮刻本、湖北先正遺書本作"忲"。

卷十五

文

來　雨①

謝君令蘄水，壬午春，三月不雨，民戚曰："何以播？"君步自邑壇，禱焉，雨。

越四月，不雨，民戚，曰："何以植？"君步自邑壇，禱焉，雨。

越五月，不雨，民戚，曰："何以穫？"君步自邑壇，禱焉，雨。

邑人歌之，是爲《來雨》之章。

王子聞之，曰："歌也，足爲長民者風矣。帝也豈民棄？夫錫蕃育庶，靡不民焉，供是務殖也。或雨靳焉，食且不粒以斃。務殖之，而復以棄也，其否也矣。是孰用棄？棄吏也。吏也者，族氓而臨之，殆爲帝殖者乎！不德而賄，帝其曰：'吾且氓殖，不有於氓之室，而吏橐用盈，是以吾殖賄也，故靳焉。'不愛棄民，昭吏棄也。君之政也，聞之矣。敏而思，達而執，肅肅而惠，法不右貸。其仆也，勁者先，苟民庇焉，不惜冒罰。邑人宜之，乃大吏亦靡不禮。帝其曰：'令良，吾氓殖焉，令不有也。禱輒雨，豈惟殖民？不吏棄焉，昭其良也。'《傳》曰：'禮有祈焉，有報焉。'夫傴僂而趨，匪其衷也。即湯焉，以其軀犧。巫也感而酬，豐品是事，而幸帝之私也，謂帝需乎。君也不然。乃不雨，

① 乾隆十四年、光緒十年《黄州府志》題作"贈謝爵來雨序"，光緒十年《黄州府志》"序"下有小字注："爵，寧州舉人，嘉靖元年知蘄水。"

曰:'予也。帝何意焉!'其雨矣,曰:'帝也。予何力焉!'夫始,不奸帝之命;既也,不有帝之功也。是謂對帝之休,帝其永庇之矣。"

鄉 選

張子汝厚選於鄉,過王子,謂王子曰:"吾聞君子之於國也,忠不必己。夫獲而行,協焉而以布,俾上下之人咸享焉,豈曰匪欲?其或不然,惡詭以容負,而終則耻弗表,於是乎附之可者而迂致之,己實用藉。是故惟上下之獲享也。利猶己出,忠之爲也,公以行之。子甫而試,頃而斥,吾虞子之衷之抑也,且子不欲。夫詭而復,惡夫負者,吾非可者。然舊於子,盍吾附焉?吾以其子藉乎。"

王子曰:"然。計之矣。落不諭升,北不謀取,逐不議復,擲不談舉。予也一出而坎纆,吾武不驟而蹶,自信而衆莫之假焉。一言觸長吏,細人乘之,吏議不核,而當吾於免,親與不暱,國人謂狂,兹棄之道也。且拾瀋以滌,索亡羽而登之翮焉,欲其軒舉也,否已。子,務進者也,而不醜予棄,是拾瀋之類乎。雖然,思而淵者,非造次之啓也;决而灌者,非崇朝之蓄也。屢趨無蹶步,終無良棄,而反之,取之道也。子也其務弗吾類,無弗利矣。"

張子曰:"何有於兹!君子務忠而已,無忌無慕。子,吾藉也,其忍負子!"

江 孺

江孺之亡也,父哭之哀。黄人傷之,曰:"嗟嗟,天乎!其足以惑矣。夫侈慧者靳祉,予知者褫算。夫侈也,何靳也?夫靳也,何侈也?夫予也,何褫也?夫褫也,何予也?不然,俱天之良也。愛也,胡弗愛也?弗愛也,胡愛也?是故衆莫解也,智者莫以諭也。"

王子聞而膚説之,曰:"不偶者數,弗齊者神。故寸或逾尺,末戾其顛,旦料昏違,倏否俄然。是故重壤襲玉,而沙礫售;毒卉不殺,蘭乃霜悴;鸞翼則折,鴟鳶霄翔;時颸霽曦,或不終旦。是弗偶者,數也矣;弗齊者,神也矣。故謂殤莫壽焉,誕也;彼明喪焉,過也;哀而節焉,韙也。觀於此者,其以感也夫,其以慰也夫。"

成　梁

南湖廣而下，流必歸焉，漲則澤也，落復淖，無春冬。且要也，旅衆舟弗給；其甚也，輿輟載徒。弛負盈途，懟征邇望而遐即也。

尹侯覺按武昌，過焉，曰："玆病也，將莅者無良而以貽乎？無良者之莅也，唯己是封而暇旅恤。否者，藉以益，或核焉，因以讙，於是乎有舉焉。而長吏疑將有良焉，虞核者之己疑也，避弗集。且夫舉大謀，廣不畏單，議惟無己，以從事其諒也，且績，我何罪？不諒蒙焉，弗績而罪，旅之利也，我獲實多。是故懼弗集也，遑恤其他。"

武昌令陳君章聞之，曰："邑，吾莅也，以病旅，弗與祛也，際舉而弗贊也，余實耻。"進而亟稱韙。尹侯曰："協矣。"遂事。事材匠輪良輳作計永，官弗費也，民弗輸也。逾月，事既，民弗知也。核者弗罪，而謂績也，旅也稱仁。

王子曰："善哉，尹侯之舉！夫視涉猶己，發乎其衷，仁也。謀而務集，議不憚浮，勇也。抑令事也，侯舉焉，不推，令視侯之舉，韙而不忌，公也。三者，吏之良也。並以莅，旅其歸乎。"

善　居

吾聞宋君之居，勝可述已。

誅蒙荒庸基焉，拓窘僅庸充焉，相宜不庸奠焉，薦爽塏庸布焉，鳩材美庸族焉。以户、以堂、以樓、以室、以覆、以塗、以墉。户也，丕丕然崇乎爾；堂也，增增然廣乎爾；樓也，級級然拔乎爾；室也，沉沉然邃乎爾；覆也，整整然次乎爾；塗也，委委然錯乎爾；墉也，登登然堅乎爾。亟而事焉，遄而既焉。於是川不愛蓄，山不有儲。紓靈貢麗，匝乎其居。侈哉，居乎！抑君子有大居焉，而宫不與焉。爲君言之：

"夫君子之道，居心爲上，居身次之。居心之道，亦或基焉，亦或充焉，亦或奠焉，亦或布焉，亦或族焉，亦或覆焉，亦或塗焉。敦仁累厚，毋邇於恌，保而不弛，虞逾其作，所以基也。多聞善敗，畢載靡艱，捐隘騖宏，無或纖棄，所以充也。履坦以征，弗比於淫，未便弗遷，計惟其永，所以奠也。是以周旋，措不違矩，擇義稱事，非韙不留，所以布也。遐括近舍，遜中以出，抱而不有，比善媚賢，所以族也。進則却視，動與省俱，思贍其躬，庇不厭複，所以覆也。錯而展之，弗愆儀則，表達其有，覿者謂文，所以塗也。得其基，斯無圮矣。得其充，斯無匱矣。得其奠，斯無側矣。得其布，斯無悖矣。得其族，斯無賊矣。得其覆，斯無滲矣。得其塗，斯無鄙矣。夫如是，不户而崇，不堂而廣，不樓而拔，不室而邃，不墉而擎，居之大者也。是而悖之，[①]弗替弗輟，世世之居也。宋君有焉，是故勝可述已。”

六　善

吾讀秦公《安楚録》，見善者六焉：一曰仁，二曰省，三曰任，四曰和衷，五曰知，六曰遜成。

夫苗患自昔，恃而悍，逞無期。夫悍且恃，弗易攻也；弗期而逞，弗易備也。不攻而備，民之病也。弛而病民，國何賴焉？於是乎見仁矣。

無之歲殺，[②]舉慮匱，刿戎是侈，虞侈而輟，寇之利也。無以充侈，將自屈也，於是乎見省矣。

聽而無擅，臣職則然，及而將乏，戎之變也，請則逾期，已則乘會，是而避擅，害不滋多。權而遣之，衆皆厭焉，上莫疵也，於是乎見任矣。

害一而三儆蒙，一舉而衆攝焉。均而議之，莫或主也；違而自庸，疑之本也。疑而不協，亂且中生，何能輯戎？協以祛疑，其何不集？於是乎見和衷矣。

未試而授，授當其才；未履而虞，虞當其勢。婉出則曲比，直發而徑中，於是乎見知矣。

績成不據，拜錫若畏，引儕分譽，於是乎見遜成矣。

抑兹淺之言公者也。恤殺釀厲，仁人不有；重費墮圖，儉者不爲；忌專失會，恭臣不事；雷同而僨，貞夫不隨；計務已出，大智所黜；退以居功，老臣艱焉。故殺以已殺之謂仁；費以止費之謂省；專而不害，莫指其專之謂任；不一而圖，卒趨於一之謂和；用己亦用人之謂知；惟以

① 悖，淮刻本、湖北先正遺書本作“悖”。

② 無，淮刻本、湖北先正遺書本作“嘸”。

益國力而無己之謂遜成。於斯有覿焉，斯爲見公者深矣。

報　政

劉子治黄，甫三年而政成，朝以報焉。

或曰："政成何速也？"

夢澤子曰："不急聞。"

或曰："聞之不急，政何以成？"

夢澤子曰："聞之急也，害政滋多，今之仕者曷能免矣！夫急聞之吏，匪國家之計而速化是圖，是故務愚其民而上用誣，故作不謀便，而惟往莅者之賢，取其舊而更之，不虞其習也；出言如醴，複複婦仁，聞者甘焉，惟口而已，不虞其衷也；蓄疑過深，幸於輒中，似而執之，不虞其失也；匪梗務夷，而惟右抑，其或乘之，祇以窘良，割之不愛，不虞其愎也：兹急聞之道也。是而布之民曰愛我，而復以薦大吏曰良是，不亦愚而誣乎？是故劉子弗忍爲也。劉子嘗語我曰：'王不蓄伯，德不假權，僞不可久，譽不虛傳。'利不倍不换往，益不備不革宜。作而不集，寧息；創而不比，寧循；入而不獲，寧失。故好更者，亂之本也；賈惠者，怨之機也；矜明者，蔽之地也；怙强者，濫之所也。治絲者不理而紛之，鮮弗亂矣；或乞焉，口惠而實不繼，鮮弗怨矣；寇入室而燭之，藉之明而誨之匿，鮮弗蔽矣；惡蕭艾而令除焉，弗絶，[1]且蘭及，鮮弗濫矣。是故君子作而思便，有弗便，弗作也；惠而思實，有弗實，弗惠也；執而思得，有弗得，弗執也。天地之道，存乎易簡。君子則之，動罔不慎。兹公之心也，政之由成也。公雖弗聞急，聞其可辭矣。"

篤　本

賈子，黄人也，而家於燕。其先世皆葬黄焉。始祖勝葬賈坳，六世祖興甫仕元，葬泉嶺。明之初造，五世祖忠往歸焉，累官指揮，則自雲中反葬楊泛。忠子恒，恒也死事，後是無復反葬也。而守者浸弱，業也他有。有者不仁，暴而據之，於其巔也屋焉，於其側也竊而葬焉。枌檟見誅，山麓不完，守者莫何，靈也用悸。

---

① 絶，淮刻本、湖北先正遺書本作"色"。

賈子適滇，道黄，拜墓下，愴然悲焉，曰："嗟乎！狐死首丘，代馬悲風，羈鳥商號，故棲是眷。操而南音，土風之係也；病而越吟，悰寄之由也。是故太公封於營丘，比及五世，皆反葬於周：聖之準也，仁之則也。恒之後無黄葬者，力也，乃心未一日去黄也。鄉人不仁，而暴吾祖，吾敢不讎？暴而不讎，罪浮於暴。"聞於官，官曰："有弗讎者，無祖也。"直之。於是乎鬻之田也歸，於是乎竊之藏也徙，於是乎童之山也植，於是乎裂之陵也完，於是乎涣之族也收，於是乎怖之靈也妥。

君子曰："仁哉！賈子！禮樂在兹，樂樂其所自生，禮不忘其本。"

重 棄

南冥子視學於蜀，謂夢澤子曰："吾將旌才而斥否，無假焉。以爲之何如？"

夢澤子曰："否。夫遺礫委灰，金夫是括，蓄之廣也；弱荄纖株，雨不擇潤，惠之普也；美女乏飾，鑒弗革妍，照之良也。何則？棄灰無熾，斷株不屬，去婦無還，古之憒也。是故聖人責功於過，君子修吉於悔。終履之祥，初凶畢贖，末路弗傾，往趨悉庇。是故有過舉，無過擲；有過取，無過遺。夫是之能使才者録，而登不才者於才也，士之賴也，仁人之慮也。"

能 壽

歲庚寅，吴侯來守黄，拙逸翁偕。季夏二之日，爲翁七十誕。侯謀壽翁，言於夢澤子。

夢澤子曰："吾聞壽有三：一曰壽親，二曰壽國，三曰壽民。壽民有七腴，壽國有六永，壽親有三雋。七腴：一曰衛良：遵軌而孱，佻夫見藉，是翼而屏，俾公之恃。[①] 二曰病暴：裂紵毁閑，武臨於里，是疵而誅，弗達其逞。三曰長厚：宿舊守實，餘聲愧偷，是禮而比，覬爲俗先。四曰窒賄：狡胥善窺，舞公以市，是堤而遏，貪源畢塞。五曰澡枉：往吏愎斷，翳情伏誣，是任而伸，勿泥其積。六曰敦本：上蒙下罔，取具於文，是省而刊，惟實之力。七曰懾微：姦人醸釁，伺而崛乘，是剪而

① 恃，淮刻本、湖北先正遺書本作"特"。

夷，圖之於易。六永：一曰重更：新鋭喜事，朝弛夕張，是静而持，時趣弗逐。二曰平怨：秉議失協，駢懟互擠，是和而釋，無深其敵。三曰恥訐：媒短發私，朝堂日訟，是擊而息，大體務存。四曰振遺：微疵遐擲，指論在疑，是酌而舉，匿瑕彰瑜。五曰虞隱：或所忌言，人襲不備，是度而防，變無逾料。六曰全渾：核責作新，象促而隘，是濟而舒，以累長祚。三雋：一曰娱志：隱尚不宣，弗得弗懌，是意而求，貢當其微。二曰贊德：棄仁墮義，修算爲奸，是諭而承，引之攸好。三曰貽譽：已修不表，孰揚厥先，是保而傳，往聲滋著。七腴曰仁，六永曰忠，三雋曰孝。予於侯，於柱下史見六永焉，見忠焉；於守見七腴焉，見仁焉。夫忠與仁，所以爲孝；壽國與民，所以壽親。"

嘉　政

觀風者嘉嚴君之政而禮焉。國人以聞諸夢澤子。夢澤子曰："政可聞歟？"

曰："可。夫黄，繁獄之域也，夫子聽焉而優。且多習訟者也，情迹乏核，則躐而愬以下覬，聽者以其自也而曲庇焉。聽者匪人，忌忤而務媚，得而不執。夫子不然，惟得而已，不虞其忤。上亦遂之。國也蝗，委捕焉，曰蝗異也。異由政，政之不求而捕是務，捕以已異，爲劇之矣。乃省咎去敝，精禱迹阡，量獲差賞，有轍之原，蝗無留也。麻之學宫邇河，漲而衝圮新宫。① 學士謀徙，長老曰：'地則靈而徙焉，不可。且不防而徙，衝復及，其能亟徙。亟徙，將棄。'邑則曰：'誰能河，夫子乎？'大吏聞之，因以命夫子曰：'弗費，莫輯矣。'乃命虞誅材之能久者，遵岸之足，布而入之。出其顛腹實礫焉，巨石藉而疊，岸立若磐。鑿支河二，其傍分其衝而殺之，水至三注。邑之人幸焉，曰：'微君，學宫魚人矣，②室廬其濺沫矣。'玆而後，其名嚴河。三者，政之大者也。"

夢澤子曰："政止是歟？"

曰："何爲其然也？讒口亂聽，枝論奪本，斯其爲訟也大矣。饕餮

---

① 新，淮刻本、湖北先正遺書本作"親"。

② 人，淮刻本、湖北先正遺書本作"入"。

是肆，魚肉我良，斯其爲蝗也大矣。暴客伏奸，伺焉而決，斯其爲河之患也大矣。夫子惟是之務息也訟如，是之務捕也蝗如，是之務防也河如。”①

夢澤子曰：“政止是歟？”

曰：“何爲其然也？利義戰心，互勝不下，斯其爲訟也益大矣；私妄族據，蝕我善萌，斯其爲蝗也益大矣；奔欲潰理，堤之莫遏，斯其爲河之患也益大矣。夫子惟是之務息也，奚啻訟如？是之務捕也，奚啻蝗如？是之務防也，奚啻河如？”

夢澤子曰：“韙哉，國人之言！兹政所由來矣。其見禮也，惟以是歟！”

問　俗

微山子之監於楚也，訪夢澤子乎江之濱，問楚之俗。

夢澤子曰：“古也怨，今也豫。吾欲子之祛其豫焉而怨之復也。”

微山子曰：“何也？夫拂焉則怨矣，暢焉則豫矣。豫之實難，其有不獲怨乎？”

夢澤子曰：“古之怨也厚，今之豫也佻。吾非進怨而疾豫也，進厚而疾佻也。夫帝妃之求，怨矣；冀夫之覿焉，所以爲貞也。屈子之騷，怨矣；冀君之諒焉，所以爲忠也。宋玉之辯，怨矣；冀師之明焉，所以爲義也。申胥之哭，怨矣；冀國之復焉，所以爲仁也。貞、忠、義、仁，所以爲厚也。今也，豫而已。言訟則豫焉：腆致厥誣，伏詭淵如，公禁之施，因以爲利。言胥則豫焉：惰農棄耒，困士讎誦，隊丐奴希，狡子盈籍。言鬥則豫焉：遠徼之俠，介乎他境，纖釁稱兵，司敗莫問。言攘則豫焉：江湖盜實，魚鳥其居，舟子威之，旅寢無寐。豫於訟，斯嚚矣；豫於胥，斯污矣；豫於鬥，斯梗矣；豫於攘，斯亂矣。嚚污梗亂，所以爲佻也。豈惟是哉？怨者其思深，豫者其思淺；怨者其欲儉，豫者其欲侈；怨者其守固，豫者其守渝；怨者其辭信，豫者其辭游。是故帝妃之怨亡，或豫以棄貞矣；屈子之怨亡，或豫以棄忠矣；宋玉之怨亡，或豫以棄義矣；包胥之怨亡，或豫以棄仁矣。是故吾欲子之祛其豫焉而怨

① 河，淮刻本、湖北先正遺書本作“何”。

之復也。”

微山子曰:“子誠楚人也,其言也楚。吾則爲皇錫極,俾民無或作怨,無或作豫,咸歸於極。”

衍　畜

予既覯微山子,因得其父野塘翁之爲人焉。

翁嘗爲沁水令,寇至莫支,免。免矣!或曰:“垢也,其滌諸!且見滌者矣,藉之可白也。”不應。

夫豈不能於寇者而坐不支以免也,將求爲自廢者歟?夫以其力也,而垢務滌無難焉。矧垢同而滌者可藉也!顧弗之白也,將求爲自污者歟?夫其不支以自廢也,將雄而雌守者歟?夫其不滌以自污也,將白而黑守者歟?翁其知畜者乎!而謂壽不在兹乎!吾聞天長地久,天地所以能長久者,其以能畜。日月不畜不明,雷霆不畜不震,川瀆不畜不流,玉不畜不輝,蛟龍不畜不神,鷹隼不畜不搏,虎豹不畜不變。故日月必代其變也,或食或晦或虧;雷伏於澤;川納不棄潦,玉璞蘊焉;蛟龍必蟄,其蟄也,或於泥淖;鷙鳥將擊而戢其翼;豹霧而隱:凡以畜也。故不抑不揚,不冥不章。才不畜必匱,力不畜必屈,智不畜必窮,業不畜必隳:四者不畜,必無以迓休而延祐。是故達人知之:不盡其才,爲弗匱也;不盡其力,爲弗屈也;不盡其智,爲弗窮也;不盡其業,爲弗隳也。能盡不盡,凡以畜也。畜也者,百福之地也。是故自振者,人廢之;自廢者,人振之;自白者,人污之;自污者,人白之。畜不?畜也。天以畜,故能長;地以畜,故能久;人以畜,故能壽。若翁者,其明於天地之道,而達於長久之機者歟!且將與天地爲長久者歟!

勖　濟

殷子之父繫非其罪也,殷子謁予而問焉,曰:“何以居此?”

曰:“以喪禮。”

曰:“何以濟此?”

曰:“以喪人。”

曰:“言何不祥若是?”

曰："是祥也。夫喪禮以自居也，非顏面之但瘠也，樂旨之但屏也，戚焉耳矣。喪人以求濟也，非藉援之但强也，請緣之但備也，深思焉耳矣。《傳》曰：'居父母之仇，寢苫枕干，不仕。'戚之謂也。又曰：'亡人無以爲寶，仁親以爲寶。'深思之謂也。"

曰："是以居而濟也，其有信乎？"

曰："信矣。戚之積也，天且感焉，奚有於人？深思之積也，國且復焉，奚有於家？故索屍以號，塞垣爲隳，賤臣叩心，霜隕炎節：戚之應也。抑欲危處，會稽之耻雪焉，十九年於外而卒以反國：深思之成也。"

曰："是而且不信也，奈何？"

曰："日月其終晦矣，是則非人不祥，天實不祥。"

善　遷

瑞昌學宫隘而湫，堂廟逆。

己丑冬，柱史傅子之按兹土也，謁而陋焉，以諭令若師曰："人且病之，其能妥神？士之久而弗當於選也，殆兹故。之以其，盍圖之？"謀於柱史穆子、秦子及諸藩臬而協，以檄郡守馬子。馬子曰："邑，吾莅也，而以他勤乎？"進令若師而申之，畫而授之。

基卜焉，而獲其舊，云"景泰"，而上學宫之遺也。違邑而近路，達於河，川原匝麗。相者曰："是宜宫，且舊也。"人曰："舊，其棄也，而即之。即人之棄，其無遷矣。"相者曰："地則良，彼失而棄之，而復之，譬斥而返，[①]彼其蓄而一朝闡焉，其振且大，吾見學士之群而升也。"

於是表以辨方，度以知受，懸賈致材，雖他之産，族而趣之，掄良於工，良無他適。其荒穢也誅之，或蘊崇之，其迂也遂之，其鋭也擴之，其淖也導而祛之，其坎而下也，客他土以實之，其或亢也，以其土他客也而夷之。人曰："基舊也，而爽塏若是。"

於是中而廟，左右而廡，主稱皆制。是而面則儀門，外則泮而梁，又外則三門。是而負則堂立若廟，齋立若廡。儀門而傍則鄉賢、名宦偶而祠，堂西而後則射圃，齋西而外則宰牲所。外是則廨宇六十楹，

① 返，淮刻本、湖北先正遺書本作"遭"。

悉是而外則廣垣以括。人曰:“基舊也,而搆創若是。”

於是官不言匱,私不告勞,董者稱平,核者莫疵。庚寅之春,亟有事之。辛卯四月,遄其落之。落之有四月,學之士陳子賓興焉以應之。人曰:“基舊也,而發秀若是。”

於是馬子之僚林子以聞於夢澤子,夢澤子曰:“兹役也,可以喻道矣。夫覬其庇而幸其應者,非也。吾聞士之於道也,固安之難而猶遷之難。夫聖哲遐逖,往指日乖,守殘執謬,有而不疑,是而安焉,奚安之貴?其或不然,虞利而趨,計便而作,背於聖則,輒變以狥,是而遷焉,奚遷之貴?若夫不爲習泥,不爲時乘,先王是程,歸於古始,遷之善也,乃可安也。兹役也,陋而遷焉,遷惟其舊,殆象之矣。是故可以喻道矣。抑役有其念之,莫與倡也;有其倡之,莫與贊也;有其贊之,莫與任也。念而弗倡,不可始也;倡而弗贊,不可遂也;贊而弗任,不可成也。倡以始念,贊以遂倡,任以成贊,諸子有焉。無寧役,道其賴焉。”

林子曰:“役而弗述,不可稽也;述而弗文,不可永也。述以稽役,文以永述,吾子有焉。無寧役,道其賴焉。”

紀　遊

辛卯秋七月,磐濱李子、龍津黄子按黄,以暇日遊武昌之西山。玉泉張子、五丘王子及予從。

既渡,沿回江岸,初經市井,隨迹原隰,故阡新術,遞歷互出。古松夾道,輿行松間,風激木末,響中笙簧,雲陰藉裾,山禽逐蓋。既出九曲,道中宛轉,盤折登頓,欲疲曲竟,古碣不屋,剔蘚考刻,感慨陳迹。遂乃憩花宫,登萃景樓,搴蘅掇藻,駢秩賓筵,饔子割鮮,魴鯉雜薦,鼓吹墀列,歌聲近筵。數觴且輟,攀磴緣蘿,直至絶頂。率情草坐,命酒藉石,袖拂煙霞,喜鷺驚鴛,悉出尊俎之下。面挹大江,帆檣陸離,遥覽白雉山名,倦雲歸岫。近引寒溪,迅湍赴曲。俯睇故城,頹雉積莽。吟謝客之詩章,撫孫權之劍石。豪華狼藉,俛仰愴神。遂奮起回立,觴轉若環,勸酬不文,謔浪無禁。已而落照在山,候吏催暮。於是二君遄歸,予三客留龍磐磯。宵酌磯頭,臨流洗爵,忽見江光霞色,窈窕微茫,超然有塵外之想。惜二君之不偕也。

遊之明日，磐濱君賦之，屬諸君和之，以及予。予曰："古稱'登高能賦者爲大夫'，予山人也，不能賦，請爲君志之。"

志　雨

吴侯治黄之壬辰，春不雨。至首夏，炎曦布威，廣澤化陸，坌揚於畝，潦除於池，霄漢滌雲，林麓忌焚。居者病汲，引者競滴，畯不在田，農不手耜。且麥秋也，逋民族攘，客據主場，炊煙在野。是故困不專貧，憂不但智。

國人謀而請於侯曰："其使巫。"

侯曰："天則不雨，而望之巫，愚。毋乃已卑乎？"

曰："某水之淵，龍宅焉。其怒，諸雨可致也。"

侯曰："人則不能，而索之龍，於以致之，毋乃已疏乎？"

曰："數富之實，而罪其出，惟賑之俟。"

侯曰："公則不儲，而恃富之藏。彼實應且懟，抑澤未寠及，而首以懟富。是以期濟也，毋乃已艱乎？"

曰："然則何如？"

侯曰："咎在予，即予求之，其可矣。"令於國中：市不屠，道不除，輕罪弗縶，繊訟輟聽，貶食省用，已徵減從，去蓋謝乘。禱於壇，昕夕至。其衷疚，其辭傷，其容若將隕越於地。

國人曰："君無病乎？其何以小人之故而病吾君？"

侯聞之，曰："民病是虞，吾何愛焉？"如是者日行之；不雨，旬行之；不雨，月行之。乃令於野曰："修而堤防，達而溝洫，監而竇，視而築，展而具，宜而種，時雨且降。"令之明日，壬寅，雨至。甲辰，陂池滿受，原野流溢，山麓改色，田畯在田，農人倍作，婦子喜饁，逋者反其室廬，攘者修讓，悲吟者歌。

國人曰："君實生我，敢不拜賜。"

侯聞之，曰："天實悔虐於爾有衆，予敢或奸？天則生汝，而疑於予，誣矣。"

君子謂吴侯於是乎能格天。夫格天者在實，非文之能。夫侯，始而罪己，中而疚而不已，終而人功之，懼其誣己。夫罪己者兇而不委，不委則日遠於戾而納於順，未有順而不應者也；疚而弗輟，履之以恒，未有恒而不動者也；天功不攘，弗侈弗張，答休以遜，未有遜而不益者也：三者，格天之實也，吴侯有焉。雨也，天豈侯是私？

衍　號

夫九峻，秦之名山也。陳子，秦產也。陳子之以九峻自係也，其有契乎。

今夫山，土石賴成，擁重結頑，然而林麓雜負，秀色可攬，是質而能文焉；奠形莫遷，朝代坐閲，然而出雲吐氛，轉盼各相，是恒而能變焉；犯霄峭起，争長大華，①然而承藉無選，足邊藪澤，②是高而能下焉。是故陳子見其質，不遺其文；見其恒，不泥其變；見其高，不棄其下。是故其爲學也，先王之是準也，遂典之是程也，而圖牒之必手也，葩藻之必掇也，是質而能文焉；其爲政也，軌度之是秉也，德違之是辨也，而過故之必悉也，乖格之必達也，是恒而能變焉；其爲德也，賢哲之是齊也，儔與之是邁也，而顓蒙之必諏也，單孑之必禮也，是高而能下焉。夫質以爲文，其文也，所以有其質也。恒以爲變，其變也，所以有其恒也。高以爲下，其下也，所以有其高也。

九峻有焉，陳子似焉。《詩》曰："惟其有之，是以似之。"此之謂也。抑豪傑之生，其必鍾焉，陳子九峻之鍾乎！《詩》曰："惟嶽降神，生甫及申。"此之謂也。予於陳子望之也九峻矣。《詩》："高山仰止，景行行止。"此之謂也。"

明　慶

黄貳守蕭君遷司徒郎，或問於王子曰："國人慶乎？"

曰："不。"

曰："何故？"

曰："其君子明於其政，而冀其顯庸，曰：'君之良也。六年而遷，其晚矣。'其小人幸君之足賴，而欲私之以終惠焉，曰：'吾母也，俾不吾是子，孰令借之？借孰聽之？'是以弗慶。"

---

① 大，淮刻本、湖北先正遺書本作"太"。

② 邊，淮刻本、湖北先正遺書本作"逮"。

曰:"於子謂何?"

曰:"其弗慶也,慶孰大於是?何則?夫子之政,不近名而近民,爲廉也弗爲矯,爲直也弗爲激,爲嚴也弗爲苛,爲寬也弗爲弛,爲明也弗爲察,爲敏也弗爲驟,爲斷也弗爲愎。是故其於民也,無或陰焉,無或窘焉;其於屬也,無或凴焉,無或暱焉;其於長吏也,無或逼焉,無或媚焉。夫其不爲矯之類也,其於名也不亦不近乎?夫其爲廉之類也,其於民也不亦近乎?夫其不名近也,是以後聞焉;而竟聞也,乃遷。夫其民之近也,是以民望私焉;其竟弗能私也,乃懟焉。是故晚而遷者,養君之譽也;不以君私黄者,國之公也。"

或以王子之言聞於國人,於是乎君子不以其晚恨君之遷,小人不以其私幸君之留。今而後,國人無弗慶者。

夢澤集卷十五

卷十六

文

平　寇

長沙之寇釀而竊發，楚人恐。大中丞翟公有憂焉，曰："亂其萌芽，是而不翦，長此安窮矣？"或曰："無年，其俟諸公。"曰："亟而圖之，予猶晚之懼也，而以俟！夫俟，資之蔓也。蔓而圖，費且侈。且夫謀大者斷乃成。"

於是請用兵，①取其鯨鯢而戮之。功既成，以聞，上嘉賚焉，曰："微瓚，朕其無楚憂。"公北向稽首，謝曰："君之靈也，二三臣之力也。臣何功之有焉！"

夢澤子聞之，曰："公蔚豹變之文，負鷹揚之勇，即撥亂世，反之正，且無難。矧此纖醜何足爲公頌焉？② 公祛大賊五，非國人之所知也。夫兵革之賊，可執而誅也，非賊之賊，不可得而誅也：一曰民之賊，二曰吏之賊，三曰政之賊，四曰學之賊，五曰德之賊。今夫修任俠之行，敗長厚之俗，尼化誨之流，工庇覆之術，冒殊死之實，而無小辟之指也。是故公觸忌諱，而司敗莫何。然不何，則君上最病。此民之賊也。亡棄禮節，而務邪媚道；夷廉耻之界，狥世俗之好；締縉紳之

---

① 用，淮刻本、湖北先正遺書本作"而"。

② 醜，淮刻本、湖北先正遺書本作"虜"。

譽，而失閭閻之心；姓氏沸於表薦，[①]而民莫愛焉。夫吏以民設也，民莫愛，則上下安賴？然又莫得而廉之也。此吏之賊也。談政者鮮執體要，而文法之務飭焉，微有舉措，必稱周官，差比漢室，從而迹之，反出近代下，然猶翕翕然謂善也。此政之賊也。綴學之士是信末師而違於道真，造支離之辭，乖風雅之旨。然猶守殘保陋，持堅白，不相下也。此學之賊也。恬而宅競，恭而蓄倨，讓而基攘。比聖附賢，心之則蹻跖矣；言性語命，履之則貨賄矣。此德之賊也。夫賊於德，求學之弗賊，弗得也；賊於吏，求民之弗賊，弗得也；賊於民，求無兵革之賊，弗得也。故兵革之賊，賊之微者也。自公之莅楚也，隱無遁情，狡無完魄，民有賊焉者鮮矣；媚不蒙褒，貞不逢抑，吏有賊焉者鮮矣；名不遺實，敝不掩良，政有賊焉者鮮矣；高必準古，卑不逐時，學有賊焉者鮮矣；言必稽行，貌不違心，德有賊焉者鮮矣。故公德之長也，學之準也，政之式也，吏之表也，民之風也。行此五者，於天下無兵焉，可也，矧惟楚邦？《詩》曰：'文武吉甫，萬邦爲憲。'此之謂也。抑是役也，帝賚而不愛，公讓而不有。《詩》曰：'我有嘉賓，中心貺之。'又曰：'公孫碩膚，赤舄几几。'此之謂也。"

哀　引

先大夫沈公之卒於潭也，潭之人久而思而祠焉。其孫柱史君以觀風，至祠謁焉，愴然悲焉，踟躕焉，摛文以奠焉，迺若弗能去之。聞者感焉，爲賦詩焉，或以傳於王子。

王子曰："是詩也，其傳矣。"

曰："何也？"

曰："見大夫之仁焉，見柱史之孝焉，見楚人之厚焉。夫執法之家，務持一切，嚴而少恩，甚者意爲之出入，賄爲之重輕。故當其身在位而民病之，去而幸焉。其既去也，則復至之，恐也。況夫遜德不磨，流風激人，長老能述，子弟率從，奔走無斁，報薦是隆。於是乎見仁矣。今之子若孫者，先世雖有德美，不知也；即知之，弗能稱述也；甚者不淑，以隕其家聲。是故行乎墟墓之間，心弗能爲動也，愛不加於

① 姓，淮刻本、湖北先正遺書本作"字"。

枌梓。況夫感慨陳迹，俛仰生悲，長歌之戚，從夫涕洟，積思廉逸，遐軌不遺。於是乎見孝矣。今之世，鄉鮮不佻之民，上無舉故之議。[1]是故於其長也，視若過旅焉，懟則指詆焉，無忌也；朝綬不綰，暮揖不至，[2]於其既去也，若棄遺焉，不顧也；詰之姓氏，不識也。況夫申之祠祀，伏臘是供，發之聲詩，引慕莫窮。於是乎見厚矣。夫以大夫之仁也，雖非其孫，有不表於後世者乎？而況柱史之賢，足以濟美乎！夫以柱史之孝也，雖非其祖之遺也，[3]有不大其先世者乎？而況大夫之仁，足以自締於人乎！夫其仁且孝之聞於人也，戾夫爲之含悽，殊俗爲之失愉，而況夫哀怨者，楚風之遺乎？又其今昔浸潤其澤者乎？羊公之碣，見者淚墮；今也潭，其峴首矣。是其後有墮淚者，不專羊公也。二妃求舜於蒼梧之野，染淚於�，久而不滅；今也潭，其蒼梧矣。是而後有斑在筠者，不專帝妃也。《招魂》諸作，哀些之音，觸之者鮮不嗚號焉，欷歔焉，喪失其所歡，今也其《招魂》之嗣響矣。[4] 是而後有以哀些吟者，不專屈、宋輩也。夫三者，皆楚之遺也，而是編也該焉，是故知其傳也。”

七　申

嘉靖十有五年仲冬，十有四日，翟母太夫人年八十有九，楚父老大夫搢紳先生之徒，儼然造夢澤生而言焉，曰：“自母之子中丞公之撫楚也，羔羊之節，風於下僚；[5]露冒之惠，兼於隕落；汪濊之澤，逮於昆蟲；懷來之政，被於荒廓。而又優跅弛之士，消懻忮之俗，[6]棄委瑣之文，策罷駑之足。是故三年之間，菑害莫逢，螟蝨避稼，猛獸避畜，貪綬不綰，凶領不屬；雅行者無淪胥之憂，[7]當辟者絶失情之獄，耄耋有養，而孤獨者獲恃也。公之壽楚也至矣。夫飲水者必德其源，飫實者

① 上，淮刻本、湖北先正遺書本作“士”。
② 不，淮刻本、湖北先正遺書本作“弗”。
③ 遺，淮刻本、湖北先正遺書本作“貽”。
④ 響，淮刻本、湖北先正遺書本作“嚮”。
⑤ 僚，淮刻本、湖北先正遺書本作“寮”。
⑥ 懻，淮刻本、湖北先正遺書本作“冀”。
⑦ 淪，淮刻本、湖北先正遺書本作“薰”。

必懷其柢。故任姒篤周，[①]詠嘆於詩人；孟陶啓哲，炳載於列史。母誕公以壽楚，楚人德公而遺母，是昧於本根，而爽務報之由也。母之誕也，敢謀壽母。”

生曰：“客言誠是。然河海之施，非涓流所報；累重之感，非緒譔所陳也。”

客曰：“用情者無嫌於細，貢實者不務於誇。故芹芷之美，[②]獻之至尊；澗溪之毛，羞於王公；《瓠葉》在《雅》，《采蘩》在《風》。吾儕楚産也，闡地之有，演楚之遺，于以藉手，公堂是躋。”

生曰：“可得聞歟？”

客曰：“鵠山之下，漢水經之，春夏之漲，横流溢出，入泱漭，鶩陂池，洶涌澎湃，泌瀄靡離。乃使異術之士移醴泉於中流，不假營於康狄，而陽侯效幻，罔象冥推，漱洌潩醇，膠盭沸醽。鳷鶬梟鶩鴻鸕鵠鴇之屬，唼喋其中者，悉委羽傑池，欲去而不能奮飛。於是千夫引之，萬斛爲罍，維北有斗，以酌以斟，跪奉母前，萬壽是稱。又使參佐賓客之流，盡其餘尊，作情啜之，萬之一分，而逡巡欹側，嘘唏煩酲。此天下之至飲也，可以壽乎？”

生曰：“滋味之侈，未足壽也。”

客曰：“夫楚淵澤夥複，古稱多魚，鯛鰫漸離，鮻魠鰑鮭，鱧鯇鰋鮎，鱦鰝魴魾，潜處族滋，接尾摩鰭，雖有博物智給之士，未能縷名悉數而不困於知也。於是川澤之虞，縱大罟，曳脩網，罩罶綸餌，織縶倉皇，突施緩布，纚屬低昂，蛟龍失勢，鱣鮪改窟，鯨鯢辟易，陵窘踏促。雖有蘊神俟升能爲風雲者，莫不摧鱗折翼，呀嚇寂伏，掉栗而屢驚。然後選肉而取，色腴命登，乃使饔子，提刃睨臨，揮拂鬻切，五味雜陳，糅雪縷銀，累纖襲輕，厚薄中倫，調以易牙，烹以莘臣，衆賓旅進，薦之玉盤。母少啖之，怡精和神，其膏鯹之棄，沾於萌隸，莫不厭飫而忭欣。此亦天下之至甘也，可以壽乎？”

生曰：“暴殄之遺，未足壽也。”

客曰：“亭皋相望，隈隩曼延，江蘺荃蕙，槀本射干，蘼蕪留夷，揭

① 姒，淮刻本、湖北先正遺書本作“似”。
② 芷，淮刻本、湖北先正遺書本作“子”。

車木蘭，鮮支若蓀，蔣苧青蘋，茈虒布濩，[1]咇茀賁緣，掄株律葉，衆掇時搴。於是截霞爲裾，裁虹爲佩，廣約準材，軋芴縫製，郁郁菲菲，應颸披靡，吐芳揚烈，氣飄不止。乃有仙姝靈媪，感而下之，留軿駐軒，鸞行鳳隊，滯眷而不騫。此天下之至馨也，可以壽乎？"

生曰："服御之奇，修姱之飾，未足壽也。"

客曰："瀟湘之岸，篭簻篁篠，攢立叢倚，戍排戟起，側綴支委，窊隆突夷，浸淫不已。其上則勁梢直節，干霄拔特；其下則蹇產蟠結，輪囷而莫測。秋潦回湍，漱滌蝕切。夏則烈日炎飈之所激也，冬則飛霰素雪朔氣之所肅也。朝則希旦之禽，先旭群鳴。暮則羈雌窮獸，憩根利深。物感氣蒸，色質間成，逾玉汰金。乃使操斤之士，入林而求之。斷龍斬螭，九節是宜，刻鳩其顛，老人所持，出入指爪，鏗然有聲，[2]神物馴狎，百怪莫侵，容與相羊，遊於帝庭。此天下之至珍也，足以壽乎？"

生曰："衰憊之資，毋健若飛，未足壽也。"

客曰："聞之傳記，襄王之所夢，交甫之所覿，信列仙之佳麗也。爾乃應期而至，或自漢濆，或自高唐，飄若鴻舉，矯若龍翔，倏然鸞峙，的然珠光，睇盼緜藐，引握無方，縱蹻迅躍，微埃弗揚，若驚若狂，若露若藏，若執若忘，便嬛渺茫，體約縠素，齒出宫商，轉黛流目，清歌侑觴。於是折若木以却景，抑羲和以緩轡，歡悰未渫，蘭燈屢繼，睹者忘疲，聆音失味。此亦聲色之至娛也，可以壽乎？"

生曰："妖冶之極，清虚之累，未足壽也。"

客曰："將使屈原、宋玉、景差、唐勒之徒，推本二儀，極命萬卉，《丘》《索》所遺，《爾雅》所棄，比事綴辭，引物連類，競藻摛麗，英華各致，高思薄天，深搆入淵，搜隱理紛，隽取鄙捐。於是贊西池之會，誇東海之籌，紀莊周之椿，演箕子之疇，五色參錯，星緯屬絡，情象纍貫，精采揮霍。其觀於人也，高者生敬，卑者氣奪。其亟變而屢易也，異態如夏雲，又如天孫運杼，色縷繽紛。其或采諺陳謡，撲指直載，田父里媪，亦得而解；其奇出而誕就也，或倚相所未讀，揚雄所未識；其冥

[1] 虒，淮刻本、湖北先正遺書本作"虎"。
[2] 鏗，淮刻本、湖北先正遺書本作"鑑"。

求而幽闡也，鬼魅黯窺，跳號頓立，駭情迹之莫秘。此亦詞賦之至偉也，足以壽乎？”

生曰：“幾矣。”

客遂推而進之曰：“未既。此騷人之餘習，未足論於道也。將使大雅君子，刊華就實，理《詩》《書》之文，繹羲、孔之旨，取母之徽懿，合而擬之，萬不一失。故其利柔順之貞，通黄中之理，敦《樛木》之仁，正《家人》之位，婦道母儀，俱舉並飭，行無可選，事不假飾，信閨闥之永範，名賢之仰成也。乃知福惟自求，㱿非倖致。夫金母壽而德罔聞，敬姜賢而子不逮。[①] 致秦漢以來，圖牒所載，嫠嬪寠姬，緣困而亮節，偏行而著名者，安得而邁乎？”

言未畢，生乃避席而起，斂衽而立，曰：“客向所言，爛漫尾屑，耳目之娱，世俗所悦。今將考祥於履，稽旨於德，[②]不朽之圖，丈夫之業，億萬斯年，有引無歇。僕雖不敏，敢附下客。”

長　厚

易公爲藩於楚有年矣，今以中丞往撫河洛。

夢澤子曰：“公之藩楚也，政務體要，寧固根抵，畢誠靡他，吏民化之。逋蕩者趨於敏作，詐諼者效於悃愊，饕詖者敏於廉讓，恣睢者檢於約束。非有過求驚邁之施，而近自親暱，遠至荒徼，上自王侯，賤至廝輿，莫不雅服重藉，人人意滿。用其情實，信鎮俗之資，矯世之賢也。夫近世言政之家，其失可知也：大抵以神自蓄，鋭師刻隱，務爲操切；喜日計之績，棄祀代之謀；工括擿之慘，病覆盖之厚；奬名法之家，後仁義之用；論短則兼棄其長，指瑕則并抵其瑜；刈蕭而蘭及，誅莠而禾逮。於是速化之術興，詭衷之議售。取具於文，避窮於口。實匪異等，妄出羽毛。一有疵失，善爲衣飾。要在倖獲，[③]久而不止，潰决無所。兹周秦之末軌，苛責之顯失，庸人之所矜，智者之深危也。夫攻玉者以石，浣布者以灰：賤可資貴也。雖有褊心之人，無所怒於虚舟：

① 致，淮刻本、湖北先正遺書本作“彼”。

② 旨，淮刻本、湖北先正遺書本作“祉”。

③ 倖，淮刻本、湖北先正遺書本作“不”。

觸出無意也。是知兼容者益世之猷，虚出者伏暴之本。故《書》稱：若有一个臣，斷斷無他技，惟其休休，有容，賴其保我子孫黎民。而漢初大臣，皆長者少文，耻言人過。若公者，非其流與？況今總連帥之司，操變化之柄，固作率之所由，風聲之肇始也。中土士民，翕然響隨，百倍荆郢，何也？任重則易施，令專則易下也。他日宰都，[①]執宅端揆，正玉衡而平太階，還世於胥庭，流功於金石，國倚老成，天壽平格，休美夥賸，頌贊難殫。《詩》曰：'布政優優，百禄是遒。'公其有之。若夫國子遺猛政之訓，宣孟改冬日之和，斯弛張之權、直枉之用、不及之濟，非長恃之善物，又公餘事也。"

德　壽

歲丁酉九月十有七日，閩田母夫人七十之辰。其子桓山氏官於楚也，則謂夢澤子曰："吁，予之不能觴也，子盍昌言？"

夢澤子曰："然。吾聞以算壽者，下也；以善壽者，上也。"

曰："何如？"

曰："視母攸履，稽昔載籍，其備矣。夫其秉婉嫕之性，勤古行之覽：其慧也，擬諸大姑。[②]鳌坤承之制，遠宴私之容：其敬也，擬諸德耀。愉嗃厲之姑，謹扶將之節，周牀笫之役：其孝也，擬諸麗姬。宜饋餼之政，愛繒帛之施，惜鶏鶩之食：其老能勤，貴能儉也，擬諸敬姜。至其敦比鄰之誼，紓窶子之匄，又其振庀之仁，散積之道也。夫慧者，德之資也；敬者，德之聚也；孝者，德之本也；勤者，德之恒也；儉者，德之度也；仁者，德之厚也；德者，福之地也。故曰：福者，備也；備也者，百順之名也，無所不順之謂備。言德備者，福備也。故家人之所宜者，閭里之所藉也；戚疏之所譽者，鬼神之所歆也；人神之所益者，天命之所假也。然則汰耄逾耋，邁期以往，其必致也。"

曰："言止如斯而已乎？"

曰："何爲其然也？迹古嬪姝，或效懿於纖末，或飾節於造次，或抗端於邅躓。片辭特趣，世典不漏，支軌窘躅，獲揚末照。矧其具包

---

① 宰都，淮刻本、湖北先正遺書本作"都宰"。

② 姑，淮刻本、湖北先正遺書本作"家"。

舉之盛，亮含弘之本，隆始終之歷哉！是知華首之良，隱於閨闥；儀形之本，源於婦流。將使《易》演其順，《禮》著其則，《雅》贊其徽音，《頌》侈其純嘏，《疇》陳其好德。綴文之士，揚厲無除，流令聞於不已，浹聲稱於來茲。若是者，景耀所不能晦，時序所不能謝，代祀所不能革，陵壑所不能遷，形質所不能化，兵燹所不能燼，饕餮所不能噬。茲戩穀之道，不朽之業也：所謂以善壽者也。"

曰："言止如斯而已乎？"

曰："何爲其然也？孟母之聞以軻也。今子學踐理室，文爲辭宗，而又廣錫類之孝，弘作人之功，表未聞之士，申不及之訓，覆疵瑕之末，絶比暱之嫌。於是三楚之士，莫不飈奔霧蒸，羽湊而響赴，騖英特之途，希邁際之會，幸迅激之用，競德輝之覽，利大人之見。荆無泣璞之夫，郢無寡和之曲。乃有考世之士，本其從來，則又開元於母氏，出緒於《内則》。然後錯文章之英以爲綵，適道德之腴以爲饌，釀風俗之醇以爲醴；陟降乎太古之庭，周遊乎忘憂之圃。若是者，注之不溢，酌之不竭，子雖未之觴也，天下之能觴其母者，孰有過於子哉？"

於是桓山氏曰："子之及此言也，乃可以壽矣。"

訓　白

周子號白庵，[①]因鄧子問白之義。

王子曰："吾聞《禮》曰'白受采'，言文之始也；《易》曰'白賁無咎'，言文之終也。夫采非白以始焉，吾恐《禮》之不可學也。夫賁非白以終焉，吾恐咎之不可無也。白也，而終始須焉。是白也者，天下之至采也，而天下之至賁也。後之言者反是。墨翟見素絲而泣焉，謂其可染也。老子曰：'知其白，守其黑。'是忌其或污焉，而預善之也。夫從《禮》與《易》之言也，是天下之至益也，莫白也如也。夫從翟與聃之言也，是天下之至禍也，莫白也如也。且青黄雕鏤，木之災也；使木也而非青黄雕鏤焉，則木之用也，不亦鮮乎？黼黻文章，絲之染也；使絲也而非黼黻文章焉，則絲之用也，不亦鮮乎？是知非白，文無施也；白而徒焉，天下之觀廢矣，而又奚貴焉？然則安從哉？子不云乎'不

① 庵，淮刻本、湖北先正遺書本作"菴"。

曰白乎，涅而不緇’？白之至者也，夫其不緇也，然後《禮》之采可受，賁之咎可無也。然後翟之悲可免，老之守可棄也。[①] 然後天下見白之益，而不見白之禍也。”

本　賢

汪母太夫人七十之辰，思齋朱子過楚，語予，欲予致辭。

予曰：“予往知汪子，今又知母也。予舉進士，同汪子被選入館。予方負性氣，遭事徑情，不修遜節。或朋輩出所譔，屬使評，本非有知，輒妄善否。[②] 又聚處謔浪，杯酒歡洽，輒吐心膽恣語，語多鮮中，至近侵刺，人以爲侮。汪子顧謂質直，不爲罪也。武皇末造，海内多故，言者稍觸忌諱，輒得譴斥。汪子獨發憤激衆，詣闕下上書；書務直指時病，人人爲危，汪子不懼也。方書上，宰執不悦，遂假手其間，出吾輩爲州郡吏。凡謫吏，喜矜直節而輕其長，又苟且以望旦夕復。汪子則能其官若素習爲者，於長吏則傾己下之，無難色，不謂謫也。今上即位，潤澤横流，下寬詔，復言者官。於是同謫者皆得賜環，而予乃以後職爲法吏所繩事，瓦毁矣。汪子至京師，欲上書明予無罪，曰：‘寧予不官，不使王子沉落。’時同事二三子，虞其逮己，力止之，疏不果上。後每入班行，左右顧予，獨不覿也，則悵恨若遺，故雖復故秩，不爲喜也。自予廢居，青雲之交雅稱莫逆者皆謂予行干衆怒，畏與比暱，競爲棄絶，以自逃解，一問不加。而汪子數錫教旨，致綢繆之義，不爲嫌也。及出監司，直道忤時，輒棄章服，即日歸。歸被表薦，不輒應，應亦輒復歸。此予知汪子者，舊也。今晤思齋子，乃知汪子之母爲雲莊君之妻、剡溪君之女、中峰君之姊。肅雝之儀，本于姆訓；徽懿之實，譽於家人；初晚之歷，合于世典。坤德粹精，内則無漏，誠閨闥之良範，賢豪之仰成也。吾聞婦人有内貞而無外事，其賢曷顯？於其子見焉。往知汪子，已足以知母；今幸知母，益知汪子之賢有從出矣。夫箕《疇》壽考，承以好德；《戴記》百順，本於内盡。使載籍所云果爲弗誣，則母之遐筭，寧有既乎？寧有既乎？”

---

① 老，淮刻本、湖北先正遺書本作“聃”。

② 否，淮刻本、湖北先正遺書本作“不”。

並　壽

夏翁、若母今歲俱躋六十，客知母爲予姑氏，乃令予文之。

予曰："夫翁、母者，於世亦鮮矣。今之英士壯夫，高視邑里，而壼範不倫，内顧蘊歉；又或淑媛名姝，好仇不媾，托身匪人，歷屯棲深，聖善莫揚；至有内外合德，疵釁罔加，而好合中乖，差池末遘；否則子姓或慳，宗祊嬰念。若斯數者，何足言備稱祥，全人倫之休嘏，資談士之揚列也？翁本從龍之裔，席累世之榮，幼負異質，歆嚮儒林。厥考見珍，鄭重掄匹，乃得吾姑。姑幼閑母訓，[①]婉慧德容，符於聖則。歸翁之後，虔棗脯之儀，祇蘋藻之役，飭伏臘之備，拓隴畝之資。綜葺逮於雞鶩，食力均於臧獲，施予洽於比鄰。用此助翁正家人之位，樹長者之譽，振中微之業，踐豐亨之閾，貽堂構之謀。其子官，發憤典墳，承施濟美，穎敏越類，質訥依仁：青雲之器，起家之雋也。幼孫岐嶷，蘭芽早茁；二老提携，晚榮足賴。由此觀之，英傑絶内顧之歉，坤德免所天之劣；琴瑟無中路之乖，嗣續有發祥之慶。而又齊年並健，不後不先，天人合吉，誇詡難既。予爲客言，[②]愧不萬一。"

漢　逸

王子結廬漢上，養素江濆。芰製荷裳，慕靈修之軌。蘭橈桂楫，飭游衍之具；選石垂綸，擬渭叟之迹；臨流濯纓，聆滄浪之歌。伏臘修祀，則登蘋薦藻；歲時自勞，則擊肥引鮮。散髪徧緣，則楊林多睦耳之禽；岸幘徙倚，則花圃無忤目之品；焚香宴息，則琴瑟盡怡神之物。[③]而又遵渚請珮，悵交甫之偶；遇抱甕灌園，幸丈人之在兹。匿迹秉鋤，或老父之復作；滌鐺煮茗，幾陸子之餘韻。豈非高士之逸踪，隱淪之奇尚哉？至其傾財結客，敦義多讓，動不觸禁，言必思窮，耽文儒之邃謨，希翰墨之流馨，富架笥之珍帙，則好禮之程、守富之要、道親賢之懿，揚聲之偉策矣。"

---

① 母，淮刻本、湖北先正遺書本作"姆"。

② 客，淮刻本、湖北先正遺書本作"容"。

③ 瑟，淮刻本、湖北先正遺書本作"室"。

闡　義

居士係籍楚國，卜築茶園，不言躬行，著聲孝友。方其母兄凋謝，家祚中微，銜恤抱隱，畢誠勿悔，拮据展猷，跼蹐避咎。[①] 開畊畝於汙萊，均甘苦於傭作，覃力貞幹，不事淫末，馴致殷富。雖其消息自然，要亦支拓不詭也。[②] 至於悟福謙之旨，率好德之良，歆高誼則願爲執鞭，哀寠子則不難焚券。委心韋布，無冠蓋之希；篤義鄉鄰，散奇羡之積。資性妙合，要結無存。由是里閈重其然諾，同室服其儀形，可謂承家之賢，裕後之哲矣。然則積善之報，將衍於綿瓞；君子之澤，豈替於來葉哉？聊書其大都，著其潛德云耳。

能　理

近川查公節推黄州三年，今其被召而入也，其僚友黄公、胡公餞之行，而使邦人王子言。

王子乃言曰："夫法者，天下之平也。而今之司之者，則使不平也。何則？司法者，不務三尺是守，而惟窺伺上意以爲低昂。上所欲陷，即非罪，鮮不裂完附釁矣；上所欲庇，即罪，鮮不窒滲肉骼矣。否則首鼠其間，多疑少斷，經歲纍繫，株引窮竟，逭逭以旁逮而坐困覆：此其失一也。

其或矜拔薤之能，遠藉膏之嫌，避啼雞之誚，而迅激過當，狠忤物情。[③] 寠子實黠桀，且獲末減矣。彼富人實非暴戾也，輒得掠搒逼恐，得其誣伏，鮮不增入重困矣。必如是，乃足以驚節而起聲：此其失二也。

又近世俗媮甚，鄉里無賴子弟，不能其父兄，或臧獲恃蓄而求去，其主亦輒恣睢而起，持其短以訟，聽者不務裁戢，反爲之翼助焉。夫三代且勿論，漢法：子孫首匿父母、大父母，婦首匿夫，皆勿坐。此其於人倫至深厚也，而今悉以妨病矣：此其失三也。

---

① 跼，淮刻本、湖北先正遺書本作"局"。

② 拓，淮刻本、湖北先正遺書本作"招"。

③ 狠，淮刻本、湖北先正遺書本作"狼"。

三失具而法失平，是故苦如秋荼而民甘之，密如凝脂而巧者漏焉。然則民何恃賴矣？

而近川子之治黄也，則本儒以飾吏，修禮以勝刑。羞擊摶之能，急化誨之務；後操切之術，振倫紀之微；絶希合之心，求繩墨之意。上所欲陷，使非罪，必不附也；上所欲庇，使罪，必不貸焉：其不撓有如此者。輕縶至庭，立剖之，不弛負擔歸矣：其不淹有如此者。罪在窶子，必不縱之以賈惠也；使富人而非罪，必不寃之：其不矯有如此者。訊父子則議依於孝，訊兄弟則議依於悌，訊主僕則議依於義：其篤倫正分有如此者。[①]

有此四善，以袪三失，是故懻忮者消其暴，猜禍者寢其毒，唼佞者結其舌，饕餮者殺其欲，呰窳者力其生，遜節修於衡閭，信實行於斯役；乃知司敗非少恩之官，而刑書爲寡過之資矣。由是鳥雀馴於訟庭，桁楊卧於蔓草；日進章逢，坐談道奥；敲扑息而弦誦興，案牘塵而圖牒飭。藹然文儒之囿，經師之偉也。非所謂本儒以飾吏，修禮以勝刑者乎？夫吏不根儒，其失也俗；刑不先禮，其失也淫。故儒吏，體用之學也；刑禮，表裏之具也。知所先後，上賢之德業也，而近川子擅焉。今其召入也，陟崇都要；執是道也，有不大遂其施措，置世於平康，收經術之效，致無刑之頌者哉？”

郭　園

郭園者，我郡侯大梁桐岡郭公之所築也。昔公之官於吴興也，結念嚴君，暫返初服，奉親之暇，爰築兹園。池亭樓館之觀，水石花卉之麗，見公之自狀與諸學士之所紀，贊者備矣，而又欲予有言也。

予聞兹園接壤吹臺。夫吹臺者，往牒之所艶，[②]賓客之共欽也，是獨其臺之勝哉？以孝王之築而且枚、馬諸子遊其中耳。臺信偉，非附名賢之迹，曷能表於後世矣？然則臺之勝，人重之也。故予於是不欲侈其園，而鄭重於其主人。

自公之有是園也，巾車日駕，自郭徂郊，遂乃夤緣限隩，遵歷幽

---

① 正，淮刻本、湖北先正遺書本作“王”。
② 牒，淮刻本、湖北先正遺書本作“諜”。

深，陟矚敞曠。每情景適會，則遺形兀坐，澹然忘歸。於是廣《樂志》之論，擬《閑居》之賦，理釣弋之事，裕衎樂之需。其款扉而願接者，非沮、溺之倫，則求、羊之眷也；其考庾而求貯者，非穜稑之種，則播殖之器也；其發笥而每試者，非農蠶之譜，則稔歉之占也；其俯聽而畢從者，非老父之訓，則丈人之教也。至於訂六藝之訛缺，會百家之異同，窮四序之變化，攬萬物之始終，然後蓄其言行而有其粹精。上之叩羲、孔之奥，下之入賈、馬之室；深之獵禮樂之原，淺之涉技能之圃。措行準於孝廉，發慮運於玄素；撰屬依於《爾雅》，稱説程於古昔。偃蹇一區而志在五嶽，優游卒歲而業謀不朽。遊而天遊，觀而内觀者也。故雖遘五百之運，丁利見之期，當無諱之盛，海内縉紳之徒，靡不攘臂議進，彈冠策徵，厭家食而急赴會矣。而公獨以鴻漸之羽，遠迹於燕爵之群；鳳覽之姿，矯蜕於埃壒之表。此豈復思驤首於天衢，垂涎於榮禄者哉？

及其遵養既久，潛伏遂昭，升論有歸，徵賁屢至，事非獲已，義無所逃，深繾綣於町畦，縈眄睞於松桂，約束申於園丁，呵護祝之山靈，然後太息就岐，徘徊出户，捨初服而綰郡章。故雖簿領回亂，而詩書之好不衰；簪紱嬰被，而芰荷之製在想；朝寺輝赫，而丘壑之步弗諼。彼方朔沉酣於金馬，長卿托疾於文園，玄暉登望於郡齋，古今一揆，心迹無二矣。

予嘗謂必忘世者而後可以用世。何也？有人於此，即使具帝王之略，負康濟之器，而隨世苟就，毁其廉隅，雖措注足觀，亦陷爲貪競之流矣，非所以砥礪名行也。否則溺志隱淪，抗憤不顧，斯孤介之節而戾於中行，乃迂士之矜談，非邦國之攸賴也。又或涉退以媒進，階寂以覬聞，馳情於彼而假步於此，則終南之誚，北山之移，所由興焉。斯欺詐之雄，而巖穴之辱也。然則若公者，豈不彬彬文質，一弛一張，屈伸比於龍蛇，晦明則於景曜，隱見譬之麟鳳者哉？

抑今世士或出寒素，乃屯辛悉所嘗茹矣。一旦驟達，輒侈汰，忘其困苦。公則至貴之枝葉，而同姓之葭莩也。其綺麗奢靡之事，固生長所習見，而獨折節儒生，發憤經術，通籍賢科。矧又教誨其子，接武式似，乃其謙抑儉約，周慎之履。彼衡茅崛起之士，顧不逮焉。斯其於世俗可謂振越不染矣。至其爲郡，則一意根本，墮絀文飾，禮耆舊而疏新鋭,先訓詔而後法比,奬質木而罪深巧。居寡言笑,而容接每假,體存寬大而疵釁罔逋,力在芟拔而疑近必貸,性本沈渾而伺弄莫售。由是室無請間之賓,案無昧投之牘,庭無敢欺之吏,野無忍負之民。强教説安,仁施威濟,固公卿之待次,三事之必踐也。

而今世法沿漢制,凡侯國人,不得備宿衛。且夫人而獲館甥於王室者,至榮幸也。而以此限其子孫,即使有韜世之智,撥正之才,齊徽於二八,儕德於衡旦,切世資而中時用者生於其間,而亦使之厄塞不究歟?

嗟乎!天之生才,而無意也則已;使天之生才而非無意也,則必有豪傑之士,建議非常,祛因襲之失,動當宁之聽,伸積習之累,而竟公之用者矣。然則公雖欲歸老是園也,其驟可得耶?園乎,無恨主人之歸晚也!然他日借公之重,而得與梁園並稱,則兹園也不爲不遇矣。

雨　紀

一日,黄之父老數十輩造夢澤子之庭,而言焉,曰:"我大夫郭侯守黄之三年,爲戊申歲,五月不雨,逮夏杪,禾且就槁,用軫我大夫,率其僚,齋禋而禱焉。禱之三日,大雨澍,槁之禾以回。吾儕小人,溝壑其免矣,我大夫實賜之。願得子之言,以頌之也。"

夢澤子曰:"雨也何如?請言其狀。"

曰:"是日也,山川出雲,鬱鬱蒸蒸,族結朋征,薄于玄間,[①]朝暾倏冥,霡霂稍聞,如篵如絲。[②]既乃滂霈,沸渭交灑,互濺紛射,側激散漫,湁潗已則。潢潦交於街廛,湍瀨鳴於原隰,澌洳生于塵堁。遂乃浸淫衍溢,奔壑注溪,而入於陂池,以達於甽畝,無坎不盈,有量必受。於是農畯之流,命厥徒侶,迹於阡陌之間,覘塍窺竇,曷窒曷築,殺其已盈,引其未足。然後携厥婦子,休隴自勞,鼓忭謳吟,樂莫具陳。"

夢澤子曰:"止。此田父之雨,何足以稱於大夫也!"

曰:"大夫之雨可得聞歟?"

---

① 間,淮刻本、湖北先正遺書本作"顔"。

② 篵,淮刻本、湖北先正遺書本作"篂"。絲,淮刻本、湖北先正遺書本作"繩"。

曰："可。我大夫受命而來，務佐百姓之急，去泰甚之害，布中和之政。侵牟我民者，則炎火是畀矣；稂莠我民者，則芟夷是加矣。使我主上汪濊浩蕩之德滲漉於閭閻，淪漬於心髓，而又潤我以仁液，滌我以義瀋，遏我以禮坊，警我以法湯，肉我枯瘠，澤我顑頷，雪我煩寃，激我靡頹。是故不電而明，不雷而威，不沫而濡，不濕而滋，洽物入神，①窮高極深：此吾大夫之雨也。汝知今日之雨也，而豈知吾大夫之雨於民也亦已渥乎？夫其雨於民者之渥也，用是能説於鬼神而孚於幽隱。② 故一旦陳忠信之辭，求咎吝之實，黜巫尪之謬，後露跣之文，卒使上天悔禍，羲和紆馭，屏翳效職，祝融收烈。汝知禱之輒應也，而豈知吾大夫之禱亦已久乎？汝獨不見昔之鄰大夫乎？嘗罪雨矣，而不知己之雨慳也；嘗罪禱之不輒應也，而不知其禱之素昔者乖且之也。"

於是諸父老喜而言，曰："吾儕小人，乃今知我大夫之雨，又知其禱不在今日也。"遂退而謀，登其事於石，③使後之長民者知雨且知禱也。我大夫不及知，知之，不能止也。

明　號

原以松稱，取義深矣。夫夭喬萬類，惟松秉異。是以後凋之旨，著於《魯論》；有心之言，垂於《戴記》。榮枯不逐乎冬春，霜露莫致其威愛。彼蒲柳之姿，先秋而萎；桃李之芳，競春而妍；橘柚之質，過江而化。豈可並日而稱貞，齊軌而語雋哉！若其永託根之慕，則明發於楸梧；篤連枝之愛，則戀結於棠棣；拓一本之恩，則滋植於芝蘭。茂晚節，則桑榆自王；④裕奕葉，則杞梓日培。至於餌滲液以制頹齡，悟本性以敦嘉遯；幸匠石之不逢，冀散木之得永，則仙靈之最品，隱淪之獲棲矣。

---

① 神，淮刻本、湖北先正遺書本作"人"。

② 孚，淮刻本、湖北先正遺書本作"孚"。

③ 於，淮刻本、湖北先正遺書本脱。石，淮刻本、湖北先正遺書本下有"曰"字。

④ 王，蘇刻本、淮刻本、湖北先正遺書本作"玉"。

祭大司馬松石劉公文并序

大司馬松石劉公之卒於家也，其通家小子王廷陳，既聞訃，哭諸寢門之外矣。乃追憶髫年從先大夫遊京師，遂獲侍公。時未有知也，辱公賞我以異才，進我以小友。弱冠，舉進士，讀中秘書時，則抱子矣。公欲寵吾子以婚媾，然未有行媒也。未幾，陳以罪謫。又未幾，以罪罷歸矣。公則申我以前盟，於是先大夫作書辭謝，頗爲勤懇。其略曰："陳於門下，實兒子輩。近又狼狽，罷返編氓，賤且辱矣。稚孫舟蒙劣甚，曷敢仰衡尊行，輒玷華冑乎？"而公初議益堅，嘉禮竟就。嗟乎，然則公之用心，豈不誠長者，於世爲尟哉？而況其韜世之量，旁魄方隅；障海之功，扞蔽函夏。世方幸其未衰，望其復用，而奄忽大還矣。然則陳之痛悼，獨私遇哉？于時陳方遇末疾，[1]不能越境，匍匐修救慰之義。今公之葬且有日矣，始能力疾裁哀，稍飭陳奠，而綴叙於斯文。時嘉靖戊申三月十五日也。其文曰：

衡湘發秀，翼軫降精。警敏神授，麗藻天成。考服克纘，祖武是繩。幼婦摛辭，長者樹聲。人倫之表，學士之程。含香甫試，簪筆俄陟。朝憚觸邪，邦之司直。埋輪漢甸，弭節秦川。侵牟畢捕，賕壘是殘。務紓萌困，遂會閹讒。檻車逮繫，扶杖伏攀。甘心就地，哀聲籲天。彼兇亦動，何修而然。金焉暫鑠，璧也竟完。薄謫江邦，量移海郡。遇枳且棲，處膏何潤？苦節不回，壯心益奮。言念母氏，漸迫頹齡。簪裾即棄，徽纆弗嬰。潘輿祗奉，萊綵嬉呈。馬卿倦遊，邴生自免。勇矣遂初，淵哉忌滿。有往必復，靡幽不喬。丘壑擬終，弓旌見招。志非輒變，義不可逃。鼓篋新命，攬轡故區。絳帳時設，青衿日趨。[2] 童蒙求我，弟子起予。昔欽法吏，今仰文儒。尋陟中丞，仍莅西土。關卒識輿，田父獻酒。快睹爭迎，式歌且舞。宛若家人，頓忘官府。川后失御，河伯不恭。水維縱弛，漕渠阻壅。供億屢上，苫塊奪公。矢心勵衆，石畫瘁躬。克循水性，奄就禹功。鳴鏑入寇，候騎馳

---

① 遇，蘇刻本、淮刻本、湖北先正遺書本作"被"。

② 衿、淮刻本、湖北先正遺書本作"衿"。

聞。軫念朔方,簡畀丈人。中權可賴,上策屢陳。師行枕席,陣結風雲。龍沙徙域,亭障寢塵。秦漢劣威,衛霍耻倫。帝嘉偉績,庭錫温綸。勒之鐘鼎,録及子孫。超公八座,進公三孤。兼秩本兵,贊戎神都。葱珩赤舄,緩帶輕裘。志清宿弊,力殫壯猷。人害其上,公持其盈。枘鑿難合,萋斐斯興。功成身退,物理人情。孝友張仲,文武吉甫。出處俱經,後先鮮伍。言立不朽,名垂罔刊。緜瓞濟美,奕葉象賢。於卿必世,在爵兼天。平格宜壽,吉凶莫知。造物見奪,哲人其萎。營魄弗載,恒幹忽離。方朔返歲,傅説騎箕。百身莫贖,萬口同悲。世方求舊,天不遺耆。凡百在位,莫非王事。公釐其艱,人總其易。公冒其危,人承其利。公捍其外,人尸其内。嫉者宵人,合者善類。惟彼宵人,棄此周行。邪徑蹩躃,[1]卒歲劻勷。爲權私客,希燭末光。刮索致詆,景響搆傷。税駕已休,盖棺始定。攬厥始終,居然忠佞。玉瘞益輝,鏡磨愈瑩。念我先子,在公執友。兒實不類,自慚非偶。辱公仲女,爲予冡婦。[2] 緣交締婚,不薄彌厚。風猷自昔,見聞最久。丹旐遵塗,縞裳臨穴。我淚漣洏,我悰鬱結。豈屬阿私,實爲邦國。《泂酌》昭忠,生芻比德。即化永乖,歎逝何極。神之聽之,洞我心惻。

夢澤集卷十六

① 躃,蘇刻本、淮刻本、湖北先正遺書本作“躄”。
② 冡,淮刻本、湖北先正遺書本作“冢”。

卷十七

文

寄余子

懋昭足下：昔偕館院，頗辱暱與。曾不幾時，子以憂去。去之明年，僕坐罪謫。僕之難合，子所知也。時吏不宜，指其瑕疵。纖劣莫競，遂伏誣議。人悲失路，僕幸生還，可爲知者道也。

春仲晤令兄，悉子幾死奇禍。得失夢幻，無足芥蒂。更計子首夏經黄，必獲騈展譃浪，信次布歡。臨江遲侶，獨往微吟，數而不斁。今晨書來，乃知仙舟徑泊鄂渚矣。令我欷歔移時，涕泗交下。豈緣偃蹇，感慨易生。誠以二三良知，星處莫覿。僕已繫匏，子復塌翼。過此不晤，世路風塵，恐末覯無由耳。

僕林居無營，自惟丈夫樹立，已矣莫冀。詞賦小技，亦無足煩其思惟、紓其悰寄也。每引曲自適，上不慕古，下不肖俗。爲疏爲懶，不敢爲狂；爲拙爲愚，不敢爲惡。高竹林之賢，而醜其放；懷三閭之忠，而過其沉；智鯖夷之逝，而污其富。每景物會意，輒命酒自歌。酒不盡量，歌不盡調。倦則偃卧，卧不爲夢。厭苦俗徒，寧獨無與。復究心老莊，保愛性命。江湖乘興，漲則不舟。雅好雲嶠，苔滑磴危，鮮不緩却。身多疾病，藥裹不離。此僕林居大略也，子亦欲聞之耶？

惠來諸篇，詞翰比麗，把玩未釋，豁我心神。二詩稱答，更希報章。

答汪先生

東溪先生門下：陳甫竊一第，多難萃乘，嬰以疾病，遂致荒厥。舊聞喪其師説，然猶綴緒拾餘，保其殘陋。每事搆製意匠，愧手翰以思遲，什就而恥吟，書成而輒裂。方難自贍，其敢範人。况乎行乖隨同，譽乏長厚。鄉曲憸人，數致訶詆。軀累釁垢，自分門墻，遐見麾斥，三仕之遺，推以師資，盖信其初造而不知其終就之卑甚矣。彼時謙讓不任，誠緣卧疴，且恐不效以重愆耳。

夫尫夫無蹶，負夥則蹶。聾瞽何罪？惟强明而自聰，以詭皂白而誤宫商。人則過之，陳之不任，恐蹶耳，恐詭而誤耳。謂其故閉以自賢，[①]過矣。惟先生爲尫者釋負，而不令聾瞽蒙罪焉，幸甚！

寄友四兄

友四兄門下：弟志劣行疵，履進乖蹇，蚤落浮榮，歸寡親串。日手圖牒，昧塞莫稽。進無德義，足袪塵慮；退乏精藝，謀垂罔刊。

近者春夏卧疴，幽抱謝歡，忽驚離索，泫然涕下。數日前得接家書，平安足慰。及睹言禮之家，互持未下，群臣因而得罪，愴然楚辛。國是摇摇，何時有定？兄之宦情，能盡嘉乎？石灘公虞羅再遭，壯志可尚；曹史輩僵而復起，物議何如？撫玆升沉，倏悸乍愉。初心益灰，新抱愈篤矣。聞兄必獲内拜，何爲圖南？舍要就散，讓以蓄競，弟所不取也。天下事，須吾徒趨或逢抑，遜或啓憎，意見無預，安之而已。何如何如？

寄舒子

辱書，教以矜飾名行，意甚勤懇。僕惟少負性氣，自視無前，遭事直往，不知其可。復見近世州郡之吏，務爲諂承，故於逢迎節數，稍爲損減，不意遂犯當世之怒，又以一二宰執舊怨於僕，内外搆扇，中僕惟恐不深耳。曩時交遊，見僕狼忤要津，虞禍及己，莫敢張口伸舌，一爲論列，明其不然者。當是時也，吏無振滯之議，友無急難之仁。幽於

---

① 故，淮刻本、湖北先正遺書本作“固”。

圜墻之中，日與徒隸爲伍。身非木石，其何以堪？以故俛首震惕，卒從文比。嗟乎！百犬吠聲，積羽折軸，十夫撓推，三人成虎。此墨翟有素絲之悲，阮籍有窮途之哭也。身愧蛾眉，敢云見妒？行乖完璧，而欲免於瑕摘也，難矣！然猶苟全要領，生還鄉縣，奉二親之晨昏，上先世之丘墓。撫今悼往，憂喜駢集。因念河清難俟，人事靡常。南山之歌，恨長夜之莫旦；竹林之侶，假麯糵以紓悰。斯達生所以放言，幽人因之長往者也。

自分身累百垢，長爲世棄，乃稍稍稅拘攣之文，逸瑣尾之忌，弛煩多之縶。然亦不敢逾大閑，冒隱惡，滅先王之禮，觸當世之禁。務敦窮居之尚，絶希進之心。而執事乃欲責暖於寒灰，俟完於墮甑，幾翔於鎩羽，望僕以回景曜之末照，而收桑榆之晚績也，無乃與僕之私指謬乎？夫豢鹿頓纓，志在豐草；羈鳥奮翮，棲慕一枝。即有惡殺之國，過仁之主，腴飼之廝，寵之以高軒，享之以玉饌，娱之以雕檻，啗之以棗脯，彼且駭顧驚鳴，奔逸之惟遠耳。

僕聞古之聖賢，心有所鬱結，不能通其意，則著一家之言，思垂不朽。僕誠欲效之，用舒憤懣，庶幾償前辱之萬一，流文采於無窮。然才劣左、馬，而欲自附於作者，畫虎之誚，其能免乎？方將修農圃之業，給公家之輸，賴其羨餘，以贍妻子，長爲太平之民，雖至老死，不覩兵革，志願畢矣。風便，再錫教旨。

簡錢子

錢先生足下：僕聞交貴神交，知在知心。故圖牒相信，允矣良朋；對面而疑，奚啻千里？僕退伏林壑，十有六年。平時海内之交，雅稱道義者，往往隻字不加，輕擲若土。獨於門下，介紹未通，非有杯酒之歡，岐路之覯也；吴楚各天，非有比鄰之接，親知之暱也；柄擯殊途，非有班聯之綴，朝省之素也；混迹樵牧，畢志婚嫁，非有隱逸之尚，遊覽之奇也；四十無聞，文采沉滯，非有虞卿之著，潛夫之譔也。夫境隔迹暌，慳平生之雅；履卑處下，乏驚世之譽。不知執事奚所見聞，違群嘉尚，先之以華牘，申之以腆儀，傾盖爲歡，吐出肝膽？肆我口，君耳必睦；輸君悃，我衷輒投。斯白首有猶新之譏，同心有離居之憂也。自慚凡鳥，必辱鳳題；豈冀疲駑，乃來駿顧。

嗟乎！新知易樂，末契難全。河源之槎，遄征在眼；延平之劍，復合何時？江路阻修，雲翮莫假。天風良便，惠我德音。

答劉氏

劉先生門下：使來云云，僕敢不是承。緣僕有先人之禮，謀諸卜筮，告諸宗廟，受諸父母，議諸媒妁，問諸長老，諸吉不違，衆旨皆協，乃敢齋戒沐浴，宿具而遣行。既則計日延佇，嘉命是聽。

今乃不辱俛從而更欲改議。僕聞期以成信，信以成禮。棄期是棄信也，棄信是棄禮也。夫禮者，二姓之所守也。始者，終身之所視也。請而不得，差池其初。惟僕不欲，雖執事其亦安能悦之？

使回，敢固以請。伏惟少鑒微忱，不加峻拒，爲感深矣。①

上翟中丞

青石先生門下：執事以名世之才，發迹於齊、魯之墟，揚聲於金馬之庭，掇精於《墳》、《索》之域，投足於賈、馬之室。僕亦幸同朝寺，尾鵷鸞之班，然竟不得附交遊之末，接殷勤之歡，奉譏彈之益。獨於名家卷牒後覲篇什，竟日手之，高誦微吟，恍若瑶華之在握，明珠之照眼也。氣奪心悸，三歎不已。又安敢擊瓦缶於黄鐘之側，遭曠、涓而爲野音哉？

既而執事出禁闥，提兵符，鷹揚河洛，豺狼滅影。頓使戈鋋化爲農器，文事武備，古罕儕倫。僕時亦以口語，横遭讁逐，待罪裕州。無叔夜之賢而負不堪之褊，以致拜揖違宜，逢迎失指。暴擊之隼，乘其摧頹；青蠅之人，共加搆會。身淹梁獄，履影吊心，不能上書以自明，叩心以致感。而文法之吏，背棄繩墨，無折中處平之心，而有重羅深錮之慘。曩時道義之交，一旦革素改往，畏與罪人比暱。乃獨執事不奪多口，垂光扃禁，勉以加餐，再爲授簡。失路之人，恩成不報。

是後垂翅故棲，不務矜飾。高乏丘園之賁，卑無籬肆之奇。在泥淖而愧龍蛇之德，處山澤而寡珠玉之光。乃徒伏迹於蓬蒿之下，甘心於鹿豕之群。每謂龐德公隱於鹿門，率妻子以躬耕；漢陰丈人，抱甕

① “伏惟”三句，淮刻本、湖北先正遺書本作“執事其圖之”。

灌園;滄浪漁父,鼓枻行歌:皆楚之逸人也。心竊慕之,學而未能。志惟切於苟全,自謂可以無咎。豈知羌夷起於門墻,而猛獸之爪牙乃在手足也?向非執事,至公至仁,深知其不然,力爲之引手,其不墜萬仞之淵,飫群虎之腹哉?

夫曾參殺人,言之者三,母爲投杼。羊叔子之不酖人也,其敵尚信之。[①] 夫祜之賢不及參,抗之親孰如母?然此信而彼疑者,何也?故心迹見諒,異域即親;擬議乏明,同枝何益?昔人有謂日受千金之賜,而不可以爲知己者。傳曰:"人之相知,貴相知心。"又曰:"士爲知己者死。"使知己而多可得也,何用死之?故蘇秦不信於秦而尾生於燕,豫讓衆人於中行氏而國士於智伯。彼之心以地移,行因主異者,何哉?誠以知遇之難逢,思欲一效其忠誠,委軀命而不惜也。

執事秉節鉞之權,總連帥之職,深仁淺乎湘流,巍名俯乎衡嶽,方將建不朽之業,流金石之聲,豈徒稱雄於翰墨,争長於詞賦哉!僕當以其微能,述父老之言,采聞見之實,於以顯序功德,彰示方來也。且翳桑之餓人,猶能策名於後世。僕雖德輕鴻毛,賤同土壤,猶庶幾與此類比乎!

肝肺之言,敢因執事者布之。

答劉松石

不肖備極諸惡,於世無復比數,退伏丘壑,志惟苟安,豈期罪戾上延?先君不禄,仰天呼號,萬死曷贖?

不肖兒時,先君則曰:"予遭事苦執,不能詭以媚時,時之人亦莫或予媚也。於予莫逆,惟松石,既辱不棄,獲締媚好。"則又曰:"子之爲此也,使世世子孫無相忘也。"忽枉書慰,追憶先言,且讀且泣,屢廢乃能竟牘。

嗚呼,痛矣!夫知己之感,逾於骨肉;仁人之藉,腆於車馬。哀訊慘於涕淚,交情見於生死。嗚呼,厚矣!邇年川靈失職,河流逸軌,公私病焉。執事者出,遵神禹之故智,寬瓠子之深憂,然又不俟八年之久,不資馬璧之沈,而大功告成,萬世永賴。大抵不與河争,固所謂行

---

① 尚,淮刻本、湖北先正遺書本作"而"。

所無事者也。今世士率喜事，議事則喜鑿，又病好争，且苦失故實。使執事入而當國，一如治水，則新鋭之士疏，而紛更之患息矣。

臨書感切，言辭寡倫，惟長者亮焉。

答翟子

青石先生門下：僕辱泥塗久矣，乃於門下深國士之遇，接上客之歡，感何可言。昔信陵君迎侯嬴於夷門，嬴故久立信陵君於市，信陵君執轡愈恭。嬴乃曰："今日嬴之爲公子足矣。"市人皆以嬴爲小人，而以公子爲長者，能下士也。張釋之爲廷尉，王生廷使結襪。或罪之曰："奈何廷辱廷尉？"生曰："吾老且賤，自知終無益於廷尉，故欲以此重之。"當時莫不重王生，而謂釋之賢者。夫侯嬴、王生，賤士也；執轡、結襪，鄙節也；公子、廷尉，貴人也。以賤士舉鄙節加之貴人，且曰爲公子、重廷尉也，是知狂生者大人之資，㧑謙者莫逾之德。

由今觀之，我公之不耻下交，加禮巖穴，求之往軌，擬諸前聞，心迹豈詭謬哉？安知他日之誦今，僕不得爲驥尾之蠅也？兩辱歲盡之惠，[①]頓使生事昭於農人，春意回於窮谷。而又寵之華牘，奬接出望，情旨鏤心，誠非鄙生所宜蒙冒。至於宅里之表，猶爲林壑之光。

短楮鳴謝，辭不悉悃。

答劉子

西陂劉先生門下：僕屏伏田野，十有七年。追憶昔時海内親知，恍若夢寐，豈意復於江邦，得奉冠盖！然君面既非曩範，僕首亦見二毛，顯約殊踪，遲暮各迫。雖幸接杯酒之歡，效斯須之敬，歌曲未盡，候吏促征，轉盼之間，已爲陳迹。我心誠悲，君想同之也。

冬首，復聞旌節暫駐江干，僕以卧疴，未緣蒲伏候謁。乃計返棹，必得扳留。野人理釣臨江，磨刀向鮮，侵晨起除，飭内治具，玉趨在瞻，松桂含色。而執事又以間道，直趣會城。雲雨虚無，延佇徒切，使我林壑無光，罍罍見嗤。世路蕩茫，再覿何日？

辱以集序見托，竊念才非卜商，安序《毛詩》？識非侯芭，曷足以

---

① 盡，淮刻本、湖北先正遺書本作"書"。

言《玄》也？但誼在知己，敢謝不能？誠欲效其區區，幸以全璧借觀，使得探作者之心，發高人之藴。庶幾揚厲切指，贊述當微，僕得附名集中，亦不朽之託也。執事以爲何如？

答顔子

僕年來憂病侵尋，素絲生鬢，情悰寡歡，鑒貌已非。故吾懷侶，忽如異世。雖與吾兄同爲楚人，兼號莫逆，然已十年不一覯見。漢之廣矣，命駕何期？近日薦剡僕名，每溷諸賢，深用爲愧。二公知己，誠未可忘。但使吾輩猶堪世用，彼表及之，忠固在國。若奸爲私遇，述謝稱酬，萬一憸士宵人，因緣修謗，無益於報，衹足爲累耳。

又諭所聞云云。竊念僕之獲罪，子所知也。卒然灰棄塊然，雌守一壑。憩足青雲，[1]絶想久矣。即使掩瑕起廢，流潤枯槁，被以纓紼，趣就班行，當見木强不習，偃蹇非宜，俗忤事違，褊心復觸，前轍必遭，天幸難再。彼或沮之，於僕信功德矣。然僕無聞，告者過也。若吾兄懷卷舒之術，藴龍蠖之神，固宜揚末路之光，救東隅之失。但恐巖洞留人，猿鶴戀主，使君顧侶眷棲，朝驅車而夕還轅耳。如前所聞，宜勿在念。

答顧東橋

竊念僕楚之鄙人也，非有曾、史之行，游、夏之藝，亦非有嗣宗之放，叔夜之褊，徒以負其質直，闇於媚順耳。而法吏見繩，流俗不恕，瑕舋固已，不無指摘，復爲已甚。雖在親暱，且謬於聽矣。乃獨我翁，昭之澳濁之中，出之衆多之口，綴之表薦之末。後雖朝論異同，希音鮮和，振滯之議抑而未施，而景耀未照，蒙冒陰巖，丘園之賁，實逾束帛。僕恨不能蒲伏庭序，激昂風雅，跪進萬壽爲報耳。昔人謂蒼蠅附驥尾，一日而千里。即使僕藉匪人之援，取當世之榮，孰與老沉淹之濱，而爲長者所稱引哉？由衷之言，非敢爲佞也。

往歲辱示佳集，僕讀之卒業，可謂極諸體之妙，總萬物之情矣。曹、劉或可方駕，諸唐當得比面。今之作者，舉非匹儔。使僕循環吟

---

① 憩，淮刻本、湖北先正遺書本作“甘”。

頌，欲罷不能。旬月之間，楮勞墨敝，雖欲有所贊述，而邃旨莫參，廣致難括，觚翰間操，輒爾罷閣。尊教云云，愧赧曷勝？兹復辱示，緩慟諸篇，讀之悲惋欲絶，乃知長歌之戚，有甚於哭泣矣。但卜商之哀，非所望於達人者，惟翁以數命自慰，無損天和。豈惟門下之士，實有幸藉，而邦國其賴焉！偶值家累嬰懷，尊命且未能應。使者留滯，坐此。春首爲太嶽之遊當勉成，自致門下請教。

答胡百泉

僕見古今士人，凡揚聲藝苑，其人即不長者；即其人長者，復疏闊不適用：此流俗所爲，疵病於斯文者也。近睹門下，操攬絶藝，負行醇質，辭不詭道，表裏粹精，而又諳達成事，投用輒效，[①]可謂聲中其實，志氣悉稱者矣。豈惟今人，雖在古人，亦罕倫儷。幸門下自信不以爲佞耳。

使來，復知榮轉消息。僕固久擬門下矣，相見不遠，未敢多陳，謹此聊旌嚮往。

答顧東橋

我翁不知僕之寡陋，猥以志事見委，使僕非有拘妨，得以山澤之遺，執楮墨之役，備綴拾之後，豈惟階之爲榮，抑以托垂不朽，誠藝囿之雋業、學士之幸際也。奈僕有母之喪，除服在秋初，襄事在歲杪。僕聞先王之制禮也，不肖者跂而及之。僕誠不肖，然即使僕違苫塊之制，就館局之徵，昧吉凶之分，禮家必誅，法議無赦。雖我翁之私僕，恐不能多恕也；即恕，亦不能解之多口也。

昔漢天子登封泰山，太史公留滯周南，不獲從事，深以爲恨。今主上恢重光之大業，建中興之令典，中外載筆之臣、摛文之士，皆欲竭其區區，冀有闡述，務以細流，競裨海瀆；而僕竟以凶制見奪，因緣無從，機會坐失。僕獨何心，能不歎乎？且僕林居二十餘年，陸沉疇隴，厭絀前聞，家蓄圖牒，經歲不一寓目，間一發笥展册，舊所記憶，茫若未睹；小屬篇章，時月不就，文采日滯，虛譽漸虧。加以客冬稚子夭

---

① 輒，淮刻本、湖北先正遺書本作"轍"。

喪，自愧齊物之識，不逮蒙莊；索居之過，深於子夏。哭母之餘，復遭此痛，遂致昏旦若迷，①志氣俱損，耳目失職，眠食皆害，齒髮已非。故吾衰憊，居然可證，其不足采明矣。楚地雖乏才，奈何令草莽落魄哀疚失學之人，獲參文儒之末，溷重大之選乎？

聖主方弘孝理，著作要指，務依至仁。而我翁兼總條貫，巽承淵衷，凡所掄使，必歸長厚，不屬新佻，至叛禮小人，必加痛斥，使門下不肖之生，庶幾跂及於先王之禮。因得全不才之真，②逭疵類之責，③紓弛靡之悰，則我翁之愛僕也，不已深乎？

使回，敢謝且辭，惟翁其諒之。

答朱别山

往歲得聆高義，竊願執鞭，繼入會城，再接緒論，頗有卜鄰之想。人事乖違，每恨私心之難諧也。

今晨得奉教言，展讀不釋，如慰饑渴，乃知故人見懷，猶爲切至。心神苟串，迹何足云？所諭志事，使僕非苫塊之餘，得操楮翰，從長者之後，備擬議之末，冒掄採於今兹，④表文采於後世，豈非不朽之盛事，雋流之深慕哉？而憂病見妨，坐失機會，僕之不遇，命矣！

兄當率先諸公，執簡以往，總理科條，鄭重要指，網羅間見，⑤囊括故實，比論禮樂，希踪墳典，使四方之人知良史蓄於潛夫，楚材協於古稱，固中興之令圖，章逢之共榮也。如此則吾輩進止實異而同，若務齊其步趨，恐未爲得。

使回，專此勸駕，不一。

答顧東橋書

教至，知我翁已獲顔子，所謂一夔足矣，而又益以王子，可稱聯璧。僕之不肖，何足資賴乎？僕果藴藉異等，兼無親喪，乃索價以爲

① 旦，淮刻本、湖北先正遺書本作“且”。
② 才，淮刻本、湖北先正遺書本作“材”。
③ 類，淮刻本、湖北先正遺書本作“纇”。
④ 採，淮刻本、湖北先正遺書本作“托”。
⑤ 間，淮刻本、湖北先正遺書本作“聞”。

高，擬迹於棲遯，則宜罪責不貫耳。僕於二端，已具前啓。吐出情實，但冀我翁賜遂陋襟，不圖嘉命再辱於丘林，使者接踵於道路，郡邑長吏應命詣廬，修辭催發，使僕辭謝末由，愧與感俱，奈何奈何？

翁若憐其非托，容其在塗，愛僕以德，使得成禮，察僕寡陋，使得覆盖，不役其短，則綿力無重負之憂，晚節免狼狽之誚，是我翁成我之恩，誠加肉於白骨也。其或廣下體之收，積纖坌之益，欲其與於斯文，則僕除服有期，復在不遠，彼時緒風減暑，兼之《志》事筆削已定，僕當倉皇就途，伏謁門下，必遂快睹之私，因而分譽於群公，附名於令典，是僕生有成名，没稱不朽，皆我翁之賜也。

使回，畢露愚抱，悚息不勝。

答顔子書

僕嘗謂兄，古心出乎《丘》《索》，雅志存乎《春秋》，絶藝比於商、偃，偉識卑乎遷、固，而又該獵衆能，顯明臧否，[①]誠良史之才，儒彦之選也。往者館閣不收，辱以州郡，繼又偃蹇林廬，屢薦聞罷。僕每私心恨之。今者國家大典假手於兄，然則兄之不用，豈爲今日待乎？斯造化之微，非時人所測也。

僕於門下數十年來，誼託知己。凡知己之交，望有長則爲之揚也，望所少則爲之掩也。今海内有揚僕之長，掩僕之少者，不於兄望而誰也？僕之不學，兄所素諳；兄何不務庇覆，使善其短？乃於己則謙讓太過，於僕則虚褒溢美，致令長者誤聽，禮羅不置，爲有司勤，誠非所望於兄也。豈兄惜交眷闊，將緣此爲晤言之資乎？抑惡其久冒虚名，故引之共事，俾有作爲，窘以所乏，使露底抱，不令復能欺人也？僕以兄不釋之故，故敢爲此激辭以怒兄，冀免耳。

若兄以爲斯書遂成，文采甚著，忌於獨當，念僕辱在交游，最親且久，必務招致，俱享聲稱；僕於親喪既除，即日就道，修謁館下，適際厥成，欣然利睹，遂以其私，握手謔浪，省問勞苦，於是無摭拾之勤，而有名字之寄。是垂翅之鳥，假翮於鵬鶚；裸壤之夫，借飾於龍章；蒼蠅之微，托遠於騏驥也。若强以非能，必羞知己。《詩》曰："瓶之罄矣，惟

① 否，淮刻本、湖北先正遺書本作"不"。

疊之恥。”此之謂也。

答吴太守

前書致辭，皆出誠怛。乃辱後命催促，既以迎致爲使者勞，又以束帛爲公府費，煩我君侯，重我罪過。且館局已得二妙，雖乏僕輩數十，何虧於偉製乎？况所貴於文者，以其人也。自古賢哲豈有執親之喪，而應聘遠出者乎？

使僕果有異才，橋翁之知非誤，漢東之讓不虚，而棄禮赴徵，蹈於罪戾，違於孝思，則雖有嘉言邃譔，中音於金石，協義於典墳，亦聖世之所必誅矣，况萬無足采乎？來儀返之縣官，則非其備也。付之來使，則虞其累也。謹藏之篋笥，以俟至郢之日，躬致門下。

揮汗草草，不盡。

答陳大巡

僕本寡陋，無所比數，偶緣大典，屬橋翁誤聽，謂有可役，徵命屢至，鄭重勤懇，力辭不得。又辱教翰郵及，獎諭委切，不能重違，乃擬是月下旬，移舟入郢。

竊念僕擯斥以來，二十餘年矣。弱質易衰，壯心久替，日惟放適墟落，習懶成性，傴僂不閑，冠舄總敝。一歲之間，結束見客者，曾不再三。至於文翰，更不涉念，以故筆硯塵積，笥帙網結。迹近自廢，百不解營。今日之役，實非其任。且方今聖作之期，郁哉彌盛，朝野畜德之師、待問之儒、名世之筆，豈云乏絶哉？而使廢學老農，謬嬰兹選，譬之滌吐棄以備筵，求輝焰於未燼，或無以當上心而厭衆觀，其不罹懷璧之罪、蒙負山之憂、貽蘭杜之羞、動巖壑之誚乎？僕每念及斯，未嘗不赧顔汗背也。夫已置身毁譽之外，而復投足譏評之内，惟冀好我君子，示我周行，俾得善後耳。向辱腆儀，久乏稱謝。兹行又當從漢口入舟，無能紆詣鄂城，一拜臺下，躬問起居，罪何可言！

短楮煩邦伯任公轉致。嘉會何時，臨緘曷勝於邑。

答柯雙華

昨者枉駕漢口，接宴舟中，雖未竭殷勤之歡，亦已慊願見之私矣。

别後夤緣洲渚，出入蒹葭，越沔逾潜，始達于郢。秋淺雨慳，殘暑爲虐，沙圮泥濁，飲酌非宜。岸轉舟回，瞻望難即。至則参謁逢迎，日不假給，乃悔兹行之誤，然莫及矣。

遠辱儀惠，既嘉且多。自念一勞未効，煩費不尠，能無厚顔。

使回，謹此稱謝，不一。

寄童内方

僕於門下，深託志氣，其合非强。赤壁一别，憂患相仍，兼之阻修，缺然禮問。顧我同人，豈有遐心？今知執事，暫違供奉，展謁桑梓，乃敢致書門下，謝弛慢之罪，復有憤懣之悰，冀伸於知己，幸毋惡其强聒也。

去夏顧公以《興都志》事見召，僕謂斯事體大，宜得館閣載筆之臣、名家之彦，乃可持衡義例，樹幟斯文也。如僕纖瑣除籍、放誕廢棄、衰憊俟死之人，何可與此？使者至門，閉拒不納。作書辭謝，頗爲哀懇。而顧公不釋，徵命屢至，且牒責郡邑，於是鄉里親知、諸父兄輩皆謂："東橋，鉅公，自童稚知汝違衆怒，薦汝，汝縱不欲預《志》事，獨不可一往候乎？不然，郡邑當見讓其咎，由汝非所以事尊貴、答知己、承邦大夫也。"僕不得已，許之行。然猶遲遲，度仲秋書且成，可往耳。比至，其書果草創畢矣。僕才不逮二子遠甚，何敢高議得失，破其堅白，有所助益乎？况僕私心，祗欲如前所陳。幸其既就，而顧公乃以《進書表》見委，又摘數事令僕綴之數言。此外，未措一辭矣。僕每謂諸師儒曰："書上，必無署我名。我本無勞，曷敢分譽？但勿禍我。"此令親劉子所知也。夫書之可議，不但聖諭所云體例不合事實、差誤而已。而恩澤横流，薄譴而厚賚，誠草萊之溢潤，灰燼之驚焰也。

近聞東橋復有薦疏，而當道参駁，謂僕著名貪惡云云。吁，寃哉！東橋果禍我至此也。僕之免於狂吠者久矣，而今一旦蒙此聲也，何爲而至僕哉？僕自作吏，及被廢以來，積釁累垢，殊詭萬狀，即有智給，未能縷數，獨缺一貪耳，而好事黄門爲僕補足。不意晚路，幸有此遭，且即書罪之，瑕纇難窮矣。而乃根淵往事，造作新評，意在重錮，密羅絶繫，出柢而刮索，未詳指其所乏。是雖忍心點壁，而天下耳目其可塗乎？彼之爲此，豈以僕欲於此因緣，出爪覬攘腐鼠乎？

嗚呼，誤矣！凡今不安擯斥而思得振起者，亦自有道。僕上之不能矜飭名行，動流俗之譽；下之不能交結要津，工鑽刺之術。聞談官府，則如爰居聽鐘鼓，駭掉不食。或謂僕且復用，則如聆詛詈，恨不掩耳，盖知其愚我也。一日之間，卧多於坐。每春夏之交，寒暑之會，往往迷節候而詭晦朔。至家事綜緝，一委妻孥。所謂婚嫁已畢，如我已死，無關世情矣。血氣漸衰，心知日塞，不敢思其所不及。人以文事見屬，則頻蹙竟日，百不一應。又睹近者觚翰之流，家驥人璧，欲應時改轍，則故步或失，若降心仍貫，則前薪見凌，故悉置不爲也。俗好通問，而僕獨尚神交。至於貴人猶憚輕啓，此非索價爲高，自絶長者也。

僕見今之刺謁、楮帖，[①]廣狹、稱謂、重輕，皆異往度，雖在親舊，秩日進，則啓益恭如。是乃得省覽，否則必獲頓擲。然此在仕者不得不然耳。僕以田夫，而修仕者之事，則所不習。若恃其素昔，新敬不加，則虞擲頓不省，以故欲作輒輟也。干進者然乎此，皆不欲違其所便，强其不能，示自廢之迹，廣譏口之資，庶幾得比散木，保其天年耳。

昨赴承天，旋檢敝笥，冠舄漬莓，家人粗爲理製，强僕攝之。僕臨鏡自嘲曰："沐猴而冠然矣。"頃刻在躬，則首足疾苦，不勝拘攣。山林之骨，曷可移易？又世俗喜足恭，揖拱不辨委折，[②]率至地而僕。要領木强，極力效之，不能肖，每不稱施。而不稱施，則獲罪責不貰。欲逃罪責，則本性難强，强不能久。執事視僕心迹，豈不然哉？豈不然哉？而今乃用此事被口語，偶一念及，如鮑魚在鼻，鯖梟在耳，又如魑魅在目，忍之不堪，報之無從也。奈何奈何？

夫鎩羽之鳥，病鶻之所窺也；折趾之兔，蹇盧之所利也。僕固下流易乘，柔質可茹；而彼也，亦何足稱爪牙之利、張搏擊之威哉？雖然，業已厠名其末，而欲逃其咎，苟不得知己如執事者而告之，何益？於人不聽，祇以發笑，而資嫉者之口耳。

外答東橋及陳大巡書稿附上，以見初志。

---

① 帖，淮刻本、湖北先正遺書本作"幅"。

② 拱，淮刻本、湖北先正遺書本作"供"。

答 人

客冬歸自興都，過辱獎接，展謁王庭，遂得附賓從之末，承清宴之榮。愧無詠風、賦雪之才，乃有宋生、枚叟之遇。既又勞我執事，結侶張筵，虛左爲敬。崇榭曲房，綺席屢改，伎倆雜陳，絲肉競奏，宫徵暗移。羲和既逝，蘭膏嗣輝。逸興狎悰，干霄薄雲，禮廢罰弛，履遺纓絕。俠氣溢於四座，餘歡庇於厮輿。斯貴人靡麗之極娱，非寒客迂儒之所敢希也。

抵家值歲宴，又以久出初歸，廢務蝟集，未能啓酬。執事不罪，復枉教貺，高誼足欽。春深田作，方殷對使，散髮口授，遂不多及。

寄顧子

僕自先君不禄，寇生門庭，遂至外侮相乘，株蔓糾結，觿用莫施。竊念僕久返編氓，頗創往慾，務程儉辟，而僕兄白首儒生，前路可量。日惟惴惴小心，懷刑畏罪，交警互繩，雖隕葉猶畏其碎顱，見蟻且憚置足也。而事變沓來，則有大謬不然者。疾逃而彼追其後，緩避而或跧其前，撲之輒滅，刈之復萌芽矣。遂至魑魅晝遭，坦途化穽，安坐觸機，俛首值窘，仰鳴無聽，泣述逢嗤。譬之波臣號轍，斗水孰施？黄雀免羅，獵弧轉向。凡在知舊，孰不心惻乎？①

不意乃有天幸，以我執事之福，際我觀察紀公明威寬大，並執禮刑，廣爲煦覆，積歲沉淹，剖於一旦，使我兄侄，俱從末減，②還其衣冠，業已行府發落矣。而敵人於未結之前，所奏勘合亦下。兄以數年疲於奔命，甫釋纍縶，翻增疾苦。僕每懇匃府公，俟兄疾痊聽理，而府公以彼之本狀，異辭同情，又司牒連下，責其逋慢，遂爾失慮，謂兄雖不出可也。遽招解審。僕方自慶幸庇，所天必歸完璧。

不意以兄不至，動長者之怒，蒙方命之誅。且兄數年囚服，日伍奴隸，輕若鴻毛，何所恃賴，敢方命以自禍哉？實出一時誤值耳。罪何可言，悔誠自切！蓋失路之人，無向非淖，舊垢初洗，新溷復集，命

---

① 惻，淮刻本、湖北先正遺書本作“測”。
② 末，淮刻本、湖北先正遺書本作“未”。

也何如！駁文至府，語連府公。府公震怒，即日械繫，下兄於獄。雷霆倉卒，驚懼莫支。僕不得已，百里匍匐，欲反接自詣臺下，爲兄少紓急難，復念僕尾瑣猥褻之甚，安能脱老賤之兄於不測之罪乎？惟冀我仁人，俯敦交誼，振滯潤槁，終始垂愛，不厭再三之瀆，得於紀公處一爲先容，使我衰兄得寬敲朴，則執事之恩，誠致肉於骼，出羽於湯也。顧僕餘生，豈能報稱？但當傳之來裔，侈諸同人，而儕之古交，愧彼涼德也。

若夫彼奏誣否，兄惡有無，固知天日竟明，鬼神衛正，必有以啓聽者之衷，褫險子之魄矣，僕何敢以曲庇累執事乎！僕無任悚息，待命之至。

答應立齋

執事治黄，漢循吏不過，至今黄之父老歷述邦君，未嘗不鄭重戀慕於公也。公之得民若此，而當道之評輒大紕繆，又未嘗不恨賢哲之多屯、衡鑑之失職也。

大抵公論在人，失之朝則求之野，失之上則求之下。蓋朝聽遠，野聽習；上可誣，下難愚也。彼此得失之間，公私之判久矣。僕常以此自解，今又以解公。幸公自信，不以爲佞，且不輒變，以徇人耳。

去歲以事赴會城，正以見公爲幸。不意酒我者無賴，病酲遄歸矣。是後欲遣候，則悃悰曷伸；欲躬謁，則冗病兼奪。坐此因循，遂成弛慢。我公不罪，乃加禮焉。即此用心，彼流俗淺人計施報於銖兩者，當異日談矣。

晤語何期？抽翰慨歎。

答張東沙

明公鵬圖學海，鳳覽儒林，談藝則沃柢以敷華，議政則具儒以本吏。獎恬而抑競，故抗矯之士蒙褒；略迹而求心，故流俗之毀不入。蓋人倫之師表，非才品之能盡也。邇者借重湖湘，甫歷時月，稍稍頓飭，政局維新。故近習則胥史以及輿臺，遠聽則州郡以逮邊徼，多歷則父老，能評則縉紳，皆謂明公敏作能精，寬大無漏，暢適非誕，精覈不苛，誠百司之偉程，連帥之攸準也。

至於退食從容自公，多暇則觚翰必操，圖書在案，誰知岳伯，乃屬文儒。其故游矚故墟，感慨陳迹。酹鸚鵡則傷神處士之遭，醉黄鶴則引領仙客之駕，憫旱則企沾神女之雨，苦熱則願當大王之風。軌羊公之政，則殘碣旌思；踪周郎之策，則斷岸表烈。近寓堂階，遐盡封域，凡觸情悰，必歸篇什。信知弛張乃文武之道，體用爲姬孔之學，江山誠詞賦之資矣。今又加禮巖穴，寓目棄遺，使者至門，里人走視，皆謂樵牧之鄉，何有尊貴之賜如此！

竊念僕樗如無用，灰似不然，蒲柳先秋，桑榆易暮，泥塗曳尾，霜霰被顱，志以氣衰，病緣慢積。檢往作則顔汗，愧其不工；擬近製則心塞，竟爾難就。老徵遂著，壯圖已灰。① 豈意調偶合於希聲，武幸憐於獨步。固知大海，不拒細流；非有色絲，乃來束帛。嗟乎！蟠木厠萬乘之器，駿骨辱千金之求。愧乏先容，諒慳後至。長夜難旦，每悲寧氏之吟；寒谷雖春，莫報鄒生之律。尚待緒風減熱，病骨稍蘇，自秉穢形，敢求良範。雖負嘲於尚白，實望教於思玄。

答楚藩殿下

楚藩殿下：昔承清宴，備極樂方。賓從逡巡，履綦雜遝。若華既逝，蘭膏嗣光。車怠馬煩，履遺纓絶。客稱既醉，主賦無歸。謔浪歡呼，縱誕無忌。優容特至，形勢兩忘。雖古兔園之英、小山之侣，其所遭際，何足方擬？兹者獻歲發春，元夕且及，華燈預製，火樹夙成，輝焰蘊而俟揚，絲肉奮而思御。將使月現重輪，煙呈五色，籠飛星於几席，生彩霧於欄楹，透驚電於綺疏，備生品於采繪。而又敦崇大雅，招集楚材。於是漢水爲醪，大别化肉，棄餘之沾，輿臺鼓腹，滴瀝獲濡，末列酲煩。誠君王壯麗之極娛，儒生希闊之幸睹也。

陳何人，斯亦獲濫竽。書幣至門，②倉皇拜受，即以告諸先廟，侈諸親交。巾車既脂，征徒已飭。而節神妒賤，寒疾忽嬰，方謀踴躍以就途，豈意呻吟而伏枕。徒使神馳念往，欲罷不能；瑋聽奇觀，彷彿無地。豈世俗所謂斟酌有定，佛氏所謂緣分未至者耶？若以君王之惠，

---

① 灰，淮刻本、湖北先正遺書本作“隳”。

② 幣，淮刻本、湖北先正遺書本作“弊”。

得免溝壑之憂,則伏謁殿庭,周旋觀沼,因以狀朝雲而譽雄風,固有日矣。

口授報書,感懼實積。

答林少峰

弱冠通籍,遂獲附尊。甫及少谷交遊之末,昕夕會聚,寤言難忘。豈意事勢喜更,散落旋出。于時僕以口語謫宦裕州,隨中法吏,褫我章服,歸矣。曾不數年,谷翁奄化異物,尊甫亦遂倦遊。撫時感往,能不悵然?繼聞執事雅擅絶藝,立致青雲,掇藻擷華,鷹揚虎視。一時修辭之士,靡不推雄,奉雋於門下者。以故家聲益振,舊業不衰。[①] 而又器慮宏深,措行周慎,物情難害,時論莫瑕。誼在通家,私喜良切。近者剖符常郡,流惠江鄉。歲值大祲,[②]政適寬猛,饑而不害,民賴生全,溢潤餘波,激昂鄰國。棲遲莫遘,[③]慕戀徒深。

乃今幸以鄙事,附致請教之私,辱我執事,示以周行,擲之近作。僕行坐手之,循環諷誦,莫不淵源《騷》、《選》,奴僕諸唐,掩近代之名流,振前工之絶響。使僕奄有奇珍,光爛笥篋。既藏復啓,誇客示儔。顧僕何幸,得以燕石而博隋珠乎!僕老矣,從事斯藝爲歲頗多,往往矜鶩享弊,謂殆庶幾。及睹瑶章,則目奪氣沮,抱愳醖縮。巴焉杜口,瑗也知非,欲取舊草悉從焚棄,而兒輩止之。嗟哉遺醜,幸君無厭衰替!力嗣德音,深冀起予,因之改玉。

寄魏軫野

聚首不覺樂,離析既久,則覺愴悵耳。而執事曾不一字見及,相忘耶?抑冗奪耶?可怪可恨。鑾來,辱寄物,怪恨少釋。酒甚佳,即日開尊,一飲至醉,如對故人。豚肉香味頗劣,教云金華,或贋也。一笑一笑。

執事以解牛妙技小試割雞,不憂不及,但虞太過耳。夫明而晦用

---

① 舊,淮刻本、湖北先正遺書本作"舅"。

② 祲,淮刻本、湖北先正遺書本作"侵"。

③ 遘,淮刻本、湖北先正遺書本作"覯"。

之，剛而柔出之：此龍蠖之竟伸，聖知之妙施也。僕嘗傷於虎者，[1]故以此告君。而歷龍門之險者，或可與言舟矣。《詩》不云乎："他山之石，可以攻玉。"僕不能自計，安能計人哉？而獨願忠於足下，故以苦口之藥進，幸毋曰"汝何不自醫"而遂吐之也。

與殷子

竊聞人各有偶，物從其類。故婚姻，人道之始；伉儷，家政之基。豈可使窊隆一揆，涇渭混源哉？此鄭忽之拒齊，不疑之辭霍，良有以也。故秦、晉國匹，欒、郤族均，王、謝閥等，潘、楊世睦。本其門素，既爾齊同；稽厥風猷，復無虧替。又其子弟雅醇，弓裘克禪，則施衿命往，結褵言歸，百兩是將，箕箒獲所。於是甥舅騰冰玉之譽，龜筮告鳳占之吉，風人詠其好仇，宗黨贊爲具美，斯天作之純休，人倫之畢罍矣。

其或今迹雖微，先鬼則大；胤支云劣，祖德在稱。則駕言歸女，意屬振微。仁不遐遺，民歸其厚，猶長者之用心，矯偷之高舉也。又或席門之眷，甕牖之賓，前徽無聞，舊彦缺録，而豹姿突變，騂角旋生，無待能興，洿塗拔起。則知昌願托，冀庇望諧，譬之食果略株，棄牢收豕，徼新福於將來，違衆情而締納。此婚姻之變例，明賢之逆睹也。

至若椎埋宄類，闟闒狡童，不齒齊民，世濟惡德，以逮馬醫夏畦之子、給喪傭保之兒、亡命負辜之徒、導騶先驅之厮、籧篨戚施之狀，俯仰無能；侏儒介眇之稱，孝慈莫改。擬倫於犬豕，比德於伶優。一旦以乾没而致多金，資營苟以騰高貲，心志驟侈，不足非財，自醜卑流，仰攀華胄，推潤屋之餘脂，希宵燭之末照。於是醲肥啖其門客，貨賄誘其私親，遊説之言日至，密邇之譽不衰，遂至寡廉鮮耻，明目腆顔，唯利是求，族類罔計，象齒競謀，鳳毛安惜？是故育女猶之居貨，行媒同於貿絲，忍使化源釀爲賈道。於是犀璧金珠，爛充簪珥，冰紈霧縠，高貯篚筐。雖位在九列，族右一方，多議闊視之人，喜譏善誚之士，莫不一見解頤，弱息請往。遂使纓冕之産，入於駔儈之門；河鯉齊姜，比於鳴盜之裔。生爲合巹之人，若牛驥共皂而食；死爲同穴之鬼，則薰

---

① 嘗，淮刻本、湖北先正遺書本作"常"。

猶並器而藏。高門遂爾降衡，芳草由之化蕭矣。士人贅行，孰此爲大哉？

僕常懷此而未有陳也。近見郡中婚媾，多托媒於足下者，故敢布此。幸子稱品審流，别群分類，苟非異等，務遵常途，毋使禮門頓開利竇也。

與劉子

僕少不自慎，年届始衰，輒被末疾。小步軒序，則腰膝苦艱；暑濕侵陵，則擁腫坐困。五六年來，賓客逢迎，公私慶吊，歲時宴集，一切謝絶，悉本是耳。何也？蓋旅進則逡巡遲鈍，獨殿賓行；勉追則大類跛躍，欲速不達，往往附贅。同儔取譏觀狀，而僕又褊狹淺急，用以爲耻。而時俗不察，繩而罪之，過矣。

時方抱疹，而客有自高門至者，袖出豨薟數餅，教僕餌之。曾不浹辰，舊力稍還，宿苦日殺。幸其有當而詰其從來，則云君家服食之餘耳。遂乃發書證之，其中益州之表，稱其品賤而功奇。先民之言，良不誣矣。惜所饋不多，儵然就盡。兹欲廣藴博儲，俾應需不匱，而諸醫鮮能辨識者，使但按牒不疑，臨株漫擬，采掇一誤，[①]流害匪輕，不寧驟損夫前功，抑復嫁謬於往論。伏惟拔本見示，庶幾物色有徵，乃可獲不遠之則，而免似是之非也。况緣是以往，遂得厠迹於賓朋，蜕咎於疏廢，孰謂非執事之賜乎？

答丁滄源

追惟早歲，[②]客遊京師，適有天幸，獲定忘年之交於令先君之門，因識超代之才於君結髮之歲，朝夕計討微言，[③]擬議文事。僕信他山之石，而君則在璞之玉矣。散失各歸，寤言未置。

丁丑之春，邂逅令先君於逆旅。執手數言，草草别去。彼時少年盛氣，又新得志，不圖世路之多艱、後會之弗繼如此也。

---

① 掇，淮刻本、湖北先正遺書本作“綴”。
② 早，淮刻本、湖北先正遺書本作“蚤”。
③ 計，淮刻本、湖北先正遺書本作“究”。

己卯秋,僕以言事謫州吏,隨中法,比罷,返編氓。自顧踪迹澒澋,負譏干詬,日但屏處原野,俯仰自適,無復有望於人世矣。然而間睹仕籍,知執事名位日起,聲稱藉甚,又未嘗不鼓舞飛揚,爲故人驚喜也。

庚寅,聞執事以憂歸,則知令先君已仙逝矣。豈一丁丑之别,[①]遂成訣絶乎?乃悔分携,未致鄭重,遠缺芻奠,深負幽冥。

客歲知執事借重江邦,弭節鄰邑。壤域非遐,然僕竟不能越境奔投,道故信宿,緣僕久嬰末疾,以輿臺則甚艱矣,復不敢以煩有司。又不奉君者三四十年矣,未審復能省記不,使僕先焉,而君忘焉?而君拒焉,不已愧乎?凡僕之有乏於門下者,以此耳。而執事乃竟不以一介之使,咫尺之牘辱焉,豈果不復省記乎?亦罪僕之不先耶?僕之不先於左右者,有前所陳數者之難,而君之有加於不肖也,則易易也。僕既沮於難而君復吝其易,此心神之未孚而形迹之爲牿也。

既而反覆思之,似能得君之微者。僕素悉君仁孝人也。凡仁孝者之於親,當其既没也,睹故物而興悲,手遺書而廢讀。况僕托在知與雅稱不薄者乎?想君語次賤子,則追念往事,一念往事,則永慕先人,故搦筆伸紙,戒使候發,用悲婉而罷者屢矣。雖然,僕之望於門下者未已也,猶計他日行縣至吾土,當以野服展謁,未晚也。而教礼忽及,則知執事已獲不遠之復,且旌軒北首久矣,又知僕尚在省記矣;中間述疇曩之迹,備死生之情,又幸僕之測君者中矣。

嗟乎!僕但記君之少,而君未睹僕之衰。即使夢寐獲通,豈得今狀乎?伊邇阻見,後晤何能?我心悠悠,其誰能極?伏望勳猷懋著,光我邦家。至門下老賤故人,獲蒙遺簪之念,足矣。

答范東溟

執事手挈兵符,控吴楚之要區,遂使暴客滅影,行旅弗驚,江漢恬波,居民帖席,[②]誠仁義之金湯,東南之保障也。田野鄙人,沾賴扞蔽者至矣。然未有窺於執事之全也。而聞諸吕子,則云執事負領神奇,

① 一,淮刻本、湖北先正遺書本作"知"。
② 帖,淮刻本、湖北先正遺書本作"怗"。

醖藉深厚，其以文賦名家久矣。是有游、夏之藝，而又有方、召之猷者也。僕誠私心艷之，願附末交，因緣無地。而吕子則又云執事深有意於不肖，乃敢以賤製附上。

延佇德音，望在教益，而札貺重錫，獎與逾溢，超之倫比之末，而躋諸邃逖之品，執事豈虛譽人者哉？而僕實怍其匪堪矣。且僕弱冠客京師，一時談藝之交，於海内英彦，庶幾盡之。而僕頗奮臂其間，激昂雄視，①謂往軌爲必踐，以前徽爲可齊。豈意矰繳驟被，塌翼南歸，師友乖違，見聞阻限。加以中歲血氣見驅，湛溺游謔，不復綴叙。流輩譏其自廢舊棄，②棄之若遺。

日月如流，冉冉得老，竊深逝嘆之感，寧無伏櫪之思？而心力困憊，兼策不前，堂奥崇深，欲近轉格。又見近日英俊輩出，妙善日臻，新論各持，更凌互競。至所姍病，雖少陵諸什猶不免焉。衰耳乍聞，下舌屏息。始悟古匠之難追，後薪之必上也。

嗟乎！孔父無聞之戒，詩人老大之悲，少而誦之，未覺警切，豈圖今日於我證之。頹暮莫回，憒恨徒結。安得却老之方，勉修不朽之業，因以承下風而追絶塵乎！僕志若此，乃爲惠子盡之。幸君無遂耄我而棄之也。

答郭桐岡

伏讀佳章，雖程古範，不詭時趨。紬繹性靈，濯磨風雅，雄才據勝，巽致通微。應景搆辭，辭非補假；酌形敷象，象逼生成。卓然名家，允矣命世。王、孟合體，始稱前身；河洛諸賢，恐難方駕。信玄譬之冥詮，空參之上乘也。幸唯自信，非敢獻諛。

啓郭桐岡③

廷陳謹啓桐岡先生：僕於左右，輒有所薦，幸君俟聽之。

客有居門下者施生雨，泗上人也。能琴。琴能自合材質，由膠

---

① 昂，淮刻本、湖北先正遺書本作“卬”。

② 棄，淮刻本、湖北先正遺書本作“業”。

③ “岡”後，淮刻本、湖北先正遺書本有“先生”二字。

漆、徽軫以上，不一假他手。古今人所爲曲操，彼誦之，曰"是可弦"，輒譜而被之，五音不爽。能書。書兼真、行、草、八分。又能漢楷，能篆刻，能雜畫：數者雖未臻妙善，然其品不下矣。

能吴謳。謳能爲疾響，爲慢聲。其疾也，則激烈悲壯，若劍客互擊，瞋目而語難；忽然爲慢，則闡緩婉媚，如孽媵病姬，隱呻澀訴，欲盡而不能。予每傾耳而聽之，未嘗不怪其宫徵之暗移，歡戚之驟逮也。

其最奇者，則於方寸之楮，作小楷數千，點畫不淆，體裁各具。於粒䔍之上，宛轉書之，成五言詩一絶。即有炯眸，非極視專瞪，數拭屢翕，蓄而後張，不可得其髣髴。誠文囿之絶伎，生平之未睹也。

僕見古昔丸奕庖削之流，[①]皆得專精於記籍，亟贊於聞人。此君子下逮之仁，曲成之誼也。况生所能，乃儒術之支裔，學士之旁暢乎？即其人跌宕負氣，[②]澹泊寡營，羈控莫施，疏逸近達。雖無典學之績，而妙性資之合；雖在韋素之賤，[③]而蘊紳珮之器；雖被泥滓之迹，而勵振刷之操；雖寡儋石之儲，而絶愠怨之色。至於負俗之謗，時時有之。人不以病生，生亦自謂不病也。然則僕之禮之，獨以其能哉。

僕於暇日，於後二藝，面令爲之，知其非妄。兹不敢蔽，乃以所爲，敬致記室，一以明慧匠之未乏，一以證吾言之不虚。我侯多材藝而好奇，其於此子必有鑒賞矣。

答張静峰

少日得附榜末，幸哉有初。奈何褊心難化，多言累僁，義難毁觚，術乖巧宦，遂致名染罪籍，論在不貰，遂乃甘心疇隴，投迹樵牧。敢希不朽之業？聊爲卒歲之謀。年來衰病相乘，志氣俱憊。不惟絶想於鴻逵，亦久灰念於人世矣。至於係仰親交，何時暫置？每於暇日，一展年牒，當時朋輩，彫落僅存，俯仰生悲，不能自抑。斯生人之至情，由衷之真觸也。不知青雲之交，亦嘗興念於藪澤之侣乎？

前者節鉞駐黄，適僕偶被末疾，舉歷既艱，輿臺復乏。又以壯猷

① 奕，淮刻本、湖北先正遺書本作"弈"。
② 宕，淮刻本、湖北先正遺書本作"岩"。
③ 素，淮刻本、湖北先正遺書本作"索"。

開府之初，諸司承律之日，而僕以草野鄙人，躑躅江干，爲長揖之客，恐於體局不無虧違耳。而候吏至廬，複申燠悃，感愧何勝？兹方僵卧，而使者遠自軍門，臨榻授牘。伏枕啓讀，終則復始，手之不釋，古誼宛然，逐不覺憤結之去懷，沉痛之蜕體也。昔人愈病之檄，不信然乎！且以刁斗戒嚴，羽書沓至，而乃從容運翰，馳訊故人，雅量足徵矣。又聞弭節旬日，先聲所届，魚鳥潰匿，妖魄竟褫，功在不戰。慚非劇孟，曷贊雄圖？若僕得以天幸，藥物際良，復其故步，於執事凱旋之日，勉操笻杖，伏謁道左，遂得執手斯須，論心信宿，則僕願尚厭飫足矣。

病中口授，鲜倫，不罪不罪！

答虞文表

友人王廷陳謹以木一具，折價八金，因使者致之文表先生門下。不腆可慚，要實吾言耳。

在昔孔子脱驂於舊館，延陵挂劍於徐君，惡涕出之無從，貴心許之不負。此生死之純情，先民之貞則也。而僕獨於君無恙之年，預此不祥之器，無乃繆往指而乖人情乎？矧我執事，術擅長生，容成難老，名漏岱宗之籍，永無就木之期。而區區必踐前盟，不爲忌諱者，良以君子謂生爲寄，達人齊喪於得；况警凶可以保吉，有備乃能無患。

竊恐區區此舉，結念雖勤，效用必虚矣。雖然，寧使區區之舉無用，不欲執事之算有窮也。

夢澤集卷十七

卷十八

拾　遺

來日大難

瓦鳴霰急，柝止宵除。門有重扃，衣乏複襦。一解
秋繫徂臘，體無完膚。守掾致旨，令予殞軀。二解
壯心既褫，色鮮敷愉。長跪悲乞，請賜區區。三解
古途阻塞，新術崎嶇。豈不是趨，林莽鈎裾。四解
既鈎我裾，載覆我輿。覆輿孰視，立輿競扶。五解
我覆我扶，言返我廬。豈無良朋，恐及禍軀。六解

怨詩二章

卧龍不起，屈蠖難伸。舉肥失瘦，録贋遺真。馮唐既老，原憲長貧。晝無再旦，歲乏重春。

其　二

楊岐泣路，墨素悲絲。崐焚玉石，劍失雄雌。翔鳶笑鳳，毒卉嘲芝。誰憐堅白，遭此磷緇。

彼之蹶矣，憤時也

彼之蹶矣，子曰烈矣。此之仡矣，子曰屈矣。豈不昭矣，虞厥虓矣。

凶日揭揭，士曰丞也。劣子不是殄滅，謂我士也越。匪士越矣，

衷之切矣。

紀之荒荒，士曰丞也。無良子不是匡，謂我士也狂。匪士狂矣，弗革厥明矣。

泄泄在位，乃覆用媚。業業在位，乃覆用懟。彼蒼曷誣，子寧不畏。

虎兮狼兮，孰與當兮。蚊兮蠅兮，撲者仍兮。子恬不愧，侈以矜兮。

《彼之蹶矣》五章，章六句。

雜謡五首

或穴爾庾，鄰也遽呼。盜悖以逋，爾輟逐逐。詈鄰也迂。

其　二

仇頤大需，烹子以娭。豈不子憐，忌殞翁軀。子烹爾及，吁嗟乎翁愚。

其　三

東鄰日擊肥，西鄰日餔糜。不嫌糜味薄，但願常無飢。

其　四

誰謂炎如火，倏忽成死灰。誰謂寒如冰，流澌逐暄開。

其　五

東門之鳥本避災，魯人祀之以求福。彼躬不閲，能錫爾穀。

李國賓宅留别

文章傳勝事，禮樂接名藩。竹素晴齋滿，臺亭夏景繁。金枝扳帝室，朱紱謁王門。授簡梁園後，應招楚客魂。

過杞同袁令飲學宫

學宫今藝圃，令尹復文儒。翠篠琴偏傍，朱弦瑟所須。升沉應兆鱣，日月幾飛凫。避暑過逢地，知憐調不孤。

贈戴復庵

樓回芳甸隔，檻倚紫芝叢。洞口邀丹侣，霞邊使玉童。乾坤歸藥物，山水寄絲桐。病後愁蒸熱，憐予乍送風。

哭先帝三首

鼎成奄忽棄群臣，海思雲愁淚雨頻。遥憶千門傳晝警，忽驚翠蓋尚南巡。

其　二

射蛟無復駐江鄉，别殿離宫鎖夕陽。帝子蒼梧萬年恨，凄風吹遍白雲裳。

其　三

關山百萬扈行宫，漢主園陵白露中。鵷鷺舊班今寂寞，不知何處泣遺弓。

簡友十一弟廷槐

秋圃兀坐，見風檐落葉既聚復散，架豆畦茄皆成槁本。蛩鳴床下，饑鳥窺人。凭几流觀，愴然傷抱。

幸過我，一縱高談，銷愁博笑，何如何如？

邀戴士瞻

僕旅食者數載矣。解綬歸來，誅溪討谷，秋容隨地，商籟滿聽，邇者赤落階楓，翠餘徑篠，轉增悼往，不減悲秋。

聞子琴學益精，倘能携訪，一慰幽情乎？僕雖非鍾期，願洗耳以遲也。

與熊元性

客夏握手江干，命酒言昔，投壺散帙，覺有餘情。須臾解携，軒騎躑躅。回首不覺春芳再歇，緒風重款。感佳辰之弗遘，念良覿之無緣。辛楚不禁，子復何如？悵憶同時諸彦，僕既久隨，落葉惟喬，亦逐覆水。嗚吾被指，直夫下獄。僅有存者，落落數公。

嗟乎！文章者，忌之源也；剛直者，黜之本也。道不可貶，節不可變，終身棄斥，所甘心焉。豈效阮籍窮途之哭，賈生長沙之悲哉？恃子知己，敢布腹心，以聞於人也。

諸葛武鄉侯贊

隆中龍卧，是無東漢。營中星隕，是無蜀漢。天能壽公，公能壽漢。本伊、吕之儔，胡管、樂之願！

夢澤集卷十八

卷十九

附録一　諸名公詩

贈王舉人

何仲默景明

王子萬人英，詩名少日成。驪珠眠自抱，天馬傍誰行。旅食青楓改，秋吟素鬓生。過逢見汝意，潦倒愧吾情。

贈王子

王子萬夫特，英風千仞餘。未投湘水賦，曾上漢宫書。日月方前席，江湖漫卜居。城南相覓處，花暮獨回車。

贈王稚欽歌

王子衡廷相

休作《梁父吟》，發我千古萬古哀。大道無徵賢聖隱，至今心膽成寒灰。矯矯馮敬通，文章擅當代。口語成禍胎，禁錮老煙海。賈誼才高更少年，獻納多在王侯先。誰云絳灌不相忌，却令流落長沙天。吾宗學士難比數，文炳龍鸞氣熊虎。不逐長安齷齪兒，低眉覥面求憐取。心存匡濟人豪英，白日未墮憂天傾。閶闔九門不得入，大叫真與蛟龍争。上帝不言閽者怒，黑夜搶落芙蓉城。芙蓉城闕隔星辰，望美人兮江之濱。三閭憔悴自多事，五湖放浪真閑人。茫然鼓枻不知遠，窈窕遊盡江南春。紫清仙人笑相友，不如且樂丘園身。君今莫邪尚在無？欲剸兕象須吾徒。天馬之足果無恙，刷雲看躍崑崙都。里中小兒不省事，鬥雞賭狗矜頭顱。君不見，朝歌屠叟稱偃蹇，八十垂竿渭陽浒。時來欻作明主師，分土營丘未云晚。

訪王夢澤園亭

廖鳴吾道南

蚤謝承明署，冥棲小隱園。曲亭圍樹密，斜圃種花繁。江近吟招鶴，巖虚卧聽猿。即承宣室召，禮樂待敷言。

鴻輪篇送楚客南歸寄王稚欽

鴻輪運玄樞，鶉曜旋朱明。歊烝蘊隆。[1] 冒墋黷有客，今向河梁行。河梁泝風湍，風湍清且淺。岸芷汀蘭翠堪搴，彈筝擊筑暫徘徊，置酒當歌歌宛轉。宛轉歌且柔，君昔上都遊。春花艷桃李，春星鬱斗牛。蓬萊獨謁金銀闕，閶闔雙瞻虎豹斿。朝趨赤玉墀，暮宿白雲司。銀魚金馬相追隨，玄臺爲奏靈飛曲。四照花含五色芝，五芝秀可餐，四照渥如丹。采花煙圃側，采芝雲林端。儵忽青霓隔蓬島，栖遲白日生羽翰。羽翰凌霞長，長望楚宫陽，楚宫山色摩青蒼。三湘時見黿鼉出，七澤聊羈鸞鳳翔。芳渚浮丹荷，松門裊緑蘿。牽絲罥弱藻，延蔓縈崇柯。凫儔鶴侣奈爾何，奈何歌《白紵》，月挂層峰樹。憐爾悠悠獨往心，秋落黄岡半江雨。

對雪酬仲禮兼簡稚欽

馬仲房汝驥

層城雪片晝逾陰，坐玩佳人大雅音。鄴郡風流應在此，梁園詞賦到如今。天邊梅柳春先濕，海上魚龍凍不吟。便約子猷鼓輕棹，水溪花磵繞幽深。

雨中王稚欽見過

積雨荆扉閉緑苔，衝泥騎馬訝君來。涼增塵榻輕須下，暮濕霞樽

---

① 今按：此句疑有脱文或文字有誤。

重爲開。出海蛟龍吟自喜,隨雲鸛雀過仍回。仲宣解作《愁霖賦》,莫漫登樓望楚臺。

短歌送陳殿講册封之楚兼訊伯誠稚欽

石亭子此行何壯哉,都門走轙沙霧開。吴宫楚臺在咫尺,一棹迢遥天上回。天家宗派寰區遍,聖主分封出纓弁。玉節時馳閶闔門,丹書歲下明光殿。山河漢誓獨周親,禮樂名邦接近臣。湘北還浮太史氏,衡南不訪魏夫人。武昌仙樓高插天,黄鶴白雲俱眼前。酒酣落筆動風雨,賦入遠遊哀昔賢。江樹蒼茫冬日短,歸來幾旬春花滿。槎過金陵莫遲留,鵷墀鸞閣懷彤管。十年朋舊各翻飛,君聽驪歌意不微。去去如逢王與許,道予將欲解朝衣。

琴贈王子併附此作

許伯誠宗魯

南遊陟衡嶠,得此龍鳳材。配合太古琴,下指生風雷。一彈鬼神泣,再彈猿鶴哀。曲終有餘調,流雲淡徘徊。藏之翠錦囊,經歲何曾開。豈不嗜宫徵,俗耳多塵埃。春江覯之子,夜月翩翩來。解囊拂素絲,雅倡飛瑶臺。寂寥伯牙意,鍾期夙所諧。輟贈良有以,知音諒無乖。

送曹仲禮、王稚欽、汪子宿、馬仲房、江景孚五君子謫宦五首

鴻雁群飛飛,翱翔在中澤。秋水寒且深,露冷霜復白。颯然驚飆起,蕩析各南北。分翼青冥表,託迹緇塵側。哀鳴念儔侣,霄漢心惻惻。

其　二

塞草日萎黄,胡沙莽如雪。邊風颯以高,時序凛秋節。送子悲宛轉,悵望成胡越。丈夫當遠遊,夙昔輕離别。眷此同懷友,慘慘寸心折。

其　三

渥洼真龍種,汗血稱絶倫。散蹄躡景曜,驕步凌飛塵。網羅致天

閑,飼養八駿鄰。駕馭日已久,出入參星辰。逸性苦難縶,邁往心未馴。依風一嘶仗,棄擲凡馬群。徘徊望閶闔,顧瞻損精神。

其 四

高基臨易水,曠野含秋陰。草樹已摇落,山川日蕭森。俯仰悼時序,顧眄悲古今。燕王昔致士,上置千黄金。禮意既勤渠,心志孚亦深。如何一易世,魚水成商參。送子攬故迹,慨歎傷余心。

其 五

離筵列尊俎,復此燈燭煌。看劍飲杯酒,嘯歌心獨傷。矯矯五君子,朱鳳鳴朝陽。振衣舉丹穴,揚采儀桐岡。餐瓊飲玉液,錯燦生文章。菲才負短翮,追逐凌風翔。毛質非本類,羽翼假輝光。愴此四方别,孤鳴雲路長。

王子宅牡丹

洛下瓊瑶品,江南富貴叢。寶欄回彩艷,綃幕護香風。細蕊含愁碧,輕霞暈酒紅。低回親舞袖,窈窕出花櫳。國色名傳異,芳園賞幸同。春光遲佳侶,留醉錦屏中。

和王子登江子樓視病

江淹抱病久彌留,王粲登臨復此樓。詞賦總聞歌白雪,栖遲時已屬清秋。城通爽氣辭卑濕,檐宿高霞散遠愁。藥餌果能生羽翼,雲霄携我共遨遊。

雨訪王子

弭楫黄泥坂,衝寒赤壁磯。城雲低拂盖,江雨細沾衣。側想高人卧,深憐晤語稀。清談終永日,不作放船歸。

江上别夢澤王子二首

沙岸移星舸,雲汀敞夕筵。水寒風色勁,波浄月華妍。酒興劉伶後,詩名謝朓先。江湖爲别地,解纜各凄然。

其 二

昔同金馬詔,今對緑江尊。舟楫鴟夷子,《離騷》楚屈原。狂歌還鄙鳳,别淚故傷猿。知爾高居久,潛夫已著言。

登赤壁寺閣王稚欽携酒至

崔來鳳桐

崔嵬佛閣對江流,江草青連蘇子洲。銀漢撟虚愁鵲度,珠光塔古抱龍遊。風雲舊物吾仍取,詞賦仙翁去不留。謾約王喬招白鶴,夜深還共月明舟。

李子中、林懋易、曹仲禮、王稚欽夜過分韻得涼字薛君采蕙

拂簟移尊凈客堂,朔雲燕月滿宫牆。建章露濕金莖凍,太液波侵玉樹涼。海内風流今下榻,天涯疾病舊沾裳。歡娱自惜形容異,留贈空慚翰墨香。

月下聽王稚欽彈琴

鄭繼之善夫

昭文鼓緑綺,六氣指間流。王子梅花思,飄飄下隴頭。月華終勝雪,商意自成秋。今夕西方夢,佳人不散憂。

冬夜過王稚欽

禁木棲烏盡,城樓戍鼓催。暝移中散駕,時接仲宣才。道術吾全未,詞場力擬回。清風廣陵散,愛爾數能來。

曹仲禮索巾云將歸具茨兼簡王夢澤

元是山人白接羅,雲逵贈汝莫相疑。便從夢澤穿嵩少,更歷褒城問具茨。

贈同館五君出爲州

陳魯南沂

才子來宣室,名高不解留。諸州分虎節,同日下龍樓。摇落時相

逼，艱虞志未休。關河明夜月，偏照遠臣憂。

雪夜訪王稚欽投贈

皇甫子循汸

清時不善宦，幽谷遂遺材。衹自焚魚卧，從人結駟來。漆園寒罷灌，竹徑晚猶開。更有相忘樂，何言興盡回。

國朝藝林詠之一

王汝化格

王稚欽

王子幼聰警，識者稱國器。兩魁《小戴禮》，駸駸騁騄驥。龍性固難馴，一斥竟垂翅。歸卧楚江涯，宛有嵇生致。蓬頭累歲月，白眼看儕類。高歌若無人，音節窅以邃。自許晋魏前，所詣良無愧。斷金欻已淪，喟焉傷余思。

八子詩之一

吴明卿國倫

王吉士稚欽

維楚故有才，誰爲稚欽偶。早歲發天秀，匠心應其手。高視千古前，左馬相先後。寧操湘女瑟，耻擊秦人缶。調世如弄丸，罵坐非使酒。敖然詠新篇，豈復聞師友。遂爲禮法攻，一官棄如垢。傷彼荆山玉，終焉不見剖。

夢澤集卷十九

卷二十

附録二

《哭武宗毅皇帝詩》跋

王元美世貞

僕平生以不及遘夢澤先生爲恨，今日得見先生文翰，又得與先生之從子行父遊，足矣。當呼子墨洮楮尾，時覺行父亦沾沾自喜。不知先生在芙蓉城，聞之以爲何如耳！

王敬美世懋

王稚欽先生武廟時讀書中秘，與儕偶四人同上諫書，留中已，竟出爲裕州守。世廟時，諸君子皆賜環，而先生已中文法，歸編氓矣。然讀其《哭武皇詩》，何惻怛忠厚！藹然風人旨也。人謂先生跌宕不羈，吾所未信。行父之寶是詩，寧獨翰墨哉？

王百穀稚登

夢澤先生《哭武皇帝詩》，不勝鼎湖攀髯之想，無幾微逐臣怨望意。楚人多怨，乃先生獨不然。宋玉、景差之遺風，猶能不爲所染，豈徒區區藻詞麗句已哉？從子行父購而藏之，烏衣群季之佳，青箱世業之富，舉在此卷中矣。

吴明卿國倫

吾楚稱詩之士多矣，而予竊以夢澤先生爲一時冠。乃楚志删詩，不多采焉，則知音難哉。今其從子行父氏雅能工詩，先生實風之矣。先生下世已三十年，而所爲《哭武帝詩》，業已七十餘年，手澤如新，風度可想而挹。行父猶得購而珍之，亦先生不朽之一斑。

張羽王鳴鳳

往從京師，得先生集于書市，讀而善之，謂江漢之詩，先生爲儁一時，諸人不逮也。迺今從先生諸子行父得見先生《哭武皇帝詩》，灑翰清逸，意者類其爲人，將無然乎？行父敏而有文，克遵先業，宜是卷獨歸行父哉。

邢子愿侗

世能名稚欽先生詩，莫能名先生書。此卷翩翩有大令風，足當兩絶。行父其善保之。舟次捲雪樓，漫題。

龍君揚宗武

予以謗倅黄，夙知行父文名，因得與交歡。一日款予郊園，酒半，出是詩，讀之，逸句遒翰，無容置喙。顧於哀思舊君，猶不能忘追諷，忠愛慷慨，自可想見，固不徒賞其詩翰而已。行父獨能珍之，益可以見行父爲人。

楊伯海一洲

萬曆庚辰，興國司馬張羽王南漕至都，酒中出先朝諸名臣遺墨視予。予獨愛先生是卷，醉語咄咄，手不能釋，以其爲逸詩，字亦世所未見。至壬午，予扁舟過訪吴先生於興國，得接王行父。酒中，出此卷，不覺駭然，乃知神物終歸王氏，而予之得再覿也，亦奇矣。

《贈廖學士詩》跋

張羽王

庚辰春，予攝蒲圻間，從故廖學士家購得王稚欽先生五言詩十五首，乃其手書以貽學士者。先是，先生之諸子行父曾遣使詣予，命跋先生所書七言絶句詩數首。行父固曰："此吾家之璵璠也。"余竊憶之，因購以歸，將貽行父。會東漕，不果。今余南還，行父過視，啓篋出授。其再拜而置諸懷也，雖藺生之於連城，無以過矣。行父之克纘家學，名起詞林，有以哉，有以哉！

吴明卿

稚欽先生詞翰故爲士林所珍，而其從子行父氏每見一字，輒不吝重貲購之，志可知也。今得此於張别駕，别駕蓋得之廖學士家。行父奉爲稀世寶，偶得借觀，因識其後。

鄒彦吉迪光

稚欽先生以詩爲名高，業有《夢澤集》行於世，人人珍之矣。而此數詩者，半是集中所未載，行父氏奉之若拱璧焉。所謂能世其業者，非耶？

王元美

天下以才子歸稚欽先生，若謂大紳子啓之，傾寫不倦，則誤矣。搆結鍛琢，極有工夫。一句一字，亦皆有色澤。意態若項西楚、關漢壽，不能得其九戰絶甬道、掩七軍之妙，而僅以叱婁煩、馘顔良，暗嗚跳蕩之，粗目之爲萬人敵也。此卷皆五言律，尤自長城。書法故不必較，而翩翩自賞，宛若徵仲中年以前筆。先生信奇人哉。

王敬美

王夢澤先生，楚文人先輩中第一。少聞家兄稱説先生，心私慕之已。偕其幼弟稚表侍郎同舉進士，獲聞其家世之詳已。又遇其從子純父侍御，益聞其豪舉、磊落之狀，然終以未睹先生翰墨爲恨。乃歲甲申，侍御之弟行父氏不遠千里來謁余兄弟，出先生手筆見示，書法翩翩有意，平生傾嚮，幾無遺憾矣。行父棄諸生，工古文詞，於先生爲家學正派，以故最留意於先生手澤，即片紙剩幅必珍，而人亦争購遺之以中行父之好。王氏青箱，代不乏人，余於行父見之矣。

王百穀

世皇之季，三湘王公爲吴郡理官，出夢澤先生《集》，鋟之郡齋。余少亡賴，如健犢破轅，罕所推讓，讀此集，即吐舌下之。王公行以數部見投，秘惜帳中如《論衡》然，每歎先生楚材無兩。頃者公之弟行父持此卷過齋頭，半是集中所漏。大海珊瑚鐵網，疇能絶流哉！行父嫻於辭，以雕龍世其業。其寶惜此卷，不但王家青氈而已。

方仲美尚贇

頃在弇山園見元美先生執行父手，謂曰："子不向侍郎接武而從太史傳衣，可不虚第五之名。"予以爲良然。即是卷之藏，則行父結好可知。其能傳衣，有由哉！

邢子愿

萬曆丙戌春仲八日，余以督粟如淮，孟孺、行父兩孝廉船尾相銜，就余爲別。時小泊富口盱衡，明卿先生不至。貰酒數行，行父出其世父稚欽先生卷見示。頃之，大風揚波，水天瀰茫，漁舟估艇歷亂岸次，官柳依微，野桃的歷，争破雨作妍。種種奇致，都與此卷互相映發。念吴先生且至，當爲盡一觥欣賞之。座中有皋倩茂才，爲明卿第二雛，所謂青鳳一毛，不減行父之視稚欽矣。

夢澤集卷二十

卷二十一

附録三　諸公評語

楚三子詩評有序

顧華玉璘

夫詩之品,誠有高下矣。上繫代運,下繫人倫,則大體攸分矣。彼指擿字句之間,校量工拙者,豈不猶塾師之於童子,未窮大致,姑課之屬對之乖合哉?未可與言評詩之方也。孔子於詩曰删,固去取乎其間矣,此評之所由始也。今觀四詩之旨,其義安歸?所不貴於字句之細,人知之矣。秦漢無言之者,魏文《典論》略及其人詩賦之能否。厥後鍾嶸之《詩品》、王通之《續詩》,始皆因言觀人,因風觀國,而商定之大都,豈不略可窺哉?至唐以詩設科,主司進退之格,不得不求於文字,故議論日繁,而殷璠、姚合之徒,乃攘臂伸喙於是矣。宋詩不逮唐風遠甚,而評品益富。大抵遺忽命脈,洗索瘢痕,宜其綴緝愈勞,神情愈喪,益見其不逮也。今之論者顧諉曰:"宋詩尚事實而略情景,於唐爲劣。"嗚呼,豈確論哉?不見夫雅頌多陳事實,漢古詩無風雲月露之辭,乃今獨稱絶藝。何耶?蓋有説焉。夫歷代之詩,猶之風氣。三百篇,唐虞之醇也;漢魏,夏商之忠質也;晋,周之文也;六代則靡矣。至唐之盛,則能去靡還醇,故彬彬文質焉。何怪其表後世乎?誠不在乎情景、事實之異與夫字句之末而已。觀夫李逸杜雄,同稱詞傑;高、岑、王、孟,並駕先馳而體裁各殊。舉斯鏡鑒，斷斷可識矣。苟不得其大，而徒讟讟焉雕琢摸擬以希之，譬諸刻木以求言笑，翦綵而冀生活，終身豈可得乎？或曰：“大烏乎在？”曰：其入也在雅俗，其成也在淺深。過此以往，非余之所知也。余客承天，有三子者曰顔惟喬氏、王稚欽氏、王汝化氏，楚之傑也，皆以文雄海内。聘纂《都志》，會於賓館，數與言詩意合，各出一編授余品定。余玩繹之，又反覆之，皆所謂得其大，不屑其細者也，雅而深者也。竊不讓，著論以效鍾生之勤，俟文中子者，采而續焉。

評曰：王稚欽，異稟高明，矯矯龍性。早年稍辱泥塗，遂跳躍去之。釣澤以來，窮學海之大方，益宏虚受，卓然名家。詩八卷，皆五言，上苞建安，下獵天寶，務絶近代之軌轍，神解天成，藻繢自足，詭妙所臻，其殆與王、楊之駕相後先乎。文尚奇古，此方舉其詩，未遑敘也。

顔惟喬，剛毅善任，舉意弘遠，苟利人國，不怵死生。及其玉破而還，博窮六藝，遂將龍蜕塵埃之外，漠爾斯世焉。詩文以秦漢爲準。其爲樂府若干篇，皆假託古題，直瀉衷愫，體裁所就，雅麗兼陳。若撰辭搆意，一趨奇脱，不襲前軌，可髣髴其操執矣。

王汝化，淵沉有志，妙悟達微，覽往籍，悉洞旨要，故染翰取則，神情即自己出，允哉馳騁六藝之林矣。詩諸體皆工，雅而暢，華而有思，其風人之致乎！楊仲弘曰：取材於選，效法於唐。子詩之謂也。顧《集》未載此文，因并録評二公語。

王元美世貞

王稚欽少爲文，頃刻便就，多奇氣。然好狎游，黏竿風鷂，諸童子樂，又蹶不可馴。父每抶扑之，輒呼曰：“大人奈何輒虐海内名士耶？”爲翰林庶吉士，詩已有名，其意不可一世，僅推何景明，而好薛蕙、鄭善夫。故事：學士二人爲庶吉士，師甚嚴重，稚欽獨心易之。時登院署中樹而窺，學士過，故作聲，驚使大恚。然度無如何，佯爲不知也。乃已當授官給事中，用言事，故詔特予外補裕州守。既中不屑州，而以諫出。知當召，益驕甚。臺省監司過州，不出迎，亦無所託疾。人或勸之，怒曰：“齷齪諸盲官，受廷陳迎耶，當不愧死？”一日出候其師蔡潮以他藩道者，潮好謂曰："生來候我，固厚，而分守從後來，亦一見否？且生厚我以師故，郎分守，君命也。"稚欽曰："善。"乃前迎分守，而分守既下車，數州吏微過，當稚欽笞之十。稚欽大罵曰："蔡師誤王先生見辱。"挺身出，悉呼其吏卒從守，勿更侍。一府中慴伏，亡敢留者。分守窘，不能具朝餔，謀於蔡潮。潮爲謝過，稍給之，僅得夜引去。於是監司相戒，莫敢道裕州，而恨稚欽益甚。爲文，致逮下獄，削秩歸。家居愈益自放，達官貴人來，購文好見者，稚欽多蓬首垢足囚服應之。間衣紅紵窄衫，跨馬，或騎牛，嘯歌田野間，人多望而避者。晚節詩律尤精，好縱倡樂，有《聞筝》一首："花月可憐春，房櫳映玉人。思繁纖指亂，愁劇翠娥顰。授色歌頻變，留賓態轉新。曲終仍自叙，家世本西秦。"又一書答人云："綺席屢改，伎倆雜陳，絲肉競奏，宫徵暗和。羲和既逝，蘭膏嗣輝。逸興狎悰，干霄薄雲，禮廢罰弛，履遺纓絶。"俱妙極形容，可謂才子。

王稚欽詩如良馬走坂，美女舞竿，五言尤自長城。

王稚欽、吴明卿之於五言律，各極妙境，可謂專至而有餘。

王稚欽書牘如麗人訴情，他文則改鼠爲璞，呼驢作衛。王稚欽答余懋昭二書，與李少卿報蘇屬國差堪。叔季顧華玉鎮楚，詔修《承天志》，以王廷陳、顔木應，後不稱旨，一時亦謂非宜。自今思之，自不可及。《藝苑卮言》

侍明卿行者，王行父氏從旁曰："子以吾先生楚人也，楚於德靖間最多才子，若以吾伯父稚欽嚆矢之，而顔、廖、童、張、孫氏父子翼焉，子以爲疇偶。"不佞無然，久之，始應曰："以子伯父庶幾乎！"《吴明卿集序》

楚之先輩，辭權尚在臺閣，長沙之廣通，黄岡之偏至，蒲圻博而寡要，茶陵健而少情。《與郭美命書》

弘正之間，大昌厥辭，李、何倡之，邊王翼之。《顧華玉像贊》

徐左使學謨撰楚通志王廷陳傳，謂廷陳爲翰林院庶吉士，好譏評人長短，出爲吏科給事中，會毅皇帝南廵，業以言激修撰舒芬、庶吉士汪應軫，上書阻諫。大學士石珤止之，曰："脱禍不測，莫汝庇也。"廷陳旦賦《烏母謡》，大署玉堂之壁，語侵政府。由是風吏部，又出裕州守。此處殊誤。盖當正德十四年散館前，而廷陳與同館汪應軫、曹嘉、汪暉、馬汝驥上疏剴切，留中。至是暉、汝驥留而廷陳、應軫、嘉出授官。迨吏部擬暉、汝驥編修；廷陳吏科，應軫禮科，俱給事中；嘉御史。有旨，各依甲次補外。至嘉靖初，各復官，而廷陳坐法革爲民，後以言事，例准致仕。今謂廷陳已授給事中而激修撰舒芬等云云，又出爲裕州守，且其時石公以禮侍學士掌院司教育，非大學士也。又謂肅皇帝登極，訪羅遺佚，巡撫都御史顧璘以廷陳名薦，不果用，亦誤。嘉靖十八年，璘聘廷陳修《承天志》而薦之，爲科中所駁，故僅賜銀幣耳。肅皇登極之際，廷陳方坐事，顧尚爲台州守。《史乘考誤》

顔惟喬草《隋志》，稱良史。余讀之，殊不稱。又徐子與致其全集，若千卷，亦平平耳，遠不逮王裕州。

《文章九命》，三玷缺，四偃蹇。有云："邇時李獻吉、王稚欽輩，皆負此聲，何也？内恃則出入弗矜，外忌則攻摘加苦，故爾寧爲有瑕璧，勿作無瑕石。"

吴明卿

稚欽在德、靖間以詞才擅名史館，海内士争誦説之，近體奄有四傑，古詩凌厲三曹，而文則刻畫左氏内、外《傳》，楚諸先輩鮮有能方駕者。《王行甫集序》

黄州諸勝，有待而顯，有如東陽永嘉，非沈、謝不名。若赤壁本奇，假借嘉魚無當，雪堂、竹樓雜廨宇，間一託足，皆所謂前人不足古也。至求黄歇殘壘，永安故城，即居人不知所在。獨稚欽先生詩稍備一邦逸典，而其辭又宏麗大家，高視蘇學士二賦，何論季常！今先生骨已朽，明公豈有意一表章之，以風楚後學乎？《與鄒彦吉使君書》

元美序令伯詩，及鄉人周、鄒諸君，而不一及行甫，則其精神偶遺，非定論也。《與王行甫書》

頃讀元美所爲《夢澤先生序》，謬及鄙人與周、鄒二子，而遺行甫。本寧不知，所謂怏怏者數日。《與王行甫書》

李本寧維楨

弘、正間，北地信陽纘漢唐之業，而吾楚有王稚欽先生者，實羽翼之。至嘉靖末，歷下婁江中興，而吾楚有吴明卿先生者，其社中人也。

楚得二先生而張。《王行甫集序》

胡元瑞應麟

當弘、正時，李、何、王號海内三才。如崔仲鳧、康德涵、王子衡、薛君采、高子業、邊廷實、孫太初皆北人也，南中惟昌穀繼之，華玉、升之、士選輩不能得三之一。嘉、隆則惟李于鱗、謝茂秦、張助父北人，而南自王、汪外，吴、徐、宗、梁不下十數家，亦再倍於北矣。《詩藪》

王敬美

稚欽不死，乃稱才子。明卿雖老，竟是詩人。此語不載集中，胡元瑞以告追淳者。

顧玄言起綸

《國雅品》云：王給事稚欽調高趣新，頗多奇句，如深谷綿蠻，泠然幽響。其《少年行》云："金羈及狡兔，珠繒落高鴻。"《江上言懷》云："岸東濤聲急，軒凝野色重。還蜀云峽束，秋江怒雲盤。"《石棧懸吊道士》云："海田猶有變，洞壑豈無哀。"《春書》云："絮飄兼鶴毳，花落罥蛛絲。夜坐云把燭，秋蛾集開簾。"《夕鳥過聞箏》云："思繁纖指亂，愁劇翠蛾顰。曲終仍自序，家世本西秦。"殆與高、岑方軌矣。稚欽本高才不羈，嘗謫裕州，爲監司督過，罷職還，益自放誕，或衣緋酣歌，或跨犢浪迹，作慢世之狀。讀其《述邃賦》，其志有足悲者。

汪伯玉道昆

當代楚材滋盛，臨皋、下雉先鳴。《與王行甫書》

張助父九

詩至我明，真振歷代之衰，直追李唐，而楚才尤衆。如公家稚欽、行甫，下雉明卿，岳陽仲可，京山本寧，皆一時翹楚。

夢澤集卷二十一

卷二十二

附録四[1]　諸公評語

黄岡縣志

茅伯符瑞徵

王廷陳字稚欽，濟子。穎慧絶倫，讀書日記數千言，弱冠魁楚書，尋儁禮經第一，授翰林庶吉士。武廟南巡，與修撰舒芬、庶吉士汪應軫等上疏諫。或止之，陳作《烏母謡》。疏入，上怒，廷杖，謫知裕州。治尚嚴棘，士民畏之。性褊直，以事忤當轄，遂中危法，褫職歸。嘉靖間，詔以言事，例准吏科給事中致仕。後巡撫都御史顧璘薦修《興都志》，欽賜銀幣。屏居林壑三十餘年，以詩文自娱，郡國吏罕見其面。大梁郭鳳儀守黄州，時時以詩就質。大中丞林富亦云："入楚獲見夢澤先生，歸田對父老無愧也。"其見重如此。著有《夢澤集》，行於世。《人物志》

齊安自有王、杜闡兹風雅，至蘇端明，益揚其波，江山斐然增色。明興，王太史稚欽先鳴，狎主詞盟，楚師遂方駕域中。《藝文志》

---

① "附録四"，原脱，今据上下卷文例補。

黄州府志

周子徵思久

王廷陳字稚欽，濟之子。穎慧絶倫，髫年即能文，讀書日記數千言。舉進士，選翰林庶吉士。武廟南巡，與修撰舒芬、庶吉士汪應軫上疏諫止，觸上怒，跪門廷杖，謫裕州守。治尚嚴明，士民畏之。然性峭直，以事忤當轄。當轄怒，以危法中之，後得解罷歸，屏伏林壑三十餘年，絶足公庭，日以詩文自娱。所著有《夢澤集》，行於世。

湖廣總志

徐明叔學謨

王廷陳字稚欽，黄岡人。年甫丱，日誦數千言，能文章。弱冠魁鄉試，登正德丁丑進士，選翰林庶吉士，補吏科給事中。武宗南狩，與修撰舒芬、庶吉士汪應軫上疏阻諫，上怒，杖之廷，謫知裕州。以忤監司免歸，屏居林壑三十餘年，日以詩文自娱。所著有《夢澤集》，行于世。嘉靖中，巡撫顧璘疏薦起用，上賜縑帛，優待之，不果用而卒。

楚　紀

廖鳴吾

王廷陳字稚欽，黄岡人，參政濟之子也。正德丁丑進士，選翰林院庶吉士，補吏科給事中。諫阻南征，謫裕州知州。

夢澤集卷二十二

卷二十三

附录五　家乘

明奉訓大夫河南南陽府裕州知州以吏科給事中致仕前翰林院庶吉士先伯祖考行十府君行狀

曾祖考諱思旻，儒林郎，直隸、揚州府泰州同知致仕。曾祖妣魯氏。封贈闕考。

祖考諱文奎，封承德郎、南京户部闕。清吏司主事，贈奉政大夫、吏部驗封清吏司郎中，加贈通議大夫、南京户部右侍郎。祖妣樊氏，封安人，贈宜人，加贈淑人。

考諱濟，河南、四川等處承宣布政使司左参政致仕。贈中大夫，加贈通議大夫、南京户部右侍郎。妣汪氏，封宜人，累贈淑人。

本貫湖廣黄州府黄岡縣永安城。

楚先哲才名赫奕，無逾先翰林府君。自府君下世，今垂五十年而家狀缺如也。諸書志傳多所紀而弗詳，藝林人士或侈談而失實，從孫追淳愴焉。淳生也晚，先世事皆不易知。歲時從諸宗老掃丘墓，偶有聞，輒筆識之。記問獨至，故能悉府君之行業。而又證諸往牒，筆信削疑，爲草狀，俟異時上之史官。

謹按：先翰林府君諱廷陳，字稚欽，别號夢澤子，行十。前元之季，省三公自豫章樂平徙家黄岡，歷五世，爲泰州同知。公思旻府君生洪武間，始輟農業，以仕籍顯。淳德陰功茂甚，此後人累葉食報之始。事見别傳。泰州府君生南京户部主事竹坡公文奎府君，竹坡府君生吏部驗封郎中南墩公濟府君，二世皆以叔祖太子少保刑部尚書公廷瞻府君，贈通議大夫、南京户部右侍郎。南墩府君爲時名臣，勁節莫容，出爲河南、四川参政，遂乞休歸，課農永安城山中。翰林府君，其第二子也，出汪淑人。

髮總丱，負異穎，記誦以寸，或廢讀，騖於邪僻小技。庭趨課督，咄嗟遂辨。正德八年，以白衣魁楚書。明年，試禮闈，自意雋第，不免束縛如新婦，乃稱病，不終策問。榜發，知果雋禮經第一，而復置之主司，爲扼腕者屢。十二年，始亞魁大庭。同榜十餘人並擅賦藻，而府君尤其傑出。先是，占者奏文星入楚，是其應也。既被館選，改授翰林院庶吉士。益綜淹博，盡發中秘之藏。其爲文按古衡法，不肯苟就。詩於時少所許可，獨推何督學景明。每公卿出所撰使評，輒加臧否，無所遜避，故多陽服而陰憾之。院有嘉桃，嘗登樹竊食，爲館師學士見之，令作《竊桃賦》；已伐樹，又令作《伐桃賦》。皆擊鉢韻成，文采璀璨，學士嘆服。《藝苑卮言》有云："故事：學士二人爲庶吉士，所嚴重，稚欽心獨易之。時登院署中樹而窺學士過，故作聲，驚使見，大恚。然度無如何，爲不知也。"即此事。傳誤。

佯時，武宗毅皇帝數爲期門遊。十四年下詔南狩，將歷岱宗、徐、揚，憩南都，浮吴越，遡漢水，登武當，省臺諫者多得罪，大臣亦莫敢言。府君遂草疏，激同官舒芬、汪應軫、江暉、汪思、曹嘉、馬汝驥等詣闕力争。學士止之曰："禍不測，余莫汝庇矣。"府君作《烏母謡》，大署玉堂之壁。疏入，上大怒，不可解。三月壬子，警道。届期，府君等跪門五日，而諸司以疏繼者至百七人。時天色陰霾，水溢内海子不了橋，高四尺，鐵柱七斬折，京師震駭。大臣被唾罵，出入不敢待明。有請命禮部禁言事者，或又貢諛，参屬吏妄言。有旨，各廷杖三十，疏首調外，餘奪俸半年。府君既受杖，屢絶復蘇，賴良醫得不死。然上遂不果出。秋期，當解館。吏部擬府君吏科給事中，徐宗伯、廖學士、皇甫僉憲皆謂已散館。授給事中者，蓋言後以言事例准給事中致仕而誤。宰執不悦，假手其間。旨下，俱依甲次外補。于是芬等皆出，而府君遂以二甲前列，例補河南南陽府裕州知州。考芬爲廣東提舉，暉爲澤州，汝驥、廣德皆知州，而思獨爲三河驛丞，似非甲次，不審何故芬獨爲提舉？當是以疏首，先調耳。

其爲裕州，治尚嚴棘，法行貴戚。簿書期會瑣屑，既非其好，欲如長孺卧治。而地當南北孔道，手板折腰益非所堪。臺省監司過州，例不出迎，亦無所託疾。人或勸之，府君叱曰："齷齪諸盲受廷陳迎，不愧死耶？"有清軍御史喻茂堅，鷙悍人也。《藝苑巵言》以爲分守，誤也。當出京，時人或謂曰："裕州王才子，宜折節下之。"茂堅不悦，遂首按裕。先是，府君偶迎臬長陳鳳梧，《藝苑巵言》以爲蔡潮，蓋誤。按《河南志》，嘉靖六年，潮始以右布政使莅此。鳳梧勸曰："子候我固以父執，而御史從後來，亦君命也，倘有意一見乎？"府君曰："善。"乃迎御史，其不出郊，遵令典也。御史以爲輕己，故撻州倅示怒。府君引咎，爲解不得，誶語遂及府君。府君怒曰："陳先生誤我哉。"攘臂登堂，拳擊御史。御史窘甚，姑謝曰："王先生命世才，惜乏量耳。"笑而釋之。律例官品，應從凡鬥論。御史陽屬鳳梧關説，而疏已獨上，且招來黠民，羅織罪狀，下大梁獄。久之，有金陵王逢元抗衆怒，入獄共寢，揚榷古今。父韋方督學中州，弗計也。府君在獄，嘗撰《左賦》、《螢火賦》及《神難》之篇以自廣。南墩府君貽以五經各一部，而各繫以詩，勉之進德省愆而已。然一二宰執舊怨府君，内外搆扇，莫有解者，竟褫職歸，齒未三十也。

歸而南墩府君拒不令見，見當杖殺之。府君日夜涕泣，每因所親求見不得，乃遵大杖則逃之義，避而城居，蕭條布素，不異貧士。一日忽心動，求見，甘大杖不避，南墩府君亦番然許見。網魚傾醇，歡宴終夕。而南墩府君忽病，數日遂不起。非緣孝感，幾不獲一面。

逮世宗肅皇帝下詔，復言者官。同謫諸公皆躋顯秩，汝驤至禮部侍郎、侍讀、學士，贈禮部尚書，謚文簡。暉至工部侍郎。芬至左諭德，謚文節。思至副使。應軫至提學。嘉至布政使。惟府君後職坐事，僅因言事例，准以吏部原擬吏科給事中致仕。諸書僅云致仕，考汝驤、暉之召起，皆去知州，而仍吏部編修之原擬，則府君之准致仕，亦當以給事無疑，不然何以書因言事例？言事則前事例，則一例可知也。

初，應軫被詔至京，即欲上疏明府君無罪，曰："余寧不官，不忍使王子沉落。"而同詔諸公虞其累己，遂力止之。應軫每入班行，悵恨若遺，雖復故秩，不喜也。嘉靖二十年，大司空顧璘將事潛邸，因奉旨創

《興都志》,集楚鴻儒,而以府君暨顔亳州木、王僉憲格申於表薦。書成,當賜環。時方居母汪淑人喪,遲及秋期服闋,乃行。會其書且就,稍爲筆削,聊酬司空禮數,非有意再出也。書上,爲忌者參駁。上遂不果召用,僅賜白金、紵絲而已。時薦疏非止司空,今不可考。府君與人書有云:"近日薦剡,僕名每溷,諸賢深用爲愧,二公知己,誠未可忘。"

郢遊歸,栖遁益深,皭然世味,無所介意。或屢月不櫛,達官貴人謝絶勿見;以購文見者,多蓬首跣足接之。嗜著紅紵窄衫,或裼以素。有馬日行三百里,出必以隨,或騎牛嘯歌,惟興所適。素工諧謔,聞者絶倒。書法翩翩,有《聖教》家範,片紙隻字,藝林争購,若連城珍。善鼓琴,居常聲樂不絶耳,曲誤輒顧。日饌數千錢,預置笥中,取以自給。重門下楗,不通賓客。綉幕緗簾,綴以流蘇。雕欄畫屏,金碧隱映。仗鼓朝發,華燈夜張。積日成歲,未有間絶。倦則與所昵蹴踘、投壺、彩選、博陸、賭快爲戲,或手一編過目,聊復自娱。每語人云:"林居以來,高竹林之賢而醜其放,懷三閭之忠而過其沈,智鴟夷之逝而污其富。丈夫樹立已矣,而詞賦小技,又無足煩其思。"每景物會意,命酒自歌,酒不盡量,歌不盡調,倦則偃卧,卧不爲夢。厭苦俗徒,寧獨無與。身累百垢,長爲世棄。乃稍稍脱拘攣之文,逸瑣尾之忌,弛煩多之縶,若九重流潤枯槁。被以纓紼,趨就班行,俗忤事違,褊心復觸,前轍必遭,天幸難再。故欲敦窮居之尚,示自廢之迹,廣讒口之資耳。其衷如此。

一客自山中來,謂將謁郡庭,有所請。府君怒逐客,曰:"鄙語何辱吾堂?"令童子汲水,澆滌盡日。嘗泊厦門,楚愍王召讌,極備樂,方授簡陳詩,且爲元夕觀燈之約。及春,而王遣使幣聘禮,意甚殷。府君稱病,力辭,而王即以元夕後之三日被弑,蓋亦先幾之智。近衰,出户尤簡,獨歲一赴宴寵姬之父李家,出則里人士塞途聚觀。屏迹既久,郡國之吏無敢輒至其廬。大梁郭鳳儀領郡,亡何入覲,京師貴人多問:"與夢澤先生遊大快乎?"郭公憫然,心愧未及南轅。已具書,顓使自介,求通,爲久要盟。抵郡,兩相歡如故識。府君始報謁郡齋,下竹樓之榻焉。撫楚大中丞莆田林雲同行縣,先使通意,冀一見不得,乃遣尉屬殷生懇之。府君與約,不刺不報,謁不冕衣裳乃見。中丞大喜過望,出語諸藩臬,曰:"入楚,覯稚欽先生,可歸田對父老不愧也。"

夏文愍公言方在閣時，問訊不絶于道，府君初無所答，其介如此。府君雖傲物，而事伯兄都察院都事公廷儒府君最謹，鞠訓幼弟尚書府君，無間形體，曰："此先大夫愛子也，骨相當槐棘。"然都事府君以嚴督，而府君以寬育，故尚書府君抵于有成。

府君修軀偉容，多膂力，老進不衰。忽感嘆作《分手陽關曲》數闋，倚胡琴成，聲悽惋欲絶。偶有房帷之溺，一病遂劇。視匠治棺，猶戲謂："此中良安，好第不堪作錯認。"盖蹴踘身勢也。易簀之頃，顧諸客曰："滿座黑老鴉。"有餉鮮荔枝者，命客納袖中，奄已逝。穆皇帝初年，加意耆宿，王格起家卿貳，而府君下世久矣。

府君生弘治六年八月二十二日之寅，卒嘉靖二十九年十二月十六日之辰，享年五十有八。葬黄岡之風火山。配謝氏爲大中丞昶孫女。男子二人：伯父同舟娶劉莊襄公天和女，叔父同豫娶陳氏，俱老諸生。女一人，適諸生牛奎。孫男十人：出同舟者，兄潁州知州追伊娶平樂知府吕韶女，諸生追傳娶合州知州劉桂女，追姬娶曾氏，諸生追召娶某氏；出同豫者追嘉娶方氏，追欽娶李氏，皆諸生，早卒；追芳娶程氏，追熙娶周氏，追昌娶曾氏，追皡娶李氏。幼者尚未名。孫女六人：適儒士劉應嘉、諸生李文綬、諸生左應試、王家錫、郭世完、李望科。曾孫五人：諸生一中娶戴氏，一鳳，俱追伊出；一嵩娶滕氏，追傳出；一奇、一音，追姬出；一鵬，追昌出。曾孫女五人：適禮部主事周應明、諸生徐步瀛、丘維、明孟、刑部主事徐存德。若追嘉、追欽、一中，俱名士也。

著書凡二十餘萬言，即今傳《夢澤集》。世多稱府君尺牘淳獨，謂顓精在文，逼真《左》、《國》，兩司馬而下心師焉。漱取精華，盡除蹊徑，難諧衆目，宜然矣。他論草累百篇，皆童時受罰之業，而實浸淫秦漢，或類蘇，猶存什一傳焉，今藏家塾。海内稱繼業者，家君太僕主簿同軌暨侄臨漳令一鳴。而鳴已早卒，獨追淳輩數人沾沾挽弩末而瞠乎其後。畫虎之慚，其能免哉？

王追淳曰：先翰林府君甫通籍，輒欲死朝廷，乃其毅氣使然。小見凌辱，卒與禍會。龍驤登途旋蹶，可悲也。末造蟬蜕溷濁，高蹈深栖，狂則正平，傲仍叔夜，而獲考終，誠闕不幸之幸。當時楚諸先輩，文焰甚熾，府君以失位少遜，及異世超乘，獨府君齊名何、李，稱海内三才，他皆不足挂齒。斯文定價有時，信其然矣。且夫節義、文章，自古不能兼得，而府君天縱之，區區富貴利達，何足以動其心哉！

先翰林府君遺事

先翰林府君以諫阻南巡，廷杖不死，出守裕州。州有販布商爲盜顛越，面毀首碎，府君廉其狀不得，因意商必主儈，州諸儈可訊也。一日徵諸儈悉至，忽一麻雀飛來，往返梁間。府君心動，麻可姓，梁可名也。猝問："麻梁在乎？"或曰："麻梁先期去關外矣。"因急捕麻梁，一訊吐實。雀非寃化，則鬼神通之乎？

逮忤御史，下大梁獄。有遠族弟廷茴者，聞其事，大不平，具疏走京師，欲爲申辨，撾登聞鼓不得。會駕出，伏道左稱寃，箠死杖下。茴年二十有二，於府君實昧生平，蓋烈士也。茴死九十年，而其事始傳。

居林下時，戚有購産而鬩者，府君以弄丸，居其間息之。二氏具讌，槖百金若以酬者，府君無所却，令星鑿之，遍擲地上，群優争拾，毆者或蹶，一噱而已。

陳祭酒沂嘗奉使過黄，府君報謁江上，紅衣擁妓。陳公勸："曷少斂乎？"府君曰："人有不能，各從其好。安能以子之所能，儆人之不能？子誠小人也。"此陳公之孫所語。

有丁生，徽人也，以醫獲燕見，嘗問："子徽人，稱吾文若何？"丁生曰："吾徽無不稱絶代一人，但云不易就耳。"府君方晨櫛，笑曰："子試擬一題。"曰："即作贈丁生文可矣。"府君左握髮，右捉筆，文不加點，立就《上池》之篇。丁生頓首謝曰："前言本誣，向非一激，丁生何自得公文耶？"又有殷生踵此術，得數詩者。

有别墅數處，分日游衍。一日方宴，卧墅間，聞唱騶聲，驚曰："何物俗吏，喝道入吾林。"詢之，一司理也。使童子隱身樹上，俟其還過，以箠箠驚之。司理慚怍，遁去。

關中許宗魯督學楚時，造門求之，府君衣不改故，迎不下階，蓬首出見。許公口占韻語，爲《蓬首謡》見謔。府君亦舉其拙句鄉音，應聲爲謡答之。

幹奴謳，曉文善書，每文成，口授腹草，令書，不大訛失。又於諸所欲爲，能先意承順，大得其歡。《與殷子書》有"椎埋宄藪，闤闠狡童”“自醜卑流，仰攀華胄”等語，則以陶仲文嘗招致之不得，而陶甥胡民表者，與謳結兄弟，忽賂殷生求婚。府君大怒，擬《古龍升天須浮雲行》峻絶之也。

《聞筝詩》“花月可憐春”二首，王司寇世貞極稱賞之。其人本逆璫劉瑾侄女，始瑾欲贅戴探花大賓，戴已聘某參議女，欣然停婚。瑾復悔之，云：“又一部《琵琶記》矣。”乃别贅邵解元昇。瑾誅，邵挈妻遁去，後展轉襄楚爲娼。“曲中仍自叙，家世本西秦”二語，妙絶人代，盖實録也。

又司寇《藝苑卮言》有云：“王稚欽蹶不可馴，父母每抶朴之，則呼：‘大人奈何輒虐海内名士。’”此語自有致，但非其實。吏部府君家範甚肅，府君登第後，猶時時與杖。或使鈔書，字法小苟，叱之長跪階隅，無問隆冬酷暑，不得父命，竟夕不敢去。嘗偕諸弟蹴踘，都事府君值而怒之，猶與杖四十。又或見有外祖汪公過宿于家，晨興，偶失竹簪，府君持帚覓之，跪而後進。賢孝之實，往往如此。

萬曆間，郡守范可奇爲建棹楔，署云：“直節匡時，雄文映世。”惟郭有道碑無愧色，此之謂歟？

往淳爲草行狀，其不及知者贅録於兹。彼其殘膏剩馥，足了數人，而況夫與日月争光者乎？

夢澤集卷二十三

新附録

遺文輯佚

江上贈羅汝延太守之二

獨釣江城暝，相逢水國寒。滄浪漁夫曲，綵鷁使君灘。雪後雲增白，楓回岸匝丹。一麾當歲晚，行路莫辭難。

淮刻本卷五、湖北先正遺書本卷六

送唐生詩

仗策欲誰親，侯門不重賓。空彈馮氏鋏，莫濟范睢貧。玉露凋紅樹，金風起白蘋。蕭蕭南去雁，飄泊自爲群。

載《御定淵鑑類函》卷三百一十

周雪窩墓志銘

君童，父遣就傅。傅讀或誤，輒擇焉以難。傅曰："童惟訓，何難也？"君曰："實疑焉，其敢弗難。且訓以開慧，而務閉之。閉慧以訓，何傅之有？"傅聞而駭，以辭父，許業成。父曰："何弗試也？"君曰："兒聞之，積之如淵，流之以涓，不然且竭。兒虞竭也。"父聽。久則請曰："可試矣。"父乃曰："已淵乎？"君曰："及弗淵，當無竭憂。"一試而廩食，既屢試弗第，君色愠。或曰："達生無愠。"君曰："豈一第之留焉？父老矣，而不務以寬之，懼。"乙丑歲，以次當貢，强而就，曰："童而業，何期也！兹之就之，何卑也！"復曰："賢而抑者豈不繁哉？何有於余?”而以懟已爲慈谿丞。慈谿，饒國也，國重賂。吏當其甫至，百金爲皿，籍手稱覿令，不有始，國人作例。君曰：“却焉，昭令之愆；其罔却焉，廉不吾有也。昭愆匪仁，捐廉匪智。弗却以却，吾是用思。”首營學宫，士也朋從。繼給孤窮，民無煢煢。末糴以充，委吏則綜。費不帑出，賄以爲公。邑人悦焉。按者爲賢，政不可遷。甫三年，以疾卒於官。君諱紹武，字大烈。生以天順辛巳，卒於正德辛巳。嘉靖甲申，葬地名小嶺。

銘曰：澤儉厥德，予也實惑。不軀而裔，爲我民悦。爰妥厥居，冥懷以舒，矚後以娱。《縣志》

載光緒十年《黄州府志》卷三十八“金石”上

與友三友四書

四兄於先人有骨肉之恩，有師弟子之義，又於兄弟中貴而且賢；至於三兄，久以孝廉聞於州郡，三代之遺直也。中流砥柱非二兄而誰！夫人生而敬愛之，死則淩其後人；或生而面譽之，背而毁之；或指其微瑕而掩其大美；或平日隱蓄忿怨，幸其死而泄焉：皆市井之行，非道義之物也。夫士者，以其異於衆人也。使與市井同行焉，烏在其爲士矣？

翟公云“一死一生，乃見交情”，左右明耻匿怨而面友者。先人肉死未寒，乃於一旦群吠衆攻，又於先人深爲詆訾，兄忍聞之乎？言者縱不惜先人，獨不自惜乎？使人亦以此加于兄及兄之先人，能堪之乎？夫生死異情，面詭於心，在賓客爲薄，於交遊蒙羞，使於骨肉而然，竊恐翟公之門不屑書，丘明無所於耻也。今也取賓客之薄道，携交遊之病德，舉而施之骨肉之間，且士也，甘擬迹於市井，弟頗爲衆不取也。

嘗聞群而擠，勇者必僕；族而撓，勁者必曲。一倡從和，謬素爲緇，能使明者改視，聰者失聽，鑑亂其照，衡喪其平。是故仁義不足恃，律令不可憑，固懷刑者之所危，聽訟者之所惑也。弟每念斯事，輒仰天叩心，潸然泣下已。復攘臂起立，突然壯夫，犯衆怒而不悔，就刑辟而無愠。是豈闇於機宜而與俊傑異識哉？誠憤其妄詆先人，兼恃二兄之砥柱也。

今觀衆議，誠如風影，茫無住著。至所云祖儲，則所謂上古之事，遐哉邈乎。其詳不可得聞已。當年目擊之人，其上壽者已齒落髮脱，龍鍾臃腫，語不可了矣；其下壽者久登鬼籙，骨肉蔽於下陰，爲野土矣。當年髫齔之童，又見二毛，稱翁矣。國經三帝矣，家見玄孫矣。必欲求明以爲分析之據，當求冥漠之官、魍魎之吏、冢墓之鄰、腐敗之牘，又當有還魂之術，起諸先人於重泉，然後就聽於幽宫，責逋於異物。乃使亡是司脈，烏有執概，憑虚布籌，安處職出，歷代文薄，旋爲補緝，飾已陳之迹，本致多之由，又恐毛穎告勞，紙價騰貴矣。

先人彌留之際，諸父諸兄皆在省視，未聞一言及之張本，今日若但口語傳聞，非法家之事，衆處争中，復難證佐。想諸長者必有迥出尋常之見，又有萬無一失之策，非弟稚嫩迂腐所及。弟爲此説，柢欲爲衆巧發一笑耳。

夫千乘之國不信其盟而信子路之一言，弟之求救於二執事者，屢矣。舉今日之事，唯兄之命而甘心焉。且兄亦許之解矣，然而舉措不一，持議靡常，令人轉增疑懼。奈何老母連日憂泣過當，幸兄大賜張主，以寬母心，若吾輩固魚肉也。

載淮刻本《夢澤集》卷十七

歷代序跋

李幼滋王夢澤集序

《王夢澤集》若干卷，舊刻於夢澤之家。今雲澤官淮，復刻之郡齋，而請余以序，曰："願有以永吾兄者。"

嗟乎，吾烏足爲夢澤言哉？夢澤弱冠振場屋，聯登甲科，程試之文，膾炙海内。逮入禁苑，才名益馳，天下操觚之士識與不識，莫不服其爲難及也。命與仇謀，機將禍會，共妒朋忌，群言沸天，内不見容，外不能亮，擠排挫折，放乎丘壑。君平棄世，而世亦棄君平矣。然則夢澤何嘗異哉？世人褊心，見其迹不察其情，拘於小不求其大。凡夢澤孝友直諒，慷慨雋爽，憤俗匡時之素，輕財好士之風，通明幹世之資，邁往淩雲之氣，知者幾人？其莫之敢呰而不能泯滅者，文焉。止矣，悲夫悲夫。國家熙洽之運之所篤生，山川英靈幡然之所秀發，上天鄭重産才之意，乃獨文一王夢澤耶？且是文焉者，既以礙其修途，又以掩其鴻美，豈夢澤之幸哉？烏乎，使夢澤在翰林，不即出，出矣，得壽考其天年，必將絪緼涵蓄以暢鍾鏞黼黻之盛，否則精究玄詣述一家傳世之言。

今之此編，存者僅僅耳。又皆斐然應世，衝口而出，信筆而書，在夢澤亦自不以爲滿焉者也。故觀夫夢澤者，於文猶有未盡，而況其人乎？然徐而讀之，則有見於其趣遠，其味深，其旨正，而不渝其節，調而不迫，具盛唐之冠冕，備魏晋之風容，妙左氏之典刑，得騷人之情旨。長篇短什，足垂規範。下至書題述臆，亦極心手。宛然之妙，蓋獨超乎神魄而别具乎肝脾，物外之至珍，而塵中之嘉瑞，不煩繩削而自有得於天者。後人誦説，亦可想其平生矣。夢澤之鉅者，昭爲列星，激爲雄風，往矣，不與之俱往者，將不在是邪？況雲澤令望嘉猷，章於始仕，已偉然廊廟之寶。酬其兄未了之心，補其未盡之譽，而饗其未全之福，自有以永夫夢澤者，豈直校輯其未定之文已哉？余於夢澤爲後進於鄉，而雲澤則同寅也，感通家之誼，且重違其請，遂不讓而書之。

嘉靖壬戌歲孟冬朔賜進士第中順大夫淮安府事前禮科左給事中應城義河李幼滋序

載淮刻本、《湖北先正遺書·夢澤集》前

皇甫汸夢澤集序

《夢澤集》者，齊安王君之作也。君名廷陳，字稚欽，號夢澤子，因以名集云。父南墩公濟，孝廟時登壬戌進士，爲吏部郎。生君，穎慧絶倫，髫齡即能綴文，殆由性靈，非假師授。黄童世謂無雙，倚相時稱能讀，咸楚産也，君實似之。吏部公愛之甚，常云“王氏千里駒，復見此子矣”。

甫冠，舉於鄉。越丁丑，試春官，俱爲禮經第一。廷對，擢高第，選爲庶吉士。與東浙汪子應軫、江子暉，關中馬子汝驥、許子宗魯，任丘鄺子灝，大梁林子時、曹子嘉，西蜀余子承勛，楚顔子木暨君，並摛藻掞天，敷華緯國，得人之盛，彬彬首是科矣。江子爲文，鈎玄獵秘，雜以古人奇字，指既閎眇，語復聱牙，令讀者謬根眩霿，至莫能句，隱口汗顔而罷。王君每有所造，輒大叫以視人，曰："有能增損一字者，願以千金爲賭，恐《吕覽》金卒莫可得也。"又好爲譏評。由是人多陽服而陰憾之矣。歲餘，解館，拜爲吏科給事中。值毅皇帝將南狩，在廷群臣咸諫止之，章奏日盈於公車，不獨言責也。汪子乃激衆聚詣闕下，上書宰相。熊峰石公典司館教，危言沮之，曰："倘禍叵惻，老夫力莫汝庇也。"旦賦《烏母謡》，大署玉堂之壁，語侵石公，公爲大慚。其縱誕多此類。先是，忌者以館中譏評語寖淫聞於政府，政府銜之。書上，果諷吏部出補州郡吏，竟得裕州。夫脂韋磬折，不習其容，訟牒填委，又非所好。至則治尚嚴棘，不畏强禦，法行貴戚，有鷹擊之風。謁御史不爲少貶，廼睎附權勢，文構釁毽，遂使鍾儀縶冠於楚囚，鄒陽按劍於梁獄。悲乎！今上嗣位，湛恩汪濊，虚納曲貸，諸子稍稍晋復，君獨絓網擯棄，顔子嬰禍尤烈。至使患同黨禁，而榮異彙徵，去均淵墜，而進乖薪積，世共惜之。

自後一紀，而余忝己丑進士，識崑崙山人於都門。山人者，張詩也，雅善諸子，間與余道夢澤事，因聞其詳。余亦濫有時名，諸子引與締交，未嘗不延頸想見王君也。况負才使氣，亦與同病。尋以觸忤權貴，賴天子寬頌，謫爲黄州理官。是役也，不以左遷爲恨，而以得繼蘇長公爲榮；不以赤壁爲樂，而以得見夢澤子爲幸。下車亡何，乃乘雪造其廬。時君足迹久不入公府，余置自外員，居由别館，君亦不惜造余。乍奉半面，歡若平生，接以杯酒，申以贈章。辭載集中。夫王氏業紹青箱，官聯朱紱，爲楚世家。君又令其子暨弟若侄從余游。嗟乎！君胡白首於衆而傾蓋於余？余亦胡爲在衆欲殺而在君獨憐也？顔子雖清揚未覯，而芳訊亦數相聞矣。

君屏居幾二十載，釋戀於爵服，娱志於琴書，覃思古人，專精作者，屢勤剡薦，耻赴弓招。觀其上顧中丞、陳監察書，若嵇康之絶山宰，及寄余懋昭、舒國裳二劄，即楊惲之報會宗，其節概可想見矣。君方斂英戢鋭，撝謙履坦，不以才華傲物，而以道術誘人。使早年砥行能然，可優游以取卿相，然未能宣耿介、發孤憤，如晚歲所底也。固知書成於去趙，賦就於還邛，人爵榮名豈有既乎？終不以彼易此矣。夫楚多材之邦，而辭賦之藪也。屈原見詆於上官，宋玉蒙詬於登徒，禰衡被害於曹瞞，然其志則争光於日月，而其言則等敝於霄壤矣。君亦奚愧哉？

是集也，樂府、古詩，潘、陸齊軌，下擬陰、何；五、七言律，沈、杜比肩，參之盧、駱；文效左氏、《國語》，而兼騁班、馬；書類東京尺牘，而雄視崔、蔡。足以不朽矣！凡詩賦十一卷，文六卷，共十七卷，成一家言。舊刻於家塾，季弟雲澤君廷瞻刻於淮陽，侄三湘君同道又刻於吴中，而吴板益精矣。

二君皆以進士爲理官，善治獄，號神明。莅淮者以賢拜河南道御史，莅吴者亦被徵行矣。三湘謂余知夢澤最深，命序諸首。嗟乎！甲寅之秋，余有滇南之役，取道齊安，訪君故廬，見其子若孫，唏嘘抆涕，賦詩吊之，兹復序之。是生叨敬禮賞訂之交，死辱彦昇筆札之託，不敢辭三湘者，不忍負夢澤云爾，言惡足爲集寵哉？

皇明嘉靖乙丑秋七月朔賜進士第奉政大夫吏部司勛郎中出僉雲南按察使事吴人皇甫汸書。

載蘇刻本前，亦見皇甫汸《皇甫司勛集》卷三十六

王世貞王夢澤集序

楚有王夢澤先生廷陳者，當正德中成進士高第，讀中秘書，以伉直故，卒廢死。余爲郎時，先生尚在，念不獲侍門牆，獨得其詩若文，習之以爲快。歸吴，有《藝苑卮言》紀其儁語俠氣，頗稱於人，人而未能定其品。晚節宦游金陵，而先生之孫潁州太守追伊重梓其集於郡，而俾余序之。

余故嘗通《楚檮杌》諸家言，竊謂春秋之季，其主篳路籃縷以啓山林，其民魋結左袵，日尋於干戈，豈復暇問觚管之業，而時已有倚相、伍舉者出，而綜墳典，嫻辭命。厥後屈左徒氏遂以《騷辭》開百世宗，而宋玉、唐勒、景差之徒相與紹明之。及秦、漢而後，小有顯者，亦不能與東、西兩京之彦埒。至唐而僅有襄陽杜氏、孟氏。杜氏之業差爲宏博，與屈氏分途而偕不朽，若文史論建，可稱述者抑又鮮矣。

明興百五十年，而始有先生。先生甫弱冠，天才横溢，飛聲藝林，超宋乘而上之，步武開元、大曆，以與六代接。文則自西京而下之，亦

不失六代。其尤雅雋者，書牘大小數十，言言子長、少卿也。詩無所不工麗，而五言更長城矣。先生既以直廢死，不得珥簪荷管爲縣官，司述作之柄。繼先生者，三太史俱以博大奇偉稱雄館閣，間然有韻之辭，視先生不啻徑廷也。後先生三十年，而先生之鄉人則吴明卿氏，先生有專詣，而明卿取兼能。若今周元孚、鄒孚如諸君子交轡而馳康莊焉，能舍先生亦幟哉？

嗟乎！衡泰嵾二嶽七澤三湘，山若增而巄嵸，水若闢而灝溔者，其爲先生輩耶？非耶？余文蕪，不能當先生，雖然潁州以爲前茅，而余且私其驥尾矣。

載文淵閣《四庫全書》本《弇州續稿》卷五十五

陳文燭夢澤集序

夢澤先生論二十篇，久布江漢，大梁侍御周公讀而愛之，梓於淮南，以誨多士。又發先生立論大旨，浩渺如雲夢，其傳益遠也。

先生名廷陳，字稚欽，號夢澤。少穎慧絶倫，其父吏部公以爲王氏千里駒復見也。弱冠試禮經，俱第一。及官翰林，綴文立就，則大叫曰："有能增損一字者，願以千金爲賭，恐《吕覽》金莫可得矣！"又縱任不拘，出補裕州。先生無脂韋磬折之態，而公期鞅掌大不耐也。投劾被逮，吴人王子新從獄中談藝，其事頗奇，而先生危矣。嗣歸山中，都御史顧公華玉聘修《興都志》。書成，朝論不可，先生復幾危。嘆曰："我豈因緣攘腐鼠乎？"遂覃心著作。詩律尤細，字多晋法，楚人寶之。皇甫子循叙先生集等敝霄壤，而王元美稱其五言諸律妙極形容，是定先生之言者兩公耳。兹論得侍御公表章之，非先生之幸乎！嗟乎，以先生之才與學，何施不可，而自放坐廢，斯亦足痛矣。

燭往來黄岡里中時，先生之墓宿草矣。及其素異哉，所聞大都孝友廉信，絶迹公府，往往多方外交。里有新貴者，思招致先生，先生擬《古龍升天須浮雲行》絶之。其節概若此。嘗欲爲先生作傳未能，而附著其概。若所著論之善，侍御公業有言，世無輕間先生矣。

載明天啓三年陳之蘧重刻陳文燭《二酉園文集》卷二

歷代著録

明・李賢等撰《明一統志》卷六十一：

王廷陳，黄岡人。進士，選庶吉士，補吏科給事中。諫武廟南巡，謫知裕州，尋免歸。居家二十餘年，日以詩文自娱，所著有《夢澤集》行于世。

明・鄭善夫《少谷集》卷四：

月下聽王稚欽彈琴

昭文鼓緑綺，六氣指間流。王子梅花思，飄飄下隴頭。月華終勝雪，商意自成秋。今夕西方夢，佳人不散憂。

冬夜過王稚欽

禁木棲烏盡，城樓戍鼓催。瞑移中散駕，時接仲宣才。道術吾全未，詞場力擬回。清風廣陵散，愛爾數能來。

明・鄭善夫《少谷集》卷八：

曹仲禮索巾云將歸具茨兼柬王稚欽

元是山人白接䍠，雲逵贈女莫相疑。便從夢澤穿嵩少，更歷襄城問具茨。

明・薛蕙《考功集》卷七：

李子中、林懋昜、曹仲禮、王稚欽夜過分韻得涼字

拂簟移尊凈客堂，朔雲燕月滿宫牆。建章露濕金莖凍，太液波侵玉樹涼。海内風流今下榻，天涯疾病舊沾裳。攀歡自惜形容異，留贈空慚翰墨香。

明·皇甫汸《皇甫司勳集》卷十六：

雪夜訪王稚欽投贈二首

清時不善宦，幽谷遂遺材。秖自焚魚卧，從人結駟來。漆園寒罷灌，竹徑晚猶開。更有相忘樂，何言興盡回？

倦遊東觀後，招隱北山前。不與公卿事，翻多農圃緣。臨池宜有翰，挂壁但無弦。余亦懷歸思，誰能更待年？

明·皇甫汸《皇甫司勳集》卷四十八：

與王稚欽書

緬昔神交，終成良覿，幸甚！徂年若電，别日爲秋。滔滔江漢，我勞如何？不肖承先人之痛，抱疴苫寢，抆涕帷堂，無因奉咫尺之書，申綢繆之意，執事諒之而已。曩乞雄文爲先人壽，迺今已矣。一念及此，五内盡裂。夫喜與戚，異感而同情者也；吊與慶，殊方而合愛者也。僕之私心，欲煩改撰誄詞以竟前請，以遂鄙旨。雖非稱千金於終宴，亦將銘九原而不朽也。裁書惝怳，不知所言。

明·俞憲《盛明百家詩·王夢澤集》：

夢澤王子，楚之俊人也，與予有世誼，所贈遺亦多。其詩清切不凡，瑩潤可愛。蓋資嫺而學足以濟，才逸而調不能拘，卓乎稱能者矣。今刻近二百篇。夢澤名廷陳，字稚欽，世居黄岡，嘗魁湖試，再魁禮闈。由嘉靖丁丑進士改翰林吉士，擢禮科左給事中。以言外補，坐事勒歸，居家憤憤鬱鬱，杜門謝交，惟肆志文事而已。年五十八，遽卒。錫山俞憲汝成甫識。

明·王世貞《弇州四部稿》卷六十八：

王少泉集序

楚於春秋爲大國，而其辭見絶於孔子之采。至十二國之風廢而屈氏始以騷振之，其徒宋玉、唐勒、景差輩相與推明。其盛盖逾千年而有孟浩然及杜必簡、子美之爲之祖若孫者復以詩顯。又幾千年而爲明德、靖之際，王稚欽氏出，而張、廖諸公繼之。自張公以氣雄而廖公以辭逞，稚欽最號爲高華，然不能毋見才役，而少泉王公稍後出，獨能折其衷。……公與稚欽皆繇高第，讀中秘書非久，皆去爲他官，故無所染於習，自致其境於古，而公尤工。

明・王世貞《弇州四部稿》卷一百四十九：

薛君采、俞仲蔚之於五言古，王稚欽、吴明卿之於五言律，又明卿、子與之於七言律，高子業之於五言古、近體，各極妙境，可謂專至而有餘。

李少卿報蘇屬國書，不必論其文及中有逗脱者，其傳合史傳纖毫畢備，贋作無疑。第其辭感慨悲壯，宛篤有致，故是六朝高手。明唐伯虎報文徵明、王稚欽答余懋昭二書差堪叔季，伯虎他作俱不稱，稚欽於文割裂比擬亡當者，獨尺牘差工耳。

明・王世貞《弇州四部稿》卷一百五十：

江暉字景暘，文昭公瀾子也。以翰林脩撰爲按察僉事，年三十六死。有文集曰《亶爰子集》。按《山海經》曰：亶爰之山多水，無草木，不可以上。有獸焉，其狀如狸而有髮，名曰類，自爲牝牡。食者不妒。取以名集，别無深義。暉好以奇僻字作文，初若不易解者，解之得平平耳。王稚欽有詩嘲之云："江生突兀揚文風，千奇萬怪難與窮。博物豈惟精《爾雅》，識字何止過揚雄。古心已出丘索上，邃旨或與神明通。求深索隱苦不置，一言忌使流俗同。令弟大篆逼鐘鼎，絶藝耻作斯邕等。生也爲文遺弟書，一出皆稱二難並。縱有楚史不可讀，滿堂觀者徒張目。少年往往致譏評，生也不言但捫腹。君不見，好醜從來安可期，豪傑有時翻自疑。伯牙竟爲知音惜，卞氏能無抱璞悲。請君寶此無易轍，聖人復起當相知。"讀此大略可見。

明・王世貞《弇州四部稿》卷一百五十一：

邇時李獻吉氣誼高世，亦不免狂簡之譏。他若解大紳、劉原溥、桑民懌、唐伯虎、王稚欽、常明卿、孫太初、王敬夫、康德涵，皆紛紛負此聲者，何也？内恃則出入弗矜，外忌則攻摘加苦故爾。然寧爲有瑕璧，勿作無瑕石。

胡仲申、聶大年、劉欽謨、卞華伯、李獻吉、康德涵、王敬夫、薛君采、常明卿、王稚欽、皇甫子安、子循、王道思,皆邇時之偃蹇者。

明·王世貞《弇州四部稿》續稿卷十一:

贈王行父,行父稚欽先生猶子也,而師事吴明卿爲文

王郎買舟千里來相詣,開卷珠璣光照地。不見竹林狂客阮嗣宗,得見阿咸差足慰。武昌以東建詞壇,吴叟首歃汝捧盤。齊安赤壁一時快,郢里白雪千秋寒。三閭沉湘九辨作,古人未解今人樂。病向維摩乞贈言,不二門中無此藥。

明·王世貞《弇州四部稿》續稿卷一百九十:

又答鄒孚如舍人

若贈僕二古風、四近體,名世之言,直可與明卿並駕,稚欽輩不足當也。

明·凌迪知《萬姓統譜》卷四十五:

王廷陳字稚欽,黄岡人。年甫丱,日誦數千言,能文章。弱冠魁鄉試,登正德丁丑進士,選翰林庶吉士,補吏科給事中。武宗南狩,與修撰舒芬、庶吉士汪應軫上疏阻諫。上怒,杖之廷。謫知裕州,以忤監司,免歸。屏居林壑三十餘年,日以詩文自娱。所著有《夢澤集》行於世。嘉靖中,巡撫顧璘疏薦起用。上賜縑帛優待之,不果用而卒。

明·王世懋《秇圃擷餘》:

詩有必不能廢者,雖衆體未備,而獨擅一家之長。如孟浩然洮洮易盡,止以五言雋永,千載並稱王孟。我明其徐昌穀、高子業乎,二君詩大不同,而皆巧於用短。徐能以高韻勝,有蟬蜕軒舉之風;高能以深情勝,有秋閨愁婦之態。更千百年,李、何尚有廢興,二君必無絶響,所謂成一家言,斷在君采、稚欽之上;庭實而下,益無論矣。高季廸才情有餘,使生弘、正李、何之間,絶塵破的,未知鹿死誰手。楊、張、徐故是草昧之雄,勝國餘業,不中與高作僕。

明・孫鑛《書畫跋跋》續卷一：

王稚欽書五言律詩。王氏跋一。〇天下以才子歸稚欽先生，謂若大紳子啓之傾寫不倦，則誤矣。搆結鍛琢，極有工夫。一句一字，亦皆有色澤。此卷皆五言律，尤是長城書法，故不必成就而翩翩自賞，宛有徵仲中年以前筆。先生信奇人哉！

稚欽案上惟置《文選》一部，隨人揭問，輒暗誦無錯者。謂搆結鍛琢，極有工夫，然哉。其書亦自當附季廸、昌穀諸君後。

明・胡應麟《少室山房集》卷一百十二：

雜柬次公四通之一

王稚欽不死，可名才子；吴明卿雖老，衹作詩人。二語于兩君，可謂千秋斷案。大抵稚欽才具過吴，即詩文徑庭，作者而天授處，勃勃不可掩。吴才情藻繪皆匪王敵，而近體卓然名家，由工力深至故也。若吴自近體外，諸古風、樂、絶種種非長，而王之五言、律雖長公擊節稱善，格終出吴下。則天授難以盡憑，而人工不可不力審矣。鄙見夙爾。乍聞執事兹評，不覺犂然心醉，以爲王、吴復生，亦當款服。而晚進深味兹言，受益非眇，輒援筆退紀之，并綴一轉語，以聞執事，將無莞爾而笑也！

明・馮夢龍《古今譚概》卷二十二"王夢澤"條：

黄崗王夢澤太史善謔。一日往謁郭桐岡太府，見府前有枷犯，乃其家用之鋸匠也。顧謂郭曰："既常解鋸矣，而於此猶枷頸焉。"郭大笑，遂釋之。又客有患癬者，王曰："何不敷鹽於患處，以磚燒熱，徐擦之，自愈。"久而不效，以問王。王曰："磚鹽癬則絶無可知。此古方也。"又客有患赤鼻者，王教以油梳子熾熱擦患處，自愈。及用之，愈赤，又以問王。王曰；"吾但知蘇子遊赤壁耳。"

明・朱之藩《盛明百家詩選・盛明詩家名氏爵里考》：

王廷陳，字稚欽，號夢澤，世居黄岡。嘗魁湖省，正德丁丑魁禮闈，選庶吉士，擢給事中，以言外補，坐事勒歸，杜門謝交，肆志文事。

其詩清切瑩潤，資嫺才逸，稱能品矣。

明・朱謀垔《續書史會要》：

江巨石名字失考，巨石其號也。正德時，爲禮部主事，好爲鐘鼎大篆，斯、邕以下耻而不爲。兄名暉，翰林修撰，作文好用奇僻字面，人既難識，又屬弟以大篆書，徒令觀者張目而已。王稚欽有詩嘲其僻。

明・沈德符《萬曆野獲編》補遺卷一"承天大志"條：

《承天大志》者，世宗既追宗獻皇，益務張大其事，以明得意，遂作《承天大志》一書。時工部尚書顧璘以督顯陵工程在事，即命之總理。璘乃聘楚人顔木、王廷陳等纂修。蓋諸君俱高名廢棄，欲借此爲出山計也。書成，而聖意不愜，遂報罷，不復議。嘉靖末年，給事邱嶽復迎上意，請重修。乃命閣臣徐階等總裁，而諸詞臣分領之。時情咸謂書成必有異擢，争求入局，以至徐華亭與袁慈溪之相左，瞿文懿與高新鄭之相訴，俱起於此書。比進呈乙覽，上以卷中脱簡，不復叙勞，僅各得賞，諸公大失所望。時去鼎湖不數月耳。獨邱嶽以建議始功，超爲禮部右侍郎。次年，穆宗大計京官，嶽坐降，調外任。

是時侍講學士廖道南亦修《楚紀》以求媚；既而世宗南幸承天，又獻《聖皇南巡江漢賦》，上以付史館；又上《瑞應頌》四篇，亦命留覽。既而朝見，時廖居憂，乃服緋袍，上大怒，褫其職。迨《楚紀》成，終不召。

明・黄佐《翰林記》卷十八：

正德丁丑科三十四人

王廷陳

清・吴偉業《梅村集》卷二十一：

程翼蒼詩序

余初入館中，好訪求前輩故實。有言正德中，黄岡王稚欽、綏德馬仲房爲同年同館選，後先同謫補外。稚欽以通侻竟廢，仲房終躋尊顯。此二君者，皆詩人也。稚欽穎悟絶倫，所爲詩縱恣詼謫，脱去繩束，以慢侮當世。仲房詩整練有法，步伍秩然，雖才不及稚欽，而用意過之。今其集具在，論其世以考其人之得失，不亦可乎？

清・黄虞稷《千頃堂書目》卷二十二：

王廷陳《夢澤集》十七卷。字惟欽，黄岡人，庶吉士，吏科給事中。諫南巡，被杖，謫裕州同知。尋下獄，免歸。

清・朱彝尊編《明詩綜》卷三十六"徐禎卿"條後注：

周青士云：此後薛君采、蔣子雲、王稚欽、高子業、華子潛、皇甫昆弟，皆清婉成音，各極其致。雖非昌穀流派，而風調實自昌穀啓之。

《明詩綜》卷三十七"顧璘"條後注：

詩話：華玉與劉元瑞、徐昌穀號"江東三才"，又與陳魯南、王欽佩稱"金陵三俊"。當李獻吉、何仲默詩名未盛時，藉其弘奬，而王稚欽、顔惟喬輩皆其所賞識。闢息園於居室之後，鑿池壘石，築載酒亭於西隅，延接名士，討論詩古文辭，張讌輒以箏琶佐觴。有小樂工楊彬善曲，每詫於客曰："此蔣南泠詩所云'消得楊郎一曲歌'者是也。"既負海内重望，遇時貴人或傲然不爲意，而山林寂寞之士虚己下之。祝希哲著《觀雲賦》、唐子畏著《廣志賦》，華玉恒對客誦之。及嚴惟中招飲，既坐，嫌其酒冷，惟中令易熱酒，華玉又嫌太熱，指顧揮霍，目無主人。嘗至浙訪孫太初，幅巾道衣，放舟西湖上。一夕見有舟泊斷橋下，一僧一鶴，一童子煮茶。華玉笑曰："此必太初也。"移舟就之，遂定交焉。入楚，試童子，得江陵張叔，大奇之。入謁，脱所束犀帶與之，曰："子他年所綰不止是，留此見老夫非虚譽爾。"稚欽既失志，日與狎客鬥雞走狗，華玉欲見之，稚欽不肯往，乃以計恐。狎客乘其出游，疾趨而前，稚欽亟走匿，爲狎客夾持之，强留之，具賓主禮。蓋其求友之勤如是。所撰《國寶新編録》，獻吉以下一十五人，各繫以贊。其交也廣，而擇之也峻矣。

《明詩綜》卷四十一“江暉”條後注：

詩話：景孚穿文鑿句，辭必自鑄。其文有《令緋》、《閟始》、《理訓》、《闡詁》、《範詔》、《已邛》、《臬揆》、《原命》、《稽彝》九篇，誦之若神經怪牒，蓋倣魁紀公而作。王稚欽贈以詩云：“江生突兀揚文風，千奇萬怪難與窮。博物豈惟精《爾雅》，識字何止過揚雄。古心已出丘索上，邃旨或與神明通。求深索隱不肯置，一言忌使流俗同。令弟大篆逼鐘鼎，絶藝耻作斯邕等。生也爲文遣弟書，一出皆稱二難並。縱有楚史不可讀，滿堂觀者徒張目。少年往往致譏評，生也不言但捫腹。”讀未終篇，覺殷仲堪之眸子、裴叔則之頰毛，傳寫畢露矣。景孚詩稍文從字順，然豈可與稚欽並稱耶？

《明詩綜》卷四十一“馬汝驥”條後注：

詩話：仲房派沿北地，由其體純，存滓窳而捨神明，雖與稚欽齊稱，去而千里。

《明詩綜》卷四十一“王廷陳”條：

王廷陳三十五首

廷陳字稚欽，黄岡人。正德丁丑進士，改庶吉士，授吏科給事中。諫南巡，杖，謫裕州知州。尋下獄，免歸。有《夢澤集》。皇甫子循云：“稚欽樂府古詩齊軌潘、陸，下擬陰、何，五律並肩沈、杜。”俞汝成云：“夢澤詩清切不凡，榮潤可愛。”王元美云：“王稚欽如良馬走坂，美女舞竿，五言尤自長城。”穆敬甫云：“稚欽如阮嗣宗，日坐步兵厨，醉態百出，而自無寒酸語。”顧玄言云：“王給事調高趣新，頗多奇句。如深谷綿蠻，冷然幽響，殆與高、岑方軌。”蔣春甫云：“稚欽五言漸近自然，頗多佳境。”陳卧子云：“稚欽爽俊，故意警而調圓。”李舒章云：“稚欽操筆不煩，軒然鵠舉。”宋轅文云：“稚欽才情麗逸，儻加以沉思，當不減徐昌穀。”

詩話：“稚欽逸藻波騰，雕文霞蔚，音高秋竹，色艷春蘭，樂府古詩既多精詣，五言近體亦是長城，固以邈後凌前，足稱才子。”

《明詩綜》卷六十六“高道素”條：

高道素《衡嶽半山亭遠望》

五嶺宗南嶽，群峰冠祝融。路從山半合，亭對海門空。岣嶁豐碑蝕，瀟湘極浦通。泠風如可御，吾欲問鴻濛。鍾廣漢云似王稚欽。

《明詩綜》卷八十一“告祭北郊”詩後注：

詩話：魏樂府不成於曹、劉而成於繆襲，晋樂府不成於潘、左、張、陸而成於傅玄，宋樂府不成於鮑、謝而成於何承天，北齊樂府不成於蕭慤而成於陸卬：皆屬恨事。明洪武樂章率出四學士之筆，嘉靖樂章率出議禮諸貴人之詞，假孝陵改命伯温、季迪，永陵改命稚欽、君采，則其辭，定遠追奚斯、考父之盛，不若是之懦鈍矣。

清・朱彝尊《静志居詩話》卷十一：

王廷陳，字稚欽，黄岡人。正德丁丑進士，改庶吉士，授吏科給事中。諫南巡，杖謫裕州知州，尋下獄。免歸，有《夢澤集》。

稚欽逸藻波騰，雕文霞蔚。音高秋竹，色艷春蘭，樂府古詩，既多精詣，五言近體，亦是長城。固已邈後凌前，足稱才子。《楚眺》云：“眺迥臨高閣，江湘萬里餘。草邊雲夢獵，花下武陵漁。白日山川氣，清秋水竹居。仙踪同霸業，消歇總愁予。”《生日有感簡同館》云：“五十來年是，行藏往日非。因之念親舊，存者亦幾希。弧矢心猶壯，文章力已微。操觚從二子，衰薄謝餘輝。”

清・王士禛《分甘餘話》卷四：

王稚欽目空一世，而能推重何仲默，愛薛君采、鄭繼之。古人作青白眼，故當如是。今人不知視夢澤何如，而妄詆前輩一錢不直。少陵云：“爾曹身與名俱滅，不廢江河萬古流。”昌黎云：“李杜文章在，光焰萬丈長。不知群兒愚，那用故謗傷。蚍蜉撼大樹，可笑不自量。”諒哉！

清·周召《雙橋隨筆》卷五：

（東坡、朱文公）兩公之議，皆天下後世所不能易者也。乃關中王稚欽則以孔明之不能一天下者，在于自炫其能，而阻人以進用之路，其事業不能如蕭何，以失大體故也。

清·姚之駰《元明事類鈔》卷十四"虐名士"條：

《藝苑卮言》：王稚欽少爲文，頃刻便就，多奇氣。然好狎遊，蹶不可馴。父母扶扑之，輒呼曰："大人奈何輒虐海内名士耶？"

《元明事類鈔》卷十七"棲樹叫呼"條：

《四部稿》：王稚欽爲庶吉士。翰林故事：兩學士典司教習，體貌嚴重。稚欽俟其退食，棲院署樹杪，窺見其起居狀，大聲叫呼。兩學士無如之何，佯弗知也。

清·沈季友編《檇李詩繫》卷十七"藕居士陳懋仁"條：

懋仁字無功，别號藕居士，嘉興人。萬曆中，由掾吏官泉州經歷，好讀書，老而不倦，尤喜摘抉隱義，網羅舊聞。如《文章缘起》、《庶物異名疏》、《異魚贊注》、《壽者傳》、《年號韻編》，皆考古者所寶。詩文有《石經堂集》、《廛棲稿》。其詩耽爲縷劃，意致纖巧，佳者頗似皮、陸，然性長厚，無露才揚己之意。李九疑謂得交無功後，益薄桑民懌、王稚欽之爲人。

康熙朝《湖廣通志》卷三十二：

正德十二年丁丑舒芬榜

王廷陳黄岡人，給事中。

《湖廣通志》卷四十八：

王廷陳字稚欽，黄岡人。年甫丱，目誦數千言，能文章。弱冠魁鄉試，登正德丁丑進士，選翰林庶吉士，補吏科給事中。武宗南狩，上疏諫阻，上怒，杖之。謫知裕州，以忤監司，免歸。林居三十餘年，日以詩文自娱，著有《夢澤集》。嘉靖中，巡撫顧璘疏薦起用，不果而卒。

《湖廣通志》卷四十九：

王格字汝化，與兄橋同榜進士，還庶吉士，出知永興縣，尋擢南户部主事，轉員外，補河南僉事，分巡河北。世宗南巡至衛輝，行宫火，火自内發，旨逮格及撫臣等，杖之，歸田。又十年，金陵顧華玉巡撫聘格與隨州顔維喬、黄岡王稚欽同修《興都志》，書成，賜金帛。

《湖廣通志》卷一百二：

龍膺《白雲山房集序》

予因與咨伯商也，詩有以專詣爲境，以贍博爲材，以琢磨爲工，以混沌爲象，以豪勁沖邁爲氣。乃邇來作者大謬不然，師匠既卑，格檢亦縱，步趨中晚，闌入宋元，甚爲窾言，雜以嘲謔，烏在其爲大雅之音？予竊謂正、嘉以前，稚欽、季迪爲先覺；隆萬而後，明卿、本寧、中郎兄弟爲正宗。咨伯則方來張楚之傑、歌郢之雄，而屈、宋之嫡派也，餘非其倫也。

《御定佩文齋書畫譜》卷四十二：

王廷陳字稚欽，黄岡人。正德丁丑進士，選庶吉士。解館，拜吏科給事中。出爲裕州知州。吕元音《黄岡縣志》

康熙朝《御選宋金元明四朝詩・御選明詩姓名爵里二》

王廷陳：字稚欽，黄岡人。正德丁丑進士，改庶起士。授吏科給事中，謫知裕州，坐累免。有《夢澤集》。

雍正朝《河南通志》卷三十四“裕州”：

王廷陳湖廣黄岡人，進士，正德十四年任。

清・張廷玉等《明史》卷九十九《藝文志》四：

王廷陳《夢澤集》三十八卷。

《欽定續文獻通考》卷一百九十二：

王廷陳《夢澤集》二十三卷。

廷陳字稚欽，黄岡人。正德進士，選庶吉士。以言事廷杖，出知裕州。事迹具《明史·文苑傳》。

乾隆十四年《黄州府志》卷十一“文苑”：

王廷陳字稚欽，年甫丱，日誦數千言，能文章。弱冠魁鄉試，登正德丁丑進士，選庶吉士，補吏科給事中。武宗南狩，上疏諫阻，謫知裕州。以忤監司免歸。林居三十餘年，日以詩文自娱，著有《夢澤集》。嘉靖中，巡撫顧璘疏薦起用，不果而卒。詳《明史》。

乾隆十四年《黄州府志》卷十六“藝文志”：

黄岡舊《志》云自王稚欽後，士多工古文詞。當時七子主盟文壇，卑視一世，謂詩必盛唐，文必秦漢。要之人各有懷，惟巧思之濬發耳；遞相祖述，果足以盡文章之能事歟？

《大清一統志》卷二百六十四：

王廷陳字稚欽，黄岡人。由進士選庶吉士。武宗南巡，與同館舒芬等七人疏諫，帝怒，罰跪五日，杖于廷，出知裕州。忤巡按御史喻茂堅，削籍歸。廷陳才高，以詩文著名，有《夢澤集》行世。

《欽定續通志》卷一百六十二：

《夢澤集》二十三卷，明王廷陳撰。

《四庫全書簡明目録》卷十八《夢澤集》二十三卷：

明王廷陳撰。廷陳恃才輕脱，致放廢終身，器量殊爲淺狹。其詩則意警語圓，軒然出俗。王世貞《藝苑卮言》稱其“如良馬走板，美女舞竿，五言尤屬長城”，又稱“王稚欽、吴明卿之五言律，各極妙境，專至而有餘”。朱彝尊《静志居詩話》亦謂其“音高秋竹，色艷春蘭，樂府古詩殊多精詣”。雜文則鏤金錯采，華掩其實，雖謂之僞體可矣。

光緒十年《黄州府志》卷三十六“藝文志”：

張仁熙字長人，廣濟人，順治時歲貢，傳詳《文苑》。《楚北藝文志後序》：王夢澤廷陳，黄岡，文仿漢魏，詩逼初唐，一時名噪天下，集雖約，實名家焉。當世宗時，以顧玉華薦，與顔惟喬木，應山、王汝化格同修《承天志》，不稱旨。王固不長叙事，又書中多言以家艱不赴辟，俟書成乃一至。而顔自有《州乘》，燼餘稿，諸書未聞見，不競矣。……此數公者，或先輩丹黄評許，或時賢裒集節録，或藝文偶見，或專集孤行，皆足笙鏞半壁，煙樹江山者也。嗚呼！楚北之文盡是耶，不盡是耶？夫夢澤、大泌，世所久傳，終不可祧，即楚南《懷麓》茶陵李東陽集名，冠冕藝林，卒難抑而仲之。而或謂楚文多自爲法，不一轍，故名家者少。然其氣剽而悍，公安、竟陵孱弱，而卒以易天下者，氣峻而詣獨造也。夫楚人之行正直抗厲，以氣勝文，不欲以格自拘，宜哉！抑藝文雖志一斑，然山川形勢人物種種，卒非文莫行遠，故謂文統全志可也。余安得合南楚而讀之，勒爲全書以張楚哉！

光緒十年《黄州府志》卷三十八“金石”：

京山李維楨《户部尚書贈太子少保雲澤王公墓志銘》：公名廷瞻，字稚表，黄岡人也。其先江西樂平人。國初，始祖省三移家黄岡，以籍自占，爲黄岡人。數傳至仲斌，生思旻，工法家言，同知泰州，有惠政，民尸祝至今。旻生文奎，奎生濟，宏治壬戌進士，爲吏部郎，歷官四川参政。祖、父皆以公貴，贈户部侍郎。濟丈夫子五人：長廷儒，次廷陳，次即公，次廷揚，次廷遷。吏部嘗語人曰：“吾五子皆可兒，陳必以文章顯，瞻必以功績著。”……里居七年，撫按臣數薦公有古大臣風概，不宜投在林壑。無何，病卒。距生正德辛巳九月二十八日，年七十有二，葬於還和鄉王家林。初，吏部公居父母喪，廬墓三年，公亦如是。諸兄弟雖異母，友愛無二。儒以鄉舉爲南京都察院都事。陳以會魁高第，選庶吉士，學士家所稱夢澤先生者也。其才傲睨一世，出知裕州，與上官相持，罷。揚、遷俱太學生。子孫由科目爲名士者相望，獨公仕三朝，位八座，壽逾耆。後人濟美象賢者方興未艾，甯爲王氏無雙，即黄文獻大國，不可有二矣。

光緒十年《黄州府志》卷四十“冢墓”：

黄岡縣：泰州同知王思旻墓。在袁家衝赤膊龍。

贈户部侍郎河南參政王濟墓。在女王城鮎魚地。

吏科給事中王廷陳墓。在還和鄉烽火山側虎山。

贈太子少保刑部尚書王廷瞻墓。在寶珠墩，諭葬。李維楨撰墓志銘，見“金石”。

廣東道御史王同道墓，在三台河東岸，大路之北龜形地。

光緒十年《黄州府志》卷二“疆域志・山川”：

黄岡縣・山：縣東北五十里曰回龍山，有東嶽廟，歲時居民祈禱，絡繹不絶；六十里曰金雞山，相傳古掘地有金雞飛出；稍東曰白楊山，《縣志》作白洋山。有桃花洞，明郎中秦繼中著書處；又東曰烽火山。

傳記資料

明史・王廷陳傳

王廷陳，字稚欽，黄岡人。父濟，吏部郎中。廷陳穎慧絶人，幼好弄，父抶之，輒大呼曰：“大人奈何虐天下名士？”正德十二年成進士，選庶吉士，益恃才放恣。故事：兩學士爲館師，體嚴重。廷陳伺其退食，獨上樹杪，大聲叫呼。兩學士無如之何，佯弗聞也。武宗下詔南巡，與同館舒芬等七人將疏諫，館師石珤力止之。廷陳賦《烏母瑶》，大書於壁以刺，珤及執政皆不悦。已而疏上，帝怒，罰跪五日，杖於廷。時已改吏科給事中，乃出爲裕州知州。

廷陳不習爲吏，又失職怨望，簿牒堆案，漫不省視。夏日裸跣坐堂皇，見飛鳥集庭樹，輒止訟者，取彈彈之。上官行部，不出迎。已而布政使陳鳳梧及巡按御史喻茂堅先後至，廷陳以鳳梧座主，特出迓。鳳梧好謂曰：“子候我固善，御史即來，候之當倍謹。”廷陳許諾。及茂堅至，銜其素驕蹇，有意裁抑之，以小過榜州吏。廷陳爲跪請，茂堅故益甚。廷陳大駡曰："陳公誤我。"直上堂搏茂堅，悉呼吏卒出，鎖其門，禁絶供億，且將具奏。茂堅大窘，鳳梧爲解，乃夜馳去。尋上疏劾之，適裕人被案者逸出，奏廷陳不法事，收捕繫獄，削籍歸。世宗踐阼，前直諫被謫者悉復官，獨廷陳以罣吏議不與。

屏居二十餘年，嗜酒縱倡樂，益自放廢。士大夫造謁，多蓬髮赤足，不具賓主禮。時衣紅紫窄袖衫，騎牛跨馬，嘯歌田野間。嘉靖十八年詔修《承天大志》，巡撫顧璘以廷陳及顔木、王格薦。書成，不稱旨，賜銀幣而已。廷陳才高，詩文重當世，一時才士鮮能過之。木，應山人，官亳州知州。格，京山人，官河南僉事。

《明史》卷二百八十六《文苑傳》

列朝詩集小傳・王裕州廷陳附見顔木

廷陳，字稚欽，黄岡人。父濟，弘治間進士，爲吏部郎。稚欽穎慧絶人，髫年綴文，不假師授。幼黏竿、風鳶諸童子戲，父抶之，輒大呼曰："大人奈何虐天下名士耶?"正德丁丑舉進士，選翰林庶起士。翰林故事：兩學士典司教習，體貌嚴重。稚欽伺其退食，棲院署樹杪，窺見其起居狀，大聲叫呼。兩學士無如之何，佯弗知也。解館，拜吏科給事中。毅皇帝將南狩，修撰舒芬、庶吉士汪應軫，要衆伏闕請留。石蒿城爲館師，危詞沮之。稚欽賦《烏母瑶》，大書玉堂之壁，蒿城大慚。執政聞之皆怒，諷吏部，出爲裕州知州。稚欽既不習爲吏，訟牒堆案，漫不省視。左遷失職，怏怏無所發怒，有所案治，榜掠過當。御史監司行部，不出迎謁，亦不屬疾。有分司鞭撻州吏，錮其門，絶餼食以窘之，久之乃引去。自是相戒莫道裕州。州民被案者，佚出詣闕下，訐奏稚欽不法事。收捕下獄，削秩免歸。屏居二十餘年，嗜酒縱倡樂，益自放廢。達官貴人相慕好請謁者，延見之，多蓬髮跣足，不具賓主禮。時衣紅紵窄衫，騎牛跨馬，嘯歌田野間。嘉靖初元，搜訪遺佚，顧華玉撫楚，以稚欽及隨州顔木應詔，不果用，賜縑帛，老於家。

稚欽有《夢澤集》十七卷。其詩婉麗多風，爲詞人所稱，而文尤長於尺牘，皇甫百泉稱其與顧中丞、陳監察書，若嵇康之絶山宰，寄余懋昭、舒國裳二札，即楊惲之報會宗，君子讀而悲之。顔木，字惟喬，稚欽同年進士，知許州，亦以州民詰奏，下獄免官，任誕自放，其蹤迹亦略仿稚欽。兩人聞之，交相得也。惟喬詩質率，了無才情，而其名亞於稚欽，撰《隨志》，雜用史法，體例踳駁，而顧華玉推其有良史才，殆名過其實者也。

清・錢謙益撰《列朝詩集小傳》丙集

明文海・裕州府君列傳

王一鳴

裕州府君者，余從四世祖也。名諱不得稱，字稚欽，學者稱夢澤先生。云其業成，海内無不知有夢澤先生。而余於子姓間，居恒稱府君。

府君少穎朗，從父參政府君遊於四方，其爲文頃刻便就，多奇氣。然好狎遊、黏竿、風鳶諸童子樂，又蹶不可馴。參政府君抶扑之，輒呼曰："大夫奈何輒虐海内名士耶？"

爲翰林庶吉士，詩已有名，其意不可一世，士僅推何景明而好薛蕙、鄭善夫。故事：學士二人爲庶吉士，師甚嚴重。府君獨心易之，時登院中樹而窺學士過，故作聲，驚使見，大恚，然度無如何，佯爲不知也。時江彬挾武宗南下，府君欲率汪應軫、江暉、曹嘉、舒芬、馬汝驥等上書言江彬。學士石珤止之，府君旦賦《烏母謡》，揭之壁。珤語不得，出吐舌焉。

久之，竟爲給事，中言江彬，謫裕州知州。既中不屑州，而以諫出，益怏怏不樂。臺省監司過州，不出迎，亦無所託疾。人或勸之，怒曰："齷齪諸盲官，受王生迎耶，當不愧死？"而出候其師陳鳳梧以他藩道者，梧好謂曰："足下候我固厚，而御史從後來，足下儻有意一見乎？且足下厚我以師故，即御史君命也。"府君曰："善。"乃前迎御史喻茂堅。茂堅素鷙悍，至州，數州吏微過，對府君榜之。府君大罵曰："陳先生誤我，我見辱。"挺身出，悉呼其吏卒從守，勿更侍。州吏慴伏，無敢留者。茂堅窘，不能具朝餔。謀於陳鳳梧，爲謝過，稍給之，僅得夜引去。於是監司相戒，莫敢道裕州，而恨府君益甚，爲文致大梁獄。獄中有《左賦》。賦曰："晝晦宵明，川停嶽行。隆冬劇燠，六月而冰。

墮毛不揚，石舉輿升。廢鼙振韻，奮霆無聲。群欣逐臭，乃厭蘭芬。猜鸞駭鳳，精粻飼梟。仁蹻德跖，勁弧射堯。恬海狎江，隘瀆沈舠。風虎輟嘯，土兕而號。曠聽既收，聾司音矣。彼之矇矇，五色分矣。駿足則縛，蹇服乘矣。侏儒引臂，上捫星矣。醜女專憐，淑媛不御。讎璧惠蠅，踏巾首屨。適郭捐逵，擇潦而步。賁獲閉勇，尫夫勁兮。麓兔折趾，獵者競兮。不根而葉，季爲孟兮。亂曰：被繳之鳥，載拔其翎。彼實酗酒，謂爾何醒？寇逾其垣，導寇以登。彼田不治，懟鄰之耕。”

及出獄，罷官歸。家居益自放達，官貴人來購文好見者，多囚服蓬首垢面見之。間衣紅，騎牛嘯歌，因作《述邃》、《螢火》二賦以自廣。

其《述邃賦》曰：“緊南服之靈萃兮，領豐慧於方童。稽統世之軒崇兮，惟哲人焉以降。欻翼振而霄舉兮，紛齊羽之誰踪。戴殊薦以邇秩兮，帝實洞其美衷。羌嶽立而坎視兮，將媒静乎遐至。中實慍乎攘攘兮，詎徒與之求避。謇命占以吉貢兮，覽蕪蔓焉是艾。靡市背而岑闃兮，曰惟窅乎其内。限不岌岌而崇兮，徑不疊疊而遒。彼衖衖之侈構兮，反予睇其足羞。抗隆楝以締宇兮，脩垣遵乎坤隅。約蓀蘭使被椽兮，令日月乎當樞。苟能奐娛以宅志兮，是固予心之所仇。重仁而襲義兮，障夫塵之累也。扃禮而牖智兮，專乎其所事也。吾将服貞一以省處兮，夫豈惟藝之囿也。括道器以充詘兮，固衆兆之所駭也。紛悖矚以竚眙兮，欲干傺而儃佪。眩厥施而弗竟兮，乃各以其膚猜。嗟躁士之本剥兮，宜甫趨而忽蹶。醜憸夫之懷詭兮，乃讎直而委折。傷二者之偕失兮，荃蒃菴審厥居。心務却以基進兮，惟歆然裕其所。如晦累而冥探兮，所以君乎紛華。彼時俗之佻澆兮，背繩墨而馳驟。予将服正則以恬守兮，虞窘步於攲陬。夫朋不可以聲來兮，功不可以偶作。疇廢伏而有章兮，疇棄耕而能穫。亂曰：仆不僵兮進不妍，斂神志兮守吾玄。有弗據兮孰敢奸，匪邃道兮曷其然。”

其《螢火賦》曰：“當朱明之杪月，玩流螢之宵征。感温風之扇爍，釀腐草之末榮。既化植以爲動，復緣死而遂生。庶揚光於冥闃，甘匿景於太陽。或内照之猶尠，焉旁燭以無疆。謬用晦之邃旨，實自焚之爲防。孰潛形而更昭，孰益膏而罔竭？何恒焰而不灰，何炙手而弗熱？彼玄宇之巧入，訝明珠之翻飛。偶驚飈之散激，駭星辰之乍稀。羌儵明而忽滅，蓋石火之暫輝。爾其代燈燭於書筵，紛軒除以見掇。幸蝌蚪之與鄰，聚朋侶而囊括。将炫赫以階危，恨微軀之難脱。亂曰：日月出矣，爝火何爲？闇然而章，聖哲弗譏。伯陽守黑，豈遁禍機。”

會世宗欲張楚，詔修《楚史》。都御史顧璘心知府君奇節，疏上世宗。疏曰：“臣都御史璘頓首昧死上言：夫陛下欲張楚，勒成一家之言，備萬世天下之觀乎，非得倚相觀射父之才不可。故裕州知府王廷陳、故亳州知州顔木，皆有良史才，惟上財察。”於是起府君及顔木，給筆札，承天居。頃之，書成上之。世宗賜金幣，然亦有所長短。而璘嘆曰：“天乎！夫王、顔之才，竟汶汶也！”

府君性固高潔，即平居，郡國之吏無敢輒至其廬，即至不得見。惟大梁郭鳳儀、東吴皇甫汸，各以其業進，相得甚歡。故夏宰相言時時饋遺不絶，府君無所答，亦不大通長安書，其介如此。

著書十七卷，二十餘萬言。先是舒芬、江暉、曹嘉皆貶，皆曲赦，汪應軫爲副使，馬仲驥至尚書。顔木亦罷官以死。木未死時，故人爲參政，至随川訪木，匿不得見。既行部他邑，有田父荷擔，以炙鷄獻，酒由中道入，門戟呵止之，乃木也。因共飲至醉，委獻擔以去。追問邸舍人，莫能踪迹矣。

論曰：太上立德，其次立功，又其次立言。夫其以尺一之書上建章闕下，至死不慘沮者，非其偶然，亦計畫無所復之耳。乃其從容優游，桑之不止，劫之不撓，何堇堇也！夫漆園貧賤，玄亭寂寥，蠶室下而《自叙》興，上官讒而《懷沙》賦，語默相抗，進退相角矣。然節義之於文章，猶二之也。代不數而得之楚，人不數而得之府君，節與文不兩得而府君俺得之，此豈富貴利達足動其心哉？

清・黄宗羲編《明文海》卷三百八十八

湖北詩徵傳略・王廷陳字稚欽，正德進士，官給事中，有《夢澤集》

廷陳官庶吉士，適武宗南巡，與同館舒芬等七人疏諫，帝怒，罰跪五日，杖於廷，出知裕州，忤巡按御史喻茂堅，削籍歸。才氣高邁，以詩文著稱。《明史・文苑傳》

夢澤性放誕，官翰林時題詩館壁云：“幾年不到楳山上，衹道楳山

都是楳。今日楳山一回首，野花荆棘兩相随。”蓋譏同輩無才也。《堅瓠集》

稚欽逸藻波騰，雕文霞蔚。音高秋竹，色艷春蘭，樂府古詩既多精詣，五言近體亦是長城，固已邈後凌前，足稱才子。《楚眺》云：“眺迴臨高閣，江湘萬里餘。草邊雲夢獵，花下武陵漁。白日山川氣，清秋水竹居。仙踪同霸業，消歇總愁予。”《生日有感柬同館》云：“五十來年是，行藏往日非。因之念親舊，存者亦幾希。弧矢心猶壯，文章力已微。操觚從二子，衰薄謝餘輝。”《静志居詩話》

廷陳少年高第，以恃才傲物，致放廢終身，其器量殊爲淺狹。至其詩意警語圓，軒然出俗，則不得不稱爲一時之秀。王世貞《藝苑卮言》稱其“如良馬走板，美女舞竿，五言尤屬長城”，又稱“王稚欽、吴明卿之五言律，各極妙境，專至而有餘”。朱彝尊《静志居詩話》亦謂其“音高秋竹，色艷春蘭，樂府古詩殊多精詣”。蓋在正、嘉之間，何景明最爲俊逸。廷陳之天骨雄秀，抑亦驂乘矣。《四庫書目提要》

皇甫子循云：“稚欽樂府古詩齊軌潘、陸，下擬陰、何，五律並肩沈、杜。”　俞汝城云：“夢澤詩清切不凡，榮潤可愛。”　王元美云：“王稚欽如良馬走坂，美女舞竿，五言尤自長城。”　穆敬甫云：“稚欽如阮嗣宗，日坐步兵厨，醉態百出，而自無寒酸語。”　顧玄言云：“王給事調高趣新，頗多奇句。如深谷綿蠻，冷然幽響，殆與高、岑方軌。”　蔣春甫云：“稚欽五言漸近自然，頗多佳境。”　陳卧子云：“稚欽爽俊，故意警而調圓。”　李舒章云：“稚欽操筆不煩，軒然鵠舉。”　宋轅文云：“稚欽才情麗逸，儻加以沉思，當不減徐昌穀。”

稚欽削秩歸，屏居二十餘年，嗜酒縱倡樂，益自放廢。達官貴人相慕好請謁者，延見之，多蓬髮跣足，不具賓主禮。時衣紅紫窄袖衫，乘牛跨馬，嘯歌田野間。嘉靖初，賜縑帛，老於家。《聞筝》云：“花月可憐春，房櫳映玉人。思繁纖指亂，愁劇翠蛾顰。授色歌頻變，留賓態轉新。曲終仍自叙，家世本西秦。”《續本事詩》

《矯志篇》云：“蛟龍雖困，不資鱔鰍。鸞鷟雖孤，不匹鶩鶵。雖有香車……易地則棄。蕙蘭不采，無異蓬蒿。干將不試，世比鉛刀。以驥捕鼠，曾不如貍。餓夫獲璧，不如得糜。郭生純臣，魯連高士。彼乃登臺，此則蹈海。寧直見伐，無爲曲全。寧渴而死，不啜盜泉。”其

不可弌世之概，亦可少見矣。《别裁集》

稚欽當世，惟皇甫汸材與相埒，汸亦傾倒之，至《夢澤集》序，汸所撰也，中有云："不以左遷爲憾，而以得繼蘇長公爲榮；不以赤壁爲樂，而以得見夢澤子爲幸。"又云："君胡白眼於衆而傾蓋於余？余亦胡爲在衆欲殺而在君獨憐也？"又云："楚多材之邦，而辭詞之藪也，屈原見詆於上官，宋玉蒙詬於登徒，禰衡被害於曹瞞，然其志則争光於日月，而其言則震響於霄壤矣。"所謂文敵《左氏》、《國語》而兼騁班馬者也。斯集斯序并足不朽矣。

《放歌》云："竊鉤者誅，竊國者王。仁義資亂，道豈不臧。弌解。代秦者吕，襲楚者黄。巍巍國君，大盗在傍。二解。謂尺何短，謂寸則長。此不可度，彼何可量。三解。獸殪罟裂，鳥盡弓藏。智勇既殫，軀乃見殃。四解。讒巧爲忠，直夫稱狂。出門異趨，毁譽曷常。五解。樂不可極，憂來無方。游心沖虚，以保壽康。六解。"《妾薄命》云："春風轉蕙披蘭，高臺曲榭中連。經堂入奥張筵，秦筝趙瑟俱前。鳴弦度曲雙妍，輕舉紈袖褼褼。宛若游龍翔鸞，翠盤金爵闌干。呈能角技爲歡，種種厭射更端。眼看陽景西馳，高張蘭燭承暉。車倦馬怠不辭，但歌不醉無歸。夜深坐促尊移，含悰送意向誰。衆中色授君知，願言並蒂雙棲。惡聞易别輕離，佇立不勝彷徨。獨宿寤言難忘，何以報君明璫。起視銀河爛光，牛女咫尺相望，終夜不成報章。"陳卧子云："調本子建，聲情積合。"《行路難》云："北風蕭蕭雨雪滂，辭我親友之朔方。中閨少婦走徬徨，勸君斗酒牽衣裳。道路縱横多虎狼，歲暮天寒百草黄。結髮本期不下堂，君獨何爲慕他鄉？東流之水不西歸，宛轉蛾眉能幾時？人生富貴亦有命，辛苦馳奔空爾爲。縱令鼎食有别離，賤妾但願共餔糜。"《張子魚過訪》云："故人天上至，清宴夜深開。澤畔微芳度，江皋暝色回。楓林停翠幰，月岸擁金罍。正苦歡娱逼，無令候吏催。"《訪童内方太史于漢口舟中即席賦贈》云："漢廣來非偶，人遐會亦奇。獨趨金馬去，暫遣白鷗隨。泛舸疑牛渚，彈冠想鳳池。當憐澤畔侣，顑頷不勝悲。""每憶朝端舊，寧期漢上逢。舉杯酹鸚鵡，吹笛擁魚龍。天遠江俱盡，楓回渚自重。知君欲解纜，爲我且從容。"《病後答友人》云："一畝居連郢客鄉，三年愁隔漢川長。青山各有幽棲志，白雪遥傳寡和章。自傍雲霞開藥圃，不將塵土灑荷裳。洞庭雪後煙波闊，花底乘舟到草堂。"《燕京元夕曲》云：“香車一一渡星橋，翠袖雙雙引玉簫。但訝遊人争辟易，不知夫婿漢嫖姚。"《明詩綜》

《湖北詩徵傳略》卷十五

四庫全書總目提要·夢澤集

臣等謹按:《夢澤集》二十三卷,明王廷陳撰。廷陳字稚欽,黄岡人,正德丁丑進士,選庶吉士,以言事廷杖,出知裕州,事迹具《明史·文苑傳》。其集一刻於淮安,再刻於蘇州。此本爲其從孫追淳知潁州時所校刻,乃第三本也。廷陳少年高第,以恃才傲物,致放廢終身,其器量殊爲淺狹。至其詩意警語圓,軒然出俗,則不得不稱爲一時之秀。王世貞《藝苑卮言》稱其"如良馬走板,美女舞竿,五言尤屬長城",又稱"王稚欽、吴明卿之五言律,各極妙境,專至而有餘"。朱彝尊《静志居詩話》亦謂其"音高秋竹,色艷春蘭,樂府古詩殊多精詣"。蓋在正、嘉之間,何景明最爲俊逸。廷陳之天骨雄秀,抑亦驂乘矣。若雜文則藻采太多,華掩其實,等諸自鄶無譏,無庸深論也。乾隆四十六年十月恭校上。

總纂官臣紀昀、臣陸錫熊、臣孫士毅、總校官陸費墀。

居業齋集

(清)金德嘉 著

主編 王利民 · 范建國 點校

鳳凰出版社

圖書在版編目（CIP）數據

居業齋集 / (清) 金德嘉著 ; 范建國點校. -- 南京: 鳳凰出版社, 2019.11
(鄂東文獻叢書 / 王利民主編)
ISBN 978-7-5506-3054-3

Ⅰ. ①居… Ⅱ. ①金… ②范… Ⅲ. ①古典散文－散文集－中國－明代 Ⅳ. ①I264.8

中國版本圖書館CIP數據核字(2019)第246863號

書　　名	居業齋集
著　　者	(清)金德嘉 著　范建國 點校
主　　編	王利民
責任編輯	王　劍
出版發行	鳳凰出版社(原江蘇古籍出版社) 發行部電話025-83223462
出版社地址	南京市中央路165號,郵編:210009
出版社網址	http://www.fhcbs.com
照　　排	南京凱建圖文有限公司
印　　刷	金壇古籍印刷廠有限公司 江蘇省金壇市晨風路186號,郵編:213200
開　　本	890×1240毫米 1/32
印　　張	169.375
字　　數	3136千字
版　　次	2019年11月第1版 2019年11月第1次印刷
標準書號	ISBN 978-7-5506-3054-3
定　　價	1980.00圓(全九册)

(本書凡印裝錯誤可向承印廠調換,電話:0519-82338389)

序

王利民　方　正

一

本《叢書》是黄岡師範學院文學院從事鄂東文化研究的成果之一，是一套爲鄂東傳統文化研究提供基本材料的專題叢書。“鄂东文獻”，顧名思義，其範圍涵蓋了湖北東部地區的歷史文獻，其中多數是明清兩代文人的詩文集。

“鄂東”一詞在清代以前的典籍中並不常見。羅泌《路史》卷二十六《國名記三》説：“鄂東，熊渠中子紅封之。《世本》。今興國軍永興有故鄂城。《寰宇記》：“州西北百八十鄂王城，鄂人事鄂王神。”漢鄂縣本隸武昌，故《九州記》云：‘鄂國，今之武昌，東鄂也。’”“東鄂”一詞在古籍中倒是更爲常見。宋薛季宣《樊口見鄭崇陽不遇》有云：“島嶼西陵開罨畫，湖山東鄂洗新裝。”《樊山春望》有云：“東鄂城東安樂宫，李花練絢玉玲瓏。”《二同舍賦鄂城篇見和，文高格古，端不可及，而仙尉王文措辭侈甚，可以參諸臺符羽檄間，復次元韻戲酬》有云：“吴楚争桑如有頃，東鄂幾人全首領。”宋代的東鄂指的是武昌（今鄂州），與南陽的西鄂相對應。歐陽忞《輿地廣記》卷二十七説：“武昌縣，故楚之東鄂也。”《湖廣通志》卷三説：“南陽有西鄂。稱西，所以别於東鄂也。東鄂，武昌也。”

清同光之際，鄂東地區成爲捻軍活動的區域，因而“鄂東”一詞常見於文獻之中。如《曾文正公年譜》卷十一説：“東路任賴一股盤旋於安陸之境，劉銘傳等追剿，賊竄向鄂東一帶。”《李文忠公奏稿》卷十一《行抵歸德通籌調度摺》説：“曾國荃二十九日函稱，鄂軍追賊，悉已西

至棗陽，頃調回東路黄麻堵勦，未知能否趕及，是鄂東空虚實甚。"繼而，"鄂東"也出現於晚清文人的詩作中。如王柏心《百柱堂全集》卷二十七《九日寄漁叟》詩云："去歲重陽節，黄花滿鄂東。"清末民初，"鄂東"概念爲地理類書籍所採用。劉錦藻《清續文獻通考》卷三百十七《輿地考》十三説："廣濟縣南七十里之武穴鎮，外江内湖，介鄂贛二省，實鄂東咽喉。"

今天"鄂東"作爲一個地理概念，源自民國時期的行政區劃。民國初年，湖北分爲鄂東、鄂北、鄂西三道。鄂東道轄武昌、壽昌、嘉魚、蒲圻、咸寧、崇陽、通山、通城、大冶、興國、漢陽、夏口、漢川、黄陂、孝感、沔陽、黄岡、黄安、黄梅、蘄春、蘄水、麻城、羅田、廣濟、安陸、隨縣、雲夢、應山、應城等二十九縣。民國二十七年(1938)，湖北省第二行政督察專區轄黄岡、蘄水、蘄春、廣濟、黄梅、英山、羅田、麻城、黄安、黄陂、禮山等十一縣。民國二十八年，二區專署改稱鄂東行署。1941年，黄岡縣抗日民主政府及豫鄂邊區行政公署鄂東辦事處成立，次年改爲鄂東行政專員公署。

現在的"鄂東"指的是湖北省東部地區。狹義而言，主要指黄岡地區。如湖北省政協文史和學習委員會等編撰的《黄岡文化簡史》基於行文方便和約定俗成，把"黄岡地域"與"鄂東"視爲基本相同的概念。廣義來説，以行政區劃爲基礎來劃分的鄂東地域包括武漢、黄岡、鄂州、黄石、咸寧等行政區。本叢書取廣義之説，在文獻的選擇上則以黄岡地域文人的著述爲重心。

二

湖北歷史上的三大人文重鎮是春秋戰國時期的荆州，東漢三國時期的襄陽，明代鄂東的黄州府。隋唐以前，湖北的文化重心位於荆州、襄陽地區，而鄂東屬於邊緣地帶。清人顧祖禹在《湖廣方輿紀要序》中説："湖廣之形勝在武昌乎？在襄陽乎？抑在荆州乎？曰：以天下言之則重在襄陽，以東南言之則重在武昌，以湖廣言之則重在荆州。"從地緣政治的角度來看，從西周到北宋，中國的中央政府主要建在北方，都城主要在西安—洛陽—開封一綫，荆州和襄陽得此地緣之利，成爲湖北的區域中心。宋代以後鄂州（今武昌）地位上升，成爲湖北的重心，但其行政中心的地位並未確立。到了元代，鄂州成爲湖廣行省的治所，才全面確立大區域中心城市的地位。1281 年，原來遷移至湖南潭州的湖廣行省治所又遷回鄂州，於是鄂州正式成爲湖北的行政中心，這使得湖廣形成以鄂東爲重心的基本格局。

宋元之世，蘄、黄二州分治，宋代蘄州、黄州屬淮南西路，其治所在壽州，今安徽鳳台；元代蘄州路、黄州路屬河南江北行省，其治所在汴梁，今河南開封。宋元二代，蘄、黄均處於所在省的偏遠地帶，遠離其行政中心，故王葆心先生説："宋、元之交，吾蘄黄以邊徼，文化榛蕪。"在元代，黄州府逐漸發展爲上等州府，其人口數、進士數、書院數、《湖北通志・藝文志》及《補遺》中的著作者人數均占湖北省首席。

朱明代興，湖廣進入了"以東南言之，則重在武昌"的時代，武昌成爲區域内的政治經濟文化中心，鄂東毗鄰武昌，一變其兩千年來的不利地位，獲得區位優勢。明代是鄂東傳統文化最爲繁榮的時期，但明代初期和中期文化繁榮程度遠不如明代後期，這與漢口的地位有關。漢口是明清時期湖北最大的市鎮，居天下"四大名鎮"之首，在明中葉由漢水改道而興起。漢口處長江漢水交匯處，順江而東，可達安徽、江西、江蘇、浙江；循大江而南，過洞庭，入沅湘，可通兩廣、雲南、貴州；溯江而上可通巴蜀；溯漢水而上，可入宛洛，此所謂"九省通衢"。鄂東五水，倒水、舉水、巴水、浠水、蘄水，均發源於大别山，流經東北部山地、中部丘陵、西南部平原，垂直注入長江，與漢口相聯，在鄂東形成了類似現在的"高速交通網絡"。在以人力與畜力爲主要動力的時代，水上交通最爲重要。鄂東五水與漢口相連，北達黄陂、黄安、麻城、羅田，中達黄岡、蘄水，南達蘄州、黄梅、廣濟。"貨到漢口活"，鄂東的農産品可以暢銷天下。明代中期漢口的興盛推動了鄂東外銷型農業的發展，從而帶動了科舉的極大成功與文化的大發展。

三

鄂東文化肇始於原始社會，形成於戰國到秦漢，發展於隋、唐、宋、元，鼎盛於明清，轉化於晚清民國，代有奇峰。唐宋時期是鄂東文

化開始彰顯的時期。唐時，慧能居黄梅東山寺，師從弘忍，禪宗大興於天下。杜牧爲黄州刺史，創作30多篇詩文，赤壁戰場，折戟沉沙，詩留千古；岐亭古鎮，杏花村酒，香飄四野。從宋代開始，鄂東地區儒學與文學開始勃興。理學大師程顥、程頤兄弟即出生於黄陂。北宋前期，有不少朝廷的逐臣被"安置"於鄂東。王禹偁謫黄州，詠懷月波樓，新建小竹樓，氣節文章，照臨此邦。蘇軾居黄州，二賦一詞，江山多嬌，黄州成爲世界名城。蘇轍攬勝快哉亭，與東坡聯袂西山，流風遺韻，稱快世俗。秦觀來黄州謁見東坡，贊龍丘子，題雙松，清風皓月，相與忘形。黄庭堅居武昌，遊樊山，追懷東坡道人，應和萬壑松風。張耒三居黄州，與黄州的江西詩派詩人潘大臨、何覬曳杖漫步，詩酒唱和。蘄州人林敏功、林敏修兄弟和夏倪也列名江西詩派。洪芻、韓駒曾來黄州任職，饒節曾至蘄春白岩寺問道。詩人彙聚，遂使黄州成爲詩壇重鎮。元代黄州則出了當時第一流的散曲大家滕賓，其人有《玉霄集》，《太和正音譜》稱"滕玉霄之詞，如碧漢閑雲"。

明清時期，鄂東人文飆升泉湧，王士性《廣志繹》卷四説："毋論士大夫，即女郎多有能詩文者，如周元孚、董夫人輩。"當明弘治、正德年間，黄州王廷陳著有《夢澤集》，其人與李夢陽、何景明並稱"海内三才"。武昌興國人吴國倫與李攀龍、王世貞、謝榛、宗臣、梁有譽、徐中行並稱"後七子"，著有《甔甀洞稿》《甔甀續稿》《藏甲岩稿》《吴川樓集》《續吴川樓集》等。嘉靖時，黄州許潮所作《太和元氣記》由二十四種雜劇組成，裁制新異，詞調爾雅。明萬曆年間，李贄僑寓麻城、黄安，撰有《焚書》《續焚書》《藏書》《解老》《莊子解》等驚世之作，在文學上提出"童心説"，評點《水滸傳》《西廂記》《幽閨記》《浣紗記》等小説、戲劇作品，所輯評的《坡仙集》獨得蘇東坡一生神髓。麻城女詩人毛鈺所作詩歌被同邑名士丘坦編爲《文貞集》，其詩如金珠翡翠，珊瑚瑪瑙，黄童白叟，入目即知其寶。明末，麻城劉侗撰有《帝京景物略》，文字幽雅雋潔，體現了竟陵派的文風。

清代鄂東文學承繼明代遺緒，文風鼎盛。黄州遺民詩人杜濬，詩文自辟町畦，睥睨一世，尤精於五律，有《變雅堂遺集》。蘄州顧景星詩文雄贍，《四庫全書總目提要》稱其爲"一時之霸才"。黄州劉子壯是順治六年的狀元，也是清朝開國文豪之一，著有《屺思堂文集》《屺

思堂詩集》等，他與同科榜眼熊伯龍並稱"熊劉"，又與康熙朝的韓菼、李光地並稱"順康四大家"。康熙年間，黄陂王澤宏著有《鶴嶺山人詩集》，所作和平安雅，不失臺閣氣象，當時名流王士禎、姜宸英、洪昇等都曾點定其詩。廣濟金德嘉是康熙二十一年的會元，著有《居業齋文集》等，《四庫全書總目提要》説："德嘉晚年鍵户著書，時同郡顧景星、張仁熙、劉醇驥往往追摹秦漢，宗尚王李，訾歸有光爲秀善婉媚。德嘉獨不爲高論，力摹韓歐，雖其閎肆博贍遜於國初前輩，而先民榘矱仿佛猶存。"張仁熙著有《藕灣全集》等，其詩多悲苦之音，大旨宗尚李夢陽、王世貞、李攀龍。劉醇驥著有《芝在堂集》等，《古今圖書集成·理學彙編·文學典》稱其"文章高雅典重，一時文士無不知有劉千里者，得其傳記、碑銘，莫不以爲美。"蘄水陳沆是嘉慶二十四年的狀元，名列清代律賦四大家、試帖詩七大家，著有《簡學齋詩存》《簡學齋詩删》《詩比興箋》《館課試律存》等。

明清時期，鄂东詩人文士多如繁星。據我們統計，《湖北通志·藝文志》别集部分共載明清鄂東地區作者1400餘位，占别集部分所載明清湖北作者數的77%；共載明清鄂東地區文人别集1600餘部，占别集部分所載明清湖北文人别集數的80%。我們統計時所定義的鄂東地區包括安陸府、德安府的東部，以及漢陽府、黄州府及武昌府的全部。根據各府作家數量排序，鄂東地區所涉及的五個府分别位列第一（黄州府）、第二（漢陽府）、第三（武昌府）、第五（德安府）和第六（安陸府）。從文人數量及其作品數量上看，明清時期鄂東地區表現突出，是當時湖北文人的中心聚集區。

四

除唐宋元明時期以外，湖北人才的出現還有兩個高峰，一個是楚國八百年，一個是清末和民國時期。晚清到民國，鄂東出現了一個"人才井噴"現象，産生了一系列大師級人物，如地質學家李四光、哲學家熊十力、政治史兼經濟學家王亞南、語言文字學家黄侃、文藝理論家胡風、詩人聞一多、新儒家的代表人物徐復觀、哲學家湯用彤、方志學家王葆心等，他們都堪稱在某一文化門類領一代風騷的鉅子。

得留學風氣之先是近代鄂東文化繁榮的重要原因。張之洞在《勸學篇》中説："出洋一年，勝於讀西書五年，此趙營平百聞不如一見之説也。入外國學堂一年，勝於中國學堂三年，此孟子置之莊嶽之説也。"李四光先後留學日本和英國，黄侃、王亞南留學日本，聞一多、湯用彤留學美國，他們是鄂東留學生中的代表，鄂東這一時期的留學生日後大多成爲中國社會各個領域的佼佼者。根據白戰存先生編著《鄂東百年留學生名録》統計，清末湖北留學生共 807 人，而鄂東占 196 人（其中，黄岡縣 38 人、黄安縣 14 人、麻城縣 24 人、羅田縣 23 人、英山縣 15 人、蘄水縣 19 人、蘄春縣 33 人、廣濟縣 24 人、黄梅縣 6 人），數量遥遥領先其他各州府。據《湖北教育史志資料》1985 年第 1 期記載，清末留學生以江蘇、浙江、湖北、湖南、廣東、四川等省爲最多。湖北乃一中部省份，有如此多的留學生到西方發達國家留學，湖廣總督張之洞功不可没，鄂東也是深得其利。

張之洞説："世運之明晦，人才之盛衰，其表在政，其裹在學。"欲興一地之學，必先整理鄉邦文獻，從而"考文獻而愛舊邦"，達到從小區域中探究大歷史，從鄉邦文獻中發現普遍性的歷史問題，進而"從鄂東看中國，從中國看鄂東"，更好地推動區域社會的發展。

爲了弘揚鄂東地區的優秀傳統文化，黄岡師範學院文學院實施了"鄂東傳統文化研究"項目，《鄂東文獻叢書》是這一項目的重要組成部分。《鄂东文獻叢書》收録範圍：一、古代鄂東人士的著述。所謂鄂東人士指出生在鄂東，或籍貫是鄂東（三世祖以下出生或定居現行政區域屬鄂東境内）者。二、雖非鄂東籍，但久居鄂東，且其主要著述在鄂東完成者的著述。

本《叢書》採用平裝形式，每種著述分裝一册。每種著述的編纂以原有的集子爲基礎，並搜輯同一作者内容相關的作品補充完善，也可以按新的體例編次。編者增輯的内容在前言或文末注明出處，必要時説明理由。本叢書的校勘標點以中華書局總編室 1991 年 10 月擬訂的《古籍校點釋例》（初稿）爲基本依據。每種文獻之前，冠以前言（或整理説明）。前言内容包括：一、本書作者的生平簡歷，主要學術成就；二、本書的基本内容、特點、價值的介紹和評論；三、本書的寫作和成書情況；四、本書的版本源流；五、整理方式：底本的選擇，校勘所用的本書其他版本,引用參考的主要典籍。前言之後,爲全書篇名目録。與本書相關的重要參考文獻作爲書後附録。附録内容主要包括:一、本書作者傳記、碑傳、行狀;二、有關目録書籍對本書的提要;三、本書的各家序跋、題記。

我們整理出版《鄂東文獻叢書》,既是期望爲文史工作者提供研究古代文化的基本文獻,也希望廣大的文史愛好者通過本《叢書》感受到鄂東優秀傳統文化的魅力。隨著本《叢書》的問世,我們希望鄂東文化傳統的研究和弘揚進入一個更爲繁榮的時期。

前　言

金德嘉，字會公，號豫齋，一作蔚齋，湖北黄州府廣濟縣（今武穴市）龍坪人。生於明崇禎三年（1630），卒於清康熙四十六年（1707），享年七十八歲。祖鼎赤，字楚濱，以經學爲人師。父之純，字健之，又字復濱，明萬曆乙卯舉人，曾任興安知州，擢知漢中府，未莅任而殁。之純去世時，金德嘉年僅五歲。

自少年時起，金德嘉即潛心向學，有志於古。十三歲寫有春聯："龍坪數千家富過我窮莫過我，鵬程九萬里時讓人志不讓人。"十五歲爲諸生。十六歲時，母親李宜人病逝。時當明清易代之際，湖廣地區荒亂頻仍，百姓居無寧日。爲避兵禍，金家多次遷徙。金德嘉與長兄德崇同住於茅屋之中，"風雨不蔽，爨煙幾絶"（彭定求《南畇文稿》卷六《翰林檢討金先生傳》），但其志不爲所移。晝夜誦讀，學業日進。清順治十七年（1660），鄉試獲捷，歸里設館授徒，以名節自持。"有墨令某招致再三，先生堅拒弗往。"（《翰林檢討金先生傳》）後得授安陸府教授，"在任九年，倡明正學，造就人才，講舍彬彬，綽有安定遺風。"（《翰林檢討金先生傳》）康熙二十一年（1682）會試，得中會元。授翰林院庶吉士。散館，授翰林院檢討。與修《明史》列傳，表彰殉節諸臣。分撰《大明一統志》，考訂湖北府縣史料尤爲精細。另參與編纂《禮記解義》和《通鑒講章》等書。殫思萃力，"館中推爲碩儒"（《翰林檢討金先生傳》）。康熙二十六年充貴州鄉試正考官，户部員外郎趙作舟爲副考官。録取舉人二十名，多爲名俊之士，黔中文風自此始開。

因爲與徐乾學過從甚密，金德嘉於康熙二十八年被翰林院掌院學士李光地劾罷。一代廉吏于成龍巡視湖廣時，欣聞金德嘉告老還鄉，因久慕會元厚德，特繞道拜訪，贈金匾"三楚典型"以示敬意。金德嘉有白堂藏書閣，藏書達萬卷，從此"鍵户著書，足不入城府幾二十年"（《清史列傳》卷七十一《金德嘉傳》）。康熙四十六年（1707）病逝於家鄉，私謚貞孝先生。

金德嘉"生平與王士禎交最善"（《金德嘉傳》）。與湖北學林名士劉子壯、熊伯龍齊名。"楚中風氣開自劉稚川、熊鍾陵兩先生，得先生殆鼎足焉。"（《翰林檢討金先生傳》）"自熊劉後，楚北文章家推金會公檢討爲最著。"（《國朝先正事略》卷三十七《熊次侯先生事略》附《金德嘉傳》）

金德嘉爲文宗法韓愈、歐陽修，磊磊落落，直抒胸臆，爲詩力追三唐，多和平中正之音，陳維崧極爲讚賞。"制義淳龐典雅，不在先秦兩漢以下。"（《翰林檢討金先生傳》）"雖其閎肆博贍，遜於國初前輩，而先民矩矱，彷佛猶存。"（《四庫全書總目提要》卷一百八十三）著有《居業齋詩鈔》二十二卷，《文集》二十卷，《别集》十卷，及《續纂元明名臣言行録》。

此次點校，以齊魯書社 1997 年版《四庫全書存目叢書》本爲底本，參校上海古籍出版社 2010 年版《清代詩文集彙編》本。《叢書》本據原中國科學院武漢分院圖書館藏本（今藏湖北省圖書館）影印，《彙編》本據原燕京大學圖書館藏本影印。兩本所据皆爲清康熙五十八年蔣國祥刻本。《叢書》本和《彙編》本各有缺頁。《叢書》本缺兩頁：《詩鈔》卷二十一"原缺第四十二葉"、《文稿》卷十八"原缺第九葉"，此兩頁在《彙編》本裏都有。《彙編》本缺一頁：《别集》卷八缺第二十三頁，此頁在《叢書》本裏有。需要指出的是，缺頁在《叢書》本有標明，而《彙編》本不僅没有標明，還將頁碼"二十四"擅改爲"二十三"，易致誤解。本次整理，將兩者所缺内容互補，成爲一個完整無缺的新校定本。

總目録

居業齋詩鈔 ………………………………………… 001
居業齋文稿 ………………………………………… 283
居業齋别集 ………………………………………… 519
附:四庫全書總目提要·居業齋文集 ………… 634

居業齋詩鈔

居業齋詩鈔　目録

居業齋詩鈔　蔣序 ………… 007
居業齋詩鈔　蕭序 ………… 009

居業齋詩鈔　舊序四首 ………… 0010
周廣庵序 ………… 0010
李劬庵序 ………… 0011
張長人序 ………… 0011
周漁璜序 ………… 013

居業齋詩鈔　自序十三首 ………… 015
《黔遊集》自序 ………… 015
《涉湘集》自序 ………… 015
《釋甕集》自序 ………… 016
《鄂縣集》自序 ………… 016
《鼽嚏集》自序 ………… 016
《餐霞集》自序 ………… 016
《咏物集》自序 ………… 017
《歷陽集》自序 ………… 017
《堀堁集》自序 ………… 017
《漁唱集》自序 ………… 017
《稡裘集》自序 ………… 018
《史編雜識集》自序 ………… 018
《松窗集》自序 ………… 018

居業齋詩鈔　卷一
江湁集古今詩九十四首 …… 019
居業齋詩鈔　卷二
石城集古今詩四十五首 …… 032
居業齋詩鈔　卷三
顧廬集古今詩三十三首 …… 040
居業齋詩鈔　卷四
京邸集古今詩三十四首 …… 044
居業齋詩鈔　卷五
黔遊集古今詩四十三首 …… 051
居業齋詩鈔　卷六
續京邸集古今詩五十六首 …… 058
居業齋詩鈔　卷七
南征集古今詩十一首 …… 070
居業齋詩鈔　卷八
續江湁集古今詩二百十九首 …… 085
居業齋詩鈔　卷九
涉湘集古今詩五十三首 …… 122
居業齋詩鈔　卷十
江州集今體詩十九首 …… 130
居業齋詩鈔　卷十一
釋甕集古今詩五十一首 …… 134
居業齋詩鈔　卷十二
鄂縣集古今詩二十九首 …… 143
居業齋詩鈔　卷十三
鼽嚏集今體詩二十六首 …… 148
居業齋詩鈔　卷十四
餐霞集古今詩一百四十八首 …… 152
居業齋詩鈔　卷十五
詠物集今體詩五十七首 …… 176

居業齋詩鈔　卷十六
歷陽集古今詩九首 …… 182
居業齋詩鈔　卷十七
堀堁集古今詩九十三首 …… 184
居業齋詩鈔　卷十八
稡裘集今體詩六十八首 …… 198
居業齋詩鈔　卷十九
史編雜識集古體詩一百五十四首 …… 214
居業齋詩鈔　卷二十
松窗集今體詩四十首 …… 225
居業齋詩鈔　卷二十一
漁唱集古今詩一百九十五首 …… 228
居業齋詩鈔　卷二十二
漁唱集古今詩二百二十六首 …… 256

居業齋詩鈔　蔣序

古君子宦轍所至、聽治之餘，必歷覽其山川風土，友其賢士大夫，采擷其鄉先生之著述以想見其爲人，非僅以廣聞見矜博雅也，嚮往所存，風教寓焉。余不敏，心焉企之。憶自承乏齊安以來，簿書鹿鹿，未遑從事，幸今閱三載，政稍和，事稍舉，因以公餘將竹樓、雪堂諸勝次第脩復。署之西偏，枕江面山，得以收一郡風景之勝。因築堂於其上，以爲游憩之所，嘉客戾止則瀹茗以俟。又遍訪鄉先達之詩文家集以供披覽，已得《四照堂》《屺思堂》《白茅草堂》《藕灣》《玉照亭》數種，朝夕晤對，尋味不置。自喜竊禄名邦，得以旁搜博采，津逮生平未見之作，雖才不逮於古人，然每以古人爲法，不敢以風塵俗吏自委。已又念蘄黄名勝之地，自紫薇玉局諸公倡導以來，流風遺韻往往而有，至江山靈秀，郁釀孕蓄，人文之盛，自應不止於此。即如數十年來翰苑巨公，若金先生豫齋、張先生石虹，文名藉甚。兩公皆黄産也，其應制諸作風行海内，照耀今古，固不必言；間有片辭隻字流播人間，未嘗不膾炙人口，思其端居，撰著自無不可傳世而行遠；惜也，人多未及見其全集耳。已而豫齋先生之令似啓汾以先生《居業齋詩稿》見示，爲之欣然色喜，開函亟讀，見其瀏然以清，窅然以深，洋洋纚纚，行乎其不得不行而止乎其不得不止。其史編雜説，上下今古，更足見其讀書之有識。他若友朋投贈、道路驅馳、緣物寓言、撫時感舊之作，無不淋漓盡致，激昂多姿。雖窮極變態，不必規規一轍，而恬澹之致，忠厚之情，惟祈不悖於道，探其本原，其致一也。風人之旨，其在斯乎？彼以格律升降較量於唐宋明之瑣瑣者，非足以知先生者也。使後生末學各奉一編以爲準則，將見温柔敦厚、掞藻摛華，風雅之傳于焉復振，鼓吹休明有厚望焉，寧僅齋心退食之餘得以焚香雒誦之爲快哉？集凡二十二卷，尚未開雕，因與令似謀付諸梓以公海内，然尚以未及見石虹先生集之爲悵也。

康熙己亥人日，暨陽蔣國祥撰。

居業齋詩鈔　蕭序

詩至今日亦云盛矣，然詩至今日益難言矣。上而縉紳學士以洎文人墨客，莫不各有吟咏，盈囊積笥，較唐絜宋，丹鉛奪目，類謂發雕龍於綈槧，耀靈蛇於掌握，詎不駸駸乎稱盛哉！顧倜儻者鮮實力，愿謹者乏雋思，輕者疏而卑者俚，甚至各設旗鼓争長爲雄，而究其性情氣骨，温和朗潤，一唱三嘆，如鏗金戛玉，足以留連感興而羽儀風教者，什不遘一二焉。甚矣，詩之難言也。憶余操觚時，讀壬戌禮闈第一人豫齋金先生制藝，渾噩純粹，儼然商彝周鼎，可仰而不可跂，輒神往靡斁。載觀丁卯棘牘，惟黔省卓越迥異他舉，益歎先生學識淵弘，允爲當代宗匠，每以不獲謦誦鴻編爲憾，而未知先生之深於詩也。猥膺簡命承乏珂里者數稔，于兹因得《居業齋詩集》諸鈔，盡首尾而玩繹焉，第見古今各體備美萃精，無不躋其極而臻其妙。夫先生當去古寖遠之時，獨能追風雅之遺韻，誠足爲後學津梁矣。亟勸其家君禹書授剞劂以大其傳，而君小試廣宗方以甑塵辭緩，余曰："當今聖天子垂拱幾甲週，峻德遐齡夐絶前代，猶日以振興古學長育人材爲急，以故凡遷轉擢用遐邇臣工，必馳闕奏對，審其才品，試以詩賦，稱旨而後命之官，否則雖大寮世胄必擯斥。用是薄海内外以迄荒裔殊俗罔不蒸蒸向化，惟以不得與于壽考作人之盛爲耻。斯時也，正宜以先生温和朗潤、鏗金戛玉之音引其繩而正其鵠，俾曉然于詩之爲詩自有真性情真氣骨，非浮聲贋采者之可以貌襲也。爰是翕然相率而返之大雅，于以賡歌至治、羽儀風教焉，豈不盛哉！而顧可緩哉！"因即其舊選各集，凡若干卷，捐俸助梓。至先生詩之源之忠孝，本諸行誼而涵濡于清操雅度，以自成一家言，則本傳與諸舊序論之備矣。

康熙戊戌冬月，武平蕭襲撰。

居業齋詩鈔　舊序

周廣庵序

余同年金子會公，古所稱閎覽博物君子也。恬澹寡營，開卷尺許外不復知户外有何事，時俗攘攘有何途。頗著文章，自娱而已。歲丁卯，忽膺簡命典黔試，擔囊就道，歷途數千里。其間高山大川、名都巨鎮與夫幽崖絶谷、荒陬僻徼之區，足迹所經，興會所寄，一發於詩。於是彙而録之，命之曰《黔游集》，志所事也。既還報，出以示余，而屬爲之序。

余惟古者列國大夫出使於外，其有登高能賦者號曰卿才，然考之傳記所載，不過援引古辭，斷章取義而已。求夫文采表著篇什可傳者，抑何不少概見也？蓋古之使人所銜命者，大抵會盟聘問，有關社稷之圖。慮重憂深，惟恐隕越。又其行役不逾時，出疆不過千里，故每懷靡及，而不遑有所著述也。今國家承平一統，聲教四訖，雖夜郎、牂牁，殊方萬里之地，莫不漸化從風，人文輩出。而會公以文學侍從之臣，當較藝掄材之任，其才優於事不問可知，況於道途閱歷曠日往來之際乎？宜其覽勝探奇，俯仰憑弔而發其遥情逸致於長吟短咏之間，遠過於古之登高能賦者也。

夫子録十五國之詩，獨楚無風，而其後屈原、宋玉之徒雄文麗詞，凌轢百代，楚材之盛蓋自古志之矣。會公生長於楚而才藻横溢，含風躡雅，方之於古，其屈宋之儔乎？然屈宋以憂愁憤懣之意著爲文詞，君子讀之未嘗不悲其遇之窮也；今會公際休明，承使命，而於馳驅之暇發其和平之音，以鳴國家至治之盛，其遭逢之幸豈易得哉！今試讀其黔中鎮遠諸什，撫時紀事，隱寓古初采風陳詩遺意，則是編也，且將貢之法宫，領在樂官，以時存肄，於以考俗尚而知政治，匪特區區用以自娱之具徒足供人欣賞已也。既受而卒讀，因書於篇首。

時康熙戊辰夏五，雲間周金然。

李劬庵序

嘗讀史至傅介子、班超奉使塞外，所以建功立業者，其勝氣奇謀，數千載至今猶使人鬚髯欲張，精神飛動，雖其人骨格姿力本不猶人，亦所歷山峰激詭，湍流蕩潏，人民物産，異狀殊形，接之耳目而動乎心志，足發其胸中悲凉颯爽之奇氣，因而忠憤生心，雄猷突出，故能懋建武功，光流傳記也。即文事亦何獨不然？今皇上智勇天錫，文明廣運，固已化洽梯航，光被無外矣。在今日視滇黔則猶内壤也，顧其地越在南陬，漸摩於文德者視他方獨後；而近又以吴逆背叛，煩師武臣力討，平未久，金戈鐵馬之氣猶殷流巖障間。歲丁卯，直省届大比，天子念遐荒兵燹之後，亟須得非常之人誕敷文教以移易其觀聽，和柔其心思，特遣太史金公以禮闈第一人往典厥事。公奉命跋涉數閱月而乃至其地，闈棘既徹，録所得士及文上呈，一時聲噪輦下，咸謂黔南小省得士之盛乃反加於諸内地，爲數十年所罕覯。

公反櫂，沿江而下，次皖城，念慈適依人在此，因得接見左右。受讀《黔墨》，信都人士揚扢非虚。公又以《黔遊近草》相示，自出都及抵黔往還，所至覽奇紀勝，山川風物畢見諸篇什中，風格視公嚮作更進一籌。蓋公以大文至忠敷天子文命以振衰起陋，化道殊俗，若文翁之於蜀；而又得於絶徼山川奇異之所映發，以其正者取士，盡以人事君之誼，而餘者見之歌咏，凡山水之形狀、風俗之異同、地土物産之肥磽盈絀，皆可一覽而得。公既職在史館，而國家方簡命儒臣纂脩《一統志》，則公之詩咸可以資考稽、備采風，於古陳詩之義實有當焉，不獨氣力渾厚、詞旨弘深若少陵夔州以後諸作，使讀者髯張而神王，有若讀傅、班諸傳，可以增益人才智也已。

關中李念慈。

張長人序

盧元薦先生云：明詩洪武初高季迪輩一變宋元，自開大雅；而李大泌先生則云：明詩初多沿舊習，李文正起而反古，卓不少移，有開闢功。是皆本前人明詩盛於洪武而衰於永樂、成化之言，其曰再興於弘治者，意專推文正耳。蓋其時北地操戈，已磨礪須之。北地列文正門墻，其壽文正也，不一及有韻之語。瑯琊後起世宗朝，則唾罵及之，晚而托諸樂府以懺矯耳。百餘年而虞山蒙叟方一破成議，推文正以冠全明。夫蒙叟悲離頓挫，小小遇合，風情一發之於詩，似亦宗騷些而背優容樂易者。顧其言數十年金科玉條之，亦氣運使然歟？不然，何黏天之濤終歸清晏也？近者門户分熾，風發雲流，而宋元雕蟲搜括殆遍，同事憂之，間見楮墨，要亦卒無冲融大雅、古道淋漓、湧裔文泉隨地瀵溢者，豈艱澀者好排奡，幽窈者事凄涼而稱詩爲餘事者？復波蕩於吕梁之三十里，而譎激於留帝啼猿黄陵雲隙間與？奇極反平，濃至反淡，暢反塞，怪反坦也。夫以意烏猝嗟之貌救蜂目豺聲之遺，欲指爲開闢功，豈可得哉！

余非能遍讀詩書者，乃不出里巷而典型之則無如吾友金豫齋先生。先生之先大夫守秦興安郡，當寇氛大熾，時精忠大孝困於圍城而瘁以卒，豫齋財五歲耳，坎坷事母李宜人。成，過目誦，即稱神童子。弱冠，以諸生試，冠多士。旋雋棘闈，教授安陸者九年，壬戌出爲南宫第一人。方先生之讀書安陸也，日遊歷山水間，夜篝一燈，足成之，如長吉故事。久之，有《自怡》《石城》諸刻傳布海内矣。及《南宫墨》出，則天下又以爲文恪、文潔再生。已而歷金門，上玉堂，倡和諸苑。老富有日新天下化之，則又以操持軌躅。司文章氣運者，率自吾楚始。先生詩壇之傑也，復以文恪、文潔倡，其在斯乎！余曰："是固然。"然蒙叟與松圓老論文正詩，反覆發明，必深求其忠厚和平之所在，不徒皮相也。玆者先孝廉與先生之先大夫肝膽金石，邑里所共聞見，余與先生又日夕編摩，亦更有窺其氣候者乎。先生少孤貧，固鬱伊蹇仄士也。自少迄壯，及對策大廷，介不出門户，清羸自守。乃讀所吟詠，清和坦白，霽日薰風，有懷必達，有達必盡，境思裕如，圓晬靄惻。夫楚固以騷些祖禰後人，而後之論詩者又復以窮而後工監訓。今先生入爲侍從，出秉鑑衡，藜閣抒忠，鎖垣潑墨，無一不自學問温摯中出，即孺慕棣哀痛哭皆清風也。且治詩者艷詞綺語之設，徧中扼腕之言，未必不供風雅一點染，而先生皆却棄不登於俎，豈非風教一大關係乎？

今試觀長沙諸集俱在，向所謂平平熟爛者，北地、瑯琊不過以精悍藻繢壓之，考其實大則栽培國運，小亦砥柱藝林，數變而淳氣存。史議定文襄之言遂足千古，長沙初寧娓娓告人哉？先生之所爲亦猶是耳。或曰："先生素未以私淑長沙聞，今前後一轍，何也?"余曰："南岳主楚，兩先生皆南岳産也。楚山之高者廣者多峰者不啻數百，而衡八百里七十二峰，雍雍穆穆，不以高廣奇秀與衆峰争，故兩先生以和平深厚應之，豈曰偏霸云爾哉!"余視先生爲兄，退處山林，不與人世，先生不我遐棄，編詩以示，並索孱毫簡首，因爲述兩先生功勛契合如此。

時康熙壬申春日。同邑張仁熙。

周漁璜序

聲音之爲道根於氣運，而人精神心術隨之，非苟焉已也。正風正雅作於周道方隆，群侯軌道，四裔賓服之時，故其爲體也，中而正；其爲言也，和而平；其被之樂章也，廣大而雍容。風雅變，王迹息矣，讒夫昌熾，女謁盛行，君臣沈湎，禍亂發於前而不知，於是賢士大夫憂於微而呼號發憤於其著，則諷刺興焉。孟子所謂"《詩》亡《春秋》作"也。夫詩曷嘗亡？中正和平亡耳；中正和平曷嘗亡？王迹亡耳。東遷以後非詩乎？騷賦非詩乎？漢魏以至於今非詩乎？自騷以降，憂愁怨誹愈多而詩日益盛，迹其悲天憫人、纏綿愷惻，托美人以思君子，傷怨女而感逐臣，不可謂非詩人之極致；而角聲多宫聲寡，陰律多陽律寡。慷慨如越石，冲澹如淵明，其輪囷抑塞之氣不自知其忽隱而忽現，可謂盛世之音乎。明君良相繼作詩書，教澤涵養百年，則詩盛矣。而盛之終亦衰之始，不知其始盛時誠有先王遺意焉。詩莫盛於唐，而陳伯玉其首也；次亦盛於宋，而歐陽永叔其首也。唐盛極而至杜子美，宋盛極而至蘇子瞻，其才力既不可一世，而又好學深思，故遂轃轢千古，奄有衆長。及其終也，遭時不造，夔州感興，儋耳瀕危，忠愛之情結轖於中，而光芒愈不可掩抑。自是藩鎮禍唐，紹述禍宋，而詩道亦漸歸凌替矣。嗟乎！此亦古今成敗得失之林也。說者謂有明之詩盛於長沙、北地，而北地出長沙之門遽爲矛盾，其後好事之徒迭相攻擊，訖於明亡而止。

我朝仁育義正，涵濡海内六七十年矣，士大夫以文章名家者其師承淵源各有所自，大率出於虞山之門者爲多。吾師廣濟金先生，海内咸知爲近日正人君子之冠，獨其詩世雖知愛之而效者蓋寡，蓋世方務纖新而先生獨依古澹，世方矜穠麗而先生獨事雅醇，世用以博名高取榮進而先生特自娱於荒江老屋之間而已。故其爲詩也，五言法漢魏，七言及諸近體法初盛唐。極其才力之横騖，可以上追少陵、近擬眉山而無難，而先生不炫奇，不矜能，寧側身伯玉、永叔而甘避杜、蘇者，所以培文章數十年中正和平之氣，惟恐其盛極而衰。爲良臣勿爲忠臣，魏文貞之志也。先生自爲校官時，名播於海内，後歸承明著作之庭，鴻文典册照耀四方，人皆耳而目之。及其歸也，魚莊蟹舍，牛欄豕栅，一經點定，悠然有陶、韋遺致焉。夫世惟有真人而後有真詩，安貧樂道，樂行而憂違者，先生之所以爲行也；醇雅古淡，中正而和平者，先生之所以爲詩也。渭遊先生之門久，竊以爲先生人似程明道，而詩似陳伯玉、歐陽永叔；人似明道，故其自守，雖截然不可犯，而士無賢不肖莫不愛之敬之；詩似伯玉、永叔，故人雖好之而效者蓋寡。然而後世公論則有不可泯没者，渭非不能舉少陵、眉山以例先生也。歲之初秋，渭以請告南旋，獲拜先生於里第，几席言笑間無非以通經學古爲勸，而以干進嗜利爲可耻。次出其詩若干卷，屬渭校讎而勘訂之。自維末學管窺，曷足仰測先生之萬一？然幸側門下而又得挂名簡末有深幸焉，故不辭而爲之序。嗣是厥後，先生年益高，學益(邵)[劭]，而著述日益富，請以俟後之爲伯玉、爲永叔者而已。

康熙戊寅秋七月貴陽受業門人周起渭頓首拜譔。

居業齋詩鈔　自序十三首

《黔遊集》自序

黔闈之役，聞命以四月，趣裝就道以五月初旬，例也。炎暑薰蒸，征軺轉仄，時有吟詠，不遑脱稿。郵亭小憩，則藥罏茗碗較勝於饔飧。比及楚南，放於黔西，秋風微凉，旅次加餐，然曾崖叠巘，箐叢絓靷，俯視大壑，千尋萬丈，澒洞窅冥，心膽驚悸；片雲垂垂，瞬息驟雨，淋幔沾衣，嵐瘴濡濕；即事成詩，境過輒忘。迨槐實菊放，鍵署静坐，點檢腹笥，十財一二，篇什寥落，無可觀者。顧念人臣恭承簡書，誕敷文教於數千里外，凡所過名山大川、通都劇郡、土風人物，悉當筆之於書。黔雖絶徼，户口宫墻覆露涵濡之日久矣。古者太史氏采風輶軒，獻於天府，德嘉，史官也，三寸油素，得採方言，爰彙小帙，歸載輕裝比於汲水巴峽、畚石欝林云爾。若夫四牡皇華，菁莪棫樸，黼黻鴻猷，鋪陳盛事，惟遷、固、淵、雲之徒閎裁鉅筆或庶幾焉，區區紀行之册何足數哉！康熙丁卯重九日，使臣金德嘉書。

《涉湘集》自序

丁卯歲，余有黔之役，竣事言旋，從鎮遠買舟浮湘以達鄂渚，到於今忽忽十年矣。揵户息游，游具都廢；會故人期我於巴陵，挂席西征，越二旬，檥城陵磯下，而館粲又在澮澧。信風解纜，風停則止，烟雨孤舟，四望無際。兒子披裘讀史，中有感觸，輒成詩句。燭燼篷窗，東方乃白。余因念少陵憑軒處僅存古礎，而鐵笛三弄，忻然庶幾一遇，曷可得乎？搔頭惆悵久之。旅次多暇，裒沿塗所作古今詩，都爲一册，顔曰《涉湘集》。是地也，司馬子長曾一至而余且再矣。江山亡恙，年齒漸增，存詩以紀歲月，其工拙又何論耶？時康熙丙子冬月。

《釋甕集》自序

一畝之宫，園半之，於是乎有抱甕之役。俛而惟，仰而眺，有所欲言，則釋甕以書之。昔揚子雲有所論著，劉歆譏之曰："徒自苦人用覆醬瓿耳。"詹詹之言，敢以供人瓿具？聊塞吾甕中，抑猶念乎四體不勤，動而又無所用其心者也。豫齋老圃自記。

《鄂縣集》自序

客武昌縣倚晴閣，熱極，不能伏案成一字。遊寒溪，小憩僧榻，得五言今體詩八首；已而賦鄂縣覽古詩凡九首。於蘇端明過江，屐齒所到都有詩，然而感慨深矣。是夜公入夢，夢中見公趨朝有所啓奏，貌與往日所見畫像肖。噫！異矣！於是捃拾公譜傳，成七言今體詩十首。公言語文章妙天下，不假言。其生平最膾炙中外人口者，竄吕惠卿制草一篇，而晚節之斥逐播遷，艱難坎壈，實胎於此。蓋小人之妨賢害正無所不竭其力，怨毒深報復彌酷，理固然也。元祐諸君子當年受熙豐群小之禍，千載後可爲寒心，溯其本根，則半山實爲之，此余《雪堂覽古》歌行之所由作也。嗚呼！山川勝迹往往借名賢以有傳，而幽憂侘傺不得志於時者之傳尤久，豈獨雪堂也哉！過夢澤子雲兩先生故里，有詩附焉。是役也，客邸甫浹旬，共詩如干首，命兒子鈔謄成册，名曰《鄂縣集》。時康熙丁丑秋七月望日也。

《鼽嚏集》自序

唐李供奉、宋蘇端明、明楊脩撰，余嘗觸緒成詩，藏諸笥。客有覽而欷歔者，大指謂造物生材良難。材如三君子而不究其用，可惜也。於是鈔謄爲一集，客曰："集必有名，兹何名乎？"告之曰："氣鬱於鼻，發而爲聲，《月令》所謂'鼽嚏'也。"遂以名斯集焉。康熙己卯清明後一日。

《餐霞集》自序

霞於我無與也，而餐之何哉？草堂徒四壁立，即朵頤亦復奚獲？

則餐霞而已矣。然猶有時乎爲詩，久之，裒輯曰《餐霞集》，義無所取，紀實耳。

《咏物集》自序

雨窗飲徑醉，走筆咏物，夜分乃就寢。草堆案頭，墨瀋沾漬且盡矣。詰朝有客來，詫曰："新詩耶？苦不可讀。"余引陶公語謝曰："君當恕醉人。"客别去，命兒子録以藏之。康熙己卯夏六月。

《歷陽集》自序

之歷陽千里而遥，所過古迹，捉筆成詩；風帆簸蕩，稿草黝黩。洛兒會意，鈔謄爲一集。昔人讀史，至可喜可愕事輒浮一大白，余乏杖頭錢不能多得酒，以詩當之，句復不佳，蓋亦醒而狂矣。康熙庚辰冬十月，書於含山旅次。

《堀堁集》自序

偶讀宋玉《風賦》，有"堀堁揚塵"語，竊以爲詹詹之言似之，用名厥集焉。後有厭之者，法當火浣，幸勿納諸溷也。從子江請曰："昔左太冲賦三都，藩溷俱著筆札，馬糞巷口人物大有可觀，亦安見塵之愈耶?"余曰："不然，漢史以胡廣、趙戒爲糞土，則凡妨賢竊位、耽耽而逐逐者皆厠鬼矣，惡可近？塵則不然，其揚也，視乎所傅，松�、竹籜、桂蕚、芝房、菊之籬、蓀之畹、梅之莊、辛夷之塢，皆清塵也；其在於几也可拭，冠也可彈，襟帶也可滌，琴囊、劍鞘、筆牀、研匣，第藉一麈尾之力而光景忽新；若夫敦彝、罇罍、觶洗、鼎鼐、禹碑、周鼓之屬，以塵羃焉而寶貴於來世。由斯以觀，塵何負於人哉?"江辟席起謝曰："聆是言也，可以見志。自時厥後，蓬蓬鬱鬱於腕下可矣。"康熙辛巳陽月。

《漁唱集》自序

"湖邊聞漁唱"，唐人暢當句也。余小詩一集以漁唱名，客曰："子非漁,安得漁唱?”余曰:“若非我,安知我之不爲漁?若即令我不爲漁,我安能不漁唱?夫野渡花發,寒溪蘸溓,絳雲在霄,泠風出壑,水族喁噞,山巢鈎輈,涉境成趣,應接不暇。當此之時,渢渢於竹竿蓬藋之際,即施肩吾所謂‘顛狂楚客歌成雪’者也。”客曰:“善!”是夜夢客提蓑衣箬笠來相贈,余熟視之,謝客曰:“此西塞山下張子同物也。”已而念子同五月五日生,余辰亦如之。嗟乎!人生有命,余又安得不爲漁乎?客貢諛者前致詞:“昔王戎墓下有人解唱《黄竈》:‘負薪出山輒騣貴。’”余曰:“記不云乎?擬人必於其倫,若第聽漁唱可矣。”客逡巡别去。余唱云:“罾罾罱罱蔟如矼,直釣中流横一艭。露肘年年此獨漉,也無物色似桐江。”又曰:“長天漠漠水盈盈,鶴夢酣時忽有聲。萬頃一綠垂百尺,收來坐對短燈檠。”康熙壬午午月,釣童山迤東二舍許隱者題。

《稡裘集》自序

摭蕞爾邑四封以内古迹爲一編,言務薙其冗長,事弗遺其零碎,説在乎《淮南子》之稡裘也。巾箱可載,携以出遊,邂逅通人,用作方物之玨,其纖已甚,儉者或有取乎?康熙乙酉穀雨。

《史編雜識集》自序

識大識小,都無倫次。有觸輒書,限以三韻,括一事於六句中。一唱三歎,視鐵厓之樂府較難。記曰:“毋剿説,毋雷同,亦各言其意爾。”廣濟耄傖呵凍稿。

《松窗集》自序

史不勝詠,偶有感觸輒成一絶句,零星得二十首;遣懷漫興,數亦如之。歸田以來,韓公所謂“文字飲”竟不可得。而荒江寂莫,想到昔人玉山雅集,直似洞天福地。若復不弄柔翰,即飽食終日無所用心矣。康熙乙酉冬初,豫齋潜夫自記。

居業齋詩鈔　卷一　江滸集

聖人出

聖人出，萬國寧。靈臺望，泰階平。雲五色，芝九莖。白雉豜，黄龍呈。登寶鼎，川嶽禎。湛湛露，瀼蓬瀛。瀼蓬瀛，聖人壽。德施溥，蕃鼇輳。開明堂，覲群后。菘辟廱，升孝秀。天垂象，四序布。青陽熙，朱明茂。西顥渟，元冥宙。調八風，九歌奏。聲教敷，經緯究。日出入，天所覆。梯航球，共重譯。徠臣拜，稽首歌。康哉。

閶闔行

閶闔開，賢人慶。舉元凱，升宅俊。鳥有鳳，覽德輝。千仞翔，五采儀。龍在田，見以時。雲油油，雷雨垂。天地變化九有熙，芃芃棫樸聲諸詩。秉燭傾罍永今夕，四牡在門車載脂。

咏　史

信陵却秦軍，其聲動天下。慷慨獻奇謀，彝門抱關者。士固不易知，酬知自有時。堂上三千客，何如鼓刀兒。救趙有矜色，聞言乃自抑。千古下士人，終收士之力。毛薛進讜論，一朝整歸鞍。强嬴賴以退，宗社爲之安。當時諸公子，紛紛競養士。冠蓋彌道周，高風誰似此。

青青山上柏，直(榦)[幹]凌蒼穹。矯矯天下士，挺拔將無同。布衣耻帝秦，蹈海誓微躬。黄金與相印，棄之如轉蓬。悠悠千載後，斯人不可逢。

虎狼恣啖食，六國無堅城。千金奉説士，割地爲連衡。燕秦不兩立，乃謁田先生。畫策殊倜儻，匕首咸陽行。祖道易水上，臨風奏羽聲。壯士盡慷慨，怒髮上冠纓。登車不返顧，氣可吞暴嬴。英風振千古，惜哉事不成。

天子好征戰，迺貴大將軍。天子好名法，九卿務深文。丞相時燕見，惟視上所云。矯矯汲都尉，獨以直諫聞。淮陽一以卧，所志徒辛勤。逢時而富貴，於我如浮雲。

騏驥謝羈勒，駕言千里游。鸞鳳翔九霄，羞與燕雀謀。黄綺之商山，嚴灘一釣舟。回飈吹紫芝，白雲擁敝裘。或輕如鴻毛，貴之比山丘。或重於鼎鼐，賤之若蚍蜉。

漢高成帝業，經營何苦辛。百戰殲强楚，三章革暴秦。履霜一不戒，牝雞司其晨。天常日傾覆，大義誰與陳。斷割其神器，思以貽所親。陰霾蔽白日，火德一以淪。朱虚與絳侯，偉哉社稷臣。

李斯挾鼠智，結鞨西入秦。當其並天下，遂據要路津。三王與五帝，陋哉何足陳。諸儒師古制，詩書相因循。吏議摧燒之，當風揚其塵。皇帝尊無上，丞相勢絶倫。有詔賜洗沐，門外車轔轔。璧玉爲軒堂，當户羅金銀。百官前上壽，成列何逡巡。人生願已極，稅駕將誰鄰。駢首思上蔡，聞者爲酸辛。

思美人

烟藹藹，雨萋萋。披蘭苕，拂蕙枝。芳華賈，葳蕤衰。風入房，慘柔肌。思美人，隔雲泥。出門望，是耶非。罷瑟琴，遺履綦。如狂易，宛調飢。魂惝怳，步逶遲。寓尺素，愁路迷。川東逝，不可追。瞻繁星，何離離。歌且謠，寫相思。

短歌行

然糠續燭，經箱史軸。藜藿不充，群書果腹。
窮巷一區，蝸壁蚓塗。松棚爲蓋，芒屩當車。
手灌一畦，躬鉏十畝。有客升堂，葛巾漉酒。
湛湛者池，有鷗樂之。朝煙暮雨，飲斯啄斯。
人亦有然，其樂不改。悠悠户庭，高丘遠海。

矯志篇

直如張弦，僵仆道邊。猛虎耽耽，罔擇豪賢。屈沈清泠，賈貫卑濕。今囊同欹，前顛後躓。狐腋當暑，纖絺禦冬。疇非方物，易地則凶。役驥服箱，使羊將狼。物違其性，動罔或臧。鯤雖寡儔，不妃鱔鰍。鸑鷟飢死，不侶凫雛。

神物歎

龍泉太阿光熊熊，蜿蜒變化猶真龍。風胡薛燭善相者，原始莫能要其終。赤堇山頭錫，若耶溪底銅。雨師爲灑掃，擊槖煩雷公。陰陽作炭鑪錘紅，太乙下視群仙從。歐冶天工匪人工，鑄成拂拭青芙蓉。群神上天歐冶死，世間神物今難逢。嗚呼神物今難逢，奈何棄置泥沙中，君不見斗牛之間夜夜有氣如長虹。

墻上難爲趨行

反裘不可負，緣木不可漁。人生如駒過隙，安用狗馬充衢。堂下鐘鼓，堂上笙竽。佳人絶代，冰雪肌膚。俾夜作晝，恣客歡娱。晏安乃酖毒，睚眦欲誅鉏。爰書奏當，騈首路隅。故人賓客，首鼠踟蹰。歌臺舞榭，蕪没縱横。寡鵠雄狐，父老欷歔，太息墻上難爲趨。

白苧詞

嚴霜照月夜沈沈，紅顔皓齒發清音。回眸一盻千黄金，陽阿下里且莫吟，商風蕭蕭動客心。動客心，魂惝恍，安得雲間雙鳳凰，喈喈聲出梧桐上。

越羅楚練成繡衣，樽前宛轉帶斜暉，仰視雲間雙雁飛。酌君酒，醉忘歸。渌水歌殘朱火微，芙蓉帳底君莫違。

直鈎吟

長年把釣竿，沙頭候水色。暴雨狂風動地來，河大水深漁不得。

漁不得，飢無食，衆人釣曲我釣直。嗟乎渭濱之遇不可稀，一生直釣徒爾爲。

雜　詩

物生各有托，所托非一端。有鳥附鸞鳳，飛鳴啄琅玕。亦有野田雀，卑栖以自安。所營徒飲啄，曾不憂彈丸。

蟻穴潰成川，狂瀾乃撼城。荆榛蔽丘阜，豺虎以縱横。愚者憂其著，哲人覩未萌。曲突真上策，焦爛祇扶傾。

題友人讀書寺寓

琴書隨杖履，來住此江東。醉卧梧桐雨，歌生薜荔風。秋聲寒浦外，雁影夕陽中。萬象澄觀得，清言孰與同。

寄舒山人

聞君高卧處，古道逼柴門。獨隱烏皮几，微吟黄葉村。野風喧水碓，細雨濕山根。飲罷田家酒，幽懷遲客論。

旅邸雜咏

蘇門真落魄，此地復何如。幾醉平原酒，經旬古寺居。鶯聲花外老，柳色雨中舒。屈指鄉關路，愁人問子虚。

旅食春將盡，曰歸猶未能。輕裝殘蠹簡，短髮愧青燈。慘澹還逢雨，蕭疏合就僧。高談非管輅，安得酒三升。

南征道中

萬古桑乾水，蘆溝橋下流。浮雲還北望，倦鳥已南投。日落鞭羸馬，春寒擁敝裘。行歌猶莫放，旅夜更生愁。

灄　口

煙樹黄州路，風帆灄口船。人家臨古渡，野水漲新田。細草斜陽外，長鑱曲巷邊。生涯元稼穡，飽飯況春天。

好風迎舊路，芳草待歸人。水曲荆榛少，柴門雞黍親。艱難爲客慣，笑語故鄉真。屈指吾廬近，江村月色新。

劉廓庵先生過訪

荒年驚會面，耦坐百憂生。至日還祈雨，山田總未耕。誅求勞長吏，守望費經營。安得輶軒使，微聞哀痛聲。

薄　暮

薄暮何人到，喧呼江上村。發倉逢謁者，圖繪得監門。已到顛危極，猶蕲覆露恩。芻蕘如可獻，民瘼儘堪論。

庚戌除夕

椒酒歡今夕，柴門愧此身。十年三上策，匹馬獨歸人。簫鼓喧兒女，盤餐費里鄰。江梅知節序，又放一年春。

送盧二之蘇州

酌酒今宵且盡歡，淩晨東望路漫漫。片帆雨色三江遠，短劍霜花六月寒。金虎迹荒哀壑在，水犀軍散夕陽殘。彩毫到處應題遍，江渚秋風待羽翰。

寄題李二别業

偶携書卷出郊坰，僦得虚堂盡日扃。對酒不須仍白眼，辟人聊復寫黄庭。雲霞澹引千尋竹，蘿薜深藏五夜螢。幾欲從君空徙倚，更愁江上雨冥冥。

得張師石書問却寄詩二首

杜門久與故人違，忽有音書到竹扉。過眼物華雙鳥翼，驚心風雨一牛衣。春雲草樹黄泥阪，秋水漁燈赤嶼磯。日暮狂歌當濁酒，不禁西望思依依。

大别山前分手後，幾回爲子淚沾衣。南州是處知徐稚，京雒何人薦陸機。月湧江聲三徑冷，雲深竹樹一燈微。新詩有帙還應寄，莫使虛堂雁影稀。

春過楊處士

草亭地僻人來少，我到看君倒屣迎。老至北窗惟酒盞，當年南國有詩名。瓦墻雨色千尋竹，沙浦斜陽一樹鶯。儉歲盤餐偏繾綣，劇談因見古人情。

雷子對瓶花寄家書悵然有作見示和之

爛熳花枝倚幌齊，含愁徙倚朔雲低。樽前驛使書初發，夢裏鄉關鳥亂啼。何處折來春已暮，那堪愁向日銜西。上林千樹看如錦，年少翩翩望欲迷。

柬懷胡十水

水部仙郎胡十水，官梅東閣興何如。河渠舊在龍門史，玉帛新成禹貢書。曳履星辰聽漏箭，披裘風雨對盤蔬。鳳城歲晚鄉書發，猶到江干水竹居。

贈景陵胡孝廉君信

對酒休悲行路難，逃名自覺世塗寬。巾車竟擬陶元亮，皂帽真同管幼安。沔水雲深千樹緑，邳亭月泛滿村寒。吟成青玉期誰和，獨倚西風把釣竿。

觴賀蘇林吏部

賀公瀟灑八仙徒，早歲承恩賜鑑湖。扶杖看雲流水碓，倚欄聽雨過山衢。輕帆野艇鷗爲侶，老樹柴門鳳有雛。詞客過存無俗韻，詩成不讓輞川圖。

龔又泉書至却寄

鄭虔蕉萃官情薄，病骨支離草閣間。安得青樽傾北海，(衹)[祇]將皓月勝東山。繩床竹几蘭臺下，楓葉蘆花漢水間。一曲寄君銷别憾，故園東望每思還。

舒二過飲江齋

鬱鬱園中花，粼粼水底石。秋風吹夕陽，照此邂逅客。草閣步徘徊，佳期良不易。矯首望青冥，眷言懷曩昔。悠悠千載間，寂寥揚子宅。俛聽寒蛩聲，仰視浮雲白。清尊琥珀光，且當共今夕。

竹窗雜興

田父急春作，犁鉏列衢路。我生天地間，悠悠何所務。種麻不滿丘，種桑不成樹。倉鶊顧我鳴，忽復捨我去。好風江上來，吹向芳菲處。薄言就東鄰，横經理章句。

堂前何所有，翛翛數竿竹。黄鳥鳴樹間，池塘春水渌。俯仰有餘閑，盤餐一以足。出門任所之，日暮還來宿。

舉俗謀其生，徵逐亦何苦。我身獨蕭散，所樂在環堵。黽勉課兒童，聊以當田圃。更番侍壺榼，村醪恣吾取。酒酣步江皋，斜陽照沙渚。

落日滿前村，東皋禾黍好。農人自儔匹，我思在遠道。經歲闕雙魚，深山恣幽討。每念結交初，惻焉傷懷抱。少壯曾幾時，漸欲向衰老。古人立修名，致身苦不早。

虚館百無營，階除馴鳥雀。天懷日浩蕩，不復知憂樂。朝見南鄰翁，喪車出北郭。觀者如堵墻，素衣滿墟落。稱道其生平，令人誠輕薄。

萊田逢儉歲，百口守空倉。救荒寡善策，惻惻兄嫂旁。僮奴拾苦菜，終日不盈筐。引領麥秋至，黽勉饜糟糠。顧瞻野田雀，飲啄安其常。人生固有命，毋爲徒慨慷。

梧桐當我門，楊柳蔭我屋。攀條陟其顛，可以眺川陸。童子六七人，種松兼種菊。荷鉏薙草根，門庭常肅肅。

懶性寡逢迎，兼之卧疴久。柴門晝不關，鎮日無賓友。移席即濃陰，孺子解趨走。夜來螻蟈鳴，螢火在窗牖。四座悄無言，逍遥看北斗。

送盧小相之蘇州

置酒臨江皋，朗月照江水。之子東南征，雞鳴戒行李。與子相周旋，江閣影翩翩。子有嶧山桐，我有鵾雞弦。因風揚妙曲，往往入青天。前年驅匹馬，别我垂楊下。訪古昆明池，灑翰麓川野。歸來卧草堂，堂上爇名香。龍鱗松千尺，煙芽菜一筐。白眼看人久，浮雲爾何有。閉門燈火深，微吟在窗牖。客從遠方來，素書爲君開。故人久惆悵，遲爾姑蘇臺。拏舟一相見，臺下開歡讌。吴歌白紵詞，吴儂白團扇。挂帆下尋陽，早晚達横塘。大江波浪闊，雲樹莽相望。

蘭花續詠

猗猗谷中蘭，漠漠清泉際。雨露滋其陰，幽人與之對。臭味一以忘，陶然有冥契。仰觀天宇空，俯聽群籟閟。沅水與湘流，同歸而一致。豈無桃李蹊，素心非所寄。一章補原韻也。

湘水有靈均，湘皋蘭滋植。雲築古先生，悠然得斯意。春風動地來，盆盎發其氣。雲山夜蒼蒼，相與通寤寐。晨起步空庭，頽然而神醉。二章懷雲築也。

澄觀念終始，草木亦根蒂。泫然而淚下，感彼蒿與蔚。裊裊續遺音，渢渢成新製。睠兹猗蘭篇，毋乃南陔類。江風吹暮雨，疏檽燈影細。四壁悄無言，徬徨發深喟。三章志劍峰孝思也。

古　意

露下星漢高，南鄰砧杵發。滅燭掩蘭房，蛩吟竹間月。

日落青楓浦，天空秋色來。江雲又過雁，不見狂夫回。

朝朝江口望，雲帆亦未歇。向夕啓羅幃，空牀鑒明月。

麗人曲

若非鏡中人,絶代竟無侶。畫眉立春風,莫照清流水。

今别離

挂帆前溪去,月滿前溪口。風起溪月昏,行子空回首。

雜　詩

芳樹生道周,女蘿相縈抱。天寒霜雪深,蘿樹俱枯槁。
蛺蝶隨輕風,翻飛不肯住。隃向花間來,風吹復飛去。
君從山中來,應識山中樹。碧桃千萬株,花落知何處。

採蓮曲

白鷺立青天,芙蕖開渌水。誰蕩木蘭橈,笑語横塘裏。

大堤曲

大堤春風發,楊柳緑絲絲。金鞭驅駿馬,争向習家池。

艷　曲

朝歌渌水曲,暮撥朱絲弦。皎皎雲間月,來照綺窗前。

有以潑墨石爲太白時物索題者,戲集供奉句成四首

裂素寫道經,天樂鳴不歇。偶然值青童,對此石上月。
長歌吹松風,泉漱階下石。酒酣心自開,青天何歷歷。
欲尋廬峰頂,掃石待歸月。拂拭倚天劍,清風灑蘭雪。
揮翰凌雲烟,蓬壺望超忽。就我石上飯,清涼潤肌髮。

田婦歎

長夜金風鳴促織,五日織成縑一匹。門外喧呼吏索錢,蓬頭老嫗

抱兒泣。黄牯賣盡犢已無，只有健婦把犁鉏。縣帖昨來趣更嫁，了却新税兼宿逋。縣門土功晨擊鼓，差繇蔟蔟來如雨，老身行鬻知何許。

山農詞

茆堂四壁不蔽雨，鼉箔蜂房走田鼠。新婦銅釵换米炊，縣隸苦嗔飯熟遲。往年人客留我屋，人有盤餐馬有粟。今年客至坐雞栖，不聞雞哺聞兒啼。阿翁有家不得住，身帶桁楊縣西去。

江風行送家兄之黄州

唾壺擊罷江風起，江上數峰石齒齒。長年捩柁木蘭舟，遠上黄州古竹樓。吾兄長劍霜花鍔，粗布短衣飯藜藿。俛首從人試諸生，揮毫意氣傾京雒。有弟踉蹌走公車，雨雪燕山四上書，去日敝裘來蹇驢。噫嘻，騎驢棹舟俱不惡，人生豈得老丘壑。秋江皓月無波濤，臨皋斗酒且持鰲。

觴表兄李二孝廉

李生昂藏七尺青雲器，狂歌倚劍聲動地。仰視蒼天斗柄東，倏忽人生四十至。草堂江上賓筵開，如雲車馬滚滚來。琅玕繡段紫霞杯，舉以贈生生莫猜。憶昔垂髫事伯舅，生爲吾兄兼爲友。焚膏劃粥聯窗牖，炯炯雙瞳相左右。比年挾策長安走，生也虬鬚已盈口。捫蘿搨遍幽燕碑，解衣貰盡東淶酒。黄金臺畔夜凄凉，南望瀟湘道阻長。折柳官橋何慨慷，上林春色正芬芳。歸來空江湧明月，夢裏低徊雙鳳闕。酒酣睥睨走且呼，虚堂藜杖光有無，相逢且未稱老夫。

芝山先生歌

陽塢山下水悠悠，陽塢山人泊釣舟。釣臺突兀山之午，月涌山根魚龍舞。山前山後産紫芝，芝山先生卜築時。築得茅齋僅容膝，遂有伏靈松間出。只今七十如嬰兒，方瞳大耳秀雙眉。巖邊橘井琴聲動，洞口桃花客路迷。洞口巖邊歲月舒，芝山採芝且釣魚。釣罷放歌紫芝曲，山色蒼蒼湖水渌。

贈余山人

七十老翁猶身輕，童顔鶴髪雙瞳青。秉燭夜勘青囊經，詰朝荷鉏劚茯苓。北走黄河南滄溟，鼓枻襄漢舟未停。酈元郭璞久沉冥，此翁尚復餘典刑。弧南炯炯老人星，照爾章江舊草亭。草亭高卧醉復醒，醒時默坐存黄庭。獻歲青林湖水渟，與爾更倒沙頭瓶。

金　山

江水朝東去，孤峰障小洄。天垂河鼓近，日涌海門來。古洞蟠龍寂，驚濤决石陘。游人頻解纜，回首妙高臺。

寺

萬古金山寺，巋然直斗躔。江聲僧枕上，帆影佛燈前。座解端明帶，茶烹桑苧泉。山靈能致客，獨少一焦先。

過何大復先生故里

信陽城外先生宅，殘碣今看古道横。萬古風騷齊北地，一朝文治逼西京。山連嵩少雲猶起，水帶河淮月迴明。客子往來頻繫馬，斷垣衰草不勝情。

劉廓庵先生爲先大夫志墓感賦二首

先君繫馬南山寺，曾與先生細論文。把臂忘年孔北海，揮毫命世鮑參軍。衡門風雨兒曹在，往事淒涼父老聞。此日山頭初勒石，居然五尺大夫墳。

君家王父岡東子，識我先君弱冠時。莽莽百年俱旦暮，悠悠千古是襟期。韋編草閣兒孫事，馬鬣空山故舊知。直筆自來歸有道，白雲吟望不勝悲。

遣　懷

黄河古渡延津口，漭漭濤聲半夜聞。邂逅有人同阮籍，殷勤呼我是劉蕡。騎驢蹴蹵隨芳草，倚劍低徊過亂雲。回首昔年殊慷慨，揮毫欲動斗間文。

竹　樓

月波名迹已荒丘，城角還營古竹樓。檻外冥冥赤嶋雨，窗間漭漭滄江流。地容拙宦居偏勝，天入寒溪望轉幽。此日登臨惟載酒，風帆沙鳥舊黄州。

携客登樓眺古城，短墻高柳故縱横。雲移雉堞樽前起，風送商秋笛裏生。異代瓦墻惟竹色，多年廢院自江聲。隔鄰蕭寺疏鐘夜，萬里天空月迥明。

己酉秋逢黄漢崖明府鄂渚僧舍

天涯猶得此論文，古寺疏鐘且對君。逐客那堪臨楚水，故山原自枕秦雲。一官萬里雙僮伴，七發孤吟五夜聞。貰酒辛樓不成醉，西風莽莽送離群。

庚戌拏舟送漢崖不及

襜帷無復官亭上，廉吏清時已倦遊。歸路遲回穿隴樹，客程浩蕩涉湘流。榴花日暮君何處，梅雨江深我欲愁。斗酒聯吟成往事，此心今在木蘭舟。

辛亥柬懷漢崖

使君解綬賦閑居，三徑蕭蕭已歲餘。聲價久忘燕市駿，夢魂猶怯太行車。漫勞白眼人間世，好著青山雨後書。羅雀門屏人迹少，楚天問訊客來初。

劉廓庵先生移家入鄽遣興詩七首和之

舊宅岡東原水竹，移來郭北亦村墟。澄觀野馬惟長嘯，痛飲離騷且卜居。儘有鄰翁譚稼圃，何妨幽夢到樵漁。香清茗熟三更後，絮帽藜牀一卷書。

古屋嶙峋河水曲，喧無車馬膝堪容。短墻自傍烏皮几，喬木猶臨白石峰。喪亂幾經還禮樂，賢豪此地更過逢。高燒蠟炬初筵啓，緑蟻樽中味正濃。

心迹年來雙寂莫，市廛來往任紛紜。古松北郭千尋立，清磬南山五夜聞。名似韓康還賣藥，交逢李白始論文。漸看霽雪籬邊濕，梅塢春回繞屋雲。

榾柮煨殘可辟寒，吟成徙倚出林端。叩門拙已過元亮，避世謀還慕幼安。好癖丹鉛疑馬帳，交疏長吏絶豬肝。室無長物何須問，短髮財勝椰子冠。

席門曲徑背城開，晨夕何人數往回。北海忘年交最好，元亭問字酒先來。曾峰野外留殘雪，瓶水階前長舊苔。竹杖逍遥時極目，走登鮑照讀書臺。

小至陽回春意動，虚堂霽色涌冰壺。卜鄰自昔期王翰，博物何人似蔡謨。晚節漸能安薄俗，艱難還欲啓新圖。編籬樹栅茅茨穩，緩步長吟一事無。

滄桑眼底亦尋常，土銼松關復此鄉。老去無書通吏部，僧來有話到金剛。行雲莽莽騰空谷，瀑布聲聲下石梁。塵世尚留三徑在，可無二仲與翺翔。

居業齋詩鈔　卷二　石城集

短歌行

繁星麗天，箕畢異行。庶彙棼錯，薰蕕殊藏。驥匹駑駘，不如腐鼠。鸑鷟卑栖，翰音遐翥。豈無艅艎，不可以陸。干將雖銛，倒持則衂。附媪背翁，孰雌孰雄。毀冠苴履，易都而鄙。涇清渭濁，寸短尺長。晦宵曙晝，則維其常。寧芳而鉏，不溷泥塗。寧飢欲死，不飽侏儒。

誡　子

孳孳邁征，以月以日。轍視于衢，車攻于室。神智在人，弗鼓弗出。勤動以萌，晏安則匿。韶齡微學，旦晝如漆。嗟爾後生，勿自暇逸。力穡東疇，西成乃實。兼營而枵，不如專壹。涓涓者泉，川塗涌溢。亭亭之松，苞華挺質。威鳳翔鳴，斥鷃唧唧。念玆物理，皇然中栗。汝罔予狃，祖烈用述。

田家謠

鑿渠九仞，不及黄泉。走望百神，不達蒼天。羽衣道士，磔狗龍潭。垂垂雲氣，散而成煙。以日以月，童童石田。胼手胝足，遘此凶年。

役夫謡

山居耕作,無以餬口。賣犢買驢,轉輸糧糗。羽書敦迫,亂流而走。河水暴至,乃濡其首。吏白長官,没者某某。嗟嗟歲旱,大無疆畒。如何河伯,降此凶咎。人驢雜糅,如溺雞狗。誰其瘞之,爲岡爲阜。

牧童詞

下山山無泉,上山山無草。五月芒種斷雨脚,八月白露尚祈禱。長鞭短笛漫縱横,今年東作不西成。鄰家牧童仰天卧,十牯熱損已九箇。羨我黄犢猶得存,吁嗟牧人多苦辛。南箕北斗夜粲粲,田父空倉罷朝爨,嗚呼黄犢何足算。

捕魚詞

繅絲結網船頭坐,男學刺篙女捩柁。舉網得魚賽水神,將魚换米足生活。往年斗米直百錢,船船網得縮項鯿。今年米貴漁不得,日日沙頭候風色。山農買罟争徙湖,高田低田顆粒無。捕魚入市市無米,棄山走水亦徒爾。

昆陽廟

古廟晝冥冥,陰風吹石馬。雨過松濤深,中庭鼓聲啞。雲臺諸功臣,一一丹青寫。獨有安漢公,面縛南階下。當時頌功德,妄欲希風雅。居攝幾何年,膏血浸原野。千古麟閣名,炳炳從龍者。

柬懷舒二漸鴻

束髮爲朋友,耿耿抱幽獨。携手步河橋,皓月照茅屋。乖離逾二載,迢迢隔川陸。君若雲中鸞,我若棲中鶩。念我道路難,遺我以尺素。相思日以深,長跪再三讀。

讀罷長太息,側身望故鄉。故鄉不可到,雲樹鬱蒼蒼。矯矯舒仲子，振衣東衡岡。伯季俱邦彦，聯翩騷雅場。念昔殊黽勉，拊時多慨慷。幽懷誰與道，山風吹草堂。

草堂臨山谷，昏曉常煙霧。飽照讀書臺，微茫古時路。灝氣滿蒼松，白雲入康瓠。採芝可長年，行與仙翁遇。

對雪憶伯兄

怒雪連晨北風號，千岩萬壑如凝膏。病夫瘦骨鐵石冷，支離轉側一羊羔。我兄昨日東歸去，孤舟此時凍何處。羈旅惟于童僕親，鬚眉安得故人遇。人生百年亦須臾，吁嗟我兄胡瞿瞿。有弟一官不得力，衝風冒雪走江湖。飢驅出門復驅轉，身如飛蓬任飄捲。此去高卧故山雲，袁安之廬頗似君。浮名世上徒紛紛，君不見當年鄭廣文。

贈牧顛詩

牧顛上人善牧馬，短笻破衲石城下。騠騮驕嘶雲錦屯，猶憶當年馳突者。控弦十萬捷如飛，河朔寒雲擁鐵衣。星羅棋布將軍幕，烽火中原羽檄馳。是時牧顛年少壯，長矛大劍唯所向。結交盡是扶風豪，霜月稜稜馬頭上。沙場轉戰一身輕，有耳惟聽刁斗鳴。馬前纍纍載婦女，馬後啾啾聞哭聲。天陰雨濕旌旗亂，千村萬落炊煙散。琵琶一曲壯心驚，停鞭笑語風吹斷。春燕秋鴻轉眼新，石火電光愁此身。滄桑翻覆尋常耳，晝爲朽骨夜爲燐。一朝祝髮頭陀寺，掃地焚香學文字。詩成無復隴頭吟，酒酣猶説垓下事。蹉跎白首漢江頭，漭漭乾坤夢裏遊。見桃擊竹渾無意，開門惟見水東流。即今萬念已灰燼，披圖尚復憐神駿。誰向空門識異人，今之牧顛古支遁。

寄懷顧黄公江居

掃地北風摇馬尾，送我春明酒半醺。我馬且行爲君立，城頭殘月照離群。是時巷南歌偪側，君苦欲歸歸不得。五月逢人北寄書，潭州博士報雙魚。舒郎仗劍客秦隴，君亦掉頭還舊廬。蘄春草樹佳可賞，草屩紅藤况蕭爽。江水盈盈浮玉磯，西塞山下鱖魚肥。人生安能牛馬走，細争雞口與牛後。元瑜記室事徒然，鄭虔官冷更誰憐。何如爛熳花前茗艼醉，醉眼看雲雨湖邊。

張石虹教諭江夏聞而作歌

坐君梅花鐵笛之高樓，啖君沆瀣金盤之仙棗。上有悠悠黄鵠磯上之白雲，下有萋萋鸚鵡洲邊之芳草。男兒入不腰金衣紫直承明，出不駟馬安車懸大纛。一官咄咄擁青氊，誰能豁爾嵚崎歷落之懷抱。前年北上黄金臺，去年南走岐亭道。今年捧檄漢陽門，涌月城頭月皓皓。噫嘻張郎有官冷亦得。君不見少陵歌中衮衮諸公竟磨滅，又不見龍螭風雨其人出河汾，人言絳帳未必輸金門。有舌且將讀典墳，有筆還將書獲麟。後有萬年前千古，誰能詰曲俯仰前如叔孫後平津。相思一夜西風起，眼底英雄使君耳。有便遺我雙鯉魚，明年携手燕山市。

石城老翁歌

石城老翁隱君子，方瞳廣額髮垂耳。今年懸弧七十春，自言生長石城裏。石城自昔擅豪華，湯沐園林帝子家。繡閣雕甍環戚里，金鞍寶馬蔟香車。繁弦急管無冬夏，青娥紅燭陽臺下。王孫桃李樂遊園，俠客芙蓉明月榭。少年都尉大長秋，羅衣寶帶珊瑚鈎。金埒年年珠絡馬，横塘歲歲木蘭舟。郭邊沁水聯金谷，翡翠雙栖連理木。霍家驕貴馮子都，炙手熏天走華轂。中使南來邸第開，馬官厮養森成堆。小吏望塵拜羽纛，祠官擁篲除蒿萊。膏腴田園遍阡陌，南東疆里寖紛賾。投獻争趨羽林軍，魚鱗馬齒混區畫。乾坤翻覆無事無，彈指少年成老夫。眼看銅駝氣銷歇，茂陵翁仲嗥野狐。赤眉亂後空城郭，東園西第總墟落。鈎盾弄田里正收，蘭房粉碓豪家奪。石城往迹對斜暉，漢水滔滔帆影飛。何日笙歌臨孔道，誰家裘馬鬭芳菲。舊游回首夢中路，記得兒時歌舞處。原廟已爲道士宫，子規猶上皇陵樹。小肆冬青初茁芝，荒徑殘畦過雨時。偶憑髹几斯須坐，黄庭不書書楚辭。今古滄桑那復道，數聲横笛倚城吹。

東衕草堂歌寄友人秦中旅次

東衕草堂何崔嵬，霧巘雲峰千丈堆。蛟龍洞壑殷風雷，上有鮑照讀書之古臺。舒郎二十下帷黄牛院，三十楗户讎書卷，四十梁宋齊魯遊，五十上策明光殿。旅食京華秋復春，結交盡是賢豪人。君卿喉舌子雲札，芒鞋踏遍長安塵。長安相識多卿相，意氣直出雲臺上。圯上得傳黄石書，坐嘯行歌天莽蕩。樅金伐鼓馬騣騣，將軍草檄用陳琳。仗劍朝飲蘆溝水，揮毫夜作隴頭吟。吟成按部伊涼樂，手把篸篌佐蓮幕。春風馬首嚮廉泉，雪夜詩瓢留郁閣。棧道雲門烽燧紓，東望鄉關千里餘。渭北春雲浮漢水，雙魚傳到故人居。西來弔古興元路，我先大夫戰守處。至今俎豆比桐鄉，父老猶説甘棠樹。喜君作客走天涯，憐君客裏度年華。白蘭紅藥幾開落，雪風又放山梅花。君家仲氏氣食虎，落筆山堂驚風雨。堂上賓筵鸚鵡賦，堂下兒郎鸜谷舞。就中頭角誰最奇，大兒能諷黄初詩。小兒背誦經史熟，山頭榾柮煨蹲鴟。噫嘻，山中之樂有如此，山月山風遲遊子。男兒燕頷虎頭行就封，不爾掉頭長揖謝三公。短衣匹馬歸亦得，興來射獵荒臺側，爛醉草堂看山色。

讀史雜感

再有三城戍，仍煩細柳營。潢池争鼠竊，鼓角亂蛙鳴。長吏飛芻急，中男帶甲行。杞憂空浩蕩，何日奏昇平。

車書同萬國，戰伐起何年。使者三巴節，將軍下瀨船。賈生曾上策，卜式但輸邊。廟算從今好，綢繆未雨前。

鼓鼙行處肅，露布幾回看。秣馬驛亭鬧，椎牛戲下歡。已勤師武力，還藉惠文冠。樽俎銷烽得，將軍漫築壇。

崎嶇關索嶺，迢遞點蒼山。烽火尋常接，虎符朝夜頒。將軍期馬革，干羽化苗蠻。麐閣何年事，天威咫尺顔。

紀事為左道也

舉俗霾犀炬，宵人岸籜冠。術粗傾幕府，名漸到長安。小伎馮龜甲，偷生遲馬肝。感時蒿目者，徒有劍鋩寒。

傳送厨鯖饜，郊迎廄馬忙。何曾工射覆，衹是信如簧。肉食謀俱左，師中鼓不揚。最憐手板吏，僕僕折腰行。

踞坐臨公府，奴顔暱隸人。坐受顯者拜謁，而蒼頭來將命則車禮厚贈以結之，其黠於盜名如此。無端從裸竈，所至或如神。出祖家垂橐，停驂衆望塵。周官左道瀎，司寇幾時陳。

婚宦俱須小，菀枯總乞靈。大都盲顯者，容易蠱鄉亭。軺舫官儀具，杯柈弟子銘。煌煌天有監，曾不畏風霆。

已見少君死，旋聞欒大誅。後來仍傅會，百慮一虛無。斧鑕垂腰領，禎符尚囁嚅。龍門史筆在，不愧聖人徒。

渚　宫

左次黄陵廟，畫疆城紀南。前茅頻逆女，下令復徵男。飲馬旌何嚮，椎牛士已酣。仲宣樓畔望，别駕想羅含。

軍興空郡縣，版授足官僚。羽檄車牛聚，坻京雀鼠消。呼盧歡夜夜，度曲醉朝朝。回首昇平日，生涯轉寂寥。

寄懷毛子霞

小艇江湖興，疏簾白日垂。財臨乞米帖，又及授衣時。舊雨車聲少，新凉雁語遲。燈殘如有夢，應到漢江湄。

筆床乘興到，題遍鄂王城。僦屋參元火，爲鄰細柳營。三冬謀未得，八口累非輕。白下誰知己，孤帆又遠行。

輓張寶持學正

雲樹沔陽路，蕭蕭春水寒。用違當路好，身没腐儒餐。入世原雞肋，傷生豈馬肝。孤兒扶櫬穩，歸向蓼花灘。

忽忽斯人去，空江月苦明。鯨疑騎李白，鍤果瘞劉伶。野闊滄浪水，天荒魚復城。素車安得到，爲爾作驢鳴。

宜溝驛端木祠題壁

如何桑梓地，荒廢昔賢祠。畫壁蛛絲冷，空墻鬼火疑。奉祠誰遺去，冕服尚空垂。惟有門前柏，亭亭似舊時。

過楊忠烈祠

保定城門裏，椒山尚有祠。陰風生草樹，烈日照鬚眉。俎豆滄桑在，詩歌史册垂。至今逢故老，灑淚説當時。

摇筆詩成日，孤忠行路嗟。捨生論市馬，瀕死却蚺蛇。月冷蓉城草，霜飛柴市花。可憐鳴鳳曲，唱入五侯家。

送周伯衡觀察之荆州

細雨西風泝淺灘，扁舟此去路漫漫。登樓且復同王粲，捉鼻何須比謝安。聞道遠山烽火急，暫從暇日酒杯寬。殷勤别後如相憶，壁水茅堂五夜寒。

呈柏鄉魏相國

柏鄉二月草青青，槐水春深緑雪亭。調燮元功歸赤舄，絲綸暇日寫黄庭。大言賦就賓常滿，小峴詩成酒未醒。聞道蒲輪宵旰切，幾時太史更占星。

都門顧黄公餞别次韻

經旬握手忽言别，坐到三更酒未醺。屋角燈殘留細語，城頭月出照離群。老蒼君擁杜陵律，兒戲吾同灞上軍。此後長安春色遠，不知誰肯憶劉蕡。

讀樊奉常請告疏

直諫當年動九天，乞骸一疏倍凄然。風霜地過六千里，瘴癘身垂三十年。詔下殊恩心更惻，夢殘往事淚猶漣。故園剩有茆堂在，赤壁清風江水邊。

友人遺秦中近詩却寄

興元城郭莽蕭蕭，耆舊凋殘姓字遥。耕牧已非秦谷口，鼓鼙又過霍嫖姚。餘民誰復憐雛鳳，壯士争言寵射雕。令下忽嚴樵採禁，參軍功已見輿謡。

漢中指臂此孤城，天柱雲門險不平。故國屢經銅馬亂，先人曾用火牛兵。陰風鼓角三軍氣，遺廟烝嘗萬古情。君到細詢秦父老，年來風鶴幾回驚。

讀王山長集柬懷

溪上茆齋對石屏，溪邊書帶草青青。乾坤此日留詩史，朝野何人識歲星。過眼物華齊野馬，傷心吾道問湘靈。山鶻石刻應題遍，垂老於今筆未停。

屈宋騷壇今蔓草，了庵惆悵卜誰鄰。朝煙暮雨無多事，春燕秋螢只此身。壯志盡教添鶴髮，灰心勿復轉車輪。蒼山怪石潭州路，湘水年年長渌萍。

隨州風土亦南天，半水橋門清可憐。竹影移窗雲細細，松濤入座月娟娟。時無司業難呼酒，鄉有毛萇且附箋。獻策又當偕計吏，好風催發孝廉船。

木香亭

千巖萬壑此亭中，散髮逍遥百慮空。喬木問年知太古，幽香入座引清風。漁燈雁語秋多興，酒賦茶經老漸工。我欲移家浮漢水，結廬安得傍張融。

居業齋詩鈔　卷三　顧廬集

毛子霞黃鶴樓古今詩刻成見寄作

武昌城上黃鶴樓,武昌城下鸚鵡洲。漭漭大江流日夜,古人今人來去遊。隔江遥望晴川樹,歲月無情鳥飛去。昔日仙人跨鶴來,白雲縹緲今何處。遊人把酒話當年,蜀漢孫曹事惘然。赤壁烏林舊焦土,而今早暮飛煙雨。枉殺才人禰正平,嗚咽濤聲怨黃祖。老瞞鬪力復鬪智,藝苑詞場争位置。何年伐石此山頭,劈窠大書涌月字。江月江風無盡時,仙棗亭前鐵笛吹。夜郎遷客南陵主,亡恙高樓酒一巵。劫灰幾度樓重構,詞人捉筆青蓮後。短歌長吟哀樂多,野曠江山詞翰富。毗陵毛叟興欲仙,白雲黃鶴相周旋。攬取卷軸樓頭立,今古詩人俱眼前。我客郢中子江夏,白雪陽春無和者。一編寄我卧遊時,解衣盤礴蘭臺下。

伯兄忌日

不堪當此日,況復已經年。雁斷寒塘雨,烏啼草閣煙。無顛垂白髮,有恨入黃泉。孤櫬長堤上,霜風正颯然。

北望長安道,客簦徒自扛。短裘衝怒雪,孤艇泝寒江。筆絶餘年譜,吟殘但草窗。生平無限意,泉壤豈能降。

西風頻洒淚,幾度到江湄。苦憾招魂遠,終傷得訃遲。誰言槐市夢,竟是玉樓期。篋裏傷心字,丙辰初度詩。

贈蔡静子

白雪知難和,胡爲到郢中。我觀高士傳,君與古人同。短褐千江雨,孤帆萬里風。天涯方汗漫,俯仰意無窮。

東衢君亦到,訪我故人來。夜月黄牛院,朝暾鮑照臺。土風吴楚異,懷抱古今開。性癖無他好,惟憐曠世才。

柬懷譚太史

聞道寒河畔,亭亭白竹房。詩歌猶漢魏,人物自羲皇。曉日鳳池氣,春風雞舌香。素心應有寄,不獨聽滄浪。

幾年違柱下,適意且墻東。月色當松徑,風聲滿桂叢。書能奔渴驥,技不棄雕蟲。曾遣陽春調,殷勤到郢中。

郊原時極目,帶甲尚縱横。棋置樓船將,烽高細柳營。飛芻流馬急,羽檄澤鴻驚。前席如相問,師貞仗老成。

江湖高枕日,夢想到岩廊。草檄勤司馬,輸邊寵牧羊。繞朝曾有策,陸賈豈無裝。慷慨澄清志,脂車並裹糧。

星嶽乾坤氣,弓旌雨露恩。詞臣逢狗監,處士附龍門。汲冢書應出,金臺禮又尊。從容咨掌故,太史奏輶軒。

向望湄過訪

江夏相逢俱作客,别來忽忽已三春。驚心南國今戎馬,回首西園舊主人。讀史鴟夷真可傳,卜居漁父欲爲鄰。且憑濁酒過殘臈,竚看清江長緑蘋。

野水今年浸藥欄,橋門蕭瑟坐風湍。青燈閣裏書千卷,白鶴江頭竹萬竿。塵世每思黄石履,羸軀誰乞紫金丹。漫言鄭老逢司業,還恐人間行路難。

冬夜夜長生事微,故園松竹苦思歸。朝來有客談今古,物外何心判是非。詹尹筵前休揲策,丈人河上已忘機。盤餐粗糲迂儒慣,小坐虚堂看夕暉。

讀二遠堂集

虎觀崇儒當盛世,高文典册用相如。蠲租賜酺頻年詔,諭蜀招佗萬里書。西苑承恩馴貢馬,南郊珥筆侍鑾車。只今瑞雪歌縹緲,猶憶先皇十載初。

英雄慷慨數論兵，捫蝨盱衡早有名。神武不煩征白鹿，壯猷原只爲蒼生。嫖姚戰伐還虚耗，充國屯田自老成。八陣分明指掌得，豎儒何苦費縱横。

萬卷淋漓常自擁，千秋興發與誰論。伍員豈怨秦庭哭，召忽何妨管子存。苦恨舞陽輸督亢，長懷公子得夷門。漫言今昔空憑弔，鐘鼎應酬國士恩。

詞臣奉詔事南征，長子師中節制行。肯聽田横無漢朔，須教海畔有金城。雲梯百戰軍逾壯，露布千言賊已平。孫武運籌司馬法，誰言祭酒是書生。

勸農有詔出明光，特領東萊太守章。治郡嘗如龔渤澥，問田豈似漢南陽。犬牙繡錯蓮華泊，蠶食根株鬻海場。履畝澄清歸九賦，梯航總使足神倉。

廟堂南顧倚英雄，仗鉞褰帷沅水中。谿衛版圖連貴竹，苗民芽蘖有歸弓。綢繆唇齒熊羆壯，蕩滌煙嵐狐鼠空。自古岩疆資鎖鑰，伏波威信此時同。

雷雨行時萬象殊，金科玉律照冰壺。唐民生向徐侯得，漢獄冤從張季無。爲惜空群除害馬，不容複壁隱城狐。豈惟畫一從蕭約，欽恤由來讀典謨。

汗漫天涯猶未休，詞場赤幟更誰儔。春雲秋月隨雙屐，鳥篆蝌書到十洲。文自平淮追典誥，詩從入蜀小曹劉。叩門有客詢奇字，彩筆銀鐙共倚樓。

東懷王子重景陵客舍

思君頻上古蘭臺，東望竟陵秋水隈。無恙布帆詞客興，可能樽酒故人來。空亭只見遺雙鯉，短笛何時散落梅。青眼高歌千古事，獨將懷抱向誰開。

天涯壇坫每相望，京國遨遊故雁行。圯上受書推孺子，酒酣拔劍有王郎。子虚賦就雲生幄，人日詩成雪滿床。藝苑一時傳勝事，翩翩騷客楚東方。

蘆溝橋下水盈盈，斗酒雙柑客子情。南北東西瞻馬首，寒暄風雨聽雞聲。貂裘敝盡書還在，牛角歌殘劍欲鳴。摇落至今傳宋玉，秋風徙倚漢江城。

郢中八景詩

陽春臺上氣氤氳，極目蒼蒼七澤雲。蔓草已荒鈎盾路，斜陽曾照羽林軍。千峰積翠城頭擁，萬壑飛濤樹杪分。有客登臨詢往事，歌殘白雪幾人聞。陽春煙樹

汗漫江湖孟隱士，鹿門乘興郢門遊。丹青畫壁鬚眉在，白雪空亭姓字留。雲夢氣蒸千澗月，梧桐雨過萬山秋。至今詞客登高望，漢水猶同襄水流。白雪晴嵐

石頭嶒崪漢江湄，城郭稜稜閲歲時。鐵壁千年王設險，金陵雙峙客題詩。春來夜漲漁燈繞，雨後晨光草色滋。結就招提增勝概，登臨誰勒簡棲碑。石城春雨

蘭臺舊傍楚王宫，傳説披襟起大風。九辯騷壇天地闊，三閭弟子古今雄。奔濤遠落蒼松外，野鳥低飛細柳中。石畔清泉猶湧出，臨風沾灑幾能同。蘭臺午風

荒煙何處莫愁湖，水自蒼茫草自蕪。春色離離桃萬點，細腰脉脉柳千株。玉簫金管江風斷，翰舫湘簾夜月孤。聞道秦淮歌舞地，依稀寫出楚宫圖。莫愁古渡

千年遺迹已茫茫，沙草猶餘屐齒香。解珮事同巫峽夢，分襟人自楚歌狂。無情漢水東流急，有韻梅花古道長。别憾天涯曾有賦，來過此地更蒼黄。漢臯别意

龍山彷彿雨花臺，古寺鐘樓倚巘開。地湧雲霞千嶂出，天垂雷雨半空來。佛燈夜永蓮華漏，香積春深竹徑苔。塵世不知誰夢覺，聲聲驚到枕邊回。龍山曉鐘

仙客曾浮漢水槎，烟波是處度年華。書傳圯上黄公去，丹轉爐邊皓月斜。地肺豈通勾漏洞，天星嘗照上清家。只今鐵笛聲縹緲，吹放寒梅樹樹花。仙橋夜月

居業齋詩鈔　卷四　京邸集

酬魏子

客自梁園來，示我一書札。坐言魏兩峰，念我久離別。浩歌繁吹臺，三見春草茁。扶笻上嵩山，俯視諸嵽嵲。漭漭洪河流，百川資蓄泄。千載懷信陵，津津在喉舌。落日照夷門，疑見古車轍。國故訪侯朱，合禩及毛薛。此意良殷勤，於時爲古拙。往往風塵中，庶幾遇豪傑。吁嗟會面難，所賴書不絶。遠道附雙魚，寒暄無瑣屑。男兒具鬚眉，何者不磨滅。往昔枚馬徒，兔苑相頏頡。建安諸才子，鄴下復森列。高李相經過，少陵行宕跌。後有李空同，倡酬邊何迭。是皆舊壇場，到今存表蕝。君如叔孫通，稍稍施緜蕝。群雄絡繹奔，英華供捋擷。亦如葵丘會，束牲不歃血。書成未及封，行子苦炎熱。詰朝客叩門，蹇衛行蹩躠。熟視乃魏子，長揖而大咥。良久出詩編，捲簾層次閲。謖謖來松風，中庭似冰雪。偉兹攟拾勞，所登率英哲。僕本樗散人，姓字亦忝竊。寓内方太和，采風詘駟鐵。元音被管弦，宫商咸中節。勖哉丹黄功，四始六義絜。

黄陂張伯明靖節詩

男兒讀青史，識得忠孝字。往事難具陳，痛憾於明季。熹廟委太阿，璫禍剥元氣。寇盜起中原，所在不勝記。闖賊卒狓猖，秦寇實始事。蔓延崇禎年，討賊廟謨瘁。剿撫失機宜，封疆誤悍帥。中州焚掠空，蹂躪三楚地。荆襄藩封屠，郊郢園陵棄。嗚呼張先生，潦倒儒官位。奏記大中丞，灑盡賈生淚。殲寇露端倪，韜鈐未及試。亡何困孤城，賀蘭救不至。饗士雀鼠殘，登陴矢石匱。痛哭拜先師，人臣死無貳。罵賊受鋒刃，遺詩帶間出。如此社稷臣，曾無百里寄。乃知天地否，人材多倒置。先生則凜凜，致命志已遂。大書例睢陽，繩武夫何愧。

旌表王母朱太君大節紀述八章

亭亭崑山松，皚皚崑山雪。歲寒萬木凋，蒼松獨不折。山雪有殘時，山松無貳理。結根崑山阿，與山相終始。苦哉王母心，艱貞有如此。

九月商飈吹，槐堂莽寒沍。岌岌未亡人，呼吸黄泉路。眷言堂上翁，顔蒼鬓已素。新婦始于歸，五日喪其嫗。良人趨鯉庭，庶幾慰衰暮。荏苒八春秋，遽罹此大故。爲翁强視息，茫如墜煙霧。

仰視浮雲徂，高堂歲華晏。人非王子喬，流光速如電。丘壟竭區區，廩庾一無羨。念爲世家婦，禮儀式鄉縣。況復泉下人，大事不及見。幽明路則遐，子婦理非緬。涕泗省雞豚，潔蠲牖下薦。

空房獨拊膺，徬徨念天道。大兒甫五齡，小兒尚襁褓。豈惟延本支，亢宗以爲寶。煢煢象勺軀，所急匪温飽。勉旃讀父書，藝林恣搜討。聞道與致身，古人苦不早。

藐孤日以成，慈訓日以肅。荼蓼三十年，書聲出茅屋。札札機杼聲，丙夜無斷續。雞黍共嘉賓，老身唯恃粥。努力樹修名，倚閭展新矚。枋榆燕雀翔，雲霄遲鴻鵠。

南天五色雲，鬱鬱崑山郭。崑山二王子，爽氣凌海嶽。伯氏上金門，承恩排閶闔。視草明光宫，校書天禄閣。鳳詔下九霄，里門坊表擴。昔母歷窮冬，慄慄冰霜壑。春陽轉萬象，顥氣始磅礴。

表宅樹風聲，王化此先務。方岳貢輶軒，秩宗稽掌故。賜錢三萬緡，歡聲動里嫗。往事總艱辛，不堪一回顧。井竈涕洟過，年華冰蘗度。晚節乃光榮，剥復亮有數。

望闕拜殊恩，登堂上母壽。綸綍及里閭，親故賀牛酒。國史當大書，宗祊亮不朽。阿母從容言，涕淚執兒手。我生早零丁，鞠於外王母。十七婦從姑，姑亡逮事舅。舅起孝廉科，聞望滿朝右。伯既南宫隽，季亦賢書偶。維昔止庵公，策名於己丑。冠蓋紹瑯琊，忠孝傳家久。汝父終賈才，弱齡期大受。以此稽古勤，直欲窮二酉。中饋無攸遂，所司在井臼。躧績佐青燈，中夜看星斗。歲序遘龍蛇，年運丁陽九。絶粒還餔糜，餘生爲黄口。到今漸有成，婦職粗無咎。人生天壤間，綱常實荷負。小子慎(秖)[祗]承，肇基亦以厚。

吊大名道朱忠烈公公諱廷煥，字裏白。單縣人，崇禎甲戌進士。

桓桓大名道，大名竟千古。身殉大名城，血濺大名土。死去何所陳，列宗與二祖。明亡於魏璫，熹廟器已窳。士氣摧殘盡，中原莽豺虎。崇禎初討賊，出師猶賜斧。賊困房竹間，譬彼魚(遊)[游]釜。奈何熊文燦，養癰事招撫。獻忠叛穀城，擢髪罪難數。文燦乃噬臍，李闖實納侮。武陵出視師，大剿立營伍。驟貴左良玉，用以爲楮拄。左帥寵漸驕，逍遥而跋扈。焚掠慘於寇，所過無完堵。以此闖滋蔓，僭號傳兵部。便殿策剿除，西嚮揖揆輔。俛首立斯須，靦顔對明主。嗚呼甲申年，堅城齊爛腐。太監有杜勛，緋衣迎宣府。保定郭中軍，真定丘郡守。輸款望風降，捷如趨市賈。仗鉞何中丞，僞死仆旗鼓。可憐居庸將，匍伏柳溝滸。當年受國恩，良玉同珪組。城外三大營，曾無一彀弩。火車與巨砲，縱横恣賊取。危急議犒軍，求金于肺腑。周奎亶多藏，逡巡十應五。登陴勒内侍，詭言乏干櫓。杜勛縋賊入，洋洋爲賊栩。守陵申奄來，直陳悖逆語。先是秉國鈞，宋檜唐林甫。誤國雖伏誅，遺賊與君父。大易誡履霜，周詩綢牖户。禍積于忽微，有明則宦竪。二百七十年，凡遘三大蠱。魏誅餘孽存，南渡猶猰貐。乃知死事臣，握拳透爪怒。苟活爲纍俘，備受刑辠詈。未幾亦同盡，死輕於鴻羽。何如忠烈士，日星照寰宇。正氣上九閽，俯視然臍塢。范倪諸大臣，汗簡千春睹。賀相死江夏，里居節尤苦。封疆書盡瘁，大名與宣武。大名産單縣，名不愧鄒魯。所以同學翁，爲作招魂譜。白首望天雄，浩歌淚如雨。

周问山壽詩

男兒負奇氣，飲酒學神仙。當其少壯時，駿馬黄金鞭。上書丞相府，長揖將軍前。左顧無李廣，右顧無張騫。片言行萬里，摧陷中精堅。功成不受賞，荷衣上釣船。北走長安道，時登廣武顛。臨風發長嘯，今古何茫然。一麾尋出守，中夜望星躔。所懷百未展，放言及偓佺。笙歌緱嶺月，浦溆羨門煙。醉客葡萄酒，款客玳瑁筵。客上千金壽，主人歌萬年。

吕太傅忠節公紀事詩

辛巳正月洛城破，藩王公然尺組縛。白頭司馬立王前，頓足牽衣哭向天。老臣垂槖犒死士，誓衛天潢報天子。嗚呼王異梁孝王，帶河礪山今若此。雲梯傅城賊如雨，貳心者誰王紹禹。粟紅貫朽指王宫，富敵縣官古未覩。河水洋洋天蒼蒼，大王頂踵繫綱常。老臣血濺洛陽土，死報列宗與二祖。

如皋桑氏雙烈歌姑吴婦李

廣陵月冷風蕭蕭，雙烈桑祠照雉皋。十米黄巾狗鼠曹，當年竊發何腥臊。烽火沸騰星漢高，繡闥雕甍鍵不牢。偷生崩角從呼號，噂挫賊鋒與賊鏖。嗚呼二烈出蓬蒿，孀姑血濺鷫鷞膏。少婦頭顱貫大刀，黄口女孫活空窖。比聞駡賊聲嗷嗷，烈婦視死甘如醪。令名身後播漁樵，銀瓶岳井曹娥濤。後先暉映勒霜毫，何以誄之用楚騷。

先大夫入陝西興安州名宦祠不孝孤灑淚成詩七首

五十年前事，于今得表章。人情憐召樹，風俗比桐鄉。頖壁金州古，祠門漢水長。春秋勤父老，萬祼此宫墻。

名勝古梁州，巍山傍郡樓。先君曾苦戰，衆志亦同仇。天意殲銅馬，人謀協火牛。功成壯士賞，金盡出衣裘。城圍數月矣，用奇計破賊。故先大夫《遺唐游擊書》有云："不佞罄盡衣裘，資犒賚而不足。"

曾聽先慈説，興元戰鬭時。大夫無内顧，家室已生離。烽火期年久，生靈萬户危。後園古井上，夜夜烈風吹。先宜人于井上書"死所"二字，與先大夫訣，披甲上城去。

慷慨艱危日，髮膚持報君。蠟書行間道，奇計掃妖氛。百戰孤城在，三秦凱奏聞。至今看斷碣，猶勒唐將軍。唐通時爲遊擊旁郡，先大夫請救。率五百人來，合州兵破賊而城完。紀功碑在州城外。

荒郊殘戰壘，日落有啼烏。掩骼成叢冢，炊糜哺餓夫。神傷壯士傳，淚盡流民圖。稍得飛鴻集，旋驚鵩鳥呼。破賊後賑飢救疫，於南門外爲義冢。憂勞極而先大夫病矣，巡按御史上守城功，朝議擢漢中太守，未到官而卒。

官舍琴書鬻，先慈刦賻金。四郊春罷杵，三老淚沾襟。絮酒梁州郭，盆香漢水陰。當年輿頌處，猶見古人心。郡人醵金買得劉上舍柏木以殮，先宜人鎔簪珥佐以衣物償之。郡人扶櫬出境，乃還。

蘋藻尋常薦，何如附瞽宗。家聲清白遠，崇報子孫逢。直道追三古，交章徹九重。入祠方俞允，又復荷貤封。不孝待罪翰林，逢覃恩敕贈父母。

郡人劉應秋曰：是年賊所至，無城不破，而興安一城獨完。逾年，圍急，郡人若見公絳衣大幘立城上，哭曰："大夫死且衛興安也。"嗚呼！名宦俎豆，捨公其誰哉！刺史李君據郡人請從祀，狀上之，中丞屢駁，而請益固。公道在人，蓋不允不休矣。

許山濤孫樹峰余子閎過訪

寒極梅花放，香分竹葉杯。每當清嘯處，輒有故人來。舊史編摩得，新詩懷抱開。不須車轄絆，直待夜深回。

祭酒王阮亭先生招飲同山長時山長將之澄海

沈水香薰萬卷書，畫圖猶似輞川居。當筵授簡題鸚鵡，送客之官徙鱷魚。掌故細蒐前代遍，步趨聊恕醉人疏。中厨坐久冰盤出，四壁涼於風雨餘。

東觀嶙峋已數過，西園汲引復如何。官閑稍挹金莖露，才薄難賡石鼓歌。元草窺來應載酒，黄庭寫去待籠鵝。日斜緩步雲深處，謖謖松風到薜蘿。

尤悔庵先生歸興詩依韻屬和

詔許詞臣洗沐歸，藏書邸舍掩雙扉。青藜閣下驪駒賦，紅藥亭邊晝錦衣。細雨楓橋鱸鱠熟，秋風滬瀆蟹螯肥。旅人無限樽前思，遥向江南梧葉飛。

雞鳴拜表忽言歸，虎觀低徊未忍違。筆繼獲麟傳自久，疑存亥豕意原微。五年東壁占星聚，乙夜西崑到露晞。尚有唐書携篋底，待兒燃燭且相依。

送王少詹南旋

宫詹最近青蒲地，洗沐言歸黄葉村。侍從兩朝多諫草，世家三楚一衡門。江聲夜聽寒溪雨，野色朝看赤嶂暄。點檢閣中書萬卷，西山鄴架至今存。

北海尊罍客路從，東山絲竹秣陵松。交遊自愛荀鳴鶴，人物還尋陸士龍。桃葉渡頭青翰舫，雨花臺畔紫芝峰。西樓月下江如練，緩步微聞古寺鐘。

黄中閣枕郡城郛，萬里江雲入畫圖。野艇壺觴携二客，門闌筆札擬三都。浣花檻外鷗爲侣，種竹階前鳳有雛。迹寄里門心魏闕，誰言著論是潛夫。

和嚴藕漁太史南還詩

江雲深處璽書催，物色當年遍草萊。待詔嘗携青管入，承恩不許白衣回。班聯虎觀日邊直，喜動龍顔公等來。泮奂卷阿詩句好，曲江讌罷上瀛臺。

聳身已自逼蒼旻，歸去翻思煙雨津。故里北鄰陽羨宅，時賢號爾謫仙人。泛舟漸覺五湖遠，潑墨因傳三絶真。塵外登樓時北望，五雲縹緲帝京春。

送周儀部星公使安南

絶域歡迎道左時，森森羅拜似彤墀。天開極北風雲到，雨過交南草木知。虎節星軺周柱下，金章駝紐漢官儀。富良江上波濤静，采入輶軒太史詩。

送富宗伯旋里

龍圖學士講堂開，薜荔濃陰長緑苔。紫帽山邊金粟洞，羽衣人自洛陽來。

居業齋詩鈔　卷五　黔遊集

典試貴州恭紀

皇帝廿六載，聲教已洋溢。寓内當賓興，詞臣柱下出。貴筑道阻長，滇南遣同日。乘軺建雙旌，夏五月初吉。帝曰往欽哉，汝嘉侍從秩。臣心本淵冰，拜命滋懍慄。雞鳴戒行李，蕭然一書帙。仰瞻承明廬，愧兹魯鈍質。

行次蘆溝橋

水從桑乾來，澒洞盤渦拆。古橋跨窅冥，下有蛟螭宅。旅行白晝長，時當朱炎赫。飲馬憩征軺，凉飔乍淅瀝。樹杪夕陽收，嶔見西山碧。農家方閔雨，廛市游衍闃。長吏奉詔旨，疑獄從矜釋。皇恩信浩蕩，垓埏登衽席。更瞻雷雨垂，前村雲霧積。回首蓬萊宫，天顔猶咫尺。

涿州作

我自京師來，曠望惟平陸。西山隨我行，雲樹日在目。長橋沙磧黄，輿人指涿鹿。往歲陰雨頻，行潦漲空曲。奔濤拔石走，殷殷裂地軸。今年苦旱乾，火雲相迫蹙。吏欲焚巫尫，陰氣滋慘黷。以兹悟燮理，蒼旻響應速。昨聞禱桑林，籍田已沾足。涿水會涓涓，濡潤同四瀆。

保定道中

倒馬關頭雲，英英出林藪。寒風起青萍，號怒土囊口。父老爲余言，古有屯營守。丁男勝帶甲，夜夜聞刁斗。太平四十春，沙場骨已朽。荆榛闢田疇，黨塾開户牖。山亦産靈芝，朝光映榆柳。我行視平原，土膏亦以厚。停驂茅屋間，臨風酌村酒。

滹沱河

漭漭滹沱水，其來自雁門。中流沙草合，蕩潏無朝昏。古人已陳迹，往事難具論。倉皇麥飯意，慇懃奉至尊。君臣艱難際，有如骨肉恩。恩遇能終始，享祀配陵園。韓彭如有知，應傷地下魂。

邯鄲懷古

平原佳公子，翩翩當濁世。合從定楚廷，日中得毛遂。養士徒虛聲，因人乃成事。岌岌邯鄲城，賴彼魏無忌。

回車巷

矯矯藺相如，桓桓禦秦寇。完璧出潼關，以身殿其後。折衝樽俎間，鼎鑊亦可就。豈愛十五城，義不受秦垢。人臣急公家，精誠塞宇宙。異哉廉將軍，纖纖爲私鬪。應之以謙沖，交歡若婚媾。嗚呼回車人，高風邈難遘。

過湯陰

褰帷過湯陰，蔓草溥朝露。四野何蕭條，黄鸝鳴古樹。烈烈嵇侍中，千秋此遺墓。下車省殘碑，披榛得微路。涕淚沾衣裳，升車數回顧。

飛雲巖

奇石突凌霄，飛雲漭奔輳。雷雨抉泥滓，嵌空作雲竇。巖洞各端倪，窅冥不可究。造物於炎荒，孕結偏靈秀。緬想巢居前，巋然此堂構。軒翥象雕甍，覆羃象檐霤。倉龍衛左方，白虎峙其右。殷殷列垣墉，森森具庫廐。般輸夫豈能，鬼斧一以甃。怪石露天真，賦形隨所受。或鶩如鷗蹲，或猛如虎鬪。或如猊迸逸，或如馬馳驟。如蟬或垂緌，如烏或引咮。容與或如鴐，狡捷或如狖。細或如江鷗，大或如海鱟。天下瑰瑋觀，總向茲巖蔟。變化少雷同，所以苞蓄富。以茲悟物理，莊生齊亦謬。傍巖太古松，勢與巖爭壽。秦時大夫封，辟地不肯就。山浸濕松根，疏鑰爲平囿。遊人頗掬取，飲之甘如酎。古之登山者，伐石書篆籀。歲久蝕苔蘚，漫漶半難讀。後來日紛紛，羅列比宴豆。脱稿載行笥，以山藏其副。我爲山靈思，理應謝雕鏤。安得無字碑，停雲立清晝。

黔山歌

黔山突兀千芙蓉，曉日未上雲蓬蓬。我來手把青鏤管，日對青青文筆峰。峰高千尋復萬丈，呼吸可以蒼冥通。巖巖之石何光怪，其下毋乃藏蛟龍。採石作貢陳清廟，或媵蒼璧妃黄琮。胡爲金泥玉檢久未至，猶然邃古天鴻蒙？峰頭御風風莽蕩，何人操觚握槧此峰上，我欲假以仙人九節杖。

禹碑歌

神禹碑在岣嶁椒，萬八千丈凌青霄。七十二字聞之於山樵，當年韓公千搜萬索悲猿猱。今之所見何人雕，維昔疏鑿洲渚遥，參身鳥迹無昏朝。南瀆衍亨初耕苗，萬世永賴隨刊橇。我阻摹搨心鬱陶，墨本購來當瓊瑤。潛扃秘笈裹縑綃，虎拏鳳泊兼鸞飄。九疑雨過煙嵐消，凌晨好放湘江艄。

黔中雜詩

貴陽古絶徼，風土近如何。地勢魚鱗少，山形虎踞多。荷蓑防驟雨，把箸説香禾。最喜升平久，苗人夜踏歌。

漫道黔陽僻，猶爲南詔衝。荆梁俱禹貢，參井並堯封。地湧靈泉窟，天開文筆峰。萊田屯衛闊，流寓總歸農。

疆域兼溪洞，時清户口多。力田嘗擊鼓，迎客且賡歌。關險消烽燧，村深長薜蘿。披圖尋往迹，漢已屬牂牁。

山氓猶太古，力役競爭先。雨具携茆笠，生涯藉竹篗。絶崖舒兩肘，餘勇賈雙肩。攘攘黔遊客，宵征亦晏然。

㒳㒳雲垂屋，稜稜石作關。大風傳古洞，清水志名山。土瘠翻宜稻，籬疏輒補菅。瓦盆盛濁酒，旅次得開顔。

金筑領番部，石阡通夜郎。車書天共覩，冠蓋日相望。鴂舌土風古，雞占歲序長。片雲能致雨，山樹鬱蒼蒼。

繫馬聽秋蟬，人家老樹邊。花開嶺上路，雨潤峽中田。竹閬因成屋，刀耕亦有年。遷民初占籍，安土已陶然。

沅　陵

古驛依林麓，茅堂駐使車。水高帆入座，人静鳥窺書。樹色五溪上，山光二酉餘。入秋初得雨，沾潤及園蔬。

洞庭湖

萬古巴陵道，千帆楚客艭。中天煙淼淼，浴日水淙淙。一氣涵三郡，支流滙九江。乾坤此極目，長嘯倚篷窗。

空濛疑太古，溟涬入虚無。漠漠黄陵廟，茫茫青草湖。星躔從水闊，鳥影際天孤。一夕安能賦，瀟湘渾畫圖。昔人有"十年吟古鏡，一夕賦瀟湘"之句。

雲夢爲襟帶，君山一羽毛。五行偏積水，二氣漭生濤。煙雨湘靈瑟，風雷楚國騷。凉秋應漸涸，臨眺尚滔滔。

登岳陽樓故址

湖山能萬古，勝迹此臨城。舊院煙霞路，諸天笙磬聲。蒼苔蹊徑積，落葉石牀平。一自黄冠散，桃華久未萌。

桃源山

寂寞桃源路，蒼茫樹杪分。坐疑來驟雨，行恐墮飛雲。漁艇詎能到，雞聲何處聞。山僧多謬誤，剔蘚讀碑文。

馬伏波祠

沅陵江上伏波廟，古碣嶙峋尚有亭。老向炎荒甘馬革，身緣戚里謝丹青。朝雲漠漠壺頭暗，夜月溶溶漢水渟。最是土人懷舊德，年年祈報比昭靈。昭靈，三閭大夫祠也。

遣興次趙民部韻

金筑嚴裝萬里還，秋深細雨濕童山。豬肝久絶炎荒外，舊例，供具概絶不納。馬首仍行洞壑間。鎮日輕陰雲裊裊，清風舊路水潺潺。逍遥豈有蒙莊意，貰得村醪亦解顔。

石屏山

石屏千仞削芙蓉，鎮遠城邊第一峰。蒼翠迎人疑雨到，虚空鎮日有雲封。縣分施秉三苗雜，路入偏橋六詔衝。草閣渾如圖畫裏，疏簾曲徑影重重。

舟　行

甕蓬關外水東流，千里雲山一葉舟。斷岸向人頻作雨，澄江留我尚如秋。楓林鐘磬古時寺，煙霧村墟新築樓。酤得濁醪隨意酌，忘機喜有棹邊鷗。

平溪衛

平溪古渡再經過，泊岸扁舟近薜蘿。地盡黔山青嶂少，江通楚水白雲多。寒風催客傾罍飲，皓月邀人鼓枻歌。旅次蕭蕭常不寐，推篷永夜對星河。

辰溪縣

臨溪斗大一孤城，複嶂曾崖路不平。委巷逢人多鴂舌，萊田極目少牛耕。官程空有停驂館，詔使曾無負弩迎。漠漠荒煙豺虎窟，天寒日暮客心驚。

嶽麓書院

麗澤今層構，名山舊講堂。羹墻依孔孟，俎豆肅朱張。衡岳晴看近，江聲夜聽長。舊書懸嶽麓，宸翰灑瀟湘。使節青楓浦，官亭渌水航。儒型期鼎鼐，雅質視珪璋。氣欲西京上，星占北斗傍。濯纓成朗咏，汲井作流觴。歲月芸窗静，乾坤藝圃芳。赫曦臺數仞，闕里遠相望。

雞鳴關

誰將泥一丸，封此兩山口。匹馬不能過，何須壯士守。

飛虹澗

夜入飛虹澗，渾疑到海門。銜枚不敢唾，恐有蛟龍吞。

月潭寺

巖洞貯飛雲，去天不盈咫。疏鐘何處聞，下有月潭寺。

辰龍關

十里層崖此鬱盤，中天聳出碧峰寒。雲深老驥難馳突，風急冥鴻絶羽翰。

芙蓉關

繞磵千峰復萬峰，關門削出雙芙蓉。時清不用壯夫守，鳥道蛇盤薜荔封。

馬底關

嶄巖絶壑碧雲留，馬底關前亂石頭。野史不書何歲月，鑿山通道入辰州。

賢媛歌

海鹽徐家女，許作印家婦。少小讀禮經，事舅如事父。蒼頭弒逆天日昏，麻衣灑涕黄葉村。

煢煢印家孤，娉娉徐家壻。遭家不造，婚姻道廢。之子于歸侍孀姑，暑挽鹿車寒澼纑。

病夫亦有婦，病婦亦有姑。推布以操作，猶勝一丈夫。鬼伯趣迫姑遄徂，婦視含殮歸泉壚。

吁嗟乎，印郎貌悴而神傷。朝朝暮暮，舉案相莊。饔飧後飽藥先嘗，手未刃賊劍在床，日出杲杲天蒼蒼。

天蒼蒼，春露復秋霜，兒不討賊劍空鋩。有婦幸未廢烝嘗。新婦老作印家嫗，年年淚滴冢頭樹。

居業齋詩鈔　卷六　續京邸集

題將歸浮山躬耕養母圖

白雲何英英，千里同一色。遊子念高堂，中夜長太息。南山有薄田，歸歟理溝洫。寒冬野燒肥，春來藝黍稷。豚蹄祝篝車，可以供子職。諷彼伐檀詩，有懷良惻惻。

杏華播輕土，菖茁墾東菑。田家習操作，所貴順天時。陶然養情性，晨昏侍母慈。母心饜藜藿，子力任鎡基。先民亦有訓，餘慶良在兹。

秋雨寒螿鳴，春風黄鳥囀。山居百無營，感物知時變。先世掌蘭臺，賜書餘萬卷。指畫勞蘐堂，校讎二以遍。富貴如浮雲，安得羞貧賤。

送吴東巖旋里

束髮馳藝林，弱冠游京雒。屬文何老蒼，鬚眉還小弱。君家良弓冶，嚴君殊确硌。緼蓄一以豐，稍稍露齦齶。春雨太液池，秋風天禄閣。校讎擁縹囊，直廬響鈴鐸。伊余苦疏慵，往往藉開拓。曲臺本后倉，箋疏僅崖略。孔鄭暨皇熊，汗簡相參錯。益以草廬氏，微言頗昭灼。三禮屬草成，奉詔覽丘索。職方之所隸，宇宙迥寥闊。山海大網羅，郡縣細疏瀹。大書具紀綱，淳意存渾噩。芟彼繁蕪家，迅如掃秋籜。阿兒擔簦來，帷燈侍筆削。挹注研田間，濡潤勿乾涸。與君時過從，肩隨比花蕚。綺筵啜駝羹，雕盤啖羊酪。餦餭哺朝飢，旗槍濟午熇。款款嚅沫情，天涯同氣若。男兒敦古誼，素心相娱樂。誓將千載期，豈止踐然諾。兩家庭訓嚴，交遊絶戲謔。黽勉同邁征，所志非糟粕。爾今且南旋，行躡家山屩。暇過昉溪村，或指黃墩泊。紫陽舊書院，可以置簾幙。會操入室弦，毋作過門嚼。客窗話別離，中宵列星曜。何時良讌會，論文對蔬酌。

夏日萬壽宮次少陵贊公土室二首韻

飢驅出國門，暑日莽行路。羈旅天津城，土風方競渡。停驂萬壽宮，發篋理油素。盆荷新雨過，即事涉清趣。良久聞妙香，巡檐時散步。主人静者流，虚齋延我顧。置身窅靄間，毛髮欻寒沍。顧瞻停雲窩，且種青松樹。緬懷及千載，流連逮日暮。雨止坐空除，纖月林間露。

雨餘鐘磬發，四座心俱静。飛鳥集前楹，鳴啄動花影。我生客裏過，嘗苦夏日永。荷鉏當種瓜，挈瓶歎無井。側聞行樂人，夜深燭方秉。時命一以殊，枯菀何其迥。許身慚管樂，肥遯愧箕潁。賴兹琳宫幽，杜門塵事屏。黃冠許昌徒，南望白雲嶺。趣余廬霍游，芒鞋陟其頂。

津門次杜三川觀水漲韻

嗚呼浩穰區，財賦會川陸。客居雨杜門，窅如卧窮谷。晨登城南樓，徙倚豁雙目。車馬何駢闐，綺紈何喧黷。繡闥矗煙霄，怡亭瀕水曲。闤闠五方人，摩戛幾奔踣。雞鳴列肆開，算緡如即鹿。梁肉飽優伶，棚耦門巷塞。炎炎夏晝長，猶苦桑榆速。吹簫賣餅傖，燃燭環溝瀆。故老爲余言，天運有翻覆。此地昔沮洳，蓬蒿刈則秃。禾黍比不登，椎埋接軫軸。伍籍隸膠庠，章縫無老宿。鮮徵蠲復恩，流民常野哭。當暑絶絺裳，禦冬嗨旨蓄。肇自泰階平，陰陽蔑慘黷。貿遷民居稠，蜿蜒地氣束。生齒日蕃滋，素封廪庾足。俗漸五陵豪，宕逸罕拘踢。達人乃知微，先幾視羸縮。安得漢文翁，詩書果其腹。客子聞土風，聳立視黃鵠。

鐵研行

秣陵塵沙霾古研，烏衣巷口無人見，夜夜冶城光燭天，有時照入含章殿。漢陽李侯精鑒别，邂逅洗出黄金屑。空庭叩之鐘磬音，松窗竹几開煙雪。挂帆西上穩帆居，與客摩挲研背書。蝸蜒鳥迹猶髣髴，乃漢天禄閣中物。淋漓曾寫太玄經，繡澀頗似揚雄吃。飄零江左溷農圃，六朝翰墨羞爲伍。委身知己行復古，嗚呼紛紛瓦石何須數。君不見未央宫、銅雀臺，千秋遺瓦没蒿萊。長鑱短鍤苦搜剗，廟市往往售僞作。李侯李侯攟載上金閨，還有太乙老人照之以青藜。

報循草堂歌

吾師桐城馬先生官翰林，方孺人家居，構書齋課霳霄二子，書到京邸請額。先生悵然，言先君子主事兵部，嘗有"天酬循吏以文章"之句，其以報循名堂可矣。

報循草堂枕龍眠，朱霞天半相新鮮。灊嶽莽蒼雲霄裏，蜿蟺旁魄通山泉。迤南登臨有鳥道，可以眺望岷峨巔。岷江直下千萬里，浮山一點大如拳。涌出芙蓉三十六，朵朵插入桐陂川。沐日浴月生百寶，葱葱鬱鬱虚堂前。吾師太史馬夫子，曾祖太僕先朝賢。忠鯁大節媲楊左，至今照耀蘭臺編。兵部聞孫繩其武，清畏人知俟諸天。松筠柏塢雲縹緲，桂風杏雨花田田。太史通籍垂十載，里居容膝猶遺椽。紫荆庭樹蕾蓓放，芸窗櫛比青燈聯。翻經抉史探元始，不數小儒蟲魚箋。比年京邸大纂著，下窮海嶽上星躔。長安甲第天中起，森羅白玉青銅錢。珊瑚絡繹玳瑁錯，羽觴金谷何喧闐。報循堂中無長物，柱下郵致書來鐫。賤子西行黔陽徼，歸程繫馬桐城邊。升堂拜揖山風發，都梁香裊蘭膏然。壎吹篪倡相間作，山珍海錯鋪長筵。出郭還憶畫圖古，沿溪轉想渠塘妍。北來邸舍趨函席，論文往往親彭宣。京華老屋賃不得，我來五月栖僧樗。悔不少留草堂住，高視蒼翠低潺湲。作歌會寫龍瞑壁，拳蚪倒薤期千年。

讀史次夏無易韻

暑日杜門辰到戌，坐觀史局如觀奕。最憐田竇傾奪初，數頃田耳釁斯積。魏其行酒徒殷勤，故人避席半膝席。囁嚅耳語諸兒曹，坐起更衣相絡繹。是時仲孺悔已晚，牛酒交歡非石畫。將軍臨況第戲許，不見日中猶緩策。長安安得貴賢豪，多錢巧宦爲巨擘。須臾麾騎天日昏，居室公然擅誅責。不忍夫死嬰獨生，大行遺詔援家籍。上知醉飽不足論，東朝廷辯且精核。廩廩汲鄭是魏其，安國兩端殊滑澤。慮囚渭城危及春，肺腑熏天勢所迫。明年春及蚡亦死，譸服謝罪竟奚益。兩地綢繆籍福苦，生來毋乃交遊癖。武安若在後當族，田園狗馬何足惜。我思管鮑貧時交，蕉窗展卷天爲碧。

題苦節吟册子

蕉窗聽雨雨不歇，有客衝泥涴雙韈。手把册子吴綾緘，長跪橙橘花前發。群公蜿蟺鳥迹書，雉膏許媪冰霜骨。上言老姑老哺糜，孀閨果腹財糠籺。下言孤兒讀父書，地爐蹲鴟煨榾柮。阿母將雛志煙霄，蜚鳴欲向蒼龍闕。叔重五經故無雙，門闌衮衮更超忽。琉璃研水注清淮，霆走濤翻滙溟渤。我歌此事神愴然，寒生骨裏竪毛髮。浣紗露筋古祠廟，往迹千春尚昭揭。後來巾幗有如此，何人硬筆鎸石碣。夜闌雨止絶纖塵，側身南望廣陵月。

送周安侯太史予告旋里

去年祖我之西黔，春明夏五群公酣。今年送君隴西去，榴花艾葉仍毵毵。君家商山萬峰裏，詔許洗沐過終南。半夏青青子午谷，古木鶗鴂鳴相參。草閣烟雲好三徑，趨走況復諸兒男。東觀奇書彩毫注，西京雜記青箱弆。獨少隱囊誇俗客，聊用麈尾摇清談。我今匹馬蕭蕭至，輕裝小篚貯僧庵。繞樹三匝憐烏鵲，茶瓜枕簟依瞿曇。邂逅幾日又分手，人生如此其能堪。二華六月清無暑，君其扶笻一躋探。得句驚人留郁閣，有便遺我雙魚函。承恩暫輟承明草，來年早盍蓬萊簪。

黄湄詩卷歌

黄門疇昔官潛江，襄水漢水流衝撞。楗户隤竹蛟螭伏，是時治行真無雙。璽書徵入位瑣闥，褰帷露冕辭南邦。人言廳事徒四壁，剩有杞菊圍罌缸。擴載水行何長物，涉江漢渚詩盈艭。入朝縹囊盛霜簡，風行鼓蕩鳴天杠。公餘壇坫冠裳會，搖筆一掃千夫龐。生長龍門古祠里，手攀二華爲低降。長嘯短歌總罪兀，經營慘澹依松窗。詞場寢食今老宿，單辭隻字休群哤。即今黄湄詩幾卷，天涯往往看旌幢。夜來手把空亭坐，星河爛熳搖燈釭。

藕陂老人歌

藕陂草閣仙翁坐，槐眉青鳥雙飛過。都梁香護紫霞杯，松窗不受纖塵涴。憶昔對策天安門，天子垂衣臨左个。需次懶逐公車生，掉頭歸去藕陂卧。奉詔然藜修楚書，登壇指授群疑破。江漢書院諸少年，濡毫左右承咳唾。草就挂帆下荒江，牧伯馳函獻黼座。抱道能甘久寂寞，立言未必長轗軻。擁書萬卷分四編，編目大書曰兒課。兒郎衮衮半荀龍，天池蜿蟺已一箇。今年八十縣桑弧，余亦婆娑成老大。回首壬戌南宫春，長歌遠致未能和。鴻蜚鶴翥真逍遥，蠅利蝸名空摧挫。前年邂逅春風橋，腰膂猶勝驢背馱。步屧河干泥濘塗，揖别不用杖藜佐。榾柮煨芋又三載，囊粟仍受東方餓。大年君比松柏增，小句吾爲燕雀賀。異時煌煌抑戒篇，賓筵當續武公作。

石鼓文呈張叟

太學廟門十石鼓，拳蝌九鼓形模蒼。其一無言渾太素，周遭臚列鐘鏞傍。是物初在寶雞野，唐時移置岐山陽。有宋大觀漸雕飾，汴京殿裏嵌金藏。金人輦致宣府宅，歲久剥落泥沙岡。元臣虞集雅博物，出之草莽升宫墻。共和到今幾千載，章潘鄭薛參稽詳。天壤文字壽金石，流傳踳駁滋參商。雉膏許容搨此本，屬我作序公詞場。楚北耆舊吾張叟，當年盤礴成均廂。以此遺之當辯識，如鑑洞徹權低昂。張叟藏書三十乘，遠極絶域前鴻荒。瑯玡古臺岣嶁碣，往往探索窮毫芒。之罘詛楚疑繆誤，搖筆能掃千夫狂。年已八十雙瞳方，羽觴速客瓊筵張。鼎彝圖書俱邃古，芝草琅玕森中堂。酒酣夜半摩兹卷，藕陂爛熳星河光。

題冬郊獵馬圖

男兒齷齪成何事，臂鷹走馬差快意。朔風獵獵捲黄雲，葡萄酒熟帳前醉。虬鬚厮養亦壯哉，後隊攬轡齊驅來。蘭筋汗血猛無敵，奮鬣長鳴萬馬摧。躡景追風漭馳逐，莫待英雄髀生肉。何物草中渾似虎，一發遂没將軍簇。

朝飲馬，暮吹角，大彍高牙殊不惡。骨相人誇萬户侯，手挽僕姑腰吴鈎。麟閣雲臺咫尺耳，勝衣稚子窮蟬矣。承恩鄠杜又賜田，鼎食鐘鳴戚里邊。笑問鄰家爾何事，三寸油素蠅頭字。枵腹哦詩更屬文，苦思俊逸鮑參軍。

黄鵠磯歌呈姚陟山先生

黄鵠磯上鵂鶹呼，鄂王城頭鬼張弧。亂兵歘起撫軍徂，從容就義葉大夫。街北巷南坐狗屠，長官往往遭拘俘。蒼頭手挽金僕姑，乞兒腰懸玉鹿盧。丹書魚腹叢祠狐，亂階實始於僧雛。督學使者披襬褕，踉蹌出走城西隅。家世生長苕霅區，出門咫尺須人扶。一朝短衣竄榛蕪，雞鳴出郭午未餔。斜陽草店卧泥塗，荆棘刺體無完膚。此身乃脱黄巾污，變故可憐起須臾。狗鼠偷竊依萑苻，惜哉中丞幕府粗。徙薪曲突一籌無，坐令閭左倒倉儲。豢養凶人同蝘蝓，扁舟汗漫太白湖。邂逅沔陽舊生徒，燃火燎衣水澆趺。坐定屈指算狂奴，三旬稾街懸頭顱。亡何將軍果援枹，脅從竄伏渠魁誅。澄清江漢息戎輈，澤宫亡恙草花荂。先生就舍省書厨，紅籤碧軸雨沾濡。白晝縱横鼪與鼯，東望故里吴興郛。千尋古松千尺梧，窪樽亭子松雪圖。歸去招尋故人俱，菰城爲園且荷鉏。時清不用談兵符，有暇且泛前溪艫。不然采藥東海娱，金銀宫闕探蓬壺。

古歌三章贈徐石幼

徐郎操觚雅好事，千錢買箑長安肆。上寫百首梅花詩，二千八百蠅頭字。森羅辰宿燦列星，縣之中庭爛照地。嗚呼世人知者稀，十載京華尚褐衣。

快雪堂書尚遺鍥，厥鉤如銀畫如鐵。客餉千緡不肯售，持來贈我經年別。龍蛇蜿蜿氣蒼蒼，盤空瘦硬真奇絶。君才虞褚合齊肩，老夫老欲斅張顛。

坐殘木榻手穿研，櫑具峨峨光若電。去年西行涿鹿城，前年南走義陽縣。比聞臈月治輕裝，明年易水漭游衍。易水春風解冱寒，祖君莫歌行路難。

大司空朱先生輓詩

康熙丁卯夏，德嘉于役黔西，杪秋返掉楚北。忽承凶問，北向爲位哭，抆淚成詩。猶憶仲春，我師出年譜屬校訂。已而念病軀孱弱，徵還原稿，曰："竢差竣，從容爲之。"嗚呼！斯言遂成永訣矣，痛哉！

灑淚安能到，門墻道里賒。公曾司水土，歲豈遘龍蛇。小築財三徑，遺書過五車。考亭梨棗在，傳誦徧天涯。

猶記披年譜，殷勤屬校讎。言多成史漢，志本在春秋。晚節園林趣，詞場汗漫遊。至今門下客，不忍過西洲。

郭外南莊路，萋萋蔓草生。亂雲迷柳色，昏雨斷書聲。徑曲容蛛網，廊空任鼠争。往年載酒處，回首不勝情。

樸　園

寒苑久蕭瑟，相州復此園。風雲河岳會，翰墨古今存。犢飲朝臨澗，漁燈夜到門。青青河畔竹，歲歲長兒孫。

大司寇魏公壽詩

北嶽雲深處，寒松舊草堂。賜書懸日月，老筆挾風霜。物外賓朋古，山中歲序長。黄花開爛熳，初進紫霞觴。

里門鄰涞水，耆舊復香山。馬邑清風永，壺關畫雨閑。深林容嘯傲，俗客少躋攀。鴻寶新成帙，丹砂可駐顔。

送馬仙軔南旋

故里浮山曲，新秋賦曰歸。擔簦行遠道，橐筆侍親闈。過眼彈棋局，傷心伏弩機。園林松徑在，細雨濕柴扉。

讀方合山所刻古今釋疑書

萬卷書中老此身，樓居歲月豈全貧。過江苦憶東京事，覽古偏傷北望神。野外白衣存信史，山中汗簡識先民。蕭蕭暮雨班荆地，分手長懷折角巾。合山云：“先人藏書家樓尚有五萬卷。”

歷盡崎嶇長物空，獨留書乘草堂中。文明喜説西京上，掌故親承太史公。天柱山頭雲裊裊，惜陰亭畔雨濛濛。蕉窗竹塢烏皮几，泉石風流館閣同。

尤謹庸招飲次席間韻

幾年聯步向金門，失路余慚每飯恩。夢到山頭尋橡栗，飢從柱下得饔飧。南鄰晚菊曾分席，東閣官梅又滿園。此日霜風寒澈骨，坐開罇釀覺微暄。

晨起驚聞速客函，詩題公讌復雙椷。老饕頓喜分雞跖，忙走翻愁脱馬銜。即事今宵應有賦，移花别墅莫令芟。天涯好會疇過此，坐待星斜月滿衫。

屬車豹尾侍臣偕，退食羔裘亦我儕。却怪碧山招飲客，還同紅藥放歌懷。天寒薄醉顏差駐，性拙長貧骨欲柴。剩得文通彩筆在，追攀謝(眺)[脁]有詩佳。

遣　懷

落拓由來俗少偕，疏慵相恕恃吾儕。已將七發蘇沉錮，還引三杯慰苦懷。坐久呼僮燃掾燭，天寒爲我爇山柴。生涯到此無言誤，帶索披裘已自佳。

次潘一韓韻

荒徑寒泉似野渠，圍爐頻到故人居。將歸已報南村叟，逐隊猶翻東觀書。泛愛聯牀容裋褐，神交命酒只園蔬。遥憐别後長相憶，尺素唯馮雙鯉魚。

送朱玉汝之淳化

駟馬雙旌祖席看，送君西向古長安。三渠雨到涇河漲，六月風清華嶽寒。韋曲花深堪繫馬，灞陵樹老欲棲鸞。遥知灑翰登高日，挹取仙人承露盤。

送桐城馬先生南旋

潞水扁舟一葉如，臨風鼓枻賦歸歟。天開絳帳容稽古，地湧浮山待著書。通籍十年猶裋褐，爲園三徑可樵漁。聽歌曾説滄浪好，眼底浮雲任卷舒。

淺水蘆花返照邊，京華回首意茫然。翻書幾見藜光下，解褐曾居蕊榜先。紫氣十年占北斗，清風一路向南天。方言未盡登油素，研匣猶沾太液泉。

歸到龍眠舊草堂，松陰歷歷柳蒼蒼。静聽天籟門如水，清畏人知座有香。客至共依青玉案，酒醒常對紫羅裳。翻雲覆雨俱無問，南磵東皋歲月長。

大司寇徐公請假旋里祖道二十韻

制詔煌煌下九閽，尚書洗沐向吴門。南城十里朋簪盍，東觀三更掾燭焞。霽雪梅花當祖席，條風鶯語送郊原。嶙峋燕國衙齋架，爛熳温公史局言。盛代同文過海表，宗工載筆訪河源。丹黄自課編成丈，竹素分曹列滿垣。伐木今開林屋洞，褰帷直到辟疆園。池塘春草登樓句，絲肉華筵入郭罇。文選熟精呼稚子，周官新楷屬諸孫。中宵定見賢星聚，每飯難忘聖主恩。客飫侯鯖争志喜，座分閣帖漸無喧。隔鄰杞菊龜蒙社，比舍薔薇慧曉村。乘興雞陂摇舴艋，薄遊鶴市採蘭蓀。洞庭絶巘千尋上，角里蒼藤萬疊存。購得石函窺邃古，吹然藜杖達朝暾。百家浩森兼渟蓄，九域縱横恣討論。充棟紅籤題甲乙，聯楹碧軸綴瑶琨。辯繇博物犀能斷，談則驚人蝨可捫。禹貢山川歸册府，虞廷曆數會貞元。含香曳履瀛臺直，搢笏垂魚謁至尊。

甲　園

茅屋崚嶒石屋山，絳雲裊裊出江關。郵筒新得安仁賦，藤徑蕉窗萬竹間。右柴關

柳羃緗簾三徑緑，杏垂棐几半窗紅。繡衣亭畔雲縹緲，瀉入溶溪春雨中。右溶溪

陽羡詩人罨畫舟，片帆春水溧陽浮。草堂雨過纖塵絶，話到秋江萬里流。右秋影草堂

建炎古閣又春暉，石磴蒼苔迹已微。詞客憑闌時眺望，賜書曾挾五雲飛。右高静閣

浮山草色半天霞，江上緋桃二月華。錦幄春宵應有夢，丹陽彩筆屬君家。右披霞幄

九天擢露望金莖，且向華陽洞口行。紫府瓊花紉作佩，紅雲起處嘯歌聲。右且軒

角巾野服坐江風，歌嘯翛然濠濮同。忽憶故人京雒遠，殷勤錦字托飛鴻。右嘯亭

白玉和成白鷺洲，江行畫舸檥江留。詩成漫鼓山陰棹，問月還登孫楚樓。右山雪

易　水

白衣冠出祖西征，易水筵前變徵聲。遲客不來携豎子，立談毋泄刎先生。將軍斷脰圖俱往，公子傷心劍欲鳴。留得酒人燕市裏，他時一筑報荆卿。

樓桑村

桑樓層蔭日曈曈，千百年來尚鬱葱。地産真人如白水，天開帝里紹新豐。衮衣已去王去巴峽，魂魄還應來故宫。廟貌關張今並列，君臣一體舊時同。

張司空宅

固安北郭薛蘿村，博物先賢一里門。劍韓雙精何地去，井欄八角故園存。廟堂賜物淪沙草，村落蕪田長子孫。四百卷財傳十卷，徙居書乘與誰論。《博物志》凡四百卷，今所傳者十卷耳。固安縣張華村今多張姓，言是茂先後，然農家矣。茂先嘗徙居，蓋載書三十乘云。

賈閬仙墓

孤雲裊裊竹珊珊，墓下凄風六月寒。官去瘴鄉悲蜀道，名高落葉滿長安。青燈獨夜千秋許，白首公車一第難。知己有人差不憾，推敲得句便驚韓。

楊令公祠

雁門北口楊無敵，血食祠堂古北城。一子馬頭先效死，百夫戲下總捐生。殘沙漭漭旌旗路，亂草蕭蕭劍槊聲。趣戰王侁真失律，還朝吏議只除名。業雍熙中副潘美禦契丹將斜軫，寰州有王侁者趣戰，敗績，業子延玉死之。業被擒，三日不食死，帳下壯士皆死之凡百人。事聞，削美三任，除侁名，詔贈業太尉。業夙號楊無敵，今祠古北口或行誉也。

文丞相祠

丞相祠堂萬禩瞻，孔仁孟義一時兼。北來苦憶謝枋得，南去何傷留夢炎。燕市大書天日霽，廬陵歸骨夢魂恬。傷心毅甫弛擔日，八座萱堂正捲簾。張毅甫負公骨歸葬吉州，適家人自廣東奉其母曾夫人柩同日至焉。

姚廣孝墓

韎韐紛紛佐命興，袈裟行脚也同升。瞻烏有術逢燕邸，下馬無顔拜孝陵。殿上蒼鷹收謝貴，行間首鼠媚朱能。少師願力金川滿，流落乾坤一老僧。

楊椒山祠

易州楊五先朝露，抱犢山妻倚朔風。馬市糾彈前事驗，軍機羅織此謀工。捨生惟覺聖恩厚，瀕死仍憐廷尉公。萬祼千秋青史上，五奸十罪一嚴嵩。公獄中極感楊西泉誼，故有祭易州楊五文。臨决日，妻張夫人疏乞身代，嚴嵩抑之，不得上。

居業齋詩鈔　卷七　南征集

咏懷五百字次杜自京赴奉先韻

我生五歲孤，賦性矧愚拙。慈母口授書，劃荻書稷契。薄祜園林荒，親故俱契闊。淚盡蓼莪篇，沉憂不能豁。世亂恃孀親，艱危如執熱。寘身藝林中，黽勉嗣先烈。蓬茅恣討論，蓼荼延歲月。藐孤十五齡，慈闈遽永訣。郊原戎馬屯，饋奠朝晡缺。瀕江水竹居，亂兵時攘奪。八口依伯兄，麻鞋竄岩穴。遥瞻故倚廬，澒洞若溟渤。亂定旋丘壟，杜門謝請謁。腰鐮刈蒿藜，泥濘雙脛没。儉歲歷諸艱，謹守後凋節。豈無素封鄰，齷齪誼當絶。所恤匪飢寒，孤苦腸寸裂。二十試冠軍，仰天歌明發。省闈三獻書，罷歸愁思結。雲路阻躋攀，艱哉何嵽嵲。讀書深柳堂，喉吻虀粥滑。慘澹數經營，壯懷莽鳴戛。賓興庚子秋，江風冷纖葛。杖策上公車，霜天一短褐。七下劉蕡第，騎驢春明出。壬戌冠南宫，拜手蓬萊闕。生平詭遇羞，義比諸苟活。通籍忝詞臣，俯仰慚造物。纂著實司存，儤直滋懍慄。九丘並三禮，編摩於石室。澹泊鮮腴聞，恭謹則臣質。置器别薰蕕，審音析竽瑟。變體詎能書，探懷空有橘。囊粟親不待，每飯痛心骨。秦豫名宦詩，先猷粗紀述。奉詔典黔闈，八千里車轍。羅施諸巉巖，鬼斧見突兀。蜿蜒戈鋋鋒，稜稜無斷折。下視氣鴻濛，野花亂勃窣。苗獠所憑依，飛鳥不能越。歸帆及洞庭，始見君山雪。行役可無罪，使臣慰飢渴。蹇蹇誓匪躬，臣道貴有卒。再入承明廬，感激潸悲咽。鉛槧仍填委，拜命心屢折。畏塗失將迎，彈射由倉卒。覆露九重深，異數紓剪伐。群公相過存，亹亹霏玉屑。南征賦卜居，輕裝戒走卒。沅湘蘭茝鄉，行行當採掇。

南征寫懷

晨起嚴裝舊路還，幾年玉署點清班。夢游樵牧煙霞處，家在瀟湘水竹間。世味渾如雞跖飽，浮生合放馬蹄閑。高歌青眼從今得，濁酒微醺亦解顏。

南北關山道阻長，群公把袂賦河梁。五更共待螭頭漏，八載同分雞舌香。泛愛似憐生計拙，包容真恕醒時狂。雙魚此後如相寄，萬柳深村一草堂。

苦憶前年送我情，朝煙漠漠水盈盈。解衣持贈之南詔，丁卯有黔之役。折柬相期賦北征。木訥翻憐存古道，疏慵故許竊詩名。天涯詞客長安好，春雨春風樹樹鶯。

南行咄咄轉城闉，拙宦生涯最苦辛。暮雨停驂栖古寺，晨炊乞米過西鄰。韋編獨把絶還續，坐榻雙穿冬復春。重累故人時繾綣，相逢杜口不言貧。

陋質長懷赤芾羞，朝餐囊粟敢優游。石渠橐筆箋三禮，金匱紬函讀九丘。壁立空庭門似水，燈帷子夜夏如秋。遂初賦就今歸去，還葺荒江古竹樓。

客中歲月易蹉跎，應向園林卧薜蘿。綠酒當筵歌白雪，黑貂無恙渡黄河。購書直溯三墳上，掃徑聊容二仲過。擊壤自今娱暇日，乾坤佳氣草亭多。

聖澤高深天地同，詞曹侍從愧微躬。貤封大慶光泉壤，庶常檢討叠荷恩封。俎豆先臣與頖宫。先大夫入秦豫名宦及鄉賢祠。賦草二京霄漢上，里門三徑楚雲中。涓埃未報行吟去，回首花磚日影紅。

行藏身世共誰論，俯仰難酬覆載恩。通籍蘭臺班玉筍，備員虎觀識金根。輕裝油素方言具，遍搨拳蝌石鼓存。歸去漢陰尋故侶，相將抱甕老丘園。

抱膝從今草閣宜，趨庭負笈有男兒。醬翁篋底先大易，杞菊籬邊甫里詩。射虎莫言從李廣，援琴聊復待鍾期。南窗一幅秋江畫，留對青林過雨時。青林湖名见《水經注》。

塵容瘦骨轉江皋，夢裏驚心馬首勞。無復振衣臨廣武，衹須痛飲讀《離騷》。衡山採藥神猶往，秋水名篇興自豪。老向丹鉛過歲月，肯將姓字没蓬蒿。

附：都門祖道詩

破額山前水，依然碧玉流。吾廬真可愛，此外復何求。名已高三館，歸還讀《九丘》。蘋花何處采，遥送木蘭舟。

廬岳天邊影，千峰恰對門。舊遊時入夢，君到必窮源。雪後康王谷，花時陶令村。遠公相憶處，共聽一聲猿。

新城王士禎

謫居人海我未還，君亦捐佩蛾眉班。忽携紅藤杖七尺，歸卧黄篾樓三間。鯿肥笋香酒户大，月明瓜熟漁舟閑。有時横江逐孤鶴，一聲長笛開心顔。

秀水朱彝尊

西風短鬢訪柴荆，喜讀新詩和且平。盛代漁樵吾道貴，儒家粗厲世緣輕。人當貧宦惟書卷，客返秋江有雁聲。選佛場中名第一，至今文譽滿蓬瀛。

真定梁清標

亂山飛葉點霜旌，玉署歸裝一篋輕。雁塔春風成昔夢，馬蹄秋水悟浮生。青林湖畔桑田稔，積布磯邊野艇横。出處倘逢漁父問，行吟香草不勝情。

丹徒張玉書

才華第一冠諸軍，况復鸞坡屬右文。不謂書空長咄咄，遂令意到或云云。馬嘶秋去滹沱雨，帆挂春歸漢沔雲。旦暮九重思視草，正須强起答憂勤。

湘北李天馥

朝發星津夕海沙，潞河雲水渚宫霞。飄殘暮笛江城柳，照遍離樽上苑花。紅燭三條知己泪，秋瓜五色故侯家。頻年萬事悲歌外，至竟騷人楚調賒。

澤州陳廷敬

相見依然别思傾，峥嶸新句想南征。蓬山乍去無詩老，竹徑初歸有步兵。直道何人憐碩艾，知音滿眼足公卿。昨來曾共山公語，流涕終朝説賈生。

已過中秋逢九日，便辭北闕向南鴻。登高宋玉悲秋裏，零雨孫荆岐路中。清切舊名餘視草，羈棲幽恨託枯桐。自憐皓首陪東觀，十載論交泣轉蓬。

慈谿姜宸英

薊門此别意何如，雲樹蒼蒼擁鹿車。珥筆螭頭曾視草，燃藜虎觀已成書。清風雨袖臨湘水，積雪三更擁敝廬。稍待卿雲騰鳳闕，承明還復聚簪裾。

武昌陳肇昌

撫今感交集，念昔情獨傷。雷陳喻膠漆，蘇李悲河梁。同心自古難，惜别聊徬徨。鬱鬱詎能吐，且爲陳短章。

短章亦何陳，九載吾與子。有尊每同把，有咏必共理。相視笑莫逆，壎篪未足擬。交味如醴泉，深酌澹彌旨。

交澹自有神，罔拘迹與形。聯鑣追千古，分道馳六經。常憐時俗薄，悠悠泛梗萍。乖隔雖積日，重襟襲蘭馨。

蘭馨何襲予，樵牧偏□□。腰鐮一以刈，束薪歸衡宇。磊磊大别磯，盈盈江漢滸。此地嗟分携，雲樹邈燕楚。

燕山與楚水，延佇長殷勤。著作留石渠，下風聆令聞。道誼寸心堅，山川豈能分。行矣勉加餐，無爲離思紛。

山陰周金然

筵開花嶼送南征，十載相忘此日驚。同調久隨鸞作隊，離群忽聽雁傳聲。秋陰釀雨疑含淚，斗酒言歡未竭情。古道只今誰嗣響，凄然無計挽行旌。

歸休詎爲博名高，天遣閑人笑我曹。櫂倚湘江邀夜月，窗臨明水拂江濤。翻書謾説藏金匱，抗志行看續楚騷。從此燕雲空悵望，贈言握别極心勞。

吴縣孫岳頒

颯颯金風動石鯨，楚卿碩彦試雲程。月明驛路江花白，帆落天邊湖水清。共羡伊人歌宛在，獨憐俗宦未知名。相期何日重携手，風雨難忘問字情。

扁舟一葉返荆扉，秋水蓴鱸宦興微。友道如今無直諒，文名到處有光輝。青雲客去花磚冷，白社風高鶴氅歸。此後湘江能念我，好憑雙鯉慰調飢。

大同李旭升

一宦原身外，浮雲意澹然。冰姿還白璧，藜火亦青氈。道氣真存古，時名已奪先。人倫標矩矱，經業掃言詮。有意肩前哲，無心競世賢。息機驅累净，避巧得神全。謝禄身逾貴，遺榮骨自堅。楚天回夢澤，錦里入梅川。不廢林泉賞，無勞車馬闐。墳丘翻舊籙，漁釣理新篇。吾鼎殊堪受，侯裾信可捐。即今懷大雅，私獨愧雕鎸。

溧陽黄夢麟

把酒青門送客還，十年闕下共鴛班。論詩筆奪曹劉壘，獻策名傳賈董間。老樹柴門應似舊，澄江草閣暫能閑。衡山杖策尋常到，采得丹砂好駐顔。

宣城阮爾詢

玉署師門舊比肩，歸與忽賦向林泉。里居赤壁江雲涌，座倚松窗藜火然。玩世無妨行帶索，徵歌且復卧遊船。及時秉燭忘宵永，楓葉蘆花淺水天。

坐擁仁山萬卷書，高堂口授且安居。杜陵律細材方老，栗里家貧累未除。客至清談兼魏晋，狂來潑墨到樵漁。階前滚滚多英彦，又向金門賦子虚。

高安朱珊

淡墨名標第一人，彩箋題遍軟紅塵。誰教執筆螭頭立，獨作漁翁楚水濱。

西風折柳勸離觴，此去銀青似不忘。依舊垂簾芸局裏，海棠枝上鵲聲忙。

澤州陳廷統

浮生合放馬蹄間，鄉夢知君曉夜還。我記蘄春舊曾過，半城江抱萬盤山。

武山湖下足青蒼，萬柳深村一草堂。風滿高林書滿屋，飄來猶是舊芸香。

積向天涯意未平，相逢十日便南征。故鄉景物原佳勝，春雨春風樹樹鶯。

拙宦生涯最苦辛，未妨奔走不如人。從今穩卧滄江上，只狎漁翁把釣綸。

身名成矣復何求，還葺荒江古竹樓。我竟長安偏久戀，空隨明月夢黄州。

人非人是只高歌，射影其如抱影何。放意風流看飛瀑，乾坤佳氣草亭多。

回首花磚日影紅，一味鈴索冷秋風。歸與道出邯鄲上，不落仙人舊夢中。

春明出入是通門，俯仰難酬覆載恩。獨許宫袍丘壑外，太空威鳳任高騫。

高名占盡在當時，手筆還容大鳳池。共羡滿馱秘書去，趨庭負笈有男兒。

祇須痛飲讀《離騷》，思殺風神山月高。萬里江流閑濯足，一天秋水夢持螯。

山陽丘象隨

薊門木落北風凉，送客黄州别恨長。董相高文真莫敵，許丞重聽亦何傷。一官雪浪三山險，九載京塵十畝荒。此去端居休咄咄，世間怪事本尋常。

蕭條旅食困京師，浪説蓬壺與鳳池。作賦安仁偏拙宦，長貧元亮且吟詩。途窮湘水人堪吊，地近衡陽雁到遲。欲問何年重握手，相看惆悵鬢成絲。

掉頭歸住白雲間，著述虞卿獨閉關。九列勝人惟尺組，千秋讓爾有名山。霜高石徑寒花滿，酒對松窗片月彎。瀟灑定耽泉壑趣，鷄鳴寧復夢鵷班。

拔劍王郎舞復歌，勸君大笑飲無何。漫愁阮橐青蚨少，自愛藍田白璧多。二戴新箋懸虎觀，三都舊價重鸞坡。若論林下饒寒暑，冷署由來雀可羅。

松江王九齡

楓葉離亭送客還，幾年聯袂憶朝班。起衰健筆態劉後，振古雄文漢魏間。剩有松筠成伴侣，可無泉石寄高閑。名山自古千秋業，尺素頻傳破旅顔。

抱膝行吟歲月長，懷人落月仰空梁。艱難桂玉辭塵累，什襲圖書發古香。拓落漫嘲揚子白，迂疏堪學杜陵狂。却思江上同秋泛，步向臨皋訪雪堂。

惆悵分携往歲情，相思幾見月虧盈。纔從燕市欣萍合，又向秋風逐雁征。閲盡羊腸驚仕路，算來鷄肋薄浮名。自慚匏繫終何補，辜負年年上苑鶯。

寓廬斜直禁城闉，八載羈栖劇苦辛。老向金門容大隱，清如蘭若絶比隣。移樽杜曲同邀月，聯轡豐臺共惜春。賴有知心數晨夕，擁書萬卷未爲貧。

鄉味蓴鱸入膳羞，某山某水指曾遊。五湖泛宅安雙槳，三徑披荒老一丘。汲古盡翻周柱下，著書重續晋陽秋。即看到日黄泥坂，定有新詞寄選樓。

征車南下未蹉跎，汀月寒生石上蘿。九日霜高辭白塔，三臺木落渡漳河。貯書猶有敝廬在，掃徑斷無殘客過。見説沅湘饒麗藻，那容郢雪和人多。

典册高文枚馬同，職司詎敢恤微躬。石渠授簡分班管，乙夜搜書採蕊宫。鴻寶已陳丹扆上，冰心常映玉壺中。蘧蘧一枕松風夢，還憶春宵藜火紅。

公車廿載每同論，徙倚難忘知己恩。蘭本國香非小草，松留晚節有孤根。扶風帳裏晨星散，青綺門前舊路存。點檢行囊只書笈，聊憑竹素傲文園。

逸老偏於巖壑宜，羨君負荷得佳兒。清才便就靈光賦，胄學先吟石鼓詩。三篋已知傳世業，一經聊復托心期。莫嫌暫作南溟息，六翮排風會有時。

採香日月泛蘅皋，楚澤先期入夢勞。舊雨只憐成契闊，新詩真可續風騷。清時遯迹終無悶，拙宦空囊也自豪。苦憶主恩難報稱，知君未忍樂蓬蒿。

長洲彭寧求

三載星霜憶往還，愧聯華省傍鴛班。切磋誼過金蘭侣，寒暖情關伯仲間。隨地咏歌追後乘，有時科踞伴餘閑。自憐故態言多放，笑語何人更借顔。

才氣虹飛百尺長，清時幸得濟川梁。紅綾座領金鼇燦，彩筆花生玉陛香。白社肯忘詩侶舊，青蓮難減酒時狂。每言懶性耽松竹，不用移文到草堂。

夙夜知君爲國情，一簪華髮已盈盈。棘闈特簡膺南服，文旆曾聞賦遠征。蕭瑟携囊無長物，晶瑩涵鏗獨留名。我來會見新桃李，添得春風上苑鶯。

昨歲衝寒入帝閫，相逢擁鼻話艱辛。餘光且喜資東壁，薄醉還教乞比鄰。珠桂難支非舊日，陰晴無定又新春。羡君早遂歸田願，回首煙霞可不貧。

跼蹐毋貽轅下羞，飄然携劍别同游。登朝久借光東觀，去志難移乞故丘。紫禁霜清楓葉晚，黄州雲冷菊花秋。遄車自有閑經濟，好覓元之舊竹樓。

徐卿有子豈蹉跎，天半喬松映翠蘿。光近文星隨吐熖，流分學海早成河。風高北溟瞻鵬起，日暖蘗蘭見鯉過。笑彼積金皆失計，君家所得已云多。

前武還聞梗概同，先朝遺範想持躬。未邀孔李親几杖，幸配朱陳禮璧宫。兩世勛名依日表，十年簪祓付杯中。敢云行戀田家樂，還望螭頭曉日紅。

平時風雨每同論，退食空慚荷聖恩。夜静有懷開卷帙，山深何處憶松根。那堪舊侶樽前失，剩得相思夢裏存。此去想應非久别，宣麻佇看到山園。

一路塵清策蹇宜，擔頭書重好呼兒。身閑易得開眉酒，官散長吟放膽詩。回首頓成蕉鹿境，繫綸重訂釣船期。鄰翁相過皆青眼，曾憶休文望遠時。

先生立馬錦城皋，衮衮傾朝出餞勞。會見金門增歎息，寧因白髮减風騷。停鞭峰影凝眸緑，放艇江聲倚劍豪。但念蒼生凋瘵後，東山豈竟老蓬蒿。

歸安沈愷曾

秋風颯颯送君還，詞翰名高供奉班。疏傅清輝霄漢上，謝公雅興水雲間。身辭冀野心猶壯，夢逐江天境自閑。三徑未荒籬菊在，一樽重對好開顔。

繫馬青門别路長，瀟湘南望覓津梁。十年薄宦文章重，一旦完名姓字香。著作應從洛下□，風操遠勝四明狂。知君興寄煙霞裏，杖履仍歸舊草堂。

持衡萬里愜□情，孰似公門桃李盈。爲奏賢書期北上，旋裁新韻賦南征。梅川詞客□無恙，漢上騷壇舊有名。歸去好從方外友，閑携斗酒聽黄鶯。

長安官舍薄城闉，寂寞蕭齋意味辛。生計惟留書滿架，幽懷獨結硯爲鄰。緗簾棐几聊終日，翠竹蒼梧又幾春。玩世不同方朔隱，杜門真似晏殊貧。

朝從秘署供晨羞，玉軸瑯函慣泳游。已綴鴻文光汗簡，仍留雅志向丹丘。輕裝檢去多殘卷，掉臂歸來已素秋。自是漢南推獨步，江廬高並仲宣樓。

宦遊翻恐歲蹉跎，每向詩篇話薜蘿。椽筆煌煌堪射斗，清言亹亹似懸河。論文已斥齊梁下，作賦難教屈宋過。最是忘年容陋質，推敲親受指南多。

出處由來道本同，君親大義嚴持躬。承家衣鉢傳臚句，改後文章籍泮宫。載得恩封千里外，携來賜彩五雲中。歸裝長物滄江上，返照依然草閣紅。

時命升沉未足論，步擔歸去總君恩。達人宦本同柯夢，高士貧能卧竹根。放艇已從湘水逝，著書擬向楚山存。長安日日風塵色，却羨先生離垢園。

草亭莫漫署三宜，繼美還看兩驥兒。奪席登壇能講易，趨庭發篋善言詩。眉山樂事方前輩，洛下風流肯後期。聞道衡陽頻有雁，殷勤記取北歸時。

拂衣南去卧臨皋，千里相思有夢勞。路入滄浪懷釣叟，筆傾瀸澒注《離騷》。陽城好學貧彌篤，禹錫工詩晚更豪。從此江鄉瞻斗極，里門冠蓋接蓬蒿。

韓城張廷樞

摇落高秋匹馬還，故人寂寂黯清班。著書幾歲金臺上，獻賦當年玉殿間。高致久躭翰墨趣，浮名應許薜蘿閑。歸與莫負千秋業，陋巷江邊好學顔。

楚水燕山别恨長，驪歌不忍唱河梁。美人獨泛三江月，彤管仍留百韻香。嗜古何妨多拓落，有才原未諱疏狂。聖朝舊學思遺逸，恐有徵書到草堂。

文豪詩致古人情，露白蒹蒼一水盈。有淚不堪揮遠别，無錢那可賦長征。蕭條且醉生前酒，寂寞休論世上名。七澤三湘何處是，雙柑好處聽黄鶯。

深秋慘澹出都闉，少女吟成興味辛。風雨十年燕市隔，莊騷百册楚山鄰。東籬菊蕊滋清露，南嶺桃花放早春。喜得新來添驟富，書倉千石不憂貧。

冰清無使玉堂羞，浩浩襟期天地游。樂處每思尋茂叔，曠懷曾不慕浮丘。閑中事業窺爻象，静裏機關對奕秋。頻報隱居消息好，江山絶勝晚登樓。

閑居我亦苦蹉跎，幾載江鄉卧緑蘿。四牡有懷誇白髮，一車何意渡黄河。栖遲歲月艱難會，聚散賓朋容易過。欲向芳洲採杜若，沅江澧浦晚風多。

光分藜杖幾年同，暫息田間耕未躬。夢到校書天禄閣，還來侍直未央宫。正思良友追隨日，可惜芳時離别中。此去莫忘雞黍約，新詩時寄小箋紅。

十年身世漫評論，顯晦升沉悉主恩。投老歸來指水樹，幽居卜築倚雲根。一庭琴酒高朋集，滿架圖書舊業存。可是江都董相國，下帷還擬不窺園。

行樂湘江事事宜，此生弓冶付佳兒。閑來孤往看三徑，興到微吟賦一詩。好鳥好花無俗韻，佳山佳山愜心期。紅塵净洗長安市，藜杖西疇細雨時。

采薇日日憶東皋，回首清時心轉勞。□咏還將存大雅，摛詞未敢續離騷。雖無媚骨能諧俗，儘有文心可自豪。遥想馬遷歸隱處，門如仲蔚滿蓬蒿。

山陰余泰來

晨夕金門共往還，遍君辭祓謝朝班。榛苓歌寄三秋暮，蘭芷思深七澤間。貧宦漫愁生理拙，故園真得種花閑。臨岐自有關心在，不爲凄其愴別顔。

官冷曾無一物長，只餘清興邁濠梁。看多菀柳經秋瘦，争似寒花耐晚香。醇過江都稱學者，律追杜老謝詩狂。松筠歸去應無恙，好葺南山舊草堂。

古勛交深淡泊情，床連屋宇只書盈。一編蠹老資尋復，八載雞鳴共邁征。閲世由來多變態，如君真不愧科名。寤歌此後憑誰語，獨旦傷神聽曉鶯。

追趨載筆九重闈，鉛槧寧辭力獨辛。信史編摩昭炯鑒，職方臚列若比鄰。從客委佩歸常晚，閲歷艱虞歲幾春。莫謂冰條滋味苦，等身著作未全貧。

肯點微霞白璧羞，冲融况復與天游。行爲世楷高元禮，風表人倫識太丘。自有公評操月旦，誰存直道在陽秋。輸君今去煙霞樂，身世萍踪一倚樓。

年來進退感蹉跎，家有枚皋舊薜蘿。君溯洞庭趨漢水，我思澤國指淮河。陶潛三徑應時闢，張翰扁舟何日過。矯矯鴻飛天外遠，離思江上白雲多。

珠璣萬斛許誰同，大雅千秋任一躬。作賦直驚丹禁地，掄材看步蕊珠宫。詩縈别緒燕雲裏，釣把烟竿楚澤中。正是秋光添霽色，橙黄橘緑蓼花紅。

世事悠悠莫細論，鏡湖乞得荷君恩。坐忘榻破還書卷，耐久朋來是菜根。問字講堂玄草在，繞江别墅輞川存。故人京雒緇塵際，正爾逍遥看灌園。

林泉廊廟總相宜，色養偏多戲彩兒。韋氏經傳皆實學，杜陵家教最能詩。行藏自分惟株守，甘苦遥憐有素期。漢廣淮流通一水，春帆合計我歸時。

西風劍佩指臨皋，回首心依北闕勞。客路黄花催鬢髮，征雲白雁引詩騷。名山蠟屐尋秋遍，小閣螺卮對月豪。自是聖朝容達隱，治安無用目蓬蒿。

淮安吴晟

池邊老鳳倦飛還，惜别依依鴛鷺班。寂寞文園雲閣内，逍遥栗里鹿門間。山中著述應須早，世上風塵好是閑。留得新詩數篇在，高吟翻爲破愁顏。

見時苦短别時長，落日相思滿屋梁。此去山中誰識路，何年座上更留香。採芝且復尋商皓，歌鳳寧須學楚狂。欲訪故人棲遁處，江邊楊柳讀書堂。

自古文人少宦情，那知天道忌才盈。屈原憔悴思南往，杜甫飄零紀北征。白日難消欣覓句，青山有約待題名。鷗盟雞語渾相習，不向長安鬬巧鶯。

玉樹青葱繞帝闉，一枝摇落共含辛。敬通隱去先歸里，元亮飢來少結鄰。失意栖栖無定宇，放懷拍拍有陽春。浮家泛宅湘江曲，萬卷隨身自不貧。

雁鶩栖遲猿鶴羞，高情欲伴赤松游。結交樵牧知誰氏，卜築溪山指某丘。南浦幾人添别恨，西風一路送深秋。江天煙雨迎歸棹，家近黄岡舊竹樓。

南宫聲望豈蹉跎，若有人兮待薜蘿。玉署文章傳館閣，灞橋詩思動關河。閑居陋巷圖書滿，高枕荒齋鳥雀過。莫以行吟漫惆悵，古來才子左遷多。

待漏趨朝出入同，承恩未敢息微躬。分題羽獵長楊賦，獨奏蓬萊碣石宫。奇字探研秦篆上，好詩領略楚騷中。只今神武留冠日，猶見書窗藜火紅。

素心晨夕共誰論，三益難忘師友恩。細繹金書兼玉字，閑穿月窟與天根。千秋汗簡真儒識，一代風流古道存。自有名山堪付託，歸來端不問田園。

魏闕江湖總自宜，追隨書劍有佳兒。廣微正補南陔什，子美新成熟食詩。少日敦槃趨雅會，晚年山水赴幽期。沅蘭澧芷無人採，獨立江村暮雨時。

婆娑泉石卧林皋，十載風塵空自勞。老抱遺經修傳注，窮耽佳句績風騷。嘯歌宇内通三籟，睥睨尊前笑二豪。我亦滄浪尋釣叟，故交誰復到蓬蒿。

長洲尤珍

玉露金風送客還，石渠虎觀舊同班。鶴飛容與青冥裏，鴻影參差落照間。嗜古虞卿躭著述，倦遊司馬暫優閑。雲林樂事知何限，馬首青山亦霽顔。

史才君獨擅三長，騷雅尤工賦柏梁。玉局校書常鍵户，芸窗讀易静焚香。論文直過時賢癖，載酒偏容我輩狂。此日驪歌情繾綣，湘江何日一登堂。

丹鉛晨夕素交情，貴筑離筵别淚盈。幾日泛舟趨北闕，今晨攬轡賦南征。彈冠安得貢公喜，入夢猶傳杜老名。莫謂上林好春色，春來寂寞少流鶯。

憶昔題名上帝闉，蕭然四壁耐艱辛。朝揮彤管花當牖，夜卧匡牀月作鄰。無志干時惟草賦，有時出郭共尋春。蓴鱸風起鄉思切，萬卷隨身未是貧。

扁舟斗酒鱖魚羞，七澤三湘汗漫游。弔古不須悲賈傅，尋仙猶可揖浮丘。鳳凰山外梅兼柳，鸚鵡洲邊春復秋。好景留連新月上，何人携手庾公樓。

長安歲月我蹉跎，此際輸君返薜蘿。玩世逢人開白眼，驚秋送客渡黄河。夷門誰報信陵轡，酒次應逢袁紹過。歸去草元且什襲，君山知己恐無多。

蓼莪詩思古人同，稽古榮親瘁厥躬。寵被貤封來紫極，報崇耆德祀黌宫。家聲自在青箱裹，世澤長存汗簡中。草閣江深人獨坐，依然藜火照窗紅。

悠悠世事共誰論，湖海逍遥雨露恩。倚石聽泉驚雪鬢，栽花移柳撥雲根。草堂容膝三間近，赤壁回舟兩賦存。酒後嘯歌天壤闊，好將獨樂命新園。

馬帳談經江漢宜，趨庭況復有男兒。三蘇翰墨堪傳史，二謝才名早擅詩。待詔昔年朝市隱，采芝今且鹿門期。我慚未獲隨筇杖，愁對雕梁月上時。

歸程何日抵江皋。讎史箋經筆研勞。韓氏起衰排俗艷，杜陵晚細薄風騷。賓筵落帽風流遠，雪夜拏舟賦興豪。三徑肯容車馬到，古來仲蔚隱蓬蒿。

贛州王思軾

征鞍極目楚雲還，相對群空玉筍班。長付楷模留日下，終標姓字滿人間。一官匏苦看俱繫，十畝林幽占獨閑。細數投簪冠蓋去，幾人松菊更怡顔。

雲藪蒼茫湘水長，天成景色倍濠梁。先資夙抱秋蘭佩，即路新携御篆香。適志聊從五柳逸，全真不羡四明狂。他時悵憶花磚影，何處懷人近雪堂。

朝暾送遠不勝情，藜火餘編照篋盈。易水煙雲辭北道，杜陵風雅變南征。機心洗雪偏鍼俗，樸貌深沉似避名。故國同聲調郢曲，好音多勝上林鶯。

點檢奚囊出綺闉，不因歸橐話酸辛。菊開梓里將供把，桂吐山阿應卜鄰。似客本忘官舍暖，瞻恩祇憶帝臺春。曲存温厚知如許，况有傳書豈厭貧。

尋常歎老俗堪羞，獨抱孤貞與道游。認取清風留赤壁，由來雅志在丹丘。院庭欲別疏槐冷，客路將尋庶草秋。歸闢講堂隨處得，琴樽擬上月波樓。

蓬丘幾月任蹉跎，饒有青燈注碧蘿。自闢文章裁帝衮，獨探星宿到天河。扶輿萬里胸中貯，縑軸千秋鏡裏過。從此奚囊歸夢澤，問奇何處占才多。

大雅翩翩耻俗同，一時賈董盡肩躬。探驪直下牂牁徼，談海今傾碣石宫。孤棹往還三楚外，寸心迢遞五雲中。已叨密勿回青注，宣室光分寶炬紅。

金門吏隱詎同論，去國頻懷聖主恩。肯託身慵辭冷署，祇緣機淺得盤根。綈緗未改儒生業，襆被終餘古道存。幾載西清陪鶯序，舊遊應夢繞丘園。

白璧行藏任所宜，青雲擔荷有佳兒。蘭臺早卜家承史，綺陌從教巷采詩。却訝驪駒聽挽駕，正逢征雁訴歸期。臨風爲憶江南好，欲傍沙帆趁雨時。

清秋從客過臨皋，回首風塵暫輟勞。得酒天真輪爛漫，横經雅曲釋蕭騷。追尋舊圃閑中趣，結侣山樵世外豪。閉閤沉思更就草，獻廷懸擬傍宫蒿。

黄夢麟

悵從京洛送君還，尚憶當年玉筍班。名冠南宫雙闕下，光騰東壁五雲間。霜寒露白歸程遠，漢廣江深客思閒。松菊故園無恙在，盤桓應識舊時顔。

貫穿諸史擅三長，學海還須駕海梁。簪筆盡堪登汗簡，蠹書不待辟芸香。馬遷遊遍胸逾曠，曼倩飢來語亦狂。披豁天真容我輩，每緣問字一登堂。

閲世同懷太古情，敢違真性矯虚盈。早知絶學兼醇茂，况有潛修勵邁征。攬轡志存寧慕禄，藏山業就不求名。上林棲息原無定，謾爲春風羨柳鶯。

相過每歎隔城闉，冉冉年華倦苦辛。老我無聞心似醉，羨君有學德成鄰。西窗剪燭雲亭暮，東觀翻書鳳閣春。分手不須愁寂寞，江湖廊廟總長貧。

俸錢久已辦囊羞，閲歷京華詎浪游。喜共校書探石室，寧甘遁迹老林丘。人心夢幻原蕉鹿，天道乘除有夏秋。歎息雄才猶未盡，嘯歌江上獨登樓。

登朝五十未蹉跎，歸卧青林攬緑蘿。且自煙霞安枕簟，任他風浪跋江河。金臺别後無心到，元草成時有客過。企脚北窗神倍適，較干鐘鼎孰爲多。

幸隨蕊傍賞心同，八載班聯愧匪躬。地志編摩尊虎觀，曲臺箋注進璇宫。姓名臚句聞天上，著述風行播域中。何意飄然歸楚澤，日邊獨對杏花紅。

世事悠悠孰與論，蕭閑終是感君恩。歲移不改青松幹，葉落還歸老樹根，研練漢京醇意在，網羅黔士至公存。清華已足酬良願，束帛何須更賁園。

門栽五柳亦相宜，遠勝愚頑陶令兒。座設虎皮聞講易，庭趨驥子善談詩。楚天鴻雁應傳信，竹屋琴尊敢後期。到日正逢秋色好，黄花開遍肅霜時。

歸鞍指點舊林皋，居息初辭跋涉勞。鄴架書籤多汲竹，杜陵詩句半風騷。家傳孝友淵源古，酒對湖山意興豪。他日扁舟相訪處，定知三徑滿蓬蒿。

孫岳頒

居業齋詩鈔　卷八　續江滸集

行路難

我歌行路難，請君四座且勿歡。瞿唐灩澦未爲險，人情翻覆有波瀾。范睢蔡澤立談可以取相印，汲黯心是魏其不能片言折武安。破縱連衡傾六國，蘇君若在，張儀何敢言。所以魯連誓死蹈東海，不肯帝秦持兩端。屈原憔悴死江潭，賈生欷歔憑弔仍摧殘。古來高人尚如此，何況餘子悛悛禄利間。行路難，險且艱，客星驚帝座，依舊隱嚴灘。何如逾垣洗耳謝物色，穩着羊裘持釣竿。

龍躍天津羝觸藩，斥鷃枋榆鵬九天。乾坤賦物固有分，陰陽小大乃相懸。君不見東方曼倩陸沉金馬門，廷叱董偃匡至尊。射覆乃與幸倡伍，通籍祇承囊粟恩。漢朝大臣富且貴，喉舌呼吸安危地。奈何布被翁，曲學以阿世。面折廷諍汲長孺，立朝獨有浩然氣。不冠不見武帳中，古來社稷之臣差可同。卧治淮陽竟不召，張湯緩步登三公。行路難，難爲工；介者塞，工者通。九折羊腸跬步底，須臾失足轗軻逢。或言辟世可以無大咎，君公祇合居墻東。男兒生來有命直星斗，長安日者知吉凶。不然端筴卜居從詹尹，問我何去當何從。

漢廷主父偃，逆施而倒行。日暮塗窮且恣意，五鼎食亦五鼎烹。賣薪行吟朱翁子，綰綬乘軺耀鄉里。睚眦報復何斤斤，張湯獄成身亦死。行路難，難有終，鴟夷鼓柁載西子，子房辟穀游赤松。白衣山人歸採衡山藥，柱下老子變化其猶龍。千春萬禩青史上，旋轉乾坤乃英雄。

道旁蜂蠆芒有毒，蝮蛇瘈狗往往噬人肉。齒牙犀利尾鋒銛，不及讒人劍在腹。讒人利口覆邦家，雜糅白黑翻瑜瑕。中傷匹夫何足校，眼前萬事滋紛拏。上官得志三閭死，子胥吞聲爲伯嚭。直弦曲鈎自古嗟，網羅檻阱當衢市。天下有道是非公，洞闢四門達四聰。獸能觸邪草指佞，元凱食福歡兜凶。青蠅莫遣污顔色，讒人莫遣當君側。君側讒人白晝寒，崎嶔險巇千萬端。梅福掉頭市門去，高卧不見行路難。

麟鳳篇

鳳不可使獵兔，麟不可使搏虎。干將雖銛不刈束楚，畹蘭之茂不當門户。古人治國如衡平，道在尊賢而使能。有虞登庸十六族，拜手交讓於殿廷。周官三百六十屬，如冶鑄金工度木。秦則重臣用戍邊，李斯所以錮蒙恬。後來踵事更陰賊，繫用徽纆寘叢棘。内史部中素難治，請徙汲黯往爲之。膠西驕蹇殊無狀，仲舒乃作膠西相。真卿三朝老大臣，宣慰希烈豈其人。嗚呼！天之生材亦難矣，當軸何人顧爲此。古人治亂必有根，大書特書前史存。

遊石鐘山

亭亭石鐘山，瀕江得微路。垠堮阻躋攀，飛鳥兼雲度。混茫一氣中，乾坤猶太素。刊落游人言，粗領山中趣。仄徑滑蒼苔，沿緣愁窘步。蕩胸彭蠡濤，目眩頻左顧。積陰固冰雪，春來漭寒沍。俯視襟帶間，青青湖口樹。我游當亭午，低徊至日暮。下山憩招提，短褐雙肘露。

江天漭空闊，山根萬象静。春雲縹緲間，僧窗怪石影。茶瓜款游人，坐語忘日永。緬彼中泠泉，轆轤猶在井。兹山香積厨，洞壑乃天秉。即事幽興存，何必詫箕潁。天涯汗漫人，到此諸慮屏。翛然支許會，秀色餐諸嶺。窄徑可披榛，步屧躡山頂。

望小孤山

滄江湧拳石，何山作鼻祖。長風萬里浪，瀨湃自今古。飛鳥動雲根，縣崖垂綫縷。其陰凝積雪，其陽溜花雨。帆景入嵌空，烝嵐相吞吐。三面阻躋攀，嶙峋無寸土。獨立天使然，岌岌絶儔伍。

訪藍明府石雲丹陽

春雲縹緲大江天，漭漭江聲縣郭邊。喜雨聽鶯登采石，臨風把酒憶青蓮。丹陽十詠初成日，絳雪孤亭獨步年。老友過存留話舊，琴堂掾燭夜深然。

焚黄展墓

長跽增封土一抔，黄雲白雪冷松楸。宫袍上冢三千里，麥飯思親十九秋。天上龍章含淚寫，夢中馬鬣拊膺愁。不知鼎鼎成何事，礱石明年到壟頭。

春秋俎豆昔賢俱，秦隴人傳楚大夫。冷署蓋棺殘稿在，輕裝歸里一琴無。火牛血戰完城堡，鐵馬忠魂入畫圖。五十餘年新贔屭，碑陰鬱鬱長松梧。興安舊有遺灾碑，今又重立於名宦祠，叙先大夫甲戌守危城，用唐通救兵破賊，卒後賊攻城，郡人見先大夫絳衣大帽立城上，以爲大夫死且衛興安也。

孤兒五歲伴啼烏，羸瘦朝朝恃母扶。草屋罏香依畫像，麻衣抆淚誨之無。掘蔬屑豆當飢歲，映雪然糠遲壯圖。冰蘗音容今宛在，可堪酹酒向霜梧。

雜　詩

小時嗜六博，稍長游俠斜。馳逐五陵間，跌宕送年華。借交投劇孟，亡命抵朱家。昨朝捻竹箭，一發尚五豝。

任俠不成名，脱身去學估。鐵冶處臨卬，算緡業胃脯。蹲鴟逾秔稻，黠奴俱肺腑。纖嗇乃羸餘，雍容誚鄒魯。

述　病

我生歷諸艱，善病則自幼。天畀蒼廩官，乃與水穀鬭。瞢瞢度五齡，煢煢而在疚。先慈手丸散，參苓參豆蔻。寢息仍頻興，嘗以夜爲晝。瓣香籲蒼旻，安得孤兒壽。愚從唤犬豚，賤可力耕耨。强記晝荻書，引申涉篆籀。家世治《周易》，端筴識其繇。小學與《孝經》，牀頭受句讀。緬懷先民言,仁者昌厥后。鳴呼先大夫,清德在隴右。散衙甑有塵,行部衣無副。岌岌睢陽圍,英英即墨守。一棺到里門,縞素千人轃。屋不蔽雨風,租不贍糧糗。薄糜掘野蔬,敗絮縫衽褏。逝者已如斯,將毋遲來胄。拊此零丁兒,奈何頻顛覆。藐孤十五年,萲堂閔凶遘。慟絶經夕甦,麻衣起馮柩。荒江罹亂兵,踉蹌川谷走。亂定返柴荆,氣厥歎僵仆。起死賴越人,微生診脉候。壯年號書淫,扶病苦研究。八上公車塗,敝裘朔風透。通籍忝承明,石渠書雜糅。操觚眠食忘,猶恐多繆誤。力疾事編摩,脱(藁)[稿]俱入奏。南歸南雲堂,插架還仍舊。兒曹趨過庭,疑義資口授。老病復侵尋,攟摭虞里漏。夏五雨淋帷,丹鉛間飣餖。旋覺腹膨亨,童年病且又。或謂書當停,聞之面欲皺。我病即膏(盲)[肓],匪書曷能救。展卷釋沉憂,譬如飲醇酎。側聞漢張蒼,乳哺當饋餾。侍妾可百人,孕者不再收。我衰室罄縣,遑能話婚媾。又聞唐李泌,採藥衡山岫。蕭寺訪懶殘,芋爐曾邂逅。我歸賦考槃,觀象寧筮姤。歲歲一研田,深漑滋穎秀。口吃或如揚,齒豁當如伏。封禪曾無草,三都豈能就。盥手發經箱,庶幾瘵昏瞀。矧可策奇勛,醫俗勝禦寇。人知絶馬肝,胡不羞牛後。病夫百無營,搜羅備針灸。誓不枵腹腸,徒作籧篨富。

雨中聽曾山人話東衡之勝,書寄山居舒二漸鴻兼述偕隱之志

我衰久杜門,展書慰顑頷。雨中春興詩,沉吟但紙費。豫章曾山人,東衡來把臂。爲我話山景,夜不遑假寐。東衡高插天,真宰元精萃。逶迤鳥道盤,殷殷龍宫閟。混濛太古雲,融結峰巒出。峙如虎豹蹲,迸如鷹隼鷙。嵐烝濕蘼蕪,罅絢萌薜荔。槎枒鐵幹裂,窅靄金莖穉。瀑布下懸崖,溜若洗山背。絶頂眺滄江,渺若田間遂。松老遯秦封,石幽謝漢記。桑酈阻躋攀,山靈良有遲。皇矣鮑參軍,寓公憩斯地。振衣讀書臺,騷壇蔑有貳。頏頡灊霍高,顧瞻小赤鼻。悠悠千載後,踵武得舒二。索居憺無營,性癖耽奇字。編年取汲冢,蒐討得軒燧。有時孫公嘯,有時阮公醉。時似王逸少,書罷籠鵝飼。時仿郭恕先,畫作紙鳶戲。坦懷馴鹿豕,豪氣走魑魅。名山不榛莽,斯人爲擁

箸。嗚呼長安道，咫尺成顛躓。何如入山深，疏鐘聽古寺。豈惟絶煩囂，可以益神智。再拜謝箴規，搔首發長喟。僕本澹宕人，任運百弗覬。寂寞荒江濱，已爲世所棄。置身古人中，原憲與季次。卜鄰學稼圃，舒翁我同志。薙草結精廬，鈔書可代匱。蔣徑行闢三，杜松稍植四。興酣大小言，萬象從罕譬。莊惠率天真，不知老將至。春雨倉鶊鳴，春服野風吹。芒屩踏蒼苔，携手看山翠。詎能鸞鶴翔，粗領丘壑意。藉君作置郵，素書爲我寄。

擬陶徵君田居

東風百草萌，郊原一以緑。荒園江水涯，倉鶊集喬木。積雨風氣深，皇天散晴旭。畬田及春耕，田父轉相告。我生獨晏如，松間展書牘。愧彼谷口人，千載留芳躅。

寄題張乘石書齋

山水有清音，伊人搆茅屋。童子六七人，執經學干禄。是時方麥秋，芳菲遍川陸。郊行辨勾萌，諮詢及樵牧。江雲自卷舒，乳燕回翔熟。林下登高樓，悠然展遐矚。念我蓬蒿中，遺我一詩牘。

蒼山峙南北，大江貫其中。江北青林口，江南馬頭峰。支流爲刊水，樹石襟長風。白沙何浩蕩，清曉萬籟空。瀕江一長嘯，邂逅釣魚翁。顧瞻康王谷，千古青濛濛。

弱齡弄柔翰，歌聲出户牖。先民有遺訓，肯搆與終畝。弧天志四方，晚節倦趨走。橐筆爲人師，日飲田家酒。逝矣古之人，其書在吾手。夜中不成寐，攬衣視星斗。

半舫詩

春雲霽洲渚，曉日暄江步。園林桃始華，倉鶊鳴古樹。客從江上來，江雲濕芒屨。悵望赤嶼山，擬作春游賦。

新(沭)[沐]岸輕幘，虚齋憺無事。有時涼風吹，北窗展書笥。古人千載前，爲我益神智。巡檐聽疏鐘，隔岸寒溪寺。

白露洗梧桐，江城宛山谷。落葉滿黄岡，竹瓦覆鄰屋。秋深鱖魚肥，舉網敕僮僕。新醪琥珀光，東籬行采菊。

擁褐坐草堂，江上數峰對。天際孤帆影，縹緲欻明晦。滄洲一夜雪，曉起松杉大。緬懷京雒人，雞鳴整冠帶。

詛　鼠

窮居萃百憂，而復罹鼠竊。蕭蕭縣罄家，何以禦饕餮。儉歲常饔減，藜羹佐豆屑。囷廩闃無聲，闌入芸窗穴。插架古人書，縱橫漭輶褻。縹緗剥落盡，寢食及鏤鍥。狼籍檐楹間，往往塞門楔。嗚呼秦火餘，老生拾殘缺。辛苦汲縣人，冥搜隧道揭。後儒恥面墻，夏螢而冬雪。老夫杜門久，貴游車馬絶。丹黄不素飽，聊用小怡悦。自以爲無患，如何當此孽。昨得蕺山扇，辟人數披閲。習習有清風，可以送炎熱。端溪古時研，棐几鑪香列。墨瀋或淋漓，字學泝倉頡。扃鑰一以疏，蒲葵遂毁折。丙夜呼群飲，詰朝研水竭。盤匜污遺溲，沾濕到繒纈。紵帳龍鬚簟，奔騰胥點涅。粲粲膽瓶花，龠緣恣噬齧。迎貓豈無爲，鵌鼸祇徒設。天網緩冥誅，群凶一軌轍。祲如魑魅行，猶可施桃茢。猛如豺虎嗥，猶可閉棖闑。青蠅亂人聲，蚊虻嘬人血。暑往則寒來，且受霜風滅。此物獨蔓延，此毒何時輟。萬事任摧殘，無勞頻哽咽。蕩摇我書厨，腐儒憤所切。緬想磔汝年，張湯亦人傑。

詰　蚊

嗟爾蚊之生，疇爲爾族類。五月始一陰，草間瞥而至。短小則精悍，冥行施擊刺。晝伏而宵興，蘊毒漭游戲。嗚呼露筋女，千古爲酸鼻。造物右凶頑，殺機日以恣。往往忽細微，患生于目眥。勞人鉛槧間，便便一腹笥。倦隱烏皮几，曾不遑假寐。捉襟財及肘，萬弩中兩臂。突如其來如，攻人於無備。血出皺完膚，自顛至於腿。平旦天宇開，痛定還復悸。倉頡象爾形，偏傍亦文字。溷厠且包羞，逢人復深剚。猛虎齧賢豪，倀也爲之祟。么麽若汝曹，豈亦用副貳。不然胡紛紛，其罹乃不億。矯首望蒼旻，我生一以瘁。循環亮有期，此物罪當治。金天如肅殺，群小合投畀。

偶然作

客自何方來，短衣濕春雨。爇火燎客衣，手持析薪斧。疇昔黑頭人，素髮今如縷。

去日亦以多，英雄其奈何。生平易老大，攬鏡惜蹉跎。留客今宵飲，聽我昔時歌。

狂夫少壯時，有力亦孔武。入水剸蛟龍，上山搏猛虎。惜哉劍術疏，歸來守環堵。

負耒學老農，薄田逢歲惡。方春典鸕鶿，坐客行觚爵。齪齪鄉里兒，閉廩齊山閣。

澤居利瀉鹵，山居利蹲鴟。牧羊與牧豕，往往勝耕犁。有力能造命，人生苦後時。

我遇一章柬吴鳳梓

我遇夫如何，午夢數驚魘。百慮曾弗售，虛聲則所忝。菀枯敢任運，索居恒自檢。晏起與科頭，厥咎合當貶。顧瞻南岡松，飄飄烈風颭。植根豈不堅，摇落憂其漸。括囊本天真，有舌安能餂。入山山未深，衡門杜以扂。藿食亦粗安，祲歲饔人歉。啼飢且勿誉，典衣赴箕斂。延陵苦節士，憩我荒江广。有舟不能刳，有楫不能剡。小築藕花陂，褰裳摘菱芡。昨來遺我詩，嶄嵓一何險。展讀過炎蒸，對之端且儼。褊性别薰蕕，齗齗不受染。晨夕此幽人，素心或無點。伏雨灑蕉窗，丙夜鐙釭焰。凌晨勖邁征，年華嗟荏苒。

環溪草堂

大江日夜流，漭漭無今昔。江上素心人，澄觀時岸幘。擁書萬卷餘，築舍名三易。

乙夜群動息，何處藕花香。清酒三升後，夢可到羲皇。興來忽把卷，熒熒掾燭光。

此君無俗韻，可以傍高臺。況復中虛極，溶溶海月來。夜闌疑紫府，梅花鐵笛開。

古之九曲亭，乃在樊山麓。髯蘇甫經營，一夕風拔木。勝迹遲名流，無勞詹尹卜。

池水澄如練，量之不盈尺。江鳴雷雨垂，須臾千頃白。伐竹此成橋，雨中度詩客。

西山太古雪，灝氣渾磅礴。朝來海日升，稍露松風閣。主人步前楹，手攬登山屩。

枕上何所聞，砉然豁神智。披襟臨竹窗，瀹瀹天風吹。良久辨鐘聲，來自寒溪寺。

萍草歌爲黄山人

八十老翁猶未遇，茅堂坐隱耽佳句。醉後新翻白雪歌，階前舊種黄柑樹。此翁十五二十時，緗簾捲映珊瑚枝。平頭奴子捧雙研，詩成墨汁何淋漓。坐即彈棋行蹴鞠，花間夜遊常秉燭。越羅蜀錦競鮮新，飴釜蠟薪遞徵逐。歡樂幾何欻離憂，挂帆東下客南州。祭酒布衣諸生耳，燕頷虎頸誰封侯。操觚幕府還説劍，將軍椎牛開廣讌。虎鼠龍蛇未可知，男兒豈得長貧賤。夜闌回首少年場，低徊忼慨淚沾裳。往往燃燈燒檄草，時時鼓枻咏滄浪。一朝垂橐還鄉里，儕輩英雄都已矣。誓將採藥上衡山，不爾直釣湘江水。即今大耋尚童顔，手把詩篇屬我删。銜泥冒雨之何處，鴻腦洲頭放白鷴。

典衣詞

二月南榮日杲杲，農夫牽牛踏春草。春暖又當畝税期，主伯亞旅齊典衣。坐市列肆多錢賈，估直公然書爛朽。氈包席裹財一金，踟躕不敢近官府。冶就白金官無笞，吏手低卬安得知。徼天之靈十報六，長跪請待麥子熟。詔問循良下虎符，報最昨言苛政無。吁嗟我生獨不淑，舊税還將新婦鬻。田家鬻婦亦不傷，可憐嫁去無衣裳。

青林曲贈張貢方

青林湖接鴻腦洲，有客扁舟過我遊。别來遺我一詩册，朗吟似得韋蘇州。君自青林來，已向青林去。青林山色青到天，是君掃地焚香處。把君此卷清且都，寫出秋江萬里圖。雨後看雲踏紅葉，沙間載酒隨白鳧。君歌寶劍篇，我唱紫芝曲。挂帆幾上黄鵠磯，襆被仍返青林麓。遺興奚囊賦千首，傳家草閣書萬軸。三十羽翮已粗成，雙瞳剪水金石聲。黄河明月蘆溝水，遲爾翩翩入鳳城。

短歌贈陳帝侯

陳侯遠作燕山客，雙眼逢人倏青白。短衣匹馬春歸來，太白湖邊深柳宅。燕山豪貴酒人多，六博摴蒱漭揮擲。客子橐無千黄金，安得賓筵虚左席。搔首且登郭隗臺，黄沙蔓草已千尺。欲將劍術訪荆卿，舞陽竪子乃充斥。秋風落木雁南飛，攟拾紀行詩一册。天涯游子思故鄉，亡恙湖光千頃碧。陳侯陳侯澹蕩人，萬事過眼俱陳迹。得歸茅屋敞柴荆，瓦盆盛酒籩盛覈。對客掀髯時岸幘，爛醉仰天歌白石，飯牛且種山田麥。

容園歌

縣門我友胡石存，栽花負郭爲容園。一畝之宫萬派水，大河乃發横岡源。如象如馬漭衝瀉，春風撟石滄浪痕。鐘聲夜動南山寺，日色朝暾東郭門。竹窗松棟舊山舫，何年移此成新軒。京口耆舊臨池去，拳蚪倒薤檐楹蹲。山舫四座客常滿，更闌燭跋猶聲喧。三日采蘭九日菊，百里以内名流奔。即今棐几敦槃在，詞場滚滚登兒孫。芝莖蓀茁山雲裏，韓融汜毓壎篪惇。藩籬棋布俱筆札，攟摭絶俗之方言。蕩胸決眥坌埃盡，去天尺五睨天根。寂莫荒江吾老矣，安能走倒牀頭樽。題詩寄與垂素壁，卜鄰還擬居南村。

恪先來江上，爲我話容園之勝，輒欲命駕往觀，即席成詩一首

胡郎裋褐禦江風，唁我陋巷之墻東。蟹螯雞跖文字飲，虚堂永夜張鐙紅。羅雀門闌故人少，疇將亡恙存衰翁。去年人家閉高廩，望衡對宇餐麩麷。今年萊田粗刈獲，飯客白粲茹畦菘。尋常剥啄惟詩債，吟成往往慚雕蟲。胡郎别業城隅好，蘭亭梓澤將毋同。客至煙霄唳

馴鶴，應門赤足雙兒童。閏餘節序憑花信，紅蘭紫菊開芳叢。粉壁昨經丹青手，天水一氣渾鴻濛。有時藉草幽人坐，東話滄海西崆峒。老夫聞此色惆悵，惜哉舊游徒匆匆。銜泥北征辭地主，投轄不肯停花驄。胡郎熟視從容請，丈人有興還扶筇。蕞爾垣墉無長物，插天萬仞青芙蓉。老夫蠟得幾緉屐，已拚踏雪凌穹窿。招邀況復吾佳壻，筆牀墨沼光熊熊。人生山水適意耳，逍遥身世俱冥鴻。梅浦歲寒梅放後，遲我爛醉園林中。

田進士茂生過訪

昔我乘軺黔中行，飛雲巖洞紛詭變。龍牙鳳味直煙霄，迤邐喘汗褰裳踐。捫蘿讀盡前朝碑，低徊亭午未朝膳。詩成伐石勒其顛，過眼年華疾如箭。今朝手把田郎詩，髣髴飛雲當我面。田郎磊落夜郎才，射策南宫千人見。題名雁塔杏花春，挂帆潞水隨風便。南征訪古到江淮，柁樓朗吟又幾卷。别我西上黄鵠磯，晴川俯瞰江如練。黔西燕北七千里，橐裝祗一琉璃研。曹劉鮑謝寢食俱，山風江月漭游衍。歸去搔首文筆峰，新詩酬倡同門遍。老夫荒江久杜門，詞場衮衮遲群彦。

黄進士太白湖舫歌

太白湖上煙蒼蒼，絳雲島嶼青蘿莊。中有長吟抱膝之黄郎，黄郎上策排天閶，煌煌姓字呼明光。蹀躞杏苑五花馬，揚鞭騎出南宫坊。故事臨軒除侍從，鄒枚揚馬肩相望。隱囊紗帽充妙選，男兒有力當騰驤。此時黄郎氣瀟灑，玉河緩步殊徜徉。秀骨方瞳編貝齒，生來不繫紫荷囊。瑣闈物色曾第一，猶豫澹墨翻蒼黄。故園南走三千里，斑衣彩筆升高堂。長安近事無須數，長跽且進蟠桃觴。眼底廞廞一囊粟，飽死侏儒飢東方。磔裂混茫揚執戟，禄位容貌中人行。五斗學士亦停醖，拂衣茗艼東皋鄉。殿頭異數李供奉，金陵秋浦晞斜陽。虎鼠龍蛇信所適，豬雞魚蒜夫何常。呼僮料理雲卿舸，紉蘭爲佩荷爲裳。高頭大鼻陳驚坐，去年並踏黄河航。折簡招呼披衣到，髣髴燕市荆高旁。酒酣仰天忽長嘯，水愁象馬山羊腸。驟貴可憐三長史，淹留亡恙一馮唐。百齡相國張陽武,六十太保瑯琊王。冠君進賢甫四十,方來歘歷疇能量。功成遄就赤松子,千古英雄一子房。不爾華陽洞口陶貞白,一枕謖謖松風涼。山中可以籌帷幄,安能鹽車任載踽蹐而踉蹌。黄郎掀髯復搔首,昨者邯鄲道上有人炊黄粱。且入衡陽煨芋火,徐聽爐邊老衲占行囊。荒江釣叟杜門久,天上貴游如參商。洪崖之肩浮丘臂,放言往往疑陽狂。爲君浩歌一曲夜未央,蕭蕭四壁啼寒螿。菊有黄華賓鴻翔,邂逅執手臨滄浪。

憶昔行寄吴祭酒鱗潭梅莊

憶昔同君供奉班,筆牀研匣相周旋。君家白嶽黄山裏,退食曾賦南陔篇。别來聞君官祭酒,曰歸曰歸頻搔首。去年遺我數行書,問我好事還能否。人生意氣無今昔,袒裼粗糲亦自適。煙煤老屋書一牀,霧雨積垣草三尺。洗沐君歸我歎嗟,螭頭五月下黄麻。萲圃倚廬人燕喜,游子乘軺初到家。二十四溪新安水,襟帶延陵學士里。蓮華洞口筍青青,龍尾巖邊魚邐邐。羅立諸孫遞舉觴,大母瓊筵爇都梁。祭酒承恩曲江讌,詔懷賜果上高堂。我已躬耕北山北,欲往從君不可得。浮湘何日錦帆來,皓月江天照顔色。

附:答詩吴苑

聯鑣共直承明廬,判袂江山七載餘。夢斷千尋峭赤壁,夜闌波闊冷蟾蜍。君才燕許大手筆,石渠藜光分太乙。問奇曾許載酒來,襪綫直慚等蟣蝨。后蒼曲臺共冥搜,王存九域相旁求。夜然絳蠟抽蠹簡,曉趨金闕聽雞籌。如雲意氣堅鐵石,蓬頭皛飯忘形迹。兩家兒子亦漆膠,款款楓天話蕭槭。自謂長年把臂游,星鬢牽衣白雪謳。一朝冥鴻天外去,江村日暮酣漁舟。空餘小臣歌靡鹽,日上橋門摩石鼓。古柏霜皮溜雨寒,殘碑蘚蝕開塵土。去年家山烏柏黄,陳情將母到梅莊。高堂鶴髮幸强飯,少小環視胸茫茫。自憐宦海負羈紲,荒齋寥廓溪聲徹。閑看白鷗浴汀沙,翹企黄州沁冰雪。炎天遣信雁雲飛,瑶草芬芳上我衣。多君好事勝疇昔,浣花獨慨賓朋稀。我亦南來閉深竹,殷劉凋絶如髠秃。興來潑墨寫山川,追逐蕭幾補王篤。時踏天都最上峰，楚江匹練煙雲重。好待蘄春泛秋月，陸羽泉畔尋高踪。

君不見

君不見，陶子鏘老死斷蕁茹，又不見，朱百年冰天却綿絮。江泌畦菜不佐饔，張根河豚不下箸。一枕孀閨萬壑風，有兒有兒今何處。鳳誥龍章到環堵，何如三年桐杖一抔土。生時齧指不歸來，此日招魂酹酒誰家臺。

貞女行

燕兒樓邊葫蘆嶺，李家貞女墓門冷。三十七年處子影，不識劉郎鹿車箳。劉郎逝矣夜臺永，及笄女兒何骨鯁。薇作盤餐麥作餅，百尺寒泉汲修綆。繅絲織素不織褧，憂來尺組常在頸。致命遂志銀瓶井，歲在癸酉瓣香請。釜絶糠覈手絶縈，考終正寢無灾眚。家中貞魄星河炳，輶軒使者行當省，山木蒼蒼石耿耿。

典絮詞

絲枲賣盡不賣絮，黎明捲向質錢處。得錢匍匐應征輸，賤估惡直吞聲去。去年田收畝一鍾，倒廩轉漕啖鈇䥶。嚴冬大雪滿川谷，道傍僵死田家翁。田家質錢十當五，庫吏叱咤猛如虎。上策無如倚市門，有錢莫買立錐土。

麥粥歎

麥秋積雨麥欲落，田婦腰鐮壠頭劚。小兒口涎餅餌香，越陌手弄菜花黄。縣隸催租縣帖下，到門指麾秣官馬。不惜傾筐飽饔飧，近前但怕馬蹄齧。内顧宿舂無斗糧，款客何以上高堂。縣門昨有發倉事，安得荒村拜官賜。縣隸拍手笑且呼，爾乃何人問官儲？飢民口數夜書紙，城門旦開去如矢。依倉雀鼠常苦飢，倉吏前月歸休矣。田婦仰天行躑躅，櫪下顆粒還可掬，且斧濕薪炊麥粥。

楚江漁父詞

青林湖畔野人家，不種桃花種藕花。風徐到，日初斜，坐石灘頭餐絳霞。

鼓柁垂綸煙雨間，筆牀研匣水潺潺。左叔静，右叔閑，寒溪春老碧桃灣。

烹鮮酌酒也開顏，曬却魚罾放白鷴。陽城洞，釣童山，朝發扁舟薄暮還。

十里湖山爛熳花，輕舟一葉載琵琶。清明酒，穀雨茶，瀟灑風流屬釣家。

雨　中

積雨漲空林，茅堂草色侵。賓朋俱闊絶，酒債且浮沉。蠹簡尋方藥，蒼松伴苦吟。囊琴從挂壁，耦坐遲知音。

寄語山中客，江村水滿谿。君懷草堂剌，直到竹林西。老樹藤蘿抱，濃陰鸛鵲栖。身閒無一事，荷鍤守菘畦。

機事貧家淺，幽居暇日多。白雲時滿樹，淥水欲微波。種豆看萌甲，爲欄引薜蘿。農田知節序，隊隊雨中蓑。

示啓洛

晨省驚吾瘦，繞牀見汝心。鬖鬖垂素髮，落落祗長吟。諸事荒年減，衡門細雨深。傍身唯藥裹，老向北山岑。

甲戌人日

垂老逢人日，題詩憶少陵。陰晴書歲首，稼圃望豐登。臘盡無冰雪，春前已鬱烝。逝將尋管輅，安得酒三升。

瓶　梅

郭外冲陽觀，梅花樹樹開。客從笙鶴裹，移入水雲來。已似林逋宅，猶慚何遜才。數株如可得，繞舍我能栽。

鄭千子自廣陵寄書來賦詩却寄

天柱曾霄上，君行一采茶。偶逢山縣使，傳送野人家。箬裹芝莖色，緘開竹塢霞。烹來新雨到，坐對小園花。

萬竹一茅廬，幽人竹裹居。食貧偏貰酒，好事祇鈔書。花放雲深處，鶯啼客到初。來朝君過訪，舉網得江魚。

送表侄李渭絲之蒲圻

行篋千山過，英英兩袖雲。男兒今有室，早歲已能文。冠蓋外家里，土風耆舊聞。荒臺登眺後，苦憶鮑參軍。

對　酒

細雨濕江皋，疏林風怒號。開門詞客至，命酒僕夫勞。身隱耽鱸膾，厨荒剩蟹螯。當筵孫解笑，萬事敕兒曹。

送侄啓洙兒啓汾往黄州試

汝父竹樓句，壁間今有無。孤兒空悵望，舊路每踟躇。經史家聲久，艱難身世俱。騰騫何可得，努力且爲儒。

壇坫黄州在，我曾冠一軍。單衣聽夜雨，席帽濕江雲。古迹清流到，名香静處聞。兒行逢故老，亡恙説嚴君。

喜汾兒舉孫

春王正月夜觀象，歷歷文星與壽星。夢把天官年在甲，老蕲子舍歲添丁。三更東觀餘書乘，五色南雲舊草亭。衮衮兒孫繩祖武，高歌清眼此江汀。

許山濤典試雲南北上賦贈

君到承明話遠遊，西南行李值商秋。滇池煙雨浮空艇，鐵柱霜風綻敝裘。天遣使星臨絶域,老當鎖院識名流。輶軒問俗丹鉛紀,曾上梁州百尺樓。

春　興

老至傷春興轉饒,春寒連日雨蕭蕭。空囊憾我曾金注,廣讌從誰更玉簫。忽見鄰家新種竹,傳呼稚子各移蕉。年來澤畔成何事,憔悴行吟續楚騷。

泥塗咫尺步蹉跎,苦憶當年客路多。月滿金臺臨易水,煙深銅雀渡漳河。蘇門俛聽孫登嘯,牛角羞聞甯戚歌。長劍短檠行篋在,荒江搔首近如何。

野性安能行步工,江潭且自採芎藭。欣看祖德還孫述,謾道兒曹有父風。愁海雲經書榻散,醉鄉月照酒罍空。拂龜不復勞詹尹,過眼都成亡是公。

蒼苔寂寂掩柴門,黄鳥翩翩入故園。手把長鑱聊半飽,心憐敝篋可孤存。雲深五老時窮目,雨暗三湘欲斷魂。舊日神交天萬里,何年契闊酒中論。

草堂伴我是蒼松,我若爲雲汝作龍。矯矯干霄將百尺,亭亭歷雪已三冬。茶煙雨後緗簾出,醉客春來怪石供。莫道貧家無長物,松根還有茯苓封。

偶　成

瓜圃蔬畦又藥欄,絺巾芒屩足盤桓。鬚眉自合煙雲老,門巷非因雨雪寒。剩有舊書讎鳥迹,喜無賢仕費豬肝。膏車繫馬荒江曲,痛飲無歌行路難。

楚江舊是逋臣地,肥遯風流亦可論。漫叟兒童饒隱德,龐公雞黍足衡門。青林湖漲桃花水,赤嶼煙深薜荔村。誰道王風真蔓草,騷壇千古在乾坤。

寄題景濂堂

檻外江風入紫簾,長風山嶺鬱岧嶢。秫田雅似陶元亮,仙客還期王子喬。威鳳碧梧臨曲沼，流鶯修竹影雙橋。狂來欲拜米家石，漸有新詩寫綠蕉。

東衡詩老黄牛院，衝雪騎驢江上村。看劍夜闌應有賦，賞花春盡豈無言。曾將畫舫安棋局，許過荒厨瀝酒樽。飛鵲巡檐空送喜，留題仍在辟疆園。

南山種豆倚茅廬，西望遺君雙鯉魚。江漲及門颿擁席，樹陰移榻鳥窺書。閒身自合狂吟老，逸興還當痛飲舒。何日倒衣吾命駕，碧雲紅藥滿階除。

柬懷胡十水方伯

草堂鄰近南山寺，日夜鐘聲枕蓆邊。老至看花渾似醉，閑來煉藥已名仙。曾峰亂樹涼應到，曝月虚臺雾可憐。遥憶故人江水上，披裘五月釣魚船。

柳陰十里西郊路，驢背微吟到藕灣。莊惠怡神俱在水，倪黄潑墨可成山。嘗聽鐵笛雲中鶴，欲放筠籠雨後鵰。萬事浮沉青白眼，丹砂且駐老來顔。

陳白友招飲

草堂記得留君日，六月滄江暑氣烝。比屋墻頭過麥酒，濃陰塢裏坐松藤。放言直到羲皇上，古意唯推管鮑能。攬鏡即今俱老大，新詩兒輩可鈔謄。

藍石雲明府歸田

江上彈棋少席謙，松風謖謖坐長檐。學忘寵辱心逾寂，詩到林泉律更嚴。期客不來雲滿座，攤書無語鳥窺簾。閑行稍喜籬邊竹，積雨東園露笱尖。

十詠丹陽秀可拈，芙蓉初日故纖纖。深林雨後餘蒼翠，高枕風來正黑甜。北郭種花聊寓目，南山對酒欲掀髯。有人爲説長生訣，雲笈應開第幾籤。

秋　興

蓼花楓葉影蕭疏，曲徑横塘一畝居。隱几常披高士傳，杜門欲廣絶交書。衝星古劍藏塵匣，待月新醪漉野廬。搔首西郊行把釣，鯉魚風起鱠鱸魚。

果市針樓非舊游，石田茅屋又經秋。焚庛百里蛟龍蟄，髡郭千家雀鼠愁。儉歲披圖看賣子，富民上計且封侯。猿啼鶴唳聲聲到，日色凄凉淺水洲。

四壁蕭蕭三徑存，盆花砌草濕雲根。談空偶共緇衣坐，訪舊頻過黄葉村。薄俗人中防虎豹，荒年席上減雞豚。採芝遯世慚商皓，騷雅猶從屈宋論。

霜天摇落總西風，蔀屋萊田一望中。移粟秦關溝瘠起，料民楚户橐裝空。蛩聲短草蕭蕭白，雁影斜陽寂寂紅。蒿目老生成底事，發倉苦憶濮陽功。

星緯陰陽景自催，雲端雁字幾時來。垂綸已絶龍彪夢，振翮曾經鷃雀猜。嵇阮牀頭傾白酒，求羊屐齒破蒼苔。西京雜記丹陽集，散髮空庭懷抱開。

羅雀門闌静晝長，蘆花細雨更蒼凉。人乘逸興江如練，賦到秋聲菊已黄。咄咄生涯憑柿葉，悠悠歲月恃松肪。芸編漆簡牀頭在，讎校曾邀太乙光。

五雲南詔滃飛騰，瑣院曾燃子夜燈。節使乘軺星野闊，史官橐筆露華凝。歸田勇決疑疏廣，每飯低徊比少陵。北望有樓天咫尺，黄花時節可頻登。

豹尾班聯憶昔時，龍圖清切鳳凰池。九重玉露含香近，七夕銀河珥筆隨。宫省賡歌唐令節，侍臣出入漢官儀。年來小隱滄江曲，緩步臨流自詠詩。

冬日偶成詩三首

枕江茅屋楚江東，敝盡貂裘倚朔風。射虎豈能隨李廣，反騷當復續揚雄。青霞晚照群峰出，白雪寒光曲徑通。節序催人垂歲暮，放歌時與少陵同。

牀頭點檢雜書函，鐙下鈔謄髮影鬖。三易傳人期孟喜，一生知己誒桓譚。鸕鷀典去今無酒，筐筥搜殘尚有柑。蠟屐朝來何地好，碧雲深處俯澄潭。

褐衣短後此江湄，選石臨流獨坐時。竹抱冷風垂自老，梅含瘦影放應遲。寫鳶已謝兒童債，賣藥還愁老嫗知。手把一瓢都散盡，春來草閣又新詩。

桐城馬先生輓詩

空齋夢想不勝悲，回首長安遠別離。祖席凄凉東觀夜，幽懷抑塞潞河湄。日邊老樹浮雲暝，山左孤舟返棹遲。一賦悲秋惟宋玉，三閭心事幾人知。

匹馬蕭蕭歸路荒，蓬蒿三徑是江鄉。杜門稍喜違豺虎，鎩翮仍愁比鳳凰。短钁長鑱修竹圃，紅籤碧軸白雲房。招携二仲經行處，畫史傳來總斷腸。

家世桐陂水竹居，衣冠耆舊鹿門如。栽花欲遣雲沾席，葺屋唯防雨注書。十畝萊田供薄宦，千尋喬木蔭村墟。無端鵩鳥飛鳴到，總爲修文赴碧虛。

放舟東下海雲昏，然諾殷勤古道存。遺世獨尋揚子宅，辟人偏到翟公門。客中病肺初停酒，枕畔搔頭尚哺孫。好事楚狂行採藥，寄書猶作養生論。

空闊浮山象外幽，赤城霞起接山樓。髫齡入道貧非病，癖性躭書老未休。萬柳堂成煙漠漠，四松閣在水悠悠。人間爛熳元亭草，問字侯生已白頭。

甲第南宫稽古榮，一燈千古屬桐城。幅巾豈待小山召，囊粟原成大隱名。老圃花深期客醉，畬田豆稔急躬耕。匡牀竹几音容在，跨鶴疑聞緱嶺笙。

楚些何人復問天，黄蕉丹荔講堂前。賜書成史班生出，燕坐通經鄭女傳。姓字三朝鐫雁塔，交游四海識龍眠。荒江寂寞宫袍冷，白氣中宵直斗躔。

水榭山齋級幾層，携琴負笈我曾登。銀魚十載衣仍褐，鐵研三冬榻似僧。度塢流雲深苦竹，名亭喜雨到蒼藤。招魂此日傷心地，九辯含毫愧未能。

江風灑淚濕詩瓢，讀罷騷詞吹短簫。拙宦先生青史在，空山晚節紫芝凋。煙霞洞冷餘丹訣，鸞鶴雛成望赤霄。紀叟夜臺真貰酒，壚頭供俸也逍遥。

讀舒嵩嶽韋園集

戰場弔古獨吞聲，五十年前此用兵。左次大軍屯水滸，長驅群盜嚮山城。書生刑馬高牙壘，義士椎牛細柳營。斷甲遺弓荒草出，南林不忍課深耕。

詞賦登臨多感慨，齊昌荒廢古藩封。空樓易代登王粲，斷碣頹垣過蔡邕。東去大江煙漠漠，西來爽氣樹重重。離宫寢殿俱黄土，客子停驂見瓦松。

詩藏敝篋手鈔謄，辛苦天涯子夜燈。海嶽庵邊看鐵甕，鳳凰臺上賦金陵。生來作客天涯慣，興至逢人傾倒能。總爲苦吟成老瘦，只今霜鬢影鬅鬙。

北郭腴田荒蔓草，東山絶巘拾清蔬。筆牀半在高僧榻，丹竈常留羽士廬。坐愛松陰躋鳥道，醉捫蘚碣寫蟲書。青羊白鹿相朝暮，詩句蕭然邃古初。

送馮我生之京

雨後江皋芳草色，與君對酒唱驪歌。秋風倚馬頻摇筆，夏日騎驢再渡河。北道亭臺燕樹古，西京詞賦楚人多。素交邂逅如相問，爲説柴門長薜蘿。

老　屋

老屋蕭然江水阿，白雲深處長青蘿。年來萬事唯高枕，眼底千秋欲放歌。盡日巡檐馴鳥雀，有人對宇隔山河。亭亭修竹吾憐汝，掃徑還期二仲過。

友人自中州歸，詩以懷之

六載中州一寓公，許家月旦幾人同。虚堂襟帶河淮水，老筆丹黄風俗通。歸向故園留碩果，坐令清世歎冥鴻。芒鞋絮帽吾從汝，踏雪尋梅萬壑中。

王黄門幼華挽詩

給事西莊奄逝後，黄涓幾卷枕中詩。老摩蜑海文公碣，生傍龍門太史祠。橐筆竟羞封禪草，拾遺曾荷聖明知。詞場苦憶前高會，斗轉星斜客散遲。黄門嘗大會海内名士，分韻賦詩。

小除夜汾子旅次未歸

擁褐還呼酒，圍爐尚苦寒。諸兄俱座側，念汝獨江干。轉覺杜門好，深愁行路難。燈花粗送喜，旦起訊風湍。

六十吾加五，紀年又小除。深衣行上冢，秃筆坐鈔書。節序催兒長，聲名覺我虚。土風兼月令，歷歷憶生初。

乙亥元日

丘壑今元日，蹉跎已六年。學粗如老圃，風尚憶先賢。墻面箴兒懶，蓬心悔我顛。瓶梅知節序，争放草堂前。

臘殘一夜雪，歲首客來稀。試筆烏皮几，搜書白板扉。人家江上舊，史局日邊歸。後飲屠蘇老，長鑱誓採薇。

鹿門非小隱，十畝足躬耕。世用垂簾棄，身辭賣藥名。冬寒屈如蠖，春到喜同鶯。剩有盈樽酒，圍爐過五更。

凍極園林春復回，梅花香過短墻來。養生暇日鬚眉古，對客新年懷抱開。夢裏早朝趨北闕，田間家課補南陔。土風長物吾何有，雪屋瀕江一酒罍。

鏡中華髮已垂顛，几上新書又紀年。老向名山留姓字，狂呼處士應星躔。好風漸長東皋草，春水仍浮西塞船。飽飯晏眠娱晚節，漫勞搔首問青天。

小　隱

小隱滄江曲，爲園萬柳中。經年無熱客，此地足清風。芸草侵階緑，桃花繞徑紅。斜陽牛背笛，吹過短墻東。

鄭黄門方南過訪

朝聞給事發西莊，午泊荒江深柳堂。眼底年來俱咄咄，夢中世路總茫茫。滑稽安得如齊贅，落拓居然是楚狂。飲盡一罇仍解纜，旅懷多在水雲鄉。

春花爛熳放臨皋，却上扁舟揮彩毫。客路何須鸚鵡賦，家聲已有鳳凰毛。劍鳴静夜魚龍起，酒對離筵星漢高。汗漫江湖饒逸興，唯憐仲蔚隱蓬蒿。

祖道前年分手時，紅亭緑柳薊門垂。賜骸疏廣歸應早，折檻朱雲數亦奇。一劍蒯緱隨拙宦，三間茅屋遲新詩。家居莫話春明夢，攬鏡而今兩鬢絲。

傳聞五日治行裝，插架群書載酒艭。老至衛生須藥裹，更深讎史藉鐙釭。披裘聽雨登西塞，挂席乘風下九江。過我草堂呼治具，濁醪脱粟在松窗。

布帆煙雨五湖寬，鼓柁春風下急湍。赤壁釣磯栖小隱，金門棋局笑長安。冥冥霄漢雙飛翼，浩浩沅湘九畹蘭。中夜搔頭占斗柄，少微光已直林巒。

歷盡崎嶇興未窮，古來坎壈幾人同。桓譚酷好偏揚子，汲黯齊名是鄭公。沉醉乾坤雙眼白，飢寒歲月一燈紅。長江煙水凄凉極，皓月溶溶照轉蓬。

杜門鎮歲影蕭蕭，傾倒何緣忽此宵。最喜開樽當穀雨，翻憐伏枕過花朝。春鶯得雨飛初急，老鶴將雛羽故翹。即事詩成濠濮興，浮雲身世且逍遥。

索居樓户即巉巖，不見山濤書一函。萬事脂韋貪尺組，幾人骨鯁脱輕衫。停雲絶巘虚堂畫，涌月滄江上水帆。招隱小山疇昔好，至今叢桂未曾芟。

喬畫川太史有詩見懷兼示易俟新刻

竹樓小隱自蕭蕭，一葉烟波吹洞簫。地里騷壇鄰屈宋，家傳易學耻京焦。龐公峴首行相遇，漫叟樊山已見招。無數故人霄漢上，幾時書札問漁樵。

畢節令方鶴軒輓詩

萬里陰風吹羽翰，故人終老進賢冠。一官絶域原雞肋，何物傷生復馬肝。吏牘已聞登上考，家書不遣報平安。嶄巖峻嶺黔中地，身後猶愁行路難。

寄詹學博湘陰

君在瀟湘渾畫圖，漱湘書屋隱冰壺。山形五木黄陵廟，兩色千帆青草湖。揲策自言詹尹後，徵歌人似楚騷無。含香亭畔篬篔竹，好寄鄉關慰老夫。

七十二峰一草堂，竹樓何苦憶黄岡。黑貂馬首乘燕市，白雪歌中和楚狂。坐客無氈仍好事，紉蘭有珮更呼觴。湘靈鼓瑟他年賦，洗筆池邊湘水長。

寄胡聽巖學博

聽巖鎮日搘頤坐，漭漭湘雲户可封。醉後曲中渾白苧，醒來江上幾青峰。有童款客還馴鶴，得地爲園且種松。秋水扁舟欲乘興，篬篔谷口一相從。

寄王吕倩學博

王郎拔劍今何處，一別江干春復秋。水挹酃湖初熟酒，雲開衡嶽幾登樓。金光草向煙霞覓，玉簡書從岣嶁收。我有懷君一短札，涉湘直到雁峰頭。

蹤迹如君亦楚狂，短衣結客少年場。曾逢擊筑過燕市，欲見孥舟渡岳陽。李白夢應勞杜甫，山濤書豈到嵇康。紉蘭餐菊詩成否，寄我荒江舊草堂。

聞吴中允西李予告省覲

歲月君從書裏度，偶然乘興定高歌。九家易象趨庭得，四月鰣魚入饌多。黄石山雲通瀚海，甘羅城樹接淮河。别來五載新詩卷，何日光芒到薜蘿。

江　防

江防鼓角聲聲壯，饟餽官倉歲歲消。垂槖呼盧明月夜，臂鷹走狗緑楊橋。狡童宴會彈箏戲，將領行營負弩朝。群盜殺人尸澤畔，有司鐫級阻遷喬。

秋日有懷王侗庵

負郭蕭然一隱居，曾峰蒼翠足庭除。壯遊易水金嘗盡，晚節騷壇酒不虚。幾曲河流摩詰畫，前朝墨迹右軍書。九皋鶴唳秋風到，黄葉村中萬木疏。

老至幽栖役彩毫，芸窗五夜續蘭膏。亭前雁影千行字，檻外松聲百尺濤。讀史新詩成日課，懷人遽夢到江皋。携琴曾入靈山谷，曝月臺邊看碧桃。

詞場家世同桑梓，作客年年赤鼻磯。楚雨連旬竹瓦薄，江風兩岸鱖魚肥。登樓爾自高王粲，橐筆吾嘗遜陸機。剪燭話來俱往事，蒼松手植已成圍。

寄舒二堯草山房

縣門結客曾豪舉，亂石蒼苔蠟屐登。月湧緗簾人四座，花分草閣酒三升。勸君倒屣疑王粲，及我同舟是李膺。一别參商逾廿載，舊時好事老還能。

蹩躠泥行七十里，年年乘興到江干。挑燈賞激籠鵝帖，坐雨淹留鬬鴨欄。揚子之官徒孰戟，貢公有喜輒彈冠。南轅北轍相思久，垂老如何握手難。

柬劉懷寧

芸草碧山初寂莫，蕙帷陰雨墨縗寒。蘆中萬感此身集，海内一人知己難。世路危嘗過虎尾，明公惠豈啻豬肝。紛紛已事從頭説，燭跋樽空尚倚欄。

寄東衡山人

東衡(抱)[鮑]照古臺上，有客言歸自汝南。空谷禦冬深牖户，圍爐列坐少纓簪。久荒瓜圃殘修竹，新葺茆堂傍老楠。曲巷長鑱晨自把，匡牀敝簏夜猶探。羊腸世路髫齡過，鶴氅生涯晚節諳。熟計餘年應抱甕，緬懷往事欲弛擔。自憐六載舒州幕，人羡千秋汲冢函。異等郎官逢卓茂，中原治行復張堪。琴堂下榻經翻五，粉署開筵徑掃三。授簡摛詞曾倚馬，褰帷執轡也停驂。淋漓墨瀋渾銅水，繾綣香醪半菊潭。捃拾百家粗冶鑄，縱横諸子漭苞含。雄談折角鋒無敵，送難焦脣味亦甘。以此劬勞同左癖，將毋閑適遜蘇耽。清宵旅夢還山郭，几舍輕裝到石龕。稚子候門蒼鹿擾，鄰翁緩步碧雞參。還期煉藥前朝院，依舊然燈古佛庵。儉歲秋倉饒橡栗，瀕河水碓代丁男。重陽日暖籬頭橘，小雪霜黄檻外柑。七十含飴看蠟鳳，尋常課織遲繅蠶。趨庭衮衮青箱接，別業葱葱紫氣涵。伐木爲亭邀素月，摳衣陟巘俯晴嵐。幽居寂莫生虛白，絶頂嶙峋近蔚藍。邂逅赤松行辟穀，婆娑絲鬢已鬖鬖。

江　村

居士鹿門作室，先生甫里名家。吟成起弄蕉葉，客至留看藕花。
釣魚船繫沙浦，鬬鴨欄臨板橋。老至怡情畫筆，貧家長物詩瓢。
掃閣焚香捲幔，分畦藉草澆花。疏巾頗似陶令，臨石何如米家。
雨後茶煙入樹，花前鳥語窺人。輞川雅稱摩詰，谷口財宜子真。

題西洋畫

大鈞統物心，並育而相保。六合以内外，同冠一蒼昊。梯航絶域人，京華呈技巧。前朝方物貢，大小瑣里好。紅撒哈剌織，錦被兜羅褓。中官鄭和輩，三下西洋島。星槎勝覽書，我曾恣蒐討。彤墀虎拜時，門外見諸獠。田居覯此圖，豁然開懷抱。鬚眉纖毫具，執器露指爪。荒江木葉凋，細雨濕秋草。桃笙枕微凉，夜夢長安道。

平陽地震閱邸報作

嗚呼陵谷變，平陽乃倉卒。一郡逮四縣，元元同奄忽。乙亥夏四月，丁酉罹厥罰。城或復于隍，裂土似耕垡。潭潭公府居，不能庇袍笏。婢子殉夫人，狼籍溷齒髮。多錢倚頓翁，賣餅兒俱窟。有谷量馬牛，何曾瘞雙韈。生平睚眦仇，邂逅瞑一堨。菜色僵路隅，猶是穴旁窣。長平四十萬，往者從征伐。伍籍隸司馬，例書死事骨。乃若灾沴終，名氏誰昭揭。縣官軫户口，宵旰咨不歇。馳驛遣侍從，往哉輕裝發。逝者覆釜封，存者予糠麧。比屋經延燒，蓋藏一以竭。封疆有大吏，職司扶顛蹶。拊循苟亡狀，何以稱官閥。九卿奉詔旨，夙夜凛如鉞。修救上封事，青蒲滋矻矻。蠲復惠孑遺，可以奠其阢。皇哉汪濊恩，用補坤維闕。

東衢行

嵩嶽山人東衢山頂住，手種度索山桃千萬樹。晨興積翠臺上漱青霞，夜半懶殘爐邊煨紫芋。太室少室黄冠莽莽來，口誦河上公手素書注。今年吹得緱山子晋笙，山厨迸落紅泉如雨注。有客爲言七十二峰游，裹糧蠟屐便擬湘江渡。山人任俠少年最有聲，門庭酒人劍客亦無數。昂藏七尺曾爲知己酬，骫髒一言也令豪家怖。事已功成掉頭不少留，往往嘔噱陳遵與樓護。晚節遯迹空山高枕眠，窗間大署人間五石瓠。酒酣忽憶管鮑貧時交，朗吟少陵翻手覆手句。我亦辟世墻東王君公，儈牛出户不見户外屨。東衢蒼頭長跽前致詞，山人期我芒鞋山頭步。我上釣臺山上理釣緡，黄花細雨淹留朝復暮。十月小雪山人壽筵開，是日松棚棐几列仙聚。聞道方竹之杖斷紋琴，氈包箬裹都入山人庫。荒江陋巷縣罄一物無，濡毫灑瀚聊奏嵩陽賦。嵩嶽嵩嶽位當天地中，真宰長命山靈煙霞錮。九老堂中一老山人同，百三十六猶能趨飲酺。我欲買山谷口種山田，卜鄰東衝咫尺桃源路。

説　韻

真綷噓群動，陰陽清濁判。大樂自人聲，五臟五行貫。虞廷俞依永，卿雲賡復旦。易韻天地心，象傳詁爻彖。詩三百五篇，朝廟通里閈。寂寥秦火餘，鏗鍧者炎漢。沛中三侯章，皇矣大號涣。建安逮黄初，古風迄未散。韻學見群書，鄭應服許段。薈稡經傳遺，持論鮮冰炭。江左音釋編，乃有徐廣翰。類譜此濫觴，沈約四聲按。李唐詩賦科，膠柱肄童冠。嗚呼九域人，都就武康絆。吴越東南隅，方言保無諺。孫愐作唐韻，於沈亦點竄。迨元周德清，中原韻以焕。有明洪武興，一從正韻斷。樂宋諸通儒，審定成壯觀。歲久甲令湮，簡編尋漫漶。墨守譌休文，遂如農有畔。徐生委巷居，窮年草堂幔。頭涔手龜拆，不律仍驅腕。辨色先晨鶡，毛㲪後旅爨。矻矻事討論，何人頻送難。漫漫長夜中，把卷爲三歎。

薄俗歎

矯矯梁伯鸞，熱弗因人爨。生平一知己，齊眉爲舉案。葬之烈士鄰，千古同星漢。薄俗金石交，疇似閨中婺。

落落蕭茂挺，虐使一傭僕。區區憐才心，忍楚受其扑。委身事名流，義不之他族。嗚呼鮮終者，論交如轉轂。

黄鵠山人餉茶

晋代宣城人，采茶漢江滸。邂逅十尺翁，盤旋櫝菠圃。探懷授以橘，啖之甘如醹。鳳凰山頭雲，鸚鵡洲邊雨。芒屩時往還，倏然絶塵土。悠悠千載後，此山君爲主。相羊九峰間，采采萌芽覩。蘇蘭帶清芬，用以侑松麈。筠籠致我堂，沆瀣充廊廡。新瓷沸異香，素月涌芳杜。往者歐陽公，金石録集古。序藉蔡君謨，書法精且嫵。酬以鼠鬚筆,龍團爲之輔。蒼頭款扉獻,惠山泉一甀。古人雅好事,具載歸田譜。老夫今索居,未嘗入州府。側身望九峰,歷歷如可數。步屧遠莫至,拏舟亦良苦。每念清渴晨,安得紫筍乳。昨遺蒲葵扇,粗似蕺山姥。恭承此佳惠,厥施抑何溥。群動息夜分,博山氣如縷。

黄鵠山人以京師鼠筆見寄,悵然成詩一首

昔余在京華,手弄銀不律。出入承明廬,含香職紀述。中朝大掌故,討論史宬出。辨色傍火城,亭午直温室。視草嘗兼人,往往廢盥櫛。歸卧荒江濱,匡牀餌芝术。研匣敕兒曹,老夫差暇逸。客自江夏來,素書寓蓬蓽。上言劉孝威,遺我鼠鬚筆。摩挲百感生,搔首忽自失。此物市薊門,别來年已七。今爲參與商,昔爲膠與漆。聚散有如此,其故惡可詰。千古拮据者,董狐與史佚。緬想羲農前,結繩何渾沕。人生方外游,漭沆鮮所窒。窮居得管城,丹青尚可暱。寫樹當寫松,寫芻當寫苾。寫雲麗桐孫,寫雨潤荷蜜。龍寫其蜿蜒,馬寫其奔軼。以兹澹宕懷,汗漫列仙術。譜出梅花笛,繪就湘靈瑟。潑墨爲仙棗,或有如爪實。不然摹黄庭,仿佛其什一。興酣爛熳書,縹緗充一帙。五花入我夢,日者卜云吉。拜手謝故人,長吟而抱膝。峨峨黄鶴樓,煙波何蕩潏。閣筆李供奉,司勛罕儔匹。何當再躋攀,共君語移日。假我以如椽,藜光下太乙。

寄張五

大海百川歸,日夜此奔放。萬古青濛濛,炎風司鼓蕩。幽怪之所宫,厥族故殊狀。鰝鬚可四尺,鯌骨垂二丈。陽烝欻陰慘,鱷溪司斂葬。皇天覆露頗,平。遐陬從冗長。尉佗椎髻生,盧耽隻履喪。聲教逖中朝,鬱僿千載上。韓公迸逐來,忤時以骯髒。峨峨鐵漢樓,後起韓亭傍。古之有道者,往往灾無妄。適俗匪所能,宵壬工訕謗。鈞軸動齟齬,寘之於閑曠。習坎惟心亨,蕩胸轉闊壯。姓字壽圖經,山川藉靈貺。更歷幾滄桑,祠廟今亡恙。客子薦藻蘋,俛仰色惆悵。把君前日書,憑弔知所嚮。新詩攟拾還,江天搔首望。

安陸王進士全臣求志其母墓，詩以送之

王郎采芹初，其髮甫覆額。濟楚章縫間，函經趨講席。賓興丁卯秋，籍甚賢書册。甲戌雋南宫，雲霄見羽翮。峨峨進賢冠，方式南征軛。行行及里門，慈親已易簀。愴惻游子懷，觸事感疇昔。寢若烏烏號，食若鹿麛齸。蘐階度夕陽，惝恍恫心魄。上堂侍嚴君，屏氣滋踧踖。奉敕營阡壟，卜云石門脊。泉下發幽光，礱厥南山石。乞言匪逾涯，所蕲質且覈。千三百里舟，東向草堂泊。老夫久杜門，蓬蒿三徑僻。執手話舊游，騷壇俱陳迹。聚散良可念，矧茲孝思迫。鉛槧慰所求，副本度諸祏。勉旃行道身，孝思永無斁。

贈郭秀才

郭生闕里游，夏四月初吉。搔首書雲臺，瞻言蓬海日。雞鳴肅章縫，盥漱心魂栗。拾級升曾階，鞠躬如有失。峨峨衍聖公，冕服里門出。祼將俱膚敏，執事薦芬苾。歲事沿舊章，是日四祼一。男兒産鄒魯，勝衣象勺匹。南楚一諸生，歘觀舞八佾。束髮慕昌平，六十始願畢。異聞捃拾來，富矣青林室。

儒家雅好古，往往栖衡門。百聞不一見，討論滋譁喧。偉君此壯觀，直溯魯源村。矧逢廟祼日，摩挲古彝罇。車服與禮器，一一咨聖孫。宸藻章霄漢，雞嗥海雲鶱。草莽布衣臣，仰瞻蕩心魂。北向九頓首，咫尺天閶暾。垂橐購囊籍，什襲逾瑶琨。爇香恭讎校，歸老刊水園。譬諸導河者，隨刊自崑崙。

牛肝磯江閣落成爲作記，繫之以詩

盤塘馬口山㕒㕒，牛肝磯出江之涯。如象如馬篙工疑，欹帆側柁人涕洟。錦纜王舟西征時，中常侍兼羽林兒。郵亭供張丁男疲，吏牽百丈譴訶隨。東南風起過斯須，父老歡呼神功奇。歲在丁卯肇祠基，前朝尚書吕公爲。紀夢薦馨答蕃釐，雙桓麗碑勤有司。今年乙亥新其楣，桂棟蘭橑辛夷楣。官割釜廩士瓷麋，瓦墻石甃涓涓池。曰若稽古無淫祠，有庇於民則祼之。坎坎者鼓悠悠篪，窅冥恍惚神靈怡。式

遏湍瀾潛蛟螭，千春萬禩宮於斯。特書紀事繫以辭，礱成贔屭肩豐碑。

典裘行

典我篋中裘，辦君江上舸。英雄失路今白頭，骯髒滑稽無一可。輕財結客豪使君，萬事向來俱計左。懷刺漫滅鄉里兒，數錢官庫如炙輠。岸幘仰視滄浪天，羅雀門邊啼向我。牽衣執手訊其人，欲言不言淚雙墮。我擊唾壺壺欲破，曼聲長嘯聯床坐。眼底小兒驕且惰，安得丈人炎似火。時無莊助朱買臣，白黑混淆恩仇頗。行路難，旅瑣瑣，甕糈甑粲爲君傾，祖君去鼓秋江柁。

園廬載葺即事成詩

乾坤容鶴唳，俛仰信鴻冥。浩蕩春多雨，光芒夜有星。一庭高士榻，四壁古人銘。書帶盈階草，爲吾故故青。

勞生亦已極，何許慰襟期。三徑求羊友，五言蘇李詩。鳥啼雲起處，花放酒酣時。潑墨成圖畫，蓬池定習池。

筆耕從壯歲，書屋此江干。手擷薔薇露，頤豐杞菊餐。出山真小草，解組得粗安。老作遂初賦，滄浪一釣竿。

韓城張景峰太史過訪，投詩二章，次韻奉酬

楚客治歸裝，群公惜雁行。秋林圖嶽麓，夜雨賦瀟湘。馬首焚魚袋，牛腰載筆牀。故人招隱急，舊業近濠梁。

君上滕王閣，滄江白露時。寂寥孺子宅，蕪没濯嬰池。客路金天肅，秋聲澤國悲。郵筒八九舍，老眼遲新詩。

小園渾一氣，秋雨桂花時。老尚貪螢幌，兒俱戀墨池。體羸嘗靜攝，俗薄莫深悲。盥類觀羲畫，紀年近有詩。

步屧探花信，巡檐趁鳥行。黄精勤婦晒，白小役奚湘。薇露清晨浣，松陰假寐牀。著書辭剞劂，疏懶愧津梁。

中　秋

此夜偏無月，張筵爲醉謀。忘年呼小友，毛禹績。草具過中秋。陋巷橙香到，疏林柿葉收。老夫渾漫興，往事説南樓。

忽忽中秋夜，冥冥細雨時。瀟疏一父老，閑静兩男兒。驟冷添衣數，常貧貰酒遲。清輝霄漢上，又是隔年期。

不淺阿咸興，銜杯到五更。詩成期月出，雨過受風清。果實紛紛列，鐙花故故明。明年此讌會，爛醉武昌城。

送日者旋里

黯黯滄江别，蕭蕭白髮人。生涯嘗道路，骨相老艱辛。薄俗攢眉過，神交把臂頻。故園三徑在，雪裏看松筠。

不　寐

黯澹過今雨，淒涼老樹聲。鴛雛方輯伏，鼠輩漭縱横。紫氣憑誰見，蒼天不肯明。君平能熟算，無復問盧生。

高枕尚如此，勞勞何所求。乾坤萬事過，身世五更愁。薄酒醒殘夜，孤眠冷敝裘。不成蝴蝶夢，搔首愧莊周。

嵩嶽山人輓詩

東衡芳草路，竟負隔年期。月冷蓑堂夜，雲沉竹塢時。遺文殘篋在，絶筆老僧知。寂莫千秋後，空山五尺碑。

水碓舂猶急，柴門晝自開。他時座客滿，今日幾人來。宅種桃千樹，塵封筆一堆。桐棺成馬鬣，好並鮑家臺。

清磬黄牛院，聲聲到枕邊。蓋棺勤道士，拊石酌山泉。日落千峰晦，香升一縷然。令威如化鶴，華表唳何年。

撥　悶

尚有荒園在，生涯亦未窮。酒能令耳熱，文足愈頭風。樺燭松脂代，萊田菜甲充。門闌從寂莫，也似漢揚雄。

喜　雨

憂時方學稼，喜雨遂名亭。月令過芒種，農祥驗畢星。江流洄驟綠，山色洗餘青。貰酒園丁到，花間注瓦瓶。

萬物蘇時雨，歡聲農圃多。倉無勞矯詔，粟不貸監河。薄種安桑梓，餘霑潤薜蘿。連朝群望遍，一夜此滂沱。

次潘仙草韻

隱几江聲到，鉤簾野色侵。膚雲彌嶺岫，鬃滴遍蹄岑。米價平還減，萊田耨亦深。柴門逢老圃，鸛垤又佳音。

紫荆花大放，率爾成詩

歲寒曾見汝，骨立抱冰霜。粲粲今炎夏，依依舊草堂。頗能容俗客，時復吐微香。灌溉孫枝出，來年共我長。

柬漢陽張明府

苦憶故人徐孝穆，封書寄與藉扁舟。漢陽一夜桃花水，吴客千帆鸚鵡洲。友道天涯存管鮑，詞場我輩忝曹劉。包山洞口煙霞路，爲破蒼苔款竹樓。

柬懷周太史安侯商山隱居

武功太白雨靄靄，沾灑商於曲巷檐。蟾飲涼秋仍老樹，螢暉子夜正疏簾。形骸漸覺窮居放，氣韻偏當晚節嚴。方外有人觀象緯，比年爛熳少微占。

逃名遯迹久荒郊，不用諄諄解客嘲。皓首羞稱長樂老，素餐幸逭大官庖。生涯水碓充臧獲，風俗山鄰互犬猫。史局他年搜隱逸，紫芝深處一書巢。

蝸涎古迹逍遥館，熊耳高峰竹樹蒼。暖日駕行人漸少，秋風鱸膾興偏長。品題已過孔文舉,骨相何妨虞仲翔。書札頻年當路絶,安車定不到山岡。

扶杖北山曾採藥,偏逢老友過門時。牀頭剩有陶家酒,浦上徒逢漫叟兒。畫舫清風千里路,緗簾落日五更思。差肩把袖雲霄迥,鬢鬢年來入夢疑。

呈朱即山先生

河間禮樂廣川經,油素搜來目未停。芍藥欄當滄海日,芙蓉閣直紫微星。金臺人物收廊廡,酈注山川入畫屏。藪澤張羅少遺逸,劉蕡賈島並充庭。

澤宮頖水入青霞,郡國車書自一家。骨鯁匡時思李絳,淹通博物問張華。搜來三館金閨彦,得上九霄銀漢槎。水鑒朝朝懸使院,還將爐鼎煉丹砂。

輶軒捃拾史臣功,謡俗方言歷歷通。慷慨最憐燕趙士,沉雄猶是漢唐風。誕敷古訓虞周上,直使諸生鄒魯同。棫樸菁莪歌雅什,年來氣象已昭融。

潘仙草過訪

羅雀門闌隱杜蘅,何人曳履破柴荆。儼份侍側堪行酒,沮溺同鄉且共耕。曲巷雨深塵草榻,連宵花放短燈檠。科頭晏起疏慵慣,倒屣今朝此一迎。

歲暮雜懷,次虞山集中韻

冰壑霜崖野燒煙,柴門竹徑總蕭然。汗青事業牀頭篋,斑白生涯谷口田。世路驚心三寸舌,人間攘臂一囊錢。寒梅解向吾廬放,遲客携琴撥五弦。

典去鷫鸘爲醉謀,又添南郭酒家籌。青燈夢到揚雄閣,白露悲殘宋玉秋。辟地自堪門似水,逢人何苦曲如鈎。蓑衣箬笠粗安穩,風雨寒江一釣舟。

鳳池虎觀已茫茫,雜記西京仍感傷。見説張弧車載鬼,謾言彀弩賊擒王。朱游耿耿譁青瑣，桓典齗齗費皂囊。有客掉頭煙霧裏，杞憂搔首眺滄浪。

塵世銷魂有雉羅，冥鴻絶迹竟如何。異聞百世陽秋在，名士千年草澤多。閉户久無乞米帖，仰天時作苦寒歌。江潭憔悴人垂老，短鬢朝來鏡裏皤。

對　雪

雪裏紅梅作杏看，烏皮几隱鹿皮冠。荒江老我將殘臈，濁酒留人過小寒。舉俗久如雲漠漠，貧家猶有竹珊珊。扁舟未發興先盡，寄語戴逵行路難。

讀王學正《懷嶽樓集》

曾聞摩詰詩中畫，展卷今朝信有神。釃酒嘗過青眼客，卜居惟傍素心人。鶯聲草樹春雲裏，雁影郵筒遠水濱。古意尚留懷葛在，生涯爛熳總天真。

罏香鎮日依青史，人物千秋冷眼中。長樂老偏多壽辱，冶錢郎竟一簪空。啖殘糠覈長奇計，寵極膏粱祇詐忠。大往小來紛轉轂，勞君摺拾入詩筒。

雪過毛禹九山房

昔我直承明，汝父游京雒。下馬拭征衣，爇薪炙芒屩。勞問諸故人，一一安丘壑。燕市洓易酒，張筵取次酌。逾月告南歸，旅懷慘不樂。裒裒先公傳，剪燭爲商略。龍泉歷險艱，沙縣仍盤錯。拙宦老病身，言旋祇垂橐。賤子守窮巷，堂構慚丹雘。到今豚犬兒，頭顱俱小弱。余時爲贈言，濡毫漭揮霍。君年甫强仕，胡乃話落魄。男兒志雲霄，豈終飽藜藿。祖道出青門，行行之廣漠。里門寓報章，爲我慰寂莫。亡何玉樓召，桐棺草土着。汝姊吾冢婦，禮法儼鍾郝。無禄又黄泉，孀母拊其槨。兩家王謝交，生死誼不薄。今我展先壟，汝復酹漿酪。衝雪過汝門，黄昏具羹臛。暖我鷫鸘裘，醉我鸕鷀杓。嗟我縣車久，衡門已羅雀。尚有忘年友，與我相盤礴。爰作紀事詩，爛熳留山閣。

表先墓

寒山老樹鬱蒼煙，抔土成封四十年。没世無慚名士表，生平不愛好官錢。上丁俎豆春秋永，令甲丹鉛日月懸。豹尾螭頭兒侍從，焚黄兩到墓門前。

雪壑霜峰冷碧梧，先慈久祔此山壚。脱簪曾購三蒼字，畫荻嘗期五歲孤。廉吏家貧蓬徑滿，孀閨世亂涕痕枯。一盂麥飯泉臺路，腸斷岡頭返哺烏。

廿七夜

歸路指柴荆，江頭已二更。鳥驚枝下馬，犬吠雪中傖。歲晏村春急，林疏寺火明。吾衰猶未甚，僕僕此宵征。

乙亥歲杪，竪先大夫墓表，驟雨，尋大雪。碑版粗安，經營未竟。丙子春七日，遣洛子入山竣事

表墓下山岡，皚皚松楸雪。沍寒逼歲除，徂塗行李絶。回瞻覆釜封，元氣渾素蜺。春晴命汝行，蹇衛循舊轍。畚土壓石根，屹如門兩楔。峨峨大夫封，有兒忝閥閲。丙舍築未能，墓田財數畷。昨鳩贔屭工，典裘貿一鋝。垂橐還江干，廪粟則已竭。長跽拜貞珉，涕洟聲哽咽。皇哉良史書，忠孝之大節。日星所照臨，河水俱澄澈。前臨萬仞峰，萬古霄漢揭。

先墓事竣

塋壟四十春，峰椒初片石。義例仿龍門，其言質以覈。嗚呼先大夫，有生誓馬革。百戰保危城，社稷功赫赫。旅櫬歸舊廬，藐孤財二尺。慈闈丁喪亂，坎壈無寧宅。九死幸一生，猶肄兒書策。不孝樗散材，明光忝執戟。貤恩再焚黄，木主鄉賢祏。雍豫宦游邦，上丁俱展席。没世荷天休，大書史宬册。乃知史世豪，薄厚視所積。用告我後

人，祇承庶無斁。

毛忠移葬，爲紀事詩示其二孤諷之

夜臺寂寞人，桐棺淺土駐。奄忽經十年，秋霜復春露。嫠閨荼蓼過，鏡中髮已素。眷言北郭莊，占候符禹步。出門逾二里，葱葱見雲樹。丙子王正月，日躔娵訾度。執紼引輀車，兩孤尚孺慕。抔土植松楸，嗚咽封山芋。逝者縹緗存，山堂函雅故。有友今史官，大書毛公墓。

新醖酹山椒，生芻一以薦。人生天壤間，光陰逝如電。古有向子平，清言脱拘牽。富知不如貧，貴知不如賤。死未知何如，生亦非所戀。太空自冥冥，此境君已踐。萬物象郵亭，二氣司祖餞。正月蟄蟲興，二月倉鶊囀。温風扇夏螢，凉風歸秋燕。虹蜺有時藏，雀雉有時變。達人返其真，泠然御風善。魂魄依山靈，千春此游衍。

送張景峰太史還秦

草草江湖會，蕭蕭風雨辰。鴛行俱契闊，雁迹幾墋塵。一别金閨後，頻更石户春。露縱寧倚劍，折角祇餘巾。土俗安椎魯，生涯遂隱淪。因人羞熱爨，適已足縣鶉。地僻茹荼慣，年荒采蕨頻。今朝微緩頰，已事歘愴神。珥筆曾趨走，燃藜最苦辛。典墳君問楚，詩樂我觀秦。時命宜耕稼，筮占且釣綸。素心徒自許，拙宦覓難親。賈誼孤危客，揚雄寂寞臣。知幾遲有悔，率性戇難馴。衷甲當途伏，頭銜逐隊瞋。由來冰炭異，况復笑啼真。攘臂應摇落，抽簪合賤貧。有廛原竹瓦，亡恙是松筠。元亮柴桑賦，漫郎樊口身。兒令濡墨飽，孫誨軼書勻。秫秸春如雪，蠶繅繭似銀。籠鵝傾翰藻，鬪鴨亂溪蘋。徑待求羊侣，耦邀沮溺人。葵烹嘗永日，藿食每兼旬。狂士煙霞錮，幽居鹿豕鄰。短衣聊看獵，脱粟也留賓。世業仍鉛槧，家聲或席珍。妄希青鳥使，遐慕赤城闉。鎮月門羅雀，孤吟昔負薪。乍聞傳隻簡，旋見踏荒蓁。稍憩楓林塢，徐鋪槲葉茵。匡牀容促膝，岸幘覿舒顰。游記參峰上，征塗漢水瀕。寒雲諸葛宅，皓月少陵梹。村落孟亭好，酒泉康井醇。習池星晱晱，羊峴石粼粼。鵠渚千帆鷁，晴川萬樹鷗。樓疑横鐵笛，棗尚出荆榛。鼓枕黄泥阪，吹簫赤嶂垠。鄂流西塞砥，蘄漲北沱䆳。東躡康王谷，南浮揚子津。諸天垂瀑布，五老鬱嶙峋。竇氣豐城部，戰場彭蠡濱。五經俱鹿洞，十木九龍鱗。滕閣披襟遍，商顔返轡循。紫芝過甪里，芳杜述靈均。方外悠悠到，眼中簇簇新。乾坤雙屐齒，歲月兩車輪。誕漫狂夫劇，登臨瘦體皴。從兹撰杖屨，便擬謝冠紳。物色嚴陵瀨，朵頤千里蓴。觀魚卧栩栩，賣藥走侁侁。景只依蜩嘒，心猶怯虎蹲。周防盤類蕙，豫遠蝮同蝓。幸得鬚眉懶，何妨骨相屯。緜繇除里布，僮約絶街嚚。野碓烏殘啄，柴關犬罷狺。農疇安小正，傳註詁先民。旦鶡欣馮幌，宵螢耻算緡。薄帷蠅喙割，矮柵兔毚踆。里豈名通德，舟嘗息怒嗔。浩歌懷邃古，搔首質蒼旻。茶品陸鴻漸，飲酣劉伯倫。鶯花酬好友，騷雅度良晨。問字拳蜷對，編季汲冢詢。芝蘭幽更茁，薑桂晚逾恣。輦上皋夔貴，田間巢許淳。放言予跨鶴，屈指爾圖麟。來往從寒暑，行藏任屈伸。故人倘相訊，此義藉重陳。

大司寇徐公輓詩

東海風蕭蕭，崑山夜寂寥。腸書厨老屋，遺表上曾霄。里第行人至，靈牀法酒澆。商聲盈震澤，楚些出中朝。皇矣文章伯，歸然册府寮。雁行趨玉署，魚貫珥金貂。鼎鼎曹劉壘，亭亭燕許標。藝林推柱礎，寰寓視星杓。黼黻暉堯壤，賡颺叶舜韶。搜羅九域志，攟拾八荒謡。歲月紫霞塢，門闌紅藥苗。異聞搜冢墓，汲引到漁樵。鉛槧朋簪盍，都梁廣厦燒。鴨欄供徙倚，鶴圃恣逍遥。儋石貧交共，翟瑜隱士邀。拳蜷咨豁齒，瓦屑謦垂髫。博物今吴札，冲懷古鄭僑。榻原名仲舉，市且號公超。喉舌君卿熱，心旌元禮摇。傾裝襚旅殯，倒廩饜塗柺。驂爲扶顛解，唇因急難燋。歸田瞻馬首，行篋役牛腰。祖席勤三省，驪歌蔟百僚。踟躇煙水渡，繾綣夕陽椒。濯濯河邊柳，芊芊雨後苕。蓴羹千里足，蝦菜五湖饒。篝火包山洞，疏泉錦帶橋。續騷延屈宋，端筴訊京焦。景避含沙蜮，啼防集木梟。方言消磈礧，别業潤芻蕘。老耐蠅頭細，閒看蠆尾驕。犀燃祛魍魎，鑒定識瓊瑶。皎月丘園曙，卿雲草閣漂。彈冠聞貢喜，灑瀚説韓潮。迹似陶弘景，仙疑王子喬。酡顔饑蠹簡，龜手訂棼嚣。自課編成丈，分曹載滿軺。汗青欣有日，穎秃竟忘宵。禹服森森列，周疆井井條。鴻裁驚虎觀，大業耻蟲雕。楓陛臚傳下，鑾坡左席招。纔將航晝鷁，欻訝鵬如鴞。丹穴雛仍好，瑯函墨已銷。不材偏擁腫，陋巷苦飄颻。絶壑倚長劍，横江弄短簫。關河神黯黯，俛仰憾迢迢。採藥寧疏放，行吟自鬱陶。傷心食碩果，酸鼻寫生綃。磨鏡行重趼，望衡艤一舠。昔年别離處，涕淚在詩瓢。

居業齋詩鈔　卷九　涉湘集

樊口懷古

次山中州彦，豪宕稱漫郎。惻惻舂陵行，少陵爲感傷，隱居行其志，乃在樊山旁。罇罍得怪石，爛醉而相羊。從游者二子，陶然如故鄉。白雲隨杖屨，寓公詩一囊。寓亭千載後，萬樹煙蒼蒼。

七里山

嶙峋七里山，下有古戰場。楊么宋群盜，揭竿此跳踉。中朝務姑息，養寇以自戕。桓桓岳將軍，天威獨肅將。師行撼山嶽，令下日星光。伐木君山頂，爲筏塞湖汪。蛾賊遂窮蹙，藁街湖水旁。視師七日耳，露布上明堂。宋運奄奄日，厥伐奠危疆。荒屯遺迹在，落日飛沙黄。

將涉湘，夢周中允、吴祭酒文酒會款款如舊，詰朝悵然有作

昔我同門友，翩翩直東觀。出入承明廬，摩挲青玉案。方言摭九丘，史筆討三館。讎校曲臺書，講席頻送難。隻字折群疑，渙然春冰泮。蹉跎逾八載，雁行一以散。賤子賦南征，垂釣滄江岸。晞髮草萊中，短衣財及骭。尋聞周公瑾，洗沐歸里閈。澤畔望京華，往往若霄漢。客言吴季子，家食亦衎衎。嗟此素心人，泉石俱魚貫。川原憾阻修，歲月音書斷。釣竿涉湘流，長夜歌漫漫。夢中一執手，篇章仍點攛。何當香山會，垂老同宵旦。眷言念居諸，中天過羽翰。晨興把筆牀，搔首發長嘆。

新堤阻風

江滸杜柴門，欻撰湖南屨。黄州溯武昌，兩岸煙霜樹。片帆挂夕陽，涉目頗成趣。十月湖水平，放艇一朝渡。青青九疑峰，歷歷君山路。緬懷王仲宣，悠悠澮澧句。叢綴所歷區，祖述水經注。於心憺無營，朗吟朝復暮。歸棹乃嚴冬，同雲黯黯布。七宵洞庭水，旅人百憂聚。静言念微躬，毋乃徇瓦注。岳陽樓以頽，登臨不可賦。東向黄鵠磯，行行無返顧。垂橐殢寒江，乃與朔風遇。是時岩壑翁，枕流而獨寤。上山亦有芝，下山亦有芋。探梅聞雉雊，然松照雞乳。俛視濤浪間，紛紛走如騖。人生不滿百，豈容一再誤。我本巢許倫，浮雲非所慕。徽纆縶泥滓，直以虚聲故。風伯毋不仁，爲我息號怒。明年謝交游，荷鉏一老圃。

舟泊蘄州作

君不見前朝赤社荆王宫，寒雲漠漠朝霞紅。方花古礎牛礪角，謖謖滿院松杉風。嬪妃遯迹香火院，王孫乞食蓬蒿中。昔人簪笏趨蹌地，今人荷鍤鉏畦菘。鐵甲將軍此幕府，材官韎韐横刀弓。大呼小遺無不可，金鋪玉砌眠青驄。嗚呼，蛾賊狓猖藩輔空，雒陽襄陽燒殘同。烽煙楚府屬荆府，侯拜寧南南逾凶。白頭宫監俱黄土，天寶遺事滋懵懵。頽墻廢井銅駝憾，江上惟有垂綸翁。

西塞山

江水漢水漭東注，一山砥柱差回旋。戍削嵌空華嶽掌，波濤澒洞彭蠡天。呼吸可以通帝座，孤根沐浴蛟螭涎。龍鱗豹鬣含蒼翠，今古更歷幾桑田。吾生汗漫頗好事，奚囊繫肘笻隨肩。桐帽棕鞋自弱冠，江頭華髪今垂顛。登臨絶頂拳蝌字，安得泰和摩崖鎸。

吕蒙墓

沙陽抔土穿狐兔，行人指點吕蒙墓。白衣摇櫓何所成，萬事都已泉臺錮。齗齗脣齒自剪屠，納土稱臣漳河路。咫尺烏林舊戰場，將毋地下慚周郎。

登岳陽樓舊址歌

我欲攬取白雲九疑峰，峰峰都入洞庭中。上湧湘山纍纍之螺髻，下覆湞洞不測之龍宫。手拄仙人方竹杖，杖頭杖底光熊熊。湘靈鼓瑟鈞天奏，溟涬沆瀣凌蒼穹。鐵笛老子珊珊至，竦身直上乘天風。劫灰飄忽荒蔓草，頹階壞礎斜陽紅。乃知東方曼倩大言耳，十洲金銀宫闕將毋同。神仙窟宅且如此，何況區區人間多錢翁。盈虚消息如轉轂，請看春燕與秋鴻。十九年中三致千金亦何益，何如刊山兼伐石，還使岳陽之樓高百尺。

舟泊西塞山下

聳出曾霄上，天門呼吸通。停雲迷鳥道，倒景逼蛟宫。怪石江聲裏，空亭樹色中。客心當此地，偏喜石尤風。

湖泊漁户

野闊樹蒼蒼，人煙荻葦場。土風無版築，家具匪倉箱。翁媪蓑衣製，鯤鰤瓦釜湘。不知城郭處，户口是安鄉。

水天渾一氣，澤畔雨風餘。地勢蛟鼉窟，人家舴艋居。曲肱偕狗彘，胼手競樵漁。生齒滋蕃息，桃花洞口如。

水落聊栖泊，春浮别有家。終天違木石，墮地侣魚蝦。野爨煙三尺，宵燈雨一涯。如何鄉俗語，卑濕止長沙。

憶汾子

洞庭風雨夜，有夢到衡門。黄竹深三徑，青燈獨一村。貧家饒典則，祖訓遠雞豚。涉獵兒粗記，遲吾細討論。

憶　孫

短髮人千里，長吟夜五更。客中新雨後，詩裏故鄉情。步屧逢花放，開軒得鳥鳴。最憐孫學語，頭角也峥嶸。

夢過啓江讀書精舍

憶汝談經處，江聲入磬聲。秋風迎雁字，春雨過鶯鳴。藿食僧爲侣，蕉窗筆代耕。别來曾幾日，夢裏繞階行。

舟　旋

汗漫江湖慣，十年重渡湘。雨風孤白舫，圖史一青箱。耿耿寒燈焰，悠悠夜漏長。未衰仍好事，採藥慕衡陽。

雪

同雲八百里，涵覆洞庭湖。一氣混濛合，九江支派無。龍宫深洚洞，鳥影絶平蕪。有客雒生詠，冰心在玉壺。

望君山

楚天斂雨去雪，半夜滿湘山。縹緲一孤頂，微茫十二鬟。霏霏濤浪裏，脉脉竹松間。亭午炊煙出，黄陵廟口灣。

布袋口阻雪

客程留滯久，衝雪過三湘。清入孤衾夢，寒生瘦面光。輕舟還正好，鎮日卧何妨。且喜村醪近，開頭向岳陽。

阻　風

行路難如此，終朝高枕眠。不堪當下水，況復逼殘年。歷歷還家夢，蕭蕭殢客船。黄雲迷咫尺，幾日到晴川。

攙岸還傾側，揞撑三老難。雲迎雁北向，風送水西瀾。數米炊粗飽，加棉卧小安。新堤卑濕地，何處可憑欄。

侘傺殊無謂，飀飀尚有加。攤書都簸蕩，作字半攲斜。奇貨居爐炭，珍羞庋簋蝦。倒囊謀一醉，茗芋即吾家。

豈邀滕閣送，只似剡谿還。盤礴衣全綻，蹣跌榻半穿。占雲推曆日，候氣卜筵篿。萬事岩栖穩，垂綸一釣船。

又阻風

號怒還無已，霽威能幾時。挾雲俱漭漭，遏水故遲遲。作意凌羈旅，横行府怨咨。退飛六鷁後，孤棹此江湄。

肱枕髮鬖鬖，項强不可探。東征程甫半，西向讓浮三。逆旅思千緒，騷人賦一函。往年梅塢下，斗酒對黄柑。

泊岳州

岳州十月雨冥冥，絮帽臨風向洞庭。遠樹低垂殘水白，寒雲漭入九疑青。魚龍澒洞詢湘老，屈賈凄涼弔古亭。傍岸人家新釀熟，短燈檠下汲甆瓶。

舟次緑溪口柬懷李巖詹表兄

坐客無氊十二載，朝朝水飲汲蓴湖。爐邊煨芋偕僧否，雨裏尋花載酒無。悟後應書莊叟夢，興來合寫輞川圖。請看淺水蘆花夜，搔首江天一釣徒。

草閣栖遲已七年，短衣又到此江邊。買書客夜添兒課，沽酒人家穩獨眠。垂老欲聽仙子笛，得閒來泛洞庭船。篋無長物爲君寄，携得紀行詩一編。

涉　湘

乾坤浮晝夜，星日薄魚龍。鳥渡垂千里，青青只數峰。

白田鎮

白田蕞爾地，荆湖古戰場。廢興圖史在，陳迹已茫茫。五代梁開平四年，荆南師高孝昌敗馬殷兵於公安之油口，追北至白田鎮。

十一月廿五夜

一葉湖中央，浮生百慮息。下有浩浩流，上有蒼蒼色。
衆星一水夜，欹枕獨醒時。物外瀟閑極，何人鐵笛吹。

雪朝懷古

白玉成天地，灊山好聽鐘。幽人心胆澈，赤脚踏曾峰。

湖　夜

司晨亦無雞，求旦亦無鶡。溟涬一氣中，茫茫絶疏瀹。奔凑萬支流，九江第崖略。

有舟容萬斛，不如一畝宫。所以古釣徒，蘆花淺水中。西塞瀕江岸，舉頭知西東。

綠溪口

白雲湧綠溪，白鷗溪雲裹。浩浩東北風，兩岸吹蘆葦。夜永蕩輕舟，漁燈散空水。

釣童山

牛肝磯下水潺潺，蘄口扁舟四月還。黄葉萬峰霜落後，挂帆又上釣童山。

魯肅灣

拒蜀屯兵駐楚山，長風積布總江關。孫郎版籍歸曹後，衰草斜陽魯肅灣。

蘄州城外青樓故址

前朝官妓此爲家，十里緗簾一水涯。江月有情來照夜，宫人斜畔野棠花。

孝山故居

蘄州城有木某，亂離後漂泊蘄東百里外江村，隱於醫。雅與士大夫文酒遊，更姓樊，字曰孝山。荆府名妓某，工畫蘭，楚楚有致。酒間曼聲度曲，能説開元天寶故事。孝山寵之，遂妻焉，與之偕老。已而孝山病廢，歸蘄，結草廬以居，今蕪没矣。

白頭宫女嫁王孫，陋巷頹垣煙雨昏。碗茗爐香曾此地，琵琶一曲客銷魂。

次黄州

風帆沙鳥黄泥渡，煙樹霜花白板橋。聽得洞簫兼唳鶴，蓬窗都寫入詩瓢。

漁父詞

年年把釣竿，無冬亦無夏。瀨頹清泠淵，廊廡嶄岩下。無炊糒可餐，無棉草可藉。瓦盆盛酒賽水神，得魚换米富兒舍。江頭尺地長子孫，幸無催科吏打門。

牧童詞

蓑爲衣，箬爲障，朝朝暮暮青芻上。短笛牛背吹相向，飯牛藉草問亡恙。瘠憂卑濕喘憂煬，牧人爲牛竈下養。汗牛不惜如雨流，畝糧井税望有秋。

樵夫詞

長條可攀短可坐，青山望望腰鐮過。及骭短衣肘後破，糠籺晨餐亭午餓。傴僂束濕口頻唾，努力負芻下山根，縣隸爇衣黄葉村。

舂粟詞

朝隴首,夕杵臼,婦任簸揚姑任帚,大兒荷擔小兒負。主伯持籌算升斗,輸向官倉期恐後。麩麴藕蕨今年過,明年貸粟布田禾。

捩柁詞

賽水神,候雲氣,捩柁開頭從指臂。粤羅吴練估客裝,長年三老夜無寐。江防有樓高插天,宵燈暮鼓亦兒戲。有船灑掃載官家,官貧圖書總一車。

洞庭口號

列宿低垂光一川,寒雲裊裊月娟娟。千帆散落鴻濛裏,安得鐘聲到客船。

湘水六章閔流穴也

湘水滔滔,泛泛其舠。大婦蕩槳,小婦前刺篙。翁媪涕唾拊摩黄口號。舉族行矣,適彼樂郊。

跂予望兮汶山,瞿唐灩澦水潺潺。如象如馬阻且艱,聞有蹲鴟山之顔,蝨蟆不得到其間,逝而逝而,没齒無當還。

狐死猶首丘,人生乃如兔。篳簵籃縷,懷新棄故。田廬雖已污萊,豈無高曾冢墓。哀哉三户人,行行竟流寓。

蜀人歸蜀,前年路哭。厙廲次且,左擔纍足。其險也如此,故鄉非所欲。汝何人斯,捨車而陸。輕去其鄉,其欲逐逐。疇則汝驅,遄征不復。

一生九死,流甿戾止。迺薙蒿藜,迺疆迺理。春日于耜,田畯至喜。回望故鄉,湛湛者水。丁男大無,村落墟只。上官按圖,魚鱗馬齒。杞人之憂,蕭條桑梓。

誅茅伐竹粗安,仰視星斗闌干。榾柮煨芋言歡,故里來日方艱。小家擔負俱殫,課最誰佐倪寬。辟地可以盤桓,請君無歌行路難。

居業齋詩鈔　卷十　江州集

客有話白公草堂者，賦詩一首

青衫司馬宅，寂寂白雲中。社許高僧入，詩教老婢通。荒臺猶竹露，古院自松風。飛瀑無今昔，朝朝匹練同。

庾　樓

望中積雪康王谷，落日寒煙萬木蒼。舒嘯古臺蕪没久，危樓猶此鎮潯陽。

琵琶亭

元和學士青衫淚，偏向長安老妓零。一曲淒涼千載後，江風江月滿空亭。

陶　祠

靖節祠堂已寂寥，柴桑城郭莽蕭蕭。東籬采菊詩篇在，甲子于今又幾朝。

九江關

武昌東下掠蘄黄，屈指金陵是戰場。板子磯頭猶鎖鑰，將軍跋扈過潯陽。

再登庾樓

憑檻俯江州，滔滔九派流。古人舒嘯處，今日放歌樓。五老分佳氣，三吴此上游。春風芳草緑，客子爲淹留。

層樓城郭上，吴楚望中分。嶽色尋常見，江聲晝夜聞。市荒無估客，野闊有官軍。暇日重遊此，衣沾雉堞雲。

雨

春江二月雨，應節始聞雷。虚閣晨昏望，匡廬黯不開。驟寒添裋褐，緩步破莓苔。旅次瀟閑極，流鶯故故來。

病　肺

垂老江湖客，蕭然傍故人。薄寒初病肺，不寐頗傷神。藥餌貧還足，鬚眉懶更真。南窗風雨夜，苦憶小園春。

朱使君趣余寫真，賦此謝之

如何此骨相，畫史肯成圖。辟世疑商皓，貪書類賈胡。不才偏得老，何物與爲徒。曾寫杜陵句，乾坤一腐儒。

次葉秀才韻留别

狂夫潦倒滄江上，攬鏡蒼顔久未歡。庾亮高樓來弔古，陶潛故里話辭官。短衣匹馬看何事，長劍單車興已闌。行篋蕭然無長物，歌殘石鼓妄希韓。

高士南州徐孺子，逢人漫道魯諸生。胸中歷歷龍門史，眼底紛紛馬服名。曳履何妨行北郭，操觚且復向南榮。編蒲過日然糠夜，有志從來事竟成。

盆　蘭

檻外清香書裏來，名花寂寂雨中開。隱囊方褥朝眠穩，夢到故園看幾回。

朱太守衙齋感舊,悵然成詩四十韻

積雨庾樓夜,殘燈萬卷中。淒涼懷往事,俛仰歎微躬。坎壈諸艱歷,蹉跎百慮懵。十年三上策,廿載一飄蓬。禄命楚騷薄,酒人燕市窮。聖朝新甲令,元老大司空。奉詔羅邦彦,論文泝古風。不才趨北闕,驟起冠南宫。藝苑收劉焯,詞場繼馬融。西清頻授簡,東觀許雕蟲。姓字含香署,頭銜太史公。雞鳴斑管直,豹尾蔗漿蒙。閣映青藜火,書成白虎通。退朝時問字,函丈日鳩工。賞激嚴彭祖,吹噓左太冲。名園儲酒榼,曲水繞詩筒。春雪疏簾曙,秋岩返照紅。張筵談倚馬,逸興數冥鴻。哲子扶鳩杖,諸生侍錦幪。二儀旋晦景,三徑莽飛埄。負土侯芭戚,招魂朱玉忡。望鄉黄葉候,歸隱緑蘿叢。歲月依修竹,田疇足晚菘。短衣行鹿柴,岸幘對魚罾。咄咄今狂客,蕭蕭老秃翁。地鄰九派水,天隔半江楓。跨鶴尋神爵,騎驢看畫熊。使君迎倒屣,燕語坐呼醲。徙倚雙株桂,婆娑百尺桐。薔薇珠露浣,松菊瓦盆豐。蕉向層霄立,蘭容雜佩充。驚寒增裋褐,計口唊麩麷。下榻延徐稚,傳經屬阿戎。轆轤泉甃渫,榾柮芋爐烘。喜有米顛石,嗟無曹霸驄。壯齡兹出守,家訓早攄忠。上俗閭閻問,先賢碑版礱。惜陰陶侃後,消祲宋均同。廉吏亭亭望,窮交款款衷。滄浪蓑笠在,别去采芎藭。

江防詩奉朱使君

登聞已報潁川最,守郡還當渤海如。藪澤犬牙難户口,江湖蛇轉直蘧廬。冥冥霧雨蛟鼉窟,寂寂煙嵐魍魎墟。行部采風收上策,便宜可獻治安書。

講武防江豐暇豫,租庸閭左歲時充。將軍虎子藏油幕,壯士鶻兒試角弓。飛檄凶渠隨馬尾,選徒吉日賦車攻。輕裘緩帶黄堂守,舒嘯臺邊廣讌同。

村樓江上應棋布,方略由來樽俎前。軍募三科刁斗肅,盜期八日槀街懸。水犀勇捷船如馬,金鐵鋒銛石應弦。賣劍買刀廬井在,先聲褫魄已歸田。

璽書師帥兼文武，五馬褰帷薄領勞。選士澤宫懸畫埻，肄民蒐狩豎雙旄。鶚音樹徙市廛静，鯨沫江澄星漢高。治行如君今籍籍，中朝啓事有山濤。

百尺危樓霄漢上，建牙吹角總雄圖。歐刀胠篋穿林去，絲綫逢裾入市無。頗似貔貅屯細柳，肯容舴艋作萑苻。行間司馬真行法，奏績疇庸有大夫。

居業齋詩鈔　卷十一　釋甕集

小葺書齋

野性憺無營，容膝粗成宅。萬里來滄江，有沱滙深碧。東南五老峰，岧岧煙霞色。厥構樸以堅，引甃眡泉脉。古礎莓苔痕，頹架或蒙藹。宋桷雜杉枘，欂櫨謝琱餙。奮緣狼尾苫，縈帶鼠筦織。編籬限菜傭，題額表書場。荷鉏飽飯餘，灌花先僮役。畦畛縱復橫，頗用井田畫。坐客每忘言，發書譙求益。生理足園林，曲肱亦已適。

平陽翟誠齋過訪

客自河汾來，檥棹荒江岸。衝泥過草堂，褰裳濕雙骭。坐客烏皮几，飲客朝至旰。往事爲客陳，中心欷悽惋。峨峨方伯公，清德在江漢。講壇篝夜火，皋比聚童冠。廨舍三百楹，執經人受粲。課義庋青箱，一一躬點竄。六經日中天，學子春冰泮。文治復古初，卿雲歌復旦。賓興庚子秋，皇哉楚壯觀。維公所掄材，黄流貯玉瓚。鱗次升岩廊，彬彬若魚貫。校讎公年譜，輦下群公贊。嗚呼公往矣，遺書藏里閈。紹衣佳公子，煙霄插羽翰。操觚騷雅場，時論比公幹。輕裝緑綺琴，拂拭青玉案。東望天門山，訪古舒溪畔。雨中挂蒲帆，投轄未能絆。行登翠微亭，酣飲爵無算。五月南風興，披襟適我舘。

猘　犬

犬有害於人，窮凶者曰猘。辵走無西東，亂流而倖濟。吠影恣馮陵，賢愚同一例。蔓延獷若獀，厥凶亦不細。黑白都混淆，狺狺泄其懠。是物亦有初，蝮蛇鍾厥沴。伏陰岩洞間，藴毒萌芽綴。犬也中肝腎,狂發乃睥睨。齧人於無備,往往涉顛蹶。蝮於犬爲胎,犬爲蝮之嚏。如虎則有倀,如鬼則有厲。安得伏冥誅,普天豁蒙壇。古牲有羹獻,刑犬以供祭。譬諸鑄鼎物,魑魅魍魎避。唯猘則不祥,一抔黄土瘞。我聞蝦蟆膾,可以藥犬噬。書諸肘後方,用作群生衛。

遣懷用五平屬上去入成三詩

蒼蒼滄浪天,望望漭沆水。渠渠幽人居,窈窈溟涬裏。牽蘿沿松檽,俯篠掃桊几。鈎簾前峰遥,奄有浦溆美。繽紛辛夷花,楚楚塢在扈。巡檐都無營,遣悶轉小喜。開軒疇吾朋,混沌儗甫里。

焚魚歸東皋,閉户懜懜卧。蕭晨諏筳莛,盥頮玩象坐。乾坤恒屯蒙,歲歲悔吝過。撝牀隨傾危,擯甑狗壆破。紛紛翻飛螢,瞬罅認箇箇。鴻鈞如輪蹄,坌溷互蕩簸。蒙莊濠梁吟,渢渢寓意大。

翛然希長生,羃鬲淅白石。晨昏煙霞間,槲葉跕柀柀。凡材嗤黄楊,櫛沐獨觸厄。倉鶊鳴温晨,鶡旦默冱夕。陰陽無停樞,踸踔一局奕。人非天真存,蹐蹐啑喋宅。聊從商顔翁,落拓却物役。

牝雞詞書所聞也

雞司晨,膠膠鳴,東方未曙聽雞聲。牝雞一聲萬事索,桃笙䖤䗪羅帷磔。君不見:家如行潦夫如泥,奔新棄故糟糠妻。

射虎行

有虎有虎視眈眈,野田白骨高如山。倀鬼嚮道闤闠間,人命不得如草菅。姑啼婦哭烟漠漠,下叫黄泉上碧落。晨雞三嗥天閶廓,帝命巫咸下大索。白額消魂走踉蹌,倀鬼宵奔趨北邙,千夫送喜萬夫慶。音羌。父老道旁笑啞啞,只恐化爲草中石。安得異時飛將軍,射石飲羽深一尺。

觀打魚

大魚跋扈骨如鐵,鼓浪成雷沫噴蜺。罟師縮項或吐舌,大船小船流欲絶。利劍一斫頭顱血，目眦奄奄頳尾折。是日千人萬人悦，取以充庖畀饕餮。饕子提顱走且呼：“丹青好手今有無？畫作月支當年飲器圖。”

吴山人餉海蝦

延陵公子好幽探，鄂王城頭思交南。蝦鬚四尺聞客談，千搜萬索充�籃。側身東望鈎童山①，遺我别來雙魚函。中有海物如春蠶，使我朵頤視眈眈。荒厨麥釀財一甔，遲君夏五同清酣。廣州記載舊所諳，博物不抱盧循慚。

丁丑冬至

病起逢長至，蹉跎又一年。債深偏貰酒，裘敝復裝棉。子力參苓竭，吾衰薑桂便。不須思舊雨，閉户也悠然。

衰顏頻攬鏡，令節且加餐。兒孝貧逾苦，老催病更難。枕邊羅筆札，夢裏肅衣冠。兩月科頭過，殊慚管幼安。

寒

骨瘦今如此，如何又苦寒。穩趺芒草屩，慵著鹿皮冠。饑鳥征萬厲，同雲蔟不攢。荒村渾雪壑，陋巷一袁安。

小　除

歸田書節序，忽忽七年過。梅説孤山好，芋推衡岳多。冰澌喧水碓，野燒滌岩阿。亡恙寒松柏，龍鱗手自摩。

春興，次覆瓿集韻

春寒積雨日鳴鳩，極目園林緑漸稠。筆札柴門供稗史，罇罍竹塢遲名流。蒼顏瘦骨荒江老，坐歎行吟滿地愁。風俗清明家上冢，連宵

---

① 鈎，似當作“釣”。本書多處作“童釣山”。

夢裹見松楸。

長風積布亂雲封,赤壁青林紫霧重。洞壑古應饒杞梓,江湖春合變魚龍。卜居詹尹多年識,采藥龐公何處逢。爨汲小僮粗解事,藜羹麥粥按時供。

瞻蒲望杏紀年芳,裘褐依然襲舊裳。長物貧家惟怪石,幽懷癖好是名香。衡門羅雀鄰原少,曲水觀魚晝盡長。今雨少陵殊寂莫,祇看燕子入雕梁。

潦倒居然阮步兵,陸沉歲月累浮名。衝星劍匣龍仍在,映雪簾櫳鶴自鳴。往事酒人燕市邸,昨游詩句岳陽城。荷鉏種樹渾無賴,厄閏黄楊也復生。

惆　悵

壯遊踪迹逐飛蓬,歲月匆匆醉夢中。三輔春雲槐蔭緑,九衢夜雨杏花紅。濡毫清切金莖露,解褐追隨玉筍風。惆悵年來無一事,草衣芒屩此墻東。

邸舍雞鳴盥漱行,天曹通籍棄繻生。螭頭詔下龍樓宴,豹尾臚傳虎觀名。開閤三公當北斗,盍簪群彦逼西京。幾年契闊分霄壤,惆悵江流夜有聲。

彩毫惆悵日邊來,荏苒年華霜鬢催。三禮校讎存講幄,九丘攟拾入蘭臺。賓筵也折灞亭柳,詩句猶傳東閣梅。厚禄故人天尺五,衡陽雁影竟飛回。

惆悵星軺萬里游,每依南斗望神州。漏天細雨冥冥夜,瘠地涼風颯颯秋。客久寓亭殘麈尾,裝輕行篋一羊裘。江湖不淺登臨興,返棹經旬黄鶴樓。

至今惆悵暮雲天,寂寞荒江春可憐。踏草青青蘿徑外,書空咄咄竹窗前。狂來煉藥臨丹竈,醉後披蓑上釣船。結客但期如二仲,藜羹麥粥可年年。

聞西溟舉進士志喜

榜下知名九域讙,郵筒何日發長安。廟堂今試董生策,草莽思彈

貢禹冠。古籍讎殘財入直,陳言去盡始登壇。往年橐筆論文處,藜杖光分過藥欄。曾同志館

祖道賦詩行篋在,行間字裏見天真。愁看我向林泉老,恨不身爲獻納臣。别後每偕高士夜,諷來猶覺草堂春。天涯此誼今寥廓,古處交期信有神。

蘭臺石室清華地,安得齊年拾級登。儕伍王楊吾豈敢,銜官屈宋爾真能。春來羽翰偕威鳳,秋老騰騫信大鵬。聞道曲江新讌會,南雲五色已前徵。聞殿試展期九月。

述夢寄胡抑齋

肱枕南村老樹林,故人夢裏一招尋。鬚眉又對荆高酒,囊橐還分管鮑金。草屋今年春社過,蓬池舊雨夜燈深。殷殷短札郵筒寄,寂寂江天抱膝吟。

村居漫興

滄江漭沆涵春暉,隒厜澒洞插翠微。杏花柳花村舍出,遠浦近浦漁船歸。寒雲澮澮覆竹塢,古苔皪皪蒙石矶。晨昏杖屨遲二仲,莫遣輪蹄踪迹稀。

鬑鬑髭鬚素莖生,荷蓧戴笠深山耕。煙芽雨甲蔬畛出,松肪竹根蘿石横。秣除楚茨地三畝,札記夏令書一嬴。鈎輈鵓鴣喜南向,即事田父詩又成。

語粗聱齖荷笭箵,平。浦溆漠漠天冥冥。不驚邃古窟宅蟄,頗餐中宵沆瀣泠。軿軥桃笙客窺牖,盤縟井檻花覆亭。東方生自隱朝市,不知何人稱歲星。

鴻冥螻屈歲月長,石牀磁斗風蘭香。村西村南水瀼瀼,樹底樹頭烟蒼蒼。病起充囊三茅术,春來服食九節菖。蓬山縹嶺不可到,踵武龐老來相羊。

題鴻爪集

高丘遠海幽尋遍,鐵笛瓊簫雲漢槎。雙屩曾沾銀地雨,一笻尚帶

赤城霞。幾年天姥徒勞夢，一旦仙宫竟可家。篋底紀行詩句在，紅泉飛挂杜鵑花。

落屐亭荒康樂後，白雲一刹也榛蕪。中天忽踏羊蹄壑，絶頂真探雁蕩湖。五月龍湫山雨漲，千春鳥道客星孤。僧雛好事冥搜極，應寫開山一畫圖。

俯視三千六百丈，飛雲峰頂振衣時。海涵日出蒼烟合，山逼星芒紫翠垂。仙去城頭羊迹在，客來樹杪雀聲知。韓亭蘇榭都亡恙，苦憶先賢俎豆祠。

七十二峰登至再，具區水正落西山。龍蟠螺髻雲千岫，玉柱金庭雪一灣。二月梨花含宿雨，六時竹乳滴孱顔。前賢篆刻猶虛左，灑翰題名伯仲間。

寄吴東朗

三十年前襆被輕，同舟鼓柁賦東征。疏鐘夜半金山寺，積雪冬深鐵甕城。過眼乾坤詩句在，關心景物夢魂驚。倦游偪側墻東久，萬事消除一酒觥。

江干谷口並幽居，牖户清光切太虛。年稔翻愁高米價，客來祇可罄儲蔬。養生合寫《黄庭》册，過日應攤《素問》書。斗柄東回風解凍，春郊步屧絳人初。

老我田間兩鬢絲，十年無夢到蓬池。鈔書蠹簡兒皴手，學語芸窗孫解頤。萬里江聲冰泮後，千林雨色電來時。期君泥飲松筠塢，把讀新詞當竹枝。

老乞丹砂爲駐顔，命宫磨蝎早多艱。行過三舍梅花地，夢到八公桂樹山。仙掌金莖霄漢上，蓬壺紅藥水雲間。故人南雁無消息，與子荒江看白鷳。

孫業訓初有外舅

冰人臈月撰良辰，彩筆裁書問懿親。馬糞烏衣江浦巷，雀屏錦幄縣城闉。兒從父立聞詩禮，祖爲孫謀及藻蘋。儀物戔戔筐篚具，雙僮遣去歷階陳。

童孫咄咄炯雙眸，被褐婆娑竹瓦樓。語客何妨慚奉倩，疏名且復慕莊周。老夫素族門闌静，時論賢豪地望優。見説蔣家三徑好，幾時乘興訪羊求。

黄山吴祭酒書至，存問窮巷，殷勤悃愊。僕追念舊游，成詩五十韻，却寄花嶼山莊，側身東望，情見乎詞

皓首知心友，黄山古處賢。風流勞寤寐，契闊把詩箋。疇昔西京會，晨昏北斗邊。螭頭雙彩筆，虎觀並青氊。騷雅襟期叶，賡歌項背聯。折衷三禮注，攟拾九丘編。落日然藜杖，疏星跨錦韉。石渠無素飽，汗簡必精研。絶俗方言採，冥搜日者詮。退朝曾洗沐，羈旅竟沈綿。瀕死交情見，餘生友誼傳。涕洟司藥裹，慷慨割餐錢。小愈扶粗起，重逢喜欲顛。改容咨走卒，動色訊筵篿。涸轍財蘇鮒，高林欻下鸇。數奇嗟李廣，謀拙愧焦先。吉士卷阿日，幽人澤畔年。乾坤隘廣厦，霜雪壓孤梃。影已含沙射，身猶抱璞旋。輕裝殘敝帚，短褏曳空拳。去去尋愚谷，悠悠信直弦。艱難文舉惻，憔悴少陵憐。集穀言歸矣，采苓幸舍旃。青門張祖席，綺槲稡詩篇。廣武冥冥雨，洪河漭漭烟。壯游俱夢耳，往事總徒然。竹瓦黄岡路，松皋赤鼻堧。柳塘萍泛泛，荷沼葉田田。鐘磬前朝寺，綸竿淺瀨船。陸通狂亦得，元結漫尤便。瘦喉穿雲鵠，清吟吸露蟬。畦蕪荏馬齒，壁立走蝸涎。裋褐恒垂綹，樵蘇或藉稍。泥香巢燕熟，花朵砌蟲蠉。步屧村醪醉，方冠野製妍。飴含孫接武，箯出子任肩。伏櫪閑誇驥，開軒戲卜鱣。送窮舌亹亹，娱老肯佡佡。罨畫王摩詰，丹經葛稚川。守雌祛雜糅，齊物謝拘攣。遠覽十洲島，懸圖五嶽巔。昨聞湯嶺嶠，已着祖生鞭。菡萏琴牀蕊，朱砂研匣泉。承明今入直，碉户更誰牽。鳳翩人看翥，龍光自應躔。朋簪槐市盍，籀碣講堂鐫。壁水逢逢鼓，雍宫濟濟筵。藥欄萌玉筍，院燭賜金蓮。景運躋懷葛，詞臣侣偓佺。洞庭隱逸者，聽樂奏鈞天。

汪訒庵使至，惠寄方書存問窮巷，却寄五言長律二十韻志謝

古處黄山老，神交楚水濱。片帆來使者，七澤訪騷人。爛熳列仙字，康强大耋身。迢迢思遠道，惻惻露天真。疇昔班荆地，蒼茫近市鄰。彈棋憑棐几，漉酒藉絺巾。壁壘曹劉上，賡歌皮陸頻。揮毫摩長史，著論逼先秦。抱璞渾無價，濯纓思絶塵。我行衝朔雪，君去守松筠。契闊三千里，調飢數十春。日邊聲遲友，夢裏志依仁。歲月詩書度，門闌鉛槧新。癡兒攀驥尾，令子躍龍鱗。讎校辟癰碣，婆娑槐市茵。文明周鎬雒，月旦漢陳荀。拙宦辭囊粟，歸田理釣綸。掩關羅雀候，高枕卧痾晨。緬想青牛過，行看白鹿馴。腰舒元亮嘯，耳顧少陵颦。鄙事財雞肋，窮途信犬狺。耽經抽蠹簡，嘗藥薙荒榛。玩世今禽慶，清談舊許詢。方從肘後出，訣自掌中輪。欻起膏肓錮，遄回禄命屯。養生粗有主，泛愛滸無垠。墨試米顛研，茶烹陸羽薪。恭承十賚詔，敢弗五官忞。勾漏丹同壽，安期棗並珍。服膺懷繾綣，搔首視青旻。

市　隱

躬耕何必南山南，近市吾廬静亦甘。竹塢吟風塵不到，蕉園聽雨懶仍堪。悠悠白眼恒多暇，落落蒼顔故少慚。驟寫飛鳶兒子戲，徐聆飲犢老夫談。浮雲入夢人無數，皓月臨觴影共三。家敕行當區丙舍，户繇且喜逸丁男。盤盂渾饜庾朘味，卷軸頻搜汲冢函。腐草螢生容幌度，香醪蟻泛着奚探。揞頤卜肆逢端筴，緩頰鄰村看浴蠶。一札無勞通吏部，手栽五柳已鬖鬖。

墨浪山人輓詩

少小翩翩家素封，芝馨蘭茁玉爲容。雅青褶子鵝黄履，蠟鳳剛成戲畫龍。

喜談投筆棄繻生，長劍倚天夜欲鳴。大纛府中嘗左席，參軍記室也知名。

興盡歸來兩鬢霜，篋中剩墨寫鍾王。兔園册子低頭詁，小學爭傳急就章。

手種黄柑並户高，蕭簾坐雨面東皋。大癡絶筆丹青隱，猶有故人看竹濤。

野棠花裏酹新塋，麥酒沽來纔一罌。地下逢君知己少，半澆阮籍半劉伶。

積雨濛濛萬柳垂，荒郊鎮日囀黄鸝。桐棺三寸泉臺冷，表墓巋然黄憲碑。

丁丑除夕

捃拾瓢中今歲詩，衡門緩步向江湄。貧應同谷搜黄獨，老合商顔拾紫芝。帶索自成高士傳，買山誰乞故人資。焚魚學士書牀在，一字何曾可救飢。

居業齋詩鈔　卷十二　鄂縣集

鄂縣覽古

樊岡時極目，木葉下秋風。無復御溝水，猶傳安樂宫。微雲松嶺碧，落日釣臺紅。割據雖陳迹，孫郎故已雄。

草色江聲裏，當年幕府墟。曹休奔北後，陸遜凱旋初。御蓋張臣舫，宫寮設講廬。吴儂鄉井戀，不食武昌魚。孫權嘗用御繖覆遜，遜輔太子登留鎮武昌。

叠石殘城郭，瀕江晋上游。陶公門種柳，庾府客登樓。人物煙波逝，勛名汗簡留。時清無戰壘，歌嘯滿漁舟。

聱叟幽栖處，蕭然樊上村。静閑名二子，淳樸守孤罇。勝迹圖經具，高風山水存。人生能萬古，流寓儘堪論。

江頭無一事，到處訪先賢。詞客潘邠老，參軍孟萬年。乾坤詩句裏，歲月酒罏邊。名自窮愁得，其人亦已傳。

黄州團練使，五月過西山。茗粥寒溪寺，壎篪老衲間。雲生藉草坐，月落放舟還。造物有深意，清流此地閒。元豐三年五月東坡與子由同遊山。

半夜聞風雨，天成九曲亭。狂歌邀素月，醉眼看晨星。主意無深譴，讒言亦未聽。如何舒李後，珪確又充庭。舒亶譖公詩句，上曰："朕固無深譴意。"而王珪、蔡確在上前時時沮之。

國史掄材急，量移得汝州。廟堂方特簡，宵小尚群咻。北謝東坡客，南浮西塞舟。空江如練水，曾照幅巾流。神宗欲用公成國史，王珪有難色。

寒溪寺

萬古寒溪寺，山田谷口耕。絶顛懸鳥道，落葉下秋聲。竹塢停雲薄，蕉窗受暑輕。客心安熟睡，不入武昌城。

西山吾未到，坐愛此清幽。鐘磬前朝在，烟雲曲水流。曇花留太古，貝葉滿層樓。酷暑煩襟滌，渾疑過十洲。

望隔江王夢澤子雲兩先生故里

先賢騷雅古壇在，軼事傳聞今孰能。辟客逾垣王太史，草間邂逅顧中丞。顧公華玉撫楚，索公一見，不得。伺狎遊時奄至，倉卒具賓主，乃定交。

二客周旋王裕州，江村五月也披裘。騎牛控鶴朝朝出，不絶豪遊絶貴遊。公自裕州解組歸，唯二狎客不去左右。

雷轟電激發臨皋，尺牘熊熊亦足豪。豈爲窮居多侘傺，楚材自合續離騷。皇甫百泉稱其遺顧中丞、陳監察書若嵇康之絶山寀，寄余懋昭、舒國裳二札即楊惲之報惠宗①。

撫臣奉詔紀興都，授簡歸田楚大夫。直筆書成清議許，雷同張桂豈通儒。顧中丞聘公修興獻藩邸志，隨州顔公木、京山王公格同事，志成，不稱旨，士論賢之。

夢澤遺書十七卷，家宬爛熳已滄桑。絳雲樓上虞山老，捃拾零編汗竹光。

竹瓦樓前乘舴艋，康王谷底卧斜曛。柴桑依舊晋徵士，有字羞同揚子雲。先生圖記與漢李曇同字。曇，陳蕃疏薦五處士之一，徵辟不就者也。

智林庵裏着麻衣，回首鄉園萬事非。詩寄貧交黄御史，釣臺慟哭雨中歸。懷黄侍郎仲霖詩有黍離之感。

五老峰頭墨不乾，校讎嘗怕後生難。飢驅偶出烟霞窟，皂帽峨峨管幼安。著作多奥，冠服亦古製。

疑獄平反只片言，當筵立雪故人冤。盧柟徐渭吞聲日，壇坫何人

① 惠，當作“會”。楊惲有《報孫會宗書》。

此義存。先生客潘司李衙齋，會廣濟吴幼睿亮思牽連訟牒，司李怒其倨，深文案之，先生厲聲曰："是嘗以明經三上書劾宰相侍郎者，今老矣，又善病，能殺人耶？"司李悟，事乃解。

輕舟亂後泊江汀，還上先君舊草亭。歎羡一官清白好，孤兒菜色尚横經。先生過存，諸故人子惟余兄弟亂後猶未廢業，嘗留飯粗糲，極歡去。

過王大令國士宅上

君上滕王閣，詩成幾卷歸。水天真一色，霞鶩自同飛。雲滿琴書篋，煙深薜荔衣。故園名勝在，赤嶼一漁磯。

訪王一士明府里居

因愛寒溪水，爲廬漫叟旁。江聲元赤壁，竹瓦古黄岡。琴入松濤韻，鶴沾蕉雨凉。清秋應有賦，繞郭樹蒼蒼。

鄂縣覽古詩八首，有三首詠蘇公古迹，於公黄州之謫感慨尤深。是夜公入夢，詰朝賦詩，凡七言今體十首，鈔入《軌嚏集》，已而望赤壁又作歌

蘇公赤壁二賦留雪堂，千年雲木空蒼蒼。元豐以來一十一甲子，何人江頭月下懷周郎。憶昔仁宗手攬公制策，云爲子孫得一宰相於岩廊。英宗召試直史館，解組僉判來鳳翔。奇才奇才未進用，神宗内殿明囑何煌煌。太后感愴哲宗泣，金蓮送院此眷都非常。人臣遭逢累朝異數有如此，安能模稜脂韋隨朝行。丰骨稜稜兼翰藻，其直如矢剛如鋩。螭頭草敕惠卿竄，群小側目逾鴟張。舒亶楊畏先攘臂，章惇蔡卞之徒不可當。上誣宣仁下衆正，元祐黨籍欺天閶。新法蔓延其禍至此極，甚於節甫亡漢温亡唐。是時我公飄零轉徙到儋耳，樹下得句銘桄榔。炎烝蜒雨蒼顔老，回首臨皋歲月真茫茫。滄桑易代已陳迹，有客馮弔爲神傷。把公詩句歌一闋，安得中山松醪爲公堂下羞壺觴。

載　歌

元豐甲子詔命首夏至，東坡逐臣拜手東征地。是時手札傳聞出九閽，量移不關廷臣議。神宗欲用軾修史，群小沮之。一日特出手札曰："人材實難，不忍終棄。"遂量移汝州。帝曰國史可用軾成之，大哉王言堯禹智三旨。宰相王珪上言軾不可，三班臣鞏且姑試。以此逡巡托空言，遂令一祖四宗良史闕金匱。往者荀悦《漢紀》括班書，八萬三千四百三十有二字。班草八十餘萬言，芟繁舉要製乃粹。《唐曆》柳芳四十卷，廬陵《新唐》掇取成紀志。涑水《資治通鑑》亦採諸，軼事前聞鮮遺棄。汴宋百十一年無善本，況復仁英兩朝王珪之撰次。林希蔡卞充史官，竟非寇準是丁謂。自古史家義例别賢奸，如何豬乃入薰器。二十一史今具存，宋史蕪弱無與二乃知。安石簧鼓在人心，茅茹樹蘖俱匪類。史局踳駁萬禩垂，豈止三經之字義。嗚呼表忠碑版大文哉，眉山蘇氏故史才。王安石嘗言：蘇《表忠觀碑》文似《史記》。

又　歌

赤嶼今夜溶溶月，猶照先生古時居。先生一去雪堂虚，何人堂上夜半呼斗酒，往對巨口細鱗之江魚。客子洞簫音寂寂，水落石出白露初。覽古長沙哀賈傅，招魂汨水弔三閭。男兒此身墮地無不可，有口莫讀萬卷書。筆欲如椽墨爲沼，造物混沌其厭諸。先生雪堂注《周易》，忘言忘象已蘧蘧。後來上章道士邂逅先生天上直奎宿，徽宗時事。玉皇香案之書復何如。古往今來世事不勝數，藉手先生天問一起予。前有倚馬萬言李供奉，毋乃先生異代而同符。海涵地負祗如此，天之生才胡爲乎。我思古人九原如可作，沮溺耦耕爲最樂，不然荷鉏鹿門去採藥。

韋清涵坐話

去天財尺五，一曲是君家。撤燭夜歸院，賜書晨滿車。螭頭簪彩筆，豹尾寫黄麻。故事趨庭得，西京記有加。

博物今如此，公孫豈國僑。詩歌懷祖德，掌故記前朝。筆用蒲編慣,書探汲冢饒。南村吾欲卜,晨夕共陶陶。

寒溪示鄭男蒲

山行不受暑,一路水淙淙。住可成蓮社,來初聽午鐘。偃松應老鶴,神瀵定潛龍。昏黑上方到,詢僧南北宗。

寺上覽汪鈍餘詩句賦贈

疏鐘花裏出,日午綻花明。老樹龍蛇氣,寒溪風雨聲。山空深薜荔,寺古足鼯鼪。把讀驚人句,巡檐岸幘行。

居業齋詩鈔　卷十三　鼽嚏集

采石懷李謫仙

斗酒百篇人已去，尚留名迹此江皋。清風一路秣陵舫，皓月三更宫錦袍。絳雪亭荒餘鳥迹，黄山樹老足松濤。騎鯨稗史傳多誤，萬古丹陽馬鬣高。

風流絶代自沈雄，度日狂歌痛飲中。飛燕題詩驚九御，釣鰲署版謁三公。死鄰畢卓青山墓，生别秦州白首翁。少陵時客秦州。無數貴遊磨滅盡，偏將流寓紀江東。

寂寞漫言身後事，汗青千載尚如生。召來立奏清平調，放逐曾無寒乞聲。六逸酒中渾太古，九華江上想蓬瀛。交游冠蓋長安滿，至竟汾陽獨擅名。

光焰至今猶萬丈，興酣落筆況當時。貴妃笑飲葡萄酒，御史驚傳鸚鵡詩。貂解西京逢賀監，籙傳北海有高師。殊恩豈獨承天寶，寶應還將拜拾遺。

金花箋賜宜春苑，玉食手調興慶池。主眷何妨中貴憾，詩名竟使太真知。匡廬辟地心如雪，巫峽聞酺鬢已絲。大雅千秋壇坫在，隴西編共少陵垂。

間氣挺生真命代①，長庚入夢紀當年。鑾坡有籍旋招隱，劍術無成早學仙。朝野一身渾物外，乾坤千古只樽前。蜀山别業吴山冢，俱在荒煙蔓草邊。

風雨懷人江海遍，死生知己一陽冰。夜郎謫去詩無敵，巫峽歸來

---

① 代，當爲"世"，避太宗諱。

酒更能。眼底浮雲空悵望，篋中賦草待鈔謄。三閭憔悴陳思苦，騷雅王孫自古稱。

江湖漂泊金閶彦，侍從曾瞻七寶牀。塵世多聞憎欲殺，幾人苦憶遠相望。青山謝朓初營宅，采石昭明舊有堂。文筆後先天壤在，春雲秋月古今長。

鄂縣覽古詩八首，有三首詠蘇公古迹，於公黄州之謫感慨尤深。是夜，公入夢，詰朝賦詩十首，檃括譜傳，用志鄙懷

端明往事不勝悲，最是黄州團練時。群小蔽賢文字獄，奇才絶世聖明知。凄凉異代還成夢，髣髴同朝更有詩。論定千秋公是在，大名青史日星垂。

雪裏題詩寄子由，春王二月到黄州。一身輕似風帆過，萬事俯觀江漢流。主意憐才猶譴謫，人生好古定窮愁。泉源隨地涓涓出，灑翰元之竹瓦樓。

定惠僧寮卧聽鐘，居亭無地寄朝饔。途窮合飲滄江水，骨立應栖赤壁峰。昏曉趨庭惟稚子，邁侍側。乾坤流寓此詩傭。孤忠報國寓言苦，臣罪翻因咏蟄龍。

殷勤逆旅故人情，失路英雄仗友生。五日岐亭投轄住，陳季常。多年廢圃荷鉏營。馬正卿。天荒澤國偏鳴鶴，樹老孤城轉聚鶯。客邸只難風雨夜，滔滔東去大江聲。

謫宦如公未寂寥，幅巾芒屩也逍遥。黄泥雨後過修阪，赤嶂風前弄短簫。方外逢人山石供，枕邊知己酒罇饒。何家藝苑好兄弟，寒碧茆堂先荷鍬。

命宫磨蝎合多艱，散地翻憐王半山。執拗樹人人見伐，紛更富國國終孱。雪堂玩易期緘口，幽谷尋花藉解顔。史筆屬公空内召，王珪蔡確尚朝班。

緑楊村落清泉寺，遷客新詩筆未停。福建竪兒徒誤國，臨川丞相枉談經。荒厨下箸元修菜，好月披襟罨畫庭。來歲春牛先入夢，元豐癸亥此江汀。已上皆叙公黄州事。

色正芒寒望有鋒,安能儕俗俛相從。言成比興多糾繆,舒亶李定王珪摭拾指爲謗訕。筆挾風霜一竄凶。貶吕惠卿制草。拜手簾前官學士,失聲殿上哭神宗。金蓮燭送金閨夜,異數詞臣古未逢。

萍蓬踪迹信亨屯,文采風流千古存。金石遺鎸勞贔屭,陽秋片語直璵璠。游窮水瀵青霞窟,坐到山亹黄葉村。藿食絺巾偏逸興,江湖漂泊是君恩。

螭頭制策至尊題,虎觀才名代罕齊。黄口親闈希孟博,白頭嶺海弔昌黎。桄榔樹裏書留葉,杞菊筵邊客滿蹊。乾道九年御製下,文忠姓字壽金泥。

讀楊升庵集有感

新都才子侍明光,詞賦淵雲早擅場。名起談天承顧問,注張之對。罪因議禮竄遐荒。西京史筆終騷些,南詔流年付酒狂。攟拾成編千萬卷,永昌萬古一書堂。

先皇實録手曾刊,金匱巋然墨未乾。家有嚴君争大禮,臣將孝德率同官。殿頭痛哭蒼梧遠,杖下欷歔白日寒。稍稍模稜當驟貴,清宵豈得夢魂安。

國是紛紛及此辰,承恩就列敢因循。史宬定欲垂千古,臚唱曾當第一人。誓捨微生安廟主,誼同九死諫南巡。祖宗養士期匡救,折檻披鱗幸有身。

拜杖南征洱水邊,然藜東觀故名賢。垂髫名自西涯起,李文正公。白首心憑半谷傳。張含。潦倒閒行花滿髻,淋漓醉墨伎隨肩。文明歘起苴蘭地,草昧初開阿僰天。

藻翰才名終賈齊,丹鉛歲月老雕題。八千里外依金馬,三十年來傍碧雞。鐵柱秋風猿狖下,瀾滄夜雨鷓鴣啼。曰歸繡閣頻勞夢,太史分明錦水西。

旅鬢羈魂長道路,盤江滇海懼風波。莊周悟後渾如夢,宋玉悲來一放歌。廊廟沸羹端士少,邊荒淪落世臣多。夜郎曾赦青蓮去,不信先生没齒過。

卉服窮荒學士魚,柴門破壁史臣居。點蒼豈用登樓賦,滇徼何勞諭蜀書。老至鬚眉秦四皓，吟成蕉萃楚三閭。紛紛張桂俱黄土，兩疏千秋在石渠。

莫歎當時行路難，賢人自古合摧殘。致身豈爲三公貴，謀國應思九廟安。劉向憂危經術在，賈生涕淚志行端。百年洱水幽栖地，尚有青松耐歲寒。

居業齋詩鈔　卷十四　餐霞集

戊寅人日

人日雨霢霢，萬象如新沐。出門眺春江，春雲興水曲。遠峰青不齊，隱隱出茆屋。吾廬冰泮後，移植數竿竹。

勸　酒

春鳥鳴樹顛，春山甫蒼翠。席門春風開，松窗春雨至。有酒輒飲之，不然汝何事。

酒中成三韻詩

東皋草未緑，雨色潤根荄。巷無車馬轍，梅花香一齋。客來固可喜，獨酌亦復佳。

萬族各有營，人皆集于菀。蕭然一畝宫，乃屬張仲蔚。酡顔對汗青，有此下酒物。

嚴瀨客星孤，酒星夜相照。三公使者來，發書忽高嘯。君房一何癡，乃欲罷吾釣。

咄咄劉伯倫，一飲直一斛。當其得意時，荷鍤出茆屋。豈爲身後謀，生趣於此足。

秋風吹季鷹，浮白還鄉里。蕩舟蓴菜湖，步屧鱸魚沚。小有後世名，江東步兵耳。

飲中能泛愛，古有劉公榮。元亮筍輿下，兩兒一門生。不然邀明月，白也亦峥嶸。

承萬又月書問，有詩却寄

浩浩廬江水，出三天子都。江州滙九派，廬山峙其郛。遠公廬山記，寫出廬山圖。上有上霄石，下有宫亭湖。湖山莽舒鬱，異人無時無。白石山房後，萬家一書厨。

書聲出花萼，乃在蓮華洞。花間文字飲，醉倚灌花甕。亭亭碧梧枝，往往見威鳳。幽人憺無營，窅然華胥夢。興來捋紫鬚，鐵笛時三弄。仰瞻五老峰，帽濕飛來涷。

望氣直斗間，開閣豐城坐。夜永曙窗穤，寒芒如斗大。寂寂南州廬，何人高枕卧。世事難具論，萬事渾一唾。冷官飯不足，杜口不言餓。典衣滿罇罍，長嘯群公座。

東望有懷，兼寄萬又月豐城學署

嶙峋五老峰，方輿大掌故。煌煌山海經，燦燦水經注。鴻荒六字碑，禹封一以固。窅冥絶人區，往往列仙聚。匡俗名一家，後起蓋無數。霄漢三石梁，一並坐桂樹。吴猛往從之，玉杯盛甘露。所以李青蓮，忻然庶幾遇。裂素寫道經，栩栩塵外趣。好事蘇端明，灑翰開先寓。濺沫怪山靈，不洗徐凝句。以此知名山，苦受游人汗①。我誓廬山遊，不作廬山賦。脉脉傺孱顔，飛泉濕芒屩。

西山眺彭蠡，挂席章江口。之子家柴桑，里門陶公後。緬想彭澤年，秫田五十畝。牀頭漉絺巾，一石或一斗。始安二萬錢，擲送釀家瓿。攢眉蓮社僧，愴懷馬隊友。風流千載存，酹之以醇酒。

放舟庾公樓，覽古滕王閣。徙倚檐楹間，懷抱莽寥廓。顧瞻金石文，三王紀事作。昌黎官袁州，厥記乃隃度。登臨嗟未能，謹書其厓略。五百五字中，氣象何渾噩。感慨作波瀾，載名竊喜躍。譬諸滄海流，浩蕩納衆壑。用此規藝林，可以鎮浮薄。

神物不浪出，陽精故所秉。入地泉黝黝，經天光冋冋。博物微司空，千古閟其景。一獻一自佩，雷君行有眚。然石徑入洛，莫邪豈道

① 汗，當作"汙"。

梗。亮哉終當合，直如玉在鑛。劍池六尺函，至今土花冷。潛躍自有時，眷言發深省。

矯矯梅子真，咄咄南昌尉。上書行在所，舍生劾權貴。前車王京兆，傾覆亦可畏。疏遠小臣耳，叫閽何其毅。遯迹元始中，餬口市門𩞄。會稽變姓名，不罣新莽罻。云敞同列傳，史氏有深慨。嗚呼千載後，斯人猶生氣。

葬先兄

戊寅既小除，送兄宅冥室。野廬廿三載，大事今甫畢。劚壤視其剛，庶無水泉溢。樵爨乞山鄰，草草薦芬苾。墓田未有疇，丙舍未有礩。童童覆釜封，松楸亦未茁。萬事始於兹，如荷之方密。阿兒取石材，磨礲以需日。生平家乘在，有弟當年筆。

嗚呼兄下世，厥齡五十五。是年當北征，明經貢禮部。弟官襄郢間，爲兄北道主。筍輿代馬驢，皂隸佐僮豎。東望方治行，訃聞詧解組。奏記不見收，遥奠淚如雨。比入承明廬，念兄殯淺土。薊丘朔風號，夢到滄江滸。丁卯黔之役，焚黄覲先祖。其時迫季冬，薦兄以一甒。脂車急簡書，不得久環堵。庚午遄歸來，爲兄校年譜。今年垂七十，墓門猶傴僂。兄其寧幽宫，馬鬣亮無齬。

示啓洙

男兒七尺軀，禮三十曰壯。家門竇令子，藝林遲哲匠。譬彼孔道車，長征眂所嚮。汝孤甫髫齡，汝叔官郢上。念汝草土辰，搔首數東望。汝叔直承明，焚黄王父壙。釋菜敕汝曹，横經思七鬯。澤宫汝爲儒，章縫弟子行。彝訓仿顔柳，恂恂鮮跌宕。友於代所敦，昆弟一衣桁。雁序汝當六，篪和而壎倡。天倫有如此，其樂安可量。汝叔髮種種，於人已名丈。汝今桑弧懸，五言爲汝貺。攬鏡問鬚眉，厥宗胡以亢。

望桐城

東望桐城山，蒼蒼莽煙霧。我師太史公，喪車出山路。昔爲太史莊,今爲太史墓。涓日報小寒,東芻且奔赴。客數及隧期,尼我山行屨。出門復入門,拊膺淚頻雨。

己卯五日

緤組直金閨,解組卧愚谷。雜佩或紉蘭,用躡三閭躅。偃仰松樹陰,相羊藕花曲。江南五老峰,悠然展遐矚。迹從三徑荒,心自一丘足。舉觴傣賓筵,中厨酒初熟。

蕉林渾積陰,引領遲新霽。榴葩燦檐楹,芸族萌階砌。典衣具蒲觴,招尋愜幽契。東園有匏瓜,誓將與偕繫。而我同門友,雙魚遠道至。盥手讀素書,仰天發長喟。

坐　雨

炎夏渾太陰,積雨漲林麓。野眺煙蒼蒼,萬樹一洗沐。坐令襬襶子,行潦隔茨屋。葛巾漉濁醪,不得果其腹。獨飲酣日中,陶然倚修竹。

雨　望

振衣出柴門,襟褏濕沆瀣。群峰如九疑,百川渾一派。水石俱清泠,安得王宰畫。須臾渡石梁,草堂已瀰湃。顧語兔園生,洚洞爾毋怪。造物閟童觀,蕩胸豁其隘。

雨　莚

野渡泛輕舠,湖雨濕芒屨。解蓑及南榮,整幘上西阼。不速三人來,貰得酒一斛。惆悵乏燔炰,銜杯左右顧。夕飧饜客難,淹留則煨芋。

苦　雨

小屋水中央,蠨蛸漭糾結。突烟濕雲根,三旬雨不絶。麻豆在草間,安得荷鉏列。惰農且偷生,晏起而饔飧。東陵種瓜人,脈脈杞憂切。恒寒千五行,矧當小暑節。課晴仗筵篿,鸛鳴又于垤。

雨 止

五月雨冥冥,六月哉生魄。腐草倏爲螢,江天一以廓。土膏潤温風,鑒水知魚樂。是夜中厨豪,大享出葵羅。興至累舉觴,弄孫哺糟粕。眷言松竹間,嘸嘔猶一壑。

百石圖歌

雪堂太守墨翻盆,百石圖挂百石軒。天劃神鏤迥光怪,冰崖雪壑蟠其根。乃知畫手貴神智,雷同最苦隃麋痕。雪堂寫石惟寫骨,解衣盤礴天真存。以身使臂臂使指,六合内外山靈奔。陰陽變化無不有,混茫超忽衆妙門。王宰當年索高價,五日一石如瑶琨。此圖落成幾晦朔,慘澹毋乃忘朝昏。異時邂逅皇初起,叱起羊蹄四百蹲。我椎不能工畫筆,拳石空老荒江村。乞取袍笏米家拜,披圖搔首從公論。

半山木蘭詩倡和成帙,余聞而作歌寄李巖詹

青峰二月天如藍,荆泉洞口初收嵐。半山亭樹臨半水,嶙峋老榦千尋探。皎如霽雪葩流濕,映人緑鬢光藍鬖。九畹都梁渾一氣,山脛水濆春相涵。巖詹先生芸窗几,蕭蕭禪隱鼻觀參。衙齋壁立無長物,佳植光潤驚書蟫。陶甓畚土成一塢,巋然怪石依孤龕。傾城觀者摩肩立,兒童羅迾如筐蠶。楣額東坡雪堂字,興來拊檻松麈談。櫺星門外群籟静,欻聞縣隸款門三。文采風流佟大令,褰帷行部此停驂。中厨治具旋進酒,提壺行炙勤丁男。花萼爲屏石爲案,使君小飲分黄柑。須臾隃麋香出户,即事詩成飲粗酣。大叫羊何可屬和,歌聲我且徵何戡。沙蔎騷雅人懷槧,長篇短什思皆覃。裝潢盈頁寄傖老,挂席直到茆堂南。賓筵盛事吾夢裏,玉樹吹落白毿毿。

節母吟吴鱗潭祭酒王母也

黄海瀾翻黑風起,烈烈夫人冰天裏。夫君挾策太學游,手提一劍

殉知己。是時國運丁桓靈，中常侍手一天子。郡縣鵕鸃無日無，土崩瓦裂固安始。素車白馬驛亭來，絳衣席帽參軍死。桐棺北郭煙蒼蒼，夫人一殉萬事已。煢煢衰絰九歲孤，孀姑雪髮垂過耳。方家大耋吴家栖，是爲夫人母許氏。二母瓣香寢門嗥，奈何孤兒令失恃。宗祊之鼎懸一絲，主鬯安可喪其匕。夫人以此緩須臾，奄奄草土悟斯旨。長跽饋奠未亡人，紉縫澼洸龜十指。巷南巷北啼鵂鶹，旦日眈眈一虎視。拾級大言來托孤，夫人致辭直如矢。予手拮据口卒瘏，孤存予存毁予毁。昆吾百煉鸊鵜膏，挂壁幾年行復砥。虎尾不咥守粗寧，姑也遺命憑髹几。我孫弱不任苴杖，攀輀執紼疇可以。夫人殯侍七春秋，以待孤能讀喪禮。麻衣畚土馬鬣封，太學之木亦拱矣。英雄弱冠有父風，駸駸人言管樂儗。結交寓内半老蒼，感時指顧傾其否。地老天荒黍離歌，西臺淚滴桐江水。賫志九原報乃公，炎午生祭文山耳。大忠大孝古一門，畫荻所志非二理。善無不報報有時，老見孫曾冠蓋里。夫人七十壽筵開，冢孫孝廉奉滫瀡。與讌節婦凡九人，姥輩婦曹及娣姒。癯顔瘦骨荼蓼年，皇矣馨聞在桑梓。沐日浴月花嶼莊，蘭畹芝房渾薿薿。焚香告墓苦節亭，夫人冢孫官太史。大書特書汗竹光，後死争光前烈士。操觚握槧者楚傖，曰吴世家有如此。

書謝母傳後

　　謝君司馬今南昌，傷心不忍説漁陽。弔古戰場漁陽路，有母有母曾踉蹌。列傳大書坎壈日，天爲黯黯雲蒼蒼。其言悱惻涔涔淚，其人謝家中表行。曰明崇禎歲壬午，閣部督師師殲傷。紅粉青娥俘掠盡，四郊血肉腥林塘。是時司馬先公游太學，司馬王母就養經危疆。見危授命太學死，四十七人斯須戕。亂尸撑拒脱鋒刃，一未亡人二十强。上有奄奄七十老姑在，下有煢煢六歲之兒郎。呱呱幼女方襁負，婢子蒲伏扶還僵。一門喘息無多口，未亡人亡則俱亡。太學宗祏其已矣，老姑疇與延高堂。以此銜哀緩引决，捃拾遺骸爲終喪。夜半青燐出廢壘，桐棺三寸依頹墻。草草太學封馬鬣，春秋或可歆烝嘗。世亂椎埋苦惡少，長鑱短鍤搜黄腸。未亡人曰吾殉耳，麻衣號叫排天閶。鄉鄰攘臂縛群盜，乘間用奇增堤防。亡恙太學一抔土，倉卒計畫何其良。筍輿還姑京邸養,孤兒寄食僧雛房。九死一生戎馬後,千盤萬錯過冰霜。荼蓼茹殘兒露角,冠而字之曰君章。君章累官頻上考,承恩貤贈恭焚黄。我聞此事三歎息,深閨智勇何可當。疊山皋羽俱男子,如何巾幗能相望。其節稜稜心耿耿,下通井洌高星芒。嗚呼史記世家延陵久,載生謝母家宬光。

憶洛子

汝去客南州,滕王閣上遊。輕裝惟載筆,五月尚披裘。藥向洪崖採,詩因梅尉留。龍門好山色,避暑又龍湫。

得南州家報

客路疑秦贅,時名謬楚材。短衣能貰酒,長嘯可登臺。漸有江山助,應令懷抱開。異書如購得,驢背早歸來。

雨中恒抱膝,雨歇倚柴門。獨酌消長晝,分甘弄小孫。千章新夏木,一壑老荒園。眼底紛紛事,兒來好細論。

歲月依鉛槧,江湖仗友朋。故家書萬軸,高士酒三升。誼合生平足,神交古道興。親闈侍撰述,阿季任粗勝。

梅花大放,巡檐咏懷

一畝宫臨水,千株影到門。亭亭餐沆瀣,蔟蔟長兒孫。絶俗風常澹,逃名望轉尊。寄聲林處士,吾宅已成村。

素質許誰偶,清風渾一莊。宛然三徑雪,爰及四鄰香。韻歷苦寒在,年從肥遯長。醉眠留照夜,几上竹書光。

興如何水部,豈必在揚州。塢聳星垂樹,花深月涌樓。齊開如有約,古處故無求。歲月吾廬好,乾坤鐵笛秋。

雪中憶洛子

新年頻雨雪,久客殢江湖。本爲飢驅汝,翻令愁到吾。篋惟敗絮在,儲已宿舂無。極目寒雲裏,征帆宛畫圖。

立春憶洛子

草堂過小雨,萬象歘春暉。廬水書曾到,海山人未歸。飢驅驚節序,客久急庭闈。送喜勞乾鵲,朝朝繞屋飛。

己卯穀日得慈谿姜太史前年書問,用詩代柬,却寄長安邸舍

蓬池雲靄靄,上苑柳毿毿。特達遲何憾,疏狂早不堪。期君方李泌,以僕竢桓譚。分手十年過,猶憐舊盍簪。

把臂論文日,悠然俱素心。短衣燕市別,佳句楚江吟。萬事從蓬轉,吾生合陸沉。塗窮天宇廓,草閣白雲深。

恭承長者問,繾綣及兒曹。粗竭肩輿力,常分抱甕勞。爲贌偏用韭,有徑懶除蒿。骨相丘園得,安能比鳳毛。

小飲無須數,滄浪水一灣。臥遊償夙約,減飼駐衰顔。地許收黄獨,天容放白鷴。蒙莊前詔我,材與不材間。

貧賤驕人極,公然竹瓦樓。大書牛馬走,曾記鳳凰洲。銕笛三湘夜,羊裘五月秋。筆牀茶竈具,烟雨一孤舟。

吴東岩過訪

漭漭江聲裏,英英雲一房。炎官書信絶,散地嘯歌長。世治偏冥漠,吾衰更醒狂。蓬蒿蕪塞久,忽有客升堂。

博物吴公子,詞場好事能。竹林雙雅調,黄海一詩勝。入楚參衡待,班荆雲夢烝。窮居存野老,暖眼僸鬅髻。

挂席漢陽渡,振衣黄鵠山。古臺湧月上,夏水入江灣。軼事搜羅得,新詩仔細删。曰歸期歲暮,搔首遲柴關。

柬懷周礪岩

大别山前别,歸來杜此門。傳書安得到,有夢亦徒言。往事不勝數,新詩誰與論。日邊如念我,顦顇一荒村。

插架君書籍，南窗共客看。高能凌絶巘，俛欲捲回瀾。光怪蓬瀛島，鴻蒙太古壇。别來垂十載，墨汁幾宵乾。

屈宋騷壇後，周郎一以豪。辛樓晨弄笛，赤壁夜吹簫。文字留金石，輶軒直斗杓。簡書程限迫，逾月已趨朝。

採芝旋角里，躍馬上蓬池。聞道英雄色，還如少壯時。列朝搜掌故，三館足襟期。垂釣滄浪者，搔頭獨爾思。

同君清晏代，吾乃似虞卿。去國渾無故，著書何所成。艱難存古道，坎壈立脩名。欹枕荒江夜，蕭蕭風雨聲。

柬懷胡抑齋

盍簪東觀日，槖筆用群賢。史料三朝稡，官儀六典詮。大庖沾法酒，故事給餐錢。我友胡中允，朝朝手一編。

年少好兄弟，雁行俱有聲。起家通六藝，篝火過三更。爲友彈冠喜，聞賢倒屣迎。儒林公等在，猶比漢西京。

里居垂十年矣，追憶齊年諸君子，悵然成詩

京華冠蓋聚，好友我同門。拙宦幽憂日，群公古道存。遭逢嗟趙壹，骨相問虞翻。銜戢何年報，生平知己恩。

寒風過易水，霧雨渡黄河。行路難如此，歸田感倍多。瀕行人割俸，逆旅我微酡。贈别詩盈篋，吞聲不忍歌。

故態狂奴遂，同人望已虚。宅真鄰五柳，壤復錯三間。獨立堅冰後，嚴寒落魄餘。門前斷車轍，誰問碧山魚。

萬感來深夜，微名愧楚龔。裘難償酒債，筆易秃書傭。竪課晨肩木，田租歲獲葑。春明夢不到，安得故人逢。

數竿修竹裏，鎮日短長吟。著作非司馬，阨窮如展禽。乾坤耕牧老，烟雨薜蘿深。小札蠅頭字，行間露此心。

有客飢驅去，何人吹洞簫。鹿門謀已熟，詹尹卜徒招。泥飲過時節，醒狂破寂寥。十年良讌會，我友在中朝。

往事從頭數，詞場亦有聲。早朝賡賈至，夜語過韓翃。展席名花放，班荆好鳥鳴。比年書信少，回首不勝情。

户外售芒屩，牀頭挂籜冠。貧勞名士駕，老饜腐儒餐。紙筆兒曹費，緡錢藥裹殫。不堪癡僕御，喋喋語長安。

荒　園

荒園鎮月掩柴關，萬竹翛翛簇一灣。懷古每令愁似海，積書何補債如山。學成稼圃巢由後，老得鬚眉沮溺間。眼底多情惟燕子，年年飛去復飛還。

一畝之宫枕大江，蕩胸日夜水淙淙。課兒詩話兼文筆，趨我南榮又北窗。漸蠟名山雙屐齒，粗椎老屋一燈釭。求田問舍人過去，豪氣猶疑未肯降。

衡門石磴齒松根，盛酒朝朝老瓦盆。瘦骨藜床聊宴息，貧交黍臛屢過存。西京雜記分吾子，東觀前聞授小孫。蕉葉寫殘看柿葉，田家物産足丘園。

木筆花開春霽初，絳雲深處一茅廬。林泉暇豫戴安道，枕簟鮮新陶隱居。辟穀衛生還采藥，杜門過日盡鈔書。洞天福地芒鞋到，不踏金閨與石渠。

浮雲漭漭雨垂垂，讀罷騷詞痛飲時。老至閑心原自得，生來清節畏人知。將眠客且抱琴去，緩步僮常簪筆隨。屈指古來高士傳，披裘帶索可爲師。

巷北巷南無馬蹄，十年一榻此幽栖。漫勞侯霸來書札，已約向平同杖藜。飽剩盤餐頻下鳥，遊需斗酒一謀妻。夢中喜得米家石，叠嶂層巒袖裏携。

混沌人疑太古壇，朝看溟涬夜芒寒。飯牛細草渾無埸，鬪鴨清流小有欄。漫士放懷聊酒寄，龐公垂老尚泥蟠。光風澍雨行春令，滋得江天九畹蘭。

晨起荆扉風自開，郊行野望亦悠哉。紅梅爛熳穿林出，白鳥翻飛破水來。過雨囊雲仍涌席，瀕江坐石已登臺。詩中畫裏尋常得，苦憶輞川摩詰才。

抱甕疏畦又種瓜，春來飽飯此生涯。身閑獨漉牀頭酒，客韻偕澆塢裏花。纖草籬根留緑雨，古苔屋角露青霞。游人徙倚蓬蒿徑，楚尾旲頭處士家。

青簾白舫緑楊橋，竹瓦虚堂帆影摇。畫手權奇留駿骨，書家瘦硬得龍跳。江風十里聞吹笛，溪月三更照緯簫。傭保挈壺趨走慣，浣花財暇浣詩瓢。

贈蘄州學正岳起霞

翼際山頭江漢水，蜿蟺蘄口氣氤氲。乾坤人物興州里，騷雅風流溯典墳。畫壁遥涵千畝竹，書堂歘起半池雲。梅花笛裏中宵放，詞客翩翩四座聞。

橐筆曾觀尺五天，詞場知己玉堂邊。螭頭籍籍推王吉，驢背悠悠老鄭虔。白兆山巖聽夜雨，金沙浦口漱寒泉。人生踪迹渾難定，方外何時訪偓佺。

讀桐城姚司寇集

建節乘軺出鳳城，使星夜向岱宗明。典謨詁採濟南老，風雅箋咨轅固生。秋霽雲霞看闕里，時清人物儗西京。琅邪名士王璜舉，費直門墻最有聲。

入直恭承霄漢恩，皂囊白簡映朝暾。採山議恤青燐冢，賜復蘄沾黄葉村。骨鯁人言汲黯似，丰裁自許魏徵存。螭頭俞咈勤宵旰，詔旨煌煌瑣闥門。

貫索星躔刑法通，白雲有録代天工。仁行漢約三章外，智盡周官五聽中。律令匡時思魏相，春秋斷獄比于公。同時司寇今俱老，猶説當年囹圄空。

廩粟餐錢問有無，解推誓與古爲徒。一焚萬券田公子，頻散千金范大夫。乞食嘗憐陶令拙，謀生苦憶趙兒孤。賜金幾日旋垂橐，笑指疏公好畫圖。

冰壺瓦缶總還淳，方寸能涵海岳春。小技雕蟲觀大老，危途履虎惜通人。過江麈尾憂妨國，入雒龍駒筭及身。最是巷名馬糞好，飄然物外絶纖塵。

客言朱近庵侍御詢余近狀，悵然有作

燕山祖道之秦嶺，一别于今已十年。浩蕩襟期霄漢上，聯翩姓字國門前。夔龍漸陟虞廷陛，沮溺遄歸楚澤田。客子過存談往事，雞鳴風雨倍淒然。

父老函關道左遮，郎官課最上京華。春雲春雨邠岐路，一鶴一琴槐柳衙。詔下九卿推骨鯁，臺參三省察奇衺。立朝正色朱雲好，有友江湖也歎嗟。

日邊靄靄三陽候，夢裹英英五色雲。有馬已爲真御史，不侯翻念故將軍。行藏世路分車笠，朝野詞場共典墳。回首昔年酬唱地，藜床竹几雪紛紛。

竹瓦樓頭氣鬱烝，烏皮几上晝嘗凭。六經分注還需子，二仲同栖已得朋。擇地可容馴白鹿，潔身兼得遠青蠅。蓴羹虀粥粗能饜，又貰鄰家酒一升。

花塢涌雲渾赤壁，水天漠漠樹蒼蒼。愁來獨寐宵無寐，醉後如狂醒亦狂。剥啄驚人俱燕雀，縱横塞路半蜣螂。老傖小隱悠悠過，稗乘編來滿一囊。

次韻酬何蘭石

五遠堂中雪作濤，風流何遜座争高。凌空寫出千尋竹，遣興吟成四月桃。酒注瓦盆疑邃古，衣沾柳汁訝群髦。橋門歲月蕭閑極，短篲長鑱手自操。

潛夫穩卧此江潯，下有漁磯高樹林。竊比榮公常帶索，漫勞鮑子更分金。停雲涌月牀頭夢，馴鶴懸魚座右箴。出處相期俱努力，鬢毛怕受雪霜侵。

檢山雨堂遺集

幾卷殘詩山雨堂，一生踪迹總蒼凉。祇緣落魄參蠻府，不信灰心竟夜郎。薄海交游壇坫在，故園兒女墓田荒。寓公姓字傳江夏，鏤版曾留石鏡旁。

結客天涯書卷隨，名場才老數偏奇。心勞元結當官牒，涙盡劉蕡下第詩。自哂諸艱緣骨相，人言萬古足襟期。蠻烟瘴雨腸堪斷，最是荒郊送子時。

天涯潦倒一狂夫，遣興詩成覓酒徒。六詔脂車關索嶺，三湘倚檻洞庭湖。雲沈古屋龍蛇句，露濕摩崖蝌斗模。磈磊生前消耗盡，漫勞山鬼向人呼。

檢石秀才晼廬遺集

世路崎嶇合愴神，辟人酣飲欲全真。時非漢末羅鈎黨，隱豈吴門溷市塵。鉛槧生涯過儉歲，薜蘿荒徑老幽人。千秋直筆垂鄉曲，有道猶傳折角巾。

物外翛然衆所聞，如何羅織陷深文。操觚苦憶張廷尉，每飯難忘封使君。忼慨頗能全白社，蕭疏自不附青雲。異時馬鬣封何處，應傍要離數尺墳。

柬懷沈侍御東粤使院

制詔下雲霄，襜帷嶺表遥。螭頭真御史，虎觀我同寮。賦筆存三館，詩名著早朝。沈才原甲宋，賈策更兼晁。炎徼行驅鱷，霜威已射梟。書儲管敬仲，議採李文饒。汲古襟如海，匡時力比潮。熬波頻出素，積雪直凌敲。浴日登鵬頂，囊雲到鶴椒。五羊馴使院，萬雀迓星軺。人物羅威得，門墻區册邀。漢臣褒陸賈，秦尉哂任囂。燕喜韓亭夜，龍吟越秀朝。貧交憐杵臼，遯迹侶漁樵。細雨荒林塢，殘霞淺瀨舠。疏畦分芊種，抱甕長蓀苗。屈宋天冥漠，瀟湘澤寂寥。阻飢因學稼，忘味似聞韶。村僻龐公熟，年長惠子消。携壺朱草徑，攲枕緑楊橋。夢遠壁間�，憎稀枝上蜩。巷仍栖馬糞，笥可役牛腰。握槧兒争摘，佩觿孫解挑。幾從詹尹卜，頻赴漫郎招。覆載容巢許，經綸在肸僑。群賢咸彙進，野老自萍飄。紫氣觀宸極，清暉候斗杓。騰騫期鸑鷟，豫樂宛松喬。繾綣陳荀誼，殷勤車笠謡。羅浮倘遺竹，有葉儷巴蕉。

姚映垣輓詩

萬里滇山路，并州是故鄉。孱軀經瘴癘，客死竟蒼茫。南詔褰帷使，西京執戟郎。何人携絮酒，爲爾賦斜陽。

含山杜令能課士，余聞而作此詩

黔陽才子宰烏江，手把巨筆如長杠。龍亢古城書萬卷，熒熒丙夜然燈釭。緬想縣人張司業，韓門疇昔摇麾幢。攘臂直作元和體，東野孟生差能雙。長吏下車今妙選，有大力者龍文扛。課日開軒集群彦，經箋史牘充南窗。南楚老人聞之喜，如此可以稱爲邦。海函地負中有物，俗吏往往糅珉矼。此事從來聲相應，萬石之鐘非莛撞。惟文學令能得士，詩書氣盛風斯厖。蘭陵崖畔華陽洞，青霞鬱鬱泉淙淙。竹杖芒鞋吾乘興，吸取佳醖浮春缸。

合肥李公以康熙己卯冬十月薨於位，廣濟門下士金德嘉於十二月丙子爲位哭，焚奠章一篇，詰朝賦詩四首

望氣淮淝草樹殷，台星忽霣八公山。典章畫一蕭曹後，調燮從容丙魏間。黄閤旦開遺赤舄，丹爐宵暖失朱顔。王喬洞口風蕭瑟，丞相沙堤舊往還。

雲裹蒼蒼大蜀峰，鬱葱佳氣自夔龍。賡颺東閣諧三事，吐握西清入九重。别業平泉歸未得，仙期衡嶠許誰從。上公兆域官家賜，不用侯生負土封。

巖巖殿陛挺孤標，古大臣風猶未遥。廣厦筵中憐白屋，清香閣裏倈層霄。世家軼事里門熟，碑版空山星漢昭。最是易名關掌故，褒稱異數出中朝。

公府遥瞻霄漢上，瓣香爲位此江濵。尊聞三館丹鉛役，失路十年草莽臣。伏枕夢猶疑虎觀，操觚書已斷平津。東征磨鏡濡須水，丹荔黄蕉隧道陳。

讀文史部集書後

白石山房後,藏書又此門。半天飛瀑到,諸壑亂雲奔。葱鬱名花氣,沈冥老樹根。當年《傭吹》夜,鐵笛滿乾坤。《傭吹》,篇名也。

傷心跋扈將,髮指復聲吞。蠢爾赤眉蔟,囂然白額蹲。殊恩如李勣,大逆竟王敦。即事操觚記,書童腕脱幡。謂左良玉也。

草草朝儀立,何曾李勉尊。新亭方灑淚,鈎黨忽銜冤。鹿馬渾從指,鴟鴞總一樊。辟人歌當哭,對客舌先捫。鴟與鴞同類,實二物。

過江財幾日,萬事此瀾翻。惡草青青肆,長蛇蜿蜿繁。竇陳霾骨血,節甫長兒孫。屈指平陂數,盱衡黄業村。

岌岌史丞相,邗溝戎馬屯。麗華方進御,江總正承恩。報絶龍潭驛,望窮瓜步援。血書留寸紙,南渡一忠魂。

望望金陵氣,終朝黯黯昏。琵琶天寶曲,蟋蟀半閑門。國是紛豺虎,宗祊綴犬豚。石頭歸命出,肉袒竪降幡。

尚有姜維在,素衣嗥野屯。權門鷹犬散,破國馬牛奔。散髮栖同谷,殘編裹罪言。銅駝千古恨,淚眼拭彌惛。

白衣終不出,皂帽老孤騫。漠漠西臺雨,荒荒北郭暄。壁經留國故,心史識去君恩。却聘殘書稿,何人更討論。

讀丹木齋集有作

有明之衰天地閉,大權旁落中常侍。客魏宫掖莽狓猖,乾兒義子紛摇曳。應山楊公都御史,危言蒿目宗社計。二十四罪章留中,朝堂白晝遂陰曀。殺人媚人許鎮撫,群賢北寺頤指斃。江夏桓桓有吴公,皂囊白簡應山繼。上言媪相璫所凴,鈞軸之地憂不細。疏入矯詔逮廷杖,血肉淋漓灑階砌。吴公賫志事已矣,緹騎縱横九衢猘。生平交遊半長安,死後曾無故人詣。是時豈少賢公卿,往往杜門而雪涕。鈎黨刈人若草菅,其於楚人尤芟薙。熊公斷脰楊公囚,吴公赭衣訴上帝。楚客不敢操南音,出門跬步行恐泥。忼慨獨我先大夫,哭公直欲從公逝。椒漿麥飯爲公羞,長衾短褐爲公蔽。三寸桐棺廣柳車,雨泣送公蘆溝汭。嗚呼此事我傳聞,我生公卒後四歲。弱齡晝荻先宜人,稍長尚論及先世。公與先公真死友，范張款款於幽竁。昨得嶺南朱公編，上有弁言當此際。朱公時從先大夫，眂公含殮脂公轜。滄桑以來更甲子，遺書猶並日星麗。賤子作詩繫家宬，竊比柳州先友例。

漢祚將訖用甫節，刊章告密清流絶。明三閹禍熾魏璫，詔獄雌黄由反舌。楊左繆魏顧李黄，偕三周公牢户閉。趙公戍殞高公沉，崔魏田許滸饕餮。侃侃吴公憤所切，疏草四通淚沾血。嗚呼霜臺形影孑，誓死差寧生匪屑。君不見，虎之年虎之月，虎齧賢豪尸巷轍，一棺束身裹以襫。急難故人獨勇决，嗚呼虎尾不咥力已竭。

御史死諫諫官職，下從龍逢比干游亦得。丞相上言臣紹軾，幸徼寬政今下直。下直大延東閣賓，是日丞相歡已極。閹人欻報御史來，潭潭相府盡昏黑。丞相股栗無人色，茗碗墮地語悽惻。朝廷萬事廠臣手，備員閣下亦緘默。魏公顧公肺腑交，軾也譬諸數之仂。越二日朝丞相死，長安籍籍冥誅亟。嗚呼！陰陽翻覆豈人力！漢史大書田武安，呼服謝罪魏其側，皇矣天監故難測。明年天子當陽討群賊，死者刑尸生者殛。御史墓門綸綍陟，忠烈易名金石刻。白頭滂母哭向北，男兒有身當許國。

嗚呼！先大夫蓋嘗周旋死友吴御史於逆璫羅織之日，誼甚高。不孝聞之先宜人云：吴御史者，諱裕中，字幼益，一字磊石，江夏人。萬曆乙卯偕先大夫舉於鄉，己未成進士。知順德、新會二縣事，課最，乙丑入爲御史。憤魏忠賢亂政，次輔丁紹軾阿諛取容，疏上斥次輔，而逆璫矯旨杖百，創血赭衣死。當是時，應山楊公劾逆璫二十四大罪，忠賢方切齒，而媚璫者又深文殺經略熊公矣。璫爪牙捕楚人急，吴公親戚故舊盡竄匿。而先大夫義不返顧，理其喪事歸其櫬。先宜人謂曰："今國家以廷杖鉗諫官口，幸汝父不當言路。當言路則必言，言則亦如吴公矣。"不孝時蒙穉，鮮所知識。稍長，知讀書，而先大夫書宬遭左良玉叛兵東下燬且盡。順治癸巳秋，於盧君首傳[①]所得先大夫手書《自警編》，乃鈔謄副本易之以歸。日夕誦讀，於是知先大夫之學有本也。先大夫與人交於死生之際甚篤，有淅川老生杜于登者爲先大夫祠記，言有蜀人秦某司訓淅川，卒官，貧無以殯，先大夫割俸殯之。蜀道險遠不能歸，又割俸歸之。此事皆前時家宬所不載。吴公之歸櫬也，不孝第聞先宜人言其略，未知長安共事者何人。頃之，從子啓江

---

① 傳，當作"傅"。

紬藍丹衷架上書，得嶺南朱進士可貞占遇氏《丹木齋集》，有己未進士陳鐘盛序言："吴磊石以廷杖死，親友當路俱畏勢炎莫之敢往，占遇獨從金孝廉經紀其喪而歸，大義忼慨，君子以爲難。"反觀集中詩目，與先大夫過從倡酬極歡。不孝感愴，夜轉側不成寐。黎明起讀《三楚文獻録》，言吴公與熊公兒女戚，璫銜之刺骨，是以疏一入輒寘之死。又聞吴公草疏時，研冰不可着墨，呵凍爲之，草未就，風滅燭者三。公朝衣冠，告二祖列宗之靈，乃入直。其志豈畏死者哉！一死而言責盡矣，惟是而鞭撻喧器於殿陛，血肉淋漓於縉紳。有明稗政，趙宋數百年天下所未有者。士氣削而國是沸羹，剥極而復，至於忠賢追磔，呈秀斬屍。田許諸凶人駢首就戮，當時與結交者七等定罪。而死諫君子復官贈蔭，皎然與日月争光焉。嗚呼！吴公髮膚不遑恤，以無負於君父；先大夫險難不少避，以無負於朋友。聖學之在人心至季世而尤烈哉！不孝書此志感焉，抑自勉於學也。

君子之與小人勢不兩立。若漢黨錮之慘、唐清流之難，具在史册。然獄辭之傅會翻覆，雌黄雜糅，未有甚於明之季世者也。其死熊經略也以封疆，其死楊都憲也以經略，其死高左繆魏黄周李諸君子也以東林。夫東林之招忌由講學，而熊公生平未嘗講學也。應山、江夏爲同鄉，而楊公與熊公實未嘗相善也。爲逆璫謀者曰："不引入移宫則罪名不大，不假借封疆則難以追贓。"嗚呼！此計一定而衆正於是乎糜爛矣。爲此者誰歟？崔呈秀、田爾耕、倪文焕，鷹犬耳，許顯純，鴆蝮耳，而秉國鈞、擅生殺者，魏廣微也。方都憲二十四大罪疏上，逆璫亦惴惴無人色。客氏從中乞請，令魏相票旨，而逆璫辭廠一疏先下，備極温綸。次日，始下憲臣疏，切責不少貸。蓋緣"門生宰相"語階之禍也。嗚呼，趙嬈阿母令改阿父祠廟，且遍天下，俎豆直逼先聖，趨承擁戴之禮，豈直門生而已哉！廣微者，魏公允貞之子。允貞，名御史也。當時江陰李公言曰："允貞嘗爲言官，公正發憤聲施至於今，廣微當退讀父書保其家聲，毋與言官爲難。"此疏一出，廣微遂欲寘之死地。冢宰趙公南星家居三十年，再入朝遇廣微甚嚴，亦以父執故。廣微遂力排之，矯旨削奪，復嗾山西巡撫誣以贓，論戍振武衛。趙公短衣士伍，卒於戍。蓋人方念乃父之賢藉以爲子規，而爲子者一聞語及其父之名氏輒與人不共戴天焉。嗚乎，父子之倫至此日而澌滅已盡哉！楊公之始歸應山也，有陳舉人愚元樸嘗勸以默護元氣，毋爲禍始。劾璫疏郵至，仰天太息："此適賈禍，行且盡殺諸賢！"及被逮北征，跣行千里而别曰："徒以老母在，未能送君渡易水耳。"璫伏誅，元樸叙次公生平以告當路，朝議謚曰忠烈，楚人謂之生死交云。若吴公之死諫也，疏之上以乙丑冬十二月二十五日，死杖創以丙寅正月二日。其懷中尚有三疏，拾楊公所未盡者。逆黨按而獻諸璫，璫憾入骨髓，以故邏卒旁午。其收斂視楊公尤難，而先大夫冒死以爲之。藉令逡巡不前，腐骸蟲出，狼籍行道，尚可問哉！以此知朋友誼篤至於急難而尤烈也。不孝牽連書之，用告我後人，都爲一册，曰《往事録》。

胡京蒙太史過訪

畫舫南溟來，席濕羅浮雨。朝涉宫亭湖，夕攬青林塢。峨峨金閨彦，步屧寒梅宇。主人拙言辭，客訊何縷縷。是日荒江濱，觀者聚如堵。朗詠《緇衣》篇，此事今猶古。

晨興送君發，好鳥鳴春樹。歸帆鄂王城，雨色漢陽渡。捨舟而脂車，北嚮長安路。出處固殊營，雞鳴狗所務。廟堂志鼎鐘，山林司掌故。矻矻百年内，拮据尚無誤。别後有雙魚，可以傳尺素。

王晉樽伻來，徵書兼餉土物賦謝却寄太極研一方，詩韻一册，侑以詩

琉璃研水經冬涸，晨起爲君面北窗。有槧仍須時少暇，如椽直恐力難扛。苦思柿葉秋堆案，安得蠅頭夜照釭。大令傳家自真迹，羊欣羞澀豈能雙。

生來自不合時宜，坐上巋然太古姿。脉脉豈真涵萬象，蒼蒼頗似絶群疑。氤氲漭沆北山足，黼黻丹黄東觀期。洗墨池邊夜雷雨，才人拂拭寫新詩。

六經韻學虞歌始，三百篇終續楚騷。亹亹大文天壤在，孳孳傳説古今遥。静從谷口聽流水，閑倚江風吹短簫。科律齊梁四聲部，一編袖裏出箾韶。

送劉學正椿子之官均州

天官除日日邊來，襄水官船解纜開。行到宜城芳草地，提壺一上杜康臺。

萬壑千岩過置郵，襄州覽古又均州。濯纓真得滄浪水，題壁好登文選樓。

白龍潭裏涌青蓮，三十六岩沆瀣天。他日我來君鄉導，振衣直躡太和巔。

好事儒官行篋隨，皮家文筆孟家詩。無多俸入也豪舉，倒着接䍦

遊習池。

葛衣芒屨出東郊，爛醉狂吟解客嘲。漫道先生飯不足，槎頭縮項儘充庖。

王粲井欄新轆轤，寒泉挹注飽生徒。巡檐試問升階者，誦得登樓一賦無。

臨卭賣酒圖

滌器罏邊未可嗤，男兒通顯亦須時。上前奏事人無數，才子偏令狗監知。

高力士脱靴圖

大璫俛首作官奴，一事千秋入畫圖。闕下火城人赤舄，殿頭役得此人無。

長安碎琴圖

旅舍蕭條客斷腸，八千里外劇神傷。憐才世已無文舉，誰念幽憂盛孝章。

唐人落第圖

曲江大讌赴慈恩，誰向窮途拭淚痕。黯黯斜陽驢背上，劉蕡毦毦出青門。

送何蘭石閩遊

名士看山到武夷，輕裝楚制少人知。茶煙聚落提壺坐，荔子園林拄杖窺。榕樹緑肥雲谷口，蕉花紅綻筍江湄。追尋前代仙公迹，九鯉湖邊定有詩。

小隱蓬門江水曲，南榮寂寂長青蘿。朔風地又薰風至，舊雨人還今雨過。老向騷壇追屈宋，粗成韻語覓羊何。送君解纜開頭去，繾綣斯須别恨多。

秋浦詩

秋浦煙波似洞庭，九峰復似九疑青。謫仙去後酣歌少，皓月溶溶到古亭。

疏星晱晱寒芒夜，古樹修修細雨天。最喜寓公無李赤，亭臺不把贋詩鐫。

寄張六庵刺史

十九年來刺史厨，年年爨冷似萊蕪。飲泉亭子青青竹，潑墨何人入畫圖。

解褐南宫四十春，勞勞半在此江濱。眼中怪事渾如夢，剩有鬚眉不負人。

王晳榑遺我犀觥，飲徑醉，作歌

臨臯故人贈我卯飲巵，正當比舍田父泥飲時。四座傳看詑此何代物，毋乃步兵校尉之所遺。巧匠嵌空鏤刻形模古，隱若蒼龍出水撑之而。從此一斗一石入吾手，公然酩酊毾㲪高陽池。有時脱帽露頂赤雙脚，仰天大叫劉伶真可兒。客子不勞辟席或膝席，眼底都無武安與魏其。酒後耳熱彈箏仍叩缶，南山種豆何妨落爲萁。前夜剪燭頻呼金鑿落，蒼頭走貰鄰家幾鴟夷。紀叟去釀夜臺不可作，折券武負之遇良難期。所恃插架有書索高價，諺云借者一瓻還一瓻。魯宫汲縣文字俱蝌斗，後生往往雒誦而瞠眙。我自鷫鸘典去渾亡賴，杖頭羞澀出門安所持。晨夕醒狂老子殊寂寂，鼓柁逝將西嚮江水湄。故人此日釀酒應已熟，吾當竟往餔糟而歠醨。三萬六千日已過大半，奈何男兒有口徒餔糜。況復赤嶋樽中邀明月，巨口細鱗舉網而得之。不淺主人騰觚飛爵興，碧雲深處裊裊洞簫吹。十年契闊一朝乃有此，人生樂爾須富貴何爲。夜告江神吾行解纜矣，詰朝藉手東南風相隨。

聞張六庵使君寓齋辛夷花夏放，詩以紀之

城北城南人總至，樹頭樹底語頻仍。爲園豈必潘懷縣，有塢居然

王右丞。分飲青霞携一鶴，繞臨淥水聽諸僧。沅湘蘭畹尋常見，五月辛夷得未曾。

柬懷張使君三角庵寓

茶竈筆牀俱一車，使君行部此爲家。瀕江小艇能垂釣，負郭長鑱可種瓜。折券幾人除酒債，空囊何地覓丹砂。贊公房裏鐙前睡，稍喜臺邊夜雨花。

小物歎

天下小物慕炎熱，夜有白鳥朝青蠅。反舌無聲此族出，陰之浸長斯其徵。短小精悍冥行者，噆膚嘬血人難任。典去鷫鸘貿葛帳，中央四角俱馮陵。萬弩齊向便便腹，尻脽腰膂連雙肱。腹摭舊聞副篋笥，肱用使指勤鈔謄。書淫書癖夫何咎，罹此辛螫疇云應。黄昏叢射薄夜半，昂藏七尺爲之堋。伏枕轉仄不成寐，引領暘谷曈曨升。雞嗥盥漱財隱几，籠頭醜扇來薨薨。晨餐款接褷襹子，觴間炙裏營營登。森森麈尾斥不慴，蒲葵左右驅寧勝。大溲小遺輒點污，琴床筆格都頻仍。輕身剽忽乍離合，往往越次而奔騰。亂色清流無不可，雜糅壇坫渾溝塍。沿緣傅會爲一飽，絞繩之足工趨承。蜂亦有房鼠亦窟，此物漂泊云胡興。壁上見蠍照猶喜，奈何白晝令人憎。何怙何恃以蕃息，蠢爾生氣於何乘。昊天有赫臨下土，於斯二者曾無懲。番休迭出爲世患，分曹引類殫其能。聚之成雷吁可畏，縱令止棘仍多朋。拊膺太息誰致此，察其所以惟炎烝。從横實挾蘊隆勢，宵旦出没機相膺。是時大風況有隧，吹嘘鼓扇么麼升。我所思兮清冷谷，北山之北曾曾冰。筋疲氣短遠莫至，夢之帝所時凌兢。嗚呼！人生之苦亦有極，少待寒露商秋凝。霜風瑟瑟掃除後，掀翻失勢天衢澄。世事眼底如轉轂，彼哉小物何足稱。

寄胡平玉黄州

冷官官舍雪堂近，坐引青霞到北窗。肅客登樓真竹瓦，觀魚出水似松江。杖藜安穩黄泥步，壺榼頻傾赤鳩矼。寒碧園林能信宿，枕流鼾睡夜淙淙。

畫裏江城寧寂寞，有官獨冷亦囂囂。三更月露迎詩舫，萬頃煙波送客簫。覽古茫茫談戰伐，會心忽忽到漁樵。眼前物色渾無盡，孤鶴蹁躚夜復朝。

鄭生投詩過訪，次韻酬之

瓦盆盛酒衡門下，脱帽披襟酩酊歡。一壑栖身行辟穀，十年杜口不言官。拏舟啥我當炎暑，得句驚人逼夜闌。却笑東坡老居士，命宫磨蝎竟如韓。

幾年契闊今携手，苦説彈棋局不平。五柳三間誰合傳，千秋萬歲總虚名。區區散地魚邊樂，咄咄浮生夢裏榮。摇筆荒園書柿葉，故人往往見詩成。

舍北舍南江漢水，擁書萬卷在中央。壺觴折柬群賢至，鉛槧分曹鎮日忙。屈宋騷壇應後勁，鄒枚人物定前行。峥嶸眼底吾期汝，大海回瀾日載陽。

王醬榑遺畫軸，畫手名氏印記都無，亦古矣。走筆歌以紀之，兼用志謝

鵝溪之絹可一丈，中央墨妙僅盈尺。黄中閣藏幾千春，今朝挂我荒江宅。樹帶莽莽蒼蒼雲，崖縣岝岝峉峉石。殷地沆瀣直星躔，兼天鴻蒙混潮汐。老屋攤書二老生，燎炬兒童佐掎摭。身前身後擁青箱，狼籍古人漱其液。趺坐檐楹瞑目者，潭思凝神亦書癖。兩人對舉琉璃盤，漆書晱晱欄干射。憑欄遐矚三君子，其一拄杖有所適。何年好手寫此圖，軼厥氏名良可惜。顧陸張吴代已遥，後來往往徒踐迹。造物留此餉幽人，餐霞辟穀偕晨夕。都梁手爇絶纖塵，卧遊疑到藐姑射。亦。側身西望寓素書，異時報君雙白璧。歌罷捲入縹囊封，神物還怕逢蛟龍。

周秀才過訪

骨相汝峥嶸，髫齡遂老成。學從艱苦入，慧自寂寥生。蟄螻柴桑

里，寒雞風雨聲。結廬當瀑布，瀉到墨池清。

纖塵已不到，況復爇名香。白日康王谷，青衫司馬堂。竹書翻汲冢，石鼓搨陳倉。隔岸過三舍，論文覓楚狂。

寄題周生書齋，次杜東山草堂韻

別業蕭然匡谷口，壇場太古物華新。飛泉迸落煙霞塢，返照淹留樵牧人。天半壓巖萌緑筱，雨中澮瀨足青芹。卜鄰白石山房得，坐愛寒松帶雪筠。

寄田茂生恭城

漢代蒼梧地，隋年曰恭城。天文分翼軫，華蓋峰崢嶸。下有昭潭水，其流駛以清。人物古周渭，立朝著直聲。田郎剖符至，治若小鮮烹。放衙静無事，夜對短燈檠。出户巡檐望，睒睒者長庚。薄宦不温飽，聊以代躬耕。僻壤上官少，手版絶將迎。冬雪煨薯蕷，春山採杜蘅。荷鍤辰砂得，遺我佐青精。

胡生復亨會來刻太僕仁常先生《罪因稿》，持過草堂，會余鳩工鋟《往事録》，爲江夏磊石吴公死諫，先大夫經理其喪以歸也，事正同時，感而作歌

天寒欲雪黄雲屯，朔風獵獵荒江村。紫霧谷口胡郎至，圍爐擁褐當黄昏。高燒麻炬拭棐几，濁醪徐出中厨罇。胡郎褏裹先賢卷，四座把讀齊聲吞。有明天啓寺人亂，太僕胡公罹於冤。殺人媚人蓟崔子，深文阿指無平反。胡公搒掠數瀕死，灑血囹圄書遺言。奄奄桔拲徼天幸，天子欻改崇禎元。是時應山楊公隨江夏熊公廷弼俱已矣，楚人有些徒招魂。應山罪狀宦豎猶未訖，御史磊石吴公補牘論。吴公以此殞廷杖，親戚故舊亡命奔。我先大夫歸其骨，桐棺旅櫬城南門。此事特書東粤朱家《丹木稿》，陵谷變遷編猶存。捃拾昨成《往事録》，南窗剞劂傒朝暾。今夕何夕胡公一卷來合并，遂如漢廷君宗顧及諸公仍同垣。座右布衣諸生頻雨泣，乃是太僕令曷之曾孫。

紫霧山房歌

紫霧之山千萬樹，屏障紫山山人阼。山人仙去群玉峰，樹頭樹底霧猶雨。山房插架古人書，山人丹黄都訓故。捧檄一上巢雲亭，拂衣遄返桐川路。歸乘晨夕此婆娑，引年不飲張蒼乳。兒孫羅立待山游，紫霧垂垂濕芒屨。山脈蜿蟺壇坫開，大石可設千人具。我生未踏紫山村，聞聲曾志紫山墓。厥孫重趼來江干，邀我遥作紫山賦。天寒積雪手凍皴，爲拭剡藤寫長句。

贈萬友弟

南宫牓下人得意，翩翩走嚮鴻臚寺。庚辰薦士三百人，阿弟瑛也四十四。故事解褐會成均，承恩大讌曲江醉。國朝得人科目中，三公九列由斯地。阿弟天官一選人，南歸聽除吾把臂。輦上清卿江文通，書來説弟行步工。萬里之行脂車始，君不見陽城汝師黄閣翁。

居業齋詩鈔　卷十五　詠物集

竹几

隱几湘雲生，湘山竹所成。校讎書幾卷，可以代躬耕。

石罏

盥手爇都梁，磁罏度竹房。疏檽浮一縷，隱見漆書光。

盆山

水立一峰青，君山在洞庭。興雲而致雨，吾以名吾亭。

紙屏

驟覺草堂深，中央坐客吟。淹留二仲久，月出正當心。

書削

稜稜百鍊剛，築氏世爲削。所向及其鋒，鉛刀勿用割。

筆牀

毫毛猶茂茂，乃在一草廬。咄咄珊瑚架，曾鈔東觀書。

墨池

清淺故蓬瀛，時時風雨聲。飲中唐供奉，方外宋端明。

端　研

地數翻奇暈,星精乃蠖攢。出山豈驟貴,聲價在長安。

竹　榻

此君無不可,小屈作匡牀。直使纖塵絶,兼令六月凉。

竹　杖

拄到洗頭盆,方莖仍九節。怕逢粥飯僧,刓削老根闌。

蘄　簟

高枕得桃笙,炎天遊化城。中宵醒蝶夢,皎皎見參横。

藤　枕

區區獨寤心,伏枕亦無暇。不得荒雞啼,漫漫長此夜。

藥　鑪

鬼載瞀醫車,蓬心渾草昧。丸泥封此鑪,揮手絶其喙。

花　架

鉏钁薙狂花,揞撑役散木。物生令有區,楚楚若新沐。

酒　榼

國器是鴟夷,出門信所之。明朝已陳迹,一册紀行詩。

劍　鞬

夏日傳看客,恐令髮毗寒。泠然三尺水,莫信詑龍蟠。

馬　皂

伏櫪志千里，昨朝試蟻封。一經曹霸手，畫骨其猶龍。

銅　瓶

光浮新雨夜，湧出古雲灣。漫漶何朝字，摩挲爪甲殷。

笛　步

唳鶴潜蛟處，穿雲裂石秋。幽人嘗獨往，一氣滿滄洲。

琴　囊

湧月上虛桐，泠泠能解愠。水山氣自通，匣亦有餘韻。

燈　釭

霜鬢坐深更，小窗膏火繼。花占遠客來，焰報詰朝霽。

簾　挂

芳樹前林緑，遺來好鳥音。緗簾垂復捲，即事稱吾心。

癭　瓢

膨脝老樹瘤，沆瀣果其腹。俛傍枕流人，仰觀天半瀑。

篛　笠

巡檐紉緑蓑，戴笠影傞傞。萬事寸心裏，今年雙鬢皤。

行　屩

郊行眺遠山，暫作山中客。蠟屐幾經秋，空山未有迹。

桐巷《草木考》云：凡木本實而末虚，空，桐小枝堅實，世所以貴桐孫也。

造物愛桐孫，出林光蘶蘶。微雲濩厥根，疏雨沃其子。

蕉　衢

黄色雙眉上，碧濤岸幘分。班荆群籟息，清磬隔溪聞。

荷　澤

芙蕖水一涯，熗熗飽頳霞。共我碧筩者，滄浪一釣家。

瓜　蔭

豪矣東陵侯，盤中常五色。緜緜瓞相仍，覆露豈能測。

松　塢

青青殿歲寒，矯矯垂千尺。謖謖華陽風，白雲怡枕席。

古　鏡

挂壁牀頭光，皚若雲間月。如何閟匣中，不使鑑毛髮。

古　盤

朝可挹瓊漿，夕還盛桂露。何年田舍翁，挂此蔦蘿樹。

古　槧

送難酬都講，摭聞質已事。方言油素得，往往摘奇字。

麈　柄

仗汝禦青蠅，爲吾去所憎。止榛還止棘，牽引故多朋。

籀書淮人許容搨石鼓鏤版，余序之，挾一册以歸。

解褐入承明，校書直天禄。搨來石鼓文，老向楓窗讀。

隸　書

嬴秦仇古先，事事漭芠薙。丹鉛趨徑省，籀乃變爲隸。

八分書南海陳元孝大書"光風霽月"字遺我書堂

苞緼石經後，鑪錘韓蔡初。草堂欻光怪，遠致自扶胥。

先人墨迹前甲戌，先大夫守陜西興安，會蜀寇走漢南，所至郡縣望風破，而興安一城圍數月不下，用奇計破賊，有遺游擊唐通書稿猶存。不孝承乏之官，睢州湯潛庵、新城王阮亭兩先生書跋，後湘潭王山長、無錫倪闇公、郃陽王黄湄、慈谿姜西溟諸君子題之，裝潢成卷。

百戰危城日，十行血淚痕。于今傳館閣，神氣宛生存。

古敦王山長物也，館人借入質庫，今失所在。

春秋良讌會，列卿奠爵斝。失身犢鼻褌，播越酒壚下。

畫　筑

矐目入秦關，酒人猶好事。慶卿亦已矣，千載人酸鼻。

馬　箠

迢遞長安道，馬蹄疇昔多。雪中登廣武，冰上過黄河。

遊山畫册

入海求蓬萊，神仙不我迎。入山計未左，向長與禽慶。

書　篋

何以益神智，讀書粗識字。皇皇天地心，炯炯六經笥。

食　簞

飽飯而襟裾，畏人呼笨伯。有豚常用韭，安所得羊腊。

酒船畫

壇坫江湖裏，夢魂竹肉場。風流楊鐵雅，汗漫玉山堂。

茶　竈

煙霞分一握，水火互爲朋。桑苧素風在，吾廬今亦能。

帶　鉤

腰未折督郵，陶公一以樂。又聞榮啓期，九十行帶索。

漁　艇

短札訣君房，羊裘穩釣艭。狂奴干象緯，千古一桐江。

燕　巢

帶雨來蓬巷，穿雲語華門。幾經新改歲，猶念舊時恩。

鶴　篽

老傍幽栖得，真于野性宜。飛鳴俱有待，清亦畏人知。

居業齋詩鈔　卷十六　歷陽集

出游示洛子

風雨杜衡門，客來倒徙迎。内顧嗟荒厨，何以行吾敬。良久羞一簞，展席蔬糲併。忸怩拙言辭，猥云貧非病。九月未授衣，亡何涉冬孟。束濕充地罏，乍暄安能更。跼蹐藩籬間，終朝此怲怲。卜筮利攸往，薄遊以適性。黔突豈盡賢，暖席況非聖。緬懷古之人，向長與禽慶。我生寡儔侶，惟子侍溫凊。筍輿勿用肩，扁舟逸以輕。丹黄幾卷書，緘縢一古鏡。出門信所如，久速我爲政。澄江日夕佳，行行發新詠。

琵琶亭夜泊

江煙漠漠水泠泠，蕪没青山司馬亭。九派争流俱送客，不勞冠蓋出郊坰。

登石鍾山

此地能頻到，吾生幸老閑。危行探古迹，直上逼孱顔。遊喜當秋霽，留應待月還。山根息群籟，只是水潺潺。

王文成墨迹石鍾山石覽而作歌

有明中葉荒厥家，么麽宦豎莽紛拏。牽復强藩擁護衛，江湖群盜爲爪牙。推轂王公撫南贛，維大司馬憂萌芽。南昌亂作死孫許，公乃薅薙兼梳爬。罪人斯得上行在，赭衣面縛檻其車。紀功之書大於手，鋟石廬霍栖青霞。舟行泐詩此山骨，神氣淋漓江之涯。我來摩厓得微路，捫蘿剔蘚穿谽谺。摹搨未遑放船去，躧履次且三歎嗟。

望小孤

九月江湖客，侵晨過小孤。遊還存舊句，老漸藉人扶。古寺當亡恙，山僧定有雛。拏舟風迅極，寫入少文圖。

犀照亭

典午昔南渡，神器一以竄。僇力豈無人，氣衰於揮麈。矯矯温太真，立朝忠且武。長劍倚江天，灑泣江之滸。誓師討賊峻，忼慨執桴鼓。八州顧臣誼，相與依車輔。亂賊懸藁街，人乃知君父。師行次丹陽，燃犀到水府。犀照一名亭，圖經遂千古。

亞父城

言歸歲月已蹉跎，一劍霜花五載磨。聞道沛公能好士，結交苦未得蕭何。

事成不過一通侯，骸骨歸山百慮休。糠敹豢成陳孺子，美如冠玉祇陰謀。

亞父城晚眺

亞父城頭古時月，至今猶照亞父城。亞父曾掉三寸舌，疾呼緩頰渾無成。銷魂義帝郴江去，吞聲沛公霸上行。乞得骸骨歸卒伍，有耳不聞楚歌聲。嗚呼！男兒仗劍從軍止於此，何不居巢田舍扶犂耕。

居業齋詩鈔　卷十七　堀堁集

“蕉鹿早醒金馬夢，蓴鱸遠遂碧山思”，桐城潘子彦昇遺我扇頭句也。一字賡以絶句詩一首，用志隃晛，兼攄鄙懷

草堂徒四壁，有客坐吹簫。一幅輞川畫，泠然雪裏蕉。
出門何所之，東嚮康王谷。見說古之人，洞天馴白鹿。
幽栖亦漸老，回首傷懷抱。有蜮射人時，潛身苦不早。
通人如轉轂，拙宦若拘囹。酩酊荆高市，寂寥我獨醒。
左計是書淫，朝朝槁項吟。曾漂庭際麥，豈識菜邊金。
插架胡爲者，凝塵高閣下。男兒奔要津，汗血當如馬。
緑柳蔭青門，驪駒勞餞送。終風吹涷雨，渾入莊生夢。
蕭蕭草莽臣，落落荒江濱。尚有山鋤蕨，時將水芼蓴。
澤畔月模糊，煙波一釣徒。細鱗巨口得，饌出松江鱸。
筮直天山遯，紉蘭出九畹。尚平夙有期，采藥夫何遠。
鈎簾傣曙光，粗識行間字。仰眡蒼蒼天，生涯亦已遂。
罏香手自焚，澣漱讀三易。夜雨漲前溪，停雲老樹碧。
竹塢復松關，盈盈水一灣。客來無可道，唯恐負名山。
半酣倒接䍦，芒屩步遲遲。手把少陵句，搔頭有所思。

次韻酬潘彦昇

春雨滄江漲小池，雙魚忽到草堂時。蕭條七澤壇場在，蕉萃三間鬢髮衰。短札經年疏熱路，寒燈静夜對遐思。浮山高卧垂綸叟，千里懷人數詠詩。

白舫青簾此溯洄，春風吹過九江來。詩膡獨滿初唐句，家法兼成小阮才。脱稿已聞充老屋，汗青還欲絶纖埃。藝林眼底誰皇甫，走向桐陂捉筆回。

東望有懷馬仙軔

世塗何偪側，行步苦難工。坎壈郵亭外，呻吟旅食中。眚災當一臂，骨相豈三公。日日臨江滸，期君君又東。

已攬中原轡，還歌行路難。駑駘何可御，蟻垤未能安。天意存腰膂，人言待羽翰。江魚傳尺素，東望勸加餐。

送王眉英謁選

雲樹八千里，天官一選人。輕裝少僕馬，旅食歷冬春。懷古循良吏，起家文學臣。薊丘踏芳草，詩句定鮮新。

辛　巳

木末芙蓉葱鬱時，巡檐有客步遲遲。裴王輞口賡歌遍，不稱辛夷塢裹詞。

桃　花

倉鶊鳴向野人家，草閣蕭簾映早霞。昨夜園林足春雨，曉風吹放碧桃花。

大宗伯黄岡王公南歸却寄

詔下南宫歸洗沐，舟行蠟屐上東山。青雲縹緲烏衣巷，黄鵠蹁躚牛首灣。天入華陽泉石古，人逢許邁嘯歌閑。紫瞳緑鬢神仙骨，採得丹砂又駐顔。

臨皋賓讌還依舊，大老招携復聚星。策杖過江尋漫叟，披襟躍馬問岐亭。紫裘客弄横江笛，白舫人供薄暮鯖。下水雙魚三百里，可能頻到藕花汀。

蒼煙古木寒溪寺,高閣鐘聲到水濆。乘興偶爲櫻筍集,忘機應與鷺鷗群。詩僧入座衣沾雨,詞客分題筆湧雲。斗轉參横歡未極,曼聲長嘯隔江聞。

一别青門遂各天,風晨月夕每凄然。拂衣堀堁三千里,匣劍霜花十二年。作賦遥推小許筆,論詩近接大毛編。詞瀾滚滚看無盡,滄海由來逝百川。

釣童山下氣蕭森,鎮日瀕江搔首吟。雜記西京諸史料,校讎東觀一書淫。陶潛遯迹杯中蚤,宋玉悲秋賦裏深。見説園林渾緑野,薰風倘許拂瑶琴。

解衣篇,爲從子啓江賦

綈袍之贈人何許,拜别斯須出門去。鄉里粗識名則忘,蹩躠前村作流寓。天涯無數羈旅身,坎壈茫如墜煙霧。高樓廣厦積雨時,粤羅楚練坐朽蠹。季倫溷厠足衣桁,惟一處仲着其袴。棉忽奇温朱百年,淚下中宵如雨注。七夕阮家並插竿,巷南巷北區豐窶。造物於人薄厚殊,或擁重裘或敗絮。所以聖門露肘賢,時人无咎亦无譽。阿江逢人輒解衣,于古人中何所慕。省闈頻薦不登科,青衫遄過漢陽渡。鎮歲授經黄口兒,朝説田何暮轅固。榾柮煨爐夜達晨,短褐不能贍童孺。昨日廡下老蒼頭,席帽泥塗濕芒屨。苦雨三晨突不黔,走向質庫渾無具。一寒至此尚憂人,室如縣罄夫何措。嗚呼! 眼底富兒齷齪真可憐,吾今酒酣走筆爲汝吟成豪士篇。

半水吟,送舒二堯草之官

先王養士設膠庠,馮翼孝德興斯地。鼓篋釋菜士親師,函丈輒咨古初事。有口誾誾三物書,有腹便便六經笥。章甫逢掖别丁男,射飲讀法偕長吏。漢代文學有桓寬,上殿力陳鹽鐵議。唐賢何蕃仁且勇,六館生徒眡爲幟。師令道尊教乃行,如臂使指身使臂。所以慶曆太學中,科條壹自湖州至。經義治事各有能,湖學鑄人如鑄器。皇哉考亭先生言,貢舉不用徒文字。限年窮經鮮虚晷,其學既成乃就試。箋疏訓故尊所聞,譬木從繩水從遂。當年若果著爲令,人到于今受其

賜。半山學黜制猶存，甌殘糠粃釜殘蔵。明例科舉人一經，兔園詁經遂不二。邂逅老生發緘縢，黝黗點黷渾造次。大全簒輯實徑省，專門名家遭棄置。館閣不收書賈收，往往散軼在市肆。豪傑之士偏嗜古，掎摭貫穿益神智。辭必己出怕雷同，炳炳麟麟行厥志。不然剽竊幸通顯，皋比壇坫將毋愧。司鐸一官官獨冷，操觚藝苑則勞勩。搔頭朗咏少陵篇，羲皇屈宋夫豈易。顧禄詩人九重驚，桑悦文成三公悸。半水欄邊着此人，宫墻庶幾任鼓吹。方今聖學日中天，妙選耆儒司講肄。我友績學四十春，之官初納十脡贄。我爲出祖賦驪駒，載誦廬陵南豐之學記。

沅陵行，送張晋天之官

沅陵博士解纜去，挂席直到沅陵城。沅陵昔有龍標尉，至今城尚龍標名。雲樹漠漠五溪水，一官南去五溪行。茗飲坐看溪花放，藜牀眠聽溪鳥聲。長歌短咏詩千首，開軒下榻延諸生。何人捫蘿小西洞，探出秘藏宬箱籯。校讎可以儷墳典，寶之不啻楚白珩。張君家世此書癖，藕花陂上充閈閎。雪顛上策如賈誼，日庵稽古如桓榮。以此腹笥方朘味，珍錯頗似樓君卿。壯哉此行增插架，熊熊光出短燈檠。有官獨冷亦不惡，俸錢粗足代躬耕。況復冥搜百稱意，書帶草間紉湘蘅。望氣中宵泰階平，風前月下聞龢笙。洞庭南北六千里，詞場無席容飢傖。君去老夫仍無暇，操觚雜記是西京。

壽新淦教諭文靖廬

靖廬老人嗜緗縑，戲魚堂帖摹成函。飲小廬山掀其顩，安得司業錢囊探。衙齋吸川亭額嵌，峽江象江雙流涵。紫瞳緑鬢視眈眈，雅與仙人朋盍簪。羅浮道士章山庵，棗實纂纂松毿毿。凌雲峰屬漱玉潭，令威孝先突猶黔。三十六峰玉笥巉，梅尉丹丘朝霞霮。靖廬七十敞楹櫓，緋桃盧橘樝梨柑。我欲從游藉草談，水瀺洞壑山濛嵐。跂而望諸斗之南，鐵笛吹向石陽巖。

豐城學宫五月大水，伏日聞而作歌

辛巳夏五豐城水，校官官閣夜三尺。天在水中人酒醒，大叫星河壓枕席。短札遠訊滄浪翁，鴻濤胡爲此奔湱。荒江榿户鮮方聞，桑經酈注粗掎摭。廬水出三天子都，章水貢水交吭嗌。滕王閣下欻漭沆，劍池溟涬没畺場。涌若灔滪之象馬，渟若錢唐之潮汐。兼山之卦之習坎，觀象此中悟損益。富兒呼號浥囷廩，荒齋幸甚徒四壁。農田奏記在有司，不勞校官書大瘠。亡恙縹囊充綺疏，差勝穲稏連阡陌。牀頭剩有車廳螢，眼底久無高鳳麥。諸生入侍仍舊儀，琴瑟几杖並書册。禮殿尚不至陸沉，盥漱燃香謝河伯。檐楹奄有澤中荷，榴花瀕水照顔色。好景應落王宰手，新詩直兼輞川格。最是河魚大上半水之欄干，舉網可以餉佳客。是時先生逸興逼濠梁，往往痛飲一斗或一石。我欲從之路阻長，月下作歌自三復。詩筒垂發東方白，側身東望遞水驛。

棄蓑歎

十畝稻田耕釋釋，學稼先學紉襏襫。方春三月雨不絶，草繩斷爛續以緶。五月六月田旱乾，此物墻頭遂棄擲。有客負墻嘯且歌，天實爲之奈爾何。老農占候歸來墻角語："月離于畢滂沱雨，天意來朝還屬汝。"

桔槔行

十里一堰五里渠，搰搰轉送田一區。老姑鬻糜新婦饁，浹旬不雨苗其枯。主伯亞旅吞聲坐，家不爲農無此骶。入山捕鹿水捕魚，男兒有身無不可。窖藏舊穀閭左豪，閉糴坐待米價高。煿雞炮鼈饗兒女，大笑旱魃真我曹。

旱

東畢有星不好雨，田父脈脈傃天宇。夏日可畏晝又長，火雲熇熇

煙蒼蒼。千尺古湫一以涸，下有蟄龍安所託。陰陽錯迕今年飢，不爲苦熱皺雙眉。

稍覺西林日景薄，躧履南榮遲日落。露坐夜分露不下，瓦墻偪側莽熏灼。葛帷如火爇桃笙，嗟汝旱魃亦已虐。趨炎醜類況薨薨，夜有白鳥朝青蠅。

瘇牛謡

去年冬熱牛群破，田家十箇殘五箇。方春買得比鄰貲，不爾今年無耕作。深耕溉種六月枯，桔槔輓水出長湖。湖水半落牛已瘇，老農田塍藉草吁。輓水憊矣鞭使奮，牛力幾何能不僨。此物肥瘠關歲運，來春道喘何人問。短笛牧兒吹復歌，十日不雨湖其洿。叶。牛則有皮田無禾，牛兮奈爾耕人何。

立　秋

桐葉下秋風，微雲仍不雨。赤熛爇青冥，延燒及黍稌。洲渚昨舞雩，昏旦人撾鼓。方士伎已殫，雌蜺懸一縷。筳篿百無驗，群巫色如土。袒跣撤豆登，傭豎譙田祖。旱魃曾莫懲，坐令猛于虎。

《露筋祠詩》，明徵士王彝常宗据米中岳碑記採諸舊聞稡而成篇也。余覽之，悵然有作

湛湛清淮流，脉脉鑑星斗。峨峨處子祠，籍籍行人口。處子軼氏名，幽光澈林藪。當其致命時，嫪也相雜糅。有膚如凝脂，而顔則孔厚。淟涊幾春秋，人與骨俱朽。處子全而歸，乃令金石壽。瘦硬鋟露筋，拳科米公手。嫣雌子郊行，浩歌搔白首。貫穿諸舊聞，於言無所苟。竊比《五代史》，大書斷臂婦。古來正氣人，生辰厄陽九。造物用百罹，試彼堅貞不。男兒據要津，往往喪所守。彤管寫赫蹄，犁然别好醜。嗚呼處子身，坤輿一樞紐。維江有曹娥，維井有岳女。叶。閨閤此三仁，焜煌千載後。

胡平玉學博過訪

《雲漢》歌初歇，蒲帆客到門。清風生竹塢，驟雨長溪痕。坐永圖書夜，談深薜荔村。主人興不淺，剪燭瀝空罇。

即席贈孫司訓聖草

東來三百里，挂席過長風。山名。樓閣千尋上，烟霞萬壑中。忘機尋釣叟，好事訪詩翁。陋巷秋仍暑，薇花對客紅。

沆瀣歌爲愘先登

沆瀣秋滿南山壑，瑶華雨後茁東郭。仁壽橋頭抱膝人，晨起後園躡雙屩。走上千峰復萬峰，絳雲深處紫苔封。朐肕不用扶方竹，清談摇麈即山松。眼底富兒門巷口，茗芋毹毶無宵晝。清流苦節日大難，車如雞栖馬如狗。別有福地與洞天，丹砂之竈青精田。攓冠卉服逍遥者，邂逅可以相周旋。籠取鵝雛多無數，財寫黄庭經一編。書妙坦腹東床日，書法今年初放筆。學書學仙其實一，英雄好事輒努力，有口須令吹鐵笛。

束濕行

上山腰鐮，下山束濕。垂手沾濡，謂天雨汁。
薰蕕雜糅，芝栭戢孴。陵麓童童，言發其蟄。
有草曰欒，枕岡負磐。捋之血指，來日大難。

老饕行

老饕朵頤，頤指氣使。雞跖駝峰，衎衎樂只。
奉令曰咨，旦往懲之。陟彼山上，游于水而。
水屠山屋，千慮一失。饕曰於乎，隸也不力。
宰夫司轅，庖丁奏刀。我饔則具，焉用汝曹。

酬張秀才

開閤俯大江,濁浪何翻覆。逝將負長鑱,北山採黄獨。蠖亦有時蟠,龍亦有時伏。蓬蓬堀堁中,貿貿勞驂服。何以憩幽人,泠風入深竹。

深竹隱茆堂,疏櫺晨漱光。古人去我久,念之不能忘。清言灑肌髮,令我欻蒼凉。短札來何許,爛然成一章。持用展遐矚,雲海浩茫茫。人生苦契闊,相思日夜長。澄江下白露,褰裳葭菼傍。

靖州有夫夭死而新婦雉經以殉之者,胡學博徵詩紀其事

農家女,笄十七。爲新婦,侍夫疾。鵩鳥鳴,山魈出。欬唾帷,刀圭室。旦餦餭,宵饠饆。請用吭,饋以膝。顔慘愴,氣懍慄。籥排閶,薦香苾。斷蘭膏,輟盥櫛。溲遺間,九十日。吞聲淚,如綆繘。樹有兮,禾有櫛。嗟活人,乃無術。卜筵篿,兆云吉。旋呷嘎,竟蕭瑟。神惝恍,不可詰。逝矣魂,溘焉卒。棺束身,萬事畢。婦人義,軀從一。新布縗,舊布袒。奔夜臺,駛如馹。冰融水,劍入�。歸混濛,絶塵沕。高者峰,下者潏。藏者郎,祔者姑。趙左窀,鄧右垤。木連理,石雙瑟。損官緡,營崒嵂。靖州人,載盈帙。采風詩,紀事筆。

拾謡三章

甲倡乙和,期期不可。甕牖腹誹,鄉亭袒左。
垺垺蓬蓬,侁侁僬僬。萬竅壹噓,傖嘷埜嘯。
牛車擔負,大家小家。貫輸繦屬,課最官衙。

摭聞三章

有虎有虎,睗睒胮肛。田父毦毲,攘臂峆峗。
獨漉獨漉,笭箸空腹。沮洳大無,舍旃即鹿。
萬斛之船,挂席千頃。石尤打頭,不如舴艋。

有懩三章

良弓視襏，大鑊視隒。嗟爾冥冥，白晝如晻。
睚眦則仇，錙銖是校。鼃亦能嗔，鳥亦惜菢。
爝火燎原，濫泉浸谷。闃闃之門，朝歌夜哭。

小箴三章

漁也睎網，獵也韔弓。井收勿幕，羸瓶則凶。
蠟屐幾緉，平踏魧觥。稡藥于丘，火崩其竈。
折軸傾輈，厥監不遠。衛公孫鞅，漢主父偃。

先大夫忌日

望斷秦雲隴樹天，罏香此日倍淒然。山梅衝裏松楸路，霧淞霜花又一年。

草土餘生五歲孤，于今黄髮滿頭顱。舊聞捃拾零星出，故老能言先大夫。

孤兒學語未趨庭，慈母床頭口授經。喪禮讀殘纔祭禮，麻衣苴絰泠江汀。

志銘行述家宬在，碑版嶙峋覆釜墳。循吏傳中龔渤海，鄉賢祠裏范希文。

墓門谷口雨蕭蕭，郡縣前年禁採樵。苦憾無錢營丙舍，幾時篝火近山椒。

九　日

東籬鎮日視眈眈，有菊含葩採不堪。垂老數奇仍愛九，小園徑僻自成三。濤聲漭漭趨群壑，木葉蕭蕭入暮嵐。何處白衣人枉過，陶村猶在此江南。

好事佳晨仗友朋，側身懷古代相仍。酒邊歲月陶元亮，詩裏乾坤杜少陵。細菊遲霜俱爛熳，冥鴻于野儘騫騰。經營江閣當霄漢，灑翰凭欄我亦能。

九日懷古

菊蕊萸房重九天，鯉魚風起渚宫前。龍山讌會俱冠蓋，千古人傳孟萬年。

孫監揮毫如寫真，參軍歷落座無倫。當筵脱帽渾忘勢，宣武安能駕馭人。

彭澤歸來喜欲狂，素心豈肯負重陽。摘花滿把行江郭，擬向南村索酒嘗。

六言詩呈十水方伯

古水澗邊草閣，百花橋上仙翁。翛然莊惠家意，卓爾羲皇代風。冒雨巡籬採菊，穿雲出郭鉏菘。炎官斷絶書札，野老過存歲功。緬想龐眉四皓，偶談折臂三公。短燈檠依丹槧，老瓦盆共碧筩。口笑張蒼乳臭，唇憐李泌爐烘。黄粱夜熟盛甑，赤鯉朝騎在潨。隱且逃名物外，人猶索嘯墻東。貧交契闊相望，搔首詩成一通。

贈畫史

鄧侯潑墨寫春雲，千巖萬壑春雲裏。混濛一氣洞庭湖，七十二峰峰峰似。莽莽蒼蒼黄鵠磯，仙棗亭下嚥嗢起。東五百里青青樹，青林湖上挂帆處。白雲處處長隨君，爲君朗吟供奉句。

東懷馬彤賡仙軔桐城

芒鞋不到皖城東，萬柳園林入夢中。亡恙昨聞鄉曲語，山泉脉脉舊時同。

伯氏吹壎仲氏篪，鳳毛麐角看群兒。曝書偶得西京事，追數先公珥筆時。

十畝田租今歲豐，兒郎果腹藉麩麷。一寒至此鄰翁詫，清德堪憐太史公。

絮語三更榾柮灰，賁家明日款門來。雪深不用尋雙屐，赤脚能登皖伯臺。

絳帳門前簪筆生，半沾薄禄半歸耕。齊年通籍人無數，二十年來到九卿。

竹窗風雨一燈寒，不把書看把劍看。人在湘江憔悴極，無端又憶皖江湍。

遠道故人頻寄書，幾行小楷託雙魚。青絲白粲何曾到，只似相如賦子虛。

華表歸來白鶴雙，先師覆釜壓鴻厖。大書欲比龍文鼎，筆力何人可獨扛。

《浯溪志》中有峿臺，作峿臺歌

天寶至尊梨園藝，垂衣手按伶人椂。力士念奴薰天勢，腹劍大臣工壅蔽。營州牧兒入宿衛，宴賞狎暱寵絶世。歸去狂猘翻爲沴，欃槍夜直甘泉啣。沈香亭子罘罳壇，二十四郡失埤垸。顔家太守堅城閉，常山者兄平原弟。扼其吭領掣其胷，西巡以此得乘橇。靈武青宫一稱帝，李郭將軍俱匡濟。王師破竹收帶礪，封豕長蛇漸次殪。馬嵬坡下褒妲斃，輦路肅清天宇霽。臣結流寓湘江汭，昨聞異數□江祭。中興有頌仍雪涕，峿臺搔首望天際。

題萅榑所遺古册

鄂縣鐘磬寒溪寺，聲聲九曲寒雲亭。仙公洞裏風瑟瑟，漫叟罇前泉泠泠。東坡居士題名去，磨礲鏤刻人無停。山骨歷年亦消蝕，莓苔浸長蝸涎陘。王郎搨取裝潢都一册，東三百里來吾庭。平頭屐齒黄泥阪，過江沾濕樊山莛。踧踖將命逡巡退，茗飲糲飯瀕街廳。我獨鈎簾摩抄過丙夜，中天睒睒長庚星。月滿屋梁見顔色，恍忽王郎捫窗櫺。安得邂逅良讌會，脱帽露頂空江舲。有酒應共六逸醉，有懷莫斅三閭醒。我手君册三歎息，我歌一曲君其聆。金石文字漫漶且如此，何況區區七尺巾衫形。把臂直到湧月古臺上，極目夏口漢口萬古煙波汀。

送吴山人還桐城

踏遍山城亂水津，筆床墨沼到江濆。客亭乞得思王帖，手劈溪藤寫雒神。

蟹市漁村白露秋，寒雲縹緲庾公樓。茫茫九派尋陽水，送爾浮山一葉舟。

五老峰頭殘絳雪，康王谷口足青松。推篷都落白描手，携入山莊伴蟄龍。

漢川王希齡枉過，小飲話舊

厚禄故人書信少，款門投刺布衣生。漢川老屋荒三徑，王父先朝列九卿。亂失青箱殘舊譜，過存黄髮話西京。不嫌酒味江村薄，燭跋圍罏遲月明。

胡紫山傳成作歌

紫霧匡邊胡孝孫，過我齗齗陳祖德。王父當年令建平，解龜歸來一書帙。耽書老眼苦鈔謄，輟耕録踵陶家出。石屋諸孫茹蔓菁，荆釵大母啖饘餫。月旦評入耆舊中，恭請先生摭其實。韋侯祖德聲諸詩，賤子魯鈍言從質。牽衣覼縷數吞聲，令我巡檐長太息。無數厚藏高廪兒，先代彝行不省識。古人送葬傾鄉縣，今也木主宵征匿。古人碑版乞宗工，今也墓門無點墨。何況傳志費棗梨，算緡安得禾生穉。嗚呼詒厥金滿籯，曾弗報以數之仂。胡生胡生尚古風，孳孳造請廢眠食。老夫爲汝萬感集，脱稿不啻周人急。一編捧出磐石室，循吏列傳史官筆。

吴允猷過草堂，爲話其先人往事，酒闌作歌

有明崇禎求治急，歲貢詔選高材生。是時中原苦寇盗，秦豫郡縣荒荆榛。悍帥擁兵屯幕府，尾賊移營滋縱横。被賊如梳兵如櫛，膏腴千里無人耕。主上宵旰轉憔悴，安得俊傑吾干城。科目備員已破碎，

求諸韋布聊搘撑。楚有明經吴季子，仲兄少常先朝卿。發憤騎驢走闕下，螭頭對策心怦怦。驟聞選場人雜糅，要津子弟尤鬇鬡。丙夜燎麻具疏稿，披衣邸舍需雞鳴。天子臨軒可其奏，再疏三疏彌鏗鍧。疏草郵筒遍直省，上書人嚮金陵行。南渡枋國遭馬阮，拂衣歸隱依宗祊。黄精山裹老木柄，烏皮几上殘燈檠。飲酒時荷伯倫鍤，學仙似聆子晉笙。仙經酒榼消侘傺，生兒晚節傳書籯。滄桑陵谷翻覆矣，廡間頭角還崢嶸。七百餘年伯起宅，萬千許軸長源楹。躡屩擔簦今過我，當筵走筆談西京。

名山篇爲王侗庵

名山閣謁大耋翁，酒酣能説歷朝事。先公耆舊鄉校間，三物柧稜六經笥。王父光禄名京師，雒神賦寫大令字。名山閣在河之滸，曾王父所藏書地。曾王父昔爲大夫，生平出處徵縣志。起家進士令太湖，課最入攬澄清轡。比部平反少冤民，人言朝廷有張季。中官銜命稱使者，尚書以下左右侍。曹郎抗疏言官儀，大臣中官豈軒輊。璽書旦出位中央，中官左班差寵異。宫府一體禮數均，大小臣工均盡瘁。疏稿鈔謄中外驚，掌故久詭大理寺。九卿何以寂無聲，乃有郎官争坐位。是時丰采天下聞，汲黯魏徵後勁出。擢視學政出滇南，尋遷西粤左參議。年甫强仕遽言歸，事太夫人孝德備。皇哉祖德有如此，卓爾垣墉曾孫塈。縹囊碧軸充櫓楹，髫齡發篋益神智。懷抱不肯負名山，解衣盤礴中亭記。朝朝暮暮手丹鉛，歲歲年年司鼓吹。十上秋風黄鵠磯，一趨春雨蒼龍闕。叶。山公啓事官橋門，飄然遠謝諸生贄。曾峰雲覆滄浪水，青羊白鹿沙頭次。南極老人直賓筵，摩肩踏踵仙公至。煙波釣叟往從之，奉觴上壽茗艼醉。采芝咫尺南山巖，如瓜之棗庭心植。古來洞天福地漭逍遥，又見名山閣裹王子喬。

吴祭酒輓歌

長安昨日來素書，館閣故人遇我厚。發篋開椷涕淚零，中有凶問鱗潭叟。鱗潭耿耿素心人，不數燕市荆高友。橐筆七年承明廬，驪歌一曲青門柳。蝮蛇當路蜮含沙，大聲疾呼日中斗。我歸寂寞卧荒江，聞道鱗潭官祭酒。狂來提携貢禹冠，彈向田間沮溺耦。亡何娑羅草堂詩，勸我丹鉛期不朽。是時承恩省覲還，芼蓴雪藕上母壽。大好山水莽蒐羅，勒成一書代罕有。天上玉樓豈落成，璇題瑶牓藉君手。憔悴可憐盛孝章，君之帝所當能剖。蕭蕭陋巷羅雀辰，丹荔黄蕉盛瓦缶。天寒歲暮行路難，東望黄山搔白首。

居業齋詩鈔　卷十八　稡裘集

鮑照讀書臺參軍有宅在黄梅，而讀書於廣濟之東衡第一峰。集中無月日可考，然地以人傳矣。

山雞啼徹九天聞，萬仞芙蓉五色雲。臺下青青書帶草，至今人識鮑參軍。

曝月臺縣令劉侯燕及劈窠書“靈山”，書法蒼潤逼米海嶽。侯嘗言“破額山前柳”句非善狀瀑者。從游有劉寬伯、王長孺、甘忠甫、陳伯光、胡孟培、陸孟惠、饒仁倩、吴幼睿諸名士，俱題名。萬曆甲寅九日也。

曝月臺前一片石，怒雷笑電古龍湫。使君手把如椽筆，不遣人書碧玉流。

浮度石距曝月臺二丈許，亦劉縣令筆也，然未有記。後數十年，邑人劉醇驥携蜀僧彈琴石上，歎曰：“若在元魏，吾邑有龍門山矣！”乃作記。曹能始採入《天下名山記》中。

怪石宫泉水作楹，濫泉脈脈沃泉鳴。山靈餉客惟天籟，谷口何人嘯一聲。

明水山飛瀑奇絶。劉明府記、瞿聘君九思長歌，具縣志中。

明水峰頭石髮垂，炎天歕雪作冰池。山靈闊絶康王谷，不受徐凝一句詩。

曾峰青着寺宋學士余玠讀書處。

青着僧房夜聽鐘，手提一劍下曾峰。釣魚山口功成日，何不還山訪赤松。

宋制科榜寶祐丙辰，文公天祥、謝公枋得、陸公秀夫同舉進士，廣濟則梅公應春偕弟應申也。宋制，進士凡十甲。録今在梅宅。

六陵王氣髣銷盡，不朽文山與疊山。最喜滄桑留瀋墨，科名千古在人間。

負帝升遐陸秀夫，當年對策並魁梧。荒村安得丹青手，宋有三仁寫一圖。

岳宅忠武子鎮黄梅五郎關者名震，聞家難匿大河民間，弟霆往從之。檜憾未釋，遂諱岳從封姓鄂。其十一代孫沭陽令全，全五世孫文源，當明萬曆初，始復岳姓，遣主廟祀。霆子三人，念二、念五在黄梅，念八孫萬三徙廣濟，今爲岳喆族。

焚黄入廟祠忠武，鄂姓猶存岳姓身。長跽中唐何許客，頭顱鐵鑄大書秦。

文丞相信國公遺像五里橋文宅，祖曰天禎，信國兄也。宋寶祐間鄉薦，署廣濟學論，傷信國之難，隱居不仕，隸籍廣濟。十世孫大才中嘉靖辛卯舉人，崇禎末孫羽季當流賊躪城時用信國畫像絹素藏於緼袍背以走，亂定後乃出，以告諸家廟。後木長亦如之，像至今存也。

正氣歌殘萬事已，嶐然骨相尚青緗。生平幸甚臚傳日，十甲人中少夢炎。

南山寺縣東古刹，先大夫嘗讀書其中。寺尚有唐朝物。

南山古寺木蒼蒼，霜鬢老僧背夕陽。指點舊遊先刺史，題詩曾寫贊公房。

四高樓劉使君所葺也。暇日延知名士觴咏樓上，有袁素亮句云："縣人須教删赤壁，使君猶憶長西湖。"

四高樓俯滄浪橋，呼吸星河影動摇。雪裏探梅人去後，何年有客夜吹簫。

劉季峰旁有觀射臺、走馬場。俗傳漢高祖討黥布九江，道此，陟山眺望，故名。

馬上桓桓隆準公，功成垓下與關中。龍門史已書高祖，亭長猶名楚澤東。

積布磯《水經》酈注：江水又左徑長風山南，得長風口，江浦也。江水又東徑積布山南，俗謂之積布磯，庾仲雍所謂"高山"也，此即西陽，尋陽二郡界也。按：西陽即蘄春，晋改爲西陽。

長風山口白雲飛，月滿滄江積布磯。直釣幾年魚不得，江流脈脈送人歸。

魯肅灣孫吴屯兵處，鐵船山下有魯肅府。

雪霽天空放白鵰，遺鏃拾得草萊間。武昌不得吴儂住，楚樹蕭蕭魯肅灣。

樊噲城《午山湖濱志》言樊將軍下九江道此築。《方輿紀要》：城旁有九江王英布宅。

折戟沈沙雨後耕，亂雲飄出古時營。乾坤翻覆圖經在，樊噲于今尚有城。

龍坪志曰:"古鴻腦洲也。"稱龍阬,見嘉靖癸未縣治《後樂堂記》。

漭漭江聲楚澤東,江雲深處有潛龍。陽精變化爲雷雨,雲起千峰復萬峰。

江漢書院瞿慕川九思,萬曆癸酉舉人。里居時有巡按御史史學遷疏薦,朝議徵翰林待詔,不就。御史爲搆書院龍坪江上著書,詔歲給俸米六十石,書成進御。書凡二十餘種,經進。今府志於"科目"下徑書"官待詔",誤矣。

聘君却聘此江干,奉詔皋比坐講壇。歲禄縣官同供奉,著書郵遞送長安。

仰瞻窩張子遠復,徽州休寧人,爲瞿門弟子,勸却聘甚力。先生壽七十,賀客盈庭。張生獨衰絰進曰:"造物勞先生久,盍息肩乎?"瞿先生頷之。生居書院東偏,顔曰"仰瞻"。

素冠上壽瞿夫子,已謝東方粟一囊。垂老莫登子雲閣,滄江雲樹且相羊。

二餘齋寇巨源學海,龍坪人,詩名在七子三甫間,交遊且半天下。而鄉里吴明卿、陳玉叔、張□甫、丘謙之,李本寧、趙孟白皆暱就焉。朱秉器一見輒稱之慶成王。王迎致爲上客,所至公卿贈金隨手散盡。比南歸,而家徒四壁立,友人湯之相、劉秉鈇爲備晨夕焉。《二餘齋稿》若干卷,行於世。

短褐蕭然劍蒯緱,詩成咄咄逼曹劉。二餘齋裏騎驢出,長揖西京王子侯。

寇山人墓山人久淺土龍坪，劉侯得其遺集梓之。遷葬縣東五里坡。減騶從至山人新冢，酹酒三歎。碑題曰：有明詞人寇巨源之墓。

前朝好事劉明府，異代文章信有神。手把殘編過丙夜，詰朝起瘞寇山人。

節姑渡節姑，吴蒼石女，適饒。夫死歸母家，長齋奉佛。久之，憂亂，卜曰出江干趺坐，敕家人擔松柴繞其身，火舉，須臾而燼。此崇禎壬午正月六日事也。後六七年，有神降箕，方生家言：節姑仙去矣。募建祠祠之，不果。節姑之火解也，在龍坪南厓之沙洲，其從父臞鶴有紀事詩，洲上人至今呼爲節姑渡也。

魂魄逍遥烈火無，蓬池松雪映冰壺。人間塵土營祠廟，何地清芬稱去節姑。

紫荆夫人廟盤塘江滸昔有人若見麗人月光中，詢之，答以詩。明日至廟前，土墻茅屋，紫荆樹，與詩合。《輟耕録》云：揭傒斯事也。

土堊茅茨秋復春，江聲瀧瀧石粼粼。揭公篋底無騷賦，安得高唐夢里人。

平章城徐興者，元末累官平章，封蘄國公。紅巾賊據浠水爲亂，築城禦之。其後蘄黄俱陷而廣濟獨全。

彈丸小聚亞夫軍，鼙鼓闐闐百里聞。磨盡隃糜書露布，何人册府載遺勛。

鹿易堂縣學舊在河東，令陳君按形家言遷縣治左。殿堂門廡俱成，惟講堂地偪側，君出衙齋馴鹿易民地爲之。士大夫相與歌咏其事，名曰鹿易堂。君名奎，南昌人，弘治己未進士，由廣濟令擢御史。

馴鹿一時同李渤，講堂萬祼比文翁。懸門如帶涓涓水，曾飲南昌御史驄。

生春堂縣治東，知縣事高君偉建，以延賢講藝。

白首諸生談往事，寒風淅淅灑衣裳。頽垣廢井冰霜裏，記得生春舊有堂。

牛肝磯磯插江心，有廟，創構於明天啓年間，碑漫漶不可讀。按縣志：三王之國，權璫私人護行舟，所過郡縣箕斂以迎之，有司慄慄懼譴怒。當是時民力竭矣。縣令張燮任白、武昌推官鄧君來鸞，涓日禱江神，蘄東南風。比王舟及縣界龍坪地，風大作，須臾過去，縣人歡呼，羅拜江滸，曰："神賜也。"遂祠焉。祠歲久且圮，康熙乙亥重新之，土人礱石，勒余記。

錦纜牙檣不可當，中官爲虎吏爲倀。公然驅遣開頭去，風伯應封異姓王。

有道布衣廬縣令劉侯手書也。布衣陶復九之哲，生八月而孤，事母胡盡孝。母年九十七終，廬墓。墓前古松嘗有白雲聚其上。侯遷去，署縣事通守董君上其事，撫按檄行旌閭。

白雲樹裏一茆茨，霜鬢兒如黄口兒。草土餘生羞麥飯，麻衣穿到蓋棺時。

書簏莊饒秀才叔度先生諱嘉軌，績學强記，著書多奇字，人往往不能句，時以書簏名其所居云。

槁項老生插架盧，趺穿木榻注蟲魚。隱囊方褥樓居者，消得人間幾卷書。

盤塘堤江堤自盤塘東抵安慶界，延袤五縣。盤塘一潰，五縣皆成巨浸。明永樂四年遣部臣監築，隆慶五年縣丞朱邦華再築。萬曆三十六年大水，縣人太平。太守張諱步雲奏記，撫按賑灾民，補塞决口。四十一年大水，縣令劉侯委樊丞增厚倍薄，堤乃固。劉諱胤昌，字燕及，一字淯水，桐城人，萬曆甲辰進士。邑中名迹題咏且遍，而堤功尤大，縣人不可忘也。

盤塘洚洞來江漢，五邑桑田一蜃宫。脱稿萬言張太守，宣房瓠子决時同。

柘湖别業先叔祖縣學生太和府君居也。生當嘉隆盛世。雁行先王父楚濱公爲人經師。王父江居，府君湖居，先大夫甫髫受經於府君所。卒後有孫德裕早慧，先宜人鞠之成人。没于乙酉之亂。嗚呼！府君别業墟矣，墓在草間，先明經兄德崇嘗欲勒一石，未遑也。康熙甲申，德嘉礱石大書焉。

柘湖煙雨先生墓，選傍先生故草亭。辛苦一生三徑裏，可憐豁齒尚傳經。

連城港龍坪之北有古溝，明時堙塞，正統間濬之爲通津。相傳有"一港堪償十五城"之句，或曰楚濱金先生詩也，然藏稿久失矣。

東來賈舶大雷岸，上水停橈刊水頭。最是家家臨釣瀨，細鱗巨口似黄州。

高山壘廣濟無城，崇禎丙子流賊薄蘄州，東逼縣河口，典史魏時光以排兵三百人馳據高山禦賊。夜襲賊營斬馘而還。平旦，賊偵知兵少，揭全營奄至，圍高山數重，時光揮雙刀擊殺十數人。賊攻逾急，時光斷馬靷被摯，罵賊死之。其兄收時光骨走報上官，上官匿不以聞。當是時，縣無居民，其兄走龍坪南厓之新洲，旅食數月死。有南昌友人殯之，哭極哀，仰天歎曰："弟死官守，兄死憤懣，後死者奈何坐令湮没乎？"手削牘上言其事。逾數月聞於朝，得旨贈時光縣主簿，世蔭子一人百户，從祀名宦。其友望闕叩頭謝乃歸。縣人楊晋有《悲高山》長歌，載縣志中。

高山尉死天荒荒，蓋却桐棺兄又亡。留得故人書野戰，雙刀匹馬魏時光。

濱江古祠祠聳出江□，樓上可遠眺。前朝父老題咏多在壁間。有里人李毓貞爲余言：先王父楚濱府君《九日吟》絶句寫神龕最高處，兒時猶及見之。余趨往，掃灰塵，遍觀剥蝕漫滅，止有"坐石江頭看水流"七字可辨識，默然太息而返。逾年有大將軍樓船西上，居人聞信惶恐，走神祠禱上水風。比夜，大風起，船從江以南徑過。詰朝，居人瓣香詣祠謝焉。余浣手大書先王父句爲根柢，而用二十一字足成之，書諸壁。

一夜東風滿柁樓，千帆飛過蓼花洲。祠前續作登高賦，坐石江頭看水流。

太僕藏書閣太僕胡公士容字仁常,龍坪人,萬曆庚戌進士,知嘉定縣,調長洲。購書可萬卷,庋閣。知女兄子劉醇驥才,甫弱冠招致,下帷閣上數寒暑,後成博物大儒,邑人所稱廓庵先生者也。公累官兵備薊州道。忤崔呈秀,罹璫禍,下獄瀕死。會崇禎改元,起廢,補陝西副使,備兵臨鞏。卒官,贈太僕。公之之官京師也,扃其閣,卒後且塵封。丙子寇警,蒼頭盧兒胠篋衡石低估鬻於市,一歲都盡。余嘗過其處,作紀事長歌,感慨繫之矣。

蠊蠨蟯螂紛割據,蠨蛸蝼螾莽横斜。書淫誰惜燎麻炬,魂魄還應到外家。劉峻夜燎讀書,時號書淫。

陽烏水砦異時人不知兵,寇警則上山結砦。砦有破者,有屠者,有望風降者,降輒爲賊嚮導,數十砦次第掠去。有劓者、刖者、斷右臂者,逸一人連坐,同伍有門誅者。廣濟户口大半用山砦費,而陽烏獨存,則以瀕水故,急則宵遁耳。

捩柁開頭太白湖,浮家泛宅狎鷗鳧。滄浪天際鴻濛水,一幅瀟湘煙雨圖。

峇嶁山山一名大闔,距邑東二十五里。自青蒿驛走大闔過岐,皆並澗行,兩山夾從至五老峰,嵓石磊砢欲墜。石洞山半,上覆下延,縣空,遥瞰莫可登陟,惟忘身者履藤攀葛自縋而下。石有樓若、柱若、塔若者,龍若、象若者,不可悉數。再轉爲大山溪,春夏瀑布飛灑,震懾岩壑。秋杪,縷縷挂石上,若垂簾;沁入亂石腹者,汩汩若彈絲。溪中絫卵爲橋,石柱五丈許。倚聽之輒低徊忘暮也。再轉爲箕窩。復左折,石壁斜飛。里許,壁益峻,澗益陡,石磴益險。壁上巨石比比,鑿落爲崖,皆谽谺嶄業。東行則過桃樹嶺。北轉,兩山綰谷口,磴道曲上,忽開若户若堂皇則峇嶁山也。五峰環擁,似墻宇壁立。半里許,修篁蔽嶺,松蔭覆山。田數畝,半在户內。石泉出左峰之麓,竹影齋厨,涓涓不息。右爲美箭石,爲鐵版障。從是,東則桃樹嶺爲徑,東衝第一尖矣。

削成崱屴絶躋攀,邃古鱗蟲脈脈蟠。萬變煙嵐眩銀海,迂倪瘦沈寫應難。

釣魚臺臺陽烏山畔，土人相傳有康國公墓。上無碑版，不能定其爲康公茂才也。

黄土山頭封馬鬣，釣魚臺下説康公。蕭蕭風雨過寒食，麥飯何如田舍翁。

梵光石石色如水晶，峰巒秀絶，山産也，山名萬竹嶺。劉侯嘗共邑中知名士席竹間，把酒邀月，縱談雅謔。劉寬伯秀才醉墮崖下，侯作詩嘲之，前朝士大夫風流豪邁如此。

使君酒盞竹溪上，名士詩瓢蒼耳中。袍笏也應因石至，不妨顛米笑雷同。

紫霧山縣南十里巒立如屏，有霧騰空而紫。縣志云：客言自有兹山，谽谺歕涌如一日，異哉！余戀之，曰：此《易》恒卦彖傳所謂“恒久而不已”者也。山下有明經胡君魁楚字爾大，令建平，致政歸，一字紫山，蓋取諸此。

紫霧山頭紫霧深，天垂沆瀣鬱葱林。崆峴晻濭無冬夏，一氣濛濛自古今。

清璽亭少陵詩云：“憶昔開元全盛日，小邑猶藏萬家室。”又曰“九州道路無豺虎”，又曰“天下朋友皆膠漆”。之言也，有明隆萬時庶幾近之歟。車方衝之有清璽亭，秀才彭伯子讌客地也。康谷子劉敬伯養微有紀事長句竭三江一韻，邑人到今誦之。亭當冠蓋孔道，秀才章縫都雅，盤辟爲禮頌，日從星軺使者游，往往與問中朝掌故。夫草莽布衣諸生，而交游乃竊比於鄭莊、谷永之倫，何其幸也。崇禎末，獻賊躪山城，左良玉亂兵踵其後，焚掠無虚日，縣遂墟。滄桑以來，秀才後人田在草間，稱貸以供徭賦，家遂落，亭子蕪没矣。余於一亭之興廢有味乎少陵之言，未嘗不拊膺太息也。

清璽亭荒只有詩，風流猶憶鄭當時。山農不省詞場事，亭下牽牛唱竹枝。

亦鄭鄉縣學生鄭本字弘綱。嘗除夕有偷兒潛匿其室舍,夜分熟睡。聞鼾齁聲,弘綱燭照,乃鄰少年也。摇之曰:"起也。"其人大慚,乃引至庋閣。凡度歲所需割其半與之,送出户,終身不言其人氏名。先大夫舉此勸俗,曰:"此亦鄭公鄉也。"

曾無長物比青氊,安得看囊尚有錢。倒庋傾筐聊餽歲,少須雞唱並朝天。

孝廉坊先大夫里居日,有西鄰少年侵我界地,築一墻。老蒼頭摇手誡曰:"不可,前後數十丈皆我家墻也,若安得闖入其中?"少年氣悻悻,語侵先大夫,左右鄰人皆不平。先大夫改容諭之曰:"若鳩工,吾省費,界不足論也。"王父楚濱府君自外來,聞之曰:"孝廉遇鄉曲當如是矣。"里父老傳道此事,過門輒籍籍孝廉坊云。

讓畔從來是古風,何妨版築過墻東。比鄰廿載三更姓,剩得寒門一畝宫。

古塘一横控引南江,渟涵北藪,星煇電燿,激射檐楹。鴨閒魚跳,喧豗籬落。客來二仲,酒可三升。蓬户從風,弗勞啓閉。藥欄受雨,奚擇菀枯。兒任鈔謄,老作葛洪。雜記孫解,句讀時抽。劉向遺經,當清世而有閑人,信造物之無盡藏。東望柴桑一宅,命駕非遥,緬懷輞口諸詩,耻躬不逮也。

水天一氣俱滄浪,荷葉田田二頃長。誰着羊裘營釣瀨,老夫已作浣花莊。

黄牙寺赤磯湖上，或曰古觀也。寺自遠公始名。

丹丘半畝煉丹砂，白鶴青牛昔此家。廬霍老僧翻貝葉，山門依舊額黄牙。

幽居寺寺亦古矣。相傳掘地得雲版，上有"靈龜山幽居"五字，名因之。後人改作"瓔珠"，甚無謂也。

白茆衝裏幽居寺，月滿空山寺轉幽。山色至今猶太古，寒雲都入氿泉流。

石牛中田雨立[1]，屹如也。

在田安得龍爲友，出谷已無木與居。骨相天成渾草昧，紀年應溯燧人初。

白龍潭縣西南可六十里，面平湖，左右長阪，竹樹陰森，畀時避亂者往往依之。

鬱鬱新篁蔟古松，白龍潭上白雲封。雲興七澤三湘雨，望氣占星一老農。

西横里蘇長公謫黄州時手書以遺梅姓人，以梅爲聖俞族也。

黄州城裏憶宣城，愛屋殷勤額閈閎。小築雪堂横棐几，澄心堂紙寫西横。

釣童山今田家鎮地，三國時孫吴戍守處。

野老江頭話戰場，江風颯颯水湯湯。釣童山北甘寧廟，日日烏啼下夕陽。

---

① 雨，疑當作"而"。

刊水武穴聚也。《水經注》云：對馬頭山。明萬曆初劉少谿之亂，土人捍禦有功。

悠悠刊水渌莎湄，畺場鱗鱗足土芝。一幅溪藤白描手，好來雲起馬頭時。

白石山房縣治北最高處，劉太僕子秉鈐字正叔讀書其上。其兄寬伯秉鈇才而豪於飲，劉明府座無寬伯不樂也。

風流絶代公榮飲，白石山房白石壘。千仞只憑雙不借，嘯聲都入鮑家臺。

柏樹下饒秀才汝順居也。劉明府既刻三良詩，尋序汝順《待删草》，云：汝順聞余來，深喜得當予。而疢疾緜邁，不可作也。賦詩補亡，示其從子仁倩。

古柏林邊韻士居，三間古屋一牀書。待删草出三良後，不是相如賦子虛。

名山閣縣治東北河干，大參王公憲皋藏書處。公子光禄寺署正逢年字長孺，以書法名於時。

河流活活草青青，墨沼當年傍草亭。插架縹囊灰燼後，傳家猶有换鵝經。

濱湖明羅文恭過龔家莊，書於老人之屋。

邂逅壺觴江浦去，龍跳虎卧此湖濱。煙霞歲月神仙骨，殿上臚傳第一人。

忠孝廉節大書學使楊公書伍宅也。公子文忠公廷和、孫修撰慎公之官楚也，感念伍之先代有知己恩，物色其子若孫酹墓修祠。舉族之勝衣者咸補學官弟子員，古誼於是乎極矣。公諱春，成化辛未進士。

狀元宰相並新都，先哲曾爲楚大夫。灑翰山家留四壁，光風丘壑卿雲衢。

滄浪橋四高樓落成之日，隔浦構亭，滄浪橋跨之。花晨月夕，劉使君輒在焉。知名士六七人槖筆以從。當是時，邑大治矣。

雲樹桃源客醉鄉，滄浪橋上月蒼涼。濯纓只用軍持水，繞郭涓涓十里長。

梅川梅川濫觴橫岡山，蜿蜒可二十五里至縣治而沛如也。種川上梅自桐城劉大令始。蘄王孫仲良以紅、白梅各二本來貺，大會賦詩，有"百里肩梅種我樓"之句，蓋種之樓前云。

梅川川上梅花樹，樹樹都從皖口來。一夜初徵梁苑賦，王孫筵向此中開。

橫岡天柱峰巍然卓立，邑之望也。而山靈鍾毓，蘄實賴之。泉石嵓峽，招提精舍，龍宮鳥道之奇，書不勝書矣。

何代仙公跨赤龍，中天萬仞削芙蓉。暴宮潛霍來年到，且踏橫岡第一峰。

南雲草堂藕陂

楚尾吴頭一釣家，竹竿籊籊雨風斜。舍南舍北渾雲水，看過梨花遲去藕花。

居業齋詩鈔　卷十九　史編雜識集

春秋書天王，至尊蔑與二。封爵疇有功，大夫無專恣。晉以三卿亡，錫命胡爲至。

公旦成相業，大事炳炳書。異哉公儀相，拔葵而却魚。子柳子思在，委任竟何如。

鞠躬盡瘁人，用武嗟無地。小藉周郎手，粗令曹瞞躓。汲汲行師年，皇皇正統義。

蜀師竟東嚮，夫豈志吞吴。痛心於漢壽，奮臂一長驅。左次猇亭日，阿蒙已冥誅。

石頭凴虎踞，巫峽下龍驤。辛苦三分地，殘雲照夕陽。白頭吴父老，洒淚説周郎。

韓非韓宗臣，乃爲亡韓首。子房韓相孫，報秦韓亡後。一蕕與一薰，厥名並不朽。

竊符一如姬，能令强秦悚。侯嬴讓其智，朱亥遜其勇。志存殲父仇，遑惜君王寵。

雅慕公子賢，願爲公子死。五國走秦兵，功由一女子。公子能受言，毛薛直如矢。

毛遂定從約，十九人俱下。拱手推先生，雍容於廣厦。和衷而讓能，夫豈碌碌者。

英雄非一科，能語或能默。語者一驚人，默者未可測。三千客舍中，遴此百夫特。

東西二京後，兩川纔一角。鑿山開道來，鄧艾爾何酷。軍功上幾時，父子駢首戮。

漸臺冷夕曛，鄗塢殘衰草。覆釜誰家封，纍纍漳河道。譎哉題墓辭，竟以曹侯老。

莽女忠漢平，操女忠漢獻。童山忽微萌，焦釜尚微潠。紛紛逐隊兒，鬚眉落藩溷。

石晋無男兒，社墟尚餘辱。烈哉烏氏主，殉國仰天哭。銷魂十六州，生亦無湯沐。

軼才定可憐，陽狂夫何恚。黄祖斗筲兒，蠡測奸雄意。一坏鸚鵡洲，千古禰生地。

魏元既禪晋，歷年三十八。眼底炎遹徂，亮瑋倫同殺。兩宫不可言，雜記成一札。

五馬浮江東，一牛化作龍。東海越輛方駕，本支世子毗及宗室四十八王。籍已空。火爇秦淮水，百年贋鼎中。

浮生苦盛名，清流當濁世。知幾人所難，難於出處際。季鷹飽蓴羹，士衡悲鶴唳。

羊后何足書，特書工獻媚。今寵一以軒，舊恩渾從輊。可憐息夫人，看花滿眼淚。

犧牲都不殺，留待侯景來。寫經徒勞耳，還上講經臺。滔滔淮堰水，青燐掃不開。

劉裕伐姚泓，桓温征李勢。炎炎閫外勛，岌岌陛前地。朝臣懾其威，國史誅其意。

伍員首椎埋，偏釋費無忌。杜崱仇蕭郎，詧。乃發昭明隧。怨毒固云深，施行亦已戾。

一相霸先王，再相楊堅帝。舊君若蘧廬，故國可蟬蜕。望氣若韋鼎，書與瀛王例。

孅孅桑下人，凛凛閣中議。傃彼金夫身，專將忘母詈。冤哉妬婦評，守身乃受剌。

淮南數十城，存於魏釗手。汴京百萬户，活於楚材口。生靈胥阽危，仁言一慈母。

降周穆提婆，賞以宜州牧。亡何殺其軀，周法豈云酷。越有伯嚭誅，漢有丁公戮。

浩浩淮陰流，渟渟溧陽水。英雄失路時，邂逅逢知已。婦人劇憐才，以愧椎男子。

四世五公後，建牙亦壯哉。天心方厭亂，王室正需才。如何二烈士,芟薙如蒿萊。

奄奄魏少帝,生當典午兒。少康空有論,潛龍空有詩。懷中討賊詔,漫滅令人思。

岌岌魏孝莊,生當爾朱氏。詔草存魏書,詩存伽藍記。藉乎温子昇,遺文猶不墜。

范粲不繫魏,乃入晋書裏。不言不履地,志終魏臣矣。遂志而逃名,臣節當如此。

齊臣顔見遠,餓死痛齊亡。協也傷父没,藿食不臣梁。范雲與沈約,閥閲兩相望。

皎皎青溪月,蕭蕭白鷺洲。後庭花放盡,隋家入蔣州。風流江僕射,有賦不悲秋。

休文三寸舌,訹篡復訹弑。巴陵三尺劍,夢中來一剸。緬懷安漢公,捫舌猶惴惴。

魏有司馬孚,國亡殉以哭。徐廣與王琨,晋宋淚兩匊。孤臣徒眼枯,安得酒人筑。

可望不可親,詞臣摇穢筆。遂有鈎簾請,天顔語唧唧。舉朝皆婦人,無言不私暱。

武后遊興泰,版築憂其危。武后幸玉泉,石徑請無馳。普天謡盍喪,二臣萬歲期。

庭湊與希烈,眈眈並虎穴。顔公之帝所,韓公復胡列。死生亦有命,未必剛盡折。

鎮撫推張相,宣慰舉顔公。中外惜二老,命在譽言中。漢廷譽汲黯,陰謀與此同。

十君長樂老,人用夏姬匹。不知前五代,鄭韜歷十一。前賢偶遺之,以俟後賢筆。

宋亡十一年,却聘尚如此。彼哉薦賢人,箋疏徒費耳。生卒信國同,官不入元史。

西湖占王氣,鄱湖識難星。天象指諸掌,人事豈冥冥。一勺惟庸酒,奈何醉不醒。

乞憐是何語,孝孺身後辱。天下負心人,曲筆司實録。久要周是修,夜臺寧瞑目。

聖學不終晦,仁山金先生。績學仁山裏,而無講學名。處士大書卒,何必位公卿。

明壞於門户,事由講壇始。京師設書院,君子憂之矣。院撤而獄興,痛哉諸君子。

名山有向禽,耕耦有沮溺。異學而同群,衾影俱仇敵。亭亭管幼安,割席豈云激。

學如袁伯業,不知老將至。華歆亦學人,垂老成何事。古人立修名,爲學先辨志。

志士能溝壑,杜口不言貧。達則善天下,封己爲不仁。所以鄒長倩,撲滿戒平津。

史家貨殖書,掘冢及博戲。賣漿酒削人,販脂胃脯事。捃拾何紛紛,竊取檮杌義。

大初合虛譽,何鄧無關籥。傅生有憂之,利口覆邦國。荀粲清識人,推轂亦已錯。

峥嶸總角兒,清談有妙理。山公譽不休,羊公憂方始。壯而果盛名,神州陸沉矣。

北海筵開日,座上客嘗滿。一朝忽見收,門前屣履斷。痛哭微脂生,何人酹一琖。

平輿有二龍,邵陵一水鑑。韋趙杞梓材,燕公亦稱羨。觀人於其微,夫豈論隱見。

咄咄野王令,羊公一知己。一擬郭林宗,再方顔氏子。祖道至免官,掉臂還鄉里。

太原王處冲,辟人讀周易。名士三十年,阿濟始嘖嘖。山濤魏舒間,可以分一席。

建陽蔡牧堂,家訓不言禄。聖學不再傳,西山九峰出。孫曾舉進士,先人書滿屋。

損智非可兒,况復益其過。不幸多錢者,爲害至此大。達哉疏傅言,何不留黼座。

鹿門不應辟,採藥鹿門岡。有時陟其巘,搔首望南陽。中厨雞黍熟,故人笑滿堂。

人無適俗韻,亦各懷其智。名山招不來,安能過馬肆。處分亮已定，萬事無如醉。

空山此清寂，有秫能養和。自種兼自釀，所獲亦已多。人世勞勞者，饜飫知幾何。

提壺花圃中，花落鋪座下。學士有花裀，何必讌臺榭。古之能樂人，於人無乞假。

臧獲四三人，田園十六頃。盡日馴鳧雁，有時摇舴艋。緬懷千載前，此樂惟箕潁。

烏帽羃紗巾，肅客非草草。羹胾出中厨，亦復能精好。所乏只油衣，此身杜門老。

有形撑薜蘿，有腹進松术。江州乃饋遺，報謝知何日。一縢盛老莊，長嘯匡山室。

不足助有餘，君平喟然嘆。名且虞累身，胡然勞白粲。益貨損我神，何以觀爻象。

苕溪舟敝漏，刺史請更之。掾吏緘書到，釣徒前致辭："浮家泛宅久，無地着篙師！"

燭斧事傳疑，後人枉費辭。德昭與廷美，試問誰死之。論語朝朝讀，致君乃若斯。

皇矣澶淵策，壯哉社稷功。開府天雄者，束手危城中。孤注讒言入，天書效詐忠。

雷州司户居，崖州司户過。烝羊不暇羞，一介走相賀。請看南溟濤，汴河無此大。

國是呑聲日，天道猶可論。子厚雷州没，子瞻惠州存。直枉臣心異，存没並君恩。惇竄雷州，量移睦州死。子瞻由惠徙儋耳，亡恙。

呈身工唯阿，以道則慨慷。道輔十臺臣，納言盡忠讜。詭詭者何人，上前目爲黨。

志完之嶺海，王回爲治裝。事聞逮詔獄，載賡廷諍章。田晝故謬謬，曾誕亦堂堂。

宫新延福後，山成萬歲名。花石都擄載，朱勔遂縱横。烏呼來儀局，聲聲媚蔡京。

王雱信嬌兒，蔡攸疑諍子。兩家志粗行，趙宋社墟矣。寂寂夷門山，滔滔汴河水。

熙豐紹聖人，翻覆護新法。群賢散江湖，漂泊如鳧鴨。半山一畝宫，蕃息鵂鶹啑。

和親竟亡宋，遼金亦相隨。元以招安覆，明用撫賊危。五朝何一轍，厲階秦檜時。

布衣吕祖泰，請誅韓侂胄。杖百配欽州，老友程松奏。賣友松已遷，何必獻松壽。

十日財一朝，平章功定策。葛嶺泊湖船，萬幾悉關白。患失翻辭官，祖述王安石。

倡樂半閒堂，蟋蟀一戰場。邊事舉朝默，文焕潰襄陽。忠魂岳少保，宰木衛殘疆。

理宗至度宗，蝮鴆猝一皿。内患賈似道，外患復劉整。青蒲蔓草中，何地容骨鯁。

壁壘釣魚山，辛苦一余玠。群小是何心，忍令長城壞。方叔爲鴟鳴，清叟爲蜂蠆。

桓桓孟珙亡，荆襄疆已蹙。勞勞余玠死，宋乃無巴蜀。淳寶器先窳，德祐脱其輹。

二冉畫爐灰，幕府亦壯哉。賓客與軍旅，人各盡其才。閫外求賢急，中朝莽摧頹。

峨峨多寶閣，一日一登眺。玉帶青蒿冢，發冢豈所料。異日木棉庵，惟有青蠅弔。青蒿鋪，余玠墓也。

章蔡用搏擊，彌遠則陰柔。搏擊傷國體，陰柔國運遒。臺諫盡私人，真魏一網收。

起復史嵩之，舉朝人共嫉。殛去十三年，一抔萬事畢。死適肖彌遠，生乃慚富弼。

三公歷四世，清德總如初。老屋閿鄉縣，七葉同一區。李肇補國史，操觚爲大書。

三楊難識面，肯通奄宦名。一朝拂衣去，郵亭乏糝羹。易名垂千載，矯矯薛文清。

華容劉尚書，軼事不勝舉。學使出都門，殷勤致一語。有兒懶失學，從公乞夏楚。

落落慈谿公，巖巖先進風。檄試劉公子，庭笞報乃翁。没後東山淚，涔涔楚些中。

詔釋李夢陽，中外歌且舞。聖德同天地，大澤兼雷雨。直臣顔如山，戚臣色如土。

六部尚書賢，但慮王翺老。斯言出九重，萬象俱皞皞。至尊親耆舊，大臣自壽考。

聖主得賢臣，萬幾無虚晷。造膝承都俞，久之扶掖起。公車計吏年，九卿門如水。

三原王尚書，里居尚亡恙。春秋垂九十，存問使相望。老臣草莽身，獻納彤廷上。

新淦陳公壽，歷官四十年。大半居散地，天下稱其賢。枉人夙所戒，惜才淚漣漣。

中朝馬公理，絶域慕高節。安南貢使來，詫公不在列。高麗使亦云："購書於朝闕。"

水妖祟御園，大臣慴不驚。詔令送海瑞，須臾寂無聲。乃悟幽明理，至德無如清。

煌煌伏闕書，諤諤滿朝薦。舉朝負陛下，比周渾一串。閣臣三十劾，曳履猶上殿。

古人開言路，所以集忠益。廟堂息沸羹，封疆紓睒睗。隃制且害成，矧乃工彈射。

世衰工莠言，君子慎所好。仲深好秦檜，卓吾好馮道。有筆徇斯人，何以衛名教。

竊位十九年，封疆輸已竟。垂死大獄興，五十三家穽。點畫欻模糊，詰朝薄海慶。

翔步數回頭，朝端所共指。如何二侍郎，爲此歸田里！相業不勝書，此其大略爾。

須用讀書人，經術洵可敬。藻翰何足言，君子平其政。汴宋讀書者，後先三文正。

放言身中清，猶是古之逸。龍湖講學年，胡挂糾彈筆。至今潞河上，孤冢群狐出。

好書誤好名，安石前車矣。老子已孱國，況復挾周禮。一言姑予之，喪地七百里。

養癰袁應泰，僨轅王化貞。閫外滔天水，濫觴于本兵。搰搰熊經略，傳首到邊城。

蹇蹇劉侍郎，憂時數哽咽。廠衛告密棼，疆埸監紀瀆。驟貴陳啓新，名器尤可惜。

燕師徂鍾山，人命悉雉兔。取國用甲兵，守國用刀鋸。謫籍起陳瑛，朝臣僇無恕。

早詔必先生，先生翻十族。自有書契來，律令無此酷。奏者酷於庭，謀者酷於幄。

火照金川門，豢豕胡爲者。同官有成言，此身殉宗社。旦日當少牢，往哭孝陵下。

南風遂不競，朔風何可當。同心期好友，致命得膠庠。斯須泣血處，萬古彝倫堂。

招魂通濟橋，夫人二女侍。皚皚節孝身，皎皎冰霜地。夜臺覓侍中，省識勤王字。

薄命胡家女，老作解家婦。割耳侍郎君，嗟不逮事舅。父命一以違，朝命差無負。

大内移宣府，蜚龍卧豹房。南康已獻馘，下詔征南昌。誰寢秦藩敕，老臣念苞桑。

尚書家均州，大盜不敢入。泌陽相公家，割樹當割級。生者何奄奄，逝者何熠熠。

振豎紊官儀，大臣行拜見禮。瑾豎設官穽。廷杖。忠賢逆滔天，功德頌無竟。九千歲一呼，媚子將其敬。

拜手登黄閣，長跽獻青詞。陛下軒皇壽，宫觀額蕃釐。西内如弗肅，閣臣糾其儀。

藥竈掃炱煤，真人安在哉。四字黄封下，禮官請謚來。殊恩無掌故，舉朝訝上裁。

之死諫南巡，捨生争大禮。國家養士恩，炳炳青蒲裏。武宗猶有臣，孝廟乃無子。

排閶哭孝宗，詞臣爲之首。其議雖未諧，其人則有守。一錮訖其身，利哉親臣口。

用官偏用刑，用情偏用怒。國恩冰上霜，臣命薤上露。前有姚少亭右百步，寧都魏禧弔之有詩。

大呼走奏軍前，參軍江天一。生參休寧軍，死共休寧日。義賈與義僧，周旋大事畢。休寧金文毅公聲之死事也，蕪湖僧海明視其含殮，賈閩人蕭倫易以美材，營葬地，勒石。記同死諸人氏名，天一其一也。

燈下淚汍瀾，往往落前史。苦憾不同時，雁行爲君子。通塞何足言，無疚于心耳。

掩卷仍三歎，群小何其愚。方其適意時，人理一以無。後來糞土喻，乃甚於刑誅。

居業齋詩鈔　卷二十　松窗集

史不勝咏，偶有感觸輒成一絶句。零星得二十首

長沙城畔賈生宅，嶽色江聲今古同。千載大名齊屈子，半生知己一吴公。

古往今來天問中，孤臣滿目黍離同。生年若逮尼山手，掎摭安能逸楚風。

匕首霜華落研池，龍門摇筆傳殘時。英雄之死攄懷抱，矐目無成亦可兒。

著書漂泊老虞卿，羈旅窮愁爲友生。前日長平工畫策，此行空到大梁城。

韓市人聞於邑聲，狗屠身後始知名。荆卿傳裹俱男子，軹縣偏書一女兒。

露冷夷門烏夜啼，信陵祠外草萋萋。生平好士交游遍，偏失窮途一魏齊。

九卿廷議李陵日，無數故人俱直廬。坐視貧交蠶室苦，牢騷徒寄少卿書。

忼慨欷歔太史公，不將成敗論英雄。封侯有骨非猿臂，李蔡爲人在下中。

甲夜燃爐丙夜燈，下帷趺榻似山僧。方言絶域都搜得，附離超遷獨不能。

駟馬車中衣錦身，還鄉記得路傍薪。恩仇歷歷酬難盡，給食粗償結髮人。

方褥隱囊白下橋，過江人物盛中朝。登臨牛首渾天闕，鎮日都將

麈尾摇。

偏師擬待王文度，名理專推裴逸民。舉俗詠諧兼茗芋，神州佳氣已沈淪。

衰顏聊藉飲微酡，山海圖經軼事多。却有匣中三尺水，東籬花下詠荆軻。

蘆荻江邊潯水涯，古亭水上額琵琶。把詩却怪傷心夜，淚濕青衫不怨嗟。

藍面兒郎銜魯公，曾將死事説而翁。家聲燀赫惟權要，人子何須有父風。

瞋目難容蘇舍人，枕干還用匿喪身。詞頭李定家常事，追服何勞汝瀆陳。

五代淋漓書一人，廬陵懷古劇傷神。爲身便割纖纖手，何物男兒可失身。

漂泊歸來歸董褋，琵琶馬上憶河東。夜臺魂魄之何處，滿腹經書對若翁。

鐵笛聲聲到碧梧，停雲邀月好江湖。家荒金粟賓朋盡，留得崑山雅集圖。

滿朝簪紱足詞人，獻吉瀕危誰愴神。料得對山能救我，乾坤此義足千春。

遣懷

掃除三徑遲羊求，月色溶溶竹瓦樓。疑事欲讎天不曙，泥人偏是五更頭。

衡門之下藕花塘，素練丹霞蜿蜿長。籬外深林渾谷口，雨中人似輞川莊。

裘索蕭然榮啓期，行吟搔首坐揞頤。蒼蒼天自油油覆，垂老還如黄口兒。

滌几莊書乞米帖，鈎簾細寫换鵝經。溪藤粗給兒曹手，柿葉無須上草亭。

車中膝上應星芒，泉石園林家慶長。枝欲出林非笨伯，氣能盈畹是都梁。

蔓菁一篋韭三簞，杵臼故人晨夕歎。口腹無勞賢令長，夢中曾似過邯鄲。

三致千金十九年，一帆亡恙五湖船。牧羊牧豕俱饒給，賣屨桃椎只路邊。

區田畫舍口嗷嗷，邂逅通人笑爾勞。智慧可成天下事，如何徒用析秋毫。

廬居却聘李宗子，藥裹逃名韓伯休。肥遯何如儈牛者，墻東觀易儘優游。

齗齗輔頰殊無謂，碌碌鬚眉自可憐。飲酒學仙天地闊，風流豪宕李青蓮。

羲經家學述田何，字裏行間讎校多。貢舉虛勞考亭議，粗通章句也登科。

兩曜尼山萬古庭，兔園風雨晝冥冥。老年記得兒時誦，志在春秋行孝經。

大儒未及箋三禮，小戴專家列學官。簪筆詞曹讎虎觀，敝裘曾耐五更寒。

班氏家宬擁賜書，書成子駿子長餘。葛洪雜記西京後，范史操觚漸不如。

三國志成失正統，蕭常後起費删裁。襄陽習老傷心極，漢晋春秋良史才。

歐陽紀事龍門體，五季傷懷無事無。士氣奄奄幾欲盡，篇篇論贊起嗚呼。

宋史荒蕪貉一丘，何年秋獮更春蒐。人材百煉酬應出，此事安容繞指柔。

橐筆趨朝志一統，披帷盥漱遲雞鳴。明時插架今彈駁，前輩從來畏後生。

詩學制科令甲尊，四唐人物此中存。大支小派涓涓出，韓杜洸洋渾海門。

聖學中天太極圖，雒閩之鼓道州枹。髫齡細楷鈔謄急，江漢人傳先大夫。先大夫手輯理學書，亂後散失，尋購得一部存家塾。

居業齋詩鈔　卷二十一　漁唱集

覽《匡谷集》有作

廬霍枕宫亭，沆瀣閟靈奥。嵯峨三石梁，羽流恣遐眺。黄龍一匹練，萬古無停瀑。呼吸天閶通，河鼓薄蘿蔦。皇矣列仙都，餘人不同調。所以攢眉翁，不赴雁門約。豪宕李青蓮，爛醉卧厓嶠。元和老學士，青衫揞藥竈。一去笙鶴空，草堂荒野燒。咄咄楊山人，振衣復高嘯。前年適南溟，羅浮踏航航。鮑靚與葛洪，邂逅殫衆妙。歸來舴艋居，石鐘坐垂釣。涉江挂蒲帆，過我披藜藿。班荆瀝瓦觴，歡若飆牽犒。一編匡谷詩，天籟發毛竅。泬寥煙雨中，五老欻奔峭。剪燭話深更，此樂非所料。

寄李屺山

峨峨天柱山，嵐光際天緑。漢皇此登封，紅泉沸山谷。探策豈無言，從官秘其録。潛江李仙公，捫蘿發書匱。炯炯兩方瞳，隱几松間讀。頗似東方生，游戲一囊粟。君家狂供奉，司空山縱目。曾哦瀑布詩，懸厓卿雲簇。藉手搨一通，遺我荒江屋。

送藍丹衷之大學

蘭畹蘅皋豁霧淞，碧梧往往翔威鳳。鹿鳴之歲賦驪駒，提壺行酒脂車送。野老故人多日邊，逢君定訊幽栖洞。爲言飽飯一事無，竹竿篧篧青林湖。

淮水行，爲南陽曹司馬紀事，示其孫紫麓進士

清淮之水胎簪山，導自桐柏流潺潺。亭亭碧梧珊珊竹，中有異人廬其間。御史大夫曹司馬，建牙仗鉞薊遼關。眼底寺人極亡狀，鄧希詔。飛章彈劾驚天顔。殿頭危言真御史，黄岡劉公宗祥。督臣一疏大可觀。是時天下事孔棘，幕府疏墨無時乾。請設大帥扈轉運，萬艘亡恙漕河灣。寧錦戰場請贈恤，劍光耿耿衝星寒。羽林三千四百口，官倉請發賙其艱。鎖鑰北門衛畿輔，其望屹屹聲桓桓。苦憾齟齬復牽掣，中璫睒睗師中難。師律不可璫曰可，群小總利封疆殘。魏閹傾𠞰後不戒，觀軍容使何巑岏。曹公解組傅公宗龍代，中原盜起滋憂患。登陴禦寇歸田後，白頭戮力臣心殫。我傳司馬書至此，夜分閣筆挑燈歎。國是沸羹天運已，故家喬木幽蟉蟠。公子孝廉科盛世，一官頮壁尸詞壇。孫也南宫第進士，捧檄今峨進賢冠。鄰縣野老荒江曲，爲陳舊德書斒斕。

雨　中

哦詩脱稿期顛客，漉酒盈觴遲醉髡。昨夜菱塘又新漲，瀟瀟風雨一柴門。

讀《嬾雲集》中見懷詩有感

九峰三泖際，書屋直清霄。詩韻渾摩詰，仙風復子喬。寥中通海嶽，方外狎漁樵。舊日聯床夜，相思千里遥。

酬岳州汪教授于岡

丁年解纜沅陵别，隔歲空勞燕市期。俱有鬖鬖雙鬢在，坐令睒睒歲星移。挑笙欹枕過長夜，樺燭當筵憶往時。遠道一書藉雙鯉，荒村到眼不嫌遲。

小隱瀕江草閣前，雲中雁影亦翩翩。搔頭遲客青燈夜，把臂過余白首年。囊剩一錢償酒户，興酣叠韻費詩編。生涯漸近龐公宅，採藥

長鑱且上肩。

狂夫老至粗更事，解事兒曹細與論。鉏钁小園三徑得，筵篿碩果一陽存。雷行湅雨江還闊，谷涌寒雲嶽自尊。回首向來多繆誤，無端僕僕走中原。

偶見胡聽岩爲人序梅花卷，口號寄之

冷官露肘梅花塢，寫入遊人行卷中。澤國暗香風瑟瑟，虛堂斜影月濛濛。

浮山老人歌，爲桐城舫齋馬先生賦

浮山老人太僕孫，數間老屋桐陂村。先公司馬無長物，遺書萬卷縹緗存。公沙六龍俱矯矯，潛者蟄伏躍者歕。太史張筵有絲肉，老人依舊吹其塤。陳倉之石汲縣竹，䲭疑送難無朝昏。老人生來嗜探索，高窮岳頂深河源。即今七十如四十，瞿瞿手滌書兒幡。鸞鳳小兒娛大父，七歲日誦幾千言。駒齒未落龍文具，季父爲饌盛銅盆。老人摩頂嫣然笑，抱甕九畹臨東軒。惜陰亭上烏皮几，飛瀑澗邊癭木罇。藹有黃華雁南嚮，翩翩詞客山莊門。伯時白描真好手，與客挂壁從頭論。夜來鐵笛弄何處，龍瞑古水沿山根。

次韻酬桐城潘木厓

新詩爛熳見天真，挽盡桐陂洗槧塵。有徑不容車馬駐，爲園嘗與鷺鷗親。幾年初把磻磎釣，十載前名絳縣人。時年八十三。手種碧桃聞已熟，莫將烓火役勞薪。

雲樹依依壇坫在，皖江入望若比鄰。片帆直上滄浪水，短札過存憔悴人。怪事追談三里霧，駑材大負九方歅。先師馬先生也。安仁老筆詩兼畫，頗爲狂夫一寫真。

呈劉觀察

行部曾過竹瓦樓，蒲帆桂楫木蘭舟。山城一路黃梅雨，古寺雙峰碧玉流。犢背耕人窺汗簡，兔園稚子識陽秋。鄉亭蔽芾甘棠樹，三老爲公處處留。

重陽前一日寄洛兒武昌

鯉魚風起怒江濤，鄂渚書來萬頃遥。落筆驚人翻下第，側身懷古且登高。白雲樹裏舒眉目，黄鵠磯頭惜羽毛。却憶故園三徑在，東籬細雨未蕭騷。

題《春郊走馬圖》

天生神物有如此，伏櫪誰知志千里。春郊蹀躞萬人驚，蒲梢來自渥洼水。炯炯房星光照夜，寫入丹青尤長價。古來畫骨何人哉，少陵曾許一曹霸。

石泉縣爲朱悔人

使君剖符之劍南，靡屭㠣㕹雨霏靄。三老上言草毿毿，明府從事當腰鐮。衙齋前者儲無甔，請公轉粟從沱潛。使君頷之掀長髯，笋輿叱隸陟其檐。大小匡山渾煙嵐，徑踏李白之書龕。名士古來多於蠶，風流酷好蘇子瞻。湔水濫觴玉壘巖，濯纓有暇楷梨槧。縣北石紐石如鑱，此行禹穴真親探。詠懷古迹詩成函，郵致輦上資叢談。濟南先生今滄涵，手揮銀筆潤且芟。故人黄州釣江潭，遺以素書雙魚緘。人生轍迹信轡銜，仕宦豈必饕肥甘。我聞斯語喜沾沾，李冰文黨遲君三。汶嶺之奇夙所耽，眼中地主君猶堪。如象如馬足清酣，千年蹲鴟飽吾饞。行攀赤甲躋白鹽，歷盡萬點蜀山尖。

寄豐城楊叟

曾愛養生主，廣莊今若何。浮名隨事減，隱德逐年多。陟巘步偏捷，銜杯顔乍酡。洪厓煉藥處，一月幾番過。

覽吴允猷詩稿竟歸之多雲山房

冠蓋門閭出，芒鞋躡亂峰。荒村群稚子，急就續朝饔。風雨鄉書斷，窮愁韻語攻。十年財一卷，豈肯受塵封。

素位吟贈允猷

吴叟昂藏衣綷縩，仰天頓足嗟亡賴。十年冞入亂山村，口授黄口飯粗糲。煤編蠹簡俱校讎，黝黈點黵亦已憊。寂寂寥寥鹿豕游，回首故里原冠蓋。歸去來辭磨厓書，重趼依舊涉沙瀨。腰鎌小搆苦竹林，有籭可織筌可賣。不爾渾脱冒朝嵐，露肘墻東作牛儈。寒食上冢麥孰秋，瓦盆盛酒山茅酹。束髪受書今若此，拊膺得無念顛沛。有客搔頭前致詞，眼底萬事足悲慨。五陵隊裏尋蒯緱，七貴筵邊欻蕭蘈。三致千金十九年，乃用癡兒罹患害。覆艇奔輈無日無，往者已矣來未艾。天虧西北星辰移，瀨曲桑田日中昧。盈虚消息不勝數，《齊諧》志怪摭其最。觀魚獨有濠梁生，存而不論六合外。我亦江潭侘傺人，偶從夜半聞天籟。請君還卧素位軒，檐前薙草留書帶。

餉酒用詩代柬致劉明府

有頤不朵五侯鯖，有腹不果五鼎烹。有田種秫不種秔，富兒皆飽我獨酲。衝風冒雨毛髪撐，丹砂駐顔無此赬。一斗一石蠟淚檠，挈壺小童報五更。點檢牀頭剩幾罌，饕餮怕逢阮步兵，折柬且餉劉公榮。

題《樹裏觀書圖》

萬樹裏，一卷書，汲縣之竹陳倉石。心摹手搨而口呿，掎摭貫穿無虚日。上窮躔次下方輿，側身懷古從所好。如山之獵水之漁，不然插架高樓遍廣樹，胡爲科頭箕踞濃陰下？

郭聚五輓詩

松欄月落石牀横，瑟瑟湖風上短檠。遺却君山方竹在，蜘蛛網絡帶霜莖。

南涉洞庭東泗水，一簦雙屐不曾閑。故人鮑照臺邊卧，遲爾同栖萬仞山。

孑孑干旌及敝廬，麻衣兒迥白楊渠。鎮年謝客豪游絶，身後翻來長者車。

十七史宬渾白蟫，鬼燈如漆照疏林。行縢剩有篸山記，插架何年棗木鋟。

蒲伏空庭滿面塵，豐城潦倒舊游人。肩頭荷得刊山鍤，來送黄腸折角巾。

期期不可怕雷同，攘臂操戈簡册中。三寸舌根今已矣，筆牀研匣冷青蟲。

《鱗潭祭酒行狀》傳到愴然成詩

吞聲看行述，氣結倚衡門。日落紫陽谷，天荒黄葉村。遂令長契闊，誰復此過存。二十年來事，酸辛不可論。

力爲憐才竭，聲緣多藝呶。禁方蘇錮疾，垂槖救窮交。髮指沙含蜮，神傷莽伏虓。歸田歌一放，繾綣及江郊。

祭酒朝端望，人師汝實能。多年門似水，歷鑑試如冰。虎觀書增注，烏皮几獨凭。經生誰負土，南向北黟登。

進士題名碣，出之堀堁封。制科稽二代，掌故備三廱。薄海先賢在，延陵軼事逢。成均諸疏稿，庋閣視笙鏞。

輓彭瞻庭侍讀

主恩方洊至，天使忽相要。奪席李長吉，分符王子喬。繐帷親舊隔，丹竈故園遥。僚友收行篋，詩題半早朝。

鬼伯横相趣，斯人不少留。無端啼鵩鳥，奄逝逐沙鷗。世掌唯青史，朝班尚黑頭。鵜令原畔苦，老淚濕貂裘。

輓潘惕巖宫贊

安仁吾好友，文治際西京。栩栩金門步，津津玉糝羹。胡然分出處，邈爾隔幽明。風雪蕭蕭夜，何人唁楚傖。

晉闈方撤棘，聞我賦歸田。短札馳郵遞，分金助馬韉。後遊期白首，遄逝乃黄泉。燕市酒壚在，淒淒暮雨天。

得宫洗周礪岩凶問

苦憶周公瑾，經年斷素書。遣伻林屋去，問訊洞庭居。返棹來凶問，巡檐傣碧虚。老成凋謝急，不待脱銀魚。

碎錦追昌谷，連珠仿陸機。昂頭期跛扈，白眼看輕肥。高嘯晴川閣，豪吟赤嶀磯。分襟成永訣，雲樹尚依依。

通籍承明後，操觚輒解頤。陶陶文字飲，咄咄早朝詩。忽感中摇落，長歌古别離。零編行篋在，捩眼不能窺。

得少司農王公垂凶問

京雒堂堂七尺身，睢陽寂寂轄車塵。白頭老友荒江上，夜雨燈前哭故人。

江　閣

浩浩江漢水，淙淙蕩我胸。窈窱渾無藉，斥鷃安能從。搔首望東南，離立五老峰。

昔者謫仙人，拏舟從此去。江心古寺門，上有驚人句。我來千載後，寒雲濕芒屩。

孤聳絶纖埃，天閶咫尺開。江風一以滌，列宿光焞焞。安得如椽手，大書湧月臺。

馬仙軔由桐城入蜀，舟次釣童山下，遺詩一首，次韻和之。凡十章，却寄於成都

釣童山下問茆廬，尺素傳來二舍餘。旅食飢腸偏好事，征途左臂也工書。囊錢去買郫筒酒，滌釜行湘丙穴魚。捃拾浣花詩幾卷，下川音信莫令疏。

冷落桐陂舊草廬，客中高嘯雨風餘。封侯合擲班生筆，用世還操賈傅書。往事神傷白額虎，家聲話到碧山魚。江潭蕉萃好兄弟，短札過存不忍疏。

船作匡牀埜是廬，管城墨沼黑甜餘。樓邊立奏荆州賦，篋底行成蜀道書。天入瞿唐渾象馬，土名赤甲足蟲魚。薛濤箋寫蠅頭字，鐵畫銀鈎總未疏。

擔簦有地即精廬，錦水光涵萬頃餘。白帝城頭搔首嘯，武侯廟下鞠躬書。方言歷歷收鉛槧，軼事斷斷辯魯魚。山劚蹲鴟强刈粟，飽湌無使鬢毛疏。

處處從心可結廬，圖經勝迹古人餘。東西瀼水晨觀漲，大小匡山夜讀書。試筆便當身倚馬，行歌豈爲食無魚。獨憐老友窮愁極，瘦骨蒼顔邂逅疏。

生來閱盡幾蘧廬，有器已經盤錯餘。蠟屐遄遊巴子國，操觚苦索醬翁書。悠悠夢裏一蝴蝶，款款天涯雙鯉魚。無數寓亭花樹影，梧桐百尺獨蕭疏。

俱有先人一敝廬，蒼蒼喬木雪霜餘。途窮阮籍狂呼飯，天放虞卿老著書。塵事茫茫空即鹿，素心脉脉且觀魚。寄聲伯子湖南路，皓月澄江雁影疏。

洞庭小札到吾廬，推枕摩挲午夢餘。鈷鉧空潭尋柳記，浯溪壞碣覓顔書。行縢長物零陵草，好句驚人鹿角魚。却寄八行久未發，窮居中散故粗疏。

棕鞋桐帽出山廬，跋涉經年萬里餘。世澤儒林行有傳，家貧貨殖本無書。蜀山霧裏應藏豹，湘水清時可躍魚。遠道故人幾翹首，天邊佳氣近窗疏。

狂夫潦倒一蝸廬，卒歲儲無儋石餘。裹足新縣宗炳畫，謀生故乏計然書。荒衢是處從羅雀，直釣何年可得魚。獨有中原壇坫在，群公縞帶未全疏。

追憶先師報循堂有感，用前韻成詩九首

拂衣人出承明廬，漆簡瑶函掎摭餘。家世不勞門吏諱，生平無寄要津書。詞場雅慕蘭亭繭，異物曾傳紫石魚。插架凝塵藏不得，光芒夜夜見籬疏。

報循額寫古時廬，苦憶先人櫛沐餘。袍笏龍眠三世譜，丹黄鳳沼

一床書。不令弟子疑追蠡，常遣兒郎徙蠹魚。望氣至今來皖口，手栽梧檟日扶疏。

堂上朝朝説直廬，氤氳香氣早朝餘。屬車祇有甘泉賦，邸舍全無封禪書。身在日邊嗤仗馬，眼瞪夜永笑鰥魚。歸來點檢奚囊遍，坐對青霞入綺疏。

筍輿二子步田廬，五柳先生爛醉餘。半夜衝星歐冶劍，佳晨曝日郝隆書。生憎上蔡人牽犬，老愛桐江自釣魚。衮衮孫雛今輩出，家箴原不許慵疏。

萬柳當年繞一廬，年年攀折幾枝餘。楊家冠蓋閿鄉第，杜氏春秋汲縣書。剩有高岡栖埜鵠，曾無數罟及池魚。好風好雨梁間燕，繾綣呢喃尚未疏。

碧軸縹囊皮滿廬，一生真不負三餘。網羅後史讎前史，零碎旁書補正書。懲惡寓言湯捕鼠，揚清極予續懸魚。瓦墻土銼門如水，不待而今轍迹疏。

吴江一研楚江廬，師所遺。黯澹先生手澤餘。問字侯芭應上冢，談經費直豈成書。仰天苦恨含沙蜮，窺日殊慚附壁魚。稍喜郎君存問數，囪囪報謝恕生疏。

鳥語花香媚小廬，零編隻簡是師餘。狂嘯季朗居山伴，笑寫清臣乞米書。何日携童名枸杞，有時舉網得鱸魚。一囊羞澀偏亡恙，高枕藜牀萬事疏。

江雲澥日湧窮廬，眼底黄楊過閏餘。三徑徐行時倚檻，七言急就老攻書。聽松頗憶陶弘景，鉏菜常嗤華子魚。咄咄兒曹好紙筆，横經訓故課無疏。

結韈行

芒鞋昨乞朱居士，雙韈今朝遠道至。凍皴短脛行復温，高嘯北窗雙脚跂。鈎簾把讀數行書，故人款款有深意。窮居安得結韈人，千古漢廷一張季。

坐穿木榻仰觀屋，蹣跚七尺生理足。奔軥道上人匈匈，一老自浣滄浪曲。人生蠟得幾量屐，夢裹東馳復西逐。此韈踏穿莫再縫，赤脚走上灊嶽峰。

天寒得韈，用東坡《遊白水山》韻作歌

老夫雙脚今豪縱，左右趌跔作兒弄。籋雲直上跨厜㕒，凌坡蹴澗窺潭洞。似放黄鵠行絶塵，如騎青騾更飛鞚。履霜不知木葉稀，踏雪微覺約頭重。暖到駢枝及爪甲，謝却銅罏捐瓦甕。獨立亭亭久轉温，獵獵朔風吹不動。故人遠在淮河湄，此境安能與我共。挾纊之歡從地起，火浣氍毹曾宵夢。我欲報之黑貂裘，縑包席裹耑伻送。蝸涎字寫剡溪藤，天昏只怕墨池凍。浦上裊裊暮煙沈，江干脉脉寒雲湧。窮巷過存尚有此，楚狂且莫歌衰鳳。

詠懷滄浪亭古迹呈滄湄居士

蘇州滄浪亭，湖州長史第。長史天下才，立朝矢匡濟。校理集賢時，款款思獻替。國家討元昊，廟算厲精鋭。忼慨數上書，言天下大計。一監進奏院，輒以酒食廢。廬陵序遺文，萫稡爲剞劂。曰嗚呼長史，太傅杜公婿。令妻走京師，乞作墓門碣。追數入朝初，實由范公契。言路一舉綱，范公且爲翳。詿誤總清流，官箴並無戾。天子尋感悟，牽復仍聯綴。群賢滿朝班，一人獨幽竄。廬陵書及此，惻惻行間噎。我讀不終篇，拊膺而雪涕。春秋書有蜮，含沙當水際。往往中人影，行路多侘傺。二氣有盈虚，或祥或爲沴。沴氣所薰烝，熾而爲權勢。宵旦何所營，惟善人是薙。腹劍横要津，陰風莽飈颵。倚伏無端倪，能使天地閉。苦恨烈士名，力莫能掩蔽。士以此自豪，弗憚苦人懠。不磨滅者存，後且千萬歲。長史昔操觚，廓清五季弊。牽樓穆参軍，立言必根柢。引經力追古，刊落諸肬贅。用此施諸官，孤立故有泥。事久粗論定，賈誼劉蕡例。海内有通人，讀書論其世。釣遊剩水丘，于今茁蘭蕙。上有滄浪天，波瀾下溶潏。我友出承明，洗沐古亭汭。遺我滄湄詩，清若九皋唳。古體柴桑風，今體劍南製。觀魚此亭中，會心宛莊惠。楚人老江潭，何以豁湠灖。良辰戒行李，一鼓滄浪枻。

柬彭西叔，用東坡《白水山》韻

羅山自浮來，神工融兩股。三千六百丈，大鵬垂其羽。使君陟絶顛，沆瀣時吞吐。仰天曰壯哉，撑空石能補。顧瞻百仞厓，飛瀑白於乳。太古龍葱竹，霜筠未經斧。玉京敕仙令，剖符守兹土。山頭五色翎，望風先翔舞。句容丹成後，漢陽今接武。鮑家履迹存，彷彿露雙拇。岧岧蓬萊閣，檐楹濺花雨。仙公偶凭欄，哦詩建枹鼓。覽古白鶴峰，精舍如閬府。髯蘇驚人句，飢蛟啖渴虎。今者風流人，詼諧仍戲侮。行部一筍輿，勿用人負弩。時清簿領暇，萬象供聽覩。彈琴足薰風，憺泊無携取。手栽荔子林，自爲皓月主。笑我老荒江，抱甕灌瓜圃。

再賦長寧縣，用東坡《自金山放船》韻

長寧縣閣何眈眈，長寧治行聞東南。循吏惠州古寥落，陳林直待彭侯三。禾稼年來四封熟，桑畝鬱鬱三眠蠶。國家吏治西京上，宋賢凌跨夫何慚。同門老友别來久，竹竿手把垂江潭。直釣曾無笭箵帶，鴟巵倒注朝微酣。邂逅滁表遊人舫，班荆坐聽惠州談。地自葛洪汗漫後，所至頗有朱砂龕。彭侯官似橄欖味，苦遍齒頰唇粗甘。嫌名舊井回車過，不使僕從濱于貪。山遊雅愛朱明洞，渴漱沆瀣飢能堪。我聞莞爾發遊興，寄聲爲我結茆庵。

書《李巖詹傳》後

十七年來官半水，半山花鳥雪堂雲。布袍旅櫬蓴湖路，寒食凄凉雨後芹。

渌溪口即大江干，解纜如何下水難。鄉里家家人上冢，先生何處木皮棺。

有客瀕江弄短簫，羈魂只用楚詞招。長堤柳色還依舊，麥酒爲君漉滿瓢。

走筆千言一傳成，江風瑟瑟短燈檠。嶔崎歷落殊無謂，留得詞場身後名。

諛墓紛紛走赫蹏，衣冠優孟向人時。誰將真氣留青史，記得龍門絶妙詞。

吴守戎請予志其尊人墓用東坡和頓教授韻

矯矯吴將軍，結交天下半。緬懷古之人，一唱而三歎。插架龍門史，衙齋觀且玩。即事感慨生，襟期乃瀟散。射獵臨皋亭，行縢亦相伴。棐几夜篝燈，往往坐達旦。太公行述成，庋諸青玉案。於家紀創垂，於世書治亂。掩卷爇名香，開緘恭頮盥。言念馬鬣封，大書不可緩。幽宫有志銘，家傳理一貫。東嚮三百里，徵索及庸懦。公子雨中來，芒鞋踏塗炭。老夫及階迎，聯牀話虛館。終朝雨不絶，濁醪觴屢暖。脱稿鄰雞嗥，仰眂長庚粲。

贈吴生珽

古人志墓志其志，今人諛墓諛其位。縑包帛裹致鴻文，萬善都歸顯者隧。掎摭盛事不勝書，書丹腕脱雕鏤費。委巷潤色多錢翁，其生也椎没而賁。叙次舉俗尚雷同，義例不更更名字。孝子慈孫曰不可，信今傳後理無二。生事盡禮祼以誠，炯炯夜臺惡庸僞。辭必己出務闡幽，昌黎之筆龍門例。汴宋作者則廬陵，行間字裏有生氣。此事譬諸寫真手，傳神豈暇及疣贅。眉山妙喻示王郎，膏面飽腹須臾事。君子於言無所苟，俾死如生生不愧。最是天涯坎坷人，不可磨滅于没世。抑塞咿嚘天弗聞，吞聲歆泣歸于地。不有區區幽宫名，朽骨何異山頭榴。老夫念此嘗惻愴，有言不肯從骫骳。吴生長跽前致詞："感歎王父蘇蘇涕。零編隻簡千秋存，九原實拜明公賜。"蕭蕭寒雨坐深更，更端促膝請不置。予肱拄座掌承頦，孰視吴生亦奇哉。三百里外挐舟來，嗚呼安得良史才！

司寇新城王公爲先大夫作家傳，賦詩五章

英英岱宗雲，萬象俱涵蓋。亹亹漁洋編，洋溢海内外。函席周旋人，日進于光大。賤子悵離居，仰天發長慨。

琅邪神明胄，代有命世賢。疇昔穀城史，傳例班孟堅。又聞唐叔

達,詩歌大雅綿。歷下今望氣,涓涓趵突泉。

先生稷契身,而簪董狐筆。光風轉蘭荄,靈雨潤荷蜜。往往發幽潛,仁心代罕匹。大文日邊來,焜燿荒江室。

唐運屯安史,漢祚剥甫節。有明則兼之,先子心力竭。百戰存一城,傳記興安戰功甚悉。九死拾一骨。吴御史死杖,歸其櫬,先生以爲難。身後六十秋,大書欻昭揭。

煢煢五歲孤,慈闈課草土。孝經語孟篇,口授無黝黈。先考生平事,十不得其五。三復蓼莪詩,潸潸淚如雨。

尤慧珠寄詩三首次韻

垂釣青林湖,家徒立四壁。仰視蒼蒼天,俯踏粼粼石。尚有故人書,殷勤來敝邑。讀罷復長謡,聊用寫胸臆。

故人金閨彦,鼏然古作者。洗沐昨歸田,門巷貴游寡。散髮步滄浪,欲與鷗爲社。朗咏蒙莊篇,悠然悟鑪冶。

携手承明廬,别來十四載。索居懷古人,省躬耻不逮。寤想昔游歡,三山一大海。期子賦浮湘,斯須擷蘭茝。

附:原什　尤珍

我聞黄州好,夜夢游赤壁。蘇公謫宦處,文采映泉石。故人拂衣歸,高卧廣濟邑。千里馳尺書,殷勤寫胸臆。

館閣多英賢,君才實作者。古調人不彈,曲高屬和寡。一從辭青門,長此栖白社。江山剩勝迹,蠟屐恣游冶。

夙昔奉箴誨,一别逾十載。獨學歎無友,千秋志未逮。睠念平生交,邈然隔雲海。何當鼓扁舟,涉江攬芳茝。

次韻酬南昀侍講

躋山懼山躓,厲水虞水淪。人匪馮虚翮,安能無所因。幸生三古後,渠矱視先民。有懷蘄自適,於人何喜嗔。把卷衡門下,行歌荒江濱。素心鮮儔侣,抱膝嗟荆榛。恭承長者誨,陏及索居人:"視道真如砥,能者跂而遵。有釜炊其粲,有爵斟其醇。勿逐啖名者,徒以似亂真。”兹言入吾耳,飛瀑洗埃塵。問君何所目,聞之於雒閩。敢云志未逮,勉旃佩諸紳。

先生謝春華,皇皇捋秋實。歸田築南畇,六經貯一室。隱几爇名香,談讌鮮儔匹。掎摭先儒言,群峰森崒嵂。趨庭夙有聞,仰瞻滋懌悦。聖學日中天,萬彙區以別。瘏瘵契諸圖,豈直獲麟筆。大業與人同,譬射之彀率。澄觀發微言,表裏具昭揭。閔彼汗漫家,悠悠恣口説。好古敏以求,大聖韋編絶。奈何擁皋比,任作不任述。誓將約馳驅,範之以一埒。

附:原什　彭定求

良朋鎮寥落,正學徒沈淪。固陋者賤子,切磋嗟無因。退居淹歲月,微尚從先民。編摩幾卷書,尚恐流俗嗔。忽逢琅玕贈,迢迢楚水濱。證道若符契,抗論披荆榛。曰惟講習衰,緣彼噉名人。狂瀾誠待障,周行當勉遵。鴻功與鉅節,出自鉅儒醇。仰止期無斁,汰贗斯歸真。三復動深省,胸消萬斛塵。上以稽鄒魯,下以宗洛閩。停雲方在望,長此書吾紳。

三楚富風騷,銜華誰佩實。巋然有耆儒,談經入孔室。遠追舒與向,詎屑鄒枚匹。著作名山存,文峰峙崒嵂。何由晨夕偕,蘭言恣怡悦。感兹尺素來,迴與時賢别。遥披先子圖,導揚出鉅筆。謂有典刑垂,學人得彀率。具陳六經義,煌煌聖矩揭。立志一以明,無爲騰口説。惝恍契神交,未忍微言絶。再拜告几筵,用識老彭述。千秋載道文,百朋未足埒。

索居言懷,叠前韻

播種哺艱食,疏瀹拯沈淪。兩聖大憂患,厥功則用因。尼山任删述,萬古覺斯民。蹁躚七十子,討論無喜嗔。寢食渾仁孝,肅雝泗水濱。桓桓者孟氏,雄辯闢荆榛。泬寥秦火後,辛苦拾遺人。專門從所受,軌轍實同遵。人唯無所爲,虛中言乃醇。爲名而壇坫,近理彌亂真。擁篲侁侁聚,終風日揚塵。尊經興聖學,濂溪與洛閩。其言今具在,後生謹書紳。

大儒擷菁英，乃掬琅玕實。學子從之游，如入芝蘭室。有志第師古，何必定誰匹。辟諸五岳圖，真形都嵂嵂。辛勤力穡人，粒食口自悦。聖學故一源，何年支派别。禍始盗名人，高座摇其筆。手招萬夫雄，俱從我彀率。枹鼓聲相聞，旌杠復聳揭。馴至水火争，斯道荒于説。魯鄒去我久，微言將毋絶。皇矣先聖功，六藝只言述。賤子夫何能，謹守聖宫埒。

次南畇韻過周忠介公里第即事五首

古物于今風肅然，此君自昔節蒼堅。製成歲月老人記，閲遍滄桑虚閣縣。伏枕吞聲憂廟社，披帷雪涕説名賢。江東長夜渾無寐，應與遼東榻並傳。竹榻。

怪雨狂風無處栖，此房還爲贊公題。臨池藝自鍾王上，詣獄名將李杜齊。生死寸心渾不貳，蒼黄岐路豈能迷。輕裝吏部匆匆去，墨迹留燃古寺藜。小雲栖扁額。

天子當陽吏議更，登聞鼓下一書生。陳蕃竇武心俱白，朱並牢脩面不赬。請劍尚方刑虎尾，招魂北寺聽雞鳴。封殘舌血書粗具，閶闔天開夜迥明。血疏貼黄是長公茂蘭上疏時副本。

褒忠闕下涣絲綸，老屋江干奕葉新。浩蕩恩兼皋壤及，艱貞事到史書真。劫灰運過宗祊好，汗簡傳來世守珍。何物小兒阿節甫，點污家世誤呈身。三代誥軸。

忠介峨峨萬古墳，祠堂俎豆浴朝曛。大名直較冰霜烈，勁骨原從河嶽分。鴻寶代言心貫日，石齋紀事筆淩雲。後生安得青芻薦，把卷如沾紫氣君。忠介公墓。

開讀日事覽之志慨

清流岩處不寧栖，炎路私人更品題。安得有天容屈賈，直令無地置巳齊。踏翻大海滄波立，昏入層陰白晝迷。碩果剥殘生意盡，漸看野燒及蒿藜。

遥弔朱文學

旌門何必荷恩綸，草莽諸生陋巷新。死去先尋滂母報，愁來更比燮兒真。立身亂世朝朝淚，同傳斯人字字珍。聶政荆軻俱已矣，乾坤留此丈夫身。

五人墓

鬱鬱葱葱五姓墳，要離宰木並清曛。一丘千古鬚眉在，群小須臾首領分。地近蓼洲無濁浪，天垂梅里足慈雲。殺人大吏終塵土，上冢何曾麥飯焄。

贈京山王生介山

我昔囊粟金馬門，雲杜王郎鄰西舍。朝遊三館暮來過，怪我官庖乏酒肴。王郎卒業我旋歸，感懷勸我歸學稼。犬兒天官一選人，太學王郎共插架。十年不着進賢冠，一竿垂釣荒江汊。昨者王郎素書來，報道選曹如穲稏。寓言頗笑老禿翁，手把　編如啖蔗。我言貫穿千載前，如矢用鏃弧用弝。勝緘枕秘可鈔謄，一瓻財償一瓻借。徵文考獻于雲杜，摩挲辯識古彝斝。猗嗟少泉太史公，當日有聲在天下。大事力争世宗朝，危言不避中涓嚇。志就興都蠟屐游，峨眉邂逅神仙駕。矯矯虹塘真御史，蒿目直憂坼天罅。皂囊白簡立螭頭，戟手頻向分宜駡。方伯保釐郡縣清，侍御威名桑梓藉。稚恭天爵砥節同，幼振風流中丞亞。至今萬卷一家庋，王郎篝火無冬夏。郎官需次雞肋耳，公車還當一戰霸。我脚不踏京源山，江心寺裏凭虚榭。書淫詩癖信所便，辟彼猿臂人之射。長鑱木柄常隨肘，短布粗衣足掩骼。畝收不稔橡栗充，寫書柿葉燭以樺。泥飲亦復無所之，平明不用蹇衛跨。兒孫喋喋鉛槧間，負劍辟咡時鮮暇。以此老作嬰兒聲，終日長嗥嗌不嗄。新詩寄我側弁哦，老眼眈眈睎鮑謝。

環溪書屋歌，寄范對敭

溪鳴瀧瀧溪雲墮，溪鳥翻翻溪流破。曾峰峰下六月寒，千尋老樹十圍大。歷歷落落草堂人，蕭蕭瑟瑟揞頤坐。剥剥啄啄鉛槧來，齗齗咢咢點黐過。生憎齒脅張禄污，老厭脂粉鴟夷涴。屢空釜甑豐一瓢，盥漱低徊不忍唾。鬻足瓜瓠絶腥羶，濯祗蕁荇無豆莝。抱甕夏畦未胼胝，不用桔槔傭竪課。飲牛可睦幼安鄰，鬪鴨能殖魯望貨。烏皮几鑑雪松濤，《水經》在右《茶經》左。有時橋步跨滄浪，狂嘯驚起癡龍卧。乘興訪我江之滸，行縢狼籍山窗作。笑我荒江把釣竿，一畝之宫竹萬个。眼中江漢滔滔矣，溪則有岸猶遮邏。别去于今又幾秋，浸種畬田收黄穤。酒酣溪頭定放歌，歌成寄我我當和。

寄寄瞿僧

不到山城十五年，葭蒼露白又秋天。老僧知我仍亡恙，籊籊竿垂一釣船。

舊游陳迹老來吟，無數招提蔓草深。剩得奚囊殘稿在，巳公茅屋可追尋。

破衲嶔崎敗絮温，鎮年榔㮧杜柴門。故人寫入高僧傳，□雨江南黄葉村。

龐眉皺面影蕭蕭，豆葉充籩粥一瓢。燎木可能尋舍利，氿泉時復號參寥。

小慧琴聰與蜜殊，浮沉世路取歡娱。老髡孑孑焦枯樣，留伴空山面壁圖。

江心閣

君不見岷江沱江禹所鑿，瞿唐灧滪漭噴薄。咆哮白帝下江陵，吐吞雲夢包郢鄂。百川萬籟不勝數，桑經酈注第庢略。煙波溟涬翼際峰，沔口夏口争摇擢。西塞山石小洄瀾，直如六馬馭一索。五洲九磯難撑拄，蝦蟆山北矧大作。長風有浦積布圻，琵琶灣浸失垠堮。刊水左得青林口，迤東一舍乃吾宅。叶。楚壤至此界江州，隔江九派滙廬霍。勝迹古有江心寺，手摘星辰傳太白。叶。今年小搆仿晴川，英英白雲遲黄鶴。寄與好事丘壑人，携琴載酒來江閣。

《自警編》編竣

性癖摩挲老亦忘，嚴冬日課滿匡牀。大蒐青史兩朝元明遍，小楷赫蹄三寸强。六百葉。二子讎書時左右，童孫橐筆慣趨蹌。恭承先訓家菆在，《自警編》中世澤長。

聞匪庵掌院事志喜

草莽傳聞吴少宰，螭頭奉詔領詞臣。卷阿車馬多無數，盡是周京孝德人。

皇皇聖學日中天，多士含香上講筵。搢笏書思財辨色，何人候景過花磚。

送難群儒待折衷，大賢博物耻雷同。一經皓首嗟難究，幸有前賢力啓蒙。

專門老學漢興初，捃拾前聞辛苦餘。義疏一成都棄置，貞觀經術竟何如。

貢舉議應從考亭，分年課試爲窮經。螢窗雪案成何物，肯向人間學説鈴。

皋比坐擁六經師，雞火勤如肄業時。賀客及階方耳語，門生都在鳳凰池。

柬張景峰學使

卿雲臬臬鳳凰臺，使院褰帷亦壯哉。古樹千尋鍾阜出，長江萬里秣陵來。六朝軼事資詩料，四序佳晨足酒杯。却憶故人殊契闊，荒村老屋隱蒿萊。

曾款瀕江白板扉，寒雲冉冉日暉暉。西征伐石峩山頂，東嚮披襟赤嶼磯。茶竈筆牀俱涉趣，沙鷗浦鶴並忘機。棗梨一部長安道，編首題辭是布衣。

蒼顔瘦骨老丘園，角里年華甫里村。窮到學仙應辟穀，老來觀象欲無言。十年蓑笠諳農圃，一卷丹黄長子孫。霄漢夔龍公等在，煙霞灌莽此衡門。

聞道天涯念索居，笙歌隊裏數欷歔。也知莊叟能安命，却怪虞卿苦著書。地望封疆鄰五柳，天官躔次近三閭。鶉衣百結霜楓下，曝背搔頭看老漁。

插架兒曹取次探，短燈檠下視眈眈。萬端往事俱河朔，幾首新詩似劍南。態是狂奴狂已老，鄉無醉客醉因憨。開頭會有東征舸，馳寄知心札一函。

寄題桃源水府祠

宣房之塞昔何勞，沈罷美玉搴長茭。揵石遠下淇園竹，將軍負薪薪不屬。帝曰(澒)[澒]洞愁吾人，嗟爾河伯何不仁？河上一歌名瓠子，河渠大書龍門史。我朝聖德亶懷柔，南瀆衍亨農有疇。璽書特遣大司馬，灑沉澹災淮徐野。芒芒禹服告成功，九河既道堤障崇。蕞爾桃源蟻穴潰，鄉老上言堤其内。三版垂漫竈産蛙，丁庸股栗吏咨嗟。瓣香傣神伏地告，水落賽神新神廟。是夜雨止風泠泠，絳雲漸起黑雲停。黎明奏記聞幕府，南村北郭人軒舞。詰朝水落一尺强，浪痕勇退晨曦光。椎牛釃酒秋報社，禱祈明年足桑柘。怙恃神庥典禩存，銀鉤鐵畫勒廟門。蕃鼊薦蝦詞誰作，迎神送神用楚些。

讀嘐城四先生集有作

東吴作者歸太僕，文采風流至今存。生平知己張文毅，抗疏易名酬其恩。厥初蠖伏安亭上，有文挂壁三家村。徐渭讀之搔首歎，亭午盤礴逮黄昏。古人款款緇衣誼，菀枯通塞非所論。震川一集傳里閈，如蘭之畹松之根。婁氏子柔唐叔達，奉爲程式以立言。其學爛然貫經史，其辭旁魄而渾侖。松圓詩老交道廣，長蘅孝廉質行敦。是爲嘐城之四傑，賢令捃拾爲一門。我覽四家懷太僕，江溯嶓冢河崑崙。日有縣宰王進士，購書講義窺其垣。智者當務此爲急，徵足文獻道斯尊。式廬表墓訪子孫，勖哉行部幸勿諼。

戲語江湖游人

布被翁曾憎故人，青絲撲滿怕重陳。尋常傾蓋論交者，漫向平津話苦辛。

廬山老僧超顯投詩過訪,次韻酬之

太空容五老,萬古此清臞。下有蓮華社,曾招栗里儒。草根飛瀑到,山骨點塵無。寂莫蒼松底,茅庵一畫圖。

虎溪高嘯久,芒屩踏雲深。何日江州發,來爲楚澤吟。身閑無歲暮,陽復見天心。偶憩袈裟地,煨爐竹柏陰。

月滿霜林樹,煙高雪壑峰。一瓢於此挂,群衲幾能從。觀入曾霄上,書嫌半偈重。宮亭湖畔水,春雨看魚龍。

新安許節母詩

盥手爇名香,鞠躬書大節。嗚呼延陵媛,卓爾汝南楔。十六爲新婦,内則樹閨臬。遘姑寢疾辰,椎布易其纈。擣珍期無皵,鬻糜祝無噎。爨下躬禱祠,榛栗豆籩設。蕃鳖口呢喃,袚除把桃茢。姑齡不少延,婦忱則已竭。大事相夫君,經營周瑣屑。孝子草土中,三年遂萎茶。免喪婦有身,宗人詠瓜瓞。天予寧馨兒,聊以紓哽咽。呱呱甫浹旬,嚴君遽與别。是日鶗鴂鳴,園林衆芳折。上有黑雲天,下有氿泉决。身贖既不能,殉矣失何説。太媪哭嚮天,藐孤若蘭茁。無母復何恃,烝嘗將恐絶。婦亡萬事已,婦存一綫綴。白頭旦暮身,不如竟永訣。恭承太媪命,强爲孤茹蘖。二十未亡人,淚盡繼以血。凄凄履冰霜,脉脉望嵥嵲。太媪數云遒,考終逾太耋。喪紀視先姑,上饋肝腸裂。藐孤漸勝衣,拜跪賓朋悦。後姑稱婦賢,拊孤亦人傑。尋奉托孤言,躋嫪于姆列。鞠之既有成,藉以光閥閲。丸熊誨諄諄,孤也誦弗輟。學官弟子員,飽饘肄綿蕝。親師志魯鄒,許身晞稷契。所憾顯親難,對人泣啜啜。辛巳大故臨,麻衣欻如雪。緬想母生平,燈前瘦影孑。荏苒三十秋,强半服衰絰。其生于憂患,其卒以鬱結。志狀陳春官,陶母歐母烈。宗伯掌邦禮,家傳莽昭揭。藹藹中書君,騷些並清冽。黄山蔚蒼蒼,白岳高巘巘。于中礱片石,大書可以碣。

王飬樽過訪

舒嘯古臺雲不收，好風吹上庾公樓。遊人捃作江州集，素月泠泠載滿舟。

黎明解纜别宫亭，昏黑篝燈鴻腦汀。邂逅故人文字飲，蘆花楓葉雨冥冥。

衡門之下一繩牀，促膝論心累舉觴。記得舊遊燕市久，馬頭驢背總清狂。

典衣沽酒對寒燈，十日平原我亦能。繾綣留君君徑去，相逢只費剡溪藤。

相逢行，贈十水方伯

相逢一嘯遂長揖，升堂再拜萬感集。昔也日邊並乘車，今也壟上俱戴笠。天壤嶔崎歷落人，一近九十一八十。蕞爾邑乃兩靈光，沐日浴月巋然立。十七年來七十里，絡繹赫蹄有底急。乘興欲踏春風橋，郵亭儲偫苦無粒。不期不速此邂逅，狂喜暍夫得河汲。甪里衣冠甫里村，四鄰驚看二老人。烹炰盛饌咄嗟陳，騰觚飛爵一而什。巨口細鱗饜老饕，廡下狼籍輿臺給。是歲甲申月春仲，倉庚初轉電初熠。桃華爛熳槐柳衙，英英谷口絳雲浥。即事公敕阿戎書，方聞我命阿舒輯。山莊圖合乞好手，潑墨直傾斗許汁。

書齋長物，寄張景峰

十年契闊素書通，萬緒纏綿把臂同。劇欲盡言言不盡，暮雲春樹寸心中。詩筒

桑苧遺經天下傳，荆溪此物也蒼然。露英雲茁鬖髿到，斟酌人間第一泉。陽羨壺

霧朝楚樹千村淞，澤畔人家備飯甕。提向吴門玳瑁筵，緇衣館下亦清供。盂

夜半夢遊東冶亭，凌晨東望雨冥冥。素心人在花深處，湘水湘雲餉一瓶。花瓶

寄題容園

譚叟臨池去，巋然一舫存。雲深河北樹，日湧縣東門。軼事聞耆舊，淳風長子孫。青青書帶草，栽遍薜蘿村。

射策升鄉校，傳經復此亭。天空應下鵠，野闊定流螢。瀌瀌泉浮白，曾曾岫出青。揮毫如有暇，乘興寫黄庭。

萬仞青芙蓉，横岡第幾峰。鈎簾蒼翠入，插架紫霞封。屦濕煙中藋，庖充雨後葑。南山精舍近，欹枕聽疏鐘。

天水並滄浪，窈然深柳堂。客應辭襏襫，書且溯鴻荒。瓦缶三升酒，甆鑪一穗香。幾時莊惠到，此地亦濠梁。

廬山老僧歌

廬山好事一老僧，下山好説山中事。山龕古雪直天閶，五老鴻濛渾一闋。叶。遍山榾柮猛火爐，蹲鴟啖盡及鹽豉。十日五日一開門，大叫寒山轉蒼翠。一輪皓魄湧宫亭，萬仞芙蓉上霄霽。無數山花山鳥不知名，校以神農本草山海圖經。下逮東方曼倩《十洲記》，有山如此竟寒盟。太白當年亦左計，横看成嶺側成峰。子瞻亦復匆匆下山遂，所以山僧大署青衫司馬之草堂，留與後之君子重擁篲。是日茗飲午至昏，是夜欹枕不成寐。明年定買山行簑，今年辦得泥行樏。從此東林西林汗漫遊，櫜筆操觚大小識。不然衡門之下大言卧遊宗少文，山頭笑人豈少何無忌。老僧歸去讎山志，提壺遲我開先寺。

信　至

信至開椷三嘆嗟，巡檐搔首望京華。今人不踏公孫閤，公孫弘有無逢故人語。古道偏存鮑子衙。玉糝蒸蒸分匕箸，銀釭睒睒共窗紗。翻雲覆雨滔滔日，天壤間猶見此家。

開椷知爾念衰親，曝背南榮攬鏡嚬。壯不如人偏耐老，天將使我竟忘貧。狂吟信筆酣因酒，瘦骨支牀暖藉茵。却笑方筇也閑却，長堤坦步到江津。

平安書信到柴扉，老樹亭亭乾鵲飛。澹泊吾能安菽水，晨昏汝尚戀庭闈。傳來妙穎仍藏匣，製就輕裘尚在楎。數過霜天椷十道，南窗插架受春暉。

聞洛子假館司寇卞公，書此示之

明公好士莽搜羅，詞客翩翩盤辟過。璹瑁筵邊群彦萃，珊瑚架裏舊聞多。興酣亦似蘭臺否，材薄將如石鼓何。水鑑冰壺澄澈甚，品題豈屬力田科。

旅食長安渾楚傖，詞場安得稍知名。看雲甲第逢春雨，觀樂工歌識夏聲。天下清流依北海，日中雜記補西京。南來短札頻頻寄，有雀翩翩屋角鳴。

日邊雲樹氣熊熊，望氣氤氳邸閣中。人羨珥貂過七葉，自能栽樹卜三公。聯鑣已見烏衣巷，授簡應成白虎通。鬻髗形模渾邃古，摩挲辨識幾相同。

白雲司裏足賢豪，三宥之先五聽勞。胏石仁嘗周蔀屋，鈞金辨且析莖茅。官儀讀誓位俱在，司寇祥刑門獨高。清静自能遵畫一，九卿推轂有皋陶。

傳聞司寇衙齋好，退食羔羊坐北窗。漢約三章天廣大，周官八議世敦厖。論當鞫繫神猶惻，案到平反力獨扛。望古有懷一張季，史書廷諍故無雙。

碎錦坊邊松竹居，旅人題咏近何如。門闌幾日施行馬，家庫多年擁賜書。正是池塘春草候，恭逢城闕卿雲初。鼠鬚筆寫蠅頭字，飽飯毋令臂指虚。

插架名家今罕儔，寓亭有暇恣冥搜。經從備覽除轇轕，史揭宏綱削贅疣。探賾直須餘論出，詠懷應得大文酬。鈔謄捃拾充行篋，遺我荒江足卧遊。

雅集良辰壺榼期，詩癡符豈趁旌麾。曹劉壁壘羸糧入，李杜光芒洗眼窺。客子藜牀冰雪夜，鄉園草閣雨風時。人生適意需何物，書裏清香畫裏詩。

以詩代柬寄周漁璜

木榻蒲編館閣中，葦簾紙檻禦寒風。恒言爨是梁鴻熱，且喜途非阮籍窮。宦拙何人知骨相，書淫也自得疏通。炎官邂逅如相問，珥筆垂紳太史公。

十二年來一史官，懷鉛握槧幾時閒。思親萬里頻書夢，貰酒三升日駐顔。鵷鷺層層霄漢上，旆旌往往置郵間。冷齋只有貧交至，巷口相逢入直還。

聞君寂莫頗睎余，爲説荒江寂莫居。勇退猶存元亮帶，疏慵未寄子公書。披裘褦襶炎烝候，直釣相羊小水渠。賴有先人遺篋在，摩挲差不負三餘。

蕞爾官衙徒四壁，嶔崎歷落許誰群。世途苦乏孔文舉，容貌何傷揚子雲。決計齗齗期近古，勞生搰搰欲多聞。案頭一事偏豪縱，艾納都梁日夜熏。

松風竹雨擁柴關，老屋先生隸几間。往事撐腸能自道，新詩脱手遲人删。囊琴不向長安碎，賣藥終收小草還。最喜大江流日夜，滄浪天覆有無間。

寄王司寇新城

群山過雨叠空青，海内風流歷下亭。想到春宵良讌會，寒芒永夜照林坰。

山齋六月渾無暑，蠟屐還尋趵突泉。手把新詩臨水坐，名香一穗晚風前。

徂徠山下松風秋，桐帽椶鞋朝暮遊。朝采松華暮松液，蒼霞四面當山樓。

地負海涵千古期，冥心獨有古人知。短燈檠下聞天籟，正是空山雨雪時。

三湘七澤水盈盈，短褐疏狂一老生。滌釜船頭烹白小，腰鐮塢裏劚黄精。

衡門隔岸天濛濛，五老晨昏煙霧中。記得青門臨别語，開先寺裏訊顒公。

放船近到江心寺，倚檻長吟供奉詩。手摘星辰叫閶闔，飄零恰是醉狂時。

蓼莪眼底淚痕枯，史筆誰傳先大夫。一自漁洋汗青到，遂令摩搨遍江湖。

送黄司訓歸安陸

歸去來辭醉後書，郢雲深處一茅廬。斜風細雨蘆花夜，臼口槎頭漢水魚。

樠山樹色冷斜陽，鳥道蛇盤舊土墻。拙宦歸田需竹瓦，輕舟上水過黄岡。

敝裘破帽治行遲，話到前人略解頤。司業酒錢如炙輠，冷官安得到京師。

馬彤賡過訪

挂席乘風上錦江，木蘭船上一銀釭。酴醾花作郫筒酒，玉壘嶙峋對客窗。

瓦盆盛酒别江湄，絮語諄諄解纜遲。蜀道蹲鴟無素飽，行縢應載浣花詩。

欽筠庵過訪

柁棹蘭橈及此汀，片帆來自快哉亭。日生野色荒荒白，山露寒姿脉脉青。

不到青門十五年，衡門羅雀雨風天。聽君半夜金閨話，沈水香殘一穗煙。

栩栩蘧蘧蝴蝶夢，碧梧威鳳久無詩。每當好友過存夜，都是田家泥飲時。

積布磯頭穩釣磯，釣童山下足蓑衣。客來紀事無多句，細雨斜風白鷺飛。

千頃煙波上水航，樊山渡口卸輕裝。一笻雙屐之何處，廢院墻頭看海棠。

巖巖赤壁氣熊熊，千古黄州一寓公。造物至今無盡藏，舉頭山月復江風。

吏隱安能睎曼倩，官清只可到萊蕪。山中宰相華陽洞，地有三茅入畫圖。

覽館課竟，與筠庵散話，至夜分得斷句，凡二十首

竹簾藤囊一卷書，柯亭館下幾年儲。石渠虎觀讎經日，不是相如賦子虛。

辛苦惟憐昔老生，零星捃拾漢西京。唐人義疏從刊削，後起何人得滿籯。

《册府元龜》緼蓄多，《太平御覽》富搜羅。曝書籍籍誇三館，簪筆成書更若何。

涑水書成日月縣，廬陵五代已犂然。本朝筆削偏無手，蕪弱千秋劇可憐。

蘇軾史才曾奉詔，含沙有蜮王珪竟蒙蒙。漂零老喫炎荒飯，送院金蓮只夢中。

雒閩枹鼓元賢操，江漢先生臂指勞。大澤深山人有學，丹黄鈎貫並功高。

《通鑑前編》翻後出，網羅掎摭亦良難。仁山涑水俱千古，處士何曾讓史官。

開館編摩名大全，内頒筆札予餐錢。元人剩槧鈔謄過，增秩曾傳視草年。

館閣雝雝弘治時，詞林倡和比壎篪。家無語録人無黨，經術昌明士氣怡。

懷麓先生多士師，中朝騷雅盍簪時。枯魚上壽留酣飲，賣字錢來續午炊。

文恪魯公科舉魁，獨憐科舉壞人材。急流勇退窮經老，門對西江鎮不開。

青詞驟貴列三公，國本留中疏百通。史局兩朝書底事，稗官攘臂草匆匆。

江夏郭公百煉剛，要津齟齬也踉蹌。群賢清議能湔雪，解纜楊村返故鄉。

明倫大典喧豗後，史筆何人説仔肩。水火戈矛充廣厦，儖儳直到甲申年。

玉筍班頭學士魚，便便腹笥不應虚。隱囊方褥神仙望，翻過西清幾卷書。

循階拾級上彤墀，枚卜遭逢自可期。年不老蒼官欲速，刀圭催得鬢如絲。

卓爾婁東張庶常，宋元紀事論堂堂。斯人若直承明久，綸閣猶存止水坊。

側身懷古欲何如，有目眈眈手拮据。太乙老人曾下否，知君不肯負三餘。

橐筆余曾館局前，分曹脱稿日蟬聯。偶聞院課諧文史，越席操觚又幾篇。

慧業文人行路難，亨衢布武也蹣跚。君卿喉舌子雲札，閉户書生渾未觀。

柬懷黄連山

瀟湘煙雨人疑畫，君在瀟湘第幾灣？望氣只須勤禹步，好形家言。采芝寧復到商顔。猶餘古磵馴蒼鹿，儘有清風放白鷳。却憶故人岑寂久，青林湖水訊松關。

圖經庋閣且塵封，布帽芒鞋信短筇。一日鋟成三尺石，何年踏遍九嶷峰。席間應客唯憑鶴，方外鈔書且豢龍。拾得綏桃應辟穀，涉江還欲采芙蓉。

遊山吟寄連山

客自洞庭來，遺我一書牘。上言連山子，放懷展遐矚。行山歷九嶷，千崖復萬麓。有時聞天籟，耳語親僮僕。山雲何英英，山風何謖謖。山泉何涓涓，山顔何矗矗。彼哉市朝人，胡爲行彳亍。朝聞羝觸藩，夕聞輿脱輹。褫或及于鞶，覆或及于餗。厲階志輕肥，濫觴趨炎熇。所以向子平，賤貧從所欲。我生古人後，茫茫復何逐。觀象得兼山，兼索蔓茅卜。夏易艮爲首，知止善之族。冉冉七十春，燈前鬢已禿。念我同門友,寂莫滄江曲。滄江寂莫久,展書歎忠告。用子名山篇,冠我涉湘録。從今汗漫遊,芒鞋信兩足。岳陽一葉舟,長沙千里目。逍遥榮公裘,物色萊子服。邂逅琵琶峰,盤礴篬筤谷。夜觀列星躔,中央周四角。盈虧如聚沙,消息若轉轂。方外説長生,著書亦已瀆。太上黄綺流,其次求羊屬。但令魂夢清,無憂性命促。學道信有成,悠然對松竹。

雨　中

荒江漠漠雨濛濛,一縷香浮萬卷中。拂拭溪藤徯妙手,草堂描出浣花翁。

居業齋詩鈔　卷二十二　漁唱集

遂寧令陳智若輓詩

捧檄寧知蜀道難，披裘策馬徑之官。長安往事都如夢，記得南宮子夜寒。

三朝三暮過黄牛，一鶴一琴之閬州。手把圖經説廉吏，牽纏搰搰也風流。

楚些招魂舊路諳，諸峰歷歷水潭潭。船頭曝日囊中草，絶筆題猶寫劍南。

忼慨平生似醒狂，高頭大鼻故堂堂。夜臺寂莫誰知己，只有先生在睢陽。張進士杞，睢陽人，嘗分校楚闈。智若出其門。

寄題鄭右嚴書齋

應山何物映冰壺，手爇書齋香一罏。似有人歌廉叔度，還須自許范萊蕪。

南吉雲飛北吉陲，蒼松壑老碧梧枝。凭欄有客成圖畫，馴鶴芝田過雨時。

桃花巖裏謫仙居，石几松窗故有書。春雨春雲山色在，使君懷古意何如。

題畫竹滄州戴侍郎筆也，有御賜一章在焉。范生子詮屬題。

月落影充老屋，雲來翠濕新衣。一竿幾日能到，溪上吾成釣磯。

曾入宣和畫譜，殿頭傳遍天涯。此君到處怡悦，豈獨渭川一家。

溪邊風韻瀟灑，好手還應有圖。滿院白描亦可，兼書甑似萊蕪。

寄題寇山人墓道示范生

畢四嶺，一抔墳。黄腸高枕寇居士，丹荔庶羞劉使君。文采風流足千古，山靈爲辟鼠狐群。居士玉樓前作記，使君復脩地下文。騷雅壇場天壤在，有光爛熳氣氤氳。城南郭北富兒壟，絲麻百夫何紛紛。行路問此誰家子，送者踟躕無以云。亦有賜塋莽輝赫，石人石馬高于枌。生平碌碌膏粱耳，史家執簡難其名。叶。丈夫蓋棺論始定，身後有聲如鼓蕡。君不見東衝天半荒煙裏，一臺猶屬鮑參軍；又不見星辰手摘江心寺，圖經直以供奉聞。名士邂逅登臨且如此，矧兹蜿蟺旁魄昂藏七尺之所宫。叶。從今下令禁樵採，喬者梧檟夭者芸。嗚呼！山泉脉脉風泠泠，皚皚白石停白雲。

戲談示日者

漫致君平草閣前，鏡中華髮已盈顛。力衰拜跽防生客，酒半軒渠話少年。骨相自應辭赤紱，家聲原只在青氈。揮毫灑翰無多字，點綴莊生秋水篇。

日者答

世事無勞攘臂求，鯫生借箸效微籌。名山最壽陶貞白，好語相傳馬少游。無數青精充飯甕，有時紫氣濩丹丘。紛紛小道都麾去，坐嘯行吟可自由。

題畫卷十八羅漢一軸

爲龍未必點睛去，學虎還愁畫不成。且向空門揮潑墨，繞廊盤礴聽鐘聲。

此事居然斷葛藤，門前明月佛前燈。何年語録填方丈，盲殺叢林粥飯僧。

偶題畫卷豁群蒙，清磬一聲霧雨中。不是揚州開府筆，僧家無費碧紗籠。

柬懷周漁璜

江干草閣倚門樞，東望杭州信使無。料得清詩吟畫舫，澹雲斜日過西湖。

京雒同官定歎嗟，錢塘使院足煙霞。鈎簾夜坐中秋月，六一泉烹顧渚茶。

南屏佳氣滿襟裾，正是梧桐細雨初。九月黄花都放盡，山陰晨夕更何如。

當年好事有眉山，鎮日紅泉淥雨間。槖筆携琴人又到，院廊禪榻幾時閑。

南窗散話寄漁璜

箋詩微誚鄭三禮，詁易都删荀九家。義疏驅人趨徑省，把文何處漱菁華。

科條沿襲學模糊，明遠樓頭可大呼。一自西京三策後，幾人堪作廣川徒。

浙江江上步亭皋，初看廣陵八月濤。省試諸生諳掌故，前朝詞客已揮毫。元至正元年省試羅刹江賦，試者三千人，獨錢惟善以錢唐江爲廣陵之曲江名于時。謂曲江在揚州，誤。

飛雲崖上勒新詩，是我黔游極目時。君到吴山遍登眺，飛來山色也厜㕒。

汾兒自江夏搨得湧月大書來，喜而作歌

樓船鼓角漭喧豗，陣雲黯慘蛟鼉堆。横槊賦詩時灑翰，彼哉漢賊亦多才。臨池下令斵山骨，大書“湧月”臨高臺。一碣巋然千載後，江水夏水相潆洄。吾家小兒哦詩句，往往盤礴辛樓隈。客久歸船無長物，捧持搨本趨南陔。老人摩挲良久令裝潢，挂之東壁步徘徊。廿年不踏武昌路，過眼陳迹俱寒灰。對此忽如中秋之素魄，晴川樹裏盈罇罍。今夕何夕懷抱開，研屏筆格光皚皚。腕下波瀾渾漭沆，眉端河漢

迴昭回。我已卧遊黄鵠磯頭矣，西征放艇何爲哉！

歲當乙酉，追思往事，觸緒愴然，成詩五首

乙酉我曾丁喪亂，春王二月出奔竄。露宿林栖石港嵓，偷生怕聽雞嗥旦。山家麥餅禦朝飢，十日五日一炊爨。嗚呼！八口入山三口存，存者余兄弟及一僕。歲杪言歸蒿蔚村。

掃除瓦礫彈丸地，丙丁戊己渾顧頳。秃筆鈔書日幾行，藜牀塊枕宵無被。先公遺像亂時亡，夢裏孀親猶揮涕。先宜人每當先大夫忌日生辰，輒傣像哽咽，水漿不入口。至是入兒夢，猶以畫像爲言。嗚呼！漂摇風雨百憂攢，門户可憐措拄難。

庚寅肄業文昌閣，一試冠軍小有穫。曹偶隊中豐羽毛，古人書裏饜糟粕。三踏省闈不見收，拂衣歸去仍蕭索。嗚呼！河清谷暖知何時，搔首江天自詠詩。

庚子青衫脱甕牖，公車八上不停手。壬戌之春冠南宫，一官太史牛馬走。侍從七年忽還山，頭銜依舊史臣後。嗚呼！青門戴笠入衡門，抱甕荒江且灌園。

大兒爲我學干禄，五斗來年充我腹。小兒晨夕侍南窗，夕把新詩晨削牘。雙瞳炯炯吾之孫，口授經書粗能讀。嗚呼！生辰在我曆在天，七十六年今瓦全。

題宋丞相信國文公畫像

六陵寒食天，瑟瑟冬青樹。厓山颶風浦，冥冥蜃海霧。滄桑一以更，魂魄之何處。皇哉信國公，精靈猶此注。河岳俱流峙，日星並躔度。弗隨運數徂，《正氣歌》已具。

夢炎豎降旛，宜中跳絶域。家國總陸沉，丹青何可得。山縣五里橋，丞相哲兄閾。宗祊縣此圖，寒芒下南極。謖謖紫檀風，英英蘭橑色。綿綿蘋藻筵，秩秩文孫陟。

齒髮歸廬陵，巋然信國墓。後人殢楚鄉，終天感霜露。以此憂國容，稍稍告童孺。一朝群盜來，里門不遑顧。耳孫巡廟堧，徬徨獨哀慕。緼袍負先靈，空山薦清酤。

炎午誄公生，皋羽慟公喪。公死如歸耳，當仁夫何讓。背城戰未果，維城疏曾抗。吞聲哭向天，飲泣神逾王。真州行次且，温州色惆悵。奮臂呼雩都，荷戟萬夫壯。

東南大有人，人視公所嚮。成敗論英雄，孛羅毋乃妄。三年一小樓，歌哭俱樓上。積翁黄冠請，乃速蓑城謗。耿耿睢陽心，嶽嶽魯公狀。宋運三百年，萬古一丞相。

太平興國間，廟謨主休養。新法竭閭閻，花石罄林莽。遂令汴水都，更建西湖上。秦賊工頑讒，賈賊足欺罔。整賊來跋扈，煥賊去稽顙。馴至栖海湄，宫闕馮洸瀁。

率土戴昊蒼，勞臣獨瞻卬。致命則從容，勤王則慨慷。緬懷元祐人，群小目爲黨。極目德祐人，稱臣以地往。何物非黍離，何辰非板蕩。涕洟歷關河，悲憤歸泉壤。我生千載後，斂容覯兹像。

蔣使君餉茶

案頭一卷桑苧經，床頭一斛中泠水。洗鐺欲得小龍團，穀雨前出煙霞裏。客言岐亭琴鶴裝，箬裹筠籠曾有此。珍重不知爲何人，封以澄心堂中紙。今朝小奚長跽前致辭："前月擔酒白衣又至矣。"老夫開械大笑笑不止："厥餉乃爲玉川子。"枯喉渴胳潤有時，雪藕莼蓴何足比。却留少許遲客來，馳書報謝且志喜。

啓江北征書此送之

擁褐圍罏尚苦寒，晨興送爾嚮長安。騎驢蹩躠三千里，記得當年旅食難。

仰瞻窩裏瞿聘君著書處。短燈檠，照爾頻年字滿籯。中有天人三策在，殿頭無似棄繻生。

寒天事事費吟哦，一研朝朝手自磨。席帽氊衫今北嚮，又從冰上過黄河。

七葉相承此一經，冬窗依雪夏窗螢。丹黄讎校諸家遍，王父薪傳是考亭。

朔風獵獵雁聲聲，汝父瀕江送我行。僕僕公車成底事，南宫牓上一書名。

搔首行吟汝叔癡，板橋茆店步遲遲。沿途粉壁今銷盡，剩得宜溝驛裏詩。端木祠題壁，一監司覽之愴然，捐貲修葺，詩歷久猶存。

阿雒秋闈得意晨，郵筒書至慰衰親。朝來送喜勞乾鵲，仍是天官一選人。

邸舍連牀永夜酣，挑鐙念我髮鬖鬖。豈知粗飯寒齏手，也有新詩似劍南。

誅茅畚土葺荒廬，弱弟霜天手拮据。不踵龍門談貨殖，濡毫還寫治安書。

日下故人詢老龐，爲言垂老戀銀釭。杜門四壁渾如水，新製皋比擁北窗。

藍丹衷持古畫索題

醒狂人似醉時狂，狼籍群書滿一牀。如此江山誰共適，數聲漁笛在滄浪。

古物流傳歷幾時，龍眠畫筆輞川詩。藍生好事蕭齋裏，添得老夫坐亦奇。

江心閣得詩僧

詩僧高嘯倚南窗，五老巉巉隔一江。粥飯生徒都散盡，夜來孤影傣明釭。

雷同棒喝互咿嚘，優孟叢林貉一丘。早入詞場窺韻海，貫休齊己也風流。

瓢笠逍遥鎮日閑，看雲飛去鳥飛還。悠悠古意溪邊樹，脉脉禪心江上山。

寫遍新詩説故鄉，浮山亦在水中央。蕭晨挂出龍瞑畫，甆碗新添一穗香。

比鄰精舍額青龍，能到江船夜半鐘。一事最宜大癡手，白沙洲外水南峰。

春江漭漭日遲遲，搨過黄庭洗墨時。却怪狂僧書柿葉，佛堂清晝走蛟螭。

逝水回瀾石鏡涵，垂楊倒景雨去毿毿。鈎簾拭几留詩老，即事詩成貯一函。

湘潭張秀才豈石過訪

湖南詞客到黄州，桐帽青衫赤嶋遊。懷古詩成還弄笛，江風山月送行舟。

青林湖口布帆來，鴻腦洲前蓽户開。東嚮庾樓搔首望，金陵佳氣鳳凰臺。

閔 荒

茭蔆啖已空，劚薇上山垤。長鑱得露炊，瓦盆渾羊齜。望望湖水乾，餘生活溝屑。兩岸方盈盈，連旬雨不絶。野廬有積貯，故爲飢人設。大無報有年，遂令官廩閉。鄰縣昨發倉，哺糜饜耆耋。

皇皇蠲復恩，汪濊甫田舍。粟可支十年，葢藏遲米價。踊貴日有聞，朵頤如啖蔗。摇手謝故人，凶年毋乞假。糠籺我朝饔，藷蕷我夕藉。解推讓賢豪，夫我則不暇。晨興涉大川，賈舶千帆下。溯洄往從之，高廩爲我瀉。殷勤致一詞："轉粟人所罵。"擔負行日中，牛車當以夜。

客自田間來，草堂留小飲。頗聞遏糴人，洶洶晝連衽。族類日以滋，沸羹日以甚。殆哉守錢翁，頭涔復舌噤。重門距衝撞，或虞窒窬闖。鄰曲過存疏，周親怨望深。吉凶眂筵篿，窖藏防浥滲。紅朽高于山，假寐無安枕。多財乃禍梯，仰天歎災祲。

上農負笭箵，中男荷蒟蒻。五行偏王水，天方授鮫鱷。恤災思考亭，葢嘗聞其略。存活起溝涂，奄奄半老弱。濟如中流壺，扶則左擔筰。斯須不忍人，厥施遂以博。當厄予麩麮，受者逾羹臛。區區抱此心，蒿目倚虛閣。

偶談及皋伯通廡下事，示談者以詩

漢有皋奉卿，三吴之大姓。邂逅梁伯鸞，改容廡下迎。古人論躬行,往往視家政。落魄傭保間,逾起闖房敬。五噫出關來,掉頭謝徵聘,肅宗徵,不就。天生偕隱人,闚觀知其性。居將角里鄰,墓與要離並。矯矯被裘公,圖經共暉映。獨立絶躋攀,此事安能更。閶門一皋橋,大書由梁孟。讀史千秋後,雨窗發長詠。

九華山有費孝子墓,未審今游人馮吊否?問之

唐有費子軍,諱冠卿。元和第進士。牓下聞母喪,衰絰還鄉里。抔土馬鬣封,倚廬待没齒。長慶除諫官,累詔徵不起。灑泣辭有司:"干禄爲親耳!白日照空堂,何處羞甘旨?永與朝班絶,埋骨荒山矣!"後人杜荀鶴,題詩補國史。峨峨九子峰,中峰一孝子。

謝　餉

冒雨爲欄初鬪鴨,衝泥荷鍤只鋤葑。三春咄咄成何事,十畝閑閑一老農。菜甲今如青玉案,鵝肪忽似紫駝峰。郇公厨裏分甘極,四韻詩將尺素封。

送吴生東遊

春雲春樹柁樓間,一卷新詩手自删。行到圯橋望滄海,披襟還上鬱洲山。

桂楫蘭橈楚水舟,乘風一過月波樓。逢人指點桃花浪,不是宣房瓠子秋。

桃源縣裏繞城堤,一水盈盈雉堞齊。記得功成三版夜,衙齋四壁有詩題。

毛生移居縣郭,詩以送之

小小江樓煙樹中,熒熒燈火五年紅。廡間戲寫梁鴻字,此地原無皋伯通。

酒酣停醆話先朝,梅浦春風吹古橋。雁塔題名歸額第,至今墨瀋未曾消。

入宅應先列畫屏，山松爲檻竹爲櫺。尊前若得賢人聚，占候城南定有星。

淥樹紅泉映石臺，春雲深處草堂開。鈎簾新得龍眠畫，便有呢喃燕子來。

檐牙邃邃宇潭潭，速客逶迤徑有三。雨後階前初軋茁，比鄰送喜説宜男。

廬山老僧遺扇及香志謝

遮斷熏天十丈塵，炎威不到葛衣身。蓮華社裏清涼極，來傍嶔崎歷落人。

燒殘沉水覓都梁，僕僕經營一穗長。箬裏筠籠今暴富，春風吹得滿庭香。

沿流洗盞何時到，白粲青精可一升。今歲來游江閣好，江心憑檻有許僧。

江心趺坐聽疏鐘，宛在江南天岁峰。只有泉聲留月谷，山門依舊白雲封。

東望廬山有懷

寂莫荒江濱，衡門晝常閉。弗寄子公書，貴游一以絶。有客唁我寒，而我方愁熱。殿閣俯蓬池，曾叨侍從列。解龜賦遂初，遂守田農掘。穀雨視鳴鳩，春分聽鶗鴂。麥秋螻蟈鳴，短衣步丘垤。南望五老峰，泠泠太古雪。逝將雙芒鞋，一踏顛公闑。顛公遲我游，新詩策疲苶。遺我蒲葵風，侑以旃檀屑。荷兹方外交，味若寒泉冽。安得果此行，炎天漱寥泬。

偶見張愛溪書問中有病俗句，用山谷醫俗解之

行篋刀圭在，如何别索劑。兔肥應骨瘦，牛從自雞尸。《七發》枚乘苦，三升管輅宜。博山燃艾蒳，是汝有瘳時。

不信醫何物，浮生絶可憐。蝸涎猶是字，脉望也能仙。肥腯膨脝後，苞苴錯互前。乾坤仍草昧，萬事總茫然。

何妨寒澈骨，所過只留馨。溯水茹蕈菜，攀厓劚伏靈。幽懷常矯矯，獨立自亭亭。回首舊游處，數峰江上青。

狂生無長物，是處可盤桓。響搨籠鵝帖，丹青鬪鴨欄。朵頤占不到，垂橐夢常安。只説清羸極，還須藥一丸。

揞揞苦多藏，應探肘後方。右軍蘭渚會，摩詰輞川莊。奄有朱門樂，長留汗簡光。人間此味好，病已可能嘗。

捃拾剛三册，周防遍一毛。蒙頭規穲稏，勾股析椎刀。庾韭籩嘗設，樓鯖篚不勞。養生能至此，晨夕也囂囂。

量谷渾愚谷，鑄山亦假山。蚩蚩眉睫上，齷齷夢魂間。素問空談脉，丹砂豈駐顔。涪翁真妙手，藥石到冥頑。

皋比危坐久，忽憶馬頭山。破浪千帆到，穿雲萬鳥還。酒浮桑落滿，詩入竹林删。東向扁舟發，江心閣可攀。

寄范對敭蘄州山後

隱到山深處，人間大布衣。囊雲充石户，馴鳥遍柴扉。客又逢新好，辭應覺昨非。向南通短札，還上釣魚磯。

逃名吾計決，寂寂守青燈。送客之盤谷，看人入灞陵。幽懷渾漭宕，好事半鈔謄。倘發山遊興，今年可得朋。

二林壇坫在，遺槧問如何。人物膏粱少，風流水竹多。從來傳世事，不數力田科。篋底元亭草，憑誰側弁哦。

讀書蘄識字，此意我師韓。蠹簡烏焉夥，奇文黝黗難。兔園紛睒暘，芒屩定蹣跚。風雨蕭蕭夜，何人説范丹。

邂逅吴公子，細論偕隱詩。藥欄花放後，茅屋茗香時。次韻歌三叠，還書酒一瓻。人生能有此，悵望復何之。

一畝前朝塢，三弓曲水園。清明來燕子，穀雨長桐孫。元亮飢驅去，君公版築存。客中揮畫筆，時到縣西村。

江心吾有閣，凭檻走詩筒。酬唱羊何族，襟期管鮑同。十年流水曲，一日亂山中。步屧扶藜杖，西郊天氣雺。

孜孜懷古意，尚友寇山人。殘篋搜尋得，荒村眺望頻。松楸久寂莫，碑版忽嶙峋。對揚重立山人墓碑。藝苑相傳説，文章信有神。

黄山古松歌

毛生老松如老友，得之黄山老僧手。要我爲作老松篇，松老黄山不記年。我老未踏黄山麓，咫尺黄山風謖謖。摩挲二鬣想平泉，却怪五粒之歌出昌谷。薺苨五寸伏靈根，其下殷殷蚴蟉存。鐵幹銅皮何屈曲，是日疑到廬山大林之寺門。天生神物有如此，手植毋乃容成子？泠泠下通白嶽嵒，鬱鬱高凌紫陽鬻。毛生載之畫舫中，吟哦日日崔丞同。人情好事苦不足，徵詩欲得浣花翁。此松不受大夫爵，惟有妙筆能令起纖末。畢生韋偃不可逢，何人解衣盤礴此江閣。

芍藥放

京雒花時醉幾回，豐臺筵上放歌來。瓦盆竹几兒孫酌，又看家園芍藥開。

曲水流觴步屧遲，天涯遊子盍簪時。阿戎兩度看紅藥，春草池塘又有詩。

以詩代柬復馬仙軔

左臂書來連日攤，側身東望望平安。下帷漫説浮山好，作客應知蜀道難。昏嫁經營殊搰搰，泉刀債負尚桓桓。詞場稍喜佳兒出，令我臨文動色看。

聞道清羸扃竹房，爲君搔首數徬徨。一身儘向書中苦，萬事都因醉後忘。世路崎嶇曾折臂，生涯顑頷幾回腸。學仙可適華陽洞，謖謖松風歲月長。

惜陰亭畔舊書寮，今雨何人破寂寥。無病窮來還賣畚，有懷悶極可吹簫。江湖問遍驚濤渡，岩壑過殘亂石橋。從此丘園留步屧，何妨名氏狎漁樵。

觀　史

青史清流區僞誠，無將苦節溷虚聲。幼安獨立陰行善，夷甫空談浪得名。身自蓋棺衡已定，人從論世感逾生。覆舟之上排墻下，天網恢恢萬古明。

泰運三陽方彙進，一陰闌入竟如何。死攘賢哲污從裸，生擸經書壞制科。官禮徒滋桑孔幟，封疆卒致浧懷戈。履霜誰識堅冰後，矯矯眉山論不磨。

《半山》《日録》編方出，《合浦》《尊堯》集已成。靖國朝端曾奮臂，廉州署裏只吞聲。陰謀竟可誣君父，聚合翻云志治平。十九年間萏孽在，紛紛章蔡莽縱横。

吏議深文從太師，格天閣裏日孜孜。請誅散地蒼顔老，張忠獻，趙忠簡。無貰幽囚黄口兒。忠簡子。舉網群賢俱此訖，諸争和議者。揮毫隻字復奚疑。大獄議上，檜力疾書，押筆墮紙，及更牘則死矣。鐘鳴漏盡之何處，朝野彈冠又一時。

覽《雪中牡丹》詩卷次廬山老僧韻

罨溪精舍裏，物候老僧知。冬卉俱凋夜，春華獨放時。異徵人不得，生意爾偏私。柳絮因風起，深藏絶世姿。

不逐繁華過，安知節序殘。侵晨揎褏喜，鎮日倚欄看。竹色分光潤，松聲共歲寒。紛紛姚魏譜，雪後寫應難。

沉香亭子後，僧臘得春先。十月朝如此，頻宵雪復然。單疑蓮社挂，曲似郢中傳。勝賞兹遊極，歸裝緩着鞭。

寄題胡會來新築山房

紫霧山頭磐石家，三間小築薜蘿遮。纖纖漸出凌霄竹，灎灎初開繞砌花。題咏新莊仍稼圃，畫圖古物半龍蛇。氿泉瀧瀧過深夜，沉水香中穀雨茶。

初賡供奉餘春賦，遂構端明喜雨亭。舍北舍南松出壑，山前山後石爲屏。蒼蒼曲徑留馴鶴，落落疏櫺好聚螢。折柬來期江滸客，濡毫豈欲寫西銘。

衙成槐柳畹成蘭，峰自厜㕒谷自盤。白社群公歌《伐木》，滄江一老賦《斯干》。小山别業時多暇，名士縣書志不刊。却笑尋常通尺素，區區爲爾勸加餐。

三月工成十畝邁，倚欄晨夕近如何。碧梧計日還栖鳳，青簡逢人且换鵝。雨後鶯雛飛隊隊，花間燕子舞傞傞。吟殘即事詩筒出，好事同人把臂哦。

老夫市隱菱塘曲，竹瓦三楹水一灣。卑濕每當炎夏苦，釣遊安得富春閒。倦凴北牖烏皮几，狂署西横玉筍班。見説山齋清宴極，詰朝襆被且尋山。

汾子赴磐石之約，中道而返，戲爲此詩

蹇衛青芻秣，出門信所之。故人文字飲，新歲草堂詩。兔首殷勤極，雞鳴風雨思。孳孳真好客，猶見鄭當時。

好會良難得，通人致自殊。班荆存古道，折柬集文儒。石鼎期聯句，山莊待寫圖。此行如信宿，懷抱豁榛蕪。

西嚮駸駸去，得朋當軼群。開筵無俗韻，發篋有新聞。竹雨浮蒼翠，松風入白雲。東衝壇坫近，應憶鮑參軍。

日出行山嶠，日中仍水濒。不成高會約，殊負素心人。待爇香還在，垂醽酒更醇。望衡終可到，握手是佳晨。

頗似王家棹，戴村微有聲。襟期千古事，來往片帆輕。餘韻留山水，清風共友生。如何馳逐者，搰搰五侯鯖。

膠漆談何易，其人定獧狂。寸心如可告，千里若相望。澮澮歡無竭，綿綿味有常。少陵思管鮑，遊譤豈能當。

五　日

長安逢令節，游子定思親。蒲柳憐吾質，桑弧記此晨。充庭縣艾虎，採藥傍松筠。屈指阿咸到，籬邊日幾巡。

門長新蒲蓮，朋來舊草堂。兒强任負米，孫慧解傳觴。善病顔從瘦，耽書日儘長。莫言無長物，掃地爇罏香。

抑齋老友過訪，即事成詩，凡十首

臼口開頭之漢口，東征遥指大江東。注經自補桑欽闕，望氣人推

郭璞工。諸形家言。雅集江心茶竈裏，清詩樹杪夕陽中。沿流應接殊無暇，陋巷還尋老禿翁。

小艇朝朝槐柳衙，怡情處處可爲家。衣沾赤嶼山頭雨，手摘青林樹裏花。旅食兼羞猶踧踖，行縢一卷自聱牙。有泉清洌呼停棹，爲試瓶中顧渚茶。

十七年來財此會，滔滔江漢眼中波。送君行訪皖山伯，嗟我已逢春夢婆。豹尾螭頭書不盡，茅茨竹瓦話偏多。石尤風信明朝得，鴻腦洲前一放歌。

客至兒勝趨走任，周旋杖履稱親心。解頤北郭佳山色，高嘯南窗苦竹林。追數舊游風雨夜，雜成今夕短長吟。長年三老船頭語，江水如人別意深。

中年聚首難爲別，況是相逢鬢已絲。夢裏蒼顏俱好在，江頭錦字每來遲。君思鱸美東行去，我卜鴻音西嚮時。磨蝎生辰勞話及，可憐蒲柳最先衰。

五日生人西塞山，生來骨相合漁灣。蒼煙渌雨俱朝暮，淺瀨深泓信往還。通問久於炎路絶，一編猶待故人删。八旬屈指三年到，薄醉村醪小駐顔。

索居惟倚竹爲屏，蕉葉沾唇醉易醒。虎觀神交多宿草，騷壇諍友亦晨星。兒曹袞袞從驅蝨，老眼濛濛復聚螢。捃拾前言待讎校，期君上水泊沙汀。

鏡裏雙瞳吾自厭，臨文嗟歎乃勞君。蠅頭細楷凴虚牖，塵尾卮言述舊聞。架有蘭亭從我搨，林無柿葉索誰分。往來二老風流極，安得扁舟共水濆。

京華早有丘園興，垂橐蕭然返敝廬。偪側安能栽五柳，污邪只可穫三畬。墻頭過酒非桑落，席上充盤是韭葅。知我長貧唯鮑子，臨岐執手步踟躇。

史官簪筆直詞曹，御柳氤氳宫錦袍。三館編摩曾屬草，累朝纂述再揮毫。青藜傍我林泉逸，紅藥邀君竹帛勞。賈至新詩諸老和，何時郵遞到臨皋。

聞鄭方南近狀，詩以訊之

黄岡豈乏肩輿竹，方伯歸來只步行。却笑陶公猶好事，每勞二子一門生。

處脂無潤也陶然，四壁滄洲水接天。頗似吾鄉胡十水，疏籬矮屋卧梅川。

幾年闕下飢方朔，枵腹歸田飽菜羹。剩有西京書卷在，索居苦憶鄭康成。

赤嶼磯頭吹洞簫，臨皋亭下木蘭橈。樓成竹瓦書充棟，差勝洲居夜寂寥。

寂莫荒江霧雨堆，懷人每上釣家臺。呼僮日日鉏三徑，鎮月何曾二仲來。

會來遺絲絹

長倩纅絲已織成，縣車人不嚮西京。新成小幬匡牀上，卧聽長江夜雨聲。

桃笙欹枕足松濤，露肘猶憐遮迾勞。垂老下帷粗宴息，故人此惠勝綈袍。

黄絹篇

吉貝花成白氎布，蠻姬織就紫茸氈。潔暵一時輸紙帳，風流豪宕雪堂仙。我家藜牀乏此物，窮巷偪側葭亂邊。青蠅揮去愁白鳥，嘬血曾不擇豪賢。股脚脽尻何足恤，堂堂眉目嗟可憐。今夕何夕獲安寢，磐石山人使之然。山人山深紫霧裏，蠶桑機杼頤指便。盛筐遺我折束致，使者猶云束戔戔。量以玉尺付并剪，中央四角帷具全。栩栩而夢蘧蘧覺，老夫樂此高枕年。却怪鄉里小兒扃其笥，寸縑尺素直萬錢。讀書不識《緇衣》注，豈不受經邊孝先。腆貺乃從遠道至，令我三歎當賓筵。念當疇以皇甫字，摇筆且成《黄絹篇》。

聽瀑軒

枕邊琴筑復箜篌，獨寐桃笙奏不休。玉兔多情來照夜，廣寒宮也愛清流。

涓涓脉脉洗塵霧，一縷循環朝復暮。留客此間長物無，牀頭惟有白雲屨。

湘靈鼓瑟幾時來，桑苧茶煙雪作堆。節奏未成誰顧曲，松風謖謖讀書臺。

寄萬遠涵聽瀑軒

孤雲厓裏瀊泉光，屈注奔騰下夕陽。無數飛墶湔滌盡，詩人瀟灑一茅堂。

山靈宫徵出谽谺，有客驚心幾歎嗟。購得無弦琴到手，三間小築此爲家。

江頭苦憶蓮華洞，聽瀑軒中抱膝人。朝發江心暮溢浦，班荆握手是佳晨。

婦人有火其夫之骨于叢冢，裹而繫之腰間者，兒不知也。由潮陽來陸，逾梅嶺，水泝馬當、彭蠡諸險，夜以骨爲枕，兒不知也。凡二年，病且死，乃以告兒。嗚呼！此人家婢子也，其遇艱，其節苦，其智深而膽大，能使其夫客死之骨出亂山而納之腰膂，登之衽席，迨没齒而合并于青林之一壙，其志豈不可哀也哉？或曰："二年來再醮之説屢矣，婦塞耳不聞。"余曰："天下有枕其夫之骨而忍更事二夫者乎？"余閔其託身之微賤而悲其志，爲作禽言以表之。或告余曰："此鎮平周令之僕婦也。僕周某，婦蓋某氏云。"

泥滑滑，百夫岡，煙蒼蒼，一夫阬。叶。千山萬水復還鄉，蜑雨腥風離揭陽。

行不得哥哥，負也多，戴也多，絮裹氈包可奈何！纖腰任載淚滂沱。

嘦餅焦，嘷兒食。淚如河，骨如石。石不歸山河不乾，爾父千鈞母一息。

得過且過，山奔水簸，婦孤衾，兒兩箇。夜哭無聲渾涕唾，瑟瑟羈魂枕邊卧。

提胡盧，沽美酒，月盈升，歲盈斗。仰天醶酹他鄉魂，孀婦有夫兒有父。

不如歸去，天荒雲暮。濁浪兮終風，安寢兮何處。一枕枯骸同穴瞑，冢頭萌蘖雙松樹。

王謩榑輓詩

曾放江州上水艑，乘風過我草堂門。開頭兩岸青青草，一路隨君到故園。

黄州城裏黄中閣，歲歲溪藤屬我書。雲物而今渾一夢，酒壚蕪没月窗虚。

山月江風共友生，行吹玉笛坐吹笙。居停鏤刻年來暇，過客無人復馬卿。

繡閣香奩墨未乾，吟成都過棗梨看。黄花瘦影銷魂日，泉下還能説易安。

永寧死事歌爲湖廣方伯王公毓賢之父也，名之鼎，謚忠毅，戲下從死者十二人。

昆明池水昔騰沸，點蒼山下賊如蝟。蕞爾永寧當賊衝，斗大孤城足蒿蔚。將軍帶劍大誓師，爲張睢陽段太尉。百戰矢盡援兵無，夜半仰天歌《正氣》。戲下一十二男子，戟指罵賊無歔欷。排闥殛賊賊伏誅，颯颯英風良可畏。國恩予祭死事場，鐵衣汗馬魂髣髴。於赫王公死猶生，祠額褒忠謚忠毅。

聽瀑軒歌

開軒霞起康王谷，下有寒泉上飛瀑。聽瀑憑軒且讀書，又月先生萬事足。此事穀詒子若孫，碧軸縹囊插架存。一官放艇豐城去，家塾分曹恣討論。州次部居檐楹下，捃拾貫穿無冬夏。松明夜照蠅頭編，百家雜碎衷諸雅。關西太史絳紗帷，脱稿升階立奏之。清詞妙楷稱標格，大阮小阮離立時。豐城官閣聞之喜，中秋月色明千里。澤雉已羨鳳將雛，天馬行當龍爲友。叶。陋巷兒孫腹笥虚，來日擔簦來借書。白石山房蘇記在，君家乞我今何如。

江夏吴昭若過訪忠烈公曾孫也

羅雀門闌少貴游，世交來泊木蘭舟。桂華大放疏林夜，桐實初成細雨秋。

兩家文獻昔何如，故老猶能捉筆書。折檻孤忠存四草，忠烈。招魂血淚灑三閭。先大夫。

燃香酹酒視車輪，廣柳車邊霧雨晨。死諫真從龍比逝，可憐冰蘗太夫人。

潭潭相府閤門開，白晝喧嘑御史來。睒睗巡檐謼服久，始知驄馬挾風雷。

排闥御史豁天衢，司寇明刑甫節辜。崔魏倖生猶幾日，眼前丁巳伏冥誅。

應山江夏兩忠烈，身後恭承聖主恩。袍笏森森兒上冢，大書還有史官存。

里門葱鬱冢嵯峨，蟄蟄繩繩後起多。經疏丹鉛充插架，先人治易本田何。

先進遺風不可忘，説殘江夏又黄岡。兒時記得劉開府，枉過荒江問草堂。劉公諱宗祥，與忠烈公並先大夫齊年。

故家喬木並前朝，水曲山阿道里遥。剪燭粗成先友記，盍簪何意得今宵。昭若屬余作《忠烈家傳》。

莫道貧家徒四壁，田居也直少微星。烏衣馬糞尋常事，要把銀釭照汗青。

九日憶洛子

燕山高處把萸房，遥指南雲説故鄉。最是衰親思子極，詩題三度見重陽。

讀蘇集書後

醉翁行處步遲遲，仿佛凭欄對酒時。剩草殘花題遍後，樽前追詠醉翁時。

二歐日日共銜杯，先進家風濟美才。白戰手中無寸鐵，聚星堂上雪皚皚。

雨漲西江葛幔垂，先生高嘯惠州時。一官萬里看盧橘，四月中旬喫荔枝。

縱筆成詩月滿樓，龍葱竹葉寫羅浮。詩成幾句令人怒，不到厓州怒不休。

囊書襆被聽星馳，覆雨翻雲少静時。白鶴峰頭成小築，團圞幾日又分離。

蜑舟碇海夜濛濛，水色連天萬慮空。周易傳成攜肘後，煙波漂泊信天公。

藷菜荒蕪遲米船，負瓢生意已蕭然。孤臣日日憂廊廟，河復粗成志喜篇。

笠屐微行酒半酣，催詩雨色帶晴嵐。肩輿安得陶家穩，萬苦千辛一少男。

日下紛紛設網羅，朝朝鎩羽爲東坡。天荒儋耳偏留得，三五諸生載酒過。

鮫宫蜃市水盈盈，蟹舍蝸廬寄此生。苦憾頭銜人齒及，田間老嫗又知名。

桄榔樹下寫桄榔，公結庵桄榔樹下爲偃息之所，摘葉書銘。笑指金閨舊筆牀。記得同官當視草，無端藉手挾風霜。惠卿之竄也，制詞下，朝野快心。而公之受禍自兹始，蓋當制者引疾，公乃毅然爲之云。

海外孤帆卜日歸，舊游回首思依依。杏華燕子黄樓下，山月江風赤嶼磯。

磨蝎糾纏道未亨，南飛鶴響海南鳴。紫裘進士歸何處，夢裏穿雲裂石聲。

雷州民舍相公來，惶恐灘頭也溯洄。却羨前年蘇學士，新詩還上鬱孤臺。

金門勇退即良圖，玉局承恩歲已徂。故事早能援鏡曲，便將煙棹老西湖。

骨相清寒霧雨俱，使君行迹遍山衢。松窗竹几朝朝得，耦坐琴聰與蜜殊。

泉石風流若寫真，樂天太白合三人。在朝却是昌黎手，浩氣淩空筆有神。

亮節孤忠薄海知，中朝偏不合時宜。貫穿三十餘年事，也似編年説杜詩。

哭馬仙軔

折臂書長苦，如何記玉樓。半生渾逆旅，瀕死更窮愁。薊北篝燈夜，川西襆被秋。孤吟成幾帙，留待故人讎。

不見西來信，災祥入夢疑。禁方曾數寄，存問只空爲。思渴談星後，愁深對雨時。生芻是何物，此日竟成詩。

驥子名方出，龍樓望不遥。傳家惟史筆，長物是詩瓢。嶺月穿松徑，溪雲湧石橋。數間虚閣在，風雨莫漂摇。

難兄沮水别，遠上蜀江濆。欹枕夢春草，倚欄思暮雲。遣懷應有句，多病最憐君。凶問郵筒至，啼猿峽裏聞。

適意清晨少，傷心俗物多。長貧疑骨相，獨立過風波。稍潤芝田茁，旋摧玉樹柯。招魂吾不得，老淚灑江沱。

石虹過訪

破浪輕帆飛鳥過，日中停訪故人居。麟經薈萃縹囊載，宋史爬梳禿筆書。短燭頻燒談不盡，新篘載漉甕將虚。阿汾笑對群兒説，二老

還如在石渠。

胡會來購得南宋十數家詩，而惜其爲殘本也，爲作此詩

購書得殘書，乃食耽書報。賈人粗解事，殷勤踐夙約。拮拾出煙煤，奔趨踏舩䑳。犴之磐石居，捫石披藜藋。主人展匡牀，高燒樺燭照。南宋諸先生，光遠而有耀。更歷幾滄桑，相逢豈所料。摩挲遍氏名，拭几事讎校。裒輯自何年，序言誰手鈔？文謝兩大家，胡弗登稍稍。怊悵久無言，賈人忽大笑。舊物到人間，如穿汲縣窖。致此亦良難，罣漏夫何悼。聞諸歐陽子，物聚于所好。來日饗大師，先以乘韋犒。長揖謝賈人，恭請再騰趠。山行輓鹿車，水涉飛蘭櫂。大索來充庭，垂橐爲君勞。

以詩代柬寄老友王醇叔

寒窗聽説崑山友，曾過荒江問草廬。深柳既能遥望氣，衡門何不小停車。一竿我已漁村老，三篋君仍豹尾初。踪迹萍蓬應入畫，更闌燭燼不勝書。

羡爾周南太史公，銀魚不與碧山同。蓴鱸飽喫煙霞裏，筆札頻來館閣中。酒載師門經有故，南昀。燈深子舍史名通。諸令嗣多才。新詩定寄同心友，先與狂吟短髮翁。

尺素書成出每遲，懷中漫滅已多時。人惟學道甘貧賤，友到知心苦别離。追數昔年都是夢，忽逢今雨又催詩。西來短札安能得，日日搔頭步水湄。

五色南雲壬戌秋，群公衮衮鳳池頭。幾能皓首留金馬，財及蒼顔赴玉樓。藿食高眠青石枕，芒鞋穩踏片帆舟。莊生齊物無多注，眼底滄江日夜流。

沉水香中酒一杯，酣時徙倚讀書臺。驚濤目送危檣過，曲徑心期好客來。梅雪壓令茅屋隱，竹風吹得席門開。故人折柬咨耆舊，爲説龐公與老萊。

四壁蕭蕭風雨聲，疏檽炯炯爇松明。編存《自警》韋弦佩，史述前

朝稗野評。求友只思袁伯業，卜鄰安得鄭康成。皋橋皓月楓橋水，一葉輕舟我欲横。

雲中鶴出雨中還，檜作書亭松作關。垂橐向人難乞假，揮毫從我足清閒。琴牀謝客聊酣寢，藥裹無心學駐顏。皴手蓬頭成雜咏，風流摩詰可能删。

老榆行方伯胡公宅邊物也，公年垂九十，而榆則數百年矣。

天上歷歷種白榆，散落人間冰雪莩。春風橋頭老一株，宅邊老人列仙徒。九十雙眉覆雙矑，冬夜篝燈注道書。有屋不令馬旋除，有泉不許牛飲渠。比鄰泥飲盡其觚，步屧何須藜杖扶。南山寺裏坐團蒲，大索山僧煨芋爐。黄冠道士要與俱，走踏海上之方壺。老人搔頭嘯且吁："勞勞遠涉胡爲乎？種杏吾家已近榆！"

題張長人遺像

白石何粼粼，澫陂何瀰瀰。碧梧修竹間，風濤常若此。嶔崎歷落者何人？褒衣博帶古君子。年與伏生轅固齊，貌於綺季東園似。清吟亹亹逼斜川，老屋潭潭渾甫里。晚節誰能爲寫真，白描一幅龍眠紙。追摹題咏人紛紛，絡繹行邊又卷尾。我倚寒窗照松明，鬚眉栩栩尚如生，嗚呼寂莫身後名。

雪中懷洛子

雪深梅塢不成詩，被褐圍爐酒一巵。游子思親應有句，衡門蕭瑟苦寒時。

次韻復石虹

摇落園林碩果存，寒威乍入小陽温。相逢老友開懷抱，回首當年説弟昆。瘦面燈前還似壯，疏髯醉後也能掀。蕭蕭四壁泠泠水，晱晱星芒照石門。

緗簾畫舫信風驅，抱膝微吟皓首儒。懷刺匆匆投委巷，升階歷歷指書厨。看雲眼底朝昏變，聽雨眉頭今昔殊。留得寸心千古在，何妨一代兩潛夫。

伻來下水泊輕舟，忽解衡門歲暮愁。樺燭看詩過永夜，冰池得句似清秋。交游落落晨星在，世路茫茫亂水流。無數幽懷存片紙，書殘封固庋牀頭。

小集編名取暢當，唐暢當有"湖邊聽漁唱"句，余集名《漁唱》。時人争道陸通狂。留賓滿載花開酒，採藥兼鈔肘後方。雪霽行看千頃白，更闌坐擁一鐙黄。生涯到此消岑寂，況復鴻音過草堂。

養　病

瑶函玉檢氣熊熊，一穗清香百慮空。自許茅山承九錫，何須魏闕拜三公。能潛定是奇男子，好遯應推老秃翁。採得紫芝充飯甕，方書也不用昆蟲。

汾兒再舉孫

一十三年再舉孫，江天佳氣此衡門。兒言骨相睎王父，我覺啼聲類阿枲。賀客翩翩冠蓋里，貧家鬱鬱薜蘿村。衝寒梅蕊垂垂放，黄髮蒼顔對酒罇。

丙戌小除得洛兒家信

客中三小除，今夕尚如初。參伍同人筆，編摩老父書。極貧勞自慣，干禄學原疏。最是思親夢，頻頻到草廬。

長安居不易，吾子竟三年。道遠勤書札，家貧割俸錢。參苓亡恙日，裘褐苦寒天。節序悠悠過，書懷又一篇。

題江心閣東寮

一盞琉璃閣上燃，小移茶竈閣東偏。江風瑟瑟無新舊，吹放梅花又一年。

佛閣南臨五老峰，厨成香積白雲封。何人來共詩僧榻，欹枕江心夜聽鐘。

鐘聲盡處水淙淙，雲作漪瀾石作矼。天上長庚光似月，隔簾垂影入僧窗。

雙氈行寄何蘭石

燕山遊子輕裝來，別有青氊驢背馱。巡檐省視來何許，西寧故人封兩箇。故人與我別離久，念我苦寒甚於餓。一氊鋪我桀几凭，一氊肆我匡牀卧。傭保摩挲詫蒙茸，家僮睒暘驚奇貨。斬新陳設炎官同，褦襶兒來不敢唾。老夫暴富當冰天，坐卧逍遥無不可。叶。身隱無用鹿皮冠，齒豁弗上皋比座。久無席帽遊江湖，安得羊裘近堀堁。寂莫江干容膝居，隱囊方褥此爲佐。南牖東榮俱嚮暄，松煙芸火並驅螯。叶。温柔四體枕邊吟，妥帖雙肱書裏坐。却怪當年東閣翁，布被𠈁儽空老大。西寧上谷小山城，考獻徵文初有作。握槧遐追良史才，兩漢龍門三傳左。四千里外老經師，舊聞駸駸荒于惰。馬糞門闌訊不休，龍鍾歲月隃相賀。頗從敝篋採方言，故就茅廬咨日課。素心繾綣誼殷勤，苦憶操觚函丈過。揮毫爲寫雙氊行，契闊還如執手話。叶。喔喔荒雞屋角嗥，寒芒當户垂垂墮。一椷寄令遊子聞，有暇持索西寧和。

索西寧志

何生故書淫，作吏清不溽。掃地爇名香，官衙事已足。行部采風謠，四郊新漲緑。歸來麥餅焦，衎衎遂果腹。鈎簾諷雅詩，菁莪與旱麓。前軒流鶯栖，後圃麀鹿伏。負郭春草深，黄犢千夫逐。緩步及宫墻，高樓時極目。諸生鱗次居，耆舊出老屋。下令輯志書，詞客無勞速。凡例郡乘徵，歷歷仿遺矚。草創屬通儒，修短無方幅。鉛槧朝無遲，膏火夜相續。異聞都捃拾，蕪弱非所欲。薈稡成一編，犁然存上谷。裝潢上郵筒，何時令我讀。北望西寧人，江干倚清竹。

酬某庶常

要期千載後，安得一編成。鼎鼎曾無緒，茫茫過此生。疑從良友谿，眼到老來明。剪燭虚堂夜，雞聲續雨聲。

不得聯床話，傳來滿篋詩。知君豐暇豫，念我獨踶跂。天上白榆夜，人間紅藥時。衰年猶入夢，慌忽不成辭。

頭銜前進士，筆札老潛夫。掎摭愁難到，爬梳苦易蕪。寸長何可得，千慮總成愚。紙費重刊削，無令辱醬瓿。

儒腐原無益，書淫何所求。惟將償歲月，不是爲窮愁。好事徒虚語，名山只夢遊。裝成仍庋閣，莫遣近時流。

沉水香深處，清言許阿戎。佳晨文字飲，大旨昔賢同。往復頻無厭，疵瑕細亦攻。論交真有道，千古寸心中。

附：寄詩

夫子今耆舊，好學老不渝。鴻寶不自秘，猥承遠咨諏。與不知者謀，付託無乃孤。海闊玉無瑕，末由窺大都。酌容爬𪇆陋，攻藉确礐粗。安能禆萬一，要惟竭狂愚。

惠我雲中書，都非世上言。學憂夸毗多，士惡釣奇繁。墜緒揭終古，孤節振家門。焯焯光大夫，危城抗秦原。狂氛倒五嶽，彈丸屹崑崙。弱毫宣未得，敢闖作者藩。

大江吞楚蜀，雲氣接荆關。漠漠鸚鵡洲，一老偃東山。暇即吐宏詞，訇訇天地間。探幽日不給，豈謂小隱閑。敝廬壤相錯，行當拂衣還。相從几與杖，一洗緇塵顔。

送張其脩之官安化

青林解纜梅塢，赤鼻開頭柳衙。三老隃瞻大别，浹旬可到長沙。于時好鳥初囀，是處青桐甫華。賈傅祠邊暮靄，道鄉臺畔朝霞。宫墻翼翼猶古，學子訢訢無譁。屈宋雄風壁壘，瀟湘夜雨人家。官田下令栽秫，菜圃分教種茶。瑟韻峰生浦溆，蘭馨畹足谽谺。皋比大衍圖象，麈尾旋驅井蛙。浸長呦呦白鹿，尋看鬱鬱蒼葭。壯游發篋今始，前路鋪筵有加。祖席群公既醉，江天斗轉星斜。

送張接三東遊

春風刊水月塘流，詞客高吟倚柁樓。萬壑千峰雲樹裏，一時收入木蘭舟。

斗酒雙柑處處家，倉鶊初囀柳初衙。清晨過雨園林濕，岸幘船頭看杏花。

露淞江天白石堆，衡門三徑足蒼苔。中厨剩有盈觴酒，留俟仙公跨鶴來。

毛生自黄山移得老松，聞我草堂落成，移作南榮之障，蓋古物也。爲作歌

謖謖兮，松之風，宛在黄山第一峰。瑟瑟兮，松之骨，乃在黄山千仞谷。故人念我鮮儔類，爲我懸岩絶壑移到此。我憩松根思故人，襟期瀟灑氣嶙峋。一唱三歎而自適，蕞爾草堂欻生白。君不見子鬣孫枝，鬱鬱蒼蒼，蚴蟉夭矯，離立相望。元亮盤桓徑猶荒，少陵手植無許長。吁嗟乎，故人之遺安可忘！

嗚呼！先府君以康熙丁亥夏五病劇，伏枕哦此詩，口授不孝啓汾筆記之。時伯兄需次京師，聞信兼程歸里。越三日而府君遽棄人間世，集中詩訖於此章矣。嗚呼痛哉！男啓汾和淚謹識。

居業齋文稿

居業齋文稿　目録

居業齋文稿　張序 …… 295
居業齋文稿　周序 …… 297
居業齋文稿　岳序 …… 298

居業齋文稿　卷一　序 …… 299
夏忠靖公遺集序 …… 299
《黄侍中忠節紀略》序 …… 300
《黔墨》序 …… 300
《石鼓文鈔》序 …… 301
送尢檢討悔庵先生請假南旋序 …… 302
《楚詩紀》序 …… 304
思研齋序 …… 305
送汪悔齋檢討出守河南序 …… 305
夢雲齋《四書五經字譜》序 …… 306
送王眉英進士之任白河序 …… 307
送胡平玉教授應聘江西省闈序 …… 307
左節婦馬孺人序 …… 308
郝中丞《易注》序 …… 309
《胡太僕遺稿》序 …… 310

居業齋文稿　卷二　序 …… 312
《張長人文集》序 …… 312
《藉草》序 …… 313
《夢謝堂詩》序 …… 313

灌園詩序 …… 314
《康谷子集》序 …… 315
《榛苓遺草》序 …… 315
黄大象詩序 …… 316
寇山人集序 …… 316
《耕雪灣稿》序 …… 317
《詹氏族譜》序 …… 318
《翟氏族譜》序 …… 319
廖贊侯詩序 …… 319
《梅浦軒詩》序 …… 320
《赤壁志》序 …… 321
《徐氏宗譜》序 …… 321
《草窗遺稿》序 …… 322
《桐城潘氏族譜》序 …… 323
《陶氏族譜》序 …… 323

居業齋文稿　卷三　序 …… 325
詹氏明良世翰序 …… 325
張侍講小題稿序 …… 325
贈德化兩萬生序 …… 326
《桐城馬氏宗譜》序 …… 327
《左傳紀事本末》序 …… 328
馬先生詩序 …… 329
《東浦詩鈔》序 …… 330
《谷園印譜》序 …… 330
賁貞女序 …… 331
《饒氏宗譜》序 …… 331
藍石雲詩序 …… 332
《毛尊素遺稿》序 …… 332
翟美如集序 …… 333
張太守遺詩序 …… 334

《靈山遺草》序 …… 334

居業齋文稿　卷四　序 …… 336
《毛氏家譜》序 …… 336
靖州鄧婦紀事詩序 …… 337
贈王介山序 …… 337
寄贈翟美如序 …… 338
定陶名宦序 …… 339
送舒嵩嶽之蒲圻序 …… 340
《感勞集》序 …… 341
《芝山遺稿》序 …… 341
饒叔度先生詩序 …… 342
鄭禮部《鄉賢録》序 …… 343
《觀海集》序 …… 344
《折柳吟》序 …… 344
《大樂嘉成》序 …… 345
《楚江集》序 …… 346
魏一齋視學江南序 …… 346
胡敎庵先生語録序 …… 347

居業齋文稿　卷五　記 …… 349
鴻腦洲記 …… 349
重建牛肝磯神祠碑記 …… 350
重修白湖渡橋碑記 …… 351
楚東江閣記 …… 352
西陵書院碑記 …… 353
讀經後記 …… 354
讀史後記 …… 356
記古人姓名 …… 360
願廬記 …… 361
李岩瞻雪堂記 …… 362

居業齋文稿　卷六　考 …… 363
朱陸異同考 …… 363
氣盈朔虛考 …… 364
文廟祀典考 …… 366

居業齋文稿　卷七　辯　解　說 …… 370
駁滕辯 …… 370
匡山讀書處解 …… 371
班馬異同說 …… 372
三通說 …… 374
啓江字說 …… 375
百石圖說 …… 376
無名說 …… 377

居業齋文稿　卷八　銘　箴　贊 …… 379
石牛銘三則 …… 379
井銘五則 …… 379
研銘二則 …… 379
書櫝銘二則 …… 379
座右箴 …… 380
幔 …… 380
几 …… 380
研 …… 381
筆 …… 381
墨 …… 381
爐 …… 381
榻 …… 381
繩牀 …… 381
罍 …… 381
篕 …… 381
朱子贊 …… 381

邵子贊 …… 382
古井贊五則 …… 382
瀛洲亭贊五則 …… 383
伯兄像贊 …… 383
劉蓋公像贊 …… 383
張藕灣像贊 …… 384
吴叟像贊 …… 384
傅昌生像贊 …… 384
毛大令像贊 …… 384

居業齋文稿　卷九　傳 …… 385
明江西道監察御史贈太僕寺卿忠烈吴公傳 …… 385
劉修撰傳 …… 386
桐城馬先生傳 …… 388
吴祭酒傳 …… 390

居業齋文稿　卷十　傳 …… 394
張太守傳 …… 394
吴癯鶴先生傳 …… 395
先王父楚濱府君傳 …… 397
從祖太和府君傳 …… 397
先妣李宜人傳 …… 398
先兄明經傳 …… 400
胡經歷傳 …… 401
徐葵垣傳 …… 402
介節先生傳 …… 402

居業齋文稿　卷十一　傳 …… 405
陳松麓家傳 …… 405
范龍崗家傳 …… 406
棗强知縣張君傳 …… 406

容園翁家傳 …… 408
蒲圻教諭李巖詹傳 …… 409
徐玉槎先生傳[①] …… 410
郭寧玉家傳 …… 411
李貞女傳 …… 412
節母詹氏傳 …… 413
旌表貞節何母陶太君家傳 …… 414
楊醇齋傳 …… 415

居業齋文稿　卷十二　書 …… 417
上座主澤州陳公書 …… 417
復胡石莊書 …… 418
與高學使論文書 …… 419
與姚給事論賦役書 …… 421
與河南林學使書 …… 422
上湯潛庵先生書 …… 423
上王大司寇書 …… 423
再上王大司寇書 …… 424
謝大司寇王公爲先大夫作傳書 …… 425
與孫祭酒書 …… 426
與興安知州劉君裕公書 …… 428
上館師京江公書 …… 428
與舒嵩嶽書 …… 429
復張藕灣書 …… 430
與張藕灣書 …… 430
寄周載公書 …… 431

居業齋文稿　卷十三　跋　書後 …… 432
澤州陳公壽言跋 …… 432

① 原書目録於此篇後，尚有“阮明經家傳”“吴明經家傳”，正文未見。

張氏遺書跋 …… 432
題王待詔《剔耳圖》…… 433
讀《近思録》書後 …… 433
《吕忠節公傳》書後 …… 434
《午亭文集》書後 …… 435
書徐俟齋《芝譜》後 …… 436
讀《廣濟縣志》書後 …… 437
《自警編》書後 …… 438
讀《李先生隱逸傳》書後 …… 440
讀《可亭篇》卷書後 …… 441
書廖氏家傳後 …… 441
魏果敏公贈張鞠庵詩卷書後 …… 442
書朱信昭册後 …… 442
《志矩齋讀書圖》書後 …… 443
程母康太君死節詩書後 …… 444

居業齋文稿　卷十四　墓志銘 …… 445
平南知縣殉難贈按察司僉事周君墓志銘 …… 445
封徵仕郎翰林院庶吉士路君墓志銘代 …… 448
奉政大夫太僕寺少卿楊公墓志銘代 …… 450
敕封徵仕郎内閣中書舍人王君墓志銘 …… 451
誥封光禄大夫巡撫山東都察院副都御史二等阿達哈哈番郎公墓志銘代 …… 453
朱恬野先生墓志銘 …… 455
王母劉恭人墓志銘代 …… 457

居業齋文稿　卷十五　墓志銘 …… 460
翟苞九先生墓志銘 …… 460
建平知縣胡君墓志銘 …… 461
孫草亭墓志銘 …… 463
封懷遠將軍戴君墓志銘 …… 465

封文林郎廣濟知縣劉君墓志銘 …… 466
封承德郎左春坊左中允兼翰林院編修胡府君墓志銘 …… 467

居業齋文稿　卷十六　墓志銘 …… 471
何象山墓志銘 …… 471
文學何君妻王氏墓志銘 …… 472
處士王暉吉妻陳氏墓志銘 …… 473
封明威將軍吴君墓志銘 …… 474
鄭參議妻孫孺人墓志銘 …… 476
胡母丘太君孺人墓志銘 …… 477
杜府君妻周孺人墓志銘 …… 478

居業齋文稿　卷十七　墓表 …… 481
明故巡撫湖廣都御史宋公墓碣 …… 481
元光禄大夫中書門下省平章事蕲國公徐公墓表 …… 482
李大復先生墓表 …… 483
朝議大夫江南督糧道布政司參議張公墓表代 …… 484
劉廓庵先生墓表 …… 485
奉政大夫兵部武庫司郎中程公墓表 …… 487
鄭肯崖先生墓表 …… 488
黄山人墓表 …… 489
毛忠移墓表 …… 490

居業齋文稿　卷十八　墓表 …… 492
奉議大夫刑部江西司員外郎吴君墓表 …… 492
張府君墓表 …… 493
蒲圻教諭李巖詹妻陳氏墓表 …… 494
姚宜人墓表 …… 495
明金谿知縣劉君墓表 …… 495
廣濟知縣黄侯墓表 …… 496
舒嵩嶽壽藏記 …… 498

李幼萌墓表[①] …… 499

居業齋文稿　卷十九　祭文 …… 501

告座主鹽城薛給諫文 …… 501

桐城馬先生祭文 …… 502

吴祭酒奠章 …… 504

先兄明經奠章 …… 505

表兄李巖詹祭文 …… 506

汪訒庵祭文 …… 507

劉藎公祭文 …… 508

周念劬祭文 …… 509

居業齋文稿　卷二十　雜著 …… 511

紀異 …… 511

驅瘧文 …… 511

贈瞿大若詩小引 …… 512

示兒啓汾 …… 513

與萬生遠誠論讀書 …… 514

與傅生論讀書 …… 514

示外孫胡仕宁 …… 515

與劉生沁水論學 …… 516

丙戌初夏贈明經詩中有貞觀永樂語，汾子問故，走筆示之 …… 517

① 原書此篇後，尚有"陳翽展墓表"，然正文未見。

居業齋文稿　張序

楚黄州金會公先生，以文章名海内有年。公車屢上，壬戌冠南宫。其制藝，縣之國門，流播遐邇，咸謂與其鄉劉稚川、熊鍾陵相埒也。余幸與同舉，且同讀中秘書。每清宵僕直明燈邸舍時，抵掌縱談，往復上下今古，相得歡甚。會公既得窺金匱石室之藏，著述日益弘富。至其人，古心直道，殆所謂鍾君至德可師者，余心尤敬愛之。優游禁林，出枋文事，方大抒其所畜藴，潤色隆平。乃以休沐旋里，臨别各申贈處之義，黯然也。余還寢堊室，服闋遊楚之豢山，用償夙願。泝沿江流，檥棹會公之門，相見問無恙。茶酒間出所作詩古文詞，余讀之，以謂三楚山水雄奇壯闊甲天下，君生長屈、宋、景、唐之鄉，家距九江三舍而近，衡嶽、匡廬、洞庭、彭蠡、内方、大别皆在左右襟帶間，故其文得江山之助爲多。

癸未歲，余再有江南之役，私喜幸一水盈盈耳，會公其過我乎？今校試濠梁，稔余行部匆劇，恐弗獲相值。不果來，遣使持《居業齋文集》至。余乘暇稍一翻閲，歎曰："是誠可稱巨麗也已！"竊謂古人文章皆有爲而作，昌黎以物不得其平則鳴，而實之以皋陶鳴虞，伊尹鳴殷，周公鳴周，下至東野輩各以其所能鳴。信乎！文未有無故而爲者也。會公於經傳子史百家之集無所不窺，其學湛於經術，其文原本西京而迨於唐宋諸大家，其天性仁孝，篤於倫品，以故發於篇章，滔滔汩汩如江河流轉，中間衆寶雜陳，晃耀震蕩。集内如《嚴冲馬公傳並謚議》及《乞先公紀傳》諸書，至性迸發，聲淚俱下，使人讀之明發不寐之懷，師友淵源之感，交集胸臆，所謂言之有物者非耶？他若《氣盈朔虚》等篇，《穿穴》《天官》《律曆》諸書，揚雄謂"通天地人曰儒"，朱子亦謂雄知曆法，又知曆理。君所詣得毋類是？

楚才自昔稱極盛。他不具論，如明之茶陵李文正，久在館閣，主持風雅；虞山錢宗伯，推挹贊慕，幾如瓣香南豐者；然厥後雲杜李本寧先生以詞林宿望回翔藩服，用文章擅聲。會公繼起，其集自能信今傳後，何渠不與茶陵之《懷麓》、雲杜之《大泌》等集後先相焜燿也哉？抑虞山《壽李雲杜文》“自昔文章盡在館閣”？王李之徒以館閣相訾謷，先生起而禪王李之統，文章之柄乃復歸館閣。夫君子之道或出或處，昔人報國獨在文章，會公得告里居，所成就卓卓如此，此固足以鳴國家之盛哉！要其有功於館閣非細，鮑宣所云骨鯁大儒、白首耆艾、魁壘之士，議論通古今，喟然動衆心者，會公兼之矣。會公書且云：“知使院清於水，不以剞劂事相煩。”余雖貧，方當謀之。但久留斯集，其光芒激射，恐下六丁而干南斗也，先序而歸之焉。至其詩篇繁夥，甚可貴愛，以不在兹集中，故弗論云。

康熙四十三年歲甲申季夏，關中年弟張廷樞題於濠梁使院。

居業齋文稿　周序

渭既序先生之詩，以謂當今無能爲陳伯玉、歐陽永叔者，而先生爲之。其培養元氣，有功世運不小，人或以爲知言。客從旁笑曰："子徒知詩而已，先生爲文，是誠今之永叔也，子其烏知？"渭矍然而起，悚然而對曰："嗟乎！小子固欲言而未逮，且吾子既知先生之文爲永叔矣，亦知先生之所以爲永叔者乎？今夫舟楫之浮於江湖也，載者水也，運者風也，倏操倏縱，撇捩往復於高下疾徐之間者，颿檣戙楫也。水，自崑崙，過龍門，歷雍豫，北至大陸，播爲九河，其南條自鳥鼠山下，由蜀而楚而吴以達於海，其支流派别不同，而茫茫東注則一耳。風則不然，有南有北，有順有逆，春之風，熙熙然自東者也；秋之風，刁刁然自西者也。操舟之子，春而適齊，秋而適秦。是風也，遽舍勿用乎長年三老，捩柂開頭，瞬息千里，以舟爲水用而已，而風則爲舟用者也。颿檣戙楫，又所借以爲風用者也。夫惟以舟爲水用而後能用風，無水豈其陸而能舟乎？無水而用風，是春必不獲適齊，秋必不獲適秦也。水譬於文理也，風其氣也，颿檣戙楫其詞也。理之支流派别萬有不同，而其歸則一。風之爲變，亦萬有不同，而要則隨吾所之焉已矣。是故善爲文者，以文爲理用，氣爲文用，而詞則爲氣用焉。夫古之人，未有仁義之道茫無所得而其文至今存者也。韓子曰：'養之於仁義之途，游之乎詩書之源。無迷其途，無絶其源，終吾身焉。'夫理勝，故氣隨之，其於詞也，直舉而措之。今先生爲文，於仁義之道有深得矣，而又見於文詞，是故意深而體嚴，詞温而氣肅，敷暢條達，既醇而肆，是先生之所以爲永叔者耳。不然而莽焉蕩焉，遊而不知止，往而不知返，竊銜與轡泛駕自喜，是猶長年舟子不知水道所之而飄飄然信風而行，東向望秦，北轅適楚，爲妄而已。吾子其知之乎？"客曰："善！"遂以此言請於先生而書之爲序。

康熙戊寅七月貴陽受業門人周起渭拜撰

居業齋文稿　岳序

士大夫有根本而後有氣節，有氣節而後有文章。忠孝者，立身之大本也；品行者，人生之大節也。本節既定而又充之以學，然後發爲文辭，至性誠懇，惻然動人，無一言之不合於道，不必言忠言孝而吾知其爲忠臣孝子也。清思雋理，迥出塵表，崇論閎議，建白於天地之間，不必矜奇好異，駭俗震世，而吾知其爲品詣高潔、特立獨行之君子也。

太史金會公先生，積學登巍科，入館閣，讀中秘書，廣蒐博討，早夜不遑，揚扢風雅，名重一時，海内想聞其丰采如景星慶雲。以公之才之學躬遇聖主，何難立致寵榮、驟躋槐棘？而公獨高蹈遠引，乞假旋里，鍵户著書，校讎甲乙，夜分不輟。七年以來，詩古文辭浩瀚充棟；率諸子弟，恂恂孝謹，誠樸敬恭，悉遵先訓，豈非所稱"出則盡心於國，處則爲政於家"，而一毫富貴利達之念不足以動其中者耶？余入楚三載，其名可得而聞，其人不可得而見也。長公洛、次公汾，子瞻之過、邁也。八月闈事畢，始識鳳雛驥子，因得寓書於公。往來翰墨，聆其緒餘，豁蒙振懦。爲我序《蒿廬》《楚江集》，言言至性，並惠寄《館課》《懷古》《涉湘》諸詩文，讀之蒼深純粹，自成一家，益信公之學問淵博。於中已有所得，本原澄澈，咀爲英華，峻節高標，文成典則。世之人徒以科名重先生者，非知先生者也。臘月雪後，公從澧湖東返，泊帆仙棗亭下。余登舟把晤，歡若平生，眉宇澹静，清風穆如，十數年仰止之情於兹始慰。讀其文得見其人，又何幸也！司馬子長作《史記》，上自軒轅，迄於太初，百三十篇，藏之名山，副在京師，以俟後世聖人君子。公所著書不一種，《居業齋文集》若干卷，較子長撰述更富，兩公子分類鈔謄，裒輯成帙，藏之於家，豈亦有所待而傳耶？然而公之忠孝品節蓋已卓然千古矣，於文章又何讓焉！

康熙丙子臘月既望，毗陵岳宏譽藹亭撰。

居業齋文稿　卷一　序

夏忠靖公遺集序

湘陰學諭詹生校刻《夏忠靖公遺集》垂成矣，伻來徵序。余逡巡久之，未有以應也。夫通觀數百年天下之治忽而後可以論一朝，通觀數十人當國之本末而後可以論一人，通觀一人生平立朝之首尾而後可以論一事，序公集可易言哉？

鄭端簡嘗用"蹇夏"並稱，言蹇公善謀，夏公善斷，外兼臺省，内參館閣，吏治民安且三十年，有古大臣風焉。兩公事詳國史，今就夏公言其大者。時賞功封建，下番定鼎，費億萬計，皆取辦公手。永樂十九年，廷跪群臣難遷都利害，陳瑛罵言官："白面書生，不識大計。"蓋爲大臣地也。公獨曰："臺諫應詔陳言，實無罪，罪在臣等。"上命左右問至再，公對如初，上乃説，而言官大臣盡釋不問。

宣德元年，漢庶人反，公力贊親征罪人。斯得夫一身任拮据而國計以豐，一言霽主怒而國體以存，一謀定帷幄而國威以振，國祚以安，其功如此，即古大臣何以加焉。楚先賢之言行，指數固不能盡。即論公而牽連及之，劉忠宣之治河，底績不在公下，然公理財凡二十七年，澤在三吴尤溥。李文正意主保全善類，委蛇於瑾豎鴟張之日，所謂巽以行權也，然視公之心迹俱白皭然不滓有間焉；張文忠謨謀討伐，智勇深沉，其任專其力獨矣，然國以富强而躬爲叢射之的。虞山錢宗伯嘗言："江陵敗，任國事者無人。"雖氣運使然，亦文忠有以招之也。若公之贊親征，會東楊先之一則曰"榮言是"，再則曰"榮言是"。上意遂決，故賜印，文曰"含弘貞靖若文忠"。能如是，豈能間之？夫大臣之行其道也，遇主爲難，遇主而卒不能善其終始，夫又何道之？行至是，不能不思。

忠靖《耳家集》雖散落無多，然讀其書，想見其人，且因是慨然有論世之思焉。夫表章前哲，掎摭而讎校之，學子事也。然學官飯不足而孜孜梨棗是營，亦庶幾知所先務者哉。

《黄侍中忠節紀略》序

讀《明史》至於遜國之際，蓋傷之云。高皇帝有天下，詔廟祀元死事臣余闕，尋謫降臣危素守廟和州，褒忠節，譴貳心，所以樹臣鵠也。燕兵南嚮，用一髠謀竟移大統，金川門啓，陳瑛羅織，則忠臣義士屠割比諸亂賊。嗚呼！何其酷也。迨鼎祉既得，亦於忠義有恕辭，而逝者已糜爛矣。

侍中黄公，學不負其師，甘死如飴也固宜，所難者翁夫人暨二女子耳。乃招魂隃葬，相信若聯衽席，修身教家豈偶然哉！事久論定，侍中與方鐵諸公争光日月，髠奪廟饗，斥還僧寺，而瑛也易名醜厲於南渡之日，然後知天下事之顛倒於一時者如終風暴雨，而天地貞觀之道固自在也。有明殺運有二，始於一髠，卒於一閹。阿髠旨者爲瑛，遂令肝腦狼籍者榜曰奸黨；助閹惡者爲許顯純，則刊章逮繫之群賢血肉淋漓於囹圄。三百年中陰長陽消，於斯爲極。後學捃拾遺文，敬恭俎豆，扶陽抑陰，春秋之大義存焉。

嗚呼！侍中往矣，豈有蘄於身後之名？忠節紀略，義目不容已也夫。天理民彝，招揭萬世，此之謂學；側身懷古，孳孳以表章名教爲務，此之謂學人。池有君子，于公是式可矣。

《黔墨》序

功令三歲一舉，士於鄉則寓内之人材、風氣胥於鄉舉之文徵之。《易傳》曰：“聚而上者謂之升。”升也者，始進之辭也。士試南宫，對大廷，由鄉舉始，則衡文選士主司之任綦重矣。

康熙丁卯，余有黔之役，客有爲余難者，大指謂：垂橐辦裝難，炎暑長征難，道里險陋難。余曰：“得士爲難耳。”今夫黔，古荆梁二州之南境也。按星野，貴陽、安順、都匀、平越、平遠、大定、黔西、威寧，参井之餘，鎮遠、石阡、思州、思南、銅仁、黎平，翼軫之餘，是故天混混耳，濛濛耳，雲垂輒雨，逾晷輒霽，已輒復雨，陰陽燥濕莫可端倪。蓋《方言》曰"漏天"云。地勢豐於山而澤涸，山童童然石饒乏土，石盤互礧砢，幂兀嵯岈，上衝霄漢，下凌絶壑，車騎半不得至，人不得步，如是者曰關，四封以内關百有一所。人自郡縣户口外，有世其土者曰"土司"，其崖塹箐洞錯處者曰"苗苗"，種三姓九類十有五，皆黔産也。疆域之通道也，自楚將莊蹻始也；郡之有犍爲、牂牁，自漢中郎將唐蒙始也；順元路之置，自元至元始也；行省之設，自明永樂始也；巡撫都御史之遣，自正統始也；鄉闈之屬四川、附於雲南，自永樂辛卯始也；其專附雲南，自宣德乙酉始也；鄉試之於本省，自嘉靖丁酉始也；建學設科，視諸省最後，是以耆舊鮮少。書籍自江東西歷湖南北重趼擔負往售，士即好古不能多購，嘗苦涉獵無資。中土士大夫抱鴻裁、操鉅筆，遊歷其地者蓋寡，傳授講貫，後先莫續也。志載，前賢王陽明、張鶴樓、鄒南皋，皆以遷謫至，當是時讜言勁節，遐邇嚮慕，黔士從之遊興起良多，然其書院講堂今在草棘間矣。視黔學者，則有若吴明卿；典黔試者，則有若鍾伯敬、陳大士。三先生皆宗工哲匠，然其科條榘則到今已無可考，蓋黔俗之荒僻久矣。由斯以言，得士於黔豈不難哉！豈不難哉！

試日與同事約，搜羅芰薙於茅葦中拔其秀，乃相與歎賞："黔亦何嘗無士耶？"榜放，來謁則英英濟濟，彬彬如也。已，復彙諸卷，選而刻之，有典雅者，有閎博者，有豪邁者，有蒼潤者，有簡潔者，有雋逸者，言人人殊，要各如其意所欲出，而剿襲附會者無有焉。在黔言黔，亦庶幾乎得士矣。多士績學砥行，方將勉進於古，經國大業，予日望之。然即斯一集亦足以見天之生材無盡，而我盛朝文教洋溢，誕被遐荒有若此。在《易・坤》之爻辭有之："含章可貞，地道也，臣道也。"先是，黔風芚僿，其猶有含之義乎？黔士之學自是漸進，不期大而大矣。其《彖辭》曰"西南得朋"，則簡命掄秀之臣亦與有慶矣夫。

《石鼓文鈔》序

如臯許子實夫精叔重氏《説文》之學有年矣，所著有《篆海》《説篆》諸刻，往年質之輦下諸君子，諸君子籍籍稱善。於其南旋也，蓋人贈以言云。今年來與伯兄山濤檢討同邸舍。山濤，余齊年兄也，晨夕過從。茶酒間實夫示余以《谷園印譜》，余受而藏之，亦贈以言。

實夫嘗於廟市得石鼓文，校讎良久，疑薛尚功、鄭樵、潘迪諸家音釋微有牴牾，慨然曰："百聞不如一見。"於是入太學門内手摹之。摹既竣，山濤俾梓行以公海内，而屬余爲之序。余逡巡謝不敏，使者趣至再，乃復於山濤曰：石鼓紀事自唐貞觀中蘇吏部勉始，勉言虞、褚、歐陽咸稱"古妙"，蓋唐初已顯聞矣。然後先辯識者殊不一説，韓愈曰此周宣王獵碣也；張懷瓘之説如之；竇泉亦如之；韋應物謂文王之鼓至宣王而刻詩；程琳、董逌據《左傳》"成有岐陽之蒐"，指爲成王之鼓；鄭樵以其文有"與秦斤秦權"類者，斷爲秦鼓；金時馬子卿又辯爲字文周鼓。其因韋、韓之説而疑之者，歐陽修也，大指謂傳記不載石鼓文，不知二公何所據而知爲文宣之鼓；其因韓、張、竇三家之説而信之者，蘇軾、趙明誠也，蘇云宣王史籀書，趙説亦與蘇合；其合乎鄭説而援引逾詳者，鞏豐也，豐云平王東遷岐，地屬秦，秦人好田獵，二詩之作其在獻公之前襄公之後乎？焦竑云：據《蘇綽傳》，魏文十一年狩於岐陽，孝武保定元年又狩岐陽，是時命綽仿大誥，則詩倣雅詩可知。

夫石鼓，一物耳，而群言踳駁若此，後之觀者安所折衷焉？按《古文苑》，孫巨源得石鼓文於佛書龕中，凡四百九十七言，蓋唐人所録者。宋治平中存四百六十有五，元至元中存三百八十有六，今則三百三十四言耳。實夫曰："不知再千百年又當何如也！"噫！思深哉！夫天壤間物之可寶者多矣，實夫一切不留意而惟金石文字是求。金石之傳，較壽於他物，然風雨莓苔之所剥蝕，即質甚堅剛亦有不能自保其長存者。而實夫乃鰓鰓慮之而欲久其傳於世，抑獨何歟？山濤懷抱觀古今，嗜好與實夫同，故亟取乎不佞之言。夫自甲至癸九鼓凡三百三十四言，而辛鼓獨無一言。余言之而無能有所發明也，則與辛鼓之懵懵奚異哉！

送尤檢討悔庵先生請假南旋序

長洲尤先生，當世祖章皇帝時受特達知，固已顯名天下矣，迨《西堂撰著》之言出，天下辭人多手一編諷之，以爲徐、庾、潘、陸殆同工也。今上詔修明史，徵博學宏詞之臣，先生被舉入館局，珥筆侍從。垂五年，而伯子慧珠成康熙壬戌進士，已又選入庶常，讀書中秘。天下於是以扶風中壘之業望諸尤先生父子矣。

居亡何，先生請告，書數上而後許之。行有日，朝士大夫設供張祖道都門，諸爲慧珠之同年進士者悉與焉。酒三行，德嘉執爵而贊於先生曰："嗟乎！士之用世豈不以學哉！人第知用之用，而不知不盡用之爲用大也。先生其深於《易》矣乎！昔者孔子之於《易》，蓋韋編三絶云，而仕止久速與時偕行也。後孔子而用《易》者，莫如孟子，不言《易》而所行無適非《易》，何則？用而不盡其用也。在漢則有若留侯張良，唐則鄴侯李泌，而宋則康節邵先生雍。留侯、鄴侯之用見於朝，而其不盡用也，超然遠引於勛名寵禄之外；康節之用見於《皇極經世》一書，而其不盡用也，即當時聰明才智之士屢求其説而不可得，而以俟諸其子。今之士急於用者衆矣，惟有一二不盡其用之賢，然後朝列有難進易退之官，則士貴。夫惟士貴也，即三公不足以渝其生平之素，是故食稽古之報而事事不愧於古人。而國家養士之效，至於厲行誼，遠耻辱，其亦可謂極盛矣。若乃州閭鄉黨，後生晚進，聞大賢高世之風，耻爲一切干禄之學，而以古獨行之君子爲期，其處也沉，深於經史之中；而其出也亦不役役於禄利，以小就而喪其所守。蓋君子之關於人心風俗如此。曩讀先生所爲文章，雕鏤萬有，天工極，人巧錯矣。及見先生之貌，顧瞿然長者。三吴之俗，都麗甲天下，而先生所居，一室圖書香茗，蕭如也。以此知賢者學術實有所本焉。先生里居，惇行齒讓，質任樸素，鄉人化之，漸進於古。由三吴以推諸天下，薰其德者不可勝數，然則有道之士在朝在野皆有益於人焉，而謂先生不盡其用者猶未爲深知先生者也。"德嘉言未竟，先生顧慧珠而詔之曰："珍也，勉諸。夫用有不可盡，亦有不可不盡。學焉，而不盡其用則畫也；官，守焉，而不盡其用則媮也；朋友，箴規焉，而不盡其用則諛也，而可不勉乎？"於是諸爲慧珠之友者前，應聲曰："敬受先生之教。"先生陶然，再舉一觴而遂行。

德嘉退而記之，以見能爲先生之所謂盡其用者，乃能爲先生之所謂不盡其用者也。

《楚詩紀》序

楚之先鬻熊爲文王師,《漢藝文志》:《鬻子》二十二篇。唐貞元間柳伯存所謂子書起於鬻熊是也。三閭大夫乃作《離騷》,太史公曰:"《國風》好色而不淫,《小雅》怨誹而不亂,《離騷》兼之矣。"宋玉、唐勒、景差,皆三閭弟子也,而玉之詞賦獨傳,是以屈宋並稱於世。考亭《朱文公集注》之作,《離騷》名經,餘皆名傳,《詩》十五國風當年如此者幾人哉?唐以詩取士,而孟浩然、皮日休、席豫、李群玉、鮑防、薛據、綦毋潛、朱放、崔道融輩或仕或隱,要皆詩家所不廢。若工部以"詩史"稱,論者直謂三百篇以後一人而已,其先亦係出襄陽者也。夫自淮北、沛、陳、汝南、南郡,史稱西楚,彭城、東海、吴、廣陵,東楚,九江、江南、豫章、長沙,南楚,今豫章以東,皖、霍、黽阸以北,不復名楚,然湖廣一境,幅員致廣,故代有聞人,即有明三百年以迄今日,内自三公、九卿、翰苑、臺諫、曹郎、中書、行人,外至中丞,藩臬、郡縣、大夫,暨章縫彦士、岩壑隱人、操觚握槧自名一家者,不勝數也。

長沙廖傭客網羅楚詩,溯上古,至近代,薈稡成編,屬胡康成學博涉湘逾漢,徵言以勒簡端。康成書言:"傭客承世父黄門家學,爲潭州知名士。楓窗篝火,覃心讎校,郵筒捃拾,幾至充棟。竊謂楚無風而以是補之。"余復書曰:"《柱下》《莊》《列》諸子,鬻熊先之也;漢魏六朝四唐人之詩賦,《離騷》先之也;至若横渠、二程、考亭諸先生之微言大義,則又《太極通書》先之也。楚人開疆啓宇,往往爲其難者,《鬻子》尚矣。藉令屈宋生當聖人之世及聖人之門,受經請益,未知視卜子夏何如?濂溪推一理二氣五行之分合,立象盡意,若親炙無隱之誨,豈直聞夫子之文章已乎?天之生才不一時,人之立言不一轍,奈何以楚無風也而少之?是故上下數千載人文輩出,譬諸參衡之氣蒸爲雲霞,而江漢之水流行於地中也。

當明世宗時有學士廖公道南著《楚紀》一書,人到於今稱之。是集也剞劂告竣,即名曰《楚詩紀》可矣,補云乎哉。

思研齋序

凡物之藉古人以傳者，後之人不及見其物也，第想見其人則其所傳之物不啻見之，況真見其物乎？張司空豐城之劍，蔡中郎柯亭之笛，陳正字長安市上之琴，是皆寶貴一時傳千古矣。然琴碎於正字矣，篴亦與中郎俱逝矣，龍泉太阿化延平津矣，到今稱之豈不以人哉？則又不必果見其物也。

若蘇端明一研瘞於鍾山之麓，而復歸於有明中丞許公之手，噫，異哉！公守紹興，命隸人種竹，一長鑱啓土而得之。夫二千石，奄有一郡，力能購其郡之古物以供玩賞，然極其力之所至僅可得之饋遺與貨鬻者耳；或不焉，無由得也。公之清静、寧謐、澹然，無所徵求於其郡，向使饋遺貨鬻而得，則公不得可知也。當天啓之時，仕孔棘矣，使巧宦者得此，勢且入於長安津要，或中貴人之家，而公乃扃之郡齋，至臨别郡父老猶徬徨不忍携去。聞未得之先，端明以夢告，有以也夫。微公，則此物亦豈浪出哉！公出群之致，庶幾端明所謂寓意於物而不留意者。物之存亡聚散，公視之直如浮雲，其又何愛焉？乃嗣君蒼巖先生於兵燹散失之餘，每一念至，輒泫然而灑涕，至以“思研”名其齋者，何也？君子曰：“此孝子之行也。”

夫物有可忘，有不可忘，中丞公宦游之陳迹，可忘也；蒼巖先生手澤之寤思，不可忘也。今生洲先輩，起家翰林，遷農部，交游且遍天下，於是述“思研”緣起以告天下之能言者，先進廉介之風、孝子思慕之志、文孫紹述之美，自是且傳之無窮，則此一研也，謂長爲許氏物可也。

送汪悔齋檢討出守河南序

康熙二十有七年冬十二月，上念天下郡守需人，而部曹郎序遷鮮及格，迺臨軒引見文學侍從之臣，遴才望異等者凡三人以往。明日，除目下，則悔齋汪檢討知河南府。

於其行也，翰林同官祖道，德嘉與焉，奉觴於先生曰：“先生直承明之廬垂十年矣，纂著之業具在册府；乃者奉命之琉球宣布柔遠至意，屬國向風，至於遣子侍學，德化翔洽矣。先生瀕行，却饋遺，中外相傳使者清節，近古以來不多有。異時軺車畫舫往還，輒彌歲月，而先生竣事言旋，視乘傳中土較速。上以是知先生材，駸駸且大用，故先試之於劇郡也。古者爲天子大臣未有不歷民事，使知四方利病所宜興罷，然後進於公輔之位。有明三百年既廢丞相，於是出身翰林者多不越十年而登内閣，雖才相間有其人，然迂疏不諳世務者率居其大半，説者謂詞臣或不足仗，豈非清切養望，不歷民事之過歟？上以經術適用之難其人也，特簡文學侍從之臣爲太守。先生此行出其素抱，使天下曉然於文學侍從之臣藴籍閎深，設施廣博，不止可以潤色鴻猷而一出即可以師帥長吏，則詞臣之重更自先生始矣。且雒陽，天下之中也，其土風淳樸，其民善耕稼，千里沃衍，桑柘棗栗相望，太守富而教之，又以間進秀民，講求二程遺書，偕之於聖賢之路行之，期月有治理效，上且璽書褒勵，非久召先生。安在漢人由太守入爲三公故事不復見於今日也？"於是先生陶然舉一觴，坐客亦是余言，迺人爲歌詩以送之。

夢雲齋《四書五經字譜》序

《周官》教國子以六藝：一曰六書。漢世，試書九千字以上乃得爲史；今也，責成人以《周官》童子之課，校秀士以漢世掾史之長，宜若無難。然求其省記四書五經全文訓故合六書，書皆正體者十未必得五，蓋小學之不講也久矣。

唐初以《説文》《字林》試士，篆籀之學，士童而習之，其法猶近古。開成之末，天下多故，猶刻張參五經文字於石，不可謂知務矣乎？至於宋，去古日遠，而爲説日以鑿。王半山《三經字義》搆思良苦，然犇驫二字偶被詰難輒無以應，蓋其意甚私，直欲籠絡天下學子畢出於新學，故與新法不久而俱廢。今考亭學校貢舉之議，既不得列在學官以取士，而所爲科舉文字又不奉先輩大家之貫穿經史自名一家者爲法，直以房書選本爲鈔撮之資，則經史且不能舉其名，況經史中大字有能究六書之原者乎？小學之廢，勢實使然，無足怪矣。

余得夢雲齋《四書五經字譜》覽觀之，何其立志之誠以壹，而肆力之專且久也。六書鈎考後先相承，往往多所彈駁。要之，彈駁者學人，致彈駁者亦學人，其人皆可敬。是編網羅富，討論覈，裁割精，其言平易近人，非欲臨深以爲高者。公諸讀經之家，其亦比屋之菽粟矣夫。

送王眉英進士之任白河序

貴陽王生眉英，以康熙丁卯鄉舉，丁丑成進士，需次爲令。除目下，得陝西興安州之白河縣。

州屬縣凡六，皆處萬山中，而白河尤隘而瘠。客曰："爲之令者不亦難乎?"余告之曰："静則與隘宜，廉則與瘠宜。王生讀書學道有年，行無遽，坐無倚，語無譁，色無慍，與富者處而不言貧，與貴人游而不加諂，入通都大邑而不羨，當窮居旅食而若忘，如是其静且廉也。老子曰'治大邑若烹小鮮'，而況於蕞爾之白河乎? 今夫擇善地而後居之，居善地而後樂之，其人内不足而外倚於物者也。夫惟無倚於外，則所至皆有聲績可紀，余故知王生之宜於白河也。且白河固隘且瘠也，其人則吾人也，以讀書學道者而宰之，古所謂忠信之長，慈惠之師也。人之椎也，導之於詩書；俗之悍也，柔之以飲射讀法；閭里之貧且匱也，勤之以農蠶樹畜，微王生其孰能之哉?"

厥考嘗累官至郡丞矣，王父官郡丞且任陝之臨洮矣，代有令德。生紹而大之，其又何難焉。夫矢無柔劲，榦直則中：輈無遐邇，轂堅則良。王生其勝厥任有餘矣。

送胡平玉教授應聘江西省闈序

黄州胡教授平玉，故以禮經舉於鄉，會江西鄉試分校乏員，徵之鄰境，上官掄諸郡縣學，用教授往。

教授挐舟東下，檥余鴻腦洲，余曰："君舉禮經，而以專經往取士，學禮家得君往，可無憂不遇矣。抑經學之荒禮爲甚，余更有望於君也。朱文公撰《古禮經傳通解》二十三卷，《集傳》《集注》十四卷，其子在常刻之南康。是書之目見於《文獻通考》，余求之久未得，君今往豫章訪藏書，故家當有存者。《古禮經傳續通解》二十九卷，外府丞長樂黄榦直卿撰。榦，晦庵子壻，世所稱勉齋先生者也。始，晦庵撰《禮書》，喪祭二禮未及論次，以屬榦續成之。信齋楊氏序曰：'禮莫重於喪祭。'文公以二書屬之黄先生，其任至重也。先生推明文王周公之典，辨正諸儒異同之論，掊擊俗學蠹壞人心之邪説，以示天下後世，其正人心扶世教之功至遠也。漢儒掎摭讎校，戴德八十五篇謂之《大戴禮》，戴聖删大戴之書爲四十六篇謂之《小戴記》。馬融傳小戴之學，又足之以《月令》《明堂位》《樂記》三篇，合四十九篇，鄭康成爲之注，古人之勤如此。明初奉敕纂修《南康經傳通解》，猶與宋監舊本諸刻並讎於館閣，其援引書籍則取長樂黄氏爲多，故《禮記集説大全》陳澔一序有云：'章句通則蘊奥自見，正不必高爲議論而卑視訓故之詞也。'由斯以言，則全經之薈稡衍繹，即隻字挂漏豈其可哉？明之中葉有爲講章者，出於經之爲場屋命題者則詁之，否則闕焉，其意以爲經不可删而解可缺，缺之使委巷孺子便於誦習焉爾。然而漢宋以來諸先賢拳拳表章之微意澌滅盡矣。夫古人説經以垂教，而後人祇取爲禄利之具，芟繁就徑，沿習固陋。後有爲人師者，即問以篇目而茫然弗應，蚩蚩學子孰從而口授之？教授一官亦未能抗言古學以告當世，惟是修明全經以自游於聖人製作之塗，則甚善也，況今日者以禮經取士，則高才生盡出君門，異日者君以全經授之，君所得之士因而布列在位，則禮教之興皆君之力也。至吾黄之受君教者，又可知已。安見朱子、黄直卿之意不由是而大明矣乎？"

教授曰："諾！"於是飲之酒以重其行。

左節婦馬孺人序

康熙二十年，郡縣長吏奉皇帝詔，察所在節孝，具疏以聞。江南安慶府桐城縣有左節婦，縣令王君上其事，撫軍徐公疏奏，癸亥九月奉旨俞允建坊，旌表其門。

按，左節婦馬孺人者，明故太學生左之乾之妻，武康令左國柱之子婦，僉都御史贈少保謚忠毅左公光斗之孫婦，太僕寺卿馬公孟禎之孫女，庚辰進士兵部督捕主事諱之英之女，而今己未會元編修名教思之姊也。當天啓朝，奄人魏忠賢亂政，都御史楊公漣劾二十四大罪，直聲震天下。先是，移宫一案實賴楊、左二公義憤以弭内變，逌忠賢勢益張，諸君子矯旨下詔獄，少保里居，而緹騎至桐城，有詔且就繫，少保倉皇顧太僕，托以妻子，姆抱之乾床頭呱呱泣，太僕對少保哽咽語曰："行矣！毋内顧。我孫女異日爲君孫婦。"當是時，人情洶洶，禍且不測也，而太僕竟以孫女字之乾，到於今爲節婦云。節婦生十五歲而歸之乾，逾年産一女，會之乾病，衣不解帶者數十日夕，病劇則焚香籲天，願以身代。已而，之乾死，節婦水漿不入口殉矣，或諷之曰："殉則殉耳，使高堂旦哭子而暮哭婦，不危若朝露乎？"節婦悟，强起，衰絰治具供，晨昏而餔糜以活。久之，寇亂，歲洊飢，或諷節婦易嚮，節婦頭搶地，仰天長號曰："嗟乎！未亡人豈難一死哉！"索刀立自殺，言者慚懼，乃止。節婦今五十六歲矣，左氏子弟以採訪節孝事爲言，節婦曰："婦職也，焉用表爲？"邑令廉其賢而舉之，故有是旌焉。

德嘉少時聞長老道楊、左事，未嘗不流涕想見其爲人。又聞崇禎初，魏忠賢伏誅，客氏磔，餘以七等定罪，凡二百五十有八人。夫客氏，市井婦人耳，固不足算，乃鬚眉男子，生爲宦豎，鷹犬於朝端，没與客氏並書於國史，豈不哀哉！向使節婦微高堂故，則必殉太學；使太僕仕與楊公同列，則必死璫禍如少保然。太僕不必與少保之難而能令少保之逮繫不牽於内顧，節婦不必舍生以殉太學而能令太學之泉壤不憾於晨昏，則馬之功於左也大矣。一門之内忠者表墓，節者旌閭，天眷之在左氏豈其微哉！德嘉生楊公之鄉，嘗拜其祠墓，獨以不得拜左公之祠墓爲憾。今出編修公之門，聞節婦梱儀家訓，有古列女風，而大節凛凛若此。夫紀述國典，頌揚節孝①，後死者事也，遂執筆以叙其大都焉。

郝中丞《易注》序

《易》書成於四聖，大都義藴閎深，意言苞蓄，天下萬世範圍於其中而研索則無盡。記曰："潔浄精微，易之教也，苟九家之説主乎象。"然先儒有言："九師興而易道隱矣。"京房翼奉孟喜，郎顗之徒語涉讖

① 原稿作"叙"，誤。

緯，故其書不列於學官。揚子雲之言曰："宓犧氏綿絡天地，經以八卦，文王附六爻，孔子錯其象而彖其辭，然後發天地之藏，定萬物之基。"子雲之學蓋嘗殫力於《易》者，而後人乃病其艱深，何哉？王弼專言理而掃象，范寧比之桀紂，蓋清談之家往往影響云。程子、伊川專治文義，不論象數。考亭朱子所謂象學久失其傳也。邵堯夫曰："太極既分，兩儀立矣，陽交於陰，陰交於陽，而生天之四象；剛交於柔，柔交於剛而生地之四象。八卦相錯而後萬物生焉。"宋儒談易若堯夫可謂精矣，然且見嫉於秦玠、鄭夬，惟司馬君實兄事之。明時，《性理大全》奉程、朱諸先生爲鵠，晦庵兼程、邵之説而爲本義啓蒙，其説曰："有是理則有是象，有是象則有是數。本無朕之中而無窮之理已具，有揲蓍之數而前民之用自彰。"噫！易之大指於是乎備矣。

定州復陽郝先生治易有年，所論著能推先儒之説而益發明之，卷首以乾坤二卦畫一圜圖，屯、蒙以後皆兩卦合爲一圖。先生立言，必澄觀有得而後筆之於書，非苟作者，然以經濟旁午發揮猶有所未竟。令嗣仲美進士手兹篇示余，泫然曰："此先中丞未成之書也，然手澤於是乎在，子盍序諸？"余於是嘆易學之難也，以大聖人生知猶有"假我數年"之説，況於後之學者乎？先生好學深思，間關羈旅皆具巾箱，而欻爾捐逝，造物者意留其緒以待後人歟？《史記》《漢書》兩家皆本先人志踵成之，仲美勉乎哉！余不及一拜先生堂下而猶及見是編也，爲序以歸之。

《胡太僕遺稿》序

公忤逆閹魏忠賢下獄事，往時劉千里先生蓋言其大都云。今讀公所爲《罪因》一册，公雖泉壤數十年，至今凛凛猶有生氣。噫！何其烈也！當逆閹亂政時，忠烈楊公受禍最慘，而黄、左諸君子皆血肉淋漓以死。

先是，許顯純者爲諸生，遇兵科給事某不避道，給事怒鞭之，許生駡曰："異日得志，盡殺諸朝臣。"及忠賢竊柄，收用爲爪牙，授錦衣衛千户，掌北鎮撫司，屠戮諸賢無虚日，東林君子有自沉以免於拷掠者。後因吴門顔佩韋五人憤周吏部之枉，擊殺緹騎，逆閹懼郡縣變起，逮捕稍稍緩，公以就逮歲月遲，故不死於鎮撫之手，然亦危矣。崔呈秀之憾公也，以路冲霄、宗珏、蕭文忠、李蒔諸宵小之譖，其欲死公也，以薊之不肯祠閹，鍛鍊坐贓，皆不足辯。其後忠賢、呈秀既死，烈皇詔戮屍以伸司敗之法。許鎮撫典刑，諸附逆者死徙略盡，欽定逆案播告天下。公巍然獨立，爲先朝骨鯁之臣，疇謂惡無報而善不可爲耶？忠臣義士遭罹非辜，往往詘於一時而伸於千古，小人貫盈伏誅，始之氣焰熏天者，一旦冰銷霧散，獨遺臭於青史，下逮里巷小説傳奇，田夫牧竪聞其姓名猶戟手唾駡不休，故曰小人枉爲小人也。

千里擅史才，所爲楊忠烈及公傳，其言可信今而傳後。千里，公甥也，兒時住公家，盡發公樓頭書讀之，後成博物君子，故渭陽之誼終其身不忘。余論公居官大節單舉忤閹一事序之，俾後之增修邑乘者得以覽焉。公諱士容，字仁常，萬曆庚戌進士，時官薊州兵備道。

居業齋文稿　卷二　序

《張長人文集》序

張君長人，曩修《楚藝文志》《江漢書院志》成，而中丞藩臬諸大夫設供張祖道黄鶴樓上，放舟歸，歸而著書藕陂灣，杜門不出且十年矣。壬戌余會試京師，則大司成新城王公、比部郎商丘宋公、詹事黄岡王公相見輒勞問張長人起居，司成、詹事，長人縞紵交；而比部者，嘗通守黄州，禮聘長人而館之雪堂者也。乃長人杜門藕陂，一切寒暄書牘久不至，其簡貴如此。宜興蔣公視楚學，雅知長人名，而長人杜門自若。蔣公試事竣，需次武昌，采録先大夫從祀鄉賢。檄下矣，長人乃具陳王父平武令治行上之，報可；則又疏邑之隱居有學行而宜從祀者凡四人，而千里劉君與焉。余束髮讀制舉文字，里中蓋有長風山社云。當是時，士方務經史實學，楚風之雄聞天下，而廣濟則千里、長人聲籍甚，然竟不售於有司而後先以明經貢春官也。迄於今兩君著書等身矣，其已刻者，劉爲《芝在堂集》，張爲《藕灣集》。長人之先公雪顛孝廉與先大夫友善，當公車時，先大夫嘗貸金孝廉所，已而孝廉卒，雖從行僮僕不與聞也，先大夫爲人言之如是。孝廉早卒，而長人績學砥行爲聞人，蓋千里劘切之力爲多焉。

余之倖冠南宫也，長人喜而作歌，逾年遺書京師，且曰："不佞今春秋七十有四矣，生平纂輯不腆之辭，編次總若干卷，蔣公既有序言，足下世交也，得無意乎？"余讀已而逡巡者良久，已而念長人布衣蓬蓽，垂老手一編不少休，其亦司馬子長之所謂窮愁者矣。然讀其所爲詩若文，往往渟涵迤邐陶然春夏鬱葱之氣，而略不見有牢騷侘傺焉者，何以故？則其得於道者深也。嗟乎！士患不能著書耳，窮與達又何足論哉。

《藉草》序

操觚之家耻言凡近，則必爲其滉瀁變化不可端倪者矣，書契以來其《莊》《騷》兩家乎？《莊》創體也，《騷》亦創體也；《莊》寓言也，《騷》亦寓言也；《莊》層見疊出無涯涘，《騷》亦層見疊出無涯涘也。微異者，蒙叟輕世而肆志，三閭大夫則惘乎有餘悲焉。太史公謂《離騷》兼《國風》《小雅》之旨，是故楚人之有《騷》也以續《三百》，殆爲宗子而傳之後世，則《選》之禰而唐人之祖也。迨名之爲經，《騷》於是乎不祧矣。

赤存毛君，楚人也，其治《詩》有年，今於《藉草》之自序而獨有取乎莊生，何也？曰："此亦悲思之所寓也。"其悲思奈何？曰："毛氏兄弟齊名者凡六人焉，孝瞻先生以甲科顯名天下，公闇、樸男中副榜，有聲後先相望，惟尊素、魯臣與赤存以布衣諸生老耳。"今赤存春秋高，巋然如魯靈光，身世之際殆有感焉。然有取於《莊》而不及《騷》，何也？曰："屈大夫君國之感，感之大者也。若夫升沉顯晦，一身之事耳，故以莊生之達觀者淡之。雖然，若此所謂《藉草》者，藉以存天壤間之人物，則與《騷》之君子、美人、詹尹、漁父、留夷、揭車、杜蘅、芳芷、菊之英、薜荔之蕊、九畹之蘭、百畝之蕙何以異焉？"噫！赤存蓋深於《騷》而不言《騷》者也，不言《騷》而《騷》已具，然則讀是編者其勿僅以爲毛萇之家學也哉。

《夢謝堂詩》序

前鄉貢士饒仁倩所著《夢謝堂詩》藏於家，且數十年矣。歲丁卯，余以于役黔西，返過里門，饒秀才起彝發篋鈔謄，屬余序。

余兒時聞仁倩及弟叔度並以詩名江漢間，仁倩舉於鄉而叔度以諸生老。乙酉歲，叔度過余江居，褐衣大袖，夾袋高尺許，芒繩貫之，皆詩古文草。其貌蒼而言質，余以故人子，傴僂唯諾惟謹。當是時，余年十六，里居，經喪亂，席門土銼，橫大石傍檐爲几，叔度拊几嘆曰："廉吏兒一寒至此！"茗飲罷，乃去。先兄告余曰："里中士大夫甘貧嗜學推饒氏近古，以故先大夫往時過從其家，相與商榷藝文，交最深。”久之，叔度卒，有子隆中曰卧侯，爲縣諸生，亦言詩，而其先集竟未有知者。起彝曰：“亂後散佚且盡，家塾所存者《夢謝堂詩》耳。”當明萬曆間，邑令君桐城劉侯燕及，起家名進士，與廣濟六七君子講藝無虚日，廣濟人士斌斌，《夢謝堂詩》蓋與劉侯唱和爲多云。仁倩服膺北地，偕計上公車，嘗攜載其書以行，蓋寢食以之矣，然機杼獨運自如其意所欲出。當其時，賢大夫主盟，枹鼓響應，肆其力於古，又戎馬雖滿天下未及近郊，敦槃好會，桑梓晏如，故其言鮮幽憂坎壈之氣。若叔度，晚節皂帽麻鞋，播遷泥滓，視仁倩則苦矣，乃其言又散佚，不及兹集猶庋閣以存。更數十年，讀兹集者但知仁倩耳，惡知少時齊名江漢又有叔度其人者乎？余是以把卷低徊，於世運理亂、詩文有没之際重有歎也，序以歸諸起彝。

起彝之考待庵孝廉有《晚照堂詩》，余嘗爲之序。先是，字汝順者有《待删草》極爲劉侯所賞。汝順者，仁倩伯父也。偕余兄弟言詩者有己亥進士軫中字翼次，詩亦成帙。又聞隱君木倩詩亦工，苦秘不以示人。蓋饒之多詩人如此。起彝其亟合家集以梓諸庶諸饒之詩不至淹没不傳也。

灌園詩序

灌園，故所謂詩老，與余邂逅潯陽江者再，而口不言詩，余心竊異之。及讀其詩，則真詩老也。夫老於詩而不言詩，豈以舉無可與言之人而默之歟？余微窺其意，似深患夫世之紛紛言詩者。

蓋古人學而後言，言亦言其性情耳，非欲以言立異於天下也。自黨同者出，於是乎有壁壘焉，有戈矛焉，而古人温柔敦厚之教遠矣。詩莫盛於漢魏三唐，人而其爲言，不相襲亦不相争。争者必有所不足於中，而徒欲勝人以言者也。言之紛也，各有不返之勢，而詩學以裂。名詩代不過數人，而影趨響附，招尋而叫呶者不可勝數，何則？便於不學耳。古人之學爲己而已，非蘄以勝人也。一有勝人之意，則必恃其言，言與言相角，事久論定，未必終能勝人，而其言之形於書者天下後世皆得而見之；夫天下後世卒不可勝，則其勝人也亦蹔耳。是故學莫大於爲己。己誠學矣，則不暇與人角，此不但詩而詩其一也。

灌園詩孤行立一意，無希乎當世之名，非所謂不襲不争者歟？灌園聞余言，以爲庶幾古之學者，遂欲載諸編首，余固不能詩，又豈能言者乎？滋愧矣。

《康谷子集》序

康谷子嘗有茂陵消渴疾，其友人黄岡何子韋長謨暨弟緘仲謙歲時勞問不絶，念其羸瘦不揞牀，炎暑不耐茵褥，則買藤牀馳送宅上安其寢。當是時，生理奄奄垂訖矣，然猶萬一幾其不死也。居亡何，竟伏枕藤牀以死，於是挐舟三百里理其後事，咭其孤嫗，畫其衰親，無弗至焉。已，又發篋鏤刻其生平所爲詩，曰："吾求其生而不得矣，使天下後世讀其詩者慨然想見其爲人，人不與骨而俱朽，即雖死如生也。"

嗚呼！友誼至此雖管鮑何加？然叔牙之知敬仲，當其亡恙之年冀其大有爲于天下耳，康谷子則已矣，何子又奚望焉？望已絶而施不替，何子以爲朋友之誼在是夫！惟吾不死，吾死友而後死之責乃盡。嗚呼！巨卿元伯之情其類是耶？康谷子詩余不具論，論其友；微此友今安所得《康谷子集》而讀之？然微康谷子又惡能取此友也？明嘉隆間，吾邑詩學方興，古體言漢魏，今體大都以少陵爲鵠。是時蛙鳴蚓竅，未尸壇坫，草莽知名士往往有實學。康谷子限於年，猶未究厥詣，然所著《説鈴》具見詩家要領，後人把玩是集亦可以覯世矣。

康谷子姓劉諱養微，字敬伯；有弟養吉，字修仲，亦攻詩。

《榛苓遺草》序

鄉先輩楊舉人之卒也，吴黄門刻其生平所爲詩，顔之曰《榛苓遺草》，而惜其不壽。余讀之而反其説曰：黄耇、台背没世而名不稱，壽於人亦何益哉！伏生、轅固之稱也以經學，馬伏波以武功，顔太師以精忠大節，是之謂身與名並壽。王子安、李長吉之倫，到今猶在人口，身壽有盡，名壽無窮也。然則舉人又何恨焉？康谷子哭舉人詩凡七章，有曰"浮雲西北馳，江漢東南流。蘭蕙一以殞，不如蒿與芻"。酒壚笛韻，殆不勝情矣。然舉人之卒以二十九，康谷子亦三十有四而徂,兩家集歲久散落,余購求漫漶殘編,爲重鐫之。於是歎人之虛度歲月,碌碌無所短長爲可惜,而能自樹立者直超然於壽算修短之外也。

舉人諱大鰲,字用極。子諸生晋,二歲而孤,弱冠以詩鳴,有父風。

黄大象詩序

黄秀才大象者,名鉉,一字鼎玉,廣濟縣之龍坪鎮人也。白石先生以明經有聞於鄉里,大象蓋其從子云。白石下世,子若從子,孫若諸孫,匯行鄉校者凡七八人,而大象獨攻詩。當是時縣有長風山社,科舉文字甚盛,劉先生千里操枹鼓爲長,數招致大象入,大象逡巡不果,顧時時過從千里問詩學。於明人酷好李獻吉,然其所自爲詩亦未嘗沾沾規模獻吉也。

黄故素封,遭運艘檥江干,篙工入市觀劇,有廬兒與哄,由是以訟破家,家徒四壁立。獻賊據縣城,游騎走掠江上,數千家一夕燼,而大象四壁亦燬矣,走隔岸洲居。聞獻賊破江夏,倚席門側,弁而哦詩,酸楚至不可讀。與人居,抗顔論天下理亂之故,語至左良玉豢兵逸寇戲下兒,所過焚掠慘於賊,輒髮上指,頞顣憤不欲生。口故吃,憤至益期期不絶聲也。初補學官弟子員,冠巾過市,必張蓋,冠履都雅,商旅往往詫爲官人。亂後,一二蒼頭財給薪爨,蓋不具矣,則不出。報謝故人黎明走長堤道,不然或以夜。其爲人少所可,視闤闠齪齪諸生若將浼焉。

父山吾翁,市隱。弟人長,綏以詩游江湖,客東南諸將軍幕府,垂老而歸。郁文秀才,綸守萊田,用筆耕,應租賦。人長客遊時,鞠其子若己出,宗族稱焉。人長、郁文今有孫,大象獨殘稿在耳,念之愴然。同邑寇山人詩名且遍天下,而大象蠖伏窮巷以死,死之日年纔三十四。人亦有遇有不遇也夫!

寇山人集序

赤嶼迤東可三百里,古鴻腦洲地,一曰龍阬,今龍坪也。當明嘉靖時,有寇山人以詩鳴。山人名學海,字巨源,其詩爲《二餘齋集》。序《二餘集》者爲漢陽蕭太史、京山李宗伯、沔陽陳廷尉,而東萊原公蔡衷叙山人交游爲最悉,其言曰:“山人遍游名士,執牛耳:蜀人張肖甫、蘇以時,越朱秉器、余君房,梁張助甫、劉子玄、李襲美,金陵李惟寅、柳陳甫、李汝藩,晋王明甫、朱惟襄,燕張叔廣、趙夢白、李仲仁、郭華伯、梁見心、金衡卿,秦康子秀、南子興,閩袁景從,楚吴明卿、丘謙之、周元孚、梅克生、伍子謙,同縣張子龍、湯惟尹、劉寬伯,皆山人昆弟歡也。蓋山人嘗楗户盤山凡五年而後出言詩,一時公卿争引爲上客。晋慶成王使人抵山人所曰:“不穀願交歡寇先生。”山人辭,使者三至,乃往,南向坐,王敬禮山人殊於他客。以是山人名逾高,所過迎勞饋遺有加禮。而山人性不羈,槖中裝,興至輒傾倒立盡,於是轍迹且半天下,而山人之豪宕極矣。倦游歸,二餘齋徒四壁立,而名士過從累日夜不絶。其卒也,停柩淺土。萬曆中,桐城劉侯湇水令廣濟,讀山人遺集,爲遷葬縣東郭畢四嶺,伐石表其墓,搜其詩刻焉。

嗚呼!風雅之盛,倡於館閣,而泉石隱佚亦往往有異人。長沙李文正公興,起詩教弘正嘉隆間。士大夫枕籍《騷》《選》,務爲大雅之音;即布衣好古亦裒然有以自見於當世,蓋風教漸摩使然也。然文長次梗坎坷囹圄,茂秦遨遊七子而交亦隙,未若寇山人則可謂遭逢獨盛,善始而善終者矣。詩集鈔謄訛缺,余爲丹黄存之,以俟他日彙刻楚詩者采焉。

《耕雪灣稿》序

昔唐以詩取士,士之通顯者非詩末由。然亦有工詩而窮者,孟襄陽游京師,失意於明皇,遂歸隱鹿門不出;賈浪仙名噪長安,僅得一長江主簿。若二子者,可謂窮矣。其舉進士不第而猶不窮於隱居者,陸魯望也。魯望居甫里,有田數百畝,有屋三十楹,置茶園顧渚山下,取租自給,買一舟,齎束書、茶竈、筆牀、釣具,時謂江湖散人,若此又何羡於通顯者乎?

里人吴鳳梓,少時雅好游,東南登金山、鳳凰臺、牛首、三茅觀、錢塘潮,北渡黄河,登廣武,然不至京師輒歸,歸而隱居釣童山下數年,偶乘興鼓柁至鴻腦洲邊爲寓客。其如魯望者，書一束耳。魯望不喜與俗人交，雖造門不肯見；鳳梓之門無造焉者，鎮日手一編，巡檐而哦，夜燈熒熒常達旦，如是者數年，人鮮知之。

余于役黔西，旋里，兒侄輩言鳳梓狀，余曰："此古之狷者。"又聞其課兒，且誦且灌園，益賢之。今年夏五，鳳梓既和余南征，詩十首，復出其所爲《耕雪稿》屬余序，其稿爲顧徵君黄公所定。余覽竟，告之曰："窮達，命也。唐人中達而椎者不具論，其既第而風流可睹者吾得一人焉，少陵所謂孟子雲卿是也。雲卿仕校書郎，歸遊江湖，製三舟，一自載，二賓客，三飲饌，與布衣焦遂、進士孟彦琛置女樂一部，舟中奏清商曲侑酒。倘異日者余若有泛舟之樂，共載者必鳳梓也。"顧焦遂僅以飲仙挂名少陵集中，孟彦琛不復有聞，二子皆無詩名於當世。鳳梓則自以詩名，豈待孟雲卿之舟而後有聞乎哉？

《詹氏族譜》序

宗法廢，人心涣。萃涣莫如族譜，仁人孝子於是盡心焉。譜也者，溯世系、叙昭穆、詳婚娶、志生卒年月、紀冢墓山川、書德行、道藝、節義、事功、文章暨科名、閥閱、爵謚、誥命之光榮，亦《周官》小史所掌之遺意也。自聯宗之俗成而譜亦不可問矣，大率以勢位富厚爲的，往往折行輩，不難退處於從子童孫之列，乃至韋布藿食之宗人族老，則塗人視之，求禮所謂祩席受下觴酒豆肉受惡，亦勢有不能。嗟乎！風俗至此，古人所稱無忘其先人之所自出者安在乎？

余讀詹氏家乘而歎古道之猶存也。詹故姬姓，周宣王支子文食采於詹，子孫以邑爲氏。黄岡之詹則自明翰林學士承旨公同始，而都御史吏部尚書公徽趾美焉，到於今遠而彌耀矣。劬廬司鐸黄陂，於官舍修譜既成，其弟陟園書來屬余序。余嘗覽歸太僕志詹仰之之墓，略言詹氏出於詹侯，其後有詹父、詹嘉、詹何、詹尹，而唐宋間有奉忠公五大將軍以忠勇秩於祀典，今爲休寧五城之詹，乃知詹族之蕃滋皆以周宣王爲始祖，周之明德遠矣哉。

黄岡詹之先賢具在《楚通志》《郡志》《縣志》《文獻録》，爰及苗裔，賓興之書絡繹天府；選造之籍蟬聯南宫，庠校章縫，濟濟焉，彬彬焉，盛矣！今譜之凡例簡而該，其爲言也質而覈，支分派别，薈萃成編，信者登之，疑者闕之，誠詹氏之信史哉。宗法之難行已如井田封建，而族譜載筆得一二質行君子簡嚴以爲之倡，則古道其猶可復也夫。

《翟氏族譜》序

翟爲廣濟著姓，其父老相傳一切遵考亭家禮，凡委巷所爲巫覡祈報、緇黄經懺、畫像革鼓、銅鈸管簫之屬，無過其門焉者。惟是伏臘祀先，冬至清明上冢，冠，取妻，告廟，士入學，諸生廩貢，鄉舉，少牢展墓，周旋磬折，咸有先民遺榘，余嘗爲鄉人稱道之。

至是威九以譜屬余序，告之曰："譜之贋也，塗人而諸父伯兄矣。夫棗梨何知之有？筆注墨瀋則登之，傳及苗裔，乃塗人是親；而受姓命氏之初茫如也。今夫聚族而語，方仁孝是務，而以簧鼓爲之招，毋乃不可乎？史稱萬石君家，不言而躬行，齊魯間儒者遜謝以爲不可及。然則舍考亭家禮而華僞以趨者聞翟氏之風，其亦思敦本而尚實矣乎？"威九曰："先君子之叙譜則有詞矣，又拜君子之賜，其什襲藏之，用詔我後人。"載告之曰："諺有之，'參天之木，基於萌芽；浴日之濤，肇於涓滴'，言有初也。"翟之世澤不但萌芽涓滴而已，參天浴日其在後人哉。遂書之以爲序。

廖贊侯詩序

廣濟有前明縣學生廖贊侯者，名必科，自其大父、父居龍坪，世爲龍坪人。贊侯髫而慧，書五行俱下，然詰以訓故輒喑無以應。年十七補學官弟子，歷試有聲，然益遺落世務，而豪於飲。督學無錫堵公胤錫奇其文，試高等。是時有同里盧生應模試第一，前學生廩缺，兩生以次並當補，而兩生者日酣飲弗之問，遂不得補。

其後陝西李公可喬視楚學，奇贊侯文如堵公，乃餼於學。贊侯爲制舉文字大都如李長吉之爲詩，語不驚人不出闈。試屢蹶，結茅屋授徒。其授徒也，刮膚抉髓，辨析極於秋毫，曰："才士第有不猶人之語耳，理則布帛菽粟也。"以是從遊者恂恂按繩墨，鮮跅跎焉。年四十，摇首謝同人曰："祝嘏之詞不願聞。"余爲七言古詩以觴之，戲言："君以侯稱，剖符安在？奈何尸此空名耶？”詰朝執手笑曰：“獨廖生也歟哉！且去年省試，船及巴河，中流濤浪幾覆，捩柁者無人色，而我手把書卷晏然自如，當此之時身且置度外，而何有於區區之榮名乎？”余聆其言以爲達。晚節文漸馴，然竟不得志。飲酒亦漸減，斗許徑醉。醉賦詩，秘之笥中。門下陳秀才起鵬足於財，挈笥去，且授梓工。居亡何，起鵬病没，其兄哭之痛，火其藏，廖集亦與俱爐。嗚呼！古人著作往往藉手門徒以傳，而廖集乃没於門徒之手，豈非命也哉？

子應瞻，今爲縣學生，收拾零編乞余序，余感念舊遊縷縷及此，大蘇有云：“讀魯直詩如見魯仲連、李太白，不敢復論鄙事。”夫詩亦期可傳耳，篇什少多又何論焉？故序而歸之。

《梅浦軒詩》序

吴膚公先生諱敏功，明太常少卿長子也，由恩貢除四川南谿縣訓導，署合江縣事。性倨不能事上官，日送迎僕僕道左，憊甚則脱冠弛帶歎曰：“陶公地下笑人。”遂投劾歸。

當是時，流寇蔓延楚蜀數千里，而廣濟縣無城，富人有築層樓以御寇者，先生亦如之，樓垂成而財力已竭，縣人號曰“空亭”。寇薄黄麻間，縣人迸山谷結砦，先生率仲季弟僑寓蘄州城。蘄州士大夫方日夜酣飲爲樂，官兵兒戲，而賊鋒不可當，所至如破竹。城陷，先生妻暨家婦幼子一夕都盡，長男兆崑秀才賊縶去，先生獨身跳，得舴艋，下龍坪，渡江以南。有“七口一時沉江水，隻身百里竄蒿萊”句。新洲依先兄所。先兄，先生子婿也。兄嫂前寓蘄州，先宜人憂亂，趣令東歸，得免於難。嫂慧，通書史大義。侍先生，從容言：“逝者已矣，大人奈何不爲守祧計乎？”於是先生繼室武，居亡何，有身，幾幸産一男子，彌月女也。左良玉反，武昌樓船蔽江下，先生走石港山祖居，山下人團聚羅山寺，互爲守望。北兵奄至，先生闔寺門，敕蒼頭雜土人鉏钁禦之。日晡，引退，土人慮兵再來，吾屬且無噍類，踉蹌走湖澨，團遂散。已而先生道遇兵，斫左臂，赴水死。亂定，宗人收葬焉。其生平所爲詩曰《梅浦軒集》，從弟敏材鈔謄什一存於家。

嗚呼！家毁於賊，身殲於兵，先生之禍烈矣！造物又弗令有後，其不與骨而俱朽者祇此殘編耳。阿弟攟拾之勤惡可少哉！人有坐視其父兄之纂著散亡、名氏磨滅而漠如，行路者抑又何心也？

《赤壁志》序

黄州之有赤嶼山，《桑經》酈注備矣。經曰："江水又左徑赤嶼山南。"注曰："山臨側江川。"經曰："又東徑西陽郡南。"郡治即西陽縣，注曰："《晋書》地道記以爲弦子國也。"山之紀載章章如此。蘇公賦乃及周郎戰曹孟德事，即《經》"江水左徑烏林南"注："吴黄蓋破魏武於烏林處也。"

夫博物如蘇公，豈於《水經注》而忘諸？蓋《前賦》寓言耳，《後賦》"江流有聲，斷岸千尺"，"山高月小，水落石出"，後人諷之，猶如公灑翰雪堂唱"大江東去"時也。公言語文章妙天下，所過名山大川咸賴之以不朽，西自岷峨，東至陽羨，北中山，南儋耳，館閣中州，京華紀述都遍。而赤鼻以兩賦特聞，公之之黄，豈惟黄人賴之？抑亦赤嶼之幸也。其賦以元豐五年壬戌之七月、十月，其量移汝州以元豐七年甲子之四月，到於今逾十一甲子矣。縉紳章縫之産於黄者，中朝士大夫之官於黄者，四方騷人學子之客於黄者，登臨題詠無虚日，蓋自二賦啓之也。

赤嶼舊無專志，河東賈大夫守黄始爲之，垂四載志成，山水、亭臺、祠宇、人物、題畫、金石、藝文，犁如也，燦如也。大夫以治行遷陝西按察副使以去，其治黄也，爲是志乃創前賢所未有。夫端明之在黄也，不得行政以惠我國人，徒以詞賦爲光寵；大夫則吾父老子弟既身沐其治化，而又高文巨筆爲江山大發其英華，則黄人之於大夫，自此以至於千萬斯年其與端明俎豆同有千古更當何如也？讀是志者，其不以余言爲然乎？

《徐氏宗譜》序

余覽觀《徐氏宗譜》，犁然有當於心焉。世家紀晰如也，統宗括如也，世表燦如也，家規肅如也，階仕世德煌如也，遺迹墓道祀典藝文秩如也。鼻祖斷自隋代，不復景響傅會邃古。孝穆世系纍纍若貫珠，而廣濟以中夫爲始祖，其義覈。成章官廣濟，當縣治肇建初，爰隸籍焉，是庚桑子之畏壘也。居書其閭，遷書其次，庠書其經，貢舉書其歲，官書其階勛事實，男書其孝子順孫，女書其貞婦淑媛，生卒書其年月日時，婚姻中表書其地望。家乘淵乎備哉！

余嘗搜討前明《實録》，洪武四年正月壬辰，河南府知府徐麟以母老，居蘄之廣濟，請終養。詔改麟爲蘄州府知州，俾就養其母。《縣志》書事在三年，要當以《實録》爲據。用此見開國帝王孝治天下之典，而徐之邀異數於朝廷，實三百年士大夫所未嘗有也。夫汾陽富貴極天下，而膏粱饜沃子弟椎而寡文；令狐相公子不好圖籍，詞人即事規諷，終鮮虚受之色。徐則用后倉之學專門名其家訓，故爛焉。彼夫行不稱學，君子譏之。以余觀於徐之家廟家箴，何其莊恪而整齊也！古人有言曰"積厚者流光"，徐之世益大有以哉。秀才之瑗、侯復徒行六十里來徵余言，余翻其譜既竟，曰："此家之良史也。"於是捉筆而爲之序。

《草窗遺稿》序

蓋予自伯氏之没，哭之而不能詩也。已而思伯氏生平所爲詩，則使人走故園索之草窗。草窗者，伯氏讀書處也。方是時，諸孤閔閔苫塊中，而澐、洙尚幼，獨濂與濟、江三兒檢笥而鈔録之。於是留其舊本而以鈔本遺余，余手之而不能讀也。久之，爲洛、汾兩兒追述少時余兩人煢煢孤苦，侍先太宜人事，及更歷亂離奔竄於山箐湖島，落魄於村莊野店，短褐敝裘，殘杯冷炙種種艱辛之狀，輒舉草窗紀事詩爲證。

嗚呼！伯氏之於詩，其亦歐陽子所謂"窮而後工"者歟？夫人生百年，親戚故舊死生聚散觸目而愴懷者何可勝道？而其間又有不幸負氣自豪，落落無所表見而齎志以死者，蓋尤可哀也。伯氏爲詩垂四十年，西遊關陝，東走維揚，挂帆蠟屐，興復不淺。嘗語及余輩渡黄河，望太行王屋，歷梁宋陳鄭蔡魏趙代之墟；涉滹沱易水，以放於燕山，慨然嘆曰："壯遊哉！"迨餼滿學宫，束裝且就道，而溘然長逝矣。

嗚呼！余尚能讀伯氏詩哉。伯氏《詠史》詩常單成一册，今散矣；又嘗裒集明史軼事，竊比《西涯樂府》以攄其胸中抑塞磊落之氣，今已矣，而篇目亦不存集中。存者四十年來所爲之百一耳。嗚呼！“開篋淚沾臆，見君前日書。”余何人也？而能讀草窗詩哉？

《桐城潘氏族譜》序

凡譜系本欲其壹也，圖繪欲其釐也，列傳欲其覈也，誥命碑版欲其有依據也，士大夫贈言欲其無溢美也，父老謨訓欲其可則效也。

言姓昉五帝，見於《春秋》者二十有二焉。自諸侯賜卿大夫以氏，而公子、公孫、孫之子支分派别駸遠，其初則弗壹也。姓氏之稱，龍門混而爲一，賴直下旁行不至淆訛耳。表王氏者云周靈王太子晋後，而莽乃祖舜；竇氏古無所本，爲之説者引逃出自竇生少康，少康次子居有仍，遂竇姓焉，則弗釐也。傳以傳信，若網之在綱，有條而不紊。魏蔣濟《郊議》稱曹出自邾子建，作《武誄》曰：“於穆武王，冑稷胤周。”①是又姬姓之後，以國爲氏者矣。若此者覈乎？古者食采，各有分域，揚雄之揚在河汾之間，《反騷》云：“有周氏之嬋嫣兮，或鼻祖於汾隅。”厥後楊與揚通，若是者奚所依據乎？神聖之後，光遠有耀，而《元史·孔思晦傳》：“五季孔末後嗣以僞滅真。”不有廟碑，其能保贈言之無溢美乎？顔柳家訓：念祖德，警頽風，戒懼兢兢。若崔盧李鄭地望潤色，用作青紫階梯，其果可則效乎？

宗法廢而恃譜，譜學興而復滋弊。老蘇所謂“仁孝之思油然而生”者幾何？操觚家蒿目而思救之，豈不難哉？以余觀於桐城潘氏譜則壹矣，釐矣，覈矣，有據矣，無溢矣，可則傚矣。蜀藻，良史才；縣志既葺，爰及家乘，仙草論篤而意誠，屬余言，余不佞，惡能爲役？且先達諸公在前矣。惟是僭爲發凡起例，用復大命云。

《陶氏族譜》序

廣濟縣靈東鄉陶家之有顯人，自總管始也。總管名世安，字子遠，一字菊隱。當元之時嘗節制蘄郡，已而歸田以叢菊老鄉里，名其地爲陶家塘云。余考元朝官制，諸路設總管府，達魯花赤之下爲總

---

① 冑，當作“胄”。

管；總管之下爲治中、同知、判官；散府則達魯花赤之下置知府或府尹。紹興、杭州多有總管廟，皆是昔守郡者之生祠。

夫總管之官亦大矣，而世安飄然去之，意其人必憺於利禄而以廉潔居官者。元末郡縣吏多墨，民窮盜起，史不勝書。其開國之初紀綱整肅，吏猶守官箴焉。傳曰："論其世，知其人。"可忽乎哉！總管爲陶五世祖，其始遷廣濟者曰汝明，故都昌左蠡人，以靖節徵士第二子曰俟者爲鼻祖。靖節母夫人孟，鄂縣孟長史萬年第四女，具載徵士所譔《孟府君傳》。蓋陶中外譜牒班班可指數，異乎世之傅會而失其真者，故可觀也。昔長沙公侃都督八州，勛在王室，於徵士爲曾祖。當時功烈未嘗須臾忘之，劉宋革命，彭澤解組，追北窗高卧，自謂羲皇上人，然猶咏荆軻以見志；靖節在國在家忠孝有如此。五男兒左右就養無方，用筍輿承歡膝下，視萬石家孝謹不更難乎？

余嘗謂出處之際可以觀人，柴桑潔身於晋之末造，而菊隱勇退於元之初年，其取於造物者甚約，渟涵藴蓄若有待焉，後之人聞其遺風餘韻當有興者，余以是知陶宗之方大也，故爲之序。

居業齋文稿　卷三　序

詹氏明良世翰序

明太祖定天下，帷幄侍從之臣惟劉、宋、詹、王恩寵爲朝右冠。亡何，忠文死王事，青田以論淡洋地奪禄，浦江用孫慎累安置茂州，卒於夔，而詹公獨以文學入直承明之廬，蒼顔皓首，宸眷弗衰。嗚呼！何其盛也！夫君臣遇合，靡不有初。留侯、鄴侯勇退於功名烜赫之日，至辟穀採藥托神仙荒唐之説以謝人主，蓋善始善終亦難矣。公嘗奉詔訪求古今書籍，藏秘府，資覽閲，總裁日曆，成，凡五卷，奏名《皇明寶訓》。厥後，歷朝大政、史官記録，隨類增入，遂爲有明不刊之典。穆叔所稱三不朽，立言其一焉，公足當之矣。尚書祗承家訓，踵武登朝，上以其奉職公勤，詔有司復其家，嘗曰："都御史詹徽剛斷嫉惡，不容奸僞。役吏髮蓬面垢，容愁肌瘦，不得肆其貪。"其受知聖明如此。尚書子洗馬紱爲尚寶司丞，有聲；從子中書舍人希原，書法兼歐、虞、顔、柳，凡宫殿、城門牓題，皆出其手。是皆國史所載犖犖大者。余嘗承乏史官，與修《明史》，故識之。若夫家乘之所傳録，則世世子孫奉爲琬琰矣。昔班孟堅叙傳曰："家有賜書。"後來讀者以爲榮。李文饒平泉之一木一石誡子若孫以善守，則通人譏焉。學士公既以鴻文遇主，爲後人之鵠；而今之紹其緒者績學好古，余且以似續之業期之矣。

張侍講小題稿序

石虹侍講，初教諭江夏，與武漢間學子論文最久。已而成進士，官翰林，出典浙江試，視學江南，其精神材力未嘗須臾不在文字中也。歸田以來，鏤刻所爲小題文百篇，爲來學式。余覽之，籍籍稱善。

夫文以辨體爲先務也，吕相《絶秦》、韓非《説難》、李斯之《諫逐客》、魯仲連之《遺燕將書》、《莊》《騷》之千變萬化，不可端倪，皆天壤大文也。若施之亭臺丘壑，則韓柳歐蘇之言爲宜。夫韓碑、柳雅、歐蘇兩文忠廟堂著作，豈不炳炳麐麐，有典有則？至於亭臺丘壑則若彼，何以故？體固然耳。世之應試作小題者，往往支離曼衍至於不可收拾，其人皆負才名，第按諸先輩大家之法則有間焉。題位本虚也，而顧實之題脉尚留也；而已竭之題之渟泓苞蓄，正如春山之鬱鬱葱葱有佳氣也，而斧斤伐之；如曲水之逶迤瀠洄無盡藏也，而桔槔擾之。其於體也，不已戾乎？《史記》書楚漢之戰，本諸《左傳》叙述晋楚諸陳法，而氣象雄闊，後來居上，乃其作贊語，繩削鮮溢詞也。范史爲贊，沾沾自喜，以爲丘明復出；然駢麗瑣碎，大失史家之體。由斯以觀文章之化裁限制可苟焉而已乎？

石虹甚愛乎天下之有才人也，第欲其循循秩秩相與爲榘矱之言，毋徒鹵莽滅裂以之於無何有之鄉，是亦辨體之深意也。夫學者息心静氣，澄觀而有得焉，則庶乎善用其才而不盡也矣。

贈德化兩萬生序

德化萬生遠涵，受知德安令李使君冠一邑。使君起家進士，山右世家也。關西楊侍御視學政，納卷一夕，詰朝而士之去取以定。遠涵於是偕從子虞覲補縣學秀才。人趣余一介行李走豐城學，爲又月先生賀，余告之曰："賀必以言，言而沾沾。兩秀才是慶，是委巷之言，而非又月之所樂聞也；又月之所樂聞者，言其人材之所由興；而余之所當言者則曰人材之興視乎學。"夫學，豈科舉文字之謂？科舉文字，學中之一事耳。自委巷兔園册子，專以科舉文字爲學，經史遂束高閣。而先王養士造士之學廢，小試例用小題，歇後巧搭，割裂聖經，率童子以骫骳爛熟，而先輩大家科舉之學亦廢。嗚呼！學至此，人材尚可問哉？兩秀才自今無小試之患矣，法當專講科舉之學。而余曰："否！否！士之有志者嘗卓然獨立于舉俗群趨之表。鄉試三年一舉行，竭材力于先王之學，而兼攻場中科舉之程文，由學而爲文則言有根柢，而其人爲不負科名之人，天下人材之興由此始。兩秀才士之有志者也，又月藏書之富甲於江州，發其五世以來庋閣之書，敕子若孫爲閎覽博物之學者，江州文獻之望於是乎在。余故爲《志喜詩》往挂諸聽瀑書齋之壁，而非若世之沾沾以秀才爲賀者也。且秀才之名亦豈易副者乎？唐制科有六：一曰秀才，二曰明經，三曰進士。《舊唐書》：杜正倫一家三秀才，甚爲當世稱美。唐《登科記》：武德至永徽每年進士或二十餘人，而秀才止一人二人，秀才之難如此。今者秀才之選即不古若，而士誠有志豈得無才？奈何徑以不學之身峨然襟帶、旅進旅退以爲光榮也哉？遠涵弱冠能詩，工楷法；虞觀亦如之。聞是言也，夫亦早夜孳孳蘄勉進於學而弗容已矣。

《桐城馬氏宗譜》序

桐城之有馬氏自文學始也。文學諱驥，六安州人，當明永樂初游學桐城，贅於馬，遂馬姓焉，故趙姓也，遷桐城百餘年，數傳至太僕公，成萬曆戊戌進士，令分宜；入爲御史，累官至太僕卿。太僕公孫兵部公舉崇禎庚辰進士，令陽江。入本朝知定陶縣，課最，擢主事兵部。其卒也，定陶人思之，爲請祀名宦。兵部公二子：我師檀石先生暨弟屏庵也。檀石先生以康熙己未舉禮部第一人，選庶吉士，尋授編修。而兄弟子侄之起鄉庠國學者彬彬且數十人，蓋文學之世澤遠矣。先是，屏庵輯宗譜未竟，令子伯逢、仲昭皆高材生，今纘成之。列圖表、世繫、傳，凡生年、科目、婚宦、卒葬及姻戚族氏，犁然可考，其言質而核，有條而不紊。師以示德嘉，且曰："先太僕甫釋褐時，請復趙姓，疏且上矣，會夢寐中若或止之者，未果。號'六初'，所以志也。"德嘉讀已而復於師曰："春秋傳言因生賜姓，胙土命氏，及以字以氏以官以邑數者而已，後之得姓者凡三十有二類焉。傳記所載，不可勝數。班史稱：夏侯嬰初爲滕令奉車，故號滕公；及曾孫頗尚主，主隨外家姓，號孫公主，故滕公子孫更爲孫氏。此其事與文學相類，夫顯於桐城亦猶顯於六安也。"

康熙二十六年，德嘉于役黔西，既竣事，還道桐城，登師之堂，圖書彝鼎皆數百年物；長老古貌莊敬猶先進遺風；諸少年績學，善屬文，而謙退若不勝衣；即童稚出拜揖，亦皆雍容嫻雅，舉止若成人。桐城人稱里中族姓親睦家法可爲楷模者無逾馬氏。德嘉動容，嗟歎久之，雖萬石君里門何以加焉！然史於石氏，第言其醇謹而已。奮當孝文時，官大中大夫，無文學；慶備員丞相，在位九歲，無能有所匡救。若太僕公，正色立朝，劾貴相，捕妖人，請神宗御朝聽政，召用鄒元標、趙南星諸名臣，疏滿朝薦、王邦才諸清白吏滯獄，議出楚宗之株累高牆者，定晋藩世子之嗣立，按部山東，折福王之請莊田及舟行騷擾，人以爲難。而熹廟時，忤魏璫，與東(陵)[林]諸賢同削奪[①]；左中丞被逮，親故大都竄匿，而公獨周旋左右，竟以孫女許字其孫之乾。當是時，周、魏以此罹禍，而公獨奮不顧。崇禎改元，東(陵)[林]諸賢起復[②]，掌銓者公素所論劾人也，欲得一書問輒修好，而公絶弗與通，此其犖犖高行，豈人所能及者？兵部公治定陶，焚冤獄簿，活數十百人，使得大行其志，其竪立亦豈出同卿下？我師爲史官，飯粗衣惡，數年如一日，遺落世務，肆力於古。以是知馬氏之熾盛且未有艾，而文學之始基於桐城，亦可謂光遠而有耀矣夫！

《左傳紀事本末》序

《漢藝文志》有《春秋》古經，然夫子所修之《春秋》世所不見，而自漢以來所編古經則俱自左、公、穀三傳中摘取經文，名之曰《正經》耳，《春秋》三傳本與經文爲二，而治三傳者合之。先儒務欲存古，於是取其已合者復析之，命之曰《古經》。三傳中所摘取之經文既有異同，復有增損矣，擇其差可信者言之，則左氏爲優，蓋公、穀直以所作傳闌入經，而左氏則經自經而傳自傳，故劉子駿曰："丘明親見夫子，好惡與聖人同也。"巽岩李氏言："左丘明將傳《春秋》，先采集列國之史，國别爲語；旋獵其精英作《春秋傳》。傳成矣，而先所采集之語草稿具存，時人傳習之，號曰《國語》云。"

宋胡文定公安國奉旨撰《春秋傳》，其書按左氏義，取公、穀之精者，採孟子、莊周、董仲舒、王通、邵堯夫、程明道、張横渠、程正叔之説以潤色之。先是，王安石欲釋《春秋》以行於天下，一見孫覺《春秋經

①② 東陵，疑當作"東林"。

解》，自知不能出其右，遂詆聖言而毁之曰："《春秋》斷爛朝報耳！"文定序略言：近世《春秋》不以取士，庠序不以設官，經筵不以進講，則王氏新説實爲之。蓋五傳惟胡傳尤拳拳於天理人欲之坊，憂患深矣。眉山李氏有言：司馬遷謂《春秋》文成數萬，張晏曰才萬八千字，遷誤也。細數之，萬八千字更闕一千四百二十八。字數最易見者尚爾錯誤，何況聖人筆削之旨乎？《文獻通考》書目夾江勾龍，傳明甫撰《春秋三傳分國紀事本末》，而後溪劉氏序之。自東周而下，大國次國特出，小國滅國附見，不獨紀其事與文，而兼著其義。

吾師桐城編修馬先生，好學深思，憾此書之不復見，於是毅然爲之，書已有稿而不幸捐館舍。仲子霳過余以爲言，余告之曰："昔《史記》《漢書》皆肇於其父而子成之，遺書具在，後人之責也。"仲子曰："諾！"瀕行稽首曰："敬拜君言之賜。若以先君之靈，汗青有日，即載君言簡端以爲序。"

馬先生詩序

桐城馬先生，吾師也。用《尚書》起家，冠南宫，成進士，通籍爲史官。其爲學，精於《易》而閎肆於《詩》。其言詩也，往往後聲格而先性情。嘗言："風雅頌而後，爲《騷》，爲《選》，爲唐人古體、今體詩，聲格屢更矣，而孔子所謂興觀群怨、事父事君者仍於是乎在，則奈何舍性情而言詩哉！"蓋人之性情如其面，不能强同久矣，無暇多引，即詩家並稱者：一曰陶謝、一曰韋柳、一曰元白，可提論焉。陶公卷舒任運，視一官如敝屣，東籬采菊，悠然見南山，自謂羲皇上人，謝能然乎？韋公性高潔，少思寡欲，所至掃地焚香而坐，柳能然乎？白公坦懷應物，與人無城府，江州司馬之謫，洛陽耆英之會，超然塵外，寵辱不驚，元能然乎？古來詩人性情之不同，槩可覩矣。

先生性情，於柴桑、蘇州、香山三公殆有近之。居長安窮巷老屋，要人轍迹都絶，擁插架書，矻矻如布衣諸生，人不知也。南歸里居，有園曰"怡園"，有堂曰"萬柳"，杜門謝客，篝火翻書；興至則蒲帆小艇，徜徉江湖，訪一二故人於泉石間，樂而忘返。其爲人大都如此。知先生之性情則知先生之詩矣，而先生生平精力所注要在《易》，往年羅致荀諝、虞翻、王輔嗣、漢上朱氏、眉山蘇氏、瞿唐宋氏諸家言，與程《傳》、考亭《本義》參伍錯綜，期勒成一書，書未脱稿而卒。嗟乎！夫人於利害、攻取、進退、存亡、吉凶、悔吝理順冰釋而絶不凝滯，非深於《易》學而能然乎？先生詩不多作，作亦不存草稿，伯子霄、仲子霳攟拾若干首，屬余詮次並作弁言。昔楊子雲草《太玄》，作《法言》《訓纂》《州箴》四賦，於時人皆留之，惟劉歆、范逡敬焉；而桓譚以爲絶倫，其門下拳拳服膺者一侯生耳。德嘉自先世相傳治《易》而泛濫及《詩》學，今於師説無能有所發明，不及侯生遠矣。

《東浦詩鈔》序

潛江朱悔人初以詩名江漢間，長老言詩咸推悔人爲鄉里之望。已而擔簦出游，游漸廣，轍迹且半天下。所至敦槃好會，景趨響赴，莫不推悔人矣。貢入京師，則名公卿稱詩者率先期招致，至則論詩竟日夕，坐無悔人不樂也。悔人性豪邁伉爽，持論多彈駁，鮮所傅會；故其爲詩也往往如怒猊渴驥，奔騰蹴踏，望之疑不可近；又如嶄巖斷壑，樹石支撐，更歷冬霜夏日、迅雷烈風而蒼凝之色自在也。

潛，古郢地，屈宋之遺風猶有存焉。朱於潛爲科第甲姓，故多藏書。尊人石户耆年績學，論著成一家言。其於鄉先達若茶陵、夢澤、大泌、五嶽暨公安、竟陵諸家，源流正變，言之井井。悔人之學，貫穿擩染，其所得者深矣。《東浦詩鈔》之刻，群公序言具在簡端，而余與悔人同里，知其家世尤詳，故復爲推本言之如此。

《谷園印譜》序

雉皋許默公過余邸，以《谷園印譜》見示，余静觀久之，復於默公曰："自蒼頡訖漢初，書凡五變。君家叔重《説文》，篆學也；陳顧野王造《玉篇》，雜以隸書，非復《説文》之舊；唐大曆間李陽冰獨以篆學名，乃更刊定《説文》；至南唐徐鍇作爲《繫傳》，蓋直尊許氏若經矣；宋雍熙中徐鉉詳較《説文》行世，而《凡將》《訓纂》皆亡；咸平初郭忠恕與夢英往復，其論篆學，尤析君所著《篆説》《韻書》，庶幾紹衣家學，而刀法匠心復奄有三橋雪漁之長。"

余故拙於書，安能品君印譜？然山谷有云："王右軍初學書衛夫人，小楷不能造微入妙；其後見李斯曹喜篆、蔡邕隸八分，於是楷法妙天下。張長史觀古鐘鼎銘科斗篆，而草聖不愧右軍父子。"由斯以觀，事固有觸類引伸發人神智者，君之益余豈淺也哉！

賁貞女序

往者李獻吉之於史烈女也，蓋以"梨花如雪霜，鴛鴦不成雙"詠之，其言曰："史烈女者，未嫁而死其夫，是逾禮以守信，破經以成仁者也，然有激俗之功焉。"噫！俗之頹也，匪激曷振矣？六經之教有甚其辭以立人道之坊者，《春秋》大書："許止以弒聞。"而傳曰："止惟不嘗藥以至此。"此義明後世乃有刲股以爲孝者。夫刲股之孝，孝而過者也，然而君子稱之。與其不及也，毋寧過乎爾？豫讓之斬衣，蘇武之卧節，段太尉之挺笏，嵇侍中、張睢陽、顔常山之血、之齒、之舌，皆激於瞬息而磅礴天壤稍濡忍焉，尚可問乎？

余悲廣陵賁貞女之志，故於激有取焉。賁琮黄理者，貞女父也，游京師，爲余言：當曹郎死時，女絶粒者七日，投環至於再，瀕死者數矣，賴救獲甦。越數月而姑没，女欲往執其喪，母止之，不果行。又四年而曹翁病革，女固請往，往拜之牀下。翁卒，女成服如婦禮，哭之哀，卒於曹之東堂。

金子曰："異哉！貞女之激也！迺其死則從容矣。今夫從容之視忼慨也，不綦難乎？若此者，非獨貞女賢也，黄理之教漸漬使然爾。國家追録死事諸臣其加惠甚厚，所以敦化勸俗法良善也。夫忠臣烈女，事異而道同。若貞女者，例不得旌，於理宜得旌。雖然，貞女豈蘄旌於世而爲之者哉！"余既序貞女，而復挽之以詩。

《饒氏宗譜》序

余兒時嘗聞吾里中士大夫家敦行禮教者饒爲最。庭除坐作，儼若官儀，衽席豆觴之受下受惡，不煩父老詔告，而爲子弟者少成若天性云。服不綺紈，澣濯必潔；器不刻鏤，位置必莊；宴不絲竹，歡好必浹；遺不筐篚，勞問必勤；祀不繁縟，哀思必慤。大都寧狷毋通，寧孑毋詣，寧愴毋熱，寧樸毋豪，寧鯁毋纖。一切彈棋説劍、蹴鞠吹簫、星卜巫覡過其門弗入，蓋先代榘矱有如此。科名、宦迹、庠校中惇行長者具在縣志家傳，歷歷可矜式。

叔度先生爲先大夫素心交，厥修先輩之公車北征也，嘗與余偕邸舍，翼次進士垂髫應學使者試，先明經兄壇坫相望，故余之所聞於饒也真以析。今者修譜之役起，誦秀才唯余言是徵，亦以世好故。

按，饒故籍進賢，其爲廣濟人也，肇自宋建炎間，歷元明以迄於今，系本昭穆爛然一家信史，攀附者不得與焉。余以是論其世，竊歎禮教之澤遠也，顔柳家訓於世家尤切；紹休濟美，尚存乎學行哉。

藍石雲詩序

余友藍子石雲尊人玉生先生嘗以詩爲一邑祭酒，一時名士劉千里、張長人咸推其敏。石雲生有父風，甫髫齡，偕余補學官弟子；已而偕登賢書，其年爲庚子。湖南北凡五十三人，廣濟一縣得四人，又副榜二人。石雲五策刻《鄉試録》，覽者籍籍以晁賈期之。公車北征，相與言詩，人方撚鬚苦吟，石雲輒已脱稿。已而例除學官，余教授安陸，石雲教諭長沙之攸縣。於仕路固爲濡滯，然幸無損於學。石雲仰觀嶽麓，俛眺湘水，學日進。余成壬戌進士，官翰林，石雲詩得之郵寄爲多。尋課最，擢知當塗縣事，余寓書告之曰："陽冰一席，君槖筆而登矣。第《姑熟十詠》，蘇端明嘗疑非太白手，王平甫以爲李赤所爲。石雲有暇，幸以謝朓驚人句爲山川洗諸！"居亡何，余歸里門；石雲亦謝事去職，蓋簿書鞅掌非其好也。

方石雲及余輩同舉之時，少年盛氣，視天下事無足難者。今侵尋數十年而所就不過如此，蓋無復昔年飛揚之色，而亦已頹然老矣。會里有刻詩者，石雲敏於詩而疏於存稿，隨手散佚無算，兹搜輯所得百一耳。石雲大兒、縣學生之望，爲余子聟；仲之桂，今拔貢；季之鳳，已補太學生。余外孫衮秀才早慧，能操觚作文字。由此什襲詩稿，薈稡成編，蔚爲大集。余雖不敏，猶能總攬而細論之也。

《毛尊素遺稿》序

廣濟東鄉有讀書學道而以布衣諸生老者曰毛尊素燦，尊素仲兄炳，成順治己丑進士，邑人所稱孝瞻先生也。然論學，輒推轂弟。人有以古文奇字質者，輒摇手曰："第門弟云。"尊素之爲人也，其與人交以誠，其論辯如懸河、如炙輠、如風雨驟至、如牢醴錯陳。其山居，未嘗入州府，絶不問家人米鹽凌雜，亦可謂篤於學者矣。然歷試有司，竟坎坷以死。其死也，財及中壽，人往往惜其遇之窮且無年也。昔伏生齒豁於九十，張蒼乳養於百齡，皆以其所學有聞於來世。今尊素篋笥僅存《史説》一編耳，生紙秃筆，朱墨淋漓雜糅於行間，異時散佚闤闠，誰復知有尊素氏者？嚮令天假以年，渟涵藴蓄，成一家言，其所就曷可量哉！嗚呼！尊素往矣，零編隻簡摭拾而枕秘之，毋朽蠹於山窗梅雨，是則後人之責也夫。

翟美如集序

鍾祥之臼口有八十老人曰翟美如，裒其所爲詩若文，都爲一册，屬余序。古者養老之禮，虞、夏、商以燕、以饗、以食，代各著爲令。周人修而兼用之，後人鮐背兒齒，生不當其世，即春秋高誰問焉？

美如少任俠，人所不能爲，爲之；人所不敢言，言之。臼口李舉人者，宦成而家沃，墨者利其橐裝，左袒宵人，名分倒置。鍾祥人髮上指，然無能爲舉人訟言之者。美如一奮不反顧，亢聲長吏之庭，舉人事解而尊卑之分明。臼口人至今稱其義。嗟乎！緇衣好賢，巷伯惡惡。虞卿悃款於窮友，文舉繾綣於素交，道則同也。集中駢語尤極工。昔王楊盧駱皆以少壯操觚，故能文采飈發、藻翰葩流。今八十老人若此，何歟？古之高年者，往往藉社會以傳。洛陽耆英十二人，自富鄭公、文潞公以下並逾七十，唯司馬温公猶未七十，當時朝野咸以老稱。美如年過耆英諸公，而以頽然野老處臼口寂寞之濱，知之者幾人？孰爲之社而與之會哉？

《春秋左傳》定四年："楚昭王奔隨，將涉成臼。"臼口亦古來戰争地也。美如幸直天下休兵，歸於一統，有田五十畝，稔歲粗給饔飧。邇年天子重養老之禮，時賜肉帛。厥子又筆耕以佐甘旨，孫又繩繩輩出，殆庶幾古人之擊壤康衢者哉！是亦天之厚於美如，不必親見三代之惇史乞言而後爲盛也。

張太守遺詩序

余讀張太守遺詩，慨然歎其世之盛也。當明嘉靖時，海内承平日久，閭井老生往往褒衣大裒盤辟爲禮容，士大夫耻見聞之陋，則閎覽博物，力於古學。

吾廣濟則劉敬伯養微、楊用極大鼇、寇巨源學海稱雁行，而張太守特聞。劉楊早世，巨源以山人服游京師及二三宗藩間。寇山人名籍甚，故太守集中寇山人往復詩尤多。太守以曹郎出守，中年解組，時爲萬曆。江漢間有水災而天下猶未亂，一畝之宫聲出金石，晏如也。會桐城劉侯爲邑令，以風雅爲縣人師帥，嘗築四高樓，落成延致太守，太守辭焉。時春秋高矣，然詩益工，迨年逾九十猶未嘗須臾不言詩也。四世諸孫竇持孝廉嘗爲余言：先太守里居，徜徉泉石，得詩人温柔敦厚之旨。嘗庭設革鼓，命侍兒作《漁陽摻撾》以娱客。興至，訪詩友，御柴車迤邐行，鄉人望見曰："張太守出遊矣。"其風流如此。

嗟乎！彼一時也，天子高拱，穆清海内，文人競爲風詩之會，即退居鄉老，褰帷高蓋，施施汗漫之遊曾有憂生之不暇而徬徨之不能給者乎？余嘗綜唐詩人論之，其仕路蹉跌如太白夜郎，子厚柳州，則憂在身；其丁亂離邅瑣尾如少陵夔峽，次山舂陵，則憂在國。國無杌隉，身無坎壈，幸矣！而年壽遒盡如子安長吉，則雖有英風雅韻，其亡忽焉，此皆詩人所不能盡徼諸造物者，乃富貴、福澤、壽考，張太守獨奄有之。嗚呼！張太守遭時之盛爲弗可及也已！鄭康成有言："周自文武集大命時，則風有《周南》《召南》，雅有《鹿鳴》《文王》之屬，成王、周公致太平，制禮作樂，而頌聲興焉，盛之至也。"孔穎達曰："哀樂之起，宣於自然，故《燕雀》表啁噍之感，《鸞鳳》有歌舞之容。詩理同夫開闢，詩迹隨運而移。"余嘗涵泳二家之説，知其有味，故於張太守詩論世而三歎也。

太守諱步雲，字子龍，廣濟之靈東鄉人。

《靈山遺草》序

嗚呼！此靈山吴子遺集也。吴子名兆崙，字懸璞；王父太常少卿，諱亮嗣，字訥存。父確山令，諱敏師，字恂可。吴子弱冠入縣學，則從季父孝廉諱敏含，字辯可。學詩，書法仿舅氏劉九，諱秉珍，字幼疑。而詩文交則先明經兄，諱德崇，字峻公。尤密。先兄吴子伯父，諱敏功，字膚公。子壻也。

明末流寇亂，廣濟無城郭，吴子走寓蘄州。州城陷，走龍坪，渡江以南，洲居。當是時，左良玉兵蹂躪武昌、黄州，諸郡瀕江無寧宇。邑有亂人鳩黨結營，書伍籍請印於令。令西蜀張登衡首鼠，請印輒予之印，亂謀遂决。白晝殺人祭旗，大言屠滅士大夫家俾無遺種。士大夫人人重足立，謀立營以禦之，相視推讓，莫適爲長。會確山解組歸至沙村，父老書幣往迎，確山至，忼慨告令，立營曰“保定”。於是士大夫廬井與亂人繡錯相持且一年。寇氛遠，士大夫稍稍渡江北。而亂人謀亂愈熾，議過江殺掠挈營投左兵有日矣。褁甲入市，事露，確山授計收渠魁，伏誅，詰朝縣人鳴鼓聲其罪，討之，亂乃定。而左兵游徼絡繹江南北，數鈔暴，確山於潯陽制府請令旗令箭彈壓之。後弗戢，則率鄉人犒以牛酒，急則鄉人婦女踉蹌走確山所免焉。吴子戎裝視事，遇制府裨將則弄槊看劍，奉觴行酒爲笑樂。暇與先兄共研席，作《閔亂詩》。先兄嘗與吴子執手而歎：幕府草檄，江國登樓，蕪城之賦，春陵之詩，人生遭遇，天實爲之矣。

久之，確山浮湘去，吴子入靈山，依白雲庵居。白雲庵者，吴氏構以藏少常誥命、畫像、《師白齋集》，而屬山僧司其管者也。吴子廛居燬，故山居焉。夜有大書門“必殺吴某”者，或曰：“曷去諸？”吴子笑不答，日治具結客，客踏踵來；夜張飲，往往達旦。宵人曰：“是有備矣。”不果殺。吴子破家豪舉以禦仇人劍客，僅免於難。而西望湘水，音書闊絶，枕席涕淚沾濕。先兄過靈山信宿，歸告人曰：“憂能傷人，吴子其死乎！”居亡何，吴子病肺，唾血數升以死。方思親時，自作傳奇爲《優人裝》，若確山府君功成封拜然者。先兄嘗言：志存君父，寓言十九，於吴子輓章三致意云。蓋吴子幽憂勞瘁以夭絶其天年，而人或以爲飲醇酒、近婦人，豈知吴子者哉！

笈先爲吴子同堂兄弟，攟拾遺集於荒村老屋，屬從弟東朗持來江上，余覽竟，序之。嗚呼！天下負雋材爲世家子而幽憂勞瘁以夭絶者有如此！後之讀其詩者其亦有所感也夫。

居業齋文稿　卷四　序

《毛氏家譜》序

古之言姓氏者皆本諸《世本》，世本本諸《左傳》。左氏之説字、謚、官、邑四者而已，鄭漁仲《通志》則分三十有二類云。蓋古者氏以别貴賤，姓以别婚姻，三代後姓氏合而爲一，而以地望明貴賤。魏晋九品中正，以門第官人；唐時論相爲重八姓，林寶《元和姓纂》八姓外凡三百五十姓；宋景祐雁門邵恩譔《姓解》則分一百七十門二千五百六十八氏；明洪武十四年編修吴沉、典籍劉仲質吴伯宗編爲《千家姓》，此書之通行於天下者也，若夫族各有譜，則存乎其家矣。

廣濟石港山毛氏，故江右吉水大姓。有任三者自宋祥興間來，尋歸去。子歲八於元至正間復來，遂卜居焉。歷元迄明，代有隱德，駸駸以儒顯。迨國初孝瞻先生起家甲科，令浙龍泉、閩沙縣，皆著聲績。而伯仲孝瞻者，皆知名士，佹中鄉舉者數矣。孝瞻之子若侄若諸孫，濟濟膠庠日益熾，毛於是乎爲廣濟之望焉。忠移爲余長男啓洛外舅，往年遊京師，瀕行以譜序請，余頷焉，久未脱稿。忠移卒令弟若子申其請，余告之曰："宗法行而天下有善治，尊祖故敬宗，敬宗故睦族。親親長長，治之本也。宗法廢，民德寖薄矣。聯群萃涣，使一本之親不至同於行路，則譜是賴。漢司馬子長删《世本》爲世表，旁行邪上，粲若列眉，後之爲宗譜者師之。族之有譜，所以爲教也。譜系明而春秋必祭，歲必讌，冠、取妻必告，喜必慶，災患必恤，游惰必戒，孝弟忠信廉讓惇樸之行必勸，相與勉爲文獻之家而異於委巷之澆俗，則所以維宗法之窮者，其惟宗譜乎！"唐柳玭嘗述家訓以戒子孫曰："名門右族莫不由祖宗忠孝勤儉以成之，基構之重，屬於後生。"斯言也，爲毛氏之後人者念諸。夫絲穀在田，經史在塾，俎豆在寢廟，庸德庸言，遵循而紹述焉。家之亨也，曷可量哉！

靖州鄧婦紀事詩序

靖州有田父之子短折，而十七新婦侍疾九十日，於其夫含殮甫竟，閉户雉經以殉之。平玉孝廉官黄州，聞其事而賦詩十首，郵致往弔焉，且徵余言。

余曰：可賀也，弔云乎哉！女子未嫁，止知有身，身潔則生。不幸瀕於污，則捨生而之死，露筋孃子是也。嫁則知有夫耳，安與俱安，危與俱危，延與俱延，促與俱促，從一之義也。此婦力竭能索於九十日，夫蓋棺而其事已盡。藉令閉户時家人覺而救之，水漿不入口，嗚咽拊棺，於逝者無毫髪益，視息徒存，苦彌甚耳。

嗟乎！委巷婦人女子之濡忍喪志者可勝道哉！忼慨赴死則無憾也。州志大書此事而女郎傳，男子亦藉以傳，其爲舅姑者氏名亦傳，其爲女父母者亦傳。表其墓，墓傳；好事者祠之，祠亦傳。詩若文，第嚆矢耳。靖之士大夫尚留意焉。

贈王介山序

余往年官京師，京山王生介山似覽數過從邸舍。時余分纂《明史》列傳，一日，歎羨僉都御史王公宗載名，王生辟席，言："似覽曾大父也。"余停觴，告之曰："《春秋》友邦好會，往往舉先大夫以潤色辭命，魯衛晋鄭諸聞人具在左丘明内外傳。楚王孫之對趙鞅，微觀倚蔑賓焉，皆國故也。漢之袁、揚，晋之王、謝，唐之韋、杜，宋之范、吕，則以家鳴，非徒官階之重，蓋其生平言行有過人者。以余觀於京山，維爾王氏尤多君子哉。明世宗之自興王入爲天子也，廷臣之驟貴者由二塗：其初傅會大禮，其後逢迎青辭。京山地比漢光武之南陽，乃王氏之仕於朝者獨多，以匡救聞也。世宗南巡，行宫火於衛輝，中涓齮齕，撫臣如束濕，侍從貴人莫敢言，時則巡視河北僉事王公格抗言：'火自内發，於外無預，何物細人喋喋辱封疆大臣？'輦下群小稍斂手退。然蜚語中傷王僉事，有詔逮巡撫，僉事杖而歸田。金陵顧公璘撫楚，纂《興都志》。志成，上僉事暨隨州顔公木、黄岡王公廷陳名，受金幣之賜，然亦不甚稱旨。先是，僉事官翰林庶吉士，例遷編檢或科道官，會永嘉用事，忮翰林知名士不附己，概補外，坐是由縣令累官至僉事河南，迨以鄉老給筆札修外史，猶以方枘員鑿不相入，則骨鯁猶昔也。相嚴嵩亂政，而王公宗茂官御史，則劾嵩誤國負主大罪八，並罪狀嵩子世蕃私人萬宷。疏入，嵩恚，尋謫丞平陽。後嵩敗，世蕃伏誅，而御史不及見也。隆慶初，贈少卿光禄寺、太倉大司寇王公世貞弔以詩，有曰：'漢賊不兩立，臣死安足辭？獨憐請劍憾，猶鬱蓋棺時。'士大夫讀而傷之。僉事及御史，皆王氏之望，先僉都御史而聞於海内者也。大禮議定後，馴至興王入廟禰宗，則安陸寢園踵事孝陵宦豎窟穴。其間郢府、梁府請設奉祀，元佑宫增置焚修道士官，守陵添差錦衣衛，使興獻陵直爲亡命淵藪。市井亡賴受陵使指，用王莊蠶食民産無算。當是時，人臣進言愈難矣。僉都公時爲監察御史，巡視北城，擿發輦上巨璫陰事，即上疏悉數陵使横暴狀；上察其忠，報可，一切冒濫革去，而桑梓以寧。蓋王氏之世德如此，而僉都公之有功於其鄉尤甚。大夫比附權要者，榮利及身而止耳，爲之後人辱莫甚焉，而不能爲之改也。若爲賢者之苗裔，則雖屈於一時而世世子孫被其榮。王生勉之哉！念爾祖矣！"於是介山辟席謝曰："敬拜先生之賜，似覽雖不才，敢不勉諸？"

寄贈翟美如序

偶覽杜子美《秋述》有曰"長安車馬之客，舊雨來今雨不來"，掩卷久之，粲然而笑：來者人也，致人之來者我也。我無以致人之來，雨不雨等耳。況我自足，何與人事而以來不來介介耶？且不來固已，萬一來吾所不欲來，是更使我不堪也。余自歸田索居，雅慕蔣徑之求羊二仲、龐門之徐元直、司馬德操相與往還，然而不可得也。我非蔣詡，又非龐公，敢辱客乎？

乃郢上故人翟美如歲時勞問不絶，窺其意似有超然於雨不雨之外者。昔陶公欲徙居南村，曰："聞多素心人，樂與數晨夕。"余敢多望一美如耳，相隔數百里，莫能至，爲之奈何？美如春秋高矣，《詩》曰：

“靡不有初，鮮克有終。”若美如，庶幾初終無間哉。爲詩一首追憶臼口邂逅、石城過從，歲月歷歷毫端。尤舉其少壯時，義憤急難，言人所不敢言一事，縷縷稱之。

古來忼慨倜儻人，實由學問濟其材力，故於師友之際獨深，即禄位容貌寂寞如揚子雲，亦禮敬之弗替。士患獨立無具耳，果能以古人爲徒，萬一坎壈世路，遁迹沉冥而抗顔闊步，猶能擁書萬卷以自樂。虞仲翔乃云：“天下之大，竟無一人知己。”亦論之過激者歟？况乎時移勢易，早暮未可知。居亡何，津涸焰銷，氏名磨滅者曾無零編隻字散布人間，士大夫方將指其奔軵覆槸，曼聲長嘯，歎其擇術之弗工，然則顯之砥行力學而蹉跎坎壈於一時者，豈真爲不幸也哉。

定陶名宦序

《漢史·循吏傳》叙曰：“生有榮號，死見奉祀。”祀者，民所以報也。後來名宦之典，載在令甲，吏有治行異等者在所聞於朝，朝議協而後予之，上所以勸也。勸之行於上也，法用核，非其人則弗與也，而天下不得冒循吏之稱。報之動於下也，誼用公。爲循吏者初無意於身後之名，而功德在人，人於去後思之，愈久而歌頌不置，此亦《甘棠》詩人之遺意也。

桐城奉政大夫馬公，諱之瑛，字正誼，起家崇禎庚辰進士，知陽江縣，有善政，已而知定陶。其下車也，以順治十六年至康熙八年，課最，擢兵部督捕主事，行有日矣，而遘疾卒官。康熙二十七年以邑人請，祠於學宫，始於報，終於勸，而卒成其報也。公之治陶也，大盜李化鯨以順治庚子陷城，閭左蕭條，四郊灌莽。公單騎詣諸賊砦壘，曉譬順逆，大義凜然，有盜魁陳居上等革面向化，餘黨乃平。公念田荒則賦無出，乃捐俸給牛種，令民墾土，數年報墾逾千頃。又履畝清丈，得豪强隱占地二千六百頃。荒辟賦均，流冗始歸焉。陶濱河舊例，代辦滕縣夏鎮壩夫十四名，歲費庸直千餘金，陶人苦之。公申請豁免，費省而民以寧。乙巳歲，大荒，公捐粟賁糜，活飢民七百餘口。奏記請賑，檄下二千兩，存活無算。先是，有朱小仁者，僞印事發，株連單縣紳户李懷雅、李景陽，鉅野富人胡守禄、胡守法，蔓引且百家，屢經鞫讞，案未定。公知其冤也，一訊而決，遂爲平反。始，陶人未知學，公月有課，季有考，甄拔鼓舞，人文乃興。是皆治行大者。

公丈夫子六人，而編修檀石先生次、四。德嘉爲編修弟子，故知陶之治績獨深且晰也。嘗歎民之報循吏也，往往不於其身而於其後，天之報人也亦然。公卒定陶，編修昆弟居喪留滯且二載，資用乏，編修夫人方賣侍兒往佐旅食。當是時，編修布衣諸生耳。越十年而冠南宫，成進士，官翰林。諸孫彬彬數十人，入學宫者爲高等弟子。曾孫補諸生，又英爽露頭角。若此者，豈非天哉，豈非天哉！附志之以見學古而廉於官者有如此，而天之所以勸廉吏者不殊於朝廷之法也。

送舒嵩嶽之蒲圻序

廣濟舒嵩嶽，隱居鮑參軍讀書臺下，有園曰韋園，堂曰蓑堂，杜門不出且十年矣。誅茅伐竹，壘石搆書閣東衝之巔，隱居之樂不逾匡山盤谷哉。

余同年中表兄李子岩詹教諭蒲圻，蒲圻大令山東韓侯迎致嵩嶽，授厥子《禮經》。蓋嵩嶽曾大父元渚公以《禮經》起家，成進士，故舒氏經學爲黄郡專門。而山東之韓進士以《禮經》起家者，亦且數世，宜其合也。余嘗承乏史官，分纂《禮經》，書成上之，大都貫穿孔、鄭、皇、熊及陳氏禮書《草廬纂言》而融液以成一編，未知有當於經否。南望鮑臺雲樹，惜不得與嵩嶽參伍而論定之也。夫立言之家行修爲難，戴聖、馬融遺行取譏儒林恧焉，孔北海爲康成特名一鄉，開廣門衢，號爲通德，人到於今稱之。嵩嶽内行醇篤，與人交有終始，士之逆旅患難、飢寒憔悴者往往歸東衝如鄉里。友人劉生早世，嵩嶽酹酒誓天，以女字其孤，薰染劘切，今且爲諸生。

韋園所撰著自名一家，詩有大雅之音；又晚而好《易》，不獨盤辟爲禮頌也。韓侯，余齊年，鄉舉成癸丑進士，豪邁有北海風。教諭仲子之經，嵩嶽子婿，亦余授經弟子，侯下車致之西席，詁群公子《語》《孟》《孝經》矣。漢人尊師，學成，大廷質對，輒曰“臣師云云”，至有讓封爵以章顯先生者。經學之盛，今猶古也。余於嵩嶽之行，序以送之。

《感勞集》序

東粤郡縣瓊州故有人，而州所屬之感恩縣則無之。縣無人焉，即有山川，藝文闕如也。漢陽彭西叔起家康熙壬戌進士，再補官得是邑。登臨眺覽，於歲序、土風、物産、户口、租庸及瑰奇光怪出創見者，胥筆之於書，而聲之以竹枝之詞，蓋感恩之有藝文自是始。

西叔初令西粤之陽翔，有《粤嶠吟》。由陽翔調宣化，用治行入吏部以名上，例徵京師矣，已而補外，其故不可知。當西叔焦萃感恩時，余念之瘴癘辛螫，危若朝露。西叔而憂生耶？當左手方書，右手藥餌，二三童豎欠伸嚏咳之不暇，乃猶懷鉛握槧若此，異哉！西叔其困而亨者歟？澤水之卦，象傳繫以“致命遂志”，程子傳曰：“推致其極。”朱子本義曰：“委致其命。”要之，惟聞道者能之。人生不聞道，即奄有富貴福澤，擅予奪進退人權力，其志亦有嗛嗛未遂者；苟有道在，即無入不自得焉，故遂也。瓊州故珠崖也，蘇端明左官珠崖儋耳，困極矣，然志嘗信於金蓮送院代言草敕之年。西叔則一行作吏，無適而非困也，困於前者亨於後，當與端明異地觀哉。

余嘗謂宵人得志，顯有害於國是，而隱有益於寓内之名山大川。嚮令舒亶、李定之徒不能混淆黑白，則赤嶂安得有子瞻之賦？厥後章、蔡之毒不極炎荒絶徼，安得有桄榔之庵、載酒之亭、白鶴峰頭之祠廟千載後焜燿圖史？而田間老嫗又安得以春夢一語物色於學士？若此者皆當時鈞軸小人之賜也。西叔所爲《感勞集》，秘諸笥中不出，余謂《粤嶠吟》既已鋟本，不可不以此集繼之，且使天下之知西叔者覽之而見西叔所以處困之有道也，於是脱稿而鋟之。

《芝山遺稿》序

此芝山陳先生遺稿也。先生隱居陽塢，當七十懸弧時，余爲文以觴之，又作《芝山歌》書之箑，先生諷焉而喜曰：“百歲後飯含畢，輒以此卷及箑置枕邊殉我。”其達如此。陽塢種竹樹萬株，林田可百畝，草閣柴門，葦簾土銼。客至命酒，追話少壯時事，酒酣賦詩，緩步登釣臺，與漁人、舟子、樵兒、牧豎相問答，興至輒歌，都無詮次，曰：“直釣意不在魚，醉翁意不在酒，吾詩亦如之。”舊居鴻腦洲，負山面江，竹風館在焉，暇則跨驢之江滸，江上人掃徑治具更番迎致飲，往往夜達曙，歸而齁睡，亭午起瀞櫛，作報謝詩，甫脱稿，而速客者又及門矣，如是者蓋數十年如一日云。

少時，科舉入鄉闈，事既峻，徘徊黄鶴白雲間。會崇禎末，詔取文士兼武試，聊一往，遂中式。策馬渡黄河，抵京師，所過三千里，通邑大都，名區古迹及賢士大夫倡和皆有詩。經亂後，散佚鮮存，今篋笥中皆晚節遁迹詠懷之什耳。唐人詩有極少而傳者，其標格韻致自名一家，似無意乎身後之名而名卒歸之；千載後把卷者想見其人，唯恐其編之終，至於反覆尋繹，若有悠然雋永之味，然則詩之可傳固不在乎多也。芝山之於酒，有竹林河朔之趣，而未嘗遺落世務以爲高，故斗亦醉，石亦醉，而終身不及於亂。其言詩也，曰："吾得乎四始六藝之意而已矣。"嗟乎！言有盡意則無盡，且物以少爲貴者，朱弦疏越，太羹元酒，蓴絲鱸膾，桐華之布，桄榔之麪，人偶得則珍之。讀芝山詩者，惡能測其意之所至哉！

饒叔度先生詩序

廣濟有饒先生叔度者，博物君子也。少時嘗與先大夫友善，先大夫嘗之饒先生所，觀插架書，逾晦朔忘返。饒先生來江上講藝，草堂淹留亦如之。先大夫仕陝西興安，捍劇寇，保危城，勞瘁卒官；而饒先生偃蹇，屢試不第，猶僕僕諸生間，意無可一世，試牘刊落經生家訓，故大放厥辭，督學異而黜之，評曰："語必驚人。"饒先生仰天大笑曰："嗟乎！生來性癖耽佳句，語不驚人死不休。古何人乎？某今乃信於知己矣。"於是衣短後皂帽芒鞋，徜徉山澤，游必以詩囊自隨，肩荷臂挈，倦則倚樹而休焉，驚人語觸緒迸出，如山崩石，如水倒峽矣。寇亂日劇，大家僕佃亦往往乘間爲暴。先生捲詩囊，竄山莊，設竹几，上坐，會佃人割雞燖，且就烹，詰之曰："若餉客乎？世雖亂，若故佃也，毋得爲主客禮。脱餉我，若毋得坐。"佃人蹴踖，應曰："唯唯！"日晡，出脱粟飯，盤惟蔬筍，飯已，自笑曰："佃人知禮！佃人知禮！然割雞何爲？豈亦如茅容有母在耶？"其癡如此。

饒先生世家子，書淫自天性，酒人劍客一切無所近，人質行好古則引爲性命交。蓋吾邑自桐城劉侯爲大令，物色六七君子入詩文社，登高山，臨飛瀑，壺觴嘯咏無虚日，由是人士彬彬向風。當是時，士大夫擁萬卷書，下筆立就千言，乃爲令上客，俛視娖娖方幅、鮮衣怒馬出入里門者偶人耳。先大夫受知劉侯最深，會督學太湖馬公試第一，補諸生，尋鄉舉通籍，而饒先生困諸生久，所如落落難合，老且憊，俯仰今昔，憤懣無聊，一一寓之於詩。嘗言邑之理亂視令，令之賢否視其學與不學，抵掌數十年，鄉里人材風俗如指掌，是故讀饒先生詩者可以觀世焉。

厥子隆中卧侯，亦言詩。嘗於縣東郭茅齋延余茗飲，甘生名宗一焜俱。甘生者，孝廉忠甫家子，孝廉與先大夫鄉舉齊年。余三人追話先世，未嘗不泣下沾襟也。亡何，甘生卒，無子；卧侯亦卒，有子未能世其家。嗚呼！兩家先業衰矣。余駑鈍，不任著述，嘗欲仿柳子厚作先友記以示兒曹而未能，今於饒先生之集重有感也，爰識諸編端，俾莞厥家乘者藏焉。

鄭禮部《鄉賢録》序

古之鄉先生没而可祭於社者，其言行深入乎鄉人之心，不與俎豆期而俎豆之在鄉人自不能已焉者也。後世學宫之有從祀，不復問其可不可矣，子若孫循例而乞之郡縣，循例而請之中丞藩臬諸上官，循例而與之，鄉之人無能稱道其言行之萬一也，曰："例耳。"嗟乎！生而冠蓋輿服通顯出鄉人上，乃言行於鄉里無毫髮益，斯已愧矣；及其没也，又濫厠於二丁之饗祀，其謂之何？或曰："臚而列之，而可不可在乎其鄉人。"三代之直道未嘗不行於天下也，是亦一説也。

余覽貴溪鄭禮部《鄉賢録》，作而歎曰："是誠鄉人之不能已焉者歟？禮部入直承明之廬，揚歷曹郎，南望江西，距三千里而遥，乃其心未嘗不在鄉人也。其大者見於《漕揭》一篇，忼慨淋漓，凡數千言，視一拂先生之《流民圖》不啻過之。嗟乎！禮部家非伍籍也，而痛哭流涕至此，豈非念厥鄉人哉！推此心也，至於急病拯阨，垂橐不足，繼以稱貸。當捐館之日，積逋直以萬計，此又一拂先生之所未能者也。士大夫之惠不逮於鄉人者，往往清而刻，則獨有其名高耳，鄉人何賴焉？夫清，美德也，然流且爲刻，況於封殖者乎？若乃身之不恤，而拳拳於阽危之鄉人，祠與不祠其心又何所異？然而父老子弟之思慕必歸之，慕極而祀之者非諛詞，享之者無慚德，於是從祀之典至禮部而重矣。嗟乎！人不以祀重也，而祀以人重，是則可爲鄉先生也夫。

《觀海集》序

往者京師邸舍，余與潭州王山長比鄰。山長負盛名，座客嘗滿，而余往往先客至後客歸。夜分巡檐，執手縱譚今古事。蒼頭鼾睡，頭觸墻壁，火燎衣醒，醒復睡，而譚者亹亹弗休。當是時孝思侍側，雙瞳炯如也。出游則孝思從，豐臺、萬柳園、黑龍潭、報國寺，松下酒榼茶鐺無虚日。

已而孝思從山長令澄海，澄海距京師且萬里，音問間歲一至。迨山長下世，旅櫬歸潭州，而孝思亦還里。頃之訪余江上，殷勤道故存亡聚散，念之愴然。酒酣，出所爲《觀海集》見示。今夫洞庭嶽麓，楚之大觀也，孝思俛仰襟帶騷雅之韻，譬諸挹水於河，取火於燧。至於渡黄河，登廣武，覽觀宫廟城闕之盛，又日侍庭訓，與賢士大夫抵掌，得聞所未聞，宜其詩之偉也。若乃海瀕遐遠，古大賢若韓公、蘇公，猶以遷謫至，而孝思雍容都雅，宴坐木蘭舟，與嶺南知名士壺觴嘯咏，粘天浴日之濤奔騰腕下，尋訪陸丞相古迹，濡毫紀事，即曩時所稱區册、大顛及春夢婆之屬，邂逅彷彿，興至淋漓，人生汗漫若此，其爲文宜何如哉？惜山長已没，不及見孝思之學之大成也。

孝思有志於聖人之學，年力方富，紹衣而充擴之，余且拭目以俟，蓋不但作詩人已也。

《折柳吟》序

《崧高》《烝民》，古贈行詩也，後人讀其詞，有盛世之思焉，大都寄託深厚，而勸勉期望之義溢於言表，以此見古之公卿大夫學術湛深，交游贈答有道存焉，非苟而已也。唐詩送人之官亦有寓規於頌者，故篇什雖多，諷之不見其複，立言之旨固有在耳。士大夫生有道之朝，聚四海九州之賢豪於輦下，敦槃縞紵，握手言歡，而發爲詩歌以宣其纏綿悱惻之意，豈非盛事哉！

溧陽史胄司偕余言詩垂十年矣，自聽雞待漏，篝火讎書，以至於公餘讌會，郊原登眺，即事倡和，往往成集。其贈餞齊年諸兄弟也，别爲一帙，屬余序以梓之。蓋壬戌同榜之仕京師者凡數十人，交誼猶近。古當天官選人，出宰百里，時輒醵飲以祖其行，相與勉爲循良，以盡厥職，故治行高第入爲臺垣者，今且相屬。胄司贈言具在，讀之若蓍蔡之驗，而軌轍之齊壹也。胄司之言藹然，忠告陗度，數千里外山川、土風、户口、人物如履其地，故興致波委雲屬，引人入勝，此亦由乎其學，而余操觚而志喜者。當國家文明熙洽之運，合同人道義性情以聲之於詩，覽者將謂"吉甫作誦，穆如清風"，可以觀世運焉，豈直緑酒紅亭、導揚聲氣云爾哉？

《大樂嘉成》序

昔者子夏之與魏文侯論古樂，蓋以聲、容、器、數言也，而修身及家平均天下之道於是乎在。臨川吴氏曰："古禮之僅存於今者，猶有《儀禮》十七篇，樂經則亡矣。"其經疑多是聲音樂舞之節，少有辭句可講誦記識，故秦火之後無傳，諸儒不過言經之義而已。然則論古樂於今之世，必掎摭《周官》《爾雅》《毛詩》《戴記》諸書貫穿之，然而簡括爲難明。世宗之議禮也，於文廟易象以主，八佾减而六。當是時，張璁驟貴，一切彈駁紛更以矜其能，然樂歌祇議改數字，未嘗有所發明也。

楚有黄梅瞿九思，神宗以待詔翰林徵，不赴。巡按御史史學遷爲建江漢書院於廣濟之龍坪鎮，疏請敕九思著書其中，得俞旨，有司歲給白米六十石，書成擢用。九思著書凡二十餘種，中有《孔廟禮樂考》經進矣。其草稿藏之家，康熙戊辰有孫曰道弘，攜載游江夏，時選刻《全楚文獻》，録者採之，會叛卒嗷嘈，散亡都盡。其書俱有關經學，而《禮樂考》尤可惜，嘗力爲購求竟弗得，拊膺太息久之。

竊念天下之大，豈遂無博物洽聞踵武瞿聘君者？頃之，黄岡孫司訓芝瑞以《大樂嘉成》鈔本屬覽。覽其書，殆所謂貫穿而簡括者歟？夫學之不古也，大率古人任其勞而今人耽其逸。漢魏學者拾殘補缺，勤於鈔謄，精於讎校，專門名家相望；五季槧本行，一時便於涉獵，然有插架聯楹而徒爲飾觀之具者。唐貞觀義疏定爲一是，而漢魏單行之家盡廢，明大全功逾徑省而塗逾隘，迨科舉文字並《樂記》亦僅存章句耳。泝古樂者何人哉！司訓得是書，推與天下共之，亦庶幾泝古樂之階梯也。

《楚江集》序

楚地蓋延袤六千里而遥也，圖經所載若衡、若豥、若赤嶀、若江、若洞庭，登臨覽眺之樂，士大夫之賢而楚游者往往得而有之。然而奄有之也則難，古唯太史公汗漫耳。若賈長沙、柳永州、蘇黄州暨道鄉岳麓諸先生，官守區域，即圖經諸名勝已不得而奄有之矣。由斯以言，極全楚之大觀而無憾也豈不難哉！

岳僉事藹亭之有《楚江集》，以視楚學也，自蘆溝乘軺南征，所過都有詩，入楚詩最多；楚地經行都有詩，衡、豥、赤嶀、江漢、洞庭諸古迹詩最多；古迹憑弔都有詩，於前賢金石之刻次韻屬和詩最多。其行部也，凡三易寒暑；其竣事也，再周十五郡；其宅心也，静而虚；而其操觚屬草也，神而速，浩瀚漭瀁而則乎古。蓋前賢所歷之地奄有之，即前賢之藻瀚風流亦彬彬乎奄有之矣。夫古人有各至專長，而今也兼之，固由乎其學，若乃古人所不能必得諸當世，而今也不啻過之，則非所遭之幸有異於古人者歟？彼終身馳驅名山大川間而寂不能一言，雖所遭過於古人，即謂之無所遭可也。

魏一齋視學江南序

魏子一齋之視學江南也，人皆籍籍稱之，以爲功名富貴若此其盛。余獨言功名則有之，富貴則否，蓋一齋非汲汲於富貴者也。夫人之汲汲於富貴者，當其始進之日必殫心竭力，有不肯後人之勢。内之倚藉父兄之地望，外之攀傅師友之接引，視天下無不可得之物，若操左券以取之，此其材亦非尋常無聞之人所可及，然而去古人澹泊寧静之風則遠矣。

康熙壬戌，南宫榜放，一齋以《戴記》舉第七人，年方弱冠。果敏公官(邢)[刑]部尚書,清德爲九卿之望。故事,大臣子弟往往對策爲舉首,漢、唐、宋皆然,而明之踵武,登上第者尤多。果敏至是若有遠嫌意。果敏之超然獨立,大臣之道固然也,而一齋亦遂忻忻退處,無幾微之意見於顔色,若與白屋崛起之士無異焉者。當是時,君子以爲難。既而果敏致政,一齋方服官就列。人情莫不以父兄未竟之緒早作夜思,求造乎其極,以爲顯揚之孝在是,而一齋則遄歸寒松之堂也。昔關西楊氏,四世清德,然皆位至三公,其身未嘗一日離於朝,獨閿鄉老屋,令子姓萃處而肄業焉。果敏甫至司寇,而遽以寒松當閿鄉楊氏之宅,斯亦急流勇退者矣。一齋偃仰清泉白石間,躬奉菽水,是之謂養志,遲之又久而後之官也,荷天子異數不次擢用,居亡幾何而至今官,即天下之汲汲於富貴者未能或之先也。古之人惟不汲汲於富貴也,故素富貴;行乎富貴,處之必以其道,纖毫無負焉,而後即安。

然則一齋之視學必有其道矣。江南文獻淵藪,人才之盛甲天下,大富大貴之人時時出其間,而不汲汲於富貴之風則自督學使者倡之。諺曰:"以身教者從。"視學如一齋則廩廩乎身教矣。論人於三代以後寧取其狷。狷者,有所不爲;其人非不能爲也,能爲而不爲,故於舉俗之所汲汲者而緩之。至於決大疑,任大事,毅然當之有餘力焉,孟子所謂"可以有爲者也"。爲國家得有所不爲之士,養之庠校之中,而後賓興貢舉,歷歷有可指數之人,是督學使者之責也。宋儒解《卷阿》之詩,言:"君子者,尊貴之稱;士者,衆多之目。其曰藹藹吉士,維君子使。"是吉士者,君子所引之善類;而君子者,吉士之宗主也。至於馮翼孝德,人主之左右前後無非吉人,則如梧桐之菶菶萋萋,鳳凰之雝雝喈喈,君臣遇合之盛,矢詩遂歌而天下之治極矣。一齋之靖共報稱,自是日有聞於天下,而要自不汲汲於富貴之一念始,基之論人者,可不深觀其志乎哉!

胡教庵先生語録序

劉廓庵《芝在堂集》有《胡太僕傳》,稱太僕父教庵先生内修端潔,專積善,起處必依禮,口無擇言。荒年捐貲濟人,有貸不償,往往焚其券。己所居舍僅存,而别搆涇瑩書屋招集名賢講業,因使其子從之遊。余嘗讀而偉之，然以不及見教庵先生著述爲憾也。

先生五男子並登仕版，知名者二人，一曰士定，字鎮常，歲貢，官趙城主簿，經歷潁州衛；一士容，仁常，萬曆庚戌進士，累官薊州兵備道，以忤崔魏繫獄瀕死。後赦歸，起補臨洮鞏昌兵備道，卒贈太僕寺卿，詳具本傳。太僕時與楊左諸公齊名，而海内士大夫溯其家學籍籍稱道不絶口，里門學者則人奉教庵先生爲楷模矣。初，太僕知長洲縣，迎養，購書可萬卷，歸庋江閣。崇禎末寇警，蒼頭竊賣且盡。太僕所自爲撰著在親故家，什之一二遭褫襶子傳觀散失，止存書一册，言呈秀事，余得之鎮常曾孫承棟秀才所，趣鏤刻藏諸笥。承棟且乞余爲曾大父作傳，傳脱稿亦刻焉，胡之藏書止此矣。

今年承棟從鄉村老屋購得教庵先生語録來，余驚歎曰："異哉！嚮令此編早出，與太僕集同時傳觀，則委諸草莽矣。遲之又久而忽返，先生舊第豈夜臺之靈有以呵護之而然歟？拭几南窗讀，竟大都居敬、窮理、修身、齊家要領，古人所謂布帛菽粟之言也。夫闤闠所行語録，有有所爲而爲之者，有無所爲而爲之者。東吴顧炎武寧人嘗言："孔門四科，宋以後添設一語録科。"此有所爲而爲之者也。龍溪以尊師樹幟，用無善無惡一語爲定本，捕風捉影，淪胥入禪，論者紛紛口實，累及陽明。何心隱、李卓吾厭常喜新，言古人所不敢言，清議弗容，身名俱敗，語録之不可概收如此。是編則無所爲而爲之，中人以下皆可與知，而大賢君子終身行之不能盡，真闇然之學也。先大夫手書《自警編》，既爲吾家饔飧裘葛；又得見此編，追念曩昔里門，先大夫踵武太僕爲名臣，所至聲績可指數；而先王父楚濱公頡頏教庵，爲江漢間經師。兩家衡宇相望，學術皆有源本，爲後人者勉乎哉。

居業齋文稿　卷五　記

鴻腦洲記

《縣志》:“龍坪,舊曰龍阬,古鴻腦洲也。負連城山,面大江,襟帶太白、大洋諸湖浸。”《水經》:“江又東,左得青林口。”注:“江水又左徑長風山南,又東徑積布山南。”長風、積布、青林,蓋鴻腦西壤。東十里爲蔡山,唐曹成王皋破李希烈處。昌黎韓公叙皋戰功:“嘬鋒蔡山踣之。”注云:“時希烈栅廣濟之蔡山。”杜佑《通典》云:“蔡山屬廣濟,蓋鴻腦東壤。”今爲黄梅界矣。《元史・地理志》:“宋嘉熙兵亂,廣濟徙治大江中洲。”

中洲,龍坪,江以南地也。明興至成化弘治,天下無事,户口蕃息,故老嘗爲余言,龍坪編户蓋三千七百有奇,土著家纍千金者不可勝數,而遠方富商大賈,舟車輻輳,廛市浩穰,亦蘄黄以東沃土也。然是時,士非績學善屬文不得補學官弟子,富人子往往藉省祭儒士冠帶榮其身。嘉靖隆慶間,秀才知名者鄭弘綱、黄白石、金太和三先生者,方巾大褎,行里門,里人坐肆者見之咸拱立。歲杪,富人例致饋薪粲酒脯,擔負塞衢巷。太和先生(揵)[鍵]户謝使者,歲事幸粗具勞苦鄉里,敬登酒一觴,蓋風俗之厚如此。萬曆中,我王父楚濱府君以詩鳴,先大夫暨胡太僕用科名起家,里中駸駸多文學士。迨天啓崇禎之際,學官弟子逾百數矣。

丙子冬,流賊陷廣濟縣城,尉死事,令跳山砦,潰者胥走江上。賊游騎掠江,江上人逃江南中洲居焉。壬午癸未賊愈熾,左良玉兵躪沿江州縣,縣有凶人聚黨倡亂,書伍籍脇令鈐印,令蜀人張登衡恇怯,予之印,遂白晝殺人祭旗纛。士大夫惴惴無人色,倉卒立堡以禦之,相持莫敢先發。會賊退，龍坪人渡江北還田里，而亂人裹甲過江，且殺人，事露伏誅，亂乃定。當是時，大江自蘄口注潯陽，漭瀁勢如海。甲申，馬阮亂政，左良玉聲言興晋陽之甲，順治乙酉三月由武昌放兵下金陵，舳艫相屬五百里，火兩岸民居，光燭天，夜如晝。居人竄匿太白湖，闤闠爲墟，江干數百里灌莽長堤馬踏成阬塹，而中洲亦灰燼矣。

丙戌丁亥，里人伐竹誅茅爲廬，生聚十年，屋始用陶瓦。時沿舊制，豐廩餼，加蠲復，士於是蒸蒸嚮學，館穀有歲至百金者。伏臘宴會，鄰曲洽比，民俗歸仁焉。南漕倉厫，瀕江里胥因緣蠶食；又鄉保千長僉點居民；猾胥侵牟爲溪壑，居民患苦之。康熙甲子以後，奉文散里甲，易民兑爲官兑，又罷千夫長，民稍安堵。然江身東北涸，秋冬財一衣帶，狹不容舠，市無商賈貿遷，一遇歲祲則艱食者十室嘗四五，比年窶日甚，細民惰窳亡聊，而操觚翰爲童子師者終年占畢一童子，奉不能滿千錢，筐篚觴豆比户闕如也。傳曰："倉廩實然後知禮節。"民生可念哉！

舊郡志：廣濟凡七鄉四鎮。有黄岡人應府檄更修，耄而荒，簡編刊落，四鎮書其二，而龍坪土名逸矣，後之人又安知所謂鴻腦洲乎？連城港，古通黄梅，歲久堙塞，明正統時濬之以行兩縣舟楫。連城山有砦，元末盜起，邑人楊普銘保聚鄉井，後歸明。南有女兒城，或曰漢樊噲女築。按《登壇必究》書載：江防信地，南岸自城子鎮起，下至馬當，北岸自龍坪鎮起，下至沙灣角。異時江湖群盜如劉少溪輩，過龍阬武穴輒就擒，是地勢實爲吴楚要害，然則曹成王立功於此，蓋亦地勢便也。

重建牛肝磯神祠碑記

廣濟瀕江之山，載《水經注》者曰長風，曰積布。積布磯與隔江下山磯對，載縣志圖。而馬口有磯，志曰牛肝，土人相傳爲牛關，舊有神祠云。

康熙三十四年春三月，司檄行郡縣，略曰："蘄州所屬廣濟縣有牛肝磯，兩岸峭壁，波中暗石纍纍，激湍爲危險第一，舟行觸石往往傾覆，操舟攫物者視人命爲兒戲，可爲寒心。近見黄州通判董某，道士洑守備梁某，蘄州知州張某，州衛守備陳某僉議：捐貲於江邊鑄鐵索，使操舟而過者得以用力挽拽，並造救生船二，以備不虞；議於磯旁立祠，招僧居住，膳給有貲，使昕夕瞭望。此事行真萬世利，遠近軍民其悉知州郡諸大夫與營衛諸君樂善之意，急圖之無忽。”於是有僧人隆智思搆祠於磯上。祠成，置田若干頃，歲供牽纜之具。通判爲募疏以始其事，工垂竣，知縣事四川劉令又趣之，田家鎮翟生田生以落成有日，屬爲之記，勒諸祠中。

按碑記，舊祠搆於明天啓七年丁卯，以秋八月告成。當是時，宗藩之國，所過郡縣，辦綵帳，行殿戲，廠民供億殊苦，官吏縮項，虞譴責。縣令雲南張侯燮任請於武昌司李鄧來鸞曰：“公能速王舟行，使不擾吾境乎？”鄧乃祭江，禱東南風，已而王舟自龍坪江揚帆徑過馬口，須臾出境去，令燃香拜曰：“神力也！”會扈行兵部吕尚書感宵夢心動，捐俸營建是祠，而藩王宫眷聞之，亦解橐中裝相佽助，張侯伐石紀其事，歲久祠圮而碑亦漫漶矣。今紀新祠營建緣起，以志憲使郡縣諸大夫不忍人之善政。因念神之捍患禦災，今猶古也。書厥梗概，俾僧大書深刻於石，以垂不朽焉。祠工始於康熙某年某月某日，成於康熙乙亥某月某日。捐輸銜名具在碑陰。

重修白湖渡橋碑記

黄梅縣西南三十里有白湖渡，蓋孔道也。先是渡口有橋，明成化丁卯縣令樂平進士朱君璧率縣人創建之，郡守徐君霖爲之記。崇禎壬午流寇亂，縣人斷道以禦之，橋遂廢。皇清順治十年重建，歲久又圮。邑令張侯憫念行旅病涉，捐俸以爲士大夫倡，士大夫翕然協應，鄉耆里老捐助惟恐後。於是鳩工伐石，屬北平行僧貞一董其事，鄉人趨事者佐之。工垂竣，請記於余。

黄梅，余鄰壤也，誼不可辭。按《水經》：“江水東過下雉，縣北刊水從東陵西南注之，又東左得青林口。”酈道元注：“青林水分爲二水，一水東流，通大雷；一水西南流，注於江。”蓋東通大雷之水徑梅壤之太白湖，滙爲巨浸。白湖屬太白支派，瀰漫漭瀁，固其所也。渡當南北之衝，凡驛傳、租税、商旅非此塗莫達。春夏漲闊，渡以小舟，舟弗任載，往往覆溺；秋冬水落，泥淖彌望，徒涉者次且不前。不有橋也，其何以濟？《唐六典》，天下造舟之梁四，石柱之梁四，木柱之梁三，巨梁十有一，皆國工修之，其餘皆所管州縣隨時營葺。是則有司之政務，此其大者。然非有明濟開豁之才則逡巡不肯爲，非政通人和，百廢具舉，又匆遽不暇爲。夫車輪阻絶，行李患苦，道路嗷嗷，而長吏若罔聞知者可勝數哉！是役也，於公帑無毫髮損，而周道如砥，星軺之使者方軌以行，漕糧輓輸，絡繹而達於水次，東西南北之車牛任載負戴，貿遷者至此無須臾之留滯，其利溥哉。

張侯諮諏民隱，殷殷以興除爲務，而又倡此大工爲百世利，數年來省視勤勞如一日，工成而後即安，其賢於人也遠矣。

橋長可二十丈，闊丈八尺，高丈八尺，下爲三孔以通舟楫。石之費大約白金七百兩，灰百五十兩，樁費如灰，傭五十兩，堤築之費如傭，欄百八十兩，面石百四十兩。工始於康熙某年某月某日，訖于某年某月某日，凡四載而橋成。官紳士庶捐助錢穀之數，首事名氏别珉具載。

張侯雲松，字壽南，山西祁縣人，康熙壬戌科進士。監修者縣丞加一級李君詮，字衡侯，廣東潮州人也。勞而有成，例得備書以告來者。

楚東江閣記

湖廣地載在圖經凡六千里，而東南之界於九江者爲龍坪。龍坪，古鴻腦洲地，蓋山川之氣蜿蟺緼結亦久矣。瀕江有閣，則自今歲始。閣之高，以尋計者五，廣如之，修亦如之。壓水而基，欲其毋齧也。郭以石，石穿土深入，欲其毋迤也。郛以杙，用松幹爲之，杙周圍繚繞，若垣墉然，欲其毋甐也。羃厥顛與土埒。凡礱甃之工，畚鍤之工，繩削之工，日有餼，月有傭費，具别珉輸白金錢米氏名纖悉都載。工肇於某月某日，至某月某日而竣。余不佞，齒於鄉誼，當記諸石。

按：《水經》："江漢合於翼際峰下，漭沆而東也。右得山曰西塞，曰釣童，水小瀠。左得齊昌之蘄口，廣濟之青林口，水小渚。青林一水東通大雷，支爲湖；一水南注於江，滙於潯陽九派。"龍坪負湖而抱江，奔湍駭浪，江之南朔涯際遂闊。古有江心寺，李太白詩所謂"手可摘星辰"者也。蔡山小刹,今沿舊名,而江心洚洞則蟄龍所宫矣。形家往往言龍坪之閣於東南隅也,宜輿議胥協從刊水移置焉。是役也,趨事赴工,捷於鼛鼓,於是知人之可與有爲也。前朝萬曆中,江漢書院之會庸言懿行,籍籍人口,由今視昔,將毋同乎?登斯閣,憑檻以思,冠蓋閈閎相望,庠塾誦讀聲比屋相聞,猶有先哲之遺風焉。若乃農贍,蓋藏賈裕泉貨,肆鮮奇技淫巧之工,巷無吹簫拊劍鬭雞走狗之徒,月吉讀法古閭師黨正之規,尚有存者。郡縣大夫行部輒稱龍坪善地,有以也。閣之輕重,豈不以人也夫。

西陵書院碑記

翟君漸齋之爲政也,大都以風俗、人才爲先務。風俗欲其樸遬而厚,人才欲其湛深經術而有體用以待庸於世,君子以爲知務矣。翟故聞喜著姓,君治《周易》,成康熙壬戌進士,知廣西賀縣,課最,入銓部矣。部議以君任拊循,用出知麻城縣事,除目下,而君色喜。或問其故,對曰:"先伯考方伯公之澤在楚,楚人至今思之。麻城,岩邑也。承乏專城,採輿頌於故老,遵循方伯公憲章而行之,幸甚。"是言也,君子又以爲知政本矣。

方伯公,諱鳳翥,起家順治丙戌進士,累官藩吾楚,楚人不以官稱也,僉曰象陸先生,則以江漢書院之教,公大有造於楚也。歲在己亥,洞開書院以課士,檄徵督學使者所,取前一人入院肄業。當是時,余亦與焉。公雞鳴入院,日晡而返,試牘彙手丹黄甲乙之。其與多士言,嘗舉宋范文正公、司馬温公居家立朝故事,梳櫛貫穿而申之以勸勉。楚人由是蒸蒸向學,遠近聞風者踵武,廨舍至不能容,則庀材鳩工以廣之。庚子賓興之盛近古所未有也。到於今垂四十年,而楚之舉於鄉、顯名於南宫者往往多公門下士,蓋公教化之廣遠有如此。

今君能繼厥志以施於一邑,諺曰"源遠則流長",有以哉。麻城先賢如鄒中丞之清德,梅司馬、李冢宰之經濟,焜燿寰宇,麟經夙號多專門名家,鄉舉之領解額者後先相望,吏於是邑者振興樂育,取士膠庠猶採木於鄧林焉。君日與縣人學行劘切,於是乎有西陵書院之建。余聞而逾喜之也。麻,岩邑也;令,三晋故家子也。縣治棟宇無增於舊，而以書院聞，將人才起而風俗因之移易焉。詩曰“夙夜匪懈，靖共爾位”，其是之謂歟？余是以届落成之期而爲之記。

君名鴻儀，漸齋其字，余壬戌同門友也。

讀經後記

《易》《書》《詩》贊修删定於聖人，而《春秋》則其所筆削也，《孝經》則口授於門人者也。前史《藝文志》俱以《孟子》入儒家，陳直齋《書録解題》始同《論語》入經類，馬貴與《經籍考》從之，今則並《爾雅》《三禮》《三傳》附《易》《詩》《書》《孝經》《論語》爲十三經矣。

秦火後，《易》以卜筮獨存，惟失説卦三篇。至漢宣帝時，河内女子發老屋得之，其書爲孔氏之舊無復可疑。中間更費直、鄭玄、王弼諸儒紛更，不過離合經傳耳。至程傳、朱本義既行而論已定。歐陽永叔之疑文言，陸象山、楊慈湖之疑繫辭，至有明郝楚望、何玄子且信後天圖而不信先天圖，抑何其喋喋也！

《漢藝文志》：“《尚書》古文經四十六卷，經二十九卷。”二十九卷者，伏生今文也。四十六卷，張霸古文也。漢儒止治伏生書，而張霸古文至成帝時已黜，及梅賾二十五篇之書出，稍有證驗；又有孔安國傳及序，世遂以爲真孔壁古文也。唐初孔穎達等從而爲之疏義，自是孔義五十八篇行世。至天寶三載，詔衛包直改古文爲今文。宋蔡沉作《書傳》，則復合序篇於後。明胡廣等《大全》從之。萬曆甲午，司農部葉春及疏請乘小西飛封款之便，檄彼國搜尋三代以前古書馳獻闕下，蓋以秦始皇二十六年遣徐福入海求神仙，福得童男女數千人，又載珍寶圖籍以往，而古文尚書亦在。倭，徐福種也。故宋歐陽永叔嘗作《倭刀歌》，有曰：“徐福行時書未焚，遺書百卷今尚存。”是秦火後行世者五十八篇，而大聖人手定全經百篇，乃攘竊於徐福入海之年矣，要亦未知其信然否也。

《詩》有韓齊魯燕凡四家。毛詩最後出而獨傳，蓋毛貫穿先秦古文，其釋《詩》與《金縢》《孟子》《左傳》《國語》《儀禮》有合。河間獻王深知其精，以爲漢初諸儒所未見之書，而毛説先與之合，故謂之源流子夏也。至朱子《集傳》始改其説，而胡廣《大全》主之。詩序之作，或以爲孔子，或以爲子夏，或以爲國史，皆無明文可考。馬端臨曰："朱文公之解經，於《詩》國風抵斥尤多。以愚觀之，書序可廢也，詩序不可廢也。就《詩》而論，雅頌之序可廢，而十五國風序不可廢也。"鄭漁仲曰："小雅、大雅者，隨其音而寫之律耳，變風、變雅之説，夫子未嘗有，蓋詩之次第皆以後先爲序，而非正變之謂也。"二家之論如此，亦學人所當參伍而折衷者乎。

《春秋》古經，雖《漢藝文志》有之，然夫子所修之《春秋》，其本文世所不見，而自漢以來所編則從三傳中取出經文耳。漢初，公、穀、鄒、夾凡四家，厥後惟公、穀立於學官，左氏最後出而最傳，則劉歆、杜預之力爲多云。

《禮》古經出於淹中，河間獻王獻之，凡五十六篇，惟十七篇與高堂生所傳不殊，而字多異世所傳《儀禮》也。張淳謂：漢初未有《儀禮》之名。賈公彦云：《儀禮》與《周禮》同是周公攝政六年所製。鄭漁仲言：三禮之學所以詭異者，其故有四：有出於前人之所行而後人更之者，有出於聖門而傳之各異者，有後世諸儒損益前代自爲一朝之典者，有專門之學各自名家而以臆見爲先代之訓者。考亭朱子以兩言槩之曰："《儀禮》，禮之根本也；《禮記》，其枝葉也。"《周禮》一書，劉歆善之，蘇綽、王通善之，至王安石用之而亂天下矣，要豈書之罪哉？

《爾雅》，初不著撰人名氏，郭璞序亦第稱"其興於中古，隆於漢代"而已。至陸德明始謂《釋詁》爲周公所作，其説蓋本於魏張揖上廣雅之表云。《朱子語録》曰："《爾雅》是取傳注以作。"後人却以《爾雅》證傳注矣。

《孝經》一書，顔芝藏之於秦火之日。長孫氏、張翁、后倉、翼奉、張禹得之，以名其學，孔安國爲之傳，劉向爲之校讎，鄭衆、馬融爲之注，至唐明皇自注，元行冲造疏，頒行天下。宋咸平中詔邢昺、杜鎬等撰正義，人到於今與《語》《孟》並童而習之矣。

要而論之，經學之在天下，大明於有宋一代諸大儒，周之《太極易通》爲之首，張之《西銘》、程之傳、朱之本義集注啓蒙，邵之《皇極經世》繼之，蔡九峰之《洪範皇極》、西山之《律吕新書》、吕東萊之《近思録》、真西山之《大學衍義》又繼之，日星燦而江河流矣，而漢唐以來諸君子孜孜捃拾、存亡繼絶之功亦烏可少哉！明西亭宗老嘗得李鼎祚

《周易集傳》鐫板行世，又爲《諸經序録》，凡爲經之傳注、訓詁者皆載其序文，使世之學者不得見其書而讀其序固已知其所以爲書之意。歸震川序之，有曰："唐人崇進士之科而經學幾廢，本朝學校科舉之格不免有唐世義疏之弊。"有味乎其言之也。嗟乎！學者苟不安於寡陋而欲閎覽博物，舍窮經奚由哉？

讀史後記

夏、殷以上，左史記言，右史記事；周則太史、小史、内史、外史、御史分掌其事，而諸侯之國亦置史官。遭秦滅學，先王之典莫存。

漢武帝時始置太史，命司馬談爲之，以掌其職。時天下計書皆先上太史，副上丞相。談乃據《左氏》《國語》《世本》《戰國策》《楚漢春秋》，接其後事，成一家之言。其子遷又爲太史令，嗣成其志，創爲義例，上自黄帝，迄於炎漢，撰成十二紀以序帝王，十年表以貫歲月，八書以紀政事，三十世家以序公侯，七十列傳以志士庶。上下三千餘載，凡爲五十二萬六千五百言。遷没後，缺景、武紀，禮、樂、律書，三王世家，漢興以來將相年表，日者、龜策傳，蘄、蒯列傳十篇，元、成間褚少孫追補，及益以武帝後事，辭旨淺陋，非遷本意也。

後漢玄武司馬班固，續司馬《史記》，撰十二帝紀、八年表、十本志、七十列傳，起高祖，終於王莽之誅，凡八十餘萬言。然始元而前，馬遷先之，始元而後，固父彪成之。自昭至平六世，資於賈逵、劉歆，復有陳宗、尹敏、孟異之徒共之。而八表、天文志則所補也。固書實無幾耳。

爲後漢史者有謝承、薛瑩、司馬彪、劉義慶、華嶠、謝沉、袁山松七家。其前又有劉珍等《東觀記》。至宋范蔚宗乃删取衆書爲一家言，撰十帝紀、八十列傳。初令謝儼撰志，未成而蔚宗伏誅；晋秘書監河内司馬彪紹統補撰；梁剡令平原劉昭補注，於冠幘、車服尤詳云。

《三國志》，晋陳壽撰。魏四紀，二十六列傳，蜀十五列傳，吴二十列傳。宋文帝嫌其略，命裴松補注，博采群説，其多過本書數倍矣。

唐貞觀中，以何法盛等十八家晋史未善，詔房喬與褚遂良、許敬宗等再加撰次，乃據臧榮緒書增損之。後又命李淳風、李義府、李延壽等十三人分掌著述，敬播等四人考正類例。西晋四帝五十四年，東晋十一帝一百二年。又五凉、四燕、三秦、二趙、夏、蜀十六國割據中原，共成帝紀十、志二十、列傳七十、載記三十，例出於播，天文、律曆，淳風專之，喬以宣、武紀，陸機、王羲之傳，上所自爲，故曰制旨，又總題御撰焉。

梁沈約撰《宋書》，十本紀，三十志，六十列傳。齊永明中，約奉詔爲是書，以何承天書爲本，旁采徐爰之説以成之。

蕭子顯撰《南齊書》，八紀，十一志，四十列傳。

唐姚思廉撰《梁書》，六本紀，五十列傳。又撰《陳書》，六本紀，三十列傳。

北齊魏收撰《後魏書》，十二紀，十志，九十二列傳。

唐李百藥撰《北齊書》，本紀八，列傳四十二。

令狐德棻撰《周書》，本紀八，列傳四十二。

魏徵等撰《隋書》，紀五，列傳五十五。長孫無忌等撰志，志高宗時始成，上總梁、陳、齊、周之事，俗號五代志云。

李延壽撰《南史》八十卷，《北史》八十卷。延壽父太師嘗謂：宋齊迨周、隋，分隔南北，欲改正擬《吴越春秋》編年，未就而卒。延壽後依司馬遷體，總叙八代，北起魏盡隋，二百四十二年；南起宋盡陳，百七十年，爲二史，删煩補闕。唐高宗嘗善其書爲之序，序今缺矣。

《唐書》唐韋述撰，因吴兢《唐史》舊本，自創業訖於開元，刊去酷吏傳，爲統志、列傳一百一十二卷。至德乾元以後，史官于休烈增肅宗紀二卷，而史官令狐峘等復於紀、志、傳後隨篇增緝，而不加卷帙。石晋宰相劉煦因韋述舊史成帝紀二十，列傳一百五十，較之實録多所缺漏，又是非舛錯，至以韓愈文章爲大紕繆。宋嘉祐中，奉詔删定。歐陽修撰紀志，宋祁撰列傳，舊書約一百九十卷，新書約一百七十四卷，而其中增表，故書成，上於朝，自言曰："其事則增於前，其文則損於舊也。"

開寳中，詔修梁唐晋漢周五代史，盧多遜、扈蒙、張澹、李昉、劉兼、李穆、李九齡同修，而宰相薛居正監修焉。歐陽修以薛居正猥煩失實，重加修定，藏於家。修没後，朝廷聞之，取以付國子監刊行，今所傳《五代史記》也。

宋史本朝凡三書，太祖、太宗、真宗曰三朝，吕夷簡等撰；仁宗、英宗曰兩朝，王珪等撰；神宗、哲宗、徽宗、欽宗曰四朝，嘗專付曾鞏，使合之。會鞏以憂去，淳熙中，洪邁奉詔修成三十餘卷矣，而有永思攢宫之役。尤袤以《高宗實録》爲辭請權罷史院，於是遂已。迨元世祖立國史院，首命王鶚修遼、金二史，宋亡又命史臣通修三史。延祐、天曆間屢詔修之，以義例未定竟不能成。順帝至正三年，命脱脱爲都總裁，鐵木兒塔識、張起巖、歐陽玄、吕思誠、揭奚斯爲總裁官修之，或欲如《晋書》例，以宋爲世紀，遼、金爲載記；或又謂遼立國先於宋五十年，宋南渡後嘗稱臣於金，以爲不可。待制王理者，著《三史正統論》，欲以遼、金爲北史，太祖至靖康爲宋史，建炎以後爲南宋史。一時士論雖知宋爲正統，然以元承金，金承遼之故疑之，各持論不决。詔遼、金、宋各爲史，發凡舉例、論贊表奏多玄筆焉。

明洪武二年詔宋濂、王禕總修元史，徵逸士汪克寬、胡翰、朱禧、陶凱、陳基、趙增、曾魯、高啓、趙汸、張文海、徐尊生、黄箎、傅恕、王錡、傅著、謝徽爲撰修官，而筆削則濂、禕之力爲多云。

蓋自仲尼既没，諸子百家各以空言著書，至於歷代實迹無所統繫，惟司馬氏通黄帝堯舜至於秦漢，勒成一書，使百代而下史官不能易其法，學者不能捨其書，六經之後惟有此作，故謂周公五百歲而有孔子，孔子五百歲而此書繼之，其自任之重如此。班固譏其論大道則先黄老而後六經，序游俠則退處士而進奸雄，述貨殖則崇勢利而羞貧賤；後世之論遷者多以此説爲不然，遷特感當世之失有所激而寓之於言，不察其心而驟譏之，過矣！蘇轍《古史》言馬遷淺陋粗疏而東萊吕氏惡之，其言曰："太史公之書法，微而顯，絶而續，正而變，措意深遠，寄興悠長，文見於此而起義在彼，若魚龍之變化不可得而踪迹，讀者可不參考互觀以究其大指之所歸乎？"噫！之言也，乃善於讀史者也。《史記》一書，功在十表，猶衣裳之有冠冕，水木之有本源。

固乃以古今人物强立差等，重複駁亂。且謂漢紹堯運、自當繼堯，則無稽之論也。《史記》之"太史公曰"者，皆史之外事，不爲褒貶，間有褒貶者，褚先生之徒雜之耳。紀傳直書善惡，足爲監戒，何必於後更有贅詞？後之史家，或謂之論，或謂之叙，或謂之贊，或謂之評，則皆固啓之矣，然《漢書》規模閎整，猶後來莫能髣髴。

若蔚宗自謂"體大思精"，序論筆勢縱放，往往不減《過秦論》，嘗以此擬班氏，非惟不愧而已。而世多譏其創爲皇后紀，及採《風俗通》中王喬、《抱樸子》中左慈等詭譎事列之於史；又贊辭佻巧，失史之體矣。

陳壽身爲蜀人，徒以仕屢見黜，父爲諸葛亮所髡，遂以魏爲帝而儕漢於孫氏。其死未幾，習鑿齒作《漢晋春秋》，起漢光武終晋愍帝，以蜀爲正，魏爲篡，謂漢亡僅一二年則已爲晋。廬陵蕭常起昭烈章武元年辛丑盡少帝炎興元年癸未，爲《續後漢書》。張栻《經世紀年》直以先主上繼獻帝而附魏吴於下。嗚呼！一人之私意其能盡萬世之公論乎？

《晋史》叢冗，又採《語林》《世説》《幽明録》《搜神記》悠謬之言。

《宋書》本志兼載，魏晋失於限斷。《南齊》天文但紀災祥，州郡不著户口，較諸前後《漢》，其風日下，豈材固不可强耶？

思廉以謝、顧諸書綜括爲二史，以卒父業，其書成之甚難而久不顯，及宋興已百年始得列於學官。

魏收德楊休之助，謝以佳傳，納爾朱榮子之金，爲減其惡穢，史之稱流傳千載矣。

百藥父德林，在齊嘗撰著紀傳，貞觀初因續成以獻。諸史稱帝號，百藥避唐朝名諱，獨不書世祖世宗之類，例既不一，識者少之。

武德中，德棻建言近代無正史，有詔分修，久莫能就。貞觀二年，復詔修定。德棻與岑文本、崔仁師次《周史》，李百藥《齊史》，姚思廉《梁陳史》，魏徵《隋史》，房喬總監，是《周書》成於德棻，而數朝修撰之原亦自德棻發之也。《隋志》極有條理，可以無憾，蓋五代南北兩朝紛然淆亂，豈易貫穿？而讀其書則了然在目，良由當時區處得人。顔孔通古今，故令修紀傳，而十志付之志寧淳風輩，是以綱舉而目張也。

遡齊陳氏謂延壽《南北史》粗得作史之體，司馬温公亦曰延壽之書亦近世之佳史也。

《唐書》之成也，歐、宋各著名銜上之，舊例止署官高一人，宋祁感其退遜，然紀用春秋法，不失簡古；而列傳字多奇澀，然則歐殆不滿於宋名銜之著，亦用以自表異耶？

《五代史紀》發論必以"嗚呼"，其意曰此亂世之書也。於諸臣之止事一朝者曰某臣傳，其更事歷朝者曰雜傳，尤足以爲世訓。然不爲韓通立傳，識者有以見作史之難，而又歎五十二年君若臣無赫赫可紀之聲迹，雖有良史才亦莫如之何矣。

《宋史》蕪弱，事之首尾，人之顛末，逾繁逾晦，望之如黄茅白葦，自有史册以來無如此者。

《金史》頗稱簡雅。《遼》《元》又無譏焉。

記古人姓名

昔大參陳彭年便殿賜坐，定陵問曰："墨允、墨智何人?"對曰："伯夷、叔齊也。"問："見何書?"曰："《春秋少陽》。"詔令秘閣取書，書至，彭年曰："於第幾簡。"尋閲果得之。蓋允字公信，智字公達云。

古人姓氏名字有不載正史本傳而雜出於書疏記注家者，如蒼頡，姓侯剛氏，見古篆文注。許由字仲武，見《莊子》釋文。墨胎中子名伯遼，見周曇《詠史》詩注。仲雍字孰哉，雍古饔字，饔，熟食也，故字孰哉。孰，古熟字也。見《索隱》注。子産一名美，《春秋》襄公二十五年傳。莊周字子休，《列子》注。孫叔敖名饒，計然姓辛氏，字子文，或曰研，或曰計倪，《索隱》注。王良字子期，《韓非子》曰爲趙簡子御。杜康字仲寧，魏武《短歌》注。鬼谷子姓王名詡，《續列仙傳》。陳仲子字子終，皇甫謐《高士傳》。范蠡字少伯，《吕覽》高誘注。漢高祖父太公名湍，或曰煓，字孰嘉，《後漢書》注及皇甫謐《帝王世紀》。高祖兄仲名喜，曹參字敬伯，申公名培，並《史記》注。項伯名纏，字伯，《漢書》注。叔孫通名何，《楚漢春秋》。四皓：東園公姓園，名秉，字宣明，《陳留志》。襄邑人，常居園中，故號園公。夏黄公，姓崔，名廓，字少通，《鄞志》。綺里季，姓朱，名暉，字文季。角里先生，姓周，名述，字原道，並皇甫謐《高士傳》。壺關三老，姓令狐，名茂，荀悦《漢紀》。楊王孫，名貴，《西京雜記》。伏生名勝，字子賤，西漢碑。文翁名黨，字仲翁，《歷代小志》。揚雄所稱李士元者，名弘，《蜀・秦宓傳》注。鄭子真，名樸；嚴君平，名遵，《漢書》王貢兩龔傳注。張宗，字諸君；杜茂，字諸公，《陳忠傳》注。公孫弘，字次卿，《漢書》不載，而鄒長倩與弘書有"次卿足下，勉作功名"語。施延，字君子，《後漢書》注。河伯，姓馮，名夷，字公子，《聖賢冢墓記》並《秦宗新祠頌》。衛夫人，名鑠，字茂漪，《翰墨志》。汲冢書，汲縣耕人於古冢得之，耕人姓不，不字讀作彪，其名准。秦方士徐市，又作徐福，非有兩名也，市乃古黻字，漢時未有翻切，但以聲相近字注其下，後人讀市字作市廛字，故疑福爲别名耳。蔡邕父，名稜，字伯直，《後漢書注》，傳奇戲文蔡從簡，杜譔無稽矣。諸如此類，不可勝數。

余讀古文，褒異何燕泉《餘冬序録》《楊升庵集·瑣綴》之文旁摭博引，以見讀書人見聞不可自盡也。古人名、字大都義相表裏。聖門端木氏，字子貢，蓋自上而下曰賜，自下而上曰貢也；卜商，字子夏；仲由，字子路。皆相表裏，餘可類推已。古人往往有一言字者，大夫種姓文字禽，張釋之字季，袁盎字絲，朱雲字游，鄭當時字莊，眭弘字孟之類是也。張晏曰：匡衡少時字鼎，故諸儒語曰"無説《詩》，匡鼎來"，後乃字稚圭耳。古人之字子也，循名責實。唐元次山子，長叔閑，呼爲直者；次叔静，呼爲正者。宋老蘇字長公，軾曰子瞻，次公轍曰子由，於字説寓家訓焉。明歸太僕不喜人稱號，問之則曰："有光字熙甫。"固請之，漫應曰："震川。"已而聞信陽何進士出圖號與相符，乃自述緣起，明其非有意於號也。今則人人而號矣，公卿大夫固然，然稱者止用一言而以翁字老字足之。甚矣！人之好諛也！

願廬記

金子爲學官於郢四年矣，署故湫隘，不可以居，風雨霜雪几榻沾濡。當是時，雖歌聲間出金石，而意興不屬，蕭如也。康熙丁巳秋，于役荆南，浹五旬歸，兒子啓洛搆茅廬適成，高不盈丈，廣八尺許，縱亦如之。前移植脩竹數竿，松四本，豢魚盆石，累土成花塢，郢人士園卉次第羅而致之。日夕讀經史，三六九日學作制舉文字，點竄之餘稍稍示以周程朱子微言及昌黎廬陵眉山諸大家之法。會友人遺余杜集，丹黄諷詠，油油乎甚適也。一日兒子欲圖所以名是廬者，且乞客山毛叟法書以額之，適讀王充《論衡》至"願與憲同廬"之句，則告之曰："古有之矣，樓曰竹閣，曰芝堂，曰浣花亭，曰喜雨臺，曰超然齋，曰君子舫，曰浮家泛宅，皆寓言也，古人意之所到，筆輒隨之，余其名此廬曰願廬乎?”兒唯唯,遂書之。

李岩瞻雪堂記

客有從沙賁來者,爲余道教諭岩瞻先生起居曰:“先生築書屋三間於明倫堂左方,擁書可萬卷,筆床、研匣、酒罍、茶鐺、棋枰皆古物,堂前雜植花卉,凡數十種,玉蘭、叢桂則韓大令所貽也。先生日課丈夫子三人,箋毛詩,注古文。暇則含飴哺孫,孫羅立,先生心樂之。其屋之落成也,顔曰‘雪堂’。”

余曰:“昔鄭虔官廣文,少陵猶曰坐寒無氊,賴蘇司業予酒錢耳,若州郡,俸入薄,其冷愈甚。明時桑悦民懌之諭泰和也,連宵旦雨,舍圮,守妻子,不得候上官,今逾甚矣。沙賁先生舍不圮,足矣,顧能堂乎? 且孰與登斯堂也?”客曰:“沙賁人士踏踵來,户常滿。”余曰:“學官期得士耳,桑民懌於泰和得徐威者,領弘治壬子鄉薦,授鄖西諭,取桑古賦字棘喙不能句者,爲之疏通箋注以傳。若沙賁得士,豈一徐威乎? 先生不貧矣。且夫雪,至潔也,昔人赤脚上灊嶽峰,大叫曰:‘遍天地白玉和成,使人心膽澄澈。’登斯堂也,塵襟滌矣。”

客曰:“善! 請以是爲雪堂記。”余脱稿畀之。

先生姓李氏,名必泰,余中表兄,鄉舉齊年者也。

居業齋文稿　卷六　考

朱陸異同考

朱陸之有異同也，其始於鵝湖之辨歟？曰：不自鵝湖始也。陸子美開端刺濂溪無極太極爲老氏之學，而晦庵則表章濂溪者也，此其異者一。陸自丱角時聞伊川語，輒有如或傷我者，謂人曰："伊川之言奚爲？與孔孟不類。"而紫陽以爲明道語猶渾淪超邁，學之無可依據，不如伊川之論確實精密，耐學人咀嚼也，此其異者一。子壽、子静原本伯兄，與晦庵格物致知之説争源分流，學者從之，遂分徑路，此其異者一。陸學主於求放心，或勸之著書，輒曰："六經注我，我注六經。"考亭本涵養在敬進，學在致知之指，而孶孶以羽翼六經四子爲已任，發揮研索惟日不足也，此其異者一。

然而象山之言曰："建安亦無朱元晦，青田亦無陸子静。"考亭之言曰："南渡以後着實理會者，惟某與子静而已。"由斯以觀，則是兩先生者異而未嘗異也。然觀子静之言，渾同曠達焉耳；而朱子於講説喻義一章則動容歎服，至請筆之於簡，受而藏之，忠信篤敬有交友之誠焉。朱陸之氣象亦於此可見矣。陸氏兄弟崛起，其學鮮所師承，而朱子不然。蓋宋學以濂洛關閩爲宗，閩以朱爲宗，朱以楊中立爲宗。中立受學於明道，比歸，明道送之曰："吾道南矣。"中立一傳而有羅仲素，再傳而有李愿中，三傳而爲朱子。而籍溪胡原仲、白水劉致中、屏山劉彦沖皆朱子父執也，遵遺命事之，聞道最早。蓋朱學之元元本本如此。兩家門弟子皆有可觀。陸門高弟有袁燮、沈焕、曹建、舒璘之屬，然楊敬仲獨以不起意爲宗，至詆思孟爲小覺，捐棄經典，師心自用，猖狂放恣，於是乎極矣。朱門則有蔡元定，質行篤學，文公稱爲老友。而《尚書》之集傳、《洪範》、《皇極之數》沉也著之。至於黄幹、李燔、張洽、廖德明、葉味道、李方子、詹體仁、陳淳、傅伯成、徐僑、輔廣、楊復、黄灝、石子重之徒，亦皆恂恂規矩，不敢放言高論以之乎宕佚之域焉，其學之傳人又如此。善乎清瀾陳氏之論曰："朱子未出以前，蘇子瞻以佛旨解《易》，游定夫以佛旨解《論語》，王安石、張子韶以佛旨釋諸經，程門諸子以佛旨釋《中庸》，吕居仁以佛旨釋《大學》，自朱子出而後諸家之論皆廢。"由此推之，六經非得朱子六經之指不明；佛學非得朱子佛學不息，宋世雜學非得朱子雜學無所折衷。

然則朱之與陸，安得謂無異乎哉？蓋嘗論之，由孔子而後，曾子、子思得其微，至孟子而始著；由孟子而後，周、程、張子繼其絶，至朱子而始著。孔子得唐虞三代之道法文章，乃可以任删述；朱子得濂洛關中之師弟議論著述，乃可以成傳注。是故集群聖之大成者，孔子也；集群賢之大成者，朱子也。學者誠有志於道，由朱子以溯乎周、程、張子，由周、程、張子以溯乎六經四子，致力於博觀約取，考驗於良友嚴師，躬行實踐於綱常倫紀、家國天下，求不愧爲聖人之徒可也，而奚取乎朱陸異同之嘵嘵爲哉！

氣盈朔虚考

古迎日推測，自黄帝始也；以閏月定四時成歲，自帝堯羲和之命始也；在璿璣玉衡以齊七政，自帝舜受終文祖始也。夫占候之法，東西，朔南，鳥火，星昴，析因，彝燠，孳尾，希革，毨氄，俯仰觀察，無弗及焉，聖人之敬天勤民，其謹如此。或曰：曆者，歷也。人之推步有常，而天與日月星辰之所歷者變動不一，是故太虚三百六十五度四分度之一，天與日月星辰歷乎其中，而晝夜之行或遲或速，周天之日或多或少。星辰之遲留、疾速、見伏、順逆，或合或不合；日月之晦朔、弦望、盈虧、交食，或應或不應；節氣之虚盈、消息、寒暖、雨暘，或符或不符。

三代後曆法不同，其閏法亦從而異焉。秦用顓頊曆，以十月爲歲首，遇閏年即閏九月，謂之後九月，蓋取左氏歸餘於終之意，漢初因之。至太初曆乃用夏正建寅，洛下閎言數百年後當差一日，理有必然。五季時，戴法興、祖冲之互相彈駁，然自冲之大明之曆成，始悟太陽亦有歲差之數，自是歲差法言人人殊：使五十年退一度者，虞喜也；倍其年者，何承天也；取二家之中數爲七十五年者，劉焯也。

唐開元麟德，曆書推步漸疏，敕僧一行改造，是爲《大衍曆》。一行曰：夏四百三十二年而日差五度，商六百二十八年而差八度，自宗周至春秋之季亦差八度。於是乎有曆本之議，曰交會也，交終也，朔差也，望差也，陽曆陰曆也；有中氣之議，曰歷氣始於冬至取諸晷景也；有合朔之議，曰日月合度謂之朔，無所取之，取之蝕也；有九道之議，曰日有中道，月有九行，中道，黄道也；有五星之議，曰歲星自商周迄春秋之季，率百二十餘年而超一次也。嗚呼！一行之法密矣。

宋則蔡元定、邵雍之論又加密焉，而論者以爲堯夫差法冠絶古今。元用郭守敬作簡儀高表，所考正者凡七事：曰冬至、曰歲餘、曰日躔、曰月離、曰入交、曰二十八宿距度、曰日出入晝夜。刻所創法凡五事：曰太陽贏宿、曰日行遲疾、曰黄赤道差、曰黄赤道内外度、曰白道交周。自守敬上泝千一百八十二年，曆經七十，改其朔法者十有三家，及守敬又加密焉。

然法愈密而差愈多者何也？象山陸九淵之言曰："曆家所謂朔虚氣盈者，以三十日爲準耳，自前合朔至後合朔不滿三十者曰朔虚，一節一氣，共三十日有餘分曰氣盈。"蔡沉之言曰："日與天會而多五日九百四十分日之二百三十五者爲氣盈，月與日會而少五日九百四十分日之五百九十二者爲朔虚，合氣盈朔虚而閏生焉。"考亭朱熹之言曰："閏餘生於朔不盡周天之氣，周天之氣，二十四氣也。月有大小，朔不得盡此氣，而一歲之日足矣，故置閏焉。"黄瑞節曰："一歲日行多五日又五百三十五分，一歲月行少五日又五百九十二分。將日行所多合月行所少通得十日又八百二十七分。一歲之閏，率也；三歲一閏，合三歲之間日行所多月行所少，通得三十二日又六百單一分也；五歲再閏，合五歲之間日行所多月行所少，通得五十四日又三百七十五分也；十九歲七閏，合十九歲日行所多月行所少，通得整日一百九十，又每歲餘分八百二十七，十九年共得一萬五千七百一十三，以日法九百四十分而一除之，得十六日猶餘六百七十三分，並一百九十日通二百單六日又六百七十三分也。凡二十九日零四百九十分爲一月，恰是七閏月之數。所謂氣朔分齊者，十九年合氣盈朔虚得二百單六日不盡六百七十三分也，七閏月亦二百單六日不盡六百七十三分，氣之分與朔之分至十九年而皆齊，此所謂氣朔分齊。而冬至定在十一月朔，是謂至朔同日，乃一章也。”

昔伊川程頤曰：“曆象之法，大抵主於日。日一事正，則其他皆可推。”蓋嘗由是説而思之，日者，陽之精，天之用，月與星辰之宗也，故日躔定，則天與星辰、歲時、月日無不定矣。今試因中星以知日躔，因日躔以定節炁，因日與天會而爲年，因日與月會而爲月，節節察日，月月察斗，季季察中星。按：今歲之冬至爲來歲之曆元，則三歲一閏，五歲再閏，十有九歲七閏，氣朔分齊，是爲一章焉。若三年而失閏，則春之一月入於夏矣，子之一月入於丑矣，積之之久，至於三失閏則春皆入夏矣，十二失閏則子皆入丑矣，欲以課農桑興庶務不亦難乎？

文廟祀典考

先師孔子之廟，漢祀太牢，唐封王爵，宋尊稱爲至聖，元加號曰大成，禮綦重矣。

明興，典章儀物逾益備焉。洪武元年，定釋奠儀，每歲仲春秋上丁，先期皇帝齋戒，獻官陪祀，執事官皆散齋二日，致齋一日。前祀一日，皇帝服皮弁服，御奉天殿，降香。至日，以丞相初獻，翰林學士亞獻，國子祭酒終獻。牲用牛羊豕各一，幣一，白色籩豆各八，簠簋各二，登一，鉶二，犧尊、象尊、山罍各一；四配位牲用羊一，豕一，幣一，白色籩豆各四，簠簋各一，登一；從祀十哲兩廡各用籩豆各二。祝文曰：“維王德配天地，道冠古今，删述六經，垂憲萬世。兹爲仲春，秋則曰仲秋。謹以制幣牲齊粢盛庶陳明薦，以兖國復聖公、郕國宗聖公、沂國述聖公、鄒國亞聖公配。”

四年禮部奏更定儀物，正位籩豆各十，酒尊三，爵三，餘如舊。四配位每位羊一，豕一，酒尊一，餘同正位。從祀十哲，東五位共用豕一，帛一，爵一，西五位同。東廡五十三位爲十三壇，共用豕一，帛一，爵一，每壇籩豆各四，簠簋各一，酒盞四；西廡五十二位亦爲十三壇，與東廡同。陳設用高案，牲用熟。樂生六十人，舞生四十八人，引舞二人，凡一百一十人，擇國子監生及公卿子弟在學者教肄之。天下府、州、縣學釋奠儀，正位酒尊一；爵三；登一，盛大羹；鉶一，盛和羹；籩八，實以形鹽、藁、魚、棗、栗、榛、菱、芡、鹿脯；豆八，實以韭菹、菁菹、芹菹、筍菹、醓醢、鹿醢、兔醢、魚醢；簠二，盛黍稷；簋二，盛稻粱；篚一，實以帛；牲，羊一、豕一。四配位共酒尊一；各爵三；登一，盛大羹；鉶二，盛和羹；籩六，實以形鹽、藁、魚、棗、栗、菱、鹿脯；豆六，實菁菹、芹菹、鹿兔魚醢；簠一，盛黍；簋一，盛稷；篚一，實帛；牲，共羊一、豕一，解爲四體。十哲位共酒尊一；東五位爵五；鉶一，盛和羹；籩四，實形鹽、棗、栗、鹿脯；豆四，實菁、芹菹，鹿、兔醢；簠一，盛黍；簋一，盛稷；篚一，實帛；牲用豕一，解爲五體。西五位如之。東西廡每四位共一案；爵四；籩二，實鹽、鹿脯；豆二，實菁菹、鹿醢；簠一，盛黍；簋一，盛稷；牲用豕二，解爲百五分。兩廡各設香案一；篚一，實帛。三獻，府州縣各以正官行之，有布政司則以布政司官行其分。獻定，以本學儒職及老成儒士充十哲。兩廡一獻。祭服，則主祭、陪祀官與執事者服之，陪祀儒士用深衣、幅巾。每歲以春秋二仲上丁日行事。兩京廟學之制皆南向，廟在學之東，中大成殿。殿左右兩廡前大成門，門左右列戟二十四。門外東犧牲厨，西祭器庫。又前櫺星門。

嘉靖九年，更定稱先聖先師，不稱王；稱廟，不稱殿。祀用木主，籩豆用十，樂用六佾，配位公侯之號削，稱先賢先儒。廟中，至聖先師孔子位；四配位：復聖顔子子淵回、述聖孔子子思伋、宗聖曾子子輿參、亞聖孟子子輿軻，東西相向。稍後：先賢閔子子騫損、冉子仲弓雍、端木子子貢賜、仲子子路由、卜子子夏商、冉子伯牛耕、宰子子我予、冉子子有求、言子子游偃、顓孫子子張師，亦東西相向。東廡從祀：先賢澹臺子子羽滅明、原子子思憲、南宫子子容适、商子子木瞿、漆雕子子若開、樊子子遲須、公西子子華赤、梁子叔魚鱣、冉子子魯孺、伯子子析虔、冉子子産季、漆雕子斂哆、漆雕子子期徒父、商子子季澤、任子子選不齊、公子子正良儒、奚子子皙容蒧、顔子子襄祖、勾子子疆井疆、秦子子丕商公、祖子子之句兹、縣子子祺成、燕子子思伋、顔子子叔之僕、樂子子聲欬、邽子子歛巽、公西子子上輿、公西子子尚蒧、陳子子禽亢、琴子子開張、步子子車叔乘；先儒左丘明、穀梁赤、高堂生、毛長公萇、杜子春、王仲淹通、歐陽永叔修、周茂叔敦頤、程正叔頤、張子厚載、楊中立時、羅仲素從彦、朱晦庵熹、陸子静九淵、蔡仲默沉、許平仲衡、陳公甫獻章、王伯安守仁，凡四十九人。西廡先賢宓子子賤不齊、公冶子子山長公、晳子季次哀、高子子羔柴、司馬子子牛耕、有子子有若、巫馬子子期施、顔子子柳辛、曹子子循恤、公孫子子石龍、秦子子南祖、顔子子驕高、壤駟子子徒赤、石作子子明蜀、公夏子子乘首、后子子里虔、公肩子子忠定、鄡子子家單、宰父子子素黑、榮子子祺旂、左子子行郢、薛子子徒邦、原子子籍亢、廉子子曹潔、叔仲子子期會、狄子晳之黑、蔑子子蔑忠、施子子恒之常、秦子子之非、申子子周棖、顔子子聲噲，先儒公羊高、伏子賤勝、孔子國安國、董仲舒、后近君蒼、韓退之愈、胡翼之瑗、程伯淳顥、邵堯夫雍、司馬君實光、胡康侯安國、李愿中侗、吕伯恭祖謙、張敬夫栻、真希元德秀、薛德温瑄、胡淑心居仁，凡四十八人。

啓聖祠之建也，弘治元年吏部尚書王恕疏請，十四年侍郎魯鐸復請，至嘉靖九年從輔臣張璁議，始令國子監及各省府州縣俱立啓聖祠。祠正位啓聖公孔子叔梁紇，配位先賢顔季路無繇、孔伯魚鯉、曾子晳點、孟公宜激，東西相向；從祀先儒程伯温珦、蔡季通元定、朱喬年松，亦東西相向。萬曆二十三年續入周輔成，從湖廣巡撫郭惟賢請也。祠樂舞、祭器俱如太學、闕里，歲以四仲上丁行禮，用太牢。

天下廟祀，每歲春秋二仲，凡一千六百餘處，歲用牛六、豕二萬七千有奇、羊五千八百有奇、鹿二千八百有奇、兔二萬七千有奇、帛二萬七千六百餘段。而郡縣之名宦鄉賢各附廟食，禮於是乎備矣。

文廟之有從祀，其禮起於漢延光，而其議定於唐貞觀。其已祀而奪者始於洪武之黜揚雄。迨嘉靖九年用輔臣張璁言，退荀況、馬融、劉向、賈逵、王弼、何休、戴聖、王肅、杜預、吴澄而罷其祀，抑鄭衆、盧植、鄭玄、服虔、范甯而祀於其鄉。當是時，進王通、胡瑗、蔡元定，以濮議故，進歐陽修，天下不以私眥修而以公許通、瑗、元定也。其請祀而未允者，王禕請祀孔穎達、范仲淹、魏了翁、吴澄；成化中辛訪請祀何柏、王基、金履祥、許謙；乙酉助教李申請祀許謙、劉因；知府彭宣請祀吴澄；丁亥學士劉定之請祀陳澔；大學士彭時請祀劉子翬、胡宏；弘治己未給事中吴世忠請祀吕大臨、游酢、尹焞、黄幹、張洽、陳淳、魏了翁、何基、王柏、劉因；弘治戊申禮部尚書周弘謨請祀黄幹、輔廣、金履祥、許謙；己未給事中吴世忠請祀吴與弼；婁性請祀宋濂、楊士奇、吴訥；辛酉陳敏政請祀顔何；辛亥謝鐸請祀吴澄；嘉靖中金華知府劉蒞、副都御史錢學孔、給事中章喬、御史戚雄各請祀何柏、王基、金履祥、許謙；庶子童承叙請祀尹焞、黄幹、吴與弼；壬午四川參政許瓚請祀岳飛、文天祥；而湛若水請祀耶律楚材、劉因；隆慶中提學徐栻請祀黄憲；萬曆甲申户科給事中田大年、大理寺王用汲請祀吴與弼；御史黄師顔、田大年、左都御史趙錦、詹事沈一貫、諭德韓世能、給事中王士性、尚書沈鯉、大理寺少卿王用汲請祀陳真晟；甲午給事中田大年、王士性、御史黄師顔、寺丞李禎、詹事沈一貫、諭德韓世能、尚書沈鯉、少卿王用汲請祀羅倫；甲申黄師顔、給事中田大年、寺丞李禎、侍講學士周子義、左都御史趙錦、詹事沈一貫、諭德韓世能、給事中王士性、尚書沈鯉、郎中唐伯元請祀章懋；黄師顔、韓世能、沈鯉請祀黄仲昭；光禄寺丞李禎請祀曹端；御史黄師顔、龔一清、祭酒張位、給事中王士性、萬象春、諭德韓世能、侍郎周子義、尚書沈鯉、洗馬陳于陛、學士沈一貫、郎中唐伯元、少卿王用汲、戊子都御史詹仰庇皆請祀蔡清；甲申寺丞李禎、尚書沈鯉、左都御史趙錦、郎中唐伯元、蕭景訓、少卿王用汲請祀羅欽順；給事中田大年、左都御史趙錦、詹事沈一貫、諭德韓世能、尚書沈鯉、給事中王士性請祀鄒守益；乙酉户部郎中唐伯元請祀魏校；甲申吏部侍郎周子義、左都御史趙錦、給事中王士性、寺丞李禎、尚書沈鯉、郎中唐伯元、御史龔一清請祀吕柟；祭酒張位、侍郎舒化、員外蕭景訓、郎中唐伯元請祀羅洪先；乙酉給事中田大年、詹事沈一貫、祭酒張位、諭德韓世能、郎中唐伯元請祀王艮；禮部主事劉元卿請祀胡直；待詔瞿九思請祀馮應京。是皆以部議參差，旋請旋格。

太倉王世貞里居，私議以爲明儒實學實行得大儒識者則亡若章文安懋、羅文莊欽順，有體有用得大儒節者則亡若王端毅恕、胡居仁、吴與弼，宜專祀於鄉。而進王端毅、章文安、羅文莊於孔廟之廡可也，凡與居仁、與弼例者十人焉，學正曹端、布衣陳真晟、脩撰羅倫、給事中賀欽、郎中莊昶、布政司陳選、國子祭酒蔡清、御史陳茂烈、太常卿魏校、贊善羅洪先，皆可專祀於鄉者也。瞿九思言：漢諸葛武侯亮、宋岳忠武飛、文信國天祥當從祀聖廟以垂千古。附志之以俟後之議禮者採焉。

居業齋文稿　卷七　辯　解　説

駁媵辯郭生駁《公羊傳》一娶九女之説，書此以示之。

隱公二年冬十月，伯姬歸於紀；七年春王三月叔姬歸於紀。胡氏傳曰："叔姬，伯姬之娣，非夫人也。則何以書？古者諸侯一娶九女，必同時者，所以定名分窒亂源也。今叔姬待年，與宗國不與嫡俱行，則非禮之常，所以書也。"由斯以觀，"一娶九女"不獨《公羊》之言爲然矣。

《左氏傳》："衛莊公娶於齊東宫得臣之妹，曰莊姜。又娶於陳，曰厲嬀，其娣戴嬀生桓公。"杜注："古者諸侯娶夫人，則同姓之國以娣侄媵之。戴嬀者，厲嬀之娣也。"由斯以觀，娣侄媵嫁不獨《公羊》之言爲然矣。

《曲禮》："天子有后，有夫人，有世婦，有嬪，有妻，有妾；公侯有夫人，有世婦，有妻，有妾。"《昏義》："古者天子后立六宫、三夫人、九嬪、二十七世婦、八十一御妻。"由斯以觀，諸侯雖一娶九女亦未爲過矣。

媵字，送女從嫁也，又凡送皆曰媵。屈原《九歌》"魚鱗鱗以媵予"，《小星》之詩"維參與昴"，傳曰："參昴比小星爲大，蓋以喻娣媵也。"嚴氏《詩輯》云："參昴雖大星，然其星非一，亦止可喻娣媵，夫人一而已。言小星之中參昴爲大，小星不敢比參昴，猶我衆妾不敢比娣媵，貴賤有等級也。"由斯以觀，媵之外猶有衆妾明矣。《江有汜》"美媵也"，疏曰："媵，妾也。古者嫁必娣侄從，謂之媵。"《士昏禮》云："無娣媵，先言侄，若無侄，娣猶先媵。"是士亦有娣媵，但不必備耳。

文王之時，江沱之間有嫡，不以其媵備數，媵過勞而無怨，嫡亦自悔也。程子曰："不以媵備妾之數而侍君也。"由斯以觀，諸侯之多媵也必矣。帝乙歸妹，其君之袂不如其娣之袂良，來知德云："諸侯之妻曰小君，故不曰妹而曰君，三爻爲娣，故辭曰反歸爲娣。"由斯以觀，娣之説不自《公羊》昉也，《易》爻象先之矣。《公羊》言：古者蓋孟津之會，諸侯八百，即春秋之世，見於經傳者猶百二十四國，諸侯之媵，何至乏人乎？古者國君之禮與尋常不同，甫即位而爲椑，出疆則以椑從，自後世視之不幾疑於不祥耶？其爲此亦必有道矣。若夫九女並至，其事后、夫人有禮，其服物采章有差，其進御當夕有時，大都旨在廣嗣續承宣梱政耳。

《公羊》去古未遠，其立言必有依據，若遽以爲無稽而駁之，天下經師亦代有之矣，能保非《國語》者之竟爲定論乎？

匡山讀書處解示郭生

杜甫詩《懷李白》有"匡山讀書處"之句，解者或曰四川彰明之匡山，或曰尋陽之匡廬山。

按白年譜，天寶十四載乙未避地廬山，永王璘脇行，故詩有"迫脇上樓船"句，肅宗至德元載丙申、乾元元年戊戌坐汙永王璘，長流夜郎。乾元二年己亥流夜郎，中道承恩放還，其《寄王明府》詩云："去年左遷夜郎道，今年敕放巫山陽。"由是復過江夏、尋陽、金陵，歷陽、宣城二郡皆有詩文。上元元年庚子，二年辛丑，寶應元年壬寅，族人陽冰宰當塗，白過之，十一月卒，享年六十四。杜此詩若作於天寶、至德間，則指尋陽之匡山無疑。若上元、寶應，則白放還之後，爲東南之遊，似不應又讀書廬山矣。細玩詩意，杜在成都東望而曰"不見李生久"，又以吏議長流夜郎之故而曰"世人皆欲殺"，終之以"匡山讀書處"，曰"頭白矣，曷歸來乎"，參校至此，案乃定。蓋年譜"避地"二字深得供奉潔身之旨，當是時，遯迹五老峰頭，雖内子亦送訪女道士李騰空，蓋入山惟恐不深也，不幸而罹永王之難。杜詩往往纏綿致意，迨赦還東下，則九華、秋浦、宣城、秦淮諸名勝遨遊無虚日，而年亦已老矣，然猶不歸故鄉。少陵近指彰明山川雲樹而招之，亦己之"便下襄陽向洛陽"意也，論者舍年譜安所依據哉！

且尋陽故無匡山之名，王彪之《廬山賦》序曰："廬山，彭澤之山也。”孫放《廬山賦》曰：“尋陽郡南有廬山，九江之鎮也。”豫章舊志曰：“廬俗，字君孝，本姓匡，漢封俗於鄡陽，曰越廬君，故世謂之廬山。”遠法師《廬山記》同。周景式曰：“廬山匡俗字子孝，周武王時廬於此山，俗後仙化，空廬尚存，世稱廬君故山，取號焉。”酈道元曰：“《山海經》創志大禹，記録遠矣。《海内東經》曰：廬江出三天子都，是江彭澤西。廬江之名，山水相因，互舉殊稱，明不因匡俗始。又張華《博物志・曹著傳》：其神自云姓徐，受封廬山。吴猛，隱山得道者也。《尋陽記》曰：廬山上有三石梁，長數十丈，廣不盈尺，猛將弟子登山過此梁云。廬山之北有石門水，廬山之南有上霄石。”是則歷代紀述之家皆不言匡山也，唯元和丁酉白樂天有《祭匡山文》，一時指廬爲匡，遂令後人相沿不復深考耳。即杜甫詩“似得廬山路，真從慧遠遊”，“隱居欲就廬山遠”，何嘗言匡山乎？南康軍圖經云：李白至五老峰，愛其險峭奇勝，曰：“小築於此，吾將老焉。”今峰下有書堂舊基，白後北歸，猶不忍去，曰：“與君再會，不敢寒盟。”又《送侄游廬山序》云：“慚未歸於名山。”由斯以談則“不見李生”詩實作於夜郎赦歸之後，而敏捷千首，漂零一杯，是時已不在康王谷也，審矣。

班馬異同説

班馬之有異同也，讀史者往往指數之。嗟乎！古人往矣，第毛舉其篇章之繁簡，敘次之先後，字句之多少以爲言，而遂能窺見夫古人立言之心乎哉？

太史公自以承五百之運續《春秋》而成一史，上始軒轅，下迄天漢，其體創出，特變左氏之舊，其屬草據《左傳》《國語》《系本》《戰國策》《楚漢春秋》及諸子百家之書，而後貫穿櫽括，各使成一國一家之事，蓋締造若斯之勤也。孟堅之爲書也，後元而前太史公共之，始元而後叔皮先之，志有十大家補之。相提而論，爲《史記》者不亦難乎？《史記》之文，大都遒逸宕跌，變化不可端倪，由齒頰所及而指次心思之所不及，令千載後洞心駴魄慨然如身履其地而目擊其人。《漢書》藻畫布置，引繩運斤，極複亂龐雜，而首尾節族，森羅具在。列在史宬，皆懸諸日月不刊之書矣。

然而讀之若有異者，何也？固以桀貜勝而遷以風神傳也。遷負不羈之才，縱觀海内名山大川以蕩其胸懷之氣，又遭罹宫刑，幽憂侘傺，故其爲書，於豪俠貨殖神仙戰鬭，縱筆所之有溢於人情者，亦其勢使然哉。固家有賜書，内足於財，探撰前記，綴緝所聞，以成一家言，當是時，蘭臺歲月亦甚優游矣。綜厥大概，並有可言。《史記》先項籍次高祖，詳於楚而略於漢也；《漢書》首高祖後項籍，詳於漢而略於楚也。若是者何也？一敘秦楚之際以昭天與人歸之統也，一尊開創之祖以立聖子神孫之極也。八書苞緼淵博而故實或闕也，十志考核依據而憲典具存也。若是者何也？一摭拾往籍，歷天人運會之變，書見聞於本朝或有微詞也；一鈔撮柱下志道，揆法守之常，垂章程於奕祺，無容罣漏也。《韓信傳》采入武涉、蒯通之言特詳也，《蘇武傳》附書李陵、衛律之事俱悉也，若是者何也？一以微文寓意，見淮陰之不貳心於游人也；一以比事屬詞，見典屬國之不降志於絶域也。東方朔之詼諧骨鯁，間見而雜出也；揚子雲之攡賦擬經，兼收而備録也，一奇其人，一怖其學也。酈陸朱婁之例書也，蒯伍江息之合傳也，一著游説之有功效也，一明利口之覆邦家也。不寧惟是清净之末流也，而爲刑名，是故申韓並老莊而傳也；質行之巧僞也，而爲容默，是故周仁張歐之徒繼石奮衛綰直不疑而傳也。四辯士之富貴也，以舌也，是故曲書之盡其態也；三長史之通顯也，以筆也，是故直書之洞其裹也。屈三閭之憔悴澤畔也，爲之述離騷，閔忠也；劉宗正之抑鬱中朝也，爲之述封事，旌直也。賈生策治安而待罪長沙也，明其有齟齬也，不幸也；匡衡熟典故而持禄宫禁也，明其倚奥援也，幸也。叔孫通之禮儀嫻習也，而依違二姓，書兩生之不行以別之也；安昌侯之經術淹貫也，而澳涊群小，書朱游之折檻以章之也。李蔡之封侯，王朔之望氣，乃見諸飛將軍之傳也，傷其勇戰而故厄於衛青之日也；劉向之疏、谷永之疏具見諸陳湯之傳也，傷其沈勇立大功而竟沮於石顯、匡衡之口也。虐戾之報也，當强盛而已絶也，遷之所以醜秦也；亂賊之誅也，雖閏位而不貰也，固之所以討莽也。此二史之異地同揆可並行而不悖者。

若夫古今人物，宜網羅於子長之手，而孟堅顧獨表之，何歟？《漢書》紀漢事耳，鴻荒以前非漢家之宇也，上古群佐非劉氏之臣也，臚而列之，藉令差，等無差，且乖史例，而況於踳駁乎？孟堅之意，或以補子長之不逮，然而非著作之體矣。《漢書》之傳司馬遷也，宜書遷字子長，馮翼陽夏人，而因仍本傳，略無增益，列傳之體當如是耶？固言司馬遷是非頗謬於聖人，裴駰引之，唐張守節讀而嘆曰："此亦通人之蔽也。"固作《漢書》與《史記》同者五十餘卷，謹寫《史記》，少加異者，不弱即劣。司馬遷引父致意，班固父修而蔽之，優劣可知矣。

嗚呼！此則班馬異同之大較也夫。

三通説

天下事，創始難，承襲易，其勢然也。杜岐公佑《通典》一書，蓋創體也。先是，劉秩采經史，自黄帝迄唐天寶末制度沿革廢置，論議得失，倣《周禮》六官法，爲《政典》三十五篇，房琯稱其才過劉向。佑以爲未盡，因廣之，參以新禮，爲二百篇，以食貨、選舉、職官、禮樂、刑法、州郡、邊防八門分類敘載，世稱該洽。越三十六年而成書，德宗時上之。其後，宋白之《續通典》、魏了翁之《國朝通典》皆踵事也。

鄭樵《通志略》淳熙間聞於朝，自叙略言總天下之大學術而條其綱目，凡二十略。百代之憲章，學者之能事盡於此。其五略漢唐諸儒所得聞，其十五略漢唐諸儒所不得而聞，蓋高自稱許有如此。然考其書，則氏族、六書、七音等略，考訂詳明，議論焕發，所謂"出臣胸臆"者誠是也。至於天文、地理、器服則失之太簡，若禮及職官、選舉、刑罰、食貨、古今沿革不一，岐公書五者居十之八。漁仲於天寶以後中興以前陸續詮次，如班掾之續《史記》可也，乃天寶前則志仍原文，毫無增損，天寶後不復陸續。又以《通典》細注掠爲己意，附其旁而亦鮮所發明，然且自謂非諸史之文，不亦誣乎？

鄱陽馬端臨之爲《文獻通考》也，因《通典》而增益之，其言曰：賦非可析之於田制之外，貢非可雜之於税法之中。叙選舉則孝秀與詮選當有分，叙典禮則經文與傳註當有别，敘兵則宜詳賦調之規而略成敗之迹。至於天文、五行、藝文，前史各有志，而諸侯王列侯表，馬、班二史皆有之。王溥作《唐及五代會要》，首五帝繫一門，以各帝歷年之久近、傳授之始末，次及后妃、皇子、公主之名氏、封爵。後之編會要者倣之，而惜乎《通典》之未及也，於是補葺而潤色焉。是故田賦、錢幣、户口、職役、徵榷、市糴、土貢、國用、選舉、學校、職官、郊社、宗廟、王禮、樂律、兵刑、輿地、四裔俱仿《通典》，而經籍、帝系、封建、象緯、物異則自唐天寶以後至宋嘉定之末捃拾諸書以成之，凡爲門二十有四，爲卷三百四十有八。每門著述之成規、考訂之新意則各以小序詳之，此馬氏立言之梗概也。

蓋纂著之難大都有三：家無藏書則搜括不廣，一難也；胸無卓識則罣漏爲多，一難也；數千年之紀載諸子百家之傳聞而折衷未定，年壽不待，一難也。岐公，宰相；貴與，宰相子，其勢易，故《通典》《通考》傳示來兹，皆大業也。而夾漈窮僻在下，其勢難，採擷貫穿亦已勤矣，昔陳壽號善叙述，李延壽亦稱究悉故事，然所著二史有紀傳而不克作志。蓋志之大原起於《爾雅》。司馬遷曰“書”，班固曰“志”，蔡邕曰“意”，華嶠曰“典”，張勃曰“録”，何法盛曰“説”，餘史並沿班史謂之“志”，而《隋書》《新唐書》爲良，徵實博物蓋若斯之難也。後之學者博觀三通之異同，詳察創述之難易，設以身處古人之地，取其長而勿輕議其所未至，則庶幾司馬子長所稱“好學深思心知其意”者哉。

啓江字説

楊升庵曰：“江出岷山。”其源實自西戎萬山來，至嘉州而沫水自巂州合大渡河穿夷界十山以會之，至敘州而馬湖江會之，又十五里而南廣江會之，至瀘洲而内江又自資簡會之，至重慶而嘉陵江自利浪果合等州會之，至涪州而黔江合南夷諸水會之，至萬縣而開江水自簡達等州會之。夫然後總而入峽，是江自峽而西受大水凡八。及出峽而下岳陽，則會之者洞庭湖所受湖南北諸水也；又自是而下鄂渚，則會之者漢口所受興元諸水也；又自是而下，黄州東四十五里，則會之者巴河也；又自是而下九江，則會之者彭蠡今名鄱陽湖所受江西諸郡水也；又自是而下，則會之者皖水所受淮西諸水也。夫然後總而入海，是自峽而東又受大水凡五。略計天下之水會於江者居天下之半，其名稱之大而可考者凡十有三，故曰江源其出如甕而能滔滔萬里達海，所受者衆也。嗚呼！問學者可以觀矣。

吾從子啓江，質行澹泊而有志於學，即舉是以告之。江之字曰

“同九”，取《尚書》“九江孔殷”之文耳。《尚書》九江，今之洞庭也。《水經》言九江在長沙下雋西北。《楚地記》曰：巴陵，瀟湘之淵，在九江之間。今沅水、漸水、元水、辰水、叙水、酉水、澧水、資水、湘水皆合於洞庭云。《漢志》：九江在廬江郡之尋陽縣。《尋陽記》：九江之名，一曰烏江，二曰蜯江，三曰烏白江，四曰嘉靡江，五曰畎江，六曰源江，七曰廩江，八曰提江，九曰箘江。按：尋陽乃《禹貢》揚州之境，於導江當曰播九江，不應曰過九江，過九江至於東陵。東陵，今之巴陵，即洞庭也。《經》之例，大水合小水謂之“過”，則洞庭之爲九江益明。然而書册所載，言人人殊矣，抱殘守缺，其可以爲學乎哉？余既勉江於學，又字之曰“洞野”。

百石圖説

圖以百石名，古無有也。有之，自二千石可齋賈君始。君守黄垂四年，廳事如水，而雅樂山。凡赤壁之垣墉亭榭。葺理一新，迺輯志人物藝文，章章具矣。退食雪堂，輒臨池作書；有暇復潑墨爲娱，水山、蘭竹、魚鳥悉出匠心，不相襲也。赤嶁登眺久，又摭寶山怪石、磁盆、棐几，翛翛有致；馳觀域外，寫諸麥光，客子覽觀嗟異，以爲王宰所難能，君莞爾笑曰：“聊自怡悦耳，果佳耶？端明蘇公有言：‘清風明月，造物無盡藏。’余之品石乃有盡，自今不百不止也。”逾數月而圖成，金子聞之曰：“易卦廣象艮爲小石，天下名山皆石爲之礎。《爾雅》曰礅、曰礐、曰砠、曰厜㕒，蓋象形云。樂八音，石居一。虞廷擊拊，嘗舞百獸焉，嶧山碑云：‘刻此樂石。’讀者往往不能詁，顔師古謂以泗濱浮磬，‘石’作‘碣’。《山海經》：‘錢來山，其下多洗石。’注：‘澡可以爽禮祛垢。’彝陵陰石常潤，陽石常燥。旱鞭陰石必雨，久雨鞭陽石雨止。宋玉《高唐賦》：‘若浮海而望碣石。’注：‘兩岸相合，聚石而中高，碣石。’蓋海畔山半在水中，故名。天壤間物更僕數弗盡，君惡夫雷同也，性情所至，形體肖之，圖所由作歟？夫言不盡意，涵之以象，一可以緼百，百可以緼千萬億，神明默成，存乎人耳。石則百而圖豈罄於百石乎哉？君以百石名堂，爰及家訓，清白世守，則海岳袖裏之天劃神鏤，楊次公所云‘非獨公愛，我亦愛’者，曾不足以當君之一樂也。”

金子欲假兹圖爲卧遊具，故踵群公題詞後而爲之説。

無名説

邑侯宕渠劉君之爲治也，清静寧謐，衙齋晏如。夏四月，盛德在火，日躔實沉之次，律中仲吕，佳卉生焉，爰爲之記而自署曰“無名主人”。

余覽而詰之曰：無之時用大矣哉！毋訓空空，則淪於寂也；毋訓息息，則滯於行也。《詩》不云乎？“上天之載，無聲無臭。”無也者，天之運萬物之祖，於人爲莫知其然而然者也。今夫蠶食而無飲也，蟬飲而無食也，蜉蝣無飲無食也，戴角者無上齒也，四足者無羽翼也，無角者膏而無前也，有角者指而無後也，是疇使之無哉！然無飲而蠶自若，無食而蟬自若，無飲無食而蜉蝣自若，無上齒而戴角者自若，無羽翼而四足者自若，膏而無前而無角者自若，指而無後而有角者自若。若者何也？若其天也。物各若其物之天，故並育而不相害也。天地之襲精爲陰陽，陰陽之專精爲四時，四時之散精爲萬物。積陽之氣生火，火之精者爲日；積陰之氣生水，水之精者爲月。氣怒而爲風，和而爲雨，相薄而爲雷，相激而爲霆，相亂而爲霧。陽勝涣而爲雨露，陰勝凝而爲霜雪。當其無也，莫測其胡爲而來；當其有也，莫知其胡爲而往。動静互根，循環不已，變化不可端倪，曷嘗有須臾之息乎？若此者，天爲之也。天不空，物亦不空；天不息，物亦不息。是故河無圖也，無端而龍馬負圖出於河；洛無書也，無端而神龜載書見於洛。聖人則之而萬世文字之祖具此矣。《淮南子》曰：“能戴大圓者履大方，視大明處大堂與日月同光。”蓋天之予人也，自無而之乎有；人之事天也，則自有而返乎無。無欲故静也，無營故虚也。無將迎故憺也，無留滯故泰也。貴無藉乎炎炎之爵，富無資乎攘攘之財，智無煩乎諓諓之辯，勇無庸乎矻矻之鬭。是故人知有之之樂而不知無之胎乎有也，人知有之之安而不知無之保乎有也，人知有之之難而不知無之裕乎有也。若然則去其名而可矣。

名也者，萬物之累也，而人往往不能無之，何哉？今夫鑑無察之名而妍媸自呈也，鋒無銛之名而剸割自利也，户無勞之名而出入自由也，車無搰之名而轉輸自遠也。有而無，故名亦忘焉。鑑之淆也，而混沌名；鋒之頓也，而繞指名；户之牡弱也，而模稜名；車之載裂也，而脱輻名。名者，天下之大不幸也，是以至人無之。無弦之琴可以葆和，無炙之味可以養生，無人之舟可以消憨，無鏹之藏可以彌盜，而又何取乎詹詹之名哉！聖人絶四，故知進退存亡而不失其正。聖人之心，天心也。學聖人而有若無。大賢之心，聖心也。三代後，能用世而神明乎無之意者，在漢則有若張留侯良，在唐則有若李鄴侯泌。神明乎無之意而不爲世用者，宋之邵康節也。

蜀多異人，篾翁醬叟邃於《易》者也，然而無名矣。聞忠州有引藤山，藤可以引酒。銅梁巴嶽上有崑崙洞，時産異花。溪名海棠，園名荔枝，樓名香草，亭名翠薌，皆蜀産也。侯得佳卉而直以無名冠之，其深於譙天授之學也夫。

居業齋文稿　卷八　銘　箴　贊

石牛銘

漸漸者石疇爲伍，匪兕匪虎，戴皇天而履后土。記曰：一元大武。

睅其目，皤其腹。不稼不穡，不芻牧。

後有萬年前千古，鼓之以雷霆，潤之以風雨，日月運行，一寒一暑。

井銘翰林院古井也。館課

陽氣潛蒙，澤庳其容，僉潤攸同。

甃滈脩滈，厥收勿幕，有孚元吉。

翕而腹，源萬斛，如川如谷。

沸以灌，旦復旦，太乙下觀。

以豆以觴，喬喬皇皇，登於明堂。

研　銘

知方而不知圓，知默而不知喧。既以予人己逾有，既以礪人己逾堅，古之所謂天全者歟？

不渝其素，故不緇也，介者以汝爲師也。不私其藏，故不匱也，通者惟汝是貴也。

書櫝銘

有物處此久而仙，彬彬者人云胡舍旃。

鼠穴其中,我憤所切。何以驅之,夏螢冬雪。

能醫俗,於願已足。勿藉以仳仳籤籤,是之謂不辱。可怡神,於道已伸。勿用以喋喋齗齗,是之謂全真。

座右箴

狂人之誤,誤於弗詢。大智聯床,邈若路人。豈無忠告,虞以爲瀆。默默曚曚,如石如木。晦極而芚,蕪巷堙門。其何能曙,蟣蝨處褌。

驕人之誤,誤於多譽。譽言日至,有喜無懼。白璧微瑕,琢者歎嗟。蘭畹而薉,不如絲麻。乍然乍否,譽亦孔咎。其初府榮,其卒含垢。

媮人之誤,誤於恕己。具曰予懦,毋壯于趾。蹈故安常,如斯足矣。人競孜孜,而予可已。不晳而蒙,不都而鄙。蹁蹐蹣跚,有足無履。

佞人之誤,誤於有求。趨炎丐潤,弗遂弗休。柔則繞指,曲乃如鉤。得亦良苦,包羞納侮。其占爲屯,其象爲蠱。史評若人,譬諸糞土。

庶常之肄業衙齋也,門有幔,坐有几,書有研有筆有墨。人爐一、榻一、繩牀一,日酒一升、肉一簋。《冬官·考工》光禄寺會計著爲令,所以寵異詞臣而勵厥學也。物書一箴,以自策焉

幔

幔乎幸我容,尚飭我躬。毋黼黻其外,而菅蒯其中。

几

晨夕爾憑,並。塵勿凝,去。職乃稱,不然則已剩。

研

廓之恢之，肇厥基也。暉而燦而，昚厥施也。

筆

不中不督，腐蠹之趣，促。吁嗟乎，晨曦宵燭。

墨

目勠勠，神穆穆，惟日不足。

爐

剛長陽内，上天之縡。再。如暾如朏，毋鄰是貸。

榻

雲漢炎炎，爲章於天。雞三嗥，搔厥顛。褰帷披衣，起巡檐。

繩牀

倡疇和歟？勩疇佐歟？夜思而早作歟？尚無負此坐歟？

罍

酡於顔而枵於腹耶？將毋内悪辱耶？

簋

不家食吉，酡峰雞跖，素飽是敕。

朱子贊

聖學中天，考亭矗起。洙泗薪傳，濂雒源委。厥考韋齋，仰天指示。畫卦沙間，默坐端視。甫讀《孝經》，不若是耻。問字籍溪，胡原仲。館甥白水。劉致中。不遠之復，屏山仰止。劉彦冲。早志聖賢，博觀經史。筮仕同安，治人修己。往師延平，李愿中。躬行踐履。好古樂義，無與爲比。孝宗求言，封事累紙。誠意正心，極陳治體。本原之地，朝廷而已。隆興復召，對亦如此。乾道累徵，杜門掃軌。家禮成編，《論》《孟》抉髓。綱目特書，西銘標旨。太極易通，洞澈表裏。二程微言，後先一揆。淳熙二年，東萊共砥。《近思録》成，鵝湖會始。集注《語》《孟》，剖判真似。家食廿載，不以窮累。除知南康，化行俗美。講學淑人，白鹿遺阯。應詔上書，立綱陳紀。提舉浙東，饑民怙恃。單車上對，天顔有喜。顧謂侍臣，動容拊髀。直徽猷閣，道將行矣。行部至臺，摘發奸宄。僉士嫉之，流言陰詆。自浙歸田，友教多士。易學啓蒙，《孝經》刊梓。差管崇慶，提刑再擬。或要於路，勸以迤邐。正色却之，昌言如矢。平生所學，惟有此耳。上果稱善，清要任使。勇退乞祠，宵人肆毀。上悟復召，拜疏投匭。秉燭夜讀，詰朝降旨。崇政説書，旃厦唯唯。光宗初政，特賜緋綺。江東政行，湖湘亂弭。所至立功，掃除稗秕。天下一人，宫講是倚。重道崇儒，尚方賜璽。侂胄柄用，乾坤遂否。迺號遯翁，七十致仕。先生之學，居敬窮理。致知力行，日用皆是。羽翼六經，股肱四子。泰山喬嶽，千秋萬禩。

邵子贊

安樂窩，手易卷。冬不罏，夏不扇。乘小車，出游衍。冠蓋衢，騷雅彦。來歡迎，去飲餞。《皇極》書，涵萬變。陰陽根，晝夜轉。動静主，太極先。内外篇，理一串。飲微酡，吟弗倦。風月懷，江湖面。身康强，世清宴。無名公，自作傳。

古井贊

井在興安州署内。崇禎七年甲戌，流賊圍城，先宜人題“死所”二字於井欄上。賊退後，州人呼爲“夫人井”。康熙丁卯，興安劉貢士應秋與德嘉會於京師，追述往事，屬德嘉爲古井贊。先是，新城王公題先大夫《遺唐通書》稿，略曰：是時大軍在楚蜀，賊入漢南，時洪文襄公承疇方督秦，疏云賊在平利洵陽間者數萬，自巴州通江入西鄉者二三萬，其自棧道犯城洋者，又東下石泉漢陰之間，畢會於漢興，而突入於商雒，秦事大可憂者，正其事也。嗚呼！先大夫誓死以守危城，先宜人以死守佐之，城旦夕且破，幸以唐救免。唐時官游擊，領兵纔五六百人耳。賴興安壯士死戰以成退賊功，微先大夫忠義有以激之安能至此？不孝念此，聲淚俱下矣。

泉水清，飲使君。衙齋四壁夜吹笙。
使君出，泉水溢。夫人佩刀泉上立。
一城如斗大，四十日夕攻不破，夫人奄奄泉上坐。
蠟書間道乞師來，興安城南門夜開，銜枚襲擊殲賊魁。
寇難平，泉流渟，吁嗟乎，夫人視死乃如生。

瀛洲亭贊五則

斗爲星綱，晱晱中央，列曜之慶羌。
梧薈薈，鳳翽翽。三陽泰，卿雲會。
茹沆瀣，吐麟齗。無此疆爾界，斯征斯邁。
受天之祜，爲雷爲雨，厥施用溥。
肅肅癰癰，以笵以鎔。俊彦之從，岳峙滄容。

伯兄像贊

鴻腦洲頭金伯子，修文地下呼不起。墨迹猶在烏皮几，少陵之詩龍門史，生平一燈草窗裏。嗚呼！遺像挂壁。天蒼蒼，生辰有弟涕霑裳。

劉蓋公像贊

噫！伊何人哉？乃飄飄而若仙。或曰："是金精火炁之絪緼，而其生也與公齊年。"予應之曰："其然其然，而眉軒軒，而髮鬖鬖。而頰嫣嫣，而指纖纖，而腹便便，而步姍姍。予弗若也，惡能測其中邊？第見其周旋折旋，左把圯上老人臂，右拍太乙老人肩，則還問寫真之術於龍眠，蓋嘗聽鐵笛三弄於江天。忻然庶幾遇焉。夫是故解衣盤礴傳神阿堵間。”噫！予亦垂老矣而興猶顛，尚能歌紫芝黄竹之曲而觴翁於仙棗之亭前。

張藕灣像贊

藕陂之居，沐日浴月。西揖參衡，東滙溟渤。先生巋然皤皤黄髮，玉色金聲，鸞姿鳳骨。采苓兔絲，煨芋榾柮。誰爲兹圖，神思超忽，後有覽者曰神仙窟。

吴叟像贊

烱烱目，便便腹。裘褐裝，鉛槧簏。鬢皤皤，容粥粥。旦虀饔，夕糠燭。魯壁編，汲冢竹。刳中央，刓四角。一畝宫，三徑曲。孰哉耳孫州來族，何人淋漓寫此幅，青林湖裹松山麓。

傅昌生像贊

有客寫真，伊人宛在。瀟灑風流，嵇神阮態。疇昔周旋，聆君謦欬。事往年徂，徬徨生慨。君篇膠庠，胡不廷對。彼尼君者，實君等輩。卧龍躍馬，齊歸朽塊。不没者名，悠悠覆載。江樹蕭森，江雲靉靆。鄰笛愴懷，爲書梗概。

毛大令像贊

辯若懸河，慧若炙輠。其静也如山，其動也如火。盤錯洊更，煙水蕩簸。寫真者得諸烱烱雙瞳矣，然烏能拾其欬唾？有客熟視而再過之曰："此大令毛公孝瞻也。"蓋嘗賦遂初而巋然此坐。

居業齋文稿　卷九　傳

明江西道監察御史贈太僕寺卿忠烈吴公傳

吴公諱裕中，字磊石，號敬庵，武昌江夏人也。萬曆乙卯舉於鄉，己未成進士，授廣東順德令，攝新會篆。天啓壬戌、乙丑兩舉卓異，入補江西道御史。

當是時，逆奄魏忠賢亂政，群小竊附，興大獄，羅織賢士大夫且盡。而次輔丁紹軾陰施陽設，中外側目，無敢訟言攻之者。公義憤至廢眠食，於乙丑十二月念四夜，朝服設香案，昭告二祖列宗曰："國事至此，臣不與賊臣俱生矣！"祝訖，具疏草，旋風滅燭者三，公叱家僮再炳燭，稿就，略言："當今内有客魏之交通，外有崔田之暴横，人情慘於蜩螗，國勢危若累卵。次輔丁紹軾受特達之知遇，杜口無一言。近被臣同官趙應昌彈劾，乃具疏求去，謂其去也，衹緣馬世龍一去則可謝天下，可報皇上。夫世龍一操戈環甲之武臣耳，世龍之去留何足以謝天下？何足以報皇上？其初矢口經濟，大率謂人人騙官，事事隳實；自入閣辦事以來，補救安在？是騙官者紹軾，隳實者紹軾也。欺君悞國，焦芳、嚴嵩得紹軾而三矣。"疏入，已報聞，而紹軾嗾崔魏矯旨削奪，廷杖百。緹騎馳馬縶公至午門，拜杖，血飛如注，肉成糜，骨節碎折，猶誦"天子聖明"不絶口，稍甦，張目語曰："杖亦君恩！惟小疏四篇，纔入告其一耳。"又曰："老母遠隔三千里外，豈知兒今夕爲國死！"未幾氣絶。時丙寅正月初二日也。公既卒，諜者走報紹軾，時紹軾手茶椀，忽墮地碎。俄見吴御史來，倉皇失措，傴身謝罪曰："不干我事！不干我事！"越二日，紹軾暴死。公凶問至江夏，母聞，仰天號曰："兒其以諫死乎？兒爲范滂，吾爲滂母矣。"

戊辰，崇禎改元，追恤死諫諸臣，贈公太僕寺卿，恩褒三代，廕一子入監讀書，賜祭葬，謚忠烈，册命謚詞有曰："楚材摧折多矣，而爾獨杖。杖或不至死，而爾獨死，爾冤極矣。其加謚如法，以表忠魂。"是時高陽孫文正公承宗爲輓詩，其序曰："世人邀富貴遂殺人以媚要人，以爲不如是無以長富貴，曾幾何時，頓捐其富貴之身也。"而容城孫徵君奇逢表公墓，歎曰："昔椒山公以誅嚴嵩而先死，嵩卒以椒山故敗，未爲椒山所誅。磊石公擊丁紹軾而身死，紹軾旋爲磊石所擊殞命。嗚呼！千載下過公之墓，未有不腐心肅容流連涕泗相與感憤而興思也。"公卒僅四十一歲，子男四，長鋹，廕入太學；次竅、次瑢俱縣學生；次琮知任丘縣，手輯公年譜。孫男十七人，曾孫二十人。而府學廩生溥過草堂以家傳請，蓋以先大夫與公鄉舉齊年，而公車旅食，與順德朱進士可貞經營公含殮歸其櫬也。

論曰：公甫入臺班，輒上言治兵理財實效，謂剔兵之蠹先自兵部始，剔財之蠹先自户部始。時逆奄頤指氣使，而群小趨之如鶩，危言疾呼皆剪奄機芽而落其角距也。應山直攻，而公旁擊，捨生報國，其揆一耳。公嘗讀書靈山，熊公廷弼立談定交，告人曰："磊石之爲人，義所不可，雖賁育無以奪。"後竟如熊公言。然熊公之死，死於僇力封疆，而公之死，死於挺身諫諍。封疆不可以死熊公也，而死於舞文之口；諫諍不可以死公也，而死於含沙之射。方蓋棺而論已定，豈待今日哉！嗚呼！明宦寺之禍，若振若瑾熾矣，至忠賢而燎原，崔魏以忠賢爲尸，而群小以崔魏爲鵠。國是魚爛寖至，宗社陸沉，而忠臣義士徒以皎皎之名與日月争光也，悲夫！

劉修撰傳

劉修撰稚川先生者，黄岡人也，諱子壯，字克猷。其先江西清江人，遷黄岡團風鎮，四世而生贈公。贈公二丈夫子，伯克章，先生其次也。贈公暨太孺人蚤卒，先生鞠於季父。髫齡穎慧，讀書一目數行下，屬文奇肆甚。弱冠，登崇禎十三年賢書。洲居，有文昌閣，先生下帷其中，博綜六經、左氏、公、穀、史、漢暨唐宋大家書，户外事不聞也。順治六年成進士，廷對策萬言。其略曰："陛下統一海内，子惠元元，隆祀典以達孝，廣試額以求賢，罷廠衛以寧人，去宦寺以謹始。近且勤召對以開言路，弛養馬挾書之禁，寬隱匿連坐之條，亦既湛恩汪濊，寓内嚮風矣。然猶發德音、下明詔，廣覽兼聽，取法上古，此三公九卿之任，非臣草茅新進所能及也。然臣愚，述所聞，誦所學，竊以爲二帝三王治本於道，道本於心。故講學爲明心之要，修身爲齊家治國平天下之本。請經筵講讀，致知而力行之。以敬爲正心之功，以誠爲復性之道，以仁爲成己成物之全。復古者日御便殿之制，令大臣取内外章奏，面相商訂，諫官仍得於仗下封駁，上下情通，滿漢道合。宰輔不僅以奉行爲職，卿貳不僅以署紙爲能，則中心隱微皆可告語，而海荒萬里如在目前。由是蠲荒賦以裕邦本，並屯衛以杜隱占；清釀成之源，弭禍亂之萌，以消寇盜。立滿洲學，設教習以同風俗，敷文治斯享國億萬年，而臣民咸獲厚載無疆之福者，將在兹乎？”

天子覽之大悦，於是臚傳第一，授國史院修撰。如經筵滿洲學教習、屯衛諸大政，悉著令甲次第舉行之。八年分校南宫，得二十有二人，皆天下知名士。

尋請告旋里，明年疾卒，享年四十四。元配張先卒；繼曹，侍讀學士曹公本榮姑也。子孫茂，甫＿齡。

先生天性孝友，諸父伯兄没，弟侄五六人孤弱，拊而訓之，婚娶成禮，雖亂離不苟也。常過崑山，令雅與厚善，願以千金爲壽。有小吏獲罪，急請救，用將嫁女質數十金餉先生，先生聞而止之。吏恐解脱不力，因諭之曰："毋恐，不費爾一緡也。"入白令，令不可，則曰："第貰吏罪，即拜賜千金矣。"令不得已，從之，吏得脱而女婚以全，然終不以告人也。邑子某遭兵亂，妻被掠至京，爲貸百金贖歸。後生數子，户口大蕃息。南歸抵家，垂橐蕭蕭如布衣諸生時。性端莊嚴恪，不問米鹽凌雜，而覃精論著制舉文，湛深經術。門人陸進士鳴時刻以行世，至今傳誦之。初，肄業文昌閣，省身唯謹，旦書所爲，夜必焚香以告，蓋數十年如一日云。曹夫人拊孫茂成立，今安陸府學訓導。孫永錫、純錫，且繩繩矣。

金子曰：余讀稚川先生對策，竊謂經術爛然矣。迺歷觀先生生平，抑何恂恂篤行君子也。名冠當時，慶流後裔，有以也夫。

桐城馬先生傳

馬先生者，諱教思，字臨公，一字嚴冲，號檀石，安慶府桐城縣人也。曾大父太僕公諱孟禎，起家明萬曆戊戌進士，《明史》名臣有傳。大父諱懋襄，縣學生，以子貴，贈文林郎，孝行載通志。父封文林郎，諱之瑛，崇禎十三年進士，知陽江縣，課最，知定陶，滿考擢兵部督捕主事，未行，卒，祀定陶名宦。母潘，贈孺人。

先生兄弟六人，於行爲四，潘太君隨任陽江時，先生甫八歲，太君病，侍湯藥衣不解帶。太君卒，號慟幾絶，居喪行禮如成人，人稱馬孝子。九歲，屬文不起草，外舅檢討方公密之奇之。讀書白門長干寺，召先生往受業。嘗夜見雪院梅花，江天雁字，命賦詩，時漏下二鼓矣，先生賦七言近體詩三十首，雞三嗥就，方公曰："奇才也。"年十七，補學官弟子，尋食餼。已而八試南闈不第，循例上成均。康熙十七年應舉順天，行人遂安方公象瑛，主事烏程姚公淳燾、濰縣胥公琬交薦，編脩婁縣楊公瑄、山陰朱公阜甚激賞之，中式第七。明年會試，舉南宫第一，蓋出翰林孝感熊公賜瓚之門，而大學士益都馮公、兵部尚書長洲宋公、翰林掌院學士禮部侍郎崑山葉公、總憲都御史海鹽楊公則總裁也。

當是時，馬先生名籍甚京師，賀客輪蹄塞衢巷，而先生不色喜。有故人楊二，唯初慫恿先生北征，至是寓書稱賀，先生復書大指言："足下義甚高，終身不可忘。比者伏念先太僕正色立朝，有古大臣風；王父爲經師，言行坊表，具在里門；先考兵部公之官定陶也，平劇盜，雪冤獄，清隱田，墾荒賑飢，豁免河役，定陶人至今思之，雖兩漢循吏蔑以加焉。僕今倖一第，旦日解褐服官，其何以不忝前人負荷良難，用是滋懼耳。"

對策成進士，選入翰林，爲庶吉士。旅食窶則授徒范舉人所。雞鳴，橐筆入館，夜焚膏課童子。有里人納粟寄貯白金可二百兩，偷兒胠篋竊去，居亭惶恐，先生乃油然無愠色。海鹽楊公時開府貴州，聞之曰："馬生器量可大受。"爲割俸馳寄以償焉。庶吉士解館，除編修。二十一年，分校禮闈，得士十人，而德嘉舉第一。廣濟金德嘉、聞喜翟鴻儀、諸暨蔣遠、諸城王度昭、翼城張雲魁、高安朱珊、霑化李容、如皋張祚、洛陽任光業、烏程徐汝峰、吴縣金大成、南海冼國榦。總裁大司空大興朱公告人曰："馬編修薦卷多老蒼，而第一人又出其門，是可謂針芥之合矣！"先生俸入不能贍，朝夕仍授經寶坻楊翰林雍子。翰林，齊年也。有詔修《鑒古輯覽》，先生分撰唐五代遼諸史論贊，闡幽往往先儒所未發。於唐史，論昌黎韓公諫佛骨一疏，乃舉朝所不敢言者。其宣諭王庭湊，嚴詞正氣，白刃可蹈；萬一不幸，即斷脰以死如顏魯公、段太尉耳。危言危行有若此，奈何僅以文學臣目之？書成上之總裁大司寇徐公，公覽而善之曰："良史材也。"

先生姊爲左忠毅公家孫婦，十七守節，年垂七十，事聞，建坊旌表。先生假歸，焚黄展先墓，又視節婦坊地，爲文告忠毅，詞旨慷慨，聞者多爲霣涕。假滿入直，貧不能僦屋，徐公爲賃房以居；肩輿二夫不能具也，雇一人旦供掃除，出則街頭募一夫以行。獲鹿魏卿以子受經先生，始有館舍。

《會典》纂修，先生分纂《孝治》一則，夜分常不寐。會東宫講官遴選詞臣，院長列名以請，先生與焉。然性疏，不能造請報謝，與人爲過從歡。嘗讀史，笑鄭莊之爲人，曰："何其僕僕車塵馬足間也？"以是得簡伉聲。先生既與人不款曲，人亦無有附耳爲先生規者，而先生遂踽踽獨行如布衣諸生矣。居亡何，院中有所彈劾，先生仰天太息曰："嗟乎！好惡何常反覆手耳？且人生枯菀不有命耶？"遂買舟潞河以歸。有園植柳，曰萬柳堂。兄仲舫齋老白首，先生日侍論學，茶酒間話及太僕京邸忤魏璫及彈駁權貴人往事，輒呼兒曹札記。諸昆季後先下世，先生拊其孤，聚處太僕公老屋，夜課誦燈火櫛比若膠庠廨舍然。念左孺人春秋高，分甘問寒燠，晨夕無間也。先生里居，塞耳不聞户外事，惟繇賦贏縮關縣人大利害，輒昌言於令，令有王君者如先生言次第興除，著爲挈令，縣人賴之。

安慶巡撫薛公先是雅慕先生名，數以文字來屬草。而旁郡有急獄者奉百金爲先生壽，請緩頰爲解，先生峻拒之，其人慚而退。自是扃户，所居怡園，客至，戒門者一切謝絶，不通刺矣。座主婁縣楊公被罪出塞，先生聞信驚悼，命長子霄北上賣一裘得十數金往餽。烏程姚公六十，先生携家孫榜臣往，奉觴上壽，姚公大喜，曰："故人過存，幸甚！然前年别去，間一歲又來，桐歲大無矣，資斧重累，奈何？"先生曰:"弟子職也,敢言貧乎?"烏程返棹,先生期假道海鹽起居少司馬楊公。會寒嗽舊疴驟發,不果。嗽之始也,以哭弟屏庵慟,汗透衣不知易,遂成痼疾,歲一發。至是歸,寖劇,而醫藥亦不驗矣。臨卒,正襟盥漱,治命如平常,曰:"以天之靈,幸終牖下,仕至侍從,年垂六旬,復何嗛?唯生成大恩未報耳!"

所著有《古學類解》八卷,《群書集粹》十卷,《橐齋雜俎》六卷,《等韻捷要》二卷,《左傳紀事本末》四卷,詩賦古文十卷,藏於家。又《皖桐幽貞録》攟摭明末喪亂婦女罵賊死者、投厓者、沉水者、雉經者,各爲小傳,白縣令王君鏤板行焉。嘗奉兵部公命,自定陶歸卜太僕公包恭人葬地,遂精形家言,得冷水磵、嚴家冲地,寫圖以報兵部公曰:"其以磵地妥太僕公包恭人,而嚴家冲爲老人菟裘乎?"先生之字嚴冲,所以志也。又精勾股九章算法。定陶隱田千七百頃,攤加一五七行糧。前任官不能詰,先生侍兵部公履畝,引繩清丈,田出而定陶賦以均。先生官翰林,兵部公入定陶名宧,置主且入祠,而先生次子霳適至縣,父老遮道言曰:"使君清德在人不可勝數。均田一事,吾縣人百世利也。"先生在京師時,方孺人築舍以課子,落成請齋額,先生追憶兵部公之仕定陶也,有詩句曰"天酬循吏以文章",乃復示方孺人以"報循"名。斯堂蓋先生生平砥行績學,志未嘗須臾不在先人也。先生卒,方孺人晨興,上食几筵,哭曰:"先太史之清操介節,人所知也;其孝德,人所不盡知也。"於是學者僉曰:孝且介,德之懿也。上私謚曰"文懿先生",而德嘉爲之傳。先生二子霄、霳,皆高材;生女四人,皆適大官著姓;孫八人,榜臣髫而惠,一試輒補諸生。

金德嘉曰:馬先生之冠南宫也,人以方諸范蜀公云,蓋憺於榮利,其天性然也。及居官且十年矣,然耿介猶如初,君子以爲難。先生頎而山立,望之嶷嶷不可干;然謙冲悃愊,老而逾下。嘗曰:"留有餘以待來者。"今子若孫,繩繩式穀,有徵矣。昔蘇端明讀《六一居士傳》曰:"居士,可謂有道者也。"其詞簡而質,德嘉又多言乎哉!

吴祭酒傳

鱗潭祭酒之卒也,余哭之有詩,凡四章。其卒章及於進士題名碣，客以爲問，余答云：太學之有進士題名尚矣，世祖章皇帝開科，丙戌碑亭具在，厥後十有八科闕焉。鱗潭昌言於朝，凡進士見官京師，或子若孫在朝列者捐金伐石，衆論翕然，趨恐後。居亡何，碑版林立矣，廼按明進士自永樂至崇禎凡七十有八科，唯五十餘碑存，掘諸土中，得宣德庚戌、成化甲辰，鱗潭色喜。或問故，曰："先少司馬公諱寧，庚戌進士；先巡按御史公諱瀚首，甲辰進士也。"已而歷科氏名盡出，而永樂首科復於啓聖祠塽得之，蓋有明一代之制科班班可考矣。一日獲元題名三：一爲正泰國子貢試名記，蒙古、色目、漢人各有正副榜；一爲至正十一年進士題名記，蒙古、色目列三甲，狀元爲朵列圖，漢人、南人列三甲，狀元爲文允中，據此則知榜眼、探花元代所無；一爲至正丙午國子中選題名記，蒙古賜正六品，色目從六品，漢人正七品，皆有正副榜。鱗潭曰："此亦一代典故也，爲文紀之。"

嗚呼！昔人《集古録》以爲可與史傳，正其闕繆，用傳後學，庶益於多聞，然掎摭地上耳，而今乃發諸地下。嗚呼！才如鱗潭，好事如鱗潭，居官盡力如鱗潭，方將有爲於天下，而今則已矣。能不悲哉！逾年，厥子瞻泰以所撰行述來乞余作家傳，余誼不可辭，乃據狀而薈蕞焉。

鱗潭，姓吴名苑，字曰楞香。唐有左臺御史少微者，家於歙州之休寧，是爲始祖，十傳爲宣議竦，遷歙縣之澄塘。又十五傳爲司馬仕仁，遷莘墟。又七傳爲太學一初，是爲鱗潭之大父，今贈中大夫，娶鄭，繼方，今俱贈淑人。鱗潭之父，縣學生曠，學者稱前僧先生，方出也，今贈如子官。母唐，封太淑人，生男子四人，鱗潭其長也。當明崇禎時，一初肄業北雍，有固安令王九鼎延致縣署。縣有警，帶甲登陴畫戰守，城破死焉。方淑人拊九歲孤，事八十老姑，茹荼禦侮，督孤學。學成，爲歙名士。試督學李御史，用七藝補學官弟子第一人。遷居梅莊鱗潭。自入小學，輒舉止儼恪如成人。十七入縣庠。康熙丙午，鄉舉第三人。時前僧先生方客游羅浮，歸而寢疾，明年卒。鱗潭讀禮暇，博極群書，通曉經國大計。壬戌成進士，廷對策，極論黄淮分合之勢，略言："用淮刷黄，其説始自明潘季馴，而後來治河者因之。然河自宋熙寧間决澶淵曹村，北流斷而南徙至南清河，始與淮合。前此刷黄者何水乎？"指陳剴切，非經生家語。及館選掌翰林院，澤州陳公以經濟才薦改庶吉士，授檢討。

當是時，上典學稽古，詞臣槖筆入直，能者多所纂著，《大清一統志》《明史》《禮志》《禮經講義》，鱗潭分纂。每奏一篇，總裁未嘗不稱善，然亦眠食俱廢矣。戊辰分校禮闈，得李斯義、湯右曾等十三人，率知名士。尋充日講起居注官。冬，扈從謁陵。庚午奉命主順天武鄉試，得張振等百十一人。辛未冬十二月，陞右春坊右中允兼翰林院編修。明年二月，轉左；三月陞翰林院侍講。未浹旬，擢國子監祭酒。

先是，前祭酒去位，鱗潭尚爲檢討。懸數月，特三遷而授斯官。既拜命，與滿祭酒鄂公、司業席公、彭公約，慨然以振飭士習爲己任，曰"南陳北李"遠人乎哉？國制：雍中設滿漢祭酒司業，凡一切課試漢官主之，後稍稍不克盡其職。鄂公、席公重鱗潭獨循舊制，故鱗潭得行其道。八旗官學生舊止講經，不入試，鱗潭令悉糊名考課，文優者數以精筆良墨激賞之，由是蒸蒸嚮學。其國子生教習八旗子弟，例與助教并坐，後有欲抑之旁坐者。鱗潭視事之初，諸教習入謁則出席三揖之，曰："若等固諸生，然視八旗子弟則師也，吾不可無禮於人師。"及諸助教以争坐位爲請，鱗潭曰："官學教習，章皇帝所創也，豈不知助教爵尊於教習？顧所教者八旗子弟。師也若等其父兄也。豈有父兄爲子弟延師而屈之旁坐乎？"聞者帖服，由此教習得正師席。先是，大司寇翁公叔元爲祭酒，建言考用貢生十人贊釋奠禮，行未久而罷。而教習貢生部試聽除銜頗不均，得知縣者八人，州同二人；有教習琉球國子者亦下考臺省，數以爲言，部議格不行。鱗潭乃用教習諸生攝贊禮徐請，期滿盡以知縣用，其委曲成就人才之意有如此。又請鄉會中式八旗官學生比漢人各省例量增其額，兼請摹御書闕里"萬世師表"額牓之廟中。疏入，俞旨允行。初，八旗教習之設，選子弟之秀者爲官學生，使教習教之，期滿授職。後每試取，教習奔競成風，主者苦不能自主。鱗潭與同官誓天公閱，得陸士璟等二十四人，造請之路遂絶，朝野無不悦服，數十年來所未有也。官祭酒，脯脩毫無所取，而課試則出清俸飲食諸生不闕。凡三年如一日，至今歌思之。

顧念太淑人春秋高，乞省覲，再請始得歸。歸而太淑人方康强，侍寢門足迹不出者六年。郡縣存問到門，往往無報謝。而經營高曾以來墓田，則次第舉焉。族有統宗祠，舊每歲冬至一祭。鱗潭謀諸宗老，置祀田，增設春祭。宋時有祖曰大用者，瀋昌堨溉田，田不一姓矣，而修築之役鱗潭獨任，曰："承先志也。"族子貧不能婚者，歲捐貲爲二人婚，循長幼序及之。前是，舉主滄州戴御史卒於邸舍，鱗潭經紀其喪，爲代償責家，其諸子乃得扶櫬以歸。大司空朱公寢疾，召鱗潭至牀頭，有所囑，拜受命，卒庀其家，事纖悉靡不周。同門王進士下世，孤兒來京師，鱗潭於齊年公宴日以孤兒見於廣坐，醵白金可百兩；又恐不戒於筦鑰，或惡少年豪宕，訪得孤兒親戚召至面授之，爲區晝，歲可得子錢若干緡以養其母。其篤於師友之際，天性然也。歙人楚游者爲余言：昔與蘇州守高蒼巖相友善，蒼巖没，負庫金累萬，家人散走。鱗潭公車道閶門，徑入署清理其簿書，諸負以次得完。閩寇之破徽郡也，羽檄旁午，巖鎮爲兵馬要衝，鱗潭率鎮人具羊酒走迓大將軍，大將軍令下兵無譁，居民安堵，鄉人德之。徽守某以虧空繫獄，法不貰，鱗潭馳書廣陵，趣其弟爲捐助倡，守得免於法。歙令孫君以棄城落職，而其初實有捍禦功，鱗潭直諸上官，還令職。海陵吴野人，詩友也，官京師時夜夢野人索棉布十丈，詰朝，憶夢中語，寄以詩與布，野人得之，曰："神交哉！"報以詩。郡有紫陽書院，崇祀朱考亭，蓋韋齋先生讀書處。鱗潭官祭酒時，請御書"學達性天"額，事下禮部，如所請。其歸也，鳩工且新其榱棟。

己卯暮春，迎鑾江上，忽聞太淑人有疾，遄歸，侍湯藥。閏七月，太淑人卒，擗踴叫號。尋與兩弟卜宅兆，寢處山林，精力銷耗，庚辰五月暴病，遂不治。

鱗潭與余同事久，余知其爲人近於古之狷者。義所不可輒面發赤，嘗數人過，人所難堪。然急人之急，甚於身受。纏綿悱惻見乎詞，今所刻《北黟集》是也。所居面北黟，故晚節一字北黟山人。

論曰：歐陽文忠有言，不獨賢人君子難得易失，而交游零落，反顧死生盛衰之際，又可悲夫。嗚呼！此余之所以拊膺而太息也。雖然，士大夫之傳家以學，余嘗覽《娑羅堂合集》及瞻淇鄉會文字，則信鱗潭身教之善而亦知其世澤之遠矣。陳文莊、魯文恪皆以祭酒邀易名之典於朝廷，是在後人哉。

居業齋文稿　卷十　傳

張太守傳

張太守步雲，字子龍，雪松處士子也。張氏南宋時有日中者死國難，子文通遷廣濟，隸籍爲廣濟人。數傳至雪松，皆有隱德。雪松子四人，太守其季也。早慧，就傅廬陵，凡三年歸，就試入蘄州學。嘉靖辛酉鄉舉起家平定州學正，遷國子監助教，累官南北户刑二部員外郎，権淮安關，出知廣西太平府。

當是時，士大夫嗜古學。太守與興國吴明卿遊，而同里寇山人學海相與揚扢爲詩。詩古體言漢魏，近體言盛唐。又臨池，精智永筆法，名籍甚。太平俗椎魯，太守至，務教化。有酋長犯法坐死，久繫獄。會巡按審録，酋賄獄吏，釋繫。道歸家，婦有孕，期而生子。及議蔭，酋之侄訟，言叔久繫，安得子？而陰行賂於守，冀冒襲，太守却之；更賄監司，監司納焉。檄行，府太守廉其實，拘酋父子於庭，置盆水刺血，血合，迺仰天太息曰："嗟乎！受賂而斬人之嗣，人即可欺，奈天譴何！"監司聞之，恚，中以他辭，遂罷歸。

歸濱青林湖關，園曰抱甕，結草庵曰苾芻，日與詩人徜徉其間。而康谷子劉養微過從尤數，嘗題太守園亭詩有云："暮雨江聲吞夢澤，晴雲嶽色滿匡廬。"太守勒諸壁，邑志到今傳焉。太守里居垂三十年，而縣令劉侯燕及言詩，雅好士，數置酒四高樓邏太守，而太守不入城市。會江水暴漲，瀕江堤自盤塘下抵安慶界可百里潰且决。太守念堤關五縣民命，走筆數萬言奏記，撫按覽者皆感動，乃捐金爲郡縣倡，檄縣丞董其事。堤成，水不大浸，是時年八十四矣。里門遨遊，坐筍輿，褰帷，道旁觀者嘖嘖張使君"地仙"云。年逾九十，徵詩文、索字者踵門輒應，不以衰老辭。《苾芻庋閣集》卒後寇燬，有四世從孫金基舉人以兒時耳目所覩記者追述藏家乘焉。妻楊恭人，無子，以兄之子嗣，三傳至嗣孫凱基。當皇清康熙辛未，大府採録鄉賢，太守與從孫先基進士同置主入祠。先是，劉千里志太守墓矣，五世從孫惟金秀才復屬余爲之傳。

贊曰：鄉賢之祀，豈不難哉！事久論定，若張太守足當之矣。竇持孝廉嘗爲余言：太守之甫入州學也，貌頎而皙，荆藩且以女妻之，而太守不欲，以荷汁自染其面免焉。晚節里居，還遺金族人，宗格賴以存活。其軼事若此。若乃淹貫騷雅，彬彬有聲於七子之際，抑又難矣。没世而名稱，偉矣夫！

吴瘻鶴先生傳

瘻鶴先生，名亮思，字幼睿，姓吴氏，廣濟東鄉石港山人也。

少時從里中劉敬伯學詩，有聲諸生間。錢塘葛公屺瞻督楚學，覽其文，激賞之，由是與黄岡何蘧宿閎中、樊亢宗維城、黄美中正色、王子雲一翥頎頡齊名。仲兄少常亮嗣，萬曆中給事黄門，迎養母太恭人，先生侍京邸。交遊多海内聞人，而豫章姜公曰廣、涂公聚伯交尤厚。已而歷試鄉闈不第，學官餼滿，貢上春官。當崇禎十三年，有詔搜才，歲貢額外更試百人進，先生年甫逾四十，大宗伯林公欲楫耳先生名，且以應選，而權貴人私其子弟親戚，先生無奥援，擯不與會，輦下物議洶洶，指摘陳相演。先生發憤上疏，略言："皇上勵精圖治，求賢若渴，制科而外求之拔貢，求之宗室换授，求之山林薦辟，今乃下及歲貢矣。皇上求賢逾急，而臣下奉行逾緩；皇上求賢逾公，而臣下奉行逾私。富家得官以賄賂，勢家得官以門生，故吏之援引，古大臣以人事君之義當如是耶？"疏入，上命指實，覆奏疏言："臣楚人言楚大學士姚明恭以其弟居恭進兵部左侍郎，王道直以其親識龍納箴進，此則背公徇私，較諸臣尤爲可歎者也。"三疏言指斥逾切。通政徐公石麒從容勸先生節縮疏中語，先生不可，通政不得已上之。演慮上震怒，禍叵測，乃屬徐通政陽好語，羈縻吴貢生邸舍，而乘間密疏：楚狂生罔識治體，於是上意稍緩。先生旅食久，資用乏絶，乃治裝南歸。而閣擬吴亮思挾私妄奏，俟任官日罰俸用。當是時，吴貢士三疏稿郵遞且遍天下矣。

甲申，闖賊陷京師，相演望風從逆。以家富故，賊徵索拷掠獨苦。賊南奔，誅演於市。先生時客金陵，或以演死告，且曰："幸矣！不死，竄而南，且爲國患。"先生曰："患固有大於演者。"蓋指鳳督馬士英也。居亡何，士英引阮大鋮表裏亂政，日晝計殺東林復社諸君子。先生仰天欷歔曰："詩不云乎？'人之云亡，邦國殄瘁。'已矣！"遂歸隱石港山不出。客至，飲以酒，酒酣，談往時黄門邸中耳目所覩記事，至更闌燭跋不休。客就寢，先生脱帽賦詩，巡檐望星斗而歎。嘗言江陵相富國强兵，功在社稷，而論者紛紛以專詬之。江陵敗後，無復任事者矣。應山楊公漣、江夏熊公廷弼，受禍俱極慘。小人附逆璫以傾東林，楊公爲東林所倚重，摧折固無足怪；乃熊公負氣孤立，素與東林人不合，而殺熊公者亦並東林爲一案，異時史局誰知之者？先生追論挺擊、紅丸、移宫顛末，皆歷歷指諸掌。嘗作《山居謝客》篇，論國家陰陽倚伏之故，而追始禍於神宗静攝之季，後人無以易也。

先生居約好飲，偶携族子飲鄰舍，拇陣角勝負，族子醉，拉鄰人脅仆地，詰朝死。訟之官，族子逸。先生就理，掀髯談笑若無訟然。司理潘君恚，且以先生抵。會王子雲客司理所，訟言："吾老友，嘗三上疏發大臣陰事者，歸田憊矣。褐寬博，安能殺人？速平反，引爲上客，茶酒内猶得聞所未聞。"司理許諾，事乃解。

歸而窮日益甚，然吟咏不絶口。性戇，不能容人過，人亦憚之。然語及孝子、順孫、義士、節婦，輒紀述，淋漓跌宕，不啻親見之也。山居杜門久，仕路請謁都絶。有少常公通家子徐君來守黄，延至雪堂，而黄美中來，執手道故，歌呼往往夜達旦已。忽話及宋遺民西臺慟哭事，灑淚别歸。歸逾數月，寢疾卒。先是，兄蒼石女適姚，逾一年寡，誓守節，歸依先生石港居。寇至，渡江僑居沙洲。癸未寇警，女晨起，呼家人擔松柴瀕江，盥沐更衣，輿往柴圍坐，及眉目火起，焚死。鄉里數千人聚觀歎息，以爲難。先生作《節姑吟》，邑人到今傳焉。所著《石巖子集》凡若干卷，藏於家。

贊曰：吴先生與先大夫交甚篤，德嘉五歲而孤，又十年以故人子過從石港山房，先生一夕走筆數千言爲先大夫行狀。於是千里劉先生據狀以志先大夫墓。先生之卒也，千里亦志其墓矣，而未有傳，仲子敏材以請，故掇拾爲之，且悲其遇焉。雖然，先生抗疏動天子矣，雖不官，何憾哉！

先王父楚濱府君傳

王父楚濱府君，諱鼎赤。少時與季縣學生太和公偕治《周易》，而皆教授里中。當是時，王母朱太宜人善病，家漸落。王父不視家生産，日取漢魏三唐人詩諷之，意欣欣有得，門巷蕭然，布衣糲食晏如也。伯父棄經生業，乃屬意先大夫，使受《易》太和府君所。先大夫甫弱冠，即出授徒以佐孝養。王父於是不復爲塾師，而肆意聲律之學，隨所歷山川、人物、風土、寒燠、陰晴、木石、蟲魚、禽鳥，偶有所觸輒筆之於詩。

萬曆乙卯，先大夫鄉舉，明年試南宫，不第。念王父且老，計就禄養，王父不可，曰："貧，吾素也。"鄰少年侵我界地，氣悻悻無禮於先大夫，里人爲不平，而先大夫改容謝，益恭，王父色喜："遇鄉曲當如是矣。"王父昆季五，行次三，友愛甚。遇人無貴賤少長賢愚，飲以和，人以是稱長者。先大夫四上公車，筮仕醴陵教諭，檄至，王父瞿然念曰："我先世西江人也，自子成府君教諭廣濟，已而爲廣濟人。及吾之身，五世矣，而乃今起家博士也，可不勉哉！"

居亡何，寢疾卒。卒後二十年，龍坪瀕江神祠石壁上《九日》詩，父老猶能道之，曰："楚濱先生句也。"生二子，長伯父肖濱府君、次先大夫復濱府君。王父生隆慶戊申，卒崇禎戊辰，享年八十有一。先葬馬口湖，後遷本鎮便民倉後，朱宜人塋左。孫德崇志其墓。太和府君别有傳。

從祖太和府君傳

府君諱鼎調，字太和，廣濟縣學生。以《周易》授徒柘湖阪，久之，築草堂柘湖，自龍坪徙居焉。

龍坪之俗，敬禮儒生，歲杪則富人具薪粲、酒脯、蔬果、餦餭饋遺甚厚，府君念曰："奈何以口腹累人？"饋者到門，好語謝之曰："家口無多，歲事幸已辦矣。感君厚意，敬登酒一樽。"其介如此。王父楚濱府君命先大夫受經柘湖草堂，府君奇先大夫文，曰："是且爲經濟名臣。"萬曆甲寅，先大夫入縣庠第一，明年赴鄉舉。府君屈指榜放可二日報且至，晨起自柘湖走江上問曰："報未至耶?"王父笑曰："談何容易?"府君曰："以文卜之耳。"薄暮，報果至。明日返柘湖，語諸生徒曰："老夫不復應科舉試矣!"

王父攻詩，時時吟咏不絶口，府君間屬和，然不求甚工也，而專治《易》。其治《易》，言象學。嘗言："荀九家亦未盡非，自士爲科舉之文，古學寖廢。如朱子學校貢舉議著爲甲令以取士，庶幾其有救乎?"冠、婚、喪、祭壹遵考亭家禮行。府君老，皓首，兄弟五人，伏臘會食，飲酒酣，輒追述先人往事，輒哽咽，涕泗沾襟而罷。嘗語先大夫："人生惟《孝經》《小學》《家禮》，講貫力行，乃可以爲人。"先大夫髫年鈔謄王父所輯宋儒言行爲《自警編》，遵府君教也。府君夏一葛，冬一緼袍，方巾布鞋，行數十里，無僕從。驟遇雨，徐行緩步如故。見道上趨走，詰之曰："前途不有雨耶?"

讀《易》有得，輒札記，且成卷。有子早卒，孫德裕，孤，先宜人奉先大夫命鞠之如己出。德裕爲文有聲，書得黄庭楷法。明末避亂江以南沙洲死，無子。兄子以亂離流落後不知所在。府君葬柘湖草堂側，土人至今樵採，相戒不敢近，曰："太和金先生墓也。"

先妣李宜人傳

宜人姓李氏，外王父李公繼堂幼女也。

德嘉少時師事伯舅大復公。大復公骨鯁獨立，意無可一世，然時時稱説先大夫事，未嘗不欷歔感慨，泣數行下也。蓋宜人歸我先大夫，逮事王父楚濱府君以孝謹聞。先大夫諭醴陵、諭淅川、知陝西興安州，宜人從；先大夫卒於興安，宜人護櫬以歸。大復公曰："古所謂以死勤事者，其惟興安乎?"方賊由蜀走關西，而熾於漢興，州郡縣道望風潰，獨興安堅守不肯下，一歲中圍城者四。先大夫躬冒矢石睥睨間四十日夕，宜人則坐古井上待不測斃耳，如是者亦四十日夕，賊鋒挫而城以完。先是，賊攻城急，先大夫登陴不内顧，宜人敕蒼頭召城中衆匠作堞障數百，一夕而辦，黎明懸之城上。當是時，先大夫不知堞障之所自來也。坐古井時，婢子繞井侍，宜人念曰："守城卒良苦。"括簪珥市豆數十擔，令婢子移署内鐵釜置井旁，日夜炒豆以餉守者。婢子有炒豆之役輒不寐，而守者時時啖豆亦不寐也。嗚呼！大夫懔懔烈矣！若夫視死如歸，使大夫無内顧憂者，微宜人，其孰能之哉！

德嘉五六歲時，侍宜人誦，宜人且課且泣曰："汝，廉吏子也，勉之！"會歲洊飢，貸粟於富人，滌釜以待爨，宜人課誦如故，曰："燃糠映雪，古貧士也，卒以顯名，汝勉之。"寇至，江居火，南徙沙洲，洲居復自火。左良玉兵亂，奔竄無寧日，宜人獨與先大夫畫像偕，而帶佩刀，時自礪如興安井上時也。祝曰："未亡人奄奄視息，爲兩孤耳。崇也幸已補諸生，有室；獨嘉尚弱耳。天乎！其俾余旦暮保首領以没乎！"宜人布衣蔬食，爲未亡人十一年以卒。卒之日，冢婦吴隱隱聞鼓吹聲，異香徹座隅，宜人端坐以逝也。

廣陵司李陳心山，故興安人，寓書德崇曰："尊先公守興安，誼至高，得民死力，有古循吏風。乃若清操介節，饋遺一無所受。非獨刺史廉也，蓋亦有内助之力云。"康熙庚戌，德嘉上公車，淅川李子偓佋相遇於長安旅舍，哭甚哀，且曰："先師司鐸淅川，淅人士彬彬興起，至於貧者賑，飢者餐，衣敝壞者解贈，群兒倚一母焉，到於今稱之不衰也。"嗚呼！由斯以觀，可以知宜人矣。

伯父早世，遺孤男二女四，皆鞠育婚嫁之。太和府君孫德裕孤，育宜人所，拊之如己出。孀姑迎養，怡怡愉愉終其身。族之喪葬不舉者，姑姊妹之子若女失怙恃者，仰給先大夫。宜人躬自節縮，佐先大夫膏潤之，無畛域焉。宜人操家儉，馭下慈而肅，絲枲、織纴、豆觴、醯醬皆可爲後人法。

子二人：德崇，廪貢生；德嘉，壬戌進士第一，官翰林庶吉士檢討。兩逢覃恩，敕贈宜人孺人。孫男七女四，曾孫男女若干人。宜人生萬曆丙申八月十三日，卒崇禎甲申七月二十一日，享年四十九，祔先大夫山梅衝雨場山之原。

嗚呼！宜人卒且四十年矣，而未以節旌，孤之罪也夫！孤之罪也夫！

先兄明經傳

先兄諱德崇，字峻公，一字泓崯，先大夫復濱府君之長男，先妣李宜人出也。少時，侍先大夫宦遊陝西之興安州。先大夫卒，侍先宜人扶櫬歸。十三歲補邑諸生，始秉家政。寇亂，江居火，走南岸洲居，會歲洊飢，洲居火，家落。崇禎十七年，宜人卒。順治二年，左兵大亂，春以八口竄山谷，秋九月，歸江上，嫂吴死。兄朝夕一弟一僕耳。頹垣茅广，石支破鐺以爨，病且憊，逾年始瘳。累石爲几案，鈔書讀，始賦詩作文字。四年，走揚州。歸，始築草堂。五年，始再有室。七年，始生男。八年，督學李公保庵試高等，始餼。

當是時，先人在淺土，兄食糲衣粗，殫心計經營兆域。其年，葬王母朱太宜人。九年，葬王父楚濱府君。十二年，葬先大夫。康熙十年，葬先宜人。蓋艱辛坎壈，兄以一身備嘗之，而專弟於學制舉業、古文辭、詩歌、丹黄，倡和無虚日。弟善病，兄歲歲爲手丸藥。嘗病咽喉，劇，兄焚香告天告先人："嘉未有子，崇幸已有子，請以身代病"。良已。已而嘉生二男子，兄愛憐之尤篤。蓋兄之於弟如此。

於書喜讀《史記》；詩於唐喜杜，於明喜何、李。爲文，伸紙疾書，不加點竄，然閎肆自喜。飲酒無算，然以酣故，至目惽也。兄生而侍先大夫十三年，侍宜人爲未亡人十有一年，補邑諸生四十有三年，餼於二十人中二十有四年，其與弟德嘉形影相依者三十有七年，其鄉舉而不售於有司者凡八年。十五年，餼滿，出學宫，且上春官，而暴病死矣。兄自著《伯子年譜》，簡而質。少孤苦，長更亂離播遷，念先大夫孝友忠廉，先宜人苦節，每讀《孝經》至於"立身，行道，揚名，顯父母"，未嘗不泣下沾襟也。又嘗言京華之遊，往還數千里，所過山川古迹憑弔而聲諸詩，庶幾少抒數十年蓬巷鬱勃之氣，然竟已不遂而卒。嗚呼！豈非命也哉！

先是，有《泓崯集》，燬；已有《古瓢集》《草窗雜録》《詠史》並《年譜》，凡若干卷。距生天啓壬戌，享年五十五。元配吴産男一女一，皆殤。吴慧而賢，兄悼亡詩所謂"織素孺人"是也，詞酸楚，不可讀，今逸矣。繼娶郭，生男五：啓濂、啓濟、啓江、啓澐、啓洙，江中康熙壬午副榜,乙酉舉於鄉,餘俱縣諸生;女一,適周儻,廣東鎮平知縣。孫男七人。

德嘉曰:余不孝,五歲而孤,蓋未嘗及先大夫庭訓也。先大夫生平忠孝大節,惟兄能言之。然兄自十三歲後,亦祇聆先宜人訓耳。中遭世亂,藏書散佚且盡,鈔謄學豈不難哉! 而所就止此。歐陽公有言:"士之爲善者潛德隱行,必有時而發,而遲速顯晦在其子孫。"余是以把卷三歎,惓惓有望於後人也。

胡經歷傳

胡經歷士定,字鎮常,廣濟之龍坪人。以歲貢嘗官於趙城,又官潁州矣。學者往往師事之,不以官稱也,稱二華先生云。父教庵,諱應中,母李有五男子,而二華暨弟仁常最知名。仁常諱士容,明萬曆庚戌科進士,累官陝西甘州道,卒贈太僕寺卿。教庵用子貴,封文林郎,贈奉政大夫,李封孺人,贈宜人。教庵爲江上經師,所成就人材甚衆,而二華執贄黄梅瞿聘君九思受學,從聘君游最久。聘君纂著大都與鄭漁仲、馬貴與相表裏,其攟拾鉤考,二華之力爲多焉。

太僕之備兵薊州也,會逆璫魏忠賢亂政。崔呈秀,薊人,檄媚璫者建生祠。當是時,璫祠且遍天下矣,薊兵備獨抗顔拒之。璫聞恚甚,已而用他事羅織,矯詔逮鎮撫司獄,拷掠瀕死。會崇禎改元,璫伏誅,有詔起廢,進官參政,則宦迹在臨洮甘肅間。没而朝議贈太僕,蓋褒忠也。是時,先大夫燕居,嘗與士大夫論持身立朝本末,至於胡公忤璫速禍,皎然與楊左諸公比烈,則擊節歎賞,且曰:"公天性骨鯁然哉? 抑父兄之教先之矣?"先是,太僕起家進士,揚歷中外,時稍引手,二華可致大官,然一主趙城簿,一經歷潁州衛事耳,其憺於禄利如此。

二華子象成、玉成、遜成,皆縣諸生。而玉成字他石,名最著。余兒時嘗遊江漢書院,望見頎而山立者,心異之,先兄告予曰:"胡他石也。"他石子三人,今存者從期、從祝,從祝之子曰承棟,受經余從子啓江。

贊曰:書之於人大矣哉! 教庵有書癖,二華踵之,遂名通儒。太僕之初令長洲也,購群書庋閣,招致外甥劉醇驥千里讀之,卒爲楚博物君子。諺曰:"黄金滿嬴,不如一經。"信然哉。

徐葵垣傳

徐葵垣者,名烻,字焕然,浙江山陰人也。父左川,通許縣丞。葵垣十二歲而孤,母張鞠之。稍長,游學錢塘。二十一歲遊京師,旅食久,戹停主人意寖薄,稍稍聞嫚語,遂掉臂去。已贅郝,有室,充户部雲南司典吏。輕財重然諾,以俠聞。久之,妻暨母相繼没。會闖變,跳匿。至國初,則年逾四十矣,出供事兵部。當順治八年,大司馬金公破資格物色人材之可大用者,而葵垣與焉。未幾,運砲督師洪文襄公軍前,以軍功加正二品銜。大司馬劉公奏除授掌印都司,得管福建屯田都司。勤於其職,逾七年課最,升都司江南掌印,轄漕屯,撫軍郎公器之。

十六年海警,會有司縶民夫百數閉之都司廨廡間,婦女號呼聲晝夜不絶。聞而惻然傷之,念曰:"更徭自有挈令,奈何縶人而牛羊使之?"察其中有書生在,又非其罪,將走白中丞遣之,且行且熟計,恐請不得,乃以便宜輒開門,解其縶,大言曰:"去!吾放汝。"於是歡呼聲動地,搏顙謝,盡去。乃騎詣中丞府言狀且請罪,中丞義之,弗罪也。當是時,大江以南嘖嘖稱都閫君長者。已而事平,方上守禦功,遽請老歸。歸時年六十二。

子二:伯麒、伯麟。伯麟涕泣以狀來告,且曰:"先君居官廉,居鄉好行善事,請老垂十年而卒,卒後十餘年猶在淺土,貧無以葬也。"余悲徐生之志,故爲之傳。

贊曰:見義不爲,無勇也。士大夫視人危急而次且不前者豈少哉!夫蹝視一官而存活人且百數,可謂勇矣,而官卒亡恙。嗟乎!是可以勸天下之爲義者矣。

介節先生傳

介節先生者,廣濟人。其家居藕灣,嘗刻《藕灣詩文集》以行世者也。姓張氏,名仁熙,字長人。其卒也,鄉人誄而私謚之曰介節先生云。

張故廣濟大家，宋元明代有顯人。大父玉臺，平武令；父雪巔，天啓甲子鄉舉。母徐，海防同知徐存吾女也。先生生而徐卒，大母劉鞠之。年十一，屬文有奇氣。又三年，受知督學顧公，補漢陽學官弟子，檄歸。廣濟丘公毛伯督楚餉，一見賞識，遇以國士。督學虞公試上等，於是名藉甚江漢間。

當是時，雪巔以名孝廉紹玉臺家學，庋閣書逾萬卷，而舅氏碌儒君又出海防藏書佐之，藕灣草閣燈熒熒夜達旦。所爲古文，意無可雁行者。而獨與劉千里醇驥友善，兩人者桴鼓約束，里中文社之盛自是始。孝廉公有志未遂而早卒，先生感愴涕泣，逾益肆力於學門以内，結五經社，與從兄一生復熙競爽。漢陽李愚公先生序其文，寓書文文肅公，評選以行白下。於是楊維斗、顧麟士、楊子常、吴次尾、蔣楚珍、劉伯宗諸名宿書札勞問藕灣無虚日。而同郡易曦侯、王在明、何子安、黄美中、梅惠連壇坫相望。太倉王公澄川視楚學政，楚人應以閎覽博物之言，先生掉鞅與諸名士相長雄，脱稿而書賈購之，凌駿甫所稱爲“風華古博”者也。

先生貫穿史學，慨然思有以用世，然闈試久不第。會流寇躪楚，職方楊卓然又先議安插隔里眼左金王諸降賊蘄黄山後，號曰新民。先生以故人子奏記，略言：“武侯兵民雜處渭濱而不亂，以屯田耳。今兹新民實賊也，坐食民粟而弗佃舊民之畝，不數月食且盡，新民去而齧食他方，舊民還而寄命空谷，蔓延濡染，可爲寒心。項襄毅之於房、竹，王文成之於桶、岡，大藤操縱有方，服而鎮之；且巢在，則宅爾宅，田爾田也。今之新民，譬諸勞猨挺鹿，第藉此以紓旦夕之力，而公乃以爲檻虎，不憂其餓而噬人，亦誤矣。”纚纚數千言，職方讀而韙之，然不能用，後卒如所料。

寇警至廣濟，邑無城，先生丁王父喪，倉卒走避蘄州。蘄城破，還走藕灣。自玉臺下世，鄉里兵火歲歲不絶。先生作王父及考傳，聲淚俱下。先是，母徐以産卒，攟拾婢子語，觸緒蒼涼，酸音促節，爲人子者嗚咽不能讀，其至性如此。山居既謝絶貴遊，而京口譚長益、蘄州顧赤方、同里胡孟培、劉千里過從講藝，麥飯豆羹往往極歡去。今吏部尚書商丘宋公牧仲通守黄州，於雪堂築東齋，延致先生言詩；推官王君俟齋、黄岡知縣徐君亦久相與，下上千古及上聯牀且逾數月。會修《楚通志》，布政使司張公九如聘筦藝文。書成，未及上，有詔中外臣薦舉隱逸，布政使司徐公子星列名且上督撫，先生以疾辭。而禮部尚書王公昊廬時官翰林，吴文僖公時官禮部尚書，都御史姚公岱麓時爲給事中，欲合疏薦先生，嵩岑李公時爲卿大理，止之，以爲不可屈也，事遂寢。宜興蔣公脊齋督楚學，寓書藕灣，虚左席以待，先生以疾辭。而手疏先哲吴自守、韓紳，同學胡篤生、劉醇驥，請祀鄉賢，檄下，鄉人僉曰："此盛德事也。"初，《通志》垂成，而稿散佚於司庫，至是再奉詔，先生力疾往，事竣乃還。

先生之學，大都苞藴《史》《漢》，桀矱八家，而沉酣於《騷》《選》。書法縱横自得，人以爲在顔米間。初刻《藕灣詩鈔》十卷，《文鈔》十卷，續刻詩集十卷。其《日庵野録》《雨湖莊論别録》《草窗秘録》近詩文凡若干卷，四編凡三十卷，藏於家。垂老，猶善飯。旅進曾元孫，口授六經大義，未嘗齒豁。行間注釋猶小楷。蓋春秋八十四以卒。子佳勗、晟昆、環金，咸績學有父風。

贊曰：漢史傳黄叔度："言論風旨不少概見。"第載荀淑、袁閎、戴良、陳蕃、周舉、郭林宗諸君子之論，以爲道周德全無得而稱焉。若介節先生者，嘗脱人於岸獄，活人於刀俎，陰德軼事余不具述，述其師友之際近古者綴於篇。嗚呼！亦足以見先生矣。

居業齋文稿　卷十一　傳

陳松麓家傳

松麓陳先生文簡，字有斐，廣濟東鄉人也。隱居萬松之間，故曰松麓云。父惟表隱君，有子四人，母某早卒，松麓冢子也。侍隱君養，會家苦徭賦中落，弱冠即里塾授徒，藉館穀以佐甘旨。久之，諸弟壯，力農，家稍稍饒矣，而授徒如故。崇禎甲申，應童子試，督學使者無錫堵公胤錫網羅楚人士，方郡縣案未揭，更大收以蒐之。松麓已用"文簡"名就試，復易名"應大"收試，比揭案，則補博士弟子員者二矣，而"文簡"名次稍後。松麓念"文簡"家大人始命名也，遂棄去易名生，而竟就"文簡"名以列於學宫。順治辛卯，三原保庵李公視楚學政，奇文簡卷，科舉高等入闈，是後科歲試輒就輒復高等。

而隱君春秋高，垂九十卒。當是時，隱君孫十數，自祜國以下入學宫者且數人，壹禀松麓教，以馴謹聞。松麓一日飲酒酣，忼慨長嘯，自是棄去制舉業，迎致里中知名士課群兒誦，築書屋四楹，環以池水，手植桃杏梅竹、白蘭紅藥、橙橘薔薇，種種掩映於萬松之間，時引池水灌之。夜半繞窗行，手提壺漿勞塾師，曰："揣摩良苦。"言已，去就寢。詰朝，窗外擁篲掃落葉，有聲，塾師覺而遽命童子代，松麓笑曰："老夫聽窗中書聲，萬事足矣。"

會歲飢患盜，富家遷居城市者十且八九，松麓慨然曰："耕讀，世業也，遷則人窳田荒，長譁囂，散淳樸，暴客未至而家先自伐，毋乃不可乎？擊柝以守，勤也；器用、陶瓦、衣裳、用布無慢藏，無暴殄，儉也。滋吾儉而督吾勤，若之何去之？"竟不果遷，而亦無盜患。

松麓狷而戇，其於義利之介確如也。與人交，不能炎熱以媚人，然自邂逅以迄終身如一日；當其意所不可，即萬端諷之不能動；一有所諾於人，即暑雨風雪亂離間之不爽毫髮。其友愛諸弟也，出必群遊，小疾痛疴癢必拊摩調治惟謹。斗酒盤鱠必共飲食，瓜瓠蔬果鮮好必分嘗。昏喪祭祀，悉教以考亭家禮，必誠必敬也，其質行如此。歲在□□，年六十有□，寢疾，語笑從容如平常，殆庶幾聞道者歟？

贊曰：漢史石張列傳："行事人人殊，然要不失爲長者。士毋取聲聞，顧力行何如耳。"若松麓之力行亦世所謂難得者也。

范龍崗家傳

范應明，字起公，一字龍崗，廣濟縣人也。爲縣學諸生，性愿慤寡交，而與甘越石一焜友善。越石者，貴陽通判忠甫子。貴陽與先大夫同萬曆乙卯鄉舉，余與越石兄弟行也，數過從越石家，越石嘗爲余言范龍崗。余未及交龍崗也，然越石長者，言不妄。越石竟以布衣諸生死矣，又無子，其生平湮没亦無復有能爲言之者。

龍崗有子二人：曰于鉉，曰于銓。范氏之先，自縣學生玉吾以儒行顯。玉吾生忠衡，有還人遺金事。忠衡生應明，少時偕王五宜入學，爲諸生。應明之居親喪也，遭寇至，朝夕衰絰哭，既葬，守墓哭。伯兄死，撫其子如己出。弟夭無子，以子主其祀。寇掠里婦女十餘人，傾橐中裝贖之，不給，則繼以豬牛。有夫陷賊久未歸者，食其婦且數年，其人歸，室家完聚如初。會歲祲，里人有貧乏不能存者，舉家鬻，且成券矣，爲賣産數畝贖歸之。妻方氏死，遂不再娶，鰥居數十年。年六十七而卒。諺曰："不知其人，視其友。"五宜裒輯邑志，邑人至今思之。越石悛悛言不能出口，師友之際可以觀龍崗矣。

贊曰：司馬子長有言："閭巷之人，非附青雲之士惡能聲施後世？"有激乎其言之也。人患無行耳，繩樞甕牖之中，砥行取友，曷常不傳哉！

棗强知縣張君傳

棗强令張君鞠庵之起家進士也，出蔚州魏果敏公之門。魏公累官至九卿，余壬戌解褐見公大司寇邸第，公知余廣濟人，執手問鞠庵家，言已而歎。蓋追念鞠庵材可大用而惜其用之未究也。當是時，鞠庵下世已六年，到於今又十六年矣。

君諱先基，字開有，鞠庵之字，蓋登第後念母劉太君不待養志感云。武穴之有張氏，世居月塘，酈道元注經所謂"刊水右對馬頭岸"也。鞠庵大父維楫，縣諸生，父封文林郎念川，亦以諸生老，所刻詩名《念川集》。念川五男子，鞠庵行二，年十八受知太守靈台許君。時龔端毅公令蘄水，太守延之雪堂，得鞠庵卷，稱善。明年，試補學官弟子。順治丙戌舉於鄉，己丑舉於禮部，壬辰對策成進士，乙未除知棗强縣。

棗强，畿南大縣也。魏公爲文祖之，知其任繁劇無難。然是時，郡縣有司往往爲逃人罣誤，魏公心竊以爲憂。鞠庵下車，則緝衙蠹，緩逋征，嚴保甲，驅游惰，庀材修學，發廪賑飢，月聚父老子弟讀法，縣乃大治。有故官楚藩右轄者子若孫争曆，訟久轇轕，宵人窟穴其間，互勝負，案積寸許，上官屬新令剸割。鞠庵鞫訊，時誨諭阰惻，兩造感悟，訟乃平。先是，縣獄大辟凡二十有八案，丹書已定，鞠庵愀然有平反意，會恤刑使者行部，輒條上請讞，報可減等論，存活百數。縣故浩穰，而人未知學。鞠庵開衙齋，檄生童都就課，於諸生中得宋師祁，於童子中得鄭司直端、張殿揚、鄭稚、王伷。已而庶常、學使、令長，冠蓋相望，棗强之有人物自是始也。治行優異，紀録加級，籍籍考功。魏公聞，大喜。

居亡何，而有逃人王應水之事。應水匿棗强久，前令弗察也，鞠庵乃坐是落職。縣人傷之，樹幡擊登聞鼓言狀，然格於督捕成例，竟解任。魏公歎曰："已矣，抑命也。"夫鞠庵脂車南歸，歸而念川方七十，奉觴上壽，愉愉如也。母兄前基、弟福基，後母弟兟基、元基，友愛無間。拊從子之孤者鳴、貢、鼐如己出。鼐夭，遺孤又拊焉。族有老而獨者，存養殁葬殫其力乃已。祖墓田以次經營，漸有緒。歲大無，輸囷粟以爲鄉人倡。按察使郡縣大夫翕然稱張君長者。兟基餼於庠，歲貢上春官，他所濡染成就者甚衆。鄭司直由庶常歷湖南按察使，陟江南布政司，道月塘，步屧瓣香及階瞻遺像而泣，且曰："《棗强縣志》殺青矣，敢告我先師於九京。"又曰："曩丙申元夕，大將軍兵過棗强，兵與民格鬬而死。大將軍譴怒，令禍且不測。有趙大者脱走，逾二百里，忽詣軍門自首曰：'殺旗丁者，我也，令無罪。'大將軍乃械繫趙大去。嗚呼！人情莫不自重其死也，而趙大忼慨赴之。師之感人，古循吏所未嘗有哉！"余聞是言也，而憮然久之，曰："若鞠庵者，没世而名稱矣。"鞠庵襟期散朗，與從兄寶持孝廉酣飲長嘯，披裘岸幘，有魏晋人風。然雅好購書，插架萬卷閣藏焉。縣人之請祠鄉賢，則具列其内行也。初多女子少男子，已感夢而産晋金，年四十四矣，輕財好施予，孝友有父風，甫逾壯而已四丈夫子，繩繩方未有艾。槖强雖未大用於世，而世澤於是乎遠矣。

論曰：士信於知己也。漢南州徐孺子齎磨鏡具，徒步千里而弔江夏黄公之喪，感深哉！鄭司直之於月塘先生亦如之。諺曰：磁鐵相引，物理固然。魏公落落少可，而款曲一張生，及其死也猶念之，知其爲人耳。余是以感念於師友之際，而有味乎古人祭川之義也。

容園翁家傳

容園翁者，廣濟縣東門人也。姓胡名一玠，字石存。曾大父友濂，縣諸生，大父贈鎮□將軍本臣，好誼樂施予。世父鎮□將軍海，字光伯，起家萬曆癸丑科武進士，累官山西總兵。父浩，字仲質，用子貴，累贈奉政大夫。先是，與將軍同居六十年，以孝友聞於鄉里。卒後且數十年，而兄弟並入鄉賢祠。母周，贈宜人，生五男子，而石存行三。髫齡讀書，過目輒成誦。弱冠，受經己丑進士孝瞻毛先生。甲申，應督學無錫堵公試，偕仲兄石函一珙以七義爲高等。石函與余順治庚寅同餼於庠，而石存迨康熙壬子始餼焉。

胡世以孝友名家，而奉政大夫累官廣西布政使。十水先生行尤篤。十水，石存伯兄也，而石存事之如嚴師。當通籍服官時，會軍興，縣人大都困於租徭。石函卒，則石存以隻手搘撑，家政且憊矣。然雅好與賢士大夫遊，瀕河茅屋知名士過從無虛日。京口譚長益允謙用法書額曰"山舫"，里先輩劉廓庵、張日庵數游讌。久之，題詠成帙。石存名日高，縣大夫列名以行優聞於學使者。然性伉爽，視一切脂韋齷齪。諸封殖家嘗傖畜之，弗屑也。

族人苦逋賦，散匿且盡。代爲償，尋復聚。諸生以口語遘禍，且成大獄，輒挺身爲辯，雪其誣。里中游仲武，老儒也，閔其孤，衣食之，至於没齒。羈旅窶人王某，從淮上依縣人，來未幾有菜色，石存愀然，留衣食之逾三十年，及其死爲殯葬之。辛亥，歲大祲，鄰餓者數十家，石存比屋賙賑，存活無算。羅姓人鬻妻，陳姓人質子，皆垂橐助以金，不足則繼之囷粟。其急人急，往往夜不能待旦。宗族故舊婚喪不舉而賴以竣事者，蓋不可勝數。若膠庠士氣盛衰，尤抗顔以身任。縣吏民齟齬成訟，訟日熾，石存言於大吏，事乃解。里人逋賦沉獄數十人，拘縶累年，石存言於令，令爲貰出。令有墨而猛者，深文黜十數人，新令甫下車，石存建白，爲請平反，令申請而黜者旋復。文廟學宫圮，建議修葺，典衣爲同人倡。其輕財好義類如此。

戊辰兵變亂，武昌邑令竄。大將軍討賊道縣境，縣人惶恐走匿。石存率父老以牛酒犒師，大將軍喜。軍士款門，則啖以豆粥，汲河水飲之，人人饜飫。詰朝起營去，里人門户井竈依舊。是日也，石存以一諸生從容罄折於三軍壁壘，人以爲難。

石存嘗出遊，歷淮、泗、齊、魯，過金陵、廣陵，入閩，道武彝，眺大海；從伯兄宦遊之西粤，過洞庭，抵桂林、梧、柳，上五羊城，轉庾嶺，涉彭蠡以歸。以是蕩胸寓目，瀟然有塵外致。迨歸隱容園，竟以諸生死矣。

方伯公里居，石存晨夕省視。蒼顔斑鬢，謙聚若孩孺時。其家範恂恂孝謹如此。

石存少與余偕補縣學諸生。子五人，統思爲余子婿，孫男三人。

贊曰：余讀史，觀信陵公子之爲人，好士賙急，有足多者，漢人孔北海庶幾近之。然皆席優處潤，得如其意所欲出。容園，藿食耳，豈不難哉！觀其忼慨立談，大將軍動色，抑何以魯連自命也！士有材莫試而第以一丘一壑名，後有志東門人物者，捨容園奚述焉？

蒲圻教諭李巖詹傳

廣濟有李大復先生者，頎而山立，峨冠危坐，門弟子侍側數十人，終日無欠伸嚏唾，蓋鄉里長德人也。其從子巖詹亦然，里居授徒，徒常滿門，函席森迾，肅如也。鄉舉後過蘄州，州王刺史望見，偉之，執手曰:“君臺垣中人。旦日皂囊白簡言天下大事,汲長孺豈得獨有青史哉!”已而廉其爲諸生時,義不苟合,鄉曲數面數人過,宵人憚之,有所爲輒計曰:“李君得無誰讓我?”以是逡巡,謀竟寢。王刺史告人曰:“我能望氣,向者期李孝廉言不謬。”

顧巖詹上公車輒下第。久之,試爲天官選人。家食雅好客,典衣償尋常酒債良苦。妻陳賢,急則脱簪珥治具。或勸就署教諭,官雖冷,奉入粗能糴秫,十脡之脯亦足以充籩。於是例陳乞改官,得武昌之蒲圻。既之官,葺廟學,完垣墉,增廨舍,别搆雪堂待客。時時取粟麥故鄉,泛舟西上。雪堂木蘭大放,縣令山東韓君、北平佟君屏從排户入,騰觚飛爵無算。蓋風流豪舉,名籍甚江漢間矣。巖詹是時亦若不知學官之外更有若臺垣者之爲樂也。親戚故舊挐舟過存,帆影相望,雪堂剥啄無虚日。由是日困。妻陳夜分洗盞,質明料理薪粲,勞苦視故園有加焉。巖詹一褐袍至十年,紉縫出對客,陳至手指皴裂,口未嘗言貧。浮沉冷署,忽忽十七年,秩滿且遷。遷有日,遽以疾卒。蓋王刺史之言於是乎無徵也,悲夫!

贊曰:鄉舉當順治庚子,廣濟凡四人。余與張寶持、藍石雲俱縣籍,巖詹補州諸生第一人,故舉於蘄也。辛丑遊燕市,逢術人相骨,相已遍,徐問曰:“公等四人一縣同榜,然無一知縣起家者。”已而余三人試教職,巖詹不就,曰:“毋成術士名。”然寶持學正沔陽,石雲教諭攸縣,轉當塗令,余教授安陸,垂遷縣令矣,壬戌成進士,入翰林。而巖詹卒以蒲圻教諭老,術人之言其偶中歟?抑果有命歟?天壤間負才而鬱鬱以終者何止巖詹也!初,大復先生自傷其數之奇,歎曰:“否極思泰,不於吾兒則諸子乎?”命巖詹名必泰,字曰元鬪。厥後四十餘年,有司舉先生鄉賢,而必泰以孝廉奉主入祠。讀書砥行,亦足以慰先人,何必通顯哉!

徐玉槎先生傳

玉槎先生者,姓徐名長猷,字曰彦合,廣濟縣人也。大父鰲,嘉靖己酉鄉試第五,官翰林院孔目,縣志所稱豹山先生者也。父萬曆間貢生,諱來聘,字覺吾,仕臨洮推官,嘗監將軍劉綎軍,征火落赤有功,陞廣西永寧州知州。會猺獞相仇殺，單騎往諭解之，永寧人祀之學宫。

玉槎生而慧，髫齡受書，一目輒成誦。十歲侍父之官臨洮，舟行墮水，久之，髫露忽踸踔而出。比就外傅，爲文不起草。十七補學官弟子員，試輒有聲，然竟不第。一日唱名於增廣生中，當受卷，昂頭大言："生老矣。"督學使者顧問："若爲諸生幾何年？"曰："五十又二年矣。"迺微哂頷之。歸而棄科舉文字不復爲，益肆力古學。又十七年而卒，蓋年八十有六云。少時遊黄州，與何炯卿、甄景石諸名士友善，抵掌論天下事，欲以功名自見於世。雅好覽觀山川阨塞及古人戰守舊迹，嘗仰天長嘯曰："嗟乎！男子生而老死鉛槧間，即安用此七尺爲哉！"越十數年浸衰，酒後輒諷杜詩曰："短衣匹馬隨李廣，看射猛虎終殘年。"其爲人之嶔崎歷落如此。

又久之，客遊返棹。時有江西估客附舟，病且死。舟子利其貨，夜取屍沉諸水。僮僕聞之以告，召舟子詰怒之，舟子色恐，玉槎因好言："以厚直者與汝，汝出其屍，餘悉籍記以待其子。"言已，呼鄰舟買棺殮之。舟抵估客鄉縣，其子拜受籍，而迎其殯以歸。里居時，有祖塋青岡嶺，樵兒據樹顛斫伐，玉槎適見之，恐其驚而墜也，若爲非徐氏者，漫語曰："此徐家山林也。"其人徐下，執斧斤去。明日乃知爲玉槎，悟曰："公慮我驚而墜，公德厚矣，敢不拜？"比鄰盧姓人急而鬻其田於玉槎，事已，悔；玉槎知之，即焚其券，其直置不問。蓋晚節行事，君子以爲尤人所難也。

論曰：自隋時初設廣濟縣治，而孝穆之孫斐爲令，遂家焉。唐宋代有聞人，歷元明迄今，而里門家廟如舊。余十二三歲一見玉槎於稠人中，褒衣博帶，異之。當是時，學子遇先生長者於塗，鞠躬屏息唯謹，即委巷細民，無識不識，望見輒起立，固由章服有别，抑可以見前數十年風俗之厚也。

郭寧玉家傳

郭某，字寧玉，廣濟之靈東鄉人也。郭故著姓，先世有隱德。君早慧，受業陳君敬中。陳，經學名師。君侍門墻久，濡染貫穿，書法仿《蘭亭序》《洛神賦》，久之，自名一家。補諸生，有聲。嘗東遊吴門，吴人得君書輒傳示家塾爲童子模本。歸而授徒江上，江上人事之，以嚴見憚。嘗大會里中兒，臨文甲乙，輒豫算其貴賤壽夭，一時號冰鑑云。

君久次諸生，稍稍厭苦之，於是謝去諸生冠服，而以嚮所聞諸師者課厥子。子存會，爲諸生又有聲，君大喜。里中慶弔文字踵門無虚日，至輒濡毫脱稿無倦容。存會鮮兄弟，而體羸弱善病，君課之肅，不中程輒譙讓，雖親故微諷之不少貸。爲家社課族子，件繫條列，亹亹如顔黄門家訓。

君性剛，數面折人過，人有争來質，萌芽隱伏，片言抉摘，面發赤而訟端寢矣。歲祲，田價賤，人急率減直以售。逾一二年，君設酒食，召其人視原券補償之。邑有南漕糧，故民兖苦運軍科擾，例營改折，而黠吏表裏，僉人因緣中飽，費無算。康熙乙巳旱蝗，君愀然曰："邑人憊矣。"襆被西征，獨任改折事。先是，費以千金計，是歲財三百金，而檄已下。君在武昌，念鄰邑所在報災，而廣濟獨否，遂與司吏約，乞例蠲，而徐令補詳。蠲下，縣人歡呼更生。而君嘗垂槖數十金以償司吏，而口不言。嘗自號粥粥，蓋謙讓其天性也。

配徐，有賢稱。歲辛亥，存會奉母命往潯陽置側室。女入門，色酸楚。徐心動，詢之，有前夫在，急呼存會立堂下灑泣而言曰："兒誤矣！兒誤矣！"立遣之去，存會長跪曰："諾！"時旱，荒甚，存會訪尋其夫，還其券，出廪粟買舟載之以歸。當是時，潯陽人籍籍賢郭母不容口。厥後存會更置一側室，而生齒蕃息至七子而猶未艾，孫且繩繩焉。

贊曰：張子寶持嘗爲余言里父老，蓋傳郭先生軼事云。嘗夜郊行，若有物等身立。正色叱之，随行可里許。比歸家，焚炬，則無有。族子狂喪心若祟憑者，大呼君名，乞隻字救我。君試書一紙焚之，祟輒退，而狂者以瘳，其異如此。嗚呼！一報災而存活飢人以千萬數，自天祐之矣。鬼神亦受命於天耳，何足異哉！何足異哉！

李貞女傳

貞女者李結，其族蘄州之安平鄉。大父徙廣濟之燕兒樓地居焉。父曰君吉，生男子三，宗最、宗武治儒業有名。女許字劉賡甫子季。

年十八，季死，女聞信慟，垂絶而蘇，久之，請於父母曰："兒劉家婦也，不幸失所天，當死不死，而以饔飧累昆弟，非長久計也。願以紡績紉縫，日蔬食待盡耳。"父母憐其志，割田數畝，歲取租以餬口。服闋，有微諷以易嚮者，跪告父母曰："兒劉家婦也，安得聞此言？"頭搶地，垂絶而蘇。父母知其志决矣，誡家人勿復言。

居亡何，民間訛傳奉檄選良家子入宫。媒氏乘機騰説，驚動里巷，則未字之女、新寡之婦洶洶婚嫁，牛車擔負相望。媒氏來言曰："蘄州有陳姓者，富人也，廣濟有胡姓者，官人也，請擇於斯二者。"父母微窺女志，終不可奪，亦弗言。而蘄州有世家子，顧姓，材名籍籍諸生間，父母心竊許之。一日言於女曰："郡縣人家婚嫁且盡，事急矣，脱檄至，爲之奈何？"女曰："兒死耳，大人何慮焉？"於是父母不復言。父寢疾，侍湯藥不瘳，輒焚香告神願以身代。父卒，而諸兄弟在郡城未歸也，則治喪纖悉無弗備具，人以爲難。康熙癸酉秋八月，微疾，盥漱焚香，曰："逝矣。"年三十有七。諸兄弟葬之燕兒樓之葫蘆磄。

史氏曰：壹哉！貞女之志也！視忼慨赴死者異矣。曾子問曰："女未廟見而死，則如之何？"孔子曰："不遷於祖，不附於皇姑，不杖、不菲、不次，歸葬於女氏之黨，示未成婦也。"未成婦，則不繫於夫也。若貞女，則字而未嫁，豈得爲劉氏婦哉？然身李而志劉也，視身劉而志劉者尤難。嗚呼！推此志也，爲子則孝，爲臣則忠，爲友則義，人道賴以立焉，而不謂得之委巷女子也？先是，州人盧觀察嘗欲傳其事，以女方年少未果，今則蓋棺論定矣。

節母詹氏傳

張節母詹氏者，騎尉詹君國彦女，五開張瑞寰之妻也。年十四，歸爲張家婦。瑞寰卒，詹氏年三十二，水漿不入口，誓殉矣。姑奉舅命，洒泣而言曰："殉易耳，奈高堂老人何？且甇甇者孤也，一十歲，一七歲，汝不念汝死其能久存乎？"詹氏悟，稍稍哺糜。比營葬，肩畚提鍤以封。

居亡何，舅姑相繼殁。詹氏營葬，甫畢而寇至，奔竄無所。詹氏還，依騎尉以居。母魯先逝，繼母蔣諷令易嚮，詹氏泣曰："死爲張家鬼，生則母張家孤，毫不及詹與蔣也。嘵嘵胡爲乎？”乃徙居温峒屯。會寇猝至，母家被掠，蔣偕大小十餘口死焉。騎尉亦被縶。携一子走間道歸詹氏，匿温峒山中。天大雪，岩爨幾殆，僅得免。

寇退旋里，斬蒿藿，箸瓦礫，墾萊田。逾年搆屋，耕桑越數稔。乃成家，兩孤兒次第有室。孫男子學語，輒爲擇外傅，嘗曰：“今者幸太平，家亦粗給，復何望？第令書聲與老人機杼聲軋軋至夜分，於願足矣。”詹氏耄而强力，夜紡嘗至四更，穿窬伏籬落間，聞紡聲逡巡退。有伏梁上者，俯窺詹氏危坐無倦容，縮首去，竊語其曹，摇手相誡勿過張家云。年垂九十，而嚮之十歲兒七十七歲。兒逾六十肴韝上食，不命之坐不敢坐。得年九十二以終，孫男凡六人，曾孫男且十人。

贊曰：史稱南陽宗元卿事祖母孝，祖母病，元卿在遠輒心痛，大病則大痛，至性然哉。今詹生瑋逮事大母幸亡恙，然孝思視元卿則奚别焉？古者庠序學校申孝悌之義，則漸摩學子，惟師儒是任。校官宋應舉表章節母兼及孝孫之志，余覽其《徵詩引》韙之。教化大行，古今人何嘗不相及也！

旌表貞節何母陶太君家傳

當抑齋胡侍講大母旌閭之歲，荆門里人爲余言有何節母，法當旌。已而抑齋過余，言亦然，而蘭石進士叙其事尤悉，余心識之。康熙庚辰武會試榜第一人，何卜昌廷對簡入侍衛。或來告：“侍衛，節母子也。”余仰天而歎，有味乎“積善無不報，而遲速有時”之言。壬午巡撫都御史年公採郡縣節孝事彙疏以聞，癸未冬十二月奉旨建坊旌表。甲申秋八月，兒洛爲吏部選人，旅食長安，侍衛過存邸舍，屬家郵以節母家傳來請，於是節母稱太孺人矣。

太孺人者陶氏，何國能妻而今侍衛卜昌母也。世居荆門州藻湖村藻三里，父萬年，有隱德。兩家相友善，年十六于歸，事舅姑以孝聞。舅姑老，善病，藥餌饘飿，浣濯偵伺無怠色。没則哀毁擗踴，勉强襄事。爲婦凡十有二年，會國能病，致齋露禱，冀減算以延夫齡。國能卒，一慟而絶，救甦，又絶粒。當是時，卜昌甫七歲，仲若季，一學語，一在襁褓。家娣姒繞牀絮語：“若諸孤何？”太孺人張目熟視良久，起視含殮。自是稍稍哺糜，則斷葷血。

家故農也，辨色而興，雞栖而息，飭筦鑰，奉俎筵，何之宗黨親戚慶弔問遺罔不周也。卜昌既冠，有室，則命造請境外賢士大夫鏃礪鋒穎，以露頭角。夜課業，誦聲、機杼聲相間，久之學成，有聲里黨間。何户口蕃息，兵燹後孱人跳身羈旅，久不歸。先墓有石泐者，有水衝齧者，有狐兔穿者，檟有露前和者，有牛礪角者，有夕陽射人衾枕者，太孺人惻然傷之。壬戌十二月，鳩傭作可三百人，入先塋，封樹修葺。明年寒食祭掃，携子若從子、孫若諸孫，按譜系登記勿忘。異時賦役繁苦，産竭賣兒，有應試者迫租，吏拘繫鬻於州民黄居璽家爲奴，太孺人贖還，倍其償。族子年及壯而貧不能娶婦，輒捐金爲納幣簪珥紵絲之屬，佽助蓋無虚日。甲戌歲祲，家有棺賣富媪，得五十金，悉散給族子，而自買杉木鎸字其上，曰："留以周吾身也。"

藻湖故多士，在荆門稱盛，已而中落。太孺人乃搆書屋十五楹，一曰經齋，一曰蒙齋，延師以課族子及鄉鄰之有志於學而弗克具修脯者。又於蛟尾村落置學田三百畝，賦入藻三里册。建倉廒三間，歲貯穀以供二齋之用，册之氏名櫛比中蓋有何母學田云。以是都御史采風，而州人相與颺言學宫，大指言：婦孝媲於子，母訓肅於父，内政勞於外事，晚節瘁於初年。荼蓼冰蘖三十有七載，迨蓋棺而後已焉。初，府以節舉，而上官循例覈至再，至是論乃定，而何太孺人傳矣。

論曰：稱婦節者往往競言德而略於才，《内則》《女孝經》之文爛焉可述，然大率仿佛云爾。覈以鑿鑿，施行或鮮焉。若夫澤洽泉壤，化興黨塾，視古十九年三致千金，再分散貧交疏昆弟者，不啻近之。且彼男子也，男子讀古人書，多識前言往行，又劘切以大師好友，其爲善也，若耦射之赴鵠；然孀婦人出不逾閾，則孤立行一意耳。嗚呼！豈不難哉！豈不難哉！傳曰："天道無親，嘗與善人。"何之亢宗，蓋自侍衛始。今夫蘭之茁也斯馨，寒松之下，厥有伏靈，蓮薏瓜萌，桃杏中仁。職載維地，抑亦可以見天心也。

楊醇齋傳

天壤間淳厚清淑之氣篤生異人，則孝子義夫實當之。其至性之勃發，一往而深，非有冀於成美名顯當世也。然人極由是以立，大理由是以存，風俗由是以復古，而氣運之康寧清晏由是以日新月盛焉，則無意於名，而彝倫世教重有以賴之矣。余年官史局，纂修《明史》《本朝一統志》，遇孝子義夫名字，輒浣手焚香，正襟危坐而書之，敬其人重其事也。

同里楊子光國，字鼎鄉，一字醇齋；父奕，母陳氏。先世居永西之楊家山，明季流寇焚掠，族屬逃亡，二親繼逝。當是時，楊子一零丁耳，門衰祚薄，僅存一綫，可謂危矣，賴世父時大撫養鞠育。及長，執經鄉賢之門，每讀詩至"哀哀父母，生我劬勞"，淚數行下。尋以親像懸諸壁，朝夕哭奠。其事世父，至性寓盤匜，歿則哀毁逾禮，春秋享祀腆潔，亦天性然也。娶吴氏，搆疾，彌留與夫訣曰："脱不測，如遺孤何？"楊子露禱祖天云："一綫相延，得永其祀足矣。烏庸再娶爲？"嗣是守義，不復有續主中饋之思，君子以爲難。

余欲採擷孝義往事，分門别類成一集以公諸海内，且以是登於薈萃之録。若夫表揚孝義，俾得昭垂史乘永傳不朽則郡大夫事也。雖然，幽光潛德亦自率其天性耳。名不名，又何論哉！

居業齋文稿　卷十二　書

上座主澤州陳公書

昨廖傳書後恭呈座前：言之不文，臨池悚仄。嘉數年來雕蟲之技本不足觀，先呈集目，餘俟鈔謄續進。惟引領望《樊川大集》告成，滌几諷誦，大啓蓬心也。中丞吴公今開府三楚，楚人動色相慶，定知發政施仁沛如江河矣。然楚中之事有待於興舉者一，楚中之法有望於申飭者三。嘉欲進謁披露而望淺言輕，未能徑達。伏念我師以薄海蒼生爲念，而吴公又師同里，相厚善，謹梗概言之，亦可以見嘉之早作夜思非徒爲一身一家計者。或可轉致吴公，聊供采擇。

蓋楚有江漢書院在武昌省城，大比之歲，士子肄業，猶湖南之有嶽麓書院也。往者翟象陸先生爲方伯，歲在庚子，檄取郡縣高材生，負笈講藝，親臨課試，號房數百間，篝火丙夜達旦，楚士觀摩興起良多。嘉與今銓部汪君錞屢試第一，尋倖鄉舉。當是時，楚墨頗獲傳誦，而數科以來，漸次登選而去，則是江漢書院之大有造於楚人也。中丞觀風得士，正值賓興，若焕然一新，即考亭白鹿洞之學規可以復振，此所望於興舉者也。

楚地舊苦十年大當之差，謂之里役。正供有限，雜派無窮，積里因之以包攬，猾胥因之以侵欺，小民不勝敲撲則藉債於營兵。營債難償則逃，逃則田荒，田荒則正供亦負，而有司往往受考成之累。自前任制府徐公創爲穿甲之法，革去里役，俾單丁斗米咸得自封投櫃。於是包攬之端絶，侵欺之路塞，良民輸將恐後，而郡縣之課遂最，此萬世之利也。村市之民舊苦保長之役，皂快所至，饜食其家。又官長生辰時節，踵事增華，中人之産當一役而遂盡。及更换之期既届，肆行僉報,人人視爲畏途,多方請託,展轉支離,中人之産報一役而遂盡。自革去保長之法,行祇用鄉約,約講月吉讀法,皂快無躉食之地,而貿遷有無之民得以安堵,此又萬世之利也。漕糧北運舊苦里民與旗甲相兑,陋規多,而糧艘開幫之期常滯。自官兑之法行,鄉民負米交倉,旦出暮歸,迨糧艘到日,官與旗甲唱籌量米,日中而竣事,里民不見運軍之面,而水次無所容其久泊,此又萬世之利也。邸報中臺垣建白,嘗請敕下,未曾穿甲之省,一體遵行,則此法之善可知。然法之善者,便於官,便於民,便於廉静之鄉紳、閉户讀書之士子,獨不便於地方之豪猾與衙門之吏胥,故嘗有虎視眈眈思陰壞其法者。嘉擬告之當事,立石通衢以垂永久。會前歲匆匆北征,有所未遑。今中丞褰帷仗鉞,延見吏民,訪問興除大端,若通行曉諭,杜絶宵小壞法之萌,則召棠郇雨世世頌之矣,此所望於申飭者也。

嘉素性恬退,在長安懷刺漫滅已久;即故園諸長吏,杳無尺素相通問。寒門子侄,虀粥布衣,恂恂謹飭,長男啓洛又以教習旅食京邸,第以區區桑梓之慮爲此妄言,雖若平平無奇,然士興於學,農安於田,工商樂業於市,至治之要不外乎此。古之爲治者,施予之惠可以及人,然而弗遍;巡察之威可以易俗,然而弗深。惟良法美意堅守而溥被之,則涵濡淪浹爲無窮;出而鎖鑰封疆,入而平章軍國,無二道也。冒瀆我師晤言之暇齒芬及之,則怙冒三楚如長日加益而人不知矣。

復胡石莊書

每欲鼓枻竟陵城下一造先生之廬,而冗絆未果也。方今史館弘開,三百年來掌故惟先生燭照而數計之。如遜國奪門大禮,下逮江左潰爛諸梗概,海内操筆者類能言,惟是吾楚先輩故事尚待折衷於先生。若李文正之鼎鼐燮調,劉忠宣之密勿魚水,賀江夏之靖節横流,此據事直書,無煩聚訟者也。江陵當國,綜覈名實,富國强兵,數十年而論者以專病之。惟于文定公於朝議籍没之日貽丘司寇一書,以爲“江陵父子事業文章,與分宜有霄壤之隔”,乃得身後定論。虞山宗伯嘗有言曰:“江陵所用者,良馬也。”噫! 此可以概江陵矣。熊楊慷慨任事,而熊以過剛見嫉於當世,楊專閫仗鉞,憂憤以死,或曰自縊。夫憂死之與縊死則有間矣。當時失機，逸賊别有主名，武陵豈自經於溝瀆者耶？楊忠烈之争移宫，此不得不争者也，而議者乃以爲激，其劾逆璫二十四罪疏，清流之獄由此益甚。

夫有明之天下，大率壞於門户之角立而潰於吏議之紛争。任事者以壯往而僨轅於局中，議事者以媒孽而煅煉於局外。平情而論，非言之難，行之實難耳。至於甲申以後，山巔水涘，錚錚嶽嶽者不可勝數，稗官野史或能志之。敝邑劉千里有《楚先烈傳》一書，網羅極富。惜千里下世，其書不傳。夫三長之説，史家所難。開館纂修，料不盡徵信於石渠天禄之藏。先生邁槃高蹈，縱令蒲輪遠賁，亦必不出。然以生平所聞諸故老，見諸載籍，陰陽黑白判然於心而了然於手口者，豈不可揭日月而行乎？

史事關係重大，毋論肉食藿食皆當任發明之責。春秋二百四十二年之事，大聖人筆削以垂萬世。若爲魯司寇攝行相事，日無幾耳。發潛德之幽光，先生獨無意乎？

承惠《頤志堂詩》，容静讀。蒲柳之辰，遠辱注存，重以鴻篇法帖，附兹鳴謝。餘容續布，不一。

與高學使論文書

某自通籍以來，未嘗有一介勞問寒暄於四方諸君子。即嚮慕如執事，而亦未嘗片言通左右。頃之，於朱玉樹所見江西試牘一册，讀卷首序及教誡士子之言，於是驚歎，以爲挽回風氣，使學者各如其意所欲出，不至敝敝焉竭其聰明才力，從事脂韋餖飣以爲人役，而讀書學道之士，且有喁喁嚮風賈勇以赴騶虞貍首之鵠者，將在今日矣。

士大夫奉璽書視學政，始未嘗不以風氣爲己任，然令之不盡行而禁之不即止者，何也？有闈墨以爲之引，有房行選以爲之驅也。士以制舉爲禄利之路，則欲影趨響赴，求爲速化之術以倖售於有司，而選家又爲輭熟委靡之説以招之，故雖督學使者大聲疾呼，而狃常襲故不能洗濯以自新。由斯以言，學政之行於天下豈不難哉！今執事之轉移風氣何其易也！豈非道力深厚而至誠諄切有以入人之深歟？某嘗與同志論文矣，其略曰：日星河嶽，自乾坤開闢以迄於今而光景常新者,何也?實理運行而真氣磅礴也。六經四子不假言,即三傳,老、莊、荀、列諸子,皆以各不相襲而單行千古,三閭之《騷》,龍門、扶風之史,雄、向、賈、董之文,曹、劉、阮、鮑、顔、謝之詩,杼柚各出,人不相蒙。曹氏之於詩,王氏之於書,父子接踵矣;然而陳思不襲魏武,大令不襲右軍。唐以詩取士,數百年應制如一轍也;而初、盛、中、晚把卷而輒知其氣味之殊。李、杜光芒萬丈矣,沈、宋、王、孟、錢、劉、韋、柳、温、李、元、白以及皮、陸、郊、島,各有不可磨滅之處,何也?不相襲故也。宋儒濂、洛、關、閩遠紹鄒魯,其性命道教之微言,本非漢唐諸儒所及。即邵子《皇極經世》一書與司馬温公同時,而潛虚之與先天,何嘗一字之相襲耶?科舉之文行,而考亭扼腕矣,嘗曰:"近日讀書人少,科舉時文之弊也。讀書時擬作時文,將來雖朝廷大典禮,亦信手拈合出來,不知一撞百碎。"噫!弊至此極哉!然而有明三百年,理學、節義、經濟、詞賦諸名臣皆出科舉之中,大都先輩寢食經史,沈浸濃郁,厚積而發之於文,故成弘之渾灝、嘉隆之閎博、啓禎間之雄肆,雖其中源流正變不同,要無枵腹以當文人之目者。

士固有志,寧能奄奄氣息乎?執事之於江西十三郡,有風行草偃之效,即以其地之先賢牖其地之士子,甚易也。夫廬陵學昌黎,而無一字襲昌黎;南豐學永叔,而無一字襲永叔。故言,心聲也。文章特學者之一端耳。往者吉水解大紳,始以大庖西封事顯名,其所爲詩,弇州評之:"河朔大俠,鬚髯戟張。"屠赤水亦曰:"學士陗厲,迅快蔚然。"國初名家乃委巷俳優不根之語,往往托之解氏,則以倚馬之致豪而撚須之思寡也。若南城圭峰羅公,每爲一文,鍵户沉思,幾於含筆而腐毫矣。此二公者,遲速敏鈍亦不相襲,而要之可傳於後世。至於制舉文字,陳艾章羅四先生出,精光氣魄直抉造化之秘,雖不能盡軌於理,然要不可謂非文中之雄也。江西多士,奉執事教以肆力於文,其於先正之風猶有存焉者乎?陶汰凡庸之後,當有湛深經術者輻輳而並進。譬諸水,疏其壅遏,濬其行潦,而導自積石、龍門,則洋洋大觀也;譬諸玉人攻玉,去其碔砆,而登其天球和璧,則煌煌廊廟器具也。執事風指所及,士曉然知好古矣,更憑軾而觀焉。質取其清者,而又欲其蘊之閎;骨取其勁者,而又欲其氣之腴;格調取其老蒼奇特、光怪射人者,而又欲其安雅凝重、可以振囂而起靡。試之論以觀其識，試之策以觀其才，試之表以觀其對揚賡拜之度，試之判以觀其剖決剸割之能。而士之枵然者不得進於執事之前，則讀書學道之實可覩矣。

比聞執事拔單寒，振淹滯，拯人之急不啻身受，稱人之善不啻口出，則又驚歎此古大臣宰相之事。而執事之器量已備，是以側身南望而有言焉。伏惟執事省覽而裁答之，幸甚！臨楮惶恐！

與姚給事論賦役書

頃於邸抄中見閩督姚公請革里長一疏，不覺斂容敬起。蓋天下小民之窮，不窮於正供而窮於雜派。雜派之弊不盡始於有司，而往往由於群蠹。夫所謂群蠹者何也？有經承之蠹，有差役之蠹，有城市歇保之蠹，有豪猾表裹之蠹，層累而上之，以至於有司長吏之聲名日以壞，黎元之膏血日以枯；而中飽者，群蠹也。群蠹望風蠶食，皆指里長爲例，所固然耳。白晝攫奪，而文之以當年之名。千條萬緒，統稱之曰補庫。官取之里長，里長取之排年，排年取之花户，終年稱貸，逐月輸將，而正供之逋欠猶自若也，十年輪當之，磨累不堪。於是有以編餉南漕分任，變十年爲五年一役者矣。而經承、差役、歇保、豪猾層累而疊出，抱薪救火，焰且燎原，前役未完而後役又至，奔走道路，無時休息，伺候衙門，衽席以之；不以耕讀爲職業，而以城市爲生理，鄉里淳樸之俗蕩然而無餘。是顯虧者在正供，而陰壞者人心風俗也。

若行自封投櫃之法，官按册以徵收，民照畝以完納，即敲扑不施而輸將恐後，何則？完一錢則有一錢之券票，完一兩則銷一兩之由單。官徵官解，而箕斂之術不出於額外也。里長之名革，則官有清廉之聲，民有樂利之實，庶可保而富教可加。法誠無便於此，其不便者群蠹耳。

若因循沿習，日甚一日，科派繁則正餉缺，正餉缺則徵比勞，徵比勞則揭借營債多，揭債多則逃，逃則田荒，田荒則賦無出。當此之時，民欲學點金之術而不能，官欲保飲水之操而不得，官民俱困，而群蠹者肥酒大肉揚揚得意也。嗟乎！邦本之謂何？而堪此朘削乎？姚公急救一時之疾苦，而又恐變法者之隨其後，是故仰請天語，勒石以垂永永。臺垣諸公念切民瘼者屢請以此法通行天下，誠有見於良法之行也，小民歡若更生；而耽耽而思破壞者，群蠹也，此勢不兩立者也。

聖德好生，天覆地載。察吏安民，巡察有遣矣；水旱災荒，賑恤屢行矣。然循察猶有待及之地，賑恤猶有待澤之人，惟良法畫一，普天共遵，則民力裕於平日，雖小有凶年而不能災。官箴肅於典常，雖有僉壬簧鼓而無以及於花户編民也。今幸矣，命九卿、詹事、科道會議具奏矣，民命根本於是乎在，國家久安長治之大要不外乎此矣。先正謂："士大夫爲善，唯立法濟民爲大。"此法立，上有益於國賦，下有裨於民生；近之有拯於閭閻之阽危，而遠之有關於風俗之淳古。由八閩以推之各省，六合同風，九州共貫，天下含生之倫沐浴歌詠於罔極矣。區區慶幸之忱，不覺縷縷，惟足下省覽而留意焉，幸甚！

與河南林學使書

執事以寓内之望掌中州文教，使六經四子之大義日星麗而雲漢章，一時有志之士用其聰明才力於實學，而發爲敦龐渾穆之音以進於古，何其幸也！往者，信陽何大復崛起弘正間，與北地李獻吉齊名，其所爲制舉文字温厚爾雅，到於今讀之猶若新發於硎焉。中州風氣視四方最爲深醇，而又得大雅以爲之枹鼓，今之爲信陽者行且項背相望矣。

歐陽文忠公嘗言："學校，王政之本。"東萊吕成公謂："學校不領六官，非簿書期會之事。"以此知教化風俗尤爲人才之要領，而振興鼓舞，執事之功於中州者甚遠且大也。賓興既竣，執事作人之功已見於天下矣，意者採録鄉賢名宦，釐定祀典，其次第舉行歟？夫彰往勸來，闡幽立教，此學使者事也。

先大夫起家孝廉，署湖廣長沙醴陵諭，再補諭河南南陽之淅川，考最，超遷知陝西直隸興安州，以剿賊守城功擢漢中太守。生平孝友清介，大節載縣志、府志、《湖廣通志》《大清一統志》《全楚文獻録》，崇祀鄉賢陝西名宦祠矣。乃漢中之守未任，興安刺史僅逾一歲，而淅川之諭實歷三載。當是時，文教蔚興，竟有蘇湖之目，至今父老子弟猶有道往事而泣下沾襟者。德嘉零丁孤苦天壤間，不孝子也。先宜人苦節鞠育以有今日，顯揚無狀，不得比於人數。今以待罪翰林，幸逢覃恩下逮，而風木之感，諷《蓼莪》而自等於鮮民，此亦大賢君子之所憫惻者矣。若省風問俗及於南陽，淅川之人有以名宦俎豆爲請者，伏乞垂鑒而留意焉。若先大夫，淅水得有春秋，則惠露旁流，直與伊、洛、漳、汝汪濊於無極矣。德嘉自通籍以來，未嘗有隻字通問於仕路，而今乃冒昧上姓名於左右，以執事仁人錫類於中州也。臨楮拳切！不盡。

上湯潛庵先生書

《全楚文獻録》之刻，敝鄉陳省齋盛事也。昨呈者劉千里一家言耳。有明三百年名家具在，集成煌煌大觀哉。德嘉偶窺陳長公行篋《劉集》，中有先賢諸傳、諸志銘，亟上之左右，以供史局採録之萬一。

千里家藏未刻書尚未公諸海内。然即兹集觀之，叙事謹嚴，讀之令人起敬。嘗言："有明宦竪之禍比於漢，寇盗之禍甚於唐。士大夫烈烈捐糜頂踵者史册猶不乏人，而至獻、闖蔓延之際，郡縣望風瓦解，捍禦之臣抑何寥寥也！"以是於先大夫墓志銘大書："殲劇寇，保危城，以爲張、許再見。至没後，逾年見形睥睨，死且不忘君國，使得仗鉞專閫王文成、韓襄毅豈得專美於前！"嗟乎！先大夫守興安，其城危於纍卵，賊一歲攻之者四，誓不破不休。先大夫身冒矢石，以譙樓爲廨舍，先宜人日夜古井上待不測畢命焉。向非廉潔之操有以感民心於平日，則守不固；非忠貞義烈有死無貳之氣有以申大義於行間，則戰不勝。戰勝守固而城以完，此千里之所以大書也。而先大夫孝友質行，里父老至今能言之。没後四十餘年，而有鄉賢之崇祀，興安之請祀名宦亦如之，以此知直道之在人心也。

嗟乎！先大夫往矣，不孝孤所爲顯揚者安在？每一念至涕淚雨下，亦靦然視息耳。今當大賢君子直筆闡幽之日，倘有當於採録焉，不孝孤感且不朽矣。又先大夫遺墨裝成卷，恭請賜題，什襲藏之，以傳於無窮也。臨啓惶恐。不宣。

上王大司寇書

拜别以來垂十年矣，揵户荒江，遠近書問都絶。一日劉明府枉過，敬述翰示，紙尾有垂問卑末數字，悚栗銘感。伏念人生出處，任運通塞菀枯不足言，惟睽違大賢君子最爲不幸，業無指授，拮据徒勞，即或操筆學作文字，而不經宗工繩削，終不敢出以示人也。

京蒙檥棹殷勤勞問，茶酒間具言軺車南向時恭承面命、過詢陋巷光景，停杯諦聽，念此知己之言，愀然雪涕。曩妄乞先大夫一傳，已荷俯允；尋失路踉蹌，不遑申請。然每讀昌黎、廬陵諸集，竊歎生當其時，人得邀片言隻字遂與作者並有千古，以此區區未遂之懷猶未嘗須臾能釋也。頃於《穀城山館》集中讀《瑯琊公傳》《司徒公墓志銘》，輒命兒侄鈔謄成誦，告之曰："此新城公家乘也。"自于文定公以後，代有作家爲之纂述，到于今奕葉趾美，光遠而逾有耀矣。

我先大夫姓名若得入《新城集》中，視穀城之傳何如哉？不孝五歲而孤，先宜人口授《孝經》《論語》；八九歲時聽説先大夫居鄉居官事，十財記其一二；及里先輩作行狀、墓志，亦敘次有未盡。今偶於里人架上抽得東粵朱進士集，序言有先大夫名，感愴涕洟，挑燈作《往事録》。

嗚呼！親有善而没之，不孝通天之罪尚可逭哉？不揣地分懸隔，爲此再三之瀆，若俯垂哀矜而賜之傳，即古人所稱盛德事也。小刻三種，附呈左右，使十年來晨夕鑪錘，亦不至學殖荒落若斯之極也。冒瀆尊嚴，臨啓惶恐！

再上王大司寇書

前奏記冒瀆尊嚴，實藉手京蒙也。邑子索京蒙邸第不得，則轉投修予閽人以歸，至今引領北望，未審得達左右否？

所懇者先大夫一傳，蘄託諸大集以有千古；若不果拜賜，是先大夫没世而名不稱也。昔張中丞、段太尉賴韓、柳二公大書，千載下猶有生氣。先大夫之禦賊興安，視中丞、太尉衹欠一死耳，艱險盤錯，克保孤城，屬有天幸，然竟以勞瘁殞命，齎志於敘戰功遷太守之日矣。先宜人冰蘗餘生，流離轉徙，鞠五歲孤兒以有今日。所爲顯揚二人者安在？

幸出入大賢君子之門，乃旅進旅退，曾無以邀華衮之光。夫五刑之屬三千，而罪莫大於不孝，司寇科條其能逭乎？先大夫當公車旣兟時，奮不顧身，周旋吴磊石先生之難，歸其櫬於江夏。吴公大節具在《三楚文獻録》，而先大夫已矣，其軼見於東粤朱進士所著《丹木稿》之序言，序出前己未進士陳公鍾盛手。更歷亂離而舊槧猶未磨滅，不孝得諸藍生架上，欷歔哽咽，以有往事之録此其隱現之故，若冥冥中有司之然者。夫先人有善而蔽之，張、許兩家子弟材智下，韓公所爲惋惜。後之爲人子者，奈何低頭效諸？漢稱田叔、孟舒等十人及田横兩客、魯八儒，史並失其名，陶公念操行之難而姓名翳然，爲之拊卷三歎。省覽至此，不孝容身尚有地耶？

槁項黄馘，日與田父菜傭爲伍，纖毫無所(冀)[異]於日下。惟是區區明發之懷不能自已，謹盥漱焚香九頓首，械牘以聞。若俯示哀矜，而光照汗青焉，則曾子固所謂傳世行後無疑，而數美者一歸於先生，即不孝之遇亦可稱千載一時矣。臨啓無任惶恐瞻依待命之至！

附：司寇復書

客夏休沐里居，辱尺素遠賁，曾有數行謝復。在里中，席未暇暖，初冬即趣裝北來。入都晤胡修予宫坊及河九、悔人兩敝門人，略悉起居。

弟以陳人久玷清班，頻年以來，海内故人以道義文章相劘切者零落殆盡。老不知止，顧影自憐，每思同人中如老先生古貌古心何可多得？同心離居，悵悵奈何？先公傳久稽報命，耿耿不忘。初秋病肺，注籍浹旬，始得脱稿，不識疲苶之餘尚能闡揚大節之萬一否？兹屬河九馳上。

悔人云：自吴門水行，當維舟一訪高齋，不知能果所願否耶？佇惠嗣音以慰懸跂。不備。

謝大司寇王公爲先大夫作傳書

不孝接家傳，伏讀五六日至於旬，時仰天而歎。新城先生纂著，皆懸諸日月不刊之書。往者，不孝館閣陪侍杖屨且八九年不能得，而今乃得之，岩栖谷汲、濩落窮巷之年，求諸古人中疇有是遭逢也！

不孝五歲而孤，先宜人口授《孝經》至“立身行道，揚名後世，以顯父母”，輒掩卷流涕，不孝蒙稚不省所以。迨稍長讀書，悟先宜人哽咽悽愴之意，而先宜人不及見矣。先大夫居家居鄉行事，宜人牀頭縷述頗悉；若京華交遊、仕宦、閱歷暨守危城，破劇賊，中間委折，十未聞其一二；迨公車晤淅川候選别駕李佺龄，始知有割俸歸司訓秦君之櫬於西蜀一事；官翰林時晤興安歲貢士劉應秋，始知郡人當年廟祀先大夫，到於今水旱禱祈猶應若景響，此又一事；歸田以來，從子啓江偶抽藍孝廉家架上書，得東粤朱君《丹木稿》序，有先大夫周旋死友侍御吴公一事。不孝與兒孫言：鄉賢祠舉於先大夫身後之四十八年，秦豫名宦舉於身後之五十三年。先大夫藏書，一毁於獻賊，再毁於左良玉亂兵。而《自警》一編以盧秀才首傳藉去，幸存歸不孝所，而先人手澤乃有今日。

先宜人嘗病篤，遺誡勿用未亡人茹荼集蓼、慘目傷心之事徵詩索文，爲兒曹作羔雁以遊於人世。當是時，不孝年十四，謹識之。厥後每逢生辰忌日，吞聲而不忍言。迨通籍詞曹，恭承覃恩貤贈，至再焚黄泣告先靈，此非兒干請所能致也。先大夫遺唐遊擊書，前輩倪闇公書後。闇公言：先公若入明史列傳，當在以死勤事之列。其却例金，還俘掠，賑飢埋胔，視渤海較難；而卒保孤城以報天子，視睢陽較苦。不孝雪涕，唯諾而退。竊念直承明日久，從諸先生長者後，臚陳家乘，或有憐厥志而書之者，一旦襆被踉蹌出國門，則抱憾終天矣。昔曾子固《上執政書》乞將母，以爲得諸吾君吾相未有易於此時。不孝先宜人未嘗沾升斗禄養，已矣。區區表章先君一念，竟與耕牧傖父爲伍。嗚呼！《蓼莪》詩忍再詠乎？言念至此，則先生之施於不孝爲何如？而能須臾忘之也？

與孫祭酒書

省來書，北嚮翹首者累日。天下之人材聚於太學，大司成模範而冶鑄之，其爲課也勤，其爲令也肅，其科條鼓勸之捷也如置郵焉。士君子得時行道之樂，孰有逾於此者哉！昔子輿氏以教育英才爲三樂之一，然後車數十乘，從者數百人，致傳食諸侯之誚。若生當鎬京辟雝，其徒未必非馮翼孝德也者。前朝之官祭酒者，若樂公韶鳳、劉公崧、陶公凱，皆以博學名，而魯文恪日焚香讀五經，清德尤著。然數君子所成就人材，史傳未嘗指數。惟陳公敬宗之官南雍也，有關西楊解元鼎試禮部下第，上疏願入南監就公學，報可；其後學成，禮部貢舉第一人，殿試第二人。當是時，北監祭酒李公時勉約束生徒，身教嚴，海內有"南陳北李"之目。由是觀之，祭酒之課最，唯視館下生徒耳。

執事績學砥行，爲人師若是之久，所得士且遍天下矣，僕請退食之暇尚留意本教焉。制舉文字，先輩大家皆從經史鎔貫而出，故能各自名家。生平之品行事業，絶無依傍，毋論在朝在野，皆卓然有以自立，無他，其根深也。風氣屢遷，要以原本經術爲無弊。而天下之學子趨向咸以成均爲鵠，潛移默化，所裨益甚深。考亭先生學校貢舉之議，即不得著爲甲令以取士，稍稍師其意用爲程式，引後生於經史之路，其利溥哉。唐建中初，金吾將軍裴冀言曰："若使禮部布告天下某年試題取某經，某年試題取某史，及期果然，亦勸學之一術也。"冀爲此言，歎經史鮮實學耳。然唐人大率攻《文選》之學，其應試亦不至張空拳、挾垂槖，若三家村之爲八股者。八股沿習，優孟衣冠，不思培其本、澄其源，而第欲蹈空以爲高。後學材質不齊，有畫虎不成者，置經史於高閣，弊將安極？前代《詩歸》之選，初主空靈，馴至元氣蕭索彈駁隨其後，到今遂爲厲禁；雖曰物極則變，而人之受其害者多矣。士大夫爲己之學，首以好高爲戒。姚江一派，非欲害人也，而其徒龍谿、緒山假尊師煽羽翼，滿街聖賢，遍地語録，土苴傳注，糟粕前賢；末流乃有何心隱、李卓吾，漭蕩潰决，不可收拾，此豈姚江逆料所及哉！

古今天下非無材之患，自以爲材而不遜志於學則大患。宋人如王安石、邢恕、李清臣，其言皆足以劫天下，而其人實以禍天下。若周、程、張、朱、東萊、南軒、西山諸大儒，則言行著作百世以俟聖人而不惑。是故擇術不可不慎也。學校之在省府州縣如列宿，而成均則斗杓。大司成閎覽博物，率本教以昭示四遠，則語所謂登高而呼者乎？上以報一時之知遇，而下以友教來學，傳之無窮。惟留意焉，幸甚！

與興安知州劉君裕公書

曩在長安盤桓，諸貴游屈指博物君子，則耳明公名甚熟，雖未得通刺納交，然心竊識之。古之人不必生同鄉居同地，而讀其所爲書，輒如共寢食笑語。蓋言者心之聲也，而書又言之精者，其相見也，豈待形面哉！南旋以來，京師通問嘗絡繹不絶，而著作刻成者遠莫能至，於是有離索之憾焉，至大集則徒勞夢想矣。

頃之部下劉貢士應秋寄《興安州志》一部，且曰："向來匆卒，摘摭未粹。"今大賢君子毅然以文教爲己任，方修葺廟學，竣厥事即裒輯志乘。其所著《石癡集》數十卷，秦州已家傳户誦，僕聞之怦怦心動，遂急欲致書左右。先大夫曾守是州，身後五十餘年而入名宦祠。其時祠屬創搆，尋被水災頹圮。今釁序僝工，則名宦俎豆皆得拜賜，爲人子者望風銘泐，感何可言！會屬吏白河知縣王嗣衍爲寒門所得士，藉令上函鳴謝，附有先大夫守危城《遺唐通書》稿，修志時可入藝文集中。詹詹小言，追述當年已事，詞雖不文，亦實録也。州志若汗青有日，尚欲作小序以揄揚盛事。

應秋貧而嗜學，興元人士中不可多得，幸沾惠露，亦讀書之報耶？州有陳君心山諱大計者，起家孝廉，國初官揚州司李，其生平可入鄉賢；聞其苗裔單寒，惟明公俯詢而留意焉。臨楮馳泝，不宣。

上館師京江公書

荒江寂寞，隱几沉吟。忽憶柯亭槐樾，恭承提命，邈若霄漢，掩卷三歎者久之。又追憶潦倒公車之歲，妄以蚓竅及階，生紙粗謄，即覆瓿猶當怯穢，而我師乃留之至於數年之久，此真古人弘獎事也。

虞山錢宗伯極推西涯相公茹納士類，所成就甚多。然其時游西涯之門者，大率負雋才可與道古，碌碌如德嘉而亦旅進門墻，能無恧乎？長吉受韓公格外之遇，而竟無所立，惜之者曰："人不可以無年。"德嘉幸有年矣，然光陰亦虛度，日莊誦先大夫《自警編》以當鞭策。先大夫所手録者，宋儒言行。德嘉今於元明二史中摘摭成編，元十之一，明十之九，分類標目，悉遵前編之舊，而篇數較繁，計滿六百葉。

猝難繕寫，謹以《〈自警〉緣起》呈之座右。

五歲孤，賴先宜人畫荻之教以有今日，而濩落止於此。讀歐陽公《龍岡阡表》，輒欷歔侘傺，不得比於人數，此亦我師之所閔念而無可如何者也。

與舒嵩嶽書

春來晴暖，足下當鼓柁西征至沙岜傳經以淑來學。緩頰慫恿有力人翻刻《楚紀》行世，功不在刻《李文正集》下，何則？文正一家言，《楚紀》則全楚文獻於是乎在也。

敝里後學有趣僕於江漢書院設講帷者，僕内省則不敢，又以爲似不必，故以篤疾辭之。漢人無道學之名，而質行厚德有後來所不能萬分之一者。管幼安涉遼海，風波大作，回念生平止有"一朝科頭，三晨晏起"之愆，足招天譴，此豈有纖毫粉飾之詞立於狂瀾鼓蕩之際者哉？若石慶之合門孝謹，楊伯起之却金暮夜，閔仲叔之不以豬肝累安邑，黄叔度之所至傾動人倫，師友推轂，揄揚不容口，而言論風旨未嘗有意表見於當世。諺曰："桃李不言，下自成蹊。"漢時諸賢近之矣。若甘陵南北部之譏，揣及宋洛蜀諸黨之釁，皆由生徒門客扳援附會而起。明時東林君子退閑講學，固自謂力追古人，然卒貽黨人之禍。當建首善書院時，有身死璫禍之君子力言其不可，蓋亦久有戒於此矣。若蔡清夫、劉念臺諸先生里居，招携同志，第以砥行誼，礪廉耻，綱紀倫常，嚴辭受取與之介，杜高談闊論之弊，孜孜矻矻，恐涉於鄉愿之路，非爲講學可以博名高厚實而爲之也。善乎，震川歸先生之言曰："聖學具在六經，經明則道明矣。惡庸講哉？"夫不敦實行，不亶心經史，而第高冠大帽爲鑿空之談，於身心性命何與？而簧鼓後生一倡百和，相率以講壇爲生計，此又宋元諸真儒所髮指而手戟者也。江漢書院，瞿慕川先生教人之所。今試取瞿傳讀之，其居家、居鄉及應接師友、却聘、著書，生平有一不可以對人言者乎？登其堂而躬行不逮，此則僕之所大懼也。

江干寂寥，無可告語，敬以布之左右，惟足下平心覈實而賜直諒之教焉。幸甚。

復張藕灣書

虞山毛舉竟陵詩句，於寒河駁議尤多，大有砥柱之力，然排斥北地似亦太過。其叙次陳仲醇生平，微詞抑揚，不逐俗論推許，窺見至隱，亦屬特識。於海内不甚知名之士極意表章，即一篇一句亦存之，甚有其詩已逸而猶述其人者。然契合松圓詩老，贊揚亦似逾涯。

《列朝詩集》首載元明之際諸公，亦不無自寓之旨。然此書流傳數百年，人物於是乎在，後來竟無繼起，而編緝者即求如曹能始、石倉園集，留意網羅，亦不可得矣。大約山林鍵户著書之人，欲搜羅天涯詩册實難。而世路奔馳，以尺幅爲羔雁者，其時日有不遑暇，而丹黄甲乙亦未必允當乎人心，此事之所以難也。

來書云粘天之濤，終歸清晏，蓋亦燕居深念讀書博物鮮其人耳。若時下奔趨，似亦便於不學之人。廓庵若在，其扼腕浩歎，亦與尊旨同矣。

與張藕灣書

横渠先生祠修葺當主本祠，立説見張觀察木本水源之思，誠爲盛典。

而子安牽引赤松，不知何所依據。呈詞漢永平六年奉旨建祠竪坊，《通鑑》《綱目》俱不載。《史記》云："願棄人間事，欲從赤松子遊耳。"留侯之言若是，未知實有其事否。《索隱》曰："赤松子，神農時雨師，能入火自燒。崑崙山上隨風雨上下。"留侯亦未言從赤松子何地。史稱留侯學辟穀導引輕身，會高帝崩，吕后乃强食之。留侯不得已，强聽而食。後八年卒，葬黄石冢。《括地志》云："漢張良墓在徐州沛縣東六十五里，與留城相近也。"子安大都沿襲委巷舊聞，未遑深考。呈云載在史志、郡縣志，訛繆不可深數。此健庵先生於《一統志》，俱以廿一史爲據，中有《考異》一條，荒唐者直芟薙之。金石之文，以信今而傳後，未可草率下筆。

足下博極群書，想於家乘参訂尤晰，煩將德化赤松鄉、瑞昌赤湖來歷見示。鄙意第主横渠舊祠作記，而一切傅會影響之談俱略之，則文筆簡潔而無後人彈駁之患。足下若以爲然,則寓書子安,使彼胸次豁然,勿以赤松仙迹名鄉苟求傅會也。表章理學大儒,自足千古,此亦文家争上流法。唯裁示爲望,揮汗脱一稿並呈郢正。若有札寄子安,屬其於我輩文字萬勿任意點竄!幸甚!

寄周載公書

讀書學道人,最與冷澹相宜,古未有讀書學道而不冷澹者。然惡衣敝履闌入講堂,而道學先生驟信而收之,宋明皆有此輩。以此益知能甘冷澹之難也。辦定披裘帶索,則無所不可矣。少陵云:"千秋萬歲名,寂莫身後事。"亦有激而然,其實人患無可名耳,身後亦不寂莫。君子疾没世而不稱,則雞鳴而起,孳孳爲善矣。洛子來,茗椀間時將此義互相提挈,不負生平。古人有定力在,勉之!

居業齋文稿　卷十三　跋　書後

澤州陳公壽言跋

天下文明太和之氣，在文學侍從間。時則高都師陳先生掌院事也，諸大掌故、大纂修上悉俞允以行。而壬戌南宫之役，師實董焉，成進士者凡二百人，官翰林者三十有五人。人手一經稟師教，堂上接武，堂下布武，濟濟矣。師躬行表率，敦本實，遠浮囂，以蕲進於古。大指謂："經術之盛，三代後則推漢。有丁恭之弟子鍾興者，授上經且侯，而固讓臣師恭也，請得侯恭，而後及臣。蓋古人之尊師若此。然鼂錯受《尚書》伏生所，伏生，長者，而鼂顧刻深以智囊顯，何耶？孟長卿受《易》田王孫，而别引陰陽書博丞相掾，上以其改師説不用也。多士識之，法戒具在矣。"群弟子唯唯，謹受教。

仲冬長至三日爲師生辰，群弟子奉羊酒，人賦詩以獻，詩旅進，屬德嘉跋其後。德嘉不敏，蓋嘗聞之塾師云："孔子之道與柱下史異，孔以道壽天下，故先天下而勞厥身；柱下史以道壽身，故逸厥身而後天下。今師之道，壽身壽天下則體用兼焉者也。迺者靈臺眺望，馮相氏若見五色雲縹緲天際，德施化溥有以也夫。"師聞是言而陶然色喜曰："善！"爲群弟子人舉一觴。

張氏遺書跋

菊偶張先生嘗著《存心録》，其言與程朱相表裏；《孝友家箴》，辭簡而義已盡，視顔柳家訓尤質。先生學道著書，不求聞達，蓋潛德君子也。

遭時亂，播遷箐莽間，生平所纂著一夕盡燬。乃村莊田父皮閣塵封，遺楮猶存。令子五階村行避雨，邂逅老人，止宿雞黍，道故板屋上隱隱字痕躍出，五階取歸，今梓之以藏家塾。余讀而悲之，古人質行格言入蘭臺石室之藏者，蓋什一耳。山巔水涘，隱約以終，其身名湮没者何可勝道！《南史》：戴顒及兄勃，受琴於父。父没，所傳之聲不忍復傳，各造新弄。《北史》：劉孝綽善草隸，自以書似父，乃變爲别體。此皆感傷手澤之意。若五階則不然，遺稿之得也在世變之後，屬有天幸；而《存心録》《家箴》又非琴書技藝可比，梓之可公寓内，豈直家塾哉！

五階偕余同舉壬戌進士，榜放後相對欷歔哽咽，蓋俱傷先人之不待也。先大夫遺書可三萬卷，避賊洲居盡火。唯手書《自警編》一帙，載宋儒言行，及守興安破賊，遺唐將軍書稿爲親舊藉觀，歷亂離幸在，不孝長跪泣請而藏之。五階之有此稿，得諸二十年之後，與不孝之得先稿同，以此知造物呵護，良有深意。而士大夫立身立言，唯自爲其不朽乃可傳也。書竟，與五階交勉之。

題王待詔《剔耳圖》

王待詔墨妙籍甚。南唐有羅漢十六軸，宋初賈人劉元嗣齎入京師，質錢一僧處。贖時僧執不與，成訟。太宗時，尹京得此畫入大内，越十六日登極，都人目爲應運羅漢。事載《宣和畫譜》。吴興夏文彦士良嘗品畫成書，名《圖繪寶鑑》，言待詔好作山林丘壑，寫道釋人物，别有思致，無朝市風埃氣也。

《剔耳圖》屬王晋卿家物，端明一跋足千古矣。今落舊楕手，委余題識。余瞢於畫理，寥寥數行歸之。或有疑言之太少者，舊楕舉嚴子陵賣菜語作答可也。

讀《近思録》書後

宋有周、程、張四子，明大道而身體之。其書則六經也，其言則孔、孟、曾、思也，其悟則天命心性之微，而其事則彝倫、日用、家國、天下之大也。

考亭朱子嘗盡心焉，而有《近思》之録。首言性之本原，道之統體；次言爲學之要，致知之方；而深之以存養，謹之以克治，此修己之道也。施之家，而綱常倫紀惟天理是循；歷之出處，而去就取捨惟古聖賢是則；論治體，則坐而言起可施行；論治法，則禮樂、刑政、師田、學校秩如也；論政事，則理朝莅官、事上拊下、交同列、選賢才，衆善備焉。由是進則行道以達之天下，退則明斯道以淑學者。教學之法，斯世賴之，此皆治人之道也。修己治人，惟日不足，故時加警省焉。道著矣，辨别異端，以爲人心之坊。人知嚮學，則告以聖賢相傳之統，而人極立焉。是書也，朱子與吕成公採摭旬日而成之寒泉精舍者也。

嗟乎！人之有思也，可以之乎千萬里之遥，可以溯乎千百載之上，而放乎千百載之下，然而朱子近言之若此，何哉？曰：此非朱子之言而古聖賢之言也。子夏言求仁，則學欲其博，問欲其切，志欲其篤，而思欲其近也。子思列言擇善之目，則博學、審問，而繼之以慎思。慎也者，欲其近也。孔子言君子之思而約之以九，九者之思，皆欲其近也。蓋聖賢之學之難如此。雖然，畏其難而諉之，則溺於功利，遁於佛老，得其門者或寡矣。朱子慮夫窮鄉晚進有志於學而無明師良友以輔翼之者，以爲得此書庶幾爲四子之階梯焉。然則後之學者讀是書也，想見周、程、張子之心，又想見朱子、吕子汲引後學之心，則不敢畏其難而諉之。然由朱子之學以求周、程、張子之學，由周、程、張子之學以求漸進於聖門之學，又安敢見爲易而驟語高遠之域哉！

《吕忠節公傳》書後

前明南京兵部尚書新安吕公，諱維祺，字介孺，號豫石，學者稱明德先生。當崇禎十四年，死寇難於洛陽。事聞，賜祭葬，贈太傅，謚忠節。國史大書，家有傳，墓有志銘，隧道有表，公於是乎不朽矣。

皇清順治辛丑，公仲子兆琳成進士，康熙癸亥官至福建道御史。德嘉待罪翰林，識御史，得觀其家乘，把卷欷歔久之，歎曰："後之讀忠節公傳者莫不韙公之死。要之，死豈公所難哉？惟當退食守封疆，破家以饗死士，造膝藩王，忠謀讜論，臣力竭矣，而卒至揕胸斷脰於逆賊之手，此實難耳。"嘗怪明季廊廟大臣大都門户水火，而摧折勞臣任事之氣，士大夫晏安家食，輒封殖積著而不恤細民之急。夫民窮，寇之資也，斬木揭竿，景趨響附，獻、闖滋蔓實由於此。有司奉甲令以乘城，驅餒民而介胄，小不應，鞭笞隨其後。而朱門繡閣，米紅貫朽者，無涓滴之施以及閭左，曾不念執干戈以登陴者爲誰守也。天子推轂而遣大帥鑿凶門賜尚方劍，任綦重矣。然敵愾不效，輒以剿撫互劑，養癰而延旦夕。賊之利在流，而專閫者任之，飢附飽颺，所至如破竹。公奉封公命，傾倉庾以賑飢存活，洛陽數萬人起之溝壑。當是時，福邸之富且敵縣官，公數屏人爲王言："大王貴則天潢，尊則有土，安危枯菀與國一體。即鼠竊狗偷遠在陬澨猶思剪滅而後朝食，矧塗炭中原，烽燧且徹王宫也者？大王何不散萬金以犒軍士，固守危城？洛陽安，即宵旰少慰矣。"入以告於王，出則垂槖裝犒士以倡之，冀幸王之一悟也。亡何，逆弁紹禹二心於賊，城陷而王縶，遇諸周公之廟，乃始伉慨諫王曰："死耳！不可爲宗社辱！"嗚呼！王至是而思老成之言，晚矣。

初，光廟崩，公甫郎中吏部也，百官請見新君，閹中阻而公獨厲聲大義責之，乃見熹宗慈慶宫門。及群閹導駕幸小南城，公走勸閣臣請駕勿輕出，鹵簿迺還。愍帝朝進官卿寺，則疏陳八漸，言極切直。上置公疏御榻，每省覽動容，咨嗟良久。遷南户部，則剔欺隱，清屯糧，興鼓鑄，鑿鑿施行，軍實以足。帝議遣中官省視九邊兵馬錢糧，則首疏："中貴預政，熹宗已事未遠，履霜堅冰，惟陛下戒之！"賊劇秦豫間，則豫憂鳳陽陵寢單弱。公之忠誠憂國如此。嚮使非忌公者齮齕而阻公之大用，即何至賊勢狓猖至此極哉。然公里居，戮盜首王之典，繪《飢民圖》，進《孝經註疏》，與服官之勤奚異也？公生平亶心《孝經》一書，口指手畫而力行之。勇戰敬官，其氣沛如。城陷日，豈有降尚書哉！公生平樹立矯矯，理齊獄，不以强宗廢法；誡鄉人，不以權閹建祠；覈覆奏，不以曹郎媚冢宰；清銓路，不以師恩故狥其介弟。至於絶命之時，北向拜闕，西向拜父母，從容就義，非學有本原能定力如是乎？

《午亭文集》書後

輯座主澤州陳先生《午亭集》，凡八十卷。校讎訖，作而言曰：聖人之道在六經，經明則積諸身，措諸家國，天下皆是也，而不必尸其名。古之大臣有庸言質行，平澹無奇，而一時文人學子鮮能及者，范文正公是也；有甚惡乎標新鑿空之無益於天下，而網羅舊聞，捃拾散軼以成經國之大業者，司馬文正公是也。薛文清、羅文莊在朝、在野，無赫赫名而《讀書録》《困知記》闇然日章，其衛道也力矣。先生之學以雒閩爲宗，大都奄有六經，而湛深於《易》。王輔嗣解從厓略，旨尚模稜，先生排之斥之，爲其作過江人清談之俑，而古經編次之撓亂爲可惜也。揚子雲潭思渾天，冥搜遠索，先生能之而不肯爲。其於辭占象變，澄觀紗悟，井井鉛槧間。若《尚書》、若《毛詩》、若《三禮》《三傳》涣然冰泮，沛若江河，即辯駁先賢而實發先賢未盡之藴。上知先生深僕，直講筵數十年如一日，是則文清、文莊生平未有之遇也。

初，先生奉庭訓，口不言禄利之路。世父侍御公插架萬卷，兄庶常家食時與先生晨夕討論，其根柢如此。又審擇交游，應接簡少，研席酬倡必海内所稱賢人君子。故於微言大義之剖晰，毅然以斯文爲己任。蓋自起家翰林，累官大冢宰，陳謨亮工，言必底績，啓西清東觀之藏，總領諸後進，參伍折衷，所裨益甚大。釐定樂府，登奏雅歌，又頏頡韓柳，誦揚一代之豐功駿烈，光照汗青。先生之學富有日新，而先生之勤亦於是乎極矣。夫大臣立言與經生異。經生者，奉一先生之言，墨守訓故，稍稍潤色，以專門之言鳴當世；又伏處草莽，旁摭稗官野乘以爲談助；甚者，託爲逢異人，受異書，令一時講席不能難，故其爲言往往無關於天下。若夫大臣，所志者堯、舜、周、孔之道，修詞立其誠，所以居業。矧事今天子，濬哲文明，好問好察，廣厦細旃之賡颺獻納，左宜而右有，豈不難哉！豈不難哉！學者濫泉之未溯，而盱眙漭沆，亦徒勞蠡測耳矣。

題徐俟齋《芝譜》後

嗚呼！此長洲孝廉昭法徐先生遺墨也。先生崇禎壬午舉於鄉，甲申遭國變，乙酉尊人詹事公死難，遂蟆伏窮巷爲前代逸民。

山陰高士戴南枝遊吴門，與孝廉友善。孝廉卒，孤孫不克葬，南枝身任買山，垂簾賣字，篆籀、八分每幅售百錢。越二年，窀穸事竣，南畇彭侍講賦紀事詩五章，東南人傳誦之。而孝廉當窮餓日，有《却餽金書》，南畇覽之，作歌略云："十日一水五日石，淋漓尺幅供齏鹽。"中丞湯公嘗訪之，鄰人言孝廉上冢去，不見，亦不報。其苦節如此。余嘗東望，慨然太息曰："嗚呼！孝廉往矣。"即欲拜其里門墓道，亦徒託諸空言耳，有如萬分之一。及睹其零編隻簡，幸甚。然久之竟無所遇，山榛隰苓，朗詠古詩句而已。

蘄州馮生衮章持此册來屬題，爲浣手書厥庢略，告之曰："歸諸庋閣者，善藏諸。勿與趙松雪畫手齊觀。"更購得南枝法書一引，即匣底衝星雙龍劍矣。

讀《廣濟縣志》書後

金公之純，字健之。父楚濱公，隱居教授。生二子，公其次也。兄之鈇，棄經生業，楚濱俾主朝夕，而心器公堪大受，授以家學。兄既孝友，能順父指，殷勤佐弟誦讀，而自待輒薄，嫂洪亦如之。公聘李氏，有室仍秉家政於兄嫂，而出授徒以佐孝養。

會歲試，邑令劉公諱胤昌，桐城人，進士。號知人，一時所取皆英彥士，而公與焉。督學使馬公諱人龍，太湖人，進士。拔置第一。萬曆乙卯舉於鄉。公事父暨兄嫂，蒸蒸怡怡，家無二爨。四上公車不第，署醴陵諭，丁外艱，服闋補諭淅川以績，擢陝西興安知州。興安隸六邑，阻塞困於賊荒，而民剽悍善鬭，尤難緝御。公壹以仁和撫之。五閱月，賢聲籍籍。已而流寇忽傅城大譟，公倉皇登陴授兵，誓以身殉。丁壯皆義激殊死戰，賊稍却。會久旱，夜半雨大注，城塹暴深五尺許，賊引去，或曰忠感也。賊伺水涸又至，一歲中瞰城者四。久之，糧盡且陷矣，公遣人檄旁郡游擊將軍唐通爲援，而夜縋敢死士數百人會襲之，斬獲甚衆。時賊方群飲歌舞，砲發擾亂，渠魁數十人殺且盡，餘舉營遁走。賊退，民飢且疫，公設粥食，調醫藥，存活數千人。御史以狀聞，朝議擢守漢中。會疾卒，年僅四十六。時崇禎甲戌九月也。櫬歸，州人焚香送道上，跣行三十里，父老呼曰："公歸公所，寇來殺我。"逾年寇至，州民見公絳衣大幘立睥睨間，故至今思之，廟祀焉。

公卒，而長子德崇年十三，入縣庠；次子德嘉甫五齡。兄子德中、德大，皆諸生。李宜人循公志，與兄子同居，二子與兄子同學。田不滿百畝，老屋僅蔽風雨，皆與兄子均。旋以兵燹渡江，結茅以居。而教二子益嚴肅，雖奔竄流離不使廢學，出入必稟命牀下曰："汝毋忘汝父。"崇、嘉後皆以學行著，世其家，里中稱"二難"云。

右縣志先大夫傳，德嘉讀已，仰天太息曰："嗟乎！先大夫所爲極難耳！"賊以數十萬衆，自蜀入漢南。大軍在楚平利、洵陽、西鄉、石泉、漢陰，賊乘勝轉戰，所至如破竹，而獨挫於興安。當是時，先大夫躬冒矢石，衣不解帶者四十日夕。嚮令非援兵出其不意，賊視此城摧枯拉朽耳。宜人嘗曰："賊圍城急，旦暮且破，我嚙指告大夫毋以室家爲念。脱有急，後園古井吾所也。"嗚呼！豈不難哉！江居火，獨存先大夫畫像一軸。忌日生辰，宜人祭且哭，誓不令兩兒廢學，以報先大夫地下。壬癸，歲洊飢，貸粟於富人，俟其至也而後舉火。舅氏謂宜人困矣，來勞苦宜人。而宜人意自若，正與兒説古貧士節操及感憤讀書狀，亹亹不休。舅氏以爲難。嗚呼！不孝何如子也？而能不悲哉？

《自警編》書後

嗚呼！此先大夫遺編也。不孝五歲而孤，先宜人口授《孝經》《論語》。逾年受業李先生於東鄰之竹風館。李先生，諱奇觀，字大復。先宜人之伯兄也。旦課於先生而夕背誦宜人所，宜人摩頂誨："兒毋惰！"數舉馬牛襟裾語爲誡。又嘗言先大夫故手《自警編》指爲人鵠，"而今失所在，兒將奚鵠焉？"當是時，不孝蒙昧，聞言而弗省也。

八九歲時，翻李先生几上書，得《自警編》，目愴恍動容。先生熟視良久，曰："孺子亦知《自警》緣起乎？昔汝王父楚濱公潭思聖學，裒輯宋賢言行録，都爲一集，顔曰《自警編》。汝父未補學官弟子時，言動兢兢，已書是編奉爲程式。予借觀而鈔謄之。汝從祖太和先生爲學宫諸生祭酒，授徒柘湖阪，亦舉是編以訓弟子，然弟子鮮有誦習者。"言已，扃諸篋。蓋不孝方學爲科舉文字，先生不以是爲孺子課也。越數年，宜人見背，先生尋卒。會左良玉亂兵自武昌下金陵，數百里之郡縣村落焚掠爲墟。李先生之書散亡且盡，而《自警編》不可復見矣。

癸巳，得先大夫守興安危城時遺唐游擊一書稿於族子。先兄，諱德崇。拭几展讀，有盧生諱首傅，字小相。來草堂，摩挲歎息："尊公守興安，當崇禎甲戌。流賊自蜀走秦，所過城輒破，而獨挫於興安。一歲凡四圍城，糧盡且陷，尊公用蠟丸書檄旁郡唐游擊通來救。聞尊公寢食埤堄間數十日夜不内顧，李宜人坐後園井上爲死所。當此之時，危於纍卵矣，而字畫莊勁若此，猶與《自警編》類，何其整以暇耶！"先兄憮然，辟席請曰："足下安所得《自警編》乎？"盧生具言："異時從君從兄爾孩諱德大。游，偶見此編，乞之去。爾孩下世，是編秘吾枕中。避亂太白湖上，左手挈理學書一束，右手抱一兒。舟覆，書没於水。亂定，購求得之。編猶是也，而丹黄點黵不侔參半焉。"詰朝，辨色輒款盧門索書。書出而欷歔，涕泗不能讀。盧生從容言："君第持去，償我以副本可耳。"再拜，受之以歸。命諸弟子分鈔，浹二旬而竟。盧生曰："嘻！甚矣速。顧余非欲速者，欲得一手書耳。君毋乃憚勞乎？"對曰："謹受教，雖十易固所願也。"逾三月手書訖，盧生納諸櫝。而以前分鈔者遺廓庵劉先生，以廓庵嘗觀是編而急欲借鈔也。

先兄得是編，每欲鋟刻未果。康熙丙辰貢上春官，載之行篋，擬刻於燕市。舟行百二十里，暴病而還，尋卒。是時不孝教授安陸府，祇携得《遺唐游擊書》稿。壬戌官翰林，承館閣諸賢題識，裝潢成軸。歸田，捃拾元明先哲庸言懿行漸成帙，時時用以自警。命洛子敬書先大夫原稿，從子啓江讎校，汾子詮次之。痛念先大夫躬承楚濱府君庭訓，弱冠輒師古人，於家爲孝子悌弟，服官潔廉，得民死力。當洪文襄公督秦中，疏言秦事大可憂之歲，而能破劇賊保孤城以報天子。身後五十餘年，興安人請入名宦俎豆，追誦功德，焜燿碑版。蓋先大夫守興安一城，而紫陽、白河、洵陽、漢陰、石泉、平利岩栖草伏之餘民襁負入城，而存活者無算。寇退，飢且疫，則糜設於廠，藥缸盛於衢。不幸而物故者，官區岡阜爲叢冢。先大夫以是勞瘁致疾。朝議擢守漢中府，拜命而弗克之官。興安人合錢買劉上舍楷櫝以進，宜人鎔簪珥，括衣裘，佐以法書名畫償之，念曰："大夫守興安，止飲興安城下水耳，毋以是累身後名。"宜人扶櫬歸里，李先生素服郊次，仰天長號曰："嗚呼！公所志庶幾坐言而起行矣，夫奈何不假以年也！'蓋先大夫卒時年甫四十六。而先是周旋死友吴御史諱裕中。之難，年甫三十八。吴公死廷杖，逆璫爪牙羅織，楚人不敢視含殮。先大夫奮不顧身，歸其櫬於江夏，一切死生禍福無足以動其心。大都自楚濱府君庭訓之日，此志已定也。

不孝不逮事我先大夫，惟是祗奉慈母提命以有今日，無能尺寸竪立，荏苒蹉跎，今且髮種種矣。拊斯篇，萬感交萃，言止而意未盡。又伏念中壘《七略》得歆以有成，然史稱歆之行不稱其學，可惜。鄴侯充棟書，而子繁僅以插架聞天下，亦可惜。書以自誡，並爲子若孫誡也。

讀《李先生隱逸傳》書後

《楚通志》纂修既成，而廣濟有李大復先生入《隱逸傳》。李先生，德嘉舅氏，且師也。於是德嘉聞而欷歔久之，歎曰："嗟乎！古所謂齎志以殁者，其李先生歟？"兒時聞先生與人論史事，大指謂士大夫氣節事功真實爲難。如汲長孺之面折公孫丞相，不拜大將軍青，至使武帝不冠不見，而淮南王爲之寢謀，氣節若此，漢廷有兩哉？宋則韓稚珪、司馬君實、范希文諸君子之立朝，决疑定策，捍禦大難，功在社稷，歷歷可指數，此之謂真事功。若班固譏司馬子長是非頗繆於聖人，而其議論嘗排死節，不敘殺身成仁之美，是以失足於竇憲。而陳同父之大言，使試之用，未必不如殷浩也。其持論謹嚴，大率類此。

先生試，不售於有司，而從遊之士日益衆，布衣大冠，望之若神明。先生怒，勝冠者免冠受楚，徐整冠復位，誦如故。曰："慈母有敗子，今師之爲母者何多也？二程寬嚴不同，吾寧爲伊川耳。"先生與先大夫垂髫交，手鈔先王父所輯《自警編》各一册。已而先大夫官陜西之興安州，且行，先生曰："《自警編》中操守、經濟、忠愛、惠澤，皆古人學力所存。今力行始知古人之學，然力行愈知古人之難也。"先大夫守興安，以治行聞。先生喜，寓書勉焉。當是時，親故書問填委，先大夫省視之，裁答而已。獨揭先生書於座右，退食，繞廊行讀，讀已，歎曰："大復愛我！大復愛我！"已而，流寇圍城，先大夫與先宜人訣曰："致命遂志，吾與汝伯兄大復有成言矣。"以是固守逾月，竟保危城。蓋先生與先大夫學問切劘之益如此。

向使先生膺一命得行其志，必有可紀，乃竟以隱逸終也。嗟乎！

英雄之困於草澤者，可勝道哉！

讀《可亭篇》卷書後

今海内之望大司寇環溪魏公，巍然如泰山喬嶽、凛然如冰雪嚴凝之不可近。而廣濟劉千里曾以明經貢春官，爲人山野木强，交遊蓋寡。當是時，公獨高其行，與之交，稱爲漢江學者，賦五言律詩四章以爲贈。千里瀕行，賦《可亭篇》别公，其歲爲順治乙未。到於今逾三十載，千里亦已下世，而公猶拳拳念之不絶口。

嗟乎！紵衣縞帶、緑酒紅亭之什，遍滿長安衢路，方之於此爲何如哉？公子中書舍人學誠與德嘉同舉康熙壬戌榜進士，交猶近古。公既歸老寒松堂，會舍人之官，乃手授兹卷，屬德嘉書其後，以德嘉千里里人也。千里富於著述，而家極貧，其已行世《芝在堂集》，乃邑人合錢以刻者。又所爲《楚先賢列傳》及德嘉先大夫志銘，已選入《三楚文獻録》中矣。其家藏未刻書猶近百卷，異時搜輯而公之海内，則余與舍人事也。舍人補官甫數月，輒以省覲旋里，余亟書而郵致之。

書廖氏家傳後

明太祖賢故元大夫福壽，旌之予祠。已而官故元學士危素，偶念其失節，遂竄去不用，蓋以節義風天下也。功臣中廖永忠勞績最鉅，乃止封侯而不公，卒坐事死。議者謂宋主在滁州，太祖遣永忠迎歸應天，至瓜步覆舟死，帝心弗善故也。夫韓氏托名宋裔，一時群起擁戴，度如楚漢之奉義帝耳，非素有君臣之分也。項籍既使人殺義帝，漢亦不過藉縞素以屈項籍，何嘗以其生死爲重哉！太祖是時已不復北面之勢而猶黜永忠之功，其爲天下萬世立大義之防者何凛凛也！至南渡時乃追謚永忠武勇，蓋人臣忠於所事宋主之不免，永忠之於太祖則忠矣，易名之典固其宜也。

德嘉讀澤州陳公所爲廖氏傳，益歎闡幽章教我公之功偉焉。初，武勇兄永安死張士誠之難，得謚武閔。孫銘、鏞受學方公孝孺，奉成祖命召孝孺草詔。及孝孺死，人懼禍莫敢視其屍，而廖氏兄弟獨往慟哭收葬之。以此得罪，戍金山衛。銘、鏞雖不能不曲從君命於前，而猶能直報師恩於後，廖氏之世可謂有人矣。迨明末造，且三百年，武勇之苗裔自金山徙居松江。大兵臨城，其居衛堅守，猶有刎頸城樓以死者，子殉之，家二十餘口俱殉之。

嗚呼！廖氏之節義與明祚相爲終始也。太祖之激勸，於是乎無窮矣哉。我公網羅數千年之史事，折衷大義，予奪褒貶粹然天理民彝之。公平居一嚬笑不肯假人，至於表章前哲，則洋洋纚纚，揭日月而行中天。蓋以古來開創之君，其精神風指往往周數百年之人心風尚而握其樞紐，是故秉史筆者生數百載後，低徊慨息若或見之。衮鉞所存，非苟而已也。

魏果敏公贈張鞠庵詩卷書後

大司寇蔚州魏果敏公，正色立朝數十年如一日，危言危行有士大夫所難者。年老善病，上念之，賜參賜鑼無虚日。御書"寒松堂"，捧歸里第。其里居也，三數耆舊蒼顔皓首爲真率會，子弟孫曾輩侍酒炙，有香山洛下風。子學誠，成康熙壬戌進士，官中書舍人。予告歸養，仲子以庚午舉於鄉。皆祗承家法，爲三晋知名士。

鞠庵張君，順治己丑登第，出公門，筮仕棗强令。公賦詩送行，且勸勉爲循良吏，大指如元道州，而蒼渾沉雄過之。大令謹受教，之官有廉能聲。令嗣晋金接三藏此卷，余覽之愴然，於師友淵源之際重有感也。昔昌黎韓公言士以出於大賢君子之門爲榮，鞠庵之受知果敏，不徒以進賢冠爲光寵矣。嗚呼！公往矣，張氏世世子若孫寶之，豈與平泉莊之一木一石等哉！

書朱信昭册後

古人學成而仕，故所至皆有聲績可紀。濂溪先生初主分寧簿，邑有獄，久不决。先生至，一訊立辨，邑人驚曰："老吏不如也。"明道初仕鄠縣，判宅中藏錢，片言而决。南山佛首歲放光，檄僧取觀之，至期不復有光。考亭知南康軍，講求荒政，多所全活。訪白鹿書院遺址，奏復其舊。爲學規，俾守之，人文翕然興起。三先生之入官，皆不欲以赫赫名動衆者，然所樹立，聰明才辯之士常不能及。無他，神定而志不分也。

同年朱君信昭知臨淄縣，行有日，告諸師友，索書宋儒居官格言及薛文清《讀書録》各一紙，裝成卷，將以置諸座右。余於是知朱君之學矣。長安送行，例有歌詩，朱君曰："是册成，即詩可不作。"蓋朱君之志如此。文清之差管湖廣銀場也，同列以爲賀，先生舉古詩云："此鄉多寶玉，慎莫厭清貧。"至則手録《性理》一書，潛心誦讀，思有所得，即秉燭書之。其爲政，黜貪墨，正風俗。抗疏罷沅州銀課，湖北之民永利焉。《讀書録》有云："韓魏公、范文正諸公，皆忠誠爲國之心，故其事業顯著，而名望孚動於天下。"羅整庵謂文清"蓋實有此心，非徒爲此言而已"。今朱君學成，而志乎古君子之道，其施於有政若建瓴也。余故書諸編端以祖之。

《志矩齋讀書圖》書後

矩者何？天則之具於聖心、聖學之不息於天下後世者也。天不能留聖人之身以待後之學者，聖人留矩以待之。然聖人能以矩待學者，而不能必學者之人有其志也。學者未嘗親炙聖人，而毅然學聖人之學，惟有志則然，抑幸夫聖人之矩不與聖人之身俱往焉耳。

長洲彭雲客先生，行年七十，而以"志矩"名其讀書之齋，旨深哉！七十以前，皆先生績學之年，從遊者日衆。先生慮夫學子之言浮於行也，以是名齋，蓋身教云。夫學以講而明也，然或遊於講學之門，而騰口説以尊師，馴至溢於師傅之外，語録曼衍，非其先生科指之所及，則逾已甚。聖門之有《論語》，無所爲而爲之者也，後人叫號一先生之言，闌入己之所爲語録，以自名一家，自以爲羽翼師門，實無毫髮益。讀聖人書，乃至窮大而失其居也，則何如彭先生之志矩爲自得乎？

嗟乎！聖人往矣，聖人之矩具在。於《易》見聖人之與伏羲、文王、周公，一矩也；於《尚書》見聖人之與二帝、三王，一矩也；於《詩》三百五篇見聖人與二雅、三頌、十五國風諸作者，一矩也。《禮》行於鄉黨、宗廟、朝廷，擯好會，聘友邦，從容罄折，不勉而中，無非矩也。若夫志在《春秋》，行在《孝經》，則萬世之人臣人子之矩莫大乎是矣。有宋周、程、張、邵、朱、蔡諸君子循乎聖人之矩，躬行心得，神明變化出焉，於是筆之於書。儒者幸生其後，望矩而趨，耻材力之不逮耳，而敢放言高論乎哉！彭先生少而質行孝謹，老而莊敬日强，粹然古人爲己之學。葑南先生繼厥志，瞻依几筵，事亡如存也。居官勇退，里居之日，嘗多所校讎鏤刻書，大都本趨庭舊聞，用詔來學，思慕不已，繪斯圖焉。

記曰：今世行之，後世以爲楷。皇哉圖乎，其爲楷也卓矣。學者苟有志於聖學，瞰厥圖而觀省焉，庶不懵於所之哉。

程母康太君死節詩書後

永寧程母康太夫人死節於甲申之八月，到於今垂四十年矣，京師士大夫聞其事而詠歌之。太夫人有子曰福亮者，今總戎興安，爲名將；而農部止水於總戎爲同堂兄弟。於是總萃詠歌之什，且成卷。余把卷低徊久之，揖農部而言曰："嗟乎！太夫人豈知有今日哉！"當群盜蔣雙溪陷東宋寨時，纍纍就縶者不可勝數，人道澌滅且盡，而太夫人以一死存之。至於兩月後出之叢屍中，容色猶未變，天鑒之矣。當是時，總戎帶劍詣任，帥幕府誓不與賊共戴天。已而手提賊頭拜奠於太夫人冢上，可謂壯士。然呼天搶地，腸寸寸裂矣，豈復知有今日哉！

余嘗追論往事，大都明季朝野元氣剥盡於崔魏，而盜賊起而乘之，如獻如闖，蔓延潰裂，以至於亡。若蔣雙溪之起嵩縣，狗鼠耳；然以逆亂言之，等賊也。崔魏伏誅，獻闖皆隕命矢石，蔣雙溪斷脰於河底村民之手，亂賊何嘗不滅。然當其挺身烈焰之中，有死無貳以拒之，是爲難耳。是故史氏大書人臣而死璫禍、死闖變，日月争光矣。若孀婦之不屈於寇盜，彼非有爵命於朝，又非有詩書陶淑之素也，而一念忼慨，以至於此，豈非天性乎？嗟乎！世有視死如歸之人，而人道常存於千古。彼偷生苟活者，當其飲啖視息，靦然人面而生理已朽矣。然則聞太夫人之烈而不欷歔感歎歌之詠之，豈情也哉？

農部紹伊洛家學，質行君子，余故抵掌而肆言之。於是知孟氏所謂浩然之氣塞乎天地之間者，皆無所爲而爲之者也。

居業齋文稿　卷十四　墓志銘

平南知縣殉難贈按察司僉事周君墓志銘

君諱岱生，字青嶽，一字雨山，江西九江府德化縣人。順治十一年拔貢，康熙二年除知貴州平越府餘慶縣，四年丁内艱，七年補廣西潯州府平南知縣。

十三年，會吴逆叛，寇盜蜂起。有羅智、吴懷玉、黨繗、成德爲亂。夏六月，破梧州府，攻平南。君倉卒練武生、義勇、鄉兵、狼兵，出討賊。距城七十里曰大峽口，與賊鏖戰三日，陣斬渠魁歐倫，賊稍退。秋七月，引衆來。距城五十里曰武令峽口，君擐甲躍馬，陣斬賊千總吴飛龍。而賊攻益急，矢且盡，義勇甘沛如、黄琬、謝可能、馮登相、黄洪統、唐自勝、賴勝、盧耀經、覃健標、盧帝善、何龍、胡八、李滿、林貴、周福、劉兒、賴翳子、余盛陳等三十餘人戰死。君退，保城二十一日。賊圍城，援絶，自寅戰至午，城陷。賊縶君往潯州，脇君降，君駡賊不絶口。二十五日，經桂平和墟社。妻楊氏自剄死，殯於路，不及瘞，有董經歷英瘞之墟場側。八月初二日，賊誘君降，君駡賊："何不速殺我?"遂遇害。長子儒且哭且駡，賊慘戮死。有楚人吴建明殮君以棺，瘞於潯州府城外西關上結塘官橋南。儒藁葬。

當是時，君仲子儻在楚。久之聞變，走廣西。遇蒼頭周甲，具知戰守殉難月日，尋父母兄瘞所，詣巡撫都御史傅忠毅公軍門言狀。檄察周令被難家口，俾完聚，具疏，且報聞。亡何，忠毅公亦殉難死。二十年夏五月，儻具告潯州孟知府，府上其事。七月，巡撫都御史郝公面詢儻，惻然傷之，特章請恤。十月，儻收三骸，殮以歸。比行，平南人路祭巷哭，紳士誄，庶人扶櫬走，且祀君於廟。儻歸里，會聖恩追録死難者，吏部議：得廣撫疏稱原任平南縣知縣周岱生闔家殉難，應照例贈按察司僉事，廕一子入監讀書。禮部議：給全葬價，行江西布政使給致祭銀兩，遣官讀文致祭。制曰："可！"於是儻入監讀書，期滿，監咨吏部聽除，以知縣用。二十三年春三月，奉誥命褒録。嗚呼！君於是乎不朽矣。

君忼慨明豁，勇而善斷。其爲治，以興利除害，立紀綱，正風俗爲先務。令察視鄉村户口，例遣衙官。君至餘慶，則單騎行部里，民不費一錢而民數具悉。餘慶荒徼，俗信左道。有妖僧以符咒禱祠惑衆，一村民延至其家，久之與其婦通焉。村民夜半自外歸，僧方擁婦共卧，驚起，婦倉皇披緇，僧衷婦衵。械至君所，君庭訊，案已具，詰其人曰："有婦如此，盍鬻諸？尚可再娶。"村民叩首曰："不願也。"君壯其言，出橐金賞之。而奸僧奸婦立斃杖下。是時君已丁内艱，護理縣印。僧黨誣訴於府君，星夜馳報。守廉其實，檄縣捕僧黨杖之，驅出境云。

其治平南也，下令禁婦人之燒香寺觀者，罪坐其夫。已而有犯者，逮其夫治之，民匿其少壯而以羸老來，冀倖免。君曰："稍姑息，令不行矣。"竟扑之。自是境内肅然，道無游女。縣署有樹，大數十圍，父老相傳數百年物，常有怪若婦女然。家僮扳而上，若有拉其腰膂者，言訖墜而死。君怒，大書張樹上："詰朝某刻，且伐樹！"家人惶怖："樹若爲祟，且有害！"君弗聽，竟伐之，而怪亦息。

先是，縣民何某亡賴，盜牛以爲生。族衆惡之，沉於河。其子勝雲尚幼也，及壯，不治産業，其母誡之曰："而知而父之所以死乎？"勝雲愕然，母告之故，遂誓爲父報仇。夜入首謀者之家，斫其首而出。尋擁火炬繞屋行，大呼曰："盜至，我來救耳。"族人何之乾者，素與勝雲有隙。勝雲旦詣縣，以盜報，且曰："此必之乾所招。"君疑之，遣捕役廉訪各村，無所得。及庭訊之乾，竟弗伏。君乃齋戒，牒城隍，宿廟，一夕夢吕仙投之以詩。覆訊，呼左右鄰人問曰："若知勝雲之父爲何如人？當年得死所乎？"衆叩頭曰："盜情即此可得矣。"呼勝雲上，詰曰："汝誠壯士！爲汝父報仇，有諸？"勝雲色變，君念曰："得之矣。"復至城隍所，焚香拜禱，而械兩造訊之。勝雲色變，君曰："盜情已露。"勝雲叩首，具服，遂定案。勝雲抵罪，而之乾得釋。平南人遠近傳誦,以爲神。

有老賊陳四者,盤踞大同山垂三十年,剿捕不可得。君出奇計招之,復至其巢曉譬利害,曰:"王師且至,吾生汝。"賊感泣,誓終其身無反。君曰:"盍隨我至縣城乎?"賊敬諾,於是至縣署,賜之食,厚爲之裝而遣之。其後吴逆之變,他縣賊皆响應,唯陳四不受僞職云。

君治平南,一如治餘慶。而平南市荒民少,君捐俸招集始至,城内草屋數間,期年,商民大集。平南俗窳,廛居不産蔬菜。君教以播種灌溉之方,而畦畝鱗次相屬。田老荒弗闢,君招撫粤東流民後先可千餘家,三年報墾。事聞,紀録至於再。君嘗言:"起家儒術,幸得專城百里。無以報國恩,惟黽勉爲廉能吏,以免瘝曠。"其素所樹立如此。變起,倉卒而以身殉,蓋義不反顧矣。

按狀,周世籍九江。始祖萬鑑,娶郝生福三;福三生旻山,貢生;旻山生勝宗,貢生;勝宗生繼,同知;繼生仕高,同知;仕高生慶,四川布政司參議,娶陳,封恭人,生在,弘治甲子舉人,雲南師宗州知州,娶楊、吕,封宜人。楊,嫡也,生鍊,庠生;娶廖,生瀚,庠生;娶王,生之冕,河南襄城知縣;娶譚,封孺人,生光俊,廩貢生,是爲君父;配劉,生子四,長嵩生,郡增廣生;次即君,娶楊宜人,殉難者也;次岐生,德化縣庠生;次豳生。君生於前辛酉十一月二十五日,卒康熙甲寅八月初二日,享年五十四。楊宜人生於前癸亥五月初八日,卒甲寅七月二十五日,享年五十二。生男二:長儒;次儻,廕監生,廣東鎮平縣知縣,余先兄子壻。孫男七:世淳,庠生;世濟、世澤,太學生;世潮。自世濟以下,皆余外孫也。孫女五。曾孫男□。

儻奉旨營葬,以某年某月某日葬君於某山之原。楊宜人祔焉。儻以知君者莫余若,故以志銘爲請,余竊見君生平忼慨多奇節,鄉人稱之。其居官,所至有惠澤及於民。而楊宜人賢,有婦德。且臣道婦節無大於死難者,故爲並書之,俾藏諸幽宫之石。

銘曰:

是爲忠臣烈婦之藏,雲山蒼蒼星漢光,保艾爾后熾而昌。

封徵仕郎翰林院庶吉士路君墓志銘代

康熙二十三年秋九月，覃恩侍從臣各以其官推封。曲周有路安卿者，以子元升官翰林院庶吉士敕封徵仕郎。冬十有二月，元升授檢討。於是安卿且就禄養矣。明年乙丑春二月，卒於曲周之里。冬，檢討營葬，而以狀寓京邸請銘，且曰："先府君行甚高，而未爲世用，故不大顯於世。雖然，古之人亦有未用世而傳於後者，則惟立言之君子采其行事，原其志而表章之，敢請！"余不佞，蓋嘗觀海内縉紳大夫之家，輒合前後數代以知其人而論其世。若曲周之有路氏，自中丞以卓識偉略顯名天下，而君之賢爲之子，今檢討又繼之，其亦可謂世家矣，廼據狀而志之。

當有明天啓、崇禎間，中丞起家進士，令涇陽，課最。入爲御史，疏言時事十大弊，又疏劾首輔冢宰，朝右憚之。甲申寇亂京師，中丞奉璽書巡撫鳳陽。寇南窺，中丞開府淮上，防禦却賊。君甫垂髫，遂贊畫幕府機宜，如老成人。會擒得僞將，縛之竿，令兵民叢射之。君三發三中，觀者籍籍"路公子神勇"不絶口。

居亡何，中丞丁母曾太夫人憂。會道梗，寄其家於蘇州之洞庭山中。時閩中立君，而中丞有舊恩，招之甚迫。中丞間關海隅，君從，中道忽相失。有强帥擁重兵者留之，欲字以女。日置酒，屬參軍從事款曲道意，君不爲動，至脅以兵。於是，君按劍仰天太息曰："嗟乎！人生不得行胸懷，有仗劍死耳！某廣平血性男子，父方奔播，自有室家不遑恤，而乃闌入茂陵女家如司馬相如之爲乎？"帥聞，意少解。遂留書記室，謝絶之，乘間微服南去。已而遇中丞公於廣州之海上。逆旅人曰："孝感也。"

方是時，閩廣已内附。中丞積憂憤祈死，成疾，疾甚，逾益憤，湯藥不入口。君夜焚香禱北辰，蘄以身代。長跪奉藥，七進，中丞稍稍嘗之，然竟不起，遂卒。君一慟，嘔血數升，時年十七耳。含殮竟，扶櫬行，且行且哭，瀕於毀。先是，伯兄某侍母王夫人洞庭僑居。訃聞奔喪，兄弟遇於路，相抱哭踴，哀感路人。櫬至洞庭山厝焉。蓋君之生而遭時坎壈若此。

嗚呼！以君之材踔厲駿發，使得行其志，其所就曷可量哉！迺其施於家及於交遊親戚者，曲周父老至今猶能言之。伯兄留滯洞庭，貧不能歸里，歲一南行省視。久之，患痰疾，扶掖乃行，欲往省伯兄，迎以歸，家人難之，泣曰："恐歲月不我待也。"竟力疾行，既迎歸，爲置宅一區，井臼器用悉具，割膏腴田三百畝以養。仲兄某早没，遺孤元度十二歲，元石六歲，拊教之，皆成人。有王國翰者，從中丞行，病殁，倉卒中殯殮成禮。久之，爲返櫬於其家。卜景陽者，負百金未償，疾急，以爲言，則取券面焚之。卜没後，更周恤其妻子。客蘇時，與處士顧寧人友善。偶有緩急，假顧金，絶無一人知之者。及聞寧人逝，寄償其家。嗣子來，留之肄業，逾二載厚裝遣之。由斯以觀，亦庶幾篤行君子矣。

檢討又言："先府君早慧。十三入學，制舉文有前輩大家風。性不妄交，唯與舅氏凫盟、觀仲、隨叔三申公相得歡甚，詩古文切劘無虚日。里中置祖墓祭田二百餘畝，修家譜訓族。族有貧者，節縮日用以給之。先王父建義塾縣東郭，歲久且圮，至是增葺，延師以課，弟子後先成名者甚衆。嘗曰：'人生無論出處，當有惠澤及物。'故雖居約，而親識中有賴以舉火者。不孝官翰林，手書訓誡，視兒時逾益謹。晚年亶心易理。詩格專主少陵氏，工拊琴，旁及於畫。所著有《宜軒詩》一卷，《草堂雜著》數卷，《琴譜》一卷，藏於家。"

嗚呼！士不讀書學道、慎交友、敦本行、砥礪名節，惡能傳於後世？君早能堅忍於血氣未定之日，彼其忠孝之志有足悲者，是則可傳也夫。君諱澤農，字吾徵，一字安卿。先世潞之長子人，明洪武中有諱真者徙居曲周，是爲曲周路之始祖。高祖來桐，曾祖雲梯，俱用中丞貴，封都御史。中丞諱振飛，天啓甲子舉人，乙丑成進士，仕至巡撫鳳陽都察院右僉都御史，事具《明史》。君生於□年□月□日，卒□年□月□日，葬□山之原。子□人，孫□人。

余既志其行而復銘之曰：

路氏始遷，自晋長子。六世而昌，拜都御史。都御史興，公子英英。皇矣季公，休有令名。貴不敵德，厥嗣蕃碩。金馬石渠，貤封式廓。曲周之陽，鬱鬱蒼蒼。生遊没藏，厥名路莊。華表屹屹，寢廟翼翼。筮卜協吉，于焉永宅。

奉政大夫太僕寺少卿楊公墓志銘代

奉政大夫太僕寺少卿荆門楊公,以康熙己巳夏四月予告旋里,南行甫三日而卒。令子毓健等扶櫬以歸。越五旬,同里翰林檢討胡君以太僕志銘爲請。余與太僕齊年舉進士,是時太僕年甫二十四,揚歷中外至今官,方將嚮用而太僕遘疾遽已矣。余雅知太僕生平,於其幽宫之石安可以不文辭?於是操筆而志之。

據狀:公諱佐國,字于常,號荆湖。先世江西人,有諱植者徙居荆門州之後港,遂隸籍爲荆門州人。五傳而至庠生兆麟,字焕斗,公父也。中萬曆乙卯副榜,未仕,用子貴,皇贈奉政大夫。母唐,贈宜人。贈公生三子:而太僕居長;仲佐治,早卒;季佐慶。太僕早慧,讀書目數行下,受經里中萬璧正。甫弱冠,補郡學諸生。順治庚子,偕經師鄉舉。辛丑,成進士,筮仕陝西之西安府咸寧縣。當是時,公以少年甲科爲令,慨然欲以功名自表見。遇事剸割,案無滯牘,上官以爲能。咸寧郡附郭。會大兵雲集,軍需旁午。羽檄至,倉卒屬令。夕至則旦以應,旦至則日中以應,守大倚任之。所條陳地方興革,悉允行。而公時時察便宜奏記,大府咸報可。於是大府杭公偕制府阿公交章以“卓異”聞於朝。康熙壬子,鄉闈分校,得士五人。今翰林庶常王君吉相,浙江按察使司馬君如龍,福建泰寧王令篤祜,皆所薦士也。課最,陞知商州。

商州,陝孔道也。會大將軍幕府久駐,州民供億良苦。公吏治,於商視咸寧較駿發。而州刺史視令所部户口尤多,下車則以均徭役爲先務,以是軍興,常爲諸郡最。暇則嚴保甲,勸農桑,修廟學,養老課士。久之,商州大治。乙卯,陞刑部四川司員外。壬戌,奉命補行廣西鄉試主考,蓋得人視陝爲尤盛云。復命,升郎中禮部,其司爲精膳,曹務稍簡。而公則孳孳討論掌故,曰:“稽古秩宗,職也。”廣東驛鹽道員缺,詔選用科甲能員以往,公拜命之官。念曰:“昔吴隱之廣州刺史,賦貪泉以自況。比其反也,妻劉取沉香一片,隱之命投諸江。唐李勉節度嶺南,以廉謹率屬。舟行,搜家人所畜投之江,曰:‘毋令隱之笑我!’。今驛鹽職故易稱,所勵者清操耳。”及至,勾稽纖毫歸之公帑,吏惟抱牘而已。公餘猶雒誦課子,至丙夜篝鐙達曙。一切請謁都絶,其介如此。

雅好士,士秀而文者授以薪粲,爲開導指授,多成就者,署臬篆者再。平反疑獄,嘗慘然有憂色。粤人德之。比去粤,則遮道攀轅,百里外猶有拏舟祖餞者。戊辰春,旋荆門,需次入補京堂。濒後港,引流種樹,翛然有濠濮意。己巳二月,補鴻臚寺少卿。未幾,轉光禄寺少卿、通政司右參議,尋擢太僕。會邸舍中濕及腰股,不能視事,遂以洗沐請。士大夫咸謂太僕年始服官政,其疾在肢體,藥當愈、愈且還職。而太僕竟以是終命也。夫太僕内行甚篤,仲有子孤,拊而誨之,訖於成立。課季學,嚴而有法。宗族鄰里有緩急,解橐裝救之惟恐後。持論嶄嶄不阿狥,其於佛老之教,辭而闢之斷如也。

嗚呼! 士大夫之重質行,將以有爲也。充太僕之學,可以大施於天下,而行事之可見者未宜止此。然即此亦無愧於古之人矣。公生於□年□月□日,卒□年□月□日,葬□山,享年□十。子某某,孫某某。

余既志其墓,復繫之以銘曰:

山嶒嶒,蒼以矗。水渟渟,洌以澓。藏於斯,楊太僕。俎豆馨,世年卜。泐斯銘,貞地軸,宜爾後昆綏百福。

敕封徵仕郎内閣中書舍人王君墓志銘

廬陵王君卒於里,訃至都門,長君中書舍人上選哀慼不勝。喪越五日,弔唁之禮畢,舍人衰絰徒跣,且南還,而以君之墓志銘請。余與舍人同舉壬戌進士,知舍人家世爲詳。蓋古有鄉先生没而祭於社者,其生也,郡縣大夫造廬請爲鄉人師,舉鄉飲酒禮,則以大賓禮之。君,廬陵鄉人師,且大賓也,是可銘。

君諱萬禩,字季齡,先世太原人。有諱該者官吉州刺史,遂家於吉。十六傳曰賢可者,遷居廬陵鶴洲,隸籍爲廬陵人。又數傳至宗化,生三子,季曰如鈴。如鈴生之球,餼邑庠,配彭,生子三人:長萬鍾,次萬祥,君其季也。廬陵爲江西文獻大邑,而藏書之多雅推王氏。君念厥考績學有聲竟不第,則肆力於制舉文字,以蘄得志於有司。甫弱冠，即有名。授徒，藉束修以佐孝養。彭卒，哀瀕於毁。考卒，瀕毁者數矣。遭世亂，仲齋志死，伯以骨鯁罹禍，禍且不測。君布衣諸生，家壁立，慨然歎曰："急難之謂何？其使伯氏戴盆以望天耶？"卒直伯脱於理。久之，棄科舉業，課舍人兄弟學。其言文原本經術，絶去行墨餖飣，而要歸於古，曰："言不由衷，僞學也。"康熙戊午，舍人舉於鄉，而君課之逾益肅。壬戌成進士，癸亥考授中書，需次里門，君拳拳以儉素訓，且曰："人各有志，陸賈五男子，而以所過人馬酒食爲言，是導之奢也。子以養志爲孝，若澹泊，我固安之矣。"丁卯，舍人當之官，戀庭闈，有難色。君趣治裝，諏吉以行。舟行至文水，舍人拜别上馬，君曰："兒勉旃！昔人所謂鳳凰池也。"

君里居好行其德。丙辰丁巳間，吴逆亂，里有惡少年十數輩公然爲刼，闖入君室，縛君搒掠甚楚，良久釋去。亂既定，上官按户籍詰爲亂者主名，里人大喜，馳以告。君愀然曰："事聞則邑子死於法，株連蔓引且及無辜，吾不忍也。"遂寢其事。有掘煤爲業者，嘗數十百人集羅姓宅後，斬伐其山，形家言將不利於羅族。羅欲舉族徙，君登山詰掘煤者曰："煤利幾何？而墜人之宗？若等獨無廬墓乎？"衆悟散去，而羅族以寧。君嘗以授徒貲倡復先祠，又嘗修橋梁以濟徒涉者。遇老稚鰥寡廢疾輒贍給之，多所存活。以是言出而人信之，古所謂匹夫而化鄉人者歟？癸亥歲，督學使者高僉事、郡守陳君廉君行，檄縣禮爲鄉飲大賓，君辭弗就。丙寅，湯君以文守吉安，陸君蔚文宰廬陵，則式廬而請曰："令甲設義學以質行者爲師，先生其無讓！"君辭愈固。令以名上，於是君名駸駸聞京師矣。余嘗謂：士大夫不言而躬行則鄉人化。管幼安、陳仲弓所居，人輒嚮慕，固不以禄位、容貌動人也，若君者庶幾近之哉。

廬陵俗猶近古，而君以質行倡，是可書也已。

君生於明天啓癸亥八月廿日，卒今康熙二十八年三月廿八日，享年六十有七。恭遇覃恩，敕封徵仕郎内閣中書舍人。元配郭，生子□人。舍人卜葬君於安福縣東鄉四十九都桐木炕之原。

銘曰：

武功蜿蟺八百里，鴿湖環抱桃花水。盤礴東鄉桐木岡，廬陵有道藏於此，泉清土厚宜松梓。

誥封光禄大夫巡撫山東都察院副都御史二等阿達哈哈番郎公墓志銘代

中丞郎公,以經濟顯名天下。自入官以來,揚歷中外,所至皆有聲績可紀。其巡撫山東,蓋未竟其志而卒。逾二年,令子廷模以狀來請志其墓。余不佞,逡巡辭讓不獲,乃爲志其大都焉。

狀曰:公諱永清,字定庵,世籍廣寧人。廣寧故多世家,而郎爲甲姓。太宗朝,選大臣子弟肄業國學,公以父廕補國學生。世祖章皇帝御極,初授禮部筆帖式,尋除渾源州知州。會姜瓖餘孽高山等竄伏山谷間爲群盜,公至,料丁壯,躬擐甲跨馬,率先討賊,賊望風潰,追逐多所斬獲,由是相戒不近渾源界。而鄰縣往往告急,輒發兵掎角,潛遣敢死士出賊不意,戰屢捷。賊平,績聞,升江西贛州知府。下車輒平反廖安民等冤獄,政聲籍甚。

會明帥李定國、郝尚玖等逼兩粵,大兵進勦,廷議於贛養馬。令甫下,有司錯愕,懼難應。民間譁言大兵且入城,争挈孥竄避。公相視城外教場地爽塏,區分八旗紮營,所搆棚廠具芻茭積峙如山。又搆大將軍幕府,供張器具甚設,躬前迓大將軍至萬安。大將軍至,大喜,下令兵毋得入城,於是贛民安堵如故。粵平,大將軍旋師道贛,檄贛民數千人挽舟十八灘。灘水湍激,公念縴夫中道乏食且逃,輒載米大艦尾其後。是役也,軍行夫役無缺,而贛民亦忘其勞。虔撫以爲能,特章薦。值公從子廷佐撫江西,例當回避,詔留贛候代。贛民立祠,肖像祀公。兩廣總督李率泰調閩浙,道贛,廉公治行,題補福建海防道,而銓部已除知山西汾州府。

汾地富庶,而俗故椎魯。公至,用廢王府改建廟學。徵藝考業,士風翕然一變。舊治渾源境内有恒山,距城南十五里,古北嶽也。前朝乃祭真定之恒石。國初,遣官致祭亦於真定。北嶽廟漸圮,公至汾,捐俸檄渾源新之。工甫峻,部議奉旨改祭渾源。其興舉廢墜如此。

守汾秩滿,遷山東東昌道副使。海師圍江寧,大將軍統領禁旅往討,道臨清,樓船鱗集。公履河干,鼓舞牽卒,不寢食凡五晝夜,而舟師早達江寧。未幾，奉有參藩湖廣下荆南之命。時餘賊盤踞房、竹間，鄖陽僅附郭一，鄖縣隔河，賊壘相對，垂四載未下。大兵四面會勦，陝督王公領兵來，餉饋取給鄖襄。時軍食乏絶，將士至食馬。陸路輓運由均州，均距大兵營且千里。僉議派民夫十萬，公憂之。察水運，舊有小河，久湮塞，乃建議濬河，仿古轉運法，安塘遞運，而四鎮之軍糧遂克有濟。

陞山東按察使。山東當亂後，牽染至七百餘案。公矜疑省釋，多所全活。比擢湖廣布政使。瀕行，猶有盆香泣送於路者。湖南之有分司，自公始。公經營指劃，户口田賦，條目井井，皆可爲後來法。衡、永、寶三郡苦粤鹽爲累，公詳請改食兩淮，至今便之。

康熙甲寅，改河南布政使。吴三桂叛，禁旅南行征討。征南將軍穆公議養馬南陽，公請移牧於楚。馬將軍養馬開封府城内，公請移營近黄河。大兵之在楚也，楚撫請豫省恊濟米糧至十萬石。豫距楚，不通舟楫，陸路輓輸，懼弗前。官民縮項摇手，無善策。公請撫軍密題於江南、江西採買解運軍前，費省而事集。公布政河南十二載，課最，加級至三十二。

尋拜巡撫山東之命。方以治河南者次第施於山東，迺甫下車而疾作，遂卒官矣。當是時，長公廷樞官嶺南布政。公寢疾，馳諭曰："吾自起家渾源，歷官至今，艱難險阻備嘗之矣。國恩未報，唯兒曹勉諸！"

廷樞又曰："癸丑冬，都城有楊起隆、黄才逢者，糾聚奸人謀不軌，先中丞覺察，立擒之。不孝廷樞赴部言狀，上俯念犬馬微勞，詔從優議敘。廷樞詣吏部言：'發縱指示，廷樞父也。'先中丞聞而譙讓廷樞曰：'縛賊，臣職也。何功之有？而喋喋分疏爲？'廷樞以是具疏，未敢上。先中丞不伐其功皆此類也。"嗚呼！若中丞者，庶幾古所稱社稷臣哉！

公生於天啓庚申年九月廿七日，卒於康熙二十五年十二月廿八日，享年六十有七。祖國，仕廣寧，諸生，父一鶚，皆以公貴，累膺誥贈。公元配毛，繼配賀，皆贈一品夫人。子八人，長廷樞，前授階光禄大夫，二等阿達哈哈番加四級，官廣東布政使司布政使。次廷模，候補知縣。次廷極，河南都轉運鹽運使司，加飭管鹽法道。次廷棟，候補知縣。次廷槐，次廷槤，次廷樾，次廷枚。女三人。孫男三人，孫女五人。廷模等卜以某年某月某日葬公某山之原。

銘曰：

於赫中丞，卓爾幹濟。屢策奇勛，馳驅王事。渾源之南，北岳峨峨。公舉廢墜，秩祀無訛。公功良多，書其大者。薄海而遥，誰其匹也。所積既厚，其流孔長。於何而徵，視此銘章。

朱恬野先生墓志銘

崑山朱恬野先生，以經學爲人師。東南學者從之遊，多以儒顯，由是古學大興。先生子而琦，舉康熙壬戌進士，解褐需次，里居而先生卒。逾三年，聽除輦下，以狀屬德嘉志其墓。嗚呼！年壽有時盡，而教澤之在人心則無窮。東海先賢有后蒼、衛宏者，皆以注經講學傳後世。若恬野，何多讓焉。德嘉與而琦齊年，知先生家世爲悉，誼不可以固陋辭。

按狀，朱故中州甲姓，唐宰相敬則是爲始祖。其後有官於宋者，扈高宗蹕，南渡居崑山中洛徑，遂隸籍爲崑山人。數傳至諱維新者，生熙洽，明萬曆癸酉鄉舉，甲戌進士，知潛江縣，有善政，累官貴州按察使司副使，晋階亞中大夫，祟祀名宦鄉賢。貴州公生萊，太學生。萊生日爍，萬曆壬子舉人，累官福建布政使司右參政，管延平府事，祟祀鄉賢。福建公生三子：伯陛臣，以貢知富川縣；仲階臣，縣諸生；先生居季。母譚恭人。原諱璧臣，更諱埰臣，字子通，一字恬野。先生早慧，甫十齡，悉通四子五經大義。十五，屬文有奇氣。福建公教授中都，會江西章大力署天長諭，見先生文，大獎賞。當是時，江西陳、艾、章、羅四子論文多彈駁，而大力獨逢人籍籍崑山朱公子，先生由是知名。尋受知會稽倪公，補郡學諸生。婁東張受先采，負盛名，先生執經其門，文益雅馴。福建公官京師，則從之京師。

崇禎十一年秋，福建公奉差臨清，在圍城中且累月。先生聞之，憂思廢寢食。明年，福建公以工部曹郎事下詔獄。譚恭人在京，而先生里居。倉皇附漁舟渡江，風浪惡，漂落金山洄洑，舟垂覆矣，幸而濟。是時，齊魯間白晝多剽劫，先生賴兩豪士掖以行。至京，灑泣拜譚恭人。塵沙蒙面，不及盥漱，走請室。先生哽咽酸楚，而福建公故慰藉之。同繫傅司馬宗龍、賀弱庵鼎、黄石齋道周咸稱其孝。石齋於是以道學節義相期許，先生敬諾。職槖饘定省，凡十有八月，有詔原出獄。先生奉福建公譚恭人南歸。會旱荒且疫，僵尸載道，土寇李青山焚掠淮北，日經行瓦礫村墟，中夜則枕戈待曙。十七年，南都立國。福建公復補冬曹郎，筦節慎庫。捐例開，庫金出納皆先生手，札記精晰，無纖毫繆誤。福建公奉璽書之閩，取道崑山。會游兵道梗，宵行晝伏。先生出奇計脱於難。又六年，兩尊人相繼下世。先生事兩兄及諸姊皆極友愛，於宗黨咸惇睦盡禮。從父涵之歿五十年，族伯叔兄弟歿，遠者二三十年，近者數年，皆不克葬，先生次第經營葬之。

少時禀家訓，貫穿經史，時時從外舅輞水問業。博聞强記，游京師，於政刑理亂、人材消長、朋黨顛末、邊疆要害、宦豎竊柄緣起，歷歷可指數。令通籍服官，當大有所建竪，以顯名天下。遭時齟齬，絶意仕進，竟以布衣諸生老矣。先生故家子，然食貧，家無長物。與元配王孺人相敬至白首，而課而琦兄弟最嚴。授徒且數十年。子婿李備五少孤，先生教之，迄於成。王建伯、李成九兄弟皆受經垂十三載。而琦乘間請曰："大人春秋高矣。"乃辭李氏講席。會王編修醇叔洗沐歸里，固請先生課其子。編修，王孺人從子也。先生往，講席程督，語輒驚座。雅好飲，雖多不亂。王編修爲而琦言："君尊人强固若此，縱令躋伏生壽，寧憂齒豁哉！"會如厠失足，歸。當卧疾時，猶追説往游京師所歷搢紳先生及有明三百年興衰倚伏，聽者娓娓忘倦。逾兩月而卒。

嗚呼！衛敬仲作《漢儀》四篇，載西京雜事，先生搜討掌故，不啻過之。后氏《曲臺記》當西漢立於學官。至明世廟，考求古禮，以近君爲禮之宗。詔崇祀孔廟，稱先儒后子。而先生質行禮讓，皆可爲後世法，先生賢矣哉。先生生某年某月某日，卒某年某月某日，葬某山之原。子　人，孫　人。

銘曰：

縹緲峰，震澤水。氣鬱盤，鍾於此。吉人藏，千萬祺。簪筆銘，柱下史。

王母劉恭人墓志銘代

康熙戊辰夏，兵科掌印給事中睢州王君紳偕其弟東明知縣繻、候選州同知組等，將擇日奉其母劉恭人合葬於其父學使公之墓，而給事子進士式穀謁余請志銘。給事以壬戌登第，官庶常，余適爲館師，於給事有一日之長，於其請誼不可辭。學使公之葬也，其同里大司空荆峴湯公方以監司里居，實志公墓，其言簡而核，質而有徵。後有言者，曷以加諸？

然當是時，給事甫爲諸生，大令兄弟年皆少。恭人以未亡人持門户，且十六七年，卒能教其子若孫皆致身通顯，父子昆弟三世踵武科名，爲睢閥閱。恭人之賢，可無書哉！古者揚厲婦德，必本刑于。於恭人之祔墓，而追述學使公，禮也。學使公諱震生，字寅東，一字去非，其世系俱詳司空志中。公生平忠孝廉潔，在朝在野，歷歷多大節，蓋恭人内助之力爲多云。劉故睢陽甲族，而恭人父諱震龍者，以行誼著聞里中。會明季天下多事，應武舉，兩中鄉試。後隱居不仕。恭人母，蔡少司馬石岡之嫡孫女。恭人禀家訓，幼嫻女紅。年十六歸學使公，事舅贈朝議公姑高太恭人以孝聞。朝議公兄弟七人，析箸後，家中落。學使公不事生産，恭人椎布操作。學使公夜讀書，則篝燈以機杼相。崇禎十五年，睢城陷於寇。又三年，而許定國殺高傑，睢州大亂。學使公踉蹌鋒鏑間，恭人從。晨炊斷絶，久之得少糗糒，惟奉舅姑，哺兒女，恭人或一二日不得食。學使公奉贈公、太恭人避亂河朔，教授東明縣陳兵憲家。束修僅資俯仰，恭人則紡織如故。

入本朝，順治丙戌鄉舉，壬辰成進士，而仲弟豸巖以戊子己丑聯第。劉君士龍，恭人叔父行也。與學使公同榜進士。當是時，兩家鼎盛甲睢郡，而恭人勤儉不減於舊。學使公里居聽除，嘗以事至和州，識其守，值和人有冤獄，力爲之白而却其謝金。歸而行篋蕭然，恭人大喜。甲午授中書科中書舍人，恭人留侍舅姑養。乙未，丁贈公憂。服闋補官，庚子擢户部廣東司主事。尋丁高太恭人憂，服闋補户部江西司主事。康熙乙巳，奉差通州坐糧廳，恭人從。差竣，恭人旋里。丙午，課最，擢本司員外郎。丁未，進江西司郎中。己酉，典福建鄉試,充正主考。是數年,恭人皆里居。方贈公之疾也,恭人度醫治且不效,解橐中裝密具含殮。比易簀,附身附棺,纖悉無遺憾。積勞成篤疾,痰嗽,迄三十年未痊也。太恭人卒于仲建寧司李署,恭人聞訃,哭極哀。學使公念仲居隘,以祖㕓推讓之,恭人大喜。學使公官坐糧廳,剔蠹釐弊,同官事有不可者,輒不署名。官刑曹,嘗以去就争一疑獄,堂官不能奪,或以"治行異等"爲言,恭人曰:"臣職也。"庚戌,擢按察司僉事,視學江西,恭人從。學使公行部,恭人留署中,鍵署課兒誦。飯蔬衣褐,猶如寒素。

是時,恭人治梱以内,故學使公得壹志於學政。屏竿牘,禁苞苴,葺學宫,修講院,廣取士額,振興古學,鼓舞人材,爲東南諸路最。會大計,督撫麻公、董公委署藩篆,則舉有司廉能者數人,而黜其幽者。行部未竟,遽遘疾。恭人力勸,請休歸里,力疾捐修廟學。居亡何,卒。恭人哀慟幾絶。長子紳,丁巳舉北雍。恭人且喜且勉之,曰:"非止足地也。"辛酉,孫男式穀舉於鄉,誡之曰:"汝童年幸叨賢書,皆先澤所致,念哉!"紳捷南宫,選庶常,甲子改授科道候補,假歸省侍,恭人喜,誨之曰:"言路要職,報稱不易也。"丙寅正月,給事工科。九月,轉兵科掌印。恭人喜曰:"升遷殊速,何以酬知遇?"繻知東明縣,恭人曰:"此吾往年避亂地,汝愛東明百姓,即吾心慰矣。"明年三月,爲恭人誕辰。東明父老子弟渡河而祝者數百人,恭人喜曰:"小子果不負吾言!"尋拊組曰:"汝兩兄以禄養矣。汝尚績學以慰吾望,勉之。"蓋恭人所見之大類如此。

先是,恭人有母,喪輒垂橐襄事。曰:"諸兄弟貧,且男女各自盡也。"恭人在通署,不及喪其父,歸而瞻畫像,輒哭泣不自勝,其至性淳篤若此。恭人接娣姒以和,遇諸姑以禮,御臧獲慈而肅。歲時伏臘,筐篚問遺皆極腆,而自奉常嗇,錦繡珠寶一無所愛。凡春秋祭祀及織紝醯醢皆有成式,宗黨至今稱之。蓋後學使公十四年而卒。給事方嚮用,爲朝右名臣。仲、季奮厲,拓先大夫未竟之業,而式穀復以少年登上第。嗚呼!盛哉!學使公任刑部江西清吏司郎中,恭遇覃恩加一級,誥授朝議大夫,恭人所由封也。

銘曰:

鬱鬱松楸,通議之藏。恭人祔之,卜吉允臧。有子既貴,給事黄門。起家翰苑，炳炳麟麟。若仲若季，紹衣趾美。冢孫雲蒸，聿成進士。瓜瓞綿綿，長發其祥。孫曾蔚起，俎豆馨香。人亦有言，惟善篤祜。通議之行，亶資内助。柱下采風，懿行則志。其藏萬年，視此貞石。

居業齋文稿　卷十五　墓志銘

翟苞九先生墓志銘

先生諱鳳翥，字苞九，一字贊經，山西解州聞喜縣人也。少時與伯兄方伯公並以學行有名於鄉里。方伯公既貴，文章功業傳天下，爲國朝名臣，而先生則竟以布衣諸生老矣。長子鴻儀，成壬戌進士，德嘉同經師門先生。訃至京師，德嘉撰誄詞，偕同年之官翰林、科道、部曹、中行若縣令者凡六十有五人致奠焉。而先是，方伯公之官楚也，開漢江書院於省城，檄郡縣推擇高材生讀書其中。德嘉執經爲弟子，遂以是歲舉於鄉，蓋與翟氏通家舊矣。鴻儀卜葬先生且有日，而以狀來屬德嘉志其墓。

據狀，先生早慧，王父贈公愛憐之，不令就外傅。六歲，從方伯公趨庭受父封公教《論語》《小學》《孝經》，口授輒解其大義。十四應童子試，邑令奇之。明年，郡試第一，補學官弟子第二人。先生既爲諸生，則鍵户村莊之西舍讀書，屏絶人事，試輒有聲諸生間。念王父績學名儒，僅以明經起家，父又數困場屋，亦漸老，則思淬厲鋒穎以高大其門户；然數奇，闈試輒不售。而内行醇篤，宗族鄉黨翕然稱之。里有争，就質，片言而解，不至具兩造。非意相干，泊如也。久之，其人愧服來謝，頷之而已，終不較，人以是益稱之。

崇禎甲申之亂，指畫固守方略，備芻糧，謹斥堠，閭左賴以安堵。順治戊子己丑間，土寇竊發，縣令鍾甫下車，城市灌莽，無衙舍，倚先生如左右手。用先生策勦捕招撫，賊衆潰散。事聞，歸其績於令，而口不言勞也。方伯公宦江西，先生往存問。返道江寧，有富商落魄，氣奄奄且死。詢之，里人也。解橐中裝拯之。越數年，貿遷積著爲大賈,詣先生謝曰:“厚德久不報!”先生愕然,其人灑泣具言:“曩壬辰,邂逅於逆旅,微公寧有今日!”先生飲之酒,誡之曰:“子誠不忘逆旅,繼自今富好行其德可也,何謝爲?”

方伯公觀察饒州,爲先生買妾,既納幣,先生辭焉,遣之歸,幣置不問。方伯公官秦臬,臨疑獄,捉筆久不下,思所以活之者。先生指牘中“素無仇怨”語曰:“此生路也。”方伯公如其言判狀,獄竟釋。前後商確諸大獄,所全活多此類。先生里居日,方伯公遺俸十金供莊之西北隅祖塋春秋祀。先生擇族人謹厚者筦其出納,用子錢建坊,松楸檜柏皆手植焉。方伯公卒於官,長子某早世,次子恂幼,先生代理其家事。及恂有室,産男子,先生夜繞階行達旦,走焚香告墓曰:“兄有孫矣。”

按譜,翟黄帝之後,魏相璜占籍安邑,數傳徙曲沃。明初有守信者自南陽徙聞喜,遂爲西門翟氏。如中丞繡裳、方伯師雍暨主政、縣令、孝廉、明經、都閫,代有顯者。守信子四人,一曰從諒,從諒生榮,榮生仁。有名美者遷邑西之東家村。美生文宰,文宰生子三人,先生曾祖諱養情,運司掾。祖諱期古,副榜官同官,縣教諭,皇贈福建左布政使,配楊,贈太夫人。考諱淩雲,邑增廣生,皇封福建左布政使,配王、李,俱封太夫人。封公生子三:伯曰鳳翥,崇禎己卯鄉舉,順治丙戌進士,累官至福建左布政使,行詳志傳中。仲即先生也,元配王孺人,邑庠生肖書女,閑静有令德,前先生十年卒。子男二:長鴻儀,康熙己酉舉人,壬戌進士;次鴻軒,官生候選同知。女二,孫　人,孫女三人。

銘曰:

厥德卲兮厥行孔惇,厥身隱兮顯於子若孫。松楸茂兮瓜瓞蕃,不騫不崩兮繄吉人之墓門。

建平知縣胡君墓志銘

君卒,余官京師,距里居三千里,聞訃弗克弔。逾二年,于役貴州,返棹鴻腦洲。君有孫縣學生復亨以狀來請銘。余北征,未遑也。明年,寓書京師請至再,誼不可辭。

君姓胡氏，諱魁楚，字爾大，一字紫山。先世有五三者始還廣濟，數傳至鎮，元至正間登進士。從徐平章築城縣西禦紅巾賊，有功。尋從明太祖行間，數有功，封懷遠將軍。再世爲仲周，有二子：伯海，宣德間官夏華知縣。黎利反安南，不屈死。仲潤，邑諸生。潤曾孫爲一石，處士，有隱德。一石生繼矩，歲貢，歷任合肥、孝感、遠安教諭。巡撫都御史王公世貞薦於朝，擢待詔翰林，卒。待詔生四子：伯其昌，縣諸生；仲其大，選貢，官雲夢訓導，汝州學正；叔其可，鄉賓；季其久，縣諸生。其久生以愚，爲縣諸生，有聲。娶方，生子五人，而君爲長。

君生五歲，從族長者受禮經。族長者數從里人摴蒱、彈棋、飲射爲娱樂，不事程督，而君獨慧。於是君之父鍵樓居課之，則善屬文。當是時，年甫十三耳。里有甘先生忠甫，籍籍稱胡童子材。甘先生，宿學負盛名，偕先大夫舉於鄉者也。於君爲大父行，而每諷君文未嘗不擊節稱善，於是文名聞里中。天啓元年，學使太倉王公澄川補縣諸生。崇禎六年，學使王公志堅拔置第一。十六年，獻賊躪廣濟，山砦數十所陷，盡掠去賊營，一人逸則瓜蔓斬殺無遺種。君舉族宵遁，從行者三百口，至巴東。巴東土兵圍之曰："賊也。"衆相對泣，君飲啖言笑自如，長揖砦長譚舉人參兩，抗言陷賊狀。參兩與語，賢之，遇以賓禮，計口授薪粲餉之。期年，爲送之江陵。君謁江陵幕府，具言所以。江陵資之以歸。

初，母方卒，君之父繼娶于夏。夏性卞急，君事之唯謹。其從賊中脱歸也，剪蓬蒿，築室收群從弟侄，皆同爨。立寢廟，春秋饗祀。延塾師課子侄，無廢學。歲旱，墾萊田百畝。明年獲麥可三千鍾，賑貸鄰里，多所全活。於是人人稱君長者。順治二年，父卒。七年貢禮部。是歲，直省赴廷試凡千餘人，詔推擇高材生八十有五人除縣職，蓋異數也，君與焉。十五年冬，除知江南建平縣事。

建平俗竊。委巷細民質其婦富室，算緡錢子母，刻期贖。逾期，既抱子，猶雜處廡下，忿争輒訟。令爲平其質，劑低昂，如是以爲常。君怒曰："設令本司風化，奈何視民禽獸行而恬不爲怪耶？"下令厲禁之。委巷中由是無敢言質婦者。建平距省會百八十里，童子試列縣名例得免更徭，而選首者率以賄。君五覆試，拔單寒生二十人，學使者取半之，邑人大服。地丁按季徵，斥羨耗。庫吏謹司筦鑰，無所售其奸。前令鄭汝南，麻城人，以虧空庫金久羈。建平君捐俸倡邑人義助。汝南旋里去，而君亦具文乞休。中丞疏報，復在建平。自海警後，數起大獄，君省牘，多所平反。先是，有以奸殺人者，前令屢訊不能決。君齋宿城隍廟三日夕，庭鞫，案乃具。丙夜，空中若有聲太息云。

岑有輔者，無子，立從子期貴嗣。亡賴，尋養妻兄子王雲隆，配以戴女。岑强宗也。某暱期貴，乘上巳踏青郊遊，聚徒篡戴女歸。雲隆訟，戴父亦訟。岑醵金請和，議割昏。而暮夜乘間爲君言。君判云："一婦安可再配？"竟抵奪昏罪。岑乃以君所却賂賂所親，越訴於監司，監司駁案。君聞，慨然曰："是非倒置若此，令尚可爲乎？"單車詣省致仕。章上，候代留建平且一年。新令柏君肯堂，知名士耳。君治狀，一見如舊識。比去建平，邑人盆香祖道，有至蕪湖關者。君慰勞遣之歸。

而故同爨弟侄皆成人，以次婚娶，田宅與之均。康熙二年軍興，輓運繁苦。江水漲，里人窶户多流亡，君族緩急倚君獨安堵。村民爭鬭，往往質成於君，片言而解，鮮至訟者。十六年，自城居徙鄉，所居兩路口有亭曰"薰風"，日與田父話農圃。布袍皂帽，徒步阡陌間，行路觀者不知故大令也。伏臘合族而饗，間呼婢子奉王孺人領孫曾遊紫霧園中。追憶少年辛苦賊中事，每登先壠徘徊眺望久之，曰："吾雖耄，瞻掃必躬親也。"

君爲文，老蒼遠時艷，與孫復亨講先輩大家法。所撰述多散佚，惟乙酉以來剩稿，復亨篋而藏之。復亨嗜學而文，君教也。君生明萬曆三十年十一月二十六日，卒康熙二十四年十月五日，享年八十有五，配王。子二人：長□□，縣學生；次某，早没。孫四人：肇亨，太學生；復亨、履亨、咸亨，皆縣諸生。

銘曰：

紫霧之阡，鬱鬱盤盤。大令藏焉，既固既安。君其已矣，厥澤悠然。

孫草亭墓志銘

休寧草市有孫草亭者，嘗游楚，與漢陽九同江公友善。江公成進士，貴顯，交游且半天下矣。而草亭過從，歡好如初。江公長子補齋，今光禄寺卿，遇草亭諸孫甚厚。芝瑞官黄岡訓導，挐舟三百里過余里居，酒半，言曰："先王父草亭公有遺命，幽宫一片石必藉手士君子之能言者。瑞亡狀，捨先生奚適焉？"余頷之，然未遑以爲也。尋趣至再，曰："待先生脱稿而後解纜。"

余嘗讀葉文忠公所爲《典客孫君傳》、郭文毅公《壽典客六十序》及《太函集》中《爲典客荆園記》，每歎典客行至高。典客名承誨，字汝知，草亭大父也。以唐金吾將軍萬登爲始祖，以宋處士子厚爲隸籍草市祖。草市户日息，貲甲鄉里。典客生光宅，字安期，是爲草亭父。

瑞言："當王父客揚州時，曾大父以金吾官籍卒京邸。凶問至，麻衣苴絰奔喪。路逢故人傳言旅櫬附運船已南，則南奔。比至浙，嗥叫糧艘側，舟子言櫬猶在張家灣僧寺，則北奔。及寺門而櫬已南，則又南奔。當是時，瀕於死者數矣。曾大母吴病卒家寢，訃聞，奔喪於家。久之，得旅櫬合葬。而重趼骨立，奄奄氣息纔屬垂毁，而仍終喪，蓋有天幸云。其爲人，急人急輒垂橐，人無以償輒焚其券。友汪姓者罣誤縶左營獄，王父營救脱之左營。卒亡賴，有友人罹其害，且死。王父挺身排解，事乃白。曾祖母兄老而貧，生養死葬於王父所，悉無憾。孀從祖姑苦節，敬而養之，終其身。王母早世，王父鰥居三十年不再室。喪紀祭祀壹遵古禮，絶遠浮屠氏，猶典客公遺訓也。當明季喪亂，南顧廬鳳，北望幽薊，杞憂且成疾，歎曰：'士氣弱矣。上馬殺賊，下馬草露布，何人哉！'則屬家大人學司馬法。史忠清公掌樞南都，王父上策言事，忠清公動容採納，欲官之，固辭而歸，知時之不可爲也。及天下平而王父已老，對酒輒哦少陵'將軍不好武，稚子總能文'之句，瑞繞膝聆之，知王父意在孫雛也。"

司訓之言如此。嗚呼！今之素封擁高廩、扃厚藏者多有，然親戚故舊之潤無涓滴焉。文人躧履到門，鑿坯遁耳。祖若考一蓋棺，而鄉里莫能舉其氏名。窺草亭之家乘，參考其行事與其交游，海内之賢士大夫若此，其不可謂賢矣乎？

草亭名丕垣，字惟茨。元配黄氏，生男子子一人日璇，順治丁酉武舉，現任松江府白糧司運；女子子一人。孫男二人，俱占籍湖廣，長芝璠，武昌府學歲貢；次芝瑞，潛江縣學歲貢，現任黄岡縣訓導。草亭生萬曆庚戌九月十二日，卒康熙甲寅十二月初七日，以某年月日葬某縣某山之原。

銘曰：

此布衣處士封也，而生平之行誼孔彰。貞石鋟刻萬禩藏，山靈扈之鴻厥慶。

封懷遠將軍戴君墓志銘

君諱時信，字名生，休寧隆阜人。候補州同知，以子朝幹貴，誥封懷遠將軍。戴故著姓，而荆墩一支以文章功業顯者尤衆。父習之，有隱德，人稱長者。兄時寬，弟時敏、時惠皆有名。

君生有異禀。年十四喪母，事繼母胡氏孝謹，得其歡心。會時寬遠客金華，輒身任家計，如老成人，鄉里賢之。嘗拾遺金，露坐終日俟其人至還之，遺金者割其半以酬，君笑曰："若利此金，肯待君來乎？"言已，委之道左去。時寬在金華，值賊變死於水。君冒險往拾骸骨，棺殮歸葬。事甫竣，繼母病篤，侍藥餌，衣不解帶。繼母卒，後二年父卒，哀慟幾絶。丘嫂黄誓節，君瞻養四十年如一日云。

康熙癸卯游楚，僑居鄂城。久之，置田廬，締婚媾，居焉。念祖塋距楚地遠，則令時敏司烝嘗，收田租贍其家，而歲時饋遺無算。躬與時惠徜徉晴川鵠渚間。遇先人生辰忌日，率子侄暨孫輩行禮肅如也。袁州太守汪進士，爲君外祖。君髫齡時，舅方襁褓，不相識。已而舅家漸落，乙丑來楚，君一見訝其貌，厚遇之以歸。妻母程老而子多夭折，君爲區畫身後事，纖悉俱備。他宗黨親故有無緩急，往往垂橐無倦容。歲饉，施糜粥；疫，施藥；窶人死，施棺。

滇黔變亂後，歲祲，楚省賑濟，君實爲之倡。楚大府張公聞而義之，録用朝幹幕府。從大軍進剿岳陽，累立戰功。事聞，升水師中軍，轉江西武寧。將之任，重違膝下，君促裝遄遣。是年五月晦，武昌兵變，居人走。君遘疾，七月劇，遂卒。元配程恭人暨仲子朝臣理喪事。

程，休寧大家。恭人幼嫻姆訓，歸戴事舅姑以孝謹聞，娣姒、迎娶、繁費皆身任之。君之父年老，家有蜀美材，直千金，命置質庫權子母。及病革，囑曰："兒輩遠遊未歸。木太華，婦爲我更買次者，可以省費。”恭人佯應曰：“諾！”私出簪珥衣物入庫贖還，招匠一日夜成之。君之父聞而歎曰：“孝婦心力竭矣。”於是附身附棺，以婦代子，戚易兼至，人以爲難。朝幹之赴武寧也，值兵變，君又寢疾，恭人泣謂朝臣曰：“事如不測，吾以身殉耳。”亂粗定，恭人寢疾，朝幹解組歸，恭人稍瘳。鄂城南闉外有白骨庵者，以旅櫬停厝得名。火延燒骨燼，恭人惻然捐貲命瘞之。再建普度庵，招僧住，掩埋骼胔，遂成叢冢。朝幹歸新安，卜葬君。辛未秋旋鄂以告，恭人喜。逾半月，朝幹暴疾卒。恭人病，命朝臣往休寧治喪事。朝臣以恭人病，有難色，恭人厲聲責曰：“老人恃粥以生，憾不能執紼前導。兒奈何誤汝父兄大事耶？且汝伯母苦節四十餘年，年逾七十矣。有蜀材在家，孺子其圖之。外王父程公淺土，吾雖女，猶子也；卜葬亦以今歲，孺子其圖之。”朝臣拜命往。而恭人竟以疾不起，尋卒。朝臣以朝幹卜葬君善地，奉恭人祔焉。

君生明萬曆庚申五月初二日，没於康熙戊辰七月十八日，享年六十有九。恭人生明天啓壬戌九月初四日，没於康熙辛未十二月廿三日，享年七十。以某年月日合葬某縣某山之原。生男二：長朝幹，由武庠任江西武寧都司僉書；次朝臣，由岳州府石門縣廩膳貢生，考授州同。女一。孫男五，孫女四。

銘曰：

隆阜之右，厥名朱里。以樹以封，有道君子。恭人祔之，延禧萃祉。保艾爾後，蒸蒸濟濟。視此銘詞，億萬斯禩。

封文林郎廣濟知縣劉君墓志銘

知廣濟縣事劉侯臨以漕務行龍坪水次，父訃至，擗踴長號，曰：“天乎？臨事父而不克視含殮也，痛哉！”逾月，用書幣來踵門請銘。余回憶己卯遇君江上，方善飯，康强如五十許人。别去纔三秋而明冥殊域也，豈不可哀也哉！

按：劉先世有迪者，以討黄巢功封麻城公，與梓溪劉公汾一派。其遷順慶之宕渠縣爲始祖者，萬祥也。君之父燦，生子三人：長映奎；次映璧；而君又其次，名映房，補學官弟子員，更名世彬，字月存，號曰冀仙。生三歲失怙，母某苦節，鞠之至於成人。獻賊入蜀，舉族千人屠掠且盡，脱身走依外舅雷族，墾荒積粟。崇禎十六、七兩年，比年大祲，莩載路。君爲雷族寓公，推食以哺餓者，存活無算。亂既定，宕渠漸有寧居，劉之户口日蕃息。臨中康熙壬子副榜，庭訓逾肅，吏部考授沁水丞。蜀道梗，音書闊絶垂三載。趙將軍師行蜀中，秋始舉一觴，然終以道遠不禄養於沁也。越十年，經歷黔之騰驤衛，迎養威寧府君。酒半，掀髯有喜色，曰："言忠信，行篤敬，兒學驗哉！"尋俶裝旋宕渠。康熙丙子，至廣濟署觀政，燕坐誡曰："兒半生散吏，弄柔翰，嘯傲山水；今專城百里，則簿領是急矣。"日退食，輒問所庭訊何事，平反疑獄幾何人。久之，問倉粟可支幾年月，課所造就高材生幾名，上官委察訊報可者幾案，村落嚚陵嚚訟革面者幾家，悉愜意乃行。戊寅復至，誡敕亦如之。鷄三嗥起，丙夜始休。

明年買舟西上，解纜命挂帆。無喔咿絮語。歸而課諸孫誦讀，月有程，日有督。行謹飭、文字通曉者有賞。而時時寓書廣濟署，郵筒絡繹不絶也。壬午夏，閔雨，遣孫正瑛至廣濟，官箴如初。何生永清再至，示永訣語。尋寢疾卒。疾篤，洗沐辭家廟。親戚故舊踏踵牀頭，伏枕猶作禮客狀。彌留盥漱，分賜家少長，内外有差。遺訓耕桑詩禮，井井如平常，端坐而逝。距生明萬曆丁巳十一月三日，蓋享年八十又六云。

元配雷孺人，故總戎秦開之女，生萬曆辛酉正月一日，享年六十七。其事父以孝聞，念總戎卒官，葬黔之遵義府，每飯不下咽，以弗獲歸櫬故園爲恨。其後臨官威寧，訪得紅花岡，移葬湧鍾山之左，爲文奠且告，蓋遵母治命云。孺人端莊慈慧，和於娣姒，厚施於鄉黨鄰里。恪祭祀，勤蠶績。贈太孺人。男子三，長臨，康熙壬子副榜，累官湖廣黄州府廣濟縣知縣，封文林郎。君葬既有日，詮次脱稿，爰鋟石而納諸幽宫。

銘曰：

山蜿蜿兮雲蒼蒼，封翁贈媪窈然藏。渾涵苞絡屬星芒，樹之松檟豐且長，爾後繩繩熾而昌。

封承德郎左春坊左中允兼翰林院編修胡府君墓志銘

胡府君，年六十有八，考終於里。伯子作梅以翰林院侍講視學陜西，聞訃奔歸堊室，以狀遣使東走千餘里請銘德嘉。作梅，同年舉進士耳。目睹記熟，謹叙而銘之。

叙曰：

府君諱振翼，字羽六，一字可庵，荆門州人也。先世有由江西徙居荆門者曰允秀，數傳至東堤先生海，折節下士，有聞於鄉里。生少堤居士一元，有父風。是爲府君之曾大父。大父諱璉，字奇珍。行益高，排難解紛，使鄉鄰無訟。父諱之明，字覺先，少善射，能騎惡馬。嘗徒手搏賊於野，奪賊刀剚其腹，其黨脾眙散去。郡縣大夫物色胡生文武材，而内行恭謹，恂恂如也。率仲若季應試，有司一切資糧屝屨身獨任之。其小弱者載以驢，而徒步泥淖以之於試所。

府君生而慧。九歲孤，奉母丘太孺人教，言動儼恪如成人。祀先展墓，粥粥必依於禮。遭世亂，奔竄無寧日，居數罹火災。外王父水環數遣人來迎，而丘太孺人言："未亡人，無温飽理。"固辭不往。當是時，歲比飢饉，臧獲逸且盡。又官兵所過，焚掠甚於寇，富家巨室往往不自存，而府君奉一孀母搘撑於荆榛瓦礫之墟，人以爲難。

久之亂定，稍稍復田里。府君壯有室，丘太孺人家政嚴，譙讓無少寬假，而先意承志，子若婦俱以孝聞。作梅生，府君奉觴爲母壽。比學語，口授《孝經》《小學》，令背誦寢門，蘄大母歡。遣就外傅，爲科舉文字，令入白塾課於大母，而仍自手口指劃，導以先輩大家法。

府君年四十，而作梅首補博士弟子員。康熙戊午鄉舉，壬戌成進士。府君入告丘太孺人曰："孺子可教也。"通籍服官翰林，府君馳諭京邸勉之學。作梅奉嚴命，於是提鉛握槧，孳孳館閣間，有聲。居亡何，府君元配劉孺人卒。作梅奔還，府君教之禮義，一如未貴時，且曰："曩壬子秋，漢江溢，田在水中，日無二餔。我不能俛仰齷齪富兒言有無，惟藉兒館穀供兒大母。又不耐米鹽凌雜，劑量梱以内贏縮。兒母拮据，力已竭，然未嘗憂貧也，惟憂兒以貧故廢學。言水落而土具存，來歲當復有秋。學廢則猶石田矣，歲稔亦惡。母之望兒若此。兒學粗有緒，而母弗覩厥成，豈非命也哉！"蓋府君淚涔涔，夜濡枕席，而旦則以修短命數爲言，冀小舒母丘太孺人之悲，其孝思委折，蓋有人所不能知者。作梅禫而逡巡不出，府君曰："母往矣，徒哀何益？幸生當聖朝，列侍從，苟能稱職，父可封也，母亦可贈也。"作梅於是趣裝入直廬。疊領諸纂著，夜思早作，脱稿上總裁，日有聲。迎就禄養，久不至，曰：“兒報國恩以文章，老父家食吉也。”親舊勸駕至於再，乃脂車北征。會仲子作楫選拔貢，入太學，亦有聲。府君色喜，命巾車遊西山，濱行舍車跨馬。一日忽念母丘太孺人，心動，輒治裝。翰林諸公沓至，款款留。府君拂衣，徑南嚮。兩男子將車，逾蘆溝，麾令疾趨京邸。南征浹月及里門，奉賜書告家廟，纁帛上母丘太孺人，曰：“此孺子稽古力也。”自是葺書齋，手植松橙，種竹，縣蠟屐壁間，示無復遠遊意。

會邸報作梅有三秦視學之役，則念文衡大典，兒豈力能獨任？屬王舉人大田往助，且曰：“往者楊文襄於秦得康公海、吕公柟、馬公理三偉人，人到於今識之。居是官也，清、慎、勤三字一不至即名鰥官。阿翁每飯不下咽，白頭王母即含飴弄諸孫亦鮮愉容。幸爲我覼縷誡之。”然作梅行部科條，當舉人未至時，大都本昔所聞於趨庭者。藉令久任關中，豈直踵武文襄？即稟稟丰裁視薛文清之視山左學無多讓。而府君遄徂，不及見作梅大行所學矣。

先是，甲子歲楚撫軍慕公以丘太孺人大節疏奏，朝議下有司建坊旌表，賀者在門，而府君欷歔哽咽不能仰視。或問故，默無一語，蓋追念先公數奇，觸緒愴懷，直抱憾終天云。仲子亡於京邸，信至，哭而不號，慟極則走，哭於外舍，懼增母丘太孺人戚。

女兄歸董門，家中落，歲時問遺，相屬於道。外家舅弟食指繁，絲穀緡錢餽無算，以母丘太孺人念之也。

與人居，侃侃諄諄，義所不可，立見於色。然陗刻博名高而於人無涓滴沾溉者，則以爲無惻隱心。長安俸鏹傳至，舉以周人，惟恐後。拯人急，夜繞床嘗達旦。子若孫或受友人諈諉，輒慫恿俾竭其力。人有瀕於危者，自分束手且斃，賴府君緩頰解者甚衆，府君卒未嘗告人也。

府君髮早白，既而返黑。鬚髯飄飄仙舉，聲響若鐘。嚴寒大暑亦無恙，精力兼人，能縱談夜分不止。操筆作書，頃刻數百言盈牘。五行家推算，老壽徵也。偶以痰厥，遂捐館。

府君初封文林郎、翰林院檢討，進封承德郎、左春坊左中允兼翰林院編修。元配劉賢，具家傳，卒後一贈太孺人，再贈太安人。男子四：長作梅，現任翰林院侍講，提督陝西學政；次作楫，丁丑選拔貢生；次作相，州學廩生；側室子作柄，州庠生。女子六：長適同里庠生張昌；次適同里庠生李繼鐸；三許字江陵張毓，將嫁而婿夭，守志張門；四適本州庠生劉修祖；五適景陵庠生譚一豫；六適鍾祥庠生龔維衡。孫男六：克寬，郡學增廣生；克裕，郡庠生；克温、克柔、克發、克强俱幼。孫女一，許字黄岡宋鑲。曾孫女一，幼。府君生於明崇禎八年八月廿七日，卒於康熙四十一年九月十一日，以某年月日葬某山之原。

德嘉伏念府君以孤童承祧，事苦節母，憂勤惕厲數十年如一日，又穀厥子爲文學顯天下，昌黎韓公所謂法當銘者，微府君奚屬哉！

銘曰：

錫龍章，封馬鬣。門閭光，辰緯協。高鬱葱，下妥帖。元龜從，卿雲接。緝蕃釐，綿奕葉。世家阡，史局牒。

居業齋文稿　卷十六　墓志銘

何象山墓志銘

象山諱惺，字君慄，姓何氏，安陸鍾祥縣人也。何氏先世爲山東大姓，明永樂間有名海者，以軍功遷安陸，久之隸籍焉。海生景俊，景俊生鳳，鳳生伏淮，伏淮生子五人，次曰華，號南泉，始爲儒。南泉生紹南，諱崇科，入太學，授禮部司務，未赴。有子三人：伯曰欽，紹興倅；季曰斗；象山，仲也。

生而慧，甫十歲輒屬文應郡試，郡守奇之。年十五試冠一邑，與欽同補諸生。當是時，錢塘葛公屺瞻視楚學政，權貴人子無得幸進者，所獎拔多文士，而士習嶄嶄以氣自豪。會興獻舊邸守陵璫橫蠹食，閭左亡賴者影附，藉履畝飛租虐民，鍾祥人患苦之甚。象山甫爲諸生，輒忼慨奏記。當事即强禦，弗畏也。性好客，座客常滿。即醫方、日者、彈棋、説劍、繪畫、鼓琴、韝鷹、走馬之屬，稍當意輒解橐裝以贈，而晰微洞竅，盡其術而奄有之，其敏如此。然内行醇謹。會父患風，病則寢枕牀下，視湯藥膏熨且三年。久之，病良已，以老壽終。居喪，哀慼逾禮。及葬，會弔者不遠千里至。母陳早世，事繼母王以孝聞。兄弟相師友，怡怡如也。欽旅寓江南，訃至，輒孺子泣，族人爲之感動焉。

先是，雅慕鄭莊、陳同父之爲人。已而忽自悔，謝絶一切交游請謁，杜門讀書，文益雄。楚風故勁，崇禎間尤尚古學。而典試如吴梅村、蕭雲濤諸公又負海内望，象山自以入闈，幾必得之。然以策語忤時，報罷。未幾，寇躪鍾祥，鍾祥墟矣，獨何氏舉族先幾遁去，竟免於難。

皇清定鼎，當貢春官。是時歲貢有起家别駕司李者，象山竟隱不出里。有大利害，輒挺身建白。漢水溢，鍾祥當其衝。堤潰，居民流冗。率父老亟請命中丞豁浮糧，流氓迺歸。郡守馬逢皋採其言爲《堤政録》，按察使馮公右京列爲條例，鎸於石。晚節精岐黄術，鄉落緩急賴之，所全活甚衆。逾八十，猶夜挑燈作蠅頭細字。里文士請益，人人指授無倦容。而酒酣對客嘗言："某文當早貴，某文當晚成。若吾孫芬者，庶幾吾家千里駒乎？"已而戊午，竟鄉舉第三人。芬治《尚書》一經，皆大父口講手劃也。生平所纂緝有《四書正義》《經書大指》《引蒙字説》《六經批釋》《楚騷明解》《綱鑑提要》諸書，所著有《考槃居集》，凡若干卷。當寇亂時，耻書生不武，取孫吴諸子薈萃成編，曰《武備指南》。其治《内經》有得也，著《本草歸一》《針灸圖》《保嬰摘要》諸書，藏於家。垂老口不談二氏，誡子孫："異時毋修佛事，溷乃公也。"臨終，拂衣整冠，一寤而逝。時康熙己未三月初十日，距生明萬曆丁酉七月十一日，享年八十有三。元配孫氏，子方暢，庠生。繼閻氏，無子。庶唐氏，子方亨，庠生。女一。孫三人，長芬，中康熙戊午鄉試第三名。次杞，次旃，俱庠生。以康熙甲子十月十八日葬於内方山祖塋之側，芬來以銘請。

銘曰：

聞厥初生有異表，赤文在肩如環抱。囊括鴻濛極幽窅，歸而藏兮爲鴻寶。漢水渟泓雲縹緲，蒼龍白虎相繚繞。松楸蟠根桂杏杪，億斯年兮吉人兆。

文學何君妻王氏墓志銘

鍾祥文學何君誠庵，有令妻曰王孺人卒，將葬，厥子進士芬詣余里居以銘請，爲據行略書之。

初，孺人之歸何也，爲象山冢婦。象山元配孫下世，繼室閻也。孺人椎布侍養，以孝聞。爲婦三歲而丁流寇之亂，興獻陵寢宿重兵，鄉人恃以無恐，獨何氏先期舉族行。孺人襁負一女子，竄山谷。寇至，鄉人多被屠掠，獨何氏不及於難。亂後，田在草間，家中落，米價踴貴，孺人則脱簪珥以給晨夕。當是時，書生家往往賤鬻産，而何疆畝如故。

誠庵長者，癖於書，一切耕織都不問，蓋袖手藉内助力云。子生，甫能言，輒口授家訓。及就傅，鷄鳴治具餉塾師唯謹。夜膏火繼續檢束，稚子若成人然。迨芬中鄉舉，課逾嚴。公車三上，循例得校官，輒搖手誡之曰："非駐足地也。"官竹溪，古上庸縣。亂山磽确，俸入不足於饔，芬有難色。孺人立中庭，詔以大義："兒行矣，地僻可以讀書，官貧可以養廉也。藉令處脂潤，槖揞克生，徒用飾皋比。冥罰不細，亦可畏矣。"芬長跪敬諾。之官，孳孳課士，士有興者。丙子，偕計上公車。所爲制舉行卷，且充篚南宫。中高第榜後，出其竹溪所纂著詩若古文詞以問世，聲藉藉長安，蓋母教於是乎驗矣。而仲季二男子督日急，曰："膠庠豈兒曹老屋耶？且雁行阿兄。奈何章服差池也？"二男子以是淬厲，學日進焉。

孺人梱政嶄嶄，言不及二氏教。而性好施予，凡宗黨親戚故舊之乏者賴之飢以粟，暑以茗，寒以纊，殯以櫘，瘞以阡。誠庵嘗從容言："兒服官得善地，禄可以及於而家老人，施予當更溥。"孺人以爲然。方將大行厥志，而遘疾，奄忽徂也。生於某年，卒於某年。父文學王君維庵，與象山素交，故兩家纏綿，誼近古。孺人子男三人：芬，中康熙戊午鄉試第三名，丁丑成進士；次杞，次栴，皆庠生。女子二人。孫男三，孫女一。

銘曰：

穀厥兒禄垂及思，需厥時貞珉立思，壤匽匽昇熠熠思。景星告釐卿雲裛思。

處士王暉吉妻陳氏墓志銘

鍾祥王生全臣，舉進士，甫釋褐，聞母訃南奔。廬居逾二年，買舟東下千三百里詣予草堂，曰："先慈葬有日，家大人敕不孝全臣曰：'乞斯志銘也，必於金太史氏，太史故而師也。'"蓋余曩官教授安陸，適全臣補學官弟子。余不佞，周旋久，知王氏家世孝友篤行爲詳，故不可辭。

據狀，母爲同郡陳士儒女，歸王爲暉吉處士元配，事舅姑以孝謹聞於鄉。處士有弟質先，合爨且數十年，娣姒怡怡無間言。質先嘗艱於子，欲子其子者數年，顧常遜謝不敢承，曰："子出多，母禱求必男也。"已而果産念臣。處士有四方之志，不及庭課諸子，則延名士居塾席。飲啖必豐必潔。至於師匕箸多少，詢及僮僕，劑量、燔炙必極其精乃已。以是諸子彬彬嚮學，膏火窗櫺間，夜嘗達旦也。聞全臣既成進士，則摩念臣頂曰："勉旃！勿少怠！"而念臣竟以是歲入於庠。其愛從子，不啻己出，率此類也。

處士好客，客至治具立辦，人盡歡然，四座酣飲，逾出逾鮮。客以郇厨詫主人，主人實未嘗與聞餖飣之數，鄉人往往方諸五侯鯖焉。而性不佞二氏教，所言實有理。嘗曰："損有餘補不足，於宗黨實實有濟，其功德曷可思議哉？"聞者以爲名言。方全臣之成進士也，報至而疾已篤，猶諄諄遺命以官箴，其言深厚有味。

嗚呼！有母如是，亦賢矣哉！生前辛巳正月二十日，卒康熙甲戌五月初八日，享年五十有四。子男四人：余臣，太學生；全臣，康熙丁卯舉人，甲戌進士；次會臣，郡庠生；次个臣，尚幼。女子一人，孫男四，孫女二。今卜以丙子歲十月二十六日，葬於郢東石門山新阡。而全臣婦董氏祔，婦事舅姑孝，相夫勤儉而有禮，姑嘗以爲賢。其卒也，以乙亥六月初一日，距其生年丙子六月初九日，得年甫三十。全臣傷悼而並及焉。

余不佞，既爲叙次其厓略，而復綴之以銘曰：

石門之山，鬱且都也。孺人之藏，樹松楸也。有祔者墳，婦從姑也。其祥長發，銘斯符也。

封明威將軍吴君墓志銘

康熙三十三年天子加恩中外文武臣工，爰及其親。時則嚴州守備臣、壬戌科武進士吴日光循例邀禮官疏請封其父有泰明威將軍，封母蕭太恭人。明威君禄養，凡九年而卒。日光今守備黄州，卜兆葬有日，乃命其子珽挐舟三百里請余銘。余念曰：顯親，令子也。然課厥子以成名，豈易也哉！君生平行誼當有大過人者。

按狀，君字允寧，一字中若，世居延平之將樂縣。宋咸平五年進士，累官至沂州守諱濟者，是爲始祖。有林清者，當宋末練土兵，捍衛鄉里。元行省征討大帥至閩，率所部歸附，官廣德路同知。子二人：長曰文讓，叙廕官龍泉尹，至元戊寅帥師討漳州賊李志甫，力戰死，謚毅愍；庶曰文誼，至正間由薦辟官至延平路總管。毅愍長子克忠募兵討賊，報父仇。賊平，官福建都元帥府元帥。次子憲以宣慰司元帥守邵武，討紅巾賊塗祐盧必達，官福建行省左參政。其卒也，祀邵武名宦祠。元帥長子夢星，仕汀州寧化路總管。自汀州總管以上宦績具詳家傳"歷邦正道南"一章。

能定凡四世皆有隱德。能定字仲常，生三男子，君其仲也。事母余孺人至孝，侍疾不解衣帶。居喪行家禮，生辰忌日奠，如孺子泣。祀先祖追慕如生存，睦族人如同産兄弟。會歲祲，有父若子繼殂於疫者，人不敢近。君獨躬視其含殮，宗族稱焉。周人之急，倒廩垂橐唯恐後。縣有大營建，輒捐貲爲衆人倡。廟學、祠宇、津梁、道路、茗粥、扉屨，歲施予無虚日。然性剛義形於色。縣令某年少，暱其私人，勢孔張，道路以目。君獨廷數之。令悟，告人曰："吴君，望若泥塑，乃侃侃如是耶！"

珽又曰："先王父言行規模古人，然罹禍亦不細。前丙戌有楊武烈者，落魄於逆旅，王父憐而居之廡下。居亡何，逸去，莫知所之。或曰：'楚人也。'或曰：'蓋王孫云。'當是時，閩粤多故，邑子多走險。事露，牽連王父名，曰：'是嘗居奇貨者。'倉卒掩捕出不意，王父就逮，坐是破産。久之，其人伏誅，黨與踪迹大白，事得已，歲在癸巳。僉人以田舍細故修隙，影射中傷猶以前事爲口實，且不測，屬有天幸，獄垂具，而讞訊平反，家雖破猶以身免。久之，向之骩骳譸張爲人害者以次蕩滅且盡，而一老歸然冠帶爲封將軍。然酒酣回首往事，亦岌岌乎殆矣。當是時，蕭太恭人賢，罄外王父嫁時裝以救王父於難，故得免焉。"余憮然曰："有是哉！君固賢，抑亦有賢妻哉。宜其後且大矣。"

君生某年某月某日，卒某年某月某日，初娶楊孺人、伍孺人，繼娶蕭恭人、趙恭人，側室莫氏。丈夫子五人：日高、日光、日彰、日彩、日亮，女子二人，孫男十四人。卜以某年某月某日葬君於本縣南口竇燕巢。

爲之銘曰：

山有木芃芃兮而肇于根，澤有泉蒙蒙兮而萌于源。厥壤安以敦兮，厥涵洌以温。卜云其吉百禄之門兮，蟄蟄繩繩宜爾子孫兮。

鄭參議妻孫孺人墓志銘

黄岡鄭方南有令妻孫氏。當方南令唐縣給事禮科時，恭逢覃恩封孺人者再矣。給事外轉江西布政司參議，且當晋封恭人，而孺人卒。參議既之官南昌，居亡何，書來屬余銘其墓。

孫，黄岡著姓也。孺人父用章，縣諸生。諸父素公、從兄湘有，皆鄉舉，官知縣。孺人生而端凝静謐，母朱愛之，擇婿久未得。參議父與用章友善，而鄉先生韋孝忍籍籍譽參議早惠，用章遂以孺人許字焉。鄭家世儒素，參議母凌太孺人訓子婦嚴肅。孺人歸，修婦職唯謹，得舅姑歡。參議成庚戌進士，知建陽縣，孺人侍凌太孺人養。太孺人寢疾，孺人盥頮、櫛沐、扶抱、吮摩、抑搔、温扇，衣不少弛帶。藥餌祈禱罔驗，則含涕帷簾，傳語諸叔籌後事，棺衾纖悉咸盡焉。朱孺人過存凌太孺人，亦驟疾卒。孺人兄植有客閩未歸，孺人一手撦撑二喪，心力殫竭，勞憊而疾作矣。

參議之知唐縣也，鞅掌況瘁瀕於死。上官廉之，書上，考"超"，遷入京師。日南望黄岡雲樹，期補官迎養父，而父又捐館舍。當是時，孺人力疾治喪事，視喪凌太孺人費逾繁，經營逾苦，然孺人誠孝逾篤。仲季婦後先下世，孺人殯之特厚，拊其子若女如己出。有夭者，哭之慟，鄰媪聞而淚下。蓋自參議通籍以來，孺人未嘗一日支官廩，一切婚喪、祭祀、賓客，孺人拮据，鮮寧晷焉。迨官江西，挂席扁舟，可抵署而溘然長逝矣。孺人篝燈課兒，書聲出機杼間。而母教大指務誠樸謹厚，諄諄以華僞爲誡。女子歸寧，至刲股以療母疾，縣人曰："是可以觀孫孺人之教矣。"

余嘗覽古之潔清官守、孤立行一意者，往往茹苦食淡，不以家累自隨。若參議，庶幾近之。其在唐縣，日脱粟一盂，客到，市脯出韭䏲佐饔，即欲割俸以贍家不可得。至給事黄門，早夜孳孳獻納，殆廢眠食。其公爾忘私如此。藉令微孺人才，兒且失學，矧頻經大故能中外嶄嶄禮成而罔譽乎？余以是歎參議之内助爲弗可及也，爲崖略書之，俾鋟刻於墓石。

孺人生順治元年十二月廿一日,卒於康熙三十六年八月廿七日,享年五十四。男子二人:長瑶,太學生;次可格,歲貢生,候選訓導。女子三人,孫男一,孫女四。余叙述既而載爲之銘曰:

是爲參議元配之幽宮,土厚泉洌鞏厥封,晨曦夕燿炏熊熊。

胡母丘太孺人墓志銘

胡母丘太孺人,荆門州明處士丘君水環長女,奇珍胡翁之婦,胡君覺先之妻,皇封承德郎左春坊左中允兼翰林院編修振翼之母,康熙二十一年進士、累官提督陝西學政、翰林院侍講作梅之大母也。苦節四十三年而旌,旌二十有一年而卒,享年九十有一。作梅卜以康熙四十六年營葬,以狀來屬德嘉爲銘。

按,太孺人年十八歸於胡,事舅姑以孝聞。覺先翁負文武才,儒而俠,時時物色異人,相與忼慨論天下事。以故座客常滿,咄嗟治具,客人人極歡去。兄弟應試,治行輒兼數人貲,以給同人之乏絶者,梱以内脱簪珥佐之。覺先翁兄弟凡四人,婚娶大禮悉禀丘嫂籌畫,舅姑籍籍稱善。會寇亂,奇珍翁以其家倉卒避地。覺先翁遘疾,卒於旅居,太孺人扶櫬歸葬先壠。葬畢,長號辭墓,水漿不入口者累日,誓殉矣。當是時,振翼甫九齡,振翼女弟五歲。奇珍翁淚潸然下,曰:“婦死易耳。其若藐孤何?”太孺人始日進一粥。居亡何,亂稍定。奇珍翁又捐館舍,太孺人以冢婦治喪,纖悉無遺憾。而晨昏事孀姑,承志惟謹。振翼就外傅,束修供億,太孺人拮据良苦。家又多故,三罹火災。太孺人經營版築,振翼始有室,婦劉。廟見日,太孺人繞牀歎曰:“兒有婦,雞鳴戒旦,家其興乎!”自是耕桑歲有獲,産寖豐。然種樹、畜養、米鹽、淩雜,點檢綜覈數十年如一日也。

太孺人性至孝,髫時逢父母病輒廢眠食,及事舅姑尤切。孀姑病,閉户祝天,願以身代。嘗貼身枕席,糞沾染,苦不得。比下世,則柴毁骨立也。老年喜施予,歲飢,至典衣糴粟以哺閭左餓人。族有逋負,輒垂橐代償。鄰有羅媪者,冬日披葛衣,輒自解舊綿衣之。慮其死,爲預製一杉棺。其賙恤委曲如此。壼教大指嚴肅。男孫月有課,歲有程。女孫則採古《列女傳》成編受讀，皆成誦。作梅女弟行次三者，許字江陵張少司馬之第六子，未嫁而婿夭。往省墓，遂誓不歸寧，閱十有三年猶如初喪。張公爲立嗣子，拊孤延禩。江陵人驚歎奇節，曰："丘太孺人教也。"

嗚呼！太孺人一身爲婦，爲姑，爲母，爲大母，爲五世家督，爲一鄉母師，竭誠盡瘁，無所不用其極，而剛大之氣、堅貞之骨歷盤錯而彌厲，豈不難哉！豈不難哉！德嘉指數太孺人生平歲月，憂患常多；惟作梅戊午鄉舉、壬戌成進士，官詞曹，聞報一開顏。至於旌閭曜日，里嫗低徊眺望以爲榮，而太孺人感念疇昔茹蘖飲冰，痛滋甚矣。然居恒不惑比丘尼，疾不祈禱，彌留無誌滯色，修短之數，澄觀已定，即不百歲，何嗛哉。嗚呼！古敬姜伯姬之倫，無以加於此矣。

生明萬曆四十三年乙卯四月初七日，卒於今康熙四十四年五月十三日。男子一：振翼，用子貴，封承德郎、左春坊左中允兼翰林院編修。女子一，適同里董之清。孫男四人：長作梅，承重三年，服闋候補翰林院侍講；次作楫，康熙三十六年選拔貢生，才而夭，婦陳立孤守節；次作相，州廩生；次作柄，州增廣生。孫女六人：長適州庠生張昌；次適州庠生李繼鐸；次許字兵部左侍郎江陵張公箸漢子庠生毓奓，奓早夭，誓節張門；次適例監生劉修祖；次適景陵庠生譚一豫；次適庠生鍾祥龔維衡。曾孫男六：長克寬，郡增廣生；次克裕，郡增廣生；次克温，次克柔，次克發，次克强。克强爲作楫後。曾孫女二：長適翰林院檢討宋敏求子鑲，次未字。元孫男一：師昌。元孫女一，許字漢陽項俞。

銘曰：

烏頭綽楔，麗荆門兮。鐵畫銀鈎，幽宫存兮。蜿蟺蟠結，伏靈根兮。上凌松栝，下蘭蓀兮。閶風元圃，峙崑崙兮。昊蒼朗曜，扶桑暾兮。資生厚載，至哉坤兮。

杜府君妻周孺人墓志銘

孺人姓周氏，封文林郎貴州普安州杜贍草之妻，江南淮安府桃源知縣學林母也。學林以康熙二十六年舉於鄉，念父母春秋高，循例乞禄養，除目下，得黄平州學正。官黄平凡九年，以卓異擢知江南含山縣。未滿三載，考，奉旨調補桃源。學林之官，孺人以板輿就養。桃源當黄淮之衝。會水漲，堤且壞，學林捍禦有勞，上官賢之。康熙四十二年夏，上巡視河道，學林恭受宸翰之賜。越二年春，上載視河，學林辦理供張。甫竣事旋署，而孺人寢疾卒。縣令丁憂則解任，禮也。桃源人罷市巷哭，走中丞藩臬門下，以奪情請，不得，則抗疏。舉幡遮道，言瀕河窮縣恃廉吏以生。當是時，學林涕洟草土間，貧無以給朝夕，桃源人則比户供薪粲惟恐後。而含山人牛車擔負相屬於道，迎舊令往居焉。桃源人争之，又不得。學林須父命决去留，瞻章翁雅愛含山山水，於是卜居含山，爲孺人卜葬地。葬有日，伻來乞銘，累言："學林奉兩大人教，服古入官，自學語、就傅以及强仕，庭訓如一日，而慈母之誨比於嚴父。父今者追念往事，雪涕而言曰：'吾今而始知吾妻之勞也。虀醢旨蓄，饘酏毛羹，勞於孝養；篝燈宿肉，織火機絲，勞於課誦；雞鳴警誡，鹿車推輓，勞於操作；舉案相莊，甘毳偵候，勞於暮年。迨彌留喘息，憊矣。'學林吞聲飲泣，夫復何言！惟是鐵嵐畢公督學黔中之歲，直母病，學林重違定省，就試有難色。母强起，趣之行。學林就試，補學官弟子第一人，尋科舉第一。母聞而色喜，疾有瘳。黄平故州縣兩學，學林到官，始歸併爲一。母言：'兒爲人師，寒士束修毋素飽。'學林書諸紳，幸無曠厥職。含山廳事奉母教以清静，與縣人相拊摩。而俗屠牛，歲有牛税可百金。母命代納税錢輸解，禁屠勒石。俗溺女，母命厲禁，歲存活無算。桃衝而瘠，陸吴兩鄉賦多逋，户口流冗。父憂之，母從旁慫恿，請奏記題豁，兩鄉乃安堵。方水漲時，父巡檐太息，母言是當諮諸耆老。學林由是博訪稠人，果得老人内搶法以免於洚洞之災。嗚呼！人以禄養娱其親，而不孝之勞吾母乃甚於家食也。含人祝嘏有屏幛，母命辭。桃人亦如之，母辭愈固。弟學海入成均，母課愈嚴。親戚故舊知我貧也，而母之周旋愈益篤。嗚呼！有母如是，曾不能片言隻字以聞於當世，學林尚可以爲人哉！"

余不佞，覽既竟，拊几低徊久之，喟然歎曰："劉子政之著作，臚列閫闈；范蔚宗之敘傳，標榜巾幗。若孺人者何多讓焉！法當志且銘。"

據狀，周湖廣長沙府之安化縣人。孺人父，庠生，諱自豐，以質行聞。孺人生於明天啓丙寅年六月一日，卒於康熙乙酉三月十日，享年八十歲。用子貴，敕封太孺人。子男二人：長學林，官桃源，封文林郎，前知含山縣，分校江南己卯科武試，官黄平，應聘雲南丙子文闈同考官；次學海，太學生。女子一，適平遠州庠生魯士英。孫男六人：一燮、一煦、一焕、一光、一炳、一燦。孫女二：一適徐治邦，一許字黄潤。今卜以某年月日葬某山之原。

銘曰：

南山之石直以方，隧道藏兮潛曜光。厥壤歸如厥辰良，子孫逢吉澤孔長。

居業齋文稿　卷十七　墓表

明故巡撫湖廣都御史宋公墓碣

嗚呼！此明故巡撫都御史鶴峰宋公之墓也！公禦逆賊李自成難，以崇禎癸未正月死。死且十四年，而會大清皇帝有詔追録前明死事者。於是順治乙未歲直指張公上其事，公乃與故都司留守興京沈壽崇、鍾祥縣令蕭漢並入名宦祠云。

自成之陷承天也，留守罵賊見殺，今未得其葬處。令絶粒七日自經，而公則引佩刀北嚮刎城上。葬公處距城三里許，倉皇掩坎不成封也，二三故吏勒斷碣以志其姓氏。蕭令死，瘞吉祥寺側，越十數年其同里鄒二瞻官漢陽理刑，從巡按行部鍾祥，以其骨歸葬南豐。而公墓獨在鍾祥，土人所謂三里墩也。有幕客高姓者後公死，墳與公墓相望。其子某，歲歲當寒食輒用瓦盆盛麥飯酒脯，挂紙錢行哭，先旅公墓而後及其父墓也。故吏某某走會哭，哭已，相與飯飲公墓前，去。如是者歲以爲常。公死垂四十年，故吏皆老，斷碣亦且漫漶矣，於是醵錢伐石易豐碑焉，屬德嘉爲文以表之。

崇禎壬午，賊决濁河灌大梁，捲甲南向汝鄧。十二月陷襄陽，連陷德安、荆州。當是時，公豈不知承天之難哉！顧念興獻弓劍寢園，國家根本也，急赴承天。而賊已驟至，先犯獻陵，縱火焚栅，遂毁享殿。正月一日，承天陷，公抗志以死。嗚呼！豈非天哉！沈留守時，絓吏議，方杜門聽勘，不得與聞封疆大計，而第以一死報主上也，亦天也。

初，公以藩參分巡荆南道，日擐甲走馬，練試帳下敢死士。遇酒人劍客，折節下之，散金錢資給無算。前後戰豐邑坪，斬首三千餘級。

親戰燈草坪，斬首千八百級。合擊桐城舒城間，斬首四百六十餘級。勞績著聞，一時無比。

間語及某僨帥黷貨冒功、逗留逸賊狀，輒面赤目眦，鬚髯戟張。嘗侍楚王讌，斗酒彘肩，啖且飲略盡。王左右顧曰："壯士！"命撤豆間臘饌恣餔之。酒酣耳熱，抵掌天下事，激昂忼慨，視纖趨矩步齪齪細謹書生蔑如也。督師武陵，楊公倚以爲重。因上言公邊將才，可大任。以是，晋僉都御史，撫楚。楊公死，而言路忮者醜詆公，公已於去年十月解官候代矣。撫楚而死，楚公何負朝廷哉！

或曰："漢中人言流寇躪秦隴時，君家先大夫守興安五閱月，卒保危城。而宋公素號知兵，以開府之力守承天，顧身與城俱碎，何耶？"德嘉淚涔涔下也，曰："嗟夫！宋公視先大夫志同耳，而賊尤劇矣。"是時州郡縣道望風潰者不可一二數。大將軍擁百萬之衆，大者侯，次者伯，逡巡首鼠不用命，以解官之巡撫督不用命之將帥，當方張之强寇，夫誰與守？然此輩身名泯滅，即何面目見公等地下哉！嗚呼！公往矣！豈不毅然烈丈夫哉！鍾祥人又言：留守死，妻某、子某殉。留守宣城人，都督有容子也。撫軍自刎，血淋漓，皮肉猶屬。一走卒侍公旁，且哭且加刃焉，而後絶。嗚呼！公之走卒亦烈矣夫！

公名一鶴，鶴峰其字，順天宛平人。崇禎三年鄉舉，以會試副榜官教諭，遷丘縣知縣，擢兵部員外郎。出爲天津兵備僉事，改汝南兵備，駐信陽。進副使，調駐鄖陽，遂撫湖廣。一時同死者三人，而公與留守皆在被論去職之後，然則當時國論又何如也！

元光禄大夫中書門下省平章事蘄國公徐公墓表

徐秀才瑗侯復自叙其先世平章公事，欲伐石大書深刻以詔其後人。其略曰：公諱興，字榮一，樞密院使遷朝公之子，御史萬立公孫也。仕元至光禄大夫，中書門下省平章事，封蘄國公。及致仕里居，會徐壽輝據蘄水城爲亂。公於邑西築堡以衛鄉人，賊相戒毋犯新城兵。當是時，蘄黄城俱陷，惟廣濟獨存。有鼓，圍徑丈，高可五尺，公教戰鼓也。明時置縣譙樓上。崇禎丙子，流寇至，乃燬。牧馬場在縣北，有亭，舊令匾曰"東南保障"，事載縣志。

公生於元至元間，卒至順間，其月日不可考。明太祖高皇帝兵至金陵，公長子麒、次子廖、孫文壽率鄉兵歸附。麒官廣威將軍。廖字月齋，河南知府；洪武三年，以母老辭官；四年正月壬辰，奉詔改知蘄州府，俾就養其母。任蘄一年，諸惠政載蘄志。子文顯，初隨任河南受學，答禄與權以孝弟力田薦授刑科給事中。有敢諫名，擢刑部侍郎。文壽官武略將軍，遷居遼東義州開衛。有弟三人：曰啓，世居縣龍頭山；曰昌、曰隆，一遷河南信陽州，一遷固始縣云。

余把卷省覽久之，嘆我里前代有文武材，而徐之家世爲不可及也。在宋有若余公玠，官四川宣諭使，用冉璡、冉璞議，徙合州城釣魚山，屹然西鄙屏蔽。誅悍將王夔，紓朝廷西顧憂，厥功甚大。乃遭罹謝方叔、姚世安讒，解其兵柄，以資文殿學士召，一夕暴卒。而其子曰如孫者弗克世其家，蜀人聞而悲之。若平章者，歷元而明，子若孫冠蓋相望。嗚呼！盛哉！且夫致仕而獲禄養，異數也，得之仁宗孝宗之朝猶易，而當洪武初陳情爲最難。其時爲臣而得遂其白衣之志者，一楊廉夫；爲子而得申其烏哺之忱者，一徐月齋耳。楊以孤忠，徐以篤孝，九重威嚴，一若察其情而閔之。然則人生惟忠孝大節可以自立於天壤間，而古之人所爲世澤者其在斯乎！其在斯乎！《詩》曰“繩其祖武”，《書》曰“迪惟前人光”，爲徐之苗裔者，尚顧諟貞珉哉！

李大復先生墓表

先生姓李，諱奇觀，字大復，一字巨海。用經學爲里人師，學者稱大復先生。先生少時，偕先大夫學。先生治《毛詩》，先大夫世治《易》，相與研求濂溪洛閩大指。先王父裒輯宋儒言行，録爲《自警編》，先生與先大夫各手鈔熟讀而力行之。事父繼堂翁、母馬以孝聞。會錢塘葛公屺瞻視楚學政，先生入縣庠。葛公所拔率知名士。先生雅自負，讀史慕汲都尉、范文正公、司馬温公之爲人。嘗語及軍國大故，輒欷息泣下，有甚於肉食者。先大夫知陝西興安州，先生郵筒寓書，大都潔己愛民、匡時報國語。先大夫揭諸壁，出入省覽，曰：“大復愛我！”先大夫卒，先宜人扶櫬歸，誓不令狐兒廢學，則迎致先生督課之。先生於先宜人，兄弟也。

流寇亂，左兵蹂躪瀕江郡邑。里人徙去，渡江以南洲居。門闌錯互，茅茨數火。屬當崇禎末造，國威已瘽。邑令張登衡不能馭其下，胥隸、凶人攘縣印，部署諸亡賴少年擅殺陳武舉祭旗，日與士大夫家爲難。士大夫人人重足屏息。父老陰謀團聚鄉兵禦之，莫適爲主。僉言："非大復不可！"群造門請，先生固讓。久之，不得已强起，應父老請。誡曰："與衆約：毋譁，毋群飲，毋夜遊，毋睚眦報復，毋挑釁生事。"父老曰："諾！"遂歃血盟諸神，榜通衢曰"守望"。逾年，有保定營率師討諸凶人，渠魁伏誅。事定，先生告於令，而角巾授徒如故。是役也，捍患固圉，先生力爲多云。

順治乙酉兵至，先生倉卒匿林莽。搜得，剚其腦。兵帥駐馬熟視，先生整容山立，瞻顧如平常。帥曰："君子也。"釋之。逾數月，疾發，卒，葬大竹林。先生卒垂四十年，從遊生徒物故且盡，而德嘉撰次生平實行，請入鄉賢祠，上之督學烏程姚公。姚公檄行郡縣覈實，覆請，報可。於是先生從子舉人必泰奉主入祠。

先是，先生講席衡文，把卷歎曰："季氏亢宗，興安有後。"季，必泰父也。庚子，必泰、德嘉同舉賢書，先生已不及見。而德嘉學行所就今若此，負先生矣。濡毫表墓，能不悲哉！

朝議大夫江南督糧道布政司參議張公墓表代

韓城張大夫有子廷樞，成進士，不佞爲總裁考試官，於鎖闈中賞識其文字。榜放來謁，詢知其家世爲詳。大夫既自登通顯，而廷樞官翰林，垂十年至侍讀。兩逢覃恩貤封，其父母又加榮焉。及大夫卒，諏日將與大夫元配薛宜人合葬，以墓表請。爰爲表其大者。

大夫諱顧行，字篤一，號蓮峰。順治辛卯鄉舉，康熙丁未成進士。乙卯謁選，初得江南英山令。已而改補建平。辛酉課最，擢刑部江南司主事。越四年，陞本部河南司員外郎。尋升禮部精膳司郎中。丁卯陞貴州督學道僉事，課最，奉旨進一級，以參議道用。壬申補江南江安督糧道。居亡何，請老。逾數月卒。

其治建平也，葺廟學，廣厲諸生，人材奮興，爲諸邑冠。丁巳，充江南鄉試同考官，得人爲盛。其官刑部也，讞決明允，大司寇平反疑獄必專屬之。其督學貴州也，教多士以經史性命之學，文以漢唐宋諸大家爲法，黔人由是始興於學。平溪、清浪二衛初隸貴州，後更隸湖廣。鄉試道遠，士不赴。大夫奏記，巡撫疏，設貴筑縣學，二衛生徒隸焉。大定路險遠，先是學使者行部安順，檄赴安順試。大夫則按臨考校，大定人便之。凡黔郡縣學廩額之隘者、優等之少者、苗生試目之有限者，悉爲增拓。嗚呼！黔西荒僻，幾不可爲矣，而大夫尚爲之。藉令大夫得有爲於江南，勛業且不可量，而竟以江安老，豈非命也哉。

乃其輕財好施予，則尤有人所難者。嘗公車旅次，遇蜀人下第落魄，輒解橐中裝贈之以歸。邑人許生客死河南，子孫繼歿，則捐金歸其櫬且葬之。黔試歸，道荆襄，遇流亢載路，垂橐賑濟，至資用乏絶。入潼關，值米價踴貴，鄉里飢人踵門相屬，則糴粟外郡，計口以授，存活且千人。大夫之賢如此，固天性然哉，抑亦薛宜人内助之力爲多云。

宜人之考曰承度者，邑高材生也。教宜人通《孝經》《論語》大義。十五歲于歸，逮事舅姑。舅姑没，襄事盡禮，宗黨稱之。遇娣姒以和，待姻戚以敬，馭妾媵臧獲井井有條理。大夫雅好客。客至，酒漿脯醢咄嗟立辦。其課子嚴而有方。嘗憐愛廷樞早慧，欲令遊名山大川以拓其懷抱。曰："古人文筆往往得山水之助也。"宜人卒，廷樞有嵾山之遊，蓋宜人之教思與大夫俱遠矣。

子男三人：廷極，國子監教習，先卒；廷樞，康熙壬戌進士，翰林院侍讀日講官起居注；廷柱，直隸保安州知州。女三人，孫男三，孫女四。大夫生前天啓丙寅十二月十五日，卒康熙癸酉八月二十六日，享年六十有八。宜人生崇禎己巳十二月初一日，卒康熙壬申五月十九日，享年六十有四。以甲戌二月廿八日合葬祖塋，地名坡頭村。大宗伯桐城張公既爲幽宫之銘矣，然非表懼無以詔來世。余不佞，故大書以揭諸其墓之原。

劉廓庵先生墓表

廓庵劉先生卒垂十年，猶在淺土，余寓書藕灣張日庵議葬事。日庵既已爲之傳，而以墓表屬余，余逡巡辭讓未遑也。居亡何，日庵下世，是不可辭矣。然兩先生束髮共學以至白首，其爲傳也質而覈，後有作者又何以加諸？乃撮其傳以表之曰：

劉醇驥，字千里，號廓庵，廣濟人。大父思郊，父芝圃，兩世皆績學以文名。千里生而有文在手曰"曆"，里媪饒一見奇之，許字以女。留居，親授句讀。稍長，念諸外傅無足師者，則搆樓齋，延思郊曰："請阿翁授孺子家學。"十五入邑庠，聰明志古，蓬垢忘寢食。芝圃没，逾益知學。舅氏太僕仁常胡公佐之書，自九經、歷代史及諸子集，揭膏晷搜括，期會不見客。每憾宋元以來文習日卑孱，因奉《左》《國》《史》《漢》爲繩矱，詩宗初盛五七言近體，尤雄深雅健。或苦其文宏麗生獰，羃兀幾不能句，譏之，千里益自喜，更曲折興盡乃止。

其爲諸生試，日數千言無起草加點，試輒冠。太倉王公澄川、無錫高公彙旃尤才之。方是時，千里名噪全楚。性方直簡僿，人亦多忌焉。獨與黄岡樊紫蓋維城、何韋長謙、子安昌祚遊好。年過壯，始悔雕篆，日取周、程、張、朱、象山、慈湖、餘姚、山陰、内江書，浣劘植蓄。時天下風鶴賊兵，千里冀一遇以用世，然久之不第也。

崇禎壬午，高公聘修《楚四朝文獻録》。癸未亂日劇，千里閉門讀《易》，作《周易孔旨元明論》數十卷，《論學書》數十篇。亦時交方外，互相啓發焉。順治丁亥，督學王公念尼聘主通社。以歲貢當上公車，不欲往。已念都會英傑畢集，因入京。與柏卿魏公、厚庵曹公、環溪魏公講業，極歡。或勸仕爲有司者，千里曰："吾固不任是，抑非其時也？"遂歸里。李公五鹿呈祥分巡興國，躬率博士弟子數十人以師禮迎至赤庵。後得士如盧遠心高、華公望士瞻皆成進士。順治丁酉，盧以侍從出臬兩浙，迎千里往數月。汪君鶴孫等皆師事之。於是海内嘖嘖稱千里者日益衆。作《語孟學庸解》《通書》《太極圖》《定性》《識仁》諸箋，高微朗捷，融合靡罅。康熙丙午，復由吴入燕，道曲阜，謁孔墓，作文告聖廟。癸丑有旨修直省通志，方伯張公九如徵千里等分局著書，未及成而止。甲寅家居，秋病痁。乙卯四月，倦弱，氣息不勝，惟以學不終易天下爲憾。以七月初八日卒於正寢。生萬曆丁未，距乙卯年六十九。

所著書詩賦、傳記、通書、五經諸解、大易、論語孟解、學庸古本解，共百卷。先是，里人醵金二百爲刻《芝在堂集》十五卷行世，餘未梓。千里貌頎而癯，好深沈簡默，介然高岸。語無擇貴賤，不可狎。或告宜委折盡人情，不可强也。不善治生産業，以故貧窶，殁至不能具棺衾焉。元配饒，無出。繼娶胡，子一名光智，庠生。女一，適藕灣子佳昷，縣學生。康熙壬戌，藕灣與諸生舒峻極爲請於督學宜興蔣公，得祀鄉賢。壬申秋，光智亦卒，無嗣。

嗚呼！天生先生，豐其材矣，乃嗇其用。既不得如廣川天人三策對揚殿廷，受異數之知以顯當世，又不得如伊川召對，陳正學以發攄其生平之懷抱，而第以山林鉛槧之業，藉手同學故人表章於身後，抑獨何歟？余辛酉公車道柏鄉，謁相國魏公於里第，執余手而言曰："君廣濟人。廣濟劉千里，君子也。"壬戌，大司寇環溪魏公出，千里當年贈别《可亭篇》，屬余書後。嗚呼！兩魏公好賢如緇衣，皆有古大臣風。千里往矣，而思念不置。乃弗能汲引徵辟如有明康齋、慕川故事也，豈非命也哉！《芝在堂集》《明忠烈傳》《國朝初明遺臣傳》《楚先賢列傳》及先大夫墓志銘，叙事整贍，頡頏班史。穆叔所稱三不朽，德與言先生兩立焉，鄉賢之祀抑與社稷並永矣。後之修郡縣志者採摭人物尚於墓表是徵哉。

葬以某年某月某日。歲時展墓者，則先生子壻張佳昷暨先生同懷弟縣學生醇駿龍友之孫某也。

奉政大夫兵部武庫司郎中程公墓表

公諱湛，字止水，姓程氏，伊川先生二十二代孫也。先籍嵩縣，有士謙者遷永寧，家焉，遂爲永寧人。代有潛德，隱居不仕。考諱養相，歲貢，以公貴，贈奉政大夫。妣李，贈太安人。公由順治戊子恩貢，除授湖廣安陸府通判。廉静勤敏，善於其職。行部沔陽，決疑獄，釋盜株連者數百人。攝漢陽府事，清逋，均差徭，却商人例金；捕猾胥，黜諸生之弄法者。吏畏，民懷廉能，聲大著。視景陵縣篆，履畝編册，革私羨，勸農，止訟，俾民務本業，而瘠土以饒。視潛江篆，治決河，增堤障，通輓運，規畫整肅，潛人賴之。康熙甲寅，入覲。乙卯春，南還。會軍興，奉委轉餉大將軍麾下，露餐水宿，不遑寧處。至幕府，則籌畫勾稽，丙夜達旦。凡芻粟出納，無纖毫糜費，按月日登記惟謹。

當是時，謝絶聲華，茹苦食淡，凛凛若寒素。迨事定，按籍銷算，同官輕俠者往往繆誤，而公獨以最聞。會督學試，安陸公代守校士，舉孝秀，拔單寒，得人爲盛。捐俸置學田，歲收米麥，具饔飧，萃多士，月課之。語具《學田記》中。九歲滿，入爲大理寺左寺副。讞决明允，擢户部湖廣司主事，監大通倉。轉户部浙江司員外，擢兵部武庫司郎中。歷部曹凡六載，潔己奉公，性悃愊不事外飾。而所至聲績可觀，論者以爲有伊洛家法云。退食之暇，輯二程子遺書，鳩工剞劂。集成，具疏通政司上之。會貤封敕下，思馳告先壟。乃請假，丁卯春歸。秋八月寢疾，卒於家。訃聞京師，士大夫之知公者咸歎息泣下，以爲材可大用而惜其施之未竟也。

公天性淳樸。九歲失母，事贈公孝謹。贈公卒，居喪哀毁。含殮饋奠，一遵古禮。友愛同産弟，怡怡無間言。從弟總戎興安，母康太君死節，垂四十年未旌。公灑泣徵言，大書表章。卷成，都人傳觀，以爲榮。嘗舉《通鑑綱目》大義，據耳目所見聞，刻爲《善最樂書》風世。二程子集成，焚香告先廟，藏於家。元配田，封安人，有賢行。從官安陸及京邸。其課子、鞠孫、讌賓、馭下，皆可爲後人法。先公卒葬。今公長子性以某年月日葬公與田安人合墓。幽宫有志銘，家乘有傳矣。性以余不佞，知公生平爲深，請爲表其墓。爰摭其梗概而書之於墓云。

鄭肯崖先生墓表

黄岡鄭肯崖先生，諱先慶，字亦懷，晚節自稱曰臨皋漁人。子昱，以唐縣知縣逢覃恩敕封文林郎。先生封如子官。初，昱仕閩之建陽，丁母憂歸。服闋，補唐縣。地瘠而衝，雖迎養衙齋，辛苦儉素乃逾家食。會課最，超遷，行且有日，先生南旋里居。居亡何，寢疾卒。昱揚歷諫垣。久之，出爲江西藩參。書來以墓表屬草。先生詳具志銘，顧表其大略。

先生於明季受知督學無錫高公，補武昌府學生。會流寇躪楚，辟地白下，讀書雞鳴山寺。已逢世變，則棄諸生家言，肆力於史。往來河南北、豫章、三吴、七閩間，交游多賢者。耳目擩染，學與歲月俱深。

清端于公之總制江南江西也，先生客幕府，大綱小紀，裨益民生風俗而口不言勞。清端卒官，侍側無子弟親戚。先生經理其後事，歸其喪。游轍所至，友教士大夫往往至通顯，如秦淮趙天馥，雲間張昺，三山林溥、田國求，同里劉同向、龔之鼎、鄭文甫瓚、官五郯，經所指授，蔚爲聞人。以是拮据鉛槧，不遑内顧家事。

昱作吏，諄諄誡以清白。又遭逢蹇澀，俸入不能具滫瀡。當康熙壬寅癸卯大旱大浸，罄所有以濟人，乃至家無甔石之儲，泊如也。天性孝友。幼居父喪，戚如成人。束髮喪母，瀕於毀。痛伯兄卒於亂世且無後，爲改葬而續其嗣。女兄貧而老，善病也，歲時問遺絡繹於路。從子嗣文、佑文，教育如己子。

按：鄭故姬姓，明初由江西徙居黄岡之團風鎮者曰興，五世曰宏，族寖大。曾祖諱廷鳳，祖諱文輔，父諱復禮，皆庠生。妣徐孺人，生三男子：伯之俊，次即先生，弟之儒早卒。先生元配袁，黄岡百歲翁文衡女。繼娶凌文學大則女，賢而有才，筦家政壹禀内則。黄人以爲肯崖生平得凌孺人之助爲多也。男子三人，長昱，康熙丙午舉人，庚戌進士，累官江西布政使司參議。

黄山人墓表

墨浪山人黄綏，字人長，廣濟東鄉龍坪鎮人。明經白石先生諱九德者其伯父也。父三吾，諱九錫，足於財。兄紘大象，秀才，工詩。弟綸幼文，亦補縣學諸生。

山人弱冠穎秀，先大夫以我伯考孤女字之，爲具奩買侍兒于歸。歸二年，産一男子曰寧，名際昌。當是時，閭里清晏，山人日彈棋飲酒，衣鮮好衣，遊諸素封家。家人米鹽凌雜弗問也。已而家中落，又寇亂，廬舍火，山人則襆被出游。會故人賈任啓投筆從戎，建牙江西，往依焉。諸大帥幕府，所過爲上客，傳食久不歸。寧失母，鞠幼文所。家有田，荒不治。幼文筆耕輸租稅。寧稍長，幼文俾就余受學。迨山人倦游而歸也，幼文尋卒。山人哭之哀，拊其孤，課之。

居亡何，寧及幼文兒大昌皆有室。山人字寧曰燕皇，大昌燕次。寧贅婿外家，距龍坪五里許。山人結茅屋龍坪，授書里中童子。得錢輒敕燕次治具，日延客爲笑樂。酒酣，賦今體詩，或潑墨爲蘭爲竹。書效歐陽率更體。數中酒善病，苦頭風，自買杉木製棺。而寧奄忽病死，遂用以葬。逾年再製棺如初，燕次婦没，又推以葬。八十誕辰，余爲文敘次山人更歷菀枯，蓋先後懸絶若霄壤云。當黄氏盛時，白石子若孫章縫濟濟相屬。大開諱弦，小縉諱紳，兩文學於山人爲從兄，而明昌當期、日昌仲堅、文昌仲謀俱山人從子，至是墓木皆已拱也，而家又日落。山人把余文淚涔涔下，自此亦杜門謝客矣。

康熙丁丑某月日寢疾卒，距生明萬曆某年，蓋得年八十有□。余爲詩十章以輓之。孫男三人：長儲，次倬，次倩。某月日葬壙，與寧合。余爲伐石，題曰："嗚呼！此墨浪山人之墓！"

毛忠移墓表

大符山有隱君子毛君忠移，卒且十年乃葬。其孤秀才錫昌來請表其墓。

墓距毛家門二里許，莊名虎耳冲。古者廬墓相近，喪期有數，事亡如存，孝之至也。漢時名士葬，送者動千人。葬必訃告，遠或數千里必至。其時不用形家言，第營高敞地而已。形家言濫觴於晋，郭璞最著。流傳至輓近世，術逾疏，説逾誕妄。庸俗人至久淹親柩以需風水，喪期於是乎逾矣。得一地倉卒行事，而訃告之禮亦廢。諺曰："山川而能語，地師葬無所。"夫違先王之禮而株守術家之説以誤其親，則惑之甚者也。今錫昌之葬親猶近古，余韙之。錫昌曰："母命也。"余耳目所睹記，誓節拊孤若忠移之元配劉，在里黨爲尤難。於是謹志而表之。

君姓毛，諱同鶴，忠移其字，廣濟之安樂鄉人。大父冲甫，縣學生。父諱炳，字孝瞻，順治己丑進士，知浙江龍泉、福建沙縣，有善政。其知龍泉也，分校鄉闈，得士凡七人，六舉進士。而陳静公景仁官翰林，改吏部；毛會侯際可官司李，例改祥符知縣；顧南樓高嘉官翰林，俱有聲。君以是遨遊郡國，得縱覽寓内名山水。某年補學官弟子。食貧，養母先意承志唯謹。受經仲父尊素，得《毛詩解詁》極湛深，然屢入棘闈不第。毛自君伯父焕公闇中前辛酉庚午副榜，仲父燦尊素博學益知名，叔父煒朴男中順治丁酉副榜，季父煜魯臣膠庠，項背相望。至君群從兄弟行同鶚、同鴻、同鵠，秀才；同鵬，副榜；永年，太學生；君同産弟同鵡，秀才；同鳦，俱相友愛。

君制舉文字淬厲鋒穎。余冠南宫，官翰林。君則之京師，館余邸舍。過訪顧南樓，客逾月歸。瀕行，入太學觀石鼓，慨然曰："男子生而桑弧蓬矢志四方，不一睹宫闕之盛，非夫也。"余送之春明門外。君上驢背，道河間府，訪孝瞻故人以歸。

居亡何，聞君病，久之竟卒矣。君生於崇禎庚辰八月十六日，卒於康熙丁卯七月十二日，得年四十有八，以康熙丙子年正月十九日葬。配劉，壬午舉人岡玉女。嫻婦道，而筦家政尤有材。子男二人：錫昌，縣庠生；敷昌，業儒。女三人：長適選拔貢生金啓洛，爲不佞冢婦；次適吴世録；次適太學生梅旻庭。

君生平伉慨强力，慮事詳審而斷，已諾必踐。蓋近於古之狷者。余知之深，故質言梗概，俾錫昌鑱諸墓上。

居業齋文稿　卷十八　墓表

奉議大夫刑部江西司員外郎吴君墓表

廣濟靈東鄉吴君，諱瑾，字璞懷，亦字願餘。以順治辛卯夏四月補學官弟子，秋八月入闈，舉於鄉。與縣人宋象文叡同榜。已而象文舉順治辛丑進士，君例除武陵教諭。下帷攻苦，課多士以科舉文字，士蒸蒸有興起者。康熙庚戌會試，登蔡啓樽榜進士。出禮部儀制司主事山東顔君光敏之門。己未，除知山東萊陽縣。課最，賜袍帽。擢知山西蒲州。下車清馬政，減羨餘，治行籍甚。丙寅，丁外艱。己巳，服闋，補任直隸滄州。滄州旗丁駐牧，地瘠而賦多逋。君委曲籌畫，輸將及額。有宵壬馬七馬八，勾連黨與爲暴横，久爲河間諸郡患。先是，刊章名捕莫能得。君至，榜諭曉譬禍福，導以自新之路。群奸讋伏，羅拜階下。乃上其名數於大府，奸黨解散。事聞，治聲大著。會同年友鄭黄門爲言於冢宰，例擢部曹，入補刑部江西司員外郎。逾三月而疾作，請告。壬申正月二日南歸保定。參政猗氏邵君九緘亦同年友，爲診脈，愀然曰："病劇矣，奈何？含殮之役，我則任之。"君力疾草家書區處後事，絶筆而逝。參政殯奠成禮，割俸賃夫舁櫬歸。

先是，君在蒲，以古罏餉參政，款識千年物。參政乃出，伴君櫬以行。寓書誡其家：世守勿殉葬也。其爲書，酸楚不可讀云。君櫬歸葬，有故人舒秀才峻極哭之哀。而宗明經熊率厥嗣子楫濟走江上，謁余草堂，乞言以表墓。余乃表厥崖略焉。

君先世饒州樂平人，裔支徙富川。宋末有仲文者徙廣濟，十七世而爲肖龍。肖龍生季美，是爲君父。配胡宜人，生子四：君居長，次甸畿，次光祉，次畹，皆庠生。君元配梅宜人，生男之協，廪生，癸丑年卒。繼室鄔宜人，無出。幼子植濟，錢氏出。女一適庠生劉楙璉，一適庠生舒迓吉。君生天啓丙寅閏六月三日，卒康熙壬申正月十一日，葬癸酉十二月二十日。

張府君墓表

墓之有表，古也。表而諛墓，非古也。古之表墓者，志其里居、姓氏、名字而已，後人增及生卒、配偶、祖考、系代、子若孫嗣續。迨宋元後，又遍及男婚某家、女嫁某族，有官則書其官，封書其采，貤贈書其朝，此亦古人昭示來禩之義也。若諛墓則一人之身而百善備矣。蔡中郎叙其生平所作碑文不能無愧詞。中郎良史才，豈嚴於史而寬於墓耶？此風自漢已然，後來無論已。余里居，杜門久謝客。有張君訓基以其尊府君墓表來請。聆其言甚質，庶幾猶近於古。

按：府君姓張，名皆然，字匪譽，廣濟武穴鎮人。張著姓也。先是，子龍太守以詩名江漢間。後起沿泝，代有詩學，至府君肄業尤力云。父泰宇，産丈夫子四：伯曰卓然，仲輝然，季定然，而府君行次三。當明萬曆甲寅，受知督學太湖馬公人龍，補博士弟子員，歷試不第。嘗遊京師，交游多海内賢者。久之，襆被策蹇驢歸。瀕月塘治圃，手汲塘水灌之。階前雜植花卉，興至即事成詩。客踵門不受刺。小奚應門，客遽退曰："張先生隱矣。"其勇退如此。所著《兩易子詩集》藏庋家塾。

元配周，生子男三：朔基、進基、訓基。朔基早卒，訓基邑庠生。女二：一適庠生寇士斌，一適吴恒祖。繼詹，無出。孫男七人，曾孫七人。府君生萬曆壬辰，卒順治庚寅，享年六十有九。周生萬曆甲午，卒順治乙酉。詹生萬曆庚戌，卒康熙庚戌。以辛亥某月日葬府君謝家山，周、詹祔焉。

府君嘗與先大夫友善，齊年補學官弟子。府君伯兄子學正金基，先伯父子壻，又與余鄉舉齊年。學正嘗酒酣道故，兩家婚媾實兩叔父尸之。余少孤，聞其言未嘗不罷酒欷歔也。先大夫鞠孤侄二女四，一切婚嫁視己出等。一日圍棋月塘老屋，學正甫髫，出侍側。先大夫摩頂嗟："令器尚未聘乎？我則字以兄之子。"府君應聲曰："善！"即命學正振衣拜，議遂定。學正又言：當府君游京師時，同游者往往口舌得官，以墨致富，府君竊笑之。以故掉頭南向，遂如漢陰丈人抱甕老矣。學正下世，余每念其言至凄然酸鼻。嗚呼！古來身隱而名磨滅者不可勝數，即漢陰丈人已逸其名氏，然則金石之文又曷可少哉！爰書厥大都，畀訓基使伐石而勒諸墓上。

蒲圻教諭李巖詹妻陳氏墓表

蒲圻教諭李君巖詹妻陳孺人以疾卒於學宫之内寢，厥子遵治命卜窀穸於蒲之某山厝焉。先是，孺人母春秋高，迎養蒲署，以耋壽終葬是山也。孺人拊棺號送曰："母毋憂寂寂，異時兒當墓門相望。"迨寢疾，彌留曰："必傍吾母。"嗚呼！若孺人則可謂孝女哉！巖詹礱石表厥墓，屬余述其梗概。余以中表周親稔知孺人生平賢，又聞其拳拳殉母之遺言，逾歎孺人之孝也，爰質言以勒諸石。

孺人黄州府廣濟縣泰東鄉人，父諱某，字萬里，母徐孺人。年及笄，萬里擇壻良久。及得巖詹，大喜。孺人于歸，而巖詹以第一補蕲州諸生，順治庚子舉於鄉。萬里逾喜。巖詹豪爽，雅好客。而家故貧，客至，棋枰茗椀，高談弗内顧。移時而羹臛已具，主賓就席，騰觚飛爵，夜往往達旦。於是遠邇士大夫僉曰："巖詹有内助云。"偕計上公車，則餱糧扉屨惟孺人是供，條理井井。間關數千里而旨蓄未嘗乏絶，孺人力也。兒初就外傅，老生訓詁耳。會巖詹有西粤之行，孺人念曰："兒浸長，當更師。"巖詹頷之，俾執經爲余弟子。比粤歸，而兩兒翩翩露頭角矣。巖詹需次知縣，除目久不下。孺人念曰："教諭官雖冷，可以讀書，脱公田種秫可以延客，盍循例改授乎？"巖詹頷之，改授而得蒲圻。至蒲而客日益衆，晨興治具，夜分又辦。詰朝几筵拮据不暇給，孺人於是憊矣。婚嫁俱大族，孺人必欲成禮，而俸入薄，巖詹又不善心計，一切搘撑兒曹，奉母指劃。婚嫁甫畢，而孺人益憊矣。巖詹急人急不啻身受，如賑貧交、歸旅櫬諸義舉，孺人慫恿惟恐後，垂橐則脱簪珥以佐之。士大夫往往稱巖詹疏戚無間言，而孺人之潛德實有以佽助也，然憊亦甚矣。嗚呼！若孺人亦賢矣哉。

孺人生於崇禎丙子六月廿一日，卒於康熙丙子六月六日，得年六十有一。以卒之後一日葬於蒲圻某山之原。子男三人：長之繩，縣學生；次之經，縣學生；次之綸，太學生，候選州同。女子五人，孫九人。

姚宜人墓表

姚宜人，濟寧守備孫君敬亭之妻，黄岡縣儒學訓導芝瑞之母。姚故新安著姓。宜人父爾成，游太學，爲六館名士。宜人生，凡《孝經》《内則》諸書自學語時極嫻熟。歸敬亭，椎布操作。敬亭不復問米鹽凌雜事。順治丁酉中武鄉試，賀客充庭，宴勞無虚日。

當是時，敬亭母已下世。敬亭鮮兄弟，梱以内惟宜人獨任之。奉舅旨甘極歡。舅交游多海内賢人君子，客至治具極腆極潔。敬亭受書父所，父言古者隋、陸、絳、灌各以其所能鳴，然男子生而峨然七尺軀，要以文武材左宜右有，乃能成大名顯當世。敬亭以是爲經濟文字，膏火常至夜分。宜人以女紅相極勤。教子讀書，就塾，雞初鳴趣之起。言教毋誑，課教毋惰，坐教毋偏倚，行教毋匆遽，蒸嘗、備物、習儀，教毋苟簡，遇先生長者於路，拱揖進退，教毋凌躐。小過必懲，微嬉必戒。宜人慈愛，天性然也。又極嚴肅，凡敬亭力於學，旅食於京師，然諾踐於朋友，解推遍於耆舊，多内助力也。積勞致悴，一病遂不瘳。病篤，涕零語芝瑞兄弟："修短，命也。唯以不獲終養舅翁爲憾。"嗚呼！賢哉宜人！

生男子二人，俱占籍湖廣。長芝璠，武昌府學歲貢；芝瑞，潛江歲貢，黄州府黄岡縣儒學訓導。女子二人，長適歙洪橋拔貢、候選知縣鄭廷璧，次適同邑臨溪廩生吴元仕。孫男六人：都鈞、都錕、都鎬、都銓、都鎮、都□。宜人生明崇禎甲戌十一月初九日，卒於康熙壬子五月十七日，葬某山之原，例當並書。

明金谿知縣劉君墓表

君姓劉，諱近臣，字亦棐，號霍童，廣濟縣人。明天啓甲子鄉舉第一人，崇禎辛未成進士，知江西金谿縣事。君之卒距今且六十年矣，然生平、文行、宦迹里父老猶能言之，則庶幾君子所謂没世而名稱者歟？

初，君爲諸生，受知督學瞿公汝説，試第一。當是時，文體蕪塞，往往用子書入經，君弗屑也。逆璫魏忠賢亂政，中外宵壬走趨如鶩。故東閣大學士遂安方公逢年以翰林典楚試，藉策問入告，君忼慨敷陳極切，而首義疏題最合主司旨，是以冠省闈。已而，璫嗾臺垣私人羅織，諸策問憂時者罷斥凡八人，方公爲首。明年君會試，遂報罷。東鄉艾南英所歎爲不愧師門者也。

金谿故多巨室，貴公子兄弟嚚訟，先後院司累訊弗能决。君至，奉御史檄，覈其事，爲開陳人倫孝友大義，兩造惶恐讋伏，訟乃止。御史以爲能。學博陳時策卒官，停櫬久。君下車拊其孤，捐俸歸其骨於鄉里。於是縣人感化，俗歸於厚。有二陸書院槐堂書院圮，君庀材新之，聚諸生講業其中，士乃蒸蒸向學。崇禎癸酉，分校易闈，得士爲多，而楊公學愿最知名。居官五載，課最，屬考滿遘疾卒。金谿人有循吏之思焉。

父鳴卿，有隱德。輕財好施予，嘗鬻産以濟里人之乏絶者。君生而慧。稍長，酷嗜學。故老傳其貌寢短小，然爲文嘔心鏤劌，語必驚人。其爲學壹稟伯兄近甲舉人訓，與中表弟藍舉人縉劘切良深。辛未會試，主者取兩漢八家文筆，君出而與梅村、西銘諸君子同籍，此實有所長，非詹詹帖括語也。論者惜君未究其用，然東鄉讀君文，嘗方諸賈誼、陸贄之倫。藉令通顯當言路，其摧擊閹豎豈出忠烈楊公下哉！

君生於前乙酉年某月日，卒乙亥年某月日。配張孺人，合墓。子男二人：洪昕、洪晞。女二人：一適諸生饒某，一適歲貢生王衍治。孫某、某、某，俱庠生。

廣濟知縣黄侯墓表

侯姓黄，諱玉鉉，字振公，一字漢崖，世籍漢中府洋縣。祖錫極，父路平，皆有潛德。侯以順治戊子中鄉試，己亥成徐元文榜進士。己亥之有進士，異數也。筮仕得黄州之廣濟縣。下車謁文廟行禮，慨然以士習文體爲先務。笑簿書吏齷齪細謹，無書卷氣。日與知名士文字飲，催科不事而里正之輸將沓至，笑曰："縣亦可爲也。"性耿介，義所不可侃侃必行。四封内苞苴绝迹，而時時割俸糈以緩急人。有甘生一焜者，貧無子。侯詢知其先考爲萬曆乙卯名孝廉，愀然曰："孝廉往矣！血食將奚屬？"乃爲甘生買一妾。公車歲例，徵全書額載銀爲道里費。徵既就，分送諸孝廉張筵祖道，吏以羡餘進。侯怒，欲鞭之。吏以額數具足告，侯立命再封益之。客有倦遊而落魄者過縣，侯飲之以酒，拊其背曰："衣何薄也？"立解衣衣之。縣諸生之窶而待侯舉火者不可勝數。然上官差至，正色臨之，犒勞無加禮，以此得伉直聲。或規之，應曰："通塞，命也。此輩饕餮何饜之有？而吸吾民膏血以供，斷斷不能。"蓋侯之爲政，輿頌日有聞，而昔人所謂善事上官、無失名譽者往往相左也。

太孺人春秋高，欲迎養不得。元配王孺人嘗一至衙齋，席未暖忽心動，輒脂車旋里。侯西向望雲而欷歔者。蓋視一官如雞肋也。

會大計，縣人遊於膠庠者僉曰："治行爲天下第一，必黄公也。"已而課殿，縣人欲西上争之。而筦計者先是有所徵於侯，侯垂橐無以應。憾侯甚，勢不可挽。於是縣人聚衢太息曰："嗟乎！廉吏之不可爲至此乎！"亡何，太孺人訃至，侯擗踴一慟，絶而復甦。視篆者來，色閔之曰："孝子！孝子！"可檄勾稽錢糧，令密如秋荼。侯麻衣草屨，客武昌破廟中，一蒼頭侍爨。縣人以薪粲餉，麾之廟壖，曰："一塵不染於縣署，奈何至逆旅而改操？若即憐而饋我，我豈受人憐者？"事既竣，挂帆以歸。

歸逾年，縣人思不置，聲之詩。有舒生者聯爲卷，徒步訪侯里門。侯色喜曰："桐鄉之誼，今猶古耶？"館舒生逾旬朔。顧家徒壁，無錢爲舒生贈行，則爲賣一僕。舒生歸，爲縣人言，縣人憮然，曰："區區有韻之言胡能報侯萬一？而乃累家食乎？"侯之爲人，潔廉仁厚大都若此。其分校楚闈，所得士人亦無大通顯者。噫！何其窮也！當吴逆變亂，有僞帥欲札授官四川學道，侯佯狂避之。亂定後，郡縣奏記上官，有曰："名節無玷，大義克全。"侯之忠孝大節，其天性然也。

侯生於前丁卯年十二月初六日，卒於康熙己巳年六月初五日。子三人：念，郡庠生；想，縣增廣生；思，郡庠生。孫五人：之佶、之仟、之俊、之傑、之□。之佶秀才來乞表侯墓，余爲書其厓略，令持歸刻於石。

舒嵩嶽壽藏記

廣濟東衡山有嵩嶽山人者，自營壽藏，寓書江滸，屬余爲之記。其言曰："余年七十而自爲墓，在先人墓右百步而近。蓋生不能罄盡菽水之歡，歿從九原晨夕侍側。他日有高人逸士訪鮑參軍讀書臺，因捫蘿識余墓亦足矣。"又言："亡妻饒結髮相依逾五十年，祔余壙左，先卒，已封。庶室李，敕將來右祔焉。"余覽山人之言而嘆其達也。

山人舒姓，名峻極，字漸鴻。曾大父玄渚公諱其志，明萬曆乙未進士，累官江西布政使，祀鄉賢。大父諱簡。父益生，文武材，有男子三：長逢吉，季遂吉，山人其仲也。少嘗侍父結交海内賢豪長者，已而歸。應試，補諸生，試輒有聲。然久不第，則攻詩。書法旁通金石，法兼三橋、雪漁之長。其爲人伉直任俠，雖布衣諸生，座客嘗滿。逆旅落魄、飢寒無聊之士，往往望山人草廬如歸。儉歲餔糜茹蕨，與客共匕箸，交數十年如一日。與人期，雖嚴寒大暑，涉（儉）［險］難不爽。友人劉秀才子杜，才而夭，爲文告靈櫬，以女字其孤王乘，卒督課爲諸生。他質行追古人，率此類也。

所著《葦園詩集》，余嘗爲之序。又搜篋中往年京口談長益允謙、蘄州顧赤方景星、同里藕灣張長人仁熙所評騭者，屬子婿鈔謄，凡七百葉。所作梵宇琳宫碑版，攟拾散佚，凡數十篇，其言皆可傳。晚節杜門不妄交，曰："君平棄世，世亦棄君平矣。"

妻饒，文學嘉馬仲質之女。六歲喪母，十二歲歸。侍祖姑，事後姑唯謹。崇禎癸未，流寇張獻忠破縣城。臧獲奔竄崖谷死且盡，饒襁載簪珥獨亡恙。冬，婚槲林村。歲飢，斗米直白金六錢，虎狼載路。饒紉縫補綴以資晨夕，其艱難如此。其父母兩兄一孫凡五柩，亂後合葬春風橋舊地，經營注厝，饒身任之。會山人試黄州，饒寢疾歿，康熙辛未十月朔日也，距其生時天啓丁卯九月九日，享年六十有五，即以是年十二月二十三日葬。生男二，殤；女六，存者三人：一適庠生劉王乘，即子杜子也；一適廪生李之經；一適廪生郭永類。

余既嘆山人之達，又嗟才如山人而韋縫以老也。因爲辭以亂之曰：

鮑參軍，古英雄。讀書臺，與天通。踵武者，嵩嶽翁。七十載，蓑堂中。欻長嘯，斵青桐。大書曰：寧吾宫。詩落之，斯干同。百歲後，馬鬣封。邇先墓，呼吸從。結髮人，前考終。若孟光，遲梁鴻。迊白虎，扆蒼龍。佳哉城，氣欝葱。嗟代謝，本太空。不死藥，涸乃公。彼軒轅，冢胡崇。漆園達，曼倩工。漭游戲，樂無窮。皚皚石，濯濯礲。史也記，光熊熊。億萬禩，此東衝。

李幼萌墓表

蘄州學官弟子員廩餼者，例五年中兩貢於禮部，曰歲貢。有友人李幼萌，不及貢而卒，余傷之。至是葬有日，爲表其墓。

幼萌諱本甲。兄本晟，字嵩岑，順治己丑進士，累官浙江巡撫。父諱梃，字赤存，明天啓壬戌進士，直隸遵化兵備道。癸未里居，遭獻賊破城死。大父鑑池先生，諱際春，萬曆己丑進士，河南南陽道，卒官。南陽人立祠，祠之州，祀鄉賢。幼萌讀先人書，屢踏省闈不第。當嵩岑官布政雲南時，身任家政。輸納租庸，酬應官府，饋遺四方賓客，急則鬻産負責，搘撑良苦。生長貴介，服食豪腆。遇親戚故舊，厚視鄉里。齪齪富兒擁高廩，扃封待價，輒掩口笑之。娶盧，生男子五人，長曰澤咸，次曰澤潤，爲余子壻。延盧秀才小相授經家塾。咸、潤次第補諸生，餘騴騴露頭角矣。

會嵩岑訃至，匍匐奔喪，以澤開爲之後。旅食遘疾，遂不起。蓋以慟而卒也。居亡何，澤開夭。楚大吏弔嵩岑之喪，則澤潤苴絰。喪次，余在京師聞而馳書唁之。澤潤日夜哭，哺糜不能一椀。當是時，余女甫生女子二人，男子一人永芬，而澤潤竟毁也。於是澤咸用形家視大父大母阡，蓋凶壤云。先是，嵩岑覽形家言，以郭璞自命，所館穀術士夏某者數十年，然唯唯受頤指耳，以是兩尊人體魄不安於泉下。鄉人戟指夏某貢諛，而夏某亦已死矣。澤咸善病，日夕顧永芬而嘆：“藐諸孤一絲且繫九鼎，若不力學，若宗祏何永？”芬入白母：“兒往外王父家受業。”母立治裝，行，受業余從子啓江所凡四年，能捉筆爲科舉文字。一試於督學岳公，遂補博士弟子員。科舉入闈，亦有聲。余命歸肄業，誨之曰：“大母春秋高矣，汝伯父又善病，勉之！”歸二年而澤咸卒，然幸有男子四人。永芬欷歔太息，勉以學。余以是知李氏孝友之澤未艾也。

志稱鑑池之兄夢池諱盛春，隆慶辛未進士，由庶常歷官至南少司馬，天啓元年補謚恭質。愛池諱孟春，嘉靖丁卯舉人，仕至蜀順慶同知。昆季友愛，蘄人推質行者必曰東門李氏。余觀盈虚消息，天運有時。勾吴之先泰伯、仲雍，而延陵之蟬聯者，皆仲雍苗裔。王祥、王覽並名於時，而瑯琊之蟄蟄繩繩者胥覽後也。幼荫有志，待澤潤而未伸。譬諸力穡，幼荫菑之，澤潤播之，及永芬之代，且豐年穰穰大有慶乎？命永芬礱石以表於墓上。

幼荫男子澤咸、澤潤並州學諸生，澤開出爲巡撫後，澤某、澤某夭。女一適州諸生韓某，一適縣諸生胡繹思，一適州諸生李生桂。澤咸娶馮氏，繼張，生男子永祚，娶石某女；永弼娶壬午副榜胡統思女；永某、永某俱幼。澤潤娶余之第三女，生男子永芬，州諸生，娶黄梅石氏，江西安宜知縣定烈女；繼娶田，女子一適馮諸生炌，乙丑拔貢，候選教諭以觀子；一適江西德化縣周世澤，廣東鎮平知縣周儻子。永□生男子□人，永芳生男子□人。是當並書。

居業齋文稿　卷十九　祭文

告座主鹽城薛給諫文

康熙二十年夏四月辛亥，同年刑部楊員外書來告曰：鹽城薛給諫溘逝矣。德嘉執書哽咽，讀已，仰天長號曰："嗚呼！公其止於是矣乎？"於是擇日甲申爲位東南嚮，望風哭，敢告於給諫公之靈。哭已，又仰天長號曰："嗚呼！公其竟止於是矣乎。"

當世祖章皇帝朝，公上策公車，不售於禮部，而氣沛如也，曰："吾豈以賢書止者？"會有考選之例，友人勸公應試，公逡巡有難色，曰："若中選，則遂以賢書止矣。"已而果然。公之給事黄門也，忼慨論天下利害興革及朝章掌故，言聽計從，上倚之如左右手。庚子奉命典湖廣鄉試，既竣事，人曰："薛公且大用，其必不久於諫官也。"居亡何，而上疏以終養請，報可，遂歸鹽城。

初，公在京邸講性命之學。曹學士厚庵稱公："積學篤行，命世才也。"方俶裝出都亭，公洋洋色喜，告人曰："今以報國之身爲養親之身，異日以養親之身爲報國之身。國家教孝之典，所以作忠也。"久之，高堂色養愉愉雍雍。人曰："求忠臣於孝子之門，國家且有賴焉。夫薛公豈如是而止者？"嗚呼！而孰意其竟如是止也。雖然，公豈止於是者哉！公直諫之聲在青史，孝友之行在鄉國，論著之業在篋笥，詩書之澤在箕裘。公豈止於是者哉！

嘉以庚子秋拜公於武昌，今且二十年，無毫髮樹立以報知己，而望風哭公矣。公之寢也以何疾？公之卒也以何月日？公之葬也以何地何年？公之銘旌墓表大書特書也以何人？皆不知也。嗚呼！受人骨肉之愛，而疾不及侍湯藥，殁不及親殮含，葬不及奉靷執紼，銘旌墓表不及操筆研以將事，是則路人而已矣，其何以爲心哉！

嗚呼！人不幸而當存亡之感，惘心慘目未有若余小子之甚者也。五歲而喪我先大夫，十有四歲而喪我母宜人，喪我先師舅氏大復李先生。迨教授安陸，之官甫四載，而喪我伯兄夫子。事父母弟、事兄弟子、事師如余小子之不幸者古今有幾人？每一念至淚下如雨矣。今奈何而又望風哭我公也，其何以爲心哉！

嗚呼！公往矣，繼自今見公遺孤如見公焉，校讎公遺文如見公焉，叙述公生平忠孝大節如見公焉。若此者有一不盡心而泄泄以從事，是則路人而已矣。公其鑒之！皇天后土其共鑒之！敢告哀而繫以辭曰：

魂兮徂征，上蒼旻些。俯眂八荒，胥窅冥些。鹽城崔嵬，倚空青些。蘭宇芝房，梓檀扃些。白簡皂囊，霜稜稜些。華黍由庚，笙瓏玲些。中天化居，粲列星些。雲夢洞庭，迓輜軿些。蘅茝森森，衛湘靈些。魂兮西來，陟降庭些。霓旌鷺羽，驂駟縈些。虎豹咆嗥，啼猩猩些。扳援猨狖，駕鵝訇些。松枝偃蹇，帶橘橙些。駝鋼脚篕，雜羔豚些。荔椒秫秬，芝荷盛些。坎坎伐鼓，竽瑟伻些。

亂曰：高山崯崯，石嵯峨些。長江湛湛，水曾波些。回風噴薄，雲逶迤些。魂兮逍遥，蛟龍馱些。徬徨髣髴，淚滂沱些。

桐城馬先生祭文

嗚呼！先生往矣！門下士不復侍左右矣！尚何言哉！尚何言哉！疇昔侍先生，自壬戌暮春始。出入承明之廬，依几席，奉觚翰，自壬戌冬初始。已而先生請假南旋，不侍左右者垂三年。先生再入直，侍左右者逾一歲。今則已矣，幽明異路矣。痛哉！

先生之冠南宫也，中朝士大夫翕然慶冏卿兵部公之有後。先生貌頎而山立。又公望也，冬一裘，夏一葛，蕭然無長物。所居陋巷不蔽風雨。趨朝坐肩輿，豢養纔一卒。出門雇募，備數以行。貴遊造請，至旬月不報謝。囊粟弗克贍朝夕，授徒邸第以佐乏絶。嘗有故人橐裝二百金寄貯先生所，會居亭不戒於筦鑰，偷兒夜探篋去。先生旦起，無幾微不平之色。嗚呼！澹泊寧静，古大臣之量何以加諸？先生翻校經史，夜分不寐。館閣中握槧屬草，勞勩往往兼人，先生不言，而人亦無有言之者。聞人有異書，購求鈔謄，衝泥冒雨惟恐後。一日排户入德嘉邸，德嘉倉皇下階迎。先生曰："無他，觀插架書目耳。"嗚呼！書淫書癖古誠有之，何物楚愴而忘分枉顧若此乎？

德嘉之始進也，以制舉文字。而先生每見，輒與下上今古抉摘鈎貫，頗以爲知言。先生悃愊，與人無款曲。酒後耳熱，雅以分校得人自憙，且曰："積學砥行，有針芥之合。"嗚呼！學行荒落，安得此不虞之譽？意者逾涯獎借鞭影而使前乎？嗚呼！士絀於不知己而信於知己，此所以仰天椎心，淚盡而繼之以血者也。丁卯，黔之役竣事，北征過桐，見先生里衖肅穆，彝鼎、圖書俱古。閨門禮讓，儼若朝常，考亭、涑水家法，彬彬具在。乃知先生身爲鵠的，不籍籍於語言者。抵京師上謁，具言萬柳堂素風。先生迎勞："黔行良苦，然土瘠而文腴，庶幾不負此行。"嗚呼！師弟子議論往復何嘗有隻字出於温飽者乎？

先生嘗言：歸太僕庚子鄉舉，至乙丑成進士，蓋九上公車。德嘉亦以庚子登賢書，八上公車而成壬戌進士。大都士之無所爲而爲者，其售不必速。嗚呼！知己之際，人所難言。太僕感恩圖報，没齒諄諄上書請謚表章其師。德嘉駑弱，不及前賢萬一。嗚呼！先生在天之靈即不見督，德嘉何人？能不愧於心乎？

先生出都門亡恙，惟項背有時痛風，德嘉奉蘄艾爲茵褥。先生曰："徐之。小飲酒藥，當有瘳。"比聞先生客烏程，亦亡恙。烏程姚先生寓書言先生携冢孫汗漫江湖，栩栩有漆園秋水意，德嘉讀之喜，以爲先生超然枯菀通塞之表，真深有得於大易者。嗚呼！憂能傷人。孔北海嘗爲孝章慮之，先生樂天知命而又何傷乎？使者云患咳，誤餌參過多。嗚呼！參以養人也，而乃曰誤。譬諸鳥將遠鸞鳳而近鵂鶹，譬諸人將遠由彝而近蹻蹠乎？此又説之不可解者也。仲春有人東行，尚尺素起居念桐陂侍側，秋以爲期。壬申夜寐，有人報先生不幸，覺而欹枕視南窗將曙，妄意先生且援捐輸例出山，越二日而得訃。嗚呼！夢故幻也，至先生而乃真耶？

嗚呼！先生往矣！疾也不及視藥劑，瞑也不及視含殮，幽明異路矣，痛哉！昔宋玉悼師，騷些以作，德嘉神魂憒亂，聲淚俱下，摇筆不省所云也。先生尚以爲知言耶？否耶？嗚呼哀哉！

吴祭酒奠章

嗚呼鱗潭！明冥異路矣。比肩直承明之廬，凡八年而别，君之遇我也如一日，誼甚高，更僕數之不能盡。收涕吞聲，粗述其大者。

丙寅之歲，偕纂《大清一統志》，下直而病，時則洛兒未至，牀頭一老僕憨如土偶，程郎中湛以醫來醫，河南人用犀角、黄連、地黄飲子。余三飲而僵，僅能張目。君挾二醫馳視，一姚姓，一廣陵王孝廉，錯愕不舉方。君勃然怒，大詬："坐視人瀕死而不之救，焉用醫爲？"姚以旁無親人對，君言："親孰如我齊年兄弟者？"醫乃書一方於油素，去。飲至夜分，稍能動。逾旬，兒子至。再逾旬，始能言。參飲五旬，始能起立。嗚呼！此東方生所謂不死之藥也，以君一怒而得之。到於今逾十有六年，髮鬖鬖如絳縣老人矣。嗚呼！微君，其能有今日哉！

丁卯黔之役，垂橐而往。戊辰，垂橐入直。亡何，有蜮。蜮之來也無端，君閔余數奇，其中人也甚於疾，君急欲索不死之藥而不敢怒也，屬有天幸邀異數，得完名以上先人丘墓。君舉觴告我曰："上恩高厚，即捐糜頂踵無以報。行矣！"余乃南征，群公祖道於君之邸舍。君賦《驪駒》，余賦《泌水》。酒三行，有賦《緇衣》者，余問故，則捉余臂耳語曰："日者鱗潭之爲君心力竭矣。"嗚呼！余何人也，而得此於鱗潭哉！歸田以來，君頻入我夢，語笑如同朝時。余紀之以詩，輒示兒曹。王陽在位，貢禹彈冠，理則然也。

嗚呼！君念太夫人春秋高，一歸省覲。余方算君脂車北向期，長公東岩過我江上，持君王母方太君苦節傳，屬余爲紀事辭。後脱稿寄上莎羅草堂。音問疏闊，以爲當脂車北向無暇也，而乃長逝耶！君嘗作長歌寄我，叙同朝事歷歷如昨；又言著一書，顔曰《大好山水》。書成，余庶幾得寓目焉。今何如矣？君嘗周視辟廱之堧，發元明以來數百年之題名於土中。余欲勸君按碣而鏤版，俾數百年公卿大夫之氏名不脛而遍天下。窮鄉下邑，讀史者尚論其事即知其人之起家通籍於何年，此亦插架所不可少之書。嗚呼！君往矣，何可得耶！然君之子材而賢，當有踵厥志者，余日望之也。

嗚呼！君素强固，疾何因？雅諳方書，藥何以相左？寢卧幾何朝？溘逝何月日？祭酒之有謚也，昉自魯文恪。何人爲君請於禮官？荒江寂寞，懵懵一無所聞，即長安公誄亦不克附書名目以達諸黄山之几筵也。嗚呼！鱗潭之帝所矣。蘇端明直奎宿，道士上章見其奏事而不知其所奏何事，意者善善惡惡、賢賢賤不肖，與立朝丰采無異歟？安石欺君，惠卿賣友，邢恕背師，清臣無母，歷歷指陳都無貰歟？鱗潭譽人之清介者如邂逅古人，而柔媚淟涊之徒則譙讓不少避，意與端明將毋同歟？

嗚呼！明冥異路矣。君如念我，亦如我之念君，尚入我夢，如元伯之於巨卿也！嗚呼哀哉！

先兄明經奠章

嗚呼！兄竟逝矣，痛哉！追憶先大夫見背於興安之官署，嘉始五歲，家居，不識音容，不親含殮，終天之恨與年俱積。今兄殁，而又音容之不識、含殮之不親也，嘉何以爲人哉！

先宜人爲未亡人，嘉與兄共侍膝下。自崇禎甲戌迄順治甲申，纔十一年耳。時兵火播遷，饔飧不給。宜人恐廢兒學，兄弟咿唔，形影相弔。宜人卒後，丁大亂大疫，始以九口出，及秋止存兄與弟兩人暨一僕。病骨支離，弟死一日夕而復甦，藥餌扶救，皆兄躬親。後兄自揚州歸，乃始築茅屋舊址，漸次有室。庚寅，兄生啓濂。明年，弟生尤兒。無何，尤兒夭。後兄生啓濟，中間弟連生女。庚子弟患咽喉，疾篤，兄廢寢食，乃焚香告天告祖告先大夫先宜人曰："嘉疾篤，嘉未有子。崇幸已有子，願以身代。"已而嘉竟不死，兄未嘗對人言，逾年嘉始知之。兄生啓江。厥後嘉北上公車，生啓洛，兄喜。及啓洛讀書，兄愈喜。及作文，兄愈喜。嗣是兄生啓澐、啓洙。甲寅，弟之官，家舉啓汾，兄愈喜。乙卯，弟挈家安陸學署，兄書來惟念兩兒不置，囑啓洛無廢學；又詩歌數篇，亦惟以兩兒爲念。墨迹淋漓，今成絶筆矣。嗚呼！痛哉！

先是，亂離之後，先人皆在淺土。兄日夕深憂，節縮經營葬先祖妣，嗣葬先祖，葬先大夫於山梅衝，祔先宜人於大夫墓。事事繁費，年年焦勞。繼以男女婚嫁，叢脞奔馳。即弟教授之官，兄亦扁舟往返至再。經風濤，冒雨雪，頤指乏人，備嘗艱苦。弟日登樓東望，冀兄由此路之京，而豈料其至此！兄自崇禎甲戌入學，順治辛卯補廩，至康熙丙辰而貢國學。弟方念經明廷試，返轡丘園，優游詩酒之場，沉酣藝文之圃，教子弄孫，自是或可少抒勞瘁，而今乃溘逝也。嗚呼！痛哉！

往歲弟北上，兄爲俶裝。弟之官，兄爲親送。弟疾篤，兄願身代。弟微病，兄調藥餌。即去歲書來猶鈔老醫方見示，屬弟調攝。而今已矣！弟其何以爲心哉！弟日夜哀號，不聞兄答；設位跪拜，不見兄形；望風祭奠，不得兄至。無已而索兄於夢寐，又復恍惚無憑。又匏繫一官，不能旦暮東歸爲兄營兆域。俯仰徬徨，白晝如霧。嗚呼已矣！尚何言哉！今濂已生女生子，濟已有室，江已聘，獨澐、洙尚幼，然有弟在，一息尚存，不令失所也，兄勿復慮。惟是兄篤愛啓洛，頃亦文理長進而兄不及見其入學，異時即椎牛祭墓，亦何益哉！

兄所著《草窗集》《年譜》《讀史》諸詩，弟行付諸剞劂，然不刻於生前而刻之身後，亦晚矣。嗚呼！痛哉！

江干一別，幽明永訣。靈位在堂，遺書在篋。嗚呼！痛哉！

表兄李巖詹祭文

嗚呼！一官冷署，十有八載，而竟以櫬歸也。哀哉！

古之高爵厚禄，宦成而歸故鄉者不可勝數，而君獨卒官，何也？官之冷者至教諭而極，然可以請假展先人之丘墓，今人往往能之，而君獨不能，何也？君之遷縣令且有日，余方望君里門竹樹，以爲銜杯酒，敘契闊，今年庶幾可得此區區尋常之讌集，而造物亦若靳之，抑又何也？

曩余官教授安陸，君一再過余署。余齎捧南還，挈家西上，君送余至夏口。自君在蒲圻，而余竟不能至。曾有涉湘之役，檥舟六溪，口賦《東懷》詩數章，解纜而去，君未嘗不怪余之疏。然余念信使絡繹，具知起居亡恙，即不見君亦無憾，至今日而乃悔余之疏也。少年共學，及庚子歲以後同上公車，一切螢窗雪案，馬首郵亭諸已事述不勝述。唯記丁卯冬黔行，返棹武昌，君來抵掌一夕，詰朝見君衣褐袍更十年如舊，黯然，别後猶眷念不置。嗚呼！豈料武昌舟次遂爲永訣地耶？哀哉！

君在蒲圻，拮据無寧日。文廟學宫之圮者修之，墻垣廊廡階堿之未有者創之，衙齋之湫隘卑濕者整理之，士大夫之賢者交之，人之貧困者賑之恤之。冷官若此，亦無《伐檀》詩人素餐之譏矣。以君之才，行君之志，得百里之地而宰之，猶可以有爲，而奈何竟止於此也？或語君性過剛，言過直，用力過勤，然剛則不畏强禦，直則不近險詖側媚之人，勤則夜思早作、不以玩愒廢事。良有司任，捨君奚屬焉，而奈何竟止於此也？君需次知縣聽除可坐致，而顧改授教諭，以家食之貧也。然俸入幾何，座客常滿，急則稱貸治具。故里人沓來，資糧屝屨，應接不暇。又不幸有嫂夫人喪，君之遇亦良苦耳。嗚呼！銓路之滯也，科名人銷耗材力於壯盛之年，尺寸不能超越，乃至局蹐芹宫無由表見於當世，栖遲偃仰，迄於皓首。回念疇昔，師友之所講貫、經綸、注厝，託諸空言。嗚呼！始以三物賓興於鄉，中以一官困頓於學。尸儲材造士之名，乃投閑置散之日。萬一薦掞可以速化，而珪璋特達良難。往者大府關西楊公嘗知君矣，有在旁者沮君。一言之害遂至没齒，其人於君未嘗有睚眦之怨，第以有所爲而出此。《北門》之詩曰："天實爲之，謂之何哉？"所可爲君解者。

男子三人，皆學行謹飭。孫男八人。從此雁行克世其家，官之冷熱都置勿論，君夜臺亦可以自慰。而余之所嗛者，焚黄告先墓之歲，曾奉一少牢祭外王父暨鄉賢公三舅氏。余之外王父，君之王父也。當是時，不力勸君請假一過里門，是則余之過也夫。

嗚呼！江風瑟瑟，煙水蒼蒼，素旐銘旌，摇颺鷁首，比閭族黨莫不歎息泣下，而況於余乎！嗚呼！此昔人所謂言有盡而意無窮者也。君素豪於飲，飲至一石不亂。今者酹君，及三爵而不又矣。嗚呼哀哉！

汪訒庵祭文

嗚呼！新安汪君訒庵卒，而余生平至交且盡矣。余之交君也，方鄉舉杜門謝客，先明經兄一日從外來曰："頃過東鄰樊墅，邂逅休寧汪君，其人蓋有道云。"余蹴然曰："何也？"先兄曰："鼓枻楚游，甫及岸而舟覆，行李蕭然，油油無愠色，非有道者不能。"余詰朝訪之，一見遂無間。

當是時，先兄豪於飲，余不能，則言詩，詩古今體倡和無虚日。從容執余手曰："君何不及盛年稍參導引法，庶明聰至老不少減。"余頷之，然未遑也。後十年左耳聵。官安陸，距新安千里而遥，即欲聞導引之説不可得矣。又十年而官京師，新安書問數至，有詩則次韻謝之。會選拔之令下，君之子端由江南、余大兒啓洛由湖廣並入成均，考授教習。後先秩滿，俱爲天官選人，則歲歲郵筒弗絶。庚午歲余歸田，一切貴游之札無有矣，惟君尺牘頻來。是年夏五，余七十初度，書幣遠致。首夏發函，及仲秋始至。余讀之拊几歎曰："八十有五老人摛詞至此，再十年且爲衛武公，抑戒哉。"東向馳謝書，及門而君已逝矣。端，孝子也，把余箋聲淚俱下，焚告几筵，尋以訃至。

嗚呼！素車白馬，明冥感通。余老又窶，弗能也。爲詞以酹之曰：

君昔徠兮楚江，攬余袂兮楓窗。朝空予篋兮暮涸予缸，送君解纜兮其流淙淙。一

君歸卧兮黄海，予通籍兮金門。景契闊兮南朔，神繾綣兮寒暄。熊熊篦笥兮墨迹斯存。二

耦沮溺兮閭左，人曰未可君曰可。篚有幣兮槧有詞，啥我兮壽我。跂而東望兮淚涔涔墮。三

期君齡兮黄綺，胡爲乎訖於此。蘭桂兮會參天，靈液兮將彌。軌跨青羊兮馭赤鯉。四

九州兮不足步，萬乘兮安足多。皇矣兮曹子建，仰天兮發浩歌。君之帝所兮今甚樂，金母木公兮偕婆娑。塵壒中人兮將奈何！五

劉藎公祭文

嗚呼！余之與君交也，蓋始於順治辛卯之孟秋。纏綿數十年如一日，而今則明冥異路矣。嗚呼痛哉！

辛卯就試武昌，甲午再至，丁酉又至。至必過君，東歸解纜，君目送江干而始别。庚子鄉舉，君色喜。公車北征，君又目送攬轡而始

别。君有墓田在東鄉，與余莊櫛比。屬有宵人與余佃不協，流言惑君，余立命佃居徙搆中田之廬以息其釁。宵人慚沮，君亦大悟。自是交彌篤。余過君先墓必繫馬相視，土人傴墩走，既成交路，余叱命改塗。君聞之，作詩以志不忘焉。康熙癸丑，之官安陸，過君，君代取部檄。甲寅余以事過武昌訪君，君時挈家寓湖上，余逢君弟致語君，不及面君去。余官安陸，凡九年，書信勞問，不絶於道。壬戌冠南宫，君聞報喜躍。余官長安，距里居三千里而遥。凡書問之南來者必藉手君以達於家，家郵之北向者亦如之。君之封緘必固，委託必周，月日登記必悉。

丁卯，余典試貴州，返棹武昌。君率子弟過余，招余飲，意甚切。值風便，鼓柁去。己巳，余六十初度，君先期馳賀於京邸。君六十，余以館閣纂著無暇，賀君則稍後。君表章王母大節，余徵詩文且半天下。長安士大夫宴會，余道故鄉人物，輒言劉藎公家孝友，真江夏無雙。人謂君雖里居亦與游長安等矣。丙子冬十月，涉湘東旋過訪君，詰朝君過舟次，圍爐握手，話别來事如目前。君精力强固猶如壯年。

久之，聞君病痱，不良於步履。余意君肘後方活人無算，豈昧於養生者？惟是性好客，飲常至夜分，爛醉乃罷。又贈遺酬答，纖毫不苟。坐是勞憊致疾，静攝當有瘳耳。二月朔札來，余開緘知君疾猶未減。夜即挑燈走筆作七言歌行，書之册，耑丁兼程到鄂，詩稿至而君逝矣。君往年爲戴君乞言，戴君方卧病，稿幸至，伏枕聽兒輩朗誦而瞑，君寄書爲余言之如是，余故亟欲此稿之達君，曾幾何時而君不待也！嗚呼痛哉！

君妻吴賢，能贊成君孝友大志。治具延客，又成君名。君之從子及諸子雁行，遵家訓，又好學，能以文鳴。九原可作，夫復何憾。唯是悠悠世路，朝炎暮冷，朋友之交有終爲難，若余兩人庶幾近古。而一旦明冥夐絶也，能不悲哉！炙雞薄奠，質言之以將也。嗚呼哀哉！

周念劬祭文

嗚呼！天壤間之勞人至於念劬而蔑以加也！哀哉！

當吴逆賊黨綵成德、圍平南，念劬尊人死難之歲，念劬爲余伯兄子壻，贅於吾家，聞變奔喪，人以道梗難之。念劬灑泣西征，間關萬里，穿灌莽之墟，入虎狼之穴，九死一生而達先人藁葬之所，更殮禮殯以受平南人弔唁。一告哀於廣西巡撫忠毅傅公，公具疏且上，尋以討賊力戰而死。再告於都御史郝公，郝公忼慨奏聞，九卿動容，僉議恤典葬祭分少府之錢，贈階晋僉事之列，廕入胄監，例官縣令。是時念劬毀瘠，平南人以歸里爲難。而念劬扶櫬東征，至九江而權厝。形容委頓，鬚眉僅存。然檄至則襆被上京師，伴身一童豎耳。比及邸舍，出無燕市酒人之游，入無上計吏盤旋勞問之雅。斧冰淅米，其窶已甚。

至於除目下，得廣東之鎮平。傔從不增一人，幕客不設一席。念曰："百里之任，良艱且鉅。儻何以不忝先大夫。"至是，身雖稍稍逸而神愈勞也。及之官，則以潔身愛民爲官箴，以夜思早作爲日課，以徵發無須臾之停緩、錢穀倉庾無纖毫之蒙溷爲月要歲會，鎮平人籍籍稱其勞。兩視篆於平遠，平遠人亦籍籍稱其勞。上官聞而賢之，曰："勞吏也。"然勞極而疾作矣。夫他人之疾也，各有其因，或以聲色之好，或以長夜之飲，或以游人俠客彈棋説劍，失起居之恒，或以暴怒躁急傷肺腑之和，或以登臨歌舞失寒暑調劑之節，此數者念劬無一焉，而何以疾也？其疾也，非勞而何以致也？疾甚，而區處後事、册籍井如，箴誡秩如，下逮臧獲之驅使、注厝罔不森如。是疾以勞而致，勞以疾而彌深也。而最難釋者，先人尚未竟事，然處分則已周悉。生亦勞，死亦勞，勞何時而息乎？

嗚呼！造物之於念劬也，當其瀕死之年而生之，當其樂生之日而死之，此不可測者也。然瀕死而不令之生，則忠臣孝子有餘憾；樂生而竟不速之死，則膏粱文繡無了期。盈虚消息，理有固然，此可測者也。且人亦視生理耳。生理無愆，雖死若生。不忠不孝之人，即登大位躋壽耈，而享受訖於其身；忠孝之家，則往往嗇於身而裕於其後也。念劬有子，子且抱孫。周之宗自是方大，而平南之澤寧有極乎？而余所痛者，念劬既勞於生，復勞於死，爲天壤間不多見之境遇，而不得以尋常誄詞舉似之者也。今兹之言，微似蒙莊之作達，而西銘之至理寓焉。念劬其能聞之否耶？

居業齋文稿　卷二十　雜著

紀　異

李子來自漢陽，爲余言解舉人兒死復生事甚奇。舉人居漢口，貧，事母孝。兒甫一歲，母弄之，輒喜。一夕忽中驚風暴死，家人瘞之郭外叢冢旁。詰朝有田父荷鉏過，聞冢中兒啼，以爲怪。田父兒踵至，發冢視之，生兒也。道逢一婦人，語之故。婦指兒絳紗袍："此必貴家子，老父其畀某所，尼鞠之便。"田父抱兒去，遺一履，婦拾之以歸。後竟如婦言，鞠兒尼所。

當是時，舉人母老矣。舉人有一女，使冠男子冠以娱母，母顧之，時一笑。然每念女孫非男也輒泣，伏臘及兒生辰，母或對案不能食，舉人亦泣不食。居亡何，市上有老翁似通術數者，數爲舉人言兒在，舉人不信。已，有神降乩，判漢陽數事，首及舉人兒在。舉人又夜夢神告兒在，在某所，今就塾矣。舉人曰："信旦如神言。"走尼所，問尼，尼匿之，弗得。則往尋田父，田父死矣。故發冢兒尚在，牽引拾履婦，婦在履在。漢上人從而觀者如堵。尼乃以實告，絳紗袍亦在也。舉人於是厚酬鞠兒尼，以兒歸。拜母堂下，母乃喜，食如常。死兒復生，生不相見者數年，乃以神夢復得，娱其大母，聞者以爲舉人孝，宜有是也。然則至孝動天不信然耶？舉人名乾濬，以庚子舉於鄉。

驅瘧文

丁巳之歲冬十月壬申病痁，十有一月甲戌丙子劇。余乃焚香危坐，捉筆爲文，童子汲宋井水灑以桃茢而驅之曰：

瘧行秋令，涉冬則過。人亦有言，禍遲而大。矢石戈矛，蹂而躪我。瞬息昏旦，枕蓆水火。伐我髮膚，侵我肌骨。撓我膏(盲)[肓]，鑠我手足。榮衛虎争，長平鉅鹿。腠理蜂起，赤眉青犢。嗟哉藐軀，遘此剪伐。謂天蓋高，不省顛越。虎則有倀，瘧則有鬼。福善禍淫，上帝之紀。撓楝豐蔀，虎皮羊質。是曰無良，汝曾弗殛。圮毁堂構，惰窳甘旨。是曰悖德，汝曾弗理。怙侈蔑義，暴殄天物。汝害其盈，曾未湔祓。機穽城府，盆覆影射。汝瞰其室，曾未禍讁。雌黄軒輊，厥惟利口。汝則弗懲，士罹於咎。纖芥誅鉏，厥惟竭澤。汝則弗戒，民瀕於厄。凡百大憝，網漏吞舟。憑陵善類，鼠竊狗偷。飈舉冥趨，曾不内顧。再至三至，輕車熟路。維天有監，不食碩果。汝背天行，帝曰不可。罷汝典刑，竄汝海隅。汝游廣漠，歸於虚無。四海寧謐，烝民以康。淳龐壽耇，虞夏羲皇。

言既畢，悠然如寐，頽然如醉。砉然而身輕，霍然而神滌。振冠凴几，陶陶視息。已而歎曰：

上治不兵，消患未萌。天下有道，垂拱廟庭。至人返照，固蔕葆真。清心寡欲，久視長生。

贈瞿大若詩小引

黄梅瞿道弘大若，手其大父、父、伯父殘書過余江上草堂。聘君慕川先生，其大父也。伯父孝廉甲，字太初。父，崖州知州罕，字曰有。家藏著述凡十六種，百數十卷。會黄岡陳省齋徵刻《全楚文獻録》工垂竣，適值兵變武昌，書遂散亡，都無副本。《孔廟禮樂考》四册，當未亂時有人從書局借鈔，亂後書具在也，然亦不可復得。語次酸楚不自勝，蓋群書散亡他日猶萬一庶幾遇之；若借鈔者則絶望矣。

黄梅，楚北孔道也。往者，獻賊蹂躪，左良玉亂兵劫掠，所過往往爲墟。當是時，瞿家藏書幸亡恙。久而亡於徵文考獻之日，抑獨何歟？孔廟禮樂，聘君孳孳捃拾，將以公諸天下萬世也，今則如賈胡之居奇貨韞櫝焉耳矣。九原可作，聘君能無恫乎？按，聘君事具列廓庵所作傳，其所著《易》《書》《詩》《春秋》《禮》《樂》，各有《以俟録》。《中庸口授》《中庸位育圖》《洪範衍義》《仁統》《孔門愠解和變圖》《實用編》《時務表》《邊略》《萬曆武功録》《倣古編》《蓄艾編》《土俗章程》《肖玄録》《佛論》《孔廟禮樂考》《明詩擬》《幽贊録》《文莫堂集》《紀思録》《言善録》《知命篇》《曆正》《同仁手札》，後甲之舉賢書也，甫十九歲，所著有《與善堂草》《赫蹄編》《伏闕稿》《遺孝録》《忠志録》。罕少侍父，博通五經、廿一史、諸子家言。爲父訟冤及請謚，凡五伏闕。取先儒朱文公所訂《孝經》古文，旁采諸籍，爲《孝經貫注》二十卷。朱子删者仍注後，《存餘》三卷。古今文篇次不同，《考異》一卷。叙作經，注經，歷代取士進講，《對問》三卷。崇禎七年進呈，上命刻頒天下學宫。十二年授廣東崖州知州。

嗚呼！瞿故無班氏賜書也，而纂著之富有若此，君子以爲難。垂百年矣，而一旦忽焉失諸，可勝痛哉！大若奔走購求，零編隻簡，顔曰“瞿山世業”。而《孔廟禮樂考》竟以勢位闊絶、懷刺漫滅，每一念至，嗚咽而已。余因此以告天下之爲人子而能讀父書者：苟無副本，慎勿驟出以畀人也。

示兒啓汾

讀書，古勞而今逸，蓋備物致用，古不如今者多矣。古未有楮，惟書之簡端。竹則汗青而貫以韋。韋最堅韌，而大聖人學《易》至於三絶，則勞可知矣。漢給尚書筆札，札亦簡屬也。揚子雲采絶域方言，用三寸油素。油素，當如今粉板。古未有高坐，竹素謄書，席地盤躃良苦。曰汗牛，曰充棟，重且多也。迨蔡倫造楮而鈔謄始便。五代馮道請鏤板，傳播始廣。汴宋設高桌，而坐起始安。後人事事逸於古，故言日趨繁。唐繁於漢，宋繁於唐，勢使然也。

然自楮墨便於嗜古家，而鈔書者不可勝數。《南史》王筠元禮七歲能屬文，其自叙云：“余少好鈔書，老而彌篤。讀五經皆七八十遍，愛《左氏春秋》，吟諷常爲口實。廣略去取凡三過五鈔，餘經及《周官》《儀禮》《國語》《爾雅》《山海經》《本草》並再鈔，子史諸集皆一遍，未嘗倩人假手。宋尤尚書袤，淳熙名臣。每公退則閉户手鈔古書，其子弟及諸女亦鈔書。一日謂其子曰：“吾所録，彙而目之，飢讀之以當肉，寒讀之以當裘，孤寂讀之以當友朋，幽憂讀之以當金石琴瑟。”嗚呼！二公之勤如此！若《容齋隨筆》《弇洲筆記》、升庵《丹鉛》諸録，皆心手無暇晷。吾嘗有志而未逮焉，今老矣，書此以示兒曹，尚勉旃哉。

與萬生遠誠論讀書

世傳槧板始於馮道，後之學子賴之。然古人逢一秘書輒乞假鈔謄，諺云“借書一瓻，還書一瓻”是也。自槧板書出，書賈列肆，買書之路漸廣，則鈔書之人漸少。富兒束之高閣，全不措手，千卷萬軸亦復何益？士習媮，古學廢，大可歎也。

然人亦視乎所志。李唐、趙宋有以鈔書名家者，指數不盡，未嘗不在槧版大行之後也。明弇州《筆記》、升庵《丹鉛》諸録，大都目之所及，手即隨之。卜子夏所謂“日知其所亡，月無忘其所能”也。虞山《列朝詩集》每人一小傳，言一名士收窮鄉老儒日廩月餼，蒐獵古事成編以傳四遠，此又鈔書中一新局，然亦勤矣。士大夫難得一勤字。當八股取士之日，而猶探研經史，務爲有根柢之言。生刻書盛行之後，而仍邂逅追尋貫穿穡稡，何以故？不忍以飽食終日畢其生平也。程子“玩物喪志”語專爲學而不思者針砭，非謂人不當學。其案頭一部《唐鑑》，晨夕省覽，以爲治忽興亡可爲後來法戒，豈真以静坐捐棄書籍者哉。

潯陽萬生遠誠過余草堂，偶見古逸書便伏案撮録成編，余獎其勤也。生方往成婚禮於外舅石家，余告之曰：“昔吕伯恭新婚，杜門兩閲月，成《東萊博議》一書。人初疑其學有間，書出而後歎服其勤也。生其勉乎哉！”

與傅生論讀書

讀書，大事也。而以科舉文字當之，則其塗至隘，而其用亦至纖矣。

春秋時，周禮在魯。《典》《墳》《丘》《索》，楚左史能讀之，故其時列國名卿賢大夫皆有辭命可觀，遭秦火中絶。漢儒拾殘補缺於灰燼之餘，用專門名其家，其師友講習皆殫精畢力於學。晋時汲縣耕人發蝌斗竹書於冢，而海内好古之士益有所據依。唐人應制家攻選學，未有枵腹而自命書生者。迨宋濂、洛、關、閩諸大儒出，則聖學中天矣。

王半山欲以其新學籠絡天下，暫行之而旋廢。以此知天壤間讀書種子未嘗須臾絶也。明以八股課士，其初三場並重，績學者亦可以自見於世。即以八股言，先輩大家皆沈酣經史而稍稍發爲文字。啓禎間，科有名家，家有傳稿。其言各如其意所欲出，未有枵腹而言時文者。艾東鄉廓清於子書縱横之日，其選文大有功於來學。驅子書棼錯之材而歸六藝，則學日勤而爲工逾刻，即欲枵腹向人不可得矣。自油腔滑調之選行於闤闠，而後生不知學爲何事。如優人之坐場，搬演箱篋，一朝如是，終歲亦如是。嗚呼！書至此豈非一大厄耶？頃之童子試用小學論一篇，觀其言卜其行也，乃論不由單行之體，不講起伏照應收繳之法，而仍以俗下時文充之。師以是爲訓，弟子以是爲肄。無他，不學之過耳。功令以科舉掄天下之材，而爲科舉之文者不務學以出，是徵白粲而應以麩麰也。夫麩麰不可以衛生，而區區油滑之文字乃可以卒業乎？然則以時文爲讀書之極詣者，誤矣！

傅生鈞受業吾從子啓江之門，以文來質，余壯其言之殊於流俗而蕲其進於學也，爲是説以勉之。

示外孫胡仕宁

仕宁索書外王父。臨池故不工，而無益之言又不可以垂訓也。撮其切要於身心者示之。時方夏五，告之曰：

“深耕易耨，農夫之勤苦極矣。士有學爾，飽食終日，何所用心，試自省焉。期三百有六旬，唯元旦行禮，春秋展先墓，其餘則皆學日也。日有課，早起讀何書，午間何書，午後何書，夜挑鐙何書，譬諸績，由絲至寸，由寸至尺，由尺至段，由段至疋。古人之言‘績學’，以此也。書有句讀。文氣未止而小停，當中一圈，文氣止處，從旁一圈。聲有平上去入。即如《大學》聖經中‘治’字一也，朱子於‘先治’音曰‘平聲’，於‘而后國治’音曰‘去聲’，何故？豈虚設乎？句讀清則語氣清，四聲明則字義明。不然而徒索之講章，去立言之旨遠矣。六經，萬世文章之祖也。‘本經’‘客經’之説可發一笑。經有客乎？若曰本經則治之，當極精矣。《詩經》中‘下’字俱當音户，朱子用吴才老《韻補》注出，若讀作‘春夏’之‘夏’，便不叶。《易》之《象傳》《雜卦》且有韻而《詩》乃無韻,可乎?讀書當識章法。秦漢文不言章法而章法具存,唐宋諸大家起伏、轉捩、照應、收繳章法井然矣。書爲六藝之一,古小學與禮、樂、射、御、數並習,今衹書一事而不講耶?取《説文》《玉篇》《廣韻》諸書鑽研字義。而書法則以二王爲宗。古人學書有臨、有摹、有搨:法帖挂在壁,鋪在几,静觀有得而仿之謂之臨;用薄紙覆而書之謂之摹;厚紙影照而書之謂之搨。窮工而後極巧,未有一蹴而至者。小楷不精遽言行草,諺所云'先學走也,躓於垤矣'。詩無盡境,能者學之。然學之一字極難,惟學然後知其難。動言我能作詩者,妄人也。雞鳴而起,輒有萬不能已之事。今日待明日,至明日又待明日,待之一字,誤人生平不少。士爲四民之首,而學不力者,無課也。勤歟?惰歟?工歟?拙歟?父不能必之子,兄不能必之弟,師不能必之徒,是在己而已矣。"

與劉生沁水論學

宕渠劉侯讓夫過草堂,小飲對雪,令似正璜沁水侍。自升階以至於出門,秩秩有序,亟稱之曰大器也。越二日,書此與論學,凡五則。

一曰定志。志也者,心之所之也。古人志在立身,而成就不止於一身,故毅然有所必爲。志在用世,而昭垂不止於一世,故介然有所不爲。能爲是謂才,能不爲是謂守。有才有守,是謂完人。廉頗藺相如千載後猶有生氣,胡廣趙戒,自李固視之直糞土耳。然則人亦安可以無志哉?

一曰課工。有日課,有月課,有年課。今日待來日,則虚度一日矣;今月待來月,則虚度一月矣;今年待來年,則虚度一年矣。古人購書極難,假借到手輒鈔,故多强記。自鏤板印行,家户都有。然而累篋聯箱,束諸高閣竟無益矣。鄭耕老《勸學記》云:《毛詩》《尚書》《周禮》《禮記》《周易》《春秋左氏傳》《論語》《孟子》《孝經》大小九經,合四十八萬四千九十五字。且以中材爲率,若日誦三百字,不過四年可畢,全在日積之功耳。里諺云:"積絲成寸,積寸成尺。尺寸不已,遂成丈匹。"其言之切要如此。余舉此以課工,其如農之有畔乎?

一曰卓筆。言生於心,筆,心畫也。學校貢舉取士,以區區之時文，而大義微言障蔽於村俗之講章，精華果鋭挫抑於荒唐之坊選。譬諸矮子觀場，人笑亦笑，人駡亦駡。譬諸跛夫上道，欲前不能，欲退不果。士無實學，世鮮真才，大可歎也。若夫豪傑之士，不肯隨時俛仰，則必自名一家。生，蜀人也，請言蜀揚子雲之奥衍，蘇子瞻之清俊，絶不相類，然其名具在天壤，豈非筆爲之哉？

一曰慎交。入芝蘭之室，襟帶俱馨；墮溷厠之中，鬚眉都惡。近朱者赤，近墨者黑，皆不知其然而然也。士之濡染，莫切於友。《二十一史》内志符道合相與以有成者不可勝數，第舉一同而異者言之。管幼安、華子魚並漢名士，共硯觀書，一朝割蓆，非有大故也。一顯者冠蓋過門，幼安坐誦自若，而子魚趨走望之。鉏菜見金，幼安弗顧，子魚拾之掌，良久乃擲去。趨向一殊，品詣遂别。其後，子魚位極卿相，而行事玷污汗青。幼安辟地遼海，歸而屢却徵聘，而一皂帽、一木榻，至今詞人引入詩句，灼灼有光。是以君子於交友之際，不可苟也。

一曰拔俗。習俗移人，賢者不免。自古志之清談美名，而王、何之徒倡以禍晋，蕩滅禮法，淪胥江左。齊梁世族麈尾望若神仙，而倩人答策，假手賦詩。顔家家訓引爲口實。馬糞巷王姓子弟恭謹質樸，學行見稱於人。蘇端明曰："糞至賤也，有時因人而貴。"由此數事以觀，士亦貴自立耳，豈以詹詹諧俗爲能哉。

此五則者，砥行績學，略有基本，而設施注厝因乎時，潛躍卷舒任乎運。日新富有，其益無疆。生勉乎哉。

丙戌初夏贈明經詩中有貞觀永樂語，汾子問故，走筆示之

嘗讀震川歸先生之敘《經敘録》，而歎我生之不幸也。其序略曰："昔孔子修述先王之經以教其門人，傳之世世。遭秦燔書，漢儒存亡繼絶不遺餘力。自此六藝稍稍備具，太常之所總領凡四十博士。天子時會群儒都講，親制臨决，所以網羅遺佚，博存衆家，其意遠矣。唐貞觀間始命稡章句爲義疏，定爲一是。於是前世儒者僅存之書皆不復傳，蓋唐人重進士之科而經學幾廢，故楊綰、鄭餘慶、鄭覃之徒欲拯其弊而未能也。宋儒始以其自得之見求聖人之心於千載之下，然雖

有成書而多所未盡。淳祐詔下，其書大行於世，元遂用以取士，本朝因之。而學校科舉之格不免有唐世義疏之弊，非漢人宏博之規學。士大夫循常守故，陷於孤陋而不自知也。”

震川之論若此，蓋有慨於《永樂大全》之書而猶未顯言。迨崑山顧寧人《日知録》出，則訟言攻之矣。其於四書六經原委考據俱晰，而中言《詩經大全》全襲元人劉瑾《詩傳通釋》，第改其中“愚按”二字爲“安成劉氏曰”而已。當日儒臣奉旨頒餐錢，給筆札，書成之日賜金遷秩，所費於國家者不知凡幾。而僅取已成之書鈔謄一過，上欺朝廷下誑士子，唐宋之時有是事乎？豈非骨鯁之臣已空於建文之代？而制義初行，一時人士盡棄宋元以來所傳之實學，上下相蒙以養禄利，而莫之問也，經學之廢自此始矣。余既以抱殘守闕爲耻，有感於震川之言，至觀《日知録》而愈歎我生之時之地真不幸也。

漢專門名家鉛槧，自唐義疏列在學官而不收者盡委諸草莽矣。宋元諸儒載籍極博，明《大全》行則一切淹没之義疏猶參伍貫穿，自成一家言。《大全》則纂著無絲毫力，趨愈下矣。窮鄉下邑，不獲請益於直亮多聞之師友。而家無擔石之儲，即欲購書而不可得。垂老無成，攬鏡滋愧，繼自今旁搜遐採，殫力實學，兒曹尚勉旃哉。

夫十三經之有義疏，人稱之，而漢魏以來諸家之所掎摭實掃際於義疏單行之手也；六經四子之有《大全》，人稱之，而宋元以來諸家之所發明實絓漏於《大全》告成之日也。此其事非君相之所能爲，而文運之魁柄則君相操之。貞觀、永樂之主，皆黷武而未遑文教。而爲之佐命者亦鮮著作大手，故名爲表章藝苑而適以晦之，可歎也。若至元和之代，宰相稽古右文，而使昌黎操觚，李翱、張籍、孟郊、皇甫湜之徒輻湊並進，其所就必不止此。王忠文不死事，方正學不罹大獄，而受旨於宋文憲公發凡起例，勒成一書，則王柏、金履祥、吴澄、趙汸之緒論之貫穿於行間字裏，豈止草草若是？得失一朝流傳，千載大較可覩矣。學者讀書論世，可耳食焉已乎？

居業齋别集

居業齋别集　目録

居業齋别集　卷一　論 …… 527
安不忘危論 …… 527
聖德修而萬民化論 …… 528
聖人定之以中正仁義論 …… 529
無欲故静有主則虚論 …… 531
立綱陳紀論上 …… 532

居業齋别集　卷二　賦 …… 535
御試經史賦有序 …… 535
瀛臺賦 …… 536
秋夜讀書賦 …… 537
葵賦 …… 538
玉馬風聲賦 …… 539
閏月賦有序 …… 540
黄鶴樓賦 …… 542
太和山賦 …… 543
江漢合流賦 …… 543
翰林育材賦有序 …… 544
水亭賦 …… 545
石牛賦 …… 546

居業齋别集　卷三　頌　壽序 …… 547
幸闕里頌有序 …… 547

勤政頌有序 …… 548
平海頌有序 …… 549
黄連山壽序 …… 550
胡母丘太君壽序 …… 551
萬又月壽序 …… 552

居業齋别集　卷四　表 …… 555
擬上聖德神謨指授方略滇南底定海寓蕩平諸王文武群臣屢表請上尊號上謙讓弗許群臣謝表 …… 555
擬進日講《易經解義》表 …… 556
擬纂修三朝國史開局賜宴表 …… 557
擬進景福頌表 …… 559
擬舉博學鴻詞表 …… 560
擬進《大清會典》表 …… 561
擬恤刑表 …… 562
擬駕幸闕里表 …… 563
擬重刊《性理大全》《文獻通考》御製序文頒行天下表 …… 564
擬舉行耕籍大典表 …… 565

居業齋别集　卷五　策　策問 …… 567
殿試策 …… 567
治道心法 …… 569
吏治 …… 570
《河圖》《洛書》代 …… 571
理學代 …… 572
弭盜代 …… 572
樂律代 …… 573

居業齋别集　卷六　傳 …… 574
永興教諭萬君家傳 …… 574
張同知家傳 …… 574

何小崑家傳 …… 576
胡欽若家傳 …… 576
石溪居士家傳 …… 577
怡雲隱者家傳 …… 578
何令聞家傳 …… 579
李母張太恭人家傳 …… 580
桂東知縣李君家傳 …… 581

居業齋别集　卷七　四六 …… 584
與楊筠湄督學啓 …… 584
移觴餞桐城馬先生啓 …… 585
與荆南道鄧公啓 …… 585
與蔣學使啓 …… 586
賀座主澤州陳公入相啓 …… 586
韓城張蓮峰先生暨配薛太君徵言啓 …… 587
吴母唐太孺人徵言啓 …… 588
贈刑部員外楊君徵言啓 …… 589
贈太常寺卿遵化李公徵言啓 …… 590
復程總戎書 …… 591
與李州牧書 …… 592
再謝李州牧 …… 592
復王藅(搏)[榑] …… 592
謝喻制府啓 …… 593
贛灘詩序 …… 595
白雪亭詩序 …… 595
和秦遊詩序 …… 596

居業齋别集　卷八　四六 …… 597
静觀亭序 …… 597
饒卧侯詩序 …… 597
翟叟詩序 …… 598

石牛詩序 …… 598
喜雨詩序 …… 599
柬沈樂存東粵使院小引 …… 599
盧時夏制義序 …… 600
對菊倡和題詞 …… 601
梅花詩題詞 …… 601
江侍御壽詩序 …… 601
訪藍明府詩序 …… 602
江防詩序 …… 602
容園序 …… 603
黄鵠山人壽詩序 …… 603
張州牧壽詩序 …… 604
上巳楊園雅集跋 …… 604
書陳雲卿册子 …… 605
敬業堂約 …… 606
友道楷模 …… 606
呈請舅氏大復李先生入鄉賢祠 …… 607
呈請内鄉于先生入鄉賢祠代 …… 608
呈請建平知縣胡紫山入鄉賢祠 …… 609

居業齋别集　卷九　祭文 …… 611
祭周雨山文 …… 611
祭毛孝瞻先生文 …… 612
座主合肥李公奠章 …… 612
祭姚中丞文 …… 613
祭蔣學使文 …… 614
祭余封君文 …… 615
祭蘇苞九文 …… 615
祭方鶴軒文 …… 616
祭武允安文 …… 617
祭胡石存文 …… 617

祭毛忠移文……618
祭吴中望文……619
祭郭集五文……620
祭沈孺人文……620
祭江孺人文……621
祭阮孺人文……622
祭長恩神文……623

居業齋別集　卷十　雜著……624
懲僞……624
陸舫圖説……625
冷齋説……625
江風説……626
善貧説……627
三誡……627
代僧告諸文士文……628
代某州牧募疏……629
茶亭小引……629
東城寺募疏……630
四洲祠募疏……630
僧寄瞿傳……631
谷庵詩序……632
牧顛詩序……632
牧顛募疏……633

居業齋别集　卷一　論

安不忘危論

聖王之治天下，所以祈天永命，建久安之勢，成長治之業，而能綿億萬載無疆之曆服者，惟此敬天之心爲之也。天命人君以天下，非曰崇高富貴之而已，將以天下之大、天下人之衆於人君之一心統之。而人君之心往往憂勤於戡亂之始，而逸樂於奠安之後，抑思天下之所以致此安者，豈一朝一夕之功、而一手一足之力乎？夫天之仁愛人君，蓋嘗警戒之矣。苟思及於前此之警戒，而深宫之中，廣厦細旃之上，有一息之晏安而不能者以此爲祈天永命之實，而天之仁愛人君於是乎無已也。

昔者聖人作《易》以教天下，於苞桑之誡三致意焉。而有曰安不忘危，誠萬世有天下者之鑑也。請申之，今夫天下之幅員如此其廣大也，天下之車書如此其輻輳也，天下之武功如此其赫濯而文德如此其昭宣也，進言者曰："天下已安矣。"而聖人曰："未也。"安而思其所由安焉，昔何以紛紜，而今何以統壹也？昔何以旁午，而今何以寧静也？昔何以命將出師轉餉運饋之勞，而今何以山梯海航廟廊高拱之逸也？此固天心之仁愛爲之，而其所以憂勤惕厲、宵旰不遑，對天命而凝天休者，亦實有其道矣，若之何忘之？夫怠荒之戒，詳於唐虞之君臣，而《豳風》之詩、《無逸》之書，諄諄於成周之世。古者草昧之天下，至唐虞而安；燮伐之天下，至成周而安。而當時之君若臣曾不以其安而少懈者，何也？則安不忘危之心爲之也。三代而後，漢懲秦之孤立而以分封太侈而至於危，東漢懲西京之權臣而以夾輔單弱而至於危，魏危於肺腑之猜嫌，晋危於清譚之誤國，唐之危也以藩鎮，宋之危也以兵力寡乏，而明之危也以群臣之門户。要其所以致此者，固由運會使然，而亦人君居安忘危之心有以啓之也。

若夫聖王之治天下則不然，早作夜思，罔即於豫怠，至於盤盂有誡，户牖有箴，刀劍几杖有銘。凝承輔弼，妙選天下之端人，而封疆之大吏其難其慎以使之。官不畀私人惟其能，爵罔及惡德惟其賢，六計課吏而統以廉，九式用財而要以節，三刺詳刑而加之以矜恤，四時講武而馭之以整暇。蓋其兢兢業業，一日萬幾，即可以稍自暇逸，而猶不敢康者，則以安不忘危之心爲之也。夫如是，則大綱小紀燦然允釐。兵以不用而威，財以不聚而足，官以不冗而當，賞以不僭而人悦，刑以不濫而人服，法度以不紛更而畫一，人材以不惰窳而奮興。而天祖以臨之，忠諫以匡之，防微杜漸以保之。於以祈天永命而綿國家億萬載無疆之曆服，豈非敬天之一心有以操其本而握其要也哉？故曰：一人元良，萬邦以貞。

聖德修而萬民化論

聖人之治天下，使萬民咸若其天而已。蓋天下至大而萬民至衆也，天治之不如聖人治之。何則？陽生陰肅，一氣而已，至聖人而始有其事，以此知天心之仁愛萬民而生聖人也。然聖人代天而有其事，育之正之，日孜孜於萬民矣，而終不敢以爲己之有所加於萬民。夫其不敢以爲有所加於萬民者，則以萬民自有之理而天心之在萬民如一民也。當是之時，萬民之受治於聖人也，亦已至矣，而未嘗曰聖人治我。是故萬民日戴天而莫能名天也，日受治於聖人而莫能名聖人也，化矣哉！周子曰“聖德修而萬民化”，此之謂也。

今夫天之爲德也，無心而成化焉。聖人舉事必求其端於天。夫求其端於天者，聖人敬天之學也。而合其撰於天者，則聖人及民之德也。聖人曰：“吾繼天立極而子萬民。萬民之咸若其天，若金之鎔於冶也，若土之甄於陶也，若鳥獸之孳尾於春、希革於夏而毨氄於秋冬也。予一人何德之有焉？”雖然，聖人之所以致此於萬民者亦非旦夕之故矣。民不自育，惟聖人之德有以育之。是故賢者育之於三公、九卿、二十七大夫、八十一元士之位矣。其樸者育之於野，其秀者育之於學；其操作者育之官府之肆，而其貿遷化居者育之日中之市；幼稚者育之布帛粟米，高年者育之爵酭袒割；罷者育之郊遂寄棘，而遐遠者育之象胥、鞮譯、海隅、日出之鄉。蓋聖德之汪濊若斯之盛也，匪惟育之而已，而又有以正之。其在上者，正之以都俞、吁咈、幾康、咨儆，兢兢業業，皇皇如也；而下焉者，正之以《豳風》《月令》之時，正之以《禹貢》《周官》之法，正之以撢人之誦志，調人之止争，太師之采風，司市之納賈，正之以孝友睦婣，任恤之鄉物，正之以大司成、樂正、司馬之辯論官材，正之以大冢宰之幽明陟黜，正之以大司寇、士師之刑獄，正之以職方氏、大行人之車書文字。聖德之於萬民，裁成宰制而不過者又如此。

當斯時也，師師在廷，濟濟在位。士食舊德，農服先疇，商循族世，工用規矩。老耆壽終，幼孤遂長；囹圄空虚，至於刑措；而東西南朔聲教訖四海。於是衷五禮，備六樂，薦九廟，懷百神，覲明堂，臨辟廱，登靈臺，俯仰乎乾坤，參象乎聖躬，而無偏無黨。遵王之路，不識不知，順帝之則者萬民也，非聖德之修而能若是之化乎？是以聖人之世，陰陽和，風雨節，年穀順成，庶彙蕃廡。河洛出圖書，麐鳳在郊藪。醴泉、甘露、卿雲、芝草，史不絶書，而聖人曰："此天道行而萬物順焉耳，予一人何德之有焉？"噫！此聖人之誠也。周子所謂"誠者，聖人之本"，其以此夫？

聖人定之以中正仁義論

聖人者，天地之心也。太極者，聖人之心也。曷言乎爾？天地無心而成化，聖人有心而無爲，故曰：聖人，天地之心也。天地之間一氣而已，而分而爲陰陽，爲五行，爲四序，爲男爲女，爲萬有不齊之物，此各一太極也。而陰陽、五行、四序、男女、萬物，要之統一太極也。然有無知者焉，有日用而不知者焉，有見仁見知各得一隅而目爲全知者焉，惟聖人則渾然具備也。故曰：太極者，聖人之心也。

周子《太極圖説》有曰："聖人定之以中正仁義。"是言也，爲太極言之也。今夫人之有是太極也，果何如哉？寂焉而不淪於無也，感焉而不滯於有也。(大)[太]極於無際而無不通也，細入於無倫而無不徹也。前乎萬古而無不溯其始，後乎百世而無不要其終也。若之何欲動情勝、利害攻取，憧憧焉擾之？久之而通者塞焉，久之而全者偏焉。冠圜履方，而實則與物無異也。夫天之愛人甚矣，豈其畀以二五之精而使之淪胥焉？以至此極也？嗟乎！不有聖人何以定之哉！

今夫聖人者，道之運也，理之會也，陰陽之度也，萬物之紀也。曰生知，曰安行，曰文武聖神，曰位育參贊，其名爲天下萬世之所不敢望。要之，其心渾淪太極耳。而天下之故常感通乎寂然不動之中。蓋中也，仁也，寂也，太極之用，所以行也；正也，義也，感也，太極之體，所以立也。試思夫太極，一焉耳，原於一而衍之爲萬，極於萬而復歸於一。若此者，豈非静亦定動亦定哉！聖人之定也，亦若是焉則已矣。行之也中，處之也正，發之也仁，裁之也義。有不知其然而然者，何也？太極也。仁者善之長，中者嘉之會，義者利之宜，正者貞之體。如環無端，如川流之不息者，何也？太極也。正合於中，中正合於義，中正義合於仁。合同而化，萬殊而一本者何也？太極也。故曰：太極者，聖人之心也。不然，欲動情勝、利害攻取、憧憧往來、朋從交感而何能定哉！然而古之聖人止曰中，何也？蓋天有三百六十度，而樞爲中也；地有九州萬國，而河洛爲中也；曆有晦朔、弦望、羸縮、閏餘，而冬至、子半爲中也；樂有五聲、六律、七音、八風，而黄鐘爲中也。推之度生於黄鐘之長，量生於黄鐘之容，權衡生於黄鐘之重，而要以黄鐘之宫聲發於自然秬黍之中。數不爽毫髮者爲中也，然則周子亦言："中，足矣。"而又曰："正也，仁也，義也。"何居？曰：古聖人之所謂中者，專言之也，天下之大本也。周子之所謂中，猶四德之禮焉耳。正也者，智也。智斯中，不智則弗中也；仁斯中，不仁則弗中也；義斯中，不義則弗中也。是故中正仁義並言之也。然中而後正，不中則弗正也；中而後仁，不中則弗仁也；中而後義，不中則弗義也。是故中正仁義序言之也。執中、建中，言中自《尚書》昉也；知進退存亡而不失其正，言正自《大易》昉也。孔曰仁，言仁自孔子昉也；孟曰仁義，言仁兼言義，自孟子昉也；若夫合中正仁義而備言之，則自周子昉也。

周子之言太極，非獨爲聖人言之也，爲學聖人者言之也。邵子曰："道爲太極。"又曰："心爲太極。"言太極也；程子曰："體用一源，顯微無間。"言太極也；張子曰："推行有漸，爲化合一，不測爲神。"言太極也;朱子曰:"不離乎陰陽而爲言,亦不雜乎陰陽而爲言。"言太極也。聖人未生,太極在天地;聖人既生,太極在聖人。聖人即不數見而太極之理未嘗一息不在天下。周子以爲聖人可學而至也。嗟乎!學聖人者即不敢曰我可爲聖人也,獨不得有太極乎哉!

無欲故静有主則虚論

天命人以太極之理,而人心能如之,則可以事天矣。何則?天之理未嘗一息不變動於天下,而天若不與焉者,静之至也;天之理未嘗一息不充滿於天下,而天若不有焉者,虚之至也。二氣於是乎互根,五行於是乎嬗代,四序於是乎循環,人於是乎成男成女,而物於是乎生生化化而未有窮也,豈不以静且虚者爲之極哉!聖人以此洗心,退藏於密,無弗静也,無弗虚也,於艮背得聖心之静焉,於咸感得聖心之虚焉,要非離動以爲静,而避實以爲虚之謂。其謂爲二氣,君爲五行,宰爲四序,節宣爲鬼神,明察爲人物。

盡性立命,而聖人者有心而無爲焉。若是者何也?静之至也,虚之至也。善乎,臨川吴氏論心學而折衷於周子、程子"無欲故静,有主則虚"之言也。而或者疑之,人生而静,性也,感於物而動,其欲也。耳目極聲色之好,口窮芻豢之味,身安佚樂,而夸矜勢能之榮,於是有不熱而煩者矣,有不寒而慄者矣,有不見可惡而怒,有不見可欲而喜者矣。夫以憧憧之心而之乎熙熙攘攘之域,静且虚也不亦難乎?而不知君子之所以致此者,固有其道矣。内重則見外之輕也,己大則見物之小也,義明則順於境之遭也,理達則安於變之值也。如是静固静,動亦静矣,厥惟無欲之故。於外無將迎也,於内無餘欠也,於存無彼此也,於發無假借也。如是虚固虚,實亦虚矣,厥惟有主之故。蓋害之伏於人心者往往有不知其然而然之勢,欲引而滋蔓,蔓,難圖也;主荒而神散,散,易潰也,如是者心危。將矯制以爲無,而乍消旋長,來莫能禦也;將堅執以爲有,而外强中乾,棼莫能理也,如是者心危。夫人之有心,將以宰制萬物,役使群衆,幹陰陽否泰之運,捖天人理亂之幾,而若之何轇轕以至此乎?是故治心者若大帥之克敵然。

不致於人,故整以暇也;不懈於己,故澹以寧也。學至静虚之候,而二氣、五行、四序、鬼神、人物之所爲不滯於有，不淪於無，不墮於方所，不淆於紛錯者，一以貫之矣。乃喜怒哀樂未發時之氣象於何見之？西山真氏曰："天下之理，惟中爲至正，惟誠爲至極。"然敬所以爲中，不敬則非中也。敬而後能誠，不敬則非誠也。横渠張子曰："言有教，動有法。晝有爲，宵有得。息有養，瞬有存。"蓋言敬也。朱子曰："主敬者，存心之要。"程子曰："尸居而龍見，淵默而雷聲。"亦言敬也。是故古人之於身也，敬以養之：目視袺襘，耳聽琴瑟，步中采齊，行中肆夏。自灑掃應對以至冠昏喪祭無惰儀焉，自日用踐履以至造次顛沛無越思焉。敬則無欲，無欲故静。敬則有主，有主故虚。信乎，天命人以理而人心如之。此羲、文、周、孔之《易》，堯、舜、禹、湯、武之《書》，皋、夔、稷、契、伊、傅、望、散之勛業，顔、曾、思、孟之紹述纂修，異地而同揆者也。後之治心者，其尚折衷於此也夫。

立綱陳紀論上

治天下者，智餘於身，是曰睿知；道餘於物，是曰天道；制餘於朝野上下，是曰帝制；功餘於子孫臣庶，是曰聖功。是故一人首出而萬國由之以咸寧，一朝建極而奕禩由之以寡過，則立綱陳紀之謂也。今夫網之在綱也，有條而不紊焉；星之從紀也，久照而弗差焉，而況人君以聖人之德，位天子之位，居可致之勢，操必得之權，而宰制寓内範圍創守者乎？其曰苟可以爲而止者，闇於治忽之大較而自立於無餘之地者也。唐虞之聖人，平章協和，時雍風動，豈非郅隆之治哉！然兢兢業業，一日二日萬幾，其爲天地立心，爲生民立命，爲千古闢草昧，爲萬世開太平者，惟是明父子之親、君臣之義、夫婦之别、長幼之序、朋友之信，蓋大綱若斯之重也。而授人時，平昏墊，播百穀，明五刑，謹納言，治工虞，典禮樂，紀之陳也又如此。三王之王也，彝倫攸敘，人紀肇修，雎麟精意，官禮法度，所以立綱也。而貢助徹以爲養，庠序校以爲教，子丑寅之殊其朔，忠質文之異其尚。其陳紀也，豈不較著？

與今夫天下如此其大也，天下之人如此其衆也，天下之率循紹述如此其遠也，而宰治者身智弗餘焉，受治者物道弗餘焉，待治者朝野上下、子孫臣庶制與功弗餘焉，不亦難乎？人君之治天下，非必襲古人之成迹也，非必矜天授之絶質也，非必馳騖乎兼容并包、參兩登咸之顯號也。然而師古之意，法天之行，裕兼容并包、參兩登咸之量，則惟綱紀乎是徵。是故有堯、舜、禹、湯、文、武之智，斯有堯、舜、禹、湯、文、武之道；有堯、舜、禹、湯、文、武之道，斯有堯、舜、禹、湯、文、武之制；有堯、舜、禹、湯、文、武之制，斯有堯、舜、禹、湯、文、武之功。若曰苟可以爲而止也，其何以立於有餘之地乎哉！

立綱陳紀論中

綱曷言乎立也？天下萬世莫能逾焉，故曰立也。紀曷言乎陳也？天下萬世莫能淆焉，故曰陳也。表立而影從，鵠立而矢赴，範立而器成，鑑陳而妍媸形，衡陳而輕重得，度陳而短長分。之數者，形而下之器爾，且有以周乎天下萬世，矧聖君賢相與卿大夫謀之旃厦、布之象魏、載之册府者乎？而何患乎天下萬世之逾之而淆之也？然非天下萬世逾之之爲患，而我實有以立之之難；非天下萬世淆之之爲患，而我實有以陳之之難。果能厚天下萬世之生，正天下萬世之德，定天下萬世之命，若天下萬世之性，而立於不仆之地，陳於不貳之方者在我矣。

然而三代以後，鮮善治者何哉？則以本之不建，而矯枉過正之勢往往而失也。秦矯周之文弱，漢矯秦之孤立，光武之矯哀平，魏之矯漢，晋之矯魏，各有畸重之勢，而其失也即在於畸重之中。唐貞觀之治厲精矣，然目舉而綱不正。宋之興也，厚勛臣，篤兄弟，肅壼範，鞭扑不設於殿陛，詈駡不及於公卿，綱庶幾正矣，然而贓吏不嚴，敗軍不誅，官太冗於任子，恩太褻於郊赦，則亦未可謂紀之盡得也。古之聖人，知天下萬世不外乎天理民彝之極，而以至誠仁愛爲萬化之本，布之以公，辨之以明，斷之以勇。兵以律而强，財以生而富，禮以經常而安，賞以當功而人悦，刑以當罪而人懼。士習以静而端，言路以開而廣，風俗以儉而淳，法令以簡而壹。是以創業垂統，而功與天壤同流也。

立綱陳紀論下

致天下之治者，人材也，維天下之人材者，綱紀也。大法小廉，而賢者得以效其公忠於國，漢治之所以近古也；變政易令，而不肖者得以引其私人於朝，宋治之所以寖弱也。然則綱紀之繫於人材，亦大較可覩矣。天無言而日星雨露風雷各效其職焉，天非日星雨露風雷無以布其好生之德於萬物。人材者，天子之日星雨露風雷也。是故天子之於人材，太上養之，其次激厲之，其次整齊之。夫誠養之於家塾黨庠之地、月吉讀法之時、閭胥族師之人、司徒司馬樂正之官而獻之天子之廷，夫人日漸摩揉，革於仁義禮樂，有經明行修而不知爲之者，故曰上也。至於異章服，别里居以爲僇而人畏不齒之名，於是遷善遠辜而勉爲君子，則是人材以激厲而興也。其或信賞必罰，覈名實，察功過，杜徼倖之門，開功名之路，人材之興於整齊者亦往往而有之。之數者，功效雖殊，要之厲世磨鈍之權一出於天子，廼若吏道之雜也。

選舉陵遲，廉耻相冒，入粟者補官，出貨者除罪，綱紀之謂何？其以爲市也。嗟呼！《周禮》爲經世之書，而安石誤用之以禍天下，綱紀之壞，於斯爲盛。然則先王創制立法隱其意於教養之中，而厚其積於風俗人心之内，誠非後世一切之治所能及也。夫惟聖君賢相，察天下綱紀之所在，與海内正誼明道、通達國體之儒日相講求。其利於天下者，爲天下因之；其害於天下者，爲天下革之。天下有未然之幾，鑒於古而預爲防之；天下有將然之勢，辨於微而力爲砥之；有不可變易者，立臣民遵循之極；有不容簡陋者，昭太平潤色之文。本乎民彝，順乎天則，而無事於矯拂之勞；布爲道揆，習爲法守，而無事於紛更之説，此則人材與綱紀相維，而制治保邦百世不易之道也夫。

居業齋别集　卷二　賦

御試經史賦有序

臣聞德貫三才賴繼往開來之聖，道周萬世藉經天緯地之文。粤若虞廷、夏代、商祀、周年之淵源，肇於庖羲之畫，至於體國經野，班朝涖官之綱紀，代有柱下一書。其傳心也，如日星江河之運行而不息；其紀事也，若雨露霜雪之被物而無私。義固精於折衷，功實由於閎覽。蓋經以順性命之理，言取其有常；史以明治亂之原，事要於徵信。此人心之統會，而道法之權輿也。夫合二帝三王之傳，立百官萬民之極，維兹經史，實亘古今。欽惟我皇上文思濬哲，典學緝熙，六合同風，四表光被矣，臣備員石渠，燦藜虎觀，愧乏蘭臺之筆，竊窺金匱之藏，謹拜手稽首爲賦以獻，其辭曰：

維兩儀之法象，蔚雲漢而爲章。伊人文之化成，實亘古而未央。龍馬呈而《易》以出，精一肇而《書》以彰。四始六義之藴蓄，三千三百之周詳。治朝治野，《周禮》垂一王之法；立愛立敬，《孝經》鍾百行之詳。言六藝者，折衷於尼山泗水；肄麟經者，衍溢於《公羊》《穀梁》。七篇以《魯論》爲祖述，《儀禮》與《周官》爲紀綱。人官物曲，纖悉於《爾雅》之目；博聞强記，罄折於經曲之場。斯性真之總萃，亶學海之汪洋。

若夫司馬宕逸於西京，班掾典贍於東漢。乃史局著作之宗，亦詞臣觚翰之冠。嗣後則蔚宗沿二京之流，陳壽撮三國之略。《晋書》駢麗於房喬，《宋書》繁蕪於沈約。子顯、魏收，令狐、百藥，後先纘承，斐然有作。《南北史》芟繁就於簡，《新舊唐》取新從其確。姚踵事於父子，魏濟美於君臣。永叔備五代之録，傒斯存二季之聞。宋濂編年於元代，鄭曉記事於有明。是皆彬彬郁郁，蔚蔚芬芬。然而網羅富於涑水，褒貶定於考亭。若妍媸之入藻鑑，譬輕重之歸權衡。論世者於斯而洞若觀火，知人者以此而昭如列星。

凡厥載籍，爛然柱下之藏；被之風雲，卓爾鴻都之庫。爾乃九域同春，八埏共書。論辟廱之鼓鐘，瞻闕里之椝步。於是藹藹王多，莘莘國秀。載考載稽，是圖是究。潤色乎休明，鼓吹乎宇宙。是以苞虞毓夏，甄殷陶周。翱翔乎三皇五帝，并包乎《八索》《九丘》也。爰作頌曰：景星燦兮，卿雲爛兮。日月光華，圖書焕兮。天下文明，旦復旦兮。

瀛臺賦

惟曾臺之岌嶪，表壯麗於紫宫。沐日浴月，凌雲馭風。列宿環其表，飛霞璨其中。右盤拏兮白虎，左蜿蟺兮蒼龍。渟涵沆瀣，呼吸穹窿。茹四溟之漭瀁，滙八極之鴻濛。其下則金鋪釦砌，彤墀玉階；琳瑨碧阯，珊瑚錦苔。面閶闔之閎敞，極坤軸之崔嵬。其上則東眺泰岱，西瞰華嶽，嵩室南峙，恒嶺北擢。俯洪河以如帶，量滄海之一勺。列鐘簴於隅隩，樹鼖鼓於中唐。環棼橑以羽衛，抗桴棟而虹梁。参兩天地，矩矱圜方。繡錯虖品彙，經緯虖陰陽。涣五色之炳耀，萃三靈之輝煌。繚以嚴簿，侍以虎賁。衛以期門佽飛，懸以玉漏金鏡。天門則邇，地瀨以悠。手捫参井，肩摩斗牛。泠如雨潗，爛如雲流。欻如摶扶摇羊角而上，倏如披緱嶺鶴氅以遊。於是乎，素鵠倉鶊，碧鸐黄鸝，昆雞孔鸞，鵰鷹鵁鶄，鸕鷀鴰鸹，鴐鵝鷛鷞，鳧雛離縰，鳳穴淋滲。群飛旅浴，晨游夕泳。於是乎修鱗燿雲，髻鬣撼山。噞喁沫者，聳骨彌淵。羌水立而潫漫，儵波委而蟬蜎。灌叢嘉卉，蔚若鄧林。青葱蔓藰，橚爽欐森。布葉垂蔭，吐葩萼榮。栝柏杞梓，椶棫梗楠。金櫻盧橘，銀杏黄柑。光明熠爚，文彩璘瑞。夏無炎暑，冬不沍寒。警周廬，屬閣道。儷駁娑之觚稜，並神明之窅渺。浸昆明，滙太液，井幹别，風縹緲。嵳峩漾洪濤於碣石，矗積翠於樓桑。儼員嶠與方壺，位蓬萊乎中央。

時維夏令，漏長晷永，天子乃六駿駁，駕雕軫，倚金較。搢玉珽，樹招摇，曳雲梢。枉矢弧旌，虹旃霓旄。鴻儒扈從，端士丞弼。史奏《豳風》，屏書《無逸》。坐三公以論道，布六卿而受職。魚魚雅雅，莘莘翼翼。講獮狩、蒐苗之掌故，覈廟社、郊壇之位秩。最循良之吏，優文學之級。俞伯彝以典禮，選咎繇以祥刑。命龍納言，咨契明倫。詔垂益以僝工，庸罷虎以展能。爾乃憑高遠覽，發號施令。軫荒祲之疆圉，馳輶使以濡潤。煒煌《雲漢》之篇，於鑠《桑林》之命。於是儀象和，雨澤普，百穀登，庶草廡。海晏河清，衢謡巷儛。當此之時，卷阿優游，乘象輅櫂。龍舟張鳳，蓋建翠旍。仰瞻碧宇，俯鑑清流。鼓吹震，絲肉聯。鳥群翔，魚躍淵。招白鷳，下雙鵠。投文緡，出比目。大官行庖，饔人割鮮。尚食命爵，太常張筵。引金罍，頒玉斝。庭實繽紛，法酒沾灑。太師乃陳金石，奏雅樂。鞺鞳鏗鞫，焜煜磅礚。朱鷺翔，白狼畢，歌九功，舞八佾。陬澨垓埏，覆載所極。皇歡浹，群工醉。蔚烟煴，調元氣。

於是三事大夫颺言而進曰："仙乎豫哉！昔者夏后兩龍，穆滿八駿，漢射獵于長揚，唐晏樂于興慶。孰如邃穆九重，優游大内，誦典誥之《書》，講羲文之《易》。逍遥乎禮樂之林，饜飫乎周孔之籍。四三皇而論功，六五帝而比德者哉。"

小臣固陋，簪筆承明之廬，謹拜手稽首，賦詩以獻，其辭曰：

於鑠瀛臺，帝京中央。眺聽九有，襟帶三光。煌煌穆穆，天子臨之。洪濛天覆，萬物熙熙。一章

皇陟瀛臺，自天靈雨。貽我來牟，載藝稷黍。卧鼓櫜弓，普天率土。白狼檠木，式歌且舞。二章

臺之上兮卿雲，郁郁兮芬芬。觀人文兮化成，樂韶頀兮泰階平。醴泉溢兮芝田田，昭聖瑞兮億萬年。三章

臺之下兮水悠悠，桂檝兮蘭舟。躍白魚兮翔赤烏，囿麒麟兮藪騶虞。龍宛宛兮集皇都，太史占之兮告禎符。四章

秋夜讀書賦

惟渾元之絪緼，户闔闢而乾坤誕。畀予以圜冠方履，肆寢食虖東壁西崑。仰觀俯察，臆測手捫。汗漫虖罔極，坱圠虖無垠。幽尋鼻

祖,蔓衍耳孫。踏月窟,躡天根。森羅階軸,囊括籓垣。導江嶓冢,濬河崑崙。泰華呼吸,雲夢吐吞。翺游滉瀁之域,容與洪濛之門。爾乃金風至,玉露浮。蓮房改夏,桐葉迎秋。赤霄雁語,銀漢螢流。瑟瑟松濤之徑,渟渟竹雨之樓。枕芳漱潤,膏胎濡喉。封管城以穀璧,拜石户以通侯。子墨參客卿之畫,赫蹄尸記室之籌。

於是陳秘篋,發重函。讋鳥迹,啓蝸涎。左汲冢之輜軿,右宛委之駢填。推疏仡循蜚之始,泝大庭栗陸之先。參伍畫前之代,攟摭逸去之篇。管何知乎卑耳,朔何辨乎藻廉。奕何鑑乎金剛之石,寬何測乎女人之躔。鐵斧禁物,服匿酒棬。貳負之足,鶩鵞之翰。西漢故倉之阯,顯陵科斗之椷。犧尊荷蕢,石鼓銅盤。斯豈由於天授,毋乃得諸簡編。迺若鼨鼠鼮鼠,雀錫雀刀;豢龍之鲊,海凫之毛;鯉鱗之纖,馬骨之高;錞子銅振之響,于闐玉印之彫。莫不精如水鑑,晰若秋毫。嗟群言之滲漉,羌目眴而心想。時澒洞以沸騰,或奔駛而漭蕩。富逾南面百城之奉,歡頻鈞天九奏之饗。

於是披文相質,按部就班:書清通而簡要,賦綺靡而流連;詩比物而醜類,論往復而纏綿;奏莊嚴而爾雅,議凱摯而衡權;箴篤實而徑省,銘古質而蒼堅;檄駿肅而蜂涌,誄陫惻而盤旋;説頓挫而宕往,札條暢而鮮妍。是乃骨理洙泗,苞孕虞夏;羽翮《莊》《騷》,權輿左、馬。馳驟乎向、雄,銜轡乎董、賈。酣肆於班、范、曹、劉,綺麗於潘、陸、鮑、謝。當此之時,如選鄧林之木,如游蓬島之居。如崑山之拾璧,如合浦之採珠。飢以之餔,寒以之襦。悶以之起舞,倦以之神舒。雲澹廣莫,星燦階除。六宇皎潔,萬籟清虚。太乙老人然藜於夜半,其尚有以啓予。

葵 賦

夫何佳卉之芊芊兮,氣獨稟乎瑶圃。帝肇錫以赤心兮,候太陽之晷度。爛熳於《爾雅》之篇兮,璀瓅於《豳風》之譜。或蒼或黄,亦朱亦素。儷芝田之五色兮,般葳蕤其類聚。儼若麻生之孤植兮,曾不虞乎桂蠹。亭亭兮如徂徠千尺之松,韡韡兮非漆園五石之瓠。在西蜀號曰戎肩兮,若東吴且目爲繁露。爾乃朱明旉華,溽收舒嫭。札札軋軋,雲根布濩。吐葩紅藥之欄,垂蔭金莖之路。花繁木槿,簭勝土芋。輝煌璹瑁之屏,照耀流蘇之幕。發青萍之爽籟,鼓鬱陽之繡羽。餐崑崙之玉液兮,飽沆瀣之曾霧。葉燦燦其琅玕,子離離其璠璐。榦挺挺兮銅龍銀箭之傍,枝蟉蟉兮長楊五柞之堵。

於是哲匠含毫,宗工託愫,竹間上客之吟,松下清齋之句。傅玄徵曜日之祥,陸機羨晚凋之祜。延年則以冠冕乎群芬,韓偓用之掩映乎黄獨。爾乃景風翔,卿雲布,甘泉涌階,朱草萌阼。禮行泰始,樂奏韶護。豐條先春,勁質後冱。上相以爾占玉燭之調,九重爲爾垂金華之顧。當斯時也,婆娑乎瀛洲閬苑之班,煒煌乎《子虚》《上林》之賦。豈非擢秀鴻龐,含苞貞固者哉!

爰作歌曰:自我天覆,風飀飀兮;甘露時雨,沃土膏兮;緑葉紫莖,曜九皋兮;衛足貞心,永逍遥兮。

玉馬風聲賦

夫何天籟之鼓蕩,偏翕受於虚中。鏗鏗戛戛,錚錚鏦鏦。如泗濱之浮磬,似彭蠡之石鐘。非水搏擊,匪山瀧嵸。惟測圭以面勢,則大壯而考工。或爲靈光之殿,或爲閶闔之宫。或爲瓔珞之梵刹,或爲爐鼎之琳封。上棟下宇,負陰抱陽。四洞八達,用圓體方。巢燕雀,棲鸞凰。畫藻於棁,繪丹於枋。於是笵土燒磁,冶銅鑄鐵,取象鐘鏞,植根簴業。上出曾霄,下臨厚地。肆外閎中,玲瓏堅緻。八方之風以來,四時之氣以備。駛若奔駟,緩若翔鴻。勁若木挺,柔若草豐。驟若巫峽之雨,沛若廣陵之濤。泠泠若匡廬之夏夜,漭漭若洞庭之秋高。

於是協律於嶰谷,諧聲於伶倫。陋焦桐之細響,嗤瓦釜之雷鳴。俛澈於廣莫之野,仰通於鈞天之庭。邇而不偪,樂而不淫。複而不厭,處而不停。可以宣幽達滯,理性怡情。使屈平紓怨於湘水,宋玉釋憾於高唐。王粲登樓而惝恍,庾亮隱几而徜徉。若此者,豈非天下之徵角,而萬類之宫商歟?於是舉酒屬客,巡檐而歌,歌曰:

若有聲兮四隅,星河爛兮庭除,我心寫兮踟躕。

又歌曰:

若有聲兮中央，軒楹敞兮月光，我心憎兮徬徨。

又賡歌曰：

瀏兮栗兮，聲蕭瑟兮。超兮忽兮，聲沸淈兮。鐵兮玉兮，聲肅穆兮。天馬徠兮，從西極兮。河馬出兮，從異域兮。

聞斯聲也，有不激昂慷慨、悚心而動魄者哉！

閏月賦有序

皇帝御極三十有三載，紀年甲戌，厥閏庚午。時則瑶樞夜朗，光燭紫微；珠斗宵成，氣連黄道。地過日出，咸際升平。河源火敦，奄觀清晏。皇帝乘朱輅，駕赤騮，載赤旂，衣朱衣，服赤玉，帥三公九卿大夫聽政於明堂，念曰："予一人誕受景命，膺圖撫籙。惟是欽若昊天，授時以綏我烝民。遐披載籍，緬想前模。作訛成易，煌煌帝典之編；流火授衣，亹亹《豳風》之什。咨爾廷臣，疇克潭思渾天敷陳閏月之掌故，朕將覽焉。"於是尚方給札，光禄傳餐。有橐筆小臣載拜稽首而爲之賦，其辭曰：

二儀絪緼，萬象混淪。邃古之初，邈矣罕聞。太昊氏作，仰觀天文。圖負龍馬，奇乾偶坤。始造書契，龍火官名。有熊軒轅，土德代起。爰命大橈，肇作甲子。羲和日占，常儀月眡。車區眺望，隸首排比。天儀之造，昉容成氏。周天歷度，縷分櫛指。斗綱所建，寅爲歲始。己酉朔旦，日南至矣。臾蓲上言，得天之紀。迎日推策，三百六十。積餘置閏，歲功攸協。顓頊水德，氏曰高陽。民事紀官，雅重農祥。金正蓐收，木正句芒。祝融元冥，水火相望。句龍配社，代饗烝嘗。懲彼少昊，九黎亂德。絶地天通，重黎是則。釐定曆象，仍首寅月。大哉放勛，光被四表。敬授人時，穹昊蒐討。嵎夷暘谷，測候精渺。閏月定歲，庭生曆草。月朔日生，月望日槁。一葉後凋，用知月小。虞夏因之，庶績允釐。孔門垂訓，行夏之時。若商若周，子丑遞革。魯廢告朔，閏次差忒。嬴秦蔑閏，書後九月。炎漢之興，賈生上書。請改正朔，時號通儒。孝武太初，始循夏正。治曆明時，憲章以定。歲差里差，代不勝數。唐書月令，删注御手。禮經經先，月令卷首。其駁吕氏，日在營室。無適變通，往往乖盭。氣逐閏移，節隨斗建。定以杓指，攝提準算。集賢學士，典司觚翰。大戴禮云：朱草生落。亦如蓂莢，隨月晦朔。又聞梧桐，一月一葉。閏十三莩，地靈斯叶。宋臣有表，志此閏年。黄楊短寸，桐葉十三。五勝之感，陰陽相薄。方諸水渟，陽燧火爍。箕動而風，畢麗而雨。土龍致澤，桐魚鳴鼓。雄虹雌霓，翔燕潤礎。萬應不齊，亦俱有故。矧兹曆理，贏縮躔度。天行至健，晝夜不舍。氣盈朔虚，裒多益寡。以今年立春至明年立春，二十四氣全數並有三百六十五日零二十五刻零，即氣盈也；月有大小，一朔無三十日全，此朔虚也。聖人則之，自强勿息。闔門左扉，所其無逸。蕤賓應律，施命四方。天地相遇，品物咸章。二老策數，符厥歲運。歸奇于扐，亦以象閏。三歲閏一，五歲而再。千九百年，七百閏届。唐有淳風，宋有康節。推演上元，具在書册。淳風推自麟德元年甲子，上距上元甲子，積纔二十六萬九千八百八十載。康節以十二萬四千五百年爲一會，云：自開闢至堯，正當其中數。故名雍，字曰堯夫。後世必有辨其學者。律歷同志，曆與律通。先其算命，師古曰："逸書也。言王者統業，先立算數以命百事也。"楊慎曰："俗士不知算命之義，顛倒其字作'先算其命'，成何語？"數起黄鐘。度起於長，量起於龠。權起於重，銅管是索。丘濬曰："此十二律者皆以銅爲管，轉而相生，黄鐘爲首，長九寸。"含三爲一，三三而積。孟康曰："黄鐘，子之律也。子數一。泰極之氣含三爲一，是以一數變而為三也。"歷十二辰，五數以備。孟康曰："初以子一乘丑三，餘則轉因其成數以三乘之，歷十二辰，得是積數也。五行陰陽變化之數備于此矣。"推而尚象，演而爲歷。三統四時，列爲皇極。肇自黄鐘，法用左旋。職在大樂，太常掌焉。同位娶妻，隔八生子。黄鐘九寸，三分損一則得林鐘六寸；三分林鐘益一，上生太蔟。律娶妻，吕生子，律陽吕陰。從子數辰至未得八，下生林鐘。數未至寅得八，上生太簇。律上下相生，皆以此爲率。三分損益，生生不已。下生者三分去一，上生者三分益一。黄鐘，"乾"之初九也。隔八而下生林鐘，"坤"之初六。林鐘又隔八而上生太蔟之九二，太蔟又下生南吕之六二，南吕又上生姑洗之九三，姑洗又下生應鐘之六三，應鐘又上生蕤賓之九四，蕤賓又下生夾鐘之六五，夾鐘又下生亡射之上九，亡射又上生中吕之上六。五下六上，乃一終矣。孳始於子，十一月。咢布於午。五月。陰陽施化，萬物樞紐。施於律吕，經於日辰。天綱孟康曰："斗在天中，周制四方，猶宫聲處中，爲聲之中也。"星紀，孟康曰："躔舍也。"棋布條分。日有六甲，辰有五子。孟康曰："六甲之中惟甲寅無子，故有五子。"中央元氣，周回迤邐。天九地十，河圖數極。易窮則變，閏法以立。孟康曰："天終數九，地終數十。窮，終也。言閏亦日之窮餘，故取二終之數以爲義。"時紀啓閉，月紀分至。亡事必書，春秋之義。先王敬天，履端舉正。歸餘於終，積而成閏。師古曰："履端于始，謂步歷之始，以爲術之端首也。舉正于中，謂分一期爲十二月，舉中氣以正月也。歸餘於終，謂有餘日，則歸于終，積而成閏也。"閏以正時，時以作事。利用厚生，民用不匱。《左傳》語。建歷之本，必先立元。元正定日，日度周天。惟天聰明，惟聖時憲。躔離懸象，日月所踐。高明博厚，悠久乃成。參天貳地，與時偕行。若乃靈臺，司昏保章。戒旦金莖，承露玉漏。滴箭鰲極，霄聳蟻盤。星粲景風，重熏卿雲。復緩盛德，在火離文。

方焕皇哉！億萬禩無疆之綿歷，而八千歲有道之禎符也。

歌曰：天之曆數，聖所欽兮。裁成輔相，泰階升兮。夙夜緝熙，亶厥心兮。穆明師濟，颺於廷兮。挈壺握槧，珏斯箴兮。

黄鶴樓賦

芒芒楚甸，浩浩川流。歷歷漢陽之樹，畇畇芳草之洲。臺湧月兮皎皎，亭度雲兮油油。馮虚跨鶴，羽客來游。玉笛三弄，梅花一樓。河鼓清宵疑晝，煙波盛夏亦秋。

爾乃澒洞窅冥，吐納殊狀。苞夏口沔口以渾涵兮，滙雲澤雲夢而漭沆。瀦兮若滄海之容，沛兮若洪河之放。絜廣陵曲江之濤兮，而非旋長旋消之區。儗灩澦瞿唐之浸兮，而無如象如馬之望。天五行也，水德偏王。地四瀆乎，江身亡恙。漭漭蒼蒼，巍巍蕩蕩。氣象萬千，奔湊乎樓上。緊審曲而面勢兮，蓋取諸大壯。桂棟兮蘭枅，砌堿兮玫磢。滕閣遜其閎，妙高讓其廣。隃睇庾樓兮如甂，俛眡石鐘兮似盎。榭萃鷊冠，廡晞鶴鷺。極天下之大觀而無憾矣，捨斯樓也其將焉往。

酒瀝鴟夷，書攤窶籔。響泉名琴，松枝代麈。岸幘披襟，下上千古。蓋嘗閣供奉斯須之筆，安得踵司勛偶至之武。然而臨流會心，登高作賦。人物自新，江山自故。於是側弁而哦曰：

樓之陰，何泠泠，若有人兮寫《黄庭》。樓之曲，何霂霂，若有人兮馴黄鵠。我所思兮仙公，手摘星辰與天通。蓋欣然庶幾遇之，相與奏鈞天廣樂於其中。

太和山賦

儷衡霍以萬古兮，錫鴻號曰太和。炎精蜿蟺緊華嶽之地肺兮，直翼軫而嵯峨。苞荆豫之綿邈兮，滙沔漢之逶迤。巀嶪嶙峋兮，去天尺五。峯七十有二兮，天柱爲祖。涔源石竇，氿而瀰瀰。珠璣萬斛兮，天紳散落。絶頂兮員顱，呼吸乎清都。丹霞顥氣，博山一罏。嶄嶄嵒兮三十六，紫霄直上銀河矗。傑搆玉虚，群峰四角。井不甃而冽兮，臺不絫而高。碧潭千尺兮，黝黝古濤。丹疑勾漏兮，术似三茅。山行得桃兮，亦足以豪。昔有人兮山之曲，飯青精兮騎蒼鹿。奓山字以謝羅兮，榔梅興於空谷。亳州老子二十年，煙深九室兮草芊芊。金人提劍麾之去，走向華山洞裏眠。陽狂三豐髯如戟，昂藏七尺兮一箬笠。九重物色詔使來，欲往從之不可及。浄樂天人天神訶，邂逅老嫗鐵杵磨。静而與陰合德兮，動而與陽同波。

猗嗟列仙窟宅兮，迨真武佐命而彌烈。肆永樂之秩祀兮崇閎，青泥瓦兮黄金闌。

江漢合流賦以萬折必東爲韻

宇宙暄霽，雲濤瀲灎。俯晴川其洵美兮，徐遐矚夫四遠。曰天一生水兮，胡蜿蜿蜒蜒而派則有萬。江淮河濟古四瀆並紀兮，惟楚有江而佐之以滔滔之漢。導嶓冢甫濫觴兮，徑武都合沮漳而渺瀰漾漫。於是亘穀、鄧、鄾、郢之疆，歷習池、宋井、春陵、檀溪之畔。過雲杜，豁左桑，潛三澨，漪滄浪，畠渼潭滟至翼際而支流無算。若乃岷谷之蒙泉也，自夏后隨刊而始見。穿巴梁，度巫峽，漲江津，浮赤岸，如象如馬，迅澓猛悍。豅如坤裂，豁若乾判。瀦九江，滙東陵，逼夏汭，而淈灅浸灌。

繄坎常盈而艮或缺兮，肆左旋而右折。旦滉瀁以圝潾兮，宵瀢滮而潎洌。諸纜牽柁掠之欸乃兮，躪蛟宫與鼉穴。韙二川之參並兮，若洞庭雲夢之根楔。其南受芙蓉絶壑之風兮，其朔霏桃花古洞之雪。當列星擁樹而彌光兮，即火雲赤地而弗竭。族育則鱣鮪鯩鰱鰷魶鯪鰩之屬，飛涎破浪，揚鬐成列。瀕居而厓坻之隈，沙嶼之洭。鳧鶵離褷，鶴子頏頡。侶浴群翔，觳蕃羽潔。閶闔凌兢，闤闠炎熱。浮家陽翟之賈，泛宅川西之椉。鱗萃乎二廣七閩，駢羅者三吴兩浙。榷關之篆龜紐，市門之卒龍節。長年三老，其麗不億兮。蟹舍漁村，人篙而户艓。要人檥兮牙檣，韻士涉兮桂楫。陳賓筵兮中流，發櫂歌兮更迭。弄笛仙公，於焉挈瓶而逍遥；灌畦隱者，是以抱甕而怡悦。汲其清兮，可以濯孺子之纓；鬻而洌也，聊用適桑苧之舌。小德之川流有如此兮，厥鎮山曰大別。爾乃逢涌沕潏，溟涬瀟瑟，澒洞奔軼，鴻濛泌瀄。

司勛率爾豪吟，供奉踟躇閣筆。脈脈停雲，泠泠浴日。浸畹而蘭且秋紉，潤皋而筍還冬茁。惟煙波之飄忽兮，往往迸阿而襄厔。相彼遄往之專壹兮，孰禦之而能必。

谽谺豁巃兮，氣欲天通。電睒霆激兮，餐蜺飲虹。與安期羨門爲期兮，望蓬瀛方丈以爲宫。鼓清飇之飂戾兮，行蕩五老二姑之胸。挾青霞之滃鬱兮，苞金山鐵甕於其衷。聘兹盤蝸撼軸陽侯之砐硪兮，將瀰湝演漾濩濩瀵瀵而無窮。夫惟汝量之際天蟠地廓乎其足以有容兮，予且踵桑經酈注而大言乎扶桑暘谷之東。

翰林育材賦有序

翰林之育材也，肇於唐瀛洲之選，而盛於明永樂甲申之歲。唐之名臣具在唐史，明則自第一甲曾棨而下有王文直端、王文安英、李忠文時勉、周文襄忱，文章氣節，卓卓在人耳目。而李文正東陽奉詔育材之賦作於成化戊戌，典更盛矣。我朝策進士凡十有五科，選庶常亦如之。名臣鉅儒之休命，賢士大夫觀光之盛際，視《虞書》周雅之所紀載不啻過之。儲材蓄德之科條，皆足以詔天下，示來世，則導揚撰述以宣達風教，固臣下之職也。其詞曰：

離文炳焕，巽命重申。闔陰闢陽，握乾奠坤。號令雷發，譽髦駿奔。如虎斯風，如龍斯雲。乃啓玉署，開詞垣，舉甲第，收群賢。於是莘莘濟濟，郁郁彬彬。降精靈於四岳，應列宿於高旻。文章彪蔚乎宇宙，德澤覃敷乎生民。隘唐瀛之浩渺，俯漢閣之嶙峋。猗歟休哉！卿雲載呈，奎緯聯合。禮門洞開，德化旁浹。棘省春暉，杏垣晝接。蒐羽翼於網羅，攬英雄於轂牒。録匭牘於宫墀，閲人文於仕牒。煌煌宗工，樂群敬業。事資利器，器資良工。靡玉不雕，有金必鎔。爲鏞爲鼎，爲珪爲琮。載路協彈冠之慶，同朝肅引領之容。芃芃乎連茹之征，藹藹乎菁莪之叢也。

其居則璇臺叠雲，畫棟迎月；風鈴語静，露牓花纈。其用則菱箋松墨，玉液糁羹；文縑積笥，楮鏹分縢；粟廩歲繼，膏釭夜明。其書則東觀傳經，西崑秘録；宣門鴻都，石渠天禄；孔堂舊壁，汲縣遺竹；張華之所未嘗見，揚雄之所未嘗讀。其製則敲金戛玉，刌宫叶徵；從律諧聲，分條晰縷；《太平御覽》遜其精，《册府元龜》讓其旨。其學則上泝羲農，微探鄒魯；五緯錯陳，六籍奄有；搜羅二儀，囊括千古；簡嚴肅括，黄麻是敷；表志傳贊，太史所書。勸懲關名教之大，歌詠本性情之餘。蓋將闡百禩之禮樂，而恢一代之規模者也。

載歌曰：巨鰲萃兮高峰，玉堂起兮凌空，歷貝闕兮入紫宫。姬髦兮商耇，文之淵兮德之藪，瞻爲山兮戴爲斗。朗曜兮三臺，同文兮九垓，歌明良兮咏康哉。

又賡歌曰：贊鴻業迓蕃釐兮，受駿祉及清時兮。皋兮夔兮傅兮伊兮，翊運凝績美哉基兮。

水亭賦亭爲潟口陳家别業，刊水張生授經於此。

天一生水，地中湧亭。吐吞沆瀣，呼吸滄溟。卓爾張幔，歸然挂鈴。祖衡禰參而纖塵絶，沐日浴月而百寶生。象曰習坎，居之元亨。工垂成也，喜雨客乍至焉。占星礪礎，刊花琢嵓。谷刻桷丹，楹凌窅冥。睎嶺澥之洞酌，仿君山於洞庭。方春巢燕，徂夏蔟螢。雁影秋羃，虹藏冬撑。

非魚而知魚之樂，好鶴而使鶴若丁。暇可洗耳，清斯濯纓。充庖祇用垂釣，果腹無勞挈瓶。揖謝褦襶，坐留娉婷。遲披蓑之逸叟，邀鼓瑟虙湘靈。爾乃拭素几，斞中泠。鬚眉競爽，襟帶餘馨。傳遍玉川諸椀，注完桑苧一經。琴彈雅操，劍試新硎。似得漳河之瓦，疑浮泗上之磬叶。濤浩浩而無息，木忻忻以向榮。松檀檜柏樠桂，葼蔖杏榆杜蘅。辛夷在塢，芙蓉稱城。桃葉梅根並價，姚黄魏紫齊名。迭苗迭秀，或從或横。鷺嶼鷗嶼，蒲汀柳汀。沱無馬人蜓户，汜有鹿柴騂耕。鬪鴨叠檻，飲牛坳泓。賓朋灑翰，童冠揚舲。鼓枻青林財三舍，牽纏赤壁可二程。榻陳仲舉北牖，詞指茂先西京。若上巳流觴暗灩，似江心古寺砯砰。虎卧龍跳聯卷軸，宫袍晝舫及郊坰。斯蘄春之壯觀，而藝圃之鴻聲也。

亂曰：長尋遠眺何濛濛叶兮，來何迅邁去何終叶兮。張融郭璞一海一江兮，混茫大手疇匹雙兮。電瀐雷奔滙此亭叶兮，鯨魂龍魄將毋升叶兮。踏瑶階酌桂漿兮，若有人奉予觴兮。含宫吐角激徵清叶兮，碧雞黄鵠俱翺翔兮。

石牛賦韻用柏梁詩體

古之肥遯物也疇則奈乃个切。飄然曠野叶獨立少可叶。背嶷嶷兮讓負荷，頭涔涔兮蒙堀堁。口齸齸兮謝豆莝，蹄踆踆兮遠坎坷。剛也若挫，毅也若惰，潔也若涴，猛也若懦。無呵無唾，無裹無邏。神農未役以耕作，后稷未徵以黏稬。廟犠希罇犠蓑未往作，饟人牽人未來過。鞏用革耶賈勿貨，法如毛耶葆勿破。三危有敖罔絜大，鼇山有獺罔鄰卧。依軲之牟毋耦坐，槊首之犏毋旅和。寧大夫曾莫哺餓，丙丞相豈溴憂瘅叶。戴天履地剛一箇，沐日浴月無兩座。柔麗中正重離那，大人占之拜手賀。

居業齋别集　卷三　頌　壽序

幸闕里頌有序

皇帝運啓文思，道隆濬哲，禹疇羲畫，後先同符，武烈文謨，經緯共貫，覆載所及，雲漢爲章。是以巡守岱宗，瞻言闕里。六龍藹集，霞葳蕤以建旂；萬象景從，雲縹緲而張蓋。贊牲采之班者，瀕海之域千里；受鬯卣之錫者，生民以來一人。陟降肅雍，金石絲竹；宫庭璀璨，易象春秋。忭舞杏壇，濟濟簪纓之博士；嵩呼閣道，亭亭帶礪之上公。是日也，天宇雍和，皇情豫悦。用羹墻二帝之心，遥通祖述；以範圍百代之學，遐契儒宗。猗歟煌哉！昔漢高過魯祀以太牢，唐宗崇儒加之王爵。猶且焜燿簡編，傳聞奕禩。若乃四表光被，焕乎堯文；六藝表章，爛然魯壁，於斯爲盛，莫之與京矣。

臣恩叨侍從，喜切瞻依。典禮維新，宫墻自古。文在兹而未艾，道歷久而彌光。增益高深，懋剛健粹精之學；緝熙上理，開蕩平正直之途。事冠古今，典垂天壤。而珥筆固陋，紀述未遑，非所以昭盛美、揚景風也。臣謹拜手稽首，獻頌曰：

皇帝御極，德洋化溥。雨潤日暄，敷天率土。汪濊垓埏，漸被陬澨。士詠岷謳，老嬉稚哺。東西朔南，同文壹度。浮竹扶桑，日出入所。款關獻琛，重譯學語。車闐槐市，肩摩石鼓。帝坐明堂，曰若稽古。巡省方嶽，時邁東魯。巽風號令，離曜疆圉。蠲所過租，賑岷倉庾。保章諏日，廬師飭壄。京兆清逵，司馬整旅。上公驂乘，徹侯備耦。豹尾虎賁，鴛翔鷺聚。建靈鼉鼙，樹翠鳳羽。貂蟬綺合，騄駬雲縷。旦發樓桑，夕飲涿溆。玉露金風，微雲疏雨。壤擊嵩呼，聖作物覩。眴眴甸服，滌滌安堵。滹沱湃湃，太行俣俣。瞻言岱宗，鴻濛之宇。日觀天門，莘莘鹵簿。雞鳴海曙，沆瀣光吐。漢柏秦松，閣道傴僂。俯矚洪河，千帆萬艘。風龢雨霽，灌輸積貯。南過塗山，東臨淮楚。龍蟠虎踞，燕磯牛首。仁磅施厚，沾溉陵藪。倬矣皇言，遠符堯禹。返旆緇青，眷言曲阜。魯壁天章，坤靈地腑。峻嶒老檜，葩耀春嫵。浪暖洙泗，灤光柱礎。太牢特祀，備物鼎俎。奠璧薦馨，登降拜俯。肅肅雝雝，還規折矩。大哉乾元，龍飛九五。寤寐羹墻，慇懃簠簋。顧瞻左右，彬彬廊廡。紫焰蒼文，鱗笱毛簴。鏗鍧融諧，笙磬柷敔。聖道中天，日正當午。五經博士，講解訓詁。四姓苗裔，黄童白叟。帝命主爵，誕受絓組。滂沛涵濡，便蕃賚予。煌煌御蓋，留廕廟户。傳示來兹，與球貝伍。禮成樂奏，遹駿祥嘏。鳳凰和鳴，舒翼自拊。赤雁黄龍，逶陀豫憮。皇帝曰咨，予臨天下。欽若昊天，爲生民主。重道崇儒，修文偃武。冶鑄八荒，甄陶九有。天錫皇帝，良臣碩輔。樹則移風，拔賢任耇。文明廣運，與天齊壽。小臣魯鈍，備員藝圃。橐筆陳詩，敢告册府。

勤政頌有序

皇帝神聖，文武在宥。區夏覆載，所及協和。平章萬物，各得其所。乃者蕩滌三凶，懷柔九域。車書同浮竹之鄉，聲教訖扶桑之外。凡有血氣，翕然尊親。雖《堯典》之紀光格，《禹貢》之書漸被，曷以加焉！然且厲精上理，霆斷風行。疏銓路，清流品，獎廉能，覈殿最。廣額以羅人材，及鋒以試科目。特簡以任封疆大吏，欽命巡察以抑豪右，懲貪墨。急蠲賑，以蘇阽危；省刑獄，以昭欽恤。嚴承審期限，以警惰窳。肅郊廟典祀，迓宇宙億萬載無疆之祜。是以一日萬幾，罔間於寒暑。一二臣工仰瞻宵旰，不勝區區之意。竊稽諸古，漢宣帝勤政令主，五日一視朝，史且書焉。皇帝曰："吁咈哉！率作興。事慎乃憲，屢省乃成。惟時懋哉！"於是朝野中外，曉然知天行之健也。臣謹拜手稽首而獻頌曰：

聖德廣運，雲漢爲章。緝熙濬哲，照臨彼四方。迺御應門，百僚鏘鏘。旗旐揚揚，廷燎之光。皇帝曰：咨！誕受天祜。奄有萬邦，丕顯烈祖。思日孜孜，載纘厥武。百辟卿士，惟朕躬是式。夙夜在公，不懈於位。小醜三蘖,既彝既蔑。至於海隅,莫不震叠。奉圖獻琛,來同軌轍。莋都臣僕,載歌樂府。外薄於扶桑,蜃市之滸。重譯款關,依成均石鼓。載橐載戢,六合熙熙。清静寧謐,惟賢是乂。之毋曰已安,尚懷馭朽。欽若五行,緊三事六府。如水斯鑑,如木斯榦。爵罔及惡德,薰蕕兹判。如飢如渴,廉吏之求,行省平章,迄墨綬銅符。牧祛害馬,孳息乃稠。咨!相臣寅亮,庶績是熙。冢宰率屬,黜陟允釐。司農司馬,分職以稽。罔狥於虚伍,罔滲於漏卮。秩宗典禮,神人有則。率由典常,勿僭勿忒。刑獄司命,明允惟敬。比詔令屢下,欽恤用訓,冬官庀材,毋纖毋窳。若網之有綱,若宫之有堵。廼咨納言,出納惟允。廼咨廷尉,平讞訊是。謹咨臺省庶職,汝無面從。蹇蹇謇謇,王臣匪躬。咨御史大夫,丞相之副。肅肅憲綱,盈廷貞度。百爾有位,亶思承弼。佐旰食宵衣,勿予暇逸。思昔殷湯,綏猷胥匡。亦越姬武,不泄不忘。彼禹益交戒,無怠無荒。肆唐虞之際,喜起明良。維皇丕哉,參侔閶闔。電發霆馳,須臾八極。載物以貞,自强不息。敬勝義勝,丹書之吉。允執厥中,惟精惟一。嗟臣固陋,任司珥筆。

平海頌有序

皇帝臨天下二十有二載,德澤汪濊,聲靈震叠。覆載所及,罔有内外。大司馬掌九伐之法,肅將天威。會滇黔兩粤間小醜芽蘖,六師徂征,草薙而禽獮,大者懸首藁街,細者械繫司寇,脅從罔治,灌燧銷鋒蕩平矣。維兹海島,盜弄潮汐,自勝國之季蔓延,迄今多歷年所。皇帝曰:"咨!上帝既以普天元元畀予一人覆露,蠢兹海澨,敢外聲教?"廼命師,武臣烺其帥厥師徒以討,用提督旌節視師,以賞罰用命不用命。烺至,大修戰艦,簡水軍,具糗精。諜知游魂假息,阻險虚聲,廼順風舉颿,直擣澎湖。流矢雨集,飛砲雷鍧,波濤起立,溺死無算。餘衆潰,遂遁臺灣。扼彼喉襟,迸逸無路。閏六月乙巳,鄭平英、林維榮詣軍門降。秋七月庚寅,薙髮。八月甲辰,何仕隆迎王師。壬子,進,師次臺灣。迺上書輸誠,願解甲歸農,棄水即陸。幕府露布以聞,其略曰:"昔越裳重譯朝周,尉陀奉朔歸漢,俱棄前過,偕之大道。今臺灣僻壤,遘會鼠竊,雖後至當誅,然方來可念。臣願陛下特沛曠蕩之恩，用廣垓埏之路。”制曰：“可。”九月壬辰，詔下。於是垂髫戴白，蒲伏道左，馳傳播告，不戮一人。民歡呼聲動天地，賁若山川草木，萬象維新。迺視版圖，料民數，延袤數百里可郡縣城郭者請於朝，張官置吏以治之。海氛平，皇帝齋肅，告廟策勛，加授烺靖海將軍，封侯。吏士陞級，兵丁賞賚有差。於是寓内清晏，櫜弓卧鼓，父老嬉遊，不見兵革。

臣愚，稽古高宗伐鬼方，三年乃克之。漢武用師南越，樓船騷動。淮南王上言：“軍興繁費，公私勞苦。國家帷幄運籌，决勝萬里。”數十年煙水飄忽，一旦傳檄而定，雖《虞書》之美干羽，周雅之咏江漢，曷以加焉？謹拜手稽首而爲之頌，其辭曰：

昊天眷佑，聖神文武。誕敷廣運，普天率土。輯瑞明堂，裔裔皇皇。東西南朔，享貢終王。逆桂耄凶，蠢爾芽蘖。詿誤吏民，牽引黔粵。義旗遄征，電掣雷鍧。獻俘飲至，凱奏西京。維兹海徼，長蛇封豕。憑恃菁蘩，飄忽煙水。闔智顛狂，蔓衍沸螗。罔知聲教，尚阻顔行。皇赫斯怒，迺命貔虎。迺薙迺蒐，迺滌疆圉。臣烺仗鉞，厲爾戎兵。百官僇力，糗糒艅艎。島嶼煙嵐，初猶嘯咥。螳臂枝梧，以當車轍。大軍雨集，囊括臺灣。摧枯破竹，釜魂讋焉。解甲投戈，歸命細柳。悔禍輸忱，厥角稽首。我襁我倪，我負我犁。永辭海若，卜居山陲。昔鼿今安，昔枵今哺。日月照臨，撤我豐蔀。大帥曰嗟，余弗汝劉。露布上請，唯汝噢咻。皇韙厥庸，刑牲告廟。鼓吹鐲歌，衢謡巷笑。師終比首，後夫方來。勿追勿距，維德柔懷。考功載書，剖符錫組。幕府咸旌，軍民安堵。海瀕聚觀，盆香手額。浩蕩之仁，厥聲嘖嘖。遂獻版圖，户口來蘇。幅員廣袤，租庸上都。若郡若縣，長吏治所。壹隸職方，永無偏頗。維皇大武，不殺而威。累紀逋寇，一矢加遺。維皇寬仁，赦罪宥過。服而舍之，無小無大。維皇睿鑒，洞澈遐荒。獻琛奉贄，如彼鬼方。維皇寵任，成此駿烈。夙吉師貞，勝彼南越。八埏九垓，怙冒涵濡。熙熙皞皞，羲軒唐虞。臣質譾庸，文字是職。拜手揚休，式昭民極。

黄連山壽序

六經皆垂世之書，而其學莫大於《易》。自漢以來，學《易》者代有聞人，要以用《易》而不盡《易》之用爲難。揚子雲盡乎《易》者也，邵堯夫不盡乎《易》者也。子雲殫思探索，能人之所不能，然而生平之力以天禄閣而盡矣。堯夫則不然，《擊壤》之有吟也，力不盡於搆思；安樂之有窩也，力不盡於應世。識如濂溪，學如伊川，才如涑水，極其用豈不大有爲於天下？然相羊嘯歌，以一丘一壑老焉。是故古之能用《易》而不盡《易》之用者，未有若堯夫者也。

科場取士，人占一經，大都習爲帖括之文，而湛深經術者蓋寡。直省卷出於第一人屬耳目焉，其責之也重以周，往往名實難副。若吾同門友黄子連山之文，則自一鄉以至於九域未嘗不籍籍稱善也。公車邸舍，黄子户外屨嘗滿，賦《緇衣》而具館穀者相望於道，而豐沛大姓以幣聘先得之。函丈講義，烺烺亹亹，一經指授輒取科名，以是館選中黄門弟子歲有聲長安。人第知黄解元文字，而不知其邃於學也。黄子尊人庭訓，閎覽注疏、正義，而折衷於考亭，故零陵《易》學推黄氏爲有原委。一鄉舉，一鄉貢，雁行群玉之山，而恂恂惟謹。伯有子五人，孫男十四人，仲亦如之。同廬合爨，視韓融氾毓家不啻過焉。芝馨蘭茁，望氣者言黄族自此方大。

乃連山七十之辰，以康熙丙戌九月，唐孺人以今年乙酉六月。白首相莊，梁孟康强，内外家詫爲仙侣。往予聞唐爲永州著姓，而連山之敦行孝友、教養兒孫、謙接賢士大夫皆藉梱以内佽助之力，用能壹其志於學。然則連山之有賢妻，其《易傳》所謂"含章可貞而富家大吉"者與？向令連山出而仕也，當此奉觴上壽之年，或珥筆承明，或乘軺郡國，唐未必舉案以從，而子若子婦、孫若孫婦，其能雞鳴盥漱，按内則之儀而羅拜堂陔乎？君子以此知連山學《易》爲堯夫之豐亨浩落，而不爲子雲之寂莫者也。

三《易》之位，《連山》首艮。艮之《彖傳》曰："動静不失其時，其道光明。"《繫辭傳》曰："終萬物始萬物者，莫盛乎艮。"《論語》言仁者樂山，則静而壽。是則同門之友所爲區區之義疏也夫。

胡母丘太君壽序

楚地當荆襄郢鄂之衝，有州曰荆門，有著姓曰胡，有節壽大母曰丘太君。太君者，徵士可庵之母，而胡子修予之大母也。修予弱冠，登康熙戊午賢書，今成壬戌進士矣。高堂具慶，而又侍大母養，喜可知也。

然微督修予之意，猶若有嗛然者。余乘間問之，乃曰："大母苦節而德不布聞，作梅何以爲孫矣？"蓋明季壬午癸未間，獻闖諸寇蹂躪楚北郡縣，左帥唇齒劇寇爲民害，田荒歲祲，又數有火災。當是時，壯男子當户猶難之。太君拊孤避寇，則三旬孀婦耳。到於今垂四十年，復亨剛反，吉大來矣，而太君之地道乃無憾云。夫地道無成而代有終者也。自天以下，冰霜雪雹，堇鴆荼蓼，陊裂瘇潰，一切可驚可愕之狀，地悉受之；而景星卿雲，甘露霖雨則上之於天。修予，胡氏之景卿甘霖也。自時厥後，紀胡宗之盛，大都歸本太君。乃太君則讓善於太封翁，以爲此皆太封翁之所肇基而積累者也。

金子曰："異哉！造物者畀太君以煢煢之子，而報太君以炳炳麟麟之孫也。國家湛恩汪濊，旌表節烈而外，則惟孝子順孫、忠臣廉吏。修予立身行道，爲孝子，爲順孫，爲忠臣，爲廉吏，以荷無疆之福，而太君苦節由此聞於天下，天下士大夫家人人得而書之，則太君之名壽且與身壽而並永也。進二年甲子，爲太君七十，修予從高堂二人後羅拜而奉觴上壽，豈惟荆門之慶？崔山南曾祖王母之盛，於是乎再覩矣。"

萬又月壽序

蓮華洞者，江州萬君又月藏書處也。異時余官京師，偶過一庶常邸舍，見舊槧廿一史，意其購諸廟市。已而家弟瑛萬友晨夕過從，話及此書，粲然而笑："蓋蓮華洞中古物云。"廣濟東衝山鮑照讀書臺下有黄牛院，當曝書時輒指《文苑英華》之善本津津詫客。客諏諸道士，道士曰："嘻！非家宬也。來自蓮華洞耳。"余嘗以此二事想見又月之爲人，庶幾漢史所稱長者歟？諺曰："借書一瓻，還書一瓻。"今也傾箱倒庋，邂逅予人，而人亦竟忘其書之所自出，何瓻之有焉？

宋葛文康嘗用酒券質得《太平御覽》一鈔，藉令生與又月同時，直若己有之矣，焉用質？趙文敏宋槧《前後漢書》，明太倉王司寇買之故家，價騰貴，司寇爲割一莊。後落歙富兒手，虞山錢宗伯用千金取出，壓絳雲樓群書卷。久之有急，鬻與四明謝(家)[象]三，得白金八百兩。題其後有"此書去吾手，大難爲懷"語。若此類，皆楚大夫不寶白珩而寶典墳丘索意也。又月將無同乎？且江州非有太倉、虞山之積著也，挈縹囊碧軸以公諸人而手不持一錢，何耶？萬友爲余言：蓮華洞與李公擇白石山房相望。又月高大父諱衣，嘉靖辛丑進士，累官河南左布政使，所著有《禺于集》。曾大父嗣達，萬曆辛卯鄉舉，著有《芋栗園稿》，官至金滄道。大父崇禎庚辰御賜進士堯一，官户部員外。父華亭縣令，諱邦鈺。又月嘗告人曰："映川一畝之宫，藏書五世矣。"

又月少任俠，急人之急，揮金錢若委唾。見仳仳簌簌、算緡争錐刀者，輒戟指笑駡，目爲土偶。客至，留坐高談，鎮日未嘗頤指治具，而酒炙立辦，則張儒人内助力焉。孺人庚戌進士張君秉鉉女，亦讀書知大義者也。又月有恒言："樂莫大於藏書，苦莫大於藏貨。鄴侯三萬軸，富矣，然韓退之言其子繁，牙籤未經手觸，則藏而充棟又不若公諸人也。貨有何好？而人好之。金谷之藏也，收者誚讓於潰散之日。鈐山之藏也，歐陽夫人憂危於掊克之年。丈夫擁書萬卷，安所得此苦哉！"余聞斯言，於是益歎又月之賢也。

又月以康熙十七年舉於鄉，署豐城縣學教諭，豐城甲乙科踵相接。分校淛闈，所得率知名士，而林君元桂、許君田已登南宫高第，獨其身毷氉出青門耳。嘗引太乙山房大士先生以自解，蓋大士八上公車而成進士也。今且駸駸如安亭江上之熙甫先生，公車九上矣。余之脂車也，如大士之數。寓書豐城略曰："夫遇合何常之有？山陰徐文長渭賞激熙甫文字，回翔雒誦於書生之壁，走告諸狀元大綬。狀元時官學士，大饗客，馳索歸文於座。座客籍籍文長知言，針芥之合有如此。然海内士大夫微茶陵張閣老、四明余翰編，知熙甫於場屋者何人哉？大士入試，主司争欲令出其門下，拊几摩挲，人自以爲得大士。然傀得而傀失之，抑又何也？讀書學道，人亦爲其自信者而已矣。若卜式之輸邊拜爵，張季之入貲得郎，讀書人豈能爲之乎？"又月以爲然，用此自信，即以此課子若孫。

長君方肇貢禮部有日矣，方泰既嘗有聲庠序，而方英、方昌又以文鳴。孫之露頭角者四人，朝熹髫而攻楷法，余有詩句美之，又月乃歸功我大兒啓洛之指授。余觀又月子婿凡六人，彬彬如也，而奬許阿洛乃逾涯，何以故？亦謂洛粗好紙筆耳。前年捃拾洞裏《册府元龜》來草堂，命整齊部次插諸架，誨之曰："昔白石山房書乞與蘇文忠公讀，而山房遂以蘇記而傳。是洞之藏書也，余當有記。"到於今十月，爲又月覽揆辰，又當奉觴上壽矣，而記猶未脱稿，心竊恧焉。萬友又爲余言："洞口頃之有人望氣，郁郁芬芬，有若《天官》書所謂卿雲者，然此何祥耶？"余晨起，搔頭東望，敕孺子買舟，將有涉江之役。又月其滿載黄花新釀，遲我於書帶草間也。

居業齋别集　卷四　表

擬上聖德神謨指授方略滇南底定海寓蕩平諸王文武群臣屢表請上尊號上謙讓弗許群臣謝表壬戌會試

伏以峻德邁三皇，萬國際咸寧之日；鴻猷光四表，千官遊廣運之天。萃文謨武烈，而蕩蕩難名，化成久道；當海晏河清，而巍巍莫贊，謙益尊光。慶洽臣工，歡騰海甸。

臣等云云：竊惟繼天立極，大哉羲農之稱；受籙膺圖，焯矣黄軒之號。删書始自二典，論治爰考三謨。放勛協和，帝垂裳而師錫；重華濬哲，臣拜手以賡歌。夏德祗台，聲教誕敷四海；商王桓撥，帝命庸式九圍。文流遹駿之聲，惠鮮懷保；武擅亶聰之譽，耆定永清。是皆以臣子而推崇君父，璀璨瑶圖；抑或由草野而謳歌廟廊，丹青玉版。若乃功誇馬上，位號兼皇帝以爲尊；德推代來，恭儉頡成康而並美。表章六經之后，開戎索於槃瓠夜郎；同符高祖之君，靖妖氛於赤眉銅馬。唐則善政爛熳於貞觀之日，宋乃仁風翔洽於興國之年。蓋東觀詞臣，大都輝煌珥筆；而西清掌故，亦復藻采編摩。摠七萃之羽林，參差豹尾；設三峻於禁苑，繚繞虎圈。池鑿昆明，獮狩徒思鼠徼；樂嫻巴舞，版圖未及雕題。乘萬騎千，武且疏於克詰；勸百諷一，文莫覩其颺言。嵩山聞萬歲之聲，迹髣髴於化猿化鶴；德水應千年之邑，事殊絶於非熊非羆。寶應天元，芝檢相沿爲故事；司徒太尉，金匱漫襲於虚文。未有聲靈赫濯道下濟，而光明經緯於昭衷虚受若川谷如今日者也。

兹蓋伏遇皇帝陛下，道冠苞符，德先疇畫。敦敏狥齊而立極，聰明睿知以有臨。右史左圖，典學務勤時敏；朝乾夕惕，勵精自協天行。

晋玉帛於塗山，律調玉燭；奠金鼎於郟鄏，瑞應金甌。雷地豫而行師，電開西洱；風水涣而用壯，霆掣點蒼。赫赫廟謨，運九天九地之奇於掌上；煌煌聖武，收七擒七縱之績於師中。顧此碧雞金馬之鄉，肯用封豕長蛇之聚。下羊城之趙尉，按圖而草薙牂牁；掃鮫海之盧循，飛檄而禽蒐井鬼。雲擁河西之部，已縊懷光；雪迷洄曲之營，乃擒元濟。赤羽白羽，投鞭斷琵琶之江；虎韜豹韜，躍馬折桄榔之樹。猺溪父老，扶杖以擁官軍；藤峽兒童，壺漿而環幕府。輕裘緩帶，飲壯士於和門；雅歌投壺，上首功於元老。山花沐露，凱奏郵亭；汗馬嘶風，鐃吹細柳。泮水刑牲而獻馘，夏官載筆以書旂。喜動天顔，威行地軸。於是搢挺而觀王會，澤汪濊於九垓八埏；湛露以宴臣工，氣調和於五風十雨。天揖時揖土揖，人樂卷阿；勛臣世臣詞臣，詩歌天保。恭陳寶號，偕九域之歡呼；仰覩龍顔，邁千秋之治鑑。作頌表普天之敬，莫贊高深；躋堂昭丹地之誠，罔窺邃穆。乃聖不自聖，象乾元坤載之保合太和；而新又日新，如堯咨舜儆之賡歌喜起。天章雲漢，焕乎允恭克讓之文；日麗絲綸，皇哉敬勝緝熙之學。雖昭代自成典則，大書特書；然九重猶敕幾康，惟休惟恤。金聲玉振，鳥篆龍章。孝治隆而禮備萬安，孫子極萬年之奉；解澤沛而刑傳肆赦，尊親盡四海之歡。此典策所載莫覩之休風，真生民以來未有之盛事。

臣等空懷馬革，實愧虎頭。捲詩書而欲狂，歡同杜甫；諭巴蜀而嚮化，檄慕相如。露布既傳，因議思州之世守；雲臺已畫，仍籌羅甸之懷柔。敢不共矢推賢讓善之誠，更圖制治保邦之略。

伏願恒懷儉德，益溥慈仁。慮切於已治已安，思深於由飢由溺。擇賢付鎖鑰，鞏帶礪於山河；用德作金湯，固苞桑於社稷。修文偃武，講《孝經》者虎賁三千；賜旣旌忠，勤奉璋者元侯十八。穠花館外，桃笙通海上之梯航；疲馬山中，珊瑚却越人之貢樹。則有嚴有翼，金支兆千祀之祥；而來享來王，銀甕鏤萬古之字矣。

擬進日講《易經解義》表

伏以聖德先天，瑶殿啓羲文之秘；皇猷稽古，瑯函紬周孔之藏。千百年紫禁鴻謨，光分藜照；億萬禩丹鉛心印，義炳薪傳。味之無窮，開斯有益。

臣等云云：竊惟兩儀生於太極；萬象統以乾元。曰剛曰柔，陰陽合而有體；相摩相蕩，變動極而無方。天地定位，而水火山澤雷風日新富有，運行於藏用顯仁；變化成形，而夫婦父子君臣易知簡能，彌綸於仰觀俯察。是以井田封建、曆律兵刑，咸在乾始坤成之内；至於神明默成、意言象數，不離陽奇陰偶之中。極深研幾，故能通天下之志，成天下之務；知來藏往，乃可原萬物之始，要萬物之終。善之長，嘉之會，義之和，事之幹，法天斯成天德；學以聚，問以辨，寬以居，仁以行，希聖必盡聖功。蓋馬負一圖，實六經文字製作之祖；而韋編三絶，乃千古性命道教之源。《十翼》遠而微言罕聞，《九師》興而大義中晦。秦火存以筮卜，漢儒雜之京焦。賴濂雒關閩之表章，始卦爻彖象之森列。表裏乎《詩》《書》《論》《孟》，貫通乎堯、舜、禹、湯。迨末學漸習因循，而羲壇浸疏講貫。治統道統如有待，先聖後聖其同符。

兹蓋伏遇皇帝陛下，剛健天縱，粹精日新。恢拓圖書之淵源，振興天地之經緯。金華晝水從容諮詢，銅鶴香浮簡編獻納。以一經爲十三經之統紀，揭日而行中天；合四聖爲千萬聖之權輿，樹標而示率土。特命文學侍從之鉛槧，裒輯先賢論説之師承，上供乙夜之觀，下竭千慮之益。既敷陳於講幄，將實見諸施行。厚載物而元承貞，敬直内而義方外。户鄒魯，家程朱，誕敷聲教；首辟廱，暨庠校，一統車書。

臣等殫力編摩，備員講讀。篝燈已成卷軸，待漏還握牙籤。觀象玩辭，管窺洗心之藏密；擬言議動，蠡測典學之淵深。伏願乾行不息，益進無疆。主善爲師，默契畫前之有易；學古有獲，潛通象表而忘言。由典册以見精微，親功久大；兼顯承而備作述，篤實輝光。則瑞叶玉麟，煌哉赤文緑字；而祥開彩鳳，焕乎景星卿雲矣。

擬纂修三朝國史開局賜宴表

伏以鴻猷巍焕，萬國瞻雲漢之章；典册昭垂，千秋仰球圖之賁。前者作而後者述，遹駿有聲；創之裕而守之貞，永言維則。紀三朝之光被四表，虎觀燃藜；追太祖之仁育九圍，螭頭珥筆。歡聲雷動，協氣雲流。

臣等云云：竊惟聖治同天，肇堯典虞書之紀載；王猷法祖，本明堂清廟之詠歌。右事左言，起居特注於柱下；祖功宗德，傳頌爰暨於海隅。蓋以所見所聞之真，垂爲世法世則之典。故夏鼎商盤而後，代有成書；若文謨武烈以來，朝多鉅册。西京史局，司馬紹麟經以操觚；東漢朝章，孟堅踵龍門而起例。日曆始於唐代，而會昌之時政並付史官；紀録盛於宋朝，而乾道之旬修每傳聖語。合宫府而僉載，惟國史專掌之詞臣；懸日月以不刊，必纂修即命於昭代。蓋由肇基耆定，而及守文繼體，積累深厚，是以徵卜年卜世之長；且自本紀、年表，以逮列傳、世家，採輯詳明，乃能備大書特書之體。若洪武之曾編日曆，厥後未聞增修；即萬曆之特撰國書，其時弗告成事。遂令汗青寥落，幾同杞宋無徵；即或稗乘臚陳，還愁魯魚多誤。未有大文炳蔚，昭日星河嶽之祥；盛典輝煌，萃龍馬圖疇之秘；功高紹述，德懋顯揚如今日者也。

兹蓋伏遇皇帝陛下，天授神靈，性成達孝。富有四海，聿隆尊養之恩；咸寧萬邦，大啓悠久之緒。皇圖式廓，仰思列聖之創垂；景運雍熙，遐泝九廟之昭假。欽惟我太祖高皇帝開天肇造，建高山荒作之勛；太祖文皇帝化日舒長，樹豐水燕詒之業；世祖章皇帝永清奠鼎，九重開閶闔神宫；建極凝休，萬歲受軒轅寶曆。化成久道，勛華與乾坤共昭；時際天中，格被偕風雷並遠。維實録之徽猷彪炳，翼翼乎僾於見愾於聞；矧一統之志載森羅，彬彬焉行其禮奏其樂。俯允臺臣之請，開局掄官；特頒少府之金，涓期賜宴。矢公矢慎，集爾百僚之工；無溢無荒，勒成三朝之史。邠岐豐鎬之深仁厚澤，久而彌深；文武聖神之廣運旁流，光而愈耀。戰功赫濯，賁若草木山川；愷惠懷柔，沛如膏露霖雨。攀鱗附翼，比蕭、曹、丙、魏之儔；宣化承流，匹范、韓、文、富之列。勒諸旂裳者，彙成卷軸；銘在鐘鼎者，採入彤編。各期殫厥三良，用以公諸萬禩。

臣等技愧雕蟲，材慚襪綫。步亦步，趨亦趨，奉涑水爲龜鑑；筆則筆，削則削，師考亭作典刑。燃禄閣之青藜，夜以繼日；飽官庖之白粲，公爾忘私。伏願揚烈覲光，紹衣篤祜。午朝聽政，禮樂兵農咸咨；乙夜觀書，典謨雅頌畢備。寰宇熙洽，彌念締造之勤；海甸豐亨，逾思繩武之篤。丹文緑字，晝三接於鳳池；籀史邕編，時累箱於豹尾。則苞涵虞、夏，陶鑄殷、周，玉燭調萬年曆服；而範圍修、祁，銜官遷、固，金莖照千古丹鉛矣。

擬進景福頌表

伏以睿藻焕龍文，寶册介坤符之祉；慈闈綿鳳曆，瑶池承晋母之歡。萃九域之嵩呼天子，金聲玉振；成上元之寶籙彤廷，錦字琅函。八千歲爲春秋，蟠桃燕喜；億萬年垂册府，芝檢鴻章。彩溢圖疇，慶餘海嶽。

臣等云云：竊惟兩儀生於太極，先乾始坤元以成尊；萬化原於至誠，統博厚高明而悠久。帝王以天下養，徽號沿得統之規；曾孫合萬國歡，作頌表因心之敬。赤虹繞霧，爛熳唐編；紫宿流霞，輝煌夏策。有娀長發，式開子氏之祥；太任思齊，大啓姬宗之緒。然而史臣珥筆，莫贊高深；即或華祝躋堂，罔窺邃穆。故十年水旱，徒誦盛德於和熹；而三爵衮衣，僅傳華文於莊獻。未有孝養極九州之奉，禮備萬安；宫闈衍百代之祥，光生長樂；增華瑶牒，介壽槐眉如今日者也。

兹蓋伏遇皇帝陛下，天挺聰明，性生仁孝。求衣問夜，振蔚豹之仙姿；視膳瞻星，聽濯龍之曉漏。钦惟太皇太后伊慶鍾祥，丹水肇承天之業；石鄉啓祚，岙山綿厚地之徽。昭聖之聖號，已尊上而彌上，如天垂象而民物瞻仰；慈壽之壽齡，方始新且又新，若川方至而日月升恒。律中夾鐘，讌赤水而歌黄竹；帝居太廟，乘鑾輅以駕蒼龍。杏雨彌天，宸翰映珊瑚之架；卿雲復旦，球圖陳玳瑁之筵。大書特書，昭天潢本源之義；愛日敬日，推母后孝治之忱。泝帝業之由鎬豐，昭代爰成典則；維璇宫之有堯舜，普天莫不尊親。若大宗，若小宗，帶礪山河胥拱宸垣之極；爲天子，爲聖人，禄位名壽咸歸星宿之源。用能斂五福以卜萬年，因之協三靈而蕃庶物。飲柏梁之法酒，蘐花照緑醑紅醽；爇蓬島之仙香，椒砌看龍章鳥篆。

臣等陳情有志，錫類無能。注經而學顔芝，殊慚芸閣；讀詩而懷束晳，欲補白華。伏願典禮慎徽，孝思維則。大堯仁之惇睦，焕乎文章；法周道之尊親，丕哉謨烈。德施溥而玉杯演露，和氣翔而肉簟摇風。則鳳曆常調，龍言受中天之學；而虎賁能誦，象胥同薄海之文矣。

擬舉博學鴻詞表

伏以巽號雲開，寵畜稀遊之麟鳳；離暉日麗，運啓復旦之圖書。寄繩墨於鵷班，羅楩楠杞梓而升闕下；覯黼黻於鴟路，萃山龍藻火以賁朝端。多士雲烝，普天雷動。

臣等云云：竊惟籲俊尊上帝，用緯地以經天；聖主得賢臣，惟右文而稽古。虞廷師濟，猶勤岳牧之咨；周士思皇，爰舉賓興之典。石渠虎觀，爛熳西京；文學賢良，輝煌漢策。爲勸駕，爲獻書，詔行郡國；若彈冠，若推轂，人重品題。然而江海驅才，惟吟風月；亦有蛟龍入夢，但咀宮商。歸燕詩成，腕下春風欲訴；阿房賦就，袖中月旦誰操。兒命孔楊，刺懷漫滅；伍羞絳灌，官況牢騷。窮丘索於縹緗，漆書誰解；出華林之奥録，蟲篆何能。掌故多失於曩年，洽聞難期於册府。乃至三場帖括，襲優孟之衣冠，且將四子微言，踵邯鄲之榘步。研章摘句，渺茫經史之門；數墨尋行，指點功名之路。張安世記書三篋，財給事於尚書；虞仲翔知己一人，竟遺憾於當代。未有天章雲漢，採葑菲於藝林；日焕絲綸，取球琳於學圃；笵金鑄鼎，求木營宫如今日者也。

兹蓋伏遇皇帝陛下，道符羲畫，心契軒圖。奮武而復揆文，文成虎變；恤民而兼禮士，士慶龍驤。右史左圖，書銘石室；朝嬰夕側，啓事金函。玉筍班聯，已上王褒之頌；柏梁燕喜，咸賡孝武之詩。顧以國家養士百年，調鼎濟川，已賴鹽梅舟楫；然而昊蒼篤生多士，山輝谷韞，豈無璋琥琮璜。有待而興，須張羅於九域；無因而至，尚緝翼於八紘。

咨爾臣工，爲朕博採。或松巖肥遯，高士南州；或蘭谷潛芳，雅望北郭。或操觚染翰，文峰聳峙千尋；或潑墨濡毫，詞源倒流三峽。皇甫未遇，誰序左思；歐陽不逢，莫賞蘇軾。氣蒸雲夢，臨襄水而疏故人；墻靡曹劉，賦荆樓而作羈客。與其文章千古，藏名山而傳之其人；曷若潤色萬幾，本家修而獻之於國。《卷阿》《天保》，共矢來歌；崇政説書，時資啓沃。墨允墨智，坐論而得諸几筵；《周禮》《周官》，起行而著爲典則。地静花磚之影，宵燦金蓮；天高彩衮之霞，晨調玉燭。誕登道岸，豈止訂亥豕之訛；攻錯他山，寧徒效鼓蛙之噪。

臣等識慚冰鑑，學誤金根。桃李不植於私蹊，茅茹矢連於泰運。如山濤之薦叔夜，常恐用違其才；若孔融之識禰衡，無令名過其實。伏願道廣僉謀，仁宏器使。念始終典於學，惟古今鑑以人。咨於五更，咨於三老，翽鳳羽而莫動神羊；謀及卿士，謀及庶人，迓龍圖而還來太乙。則赤文緑字，應華曜於星躔；金鏡寶符，垂典章於奕禩矣。

擬進《大清會典》表

伏以憲典昭垂，册府焕縑緗之色；章程畫一，岩廊騰翰墨之光。精意原九經，同律度量衡而致治；大權有三重，合宫府内外以成編。同文同軌同倫，煇煌睿藻；世道世法世則，爛熳天章。喜溢螭頭，歡騰鳳闕。

臣等云云：竊惟聖人大寶，守之以仁；天下會同，制之爲禮。粤若五帝而後，紀綱相傳；迨乎三王以來，質文異尚。《關雎》《麐趾》之意，播爲立政周官；豐水鎬京之規，著於辟雍雅樂。漢祖業成汗馬，及綿蕝而文治聿昭；唐宗書集瀛洲，迨貞觀而政要斯備。《太平御覽》李昉孫奭分修，《册府元龜》景德祥符乃著。朝章國是，淹貫無如三通；考獻徵文，研求不外六典。自明臣珥筆，始有會典之名；故秘閣藏書，竟成經世之録。凡以言治道者，折衷於掌故，則綱舉而目張；若夫監前代者，搜討諸芸編，乃鉤連而繩貫。雕蟲纂著，豈能存典則於西京；白虎編摩，不過譜異聞於東漢。國計有簿，未該禮儀；寰宇成書，甚費删定。宣和博古，究於治理無關；元豐崇文，乃至奸人滋誤。一日三詔並下，卷軸旋失於靖康；諸郡各路俱來，牙籤後災於紹定。紛紛著作，咄咄陳言。欲求鄒魯之奉爲憲章，必若文武之布在方策。德洋化溥，禮樂斯興；治定功成，典文乃備。未有損益百王之法，通其變，盡其神；楷模奕禩而遥，遠不忘，邇不泄；皇矣國典，觀乎人文如今日者也。

兹蓋伏遇皇帝陛下，與天爲則，卜曆無疆。精一執中，萬世文明之祖；剛健立極，千秋制作之宗。表章六經，昭於日星河嶽；融會三禮，儼若珪璧琮珩。御製詩文，彌綸天地；纂修方略，蕩滌乾坤。當橐弓卧鼓之年，正考憲貞度之日。蘭臺石室，庋宛委之名編；虎觀金莖，萃鴻都之彦士。入官服古，婆娑七林；橐筆就班，寢食四庫。欽承天語,裒輯朝章。振領提綱,紹堯典舜典而爲會典;發凡起例,超夏書商書以著清書。官分六曹,有爲有守;治大一統,無黨無偏。冢宰建官,體國經野;司徒敷教,度地居民。禮象春生,宗伯率屬而稽古;刑同秋肅,司寇執法以詰奸。畜衆容民,不忘夫蒐苗獮狩;日省月試,下逮乎梓匠輪輿。取義於天地四時,運行不已;徵功於官民萬物,變化無方。天保采薇,弼成五服;版章土宇,綿絡九圍。六部均編,如鄭子萇弘之各專一職;聯床紀事,比韓詩戴記之分治諸經。搜羅彙輯,疏瀹貫穿,期於通乎國體;草創討論,修飾潤色,要以竭厥臣心。寒暑四周,先明史而告成事;縹囊萬軸,併統志以昭鴻圖。爲德爲民,虞廷之亮工熙載;以治以察,周官之制治保邦。宸製頒行,若江河之緯地;聖謨弁首,如日月之經天。煥乎其有文章,遐哉永爲典要。

臣等才慚握槧,學愧燃藜。儤直大官之庖,素餐是懼;垂紳秘書之閣,丹鉛未遑。載晝一以寧民,雅慕蕭相;行仁義而有效,竊取魏徵。嗤論語半部之言,惟其文罔踐其實;撮天人三策之要,明其道不計其功。敢不早夜圖維,黼黻治平之盛;庶幾心手拮据,賡颺謨烈之隆。伏願綱紀四方,範圍百代。自强不息,議禮制度考文;日進無疆,明德新民止善。左豳風右無逸,長治久安;調玉燭奠金甌,凝休歛福。則天禄藏書之府,雲漢爲章;而承明著作之庭,金石並韻矣。

擬恤刑表

伏以聖世廣下車之仁,芒銷貫索;天朝敷解網之政,澤溢桁楊。爽鳩司秋,秋肅寓春温之意;木鳳銜赦,赦過同宥罪之心。圜狴歡騰,陬澨忭舞。

臣等云云:竊惟上帝好生,陽常居於大夏;聖人去殺,刑止決以三秋。欽恤爲十六字心外之傳,忠厚即億萬年國家之本。周反商政,式敬獄於蘇公;漢除秦苛,定刑章於蕭相。辭聽色聽氣聽耳聽目聽,議獄有緩死之文;野刑鄉刑軍刑官刑國刑,慎罰垂及嗣之戒。自郡國虎狼爲吏,平反幾人?迨法曹羅織有經,株連累牘。鍛煉之下,求須臾而不能;瓜蔓之餘,係子弟而未已。萇弘碧血,哀同杜伯之朱衣;魏其沉冤,慘比灌夫於居室。三宥視爲故事,空愴惻於東門;十族竟爲新談，俱牽引於西市。蓋析律太刻，死或中於深文；而持法過嚴，生亦傷於東濕。未有辟以止辟，九棘傳宣巽風；刑期無刑，五宅並霑解雨如今日者也。

兹蓋伏遇皇帝陛下，乾元資始，坤厚有常。恭己以臨，如雲如日；惠鮮爲保，式舞式歌。刑惟腥而德惟馨，已見銀河之洗；治無名而天有象，行空貴人之囚。然猶痌瘝弗釋，宵旰未遑。聽言而用張釋之，决獄則遣于定國。念入者未易失出，固難輕肆赦於要囚；乃死者不可復生，尚其示矜全於停緩。得情勿喜，毋謂鵠亭之鬼，雖九死而甘心；惟恕乃平，罔右屠伯之期，嗟一月之未展。至于赭衣道路，或屬絮舜家人；闢木郵亭，豈無緹縈少女？俱邀寬政，均沐恩波。脱桎梏而言旋言歸，猶是蛸户鹿場之婦子；解髡鉗而隸耕隸織，依然大田楚茨之室家。彼死者如有知也，雖殺之而不怨；繄存者得無恙耶，將改行以自新。父老傳詔令而涕洟，兒童喜新政而誦詠。

臣等管窺玉律，蠡測金科。素無半部書其堪佐治，徒守三尺法奚以牧民？際仁聖之君，耻因法術刑名而進；當清平之世，肯與申韓管商爲徒？伏願仁心益寬，慈德爲寶。九歌興而百揆叙，猶勤淑問之庭堅；五禮修而六樂和，還命循行之召伯。省刑先以薄斂，用一緩二，昫黔黎以陽和；節用因而愛人，耕九餘三，留積貯爲大命。則仁風翔洽，道德齊禮之化，風動四方；將久道化成，關雎麐趾之休，垂裕百代。

擬駕幸闕里表

伏以乾德中天，治統兼司道統；離輝麗日，心宗上契儒宗。省方同天下之文，光生奎璧；典禮右古今之學，慶溢簪纓。率土騰歡，普天動色。

臣等云云：竊惟帝世右文稽古，必由庠序；王猷典學秩祀，獨先瞽宗。魯國而儒一人，道隆洙泗；夫子之墻數仞，望重徂徠。自生民以來，未有其盛；等百世之上，莫之能違。是以登堂，如聞絲竹之聲；至於發秘，猶啓圖書之奥。赤帝功高馬上，祀以太牢；元宗樂在梨園，加之王爵。親祀昉東漢，饌肆設於春秋；象舞始北齊，軒宏開於廱壁。自廊廟之俎豆，視爲具文；致士習之支離，漸成末學。會稽清辯，半爲蔥嶺旃林；洛下狂瀾，已入漆園苦縣。絳紗記室，未必真儒；戎服講堂，豈真絶學？未有表章大道，崇尚宗風，鑾輅至止而草露咸滋，霓旌遥臨而卿雲復旦如今日者也。

兹蓋伏遇皇帝陛下運啓圖疇，道隆作覩。神機電發，藏豹略而尚詩書；睿智雷行，裹虎皮而尊文學。金聲兼玉振，遥同洙水之源；承烈以顯謨，不數崆峒之駕。謂澤隆木鐸，能爲萬古之師；躬起布衣，已備千秋之鑑。《尚書》與《九丘》表裏，太極爲"十翼"淵源。筆則筆，削則削，麟經大義存幾希於文周；行其行，言其言，韋布微文紹統緒於堯舜。百川衆瀆，趨海水以朝宗；萬户千門，視杏壇爲閫奥。爰登尼山之阜，益信地靈；乃聆孔氏之鐘，如逢天籟。撫素王之車服禮器，斯文猶存；察鄒魯之風俗人心，至治有象。雲騰帝座，光飛玉檢之書；星度文昌，氣晃金根之輅。

臣等步趨無力，嚮往有懷，近聖人之門，惟憑蠡測；當有道之世，僅得管窺。捧三絶之韋編，几筵自昔；懷七枚之白璧，劍履維新。伏願學懋湯盤，化翔禹服。老安少懷友信，沛時雍光被之風；立道綏來動和，開蕩平正直之路。雍容入侍，百濟新羅；觀聽圜門，羽林衛士。則麟游郊藪，垂鴻庥於億萬千年；而鳳集朝陽，邁駿烈於七十二代矣。

擬重刊《性理大全》《文獻通考》御製序文頒行天下表

伏以聖治崇文，巽號焕縹緗之色；皇猷稽古，離暉聯奎璧之光。作君兼乎作師，誕敷溥海之聲教；治統原於道統，遥接曩哲之薪傳。風動臣鄰，化馳寰宇。

臣等云云：竊惟聖人配兩儀而盡性，盡人性物性而皆無殊理；王者操三重以考文，考古文今文而代有成書。粤若十六字傳心，心心相印；迨於廿一史紀事，事事可觀。五誥三盤，性命道教相表裏；六官二雅，禮樂兵農之紀綱。漢祖馬上功成，僅解頤於新語；孝文宣室夜召，止前席乎鬼神。董江都天人三策，始先德而後刑；韓昌黎原道諸篇，猶大醇而小疵。六朝風雲月露，何益身心；江左虚誕風流，貽誤君國。存誠主敬，至宋代諸儒而理學中天；徵獻考文，得馬氏一書而經綸貫日。然而載籍極博，道不虚行；年世云遥，事如有待。未有宥密紹千聖之微，車書大一統之盛；滙百川以爲谷，萃五土而成山如今日者也。

兹蓋伏遇皇帝陛下，德協天人，心傳河洛。文武聖神，而時雍光被；聰明睿知，而溥博淵泉。經筵肇開，馮翼孝德之濟濟；起居悉注，盤盂几杖之兢兢。迺咨秩宗，觀人文以化成天下；敷求往哲，際豐亨而宜照日中。謂誠意正心，實齊治均平之本；而明體達用，乃内聖外王之功。濂有書，洛有傳，關有銘，六經四子集大成於考亭之學；芟其蔓，取其精，挈其要，百官萬民分條理於端臨之書。丙夜校讎，字勿訛於魯魚亥豕；寅恭劀劂，理務晰夫棋布星羅。蓋坐言斯可起行，簡編具在；而前作尤須後述，歷久彌新。序六氏之《孝經》，唐宗曾傳駢麗之製；聚諸儒於虎觀，漢主猶崇詔誥之文。爰播王言，式昭睿慮。煌煌大訓，如雲漢之章天；亹亹令謨，若江河之行地。自辟雍下逮乎里塾黨庠，不復言雞碑石鼓；由畿甸遐暨於山陬海澨，共知有玉振金聲。一代古徽，千秋盛事。

臣等面墻罔識，窺管何能？半部太平，嗤誤分於趙普；五車多識，愧未精於蔡謨。從此養性存心，敬求知命達天之學；敢不循名責實，用勦體國經野之模。伏願日進無疆，天行不息。庭燎問夜，惟緝熙亶厥心；無逸書屏，念終始典於學。因治人求治法，《雎》《麟》精意，載《周官》立政以行；近正人聞正言，欽允文思，與益訓皋謨並著。則有猷有爲有守，庶民近皇極之光；而同軌同文同倫，萬國仰元良之慶矣。

擬舉行耕籍大典表

伏以天意降康，千畝扇陽和之色；王仁省歲，三農披閶闔之風。恩膏出自尚方，從天下地；遍德行乎卿貳，繫月維星。黍稷自薦馨於黄圖，簹車先歛福於赤縣。歡騰父老，慶溢臣鄰。

臣等云云：竊惟王綏諸夏，稼穡常念民依；食作民天，農祥每咨保介。周家卜年八百，基始思文；夏后敷教九州，功先土穀。騂牡禋祀，甫田歲取十千；翠華咨茹，流火篇歌《七月》。八十米，九十衣，孝文下力田之詔；博士中，博士大，茂陵勤户口之咨。績著弘農，年紀五鳳；勞傳紺幄，瑞見神羊。蓋艱難常厪於宸衷，故深宫不忘乎民事。自元和徒登會計，暨建隆止亟徵求。甸南山，履東畝，禹服無規；揭北斗，粲西人，春臺何望。司徒荒政，空垂散利之條；王制凶祲，止減侑食之樂。未有紫陌青川，快睹蒼龍之駕；絳幘黛耜，忻瞻朱鳥之祥如今日者也。

兹蓋伏遇皇帝陛下，玉律調元，珠囊叶紀。發祥濬哲，車書通浮竹之鄉；受命溥將，禮樂遍流沙之户。七日人而八日穀，道重祈年；五月粟而二月絲，慮切有土。自葭灰之律動，届黍谷之春回。咨爾從龍舊彦，身開草昧，猶能念火耕水耨之勤勞；矧兹附鳳新臣，來自田間，豈遂忘暑雨祁寒之疾苦。嘉謨入告，大典肇興。爰戒庫門，用燒田燭。雞人曉唱，曙星灌火交門；鳳輦朝馳，笙奏殷雷偕奮。雲流翠幕，争傳潘岳之文；露浥金莖，不羡長卿之草。山村野塾，帝力興歌；谷飲川居，明昭獲賜。

臣等學殖荒落，治行因循。幸際風雲，未獲效陰陽之調燮；躬沾雨露，竊嘗冀府事之修和。讀書寶慎德之箴，知問牛之有道；觀史耻言利之輩，痛弘羊之爲人。伏願元登丘澤，道盛階符。師大禹之監門，祗勤粒食鮮食；法文王之卑服，加意田功康功。繪《豳風》於屏端，茅綯滿目；書《無逸》於座右，黍稌經心。將秋大有年，快睹鰩魚之勿躍；而天恒雨穀，忻聞銅雀之時鳴矣。

居業齋别集　卷五　策　策問

殿試策

臣對：臣聞帝王之繼天立極，而萬國咸寧也。有文經武緯之大功以昭垂天壤，而富有日新之象以著；有求寧觀成之大道以範圍宇宙，而久安長治之勢以成。蓋大綱小紀整肅於雷厲風行，則教化之所以洽，風俗之所以淳，咸照臨於基命宥密之夙夜；深仁厚澤洋溢於雲行雨施，則府事之所以修，財賦之所以裕，悉鼓舞於深宫宵旰之懋勤。若此者，與天合德焉。天不言而歲功成，四時之吏、五行之佐分其職，帝王之廣運如天，而師帥濟濟之臣鄰皆寅亮天工者也；天無爲而大澤布，百物之生、庶類之育遂其性，帝王之丕冒如天，而林林總總之兆庶皆沐浴天休者也。所以至治之世，典章畫一，軌物昭融；人修廉讓之行，户成可封之俗，河嶽效靈而海内殷富。至於並生之倫，厚生正德，莫不迓休徵而綏景福，被潤澤而大豐美，猗歟盛哉！此唐虞三代之所以涵濡休，養端拱而觀德化之成者也。

欽惟皇帝陛下，神功赫濯，睿德懷柔。恭己運鴻謨，道啓丹書而河清海晏；普天涣大號，恩流紫棘而日暖春融。孝養隆而蒲簟生風，敬愛與尊親愈篤；雍和泰而松雲焕采，山河共景物常新。問夜儆鷺序鵷班，濟濟工虞禮樂，闢四門以叙九疇；求賢聚螭頭虎拜，森森喜起賡歌，調三光而備五福。固已治臻時雍，人慶熙皞。臣沾被聖化，游泳太平之日久矣。乃者叨有司之薦，得以咫尺天顔，祗承清問，仰窺皇上厲精圖治之心。帝咨王訪，其揆一焉。以臣至愚極陋，何足以對揚萬一，仰贊高深？然而芹曝之誠敢不披瀝以獻？伏覩我皇上奮乾剛之斷，廣離照之暉；九伐振司馬之法，一怒安天下之民。昔漢武之討南越，唐憲之平淮西，高宗三年之伐，宣王六月之師，聲靈燀赫，寧有加兹？乃自海寓蕩平以來，求治日切，而愛民日殷。霸州賑恤，則惠流畿輔；大同蠲貸，則膏洽窮簷。寬旂民之征税，則邦本之慮汪濊於田疇；申耕桑之考課，則民依之念慇懃於長吏。凡所以厚民生而思躋之仁壽之域者蓋如此。而且廣鄉會之試額以羅人才，復外吏之廩禄以養廉耻，誅左道之簧鼓以正人心，擢封疆之勞臣以昭激勸，旌靖節之義士以著綱常，重巡察大臣之差遣以除豪暴而安善良，凡所以匡民俗而思進之仁讓之路者蓋如此。百爾臣工敢不勤修職業，贊襄上理以致斯世斯民於郅隆之雅化乎？

伏讀制策有曰："令甲屢頒而奉行不力，末作之纖靡未息，閭閻之嗜慾猶滋，豈閑情節性、坊表斯民之方尚有未備者歟？"皇上之言及此，誠轉移變化之微權，而移風易俗之要道也。臣聞風俗之弊莫大於務華，而人心之僞常起於好勝。竭天下有用之財供天下無益之費而惟日不足者，奢爲之害也。決天下至嚴之坊狥天下至私之習而踵事日增者，競爲之使也；古者車服有等，采章有别，奇伎淫巧有禁，驅末作之民而盡緣南畝，至令賈人不得衣絲乘車以重抑之，若此者，豈好樸哉？所以塞耳目之欲而止邪於未萌也。

制策有曰："慎辨等威，納諸軌物。"臣愚，以爲貴賤少長之分未嘗不明於天下，而制節謹度之意或寡者，俗之漸靡使然也。夫教化之移民也日積月累，在於賢守令，而觀摩鼓動在於庠序學校之際。有至性感發之仇香，則人懷倫紀之樂矣；有閉閤思過之韓延壽，則人知浮薄之耻矣；有躬行化導之胡瑗，則人以經義治事爲稽古之榮，而不以紛華盛麗損道德之氣矣。從來閭巷之好尚，其微者始於士大夫而漸及於細民；禮教之修明，其大者始於清操厚重之大臣而漸及於群工百執事。《記》曰："安上治民莫善於禮。"禮者，履也。夫王烈惇行而化及鄉人，楊瑄潔己而風行京兆，軌物之興，豈不以人哉？

制策有曰："圖治之要，首重天儲，兼禦民患。比年河決爲災，修築鮮效。"此皇上心，堯禹之心，而洒沉澹災之至意也。臣聞：五行之利水爲先，而四瀆之患河爲大。以河治河，而河之治也急；因漕治河，而河之治也愈急。使漕運盡由於河，而河之治也難；惟漕運不盡由於河，而河之治也尤難。大率治黄河者患其盈，治漕河者患其涸。患其盈者修堤防,患其涸者勤挑濬。堤防之修,欲其高也,欲其固也,欲其柳掃之歲增也。數者人能言之,然而洪流往往告潰者,何也?挑濬之勤,欲其上流之勿閼也,欲其水櫃之勿泄也,欲其支派之勿壅也。數者人能言之,然而運道往往不前者,何也?昔明臣用一潘季馴,而河伯效順焉;唐臣用一劉晏,而轉輸奏績焉。意者河之治也,惟在河臣殫其力於河,工無曠歟?員無冗歟?一切罷輭不職之屬無得奥援於河,以爲藏垢納污之地歟?漕之治也,惟在漕臣殫其力於漕,泉源濬歟?水利興歟?一切過淮抵通之限無得遷延於漕,以爲因循玩愒之階歟?此治法治人,所以相維而實心任事之臣旋至而立有效者也。

皇上躬行儉德以先天下,而親疏遐邇一道同風,莫不曉然知朝廷之敦本而尚實也,而侈靡之習於是乎息,龐樸之俗於是乎成,禮教信義於是乎篤,恭遜静慤於是乎興。大臣以清嚴率屬,群臣以勤約居官。能節用自能愛民,民安物阜,則二氣由是而節宣,百川由是而寧謐。梯航盛於禹貢,都鄙廩庾之滿逾於漢京,豈非加富加教殷殷而無已者哉?

制策終篇,勉臣等以詳切敷陳,而原本於經術。臣思《大學》一書,乃統貫經術,爲千古用人、理財、廣教、化美風俗之權輿。皇上天行不息,慎乃永圖而力行之,孜孜如堯,業業如舜,克勤克儉如禹,勿邇勿殖如湯,亦臨亦保如文,不泄不忘如武。厚民之生,復民之性,五禮以教民中,六樂以導民和。中和位育之盛,聖神功化之極,豈非業與覆載比隆,而我國家憶萬載無疆曆服之本哉!

臣草茅新進,罔識忌諱,干冒宸嚴,不勝戰慄隕越之至!臣謹對。

治道心法丁卯貴州典試

問:帝王敷政宣猷,立綱陳紀,天下已治而益求其治,民生已安而益求其安,何其道之有加而心之無倦也。唐虞之盛,至於萬邦協和,四方風動;三代之盛,至於四海攸同,九圍是式。自西自東,自南自北,無思不服,果何道以臻此?先儒有言:"治本於道,道本於心。"其經緯條貫可得而指陳歟?《書》紀賡歌喜起之休,《詩》咏馮翼孝德之助。主輔一德,上下交修。唐虞三代之盛,抑或由於此歟?三代而後，若漢章帝之博徵群儒，論定五經；唐太宗之躬覽群書，裒集萬卷；宋太宗之恭儉仁恕，稽古右文，其治道心法亦有合於古帝王者歟？我皇上繼天立極，萬國咸寧，震叠懷柔，超邁千古。萬幾之暇，留意制作，御製《四書》《大易》《尚書》諸經解序，頒佈寓内，遐陬僻壤胥耀於光明矣。日御經帷，命近臣進講經史，寒暑罔間，惠疇亮采。大小臣工之獻納，採聽靡遺。夫人文化成，雲漢章也；湛恩汪濊，江河潤也。臣庶固陋，難以仰贊高深；然覆載鈞陶之日久矣，儒生之所誦説有能贊揚於萬一者歟？《易》曰："天行健，君子以自强不息。"天載無私，在宥所以丕遍；天命不已，運行所以永貞。意者治道莫大於中，心學莫要於敬，帝德王功之本其在是歟？古人臣之事君，必本諸平生所學，如董仲舒之正誼明道，朱熹之誠意正心，程頤之積誠於經筵講讀，真德秀之亶精於《大學衍義》一書。之四子者，於帝王之治道心法爲能探微析奥否歟？

爾多士講習有素，其殫思而昌言之，將藉手以爲黼扆獻。

吏治丁卯貴州典試

問：治道莫大於安民。而察吏者，安民之先務也。虞廷三載考績，陟明黜幽；周官六計弊吏，省成攬要。尚矣！漢課二千石以六條，唐課群吏以二十七最，其寬嚴繁簡孰爲當歟？蓋課吏於服官之日者，殿最之科條是也；擇人於拜官之初者，流品之澄别是也。成周賓興，選舉必德行譽望素著於鄉黨，論定然後官之，故其得人爲最盛。漢舉賢良方正、直言極諫之士，天子親策問古今治道，喜其對則待以不次之位。即孝廉、文學、明經之科，類皆行誼著聞，郡守縣令推擇而升之，未聞素履微賤而驟致通顯者。其於古鄉舉里選之意有同歟？隋唐而後，概重進士，雖所取止於文藝，而其人起家要皆清流。宋初，父老以白袍舉子之出，卜天下之太平。豈藻翰之士果盡稱職歟？抑天壤清淑之氣鍾於詩書爲多，即材能或有不齊，而類聚群分固無刀筆之氣歟？朝廷向嘗許富民入粟縣官得以拜爵，此庶人急公之義也；而猾胥厮役因緣冒濫，侵官帑而逾之，有入官輒挂彈章者矣。若此之類，尚有網漏而尸位者，其何以釐剔歟？上重封疆大吏之任，選擇其人而使之。而大吏之任封疆者往往增秩而超遷，疏進士之壅滯，及其鋒而用之。而進士之當官者往往以治行有聲績，人情莫不自愛，而踴躍於功名之路，亦大略可睹矣。然其考課之與澄别，果孰緩而孰急歟？郡縣親民之吏，而以輸粟者補之，或倣唐宋選人格試而後用，其亦可歟？寓内清晏，吏治蒸蒸。寬盜逃之案，停解逃數滿即升之例，法甚善矣。或言宜重守令之事權以展其才，寬檢選之登進以疏其滯，增小吏之俸禄以養其廉隅，慎教職之除授以端其坊表，是皆寓鼓舞人才之意於澄敘官方之中者也，然歟？否歟？

諸生盱衡吏治，當必有灼見於中者矣，言之毋隱。

《河圖》《洛書》代

問：學莫先於溯源，而《河圖》《洛書》爲萬世文字之祖。學莫大於窮理，而《河圖》《洛書》開群儒辯論之端。我皇上稽古右文，表章聖學，六經解義揭日月而行中天，則《圖》《書》之講貫，諸生所有事也。《蒙引》謂："《圖》之虚五與十，《書》之虚其中五，太極也。"將以《圖》之中五與十，《書》之中五爲太極歟？抑以去其五與十者不用而使中虚以爲太極歟？《圖》以一二三四爲六七八九，《書》以一二三四而含七八九六，其相因相互之故可得聞歟？《圖》析四方之合，以爲乾坤坎離；《書》補四隅之空，以爲震兑巽艮。其陰陽之位置合歟？否歟？《圖》以陽統陰，而極於十全數也；《書》以陰會陽，而少不足焉。其故何歟？《圖》主五行相生之序，《書》主五行相克之序。或曰："惟主於陽也，故畀之龍馬；惟主於陰也，故畀之龜疇。"爲爲之而安排於其間歟？《易傳》："河出圖，洛出書，聖人則之。"《本義》合諸"天生神物"、"天地變化"、"天垂象，見吉凶。"而曰："此四者，聖人作《易》之所由也。"乃漢儒嘗以《圖》《書》分屬易範。夫《書》之爲範，自一至九之數，固爲相合，而五行之初一，皇極之居中五亦爲可通，外此而五事之居前右，以至庶徵福極之八九，而各專一位，其陰陽奇偶方位名數不相當矣。夫謂《圖》《書》相爲經緯則可，而謂卦章相爲表裏，是果何見歟？夫《河圖》《洛書》相爲經緯，八卦九章相爲表裏之説，西山蔡氏謂伏羲但據《河圖》以作《易》，不必預見《洛書》而已遂與之合，其説猶之漢儒也。程子謂聖人見《河圖》《洛書》而畫八卦，其説猶之朱子也。二者將安從歟？自漢孔安國、劉歆，魏關朗，宋邵堯夫皆以一六居下、二七居上、三八居左、四九居右、五十居中爲《河圖》，戴九履一、左三右七、二四爲肩、六八爲足者爲《洛書》。考亭朱子因之。獨劉牧兩易其名而曰："今之所謂《河圖》，古之《洛書》也；今之所謂《洛書》，古之《河圖》也。"其説果何所本歟？

諸生幸當文明化成之日，平居參伍研究藴蓄於中者素矣，其詳析言之毋隱。

理學代

問：理學之傳由來尚矣。羲皇一畫開天，唐虞聖人精一執中啓其宗，禹、皋、湯、文、伊、萊、望、散衍其緒，而洙泗集其成，顔、曾、思、孟近承之，濂、洛、關、閩遠紹之，其源流可溯也。然周子無極、太極與大易互相發明者何在？有能剖悉之者歟？伊川言有主則虚，明道言有主則實，有岐旨歟？張子西銘、邵子先天，廣大精微，各造其極歟？朱陸異同，其見解辯説之詳，師友授受門弟子支派孰精孰粗，孰當孰否，可一一指數歟？至元而有許文正衡、許文懿謙、劉文靖因、姚文獻樞之屬，至明而有薛文清瑄、胡敬齋居仁、張東白元禎、章楓庵懋、羅整庵欽順、羅念庵洪先之屬，又有王文成守仁、陳白沙獻章、湛甘泉若水、莊定山昶、羅一峰倫之屬，其間孰近於朱？孰近於陸？同異趨捨可一一條析歟？我皇上聖學中天，二帝三王之道備矣。當此文教誕敷之日，闤闠詩書，陬澨禮樂，猗歟盛哉！有志之士豈徒曰觚翰撰著是工？當有以闡天人之微言，發性命之閫奥也。其藉手以獻。

弭盜代

問：安民之法莫如弭盜。《周禮》有士師掌民之什伍，使之相保；有野廬氏掌國之道路，使之相衛；有修閭氏禁兵革馳騁者；有司寤氏禁宵行夜遊者。當其時，其爲凡民之所憝而麗司寇之刑者蓋寡焉，所謂禁之於未然也。後世則以捕爲能矣。漢經濟能臣往往以此立功名，顯當世，如張敞上書自請治膠東，則盜賊解散，治長安則枹鼓稀鳴;趙廣漢之治潁川,用缿筩而奸黨散落;李崇之治兗州,置村鼓而諸偷擒獲;賈琮之治交趾,招流移,誅渠帥,而百姓以安;龔遂之治渤海,賣劍買牛,賣刀買犢,而四境以静。今其方略可得而指陳歟?或曰:"盜息而民乃安。"則法在嚴保甲、謹緝捕。或曰:"民安而盜自息。"則政在課農桑、移風俗。宜何道之從也?國家張官置吏,開功名之路,而失盜諱盜救過不給,豈古今人才不相及歟?抑展布之途、鼓勵之術有或殊歟?文以牧民,武以詰奸。而牧者何以清盜源?詰者何以消盜萌?意者責成專而職司自勵歟?皇上仁育義正,奬廉懲貪,以端風化之原,意者良有司拊循教養,自當比屋可封,而不在文法之末歟?

多士其悉心以對。

樂律代

問:聲音之道通乎治忽。《禮記》言五聲、六律、十二管旋相爲宫,《周禮》大司樂言天神可得而降,地(祇)[祇]可得而出,人鬼可得而禮。大哉樂乎!秦漢相傳猶未有異論也。迨東漢之末以接西晋之初,言人人殊;歷魏、晋、齊、隋、唐五季,論者愈多而法愈不定;爰及於宋,和、胡、阮、李、范、馬、劉、楊之議終不能以相一也,後儒折衷之,其説安在?夫樂有求之器數者,有求之聲音者,有求之義理者,可得而縷陳歟?六律六同,器也;三分損益,數也;清濁高下,聲也;正變倍半,音也;本元聲,和中氣,協八風,正三統,義理也。乃或謂樂以聲音爲主而無取乎義理,或謂樂以人和爲主而不在乎聲音,果孰得而孰失歟?黄鍾九寸,布管候氣之法;四聲二變,空積忽微之差。一陰一陽相生,六陰六陽相從之説,手口指畫可歷歷歟?皇上建中和之極,金聲而玉振之。鳳儀獸舞之盛,將復見於宫懸矣。

諸生服古有年,豈無通微測渺如張蒼、蔡邕其人者乎?其詳切言之。

居業齋别集　卷六　傳

永興教諭萬君家傳

襄陽有萬君次可者，名閎中，以康熙壬子選拔貢入成均。大學士崑山徐公時爲祭酒，甚才之。由是六館人士籍籍稱誦其所爲科舉文字，蓋名噪長安矣。再試京兆，不第。歸而讀書鹿門萬山間，授徒得修脯以養其親。先後踏省闈者十有二，佹中者數矣，然竟不第，需次校官非其所好也。戊寅冬，御史吕君條奏録用恩拔貢生如國初例，詔下銓部議覆，君以久次當首選。庚辰除目下，得郴州之永興縣學教諭。君襆被之官，教化甫行而卒。

其在永興也，曹生克用者無罪而死於獄，縣人譁於明倫之堂，曰："士可殺不可辱也。曹生法當死，當麗爰書肆諸市。奈何死獄卒手？"君鳴鐘鼓，爲文告先聖，眠食俱廢。迨諸生以事聞於上官，君客長沙對簿。自春徂夏，曹生事稍白，而君疾大作矣。嗚呼！君以義憤激烈，白刃可蹈，第令士氣得伸，死亦與永興增重哉！君之事父母孝，與人交侃侃諤諤。義所不可輒形於色，成敗利鈍無足以動其心。若君者，可謂賢於今人遠矣。

論曰：士之不可遏者，氣耳。魯仲連、孔文舉千載下廪廪猶生，視張禹、孔光則糞土耳。藉令次可不跼蹐於永興一官，其設施注厝何可量？然强御不畏、見義必爲在褒衣博帶間，或亦魯、孔之儔歟？

張同知家傳

《蘄州志》稱軫南張公生平忠孝大節，余嘗讀而偉之。公起家明萬曆戊戌進士，累官江西右布政使，歸老蘄州。崇禎癸未，遭獻賊屠城殉難。事聞，崇祀鄉賢。子效葵，以天啓甲子鄉舉，累官陜西延安同知。延安子承位，順治丁酉鄉舉，持其父行狀來乞文。

按狀公諱效葵，字叔向，一字誠齋。生而貌魁偉。少時豪於飲，詼諧酣暢，往往驚四座，然不及亂。年二十四登賢書，事兄效藎恭謹。橐無私財，嘗賣負郭田以代償其債，里人稱之。數上公車，不第，署嘉魚教諭。與熊魚山、尹洞庭諸君友善，招致黄仲霖宴集落星亭，有倡和詩集行武漢間。學官典司春秋二丁祭，備物竣事沿習以爲常。而嘉魚廟學燭花篆結，隱隱成字形，蓋公之誠敬所感也。

秩滿，遷知四川鹽亭縣。甫下車，登高眺望，古木參天，屋宇鱗次；而炊煙落落可數，豺虎白晝噬人，田在草間。吏抱牘以俟徵比。公曰："令不履畝清丈，而聽吏胥下上其手，邑尚可爲哉？"乃單騎按畝均賦，流民望風歸田里。然鄰境寇盗充斥城中，夜分數擾亂。客諷公以疾去，公曰："守土，臣職也。"身卧睥睨，視更鼓。縣人由是編保甲，守有備，危城乃安。會四川開科，巡撫檄公分校。而賊黨嘯聚山谷，伺省試薄城爲亂。客又諷公以疾辭，公曰："取士，大典也。"俶裝往，得士凡九人。縣有販羊賈人牛斗亮五六輩，誤傷人，坐死，獄已具，公平反活之。有以白金夜餉者，旦責其人而麾之階下。當是時，鹽亭且大治。

最聞，有延安同知之擢。秦地幅員廣闊，特設同知分理，神木各堡守備隸焉。文移往復，應接不暇。署無幕客，常手自削稿。武人例以饋遺交歡，輒絶之。廉聲籍甚。然以治行自負，不能媚當路。有齮齕公者，例當調，遂投劾去。行遇盗於塗，發嚆矢三，一蒼頭解衣挺胸以受，曰："此延安分司神木二府也。稱貸而歸，篋中所有書卷耳。"盗雅知公，遂笑而引去。

歸隱西村，藝竹灌園以老。鄰有何家草亭，興至輒步屧往遊。愛子婿饒生於國别業，筍輿造焉，城市則絶迹矣。居亡何，歲飢。盗攘公囷粟，縛主者索錢。事露，知州王君捕得三人，且寘之死。公曰："盗粟耳，錢無有也。請釋之以俟其自新。"盗得免死。有田皂隸使酒謾駡，子弟都不平，且聞之官。公曰："細人耳，矧又醉，何足校乎？"郡人以是稱公長者。燕居焚香正襟，鎮日無惰容。年七十，端坐而逝。蓋狀之稱述如此。

史氏贊曰:余杜門江滸,距蘄城蓋四舍云。郡丞行實於狀是徵耳,夫其紹方伯公家學有如此。此詩人所謂"勿替引之"者也。後有採蘄春人物者,舍是奚適哉!

何小崑家傳

何小崑者,名山雋,安陸鍾祥人也。瀕漢水有地近古内方山,何聚族居焉。小崑曾大父宗唐,家始豐。大父繼亭,父雲行。雲行雅好客。安陸壤錯荆襄,通漢沔,滙鄂,蓋五達之衢也。雲行搆草堂,樹可繫舟。客停橈輒徑造,壺觴縞紵,人盡歡去。小崑補郡學諸生,尋籲於諸生中,入成均,爲歲貢生。遠近客日至,白粲青芻之供,春人蕘人瞿瞿若郵亭然。客淹留或逾晦朔,更寒暑,左右周旋,久彌篤。

雲行老,小崑督家政。家日起,客日益多,其内行亦益有聞。同産弟山奇秀才,甫二十四而夭,妻華誓節。小崑育其二孤女如己出,笄適士族,裝送特渥。雲行卒,喪葬壹遵家禮。歲祲,則設糜以哺餓人,而棺瘞其死者。寠士及里鄰緩急以告則賑之,即倒廩垂橐無吝色。郡縣大夫聞其好施也,數改容,遇以殊禮。小崑時時條租庸、徭役、河堤諸務,從容有端緒,然未嘗干以私也。中年喜購書,書日積,江漢間稱藏書必曰何家。小崑下世,兒爆歲貢,孫其昌籲於學,蓋亦用書世其家云。

贊曰:小崑一字方山。方山者,《禹貢》所名内方山也。《春秋左氏傳》㮇木山、臼水,今皆在安陸封内。何家聚由臼口泝流而上,距㮇木蓋雲樹相望云。小崑與余交自臼口邂逅,然余未詢及其先代。爆及余門爲余言:故山東濟南周村人,明永樂初有何海者入楚,卜居此爲始祖焉。人富多齪齪封殖,而小崑能忼慨行其志,賢矣哉。

胡欽若家傳

胡君名之璽,字欽若,縣學生,楚良長子也。生十歲而孤,母顏拊之。弱冠補博士弟子員,鄉人以地望推爲里門長。崇禎乙亥,流寇亂,率鄉人結砦天台山頂。丙子,賊張獻忠自皖江來,所過戟嬰兒爲戲,龍頭、大符諸砦屠無遺種。欽若以砦降賊,踞獨山,籍壯丁入伍符，老弱與俱，胡族凡四百口隸焉。獻忠殺人如刈草菅，降人股栗，旦夕且死。獨欽若時時與抵掌談自若，獻忠亦改容，呼曰“胖相公”。甲申，賊撤營走湖湘。前哨抵江夏，而尾營猶在麻城、蘄水，下令逸一人即族戮之。當是時，人又股栗，旦夕死。欽若獨與一二族人有心計者謀曰：“從賊去，死；跳匿，亦死，猶萬一得生。”族人曰：“諾！”於是夜行晝伏，重趼數百里到鄉井。越五旬，而宗之遺人保聚薙蒿茇舍以居焉。嗚呼！人生不幸，丁亂世而流離，坎壈如欽若者亦可哀也已。

欽若天性孝友。當居父喪時尚幼，已哀毁如成人。母顏殯，值火灾，長號擗踴，祈返風。有六歲兒火死，不遑救。須臾，果返風，而殯以存。母弟完公甫三十而夭，遺孤襁褓鞠之。會痘疹，拊牀胗視，膿血漬襟褏。及痊，手瓣香告天祖，張筵大會宗人，曰：“孤存則亡弟瞑矣。”已而，督課、婚娶、析産、營居，咸與己子均。其内行蓋如此。

而廣交游，重然諾，尤有古人風。黄岡曾益之羈旅落魄，一見如素交，館粲無倦容。其妻客死，爲治喪，相高敞地以葬。益之死，殯葬亦如之。由是士大夫高其誼。而鄉鄰争訟，往往不之公府，惟質成於胡先生片言也。晚節遊京師，覽觀薊丘古迹。適齊，登岱，眺滄海日出。旅次逢餓者、溺者輒垂橐拯恤，歸而行李蕭然。日與同堂老昆弟漉酒擊鮮爲笑樂。其襟期豪宕，視貴游藐如也。娶方氏，賢，並老壽考。終葬縣東雙髻山。子昶、俊皆縣諸生。

論曰：士大夫論人先觀其大節。東漢諸君子焜煌史牒，到今稱焉。歐陽公《五代史》傳一行亦此志也。欽若材不獲施設，而行己若此，亦足以傳矣。

石溪居士家傳

石溪居士者，石港山下隱君子也。姓吴氏，名兆嶽，字曰中望。大父隱華，以貲雄於鄉里。父敏行，縣諸生，雅好形家言，門左右授粲無虚日。中望心竊知坐客之誕也，懼違父意而不敢言，則負笈走鴻腦洲，受業經師盧小相所。順治庚寅，赴督學試，三原李公保庵才之，補學官弟子，尋爲增廣生。予以李公試諸生中冠一邑，與中望周旋黄州久。當是時，學政肅一府九縣學子，旅食且逾六旬。試事已，大率讌聚爲樂，而中望伏案占畢如初。直指聶公觀風試，予亦第一，中望左次。以是發憤，學益有聞。然屢踏省闈不第也。

先是，從祖少常卿宦成，念弟隱華用布衣老，析產特厚。及中望之身，貲日起，租挈嘗爲鄉縣冠。會西山之役，軍興旁午，令按籍箕斂。富家往往以逋租被逮，中望黽勉灌輸，課不至殿。已而墨令某用猾胥摟里正之黠者蠶食縣人，一切雜徭掊克十倍於正供，縣空虛矣。出詭計廢縣，以便其官之遷也。縣人誓以死力争之，而墨令陰陽鈎攝久之，縣人有浸浸倒戈繞指柔而爲之用者，惟中望終事不入其黨。厥後，縣不果廢，而士習擩染，墨令難驟滸，猾胥因緣，爪距日益張，要以里役爲窟。中望率同志疏猾胥主名言於上官，勘者納賄牘，迺屈會學使，歲試黄州。試有日，縣人大譁，牓於衢，曰："士氣盡矣，焉用試爲？"詰朝，有橐筆而就試者，衆共擊之。於是納賄者反其牘，而群小伏辜。縣人色喜相告，中望獨蒿目憂曰："墨令猾胥里役實階之厲耳。"居亡何，會浙閩制府姚公下散甲令，楚制府徐公踵之。中望於是舉觴屬客曰："百世利也。"

中望有子七人，女子二人。予仲子啓汾爲中望子婿。當汾始補諸生時，把袂太息曰："惜哉！吾不及見逸少之通顯也。"未幾卒。今内外孫凡二十四人。

論曰：士無論遇不遇，要視乎其志耳。中望讀史嘗慕陳東、歐陽澈之爲人，憾生不與同時。然所志者非有軍國大故，惟是里役厲民耳。嗚呼！彼肺腑墨令、羽翼猾胥者亦獨何心哉！墨令之落魄長安也，蒲伏余邸舍，追論往事，未嘗不歎中望之踽踽獨行爲不可及。嗚呼！可以概中望之生平矣。

怡雲隱者家傳

怡雲隱者吴兆昇，字東曙，廣濟東鄉石港山人，太常少卿訥存從孫也。父敏度，縣學生。母李，產兆昇及仲鼎貴。父卒，遺腹生兆徽。順治丙戌丁亥流寇亂，避地江之南沙洲，受書舅氏李大復所。寇退，田荒，會大差役則黠者視孤兒奇貨。舅氏課兆昇誦，而屬鼎貴理徭賦。久之稍諳練，然產亦中落矣。臞鶴先生，少常弟也。兆昇侍多雲山房學詩，擩染有詩癖，布帽芒鞋游山水，興至則吟。飢寒羸瘦，母憐而止之，吟自若。鼎貴字東鮮，兆徽字東朗，次第入縣庠，則徭賦一切委之置弗問。里正到門，搔首望石港雲氣，曰："毋亂我詩思。"當是時，東鮮忼慨任事，誡人曰："有我在也，毋亂阿兄詩思。"由是詩逾益多。嘗攬鏡自笑曰："天命之矣，吾其谷口鄭子真乎？"兒壯，課之耕，耕足以給朝夕。詩興逾益豪，嘗郵筒三千里徵余序京師，余序而歸之。

雅好山水，故多方外交。富人延爲童子師，偶厭苦則掉臂謝去。先是，母以孀故每長齋。兆昇侍養，肉食時薦鮮。間出作客，當主人盛饌張筵，直齋期則蔬筍而已。然善飯，老而强力。垂七十矣，自石港徒步走江干不言勞也。寢疾，余手丸藥裹參苓致之，聞有瘳。逾三月劇，呼東鮮仲子世錫書絶句詩，屬余作傳，世錫頷之乃瞑云。

余弱冠，過石港侍臞鶴受古文時，則東曙、東鮮雁行鄉舉。後里居過從，臞鶴已下世。東曙言詩，東鮮言科舉文字，東朗執毛詩請益。余官安陸而東鮮卒，官京師歸二年而東曙又卒，余與東朗亦髮鬖鬖垂老矣，故爲此傳，俾世錫附諸家乘。

論曰：異時臞鶴先生家教肅，子侄諸孫勝冠者侍側，小欠伸輒誰讓及之。東曙恂恂禮頌，有世家子風，不獨攻詩也，然詩能窮人。藉令東曙生李唐之代，或亦庶幾劉方平、方雄飛之倫矣。悲夫！

何令聞家傳

鍾祥有何生令聞者，當余官教授時及門凡八年。嘗峨冠矩步詣尊經閣下論文，自朝至暮無倦色，余知其學行猶近古，禮之視諸生有加焉。康熙戊午余公車北征，走襄陽道，經令聞里門，里人籍籍何君長者。自是厥子效侃亦補諸生，及吾門凡四年。迨壬戌余成進士，官京師，則聞令聞已下世，爲潸焉出涕久之。歸田以來，距郢門千里而遥，歲時音書闊絶。然每念疇昔友生之雅，猶依依如在目前也。至是效侃以其父行狀寄書草堂，請余爲家傳，余觀其言少文飾，而拳拳以湮没其先人爲不孝，於是憐其志，掎摭其行狀大都而爲之傳。

按令聞諱士譽，其先廬江人也。有興友者徙居鍾祥之豐樂河，是爲豐樂何氏始祖。十七傳爲後江，是爲令聞曾大父。大父少江，家漸豐。生二男子，長上乘，餼於安陸府學；次孔源，鍾祥諸生，用《周易》授生徒，從之遊者甚衆。是爲令聞之父。令聞早慧，文脱稿輒驚人。然先人書籍遭世亂多散佚。崇禎末年，左良玉兵北上，焚掠甚於寇。捉書生負擔，令聞亦在掠中，文弱不勝任。孔源則跳墜石塹下死，時夏五月，令聞藁葬父骸馬馱山下。亂稍定，乃營厝成禮，舉至祖塋祔焉。厥後亂兵又踵至，令聞負母以逃。一弟甫十歲，女兄十二歲，女弟五歲。流離瑣尾，旅爨逾六年。

當是時，令聞學幾廢。迨順治庚寅始出應試，邑令賈君激賞，督學三原李公奇其文，補學官弟子員。康熙丙午丁母憂，哀慟瀕毁。里父老勞問，扶掖相屬於門，僉曰“何孝子”。令聞家世治《易》，攻科舉文字。會令甲廢八股，用策論取士，生徒茫然無以應。令聞乃下帷著《易經通解》，後生始獲津梁。而效侃亦擩染家學，駸駸有聲。

令聞與人交不侵然諾，視人患苦惻惻如身受。窮交老友周旋贍給，令無失所。里人之婚葬弗舉者，嘗佽助之惟恐後。爲人排解紛難，則洞中要領，往往一言出而忿者平，仇者釋，嚚者息，譁黠者易嚮，以誠能動物也。

夫亂極而不廢學，窮無聊而生事死葬不廢，禮布衣諸生，而族黨思之於身後，豈非今世之所謂賢者耶？效侃其纘厥緒而善繼人之志，豐樂之祚蓋自是方大矣。

論曰：韓文公傳何蕃，推本於陽先生，誠蓋師友之際可以觀人也。國朝學政三原公最肅，士竟試無吟哦聲。一人觸禁，則前後左右連坐受楚。納卷於箱，手司扃鑰，夜分炳炬獨坐，幕無佽助丹黄者，以故所取率攻苦士，何生其選也。生嘗爲余言：“文體士習，人材所由出。兔園老生之説興而人無學，市井巧利之術競而人無行。”言已三歎，蓋蒿目憂之。噫！有士若此，亦庶幾君子人矣。

李母張太恭人家傳

恭人姓張氏，蔚衛處士張九齡女，今誥封朝議大夫恒嶽李之元配，而刑部郎中約齋振藻之母也。李故蔚州甲姓。公昆弟凡三人，皆同爨，事父母以孝聞。恭人歸李，操作爲諸婦先，滫瀡、瀞滌、箴纊咸當舅姑指。公少時才而俠，雅好結客。客絡繹至，恭人輒治具，極饜飫歡，客多稱之。舅姑下世，恭人從公襄事，戚易皆至，蔚州人稱之。公生刑部，逾十歲，善病，恭人欲爲公置側室，公辭。久之，刑部冠，有室，連舉丈夫子五人。公有弟乏嗣，恭人則以一孫承其祧。刑部妹適朱，家中落，時解橐中裝濟其乏。恭人嘗謂刑部曰："緩急相恤，義也。然家無二尊，微而父命，即我亦不敢尸焉。"其敬慎若此。恭人遇春秋饗禩，讌賓客，子若孫釋菜諸禮，皆極腆厚，而自奉輒約，布衣糲食，有田家所難者。晚病嗽，雖羸憊猶治家事。迨永訣，誡曰："家本農也，葬祭循家禮，勿侈費焉。"

恭人卒後，刑部通籍貫顯。孫廷貢、進士、鄉舉、太學生，里門冠蓋相望。而曾孫且數十人。公酒酣，對客話往事，追念恭人慫恿置側室時，曰："和氣致祥，恭人一念基之矣。"中朝士大夫人人稱刑部質行長者。

德嘉爲原本公隱德曰："《周書》有之：天道無親，常與善人。"刑部愀然曰："母有令德而史氏不聞，人子之責也。"於是出所爲行述，屬德嘉爲之傳。

贊曰：魏果敏公嘗言：蔚州家法，李氏爲近古。封公賢，刑部又賢，則恭人端可知已。夫積善之報，有身受，有名受。恭人往矣，而貤贈顯揚，慶流後嗣，有以也夫。

桂東知縣李君家傳

君姓李氏，名欽，字式唐，别號陶庵，世爲遼之鐵嶺人。高祖成功，前明封寧遠伯成梁弟也。曾祖如梃，太原同知，明季殉國難。祖思忠，以布衣受知本朝太祖高皇帝，累官禮部侍郎，提督陝西，賜鐵券世襲，贈太保。父耀祖，儀部郎。儀部生子三：長錫，季錦，君其中子也。

君少時，習舉子業。甫入塾，若不慧者。然性嚴重，兀坐終日，咿唔不輟口，塾師奇之，卒乃於所課書貫通習熟。又若夙慧者，同舍郎皆謝不及。未幾，以胄監入太學。限滿，官理藩院知事，尋出宰清源。

丁外艱，去。服闋，除桂東令。到官三月以疾卒，年僅二十九，時康熙二十四年也。

君精於吏治，以廉介自持。其愛民也如子，所至得民之歡心。民愛之，至於久而不忘。清源額丁若干，兵燹後死徙者例宜除。而邑之豪族有宜增者，或欺隱爲奸。君按籍編審，先期齋戒，誓於城隍廟，其增減一禀於公。邑人乃大服。邑故多盜，君諜得其魁。拘至署，以温語勸諭，縱之歸。其人感泣，至披緇自誓。悉召其黨勸勉之，咸歸於善。終君之任，清源無盜患。及君去任，空一邑送之，而盜之披緇者與焉。君之以德化人多此類。

其令桂東也，甫下車，謁文廟，見堂廡傾(圮)[圮]，即捐貲修除，不一月而廟遂焕然。時當逆藩吴三桂殘破之餘，民流亡過半，田皆不治。君百計招徠，給以牛種。凡軍興後一切供億之不急者，力請於上官，悉罷之，民乃安堵如故。值歲大旱，疫癘繼作，君爲施糜市藥調治之，全活無算。異時，官之供給取於民，民困於役者無虚日。君至則蠲煩滌苛，薪水費皆自給。桂民德之，於其卒也，皆痛哭失聲。君歿時，囊橐蕭然，無以爲殮，桂民争輸以粟，乃得殮。先是，君之配覺羅孺人以君病憂鬱遘疾，先君數日卒。當是時，君之子三人，藐諸孤耳。兩喪並舉，舟車之費猝無以辦。桂民惻然哀之，咸自勒帛其首，老稚悉盆香以送。其丁壯則輪輸其力，舉櫬至境外數百里而止。蓋君之令桂僅三月，其樹德於民而民愛之如此。

君天性孝友，不苟訾笑。其事儀部公也惟謹。儀部公性方嚴，以君樸略少文，時加譴責。厥後儀部公疾，君侍湯藥，衣不解帶者累旬。及儀部公疾愈，乃曰："吾兒真孝子，向乃誤督過之也。"愛之彌甚。君於兄弟，曲盡友恭之誼。於夫婦閨門之内，若賓客焉。方桂東病革時，家人以後事請，君泣曰："吾向在清源，吾父死，吾不及臨其喪。今老母在，吾又不克終其養。吾天地間罪人也。幼子三人，吾兄弟任其責耳。夫復何言！"君之内行醇備若此，豈獨吏治良哉！

君生而正直，殁猶以神顯。當之桂東時，民有夢新城隍赴任者。而君甫入境，見數十人列炬鳴騶而迓於道，問諸左右，皆弗之見也。及卒後停柩舊寺，民或負冤抑，皆炷香赴訴之，理屈者則悚然不敢入。今桂民神之，尚廟祀不絶云。

君男子三人：世德、振德、亮德，皆具經濟才，先後通仕籍。

論曰：余覽前史所紀，若黄霸、卓茂皆以吏治循良封侯錫土，而茂又圖像南宫，列諸元勛之次。以今觀君之爲政，可與古人相頡頏矣。顧壽不酬德，位不配功，豈非命也耶？君殁之二十年後，君之子世德令吾邑，余乃得悉其生平，詳著於篇。令君賢明，其治吾濟也，悉禀君法度。傳曰："公侯之子孫必復其始。"君雖不竟其用，而其子之光啓前業必也，其亦可以無憾矣。

居業齋别集　卷七　四六

與楊筠湄督學啓

熙朝柱石，盛世斗山。豸節賁文選之樓，當年氣蒸雲夢；鰲峰臨冠山之院，此日風動河汾。棫樸聚卿雲，得志行天下之大道；菁莪沾化雨，持衡樂君子之英才。審士習文體之見天心，期要諸正誼明道之旨；念六經諸史之關治忽，必取夫閎覽博物之儒。坐言起行，教今人以古人爲學之次第；家修廷獻，勉士子以君子有本之經綸。此績奏思皇，所以望隆於三臺九列；而家傳道脉，由斯慶積於四世五公者也。

某蘄黄後進，葑菲微材。技小雕蟲，曾倖邀明公之賞鑒；班隨金馬，乃徒慕執事之謙光。附魚械而心旌，望龍門而筆舞。伏念山右先賢有丙戌進士翟象陸先生者諱鳳翥，孝友儒宗，清廉仕鑑。治行昭融於七澤，慈仁汪濊於三湘。兼數十年岳牧之長，剔除吏弊；遴十五郡鉛槧之彦，興起人文。瀟湘父老之謳吟，口碑不朽；江漢書院之指授，教鐸猶存。疇昔庚子賓興，初方伯函席教養；暨今壬戌倖捷，與先生猶子同門名鴻儀。詢厥生平，備知出處。筮仕粉署，主政刑曹。一麾出守，善政覃敷於豫章；晚節旬宣，清風遐播於閩土。里門誦法，萬石君之家風；藝苑景從，郭有道之師表。愛民如子，所至流循良之膏；樂善不休，隨時竭解推之力。

凡此儀型之樹立，允宜俎豆於鄉賢。惟是翟公之門，久已羅雀；兼之叔敖之子，蕭然負薪。若望懿行之表章，端賴大賢之俯鑒。言之雪涕，聽者酸心。是以恭呈先大夫鄉賢之緣由，用志陽羨公采録之盛德蔣學使采録楚先賢。上之左右，實切水源之思；倘邀照臨，奚啻華衮之感。時以空囊旅食，垂橐長安。壁立竟比之相如，索米弗工於曼倩。遥瞻法座，肅泐蕪械。

移觴餞桐城馬先生啓

花深絳帳，仙旌已動於燕臺；柳蔟紅亭，祖席猶縈於杏圃。錦里晝游之樂，譜入弦歌；雪門夜立之誠，携來醁酒。升堂雀躍，入户鳬趨。恭惟洙泗淵源，關閩領袖。灊峰瞻斗柄，秦淮瑞靄窗前；皖口浸雲根，山谷瀾翻筆底。縹緲凌霄之氣，挹西池泉源萬斛而灑翰西京；鏗鍧擲地之聲，望北溟毛羽千尋而扶摇北極。花磚依柱下，書成科斗古文；劍珮立螭頭，人是夔龍雅望。日邊宗工第一，已知聖主得賢臣；天下閣士無雙，更爲斯文作鼻祖。春闈引炬，漢廷有賢良方正之科；棘幄持衡，雅詩當壽考作人之世。偶億落霞孤鶩，秋水長天，往者佳文之在滕閣；因言八索九丘，三墳五典，今人能讀乃爲楚材。

某雕蟲小技，蠡簡庸流。三千里躡蹻擔簦，忽就門人之列；二十年騎驢獻賦，纔信知己之前。虎觀燃藜，執韋編而問字；雞鳴待漏，操汗竹以傳經。脱略師弟之形骸，載觴載咏；纏綿似續之骨肉，亦步亦趨。比及三年，有如時雨之化；聞斯二者，庶幾弄月以歸。迺絲竹遥喜龍眠，而洗沐暫辭鳳闕。旌旗夙駕，瓊筵飛北海之樽；鴛鷺留班，玉署索東方之米。關河賦别，情奚止於同人；函丈言歡，志願聞諸夫子。肅詹月朔之吉，酒載侯芭，詩吟蘇軾。仍效西園促膝之集，並邀東牀坦腹之賢令壻吴舍人。居然不速之客來三人，敢以及肩之墻傍數仞。伏願雙旌曜日，六轡乘風。占漢使之文星，出唐書於秘閣。仲山甫之補衮，僉望遄歸；周文公之繡裳，衆歌信宿。詠瓠葉而燔兔首，與古爲徒；詣草亭以近龍光，從公于邁。先期端肅，屆日顒瞻。

與荆南道鄧公啓

聲高楚北，澤溢荆南。輔世長民，悠久乃能成物；省方設教，壽考遐不作人。舉曠典於舉世，未遑之年；啓斯人以斯文，復旦之緒。作新士類，養正群蒙。是誠四子之股肱，豈止六經之羽翼。

某幸瞻廣大，莫贊高深。竊惟甄别之法主乎嚴，嚴則聖賢之名理常存於帖括之中；而收録之門存乎廣，廣則士子之精神競奮於功名之路。既已風行雷動，竚看霞蔚雲蒸。示以丹黄，使在在觀瀾而識海；寵之梨棗，乃人人望的而操弧。高懸國門，千秋經國之業；造就人品，百年樹人之心。由養士而養民養兵，實實經濟；即立言而立功立德，歷歷舉行矣。

與蔣學使啓

道章雲漢，化洽菁莪。揭聖賢之名理於中天，斂士子之聰明於實地。陳言務去，邃古爲期。蓋以回瀾拯溺之苦心，獨運起衰還醇之妙手。若扶尫羸而餌芝术，人得長生之門；如憫鳩鵠而飫膏粱，家逢大有之歲。喜屈宋景唐而後，猶有傳人；謂江漢沮漳之間，不乏作者。得英才而教育，使之羽翼六經；進狂狷於中行，可以股肱四子。於是煌煌試牘，紙貴雞林；固知濟濟譽髦，毹垂鳳羽矣。

某仰瞻宫墻數仞，莫贊游夏一辭。自惟廿載公車，僅附劉蕡之驥；况復六年壁水，徒守鄭虔之氊。已分羞澀於小巫，寧能鼓吹乎大雅。然而攬衣中夜，覩列宿之歸垣；高咏下風，悟百川之學海。論經術於漢代，儒宗董子之醇；考師承於唐人，學識昌黎之大。爰抒管見，恭進蕪辭。伏祈俯賜郢斥，洞開冶鑄。陸機文賦，倘鑒賞於司空；侯芭姓名，定傳播於楊子。

賀座主澤州陳公入相啓

楓宸寵錫，元公崇玉鉉之階；彤陛宣麻，冢宰陟璇魁之座。傳誦薄海，慶深衡門。恭惟柱石宗工，蓬瀛駿望。靈鍾斗極，井參儲河華之精；運協貞元，日月啓風雲之會。儷海潮而絜大，量納群流；躋霄漢以爲章，胸苞萬有。周官揚歷，率三百六十屬而奮庸；虞殿賡歌，聯二十二人班以凝績。文經武緯，躬贊柱下之書；石畫鴻猷，面承螭頭之喜。邇者誕膺巽命，爰沐離暉。位晋綸扉，首三公而論道；秩兼太宰，式百辟以盟勛。聖主賢臣，煌矣詞曹之頌；清時大老，焕乎率土之瞻。兒童踏歌，朝廷相司馬矣；父老手額，天子庸潞公乎。爾乃曳履瑶階，如威鳳之覽輝，五百年而瑞世；垂紳紫禁，似大鵬之鼓翅，九萬里以摩空。茂對剛辰，丕迎景福矣。

某夙慚櫺櫟，早困江潭。豹尾清銜，比蘇軾之春夢；龍樓故事，續葛洪以雜書。瞻晱晱之長庚，朗映朱輪赤舄；憶翩翩之舊侶，群從綺席蘭觴。恭攄蛩吟，隃附燕賀。伏願大行其道，峻極於天。合四序以同春，長三陽而保泰。門墻鄒魯，日星河岳齊光；事業伊周，鐘鼎旂常並永。

韓城張蓮峰先生暨配薛太君徵言啓

星暉雍域，拱斗柄以章天；嶽鎮函關，萌醴泉而潤物。團卿雲於潏水，九節菖花；浮甘露於藍田，三山芝草。金莖玉樹，爛熳曲江之池；雪藕冰桃，繽紛蓬島之讌。翩翩羽客，吹鐵笛以來游；濟濟仙班，傍銀鐙而載舞。欲聚青鏤之管，潤色珠囊；爰徵黄竹之謡，煒煌玉笥。緊槐眉之盛事，抑閬苑之昌辰。

恭惟蓮峰先生，韓城甲族，繡嶺名宗。洗頭玉女之盆，龍媒犀角；擢秀仙人之掌，鵠翥鸞翔。早歲驚人，默識河東之篋；生來嗜古，嘗受瑯琊之經。黄石仙翁，期穀城而授册；驪山老姥，留麥飯以傳書。太華山南，車馬聚公超之市；平陵谷口，縹緗出仲蔚之門。振翮鵠池，題名雁塔。天人對策，筆底杏苑花香；印綬專城，車前河陽草緑。桐川有召父，衆春園裏聽弦歌；清澗得文翁，諸葛城邊開講席。山唯種竹，兩袖清風；亭可巢雲，五年澍雨。褰帷露冕，特封富民之侯；增秩賜金，入直秋官之署。釋之爲廷尉，海内刑措之年；子厚入京華，群賢道長之日。朱輪儀部，掌故蒐羅西京；絳帳黔封，菁莪茂育南服。是以日邊冠蓋，譽萬石之里門；因之輦下貂蟬，萃三秦之邸第。

僉稱明公之躬行日邵，抑緣德配之内助良多。《詩》咏好逑，蔚爲風始；《易》占中饋，誕啓家禎。薛太君華齡降阼，習禮通詩；吉日宜家，銘椒賦菊。當夫子摛文之歲，鴻案恒莊；暨大夫服政之年，鹿車示儉。鵝肪雞跖，庭羅三代之賓；倉粟釜縻，室集五宗之彦。慈能逮下，誦義者籍甚周親；惠以長人，銜恩者走趨夏屋。噓其善氣，積爲休徵。緑鬢方瞳，聯珠錦幄；烏衣翠葆，序齒屏帷。教以義方，升之禮殿。

長公豹蔚，由里選而通籍成均；季子花封，自郎官而升華剌史。而我景峰，氣能轟日，飛即冲霄。臚句傳呼，閶闔開黄金之牖；承明視草，簪裾倚紅藥之欄。引炬南宫，升鄒枚於虎觀；燃藜史局，踵班馬於螭頭。家有賜書，歡騰子舍。朝分法酒，喜動親顔。聚五福於嘉平，迓千春之雙壽。懸弧望旦，柏滿瑶池；設帨朔朝，梅開綉闥。諷岡陵而介祉，羅松竹以飛觴。綺筵近承露之盤，佳客皆凌雲之賦。孫枝奕葉，燦燦琳瑯；萊戲逍遥，暉暉錦繡。騎羊蠟鳳，各呈群從之藝能；倚馬雕龍，盡是德門之珍産。

某等誼屬鴛班，情深蘭譜。看長安之春色，韋曲杜曲之間；啓方丈之瑶函，紫微紫閣之際。當筵善頌，搦管同心。伏冀藝圃宗工，詞壇哲匠，灑燕許之藻翰，吐曹劉之珠璣。錫以鴻章，光照蓬池之宇；寵之鉅帙，艷生桃實之階。則墨瀋蒸霞，接關亭之紫氣；筆花垂蕊，攬太液之青雲矣。

吴母唐太孺人徵言啓

赤芝三秀，西池介王母之觴；黄玉九華，南嶽授天人之册。玉堂寵賚，蘇易簡異數榮親；黼座諮詢，張齊賢殊恩奉母。沐晴光於杏圃，錦幛聯雲；聚佳氣於萱庭，璚枝垂露。詎同潘輿毛檄，艷説慈歡；有若陶里韋門，方稱家慶。

恭惟太孺人温和賦質，淑慎揚徽。岡阜祥鍾，羅昉溪之勝概；樓臺瑞靄，臨鄣郡之雄區。溯令範於高曾，著鴻猷於紀載。臬廉則功成明允，貫索消芒；州牧斯績奏循良，芃田沛澤。馬氏傳經於閨秀，厥字宗姜；謝家萃美於哲昆，允推道韞。衿纓櫛縰，幼已奉爲女宗；錡釜豆登，長不煩乎姆教。唐介門楣有喜，沼映文鴛；吴兢婚媾攸宜，屏開孔雀。配稱德曜，君號文宣。咸覘伉儷之賢，克佐孝慈之祚。前僧先生倚廬，樊重蚤歲稱孤。扇枕黄香，遺編課讀。空梁燕壘，荆釵合林下之風；旭日雁鳴，椎布肇房中之譽。桑椹可食，進必以甘；竹筍方萌，趨惟恐後。當大禮之襄贊，夢協牛眠；相夫子以遄征，書懸鹿挽。祁門遠别，邗水豪游。歲序經心，寄回文之芳訊；柔嘉逮下，衍樛木之禎祥。食指殷繁，曾鮮王褒之約；階除肅穆，竟同石建之間。

迨乎黄鵠哀吟，青鸞隻影。柏舟苦節，觸緒凄凉；栗里幽踪，拊膺蕉萃。況漂摇於風雨，禦侮維艱；更閲歷於冰霜，持危豈易。懷清臺上，表綽楔以冲霄；通德門中，嗣箕裘而耀日。劃荻丸熊之訓，稽古常勤；封鮭酌水之規，於今倍切。楞香太史，陽春白雪，天半朱霞。萃四穆之名門，行惟居長；摇三都之彩筆，望實推隆。

自泥金奏捷以來，慈幃色喜；迄天禄讎書而後，懿誨郵傳。侍從必恭，勿言温室之樹；賡颺匪懈，常待歸院之蓮。遥稟官箴，益共史職。每盍簪於虎觀，惣稡前聞；尋分校於麟經，甄收雋彦。求賢若渴，期盡瀚海之珠；得士而升，遂貴雒陽之紙。於是譽騰鷺序，班晋螭頭。夜濡毫以供書，晨辨色而入直。聖曆圖繪，德源口誦於丹墀；容典舊章，正禮躬陳於廣厦。會聰明之都講，稱集賢之有人。蓋子由孝德以成忠，斯親覽家書而愈慶。華林袍笏，洵人爵之亨衢；里第壎篪，尤天倫之樂事。叔子劍宜，風前玉立，已佩吕虔贈刀；季子綺園，雨後蘭馨，方操謝朏書册。考連鑣於曩籍，楊憑及弟凝、凌；書接武於名家，洪邁偕兄遵、适。北堂倚檻，繞膝慧龍；東榭含飴，盈陔雛鳳。儷漢廷之賢良方正，魚貫成均；如唐代之上舍明經，雁行壁水。

皇州春暖，一門賦擅梅花；草閣氣佳，指日衣霑柳汁。孫枝又茁，迓景風於芝田；曾葉廣舒，占祥雲於蕙徑。是則方來朱紱，比大川之甫溶；乃知式廓鴻圖，象長日之加益。九重綸誥，褒莒國之太君；再錫恩榮，進山南之壽母。固已茂膺百福，恭儉彌敦；兹當年届七旬，明聰益劭。米鹽醯醢，筦鑰猶操；綺繢氍毹，紛華弗御。爾乃山亭設帨，海屋添籌；時值新秋，筵開上浣。鳳凰池畔，承露擢金莖之高；鳷鵲觀邊，穿針製彩衣之麗。陳堯咨承恩省覲，携蓬艙而捧蔗漿；蔡君謨奉詔稱觴，簇瑜環而圍翟茀。開永嘉之花嶼，自繞翠柏蒼藤；問句漏之丹經，乃在黄山白嶽。

某等金蘭密契，孔李通門。欣雁塔之同登，情逾膠漆；喜槐眉之在望，儀乏瓊琚。犀軸牙籤，廣搜羅於雅什；芸箋桂影，期璀璨於賓筵。伏望燕許鉅公，鄒枚碩彦，共啓昭華之琯，分裁紀事之珠。輪御斑龍，進笲聽雙妃仙籟；窗窺青鳥，含符披五姥瑶囗。灑翰是期，操觚以竢。

贈刑部員外楊君徵言啓

龍章寵錫，縹緗璀璨里門。鳳誥榮頒，金石鏗鍧泉壤。移忠以孝，惟聖主乃得賢臣；顯名及親，必克家斯稱命子。此詩人所以歌錫類，史册所以志貤恩也。

誥贈奉直大夫刑部四川司員外楊先生諱焕斗，字兆麟。，荆門望族，楚澤宗工。寂寂子雲之廬，書藏萬卷；亭亭伯起之志，操凛四知。能讀丘、索、典、墳，詩五言而氣蒸雲夢；直追景、唐、屈、宋，賦一夕而濤湧瀟湘。射策擬治安，樹冠軍之幟，而言成倚馬；論文宗正始，當儲元之選，而身載副車崇禎己卯中副榜。。遂白賁於丘園，竟肥遯於圖史。元配誥贈宜人唐，懿牟萊妻，賢儷鴻婦。勤提鮑氏之甕，林下素風；敬偶冀子之耕，隴間盛事。以兹鹿門偕隱之令德，遹啓燕詒式穀之家聲。聳秀鳳毛，蜚英驥子名佐國。。甫舞象而懷蛟夢鳥，迨操觚而繡虎雕龍。歲德在庚，垂髫赴鹿鳴之讌；春闈當丑，攬轡看杏苑之花。剖竹專城，號神君於渭水；褰帷刺史，稱杜母於商山。奏最天官，升華比部。聰聽參諸皋吕，廉平埒彼于張。服官歷三考而咸優，人子之善，本諸父母；覃恩至再命而彌厚，康熙乙卯辛酉兩贈奉直大夫，唐贈宜人。大聖之澤，溢於高深。長發未央，五公還期四世；疏榮方始，二人已慰九原。惟是雁塔題名以來，鯉庭僅趨六載；至於芸窗讀禮而後，萱圃止逾二年。書器猶存，讀蓼莪而酸鼻；雞豚不逮，陟屺岵以沾襟。凡此子臣忠孝之思，並係創垂作述之美，屬在藝苑，可無表章？

某等譜列同人，躬逢盛典。慕蔡邕之親瞻有道，因陳紀而想見太丘。仰窺作者之壇，特乞名公之筆。咳唾珠玉，或咏或歌；揮灑琳琅，爲序爲記。則詞人賞激，將浣露於薔薇；而家乘珍藏，且依光於梨棗。

贈太常寺卿遵化李公徵言啓

髫齡失怙，里號聖童；經術起家，名登鄉貢。沙河作宰，奏最循良；祁埜宣猷，勞心拊字。省刑薄賦，畿輔歸仁；息盗安民，閭閻遍德。守吉安於兵戈擾攘之後，判大獄而良民不冤；治永平於飢饉凶荒之餘，剔群奸而頹風胥化。長蘆轉運，門如水心亦如水；隴右大參，令若山望且若山。於是譽騰薊北輯瑞人，因之官陟雲南觀察使。

生平骨鯁，經盤錯而逾堅；夙夜忠貞，矢報效而更篤。當逆藩封豕長蛇之域，值要荒萌芽葭藅之秋。獨誓廓清，罔知强禦。却萬金如敝帚，預折邪謀；奉三尺以燃犀，先摧虎翼。致命遂志，瓣香籲天；斷脰捐軀，拔劍斫地。太尉擊賊之笏，凛凛嚴霜；昌黎討逆之辭，煌煌皎月。戈鋋環户，勇若驅蚉；魍魎當前，智如灸輠。昂頭就僇，賊欲殺而不能；戟手鋤奸，身瀕死而無悔。幽囹圄者六載，眼見懷光冥誅；飽煙瘴已多年，思殲慶緒斧鑕。潮龍之壘北勝，實稟指麾；進學之幟永昌，俱承妙算。功垂成而運蹙，凱未奏而生傷。嚼齒穿齦，爲厲鬼以靖妖孽；握拳透爪，保完軀而訴蒼旻。

二子從公，卞家門户；一孤紹祚，趙氏宗祊。國有臣也夫有妻，側室乃知大義；弟殉友兮兄殉孝，弱婦亦著芳名。天鑒無私，仁人有後。按旌忠之彝典，位列清卿；荷厚下之鴻仁，秩榮奕世。學使采風而褒美，名公簪筆以表章。卓爾潛夫名萃秀。，裒然恤廕。一官司馬，籍甚永寧。載晋黄堂，焜煌安陸。敘忠臣之世表，職在史官；紀廉吏之家聲，誼存部下。凡兹儒林之彦，咸有懿好之公。聞而改容，談斯起敬。竚傒編貝，毋殊三代之音；翹望分珠，遍拜百朋之賜。公諱興元，字言盡。

復程總戎書

勛猷高世，文武憲邦。惠露溢於三秦，仁風翔於四海。孝隆錫類，則式廓家聲；忠荷貤榮，斯光昭國史。

某景行有素，趨走未遑。願識韓荆，比封萬户；頻來谷札，如獲七襄。先大夫名宦一舉，興元父老，既越五十年而猶深何武之思；預壁烝嘗，將垂億千載而永有文翁之席。甫鎸碑版，尋饗蘋蘩。彰往因以式來，闡幽於焉敷化。良由幕府德言，仁勇夙浹於四民之心；是以郡縣塗咢，巷謡常存夫三代之道。

某聞風神往，感極涕零。愧弓冶之僅存，嗟顯揚之無狀。于人世最爲孤苦，乃古詩所稱鮮民。先大夫捍城退寇之年，署空土銼；先宜人扶櫬旋家之日，道塞香盆。骨未留於桐鄉，愛猶久於召樹。九原可作，恍攬轡以行州；二仲來歆，勝椎牛而祭墓。時人傳播，歎廉吏其猶可爲；異代表章，非大賢安能有此！

身方匏繫，欲泥首棧閣而未能；情溢管城，時極目隴雲而無已。暫兹鳴謝，言不宣心。

與李州牧書

績懋循良，化行岳牧。公望同遂水廉泉而著，輿頌出東豐西鎬之間。行晋陟於巍班，乃肩任夫隆棟。

某情深景慕，念切觀型。曾荷瑯函之施，遥拜碑版之貺。感形舞蹈，鏤入肺肝矣。頃聞先大夫以乙丑季冬之吉入名宦俎豆之祠，目極秦雲，神依隴樹。雖三代直道猶在斯民之心，而九鼎鴻文實受明公之賜。火牛保障，采父老之遺言；汗馬精靈，録輿圖之軼事。元道州之拊字，少陵見而反覆歌中；朱桐鄉之生平，孟堅聞而淋漓腕下。詞之複而無倦，好以公則咸孚。在昔年蹇蹇匪躬，豈料知心於異代；矧寒門煢煢孤子，安能尚口於人間？唯兹義薄雲霄，是以聲鏑金石。氓謳士詠，與古爲徒；俗厚風醇，從上所好。由此流傳奕禩，抑或大書簡編。豈敢曰清畏人知，庶幾乎論因久定。聖宫賢廡，山高水長。憾小子之幼孤，音容莫逮；荷大夫之錫類，堂構常存。

緊寤寐而難忘，詎頂踵之可報？遥瞻簾閣，肅泐蕪械。

再謝李州牧時以名宦詳稿及批入祠文册見寄

澤洽廉泉，風清午谷。用丙魏姚宋之器，施龔黄召杜之才。文教既敷，士類咸樂。采風問俗，聽輿頌而思昔年之棠；伐鼓考鐘，臨頖宫而樹千古之鵠。

先大夫鞠躬盡瘁，越數十年乃獲表章；興人士遺愛不諼，合千萬姓僉同懿好。唯諸公其難其慎，愈見三代民之直道猶存；而執事不進不休，乃知一个臣之度量自遠。高文典册，黄鐘大吕之音；古屋豐碑，曜日淩雲之字。直使九原可作，居然兩漢同風。以明公闡幽之苦衷，成昭代彰往之盛事。行道聞而忭舞，橋門觀者欷戲，矧兹藐孤能忘大德？雲山萬里，欲泥首而弗遑；葵藿微悰，擬鏤肝而無既。

復王嶜(搏)[榑]

江城晝裹，竚暉絳雲；雪塢樽前，定翩青鳥。足下喜可知也。袁安卧帳，鮑叔分金。藝苑並傳，襟期俱古。履穿東郭，挾纊欻温；地凍北窗，携筒斯躍。攢眉蓮社，何圖貝葉傳來；裹足蓬樞，豈料雨花散至。引領而望，比安道之脉脉剡溪；搔頭以吟，想右丞之陶陶河曲。佳晤難必，寸心則殷矣。

謝喻制府啓

文武憲邦，經綸名世。出膺周雅方召之任，入則漢廷丙魏爲儔。懋績以揚歷迭升，鴻材兼徽猷遐暨。狄梁公之丰采，焜燿石頭；周吉水之拊循，膾炙人口。夏首望歲，霖雨斯零；晴川占星，景風歘扇。大綱小紀，次第施行；吏習民依，纖毫洞澈。古之鬼方，撻伐克以三秋；今也猺窟，徂征平於數月。公曰天威震叠，人歌元老壯猷。千載一時，輿情胥慊矣。廼問俗省風，不遺蕞爾；旌閭表宅，爰及潛夫。匾刻拳蚪，荒郊雷動；言霏玉屑，陋巷霞烝。似此白賁丘園，將毋赧顔典謁。蹇步且蹶，蚉負難勝。

某逐隊鑾坡，隨班虎觀。禮經解詁，珥筆分編。志局網羅，然藜脱稿。雖《明史》亦與闓讎校，若典試則躬奉簡書。即稱職之維艱，然當官而寡悔。偶緣微痾蹭蹬，幾至狹路蹉跎。幸荷至尊天高地厚之仁，螭頭詔下；兼承九重日照月臨之澤，豹尾銜存。原品歸田，西京彷彿能記；詞曹在野，北闕須臾弗忘。十五年不入邑城，令無豬肝之費；數千卷常陳家塾，兒拾鼠璞之遺。脉脉逃名，懶向街坊賣藥；悠悠卒歲，還從卜肆施簾。胡爲處士虚聲，竟得明公腆貺？昔里標通德，文舉耑爲經師；堂號聚星，季和實延上客。不圖鄙人碌碌，而致大言炎炎。雖此君小異，豬豫章物色，孟生卮酒言歡；王江州殷勤，陶叟緇衣懿好。汗竹馨傳，然而幕府雅游，良辰高會，正平一刺不到，昌谷諸詩無聞。方恐老不如人，奈何惠而好我。過情難副，溝澮粗盈；晚節易頽，雪霜洊至。瓣香則肺腸都瀝，攬鏡而鬚眉可憐。是以仰屋欷歔，巡檐浩歎。五齡苴絰，七袠簪纓。先大夫篤存精忠，名宦鄉賢之祠碣略具；我宜人幽貞苦節，志銘家傳之叙述相符。沐朝廷錫類鴻恩，一贈又經再贈；繩祖宗肯堂餘慶，孫行仍訓曾行。既遊魯鄒之門，則纘思孟之緒。自任若此，修能云何？

古往今來，蒼茫楚域；前塗後轍，項背斯人。宋井涓涓，左徒剩墨誰洗；濂溪漠漠，太極孤燈幾挑。學有緝熙則光明，道無斯須之間歇。黄陂署裏，正叔伯醇聯窗；嶽麓院邊，考亭南軒踵武。銀鈎鐵畫，魯公不朽峿臺；山月江風，蘇子長留赤壁。談出處若諸葛，井廬依然；訪耆舊於襄陽，雲樹宛在。驟荷獎借，曷勝徬徨！火滅仍欲修容，形單自須顧影。最防躓垤，常患臨淵。科頭三晨，幼安追爲内疚；絮語半夜，伯起凛在天知。克伐怨欲不行，可謂難矣；動言視聽俱勿，尚其勉旃。以斯兢兢，逾益粥粥。恒願予受程督，敢云人歸典刑。憑欄而思，延頸以望。若義存激勸，俾藝林慕譽争妍；指切觀摩，令佳士睎塵競赴。則廉頑立懦，大造英才，而賈勇先登，遹興文教矣。

小詩十章，彙寫一獻。歷落嶔崎可笑，傴僂覼縷俱慭。寸忱攄丹，九頓鳴謝。

附：制府復書

行尊齒宿，才妙名高。是大有本領人，不與論禄位者同年而語；亦頗無近今習，直與論學問者絶級以登，緬從科目進身。文章字字有聲，卓爾鼓鐘天下，旋即詞林領袖；講讀言言合度，峨然簪笏朝端，爲當代經學之統宗。曾無錯綜，戴氏推古今史局之大匠；雅稱剪拂，廬陵由是收名士於棘闈，可以報得人於彤陛。三臺爲之炳蔚，映十五國詩書俎豆之家；太乙爲之流輝，著廿餘載丙室酉山之象。斯已爲生儒揣摩畢其願，而君子出處有所準矣。於焉初服返於林泉，依然浠水梅川，英華倍增三楚；衆流滙於江漢，不啻春風時雨，教思揚扢中區。遠則擔笈，朋來裨資實學；近則問奇，人至儘令移情。將一時議道之群倫，無不知深山大澤有彈琴歌咏之疏傳；信此處典刑有前輩，直能取清風明月作登臺長嘯之孫公。想亦自回思青瑣班聯，當日本是李長源在聖人前席；應到此看白雲層叠，今日又一陶弘景現宰相後身。斯豈弗使人慕之若神仙中人，而何幸俾予盻之等耳目間事哉。叨持制節，伏愧菲材。未至楚固已欽黄國人文，及入邦亦曾問金天族里。云居鄉塾，未入縣城。歸而謀代式閭，往哉托兹題額。亦不過彷彿主人氣象，威鳳祥麟；何反致侈費詩札精思，雕龍繡虎。且也札中方之丙魏，詩裏贊其甫申。既不能如周室之老成克壯，足領此美譽明良；又不能如漢代之智名勇功，堪聆此雄談經濟。再誦而輟，三誦而興，竊欲自勉疏慵，亦耻有辜名勝。樓懸黄鶴之影，崔灝雖云筆禁青蓮；府開鄂渚之胸，庾亮寧教塵遮王導。要之地大勢廣，醇駁難齊；吏猾官邪，挽回攸賴。日日躊躇按部，先必創艾墨胥；孜孜次第設施，後乃潤兹蒼赤。在己則何知茹蘖，斯人亦厚慣飲冰。惟恐重負至尊，染絲毫之慾念，則力棉不足勝萬鈞之任；所由深維周慮，竭堅苦之心志，則氣充猶能爲一木之支。縉紳先生，諒已許矣；父老子弟，庸或否歟？但一面終未克酬，兩心定須共喻。惟祈俯仰聖世，無論在朝在野，皆被其沐日浴月之光；寄語民生，即今一事一物，祇安其戴高履厚之素而已。和詩未得，報札奉申。主臣主臣。

贛灘詩序

荆南向有夏，宦遊東粤，製美西崑。露冕褰帷，領略羅浮之勝概；披襟對酒，屬和寶陀之留題。洵蒲澗之人仙，亶羊城之詩史。爾乃朱輪西指，畫舫南征。十八灘頭，灑翰得驚人之句；三千里外，揮毫成紀事之編。桃漲龍堆，春水船如天上；柳飛鷺渚，江城花似鏡中。傳千古游人過眼之奇，肇九州詞客賞心之韻。酈道元之記注，溯委窮源；謝康樂之登臨，標新領異。豪吟遠望，慰我卧遊；逸興遄飛，看君爽氣。懸諸千金之市，雅勝五嶽之圖。襲以錦囊，光同炤乘矣。

白雪亭詩序

石城勝迹，富水名區。漢廣江深，今來古往。披襟得賦，大王何處雄風；對酒當歌，辭客猶傳白雪。宋大夫之遺井，樹石蒼凉；梅仙子之斷橋，煙霞縹緲。惟是春生别浦，長留孟子之亭；爾乃天向平蕪，偶得劉賓之句。右丞過訪，曾潑墨以留題；皮叟來游，更易名而作記。地鄰二千石之琴鶴，襟帶三湘；天高九萬里之雲霄，簾櫳五客。郡大夫黄堂氣爽，皂蓋風清。每當案牘之餘，輒有登臨之興。一觴一咏，似蘇公志喜之年；以遨以遊，豈六一醉翁之意。名花爛熳，邀夜月於玉山；古石玲瓏，映朝霞於金谷。郢客屬和，胥登春臺；藝林流傳，竟稱盛事。氣蒸雲夢，吟開北海之罇罍；雨滴梧桐，寫入東山之絲竹。

名齊羊峴，美並鹿門云爾。

和秦遊詩序

懷抱古今，錯綜文武。賈生治安之策，籍甚京華；孫楚軍事之謀，馳驅關塞。經棧道之風雪，劍倚崆峒；歷雲門之煙嵐，馬肥苜蓿。箜篌度曲，登臨銷萬古之愁；幕府投壺，慷慨作三軍之氣。客來千里，箋附八行。遜水廉泉，夜飲將軍之酒；秦頭楚尾，朝聞遊子之歌。

某行邁多違，杜門寡與。念先人之宦迹，舊在金州；追往事之艱難，時遭銅馬。得民死力，保國危城。棠蔭之故老猶存，桐鄉之俎豆未艾。爲子經行，牽予涕泗。況復念存耆舊，諮訪土風。式陳太丘之里門，禁柳下季之樵採。如斯氣誼，直逼雲霄。爾乃西園諸公，憶元瑜於記室；北平才子，懷子美於秦州。洵天涯之壯猷，亶人世之遐軌。屬和五什，還報三秦。天末涼風，鴻雁書來頻遣興；屋梁落月，關河別後幾經秋。寄兹隴梅，聊佐羌笛云爾。

居業齋别集　卷八　四六

静觀亭序

少尹王君，恢恢游刃之地，皎皎哦松之姿。民已登於春臺，士復庇其廣厦。顧瞻廳事，小搆茅亭。曲水流觴，想右軍之勝概；焚香啜茗，追摩詰之家風。萬理皆得諸静觀，纖塵不留乎几席。花封暫駐，少須下瀫瀫於前灘；芝檢遥傳，行且篷鵷鷺於中禁。

僕過從晨夕，頻開北海之樽；下上古今，雅附南州之榻。無慚畫虎，竊效雕蟲。使賢士大夫遊於斯者，知素心爲金石之交；抑英雄俊傑仕而優焉，即簿書有魚鳥之樂。載諸邑乘，良爲美談。

饒卧侯詩序

饒子卧侯之言詩也，自垂髫至皓首數十年如一日，蓋家學云。然而燃糠達旦，扣角終宵，暑幔籠螢，畬畦拾蕨，詩能窮人，於斯極矣。昔曲逆落魄韶齡，虞卿解龜晚節。幼安清修，子魚推轂，孝章蕉萃，文舉寒心。若饒子者，少難通籍，老不剖符。姓名弗登薦剡，拯救無望知己。諸艱備歷，何地非愁？况復身丁亂離，家罹烽火，庾子山之覽物，王仲宣之登樓。黯矣傷神，潸焉出涕。雖負郭窮巷，章逢索居。曾回馬首臨卬，偶割豬肝安邑。然已事如夢，爲歡幾何？大都有韻之言，强半無聊之境。嗚呼！饒子已矣！封禪無草，何煩侍從臨門；制科匪詩，安得身後賜第。零編隻簡，漏屋頹垣，幽憂鬱僿，尚蟠結於蒼松白石間也。

翟叟詩序

疏雨梧桐，微雲河漢。澄江萬里，雁字横空；亂石千層，漁燈泊岸。有人夜吹鐵笛，來自棗亭；邀我晨放蘭橈，去游鵠渚。踟躕南郭，徙倚東籬。欻接詩函，爰登草榻。

靈泉洞畔，煙霞錮此山人；馬口湖邊，竹樹成斯别業。門常羅雀，技欲雕龍。性癖耽佳句，漸滿奚囊；身閒得苦吟，頻摇彩筆。何思何慮，一咏一觴。豈樊上之漫郎，蕭蕭物外；抑鹿門之龐叟，憺憺人區。眼底老屋，塵封亦有高廩；話來多錢，貫朽也足中厨。然而月白風清，良宵虚度；鳥啼花發，令節徒過。何如影傍墨池，奄有丘壑；若得歌殘白雪，不愧襟裾。以此成編，聊用卒歲。鑱岩刻石，姓字長留；弔古懷人，風流不乏。

僕巡檐把握，隱几回環。淺水蘆花，悠然入夢；長風積布，莞爾會心。待賦三都，定作士安之序；兹當九月，且斟元亮之杯。

石牛詩序

南山細草，甯戚興長夜之歌；北海蹊田，管寧致比鄰之譽。既而單衣晚出，擔爵以仕齊朝；皂帽言歸，杜門而却魏聘。一出一處，俱照汗青；立德立功，並垂竹素矣。滔滔江漢，代有名人；歷歷見聞，例傳隱者。陸通接輿而後，狂士良多；桀溺秉耒以還，耦耕不乏。滄浪漁父，史竟佚其里居；漢陰丈人，時都忘其姓氏。伊何人哉，抑又奇矣。爾乃彌天雁字，瑟瑟秋風；滿地蘆花，冥冥細雨。掃除荒徑，菊孕黄葩；招携良朋，樽貯白墮。有客雕龍之侣，遺我石牛之編。瀏覽中宵，參横斗轉；出入懷袖，燭跋雞嗥。芙蓉山阿，卧此詞伯；荆泉洞口，蔚爲騷壇。筮得黄離，畜牡斯吉；鞏之白屋，用革已堅。荷笠荷蓑，舉案有齊眉之婦；載芟載柞，延賓用歷齒之兒。苦竹林中，比張廌之頤志；灞陵道上，踵韓康以逃名。五嶽卧遊，拊琴動操；群鳥就食，鼓掌當門。數庾郎之食畦，二十七種；看王績之釀稻，一十六區。長此燕閑，蘧蘧栩栩，偶然嘯咏，憺憺悠悠。已挹松濤，應聞鐵笛。一登黄鵠之頂，定跨青牛以翔。桂殿分桃，我則慚夫曼倩；衡山採藥，君其問諸鄰侯。

喜雨詩序

雨暘咸若，春秋乃曰有年；禾稼胥登，户口斯能卒歲。煌煌月令，夏小正敬授人時；亹亹豳風，周大夫躬勤民事。若乃日躔鶉首，律中蕤賓。天德在乾，農家節届芒種；月建維午，田畝時屬青苗。方擬千耦其耘，可堪十日不雨。沙蒼澤國，蒲圻巖封。俗尚三農，火耕水耨；産唯六穀，東作西成。方半夏之始生，念温風之將至。旱魃爲虐，人懷懸罄之憂；畢麗徒占，野絶滂沱之望。二尹楊君志切，求牧材任作霖。念稔歲穀賤猶傷，若凶年民飢何藉！辨色而詢父老，洗沐不遑；舍車而歷溝塍，襜帷盡撤。嗤焚及巫尪之陋，惟亶厥心；諗用盡圭璧之艱，載呼於衆。乃探龍伯之窟，雲自西郊；爰詣顔公之祠，馨升北嚮。中宵露禱，炎晝汗流。黑入太陰，膚寸而潤龜折；蒼浮層巘，浹旬已溢蛟潭。荆洞一絲，蓴湖萬頃。於是氓情樂只，將以社而以方；尹色陶然，勝雨珠而雨玉。輿人善頌，歌滄浪之濯纓；詞客操觚，績甫田之吹籥。彙成篇什，遠索弁言。繞屋臨風，巡檐屬草。懸知粉署，欲如子瞻名亭；若樹豐碑，定請泰和紀事。

柬沈樂存東粤使院小引

昌言簪筆，正色立朝。汲長孺之丰裁，不負所學；陸忠宣之奏議，獨爲其難。埋輪則道息豺踪，挾彈而人思鴞炙。蓋歷代掌故，淹貫於趨庭舞勺之年；而中外樞機，洞觀於待漏然藜之日。娉婷小許，勇決已逾壯夫；忼慨大蘇，精誠何啻元老。是云靖共爾位，乃弗尸素厥官。奉詔烏臺，乘槎蜃涘。輕裝北道，露冕南征。府海官山，歷芒芒之禹服；熬波積素，履蕩蕩之堯封。噓噏蕩胸，天輪乍轉去聲；混蒙寓目，地軸争回。崩雲屑雨，挂席凌霄；掣電鳴雷，停檣聳漢。鰕鬚四尺，泝緣起於盧筵；鯌幹二尋，苴罜漏於木賦。是役也，身疑閬苑，慮渺寰區。鬱水靈洲，使院干旄開五嶺；羅浮粤秀，諸生禮樂化三苗。梯航上百越之圖，鉛槧撰二禺之志。既極天下之大觀而無憾，亦攄生平之夙抱而有徵矣。

僕比肩嚶鳴，鍛景蜮射。歸田侘傺，誅茅宋玉之廬；遯迹沈冥，採藥龐公之巘。志有存而未逮，壯不如人；學無補而徒勞，老猶好古。編蒲削竹，孳孳傖家；映雪然糠，咄咄怪事。毛穎千禿，安得灾梨；海苔萬番，終當覆甕。荷籃輿者二子，含飴弄孫；澆傴傀以一觴，晚食當肉。觀魚雅知魚樂，放鶴常喜鶴馴。夢裹金閨，時逢好友；花間玉糝，每度蕭晨。臨水言懷，紉蘭爲佩；登高眺遠，擷柿寫書。不獲上韓公燕喜之亭；衹微吟杜老鴻飛之句。

盧時夏制義序

漢東世家，楚北名士。吐吞雲夢，擷沅湘之菁華；伯仲王楊，鍾岑衡之灝氣。生而早慧，能讀典墳丘索之書；鳴則驚人，克繩屈宋景唐之武。秋風鸚渚，勁翮淩霄；野水蘭橈，輕帆湧月。披襟直上李青蓮閣筆之樓，拔幟先登周公瑾凱歌之地。時則風流自賞，緩帶輕裘。奇矯無前，搏獅搏象，固已霞蔚瀰水，雲烝應山矣。於是擔簦挾策，奉詔陳書；羅賈董於毫端，走班揚於腕下。遨遊燕市，睥睨酒人。翔步黄金之臺，當筵白雪之曲。楚珩雖寶，莫之與京；漢賦良多，罕有其儷。擢秀以出楩楠杞梓之中，絶塵而奔牝牡驪黄之外。時則波瀾壯闊，籠蓋千人；藻采繽紛，渟涵萬有。雞壇推爲祭酒，兔苑奉若宗盟矣。

然而芸編秘笈，抱膝長吟；土銼葦簾，掩關獨坐。玉三獻而猶璞，書十上而益工。登臨廣武，嗤竪子於當年；嘯傲龍門，露英雄之本色。行過嶽麓之院，見川瀆之總滙滄溟；緬想濂溪之燈，譬箕裘之遥嗣弓冶。時則華艷刊落，老幹扶蘇。妙緒抽來，天真爛熳。陳正字之標格，大挽頹流；杜少陵之篇章，力追正始。漱六藝之芳潤，會四子之真詮。寤寐魯鄒，卓爾股肱之望；步趨游夏，斐然文學之科矣。

僕生同桑梓，壇坫相望；契若芝蘭，公車並駕。雞聲茅店，予汝倡酬；雪塢冰河，褐裘絡繹。覽山公之啓事，及我故人；當花縣之分符，畀吾良友。於是呼觴促席，剪燭言歡。慶王陽且著朝班，期甯戚毋忘車下。哀孝先之腹笥，盡付棗梨；發子雲之家藏，將公海寓。文翁禮殿，行肄古儀；宓子琴堂，定操雅奏。花間馴鶴，還載管城；溪上籠鵝，仍携子墨。蓋盛代之龔黄卓魯，緣經術以蜚聲；即古來之燕許韓歐，因服官而益學。惠而好我，長念青燈黄卷之言；歌以贈君，匪同緑酒紅亭之什。蘭溪仙令，風静牙檣；粉署鴻編，書臨寶掌。裝書玳瑁，焜煌八詠之樓；架筆珊瑚，鼓吹四賢之院。豈惟雲騰澂水，抑且紙貴周南矣。

對菊倡和題詞

燕山佳麗，夙産名花。酒市貴游，時傳韻事。城隅水曲，葱葱衛尉之園；修竹茂林，鬱鬱將軍之墅。是以千紅萬紫，首唱望春；脆蔓柔條，中藏半夏。方荼蘼之在架，賦起通都；及芍藥之盈階，詩騰綺閣。

若乃時當九月，客際三秋。招携北郭之觴，緬想東籬之句。孤標素質，力殿商風。餐白露以凝寒，指清霄而獨立。斯群材之强幹，亶植物之貞操。況復輦下繽紛，非終隱逸；文場爛熳，有待應求。於是秋浦詞流，登高脱帽；青門旅館，把筆長吟。藉滿地之黄金，蜚當筵之白雪。屬而和者，冒雨追尋；諷而樂之，凌雲縹緲。是則葩流藻翰，無俟金谷之催；興會鈔謄，且增雒陽之價矣。

梅花詩題詞

皎皎幽姿，亭亭素質。蒼松爲友，挺出歲寒；翠竹與居，翛然月夜。東閣詩興，翩翩水部之才；西湖鶴亭，落落山人之致。折逢驛使，春到隴頭；衡放林立，氣隨葭管。有時瓶邀上客，話入羲皇；若使坐倚流泉，神遊濠濮。是以虎頭佳士，爲爾怡情；兼之鳳嗉瑶琴，携來寫意。巡檐索笑，冷蕊疏枝；對酒當歌，霜華雪幹。臨風玉笛，疑上青蓮之樓；把臂清言，已入羅浮之夢。

江侍御壽詩序

石麟譽望，早擅晴川；驄馬風流，載騰京雒。纈紅桃而製綬，韶令仙姿；裁緑艾以成衫，簪裾雅胄。聯翩卓魯，課績登朝；閥閲崔盧，彈冠入省。陸敬輿之奏議，亹亹臺端；汲長孺之丰裁，亭亭物表。盈床翡翠，麗句雲騫；插架珊瑚，奇書波委。懸弧使閣，望海日之方升；拜手官衙，瞻龍章之下賁。千騆畫舫，來自蓬瀛；三輔霞觴，聚諸繡闥。

花開四照，鏗鍧頌禱之聲；景麗重輪，焜燿縑緗之色。白雲黄竹，曲譜瑶池；金液瓊膏，味傳真府。夢鳥筵鱣之彦，聯席盍簪；繡虎雕龍之英，齊眉接武。遲遲静晝，聽子淵之洞簫；浩浩洪河，吹季長之長笛。

春王正月，律協陽和；節使津門，儀嫻經曲。魏信陵之賓客，海内名流；樓君卿之交遊，樽前逸興。臨風授簡，朱霞十丈飛來；倚檻翻書，白璧一雙捧出。兹藝林之樂事，亶名世之昌期。

僕乘槎興慕，搦管微謡。指海屋以言歡，託魚椷而寫意。置郵請謁，已遜鄭莊；飲酒學仙，還希李白。期君麗日，看鵬翼於煙霄；待我占星，聽履聲於殿閣。金魚新粲，榮光上燭瑶樞；玉軸高標，寶氣直淩絳斗。芸箋灑翰，如臨五嶽之圖；薇露揮毫，用佐三山之樹云爾。

訪藍明府詩序

丹陽古郡，姑孰名邦。雨過天門，雲蒸霞蔚；風清翰舫，野潤沙暄。燕語凌歊之臺，城郭如畫；鶯啼采石之樹，簫管争妍。往者謝句驚人，大有江山之助；迨夫李樓對酒，殊增景物之華。維我同人，尹兹望邑。潘安仁之雅度，花滿河陽；陶元亮之清標，詩傳江國。擁書萬卷，焚香開北海之樽；下筆千言，折柬致南皮之客。池邊灑翰，倒薤拳蚪；月下吹笙，翔鸞馴雉。蒲鞭不事，白屋弦歌；竹馬常迎，黄童抃舞。翛然仙骨，何俟句漏丹砂；卓爾神君，已看葉縣鳧舄。

僕濡毫得句，陶寫新歡。把臂稱觴，追尋舊好。王謝縞帶，重以絲蘿；雷陳肺腸，逾乎膠漆。黄河磧裏，並披季子之裘；金水橋邊，同獻長卿之賦。各言爾志，當與古人爲徒；能致其身，宜後天下而樂。一行作吏，毋忘布素當年；千載爲期，應有汗青異日。以兹區區懷抱，遂至亹亹卮言。聊當韋弦，陳諸座右；若叶竹肉，愧彼伶人矣。

江防詩序

滄江九派，流比黄堂之清；雪嶽千尋，寒澈使君之骨。是以潯陽三老，首排天閶；匡谷輿人，聲撼地軸。舉旛數千里，裊裊雲中；作頌幾萬言，津津日下。汲長孺之卧治，衆以爲賢；黄次公之拊循，民受其賜。青衫司馬，送客猶聽琵琶；白衣蒼頭，贈人尚肩桑落。若乃衙齋四壁，插架惟家乘遺編；𢓟燭三更，朗吟祇宦游佳句。展大夫雖和而介，心迹雙融；子太叔不猛而寬，中邊俱見矣。煙波飄忽，蛇豕縱横。列戍建牙，江關之鎖鑰；提戈專閫，澤國之藩籬。石虎彎弓，厥惟李廣；水犀獻馘，故屬狐庸。黔首蚩蚩，知依杜母；野人喋喋，願借寇君。於是章上銀臺，詔頒鳳闕。宋均虎渡，神爵方來；李渤棠深，帶牛自去。庾樓長嘯，仍斟瀑布山泉；湓浦采風，更設濂溪講席。

僕枌榆鄰壤，鉛槧通家。占小畜之當亨，識無妄之有喜。西京吏治，兒寬竟至三公；北海廉能，朱邑嘗躋九列。矯首繩墨之外，少卿歷試諸艱；緬懷德讓之風，孟堅特成一傳。爰書里句，用佐官箴。

容園序

舊園三徑，璹瑁裝書；老屋數間，珊瑚架筆。看承家之五寳，並齒詞場；矧繞膝之諸荀，齊眉藝圃。讀解雌蜺，名士開顔；智嫻雕龍，英流抵掌。林泉蕭瑟，潘岳故嘗面城；欄檻參差，晏嬰何妨近市。形如蝃蝀，繡錯芸廊；望若鴛鸞，星羅竹塢。隱囊方褥，江左風流。茶竈巾箱，輞川標致。披鹿裘而採藥，戻止幽人；泊漁艇以投詩，都成雅集。雖酒壚笛韻，老夫至此興疇昔之思；然經局史宬，群彦於今正中天之日。爰成長句，用寫遠懷。君其藏諸笥中，聊伴青燈丙夜；客有歌於座上，殊慚白雪陽春矣。

黄鵠山人壽詩序

朱霞紺雪，味若常珍。閬苑瓊樓，宅爲珂里。不游蜃海，已知益壽之方；未種芝田，蚤悟延年之訣。爛熳羽客，寵以華箋；逍遥真人，貽之麗藻。玉虚名館，金字題門。句曲几席，悠然時稱宰相；商顔冠裳，卓爾代號先生。酒斟玻瓈，筵敞玳瑁。算絳縣之甲子，再度方初；守黄庭之庚申，三更如旦。需之廿載，纔披榮公之裘；比及百齡，試簪衛武之筆。詢東方之姓氏，我亦同焉；瞻南極之星躔，君其應矣。

張州牧壽詩序

真府傳觴，瓊膏金液；弇山紀石，黄竹白雲。四照花叢，蟠桃始茁；重輪景麗，鳩鳥初翔。計相覽揆之辰，熊幡皂蓋；留侯燕喜之日，麐脯駝峰。謝鳳趨庭，荀龍號里。宫袍鶴纈，光曜縹緗；法曲鸞吟，韻諧絲肉。洞天福地，乃在朱門；閬苑瀛洲，詎須碧海。已蓺千春之圃，應承十賚之函。僕筆乏江毫，文慚羅鳥。粗成里咏，小佐賓筵。

上巳楊園雅集跋

蓋聞三月三日，修禊事於郊原；一詠一觴，聚詞人於藝圃。肇自洛濱之歲，春滿蘭苕；暨於永和之年，暢逾絲竹。特進翰藻，復踵事以增華；寧朔風流，還標新而領異。斯薄海相傳爲令節，若都門則更屬雅游。

隴西先生負北海之襟期，當西京之領袖。登高眺遠，浩蕩瀾翻；覽物興懷，瀟疏霞寄。偶憶渼陂之宴，招尋輞口之莊。誕敞瓊筵，簪裾畢會。既成春服，童冠與偕。携手惠連，看池塘之碧草；聯鑣求仲，挹洞壑之紅泉。韠帶生徒，貫魚請益；烏衣才子，蠟鳳承歡。歌似郢中，霏霏白雪；樂同濠上，亹亹清言。選勝則子雲之亭，嶙峋輦下；攄懷則太白之句，爛熳花前。五字長城，聲高韻府；四篇首唱，旨冠騷壇。善誘循循，各言爾志；多士藹藹，相飲以醇。滿座怡神，負劍辟咡如畫；諸生屬和，吟風弄月以歸。於是鄴架縹緗，頓長連城之價；龍門賓客，新添照乘之裝。群公悠然以思，夫子莞爾而笑。吾黨雖云狂簡，大都成章；老夫於此逍遥，即事涉趣。譬諸周茂叔之生意，窗草無除；何必鄭康成之藝能，樓頭始到。欲紀燕迹，聊呼楚傖。染翰濡毫，屬汝先謄司馬之賦，倒衣命駕，遲予後遊將軍之林。

某蓬生麻中，蠅附驥尾。無能爲役，如布鼓之過雷門；逐隊升堂，比丘陵之瞻日觀。期逭金谷之罰，率爾成詩；不勝曲水之觴，逡巡避席矣。

書陳雲卿册子

汾水高門，太丘令胄。翻書早慧，枕籍青箱。結客豪游，晤言縞帶。訪酒人於燕市，雅慕荆高；尋誼士於蓟門，睠懷羊左。千金可擲，仗劍何妨蒯緱；一飯難忘，踵門詎需蠟屐。樽前玉屑，邀許遜以聯牀；肘後絺囊，進王珪而問字。五運六氣，粲若列眉；八葉三集，瞭如指掌。越人八十一難，遥開靈素之樞；仲景二十二篇，大啓玉函之鐍。君臣佐使，手注《内經》；燥濕温平，神通本草。孫思邈之粗工，著論迥異人言；楊上善之太素，名家殆由天授。人迎氣口，龐安常按切獨奇；陽動陰虧，朱震亨發揮最妙。外内合一，契薛己之真詮；風濕專攻，採王綸之奥旨。汗牛充棟之籍，棋布芸窗；臑會肩井之圖，星羅棐几。酒後耳熱，嗤高陽之襲繆承譌；興酣筆隨，哂褚澄之膠柱鼓瑟。是以理精皇甫，紅籤標甲乙之緘；技擅華佗，素手奏鍼灸之績。應指而愈，比翡翠之屑金；匠心以行，逾蟾蜍之軟玉。大都琥珀拾芥，磁石引針。蝠伏庚申，鶴知子午。物理良然，人工獨詣。豈若仙靈葉茂，村人劚根；赤箭株堅，鈍夫剷茁。失遠志於小草，忘兜鈴爲獨行。標本差池，主療慌惚。鹿鹿傴僂之軌，倏悠影響之談者乎？

僕質方蒲柳，味鮮參苓。鎮日鼠憂，疇問亡恙；經年狼疾，幾能有瘳。竄欲餐霞，猥云子房辟穀；方唯射覆，猶説曼倩疑仙。書成七發之條，補救已後；艾闕三年之蓄，邂逅偏遲。縱不盲於心，朋友粗能知我；然徒存一舌，妻孥毋乃笑人。朝誓暮香，趙抃修身良苦；科頭晏起，管寧省過無多。乃爾蹉跎，居然僵仆。是宜卜居詹尹，無復假手雷公。然而天道好生，人心予善，果猶不食，蘭未當鋤。會旭日之回暄，倏東風之解凍。歡乎傾蓋，憐消渴於長卿；氣類吹蘭，拯龍鍾於子美。倒囊投贈，翻來叔牙之言；折柬招携，乃讓孟公之座。若使偕遊句漏，餌我丹砂；定當買地匡廬，種君杏樹。

嗟乎！蓖麻載道，哲士傷生；野葛充衢，端人窘步。孰綴預知於衣領，先聞惻惻之聲；曾塗附子於湧泉，未起奄奄之色。中宵寤歎，獨立徬徨。幸逢九折之肱，安得三緘其口。揚斯絶藝，如龍門特傳太倉；述爾薪傳，俾雞林新鐫寶鑑。深山采藥，予將煨芋懶殘之爐；老嫗知名，君且垂簾伯休之肆。鷫裘脱去，急付酒家；兔穎拈來，爰成詩句。公諸同好，粹琬琰以爲編；各寫攸懷，彙琳琅而滿篋。玆誠方伎盛事，抑亦藝苑美談矣。

敬業堂約

天官書七曜黼黻天衢，太史志九州綱維地軸。語經國之大業，谷潤山輝；稽命代之名儒，星生嶽降。是以應求視乎聲氣，雲從風從；族類惟所薰烝，豹變虎變。麗澤爲兑，慶君子之得朋；他山是攻，因輔仁而會友。粤若典墳丘索，維楚有材；屈宋景唐，於今爲烈。井邊春草，緑到池塘；臺上雄風，聲出金石。源皆泝乎泗水，萬派朝宗；客有歌於郢中，千人屬和。乃者石城星聚，士多倚馬之豪；漢水風行，人擅雕龍之技。使國門易字，不韋定予以千金；若天下量才，陳思當得其八斗。然而骨成威鳳，毛羽須豐；志期大鵬，扶摇待翥。既以橋門爲矍相之圃，還將不佞作養由之楊。蓋合轍始於造車，而羡魚不若結網。三都賦就，紙自貴於藝林；雙劍鋒銛，氣乃衝於霄漢。士猶驥也，遇剪拂而長鳴；學若川然，望滄海而畢赴。惟是無堅不破，穎試問夫秦錐；有志斯成，硯請視乎翰鐵。歲德在火，日建維丁。冶就萬選之青錢，夢生五花之綵筆。堂名敬業，敢云邊子腹便；閣曰尊經，不羡中郎枕秘。日斯邁，月斯征，從此藜光五夜；知其人，論其世，庶幾囊括千秋。

友道楷模

義激寰區，斯廉頑而起懦；氣凌霄漢，乃鑠古以震今。故烈士貞臣，道存天澤；順孫孝子，性發弓裘。傭保負薪，在三之誼如一；務面截耳，結髮之誓靡他。是皆焜燿史編，膾炙人口。惟是朋友之際，覆雨翻雲；迨乎生死之交，朝炎暮冷。此公叔所以抒憤於絶交，少陵因之感懷於輕薄也。乃有容仙楊君，禀二儀之正氣，漱五教之菁英。伐木而求嚶鳴，斷金以從蘭臭。其於葉子，既爲生前之雷陳，復作没後之管鮑。孝弘錫類，慈拊諸孤。亶友道之芳踪，洵人倫之懿軌矣。方其傾蓋郢中，班荆道左。神通藻鑒，聞一言而識然明；調叶宫商，開三徑以延求仲。於是榷千秋之大業，彩筆雙揮；攬七澤之雄風，詞壇競爽。花晨月夕，以遨以遊；雁浦漁洲，一觴一咏。蝸涎鳥迹之畫，辯晰毫芒；疏仡循蜚之年，編摩梗概。開元大曆，體别乎三唐；涑水廬陵，論包乎百代。寸瑕勿掩，義取他山之攻；片善偕登，心同乳水之合。豈若竹林閑適，金谷嬉遊云爾乎？

既而茂陵寢疾，鵩舍憂生。七發迂緩於膏肓，三尸旁午於枕蓆。時則藥爐茶竈，次第而進牀頭；丹鼎方書，妙選以充座右。出揲詹尹之策，決以君平；入聞柳莊之談，參之太乙。祓除殫厥牲玉，走望及乎山川。貌不悴而神傷，術有加而能索。鄭虔下世，灰冷青氊；李賀修文，囊空錦繡。時則招魂楚些，灑血以告巫咸；桃茢荆巫，刑牲而詈伯有。斲南山之喬木，實以襚含；市東郭之蒯菅，簪及衰絰。顛毛種種，嚴君垂堂；黄口煢煢，藐孤在疚。雜參苓於糜粥，喘息粗安；提草土之羸軀，拜跪有節。輿儓介紹，棋布星羅；鼓吹幡幢，衢填巷塞。銘旌勒有道之字，行實鎸北海之文。白楊蕭蕭，送陶潛於逆旅；野風颯颯，歸元伯於首丘。牛眠在望，馬鬣斯封。嗚呼！朋友之誼盡矣。

然而翔步欷歔，腸斷延陵之劍；無端惝恍，魂銷子敬之琴。篋書藏而不開，墓草宿而猶哭。於是割膏腴之奉，用代潁封；續雞火之餐，長留馬帳。使九原而可作，仰事俛育，此日門户依然；竢毛羽之漸豐，霞蔚雲烝，他年家聲載起。昔信陵下士，執轡侯生；中郎知人，倒屣王粲。然皆加一時之禮數，未聞鍾易世之深情。即或亭次寫真，曾無補於孟氏。萬一優人悟主，已有損於叔敖。千古以來，於斯爲篤。往往販夫竪子，話而改容；時時野嫗山農，聞之酸鼻。矧予肝腸能無誦述？苟能嚮風慕義，天涯無舊雨之悲；相與革薄還醇，士類寡谷風之怨。事關世教，敬告同人。

呈請舅氏大復李先生入鄉賢祠

禮隆耆舊，詩重典刑。古君子傳而特稱曰公，里門直號通德；鄉先生没而可祭於社，俎豆並列黌宫。

故縣學生李諱奇觀者，性生孝友，品植端方。甫成童而口無戲言，迨弱冠而胸多奇字。筆耕舌織，養志蓬門；兄倡弟酬，承歡草閣。早有蟲魚之癖，刻意編摩；獨懷亥豕之疑，殫精讎校。受葛錢唐屺瞻學使之賞鑒，首列宫墻；比黄江夏之品題，名聞鄉國。户外屨滿便便之腹五經，筆底瀾翻亹亹之言百代。取予嚴一介，自愛生平；然諾重千金，非通輕俠。士類以莊見憚，閭黨慕義輸誠。當勝國擾攘之秋，有凶人蹢躅之患。蠹黨立營倡亂，士大夫人人自危。衆依幼安以成聚，風鶴不驚；人視彦方而爲師，鄉鄰無鬭。先生立守望營，保全善類甚衆。月斯征而誨子，宛宛鳴鳩之音；歲有穀以詒孫，皇皇衰鳳之歎。於是飢拾橡栗，露沾杜甫麻鞋；渴咽松風，雲卧袁閎土室。考終全孝，韋素完忠。學不愧爲鄒魯之徒，名已入乎隱逸之傳。至今從游高弟，師説猶本河汾；亦有通籍文人，經義能傳雒國。王祥友于之族，迨王覽而彌昌；先生從子必泰舉於鄉。韓愈文章之宗，至韓衮而將大。孫曾克紹家學。此論以久而始定，不愧鄉賢；德惟潛乃益光，允宜從祀。

伏祈大彰直道，俯順輿情。敕縣行學，置主入祠，俾羽翼經傳之先儒，得侑食春秋於頖壁，則多士奮興，萬禩瞻仰矣。

呈請内鄉于先生入鄉賢祠代

旌德報功，古列黌宫俎豆；尊賢樂善，今看里巷公評。若生著芳名，足標幟於藝圃；斯没垂坊表，宜侑食於膠庠。

故乙未科進士、歷官户部主事于肖龍者，家傳圖史，世授詩書。髫齡而倚馬千言，里有神童之目；弱冠而下帷萬卷，人驚武庫之雄。賦走雞林，若太冲之遘皇甫；名題雁塔，如子瞻之遇歐陽。順治乙未進士，出丹徒張公之門。捧檄乘軺，初官新化；彈琴馴鶴，雅尚古風。吏畏民懷，周茂叔清規猶在；良安暴戢，陶士行善政復新。當楚地之賓興，入棘闈而分校。高懸冰鑑，期得三湘七澤之英；盡掃時蹊，務搜八索九丘之奥。肆庚子之首解額，楚推叔度之才；及壬戌之冠南宫，世啓仁山之學。争稱桃李，並泝淵源。方諸吴公之知賈生，治行第一；譬以文翁之舉張叔，教思無窮。

當其課最超遷，主政民部；唯知夜思早作，奏績版曹。操凛四知，門常如水。守嚴一介，飯祗三蔬。會計覃精，大綱小紀畢舉；寅恭奉職，進忠退補兼優。正驤首於亨衢，旋脱簪於仕路。一丘種竹，偃仰卧龍之岡；五月披裘，栖遲菊潭之墅。非公不至，大夫造廬以諮詢；樹德務滋，鄉老動容而矜式。雒下耆英之社，儉素可師；汝南先進之規，高年彌劭。此其行藏梗概，洵爲出處楷模。

若乃孝謹由心，質行同於曾、閔；友于率性，讓德高乎（汜）[氾]、韓。尊祖敬宗，事事遵考亭家法；解紛排難，言言本涑水至誠。朱文季恤友人之孤，熏其德而善者無算；劉子相賻行路之殯，聞其風而起者良多。蓋自服古入官，言稟六經，猶見古人爲學之次第；至於居德善俗，動循三禮，真成後進淑身之典刑。昔北海之於康成，曾號其里曰通德；若南陽之有子驥，已顯其名於簡編。幸當聖朝，敦實行以廣教化；況逢憲鐸，採潛德以振儒風。

某等懿好根心，公論合志。述名賢之往事，操筆增欷；覩廉吏之遺孤，負薪可念。伏懇俯察輿議，允祀鄉賢。俾桐柏澤宫，春秋比文正之祀；庶泌陽泮水，蘋藻如江都之馨。則物望亶符，人情胥愜矣。

呈請建平知縣胡紫山入鄉賢祠

聖朝熙洽，一道同風。學政清嚴，廉頑立懦。當菁莪棫樸化行之日，正月旦鄉評敷奏之時。言以公而人孚事，惟久則論定。

原任江南建平縣知縣胡魁楚者，歲貢春官，膺御試之異數；名掄上等，作司牧於專城。下車却隨印之金，老胥縮舌；按季徵地丁之賦，筦庫攢眉。聽訟片言，案無留牘。矢天一炷，吏絶奸萌。廟學日新，下逮垣墉庖湢；講堂月課，細分甲乙丹黄。拔單寒以冠軍，膏粱退舍；甄飽學而加禮，蔀屋横經。賢豪侍坐，民隱時聞。蔬水交歡，咨詢弗輟。利兼農末，興三市以貿遷；察戒雞豚，平百貨之壅滯。省刑暑月，茗荈提壺；恤獄冬天，緼袍出架。告成隍以決疑案，空中發聲；執賄賂以詰宵壬，杖下箝口。前令落魄，則割俸俾免於羈留；遠道長征，又倡捐以壯其行李。衙齋藿食，憺若諸生；廳事蕭晨，寂如曠野。西爽入夢，不俟北山移文；東皋騁懷，非云南窗寄傲。急流勇退，綽有餘閑；廉吏可爲，毫無沾滯。是以解綬而攀轅卧轍，三代之直道猶存；瀕行而簞食壺漿，萬民之遺愛彌篤也。溯厥内行，由來醇備。得歡心於後母，宛若王祥；聯四弟爲一身，居然氾毓。仲氏孤子，鞠以成人。群從田園，均令得所。譽隆宗黨，感動鄉鄰。質成者望閭而還，慕義者聞言而化。雖前朝舉族遭掠，曾罹銅馬赤眉之凶；然間道脱險全歸，實賴危言讜論之力。披荆薙棘，再造宗祊；肄禮言詩，重延世澤。義田義塾，范文正之家規；庸德庸言，朱考亭之懿矩。春秋饗祀，耋而益勤；鄉飲賓筵，恭而有禮。鬚眉方諸四皓，門巷儼似三槐。公爾忘私，趨焉恐後。當垂橐以輸宦餉，直計畝而佐軍興。是則歸田無異官曹，每飯不忘忠愛矣。由學而行而藏，躬有令德；自少而壯而老，人無間言。木訥寡文，巋然長者。晨昏一卷，卓爾通儒。若躋鄉賢之林，允愜詞場之望。

伏乞俯鑒輿情，檄行廣濟縣置主入祠，則蓬樞圭竇，擊壤行歌；皤髮蒼顔，扶杖觀化矣。

居業齋别集　卷九　祭文

祭周雨山文

嗚呼！慷慨一朝，綱常萬古。野曠天清，風凄月苦。嗚呼哀哉！魂飛河嶽，骨委泥沙。成仁取義，國爾忘家。嗚呼哀哉！君之生也：匡嶽聳秀，彭蠡濯纓。百夫之特，千人之英。君之仕也：提封剖竹，跋涉間關。馳驅桂嶺，盤錯平南。君之危也：釁生蛇豕，變起風鶴。生靈累卵，版章朽索。君之守也：鬼哭狐嗥，鳥驚魚爛。易子析骸，頹墻涸塹。君之急也：棋布寇營，星羅僞檄。若若纍纍，貿貿岌岌。君之悲也：中宵凛冽，四顧徬徨。稽首崩角，肉袒牽羊。君之憤也：背城交鋒，死士巷戰。劍槊攢身，矢石滿面。君之卒也：握拳透爪，嚼齒穿齦。朝騎白馬，夕化青燐。嗚呼哀哉！斗大孤城，京師萬里。見危授命，臣力竭矣。爲臣死忠，蹇蹇匪躬。以報養士，以厲群工。迺若孺人，生長巾幗。如何臨難，之死不惑。嗚呼哀哉！夫婦同僇，忠節成雙。英風正氣，烈骨剛腸。嗚呼哀哉！翩翩公子，蘭芽玉樹。終賈妙齡，珪璋偉器。乃荷戈殳，乃擐甲胄。乃殉考妣，乃殞戎寇。嗚呼哀哉！臣忠子孝，婦節夫良。靈依社稷，血濺金湯。濼濼渟渟，平南山水。禴祠烝嘗，爲君廟食。麟麟炳炳，南史董狐。嵇段張許，爲君操觚。煌煌國恩，稜稜竹素。交章上聞，旌閭表墓。破巢遺雛，維兹藐孤。嬛嬛在疚，蒼昊所扶。我聞在昔，暫悴永茂。君今往矣，克昌厥後。孫繩祖武，予讀父書。其祥長發，善積慶餘。凡我邦人，望風仰止。矧予婣戚，云何能已。聞訃則哭，紀事則傷。炙雞絮酒，弔古戰場。嗚呼哀哉！

祭毛孝瞻先生文

嗚呼！國傾柱石，鄉失典刑。某水某丘，先生之釣游安在？一琴一鶴，父老之稱説猶傳。嗚呼哀哉！君之生也：地靈宣秘，天挺菁英。掞藻儒林，方日下之荀鶴；蜚聲藝苑，儗雲間之陸龍。羽翮已豐，望九霄而決起；霜蹄蚤試，指萬里以騰騫。獻賦燕臺，籍甚馬卿之草；題名雁塔，恢奇揚子之書。斯閎覽之遐踪，允華國之懿軌矣。若乃綰符龍泉，飛舄淡水。清静寧一，悠然單父之堂；子弟田疇，溥哉國僑之惠。豈止何武爲吏，人懷去思；庶幾庚桑得民，户有尸祝。當其持衡浙右，士荷甄陶；引炬秋闈，人欽藻鑒。歐文忠之力挽文體，韓吏部之望擅儒宗。羅梗楠杞梓而升之朝，濟濟木天之選；取龔黄卓魯而試之吏，循循民社之良。既以人而事君，合懸車而請老。

嗚呼！士元百里盤錯，帝已歷之諸艱；靖節三徑歸來，人方吉其家食。矧階前玉樹，好承雨露恩波；若月下金樽，何殊神仙窟宅。而漚歸巨海，電没遥天。冥靈與朝菌同期，大鵬偕斥鷃俱往。胡蒿里之迫促，豈蒼昊之渺茫。繐帳猶懸，輀軒倏駕。舍此華屋，即彼長夜。嗚呼哀哉！壁挂遺書，縢緘舊草。南窗沈晦，研水枯槁。嗚呼哀哉！三漿空酹，五鼎虚陳。江風凄冽，薤露酸辛。嗚呼哀哉！

某望隆模楷，誼切絲蘿。未陪緑野之杖屨，忽聽白楊之輓歌。爰率爾以陳詞，實潸焉而灑涕。靈之來思，於彼於此，尚其鑒之！

座主合肥李公奠章

嗚呼！台曜霣宵，火城閟旦。草遺金閨，墨冷玉案。罷杵六街，停餐三館。嗚呼哀哉！峨峨衡霍，聳峙霄漢。屈注廬江，淲淲澌澌。篤生元輔，八公里閈。鄴侯髫齡，柱史壯觀。揚歷宫省，典司珪瓚。經幄縯綸，講帷璀璨。坤軸滄涵，乾維斗幹。引炬南宫，廓清漫漶。虞門洞闢，唐文丕焕。九域齊軌，八埏共貫。凝績亮二，師錫廷薦。枚卜綸扉，神明幽贊。廟堂肅雝，河海清晏。脱劍包戈，烽銷燧灌。潤色官禮，參伍爻象。壁經校讎，麟書剖斷。三墳九丘，區釐部按。汲竹岐鼓，勾稽點竄。吐握延英，抵掌搤腕。廣厦都講，皋倪送難。

壁水鐘鏞，卷阿泮奂。參温侔潞，淩許鑠鄭。几几赤舄，誕先登岸。大孝顯揚，九重汗涣。猗歟貞松，皇矣宸翰。炳蔚宗祊，馨香鬯祼。福如川流，寵若日爟。率土霖雨，萬方楨幹。云胡遄殂，朝野凄惋。藐爾鰥生，僊焉露盥。澹墨禮闈，忝多士冠。當門蘭蕙，於俗水炭。早謝承明，言歸葭薍。飢徒恃蒟，熱弗因爨。居財裋褐，出無款段。蓬藋作宫，茱萸名泮。夜寐夙興，馮依鴞鳴。饔飧素飽，衾景常憚。思報生成，恩波混澣。仰瞻蒼旻，愾焉永歎。東閣笥扃，西清履散。嗚呼哀哉！宗伯及階，内史牽幔。奉揚絲綸，縷誦帝眷。稷契訏謨，周召令贊。稽古易名，即山礱碫。舊路蕭蕭，長夜漫漫。濡須曦沉，筝笛響斷。淚盡侯芭，書空郢墁。

祭姚中丞文

嗚呼！玉壘天荒，雲沉開府之幕；蠶叢月冷，星實升仙之橋。雪錦樓邊，陰風蕭瑟；捫參閣裏，伏雨凄凉。丹竈荒山，竟失長生之草；支機怪石，疇回天漢之槎。嗚呼哀哉！胄本神明，濬源嬀水；家傳令德，啓祚郕城。想張緒於當年，生來異質；緬終軍於藝圃，弱冠名流。内行則江夏無雙，人物則汝南並邵。題名雁塔，藉甚西京；獻賦龍門，煇煌東觀。青雲早附，鄧禹何足笑人；銕筆持平，張季差能有此。漢廷嶽立，汲長孺之丰裁；唐代瀾翻，陸宣公之奏議。水旱入告，忠殫青蒲；薰蕕區分，義形白簡。天顔有喜，俾作喉舌之司；帝眷方來，用當鎖鑰之寄。頓八弦於地絡，巴濮同風；御六氣於天樞，邛岷式化。霜清劍道，谷湧廉泉；露溢銅梁，宅饒花蕊。趙清獻之琴鶴，四馬自隨；張安道之園林，二蘇入座。沃野千里，疏鑿離堆之渠；珍産一人，殷勤府第之讌。耕桑安父老，羽檄不用相如；燈火便閭閻，襦袴還資叔度。弛輓運於武擔，歡若更生；典膠庠以文翁，化成有造。視韋西川之節度，更覺廉明；較嚴劍南之巡方，尤爲愷悌。琴臺卜肆，弔古成詩。篾叟醬翁，班荆講學。羊宫登眺，因思五嶽扶笻；蝶夢逍遥，且向三湘鼓柁。乃長沙鵩鳥，忽來巫峽使君之灘；而函谷青牛，翻爽蜀中關尹之約。返真夙駕，一枕空山；息景宵馳，萬緣逝水。

嗚呼哀哉！解組懸車之疏，已憩林泉；整襟易簀之言，猶關社稷。

家累前去，座右餘四壁之蛩吟；子舍東征，床頭乏九還之藥裹。錦城罷杵，泣望羊碑；筀道盆香，行栽寇竹。僰僮執紼，人賡薤露之歌；楚些招魂，家酹郫筩之酒。嗚呼哀哉！朝頹柱礎，鷺序長嗟；鄉失儀型，雞壇短氣。沉洪鐘於德水，霧鬱雲霄；瘞寶劍於豐城，芒寒牛斗。

某託契芝蘭，依榮桑梓。鮑叔牙之知我，常逾身謀；孔文舉之譽人，不啻口出。山陽車馬，望斷郊門；潁上賓朋，悲生綺席。過西州之往路，悄爾傷神；摹北海之遺鎸，潸焉出涕。嗚呼哀哉！九原可作，千古爲期。嵇中散之虛亭，尚多楊柳；王子猷之曲徑，唯餘竹枝。稍喜雨潤池塘，長謝家之寶樹；漸看香深几榻，燦禄閣之青藜。所謂天道無私，庶幾仁人有後。然而士衡歎逝，玩春翹而有思；子期懷人，聞鄰篴而作賦。宛然心目，追憶平生。烹炙清醪，會有江鄉磨鏡之役；黄椒丹荔，爰成楚客修門之詞。

祭蔣學使文

嗚呼！二氣轇轕，萬象雜糅。木凋秋林，水落冬藪。人非喬松，安得壽耇。所立者名，惟三不朽。於赫初生，元精亶厚。夢日占星，禎符非偶。科名崧高，經濟樞紐。甫令專城，保障薪槱。若雨蘇萌，如泉溉畝。入直省垣，蹇諤繩糾。典憲司存，簪筆是守。豈伊稜稜，而憚赳赳。觀察西江，維饒南九。霆汛風驅，用滌瑕垢。緬彼貴竹，疆域荒黝。式往師帥，銅虎符剖。化邁文翁，膏逾杜母。迺陟文衡，三湘二酉。秉炬祝融，徹彼豐蔀。菁菁者莪，肄於細柳。滔滔江漢，彬蔚童叟。霞起雲烝，譽髦比耦。觀倚屈宋，壇場星斗。譬懸鴻鐘，大鳴小扣。巍巍廟學，漂榣歲久。侖奂丹艧，俾儷曲阜。茫茫先賢，表章身後。從祀泮宮，犧尊鼎缶。

嗚呼！文弱頹瀾，千金敝帚。廓清之功，掃蕩窠臼。士邈先型，萬卷芻狗。振興以來，輝煌組綬。脂韋淆訛，貿亂尾首。示之周行，犁然可否。風影熒惑，贅疣駢拇。迪以彝常，寒襦飢糗。展如之人，遐不眉壽。歲德在甲，遄征於西。嗚呼哀哉！學泝崑崙，奥探蝌蚪。垂老韋編，乾惕無咎。長公從遊，晨昏左右。治命祗承，遺書荷負。令範往矣，式轂爾後。蟄蟄莘莘，介祉斯受。

嗚呼！魂氣之之，蜿蟺蚴蟉。言旋故鄉，毋猕毋狃。碧落黄泉，孰亡孰有。白楊蕭蕭，風淒水瀏。楚些商聲，炙雞絮酒。

祭佘封君文

嗚呼！歲序蕭瑟，乾坤寒冱。逝矣江濤，淒然薤露。嗚呼哀哉！名不虚立，惟德之固。猗歟封翁，近悦遠慕。海嶽襟期，珠璣欬吐。鍵户霞騫，揮毫雨注。馬史班書，屈騷賈賦。張彭易詮，孔鄭禮注。有堅咸衝，無微不具。雅尚冲虚，栖心淡素。寂寂子雲，汪汪叔度。藹藹太丘，亭亭長孺。質行鯉趨，歡心萊煦。姜被宵温，田荆晝嫭。厚積旁蕢，拯顛植仆。黍稌傾倉，糜漿載路。麥賑旅孤，粟乞鄰嫗。如厦斯依，如航斯渡。如暍之冰，如旱之澍。杼軸周旋，轆轤灌輸。以兹淑修，誕受天祚。繞膝芝田，盈階玉樹。雁塔蜚英，龍池騁步。白簡班行，紅藥詩句。錫類疏榮，殊恩異數。鳩杖臨觴，丹砂貯瓠。遐不期頤，遽旋丘墓，蕭山草荒，崿浦泉痼。蒿里興歌，衢填巷聚。

嗚呼！詩嘆老成，禮隆耇舊。薄薦清酤，攄此情愫。

祭蘇苞九文

嗚呼！仙令返真，月冷東溟之水；琴堂輟響，風淒大弁之山。鵬鳥隨車，揮牛刀而莫試；龍蛇應兆，停馬策以長徂。嗚呼哀哉！

猗嗟鴻材，篤生望族。蜚英聲於藝圃，人號大蘇；紹駿業於先公，世推小許。身聳七尺，操月旦於雞壇；氣雄萬夫，樹蝥弧於鷃路。賢書焜燿，指金臺以先登；蕊榜輝煌，望瀛洲而夙駕。酒後耳熱，朗吟白石之歌；談劇神開，咫尺青雲之步。一行作吏，剖竹瑯琊；四牡之官，褰帷沂水。强項攬轡，想丰采於董宣；長嘯披圖，憶宦迹於杜密。

嗚呼！循良吐氣，正君子有爲之年；剸割從心，乃名儒得志之日。若使展其驥足，比治聲於萊蕪；還能抒厥鴻猷，收佳士於稷下。兒童竹馬，方迎莊嶽之間；父老壺飧，遽掩薄姑之路。嗚呼哀哉！河陽縣裏，安得潘君；單父堂邊，空傳宓子。豈無友如鮑叔，何曾食堂皇之酬；雖有弟曰潁濱，不復題超然之額。

嗚呼！萬端已矣，一櫕蕭然。夜雨寒螿，魂傍孫嵩之墓；朝霞薤露，影落趙岐之阡。

嗚呼！某等望斷營丘，誼深蘭譜。遠聞下車數語，明府雅似中牟；追憶把臂多年，哀吟合同北海。敬陳泂酌，託楚些以抒忱；簿薦羔豚，伴吴綾而致誄。

祭方鶴軒文

嗚呼！間關萬里，盤錯五年。生爲雁塔題名之人，上應列宿；死作烏蠻落魄之鬼，遥思故鄉。署冷屏山，門已羅雀；魂銷響水，樹猶啼烏。黄腸束身，苗種躋堂而雪涕；白旐當户，峒人酹酒以焚香。

嗚呼！梅嶠鍾靈，蔗山毓秀。賢良對策，聖公冠多士於螭頭；風雅名家，雄飛賜一官於馬鬣。迨葛嶺枋國之日，正蛟門及第之年。比汲鄭之丰裁，立朝直諫；紹周程之統緒，講學杜門。以兹積累之深，大啓宗祊之祜。謝公之述祖德，亹亹清言；王氏之振家聲，亭亭譽望。儒林祭酒，哲考希文；烈焰剛風，慈幃靖節。誕此佳器，媲軼材於肩吾；蔚爲通人，踵鴻詞於皇甫。天宫虎竹，指六詔以乘軺；地軸星河，環三苗而露冕。雞鳴視事，簿領無多。牛喘咨農，瘴氛可畏。山起人面，視蜀道而較難；雲生馬頭，覺嶢關之非岨。清静寧謐，宛如蓋公之堂；愷悌慈和，卓爾宓子之志。暨百廢之具舉，逾三年而有成。夫何天心渺茫，至令鬼伯催促？五日不汗，遂中膏肓；三尸爲災，頓成僵仆。琴堂壁立，梁上並無懸魚；粉署煙深，盆中徒有怪石。望斷桑梓，幕客寒心；筵殢泮泂，廬兒酸鼻。敬彝心痛，凶問乃來北堂；黔婁汗流，大故尋傳西浙。煢煢孤子，氣垂絶於斬衰；落落周親，眠半枯於夕奠。鼉宫過涉，數千里之蒲帆；鳥道攀躋，幾萬重之茇舍。黔關百一，竪柳翣以東征；貴嶺尋常，奉輀軒以南去。後推前挽，尚苦崎嶇；簞食壺漿，還愁飢渴。桐棺逆旅，疇手援於泥塗；苴絰寒生，孰吹噓於邂逅。氣烝雲夢，洞庭阻石尤之風；霧黯瀟湘，夏口接滂沱之雨。長江魍魎，孝子傷神；駭浪鯨鯢，竪儒變色。篙工舟子，饗索椎牛；釜粲炊薪，錢須跨鶴。嗟點金之無術，豈畫餅而能充？

嗚呼！廉吏可爲，坎壈生前之遇；飢軀長往，寂莫身後之名。倘范公無吝麥舟，庶楊孫不終臝葬。嗚呼！羊曇馬策，斷腸郭門；孫楚驢鳴，墮淚喪次。開篋沾臆，見君棘闈之篇；寫誄吞聲，展我蘭譜之誼。

祭武允安文

嗚呼！歲在龍蛇，陰雲黯淡；庭栖鵩鳥，寒雨凄凉。邈矣鄉關，三千里外煙樹；蕭然邸舍，五十年來行裝。

嗚呼哀哉！早薦賢書，方終子雲之壯氣；旋登甲第，比蘇廷碩之才名。興慶坊邊，看花解褐；披香殿裏，珥筆燃藜。既升瀛洲之班，尋晋水部之列。九丘八索，數大夫之多聞；七穆三桓，推王孫之博物。三秦父老，歎爲關西異人；二華簪纓，喜得斗南大器。生來沉默，内行著於鄉閭；質性堅貞，素風蒸於族黨。讀陟岵而賈涕，既卜牛眠；瞻遺挂而傷懷，待封馬鬣。幽憂成疾，爰致二竪之侵；憔悴傷生，莫求三年之艾。

嗚呼！世路坎壈，嗟一官之徒勞；胸臆牢騷，雖百歲而猶夭。疢深腠理，漫進豨苓；患入膏肓，疇施瞑眩。縱有毉云七發，安能垣洞一方。日月幾何，幽明遂隔。嗚呼！床頭稜稜墨字，猶象生平；枕邊寂寂青箱，孰司啓閉？茂陵遺稿，曾無對禪之書；揚子《方言》，剩有丹鉛之録。嗚呼！家園説夢，想朱紱之方來；驛遞傳音，報銀魚之已閟。秋風旅櫬，聽鷓鴣於終南；白露空帷，飛蝴蝶於紫閣。樊川杜曲，霧隱題橋之碑；西渭藍田，草荒縶馬之路。

嗚呼哀哉！某等蘭譜晨夕，鷺序班聯。瞻言玉樹之頹，式奏蒿里之曲。素車白馬，祖回旆於青門；木檻瓦盆，嗽庶羞於巷口。

祭胡石存文

嗚呼！老友云亡，流水生涯俱盡；素交遄逝，浮雲世事皆空。繐帳春風，蕭蕭花塢；松窗夜雨，黯黯燈缸。客冷平原之村，鶯啼古樹；酒散孟公之座，燕語荒郊。

嗚呼哀哉！弱齡柔翰，並入膠庠；壯歲青袍，同過棘幄。雪堂握手，詞壇稱兩家雁行；夏汭聯鑣，彩筆逐三秋鶚翥。劍學萬人之敵，果毅先登；書侔百城之豪，英雄自許。看予早雋，笑祖逖之着鞭；待子晚成，如馬援之攬轡。年華荏苒，皓首一經；意氣銷融，茅檐三篋。嗚呼！河干畫舫，午夜猶飛羽觴；巷口衡門，飢年尚設郇鱠。掀髯捫虱，語必驚人；贈縞貽瓊，橐無宿物。魯仲連解紛排難，箭可傳書；徐孺子弔死唁生，塗嘗磨鏡。楚人之重季布，諾逾黄金；漢代之推君卿，交傾朱轂。風流已矣，文采凄然。

嗚呼！姜庭大被，氣暖冰天；田氏紫荆，春回雪谷。人倫奉爲模楷，鄉里羨曰芝蘭。胡運數之云遒，遂林泉之長往。開篋沾臆，讀長公前日之書；拊牀置琴，識大令平生之好。嗚呼！子舍詩禮，尊舊聞於嚴君；孫孩餦餭，記趨走於大父。曾皙羊棗，口澤猶存；徐石山衢，足音罕到。戴絲定更新譜，劉草將成別家。刁紹先之羊肝，少雍神傷廢箸；薛道衡之磐石，元超泣下沾巾。嗚呼！藝林頏頡，備嘗艱辛；世講綢繆，重以婚媾。夙耽麈尾，劉尹着王濛殯中；貌類虎賁，孔融憶中郎座上。幽明異路，逾見交情；修短殊科，彌傷物理。方君寢疾，雪裏第遺蒼頭；及我薄遊，門前欻傳素楮。羊曇歎逝，馬策叩扉。子荆臨床，驢鳴出郭。電光石火，忽忽驚心；蒿里邙山，青青極目。記長堤之話別，邈若山河；聞伏枕之遺言，堅同膠漆。爰成哀誄，瞻靈旗以招魂；乃芼芳蓀，薦棐几而抒痛。

祭毛忠移文

嗚呼！燕山酒肆，猶存舊壚；楚水魚函，遂入新夢。三千里之話别，亹亹清言；二十年之神交，悠悠往事。江干松徑，雨閉莓苔；山裏芸窗，煙深薜荔。

嗚呼！蠟鳳早慧，騰譽里門。漂麥書淫，蜚聲藝圃。論超宗之警敏，謝氏無雙；數曇首之風標，王郎第一。趨庭浙右，挹粉署之清風；問寢閩南，望延津之寶氣。稜稜露爽，非關裘馬之豪；咄咄驚人，大有江山之助。

嗚呼！内行醇謹，石建家風；天性友于，韓融世德。迨神傷乎手澤，遂變草書；或感念乎慈親，竟斷蔗味。哀深莪蔚，不彈張瑋之箏；慟入心脾，罕弄戴顒之操。

嗚呼！瀧岡兆域，馬鬣既已栽松；寒食紙錢，豚肩曾弗掩豆。昭先公之儉德，永言孝思；尚古初之素風，無忘遺訓。中壘纂著，經讎校而逾新；蘭臺丹鉛，欲薈稡而未逮。

嗚呼！年未中壽，竟爾云遒；疾匪膏肓，居然溘逝。彌留短札，點畫猶若生平；喘息詒謀，精神更加整暇。藏書在篋，自作垣墉；藐孤有聲，還出金石。

嗚呼！風流頓盡，張思曼之靈前；欬唾如聞，衛洗馬之身後。清風朗月，我始欲愁；笛韻琴床，誰能遣此。

祭吴中望文

嗚呼！山雲黯黯，溪水悠悠。繐帳冬寒，似聽山陽之篴；松窗夜泠，疑聞緱嶺之笙。跨鶴以游，豈玉樓之作記；騰空而化，將金粟之還真。繫馬庭前，檐楹如舊；看花塢裏，條肄猶新。

嗚呼哀哉！憶昔定交，俱當弱冠。放舟赤壁，把酒臨風；散步雪堂，披襟問月。雲霄萬里，摇彩筆以爲期；騷雅千秋，然青燈而起舞。我黻子佩，乘車戴笠之謡；予倡汝諧，繡虎雕龍之業。既而軍興孔亟，輓運維艱。士嘆苕華，人歌萇楚。各言爾志，紅泉白石之間；獨行其懷，皂帽青衫爲伍。維斯高尚，竟遂幽人之貞；緬想素風，直出群賢之右。平原豪舉，結駟連騎；劇孟交遊，分曹樹幟。君乃瀟疏物外，不競不絿；恬退人中，有倫有序。恂恂孝謹，萬石君之家風；藹藹柔和，天隨子之標格。確乎不拔，何慚通德之門；皭然無緇，大有長者之號。既積而厚，長發其祥。頭角崢嶸，王右軍之七子；風流篤厚，荀朗陵之諸孫。淑配宜家，坤貞介祉。東床坦腹，憐我豚犬之兒；綉閤開屏，叶君鳳凰之卜。尚平之婚嫁垂畢，元亮之偃仰自如。築圃蒔花，陶陶有得；含飴戲彩，淡淡無營。率兹天懷，宜躋上壽。云胡遘疾，遽爾長征。嗚呼！守弗懈於庚申，算未周夫甲子。幾宵大寐，一枕空山。亦有長鑱，弗採鄴侯之藥；豈無丹竈，難逢句漏之砂。

嗚呼哀哉！丁年匹馬，訪游子於江干；戊歲清樽，羅衆賓於座上。星橋執手，後會非遥。子夜飛觴，佳期欲再。生平嗜好，惟東觀之法書；邂逅諮詢，必西清之掌故。盟寸心於縞帶，託尺素於魚函。晦朔幾更，明幽遂隔。嗚呼！累世朱陳，半生管鮑。魂惘惘而若夢，淚涔涔以沾襟。聽雨寒更，香生玉樹；開門落葉，池迸蓮華。西堂剪燭，見君往歲之詩；北郭騎驢，憶爾舊游之路。撫境蕭颯，觸緒凄凉。他日操觚，大書延陵君子之墓；而今漬酒，粗陳季重足下之廬。

祭郭集五文

嗚呼！洞庭返棹，聽鼓瑟於湘靈；嵾岳回車，曳方笻於巖谷。長生久視，應探石室之書；辟穀燒丹，定載君山之酒。云胡假寐，欻爾遄徂。

嗚呼哀哉！生來仙骨，雖羸瘵而有瘳；偶遇杏林，遂導引以亡恙。擁書萬卷，尚友千秋。剪燭驚心，操觚得句。往往彈駁，欲使通人解頤；匆匆指陳，頗令藝苑折角。擔簦闕里，記車服禮器以還；躡屩匡山，披竹松蘿薜而下。白鹿洞裏，私淑考亭先生；絳雲臺邊，緬懷參軍才子。誅茅葺屋，顔曰景濂；憑檻觀星，占當先胃。既周甲子，門巷差如朗陵；長守庚申，鬚眉可像綺季。含飴課誦，紀復生群；展席留賓，或還晞淑。不知老之將至，何圖壽忽云遒。

嗚呼哀哉！木落青林，凉風蕭瑟；波澄渌水，細雨凄凉。雁影横空，誰復搔頭詠字；蛩吟入座，何人側耳聆聲。冠蓋通衢，訪林宗於身後；紵綾素壁，期仲叔以再來。誼屬周親，辭敦夙好。薄陳蒿里之誄，粗慰夜臺之魂。

祭沈孺人文

嗚呼！悲哉秋氣，乃傷奉倩之神；黯如壁間，猶下安仁之淚。雲欄月冷，勸孤影以揮杯；花圃風凄，覓芳魂而解珮。緬懷每在提甕，作達寧同鼓盆。

猗嗟孺人，夙稱令媛。三泖閨中之秀，白雪青蓮；八咏樓頭之英，瓊枝緑萼。歸烏衣之才子，灑翰鳳池；佐槐蔭之主人，吹笙緱嶺。一趨一步，露浥金莖；如山如河，輝聯玉署。雞鳴盥漱，永言堂上之歡；鹿乘蕭疏，雅慕林間之趣。豈梁鴻之廡次，舉案齊眉；非冀缺之田間，分甘携手。並役管城，文成五色；雙臨掾燭，製就七襄。叶繡口以朱顔，來從天際；映宮袍以翟茀，望若神仙。沈水香薰，願在莞而爲席；引商弦索，方諸木且是桐。與君子兮永貞，宜百年之偕老。芙蓉鏡好，如何魂散飛霞；瑇瑁屏妍，豈料影飄暮雨。擁鴛鴦之翠被，夢到羅浮；懸霧縠之文衾，感深洛浦。枕留琥珀，愁聽孤雁之鳴；幛冷流蘇，涕隕寒螿之唧。在梅在棘，思儀一於淑人；采藻采蘋，憶有齋之季女。爾乃鵲橋七夕，蕭蕭瓜果之筵；狷嘯三聲，颯颯楓林之樹。欲邀青鳥而歌黄竹，珊珊遲來；疑駕白虹以擷江蘺，浩浩長往。無端嘆逝，誰挽返真之游；有賦招魂，不堪長憾之候。

於是苦調將半，仰睇明河；淒色初回，欻驚石火。悟枯菀之有數，結腸操而閑情；悵彭殤之殊期，連理吟而寫怨。詩裁八什，體用七言。覽者傷懷，爰知落葉哀蟬之曲；聞而生感，莫追艷歌白兎之年。嗟齊少翁之難逢，弔湘夫人而欲絶矣。

祭江孺人文

嗚呼！月冷香閨，漫漫長夜；燈黄繡閤，黯黯寒雲。繞室異香，恍迓珊珊之步；凌空仙樂，如聞裊裊之聲。返真以遊，駕青鸞於晴川渡口；躡景而逝，跨白鶴於却月城邊。

嗚呼哀哉！皇矣夫人，巋然命婦。三閭閨媛之後，特産名娃；七澤鼎食之家，篤生令質。屏開孔雀，燿赫赫之里門；卜叶鳳凰，歸翩翩之公子。初膺象服，郎官剖竹之封；旋奉龍章，柏府牽絲之秩。葱葱子舍，謝樹臨風；鬱鬱東床，荀龍曜日。内外姻婭，俱七葉之高軒；盥櫛姬姜，盡三條之貴里。修短隨化，枯菀何言。惟是淑慎性成，儀兼鍾郝；温恭天植，德合邢譚。嫺姆教於弱齡，循循椎布；相夫君於芸閣，軋軋機絲。櫛縰衿纓，恭承内則；棗脯榛栗，肅奉高堂。兹漢上之禮宗，亶江門之孝婦。况復鹿車行部，貴而彌勤；虀粥居官，豐而仍節。花封舉案，續雞火以觀書；粉署鳴琴，諷羔羊而侍側。爐香椀茗，無忘韋素之年；土銼緗簾，克佐清白之操。斯則易象，中饋之吉；致膺漢廷，上考之褒。爰上燕臺，忻驅駟馬；迺躋烏府，快擁皂囊。豆登醯醢，法備郇公之厨；縞紵壺漿，客滿鄭莊之座。雞鳴待漏，斧冰以治晨饔；驄馬言歸，捧榼而羞午炙。緊惟井臼之況瘁，早作夜思；是以官守之賢勞，日新月盛。

嗚呼！徽音若此，壽算宜長。寢疾伊何，冥鄉驟逝。屬大夫乘軺出使，内顧未遑；乃孺人組帳空懸，遺挂在壁。嗚呼哀哉！景桓鼇之懿行，灑翰騋詞；披范史之彤篇，挑燈載筆。歌成楚些，表嫕德於小别之山；几設燕醪，致芹忱於廣莫之野。

祭阮孺人文

嗚呼！燕雲晝瞑，薤露朝晞。霣閨秀於宛陵，水咽琴溪之渡；凋女宗於鄣郡，霜黄敬亭之山。歲序驚心，榮枯異域。縱令嗣宗作達，難爲漆園之歌；況復孝緒冥通，定輟鍾山之講。迢遞三千里之路，繡奩塵封；淒涼四十餘之年，粧臺霧黯。

嗚呼哀哉！令德孺人，好逑君子。龍章寵錫，膺金閨綰綬之榮；鳳誥駢加，受柏府牽絲之貴。鐘鳴鼎食，接武亨衢；象服副笄，瞻言好爵。三花珠樹，已爛熳於陔前；百尺綺樓，行煇煌於里第。而返真夙駕，遽掩緗簾；賫志長眠，遂空綺榭。

嗚呼哀哉！中壘望族，孝標名家。生禀南岳之精，早滙北崎之秀。趨庭穎異，傳古文之《尚書》；翔步端莊，合曲臺之内則。使君青翰之舫，迓佳婿於江濱；才子錦纜之舟，成吉禮於饗舍。期年廟見，喜溢椿萱之堂；椎布躬操，譽滿娣姒之口。作羹湯於厨下，先嘗小姑；勤瀡滫於廡邊，儼奉阿母。婦善事我，慈幃留永訣之言；占當富家，孝婦基長發之祉。山珍海藻，頤嚴父於高年；史軸經箱，勖夫子於早歲。高朋入座，中厨出五侯之鯖；良會論文，垂槖供十日之讌。嗚呼！米鹽凌雜，不入雕龍繡虎之場；筦鑰勤劬，罔關浴日浮天之手。以兹佽助，克致顯庸。桂闈獻賦，杏苑看花。稍慰焚膏佐讀之懷，遂酬棄繻題橋之志。

嗚呼！言旋晝錦，忽遘椿摧。勞勞棘人，襄大事者賴此中婦；黯黯苫次，卜幽宫者竭爾輕裝。既畢讀禮之期，尋勸趨朝之駕。驄馬在廐，聽曉鐘而戒騶人；白簡懸庭，繪神羊而風御史。門闌井竈，棋布星羅；醯醢精醪，大綱小紀。夙夜匪解，中外交修。恃兹内言不出之賢，益勵公爾忘私之節。嗚呼！歲聿云莫，方修祖臈之儀；時不再來，竟赴幽冥之約。伏枕則葠苓罔應，抑有數焉；臨終而神色如常，似聞道者。蕭蕭遺挂，朝騰欲雨之煙；寂寂虚檐，夜湧如霜之月。

嗚呼哀哉！某等蘭譜雁行，官常鷺序。晨夕過從，習聞閫範之良；趨走咨嗟，乃致孅行之誄。露香閤裏，彷彿環珮珊珊；千秋嶺頭，依稀笙鶴梟梟。

祭長恩神文司書鬼者曰長恩，除夕呼其名而祭之，鼠不敢齧，蠹魚不生。

一畝之宫，萬卷插架。朝斯夕斯，無冬無夏。光若延暾，味若啖蔗。碧軸縹囊，剡藤爲藉。豁我蒙昏，豐我豫假。紹我先猷，奉如爵斝。佐我後昆，瞻如穲稏。邃古方聞，稡兹宇下。南面百城，未許媲價。何物狼籍，行間字罅。鼠齧蝸涎，誅弗容貰。敬告司書，名器勿假。如鄉有儺，如師有禡。寶惜芸編，用充庭榭。酬汝勛庸，倉頡聯駕。

居業齋别集　卷十　雜著

懲僞

皎日當空，鬼車載僞。飄忽陰幽，魍魎魑魅。大索畫史，濡毫紀異。解衣盤礴，從容奏記。描寫良難，能近取譬。沐猴而冠，赬唇鷵鼻。先咷後號，乍升旋墜。么麽守宫，脉脉跂跂。儗龍無角，方蛇有膇。善幻者狐，譸張爲祟。或冒傖裝，或假婢髲。蠅也營營，青蒼易位。亂色亂聲，扇醜得意。鸚鵡多言，猩猩解詈。黠鼠鑿空，蝮蛇呵榴。種種冥行，遺害不細。人爲物靈，生當識字。書人克家，宵人敗類。有眸應睨，有腹應笥。噞喁有口，拮据有臂。朝饔夕飧，所營何事？飽若蛣蜣，壯如贔屭。峨冠絇履，與士無二。父曰阿童，舅曰予季。授簡操觚，其何以試？次且囁嚅，狙詐諭詖。方寸薄蹄，絲聯繩縋。顛倒衣裳，雜糅肴胾。隱几鈔謄，管城是費。瑣院旦開，蒼黄睊眙。貼脇之襦，躡跟之屣。薄言藏之，肩隨踵企。剥啄司閽，豺聲虎視。踧踖踉蹌，魂銷魄悸。禍發震鄰，李代桃顇。稍緩須臾，恬不知愧。過此以往，何所不至。械與歲深，利從希覬。行必狓猖，詞能(骫)[骩]骳。謂蹻爲仁，謂跖爲義。禮用巧令，智用睚眦。如韋之柔，如肪之膩。如禾稂莠，如牛牝牸。氏可屢更，名無定刺。爲爨下養，爲頤指使。齒折猶逃，舌存偏恣。鑽竇亦甘，舐癰亦嗜。鍛鍊梯榮，屠剥獻媚。塢待燃臍，蠟貯裹骴。一朝瓦裂，萬惡鱗萃。夫何至此，慧窮力劾。凜凜口誅，赫赫清議。前僨後差，家嗤人嬰。疇挽疇推，自暴自棄。已而已而，有北投畀。

陸舫圖説

陸舫圖者，山東丁野鶴筆也。莊生曰："水之積也不厚，則負大舟也無力。"陸安所得舫乎？陸之有舫也，自野鶴始也。東坡居士曰："縱一葦之所如，凌萬頃之茫然。"舫何爲而陸乎？舫而陸也，自野鶴始也。東方曼倩曰"陸沈"，是無陸也；三閭大夫曰"赴湘流"，是無舫也。舫與陸何爲而並稱乎？舫與陸之並稱也，自野鶴始也。野鶴亦異矣哉！

或曰："寓言耳。"野鶴之年譜在於斯焉。夫古之爲譜者，以時繫日，以日繫月，以月繫歲，據事直書耳，而野鶴則以畫。古之爲畫者，十日一水，五日一石，爲龍、爲馬、爲鸖、爲紙鳶之屬，淋漓潑墨耳，而野鶴則以詩。古之爲詩者，三百而騷，騷而後選，選而後四唐人，爲古、爲律、爲排、爲歌行，言人人殊耳，而野鶴則一以絶句。古絶句之佳者，如輞川、鹿柴、孟家坳諸什，栖遲居處耳，而野鶴則以遊。古舟游最著者，如青箬笠，緑蓑衣，蘆花淺水，細雨斜風，汗漫江湖耳，而野鶴則以京華。古京華遊而得志者，視草承明，脱靴殿上，撤金蓮以歸院，燃杖藜以觀書，何其通顯也！而野鶴則僅以曳裾適館。古游王公大人而成名者，授簡梁園，設醴楚國，以雪月爲品題，用翰藻爲勛業，何其豪宕也！而野鶴則止以臯比傳經。古授徒而光耀者，弟子貴而讓封，辟廱徵而憲老，車馬印綬之榮，苴茅胙土之富，何其席厚而履豐也！而野鶴則竟以容城一官而遂老。噫！亦異矣哉！後之論者不知其人視其譜，不知其譜視其詩，不知其詩視其畫，不知其畫視其陸舫，夫亦愈知野鶴矣。

金子曰："以予觀於野鶴生平，少而壯，壯而老，與賢士大夫遊無虚日，蓋篤於師友之誼云。嗟乎！野鶴往矣！爰及苗裔拊兹圖也，有能神明其意者乎？當爲先友記以表之。"野鶴子曰愼行，出斯卷以質諸海内，庶幾哉能神明其意者也。

冷齋説

故園深柳堂，余伯氏讀書處。余有軒曰懷蓼。蓋不孝五歲而孤，十有五歲而先宜人卒。哀哀父母，每一念至輒蘇蘇賈涕，懷蓼之名，所由起也。於是有少年嘑予懷蓼先生，予逡巡辟席，仰天太息曰："於乎！懷蓼名軒，腸寸寸裂矣。號云乎哉！"

康熙癸丑冬杪來郢中，伯氏共予守歲，蒼頭設蔬酒。伯氏病欬，予病耳聾，飲不能三爵，相視而歎。除夜寂寥，吾兩人生平未有如此者。甲寅三日，伯氏歸去。予鍵户，四壁蕭然，人迹罕到。户外雪風懍懍，如深山窮谷中老頭陀，蒲團趺坐，枯寂極矣。元夕，燈影蒼凉，視除夜更苦。巡檐望星斗，忽憶往年京華之遊，遂成長句。詰朝以質毛君子霞，而自署紙尾曰"冷齋日課"。

先是，壬子授徒東鄰，窗曰竹窗，有《竹窗雜咏》。五赴春官試，僦屋輒顔曰"寄亭"，詩若文皆《寄亭草》云，亡何。友人書來，頗欲以冷齋爲予號，予爲之憮然。昔且不敢號懷蓼，而今顧歸然冷齋乎？且夫男子生而戴圓履方，朝饔夕餔，上之不能如留侯、鄴侯、鄧司徒、王景略謨謀帷幄，竪鐘鼎竹帛之勛，次之不能如莊助、枚皋、司馬相如珥筆直承明之廬，外之不能如卓、魯、龔、黄剖一竹，專一城，綏緝拊循爲黔首保障，而又無東山之棊、步兵之酒、中散之琴、虎頭之畫、鴟彝不韋之賈、郭解劇孟之豪、東方曼倩之詼諧、樓君卿谷子雲之喉舌筆札。夫如是，即安往而不冷哉！

持此以示同人，使知予之以冷名齋者，亦猶夫嚮之寄亭、竹窗、懷蓼、深柳，而非敢徑以自號也。

江風説

昔人之吟咏江上者，余覽之蓋有味乎盈虚消息之幾云。朝發白帝暮江陵，何其速也！稍知花改岸始，驗鳥隨舟，抑何遲也！若是者，風爲政：乘風破浪，瞬息千里；石尤打頭，舟子高卧。造物者之於人也，既予之以破浪之風，而又以石尤阻之，何哉？蓋閔夫人之知進而不知退也。赤壁之風便於吴不便於魏，淮淝之風便於晋不便於苻秦，魏與苻秦知進而不知退者也。

士大夫之行藏亦然。陶士行知進，陶元亮知退；馬伏波知進，馬少游知退；二陸身誤於輕進，二疏名全於勇退；孔光張禹有進而無退，邵康節陳圖南有退而無進。知進退而不失其正者,張子房、李長源耳。進則御薰風,退則冷風;人望之曰景風,物受之曰和風。卿雲霖雨甘露往往從之,此則御風者之自爲政也。

蜀有無名子,遨遊江上,峭帆捩柁而有吟。余置其吟勿論,而與之言風如此。無名子嘿然不應,良久前曰:"莊生有言,摶扶摇羊角而上者九萬里。"余笑曰:"若是則江上猶非盡境哉!其飽喫岷山蹲鴟,陟大匡小匡之巔而俟風可矣。"

善貧説

貧極矣,思所以遣之,不得,惟哦《論語》中"貧而樂"句。然聖門身通六藝者七十二人,貧而樂者止一顔子,吾何敢望哉!三舍許鄰得一陶元亮,往嘗謂其拙而安貧,今乃悟其巧也。彭澤之役,初亦爲三徑之資地,及之官,而知其無益也。公田半種秫半種秔以餬口,萬一久任,所得亦無以復加於此,不如歸去,一解組而萬事足矣。琴有桐可拊,何必絙弦?酒有葛巾可漉,何必餔糟?廬取蔽床席,何必深廣?花取東籬一種,何必多蒔?筍輿取兩兒一門生,何必傭役始安?故人贈錢,若不擲送酒家,令五男兒赤手暴富,或損其智,或益其過,柴桑翁生平風流頓盡矣,尚能致江州守道左遮飲乎?元亮之巧於貧如此,亦猶鴟彝子之巧於處富,十九年中三致千金,不散與貧交疏昆弟,異時意外事發,一椎男子敗之立盡耳。

揚子雲言:"火用之而彌明,宿之而彌壯。"然則貧無庸遣也,尚宿乎哉。石季倫被收,曰:"奴輩利吾財耳。"收者曰:"知財之爲患,何不散之?"此之謂拙於富。富兒智昏,不足道也。王孺仲少修清節,乃以黄頭歷齒慚其兒子,其妻昂藏數語,陶公賢之,故貧士不可無内助也。史於人之多病者書"善病",余於貧之極曰"善貧"。貧非病也,而安之甚難,故作《善貧説》,以懸諸牖焉。

三　誡

君子有三誡:毋諛也,毋吝也,毋驕也。

諛生於有所干,干則氣必下,色必柔,詞必兩可而無一是。史所載若此者不可勝數矣，反此者舉一二足以鑑焉。汲長孺無所干於武帝也，帝不冠不見，其面折公孫丞相，皆人所難堪者，然帝不以爲非而終憚之。嚴子陵無所干於光武也，接侯君房勸仕之書，不答，使者請之再，口授三語，終之曰："阿諛順旨要領絶。"此二公者，磊磊落落，名至今在天壤間。藉令當其時一有所干，則不能矣。

吝非貧人病也。富則吝，小富則小吝，大富則大吝。富不與吝期，而吝自至，故出吝也，而内亦吝。内曷爲乎吝哉？當其内之時，即有得隴望蜀之意，雖至纖至悉必校也。至其出之躊躕四顧，何足怪焉？小有材者亦然。一知半解，惟恐人之己若也而秘之。天下甚大，閎覽博物有百倍於己者，弗識也，拔一毛而利天下不爲。惟其視毛爲我，我，毛耳。我字是吝之根，尚薙之哉？

驕之害於人，若前車之覆也，然而往往蹈之，何哉？智者不驕，愚則驕，智常覺己之不足也。勇者不驕，懦則驕，勇能損己之有餘也。富有四海之内，若固有之。田夫一年多收十斛麥，即喜見顔色矣。砥行之士日孳孳爲善，而無一善可名。嗜學真儒頭童齒豁，邂逅孺子而猶鞠躬鵠立也，驕惡乎敢？

代僧告諸文士文予念里中文士之無祀者可數十人，置主於江漢書院，列其名氏，敕住僧每歲七月望日設餅餌焚楮帛以祭之。爲文一通，畀僧宣讀。其祭貲則歲支院中租錢也。

時維七月，俗號中元。麥飯豚蹄，家家薦祖；漁村蟹舍，處處追先。惟是伯道閭墟，中郎燼熄。九原可作，蒿目悲秋；二簋誰陳，餒魂載路。奚爲至此，念及寒心；亦既已而，瞻言酸鼻。況復夜臺饔飧，孔方爲兄；鬼伯炎涼，科派是亟。嗟爾窶者，詎能堪之。維茲掊克之多門，竟合冥明而壹轍。幸禮緣義起，創搆盍簪之祠；兼人故文鳴，仍依篝火之院。青蚨撲地，絳蠟冲霄。粗慰沉寥，庶幾歆饗。來俱不速，罔哭途窮。獲亦非豐，休驚阿堵。

嗚呼！鐘鳴鼎列，達者視等浮雲；石馬銅駝，異時淪諸坱漭。盈虚一瞬，消息千回。諗何物其能留，唯令名則可久。爾乃戀爵奪情，遄弛苴絰；忘哀終制，靡顧松楸。彌遠有兒，恝然起復；清臣無母，莞爾趨朝。以子若斯,於親胡益?不如衡門之族,尚藉維桑;藿食者流,猶資舊井。清酤薄奠,宛叙生平;薤露重歌,中含妙喻。從兹解脱,往生極樂之鄉;倘或栖遲,長嘯興仁之里。

嗚呼!給孤長者,纔及緇人;煉藥仙公,祇沾羽客。餦餭楮幣弗暇,鄰里鄉黨安存?縱醮設盂蘭,箕斂亦云大費;而壇名普度,歲時豈得有恒。厥祀肇今,此風還古。睦婣任恤之意,推暨無邊;悱惻纏綿之思,緝熙自永。僧寮晨興蕆事,候當小嘒寒蟬;公等夙駕咸臨,聽遍大招楚些。過去未來現在,盡入皇天覆露之中;别離苦腦冤憎,均涵化日昭融之下。

代某州牧募疏

某家世清白,口授一經;宦塗冰兢,手書三誡。算來釋褐四十載,春夢散場;數到守蕲十九年,愁雲滿目。吏今不可爲矣,天復安能問焉。每至赤嶼磯頭,輒歎大江東去;及登黄鶴樓上,還言白日方中。債如水益深,逃遁無地;事若繭抽出,拮据徒勞。嗟此輿人,建立飲泉亭子。念予苦海浮沉,斷梗波心,點石不能化金,摶沙安得成米?縱將丘園賣盡,祇看精衛填河;即用骨血銼完,仍是蜣蜋負米。生平未嘗暴殄天物,不知何以致此鞠凶;夙夜方欲低報國恩,豈料忽焉納諸溝壑。沉悶垂絶,喘息猶可。伏望仁人君子,念某糲飯粗衣,非緣豪華失路;空瓶倒篋,實以迂拙損身。楚楚蜉蝣,軀命微而羽毛猶在。勞勞牛馬,氣力竭而皮骨僅存。事有可原,情真堪憫。涣發菩提救苦之願,大開給孤賑濟之門。稍那宴會飽飣,沾灑塗乞;略分廣厦庇覆,曆甦道僵。方之雒陽橋梁,活人命於將溺;譬彼商代霖雨,起稼苗於已枯。惠澤功高,仁言利溥。但推廣一分,即緩一分之厄;若早施十日,便紓十日之憂。感甚銜環,報期結草。

茶亭小引

天垂甘露,景星卿雲同祥;地湧醴泉,芝草曇花並瑞。人全五德,道貫三才。以不忍之心,靈於萬物;行無窮之善,拔爾一毛。孔道結亭,炎塗救暍。由一念之動擴而充之,譬若火始然而泉始達;即三餐之餘推以及也，遂看近者悦而遠者來。品題中泠，此時不必陸羽；歡愉七椀，到處自有盧仝。爲農、爲商、爲賈、爲工、爲旅，安得人人而濟乎？曰檟、曰蔎、曰茗、曰荈、曰荼，衹須源源而來耳。靈泉古洞，苦行頭陀；文止吾宗，布金長者。於四通五達之地，設此義漿；胥三秋九夏之人，予以極樂。居無倦，行以忠，周而復始；取弗禁，用弗竭，公爾忘私。普告十方，共成無量功德；掃除一切，咸證喜捨菩提。積絫成山，直到千尋萬丈；滙流歸海，中浮三島十洲。藉兹管城，爰作寶筏。

東城寺募疏

把茅蓋土，後來聳搆凌霄；卓錫涌泉，寖至曾樓插漢。空門棟宇，藉手十方萬衆；錢刀輸施，三寶由來尚矣。奄茂紀歲，寒露當辰。商飈激於蕭森，灝景凝其素節。水天一色，鴻雁來賓；木葉千峰，蟄虫咸俯。霜曦蒿晝，凉深橘柚之穰；月魄澄霄，憺綴茱萸之纈。有匰山僧某結屋湖濱，挂瓢江滸。具言東城古寺，塵刼煙銷；迦舍新營，緇流小憩。第土垣松柱，不任金碧焜煌；暮鼓晨鐘，尚想殿堂璀璨。陶人爲瓦，廣厦已有其顛；匠氏庀材，山門粗安其礎。普蘄檀越，齊佐勖勷。聚腋狐以成裘，斂顆粒而滿廪。功罔虧於一簣，刹乃肇夫千春。予揵户養痾，息交謝客。懷刺漫滅，往往及階而還；裝潢纏綿，人人望宇而去。頻來遠索，苦思羽言。搦管數行，竚聽招提之梵；礱珉幾尺，還徵簡棲之文。

四洲祠募疏

彭蠡西北湖中有小山，相傳星墜水所化。宋孟太后嘗過此，風作，宫人溺死者甚衆，惟太后舟得全，則此水爲行舟之患由來舊矣。山上有臺，可以四望。舟之危者，馳往救之，則貨雖飄蕩而人命猶可得全。臺有廟，廟有僧，僧有舟楫，歲救人無算數者。廢而人之葬於魚腹者，直如蠛蠓之消亡，木槿之枯落矣。

星子邑侯金君言諸郡伯，敕廬山老僧任募化事。臺上建祠，顔曰“四洲”；臺畔設船，令篙工渡子朝夕供拯溺之役。此事行，功豈出雒陽橋下哉。橋甃以石，猶慮歲久而圮，舟則繼續，且無已時。平地發舟猶恐不及，登臺而望，則風濤之險瞭然於舟子之目，而相機馳赴，萬不失一。此所謂百世利也。世人雅言福田善事，然造寺寫經志公直曰無功德。若救人於阽危之際，歷歷可指數，其爲功德乃大也。自古皆有死，蓋言修短定數全而歸之牖下耳。若客死煙波之人，骸骨已矣，父母妻子曾不知其死亡之月日，魂即無不之。而生平之廬墓，自出門之日遂已永訣。

嗚呼！人生之慘孰有過於此者哉！養生喪死無憾，王政之大端，守土者以此爲務，真大夫之賢者。募疏所至，覽者知昔日覆溺之苦如彼，今日救渡之益如此。惻隱之心，人皆有之，我知其應之速而施之恐後，如響之應聲也。

僧寄瞿傳

廣濟縣城内一袈裟也[①]，住僧曰寄瞿。春秋高，且九十矣。

予年三十時入城，偶過之。茗飲低徊，不能去，曰："入城得信宿，此地幸甚。"友人胡石岑、舒嵩嶽爲寄瞿耳語，見其攢眉有難色，則與之約：人客刺及巷口，主人屐齒及階，童豎毋得闌入，軍持銅鉢間也。寄瞿低頭良久，頷之。下一榻，夜分聞木魚聲，雞三嗥聞磬聲，旦聞瓶笙聲。其頡羹也無聲，斧榾柮無聲，掃地亦無聲。有暇則戴麥草笠鉏菜，雨坐團蒲紉縫補綴。一屩過數冬，一綻衲可數十寒暑。口未嘗及虀鹽有無，手未嘗提募疏嚮人也。性嚴冷，不能納一徒。客以某叢林開堂數十百人告，則微哂之，曰："嘻！善知識之。爲此沈沈者，粥飯僧箕而斂諸十方歟？曩面壁老人抑何寂寞也。"闤闠間緇流雜糅，蓋有囂者、饕者、俠邪游者、粟紅貫朽操奇贏者，絶弗與通。或覶縷其行事如何，輒踧踖恐怖曰："光陰可惜。吴道子曾寫地獄，變相矣。"當是時，廓庵劉居士極贊寄瞿乃佛門真種子。

予有四方之役，别寄瞿去。已而之鄂，之郊郢，之荆襄，之宛葉，北之燕，東之吴會，西南之黔中，所過招提輒物色住僧，庶幾有如寄瞿者，然卒不可得。歸田十有五年不入城，城中人來，輒問寄瞿，狀髮種

---

① 也，《清代詩文集彙編》作"地"。下文有"袈裟地"。

種矣。然然鐙禮佛，矍鑠猶如少壯時。成都守梅君廩之，土人。於是號老僧袈裟地爲梅家庵云。昔韓退之與大顛往還，謂："海瀕沉寥，此人差可與語。"蘇子瞻數遊了元妙高峰，漱中泠泉，用銷耗壯心耳。然二長老文勝質。若寄瞿，則衡陽芋火，馮茂米舂，於是乎在也。予是以爲之傳。

贊曰：天下物之可變者，非人能變之，彼其質有受變者，存於未與人接之先也。若夫泉之温，木之鐵力，布之火浣，歷天下之千變萬變，而質如其初，寄瞿近之矣。

谷庵詩序

生生老僧有所謂《谷庵詩》，請序於予。予聞瑶臺老人序之矣，而予又駢指乎哉？無已，則言谷。谷之生雲也，膚寸而非乏，萬斛而非贏，何以故？無心也。無心者無言。天下之物，有以言言者，有以不言言者。以言言者有待，以不言言者無待。夫惟無待故無言，此生生之旨也。今夫種之出土也，萌焉，甲焉，拆焉，苞焉，秀焉，穎焉，栗焉，以迄於秷焉，穗焉，秸焉，臼而粲焉，釜而潘焉，甑而粒焉。人能言其生也，而弗言其所以生。是故無言之妙於言也。

智覺禪師住雪竇之中嵓，嘗作詩曰："孤猿叫落中嵓月，野客吟殘半夜燈。此境此時誰得意，白雲深處坐禪僧。"夫禪定則無言矣。東坡居士嘗要劉器之參玉版和尚，至廉泉寺燒筍而食。器之覺筍味勝，問此何名，東坡曰即玉版也，器之大笑。東坡作偈，有曰："瓦礫猶能説，此君都不知。"夫此君無心者也。東坡宜若可以無言，然言之亦猶之以不言言也。書此寄瑶臺竹林精舍，告之曰：生生老僧已見桃而悟，君子亦當擊竹而悟矣。

牧顛詩序

牧顛上人豪於飲，而富於詩。詩既多，不欲持以問世。登山臨水，問月尋花，邂逅故人，低徊古迹，興之所至，無非詩也。飲不能常得，遇輒欣然不辭，或盡斗許，徑醉。醉後仰天而歌，長短工拙總不論，適意而已。二六時中，大都飲常乏而詩長饒。其饒者足於己者也，乏者待於人者也。牧顛曰："自今以往，飲不足，以詩補之。"顧廬居士聞而笑曰："善哉！牧顛之志。足於己無待於人，天下之樂莫大乎是矣。"雨窗静坐，讀牧顛新詩。讀已，登樓遠望，雲樹蒼蒼，有風颯然而至，或曰："此蘭臺雄風也。"乃亟命蒼頭賁酒，呼牧顛而飲之。

牧顛募疏

人之性情必有所寄，有所寄乃能有所忘。若牧顛者，寄乎詩而忘乎窮者歟？夫唯忘乎窮，故其於詩也日益工，而其窮也日益甚。於是士大夫與牧顛遊者皆曰："牧顛工於詩矣。然亦知其詩之日益工而忘其窮之日益甚也。"夫牧顛之於窮可忘也，牧顛誠寄乎詩者也。然以能忘乎窮而又能寄乎詩如牧顛，則知牧顛之詩而與之遊者，奈何竟忘其窮而不念之乎？杜少陵之言曰："巳公茅屋下，可以賦新詩。枕簟入林僻，茶瓜留客遲。"今者牧顛之饔飧蓋闕如也，而又不能持鉢以號於十方，使枕簟茶瓜可以無闕。牧顛亦且吟詩好客而忘老矣，又非僅忘乎窮也。然則念牧顛之窮而爲之計，是在知牧顛之詩而與之遊者乎？若持鉢以望絲粒之濟，其性情必不爾也。

附：四庫全書總目提要·居業齋文集

《居業齋文集》二十卷，《別集》十卷。湖南巡撫採進本

國朝金德嘉撰。德嘉字會公，廣濟人。康熙壬戌進士，官翰林院檢討。德嘉晚年鍵户著書。時同郡顧景星、張仁熙、劉醇驥往往追摹秦漢，宗尚王李，訾歸有光爲秀善婉媚。德嘉獨不爲高論，力摹韓歐。雖其閎肆博贍遜於國初前輩，而先民榘矱彷彿猶存。惟《復胡石莊書》謂：史館方開，吾楚先輩故事尚待折衷。江陵當國，綜覈名實，富國强兵數十年，而論者以專病之；熊楊慷慨任事，而熊以過剛見嫉於當世，楊專閫仗鉞，憂憤以死，或曰自縊；當時失機，逸賊别有主名，武陵豈自經溝瀆者邪云云，爲狃於鄉曲之私，未可爲萬世之公論也。